U0022607

新辭典

三民書局

新辭典

編纂委員會名錄

（按姓氏筆畫排列）

丁有存　于敦德　方中權　亓婷婷　王多珍　王秀雄　王洪文　王秋原　王熙元　王澄霞　王韻秋　王鶴程　尤信雄　毛知彌　田沛霖　丘志威　朱守亮　朱建正　朱惠民　宋允鵬　李尚儒　李建勳　李振興　李鈞棫　李源弘　李道顯　李興才　李濟湟　李豐楙　李　瞻　吳　朗　吳賴雲　呂亞力　何秀煌　何寄澎　余鐵城

幸世間　林正弘　林礽乾　林玫儀　林明文　林素清　林振江　林能士　林淳杰　林淑瑛　林富華　林瑞翰　林維新　林潤玉　林錫璋　林豐智　林麗眞　芮逸夫　周志文　周鳳五　周賢福　邱燮友　金玉泉　金世朋　金桐林　洪政豪　范光照　紀松水　涂子麟　涂建祥　馬劍清　袁宗蔚　倪邦寧　殷文俊　徐玉章　許坤明

許振聲　許渭州　許源泉　許錟輝　郭鴻銘　連照美　張天津　張帆人　張長傑　張郭益　張錦源　張學波　張鴻春　張鴻章　陳文寅　陳文魁　陳弘治　陳光華　陳伯中　陳伯宜　陳芳妹　陳春池　陳挹民　陳國鈞　陳凰美　陳朝欽　陳新雄　陳　敬　陳滿銘　陳榮傑　陳慧劍　陳德禹　陳龍吉　陳錦山　陳鵬翔　陸民仁

莊天德　莊萬壽　游顯瑚　温世頌　曾全輝　曾春風　彭家發　黃士強　黃士滔　黃仁德　黃沛榮　黃志民　黃廷合　黃明豐　黃俊郎　黃啓三　黃慶萱　黃燕飛　傅武光　傅肅良　嵇若昕　雷俊玲　楊美莉　楊超然　楊維哲　楊憲次　葉英正　詹益聚　詹慶臨　齊益壽　管金談　廖運炫　潘永寧　諸亞儂　鄭振鴻　鄭勝文

鄧日禎　蔡文輝　蔡木村　蔡少偉　蔡永利　蔡旭容　蔡振鵬　劉正浩　劉本棟　劉安彥　劉宗榮　劉俊佑　劉漢容　劉嘉進　賴炎元　賴明德　賴振東　賴福來　賴橋本　謝一鳴　謝明良　謝茂炯　謝雲飛　戴璉璋　鍾添東　鍾聰明　顏伯勤　顏秀崗　顏瑞和　藍乾章　簡宗修　簡宗梧　羅開明　蘇尚耀　蘇　侃

序

科學天天在進步，社會形態和人類生活的步調也隨之不斷在改變，我們希望提供一部時代性的工具書，幫助各層界的人士，適應我們生活的社會。因而，在《大辭典》刊印之後，仍本著以往的熱誠和勇氣，再次編寫這部《新辭典》。

當年《大辭典》的編撰，歷時十四年，得一千七百萬言，刊印後，獲各界的好評和讀者不斷的讚譽，並先後蒙新聞局、文工會、教育部、文建會等頒獎鼓勵。去年，這部集合了極大的人力和財力出版的辭書，竟被中國大陸翻印，據說行銷各地，倍受讀者歡迎。書雖被翻印，但也更確信人們對這部新時代的工具書是如何的殷切需要，以及它對文化界的貢獻。

由於時代急遽發展，人類接受的教育也日漸專精，社會也日趨複雜，人們日常生活所接觸到的和應用到的而又不懂的事物，也隨之愈來愈多。因此，我們構想編撰一部適合中上學校學生和社會人士的辭書，既便於攜帶、檢索，又具備當代的各項新知。《新辭典》便是在這個原則規劃下產生的。

《新辭典》撰寫的總字數近五百萬言，耗時四年，聘請參與編撰的學者專家近一百八十位，加上校對、繪圖、恭寫字體等的同仁合計在內，則超過兩百人。本書執筆者對每一字、每一辭的選擇和辭義撰述，都經過多次商討和修飾，以期達到完美的境地。其次，由於教育部所頒布的標準字體，採用宋體字無法完善地表達，我們特地重寫了一萬六千多的正楷字。可是，就在本書付印之前，教育部又做了重大的修正，我們也立即跟著一一加以改寫重做，以期符合標準。至於附錄部分，則兼顧了時代性和實用性，希望對廣大的讀者都有重大的用途。本書的工作人員，在求好、求真、求實的心態下，多年以來，費盡心力，努力不懈，茲略述一二，聊表對所有工作者的謝意。

日月常新，歲月如流，編寫一部辭書，其間的過程繁瑣而複雜，雖然處處小心謹慎，錯誤或許依舊難免，尚祈各界人士，不吝指教。

劉振强 敬識

中華民國七十八年二月

編 輯 大 意

一、編輯宗旨：本辭典匯集古、今各科術語，涵蓋傳統、現代語彙，旨在提供當今社會各階層人士使用。

二、收錄字詞：本辭典共收錄字 16,862 字，詞 43,140 條。

三、字的編輯：

㈠字的選錄：酌參教育部公布的標準常用國字、次常用國字、罕用字及一般辭書所收錄者，並酌增當今社會通行的新字。

㈡字的形體：以標準字體爲主，其他常用的字體，如或體、古文、本字、俗體、訛字等，亦酌加選錄。

㈢字的排列：

1. 按"康熙字典"部首排列的先後爲序。同一部首的字，按筆畫多寡爲次；筆畫數相同者，再按永字八法的點橫豎撇爲次。

2. 凡標準字體與宋體字形體不同者，只就其字根，依標準字體及宋體字之筆畫、部首分列字條；其餘從此字根之字，則不再分列。如「者」列老部四畫，「者」列老部五畫，至於從「者」之字，如「都」、「諸」、「奢」等分列各所屬之部，而從「者」之字，如「都」、「諸」、「奢」等，皆不再列舉；又如「為」列火部五畫，「爲」列爪部八畫，至於從「為」之字，如「偽」、「媯」、「為」等分列各所屬之部，而從「爲」之字，如「僞」、「嬀」、「譌」等，皆不再列舉。

㈣字的注音：

1. 每字先注國語注音符號第一式，再注'威妥瑪'式音標（Wade-Giles system），末注直音。直音以今通行國音爲據，若無適當直音的字則從闕。如：

人 ㄖㄣˊ *jen*² 音仁　；　餒 ㄋㄟˇ *nei*³

2. 凡字之音讀見於教育部所編國語辭典者，除少數罕用之又讀外，原則上一律採收。

3. 凡字有讀音、語音的區別者，依下列原則處理：

⑴先注語音，再注「讀音某」，二者前後接續，不分條並列。如：

液 ㄧㄝˋ yeh[4] 音夜 讀音 ㄧˋ i[4] 音繹

⑵讀音、語音所牽涉的字義不完全相同時，則字義訓釋列於語音下，而於另一音下注明爲某義的讀音。如：

弄 ㊀ ㄋㄨㄥˋ nung[4]

1玩耍；嬉戲。……2欺侮；侮慢。……3演奏。……4玩賞。……5設法取得。……6作；做。……7攪擾。……8追究；探察。……

㊁ ㄌㄨㄥˋ lung[4]

1㊀的讀音。2小巷。同衖。

⑶如習慣上使用讀音者，則字義訓釋列於讀音下，而於另一音下，注明爲某義的語音。如：

漆 ㊀ ㄑㄧ ch'i[1] 音七

1水名。……2(lacquer tree；*Rhus verniciflua*) 落葉喬木。……3具有色料的聚合體溶液。……4用漆塗飾。……5黑色。……6通七。7姓。……

㊁ ㄑㄩˋ ch'ü[4] 音趣

㊀5的語音。

4. 凡字有又讀者，依下列原則處理：

⑴先注習慣常用之音讀，再注「又讀某」，二者前後接續，不分條並列。如：

亞 ㄧㄚˋ ya[4] 音軋 又讀 ㄧㄚˇ ya[3] 音雅

⑵兩種音讀所牽涉的字義不完全相同時，則字義訓釋列於習慣常用之音讀下，而於另一音下注明爲某義的又讀，或「同某」。如：

郃 ㊀ ㄍㄜˊ ko[2], kê[2] 音閣

參郃陽。

㊁ ㄏㄜˊ ho[2], hê[2] 音合

1㊀的又讀。2姓。……

落 ㊀ ㄌㄨㄛˋ lo[4], luo[4] 音洛

1下墜；下降。……2剃去；除去。……8姓。……

㊁ ㄌㄠˋ lao[4] 音澇 又讀 ㄌㄜˋ lê[4] 音樂

1同㊀1。2得到。……3剩餘。……

5. 凡異體字依下列原則處理：

⑴不另注音，僅注明「某的或體」、「某的古文」等，有關該字之音讀，列於標準字體下。

⑵專有名詞因約定俗成而用異體字者，則該異體字下仍注明音讀，再注明「某的或體」、「某的古文」等。如：

裏 ㄌㄧˇ li^3 音里

裡的或體。

6. 凡字音有變調者，只注基本調，而加按語說明變調用法，不另在字條下分立一音。如：

不 ㈠ ㄅㄨˋ pu^4 音布

按：不的基本調是去聲，但在去聲字前變讀陽平。

7. 凡外來單位複音字，讀外文原音，概不注國音。如「瓩」讀 kilogram、「毸」讀 miligram。

㈤字義解釋：

1. 凡字之義，先列本義，然後依次爲引申義、叚借義、虛字、外來語及姓氏等。一字有多義，則用①、②、③等加以區分。若更細分，則以⑴、⑵、⑶等加以分別。如：

漢 ㄏㄢˋ han^4 音汗

①水名。……②銀河。……③種族名。……④朝代名。⑴（前202～後220）'劉邦'滅'秦'、敗'項羽'後所建，……⑵三國之一。即'劉備'所建'蜀漢'。……⑶五代之一。即'劉知遠'所建'後漢'。……⑤'漢口市'的簡稱。⑥男子。……⑦姓。……

2. 字有多音而義不同，則義隨音列。如：

丁 ㈠ ㄉㄧㄥ $ting^1$ 音釘

①天干的第四位。②壯盛。……③稱能任職役的男女。……④從事某種勞動的人。……⑤遭到。……⑥物體突出的部分。……⑦姓。……

㈡ ㄓㄥ $chêng^1$ 音爭

狀聲詞。……

3. 凡字之義，先以簡潔語體文解釋，然後或標明出處，或列舉例詞、例句。如：

潤 ㄖㄨㄣˋ jun^4 音閏

①潮溼。見"廣雅・釋詁"。②有光澤。如：紅潤。③利益；恩澤。如：

利潤。

4. 同一義中，如分用兩詞解釋，則以分號區分。如：

注　ㄓㄨˋ *chu*⁴ 音註

1灌入；流入。……2會聚；集中。……

5. 凡異體字不另作解釋，也不注明出處，僅注明「某的或體」、「某的古文」等。有關該字義釋，列於標準字體下。

6. 如某字僅用於聯緜詞，本身別無他義，則僅標注音讀，注明「參某某」，不另加解說。如：

蝴　ㄏㄨˊ *hu*² 音胡

參蝴蝶。

四、詞的編輯：

㈠詞的選錄：

1. 當代詞語之須作解釋者。

2. 古今各科學術術語或其他專有名詞之爲現代國民所須知者。

3. 古代詞語於今日尚流通者。

㈡詞的排列：

1. 依詞條字數的多寡爲序；如字數相同，再依詞條第二字的筆畫多寡爲次；如字數、筆畫均同，則按永字八法的點橫豎撇爲次。

2. 詞條之前加注阿拉伯數字，表示該詞條第二字的標準楷體筆畫數；但如連續數條詞條的第二字筆畫數相同時，則僅於第一條詞條前加注，其餘從略。

3. 凡詞條皆列於標準字體下，但專有名詞或因約定俗成而用異體字者，則列於異體字下。如「裏海」列於「裏」字下，不列於「裡」字下。

㈢詞的注音：

1. 每一詞條，均注國語注音符號第一式。如有讀音、語音的區別者，以注語音爲原則；但在習慣上使用讀音者，則仍注讀音。如：

【顏色】ㄧㄢˊ ㄙㄜˋ

2. 凡詞有多音者，依下列原則處理：

⑴如無辨義作用者，只注習慣常用之音讀，不注又讀。如：

【波浪】ㄅㄛ ㄌㄤˋ

⑵如有辨義作用者，則分條注音。如：

【丁丁】 ㈠ ㄉㄧㄥ ㄉㄧㄥ

健壯的樣子。

㈡ ㄓㄥ ㄓㄥ

伐木的聲音。

3. 凡詞只注基本調，不注變調。如：

【不速之客】 ㄅㄨˋ ㄙㄨˋ ㄓ ㄎㄜˋ

4. 凡詞之兒化韻，悉依教育部所編國語辭典標音。如：

【淚人兒】 ㄌㄟˋ ㄖㄜˊㄦ

㈣詞的解釋：

1. 詞條解釋使用簡潔語體文。

2. 凡詞有多義並行者，依本義、引申義、借用義、譬喻義等以①、②、③等分條解釋；若再細分，則用⑴、⑵、⑶等作為分別。如：

【警覺】 ㄐㄧㄥˇ ㄐㄩㄝˊ

①對可能發生的事變或危險有敏銳的感覺。②佛家語。⑴警醒覺悟。⑵作意。即注意。

3. 凡詞之本義已不行於今日，則先釋其本義，而後依引申義、借用義、譬喻義等分條解釋。如：

【酒池肉林】 ㄐㄧㄡˇ ㄔˊ ㄖㄡˋ ㄌㄧㄣˊ

貯酒成池，掛肉成林。①形容奢侈縱欲。②形容酒肉之多。

4. 凡一詞有二個以上相近而非全同之詞義，則不再分條，逕以分號區分。如：

【日課】 ㄖˋ ㄎㄜˋ

每天的課程；每天固定要做的事。

5. 凡詞有典故而為理解詞義所須知者，則先釋詞義，再扼要敘述故實，並注明出處，而不徵引原文。如：

【三月不知肉味】 ㄙㄢ ㄩㄝˋ ㄅㄨˋ ㄓ ㄖㄡˋ ㄨㄟˋ

形容音樂感人至深。'孔子'在'齊國'聆賞'舜'所作的"韶"樂，由於"韶"樂盡善盡美，令人沈醉，以致三月不知肉味。見"論語‧述而"。

6. 凡有助於字、詞義理解之圖表，酌附於該字或詞下。

7. 凡外來語附以原文，用括號（ ）注明。

五、標點符號：

㈠本辭典一律採用新式標點符號。專有名詞的符號爲配合版面的美觀和醒目，書名號作“ ”，如“詩”、“左傳”、“說文”等。人名、地名、國名等私名號作‘ ’，如‘孔子’、‘南京’、‘中華民國’等。

㈡凡字、詞義於注明出處時，若引書包括書名、篇目，則中間以・號隔開。如“論語・述而”、“通志・氏族略二”。

一部

一 ㄧ i^{1} 音壹

按：一的基本調是陰平，在陰平、陽平、上聲前變讀去聲，在去聲前變讀陽平。

古文作弌。[1]數詞。正整數的首數。近世公文、帳簿、票據通作壹，'阿拉伯'數字作1。[2]專一；純一。如：一心一意。[3]全部；整個。如：一身是膽。[4]相同；一樣。如：始終如一。[5]統一。如：四海一。[6]第一；最好的。如：一流人才。[7]一旦；一經。如：一去不返。[8]一次。如：一而再，再而三。[9]一方面。如：一則以喜，一則以憂。[10]平均而沒有差別。如：徭賦均一。[11]道的開端；物的根本。如：道立於一。[12]竟然。如：一至於此。[13]另外的。如：一說。[14]每。如：一看書就忘了憂愁。[15]表示偶然、略微。如：一不小心。[16]助詞。加強語氣用。如：一何苦。[17]姓。'明'有'一洪'。見"萬姓統譜·一一五"。

1【一一】 ㄧ ㄧ

逐一；一個一個地。

2【一二】 ㄧ ㄦˋ

少數；少量。

3【一工】 ㄧ ㄍㄨㄥ

一個工人一天的工時或工作量。

【一口】 ㄧ ㄎㄡˇ

[1]一人。[2]咬一次。[3]一孔。[4]量詞。如：一口井。[5]滿口。如：說得一口官話。[6]表示果決的語氣。如：一口咬定。

【一夕】 ㄧ ㄒㄧˋ

一夜；整夜。

4【一文】 ㄧ ㄨㄣˊ

[1]錢一枚。[2]一篇文章。

【一心】 ㄧ ㄒㄧㄣ

[1]同心。[2]全心；心意專一。

【一元】 ㄧ ㄩㄢˊ

[1]本指宇宙初闢，渾沌不分之狀。後泛指事物之開始爲一元。[2]古代紀年的單位。如'劉歆'"三統曆"以四千六百一十七年爲一元、"皇極經世"以十二萬九千六百年爲一元等。[3]錢幣單位。'清'稱元寶一枚爲一元；今則以十角爲一元。[4]單一的。與多元相對。

【一夫】 ㄧ ㄈㄨ

[1]指暴君。[2]一男子。如：一夫當關。

【一切】 ㄧ ㄑㄧㄝˋ

一律；所有。指包羅全部。

【一手】 ㄧ ㄕㄡˇ

[1]指一種技藝。如：他彈得一手好琵琶。[2]一個人的力量。如：一手包辦。

【一片】 ㄧ ㄆㄧㄢˋ

[1]一塊。指平而薄之物。如：一片餅乾。[2]一大塊。如：一片大草原。[3]一番。如：一片心意。

【一介】 ㄧ ㄐㄧㄝˋ

[1]微小。如：一介不取。[2]一個。如：一介書生。

5【一世】 ㄧ ㄕˋ

[1]一生。[2]指三十年。[3]父子相繼爲一世。[4]全世界。[5]一代；當代。

【一旦】 ㄧ ㄉㄢˋ

[1]有一天。[2]一朝；一時。

【一生】 ㄧ ㄕㄥ

[1]從生到死。俗稱一輩子。[2]一位書生。

【一代】 ㄧ ㄉㄞˋ

[1]一個朝代。[2]一個時代。[3]父子相繼爲一代。[4]一生；一世。

6【一再】 ㄧ ㄗㄞˋ

一次又一次；屢次。

【一曲】 ㈠ ㄧ ㄑㄩ

[1]一隅；一部分。[2]河流彎曲的地方。

㈡ ㄧ ㄑㄩˇ

樂曲一闋。

【一回】 ㄧ ㄏㄨㄟˊ

[1]一次。[2]章回小說的一章。

【一色】 ㄧ ㄙㄜˋ

[1]純色；同一種顏色。[2]同類。如：清一色都是齊膝短裙。[3]一件。

【一伙】 ㄧ ㄏㄨㄛˇ

一群；一幫。也作一夥。

【一向】 ㄧ ㄒㄧㄤˋ

[1]朝著一個方向。[2]一味；一意。[3]偏到一邊。[4]從來；一直。指過去或最近一段時間。[5]片刻；霎時。

【一行】 ㈠ ㄧ ㄒㄧㄥˊ

同行的一群人。如：一行數十人。

㈡ ㄧ ㄒㄧㄥˋ

獨行；獨特的操行。

㈢ ㄧ ㄏㄤˊ

[1]單一的行列。如：一行字。[2]一種行業。

7【一局】 ㄧ ㄐㄩˊ

一個回合；一場。

【一批】 ㄧ ㄆㄧ

多數人或物聚合在一起。

【一角】 ㄧ ㄐㄧㄠˇ

[1]錢幣單位。十分爲一角，俗稱一毛。[2]角落；一隅。[3]戲劇或電影中的一個角色。

【一身】 ㄧ ㄕㄣ

[1]全身；渾身。[2]一人。[3]衣服一套。

【一似】 ㄧ ㄙˋ

好像；如同。

8【一宗】 ㄧ ㄗㄨㄥ

[1]同一祖先；同一族姓。[2]一件。如：一宗搶案。[3]一批。如：買進一宗雜貨。

【一刻】 ㄧ ㄎㄜˋ

[1]形容很短的時間。如：一刻千金。[2]十五分鐘。

【一味】 ㄧ ㄨㄟˋ

[1]一種食物；一道菜肴。[2]專一；總是。如：一味鑽牛角尖。[3]'中'醫稱藥一種。[4]指佛法對眾生的利益甘甜如蜜，獨一無二。

【一門】 ㄧ ㄇㄣˊ

[1]一座門。[2]一家。如：一門忠烈。[3]一類；一科。如：一門學問。[4]一樁；一件。如：一門婚事。[5]一座。

如:一門炮。
【一帖】 ㄧ ㄊㄧㄝ
指藥一劑或一服。
【一服】 ㄧ ㄈㄨˊ
指藥一劑。
【一併】 ㄧ ㄅㄧㄥˋ
一同;一起。
【一念】 ㄧ ㄋㄧㄢˋ
①佛家語。指意識與所思的情境結合一次。即人類心裡想到某一情境的一瞬印象。②指極短的時間。
9【一流】 ㄧ ㄌㄧㄡˊ
第一等。
【一致】 ㄧ ㄓˋ
趨向相同;目標齊一。
【一面】 ㄧ ㄇㄧㄢˋ
①見過一次。如:一面之緣。②一方。如:獨當一面。③一邊。④量詞。如:一面牆。
【一紀】 ㄧ ㄐㄧˋ
十二年。
【一律】 ㄧ ㄌㄩˋ
一致;同樣。
10【一起】 ㄧ ㄑㄧˇ
①一批;一群。②共同。③一樁;一件。如:一起命案。
【一陣】 ㄧ ㄓㄣˋ
①形容連續的事態或動作。如:一陣雨。②一段時間。如:過一陣再說。
【一時】 ㄧ ㄕˊ
①一季。②一個時期。③暫時。如:一時之計。④即時;頓時。⑤同時。⑥片刻。
【一晌】 ㄧ ㄕㄤˇ
片刻。指極短的時間。
【一乘】 ㄧ ㄕㄥˋ
佛家語。又稱一乘佛。能載人到涅槃彼岸的佛法。
【一息】 ㄧ ㄒㄧˊ
一呼一吸。①比喻時間短暫。②指一口氣。如:一息尚存。
【一徑】 ㄧ ㄐㄧㄥˋ
①一條小路。②一直。如:一徑向東走。
11【一連】 ㄧ ㄌㄧㄢˊ
①連續。②軍隊中的一個單位。通常三排爲一連,三連爲一營。
【一票】 ㄧ ㄆㄧㄠˋ
①一批。如:一票人馬。②一張票。
【一貫】 ㄧ ㄍㄨㄢˋ
①以一種道理貫通萬事萬物。②一串。③古稱一千文錢。④具有連續性或順序的。如:一貫作業。
【一統】 ㄧ ㄊㄨㄥˇ
統一。
【一偏】 ㄧ ㄆㄧㄢ
①偏向某一方面。②一部分。
12【一尊】 ㄧ ㄗㄨㄣ
①最尊貴的;最權威的。②量詞。如:一尊佛像。
【一斑】 ㄧ ㄅㄢ
比喻事物全部中的一小部分。
【一朝】 ㊀ ㄧ ㄓㄠ
①一個早晨。②一時。如:一朝之忿。③一旦;忽然有一天。多爲預料將來之詞。
㊁ ㄧ ㄔㄠˊ
①一次朝見。如:五日一朝。②整個朝廷。③一個朝代。
【一隅】 ㄧ ㄩˊ
一個角落。引申爲偏於某一方面或某一部分,不能兼顧全局。
【一著】 ㄧ ㄓㄠ
一個方法或步驟。
【一週】 ㄧ ㄓㄡ
①一星期。②一圈。
【一番】 ㄧ ㄈㄢ
①一次。②一種;一片。
【一程】 ㄧ ㄔㄥˊ
一段距離;一趟行程。
【一絲】 ㄧ ㄙ
①一條絲。②一條。指細長的東西。如:一絲春柳。③形容微少。④微量單位。十忽爲一絲。
13【一道】 ㄧ ㄉㄠˋ
①量詞。指一條、一件、一題、一樣等。②一同。
【一鼓】 ㄧ ㄍㄨˇ
①古代重量單位,約四百八十斤。②即一更。約晚上八、九點。③一通鼓聲。如:一鼓作氣。
【一頓】 ㄧ ㄉㄨㄣˋ
①一餐。②一次。③停息片刻。
【一概】 ㄧ ㄍㄞˋ
①用一個標準去平齊一切事物。②一律。
【一葉】 ㄧ ㄧㄝˋ
①一片葉子。②比喻小船。如:一葉扁舟。③紙一張。同一頁。
【一葦】 ㄧ ㄨㄟˇ
比喻小船。
【一路】 ㄧ ㄌㄨˋ
①沿路;沿途。②同路的;同類的。③一個途徑。
【一粲】 ㄧ ㄘㄢˋ
一笑。
【一節】 ㄧ ㄐㄧㄝˊ
一段;一部分。
【一稔】 ㄧ ㄖㄣˇ
一年。
14【一端】 ㄧ ㄉㄨㄢ
①事情的一個方面。②東西的一頭。
【一齊】 ㄧ ㄑㄧˊ
①同時。②全部。③相等;齊一。如:萬物一齊。
【一截】 ㄧ ㄐㄧㄝˊ
一段;一節。
【一領】 ㄧ ㄌㄧㄥˇ
衣一件或席一張。
15【一遭】 ㄧ ㄗㄠ
①一趟;一次。②一周。
【一輪】 ㄧ ㄌㄨㄣˊ
①一個車輪。也借指一輛車。②形容圓形的東西。③十二年。④輪完一遍。
【一趟】 ㄧ ㄊㄤˋ
一回;一次。專指路程。
【一樁】 ㄧ ㄓㄨㄤ
①一件;一種。②一根木樁。
【一撮】 ㊀ ㄧ ㄗㄨㄛˇ
一叢。指細長的東西。
㊁ ㄧ ㄘㄨㄛˋ

一些;一點點。指細末或粒狀的物品。

17【一幫】 ㄧ ㄅㄤ

一群;一夥。

【一瞬】 ㄧ ㄕㄨㄣˋ

1一眨眼。比喻極短的時間。2佛典中的時間單位。"摩訶僧祇律·一七"以爲二十念爲一瞬,二十瞬爲一彈指。比喻極短的時間。

20【一齣】 ㄧ ㄔㄨ

1戲劇中的一段。2一個完整的戲劇。

22【一灘】 ㄧ ㄊㄢ

一堆;一片。指流質或細末的東西。如:一灘水。

【一襲】 ㄧ ㄒㄧˊ

衣服一套。

23【一體】 ㄧ ㄊㄧˇ

1一個整體。2一肢;一部分。3一律;一樣。

3【一丈青】 ㄧ ㄓㄤˋ ㄑㄧㄥ

一種細長的簪子。一端尖細,一端較粗,有小杓,可供挖耳。

【一口氣】 ㄧ ㄎㄡˇ ㄑㄧˋ

1人的呼吸氣息。指生命。2接連不斷;一次完成。3指人的榮譽、面子。

4【一元酸】 ㄧ ㄩㄢˊ ㄙㄨㄢ

(monocarboxylic acid)有機酸分子中,只含有一個羧基(COOH)的,叫做一元酸。如醋酸(CH_3COOH)、苯甲酸(C_6H_5COOH)等。

【一元論】 ㄧ ㄩㄢˊ ㄌㄨㄣˋ

1(monism)與二元論、多元論相對。凡以單一元素或單一原理說明宇宙萬物的本質或運行的學說,稱爲一元論。如唯心論、唯物論、心物合一論等學說均是。2(monogenism)此一學說認爲現今地球上的人類,係由同一祖先產生,後因適應自然環境而漸生差異。

【一元醇】 ㄧ ㄩㄢˊ ㄔㄨㄣˊ

(monohydric alcohol)分子中只含有一個羥基(-OH基)的醇,叫做一元醇。例如甲醇(CH_3OH)、乙醇(C_2H_5OH)等。

6【一字師】 ㄧ ㄗˋ ㄕ

指改正一個字使意境更好的老師。五代'釋齊己'"早梅"詩:「前村深雪裏,昨夜數枝開。」'鄭谷'改「數枝」爲「一枝」,意境更佳。時人稱'鄭谷'爲一字師。見"五代史補·二"。

【一地裡】 ㄧ ㄉㄧˋ ·ㄌㄧ

到處;每一個角落。

7【一把抓】 ㄧ ㄅㄚˇ ㄓㄨㄚ

包辦;攬權。

【一抔土】 ㄧ ㄆㄡˊ ㄊㄨˇ

一掬土;一捧土。墳墓的代稱。也作一坏土。

【一系列】 ㄧ ㄒㄧˋ ㄌㄧㄝˋ

同一系統的; 連中的。

9【一神論】 ㄧ ㄕㄣˊ ㄌㄨㄣˋ

(monotheism)與多神論相對。主張宇宙間存有唯一的神的理論。如基督教、回教的學說便是。有時也稱爲至上神論,因其所崇拜的神爲至高無上者。

【一指禪】 ㄧ ㄓˇ ㄔㄢˊ

國術硬功。練食指硬勁,用以戳敵或點穴。

【一面倒】 ㄧ ㄇㄧㄢˋ ㄉㄠˇ

指完全傾向某一個方面。

【一剎那】 ㄧ ㄔㄚˋ ㄋㄨㄛˊ

指極短的時間。

10【一家言】 ㄧ ㄐㄧㄚ ㄧㄢˊ

有創見而自成體系足以傳世的論著。

【一院制】 ㄧ ㄩㄢˋ ㄓˋ

(unicameral system)議會制度有一院制與兩院制之別。在一院制,人民選出的議員,僅組織一個團體,以行使議會的職權。如'丹麥'、'芬蘭'、'以色列'、'盧森堡'、'紐西蘭'與'瑞典'的國會,都採一院制。

【一眨眼】 ㄧ ㄓㄚˇ ㄧㄢˇ

眼睛開闔一次。比喻極短暫的時間。

【一骨碌】 ㄧ ㄍㄨˊ ·ㄌㄨ

翻身一滾。也作一骨魯、一砧碌。

【一般稅】 ㄧ ㄅㄢ ㄕㄨㄟˋ

(general taxation)指租稅收入充作一般用途者。我國現行稅目大部分均爲一般稅。一般稅是根據「不相屬」的預算原則,即在收支之間,不能置以特別的關係,俾對國家一切收支加以統一綜合,而收靈活運用之效。

11【一貫教】 ㄧ ㄍㄨㄢˋ ㄐㄧㄠˋ

'清'末新興的民間信仰,因教義揉合儒、釋、道,強調'萬教歸一'理念,乃據"論語"'吾道一以貫之'命名。創教人'王覺一',四傳至'張光璧'後發展至全國。以'無極老母'('無生老母')為最高神,信教者依資歷分道長、點傳師、壇主、辦事員、引保師、道親等。'民國'三十八年後'中共'禁教,一貫道亦播遷入'臺',發展為十八支線',現仍為釋、道、基督教之外,'臺'、'澎'、'金'、'馬'地區最大的宗教團體。

【一貫道】 ㄧ ㄍㄨㄢˋ ㄉㄠˋ

民間宗教之一。參一貫教。

【一條心】 ㄧ ㄊㄧㄠˊ ㄒㄧㄣ

一心一意;萬眾同心。

12【一補數】 ㄧ ㄅㄨˇ ㄕㄨˋ

(one's complement)電腦系統處理負數的方法之一。將一個二進位數中的0變爲1,且1變爲0之後所得的數,稱爲原數之一補數。如 10110100 的一補數爲 01001011。

【一筆書】 ㄧ ㄅㄧˇ ㄕㄨ

指體勢不斷,前後呼應,或筆雖斷而意仍連,並非每一字都必須一筆連書而成的書法。'唐朝'張彥遠'在"法書要錄"一書中舉出一筆篆、一筆隸、一筆飛白、一筆草書等一筆書四種;然今之一筆書,皆指一筆草書而言。東漢'書家'張芝',學書能溫故知新,轉精其妙，字的體勢一筆而成，創出一筆書，'東晉''王獻之'繼之，更嫻熟此書法。

【一等一】 ㄧ ㄉㄥˇ ㄧ
頂尖的；最好的。

13【一溜煙】 ㄧ ㄌㄧㄡˋ ㄧㄢ
形容走路飛快的樣子。

14【一窩蜂】 ㄧ ㄨㄛ ㄈㄥ
①形容人多聲雜，如傾巢群蜂，一擁而前。②比喻盲從時尚。

【一團糟】 ㄧ ㄊㄨㄢˊ ㄗㄠ
形容雜亂糾纏。

15【一彈指】 ㄧ ㄊㄢˊ ㄓˇ
手指一彈。比喻極短暫的時間。

【一輩子】 ㄧ ㄅㄟˋ ˙ㄗ
一生；終身。

16【一霎時】 ㄧ ㄕㄚˋ ㄕˊ
形容時間短暫。

【一壁廂】 ㄧ ㄅㄧˋ ㄒㄧㄤ
一方面；一邊。

20【一黨制】 ㄧ ㄉㄤˇ ㄓˋ
指一國之內只有一個有力的政黨掌握政權、支配國家權力、決定國策的政黨制度。可分兩類：一、一黨極權制：如在'共產黨'、'納粹黨'和'法西斯黨'統治下的國家，只允許本身一個黨存在，其他政黨均為非法。二、一黨強勢制：如二次大戰後'亞''非'地區的若干新興國家，法律並不禁止執政黨以外的政黨存在，也確實有小黨存在，但執政黨的優勢地位經常得以長期維持。

【一闡提】 ㄧ ㄔㄢˇ ㄊㄧˊ
佛家語。指不成佛的兩種人。一為斷絕一切善根的人，此種人不能成佛。一為濟度一切眾生的大悲菩薩，此種人不欲成佛。

2【一丁點兒】 ㄧ ㄉㄧㄥ ㄉㄧㄚˇㄦ
形容數量或形體的微小。

【一刀兩斷】 ㄧ ㄉㄠ ㄌㄧㄤˇ ㄉㄨㄢˋ
比喻完全決絕，不再有任何關係。

【一了百了】 ㄧ ㄌㄧㄠˇ ㄅㄞˇ ㄌㄧㄠˇ
①指人死後，萬事俱休。②指解決了某一件事以後，其他的事也連帶都解決了。

3【一口咬定】 ㄧ ㄎㄡˇ ㄧㄠˇ ㄉㄧㄥˋ
很堅決地認定某種事況，不肯改變。

【一夕九徙】 ㄧ ㄒㄧˋ ㄐㄧㄡˇ ㄒㄧˇ
一個晚上遷徙九次。原指隨時搬遷，以避仇家。後用以形容居無定所或居處不得安寧。

4【一文不名】 ㄧ ㄨㄣˊ ㄅㄨˋ ㄇㄧㄥˊ
連一文錢都沒有。形容很貧窮。

【一文不值】 ㄧ ㄨㄣˊ ㄅㄨˋ ㄓˊ
毫無價值。

【一心一意】 ㄧ ㄒㄧㄣ ㄧ ㄧˋ
心意專一。

【一心一德】 ㄧ ㄒㄧㄣ ㄧ ㄉㄜˊ
眾人具有共同的心願和理想。

【一元復始】 ㄧ ㄩㄢˊ ㄈㄨˋ ㄕˇ
天地的新氣象又重新開始。指新年。

【一五一十】 ㄧ ㄨˇ ㄧ ㄕˊ
從頭到尾，仔仔細細的。

【一木難支】 ㄧ ㄇㄨˋ ㄋㄢˊ ㄓ
比喻一人之力，不能獨撐艱鉅。

【一孔之見】 ㄧ ㄎㄨㄥˇ ㄓ ㄐㄧㄢˋ
比喻見識淺狹。

【一日三秋】 ㄧ ㄖˋ ㄙㄢ ㄑㄧㄡ
形容對人思念的殷切。

【一日千里】 ㄧ ㄖˋ ㄑㄧㄢ ㄌㄧˇ
形容迅速。

【一日之長】 ㊀ ㄧ ㄖˋ ㄓ ㄓㄤˇ
年齡稍長於他人。
㊁ ㄧ ㄖˋ ㄓ ㄔㄤˊ
才能稍強於他人。

【一日萬幾】 ㄧ ㄖˋ ㄨㄢˋ ㄐㄧ
每天要處理的事有千萬件之多。形容主管國事者之辛勞。

【一手遮天】 ㄧ ㄕㄡˇ ㄓㄜ ㄊㄧㄢ
比喻倚仗權勢，遮掩眾人耳目，使是非不明。

【一毛不拔】 ㄧ ㄇㄠˊ ㄅㄨˋ ㄅㄚˊ
本指'楊朱'不肯拔一毛而利天下的貴己思想。今用以譏人極端吝嗇。

【一介之善】 ㄧ ㄐㄧㄝˋ ㄓ ㄕㄢˋ
指小小的美德或長處。

【一介不取】 ㄧ ㄐㄧㄝˋ ㄅㄨˋ ㄑㄩˇ
不應得的東西，雖極微少，也不苟得。比喻廉潔。

【一介書生】 ㄧ ㄐㄧㄝˋ ㄕㄨ ㄕㄥ
一個讀書人。

5【一古腦兒】 ㄧ ㄍㄨˇ ㄋㄠˇㄦ
一齊；全部。

【一本正經】 ㄧ ㄅㄣˇ ㄓㄥˋ ㄐㄧㄥ
形容嚴肅認眞的樣子。

【一本萬利】 ㄧ ㄅㄣˇ ㄨㄢˋ ㄌㄧˋ
以極少的本錢可賺得豐厚的利潤。

【一本萬殊】 ㄧ ㄅㄣˇ ㄨㄢˋ ㄕㄨ
一個根源，而演為種種不同的現象。

【一石二鳥】 ㄧ ㄕˊ ㄦˋ ㄋㄧㄠˇ
比喻一舉兩得。

【一目十行】 ㄧ ㄇㄨˋ ㄕˊ ㄏㄤˊ
形容看書的速度極快。

【一目了然】 ㄧ ㄇㄨˋ ㄌㄧㄠˇ ㄖㄢˊ
一看就全部瞭解。

【一以貫之】 ㄧ ㄧˇ ㄍㄨㄢˋ ㄓ
以一個基本道理貫通萬事萬理。

【一丘之貉】 ㄧ ㄑㄧㄡ ㄓ ㄏㄜˊ
比喻同類。今多用以稱臭味相投的一群人，含有輕視的意味。

【一代佳人】 ㄧ ㄉㄞˋ ㄐㄧㄚ ㄖㄣˊ
當代最出色的美人。

6【一字一珠】 ㄧ ㄗˋ ㄧ ㄓㄨ
形容歌聲圓潤婉轉或文章美好凝鍊。

【一字千金】 ㄧ ㄗˋ ㄑㄧㄢ ㄐㄧㄣ
形容文章價值很高。'秦'相'呂不韋'編撰"呂氏春秋"，書成，曾懸掛於'咸陽'城門，聲明能增刪書中一字者，即賞給千金。見"史記·呂不韋傳"。

【一字不易】 ㄧ ㄗˋ ㄅㄨˋ ㄧˋ
①一個字都無法更動。形容文字精鍊。②一個字也沒更動。

【一字褒貶】 ㄧ ㄗˋ ㄅㄠ ㄅㄧㄢˇ
行文中，用一個字以寓含褒賞或貶責的意思。本指"春秋"筆法，後用以形容措辭謹嚴。

【一衣帶水】 ㄧ ㄧ ㄉㄞˋ ㄕㄨㄟˇ

形容江河兩岸,相距很近,僅如一條衣帶之隔。

【一次汙染】ㄧ ㄘˋ ㄨ ㄖㄢˇ
(primary pollution)承受直接或原汙染物的汙染。

【一次電壓】ㄧ ㄘˋ ㄉㄧㄢˋ ㄧㄚ
(primary voltage)加於變壓器一次繞組的電壓。

【一次繞組】ㄧ ㄘˋ ㄖㄠˋ ㄗㄨˇ
(primary winding)變壓器輸入端的繞組。一次繞組從電源接受能量,產生磁通而將電流、電壓感應至二次繞組。

【一成一旅】ㄧ ㄔㄥˊ ㄧ ㄌㄩˇ
有方十里的田、五百人的部眾。形容地狹人少,勢力單薄。

【一成不變】ㄧ ㄔㄥˊ ㄅㄨˋ ㄅㄧㄢˋ
形容死守舊法,不能變通。

【一曲之見】ㄧ ㄑㄩ ㄓ ㄐㄧㄢˋ
不識大體、偏於一隅的見解。

【一帆風順】ㄧ ㄈㄢˊ ㄈㄥ ㄕㄨㄣˋ
旅途平安無事。常用以祝賀平安或順利。

【一年半載】ㄧ ㄋㄧㄢˊ ㄅㄢˋ ㄗㄞˇ
泛指不太長的時間。

7【一決雌雄】ㄧ ㄐㄩㄝˊ ㄘ ㄒㄩㄥˊ
比一比,以決定勝敗優劣。

【一言一行】ㄧ ㄧㄢˊ ㄧ ㄒㄧㄥˊ
指人的言談舉止。

【一言一笑】ㄧ ㄧㄢˊ ㄧ ㄒㄧㄠˋ
每一句話每一個笑容。泛指神情意態。

【一言九鼎】ㄧ ㄧㄢˊ ㄐㄧㄡˇ ㄉㄧㄥˇ
形容說話很有分量,具有決定性的影響力。九鼎,古代象徵國家政權的寶器,相傳爲'夏禹'所鑄,以象九州。

【一言興國】ㄧ ㄧㄢˊ ㄒㄧㄥ ㄍㄨㄛˊ
一句話就可以使國家興盛。

【一言難盡】ㄧ ㄧㄢˊ ㄋㄢˊ ㄐㄧㄣˋ
形容事情非常複雜,不能用簡單的話說得清楚。

【一見如故】ㄧ ㄐㄧㄢˋ ㄖㄨˊ ㄍㄨˋ
初次見面就意氣相合,像老朋友一樣。

【一見傾心】ㄧ ㄐㄧㄢˋ ㄑㄧㄥ ㄒㄧㄣ
初次相見,便愛慕對方。

【一見鍾情】ㄧ ㄐㄧㄢˋ ㄓㄨㄥ ㄑㄧㄥˊ
指男女初次相見就生愛悅之心。

【一步登天】ㄧ ㄅㄨˋ ㄉㄥ ㄊㄧㄢ
比喻很輕易地登上高位或達到目的。

【一身是膽】ㄧ ㄕㄣ ㄕˋ ㄉㄢˇ
形容膽量大,無所畏懼。

8【一波三折】ㄧ ㄅㄛ ㄙㄢ ㄓㄜˊ
①指寫字筆畫曲折多姿。②比喻事情進行不順利,波折很多。

【一刻千金】ㄧ ㄎㄜˋ ㄑㄧㄢ ㄐㄧㄣ
形容時間非常寶貴。

【一表人才】ㄧ ㄅㄧㄠˇ ㄖㄣˊ ㄘㄞˊ
形容儀表出眾。

【一板一眼】ㄧ ㄅㄢˇ ㄧ ㄧㄢˇ
①我國古典戲曲以板眼爲節拍,第一拍叫板,第二拍叫眼,若一小節有二拍,稱爲一板一眼,即現在2/4的曲子。②形容說話做事有條不紊。③形容墨守成規,不知變通。

【一板三眼】ㄧ ㄅㄢˇ ㄙㄢ ㄧㄢˇ
'平'劇唱腔的曲式之一。每一小節有四拍,第一拍稱板,第二、三、四拍都稱眼。即現在4/4的曲子。

【一拍卽合】ㄧ ㄆㄞ ㄐㄧˊ ㄏㄜˊ
形容意見相投,很快地結合起來。

【一呼百諾】ㄧ ㄏㄨ ㄅㄞˇ ㄋㄨㄛˋ
形容富貴人家僕從眾多,聲勢顯赫。

【一知半解】ㄧ ㄓ ㄅㄢˋ ㄐㄧㄝˇ
形容了解不深。

【一股勁兒】ㄧ ㄍㄨˇ ㄐㄧㄜˋㄦ
①一股精力或熱忱。②集中精力,專注於某事。

【一股腦兒】ㄧ ㄍㄨˇ ㄋㄠˇㄦ
一齊;全部。

【一兔百逐】ㄧ ㄊㄨˋ ㄅㄞˇ ㄓㄨˊ
比喻事物未有定主,則競爭的人眾多。

【一念之差】ㄧ ㄋㄧㄢˋ ㄓ ㄔㄚ
一個念頭所造成的差失。

【一往情深】ㄧ ㄨㄤˇ ㄑㄧㄥˊ ㄕㄣ
形容一個人對人或物傾注深情,一直不曾改變。

【一狐之腋】ㄧ ㄏㄨˊ ㄓ ㄧㄝˋ
比喻雖少而珍貴。也指整個事物中的一部分。

9【一祖三宗】ㄧ ㄗㄨˇ ㄙㄢ ㄗㄨㄥ
指'宋代''江西'詩派的淵源及重要作家。一祖爲'唐代'的'杜甫';三宗爲'宋代'的'黃庭堅'、'陳師道'、'陳與義'。

【一柱擎天】ㄧ ㄓㄨˋ ㄑㄧㄥˊ ㄊㄧㄢ
比喻以一身而維繫天下的重任。

【一致百慮】ㄧ ㄓˋ ㄅㄞˇ ㄌㄩˋ
思慮雖有百般不同,目標卻是一樣。

【一盈一虛】ㄧ ㄧㄥˊ ㄧ ㄒㄩ
指事物相對地消長。

【一面之詞】ㄧ ㄇㄧㄢˋ ㄓ ㄘˊ
單方面的說詞。

【一面之雅】ㄧ ㄇㄧㄢˋ ㄓ ㄧㄚˇ
見過一面的交情。

【一面之緣】ㄧ ㄇㄧㄢˋ ㄓ ㄩㄢˊ
見過一面的緣分。

10【一家之言】ㄧ ㄐㄧㄚ ㄓ ㄧㄢˊ
即一家言。

【一旅中興】ㄧ ㄌㄩˇ ㄓㄨㄥ ㄒㄧㄥ
指憑藉單薄的力量復國。

【一馬當先】ㄧ ㄇㄚˇ ㄉㄤ ㄒㄧㄢ
領先眾人。

【一時之計】ㄧ ㄕˊ ㄓ ㄐㄧˋ
臨時的、短時間的權宜措施。

【一時之選】ㄧ ㄕˊ ㄓ ㄒㄩㄢˇ
當時所能選出的最好的人才。

【一時瑜亮】ㄧ ㄕˊ ㄩˊ ㄌㄧㄤˋ
比喻彼此才智相若,都是最傑出的人才。瑜,指'周瑜';亮,指'諸葛亮'。

【一氧化碳】ㄧ ㄧㄤˇ ㄏㄨㄚˋ ㄊㄢˋ
(carbon monoxide)一種有毒的無色氣體,分子式 CO,燃燒時呈紫色火焰。可用來製造甲醇、乙烯等化合物。

【一脈如縷】ㄧ ㄇㄛˋ ㄖㄨˊ ㄌㄩˇ
傳承的統系細如絲線,就要斷絕的樣子。

【一脈相承】ㄧ ㄇㄛˋ ㄒㄧㄤ ㄔㄥˊ
指血統或學派一系相傳。

【一氣呵成】ㄧ ㄑㄧˋ ㄏㄜ ㄔㄥˊ
文章從頭到尾脈絡完整,氣勢一貫。比喻作事傾全力一次完成。

【一級產業】ㄧ ㄐㄧˊ ㄔㄢˇ ㄧㄝˋ
(primary industry)直接涉及自然物資之種植或採集之產業。包括農、漁、林、牧、鹽、礦業等。

【一針見血】ㄧ ㄓㄣ ㄐㄧㄢˋ ㄒㄧㄝˇ
比喻見解透徹,切中要害。

【一息尚存】ㄧ ㄒㄧˊ ㄕㄤˋ ㄘㄨㄣˊ
指生命尚在。

【一般代理】ㄧ ㄅㄢ ㄉㄞˋ ㄌㄧˇ
又稱概括代理。與特別代理相對。指代理權之範圍並無特定限制者;如某甲授與某乙全權經營工廠之代理權。若代理權之範圍有特定限制者,則稱特別代理;如某甲授權與某乙出售某棟房屋之代理權。二者的區分是針對意定代理而言,法定代理均爲一般代理。特別代理就代理權之限制,不得以之對抗善意第三人,但第三人因過失而不知其事實者不在此限。

【一般見識】ㄧ ㄅㄢ ㄐㄧㄢˋ ㄕˋ
一樣的見識。多指跟見識不多的人一樣,氣度狹小。

11【一清二白】ㄧ ㄑㄧㄥ ㄦˋ ㄅㄞˊ
形容非常清白。

【一清如水】ㄧ ㄑㄧㄥ ㄖㄨˊ ㄕㄨㄟˇ
形容官吏的清廉。

【一部保險】ㄧ ㄅㄨˋ ㄅㄠˇ ㄒㄧㄢˇ
(under insurance)又稱不足保險。保險契約中約定之保險金額,小於保險價額者。若保險標的全部受損,保險人即按保險金額全部給付;若爲一部損失,即按保險金額與保險價額之比例分擔。其計算公式如下:

$$\frac{\text{保險金額}}{\text{保險價額}} \times \text{損失金額} = \text{補償金額。}$$

【一部損失】ㄧ ㄅㄨˋ ㄙㄨㄣˇ ㄕ
(partial loss)又稱部分損失或分損。保險標的因危險事故發生,而未達全部損失程度者。

【一望無垠】ㄧ ㄨㄤˋ ㄨˊ ㄧㄣˊ
一眼看去,無邊無際。形容廣闊浩渺。

【一視同仁】ㄧ ㄕˋ ㄊㄨㄥˊ ㄖㄣˊ
平等待遇,不分厚薄。

【一張一弛】ㄧ ㄓㄤ ㄧ ㄕˇ
本指拉緊弓絃又放鬆弓絃。引申爲施政要勞逸相參,調劑得當。

【一乾二淨】ㄧ ㄍㄢ ㄦˋ ㄐㄧㄥˋ
精光;無餘。

【一掃而空】ㄧ ㄙㄠˇ ㄦˊ ㄎㄨㄥ
瞬間就沒有剩餘。指很快吃光或拿光。

【一敗塗地】ㄧ ㄅㄞˋ ㄊㄨˊ ㄉㄧˋ
形容失敗到不可收拾的地步。

【一唱三歎】ㄧ ㄔㄤˋ ㄙㄢ ㄊㄢˋ
一人唱,三人和。今多用以形容詩文具有豐富的感情和韻味。也作一倡三歎。

【一國三公】ㄧ ㄍㄨㄛˊ ㄙㄢ ㄍㄨㄥ
一個國家有三位權勢相等的公爵。比喻一個團體,事權不能統一。

【一貧如洗】ㄧ ㄆㄧㄣˊ ㄖㄨˊ ㄒㄧˇ
形容極其貧窮。

【一貫作業】ㄧ ㄍㄨㄢˋ ㄗㄨㄛˋ ㄧㄝˋ
企業爲獲取較大利潤而設計的省時、省力、有步驟、有程序的自動化作業。

【一條鞭法】ㄧ ㄊㄧㄠˊ ㄅㄧㄢ ㄈㄚˇ
'明神宗''萬曆'年間,'張居正'對賦稅方面的改革法。'明'中葉以後,衛所制度敗壞,軍戶逃亡;民戶爲逃避賦稅與力役,也紛紛逃往他鄉。加以黃冊及魚鱗圖冊年久失修,徵課不實。'張居正'乃將力役折價,併於田賦中徵收,使無田產者幾無賦稅負擔,並允流民定居客籍,促進了'明代'後期城市經濟的繁榮。

12【一廂情願】ㄧ ㄒㄧㄤ ㄑㄧㄥˊ ㄩㄢˋ
指個人單方面如意的想法,而不顧對方是否願意。

【一勞永逸】ㄧ ㄌㄠˊ ㄩㄥˇ ㄧˋ
只要勞苦一時,便可長久安逸。

【一報城市】ㄧ ㄅㄠˋ ㄔㄥˊ ㄕˋ
(one-daily city)'美國'報業在不斷兼併後所呈現的一種現象。報業主在某一城市以獨占市場的手法經營由來已久,至本世紀五、六十年代,印製成本增加,不少資本薄弱的報社,因不堪虧蝕而停刊,進而使「一報城市」的數目急遽增加。

【一朝一夕】ㄧ ㄓㄠ ㄧ ㄒㄧˋ
形容極短的時間。

【一揮而就】ㄧ ㄏㄨㄟ ㄦˊ ㄐㄧㄡˋ
形容構思敏捷,下筆迅速。

【一陽來復】ㄧ ㄧㄤˊ ㄌㄞˊ ㄈㄨˋ
本指每年冬至日,陰氣既盡,陽氣復生。後用以比喻困境中出現轉機。

【一隅之見】ㄧ ㄩˊ ㄓ ㄐㄧㄢˋ
局促一隅,未能兼顧全體的見解。多用作自謙之辭。

【一飯千金】ㄧ ㄈㄢˋ ㄑㄧㄢ ㄐㄧㄣ
比喻報恩深厚。'韓信'少時家貧,曾蒙一老婦送飯充飢。'韓信'後來爲'楚王',致送千金與老婦,以爲報答。見"史記·淮陰侯傳"。

【一筆勾消】ㄧ ㄅㄧˇ ㄍㄡ ㄒㄧㄠ
比喻將過去的事,一次全部化解消除。

【一無長物】ㄧ ㄨˊ ㄓㄤˋ ㄨˋ
沒有任何多餘的東西。

【一無是處】ㄧ ㄨˊ ㄕˋ ㄔㄨˋ
毫無優點或正確的地方。

【一絲一毫】ㄧ ㄙ ㄧ ㄏㄠˊ
形容極爲細微。

【一絲不苟】ㄧ ㄙ ㄅㄨˋ ㄍㄡˇ
認眞仔細,一點都不馬虎。

【一絲不掛】ㄧ ㄙ ㄅㄨˋ ㄍㄨㄚˋ
1佛家語。指空明的境界,心中毫無雜念。2形容人赤裸著身體。

【一傅眾咻】ㄧ ㄈㄨˋ ㄓㄨㄥˋ ㄒㄧㄡ
一人教導,眾人在旁喧擾。形容學

習環境惡劣。

13【一意孤行】 ㄧ ㄧˋ ㄍㄨ ㄒㄧㄥˊ
只照自己的意見，獨斷行事。

【一鼓作氣】 ㄧ ㄍㄨˇ ㄗㄨㄛˋ ㄑㄧˋ
古代作戰，擊鼓表示進兵，通常擊第一通鼓時，士氣最旺盛。後來用以比喻做事要趁著最初最熱誠、最有勇氣的時候，勇往直前，比較容易成功。

【一塌糊塗】 ㄧ ㄊㄚ ㄏㄨˊ ㄊㄨˊ
形容紊亂至極，不可收拾。

【一盞茶時】 ㄧ ㄓㄢˇ ㄔㄚˊ ㄕˊ
形容時間很短。

【一落千丈】 ㄧ ㄌㄨㄛˋ ㄑㄧㄢ ㄓㄤˋ
形容急速下降、退步。

【一葉知秋】 ㄧ ㄧㄝˋ ㄓ ㄑㄧㄡ
看見一片樹葉掉落，便知道秋天到來。比喻由小見大，從部分微小的變化，可推知全局的趨向。

【一葦渡江】 ㄧ ㄨㄟˇ ㄉㄨˋ ㄐㄧㄤ
相傳禪宗初祖‘達摩’曾憑藉一片葦葉而渡過了江水。本喻佛法之神奇，今多用指人乘小舟渡水。

【一路順風】 ㄧ ㄌㄨˋ ㄕㄨㄣˋ ㄈㄥ
祝人旅途順利而平安。

【一路福星】 ㄧ ㄌㄨˋ ㄈㄨˊ ㄒㄧㄥ
本指官吏德被於民，每到一處，百姓都頌其爲福星。今多用爲祝人旅途平安之詞。

14【一語中的】 ㄧ ㄩˇ ㄓㄨㄥˋ ㄉㄧˋ
一句話就說中要點。

【一塵不染】 ㄧ ㄔㄣˊ ㄅㄨˋ ㄖㄢˇ
1佛家稱六根清淨爲一塵不染。2形容人非常純淨，一點不受壞習氣影響。3形容居室乾淨。

【一碧萬頃】 ㄧ ㄅㄧˋ ㄨㄢˋ ㄑㄧㄥˇ
形容遼闊無邊的碧綠。

【一團和氣】 ㄧ ㄊㄨㄢˊ ㄏㄜˊ ㄑㄧˋ
1形容和藹可親。2形容氣氛和諧。

【一鳴驚人】 ㄧ ㄇㄧㄥˊ ㄐㄧㄥ ㄖㄣˊ
比喻平時默默無聞，一旦有所作爲，即有驚人的表現。

【一網打盡】 ㄧ ㄨㄤˇ ㄉㄚˇ ㄐㄧㄣˋ
比喻全部肅清。

【一維流動】 ㄧ ㄨㄟˊ ㄌㄧㄡˊ ㄉㄨㄥˋ
(one-dimensional flow)指流動流體的性質(如壓力、溫度、速度等)只隨一個空間變數或坐標的改變而改變，即沿一固定方向改變性質之流動。爲流體力學的一種重要假設，不僅可簡化計算過程，亦可從中觀察許多流動時的特徵。

15【一髮千鈞】 ㄧ ㄈㄚˇ ㄑㄧㄢ ㄐㄩㄣ
以一髮繫掛千鈞的重量。比喻非常危急。也作千鈞一髮。

【一數運算】 ㄧ ㄕㄨˋ ㄩㄣˋ ㄙㄨㄢˋ
(unary operation) 僅有一個運算資料項的運算。例如‘布林’代數中之反運算、算術運算中取絕對值或負值或平方根值之運算等。

【一數算子】 ㄧ ㄕㄨˋ ㄙㄨㄢˋ ㄗˇ
(unary operator) 一數運算之操作，稱爲一數算子。例如算術運算中取負值之運算「－」，即爲一數算子。

【一箭雙鵰】 ㄧ ㄐㄧㄢˋ ㄕㄨㄤ ㄉㄧㄠ
比喻做一件事情，得到兩種效果。鵰，也作雕。

【一盤散沙】 ㄧ ㄆㄢˊ ㄙㄢˇ ㄕㄚ
比喻不能團結。

16【一親芳澤】 ㄧ ㄑㄧㄣ ㄈㄤ ㄗㄜˊ
指與女性接近。

【一諾千金】 ㄧ ㄋㄨㄛˋ ㄑㄧㄢ ㄐㄧㄣ
形容非常信守承諾。

17【一謙四益】 ㄧ ㄑㄧㄢ ㄙˋ ㄧˋ
指謙虛的美德可兼得天、地、鬼神、人類四者的佑助而獲得益處。

【一應俱全】 ㄧ ㄧㄥ ㄐㄩˋ ㄑㄩㄢˊ
齊全不缺。

【一點一滴】 ㄧ ㄉㄧㄢˇ ㄧ ㄉㄧ
形容極爲微小。

【一舉千里】 ㄧ ㄐㄩˇ ㄑㄧㄢ ㄌㄧˇ
比喻前程遠大。

【一舉成名】 ㄧ ㄐㄩˇ ㄔㄥˊ ㄇㄧㄥˊ
本指科舉考試時，一旦考中即天下知名。後引申爲一經成功而聲名大噪。

【一舉兩得】 ㄧ ㄐㄩˇ ㄌㄧㄤˇ ㄉㄜˊ
做一件事，同時收到兩方面的利益。形容用力少而成功多。

18【一竅不通】 ㄧ ㄑㄧㄠˋ ㄅㄨˋ ㄊㄨㄥ
比喻一無所知。

【一瀉千里】 ㄧ ㄒㄧㄝˋ ㄑㄧㄢ ㄌㄧˇ
1形容水流奔騰直下。2比喻文章氣勢奔放暢達。

【一擲千金】 ㄧ ㄓˊ ㄑㄧㄢ ㄐㄧㄣ
形容豪奢闊綽。

【一薰一蕕】 ㄧ ㄒㄩㄣ ㄧ ㄧㄡˊ
比喻一善一惡之間，善常被惡所掩蓋。

【一觴一詠】 ㄧ ㄕㄤ ㄧ ㄩㄥˇ
指飲酒賦詩。

19【一曝十寒】 ㄧ ㄆㄨˋ ㄕˊ ㄏㄢˊ
曬一天，凍十天。比喻沒有恆心。也作一暴十寒。

【一蹴可幾】 ㄧ ㄘㄨˋ ㄎㄜˇ ㄐㄧ
一舉腳就可以到達。比喻事情容易，一下子就能成功。

【一蹶不振】 ㄧ ㄐㄩㄝˊ ㄅㄨˋ ㄓㄣˋ
失敗之後，不能再振作恢復。

20【一籌莫展】 ㄧ ㄔㄡˊ ㄇㄛˋ ㄓㄢˇ
比喻無計可施。

【一觸即發】 ㄧ ㄔㄨˋ ㄐㄧˊ ㄈㄚ
形容危機急迫，稍一碰觸立即爆發。

21【一覽無餘】 ㄧ ㄌㄢˇ ㄨˊ ㄩˊ
看得一清二楚。也作一覽無遺。

23【一鱗半爪】 ㄧ ㄌㄧㄣˊ ㄅㄢˋ ㄓㄠˇ
比喻整體中的一小部分。

24【一顰一笑】 ㄧ ㄆㄧㄣˊ ㄧ ㄒㄧㄠˋ
一蹙眉，一開顏。泛指憂喜的情狀。

2【一二八事變】 ㄧ ㄦˋ ㄅㄚ ㄕˋ ㄅㄧㄢˋ
‘日本’侵‘華’行動之一。‘民國’二十一年一月二十八日，駐防‘上海’的‘日’軍進犯‘淞’‘滬’及‘閘北’地區，爆發此事變。此役我軍表現了犧牲奮勇的精神，加強了民族抗‘日’的意志，扭轉了國際間對‘中國’的視聽。

4【一夫一妻制】 ㄧ ㄈㄨ ㄧ ㄑㄧ ㄓˋ
有配偶之人不得再爲婚姻，一人

不得同時與二人以上結婚的婚姻制度。違反者爲重婚；前一婚姻縱然有得撤銷之原因，但在未被撤銷以前，後一婚姻仍爲重婚。重婚依“民法”論於無效；依“刑法”則觸犯重婚罪。

【一切經音義】 ㄧ ㄑㄧㄝˋ ㄐㄧㄥ ㄧㄣ ㄧˋ

①‘唐’‘釋玄應’撰，二十五卷。又稱“玄應音義”。依佛經原典篇章次第，摘其字句，下注各家音義，有時也自加按語。②‘唐’‘釋慧琳’撰，一百卷。又稱“慧琳音義”、“大藏音義”。體例與‘玄應’所撰同，而資料更完備，內容更精到。此書我國失傳已久，今“大藏經”所收，乃‘日本’傳本之自“高麗藏”譯出者。

【一分錢報紙】 ㄧ ㄈㄣ ㄑㄧㄢˊ ㄅㄠˋ ㄓˇ

(penny paper) 也譯爲便士報。是‘美國’新報業發展時期的一種報紙經營型態，讀者只需付出一分錢，即可買得一份報紙。一分錢報擴展了報紙的讀者，使人人都有能力看報，但爲求普及，報紙內容不免走向通俗化。

6【一竹竿到底】 ㄧ ㄓㄨˊ ㄍㄢ ㄉㄠˋ ㄉㄧˇ

比喻白頭偕老。

7【一沐三握髮】 ㄧ ㄇㄨˋ ㄙㄢ ㄨㄛˋ ㄈㄚˇ

每洗一次頭髮，都要頻頻地抓著頭髮來接待賓客。形容求才的殷切。

【一言以蔽之】 ㄧ ㄧㄢˊ ㄧˇ ㄅㄧˋ ㄓ

用一句話來概括大意。

【一身專屬權】 ㄧ ㄕㄣ ㄓㄨㄢ ㄕㄨˇ ㄑㄩㄢˊ

專屬於權利人一身，與權利人不能分離之權利。可分爲歸屬上之專屬權與行使上之專屬權。前者是非權利人不能享有該權利，不具有移轉性，不得爲繼承或讓與之標的，例如人格權、身分權。後者是權利之行使與否，專屬權利人本人決定，在未爲決定以前，不得爲繼承或讓與之標的，但在決定行使以後，該經決定行使之權利，即具有移轉性，可爲繼承或讓與之標的，例如因侵害人格權而生之非財產上損害賠償請求權，已依契約承諾或已起訴者，可以讓與或繼承。

8【一事不再理】 ㄧ ㄕˋ ㄅㄨˋ ㄗㄞˋ ㄌㄧˇ

民事訴訟中當事人不得就已起訴之事件，於訴訟繫屬中更行起訴，以及訴訟標的於確定之終局判決中經裁判者，除法律別有規定外，當事人不得就該法律關係更行起訴，稱爲一事不再理原則。起訴違背此規定者，法院應以裁定駁回之。所謂一事，係指同一事件，即訴訟當事人相同、訴訟標的相同、訴訟聲明相同、相反或可代用。在刑事訴訟，同一案件經本案判決(有罪、無罪或免刑判決)確定者，即發生實質的確定力，不得再爲訴訟之客體者，稱爲一事不再理原則，若違反上述原則，而就曾經判決確定之同一案件再爲起訴者，法院應諭知免訴之判決。

9【一致性原則】 ㄧ ㄓˋ ㄒㄧㄥˋ ㄩㄢˊ ㄗㄜˊ

(consistency principle) 會計上對於若干事項可有數種不同的處理方法，如存貨的計價即有先進先出法、後進先出法及平均法等，爲便利前後各期的財務報表具有比較性，企業所採用的會計方法及程序，前後年度均應一致。惟一致性原則亦非規定會計方法絕對不得變更，若有正當理由仍可改變，但應在變更當期的財務報表中說明其理由及對損益的影響等。

10【一氣化三清】 ㄧ ㄑㄧˋ ㄏㄨㄚˋ ㄙㄢ ㄑㄧㄥ

道教語。指‘元始天尊’化爲‘玉清’、‘上清’、‘太清’。三清皆無極界至尊之神。

【一般信用狀】 ㄧ ㄅㄢ ㄒㄧㄣˋ ㄩㄥˋ ㄓㄨㄤˋ

(general letter of credit) 即受益人可自由選擇任一銀行請求押匯的信用狀。又稱公開信用狀。一般而言，受益人(通常爲出口商)較喜歡一般信用狀，因此種信用狀受益人可持憑前往與自己往來較密切之銀行請求押匯，獲較好的服務。

【一般廢棄物】 ㄧ ㄅㄢ ㄈㄟˋ ㄑㄧˋ ㄨˋ

(ordinary wastes) 指垃圾、糞尿、動物屍體或其他非事業機構所產生，足以汙染環境衛生之固體或液體廢棄物。

11【一問三不知】 ㄧ ㄨㄣˋ ㄙㄢ ㄅㄨˋ ㄓ

屢問都不能回答。形容對某一事物毫無所知。

14【一鼻孔出氣】 ㄧ ㄅㄧˊ ㄎㄨㄥˇ ㄔㄨ ㄑㄧˋ

比喻站在同一立場。

15【一審終結制】 ㄧ ㄕㄣˇ ㄓㄨㄥ ㄐㄧㄝˊ ㄓˋ

於訴訟制度上，訴訟事(案)件經過一審審理判決即終結確定，不得上訴者，稱爲一審終結制。現行民事訴訟與刑事訴訟制度，原則上爲三審終結，除另有規定外，民事事件與刑事案件均得經三審審理判決，始爲終結確定。但行政訴訟事件與選舉罷免訴訟事件，經過一審審理判決即終結確定，即行政訴訟與選舉罷免訴訟制度採一審終結制。

2【一人一票主義】 ㄧ ㄖㄣˊ ㄧ ㄆㄧㄠˋ ㄓㄨˇ ㄧˋ

依我國“憲法”及民主國家選舉法律之通例規定，原則上選舉以普通、平等、直接及無記名之方法行之。所謂平等選舉係指每人只有一個投票權,即一人一票主義,而且每一投票之價值相等。反之,爲不平等選舉,可分二種:即各選舉人所投之票數不平等之複數投票制度,及各選舉人所投之票數雖平等,但投票價值不平等之等級投票制度。我國"憲法"原則上採平等選舉,但對婦女及少數民族之當選名額特別加以保障。

4【一不做二不休】ㄧ ㄅㄨˋ ㄗㄨㄛˋ ㄦˋ ㄅㄨˋ ㄒㄧㄡ

既然做了,就索性順勢做到底。

10【一馬不跨兩鞍】ㄧ ㄇㄚˇ ㄅㄨˋ ㄎㄨㄚˋ ㄌㄧㄤˇ ㄢ

比喻貞女不嫁二夫。也作一馬不被兩鞍。

【一般交易條件】ㄧ ㄅㄢ ㄐㄧㄠ ㄧˋ ㄊㄧㄠˊ ㄐㄧㄢˋ

(general terms and conditions) 指買賣雙方在正式進行交易之前所訂定的書面約定,以供日後個別實際交易的基本條件。一般交易條件爲買賣雙方一切交易的主約,與日後實際交易所簽定的個別契約合併成一完整的契約。在買賣雙方已簽立一般交易條件的場合,進行交易時即毋需每次重複一般交易條件。其主要內容爲:一、約定交易的性質,爲本人與本人之間的交易,抑代理性質的交易。二、約定關於今後報價與接受的事項。三、約定每筆交易約定的手續。四、約定商品品質、數量、裝運、保險、付款、索賠以及不可抗力等條件。

【一般侵權行爲】ㄧ ㄅㄢ ㄑㄧㄣ ㄑㄩㄢˊ ㄒㄧㄥˊ ㄨㄟˊ

"民法"第一百八十四條規定:「因故意或過失,不法侵害他人之權利者,負損害賠償責任。故意以背於善良風俗之方法,加損害於他人者亦同。違反保護他人之法律者,推定其有過失。」稱爲一般侵權行爲。一般侵權行爲與特殊侵權行爲不同,後者因自己之過失,致他人行爲或行爲以外發生之事實侵害他人之權利;例如受僱人因執行職務不法侵害他人之權利時,僱用人與該受僱人負連帶損害賠償責任,該受僱人之侵權行爲爲一般侵權行爲,而僱用人之侵權行爲則爲特殊侵權行爲。

【一般氣體常數】ㄧ ㄅㄢ ㄑㄧˋ ㄊㄧˇ ㄔㄤˊ ㄕㄨˋ

(universal gas constant) 任何理想氣體之莫耳定壓比熱與莫耳定容比熱之差值,永遠爲一常數,此常數以R_u表之,稱爲一般氣體常數。若以$\overline{C_p}$表莫耳定壓比熱,$\overline{C_v}$表莫耳定容比熱,則$\overline{C_p}-\overline{C_v}=R_u$。

11【一造辯論判決】ㄧ ㄗㄠˋ ㄅㄧㄢˋ ㄌㄨㄣˋ ㄆㄢˋ ㄐㄩㄝˊ

指基於當事人之一造辯論所爲之判決。民事訴訟上,言詞辯論期日當事人之一造不到場時,法院得依到場當事人之聲請,由其一造辯論而爲判決。如不到場之當事人,經再傳喚而仍不到場者,法院並得依職權由一造辯論而爲判決。當事人於辯論期日到場不爲辯論者,視同不到場。在刑事訴訟上,被告心神喪失或因疾病不能到庭,而顯有應諭知無罪或免刑之判決者;或被告拒絕陳述或未受許可而退庭者;或法院認爲應科拘役、罰金或應諭知免刑或無罪判決之案件,被告經合法傳喚無正當理由不到庭者;或非告訴或請求乃論之罪,自訴人經合法傳喚無正當理由不到庭或到庭不爲陳述者;或第二審上訴,被告經合法傳喚無正當理由不到庭者,法院均得僅憑檢察官、自訴人或被告之一造辯論而爲判決。

18【一簞食一瓢飲】ㄧ ㄉㄢ ㄙˋ ㄧ ㄆㄧㄠˊ ㄧㄣˇ

每餐只吃一筐飯喝一杓水。形容生活清苦。

5【一失足成千古恨】ㄧ ㄕ ㄗㄨˊ ㄔㄥˊ ㄑㄧㄢ ㄍㄨˇ ㄏㄣˋ

一次犯錯,帶來終身的悔恨。

10【一個巴掌拍不響】ㄧ ˙ㄍㄜ ㄅㄚ ㄓㄤˇ ㄆㄞ ㄅㄨˋ ㄒㄧㄤˇ

1比喻只要有人讓步,就不會吵起來。2比喻一個人成不了事。

【一個蘿蔔一個坑】ㄧ ˙ㄍㄜ ㄌㄨㄛˊ ˙ㄅㄛ ㄧ ˙ㄍㄜ ㄎㄥ

比喻做事一絲不苟,一是一,二是二。

11【一將功成萬骨枯】ㄧ ㄐㄧㄤˋ ㄍㄨㄥ ㄔㄥˊ ㄨㄢˋ ㄍㄨˇ ㄎㄨ

一位大將的成功,必有眾多的士兵死於戰場。極言戰爭的慘烈。

12【一朝天子一朝臣】ㄧ ㄔㄠˊ ㄊㄧㄢ ㄗˇ ㄧ ㄔㄠˊ ㄔㄣˊ

比喻人事常因主官而變動。

13【一塊石頭落了地】ㄧ ㄎㄨㄞˋ ㄕˊ ˙ㄊㄡ ㄌㄨㄛˋ ˙ㄌㄜ ㄉㄧˋ

比喻放心。

2【一人之下萬人之上】ㄧ ㄖㄣˊ ㄓ ㄒㄧㄚˋ ㄨㄢˋ ㄖㄣˊ ㄓ ㄕㄤˋ

本指宰相位高權重,僅次於天子。今亦泛指除主官外,權位最高的人。

【一人得道雞犬昇天】ㄧ ㄖㄣˊ ㄉㄜˊ ㄉㄠˋ ㄐㄧ ㄑㄩㄢˇ ㄕㄥ ㄊㄧㄢ

本指'漢'淮南王'劉安'煉丹成仙後,其家雞犬啄食餘藥,亦隨之昇天。見"神仙傳·劉安"。後以比喻人一旦得志,其親朋戚友也得以攀緣登進。

4【一夫當關萬夫莫敵】ㄧ ㄈㄨ ㄉㄤ ㄍㄨㄢ ㄨㄢˋ ㄈㄨ ㄇㄛˋ ㄉㄧˊ

形容地勢險要,易守難攻。

【一犬吠影百犬吠聲】ㄧ ㄑㄩㄢˇ ㄈㄟˋ ㄧㄥˇ ㄅㄞˇ ㄑㄩㄢˇ ㄈㄟˋ ㄕㄥ

一隻狗因奇影而吠,眾狗隨其聲而吠。比喻盲從附和的人很多。

6【一行爲觸犯數罪名】ㄧ ㄒㄧㄥˊ ㄨㄟˊ ㄔㄨˋ ㄈㄢˋ ㄕㄨˋ ㄗㄨㄟˋ ㄇㄧㄥˊ

行爲人以一個犯意、一個行爲,侵害到數個獨立法益,而觸犯數個不同罪名或數次觸犯相同之罪名,稱爲一行爲觸犯數罪名。學理上稱爲想像競合犯。一行爲觸犯數罪名者,應從最重之罪名處斷。例如發射一槍而同時殺死一人毁損一物,即一行爲而犯殺人罪及毁損罪,應從最重之殺人罪處斷。

7【一言既出駟馬難追】 ㄧ ㄧㄢˊ ㄐㄧˋ ㄔㄨ ㄙˋ ㄇㄚˇ ㄋㄢˊ ㄓㄨㄟ
比喻話說出口,即不能反悔收回。常用以戒人愼言、勿食言。

【一佛出世二佛涅槃】 ㄧ ㄈㄛˊ ㄔㄨ ㄕˋ ㄦˋ ㄈㄛˊ ㄋㄧㄝˋ ㄆㄢˊ
歇後語。意爲死去活來。出世,指生;涅槃,指死。

9【一竿子打翻一船人】 ㄧ ㄍㄢ ˙ㄗ ㄉㄚˇ ㄈㄢ ㄧ ㄔㄨㄢˊ ㄖㄣˊ
比喻僅憑主觀,否定一切。

10【一般公認會計原則】 ㄧ ㄅㄢ ㄍㄨㄥ ㄖㄣˋ ㄎㄨㄞˋ ㄐㄧˋ ㄩㄢˊ ㄗㄜˊ
(general accepted accounting principle) 結合某一時期一般人士對於會計資料處理的意見而形成的原則。就廣義言,包括所有慣例、基本會計原則及詳細會計原則與方法;就狹義言,則僅指詳細會計原則與方法。

12【一登龍門聲價百倍】 ㄧ ㄉㄥ ㄌㄨㄥˊ ㄇㄣˊ ㄕㄥ ㄐㄧㄚˋ ㄅㄞˇ ㄅㄟˋ
比喻一獲得名流的接引,聲望和身價便大大增加。

【一朝權在手便把令來行】 ㄧ ㄓㄠ ㄑㄩㄢˊ ㄗㄞˋ ㄕㄡˇ ㄅㄧㄢˋ ㄅㄚˇ ㄌㄧㄥˋ ㄌㄞˊ ㄒㄧㄥˊ
形容小人一旦掌權,就迫不及待地發號施令,大發威風。

18【一鞭一條痕一摑一掌血】 ㄧ ㄅㄧㄢ ㄧ ㄊㄧㄠˊ ㄏㄣˊ ㄧ ㄍㄨㄛˊ ㄧ ㄓㄤˇ ㄒㄧㄝˇ
比喻紮實、有見解。

丁

丅 下的古文。

丁 ㊀ ㄉㄧㄥ tīng¹ 音釘
①天干的第四位。②壯盛。如:丁實。③稱能任賦役的男女。如:丁男。④從事某種勞動的人。如:園丁。⑤遭到。如:丁憂。⑥物體突出的部分。即榫頭。如:丁是丁,卯是卯。⑦姓。'漢'有'丁固'。見"萬姓統譜·五五"。
㊁ ㄓㄥ chēng¹ 音爭
狀聲詞。如:伐木丁丁。

2【丁丁】 ㊀ ㄉㄧㄥ ㄉㄧㄥ
健壯的樣子。
㊁ ㄓㄥ ㄓㄥ
伐木的聲音。後也形容琴聲、雨聲、佩玉聲、棋聲等。

3【丁口】 ㄉㄧㄥ ㄎㄡˇ
人口。古代計算人口時,通稱男子爲丁,女子爲口。

7【丁男】 ㄉㄧㄥ ㄋㄢˊ
法定應任賦役的男子。

【丁壯】 ㄉㄧㄥ ㄓㄨㄤˋ
身強力壯,應服勞役的男子。

9【丁玲】 ㄉㄧㄥ ㄌㄧㄥˊ
(1904～1986)'湖南''臨澧'人。原名'蔣偉',字'冰之'。'丁玲'爲其筆名。'上海''中國大學'肄業。早年以"莎菲女士的日記"成名。其後加入'中國共產黨'。曾任'中共'黨政、藝文職務。文化大革命時,備受凌辱。著有"丁玲短篇小說選"、"丁玲中篇小說選"等。

【丁香】 ㄉㄧㄥ ㄒㄧㄤ
(clove tree; *Syzygium aromaticum*)又名雞舌香、丁子香。常綠喬木,高可達7公尺。葉對生,卵狀長橢圓形,先端尖,基部狹窄,革質。花著生於枝頂,成聚繖花序,花萼及花瓣均4枚,雄蕊多數,雌蕊1枚。原產於'非洲''摩納哥',廣植於'亞洲'熱帶。花蕾乾燥後,可供藥用,又其花蕾與枝幹蒸餾,可得揮發性的丁香油,也可供藥用。

丁香圖

14【丁寧】 ㄉㄧㄥ ㄋㄧㄥˊ
①告誡;囑咐。也作叮嚀。②古代打擊樂器。即鉦。

15【丁憂】 ㄉㄧㄥ ㄧㄡ
遭父母喪。

17【丁艱】 ㄉㄧㄥ ㄐㄧㄢ
遭父母喪。

2【丁二烯】 ㄉㄧㄥ ㄦˋ ㄒㄧ
(butadiene) 1,3-丁二烯(1,3-butadiene)的俗名。無色具輕微香味的氣體。化學式 $H_2CCHCHCH_2$,沸點 −4.41°C。容易液化,可燃,溶於酒精和乙醚,不溶於水。可用來製造多種聚合物,如人造橡膠。

4【丁文江】 ㄉㄧㄥ ㄨㄣˊ ㄐㄧㄤ
(1887～1936)'江蘇''泰興'人。字'在君',筆名'宗淹'。'英國''蘇格蘭''格拉斯哥大學'動物、地質學雙科畢業。歸國後,曾任'北京政府地質調查所'所長、'北京大學'教授、'中央研究院'總幹事。著有"徐霞客年譜"、"中國官辦鑛業史略"、"動物學"等。

丁文江像

5【丁尼生】 ㄉㄧㄥ ㄋㄧˊ ㄕㄥ
(Alfred Tennyson, 1809～1892)'英國'詩人。擅長於史詩的寫作,作品纖細優美。他以罕見的寫作技巧使詩成爲動人的藝術傑作。西元1850年繼'華茲華斯'成爲桂冠詩人,享有極高的聲望。代表作有"悼詩"(*In Memoriam*)、"亞瑟王歌"(*Idylls of the King*)、"伊諾克亞丹"(*Enoch Arden*)等。

丁尼生像

6【丁字尺】 ㄉㄧㄥ ㄗˋ ㄔˇ
(T-square) 可繪出水平線、平行線及垂直線的繪圖工具。分尺頭、尺身兩部分,兩者間有活動式、固定式。使用時尺頭內邊須緊沿製圖桌左緣工作邊上下移動。形似丁字,故名。

【丁字步】 ㄉㄧㄥ ㄗˋ ㄅㄨˋ
國術步法。前腳足尖朝正前方,後腳足尖向外約四十五度。形如丁字,故名。

7【丁村人】 ㄉㄧㄥ ㄘㄨㄣ ㄖㄣˊ
我國‘山西省’‘襄汾縣’‘汾河’東岸‘丁村’遺址出土的更新世晚期的化石人。包括西元1954年發掘出土的三顆牙齒及1976年出土的一塊小孩右頂骨。伴存出土的還有大批動物化石及大三稜尖狀器、小型尖狀器、砍伐器和石球等共兩千餘件石器。三顆牙齒中的二顆是門齒,舌面有明顯的箕形特徵。研究者認爲「丁村人」兼具有「類尼安德塔人」的特性,同時也有「北京人」的特徵。

9【丁砌法】 ㄉㄧㄥ ㄑㄧˋ ㄈㄚˇ
(header bond) 正面均露出磚之頂部的砌牆法。或稱頂砌、露頭砌。每層磚之疊交爲1/4疊。

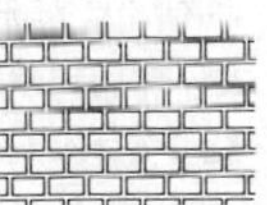
丁砌法圖

13【丁福保】 ㄉㄧㄥ ㄈㄨˊ ㄅㄠˇ
(1874～1952)‘江蘇’‘無錫’人。字‘仲祜’。早年肄業‘南菁書院’,後在‘南京’應醫科考試,獲最優等開業證書。曾在‘上海’創設‘醫學書局’,刊印“丁氏醫學叢書”。並曾編印有關小學、佛學等的工具書,如“說文解字詁林”、“佛學大辭典”、“古錢大辭典”等書。

丁福保像

11【丁基橡膠】 ㄉㄧㄥ ㄐㄧ ㄒㄧㄤˋ ㄐㄧㄠ
(butyl rubber) 由約98%的異丁烯與約2%的異戊二烯或丁二烯反應所形成的聚合物。可代替天然橡膠,尤其適合於製作電線絕緣體,或一些抗酸、抗化學品器具。

12【丁等考試】 ㄉㄧㄥ ㄉㄥˇ ㄎㄠˇ ㄕˋ
特種考試的等別之一。及格者可取得初級委任職公務人員任用資格。依“考試法”第十九條規定,應考資格另由‘考試院’視實際的需要銓定。

七

ㄑㄧ *ch'i*¹ 音妻
按:七的基本調是陰平,在去聲前變讀陽平。

[1]數詞。近世公文、帳簿、票據通作柒,‘阿拉伯’數字作7。[2]文體的一種。始於‘漢’‘枚乘’“七發”。[3]姓。‘明’有‘七希賢’。見“萬姓統譜·一一五”。

2【七七】 ㄑㄧ ㄑㄧ
[1]人死後的第四十九天。依民俗在人死後,家人每七日設祭一次,以爲死者修福,直到第四十九天爲止。[2]七七事變的簡稱。參七七事變。

3【七夕】 ㄑㄧ ㄒㄧˋ
農曆七月七日的夜晚。

11【七情】 ㄑㄧ ㄑㄧㄥˊ
[1]人類內心的七種感情,或心理狀態與心理活動。⑴儒家以喜、怒、哀、懼、愛、惡、欲爲七情。⑵佛家以喜、怒、憂、懼、愛、憎、慾爲七情。⑶指喜、怒、憂、思、悲、恐、驚等七種心理變化。這些心理活動若過度強烈而持久,往往成爲致病的因素。[2]指藥物相互配伍的七種不同作用。即單行、相須、相使、相畏、相惡、相殺、相反。

【七略】 ㄑㄧ ㄌㄩㄝˋ
‘漢’‘劉歆’撰,七卷。凡“輯略”、“六藝略”、“諸子略”、“詩賦略”、“兵書略”、“術數略”、“方技略”等,爲我國分類式目錄之祖,“漢書·藝文志”即以此爲藍本。原書已失傳,‘清’‘洪頤煊’、‘馬國翰’、‘姚振宗’等都有輯本。

12【七報】 ㄑㄧ ㄅㄠˋ
道教語。所謂七種因果報應,指前世與今世,凡施功布德,得生福堂,超過八難;凡好學神仙,念善改惡,得上升玉晨;凡奉師樂道,得飛游五岳;凡貞潔執道,得超三塗五苦;凡博施普濟,禮補上仙;凡忠孝禮敬,得超三塗八難;凡懷惡抱奸,口是心非,詆師毀聖,則遭三塗五苦,萬劫不原。

13【七煞】 ㄑㄧ ㄕㄚˋ
凶神名。

【七傷】 ㄑㄧ ㄕㄤ
[1]指七種勞傷的病因。即傷脾、傷肝、傷腎、傷肺、傷心、傷形、傷志。[2]指腎氣虧損的七種症狀。即陰寒、陰萎、裡急、精連連(精液易滑出)、精少陰下溼、精清(精液清冷稀薄)、小便苦數而臨事不卒(小便頻數、淋瀝不清)。[3]指修道者的七種禁忌:一、帶眞行僞,淫色喪神;二、外形在道,心抱陰賊,嫉能妒賢,毀慢同學,攻伐師友;三、飲酒洞醉,損氣喪靈;四、心忿口淨,瞋喜失節;五、不依科盟,漏泄天眞;六、身履殗穢,氣擾精混;七、啖食畜肉,臭氣充於臟腑。

17【七聲】 ㄑㄧ ㄕㄥ
也稱七音、七律。指我國古代音樂七聲音階的七個音級,即宮、商、角、變徵(徵的低半音)、徵、羽、變宮(宮的低半音)。相當於現代音樂簡譜上的1(Do)、2(Re)、3(Mi)、4(Fa)、5(Sol)、6(La)、7(Si)七個音。

18【七竅】 ㄑㄧ ㄑㄧㄠˋ
指人體頭部的七個孔。即兩眼、兩耳、兩鼻孔及口。

【七曜】 ㄑㄧ ㄧㄠˋ
[1]指日、月及木、火、土、金、水五星。[2]指北斗七星。

2【七十子】 ㄑㄧ ㄕˊ ㄗˇ
指‘孔子’門下德行出眾、身通六藝的弟子。有七十七人,舉其整數稱七十子。

4【七月制】 ㄑㄧ ㄩㄝˋ ㄓˋ

目前我國政府機構及公營事業機構所採行的會計年度。每一會計年度係自每年七月一日起至次年六月三十日爲止，以次年‘中華民國’紀元年次爲其年度名稱（例如七十六會計年度，係自七十五年七月一日起至七十六年六月三十日爲止）；並以十二月三十一日爲上期結算期，以次年六月三十日爲下期結算期。

5【七巧板】 ㄑㄧ ㄑㄧㄠˇ ㄅㄢˇ
一種拼板玩具。將正方形薄板截成七塊，可拼成各種形狀。源於我國，故西人稱爲‘唐’圖。可啓發兒童智慧，又稱智慧板。

6【七件事】 ㄑㄧ ㄐㄧㄢˋ ㄕˋ
指家庭日用不可缺的柴、米、油、鹽、醬、醋、茶。也稱開門七件事。

7【七里香】 ㄑㄧ ㄌㄧˇ ㄒㄧㄤ
(fragrant pittosporum; *Pittosporum pentandrum*) 常綠小喬木。葉互生，革質，倒卵形或橢圓形，兩端均銳，全緣或波狀緣。圓錐花序頂生，花小具芳香。萼片、花瓣及雄蕊均爲5枚。蒴果球形。可植爲庭園樹，以供觀賞。木材可製小器具。分布於‘菲律賓’、‘印度’及‘臺灣’。

七里香圖

9【七星式】 ㄑㄧ ㄒㄧㄥ ㄕˋ
國術架式。後腳膝蓋彎曲，前腳膝蓋伸直，腳跟著地，腳尖蹺起朝內，體重三分在前，七分在後。

20【七覺支】 ㄑㄧ ㄐㄩㄝˊ ㄓ
佛家語。七種入道層次的方法。又名七覺、七等覺支、七菩提分。即：一、擇法覺支，以智慧來辨別事物的眞僞；二、精進覺支，以勇猛心遠離邪妄，實行眞法；三、喜覺支，得善法，即生歡喜；四、輕安覺支，斷除粗重的煩惱，使心身輕利安逸；五、念覺支，常念定慧而不忘失，並恆持定慧；六、定覺支，使心住於一境而不散亂；七、行捨覺支，捨一切法，心以平等看待事物，無得無失，更不追憶。

2【七七事變】 ㄑㄧ ㄑㄧ ㄕˋ ㄅㄧㄢˋ
又稱‘盧溝橋’事變。‘民國’二十六年七月七日，‘日’軍在‘北平’西南的‘盧溝橋’演習夜戰，以調查一名失蹤的‘日’兵爲藉口，進攻‘宛平縣’，我駐軍團長‘吉星文’奮起抵抗。此役展開了長達八年的‘中’‘日’之戰。

3【七子八婿】 ㄑㄧ ㄗˇ ㄅㄚ ㄒㄩˋ
頌人子孫繁盛。‘唐’‘郭子儀’有八子七婿，皆顯貴朝廷，諸孫數十，不能盡識。見“新唐書·郭子儀傳”。後世誤作七子八婿。

【七上八下】 ㄑㄧ ㄕㄤˋ ㄅㄚ ㄒㄧㄚˋ
比喻心緒不安。

4【七尺之軀】 ㄑㄧ ㄔˇ ㄓ ㄑㄩ
指人身。也指成年人。

【七手八腳】 ㄑㄧ ㄕㄡˇ ㄅㄚ ㄐㄧㄠˇ
形容眾人忙亂的樣子。

【七月革命】 ㄑㄧ ㄩㄝˋ ㄍㄜˊ ㄇㄧㄥˋ
(July Revolution) 是指在西元1830年7月，‘法’王‘查理十世’(Charles X) 企圖恢復‘法國’大革命前的專制，及貴族、教士的特權，使‘巴黎’市民起而反抗的事件。此役推翻了‘查理十世’，新興資本家擁立‘路易·腓力’ (Louis Philippe) 爲王，建立‘法國’爲一議會君主政體，其政權控制在中產階級手中，動搖了‘維也納’會議所樹立的‘歐洲’保守政治組織，而爲‘歐洲’各地革命的先聲。

6【七老八老】 ㄑㄧ ㄌㄠˇ ㄅㄚ ㄌㄠˇ
形容年紀很老。

7【七折八扣】 ㄑㄧ ㄓㄜˊ ㄅㄚ ㄎㄡˋ
形容經過折扣後，所剩無幾。百分取十曰折，百分去十曰扣。七折八扣，則所剩僅百分之十四。

9【七拼八湊】 ㄑㄧ ㄆㄧㄣ ㄅㄚ ㄘㄡˋ
拉雜湊合。

【七俠五義】 ㄑㄧ ㄒㄧㄚˊ ㄨˇ ㄧˋ
參三俠五義。

11【七國之亂】 ㄑㄧ ㄍㄨㄛˊ ㄓ ㄌㄨㄢˋ
‘漢景帝’三年（前154）宗室諸王的叛變。‘西漢’初，‘劉’姓諸侯日漸驕恣跋扈，‘景帝’用‘鼂錯’之策削其封地，‘吳王’‘濞’即以誅‘錯’爲名，聯合‘膠西’、‘膠東’、‘淄川’、‘濟南’、‘楚’、‘趙’等六國舉兵反叛，‘景帝’誅‘錯’求和，‘吳王’不許，旋爲太尉‘周亞夫’所平。‘景帝’乘勢收回諸王政權，諸王從此徒擁虛名而已。

12【七項運動】 ㄑㄧ ㄒㄧㄤˋ ㄩㄣˋ ㄉㄨㄥˋ
女子田徑全能運動項目之一。包括：200公尺、800公尺、100公尺低欄、跳高、跳遠、鉛球、標槍等七項，分兩天逐項競賽，計算總分決定成績。

13【七零八落】 ㄑㄧ ㄌㄧㄥˊ ㄅㄚ ㄌㄨㄛˋ
1零碎；不完整。2形容散雜零亂的樣子。

【七爺八爺】 ㄑㄧ ㄧㄝˊ ㄅㄚ ㄧㄝˊ
也稱‘范’‘謝’將軍。是神界中的警察，專司緝拿惡鬼，也獎勵善人，給予福祿壽喜，通常豎立在‘城隍廟’的左右兩側。相傳他們是一對好友，有一天相約在一棵樹下見面，結果該地洪水氾濫，身材短小的八爺先到，爲了守信不肯離去，而被淹死；身材高大的七爺見景，即在這棵樹上吊死亡。兩人以守信守義的精神，被封入神界。又傳七爺叫‘謝必安’，八爺叫‘范無救’，喻意謝天、謝神必獲安泰，犯神、犯罪則無法救贖。

16【七嘴八舌】 ㄑㄧ ㄗㄨㄟˇ ㄅㄚ ㄕㄜˊ
形容人多嘴雜。

17【七聲音階】 ㄑㄧ ㄕㄥ ㄧㄣ ㄐㄧㄝ
以七個音級構成的音階稱爲七聲音階。如我國的宮、商、角、變徵、徵、羽、變宮；西洋的Do、Re、Mi、Fa、Sol、La、Si。

【七縱七擒】 ㄑㄧ ㄗㄨㄥˋ ㄑㄧ ㄑㄧㄣˊ
三國時，‘諸葛亮’征討‘南夷’，曾經七次生擒其酋長‘孟獲’，又七次釋放他,終於使他心悅誠服,不再叛亂。

18【七竅生煙】 ㄑㄧ ㄑㄧㄠˋ ㄕㄥ ㄧㄢ
形容憤怒到了極點。

19【七顚八倒】 ㄑㄧ ㄉㄧㄢ ㄅㄚ ㄉㄠˇ
形容雜亂無序。

2【七十二地煞】 ㄑㄧ ㄕˊ ㄦˋ ㄉㄧˋ ㄕㄚˋ
道教稱北斗叢星中有七十二個地煞星,每個地煞星各有一個神,合稱七十二地煞。"水滸傳"中用以附會'朱武'等七十二員'梁山'好漢。

9【七段式數字顯示】 ㄑㄧ ㄉㄨㄢˋ ㄕˋ ㄕㄨˋ ㄗˋ ㄒㄧㄢˇ ㄕˋ
(seven-segment visible display)顯示數字的一種方式。如圖所示,以七段的顯示器組成。每一段各由二進位碼來控制其明滅。

Y_0 / Y_5 Y_1 / Y_4 Y_6 Y_2 / Y_3

0 1 2 3 4 5 6 7 8 9 10 11 12 13 14 15

七段式數字顯示圖

丂 ㄎㄠˇ *k'ao*³ 音考
氣欲舒出,上有所礙。見"說文"。

丄 上的古文。

2

三 古文作弎。㊀ ㄙㄢ *san*¹ 音叁
①數詞。近世公文、帳簿、票據通作參,或省作叁,'阿拉伯'數字作3。②第三。如:三女兒。③表示多數。如:三番兩次。
㊁ ㄙㄢˋ *san*⁴ 音散
①同㊀③。②再三。如:三思而後行。
㊂ ㄙㄚ *sa*¹
三個。同仨。

1【三一】 ㄙㄢ ㄧ
道教語。指神、氣、精,也用以指身中上、中、下三宮的神名,爲修煉方術者所依據。又稱三神、三光、三色,道經中有多種的說法。

3【三才】 ㄙㄢ ㄘㄞˊ
①指天、地、人。②指形、氣、神。③相士術語。指臉部的額角、準頭、地角。

4【三元】 ㄙㄢ ㄩㄢˊ
①指農曆正月初一。因其爲一年之元、春季之元、正月之元。②指農曆正月十五上元、七月十五中元、十月十五下元。③科舉時代指鄉試第一名解元、會試第一名會元、殿試第一名狀元。④指天、地、人。

【三天】 ㄙㄢ ㄊㄧㄢ
①佛家的眾生生命活動宇宙觀,概分爲欲、色、無色三界,這三界包括二十八層天,簡稱三天。欲界層次最低,是有質可見的天人、人、畜、鬼道的世界;色界是第二層次,僅有色而無欲;無色界最高,無色也無欲,超出三界,便是聖境。②道家語。指'淸微'、'禹余'、'大赤'三天。也稱三淸。

【三公】 ㄙㄢ ㄍㄨㄥ
古代幫助國君治理政事的最高官員。'周'以太師、太傅、太保爲三公。(一說爲司馬、司徒、司空。)'西漢'以丞相、太尉、御史大夫爲三公。'東漢'以太尉、司徒、司空爲三公。

5【三玄】 ㄙㄢ ㄒㄩㄢˊ
指"周易"、"老子"、"莊子"。

【三世】 ㄙㄢ ㄕˋ
①指祖孫三代。②公羊學派解釋"春秋",分爲所見世、所聞世、所傳聞世。'康有爲'據此推演出據亂世、昇平世、太平世,作爲變法維新的理論依據。③佛家語。指過去、現在、未來三世。④'法'人'孔德'指上古人民知識幼稚,目萬象爲神意,爲神學世;稍後進爲哲學世;再進爲科學世,是爲三世說。

【三生】 ㄙㄢ ㄕㄥ
佛家語。即三世轉生。指人生有過去、現在和未來三世。

【三代】 ㄙㄢ ㄉㄞˋ
①指'夏'、'商'、'周'。②指祖、父、子三代。③指上推三代。即曾祖、祖父、父。

6【三光】 ㄙㄢ ㄍㄨㄤ
指日、月、星。

【三多】 ㄙㄢ ㄉㄨㄛ
①祝頌的詞語。參三多九如。②佛家語。其說法各經稍異,一般而言,指多近善友、多聞法音、多修不淨觀。

【三伏】 ㄙㄢ ㄈㄨˊ
農曆節候名。夏至後第三庚日爲初伏,第四庚日爲中伏,立秋後第一庚日爲終伏。

7【三言】 ㄙㄢ ㄧㄢˊ
指"喩世明言"、"警世通言"、"醒世恆言"。'明'馮夢龍'撰。

【三車】 ㄙㄢ ㄔㄜ
佛家以牛車、鹿車和羊車比喩三乘:牛車喩菩薩乘(大乘),謂菩薩普渡眾生,願力最大,如牛車能乘載多人;鹿車喩緣覺乘(中乘),其願力甚微,只能乘載極少之人;羊車喩聲聞乘(小乘),無渡人之心,只欲自渡。

8【三泖】 ㄙㄢ ㄇㄠˇ
即'泖湖'。在今'江蘇省''松江縣'西、'青浦縣'西南。源出'太湖',流入'黃浦江'。有'上泖'、'中泖'、'下泖',故名。

【三官】 ㄙㄢ ㄍㄨㄢ
道教以天、地、水爲三官。也稱三元,俗稱三界公。乃是奉上帝旨意,監察人間善惡,分司賜福、赦罪、解厄之任。民間常設三官廟、三官殿。

【三弦】 ㄙㄢ ㄒㄧㄢˊ
彈撥樂器。也稱弦子。三弦之名稱始見於'元代'。以木製筒,兩面蒙蟒皮,柄長而無品,張弦三根,

三弦圖

按四、五度關係定弦。分大、小兩種:大三弦盛行於北方,以伴奏大鼓書爲主;小三弦盛行於‘江’南,以伴奏‘崑’曲、彈詞及絲竹合奏爲主。

【三到】 ㄙㄢ ㄉㄠˋ
‘朱子’所提倡的讀書方法。即心到、眼到、口到。近人‘胡適’加手到一項,稱爲四到。

9【三洞】 ㄙㄢ ㄉㄨㄥˋ
道藏分部的名稱。三洞之說約形成於‘東晉’末、‘劉宋’初,爲三大經派的分類。三洞之中,第一“洞眞部”;第二“洞玄部”;第三“洞神部”。

【三春】 ㄙㄢ ㄔㄨㄣ
①泛指春季。②指春季的第三個月。③三個春季。即三年。

【三昧】 ㄙㄢ ㄇㄟˋ
①佛家語。正定之意。也譯作三摩地。②訣竅;奧妙。

【三思】 ㄙㄢˋ ㄙ
再三考慮。

【三界】 ㄙㄢ ㄐㄧㄝˋ
佛家語。指三種世界,即欲界、色界和無色界。参三天①。

【三省】 ㊀ ㄙㄢ ㄒㄧㄥˇ
從三方面自我檢討。
㊁ ㄙㄢˋ ㄒㄧㄥˇ
再三自我反省。
㊂ ㄙㄢ ㄕㄥˇ
指‘唐’‘宋’之中書省、門下省及尚書省。國家大政由中書省決策,門下省審覈,尙書省執行。

【三秋】 ㄙㄢ ㄑㄧㄡ
①泛指秋季。是孟秋、仲秋、季秋的合稱。②指秋季的第三個月。③三個秋季。即三年。

【三牲】 ㄙㄢ ㄕㄥ
①指牛、羊、豕。②指雞、魚、豕。

【三皇】 ㄙㄢ ㄏㄨㄤˊ
傳說中遠古時代的三個帝王。其名說法不一。①指‘伏羲’、‘神農’、‘黃帝’。②指‘天皇’、‘地皇’、‘泰皇’。③指‘伏羲’、‘神農’、‘祝融’。④指‘伏羲’、‘神農’、‘女媧’。⑤指‘天皇’、‘地皇’、‘人皇’。⑥指‘伏羲’、‘神農’、‘燧人’。

10【三消】 ㄙㄢ ㄒㄧㄠ
指消渴病(即今之糖尿病)的三種證候型。口渴多飲而小便多爲上消;多食卻易飢餓,形體不胖反瘦爲中消;小便頻多渾濁如膏脂,面色暗黑即爲下消,爲陰陽兩虛的現象,是最嚴重的階段。

【三振】 ㄙㄢ ㄓㄣˋ
棒、壘球比賽用語。裁判宣告三次好球,打擊者均未揮棒或揮棒落空;或第一、二兩次擊出界外球而第三次好球而未揮棒或揮棒落空時,打擊者即被判三振出局。

【三峽】 ㄙㄢ ㄒㄧㄚˊ
指‘瞿塘峽’、‘巫峽’、‘西陵峽’。在‘四川省’‘奉節縣’至‘湖北省’‘宜昌縣’之間的‘長江’兩岸。

【三乘】 ㄙㄢ ㄕㄥˋ
①佛家語。乘,車乘,比喻佛法;能運載眾生使各到他們的果地。三乘指聲聞乘、緣覺乘、菩薩乘。参三車。②指三部道藏經。“洞眞部”爲大乘,“洞玄部”爲中乘,“洞神部”爲小乘。③回教以禮乘、道乘、理乘爲三乘。

【三師】 ㄙㄢ ㄕ
①官名。即太師、太傅、太保。古稱三公,‘北魏’稱三師。②星名。在紫微垣。③指佛教授戒儀式中的戒和尙、羯磨師和教授師。

11【三清】 ㄙㄢ ㄑㄧㄥ
道教語。①三清天、三清境。指三十六天中僅次於‘大羅天’的最高天界,亦指神仙所居的最高仙境。一、‘清微天’玉清境;二、‘禹余天’上清境;三、‘大赤天’太清境。②三尊神。指居於三清天、三清境的三位尊神。即居於‘清微天’玉清境的‘元始天尊’,居於‘禹余天’上清境的‘靈寶天尊’,居於‘大赤天’太清境的‘道德天尊’。謂此三神主三天三仙境,爲三洞教主。又有一氣化三清說,謂三清皆爲‘元始天尊’的化身。

【三教】 ㄙㄢ ㄐㄧㄠˋ
儒、釋、道的總稱。

【三通】 ㄙㄢ ㄊㄨㄥ
指‘唐’‘杜佑’“通典”、‘宋’‘鄭樵’“通志”、‘元’‘馬端臨’“文獻通考”。

【三陰】 ㄙㄢ ㄧㄣ
人體經脈。即太陰、少陰、厥陰的合稱。

【三國】 ㄙㄢ ㄍㄨㄛˊ
指‘魏’、‘蜀漢’和‘吳’。‘東漢’末年群雄割據,最後分別見併於‘曹操’、‘劉備’及‘孫權’。

【三統】 ㄙㄢ ㄊㄨㄥˇ
①古曆法。‘漢’‘劉歆’就“太初曆”改造而成。②指黑統、白統、赤統。‘漢’‘董仲舒’以爲:‘夏朝’尙黑色,稱黑統;‘商朝’尙白色,稱白統;‘周朝’尙赤色,稱赤統。

12【三彭】 ㄙㄢ ㄆㄥˊ
道教語。即三尸。上尸名‘彭倨’,中尸名‘彭質’,下尸名‘彭矯’。常居人身中,伺察功罪,稟告天帝。

【三陽】 ㄙㄢ ㄧㄤˊ
人體經脈。即太陽、少陽、陽明的合稱。

【三景】 ㄙㄢ ㄐㄧㄥˇ
道教語。①六朝初期習用「景」字描述體道的經驗,三景即是三種境趣,一爲太元上景,二爲太上二景,三爲洞眞皇虛眞景。②指日、月、星。也稱三光。

【三焦】 ㄙㄢ ㄐㄧㄠ
六腑之一。包括五臟六腑的部位及其功能,關係著整個臟腑的功能,故分爲上焦、中焦、下焦。從部位而言,上焦指胸膈以上部位,包括心、肺在內;中焦指胸膈以下、肚臍以上部位,包括脾、胃等臟腑;下焦指臍部以下部位,包括腎、膀胱、大小腸。代表胸、脘、小腹三部內臟的生理作用和病理變化,爲臟腑的外衛者。從功能而言,據“靈樞經”所說:「上焦如霧、中焦如漚、下焦如瀆。」主要指心肺的輸布作用、腸胃的消化轉輸作用、腎和膀胱的排尿作用及腸道的排便作用，亦即體內臟腑氣化功能的綜合。故三焦的作用是受納水穀、消化飲食、化生氣血精微物質、輸送營養、排泄廢料。

13【三頌】 ㄙㄢ ㄙㄨㄥˋ

指"詩經"的"周頌"、"魯頌"、"商頌"。

【三節】 ㄙㄢ ㄐㄧㄝˊ

指農曆的春節、端午節及中秋節。

【三傳】 ㄙㄢ ㄓㄨㄢˋ

指解釋"春秋"的三家著述，即"左氏傳"、"公羊傳"及"穀梁傳"。

【三會】 ㄙㄢ ㄏㄨㄟˋ

指道教的三個重要節日，與天師道的廚會制度有關。正月七日爲上會，七月七日爲中會，十月五日爲下會，是天神、地祇所會之日，乃奉道者聚會的日子。

14【三輔】 ㄙㄢ ㄈㄨˇ

'西漢'治理首都'長安'地區的三個職官，即京兆尹、左馮翊、右扶風。後也泛指'長安'近畿一帶。

【三遠】 ㄙㄢ ㄩㄢˇ

我國山水畫的三種空間表現法。'北宋''郭思'的"林泉高致"載'郭熙'之言，說山有三遠，自山下而仰山巓，稱爲高遠；自山前而窺山後，稱爲深遠；自近山而望遠山，稱爲平遠。接著'韓拙'的"山水純全集"亦提出闊遠、迷遠、幽遠三遠，後人因而合兩者爲六遠。'郭熙'傳世的經典名作"早春圖"，即把三遠表現得非常成功。

【三監】 ㄙㄢ ㄐㄧㄢ

'周武王'克'殷'後，封'紂'子'武庚'於'殷'的舊都，以安撫'殷'的遺民；並封弟'叔鮮'於'管'（今'河南''鄭縣'）、'叔度'於'蔡'（今'河南''上蔡'）、'叔處'於'霍'（今'山西''霍縣'），就近監視，號稱三監。

【三綱】 ㄙㄢ ㄍㄤ

指君臣、父子、夫婦的常道。

15【三蝬】 ㄙㄢ ㄗㄨㄥ

蛤的一種。見"集韻"。

【三餘】 ㄙㄢ ㄩˊ

指空閒的時間。古代有人以爲冬是一年之餘，夜是一天之餘，陰雨是一晴之餘。

17【三禮】 ㄙㄢ ㄌㄧˇ

指"周禮"、"儀禮"、"禮記"。

【三韓】 ㄙㄢ ㄏㄢˊ

'漢武帝'時並立於'朝鮮半島'南部的'馬韓'、'弁韓'和'辰韓'。'辰韓'在東，'馬韓'在西，'弁韓'位在'辰韓'之南，其中以'馬韓'最大。'西漢'末年爲新興的'新羅'、'百濟'所併。

18【三藏】 ㄙㄢ ㄗㄤˋ

指佛教經典的總集。佛教以經、律、論爲三藏。藏是庋藏、寶藏的意思。經爲佛所自說的法，論是經義的解釋，律是記載戒律。後來把通曉三藏的僧人稱爲三藏法師，簡稱三藏。如'唐''玄奘'稱爲'唐三藏'。

19【三關】 ㄙㄢ ㄍㄨㄢ

1指禪宗修行悟道的三個層次。初次悟道，稱破初關；再進一層，破重關；最後破牢關，大徹大悟。如楞嚴三關、兜率三關、黃龍三關。2道教內丹派修煉的術語。(1)專指氣血流注的三大重要部位：泥丸爲天關、丹田爲地關、絳宮爲人關。(2)'宋''元'以後，內丹派作進一步的發展，有前後三關之說：前三關指印堂爲上關、重樓爲中關、絳宮爲下關；後三關指尾閭爲太玄關、夾脊爲轆轤關、玉枕爲天谷關。

20【三寶】 ㄙㄢ ㄅㄠˇ

三種可貴的事物。1"老子"指慈、儉、不敢爲天下先。2"六韜·六守"指大農、大工、大商。3"孟子·盡心下"指土地、人民、政事。4佛家指佛、法、僧爲三寶。佛是佛陀（Buddha，佛教的聖者），法是達磨（dharma，佛的教法），僧是僧伽（saingha，僧眾團體）。5道教以學道、修道、行道爲本，因此各以作爲根本的三要旨，尊爲三寶。學道者以三清爲崇禮的對象：稱玉清'元始天尊'爲道寶尊、上清'靈寶天尊'爲經寶尊、太清'道德天尊'爲師寶尊，是爲皈依道法的道、經、師三寶。修道者以人身的精、氣、神修養性命，爲出世功夫的三寶。

【三獻】 ㄙㄢ ㄒㄧㄢˋ

古代祭祀，在奉上祭品之後要獻三次酒，即初獻爵、亞獻爵、終獻爵。

【三蘇】 ㄙㄢ ㄙㄨ

指'北宋''蘇洵'及二子'蘇軾'、'蘇轍'。都以文章聞名。

22【三讀】 ㄙㄢ ㄉㄨˊ

立法機關審議議案的第三讀會之簡稱。參讀會。

【三疊】 ㄙㄢ ㄉㄧㄝˊ

1古代歌曲反復重唱某句稱三疊。2一首詞分三段的稱三疊調。3（triolet）西洋詩體的一種，爲中世紀'法國'詩人所創用。共八句，二、六、八句同韻，餘又爲一韻。首句重疊三次，末句與第二句也有一定的重複。4道教語。指三丹田。因三丹田與其他部位有密切的關係，謂與諸宮相重疊。

1【三一律】 ㄙㄢ ㄧ ㄌㄩˋ

（three unities of drama）'歐洲'古典主義劇本中所講求情節、地點、時間的規律。即要求情節的安排必須開端、中段、結尾三部分連貫，事件發生在同一地點，並於一天之內完成。三一律雖有利於劇作情節結構的簡練緊湊，卻也成爲劇本創作的束縛。自'希臘'時代以來被奉爲圭臬，直到'英國'文藝復興時代才被'莎士比亞'打破。

3【三寸丁】 ㄙㄢ ㄘㄨㄣˋ ㄉㄧㄥ

譏稱身材矮小的人。

【三才步】 ㄙㄢ ㄘㄞˊ ㄅㄨˋ

國術步法。又稱閃騙步。以前腳向外斜前踏出，後腳經由前腳旁而移至斜前方，前後腳互換，蛇形前進。

【三才劍】 ㄙㄢ ㄘㄞˊ ㄐㄧㄢˋ
形意門劍術。有單練、二人對練及三人對練三種練法。

【三K黨】 ㄙㄢ K ㄉㄤˇ
(Ku Klux Klan) 西元1866年，‘美國’南部軍官於‘田納西州’成立的一個祕密宗教團體。以維護白色人種，排斥有色人種爲宗旨，經常訴諸暴力行爲。其組織對外保密，進行恐怖暴力事件時，以火燒十字架爲前奏。1920年，其勢力達於高峰。後因‘美’反對種族歧視呼聲四起及警力的全面清剿，始告沒落。

4【三元酸】 ㄙㄢ ㄩㄢˊ ㄙㄨㄢ
(tricarboxylic acid) 分子中含有三個羧基(-COOH基)的有機酸，稱爲三元酸。如檸檬酸〔$HOOCCH_2C(OH)(COOH)CH_2COOH$〕等。

【三元醇】 ㄙㄢ ㄩㄢˊ ㄔㄨㄣˊ
(trihydric alcohol)分子中含有三個羥基(-OH基)的醇，叫做三元醇。例如丙三醇，其化學式爲$HOCH_2CH(OH)CH_2OH$。

【三不朽】 ㄙㄢ ㄅㄨˋ ㄒㄧㄡˇ
指立德、立功、立言。

【三不知】 ㄙㄢ ㄅㄨˋ ㄓ
對於事情的原因、經過、結果，完全不知道。比喻人糊塗愚昧或對事情漠不關心。

【三不管】 ㄙㄢ ㄅㄨˋ ㄍㄨㄢˇ
①俗稱懶惰的人，對於食、衣、住都不事經營。②指某件事或某個地方，因爲歸屬不明，各方都置之不管。

5【三田制】 ㄙㄢ ㄊㄧㄢˊ ㄓˋ
(three-field system) 又稱三圃制。將田地分成三段，每年輪種不同作物或休耕，以保持土力的耕作方式。如一段田種小麥，二段田種大麥，三段田休耕，如此周而復始。

6【三字經】 ㄙㄢ ㄗˋ ㄐㄧㄥ
相傳‘宋’‘王應麟’撰。一說‘宋’末‘區適子’撰。全書皆三字一句，並且押韻，內容以宣揚固有倫理道德爲主，是我國古代學塾的啟蒙教材。

【三百篇】 ㄙㄢ ㄅㄞˇ ㄆㄧㄢ
指“詩經”。“詩經”有三百零五篇，舉成數稱三百篇。

【三尖瓣】 ㄙㄢ ㄐㄧㄢ ㄅㄢˋ
(tricuspid valve)哺乳類動物心臟中，位於右心房與右心室間的瓣膜。此瓣只能單方向由右心房向右心室開啟，瓣尖朝下，以肌腱與心室底相連。

【三合星】 ㄙㄢ ㄏㄜˊ ㄒㄧㄥ
(triple star) 聚星的一種。由三顆恆星所構成，繞著公共重心旋轉，獨自成爲一個系統。

【三合院】 ㄙㄢ ㄏㄜˊ ㄩㄢˋ
我國住宅建築式樣的一種。即上房的左右爲相對的廂房，三面相對，形如ㄇ字，中央爲空地。

7【三角江】 ㄙㄢ ㄐㄧㄠˇ ㄐㄧㄤ
(estuary)河川出海的一段，內窄而外寬所形成的喇叭狀河流入海口。由於潮汐作用，使河水和海水在此處混合。一般係由於海岸(陸地)的沈降而成，因此，三角江是海濱地形下沈海岸的特徵之一。

【三角板】 ㄙㄢ ㄐㄧㄠˇ ㄅㄢˇ
(triangles) 用於繪製垂線及斜線的工具。每一組三角板有兩塊，其三角爲45°、45°、90°及30°、60°、90°。尚有可調整角度者，稱活動三角板或可調三角板。

【三角洲】 ㄙㄢ ㄐㄧㄠˇ ㄓㄡ
(delta) 在河川流注海洋或湖泊等水域處，河流所挾帶的泥沙與海或湖水相遇，因流速遭遇阻力而頓減，使沈積大盛，形成一處平原。由於海域的開展，沈積的泥沙也由河口向外海逐步擴展，於是形成倒置的三角形。三角洲以其形狀不同，可分爲：正三角形、弧形、鳥趾形及海灣形四種。如‘尼羅河’口是正三角形、‘黃河’口是弧形、‘密士失必河’口是鳥趾形、‘珠江’口是海灣形三角洲。三角洲因地勢平坦，土壤肥沃，取水方便，常成爲人口密集的地區。

【三角學】 ㄙㄢ ㄐㄧㄠˇ ㄒㄩㄝˊ
(trigonometry) 數學的一部門，是對三角形作數學研究的學科。也稱三角術或三角法。討論三角形邊與角的關係，以及其他各性質。最初僅及平面三角形，後推及球面三角形。爲研究三角形，不得不引入三角函數，故三角函數的研究也屬三角學。

【三角翼】 ㄙㄢ ㄐㄧㄠˇ ㄧˋ
(triangle wing) 飛機上一種後掠式機翼。上視或下視時呈等腰三角形。此三角形設計可協助飛機達到高速，爲若干超音速飛機之特殊設計。

【三角鐵】 ㄙㄢ ㄐㄧㄠˇ ㄊㄧㄝˇ
(triangle) 敲擊樂器的一種。又稱三角鈴。爲一三角形的鋼條，手執的一角，繫有一根皮帶，另以一小根鋼條敲擊其底邊，就會發出清脆響亮的樂音。

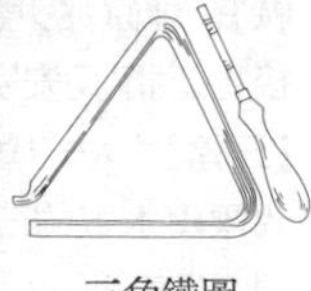
三角鐵圖

8【三河車】 ㄙㄢ ㄏㄜˊ ㄔㄜ
道教語。指內丹派修煉的三階段。‘宋’‘元’以來，丹道圖籍多言運轉河車之事。所謂三河車者，採藥進火、添汞抽鉛，是爲小河車；大藥漸成、上補下煉，是爲大河車；還丹煉形、合道入仙，是爲紫河車。

【三法印】 ㄙㄢ ㄈㄚˇ ㄧㄣˋ
佛經用三種方法，證明其爲‘佛陀’所說，即：一、諸行無常印：言一切之有爲法，念念生滅而無常。二、諸法無我印：言一切有爲無爲諸法中，無有我之實體。三、涅槃寂靜印：言涅槃之法，滅一切生死之苦而爲無爲寂靜。

【三明治】 ㄙㄢ ㄇㄧㄥˊ ㄓˋ
(sandwich) 在兩片或兩片以上的土司麵包間，抹上奶油或果醬類，並夾以肉類、乳酪、煎蛋、蔬菜等的食品。爲'英國''三明治伯爵'(John Montagu, 4th Earl of Sandwich)所創始。

【三和絃】 ㄙㄢ ㄏㄜˊ ㄒㄧㄢˊ
(triad) 又稱三和音。由相隔三度的三個音重疊而成。音階上每一個音，都可以構成一個三和絃；其低音稱爲根音，根音上加第三度及第五度，便成爲三和絃。

9【三茅山】 ㄙㄢ ㄇㄠˊ ㄕㄢ
在今'江蘇省''句容'等縣境內。山形曲折，又名'句曲山'。'漢'時'咸陽''三茅君'在此山修道，得證仙果，故稱。'茅山'宗稱此爲'金陵華陽洞天'，是天下的名山洞府之一。

【三重奏】 ㄙㄢ ㄔㄨㄥˊ ㄗㄡˋ
任何三個人的合奏或寫給三個人合奏的曲子，都稱爲三重奏。最普遍的有絃樂三重奏(小提琴、中提琴及大提琴)和鋼琴三重奏(小提琴、大提琴及鋼琴)。此種三重奏曲式多採用奏鳴曲三或四個樂章所組成。

【三段論】 ㄙㄢ ㄉㄨㄢˋ ㄌㄨㄣˋ
(syllogism) 廣義的三段論泛指任何含有大小兩個前提、一個結論之論證。包括定言三段論、選言三段論和假言三段論。狹義的三段論則專指定言三段論。選言三段論是由「A或B」及「非A」兩前提導結論「B」的論證。假言三段論是由「若B則C」及「若A則B」兩前提導結論「若A則C」的論證。至於定言三段論則兩個前提及結論均須爲定言命題，結論的主詞與賓詞必須分別出現於兩個前提之中，而且兩個前提必須共同含有一個結論所設有的詞。

【三段體】 ㄙㄢ ㄉㄨㄢˋ ㄊㄧˇ
(ternary form) 西洋音樂曲式。有大小之分；包括三個樂句的小曲，稱爲小三段體。倘若全曲很長，分爲三個大段落，首段與尾段相同，中間一段有不同的材料，這就是大三段體。許多樂曲，都採用這種曲體作成。

10【三家村】 ㄙㄢ ㄐㄧㄚ ㄘㄨㄣ
指地僻人少的小村落。

【三級跳】 ㄙㄢ ㄐㄧˊ ㄊㄧㄠˋ
1三級跳遠。2形容進展極快。

【三倍體】 ㄙㄢ ㄅㄟˋ ㄊㄧˇ
(triploid) 生物細胞內的染色體有三套者，稱爲三倍體。爲不孕性，無子西瓜便是三倍體，開花結果後，由於配子不能存活，所以不結種子。

【三隻手】 ㄙㄢ ㄓ ㄕㄡˇ
指扒手。因其動作巧捷，好像多了一隻手的幫助，故稱。

11【三部曲】 ㄙㄢ ㄅㄨˋ ㄑㄩˇ
(trilogy) 又稱三聯劇。原指情節連貫的三部悲劇，後指故事情節各自獨立而又互相關連的三部文學作品(如戲劇、長篇小說)。西元五世紀時的古'希臘'劇作家'艾斯奇勒斯'(Aeschylus)爲三部曲最早的偉大作家，其三部曲稱爲"奧列斯提亞"(*Oresteia*)。

【三國志】 ㄙㄢ ㄍㄨㄛˊ ㄓˋ
二十五史之一。'晉''陳壽'撰，六十五卷。凡"魏志"三十卷、"蜀志"十五卷、"吳志"二十卷。撰述明簡，時人推爲良史。與"史記"、"漢書"、"後漢書"合稱四史。

13【三溫暖】 ㄙㄢ ㄨㄣ ㄋㄨㄢˇ
(sauna) 一種'芬蘭'式的蒸氣浴。浴者坐在板凳上，由旁人將水倒在滾燙的石板上，用所產生的大量水蒸氣將浴者熱出滿身大汗，一面用樺樹葉做成的小鞭輕打身體，以增加流汗清潔的效果，最後，再用冷水沖洗，使毛孔收縮。

【三達德】 ㄙㄢ ㄉㄚˊ ㄉㄜˊ
指智、仁、勇三種天下人所共同實行的德行。

【三葉蟲】 ㄙㄢ ㄧㄝˋ ㄔㄨㄥˊ
(trilobite) 爲節肢動物門、三葉蟲亞門動物之俗稱。古生代開始即生存於當時的海洋中，至古生代末期絕跡。體分頭部、胸部及尾部，身體自前至後有兩條縱溝，將身體分成中央一葉及左右各一葉，故名三葉蟲。大多數種類在淺海底爬行，行動緩慢，後以海洋中出現了行動快速的動物，如烏賊等，三葉蟲無法與之競爭，乃漸絕跡。

【三節棍】 ㄙㄢ ㄐㄧㄝˊ ㄍㄨㄣˋ
兵器。棍身三節，木製，各長二尺七寸，以鋼鏈連之。

【三腳貓】 ㄙㄢ ㄐㄧㄠˇ ㄇㄠ
1比喻事物徒有其表而不中用。2比喻對技藝只懂皮毛的人。

【三鼎甲】 ㄙㄢ ㄉㄧㄥˇ ㄐㄧㄚˇ
科舉時代殿試一甲第一名至第三名。即狀元、榜眼、探花的合稱。

14【三態點】 ㄙㄢ ㄊㄞˋ ㄉㄧㄢˇ
(triple point) 物質有三態，視溫度、壓力的不同而以不同的物態表現。大部分的純物質其三態變化與溫度、壓力的關係如圖所示。當物質在圖中所示的A點狀況，即溫度爲T_A，壓力爲P_A時，固、液、氣三態可以任意質量(或數量)比例共存平衡，此(T_A, P_A)點即爲三態點。如水的三態點溫度是 0.01 °C，壓力爲 4.58$mmHg$。

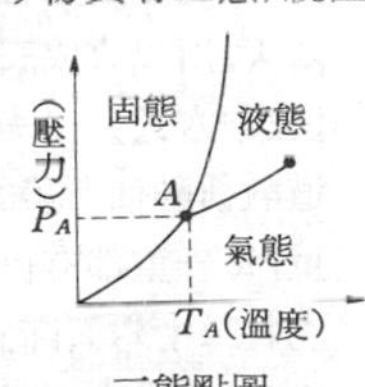

三態點圖

15【三論宗】 ㄙㄢ ㄌㄨㄣˋ ㄗㄨㄥ
佛教宗派之一。源於'印度'大乘佛教的中觀宗，依'龍樹'的"中觀論"、"十二門論"及他的學生'迦那提婆'的"百論"三部論書爲主要典據，故稱。又因宣揚諸法性空，又稱法性宗或空宗。'後秦'時，經'鳩摩羅什'的翻譯傳入我國。

【三輪車】 ㄙㄢ ㄌㄨㄣˊ ㄔㄜ

一種舊式的車輛。前面一輪，後面兩輪，以人力牽引或推動，用來載人或搬運物品。

18【三歸依】ㄙㄢ ㄍㄨㄟ ㄧ
指信奉佛、法、僧三者。又作三皈依。

2【三二罰球】ㄙㄢ ㄦˋ·ㄈㄚˊ ㄑㄧㄡˊ
籃球比賽重要規則之一。當正在投籃的球員，因對方犯規而不中，被判兩次罰球時，其中一次或兩次未能罰中，無論違例與否，均應加罰一次。

【三十二天】ㄙㄢ ㄕˊ ㄦˋ ㄊㄧㄢ
道教的三十二種天。①仿自佛教，分三界四梵：第一欲界六天、第二色界十八天、第三無色界四天；三界計有二十八天，再加上四梵天，共成三十二天。②指東方八天、南方八天、西方八天、北方八天，爲三十二天，與四方位結合。

【三十三天】ㄙㄢ ㄕˊ ㄙㄢ ㄊㄧㄢ
佛家語。即梵語忉利天。爲欲界的第二天。中央爲帝釋天，四方各有八天，所以合成三十三天。

【三十六天】ㄙㄢ ㄕˊ ㄌㄧㄡˋ ㄊㄧㄢ
道教稱神仙所居的天界有三十六重，每一重都有得道的天神統轄。①將三十六天歸爲六重天：欲界六天、色界十八天、無色界四天、四梵天、三清天、大羅天。②九重三十六天：玉清境十二天、上清境十二天、太清境十二天。

【三十六計】ㄙㄢ ㄕˊ ㄌㄧㄡˋ ㄐㄧˋ
極言計謀甚多。按三十六本是虛數，後人附會，增立名目，湊足爲三十六項。即：瞞天過海、圍‘魏’救‘趙’、借刀殺人、以逸待勞、趁火打劫、聲東擊西、無中生有、暗度‘陳倉’、隔岸觀火、笑裡藏刀、李代桃僵、順手牽羊、打草驚蛇、借屍還魂、調虎離山、欲擒先縱、拋磚引玉、擒賊擒王、釜底抽薪、混水摸魚、金蟬脫殼、關門捉賊、遠交近攻、假道伐‘虢’、偷梁換柱、指桑罵槐、假痴不癲、上屋抽梯、樹上開花、反客爲主、美人計、空城計、苦肉計、連環計、反間計、走爲上策計。

【三人成虎】ㄙㄢ ㄖㄣˊ ㄔㄥˊ ㄏㄨˇ
都市本無老虎，然經多人傳說，能使人信以爲眞。比喻謠言足以駭人聽聞。

3【三三兩兩】ㄙㄢ ㄙㄢ ㄌㄧㄤˇ ㄌㄧㄤˇ
①三人或兩人成群的樣子。②零散不整齊的樣子。

【三寸金蓮】ㄙㄢ ㄘㄨㄣˋ ㄐㄧㄣ ㄌㄧㄢˊ
指舊時婦女纏足後的小腳。三寸，形容小；金蓮，指腳。參步步蓮花。

【三寸弱翰】ㄙㄢ ㄘㄨㄣˋ ㄖㄨㄛˋ ㄏㄢˋ
指毛筆。

【三尸暴跳】ㄙㄢ ㄕ ㄅㄠˋ ㄊㄧㄠˋ
形容震怒的樣子。道教稱人身上有三尸神。

【三大政策】ㄙㄢ ㄉㄚˋ ㄓㄥˋ ㄘㄜˋ
‘民國’十五年，‘中國國民黨’‘俄’籍顧問‘鮑羅廷’(M. M. Borodin)所提出的聯‘俄’、容‘共’、工農三政策。旨在強化親‘共’路線，促行‘共黨’政治綱領。此三大政策任意歪曲並牽強附會‘孫中山’先生既定之民族、民權、民生三大主義。

4【三心二意】ㄙㄢ ㄒㄧㄣ ㄦˋ ㄧˋ
心意不專；猶豫不決。也作三心兩意。

【三元八會】ㄙㄢ ㄩㄢˊ ㄅㄚ ㄏㄨㄟˋ
道教語。謂‘倉頡’造字以前，天空中由雲氣凝結而成的文字，乃妙氣所成的自然天書。①三元指三才，三元既立，便有五行，以五行爲五位。三五和合，稱爲八會。②三元指‘三寶丈人’的三氣，有三氣而具五德，三氣五德，合爲八會。

【三元及第】ㄙㄢ ㄩㄢˊ ㄐㄧˊ ㄉㄧˋ
即鄉試中解元、會試中會元、殿試中狀元。

【三天兩頭】ㄙㄢ ㄊㄧㄢ ㄌㄧㄤˇ ㄊㄡˊ
①形容相隔時間很短。②經常。

【三五成群】ㄙㄢ ㄨˇ ㄔㄥˊ ㄑㄩㄣˊ
數人結集，各成一群的樣子。

【三戶亡秦】ㄙㄢ ㄏㄨˋ ㄨㄤˊ ㄑㄧㄣˊ
‘楚’雖三戶人家，也必然能亡‘秦’。比喻雖然以寡敵眾，只要有信心，復國就有希望。

5【三民主義】ㄙㄢ ㄇㄧㄣˊ ㄓㄨˇ ㄧˋ
爲國父 ‘孫中山’先生集合古今中外學說，順應世界潮流，所創造的一個政治學說。就內容說，即民族主義、民權主義、民生主義。就目的說，即救國主義；因其目的在促進‘中國’之國際地位平等、政治地位平等、經濟地位平等，使‘中國’永久適存於世界。我國“憲法”第一條規定：「‘中華民國’基於三民主義，爲民有、民治、民享之民主共和國。」

【三世因果】ㄙㄢ ㄕˋ ㄧㄣ ㄍㄨㄛˇ
佛家語。指過去、現在、未來三世中，善惡報應互相循環的道理。

【三瓦兩舍】ㄙㄢ ㄨㄚˇ ㄌㄧㄤˇ ㄕㄜˋ
①形容民家的簡陋。②指妓院。

【三生有幸】ㄙㄢ ㄕㄥ ㄧㄡˇ ㄒㄧㄥˋ
非常幸運。三生，指過去、現在、未來三世。

【三生有緣】ㄙㄢ ㄕㄥ ㄧㄡˇ ㄩㄢˊ
前生、今生、來生都有緣分。比喻緣分之深。

【三用電表】ㄙㄢ ㄩㄥˋ ㄉㄧㄢˋ ㄅㄧㄠˇ
(multimeter)能測量電阻、電壓(交流或直流)、電流(交流或直流)之電表。

【三令五申】ㄙㄢ ㄌㄧㄥˋ ㄨˇ ㄕㄣ
三番五次地告誡、叮嚀。

6【三尖照準】ㄙㄢ ㄐㄧㄢ ㄓㄠˋ ㄓㄨㄣˇ
鼻尖、手尖、足尖形成一直線以利於攻擊和防守的國術要領。

【三年之喪】ㄙㄢ ㄋㄧㄢˊ ㄓ ㄙㄤ
指子女爲父母守喪的喪期。實際爲二十五個月。

【三旬九食】ㄙㄢ ㄒㄩㄣˊ ㄐㄧㄡˇ ㄕˊ
三十天中只進食九次。形容得食十分困難，僅能維持生命。

【三多九如】 ㄙㄢ ㄉㄨㄛ ㄐㄧㄡˇ ㄖㄨˊ

祝頌之辭。三多，指富、壽、多男子。九如，指如山、如阜、如岡、如陵、如川、如月、如日、如'南山'、如松柏。

7【三言二拍】 ㄙㄢ ㄧㄢˊ ㄦˋ ㄆㄞ

參三言、拍案驚奇。

【三言兩語】 ㄙㄢ ㄧㄢˊ ㄌㄧㄤˇ ㄩˇ

形容言語簡短。

【三更半夜】 ㄙㄢ ㄐㄧㄥ ㄅㄢˋ ㄧㄝˋ

即晚上十一時至凌晨一時。多用以泛指深夜。

【三址指令】 ㄙㄢ ㄓˇ ㄓˇ ㄌㄧㄥˋ

(three-address instruction) 指電腦指令格式中，其位址部分含有三個位址的指令。

【三角同盟】 ㄙㄢ ㄐㄧㄠˇ ㄊㄨㄥˊ ㄇㄥˊ

'民'初'粵'('孫中山'先生)、'奉'、'皖'三系因反'直'系而形成的合作關係。'民國'八年已漸通聲息，十一年起正式開始軍經合作。十三年十二月，因'孫'之國民會議與'段祺瑞'之善後會議意見紛歧，而終止合作。

【三角函數】 ㄙㄢ ㄐㄧㄠˇ ㄏㄢˊ ㄕㄨˋ

(trigonometric function) 為'阿拉伯'數學家'阿爾巴坦尼'(Al-Battani) 所創設。直角三角形的任何一銳角均可組成六種比率，即正弦(sine)、餘弦(cosine)、正切(tangent)、餘切(cotangent)、正割(secant)及餘割(cosecant)；此外尚有二比率為正矢(versed sine) 與餘矢 (coversed sine)。此八種比率統稱為三角函數或圓函數(circular function)。例如：直角三角形OPM之三角及三邊如圖，則

三角函數圖

$\sin\theta=\frac{y}{r}$, $\cos\theta=\frac{x}{r}$,

$\tan\theta=\frac{y}{x}$, $\cot\theta=\frac{x}{y}$,

$\sec\theta=\frac{r}{x}$, $\csc\theta=\frac{r}{y}$,

$vers\,\theta=1-\cos\theta$, $covers\,\theta=1-\sin\theta$。後二者很少使用。三角函數可用線段表示，即於直坐標的第一象限作一單位圓，其半徑 $OA=OB=1$，於象限弧上取一點P，以 OP 與X軸的交角為θ，則

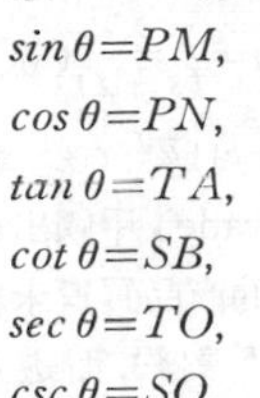

$\sin\theta=PM$,
$\cos\theta=PN$,
$\tan\theta=TA$,
$\cot\theta=SB$,
$\sec\theta=TO$,
$\csc\theta=SO$,
$vers\,\theta=AM$,
$covers\,\theta=BN$。

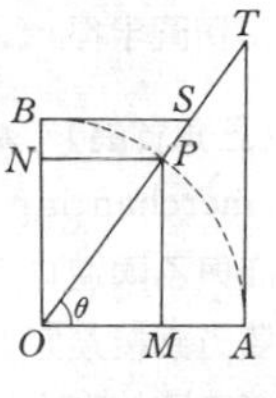

八線圖

我國舊稱八線學，即三角學，淵源於此。今日所謂三角函數，以正餘弦之定義出發，其角度θ(常以弧度量之)則不限於銳角，故P之坐標x與y均可為任意實數。單角三角函數公式：

$\sin\theta=\frac{y}{r}$,

$\cos\theta=\frac{x}{r}$,

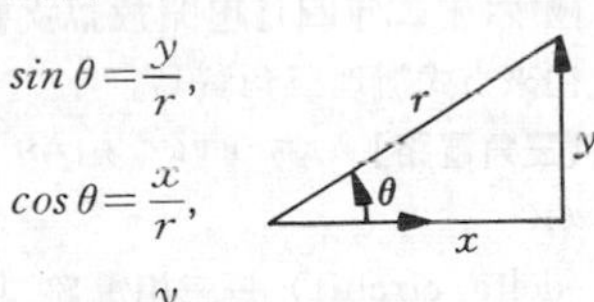

$\tan\theta=\frac{y}{x}$

$r=\sqrt{x^2+y^2}>0,\ (x,y\in R)$

θ \ 函數	sin	cos	tan
0	0	1	0
$30°=\frac{\pi}{6}$	$\frac{1}{2}$	$\frac{\sqrt{3}}{2}$	$\frac{1}{\sqrt{3}}$
$45°=\frac{\pi}{4}$	$\frac{\sqrt{2}}{2}$	$\frac{\sqrt{2}}{2}$	1
$60°=\frac{\pi}{3}$	$\frac{\sqrt{3}}{2}$	$\frac{1}{2}$	$\sqrt{3}$
$90°=\frac{\pi}{2}$	1	0	∞

$\sin 18°=\frac{(\sqrt{5}-1)}{4}$

倒數規則：(對頂者互逆)$\sin\theta\csc\theta=1$(等等)。

商數規則：(各個平行四邊形，兩對頂點之積相等)$\sin\theta\cot\theta=\cos\theta\cdot 1$(等等)。平方規則：(▽上面的平方和等於下面之平方)$\sin^2\theta+\cos^2\theta=1$(等等)。

加減了直角整倍數後之函數：

一、正餘規則：若加減者為直角之偶數倍，則函數不變(但符號未定)，為直角之奇數倍者，則函數之前面改變 co－，即是，如 $\cos(180°-\theta)=-\cos\theta$, $\tan(270°+\theta)=-\cot\theta$。二、符號規則：可假定$\theta$為第一象限角，從而決定符號，例如$\tan(270°+\theta)-\pm\cot\theta$。設$\theta$在第一象限，則$270°+\theta$為第四象限，故 $\tan(270°+\theta)$為負。

複合角三角函數：

加法公式：

$$\sin(\theta\pm\phi)=\sin\theta\cos\phi\pm\cos\theta\sin\phi$$

$$\cos(\theta\pm\phi)=\cos\theta\cos\phi\mp\sin\theta\sin\phi$$

$$\tan(\theta\pm\phi)=\frac{\tan\theta\pm\tan\phi}{1\mp\tan\theta\tan\phi}$$

倍角公式：

$$\sin 2\theta=2\sin\theta\cos\theta;$$

$$\cos 2\theta=2\cos^2\theta-1=1-2\sin^2\theta=\cos^2\theta-\sin^2\theta$$

$$\tan 2\theta=\frac{2\tan\theta}{(1-\tan^2\theta)}$$

$$\sin 3\theta=3\sin\theta-4\sin^3\theta$$

$$\cos 3\theta=4\cos^3\theta-3\cos\theta$$

$$\tan 3\theta=\frac{(3\tan\theta-\tan^3\theta)}{(1-3\tan^2\theta)}$$

半角公式：

$$\cos\frac{\theta}{2}=\pm\sqrt{\frac{(1+\cos\theta)}{2}}$$

$$\sin\frac{\theta}{2}=\pm\sqrt{\frac{(1-\cos\theta)}{2}}$$

$$\tan\frac{\theta}{2}=\frac{(1-\cos\theta)}{\sin\theta}=\frac{\sin\theta}{(1+\cos\theta)}$$

和差化積：

$$\sin\theta\pm\sin\phi=2\sin\frac{\theta\pm\phi}{2}\cos\frac{\phi\mp\theta}{2}$$

$\cos\theta+\cos\phi$

$=2\cos\dfrac{\theta+\phi}{2}\cos\dfrac{\theta-\phi}{2}$

$\cos\theta-\cos\phi$

$=-2\sin\dfrac{\theta+\phi}{2}\sin\dfrac{\theta-\phi}{2}$

積化和差：

$2\sin\theta\sin\phi$

$=\cos(\theta-\phi)-\cos(\theta+\phi)$

$2\sin\theta\cos\phi$

$=\sin(\theta+\phi)+\sin(\theta-\phi)$

$2\cos\theta\cos\phi$

$=\cos(\theta+\phi)+\cos(\theta-\phi)$

【三角級數】 ㄙㄢ ㄐㄧㄠˇ ㄐㄧˊ ㄕㄨˋ

(trigonometric series) 若一函數級數 $f(x)=\sum_{n=0}^{\infty}f_n(x)$ 的一般項爲 $f_n(x)=a_n\cos nx+b_n\sin nx$ (a_n 及 b_n 爲常數)，稱爲三角級數。即'傅立葉'級數。

【三角測量】 ㄙㄢ ㄐㄧㄠˇ ㄘㄜˋ ㄌㄧㄤˊ

(triangular surveying) 利用三角學來進行測量，通稱爲三角測量。例如決定地理上的地形，往往係利用在各地建立三角形，連成一三角網，然後利用三角原理，來定各地的位置及高度。三角形公式：(角A之對邊爲a，等等)

正弦定律：

$\dfrac{a}{\sin A}=\dfrac{b}{\sin B}=\dfrac{c}{\sin C}=2R$

＝外接圓直徑

投影定律：

$a=b\cos C+c\cos B$(等等)

餘弦定律：

$a^2=b^2+c^2-2bc\cos A$(等等)

正切定律：

$\dfrac{\tan\dfrac{B-C}{2}}{\tan\dfrac{B+C}{2}}=\dfrac{b-c}{b+c}$(等等)

令半周長爲$s=\dfrac{(a+b+c)}{2}$，則

$\sin\dfrac{A}{2}=\sqrt{\dfrac{(s-b)(s-c)}{bc}}$,

$\cos\dfrac{A}{2}=\sqrt{\dfrac{s(s-a)}{bc}}$,

$\tan\dfrac{A}{2}=\dfrac{r}{s-a}$，內接圓半徑

$r=\sqrt{\dfrac{(s-a)(s-b)(s-c)}{s}}$

'黑龍'公式：

面積$\triangle=\sqrt{s(s-a)(s-b)(s-c)}$

$=rs=\dfrac{1}{2}bc\sin A$(等)

傍切圓半徑$r(A)=\dfrac{\triangle}{(s-a)}$(等)。

【三角貿易】 ㄙㄢ ㄐㄧㄠˇ ㄇㄠˋ ㄧˋ

(merchanting trade) 甲國出口商與乙國進口商的商品買賣未經雙方直接簽定買賣契約，而透過第三國的商人以中間商的地位完成的貿易方式。該中間商利用其從事國際貿易的經驗、技術及商務關係，對生產國出口商以買方的立場，對需要國進口商則以賣方的立場分別簽訂買賣契約，從中獲取買賣差價，而貨物則由生產國直接運往需要國。我國自'民國'六十二年四月起開放以文書往來方式辦理三角貿易。

【三角電路】 ㄙㄢ ㄐㄧㄠˇ ㄉㄧㄢˋ ㄌㄨˋ

(delta circuit) 一三相電路，其三繞組頭尾相連形成一閉合迴路，在此迴路裡瞬間電壓的總和爲零。此系統無共同或中性線，因此一般只用在三線系統或發電機。

8 **【三武之禍】** ㄙㄢ ㄨˇ ㄓ ㄏㄨㄛˋ

佛教史上稱'北魏''太武帝'、'北周''武帝'及'唐武宗'禁佛的禍厄。

【三長兩短】 ㄙㄢ ㄔㄤˊ ㄌㄧㄤˇ ㄉㄨㄢˇ

指意外的變化或災害。多指死亡。

【三花聚頂】 ㄙㄢ ㄏㄨㄚ ㄐㄩˋ ㄉㄧㄥˇ

道家語。指修鍊時，精、氣、神聚於頭頂，而進入虛的境界。

【三姑六婆】 ㄙㄢ ㄍㄨ ㄌㄧㄡˋ ㄆㄛˊ

指道姑、尼姑、卦姑，牙婆(掮客)、媒婆、師婆(巫婆、爲邪術者)、虔婆(女光棍)、樂婆、穩婆(接生婦)。舊時社會地位都不高，正常人家往往禁止她們進出家門。

9 **【三相交流】** ㄙㄢ ㄒㄧㄤ ㄐㄧㄠ ㄌㄧㄡˊ

(three-phase alternating current) 三組大小相等、相位差互爲120° 的單相交流所組成的交流。三相交流電力輸配方法有：一、三相六線式：每一單相有兩條輸電線，共六條線。二、單相四線式：有三條輸電線，另三條線共用一線，共四線，可傳送三倍於單相的電力。三、三相三線式：有三條輸電線，三條線共用，且此共用線中交流電流互相抵消，成爲零，故可以取消，以三條線傳送三相電力。相接法有一、Y 接法，又稱星接法，如圖(1)所示；二、△接法，又稱三角形接法，如圖(2)所示。

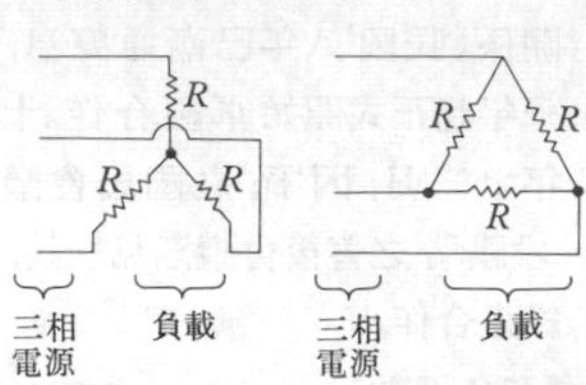

三相交流圖(1)　　三相交流圖(2)

【三相電路】 ㄙㄢ ㄒㄧㄤ ㄉㄧㄢˋ ㄌㄨˋ

(three-phase circuit) 一種組合電路。由三相電源激發，三相電源的每一相依序相差120°。

【三茅眞君】 ㄙㄢ ㄇㄠˊ ㄓㄣ ㄐㄩㄣ

道教神仙名。即'茅盈'、'茅固'、'茅衷'兄弟三人。傳說是'漢景帝'時'咸陽'(今屬'陝西')人。'大茅君'名'盈'，字'叔申'，於'句曲山'(今'江蘇''句容'等縣境)修道。仲弟'中茅君'名'固'，字'季偉'，官執金吾；季弟'小茅君'名'衷'，字'思和'，爲五官大夫，均從'盈'得道。'太上老君'拜'盈'爲'司命眞君'，'固'爲'定籙眞君'，'衷'爲'保生眞君'，世稱'三茅眞君'或'三茅君'，'茅山'派奉爲

祖師。

【三思而行】 ㄙㄢˋ ㄙ ㄦˊ ㄒㄧㄥˊ
做事之前謹愼地考慮。

【三皇五帝】 ㄙㄢ ㄏㄨㄤˊ ㄨˇ ㄉㄧˋ
傳說中遠古時代的帝王。參三皇、五帝[1]。

【三俠五義】 ㄙㄢ ㄒㄧㄚˊ ㄨˇ ㄧˋ
原名"忠烈俠義傳"。'淸''石玉崑'述,一百二十回。敘述'包拯'剛毅公正、斷案鋤奸,諸俠輸誠受職、爲民除害的故事。三俠爲南俠'展昭'、北俠'歐陽春'、雙俠'丁兆蘭'及'丁兆蕙',五義爲鑽天鼠'盧方'、徹地鼠'韓彰'、穿山鼠'徐慶'、翻江鼠'蔣平'、錦毛鼠'白玉堂'。後'俞樾'稍加改訂,並加上'艾虎'、'智化'、'沈仲元',成七俠之數,改名"七俠五義"。

【三保太監】 ㄙㄢ ㄅㄠˇ ㄊㄞˋ ㄐㄧㄢˋ
即'明成祖'時的太監'鄭和'。參鄭和。

10【三宮六院】 ㄙㄢ ㄍㄨㄥ ㄌㄧㄡˋ ㄩㄢˋ
指帝王的後宮。

【三級產業】 ㄙㄢ ㄐㄧˊ ㄔㄢˇ ㄧㄝˋ
(tertiary industry)分配或調劑物資之產業。包括商業、服務業、運輸倉儲業等。

【三級處理】 ㄙㄢ ㄐㄧˊ ㄔㄨˇ ㄌㄧˇ
(tertiary treatment) 二級處理後,再經物理或化學等精密方法,以去除不易被生物分解之汙染物質的廢水處理程序。處理方法有硝化-去氮、電透析、逆滲透、離子交換及活性碳吸附等。可去除氮、磷、頑劣有機物及重金屬等汙染物。

【三級跳遠】 ㄙㄢ ㄐㄧˊ ㄊㄧㄠˋ ㄩㄢˇ
田賽跳部項目之一。靠助跑所產生的衝力,自沙坑前9公尺起跳板處單足起跳,經騰步、跨步和跳步三種連續動作,以獲得最遠距離的運動。

【三紙無驢】 ㄙㄢ ㄓˇ ㄨˊ ㄌㄩˊ
譏人文辭冗贅,不能把握要領。傳說有個博士買驢,買賣契約寫了三張紙,還沒有出現驢字。見"顏氏家訓·勉學"。

【三徑之資】 ㄙㄢ ㄐㄧㄥˋ ㄓ ㄗ
指養老或隱居的費用。三徑,指隱士的居所。'漢'刺史'蔣詡'因'王莽'專政而退隱,家中闢三小徑,與'求仲'、'羊仲'交遊。見"三輔決錄·逃名"。

11【三曹對案】 ㄙㄢ ㄘㄠˊ ㄉㄨㄟˋ ㄢˋ
指'明''淸'兩代'刑部'、'都察院'及'大理寺'三個部門的會審。

【三教九流】 ㄙㄢ ㄐㄧㄠˋ ㄐㄧㄡˇ ㄌㄧㄡˊ
[1]泛指各宗教、學術的流派。參三教、九流[1]。[2]泛指社會上各類人物和各行各業。

【三教合一】 ㄙㄢ ㄐㄧㄠˋ ㄏㄜˊ ㄧ
調和融通儒、釋、道三家之歧異的主張或具體說法。

【三推六問】 ㄙㄢ ㄊㄨㄟ ㄌㄧㄡˋ ㄨㄣˋ
指法官再三審問。

【三國演義】 ㄙㄢ ㄍㄨㄛˊ ㄧㄢˇ ㄧˋ
'元'末'明'初'羅貫中'撰,二十四卷。根據'陳壽'"三國志"、'裴松之'注、'范曄'"後漢書"、'元代'"三國志平話"和其他有關傳說,綜裁而成。起自桃園結義,止於'西晉'統一,演述'魏'、'蜀'、'吳'三國興亡事跡。'淸'初'毛宗岡'略加修改,成爲現在通行的一百二十回本。

【三從四德】 ㄙㄢ ㄘㄨㄥˊ ㄙˋ ㄉㄜˊ
古代社會對婦女要求的品德。三從:未嫁從父、既嫁從夫、夫死從子。四德:婦德、婦言、婦容、婦功。

12【三軸試驗】 ㄙㄢ ㄓㄡˊ ㄕˋ ㄧㄢˋ
(triaxial test) 決定土壤應力、應變性質最有效的試驗。首先將圓柱形土壤試體安置於可承受其四周等應力圍壓之試驗儀內,然後再增加其軸向壓應力直至試體失敗爲止。因爲無剪應力作用於圓柱試體表面邊緣,故其軸向應力與圍壓力即分別成爲二主應力,而所增加之軸應力稱爲偏差壓力。三軸試驗係爲一簡單的圓柱試體壓縮試驗,通常用於決定許多材料之力學性質,例如混凝土等,唯試驗混凝土時無須圍壓。

【三陽開泰】 ㄙㄢ ㄧㄤˊ ㄎㄞ ㄊㄞˋ
新年亨通吉祥的頌語。"易"學家以正月配泰卦,三陽生於下。陰消陽長,冬去春來,是亨通吉祥之象。也作三陽交泰。

【三番兩次】 ㄙㄢ ㄈㄢ ㄌㄧㄤˇ ㄘˋ
屢次;常常。

【三氯甲烷】 ㄙㄢ ㄌㄩˋ ㄐㄧㄚˇ ㄨㄢˊ
(chloroform) 無色高揮發性液體。俗稱氯仿。化學式 $CHCl_3$,分子量 119.38,比重 1.49,沸點 61.2°C,熔點 −63.5°C。可溶於一般有機溶劑,微溶於水。由甲烷氯化產生,用做冷媒、溶劑、除蟲劑。

13【三跪九叩】 ㄙㄢ ㄍㄨㄟˋ ㄐㄧㄡˇ ㄎㄡˋ
'淸'人最尊敬的拜禮。下跪三次,每跪三叩首。

14【三魂七魄】 ㄙㄢ ㄏㄨㄣˊ ㄑㄧ ㄆㄛˋ
指人靈魂的全部。三魂指胎光、爽靈、幽精;七魄爲尸狗、伏矢、雀陰、呑賊、非毒、除穢、臭肺。人得通神而分形,形分則見自己身中之三魂七魄。

【三輔黃圖】 ㄙㄢ ㄈㄨˇ ㄏㄨㄤˊ ㄊㄨˊ
撰人不詳,今本六卷,三十六篇。記載'漢代''長安'古蹟,尤以宮殿苑囿最詳。

【三聚氰胺】 ㄙㄢ ㄐㄩˋ ㄑㄧㄥ ㄢ
(melamine) 一種稍溶於水的白色固體。化學式 $(CN)_3(NH_2)_3$,熔點 250°C。可由氰胺或二聚氰胺聚合而得。供製造合成樹脂,或做爲合成其他化合物的原料。

【三綱五常】 ㄙㄢ ㄍㄤ ㄨˇ ㄔㄤˊ
泛稱人倫大道。五常,指五倫。參三綱、五倫。

【三維空間】 ㄙㄢ ㄨㄟˊ ㄎㄨㄥ ㄐㄧㄢ
(three-dimensional space) 通

常之空間稱爲三維空間。相對於平面(二維空間)及直線(一維空間)及點(零維空間)而言。若以解析幾何眼光,三維空間必須用三個坐標 x、y、z 來表示。

15【三墳五典】ㄙㄢ ㄈㄣˊ ㄨˇ ㄉㄧㄢˇ
上古典籍的總稱。相傳“三墳”是‘伏羲’、‘神農’、‘黃帝’的書。“五典”是‘少昊’、‘顓頊’、‘高辛’、‘唐’、‘虞’的書。

【三閭大夫】ㄙㄢ ㄌㄩˊ ㄉㄚˋ ㄈㄨ
‘春秋’‘戰國’時‘楚國’的官名。主管王族‘昭’、‘屈’、‘景’三姓。‘屈原’曾任此官,所以後人常以之稱‘屈原’。

【三緘其口】ㄙㄢ ㄐㄧㄢ ㄑㄧˊ ㄎㄡˇ
形容閉口不言或言語謹愼。

16【三頭六臂】ㄙㄢ ㄊㄡˊ ㄌㄧㄡˋ ㄅㄧˋ
本指佛的法相。後借喻神通廣大,本領超凡。

17【三點套利】ㄙㄢ ㄉㄧㄢˇ ㄊㄠˋ ㄌㄧˋ
(three-point arbitrage)在三種通貨情況下所發生的匯率套利行爲。又稱三角套利。即匯率套利者在某一時點,進行不同通貨的同時買賣,最後仍然回到原來的通貨,以賺取利潤的行爲。

【三點落地】ㄙㄢ ㄉㄧㄢˇ ㄌㄨㄛˋ ㄉㄧˋ
(three-point landing) 又稱三輪落地。指具有尾輪或尾橇之飛機,落地時前方兩起落架主輪與尾輪同時觸地。此種落地方式可使飛機平穩滑行。

19【三藩之亂】ㄙㄢ ㄈㄢˊ ㄓ ㄌㄨㄢˋ
‘清’‘康熙’十二年(1673)‘吳三桂’、‘尚之信’及‘耿精忠’三藩的叛亂。‘清朝’得‘明’降將之助,得以攻滅流寇及‘南明’勢力,並冊封效力最多的‘吳三桂’、‘尚可喜’和‘耿繼茂’爲王,號稱三藩。三藩地廣兵多,日漸驕悍,‘聖祖’早有撤藩之意,適‘尚可喜’上書自請歸老,‘聖祖’迅予批准;‘吳三桂’及‘耿精忠’亦請求撤藩以探上旨,未料‘聖祖’竟允所請,‘吳三桂’遂舉兵叛變,‘尚之信’及‘耿精忠’先後響應。但三藩各自以名利爲重,行動又不一致,加上‘聖祖’督戰有方,‘康熙’二十年叛亂遂平,‘清’在‘中國’的統治地位更加穩固。

【三邊測量】ㄙㄢ ㄅㄧㄢ ㄘㄜˋ ㄌㄧㄤˊ
(trilateration) 爲應用光波或電子測距儀測量出導線網或三角網三角形各邊的長度,再藉幾何關係計算出各點之平面坐標的大平面控制測量。

21【三顧茅廬】ㄙㄢ ㄍㄨˋ ㄇㄠˊ ㄌㄨˊ
指禮賢下士。‘東漢’末年,‘劉備’拜訪‘諸葛亮’,三次才得見。

22【三權分立】ㄙㄢ ㄑㄩㄢˊ ㄈㄣ ㄌㄧˋ
主張將國家的政治權力分爲立法、行政、司法三權,並且三權之間相互制衡。分權的思想雖可遠溯到‘希臘’、‘羅馬’時代,但近代的三權分立學說,則創自‘法國’學者‘孟德斯鳩’。西元1690年‘英’人‘洛克’發表“政府論”二篇,爲‘英國’的光榮革命做辯護,主張立法、行政、外交三權分立,後來‘孟’氏根據‘英國’民主政治的事實,修正了‘洛克’的觀點,在1748年完成“法意”一書,主張立法、行政、司法三權分立,並倡導權力制衡之說,以防止專制而保障個人的生命、自由和財產。1787年‘美國’以‘孟’氏的三權分立學說爲張本,制定憲法,其後民主國家爭相仿效,三權分立乃成爲現代民主國家的憲法原理。

23【三體石經】ㄙㄢ ㄊㄧˇ ㄕˊ ㄐㄧㄥ
碑名。①‘東漢’‘靈帝’‘熹平’四年(175),詔令正定五經文字,由‘蔡邕’以隸體書丹於碑刻之,立於太學門外,因以古文、篆、隸三種字體參校,故稱。②‘魏’‘正始’中,‘邯鄲淳’以古文、小篆、隸書所寫石經,在‘漢’碑西。

2【三十六天罡】ㄙㄢ ㄕˊ ㄌㄧㄡˋ ㄊㄧㄢ ㄍㄤ
道教指北斗叢星中三十六個天罡星的神。常於符咒中請來驅鬼。“水滸傳”中用以附會‘梁山泊’的三十六員猛將。

【三十年戰爭】ㄙㄢ ㄕˊ ㄋㄧㄢˊ ㄓㄢˋ ㄓㄥ
(The Thirty Years' War) 西元1618～1648年,‘日耳曼’新教貴族反抗‘神聖羅馬帝國’皇帝的新舊教戰爭。後因國際利害衝突,‘丹麥’、‘瑞典’、‘法’、‘英’等國先後加入,形成一國際性戰爭。結果,新教軍獲勝,締結“西發利亞條約”(*Peace of Westphalia*),承認新舊教徒有同等的權利。

【三七五減租】ㄙㄢ ㄑㄧ ㄨˇ ㄐㄧㄢˇ ㄗㄨ
‘臺灣’實施土地改革的第一步驟。‘民國’三十八年四月由政府公布並通令實施。規定佃農向業主所繳佃租最高不得超過正產物全年收穫總量百分之三七·五,原約地租不及千分之三七五者依原約,且耕地租用一律訂立書面租約,耕地租期不得少於六年,期滿並得續訂租約,以保障佃權。

3【三尸三惡門】ㄙㄢ ㄕ ㄙㄢ ㄜˋ ㄇㄣˊ
道教語。指阻礙人得道成眞的色、愛、貪三種情欲。又稱三尸道、三徒界。

【三尸五道門】ㄙㄢ ㄕ ㄨˇ ㄉㄠˋ ㄇㄣˊ
道教語。指人的色、愛、貪、競、身五種負累。又稱五苦五道門。色累苦心門、愛累苦神門、貪累苦形門、華競苦精門、身累苦魂門。

6【三考三卡制】ㄙㄢ ㄎㄠˇ ㄙㄢ ㄎㄚˇ ㄓˋ
三考就是勤惰考核、工作考核與品德生活考核;三卡就是以上述三項標準設計記錄卡片來建立考核制度。我國‘人事行政局’一度以此制來革新政治風氣與提高行政效率,效果不佳,已於‘民國’六十三年廢止。

【三百六十行】ㄙㄢ ㄅㄞˇ ㄌㄧㄡˋ ㄕˊ ㄏㄤˊ

泛指各行各業。

7【三角瞄準點】ㄙㄢ ㄐㄧㄠˇ ㄇㄧㄠˊ ㄓㄨㄣˇ ㄉㄧㄢˇ

(aiming group) 測驗槍手之瞄準能力或檢查槍準星之穩定性的一種紙上作業。槍手瞄準完畢後,由持靶人以鉛筆就靶心標點,如此連續進行三次,將三角連接成三角形,就其形狀及大小來判斷優劣。

【三位晉升制】ㄙㄢ ㄨㄟˋ ㄐㄧㄣˋ ㄕㄥ ㄓˋ

(three-position system) 一種單線式的升遷制度。機關中的每位成員,皆被認爲同時具有上級、現任和下級三種地位,除了處理本職工作外,還得學習上級人員工作、教導下級人員工作,據此直線關係而確定個人的晉升梯階或途徑。由於限制較嚴,無法因應職員興趣作多方面發展,僅適用於系統式的組織中。

9【三相電動機】ㄙㄢ ㄒㄧㄤ ㄉㄧㄢˋ ㄉㄨㄥˋ ㄐㄧ

(three-phase motor) 輸入的電能由三相電源所提供的電動機。

【三缸往復泵】ㄙㄢ ㄍㄤ ㄨㄤˇ ㄈㄨˋ ㄅㄥˋ

(triplex reciprocating pump) 往復泵的一種。參往復泵。

10【三時估計法】ㄙㄢ ㄕˊ ㄍㄨ ㄐㄧˋ ㄈㄚˇ

(three time estimate) 由於貝特(PERT)之各項作業是一種機率性的,而且假設其呈β分配(beta distribution),根據β分配可採用三個時間值來估計各項作業的預期工時,此三個時間就是:一、樂觀時間:指順利情況下,完成某項作業的時間;二、最可能時間:指一般情況下,平均完成某項作業的時間;三、悲觀時間:指不順利情況下,完成某項作業的時間。

【三氧化二砷】ㄙㄢ ㄧㄤˇ ㄏㄨㄚˋ ㄦˋ ㄕㄣ

(arsenic trioxide) 俗稱砒霜或白砒。白色無定形、無臭、無味、劇毒的粉末。化學式 As_2O_3, 昇華於193°C。微溶於水,溶於酸、鹼和甘油。可用來製造砷酸、砷化物、顏料、染料、殺蟲劑、殺鼠劑、保藏劑等。

【三級三審制】ㄙㄢ ㄐㄧˊ ㄙㄢ ㄕㄣˇ ㄓˋ

法院之組織分爲地方法院、高等法院及最高法院三級。一般言之,地方法院爲第一級,訴訟事件之當事人受第一次之審判;不服第一審裁判者,上訴高等法院。高等法院爲第二級,訴訟事件之當事人有受第二次審判之機會;不服高等法院之裁判者,上訴最高法院。最高法院爲第三級,訴訟事件之當事人有受第三次審判之機會。此種經三級法院三次審判之制度,稱爲三級三審制。

【三島由紀夫】ㄙㄢ ㄉㄠˇ ㄧㄡˊ ㄐㄧˋ ㄈㄨ

(1925~1970)'日本'小說家。本名'平岡公威'。西元1941年發表短篇小說"青翠松林",以'三島由紀夫'爲筆名。1944年考進'東京帝大'法律系。1946年由'川端康成'推薦,發表小說"煙草",正式躍登文壇。作品所描述的情節,具有震撼現代人心靈深處的力量,強調從虛無中開出燦爛的花朵。1970年切腹自殺。主要作品有"愛的飢渴"、"金閣寺"、"假面的告白"和"憂國"等。他是一個狂熱的右派愛國主義者,文體優雅而流暢,但所編織的故事都有些晦暗的色彩。

三島由紀夫像

12【三硝基甲苯】ㄙㄢ ㄒㄧㄠ ㄐㄧ ㄐㄧㄚˇ ㄅㄣˇ

(trinitrotoluene; TNT) 一種淡黃色晶體。化學式 $CH_3C_6H_2(NO_2)_3$, 熔點80.1°C。可由甲苯與濃硝酸、濃硫酸混合作用而得。爲軍事上常用的炸藥。

14【三態緩衝器】ㄙㄢ ㄊㄞˋ ㄏㄨㄢˇ ㄔㄨㄥ ㄑㄧˋ

(tri-state buffer) 緩衝器一般都是輸入與輸出同爲 on 或 off, 但輸出較輸入慢。三態緩衝器,有一控制端可控制爲一般緩衝狀態或絕緣狀態。常使用於微電腦之雙向巴士驅動電路內。

3【三寸不爛之舌】ㄙㄢ ㄘㄨㄣˋ ㄅㄨˋ ㄌㄢˋ ㄓ ㄕㄜˊ

形容人善於辭令,辯才無礙。

4【三月不知肉味】ㄙㄢ ㄩㄝˋ ㄅㄨˋ ㄓ ㄖㄡˋ ㄨㄟˋ

形容音樂感人至深。'孔子'在'齊國'聆賞'舜'所作的"韶"樂,由於"韶"樂盡善盡美,令人沈醉,以致三月不知肉味。見"論語·述而"。

7【三折肱成良醫】ㄙㄢ ㄓㄜˊ ㄍㄨㄥ ㄔㄥˊ ㄌㄧㄤˊ ㄧ

多次折斷手臂,能成爲好醫師。比喻體驗豐富,造詣自然精深。

11【三教搜神大全】ㄙㄢ ㄐㄧㄠˋ ㄙㄡ ㄕㄣˊ ㄉㄚˋ ㄑㄩㄢˊ

全名"三教源流搜神大全"。作者不詳,七卷。爲'元'人所編通俗搜神類書。今傳'明'刊本,卷一首載儒、釋、道三氏源流,計收百二十多位神號,每位均有畫像。爲研究民間信仰的重要宗教史料。

2【三人行必有我師】ㄙㄢ ㄖㄣˊ ㄒㄧㄥˊ ㄅㄧˋ ㄧㄡˇ ㄨㄛˇ ㄕ

三人同行,必有可以爲我所取法的人。善人固然可做我的師表;就是不善的人,也值得我惕勵。極言人皆有值得我們學習、省察的地方。

5【三民主義力行社】ㄙㄢ ㄇㄧㄣˊ

ㄓㄨˇ ㄧˋ ㄌㄧˋ ㄒㄧㄥˊ ㄕㄜˋ
通稱'力行社'或'藍衣社'。'民國'二十一年成立。以'黃埔軍校'畢業之'桂永清'、'戴笠'等人爲中堅,主張擁'蔣'反'共'反'日'。其下旋設立'革命青年同志會'、'革命軍人同志會'、'軍事情報處'。二十三年,擴大爲'復興社'。

7【三更燈火五更雞】ㄙㄢ ㄐㄧㄥ ㄉㄥ ㄏㄨㄛˇ ㄨˇ ㄐㄧㄥ ㄐㄧ
形容晚睡早起,勤奮讀書。

4【三日打魚兩日曬網】ㄙㄢ ㄖˋ ㄉㄚˇ ㄩˊ ㄌㄧㄤˇ ㄖˋ ㄕㄞˋ ㄨㄤˇ
比喻沒有恆心。

14【三聚氰胺甲醛樹脂】ㄙㄢ ㄐㄩˋ ㄑㄧㄥ ㄢ ㄐㄧㄚˇ ㄑㄩㄢˊ ㄕㄨˋ ㄓ
(melamine formaldehyde resin)俗稱美耐皿。由三聚氰胺與甲醛經縮合聚合反應而得。其性能遠超過尿素樹脂與酚樹脂,且染色容易,應用於成型材料(如器皿、家具等)、黏合劑、層板、塗料、紡織品與造紙工業。

2【三十年河東三十年河西】ㄙㄢ ㄕˊ ㄋㄧㄢˊ ㄏㄜˊ ㄉㄨㄥ ㄙㄢ ㄕˊ ㄋㄧㄢˊ ㄏㄜˊ ㄒㄧ
比喻人事變化多端,盛衰轉移不定。也作三十年河東轉河西。

9【三軍可以奪帥匹夫不可奪志】ㄙㄢ ㄐㄩㄣ ㄎㄜˇ ㄧˇ ㄉㄨㄛˊ ㄕㄨㄞˋ ㄆㄧˇ ㄈㄨ ㄅㄨˋ ㄎㄜˇ ㄉㄨㄛˊ ㄓˋ
比喻立志由己,別人無法劫奪。

10【三個臭皮匠勝過一個諸葛亮】ㄙㄢ ˙ㄍㄜ ㄔㄡˋ ㄆㄧˊ ㄐㄧㄤˋ ㄕㄥˋ ㄍㄨㄛˋ ㄧ ˙ㄍㄜ ㄓㄨ ㄍㄜˊ ㄌㄧㄤˋ
比喻集思廣益的好處。

下

ㄒㄧㄚˋ *hsia*4 音夏
①低處或底層。②低下的;次等的。如:下駟、下流。③下屬;屬下的。如:手下。④從高處下降。如:下山。⑤謙居人下。如:禮賢下士。⑥自謙之詞。如:下情。⑦降服;被攻占。如:攻下。⑧在後的。如:下週。⑨退讓;服輸。如:僵持不下。⑩交付;頒布。如:下令。⑪指所在之處。如:'稷'下、名下。⑫表示動作。如:下棋。⑬減;遜。如:不下於此。⑭量詞。表示次數。如:敲兩下。

2【下人】ㄒㄧㄚˋ ㄖㄣˊ
①謙卑待人。②僕人。③材質低劣的人。

3【下女】ㄒㄧㄚˋ ㄋㄩˇ
女佣人。

【下凡】ㄒㄧㄚˋ ㄈㄢˊ
道教以塵世爲凡,神仙犯錯,由仙境下降塵世,稱爲下凡。

4【下文】ㄒㄧㄚˋ ㄨㄣˊ
①以下的文章。②指事情的繼續發展或結果。

【下元】ㄒㄧㄚˋ ㄩㄢˊ
①節日名。參三元②。②'中'醫以人的腎部爲下元。因五臟位置,腎居最下,腎臟有元陰、元陽,爲元氣之本,故稱。

【下水】ㄒㄧㄚˋ ㄕㄨㄟˇ
①進入水中。②順流而下。③比喻作壞事。

【下手】ㄒㄧㄚˋ ㄕㄡˇ
①開始動手去做。②技術粗略的人。③助理;助手。

【下戶】ㄒㄧㄚˋ ㄏㄨˋ
指貧民。

5【下世】ㄒㄧㄚˋ ㄕˋ
①去世;死亡。②陰間。③後世。

6【下旬】ㄒㄧㄚˋ ㄒㄩㄣˊ
每月的二十一日到月末。

【下行】ㄒㄧㄚˋ ㄒㄧㄥˊ
①公文書由上級到下級。②'臺灣'鐵、公路,由北向南開行爲下行。鐵路支線則以大站向小站開行爲下行。

7【下位】ㄒㄧㄚˋ ㄨㄟˋ
①卑微的官職。②低下的座位。③離開座位或離職。

8【下注】ㄒㄧㄚˋ ㄓㄨˋ
①水由高處往低處流。②下賭注;把錢押下以賭輸贏。

【下弦】ㄒㄧㄚˋ ㄒㄧㄢˊ
(last quarter)月相之一。農曆每月二十三日前後,從地球上看,月球在太陽之西90度處,由於月球東面受光,西面背光,月相如弓而弦朝西,故稱下弦。

9【下流】ㄒㄧㄚˋ ㄌㄧㄡˊ
①河流的下游。②水向下流。③卑劣的;卑賤的。

【下風】ㄒㄧㄚˋ ㄈㄥ
①風向的下方。②比喻劣勢。如:暫居下風。

10【下疳】ㄒㄧㄚˋ ㄍㄢ
(chancre)性病名。可分爲軟性下疳和硬性下疳。軟性下疳是由軟下疳桿菌所引起,是一種由性交感染而發生的急性潰瘍,多出現在陰部。感染後10～20日以內,常併有腹股溝淋巴腺腫大疼痛。治療以紅黴素或磺胺類爲優先使用。硬性下疳由梅毒螺旋體引起,爲梅毒的第一個徵狀,多生於生殖器,6～8週後,即使不治療,也會自行痊癒,而進入梅毒的潛伏期。治療以青黴素最爲有效。

【下乘】ㄒㄧㄚˋ ㄕㄥˋ
①劣馬。比喻低劣的人才。②佛家語。指小乘。與上乘(大乘)相對。乘,指車子的乘載;下乘,是說載不了多少人的車子,品級低;象徵'印度'初期佛教裡的一些只求自度的修道者。③指文藝或技藝方面的下品。

【下海】ㄒㄧㄚˋ ㄏㄞˇ
①漁夫到海上作業。②戲劇界稱非職業演員轉爲職業演員。③指女子淪落風塵。

11【下情】ㄒㄧㄚˋ ㄑㄧㄥˊ
①在下位者的實情。也稱民情。②敘說自己實情的謙辭。

【下陳】ㄒㄧㄚˋ ㄔㄣˊ
①古時賓客和主人相見,禮品陳列在廳堂下,稱爲下陳。②指後宮侍妾。

【下堂】ㄒㄧㄚˋ ㄊㄤˊ
妻子離婚而去。

【下野】ㄒㄧㄚˋ ㄧㄝˇ

執政者解除職權，退位在野。

【下問】 ㄒㄧㄚˋ ㄨㄣˋ
向地位不如自己的人請教。

12【下游】 ㄒㄧㄚˋ ㄧㄡˊ
①(downstream)河流出口及其附近地區。②指市場行市趨於低落。③依賴或基於某種主體而發展的事物。如：下游工業。

【下痢】 ㄒㄧㄚˋ ㄌㄧˋ
(diarrhca) 又稱腹瀉。主要由於腸管對水分的吸收異常而引起的疾病。其特點爲排便次數增加，大便中的水分也大量增加，而成爲液體狀或爛泥巴狀。依發病的情形，可分爲急性下痢和慢性下痢。依病因區分，有傳染性下痢、食物中毒性下痢、胃腸道機能不良所引起的下痢(如缺乏胃酸、胃切除後下痢)、慢性胰臟炎或局限性迴腸炎或由於自主神經不平衡而造成的下痢等。治療時需針對不同的病因給予不同的治療。

【下場】 ㊀ ㄒㄧㄚˋ ㄔㄤˇ
①結局。②演完戲，走下舞臺。引申爲卸下職務。③下半場；後半段。
㊁ ㄒㄧㄚˋ ㄔㄤˊ
進入場地參加活動。如：下場比賽。

【下飯】 ㄒㄧㄚˋ ㄈㄢˋ
①用菜肴配飯。②形容菜肴很可口。

【下策】 ㄒㄧㄚˋ ㄘㄜˋ
不高明的計策。

【下鄉】 ㄒㄧㄚˋ ㄒㄧㄤ
到鄉間去。

13【下溢】 ㄒㄧㄚˋ ㄧˋ
(underflow) 算術運算的結果其絕對值太小，超出電腦可表示的範圍。即算術下溢。

【下落】 ㄒㄧㄚˋ ㄌㄨㄛˋ
①降下。②蹤跡；著落。

【下腳】 ㄒㄧㄚˋ ㄐㄧㄠˇ
指事業單位經過製造過程所殘餘的渣滓、廢料，本廠已無用途，或不屬於本事業單位資財一部分的報廢物料，而仍能變價之物。例如化工廠盛裝原料的舊鐵桶、木箱等。依我國"職工福利金條例"第二條規定，工廠、礦廠或其他企業組織提撥職工福利金時，下腳變價應提撥百分之二十至四十。

【下嫁】 ㄒㄧㄚˋ ㄐㄧㄚˋ
古代男女成親，女方的身分地位高於男方，稱爲下嫁。

14【下臺】 ㄒㄧㄚˋ ㄊㄞˊ
①從臺上走下。②指卸除職務。③指對某事作交代或打圓場。

【下榻】 ㄒㄧㄚˋ ㄊㄚˋ
①接待賓客。'東漢''陳蕃'平日不接待賓客，卻專爲'徐穉'預留一榻，不時懸起，'徐穉'來訪則放下。見"後漢書·徐穉傳"。②留宿；投宿。

【下僚】 ㄒㄧㄚˋ ㄌㄧㄠˊ
屬吏；屬下的官吏。

【下獄】 ㄒㄧㄚˋ ㄩˋ
坐牢。

15【下駟】 ㄒㄧㄚˋ ㄙˋ
下等的馬。引申爲才能卑下。多用作自謙之辭。

【下標】 ㄒㄧㄚˋ ㄅㄧㄠ
(subscript) 指電腦程式中，用來表示陣列資料之某一特定元素所使用的符號或表達式。如陣列A中第五個元素於符傳程式中以A(5)表示，5即爲下標。

【下模】 ㄒㄧㄚˋ ㄇㄛˊ
(drag) 鑄模或模型之下半部或底部。

19【下藥】 ㄒㄧㄚˋ ㄧㄠˋ
指醫生開列藥方或選用藥材。

3【下三爛】 ㄒㄧㄚˋ ㄙㄢ ㄌㄢˋ
罵人卑賤或無賴。

4【下水道】 ㄒㄧㄚˋ ㄕㄨㄟˇ ㄉㄠˋ
排洩汙水、雨水的溝渠。一般下水道系統包括收集、處理等工程設施。現代化都市必須有下水道系統的建設，藉以達到或促進公共衛生、提高土地利用價值及防止水資源汙染等目標。

【下水禮】 ㄒㄧㄚˋ ㄕㄨㄟˇ ㄌㄧˇ
新船入水所舉行的儀式。

【下反角】 ㄒㄧㄚˋ ㄈㄢˇ ㄐㄧㄠˇ
(anhedral; cathedral angle) 又稱負上反角。爲飛機機翼或尾翼與水平面所成的向下傾斜角。在現代設計新穎的超音速高單翼飛機，由於已具有足夠安定性，常利用下反角以抵消其對側向安定性的敏感度，和使結構更趨緊湊。如著名'英國'獵犬式垂直升降戰鬥機即屬此種設計。

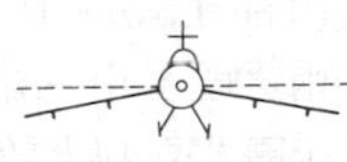
下反角圖

10【下馬威】 ㄒㄧㄚˋ ㄇㄚˇ ㄨㄟ
新官初到，故作威嚴，好使人畏服。

11【下視丘】 ㄒㄧㄚˋ ㄕˋ ㄑㄧㄡ
(hypothalamus) 位於間腦視丘的下部。人的下視丘形成第三腦室的床及壁，爲交感神經及副交感神經的中樞，也是睡眠、性慾、感情的中樞。下視丘分泌的激素，會控制並調節腦下腺的激素分泌。

【下貨單】 ㄒㄧㄚˋ ㄏㄨㄛˋ ㄉㄢ
(shipping order; S/O) 又稱裝貨單、裝船單。爲船公司指示船上收受單上所載貨物予以裝船的憑證。普通爲一式二份，由船公司簽發，交由託運人持以辦理出口報關手續，貨物裝船後，由船上大副簽字後再交還託運人一份，憑以向船公司換發提單。其內容包括裝船、託運人、受貨人、受通知人、裝貨港、目的港、標誌、包裝、件數、貨物名稱、重量、尺碼等項。

12【下場詩】 ㄒㄧㄚˋ ㄔㄤˇ ㄕ
戲曲中人物下場時所唸的詩句。內容以總括劇情，予人以深省或思考爲主，多半採用'唐'人現成的詩句。

14【下種伐】 ㄒㄧㄚˋ ㄓㄨㄥˇ ㄈㄚ

指爲完成下種之目的而施行的伐採。即傘伐造林的主伐,以一次爲宜。

15【下輩子】 ㄒㄧㄚˋ ㄅㄟˋ ˙ㄗ
來世;來生。

20【下議院】 ㄒㄧㄚˋ ㄧˋ ㄩㄢˋ
(The Lower House) 議會分爲兩院時,其中一院爲下議院,代表全國人民。與上議院相對。'英國'的兩院制即採此名稱,其下議院又稱平民院。參兩院制。

3【下大靜脈】 ㄒㄧㄚˋ ㄉㄚˋ ㄐㄧㄥˋ ㄇㄛˋ
(inferior vena cava) 又稱下腔靜脈。此大靜脈乃收集腹腰及下肢中含代謝廢物多的血液,上行使之進入右心房,經右心室進入肺循環。

【下川文化】 ㄒㄧㄚˋ ㄔㄨㄢ ㄨㄣˊ ㄏㄨㄚˋ
爲舊石器時代晚期文化。距今約二萬年至三萬年前。分布於'山西省'南部'垣曲'、'沁水'、'陽城'等縣。'沁水縣''下川'地區遺址最多,石器豐富。石器絕大多數爲細小石器,石料有燧石、瑪瑙、玉髓、黑曜石等,器形有琢背刀、雕器、尖器、石鑽、石鏃、刮削器、石槌等。

4【下不了臺】 ㄒㄧㄚˋ ㄅㄨˋ ㄌㄧㄠˇ ㄊㄞˊ
指人遇到尷尬場面,不知如何處理。

【下不爲例】 ㄒㄧㄚˋ ㄅㄨˋ ㄨㄟˊ ㄌㄧˋ
只准這一次,下次不可援例。

6【下行溝通】 ㄒㄧㄚˋ ㄒㄧㄥˊ ㄍㄡ ㄊㄨㄥ
指組織內之上級主管透過組織內部層級的區分,將意念逐級向下發送的溝通途徑。凡上級對下級下達命令或指示及公告、規定等,多循此種溝通途徑。

7【下沈海岸】 ㄒㄧㄚˋ ㄔㄣˊ ㄏㄞˇ ㄢˋ
即沈水海岸。沿海地殼沈降或海平面上升,或二者兼而有之,導致原本陸地表面沒入海水中的現象。

【下阪走丸】 ㄒㄧㄚˋ ㄅㄢˇ ㄗㄡˇ ㄨㄢˊ
在斜坡上向下滾圓球。形容輕易敏捷。

【下里巴人】 ㄒㄧㄚˋ ㄌㄧˇ ㄅㄚ ㄖㄣˊ
古代歌曲名。與"陽春白雪"相對。指鄉里間通俗性的歌曲。見'宋玉''對楚王問'。'方以智''通雅'以爲下里即蒿里,死者歸蒿里,葬在地下,故稱下里。下里巴人之歌,即"蒿里"、"薤露"一類的喪歌。

9【下降流動】 ㄒㄧㄚˋ ㄐㄧㄤˋ ㄌㄧㄡˊ ㄉㄨㄥˋ
(downward mobility) 個人社會地位由高向低流動的現象。

【下降時間】 ㄒㄧㄚˋ ㄐㄧㄤˋ ㄕˊ ㄐㄧㄢ
(fall time)一響應輸出由其穩態值之90%下降到達10%所需的時間。

11【下陵上替】 ㄒㄧㄚˋ ㄌㄧㄥˊ ㄕㄤˋ ㄊㄧˋ
在下位的人侵犯在上位的人,在上位的人荒廢職守。形容政治衰敗,法紀蕩然。

【下帷苦讀】 ㄒㄧㄚˋ ㄨㄟˊ ㄎㄨˇ ㄉㄨˊ
放下室內的帷幕,專心讀書。

12【下游工業】 ㄒㄧㄚˋ ㄧㄡˊ ㄍㄨㄥ ㄧㄝˋ
參上游工業。

13【下溢指標】 ㄒㄧㄚˋ ㄧˋ ㄓˇ ㄅㄧㄠ
(underflow indicator) 電腦內的一個指標。當運算處理過程中發生下溢時,此指標便有所顯示。

15【下層階級】 ㄒㄧㄚˋ ㄘㄥˊ ㄐㄧㄝ ㄐㄧˊ
(lower class) 指社會裡經濟上最窮、社會地位最低的一群人。通常是指失業者或無業游民。

16【下學上達】 ㄒㄧㄚˋ ㄒㄩㄝˊ ㄕㄤˋ ㄉㄚˊ
學習具體的做人處世而通達抽象的天道義理。

4【下水道工程】 ㄒㄧㄚˋ ㄕㄨㄟˇ ㄉㄠˋ ㄍㄨㄥ ㄔㄥˊ
(sewerage engineering) 又稱汙水工程、廢水工程。包括汙水、雨水之收集、處理及排除等有關之各項工程。具排除廢水、維護生活環境、控制傳染病、解決糞便問題及提升水質等功能。

【下水道型態】 ㄒㄧㄚˋ ㄕㄨㄟˇ ㄉㄠˋ ㄒㄧㄥˊ ㄊㄞˋ
(sewer pattern) 下水道系統的型態可分六種:一、直交式:有河流穿越或外圍有河流經過的都市,下水道常擇最短路線排入河流而形成直交式幹渠。二、截流式:設一截流管截取晴天汙水,使一併流入處理廠處理。雨天則由特殊分流設施將暴雨直接溢流,排入河中。三、分區截流式:分區設置截流管,以減少低區截流管所必須之抽水設備。四、扇形式:全區域之汙水可能經過支管流入若干分管,再集中於一總管排出,組成一扇形系統。五、放射式:城市中心區地形較高時,下水道之水流方向常形成此式。六、集中式:區域之中心較低,四周之汙水可重力流至中央,再由抽水機導送至處理廠。

【下水道氣體】 ㄒㄧㄚˋ ㄕㄨㄟˇ ㄉㄠˋ ㄑㄧˋ ㄊㄧˇ
(sewer gas) 下水道因爲廢水的排入、有機物的分解等,常產生具可燃性或毒性之氣體及揮發性物質。其來源有汽油、煤氣、工業廢水分解之氣態產物,如甲烷、硫化氫等。爲減少下水道氣體的產生,必須:一、保持下水道暢通;二、設置除油井;三、加強煤氣公司的檢漏工作;四、控制工業廢水的排入。

万 ㊀ ㄨㄢˋ *wan*4 音萬
數名。今作萬。見"字彙"。
㊁ ㄇㄛˋ *mo*4 音墨

參丏俟。

9【丏俟】　ㄇㄛˋ　ㄑㄧˊ
複姓。本'鮮卑'部落。'宋'有'丏俟卨'。見"宋史·奸臣傳"。

丌　㊀　ㄐㄧ　chi¹　音基
①下基。器物的底座。見"說文"。②姓。'唐'有'丌寘'。見"萬姓統譜·五"。
㊁　ㄑㄧˊ　ch'i²　音其
①其的古文。②同㊀②。

丈　ㄓㄤˋ　chang⁴　音杖
①長度單位。古制以十尺爲一丈，今標準制一公丈等於十公尺。②量地。如：清丈、丈量。③對男性長輩的尊稱。如：老丈。

2【丈人】　ㄓㄤˋ　ㄖㄣˊ
①對老人的通稱。②稱丘父。③古稱祖父。

4【丈夫】　ㄓㄤˋ　ㄈㄨ
①成年男子的通稱。②女子稱其配偶。

5【丈母】　ㄓㄤˋ　ㄇㄨˇ
岳母。

12【丈量】　ㄓㄤˋ　ㄌㄧㄤˊ
①以丈爲單位測量長度。②測量土地面積。

2【丈二金剛】　ㄓㄤˋ　ㄦˋ　ㄐㄧㄣ　ㄍㄤ
其歇後語爲摸不著頭腦。比喻不明個中情況。

上　㊀　ㄕㄤˋ　shang⁴　音尚
①高。如：上限。②國君。如：今上。③居上位的人。如：上下交征利。④古；久遠。如：上古。⑤崇尚。通尚。⑥連詞。表示事物的方向或位置。如：河上。⑦始；初。如：上元節。⑧上等。如：上策。⑨重。如：善戰者上刑。⑩升；登。如：上樓。⑪進呈。如：上菜。⑫到。如：上任。⑬安裝。如：上梁。⑭姓。'宋'有'上纘'。見"奇姓通·六"。
㊁　ㄕㄤˇ　shang³　音賞
①升。如：雲上於天。②加。如：草上之風，必偃。③陵越。如：君子不欲多上人。④古代樂譜中表示音階高低的符號。相當於音樂簡譜中的ㄴㄱ。⑤四聲之一。如：上聲。

2【上人】　㊀　ㄕㄤˋ　ㄖㄣˊ
①職位高的人。僕妾稱主人或卑幼稱尊長。與下人相對。②對僧人的尊稱。
㊁　ㄕㄤˇ　ㄖㄣˊ
陵駕他人之上。

4【上方】　ㄕㄤˋ　ㄈㄤ
①地勢最高之處。②'漢'五行家指北方和東方。③原指山嶺上的佛寺，今引申爲佛寺的住持，意指其地位最上最高。④道教語。⑴指天上仙界。⑵十方天中之第九天爲上方。

【上火】　ㄕㄤˋ　ㄏㄨㄛˇ
①發怒。②俗稱體內燥熱。

【上元】　ㄕㄤˋ　ㄩㄢˊ
①指農曆正月十五。也稱元宵節。②'中'醫稱人的腦部爲上元。

【上手】　ㄕㄤˋ　ㄕㄡˇ
①高手。指才藝巧妙的人。②模範；榜樣。③上一手。指先前的、原本的。④俗稱學到新事物。

5【上市】　ㄕㄤˋ　ㄕˋ
貨品在市集、商店中出售。

【上玄】　ㄕㄤˋ　ㄒㄩㄢˊ
道教語。指心。

【上司】　ㄕㄤˋ　ㄙ
①'西漢'稱司馬爲上司。'東漢'改司馬爲太尉，故也稱太尉爲上司。②指高級官位。③屬吏對長官的通稱。

【上古】　ㄕㄤˋ　ㄍㄨˇ
古人以書契以前爲上古時代，今人多以上自洪荒，下迄三代爲上古時代。一般指'秦'、'漢'以前。'歐洲'則約自西元前4000年至後476年'西羅馬帝國'滅亡爲上古時代。

【上世】　ㄕㄤˋ　ㄕˋ
①上古時代。②上代；先世。

【上代】　ㄕㄤˋ　ㄉㄞˋ
①上古時代。②指祖先。

6【上江】　ㄕㄤˋ　ㄐㄧㄤ
①指'長江'上游。②'安徽省'的別稱。'明代''安徽'、'江蘇'兩省同稱'江'南，故俗稱'安徽'爲'上江'，'江蘇'爲'下江'。

【上旬】　ㄕㄤˋ　ㄒㄩㄣˊ
每月初一到初十。

【上色】　ㄕㄤˋ　ㄙㄜˋ
①美女。②古人以服裝的顏色顯示等級，尊貴的顏色稱爲上色。③把東西加上顏色。

【上任】　ㄕㄤˋ　ㄖㄣˋ
①到任。②前一任。

7【上身】　ㄕㄤˋ　ㄕㄣ
①身體的上半部。②俗稱神鬼附體。

8【上弦】　ㄕㄤˋ　ㄒㄧㄢˊ
①(first quarter)月相之一。農曆每月初八日前後，從地球上看，月球在太陽之東90度處，由於月球西面受光，東面背光，月相如弓而弦朝東，故稱上弦。②將鐘錶的發條旋緊。

【上知】　ㄕㄤˋ　ㄓˋ
心智能力特出的人。也作上智。

9【上流】　ㄕㄤˋ　ㄌㄧㄡˊ
①河川的上游。②高尚的；上等的。

【上帝】　ㄕㄤˋ　ㄉㄧˋ
①古帝王。②指形而上的最高或最終極之存有。③指造物者或對宇宙人類有絕對力量的神靈。特別指全能、全善與全知的宇宙主宰。

【上計】　ㄕㄤˋ　ㄐㄧˋ
①最高明的計策。②'漢'制，郡國每年派遣使者到朝廷，獻上計簿，稱上計。

【上庠】　ㄕㄤˋ　ㄒㄧㄤˊ
古代貴族的大學。

【上相】　ㄕㄤˋ　ㄒㄧㄤˋ
①"周禮"大宗伯的職務之一。在諸侯朝見天子時贊導禮儀。②宰相的尊稱。

【上限】　ㄕㄤˋ　ㄒㄧㄢˋ
規定範圍內的最高限度。

【上映】　ㄕㄤˋ　ㄧㄥˋ
影像映現。今多指放映電影。

【上品】 ㄕㄤˋ ㄆㄧㄣˇ

1'魏''晉''南北朝'時，稱高級的門第。2上等。

【上界】 ㄕㄤˋ ㄐㄧㄝˋ

天界。道教、佛教所指仙、佛居住的地方。

【上香】 ㄕㄤˋ ㄒㄧㄤ

祭祀時，拈香而拜，再將香插注香爐內。

【上風】 ㄕㄤˋ ㄈㄥ

1風向的上方。2比喻優越的地位。

10【上座】 ㄕㄤˋ ㄗㄨㄛˋ

1尊稱居最高位的僧人。2寺院中最高的領袖。3首位。

【上眞】 ㄕㄤˋ ㄓㄣ

道教語。修煉得道者爲眞人，上眞即上仙。本指上清境九眞中第一位，後用以泛指高仙。

【上陣】 ㄕㄤˋ ㄓㄣˋ

出戰迎敵。

【上乘】 ㄕㄤˋ ㄕㄥˋ

1四匹馬共拉的車子。2上等的好馬。3佛家語。上等的車乘。(1)指大乘佛教。(2)對事理極爲高妙的代稱。4比喻上等的事物。

11【上清】 ㄕㄤˋ ㄑㄧㄥ

1道教語。(1)三清之一。三清亦名三天，上清是其中的'禹餘天'。(2)上仙所居之地。後世道觀也常設上清宮，'江西''貴溪縣''龍虎山'上有'上清觀'，爲道教歷史最久的道觀之一。2文人用以泛指仙境。3婢女的別稱。'唐''柳珵'有"上清傳"，後因稱婢女爲上清。

【上章】 ㄕㄤˋ ㄓㄤ

1向皇帝上奏章。2道士代人上言給天神，祈求消除災難的活動。也可由奉道者自行上章。六朝時已有此習，乃道教仿自官員上奏章之例。

【上梓】 ㄕㄤˋ ㄗˇ

書籍上板雕刻。梓木質細而堅硬，古代多取以雕板印書，故稱書籍付印爲上梓。也稱付梓。

【上疏】 ㄕㄤˋ ㄕㄨˋ

呈上書面文字，向皇帝陳述意見。

【上眼】 ㄕㄤˋ ㄧㄢˇ

符合心意。

12【上游】 ㄕㄤˋ ㄧㄡˊ

1河川前段靠近水源的地方。2比喻崇高的地位。3比喻前列。

【上訴】 ㄕㄤˋ ㄙㄨˋ

訴訟當事人不服下級法院之判決，於一定期間內，向上級法院請求變更或撤銷原判決，稱爲上訴。上訴惟有受全部或一部敗訴之人得提起，受全部勝訴判決之當事人，不許其提起上訴。上訴須於二十日(民事訴訟)或十日(刑事訴訟)之不變期間以書狀爲之，均自原判決合法送達後起算。

【上款】 ㄕㄤˋ ㄎㄨㄢˇ

書畫題簽或書信內文的上端所題收受者的名號。與下款相對。

【上場】 ㄕㄤˋ ㄔㄤˇ

登場表演。也用來比喻事情的開始。

【上策】 ㄕㄤˋ ㄘㄜˋ

最好的計策。

【上進】 ㄕㄤˋ ㄐㄧㄣˋ

努力向上，求取進步。

13【上溯】 ㄕㄤˋ ㄙㄨˋ

1逆流而上。2追溯過往。

【上溢】 ㄕㄤˋ ㄧˋ

(overflow)即算術上溢。算術運算的結果其絕對值太大，超出電腦可表示的範圍。

【上達】 ㄕㄤˋ ㄉㄚˊ

1通曉德義。2下情通達於上。

【上當】 ㄕㄤˋ ㄉㄤˋ

受騙。

【上路】 ㄕㄤˋ ㄌㄨˋ

1啟程；出發。2比喻能掌握問題的重心。也作上道。

【上鉤】 ㄕㄤˋ ㄍㄡ

比喻受騙或上當。

14【上賓】 ㄕㄤˋ ㄅㄧㄣ

1上等的賓客。2稱帝王之死。指作天帝的賓客之意。

【上壽】 ㄕㄤˋ ㄕㄡˋ

1高壽。說法不一，但至少都在七十歲以上。2祝壽；祝賀。

【上榜】 ㄕㄤˋ ㄅㄤˇ

考取。

【上蒼】 ㄕㄤˋ ㄘㄤ

上天；蒼天。

【上算】 ㄕㄤˋ ㄙㄨㄢˋ

1上策。2中了別人的暗算。同上當。3合算；划算。

15【上駟】 ㄕㄤˋ ㄙˋ

上等的馬。引申爲才質卓越的人。

【上墳】 ㄕㄤˋ ㄈㄣˊ

到墓地祭拜。

【上模】 ㄕㄤˋ ㄇㄛˊ

(cope)鑄模或模型之上半部或頂部。

【上賞】 ㄕㄤˋ ㄕㄤˇ

最優厚的獎賞。

16【上諭】 ㄕㄤˋ ㄩˋ

皇帝的詔書。

【上燈】 ㄕㄤˋ ㄉㄥ

點燈。

【上頭】 ㊀ ㄕㄤˋ ㄊㄡˊ

1古時男子年二十加冠，女子年十五加笄，都稱上頭。2到達頭部。指多喝酒，引起頭痛。

㊁ ㄕㄤˋ ˙ㄊㄡ

1前頭；前列。2上面；高處。

17【上聲】 ㄕㄤˇ ㄕㄥ

古四聲的第二聲，相當於國語的第三聲，國語注音符號作[ˇ]。

22【上癮】 ㄕㄤˋ ㄧㄣˇ

嗜好成癖。

4【上反角】 ㄕㄤˋ ㄈㄢˇ ㄐㄧㄠˇ

(dihedral angle) 飛機機翼或尾翼與水平面所成之向上傾斜角。此種設計當飛機有側滾現象時，可使較低之翼面產生較大之升力，因而產生反方向之轉矩，以減緩其側滾動作。即用以增進飛機之側向安定性。

上反角圖

9【上洞人】 ㄕㄤˋ ㄉㄨㄥˋ ㄖㄣˊ

西元1933～1934年我國‘北平’西南‘周口店’遺址附近的‘上洞’洞穴中，所出土的化石人。‘上洞’又稱‘山頂洞’，故又稱〖山頂洞人〗。其年代距今約一萬八千年。化石內容包括三具完整的人頭骨、幼兒殘骨，及一些殘破體骨等，並伴有骨針、裝飾品和少數石器等出土。體質上屬於現代型〖智人〗，但最大特徵在於個體之間歧異性大，因此曾被學者認爲是包括了原始‘蒙古’人、‘美拉尼西亞’人及‘愛斯基摩’人等不同類型的人組成的一個家庭。

【上軌道】 ㄕㄤˋ ㄍㄨㄟˇ ㄉㄠˋ
比喻事情進入正常狀態，按部就班的進行。

10【上海市】 ㄕㄤˋ ㄏㄞˇ ㄕˋ
直轄市。簡稱‘滬’，亦稱‘申’或‘春申’。位於我國東部‘長江’出口附近，‘黃浦江’與‘吳淞江’匯流處。人口1,778萬（2005年）。久為全國最大的都市和工商業中心，有紡織、鋼鐵、機械、造船等工業，皆占重要地位；‘上海港’則為我國最大的商港。

12【上訴權】 ㄕㄤˋ ㄙㄨˋ ㄑㄩㄢˊ
得提起上訴之權利。在民事訴訟，受判決之當事人或依法承受訴訟之人，有上訴權；在刑事訴訟，受判決之當事人、檢察官、被告之法定代理人或配偶、原審之代理人或辯護人，有上訴權。上訴權因逾越上訴期間或提起上訴後撤回上訴而喪失。上訴權人亦得捨棄上訴權。

15【上輩子】 ㄕㄤˋ ㄅㄟˋ ˙ㄗ
1前世；前生。2家族中的尊長。

19【上鏡頭】 ㄕㄤˋ ㄐㄧㄥˋ ㄊㄡˊ
1指拍照。2指照片或畫面上的面貌比本人好看。

20【上議院】 ㄕㄤˋ ㄧˋ ㄩㄢˋ
(The Upper House)議會分爲兩院時，其中一院稱上議院。與下議院相對。‘英國’的兩院制即採此名稱，其上議院又稱貴族院。參兩院制。

3【上下其手】 ㄕㄤˋ ㄒㄧㄚˋ ㄑㄧˊ ㄕㄡˇ
比喻舞文弄法，串通作弊。

【上上下下】 ㄕㄤˋ ㄕㄤˋ ㄒㄧㄚˋ ㄒㄧㄚˋ
1指團體中各種身分職級的人員。2又上又下；忽上忽下。形容上下人數或次數之多。

4【上天入地】 ㄕㄤˋ ㄊㄧㄢ ㄖㄨˋ ㄉㄧˋ
形容尋遍所有地方。

【上元天官】 ㄕㄤˋ ㄩㄢˊ ㄊㄧㄢ ㄍㄨㄢ
道教神名。天地水三官之一。正月十五日爲天官大帝誕辰，‘唐’以來定爲上元節，爲‘上元天官’賜福之辰。

【上升流動】 ㄕㄤˋ ㄕㄥ ㄌㄧㄡˊ ㄉㄨㄥˋ
(upward mobility)個人社會地位由低向高流動的現象。

【上升海岸】 ㄕㄤˋ ㄕㄥ ㄏㄞˇ ㄢˋ
即離水海岸。沿海陸地上升或海面下降，使原來淺水地區向上移動露出海面的一種海岸地形。

【上升時間】 ㄕㄤˋ ㄕㄥ ㄕˊ ㄐㄧㄢ
(rise timc)一響應輸出由其穩態值之10%上升到達90%所需的時間。

6【上行下效】 ㄕㄤˋ ㄒㄧㄥˊ ㄒㄧㄚˋ ㄒㄧㄠˋ
在上位者怎麼做，在下位者便怎麼學。

【上行溝通】 ㄕㄤˋ ㄒㄧㄥˊ ㄍㄡ ㄊㄨㄥ
指組織內之部屬、員工透過組織內部層級的區分，將意念逐級向上發送的溝通途徑。凡下級向上級有所請示或陳述，多循此種溝通途徑。

11【上頂壓力】 ㄕㄤˋ ㄉㄧㄥˇ ㄧㄚ ㄌㄧˋ
(uplift pressure)水中結構物底面所受到的向上水壓。重力式壩基最忌有上頂壓力，爲安全計，通常須以遮幕灌漿或其他技術建立截水，並建造消壓井。

12【上游工業】 ㄕㄤˋ ㄧㄡˊ ㄍㄨㄥ ㄧㄝˋ
工業由原料到製成品之間，包括許多複雜過程，可以分階段製造者，常將其同類連鎖工業分爲上、中、下游三類，以明其關係。例如石油化學工業系列，其上游工業，供應基本原料，如輕油裂解工廠，生產乙烯、丙烯等。中游工業則供應半成品，如以乙烯和丙烯等爲原料，生產聚乙烯和聚丙烯等塑膠粒。下游工業則供應製成品，如以塑膠粒爲原料，生產各種塑膠用品和紡織品等。

【上訴期間】 ㄕㄤˋ ㄙㄨˋ ㄑㄧˊ ㄐㄧㄢ
得提起上訴之不變期間。上訴期間自判決送達於當事人或其代受人之翌日起算。如送達不合法，上訴期間無從進行。在民事訴訟上，提起上訴應於原審判決送達後二十日之不變期間內爲之，如當事人不在法院所在地住居，計算該二十日應扣除其在途期間。又當事人或其代理人，因天災或其他不應歸責於己之事由，遲誤上訴期間未逾一年者，於其原因消滅後十日內，得聲請恢復原狀。上訴期間屆滿時，判決即爲確定，有上訴權之人喪失上訴權。在刑事訴訟上，上訴期間爲十日，如當事人之住所、居所或事務所不在法院所在地，計算該上訴期間時，應扣除其在途期間。又非因過失遲誤上訴期間者，於其原因消滅後五日內，得聲請恢復原狀。上訴期間屆滿時，判決即爲確定，有上訴權之人喪失上訴權。

12【上智下愚】 ㄕㄤˋ ㄓˋ ㄒㄧㄚˋ ㄩˊ
極聰明和極愚蠢的人。

13【上溢指標】 ㄕㄤˋ ㄧˋ ㄓˇ ㄅㄧㄠ
(overflow indicator)電腦內的一個指標。當運算處理過程中發生上溢時，此指標便有所顯示。

15【上層階級】 ㄕㄤˋ ㄘㄥˊ ㄐㄧㄝ ㄐㄧˊ

(upper class)指社會裡政治、經濟的領導者。包括有權或有財，或有極高聲望者，其成員較多參與政治、經濟、文化藝術活動，在社會上常享有特殊地位。

【上樓去梯】 ㄕㄤˋ ㄌㄡˊ ㄑㄩˋ ㄊㄧ
原指上樓之後，爲防他人窺視竊聽，故意命人將梯子移開，以策安全。後多用以比喻絕人退路。

【上蔡學派】 ㄕㄤˋ ㄘㄞˋ ㄒㄩㄝˊ ㄆㄞˋ
指‘宋’‘謝良佐’的學派。‘謝’爲‘程頤’的得意弟子，居‘上蔡’(今‘河南’‘上蔡’)，人稱‘上蔡先生’。其學以仁爲心的本體，以窮理持敬爲致力的方法。

3【上下交征利】 ㄕㄤˋ ㄒㄧㄚˋ ㄐㄧㄠ ㄓㄥ ㄌㄧˋ
在上者與在下者互相利用，謀取私人的利益。

4【上不上下不下】 ㄕㄤˋ ㄅㄨˋ ㄕㄤˋ ㄒㄧㄚˋ ㄅㄨˋ ㄒㄧㄚˋ
即不上不下。形容進退兩難。

12【上訴權之捨棄】 ㄕㄤˋ ㄙㄨˋ ㄑㄩㄢˊ ㄓ ㄕㄜˇ ㄑㄧˋ
對於下級法院得提起上訴之判決，當事人表示放棄上訴之意思。當事人於第一審判決宣示或送達後，得捨棄上訴權。在民事訴訟，其捨棄應以書面向原審法院爲之，惟於宣示判決時，得以言詞爲之，並應記載於言詞辯論筆錄，如他造不在場，應將筆錄送達於他造。在刑事訴訟，其捨棄亦應以書面向原審法院爲之，惟於審判期日得以言詞爲之，並記明於審判筆錄，上訴權經捨棄者，書記官應速通知他造當事人。捨棄上訴權者，即喪失上訴權，惟於民事訴訟第二審上訴之情形，雖曾捨棄上訴權，於他造提起上訴時，尚得提起附帶上訴。

11【上梁不正下梁歪】 ㄕㄤˋ ㄌㄧㄤˊ ㄅㄨˋ ㄓㄥˋ ㄒㄧㄚˋ ㄌㄧㄤˊ ㄨㄞ
比喻在上位者操守不正，在下位者便跟著學壞。

15【上窮碧落下黃泉】 ㄕㄤˋ ㄑㄩㄥˊ ㄅㄧˋ ㄌㄨㄛˋ ㄒㄧㄚˋ ㄏㄨㄤˊ ㄑㄩㄢˊ
找遍天上與地下。

6【上有天堂下有蘇杭】 ㄕㄤˋ ㄧㄡˇ ㄊㄧㄢ ㄊㄤˊ ㄒㄧㄚˋ ㄧㄡˇ ㄙㄨ ㄏㄤˊ
形容‘蘇州’和‘杭州’的富庶。

【上行性網狀激活系統】 ㄕㄤˋ ㄒㄧㄥˊ ㄒㄧㄥˋ ㄨㄤˇ ㄓㄨㄤˋ ㄐㄧ ㄏㄨㄛˊ ㄒㄧˋ ㄊㄨㄥˇ
(reticular ascending activating system)指發自位於間腦、中腦、延腦等腦幹部的網狀體，至下視丘中心部之核群中，繼後再全面放射於大腦皮質的全部神經纖維而言。網狀體在腦幹部與沿脊髓、延髓上行之感覺神經通路相連結。此一系統的活動愈強，意識便愈明晰。另一方面，本系統的中核、腦幹網狀體又受到大腦皮質的控制，因此，我們可以用我們的意志來控制部分的意識狀態。

3

与 ㄩˇ yü^3 音宇
賜予。通與。見“說文·与·段注”。

丐 ㄍㄞˋ kai^4 音蓋
本作匃，或作匄。①乞求。如：丐取。②行乞的人。③給與。如：沾丐。

丑 ㄔㄡˇ ch'ou^3 音醜
①地支的第二位。②十二時辰之一。凌晨一時到三時之間。③十二生肖之一。屬牛。④戲劇腳色名。‘宋’‘元’南戲已有。由於在鼻梁上抹一小塊白粉，俗稱小花臉。扮演的人物種類繁多，有的是幽默滑稽而心地善良的人物，有的是奸詐刁惡的人物。分文丑、武丑兩行。⑤姓。‘元’有‘丑閭’。見“奇姓通·六”。

丏 ㄇㄧㄢˇ mien^3 音免
①不見；掩蔽。見“說文”。②避箭的短牆。見“字彙”。

不 ㊀ ㄅㄨˋ pu^4 音布
按：不的基本調是去聲，但在去聲字前變讀陽平。
①副詞。表示否定。(1)非；不是。如：不凡。(2)無；沒有。如：不備。(3)勿；毋。禁止之意。如：不可。②大。通丕。
㊁ ㄅㄨ pu^1 音餔
參不不鐙兒。
㊂ ㄈㄨ fu^1 音夫
花的子房。通柎。見“集韻”。
㊃ ㄈㄡ fou^1
姓。‘晉’‘汲郡’有‘不準’。見“通志·氏族略五”。
㊄ ㄈㄡˇ fou^3 音否
助詞。表示疑問。通否。見“集韻”。

1【不一】 ㄅㄨˋ ㄧ
①不同。②書信結尾用語。言不一一詳述。

2【不二】 ㄅㄨˋ ㄦˋ
①專心一意。②唯一的；不作第二種選擇的。

【不力】 ㄅㄨˋ ㄌㄧˋ
沒有盡力。

3【不才】 ㄅㄨˋ ㄘㄞˊ
沒有才能。常用爲自稱的謙詞。

4【不支】 ㄅㄨˋ ㄓ
不能支持。

【不日】 ㄅㄨˋ ㄖˋ
不久；爲期不遠。

【不毛】 ㄅㄨˋ ㄇㄠˊ
形容土地貧瘠，不生長五穀。

【不丹】 ㄅㄨˋ ㄉㄢ
(Bhutan)位於‘喜馬拉雅山’東段南麓的王國。面積4.7萬方公里，人口223萬 (2005年)，首都‘辛布’ (Thimphu)。北部高山終年積雪；中部河谷氣候溫和，適合耕作，為人口集中區；南部森林密布，氣候溼熱，土地肥沃。居民主要從事農牧業。

5【不刊】 ㄅㄨˋ ㄎㄢ
無須修改，可以萬世流傳、永不磨滅。

【不甘】 ㄅㄨˋ ㄍㄢ

不甘心;非心所願。

6【不朽】 ㄅㄨˋ ㄒㄧㄡˇ

[1]長存不滅。[2](immortality)一種形上學的理論或立場。宣稱人死後,靈魂繼續存在或精神仍然不滅。此種理論一般可分兩種形式:一、人死後,軀體雖毀敗,但靈魂或精神卻繼續存在不變。二、人死後,靈魂升入另一個永恆的世界。

【不任】 ㄅㄨˋ ㄖㄣˊ

不勝;禁不住;難以自制。

【不合】 ㄅㄨˋ ㄏㄜˊ

[1]不融洽。[2]不符。[3]不應該。

7【不快】 ㄅㄨˋ ㄎㄨㄞˋ

[1]不高興;不愉快。[2]慢。[3]刀不利。

【不克】 ㄅㄨˋ ㄎㄜˋ

[1]不能。如:不克參加。[2]戰而不勝。

【不肖】 ㄅㄨˋ ㄒㄧㄠˋ

[1]不像;兒子不像父親那樣賢能。[2]不賢。常用爲自謙之詞。

【不利】 ㄅㄨˋ ㄌㄧˋ

[1]不合算。[2]沒好處。[3]不順遂。[4]不鋒利。

【不佞】 ㄅㄨˋ ㄋㄧㄥˋ

不才。謙稱自己才能薄弱。

8【不法】 ㄅㄨˋ ㄈㄚˇ

[1]不合法。[2]違法。

【不卒】 ㄅㄨˋ ㄗㄨˊ

[1]不得終養父母。[2]不能貫徹到底。如:爲德不卒。

【不直】 ㄅㄨˋ ㄓˊ

不屑。表示極端鄙視。

【不拘】 ㄅㄨˋ ㄐㄩ

[1]不拘泥。[2]不限定。

【不易】 ㄅㄨˋ ㄧˋ

[1]不變。[2]不容易。

9【不軌】 ㄅㄨˋ ㄍㄨㄟˇ

不守規矩;超越法度。

【不昧】 ㄅㄨˋ ㄇㄟˋ

[1]靈明而不昏暗。[2]不湮滅。如:拾金不昧。

【不貞】 ㄅㄨˋ ㄓㄣ

操守不佳。多指女性不守婦德。

【不苟】 ㄅㄨˋ ㄍㄡˇ

不隨便;不草率。

10【不消】 ㄅㄨˋ ㄒㄧㄠ

無須。

【不配】 ㄅㄨˋ ㄆㄟˋ

[1]不相稱。[2]資格不夠。

【不屑】 ㄅㄨˋ ㄒㄧㄝˋ

輕視。

【不時】 ㄅㄨˋ ㄕˊ

[1]不合時。[2]任何時間。如:不時之需。[3]時常;常常。

【不特】 ㄅㄨˋ ㄊㄜˋ

不但;不僅。

11【不淑】 ㄅㄨˋ ㄕㄨˊ

不善;不良。

【不情】 ㄅㄨˋ ㄑㄧㄥˊ

[1]不合情理。[2]薄情。

【不敏】 ㄅㄨˋ ㄇㄧㄣˇ

不聰明。

12【不測】 ㄅㄨˋ ㄘㄜˋ

[1]不能預測;無法猜測。[2]指意外事情。

【不渝】 ㄅㄨˋ ㄩˊ

不變。

【不啻】 ㄅㄨˋ ㄔˋ

[1]不僅;不但。[2]無異;如同。

【不祿】 ㄅㄨˋ ㄌㄨˋ

[1]古代稱士死不再享有俸祿。[2]夭折。

【不貳】 ㄅㄨˋ ㄦˋ

[1]不懷疑;不疑惑。[2]不改變;專心一意。

【不逮】 ㄅㄨˋ ㄉㄞˋ

不及。

【不惑】 ㄅㄨˋ ㄏㄨㄛˋ

[1]不疑惑。[2]指四十歲。

【不堪】 ㄅㄨˋ ㄎㄢ

[1]忍受不了。[2]不能。[3]形容狀況極壞。

【不勝】 [一] ㄅㄨˋ ㄕㄥˋ

無法制服。

[二] ㄅㄨˋ ㄕㄥ

[1]承受不了。[2]不盡;無限。如:數不勝數。

【不腆】 ㄅㄨˋ ㄊㄧㄢˇ

不豐厚;不富有。多用爲自謙之詞。

13【不意】 ㄅㄨˋ ㄧˋ

不料。

【不群】 ㄅㄨˋ ㄑㄩㄣˊ

[1]不平凡;不同流俗。[2]不合群。形容孤傲。

【不禁】 [一] ㄅㄨˋ ㄐㄧㄣˋ

不加制止。

[二] ㄅㄨˋ ㄐㄧㄣ

忍耐不住;承受不起。

【不虞】 ㄅㄨˋ ㄩˊ

[1]沒有預料到的事。[2]不憂。如:不虞匱乏。

【不經】 ㄅㄨˋ ㄐㄧㄥ

[1]不合常規。[2]沒有根據;不近情理。

【不遑】 ㄅㄨˋ ㄏㄨㄤˊ

沒有閒暇;來不及。

14【不匱】 ㄅㄨˋ ㄎㄨㄟˋ

不缺乏。

【不遜】 ㄅㄨˋ ㄒㄩㄣˋ

不謙虛;不恭順。

【不圖】 ㄅㄨˋ ㄊㄨˊ

[1]沒想到。[2]不謀;不求。

15【不審】 ㄅㄨˋ ㄕㄣˇ

[1]不謹愼。[2]不詳盡。[3]不知。

【不敷】 ㄅㄨˋ ㄈㄨ

不足;不夠。

【不齒】 ㄅㄨˋ ㄔˇ

鄙視對方,不願與他同列。

16【不豫】 ㄅㄨˋ ㄩˋ

[1]不快樂。[2]沒預備。[3]不猶豫。

【不器】 ㄅㄨˋ ㄑㄧˋ

不像器物那樣只限於某一方面的用途。

【不篤】 ㄅㄨˋ ㄉㄨˇ

不堅定;不實在。

【不獨】 ㄅㄨˋ ㄉㄨˊ

[1]不但。[2]不只一個;不孤獨。

17【不濟】 ㄅㄨˋ ㄐㄧˋ

[1]不能成功。[2]對事沒有幫助。

18【不韙】 ㄅㄨˋ ㄨㄟˇ

不是;過錯。

19【不羹】 ㄅㄨˋ ㄌㄤˊ
古地名。也作'不鄭'。有東、西之分:'東不羹'在今'河南省''舞陽縣'北;'西不羹'在今'河南省''襄城縣'東南。

20【不黨】 ㄅㄨˋ ㄉㄤˇ
不偏頗;不偏私。

24【不羈】 ㄅㄨˋ ㄐㄧ
[1]比喻才識高遠,不可束縛。[2]比喻人的言行放逸,不受約束。

【不靈】 ㄅㄨˋ ㄌㄧㄥˊ
失去應有的功能。

2【不二價】 ㄅㄨˋ ㄦˋ ㄐㄧㄚˋ
價格固定,不再增減。

【不入耳】 ㄅㄨˋ ㄖㄨˋ ㄦˇ
不中聽。

【不入流】 ㄅㄨˋ ㄖㄨˋ ㄌㄧㄡˊ
[1]不成材。[2]指古代官階在從九品以外。[3]比喻水準不夠。

5【不可卽】 ㄅㄨˋ ㄎㄜˇ ㄐㄧˊ
無法接近。

【不世出】 ㄅㄨˋ ㄕˋ ㄔㄨ
不是世代所常有。多用以形容人才的傑出。

【不打緊】 ㄅㄨˋ ㄉㄚˇ ㄐㄧㄣˇ
不要緊。

【不孕症】 ㄅㄨˋ ㄩㄣˋ ㄓㄥˋ
(infertility) 指一對年輕夫婦於正常性生活,且無採用任何避孕措施下,一年以上仍未懷孕者。其原因在女方最常見的有輸卵管不通、子宮頸黏液因子,或其他發育上的問題;男方最常見的是無精蟲症,或發育上的問題。

6【不在行】 ㄅㄨˋ ㄗㄞˋ ㄏㄤˊ
不內行;不擅長。

【不成器】 ㄅㄨˋ ㄔㄥˊ ㄑㄧˋ
比喻資質凡庸而不求上進。

【不自量】 ㄅㄨˋ ㄗˋ ㄌㄧㄤˋ
不估計自己的能力而魯莽行事。

7【不更事】 ㄅㄨˋ ㄍㄥ ㄕˋ
不曾閱歷世事。

【不杖期】 ㄅㄨˋ ㄓㄤˋ ㄐㄧ
指喪禮中服期服而不用杖的喪服。如夫爲妻服杖期,若父母尚在,則不杖。杖,指喪禮中所執的條狀物,男用竹,女用桐。

【不見得】 ㄅㄨˋ ㄐㄧㄢˋ ˙ㄉㄜ
未必如此。

【不作美】 ㄅㄨˋ ㄗㄨㄛˋ ㄇㄟˇ
不肯成全別人。

【不作爲】 ㄅㄨˋ ㄗㄨㄛˋ ㄨㄟˊ
指身體靜止,而不具運動外形之消極行爲形態。相對於作爲之概念。"刑法"所謂之不作爲,並非單純之不爲,唯有不爲法律誡命應爲之行爲,始有不作爲可言。行爲人如以不作爲之行爲方式而實現"刑法"分則之構成要件,則爲不作爲犯。此外不作爲在"民法"上也可作爲債之標的,包括單純之不作爲和容許。在行政法上,相對人如違反作爲義務而不作爲時,行政機關得以書面限定期間爲告誡。逾期仍不作爲,而該作爲義務具有可代替性者,得由該管行政機關或命第三人代執行之,向義務人徵收費用。如作爲義務不具代替性,行政機關得處以罰鍰(過怠金)。

【不作興】 ㄅㄨˋ ㄗㄨㄛˋ ㄒㄧㄥ
不習慣;不流行。

【不含糊】 ㄅㄨˋ ㄏㄢˊ ˙ㄏㄨ
[1]不馬虎。[2]不畏怯。

8【不定形】 ㄅㄨˋ ㄉㄧㄥˋ ㄒㄧㄥˊ
(indeterminate form) $\frac{f(x)}{g(x)}$、$f(x)\cdot g(x)$、$f(x)-g(x)$、$f(x)^{g(x)}$等解析形式,若將自變數直接代以某值,會產生$\frac{0}{0}$、$0\cdot\infty$、$\infty-\infty$、1^{∞}等時,這種無意義的形式,稱爲不定形。例如$\frac{sinx}{x}$,當$x=0$時,會有$\frac{0}{0}$的情形發生。但是如果改用極限的觀點,則可得$\lim\limits_{x\to 0}\frac{sinx}{x}=1$。因此在極限的定義下,某些不定形可以求值。許多函數在定義時,例如$f(x)=\frac{e^x-1}{x}$,會遇到不定形的問題。若極限存在(此時$\lim\limits_{x\to 0}f(x)=1$),則可定義$f(0)=1$,而得在實數軸上的連續函數。在複變數函數論中,許多可求極限的不定形稱爲可解消奇點(removable singularity)。

【不受用】 ㄅㄨˋ ㄕㄡˋ ㄩㄥˋ
難過;不舒服。

10【不起眼】 ㄅㄨˋ ㄑㄧˇ ㄧㄢˇ
不引人注意。

【不能犯】 ㄅㄨˋ ㄋㄥˊ ㄈㄢˋ
未遂行爲不能發生犯罪之結果,又無危險者,謂之不能犯。包括因行爲主體、行爲客體、行爲手段等之不能,而成立之未遂犯。不能犯與普通未遂之區別在於不能完成之犯罪有無危險性,其有危險性者,應屬普通未遂之範圍,必其無危險性者,始入於不能犯。至於有無危險性則依行爲當時客觀具體事實判斷之。他如迷信犯,因欠缺犯罪事實之認識,阻卻故意,並不屬於不能犯。幻覺犯則因行爲人幻覺而誤以爲其行爲係"刑法"處罰之行爲,實際上法律並無該項處罰之規定,此情形根本不構成犯罪,當無不能犯可言。

【不倒翁】 ㄅㄨˋ ㄉㄠˇ ㄨㄥ
[1]兒童玩具名。中空而底實,上輕而下重,雖推倒、旋轉卻不倒。[2]比喻善於趨避而不容易失敗的人。

11【不旋踵】 ㄅㄨˋ ㄒㄩㄢˊ ㄓㄨㄥˇ
[1]不旋轉腳跟。比喻不退卻。[2]來不及旋轉腳跟。比喻時間短促。

【不爽利】 ㄅㄨˋ ㄕㄨㄤˇ ㄌㄧˋ
不痛快;不高興。

【不動產】 ㄅㄨˋ ㄉㄨㄥˋ ㄔㄢˇ
指土地及其定著物。定著物係指繼續密接附著於土地,依交易觀念並非土地之構成部分,而得獨立供人使用,主要爲房屋及其他各種建築物。在實務上,屋頂尙未完工之房屋,已足避風雨,可達經濟上使用之目的者,即屬土地之定著物。而輕便軌道除係臨時敷設者外,凡繼續附著於土地而達其一定經濟上之目的者，也認爲不動產。不動產之出產物，尚未分離者，爲該不動產之部分，與不動產之定著物不同。如土地上種植之稻、麥、甘蔗等，在收穫而與土地分離前，均屬於所謂土地之構成部分，並非獨立之不動產，不得單獨爲物權之客體，不得以該部分單獨設定抵押權，爲租賃之標的物或移轉占有之標的。

【不移時】ㄅㄨˋ ㄧˊ ㄕˊ
沒多久。

12【不貳過】ㄅㄨˋ ㄦˋ ㄍㄨㄛˋ
同樣的過錯不犯第二次。

【不景氣】ㄅㄨˋ ㄐㄧㄥˇ ㄑㄧˋ
指經濟蕭條。

【不勝衣】ㄅㄨˋ ㄕㄥ ㄧ
不能承受衣服的重量。形容身體非常虛弱。

13【不解事】ㄅㄨˋ ㄐㄧㄝˇ ㄕˋ
不懂事；不明事理。

【不經意】ㄅㄨˋ ㄐㄧㄥ ㄧˋ
不留心；不注意。

14【不對勁】ㄅㄨˋ ㄉㄨㄟˋ ㄐㄧㄣˋ
1情況不妙。2性情不合。

18【不織布】ㄅㄨˋ ㄓ ㄅㄨˋ
(non-woven) 將纖維平鋪成面狀，再藉針軋、加熱塑形或經樹脂黏附加工所製成的一片連貫狀織物。不經傳統織造方式(梭織或針織)，故稱。可應用於產製裡襯、鞋墊、尿片、紙巾等，或作底層而塗覆樹脂類面膜，產製人造皮革。

20【不鏽鋼】ㄅㄨˋ ㄒㄧㄡˋ ㄍㄤ
(stainless steel)鎳、鉻含量高之低碳鋼。具極強之抗蝕性。依鎳、鉻之含量不同，而有各式各樣編號之不鏽鋼。

23【不變式】ㄅㄨˋ ㄅㄧㄢˋ ㄕˋ
(invariant) 一數學對象常可用種種方式表現，但在表現方式之改變中，仍有某種不至於改變者，稱爲不變式或不變量。例如，於'歐'氏平面幾何中，依坐標系之旋轉與平移，點之坐標必然可改變，但兩點之距離平方，$(x_1-x_2)^2+(y_1-y_2)^2$ 則爲不變式。又若允許 x、y 軸的伸縮比不同，則二次式 $ax^2+bxy+cy^2+dx+ey+f$ 中，判別式 b^2-4ac 亦可變，但其符號則不變。

1【不一而足】ㄅㄨˋ ㄧ ㄦˊ ㄗㄨˊ
1不是一事一物就能使對方滿足。2比喻數量很多，不可盡舉。

2【不二法門】ㄅㄨˋ ㄦˋ ㄈㄚˇ ㄇㄣˊ
佛家語。指直接入道，不可言傳的門徑或方法。也用來泛指唯一的途徑或方法。

【不了了之】ㄅㄨˋ ㄌㄧㄠˇ ㄌㄧㄠˇ ㄓ
事情無法了結，聽其自然，不再追究。

3【不三不四】ㄅㄨˋ ㄙㄢ ㄅㄨˋ ㄙˋ
不成體統；不倫不類。

【不上不下】ㄅㄨˋ ㄕㄤˋ ㄅㄨˋ ㄒㄧㄚˋ
形容進退兩難或尷尬的樣子。

4【不不鐙兒】ㄅㄨ ㄅㄨ ㄉㄥˋㄦ
舊時一種吹氣出聲的膠質玩具。

【不分首從】ㄅㄨˋ ㄈㄣ ㄕㄡˇ ㄗㄨㄥˋ
不分主犯或從犯，一律嚴辦。

【不分軒輊】ㄅㄨˋ ㄈㄣ ㄒㄩㄢ ㄓˋ
分不出高低輕重。軒，車輿前高後低；輊，車輿前低後高。

5【不主故常】ㄅㄨˋ ㄓㄨˇ ㄍㄨˋ ㄔㄤˊ
不拘守舊規。

【不世之功】ㄅㄨˋ ㄕˋ ㄓ ㄍㄨㄥ
舉世罕有的功績。

【不可一世】ㄅㄨˋ ㄎㄜˇ ㄧ ㄕˋ
以爲當世無人可與匹敵。形容驕傲自大的樣子。

【不可方物】ㄅㄨˋ ㄎㄜˇ ㄈㄤ ㄨˋ
無從分辨名分。

【不可名狀】ㄅㄨˋ ㄎㄜˇ ㄇㄧㄥˊ ㄓㄨㄤˋ
無法用語言文字來形容。

【不可究詰】ㄅㄨˋ ㄎㄜˇ ㄐㄧㄡˋ ㄐㄧㄝˊ
不可詳細詰問。形容深奧莫測，難以探究。

【不可言喻】ㄅㄨˋ ㄎㄜˇ ㄧㄢˊ ㄩˋ
無法用言語形容。

【不可限量】ㄅㄨˋ ㄎㄜˇ ㄒㄧㄢˋ ㄌㄧㄤˋ
前途遠大，不能測定其止境。

【不可思議】ㄅㄨˋ ㄎㄜˇ ㄙ ㄧˋ
1事理奧妙神奇，非思索討論可得其精義。2形容出乎常情之外。

【不可捉摸】ㄅㄨˋ ㄎㄜˇ ㄓㄨㄛ ㄇㄛ
對事情的變化或眞相，無法預料或掌握。

【不可理喻】ㄅㄨˋ ㄎㄜˇ ㄌㄧˇ ㄩˋ
不講理；不能用道理說動他。

【不可救藥】ㄅㄨˋ ㄎㄜˇ ㄐㄧㄡˋ ㄧㄠˋ
病情沈重，無法用藥醫治。比喻事態嚴重，無法挽救；或人冥頑不靈，無法感化。

【不可終日】ㄅㄨˋ ㄎㄜˇ ㄓㄨㄥ ㄖˋ
形容心情難受，連一天也無法度過。

【不可開交】ㄅㄨˋ ㄎㄜˇ ㄎㄞ ㄐㄧㄠ
無法擺脫。形容忙碌。

【不可勝數】ㄅㄨˋ ㄎㄜˇ ㄕㄥ ㄕㄨˇ
數不盡。形容數量很多。

【不打自招】ㄅㄨˋ ㄉㄚˇ ㄗˋ ㄓㄠ
比喻無意間洩漏了自己的祕密。

【不由分說】ㄅㄨˋ ㄧㄡˊ ㄈㄣ ㄕㄨㄛ
不讓人分辯說明。

【不由自主】ㄅㄨˋ ㄧㄡˊ ㄗˋ ㄓㄨˇ
控制不住自己；由不得自己。

【不生不滅】ㄅㄨˋ ㄕㄥ ㄅㄨˋ ㄇㄧㄝˋ
佛家語。不生不死的意思。指諸法實相超乎生死的現象。

【不白之冤】ㄅㄨˋ ㄅㄞˊ ㄓ ㄩㄢ
無法辯白的冤屈。

【不代替物】ㄅㄨˋ ㄉㄞˋ ㄊㄧˋ ㄨˋ
一般交易上極重視其特性，不得以同種類、同品質、同數量之他物相互代替之物，稱爲不代替物。參代替物。

6【不安於室】ㄅㄨˋ ㄢ ㄩˊ ㄕˋ
指已婚婦女有外遇。

【不次擢用】ㄅㄨˋ ㄘˋ ㄓㄨㄛˊ ㄩㄥˋ

突破法規限制拔舉人才。

【不共戴天】 ㄅㄨˋ ㄍㄨㄥˋ ㄉㄞˋ ㄊㄧㄢ
不與共存於世間。原指父仇，後亦泛指仇恨重大，勢不兩立。

【不在話下】 ㄅㄨˋ ㄗㄞˋ ㄏㄨㄚˋ ㄒㄧㄚˋ
用不著說。指當然的事。

【不同凡響】 ㄅㄨˋ ㄊㄨㄥˊ ㄈㄢˊ ㄒㄧㄤˇ
特殊而不與世俗的樂調同類。比喻非常傑出。

【不名一文】 ㄅㄨˋ ㄇㄧㄥˊ ㄧ ㄨㄣˊ
一文錢也沒有。形容極窮困。

7【不言而喻】 ㄅㄨˋ ㄧㄢˊ ㄦˊ ㄩˋ
不必說明，便可明白。

【不忮不求】 ㄅㄨˋ ㄓˋ ㄅㄨˋ ㄑㄧㄡˊ
不嫉妒也不貪求。

【不求甚解】 ㄅㄨˋ ㄑㄧㄡˊ ㄕㄣˋ ㄐㄧㄝˇ
只求知道大概，不深入探討研究。

【不即不離】 ㄅㄨˋ ㄐㄧˊ ㄅㄨˋ ㄌㄧˊ
①佛家語。不一不異的意思。如水與波之相有別，故云不即；水與波之性無別，故云不離。②形容既不靠近也不相離的樣子。

【不折不扣】 ㄅㄨˋ ㄓㄜˊ ㄅㄨˋ ㄎㄡˋ
完全；不減分毫。

【不見天日】 ㄅㄨˋ ㄐㄧㄢˋ ㄊㄧㄢ ㄖˋ
比喻黑暗或不公平。

【不見經傳】 ㄅㄨˋ ㄐㄧㄢˋ ㄐㄧㄥ ㄓㄨㄢˋ
不記載在經典史傳上。比喻沒有來歷。

【不足爲訓】 ㄅㄨˋ ㄗㄨˊ ㄨㄟˊ ㄒㄩㄣˋ
不可作爲教誡訓勉的範式；不可以作爲奉行的法則。

【不足掛齒】 ㄅㄨˋ ㄗㄨˊ ㄍㄨㄚˋ ㄔˇ
不值得說。

【不告不理】 ㄅㄨˋ ㄍㄠˋ ㄅㄨˋ ㄌㄧˇ
在民事訴訟，民事訴訟程序如未經當事人起訴，不得開始；上訴程序、再審程序未經當事人提起上訴、聲請再審，不得開始，稱作不告不理之原則。故除別有規定外，法院不得就當事人未聲明之事項爲判決。在刑事訴訟，法院只得就已發生訴訟繫屬之犯罪爲審判範圍，不得就未經起訴之犯罪爲審判，稱作不告不理之原則。惟實質上或裁判上一罪雖只就犯罪事實之一部起訴，因起訴之效力及於他部，就該未起訴之犯罪事實之他部，仍得爲審判。對於未經起訴之犯罪予以判決，屬未受請求之事項予以判決，其判決當然違背法令，得據以提起上訴和非常上訴。

【不作爲犯】 ㄅㄨˋ ㄗㄨㄛˋ ㄨㄟˊ ㄈㄢˋ
行爲人以一定不作爲之行爲方式而實現構成要件之犯罪。依其犯罪結構可分爲純正不作爲犯及不純正不作爲犯。前者如"刑法"第一百四十九條之聚眾不解散罪、第三百零六條之無故留滯不退去罪，乃以單純違反法律上作爲義務而不作爲而構成犯罪。至於不純正不作爲犯，乃指以不作爲之手段而犯通常作爲犯所能爲之犯罪，係由判例與學說逐漸發展而來。不純正不作爲犯之要件有三：一、行爲人有防止結果發生之義務，亦即行爲人居於保證人之地位。二、不作爲與構成要件該當結果須有因果關係。三、不作爲與作爲須有等價。若干犯罪無法以不作爲實現構成要件者，即無由成立不純正不作爲犯，例如僞證罪、重婚罪、通姦罪。不純正不作爲犯爲結果犯。

【不含水層】 ㄅㄨˋ ㄏㄢˊ ㄕㄨㄟˇ ㄘㄥˊ
(aquifuge)具不透水性、空隙間不相連接、缺少吸收性及傳導水之能力的地層。

8【不定期船】 ㄅㄨˋ ㄉㄧㄥˋ ㄑㄧˊ ㄔㄨㄢˊ
(tramp vessel; tramper)指既無固定航線，也無一定航期，無固定開航日期，也無固定停靠港，只要有貨可攬，即可駛往任何港口的船舶。多用於承運大宗物資，如礦砂、煤炭、穀類等。

【不定積分】 ㄅㄨˋ ㄉㄧㄥˋ ㄐㄧ ㄈㄣ
(indefinite integral) $f(x)$ 的不定積分記作 $\int f(x)dx$。設 $F(x)$ 的導函數爲 $f(x)$，則稱 $F(x)$ 爲 $f(x)$ 的一個反導函數。我們把 $\int f(x)dx$ 定爲所有 $f(x)$ 的反導函數的全體。由平均值定理知：$\int f(x)dx=F(x)+C$，C 稱爲積分常數。與此相對的 $\int_a^b f(x)dx$ 稱爲定積分，且 $\int_a^b f(x)dx=F(b)-F(a)$。

【不衫不履】 ㄅㄨˋ ㄕㄢ ㄅㄨˋ ㄌㄩˇ
衣鞋不整。形容不拘小節、瀟灑的樣子。

【不屈不撓】 ㄅㄨˋ ㄑㄩ ㄅㄨˋ ㄋㄠˊ
不因環境或外力而改變意志。

【不知好歹】 ㄅㄨˋ ㄓ ㄏㄠˇ ㄉㄞˇ
①不辨好壞。②不能領會他人的好意。

【不知所云】 ㄅㄨˋ ㄓ ㄙㄨㄛˇ ㄩㄣˊ
①自謙出言無狀，不知自己胡說些甚麼。②指不了解別人說些甚麼。

【不知所措】 ㄅㄨˋ ㄓ ㄙㄨㄛˇ ㄘㄨㄛˋ
慌亂惶恐得連手腳都不知如何安置。

【不知就裡】 ㄅㄨˋ ㄓ ㄐㄧㄡˋ ㄌㄧˇ
不知道眞相。

【不卑不亢】 ㄅㄨˋ ㄅㄟ ㄅㄨˋ ㄎㄤˋ
既不諂媚卑下，也不傲慢自大。形容待人處事恰如其分。也作不亢不卑。

【不舍晝夜】 ㄅㄨˋ ㄕㄜˇ ㄓㄡˋ ㄧㄝˋ
晝夜不停。

【不近人情】 ㄅㄨˋ ㄐㄧㄣˋ ㄖㄣˊ ㄑㄧㄥˊ
不合人之常情。

9【不郎不秀】ㄅㄨˋ ㄌㄤˊ ㄅㄨˋ ㄒㄧㄡˋ
'元'時稱人有郎、官、秀三等;不郎不秀,即不上不下。引申指不成材或沒出息。

【不爲已甚】ㄅㄨˋ ㄨㄟˊ ㄧˇ ㄕㄣˋ
不做得太過分。

【不相上下】ㄅㄨˋ ㄒㄧㄤ ㄕㄤˋ ㄒㄧㄚˋ
分不出高低、優劣。

【不負衆望】ㄅㄨˋ ㄈㄨˋ ㄓㄨㄥˋ ㄨㄤˋ
沒有辜負衆人的期望。

【不省人事】ㄅㄨˋ ㄒㄧㄥˇ ㄖㄣˊ ㄕˋ
①不知人間世事。②昏厥而失去知覺。

【不苟言笑】ㄅㄨˋ ㄍㄡˇ ㄧㄢˊ ㄒㄧㄠˋ
不隨便談笑。形容態度嚴肅。

【不怨不尤】ㄅㄨˋ ㄩㄢˋ ㄅㄨˋ ㄧㄡˊ
不埋怨命運,不歸罪他人。

【不勉而中】ㄅㄨˋ ㄇㄧㄢˇ ㄦˊ ㄓㄨㄥˋ
不必刻意而自然合於禮法。

【不約而同】ㄅㄨˋ ㄩㄝ ㄦˊ ㄊㄨㄥˊ
彼此未事先約定,而意見或行爲卻完全相同。

【不信任案】ㄅㄨˋ ㄒㄧㄣˋ ㄖㄣˋ ㄢˋ
在內閣制國家,議會反對內閣的政策或對其施政有重大不滿時,得通過一個議案,表示對其失去信任,而要求其總辭。內閣接獲不信任案,得辭職或解散議會,舉行總選,由人民作最終判斷。

10【不容置喙】ㄅㄨˋ ㄖㄨㄥˊ ㄓˋ ㄏㄨㄟˋ
不容許解說或表示意見。

【不恥下問】ㄅㄨˋ ㄔˇ ㄒㄧㄚˋ ㄨㄣˋ
不以向地位低微的人請教爲恥辱。

【不時之需】ㄅㄨˋ ㄕˊ ㄓ ㄒㄩ
隨時的需要。

【不能自已】ㄅㄨˋ ㄋㄥˊ ㄗˋ ㄧˇ
無法自制。

【不特定物】ㄅㄨˋ ㄊㄜˋ ㄉㄧㄥˋ ㄨˋ
與特定物對稱。指在交易之際不經當事人主觀指定的標的物。參特定物。

【不留餘地】ㄅㄨˋ ㄌㄧㄡˊ ㄩˊ ㄉㄧˋ
不留轉緩的空間。

【不修邊幅】ㄅㄨˋ ㄒㄧㄡ ㄅㄧㄢ ㄈㄨˊ
不注意修飾儀容。

【不倫不類】ㄅㄨˋ ㄌㄨㄣˊ ㄅㄨˋ ㄌㄟˋ
不像樣;不成體統。

11【不棄葑菲】ㄅㄨˋ ㄑㄧˋ ㄈㄥ ㄈㄟˇ
採蘿蔔不要因根部不好而連葉一起拋棄。語本"詩・邶風・谷風":「采葑采菲,無以下體。」葑菲即蘿蔔,葉可食。比喻勿因人之缺點而忽略其優點。

【不情之請】ㄅㄨˋ ㄑㄧㄥˊ ㄓ ㄑㄧㄥˇ
不近情理的請求。自謙之詞。

【不悱不發】ㄅㄨˋ ㄈㄟˇ ㄅㄨˋ ㄈㄚ
不到學生想說而說不出,便不去啟發他。

【不速之客】ㄅㄨˋ ㄙㄨˋ ㄓ ㄎㄜˋ
不請自來的客人。

【不逞之徒】ㄅㄨˋ ㄔㄥˇ ㄓ ㄊㄨˊ
不得志而做壞事的人。

【不脛而走】ㄅㄨˋ ㄐㄧㄥˋ ㄦˊ ㄗㄡˇ
沒有腳卻能跑。比喻傳揚得非常快。

【不動聲色】ㄅㄨˋ ㄉㄨㄥˋ ㄕㄥ ㄙㄜˋ
不露絲毫的聲音或表情。形容做事的謹慎和保密。

【不假思索】ㄅㄨˋ ㄐㄧㄚˇ ㄙ ㄙㄨㄛˇ
毫不考慮;不費心思。

【不偏不倚】ㄅㄨˋ ㄆㄧㄢ ㄅㄨˋ ㄧˇ
調和折中,恰到好處。今多用來指不偏袒某一方。

【不得要領】ㄅㄨˋ ㄉㄜˊ ㄧㄠˋ ㄌㄧㄥˇ
不能掌握事物的要點。

12【不寒而慄】ㄅㄨˋ ㄏㄢˊ ㄦˊ ㄌㄧˋ
形容極爲恐懼。

【不痛不癢】ㄅㄨˋ ㄊㄨㄥˋ ㄅㄨˋ ㄧㄤˇ
①比喻做事不痛快或不徹底。②比喻無關緊要。

【不期而遇】ㄅㄨˋ ㄑㄧˊ ㄦˊ ㄩˋ
無意中相遇。

【不欺暗室】ㄅㄨˋ ㄑㄧ ㄢˋ ㄕˋ
即使獨處暗室裡,也不做虧心事。形容光明正大。

【不堪一擊】ㄅㄨˋ ㄎㄢ ㄧ ㄐㄧˊ
經不起打擊。

【不堪入目】ㄅㄨˋ ㄎㄢ ㄖㄨˋ ㄇㄨˋ
形容淫穢、髒亂至極。

【不堪回首】ㄅㄨˋ ㄎㄢ ㄏㄨㄟˊ ㄕㄡˇ
不忍回想追憶。

【不堪設想】ㄅㄨˋ ㄎㄢ ㄕㄜˋ ㄒㄧㄤˇ
不敢想像可能的後果。形容事態惡劣或嚴重。

【不揣譾陋】ㄅㄨˋ ㄔㄨㄞˇ ㄐㄧㄢˇ ㄌㄡˋ
不衡量自己的淺薄鄙陋。即不自量力。

【不登大雅】ㄅㄨˋ ㄉㄥ ㄉㄚˋ ㄧㄚˇ
比喻事物不高雅不入流。

【不虛此生】ㄅㄨˋ ㄒㄩ ㄘˇ ㄕㄥ
不枉費這一生。表示沒有虛度光陰,浪費生命。

【不虛此行】ㄅㄨˋ ㄒㄩ ㄘˇ ㄒㄧㄥˊ
形容有收穫、有價值。

【不著邊際】ㄅㄨˋ ㄓㄨㄛˊ ㄅㄧㄢ ㄐㄧˋ
不切實際;不中肯。

【不勝其煩】ㄅㄨˋ ㄕㄥ ㄑㄧˊ ㄈㄢˊ
事情煩擾,令人無法忍受。

【不勝枚舉】ㄅㄨˋ ㄕㄥ ㄇㄟˊ ㄐㄩˇ
不能一一列舉。形容數量很多。

【不腆之敬】ㄅㄨˋ ㄊㄧㄢˇ ㄓ ㄐㄧㄥˋ
表達敬意的微薄之物。謙稱送給人的禮物。

【不絕如縷】ㄅㄨˋ ㄐㄩㄝˊ ㄖㄨˊ ㄌㄩˇ
①細微悠長,連續不斷。②只一線繫住而已。形容危險之極。

13【不誠無物】ㄅㄨˋ ㄔㄥˊ ㄨˊ ㄨˋ
內心不眞誠,就虛妄浮泛,既不能修好自我的德行,也不能成就萬事、感化萬物。

【不愧不怍】ㄅㄨˋ ㄎㄨㄟˋ ㄅㄨˋ ㄗㄨㄛˋ
指光明正大，沒有令自己感到慚愧的事情。

【不愧屋漏】ㄅㄨˋ ㄎㄨㄟˋ ㄨ ㄌㄡˋ
雖在無人之處，依然光明正大。屋漏，室內西北角安藏神主處。

【不碎玻璃】ㄅㄨˋ ㄙㄨㄟˋ ㄅㄛ ㄌㄧˊ
(non-shattering glass) 即安全玻璃。參安全玻璃。

【不當得利】ㄅㄨˋ ㄉㄤˋ ㄉㄜˊ ㄌㄧˋ
無法律上之原因，而受有利益，致他人受有損害，應返還其利益的一種事件。其受有利益致他人受有損害之間，須有因果關係。而所謂「無法律上之原因」，通常採非統一說，又區分爲本於給付之行爲，及本於給付外之事由。前者，如給付行爲自始欠缺目的，或目的不達，或目的消滅者，均係無法律上之原因。後者，受益並非本於受損害者之給付，而係由於第三人或受益人之行爲、或由於自然事件、或由於法律之規定(如添附是)等。不當得利之受領人，除返還其所受之利益外，如本於該利益更有所得者，並應返還。但如受領人不知無法律上之原因，而其所受領之利益，已不存在者，則免負返還或償還價額之責任。

【不虞之譽】ㄅㄨˋ ㄩˊ ㄓ ㄩˋ
意外的榮譽。

【不落俗套】ㄅㄨˋ ㄌㄨㄛˋ ㄙㄨˊ ㄊㄠˋ
不流於世俗陳舊的習套。

【不落窠臼】ㄅㄨˋ ㄌㄨㄛˋ ㄎㄜ ㄐㄧㄡˋ
不落俗套。

【不過爾爾】ㄅㄨˋ ㄍㄨㄛˋ ㄦˇ ㄦˇ
指事物平常，毫無特出的地方。

【不置可否】ㄅㄨˋ ㄓˋ ㄎㄜˇ ㄈㄡˇ
不表示肯定或否定的意見。

【不飽和烴】ㄅㄨˋ ㄅㄠˇ ㄏㄜˊ ㄑㄧㄥ
(unsaturated hydrocarbon) 烴分子中碳原子間有雙鍵或參鍵結構的，叫不飽和烴。例如乙烯($CH_2=CH_2$)、乙炔($CH\equiv CH$)等。

【不遑寧處】ㄅㄨˋ ㄏㄨㄤˊ ㄋㄧㄥˊ ㄔㄨˇ
形容流離失所，不得安寧。

14【不寧唯是】ㄅㄨˋ ㄋㄧㄥˊ ㄨㄟˊ ㄕˋ
不但如此；不僅如此。

【不遠千里】ㄅㄨˋ ㄩㄢˇ ㄑㄧㄢ ㄌㄧˇ
不以千里爲遠。形容不避辛苦，跋涉長途。

【不厭涓滴】ㄅㄨˋ ㄧㄢˋ ㄐㄩㄢ ㄉㄧ
即使是小水滴，也不排斥而加以容納。比喻兼容並蓄。

【不瞅不睬】ㄅㄨˋ ㄔㄡˇ ㄅㄨˋ ㄘㄞˇ
不理睬。

【不聞不問】ㄅㄨˋ ㄨㄣˊ ㄅㄨˋ ㄨㄣˋ
置身事外，漠不關心。

15【不憤不啟】ㄅㄨˋ ㄈㄣˋ ㄅㄨˋ ㄑㄧˇ
不到學生冥思苦想求通而不得，便不去開導他。

【不憂不懼】ㄅㄨˋ ㄧㄡ ㄅㄨˋ ㄐㄩˋ
不憂戚也不恐懼。

【不蔓不枝】ㄅㄨˋ ㄇㄢˋ ㄅㄨˋ ㄓ
只有主莖，沒有枝條。比喻直截了當。

16【不辨菽麥】ㄅㄨˋ ㄅㄧㄢˋ ㄕㄨˊ ㄇㄞˋ
不能分辨豆類和麥子。形容人遠離現實，欠缺常識。

【不謀而合】ㄅㄨˋ ㄇㄡˊ ㄦˊ ㄏㄜˊ
無意而相合。

【不融通物】ㄅㄨˋ ㄖㄨㄥˊ ㄊㄨㄥ ㄨˋ
物依其得否爲交易之標的爲區別標準，可分爲融通物與不融通物，前者得爲交易之標的，後者不得爲交易之標的。物原則上爲融通物，只在例外情形，才成爲不融通物。不融通物主要有一、公有物：即所有權屬於國家或其他公共團體者，例如軍艦、軍用飛機等等。二、公用物：係供公眾一般使用之物，例如道路、公園等等。三、禁制物：係指法令上禁止交易之物，例如毒品、僞造之貨幣、猥褻書刊等等。

【不憖一老】ㄅㄨˋ ㄧㄣˋ ㄧ ㄌㄠˇ
老天不願留下一位老人。悼老人去世之辭。

【不隨意肌】ㄅㄨˋ ㄙㄨㄟˊ ㄧˋ ㄐㄧ
(involuntary muscles) 肌肉分類的一種。包括內臟的平滑肌及心肌，爲不隨大腦意志而收縮或放鬆的肌肉。

【不遺餘力】ㄅㄨˋ ㄧˊ ㄩˊ ㄌㄧˋ
不保留多餘的力氣。表示盡力。

【不學無術】ㄅㄨˋ ㄒㄩㄝˊ ㄨˊ ㄕㄨˋ
沒有學問、技能。

17【不翼而飛】ㄅㄨˋ ㄧˋ ㄦˊ ㄈㄟ
比喻東西突然不見。

19【不識一丁】ㄅㄨˋ ㄕˋ ㄧ ㄉㄧㄥ
不識字。

【不識之無】ㄅㄨˋ ㄕˋ ㄓ ㄨˊ
不識字。'白居易'出生七個月就認識之、無二字，屢試不差。後來就以不識之無爲不識字的代稱。

【不識泰山】ㄅㄨˋ ㄕˋ ㄊㄞˋ ㄕㄢ
比喻見聞淺陋，面對大人物而不認識。

【不識時務】ㄅㄨˋ ㄕˋ ㄕˊ ㄨˋ
看不清時勢趨向。

【不識抬舉】ㄅㄨˋ ㄕˋ ㄊㄞˊ ㄐㄩˇ
責備人不懂得別人的禮遇。

【不關痛癢】ㄅㄨˋ ㄍㄨㄢ ㄊㄨㄥˋ ㄧㄤˇ
比喻一件事情的影響不大，起不了作用。

21【不露圭角】ㄅㄨˋ ㄌㄡˋ ㄍㄨㄟ ㄐㄧㄠˇ
比喻懷才不露，深沉而有涵養。圭角，圭的稜角，即鋒芒之意。

22【不歡而散】ㄅㄨˋ ㄏㄨㄢ ㄦˊ ㄙㄢˋ
鬧得不愉快而分散。

23【不變隨緣】ㄅㄨˋ ㄅㄧㄢˋ ㄙㄨㄟˊ ㄩㄢˊ
佛家語。不變，指佛性不變、守持佛道的原則不變。在這一原則下，可以隨順時空與人間關係，加以調整行爲、救渡眾生、方便眾生，稱不變隨緣。

3【不干涉主義】ㄅㄨˋ ㄍㄢ ㄕㄜˋ ㄓㄨˇ ㄧˋ
(non-interventionism) 即主張一國對他國的內政不得過問。最初由'美國'總統'門羅'(James Monroe)於西元1823年提出，要求'歐洲'國家尊重'拉丁美洲'諸國主權，不加干涉。如今擴大爲各國互不干涉內政的國際關係原則。

5【不平等條約】ㄅㄨˋ ㄆㄧㄥˊ ㄉㄥˇ ㄊㄧㄠˊ ㄩㄝ
強國使用威脅或其他任何形式的壓力，迫使弱國訂立違反其主權獨立、領土完整及人民意願之條約。西元1842年鴉片戰爭後之"中英南京條約"，爲我國訂立不平等條約之始。

【不可分給付】ㄅㄨˋ ㄎㄜˇ ㄈㄣ ㄐㄧˇ ㄈㄨˋ
給付如經分割爲數個給付則將變更其性質或價值者，爲不可分給付。例如數人共同出賣一匹馬或出租一筆土地。給付是否可分，除依其性質判斷外，尚應斟酌當事人訂約的本旨，如雖屬可分，但因當事人之特別約定而爲不可分者，則爲不可分給付。給付區分是否可分的實益是，不可分給付不得一部履行，不發生一部不能之問題；反之，可分給付得一部履行，可能發生一部不能之問題。又多數當事人之債權或債務之給付，不可分者，各債權人僅得爲債權人全體請求給付，債務人亦僅得向債權人全體爲給付。反之，在多數當事人之債務或債權，其給付爲可分者，則原則應各平均分擔或分受之。

【不可公度的】ㄅㄨˋ ㄎㄜˇ ㄍㄨㄥ ㄉㄨˋ ˙ㄉㄜ
(incommensurable)兩條線段或正實數，不是另一線段或實數的整數倍。

【不可分割性】ㄅㄨˋ ㄎㄜˇ ㄈㄣ ㄍㄜ ㄒㄧㄥˋ
(indivisibility) 又稱整體性。表示政府開支所提供的財貨與勞務無法以物理方法予以分割。此不同於私人開支能夠視個人的需要而購買不同的數量。因此，一個人對公共財的消費，並不會使其他人對公共財的消費減少，此又稱爲無敵對性(nonrivalness)。

【不可逆電池】ㄅㄨˋ ㄎㄜˇ ㄋㄧˋ ㄉㄧㄢˋ ㄔˊ
(irreversible cell) 指其中之電化學反應爲不可逆之電池。如乾電池。

【不可逆過程】ㄅㄨˋ ㄎㄜˇ ㄋㄧˋ ㄍㄨㄛˋ ㄔㄥˊ
(irreversible process) 不是可逆過程，即爲不可逆過程。造成不可逆的因素主要包括摩擦、非趨近於零之溫度差下的熱傳遞、自由膨脹、混合及非彈性變形。系統進行不可逆過程時，$\oint \frac{\delta Q}{T} < 0$。參可逆過程。

【不以人廢言】ㄅㄨˋ ㄧˇ ㄖㄣˊ ㄈㄟˋ ㄧㄢˊ
不因地位品德的低下，而忽視其意見。

6【不成文憲法】ㄅㄨˋ ㄔㄥˊ ㄨㄣˊ ㄒㄧㄢˋ ㄈㄚˇ
與成文憲法相對。參成文憲法。

【不合作運動】ㄅㄨˋ ㄏㄜˊ ㄗㄨㄛˋ ㄩㄣˋ ㄉㄨㄥˋ
(noncooperation) 一種以消極不合作爲手段，抵抗某種統治政策的方法。以'印度'聖雄'甘地'於一次大戰後所提倡對'英'不合作運動最著名。他以缺乏武力後盾爲由，主張全'印度'人民以不合作態度反抗'英'人的統治，爭取獨立。

7【不完全給付】ㄅㄨˋ ㄨㄢˊ ㄑㄩㄢˊ ㄐㄧˇ ㄈㄨˋ
因可歸責於債務人之事由，致債務人所提出給付不合債之本旨，或違反債之關係上的附隨義務，而引起履行利益之侵害，或履行利益以外其他利益之侵害，稱爲不完全給付。不完全給付於給付之際爲債權人發現者，債權人得拒絕受領，而不負受領遲延責任。債權人如於受領後始發現者，除法律關於物之瑕疵有特別規定外(如特定物之買賣)，得請求債務人補正。債務人若拒絕補正，或不完全給付不能補正，或補正之後仍有損害者，債權人得請求損害賠償。此外，不完全給付而能補正者，債權人得定相當期限催告其補正，如於期限內不補正時得解除契約。

【不忍人之心】ㄅㄨˋ ㄖㄣˇ ㄖㄣˊ ㄓ ㄒㄧㄣ
同情心。

8【不定次增強】ㄅㄨˋ ㄉㄧㄥˋ ㄘˋ ㄗㄥ ㄑㄧㄤˊ
(variable-ratio schedule) 理想行爲反應獲得強化所需之行爲次數不固定的增強安排。

【不定形藝術】ㄅㄨˋ ㄉㄧㄥˋ ㄒㄧㄥˊ ㄧˋ ㄕㄨˋ
(informal art)西元1950年代，以'巴黎'爲中心所發展出一種反傳統繪畫的運動。爲藝評家'塔畢耶'(Michel Tapie) 所命名。指不預先思考或構圖，完全依據潛意識的自動性記述，以手部運動在畫面上自然留下揮動的色彩軌跡、斑點和肌理。故這一畫派又稱斑點派。如此的作畫行爲，就會開發出兩種可能性：一是不定形之造形；另一是打破以往的傳統造形或構圖，而開拓出新造形或新構圖。代表畫家有'馬裘'(Mathieu)、'帕洛克'(Pollock)、'杜布菲'(Dubuffet)等。

【不定時增強】ㄅㄨˋ ㄉㄧㄥˋ ㄕˊ ㄗㄥ ㄑㄧㄤˊ

(variable-interval schedule) 理想行爲反應獲得強化所需之時距不固定的增強安排。

【不定值保險】 ㄅㄨˋ ㄉㄧㄥˋ ㄓˊ ㄅㄠˇ ㄒㄧㄢˇ

契約上載明,保險標的之價值須至危險發生後估計而訂之保險契約。其於保險事故發生時,按保險標的之實際價值爲標準,計算賠償,賠償金額不得超過保險金額。即保險契約上所訂之保險金額非保險標的之估價額,而爲保險人之最高責任額。財產保險通常爲不定值保險。

【不定期租賃】 ㄅㄨˋ ㄉㄧㄥˋ ㄑㄧˊ ㄗㄨ ㄌㄧㄣˋ

不定期租賃有二種:一、租賃未定期限,此爲典型不定期租賃。二、租賃期限屆滿後,承租人仍爲租賃物之使用收益,而出租人不即表示反對之意見者,視爲不定期限租賃契約,此爲擬制不定期租賃。租賃未定期限者,依"民法"規定,各當事人固得隨時終止契約,但有利於承租人之習慣者,從其習慣。在房屋不定期租賃,依"土地法"第一百條之規定,非有下列原因之一,不得收回房屋:一、出租人收回自住或重新建築時。二、承租人違反"民法"第四百四十三條第一項之規定,轉租於他人時。三、承租人積欠租金額,除以擔保金抵償外,達二個月以上時。四、承租人以房屋供違反法令之使用時。五、承租人違反租賃契約時。六、承租人損壞出租人之房屋或附著財物,而不爲相當之賠償時。基地之不定期租賃,依"土地法"第一百零三條之規定,非有下列原因之一,不得收回:一、契約年限屆滿時。二、承租人以基地供違反法令之使用時。三、承租人轉租基地於他人時。四、承租人積欠租金額,除以擔保現金抵償外,達二年以上時。五、承租人違反租賃契約時。由於"土地法"是"民法"之特別法,"土地法"上開法律規定,應優先於"民法"之規定而適用。

【不定期航運】 ㄅㄨˋ ㄉㄧㄥˋ ㄑㄧˊ ㄏㄤˊ ㄩㄣˋ

(tramp shipping) 船舶無固定班期、航線,完全視客貨流動之需要,以決定其運輸航程的航運。

【不協和音程】 ㄅㄨˋ ㄒㄧㄝˊ ㄏㄜˊ ㄧㄣ ㄔㄥˊ

(dissonance) 在各種音程裡,兩音的振動數目比例,愈複雜的,便愈不協和,稱爲不協和音程。如大、小二度,大、小七度,增、減音程等。

【不承認主義】 ㄅㄨˋ ㄔㄥˊ ㄖㄣˋ ㄓㄨˇ ㄧˋ

即一國不承認另一國以不合國際法與慣例造成的任何情勢之主張。西元 1931 年秋,'美國'國務卿'史汀森'(Henry Stimson)就'日本'進占我國東北,建立所謂'滿洲國'一事發表聲明,表示不承認'滿洲國'爲一國家,此爲該項主張的起源。

【不受理判決】 ㄅㄨˋ ㄕㄡˋ ㄌㄧˇ ㄆㄢˋ ㄐㄩㄝˊ

案件欠缺形式訴訟條件中之訴追條件,致不得行使公訴權時,法院應爲之判決。其情形有:一、起訴之程序違背規定者。二、已經提起公訴或自訴之案件,在同一法院重行起訴者。三、告訴或請求乃論之罪,未經告訴、請求,或其告訴或請求經撤回或已逾告訴期間者。四、曾爲不起訴處分或撤回起訴,而違背再行起訴之規定者。五、被告死亡者。六、對於被告無審判權者。七、同一案件繫屬於有管轄權之數法院,繫屬在後之法院不得爲審判或經共同之直接上級法院裁定,先繫屬之法院不得爲審判者。八、不得提起自訴,而提起自訴者。

9【不計學分課】 ㄅㄨˋ ㄐㄧˋ ㄒㄩㄝˊ ㄈㄣ ㄎㄜˋ

(noncredit course) 大專院校裡供學生或社會成人修習學分,但不得計入其畢業所應修或選修的課程。此類課程多爲增富職業與生活經驗、體驗文化價值,以及加強休閒娛樂,故學術價值與課業要求不及計學分課。

【不要式行爲】 ㄅㄨˋ ㄧㄠˋ ㄕˋ ㄒㄧㄥˊ ㄨㄟˊ

法律行爲如其意思表示不須依一定方式爲之者,稱爲不要式行爲。參要式行爲。

【不要式契約】 ㄅㄨˋ ㄧㄠˋ ㄕˋ ㄑㄧˋ ㄩㄝ

契約的成立不須依一定方式者,稱爲不要式契約。反之,則稱要式契約。近代在契約自由原則下,以不要式契約爲原則,要式契約爲例外。參要式契約。

【不要因行爲】 ㄅㄨˋ ㄧㄠˋ ㄧㄣ ㄒㄧㄥˊ ㄨㄟˊ

與要因行爲相對。參要因行爲。

【不要物行爲】 ㄅㄨˋ ㄧㄠˋ ㄨˋ ㄒㄧㄥˊ ㄨㄟˊ

與要物行爲相對。參要物行爲。

【不相容原理】 ㄅㄨˋ ㄒㄧㄤ ㄖㄨㄥˊ ㄩㄢˊ ㄌㄧˇ

(exclusion principle) 指兩個電子不能共存於同一個狀態。爲西元1925年'奧國''鮑立'(Pauli)在研究原子中的電子狀態如何安排時所發現。凡是自旋爲奇數之半的粒子(稱爲費密子)都須滿足不相容原理。

10【不起訴處分】 ㄅㄨˋ ㄑㄧˇ ㄙㄨˋ ㄔㄨˇ ㄈㄣˋ

檢察官就其偵查結果,依法律之規定,認爲無須向法院提起公訴所爲之處分。案件應爲不起訴處分之情形有:一、曾經判決確定者。二、時效已完成者。三、曾經大赦者。四、犯罪後之法律已廢止其刑罰者。五、告訴或請求乃論之罪,其告訴或請求已經撤回或已逾告訴期間者。六、被告死亡者。七、法院對於被告無審判權。八、行爲不罰者。九、法律應免除其刑者。十、犯罪嫌疑不足者。十一、有其他程序上之法定理由者。得爲不起訴處分之情形有:一、檢察官於"刑法"第六十一條所列各罪之案件,參酌"刑法"第五十七條所列事項,認爲以不起訴爲適當者。二、被告犯數罪,其一罪已受重刑之確定判決,檢察官認爲他罪雖行起訴,於應執行之刑無重大關係者。

【不能認知症】 ㄅㄨˋ ㄋㄥˊ ㄖㄣˋ ㄓ ㄓㄥˋ
(agnosia) 個體喪失辨識事物之能力的症候。通常係由腦部受傷引起。

11**【不設防城市】** ㄅㄨˋ ㄕㄜˋ ㄈㄤˊ ㄔㄥˊ ㄕˋ
(open city) 戰爭時參戰國可將該國無戰略或戰術價值的城市向外宣告爲不設防,冀望敵國不加攻擊,免除不必要的破壞。

【不透水襯墊】 ㄅㄨˋ ㄊㄡˋ ㄕㄨㄟˇ ㄔㄣˋ ㄉㄧㄢˋ
(liner) 由黏土或人工膠膜製成,用以防止垃圾滲出水汙染地下水的一種襯墊。鋪置於垃圾掩埋場底層。

【不透明顏料】 ㄅㄨˋ ㄊㄡˋ ㄇㄧㄥˊ ㄧㄢˊ ㄌㄧㄠˋ
(body colors) 在水彩中若混上白色,就變成不透明的色彩,這一種不透明的色彩便屬不透明顏料。

12**【不結盟國家】** ㄅㄨˋ ㄐㄧㄝˊ ㄇㄥˊ ㄍㄨㄛˊ ㄐㄧㄚ
(non-aligned countries) 指國際間標榜不參加'美''蘇'超強所組的軍事集團,並拒與該兩國訂立軍事盟約的國家。這些開發中國家爲避免陷入冷戰,以維持獨立自主的外交政策,曾藉不結盟運動而形成聯合陣線。這項西元1955年開始的運動,已有近一百國參與。

14**【不對稱飛行】** ㄅㄨˋ ㄉㄨㄟˋ ㄔㄣˋ ㄈㄟ ㄒㄧㄥˊ
(unsymmetrical flight)因圍繞飛機縱軸的角度加速關係,使飛機對稱面兩側負載分布不均,而形成的一種飛行狀況。如螺旋、側滑、側滾等飛行狀況均屬之。

【不對稱彎曲】 ㄅㄨˋ ㄉㄨㄟˋ ㄔㄣˋ ㄨㄢ ㄑㄩ
(unsymmetrical bending)若一抗彎構件的荷重平面包含其橫截面之剪力中心,與兩主彎曲平面的任何一個皆不相重合時,就會產生不對稱彎曲。不對稱彎曲引致之撓曲應力計算公式如下:
$S-M\cos 0_y/I_x+M\sin 0_x/I_y$,
式中S爲一點之單位撓應力,M爲彎矩,x、y爲此點相對於兩主軸之坐標,I_x、I_y爲相對於兩主軸之慣性矩,θ爲荷重平面與y軸之夾角。

15**【不確定故意】** ㄅㄨˋ ㄑㄩㄝˋ ㄉㄧㄥˋ ㄍㄨˋ ㄧˋ
行爲人對構成犯罪事實無具體確定認識,稱爲不確定故意。通常可分爲未必故意、概括故意、擇一故意。行爲人對於構成犯罪事實,預見其發生,而其發生不違背其本意者,是爲未必故意,又稱間接故意。概括故意與擇一故意均屬對犯罪客體無確定認識,前者行爲人僅知其行爲將造成不特定人之損害,而決意實施該行爲,例如投擲炸彈於公共場所;後者行爲人雖預見其行爲將造成數特定人之損害,但對於何者將發生一定之結果卻無預見,例如丙舉槍射擊甲乙,明知甲乙其中一人必中彈而亡。

19**【不穩定均衡】** ㄅㄨˋ ㄨㄣˇ ㄉㄧㄥˋ ㄐㄩㄣ ㄏㄥˊ
(unstable equilibrium) 經濟現象雖達到均衡狀態,但對於任何外來干擾,使均衡喪失而無法恢復原均衡狀態,此一均衡稱爲不穩定均衡。

4**【不分年級編班】** ㄅㄨˋ ㄈㄣ ㄋㄧㄢˊ ㄐㄧˊ ㄅㄧㄢ ㄅㄢ
(nongraded class) 依學生之學業成就或學習能力,而非根據其年齡所編定的班級。

【不分青紅皂白】 ㄅㄨˋ ㄈㄣ ㄑㄧㄥ ㄏㄨㄥˊ ㄗㄠˋ ㄅㄞˊ
比喻不明是非曲直。

5**【不平衡△負載】** ㄅㄨˋ ㄆㄧㄥˊ ㄏㄥˊ △ ㄈㄨˋ ㄗㄞˋ
(non-equilibrium △ loading) 指△接的三個負載,其阻抗不全相等,如數值或相角不全相同,或是各單相負載並未全部使用。

【不可以道里計】 ㄅㄨˋ ㄎㄜˇ ㄧˇ ㄉㄠˋ ㄌㄧˇ ㄐㄧˋ
距離難以用里來計算。形容差別太大,相去極遠。

【不可同日而語】 ㄅㄨˋ ㄎㄜˇ ㄊㄨㄥˊ ㄖˋ ㄦˊ ㄩˇ
不能相提並論。形容差距很大。

【不可轉讓提單】 ㄅㄨˋ ㄎㄜˇ ㄓㄨㄢˇ ㄖㄤˋ ㄊㄧˊ ㄉㄢ
(non-negotiable bill of lading) 又稱非流通提單、記名提單、直接提單。提單上受貨人欄直接指定某人爲受貨人,不冠上「order」字樣。運送人只要將貨物交付提單上所載之特定受貨人即可,不必收回提單,且此種提單不能依背書或交付方式轉讓(我國"海事法"規定除非有特別禁止,仍得以背書方式轉讓)。

【不可歸責事由】 ㄅㄨˋ ㄎㄜˇ ㄍㄨㄟ ㄗㄜˊ ㄕˋ ㄧㄡˊ
指當事人對各種債務不履行之狀態,如給付不能、給付遲延、不完全給付等,並無故意、過失、事變、不可抗力等必須負責之事由。原則上債務人就其故意或過失之行爲,應負責任。過失可分爲重大過失、具體輕過失、抽象輕過失三種。契約當事人負何種過失責任，依當事人自行約定或依法律特別規定。原則上於有償契約當事人負抽象輕過失，於無償契約負具體輕過失責任。此外，法律有特別規定縱無故意、過失，亦須負責之情形：如運送人、旅客運送人、場所主人等須負通常事變責任；債務人對於遲延後所生之損害，質權人對於因轉質所生之損失，須負不可抗力之責任。

【不出戶知天下】 ㄅㄨˋ ㄔㄨ ㄏㄨˋ ㄓ ㄊㄧㄢ ㄒㄧㄚˋ
人雖在家，卻能知道天下的事理。

6**【不安的抗辯權】** ㄅㄨˋ ㄢ ˙ㄉㄜ ㄎㄤˋ ㄅㄧㄢˋ ㄑㄩㄢˊ
於雙務契約有先為給付義務人，原則上無主張同時履行抗辯權之權利，然如相對人之財產狀態惡化，危及對待給付之能力時，基於公平原則和情事變更原則，法律賦予先給付義務人以拒絕給付權，此拒絕給付權即稱為不安的抗辯權。其要件有三：一、須他方之財產於訂約後有顯形減少之情形。二、須他方之財產顯形減少有難為對待給付之虞。所謂有難為對待給付之虞，無需至宣告破產或經強制執行而無效果之程度。三、須他方未為對待給付或提出擔保，若他方已為對待給付或提出擔保，不安抗辯權即行消滅。訂約之初如對方已提供擔保（包括人保、物保）者，也不生不安抗辯權。

【不成功便成仁】 ㄅㄨˋ ㄔㄥˊ ㄍㄨㄥ ㄅㄧㄢˋ ㄔㄥˊ ㄖㄣˊ
形容全力以赴的決心。

7**【不良率管制圖】** ㄅㄨˋ ㄌㄧㄤˊ ㄌㄩˋ ㄍㄨㄢˇ ㄓˋ ㄊㄨˊ
(percent defective control chart; P-chart)為計數值品質管制圖之一。以產品受檢驗各樣本之平均不良率($\bar{p}$)以及標準差(standard deviation)繪製而成。通常以$\bar{p}+3$個標準差為上限與$\bar{p}-3$個標準差為下限。管理者可據圖上曲線的有無超上下限而偵測品質之可能變化，即時改進作業程序，以降低產品之不良率，確實達到產品品質管制的目的。

8**【不怕官只怕管】** ㄅㄨˋ ㄆㄚˋ ㄍㄨㄢ ㄓˇ ㄆㄚˋ ㄍㄨㄢˇ
不怕官高的人，只怕直接管轄的人。

【不知天高地厚】 ㄅㄨˋ ㄓ ㄊㄧㄢ ㄍㄠ ㄉㄧˋ ㄏㄡˋ
形容幼稚無知。也比喻不知人情事理的輕重利害。

9**【不食人間煙火】** ㄅㄨˋ ㄕˊ ㄖㄣˊ ㄐㄧㄢ ㄧㄢ ㄏㄨㄛˇ
①道家語。指神仙或修道者不吃熟食。②比喻人有出世之想或清高脫俗。③比喻脫離現實，不知人間辛苦。

11**【不動產之執行】** ㄅㄨˋ ㄉㄨㄥˋ ㄔㄢˇ ㄓ ㄓˊ ㄒㄧㄥˊ
指執行機關為實現債權人之金錢債權，對於債務人所有之不動產所為之強制執行。不動產包括土地及定著物及不動產所有權之應有部分。不動產之強制執行以查封、拍賣或強制管理三種方法進行。查封的方法有揭示、封閉及追繳契據，必要時得併用之；拍賣時，執行法院得因債權人或債務人之聲請或依職權以投標方法行之，於實務上執行法院均採投標方法；至於強制管理是將查封之不動產加以管理，以其收益供債務清償。

【不動產所有權】 ㄅㄨˋ ㄉㄨㄥˋ ㄔㄢˇ ㄙㄨㄛˇ ㄧㄡˇ ㄑㄩㄢˊ
所有權以其客體為不動產或動產為區分標準，可分為不動產所有權與動產所有權。不動產所有權指土地或其定著物之所有權。土地是人力所能支配之地表及其上下。又土地之出產物，例如尚未與土地分離之樹木，仍為土地之構成部分，而非土地之定著物。定著物係附著於土地，而未構成土地之一部分，且能達到一定之經濟目的之物，例如建築物。定著物與其所坐落之土地不必屬於同一人所有。

12**【不費吹灰之力】** ㄅㄨˋ ㄈㄟˋ ㄔㄨㄟ ㄏㄨㄟ ㄓ ㄌㄧˋ
形容毫不費力。

5**【不可撤銷信用狀】** ㄅㄨˋ ㄎㄜˇ ㄔㄜˋ ㄒㄧㄠ ㄒㄧㄣˋ ㄩㄥˋ ㄓㄨㄤˋ
(irrevocable L/C)係在信用狀有效期間內，非經受益人及其他關係人的同意，開狀銀行不得片面取銷或逕將條款予以修改的信用狀。而開狀銀行可隨時將已開發的信用狀予以取銷或修改者，則稱為可撤銷信用狀(revocable L/C)。目前所見者大多為不可撤銷信用狀。

7**【不兌換紙幣本位】** ㄅㄨˋ ㄉㄨㄟˋ ㄏㄨㄢˋ ㄓˇ ㄅㄧˋ ㄅㄣˇ ㄨㄟˋ
(inconvertible paper standard)一國的紙幣通貨單位仍以金屬單位來表示，但不允許持有人以紙幣向政府兌換等量金屬。

8**【不定值保險契約】** ㄅㄨˋ ㄉㄧㄥˋ ㄓˊ ㄅㄠˇ ㄒㄧㄢˇ ㄑㄧˋ ㄩㄝ
(unvalued policy)或稱不定值保險單。保險單中雖載明保險標的的價值，但其損失補償金額，仍須按保險標的在危險事故發生時實際價值估計決定，以示公平合理。一般財產保險除海上保險及航空保險多採定值保險外，常採用不定值保險單。

【不到黃河心不死】 ㄅㄨˋ ㄉㄠˋ ㄏㄨㄤˊ ㄏㄜˊ ㄒㄧㄣ ㄅㄨˋ ㄙˇ
比喻未到絕境，不肯停止。

9**【不為五斗米折腰】** ㄅㄨˋ ㄨㄟˋ ㄨˇ ㄉㄡˇ ㄇㄧˇ ㄓㄜˊ ㄧㄠ
不願為微薄的俸祿而卑躬屈膝。

【不是冤家不聚頭】 ㄅㄨˋ ㄕˋ ㄩㄢ ㄐㄧㄚ ㄅㄨˋ ㄐㄩˋ ㄊㄡˊ
①指仇人反而經常會碰頭。②指

男女之間，雖歷經波折、衝突，終又聚在一起。

【不看僧面看佛面】ㄅㄨˋ ㄎㄢˋ ㄙㄥ ㄇㄧㄢˋ ㄎㄢˋ ㄈㄛˊ ㄇㄧㄢˋ
請人看情面而特別通融的俚語。

10【不純正不作爲犯】ㄅㄨˋ ㄔㄨㄣˊ ㄓㄥˋ ㄅㄨˋ ㄗㄨㄛˋ ㄨㄟˊ ㄈㄢˋ
以不作爲之手段而犯通常作爲犯所能爲之犯罪。原則上，行爲人以犯罪之意思而不作爲時，即係不純正不作爲犯之著手行爲。不純正不作爲犯得成立未遂犯及中止犯，後者必須行爲人出於己意中止，且以一定積極作爲防止構成要件結果之發生，始足成立。參不作爲犯。

【不能越雷池一步】ㄅㄨˋ ㄋㄥˊ ㄩㄝˋ ㄌㄟˊ ㄔˊ ㄧˊ ㄅㄨˋ
比喻不能跨越一定的範圍。'雷池'，水名，原名'大雷水'，今名'楊溪河'，在'安徽省''望江縣'南。

14【不管三七二十一】ㄅㄨˋ ㄍㄨㄢˇ ㄙㄢ ㄑㄧ ㄦˋ ㄕˊ ㄧ
比喻不顧一切。

19【不識廬山眞面目】ㄅㄨˋ ㄕˋ ㄌㄨˊ ㄕㄢ ㄓㄣ ㄇㄧㄢˋ ㄇㄨˋ
指看不清眞相。

2【不入虎穴焉得虎子】ㄅㄨˋ ㄖㄨˋ ㄏㄨˇ ㄒㄩㄝˋ ㄧㄢ ㄉㄜˊ ㄏㄨˇ ㄗˇ
比喻不冒險就不可能成功。

5【不平衡三線Y負載】ㄅㄨˋ ㄆㄧㄥˊ ㄏㄥˊ ㄙㄢ ㄒㄧㄢˋ Y ㄈㄨˋ ㄗㄞˋ
(non-equilibrium 3 wire Y loading) 指三相三線的Y接負載，其阻抗值不全相等，如數值或相位不全相同，或是各單相負載並未全部使用。

【不以物喜不以己悲】ㄅㄨˋ ㄧˇ ㄨˋ ㄒㄧˇ ㄅㄨˋ ㄧˇ ㄐㄧˇ ㄅㄟ
不因外在環境和自己的遭遇而悲或喜。

6【不在其位不謀其政】ㄅㄨˋ ㄗㄞˋ ㄑㄧˊ ㄨㄟˋ ㄅㄨˋ ㄇㄡˊ ㄑㄧˊ ㄓㄥˋ
不擔任那項職務，就不管那項職務的事情。

13【不經一事不長一智】ㄅㄨˋ ㄐㄧㄥ ㄧ ㄕˋ ㄅㄨˋ ㄓㄤˇ ㄧ ㄓˋ
沒有親身經歷一件事，就不能增長一分智慧。

冇 ㄇㄡˇ *mou*³ 音某
'廣東'方言。沒有。

𠀉 ㄇㄡˇ *mou*³ 音某
丘的避諱字。古人爲了避'孔丘'諱，闕丘字一筆作𠀉。

4

丙 ㄅㄧㄥˇ *ping*³ 音炳
1天干的第三位。2用來排列次序等第，表示第三。3光明。通炳。4姓。'漢'有'丙吉'。見"通志·氏族略三"。

8【丙夜】ㄅㄧㄥˇ ㄧㄝˋ
半夜。

11【丙烷】ㄅㄧㄥˇ ㄨㄢˊ
(propane) 一無色氣體。化學式 C_3H_8，分子量44.06，沸點-44.5°C，熔點-189.9°C。溶於酒精、乙醚，微溶於水。由石油或天然氣分餾而得，用於有機合成、乙烯製造，並用作燃料、冷媒等。

【丙烯】ㄅㄧㄥˇ ㄒㄧ
(propylene; propene) 一無色氣體。化學式 CH_3CHCH_2，沸點－47.7°C。由石油裂煉而得。加成聚合成爲聚丙烯，用於製造各種塑膠成品。

13【丙酮】ㄅㄧㄥˇ ㄊㄨㄥˊ
(acetone) 一種無色、可溶於水、具特殊味道的液體。化學式 $(CH_3)_2CO$，沸點 56.1°C。可由2-丙醇氧化而得。常用作溶劑以溶解樹脂、壓克力、假漆、油脂等，或用來製造醋酸、碘仿、炸藥等。

3【丙三醇】ㄅㄧㄥˇ ㄙㄢ ㄔㄨㄣˊ
(glycerol) 俗稱甘油。是一種無色、無臭、味甜、可溶於水的糖漿狀液體。化學式 $C_3H_5(OH)_3$，熔點 17°C，沸點 290°C。可作爲溶劑、防凍劑、食品保存劑、甜味劑，或用於製造化妝香皂、糖果、香料、醫藥、炸藥等。

11【丙烯腈】ㄅㄧㄥˇ ㄒㄧ ㄑㄧㄥ
(acrylonitrile) 一無色、易燃的液體。化學式 CH_2CHCN，比重0.8(25°C)，沸點77°C。可供製造合成橡膠、塑膠或作爲有機合成之原料。

【丙烯樹脂】ㄅㄧㄥˇ ㄒㄧ ㄕㄨˋ ㄓ
(allyl resin) 屬於聚酯樹脂。其特徵是結構單元中含有丙烯基，故可由丙烯醇與二元酸(如酞酸或異酞酸)聚合反應而得。加壓與加熱可得熱固性塑膠，主要用於成型材料、工業用層板、塗料與清漆之原料，其具有優良電絕緣性、耐油、耐水、耐候、耐熱性。

12【丙等考試】ㄅㄧㄥˇ ㄉㄥˇ ㄎㄠˇ ㄕˋ
特種考試的等別之一。及格者可取得中級委任職公務人員任用資格。依"考試法"第十九條規定，應考資格及考試方法，均比照普通考試。

11【丙烯酸樹脂】ㄅㄧㄥˇ ㄒㄧ ㄙㄨㄢ ㄕㄨˋ ㄓ
(acrylic resin)俗稱壓克力。由丙烯酸、甲基丙烯酸、具有丙烯酸基酸類之酯類化合物，或丙烯腈形成之聚合體或共聚合體。依照單體之種類與聚合方法之不同，可得到各種不同機械性質之材料。

19【丙類功率放大器】ㄅㄧㄥˇ ㄌㄟˋ ㄍㄨㄥ ㄌㄩˋ ㄈㄤˋ ㄉㄚˋ ㄑㄧˋ
(class C power amplifier) 對於電晶體所組成的放大電路，其工作點使得電晶體只能在小於半週的範圍內將輸入信號加以放大的電路。

11【丙烯腈-丁二烯-苯乙烯共聚合體】ㄅㄧㄥˇ ㄒㄧ ㄑㄧㄥ ㄉㄧㄥ ㄦˋ ㄒㄧ ㄅㄣˇ ㄧˇ ㄒㄧ ㄍㄨㄥˋ ㄐㄩˋ ㄏㄜˊ ㄊㄧˇ
(acrylonitrile-butadiene-styrene copolymer; ABS)可由一、丁二烯與丙烯腈於過氧化物爲觸

媒下共聚合,再與苯乙烯與丙烯腈之共聚合體(以硫酸鹽爲觸媒)混合而得。二、苯乙烯與丙烯腈之共聚合體,與加入聚丁二烯主鏈之苯乙烯與丙烯腈接枝共聚合體混合而得。三、直接將苯乙烯與丙烯腈加入聚丁二烯乳化液共聚合而得。其比重爲1.01~1.21,質地強韌、堅硬且輕,無毒、無臭、不透光、不透水,熱變形溫度爲75~110°C,易加工。不溶於水、酸、鹼、大部分醇類與脂肪族溶劑。用途爲成型材料(如管件、用具、車輛外殼等)、塑膠電鍍材料、強化劑等。

世 ㄕˋ *shih*⁴ 音勢

①三十年。見"說文"。②自父到子爲一世。如:五世其昌。③後代;後嗣。如:澤可以遺世。④稱與自己的長輩有交誼的人。如:世伯、世兄。⑤朝代;時代。如:'殷'之末世。⑥年;歲。如:去國三世。⑦人的一生。如:沒世不忘。⑧世界;人間。如:人情世故。⑨指世界上的人。如:舉世皆濁我獨淸。⑩(epoch) 地質時間單位。紀之下分爲若干世。如:古新世。⑪姓。'漢'有'世寵'。見"通志·氏族略五"。

3【世子】 ㄕˋ ㄗˇ
帝王或諸侯的嫡長子。

4【世及】 ㄕˋ ㄐㄧˊ
世代相傳。父傳位給子叫世;兄傳位給弟叫及。

【世仇】 ㄕˋ ㄔㄡˊ
世世代代的仇人或仇恨。

5【世兄】 ㄕˋ ㄒㄩㄥ
①稱有世代交誼的同輩或晚輩。②稱老師的兒子。

6【世交】 ㄕˋ ㄐㄧㄠ
彼此之間,世世代代都有深厚的交情。

7【世局】 ㄕˋ ㄐㄩˊ
世界的局勢;現時的局勢。

【世伯】 ㄕˋ ㄅㄛˊ
稱與父親有交誼而年齡比父親大的長輩。

8【世叔】 ㄕˋ ㄕㄨˊ
稱與父親有交誼而年齡比父親小的長輩。

【世味】 ㄕˋ ㄨㄟˋ
對人世間的感受。

9【世故】 ㄕˋ ㄍㄨˋ
①世間的一切道理。②熟習世俗人情,處事圓通周到。

【世面】 ㄕˋ ㄇㄧㄢˋ
社會上的各種情況。

【世胄】 ㄕˋ ㄓㄡˋ
世家的後代。

【世界】 ㄕˋ ㄐㄧㄝˋ
(world) ①事物存在的空間。②事物存在的時間與空間。即宇宙。③某類事物聚存的領域。如:精神世界、物質世界、表象世界等。

【世風】 ㄕˋ ㄈㄥ
社會風氣。

【世俗】 ㄕˋ ㄙㄨˊ
①社會風氣。②指世間或世人。③(profane) 初民宗教文化中,平凡、日常可見、具實用性的事或物。與神聖相對。

10【世家】 ㄕˋ ㄐㄧㄚ
①世代做官的家庭。②"史記"記載諸侯王事跡的一種體裁。如:"留侯世家"。

11【世族】 ㄕˋ ㄗㄨˊ
指累世仕宦之家。'魏''晉''南北朝'時,上品門第世世相承,也稱爲世族。

【世情】 ㄕˋ ㄑㄧㄥˊ
人情世態。

【世務】 ㄕˋ ㄨˋ
世俗的事務。

13【世運】 ㄕˋ ㄩㄣˋ
①世間盛衰治亂的氣運。②'世界運動會'的簡稱。也稱'奧運'。

【世路】 ㄕˋ ㄌㄨˋ
①人所經歷的各種社會情態。②佛家語。指世間一切名利徵逐的活動,也是有爲法的異名。

【世傳】 ㄕˋ ㄔㄨㄢˊ
①世代相傳。②世上相傳。

14【世態】 ㄕˋ ㄊㄞˋ
①社會的風尙。②世俗人情的狀態。

【世網】 ㄕˋ ㄨㄤˇ
泛指各種對人產生束縛的禮教、規條,以及足以牽累人的俗務。

15【世緣】 ㄕˋ ㄩㄢˊ
佛家語。世間的俗事。

16【世澤】 ㄕˋ ㄗㄜˊ
祖先的餘蔭遺澤。

22【世襲】 ㄕˋ ㄒㄧˊ
封建時代,把爵位傳給子孫。

23【世變】 ㄕˋ ㄅㄧㄢˋ
人世間的變化。

7【世系群】 ㄕˋ ㄒㄧˋ ㄑㄩㄣˊ
(lineage) 出自同一祖先,由單一的繼嗣系統(父系或母系)延綿而下的後嗣。通常世系的財產及名位隨此系統代代相傳,成員之間,可以追溯出系譜關係,且有地域化的趨勢。

9【世界村】 ㄕˋ ㄐㄧㄝˋ ㄘㄨㄣ
(globe village)'加拿大''麥克魯漢'(Marshall McLuhan)所提出的一個觀點。'麥'氏對於文明的進展,持科技決定論,而傳播科技的發展日新月異,衛星傳播更縮短時間和空間的距離,透過電子的運作和傳輸,有如把分散的世界重新凝聚起來,形成一個電子世界的大部落,稱爲世界村。

【世界觀】 ㄕˋ ㄐㄧㄝˋ ㄍㄨㄢ
(world view) 指個人或一群人對世界所採取的根本看法或綜合見解。

【世俗化】 ㄕˋ ㄙㄨˊ ㄏㄨㄚˋ
(secularization)①一種宗教和社會變遷的過程。在這過程裡,宗教逐漸喪失其主宰力,人們的行動和社會的規範不再受宗教的支配,而按情理和科學知識來安排個人行爲或社會秩序。近代社會的複雜特質、電訊的流傳、個人的流動性等都是造成宗教喪失其主宰力的主要原因。[2]指文學、藝術等作品儘量合乎通俗需要的作爲。與理想化、藝術化相對。

12【世間法】 ㄕˋ ㄐㄧㄢ ㄈㄚˇ
以佛家理念言,世間(欲、色、無色界)的一切生命、無生命等物,皆由因緣和合而生,全是無常、有缺漏、有生滅的,這些實體、抽象事物的活動,都稱爲世間法。簡稱世法。世間法在初期佛法四諦中屬苦、集二諦。

5【世外桃源】 ㄕˋ ㄨㄞˋ ㄊㄠˊ ㄩㄢˊ
[1]指與現實社會隔絕的安樂土。[2]比喻風景優美,人跡稀少的幽境。

【世代互助】 ㄕˋ ㄉㄞˋ ㄏㄨˋ ㄓㄨˋ
(generation aid) 社會保險中之老年給付,年齡較大者先行退休,因其繳納保險費之期間較短,所繳保險費之總值可能僅及其所能獲得給付總值之一部分,其餘不足部分則由年齡較輕尚未退休者所繳之保險費予以負擔。如此一來,不但同一世代之參加保險者具有彼此挹注之功能,且不同世代間亦有前後互助之效果。

【世代交替】 ㄕˋ ㄉㄞˋ ㄐㄧㄠ ㄊㄧˋ
(alternation of generation) 在生活史中,具有兩種不同的個體,其中之一行無性生殖,產生另一種個體;後者則行有性生殖,而產生與前者相同的個體,如是兩者交替輪迴,稱爲世代交替。例如植物生活史中,孢子體(無性生殖)和配子體(有性生殖)兩者有交替的情形,爲典型的世代交替例子。動物中如有孔蟲、海月水母等亦有世代交替的情形。

【世代書香】 ㄕˋ ㄉㄞˋ ㄕㄨ ㄒㄧㄤ
世世代代都是讀書人。

9【世故人情】 ㄕˋ ㄍㄨˋ ㄖㄣˊ ㄑㄧㄥˊ
世道與人心。

【世界大同】 ㄕˋ ㄐㄧㄝˋ ㄉㄚˋ ㄊㄨㄥˊ
世界上各國家、民族、人種,達到諧調安樂、和平共處的境地。

【世界紀錄】 ㄕˋ ㄐㄧㄝˋ ㄐㄧˋ ㄌㄨˋ
某一種成就或表現,在全世界具有開創、優越或特殊的性質,足以存錄。

【世界體系】 ㄕˋ ㄐㄧㄝˋ ㄊㄧˇ ㄒㄧˋ
(world system) 由‘美國’社會學家‘華勒斯坦’ (Immanuel Wallerstein) 所提出,用以分析世界各地區政治與經濟關係的一個理論概念。世界體系是指由一群核心國家(指資本主義已開發國家)、邊陲地區(指未開發之第三世界國家,以原料生產爲主)及半邊陲地區(介於核心國家及邊陲地區)所組成以經濟依賴爲重心的全球性體系。在此體系中,核心國家控制邊陲及半邊陲地區政治、經濟的發展。

【世風不古】 ㄕˋ ㄈㄥ ㄅㄨˋ ㄍㄨˇ
形容社會風氣澆薄,沒有古代的淳樸。

【世風日下】 ㄕˋ ㄈㄥ ㄖˋ ㄒㄧㄚˋ
社會風氣日漸敗壞。

【世風澆薄】 ㄕˋ ㄈㄥ ㄐㄧㄠ ㄅㄛˊ
社會風氣浮華,人情淡薄。

10【世家子弟】 ㄕˋ ㄐㄧㄚ ㄗˇ ㄉㄧˋ
指歷代官宦人家的子弟。

13【世道人心】 ㄕˋ ㄉㄠˋ ㄖㄣˊ ㄒㄧㄣ
社會風氣、教化。

14【世說新語】 ㄕˋ ㄕㄨㄛ ㄒㄧㄣ ㄩˇ
‘南朝’‘宋’‘劉義慶’撰,三卷。記載‘東漢’末年至‘東晉’間文人、學士的言行軼事,用字簡潔而有文采,對後世小說及筆記文學有極大的影響。

【世態炎涼】 ㄕˋ ㄊㄞˋ ㄧㄢˊ ㄌㄧㄤˊ
指人情冷熱無常、反覆不定。

23【世變日亟】 ㄕˋ ㄅㄧㄢˋ ㄖˋ ㄐㄧˊ
世事的變化,一天比一天急劇。

9【世界運動會】 ㄕˋ ㄐㄧㄝˋ ㄩㄣˋ ㄉㄨㄥˋ ㄏㄨㄟˋ
(World Games)[1]‘民’初至六十年代所稱的‘世界運動會’,即指‘奧林匹克運動會’。[2]指西元1980年‘莫斯科奧運會’前後,部分國際知名體育人士所籌組的「非奧運項目世界運動會」。比賽項目有羽球、壘球、保齡球、滑輪、滑水、健美、跆拳道、空手道等,每兩年舉行一次。第一屆於1981年7月24日在‘美國’‘加州’‘聖塔克拉納’(Santa Clara)舉行。

【世界人權宣言】 ㄕˋ ㄐㄧㄝˋ ㄖㄣˊ ㄑㄩㄢˊ ㄒㄩㄢ ㄧㄢˊ
(*Universal Declaration of Human Right*)‘聯合國大會’於西元1948年通過的一項人權宣言。共分三十條,其內容爲:全球人類不論人種、性別、國籍、語言與宗教,人人均享有平等的生存、自由、安全、不虞匱乏等人權。此爲歷史上世界性的宣揚人權之首次。此項宣言,對國際立法及國內立法皆有重大影響。就國際立法而言,‘聯合國大會’於1966年通過“公民權利暨政治權利國際盟約”及“經濟、社會暨文化權利國際盟約”,作爲實現國際人權法案的第二步驟。就國內立法而言,許多國家將此宣言所揭櫫之基本人權與自由,納入其憲法之中。

【世界反共聯盟】 ㄕˋ ㄐㄧㄝˋ ㄈㄢˇ ㄍㄨㄥˋ ㄌㄧㄢˊ ㄇㄥˊ
(World Anti-Communist League; WACL) 以‘亞洲人民反共聯盟’爲基礎擴大而成的組織。西元1967年9月25日在‘臺北市’召開第一屆‘世盟’會議。其主要任務爲:一、團結全世界愛好自由人民,阻止和擊敗共黨侵略與顛覆活動,並由人民的反共團結,升高爲政府間的反共合作。二、積極支持自由國家與人民的反共奮鬥,支援鐵幕內被奴役國家與人民的反共鬥爭。三、擴大建立國際反共聯合陣線,消滅共產侵略,維護人類自由,確保世界和平。

【世界氣象組織】 ㄕˋ ㄐㄧㄝˋ ㄑㄧˋ

ㄒㄧㄤˋ ㄗㄨˇ ㄓ

(World Meteorological Organization; WMO) 其前身是創立於西元1853年的‘國際氣象組織’(International Meteorological Organization),設立目的在使世界各國的氣象資料標準化,並可廣泛互相利用。‘聯合國’創立之後,即改名爲‘世界氣象組織’,隸屬於‘聯合國’,共有130個會員國,總部設在‘日內瓦’,並於‘墨爾本’、‘莫斯科’及‘華盛頓’設置氣象中心,以便收發各地的氣象資料。

【世界衛生組織】 ㄕˋ ㄐㄧㄝˋ ㄨㄟˋ ㄕㄥ ㄗㄨˇ ㄓ

(World Health Organization; WHO) ‘聯合國’專門機構之一,總部設於‘瑞士’“日內瓦”。係依據西元1946年7月22日在‘紐約’簽署、1948年4月7日生效之“世界衛生組織法”而成立。其宗旨在追求全人類健康的最高水準。主要機構有‘世界衛生大會’、‘執行委員會’及‘祕書處’。

22【世襲階級制度】 ㄕˋ ㄒㄧˊ ㄐㄧㄝ ㄐㄧˊ ㄓˋ ㄉㄨˋ

(caste system) 傳統‘印度’社會裡所實施的嚴格封閉性階級制度。‘印度’社會大約有四種階級:⑴教士(brahmans);⑵戰士、貴族(kshatriyas);⑶商人、藝匠(vaisyas);⑷農人(sudras)。在此制度裡,社會階級地位是與生俱來的,且爲終身不變。不僅職業受限制無法自由轉換,不同階級者亦不可通婚。今日‘印度’社會已不嚴格執行此制度,但社會學家用此概念來描述一些封閉嚴謹的階級制度。

丕

ㄆㄧ *p'i*¹ 音批

或作丕。①奉。見“字彙”。②大。如:人事丕變。③姓。‘春秋’時‘晉’有‘丕鄭’。見“通志·氏族略三”。

10【丕烈】 ㄆㄧ ㄌㄧㄝˋ

偉大的功業。

11【丕基】 ㄆㄧ ㄐㄧ

偉大的基業。

13【丕業】 ㄆㄧ ㄧㄝˋ

大事業。

17【丕績】 ㄆㄧ ㄐㄧ

大功績。

23【丕變】 ㄆㄧ ㄅㄧㄢˋ

大變。

且

㊀ ㄐㄩ *chü*¹ 音居

①几案。即古俎字。見“說文”。②多的樣子。見“字彙”。③助詞。用於句末。見“字彙”。

㊁ ㄑㄧㄝˇ *ch'ieh*³

①助詞。用於句首或句中。②又。如:既醉且飽。③兼舉之詞。表示同時做兩件事。如:且戰且走。④將要。指時間而言。如:天且明。⑤將近;差不多。指數量而言。如:徒屬且萬人。⑥姑且;暫時。如:你且坐著。⑦姓。‘明’有‘且簡’。見“萬姓統譜·七九”。

㊂ ㄑㄩˋ *ch'ü*⁴ 音去

恭謹的樣子。見“字彙”。

丘

ㄑㄧㄡ *ch'iu*¹ 音秋

①小土山。見“說文”。②墳墓。③古代田里的區分單位。以四邑爲丘。見“字彙”。④姓。‘南北朝’有‘丘遲’。見“萬姓統譜·六二”。

2【丘八】 ㄑㄧㄡ ㄅㄚ

稱呼士兵的隱語。因兵字可拆爲丘八二字。

5【丘民】 ㄑㄧㄡ ㄇㄧㄣˊ

百姓;人民。

11【丘陵】 ㄑㄧㄡ ㄌㄧㄥˊ

(hill) 地勢低緩,局部起伏在300至150公尺之間,平均高度在600公尺以下的地形。一般而言,丘陵基礎較小,但頂部較寬廣,多呈渾圓狀,山坡地帶較狹小,坡度也較和緩。

13【丘園】 ㄑㄧㄡ ㄩㄢˊ

小山與園林。引申爲隱居的地方。

15【丘墟】 ㄑㄧㄡ ㄒㄩ

①墳墓。②空曠無人之地。③荒地。

【丘墳】 ㄑㄧㄡ ㄈㄣˊ

墳墓。

17【丘壑】 ㄑㄧㄡ ㄏㄨㄛˋ

①指隱居的地方。②指人胸中或詩文中的深遠意境。如:胸中自有丘壑。

4【丘比特】 ㄑㄧㄡ ㄅㄧˇ ㄊㄜˋ

(Cupid) ‘羅馬’神話中的愛神名。又譯‘邱比特’、‘邱匹德’。‘維納斯’之子。是裸體的美少年,身上有翼,手執弓矢,據說凡被他射中的人,必墮入愛情的思念之中。

11【丘處機】 ㄑㄧㄡ ㄔㄨˇ ㄐㄧ

(1147~1227)道教北七眞中發揚全眞最有力者。字‘通密’,號‘長春子’。‘山東’‘登州’‘棲霞’人。十九歲在‘寧海’‘昆崙山’(今‘山東’‘牟平’東南)出家,拜‘王重陽’爲師。‘金世宗’‘大定’十四年(1174)入‘磻溪’穴居,乞食度日,行攜一簑,人稱‘簑衣先生’。後赴‘隴州’‘龍門山’隱居修道,爲‘龍門’派創始人。‘元太祖’十四年(1219)遣使召之,賜號‘神仙’,爵‘大宗師’,世稱‘長春眞人’。遺骸葬今‘北平’‘白雲觀’。著有“攝生消息論”、“大丹直指”、“磻溪集”、“玄風慶會錄”、“鳴道集”等。

5

丢

ㄉㄧㄡ *tiu*¹

俗作丟。①拋棄。如:丟棄。②遺失。如:丟東西。③投送。如:丟眼色。④擱置。如:把這事暫且丟在一邊。⑤遺留。如:不曾丟給兒女一塊土地。

2【丟人】 ㄉㄧㄡ ㄖㄣˊ

出醜;失面子。

17【丟臉】 ㄉㄧㄡ ㄌㄧㄢˇ

出醜;丟人。

2【丟人現眼】 ㄉㄧㄡ ㄖㄣˊ ㄒㄧㄢˋ ㄧㄢˇ

當眾出醜。

3【丢三落四】 ㄉㄧㄡ ㄙㄢ ㄌㄚˋ ㄙˋ
形容人記性不好。

11【丢盔卸甲】 ㄉㄧㄡ ㄎㄨㄟ ㄒㄧㄝˋ ㄐㄧㄚˇ
形容戰敗逃亡的狼狽情形。

乕 與的俗體。

両 兩的俗體。

丞 ㄔㄥˊ ch'êng^2 音成
1輔佐。2援救。拯的本字。

9【丞相】 ㄔㄥˊ ㄒㄧㄤˋ
官名。古代總理全國政務的最高長官。始設於'秦武王'。'漢'初稱相國,不久改爲丞相。三國以後,時設時廢。'南宋'改尚書左右僕射爲左右丞相。'元'因之。'明'廢。

6

两 兩的俗體。

丣 酉的古文。

所 所的俗體。

7

並 ㄅㄧㄥˋ ping^4 音病
1併合;平列。如:並蒂。2同時;共同。如:並肩作戰。3實在。如:並非。4姓。'唐'有'並波悉林'。見"新唐書·西域傳下·大食"。

14【並壽】 ㄅㄧㄥˋ ㄕㄡˋ
同垂不朽。

17【並聯】 ㄅㄧㄥˋ ㄌㄧㄢˊ
(parallel) 連接電子零件以構成電路的一種方法。其特點爲每一零件跨接於其他零件的兩端,流過每一零件的電流之和,等於電路中的全部電流;且並聯之每一零件兩端的電位差皆相等。

16【並頭蓮】 ㄅㄧㄥˋ ㄊㄡˊ ㄌㄧㄢˊ
比喻感情深厚的夫妻。也常用來象徵男女好合。

5【並世無雙】 ㄅㄧㄥˋ ㄕˋ ㄨˊ ㄕㄨㄤ
同時代裡找不出第二個。贊美人才德出眾。

6【並行不悖】 ㄅㄧㄥˋ ㄒㄧㄥˊ ㄅㄨˋ ㄅㄟˋ
同時發展而不相違背。

15【並駕齊驅】 ㄅㄧㄥˋ ㄐㄧㄚˋ ㄑㄧˊ ㄑㄩ
兩車並排而奔馳。比喻彼此相等。

17【並聯諧振】 ㄅㄧㄥˋ ㄌㄧㄢˊ ㄒㄧㄝˊ ㄓㄣˋ
(parallel resonance) 電感及電容並聯在一起的電路裡,當進入電路的電流與跨於電路的電壓相位相同時,稱爲並聯諧振。

7【並串轉換器】 ㄅㄧㄥˋ ㄔㄨㄢˋ ㄓㄨㄢˇ ㄏㄨㄢˋ ㄑㄧˋ
(parallel-to-serial converter) 接收平行傳送的訊息,將其轉換爲串列之信號,順序輸出的電子裝置。

【並串聯電路】 ㄅㄧㄥˋ ㄔㄨㄢˋ ㄌㄧㄢˊ ㄉㄧㄢˋ ㄌㄨˋ
(parallel-series circuit)兩個或多個並聯電路串聯在一起所形成的電路。

【並聯T網路】 ㄅㄧㄥˋ ㄌㄧㄢˊ T ㄨㄤˇ ㄌㄨˋ
(parallel-T network) 也稱雙T網路。包含有兩個T形網路,其端點以並聯方式組合在一起的網路。

並聯T網路圖

18【並繞發電機】 ㄅㄧㄥˋ ㄖㄠˋ ㄈㄚ ㄉㄧㄢˋ ㄐㄧ
(shunt-wound generator) 場圈與電樞以並聯方式連接的直流發電機。其特點爲外界負荷短路時,發電機的場圈電流迅速降低至零,而能自我保護。

【並繞電動機】 ㄅㄧㄥˋ ㄖㄠˋ ㄉㄧㄢˋ ㄉㄨㄥˋ ㄐㄧ
(shunt-wound motor) 場圈與電樞以並聯方式連接的直流電動機。其轉速可由外加電壓的改變來調整,通常轉速相當穩定,但起動轉矩低。

17【並聯諧振電路】 ㄅㄧㄥˋ ㄌㄧㄢˊ ㄒㄧㄝˊ ㄓㄣˋ ㄉㄧㄢˋ ㄌㄨˋ
(parallel resonant circuit) 由電感器與電容器並聯所組成的電路。在諧振頻率時,電感抗之值(X_L)和電容抗之值(X_C)相等,其電路的阻抗最大。

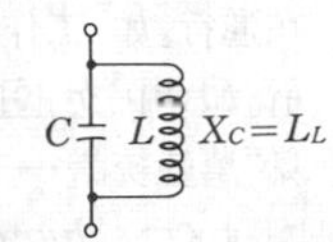

並聯諧振電路圖

丨部

丨 ㄍㄨㄣˇ kun^3 音滾
上下貫通。見"說文"。

1

丩 ㄐㄧㄡ chiu^1 音鳩
糾結;纏繞。見"說文"。

2

丫 ㄧㄚ ya^1 音鴉
分叉的物體。見"正字通"。

16【丫頭】 ㄧㄚ ˙ㄊㄡ
1指女孩子。古時女孩子頭上梳兩個髻,像丫形。2指婢女。3對小輩女子的暱稱。

23【丫鬟】 ㄧㄚ ˙ㄏㄨㄢ
婢女。古代婢女頭上結鬟如丫形。

个 一 ㄍㄜˋ ko^4, kê^4 音個
箇的或體。也作個。
二 ㄍㄢˋ kan^4 音幹
射禮所用箭靶的左右伸出部分。見"正字通"。

3

丮 ㄐㄧˇ chi^3 音己
執持。隸變作丸。見"正字通"。

中 ㊀ ㄓㄨㄥ *chung*^{1} 音鐘
[1]與四方或兩端相等的。如:中央。[2]內部;裡面。如:樂在其中。[3]內心。如:熱中。[4]不偏不倚。如:中立。[5]無過與不及。如:中道。[6]泛指某一個地區或時期。如:'蜀'中、'貞觀'中。[7]表示正在進行。如:工作中。[8]'中國'的簡稱。如:'中'文。[9]姓。'漢'有'中弘'。見"萬姓統譜·一"。
㊁ ㄓㄨㄥˋ *chung*^{4} 音仲
[1]射擊或投擲到目標。如:正中紅心。[2]符合。如:中意。[3]遭受;感受。如:中毒。[4]考試及格。如:中舉。[5]間隔。如:中年考校。

3【中土】 ㄓㄨㄥ ㄊㄨˇ
[1]指中原。[2]指'中國'。

【中子】 ㄓㄨㄥ ㄗˇ
(neutron) 西元1932年'英國''查兌克'(J. Chadwick)根據'法國''居里'(Curie)及'裘里奧'(Joliot)之實驗,利用α粒子撞擊鈹原子核所產生之穿透性極強的粒子進行散射實驗,證明此穿透性極強的粒子就是當時廣被懷疑存在的中性質子,而將此粒子命名爲中子。中子不帶電,質量爲1.675×10^{-27}kg,自旋角動量爲$1/2\,\hbar$,磁矩爲-0.966×10^{-26}J/T。中子與質子構成原子核。質量數較大的原子核中,通常含有的中子數目比質子數目大。不在原子核中而單獨存在的中子並不穩定,它會透過放射電子及反微中子變成穩定的質子,其反應式可寫爲$n\rightarrow p+\beta^{-}+\bar{\nu}$,上述中子衰變的半衰期爲13分鐘。中子因不帶電故穿透性強,是研究原子核結構的理想射彈。

4【中心】 ㄓㄨㄥ ㄒㄧㄣ
[1]心中。[2]物體的中央。[3]居於重要或樞紐地位的。如:政治中心。

【中元】 ㄓㄨㄥ ㄩㄢˊ
[1]時節名。農曆七月十五。[2]'中'醫稱心臟爲中元。

【中天】 ㄓㄨㄥ ㄊㄧㄢ
[1]天空。[2](transit; culmination)天體通過觀測者的子午圈時,稱爲中天。離天頂較近的一次稱上中天,離天頂較遠的一次稱下中天。

5【中立】 ㄓㄨㄥ ㄌㄧˋ
[1]不偏不倚。[2](neutrality)一國不參與他國間之戰爭。因此,中立之前提,必須在主權國家之間有戰爭存在;或一國有內戰時,叛亂之一方,經被承認爲交戰團體。依一般國際法,中立是國家之權利,非義務;惟鑒於"聯合國憲章"禁止使用武力,會員國似有維持中立之默示義務,除非依照"憲章"第五十一條之規定,採取個別或集體之自衛措施或依第二條第四項之規定,採取集體安全措施。

【中古】 ㄓㄨㄥ ㄍㄨˇ
[1]歷史家指上古以後到近古以前的時代。我國以'秦'、'漢'至'宋'稱爲中古時代;'歐洲'則以'西羅馬帝國'滅亡至'哥倫布'發現新大陸爲中古時代(西元五～十五世紀)。[2]指半新舊的。

【中用】 ㄓㄨㄥˋ ㄩㄥˋ
[1]合用。[2]稱職。[3]有出息。

【中外】 ㄓㄨㄥ ㄨㄞˋ
[1]朝廷和民間。[2]指中表親。中指舅父子女,外指姑母子女。[3]'中國'和外國。

6【中式】 ㊀ ㄓㄨㄥ ㄕˋ
'中國'固有的式樣。
㊁ ㄓㄨㄥˋ ㄕˋ
[1]科舉時代應試及格。[2]符合規格。

【中旨】 ㊀ ㄓㄨㄥ ㄓˇ
'唐''宋'時由內廷直接發出的帝王詔令。
㊁ ㄓㄨㄥˋ ㄓˇ
合乎意旨。

【中耳】 ㄓㄨㄥ ㄦˇ
(middle ear) 又稱鼓室。是兩棲類以上動物耳朵的一部分。外有鼓膜與外耳相通,又經由耳咽管連於鼻咽。內則以卵圓窗、圓形窗與內耳相接。中耳是一個密閉室,包括三個聽骨:鎚骨、砧骨和鐙骨。聲波可藉由這些骨頭依次傳入內耳。參耳[1]。

【中地】 ㄓㄨㄥ ㄉㄧˋ
(central place) 貿易屬於服務業,因此貿易中心又稱爲服務中心,統稱爲中地。最小的中地爲路店,較大的依次爲閭市、村市、鎮、城市、都會等。

【中旬】 ㄓㄨㄥ ㄒㄩㄣˊ
指每個月的十一日至二十日之間。

【中伏】 ㊀ ㄓㄨㄥ ㄈㄨˊ
三伏之一。參三伏。
㊁ ㄓㄨㄥˋ ㄈㄨˊ
中了埋伏。

7【中呂】 ㄓㄨㄥ ㄌㄩˇ
[1]古代樂律名。古樂律有十二,陰陽各六,陰律第六叫中呂。也作仲呂。[2]詞曲宮調名。見"太和正音譜·音律宮調"。

8【中官】 ㄓㄨㄥ ㄍㄨㄢ
[1]指朝廷之官。[2]指宦官、太監。

【中油】 ㄓㄨㄥ ㄧㄡˊ
(middle oil) 泛指一切介於輕油與重油間之液體油料。其分子含碳數大約介於10與20間,與輕油、重油無明顯區分;亦可指煤溚蒸餾得到沸點大約爲200～250° C之餾分。

【中夜】 ㄓㄨㄥ ㄧㄝˋ
半夜。

【中表】 ㄓㄨㄥ ㄅㄧㄠˇ
參中外[2]。

【中毒】 ㄓㄨㄥˋ ㄉㄨˊ
[1](toxicosis)指身體遭受有毒物質的感染或侵害,而使組織細胞或機能受損,產生不舒適的病理現象。如蛋白質中毒、重金屬中毒等。[2]引申爲思想受蠱惑或信服某種邪說。

【中東】 ㄓㄨㄥ ㄉㄨㄥ

(Middle East) 近世'歐洲'人對東方的一種概略稱呼。'歐'人認爲'土耳其'距'歐洲'最近，乃稱'土耳其'爲近東 (Near East)，'印度'、我國及'日本'距'歐洲'甚遠，乃稱這些地區爲遠東(Far East)，介在中間的西'亞'各國，則概稱爲中東。

【中林】 ㄓㄨㄥ ㄌㄧㄣˊ
指由喬木與矮林所組成之林。上層爲喬木，下層爲矮林，以生產用材及薪炭材爲目的，是最複雜的林相。

【中肯】 ㄓㄨㄥˋ ㄎㄣˇ
議論切合事理。

【中非】 ㄓㄨㄥ ㄈㄟ
1中部'非洲'。包括'中非共和國'、'喀麥隆'、'赤道幾內亞'、'加彭'、'剛果'、'薩伊'和'聖多美及普林西比'七國。2'中非共和國'(Central African Republic)。位於'非洲'中部內陸。面積62.3萬方公里，人口380.0萬（2005年），首都'班基'(Bangui)。為平均高約670公尺的高原國，氣候炎熱。境內尚無鐵路，地瘠民貧。主產棉花、咖啡、橡膠、花生和家畜。

【中和】 ㄓㄨㄥ ㄏㄜˊ
1中正平和。2儒家以感情尙未發露時，心中清明中正的狀態爲中；感情發露得十分妥當爲和。3(neutralization)⑴帶等電量的陰陽兩帶電體相遇，其電量恰互相抵消，變爲不呈電性的物體，這現象稱中和。⑵當量數相同之酸與鹼作用而生成水與鹽類化合物之化學反應。通常在水溶液中進行。中和後之溶液不見得呈中性，例如強鹼與弱酸中和溶液呈鹼性，強酸與弱鹼中和溶液則呈酸性。

【中的】 ㄓㄨㄥˋ ㄉㄧˋ
1射中靶心。2切中要點。3(hit)訊號偵測實驗中，訊號一旦出現，受試者即正確報告出來的反應歷程。

9【中計】 ㄓㄨㄥˋ ㄐㄧˋ
落入別人的圈套。

【中風】 ㄓㄨㄥˋ ㄈㄥ
1(cerebral apoplexy; cerebral vascular accident) 又稱腦血管意外。爲一種腦血管性病變，可以是腦血管破裂、栓塞或梗塞。依病因的不同，臨床表現也不一樣，但一般伴有半身不遂。其診斷除臨床檢查外，可以做腦血管攝影、電腦斷層掃瞄加以確定。常居十大死亡原因的第一或第二位。治療方法以內科維持療法爲主，特殊個別例，可能要施行外科手術，以改善腦部血液循環。2外風。即外感風邪引起的病症。症狀爲發熱、頭痛、汗出、脈浮緩等。

【中秋】 ㊀ ㄓㄨㄥ ㄑㄧㄡ
農曆八月十五日。
㊁ ㄓㄨㄥˋ ㄑㄧㄡ
農曆八月。也作仲秋。

10【中宵】 ㄓㄨㄥ ㄒㄧㄠ
半夜。

【中酒】 ㊀ ㄓㄨㄥ ㄐㄧㄡˇ
飲酒半酣時。
㊁ ㄓㄨㄥˋ ㄐㄧㄡˇ
醉酒。

【中唐】 ㄓㄨㄥ ㄊㄤˊ
1大門到廳堂之間的路。2指'唐代宗''大曆'至'文宗''太和'之間。

【中庭】 ㄓㄨㄥ ㄊㄧㄥˊ
1(patio) 四周由房屋與迴廊圍繞而成之一中空屋內庭院。又稱天井。2庭院中。

【中原】 ㄓㄨㄥ ㄩㄢˊ
1平原之中。即原野。2古稱'河南'及其附近地區；至'東晉'、'南宋'也統指'黃河'下游。3國境內部的地區。別於邊境地區而言。

【中氣】 ㄓㄨㄥ ㄑㄧˋ
1農曆以二十四節氣分配十二月，月首稱節氣，月中爲中氣。2中和之氣。3指中焦脾胃的正常生理機能動力。即脾胃等臟腑對飲食的消化運輸，分送於其他臟腑以化生氣血的動力。

【中耕】 ㄓㄨㄥ ㄍㄥ
指作物在播種後、收成前，於植株行間鬆動表土的操作。其目的在使土壤鬆軟、增加空氣流通、保持土壤水分。

11【中庸】 ㄓㄨㄥ ㄩㄥ
1"禮記"中的一篇。相傳爲'孔子'之孫'子思'(名'伋')所作。以闡述中和的道理。'宋''朱熹'取"中庸"與"大學"、"論語"、"孟子"合編爲四書。2中等的。3以調和折中爲手段，嚴守中道爲目的的思想、生活方式。

【中堅】 ㄓㄨㄥ ㄐㄧㄢ
古代稱主將所在的中軍部隊。今稱團體最重要的分子。

【中堂】 ㄓㄨㄥ ㄊㄤˊ
1堂的正中央。2中庭；庭院。3宰相。'唐'時宰相在'中書省''政事堂'辦事，故稱。4懸掛在堂中壁上的直幅書畫。

【中國】 ㄓㄨㄥ ㄍㄨㄛˊ
1上古時代'漢族'建國在'黃河'中下游，自認爲居天下之中，故稱'中國'，後來成爲我國的專稱。2指'春秋'、'戰國'時代中原各諸侯國。

12【中項】 ㄓㄨㄥ ㄒㄧㄤˋ
(mean terms; middle terms)
1若有一比例 $a:b=b:c$ 式，則 b 稱爲比例中項。亦稱幾何中項。2若 a、b、c 成爲等差或等比或調和，則 b 稱爲等差中項或等比中項或調和中項。公式各爲 $\frac{a+c}{2}$、$\sqrt{ac}$、$\frac{2ac}{a+c}$。故等比中項即爲比例中項。3有三項時，中間項即稱爲中項。

【中暑】 ㄓㄨㄥˋ ㄕㄨˇ
(heat stroke) 人體因過度缺水及電解質的不平衡使體溫調節中樞失去功能，而出現高溫、心跳快速、顏面潮紅，甚至發生意識障礙，更嚴重的可以出現休克，進而死亡的病症。

13【中道】 ㄓㄨㄥ ㄉㄠˋ
①半途。②中正的大道。③道路的中間。④佛家語。指不偏於空，也不偏於有。

【中葉】 ㄓㄨㄥ ㄧㄝˋ
朝代或年代的中段。

【中歲】 ㄓㄨㄥ ㄙㄨㄟˋ
中年。

【中飽】 ㄓㄨㄥ ㄅㄠˇ
利用職權或經手的機會，非法取得利益。

【中節】 ㄓㄨㄥˋ ㄐㄧㄝˊ
音樂合拍。引申為合乎法度。

【中腦】 ㄓㄨㄥ ㄋㄠˇ
(mid-brain) 腦幹的一部分。中腦腹部有大腦腳，背部有四疊體。大腦腳是大腦下行到橋腦、延髓及脊髓必經之交通要道。四疊體內有聽覺及視覺反射神經核。因此中腦除可當傳導通路外，亦為某些腦神經反射的反射中樞，如瞳孔反射及眼球運動。

【中傷】 ㄓㄨㄥˋ ㄕㄤ
①以言詞攻擊、傷害別人。②受傷。

14【中說】 ㄓㄨㄥ ㄕㄨㄛ
舊題‘隋’‘王通’撰，五卷。模仿“論語”，記載‘王通’與其門人的問答。

15【中調】 ㄓㄨㄥ ㄉㄧㄠˋ
中等長度之詞調。詞牌依長短分小令、中調、長調三種，據‘清’‘毛先舒’所分，五十八字以內為小令，五十九字至九十字為中調，九十一字以上為長調。

【中論】 ㄓㄨㄥ ㄌㄨㄣˋ
‘東漢’‘徐幹’撰，二卷。內容以闡發儒家經義為主。

【中樞】 ㄓㄨㄥ ㄕㄨ
①中心位置。②天體運行的中心。指北極星及周圍的星星。③組織中居於領導地位的。④指中央政府。

【中鋒】 ㄓㄨㄥ ㄈㄥ
①筆法之一種。作書時，將筆之主鋒保持在字畫中間，運筆時，墨水順筆尖流注而下，均勻滲開，並達於字的各個部位，使字字看來圓滿勻稱。②球類比賽時，在隊伍中央負責指揮策應攻守的球員。

16【中興】 ㄓㄨㄥ ㄒㄧㄥ
由衰落而再度振興。

【中學】 ㄓㄨㄥ ㄒㄩㄝˊ
學制的一種。介於小學、大學之間。舊分初、高兩級，各施以三年的教育，今則將初中劃歸國民教育範疇，稱國民中學。

17【中舉】 ㄓㄨㄥˋ ㄐㄩˇ
考中舉人。

20【中饋】 ㄓㄨㄥ ㄎㄨㄟˋ
本指婦女在家中負責烹煮等事。後用以代稱妻子。

3【中子彈】 ㄓㄨㄥ ㄗˇ ㄉㄢˋ
(neutron bomb) 一種以殺傷人員為目的的核子彈。利用「氘—氚」的融合反應製成。爆炸時，只產生「高速中子」的射線，滲穿戰車、碉堡，來射殺敵兵，亦可貫穿來襲的飛彈，使之在空中爆炸。核爆時爆震和熱效應很小，所產生的火球不會吸起大量塵泥而使放射線落塵散布在廣大地區，所以既不損毀建築物與財物，又不汙染土地，因此又稱清潔核彈。

【中山裝】 ㄓㄨㄥ ㄕㄢ ㄓㄨㄤ
由‘孫中山’先生仿照童子軍的服裝格式而定的服裝。上衣型式為立領(目前為因應‘臺灣’夏季酷熱的氣候，已有國民領或襯衫領的變體)，對襟，五鈕，前胸左右各綴方形二凸袋，有軟蓋，衣長及臀，袖長及脈。長褲為前面開，用暗鈕，左右二暗袋，右後臀部挖一袋，用軟蓋。

4【中心粒】 ㄓㄨㄥ ㄒㄧㄣ ㄌㄧˋ
(centriole) 中心體中央的部位，呈圓柱狀。細胞分裂時，中心粒會複製，並分向細胞兩極移動。

【中心體】 ㄓㄨㄥ ㄒㄧㄣ ㄊㄧˇ
(centrosome) 見於動物細胞的細胞質中，由中心粒及其周圍的中心球(centrosphere)組成。

5【中立化】 ㄓㄨㄥ ㄌㄧˋ ㄏㄨㄚˋ
(neutralization) 一國之特定領土或區域，依據條約，不得作為戰區，任何在該領土或區域之軍事行動皆屬不法。例如：根據西元1959年“南極條約”及1967年“關於各國探測及使用外空包括月球與其他天體之活動所應遵守之原則之條約”，南極及外空係屬中立化地區，僅供和平使用，禁止設立軍事基地。

【中立國】 ㄓㄨㄥ ㄌㄧˋ ㄍㄨㄛˊ
兩國交戰時，第三國置身局外，不袒護任一交戰國，此第三國稱為中立國。交戰國必須尊重中立國之主權與領土，中立國也必須嚴守中立，不輔助或妨礙雙方的戰鬥。另有永久局外中立國，如‘瑞士’、‘瑞典’等。

【中央窩】 ㄓㄨㄥ ㄧㄤ ㄨㄛ
(fovea) 位於黃斑部的中心點。為視覺最敏銳之處。參眼①。

6【中耳炎】 ㄓㄨㄥ ㄦˇ ㄧㄢˊ
(otitis media) 中耳發炎的疾病。有急性、慢性之分；也有漿液性及化膿性的區別。可以使聽力喪失，甚至因侵犯至腦而引起死亡。

7【中位數】 ㄓㄨㄥ ㄨㄟˋ ㄕㄨˋ
(median) 奇數個數目按大小排列後，取其最中間者為中位數；若為偶數個，則取最中間兩數的平均。中位數可使誤差總值函數 $\sum_{i=1}^{n}|x-a_i|$ 為極小。

8【中性焰】 ㄓㄨㄥ ㄒㄧㄥˋ ㄧㄢˋ
(neutral flame) 氧氣和乙炔氣以 1：1 之比例混合燃燒所形成的火焰。其火焰既不帶還原性，亦不帶氧化性，故稱。火焰本身具有明晰的內外層，內焰心呈藍白色，外焰為淡藍色。

【中和熱】 ㄓㄨㄥ ㄏㄜˊ ㄖㄜˋ

(heat of neutralization) 酸鹼中和是一種放熱反應,所放出的熱量稱爲中和熱。一般而言,強酸和強鹼中和時,中和熱約爲56.0仟焦耳/莫耳。

9【中胚型】 ㄓㄨㄥ ㄆㄟ ㄒㄧㄥˊ
(mesomorphy) '美國''謝爾登'(Sheldon & Sevens) 體型人格論所歸納的個人體型之一。係骨骼、肌肉及結締組織較發達的健壯體型。屬該體型者具有肌體型(somatonia) 人格,其特徵爲精力充沛、自大與冒進等。

10【中氣層】 ㄓㄨㄥ ㄑㄧˋ ㄘㄥˊ
(mesosphere) 距離地面約50~80公里間的大氣圈。由於本層缺乏臭氧,太陽輻射很難被吸收,全部透射而過,故氣溫隨高度而遞減,平均每公里約減少3°C,逐漸降至 −95°C。其熱源來自下層,沒有天氣現象,偶有夜光雲出現。

11【中常侍】 ㄓㄨㄥ ㄔㄤˊ ㄕˋ
官名。'秦'始置,'漢'因之。出入內宮,侍從皇帝。常由列侯至郎中等官員兼任。'東漢'由宦官擔任。'魏'以後與散騎合併,稱散騎常侍,始不用宦官。

【中國城】 ㄓㄨㄥ ㄍㄨㄛˊ ㄔㄥˊ
外國人稱'華'僑的聚落。

【中國通】 ㄓㄨㄥ ㄍㄨㄛˊ ㄊㄨㄥ
指熟悉'中國'歷史、文化及各項實際事務的外國人。

【中國結】 ㄓㄨㄥ ㄍㄨㄛˊ ㄐㄧㄝˊ
強調'中國'傳統風格的結繩工藝。此手工藝源遠流長,有十字結、雙錢結、卍字結、團錦結、攀緣結等多種結法。

【中國鰣】 ㄓㄨㄥ ㄍㄨㄛˊ ㄕˊ
(hilsa herring; *Macrura sinensis*) 許多'中'文辭典將之誤爲長鰣(*Ilisha elongata*)。又名長尾鰣、青林。爲脊椎動物中屬於硬骨魚綱 (class Osteichthyes)、鯡目(order Clupeiformes)、鯡科(family Clupeidae)的一種。上下頷相等,上頷前方中央有顯著的缺刻。在'臺灣'產於'高雄'、'蘭嶼'。

12【中提琴】 ㄓㄨㄥ ㄊㄧˊ ㄑㄧㄣˊ
(viola)樂器名。形狀、構造及演奏法與小提琴相似,惟尺寸大於小提琴七分之一。調律較小提琴低五度,比大提琴高八度。於交響樂或室內樂,均是不可或缺的重要樂器。

中提琴圖

【中間段】 ㄓㄨㄥ ㄐㄧㄢ ㄉㄨㄢˋ
(middle paragraph) 當會計師無法出具標準報告(也稱無保留意見報告)時,在範圍段及意見段間,另加入的一段或多段的說明。用以指出會計師對有關財務報表中任何問題的說明,或其他適當的揭露,或強調某事件,或說明除無保留意見外所以提及某些事物的理由。

【中貴人】 ㄓㄨㄥ ㄍㄨㄟˋ ㄖㄣˊ
帝王寵信的宦官。

13【中勢木】 ㄓㄨㄥ ㄕˋ ㄇㄨˋ
樹冠級中的次等木。指同齡林中,生育於冠層小裂隙中,與上層樹冠級競爭,居於劣勢者。其樹幹生育不良,樹冠不易擴張,是一般疏伐的對象。

14【中碳鋼】 ㄓㄨㄥ ㄊㄢˋ ㄍㄤ
(medium-carbon steel) 含碳量在0.2~0.6%之間的鋼。常用於製造鐵軌及橋梁等。

3【中山國墓】 ㄓㄨㄥ ㄕㄢ ㄍㄨㄛˊ ㄇㄨˋ
在'河北''平山縣'一座古城內發現的'戰國'時期的墓葬。墓中出土大量貴重文物。由器物上的銘文而知爲'中山'王墓,因此推測古城可能是'中山國'的都城。在墓中除發現一幅金銀鑲錯的"兆域圖"外,並出土大量的青銅禮器,包括九座列鼎。其他如虎吞鹿器、四鹿四龍方案、十五連盞燈等皆精緻優美,且在兩件銅壺內發現了酒的留存。

【中小企業】 ㄓㄨㄥ ㄒㄧㄠˇ ㄑㄧˇ ㄧㄝˋ
相對於大型企業而言。通常以資本額、每年營業額,或所雇用的勞動者人數爲標準,予以界定,各國所採之標準不一。

4【中心匯率】 ㄓㄨㄥ ㄒㄧㄣ ㄏㄨㄟˋ ㄌㄩˋ
(central exchange rate) 在可調整固定匯率制度下,依某一匯率水準訂定上下限,匯率可在此範圍內隨市場力量自由浮動。此匯率水準稱爲中心匯率。

【中元赦罪】 ㄓㄨㄥ ㄩㄢˊ ㄕㄜˋ ㄗㄨㄟˋ
道教神名。天地水三官之一。農曆七月十五日爲地官大帝誕辰,爲中元節,俗傳地官大帝下降赦罪之辰,民家多持齋誦經,薦奠祖先,屠門罷市,放燈於河中,稱爲照冥。

【中介傳播】 ㄓㄨㄥ ㄐㄧㄝˋ ㄔㄨㄢˊ ㄅㄛˋ
(mediumistic communication; interposed communication) 在傳播互動的過程中,傳播者與受播者之間的溝通,須藉一種媒介或通道完成者,稱爲中介傳播。例如傳播者藉電話與人溝通。

【中介團體】 ㄓㄨㄥ ㄐㄧㄝˋ ㄊㄨㄢˊ ㄊㄧˇ
(intermediate group)指介於個人與社會間的中型團體。此團體具有類似小團體的親密,且無大型社會疏離感的缺點。如宗親會、同鄉會及民間團體等均屬之。

5【中世哲學】 ㄓㄨㄥ ㄕˋ ㄓㄜˊ ㄒㄩㄝˊ
又稱中古哲學。指西洋初世紀至十六世紀的哲學。當時學者採取演繹法則,用嚴密的三段論法證明哲學原理。分教父哲學與士林哲學兩大時期。前者把理知和信仰合併,以四、五世紀的‘奧古斯丁’(Augustine of Hippo)爲主要代表;後者把信仰與理知分開,以十三世紀的‘義大利’哲學家‘聖多瑪斯’(Thomas Aquinas)最爲有名。

【中央山脈】ㄓㄨㄥ ㄧㄤ ㄕㄢ ㄇㄛˋ 山脈名。縱貫於‘臺灣島’‘蘇澳’與‘鵝鑾鼻’之間。3,000公尺以上的高峰數十座,爲島上最長最高的新褶曲山脈,形成島上的脊梁及河川分水嶺。因山脈南北縱走,高山峻嶺,阻擋季風,使多季的東北部及夏季的西南山地有豐富的雨水。

【中央集權】ㄓㄨㄥ ㄧㄤ ㄐㄧˊ ㄑㄩㄢˊ 指一國的權力皆集中於中央政府,而爲行使其權力的便利,得分全國爲若干行政區與若干級的地方政府,地方政府爲應事實需要,雖可操有一定範圍的權力,但此種權力皆由中央政府所授予,中央可隨時增損之,地方政府一切聽命於中央,不能自作主張。

【中央經線】ㄓㄨㄥ ㄧㄤ ㄐㄧㄥ ㄒㄧㄢˋ (central meridian)在某一經度帶內,居中間的一條經線,即爲其中央經線。例如在標準時區內,以居中央的經線爲標準經線,全區時間即以該中央經線的時間爲準。如中原標準時區(‘臺灣’地區所在時區),介於東經112.5°至127.5°之間,則東經120°爲其中央經線,與‘格林威治’標準時相差+8小時。

【中央銀行】ㄓㄨㄥ ㄧㄤ ㄧㄣˊ ㄏㄤˊ (central bank)由國家所設置經營的銀行。是一國金融市場的中樞統制機關,也是銀行中的銀行。我國‘中央銀行’於‘民國’十三年成立於‘廣州’。遷‘臺’後,大部分業務委託‘臺灣銀行’辦理,‘民國’五十年,‘中央銀行’復業,現行組織包括‘業務’、‘外匯’、‘發行’、‘國庫’四局,以及‘祕書’、‘會計’、‘金融業務檢查’、‘經濟研究’四處,並有‘中央印製廠’、‘中央造幣廠’二附屬事業。‘票據交換所’也視同‘中央銀行’的附屬機構。

【中央廚房】ㄓㄨㄥ ㄧㄤ ㄔㄨˊ ㄈㄤˊ (central kitchen)即利用現代化調理設備,把食品的原料集中一處洗滌、切割及烹煮,製成完全成品或半成品,再分發到各分店加熱後出售。最大的優點是免除了設置各小型廚房,使商店保持沒有油煙和太多垃圾。

6【中西合璧】ㄓㄨㄥ ㄒㄧ ㄏㄜˊ ㄅㄧˋ 兼取‘中’西文化精華而相得益彰。

8【中性成長】ㄓㄨㄥ ㄒㄧㄥˋ ㄔㄥˊ ㄓㄤˇ (neutral growth)指隨著時間推進,技術進步,資源相對增加,經濟成長時,兩類產品的生產以相同的速度擴張,生產可能曲線同幅度往外移的情形。

【中性肥料】ㄓㄨㄥ ㄒㄧㄥˋ ㄈㄟˊ ㄌㄧㄠˋ 植物吸收肥分後,因吸收酸根後鹽基之量幾乎相同,土壤反應不生變化;或因其殘留於土壤者係爲一弱酸或弱鹼,對土壤反應不生大的影響,此種肥料即屬中性肥料。前者如硝酸銨、硝酸鉀;後者如碳酸氫銨。

【中性食品】ㄓㄨㄥ ㄒㄧㄥˋ ㄕˊ ㄆㄧㄣˇ (neutral foods)食品經入食後,脂質及醣類不含無機物,因此經體內代謝作用後不會產生殘留之酸基或鹼基(鹽基),此類食品稱爲中性食品。

9【中流砥柱】ㄓㄨㄥ ㄌㄧㄡˊ ㄉㄧˇ ㄓㄨˋ 比喻能獨立支撐危局的堅強力量。

【中南半島】ㄓㄨㄥ ㄋㄢˊ ㄅㄢˋ ㄉㄠˇ (Indo-China Pen.)原譯‘印度支那半島’。位於‘亞洲’南部‘南海’和‘孟加拉灣’間。包括有‘越南’、‘寮國’、‘高棉’、‘泰國’和‘緬甸’五國。

【中俄密約】ㄓㄨㄥ ㄜˋ ㄇㄧˋ ㄩㄝ ‘清’‘光緒’二十二年(1896),‘俄’皇‘尼古拉二世’加冕,‘清’派‘李鴻章’往賀。時值‘中國’甲午戰敗,‘俄國’干涉還‘遼’,‘李’早有聯‘俄’制‘日’之意;‘俄’亦圖借地築路,謀在東方取得不凍軍港,‘俄’財相‘微德’(S. J. Witter)乘機甘言相誘,兩國遂訂立“中俄同盟密約”。要點有三:‘中’‘俄’聯合防禦‘日本’,作戰時‘俄’得使用‘中國’港口,允‘俄’築鐵路自‘西伯利亞’經‘黑龍江’、‘吉林’以達‘海參崴’。此後兩年,列強相繼提出同樣要求,‘中國’沿海良港盡失,種下無窮後患。

10【中原大戰】ㄓㄨㄥ ㄩㄢˊ ㄉㄚˋ ㄓㄢˋ ‘民國’十九年,因‘閻錫山’、‘馮玉祥’、‘李宗仁’等策劃反中央,五月一日國府誓師討伐而引發的大規模內戰。有‘河南’、‘山東’、‘湖南’三個戰場,戰火燃及‘鄂’、‘粵’、‘桂’等地,因主戰場在中原地帶,通稱爲中原大戰。

【中原音韻】ㄓㄨㄥ ㄩㄢˊ ㄧㄣ ㄩㄣˋ ‘元’‘周德清’撰,二卷。根據‘元代’北方語音及‘元’曲用韻,歸納爲十九個韻部,並改“廣韻”平、上、去、入四聲爲陰平、陽平、上、去,入聲分別歸入平、上、去三聲。爲研究近代音的重要典籍。

11【中庸長裙】ㄓㄨㄥ ㄩㄥ ㄔㄤˊ ㄑㄩㄣˊ (midi skirt)約西元1968年,時裝設計趨勢首次延納的流行字眼,泛指長及小腿最粗處的裙類,而亦可引用於大衣或連裙裝長度的形容。當年的‘臺灣’資訊,曾直接音譯爲迷地,但易被誤解爲長及地面的裙型,而與媚嬉長裙混淆。

【中規中矩】ㄓㄨㄥˋ ㄍㄨㄟ ㄓㄨㄥˋ ㄐㄩˇ

合於禮節規矩。

【中國趣味】ㄓㄨㄥ ㄍㄨㄛˊ ㄑㄩˋ ㄨㄟˋ

(Chinoiserie) 在洛可可藝術時,'中國'瓷器和漆器上的圖案、花紋與人物等,被西'歐'人採用爲裝飾建築、家具、瓷器與織物上之圖案,來滿足他們的異國情調和幻想。西'歐'人這種'中國'裝飾圖案之嗜好,就稱爲'中國'趣味。

【中途提取】ㄓㄨㄥ ㄊㄨˊ ㄊㄧˊ ㄑㄩˇ

指定期性存款未至到期日前,存款人因特殊事故急需用款,向銀行申請中途解約,提前領回本金。其利息應根據實際存款期間,並按照中途提取的規定利率,重新核算。

12【中游工業】ㄓㄨㄥ ㄧㄡˊ ㄍㄨㄥ ㄧㄝˋ

參上游工業。

【中期放款】ㄓㄨㄥ ㄑㄧˊ ㄈㄤˋ ㄎㄨㄢˇ

(medium-term loans) 指約定期限超過一年而在七年以內(含七年),且無擔保品的放款。

【中間伐採】ㄓㄨㄥ ㄐㄧㄢ ㄈㄚˊ ㄘㄞˇ

在完成造林至主伐之間施行的伐採。即爲完成森林撫育之目的而施行的伐採。簡稱間伐。因伐採目的的不同而分除伐、自由伐、疏伐、整理伐、除害伐及修枝等六種。

【中間冷卻】ㄓㄨㄥ ㄐㄧㄢ ㄌㄥˇ ㄑㄩㄝˋ

(intercooling) 在氣體渦輪壓縮過程的各階段間,利用流動空氣予以冷卻的步驟。此法可減少壓縮所需之功而提高渦輪之熱效率。中間冷卻器爲熱交換器的一種。

【中間寄主】ㄓㄨㄥ ㄐㄧㄢ ㄐㄧˋ ㄓㄨˇ

(intermediate host) 有些種類的寄生蟲,其生活史中,有兩種或兩種以上的寄主,凡是幼蟲寄生的寄主即稱爲中間寄主;成體寄生的寄主則稱最終寄主。

【中間產品】ㄓㄨㄥ ㄐㄧㄢ ㄔㄢˇ ㄆㄧㄣˇ

(intermediate products)又稱中間投入(intermediate inputs)。不能直接滿足消費者的慾望作消費之用,但可與勞動、資本、土地等生產要素配合而作生產投入之用的產品。

【中間等級】ㄓㄨㄥ ㄐㄧㄢ ㄉㄥˇ ㄐㄧˊ

(business class; C class)航空客運服務設有三個等級時,指較頭等爲差、經濟等級爲佳的運輸服務。包括享受一、較經濟等級爲寬敞、舒適的商業艙座位;二、免費享受餐點、酒類、飲料;三、免費託運隨身行李30公斤。

【中間覆土】ㄓㄨㄥ ㄐㄧㄢ ㄈㄨˋ ㄊㄨˇ

(intermediate cover)垃圾的掩埋作業因故暫停一段時日時,原工作面所覆30公分以上的覆蓋土。可防止病媒孳生、異味發散。

【中間變數】ㄓㄨㄥ ㄐㄧㄢ ㄅㄧㄢˋ ㄕㄨˋ

(intervening variables)反應組織內在狀態的變數。是說明人性行爲的一種內在的、不可見的心理程序,如忠誠、態度、激勵等。係由導因變數所引起的初步變化。人力資源會計即係經由這些變化而進一步獲得企業的眞正成就。

【中華民族】ㄓㄨㄥ ㄏㄨㄚˊ ㄇㄧㄣˊ ㄗㄨˊ

指組成'中國'的各民族集合體。依其體型、語系、生產方式和宗教信仰的因素,加上地理和生態環境,以及人口的因素,約可別分十五族系:'漢'人族系、'通古斯'族系、'朝鮮'族系、'蒙古'族系、'烏梁海'族系、'突厥'族系、'塔吉克'族系、'俄羅斯'族系、'康藏'族系、'儸麼'族系、'侗傣'族系、'猛吉'族系、'苗傜'族系、'福摩薩'族系、'越南'族系。另外還有一些系屬不明的族系。在以上各系中,'漢'人族系人口約有93,670.4萬(1982年),約占全國人口93%弱,其他各族系合起來約計 5,000 萬,約占全國人口 6 %強。這些民族在東'亞'大陸的千萬餘方公里領域內,經過好幾千年,因在思想、感情及意志上的融合,而成爲一個'中華民族'。

【中華民國】ㄓㄨㄥ ㄏㄨㄚˊ ㄇㄧㄣˊ ㄍㄨㄛˊ

位於'亞洲'大陸東部,臨'太平洋'。為'孫中山'先生於西元1911年所建立。面積1,141.8萬方公里,人口約138,580萬(2005年)。首都設於'南京市'。地勢西高東低,大致西北半部爲高山、高原所盤踞,東南半部平原、丘陵綿延。河流多東流注入'太平洋';海岸線南北有異,大致'杭州灣'以南爲曲折多灣澳的岩岸,以北則沙岸平直。屬季風氣候區,夏季多雨,冬季乾燥,雨量自東南向西北遞減;'新疆'經'蒙古'至'興安省'地帶,因距海遙遠,沙漠廣布。幅員廣大,資源豐富,山地富森林資源;礦產有煤、鐵、石油、鎢、銻、鉛等。而河川沖積平原爲精華區,盛產稻米、小麥、高粱、棉花等作物;西北部則畜牧業發達。境內'漢族'最多,獨占93%弱,其他'滿'、'蒙'、'維'、'藏'、'苗'、'傜'等族均居少數。

【中程計畫】ㄓㄨㄥ ㄔㄥˊ ㄐㄧˋ ㄏㄨㄚˋ

(intermediate planning) 企業依其業務性質所制訂以實現企業策略計畫之整體性、機能性的計畫。一般以五年左右爲期。

13【中置記法】ㄓㄨㄥ ㄓˋ ㄐㄧˋ ㄈㄚˇ

(infix notation) 爲表示中置運算,而將運算符號置於兩個運算元中間。如 A＋B、X－Y 等。中置記法可表示吾人日常習用的運算過程,對於需要兩個運算元的運算,例如加、減、乘、除等很適合;但較爲複雜的運算則需配合括號的使用與運算優先次序，才能明確地表達。如 A+(B*C)，因爲 (A+B)*C 與 A+(B*C)之結果並不相同。

15【中層階級】 ㄓㄨㄥ ㄘㄥˊ ㄐㄧㄝ ㄐㄧˊ
(middle class) 階層制度的社會裡，介於上層階級與工人階級間的階級。通常包括白領階級與專門職業者，如醫師、律師、商人及知識分子等。

16【中興新村】 ㄓㄨㄥ ㄒㄧㄥ ㄒㄧㄣ ㄘㄨㄣ
位於'臺灣省'中部'南投縣''草屯'南方。'民國'四十年代政府爲疏散辦公處所將省政府各廳處遷移至'中興新村'辦公，以迄於今；但'臺北市'仍爲'臺灣省'政府法定的省會所在地。

3【中山艦事件】 ㄓㄨㄥ ㄕㄢ ㄐㄧㄢˋ ㄕˋ ㄐㄧㄢˋ
'民國'十五年，'國民政府'委員'汪兆銘'及代理海軍局長'李之龍'的倒'蔣'陰謀事件。三月十九日，'共產黨'員'李之龍'將'黃埔軍校'校長'蔣中正'先生的坐艦——'中山艦'開返'廣州'，'汪'妻並頻以電話探詢'蔣'之行蹤，'蔣'察覺'汪'、'李'等人行動可疑，於二十日宣布'廣州'戒嚴，逮捕'李'等，圍繳武器，並監視'俄'籍顧問住宅。又稱三月二十日事件。

5【中央研究院】 ㄓㄨㄥ ㄧㄤ ㄧㄢˊ ㄐㄧㄡˋ ㄩㄢˋ
全國最高學術研究機關。成立於'民國'十七年。直接隸屬'總統府'。負責領導、聯絡和獎勵學術研究，並自設研究所以從事研究。以院士爲主體，並聘請學者專家組成評議會，以訂定其學術研究方針。

【中央記憶體】 ㄓㄨㄥ ㄧㄤ ㄐㄧˋ ㄧˋ ㄊㄧˇ
(central memory) 爲電腦的主記憶體，所有要電腦處理的程式與資料均需先存放在主記憶體內，電腦才能進行處理程序。

【中央國術館】 ㄓㄨㄥ ㄧㄤ ㄍㄨㄛˊ ㄕㄨˋ ㄍㄨㄢˇ
'民國'十七年成立於'南京'的全國國術最高機關。曾舉辦全國國術考試，訓練人才，推廣國術。抗戰時期遷移'四川'，至'民國'三十八年工作停頓。

8【中東路事件】 ㄓㄨㄥ ㄉㄨㄥ ㄌㄨˋ ㄕˋ ㄐㄧㄢˋ
'蘇俄'爭奪侵占'中東路'權的始末。'民國'十八年，東北當局趁邊防司令長官'張學良'搜捕'俄'駐'哈爾濱'領事館之機，收回'中東路'權。七月間，'蘇俄'宣布與'華'斷交，並於八月間進攻東北，'中國'抗拒失利，十二月簽訂"伯力議定書"。'國民政府'不予承認，另派'中東鐵路'督辦'莫德惠'赴'俄'交涉。九一八事變後，'俄'將'中東路'售予僞'滿洲國'。'中國'嚴正聲明'中東路'權不受'蘇俄'與僞'滿'非法買賣的影響。

9【中柱式桁架】 ㄓㄨㄥ ㄓㄨˋ ㄕˋ ㄏㄥˊ ㄐㄧㄚˋ
(king post truss) 木構架內設有斜撐木料，以抵抗橫向外作用力的一種桁架。俗稱正同柱桁架。其跨距不宜超過 6 公尺。如圖所示爲中柱式桁架的形式及各部

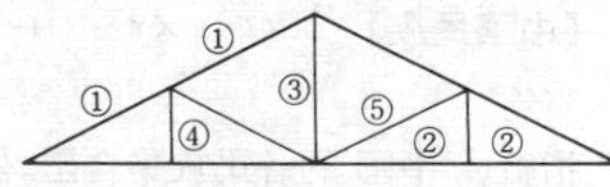

中柱式桁架圖

位名稱。①主梁，②繫梁，③中柱，④懸柱，⑤斜撐。

11【中國之命運】 ㄓㄨㄥ ㄍㄨㄛˊ ㄓ ㄇㄧㄥˋ ㄩㄣˋ
'蔣中正'著。'民國'三十二年三月十日在'重慶'出版。其時當'英''美'兩國宣布廢除與我國的不平等條約，另訂平等新約，百年來的國恥終得湔雪之時，'蔣'公手著是書，昭告國人要記取百年來的教訓，並繼承先烈遺志，祖述立國精神，提示革命建國之基本方針與工作重心，勉勵全國上下共同致力於新'中國'建設，期與盟邦分擔其改造世界、保障和平的責任。

【中國共產黨】 ㄓㄨㄥ ㄍㄨㄛˊ ㄍㄨㄥˋ ㄔㄢˇ ㄉㄤˇ
'民國'九年春，'蘇俄'派遣'吳廷康'(G. N. Voitinsky)，以第三國際東方部書記的名義來'華'組黨。先後與'李大釗'、'陳獨秀'接觸。八月，'陳獨秀'等在'上海'先設'中共'臨時中央，在國內成立六個支部。部分留'法'學生如'蔡和森'、'鄧小平'、'周恩來'等組成'中國少年共產團'，後奉第三國際之命，改名'中國共產黨旅法支部'。十年七月，'中共'一全大會在'上海''法'租界舉行，成立'中央局'，'中國共產黨'至此正式降生。

【中國青年黨】 ㄓㄨㄥ ㄍㄨㄛˊ ㄑㄧㄥ ㄋㄧㄢˊ ㄉㄤˇ
'民國'十二年，由'少年中國學會'部分會員創立於'巴黎'，'曾琦'任黨魁。初以'中國國家主義青年團'發表一切主張，十八年，公開黨名宣言，以「本國家主義之精神，採全民革命的手段以外抗強權，告爭'中華民國'之獨立與自由；內除國賊，建立全民福利的國家」爲宗旨。在'巴黎'，以"先聲週報"爲機關報；國內初以"少年中國月刊"討論國家主義，其後創刊"醒獅週刊"，爲國內機關報。後與'中國國民黨'漸趨合作，堅守反共立場。

【中國國民黨】 ㄓㄨㄥ ㄍㄨㄛˊ ㄍㄨㄛˊ ㄇㄧㄣˊ ㄉㄤˇ
'民國'八年十月十日，'中華革命黨'正式通告，改組爲'中國國民黨'。其特性爲純粹的革命黨，組織與精神上承襲'中華革命黨'，並以鞏固共和，實行三民主義爲宗旨。十三年一月，召開第一次全國代表大會，宣告改組，開創政治的新局面，先後領導北伐、建國、抗

‘日’、剿‘共’等任務。三十八年,大陸淪‘共’後,撤守‘臺灣’,著手黨務改造,繼續擔負建國復國之責任。

【中國黃點鯆】 ㄓㄨㄥ ㄍㄨㄛˊ ㄏㄨㄤˊ ㄉㄧㄢˇ ㄆㄨ

(*Platyrhina sinensis*) 又名魴。屬於軟骨魚類中鰭目(order Batoidea)、琵琶鱝科 (family Rhinobatidae) 的一種。分布於‘臺灣島’北部及‘澎湖’附近的海域。具有菱形扁平的體盤,眼與噴水孔在體盤的背部,爲底棲性魚類。體面粗雜,背面密布小棘。

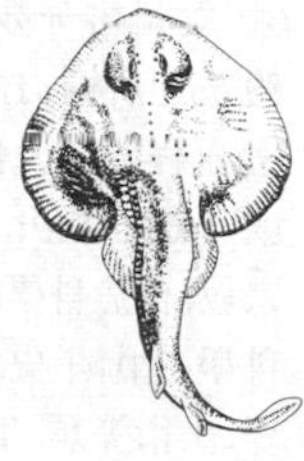

中國黃點鯆圖

12【中華肝蛭病】 ㄓㄨㄥ ㄏㄨㄚˊ ㄍㄢ ㄓˋ ㄅㄧㄥˋ

(hepatic distomiasis) 主要由於生食含有囊蚴的淡水魚而感染的疾病。其寄生蟲爲中華分枝睪蟲,此蟲在我國分布甚廣,尤以‘廣東’最多,主要與養魚方法和環境衛生有關,‘臺灣’尚無病歷報告。感染後此蟲寄生於肝臟膽管中,而引起黃疸、肝腫、腹水等症狀。

【中華革命黨】 ㄓㄨㄥ ㄏㄨㄚˊ ㄍㄜˊ ㄇㄧㄥˋ ㄉㄤˇ

二次革命失敗後,‘國民黨’重要領袖亡命‘日本’,‘孫中山’先生決組‘中華革命黨’,繼續進行討‘袁’革命。‘民國’二年九月,開始接納黨員入黨。三年六月在‘東京’舉行大會,推舉‘孫’爲總理,七月,成立於‘東京’,頒布黨章,以實行民權、民生兩主義爲宗旨,掃除專制政治、建設完全民國爲目的,分軍政、訓政、憲政三期完成革命。以“民國雜誌”爲機關報。後改組爲‘中國國民黨’。

13【中溼性食品】 ㄓㄨㄥ ㄕ ㄒㄧㄥˋ ㄕˊ ㄆㄧㄣˇ

(intermediate moisture foods) 指食品的水分含量在20～50%,而水分活性在0.6～0.85,大部分不必復水(加水回沖)即可食用,不需冷藏即可保存的食品。如蜂蜜、加糖煉乳、果凍、果醬及‘中’式火腿等。

18【中醫師考試】 ㄓㄨㄥ ㄧ ㄕ ㄎㄠˇ ㄕˋ

專門職業及技術人員的考試之一。及格者可取得‘中’醫師執業資格。應考資格除與應乙等特種考試者相當外,凡依規定領有‘中’醫師臨時開業執照者亦得應考。

4【中心極限定理】 ㄓㄨㄥ ㄒㄧㄣ ㄐㄧˊ ㄒㄧㄢˋ ㄉㄧㄥˋ ㄌㄧˇ

(central limit theorem) 令X_1, X_2, X_3……爲一序列互相獨立的隨機變數,則在一個很普遍的技術性假設下,當$n \to \infty$,其和$X_1+X_2+\cdots\cdots+X_n$趨近常態分布。此定理顯示常態分布的基本性質居然和X_i的分布無關。實用上,當一個統計調查量的變因極多,且其重要性相差不大,則調查結果必接近常態分布的曲線。

5【中正體育獎章】 ㄓㄨㄥ ㄓㄥˋ ㄊㄧˇ ㄩˋ ㄐㄧㄤˇ ㄓㄤ

爲紀念先總統‘蔣公’發展體育運動的本旨,‘民國’六十九年在‘嘉義’舉行的第七屆‘臺灣區運動會’起,對打破全國、‘亞運’及‘奧運’紀錄的優秀選手,政府頒發「中正體育獎章」及獎金,以資激勵。

【中央處理單元】 ㄓㄨㄥ ㄧㄤ ㄔㄨˇ ㄌㄧˇ ㄉㄢ ㄩㄢˊ

(central processing unit; CPU) 爲電腦系統的心臟,控制系統各部分的操作,並執行資料的算術、邏輯運算。爲執行這些功能,通常具控制單元及算術邏輯運算單元。控制單元不僅控制電腦經過界面裝置而使資料輸入與輸出,同時使各裝置間的傳送信號達到同步化;算術邏輯運算單元是處理資料算術與邏輯的運算。

8【中法越南條約】 ㄓㄨㄥ ㄈㄚˇ ㄩㄝˋ ㄋㄢˊ ㄊㄧㄠˊ ㄩㄝ

‘咸豐’、‘同治’年間‘法’侵‘越南’,先後爲‘劉永福’所敗;‘法’爲完全控制‘越南’,迫使‘清’廷讓步,乃於‘光緒’十年(1884)突襲‘閩’海艦隊及‘福州’船廠,並進犯‘臺灣’,攻占‘基隆’和‘澎湖’;十一年,‘法’軍連陷‘諒山’及‘鎮南關’,提督‘馮子材’、‘蘇元春’率軍反攻,屢獲勝仗。當年四月,‘李鴻章’以海防空虛、‘臺灣’遭‘法’封鎖及‘日本’侵擾‘朝鮮’爲由,與‘法’議定“中法越南條約”:一、‘法’軍不得過‘北圻’,‘中國’亦不派兵往‘北圻’;二、‘中國’承認‘法’‘越’所訂條約;三、訂立‘北圻’與‘雲南’、兩‘廣’陸上通商章程;四、‘法國’退出‘臺灣’、‘澎湖’。‘中國’從此喪失對‘越南’的宗主權,‘越南’終爲‘法’所有。

【中性技術進步】 ㄓㄨㄥ ㄒㄧㄥˋ ㄐㄧˋ ㄕㄨˋ ㄐㄧㄣˋ ㄅㄨˋ

(neutral technical progress) 對某一產業而言,在一定的資本一勞動比率下,若其資本邊際生產力提高的程度等於勞動邊際生產力提高的程度,則稱此一產業發生中性的技術進步。

9【中型積體電路】 ㄓㄨㄥ ㄒㄧㄥˊ ㄐㄧ ㄊㄧˇ ㄉㄧㄢˋ ㄌㄨˋ

(medium-scale integrated circuit; MSI) 每晶片中所含邏輯閘介於12到100之間(約100～1000個元件)的積體電路。

11【中部公約組織】 ㄓㄨㄥ ㄅㄨˋ ㄍㄨㄥ ㄩㄝ ㄗㄨˇ ㄓ

(Central Treaty Organization; CENTO) 中東各國爲抵抗‘蘇俄’侵略所組成的軍事經濟同盟。首先由‘伊拉克’、‘土耳其’在西元1955年簽訂互助條約,其後‘英國’、‘巴基斯坦’、‘伊朗’先後加入而共同簽訂所謂“巴格達公約”。因‘伊拉克’發生政變,於1959年退出，遂改稱‘中東條約組織’(Middle East Treaty Organization)。同年8月復修正爲‘中部公約組織’。1960年總部由‘巴格達’遷至‘安卡拉’。

【中國編目規則】ㄓㄨㄥ ㄍㄨㄛˊ ㄅㄧㄢ ㄇㄨˋ ㄍㄨㄟ ㄗㄜˊ
‘中國圖書館學會’與‘國立中央圖書館’爲因應圖書館自動化之需要，特邀約圖書館學專家，成立一個小組，研議完成一種編目規則，稱爲“中國編目規則”。全書分甲乙兩編，甲編基本著錄，分十四章；乙編標目，分六章。‘民國’七十二年九月由‘國立中央圖書館’初版發行，目前國內各圖書館大多以此爲編目依據。七十四年四月，又研擬完成“簡編”，以適應中小規模圖書館編目之需要，亦由‘國立中央圖書館’印行。

12【中華民國憲法】ㄓㄨㄥ ㄏㄨㄚˊ ㄇㄧㄣˊ ㄍㄨㄛˊ ㄒㄧㄢˋ ㄈㄚˇ
‘中華民國’的立國基礎，也是‘中華民國’的基本大法。由制憲‘國民大會’依據“五五憲草”及政治協商會議所提“憲草”修改十二原則，於‘民國’三十五年十二月二十五日制定通過，於三十六年一月一日由‘國民政府’公布，同年十二月二十五日開始實施。全部條文除前言外，分爲十四章，計一百七十五條。

【中等平均品質】ㄓㄨㄥ ㄉㄥˇ ㄆㄧㄥˊ ㄐㄩㄣ ㄆㄧㄣˇ ㄓˋ
(fair average quality; FAQ) 爲憑標準物買賣的一種品質決定方式。指所交貨物應爲﹝裝運時裝運地該季所裝運貨物的中等平均品質﹞(fair average quality of the season's shipment at time and place of shipment)。其品質的決定，通常是由裝運地的公會或檢驗機構就該季裝出的各批貨物中，抽出部分樣品予以混合調製，使其能代表裝運時裝運地的中等平均品質，並由該機構加封保管，作爲各批同類貨物的比較標準。一般大宗的農產品交易(如小麥、黃豆、玉米等)多以此方式決定貨物品質標準。

15【中樞神經系統】ㄓㄨㄥ ㄕㄨ ㄕㄣˊ ㄐㄧㄥ ㄒㄧˋ ㄊㄨㄥˇ
(central nervous system)神經系統分爲中樞神經系統和末梢(或稱周邊)神經系統。中樞神經系統包括大腦、小腦、延腦及脊髓。它們可以接受感覺神經衝動，以及傳出運動神經衝動至全身，並具協調、整合神經衝動的功能。

4【中文資訊交換碼】ㄓㄨㄥ ㄨㄣˊ ㄗ ㄒㄩㄣˋ ㄐㄧㄠ ㄏㄨㄢˋ ㄇㄚˇ
(Chinese character code for information interchange; CCCII) 係‘中’文資訊標準碼。是採用國際間通訊交換通用的ISO 646 標準中所規定的七個數元編碼爲基礎，並採用三組七個數元組合表示一個‘中國’文字，適用於資訊傳輸。其目的在於便利電腦處理資料，以達到交換及分享資訊。

5【中央控制行車制】ㄓㄨㄥ ㄧㄤ ㄎㄨㄥˋ ㄓˋ ㄒㄧㄥˊ ㄔㄜ ㄓˋ
(centralized traffic control system; CTC)行車制度、號誌系統之一。列車之行駛完全依照號誌指示，而各站進出站號誌機與主要轉轍器之操縱，均集中於同一調度所內，由調度員以控制總機集中控制。該制度係自動閉塞行車制之進一步運用，具有提高行車速率、效率、密度、行車安全及調度效率等功能。

9【中美關係白皮書】ㄓㄨㄥ ㄇㄟˇ ㄍㄨㄢ ㄒㄧˋ ㄅㄞˊ ㄆㄧˊ ㄕㄨ
‘民國’三十八年，戡亂局勢逆轉，‘美國’政府爲免除對‘華’政策失當之責任所發布的文書。略謂：‘中國’反共政策失敗，由於‘中國’政府無能，‘中共’效忠‘蘇俄’，‘美國’應鼓勵‘中國’民主勢力，支持門戶開放及‘中國’獨立，領土主權完整。對此，‘國民政府’深受打擊。

11【中國圖書分類法】ㄓㄨㄥ ㄍㄨㄛˊ ㄊㄨˊ ㄕㄨ ㄈㄣ ㄌㄟˋ ㄈㄚˇ
目前爲國內各圖書館廣泛採用之‘中’文圖書分類法。最初爲‘劉國鈞’先生所編訂，後經‘熊逸民’及‘賴永祥’先生增訂。其法係仿‘杜威’十進分類法，分爲總類、哲學、宗教、自然科學、應用科學、社會科學、‘中國’史地、世界史地、文學、美術等類。下設子目，極爲詳盡，又附有複分表多種，均能切合實用。

20【中蘇阿巴未定界】ㄓㄨㄥ ㄙㄨ ㄚˋ ㄅㄚ ㄨㄟˋ ㄉㄧㄥˋ ㄐㄧㄝˋ
指我國西部‘帕米爾高原’‘噴赤河’一帶。自‘烏赤別里山’口以南至‘喀喇崑崙山’以西之地。按：‘帕米爾高原’爲我國領土，然‘清’‘光緒’二十二年(1894)，‘英’‘俄’兩國私訂條約瓜分高原西部，分別歸屬‘俄國’及昔日‘英’領‘阿富汗’、‘印度’。待戰後‘英國’勢力退出‘亞洲’，而其戰前權益則分由‘印度’、‘巴基斯坦’及‘阿富汗’繼承，造成‘中’‘蘇’‘阿’‘巴’未定界。

4【中心衛星工廠體系】ㄓㄨㄥ ㄒㄧㄣ ㄨㄟˋ ㄒㄧㄥ ㄍㄨㄥ ㄔㄤˇ ㄊㄧˇ ㄒㄧˋ
指在各行各業中，找出較具規模、財務結構健全、經營管理上軌道的企業，作爲母體或中心工廠，其他企業則爲子體或衛星工廠。這種體系可增強企業體質，穩固基礎，提高應變能力。

【中日二十一條交涉】ㄓㄨㄥ ㄖˋ ㄦˋ ㄕˊ ㄧ ㄊㄧㄠˊ ㄐㄧㄠ ㄕㄜˋ
‘民國’四年一月十八日，‘日本’駐‘華’公使‘日置益’，向‘袁’總統面遞二十一條要求，分爲五號。一號四條，要求‘中國’政府允許‘日本’繼承‘德國’在‘山東’的各種權益；二號七條，要求在‘旅順’、‘大連’、南

'滿'、東'蒙'的優越權利；三號二條，要求與'中國'合辦'漢冶萍公司'；四號一條，要求'中國'所有港灣及島嶼不得割讓或租借給他國；五號七條，要求'中國'政府聘'日'人爲政治、軍事、財政顧問，要求與'中國'共同管理'中國'重要地區的警察。隨即展開會議。五月七日，'日'方發出最後通牒，限於九日應允第一至四號及五號中關於'福建'的事項，屆時如無滿足答覆，將採必要手段。九日，'外交部'承認'日本'最後通牒，通稱「五九國恥」。二十五日，簽訂"中日新約"。'日本'侵略範圍擴及'山東'、'福建'、'長江'與'中國'沿海，並強化在南'滿'、東'蒙'之勢力。

11【中國機讀編目格式】 ㄓㄨㄥ ㄍㄨㄛˊ ㄐㄧ ㄉㄨˊ ㄅㄧㄢ ㄇㄨˋ ㄍㄜˊ ㄕˋ

(Chinese machine readable cataloging format; Chinese MARC format) 爲'圖書館自動化作業規劃委員會'中的'中'文機讀編目格式工作小組，於'民國'七十年所設計完成的'中'文圖書資料的編目資料之電腦紀錄格式。最初的名稱是'中'文機讀編目格式，設計的初衷在於製訂合於國際標準之編目資料的紀錄格式，以適合電腦處理'中'文圖書資料的需求，並便於國際間圖書資料之交換與分享；而後，經過修訂，此格式亦能用來處理'中'文期刊、視聽資料，甚至西文圖書資料，故再定名爲'中國'機讀編目格式。

12【中華文化復興運動】 ㄓㄨㄥ ㄏㄨㄚˊ ㄨㄣˊ ㄏㄨㄚˋ ㄈㄨˋ ㄒㄧㄥ ㄩㄣˋ ㄉㄨㄥˋ

針對'中共'發動文化大革命，對我國歷史文化橫肆摧殘，爲反共復國維護'中華'文化而提倡的運動。'民國'五十五年十一月十二日，由先總統 '蔣'公藉'中山樓''中華文化堂'落成，倡導'中華'文化復興運動。政府於'民國'五十六年明定每年國父誕辰紀念日(十一月十二日)爲'中華'文化復興節，並於同年七月二十八日，成立'中華文化復興運動推行委員會'，'中華'文化復興運動由此展開。

【中華民國來源所得】 ㄓㄨㄥ ㄏㄨㄚˊ ㄇㄧㄣˊ ㄍㄨㄛˊ ㄌㄞˊ ㄩㄢˊ ㄙㄨㄛˇ ㄉㄜˊ

(income from the R. O. C.) 指在我國境內發生之所得。對來自'中華民國'境內之所得均應課稅，但所謂我國境內發生之所得，意義難於明確，其範圍及認定標準係規定於"所得稅法"第八條。

【中華民國國家標準】 ㄓㄨㄥ ㄏㄨㄚˊ ㄇㄧㄣˊ ㄍㄨㄛˊ ㄍㄨㄛˊ ㄐㄧㄚ ㄅㄧㄠ ㄓㄨㄣˇ

(Chinese National Standard; CNS) 我國爲提高國產品品質所訂定的檢驗標準。凡符合國家標準的產品，經'中央標準局'檢驗合格後，即可在產品上標示該產品的國家標準編號及㊣字標記。㊣字標記是我國官方公認的品質保證標誌，產品可藉以提高其商譽。凡已奉准公司或(及)商業登記，並擁有奉准工廠登記的生產工廠的廠商，其產品品管經考核達甲等，且經檢驗符合國家標準者，均可申請使用㊣字標記。

【中華民國臨時約法】 ㄓㄨㄥ ㄏㄨㄚˊ ㄇㄧㄣˊ ㄍㄨㄛˊ ㄌㄧㄣˊ ㄕˊ ㄩㄝ ㄈㄚˇ

'民國'元年二月七日由各省參議員所組成的'參議院'，召集"臨時約法"起草會議，將"臨時政府組織大綱"加以修正並補充，至三月八日全案通過，同月十一日由臨時政府公布，全文分七章共五十六條。約法並非正式憲法，但具有國家根本法的性質。

20【中蘇友好同盟條約】 ㄓㄨㄥ ㄙㄨ ㄧㄡˇ ㄏㄠˇ ㄊㄨㄥˊ ㄇㄥˊ ㄊㄧㄠˊ ㄩㄝ

'民國'三十四年八月，'中''俄'兩國'外交部'長'王世杰'與'莫洛托夫'(Vyacheslav Molotov)在'莫斯科'簽訂。條約有效期限三十年。其中規定：'中''蘇'共同抗'日'，'蘇俄'支持'蔣中正'爲'中國'領袖，不援助他的敵人，並保證在'日本'投降後三週自東北撤兵，最多三個月足完全撤退，尊重'中國'在東三省之充分主權與領土行政之完整。'中國'允許'旅順'、'大連'爲'俄國'的海空軍基地，及'俄'對'南'、'北滿鐵路'及其附屬事業的所有權，同時承認'外蒙古'獨立。

8【中長期延付輸出保險】 ㄓㄨㄥ ㄔㄤˊ ㄑㄧˊ ㄧㄢˊ ㄈㄨˋ ㄕㄨ ㄔㄨ ㄅㄠˇ ㄒㄧㄢˇ

(medium-term and long-term installment plan export insurance) 又稱輸出價款保險(export proceeds insurance)。係輸出廠商依據輸出契約或技術提供契約，給予買方中、長期信用，所輸出之各種機械設備，及提供與輸出有關之技術或勞務，如遭遇政治危險及(或)信用危險事故的發生，致對該項輸出貨物的價款，以及提供技術或勞務的代價，不能收回之損失，由保險人負責補償的保險。

12【中華民國體育協進會】 ㄓㄨㄥ ㄏㄨㄚˊ ㄇㄧㄣˊ ㄍㄨㄛˊ ㄊㄧˇ ㄩˋ ㄒㄧㄝˊ ㄐㄧㄣˋ ㄏㄨㄟˋ

我國社會體育運動組織的領導單位。以推展全民體育，提高運動技術水準，加強國際體育聯繫與活動爲宗旨。前稱'中華全國體育協進會'，於'民國'十三年四月廿四日在'南京'成立，六十二年更名爲'中華民國體育協進會'，簡稱'全國體協'，並由個人會員制改爲團體會員制。團體會員單位計有五十三個，其中四十七個全國性的運動協會、兩個專業總會、四個地區體育會。另在'韓國'、'菲律賓'、

'香港'各設有一個分會。

【中華民國訓政時期約法】ㄓㄨㄥ ㄏㄨㄚˊ ㄇㄧㄣˊ ㄍㄨㄛˊ ㄒㄩㄣˋ ㄓㄥˋ ㄕˊ ㄑㄧˊ ㄩㄝ ㄈㄚˇ
'民國'二十年六月一日,'國民政府'公布實施。其內容共八章,計八十九條:一、總綱;二、人民之權利義務;三、訓政綱領;四、國民生計;五、國民教育;六、中央與地方之權限;七、政府之組織;八、附則。實施憲政後,始行失效。

【中華民國新聞評議委員會】ㄓㄨㄥ ㄏㄨㄚˊ ㄇㄧㄣˊ ㄍㄨㄛˊ ㄒㄧㄣ ㄨㄣˊ ㄆㄧㄥˊ ㄧˋ ㄨㄟˇ ㄩㄢˊ ㄏㄨㄟˋ
我國全國性的新聞自律組織。前身為'臺北市報業新聞評議會','民國'六十年改組為'臺北市新聞評議委員會',六十三年改為現在的名稱。由'臺北市報業公會'、'臺灣省報紙事業協會'、'中華民國新聞編輯人協會'、'中華民國新聞通訊事業協會'、'廣播事業協會'、'電視學會'、'臺北市記者公會'等七個團體組合而成。設有定期改選之委員11人,負責審理新聞、評論、節目與廣告內容,對會員間之糾紛有仲裁的義務與權力。其設立的用意在:「維護新聞自由,推行新聞自律,提高新聞道德標準,促進新聞事業,善盡社會責任及健全發展」。

【中華民國奧林匹克委員會】ㄓㄨㄥ ㄏㄨㄚˊ ㄇㄧㄣˊ ㄍㄨㄛˊ ㄠˋ ㄌㄧㄣˊ ㄆㄧ ㄎㄜˋ ㄨㄟˇ ㄩㄢˊ ㄏㄨㄟˋ
原為'中華全國體育協進會'的一體兩面,即對內為'體協',對外為'奧會','民國'六十二年為加強國際體育活動,乃單獨成立。其中'國際奧會'曾一度受政治汙染,排我納'共'。我在國際上伸張正義,為維護會籍而奮鬥,獲得友好國家一致支持,現已恢復會籍。

丰 ㄈㄥ *fêng*¹ 音峰
①草茂盛的樣子。見"說文"。②容貌豐滿。見"字彙"。③風韻儀態。通風。如:丰采。④豐的簡體。

8【丰采】ㄈㄥ ㄘㄞˇ
美好的儀態風度。

9【丰神】ㄈㄥ ㄕㄣˊ
美好的神態。

【丰姿】ㄈㄥ ㄗ
優雅的神韻姿態。

丯 ㄐㄧㄝˋ *chieh*⁴ 音介
草長得很亂的樣子。見"說文"。

4

丫 ㄍㄨㄞˇ *kuai*³ 音拐
①羊角。見"說文"。②彎曲。也作拐。如:丫角。

丱 ㄍㄨㄢˋ *kuan*⁴ 音慣
卝的古字。①古時兒童頭髮分梳兩邊的椎髻。見"正字通"。②幼稚。如:丱齒。

6

串 ㄔㄨㄢˋ *ch'uan*⁴ 音釧
①勾結。如:串通。②穿連;連貫。如:貫串。③扮演。如:串演。④隨意往來走動。如:串門子。⑤量詞。計算穿連一起的物品數量。如:一串珠子。⑥親近;關係密切。如:親串。⑦收據。如:串票。

8【串供】ㄔㄨㄢˋ ㄍㄨㄥ
同黨之間相互串通,捏造對自己有利的口供。

9【串音】ㄔㄨㄢˋ ㄧㄣ
(crosstalk) 兩個相鄰的不同聲頻,產生相互干擾的現象。

10【串珠】ㄔㄨㄢˋ ㄓㄨ
貫穿成串的珠子。

11【串通】ㄔㄨㄢˋ ㄊㄨㄥ
事先勾結,使彼此一致,共同有利。

14【串演】ㄔㄨㄢˋ ㄧㄢˇ
扮演。

16【串激】ㄔㄨㄢˋ ㄐㄧ
(series excitation) 將電樞電流流過場繞組使發電機或電動機得到磁場的方法。

17【串聯】ㄔㄨㄢˋ ㄌㄧㄢˊ
①彼此連絡溝通。②連接電子零件以構成電路的一種方法。其主要特點為各零件首尾相接,流過每一零件的電流等於電路中的電流。

5【串加器】ㄔㄨㄢˋ ㄐㄧㄚ ㄑㄧˋ
(serial adder) 電腦內加法器的一種。可將被加數與加數由最低位數開始,一位數接一位數依序相加。

8【串門子】ㄔㄨㄢˋ ㄇㄣˊ ˙ㄗ
沒事到他人家中閒聊。

6【串列結構】ㄔㄨㄢˋ ㄌㄧㄝˋ ㄐㄧㄝˊ ㄍㄡˋ
(list structure) 高階電腦語言常用的資料結構之一。將資料項儲存在記憶體內,因每一資料皆含有其後繼者之位址,故不一定存放於連續的記憶位址。

【串列傳輸】ㄔㄨㄢˋ ㄌㄧㄝˋ ㄔㄨㄢˊ ㄕㄨ
(serial transmission) 在資料通訊中將組成訊息的各字符依照順序連續傳送的方式。組成字符的各數元可以串列傳輸,也可以平行傳輸。

11【串接放大器】ㄔㄨㄢˋ ㄐㄧㄝ ㄈㄤˋ ㄉㄚˋ ㄑㄧˋ
(cascade amplifier) 指幾個放大器首尾相銜接,前一個放大器的輸出直接連到下一個放大器的輸入。如此可使放大倍數得到相乘的效果。

17【串聯式一夫一妻制】ㄔㄨㄢˋ ㄌㄧㄢˊ ㄕˋ ㄧ ㄈㄨ ㄧ ㄑㄧ ㄓˋ
(serial monogamy) 一夫一妻式婚姻的變型。即個人雖只有一配偶,但因配偶死亡或離婚而再婚,於是個人於不同時期有不同一人為配偶,成為一聯串的一夫一妻式婚姻關係。

7

丳 ㄔㄢˋ ch'an^4 音懺
烤肉用的竹籤。

9

丵 ㄓㄨㄛˊ cho^2, chuo^2 音啄
叢生的草。見"說文"。

丶部

丶 ㄓㄨˇ chu^3 音主
①表示有所絕止的標記。相當現代標點符號中的頓號。見"說文"。②燈上火焰。見"六書正譌"。

2

凡 ㄈㄢˊ fan^2 音帆
俗作凢。①總括之辭。如:凡是。②大旨。如:凡例。③一般的;平庸的。如:凡夫俗子。④古代樂譜中表示音階高低的符號。相當於音樂簡譜的[4]。

4【凡夫】ㄈㄢˊ ㄈㄨ
①平凡的人。②佛家語。指世俗的人。

8【凡例】ㄈㄢˊ ㄌㄧˋ
書前說明內容大旨與體例的文字。

10【凡骨】ㄈㄢˊ ㄍㄨˇ
①凡軀。②指庸俗的氣質。

16【凡器】ㄈㄢˊ ㄑㄧˋ
氣質平庸的人。

3【凡士林】ㄈㄢˊ ㄕˋ ㄌㄧㄣˊ
(vaseline)一種由石油中提煉出來的無色或黃色的無定形半固體之烴類混合物。分子式 C_nH_{2n+2}。可作潤滑油、絕緣劑及軟膏、化妝品的原料。

5【凡立水】ㄈㄢˊ ㄌㄧˋ ㄕㄨㄟˇ
(varnish)俗稱透明漆。樹脂類與乾性油稀釋成適當黏度之漆料。當溶劑氧化或揮發乾燥後,於被塗刷物表面生成透明薄膜,除具保護材料之功能,又可顯露材料紋理,表現質感之美。

4【凡夫俗子】ㄈㄢˊ ㄈㄨ ㄙㄨˊ ㄗˇ
平凡庸俗的人。

10【凡特霍夫】ㄈㄢˊ ㄊㄜˋ ㄏㄨㄛˋ ㄈㄨ
(Jacobus Henricus van't Hoff, 1852~1911)'荷蘭'理論化學家。西元1901年因在化學反應率、化學平衡和滲透壓力方面的研究而獲得第一次頒發的'諾貝爾'化學獎。歷任'阿姆斯特丹大學'和'柏林''普魯士科學院'教授。倡立體化學(stereochemistry),爲化學界開一新紀元。著有"化學動力學研究論文"(*Études de Dynamique chimique*)。

凡特霍夫像

11【凡得瓦力】ㄈㄢˊ ㄉㄜˊ ㄨㄚˇ ㄌㄧˋ
(Van der Waals' force) 非極性分子互相接近時,分子和分子間的結合力相當弱,其能量只約每莫耳數百卡,這種微弱的作用力稱爲'凡得瓦'力。

14【凡爾賽和約】ㄈㄢˊ ㄦˇ ㄙㄞˋ ㄏㄜˊ ㄩㄝ
(*Treaty of Versailles*) 第一次世界大戰後,聯軍於西元1919年在'巴黎和會'中簽訂的對'德'和約。共分十五章,要點有:一、各國同意成立'國際聯盟';二、對'德'的制裁,包括:賠款、領土割讓與託管、軍備限制;三、設立'國際勞工局'。此條約使'德國'喪失1/8土地和650萬人口,尤以龐大的賠款數額,導致'德國'經濟破產,而種下第二次世界大戰的禍因。

11【凡得瓦方程式】ㄈㄢˊ ㄉㄜˊ ㄨㄚˇ ㄈㄤ ㄔㄥˊ ㄕˋ
(Van der Waals' equation) 西元1873年'凡得瓦'所發表之歸納狀態方程式。適用於在液相和汽相靠近臨界點和臨界點以上的區域中,其表示法如下:

$$\left(P+\frac{a}{v^2}\right)(v-b)=RT。$$

其中 a、b 稱爲'凡得瓦'常數,R 爲氣體常數,隨不同物質而變,P、T、v 分別代表壓力、溫度與比容。

凢 丸的本字。

丸 ㄨㄢˊ wan^2 音完
本作凡,俗作丸。①小而圓的物體。②卵;蛋。如:鳳丸。③揉物使成丸狀。④墨的計數單位。⑤墨的別稱。⑥姓。'漢'有'丸步'。見"萬姓統譜·二五"。

16【丸劑】ㄨㄢˊ ㄐㄧˋ
將藥物研成細末,再用蜜或水或藥汁拌和,製成球狀的大小藥丸。丸劑服用便利,吸收較緩慢、藥力較持久,常用於慢性疾病。

【丸髻】ㄨㄢˊ ㄐㄧˋ
圓形的髮髻。

3

丹 ㄉㄢ tan^1 音單
①顏料名。即朱砂。見"字彙"。②紅色。如:渥丹。③赤誠。如:丹心。④精鍊的藥劑。如:萬靈丹。

4【丹心】ㄉㄢ ㄒㄧㄣ
赤誠的心。

【丹元】ㄉㄢ ㄩㄢˊ
道教語。指心神。

5【丹穴】ㄉㄢ ㄒㄩㄝˋ
產丹砂的地方。

【丹尼】ㄉㄢ ㄋㄧˊ
(denier)纖維工業上用來表示絲粗細之單位。若9,000公尺之絲的重量爲1公克,則稱其爲1丹尼之絲。透明絲襪所用之絲大約爲15~20丹尼。

【丹田】ㄉㄢ ㄊㄧㄢˊ
人身臍下三寸之處,爲內息發動處。或稱丹田有三:在臍下的爲下丹田,在心下的爲中丹田,在兩眉

間的爲上丹田。

7【丹灶】 ㄉㄢ ㄗㄠˋ
道教語。煉丹時所用的爐灶。

【丹忱】 ㄉㄢ ㄔㄣˊ
赤誠的心。

8【丹青】 ㄉㄢ ㄑㄧㄥ
①指圖畫。②指史冊。

【丹毒】 ㄉㄢ ㄉㄨˊ
(erysipelas)由*A*群鏈球菌感染皮膚或皮下組織而引起的病。患部會紅腫熱痛,可能伴隨菌血症,使得病人惡寒、高熱、頭痛等,在抗生素發明前常造成死亡。病人多爲抵抗力差的嬰兒、小孩或老人。患部以臉部最常見,但全身各處皮膚均可能發生。治療方法爲使用青黴素。

【丹房】 ㄉㄢ ㄈㄤˊ
道教語。①神仙所居住的地方。②煉丹的地方。③道觀的別名。

9【丹砂】 ㄉㄢ ㄕㄚ
朱砂。

【丹侶】 ㄉㄢ ㄌㄩˇ
指道士。道教主煉丹養氣之說,所以稱道士爲丹侶。

11【丹訣】 ㄉㄢ ㄐㄩㄝˊ
道教語。指煉丹成仙的祕訣。

【丹麥】 ㄉㄢ ㄇㄞˋ
(Denmark) 介於‘北海’和‘波羅的海’之間的島國。包括‘日德蘭半島’(Jylland Pen.)與‘西蘭’(Zealand)、‘菲英’(Fyn)、‘羅蘭’(Lolland)、‘波荷木’(Bornholm)各島。半島與各島間交通靠船運或火車輪渡;半島與‘西蘭’、‘菲英’、‘羅蘭’三島各有鐵路長橋相連。面積4.3萬方公里,人口543.0萬(2005年)。首都‘哥本哈根’(Copenhagen),位‘西蘭島’東岸,扼‘波羅的海’出入口。全境地勢低平,氣候涼溼,適合麥類及牧草種植,以科學方法飼牧著名。漁業、工業及觀光業亦盛。所屬‘北海’海域蘊藏石油。世界第一大島‘格陵蘭’為其屬地。

13【丹楓】 ㄉㄢ ㄈㄥ
紅色的楓葉。

【丹鉛】 ㄉㄢ ㄑㄧㄢ
丹砂和鉛粉。古人校勘圖書文字所用的材料。引申指校勘考訂的工作。

14【丹寧】 ㄉㄢ ㄋㄧㄥˊ
(tannin)泛指一切自植物中取得之酚衍生物。因能使蛋白質沈澱,故可用於皮革之鞣製,例如鞣酸等。

【丹臺】 ㄉㄢ ㄊㄞˊ
道教語。神仙所居的地方。

15【丹墀】 ㄉㄢ ㄔˊ
古代宮殿前的紅石階。以紅色漆飾,故名。

16【丹頭】 ㄉㄢ ㄊㄡˊ
道教語。煉丹家用丹爐燒煉鼎中的鉛汞及其他藥石,初步煉成丹藥,成黍粒狀的丹餌,稱爲丹頭。

13【丹鼎派】 ㄉㄢ ㄉㄧㄥˇ ㄆㄞˋ
道教中以煉丹求長生成仙爲主的各派通稱。從古代神仙家的仙術演化而來,宣揚長生成仙和修煉內外丹的理論。

11【丹麥體操】 ㄉㄢ ㄇㄞˋ ㄊㄧˇ ㄘㄠ
(Danish gymnastics) ‘丹麥’所發展體操體系的總稱。‘布克’(Niels Bukh)發現一般青年的關節僵硬,行動欠協調,乃融合‘德國’及‘瑞典’體操的特點,創立[基本體操]。因有矯正姿勢的效果,並具韻律性優美活潑的特點,給予‘歐洲’體操界極大的影響。

13【丹鉛總錄】 ㄉㄢ ㄑㄧㄢ ㄗㄨㄥˇ ㄌㄨˋ
‘明’‘楊慎’撰,門人‘梁佐’編,二十七卷。‘楊’氏凡考證諸書異同的著作,都以丹鉛命名,有“餘錄”、“續錄”、“閏錄”、“摘錄”等,取材豐富,時有創見,但不免蕪雜僞託。此書‘梁’氏刪除諸錄之重複,定爲二十八類,故名。

主 ㄓㄨˇ *chu*³ 音煮
①燈中火焰。同炷。見“說文”。②古代臣民對帝王的稱謂。③有物權的人。如:地主。④主權所在。如:民主。⑤家長。如:一家之主。⑥賓客的相對詞。如:賓主。⑦奴僕的相對詞。如:主僕。⑧事物的根本。如:榮辱之主。⑨主要的。如:主將。⑩自己的。如:主觀。⑪主持。如:主婚。⑫持守。如:主忠信。⑬主張。如:主和。⑭死人的牌位。通宔。如:神主。⑮基督徒稱上帝,回教徒稱眞主。⑯姓。‘隋’有‘主胄’。見“萬姓統譜·七八”。

3【主子】 ㄓㄨˇ ˙ㄗ
主人。

5【主犯】 ㄓㄨˇ ㄈㄢˋ
指共犯中爲首之人。也稱正犯。主犯與從犯的差別,通說係以其主觀犯意及客觀所犯之行爲爲標準。凡以自己犯罪之意思而參與犯罪,無論其所參與者是否犯罪構成要件之行爲,皆爲正犯。其以幫助他人犯罪之意思而參與犯罪,其所參與者,苟係犯罪構成要件之行爲,亦爲正犯。必以幫助他人犯罪之意思而參與犯罪,其所參與者又爲犯罪構成要件以外之行爲,始爲從犯。

6【主刑】 ㄓㄨˇ ㄒㄧㄥˊ
指可獨立加諸於犯人之刑罰。此與從刑不同,從刑不得獨立加諸於犯人,須宣告主刑後,始得宣告從刑。主刑之種類如下:一、死刑;二、無期徒刑;三、有期徒刑:二月以上,十五年以下,但遇有加減時,得減至二月未滿,或加至二十年;四、拘役:一日以上,二月未滿,但遇有加重時,得加至四個月;五、罰金:一元以上。

【主旨】 ㄓㄨˇ ㄓˇ
主要的意義或用意。

【主因】 ㄓㄨˇ ㄧㄣ
主要原因。

7【主位】 ㄓㄨˇ ㄨㄟˋ

[1]君位。[2]主人的席位。[3]文法學上的主格。指實體詞作爲主語。

8【主物】 ㄓㄨˇ ㄨˋ
主物與從物係相對之概念，二者均保有各自之性質及經濟價值。除另有習慣外，從物非主物之成分，常助主物之效用，而與主物同屬一人所有。例如汽車與備用輪胎同屬一人所有，備用輪胎非汽車之成分，但於汽車輪胎破裂時，可助汽車之效用，因此備用輪胎爲從物，汽車則爲主物。主物與從物區別之實益在於「主物之處分，及於從物」，例如前述汽車爲主物，備用輪胎爲從物，汽車(主物)買賣交付之效力及於備用輪胎(從物)。

【主使】 ㄓㄨˇ ㄕˇ
指使；命令。

【主命】 ㄓㄨˇ ㄇㄧㄥˋ
(Faridhah)"古蘭經"中頒布的基本法則。包括宗教性和倫理性兩種，前者如禮拜、封齋、納稅、朝覲等宗教規則；後者如孝順父母、兄友弟恭、誠以待友、救人危困、扶助弱小等善行，教徒必須確實遵守、履行。

9【主流】 ㄓㄨˇ ㄌㄧㄡˊ
本指主要的河道。引申爲主要趨勢或中心力量。

【主計】 ㄓㄨˇ ㄐㄧˋ
[1]主管資金調配之事。[2]官名。'漢代'主管財賦、計算出入之官。今指掌管歲計、統計、會計的部門。

【主星】 ㄓㄨˇ ㄒㄧㄥ
(primary) 指雙星系統中較亮的一星，或某一星座中最亮的星。

10【主宰】 ㄓㄨˇ ㄗㄞˇ
[1]主管；主持。[2]具有制裁力的主體。

【主值】 ㄓㄨˇ ㄓˊ
(principal value)由於三角函數爲一週期性函數，因此反三角函數必須限制函數值的範圍。其所限制的範圍稱爲主值。通常反正弦、反餘弦和反正切的主值範圍皆無疑義，也較常用。另三個反三角函數較罕用，而對其主值的主張也較紛歧。反正弦爲 $-\pi/2 \sim \pi/2$，反餘弦爲 $0 \sim \pi$，反正切爲 $-\pi/2 \sim \pi/2$。主值有以大寫表示者，如 $Tan^{-1}(-1) = -\pi/4$。另有一種較乾脆的辦法爲，僅准許反三角函數用作主值的使用。

11【主麻】 ㄓㄨˇ ㄇㄚˊ
'阿拉伯'語 jumaah 的音譯。意爲聚集。指回教徒星期五聚集於清眞寺中做禮拜。'中'文稱聚禮。

【主張】 ㄓㄨˇ ㄓㄤ
[1]對於事物所抱持的意見。[2]主宰。

【主動】 ㄓㄨˇ ㄉㄨㄥˋ
自動；照自己意志而行動。與被動相對。

【主祭】 ㄓㄨˇ ㄐㄧˋ
主持祭祀儀式或祭祀儀式的主持人。

【主從】 ㄓㄨˇ ㄗㄨㄥˋ
[1]主人與部屬。[2]主體及附屬者。

【主婚】 ㄓㄨˇ ㄏㄨㄣ
主持婚事。

12【主筆】 ㄓㄨˇ ㄅㄧˇ
在報社、期刊上撰述代表社方意見及評論性文字的人。如果主筆是由多人組成，則設一總主筆總攬其事。目前我國報社大都設有主筆室，負責每日報社評論性文字。

13【主意】 ㄓㄨˇ ㄧˋ
[1]主張；心中確定的意見。[2]主旨。

【主義】 ㄓㄨˇ ㄧˋ
對於事物或原理的系統主張。

【主幹】 ㄓㄨˇ ㄍㄢˋ
[1]樹幹。[2]主體；主要部分。

【主腦】 ㄓㄨˇ ㄋㄠˇ
指領導者。

14【主語】 ㄓㄨˇ ㄩˇ
在文句中作爲主體的詞語。也稱主詞。如「貓捉老鼠」的「貓」。

【主管】 ㄓㄨˇ ㄍㄨㄢˇ
[1]主持管理。[2]一個組織的長官或負責人。

15【主稿】 ㄓㄨˇ ㄍㄠˇ
[1]負責起草文書。[2]負責草擬文書的人。

【主編】 ㄓㄨˇ ㄅㄧㄢ
負責報紙、雜誌或書籍編輯的人。

16【主導】 ㄓㄨˇ ㄉㄠˇ
領導。

【主機】 ㄓㄨˇ ㄐㄧ
(mainframe) 指中央處理單元(CPU)。參中央處理單元。

17【主講】 ㄓㄨˇ ㄐㄧㄤˇ
講演。也稱講演的人。

【主檔】 ㄓㄨˇ ㄉㄤˇ
(master file) 電腦資料檔之一。含有較重要的資訊，如訂戶紀錄、薪水資料等，必須定期更新。

18【主題】 ㄓㄨˇ ㄊㄧˊ
[1]中心思想。[2]中心題材。[3](theme)在一首曲子中，給人印象最深刻的旋律，稱爲主題。往往在同一曲子中，有數個不同旋律的主題。作曲者時常把最動聽的主題旋律寫成一組的變奏曲。

22【主權】 ㄓㄨˇ ㄑㄩㄢˊ
[1]國家構成要素之一。對外而言，主權表示國家對外的獨立性，除受國際法之限制外，不受其他國家之干涉或統治；對內而言，主權表示國家對內的最高性，任何權力不得與主權平等或凌駕主權之上，因此主權有不可分性，一國之內不容有二個或二個以上之主權，主權亦有絕對性，不受任何限制。主權因其屬於君主、國家、國民之不同，可分爲君主主權、國家主權與國民主權，前二者已成歷史陳跡，不符民主觀念，今世界各國多採國民主權，我國亦然。"憲法"第二條規定：「'中華民國'之主權，屬於國民全體。」[2]自主的權力。

23【主體】ㄓㄨˇ ㄊㄧˇ
①指事物中的重要部分。②本身。③指權利義務發生後歸依之對象。被主體支配者，稱爲客體。權利義務之主體得爲自然人或法人，自然人於出生完成時，取得權利義務主體之地位，於死亡之時，喪失權利義務主體之地位。法人於設立登記完成時，取得權利義務主體之地位，於解散清算完成，喪失權利義務主體之地位。④(subject)⑴與客體或對象相對。指認識者或有知者，以別於被認識的對象或被知的對象。例如當天文學家觀測星球時，天文學家爲認知的主體，而星球爲認知的客體。⑵與屬性相對。指各種屬性的擁有者。例如銅具有導電、傳熱等屬性，故銅即爲這些屬性的主體。

25【主觀】ㄓㄨˇ ㄍㄨㄢ
(subjectivity)與客觀相對。指結論或答案會受認識者本身的觀點或角度所影響。例如一般認爲藝術批評是相當主觀的，因爲對藝術品的批評難免受批評者個人品味及好惡的影響。

6【主考官】ㄓㄨˇ ㄎㄠˇ ㄍㄨㄢ
主持考試的官員。

9【主契約】ㄓㄨˇ ㄑㄧˋ ㄩㄝ
指契約之存在不以他契約之存在爲前提，而能獨立成立之契約。反之，以主契約之存在爲前提的附隨契約則稱從契約。主契約如借貸契約、租賃契約、買賣契約等；從契約如保證契約、抵押權設定契約、押租契約、定金契約、違約金契約等。從契約無效並不當然使主契約無效；反之，主契約若無效，原則上從契約也因而無效。但如主債務因錯誤或行爲能力之欠缺而無效時，若保證人知其情事而爲保證者，其保證仍爲有效。

11【主控室】ㄓㄨˇ ㄎㄨㄥˋ ㄕˋ
(master control room)即機器室。爲電臺、電視臺的中樞控制室。有下列幾項機能：一、控制節目與節目的轉換；二、控制節目中間廣告的播出；三、控制和其他電臺、電視臺間聯播節目的播出與接收；四、接收轉播車送回的訊號；五、執行聲音與影像的最後調整等。

【主動脈】ㄓㄨˇ ㄉㄨㄥˋ ㄇㄛˋ
(aorta)又稱大動脈。爲體內最大的血管，左心室打出之血液經過主動脈而運送至全身。根據人體的部位依序分成上升主動脈、主動脈弓、下降主動脈、腹部主動脈，其重要的分支有頭臂動脈、左總頸動脈、左鎖骨下動脈，而終於腹動脈的分支左、右總腸骨動脈。

12【主程式】ㄓㄨˇ ㄔㄥˊ ㄕˋ
(main program)電腦程式的主體。它可以呼叫次程式，但不被其他程式所呼叫。

13【主電腦】ㄓㄨˇ ㄉㄧㄢˋ ㄋㄠˇ
(host computer)①電腦網路中，提供主要服務功能與控制功能者。②多電腦系統中擔任主要控制工作者。

【主極點】ㄓㄨˇ ㄐㄧˊ ㄉㄧㄢˇ
(principal pole)對於有數個極點的網路函數，若其中有一最小之值，且其他值均爲此值之兩倍以上，則此電路有如僅有一個極點，此最小值即稱爲主極點。

【主債務】ㄓㄨˇ ㄓㄞˋ ㄨˋ
保證人於保證契約所擔保的債務。主債務可能因契約而發生，也可能因無因管理、不當得利、侵權行爲或其他依法律規定而發生的，與一定因契約而發生的保證債務不同。保證債務和主債務具從屬關係，保證債務之發生須以主債務之有效存在爲前提，主債務若讓與，保證債務隨之移轉；主債務若由他人承擔，除保證人對於債務之承擔已爲承認外，保證債務亦因而消滅；主債務因清償、提存、抵銷、免除、混同而消滅者，保證債務亦同時消滅。此外，保證人之負擔較主債務人爲重者，應縮減至主債務之限度。

15【主標誌】ㄓㄨˇ ㄅㄧㄠ ㄓˋ
(main mark; principal mark; leading mark)也譯作主嘜。爲供運送人或有關當事人易於識別、便利裝卸，而在貨物包裝外層印刷上裝運標誌。其中最主要構成部分爲簡單的幾何圖形，配以代表受貨人(買方)或裝貨人(賣方)名稱的'英'文字母，此部分即主標誌。

【主線圈】ㄓㄨˇ ㄒㄧㄢˋ ㄑㄩㄢ
(primary coil)變壓器之兩組線圈中接於電源的線圈。

23【主體稅】ㄓㄨˇ ㄊㄧˇ ㄕㄨㄟˋ
(the subjective taxation)又稱對人稅。乃採取主觀標準，考慮個人情事的不同(即衡量各人的納稅能力)，按照差別稅率而課徵的租稅。例如我國的綜合所得稅，設有免稅額、寬減額和扣除額，這些寬免項目因納稅義務人扶養人數和其他情況的不同而有不同程度的減除，且不同所得適用的稅率亦各異。

6【主列序星】ㄓㄨˇ ㄌㄧㄝˋ ㄒㄩˋ ㄒㄧㄥ
(main sequence star)指位於"赫羅圖"上主列序中的恆星。銀河系中90%以上的恆星都屬於此一範圍。主列序星是處於演化階段中期的恆星，比較穩定，其光度和表面溫度與質量成正比，其能源主要來自氫核融合而產生氦的作用，等到氫燃料耗盡以後，將會膨脹而變爲紅巨星，不再屬於主列序之中。

9【主音音樂】ㄓㄨˇ ㄧㄣ ㄧㄣ ㄩㄝˋ
(homophony)音樂中數個音同時進行，而其中只有一音爲主，其他各音是該音的副從，給主音增加諧和，依照這種法則所作成的音樂,稱爲主音音樂。與複音音樂相對。

【主計人員】ㄓㄨˇ ㄐㄧˋ ㄖㄣˊ ㄩㄢˊ
機關中辦理歲計、會計及統計事務的人員。須經相當職等考試及格,始取得任用資格。有關各級主計人員之任免、考核、遷調等,除中央各主管機關、省(市)政府主計主辦人員直接由中央主計機關辦理外,餘由隸屬單位之主計機構呈報中央主計機關核辦。

【主計系統】ㄓㄨˇ ㄐㄧˋ ㄒㄧˋ ㄊㄨㄥˇ
指主管預算、決算、會計和統計之機關。在中央爲‘行政院’‘主計處’,是我國主計系統最高機關,在省(市)爲省(市)政府主計處,在縣(市)爲縣(市)政府主計室。中央及地方各機關內,均分別設置主計人員,辦理各該機關歲計會計和統計事項,直接對其上級之主計機關負責,並依法受所在機關長官之監督。各主計人員之任免、遷調,由‘行政院’‘主計處’主管,成爲單獨之主計人事系統。

【主計單位】ㄓㄨˇ ㄐㄧˋ ㄉㄢ ㄨㄟˋ
處理組織經費預算、會計及統計工作的單位。亦有將之分爲會計單位及統計單位者。單位的名稱依其業務繁簡及人員多寡,有主計處、主計室、主計員等。

【主要成本】ㄓㄨˇ ㄧㄠˋ ㄔㄥˊ ㄅㄣˇ
(prime cost)製造成本中的直接原料和直接人工,合稱爲產品的主要成本。

【主要性徵】ㄓㄨˇ ㄧㄠˋ ㄒㄧㄥˋ ㄓㄥ
(primary sex characteristic)雌雄異體的動物,體內具有生殖腺,雌性生殖腺稱爲卵巢,可以產生卵;雄性生殖腺稱爲睪丸,可以產生精子。藉生殖腺可作爲區分性別的依據,故卵巢或睪丸稱爲主要性徵。

【主要預算】ㄓㄨˇ ㄧㄠˋ ㄩˋ ㄙㄨㄢˋ
(master budget)企業的年度總預算。包括營業預算及財務預算。

【主信用狀】ㄓㄨˇ ㄒㄧㄣˋ ㄩㄥˋ ㄓㄨㄤˋ
(master letter of credit; original letter of credit)作爲開發轉開信用狀(back-to-back letter of credit)依據的原始信用狀。

10【主記憶體】ㄓㄨˇ ㄐㄧˋ ㄧˋ ㄊㄧˇ
(main memory)電腦系統由中央處理單元、主記憶體及輸出入單元三部分所構成,所有電腦要處理的程式與資料均要先存放在主記憶體內,電腦才能處理。

11【主動元件】ㄓㄨˇ ㄉㄨㄥˋ ㄩㄢˊ ㄐㄧㄢˋ
(active device)在其外加電源的工作下,對於信號具有放大增益作用的一種電子元件。如電晶體。

【主婦溼疹】ㄓㄨˇ ㄈㄨˋ ㄕ ㄓㄣˇ
(housewife's eczema)發癢的皮膚炎症。由合成洗滌劑等刺激物品引起,因多見於家庭主婦雙手,故有此名。症狀是手背和手指皮膚發紅、生小水疱、發癢,掌部則多會裂傷。預防方法是勿赤手洗衣物、餐具。嚴重時可使用消炎藥膏,但仍以戴手套預防較爲根本。

13【主試委員】ㄓㄨˇ ㄕˋ ㄨㄟˇ ㄩㄢˊ
舉行低級職務人員(如雇員)考試時,組織主試委員會以辦理考試事宜的委員。由‘考試院’聘任。主要任務爲出席主試委員會議、命題及評閱試卷。

【主幹家庭】ㄓㄨˇ ㄍㄢˋ ㄐㄧㄚ ㄊㄧㄥˊ
爲一小型的擴展家族,包括一對夫妻及其子女和夫的父母或妻的父母。‘法國’社會學家‘雷柏來’認爲主幹家庭中僅留繼承人中的一個,餘則接受某種方式的贈與,到他處自力更生,但老家保留爲他們的儀式中心,也是他們遭遇暴風雨的避風港。主幹家庭既能讓年輕有爲的子弟自謀發展,又能保持家產的完整。

17【主儲存體】ㄓㄨˇ ㄔㄨˇ ㄘㄨㄣˊ ㄊㄧˇ
(main storage)電腦系統中儲存程式或資料的裝置。與主記憶體同義,是相對於輔助儲存體而言者。

18【主題地圖】ㄓㄨˇ ㄊㄧˊ ㄉㄧˋ ㄊㄨˊ
(thematic map)與普通地圖相對。一種以某一特定地理現象爲主題的地圖。譬如地質圖、氣候圖、人口密度圖、物產分布圖、交通路線圖等。也稱特種地圖(special map)、統計地圖(statistic map)、分布地圖(distribution map)。

25【主觀機率】ㄓㄨˇ ㄍㄨㄢ ㄐㄧ ㄌㄩˋ
(subjective probability)指某一事件或現象出現之機率,由於過去的資料或經驗並非十分充足,在成本上又不能大規模地予以實驗,因而需由決策者自行作主觀的估計,此種機率稱爲主觀機率。

14【主僕正反器】ㄓㄨˇ ㄆㄨˊ ㄓㄥˋ ㄈㄢˇ ㄑㄧˋ
(master-slave flip flop)正反器的一種。由兩個正反器依序前後相連而成,其一爲主,另一爲僕,故稱。主僕正反器以主正反器接收輸入信號,以僕正反器輸出信號,且二者使用相反之時序脈波;時序脈波之前半週期,輸入信號由主正反器接收,而在時序脈波之後半週期由僕正反器輸出。其特點爲可穩定地傳送信號。

23【主體式建造】ㄓㄨˇ ㄊㄧˇ ㄕˋ ㄐㄧㄢˋ ㄗㄠˋ
(skeleton construction)又稱梁柱式結構。指所有的載重皆由梁與柱所組成的構架承擔並傳達至基礎的結構物。即以整體構架爲主體以承受所有樓版、隔間、外牆及活載重與其他靜載重的結構物。近代高樓建築均採用之。於地震帶或強風帶建造高樓,多於主構架中夾以剪力或立面桁架，以加強主架之抗剪能力，並減少側向位移，俾增進安全感。

25【主觀性測驗】 ㄓㄨˇ ㄍㄨㄢ ㄒㄧㄥˋ ㄘㄜˋ ㄧㄢˋ
(subjective test) 易受評分者主觀意見而左右其評量結果的測驗。論文或申論題型，其評分結果常因不同評分者而異，因此稱之爲主觀性測驗。與客觀性測驗相對。

18【主題統覺測驗】 ㄓㄨˇ ㄊㄧˊ ㄊㄨㄥˇ ㄐㄩㄝˊ ㄘㄜˋ ㄧㄢˋ
(thematic apperception test; TAT) 投射法人格測驗之一。爲'美國''莫瑞'(H. A. Murray)所創製。全套測驗共有 30 張主題明確而意境曖昧的黑白圖片，由受試者選取其中20張，逐一觀看後，憑個人的想像各編造一故事，主試者透過故事的分析以了解個體的需要及人格特質。

14【主管期望角色衝突】 ㄓㄨˇ ㄍㄨㄢˇ ㄑㄧˊ ㄨㄤˋ ㄐㄧㄠˇ ㄙㄜˋ ㄔㄨㄥ ㄊㄨˊ
(role conflict from top) 某企業於建立組織結構時，由於對工作內容之設計未臻妥善，導致主管對從業人員之期望前後互相矛盾，而產生角色衝突。例如主管希望領班能提高工人工作效率，但又拒絕領班開除工人。

井
㊀ ㄐㄧㄥˇ ching^{3} 音景
井的本字。
㊁ ㄉㄢˇ tan^{3} 音膽
東西投進井裏發出的聲音。見"集韻"。

7

丽 麗的古文。見"說文"。

12

䴅 鵬的或體。

丿部

丿 ㄆㄧㄝˇ p'ieh^{3} 音撇
自右向左彎。見"說文"。

乀 ㄧˊ i^{2} 音移
順流；流動。見"說文"。

乁 ㄈㄨˊ fu^{2} 音弗
自左向右彎。見"說文"。

1

ナ ㄗㄨㄛˇ tso^{3}, tsuo^{3} 音佐
左手。今通作左。見"說文"。

メ 五的古文。

乃 ㄋㄞˇ nai^{3} 音奶
[1]是；就是。[2]你的；你們的。如：乃父。[3]其；他的。如：各修乃職。[4]從前。如：乃時。[5]竟；卻。如：人之巧乃可與造物者同功。[6]始；才。如：夜深乃寢。[7]助詞。用於句首。如：乃武乃文。

10【乃翁】 ㄋㄞˇ ㄨㄥ
[1]稱他人的父親。[2]父親對兒女的自稱。

乂
㊀ ㄧˋ i^{4} 音義
[1]割草。刈的本字。見"說文"。[2]平治；太平。如：乂安。[3]才德超群。如：俊乂。
㊁ ㄞˋ ai^{4} 音愛
懲戒。見"字彙"。

2

亇 個的俗體。

乇 ㄓㄜˊ chê^{2} 音折
草葉。見"說文"。

久 ㄐㄧㄡˇ chiu^{3} 音酒
[1]時間長。[2]過去的。如：不忘久德。

6【久仰】 ㄐㄧㄡˇ ㄧㄤˇ
仰慕已久。與人初次見面所用的敬語。

13【久違】 ㄐㄧㄡˇ ㄨㄟˊ
久別。

14【久睽】 ㄐㄧㄡˇ ㄎㄨㄟˊ
久別。

10【久病成醫】 ㄐㄧㄡˇ ㄅㄧㄥˋ ㄔㄥˊ ㄧ
比喻對某事經驗豐富，自然造詣精深。

夂 久的訛字。

乆 義的俗體。

么
㊀ ㄧㄠ yao^{1} 音腰
也作幺。[1]幼小的；最後出生的。如：么兒。[2]小；細。如：么麼小醜。[3]一的俗稱。如：么二三四。
㊁ ㄇㄚˊ ma^{2}
㊂ ㄇㄛˊ mo^{2}
㊃ ·ㄇㄚ ·ma
㊄ ·ㄇㄜ ·mê
麼的俗體。

15【么篇】 ㄧㄠ ㄆㄧㄢ
北曲套數中，若相連的曲子是同一曲調時，後曲不再標明曲牌，逕寫作「么篇」，與南曲之「前腔」同義。么乃「上」字之誤。

14【么麼小丑】 ㄧㄠ ㄇㄛˊ ㄒㄧㄠˇ ㄔㄡˇ
指微不足道的小人物。也作么麼小醜。

3

之 ㄓ chih^{1} 音枝
[1]去；往。[2]至；到。[3]稱代詞。⑴他；他們。如：愛之欲其生。⑵這；這個。如：之子于歸。[4]連詞。和；與。如：棄壯之良而用幼弱。[5]介詞。⑴於。如：養之外而不養於內。⑵的。如：父母之命。[6]助詞。⑴用於倒裝句中，將賓語提到動詞之前。如：唯命之從。⑵藉以改變句子成爲非句子型態，以作主語或謂語用。如：孤之有'孔明'猶魚之有水也。[7]姓。'漢'有'之馬宇'。見"萬姓統譜·五"。

尹 ㄧㄣˇ *yin*^{3} 音引

①治理。見"說文"。②古官名。'漢''唐'有京兆尹。③姓。'春秋'有'尹吉甫'。見"萬姓統譜·八〇"。

6【尹仲容】ㄧㄣˇ ㄓㄨㄥˋ ㄖㄨㄥˊ

(1903～1963)'湖南"邵陽'人。名'國墉',字'仲固'、'仲容'。'南洋大學'電機工程系畢業。曾任'中央信託局'長、'經濟部'長、'行政院"外匯貿易審議委員會'主委、'行政院"美援運用委員會'副主委。著有"電磁學"、"呂氏春秋校釋"、"我對臺灣經濟的看法"等書。

4

乏 ㄈㄚˊ *fa*^{2} 音罰

①缺少;欠缺。如:乏味。②沒有。如:回生乏術。③荒廢。如:無乏國事。④疲勞。如:疲乏。⑤出缺的職位。如:承乏。

6【乏耳】ㄈㄚˊ ㄦˇ

代號爲 var。無功電力的單位。等於一瓦特的無功電力。

12【乏善可陳】ㄈㄚˊ ㄕㄢˋ ㄎㄜˇ ㄔㄣˊ

沒有美好善良之事可以稱道。

乎 ㄏㄨ *hu*^{1} 音呼 又讀 ㄏㄨˊ *hu*^{2} 音胡

①介詞。通于、於。如:浴乎'沂'。②助詞。(1)表疑問。用法同嗎。如:'管仲'儉乎?(2)表感歎。用法同啊。如:其至矣乎!(3)用在句中。用來舒緩語氣。用法同嗎。如:於從政乎何有?(4)呼喚人。用法同啊、呀。如:'參'乎,吾道一以貫之。(5)用在形容詞或副詞之後。用法同然。如:巍巍乎。

乍 ㄓㄚˋ *cha*^{4} 音詐

①突然;忽然。②初;剛剛。

9【乍看】ㄓㄚˋ ㄎㄢˋ

突然看見。

11【乍現】ㄓㄚˋ ㄒㄧㄢˋ

忽然顯現。

12【乍然】ㄓㄚˋ ㄖㄢˊ

突然;忽然。

7【乍冷乍熱】ㄓㄚˋ ㄌㄥˇ ㄓㄚˋ ㄖㄜˋ

忽冷忽熱。形容溫度不穩定。

13【乍暖還寒】ㄓㄚˋ ㄋㄨㄢˇ ㄏㄞˊ ㄏㄢˊ

忽冷忽熱。

5

乓 ㄆㄤ *p'ang*^{1}

參乒乓。

𠂤 ㄉㄨㄟ *tui*^{1} 音堆

小山。俗作堆。見"說文"。

乒 ㄆㄧㄥ *p'ing*^{1} 音娉

參乒乓。

6【乒乓】ㄆㄧㄥ ㄆㄤ

①東西相碰的聲音。②(ping-pong)球類運動之一。即桌球。

㐆 ㄧ *i*^{1} 音依

歸依。今通作依。見"說文"。

𠂢 派的本字。

7

乖 ㄍㄨㄞ *kuai*^{1}

①違背。②分離。③聰明;機靈。④稱小兒順從、安靜,善解人意。

6【乖舛】ㄍㄨㄞ ㄔㄨㄢˇ

①不齊。②背離。

8【乖迕】ㄍㄨㄞ ㄨˋ

違逆。

【乖戾】ㄍㄨㄞ ㄌㄧˋ

①不和諧;不一致。②暴躁不合常理。

9【乖剌】ㄍㄨㄞ ㄌㄚˋ

違逆;不和諧。

10【乖悖】ㄍㄨㄞ ㄅㄟˋ

行爲想法背離正道,或與人相牴觸。

11【乖張】ㄍㄨㄞ ㄓㄤ

①分離。②性情執拗怪僻。

【乖異】ㄍㄨㄞ ㄧˋ

反常。

13【乖違】ㄍㄨㄞ ㄨㄟˊ

①背離;違反。②分離;分別。③失誤。

【乖隔】ㄍㄨㄞ ㄍㄜˊ

分離;別離。

18【乖謬】ㄍㄨㄞ ㄇㄧㄡˋ

荒謬;荒唐反常。

19【乖離】ㄍㄨㄞ ㄌㄧˊ

背離,違離。

9

乘 ㊀ ㄔㄥˊ *ch'êng*^{2} 音成

①登。(1)升;跨。見"字彙"。(2)搭坐。②駕御。如:乘馬。③因;憑藉。如:乘勢。④算法的一種。於算術運算中,一數爲某數本身相加之和時,該數可由某數乘以其相加之次數求之,稱爲乘法。

㊁ ㄕㄥˋ *shêng*^{4} 音盛

①古稱一車四馬。②車的代稱。如:萬乘之國。③數字四的代稱。如:乘矢。④古代計算軍隊的單位詞。'周代'以兵車一輛、甲士三人、步卒七十二人爲一乘。⑤'春秋'時'晉'史書名。⑥史書的通稱。也指記事的書。如:史乘。⑦禪學的深淺階級。也指事物深淺的程度。如:上乘。

4【乘化】ㄔㄥˊ ㄏㄨㄚˋ

順應自然的變化。

9【乘便】ㄔㄥˊ ㄅㄧㄢˋ

利用方便的機會。

10【乘時】ㄔㄥˊ ㄕˊ

利用時機。

12【乘虛】ㄔㄥˊ ㄒㄩ

趁人不備;利用對方的空隙。

【乘間】ㄔㄥˊ ㄐㄧㄢˋ

趁著有利的時機。

13【乘勢】ㄔㄥˊ ㄕˋ

①順著時勢。②運用權勢。

16【乘冪】ㄔㄥˊ ㄇㄧˋ

(power)一數自乘若干次之積,稱爲該數之乘冪或乘方。常以一小數字記於該數之右上側,以示其乘冪之次數,此小數字稱爲指數。例如x之二乘冪爲x^2，二乘冪亦稱爲平方；x之三乘冪爲x^3，三乘冪亦稱爲立方；x之n乘冪則爲x^n。於$n=1$時，$x^1=x$；於$n=0$時，$x^0=1$。

【乘機】 ㄔㄥˊ ㄐㄧ
趁機；利用機會。

【乘積】 ㄔㄥˊ ㄐㄧ
兩數相乘所得的數。簡稱積。

【乘興】 ㄔㄥˊ ㄒㄧㄥˋ
趁著興緻高的時候。

19**【乘蹻】** ㄔㄥˊ ㄐㄩㄝˊ
道教語。蹻原是履的別稱，也指快步，道教神通術引爲藉以飛行的法物。道士乘蹻有三種法術：一爲龍蹻，二爲虎蹻，三爲鹿盧蹻。乘蹻可以不拘山河，遨遊天下，屬於冥思的修行法術。也稱行蹻。

21**【乘鶴】** ㄔㄥˊ ㄏㄜˋ
道教語。指離世昇天爲仙。

8**【乘法器】** ㄔㄥˊ ㄈㄚˇ ㄑㄧˋ
(multiplier) 電腦中央處理單元內執行乘法運算功能的電子裝置。

2**【乘人之危】** ㄔㄥˊ ㄖㄣˊ ㄓ ㄨㄟˊ
利用別人的危難。

8**【乘波導引】** ㄔㄥˊ ㄅㄛ ㄉㄠˇ ㄧㄣˇ
(beam-riding guidance) 利用雷達將目標鎖定，飛彈或其他空中載具即依雷達所發射電磁波束，針對目標飛行的導引方法。

【乘奔御風】 ㄔㄥˊ ㄅㄣ ㄩˋ ㄈㄥ
乘奔馬，駕疾風。形容速度飛快。

9**【乘風破浪】** ㄔㄥˊ ㄈㄥ ㄆㄛˋ ㄌㄤˋ
形容志向遠大，氣概豪邁。

11**【乘堅策肥】** ㄔㄥˊ ㄐㄧㄢ ㄘㄜˋ ㄈㄟˊ
乘坐堅車，驅策肥馬。形容富貴奢華。

12**【乘虛蹈隙】** ㄔㄥˊ ㄒㄩ ㄉㄠˋ ㄒㄧˋ
趁人不備而侵襲。

【乘勝追擊】 ㄔㄥˊ ㄕㄥˋ ㄓㄨㄟ ㄐㄧˊ
趁著戰勝的氣勢，繼續進攻。

13**【乘瑕抵隙】** ㄔㄥˊ ㄒㄧㄚˊ ㄉㄧˇ ㄒㄧˋ
趁敵人的虛弱、疏忽加以攻擊。

15**【乘數原理】** ㄔㄥˊ ㄕㄨˋ ㄩㄢˊ ㄌㄧˇ
(multiplier principle)有效需求增加，引起產出與所得水準提高；有效需求減少，促使產出與所得水準降低。而產出(所得)的變動將是有效需求變動的倍數，這倍數稱爲乘數，這種有效需求改變對經濟活動所產生的擴張效果即爲乘數原理。

16**【乘龍快婿】** ㄔㄥˊ ㄌㄨㄥˊ ㄎㄨㄞˋ ㄒㄩˋ
稱有爲的女婿。

乙部

乙 ㄧˇ i³ 音椅
1天干的第二位。2第二；次一等。如：乙等。3某人的代稱。如：乙方。4古人讀書用筆在暫停處畫上「√」的記號。也叫鉤乙。5勾改顚倒或脫漏的文字。如：塗乙。6舊時商業上用以代替「一」字。7古代樂譜中表示音階高低的符號。相當於音樂簡譜的「7」。8魚目旁骨名。能鯁喉傷人。

8**【乙炔】** ㄧˇ ㄑㄩㄝ
(acetylene) 俗稱電石氣。一種無色、易燃、有毒、具蒜臭味的氣體。分子式 C_2H_2。爲電石與水作用而生成。常用於氧炔銲及有機化合物之合成。

11**【乙烷】** ㄧˇ ㄨㄢˊ
(ethane)一種無色、無味、無臭的氣體。分子式 C_2H_6，沸點$-88.6°C$。存於石油、石油礦或天然氣。可做爲燃料、致冷劑或有機合成的原料。

【乙烯】 ㄧˇ ㄒㄧ
(ethylene) 無色有甜香味的氣體。分子式 C_2H_4，稍溶於水和酒精。可由乙醇經脫水反應，或由石油裂解而得。常用於金工電銲及切割，或合成乙醇、醫藥品及其他有機化合物。

14**【乙酸】** ㄧˇ ㄙㄨㄢ
(ethanoic acid) 即醋酸。參醋酸。

15**【乙醇】** ㄧˇ ㄔㄨㄣˊ
(ethanol) 俗稱酒精。一種無色液體。化學式C_2H_5OH，比重0.789，沸點 78.4°C。由澱粉發酵再經分餾而製得，或由乙烯製得。

17**【乙醚】** ㄧˇ ㄇㄧˊ
(diethyl ether)一種無色揮發性液體。化學式$(C_2H_5)_2O$，分子量74.10，比重 0.71，沸點 34.5°C，熔點 $-116.2°C$。溶於酒精、氯仿等有機溶劑，微溶於水。由乙醇或乙烯於硫酸中合成而得，用做溶劑。

2**【乙二醇】** ㄧˇ ㄦˋ ㄔㄨㄣˊ
(ethylene glycol; ethanediol) 一種透明無色可溶於水的黏稠狀液體。化學式 CH_2OHCH_2OH，沸點 197.37°C。用於製造化妝品，或作爲溶劑、助染劑、汽油不凍劑等。

10**【乙級船員】** ㄧˇ ㄐㄧˊ ㄔㄨㄢˊ ㄩㄢˊ
在船上工作而未領有執業證書的人員。包括水手、舵工、生火、加油、機匠及電匠等人員。

11**【乙基汽油】** ㄧˇ ㄐㄧ ㄑㄧˋ ㄧㄡˊ
(ethyl gasoline) 即添加四乙基鉛汽油。其可提高汽油辛烷值，但造成空氣中鉛之廢氣汙染。

12**【乙等考試】** ㄧˇ ㄉㄥˇ ㄎㄠˇ ㄕˋ
特種考試的等別之一。及格者可取得薦任職公務人員任用資格。依"考試法"第十九條規定，應考資格及考試方法，均比照高等考試。

14**【乙種經紀人】** ㄧˇ ㄓㄨㄥˇ ㄐㄧㄥ ㄐㄧˋ ㄖㄣˊ
可在證券交易所內自行買賣有價證券，以賺取差額利益，但不能代顧客買賣有價證券的證券經紀商。

18**【乙醯水楊酸】** ㄧˇ ㄒㄧ ㄕㄨㄟˇ ㄧㄤˊ ㄙㄨㄢ

(acetylsalicylic acid) 又稱阿司匹靈 (aspirin)。化學式 $CH_3OCOC_6H_4COOH$, 比重1.35, 分子量180.15, 熔點135°C。爲白色結晶, 可溶於水、醚、氯仿。由水楊酸與醋酸酐經乙醯化反應而得, 用於醫藥上之止痛、治感冒等。

19【乙類功率放大器】 ㄧˇ ㄌㄟˋ ㄍㄨㄥ ㄌㄩˋ ㄈㄤˋ ㄉㄚˋ ㄑㄧˋ (class B power amplifier) 由電晶體所組成的放大電路, 其工

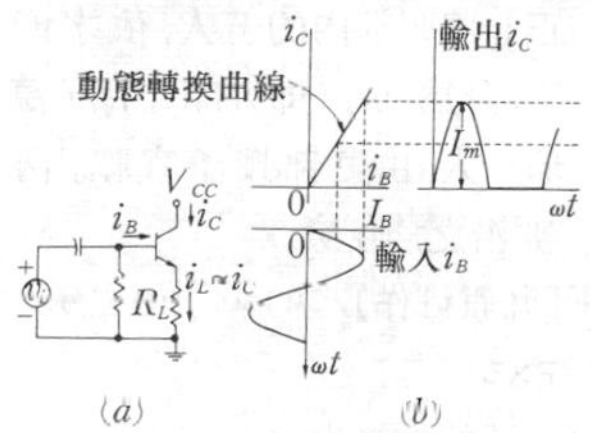

乙類功率放大器圖

作點使得電晶體只能將輸入信號的半週加以放大者。如圖所示: (a)爲電路; (b)爲以轉換曲線說明輸入 i_B 與輸出 i_C 的關係。只使用一個乙類放大器, 不能得到與輸入信號相似的輸出信號, 故常將兩個放大器以推挽式或調諧型組合。因其能放大的範圍較大, 故爲理想的功率放大裝置。

乚 隱的或體。

ㄥ 肱的古文。

乙 ㄧㄚˋ *ya*⁴ 音揠 燕的別名。或作鳦。見"說文"。

1

乜 ㊀ ㄇㄧㄝ *mieh*¹ 音芈 斜著眼睛看。如: 醉眼乜斜。
㊁ ㄋㄧㄝˋ *nieh*⁴ 音涅 姓。'陝西'、'甘肅'一帶有此姓。見"古今姓氏書辯證"。

11【乜斜】 ㄇㄧㄝ ㄒㄧㄝˊ [1]眼微張斜視。[2]糊塗; 委靡。[3]走路歪歪倒倒的樣子。也作乜乜斜斜。

九 ㊀ ㄐㄧㄡˇ *chiu*³ 音久 [1]數詞。近世公文、帳簿、票據通作玖, '阿拉伯'數字作9。[2]比喻多數、多次。如: 九牛一毛。[3]"易經"陽爻名。如: 九二。[4]姓。'神農'時有'九靈'。見"路史"。
㊁ ㄑㄧㄡˊ *ch'iu*² 音求 '商'時國名。見"字彙"。

4【九天】 ㄐㄧㄡˇ ㄊㄧㄢ [1]天上; 天空。古時將天空區分爲中央與八方九個方位, 故稱。也稱九野。[2]形容極高。[3]指皇宮。[4]巫祝所祀的神。[5]道教語。謂由三清玄元始三氣各生三氣, 合成九氣, 即成九天, 各有所稱。

【九丹】 ㄐㄧㄡˇ ㄉㄢ 道教語。[1]指華丹、神符丹、神丹、還丹、餌丹、宜丹、深丹、伏丹、寒丹。得一丹便成仙。[2]指仙方九品。即太和自然龍胎之醴、玉胎瓊液之膏、飛丹紫華流精、朱光雲碧之腴、九泉虹華神丹、太精金液之華、九轉霜雪之丹、九鼎之英、雲光水石流飛。

5【九仙】 ㄐㄧㄡˇ ㄒㄧㄢ 道教謂天界有九種類型的神仙。即上仙、高仙、大仙、玄仙、天仙、眞仙、神仙、靈仙、至仙。

6【九江】 ㄐㄧㄡˇ ㄐㄧㄤ 縣名。古名'江洲', 又名'潯陽'。位於'江西省'北部, 濱'長江'南岸。地當'鄱陽湖'與'長江'航運的輻輳點, 爲'江西省'第一大商埠及河港。有機械、紡織、陶瓷等工業。

【九州】 ㄐㄧㄡˇ ㄓㄡ 我國古代分全國爲九州。說法不一: "禹貢"指'冀'、'兗'、'青'、'徐'、'揚'、'荊'、'梁'、'豫'、'雍'。"爾雅"有'幽'、'營', 而無'青'、'梁'。"周禮‧職方氏"有'幽'、'并', 無'徐'、'梁'。後用以泛稱'中國'。

9【九流】 ㄐㄧㄡˇ ㄌㄧㄡˊ [1]九個學術流派。即'戰國'時代的儒家、道家、陰陽家、法家、名家、墨家、縱橫家、雜家、農家。[2]泛指社會上各類人物。

【九品】 ㄐㄧㄡˇ ㄆㄧㄣˇ [1]古代官職的九個等級。[2]古代品評人物的九個等級。即上上、上中、上下、中上、中中、中下、下上、下中、下下。[3]佛家語。修行淨土法門, 依修道的成果層次, 分爲上品上生、上品中生、上品下生、中品上生、中品中生、中品下生、下品上生、下品中生、下品下生等九種品類。[4]道教語。指神仙的九品。即上仙、次仙、太上眞人、飛天眞人、靈仙、眞人、靈人、飛仙、仙人。[5]回教信徒的九種階級。指至聖、大聖、欽聖、聖人、大賢、知者、廉士、善人、庸常。

【九泉】 ㄐㄧㄡˇ ㄑㄩㄢˊ [1]地下極深之處。今指死後所葬之地。[2]指深淵。

10【九宮】 ㄐㄧㄡˇ ㄍㄨㄥ [1]戲曲音樂的一種宮調系統。包括五宮四調: 正宮、中呂宮、南呂宮、仙呂宮、黃鐘宮和大石調、雙調、商調、越調。[2]'東漢'讖緯家以"易"八卦分居八方位, 加上中央, 合爲九宮。[3]道教語。也稱頭中九宮。人腦分九部, 四方四隅及中央, 皆爲神靈居住之所, 故名。有二說: ⑴兩眉間上入一寸爲明堂宮, 入二寸爲洞房宮, 入三寸爲丹田宮, 入四寸爲流珠宮, 入五寸爲玉帝宮, 明堂上一寸爲天庭宮, 洞房宮上一寸爲極眞宮, 丹田宮上一寸爲玄丹宮, 流珠宮上一寸爲太皇宮。⑵指明堂宮、洞房宮、泥丸宮、流珠宮、玉帝宮、天庭宮、極眞宮、玄丹宮、天皇宮。

【九原】 ㄐㄧㄡˇ ㄩㄢˊ 指墓地。同黃泉、九泉。'春秋''晉國'卿大夫的墓地在'九原', 後世因以爲墓地的代稱。

【九卿】 ㄐㄧㄡˇ ㄑㄧㄥ 古代朝廷的九種高級職官。'周'以

少師、少傅、少保、冢宰、司徒、宗伯、司馬、司寇、司空爲九卿。'漢'以太常、光祿勳、衛尉、太僕、廷尉、大鴻臚、宗正、大司農、少府爲九卿,也稱九寺。其後歷代相沿,名稱略有變革。至'明',以吏、戶、禮、兵、刑、工六部尙書、都察院左都御史、通政司使、大理寺卿爲九卿。'清'以都察院、大理寺、太常寺、光祿寺、鴻臚寺、太僕寺、通政司、宗人府、鑾儀衛爲九卿。

11【九通】 ㄐㄧㄡˇ ㄊㄨㄥ

指"通典"、"通志"、"文獻通考"、"續通典"、"續通志"、"續文獻通考"、"清通典"、"清通志"、"清文獻通考"。

【九族】 ㄐㄧㄡˇ ㄗㄨˊ

指九等直系親屬。除本身一族外,往上推,有父、祖、曾祖、高祖,往下推,有子、孫、曾孫、玄孫。

15【九霄】 ㄐㄧㄡˇ ㄒㄧㄠ

1指極高遠的天空。2指帝王的居所。

17【九嶷】 ㄐㄧㄡˇ ㄧˊ

山名。又名'蒼梧山'。也作'九疑'。相傳爲'舜'陵墓所在。在今'湖南省''寧遠縣'南。

18【九曜】 ㄐㄧㄡˇ ㄧㄠˋ

梵曆的一種曆象。又稱九執。日曜爲太陽,月曜爲太陰,火曜爲熒惑星,水曜爲辰星,木曜爲歲星,金曜爲太白星,土曜爲鎭星,羅睺爲黃旛星,計都爲豹尾星。此九星照耀人寰,故名。

9【九重葛】 ㄐㄧㄡˇ ㄔㄨㄥˊ ㄍㄜˊ

(hairy bougainvillea; *Bougainvillea spectabilis*) 別名'南美'紫茉莉。多年生蔓性木本植物。莖具粗刺;葉卵形,兩面具柔毛;花腋生,3朵合生一簇,每朵具大型葉狀苞片1枚,苞片有多種顏色,隨品種而異,如紫色、粉紅及磚紅等。萼筒細長,先端淺裂平展。原產'巴西'。適應各種土質,特別喜好陽光。'臺灣'各地廣泛栽培,可作盆栽、蔭棚及綠籬。

九重葛圖

【九秋蓬】 ㄐㄧㄡˇ ㄑㄧㄡ ㄆㄥˊ

九月的蓬草。比喻飄零離散。

10【九宮格】 ㄐㄧㄡˇ ㄍㄨㄥ ㄍㄜˊ

臨習書法用的一種方格紙。在紙上作「井」字形方格,共等分成三行三列九格,便於臨寫時對照範本字形,布置字的正確架構,並掌握點畫的部位,或縮小或放大字,皆甚爲方便。'清'人'蔣驥'在"重定九宮格"一文中又分有「九宮全格」、「長字省兩旁格」、「短字省上下格」、「九宮中得三層方格」等多種。

13【九節鞭】 ㄐㄧㄡˇ ㄐㄧㄝˊ ㄅㄧㄢ

兵器名。鞭身九節,鋼造,節間以鋼環連之;第一節形如鏢頭,可用以刺人;末節後有柄。主要以掃、劈、纏等方式攻擊。

17【九還丹】 ㄐㄧㄡˇ ㄏㄨㄢˊ ㄉㄢ

道教語。還,即丹砂燒成水銀,積變又還成丹砂的狀態。九還即九轉,內丹家稱金液還丹爲九還。九爲金之成數,根據"河圖",九爲金,九還即金還,乃後天復返先天之義。

4【九天玄女】 ㄐㄧㄡˇ ㄊㄧㄢ ㄒㄩㄢˊ ㄋㄩˇ

道教神名。一稱'玄女',民間尊稱爲'九天娘娘'。有多說:⑴指'黃帝''蚩尤'之戰中,'黃帝'請來的天女'玄女'。'玄女'授'帝'戰法,對付'風伯'、'雨師'。⑵道教神話中,'西王母'屬下的女仙。⑶天書旨意的傳達者、指點迷津的女神。民間崇奉,晚'唐'已有'玄女廟',後來祠廟都稱之爲'九天娘娘'。

【九五之尊】 ㄐㄧㄡˇ ㄨˇ ㄓ ㄗㄨㄣ

指天子之位。

【九牛一毛】 ㄐㄧㄡˇ ㄋㄧㄡˊ ㄧ ㄇㄠˊ

比喻多數中的極少數。

【九牛二虎】 ㄐㄧㄡˇ ㄋㄧㄡˊ ㄦˋ ㄏㄨˇ

比喻極大的力量。

6【九死一生】 ㄐㄧㄡˇ ㄙˇ ㄧ ㄕㄥ

形容境遇極危險。

9【九品中正】 ㄐㄧㄡˇ ㄆㄧㄣˇ ㄓㄨㄥ ㄓㄥˋ

'魏''晉''南北朝'選任官吏的制度。'魏文帝'採吏部尙書'陳群'的建議,每州郡由有聲望的人擔任「中正」,將州郡內的士人,依才能高下,分爲九等(即九品),每十萬人舉一人,由吏部授予官職。'南北朝'沿之,'隋'廢。

10【九原可作】 ㄐㄧㄡˇ ㄩㄢˊ ㄎㄜˇ ㄗㄨㄛˋ

已死的人再生。

11【九章算術】 ㄐㄧㄡˇ ㄓㄤ ㄙㄨㄢˋ ㄕㄨˋ

作者不詳。全書九卷:"方田"、"粟米"、"衰分"、"少廣"、"商功"、"均輸"、"盈不足"、"方程"、"句股"等,共二百四十六個問題及其答案、解說。總結'戰國'以迄'漢代'我國算學上的成就,其中如分數計算、負數、聯立一次方程式等,都有超越世界各國的卓絕成績。

15【九霄雲外】 ㄐㄧㄡˇ ㄒㄧㄠ ㄩㄣˊ ㄨㄞˋ

天外。形容極高極遠的天空。

18【九轉金丹】 ㄐㄧㄡˇ ㄓㄨㄢˇ ㄐㄧㄣ ㄉㄢ

道教語。九轉,謂金丹經過反復燒煉的狀態。認爲燒煉時間愈久,反復次數愈多,藥力愈足,服後成仙愈速,且以九轉爲貴。服一轉之丹,三年得仙;服二轉之丹,二年得仙;服三轉之丹,一年得仙;服四轉之丹,半年得仙;服五轉之丹,百日得仙;服六轉之丹,四十日得仙;服七轉之丹,三十日得仙;服八轉之丹,十日得仙;服九轉之丹,三日得仙。

1【九一八事變】 ㄐㄧㄡˇ ㄧ ㄅㄚ ㄕˋ

ㄅㄧㄢˋ
又稱'瀋陽'事變。'民國'二十年九月十八日,'日本'軍炸毀'瀋陽'城外'南滿鐵路',反誣爲'中國'軍隊所爲,遂即進攻並占領'瀋陽',同時攻占了'長春'、'鞍山'、'撫順'、'營口'等城市,是'日本'大舉侵略'中國'的開端。次年二月,東北地區全部淪陷。

14【九滾十八跌】 ㄐㄧㄡˇ ㄍㄨㄣˇ ㄕˊ ㄅㄚ ㄉㄧㄝˊ
拳術名。流行於北方。特色在於跌仆中擊敵。

10【九宮大成南北詞宮譜】 ㄐㄧㄡˇ ㄍㄨㄥ ㄉㄚˋ ㄔㄥˊ ㄋㄢˊ ㄅㄟˇ ㄘˊ ㄍㄨㄥ ㄆㄨˇ
'清''周祥鈺'等奉敕編,八十二卷。完成於'乾隆'十一年(1746)。內容包括'唐''宋'詞、諸宮調、'元''明''清'南北曲調二千零九十四個,另附同名變體的曲調四千四百六十六個。每曲詳訂旁譜,是現存最早的南北曲樂譜,也是研究詞曲音樂及度曲、譜曲等重要的參考書。

2

也 ㄧㄝˇ yeh³ 音野
1沃盥器。匜的本字。2副詞。(1)表示同樣、同時並行的意思。如:我走,他也跟著走。(2)表示都、全的意思。(3)表示還、倒、卻的意思。3連詞。表示轉折,常和「雖」字連用。如:時候雖早,也不能不開始準備。4助詞。(1)表示肯定。如:仁者人也。(2)表示疑問。如:奈何去社稷也?(3)表示感歎。如:是何言也!(4)用在句中,表示停頓。如:女與'回'也孰愈?(5)用在句首,舒緩語氣。如:也好。(6)用在句末,引起下文。如:大道之行也,天下爲公。(7)用在否定句裡,以加強語氣。如:他再也不會來了。5姓。'明'有'也伯先'。見"奇姓通·六"。

乞 ㊀ ㄑㄧˇ ch'i³ 音起
1求。如:乞憐。2討。如:行乞。3貧賤。如:寒乞。4姓。五代有'乞力'。見"萬姓統譜·一一六"。
㊁ ㄑㄧˋ ch'i⁴ 音氣
給;與。見"字彙"。

5【乞巧】 ㄑㄧˇ ㄑㄧㄠˇ
相傳農曆七月七日牛郎、織女在天河相會,婦女於此夜結綵縷穿針,俗稱乞巧。

8【乞命】 ㄑㄧˇ ㄇㄧㄥˋ
求人饒命。

10【乞師】 ㄑㄧˇ ㄕ
求救兵。

15【乞憐】 ㄑㄧˇ ㄌㄧㄢˊ
求人同情、哀憐。

24【乞靈】 ㄑㄧˇ ㄌㄧㄥˊ
借助於外力。

3

乣 ㄉㄧㄡ tiu¹ 音丟
'遼'、'金'時護衛部隊的編制單位。通常以五十騎爲一乣。也用以指採這種編制編成的護衛部隊。見"金史·百官志三"、"十駕齋養新餘錄·乣"。

4

乜 也的古文。

㐌 ㄧˊ i² 音移
'粵'地的'傜族'名。見"篇海類編"。

5

乪 ㄋㄤ nang¹
'粵'語稱水曲折。見"觚賸·粵觚·語字之異"。

乩 ㄐㄧ chi¹ 音雞
卜以問疑。本作卟。見"說文"。

12【乩童】 ㄐㄧ ㄊㄨㄥˊ
經特殊訓練,能藉由神靈附體以解決信徒之疑難的人。

6

乮 ㄒㄧㄝˊ hsieh² 音協
參乮毒。

8【乮毒】 ㄒㄧㄝˊ ㄉㄨˊ
古國名。也作'身毒'。即今'印度'。

乱 亂的俗體。

7

乳 ㄖㄨˇ ju³ 音汝
1生子;生產。2初生的。如:乳燕。3乳房。4乳房中分泌出來的白色汁液。5哺育。6像乳頭的突起物。如:石鐘乳。

4【乳化】 ㄖㄨˇ ㄏㄨㄚˋ
(emulsification) 由兩種以上互不相溶的液體做成一種膠體懸浮乳狀液體的作用。要保持穩定的乳狀液體可以加入乳化劑,以防止沈澱或膠結的發生。

5【乳母】 ㄖㄨˇ ㄇㄨˇ
奶媽。

6【乳名】 ㄖㄨˇ ㄇㄧㄥˊ
幼時被暱稱的名字。

11【乳液】 ㄖㄨˇ ㄧㄝˋ
(emulsion) 加入少量乳化劑,使兩種或多種不互溶液體維持於懸浮狀態之穩定混合液。例如加入少量清潔劑之油、水混合液。乳液可視爲由分散相與連續相構成,許多工業產品即以此狀態出售,例如藥、油漆、地板蠟等。

【乳清】 ㄖㄨˇ ㄑㄧㄥ
(whey)將牛乳脫脂,再加酸或凝乳酵素,生成以酪蛋白爲主的凝乳,除去酪蛋白後所剩的透明、黃綠色的水溶液即爲乳清。含有乳糖、可溶性蛋白質、礦物質、菸鹼酸及水溶性維生素 B_1、B_2、C 等。主用於飼料,亦可少量添加於糕餅等食品中。

13【乳酪】 ㄖㄨˇ ㄌㄨㄛˋ
(cheese)從牛奶凝液中提煉出的固體食物。

【乳蛾】 ㄖㄨˇ ㄜˊ
病名。一名喉蛾，西醫稱扁桃腺炎。是扁桃腺腫脹引起，咽部兩邊充血、紅腫、發炎、灼熱、疼痛，外觀形狀似蛾，故名。

14【乳漆】 ㄖㄨˇ ㄑㄧ
(emulsion paint)由乳化聚合得到之乳膠(或乳化樹脂)和懸浮於水中之著色劑、填料、增效劑、表面活性劑摻配而成之塗料。其特點是不著火、易施工且無味道。

【乳酸】 ㄖㄨˇ ㄙㄨㄢ
(lactic acid) 一種可溶於水的無色黏稠狀液體。化學式 $CH_3CHOHCOOH$，熔點18°C，沸點119°C。可由澱粉、牛乳、葡萄糖溶液等發酵而得。常用於製造乳酸鹽、藥物、菓子糖、糖果及酵母等。

15【乳齒】 ㄖㄨˇ ㄔˇ
(deciduous tooth; milk tooth) 嬰兒出生後生的牙齒。又名暫齒。普通小兒到六、七月後始生出乳齒，先是下顎二齒，後生上顎二齒，經三十六個月就長全，共達二十枚。至六、七歲時開始自然脫落，由永久齒取代。

【乳漿】 ㄖㄨˇ ㄐㄧㄤ
(grouts)土木工程中供灌漿的液狀或糊狀物。液狀乳漿具黏滯性而無剪力強度，如化學乳漿、稀黏土乳漿等；糊狀乳漿則具剪力強度，如水泥乳漿、黏土水泥乳漿等。

16【乳燕】 ㄖㄨˇ ㄧㄢˋ
[1]雛燕。[2]餔哺雛燕飲食。

17【乳癌】 ㄖㄨˇ ㄞˊ
(breast cancer)多數由乳管起源的腺癌。它與性激素有密切關係，多發生於40～50歲左右的病人。症狀爲可觸摸之硬塊、乳部皮膚凹陷、浮腫、發紅、淋巴節轉移，末期可侵犯全身器官，尤其骨頭和肺部。

4【乳化劑】 ㄖㄨˇ ㄏㄨㄚˋ ㄐㄧˋ
(emulsifying agents; emulsifiers) 能使油與水混合均一成安定乳狀液的表面活性劑。因其含有具親脂性的疏水基及親水性的親水基，介於油與水之間，可使一方分散於另一方，成安定的乳化狀。常用的乳化劑有脂肪酸甘油酯、脂肪酸蔗糖酯、卵磷脂等。

8【乳狀體】 ㄖㄨˇ ㄓㄨㄤˋ ㄊㄧˇ
(mammillary body)下視丘中，被覆著灰色物質的一對白色乳突。位於第三腦室基底的下面。

13【乳腺炎】 ㄖㄨˇ ㄒㄧㄢˋ ㄧㄢˊ
(mastitis) 由於乳管阻塞，乳汁排泄不良，加上乳頭皮膚脆弱，容易破皮而引發的感染。常發生於授乳期。感染細菌主要是黃色葡萄球菌或鏈球菌。症狀爲乳房腫脹、疼痛、發燒、惡寒等。治療方法爲吸出乳汁、使用抗生素及外科切開化膿組織。

17【乳糜管】 ㄖㄨˇ ㄇㄧˊ ㄍㄨㄢˇ
(lacteal)位於小腸絨毛中央的淋巴微管。又名乳糜淋巴管。脂溶性的食物消化後變成乳液狀的乳糜，由此管進入淋巴管，再進而送入循環系統，被人體吸收利用。

10【乳臭未乾】 ㄖㄨˇ ㄒㄧㄡˋ ㄨㄟˋ ㄍㄢ
譏人年少無知。

15【乳膠塗料】 ㄖㄨˇ ㄐㄧㄠ ㄊㄨˊ ㄌㄧㄠˋ
(latex paint) 也稱塑膠漆。其成分包括色料、乳化聚合體、塑化劑與水。塗刷或噴刷物體表面時，若其中水分尚未蒸發，可用水予以清洗，乾燥後則形成連續層膜，其接著性與填充性佳，廣用於建築之內部塗裝。

16【乳燕歸巢】 ㄖㄨˇ ㄧㄢˋ ㄍㄨㄟ ㄔㄠˊ
比喻聲調清新嬌嫩。

17【乳醣不耐症】 ㄖㄨˇ ㄊㄤˊ ㄅㄨˋ ㄋㄞˋ ㄓㄥˋ
(lactose intolerance) 指身體對乳醣的消化吸收不良，所以當吃進乳醣奶製品後，沒有被吸收的乳醣，會促進腸管蠕動，引起腹痛、腹脹、瀉肚現象。原因是小腸黏膜層缺乏一種可分解乳醣爲葡萄糖及半乳醣的乳醣酶。

8

乹 乾的俗體。

10

乾 俗作乹。㊀ ㄑㄧㄢˊ ch'ien² 音前

[1]"易"卦名。(1)八卦之首。象徵天、君、陽、男、剛健等。(2)六十四卦之一。乾下乾上。[2]姓。'唐'有'乾思彥'。見"尚友錄‧五"。

乾卦圖(1)

乾卦圖(2)

㊁ ㄍㄢ kan¹ 音干
同漧。[1]燥；無水分。和溼相反。[2]枯竭；空虛。如：外強中乾。[3]空；徒然。如：乾著急。[4]有名無實的。如：乾媽。[5]盡；無餘。如：乾杯。[6]只；僅。如：乾說不作。[7]用怨怒的話窘人。如：他又乾了我一頓。[8]慢待。如：又把咱們乾起來了。

6【乾冰】 ㄍㄢ ㄅㄧㄥ
(dry ice) 即固態的二氧化碳(CO_2)。是一種雪白的固體，比重1.56，可溶於水。二氧化碳氣體在高壓下液化後，因自由蒸發導致溫度下降，最後便成爲固體狀態的乾冰。常用作冷凍劑。

7【乾材】 ㄍㄢ ㄘㄞˊ
(dry lumber) 含水量在19%以下的木材。

8【乾果】 ㄍㄢ ㄍㄨㄛˇ
(dry fruit) 被子植物的果實成熟後，其果皮含水分極少，故乾而硬者，稱爲乾果。乾果成熟後，若果皮自行裂開者稱爲裂果，如豌豆、大豆、甘藍等的果實；若果皮不自行裂開者稱閉果，如玉米、稻、向日葵等的果實。

【乾季】 ㄍㄢ ㄐㄧˋ
(dry season) 與雨季相對。在某種氣候區內,或某一區域內,每年幾乎在同一時期,有一個月或更長的時間,重複出現雨量最少的情形,則該時期即爲其乾季。

9【乾洗】 ㄍㄢ ㄒㄧˇ
①用揮發性油劑擦洗衣物。②今俗指利用女色而將人身上財物洗劫一空。

【乾度】 ㄍㄢ ㄉㄨˋ
(quality) 當物質是溼蒸汽時,包含飽和液體及飽和蒸汽,而兩相之比例關係常以乾度表示。故乾度定義爲汽相之質量與液-汽混合物之質量比,一般以x表之,即$x=\frac{\text{蒸汽質量}}{\text{全部質量}}$。乾度之存在,僅限於飽和狀態。

10【乾笑】 ㄍㄢ ㄒㄧㄠˋ
不是眞心的笑。

【乾耕】 ㄍㄢ ㄍㄥ
(dry farming) 在半乾燥地區,休耕的土地仍需翻土,以減少水分的蒸發,並可儲蓄足夠的雨水,作爲來年種植穀物之用,稱爲乾耕。如'北美'西部、'落磯山'東麓草原地區、'南美''彭巴'區、'澳洲'和'蘇俄'若干農業區等均從事乾耕。

【乾脆】 ㄍㄢ ㄘㄨㄟˋ
①簡捷爽快。②索性。

11【乾涸】 ㄍㄢ ㄏㄜˊ
水枯竭。

【乾排】 ㄍㄢ ㄆㄞˊ
(dry run;rehearsal) 電視節目的初步排練。通常在攝影場外進行,不需化妝、服飾,也不用攝影機和燈光等設備,只對臺詞和動作。

14【乾綱】 ㄑㄧㄢˊ ㄍㄤ
①天的法則。②君主的大權。③戲稱夫權。

15【乾潮】 ㄍㄢ ㄔㄠˊ
又稱低潮。地球表面的海水水位受天體引潮力的作用,會產生週期性變動,當引潮力最小,海水水位達最低點時,稱爲乾潮。

【乾德】 ㄑㄧㄢˊ ㄉㄜˊ
①古代天子自稱其德。②縣名。在'新疆省''迪化市'北。

16【乾親】 ㄍㄢ ㄑㄧㄣ
因互認而產生的親戚關係。

17【乾燥】 ㄍㄢ ㄗㄠˋ
①乾旱;缺少水分。②(drying) 自固體、液體或氣體混合物中除去某量溶劑之單元操作,通常指自固體除去某量水分而言。常見之方法有利用熱空氣加熱、眞空乾燥等。

【乾薪】 ㄍㄢ ㄒㄧㄣ
不做事而領取的薪水。

18【乾糧】 ㄍㄢ ㄌㄧㄤˊ
水分含量極少,不必烹調的食物。一般爲遠行所攜帶。

19【乾癟】 ㄍㄢ ㄅㄧㄝˇ
乾枯、瘦小。

22【乾癬】 ㄍㄢ ㄒㄧㄢˇ
(psoriasis) 皮膚上出現小塊圓形或橢圓形境界分明之病變區的疾病。多發生於四肢之伸側,但全身皮膚都有可能被感染。其特徵爲病變區會生銀白色的鱗屑,並且常有癢感。病因不明,可能與遺傳及自體免疫有關。治療方法可用煤焦油或副腎上腺皮質素、紫外線照射,惟不易痊癒。

8【乾性油】 ㄍㄢ ㄒㄧㄥˋ ㄧㄡˊ
(drying oil) 即含有不飽和脂肪酸之有機液體(如桐油、亞麻仁油)。將其塗成膜狀則將吸收空氣中氧氣而聚合成相當堅強、具彈性之薄膜。加入鈷、錳等具有兩個結合鍵以上金屬可催化氧化作用而減少乾燥時間。

10【乾草原】 ㄍㄢ ㄘㄠˇ ㄩㄢˊ
(steppe) 草原植物群系中的一種植物群落。也稱矮草原 (short-grass prairie)。與溼草原、'彭巴'草原相對。由耐旱的矮草所組成,以簇生或叢生形態稀疏分布,或完全無樹木,或間有若干矮樹和灌木,適宜放牧。地面植被覆蓋度小,故土壤面多裸露。此種草原廣布於'北美'和'歐''亞'大陸中緯度地帶內部的半乾燥氣候區,亦即介於溼草原與乾燥沙漠之間。

11【乾船塢】 ㄍㄢ ㄔㄨㄢˊ ㄨˋ
(dry docks) 在海濱爲修建船舶,掘地所造的池狀建築物。塢底及周壁通常以混凝土澆製而成,厚度視塢址地質而定。塢口裝設浮門,待修船舶入塢後,抽除塢內積水,將船舶水線以下部分修好,立即放水開門使船出塢,移至修船碼頭再修畢其水線以上部分。乾船塢需備抽水機主機一座、副機若干,主機則可數塢共用。

12【乾著急】 ㄍㄢ ㄓㄠ ㄐㄧˊ
空焦急而沒有辦法。

13【乾電池】 ㄍㄢ ㄉㄧㄢˋ ㄔˊ
(dry cell) 由化學作用,使化學能變爲電能的一種裝置。一般的乾電池,是以一支碳棒爲陰極(正極),外面包以鋅皮筒爲陽極(負極),而在二極之間以氯化銨、二氧化錳和少量氯化鋅調成的糊狀物做爲電解液。因爲電解液不是水溶液狀態,所以稱爲乾電池。

17【乾燥劑】 ㄍㄢ ㄗㄠˋ ㄐㄧˋ
①(desiccant) 具有吸收或吸附空氣中水蒸氣,以保持容器中物質乾燥之物質。例如氯化亞鈷、活性碳等。②(drier) 具有催化作用,使油漆、清漆、油墨等物質氧化速率加快以減少乾燥所需時間之化學品。通常其爲具有兩個以上結合鍵之金屬與不飽和有機酸反應而得到之鹽類。

【乾燥器】 ㄍㄢ ㄗㄠˋ ㄑㄧˋ
①(desiccator) 具有使物質保持乾燥,或能夠除去物質中自由水分之裝置。其中通常置有乾燥劑。②(dryer) 利用烘乾媒劑(通常爲熱空氣),使物料含水量減少之裝置。依待乾燥物料之形狀分類有

盤式與隧式乾燥器(用於塊狀或成形物體)、旋轉與運輸帶式乾燥器(用於顆粒狀物質)、筒式乾燥器(用於紙張、布匹等薄長物料)、桶式與噴霧式乾燥器(用於溶液或混合液中之溶質,例如牛奶之乾燥)。

5【乾生植物】 ㄍㄢ ㄕㄥ ㄓˊ ㄨˋ

(xerophytes) 能適應季節性或長期性乾燥環境的植物。其生理上多有儲水與減少葉面蒸散的組織,如長根、小而硬或油質的葉、厚皮而多刺的枝幹、厚層的葉肉等。常見的有仙人掌、仙人球、油葱、檉柳等。

6【乾式構造】 ㄍㄢ ㄕˋ ㄍㄡˋ ㄗㄠˋ

(dry assembly)即預鑄混凝土構造。又稱乾式預鑄裝配構造。依規格化之設計,先將整個建築物分成若干構造單元,在工廠中大量生產後,再運至工地組合拼構,組合時無需應用水分,故稱。

8【乾性壁畫】 ㄍㄢ ㄒㄧㄥˋ ㄅㄧˋ ㄏㄨㄚˋ

(secco) '義大利'文的原義爲「乾性的」,即在乾的灰泥壁上作畫前,先以石灰水濡溼灰泥,再用調以膠水的水性顏料來作畫。此法不需趕時間,可慢慢畫,然缺點在於色彩容易剝落,不能耐久。

【乾坤一擲】 ㄑㄧㄢˊ ㄎㄨㄣ ㄧ ㄓˊ

以天下作孤注之一擲。也作一擲乾坤。

10【乾柴烈火】 ㄍㄢ ㄔㄞˊ ㄌㄧㄝˋ ㄏㄨㄛˇ

比喻曠男怨女相遇,極易發生曖昧的行爲。

11【乾球溫度】 ㄍㄢ ㄑㄧㄡˊ ㄨㄣ ㄉㄨˋ

(dry bulb temperature)一般溫度計所測得之溫度。

【乾貨貨櫃】 ㄍㄢ ㄏㄨㄛˋ ㄏㄨㄛˋ ㄍㄨㄟˋ

(dry cargoes container) 貨櫃運輸系統中,適於裝載各種貨物,堪稱用途最大的一種貨櫃。其結構乃前後端有強力鋼材骨架,中間連以金屬上下縱材,四壁爲金屬片材,頂部有一金屬蓋板。

【乾舷標誌】 ㄍㄢ ㄒㄧㄢˊ ㄅㄧㄠ ㄓˋ

(Plimsoll mark) 標示該船載貨之最大吃水限制的標誌。

14【乾嘉學派】 ㄑㄧㄢˊ ㄐㄧㄚ ㄒㄩㄝˊ ㄆㄞˋ

指'清朝''乾隆'、'嘉慶'時代專從事於考據學的學派。代表人物有'戴震'、'惠棟'、'段玉裁'、'王念孫'等。

17【乾燥砂床】 ㄍㄢ ㄗㄠˋ ㄕㄚ ㄔㄨㄤˊ

(drying sand bed) 藉砂床之滲濾與蒸發作用進行之汙泥脫水方法所利用的開敞或有蓋的砂床。爲較小型的汙水廠所常用。汙泥乾燥床表層爲厚約10～25公分的砂,砂層下鋪20～45公分厚的級配礫石,砂的有效粒徑爲0.3～1.2毫米,均勻係數小於5.0,礫石的粒徑自0.32～2.54公分。砂床下排水管可用陶管間接鋪置,其最小直徑爲10公分,最小坡度爲1%,水管間距爲2.5～6.0公尺。濾過液流回處理廠可予以再處理。

【乾燥氣候】 ㄍㄢ ㄗㄠˋ ㄑㄧˋ ㄏㄡˋ

(dry climate)氣候類型之一。包括乾草原氣候和沙漠氣候。雨量稀少(年雨量在500公釐以下)且變率極大,蒸發散量遠大於降水量,土壤有嚴重缺水現象,故植物難以生長,只有乾生植物分布。中心區域最爲乾燥,年雨量在250公釐以下,屬沙漠氣候;邊緣地區,年雨量增至250～500公釐,已有疏落耐旱的矮草生長,屬乾草原氣候。

10【乾草原氣候】 ㄍㄢ ㄘㄠˇ ㄩㄢˊ ㄑㄧˋ ㄏㄡˋ

(steppe climate) 乾燥氣候的一種副型。又稱半乾燥氣候。日溫差、年溫差均大,雨量稀少,天然植物以草本植物爲主,可適應氣溫劇變和長期乾旱,故名乾草原氣候。此型氣候年均溫在20°C時,年雨量約在600公釐以下;25°C時,約在700公釐以下。'美國'中西部及我國西部地區,沙漠氣候和其他氣候間的過渡氣候區,即爲乾草原氣候分布地區。

𠃵 ㄔˊ ch'ih² 音持

治理。通作治。見"集韻"。

11

乹 乾的俗體。

12

亄 ㄧˋ i⁴ 音意

貪吝;吝嗇。見"字彙"。

亂 ㊀ ㄌㄨㄢˋ luan⁴ 音㡩

①紊雜;無秩序。②渾;混淆。如:以假亂眞。③無道。如:亂君。④叛逆。如:亂黨。⑤妄;任意。如:亂殺無辜。⑥不公;不正。如:亂道誤人。⑦神智不清。如:疾病則亂。⑧治理。通㡩。如:予有亂臣十人。⑨橫流直渡。如:入于'渭',亂于'河'。⑩樂曲的末章。如:"關雎"之亂。⑪古賦篇末總結全篇大旨的文辭。

㊁ ㄌㄢˋ lan⁴ 音濫

禍患。如:亂子。

9【亂流】 ㄌㄨㄢˋ ㄌㄧㄡˊ

①沒有固定方向的流水。引申指人任意恣行。②橫渡流水。③(turbulence)流體運動狀態之一。作不規則運動,其中任何一點之速度,隨時間作方向及大小之改變,有時會形成渦流,並於流體中作急速之動量交換。

10【亂眞】 ㄌㄨㄢˋ ㄓㄣ

模仿精巧,與眞品混淆難分。

【亂倫】 ㄌㄨㄢˋ ㄌㄨㄣˊ

①違反倫理。②指違反人倫的性關係。

11【亂視】 ㄌㄨㄢˋ ㄕˋ

散光眼的俗稱。參散光。

12【亂階】 ㄌㄨㄢˋ ㄐㄧㄝ

禍亂的階梯。指助成禍亂的因素。

15【亂彈】 ㄌㄨㄢˋ ㄊㄢˊ
戲曲腔調名。除'崑'腔外的各種地方戲曲腔調總稱。也稱花部,與稱雅部的'崑'曲相對。盛行於'清高宗''乾隆'之後。包括'弋陽'腔、梆子腔、二簧腔、皮'黃'腔、'京'腔等。

【亂數】 ㄌㄨㄢˋ ㄕㄨˋ
(random numbers) 又稱隨機數。在亂數表中,每一數的出現都依照某一定頻率,並如同擲骰子一樣具有各種可能。常用均勻出現的'阿拉伯'數字表現在特別設計的算則中,以便在高速電腦內產生此種亂數表。如此生成的數稱爲假亂數(因爲它不是眞正的亂數),常用於某些涉及隨機事件的數值計算中,例如'蒙地卡羅'法。

19【亂離】 ㄌㄨㄢˋ ㄌㄧˊ
遭亂而離散。

10【亂烘烘】 ㄌㄨㄢˋ ㄏㄨㄥ ㄏㄨㄥ
混亂而吵鬧的樣子。

【亂針繡】 ㄌㄨㄢˋ ㄓㄣ ㄒㄧㄡˋ
刺繡技法的一種。傳統刺繡,針線走向多齊一平順。亂針繡針法多依光線的明暗而行,且允許交叉重疊。明處用線淺,暗處用線深;明處用線稀薄,暗處用線厚重。作品富立體感,其技法深受西洋繪畫的影響。

2【亂七八糟】 ㄌㄨㄢˋ ㄑㄧ ㄅㄚ ㄗㄠ
雜亂的樣子。

6【亂臣賊子】 ㄌㄨㄢˋ ㄔㄣˊ ㄗㄟˊ ㄗˇ
叛逆君父,違背倫常的人。

10【亂倫禁忌】 ㄌㄨㄢˋ ㄌㄨㄣˊ ㄐㄧㄣˋ ㄐㄧˋ
(incest taboo) 通常指禁止家庭成員間相互的性關係。禁忌的範圍,依每個社會的親屬制度和社會組織的形式之不同而定。

16【亂頭粗服】 ㄌㄨㄢˋ ㄊㄡˊ ㄘㄨ ㄈㄨˊ
頭髮散亂,衣服粗陋。指不作外表的修飾。

15【亂數產生器】 ㄌㄨㄢˋ ㄕㄨˋ ㄔㄢˇ ㄕㄥ ㄑㄧˋ
(random number generator) 依據所給定的規則與範圍,產生亂數的裝置或電腦程式。又稱隨機數產生器。

亅部

亅 ㄐㄩㄝˊ chüeh^{2} 音決
倒掛的曲鉤。見"說文"。

乛 乃的古文。

1

了 ㈠ ㄌㄧㄠˇ liao^{3} 音憭
①行走時足脛相交。見"說文"。②完畢;結束。如:了結。③完全。如:了無痕迹。④明白通曉。如:了解。
㈡ ·ㄌㄜ ·le
①用在動詞後,表示動作的完成。②助詞。用於句末。⑴表示已經。⑵表示肯定。

2【了了】 ㄌㄧㄠˇ ㄌㄧㄠˇ
①明白清楚。②聰明。如:小時了了。

7【了局】 ㄌㄧㄠˇ ㄐㄩˊ
完結;終局。

8【了事】 ㄌㄧㄠˇ ㄕˋ
①明白事理。②結束;完畢。③辦理事務。④調解紛爭。

9【了卻】 ㄌㄧㄠˇ ㄑㄩㄝˋ
結束;解決。

10【了悟】 ㄌㄧㄠˇ ㄨˋ
佛家語。指徹底了解眞理。

12【了然】 ㄌㄧㄠˇ ㄖㄢˊ
①清楚;明白。②徒然;枉費。

【了結】 ㄌㄧㄠˇ ㄐㄧㄝˊ
結束;了斷;完結。

13【了義】 ㄌㄧㄠˇ ㄧˋ
佛家語。對人生宇宙本源有徹底、洞燭的見地。相對的,對事物見解的不徹底、不究竟,稱爲不了義。

【了當】 ㈠ ㄌㄧㄠˇ ㄉㄤˋ
①妥當完結。②處理。③爽快。
㈡ ㄌㄧㄠˇ ㄉㄤ
擔當得起。

18【了斷】 ㄌㄧㄠˇ ㄉㄨㄢˋ
結束;斷決。

19【了願】 ㄌㄧㄠˇ ㄩㄢˋ
①完成心願。②還願。

6【了如指掌】 ㄌㄧㄠˇ ㄖㄨˊ ㄓˇ ㄓㄤˇ
形容對事情看得很清楚。

12【了無生趣】 ㄌㄧㄠˇ ㄨˊ ㄕㄥ ㄑㄩˋ
形容生活極其枯燥乏味。

𠄏 ㄌㄧㄠˇ tiao^{3}
①懸掛。見"集韻"。②男子的生殖器。見"六書略"。

3

予 ㈠ ㄩˇ yü^{3} 音與
①給予;賞賜。通與。②同意;許可。如:准予通行。
㈡ ㄩˊ yü^{2} 音余
我。同余。如:予身。

8【予取予求】 ㄩˊ ㄑㄩˇ ㄩˊ ㄑㄧㄡˊ
本指從我處求取財物。後借指任憑己意求取。

5

争 爭的俗體。

7

事 ㄕˋ shih^{4} 音士
①事情。②職務;工作。如:敬於事。③物;東西。如:開門七件事。④變故。如:多事之秋。⑤崇奉;侍奉。如:事父母。⑥作;行。如:不事生產。

5【事功】 ㄕˋ ㄍㄨㄥ
①做事的功效。②事業;功績。

6【事件】 ㄕˋ ㄐㄧㄢˋ
①具體的事情或事項。②不平常的事情。

8【事宜】 ㄕˋ ㄧˊ

①事情。②事務的機宜。

【事例】 ㄕˋ ㄌㄧˋ
①拿以前的事情做爲範例。②同樣事情的先例。

9【事故】 ㄕˋ ㄍㄨˋ
偶發的事件。多指不幸的事情。

11【事理】 ㄕˋ ㄌㄧˇ
事物的道理。

【事務】 ㄕˋ ㄨˋ
①事情。②職務。

【事略】 ㄕˋ ㄌㄩㄝˋ
①事跡的大概情形。②文體之一。記述人或事。

【事假】 ㄕˋ ㄐㄧㄚˋ
員工因有特定事故必須親自處理者,得請事假。事假的期間合計每年以一星期至三星期爲限。

16【事機】 ㄕˋ ㄐㄧ
①時機。②機密。

23【事變】 ㄕˋ ㄅㄧㄢˋ
①世事的變化。②突然發生的重大事故。

9【事故率】 ㄕˋ ㄍㄨˋ ㄌㄩˋ
(accident rate) 指所有員工每工作200,000工時,受傷及生病之發生率。即事故率

$$=\frac{\text{傷害及疾病件數}\times 200,000}{\text{總工時}}\text{。}$$

11【事務官】 ㄕˋ ㄨˋ ㄍㄨㄢ
在行政組織上,大多受政務官指揮監督,而以實際執行既定政策爲主要任務的公務人員。得依"考試法"銓選合格後,始取得任用資格。進用事務官時,極著重其專業化,並立即予以身分、職位之保障,以利政務的推行,維持政治安定。

14【事實審】 ㄕˋ ㄕˊ ㄕㄣˇ
訴訟程序中的第一審及第二審應爲事實之審理、認定及法律之適用,故稱爲事實審。與法律審(第三審)係當事人以判決違背法令爲理由提起上訴,且以第二審確立之事實爲裁判基礎者不同。在民事訴訟,第一審程序,當事人應就訴訟關係爲事實上及法律上之陳述,對於他造提出之事實應爲陳述,於言詞辯論終結前,得提出攻擊防禦方法。在第二審程序,當事人得提出新攻擊或防禦方法,亦即在第一審就事實或證據所未爲之陳述,得追復之,除別有規定外,准用第一審程序之規定。在刑事訴訟,第一審程序,審判長應就被訴事實訊問被告,其訊問應予被告以辯明犯罪嫌疑之機會。第二審爲第一審之覆審,其審判程序,除特別規定外,准用第一審審判之規定。

5【事半功倍】 ㄕˋ ㄅㄢˋ ㄍㄨㄥ ㄅㄟˋ
用力少而收效大。

6【事先選擇】 ㄕˋ ㄒㄧㄢ ㄒㄩㄢˇ ㄗㄜˊ
(preselection) 核保人員在保險契約成立以前對要保業務所作的選擇。即就各項有關因素審愼考慮,決定取捨。對於過分不良的危險,或增加保險費率,或直接予以拒保。

【事件記憶】 ㄕˋ ㄐㄧㄢˋ ㄐㄧˋ ㄧˋ
(episodic memory) 係個別事件的記憶,且該事件發生的時間爲記憶的要項。與語意記憶相對。

9【事後選擇】 ㄕˋ ㄏㄡˋ ㄒㄩㄢˇ ㄗㄜˊ
(postselection) 核保人員在保險契約成立後對承保業務所作的選擇。保險人原已承保的危險,可能因某項危險因素變動而品質降低,自應設法提高費率或予以淘汰,以期承保業務品質齊一。

10【事倍功半】 ㄕˋ ㄅㄟˋ ㄍㄨㄥ ㄅㄢˋ
用力多而收效小。

11【事務單位】 ㄕˋ ㄨˋ ㄉㄢ ㄨㄟˋ
機關中處理文書、財物及庶務管理的單位。依業務的繁簡及員額的多寡,有總務處、總務室、事務員等名稱。

13【事過境遷】 ㄕˋ ㄍㄨㄛˋ ㄐㄧㄥˋ ㄑㄧㄢ
事情已經過去,環境也已改變。

【事業諮詢】 ㄕˋ ㄧㄝˋ ㄗ ㄒㄩㄣˊ
(career counseling) 中學或大學裡爲輔導學生就業而設的諮詢服務工作。此類諮詢是根據學生的就業與趣與動機、學業成績、測得的智力性向與人格特質,並參考就業市場的需求,然後給予適當的導引。

【事業教育】 ㄕˋ ㄧㄝˋ ㄐㄧㄠˋ ㄩˋ
(career education) 強調課程與事業關係的一種教育措施。此項措施旨在導引學生在學習中注意所學得之知能與就業的關係,並防止學生爲學習而學習。

【事業基金】 ㄕˋ ㄧㄝˋ ㄐㄧ ㄐㄧㄣ
基金之資本多數來自政府的一般或特別收入,而由政府機關運用與經營,並且是對一般大眾提供其服務,對使用者收回費用,期能以收入抵用其支出,像水電、瓦斯之供應,或公車、機場是,故或稱之爲公用事業。

【事業機能】 ㄕˋ ㄧㄝˋ ㄐㄧ ㄋㄥˊ
(business functions; enterprise functions)又稱業務機能、企業機能。指企業爲達成組織目標所需具備的基本機能。包括生產、行銷、人事、財務等四項以業務性質爲區分標準的機能。

【事業機構】 ㄕˋ ㄧㄝˋ ㄐㄧ ㄍㄡˋ
凡以經營特定事業爲主要任務的組織,統稱爲事業機構。其中由國家和地方政府爲便利行政、經營公利事業而設置,或政府與人民合資經營事業而政府股份超過該組織百分之五十者,稱爲公營事業機構;由民間自行依法設置者,稱爲民營事業機構。

14【事實判斷】 ㄕˋ ㄕˊ ㄆㄢˋ ㄉㄨㄢˋ
(factual judgment)只論斷事物的有無和事態的存在與否,不評判其有無價值等。與價值判斷相對。

【事實承認】 ㄕˋ ㄕˊ ㄔㄥˊ ㄖㄣˋ
(de facto recognition) 既存國家對於新國家或新政府,給予暫

時的承認。事實承認的需要,乃由於新國家或新政府的地位已經鞏固,但既存國家對其仍有所需求或不滿,必須先給予事實承認,待其滿足該項需求或化解該項不滿後,才給予法律承認。

【事實描敘】 ㄕˋ ㄕˊ ㄇㄧㄠˊ ㄒㄩˋ

(documentation)報刊新聞報導的一種手法。除首段爲導言外,內文各段,採一段事實、一段情況發展的交互描寫,使整個報導生動活潑。

【事實檢索】 ㄕˋ ㄕˊ ㄐㄧㄢˇ ㄙㄨㄛˇ

(fact retrieval) 一種資訊檢索的方式。檢索得之資訊是直接可利用的事實,而非書目性資料。通常必須利用即時性參考工具書,如百科全書、字典、年鑑等,或查尋全文資料庫,才能直接獲取事實,不需藉文獻的書目性資料以尋找出原文,進而獲知所需之資訊。

[15]**【事緩則圓】** ㄕˋ ㄏㄨㄢˇ ㄗㄜˊ ㄩㄢˊ

事情從容進行,就能圓滿成功。

[13]**【事業廢棄物】** ㄕˋ ㄧㄝˋ ㄈㄟˋ ㄑㄧˋ ㄨˋ

(industrial wastes)由生產事業機構所產生的廢棄物。包括一、有害廢棄物:指具毒性、危險性,其濃度或數量足以影響人體健康或汙染環境的廢棄物。二、一般廢棄物:指除有害廢棄物外的廢棄物。

[14]**【事實之推定】** ㄕˋ ㄕˊ ㄓ ㄊㄨㄟ ㄉㄧㄥˋ

法院根據經驗法則由已知之事實推論認定應證事實,稱爲事實之推定。例如夫妻連續分居達十六個月,而妻生育一女,可推論妻與第三人通姦。推翻事實之推定時,無須使法院就所推定之事實不存在,得到確實之心證,僅須使法院就所推定之事實存在之心證產生動搖即可。“民事訴訟法”規定,法院得依已明瞭之事實,推定應證事實之眞僞。濫用經驗法則而爲事實之推定,或應爲事實之推定而不爲或爲之而不適當者,均屬違法之事實認定。

二 部

二 ㄦˋ êrh^4 音貳

1數名。古文作弍。近世公文、帳簿、票據通作貳。‘阿拉伯’數字作2。2第二。如:二流。3再。如:二度。4倍。如:二八佳人。5雙;比並。如:獨一無二。6異心。如:有死無二。7不同的;不實的。如:君無二言。

4【二心】 ㄦˋ ㄒㄧㄣ
異志;違異的念頭。

【二毛】 ㄦˋ ㄇㄠˊ
指年老的人。老人鬢髮斑白,故云。

8【二拍】 ㄦˋ ㄆㄞ
指‘明’‘凌濛初’所撰“初刻拍案驚奇”、“二刻拍案驚奇”。

【二房】 ㄦˋ ㄈㄤˊ
1小老婆。2家族中屬於次子的一系。

9【二南】 ㄦˋ ㄋㄢˊ
指“詩經”裡的“周南”、“召南”。

【二胡】 ㄦˋ ㄏㄨˊ
拉弦樂器。琴桿、琴筒、琴軫都是木製,置千斤,琴筒有圓形、六角形、八角形多種形狀,一端蒙蛇皮,一端置雕花音窗。設二弦,用馬尾竹弓夾在二弦之間拉奏,按五度關係定弦。發音柔和優美。

二胡圖

【二致】 ㄦˋ ㄓˋ
1兩種不同的結果和目標。2兩種不同旨趣。

10【二乘】 ㄦˋ ㄕㄥˋ
佛家語。1佛教分大、小二乘。以車乘爲喻,意謂能載道濟人。大乘,又稱菩薩乘,指自度又度人的佛教徒。小乘,指只能自度,不能度人的佛教徒。2聲聞乘與緣覺乘。聽聞‘釋迦’說法而自度者,名聲聞乘。觀緣起道理而自度者,名緣覺乘。此二乘又合稱小乘。

12【二雅】 ㄦˋ ㄧㄚˇ
指“詩經”的“大雅”、“小雅”。

18【二簧】 ㄦˋ ㄏㄨㄤˊ
戲曲腔調名。也作二‘黃’。源出於‘湖北’‘黃陂’、‘黃岡’,後流傳於‘湖北’、兩‘廣’、‘安徽’,故又稱‘湖’‘廣’調、‘徽’調。‘咸豐’、‘同治’年間,合西皮調成皮‘黃’調,爲‘京’腔的主體。二簧的曲調流暢平和,節奏較穩定,速度較慢,有低迴婉轉、端莊凝重的特點。

4【二元醇】 ㄦˋ ㄩㄢˊ ㄔㄨㄣˊ
(dihydric alcohol) 分子中含有二個羥基(−OH基)的醇,稱爲二元醇。例如乙二醇($HOCH_2CH_2OH$)等。

【二元酸】 ㄦˋ ㄩㄢˊ ㄙㄨㄢ
(dicarboxylic acid)分子中含有二個羧基(−COOH基)的有機酸,稱爲二元酸。如酒石酸、草酸等。

【二元碼】 ㄦˋ ㄩㄢˊ ㄇㄚˇ
(binary code) 只用兩個不同的字符表示資料訊息的編碼方式。二元碼所使用的字符通常是0與1。

【二元論】 ㄦˋ ㄩㄢˊ ㄌㄨㄣˋ
(dualism) 以對立而並存的兩種元素或原理,來說明宇宙萬物的本質或運行的理論。如以心和物兩種實體,說明宇宙萬物的構成和運作的學說,即心物二元論。

【二元樹】 ㄦˋ ㄩㄢˊ ㄕㄨˋ
(binary tree) 樹狀結構中若每一節點最多只有兩個分支,則稱爲二元樹。爲電腦程式中常用的資料結構之一。

【二分法】 ㄦˋ ㄈㄣ ㄈㄚˇ
1(dichotomy)將某類事物區分爲二個次類的方法。如把所有國家分成友好國家和敵對國家,把所有的書分成理論性和實用性兩類。但二分法往往會導致錯誤,因爲它忽略了第三類事物存在的可能。如可能有既非友好亦非敵對的國家,故不可因某國爲非友好國,即推斷其爲敵對國。二分法又往往忽略了兩類事物有重疊的可能。如理論性的書可能同時又是實用性的,這兩類書並未互相排斥,故不可因某書是理論性的,即推斷其爲不實用。2(binary fission)單細胞生物如變形蟲、細菌等,當個體長到一定大小,便行有絲分裂而使個體分爲兩個個體的方法。屬無性生殖。

【二分點】 ㄦˋ ㄈㄣ ㄉㄧㄢˇ
(equinoxes) 天球上黃道與赤道的兩個交點。太陽在黃道上由南向北視行,於每年3月21日或前後通過赤道,稱爲春分點;到達夏至點後,太陽由北向南視行,於9月23日或前後通過赤道,稱爲秋分點。每當太陽通過二分點時,地球的南北半球受光相等,所以晝夜平分。

5【二甲醚】 ㄦˋ ㄐㄧㄚˇ ㄇㄧˊ
(dimethyl ether) 又稱甲醚。是一種具芳香的無色氣體。化學式$(CH_3)_2O$,沸點−24.5°C。可溶於有機溶劑中。爲硫酸與甲醇作用而得。可用做燃料、速凍介質、致冷劑、麻醉藥等。

6【二至點】 ㄦˋ ㄓˋ ㄉㄧㄢˇ
(solstices) 太陽在黃道上所到達的最北及最南的兩個極點。太陽在周年視行中,於6月22日或前後到達黃道最北處,稱爲夏至點;於12月22日或前後到達黃道最南處,稱爲冬至點。

【二百五】 ㄦˋ ㄅㄞˇ ㄨˇ
形容男子鹵莽、傻氣,略帶瘋癲的樣子。

【二尖瓣】 ㄦˋ ㄐㄧㄢ ㄅㄢˋ
(bicuspid valves) 又稱僧帽瓣。由前後二片瓣膜組成,位在左心房和左心室之間,用以阻止血液逆流至左心房。

【二名法】 ㄦˋ ㄇㄧㄥˊ ㄈㄚˇ

(binomial nomenclature) 生物學家為生物定名時，係用二名法，即該學名由兩個字組成，一為該生物的屬名，另一為種名。屬名在前，是一名詞，種名在後，為一形容詞。係由'林奈'所創。

8【二房東】 ㄦˋ ㄈㄤˊ ㄉㄨㄥ

把包租下來的房子再分租給他人的人。

9【二郎門】 ㄦˋ ㄌㄤˊ ㄇㄣˊ

國術派別。流行於北方，尤以'河北省'最盛。有拳法及兵器。

【二郎神】 ㄦˋ ㄌㄤˊ ㄕㄣˊ

1 民間傳說古神名。"封神演義"以為'楊戩'。'宋'以後，各地多有'二郎神'廟。'蜀'中的'二郎神'廟，'朱熹'以為所祀乃'李冰'的次子。2 詞、曲牌名。雙調。原為'唐'教坊曲。

【二度梅】 ㄦˋ ㄉㄨˋ ㄇㄟˊ

指女子再嫁。

【二段體】 ㄦˋ ㄉㄨㄢˋ ㄊㄧˇ

(binary form) 西洋音樂曲式。有大小之分，包括兩個樂句的小曲，即為小二段體；倘若全曲很長，分為兩個大段落，首段結束在新調以求變化，尾段回到原調以求統一，則是大二段體。

【二重奏】 ㄦˋ ㄔㄨㄥˊ ㄗㄡˋ

(duet) 凡由兩件樂器同時演奏的樂曲，稱為二重奏。由兩人同時唱出的樂曲，稱為二重唱。

10【二起腳】 ㄦˋ ㄑㄧˇ ㄐㄧㄠˇ

國術腿擊法。又稱連環腳、鴛鴦腳。前腳踢起尚未收回，後腳接著跳起踢出。

【二倍體】 ㄦˋ ㄅㄟˋ ㄊㄧˇ

(diploid) 除細菌、若干眞菌、植物的配子體，以及雙翅目中的雄性動物如雄蜂等以外，一般生物細胞內的染色體都是兩兩成對，這樣的個體，稱為二倍體。

11【二部制】 ㄦˋ ㄅㄨˋ ㄓˋ

(double sessions) 由於教室不敷使用，學生分批於上、下午上課的權宜性措施。

12【二補數】 ㄦˋ ㄅㄨˇ ㄕㄨˋ

(two's complement) 將一個二進位數取其一補數後再以二進位制加1所得之數，稱為原數之二補數。如二進位數 01101010 之一補數為 10010101，故其二補數為 10010110。為電腦處理負數所採用的一種方法。

13【二極體】 ㄦˋ ㄐㄧˊ ㄊㄧˇ

(diode) 將P型半導體和N型半導體接合即製成 P-N 接面二極體，簡稱二極體。欲使其工作，必須加入適當的偏壓；圖(*a*)為順向偏壓，電路可導通；圖(*b*)為逆向偏壓，電路不通。因此二極體有單向導電之作用，可應用於交流電的整流及無線電電路中之檢波作用。

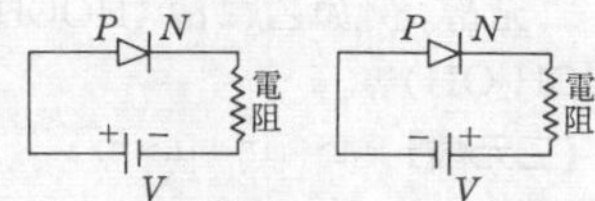

(a)順向偏壓圖　(b)逆向偏壓圖

2【二十八宿】 ㄦˋ ㄕˊ ㄅㄚ ㄒㄧㄡˋ

古人為觀測或推算日、月、五星的運行，選擇沿天球赤道兩側範圍內的恆星，劃分為二十八個星官，以作標誌，稱為二十八宿。也稱二十八舍或二十八星。自西向東依次排列，與日、月視行的方向相同。東方七宿為：角、亢、氐、房、心、尾、箕，象蒼龍；北方七宿為：斗、牛(牽牛)、女(婺女)、虛、危、室(營室)、壁(東壁)，象玄武(蛇與龜)；西方七宿為：奎、婁、胃、昴、畢、觜(觜巂)、參，象白虎；南方七宿為：井(東井)、鬼(輿鬼)、柳、星(七星)、張、翼、軫，象朱鳥(朱雀)。除了我國以外，'巴比倫'、'印度'、'阿拉伯'也有類似二十八宿的劃分，根據近代學者的研究，這都是源自'中國'的。

四象	宿名	西漢至今距星	先秦以前距星	淮南子天文訓所載距度
東	角	室女座 α	室女座 α	12
	亢	室女座 κ	室女座 κ	9
方	氐	大枰座 α	天秤座 α	15
	房	天蝎座 π	天蝎座 π	5
蒼	心	天蝎座 σ	天蝎座 α	5
	尾	天蝎座 μ_1	天蝎座 λ	18
龍	箕	人馬座 γ	人馬座 γ	11¼
北	斗	人馬座 φ	人馬座 σ	26
	牛	摩羯座 β	摩羯座 α	8
方	女	寶瓶座 ε	寶瓶座 ε	12
	虛	寶瓶座 β	寶瓶座 α	10
玄	危	飛馬座 α	飛馬座 θ	17
	室	飛馬座 α	飛馬座 η	16
武	壁	飛馬座 γ	仙女座 α	9
西	奎	仙女座 η	仙女座 β	16
	婁	白羊座 α	白羊座 β	12
方	胃	白羊座 35	英仙座 β	14
	昴	金牛座 17	金牛座 17	11
白	畢	金牛座 ε	金牛座 α	16
	觜	獵戶座 λ	獵戶座 λ	2
虎	參	獵戶座 δ	獵戶座 α	9
南	井	雙子座 μ	雙子座 γ	33
	鬼	巨蟹座 θ	巨蟹座 θ	4
方	柳	長蛇座 δ	長蛇座 δ	15
	星	長蛇座 α	長蛇座 ι	7
朱	張	長蛇座 ν_1	長蛇座 μ	18
	翼	巨爵座 α	巨爵座 γ	18
雀	軫	烏鴉座 γ	烏鴉座 γ	17

【二十五史】 ㄦˋ ㄕˊ ㄨˇ ㄕˇ

二十五部史書的合稱。即二十四史加上近代史學家'柯劭忞'的"新元史"。參二十四史。

【二十四史】 ㄦˋ ㄕˊ ㄙˋ ㄕˇ

二十四部史書的合稱。見附表：

書名	作者	卷數
史記	漢司馬遷	一三〇
漢書	東漢班固	一二〇
後漢書	南朝宋范曄	一二〇
三國志	晉陳壽	六五
晉書	唐房玄齡	一三〇
宋書	南朝梁沈約	一〇〇
南齊書	南朝梁蕭子顯	五九
梁書	唐姚思廉	五六
陳書	唐姚思廉	三六
魏書	北齊魏收	一一四
北齊書	唐李百藥	五〇
周書	唐令狐德棻	五〇
隋書	唐魏徵	八五
南史	唐李延壽	八〇
北史	唐李延壽	一〇〇

舊唐書	五代後晉劉昫	二〇〇
新唐書	宋歐陽脩	二二五
舊五代史	宋薛居正	一五〇
新五代史	宋歐陽脩	七四
宋史	元脫脫	四九六
遼史	元脫脫	一一六
金史	元脫脫	一三五
元史	明宋濂	二一〇
明史	清張廷玉	三三六

【二十四孝】ㄦˋ ㄕˊ ㄙˋ ㄒㄧㄠˋ
'元''郭居敬'撰。記'虞舜'、'漢文帝'、'曾參'、'閔損'、'仲由'、'董永'、'郯子'、'江革'、'陸績'、'唐夫人'、'吳猛'、'王祥'、'郭巨'、'楊香'、'朱壽昌'、'庾黔婁'、'老萊子'、'蔡順'、'黃香'、'姜詩'、'王褒'、'丁蘭'、'孟宗'、'黃庭堅'等人的孝行。

【二十四要】ㄦˋ ㄕˊ ㄙˋ ㄧㄠˋ
北派拳術以四擊、八法、十二型的要領爲二十四要。

【二八年華】ㄦˋ ㄅㄚ ㄋㄧㄢˊ ㄏㄨㄚˊ
女子十六歲。也用以泛指青春正盛的女子。

4【二元假說】ㄦˋ ㄩㄢˊ ㄐㄧㄚˇ ㄕㄨㄛ
(dualistic hypothesis) 地球起源的假說之一。爲十六世紀'保芬'(Buffon)所創立。此說謂太陽爲大彗星所擊中，其破裂之碎片造成行星。

【二元運算】ㄦˋ ㄩㄢˊ ㄩㄣˋ ㄙㄨㄢˋ
(binary operation) 一般而言，可指任何輸入一對東西、輸出一個東西的過程。用函數概念來說，一個普遍接受的定義如下：定義在一集合 S 上的運算，是一個定義在'卡'氏積 $S\times S$，對應到 S 的函數。如果函數對應到比 S 大的集合，則稱之爲不滿足封閉性。例如正整數的減法或除法。將正整數擴充至整數乃至分數的目的之一，乃使它們在整數集和分數集上滿足封閉性。

【二元算子】ㄦˋ ㄩㄢˊ ㄙㄨㄢˋ ㄗˇ
(binary operator) 表示二元運算操作的代號。如加、減、乘、除等。

【二月革命】ㄦˋ ㄩㄝˋ ㄍㄜˊ ㄇㄧㄥˋ
(February Revolution) ①'法國'在'路易·腓力'(Louis Philippe)時代，政府不但限制選舉權，且操縱選舉，賄賂收買議員，檢查出版並限制自由集會，使得社會主義人士至爲不滿，遂於西元1848年2月，鼓動'巴黎'民眾暴動，因而推翻'路易·腓力'，建立共和。②'俄國'在第一次世界大戰時，軍事失利，糧食缺乏。國會屢次要求改革，均遭專制反動的沙皇'尼古拉二世'的拒絕。西元1917年，首都'彼得格勒'(Petrograd)工人與駐軍發生暴動，時值'俄'曆二月，是爲二月革命。結果，國會接掌政權，迫使沙皇退位，成立臨時政府，改帝制爲共和。

6【二次汙染】ㄦˋ ㄘˋ ㄨ ㄖㄢˇ
(secondary pollution) 一次汙染物經分解、轉換或其他作用所衍生出的汙染。

【二次革命】ㄦˋ ㄘˋ ㄍㄜˊ ㄇㄧㄥˋ
爲'國民黨'與'袁'政府間之武裝衝突。又稱'贛''寧'之役、癸丑之役。'民國'二年七月，'李烈鈞'在'江西'宣布獨立，聲討'袁世凱'，爆發了二次革命。先後有九省區響應，以'江西''湖口'、'九江'與'江蘇''上海'、'南京'等地戰事最激烈。九月，'國民黨'戰敗，革命結束。

【二次電壓】ㄦˋ ㄘˋ ㄉㄧㄢˋ ㄧㄚ
(secondary voltage) 跨於變壓器二次繞組兩端點之間的電壓。

【二次繞組】ㄦˋ ㄘˋ ㄖㄠˋ ㄗㄨˇ
(secondary winding) 變壓器輸出端的繞組。一次繞組藉著電磁感應而將電流、電壓傳送到二次繞組。

9【二重買賣】ㄦˋ ㄔㄨㄥˊ ㄇㄞˇ ㄇㄞˋ
出賣人就買賣標的物與第一買受人訂立買賣契約後，又與第二買受人訂立買賣契約，稱爲二重買賣。出賣人和第二買受人間所訂立之買賣契約仍有效成立，第一買受人不得以其債權發生在先爲理由，而主張出賣人與第二買受人間移轉所有權之物權契約無效。第二買受人與出賣人訂立買賣契約，受讓標的物之所有權，若係出於故意以背於善良風俗之方法加損害於第一買受人者，應負侵權行爲損害賠償責任，第一買受人得請求第二買受人直接移轉該買賣標的物所有權於己，以回復損害發生前之原狀。又第一買受人亦得以詐害債權行爲爲理由，撤銷第二買賣行爲，是否詐害債權，早期見解以債務人陷於無資力爲標準；但關於給付特定物之債，特別是移轉所有權之債，目前見解認爲因債務人之行爲致有履行不能或履行困難之情形者，即構成詐害債權，第一買受人得以債務人及第二買受人爲其共同被告，向法院提起訴訟，行使撤銷權。

10【二氧化矽】ㄦˋ ㄧㄤˇ ㄏㄨㄚˋ ㄒㄧˋ
(silicon dioxide) 俗稱矽石。化學式 SiO_2。純的二氧化矽無色透明，熔點很高，例如水晶和石英，可做化學容器和光學儀器。另有一種無定形二氧化矽，稱爲矽膠，可做乾燥劑。

【二氧化硫】ㄦˋ ㄧㄤˇ ㄏㄨㄚˋ ㄌㄧㄡˊ
(sulfur dioxide)一種無色、有刺激臭味的氣體。化學式 SO_2。爲硫在氧或空氣中燃燒所生成。其水溶液具有漂白作用。

【二氧化鈦】ㄦˋ ㄧㄤˇ ㄏㄨㄚˋ ㄊㄞˋ
(titanium dioxide) 俗稱鈦白。是一種不溶於水的白色固體粉末。化學式 TiO_2，熔點 1855°C。可做白色塗料。又結晶形的二氧化鈦有很高的折射率，可做爲寶石。

【二氧化碳】ㄦˋ ㄧㄤˇ ㄏㄨㄚˋ ㄊㄢˋ
(carbon dioxide) 一種無色、無

臭、無毒的氣體。分子式 CO_2,在空氣中含量約0.03%。化學性質安定,不能燃燒也不會助燃,並且在高溫時不易分解,因此常被用來滅火。

【二級產業】 ㄦˋ ㄐㄧˊ ㄔㄢˇ ㄧㄝˋ (secondary industry)對自然物資加工,改變其形狀或質地,以提高其價值之產業。包括製造業、營建業或其他加工業。

【二級處理】 ㄦˋ ㄐㄧˊ ㄔㄨˇ ㄌㄧˇ (secondary treatment) 以生物處理爲主的廢水處理程序。用以去除廢水中的有機物,其生化需氧量及懸浮固體物之去除率可達85%以上。處理方法包括活性汙泥法、旋轉生物圓板法、滴濾法、曝氣塘及氧化塘等。

12 **【二項分布】** ㄦˋ ㄒㄧㄤˋ ㄈㄣ ㄅㄨˋ (binomial distribution)統計的母體。對其性質來說是兩分法(非甲即乙),其機率爲p與q(=1−p)。若重複且獨立地抽取了N個樣本,其出現甲與乙之頻度爲X與($N-X$),則其機率爲

$$\frac{N!}{X!(N-X)!}p^Xq^{N-X}$$,這恰好是二項式定理 $(p+q)^N$ 展式中的項(見附圖),故X的分布稱爲二

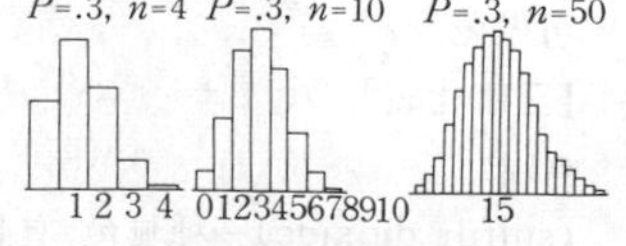

二項分布的柱狀圖

項分布;這母體叫二項母體(binomial population),p叫比例(proportion),通常用樣本比例$\frac{X}{N}=P$來做p的點推估,以95%的信賴係數,可推估p在區間$\left[P-\sqrt{\frac{PQ}{N}}\cdot 1.96,\ P+\sqrt{\frac{PQ}{N}}\cdot 1.96\right]$中,這裡$P=\frac{x}{N}$,而$Q=1-P$。

【二項係數】 ㄦˋ ㄒㄧㄤˋ ㄒㄧˋ ㄕㄨˋ (binomial coefficient)以nCr或$\binom{n}{r}$表示$\frac{n(n-1)\cdots(n-r+1)}{r!}$,於$n$爲正整數時,此等係數等於自$n$個事物內取出$r$個的組合數。由組合的性質,可知此級數兩端有等距離兩項的係數相等;各項係數的和爲2^n;各奇數項係數的和等於各偶數項係數的和;各係數的平方和等於$\frac{(2n)!}{(n!)^2}$。

【二程遺書】 ㄦˋ ㄔㄥˊ ㄧˊ ㄕㄨ ‘宋’‘朱熹’編,二十五卷,附錄一卷。收‘宋’‘程顥’、‘程頤’之語錄。

【二進數位】 ㄦˋ ㄐㄧㄣˋ ㄕㄨˋ ㄨㄟˋ (binary digit)二進位表示法中所使用的數字。即0與1。

15 **【二質子酸】** ㄦˋ ㄓˋ ㄗˇ ㄙㄨㄢ (diprotonic acid) 分子中含兩個可游離的氫原子,亦即一個分子在水中能游離出兩個氫離子(H^+)的酸,稱爲二質子酸。例如硫酸:$H_2SO_{4(aq)} \longrightarrow 2H^+{}_{(aq)} + SO_4{}^{2-}{}_{(aq)}$。

16 **【二龍搶珠】** ㄦˋ ㄌㄨㄥˊ ㄑㄧㄤˇ ㄓㄨ 國術招式。點睛手的一種。以食、中二指分刺敵人雙目或併刺一目。

2 **【二二八事變】** ㄦˋ ㄦˋ ㄅㄚ ㄕˋ ㄅㄧㄢˋ ‘臺灣’光復後,新任行政長官‘陳儀’剛愎自用,壟斷經濟利益,以外省人士居於要職,引起‘臺’胞不平。‘民國’三十六年二月二十七日,‘專賣局’緝私員在‘臺北’查緝私菸時,與菸販衝突,並開槍擊斃一市民,因而激起民變,翌日事變擴大,亂事旋遍布全省。政府派軍警來‘臺’鎮暴,同時派‘國防部’長‘白崇禧’來‘臺’宣慰。四月,成立‘臺灣省’政府,首任主席‘魏道明’蒞任視事,‘臺’省秩序始漸恢復。

【二十四節氣】 ㄦˋ ㄕˊ ㄙˋ ㄐㄧㄝˊ ㄑㄧˋ 農曆表示一年中氣候變化和農事之關係的區劃。省稱二十四節、二十四氣。即:立春、雨水、驚蟄、春分、清明、穀雨、立夏、小滿、芒種、夏至、小暑、大暑、立秋、處暑、白露、秋分、寒露、霜降、立冬、小雪、大雪、冬至、小寒、大寒。

4 **【二分尋找法】** ㄦˋ ㄈㄣ ㄒㄩㄣˊ ㄓㄠˇ ㄈㄚˇ (binary search) 電腦處理資料檢索的一種方法。其尋找方式爲:將各資料項依照特定之順序排列,檢索時先取其中間項,並以此爲界,將資料項分爲二組。再比較所檢索之資料是否爲此中間項;如果是,則完成尋找;如果不是,則判斷所檢索之資料應在那一組,對該組再取其中項,且分爲二組,依相同方式檢索;如此連續地進行至尋找完畢爲止,故稱爲二分尋找法。

6 **【二尖瓣狹窄】** ㄦˋ ㄐㄧㄢ ㄅㄢˋ ㄒㄧㄚˊ ㄓㄞˇ (mitral stenosis)最常見的一種風溼性心臟病。輕症的病人可說是沒有症狀,而嚴重的病人會出現心臟衰竭的症狀,例如運動性氣喘、起坐性呼吸、肝腫大、腳水腫等。在臨床檢查方面,常可聽到典型的擴張期雜音,而由超音波及心導管檢查可以確定診斷。治療以內科方法加強心臟功能爲主,但是嚴重的病人必須接受開心手術,換置人工瓣膜或豬心、牛心瓣膜,以取代有病的二尖瓣。

7 **【二里頭文化】** ㄦˋ ㄌㄧˇ ㄊㄡˊ ㄨㄣˊ ㄏㄨㄚˋ 在‘河南省’‘偃師縣’‘二里頭’等地發現的古代文化。分布中心在‘河南省’西部、‘山西省’南部。可分爲早、晚兩期,早期是由‘河南省’‘龍山’文化發展而來,保留著濃厚的‘河南省’‘龍山’文化作風,而青銅器在這一期裡極少發現,晚期與‘鄭州’早‘商’文化很接近,出現較多的青銅器。在‘二里頭’遺址,發

現了一座大型宮殿基址。此文化究爲那朝代文化遺址，目前尚無定論。

10【二桃殺三士】ㄦˋ ㄊㄠˊ ㄕㄚ ㄙㄢ ㄕˋ

比喩用陰謀殺人。'春秋'時'齊景公'朝中有三勇士，恃寵而驕，'晏嬰'請'景公'使人餽二桃，命三士自行論功而食。結果二人因功小而自殺；另一人亦義不獨生，刎頸而死。見"晏子春秋·諫下"。

12【二項式定理】ㄦˋ ㄒㄧㄤˋ ㄕˋ ㄉㄧㄥˋ ㄌㄧˇ

(binomial theorem) 是二項式展開時所依據的法則。即 $(a+b)^n=\sum_{k=0}^{n}\binom{n}{k}a^{n-k}b^k=\binom{n}{0}a^n+\binom{n}{1}a^{n-1}b+\cdots+\binom{n}{n-1}ab^{n-1}+\binom{n}{n}b^n$。其中 $\binom{n}{k}=\frac{n!}{k!(n-k)!}$，稱爲二項係數。

13【二極體矩陣】ㄦˋ ㄐㄧˊ ㄊㄧˇ ㄐㄩˇ ㄓㄣˋ

(diode matrix) 以二極體排列的矩陣。用來做爲解碼器的用途。如圖所示爲其一例，其輸入與輸出間的關係爲：

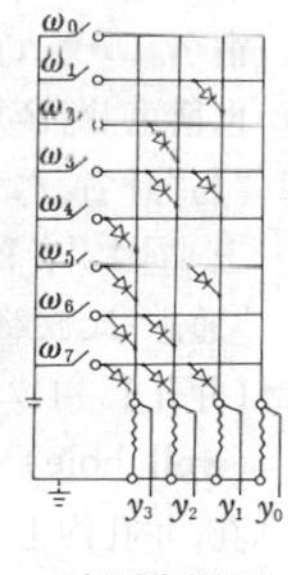

二極體矩陣圖

(輸入)	ω_7	ω_6	ω_5	ω_4	ω_3	ω_2	ω_1	ω_0
	0	0	0	0	0	0	0	0
	0	0	0	0	0	0	0	1
	1	0	1	0	1	0	1	0

(輸出)	y_3	y_2	y_1	y_0
	0	0	0	0
	0	0	0	0
	1	1	1	0

15【二衝程引擎】ㄦˋ ㄔㄨㄥ ㄔㄥˊ ㄧㄣˇ ㄑㄧㄥˊ

(two-stroke engine) 指活塞移動兩個衝程(即曲柄軸旋轉360度)而完成一次循環的引擎。此二衝程爲進汽與壓縮衝程及動力與排汽衝程。

4【二元同步通信】ㄦˋ ㄩㄢˊ ㄊㄨㄥˊ ㄅㄨˋ ㄊㄨㄥ ㄒㄧㄣˋ

(binary synchronous communication; BSC)西元1967年所發展出的一種通信方法。被傳送的訊號包括數據與控制字符，接收站與發送站都依據議定而操作，藉此增加傳輸的效率。

12【二進位記數法】ㄦˋ ㄐㄧㄣˋ ㄨㄟˋ ㄐㄧˋ ㄕㄨˋ ㄈㄚˇ

(binary number system) 使用2爲基底，因此僅用0和1即能表示所有整數。例如 $(11011)_2=1\cdot2^4+1\cdot2^3+0\cdot2^2+1\cdot2^1+1\cdot2^0=16+8+0+2+1=27$。二進位記數法的四則運算和其他的位置記數法的四則運算完全相同，使用進位、退位、長除、長乘法。只是它有最簡單的乘法表和加法表，$0+0=0, 0+1=1, 1+1=10$ 及 $0\cdot0=0, 0\cdot1=0, 1\cdot1=1$。二進位純小數是2的乘方的倒數的和。如 $(0.101)_2=1/2+1/2^3=5/8$。例如 $\sqrt{2}=$

1.0110101000001001111100…

$\pi=$

11.0010010000111111101101…

二進位法出現於數學遊戲中，如拈的遊戲、猜數字遊戲和農夫的乘法等。但是二進位法的最大應用是在數位電子計算機上。由於此時記數法和表示開和關的控制的碼合一，所以非常方便。

【二進碼十進數】ㄦˋ ㄐㄧㄣˋ ㄇㄚˇ ㄕˊ ㄐㄧㄣˋ ㄕㄨˋ

(binary-coded decimal; BCD) 電腦系統內數字表示法的一種。十進數之每一數位皆以四個二進位數元表示，稱爲二進碼十進數。如十進位的三百六十九(369)，以本法表示則爲

$\overset{3}{\overbrace{0011}}\ \overset{6}{\overbrace{0110}}\ \overset{9}{\overbrace{1001}}$。

【二進數字系統】ㄦˋ ㄐㄧㄣˋ ㄕㄨˋ ㄗˋ ㄒㄧˋ ㄊㄨㄥˇ

(binary number system) 以2爲其進位值的數字系統。此爲電腦工作的數字系統。

13【二極體電容器】ㄦˋ ㄐㄧˊ ㄊㄧˇ ㄉㄧㄢˋ ㄖㄨㄥˊ ㄑㄧˋ

(diode capacity) 二極體所做成的電容器。其特色爲電容值受電壓控制。二極體加上逆向電壓後，接合面之空乏層形成一薄片狀之絕緣體，兩側之p型區與n型區分別爲導體，故構成電容器。空乏層之寬窄，隨所加之逆向電壓而變化，故爲電壓控制電容器。

【二極體邏輯閘】ㄦˋ ㄐㄧˊ ㄊㄧˇ ㄌㄨㄛˊ ㄐㄧˊ ㄓㄚˊ

(diode logic gate) 由二極體與電阻所組成的邏輯電路。

14【二維常態分布】ㄦˋ ㄨㄟˊ ㄔㄤˊ ㄊㄞˋ ㄈㄣ ㄅㄨˋ

(bivariate normal distribution) 以 $\frac{\sqrt{ac-b^2}}{2\pi}exp-\frac{1}{2}[a(x-\mu_1)^2+2b(x-\mu_1)(y-\mu_2)+c(y-\mu_2)^2]$ 爲密度的二維分布；在此 $(\mu_1、\mu_2)$ 爲 $(x、y)$ 的期望值，x、y 的變異數爲 $\sigma_1^2=a/(ac-b^2)$ 及 $\sigma_2^2=c/(ac-b^2)$，協變異則爲

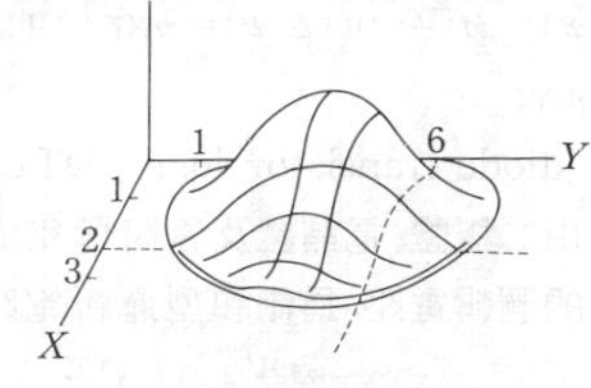

二維常態分布圖

$\frac{-b}{(ac-b^2)}=\rho\sigma_1\sigma_2$。若已知$x$，則$y$之條件機率爲常態，具期望值 $\mu_2+\rho\frac{\sigma_2}{\sigma_1}(x-\mu_1)$，且變異數爲 $\sigma_2^2(1-\rho^2)$。

6【二尖瓣閉鎖不全】ㄦˋ ㄐㄧㄢ ㄅㄢˋ ㄅㄧˋ ㄙㄨㄛˇ ㄅㄨˋ ㄑㄩㄢˊ

(mitral incompetence) 由於風溼性心臟病，或老化或其他不明因素，造成二尖瓣瓣膜傷害的疾病。當心臟收縮時，血液會從左心

室逆流入左心房，因而容易發生心臟衰竭。治療以內科控制爲主，病情嚴重者，必須接受瓣膜置換手術。

12【二氯二苯三氯乙烷】ㄦˋ ㄌㄩˋ ㄦˋ ㄅㄣˇ ㄙㄢ ㄌㄩˋ ㄧˇ ㄨㄢˊ
(dichloro-diphenyl-trichloroethane) 白色粉狀結晶。化學式 $(ClC_6H_4)_2C_2HCl_3$，分子量354.50，熔點108.5～109°C。溶於一般有機溶劑，微溶於水。由氯苯與三氯乙醛於濃硫酸作用下合成，用作殺蟲劑。

2【二十年目睹之怪現狀】ㄦˋ ㄕˊ ㄋㄧㄢˊ ㄇㄨˋ ㄉㄨˇ ㄓ ㄍㄨㄞˋ ㄒㄧㄢˋ ㄓㄨㄤˋ
'清''吳沃堯'撰，一百零八回。全書以'九死一生'爲主角，記其二十年間所見政治社會的怪現狀。爲晚'清'著名的譴責小說。

12【二進位至十進位轉換】ㄦˋ ㄐㄧㄣˋ ㄨㄟˋ ㄓˋ ㄕˊ ㄐㄧㄣˋ ㄨㄟˋ ㄓㄨㄢˇ ㄏㄨㄢˋ
(binary-to-decimal conversion) 將一個二進位數轉換爲等值之十進位數的過程。

13【二極體-電晶體邏輯閘】ㄦˋ ㄐㄧˊ ㄊㄧˇ ㄉㄧㄢˋ ㄐㄧㄥ ㄊㄧˇ ㄌㄨㄛˊ ㄐㄧˊ ㄓㄚˊ
(diode transistor logic; DTL) 由二極體、電晶體及電阻所組成的邏輯電路，爲飽和型邏輯電路

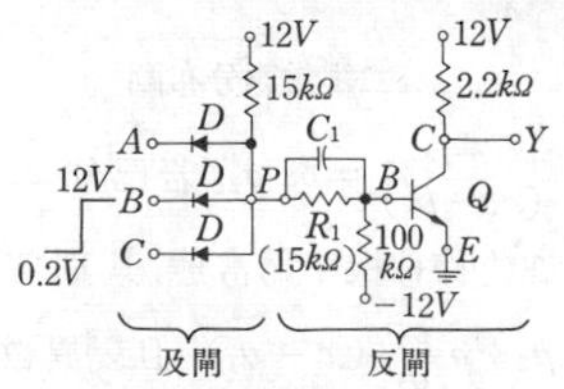

二極體一電晶體邏輯閘圖

之一。如圖所示爲其基本電路，但目前已很少用。

1

于 ㊀ ㄩˊ yü² 音余
①鐘口兩角之間。見"字彙"。②取。如：于貨。③往。如：之子于歸。④如；似。如：介于石。⑤介詞。⑴在。如：鳳凰于飛。⑵至。如：于今三年。⑶給。表動作之趨向。如：獻于父母。⑥助詞。用於句末，表疑問。如：先生聖于？⑦姓。'漢'有'于定國'。見"萬姓統譜·一二"。

㊁ ㄒㄩ hsü¹ 音虛
歎詞。通吁。如：于嗟。

9【于思】ㄩˊ ㄙㄞ
多鬚的樣子。

17【于謙】ㄩˊ ㄑㄧㄢ
(1398～1457)'明''錢塘'(今'浙江''杭縣')人。字'廷益'。'永樂'進士，官至兵部尚書。'英宗''土木堡'之變，議立'景帝'，固守社稷。'英宗'復位，中讒被殺。'弘治'時諡'肅愍'，'萬曆'改諡'忠肅'。著有"于忠肅集"。

18【于闐】ㄩˊ ㄊㄧㄢˊ
縣名。位於'新疆省''塔里木盆地'南側，'崑崙山'北麓。是由'克里雅河'流灌的綠洲，稱'于闐綠洲'，爲南'疆'沿山麓公路交通線上的要站之一。以產玉石著名。

【于歸】ㄩˊ ㄍㄨㄟ
女子出嫁。

5【于右任】ㄩˊ ㄧㄡˋ ㄖㄣˋ
(1879～1964)'陝西''涇陽'人。原名'伯循'，字'右任'。二十七歲時赴'日'，加入'同盟會'。歸國後，在'上海'先後創刊"神州"、"民呼"、"民吁"及"民立"等報，致力於革命的宣傳。'民國'二十年起擔任'監察院'長，凡三十四年。精擅文章、詩詞及草書。著有"右任詩存"、"右任文存"、"右任墨存"及"牧羊兒自述"等。

于右任像

亍 ㄔㄨˋ ch'u⁴ 音觸
走動時停下來。見"說文"。

亐 于的本字。

2

云 ㄩㄣˊ yün² 音雲
①雲的古文。②說。③如。如：云何不樂？④助詞。⑴用於句首。如：云誰之思。⑵用於句中。多介於提前的止詞和動詞之間。如：伊誰云憎。⑶用於句末。表示據說如此的意思。如：山上有'許由'冢云。⑤姓。'漢'有'云敞'。見"萬姓統譜·二〇"。

亓 ㄑㄧˊ ch'i² 音其
①其的古文。②姓。'唐'有'亓志求'。見"萬姓統譜·五"。

井 ㄐㄧㄥˇ ching³ 音景
①汲水的深洞。②像井的坑穴。如：油井。③像井的東西。如：藻井。④整齊；有條理。如：井然。⑤星宿名。二十八宿之一。也稱東井。參井宿。⑥"易"卦名。六十四卦之一。巽下坎上。⑦姓。'春秋'時'虞'有'井伯'。見"通志·氏族略五"。

井卦圖

4【井孔】ㄐㄧㄥˇ ㄎㄨㄥˇ
(well hole) 一種深式的跌落人孔。井孔內上游端的汙水常垂直下落一較大之距離。爲減少其下落之衝擊力，可設計一連串交錯之平板，使水流分段下落，或使之先落入井內相當之水層以爲緩衝，然後再溢流至下游端的下水道內。如遇適當地形而有一段坡度甚大之距離，則聯絡落差極大的兩下水道，可改採用一段梯級下水道，並在其上下游端各設人孔一座，俾便進入檢查及維護。

11【井宿】ㄐㄧㄥˇ ㄒㄧㄡˋ
星宿名。二十八宿之一。南方朱雀七宿之首。主要有八星，皆屬雙子座，依次爲雙子座 μ、ν、γ、ξ、ϵ、d、ζ、λ。此外，鉞、南河、北河、天樽、五諸侯、積水、積薪、水府、水位、

四瀆、軍市、野雞、孫、子、丈人、闕邱、天狼、弧矢、老人等星，也都歸入井宿。

12【井渠】 ㄐㄧㄥˇ ㄑㄩˊ

(ghanats) 在有地水之地層中用人工挖掘的渠道。可收集地水，使水藉著重力沿著井渠流出，供給水及灌溉農田。

【井然】 ㄐㄧㄥˇ ㄖㄢˊ

整齊、有條理的樣子。

24【井鹽】 ㄐㄧㄥˇ ㄧㄢˊ

鑿井汲取地下含鹽水層的滷水煉製而得之鹽，稱為井鹽。我國西南部，尤其'四川省'，鹽井甚多。

3【井干擾】 ㄐㄧㄥˇ ㄍㄢ ㄖㄠˇ

(well interference)一地區若有兩個以上的井時，因揚水所形成之洩降圓錐水表面相互接觸的關係，而減低其揚水量的現象。鑿井工程須注意井距，否則井口徑雖大，揚水機馬力雖高，而揚水量則常達不到設計目的。

8【井底蛙】 ㄐㄧㄥˇ ㄉㄧˇ ㄨㄚ

比喻見識不廣。

4【井井有條】 ㄐㄧㄥˇ ㄐㄧㄥˇ ㄧㄡˇ ㄊㄧㄠˊ

整齊、有條理。

5【井田制度】 ㄐㄧㄥˇ ㄊㄧㄢˊ ㄓˋ ㄉㄨˋ

'西周'封建社會所實行的一種農業經濟制度。貴族將所有田地劃成井字形，每井九區，每區百畝；四周八區為私田，供農民自種，收穫歸私有；八家合耕中央百畝為公田，所獲輸於貴族以代田租。

8【井底觀天】 ㄐㄧㄥˇ ㄉㄧˇ ㄍㄨㄢ ㄊㄧㄢ

喻人見識淺陋。也作坐井觀天。

12【井渫不食】 ㄐㄧㄥˇ ㄒㄧㄝˋ ㄅㄨˋ ㄕˊ

井水潔淨，而無人飲用。比喻懷才不遇。

3【井口天然氣】 ㄐㄧㄥˇ ㄎㄡˇ ㄊㄧㄢ ㄖㄢˊ ㄑㄧˋ

(casing head gas) 由石油井套頭管噴出之天然氣。

4【井水不犯河水】 ㄐㄧㄥˇ ㄕㄨㄟˇ ㄅㄨˋ ㄈㄢˋ ㄏㄜˊ ㄕㄨㄟˇ

比喻互不干擾。

互

ㄏㄨˋ hu^4 音護

①收繩的器具。本作笪。見"說文"。②彼此。如：互相。③連接；交接。如：交互蹲跳。④差錯；錯誤。如：各有乖互。

4【互文】 ㄏㄨˋ ㄨㄣˊ

上下文意義互相涵攝、互相補足。

5【互市】 ㄏㄨˋ ㄕˋ

互相往來貿易。

8【互易】 ㄏㄨˋ ㄧˋ

乃當事人雙方約定互相移轉金錢以外之財產權，而成立之契約。屬於雙務契約、有償契約，且係諾成契約及不要式契約。由於互易契約僅屬負擔行為，因此，縱互易行為人無讓與標的物之權利，其契約仍有效，並非無權處分，行為人不履行時，他方當事人得請求履行利益之損害賠償。互易契約準用買賣之規定，有關買賣契約同時履行抗辯、危險負擔移轉、物或權利瑕疵擔保、解除契約等等事項，於互易契約均有其適用。又當事人之一方，約定移轉財產權，並應交付金錢者，其金錢部分，準用關於買賣價金之規定，是故，有關價金之數額及其計算、價金之支付方法、支付時期、支付處所，乃至價金支付拒絕權("民法"第三六八條)，於互易契約亦有其適用。

10【互容】 ㄏㄨˋ ㄖㄨㄥˊ

(mutual capacitance)指存在於兩導體(如兩根導線、兩個電阻器，或一根導線與一個電阻器)之間的電容量。

11【互動】 ㄏㄨˋ ㄉㄨㄥˋ

(interaction) 人與人間互相交感的行為過程。如一個人在日常生活中，對於所遇到的人，有的可以互相談話、合作，也有的可以互相輕視、謾罵，都稱為互動。互動必須受社會的約束才能順利進行。

13【互感】 ㄏㄨˋ ㄍㄢˇ

(mutual inductance) 當一個電路有了電流的變動時，會使鄰近的電路產生感應電動勢，此電路間互相感應的作用，即為互感。如變壓器原線圈和副線圈間的作用便是。互感的大小定義如下：一電路中有$\frac{\Delta i_1}{\Delta t}$的電流時變率，使另一電路產生感應電動勢 $\mathcal{E}_2$，則 $\mathcal{E}_2$ 和 $-\frac{\Delta i_1}{\Delta t}$ 成正比關係，即 $\mathcal{E}_2=-M\frac{\Delta i_1}{\Delta t}$，式中$M$定義為兩電路間的互感係數。若 $\frac{\Delta i_1}{\Delta t}=1\frac{安培}{秒}$，$\mathcal{E}_2=1$伏特時，稱電路間具有1亨利(H)的互感。

15【互質】 ㄏㄨˋ ㄓˋ

(relatively prime)兩整數(或多項式)的最大公約數(式)若為1，則稱為互質。

5【互生葉】 ㄏㄨˋ ㄕㄥ ㄧㄝˋ

(alternate leaves) 葉由莖之節處長出，有一定的排列方式。於莖上每一節單獨長出一葉，彼此相互錯開，有高有低。如榕樹的葉即為互生葉。

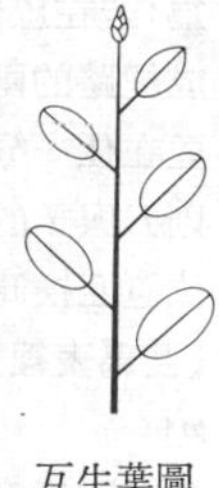

互生葉圖

【互斥集】 ㄏㄨˋ ㄔˋ ㄐㄧˊ

(disjoint sets) 又稱分離集或不相交集。即交集為空集合的兩集合。若稱兩個以上的集合互斥，則必指其兩兩互斥之意。

7【互助論】 ㄏㄨˋ ㄓㄨˋ ㄌㄨㄣˋ

'俄'人'克魯泡特金'(Kropotkin)於西元 1902 年出版"互助論"(*Mutual Aid*)一書，引證動物的例子，認為人類要想過幸福的生活，不是靠鬥爭的方法可以達成，要靠互助才能做到。國父 '孫中山'先生曾說:「物種以競爭爲原則,人類則以互助爲原則。」正是參考'克'氏的"互助論"而提出的。

5【互斥或閘】ㄏㄨˋ ㄔˋ ㄏㄨㄛˋ ㄓㄚˊ
(exclusive-OR gate)指可執行互斥或邏輯運算功能的電子裝置。其眞值表爲:

輸入		輸出
P	Q	$P_{XOR}Q$
0	0	0
0	1	1
1	0	1
1	1	0

7【互利共生】ㄏㄨˋ ㄌㄧˋ ㄍㄨㄥˋ ㄕㄥ
(mutualism)兩種生物生活一起,彼此均可獲利者,稱爲互利共生。例如有些鞭毛蟲生活於白蟻腸中,可爲白蟻分解其腸中的木屑,產生的養分,雙方皆可利用。

8【互易定理】ㄏㄨˋ ㄧˋ ㄉㄧㄥˋ ㄌㄧˇ
(reciprocity theorem)其定理爲:若在線性雙向阻抗元件所組成網路的兩端加入一電動勢E,並在任一分支裡得到電流I時,則E與I的比值將相等於E、I位置互換時所得的比值。

9【互爲表裡】ㄏㄨˋ ㄨㄟˊ ㄅㄧㄠˇ ㄌㄧˇ
二者關係密切,相輔相成。

【互相傾軋】ㄏㄨˋ ㄒㄧㄤ ㄑㄧㄥ ㄧㄚˋ
彼此排擠、傷害。

【互相標榜】ㄏㄨˋ ㄒㄧㄤ ㄅㄧㄠ ㄅㄤˇ
互相讚揚吹噓。

11【互通有無】ㄏㄨˋ ㄊㄨㄥ ㄧㄡˇ ㄨˊ
雙方各自以其所有,換其所無,使貨物流通,以達互惠的目的。

【互通聲氣】ㄏㄨˋ ㄊㄨㄥ ㄕㄥ ㄑㄧˋ
互相傳遞消息,交換意見。

12【互補運算】ㄏㄨˋ ㄅㄨˇ ㄩㄣˋ ㄙㄨㄢˋ
(complementary operation)對於相同之輸入資料運算之後,所產生之輸出結果爲互補之二邏輯運算。例如邏輯運算中,及運算與反及運算爲互補運算。

5【互斥或運算】ㄏㄨˋ ㄔˋ ㄏㄨㄛˋ ㄩㄣˋ ㄙㄨㄢˋ
(exclusive-OR operation)邏輯運算的一種。其運算法則爲:設P與Q皆爲邏輯敘述,若P與Q中恰有一爲眞,則P與Q之運算結果爲眞;若P與Q同爲眞或同爲假,則P與Q之運算結果爲假。互斥或運算之意義爲:若P與Q之邏輯值相同則運算結果爲假;若P與Q之邏輯值相異則運算結果爲眞。P與Q之互斥或運算常表示爲$P \oplus Q$、$P \forall Q$等,其眞值表(以F代表假,以T代表眞)爲:

輸入		$P \oplus Q$
P	Q	
F	F	F
F	T	T
T	F	T
T	T	F

12【互補金氧半】ㄏㄨˋ ㄅㄨˇ ㄐㄧㄣ ㄧㄤˇ ㄅㄢˋ
(complementary metal-oxide-semiconductor)將p通道型和n通道型的金氧半裝置串聯組成的電路。其中一個爲動作元件,另一個則作爲其負載。於不同狀態時,角色交換,故稱互補。互補金氧半耗電小,動作電壓之範圍廣,轉換特性好,所以在積體電路中廣泛地被利用。

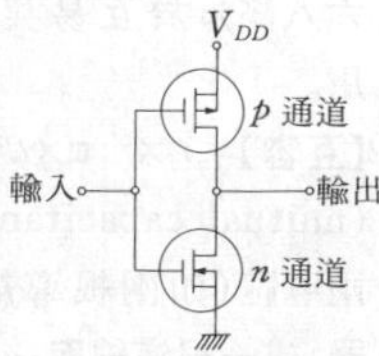

互補金氧半圖

【互換排序法】ㄏㄨˋ ㄏㄨㄢˋ ㄆㄞˊ ㄒㄩˋ ㄈㄚˇ
(exchange sort)電腦將資料依照一特定之順序排序的一種方法。其工作原理爲:若相鄰之資料項順序關係與所需之順序不合,則將其位置互換,直至全部資料項皆依序排列爲止,故稱爲互換排序法。

4【互不侵犯條約】ㄏㄨˋ ㄅㄨˋ ㄑㄧㄣ ㄈㄢˋ ㄊㄧㄠˊ ㄩㄝ
(non-aggression pact)兩國或數國締結條約,規定彼此互相尊重對方的主權與領土完整,不相侵犯,稱爲互不侵犯條約。

12【互補式推挽電路】ㄏㄨˋ ㄅㄨˇ ㄕˋ ㄊㄨㄟ ㄨㄢˇ ㄉㄧㄢˋ ㄌㄨˋ
(complementary push-pull circuit)推挽電路是利用輸入端元件將相位相反的信號加於二個電晶體的輸入以進行推挽放大,再由輸出元件將信號合而爲一。互補式推挽電路是使用特性一致的p-n-p或n-p-n型電晶體做爲推挽放大元件,此種電路可以不用輸入及輸出端的分相元件。如圖所示即爲其一例。

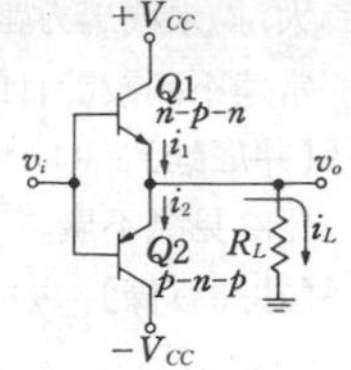

互補式推挽電路圖

五 ㄨˇ wu^3 音午

1數名。近世公文、帳簿、票據通作伍,'阿拉伯'數字作5。2姓。'漢'有'五京'。見"萬姓統譜·七八"。

3【五尸】ㄨˇ ㄕ
道教語。亦稱五神。指五臟內五種死氣(濁氣)。五尸乃青尸、赤尸、黃尸、白尸、黑尸,消卻五種死氣,可以求長生。

4【五水】ㄨˇ ㄕㄨㄟˇ
指水腫病的五種成因。即五臟受到水氣的影響,出現不同的證候。

分爲心水、肝水、脾水、肺水、腎水。心水：身體重而乏力，煩躁不得臥，下陰水腫；肝水：脅下、腹部脹滿而痛，不能轉側，腹中有水；脾水：腹大而小便困難，四肢水腫困重；肺水：呼吸困難，身腫而小便困難，大便溏瀉；腎水：腰酸，腹大而肚臍向外腫脹，排尿困難，下陰常有水淫滲出。

5【五功】 ㄨˇ ㄍㄨㄥ

伊斯蘭教五大支柱。回教徒必須堅守此五大功課，即：一、唸：唸清眞言，任何人要內心相信造物主，並由口中誠心地說出清眞言；二、禮拜：每日禮五時；三、封齋：每年回曆九月，齋戒一個月；四、課：即歲捐，每年將盈餘所得的四十分之一捐給貧窮的人；五、朝覲：個人能力所及時，須前往'麥加'天房朝覲；無能力前往者，則可免除第五項功課。

6【五刑】 ㄨˇ ㄒㄧㄥˊ

五種刑罰。1相傳上古以墨、劓、剕、宮、大辟爲五刑。2'隋'以笞、杖、徒、流、死爲五刑。

【五色】 ㄨˇ ㄙㄜˋ

1指青、黃、赤、白、黑。2泛指各種色彩。3神色。

【五行】 ㄨˇ ㄒㄧㄥˊ

1指金、木、水、火、土。2指仁、義、禮、智、信。3佛家語。"涅槃經"以聖行、梵行、天行、嬰兒行、病行爲五行。"大乘起信論"以布施行、持戒行、忍辱行、精進行、止觀行爲五行。行，實踐行爲。

7【五戒】 ㄨˇ ㄐㄧㄝˋ

五重戒律。也作五誡。佛家以不殺生、不偸盜、不邪淫、不妄語、不飮酒食肉爲在家五戒。亦爲佛家七眾共同五重戒。道教有所謂老君五戒，即：一、不得殺生，二、不得葷酒，三、不得口是心非，四、不得偸盜，五、不得邪淫。凡初入道的出家和在家道士，必須先奉持五戒。

【五車】 ㄨˇ ㄔㄜ

星宿名。屬畢宿。共五星，相當於御夫座ι、α、β、θ星和金牛座β星。五車二即御夫座α，爲全天第七亮的恆星，目視星等0.08等，是由一對黃巨星組成的密近雙星。

【五更】 ㊀ ㄨˇ ㄍㄥ

古代優禮老臣的一種尊號。與三老並爲安置年老退休而經驗豐富的人，天子以父兄之禮事奉之。相傳三代即有此制，'漢''魏'猶存。

㊁ ㄨˇ ㄐㄧㄥ

古時將一夜分爲甲、乙、丙、丁、戊五段，稱爲五更，也稱五鼓。

8【五官】 ㄨˇ ㄍㄨㄢ

1指耳、目、鼻、口、心。2五種官職名。'周'制以司徒、宗伯、司馬、司寇、司空爲五官。

【五味】 ㄨˇ ㄨㄟˋ

指辛、酸、鹹、苦、甘。

【五服】 ㄨˇ ㄈㄨˊ

1古代以王畿爲圓心，分別以五百里、一千里、一千五百里、二千里、二千五百里爲半徑所形成的五等環狀區域，依次稱爲侯服、甸服、綏服、要服、荒服。服，服事天子。2古代五等喪服。依親疏關係分爲斬衰、齊衰、大功、小功、緦麻五等。3天子、諸侯、卿、大夫、士五等服式。

【五金】 ㄨˇ ㄐㄧㄣ

原指金、銀、銅、鐵、錫五種金屬。依現代礦冶科學的觀點，五金的意義則已擴展成金屬元素以及各種合金群，只要具備高的導電性和導熱性、不透明性、對光的強反射性、延展性佳、正常鈍態時爲結晶質等共同的物理性質，即可歸類。

9【五帝】 ㄨˇ ㄉㄧˋ

1我國遠古時代的五位帝王。有三說：(1)'太昊'、'神農'、'黃帝'、'少昊'、'顓頊'。(2)'黃帝'、'顓頊'、'帝嚳'、'堯'、'舜'。(3)'少昊'、'顓頊'、'帝嚳'、'堯'、'舜'。2五天帝。緯書之說，以爲天上五方，各有一神。東方'蒼帝'(或稱'青帝')，南方'赤帝'，中央'黃帝'，西方'白帝'，北方'黑帝'。

【五音】 ㄨˇ ㄧㄣ

1也稱五聲。即'中國'五聲音階中的宮、商、角、徵、羽五個音級。大致相當於現代音樂簡譜上的1(Do)、2(Re)、3(Mi)、5(Sol)、6(La)。2區別聲類爲喉、牙、舌、齒、脣五種，稱爲五音。

【五牲】 ㄨˇ ㄕㄥ

1古代祭祀時所用的五種牲畜。(1)指牛、羊、豕、雞、犬。(2)指麋、鹿、麏、狼、兔。(3)指麏、鹿、熊、狼、野豕。2今民間祭品用五種肉或蔬菜配成，都叫五牲。

10【五院】 ㄨˇ ㄩㄢˋ

'民國'十七年十月'國民政府'改組，創立'行政'、'立法'、'司法'、'考試'、'監察'五院，以實行五權。

【五乘】 ㄨˇ ㄕㄥˋ

佛家語。指乘載眾生使他們根據其行爲趣向、道力之深淺，而締結不同果地的五種教法。即一、人乘，持五戒善法而生人道者。二、天乘，修上品十善而生天上者。三、聲聞乘，聞佛聲教，悟四諦理而得阿羅漢果者。四、緣覺乘，自觀十二因緣，生空智，斷煩惱，而得辟支佛果者。五、菩薩乘，廣修六度萬行而上求佛果者。

【五倫】 ㄨˇ ㄌㄨㄣˊ

指君臣、父子、夫婦、兄弟、朋友五種關係。也叫五常。

11【五族】 ㄨˇ ㄗㄨˊ

1五氏族。2五親族。3指'中華民族'中的'漢'、'滿'、'蒙'、'回'、'藏'。

【五陵】 ㄨˇ ㄌㄧㄥˊ

1五座'漢代'帝王的陵墓。指'高帝'的'長陵'、'惠帝'的'安陵'、'景帝'的'陽陵'、'武帝'的'茂陵'、'昭帝'的'平陵'。2稱豪族聚居的地方。因'漢代'每爲皇帝立陵墓，皆命勢家大族及外戚遷到陵墓附近居住。

【五常】ㄨˇ ㄔㄤˊ
1即五倫。2指仁、義、禮、智、信。

【五彩】ㄨˇ ㄘㄞˇ
瓷器釉飾的一種。在已燒成的白釉瓷上繪飾紅、黃、褐、綠、紫等彩色花紋圖案，再以80°C左右的爐火烘烤而成。五彩的技法完成於'明代''嘉靖'，盛行於'萬曆'。'清代'以降，'景德鎮'御窯廠亦生產這類精緻的作品。此外，相對於粉彩(軟彩)，五彩又稱硬彩。

12【五勞】ㄨˇ ㄌㄠˊ
1指五臟因勞逸不當而引起的疾病。即心勞、肝勞、脾勞、肺勞、腎勞。2指因勞逸不當，筋骨氣血活動失調而引起的五種損傷。即久視傷血、久臥傷氣、久坐傷肉、久立傷骨、久行傷筋。

【五短】ㄨˇ ㄉㄨㄢˇ
身體和四肢都短小。

13【五福】ㄨˇ ㄈㄨˊ
指壽、富、康寧、攸好德(喜好德行)、考終命(終其天年)等五種美好的事情。

【五葷】ㄨˇ ㄏㄨㄣ
五種有刺激辛味的菜蔬。也作五辛。一般指韭、薤、葱、蒜、薑；道教指韭、蒜、芸薹、胡荽、薤；佛教指大蒜、茖葱、慈葱、蘭葱、興渠，也指蒜、慈葱、興渠、韭、薤。

【五經】ㄨˇ ㄐㄧㄥ
1'漢代'指"易"、"書"、"詩"、"禮"、"春秋"。2'唐'以後指"易"、"書"、"詩"、"禮記"、"左傳"。

【五解】ㄨˇ ㄐㄧㄝˇ
道教的尸解法，配合擇日、五行，成爲解脫的方法。以庚子日行金解，甲子日行木解，丙子日行火解，壬子日行水解，戊子日行土解。爲'唐''宋'以後逐漸發展的五種解脫之說。

【五遁】ㄨˇ ㄉㄨㄣˋ
道教語。據傳古代神仙方士有五種隱遁的方術：一爲金遁，二爲木遁，三爲水遁，四爲火遁，五爲土遁，其中以土遁最爲快捷，因爲到處都能見土。五遁之法，乃借五行而遁身隱形之術：逢金而金遁，遇木而木遁，逢水而水遁，遇火而火遁，逢土而土遁。

15【五穀】ㄨˇ ㄍㄨˇ
五種穀類。1"周禮"指麻、黍、稷、麥、豆。2'東漢''王逸'"楚辭章句"指稻、稷、麥、豆、麻。3'東漢''趙岐'"孟子章句"指稻、黍、稷、麥、菽。

【五緯】ㄨˇ ㄨㄟˇ
指金、木、水、火、土五顆行星。

【五德】ㄨˇ ㄉㄜˊ
1五行生剋之德。陰陽家用以說明自然現象及人事興衰。2泛指人或物的五種品德，如儒家重溫、良、恭、儉、讓之德。雞有文、武、勇、仁、信五德。玉有仁、智、義、禮、信五德。

17【五禮】ㄨˇ ㄌㄧˇ
1"周禮"指吉(祭祀)、凶(喪葬)、賓(賓客)、軍(軍旅)、嘉(冠婚)之禮。2指公、侯、伯、子、男之禮。3指天子、諸侯、卿大夫、士、庶人之禮。

【五聲】ㄨˇ ㄕㄥ
指宮、商、角、徵、羽五個音級。也稱五音。

【五嶽】ㄨˇ ㄩㄝˋ
指東嶽'泰山'、南嶽'衡山'、西嶽'華山'、北嶽'恆山'、中嶽'嵩山'。

18【五藏】ㄨˇ ㄗㄤˋ
佛家語。指'釋迦牟尼佛'入滅之後，大眾部弟子在窟外結集佛典爲五部分，稱五藏。藏，指包含眾多文義的經典。"大唐西域記·九"以素呾纜藏(經藏)、毘奈耶藏(律藏)、阿毘達磨藏(論藏)、雜集藏(雜說藏)、禁咒藏(祕咒藏)爲五藏。

20【五蘊】ㄨˇ ㄩㄣˋ
佛家語。也稱五陰或五眾。即指色、受、想、行、識五種。色指形相，受指嗜欲，想指意念，行指業緣，識指心靈。一切眾生，都由此五種積聚而成。

21【五霸】ㄨˇ ㄅㄚˋ
'春秋'時代稱霸諸侯的五位國君。一指'齊桓公'、'宋襄公'、'晉文公'、'秦穆公'、'楚莊王'。一指'齊桓'、'晉文'、'楚莊'、'吳''闔閭'、'越''句踐'。

22【五臟】ㄨˇ ㄗㄤˋ
指心、肝、脾、肺、腎。

4【五斗米】ㄨˇ ㄉㄡˇ ㄇㄧˇ
指微薄的俸祿。

5【五加皮】ㄨˇ ㄐㄧㄚ ㄆㄧˊ
1'中'藥材。爲五加科灌木類的乾燥根皮。分南五加皮及北五加皮二類，入藥以南五加皮爲佳。味辛、性溫和，主治風溼性關節炎、肌炎，能補肝腎，強筋骨，故有鎮痛和強壯作用。2酒名。用五加乾燥根的皮浸泡製成。

【五石散】ㄨˇ ㄕˊ ㄙㄢˇ
古代方士、道士所煉製的一種內服散劑。有二說：(1)指爲丹砂、雄黃、白礬石、曾青、磁石等五石所煉。(2)指爲石鐘乳、硫黃、白石英、紫石英、赤石脂等五種礦物質藥物燒煉而成，藥性猛烈，服用不慎，爲害甚大。方士、道士之流，煉五石散服食，作爲長生之術。

【五代史】ㄨˇ ㄉㄞˋ ㄕˇ
記'梁'、'唐'、'晉'、'漢'、'周'五代史事。有新、舊兩種。參舊五代史、新五代史。

8【五花肉】ㄨˇ ㄏㄨㄚ ㄖㄡˋ
肥瘦夾雜的獸肉。

9【五重奏】ㄨˇ ㄔㄨㄥˊ ㄗㄡˋ
(quintet) 五件樂器所合奏的室內樂。如絃樂五重奏，有兩種配器法：一是兩隻小提琴、兩隻中提琴及一隻大提琴；一是兩隻小提琴、一隻中提琴及兩隻大提琴。鋼琴五重奏則是由一架鋼琴加上絃樂四重奏所組成。亦有銅管五重奏、木管五重奏等。

【五兪穴】ㄨˇ ㄩˊ ㄒㄩㄝˊ
指井、滎、兪、經、合五類穴位。這些穴位分布在人體四肢十二經脈的本部，對人體表面及其所屬的內臟器官有重要的治療效果。古人用水流的大小形容這些穴位作用的特點：井穴，位於肢端的穴位，比喻剛從地下湧出來的泉水。滎穴，位於指、掌關節附近的穴位，比喻開始溜行的水流。兪穴，位於腕、踝關節附近的穴位，比喻能灌溉運輸的水流。經穴，位於前臂、小腿附近的穴位，比喻暢行的水流。合穴，位於肘、膝關節附近的穴位，比喻匯入河的水流。這五類穴臨床應用爲：井穴，多用於治療發熱、昏迷、急性病。滎穴和兪穴，多用於治療內臟疾病。經穴，多用於治療經脈所經過的頭、面、軀幹及五官等外表疾病。合穴，專治六腑病。

13【五禽戲】ㄨˇ ㄑㄧㄣˊ ㄒㄧˋ
相傳‘東漢’‘華佗’所創的健身術。模仿虎、鹿、熊、猨、鳥的動作，以達強固筋骨、暢通血脈的效果。

14【五臺山】ㄨˇ ㄊㄞˊ ㄕㄢ
位於‘山西省’北部，北嶽‘恆山’之南。主峰高3,040公尺。山上佛寺甚多，是我國著名的佛教聖地。

【五碳醣】ㄨˇ ㄊㄢˋ ㄊㄤˊ
(pentose) 一個分子中含有五個碳原子的醣類，稱爲五碳醣。其分子式爲 $C_5H_{10}O_5$，如核醣。

15【五線譜】ㄨˇ ㄒㄧㄢˋ ㄆㄨˇ
樂譜的一種。橫列五線，以表示各個音的高度，是現代世界通行的記譜法。上圖是高音譜與低音譜的各音位置。

五線譜圖

16【五戰拳】ㄨˇ ㄓㄢˋ ㄑㄩㄢˊ
拳術名。有大戰、短戰、脫戰、字戰、合戰五套，故名。創於‘清代’‘河北’，後‘上海’‘精武體育會’曾列爲教材。

17【五斂子】ㄨˇ ㄌㄧㄢˋ ㄗˇ
(*Averrhoa carambola* Linn.) 又稱五稜子或楊桃。常綠灌木。高4.5公尺，羽狀複葉奇數互生，小葉5～11枚，夏季腋生圓錐花序。漿果卵橢圓形，長可達十多公分，有4、5稜，果實味酸，可作水果食用，或供藥用。

五斂子圖

24【五靈脂】ㄨˇ ㄌㄧㄥˊ ㄓ
即寒號蟲的糞便。狀似凝脂，性溫味鹹，有散瘀止痛、生用活血、炒用止血效果。

4【五方雜處】ㄨˇ ㄈㄤ ㄗㄚˊ ㄔㄨˇ
形容都市居民的複雜。

【五斗米道】ㄨˇ ㄉㄡˇ ㄇㄧˇ ㄉㄠˋ
道教教派之一。‘東漢’‘順帝’時，‘張陵’在‘鶴鳴山’(今‘四川’‘崇慶’境內)所創。凡入道者須出五斗米，故名。因教徒尊‘張陵’爲天地神師或天師，又稱天師道。‘陵’孫‘魯’在‘漢中’建立政權達三十年，五斗米教大行。‘建安’二年(197)‘魯’降‘曹操’，其教隨之傳布‘關’中。‘北魏’‘寇謙之’清整道教，以禮拜修煉爲主。‘南朝’‘陸修靜’也整理三洞，制定儀軌。‘唐’‘宋’以後，南北天師道與上清、靈寶等合流，至‘元’演變爲正一道。

【五尺之童】ㄨˇ ㄔˇ ㄓ ㄊㄨㄥˊ
指尙未成年的兒童。

【五五憲草】ㄨˇ ㄨˇ ㄒㄧㄢˋ ㄘㄠˇ
‘民國’二十五年五月五日，‘國民政府’公布“中華民國憲法草案”，通稱爲“五五憲草”。共八章，一百四十八條，包括：一、總綱；二、人民之權利與義務；三、國民大會；四、中央政府；五、地方制度；六、國民經濟；七、教育；八、憲法之施行與修改。

【五卅慘案】ㄨˇ ㄙㄚˋ ㄘㄢˇ ㄢˋ
‘民國’十四年五月三十日，‘上海’學生抗議‘日本’紗廠於十五日殺害‘中國’工人之暴行，聲援罷工工人及被捕學生，舉行盛大遊行演講，慘遭公共租界‘英國’巡捕開槍射擊，十一人死亡，二十餘人重傷，四十餘人被捕，史稱五卅慘案。

【五日京兆】ㄨˇ ㄖˋ ㄐㄧㄥ ㄓㄠˋ
比喻官吏任職時間短暫，或凡事不作長久計畫。

【五內如焚】ㄨˇ ㄋㄟˋ ㄖㄨˊ ㄈㄣˊ
形容內心極度焦慮憂傷。五內，五臟。

【五月飛霜】ㄨˇ ㄩㄝˋ ㄈㄟ ㄕㄨㄤ
五月盛暑而降霜。古人認爲是上天對冤獄所作的反應。‘鄒衍’忠誠事‘燕惠王’，卻被小人中傷下獄。夏五月，天爲之下霜。見“太平御覽·天部·霜”。

5【五世其昌】ㄨˇ ㄕˋ ㄑㄧˊ ㄔㄤ
五世以後子孫昌盛。後多用作新婚賀詞，祝人子孫昌盛。

【五四運動】ㄨˇ ㄙˋ ㄩㄣˋ ㄉㄨㄥˋ
‘民國’八年，第一次世界大戰結束，‘巴黎’和會不顧‘中國’代表反對，擅將‘德國’在‘山東’的特權轉讓給‘日本’。五月四日，‘北京’各大學學生遊行示威，到各國使館請願，並焚‘外交部’次長‘曹汝霖’住宅，毆打親‘日’的公使‘章宗祥’，事後警察逮捕學生三十餘人，於是全國人民群起支援，‘上海’、‘天津’等商界罷市響應，相持至六月初，‘北京’政府以眾怒難犯，於是將‘曹’、‘章’及經手向‘日本’借款的‘幣制局’總裁‘陸宗輿’免職，釋放被捕學生，出席‘巴黎’和會的‘中國’代表遂拒絕在對‘德’和約中簽字。此一運動並轉化爲檢討傳統的新文化運動。

【五代十國】ㄨˇ ㄉㄞˋ ㄕˊ ㄍㄨㄛˊ
'唐朝'亡後至'宋朝'建國之間的紛擾時期。是'唐代'藩鎮的變相和延長。五代(907～960)指'黃河'下游地區'後梁'、'後唐'、'後晉'、'後漢'、'後周'五個前後相承的政權。'漢'、胡交錯而立,立國皆短,帝數及君姓之多史所罕見,共八姓十三君。十國(902～979)指'漢'人所建的'前蜀'、'吳'、'吳越'、'閩'、'楚'、'南漢'、'荊南'('南平')、'後蜀'、'南唐'九國及'沙陀'人所建的'北漢'。除'北漢'位在'山西'之外,其他各國均位於'長江流域'及其以南地區。立國皆較五代爲長,政局亦較穩。

6【五次圍勦】ㄨˇ ㄘˋ ㄨㄟˊ ㄐㄧㄠˇ
'民國'十九年中原大戰結束後,'國民政府'開始圍勦'中共',前後共計五次:第一次圍勦('民國'十九年十二月至二十年一月),第二次圍勦('民國'二十年四月至五月),第三次圍勦('民國'二十年七月至九月),第四次圍勦('民國'二十二年一月至四月),第五次圍勦('民國'二十二年十月至二十三年十月)。最後一次圍勦,決定了「三分軍事,七分政治」的原則,以碉堡群及公路網封鎖'蘇'區,終使'共'軍放棄'江西'基地,突圍西竄。

【五光十色】ㄨˇ ㄍㄨㄤ ㄕˊ ㄙㄜˋ
光彩繽紛,顏色豔麗。

【五色繽紛】ㄨˇ ㄙㄜˋ ㄅㄧㄣ ㄈㄣ
光彩奪目、色澤華麗的樣子。

7【五角大廈】ㄨˇ ㄐㄧㄠˇ ㄉㄚˋ ㄕㄚˋ
(Pentagon)又稱'國防大廈'。'美國''國防部'及陸、海、空三軍總部的所在。位於'華府'近郊'波多馬克河'畔,呈五角形,故稱。完工於西元1943年,走廊共長17哩,可容工作人員32,000人。

8【五花八門】ㄨˇ ㄏㄨㄚ ㄅㄚ ㄇㄣˊ
形容事物複雜,變化多端。

【五花大綁】ㄨˇ ㄏㄨㄚ ㄉㄚˋ ㄅㄤˇ
對重刑犯人的一種綑縛方法。用一根繩連繫頸項,然後由背再分綁兩臂。

9【五音不全】ㄨˇ ㄧㄣ ㄅㄨˋ ㄑㄩㄢˊ
形容人唱歌時發音不準,時常走調。

【五胡之亂】ㄨˇ ㄏㄨˊ ㄓ ㄌㄨㄢˋ
'晉惠帝'時'匈奴'、'鮮卑'、'羯'、'氐'、'羌'等胡族的叛亂。兩'漢'以來,塞外部族逐漸內徙,與'漢'人雜居,因習俗不同常起爭端。當'晉'室諸王相互殘殺、國力凋喪之際,五胡乘機而起,先則覆滅'晉'室,繼則擾亂中原,造成長期的混亂。

【五星連珠】ㄨˇ ㄒㄧㄥ ㄌㄧㄢˊ ㄓㄨ
也稱五星聚。指金、木、水、火、土五行星同時出現在天空一方的現象。古人認爲這是一種吉祥的徵兆。

【五風十雨】ㄨˇ ㄈㄥ ㄕˊ ㄩˇ
五日一風,十日一雨。形容風調雨順,天下太平。

11【五族共和】ㄨˇ ㄗㄨˊ ㄍㄨㄥˋ ㄏㄜˊ
'中國'境內'漢'、'滿'、'蒙'、'回'、'藏'五族,團結合作建設共和。原係'孫中山'先生於'民國'初年之主張,但到'民國'八年以後,'中山'先生放棄了五族共和的主張,因爲他認爲:一、'中國'境內的居民不止'漢'、'滿'、'蒙'、'回'、'藏'五族,故五族的名詞不甚恰當;二、五族的區別不應存在,而應使各族經由自願同化的過程使之結成一個'中華民族',以達成民族主義的積極目的。

【五陵少年】ㄨˇ ㄌㄧㄥˊ ㄕㄠˋ ㄋㄧㄢˊ
本指京城的貴族子弟,後泛稱豪門貴族的子弟。

12【五湖四海】ㄨˇ ㄏㄨˊ ㄙˋ ㄏㄞˇ
本指'中國'各地,今亦指世界各地。五湖,指'彭蠡'('鄱陽湖')、'洞庭'、'巢湖'、'太湖'、'鑑湖'。四海,指'東海'、'南海'、'西海'、'北海'。

【五勞七傷】ㄨˇ ㄌㄠˊ ㄑㄧ ㄕㄤ
泛指體力耗損所造成的各種疾病。五勞,指勞心、勞肺、勞肝、勞膽、勞腎。七傷,或指陰寒、陰萎、裡急、精漏、精少、精骨、小便數;或指傷脾、傷肝、傷腎、傷肺、傷心、傷形、傷志。

13【五經正義】ㄨˇ ㄐㄧㄥ ㄓㄥˋ ㄧˋ
'唐''孔穎達'編,一百八十卷。'東晉'以後,經學分成南北二派,各有所宗。南派宗'魏''晉'人傳注,其學簡約;北派宗晚'漢'經說,其學深蕪。此書乃'孔'氏奉'唐太宗'命,與群儒綜合南北經說,考正增損而成。

【五經博士】ㄨˇ ㄐㄧㄥ ㄅㄛˊ ㄕˋ
官名。'漢武帝''建元'五年(前136)始置,負責教授"詩"、"書"、"易"、"禮"、"春秋"五經。

15【五穀不分】ㄨˇ ㄍㄨˇ ㄅㄨˋ ㄈㄣ
形容不事生產或昏憒無知。

【五德終始】ㄨˇ ㄉㄜˊ ㄓㄨㄥ ㄕˇ
指金、木、水、火、土五行相生相剋循環終始的學說。創自'戰國'時代的'鄒衍'。後世常以此說推論朝代的更迭及事物變化的道理。

16【五燈會元】ㄨˇ ㄉㄥ ㄏㄨㄟˋ ㄩㄢˊ
'宋''釋普濟'撰,二十卷。取"傳燈錄"、"廣燈錄"、"續燈錄"、"聯燈會要"、"普燈錄"撮要而成。

17【五聲音階】ㄨˇ ㄕㄥ ㄧㄣ ㄐㄧㄝ
(pentatonic scale)由宮、商、角、徵、羽五聲順序排列而成的音階。相等於 Do、Re、Mi、Sol、La 五個音。

18【五顏六色】ㄨˇ ㄧㄢˊ ㄌㄧㄡˋ ㄙㄜˋ
形容色彩華麗多樣。

22【五權憲法】ㄨˇ ㄑㄩㄢˊ ㄒㄧㄢˋ ㄈㄚˇ
是國父'孫中山'先生所獨創,以五權分立爲制度的憲法理論。'中山'先生爲了補救'歐''美'行之有年的行政、立法、司法分立的缺點,主張兼採'中國'古時考試與監察獨立的制度,融合三權憲法,變成五權分立。

23【五體投地】ㄨˇ ㄊㄧˇ ㄊㄡˊ ㄉㄧˋ

頭與四肢伏地。爲古代最崇敬的禮節。形容對人欽佩至極,心悅誠服。

4【五分鐘熱度】 ㄨˇ ㄈㄣ ㄓㄨㄥ ㄖㄜˋ ㄉㄨˋ
比喻做事衝動,不能持久。

9【五胡十六國】 ㄨˇ ㄏㄨˊ ㄕˊ ㄌㄧㄡˋ ㄍㄨㄛˊ
(304～439)自'劉淵'稱王起,至'北魏''太武帝'統一北方止,五胡陸續在北方建立的十餘個國家的統稱(其間包括'漢'人建立的三個小國)。與南方的'漢族'傳統政權互相對峙。即'匈奴'所建的'前趙'、'北涼'、'夏';'羯'所建的'後趙';'鮮卑'所建的'前燕'、'後燕'、'南燕'、'西秦'、'南涼';'羌'所建的'後秦';'氐'所建的'前秦'、'後涼'、'成漢'及'漢'人所建的'前涼'、'西涼'、'北燕'。'冉魏'和'西燕'則不包括在十六國之列。

2【五十步笑百步】 ㄨˇ ㄕˊ ㄅㄨˋ ㄒㄧㄠˋ ㄅㄞˇ ㄅㄨˋ
比喻兩人有同樣的錯誤或缺點,卻因自己程度較輕而嘲笑他人。也比喻兩者的錯誤或缺點,雖在程度上有輕重的差別,而實質上卻是相同。

6【五百年前是一家】 ㄨˇ ㄅㄞˇ ㄋㄧㄢˊ ㄑㄧㄢˊ ㄕˋ ㄧ ㄐㄧㄚ
同姓的人,溯至五百年前,本是一家人。表示同宗相親,不必見外。

㐅
五的古文。

3

亗
歲的古文。

4

亘
㊀ ㄒㄩㄢ hsüan¹ 音宣
①上下尋求。見"說文"。②宣揚;宣布。通宣。見"正字通"。
㊁ ㄍㄣˋ kên⁴ 音艮
同亙。

亙
ㄍㄣˋ kên⁴ 音艮 又讀 ㄍㄥˋ kêng⁴ 音更
或作亘。①由此至彼。如:亙古。②綿延。如:聯亙。

5【亙古】 ㄍㄣˋ ㄍㄨˇ
由今至古;終古。

5

况
況的俗體。

亜
亞的俗體。

6

亞
ㄧㄚˋ ya⁴ 音軋 又讀 ㄧㄚˇ ya³ 音雅
①醜惡。見"說文"。②次一等的。如:亞軍。③兩婿相互的稱呼。通婭。如:姻亞。④開啟。如:朱扉半亞。⑤'亞洲'的簡稱。

9【亞洲】 ㄧㄚˋ ㄓㄡ
(Asia)世界最大洲。面積4449.3萬方公里,占全球陸地的29.6%。洲內山地、高原、平原及島鏈等地形複雜,陸上水系發達。地跨寒、溫、熱三帶氣候區。佛教、基督教及回教發祥於此。

【亞軍】 ㄧㄚˋ ㄐㄩㄣ
第二名。

11【亞麻】 ㄧㄚˋ ㄇㄚˊ
(flax; *Linum usitatissimum* Linn.)一年生草本。高約1公尺,葉線狀披針形,互生。夏季開花,花單生於枝頂及上部葉脈間,藍色,萼片5枚,花瓣5枚。蒴果,種子可榨取亞麻仁油。產於'亞洲',今各地均有栽培。

亞麻圖

13【亞聖】 ㄧㄚˋ ㄕㄥˋ
①才智次於聖人的人。②'元''至順'元年(1330),封'孟子'爲'鄒國亞聖公','明''嘉靖'九年(1530),除去封爵,稱'亞聖'。以後遂成'孟子'的專稱。

【亞當】 ㄧㄚˋ ㄉㄤ
(Adam)'猶太'教神話中人類的始祖。"舊約聖經·創世紀"記載乃上帝揑土所造成,與'夏娃'居住於'伊甸園'中,後因受蛇誘惑,吃下分別善惡樹上的禁果,被放逐到人間。

6【亞共析鋼】 ㄧㄚˋ ㄍㄨㄥˋ ㄒㄧ ㄍㄤ
(hypoeutectoid steel)含碳量在0.8%以下的鋼。其正常組織爲波來鐵與初析肥粒鐵。

9【亞述帝國】 ㄧㄚˋ ㄕㄨˋ ㄉㄧˋ ㄍㄨㄛˊ
(The Assyrian Empire)約西元前700年由'亞述'人建立的帝國。本爲一西'亞'地區城邦,經不斷擴充,遂統一'兩河流域',並征服'敘利亞'、'腓尼基'、'以色列王國'與'埃及',建立地跨'亞''非'二洲的大帝國。定都'尼尼微'(Nineveh)。後因管理不善,帝國內部發生分裂,於前606年瓦解。

10【亞馬孫河】 ㄧㄚˋ ㄇㄚˇ ㄙㄨㄣ ㄏㄜˊ
(Amazon R.)'南美洲'大河。源於'安地斯山脈'東麓,自'祕魯'向東流經'巴西'北部注入'大西洋'。全長6,570公里,次於'尼羅河',居世界第二。流域面積廣達615萬方公里,居全球第一。赤道橫過河北,熱帶雨林密布,高溫多溼,不適人居。

11【亞速高壓】 ㄧㄚˋ ㄙㄨˋ ㄍㄠ ㄧㄚ
(Azores high)位於北'大西洋'中副熱帶上的一個永久性高氣壓中心,亦即反氣旋。北半球夏季時,海洋上的氣溫要比大陸低很多,因此,大氣在海上變性發展成強大的高壓中心。此時,'大西洋'高壓中心範圍擴大且增強,並向東北擴展,稱爲'亞速'高壓或'百慕達'高壓(Bermuda high)。是西'歐'氣候重要的控制因素。與北

'太平洋'上的'夏威夷'高壓(Hawaiian high)相當。

13【亞當·斯密】 ㄧㄚˋ ㄉㄤ ㄙ ㄇㄧˋ
(Adam Smith, 1723~1790)'英國'社會哲學家及經濟學家。早年求學於'格拉斯哥'及'牛津大學'。其代表作"國富論"(*The Wealth of Nation*),主張自由放任的經濟原則,對'英國'的經濟政策有重大影響。另一重要著作"道德情操論"(*The Theory of Moral Sentiments*),肯定人性中的一些普遍原則,乃建立社會機構的論據。

16【亞歷山大】 ㄧㄚˋ ㄌㄧˋ ㄕㄢ ㄉㄚˋ
(Alexander, 前356~前323)'馬其頓'國王'腓力二世' (Philip II)之子。西元前336年即位後,平定'希臘',征服'波斯',建立了由'印度河'至'尼羅河',地跨'亞''非''歐'三洲的大帝國。功業曠絕古今,爲史上罕有的軍事天才。在其世界一統的理想下,致力於'希臘'文化與東方文化的交流,因而產生了新的泛'希臘'文化。

5【亞平寧山脈】 ㄧㄚˋ ㄆㄧㄥˊ ㄋㄧㄥˊ ㄕㄢ ㄇㄛˋ
(Apennines Mts.)'義大利半島'的骨幹山脈。爲'阿爾卑斯山脈'的南支。由西北向東南斜貫半島,南端分爲東南及西南兩支,形似靴跟及靴尖。總面積約占半島的2/3。主由石灰岩及大理石構成,'卡拉拉' (Carrara) 附近礦場即以生產純白大理石而著名。

7【亞里斯多德】 ㄧㄚˋ ㄌㄧˇ ㄙ ㄉㄨㄛ ㄉㄜˊ
(Aristotle,前384~前322)'希臘'哲學家、科學家。曾受教於'柏拉圖',爲形式邏輯的始祖。著作旁及邏輯學、哲學、生物學、物理學、政治學、文學,奠定西洋系統哲學的基礎。其中"工具論" (*Organon*)、"形上學"(*Metaphysics*)、"倫理學" (*Ethics*)三部著作乃西洋文化中的經典之作。

【亞佛加厥數】 ㄧㄚˋ ㄈㄛˊ ㄐㄧㄚ ㄐㄩㄝˊ ㄕㄨˋ
(Avogadro's number)一莫耳物質中含有6.0228×10^{23}個粒子(原子、離子、分子或組成單位)。這巨大的數目叫做'亞佛加厥'數。

9【亞洲運動會】 ㄧㄚˋ ㄓㄡ ㄩㄣˋ ㄉㄨㄥˋ ㄏㄨㄟˋ
(Asian Games)西元1948年在'英國''倫敦'舉行第十四屆'奧運會'時,'中'、'日'、'菲'代表商議恢復'遠東運動會',並擴大範圍至中東、近東的新興國家,定名爲'亞洲運動會'。配合'奧運會'每四年輪流在'亞洲'各大城市舉行,與'奧運'間隔兩年。第一屆'亞運會'於1951年在'印度''新德里'舉行。最近之第十屆於1986年在'韓國''漢城'舉行。其中一、四、七、八、九各屆,國際運動受政治干擾,我國均未參加。

11【亞得里亞海】 ㄧㄚˋ ㄉㄜˊ ㄌㄧˇ ㄧㄚˋ ㄏㄞˇ
(Adriatic Sea) 位於'義大利半島'與'巴爾幹半島'之間的水域。因'義大利'北部的'亞得里亞城'(Adria)而得名。面積16萬方公里。自古即爲重要商業航道,北岸的'威尼斯'和'的里雅斯德'(Trieste)爲海陸貿易中心。沿岸小島羅列,氣候溫和,風景優美,爲觀光勝地;但冬季常有暴風,不利行船。

19【亞羅船事件】 ㄧㄚˋ ㄌㄨㄛˊ ㄔㄨㄢˊ ㄕˋ ㄐㄧㄢˋ
'清''咸豐'六年(1856)九月,一艘懸掛'英'旗的'華'船'亞羅號' (Arrow)涉嫌私運鴉片及藏匿海盜,'廣東'水師登船搜查並拘拿嫌犯'李明太'等十二人,'英'領事'巴夏禮'(Harry Parkes)認爲有違領事裁判權之規定,要求'清'廷以書面道歉並將嫌犯交予'英'方,幾經交涉,兩'廣'總督'葉名琛'同意交出嫌犯,但拒絕道歉,談判破裂。'英'軍遂以此爲藉口,二次犯'華'。

7【亞佛加厥定律】 ㄧㄚˋ ㄈㄛˊ ㄐㄧㄚ ㄐㄩㄝˊ ㄉㄧㄥˋ ㄌㄩˋ
(Avogadro's law)在同溫、同壓時,同體積的任何氣體含有同數分子,稱爲'亞佛加厥'定律。爲西元1811年'亞佛加厥'首先提出。

9【亞洲開發銀行】 ㄧㄚˋ ㄓㄡ ㄎㄞ ㄈㄚ ㄧㄣˊ ㄏㄤˊ
(Asian Development Bank)簡稱'亞銀',爲一國際性發展金融機構。西元1966年在'聯合國''亞洲暨遠東經濟委員會'的推動下成立(但不屬於'聯合國'組織),總部設於'馬尼拉'。其宗旨是透過國際間的經濟合作及技術援助,以促進區域內開發中會員國家的經濟發展。目前有四十五個會員國,其中三十一個是'亞洲'及南'太平洋'國家,其餘爲區域外的先進國,如'美'、'加'、'英'等。我國爲創始會員國之一。

16【亞歷山大一世】 ㄧㄚˋ ㄌㄧˋ ㄕㄢ ㄉㄚˋ ㄧ ㄕˋ
(Alexander I, 1777~1825)'俄國'皇帝。獎勵教育,提倡科學。曾與'歐洲'各國聯合打敗'拿破崙'。

9【亞洲人民反共聯盟】 ㄧㄚˋ ㄓㄡ ㄖㄣˊ ㄇㄧㄣˊ ㄈㄢˇ ㄍㄨㄥˋ ㄌㄧㄢˊ ㄇㄥˊ
(Asian People's Anti-Communist League; APACL) 西元1954年6月15日成立於'韓國''鎮海'的反共組織。乃基於'中華民國'總統'蔣中正'、'菲律賓'總統'季里諾'、'韓國'總統'李承晚'會談,發表共同聲明,號召組織'亞洲'反共聯合陣線;而由'中'、'韓'兩國民間反共領袖響應奔走而成立。其三大奮鬥目標是:一、反對共產主義,阻遏共產侵略擴張,並推翻共黨暴政;二、促進'亞洲'自由國家的團結,儘早解放'亞洲'鐵幕;三、與自由世界合作,建設自由、民主、和平、繁榮的新‘亞洲’。爲擴大‘亞’‘太’自由國家的參與，1983年9月的‘亞盟’第二十九屆會議決定將其更名爲‘亞洲太平洋反共聯盟’(Asian Pacific Anti-Communist League)。

些 ㊀ ㄙㄨㄛˋ so⁴, suo⁴
助詞。用在句末，無義。多見於“楚辭”。
㊁ ㄒㄧㄝ hsieh¹ 音歇
1少許；一點點。如：些微。2用在表指示的稱代詞後，表示多數。如：這些。

11【些許】 ㄒㄧㄝ ㄒㄩˇ
1少許。2細微；無足輕重。

13【些微】 ㄒㄧㄝ ㄨㄟˊ
少許；一點兒；不多。

亝 齊的古文。

7

亟 ㊀ ㄐㄧˊ chi² 音急
1急速；趕快。如：亟去。2迫切；急切。如：需款孔亟。
㊁ ㄑㄧˋ ch'i⁴ 音氣
屢次；一再。如：亟請。

8

 齊的本字。

亠 部

亠 ㄊㄡˊ t'ou² 音頭
僅作部首使用，無意義。

1

亡 ㊀ ㄨㄤˊ wang² 音王
1逃。如：亡命海外。2死。如：亡故。3滅亡。如：亡國。4遺失；散失。如：亡羊。5忘記。通忘。如：知而亡情。
㊁ ㄨˊ wu² 音無
沒有。同无、無。如：亡而爲有。

7【亡佚】 ㄨㄤˊ ㄧˋ
散失。

8【亡命】 ㄨㄤˊ ㄇㄧㄥˋ
1逃亡。2指逃亡的人。

14【亡魂】 ㄨㄤˊ ㄏㄨㄣˊ
人死後的靈魂。

11【亡國奴】 ㄨㄤˊ ㄍㄨㄛˊ ㄋㄨˊ
國家被滅亡的人。

6【亡羊補牢】 ㄨㄤˊ ㄧㄤˊ ㄅㄨˇ ㄌㄠˊ
羊從欄圈中走失後，修補欄圈，以免受更大損失。比喻事後的補救。

【亡而爲有】 ㄨˊ ㄦˊ ㄨㄟˊ ㄧㄡˇ
無才學而假裝充實多能的樣子。

8【亡命之徒】 ㄨㄤˊ ㄇㄧㄥˋ ㄓ ㄊㄨˊ
1逃亡的人。2指犯罪不怕死的人。

11【亡國之音】 ㄨㄤˊ ㄍㄨㄛˊ ㄓ ㄧㄣ
亡國的音樂。指靡靡之音。

12【亡鈇意鄰】 ㄨㄤˊ ㄈㄨ ㄧˋ ㄌㄧㄣˊ
以主觀或直覺去猜測他人。有人遺失斧頭，猜測是鄰居小孩所偷。於是看鄰居小孩的一舉一動，都像偷過斧頭的樣子。後來找到斧頭，證明不是他偷，於是怎麼看也不再像是偷過斧頭的樣子。見“呂氏春秋·去尤”。

14【亡魂喪膽】 ㄨㄤˊ ㄏㄨㄣˊ ㄙㄤˋ ㄉㄢˇ
形容極爲驚恐。

2

亢 ㊀ ㄍㄤ kang¹ 音岡
脖子；咽喉。如：引亢高歌。
㊁ ㄎㄤˋ k'ang⁴ 音抗
1高。如：高亢。2極；非常。如：亢旱。3(1)通抗。抵禦。如：亢敵。(2)當；對立。如：亢衡。4遮蔽；庇護。如：亢身。5星宿名。參亢宿。

7【亢旱】 ㄎㄤˋ ㄏㄢˋ
大旱。

8【亢直】 ㄎㄤˋ ㄓˊ
正直不屈。

11【亢宿】 ㄎㄤˋ ㄒㄧㄡˋ
星宿名。二十八宿之一，東方蒼龍七宿的第二宿。主要有四星，皆屬室女座；亢宿一即室女座χ，亢宿二即ι，亢宿三即φ，亢宿四即λ。此外，大角、右攝提、左攝提、折威、頓頑、陽門等星，也都歸入亢宿。

12【亢陽】 ㄎㄤˋ ㄧㄤˊ
1陽氣極盛。2天旱；陽光過多，久不下雨。3‘中’醫指孤陽沒有陰氣調和，以致升格爲病。

16【亢龍有悔】 ㄎㄤˋ ㄌㄨㄥˊ ㄧㄡˇ ㄏㄨㄟˇ
飛得太高的龍將有所懊悔。比喻居高位的人，往往盛極必衰。

4

交 ㄐㄧㄠ chiao¹ 音郊
1交脛。見“說文”。2交叉。3前後相替的時會。如：春夏之交。4來往。如：交友。5朋友。如：知交。6情誼。如：交淺言深。7付給。如：交貨。8交易。如：成交。9接合。如：交戰。10彼此；互相。如：交相爭奪。11異性的媾合。如：交媾。

3【交子】 ㄐㄧㄠ ㄗˇ
‘北宋’‘眞宗’時‘張詠’所創的紙幣。‘張詠’以‘四川’鐵錢太重，交易不便，乃創制楮券，一交一緡。每次發行以三年爲限，期滿更換新券。其後收歸官辦，設‘交子務’，禁止私造。‘仁宗’以後，因發行數多而本錢不足，以致價值大跌。

4【交手】 ㄐㄧㄠ ㄕㄡˇ
1古人別離時，相互執手。2拱手表示敬意的禮節。3打鬥或競賽。

5【交代】 ㄐㄧㄠ ㄉㄞˋ
1交接；移交。2把事情吩咐清楚。也表示負起責任。

6【交耳】 ㄐㄧㄠ ㄦˇ
靠近耳邊低聲說話。

【交好】 ㄐㄧㄠ ㄏㄠˇ
交情好；友善。

7【交尾】 ㄐㄧㄠ ㄨㄟˇ

動物交配。

【交兵】 ㄐㄧㄠ ㄅㄧㄥ
交戰；戰爭。

8【交表】 ㄐㄧㄠ ㄅㄧㄠˇ
(cross cousin) 父之姐妹之子女，或母之兄弟之子女皆爲交表。即姑表及舅表均屬交表。與平表相對。

【交易】 ㄐㄧㄠ ㄧˋ
買賣；生意上的來往。

【交卸】 ㄐㄧㄠ ㄒㄧㄝˋ
卸去職務而交付與下一任。

9【交流】 ㄐㄧㄠ ㄌㄧㄡˊ
①在電路中，作週期性反覆改變方向的電流。②溝通往來。

【交界】 ㄐㄧㄠ ㄐㄧㄝˋ
兩地相連接的地方。

【交迭】 ㄐㄧㄠ ㄉㄧㄝˊ
交互相代；輪換更替。

【交保】 ㄐㄧㄠ ㄅㄠˇ
被告被羈押而訟案尚未了結時，由法院或檢察官准其出具保證書，並指定相當之保證金額，保其隨時到庭候審，稱爲交保。保證書以該區內殷實之人或商埠所出具者爲限。交保後，具保停止羈押之被告逃匿者，應命具保人繳納指定之保證金額，並沒入之。不繳納者，強制執行。保證金已繳納者，沒入之。

10【交涉】 ㄐㄧㄠ ㄕㄜˋ
①來往；關聯。②與人磋商事情。

11【交情】 ㄐㄧㄠ ㄑㄧㄥˊ
朋友間的情誼。

【交連】 ㄐㄧㄠ ㄌㄧㄢˊ
(crosslinking) 指聚合體中主鏈上之側鏈極多，且互相交連成網狀結構。可由具多官能基單體聚合，或經硫化過程而得。

【交接】 ㄐㄧㄠ ㄐㄧㄝ
①交際。②兵器相接。即交戰。③性交。④移交。

【交通】 ㄐㄧㄠ ㄊㄨㄥ
①交叉互通。如：阡陌交通。②彼此來往。③今指人、物、訊息、資料等的來往。包括公路、鐵路、郵電、空運、海運、衛星通訊等。

12【交割】 ㄐㄧㄠ ㄍㄜ
新舊交替或買賣時雙方結清手續。

【交替】 ㄐㄧㄠ ㄊㄧˋ
①轉換。②指在語音的變化上，用某一個音去替換另一個音。也叫轉換。不同語言間的交替，即在翻譯時以自己語言中的發音去替換外國語言的發音。如以「紐約」替換「New York」。我國的語言交替，都在聲調的轉變方面，如「難」ㄋㄢˊ（艱難）之讀爲ㄋㄢˋ（災難）。

【交惡】 ㄐㄧㄠ ㄨˋ
彼此不友善；關係變壞。

【交換】 ㄐㄧㄠ ㄏㄨㄢˋ
調換；互換。

13【交遊】 ㄐㄧㄠ ㄧㄡˊ
結交朋友。也指互相來往的朋友。

【交睫】 ㄐㄧㄠ ㄐㄧㄝˊ
閉上眼睛。指睡覺。

【交媾】 ㄐㄧㄠ ㄍㄡˋ
陰陽交合。一般指男女性交、雌雄交尾。

【交會】 ㄐㄧㄠ ㄏㄨㄟˋ
交叉會合。

14【交際】 ㄐㄧㄠ ㄐㄧˋ
人與人之間的接觸往來。

15【交誼】 ㄐㄧㄠ ㄧˋ
①友誼。②聯誼。

【交線】 ㄐㄧㄠ ㄒㄧㄢˋ
(common line; intersecting line) 空間之一線，同在兩面上而爲其所共有者，則此線稱爲此兩面之交線或共線。其產生形式有一、直線交線：兩平面相交而形成。二、曲線交線：一平面與一曲面或兩曲面相交而形成。工程圖面之各視圖中每一線條均可視爲交線。

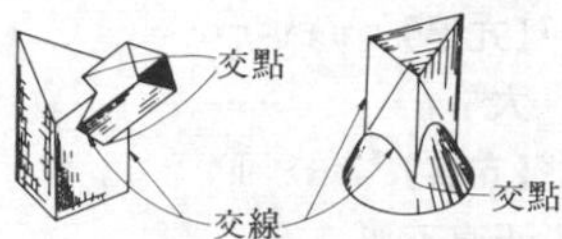

交線與交點圖

【交鋒】 ㄐㄧㄠ ㄈㄥ
交戰。

【交質】 ㄐㄧㄠ ㄓˋ
古代國與國之間以重要人物交換爲人質，作爲守信的保證。

16【交融】 ㄐㄧㄠ ㄖㄨㄥˊ
交互融合。比喻關係密切，不可分開。

【交頸】 ㄐㄧㄠ ㄐㄧㄥˇ
鳥獸兩頸相靠，表示親密。後以比喻夫妻的恩愛。

【交戰】 ㄐㄧㄠ ㄓㄢˋ
開戰。

【交錯】 ㄐㄧㄠ ㄘㄨㄛˋ
交相錯雜。

17【交臂】 ㄐㄧㄠ ㄅㄧˋ
①拱手。示恭敬。②以臂相交接。表示親近。③兩臂向後反縛。

18【交織】 ㄐㄧㄠ ㄓ
交錯連結在一起。

19【交關】 ㄐㄧㄠ ㄍㄨㄢ
①交往；交通。②交易；買賣。③關說勾結。④相關。

【交鏈】 ㄐㄧㄠ ㄌㄧㄢˋ
(linkage) 電磁感應時，線圈之匝數和所生之電壓成正比，而交鏈便是磁通量乘以線圈的匝數。

22【交歡】 ㄐㄧㄠ ㄏㄨㄢ
交結相悅。

8【交杯酒】 ㄐㄧㄠ ㄅㄟ ㄐㄧㄡˇ
新婚夫婦交換酒杯互飲。

【交易檔】 ㄐㄧㄠ ㄧˋ ㄉㄤˋ
(transaction file) 電腦系統內包含當前或臨時性資料的檔。它是用來更新主檔內容的依據。

9【交流道】 ㄐㄧㄠ ㄌㄧㄡˊ ㄉㄠˋ
連接高速公路與交叉道路間的匝道。通常各單向匝道間以不同標高之地面採交叉構建。依其流通之匯合、擴散、交織，而有順形、喇叭形、菱形、半菱形、四葉形、半四葉形及混合形等設計。

【交流電】 ㄐㄧㄠ ㄌㄧㄡˊ ㄌㄧㄢˋ

(alternating current;ac) 指電流強度首先由零向一方增加到最大值再降爲零,然後再向反方向增加到最大值,如此循環不斷。每秒循環的次數稱爲交流電的頻率。又交流電的平均值爲零。與直流電相對。

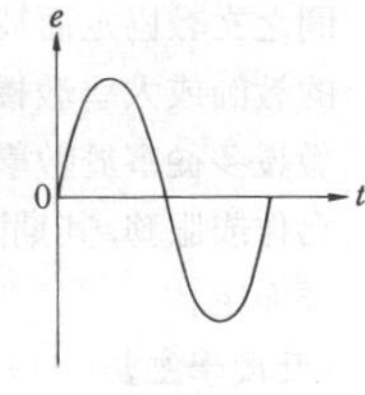

交流電圖

11【交趾燒】 ㄐㄧㄠ ㄓˇ ㄕㄠ
'明代''中國'南部所燒製的三彩陶的一種。其語源來自當時'日本'和'交趾'('越南'南部)往來的貿易船上裝載有該類作品,經由'日'人命名爲'交趾'燒。陶質坯體有軟、硬二類,多施翠黃、綠、紫等低溫鉛釉。推測其產地爲我國南方沿海省分。另外,'清代''臺灣'也有'交趾'陶,'嘉義''民雄''葉麟趾'('葉王')製作尤爲精妙,多作寺廟宅宅之屋飾。

12【交換律】 ㄐㄧㄠ ㄏㄨㄢˋ ㄌㄩˋ
(law of commutation) 爲數學基本定律的一種。即一式中各數字或文字計算之順序可任意變動而不影響其結果,稱爲交換律。例如:對於加法,$a+b=b+a$;對於乘法,$a\times b=b\times a$ 均具有交換律。對於算術之減法及除法,則不能適用;對於向量之交叉乘法也不能適用,此乃因兩向量$\overrightarrow{a}$與$\overrightarrow{b}$之交叉乘積$(\overrightarrow{a}\times\overrightarrow{b})=-(\overrightarrow{b}\times\overrightarrow{a})$,因此這時有反交換律。

【交換論】 ㄐㄧㄠ ㄏㄨㄢˋ ㄌㄨㄣˋ
(exchange theory) 將社會互動視爲利潤(指互動的目的)與成本(指互動需付出的代價)交換之過程的一種社會學理論。認爲社會互動爲獲取酬賞與避免懲罰的手段。代表人物爲'美國''何門史'(George C. Homans)。如妻子爲了想買件皮大衣(利潤),而對丈夫特別奉承(成本)。

13【交道叉】 ㄐㄧㄠ ㄉㄠˋ ㄔㄚ
(crossing line)二條鐵路互相交叉處的結構。依二線交角又分爲斜角交道叉與直角交道叉。因軌條與軌條相交處必須有一轍叉,故兩線相交共具四個轍叉。轍叉分尖形與鈍形兩類,鈍形叉具有相對兩個叉尖而構成複式轍叉。轍叉角大於56.5°時,車輪經過複式轍叉,雙輪同時懸空,且失去護導作用,易引起行車的擺動,並有出軌的危險。轍叉角若小於56.5°,二輪中有一輪著軌,不致雙輪均懸空。

21【交響曲】 ㄐㄧㄠ ㄒㄧㄤˇ ㄑㄩˇ
(symphony) 又稱交響樂。爲管絃樂器合奏所寫的大型樂曲。交響曲的形式定於'海頓',通常包括四個獨立的樂章:第一樂章是快板的奏鳴曲體,第二樂章是慢板,第三樂章是舞曲或迴旋曲,第四樂章又是快板。但十九世紀以後的浪漫派作曲家,往往不遵守此一既定的形式。交響曲的重要作家有'海頓'、'莫札特'、'貝多芬'、'舒伯特'、'布拉姆斯'、'柴可夫斯基'及'馬勒'等。

【交響詩】 ㄐㄧㄠ ㄒㄧㄤˇ ㄕ
(symphonic poem) 標題音樂的一種。以交響樂的方式演奏一段具有抒情或記事性質的管絃樂曲,由'李斯特'首創。早期的交響詩有別於交響曲,通常僅有一個樂章,但發展到後期,已不受限制。重要的作品有'李斯特'的"馬采巴" (*Mazeppa*)、"匈奴之戰" (*Hunnenschlach*);'史麥塔那' (Bedřich Smetana) 的"我的祖國" (*Má vlast*);'西貝流斯'的"芬蘭頌" (*Finlandia*);'柴可夫斯基'的"羅密歐與朱麗葉"(*Romeo and Juliet*)、"哈姆雷特" (*Hamlet*);'理查・史特勞斯'的"唐璜"(*Don Juan*)、"死與變容" (*Tod und Verklärung*)、"英雄的生涯"(*Ein Heldenleben*)等。

3【交叉音效】 ㄐㄧㄠ ㄔㄚ ㄧㄣ ㄒㄧㄠˋ
(cross-fade) 廣播或電視節目製作時採用的一種音樂或效果技術,其中一個音效漸隱,而另一個音效則漸起,這一起一落的情形,稱爲交叉音效。

【交叉報導】 ㄐㄧㄠ ㄔㄚ ㄅㄠˋ ㄉㄠˇ
(cross-reporting) 一種經過刻意安排的播報方式。同時或前後播報兩種不同的素材與內容,如繁榮與蕭條、自由與奴役,藉以獲得傳播上的宣傳效果。

11【交淺言深】 ㄐㄧㄠ ㄑㄧㄢˇ ㄧㄢˊ ㄕㄣ
交情淺而所談論的事情卻很深入。後也用以比喻說話不妥貼。

【交通流量】 ㄐㄧㄠ ㄊㄨㄥ ㄌㄧㄡˊ ㄌㄧㄤˋ
(traffic volume) 係指某一路段單位時間內所流動的車輛數。即交通密度與其速率之乘積,以輛/小時表示之。由於交通流量之資料可供交通規劃及控制之依據,交通管理機構經常進行下列各類調查:基本交通量調查、控制量交通調查、地區性控制點交通量調查、長期持續性交通量調查、演算每日平均交通量及第三十時序最高交通量之折算百分數、分類交通量統計等。此外,爲了解交通量隨時間變化之分配變化與集散狀況,則進行交通特性調查、交通起迄點調查。

【交通號誌】 ㄐㄧㄠ ㄊㄨㄥ ㄏㄠˋ ㄓˋ
除交通標誌和閃光燈外,以動力控制的交通管制設施。通常依各地之交通特性,以定時、半觸動或全觸動方式運作,來警告、管制指揮行人與車輛交通運行。大致包括交通管制號誌、特殊行人號誌、火車接近號誌及特種交通號誌(如車道方向號誌、黃色閃光號誌、斑馬線閃光號誌)等。

【交通廣告】 ㄐㄧㄠ ㄊㄨㄥ ㄍㄨㄤˇ

ㄍㄠˋ

(transportation advertising) 利用種種交通工具或其相關物品所做的廣告。如在各運輸機構所管理的車輛、船舶、飛機之內外和車站、航站等建築物的內外，以及各種相關用品上所做的廣告均屬之。

【交通標誌】 ㄐㄧㄠ ㄊㄨㄥ ㄅㄧㄠ ㄓˋ

於固定或活動之支架上，標繪符號或文字，以警告、禁止、限制及指示車輛駕駛人的設施。大致可別爲三大類：一、警告標誌：用以指示前面路段之特殊狀況。採紅色正等邊三角形設計，內繪黑色圖文，共五十種。而鐵路平交道標誌則採交叉形。二、禁制標誌：用以指示該地區或路段交通上之特殊規定。類分禁止標誌和限制標誌二種。其中限制標誌採藍色圓形設計，內繪白色圖文，共十三種。禁止標誌採紅色圓形設計，內有白底黑色圖文，共三十八種；而幹道先行標誌爲倒等邊三角形符號，停車再開標誌爲八角形紅底白色符號，禁止車輛進入標誌爲紅底白色符號，解除速限爲白底黑色圓形符號。三、指示標誌：用以指示路線識別、方向地名、距離里程、名勝古蹟，以及地理上、文化上等有關事項。類分說明標誌、預告及指向標誌、地名及路名標誌等三種，採黑色或藍色方形設計，共二十三種，而方向指示標誌爲箭形符號、省道幹線編號標誌爲圓形符號，國道幹線編號標誌爲梅花形符號。

【交通標線】 ㄐㄧㄠ ㄊㄨㄥ ㄅㄧㄠ ㄒㄧㄢˋ

又稱交通標記。係以線型、符號、文字或不同顏色標繪於路面、路幅範圍以內或鄰接邊緣處，以指示車輛停留或行駛路線的交通管制設施。大致包括縱向、橫向及路肩標線等三種。

【交梨火棗】 ㄐㄧㄠ ㄌㄧˊ ㄏㄨㄛˇ ㄗㄠˇ

道教經書中所稱的兩種仙果。梨花白，果實蒼而甘，春花秋熟，外蒼內白，雖雪梨亦微蒼黑，故名交梨，有金木交互之義。棗味甘而色赤紅，屬陽，有陽土生物之義，故稱火棗。服食之後可以騰飛成仙。

12【交越失眞】 ㄐㄧㄠ ㄩㄝˋ ㄕ ㄓㄣ

(cross-over distortion) 對於一由pnp與npn型具互補特性的電晶體所組成的互補式射極隨耦器(如圖(1))，其輸入電壓信號的絕

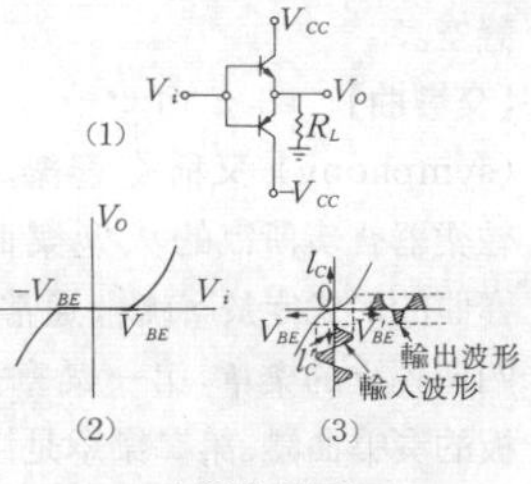

交越失眞圖

對值 $|V_i|$ 要超過電晶體的切入電壓 V_{BE} 之値約爲0.5伏特時，始能有輸出電壓出現，否則輸出值會維持爲零電壓，此即交越失眞。圖(2)爲其輸入—輸出間的轉移特性曲線，圖(3)爲其輸出波形的失眞。

【交換制度】 ㄐㄧㄠ ㄏㄨㄢˋ ㄓˋ ㄉㄨˋ

(exchange system) 物資經由交換網絡，傳到不生產這些物資人手中的制度。包括了共同的價值標準、個人的評價及選擇行動。

【交換契稅】 ㄐㄧㄠ ㄏㄨㄢˋ ㄑㄧˋ ㄕㄨㄟˋ

(deed tax of exchange) 指因交換財產所應繳納之契稅。所謂交換指當事人雙方約定，互相移轉金錢以外財產權之契約。目前因交換財產所應繳納契稅之稅率爲2.5%，由交換人估價立契，各就其承受部分申報交換契稅。

【交換教師】 ㄐㄧㄠ ㄏㄨㄢˋ ㄐㄧㄠˋ ㄕ

(exchange teachers) 經由國際間之文教協定而被派往他國任教的教師或大學教授。交換教師或教授多從事於教學、研究、講演、寫作或服務，其期間視契約的需要而定。

【交換學生】 ㄐㄧㄠ ㄏㄨㄢˋ ㄒㄩㄝˊ ㄕㄥ

(exchange students) 經由國際間之交換合作計畫而被派往他國受教育的高中生或大學生。交換學生在他國受教的時間通常是一年。

13【交感巫術】 ㄐㄧㄠ ㄍㄢˇ ㄨ ㄕㄨˋ

(sympathetic magic) 經由神祕的交感作用，使本來無關的兩件事物發生關連，而達到目的的一種巫術。交感巫術一詞由'英國'人類學家'弗萊哲' (James Frazer) 所提出，他認爲交感巫術包括接觸巫術和模擬巫術兩類基本巫術。

【交感神經】 ㄐㄧㄠ ㄍㄢˇ ㄕㄣˊ ㄐㄧㄥ

(sympathetic nerve) 脊椎動物神經系統的一種。支配身體各種無意識、不隨意的活動，與副交感神經構成一自主神經系統，二者互相拮抗。係由位於胸、腰、脊椎骨兩旁的交感神經幹與節前纖維及節後纖維所組成。在人體來說，有促進心跳、血管收縮、遲緩胃腸的蠕動以及使瞳孔擴張等作用和功能。

16【交頭接耳】 ㄐㄧㄠ ㄊㄡˊ ㄐㄧㄝ ㄦˇ

形容低聲私語的樣子。

【交錯級數】 ㄐㄧㄠ ㄘㄨㄛˋ ㄐㄧˊ ㄕㄨˋ

(alternating series) 正負項相間的級數。如二項級數。著名的'萊布尼茲'審斂法說：若交錯級數 $\sum_{n=0}^{\infty}(-1)^n a_n$, $a_n > a_{n+1} > 0$ 對所有 n 均成立，且 $\lim_{n\to\infty} a_n = 0$，則 $\sum_{n=0}^{\infty}$

$(-1)^n a_n$ 收斂。例如 $1-\frac{1}{2}+\frac{1}{3}-\frac{1}{4}+\cdots\cdots$ 爲收斂。

21【交響樂團】ㄐㄧㄠ ㄒㄧㄤˇ ㄩㄝˋ ㄊㄨㄢˊ
(orchestra)又稱管絃樂團。指一大規模的器樂演奏團體。交響樂團通常由下列四組組成:一、絃樂組,包括小提琴、中提琴、大提琴、低音大提琴、豎琴等;二、木管組:包括長笛、短笛、單簧管、雙簧管、'英國'管、低音管等;三、銅管組:包括圓號、小喇叭、'法國'號、伸縮號、低音號等;四、打擊組:包括定音鼓、大鼓、小鼓、鈴鼓、三角鐵、木琴、鐵琴、鐘琴、響板、鈸、鑼等。此外,爲特殊演奏需要,尚可加入鋼琴、風琴、薩克斯管、曼陀林或其他樂器。

23【交變磁場】ㄐㄧㄠ ㄅㄧㄢˋ ㄘˊ ㄔㄤˇ
(alternating magnetic field)磁場的強度隨時間作週期性變化的磁場。

4【交互保險社】ㄐㄧㄠ ㄏㄨˋ ㄅㄠˇ ㄒㄧㄢˇ ㄕㄜˋ
(reciprocal exchange)'美國'保險組織的一種特殊型態。由參加者互相約定交換保險。例如某甲參加交互保險社,約定以十萬元爲其保險責任的限度,即某甲可在十萬元限度內,將自己財產的保險責任,比例分散於乙、丙、丁等各社員之間,同時接受各社員所有財產的保險責任,總計以十萬元爲限。如此互相交換,使某甲對其所有十萬元財產的危險責任,由集中而轉變爲分散於乙、丙、丁等各社員之間。

【交互禁抑法】ㄐㄧㄠ ㄏㄨˋ ㄐㄧㄣˋ ㄧˋ ㄈㄚˇ
(reciprocal inhibition technique)又稱牴觸交替法(counterconditioning procedure)。心理治療法之一。係設置一種情境,使患者同時產生兩種互不相容或不能並存之反應,藉彼此相互禁抑以減弱焦慮,達到治療目的。

8【交易方程式】ㄐㄧㄠ ㄧˋ ㄈㄤ ㄔㄥˊ ㄕˋ
(equation of exchange)以強調貨幣在經濟體系中作爲交易媒介的功能爲出發點,由'美國'經濟學家'費雪'(I. Fisher)首先提出,故又稱'費雪'方程式(Fisher equation)。其一般的表示爲:$Mv=PQ$,式中M代表貨幣供給量,v代表貨幣所得流通速度,P代表全部交易財貨的平均價格水準,Q代表實質國民生產毛額。

9【交流正弦波】ㄐㄧㄠ ㄌㄧㄡˊ ㄓㄥˋ ㄒㄧㄢˊ ㄅㄛ
(ac sine wave)波型作正弦函數變化的交流週期波。如圖所示,波型有最大值V_m,角速度ω,相位中等基本參數。其瞬間值表爲 $f(t)=V_m sin(\omega t+\phi)$,其中角速度$\omega$爲頻率$f$乘以$2\pi$,頻率又爲週期$T$的倒數,即$\omega=2\pi f=2\pi/T$。

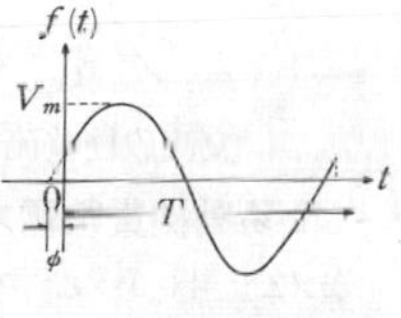

交流正弦波圖

【交流負載線】ㄐㄧㄠ ㄌㄧㄡˊ ㄈㄨˋ ㄗㄞˋ ㄒㄧㄢˋ
(ac load line)又稱動態負載線。對於電晶體而言,在交流訊號輸入時,因耦合電容的關係,此時負載電阻值並非無窮大,因此有效的負載值之倒數即交流訊號的動態負載線的斜率,如此輸入與輸出間,交流訊號的變化關係曲線即交流負載線。

【交流發電機】ㄐㄧㄠ ㄌㄧㄡˊ ㄈㄚ ㄉㄧㄢˋ ㄐㄧ
(ac generator)又稱交流器(alternator)。可將機械功率轉換成交流電的旋轉機械。按照其轉子的機械結構,可分爲渦輪式(turbo type)和凸極式(salient-pole type)兩種。前者轉子爲平滑的圓柱形,場繞組置於槽內,以蒸汽渦輪機爲動力來源;後者轉子的場繞組位於凸出的插座上,以內燃機爲動力來源。

【交流電動機】ㄐㄧㄠ ㄌㄧㄡˊ ㄉㄧㄢˋ ㄉㄨㄥˋ ㄐㄧ
(ac motor)使用交流電源來激勵的電動機。有感應電動機、推斥電動機、單相串激電動機、同步電動機等。

11【交連電容器】ㄐㄧㄠ ㄌㄧㄢˊ ㄉㄧㄢˋ ㄖㄨㄥˊ ㄑㄧˋ
(coupling condenser)又稱直流阻止電容器。阻止直流成分而讓交流成分通過之電容器。電晶體放大電路當輸入源直接接基極時,偏壓會受輸入信號之直流準位影響。如圖,先經過電容器,則可阻止直流準位,使放大器的偏壓不受輸入信號影響。

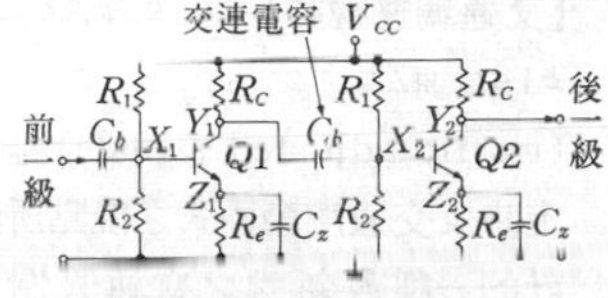

交連電容器圖

15【交談式處理】ㄐㄧㄠ ㄊㄢˊ ㄕˋ ㄔㄨˇ ㄌㄧˇ
(interactive processing)電腦系統處理作業的一種方式。使用者可透過終端機等設備,將作業控制命令或資料輸入電腦處理,並等待處理結果產生後再接續輸入下一處理步驟,有如與電腦系統交談一般,故稱爲交談式處理。

4【交互需求法則】ㄐㄧㄠ ㄏㄨˋ ㄒㄩ ㄑㄧㄡˊ ㄈㄚˇ ㄗㄜˊ
(law of reciprocal demand)貿易條件的有利與否,端視貿易雙方彼此對對方出口品需求程度的強弱而定。如本國對外國出口品的需求愈強,而外國對本國出口品的需求愈弱,則所決定的貿易條件對本國愈不利;反之,則所決定的貿易條件對本國愈有利。

7【交作式發展說】ㄐㄧㄠ ㄗㄨㄛˋ ㄕˋ ㄈㄚ ㄓㄢˇ ㄕㄨㄛ

(transactional model of development) 一種個人特質與行爲的發展論。持該學說的心理學家認爲,個人特質或行爲的發展,係因個體與環境交互作用的結果。

11【交通事業人員】ㄐㄧㄠ ㄊㄨㄥ ㄕˋ ㄧㄝˋ ㄖㄣˊ ㄩㄢˊ

隸屬'交通部'之事業機構(如鐵路、公路、電信、郵政、水運、港務、氣象、民航等)的從業人員。須經相當職等考試及格後,始取得任用資格。

【交通調整號誌】ㄐㄧㄠ ㄊㄨㄥ ㄊㄧㄠˊ ㄓㄥˇ ㄏㄠˋ ㄓˋ

(traffic-adjusted signals)綜合定時及交通觸動兩式之優點所設計的一種最新式之交通管制號誌。即在較重要之交叉路口設置偵察器,將所偵得之交通資料送至一主控制器,算出最佳管制方案,俾爲各路口之號誌定出最適當之週期、時相、紅綠燈時段之長短、行車速率及行駛路線等,再經由路口控制器以控制路口之號誌及標誌,以達到容量最大、延誤最少的目的。

【交通觸動號誌】ㄐㄧㄠ ㄊㄨㄥ ㄔㄨˋ ㄉㄨㄥˋ ㄏㄠˋ ㄓˋ

(traffic actuated signals)一種可隨人車通行的需求而調整的交通號誌。別於定時號誌。即利用路口的偵察器偵得現場交通狀況,經由控制器對號誌的燈號時段長短及重複運轉週期作適當的控制。可分半觸動及全觸動兩種。

16【交錯壁梁結構】ㄐㄧㄠ ㄘㄨㄛˋ ㄅㄧˋ ㄌㄧㄤˊ ㄐㄧㄝˊ ㄍㄡˋ

(staggered wall-beam structure) 用於鋼造及鋼筋混凝土造之新穎結構系。即以整層鋼筋混凝土牆當作梁,橫跨於橫向距離,支承於外排柱上,並將上下樓層互相錯開以便安排較大的使用空間。由於交錯的壁梁之頂及底均可用以支承樓版,可節省支承樓版的梁系,且可在壁梁中央剪力最小處開口設計通道。

8【交易不成仁義在】ㄐㄧㄠ ㄧˋ ㄅㄨˋ ㄔㄥˊ ㄖㄣˊ ㄧˋ ㄗㄞˋ

買賣不成,情誼仍在。

9【交流矽控整流器】ㄐㄧㄠ ㄌㄧㄡˊ ㄒㄧˋ ㄎㄨㄥˋ ㄓㄥˇ ㄌㄧㄡˊ ㄑㄧˋ

(bidirectional triode thyristor; TRIAC)閘流體的一種。有五層的結構,相當於兩個 SCR 並聯,有二個陽極。其特性如圖所示。

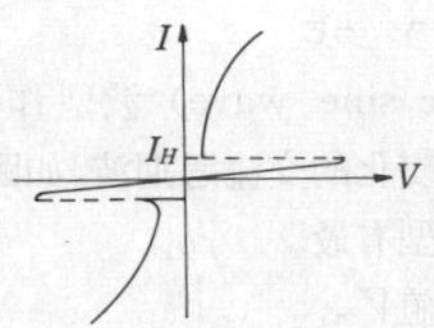

交流矽控整流器特性圖

8【交易動機貨幣需求】ㄐㄧㄠ ㄧˋ ㄉㄨㄥˋ ㄐㄧ ㄏㄨㄛˋ ㄅㄧˋ ㄒㄩ ㄑㄧㄡˊ

(transaction motive money demand) 家計或企業單位爲應付收入與支出時間的不一致,而有保留貨幣的需要,以應付隨時交易開支之需,此即爲交易動機貨幣需求。

亥 ㄏㄞˋ *hai*⁴ 音害

1草根。見"說文"。2地支的最後一個。3十二時辰之一。指午後九時至十一時。4十二生肖之一。指豬。

亦 ㄧˋ *i*⁴ 音益

1人的兩腋。同腋。見"說文"。2也。表示兩者相同。如:人云亦云。3又。如:亦何樂之有?4只;不過。如:亦有仁義而已矣。5重;累。如:亦世。6助詞。如:亦既見止。7姓。'宋'有'亦尙節'。見"萬姓統譜·一二二"。

7【亦步亦趨】ㄧˋ ㄅㄨˋ ㄧˋ ㄑㄩ

1指弟子追隨老師。2指全心全意模仿或追隨別人。

5

亨 ㊀ ㄒㄧㄤˇ *hsiang*³ 音想

獻物祭神。本作亯。見"說文·亯·段注"。

㊁ ㄆㄥ *p'êng*¹ 音烹

烹的本字。

㊂ ㄏㄥ *hêng*¹ 音哼

通達無礙。

7【亨利】ㄏㄥ ㄌㄧˋ

(henry) 代號爲H。度量衡導出單位中之電感單位。一亨利爲封閉電路上的電流,以每秒一安培的變率變化所生的電動勢爲一伏特時該電路的電感。

11【亨通】ㄏㄥ ㄊㄨㄥ

順利通達,沒有挫折。

7【亨利七世】ㄏㄥ ㄌㄧˋ ㄑㄧ ㄕˋ

(Henry Ⅶ, 1457~1509) '英國''都鐸'(Tudor) 王朝的創始者。西元 1455~1485 年'英國'內部發生了[薔薇戰爭](Wars of the Roses)。'約克'(York) 皇室與'蘭卡斯特'(Lancaster) 皇室各有支持者,競相爭奪王位。1471年,'亨利七世'成爲'蘭卡斯特'皇室的唯一男性繼承者,被放逐於'法國'西北部的'不列顚尼'(Brittany)。他於1485年率兵進犯'英國',在'波斯華'之役(battle of Bosworth)擊斃'理查三世'(屬'約克'皇室),而於該年10月30日登基爲'英'王。爲了表示安撫敵對派,娶'愛德華四世'的長女'伊利莎白'(屬於'約克'皇室)爲妻。在任內,極力發展工商業,控制財政預算,以充實國庫,並盡力避免涉入國外的戰事。

【亨利八世】ㄏㄥ ㄌㄧˋ ㄅㄚ ㄕˋ

(Henry Ⅷ, 1491~1547) '英國''都鐸'(Tudor) 王室的國王、'英國'國教創始者。西元1509年即位,原信奉'羅馬'公教,後因無子嗣欲與皇后離婚,遭教皇反對,憤而與教廷決裂,1534年公布"首長令"(*Act of Supremacy*),自任'英國'國教會首長,准允教士結婚,而建立了'英國'國教。1512年曾大戰'法國',1542~1546向'法國'和'蘇格蘭'開戰,沒有成功。

【亨利五世】 ㄏㄥ ㄌㄧˋ ㄨˇ ㄕˋ
(Henry V, 1086~1125)'德國'國王和'神聖羅馬皇帝',是'舍拉'(Sallan)皇朝最後的一位皇帝。爲'亨利四世'之子,於西元1099年登基爲'德'王,並於1105年逼迫其父讓出'神聖羅馬皇帝'的帝位。除了鞏固他在'德國'的地位外,並於1110年重新控制'波希米亞',翌年到'羅馬',由教宗'巴斯克爾二世'(Paschal II)加冕爲'神聖羅馬皇帝'。在任內擴大授權部屬,獎勵都市貿易,卻因此激起貴族的敵對。

【亨利四世】 ㄏㄥ ㄌㄧˋ ㄙˋ ㄕˋ
①(Henry IV, 1050~1106)'德國'國王,西元1056~1106年爲'神聖羅馬皇帝'。'神聖羅馬皇帝''亨利三世'(Henry III)與'埃格尼斯'(Agnes of Poitou)的獨子。六歲即帝位,由母后輔政,1065年正式當政,任內保護發展都市,強化王權,與貴族對立,卻得到平民的支持。1076年與教宗'葛列哥里七世'(Gregory VII)爭聖職任敘權,曾被教宗兩度逐出教會。②(Henry IV, 1553~1610)'法國''波旁'(Bourbon)王朝的始祖及新教領袖。'法'王'亨利三世'(Henry III)於1589年被弒,他即位爲'法'王,由於同情新教,天主教徒以擁護'西班牙'的'菲力普二世'對抗他。於1593年改信天主教,翌年行加冕禮。1598年頒"南特詔書"(*Edict of Nantes*),准許新教徒自由信仰。在任內振興經濟,曾派遣'戴山普倫'(Samuel de Champlain)至'加拿大'探險。後被暗殺。

【亨利定律】 ㄏㄥ ㄌㄧˋ ㄌㄧㄥˋ ㄌㄩˋ
(Henry's law) 在稀薄溶液中,氣體溶在溶液中的平衡濃度(即溶解度),與液面上方該氣體的分壓成正比,此關係就是'亨利'定律。

6

享 ㄒㄧㄤˇ *hsiang*³ 音想
本作亯。①獻物祭祀。如:享祀。②款宴。如:享客。③受用;保有。如:享受。

21【享譽】 ㄒㄧㄤˇ ㄩˋ
享有名聲;受到讚譽。

15【享樂主義】 ㄒㄧㄤˇ ㄌㄜˋ ㄓㄨˇ ㄧˋ
①(epicureanism; hedonism) 又稱快樂主義。以物質、肉體或感官享受爲人生目的的學說。爲'希臘'哲學家'伊比鳩魯'所創。②(dilettantism)在文藝上與唯美主義相通,基於頹廢的傾向而生。不重藝術本身的價值,專以藝術能否給予鑑賞者官能上的快感爲評價藝術的觀點,稱享樂主義。

京 ㊀ ㄐㄧㄥ *ching*¹ 音驚
①人工的高丘。見"說文"。②大。如:京邑。③帝王的都城。如:京師。④大穀倉。如:囷京。⑤數詞。十兆爲京。一說萬兆爲京。
㊁ ㄩㄢˊ *yüan*² 音原
墓地。同原。如:九京。

5【京白】 ㄐㄧㄥ ㄅㄞˊ
'京'戲中彩旦、花旦、丑的說白以'北京'方言爲標準,稱爲'京'白。有別於其他腳色所說的韻白(以中州韻爲標準)。

8【京官】 ㄐㄧㄥ ㄍㄨㄢ
任職於京師的中央官。與外官相對。

10【京師】 ㄐㄧㄥ ㄕ
舊稱國都。

11【京都】 ㄐㄧㄥ ㄉㄨ
①京師;首都。②(Kyōto)'日本'故都及西部文化、學術中心。又稱'西京'。位於'本州島'(Honshu I.)西南部'琵琶湖'(Biwa Lake)之西。其建築形式模仿我國'唐代'的'長安',向有「千年古都」之稱,觀光業盛。美術手工藝品遠近馳名。人口147萬(2005年)。

12【京華】 ㄐㄧㄥ ㄏㄨㄚˊ
京師。京師爲人文薈萃之地,故稱。

15【京畿】 ㄐㄧㄥ ㄐㄧ
京城及其附近的地方。

17【京戲】 ㄐㄧㄥ ㄒㄧˋ
又稱'京'劇、'平'劇。'清'中葉以後,亂彈盛行。亂彈以皮'黃'爲主,源於'徽'調和'漢'調,流行於全國各地。因盛行於'北京',故稱'京'戲。'民國'後奠都'南京',改'北京'爲'北平',故又稱'平'劇。

4【京片子】 ㄐㄧㄥ ㄆㄧㄢˋ ˙ㄗ
俗稱'北京'話。

6【京兆尹】 ㄐㄧㄥ ㄓㄠˋ ㄧㄣˇ
官名。'漢'三輔之一。'漢武帝'時置,轄'長安'、'新豐'等十二縣。

12【京腔大調】 ㄐㄧㄥ ㄑㄧㄤ ㄉㄚˋ ㄉㄧㄠˋ
戲曲腔調名。也稱'京'腔、'京'調。'清代'稱流行於京師的戲曲腔調爲'京'腔。是融合'弋陽'腔、皮'黃'等各地方聲腔而成。

19【京韻大鼓】 ㄐㄧㄥ ㄩㄣˋ ㄉㄚˋ ㄍㄨˇ
曲藝的一種。'清'末流行於'河北'、東北、'華'東一帶。一人擊鼓演唱,數人以三絃、四胡、琵琶伴奏。唱詞以七字句爲基本。曲目有"長坂坡"、"大西廂"、"鬧江州"等。

5【京本通俗小說】 ㄐㄧㄥ ㄅㄣˇ ㄊㄨㄥ ㄙㄨˊ ㄒㄧㄠˇ ㄕㄨㄛ
原書不知幾卷,今本爲'民國'四年'繆荃孫'據'元'寫本殘卷所刊行,凡七卷,皆'宋'人話本。

亩 廩的本字。

7

竒 奇的俗體。

亭 ㄊㄧㄥˊ t'ing² 音庭
①有柱無壁,供人休憩觀覽的建築物。②公正處理。如:平亭。③秀麗。如:亭菊。④至;值。如:亭午。⑤直立。如:亭然獨立。⑥生養;成長。如:亭毒。

4【亭午】 ㄊㄧㄥˊ ㄨˇ
正午。

【亭勻】 ㄊㄧㄥˊ ㄩㄣˊ
均勻;勻稱。

8【亭毒】 ㄊㄧㄥˊ ㄉㄨˊ
化育。

9【亭亭】 ㄊㄧㄥˊ ㄊㄧㄥˊ
①直立、聳立的樣子。②明媚的樣子。③高超突出的樣子。

14【亭榭】 ㄊㄧㄥˊ ㄒㄧㄝˋ
亭子和臺上之屋。今泛稱亭臺。

【亭障】 ㄊㄧㄥˊ ㄓㄤˋ
邊塞要地所築崗亭,用以警備禦敵。

9【亭亭玉立】 ㄊㄧㄥˊ ㄊㄧㄥˊ ㄩˋ ㄌㄧˋ
形容女子挺立秀麗的樣子。也作婷婷玉立。

亮 ㊀ ㄌㄧㄤˋ liang⁴ 音諒
①明。如:亮麗。②聲音宏放。如:響亮。③輔佐。如:翼亮三世。④誠實。如:亮直。⑤或許。通諒。
㊁ ㄌㄧㄤˊ liang² 音良
參亮陰。

11【亮陰】 ㄌㄧㄤˋ ㄢ
本指居喪的倚廬。借指帝王居喪。

14【亮像】 ㄌㄧㄤˋ ㄒㄧㄤˋ
①指傳統戲劇中,演員一出場或一節舞蹈動作刻意停頓時擺出特殊的姿勢。②當眾露面。

6【亮光塗裝】 ㄌㄧㄤˋ ㄍㄨㄤ ㄊㄨˊ ㄓㄨㄤ
(gloss finish) 將木材表面著色塡眼打底後,面層塗裝亮光漆,使表面平滑如鏡。

亰 京的俗體。

亯 享的本字。

亱 夜的俗體。

8

亳 ㄅㄛˋ po⁴ 音播
①古地名。在今'河南省''商丘縣'。'商湯'建都於此。②今縣名。在'安徽省'西北境。

11

亷 廉的俗體。

亶 ㄉㄢˇ tan³ 音膽
①誠信;眞正。見"爾雅·釋詁"。②姓。'漢'有'亶誦'。見"萬姓統譜·八一"。

19

亹 ㊀ ㄨㄟˇ wei³ 音尾
①奮勉不倦。②美。如:形雲斐亹。
㊁ ㄇㄣˊ mên² 音門
水涯。通湄。

21【亹亹】 ㄨㄟˇ ㄨㄟˇ
①勤奮不倦的樣子。②前進的樣子。③詩文動聽、很吸引人的樣子。

人部

人 ㄖㄣˊ jên² 音仁
①(Homo; *Homo sapiens*)屬哺乳綱、靈長目、人科的動物。②指別人。與己對稱。如:己所不欲,勿施於人。③百姓;人民。④指賢人。如:爲政在人。⑤指人的本質或性情。⑥人爲;人力。如:人定勝天。⑦像人形的。如:人參。⑧姓。'明'有'人傑'。見"萬姓統譜·一九"。

2【人丁】 ㄖㄣˊ ㄉㄧㄥ
①成年人。②人口的通稱。

3【人工】 ㄖㄣˊ ㄍㄨㄥ
①人力。②工作的人數。③由人力做的。相對於自然力量或機械力量。

4【人文】 ㄖㄣˊ ㄨㄣˊ
①人的文化、制度。②人事。③即人文科學。

【人孔】 ㄖㄣˊ ㄎㄨㄥˇ
(manhole)下水道之主要附屬設施。通常設置於下水道的方向、管徑及坡度改變處,和分枝幹管交接,以及下水道的終點等處,用以觀察、維護、檢查、清理及連接管線。爲混凝土或磚砌圓筒形結構,孔口至少50公分,內徑至少1.2公尺,壁厚至少15公分。孔上鑄鐵架及蓋,孔內設鑄鐵踏步(偏心孔口則在直壁側裝置踏步),以便人員上下。

【人日】 ㄖㄣˊ ㄖˋ
指農曆正月初七。古代禮俗以正月一日爲雞日,二日爲狗日,三日爲豬日,四日爲羊日,五日爲牛日,六日爲馬日,七日爲人日。

【人中】 ㄖㄣˊ ㄓㄨㄥ
①人群當中。②指人上脣與鼻端中間的凹痕。

【人手】 ㄖㄣˊ ㄕㄡˇ
指辦事的人。

5【人仙】 ㄖㄣˊ ㄒㄧㄢ
道教語。指人中之仙。在人爲人仙,在天爲天仙,在地爲地仙。修道之士,修得一種法術,得以保全天命不絕,樂其天命,謂之人仙。人仙屬仙乘之中的下乘。

7【人妖】 ㄖㄣˊ ㄧㄠ
①行爲怪異、不守常法的人。②形體上產生性別變異的人。③嘲諷本身醜陋卻過分妝扮的人。

8【人治】 ㄖㄣˊ ㄓˋ
①以統治者之意志、品德爲準的統治方式。與法治相對。②人倫綱紀。

【人性】 ㄖㄣˊ ㄒㄧㄥˋ

①人的本性。②(human nature)指人所擁有的特性。人的本質即是由此特性所構成。

【人事】 ㄖㄣˊ ㄕˋ
①人的作爲。如:盡人事,聽天命。②人和事。如:不省人事。③指人情世故。如:不懂人事。④指說項、請託等。⑤機關人員升調任免等事。如:人事調動。⑥機構中有關員工資歷、背景等紀錄或檔案。如:人事室、人事部門。⑦關於人的身分能力等事項。如:"民法"中有人事訴訟程序,處理婚姻事件、親子關係事件、禁治產事件、宣告死亡事件等。

【人和】 ㄖㄣˊ ㄏㄜˊ
指人心的和洽及歸向。

9【人品】 ㄖㄣˊ ㄆㄧㄣˇ
①人的品格。②人的儀表、面貌。

【人科】 ㄖㄣˊ ㄎㄜ
(family Hominidae)爲哺乳綱、靈長目(order Primates)、人首科(superfamily Hominoidea)中的一科,包括現代人及化石人。主要特徵爲軀體能直立,利用兩足步行。腦容量大,約爲猩猩的三倍。大指能與其他四指對合握物,但大足趾則不能與其他四趾對合。

【人保】 ㄖㄣˊ ㄅㄠˇ
以個人身分具保。

10【人格】 ㄖㄣˊ ㄍㄜˊ
①人的品格。②(personality)指個體適應環境的特有行爲與思考型態。係由個體在其遺傳、環境、成熟、學習等因素交互作用下,表現於身心各方面之特質所組成,具有相當的統整性與持久性。

【人師】 ㄖㄣˊ ㄕ
①道德行爲足以爲人師範的人。②指教人做人道理的老師。與經師相對。

【人倫】 ㄖㄣˊ ㄌㄨㄣˊ
①人際的常理。②人類。③辨別、評論人品格的等第。

11【人望】 ㄖㄣˊ ㄨㄤˋ
①衆人的屬望。②聲望。

【人欲】 ㄖㄣˊ ㄩˋ
人類的欲望和嗜好。

【人參】 ㄖㄣˊ ㄕㄣ
(ginseng; *Panax ginseng*)又名棒槌。爲多年生草本植物。主根屬肉質,呈圓柱形或紡錘形,形狀似人,淡黃色。根莖很短,莖由根莖的頂端長出,高30～60公分。掌狀複葉3～6枚輪生於莖頂,複葉含3～5枚小葉。夏季開花,繖形花序單生於莖頂,花小,淡黃綠色,花瓣5片。核果扁球形,成熟時鮮紅色。肉質根是著名強壯滋補藥,又爲興奮劑和祛痰藥。主要分布於我國東北及'韓國'。

人參圖

13【人道】 ㄖㄣˊ ㄉㄠˋ
①做人的道理或道德規範。②人類特具的品性、感情。指同情心、憐憫心等。③指男女交合的事。

【人煙】 ㄖㄣˊ ㄧㄢ
住家的炊煙。泛稱人家。

【人瑞】 ㄖㄣˊ ㄖㄨㄟˋ
指高壽的老人。

14【人豪】 ㄖㄣˊ ㄏㄠˊ
人中豪傑。

15【人潮】 ㄖㄣˊ ㄔㄠˊ
形容人多。

【人緣】 ㄖㄣˊ ㄩㄢˊ
指與他人融洽相處或能保持良好的人際關係。

【人質】 ㄖㄣˊ ㄓˋ
①爲逼令對方就範而挾持的人。②爲取信於對方而作爲抵押的人。

16【人寰】 ㄖㄣˊ ㄏㄨㄢˊ
人世。

【人頭】 ㄖㄣˊ ㄊㄡˊ
①人的頭顱。②權益、頭銜和名姓爲他人利用從事不法行爲的人。

17【人爵】 ㄖㄣˊ ㄐㄩㄝˊ
指爵位官職。與天爵相對。

19【人證】 ㄖㄣˊ ㄓㄥˋ
以人之知識、經驗爲資料之證據方法,稱爲人證。人證並非以人爲證據,而是以其陳述之結果爲證據,如證人之證言或鑑定人之鑑定等是。證人爲證言前,應命具結,證人具結前,應告以具結之義務及僞證之處罰。鑑定人應於鑑定前具結,其具結文內應記載必爲公證誠實之鑑定等語。爲使人證正確,"刑法"對於證人、鑑定人有僞證之情事者,訂有處罰規定。

21【人屬】 ㄖㄣˊ ㄕㄨˇ
(*Homo*)包括已絕跡的化石人和現代人。「直立人」、「巧人」、「尼安德塔人」及「克羅馬儂人」皆已絕跡,僅有化石。現代人、「克羅馬儂人」和「尼安德塔人」分屬於不同時代的「智人」。

22【人鑒】 ㄖㄣˊ ㄐㄧㄢˋ
指可藉以照見自己得失的人。也稱人鏡。

【人權】 ㄖㄣˊ ㄑㄩㄢˊ
人類文明社會公認的每一個人應享有的基本權利。其內涵包括:一、基本人權(生存權、自由權、平等權以及抗拒迫害、免於非法逮捕拘禁等人身自由權),二、政治人權(選舉權、罷免權、創制權、複決權、服公職權、參加考試權),三、經濟人權(財產權、工作權、享有義務教育權、社會福利權等)。我國"憲法"第二章關於人權的保障,有相當完備的規定。

【人籟】 ㄖㄣˊ ㄌㄞˋ
人類演奏樂器所發出的聲音。和大自然的天籟、地籟相對。

2【人力車】 ㄖㄣˊ ㄌㄧˋ ㄔㄜ
①以人力挽拉的載客車。有兩輪,兩個車轅,一個坐箱,可供兩人

乘坐。‘日本’人所創,‘清’末傳入我國。‘上海’叫黃包車,‘北平’叫洋車,‘臺灣’仍叫人力車。②泛指用人力挽拉的車子。

人力車圖

3【人口論】ㄖㄣˊ ㄎㄡˇ ㄌㄨㄣˋ
(*An Essay on the Principle of Population*)‘英國’‘馬爾薩斯’所著。他認爲食物的增加率爲算術級數,人口的增加率爲幾何級數,所以飢餓是必然的現象。因而主張糧食增產及節育,使人口與糧食達到平衡。

【人代會】ㄖㄣˊ ㄉㄞˋ ㄏㄨㄟˋ
‘中共’僞政權中央權力機關之一。全名爲⌊全國人民代表大會⌉,又簡稱⌊人大⌉。‘中共’僞憲法上雖規定其爲國家最高權力機關,但實際上徒具形式而無實權,所有決議與人事命令都由‘共黨’中央先作決定,經大會通過完成手續而已。

5【人生觀】ㄖㄣˊ ㄕㄥ ㄍㄨㄢ
對人生所抱持的見解及態度。

6【人字編】ㄖㄣˊ ㄗˋ ㄅㄧㄢ
編織工藝中織物最常用的花紋之一。纖維走向左右傾斜如⌊人⌉字,故稱。舉凡籐編、竹編、線編、繩編、草編等,均常使用此種圖案。

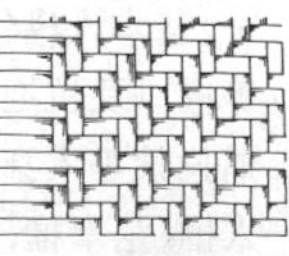
人字編圖

【人行道】ㄖㄣˊ ㄒㄧㄥˊ ㄉㄠˋ
專供行人通行的步道。

8【人來瘋】ㄖㄣˊ ㄌㄞˊ ㄈㄥ
指小孩在客來時,故意頑皮以引人注意的行爲。

10【人馬宮】ㄖㄣˊ ㄇㄚˇ ㄍㄨㄥ
(Sagittarius) 黃道十二宮的第九宮。位於黃經 240～270°。每年11月22日前後,太陽進入此宮,節氣爲小雪。二千年前,原在人馬座,故名。但由於歲差的緣故,現已移至天蝎宮。

【人馬座】ㄖㄣˊ ㄇㄚˇ ㄗㄨㄛˋ
(Sagittarius; Sgr) 黃道十二星座之一。位於赤經17時43分至20時29分;赤緯 −11.7度至 −45.3度之間。冬至點即在此座內。其中ζ、τ、σ、φ、λ和μ六星(‘中’名斗宿)構成斗形,故在我國稱爲南斗。相當於我國星座天籥、箕宿、斗宿、建、天雞、狗、狗國、天淵等。

【人格權】ㄖㄣˊ ㄍㄜˊ ㄑㄩㄢˊ
人格權與身分權同爲非財產權之一部分。人格權乃以該權利人自己人格爲標的之權利,身分權則係以權利人之特定身分爲標的之權利。前者如姓名權、生命權、身體權、健康權、名譽權、自由權、肖像權及商號權等;後者如家長權、親權、監護權及繼承權等。人格權受侵害時,得請求法院除去其侵害,有受侵害之虞時,得請求防止之,且以法律有特別規定爲限,得請求損害賠償或慰撫金,例如“民法”第十九條規定:⌊姓名權受侵害者,得請求法院除去其侵害,並得請求損害賠償。⌉“民法”第一百九十五條規定:⌊不法侵害他人之身體、健康、名譽或自由者,被害人雖非財產上之損害,亦得請求賠償相當之金額。其名譽被侵害者;並得請求爲回復名譽之適當處分。⌉此種非財產上之損害賠償請求權不得讓與或繼承,但以金額賠償之請求權已依契約承諾,或已起訴者,不在此限。

11【人情味】ㄖㄣˊ ㄑㄧㄥˊ ㄨㄟˋ
人與人相互關懷的情味。

【人參果】ㄖㄣˊ ㄕㄣ ㄍㄨㄛˇ
“西遊記”所說的仙果名。產於‘萬壽山’,形似小兒,三千年一開花,三千年一結果,再三千年方得成熟。有緣的,聞一聞,就活三百六十歲;喫一個,就活四萬七千年。

【人造皮】ㄖㄣˊ ㄗㄠˋ ㄆㄧˊ
(artificial leather)將顏料、硝化纖維素、有機溶劑、添加劑或樹脂塗抹於織布上,經交連作用且除去溶劑後,形成一層柔軟、強韌且與皮革性質類似之物質。例如聚胺基甲酸脂人造皮。

【人造肉】ㄖㄣˊ ㄗㄠˋ ㄖㄡˋ
(meat-like products)利用植物蛋白纖維製成類似肉類的食品。將大豆蛋白纖維每若干絲成一束,浸入鹽液,硬化後,配以色素、調味料、安定劑等,再以蛋白或其他蛋白質、澱粉、糊精、膠質、羧甲基纖維素等高分子物質爲接合劑,或經酸鹼處理,使纖維表面再溶解而黏著。

12【人超科】ㄖㄣˊ ㄔㄠ ㄎㄜ
(Hominoidea)其下包括人科、猿科及長臂猿科等。亦即包括所有現生人類和猿類,以及他(牠)們的祖先化石。

19【人類學】ㄖㄣˊ ㄌㄟˋ ㄒㄩㄝˊ
(anthropology) 指研究⌊人⌉及其⌊文化⌉之科學。源自‘希臘’字 anthropos(人)與 logia(學),舊譯稱人種學或種族學,皆誤。現代人類學之研究包括四大部門:一、體質人類學:研究人類之起源、演進;種族之形成與分支。二、考古學:研究人類古代之文化。三、文化人類學:研究比較近代人類之文化。四、語言學:研究人類語言之結構、演變以及其與文化之間的關係。

1【人一己百】ㄖㄣˊ ㄧ ㄐㄧˇ ㄅㄞˇ
別人用功一分,自己用功百倍。指勤能補拙。

2【人力折舊】ㄖㄣˊ ㄌㄧˋ ㄓㄜˊ ㄐㄧㄡˋ
將一個組織之人力價值,視同廠房或機器設備之成本,因長期的使用耗損而加以折舊,並將退休金的支付,作爲人力折舊的耗損。此種觀念,可作爲要求雇主提存員工退休金的理論依據。

【人力供需】 ㄖㄣˊ ㄌㄧˋ ㄍㄨㄥ ㄒㄩ
在社會上或組織內，能予供給的人力與所需求的人力。人力的供給與需求如大致相當，稱人力供需平衡；如人力的供給大於人力的需求，稱人力供過於需；如人力的需求大於人力的供給，稱人力需過於供。

【人力計畫】 ㄖㄣˊ ㄌㄧˋ ㄐㄧˋ ㄏㄨㄚˋ
預估組織未來業務發展所需用的人力，從而訂定培養、羅致人才及運用人力之藍圖，並按部就班實施，以期用人不虞匱乏的歷程。依計畫所跨的年度，通常可區分為近程、中程及遠程三種。其中遠程為今後第四至第五年的用人計畫，內容應力求簡單，僅列舉各年內增減人力的概數與大致類別即可；中程為今後第二至第三年的用人計畫，內容應詳簡適中，需列舉各年內增減人力之人數及類別；近程為今後第一年的用人計畫，內容應詳盡具體，列舉增減人力的等級、類別及增減人員的月分和各別人數。

【人力運用】 ㄖㄣˊ ㄌㄧˋ ㄩㄣˋ ㄩㄥˋ
對現有人員的學識、經驗、才能，使其在工作上獲得充分的運用，以提高公務生產力。一個機關的人力能作充分運用者，可精簡用人，增進效率；不能作充分運用者，徒增冗員，浪費人力。

【人力資源】 ㄖㄣˊ ㄌㄧˋ ㄗ ㄩㄢˊ
(human resources)指現正從事經濟活動的人口及具有工作潛能而可能參與經濟活動的人口而言。如正在家庭料理家務、看顧子女的婦女，於子女長大後可在社會上工作；因受傷、患病或在監禁中暫時不能工作的人，以及正在求學的青年男女，均屬一國中的人力資源。

【人力銀行】 ㄖㄣˊ ㄌㄧˋ ㄧㄣˊ ㄏㄤˊ
(manpower bank)為'中國社會福利事業協進會'所創設，主要在儲備各種專才供各方面遴用。其成立目的，在為身心尚屬健康的退休、退職或資遣公教人員，運用其豐富學識經驗，本發展人力資源的原則，辦理再就業的服務。服務方式分志願登記與量才遴聘二種。

3 **【人亡政息】** ㄖㄣˊ ㄨㄤˊ ㄓㄥˋ ㄒㄧˊ
本指賢王去世則德政中止。後以泛指政治措施隨在位者之去而止息。

【人工心臟】 ㄖㄣˊ ㄍㄨㄥ ㄒㄧㄣ ㄗㄤˋ
於心肌壞死無法作正常運作時，用塑膠製成以取代心臟功能的人工器官。目前人工心臟的動力仍須依賴體外的壓縮機，功能及材料上仍待改進。

【人工地盤】 ㄖㄣˊ ㄍㄨㄥ ㄉㄧˋ ㄆㄢˊ
(pedestrian deck) 都市中為達人車分離目的，將人的活動層面由地面層移至地面以上，而以電梯或電樓梯與地面連接，此地面以上人工建造專為人活動的層面，稱為人工地盤。

【人工肛門】 ㄖㄣˊ ㄍㄨㄥ ㄍㄤ ㄇㄣˊ
(artificial anus) 患者由於天生無肛門，或因嚴重之疾病使得原有肛門失去功能時，可以人為方式在肛門附近另接一管子和開口，用以解決患者之排遺作用。這類用外科手術完成的排遺構造，特稱為人工肛門。

【人工呼吸】 ㄖㄣˊ ㄍㄨㄥ ㄏㄨ ㄒㄧ
(artificial respiration) 利用外力，迫使胸腔有節律地擴大或縮小，讓氧氣因外力而送入，並使二氧化碳排出病患的肺部，促使其恢復自然呼吸運動的一種急救法。人工呼吸的方法有多種，但以口對口人工呼吸法最為簡易有效。方式是讓患者仰臥，急救者坐在病患頭部左側方，一手托起患者頸部，使其頭部後仰，並用右手捏住患者鼻孔，緊貼住患者嘴巴吹氣，直至患者上胸部升起為止。吹完氣後，急救者立即放開捏住病患鼻孔的右手，稍側轉臉部察看患者是否能自行吐吸空氣，否則應反覆不斷進行。

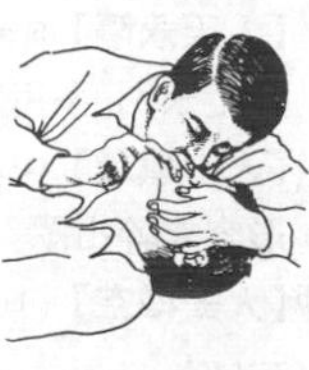
人工呼吸圖

【人工流產】 ㄖㄣˊ ㄍㄨㄥ ㄌㄧㄡˊ ㄔㄢˇ
(artificial abortion)孕婦在某些特殊的情況下，由醫師採取終止其懷孕的醫療手段。或稱墮胎。在我國有關人工流產有"優生保健法"的法律。

【人工時效】 ㄖㄣˊ ㄍㄨㄥ ㄕˊ ㄒㄧㄠˋ
(artificial aging)材料從高溫快速冷卻到常溫，其組織變態呈暫態現象，或具有偏析現象，此時若給予適當升溫且長時間的處理，可使材料組織均質且機械性質獲致改善，此種處理方法稱為人工時效。

【人工培殖】 ㄖㄣˊ ㄍㄨㄥ ㄆㄟˊ ㄓˊ
以人為的方法培育養殖動植物。

【人工造雨】 ㄖㄣˊ ㄍㄨㄥ ㄗㄠˋ ㄩˇ
(artificial rainfall) 指在已略具降雨條件之情形下，用飛機設法播放雨種以促使降雨或增加雨量。在晴空萬里之天候下，則無法施行人工造雨之技術。通常在乾旱期作物急需灌溉之際，使用人工造雨以補助灌溉；或在水庫上游的集水區施行，使水庫之水位增加以利發電或灌溉。

【人工造林】 ㄖㄣˊ ㄍㄨㄥ ㄗㄠˋ ㄌㄧㄣˊ
指由人力利用林木的種子、枝、幹、根株、萌蘗及地下莖等，再用播種、栽植、分生等方法所建造的森林。

【人工授精】 ㄖㄣˊ ㄍㄨㄥ ㄕㄡˋ

ㄐㄧㄥ (artificial insemination) 以人爲的方法使雌性之卵子與雄性之精子結合而受精。又稱人工受孕、人爲授精。

【人工智慧】 ㄖㄣˊ ㄍㄨㄥ ㄓˋ ㄏㄨㄟˋ
(artificial intelligence) 電腦科學的分支之一。主要研究如何使電腦具有人類智慧，能從事需要智慧的工作，或模仿人類智力的活動過程，而能具有學習、理解與推理能力。

【人才濟濟】 ㄖㄣˊ ㄘㄞˊ ㄐㄧˇ ㄐㄧˇ
形容人才很多。

【人口密度】 ㄖㄣˊ ㄎㄡˇ ㄇㄧˋ ㄉㄨˋ
(population density) 單位面積內之人口數。有粗人口密度、淨人口密度、居住密度與鄰里密度等四種表示法。粗人口密度 (gross population density) 係指都市或社區內土地總面積與總人口數之比值。淨人口密度 (net population density) 或居住密度 (residential density) 係指住宅區內住宅基地與出入道路面積之總和與容納總人口數之比值。鄰里密度(neighborhood density) 係指鄰里單元內單位面積上所居住之平均人口數。

【人口統計】 ㄖㄣˊ ㄎㄡˇ ㄊㄨㄥˇ ㄐㄧˋ
對一地區、國家、社會中人口數量、結構的統計。通常用調查的方式取得。如出生、性別、職業、教育、收入、婚姻、死亡等人口組合資料的統計。可作爲人口政策的依據。

【人口組合】 ㄖㄣˊ ㄎㄡˇ ㄗㄨˇ ㄏㄜˊ
即人口結構。以人口中生物的、社會的及經濟的各種因素加以分類，以明瞭當時人口的性質。例如年齡組合、性別組合等。

【人口當量】 ㄖㄣˊ ㄎㄡˇ ㄉㄤ ㄌㄧㄤˋ
(population equivalent)市鎮汙水處理廠處理設施的設計及操作，常將工業廢水之流量及強度，以相當於產生等量標準家庭汙水量、生化需氧量或懸浮固體之人口數來表示，此人口數即稱爲人口當量。

【人山人海】 ㄖㄣˊ ㄕㄢ ㄖㄣˊ ㄏㄞˇ
形容人數很多。

【人小鬼大】 ㄖㄣˊ ㄒㄧㄠˇ ㄍㄨㄟˇ ㄉㄚˋ
比喻年紀雖小卻精明多謀。

4**【人文科學】** ㄖㄣˊ ㄨㄣˊ ㄎㄜ ㄒㄩㄝˊ
(the humanities)原指對古典'希臘'、'羅馬'文學的研究，後擴大指研究人群現象與發展的學問，包括對哲學、文學、藝術、語言、歷史、教育、政治、法律、經濟等的探討，而與自然科學相對稱。

【人文薈萃】 ㄖㄣˊ ㄨㄣˊ ㄏㄨㄟˋ ㄘㄨㄟˋ
人才聚集。

【人心不古】 ㄖㄣˊ ㄒㄧㄣ ㄅㄨˋ ㄍㄨˇ
人心險惡，不及古人的淳樸。

【人心叵測】 ㄖㄣˊ ㄒㄧㄣ ㄆㄛˇ ㄘㄜˋ
形容人心陰險狡詐，難以捉摸。

【人心向背】 ㄖㄣˊ ㄒㄧㄣ ㄒㄧㄤˋ ㄅㄟˋ
民眾心理的歸向或背離。

【人心思漢】 ㄖㄣˊ ㄒㄧㄣ ㄙ ㄏㄢˋ
指人民不服新統治者，而懷念舊統治者。

【人心惶惶】 ㄖㄣˊ ㄒㄧㄣ ㄏㄨㄤˊ ㄏㄨㄤˊ
形容人心惶恐不安的樣子。

【人云亦云】 ㄖㄣˊ ㄩㄣˊ ㄧˋ ㄩㄣˊ
依隨他人言論而無主見。

【人天永隔】 ㄖㄣˊ ㄊㄧㄢ ㄩㄥˇ ㄍㄜˊ
死生永別。多用爲悼念之詞。

【人中騏驥】 ㄖㄣˊ ㄓㄨㄥ ㄑㄧˊ ㄐㄧˋ
形容才幹出眾。

5**【人去樓空】** ㄖㄣˊ ㄑㄩˋ ㄌㄡˊ ㄎㄨㄥ
形容人事變遷，空留遺跡。

【人本主義】 ㄖㄣˊ ㄅㄣˇ ㄓㄨˇ ㄧˋ
(humanitarianism) 1又名人文主義。主張以人爲本位，重視人的存在價值的哲學思想。在西方，尤指'歐洲'文藝復興時期，爭取擺脫教會的經院思想和神的桎梏的運動，提倡重視人和尊重人的思想。2又名人道主義。主張尊重個人生存權利及發展機會的哲學與政治思想。在西方，尤指'法國'大革命時所倡導的自由、平等、博愛的精神，以及從此衍生出來的社會倫理思想。現在，人道主義一詞的內涵，大抵包括：推動自由、平等、博愛，伸張正義，維護人權，同情弱小和救濟貧病，反對政治迫害，反對死刑，反對種族和階級歧視等。

【人生如寄】 ㄖㄣˊ ㄕㄥ ㄖㄨˊ ㄐㄧˋ
形容人生的短暫無常。

【人生如夢】 ㄖㄣˊ ㄕㄥ ㄖㄨˊ ㄇㄥˋ
形容人生的虛幻。

6**【人地生疏】** ㄖㄣˊ ㄉㄧˋ ㄕㄥ ㄕㄨ
初到某地，既沒有認識的人，也不熟悉當地的環境。

【人老珠黃】 ㄖㄣˊ ㄌㄠˇ ㄓㄨ ㄏㄨㄤˊ
形容女性年老。

【人存政舉】 ㄖㄣˊ ㄘㄨㄣˊ ㄓㄥˋ ㄐㄩˇ
本指賢王在位則德政施行。後以泛指政治措施隨其人之在位而推動。

【人仰馬翻】 ㄖㄣˊ ㄧㄤˇ ㄇㄚˇ ㄈㄢ
1指被打敗而跌倒。2比喻場面紛亂的樣子。3形容大笑絕倒的樣子。

【人合公司】 ㄖㄣˊ ㄏㄜˊ ㄍㄨㄥ ㄙ
公司之信用基礎在於股東，經濟活動著重股東個人之條件，而不是公司之資產數額者，稱爲人合公司。其結合以股東間相互了解爲必要，通常由親族好友組成，無限公司爲典型之人合公司。"公司法"規定，無限公司股東非經其他股東全體之同意,不得以自己出資之全部或一部轉讓於他人;各股東均有執行業務之權利,並負義務;公司資產不足清償債務時,由股東負連帶清償之責。

7【人言可畏】ㄖㄣˊ ㄧㄢˊ ㄎㄜˇ ㄨㄟˋ
他人的批評議論是可怕的。誡人言行舉止須顧到眾議。

【人言藉藉】ㄖㄣˊ ㄧㄢˊ ㄐㄧˊ ㄐㄧˊ
世人議論紛紛。

【人身自由】ㄖㄣˊ ㄕㄣ ㄗˋ ㄧㄡˊ
爲人民身體之自由之簡稱。依"憲法"第八條第一項規定:「人民身體之自由應予保障,除現行犯之逮捕由法律另定外,非經司法或警察機關依法定程序,不得逮捕拘禁。非由法院依法定程序,不得審問處罰。非依法定程序之逮捕、拘禁、審問、處罰,得拒絕之。」"民法"第十七條規定:「自由不得拋棄。自由之限制以不背於公共秩序或善良風俗者爲限。」爲保障個人自由不受侵犯,"刑法"針對不同類型之妨害自由行爲,有刑罰制裁之規定。

【人身攻擊】ㄖㄣˊ ㄕㄣ ㄍㄨㄥ ㄐㄧˊ
對於他人品德或形體相貌等的批評或指摘。尤指在討論問題時,不是針對問題就事論事,轉而批判參與討論的對方(或與討論相干的人)之人品或行爲。

【人身保險】ㄖㄣˊ ㄕㄣ ㄅㄠˇ ㄒㄧㄢˇ
(personal insurance) 以人類生命或身體爲保險標的,因各種危險事故發生所引起的損失,給付一定金額或適當補償金額的保險。主要包括以生命爲保險標的、生存或死亡爲保險事故的人壽保險;以身體爲保險標的、疾病及傷害爲保險事故的健康保險和傷害保險。

8【人定勝天】ㄖㄣˊ ㄉㄧㄥˋ ㄕㄥˋ ㄊㄧㄢ
人的努力,必能克服自然或命運。

【人性工程】ㄖㄣˊ ㄒㄧㄥˋ ㄍㄨㄥ ㄔㄥˊ
根據員工心理來設計員工所處理的工作,使員工處理工作時感到更方便、舒適、有效。包括對人的知覺、視覺、聽覺及觸覺之特性的把握,以及人對各種訊息的獲致與反應的快慢與準確性的了解。

【人性管理】ㄖㄣˊ ㄒㄧㄥˋ ㄍㄨㄢˇ ㄌㄧˇ
管理工作必須重視人性,使員工的需要與願望,經由管理措施而獲得適度的滿足與實現。

【人事人員】ㄖㄣˊ ㄕˋ ㄖㄣˊ ㄩㄢˊ
在各機關從事人事行政或管理工作之人員。各機關人事人員之任免考核,由中央人事機關主管;人事人員之進用,須經考試及格。

【人事行政】ㄖㄣˊ ㄕˋ ㄒㄧㄥˊ ㄓㄥˋ
以各政府機關的公務人員爲對象,依照人事法規規定所推動之行政工作。

【人事法規】ㄖㄣˊ ㄕˋ ㄈㄚˇ ㄍㄨㄟ
處理人事項目之各種有關規定,包括法律及規章。如爲處理公務人員退休,制定有"公務人員退休法",並由人事主管機關根據法律授權及執行法律之需要,訂定"公務人員退休法施行細則"及各種有關辦法。

【人事服務】ㄖㄣˊ ㄕˋ ㄈㄨˊ ㄨˋ
由人事單位或主辦人事工作人員,向其他單位或人員,提供有關人事事項的服務,包括工作的服務及意見的提供。

【人事計畫】ㄖㄣˊ ㄕˋ ㄐㄧˋ ㄏㄨㄚˋ
(personnel planning) 企業經營管理計畫的一種。指爲配合企業行銷、生產、研究發展及財務等各項業務活動的需要,策劃及規劃所需人事服務及人力資源開發工作。主要包括:一、人員招募、儲備、選用、訓練、發展、調配、考核辦法之設計;二、分析工作內容,建立工作說明與工作規範;三、員工薪酬、福利、保健、退休等各項人事服務工作之規劃;四、員工考核、獎懲及升遷工作之規劃;五、優良工作環境、高昂的員工士氣、積極的組織氣氛及融洽的團體活動之設計。

【人事政策】ㄖㄣˊ ㄕˋ ㄓㄥˋ ㄘㄜˋ
有關人事管理的政策。人事政策須透過人事法規及措施來實現,故人事法規及措施須根據人事政策而訂定,人事法規及措施的施行,可使人事政策獲得實現。

【人事統計】ㄖㄣˊ ㄕˋ ㄊㄨㄥˇ ㄐㄧˋ
爲了解整個組織員工人事狀況所製作之各種人事統計。如將員工的教育水準、年齡、俸給數額、專長類別等作成統計,以增進對員工人事狀況的了解。

【人事單位】ㄖㄣˊ ㄕˋ ㄉㄢ ㄨㄟˋ
處理本組織員工之人事管理工作的單位。單位的名稱,視其業務繁簡及人員多寡,有人事處、人事室等。

【人事資料】ㄖㄣˊ ㄕˋ ㄗ ㄌㄧㄠˋ
有關人事管理之機關資料及員工個人資料。如設置機關所依據之組織法規、辦事細則,爲機關資料;有關員工之出身、學經歷、考績獎懲等事實,爲個人資料。

【人事管理】ㄖㄣˊ ㄕˋ ㄍㄨㄢˇ ㄌㄧˇ
各組織爲達成人盡其才、事竟其功的目的,在設立組織體制、選用考訓人員、激發潛能意願、保障生活安全各方面所採取的各種措施。其主要工作項目如考試、任用、銓敘、俸給、考績、陞遷、褒獎、保障、退休、撫卹、養老等。

【人事機關】ㄖㄣˊ ㄕˋ ㄐㄧ ㄍㄨㄢ
主管人事考選及人事管理的機關。我國人事機關主要有'考試院'、'考選部'、'銓敘部'、'行政院''人事行政局'。

【人事體制】ㄖㄣˊ ㄕˋ ㄊㄧˇ ㄓˋ
以各組織業務的性質區分爲經,程度區分爲緯,所交錯而成的架構,以爲運行人事管理的基礎。各組織所適用之人事體制，有職位分類制、工作評價制、簡薦委制等。

【人弦俱寂】ㄖㄣˊ ㄒㄧㄢˊ ㄐㄩ ㄐㄧˊ
人聲琴聲都靜寂下來。多用爲追悼的輓詞。

【人物行銷】ㄖㄣˊ ㄨˋ ㄒㄧㄥˊ ㄒㄧㄠ
(person marketing)在產品、服務和組織之外的另一種行銷方式。即運用創造、維持或改變某些特定人物的態度或行爲的系列行銷活動。例如以體育明星推銷飲料、著名企業家推銷藝術品均是。

【人命危淺】ㄖㄣˊ ㄇㄧㄥˋ ㄨㄟˊ ㄑㄧㄢˇ
指人已瀕臨險境，壽命殘餘不多。

【人命關天】ㄖㄣˊ ㄇㄧㄥˋ ㄍㄨㄢ ㄊㄧㄢ
人的生死，關繫到天理，應予重視。

9【人神共憤】ㄖㄣˊ ㄕㄣˊ ㄍㄨㄥˋ ㄈㄣˋ
極言行事傷天害理，而爲人神所共同痛惡。

【人爲符碼】ㄖㄣˊ ㄨㄟˊ ㄈㄨˊ ㄇㄚˇ
(artifactual codes)非語文的傳播符號之一。指傳播者可以任意操縱、使用的物品，如衣著、家具、裝飾等，可用以象徵一個人的身分、地位和品味；善加利用，皆可達到傳播的效應。

【人面桃花】ㄖㄣˊ ㄇㄧㄢˋ ㄊㄠˊ ㄏㄨㄚ
[1]比喻思念舊情而有物是人非的感觸。[2]形容女子姿容之美，好像花兒一樣。

【人面獸心】ㄖㄣˊ ㄇㄧㄢˋ ㄕㄡˋ ㄒㄧㄣ
空有人面而心如禽獸。形容兇殘。

10【人浮於事】ㄖㄣˊ ㄈㄨˊ ㄩˊ ㄕˋ
求職者多而工作機會少。

【人海茫茫】ㄖㄣˊ ㄏㄞˇ ㄇㄤˊ ㄇㄤˊ
極言世人眾多，慨歎知音難遇或親友失散，無法尋求。

【人海戰術】ㄖㄣˊ ㄏㄞˇ ㄓㄢˋ ㄕㄨˋ
[1]利用優勢人力進行攻擊的戰法。‘共’軍習用於戰爭中，通常前方先用民兵等非正規部隊進攻，消耗對手的防禦力量，待對方防務薄弱時再將殿後的正規部隊投入，猛烈攻擊。[2]比喻競爭時，以人多取勝的方法。

【人格分裂】ㄖㄣˊ ㄍㄜˊ ㄈㄣ ㄌㄧㄝˋ
(personality dissociation) 指一組心理活動或特質喪失其與性格中其他部分之關係，因而形成的兩個或數個不同性格，在意識與行動上各自爲政，交替支配當事人的生活。此種失去統合性的性格，稱爲多重人格。

【人飢己飢】ㄖㄣˊ ㄐㄧ ㄐㄧˇ ㄐㄧ
見他人挨餓，覺得像是自己使他挨餓一樣。形容對他人的同情、關懷。

11【人棄我取】ㄖㄣˊ ㄑㄧˋ ㄨㄛˇ ㄑㄩˇ
他人丟棄的，我拾取。多用以指有眼光的人異於常人的行爲。

【人情世故】ㄖㄣˊ ㄑㄧㄥˊ ㄕˋ ㄍㄨˋ
人心與世道。

【人造奶油】ㄖㄣˊ ㄗㄠˋ ㄋㄞˇ ㄧㄡˊ
(butterine)又稱瑪琪琳(margarine)。以黃豆油、玉米油、椰子油等植物油及牛油、豬油、鯨魚油等動物油爲原料，經精製脫色、脫臭或氫化處理後所製成之硬化油。再添加副原料如發酵乳、食鹽、香料、色素、乳化劑、防腐劑及抗氧化劑等，調和、攪拌成乳化狀態，再予以冷卻凝固整形而製成。外觀與風味均與奶油相似。

【人造衛星】ㄖㄣˊ ㄗㄠˋ ㄨㄟˋ ㄒㄧㄥ
(artificial satellite)在一定軌道上環繞地球運行的人造太空載具。而在太空中環繞其他星球運行的人造載具一般稱爲太空探測船。人造衛星依其用途可分爲通訊衛星、航海與測地衛星、氣象衛星、科學衛星、偵察衛星等。世界第一枚人造衛星爲西元1957年‘蘇俄’所發射的「史普尼克號」(Sputnik)。

12【人間仙境】ㄖㄣˊ ㄐㄧㄢ ㄒㄧㄢ ㄐㄧㄥˋ
比喻清淨美麗的地方。

【人間地獄】ㄖㄣˊ ㄐㄧㄢ ㄉㄧˋ ㄩˋ
比喻痛苦黑暗的地方。

【人間詞話】ㄖㄣˊ ㄐㄧㄢ ㄘˊ ㄏㄨㄚˋ
近人‘王國維’撰，原著一卷；收入“海寧王靜安先生遺書”時增加一卷，爲‘趙萬里’所輯；後‘徐調孚’“校注人間詞話”，又輯成補遺一卷。作者論詞，首重境界；書中評論作家作品，頗多精到的見解，對於近代學術界的影響很大。

【人傑地靈】ㄖㄣˊ ㄐㄧㄝˊ ㄉㄧˋ ㄌㄧㄥˊ
人既傑出，地也靈秀。或指孕育傑出人物的靈秀之地。

13【人溺己溺】ㄖㄣˊ ㄋㄧˋ ㄐㄧˇ ㄋㄧˋ
見他人掉進水裡，覺得像是自己推他下水一樣。形容對他人的關懷、同情。

【人道干涉】ㄖㄣˊ ㄉㄠˋ ㄍㄢ ㄕㄜˋ
(humanitarian intervention) 就古典國際法而言，係指一國對於他國使用武力，以保護被干涉國人民之生命及自由，但此種干涉違反國際法本身不使用武力及不干涉內政之原則。現代國際法，除上述爲保護被干涉國人民之人道干涉外，尚包括爲保護本國或第三國人民之人道干涉。若干學者將此類干涉之法律基礎，建立在“聯合國憲章”第五十一條之自衛。

【人群關係】ㄖㄣˊ ㄑㄩㄣˊ ㄍㄨㄢ ㄒㄧˋ
(human relations) 一項管理思想。由‘哈佛大學’‘梅友’(Mayo)所倡導，認爲工商企業組織係一個社會系統；其生產力的高低受其員工之間的小團體和諧關係、主管與部屬間的親密關係，及充分的意見溝通關係所影響，而與實體的工作環境之優劣關係不大。

【人微言輕】 ㄖㄣˊ ㄨㄟ ㄧㄢˊ ㄑㄧㄥ
身分低，所講的話沒有分量。

14【人壽保險】 ㄖㄣˊ ㄕㄡˋ ㄅㄠˇ ㄒㄧㄢˇ
(life insurance) 簡稱壽險。以生命生存或死亡為保險事故，在事故發生時，由保險人給付一定金額的保險。最普通者，有死亡保險(包括定期保險與終身保險)、生存保險及生死合險三種。

【人盡可夫】 ㄖㄣˊ ㄐㄧㄣˋ ㄎㄜˇ ㄈㄨ
每個男子皆可成為丈夫。今多用以形容婦女不貞。

【人盡其才】 ㄖㄣˊ ㄐㄧㄣˋ ㄑㄧˊ ㄘㄞˊ
指一個人的才能，可在所任的職務上盡情的發揮。

【人際知覺】 ㄖㄣˊ ㄐㄧˋ ㄓ ㄐㄩㄝˊ
(interpersonal perception) 係對人與人之間相互關係的體認和看法。

【人際關係】 ㄖㄣˊ ㄐㄧˋ ㄍㄨㄢ ㄒㄧˋ
(interpersonal relationship)人與人之間的相互認知、吸引或排拒、合作或競爭、領導或服從、互利或相害等關係。

15【人窮志短】 ㄖㄣˊ ㄑㄩㄥˊ ㄓˋ ㄉㄨㄢˇ
人處貧困，意志消沈。

【人慾橫流】 ㄖㄣˊ ㄩˋ ㄏㄥˋ ㄌㄧㄡˊ
形容慾望氾濫。

16【人謀不臧】 ㄖㄣˊ ㄇㄡˊ ㄅㄨˋ ㄗㄤ
人為的策劃協調欠妥善。

22【人權宣言】 ㄖㄣˊ ㄑㄩㄢˊ ㄒㄩㄢ ㄧㄢˊ
(*Déclaration des Droits de l'Homme et du Citoyen*) 西元1789年'法國'革命時，'國民會議'所發表的保障人權的宣言。要旨為人類生而自由平等，政府不得非法加以逮捕或監禁。此宣言1791年列入'法蘭西'憲法中，後來'歐洲'各國政變後的宣言，多以此為根據。

23【人體工學】 ㄖㄣˊ ㄊㄧˇ ㄍㄨㄥ ㄒㄩㄝˊ
(ergonomics) 研究人類工作環境的科學。研究內容包括如何使人配合機器和如何使機器適合於人。為一門混合的科學，是在人們發展了解剖學、生態學和心理學等各方面知識之後，以及由於二次大戰中對複雜設備操作的迫切需要，才逐漸被重視，並影響了其日後的工程界。

4【人心隔肚皮】 ㄖㄣˊ ㄒㄧㄣ ㄍㄜˊ ㄉㄨˋ ㄆㄧˊ
形容人心難以猜測。

3【人工地平儀】 ㄖㄣˊ ㄍㄨㄥ ㄉㄧˋ ㄆㄧㄥˊ ㄧˊ
(artificial horizon)一種飛行指示儀器。又稱陀螺地平儀(gyro horizon)、姿態陀螺儀(attitude gyro)。儀器上有一人工地平線與縮形飛機，飛行員以此為準，不必參考眞實地平線，即可決定其飛行姿態。於能見度不佳或實施儀器飛行時用之。

【人口地理學】 ㄖㄣˊ ㄎㄡˇ ㄉㄧˋ ㄌㄧˇ ㄒㄩㄝˊ
人文地理學重要的一環。人是人文景觀的創造者，人口地理學即研究人與地理環境的相互關係的科學。包括人口的密度、自然增減、移動、組成等的區域差異，以及各種變動趨勢。

【人口金字塔】 ㄖㄣˊ ㄎㄡˇ ㄐㄧㄣ ㄗˋ ㄊㄚˇ
表示年齡與人口關係的圖形。將一地區人口年齡分為若干間隔，算出男女各占全部人口的百分率，以適當長度和高度繪成橫長條，分男女各一邊層疊起來，便成人口金字塔。但現代化已開發國家，老年及中年人增多，少、幼年人口減少，圖形已不似金字塔。底

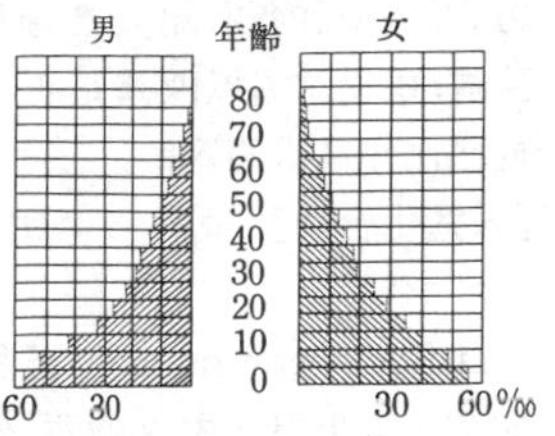

人口金字塔圖

層寬則表示出生率高，年輕人多；中層以上較寬則表示出生率降低，年輕人增加率小，老年人日增，顯示人口逐漸老化。

4【人文地理學】 ㄖㄣˊ ㄨㄣˊ ㄉㄧˋ ㄌㄧˇ ㄒㄩㄝˊ
(human geography) 研究地表上人文現象分布的共同性、差異性，並探討其與地理環境相互關係的科學。內容包括經濟地理、聚落地理、人口地理、社會文化地理、區域研究等。

【人文區位學】 ㄖㄣˊ ㄨㄣˊ ㄑㄩ ㄨㄟˋ ㄒㄩㄝˊ
(human ecology)區位學通常是指研究生物界與自然界間關係的學科。人文區位學係指研究人與自然環境間關係的學科。人類因為能使用工具來克服自然環境，因此其適應能力相當強。

5【人本心理學】 ㄖㄣˊ ㄅㄣˇ ㄒㄧㄣ ㄌㄧˇ ㄒㄩㄝˊ
(humanistic psychology) 心理學派的一支。特別強調個人尊嚴、人類價值與上進心等。通常被視為心理學的第三勢力，而有別於行為主義與心理分析論。

8【人事流動率】 ㄖㄣˊ ㄕˋ ㄌㄧㄡˊ ㄉㄨㄥˋ ㄌㄩˋ
一個組織員工進退的人數與員工總人數的比率。其統計方法有計算新進率者、新進及離職率者、新進離職及調職率者。

10【人格評量表】 ㄖㄣˊ ㄍㄜˊ ㄆㄧㄥˊ ㄌㄧㄤˊ ㄅㄧㄠˇ
(personality inventory)一種自我評量人格的工具。採文字測驗

方式,列舉許多有關人格特徵的陳述,由受試者以陳述是否適合自己而作適當的答覆。

11【人造化合物】 ㄖㄣˊ ㄗㄠˋ ㄏㄨㄚˋ ㄏㄜˊ ㄨˋ

(artificial compound) 泛指一切經人工化學合成之物質。例如人造纖維、人造肥料、人造皮等。

23【人體測量學】 ㄖㄣˊ ㄊㄧˇ ㄘㄜˋ ㄌㄧㄤˋ ㄒㄩㄝˊ

(anthropometry)指體質人類學家爲獲取研究材料而測量人體(包括活體、屍體及骨骼)的特殊技術。包括下列四項:測量活體或屍體的軀體部分之技術稱身體測量學(somatometry);測量頭與臉的技術稱頭顱測量學(cephalometry);測量骨架及其部分的技術稱骨骼測量學(osteometry);測量頭骨的技術稱頭骨測量學(craniometry)。

2【人力素質分析】 ㄖㄣˊ ㄌㄧˋ ㄙㄨˋ ㄓˋ ㄈㄣ ㄒㄧ

對組織現有人力之質的分析,包括現有人力的教育程度及所受訓練能否適應組織業務的需求。如教育訓練不能適應需求,則應提高人力素質。

【人力資源規劃】 ㄖㄣˊ ㄌㄧˋ ㄗ ㄩㄢˊ ㄍㄨㄟ ㄏㄨㄚˋ

決定組織人力需求的程序,及爲配合實施組織整體計畫達成組織目標的方法。人力資源規劃對員工可幫助其增進學能,使人力發揮到最高限;對組織可增進效率與生產力。

【人力資源發展】 ㄖㄣˊ ㄌㄧˋ ㄗ ㄩㄢˊ ㄈㄚ ㄓㄢˇ

一個組織對所屬員工發展的措施,如舉辦訓練、提高勞動生產力、加速人才的培育發展、改善勞動條件、提高工作意願、發揮工作潛能等,使人力獲得充分的運用。

【人力資源會計】 ㄖㄣˊ ㄌㄧˋ ㄗ ㄩㄢˊ ㄎㄨㄞˋ ㄐㄧˋ

(human resources accounting)仿照一般財務會計概念,設計一種方法來衡量與反映企業或機構中所有人力資源的貨幣價值,並表示於財務報表上的,叫人力資源會計。目前正循兩條途徑發展中:一、將人力的獲得與培養,視爲一項投資,作定期的測度,並列於報表上;二、對人力資源的導因變數,如管理決策、領導行爲等項,以及中間變數,如員工態度、士氣等項作定期衡量,以預測代表人力資源價值的結果變數,如生產力、經營績效等項。

【人力需求預測】 ㄖㄣˊ ㄌㄧˋ ㄒㄩ ㄑㄧㄡˊ ㄩˋ ㄘㄜˋ

一個組織對將來人力的需求,根據今後業務的發展,運用整體預估方法或個體預估方法,進行預測,並根據預測結果,訂入人力計畫。

【人力數量分析】 ㄖㄣˊ ㄌㄧˋ ㄕㄨˋ ㄌㄧㄤˋ ㄈㄣ ㄒㄧ

對組織現有人力之量的分析,包括現有人力的數量能否配合組織的業務量,及現有人力的類別與各類別的人數能否配合組織的業務類別與各類業務的工作量。

3【人工心臟瓣膜】 ㄖㄣˊ ㄍㄨㄥ ㄒㄧㄣ ㄗㄤˋ ㄅㄢˋ ㄇㄛˊ

(artificial valves of the heart)人類的心臟瓣膜,常常因風溼熱等疾病,或少數先天性疾病而導致機能異常,最常見的是二尖瓣及大動脈之半月瓣損害。爲補救此一缺失,可使用人工製造的瓣膜取代損壞之瓣膜。目前所用的有兩種,一種爲非細胞性材料製成的機械瓣膜;另一種爲豬或牛的心臟瓣膜加工製成的心臟瓣膜;後者在功能上更接近人類的正常瓣膜,因此逐漸取代前者。

5【人本主義教育】 ㄖㄣˊ ㄅㄣˇ ㄓㄨˇ ㄧˋ ㄐㄧㄠˋ ㄩˋ

(humanistic education)反應人本主義的教育措施。此種教育的特徵在尊重受教育者的能力、興趣、情緒及價值觀,是一反以課程爲主的教育。

8【人事訴訟程序】 ㄖㄣˊ ㄕˋ ㄙㄨˋ ㄙㄨㄥˋ ㄔㄥˊ ㄒㄩˋ

非以財產關係爲訴訟標的,而關於人之身分能力之訴訟程序。包括婚姻事件、親子關係事件、禁治產事件、死亡宣告事件等訴訟程序。人事訴訟關係社會秩序與國家公益,某些事件(如聲請爲死亡之宣告),檢察官得參與其程序,且於下列事項,有不同於普通訴訟程序之規定:一、專屬管轄;二、被告適格;三、有訴訟能力人之範圍的擴大;四、酌採職權調查主義;五、限制處分權主義;六、訴之合併、變更或提起反訴;七、他訴合併之禁止;八、判決效力之擴張等。除有特別規定外,其仍應適用或準用普通訴訟程序之規定。

【人事資料分析】 ㄖㄣˊ ㄕˋ ㄗ ㄌㄧㄠˋ ㄈㄣ ㄒㄧ

就人事表卡所登記之各種資料,作有意義的分析,以便根據分析結果,發現問題之所在及謀求改進之道。如對員工年齡的分析,可了解員工的平均年齡是否過高,如過高則應加強人事新陳代謝,以降低平均年齡。

19【人類環境宣言】 ㄖㄣˊ ㄌㄟˋ ㄏㄨㄢˊ ㄐㄧㄥˋ ㄒㄩㄢ ㄧㄢˊ

(*Declaration on the Human Environment*)'聯合國'爲保存、改善人類賴以生存的環境,於西元1972年6月5日,在'瑞典'首都'斯德哥爾摩'(Stockholm)召開人類環境會議,通過"人類環境宣言",呼籲人類應共謀對策以解決因人口激增所帶來的問題,減少環境汙染,規劃地球之資源並善加利用等。

2【人力結構分析法】 ㄖㄣˊ ㄌㄧˋ ㄐㄧㄝˊ ㄍㄡˋ ㄈㄣ ㄒㄧ ㄈㄚˇ

總體預測人力方法之一種。指從組織現有人力數量與素質的了解,以決定目前及將來之人力需求。當分析時,不僅需考慮到人力需求的量與質的因素,更需考慮到技術方法改進、業務增減等因素對人力增減的影響。

3【人工閉塞行車制】ㄖㄣˊ ㄍㄨㄥ ㄅㄧˋ ㄙㄜˋ ㄒㄧㄥˊ ㄔㄜ ㄓˋ

(manual block system)行車制度之一。閉塞區間之兩鄰站,其一切固定號誌機均採人工操縱,本站與鄰站之號誌機間無聯鎖關係,而列車開行,單軌地段以電氣路牌爲開車憑證,雙軌地段以雙信閉塞器爲閉塞區間有無列車之表示。

4【人心不足蛇吞象】ㄖㄣˊ ㄒㄧㄣ ㄅㄨˋ ㄗㄨˊ ㄕㄜˊ ㄊㄨㄣ ㄒㄧㄤˋ

形容非常貪心。

9【人皆可以爲堯舜】ㄖㄣˊ ㄐㄧㄝ ㄎㄜˇ ㄧˇ ㄨㄟˊ ㄧㄠˊ ㄕㄨㄣˋ

每個人都可以做聖人。指人天生具有仁、義、禮、智四端,只要涵養擴充,都可以成爲聖人。

11【人莫知其子之惡】ㄖㄣˊ ㄇㄛˋ ㄓ ㄑㄧˊ ㄗˇ ㄓ ㄜˋ

指人皆溺愛子女,只看見他們的好處,卻不知道他們的壞處。

8【人非木石孰能無情】ㄖㄣˊ ㄈㄟ ㄇㄨˋ ㄕˊ ㄕㄨˊ ㄋㄥˊ ㄨˊ ㄑㄧㄥˊ

人不是樹木石頭,誰能沒有情感。指人有性靈。

9【人爲刀俎我爲魚肉】ㄖㄣˊ ㄨㄟˊ ㄉㄠ ㄗㄨˇ ㄨㄛˇ ㄨㄟˊ ㄩˊ ㄖㄡˋ

別人像切菜刀及砧板,自己像魚與肉。比喻任人宰割、欺凌。

【人要衣裝佛要金裝】ㄖㄣˊ ㄧㄠˋ ㄧ ㄓㄨㄤ ㄈㄛˊ ㄧㄠˋ ㄐㄧㄣ ㄓㄨㄤ

指人須華美的衣服裝飾,正如佛像須金箔裝飾。強調衣飾的重要。

12【人無遠慮必有近憂】ㄖㄣˊ ㄨˊ ㄩㄢˇ ㄌㄩˋ ㄅㄧˋ ㄧㄡˇ ㄐㄧㄣˋ ㄧㄡ

一個人做事,若不考慮深遠,必然會遭到眼前的憂患。

4【人不可貌相海不可斗量】ㄖㄣˊ ㄅㄨˋ ㄎㄜˇ ㄇㄠˋ ㄒㄧㄤˋ ㄏㄞˇ ㄅㄨˋ ㄎㄜˇ ㄉㄡˇ ㄌㄧㄤˊ

比喻不可從外表來判斷一個人的內涵。

1

亿 ㄧˋ i^3 音以

工尺譜的記音符號。相當於簡譜的[7̇]。

亼 ㄐㄧˊ chi^2 音集

三面合圍。見"正字通"。

2

仄 ㄗㄜˋ $ts\hat{e}^4$ 音昃

①傾側;傾斜。②狹小。如:幽仄。③四聲中上、去、入的總稱。④邊側。通側。⑤內心不安。如:歉仄。

17【仄聲】ㄗㄜˋ ㄕㄥ

上、去、入三聲的總稱。今國音的第三聲及第四聲皆屬之。

内 內的俗體。

仌 ㄅㄧㄥ $ping^1$ 音兵

冰凍。今通作冰,也作冫。見"說文"。

从 從的本字。

仁 ㄖㄣˊ $j\hat{e}n^2$ 音人

①親愛。如:仁民愛物。②愛心。如:婦人之仁。③有仁德的人。如:汎愛衆而親仁。④有知覺。如:痲木不仁。⑤果核中的種子。如:杏仁。⑥姓。'漢'有'仁同成'。見"萬姓統譜·一九"。

9【仁政】ㄖㄣˊ ㄓㄥˋ

愛民的政治。

11【仁術】ㄖㄣˊ ㄕㄨˋ

①施行仁德、仁政的方法。②具有仁心的技術。指醫術。

16【仁學】ㄖㄣˊ ㄒㄩㄝˊ

'清'譚嗣同'撰,二卷。旨在提倡大同思想。糅合'孔子'、'墨子'、'釋迦'、'耶穌'四家的學說與教義,以仁爲天地萬物的本體,故名。

17【仁聲】ㄖㄣˊ ㄕㄥ

仁德的聲譽。

19【仁獸】ㄖㄣˊ ㄕㄡˋ

有仁德的獸類。指麒麟。

4【仁心仁術】ㄖㄣˊ ㄒㄧㄣ ㄖㄣˊ ㄕㄨˋ

讚揚良醫的頌辭。

【仁心仁聞】ㄖㄣˊ ㄒㄧㄣ ㄖㄣˊ ㄨㄣˋ

心地慈善寬厚,德行受人稱贊。

5【仁民愛物】ㄖㄣˊ ㄇㄧㄣˊ ㄞˋ ㄨˋ

由愛護人民,進而關愛萬物。形容仁者的胸懷。

6【仁至義盡】ㄖㄣˊ ㄓˋ ㄧˋ ㄐㄧㄣˋ

竭盡仁義之道。也指待人極盡情義。

8【仁者不憂】ㄖㄣˊ ㄓㄜˇ ㄅㄨˋ ㄧㄡ

有仁德的人,由於沒有私心,所以不會憂愁。

【仁者無敵】ㄖㄣˊ ㄓㄜˇ ㄨˊ ㄉㄧˊ

仁者愛人,人無所拒。

【仁者見仁智者見智】ㄖㄣˊ ㄓㄜˇ ㄐㄧㄢˋ ㄖㄣˊ ㄓˋ ㄓㄜˇ ㄐㄧㄢˋ ㄓˋ

指同一問題,各人角度不同,看法各異。

【仁者樂山智者樂水】ㄖㄣˊ ㄓㄜˇ ㄧㄠˋ ㄕㄢ ㄓˋ ㄓㄜˇ ㄧㄠˋ ㄕㄨㄟˇ

仁者愛山,智者愛水。

仃 ㄉㄧㄥ $ting^1$ 音丁

參伶仃。

什 ㊀ ㄕˊ $shih^2$ 音十

①古代以十計數的單位名。⑴連保法以十人爲聯,使相保相受,稱什。⑵地方基層組織以十家爲什。⑶軍隊以十人爲什。⑷"詩"之"雅"、"頌"以十篇爲什。後轉爲詩篇的代稱。②重疊。如:什襲。③雜多。如:什物。

㊁ ㄕㄜˊ $sh\hat{e}^2$

參什麼。

1【什一】ㄕˊ ㄧ

十分之一。

6【什件】ㄕˊ ㄐㄧㄢˇ

①箱櫃、車輛、刀劍所附加的金屬

飾物。②指禽獸的腸胃等。

8【什物】 ㄕˊ ㄨˋ
日用器物。因其數量非一,故稱。

14【什麼】 ㄕㄜˊ ·ㄇㄜ
同甚麼。

16【什器】 ㄕˊ ㄑㄧˋ
日用器具。因其數量非一,故稱。

【什錦】 ㄕˊ ㄐㄧㄣˇ
由各種不同的東西,組合而成的。多指食物言。

13【什葉派】 ㄕˊ ㄧㄝˋ ㄆㄞˋ
(Sheeah) 伊斯蘭教教派之一。什葉爲'阿拉伯'文音譯,意爲黨派、同志、伴侶或追隨者。其主張'穆罕默德'逝世後,伊斯蘭教主權應由'阿里'及其後裔繼承,而在體制上主張廢除哈利發制,改爲伊瑪目制,伊瑪目具有制法權及釋法權。什葉派實係伊斯蘭教中封建色彩最濃厚的保守派,有些教徒甚至將'阿里'神化,或認爲'阿拉'的最後先知應爲'阿里'而非'穆罕默德'。

仂 ㊀ ㄌㄜˋ lê^4 音勒
十分之一的數目。即什一。見"集韻"。
㊁ ㄌㄧˋ li^4 音力
勤勉;不懈怠。見"廣韻"。

仆 ㄆㄨ p'u^1 音撲 又讀 ㄈㄨˋ fu^4 音赴
傾跌;倒下。見"說文"。

10【仆倒】 ㄆㄨ ㄉㄠˇ
跌倒。

14【仆腿式】 ㄆㄨ ㄊㄨㄟˇ ㄕˋ
國術架式。兩腳開立,步寬約爲一腿之長,兩腳尖平行向前,一腳屈膝深蹲,另腳伸直。

仉 ㄓㄤˇ chang^3 音掌
①執持。見"說文"。②姓。'漢'有'仉胥'。見"萬姓統譜·八六"。

仍 ㄖㄥˊ jêng^2 音礽
①因襲;照舊。如:仍舊。②隨從。如:炎氣相仍。③屢次;重複。如:頻仍。

18【仍舊貫】 ㄖㄥˊ ㄐㄧㄡˋ ㄍㄨㄢˋ
依照舊例。

仇 ㊀ ㄑㄧㄡˊ ch'iu^2 音求
①配偶;同伴。見"說文"。②姓。'明'有'仇英'。見"通志·氏族略四"。
㊁ ㄔㄡˊ ch'ou^2 音愁
①怨恨。②相敵對的。如:仇人。③校對。同讎。如:仇校。

14【仇隙】 ㄔㄡˊ ㄒㄧˋ
仇恨;冤仇。

23【仇讎】 ㄔㄡˊ ㄔㄡˊ
①仇人;敵人。②怨怨相報。即有仇怨而報之。

今 ㄐㄧㄣ chin^1 音金
①現在;現代。②此;這。如:今回。③姓。'明'有'今潁伯'。見"萬姓統譜·六五"。

3【今上】 ㄐㄧㄣ ㄕㄤˋ
古時對當代君王的稱呼。

10【今草】 ㄐㄧㄣ ㄘㄠˇ
'晉'通行的草書。相傳'東漢''張芝'改章草而成。書寫時,各字上下一一連緜而下,以一行或一節爲起訖。

【今茲】 ㄐㄧㄣ ㄗ
①今年。②現在。

4【今文經】 ㄐㄧㄣ ㄨㄣˊ ㄐㄧㄥ
指'漢代'儒者用當時通行的隸書所抄錄整理的經書。與古文經相對。

【今文學】 ㄐㄧㄣ ㄨㄣˊ ㄒㄩㄝˊ
以研究今文經爲主的學問。與古文學相對。'漢武帝'時立五經博士,所授的經書屬今文經。'王莽'時代始將古文列入太學,但不久即廢。'東漢'末年,'馬融'、'服虔'、'鄭玄'等大儒均提倡古文,'魏''晉'以後,古文學遂成爲經學的正宗,今文學則日趨衰落。'清'末,因受列強侵略,國勢日危,學者假借"公羊傳"三世之說,力主託古改制以求變法維新,今文學又起,主要學者爲'龔自珍'、'康有爲'、'梁啟超'等人。

【今之孟嘗】 ㄐㄧㄣ ㄓ ㄇㄥˋ ㄔㄤˊ
贊美人慷慨好客,有如'孟嘗君'再生。

5【今古奇觀】 ㄐㄧㄣ ㄍㄨˇ ㄑㄧˊ ㄍㄨㄢ
'明'"抱甕老人"輯,四十篇。取材自三言、二拍,爲'明代'流行較廣的話本選集。

8【今非昔比】 ㄐㄧㄣ ㄈㄟ ㄒㄧˊ ㄅㄧˇ
①今不如古。②古不如今。③古今不同。

9【今是昨非】 ㄐㄧㄣ ㄕˋ ㄗㄨㄛˊ ㄈㄟ
覺悟以往的過錯,肯定現在的作爲。

介 ㄐㄧㄝˋ chieh^4 音界
①界限;疆界。界的古字。②位於兩者間。如:介於大國之間。③介紹。如:推介。④幫助。如:以介眉壽。⑤伏恃;憑藉。如:介寵。⑥次等的。如:介卿。⑦岸;邊。如:江介。⑧孤獨。如:介特。⑨特立的節操。如:不以三公易其介。⑩大。如:介福。⑪舊日戲曲中有關動作、表情的指示。如:作哭介。⑫古代軍人的戰衣。如:介胄。⑬穿著甲胄。如:介者不拜。⑭有甲殼的動物。如:介蟲。⑮微小。通芥。如:一介不取。⑯單位名稱。通个。如:一介武夫。⑰姓。'春秋'有'介之推'。見"萬姓統譜·九八"。

2【介入】 ㄐㄧㄝˋ ㄖㄨˋ
參與或干預某事。

3【介子】 ㄐㄧㄝˋ ㄗˇ
(meson) 基本粒子的一類。凡可透過強作用力作用,且其自旋爲 $\hbar$($\hbar=\frac{h}{2\pi}$, h 爲'蒲朗克'常數)的整數倍者,稱爲介子。如派介子、K介子等。

9【介面】 ㄐㄧㄝˋ ㄇㄧㄢˋ
(interface) 用來連接不同之電子裝置或電腦程式,使能傳遞信號或資料之裝置或程式。

【介胄】 ㄐㄧㄝˋ ㄓㄡˋ
披甲戴盔。又指武士。也作甲胄。

12【介詞】ㄐㄧㄝˋ ㄘˊ
也稱介繫詞，或稱副動詞。經常在名詞或代名詞的前面，與之結合，以表示處所、時間、方向、方式、對象等意思。如從、自、由、在、對於、把、被等。

【介然】ㄐㄧㄝˋ ㄖㄢˊ
①堅定不動搖的樣子。②介意的樣子。

13【介意】ㄐㄧㄝˋ ㄧˋ
在意。

【介福】ㄐㄧㄝˋ ㄈㄨˊ
極大的福氣。

14【介壽】ㄐㄧㄝˋ ㄕㄡˋ
助壽。祝人長壽之意。

15【介質】ㄐㄧㄝˋ ㄓˋ
(medium) 用來傳遞機械波(力學波)的物質。例如水可用來傳播水波，空氣、水、固體物質等可用來傳播聲音，都是介質。

19【介懷】ㄐㄧㄝˋ ㄏㄨㄞˊ
在意。

4【介之推】ㄐㄧㄝˋ ㄓ ㄊㄨㄟ
'春秋''晉'人。也稱'介子推'。曾隨公子'重耳'流亡國外十九年。後'重耳'返國即位，是爲'晉文公'。'文公'封賞功臣而不及'介之推'。'介之推'不爭功，與母親隱居'緜山'。其後'文公'屢次尋求不得，便放火燒山，想逼他現身。不料'介之推'竟不肯出山，而與其母同被燒死在山中。

13【介電常數】ㄐㄧㄝˋ ㄉㄧㄢˋ ㄔㄤˊ ㄕㄨˋ
(dielectric constant) ①物質於帶電粒子作用下，一種當做此物質抵抗帶電粒子間靜電力傳送之指標。以眞空之介電常數當做1，其值愈高其抵抗靜電力之傳送愈小，且其值隨溫度上升而減少。②也稱電容率。電容器加入介質材料後所得到的電容量與以空氣作爲介質材料所得到的電容量之比。以'希臘'字母ε來表示，但一般工業界則以K來表示。

3

以 ㊀ ㄙˋ szŭ⁴,ssŭ⁴ 音似
像。本作佀，今作似。見"說文"。
㊁ ㄧˇ i³ 音椅
①用。如：修身以道。②認爲。如：不以爲恥。③使；令。如：欲以'齊'事王。④作；爲。如：視其所以。⑤連及；施及。如：富以其鄰。⑥理由；原因。如：良有以也。⑦因爲。如：不以人廢言。⑧由；從。如：道之所以興。⑨而；並且。如：亡國之音哀以思。⑩助詞。用於句中。如：可以託付終身。⑪姓。'漢'有'以彤'。見"萬姓統譜·七四"。

11【以深】ㄧˇ ㄕㄣ
說明海水深淺時，用以表示某深度到達海底方向的表示方法。如200公尺以深，是指自海水深度200公尺向海底方向的表示而言。

【以淺】ㄧˇ ㄑㄧㄢˇ
說明海水深淺時，用以表示某深度到達海水表面方向的表示方法。如200公尺以淺，是指自海水深度200公尺到海水表面而言。

6【以字行】ㄧˇ ㄗˋ ㄒㄧㄥˊ
用字號來代替本名，通行於世。

【以色列】ㄧˇ ㄙㄜˋ ㄌㄧㄝˋ
(Israel) '以色列'古國所在。舊稱'巴勒斯坦'。位於'阿拉伯半島'西北端，西濱'地中海'，爲'歐'、'亞'、'非'三洲的交通孔道。有鐵路北通'土耳其'，南至'非洲'。一千多年前亡國後，'猶太'人四散流亡，西元1948年5月由'聯合國'協助復國，但因歷史性的仇恨及民族、宗教的多重差異，與鄰近'阿拉伯'各國發生數次爭戰，迄今仍爲西'亞'動亂的根源。面積2萬方公里，人口628萬 (2005年)，首都'耶路撒冷'。沿岸平原狹長；中部山地與高原縱貫，北高南低；東、北、南三面山地、丘陵交錯；東部邊緣為裂谷帶，有'約旦河'(Jordan R.)及'死海'(Dead Sea)；南端'紅海''阿卡巴灣'(G. of Aqaba) 頭有新港'艾拉特'(Eilat)直通'印度洋'。屬'地中海'型氣候。利用科技耕作，並開發'約旦河'水利。畜牧業盛。'臺拉維夫'(Tel Aviv)及'海法'(Haifa)爲重要工業中心。

2【以力服人】ㄧˇ ㄌㄧˋ ㄈㄨˊ ㄖㄣˊ
用武力或威勢使人屈服。

【以力假仁】ㄧˇ ㄌㄧˋ ㄐㄧㄚˇ ㄖㄣˊ
假借仁義之名，而行武力壓迫之實。

【以人廢言】ㄧˇ ㄖㄣˊ ㄈㄟˋ ㄧㄢˊ
因爲某人地位低或品德不好，或自己對他有成見，就輕視他的意見或言論。

3【以己度人】ㄧˇ ㄐㄧˇ ㄉㄨㄛˋ ㄖㄣˊ
用自己的主觀，衡量別人的心意。

4【以文會友】ㄧˇ ㄨㄣˊ ㄏㄨㄟˋ ㄧㄡˇ
借着文章、學問爲媒介，結交朋友。

【以心傳心】ㄧˇ ㄒㄧㄣ ㄔㄨㄢˊ ㄒㄧㄣ
①心靈相溝通。②佛教禪宗的習慣用語。指禪的修法，是離開語言文字，而以當下直覺(心)反應的體悟，爲一種老師與弟子心心相印，有別於其他宗派修法的教外別傳，所以禪宗也稱爲心宗。

【以火救火】ㄧˇ ㄏㄨㄛˇ ㄐㄧㄡˋ ㄏㄨㄛˇ
比喻不能救災解危，反使災情更慘重。

【以友輔仁】ㄧˇ ㄧㄡˇ ㄈㄨˇ ㄖㄣˊ
借益友之間的互相切磋，以增進品德。

【以手加額】ㄧˇ ㄕㄡˇ ㄐㄧㄚ ㄜˊ
①表示慶幸、歡欣。也作舉手加額。②表示敬禮。

6【以夷制夷】ㄧˇ ㄧˊ ㄓˋ ㄧˊ
利用敵方的矛盾衝突，以削弱其力量或加以控制。

【以多爲勝】ㄧˇ ㄉㄨㄛ ㄨㄟˋ

ㄕㄥˋ
倚仗數量多，便認爲優勝。

7【以言取人】 ㄧˇ ㄧㄢˊ ㄑㄩˇ ㄖㄣˊ
以會說話作爲選拔人才的標準。

【以卵投石】 ㄧˇ ㄌㄨㄢˇ ㄊㄡˊ ㄕˊ
比喻以弱擊強，必然失敗。

【以身作則】 ㄧˇ ㄕㄣ ㄗㄨㄛˋ ㄗㄜˊ
用自己的行爲作他人的模範。

【以身試法】 ㄧˇ ㄕㄣ ㄕˋ ㄈㄚˇ
明知犯法，卻故意去做。

8【以直報怨】 ㄧˇ ㄓˊ ㄅㄠˋ ㄩㄢˋ
用正直回報對自己有怨讎的人。

【以毒攻毒】 ㄧˇ ㄉㄨˊ ㄍㄨㄥ ㄉㄨˊ
'中'醫治療法之一。以毒蟲、毒草醫治人體的病毒。引申爲以惡毒的手段對付惡毒的敵人。

9【以柔克剛】 ㄧˇ ㄖㄡˊ ㄎㄜˋ ㄍㄤ
用柔弱的態度或手段來克服剛強。

【以指撓沸】 ㄧˇ ㄓˇ ㄋㄠˊ ㄈㄟˋ
用手指頭去攪沸水。言其必爛無疑。

10【以珠彈雀】 ㄧˇ ㄓㄨ ㄊㄢˊ ㄑㄩㄝˋ
比喻本末倒置、行事失當，或比喻得不償失。

11【以訛傳訛】 ㄧˇ ㄜˊ ㄔㄨㄢˊ ㄜˊ
謠言或錯誤的消息，經過輾轉傳述，越加遠離事實眞象。形容謠言可畏。

【以偏概全】 ㄧˇ ㄆㄧㄢ ㄍㄞˋ ㄑㄩㄢˊ
指見解偏差，不夠周全，或以局部推測全體，以致所見不正確。

12【以湯止沸】 ㄧˇ ㄊㄤ ㄓˇ ㄈㄟˋ
比喻使用的方法不當，往往得到反效果，甚而愈亂而無法收拾。也作以湯沃沸。

【以詞害義】 ㄧˇ ㄘˊ ㄏㄞˋ ㄧˋ
用字華麗，而扭曲了文義的表達。

【以逸待勞】 ㄧˇ ㄧˋ ㄉㄞˋ ㄌㄠˊ
按兵不動，休養戰力，等待敵人疲勞而攻擊。比喻從容應付。

14【以寡敵眾】 ㄧˇ ㄍㄨㄚˇ ㄉㄧˊ ㄓㄨㄥˋ
以少數人抵抗多數人。

【以管窺天】 ㄧˇ ㄍㄨㄢˇ ㄎㄨㄟ ㄊㄧㄢ
用小竹管來窺看天空。比喻見識狹小。

【以貌取人】 ㄧˇ ㄇㄠˋ ㄑㄩˇ ㄖㄣˊ
以外表的好壞，作爲評量人才的標準。

15【以鄰爲壑】 ㄧˇ ㄌㄧㄣˊ ㄨㄟˊ ㄏㄨㄛˋ
將鄰國當作排泄洪水的大溝。比喻僅求自保而嫁禍他人。

【以暴易暴】 ㄧˇ ㄅㄠˋ ㄧˋ ㄅㄠˋ
①用暴政取代暴政。②以暴力對付暴力。

【以儆效尤】 ㄧˇ ㄐㄧㄥˇ ㄒㄧㄠˋ ㄧㄡˊ
懲戒犯法者，使一般人知所警惕，不敢再犯。

【以德服人】 ㄧˇ ㄉㄜˊ ㄈㄨˊ ㄖㄣˊ
用仁慈恩德感化別人。

【以德報怨】 ㄧˇ ㄉㄜˊ ㄅㄠˋ ㄩㄢˋ
用恩德回報對自己有怨讎的人。

【以德報德】 ㄧˇ ㄉㄜˊ ㄅㄠˋ ㄉㄜˊ
用恩德回報對自己有恩德的人。

18【以簡馭繁】 ㄧˇ ㄐㄧㄢˇ ㄩˋ ㄈㄢˊ
把握簡單明確的原則，來處理繁雜的事物。

21【以蠡測海】 ㄧˇ ㄌㄧˊ ㄘㄜˋ ㄏㄞˇ
用瓠瓢來測量海水。比喻淺薄不能了解高深。

4【以牙還牙以眼還眼】 ㄧˇ ㄧㄚˊ ㄏㄨㄢˊ ㄧㄚˊ ㄧˇ ㄧㄢˇ ㄏㄨㄢˊ ㄧㄢˇ
比喻如數報復，絕不寬貸。

仨 ㄙㄚ sa^1 音撒
三個。北方語。

付 ㄈㄨˋ fu^4 音附
①把東西交給他人。②委託。③對待。④量詞。通副。如：一付牌。

8【付畀】 ㄈㄨˋ ㄅㄧˋ
交給；付與。

10【付託】 ㄈㄨˋ ㄊㄨㄛ
把事情委託別人。

11【付梓】 ㄈㄨˋ ㄗˇ
付印。

【付排】 ㄈㄨˋ ㄆㄞˊ
把文稿交給印刷部門排版。

12【付款人】 ㄈㄨˋ ㄎㄨㄢˇ ㄖㄣˊ
依照票據文義，於到期日或發票日，負支付票載金額責任，而爲票據之主債務人之人。匯票之付款人爲承兌人；本票之付款人爲發票人本人；支票之付款人以銀錢業者、信用合作社及經財政部核准辦理支票存款業務之農、漁會爲限。匯票、支票付款人爲絕對必要記載事項，並得以發票人爲付款人，學理上稱作對己票據。匯票未載付款人者，以發票人爲付款人。付款人於背書不連續之票據而付款者，應自負其責；對於背書簽名之眞僞，以及執票人是否爲票據權利人，除有惡意或重大過失外，不負認定之責；於到期日前或發票日前付款者，應自負其責；爲付款時，得要求執票人記載收訖字樣，簽名爲證，並交出票據；一部分之付款時，得要求執票人在票上記載所收金額，並另給收據。

4【付之一炬】 ㄈㄨˋ ㄓ ㄧ ㄐㄩˋ
一把火全數燒掉。引申爲全數被毀。

【付之一笑】 ㄈㄨˋ ㄓ ㄧ ㄒㄧㄠˋ
一笑置之；毫不在意。

【付之闕如】 ㄈㄨˋ ㄓ ㄑㄩㄝ ㄖㄨˊ
完全空缺；空無所有。

12【付款交單】 ㄈㄨˋ ㄎㄨㄢˇ ㄐㄧㄠ ㄉㄢ
(documents against payment; D/P)爲託收付款方式的一種。即賣方依約交運貨物後，即簽發以買方爲付款人的即期匯票(或遠期匯票)，附上商業發票、運送單證及其他有關單證，送請銀行委託其轉送買方所在地之銀行，請其代向買方收取貨款。但要求銀行必須於買方付款之後，才可將單證交給買方提貨。由於付款後才能交單，故稱付款交單。這種付款方式對賣方較有利，買方如拒付時，賣方仍可保留其貨物的保有權，但因貨物已運到國外，若遭拒付，仍將蒙受損失，所以不如銀行信用狀付款方式可靠。

【付款提示】 ㄈㄨˋ ㄎㄨㄢˇ ㄊㄧˊ ㄕˋ
執票人為請求付款，直接或透過票據託收手續向付款人、承兌人或擔當付款人為出示票據之行為。提示之效力主要有三：一、保全對背書人及發票人追索權。二、使票據主債務人負遲延責任。三、於見票即付之票據，確定到期日。匯票及本票，執票人應於到期日或其後二日內為付款之提示；見票即付匯票，執票人應自發票日起六個月內為付款之提示，發票人得以特約縮短或延長之，但延期不得逾六個月；支票因發票地與付款地是否在同一省市、不同省市或國內外，執票人應分別於發票日後七日、十五日或二個月內為付款之提示。為交換票據，向票據交換所提示者，與付款之提示，有同一效力。

【付款銀行】 ㄈㄨˋ ㄎㄨㄢˇ ㄧㄣˊ ㄏㄤˊ
(paying bank)即信用狀上規定擔當匯票付款的銀行。付款銀行除開狀銀行本身外，可能是通知銀行，也可能是開狀銀行在第三國的代理銀行。受開狀銀行委託付款的銀行，本無必須付款的義務，但一經在匯票上承兌，即成為該匯票的主要債務人，負有匯票到期必須付款的責任。

15【付諸東流】 ㄈㄨˋ ㄓㄨ ㄉㄨㄥ ㄌㄧㄡˊ
比喻事情前功盡棄或終於落空。

12【付款交單信用狀】 ㄈㄨˋ ㄎㄨㄢˇ ㄐㄧㄠ ㄉㄢ ㄒㄧㄣˋ ㄩㄥˋ ㄓㄨㄤˋ
(documents against payment credit; D/P credit) 屬於跟單信用狀的一種。為開狀申請的人在付款之後，開狀銀行才交付單證的信用狀。實際上即即期信用狀的一種。'香港'地區開出的即期信用狀往往在狀內載明 documents against payment 字樣，因此稱其為付款交單信用狀。

【付款委託之撤銷】 ㄈㄨˋ ㄎㄨㄢˇ ㄨㄟˇ ㄊㄨㄛ ㄓ ㄔㄜˋ ㄒㄧㄠ
支票之發票人就其簽發之某特定支票，對付款人所為禁止向執票人付款之意思表示。付款委託之撤銷與發票人和付款人間甲種活期存款往來契約之終止不同，前者只是禁止對特定支票付款；後者則為雙方消費寄託、委任契約等之終止。發票人於法定提示期限(七日、十五日或二個月)內，不得撤銷付款之委託。發票人為付款委託之撤銷後，付款人不得向執票人付款。保付支票因無提示期限之限制，故不得為付款委託之撤銷。

【付款交單與承兌交單輸出保險】 ㄈㄨˋ ㄎㄨㄢˇ ㄐㄧㄠ ㄉㄢ ㄩˇ ㄔㄥˊ ㄉㄨㄟˋ ㄐㄧㄠ ㄉㄢ ㄕㄨ ㄔㄨ ㄅㄠˇ ㄒㄧㄢˇ
(D/P and D/A export insurance)也稱輸出匯票保險(export bill insurance)。指輸出廠商以付款交單或承兌交單輸出契約為外銷基礎，為恐輸入廠商在授信期間(通常為一八〇天至一年不等)，發生信用危險及(或)政治危險事故，以致無法將貨物輸出或送達，或無法收取貨款，而遭受損失時，由保險人負責補償的保險。

仜 ㊀ ㄏㄨㄥˊ *hung*² 音紅
①大腹。見"說文"。②身體肥胖。見"廣韻"。
㊁ ㄍㄨㄥ *kung*¹ 音工
工尺譜的記音符號。相當於簡譜的[3̇]。

仕 ㄕˋ *shih*⁴ 音士
①學習。見"說文"。②做官。如：學而優則仕。③考察。如：弗問弗仕。④姓。'明'有'仕鳳'。見"萬姓統譜•七四"。

3【仕女】 ㄕˋ ㄋㄩˇ
①'宋'以後，指國畫中的美女圖像。②舊稱貴族女子。

9【仕宦】 ㄕˋ ㄏㄨㄢˋ
出任官職。

11【仕途】 ㄕˋ ㄊㄨˊ
作官升遷的門徑。

仞 ㄖㄣˋ *jên*⁴ 音認
①長度單位。'周'以八尺為一仞。'漢'以七尺為一仞。'東漢'末以五尺六寸為一仞。②測量深度。如：仞溝洫。③辨別；認識。通認。如：夢仞人鹿。

代 ㄉㄞˋ *tai*⁴ 音帶
①交替；更換。②接替的人。如：擇代赴任。③指朝代。④泛指時間。如：時代。⑤父子相繼的統緒。如：家代興隆。⑥輩分。如：上一代。⑦古國名。⑴'戰國'時國名。⑵'西漢'時藩國名。⑶'東晉'時'鮮卑族''拓跋庶'所建國名。⑧(era)地質時間單位。元之下為代，如顯生元之古生代。

5【代打】 ㄉㄞˋ ㄉㄚˇ
①棒、壘球比賽時，攻擊球隊在適當時機，更換球員代替攻守順序表中的球員打擊。②代替別人做事。

7【代序】 ㄉㄞˋ ㄒㄩˋ
①依順序相互替換。②以相關的一篇文章充當全書的序文，而不特意另寫序文。

【代步】 ㄉㄞˋ ㄅㄨˋ
代替步行。

9【代面】 ㄉㄞˋ ㄇㄧㄢˋ
①古代一種戴著假面具表演的歌舞劇。如"蘭陵王"、"撥頭"、"跳加冠"等是。'北齊''蘭陵王''長恭'勇冠三軍而面貌俊美，自嫌不足以威敵，故與敵對陣時常戴著假面。時人模仿其指麾擊刺之狀，撰作了一首"蘭陵王入陣曲"，即稱為"代面"。②以文字代替面談，指書信之類。

10【代書】 ㄉㄞˋ ㄕㄨ
①古代替人書寫呈狀的人。②凡

代人承辦土地房產的買賣、登記、抵押、移轉等事務的人，稱爲代書。

11【代理】ㄉㄞˋ ㄌㄧˇ

①暫時代人執行職務。②代理人於代理權限內，以本人名義爲意思表示或受意思表示，而其效力直接及於本人之行爲。代理具有三面關係：一、本人與代理人之關係：通常存有委任契約或僱傭契約等內部關係，以及本人授權(單獨行爲)代理人代理權之外部關係。二、代理人與相對人之關係：此爲實際法律行爲之當事人。代理人如無代理權，而以本人名義爲法律行爲，則對於善意之相對人，須負損害賠償責任。三、本人與相對人之關係：亦即法律行爲之效力歸屬於本人，由本人直接享受權利、負擔義務。代理人所得代理者，限於法律行爲及準法律行爲，事實行爲及侵權行爲均不得代理。

12【代勞】ㄉㄞˋ ㄌㄠˊ

爲人効勞；代辦事情。

【代筆】ㄉㄞˋ ㄅㄧˇ

①代人書寫。②代人繕寫契約的人。今稱代書。

【代郵】ㄉㄞˋ ㄧㄡˊ

①替人郵購或郵寄。②報紙雜誌所登的啟事。

【代跑】ㄉㄞˋ ㄆㄠˇ

棒、壘球比賽時，攻擊球隊在適當時機，更換球員代替原跑壘者跑壘。代跑者必須是攻守順序名單外的選手；又代跑上場後，被換下的選手在該場比賽中，不能再度上場比賽。

13【代溝】ㄉㄞˋ ㄍㄡ

(generation gap)指上下二代之間對於人生、環境事物的見解及價值判斷的差距。

【代電】ㄉㄞˋ ㄉㄧㄢˋ

快郵代電的簡稱。一種體裁模仿電報式的緊急公文，而用快郵代替電報傳遞。

【代號】ㄉㄞˋ ㄏㄠˋ

用來代替人、事、物的符號。

15【代碼】ㄉㄞˋ ㄇㄚˇ

(code)將資料以一組不同之字符，依照規則組合而表示，稱之爲代碼。

【代數】ㄉㄞˋ ㄕㄨˋ

①(algebra)數學的一部門。原義係用文字代表數字，以研究數之關係及性質者。其討論範圍較算術遠爲廣泛。今之抽象代數，以研究代數運算的性質爲主題。②代數學中的一種對象也叫代數。又譯爲環。例如'布林'代數。

【代銷】ㄉㄞˋ ㄒㄧㄠ

指證券承銷商僅依實際銷售數額收取手續費，而對證券是否募足並不負責。代銷的風險較小，故承銷手續費較低。

【代價】ㄉㄞˋ ㄐㄧㄚˋ

物品或勞務所應獲的有形或無形的價值。

16【代辦】ㄉㄞˋ ㄅㄢˋ

①代爲辦理。②(chargé d'affaires)代辦使事的簡稱。依各國實例，代辦有專任代辦與臨時代辦，前者爲第四級外交代表，後者則否。代辦享有完全的外交特權與豁免權。在關係不很密切的國家間，常以專任代辦爲長駐代表，執行相當於館長(大使、公使或駐辦公使)職務。當館長出缺或不能執行職務時，則由館員中委派職位較高者代理，是爲臨時代辦。雖然臨時代辦與專任代辦有相同權力，但地位較低。

【代興】ㄉㄞˋ ㄒㄧㄥ

交替興起。

6【代名詞】ㄉㄞˋ ㄇㄧㄥˊ ㄘˊ

省稱代詞。指用來代替名詞、動詞、形容詞及數詞、量詞的詞。可分爲三類：一、人稱代名詞，如你、我、他。二、指示代名詞，如這、那、這兒、那兒。三、疑問代名詞，如誰、什麼。

7【代位權】ㄉㄞˋ ㄨㄟˋ ㄑㄩㄢˊ

債務人怠於行使其權利時，債權人因保全債權，得以自己之名義，行使其權利，稱爲代位權。例如甲爲乙之債權人，乙爲丙之債權人，因乙怠於向丙行使債權，致甲之債權未獲清償，甲爲保全自己之債權，得代位乙行使乙對於丙之債權是。須注意者有二：一、被代位行使之債務人對第三人債權須非專屬權。二、代位權行使之結果仍屬債務人之財產，而非行使代位權之債權人之財產，因此債務人之其他所有債權人仍得就該財產取償。

11【代理人】ㄉㄞˋ ㄌㄧˇ ㄖㄣˊ

代理他人爲意思表示或受領意思表示之人，稱爲代理人。可分爲法定代理人和意定代理人。前者係因法律之規定而爲代理人，如父母爲未成年子女之法定代理人、監護人爲受監護人之法定代理人。後者係本人授與代理權而爲代理人。代理人所能代理之行爲限於法律行爲，不及於事實行爲或侵權行爲。意定代理關係可圖解如上。參代理②。

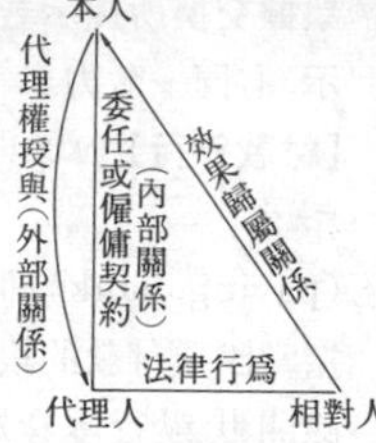

意定代理關係圖

【代理行】ㄉㄞˋ ㄌㄧˇ ㄏㄤˊ

在匯兌交易中，受外埠總、分行或同業的委託，代爲收付款項的銀行。

【代理商】ㄉㄞˋ ㄌㄧˇ ㄕㄤ

(agent)又稱代辦商、代理人。指以委託人名義，於一定期間內，接受他人委託代爲經營其業務，以賺取報酬的商人。如售貨代理商、採購代理商。於代理業務之前應先訂立代理契約，訂明雙方的權益；代理商有向委託人請求支付報酬(佣金)之權，而營業上的盈虧則由委託人負責。且獨家代理商在未得委託人之同意下，不得接受其他同類商業的委託，或受任董事、經理等職(即競業的禁止)。

【代理權】 ㄉㄞˋ ㄌㄧˇ ㄑㄩㄢˊ
代理之權限。代理有意定代理與法定代理兩種，代理權由本人授權者爲意定代理，因本人一方之意思表示即生效力，故代理權之授與爲單獨行爲，"民法"一百六十七條：「代理權係以法律行爲授與者，其授與應向代理人或向代理人對之爲代理行爲之第三人，以意思表示爲之。」即指此而言。代理權之發生由於法律規定者爲法定代理，如監護人爲受監護人之法定代理人、父母爲未成年人之法定代理人。參代理權之授與。

12**【代替物】** ㄉㄞˋ ㄊㄧˋ ㄨˋ
物以一般交易上是否重視其特性、得否以同種類、同品質、同數量之他物相互代替爲區分標準，可分爲代替物與不代替物。前者如米、酒、書籍等等，後者如房屋、水牛、珠寶等等。二者區別之實益主要有二：一、消費寄託及消費借貸之標的物，只以代替物爲限，不代替物不得爲上開法律行爲之標的物。二、以不代替物爲交易標的物時，若該不代替物滅失時，將發生給付不能之法律問題。

13**【代傳票】** ㄉㄞˋ ㄔㄨㄢˊ ㄆㄧㄠˋ
具有傳票形式和要件的有關交易的憑證單據。銀行每筆交易均有憑證單據，爲了省時省事增加工作效率起見，儘量用該等原始憑證代替傳票，不再另編傳票。

20**【代議士】** ㄉㄞˋ ㄧˋ ㄕˋ
人民選舉代表，組織議會，代表其行使立法權，並監督政府行政。此代表稱爲議員，也稱爲代議士或民意代表。

4**【代天巡狩】** ㄉㄞˋ ㄊㄧㄢ ㄒㄩㄣˊ ㄕㄡˋ
代表天子出巡視察地方。

6**【代收款項】** ㄉㄞˋ ㄕㄡ ㄎㄨㄢˇ ㄒㄧㄤˋ
(bill collection for customers; B/C)指客戶或同業將外埠付款的票據或憑證，委請銀行寄交外埠代理行或同業收取票款。

7**【代位清償】** ㄉㄞˋ ㄨㄟˋ ㄑㄧㄥ ㄔㄤˊ
債之清償除了當事人另有訂定、債之性質有專屬性，或債務人有異議以外，得由第三人爲之，稱爲代位清償。若第三人就債之履行有利害關係時，即令債務人有異議，債權人亦不得拒絕。例如提供不動產設定抵押權擔保之第三人，債務人是否清償，與該第三人之抵押物是否會被拍賣有利害關係，因此該第三人爲代位清償時，即令債務人有異議，債權人亦不得拒絕。就債之履行有利害關係之第三人爲清償者，得按其限度，就債權人之權利，以自己之名義代位行使，但不得有害於債權人之利益。

【代位繼承】 ㄉㄞˋ ㄨㄟˋ ㄐㄧˋ ㄔㄥˊ
法定第一順位之繼承人(直系血親卑親屬)之一人或數人，於繼承開始前死亡或喪失繼承權時，由其直系血親卑親屬承襲被代位人之繼承順序而爲繼承人，稱爲代位繼承。其要件爲：一、被代位繼承人須於繼承開始前死亡或喪失繼承權，但被代位繼承人拋棄繼承權則不構成代位繼承之原因。如被代位繼承人於繼承開始時死亡，喪失繼承權，或繼承開始後喪失繼承權，解釋上其直系血親卑親屬也可代位繼承。二、被代位繼承人須爲被繼承人之第一順序直系血親卑親屬。第二順序以下之各順序繼承人及配偶，縱令於繼承開始前死亡或喪失繼承權，其直系血親卑親屬亦不得代位繼承。三、代位繼承人須亦爲被代位繼承人之直系血親卑親屬。養子女之婚生子女、養子女之養子女及婚生子女之養子女均有代位繼承權。

8**【代物清償】** ㄉㄞˋ ㄨˋ ㄑㄧㄥ ㄔㄤˊ
債權人受領他種給付以代原定之給付，稱爲代物清償。代物清償爲債之消滅原因之一。按債務人之清償債務，原應依債之本旨而爲履行，不得以他種給付以代原定之給付，然爲事實上之便利，債務人以他種給付代原定之給付，而債權人亦爲承諾，且已受領者，則債權人之目的已經達到，應使債之關係歸於消滅，方爲公允。

11**【代理母親】** ㄉㄞˋ ㄌㄧˇ ㄇㄨˇ ㄑㄧㄣ
(surrogate mother)親生母親的代理者。如裝扮似母的機械人、學校的女老師等。

12**【代筆遺囑】** ㄉㄞˋ ㄅㄧˇ ㄧˊ ㄓㄨˇ
由遺囑人指定二人以上之見證人，由遺囑人口述遺囑意旨，使見證人中之一人筆記、宣讀、講解，經遺囑人認可後，記明年、月、日及代筆人之姓名，由見證人全體及遺囑人同行簽名，遺囑人不能簽名者，應按指印代之。

13**【代酬經濟】** ㄉㄞˋ ㄔㄡˊ ㄐㄧㄥ ㄐㄧˋ
(token economy)係利用可換取眞正酬勞的代替品(如印有點數的紙籤)，以增強理想行爲或修正不當行爲的作法。

14**【代遠年湮】** ㄉㄞˋ ㄩㄢˇ ㄋㄧㄢˊ ㄧㄣ
時代久遠，不知確在何年。

15**【代碼轉換】** ㄉㄞˋ ㄇㄚˇ ㄓㄨㄢˇ ㄏㄨㄢˋ
(code conversion)同樣的資料，從某一種代碼轉換爲另一種代碼的過程。

【代數函數】 ㄉㄞˋ ㄕㄨˋ ㄏㄢˊ ㄕㄨˋ
(algebraic function)一函數與其自變數之關係，可由代數之六基本運算，即加、減、乘、除、常數指數之乘冪及開方表示者，稱爲代數函數,否則稱爲超越函數。例如ax^2+bx+c、$\frac{x}{x+a}$、$\sqrt{ax^2+b}$等均爲代數函數。

17【代謝作用】 ㄉㄞˋ ㄒㄧㄝˋ ㄗㄨㄛˋ ㄩㄥˋ
(metabolism)又稱新陳代謝。生物體內所發生的化學變化,一方面分解養分以獲得能量而維持生命;另方面又將攝入的養分合成細胞內的物質,前者稱異化(catabolism),後者稱同化(anabolism),兩者合稱代謝作用。

20【代議政治】 ㄉㄞˋ ㄧˋ ㄓㄥˋ ㄓˋ
由人民選舉議員,代其發表自己的意思,並監督行政官員,是爲代議政治。在代議政治之下,人民所享有的民權是間接民權,乃假手於所選舉的代表來間接管理國家政治,亦即爲間接民主政治。當代民主政治多爲代議政治。

15【代碼轉換器】 ㄉㄞˋ ㄇㄚˇ ㄓㄨㄢˇ ㄏㄨㄢˋ ㄑㄧˋ
(code converter)執行代碼轉換的硬體電子裝置或電腦程式軟體。

【代數化語言】 ㄉㄞˋ ㄕㄨˋ ㄏㄨㄚˋ ㄩˇ ㄧㄢˊ
(algebraic language)電腦程式語言的一類。將程式以演算之過程表示,且其指令敘述之形式與代數算式相似。如符傳(FORTRAN)與奧高(ALGOL)等程式語言即屬此類。

11【代理權之授與】 ㄉㄞˋ ㄌㄧˇ ㄑㄩㄢˊ ㄓ ㄕㄡˋ ㄩˇ
依代理權發生原因之不同,代理可區分爲依本人意思表示而發生代理權之意定代理,及依法律規定而發生代理權之法定代理。在意定代理,本人須爲授與代理權之意思表示,意思表示得向代理人爲之,或向代理人對之爲代理行爲之第三人爲之,達到相對人時,方生效力。此授權行爲爲單獨行爲,且爲非要式行爲,明示或默示,書面或言詞,均無不可。本人授與代理人代理權,其內部常有基本之法律關係,例如委任契約或僱傭契約是代理權授與與基本法律關係各自獨立,有時僅有授權行爲而無基本法律關係,有時僅有基本法律關係而無授權行爲,二者具不同之功能,授權行爲係單獨行爲,規範外部關係;基本法律關係乃契約行爲,規範內部關係。但授權行爲原則上應從屬於基本法律關係,故其基本法律關係如不成立、無效或撤銷時,授權行爲也應爲不成立、無效或撤銷。

15【代數學根本定理】 ㄉㄞˋ ㄕㄨˋ ㄒㄩㄝˊ ㄍㄣ ㄅㄣˇ ㄉㄧㄥˋ ㄌㄧˇ
(the fundamental theorem of algebra)複數係數多項式方程式$a_nx^n+a_{n-1}x^{n-1}+\cdots\cdots+a_0=0$,若$n\geq1$, $a_n\neq0$,則最少有一複數的根。此爲'達郎貝'(d'Alembert)首先提出,而'高斯'(Gauss)最先完整證明者。

仉

㕨的或體。

他

ㄊㄚ $t'a^1$ 音塌
①第三人稱代詞。②別的;其他的。

2【他力】 ㄊㄚ ㄌㄧˋ
與自力相對。①不是出於自己的力量。②佛家語。淨土宗'阿彌陀佛'以本願力,護持接引念佛眾生,往生極樂世界之力。

4【他日】 ㄊㄚ ㄖˋ
另一天;別的日子。

7【他志】 ㄊㄚ ㄓˋ
別有企圖;異心。

9【他律】 ㄊㄚ ㄌㄩˋ
(other-disciplined)個人行爲的增強或減弱完全由外來的獎賞或懲罰所決定。與自律相對。

11【他動】 ㄊㄚ ㄉㄨㄥˋ
被動。與自動相對。

【他造】 ㄊㄚ ㄗㄠˋ
指民事訴訟程序上的他方當事人。又稱對造。例如在判決程序第一審,原告與被告互爲對方之他造。在第二審及第三審,上訴人與被上訴人互爲對方之他造。在再審之訴,原審原告與再審被告互爲對方之他造。

14【他端】 ㄊㄚ ㄉㄨㄢ
①其他的打算。②另一端;另一頭。

3【他山之石】 ㄊㄚ ㄕㄢ ㄓ ㄕˊ
他山的石頭,可用以磨玉。比喻可以任用的異國賢臣,或值得自己參考的事例。也指朋友互相規過的話。

仗

ㄓㄤˋ $chang^4$ 音丈
①兵器的總稱。②儀衛;隨從。③執持;拿著。通杖。如:仗劍。④依恃。如:仗勢。

13【仗義疏財】 ㄓㄤˋ ㄧˋ ㄕㄨ ㄘㄞˊ
重義輕財,以財助人。

仔

㈠ ㄗ $tz\breve{u}^1$ 音玆
能夠擔任。見"說文"。

㈡ ㄗˇ $tz\breve{u}^3$ 音紫
①㈠的又讀。②細小。如:仔細。

㈢ ㄗㄞˇ $tsai^3$ 音宰
①'廣東'話稱物之小者爲仔。如:豬仔。②助詞。'閩'南語中常用。如:歌仔戲。

8【仔肩】 ㄗ ㄐㄧㄢ
擔負。

15【仔豬】 ㄗㄞˇ ㄓㄨ
小豬。

仩

ㄕㄤˇ $shang^3$ 音賞
工尺譜的記音符號。相當於簡譜的[1]。

仙

ㄒㄧㄢ $hsien^1$ 音先
同僊。①神仙;長生不死的人。②靈驗的;使人長生不死的。如:仙丹。③超逸如神仙的人。如:酒中八仙。④飄逸輕舉如仙的。如:仙步。⑤稱頌死者。如:仙逝。⑥姓。'宋'有'仙源明'。見"正字通"。

4【仙丹】 ㄒㄧㄢ ㄉㄢ

仙人服食的靈丹。比喻最有效的藥物。

8【仙姑】 ㄒㄧㄢ ㄍㄨ
指女道士。

9【仙品】 ㄒㄧㄢ ㄆㄧㄣˇ
道教語。天界神仙，按得道之深淺所分的品級。

10【仙桃】 ㄒㄧㄢ ㄊㄠˊ
道教語。指神仙服食的桃子。①指蟠桃，非'中'土所生。②指珍奇桃子。形似石塊，赤黃色，有核三重，研飲可癒眾疾，尤治邪氣。

11【仙逝】 ㄒㄧㄢ ㄕˋ
死亡的美稱。

12【仙鄉】 ㄒㄧㄢ ㄒㄧㄤ
①神仙居住的地方。②尊稱人的籍貫。

13【仙牒】 ㄒㄧㄢ ㄉㄧㄝˊ
道教語。指仙家的秘籍。

14【仙境】 ㄒㄧㄢ ㄐㄧㄥˋ
①仙人居住的地方。②比喻環境清靜優雅。

2【仙人掌】 ㄒㄧㄢ ㄖㄣˊ ㄓㄤˇ
①仙人以手掌擎盤以承甘露。'漢'宮有此雕刻。後以此為茶名，產於'湖北''荊州'。②(*Opuntia dillenii* (ker) Haw.)灌木狀，莖多分枝，由許多扁闊之肉質莖節層疊而成，但老莖部分則呈圓柱形，近木質化，莖節上面著生許多針棘，為退化之葉。夏季，在頂莖節之上緣著生無柄之黃花。花萼、花瓣及雄蕊均多枚，雌蕊1枚。漿果具多數毛刺。可供觀賞，根可入藥。原產於'美洲'。

仙人掌圖

【仙人跳】 ㄒㄧㄢ ㄖㄣˊ ㄊㄧㄠˋ
利用婦女引誘男人而加以勒索的騙術。

3【仙女座】 ㄒㄧㄢ ㄋㄩˇ ㄗㄨㄛˋ
(Andromeda; And)北天星座之一。位於赤經22時57分至2時36分，赤緯＋21.7度至＋53.2度之間。座內有著名的旋渦星系M31(亦名仙女座大星雲)，是距離銀河系90萬光年的另一恆星系統。相當於'中國'星座螣蛇、天廄、壁宿、奎宿、軍南門等。

6【仙后座】 ㄒㄧㄢ ㄏㄡˋ ㄗㄨㄛˋ
(Cassiopeia, Cas)拱極星座之一。位於赤經22時57分至3時41分，赤緯＋46.7度至＋77.7度之間。其ε、δ、γ、α和β('中'名閣道二、閣道三、策、王良四和王良一)五星如以線連接，形似'英'文字母W(冬季)或M(夏季)，與大熊座隔著北極星遙遙相對。相當於'中國'星座螣蛇、王良、策、附路、閣道、紫微、左垣、華蓋、杠、傳舍等。

3【仙凡永隔】 ㄒㄧㄢ ㄈㄢˊ ㄩㄥˇ ㄍㄜˊ
指生死永別。

9【仙風道骨】 ㄒㄧㄢ ㄈㄥ ㄉㄠˋ ㄍㄨˇ
形容清逸超塵，不同於凡俗。

21【仙露明珠】 ㄒㄧㄢ ㄌㄨˋ ㄇㄧㄥˊ ㄓㄨ
①比喻風采靈秀清朗。②比喻書法圓潤。

仡

㊀ ㄧˋ i^4 音異
①勇壯。②高大。
㊁ ㄍㄜ ko^1, $k\hat{e}^1$ 音哥
參仡佬。

8【仡佬】 ㄍㄜ ㄌㄠˇ
我國少數民族之一。原作'犵狫'。大都已經'漢'化，目前尚保存本來習俗的已不多。於'貴州省''安順'、'普定'、'織金'、'郎岱'、'鑪山'、'湖南省'西部'乾城'、'古丈'、'瀘溪'及'廣西省''上思'、'三江'、'西隆'、'西林'等縣尚可見到。人口約有5.38萬(1982年)。營農業兼事漁獵的生活，信仰泛靈。

仟

ㄑㄧㄢ $ch'ien^1$ 音千
①古代軍制主管一千人的長官。見"集韻"。②一千。通千。近世公牘、帳簿、票據把數詞千記作仟。③田間東西向的小路。通阡。④草木茂盛的樣子。通芊。如：仟仟。

仢

彴的或體。

仛

㊀ ㄔㄚˋ $ch'a^4$ 音詫
少女。同奼。見"集韻"。
㊁ ㄉㄨㄛˊ to^2, tuo^2 音鐸
寄託；依託。見"集韻"。

仪

儀的俗體。

令

㊀ ㄌㄧㄥˋ $ling^4$ 音另
①發布號令。②使；讓。如：令人發噱。③訓誡；教令。如：子從父令。④法律。如：律令。⑤上對下的一種公文。用於公布法規或任免、獎懲官員。⑥時節。如：夏令。⑦官長。如：縣令。⑧詞曲調子的一種。通常用以專稱短調。如：小令。⑨美善。如：令名。⑩敬詞。用以尊稱別人的親友。如：令尊。⑪姓。'漢'有'令勉'。見"萬姓統譜・一〇八"。
㊁ ㄌㄧㄥˊ $ling^2$ 音靈
①(ream)紙張的計數單位。尺寸介於全開(31×43'英'寸)與菊版(24.5×34.5'英'寸)間之印刷用紙每五百張為一令。②(link)'英'制長度單位。一鏈的1/100，約為7.92吋。③同㊀②。④同㊀⑪。

4【令尹】 ㄌㄧㄥˋ ㄧㄣˇ
官名。'春秋'時'楚國'最高的軍政首長。

6【令名】 ㄌㄧㄥˋ ㄇㄧㄥˊ
①美好的聲譽。②美好的名稱。

14【令聞】 ㄌㄧㄥˋ ㄨㄣˋ
美好的聲名。

15【令箭】 ㄌㄧㄥˋ ㄐㄧㄢˋ
舊時發布命令的箭。上有小旗以分辨發令主將的軍階。

16【令嬡】 ㄌㄧㄥˋ ㄞˋ
敬稱別人的女兒。也作令愛。

21【令譽】 ㄌㄧㄥˋ ㄩˋ
美好的名聲。

4【令引近慢】 ㄌㄧㄥˋ ㄧㄣˇ ㄐㄧㄣˋ

ㄇㄢˋ
原指'唐''宋'讌樂中的四種樂調，四者之音樂結構、節拍乃至適用的樂器都有分別。配合而歌之詞稱爲令詞、引詞、近詞及慢詞，亦可分別簡稱爲令、引、近、慢。

5【令出如山】 ㄌㄧㄥˋ ㄔㄨ ㄖㄨˊ ㄕㄢ
形容軍令的嚴明。

6【令行禁止】 ㄌㄧㄥˋ ㄒㄧㄥˊ ㄐㄧㄣˋ ㄓˇ
有令則行，有禁則止。形容號令嚴明，百姓不敢觸犯。

仝 ㄊㄨㄥˊ t'ung² 音同
1同的古文。2姓。'明'有'仝希顏'。見"萬姓統譜·一"。

佡 ㄒㄧㄢ hsien¹ 音仙
1人在山上。見"說文"。2輕舉的樣子。如：鳥佡龍躍。

㐱 ㄓㄣˇ chên³ 音診
稠密的頭髮。或作鬒。見"說文"。

4

㐺 ㊀ ㄧㄣˊ yin² 音銀
眾立。見"說文"。
㊁ ㄓㄨㄥˋ chung⁴ 音仲
眾的俗體。

仿 ㄈㄤˇ fang³ 音訪
1相似。同彷。如：仿佛。2效法；摹擬。如：仿照。

7【仿佛】 ㄈㄤˇ ㄈㄨˊ
相似。或作髣髴、彷彿。

10【仿效】 ㄈㄤˇ ㄒㄧㄠˋ
摹仿效法。

11【仿造】 ㄈㄤˇ ㄗㄠˋ
摹仿製造。

13【仿照】 ㄈㄤˇ ㄓㄠˋ
摹仿；依照。

7【仿宋體】 ㄈㄤˇ ㄙㄨㄥˋ ㄊㄧˇ
印刷字體的一種。模擬'北宋'刊本'歐'體字的風格，字形略帶長方。'清'初'武英殿'聚珍版本即用此體。現代有仿'宋'體鉛字。

伉 ㄎㄤˋ k'ang⁴ 音抗
1匹配；相當。如：伉儷。2對敵；抵擋。如：伉衡。3高大的；高尚的。如：伉行。4強健；剛強。如：伉健。5姓。'漢'有'伉喜'。見"萬姓統譜·一〇六"。

21【伉儷】 ㄎㄤˋ ㄌㄧˋ
指配偶。本用以專稱嫡妻，後轉爲夫婦的通稱。

伔 ㄉㄢˋ tan⁴ 音旦
1髮垂的樣子。同髧。見"集韻"。2停止。見"正字通"。

伔 ㄔㄣˊ ch'ên² 音臣
擊打腰部。

伈 ㄒㄧㄣˇ hsin³
害怕。見"集韻"。

伙 ㄏㄨㄛˇ ho³, huo³ 音火
1古代由五人或十人編組而成的兵制單位。後用以泛指同在一處工作或生活的人。同火。2家庭什物的通稱。如：傢伙。

6【伙同】 ㄏㄨㄛˇ ㄊㄨㄥˊ
與人一起。

任 ㊀ ㄖㄣˊ jên² 音人
1保舉；擔保。見"說文"。2堪；勝。如：病不任行。3行裝；負載的物品。如：治任將歸。4姓。'漢'有'任安'。見"萬姓統譜·六五"。
㊁ ㄖㄣˋ jên⁴ 音認
1委派；任用。如：任免。2同㊀2。3聽憑；恣意。如：任性。4相信；信賴。如：信任。5職務；職責。如：仁以爲己任。6行俠。如：任俠。7懷孕。通妊、姙。如：任身。

5【任用】 ㄖㄣˋ ㄩㄥˋ
由機關首長，對所屬人員任以適當職務，並指定在適當職位上工作，以求事得其人，人盡其材，事竟其功。任用是執行職務的開始，機關的業務與目標，經由任用人員來遂行與達成。

7【任免】 ㄖㄣˋ ㄇㄧㄢˇ
任用和罷免。

8【任性】 ㄖㄣˋ ㄒㄧㄥˋ
1順從本性。2放縱性情。

【任事】 ㄖㄣˋ ㄕˋ
1擔任職事。2把職事委任給某人。

【任昉】 ㄖㄣˋ ㄈㄤˇ
(460～508)'博昌'(今'山東''博興'南)人，字'彥昇'。歷仕'宋'、'齊'、'梁'三代，有政聲。擅長表、奏、書、啟等散文，當時有'任'筆'沈'('沈約')詩之稱。'明'人輯有"任中丞集"。

【任命】 ㄖㄣˋ ㄇㄧㄥˋ
1任用官吏人員。2聽憑命運。

9【任便】 ㄖㄣˋ ㄅㄧㄢˋ
任憑尊便。

【任俠】 ㄖㄣˋ ㄒㄧㄚˊ
任使氣力，幫助別人。即仗義而打抱不平。

10【任脈】 ㄖㄣˋ ㄇㄛˋ
奇經八脈之一。起於小腹內，沿著脊椎骨內部上行，出會陰部，上至前陰，沿著腹部正中線，通過肚臍，上至胸部、頸部，至下脣中央，由此再分爲左右兩支止於眼部。在循行過程中和各陰經互相連繫，是陰經經脈的總綱。

11【任務】 ㄖㄣˋ ㄨˋ
所負責的工作或使命。

13【任意】 ㄖㄣˋ ㄧˋ
任性；恣縱情意。

8【任其自然】 ㄖㄣˋ ㄑㄧˊ ㄗˋ ㄖㄢˊ
聽任發展，不加干涉。

9【任重道遠】 ㄖㄣˋ ㄓㄨㄥˋ ㄉㄠˋ ㄩㄢˇ
擔負重大的責任，經歷長遠的路程。

12【任勞任怨】 ㄖㄣˋ ㄌㄠˊ ㄖㄣˋ ㄩㄢˋ
不辭辛勞，忍受怨尤。

13【任意規定】 ㄖㄣˋ ㄧˋ ㄍㄨㄟ ㄉㄧㄥˋ
非強制或禁止規定，而得由當事人之意思加以改變之規定，稱爲任意規定。一般言之，凡涉及公共政策、善良風俗或交易安全者，多採強制規定。反之，則採任意規定。例如清償地，"民法"原則上雖規定以債權人之住所地爲準，但得以當事人之約定加以改變，此乃任意規定。

11【任務角色組織論】 ㄖㄣˋ ㄨˋ ㄐㄧㄠˇ ㄙㄜˋ ㄗㄨˇ ㄓ ㄌㄨㄣˋ
(role theories of organizations)認爲組織是由許多任務角色集合而成的體系，對組織中每一個人所擔任的職位，亦即所扮演的角色，基本上有二個期望，一爲擔任該職位者對自己的期望；一爲別人對該職位的期望，此二期望會影響工作動機、個人行爲，而組織中的這些角色會互相影響(interaction)，甚至有某種程度的重複。

伕 ㄈㄨ fu¹ 音夫
①夫婿。同夫。②出賣勞力的男子。如：車伕。

伊 ㄧ i¹ 音衣
①乃；是。見“正字通”。②稱代詞。⑴用作第二人稱。君；你。常見於詞曲。⑵用作第三人稱。彼；他(她)。如：伊人。③助詞。⑴用於句首。如：伊誰云憎。⑵用於句中。如：就職伊始。④姓。‘殷’有‘伊尹’。見“萬姓統譜·四”。

4【伊尹】 ㄧ ㄧㄣˇ
‘商湯’的輔臣。名‘摯’。助‘湯’伐‘桀’，滅‘夏’，‘湯’尊他爲阿衡。‘湯’死，孫子‘太甲’無道，‘伊尹’將他放逐到‘桐’，三年後，‘太甲’悔過，‘伊尹’才迎他回‘亳’。今“尚書”中“湯誓”、“太甲”、“伊訓”、“咸有一德”等篇，或謂‘伊尹’所作。

10【伊朗】 ㄧ ㄌㄤˇ
(Iran)位於‘伊朗高原’西部的盆狀高原國。古稱‘安息’(Parthia)，舊名‘波斯’(Persia)，西元1935年改今名。南濱‘波斯灣’及‘阿曼灣’(G. of Oman)，北臨‘裏海’。面積164.8萬方公里，人口6,802萬(2005年)，首都‘德黑蘭’。全境氣候乾燥，沙漠廣布，河川細小，鹽湖眾多。農產僅足自給，畜牧業發達，‘波斯’毯舉世聞名。石油主產於‘札格洛斯山’(Zagros Mts.)南麓。

29【伊鬱】 ㄧ ㄩˋ
煩悶；抑鬱。

7【伊甸園】 ㄧ ㄉㄧㄢˋ ㄩㄢˊ
(Eden)基督教“舊約聖經”所載人類祖先‘亞當’、‘夏娃’未墮落前所居住的地方。源自‘蘇默’語(Sumerian)，意指平原。今用以比喻樂園或人間天堂。

8【伊拉克】 ㄧ ㄌㄚ ㄎㄜˋ
(Iraq)由‘幼發拉底河’和‘底格里斯河’共同沖積而成的肥沃平原國。位於‘阿拉伯半島’東北部，東南濱‘波斯灣’。古‘巴比倫’(Babylonia)文化孕育於此。面積43.7萬方公里，人口2,607萬(2005年)，首都‘巴格達’。農業自古著名，以棉花、小麥爲主。石油爲首要富源，主產於北部的‘摩蘇爾’(Mosul)和‘吉爾庫克’(Kirkuk)。屬副熱帶沙漠型氣候，東北部山區則爲‘地中海’型氣候。西元1980年9月，因與‘伊朗’爭奪‘阿拉伯河’(Arabia R.)航行權及‘波斯灣’內小島的主權而爆發戰爭，迄今不斷。

14【伊瑪目】 ㄧ ㄇㄚˇ ㄇㄨˋ
‘阿拉伯’語 Imam的音譯。意爲領袖、教長。在伊斯蘭教中主持宗教儀式的領導人，稱爲伊瑪目。在‘中國’，回教徒聚居的城鎮，伊瑪目有權判決、仲裁地方人士一些生活上、財物上的糾紛，並主持婚嫁、喪葬的儀式，極受尊重。

3【伊于胡底】 ㄧ ㄩˊ ㄏㄨˊ ㄉㄧˇ
走到何等地步。

【伊凡三世】 ㄧ ㄈㄢˊ ㄙㄢ ㄕˋ
(Ivan Ⅲ the Great, 1440～1505)於西元1462～1505年任‘莫斯科’大公。他是‘莫斯科’大公‘瓦西理二世’(Grand Prince Vasily Ⅱ)之子，於1462年繼承父位後，三十年內先後併吞了鄰近各公國，且於1480年鎮壓了國內的叛變，擊敗來侵的‘韃靼’人。後又擊敗‘波蘭’和‘立陶宛’軍隊，從而統一了‘俄國’東北。爲了鞏固大公的權力，提高小貴族的地位，限制大貴族的特權，並設置中央管理機構，於1497年頒布一部通行全國的法典。

【伊凡四世】 ㄧ ㄈㄢˊ ㄙˋ ㄕˋ
(Ivan Ⅳ the Terrible, 1530～1584)‘俄國’的第一位沙皇。爲‘莫斯科’大公‘瓦西理三世’(Vasily Ⅲ)之子。於西元1533年繼承父位，當時年幼，由母后輔政。1547年登基爲沙皇後，即推動司法及行政革新，於1549年設立第一個「重臣會議」。1565～1572年，把全國劃分爲二，一採取傳統方式治理，另一部分則爲沙皇特轄區；親身治理，並組織統轄軍團，鎮壓大貴族的反抗，故有「雷帝」之稱。1552年征服‘喀山汗國’，1556年征服‘阿斯特拉罕汗國’。後爲奪取‘波羅的海’出海口，發動‘利瓦尼亞’戰爭(Livonian War)，失敗。1581年占領‘西伯利亞’首都‘西伯爾’，開啟帝‘俄’走上大舉向外擴張的道路。

4【伊比鳩魯】 ㄧ ㄅㄧˇ ㄐㄧㄡ ㄌㄨˇ
(Epicurus, 前341～前270)‘希臘’哲學家。主張感官知覺爲知識的源泉。創快樂主義學說，提倡人不受困於物，而以德業獲取幸福。他的學說後來構成西元前一世紀‘羅馬’詩人‘路克利希阿斯’(Lucretius)的哲學詩“事物本質”(*On the Nature of Things*)的基礎。

8【伊兒汗國】 ㄧ ㄦˊ ㄏㄢˊ ㄍㄨㄛˊ
‘蒙古’‘蒙哥汗’於西元1252年遣其弟‘旭烈兀’西征，平定‘木剌夷’(‘伊朗’)，滅‘大食’‘阿跋斯王朝’，建‘伊兒汗國’於‘阿姆河’(Amu Darya)以南，據‘波斯’、‘敘利亞’及‘小亞細亞’等地。十四世紀末，爲‘帖木兒’所滅。

10【伊班納茲】 ㄧ ㄅㄢ ㄋㄚˋ ㄗ

(Vicente Blasco Ibáñez, 1867～1928)'西班牙'小說家和政治家。早年習法律，西元1901年選入國會，1923年自我放逐至'里威拉'(the Riviera)。第一次世界大戰時，本著人類愛與世界主義，著"啟示錄之四騎士"(*Los Cuatro Jinetes del Apocalipsis*)一書，因而聞名於世。其他尚有"五月花"(*Flor de Mayo*)、"小屋"(*La Barraca*)、"酒窟"(*La Bodega*)和"鬥技場的血"(*Sangre y Arena*)等。

伊班納茲像

【伊索寓言】 ㄧ ㄙㄨㄛˋ ㄩˋ ㄧㄢˊ
(*Aesop's Fables*)古'希臘'寓言集。爲'佛里幾亞'(Phrygia)奴隸'伊索'(Aesop)所著。他善於將動物故事編爲發人深省的寓言，以口頭講述。後經人陸續增補，改寫成詩和散文，第一位把這些寓言有系統地編纂成書的是'佛理魯斯'(Demetrius Phalereus)。今流傳的散文版"伊索寓言"約成書於西元二、三世紀，對'歐洲'文學中寓言創作影響很大。

12**【伊斯坦堡】** ㄧ ㄙ ㄊㄢˇ ㄅㄠˇ
(Istanbul)'土耳其'故都、最大城、最大港和貿易、文化中心。位於'巴爾幹半島'東南端，扼'博斯普魯斯海峽'，控'黑海'的出入，當'歐''亞'交通要衝，有跨海大橋與'烏斯庫達'(Uskudar)相連。伊斯蘭教寺院林立，號稱「五百寺之城」，名勝古蹟甚多。人口1,200萬(2004年)。

【伊斯蘭教】 ㄧ ㄙ ㄌㄢˊ ㄐㄧㄠˋ
(Islam; Islamism)西元七世紀由'穆罕默德'(Muhammad)受主召封爲使，傳於'阿拉伯半島'。伊斯蘭爲'阿拉伯'語音譯，意爲平安、和平、順從。經典是"古蘭經"(*Qu'rān*; *Koran*)，以'阿拉'(Allah)爲唯一的眞神。主要有兩大教派，即正統派及什葉派，分布在'亞洲'和'非洲'，尤其是西'亞'、北'非'和'東南亞'一帶，有些國家甚至以之爲國教。七世紀中葉傳入'中國'，先在中'亞'邊疆少數民族中流布，再由'回紇族'傳入中原，故又稱爲回教、回回教或清眞教。

【伊犁條約】 ㄧ ㄌㄧˊ ㄊㄧㄠˊ ㄩㄝ
'清''光緒'年間'清'廷爲索還'伊犁'而與'俄'簽定的條約。'同治'十年(1871)，'俄'乘'新疆'回亂，進占'伊犁'，及'左宗棠'戡定'新疆'，'清'廷乃於'光緒'五年(1879)派'崇厚'赴'俄'交涉，'崇厚'擅自與'俄'訂約：'伊犁'沃區險要全爲'俄'有，並賠款五百萬盧布，通商範圍廣及'新疆'東部、'蒙古'及'陝'、'甘'、'鄂'等地，僅收回'伊犁'空城。'清'廷不予承認，改命'曾紀澤'赴'俄'續議，'光緒'七年重訂新約，爭回'伊犁'附近失地，賠款增爲九百萬盧布，通商限於'新疆'、'西蒙'及'肅州'(今'甘肅''酒泉')。西北門戶從此洞開。

14**【伊寧事變】** ㄧ ㄋㄧㄥˊ ㄕˋ ㄅㄧㄢˋ
'民國'三十三年十一月，'蘇俄'軍隊協助'伊寧'亂黨攻陷專員公署，'新疆'警務處副處長'劉秉德'被害，'俄'軍成立所謂'東土耳其斯坦共和國人民委員會'，由'艾力汗條熱'、'波里諾夫'、'阿合買提江'等人主之，史稱'伊寧'事變。三十五年一月，'國民政府'代表'張治中'與'伊寧'代表'阿合買提江'等訂立'伊寧'事件和平條款及補充事項。

19**【伊藤博文】**
ㄧ ㄊㄥˊ ㄅㄛˊ ㄨㄣˊ
(1841～1909)'日本'政治家。爲'長州藩'武士出身，曾留學'英國'。'明治'維新時任內閣總理，起草'日本'憲法。曾四次組閣，與我國締結"天津條約"、"馬關條約"，出任'朝鮮'統監。後赴'哈爾濱'，被'朝鮮'人'安重根'刺死。

伊藤博文像

4**【伊比利半島】** ㄧ ㄅㄧˇ ㄌㄧˋ ㄅㄢˋ ㄉㄠˇ
(Iberian Pen.)南'歐'三大半島之一。介於'大西洋'和'地中海'之間。輪廓方整，以高600～800公尺的'麥西達(Meseta)高原'爲主，'瓜達拉馬山'(Guadarrama Mts.)斜穿中部。'厄波羅河'(Ebro R.)、'斗羅河'(Dauro R.)、'太加斯河'(Tagus R.)及'瓜地亞納河'(Guadiana R.)等下游均切成峽谷，不利行船。包括'西班牙'、'葡萄牙'和'安道爾'三國。

8**【伊拉斯莫斯】** ㄧ ㄌㄚ ㄙ ㄇㄛˋ ㄙ
(Desiderius Erasmus, 1469～1536)'荷蘭'神學家和作家。文藝復興運動領導者之一。西元1509年應'英'王'亨利八世'之邀，在'劍橋大學'教授'希臘'語，與'科力特'(John Colet)等發起人文主義運動。在宗教上，他著書甚多，尤以由他校訂出版的"新約"，爲最早出版的'希臘'語"聖經"，對宗教改革產生了不少影響。

4**【伊比鳩魯學派】** ㄧ ㄅㄧˇ ㄐㄧㄡ ㄌㄨˇ ㄒㄩㄝˊ ㄆㄞˋ
(Epicurean School)爲'希臘'化時代的'雅典'哲學家'伊比鳩魯'於西元前300年左右所創的哲學派別。此派主張感官知覺爲知識來源；認爲宇宙一切現象均源於「原子」的組合，故不信神靈。另主張追求長久、眞正的快樂，故也稱享樂主義。

7**【伊利莎白一世】** ㄧ ㄌㄧˋ ㄕㄚ ㄅㄞˊ ㄧ ㄕˋ
(Elizabeth I, 1533～1603)'英國'女王。'亨利八世'之女，早年歷逢政治、宗教陰謀。西元1558年即位，勵精圖治，使'英國'成爲政治、經濟與藝術上的強國。任內最後十年,'英國'在文學上的發展極爲蓬勃,史稱'英國'文藝復興時代,又稱'伊利莎白'時代。

18【伊薩伯拉一世】 ㄧ ㄙㄚˋ ㄅㄛˊ ㄌㄚ ㄧ ㄕˋ
(Isabella I, 1451~1504)'西班牙'"卡斯提爾'(Castile)女王。西元1469年,與'亞拉崗'(Aragon)王'斐迪南五世'結婚,後兩國合併,統一'西班牙'。獎勵航行事業,'哥倫布'發現'美洲',就是得力於他們的幫助。

伍 ㄨˇ *wu*^{3} 音五
①軍隊編制的最小單位。古代以五人爲伍。現代陸軍以三人爲伍,視狀況可增減成二至五人。伍長由資深士兵或副班長擔任。②古代最基層的民政組織。五戶一伍。③行列。同伙。如:失伍。④數名。通五。今用作五的大寫字。⑤姓。'春秋'時'楚'有'伍員'。見"史記·伍子胥傳"。

10【伍員】 ㄨˇ ㄩㄣˊ
(?~前485)'春秋''楚'人。字'子胥'。父'奢'、兄'尚'被'楚平王'所殺,'子胥'投奔'吳國',佐'吳王''闔閭'伐'楚',替父兄報仇。後又佐'吳'敗'越','越王''句踐'請和,'子胥'反對,'夫差'賜劍使自殺。

7【伍廷芳】 ㄨˇ ㄊㄧㄥˊ ㄈㄤ
(1842~1922)'廣東''新會'人,字'文爵',號'秩庸'。'英國''林肯法律學院'畢業。曾出使'美'、'日'、'祕'、'墨'、'古'諸國。'民國'肇建,曾任外交總長兼代國務總理,後隨'孫中山'先生南下護法,任'軍政府'外交、財政總長兼'廣東'省長,因憤'陳炯明'叛變得疾亡故。著有"延壽新法"、"中華民國圖治芻議"等。

伍廷芳像

15【伍德合金】 ㄨˇ ㄉㄜˊ ㄏㄜˊ ㄐㄧㄣ
(Wood's metal)一種低熔點合金,組成中含鉍50%、鉛25%、錫13%及鎘12%。它的熔點只有60°C,只要溫水即可將它熔化。因此廣用於電氣保險絲、自動火警器等。

伄 ㄉㄧㄠˋ *tiao*^{4} 音弔
參伄儅。

15【伄儅】 ㄉㄧㄠˋ ㄉㄤˋ
①不常。②不當的樣子。③今商界指市面貨物缺乏。

伂 ㄆㄟˋ *p'ei*^{4} 音沛
通作沛。參顛沛。

伅 ㄉㄨㄣˋ *tun*^{4} 音鈍
參倱伅。

伢 ㄧㄚˊ *ya*^{2} 音牙
小孩;孩童。

11【伢族】 ㄧㄚˊ ㄗㄨˊ
我國少數民族之一。分布在'廣西省''馬平'、'柳城'、'賓陽'、'武宣'諸縣。習俗與'傜族'相似,而性情馴良。人口未詳。

伎 ㄐㄧˋ *chi*^{4} 音寄
①技藝;才能。通技。②歌女;舞女。通妓。

10【伎倆】 ㄐㄧˋ ㄌㄧㄤˇ
手段;技能。今多取貶義。

20【伎癢】 ㄐㄧˋ ㄧㄤˇ
擁有專長,急於顯露身手。

伬 ㄔㄜˇ *ch'ê*^{3} 音扯
工尺譜的記音符號。相當於簡譜的$\dot{2}$。

仳 ㊀ ㄆㄧˇ *p'i*^{3} 音嚭
分開;離別。如:仳離。
㊁ ㄆㄧˊ *p'i*^{2} 音皮
參仳倠。

10【仳倠】 ㄆㄧˊ ㄏㄨㄟ
①醜陋的面貌。②古醜女名。

19【仳離】 ㄆㄧˇ ㄌㄧˊ
分離。本專指婦女遭人遺棄,後也用以泛指離婚。

休 ㊀ ㄒㄧㄡ *hsiu*^{1} 音修
①歇息;閒暇。如:休閒。②停止;終止。如:休學。③罷官;退職。如:退休。④丈夫解除與妻子的婚約。如:休妻。⑤美善;福祿。如:休咎。⑥寬和。如:休休有容。⑦莫;不要。如:休想。
㊁ ㄒㄧㄡˇ *hsiu*^{3} 音朽
參休屠㊁。
㊂ ㄒㄩˇ *hsü*^{3} 音許
①和暖。通煦。見"集韻"。②痛念聲。見"正字通"。

7【休克】 ㄒㄧㄡ ㄎㄜˋ
(shock)在病理上,可能因嚴重受傷、失血、重疾或外科手術諸種刺激而誘發的一連串身體反應。通常的反應是造成循環功能崩壞,如血量減少、調節失常、末梢循環不足,其結果造成體溫和血壓下降、脈搏頻繁而微弱、呼吸困難、精神不安,甚至喪失意識。

【休兵】 ㄒㄧㄡ ㄅㄧㄥ
停戰。

8【休咎】 ㄒㄧㄡ ㄐㄧㄡˋ
吉凶;福禍。

【休姆】 ㄒㄧㄡ ㄇㄨˇ
(David Hume, 1711~1776)'英國'歷史學家及哲學家。集'洛克'、'巴克萊'等人所開創的'英國'經驗論傳統之大成。主張人類的認知完全來自經由感覺和反省所得來的印象,由印象進而產生觀念,再由觀念的連結結果產生知識。因此,不借助感官經驗而只依賴理智思維,不可能獲得任何知識。他以心理上的運作原理,說明觀念之間的連接關係。比如,因果律的認知起於因與果的觀念間的慣常連接。他在哲學上的最大影響在於指出不同事件與不同存在事物之間,沒有必然的邏輯關聯,只有習慣性的心理關聯。'休姆'的哲學著作頗多,其中最爲人所知的是"人性論"(*A Treatise of Human Nature*)和"人類悟性論"(*An Enquiry Concerning Human Understanding*)。

10【休書】 ㄒㄧㄡ ㄕㄨ

舊稱與妻子離異的退婚書。

【休眠】 ㄒㄧㄡ ㄇㄧㄢˊ
(dormancy)生物利用長期睡眠，降低新陳代謝，以度過不適宜之生存環境的方法。包括冬眠、夏眠與滯育三種方式。

【休耕】 ㄒㄧㄡ ㄍㄥ
指一耕地土力衰竭後便停止種植，等候土力再恢復。休耕的土地可以棄置不用，或翻土而不播種。例如熱帶地區，焚林耕作一或二年後，便任其長期棄置，待林木重生，再行火耕；又如半乾燥地區之休耕土地，必須不斷翻土，使表土鬆軟，保持水分，以供來年播種之用。

11【休屠】 ㊀ ㄒㄧㄡˇ ㄔㄨˊ
①舊縣名。'漢'置。故城在今'甘肅省''武威縣'北。②澤名。又名'魚海'，也稱'哈拉泊'。在'甘肅省''鎮番縣'東北。③'匈奴'王號。見"字彙"。
㊁ ㄒㄧㄡ ㄊㄨˊ
僧侶。即浮屠。

【休假】 ㄒㄧㄡ ㄐㄧㄚˋ
員工任職達一定年數時，給予特別休息之假期。

12【休閒】 ㄒㄧㄡ ㄒㄧㄢˊ
閒暇；工作餘暇。

13【休業】 ㄒㄧㄡ ㄧㄝˋ
停止營業。

15【休養】 ㄒㄧㄡ ㄧㄤˇ
休息調養。多用於病後。

【休徵】 ㄒㄧㄡ ㄓㄥ
吉祥的徵兆。

16【休戰】 ㄒㄧㄡ ㄓㄢˋ
(truce)戰爭中，因某種原因或基於人道理由，由雙方同意而互相約定，停止戰鬥。休戰有暫時的，也有永久的；永久的休戰往往爲締結和約的先聲。

【休憩】 ㄒㄧㄡ ㄑㄧˋ
休息。

18【休職】 ㄒㄧㄡ ㄓˊ
公務員懲戒處分之一種。指休其現職，停發薪給，並不得在其他機關任職，其期間至少爲六個月。休職期滿，應許其復職；自復職之日起，二年內不得晉敍、升職或調任主管職務。

4【休火山】 ㄒㄧㄡ ㄏㄨㄛˇ ㄕㄢ
(dormant volcano)也稱眠火山。火山噴發活動已長期靜止，但仍屬活動性火山；亦即已有相當長時間未曾有過活動跡象者。例如'日本'的'富士山'，自西元1707年以來就未曾噴發。

【休止符】 ㄒㄧㄡ ㄓˇ ㄈㄨˊ
(rest)在音樂進行中，表示樂音靜默時間長短的符號。可分：一、𝄻，全休止符；二、𝄼，二分休止符；三、𝄽，四分休止符；四、𝄾，八分休止符；五、𝄿，十六分休止符；六、𝅀，三十二分休止符；七、𝅁，六十四分休止符等類型。

12【休斯頓】 ㄒㄧㄡ ㄙ ㄉㄨㄣˋ
(Houston)'美國''德克薩斯州'(Texas State)最大城、工業中心及港口。位於'德州'東南部，距'加耳維斯敦灣'(Galveston Bay)約40公里。以石油業而興起。主要輸出為石油化學產品、棉花、硫磺、木材及稻米，煉油、印刷、出版及肉類罐頭工業均發達。人口201.3萬(2004年)。

11【休戚相關】 ㄒㄧㄡ ㄑㄧ ㄒㄧㄤ ㄍㄨㄢ
彼此的快樂和憂愁有連帶關係。形容彼此的利害關係非常密切。

【休戚與共】 ㄒㄧㄡ ㄑㄧ ㄩˇ ㄍㄨㄥˋ
指有福同享，有難同當。

【休曼法案】 ㄒㄧㄡ ㄇㄢˋ ㄈㄚˇ ㄢˋ
(*The Sherman Act of 1890*)西元1890年'美國'國會所制訂的一項法案。主要在制止工商企業形成托辣斯的情形。1914年，曾作修正。1945年，'美國聯邦最高法院'所裁定的'美聯社'對'美國'案，即以托辣斯法兩項法案爲根據，認爲新聞爲商品的一種，不得規定其銷售市場。這兩項反托辣斯法案，先由參議員'休曼'(John Sherman)出面領導制訂，因而稱爲"休曼法案"；而後眾議員'克萊頓'(Henry D. L. Clayton)又完成修正案，後乃改稱爲"克萊頓法案"(*The Clayton Act of 1914*)。

12【休閒活動】 ㄒㄧㄡ ㄒㄧㄢˊ ㄏㄨㄛˊ ㄉㄨㄥˋ
人們利用休閒時間所做的活動。包括消遣、休養、度假、旅遊、娛樂等。

15【休養生息】 ㄒㄧㄡ ㄧㄤˇ ㄕㄥ ㄒㄧˊ
不擾勞人民，使人民得以從事各種生產，以充實國家的財富與力量。

伃

㊀ ㄩˊ yü² 音竽
妤的或體。
㊁ ㄩˇ yü³ 音雨
長；大。見"集韻"。

伓

㊀ ㄅㄟ pei¹ 音杯
山一重。見"集韻"。
㊁ ㄆㄟˊ p'ei² 音陪
眾多。也指大力。同伾。見"集韻"。

优

㊀ ㄧㄡˊ yu² 音尤
精白的上等五穀。見"篇海"。
㊁ ㄧㄡ yu¹ 音幽
優的俗體。

伏

ㄈㄨˊ fu² 音服
①臉向下趴。如：伏案。②隱匿；埋伏。如：伏兵。③承認；領受。如：伏罪。④憑依；倚靠。如：伏軾。⑤牢記；銘記。如：伏膺。⑥敬詞。用於下對上。如：伏惟。⑦伏特的簡稱。⑧姓。'漢'有'伏勝'。見"萬姓統譜·一一二"。

4【伏天】 ㄈㄨˊ ㄊㄧㄢ
時令名。指夏至以後第三個庚日起的三十天。也稱伏日。

5【伏生】 ㄈㄨˊ ㄕㄥ
(前260～?)'濟南'人，字'子賤'，世稱'伏生'。'秦'時曾爲博士，'漢文帝'時，由女兒傳達口授"尚書"二十八篇於'鼂錯'，稱今文"尚書"。

6【伏汛】 ㄈㄨˊ ㄒㄩㄣˋ
指夏季河水盛漲。

7【伏兵】 ㄈㄨˊ ㄅㄧㄥ
爲突襲敵人而埋伏的軍隊。

8【伏法】 ㄈㄨˊ ㄈㄚˇ
接受法律制裁被處死刑。

9【伏流】 ㄈㄨˊ ㄌㄧㄡˊ
(underground stream)在岩層多裂縫和節理的地區，地表逕流和河流可從岩隙注入地下，匯集形成地下流路而成伏流。我國‘雲貴高原’石灰岩廣布，利於伏流的孕育，故多伏流；‘美國’‘印第安那州’南部的‘失落河’(Lost River)，其中游在地下潛流達35公里。

10【伏案】 ㄈㄨˊ ㄢˋ
俯首坐在桌前。指讀書或辦理文書。

【伏特】 ㄈㄨˊ ㄊㄜˋ
(volt)代號爲V。度量衡導出單位中之電壓、電位差、電動勢單位，一伏特爲一安培電流通過某導線所消耗之功率爲一瓦特時，該導線兩端間的電位差。

12【伏貼】 ㄈㄨˊ ㄊㄧㄝ
[1]順從。[2]舒適。

【伏筆】 ㄈㄨˊ ㄅㄧˇ
文章中將下文要出現的情節，預先提示或暗示的一種筆法。在戲劇中又叫伏線。

13【伏誅】 ㄈㄨˊ ㄓㄨ
伏法受誅。即被處死刑。

【伏罪】 ㄈㄨˊ ㄗㄨㄟˋ
[1]承認罪行而接受法律制裁。[2]未被揭發的罪行。

15【伏劍】 ㄈㄨˊ ㄐㄧㄢˋ
以劍自殺。

17【伏礁】 ㄈㄨˊ ㄐㄧㄠ
暗礁；水面下的礁石。

19【伏臘】 ㄈㄨˊ ㄌㄚˋ
節令名。指夏天的伏日和多天的臘日。

20【伏櫪】 ㄈㄨˊ ㄌㄧˋ
馬伏在馬房裏。引申爲馴服或不得志。

10【伏特加】 ㄈㄨˊ ㄊㄜˋ ㄐㄧㄚ
(vodka)‘蘇俄’出產的酒。無色透明，酒精百分比極高，用裸麥、小麥或馬鈴薯等爲原料，經醱酵後再蒸餾而成。

【伏特計】 ㄈㄨˊ ㄊㄜˋ ㄐㄧˋ
(voltmeter) 測量電壓的儀表。它的可動線圈和高電阻串連，儀表內的電阻爲固定值，流經可動線圈的電流和探針兩端的電壓成正比，因而能正確指出電壓值。

14【伏爾泰】 ㄈㄨˊ ㄦˇ ㄊㄞˋ
(Voltaire, 1694~1778) ‘法國’思想家、作家。他以前半生在史詩及劇作上的成就和下半生在歷史與哲學上的創作，成爲十八世紀思想界的權威。終其一生都在從事宗教、哲學、政治的辯論，雖然並非全是眞知灼見，但由於廣博的才學與理性的精神，博得極高的聲譽，對當時社會的影響也很深。代表作有史詩“亨利亞特”(*La Henriade*)、歷史著作“路易十四的時代”(*Le Siècle de Louis XIV*)，及一些抒發哲學思想的小說、書信。

伏爾泰像

16【伏羲氏】 ㄈㄨˊ ㄒㄧ ㄕˋ
遠古傳說中的帝王名。即‘太昊’。‘伏羲’又作‘伏犧’、‘包犧’、‘庖犧’。相傳始畫八卦，教民漁牧、耕種。

伐 ㄈㄚ *fa*^{1} 音發 又讀 ㄈㄚˊ *fa*^{2} 音乏
[1]擊刺；殺害。如：伐生。[2]砍；劈。如：伐木。[3]敲打。如：伐鼓。[4]開鑿。如：伐冰。[5]聲討。如：討伐。[6]詰難。如：攻伐。[7]破壞。如：伐交。[8]誇耀。如：矜伐。[9]功績。如：功伐。

12【伐善】 ㄈㄚ ㄕㄢˋ
誇耀自己的長處。

4【伐毛洗髓】 ㄈㄚ ㄇㄠˊ ㄒㄧˇ ㄙㄨㄟˋ
非常徹底地洗除汙垢。比喻脫胎換骨，呈現全新面貌。

仲 ㄓㄨㄥˋ *chung*^{4} 音眾
[1]樂器名。本作箛。見“爾雅·釋樂”。[2]稱每季的第二個月。如：仲春。[3]排行第二。如：仲兄。[4]姓。‘商’有‘仲虺’。見“通志·氏族略四”。

5【仲冬】 ㄓㄨㄥˋ ㄉㄨㄥ
農曆十一月。

9【仲春】 ㄓㄨㄥˋ ㄔㄨㄣ
農曆二月。

【仲秋】 ㄓㄨㄥˋ ㄑㄧㄡ
農曆八月。

10【仲家】 ㄓㄨㄥˋ ㄐㄧㄚ
我國少數民族之一。自稱‘布依’。主要分布在‘貴州省’，少數在‘廣西省’‘西隆’和‘雲南省’‘羅平’等縣境。人口212萬(1982年)。大都已‘漢’化。習俗多類似‘漢’人。

【仲夏】 ㄓㄨㄥˋ ㄒㄧㄚˋ
農曆五月。

12【仲裁】 ㄓㄨㄥˋ ㄘㄞˊ
(arbitration)雙方爭執不下，向第三者申請公斷，稱爲仲裁。仲裁方法適用於勞資糾紛事件爲最多，此外也適用於國際間因政治或商務關係所引起的糾紛。仲裁和調停不同，前者爲一種法律行爲，其裁決具有法律上的拘束力；後者則只有勸告和建議，而無裁決效力。

仯 ㄇㄧㄠˇ *miao*^{3} 音秒
細小的樣子。見“集韻”。

仡
仡的本字。

仵 ㄨˇ *wu*^{3} 音午
[1]匹敵。見“玉篇”。[2]逆；違背。通啎。如：仵逆。

7【仵作】 ㄨˇ ㄗㄨㄛˋ
舊時官署檢驗屍體的官吏。相當於現代的法醫。

件 ㊀ ㄐㄧㄢˋ *chien*^{4} 音建
[1]析分。見“說文”。[2]量

詞。事一樁或物一個。如：兩件事、三件上衣。3指個別的事、物。如：事件、配件。

二 ㄐㄧㄢˇ chien³ 音簡
參什件。

伇 役的古文。

彶 ㄐㄧˊ chi² 音及
參彶彶。

6【彶彶】 ㄐㄧˊ ㄐㄧˊ
虛詐的樣子。

伕 ㄧㄠˇ yao³ 音夭
羸弱。見"廣韻"。

佽 欠的或體。

仰 一 ㄧㄤˇ yang³ 音養
1擡頭。2欽敬。如：敬仰。3依賴。如：仰給。

二 ㄤˊ ang² 音昂
1高。通昂。如：左仰右低。2怒。如：激仰。

5【仰仗】 ㄧㄤˇ ㄓㄤˋ
依賴。

6【仰光】 ㄧㄤˇ ㄍㄨㄤ
(Rangoon) '緬甸'首都、海運中心及最大商港。位於'伊洛瓦底江'(Irrawaddy R.)三角洲東側，距海約30公里；漲潮時，大海輪可直航至此。輸出以稻米為主，石油、柚木居次。有鐵路北通'密支那'(Myitkyina)及'臘戍'(Lashio)，'密'、'臘'二地又有公路通往'雲南'(即'滇緬公路')，為我國抗'日'期間對外的主要交通線。人口500萬(2000年)。

7【仰角】 ㄧㄤˇ ㄐㄧㄠˇ
(angle of elevation) 在水平線以上，由人眼或儀器至所見事物作得直線與水平線交成的角度，稱爲仰角。在物理學上也常用，如我們看到的虹，是在仰角約爲41°的地方。

8【仰泳】 ㄧㄤˇ ㄩㄥˇ
泳姿的一種。又名背泳或仰式。游泳時身體必須採取仰姿，有背蛙式、背捷式、混合仰式之分。以背捷式速度最快，故一般稱的仰泳，多指背捷式仰泳而言。

11【仰望】 ㄧㄤˇ ㄨㄤˋ
1擡起頭來看。2表示敬慕之意。

15【仰慕】 ㄧㄤˇ ㄇㄨˋ
敬仰愛慕。

16【仰賴】 ㄧㄤˇ ㄌㄞˋ
仗恃；依賴。

19【仰藥】 ㄧㄤˇ ㄧㄠˋ
服毒自殺。

11【仰視圖】 ㄧㄤˇ ㄕˋ ㄊㄨˊ
(bottom view; inverted plan) 以正投影原理描述一物體時，自物體正下方仰視，物體投射至水平投影面的視圖。與俯視圖相對。參正投影。

8【仰事俯畜】 ㄧㄤˇ ㄕˋ ㄈㄨˇ ㄒㄩˋ
對上供養父母，對下撫養妻兒。指維持家計。

【仰承鼻息】 ㄧㄤˇ ㄔㄥˊ ㄅㄧˊ ㄒㄧˊ
依賴別人生活，看人臉色行事。也作仰人鼻息。

9【仰首伸眉】 ㄧㄤˇ ㄕㄡˇ ㄕㄣ ㄇㄟˊ
形容神態高傲。

12【仰給於人】 ㄧㄤˇ ㄐㄧˇ ㄩˊ ㄖㄣˊ
依靠他人供給。

14【仰韶文化】 ㄧㄤˇ ㄕㄠˊ ㄨㄣˊ ㄏㄨㄚˋ
我國新石器文化主流之一。即彩陶文化。參彩陶文化。

伨 ㄐㄧㄣˋ chin⁴ 音禁
古代北方邊疆民族樂名。見"正字通"。

份 一 ㄅㄧㄣ pin¹ 音賓
彬的本字。

二 ㄈㄣˋ fên⁴ 音忿
1全體中的一個部分、單元。通分。如：股份。2量詞。含有關連的東西一組。如：三份報告。

伀 ㄓㄨㄥ chung¹ 音中
1'周'時五等諸侯的第二位。即公侯之公的正字。見"說文通訓定聲"。2稱丈夫的父親。見"釋名·釋親屬"。3稱丈夫的哥哥爲兄伀。見"釋名·釋親屬"。4恐懼。通忪。如：伀矇狼狽。

价 一 ㄐㄧㄝˋ chieh⁴ 音介
1善美。如：价人。2供使喚、傳話的人。如：小价。

二 ㄐㄧㄚˋ chia⁴ 音架
價的俗體。

会 會的俗體。

企 ㄑㄧˋ ch'i⁴ 音氣
1提起腳跟。2希望；圖謀。如：企圖、企劃。

4【企及】 ㄑㄧˋ ㄐㄧˊ
追上；跟上。

6【企仰】 ㄑㄧˋ ㄧㄤˇ
仰慕企盼。

13【企羨】 ㄑㄧˋ ㄒㄧㄢˋ
企望羨慕。

【企業】 ㄑㄧˋ ㄧㄝˋ
(business; enterprise) 指任何以營利爲企圖或目標的事業。包括工業、商業、礦業、交通、服務，甚至農、林、漁、牧等業，一般亦通稱爲農、工、商業。在今日的自由經濟體制下，企業爲構成國民經濟活動的最重要基本單元，「企業化經營」已成爲今日任何機構有效追求目標達成之通用名詞，即使是不以營利爲目的的某些公營事業亦然。

14【企圖】 ㄑㄧˋ ㄊㄨˊ
圖謀；計畫。

15【企慕】 ㄑㄧˋ ㄇㄨˋ
熱切仰慕。

16【企踵】 ㄑㄧˋ ㄓㄨㄥˇ
舉起腳跟。形容盼望深切。

18【企鵝】 ㄑㄧˋ ㄜˊ
(penguin) 屬於鳥綱、企鵝目(order Sphenisciformes)、企鵝科(family Spheniscidae)的動物。共6屬16種，僅兩種分布於南極寒冷的海洋中，其他則分布於'南美'、'澳洲'、'紐西蘭'沿海。企鵝不會飛翔，翼呈鰭狀，在陸上以雙足搖擺而行，狀甚笨拙，在水中游泳時用翼划水，在冰上則用腹部滑行。背部的毛呈黑色，腹部呈白色。以魚、烏賊及甲殼類爲食。每次產卵一或二枚，由雌雄輪流孵卵。

企鵝圖

4【企予望之】ㄑㄧˋ ㄩˊ ㄨㄤˋ ㄓ
踮起腳跟眺望。企，同跂。

13【企業特質】ㄑㄧˋ ㄧㄝˋ ㄊㄜˋ ㄓˊ
(characteristics of business)說明企業機構的固有特質。包括一、提供特定產品；二、服務社會顧客；三、賺取合理利潤；四、負擔風險；五、講求生產力；六、獨立個體計算盈虧。

【企業倫理】ㄑㄧˋ ㄧㄝˋ ㄌㄨㄣˊ ㄌㄧˇ
(business ethics)企業經營行爲除必須遵守法令規章外，亦應遵守有關的共同行爲規範。如一、忠於投資者；二、愛護員工；三、公平競爭；四、保護顧客利益；五、善用資源；六、努力創造改進；七、充分揭示產品內容；八、嚴守業務及技術機密；九、履行社會責任。

【企業資源】ㄑㄧˋ ㄧㄝˋ ㄗ ㄩㄢˊ
(business resources) 企業所擁有的有形與無形的資源。如人員、設備、資金、原物料、管理制度、生產方法等等。

【企業管理】ㄑㄧˋ ㄧㄝˋ ㄍㄨㄢˇ ㄌㄧˇ
(business management)指利用計畫、組織、用人、指導、控制等五大管理機能，來運作行銷、生產、研究發展、人事及財務等五大企業機能，作出理智決策，有效利用企業資源，達成企業的服務社會顧客與賺取合理利潤之目標。

【企業廣告】ㄑㄧˋ ㄧㄝˋ ㄍㄨㄤˇ ㄍㄠˋ
(institutional advertising; corporate advertising; corporate image advertising)具特殊目的的一種廣告。不銷售商品或服務，而是在創造一個企業機構的商譽。

【企業環境】ㄑㄧˋ ㄧㄝˋ ㄏㄨㄢˊ ㄐㄧㄥˋ
(business environment)個別企業所面臨的經營環境。可分內部環境和外界環境。而通常企業環境所指的是不能有效控制的外界環境，如經濟景氣、市場性質、競爭狀況等因素；惟員工素質、財務能力等內部因素亦常限制企業的經營。

【企業優勢】ㄑㄧˋ ㄧㄝˋ ㄧㄡ ㄕˋ
(business advantages)個別企業於業務競爭上較其同業所具有的優越獨特之處。如研究發展能力強、生產成本低、品質優良等具體的優越，爲競爭力的來源。

【企業內部組織】ㄑㄧˋ ㄧㄝˋ ㄋㄟˋ ㄅㄨˋ ㄗㄨˇ ㄓ
(business organization)指企業依業務需要而設立的組織結構。如設立業務、行銷、財務等部門。

【企業外部組織】ㄑㄧˋ ㄧㄝˋ ㄨㄞˋ ㄅㄨˋ ㄗㄨˇ ㄓ
(business external organization; business legal organization)指企業依法律規定登記設立的組織型態。如股份有限公司、無限公司等型態。

【企業識別系統】ㄑㄧˋ ㄧㄝˋ ㄕˋ ㄅㄧㄝˊ ㄒㄧˋ ㄊㄨㄥˇ
(corporate identity system; CIS; CI)企業體的統一識別體系。包括有形的公司基本色調、商標、公司名稱標準字體、辦公大樓外觀、員工制服、車輛外觀、產品包裝、信封、信紙、名片，以及無形的企業經營理念、精神等。

5

佇 ㄓㄨˋ chu^4 音住
[1]久立。也作竚。[2]等待。

5【佇立】ㄓㄨˋ ㄌㄧˋ
久立。

10【佇候】ㄓㄨˋ ㄏㄡˋ
站立等候。形容盼望殷切。

佗 (一) ㄊㄨㄛˊ t'o^2, t'uo^2 音駝
負荷。如：佗負。
(二) ㄊㄨㄛ t'o^1, t'uo^1 音拖
指稱詞。同他。如：佗日。

位 ㄨㄟˋ wei^4 音胃
[1]人或事物所在之處。如：方位。[2]人的身分地位。如：職位。[3]對人的敬稱。如：諸位。

4【位元】ㄨㄟˋ ㄩㄢˊ
(binary digit; bit)又譯作數元。電腦中，資訊處理之最小單位。以0或1來表示。例如十進位數字5以二進位法表示爲101，需要三個位元，若使用四個位元，可表示十進位0～15，16個數目字。同理，使用n個位元，則可表示2^n個數目。

7【位址】ㄨㄟˋ ㄓˇ
(address)表示電腦的記憶體位置之數字或標號。通常以位元組或字爲單位。

10【位能】ㄨㄟˋ ㄋㄥˊ
(potential energy)一物體的位置或形狀，從一任意選定之標準狀態改變後其作功本領的變化量，稱爲儲存於此靜止物體中的位能。力學中討論重力位能和畸變位能兩種。重力位能表示爲$U=mgh$(距地面近，$h \ll R$(地球半徑)，取物體在地面之位置爲標準狀態)或$U=-\frac{GMm}{r}$(距地面甚遠，取物體距地球無窮遠之位置爲標準狀態)，式中G：萬有引力常數，M：地球質量，g：物體質量，r：地心到物體距離，g：重力加速度，h：距地面高度。彈簧畸變位能表爲$U=\frac{1}{2}Kx^2$(取彈簧自然長度爲標準狀態)，式中K：彈簧力常數，x：彈簧長度的改變量。MKS

單位制中,位能的單位爲焦耳。

11【位移】 ㄨㄟˋ ㄧˊ

(displacement)①物體位置的變化量。位移爲一向量,其大小爲兩位置間的直線距離,其方向係由起始位置指向終點位置。位移的運算,必須依照向量法則行之。②電腦作業系統定址所採用的方法之一。有效位址由基址與位移兩部分合成而獲得,而從基址上所加上的數目,稱爲位移。

【位移比】 ㄨㄟˋ ㄧˊ ㄅㄧˇ

(displacement ratio)一個機械運動時,原動件的線位移和從動件的線位移之比值。

7【位址空間】 ㄨㄟˋ ㄓˇ ㄎㄨㄥ ㄐㄧㄢ

(address space)電腦程式所能定址之位址範圍。位址空間之大小視電腦可用之記憶體與定址方式而定。

【位址轉譯】 ㄨㄟˋ ㄓˇ ㄓㄨㄢˇ ㄧˋ

(address translation)①將電腦程式中指令與資料之位址轉換爲存於記憶體中之位址的過程。②在虛擬儲存體系統中,將程式指令或資料之位址由虛擬位址之形式轉換爲眞實位址的過程。

9【位相空間】 ㄨㄟˋ ㄒㄧㄤˋ ㄎㄨㄥ ㄐㄧㄢ

(topological space)又譯爲拓樸空間。凡一集合E具有位相構造時,稱之。所謂位相構造τ,可定爲⌊開集之全體⌉,必須滿足如下之封閉性條件:開集均爲全空間E之子集,E本身及空集均爲開集(即屬於τ)。開集之有限個交集仍爲開集,任意多個開集之聯集仍爲開集。從一位相空間到另一位相空間之映射,若爲對射,而能使開集互相對應者,稱爲位相同構或同胚,位相之理論,即研究同胚之下何種屬性可保持不變。

10【位能障壁】 ㄨㄟˋ ㄋㄥˊ ㄓㄤˋ ㄅㄧˋ

(potential energy barrier)電子由電位較高處移至較低處時,其移動方向與受力方向相反,故必須作功。其作用如同通過一座障壁的高牆必須爬高才能通行。圖

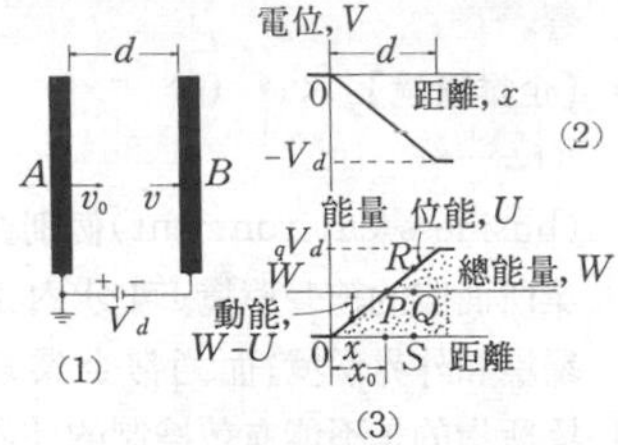

位能障壁圖

(1)電子由A板以速度v_0出發,移向B板,圖(2)爲其電位,圖(3)爲其位能障壁。若其總能爲$W(=1/2\ mv_0^2)$,則在任何地方的動能爲其總能(W)和位能(U)之差,圖(3)P點爲電子離開A板的最遠距離。

7【位址解碼器】 ㄨㄟˋ ㄓˇ ㄐㄧㄝˇ ㄇㄚˇ ㄑㄧˋ

(address decoder)電子電路的一種。可將所給定的記憶體位址解碼,且能選取正確位置的裝置。

【位址匯流排】 ㄨㄟˋ ㄓˇ ㄏㄨㄟˋ ㄌㄧㄡˊ ㄆㄞˊ

(address bus)電腦內部系統匯流排中傳送位址信號之部分。由一組信號線所構成。信號線數目之多寡可影響定址範圍之大小,n條信號線之定址範圍爲$0\sim2^n-1$。

【位址暫存器】 ㄨㄟˋ ㄓˇ ㄓㄢˋ ㄘㄨㄣˊ ㄑㄧˋ

(address register)電腦中央處理單元內部用以存放位址的暫存器。依用途之不同可分爲基底位址暫存器、指令位址暫存器、記憶體位址暫存器等。

【位址轉譯器】 ㄨㄟˋ ㄓˇ ㄓㄨㄢˇ ㄧˋ ㄑㄧˋ

(address translator)電腦系統中執行位址轉譯的硬體裝置或軟體程式。

9【位相幾何學】 ㄨㄟˋ ㄒㄧㄤˋ ㄐㄧˇ ㄏㄜˊ ㄒㄩㄝˊ

(topology)研究位置形相之學。即形勢幾何學。又音譯爲拓樸學。組合的位相幾何,把空間分割成簡單形體,然後黏合成原空間,故名。其方法較爲抽象的,稱爲代數的位相幾何學。又滲入微分法,稱爲微分的代數位相幾何學。若討論點集合的一般位相性質者稱爲一般位相學(general topology)或點集位相學,乃爲一般分析學之工具。

13【位置計數器】 ㄨㄟˋ ㄓˋ ㄐㄧˋ ㄕㄨˋ ㄑㄧˋ

(location counter)又稱指令計數器(instruction counter)。組譯器在編譯程式時,用來記錄所產生之機器指令或資料數據在目的程式中之位置的記數器。

【位置記憶法】 ㄨㄟˋ ㄓˋ ㄐㄧˋ ㄧˋ ㄈㄚˇ

(method of loci)記憶術的一種。係將所欲記憶的人、事、物與某一特定且熟悉之地點相連結,構成一幅心像,再循著已熟悉之環境、位置的線索而回憶人、事、物。

住

ㄓㄨˋ chu⁴ 音柱

①居;宿。如:住店。②停止。如:住手。③副詞。多用在動詞後。表示牢固、停頓或得到。如:記住。

8【住所】 ㄓㄨˋ ㄙㄨㄛˇ

住所,乃個人法律生活的中心點或準據點。可分意定住所與法定住所。凡依一定事實足認以久住之意思,住於一定之地域者,即以該地域爲意定住所。法定住所是依法律規定而發生,例如未成年人以法定代理人之住所爲住所,禁治產人以其監護人之住所爲住所,在'中華民國'無住所之外國人,以其居所視爲住所。住所與居所不同,住所須有久住之意思,居所則無久住之意思,因此學生住於學校宿舍,該宿舍只是居所,而非住所。又住所與戶籍不同,前者

係"民法"上之實質概念及法律行為之準據,不以登記為必要。後者乃依"戶籍法"所為之登記,為行政法上之準據,不登記者不發生"戶籍法"上之效力。

9【住持】ㄓㄨˋ ㄔˊ

佛家語。①指安住於世間而維持佛法。②佛寺中總持事務的比丘稱為住持。也叫方丈。

10【住家用房屋】ㄓㄨˋ ㄐㄧㄚ ㄩㄥˋ ㄈㄤˊ ㄨ

指房屋供住宅用者。依"房屋稅條例"規定,住家用房屋之稅率較低,非住家用房屋為營業用者,稅率較高。至於房屋同時作住家及非住家用者,應以實際使用面積,分別按住家用、非住家用稅率課徵房屋稅。

10【住進基準時間】ㄓㄨˋ ㄐㄧㄣˋ ㄐㄧ ㄓㄨㄣˇ ㄕˊ ㄐㄧㄢ

(check-in time)指旅客在旅館櫃臺辦理住宿手續後,開始住進旅館的時間。從這一時刻到第二天的遷出基準時間(check-out time),算為一天的房租。

伭 ㊀ ㄒㄩㄢˊ hsüan^2 音懸

狠戾。見"說文"。

㊁ ㄓㄨㄢ chuan^1 音專

也作顓。參顓頊。

佖 ㄅㄧˋ pi^4 音必

儀容褻慢不恭。見"說文·佖·段注"。

伴 ㄅㄢˋ pan^4 音半

①相陪相隨的人。如:同伴。②相陪。如:陪伴。

9【伴星】ㄅㄢˋ ㄒㄧㄥ

(companion)指雙星系統中較暗的一星。

7【伴君如伴虎】ㄅㄢˋ ㄐㄩㄣ ㄖㄨˊ ㄅㄢˋ ㄏㄨˇ

形容事君的危險。

9【伴侶制家庭】ㄅㄢˋ ㄌㄩˇ ㄓˋ ㄐㄧㄚ ㄊㄧㄥˊ

(companionship family)又稱均權制家庭。由男女雙方分享權勢的家庭組織型態。家庭中父母或夫妻彼此共同分擔實際責任,並有權力作適當的選擇。

伻 ㄅㄥ pêng^1 音崩

①使令。見"正字通"。②使者。見"正字通"。

佅 ㄇㄛˋ mo^4 音末

參佅僸。

16【佅僸】ㄇㄛˋ ㄊㄚˋ

①肥的樣子。②西夷樂名。

佞 ㄋㄧㄥˋ ning^4 音濘

①才。如:不佞。②巧於諂媚,能言善道。如:佞媚。

2【佞人】ㄋㄧㄥˋ ㄖㄣˊ

善於阿諛諂媚的人。

8【佞幸】ㄋㄧㄥˋ ㄒㄧㄥˋ

以巧言諂媚而得寵幸的人。也作佞倖。

佂 怔的或體。

佢 ㄑㄩˊ ch'ü^2 音渠

'粵'語的他。

何 ㊀ ㄏㄜˋ ho^4, hê^4 音賀

擔;負。通作荷。見"說文"。

㊁ ㄏㄜˊ ho^2, hê^2 音河

①什麼。表疑問。如:何人?②怎麼;為什麼。如:何不、何必。③多麼。如:何等快慰!④姓。'漢'有'何休'。見"後漢書·儒林傳·何休"。

3【何干】ㄏㄜˊ ㄍㄢ

有何關係。表示無關。

6【何休】ㄏㄜˊ ㄒㄧㄡ

(129~182)'東漢''任城''樊'(今'山東''滋陽')人。字'邵公'。精研六經,尤好"公羊春秋"。著有"春秋公羊解詁"、"公羊墨守"、"左氏膏肓"、"穀梁廢疾"等書。

7【何妨】ㄏㄜˊ ㄈㄤˊ

有何妨礙。

10【何晏】ㄏㄜˊ ㄧㄢˋ

(190~249)三國'魏''宛'(今'河南''南陽')人。字'平叔'。好'老''莊'言,與'夏侯玄'、'王弼'等倡玄學,競尚清談,遂成一時風氣。後為'司馬懿'所殺。著有"道德論"、"論語集解"等書。

12【何啻】ㄏㄜˊ ㄔˋ

何止;豈只。

5【何仙姑】ㄏㄜˊ ㄒㄧㄢ ㄍㄨ

道教八仙之一。'唐'、'宋'流傳,到'明代'小說"八仙出處東遊記"及'湯顯祖'"邯鄲夢"等,名列八仙中,手持荷花,為唯一的女仙。

12【何景明】ㄏㄜˊ ㄐㄧㄥˇ ㄇㄧㄥˊ

(1483~1521)'明''信陽'(今'河南''信陽')人。字'仲默',號'大復山人'。官至'陝西'提學副使。主張文必'秦''漢',詩必盛'唐'。與'李夢陽'等人同致力於文學復古運動,為前七子之一。有"大復集"。

17【何應欽】ㄏㄜˊ ㄧㄥˋ ㄑㄧㄣ

(1890~1987)'貴州''興義'人,字'敬之'。'日本士官學校'畢業。'民國'十三年,'黃埔軍校'創建時,出任總教官。曾率軍東征、北伐、剿匪、抗戰,戰功彪炳。三十四年九月九日,代表政府在'南京'接受'日本'投降。其後歷任'國防部'部長、'行政院'院長、'總統府戰略顧問委員會'主任、'國民大會'主席團主席、'三民主義統一中國大同盟'主任委員等職。著有"八年抗戰"、"中國與世界前途"等書。

何應欽像

5【何去何從】ㄏㄜˊ ㄑㄩˋ ㄏㄜˊ ㄘㄨㄥˊ

往那兒去;依從什麼人。指無法作決定。

11【何梅協定】ㄏㄜˊ ㄇㄟˊ ㄒㄧㄝˊ ㄉㄧㄥˋ

'民國'二十四年五月,'天津''日'軍司令'梅津美治郎'派參謀長'酒井隆'與'北平''日本'使館武官'高橋坦',面見'軍事委員會''北平'分會代理委員長'何應欽',謂'天津''日本'租界兩報社長'胡恩溥'、'白逾恆'之被暗殺,'熱河'義勇軍'孫永

勦'之擾'河北''遵化',均與'中國'官廳有關,係排外舉動,要求:一、撤換'河北'省府主席'于學忠',省政府移'保定';二、撤換'天津市'長'張廷諤'、'公安局'長'李俊襄'、憲兵第三團長'蔣孝先';三、撤退駐'北平'之憲兵第三團、'藍衣社'及駐紮'河北'之中央軍及'于學忠'部、'河北'各級黨部,否則採取自衛行動。此即所謂'河北'事件。六月,'何應欽'口頭全部承認'日'方要求,然並未正式簽字,此即所謂'何''梅'協定。

15【何樂不爲】 ㄏㄜˊ ㄌㄜˋ ㄅㄨˋ ㄨㄟˊ
做了無害,心也快活,爲何不願做呢?指值得去做。

【何樂里碼】 ㄏㄜˊ ㄌㄜˋ ㄌㄧˇ ㄇㄚˇ
(Hollerith code)表示文數資訊的一種編碼。主要使用於八十行的打孔卡片,依照打孔位置的不同,每一行表示一特定的字符。

【何樂里卡片】 ㄏㄜˊ ㄌㄜˋ ㄌㄧˇ ㄎㄚˇ ㄆㄧㄢˋ
(Hollerith card)電腦系統輸入常用的打孔卡片。卡片上分爲八十行與十二列;每一行可使用打卡機打孔以表示一字符,每一字符以十二列中不同位置的打孔表示。

伺

㊀ ㄙˋ szŭ⁴, ssŭ⁴ 音四
1候望。如:伺望。2察看;察視。如:伺察。

㊁ ㄘˋ tz'ŭ⁴ 音刺
參伺候㊁。

8【伺服】 ㄙˋ ㄈㄨˊ
(servo)控制系統的一種。此系統能經由回饋裝置比較其輸入量與輸出量之誤差,以修正系統之控制參數,因而增加控制的效果。

10【伺候】 ㊀ ㄙˋ ㄏㄡˋ
偵察等候。
㊁ ㄘˋ ·ㄏㄡ
服侍。

11【伺探】 ㄙˋ ㄊㄢˋ
暗中窺察。

14【伺察】 ㄙˋ ㄔㄚˊ
偵伺窺察。

16【伺機】 ㄙˋ ㄐㄧ
等待時機。

8【伺服馬達】 ㄙˋ ㄈㄨˊ ㄇㄚˇ ㄉㄚˊ
(servo motor)控制機械性的方位或角度的裝置稱爲伺服裝置,而隨著輸入信號來驅動之馬達稱爲伺服馬達。有交流伺服馬達、直流伺服馬達及步進伺服馬達等,都是利用輸入信號來控制馬達之旋轉角度或轉數者。

佛

㊀ ㄈㄨˊ fu² 音扶
1看不清楚。見"說文"。2乖戾;違逆。通拂。見"字彙"。

㊁ ㄈㄛˊ fo²
1梵語佛陀音譯的簡稱。2佛教的簡稱。

㊂ ㄅㄧˋ pi⁴ 音弼
1輔佐;輔助。通弼。見"集韻"。2姓。'春秋'末有'佛肸'。見"姓氏尋源·四一"。

㊃ ㄅㄛˊ po² 音勃
勃然興起。通勃。

8【佛法】 ㄈㄛˊ ㄈㄚˇ
佛所證得的法界眞理。佛教的教義也稱爲佛法。

【佛性】 ㄈㄛˊ ㄒㄧㄥˋ
佛家語。主張一切眾生皆有覺悟本來面目的體性,所以稱佛性。

【佛陀】 ㄈㄛˊ ㄊㄨㄛˊ
佛家語。梵文 Buddha 的音譯,如來十號之一。又譯爲佛圖、浮圖、浮屠,簡稱爲佛。其義譯爲覺者或智者,有大智慧、能自覺、覺他、覺行圓滿者的意思。

【佛門】 ㄈㄛˊ ㄇㄣˊ
同佛家。佛教徒的總稱。世俗也用以泛稱佛教。

【佛典】 ㄈㄛˊ ㄉㄧㄢˇ
佛教經典。

9【佛剎】 ㄈㄛˊ ㄔㄚˋ
指佛國、佛土。

【佛祖】 ㄈㄛˊ ㄗㄨˇ
1'釋迦牟尼'爲佛教之祖,俗稱佛祖。2指佛教各宗派的祖師。

10【佛家】 ㄈㄛˊ ㄐㄧㄚ
1指諸佛的淨土。2指佛教或佛門。

11【佛教】 ㄈㄛˊ ㄐㄧㄠˋ
世界主要宗教之一。西元前六至五世紀,'印度''迦毗羅衛國'(今'尼泊爾')王子'悉達多·喬達摩'(即'釋迦牟尼')創立。反對婆羅門教的種姓制度,主張眾生平等,而以普渡眾生爲宗旨,涅槃(超脫生死)爲理想境界。紀元前一、二世紀,'阿育王'大力推廣佛教,南傳'斯里蘭卡'、'緬甸'、'泰國'、'高棉',用'巴利'語,屬小乘;北傳中'亞'、'中國'、'韓國'、'日本'、'越南',用梵語,屬大乘。在'印度',佛教卻在九世紀逐漸衰微,十三世紀初幾盡消滅,爲'印度'教所取代,但在東'亞'有更進步的發展。'東漢'時(通稱'明帝''永平'十年,即西元67年)傳入我國,到'隋'、'唐'時產生許多大乘宗派,如天台、華嚴、唯識、禪、淨土、密宗等,使佛教'中國'化,成爲我國主要的信仰之一。

【佛國】 ㄈㄛˊ ㄍㄨㄛˊ
1指佛出生的地方。即'天竺',古'印度'。2佛家指十方諸佛住持的世界。

12【佛粿】 ㄈㄨˊ ㄌㄧㄣˊ
我國對'義大利'的古稱。也作'拂菻'。

13【佛瑞】 ㄈㄛˊ ㄖㄨㄟˋ
(Gabriel Fauré, 1845~1924)'法國'作曲家。曾任'巴黎音樂院'院長多年,爲'法國'音樂界領導人物。作品有小提琴奏鳴曲、大提琴奏鳴曲及鋼琴五重奏、弦樂四重奏等,其聲樂曲深受推重;"安魂彌撒曲"(*Requiem*)集合了獨

佛瑞像

唱、合唱和管弦樂，是他唯一大編製的作品。

【佛號】 ㄈㄛˊ ㄏㄠˋ

佛的名號。

22【佛龕】 ㄈㄛˊ ㄎㄢ

1佛寺。2供佛的小閣樓。

6【佛列格】 ㄈㄛˊ ㄌㄧㄝˋ ㄍㄜˊ

(Gottlob Frege, 1848～1925)'德國'數學家及邏輯學家。被公認爲十九世紀最偉大的邏輯學家，現代數學邏輯的創始人。著有"算術基礎"(*Grundlagen der Arithmetik*)和"算術基本定律"(*Grundgesetze der Arithmetik*)等書。

9【佛音捶】 ㄈㄛˊ ㄧㄣ ㄔㄨㄟˊ

國術拳法。併攏四指，屈第一、二節關節，以第二節關節爲攻擊的著力點。

10【佛朗克】 ㄈㄛˊ ㄌㄤˇ ㄎㄜˋ

(James Franck, 1882～1964)出生於'德國'的'美國'物理學家。西元1925年與'德'人'赫茲'(Gustav L. Hertz)共同榮獲'諾貝爾'物理學獎。他們利用電子撞擊汞蒸氣，發現汞原子有明顯的能層結構，是爲有名的'佛朗克一赫茲'實驗。'佛朗克'又譯成'法蘭克'。

佛朗克像

【佛朗哥】 ㄈㄛˊ ㄌㄤˇ ㄍㄜ

(Francisco Franco Bahamonde 1892～1975)'西班牙'軍人。西元1910～1927年參與鎮壓'西'屬'摩洛哥'有功，1927年任軍校校長。1936年'西班牙'大選，人民陣線得勝，組共和政府，7月，'佛朗哥'在'德國''希特勒'支持下率軍攻擊共和政府，引起'西班牙'內戰；1939年3月推翻政府，取得政權，組織'長槍會'(Falange)，自任元首，採取專制政治。與'納粹'保持良好關係，二次大戰後爲西方集團所孤立。1969年宣布他死後由前'西班牙'王子'卡洛斯'爲繼承人，並改爲王國，1975年死於'馬德里'。'卡洛斯'繼位不久，還政於民，使'西班牙'成爲君主立憲國家，加入西方陣營。

【佛烈明】 ㄈㄛˊ ㄌㄧㄝˋ ㄇㄧㄥˊ

(Sir Alexander Fleming, 1881～1955)'英國'細菌學家和內科醫生。西元1929年與'傅樓里'(Sir Howard Walter Florey)共同發現盤尼西林；1945年榮獲'諾貝爾'醫學獎。

佛烈明像

14【佛圖澄】 ㄈㄛˊ ㄊㄨˊ ㄔㄥˊ

'晉'時高僧，'天竺''罽賓國'小王的長子。'懷帝''永嘉'四年(310)至'洛陽'，曾參與'石勒'征伐，'勒'尊他爲大德。雲遊所至，常廣建佛寺，門徒近萬人，使佛教在北方大爲盛行。後卒於'鄴'。

3【佛口蛇心】 ㄈㄛˊ ㄎㄡˇ ㄕㄜˊ ㄒㄧㄣ

說話像佛一般的慈悲，內心卻藏著蛇一般的惡毒。形容僞善。

9【佛洛斯特】 ㄈㄛˊ ㄌㄨㄛˋ ㄙ ㄊㄜˋ

(Robert Frost, 1874～1963)'美國'詩人。早先居住在'英國'，成名後才回到'美國'。作品內容多描寫'新英格蘭'的人物、景色，充滿質樸樂天的意味。詩集有"男孩的意願"(*A Boy's Will*)、"波士頓北部"(*North of Boston*)等。曾四度獲得'普立茲'詩歌獎。

11【佛眼相看】 ㄈㄛˊ ㄧㄢˇ ㄒㄧㄤ ㄎㄢˋ

指善意對待。

16【佛頭著糞】 ㄈㄛˊ ㄊㄡˊ ㄓㄨㄛˊ ㄈㄣˋ

比喻玷汙、褻瀆神聖美好的人或事物。

21【佛蘭克林】 ㄈㄛˊ ㄌㄢˊ ㄎㄜˋ ㄌㄧㄣˊ

(Benjamin Franklin, 1706～1790)'美國'外交家、出版家、文學家及科學家。是十八世紀後期西方世界最受人景仰者，曾參與撰寫"獨立宣言"和"美國憲法"。平日研究電學，發明'佛蘭克林'爐、遠近二用眼鏡和避雷針，並數度至'英''法'辦理交涉事宜。

佛蘭克林像

12【佛萊明定則】 ㄈㄛˊ ㄌㄞˊ ㄇㄧㄥˊ ㄉㄧㄥˋ ㄗㄜˊ

(Fleming's rule)也稱右手或左手定則。將拇指、食指及中指互成直角伸展，以拇指表示導線移動的方向，食指表示磁力線方向，中指表示電流方向，則右手將表示導體在發電機電樞中的情形，如圖(*a*)；而左手將表示導體在電動機電樞中的情形，如圖(*b*)。

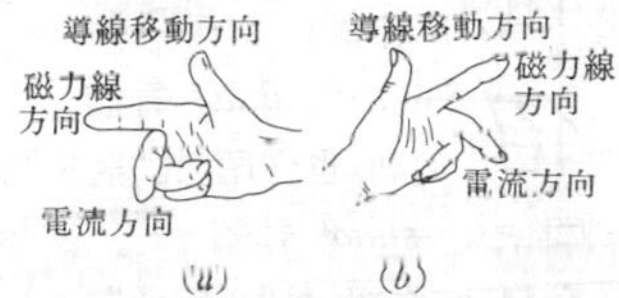

佛萊明定則圖

佉 ㄑㄩ *ch'ü*[1] 音區

參佉盧。

16【佉盧】 ㄑㄩ ㄌㄨˊ

一作'佉樓'。佛教所稱古代創造一種古'印度'拼音文字的人。'佉盧'文是'塞姆'語系的'阿拉米'文系統，今已失傳。

估 ㊀ ㄍㄨ *ku*[1] 音姑

1市稅。見"集韻"。2評量貨物的價錢或數目。3商人。通賈。

㊁ ㄍㄨˋ *ku*[4] 音故

出售舊衣。如：估衣鋪。

㊂ ㄍㄨˇ *ku*[3] 音古

1㊀、㊁的又讀。2參估倧。

9【估計】 ㄍㄨ ㄐㄧˋ

估量。

10【估倧】　ㄍㄨˇ　ㄗㄨㄥ
我國少數民族之一。舊作'㹉猔'，也作'古宗'、'估宗'。分布在'雲南省'西北'中甸'、'德欽'、'麗江'、'鶴慶'、'維西'、'思樂'等縣境。人口不詳。營農耕兼事遊牧的生活。信奉喇嘛教。

15【估價】　ㄍㄨ　ㄐㄧㄚˋ
估計價格。

6【估衣鋪】　ㄍㄨˋ　ㄧ　ㄆㄨˋ
販賣舊衣的商店。

9【估計負債】　ㄍㄨ　ㄐㄧˋ　ㄈㄨˋ　ㄓㄞˋ
(estimated liability)爲一項業已發生的負債，惟其金額及清償日期均未確定，而必須根據估計的金額入帳者。

佤　ㄨㄚˇ　*wa*³　音瓦
參佧佤。

佋　㊀ ㄕㄠˊ　*shao*²　音韶
父廟。也作昭。見"說文"。
㊁ ㄕㄠˋ　*shao*⁴　音紹
介紹。通作紹。見"正字通"。

伽　ㄑㄧㄝˊ　*ch'ieh*²　音茄
梵語五十字母之一。音讀爲 gha，牙音。

18【伽藍】　ㄑㄧㄝˊ　ㄌㄢˊ
1梵語僧伽藍摩(saṅghārāma)的略稱。意爲眾僧居住的園林。後用爲佛寺的別稱。也作迦藍、僧伽藍。2伽藍神的略稱。即守護伽藍的神祇。'唐''宋'以後，佛教有以'關羽'爲伽藍神之說。

7【伽利略】　ㄑㄧㄝˊ　ㄌㄧˋ　ㄌㄩㄝˋ
(Galileo, 1564～1642)'義大利'科學家。曾學習過醫學、數學、物理學、天文學，發現了自由落體定律與單擺定律，又自製望遠鏡，發現木星的衛星、太陽黑子及水星的盈虧，並數次因堅持'哥白尼'地球繞日說，與教會牴觸而遭到監禁。他以分析與歸納的方法探討科學，在'義大利'開啟了十七世紀的科學革命，對科學的貢獻甚鉅，與'培根'、'笛卡兒'同被譽爲推動近代科學文明的巨匠。

伽利略像

体　㊀ ㄅㄣˋ　*pên*⁴　音笨
粗劣。同笨。見"正字通"。
㊁ ㄊㄧˇ　*t'i*³　音體
體的俗體。

佐　ㄗㄨㄛˇ　*tso*³, *tsuo*³　音左
1輔助。如：佐理。2輔助的人。如：郡佐。3姓。'明'有'佐皓'。見"萬姓統譜·九五"。

10【佐料】　ㄗㄨㄛˇ　ㄌㄧㄠˋ
做菜的配料。也作作料。

12【佐貳】　ㄗㄨㄛˇ　ㄦˋ
輔助主官的副職。

16【佐膳】　ㄗㄨㄛˇ　ㄕㄢˋ
下飯的菜餚。

19【佐證】　ㄗㄨㄛˇ　ㄓㄥˋ
證據。

伾　ㄆㄧ　*p'i*¹　音丕
有力。見"說文"。

佑　ㄧㄡˋ　*yu*⁴　音又
1輔助。2庇護。同祐。

佈　ㄅㄨˋ　*pu*⁴　音布
通作布。1徧；宣示。如：佈告。2安排；設置。如：佈陣。

13【佈道】　ㄅㄨˋ　ㄉㄠˋ
基督教傳播教義的工作。也作布道。

【佈雷艇】　ㄅㄨˋ　ㄌㄟˊ　ㄊㄧㄥˇ
(destroyer minelayer) 由驅逐艦改裝，可實施高速佈雷作業的艦艇。平均裝載量爲80枚水雷，由船尾佈雷。

佧　ㄎㄚˇ　*k'a*³　音卡
參佧佤。

7【佧佤】　ㄎㄚˇ　ㄨㄚˇ
我國及'緬甸'境內的少數民族之一。原作'犿狐'，也稱'佧利瓦'、'野佧佤'、'生佧佤'；'擺夷'人稱之爲'佤'(Wa)。聚居在'雲南省'極西南邊境、'緬甸''撣邦'極東，'佧喇'人所居的南部。人口數與'佧喇'合計，在我國境內約有298,600(1982年)，在'緬'境人數不詳。營農耕兼事漁獵生活，信仰泛靈。

12【佧喇】　ㄎㄚˇ　ㄌㄚ
我國及'緬甸'少數民族之一。也作'哈喇'或'戛喇'；'擺夷'人稱之爲'喇'(La)。聚居在'雲南省'極西南邊境、'緬甸''撣邦'極東及'中''緬'交界'薩爾溫江'以東的'佧佤'山地。人口數與'佧佤'合計，在我國境內約有298,600(1982年)，'緬'境人數則不詳。營農耕兼事漁獵生活。多信仰泛靈，部分信奉小乘佛教。

㑄　侮的古文。

但　ㄉㄢˋ　*tan*⁴　音旦
1裸露。通作袒。見"說文"。2只；僅。如：但取一瓢。3可是。如：我想去，但不敢去。4儘管。如：但說不妨。5姓。'漢'有'但巴'。見"通志·氏族略五"。

2【但丁】　ㄉㄢˋ　ㄉㄧㄥ
(Dante Alighieri, 1265～1321)'義大利'詩人。生於'佛羅倫斯'，曾任該市市政委員，後因政爭被逐，轉徙於'義大利'各地。詩集"新生"(*La vita nuova*)，歌頌他理想中的愛人'琵亞特麗哲'(Beatrice)，對文藝復興時期詩歌的創作影響很大。代表作"神曲"爲一部偉大的鉅作。他對'義大利'語文的豐富有極大的貢獻。

【但人】　ㄉㄢˋ　ㄖㄣˊ
我國少數民族之一。'百越'的一種。依山谷爲生而不甚繁，人口不詳。

10【但書】　ㄉㄢˋ　ㄕㄨ
指附在法律條文的本文之後，用以說明有例外或有一定條件的文字。因句子前用但字，所以叫但書。例如"民法"第七十一條規定：「法律行爲，違反強制或禁止之規定者，無效。但其規定並不以之爲無效者，不在此限。」其中「但其規定並不以之爲無效者，不在此限〕一段，即爲但書。

伹　ㄑㄩ chʻü¹ 音蛆
笨拙；遲鈍。見"說文"。

伸　ㄕㄣ shên¹ 音申
1舒展。如：伸張。2表白；訴說。如：伸冤。3姓。'宋'有'伸意'。見"萬姓統譜·一九"。

12【伸訴】ㄕㄣ ㄙㄨˋ
向人訴說心中的冤屈。

17【伸縮】ㄕㄣ ㄙㄨㄛ
伸長和縮短。多指事物變通的彈性。

【伸縮泡】ㄕㄣ ㄙㄨㄛ ㄆㄠˋ
(contractile vacuole)生活於淡水中的原生動物，如變形蟲、草履蟲等，細胞內都有伸縮泡，其功用在排除體內多餘的水分，以免細胞脹破，當體內水分有多餘時，便由伸縮泡收集，再排至外界。

【伸縮縫】ㄕㄣ ㄙㄨㄛ ㄈㄥˊ
(expansion joint)構造體完全隔離成二部分的接縫處理。主要功能在使結構物承受溫度升降變化時，具有充分的空間自由伸縮變形，不致因溫度變化而使構造物破壞。

6【伸舌嘖嘴】ㄕㄣ ㄕㄜˊ ㄗㄜˊ ㄗㄨㄟˇ
形容非常驚訝的樣子。

17【伸縮支承】ㄕㄣ ㄙㄨㄛ ㄓ ㄔㄥˊ
(expansion support)鋼筋混凝土、預力混凝土橋樑及鋼結構中常使用的一種可作少量移動的支承。其功能爲：一、容納結構因溫度而產生的伸縮現象；二、容納結構因活載重而產生的長度變化；三、防止因下部結構可能的變動而產生的應力；四、防止水平力傳遞到下部結構。

佀　似的本字。

佃　ㄉㄧㄢˋ tien⁴ 音店
1租用他人田地從事耕種的人。如：佃農。2耕作；耕種。也作田。如：佃作。3打獵。通田。

7【佃作】ㄉㄧㄢˋ ㄗㄨㄛˋ
農耕活動。

13【佃農】ㄉㄧㄢˋ ㄋㄨㄥˊ
向地主租田耕種並納租的農人。

佔　㊀ ㄓㄢˋ chan⁴ 音站
1用強力奪取。通占。2得到。如：佔便宜。
㊁ ㄓㄢ chan¹ 音詹
1窺視。同覘。見"集韻"。2古代寫字用的大竹板。通笘。如：佔畢。

11【佔畢】ㄓㄢ ㄅㄧˋ
簡策。古代用竹簡木片編串而成的書冊。也指吟誦書籍。

3【佔上風】ㄓㄢˋ ㄕㄤˋ ㄈㄥ
在風的上方。比喻處在有利的地位或取得優勢。

6【佔地步】ㄓㄢˋ ㄉㄧˋ ㄅㄨˋ
指站穩立場以爲進退的依據。

佒　ㄧㄤ yang¹ 音央
1身體傴僂的樣子。見"集韻"。2抬頭。通仰。如：偃佒。

佅　ㄅㄧㄥ ping¹ 音冰
也作㑂。參佅人。

2【佅人】ㄅㄧㄥ ㄖㄣˊ
我國少數民族之一。活動於'廣西省''柳城'、'南丹'及'貴州省''荔波'等縣。人口不詳。依山谷爲生而不甚繁。

似　ㄙˋ szŭ⁴, ssŭ⁴ 音四
本作佀。1像；形狀相類。2繼續；承繼。通嗣。如：似續。3用在動詞後面，有給、與、示的意思。如：把似、舉似。

9【似星體】ㄙˋ ㄒㄧㄥ ㄊㄧˇ
(quasar)也稱類星體。六十年代所發現宇宙中一些類似星體的天體。它能發射強烈的無線電波，並以高速遠離銀河系。

佁　㊀ ㄞˇ ai³ 音矮
痴獃的樣子。
㊁ ㄧˇ i³ 音以
固滯不前的樣子。
㊂ ㄙˋ szŭ⁴, ssŭ⁴ 音似
深思的樣子。

佚　㊀ ㄧˋ i⁴ 音益
1遁世隱居的人。見"說文"。2安樂；舒適。通逸。如：佚樂。3過失；過錯。如：佚罰。4美麗。通昳。如：佚女。5超過；超越。通軼。如：佚於三代。6放蕩；不受約束。通泆。如：驕奢淫佚。7逃亡。通逸。如：逃佚。8亡失；遺失。通遺。如：亡佚。9姓。'春秋''鄭'有'佚之狐'。見"萬姓統譜·一一五"。
㊁ ㄉㄧㄝˊ tieh² 音迭
更替；遞代。通迭。如：四時更佚。

6【佚名】ㄧˋ ㄇㄧㄥˊ
姓名亡佚，不可查考。

8【佚宕】ㄉㄧㄝˊ ㄉㄤˋ
爲人瀟灑不羈的樣子。又作佚蕩。

15【佚樂】ㄧˋ ㄌㄜˋ
放逸遊樂。通逸樂。

作　㊀ ㄗㄨㄛˋ tso⁴, tsuo⁴ 音坐
1興起；振起。如：聖人作。2創造。如：天作高山。3創作；撰述。如：作詩。4造作；作爲。如：作工、作事。5進行；舉行。如：作戰、作簡報。6成爲；當做。如：作東、認賊作父。7表現。如：裝腔作勢。8發生。如：發作。
㊁ ㄗㄨㄛˊ tso², tsuo² 音昨
參作料、作興。
㊂ ㄗㄨㄛ tso¹, tsuo¹
1工人。如：木作。2自尋；自取。如：作死。

4【作手】ㄗㄨㄛˋ ㄕㄡˇ
1高手；能手。2今指在股票市場操縱炒做的人。

5【作古】ㄗㄨㄛˋ ㄍㄨˇ
1已作古人。即死亡。2開創新例。

6【作色】ㄗㄨㄛˋ ㄙㄜˋ
改變臉色。多指憤怒而言。

7【作坊】ㄗㄨㄛ ·ㄈㄤ
工人做工的場地。多指小型工場而言。

【作弄】ㄗㄨㄛˋ ㄋㄨㄥˋ
1捉弄；戲弄。2搬弄。

【作育】ㄗㄨㄛˋ ㄩˋ
培育。

8【作怪】 ㄗㄨㄛˋ ㄍㄨㄞˋ
1胡鬧。2奇怪。
【作東】 ㄗㄨㄛˋ ㄉㄨㄥ
作主人。古禮主人席位在東而面西,故以東爲主人代稱詞。
9【作活】 ㄗㄨㄛˋ ㄏㄨㄛˊ
工作。
【作爲】 ㄗㄨㄛˋ ㄨㄟˊ
1當作。2行爲;舉動。3表現。
【作品】 ㄗㄨㄛˋ ㄆㄧㄣˇ
1作家的著作。2藝術家的製作。3泛指一切製作的成品。
【作風】 ㄗㄨㄛˋ ㄈㄥ
指一個人作事的習慣、風格。
【作保】 ㄗㄨㄛˋ ㄅㄠˇ
當保證人。
10【作料】 ㄗㄨㄛˊ ㄌㄧㄠˋ
1材料。2烹調食物所用的配料。如醬油、味精等。
【作祟】 ㄗㄨㄛˋ ㄙㄨㄟˋ
本指鬼怪爲禍害人。後用來比喻壞人暗中搗鬼或害人。
【作息】 ㄗㄨㄛˋ ㄒㄧˊ
工作和休息。
11【作梗】 ㄗㄨㄛˋ ㄍㄥˇ
從中阻撓、破壞。
12【作惡】 (一) ㄗㄨㄛˋ ㄜˋ
1做壞事。2悶悶不樂。
(二) ㄗㄨㄛˋ ㄜˊ
形容非常厭惡。
【作揖】 ㄗㄨㄛˋ ㄧ
兩手抱拳行禮。
13【作勢】 ㄗㄨㄛˋ ㄕˋ
1裝模作樣。2擺出某種姿態。
【作業】 ㄗㄨㄛˋ ㄧㄝˋ
1學生所作的課程練習。2工作的具體內容。3所從事的工作。
【作亂】 ㄗㄨㄛˋ ㄌㄨㄢˋ
以暴力擾亂治安,或反抗政府。
14【作弊】 ㄗㄨㄛˋ ㄅㄧˋ
以不合法的手段從事循私利己的行爲。
【作嘔】 ㄗㄨㄛˋ ㄡˇ
1嘔吐。2比喻嫌惡至極。
【作對】 ㄗㄨㄛˋ ㄉㄨㄟˋ
1匹配;配對。2對抗;反對。
【作態】 ㄗㄨㄛˋ ㄊㄞˋ
故作某種姿態。多形容女子故作嬌媚之態。
15【作廢】 ㄗㄨㄛˋ ㄈㄟˋ
1加以廢棄。2失去效用。
16【作興】 ㄗㄨㄛˊ ·ㄒㄧㄥ
1爲時俗所認可。2流行。
17【作聲】 ㄗㄨㄛˋ ㄕㄥ
出聲。
19【作證】 ㄗㄨㄛˋ ㄓㄥˋ
凡應服從我國司法權之人經法院傳爲證人,到場具結,接受訊問,而爲陳述者,稱爲作證。證人於具結後,如爲虛僞陳述而符合僞證罪之構成要件者,應負僞證罪之刑事責任,處七年以下有期徒刑,但於作僞證之案件裁判前自白者,減輕或免除其刑。
20【作孽】 ㄗㄨㄛˋ ㄋㄧㄝˋ
造成禍害;做壞事。
5【作用角】 ㄗㄨㄛˋ ㄩㄥˋ ㄐㄧㄠˇ
(angle of action)兩相嚙合之輪齒自開始接觸至接觸終了,輪齒所移動的角度。亦即漸近角加漸遠角之和。
【作用區】 ㄗㄨㄛˋ ㄩㄥˋ ㄑㄩ
(active region)電晶體結構中,若外加之電壓,使得射極—基極間形成順向偏壓;而集極—基極間形成反向偏壓,則該電晶體稱爲在作用區的範圍動作。此時的集極電流 I_C 與射極電流 I_E 的關係爲 $I_C=I_{CO}-\alpha I_E$,其中 I_{CO} 是集極反向飽和電流,通常在數量上比 I_C 與 I_E 小很多,並隨溫度而定。
【作用線】 ㄗㄨㄛˋ ㄩㄥˋ ㄒㄧㄢˋ
(line of action)在接觸傳動機構中,接觸點的公法線稱爲作用線或傳動線。例如兩嚙合齒輪之接觸點至節點之連線。
13【作業員】 ㄗㄨㄛˋ ㄧㄝˋ ㄩㄢˊ
工廠中,生產線上的工作人員。
5【作用時差】 ㄗㄨㄛˋ ㄩㄥˋ ㄕˊ ㄔㄚ
(operation lag)指政府開始採取某項經濟政策,到該項政策產生效果,常有一定的時差。
6【作好作歹】 ㄗㄨㄛˋ ㄏㄠˇ ㄗㄨㄛˋ ㄉㄞˇ
做好作惡。指用好言相勸或厲言相警告。意同說好說歹。
7【作育英才】 ㄗㄨㄛˋ ㄩˋ ㄧㄥ ㄘㄞˊ
教育人才。
8【作法自斃】 ㄗㄨㄛˋ ㄈㄚˇ ㄗˋ ㄅㄧˋ
立法的人,反而被法所害。斃,本作斃。
【作者校樣】 ㄗㄨㄛˋ ㄓㄜˇ ㄐㄧㄠˇ ㄧㄤˋ
報刊稿件在排檢完成後,通常會經過初校、二校、三校等校對程序以求精確。重要稿件,更於三校後,複製一份送作者校核,稱作者校樣。
9【作威作福】 ㄗㄨㄛˋ ㄨㄟ ㄗㄨㄛˋ ㄈㄨˊ
本指在上位的人專有的刑賞權利。引申爲藉著權勢來欺壓他人,或是給他人利益。
【作姦犯科】 ㄗㄨㄛˋ ㄐㄧㄢ ㄈㄢˋ ㄎㄜ
做壞事觸犯國家法令。
13【作賊心虛】 ㄗㄨㄛˋ ㄗㄟˊ ㄒㄧㄣ ㄒㄩ
形容做了壞事,心中驚恐。
【作業系統】 ㄗㄨㄛˋ ㄧㄝˋ ㄒㄧˋ ㄊㄨㄥˇ
(operating system)電腦爲服務使用者,需控制工件處理,管理資源分配,以維持系統正常運轉。具備這種功能的軟體程式,稱爲作業系統。作業系統是電腦系統內最重要的控制程式,其主要作用爲:記憶體管理、處理機管理、輸入與輸出管理、資料管理等。
【作業研究】 ㄗㄨㄛˋ ㄧㄝˋ ㄧㄢˊ ㄐㄧㄡˋ
(operational research)應用數學和科學方法以解決軍事、商業及人與機械系統的問題。注重分析它的各部分的相互作用，以改進這個系統的整體運作。二次大戰時，在軍事人員的協調下，從各個科學部門來的研究專家合作改進戰時作業。戰後，他們發展的方法被成功地運用到商業及政府作業上，因此逐漸形成獨立的學科，如數學規劃及模擬即爲一例。

【作業量表】 ㄗㄨㄛˋ ㄧㄝˋ ㄌㄧㄤˊ ㄅㄧㄠˇ
(performance test)藉拼圖或安排積木等非文字的測驗方式，以評量個人心智能力的一種量表。

16【作壁上觀】 ㄗㄨㄛˋ ㄅㄧˋ ㄕㄤˋ ㄍㄨㄢ
只在壁壘上觀戰，而不肯協助。引申為袖手旁觀。

19【作繭自縛】 ㄗㄨㄛˋ ㄐㄧㄢˇ ㄗˋ ㄈㄨˊ
比喻自己作的事情，反而困擾了自己。

13【作業特性曲線】 ㄗㄨㄛˋ ㄧㄝˋ ㄊㄜˋ ㄒㄧㄥˋ ㄑㄩ ㄒㄧㄢˋ
(operating characteristic curve)一項特定抽驗計畫，其不同送驗產品批次的品質有不同的允收機率。以送驗批之品質爲橫坐標，各種品質下的允收機率爲縱坐標繪製成的曲線，即爲作業特性曲線。可顯示一項抽驗計畫的作業特性。

佣 ㄩㄥˋ *yung*^{4} 音用
參佣金。

8【佣金】 ㄩㄥˋ ㄐㄧㄣ
居中介紹所得的酬金。

佊 ㊀ ㄅㄧˇ *pi*^{3} 音彼
邪惡。見"廣韻"。
㊁ ㄅㄧˋ *pi*^{4} 音避
悲哀。見"廣韻"。

佝 ㄎㄡˋ *k'ou*^{4} 音扣
參佝僂。

13【佝僂】 ㄎㄡˋ ㄌㄡˊ
[1]脊背彎曲的樣子。[2](rachitis)又稱軟骨症。因骨質缺乏石灰成分，或食物及居處不良而引起的疾病。以二歲至五歲的小孩最易罹患。因脊柱下方向後彎曲，引起消化系統的障礙，易使患者成雞胸或駝背。

你 ㄋㄧˇ *ni*^{3} 音擬
稱代詞。用以稱對方。本作伱。見"字彙"。

佟 ㄊㄨㄥˊ *t'ung*^{2} 音同
姓。'南北朝'有'佟萬'。見"萬姓統譜·二"。

伯 ㊀ ㄅㄛˊ *po*^{2} 音博 語音 ㄅㄞˇ *pai*^{3} 音百
[1]長者的通稱。(1)長兄。(2)子女稱父親的哥哥。(3)妻稱丈夫的哥哥。[2]州的首長。如：州伯。[3]爵位名。如：公侯伯子男。[4]對有技藝者的敬稱。如：畫伯。[5]神名。如：'風伯'。[6]姓。'春秋'有'伯嚭'。見"萬姓統譜·一二二"。
㊁ ㄅㄚˋ *pa*^{4} 音霸
諸侯的盟主。通霸。如：'春秋'五伯。

4【伯牙】 ㄅㄛˊ ㄧㄚˊ
'春秋''楚國'的古琴演奏家。相傳與'鍾子期'相交深厚；'子期'死後，'伯牙'悲傷世上無知音，從此不再彈琴。

6【伯夷】 ㄅㄛˊ ㄧˊ
'商代'末年'孤竹君''墨胎初'的兒子。名'允'，字'公信'，諡'夷'。'孤竹君'去世後，與弟'叔齊'互讓君位而逃離國外，後因反對'周武王'伐'紂'，隱居'首陽山'，採薇菜充飢，不久餓死。

10【伯恩】 ㄅㄛˊ ㄣ
(Bern)'瑞士'首都。位於國土中央偏西北處。舊市區居'亞爾河'(Aar R.)河灣內，三面臨河；對岸即新市區。市區有許多歷史性建築，為'歐洲'著名古城之一。新'伯恩'有'國際郵政聯盟'及其他國際組織設此。人口12.2萬(2002年)。

15【伯樂】 ㄅㄛˊ ㄌㄜˋ
'春秋''秦穆公'時人。姓'孫'名'陽'，字'伯樂'。以善於相馬而著稱。

12【伯勞】 ㄅㄛˊ ㄌㄠˊ
(shrikes)爲脊椎動物中屬於鳥綱(class Aves)、雀形目(order Passeriformes)、伯勞科(family Laniidae)的動物。爲中型或小型鳥類，嘴強大如鷹嘴，先端尖銳鉤曲；腿強大，各趾有銳曲之爪。利用其嘴及爪，可以捕食大型昆蟲、蜥蜴、小鳥及鼠等，剩餘的食物串掛於樹枝儲存。口角部有鬚毛，大部分單獨生活，但生活於'非洲'的某些種類則行團隊生活，彼此合作以築巢、育幼等。分布於'歐'、'亞'、'非'及'北美洲'。

伯勞圖

7【伯利恆】 ㄅㄛˊ ㄌㄧˋ ㄏㄥˊ
(Bethlehem)'巴勒斯坦'的古城鎮。位於'耶路撒冷'西南9公里。據"聖經"記載爲'耶穌'誕生地。二次大戰時屬於'約旦'，西元1967年'以'、'阿'戰後，被'以色列'占領。市區內教堂、修道院及由世界各地的基督教長老會支持的醫院、學校甚多。

8【伯明罕】 ㄅㄛˊ ㄇㄧㄥˊ ㄏㄢˇ
(Birmingham) [1]'英國'第二大都市及重工業中心。位於'本寧山'南麓，運河交會點，水陸交通皆便。盛產煤鐵，工廠林立，有「黑鄉」之稱，為世界重要工業城。市區用水以長達97公里的水管引自'威爾斯'(Wales)的湖水。人口99萬(2002年)。[2]'美國'南方唯一鋼鐵工業城。位於'阿拉巴馬州'(Alabama State)中部。附近有豐富的煤、赤鐵及他種礦物，鋼鐵、飛機、採礦機械和電子裝備工業發達。

6【伯仲之間】 ㄅㄛˊ ㄓㄨㄥˋ ㄓ ㄐㄧㄢ
[1]指兄弟之間。[2]比喻差別很小，不相上下。

【伯仲叔季】 ㄅㄛˊ ㄓㄨㄥˋ ㄕㄨˊ

ㄐㄧˋ
兄弟長幼的次序。老大稱伯,老二稱仲,老三稱叔,老四及老四以下都稱季。

7【伯努利方程式】ㄅㄛˊ ㄋㄨˇ ㄌㄧˋ ㄈㄤ ㄔㄥˊ ㄕˋ
(Bernoulli's equation)在導管中有一無黏滯性、不可壓縮、作穩定流動的流體,若流過某一截面時其速度爲 v_1,壓力爲 p_1,導管高度爲 h_1;流至另一截面時速度爲 v_2,壓力爲 p_2,導管高度爲 h_2,設流體的密度爲 ρ,則 $p_1+\frac{1}{2}\rho v_1^2+\rho gh_1=p_2+\frac{1}{2}\rho v_2^2+\rho gh_2=$ 常數,此即'伯努利'方程式。其所表示的意義即爲能量守恆定律。

低 ㄉㄧ ti^1 音氐

①高的反義詞。②下垂。如:低頭。

7【低沈】ㄉㄧ ㄔㄣˊ
低微而沈重。

【低估】ㄉㄧ ㄍㄨ
估計偏低。與高估相對。

8【低昂】ㄉㄧ ㄤˊ
上下起伏,高低不定。

9【低徊】ㄉㄧ ㄏㄨㄟˊ
徘徊;流連。

10【低迷】ㄉㄧ ㄇㄧˊ
模糊不清;迷矇的樣子。

【低能】ㄉㄧ ㄋㄥˊ
(mental retardation)又稱智力殘障。兒童於發展期間所發生的智力遲滯、學習遲緩與適應困難的現象。

13【低微】ㄉㄧ ㄨㄟˊ
低下微賤。

15【低潮】ㄉㄧ ㄔㄠˊ
①(low water)一稱乾潮。海水面受天體引潮力的作用,產生週期性的漲落現象,形成所謂的潮汐。在一次潮汐週期中,海水面因落潮而降低達最低水位時,稱爲低潮。由低潮到下一次低潮的週期約12小時25分,再下一次低潮則隔24小時50分,所以低潮出現的時間每日都向後順延50分鐘。②指人的情緒低落。或小說戲劇等文學作品中,情節未達精采處。

17【低盪】ㄉㄧ ㄉㄤˋ
'法'語détente的音譯。意指緩和、鬆弛。特別指國際局勢。

6【低血壓】ㄉㄧ ㄒㄧㄝˇ ㄧㄚ
(hypotension)指一般人在休息的狀態下,量得血壓收縮壓及舒張壓低於正常的120及80mmHg,並有頭昏、無力等症狀的現象。與高血壓相對。輕微者只是起坐性低血壓,嚴重者可能會陷入昏迷,甚至死亡。

9【低音管】ㄉㄧ ㄧㄣ ㄍㄨㄢˇ
(bassoon)又譯作巴頌。爲木管樂器中最低音的一種樂器。由雙簧片發聲。管身長約4呎,吹嘴裝於一彎曲的銅管上,吹奏時管身以皮帶掛在演奏者頸上。'莫札特'曾有降B大調低音管協奏曲。後人將此樂器改良,使之可發出低於低音管一個八度的聲音,名爲倍低音管(contra bassoon; double bassoon)

低音管圖

【低姿態】ㄉㄧ ㄗ ㄊㄞˋ
卑下退讓的態度。

10【低氣壓】ㄉㄧ ㄑㄧˋ ㄧㄚ
(low pressure)在天氣圖上,呈密閉的等壓線圖,其中心的氣壓內低外高,是低氣壓中心。氣流由四周向中心流入,在北半球依反時鐘方向,南半球依順時鐘方向旋轉。即氣旋。

14【低碳鋼】ㄉㄧ ㄊㄢˋ ㄍㄤ
(low-carbon steel)含碳量在0.2%以下的鋼,稱爲低碳鋼。因質軟而富延展性,又稱爲軟鋼。可代替熟鐵製造電磁鐵、鐵絲、鐵釘、鐵鏈等。

3【低三下四】ㄉㄧ ㄙㄢ ㄒㄧㄚˋ ㄙˋ
①對人採低姿態,討好別人。②指低賤、下等。

9【低音提琴】ㄉㄧ ㄧㄣ ㄊㄧˊ ㄑㄧㄣˊ
(double bass; contra bass)又稱倍大提琴。爲管絃樂團中體積最大、音域最低的絃樂器。演奏時使用低音圖表,但實際比記譜還低八度。音色低沈雄偉,適於撥絃及持續長音。近代爵士樂中,常用作伴奏及主奏的樂器。

低音提琴圖

【低度就業】ㄉㄧ ㄉㄨˋ ㄐㄧㄡˋ ㄧㄝˋ
(under-employment)一個人表面上雖有一份工作,但此工作不能發揮其本身所受的專業訓練,結果是生產力偏低,稱爲低度就業。

【低首下心】ㄉㄧ ㄕㄡˇ ㄒㄧㄚˋ ㄒㄧㄣ
低聲下氣。形容順服的樣子。

【低眉折腰】ㄉㄧ ㄇㄟˊ ㄓㄜˊ ㄧㄠ
低頭屈服的樣子。

10【低級財貨】ㄉㄧ ㄐㄧˊ ㄘㄞˊ ㄏㄨㄛˋ
(inferior goods)需求量與貨幣所得成減函數關係的產品。若產品價格不變,貨幣所得增加,反將引起該產品的需求減少;貨幣所得減少,則將引起該產品的需求增加。這種財貨通常只發生於低所得家庭所消費的產品之中。

12【低階語言】ㄉㄧ ㄐㄧㄝ ㄩˇ ㄧㄢˊ
(low-level language)電腦程式語言的一類。如機器語言和組合語言等,前者係由零與一拼合而成,後者則由指令集內之代碼組成。低階語言接近電腦硬體所能懂得的符號,故較爲繁瑣而不易編寫程式,但其目的程式較簡潔且執行速度快。

14【低聚合體】ㄉㄧ ㄐㄩˋ ㄏㄜˊ ㄊㄧˇ
(oligomer)通常指分子量小於一萬或聚合度較小之聚合體。

17【低聲下氣】ㄉㄧ ㄕㄥ ㄒㄧㄚˋ ㄑㄧˋ
因為心裡害怕或表示謙卑而不敢高聲說話的樣子。

伶 ㄌㄧㄥˊ *ling*^{2} 音靈
①專供帝王逗樂玩笑的弄臣。見"說文"。②以演戲為職業的人。即俳優。如:女伶。

2【伶人】ㄌㄧㄥˊ ㄖㄣˊ
①樂人;樂官。②今泛指戲子及一般從事演藝生涯的人。③我國少數民族之一。分布在'廣西省''桂平'、'永福'、'馬平'、'雒容'、'三江'、'宜山'、'天河'、'思恩'、'平樂'及'貴州省''荔波'等縣。人口及生活習俗均未詳。

3【伶工】ㄌㄧㄥˊ ㄍㄨㄥ
伶人樂工。

4【伶仃】ㄌㄧㄥˊ ㄉㄧㄥ
孤獨的樣子。也作伶丁、零丁。

8【伶官】ㄌㄧㄥˊ ㄍㄨㄢ
樂官。

9【伶俜】ㄌㄧㄥˊ ㄆㄧㄥ
孤單沒有依靠的樣子。

【伶俐】ㄌㄧㄥˊ ㄌㄧˋ
①靈巧慧黠。②北方話指乾脆。

4【伶牙俐齒】ㄌㄧㄥˊ ㄧㄚˊ ㄌㄧˋ ㄔˇ
能說善道。形容人口才好、會說話。

伱 你的本字。

佤 ㄎㄨㄚ *k'ua*^{1} 音誇
不正。見"集韻"。

佘 ㄕㄜˊ *shê*^{2} 音蛇
姓。'唐'有'佘欽'。見"萬姓統譜·三六"。

余 一 ㄩˊ *yü*^{2} 音魚
①助詞。用以舒緩語氣。見"說文"。②我。③姓。'唐'有'余懃'。見"萬姓統譜·八"。
二 ㄒㄩˊ *hsü*^{2} 音徐
參余吾。

7【余吾】ㄒㄩˊ ㄨˊ
①古水名。在今'綏遠省''鄂爾多斯右翼前旗'境內。②舊縣名。在今'山西省''屯留縣'西。今為鎮。

10【余家菊】ㄩˊ ㄐㄧㄚ ㄐㄩˊ
(1898～1976)'湖北''黃陂'人。字'景陶'。'武昌''中華大學'畢業,'英國''倫敦大學'研究。曾任'東南'、'北京'、'北平師範'、'中國'諸大學教授、'國民大會'代表、'中國青年黨'主席、'總統府'國策顧問。著有"人生之意義與價值"、"教育哲學史"等書。

14【余嘉錫】ㄩˊ ㄐㄧㄚ ㄒㄧˊ
(1883～1955)'湖南''常德'人。字'季豫'。曾任'北平''輔仁大學''中國'文學系教授兼主任、'中央研究院'院士。著有"四庫提要辨證"、"余嘉錫論學近著"及"目錄學發微"等。

6

來 一 ㄌㄞˊ *lai*^{2} 音萊
①麥的本字。②到;至。如:來臺。③未來的時間。如:來日。④相當於做。如:來不得。⑤大約,差不多。如:十來個。⑥那樣;一般。如:繁華一夢天來大。⑦動詞的補足語。如:撒起嬌來。
二 ㄌㄞˋ *lai*^{4} 音賴
安撫來歸附的人。通勑。俗作徠。見"集韻"。

5【來由】ㄌㄞˊ ㄧㄡˊ
來歷;形成的原因。

【來生】ㄌㄞˊ ㄕㄥ
佛家語。人死之後再投生為人或其他生類,稱為來生。俗稱下輩子。

8【來者】ㄌㄞˊ ㄓㄜˇ
①前來的人。②未來的事物或人。

12【來復】ㄌㄞˊ ㄈㄨˋ
往還。

13【來源】ㄌㄞˊ ㄩㄢˊ
出處;來處。

【來電】ㄌㄞˊ ㄉㄧㄢˋ
俗指男女產生愛慕的情愫。

16【來頭】ㄌㄞˊ ·ㄊㄡ
來歷;來勢。

【來歷】ㄌㄞˊ ㄌㄧˋ
來源;出處。

5【來令片】ㄌㄞˊ ㄌㄧㄥˋ ㄆㄧㄢˋ
(lining)鉚合或膠合於煞車蹄片上,作為與煞車鼓摩擦產生制動力之組件。以耐高溫、耐摩擦之材質製成。

13【來路貨】ㄌㄞˊ ·ㄌㄨ ㄏㄨㄛˋ
外地輸入的貨品。

【來福槍砲】ㄌㄞˊ ㄈㄨˊ ㄑㄧㄤ ㄆㄠˋ
(rifle)具有膛線的一種槍砲。膛線之設計在使彈丸發生螺旋動作,以增加其射擊精度與射程。如M-16步槍。

【來勢洶洶】ㄌㄞˊ ㄕˋ ㄒㄩㄥ ㄒㄩㄥ
形容氣勢兇猛的樣子。

16【來龍去脈】ㄌㄞˊ ㄌㄨㄥˊ ㄑㄩˋ ㄇㄛˋ
本指山脈連綿的形勢。引申為事情的前因後果。

侒 ㄢ *an*^{1} 音安
安適。見"說文"。

侘 ㄔㄚˋ *ch'a*^{4} 音詫
誇耀。見"字彙"。

佼 ㄐㄧㄠˇ *chiao*^{3} 音矯
①美好;出眾。同姣。②狠詐。通狡。如:佼黠。③姓。'漢'有'佼彊'。見"萬姓統譜·八四"。

8【佼佼者】ㄐㄧㄠˇ ㄐㄧㄠˇ ㄓㄜˇ
才能出眾的人。

侅 ㄍㄞ *kai*^{1} 音該
①噎。②不尋常的。

依 一 ㄧ *i*^{1} 音衣
①倚靠。②根據。③順從;同意。④仍舊。
二 ㄧˇ *i*^{3} 音椅
①譬喻。見"字彙"。②屏風的一種。通扆。

6【依次】ㄧ ㄘˋ
依照次序。

8【依附】ㄧ ㄈㄨˋ
依靠。

【依依】ㄧ ㄧ
①流連不忍分別的樣子。②茂盛而柔弱的樣子。如:楊柳依依。③

隱約縹緲的樣子。如:依依墟里煙。

9【依恃】 ㄧ ㄕˋ
依靠;憑藉。

【依約】 ㄧ ㄩㄝ
1依稀隱約。2依照約定。

11【依偎】 ㄧ ㄨㄟ
依傍;親近。

12【依稀】 ㄧ ㄒㄧ
彷彿;不清楚的樣子。

【依傍】 ㄧ ㄅㄤˋ
依靠;依據。

【依循】 ㄧ ㄒㄩㄣˊ
依照遵循。

13【依違】 ㄧ ㄨㄟˊ
依從和違離。表示猶豫不決。

16【依憑】 ㄧ ㄆㄧㄥˊ
依靠;仗恃;憑藉。

【依據】 ㄧ ㄐㄩˋ
根據。

18【依舊】 ㄧ ㄐㄧㄡˋ
如同從前。

【依歸】 ㄧ ㄍㄨㄟ
依附;託附;歸向。

23【依戀】 ㄧ ㄌㄧㄢˋ
眷戀;愛戀。

14【依瑪尼】 ㄧ ㄇㄚˇ ㄋㄧˊ
(Al-Imān)'阿拉伯'語的音譯。意爲信仰、信德。在伊斯蘭教,依瑪尼是信教的根源,失去伊瑪尼即失去宗教信仰。分總信、分信兩部分,總信就是歸信眞主,並奉行眞主所頒布的一切法規;分信是信眞主、信天仙、信經典、信聖人、信後世、信前定、信死後復活。

16【依賴論】 ㄧ ㄌㄞˋ ㄌㄨㄣˋ
(dependency theory)現代化理論之一。此理論起源於'拉丁美洲'的發展經驗。認爲'拉丁美洲'發展之所以不均勻,乃因'美國'和'歐洲'經濟、政治大國爲了本身的利益而左右'拉丁美洲'的發展途徑。此理論因此認爲今日世界正受一個由'美國'和'歐洲'所組成的大都會中心所控制,第三世界國家的現代化必受此都會中心的控制而更加依賴它。

23【依變項】 ㄧ ㄅㄧㄢˋ ㄒㄧㄤˋ
(dependent variable)凡受獨立變項影響而有所改變的變項,稱爲依變項。參獨立變項。

3【依山傍水】 ㄧ ㄕㄢ ㄅㄤˋ ㄕㄨㄟˇ
靠山臨水。形容風景秀麗。

10【依草附木】 ㄧ ㄘㄠˇ ㄈㄨˋ ㄇㄨˋ
依附他人或憑靠特殊權勢。

12【依然故我】 ㄧ ㄖㄢˊ ㄍㄨˋ ㄨㄛˇ
還是老樣子,一點都沒有改變。

13【依違兩可】 ㄧ ㄨㄟˊ ㄌㄧㄤˇ ㄎㄜˇ
依從也可以,不依從也可以。形容猶豫不決。

15【依數性質】 ㄧ ㄕㄨˋ ㄒㄧㄥˋ ㄓˋ
(colligative properties)溶液的有些性質與溶質的本性無關,而只決定於溶液的濃度,也就是說只依溶質的粒子數目而定,這種性質叫做依數性質。例如沸點上升、凝固點下降等性質都是決定於溶質的數目。

16【依賴比例】 ㄧ ㄌㄞˋ ㄅㄧˇ ㄌㄧˋ
(dependency ratio)又稱受養比例。經濟依賴年齡人口(14歲以下與65歲以上人口)與經濟生產年齡人口(15歲至64歲之間人口)的比例。依賴比例過高,社會經濟發展會受到阻礙。

15【依樣畫葫蘆】 ㄧ ㄧㄤˋ ㄏㄨㄚˋ ㄏㄨˊ ㄌㄨˊ
依照原來的樣子,加以臨摹。比喩模仿他人或依樣製作。

侂 ㄊㄨㄛ $t'o^1$, $t'uo^1$ 音託
寄託。見"說文"。

佯 ㄧㄤˊ $yang^2$ 音陽
詐僞;裝假。見"廣韻"。

6【佯死】 ㄧㄤˊ ㄙˇ
裝死;假死。

7【佯言】 ㄧㄤˊ ㄧㄢˊ
1假話。2說假話。

【佯攻】 ㄧㄤˊ ㄍㄨㄥ
以小部隊來炫耀兵力或欺敵的一種攻擊行動。通常向有限目標實施攻擊,主力部隊則另有所圖。

【佯狂】 ㄧㄤˊ ㄎㄨㄤˊ
假裝瘋狂。

9【佯若無事】 ㄧㄤˊ ㄖㄨㄛˋ ㄨˊ ㄕˋ
假裝好像沒事的樣子。

併 ㄅㄧㄥˋ $ping^4$ 音病
或作併。1兩相並列、排比。通並、幷。2合。如:併力。3都;皆。如:'河陽'一縣併是花。4一齊;競相。如:群雄併起。

2【併力】 ㄅㄧㄥˋ ㄌㄧˋ
合力;協力。

8【併命】 ㄅㄧㄥˋ ㄇㄧㄥˋ
同生死。

9【併科】 ㄅㄧㄥˋ ㄎㄜ
指兩個法定刑合併科處。如詐欺罪,處五年以下有期徒刑、拘役或科或併科一千元以下罰金,即處有期徒刑、拘役外,更一併科以罰金,稱爲併科。

10【併案】 ㄅㄧㄥˋ ㄢˋ
與其他案件合併。

12【併發】 ㄅㄧㄥˋ ㄈㄚ
因其他因素而連帶引發出來。

19【併攏】 ㄅㄧㄥˋ ㄌㄨㄥˇ
合起來。

12【併發症】 ㄅㄧㄥˋ ㄈㄚ ㄓㄥˋ
(complication)某一特定的疾病過程中,病人因抵抗力衰退,或患了很重的病,而引發其他的疾病,或很複雜的病況,稱爲併發症。

6【併合論罪】 ㄅㄧㄥˋ ㄏㄜˊ ㄌㄨㄣˋ ㄗㄨㄟˋ
法院推事,就同時發現的罪行,合併裁判。

9【併科罰金】 ㄅㄧㄥˋ ㄎㄜ ㄈㄚˊ ㄐㄧㄣ
罰金乃判令犯人完納一定金額之財產刑。罰金之運用,有單科、易科、選科及併科之分,其中併科罰金,係指於科處他種主刑(自由刑)之同時,又科以罰金之謂。"刑法"上規定併科罰金者爲數甚鉅,且大抵均規定「得」併科,因此,是否併科仍屬推事裁量權行使之範

圍，且必有其他自由刑之科處，始有此項裁量權行使之餘地，要無單獨併科罰金之可言。

13【併裝/分拆】 ㄅㄧㄥˋ ㄓㄨㄤ ㄈㄣ ㄔㄞ

(CFS/CFS) 爲貨櫃貨物集散站至貨櫃貨物集散站 (container freight station to container freight station) 的簡稱。即裝船前的裝櫃及卸船後的拆櫃事宜均由船方負責的一種貨櫃託運及交貨方式。託運人將貨物運到出口地船方貨櫃貨物集散站，經報關後，由船公司將貨物裝入貨櫃，運到進口地貨櫃貨物集散地，拆櫃取貨交付收貨人。'歐洲'航線的船公司則稱此爲 LCL/LCL(less than container load/less than container load)。

【併裝業者】 ㄅㄧㄥˋ ㄓㄨㄤ ㄧㄝˋ ㄓㄜˇ

(consolidator) 將若干不同出口廠商託運的零星貨物併裝成一整櫃後交由運送人運送的貨運承攬業者。由於貨櫃化運輸興起後，整櫃交運貨物的收費低於零星交運，因此才有此行業產生，業者以託運人身分從中賺取兩種運費的差益。

【併裝/整拆】 ㄅㄧㄥˋ ㄓㄨㄤ ㄓㄥˇ ㄔㄞ

(CFS/ CY) 爲貨櫃貨物集散站至貨櫃場 (container freight station to container yard) 的簡稱。即裝船前的裝櫃工作由船方負責，卸船後的拆櫃工作則由貨方負責的一種貨櫃託運及交貨方式。託運人將貨物運到出口地船方貨櫃貨物集散站，經報關後，由船公司將貨物裝入貨櫃，運到進口地貨櫃場，由收貨人自行將整櫃貨櫃拖到其自有倉庫拆櫃報關點貨，再將空櫃交還船方儲放場。'歐洲'航線的船公司則稱此爲 LCL/FCL(less than container load/full container load)。

6【併合式電腦】 ㄅㄧㄥˋ ㄏㄜˊ ㄕˋ ㄉㄧㄢˋ ㄋㄠˇ

(hybrid computer)將數位電腦與類比電腦合併起來，使其兼具兩種電腦之特長的電腦。通常內部設有D-A變換裝置，其輸出與輸入採用類比方式，途中需要高精確度的地方再變換成數位方式來處理。

【併合積體電路】 ㄅㄧㄥˋ ㄏㄜˊ ㄐㄧ ㄊㄧˇ ㄉㄧㄢˋ ㄌㄨˋ

(hybrid IC)合併各種材料及製造技術而做成之積體電路。在矽基片上製造電晶體、二極體、電阻、電容及配線等稱爲單石積體電路，再配合厚膜、薄膜的技術在陶瓷片上製作電阻、電容及配線等，並使其符合特性的，即稱爲併合積體電路。

佅 敉的或體。

俇 ㄨㄤ *wang*¹ 音汪 跛腳的人。同尪。見“字彙”。

侇 ㄧˊ *i*² 音夷 陳列；安放。

侙 ㄔˋ *ch'ih*⁴ 音敕 ①警惕。見“說文”。②心動。見“玉篇”。

佽 ㄘˋ *tz'ŭ*⁴ 音次 ①幫助。②依次序排列。通次。

侀 ㄒㄧㄥˊ *hsing*² 音形 或作鉶。製造器物的模型。同型。見“說文通訓定聲”。

侍 ㄕˋ *shih*⁴ 音士 ①卑幼者陪從尊長。②伺候。如：服侍。③奉養。如：養疾侍老。

5【侍右】 ㄕˋ ㄧㄡˋ

陪侍左右。書信中對長輩的提稱語。

7【侍坐】 ㄕˋ ㄗㄨㄛˋ

陪伴長者而坐。

10【侍候】 ㄕˋ ㄏㄡˋ

侍奉；服侍。

17【侍應生】 ㄕˋ ㄧㄥˋ ㄕㄥ

服務人員。

佳 ㄐㄧㄚ *chia*¹ 音嘉 美善。見“說文”。

2【佳人】 ㄐㄧㄚ ㄖㄣˊ

美人。

4【佳日】 ㄐㄧㄚ ㄖˋ

美好的日子。

8【佳肴】 ㄐㄧㄚ ㄧㄠˊ

美味的菜。

9【佳音】 ㄐㄧㄚ ㄧㄣ

好消息。

【佳城】 ㄐㄧㄚ ㄔㄥˊ

指墳墓。

10【佳氣】 ㄐㄧㄚ ㄑㄧˋ

吉祥美好的氣象。

12【佳期】 ㄐㄧㄚ ㄑㄧˊ

①與佳人約期相會。②結婚的日期。③美好的時日。

10【佳話】 ㄐㄧㄚ ㄏㄨㄚˋ

傳誦一時的美事。

【佳節】 ㄐㄧㄚ ㄐㄧㄝˊ

美好的節日。

14【佳構】 ㄐㄧㄚ ㄍㄡˋ

好的構思，好的作品。

15【佳趣】 ㄐㄧㄚ ㄑㄩˋ

美妙的情趣。

19【佳麗】 ㄐㄧㄚ ㄌㄧˋ

①美麗的女子。②美好。

3【佳子弟】 ㄐㄧㄚ ㄗˇ ㄉㄧˋ

才華出眾的晚輩。

4【佳木斯】 ㄐㄧㄚ ㄇㄨˋ ㄙ

省轄市。位於'合江省'中央，濱'松花江'南岸。爲'松花江'水運要港；並有鐵路交會，交通便利。機械、造紙、木材、紡織等工業發達。現爲'合江省'省會。爲一政治、經濟都市。

11【佳偶天成】 ㄐㄧㄚ ㄡˇ ㄊㄧㄢ ㄔㄥˊ

天生的好配偶。通常用爲新婚的賀詞。

佷 ㄏㄣˇ *hên*³ 音很 狠戾；殘忍。

佶 ㄐㄧˊ *chi*² 音及
1壯健的樣子。2屈曲。通詰。

8【佶屈聱牙】 ㄐㄧˊ ㄑㄩ ㄠˊ ㄧㄚˊ
形容文字艱澀難讀。

使 一 ㄕˇ *shih*³ 音史
1命令;差遣。2用。3放任;放縱。如:使氣。4奉命出國的人。如:大使。5假設。
二 ㄕˋ *shih*⁴ 音事
奉命出國。如:出使。

7【使君】 ㄕˇ ㄐㄩㄣ
1'漢'時稱刺史。2'漢'以後對州郡長官的尊稱。3對使臣的尊稱。4已婚男子的代稱。

8【使者】 ㄕˇ ㄓㄜˇ
奉命出使的人。

【使乖】 ㄕˇ ㄍㄨㄞ
賣弄乖巧,討人喜歡。

【使命】 ㄕˇ ㄇㄧㄥˋ
1使節所奉的命令。2泛指所負的責任、職責。

9【使相】 ㄕˇ ㄒㄧㄤˋ
'唐代'中葉以後,節度使加同平章事(宰相)銜的稱使相。'宋代'也有以中書令、同平章事加節度使銜的情形,也稱使相。

【使勁】 ㄕˇ ㄐㄧㄣˋ
用力。

10【使酒】 ㄕˇ ㄐㄧㄡˇ
酗酒任性。

【使氣】 ㄕˇ ㄑㄧˋ
放任性子;意氣用事。

12【使喚】 ㄕˇ ·ㄏㄨㄢ
差遣。

13【使節】 ㄕˇ ㄐㄧㄝˊ
古代使者所持的符節。後用作使者的通稱。

16【使館】 ㄕˇ ㄍㄨㄢˇ
駐外使節在該國的駐在所。在國際法上,使館視爲本國領土,不受駐在國的統治,享有不可侵犯及免稅等特權。

4【使心眼】 ㄕˇ ㄒㄧㄣ ㄧㄢˇ
用心機。

8【使性子】 ㄕˇ ㄒㄧㄥˋ ·ㄗ
任意發脾氣。

11【使眼色】 ㄕˇ ㄧㄢˇ ㄙㄜˋ
以目示意。

5【使用借貸】 ㄕˇ ㄩㄥˋ ㄐㄧㄝˋ ㄉㄞˋ
當事人約定一方以物無償貸與他方使用,他方於使用後返還其物之契約。交付物之當事人一方,稱爲貸與人,借用物而負有返還義務之一方,稱爲借用人。使用借貸既是約定貸與人單方負有容忍借用人使用之義務,而借用人無給付對價之義務,因此爲單務契約。貸與人之責任甚低,借用物雖有瑕疵,貸與人不負責任,但故意不告知借用物之瑕疵,致借用人受損害者,不在此限。使用借貸契約爲要物契約,契約之成立以標的物之交付爲必要。使用借貸與租賃契約之主要區別爲:使用借貸爲〔無償〕之〔要物契約〕,租賃爲〔有償〕之〔諾成契約〕。又使用借貸與消費借貸,固然同爲要物契約,但前者交付物並不移轉所有權,後者必須交付物且移轉所有權,不可不予辨別。

7【使君有婦】 ㄕˇ ㄐㄩㄣ ㄧㄡˇ ㄈㄨˋ
泛指男人已有家室。

11【使貪使愚】 ㄕˇ ㄊㄢ ㄕˇ ㄩˊ
利用人的貪愚而加以駕馭,使各自發揮所長。

5【使用者程式】 ㄕˇ ㄩㄥˋ ㄓㄜˇ ㄔㄥˊ ㄕˋ
(user program)使用者所設計編寫的應用電腦程式。有別於系統程式。

【使用牌照稅】 ㄕˇ ㄩㄥˋ ㄆㄞˊ ㄓㄠˋ ㄕㄨㄟˋ
(license-using tax)對請領車船等使用牌照者所課徵的稅捐。依"使用牌照稅法"規定,凡使用公共水陸道路之交通工具,無論公用、私用或軍用,交通工具所有人或使用人,均應向主管稽徵機關請領使用牌照,除合於免稅規定者外,應繳納使用牌照稅。

【使用者程式區】 ㄕˇ ㄩㄥˋ ㄓㄜˇ ㄔㄥˊ ㄕˋ ㄑㄩ
(user program area)電腦主記憶體內系統程式所未占用,可存放使用者之程式的區域。

【使用者自定函數】 ㄕˇ ㄩㄥˋ ㄓㄜˇ ㄗˋ ㄉㄧㄥˋ ㄏㄢˊ ㄕㄨˋ
(user-defined function)使用者依電腦程式語言之規則,自行定義的函數次程式。

佬 一 ㄌㄧㄠˊ *liao*² 音遼
參俵佬。
二 ㄌㄠˇ *lao*³ 音老
1'粵'語指男子。2對男子輕蔑的稱呼。如:大闊佬。

佴 ㄦˋ *êrh*⁴ 音二
相次;相繼。如:佴次。

供 一 ㄍㄨㄥ *kung*¹ 音恭
1供給。2被審問時所陳述的話。如:口供。
二 ㄍㄨㄥˋ *kung*⁴ 音共
1奉養;奉獻。2祭拜神明祖先的祭品。

10【供桌】 ㄍㄨㄥˋ ㄓㄨㄛ
擺祭器、祭品的桌子。

12【供給】 ㄍㄨㄥ ㄐㄧˇ
1供應;給予。2(supply)與需求相對。設其他情況不變,在一定期間內,生產者對某特定財貨,在各種可能的市場價格下,所願意銷售的數量,此一價格與願意銷售數量之間的關係,稱爲供給。

14【供需】 ㄍㄨㄥ ㄒㄩ
供應和需求。

15【供養】 ㄍㄨㄥˋ ㄧㄤˋ
1奉養父母。2指奉養的物品。3佛家以奉香花、燈明、飲食等給佛、法、僧,稱爲供養。又分一、財供養,爲供香花、飲食等;二、法供養,爲說經義、修行等出世法,利益眾生。

【供銷】 ㄍㄨㄥ ㄒㄧㄠ
供應銷售。

17【供應】 ㄍㄨㄥ ㄧㄥˋ

準備東西給予需求者。

18【供職】 ㄍㄨㄥˋ ㄓˊ
①擔任職務。②'清代'官吏考績等第的一種。

19【供辭】 ㄍㄨㄥ ㄘˊ
被審問時所陳述的話。

12【供給量】 ㄍㄨㄥ ㄐㄧˇ ㄌㄧㄤˋ
(quantity supplied)在一定價格下廠商所願提供的銷售量。

4【供不應求】 ㄍㄨㄥ ㄅㄨˋ ㄧㄥˋ ㄑㄧㄡˊ
供給量不足以應付需求量。

12【供給法則】 ㄍㄨㄥ ㄐㄧˇ ㄈㄚˇ ㄗㄜˊ
(law of supply)設其他情況不變,某種財貨或勞務的供給量與其價格成增函數的關係。即其價格上升,則供給量增加;價格下降,則供給量減少。

【供給價格】 ㄍㄨㄥ ㄐㄧˇ ㄐㄧㄚˋ ㄍㄜˊ
(supply price)任何產品在一定的供給量下,生產者所願意索取的最低價格。

【供給的改變】 ㄍㄨㄥ ㄐㄧˇ ·ㄉㄜ ㄍㄞˇ ㄅㄧㄢˋ
(changes in supply)除產品本身的價格外,當影響產品供給的其他因素(如技術、要素或其他產品的價格、預期、供給人數及政府的租稅與補貼政策等)發生改變時,將使產品的供給量與供給價格發生改變。即在任何一定的價

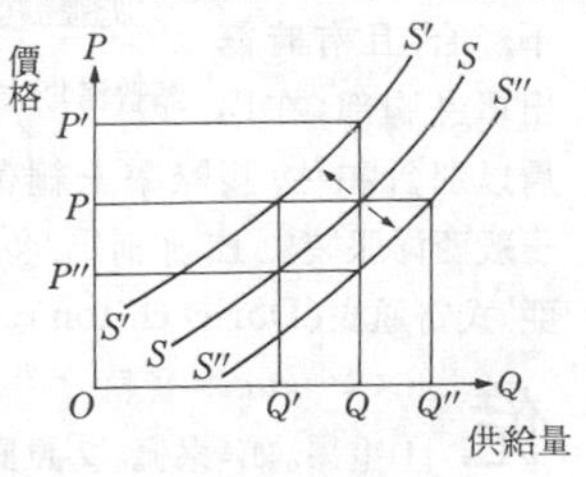

供給的改變圖

格下,供給者願意供給更多或較少的數量;或在任何一定的供給量下,生產者要求更高或較低的價格。在圖形為整條供給曲線的位置上下移動的一種變動。如圖中供給曲線SS左移至$S'S'$,表示供給減少;右移至$S''S''$,表示供給增加。

【供給面經濟學】 ㄍㄨㄥ ㄐㄧˇ ㄇㄧㄢˋ ㄐㄧㄥ ㄐㄧˋ ㄒㄩㄝˊ
(supply-side economics)其理論為降低稅率以增加儲蓄,促進投資,增加勞動供給,使就業與產出水準因而提高,稅基因而擴大,稅收不僅不減少,反而會增加。如此,產出增加將可降低或消除快速的通貨膨脹,在政府開支縮減或不再繼續擴大的情況下,預算赤字將逐漸縮小,終至預算平衡。而困擾西方經濟社會的停滯膨脹與龐大的政府預算赤字亦可由此獲得解決。

【供給量的改變】 ㄍㄨㄥ ㄐㄧˇ ㄌㄧㄤˋ ·ㄉㄜ ㄍㄞˇ ㄅㄧㄢˋ
(changes in the quantity supplied)設其他情況不變,一種產品的供給量與其本身的價格成增函數關係,若其價格上升,則供給量增加;若其價格下降,則供給量減少。在圖形上是沿著供給曲

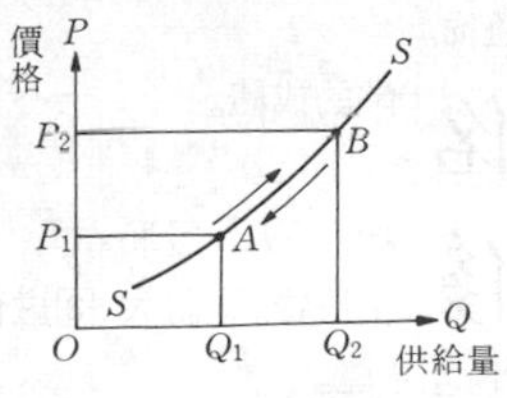

供給量的改變圖

線上下移動的一種變動。如圖所示,沿供給曲線SS由A移至B,表示供給量增加;由B移至A,表示供給量減少。

【供給價格彈性】 ㄍㄨㄥ ㄐㄧˇ ㄐㄧㄚˋ ㄍㄜˊ ㄊㄢˊ ㄒㄧㄥˋ
(price elasticity of supply)在一定的時間內,一種財貨或勞務的供給量隨其價格變動而發生的相對反應程度。亦即供給量變動的百分比對其價格變動的百分比之相對比率。

17【供應商證明書】 ㄍㄨㄥ ㄧㄥˋ ㄕㄤ ㄓㄥˋ ㄇㄧㄥˊ ㄕㄨ
(supplier's certificate)我國開往國外進口貨物的信用狀,規定供應商在其所製作商業發票中如含有給付在'臺'代理商佣金者,應提供一特定格式的文件,填明所支付佣金金額,收取佣金之代理商名稱等,以為押匯文件之 ,此文件即供應商證明書。開狀銀行收到此文件後,即轉交'中央銀行''外匯局',作為稽核代理商申報佣金的參考。

侄 ㄓˊ chih^2 音姪
①牢固。見"廣雅·釋詁"。②姪的俗體。

例 ㄌㄧˋ li^4 音力
①比照;類比。②可作為比照的標準。即成規、常法。③法規。

11【例規】 ㄌㄧˋ ㄍㄨㄟ
因慣例而形成的規則。

19【例證】 ㄌㄧˋ ㄓㄥˋ
可作證明的實例。

5【例外原則】 ㄌㄧˋ ㄨㄞˋ ㄩㄢˊ ㄗㄜˊ
(exceptional principle)係一項授權及決策原則,指上級主管人員應集中精力及時間於重大例外事項的決策。對一般例行事務的決策,則授權下級承辦人員依早已制定的作業程序及辦事細則處理,不必再由上級主管親自處理,以爭取時效及發揮部屬潛力。依此原則的管理方式即例外管理(management by exception)。

6【例行性決策】 ㄌㄧˋ ㄒㄧㄥˊ ㄒㄧㄥˋ ㄐㄩㄝˊ ㄘㄜˋ
(routine decision)與重大決策相對。指對企業或公司影響不大,於日常事務處理中經常發生的決策。

佰 ㊀ ㄅㄛˊ po^2 音博 語音 ㄅㄞˇ pai^3 音擺
①古軍制主管士兵一百人的長官。見"集韻"。②一百。通百。近世公牘、帳簿、票據把數詞百記作佰。

[二] ㄇㄛˋ mo^4 音陌
[1]古時稱一百個錢爲佰。見"正字通"。[2]田間南北向的小路。通陌。

侟 [一] ㄐㄧㄢˋ chien^4 音建
插。也作薦。見"正字通"。
[二] ㄘㄨㄣˊ ts'un^2 音存
同存。

侉 ㄎㄨㄚˇ k'ua^3 音垮
[1]蠢笨高大的樣子。[2]指語音不正。[3]誇大。

3【侉子】ㄎㄨㄚˇ ·ㄗ
南方人稱北方人。

侑 ㄧㄡˋ yu^4 音又
[1]佐助。[2]勸。

9【侑食】ㄧㄡˋ ㄕˊ
[1]勸人飲食。[2]陪侍長輩進食。

侊 ㄍㄨㄤ kuang^1 音光
盛大、豐盛的樣子。

侗 [一] ㄊㄨㄥˇ t'ung^3 音桶
長大挺直的樣子。見"廣韻"。
[二] ㄊㄨㄥˊ t'ung^2 音童
[1]兒童。[2]無知;幼稚。
[三] ㄉㄨㄥˋ tung^4 音洞
參峝家。

侃 ㄎㄢˇ k'an^3 音砍
[1]和樂的樣子。見"字彙"。[2]剛直的樣子。

8【侃侃而談】ㄎㄢˇ ㄎㄢˇ ㄦˊ ㄊㄢˊ
從容地談論。

佪 ㄏㄨㄞˊ huai^2 音懷 又讀 ㄏㄨㄟˊ hui^2 音回
盤旋;環繞。也作徊。通回、迴。

佌 ㄘˇ tz'ŭ^3 音此
小。見"集韻"。

佻 [一] ㄊㄧㄠˊ t'iao^2 音條
[1]輕薄;行爲不莊重。[2]偷取。
[二] ㄊㄧㄠ t'iao^1 音挑
[1]同[一][1]。[2]參佻達[1]。

13【佻達】ㄊㄧㄠ ㄉㄚˊ
[1]往來的樣子。同挑達。[2]戲謔;輕薄。

16【佻險】ㄊㄧㄠ ㄒㄧㄢˇ
巧詐陰險。

17【佻薄】ㄊㄧㄠ ㄅㄛˊ
輕浮無禮。

侞 ㄖㄨˊ ju^2 音如
安定順服。

侔 ㄇㄡˊ mou^2 音謀
[1]相等。[2]謀求。

侏 ㄓㄨ chu^1 音朱
短小。見"爾雅·釋詁"。

16【侏儒】ㄓㄨ ㄖㄨˊ
(dwarfism) 指身體異常矮小的人。其徵狀一般除了身體異常矮小外,常併有各種徵狀。如腦垂體機能不全者,則會有與年齡不相稱的老人相。一般智力不一定較差。其成因有腦垂體機能過低症、呆小症、營養不良、代謝異常等。治療則依原因處理。

侁 ㄕㄣ shên^1 音申
[1]行走的樣子。見"說文"。[2]眾多。

佸 ㄏㄨㄛˊ ho^2, huo^2 音活
相會。本作㑯。見"正字通"。

侚 ㄒㄩㄣˋ hsün^4 音訓
[1]敏捷。[2]巡行宣布命令。通徇。

佲 酩的或體。

侈 ㄔˇ ch'ih^3 音恥
[1]浪費。[2]誇大。[3]虛僞不實。[4]華麗。

19【侈靡】ㄔˇ ㄇㄧˇ
奢侈淫靡。

佩 ㄆㄟˋ p'ei^4 音沛
[1]古代貴族腰帶上的玉飾。又作珮。[2]佩帶;繫掛。[3]感服。

14【佩綬】ㄆㄟˋ ㄕㄡˋ
佩帶印綬。指擔任官職。

4【佩文韻府】ㄆㄟˋ ㄨㄣˊ ㄩㄣˋ ㄈㄨˇ
'清''康熙'間'張玉書'等奉敕撰,一百零六卷。以'宋''陰時夫'"韻府群玉"、'明''淩稚隆'"五車韻瑞"爲底,加以增補。以一百零六韻分隸各字,先注音義,次列詞語,並引例句。資料大多抄自類書,未核原典,錯誤頗多;又往往不列書目、篇目,覆按不易。然對詩文修辭,亦頗具參考價值。

11【佩脫拉克】ㄆㄟˋ ㄊㄨㄛ ㄌㄚ ㄎㄜˋ
(Francesco de Petrarch, 1304～1374)'義大利'詩人、學者。爲'義大利'最早的人文主義者之一。他的'拉丁'文詩歌、論文及書簡在當時相當受歡迎,但用'義大利'俗語所寫的愛情詩"抒情小詩集"(*Canzoniere*),更是文學史上重要的藝術品。他的十四行詩世稱"佩脫拉克十四行詩"(*Petrarchan sonnet*),形成一種體裁,對'歐洲'詩人造成很大的影響。

12【佩紫懷黃】ㄆㄟˋ ㄗˇ ㄏㄨㄞˊ ㄏㄨㄤˊ
腰邊佩帶紫色的印綬,胸前懷藏黃金製的官印。指擔任高官。

【佩普洛斯衣】ㄆㄟˋ ㄆㄨˇ ㄌㄨㄛˋ ㄙ ㄧ
(peplos)古'希臘'初期的服飾。源自'荷馬'時代(Homeric period)婦女的穿著。由長方形布塊披裹而成的雛形衣。將布塊上端的五分之一部分折返,在縱向中心處疊二個褶飾,對準左腋下而前後包裹,右脇邊敞開不縫合,且有時露出單邊胸部;在兩肩以別針扣住,腰際繫上細帶。一般西洋服裝史上,亦稱爲'多麗亞'式奇通衣(Doric chiton)。

佩普洛斯衣圖

佹 ㄍㄨㄟˇ kuei^3 音軌
[1]重累。如:累佹。[2]詭異;奇怪。通詭。如:佹辯。[3]違戾;乖背。如:不相佹違。[4]偶然。如:佹得佹失。

11【佹得佹失】ㄍㄨㄟˇ ㄉㄜˊ ㄍㄨㄟˇ ㄕ
偶爾得到,又偶爾失去。形容成敗

受很多因素影響，不要太患得患失。

侨 僑的俗體。

侐 ㄒㄩˋ hsü^{4} 音續
清靜；寂靜。見"說文"。

佌 ㄘˇ tz'ŭ^{3} 音此
微小的樣子。見"說文"。

佺 ㄑㄩㄢˊ ch'üan^{2} 音全
參偓佺。

侜 ㄓㄡ chou^{1} 音周
壅蔽。見"說文"。

佮 ㄍㄜˊ ko^{2}, kê^{2} 音格
合取。見"玉篇"。

佾 ㄧˋ i^{4} 音異
古代樂舞的行列。每一行、列的人數相同。帝王爲八佾，共六十四人；諸侯六佾，共三十六人；大夫四佾，共十六人；士二佾，共四人。

5【佾生】 ㄧˋ ㄕㄥ
朝廷或'孔'廟祭典中的舞生。

14【佾舞】 ㄧˋ ㄨˇ
古舞名。舞者右手持羽毛，左手持籥。依受獻者地位高低，而舞者人數不同，有二佾、四佾、六佾、八佾。舞分初獻、亞獻、終獻三段。

侌 陰的古文。

侖 ㄌㄨㄣˊ lun^{2} 音輪
自我反省。

5【侖目】 ㄌㄨㄣˊ ㄇㄨˋ
(Röntgen equivalent mammal; rem)輻射線對人體產生效應的劑量單位。就職業工作劑量而言，政府規定每人每年所累積的輻射線不能超過五侖目。一般都以毫侖目爲計量單位，1毫侖目＝10^{-3}侖目。據估計：人體全身受到450個侖目的劑量時，約有50％的死亡率。

12【侖琴】 ㄌㄨㄣˊ ㄑㄧㄣˊ
1(Wilhelm Konrad Röntgen, 1845～1923)'德國'物理學家。於西元1895年發現愛克斯光，1901年得到'諾貝爾'物理獎。2(röntgen)代號爲R。照射併用單位。等於258/1000000庫侖每公斤(C/kg)。

侖琴像

7

俎 ㄗㄨˇ tsu^{3} 音阻
1古代祭祀時用來陳設牲肉的禮器。長方形，木製，外加漆飾。如：俎豆。2用來切肉的砧板。如：俎上肉。3姓。'明'有'俎有用'。見"萬姓統譜‧七八"。

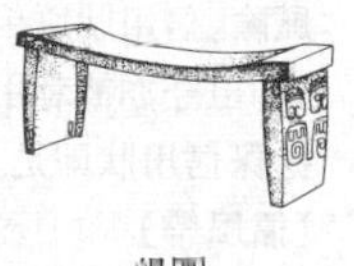
俎圖

7【俎豆】 ㄗㄨˇ ㄉㄡˋ
本爲古代祭祀時，盛祭品的兩種器物。引申爲祭祀。

3【俎上肉】 ㄗㄨˇ ㄕㄤˋ ㄖㄡˋ
切菜板上的肉。比喻任人宰割。

7【俎豆馨香】 ㄗㄨˇ ㄉㄡˋ ㄒㄧㄣ ㄒㄧㄤ
流芳久遠，受到祭祀崇拜。

俕 ㄙㄢˋ san^{4} 音散
參僋俕。

信 一 ㄒㄧㄣˋ hsin^{4} 音釁
1誠實；眞誠。2實在的；必定的。3聽從；不疑。4符契；憑證。5消息；書札。6放任；隨意。7兩宿。
二 ㄕㄣ shên^{1} 音申
1伸展。通伸。2陳述。通申。

4【信手】 ㄒㄧㄣˋ ㄕㄡˇ
隨手。

5【信史】 ㄒㄧㄣˋ ㄕˇ
可靠的歷史。

【信用】 ㄒㄧㄣˋ ㄩㄥˋ
1遵守諾言的美德。2以誠信用人。

6【信守】 ㄒㄧㄣˋ ㄕㄡˇ
遵守。

【信仰】 ㄒㄧㄣˋ ㄧㄤˇ
對思想或宗教的信服和尊崇。

7【信步】 ㄒㄧㄣˋ ㄅㄨˋ
漫步；隨意行走。

8【信服】 ㄒㄧㄣˋ ˙ㄈㄨ
1誠心折服。2信任服從。

【信物】 ㄒㄧㄣˋ ㄨˋ
供作憑證的物品。

【信念】 ㄒㄧㄣˋ ㄋㄧㄢˋ
(belief)1對某一個人、某一思想，或某一事物產生信賴或效忠的心理狀態。2認定某一事物爲眞實的一種感覺或信心。3被認定爲眞而加以接受的意見。

9【信度】 ㄒㄧㄣˋ ㄉㄨˋ
(reliability)一測驗對同一受試者測試結果的一致性或穩定性。驗證某測驗之信度通常可採用重測、複本、分半等方法。

【信風】 ㄒㄧㄣˋ ㄈㄥ
(trade wind)行星風系的一種低緯度盛行風，由副熱帶高壓帶吹向赤道低壓槽的穩定風系。在昔日帆船時代，因其風向經年極爲穩定，適宜海上貿易，故又稱貿易風。參信風帶。

10【信託】 ㄒㄧㄣˋ ㄊㄨㄛ
1誠實可靠，足以託事。2指財產所有人將財產權移轉給其所信任之他人，由後者按照指定用途與條件進行管理或處分，並將所生的利益歸財產所有人或其指定的第三人的行爲。例如證券所有人某甲，將證券委託某乙，請乙代爲管理處分，此舉乃因甲相信乙能代其管理經營，以獲較高的利益。信託的當事人爲：一、信託人，二、受託人，三、受益人。信託行爲之成立，以信任爲基礎，以財產權爲對象，以享受信託財產所生的利益爲目的，並以財產權的移轉爲要件。

【信差】 ㄒㄧㄣˋ ㄔㄞ
1泛指送信的人。2專指郵政機構的郵務士。即郵差。

【信馬】ㄒㄧㄣˋ ㄇㄚˇ
任馬隨意行走。

【信息】ㄒㄧㄣˋ ㄒㄧˊ
音訊;消息。

【信徒】ㄒㄧㄣˋ ㄊㄨˊ
信仰某種主義或宗教的人。

11【信宿】ㄒㄧㄣˋ ㄙㄨˋ
經過兩夜。

【信條】ㄒㄧㄣˋ ㄊㄧㄠˊ
共同信守的規章條約。

13【信匯】ㄒㄧㄣˋ ㄏㄨㄟˋ
(mail transfer; M/T)又稱條匯。爲順匯的一種。即以郵信委託通匯銀行付款給收款人的匯兌方法。匯款人塡具匯款申請書,註明收款人姓名、地址,連同匯款金額及匯費一併繳付匯款銀行,匯款銀行即繕具付款委託書,寄交收款人所在地之分支行或往來行(通匯銀行),請其轉知收款人,收款人持通知書即可向該分支行或往來行領款。

【信號】ㄒㄧㄣˋ ㄏㄠˋ
借以代替語言,傳達訊息或命令的標誌。

14【信管】ㄒㄧㄣˋ ㄍㄨㄢˇ
(fuze)含爆炸成分,可導引彈藥連續射擊或爆炸的裝置。定時信管即可預先設定於某時間引爆。利用這種原理可使砲彈有適當的炸高,以收良好的殺傷效果。

16【信賴】ㄒㄧㄣˋ ㄌㄞˋ
信任依賴。

21【信譽】ㄒㄧㄣˋ ㄩˋ
信用和聲譽。

5【信用卡】ㄒㄧㄣˋ ㄩㄥˋ ㄎㄚˇ
(credit card)購物記帳的憑證。爲一種代用貨幣,因爲是塑膠作的卡片,也叫塑膠貨幣。由銀行經過徵信發給使用者,到所指定的公司購物消費,每次有最高的限額,每月結帳,由銀行在使用者存款戶頭中扣除。

【信用狀】ㄒㄧㄣˋ ㄩㄥˋ ㄓㄨㄤˋ
(letter of credit;L/C)係指銀行應客戶(通常爲買方)之請求與指示,向第三人(通常爲賣方)所簽發的一種文件。在該文件中,銀行對該第三人承諾:將在一定條件下,代其客戶負起支付一定款項的責任。此一定條件乃謂該第三人能提示信用狀中所要求的匯票及(或)單證(如商業發票、提單、保險單證等),且符合信用狀上所規定條件。信用狀係以銀行信用代替客戶(買方)信用的工具,以免除第三人(賣方)收不到款項之風險。信用狀原用以淸償貿易價款,但今亦被利用於保證方面,如擔保信用狀即是。

9【信風帶】ㄒㄧㄣˋ ㄈㄥ ㄉㄞˋ
(belts of trade winds)行星風系中的一個風帶。南、北半球各有一個,位於緯度5°~25°之間。這種向赤道方向吹送的風,因受地球自轉的'科'氏力影響,在北半球爲東北信風,南半球爲東南信風。信風帶的位置隨著季節變化,在緯度上略有推移,夏季略向北移,冬季略向南移。

10【信託人】ㄒㄧㄣˋ ㄊㄨㄛ ㄖㄣˊ
(trustor)又稱委託人。指在信託交易中,以其財產委託受託人管理及處分的一方。可爲自然人,亦可爲法人。

11【信陵君】ㄒㄧㄣˋ ㄌㄧㄥˊ ㄐㄩㄣ
(?~前243)'戰國'四公子之一。'魏昭王'少子,'安釐王'之弟。名'無忌','信陵君'爲其封號。仁而下士,有食客三千人。屢次破'秦國'的侵略,救'趙'存'魏'。後被讒而不受'魏王'重用,多近酒色而卒。

13【信號彈】ㄒㄧㄣˋ ㄏㄠˋ ㄉㄢˋ
(signal flare)自地面或飛機上所發射的煙火信號。信號彈能發出特別色彩或光芒,以表示特定意義。

16【信賴度】ㄒㄧㄣˋ ㄌㄞˋ ㄉㄨˋ
(reliability)在指定的使用條件下、使用期間內,產品能依規格要求發揮其應有之功能的機率。

3【信口而出】ㄒㄧㄣˋ ㄎㄡˇ ㄦˊ ㄔㄨ
不假思索隨口說出。

【信口開河】ㄒㄧㄣˋ ㄎㄡˇ ㄎㄞ ㄏㄜˊ
隨口亂說。

【信口雌黃】ㄒㄧㄣˋ ㄎㄡˇ ㄘˊ ㄏㄨㄤˊ
任意亂說,不符事實。

4【信手把筆】ㄒㄧㄣˋ ㄕㄡˇ ㄅㄚˇ ㄅㄧˇ
隨意提筆書寫。

【信手拈來】ㄒㄧㄣˋ ㄕㄡˇ ㄋㄧㄢˊ ㄌㄞˊ
隨意下筆。比喻作文、寫字不假思索,自然合拍。

5【信用放款】ㄒㄧㄣˋ ㄩㄥˋ ㄈㄤˋ ㄎㄨㄢˇ
(fiduciary loan)又稱無抵押品放款。即完全以借款人的信用爲基礎而無抵押品的放款。可分個人信用及保證人信用兩種:前者僅憑借款人個人信用,風險極大,除非借款人信用昭著,一般不輕易承做。後者較爲穩健,如借款人到期無法償還借款時,應由保證人負責償付。信用放款一般均爲短期性放款。

【信用風險】ㄒㄧㄣˋ ㄩㄥˋ ㄈㄥ ㄒㄧㄢˇ
(credit risks)又稱信用危險。因買方不履行買賣契約中的付款條件而生的風險。可分爲無力付款與拒絕付款兩種。無力付款的風險指因買方破產或其他原因致無力付款的破產風險或呆帳風險。拒絕付款的風險指因買方不守信用或不法行爲而拒付,及因賣方的違約而造成買方拒付兩種。在國際貿易中,可投保輸出保險,而將信用風險轉嫁出去。

【信用保險】ㄒㄧㄣˋ ㄩㄥˋ ㄅㄠˇ ㄒㄧㄢˇ
(credit insurance)承保債權人因債務人拒絕償付或不能償付所受的損失,由保險人負補償責任的保險。通常有商品信用保險、金融信用保險及抵押信用保險等數種。

6【信守不渝】ㄒㄧㄣˋ ㄕㄡˇ ㄅㄨˋ ㄩˊ

堅守不變。

【信而有徵】ㄒㄧㄣˋ ㄦˊ ㄧㄡˇ ㄓㄥ

可信且有徵驗。

【信而好古】ㄒㄧㄣˋ ㄦˊ ㄏㄠˋ ㄍㄨˇ

考信古籍,且愛好古人之道。

8【信函求償】ㄒㄧㄣˋ ㄏㄢˊ ㄑㄧㄡˊ ㄔㄤˊ

(mail reimbursement) 在償還信用狀下承兌銀行、付款銀行或押匯銀行於付(墊)款後,以信函(或附上以償付銀行爲付款人之匯票、收據)向償付銀行請求歸還其所付(墊)的款項的求償方法。

10【信託占有】ㄒㄧㄣˋ ㄊㄨㄛ ㄓㄢˋ ㄧㄡˇ

信託占有是信託人供給受託人資金或信用,並以原供信託之動產標的物所有權爲債權之擔保,而受託人依信託收據占有處分標的物之交易。受託人不照約定清償債務,或未經信託人同意將標的物遷移他處,或將標的物出質或設定抵押權,或不依約定之方法處分標的物者,信託人得取回占有標的物。信託人同意受託人出賣標的物者,不論已否登記,信託人不負出賣人之責任,或因受託人處分標的物所生債務之一切責任。信託人不得以擔保債權標的物之所有權對抗標的物之買受人,但約定附有限制處分條款或清償方法者,對於知情之買受人不在此限。經依動產擔保交易法設定抵押之動產,不得爲信託占有之標的物,否則其信託收據無效。

【信託行爲】ㄒㄧㄣˋ ㄊㄨㄛ ㄒㄧㄥˊ ㄨㄟˊ

當事人爲達成一定經濟目的,僅於對外關係將超過其目的之財產移轉於相對人,使其爲權利人;惟於內部關係則約束相對人,使其僅於該經濟目的之範圍內,依據該行爲之本旨行使其權利之法律行爲。信託行爲可分二類:一、擔保信託,以擔保債權爲目的,將擔保物所有權轉與債權人,使債權人在擔保目的範圍內取得擔保物所有權之信託讓與。二、管理信託,以管理財產或收取債權爲目的,由信託人將物之所有權或債權移轉於受託人。受託人在對外關係上是受託財產之眞正權利人,若違反信託義務,將受託財產讓與第三人或爲其他處分行爲,則不論第三人是否善意,處分行爲完全有效;但信託人得向受託人請求因其違反信託義務所受損害之賠償。

【信託資金】ㄒㄧㄣˋ ㄊㄨㄛ ㄗ ㄐㄧㄣ

(trust funds) 指銀行以受託人地位收受信託款項,依照信託契約約定的條件,爲信託人指定的受益人的利益而經營的資金。此類資金大體可分由信託人指定用途者和由信託公司代爲確定用途者兩類。

【信託業務】ㄒㄧㄣˋ ㄊㄨㄛ ㄧㄝˋ ㄨˋ

銀行以受託人的地位,按照特定目的收受、經理及運用客戶所信託的資金或財產的業務。從信託人(即委託人)所收受的資金或財產,銀行僅以受託人的地位予以營運,與銀行本身的資產、負債應有所劃分,必須獨立設帳處理。

14【信誓旦旦】ㄒㄧㄣˋ ㄕˋ ㄉㄢˋ ㄉㄢˋ

以誠懇的態度立下誓言。

15【信賞必罰】ㄒㄧㄣˋ ㄕㄤˇ ㄅㄧˋ ㄈㄚˊ

有功必賞,有過必罰。指賞罰嚴明。也指法令有絕對權威,不容置疑。

5【信用備咨人】ㄒㄧㄣˋ ㄩㄥˋ ㄅㄟˋ ㄗ ㄖㄣˊ

(credit reference) 又稱信用備詢人或信用參證。指進行國際貿易之前,買賣雙方爲了解彼此的信用情形,而互相告知以備咨詢調查的第三者名號。通常有二種:一爲銀行,即銀行備咨。一爲對方所熟悉的同業或商號,稱爲商號備咨。

13【信號產生器】ㄒㄧㄣˋ ㄏㄠˋ ㄔㄢˇ ㄕㄥ ㄑㄧˋ

(signal generator; SG) 產生特定波型、頻率、大小調變度及調變頻率的電信信號的儀器。通常用來測試接收機及放大器的特性。

【信號雜音比】ㄒㄧㄣˋ ㄏㄠˋ ㄗㄚˊ ㄧㄣ ㄅㄧˇ

(signal to noise ratio; SNR) 信號與其中的雜音之比值。符號爲S/N。在脈衝噪音中通常取其峰值,而在混亂噪音中則取均方根值。此值通常以分貝表示,並可爲傳輸系統中帶寬(bandwidth)之函數。欲能清楚地分辨信號,S/N至少應大於3。立體音響之放大器,其S/N須在40分貝以上。

10【信託投資公司】ㄒㄧㄣˋ ㄊㄨㄛ ㄊㄡˊ ㄗ ㄍㄨㄥ ㄙ

(investment and trust company) 以受託人地位,按照特定目的收受、經理及運用信託資金與經營信託財產,或以中間人的地位,從事與資本市場有關特定目的的投資的金融機構。信託投資公司的主要特質,在其以受託人或中間人的地位,取得以中長期資金爲主的資金來源,並依特定目的從事中長期資金的融通及投資。

【信託資金準備】ㄒㄧㄣˋ ㄊㄨㄛ ㄗ ㄐㄧㄣ ㄓㄨㄣˇ ㄅㄟˋ

爲信託投資公司按其各種信託資金契約總值,依照'中央銀行'核定的比率(15%~20%的範圍內),以現金或'中央銀行'認可的有價證券繳存'中央銀行',除作爲公司違反法令規章或信託契約條款致受益人遭受損失賠償之用外，並可用以應付流動能力的不足(例如擠提現款的危機)。

5【信用狀統一慣例】 ㄒㄧㄣˋ ㄩㄥˋ ㄓㄨㄤˋ ㄊㄨㄥˇ ㄧ ㄍㄨㄢˋ ㄌㄧˋ
(Uniform Customs and Practice for Documentary Credits; UCP)係'國際商會'為統一國際間的信用狀處理方法、習慣、術語解釋及各當事人權利、義務、責任範圍，而制訂的規則。俾以供信用狀項下交易當事人遵循，免除因地域關係之不同法律、不同商業習慣而發生之爭執。該慣例制定於西元1933年，目前通用者為1983年修訂，1984年10月開始實施者。該慣例雖非國際條約，亦不具法律性質，但今之信用狀上幾乎均載明適用之，故已成為信用狀交易之統一規範，且具有國際貿易習慣法之地位。

10【信託與代理基金】 ㄒㄧㄣˋ ㄊㄨㄛ ㄩˇ ㄉㄞˋ ㄌㄧˇ ㄐㄧ ㄐㄧㄣ
政府機關以受託人或代理者身分為某機關、團體或私人之利益，依所定條件掌有其資產，並予以管理、運用或處分者。

俍 ㊀ ㄌㄧㄤˊ *liang*² 音良
良善；完美。
㊁ ㄌㄤˊ *lang*² 音狼
參俍人。

2【俍人】 ㄌㄤˊ ㄖㄣˊ
我國少數民族之一。分布於'廣西省''南丹'、'百壽'、'雒容'、'羅城'、'柳城'、'忻城'等縣。人口及生活習俗均未詳。

俦 儔的俗體。

侼 ㄅㄛˊ *po*² 音勃
倔強；怨懟。見"方言·一二"。

俅 ㄑㄧㄡˊ *ch'iu*² 音求
古代冠飾端整的樣子。見"說文"。

3【俅子】 ㄑㄧㄡˊ ·ㄗ
我國少數民族之一。也作'曲子'，自稱'獨龍'(Trung)。分布在'雲南省''恩梅開江'上源'毒龍河流域'。人口約有4,700人(1982年)。生活習俗不詳。

侵 ㊀ ㄑㄧㄣ *ch'in*¹ 音親
[1]漸進。[2]掠取；陵犯。[3]損害；毀傷。[4]剝削。
㊁ ㄑㄧㄣˇ *ch'in*³ 音寢
容貌不揚。如：貌侵。

5【侵犯】 ㄑㄧㄣ ㄈㄢˋ
侵淩冒犯。

6【侵牟】 ㄑㄧㄣ ㄇㄡˊ
掠奪殘害。

11【侵掠】 ㄑㄧㄣ ㄌㄩㄝˋ
用強橫的力量奪取。

【侵陵】 ㄑㄧㄣ ㄌㄧㄥˊ
侵犯欺陵。也作侵凌。

【侵略】 ㄑㄧㄣ ㄌㄩㄝˋ
(aggression) 依據'聯合國大會'於西元1974年12月14日通過乙項關於侵略定義之決議，侵略是指一個國家使用武力侵犯另一國家的主權、領土完整或政治獨立，或以與"聯合國憲章"不符的任何其他方式使用武力。依據國際法的原則，因侵略行為而取得的任何領土或特別利益，均不得承認為合法。

14【侵漁】 ㄑㄧㄣ ㄩˊ
掠奪他人財物。

【侵蝕】 ㄑㄧㄣ ㄕˊ
[1]漸次侵占。[2](erosion)流水、風、冰河等引起地面消磨流失的現象。可分為自然環境下岩石、土壤的正常侵蝕，和人類改變地面所引起的加速侵蝕兩大類。

16【侵曉】 ㄑㄧㄣ ㄒㄧㄠˇ
天將亮的時候。也作侵晨、侵旦。

22【侵襲】 ㄑㄧㄣ ㄒㄧˊ
侵入；侵害。

5【侵占罪】 ㄑㄧㄣ ㄓㄢˋ ㄗㄨㄟˋ
指不法取得自己持有他人之物的犯罪。其主體為持有他人之物之人，此持有關係之發生，有依法令之規定，有依契約或其他事實上或法律上之行為者，因此本罪為身分犯。侵占罪之行為客體，為自己持有之他人之物，包括動產及不動產，但單純權利或財產上不法利益則不得解為侵占罪之行為客體。自己之所有物，縱經查封，亦非本罪之客體，但持有之共有物或違禁物或因不法原因而持有之他人之物則得成為本罪之客體。本罪之犯罪類型有普通侵占罪、公務公益侵占罪、業務侵占罪、侵占遺失物及侵占電氣罪。本罪以「不法所有之意圖」為主觀違法要素，於以作為或不作為變更持有為不法所有時，其侵占行為即為既遂。

2【侵人犯規】 ㄑㄧㄣ ㄖㄣˊ ㄈㄢˋ ㄍㄨㄟ
籃球比賽時，球員與對方發生身體接觸，稱為侵人犯規。如阻擋前進，或用手推、拉、撞、絆等動作。判對方罰球或界外傳球，如正在投籃時犯規，球中算分，再加罰一次；如投籃不中則罰球兩次，如有一次或二次未罰中，再加罰一次。

14【侵蝕基準】 ㄑㄧㄣ ㄕˊ ㄐㄧ ㄓㄨㄣˇ
(base-level of erosion)河流侵蝕河床的最低基準，亦即流水再無力更向下侵蝕的最低下限面。一般而言，所有河流終歸注入海洋，所以海面是理論上的終極侵蝕基準，稱為永久侵蝕基準面。事實上，一條支流注入主流，或注入湖泊的河流，它們就分別以河面和湖面做為臨時侵蝕基準。一條河流要侵蝕達到基準，必須極長的時間，但是一旦到達，河流的削平作用也就停止了。

【侵蝕輪迴】 ㄑㄧㄣ ㄕˊ ㄌㄨㄣˊ ㄏㄨㄟˊ
(cycle of erosion)指地形發育由幼年期經壯年期到老年期的演變序列。為'美國'地形學家'戴維斯'(W. M. Davis)於西元1902年所創的地形演變學說。認爲地形在開始時,尖銳山峰遍布,河流下蝕作用特強,瀑布、急灘到處可見,是爲幼年期。接著河流側蝕作用加強,河谷開展,坡度轉小,瀑布、急灘消失,是爲壯年期。之後,河流的水流逐漸無力,河谷寬淺,侵蝕和堆積作用幾乎停頓,終於形成相當廣大而緩和起伏的準平原,是爲老年期。此時地形演變乃完成了一個循環。但當侵蝕基準面下移時,河川的侵蝕力復活,地形的演變又進入第二個輪迴。

22【侵權行爲】 ㄑㄧㄣ ㄑㄩㄢˊ ㄒㄧㄥˊ ㄨㄟˊ

指因故意或過失,不法侵害他人權利或利益之行爲。其成立要件有:一、須有加害行爲。二、加害行爲須爲不法。三、須侵害他人之權利或利益。四、須致生損害之結果。五、行爲人須有責任能力——亦即須有識別能力,但不以有行爲能力爲必要。六、須行爲人有故意或過失。原則上,侵權行爲採過失責任主義,但爲增加被害人求償機會,加強企業主體之社會責任,有逐漸從過失責任主義(包括推定過失)、衡平責任向無過失責任主義發展的傾向。例如核子損害賠償責任、礦場主人責任、民用航空器所有人責任等均已採無過失責任。而爲分化無過失責任主義下侵權行爲人之重大負擔,必須發展責任保險制度。因侵權行爲所生之損害賠償請求權,自請求權人知有損害及賠償義務人時起,二年間不行使而消滅,自有侵權行爲時逾十年者,亦同。

【侵襲性檢查】 ㄑㄧㄣ ㄒㄧˊ ㄒㄧㄥˋ ㄐㄧㄢˇ ㄔㄚˊ

(invasive examination)通常指病人必須接受針穿刺、活體切片,或是核子射線傷害的檢查方法。因此醫師必須慎重從事,使病人受到最少的傷害,而對病情診斷有最大的幫助。

【侵權行爲能力】 ㄑㄧㄣ ㄑㄩㄢˊ ㄒㄧㄥˊ ㄨㄟˊ ㄋㄥˊ ㄌㄧˋ

不法侵害他人權利時,能負損害賠償責任的資格。“民法”第一百八十四條第一項規定:「因故意或過失不法侵害他人之權利者,負損害賠償責任。故意以背於善良風俗之方法,加損害於他人者亦同。」所謂故意或過失係一種意思狀態,必須其人有識別之精神能力(或稱識別能力)始有故意或過失可言,反之,則否。例如未滿七歲之人,雖無行爲能力,但有識別自己之物與他人之物的精神能力,若因故意或過失損壞他人之物,仍應負侵權行爲責任,而由該無行爲能力人與其法定代理人連帶負損害賠償責任。若該無行爲能力人於損壞他人之物時,亦欠缺識別能力,則不負侵權行爲責任,而由其法定代理人負損害賠償責任。法人就其董事或其他有代表權之人因執行職務所加於他人之損害,與該行爲人連帶負賠償之責任。

俥 ㄐㄩ *chü*^{1} 音居
象棋帥方的車。

俌 ㄈㄨˇ *fu*^{3} 音甫
輔助。同輔。見“說文”。

便 ㊀ ㄅㄧㄢˋ *pien*^{4} 音變
[1]安寧。見“說文”。[2]有利;有好處。[3]適宜。[4]熟悉。[5]乘某事的方便而順帶去做。如:順便。[6]簡單;平常。[7]尿;糞。[8]就;立即。

㊁ ㄆㄧㄢˊ *p'ien*^{2} 音駢
[1]巧辯。如:便佞。[2]廉價。如:便宜。

5【便民】 ㄅㄧㄢˋ ㄇㄧㄣˊ
方便人民;使人民獲得便利。

6【便衣】 ㄅㄧㄢˋ ㄧ
[1]平時所穿的簡便衣服。[2]指不穿制服的特務。

7【便利】 ㄅㄧㄢˋ ㄌㄧˋ
[1]方便;順利。如:便利百姓。[2]快速。

【便佞】 ㄆㄧㄢˊ ㄋㄧㄥˋ
口才辯巧,善於逢迎,而所言不實。

8【便宜】 ㊀ㄅㄧㄢˋ ㄧˊ
[1]便利而合宜。特指對國家有利的事。[2]自行斟酌,不必事事請示。

㊁ㄆㄧㄢˊ ·ㄧ
[1]好處;利益。[2]物價低廉。

【便服】 ㄅㄧㄢˋ ㄈㄨˊ
指日常所穿的簡便服裝。對制服、禮服而言。

9【便祕】 ㄅㄧㄢˋ ㄇㄧˋ
(constipation)又稱便閉、便結。由於大腸廢物中的水分被下行大腸過分吸收,致便物緩慢通過大腸,變成又硬又乾而不易排出體外的一種病症。多吃含纖維素的食物、多喝開水、定時大便,通常可以改善症狀。

10【便酌】 ㄅㄧㄢˋ ㄓㄨㄛˊ
非正式的宴席。即隨意小吃或普通酒筵。

11【便捷】 ㄅㄧㄢˋ ㄐㄧㄝˊ
便利而又快速。

13【便道】 ㄅㄧㄢˋ ㄉㄠˋ
[1]舊指馬路兩旁的道路。[2]便捷的道路;捷徑。

14【便箋】 ㄅㄧㄢˋ ㄐㄧㄢ
簡短的字條。

俉 ㄨˋ *wu*^{4} 音誤
遇到。見“集韻”。

俩 倆的俗體。

侯 ㄏㄡˊ *hou*^{2} 音喉
本作矦。[1]箭靶。見“說文”。[2]優美。見“字彙”。[3]古五等爵的第二等。見“正字通”。[4]對有爵位者的通稱。如:諸侯。[5]姓。‘戰國’有‘侯嬴’。見“史記·魏公子傳”。

4【侯方域】 ㄏㄡˊ ㄈㄤ ㄩˋ
(1618～1654)‘河南’‘商丘’人。字

‘朝宗’。‘復社’成員,與‘方以智’、‘冒襄’、‘陳貞慧’合稱四公子。入‘淸’後被迫應‘河南’鄉試。工詩文,文法‘韓’‘歐’,詩學‘杜甫’。著有“壯悔堂文集”、“四憶堂詩集”。

10【侯家莊】 ㄏㄡˊ ㄐㄧㄚ ㄓㄨㄤ
位於‘河南省’‘安陽縣’‘洹水’北岸。爲‘商’後期的王陵區。目前在其西北崗及東方的‘武官村’,共發掘十一座大墓及數以千計的小墓。建造規模宏大,隨葬器物如銅器、玉器、陶器、骨、角、貝器、木雕、石雕等等,精美而繁多。在墓坑及墓道裡發現大量殺殉的人,墓外的小墓也多爲殉人祭祀墓。

10【侯馬盟書】 ㄏㄡˊ ㄇㄚˇ ㄇㄥˊ ㄕㄨ
西元1965～1966年在‘山西省’‘侯馬鎭’東方(‘春秋’‘晉國’古城遺址東南郊區)出土的‘晉國’盟書。約有數千件。大都以朱紅顏料刻寫在玉圭和玉璜上。依誓詞內容分析,或以爲是主盟人‘趙簡子’(‘趙鞅’)與卿大夫之間的盟約。

12【侯景之亂】 ㄏㄡˊ ㄐㄧㄥˇ ㄓ ㄌㄨㄢˋ
‘南朝’‘梁武帝’末年,‘東魏’大將‘侯景’投降‘梁朝’,受封爲‘南豫州’牧。當時‘梁’屢爲‘東魏’所敗,‘武帝’謀與‘東魏’聯和,‘景’恐懼,遂於‘太淸’二年(548)舉兵叛變,‘武帝’憂恚而崩。‘景’立‘簡文帝’,自爲丞相,旋爲‘王僧辯’、‘陳霸先’所平。

8【侯門深似海】 ㄏㄡˊ ㄇㄣˊ ㄕㄣ ㄙˋ ㄏㄞˇ
形容顯貴豪富的大家宅第,深廣如海,出入不易。

侷 ㄐㄩˊ *chü*² 音局
參侷促。

9【侷限】 ㄐㄩˊ ㄒㄧㄢˋ
限制。

【侷促】 ㄐㄩˊ ㄘㄨˋ
①狹窄。②受拘束不能自由舒展的樣子。

侾 ㄒㄧㄠ *hsiao*¹ 音哮
參侾佬。

8【侾佬】 ㄒㄧㄠ ㄌㄧㄠˊ
大的樣子。見“集韻”。

俑 ㄩㄥˇ *yung*³ 音勇
古代用以殉葬的偶人。

俓 ㊀ ㄧㄥˊ *ying*² 音迎
急速。見“廣韻”。
㊁ ㄐㄧㄥˋ *ching*⁴ 音敬
①平直。②經過。

俠 ㊀ ㄒㄧㄚˊ *hsia*² 音狹
①仗義抱不平,以氣力助人。②仗義助人的人。③姓。‘戰國’有‘俠累’。見“史記·韓世家”。
㊁ ㄐㄧㄚˊ *chia*² 音夾
並;夾住。通夾。見“字彙”。

10【俠骨柔腸】 ㄒㄧㄚˊ ㄍㄨˇ ㄖㄡˊ ㄔㄤˊ
既有仗義助人的風骨,又有溫柔多情的心腸。

侲 ㄓㄣˋ *chên*⁴ 音震
①養馬的人。見“方言·三”。②童子。見“說文新附”。

㑌 ㄇㄤˇ *mang*³ 音莽
不媚。見“廣韻”。

俏 ㄑㄧㄠˋ *ch'iao*⁴ 音峭
①相似。②容貌美好。③行情看漲。如:市價挺俏。④活潑;伶俐。如:俏皮。⑤簡直;完全。如:俏沒個商量餘地。

5【俏皮】 ㄑㄧㄠˋ ㄆㄧˊ
①聰明伶俐的樣子。②以幽默輕鬆的話譏刺人。如:俏皮他幾句。③輕薄刁鑽。

【俏生生】 ㄑㄧㄠˋ ㄕㄥ ㄕㄥ
輕盈俊美的樣子。

8【俏佳人】 ㄑㄧㄠˋ ㄐㄧㄚ ㄖㄣˊ
美女。

10【俏冤家】 ㄑㄧㄠˋ ㄩㄢ ㄐㄧㄚ
對心愛人的暱稱。

俚 ㄌㄧˇ *li*³ 音里
①聊;賴。如:無俚之至。②鄙俗。如:質而不俚。③通俗的。如:俚歌。

6【俚曲】 ㄌㄧˇ ㄑㄩˇ
民間的歌曲。也作俚歌。

9【俚俗】 ㄌㄧˇ ㄙㄨˊ
通俗;庸俗。

14【俚語】 ㄌㄧˇ ㄩˇ
俗語。常帶有方言性。也作俚言。

【俚歌】 ㄌㄧˇ ㄍㄜ
民間的歌謠。

俔 ㊀ ㄑㄧㄢˋ *ch'ien*⁴ 音欠
譬喩;好比。見“廣韻”。
㊁ ㄒㄧㄢˋ *hsien*⁴ 音現
①間諜。見“字彙”。②船上用以測風的器具。見“說文通訓定聲”。

俜 ㄆㄧㄥ *p'ing*¹ 音乒
夾持。見“廣雅·釋詁”。

俋 ㄧˋ *i*⁴ 音異
參俋俋。

9【俋俋】 ㄧˋ ㄧˋ
勇壯的樣子。見“集韻”。

保 ㄅㄠˇ *pao*³ 音寶
①養育調護。如:保養。②守衛。如:保衛疆土。③負責。如:擔保。④庇佑。如:保佑。⑤傭工。如:酒保。⑥舊日地方行政最基層的單位。相當於現在的里。如:保甲。

5【保甲】 ㄅㄠˇ ㄐㄧㄚˇ
參保甲法。

6【保守】 ㄅㄠˇ ㄕㄡˇ
保持現狀,不思變革。

【保安】 ㄅㄠˇ ㄢ
①保護地方的安寧。②舊縣名。在今‘陝西省’‘延安縣’。③族名。‘蒙古族’的一支。分布在‘甘肅省’‘蘭州市’西南‘臨夏縣’‘大河家’地區,以農業及手工業爲生,信奉回教。

【保全】 ㄅㄠˇ ㄑㄩㄢˊ
指債權人爲確保其債權獲得淸償,用以防止債務人減少責任財產的手段。關於債權人之代位權應依“民法”第二百四十二條「債務人怠於行使其權利時,債權人因保全債權,得以自己之名義行使其權利,但專屬於債務人本身者,不在此限」之規定,非於債務人負遲延責任時,不得行使,但專爲保存債務人權利之行爲,不在此限。關於債權人之撤銷權,須依

“民法”第二百四十四條「債務人所爲之無償行爲有害及債權者，債權人得聲請法院撤銷之。債務人所爲之有償行爲，於行爲時明知有損害於債權人之權利者，以受益人於受益時亦知情事爲限，債權人得聲請法院撤銷之」之規定爲之，債權人之撤銷權自債權人知有撤銷原因時起，一年間不行使，或自行爲時起經過十年而消滅。

7【保育】ㄅㄠˇ ㄩˋ
(conservation)對自然資源合理的保護、改進與利用，以確保其對人類及環境永續的、最高的經濟或社會利益。

【保防】ㄅㄠˇ ㄈㄤˊ
保守國家機密，防範敵人滲透。

【保兌】ㄅㄠˇ ㄉㄨㄟˋ
(confirmation)又稱確認。指由出口國或第三國信用卓著的銀行就開狀銀行所發之信用狀，向受益人承諾，對受益人依信用狀條件所提示的匯票及(或)單證，將與開狀銀行同樣承擔承兌、付款或讓購之責的行爲。一般多是因開狀銀行爲名不見經傳，或處於外匯短缺或政治、軍事不穩定之國家，受益人擔心信用狀不能如期兌現，乃要求由出口國或經濟、政治、軍事穩定之第三國的第一流銀行予以保兌，以確保其貨款。

【保佑】ㄅㄠˇ ㄧㄡˋ
保護扶助。

8【保姆】ㄅㄠˇ ㄇㄨˇ
替人養育或看管子女的婦女。也作保母。

9【保持】ㄅㄠˇ ㄔˊ
(retention)對早先學習材料的回憶能力。

10【保眞】ㄅㄠˇ ㄓㄣ
保全天眞本性。

【保留】ㄅㄠˇ ㄌㄧㄡˊ
(conservation)認知發展論的一術語。指孩童不因物件之外形改變遂認爲其內在特性隨之發生變化的認知能力。‘瑞士’心理學家‘皮亞傑’(J. Piaget)認爲，該能力之獲得，係孩童進入具體運思期之表徵，爲認知發展過程中之一大進展。

11【保健】ㄅㄠˇ ㄐㄧㄢˋ
維護健康。

12【保單】ㄅㄠˇ ㄉㄢ
表示對於行爲、財力或貨品的質地負責保證的單據。

14【保障】ㄅㄠˇ ㄓㄤˋ
保護；掩蔽；保衛。

【保種】ㄅㄠˇ ㄓㄨㄥˇ
保護種族；維護民族的命脈。

15【保養】ㄅㄠˇ ㄧㄤˇ
保護調養。

【保駕】ㄅㄠˇ ㄐㄧㄚˋ
保護皇帝。後也指保護重要人物的安全。

16【保險】ㄅㄠˇ ㄒㄧㄢˇ
①保證。②安全；穩當。③爲當事人約定，一方交付保險費於他方，他方對於因不可預料或不可抗力之事故所致之損害，負擔賠償財物之行爲。分爲財產保險及人身保險。財產保險因所承保之危險事故不同，主要分爲火災保險、海上保險、陸空保險、責任保險及其他財產保險。人身保險則包括人壽保險、健康保險及傷害保險。

17【保薦】ㄅㄠˇ ㄐㄧㄢˋ
保舉推薦人才。

【保舉】ㄅㄠˇ ㄐㄩˇ
長官對有才德或功績的屬員，向上級推薦，請求提升或敘獎。

18【保藏】ㄅㄠˇ ㄘㄤˊ
(preservation)抑制或延緩食品變壞的處理方法。短期保藏者應儘量保持動、植物的生活體，食用前才屠宰或摘取，若需事先調理，則應清洗、冷卻之。長期保藏者，需控制影響食品之因素，如微生物、酵素、空氣、水分、溫度等。可用加熱密封(如罐裝)、低溫處理(如冷藏)、去除水分(如脫水蔬菜)、滲透作用(如蜜餞)、燻製、pH值之調整(如酸菜)、添加化學藥品(如防腐劑)、放射線之照射及去氧等方法。

19【保證】ㄅㄠˇ ㄓㄥˋ
①負責；擔保。②指當事人約定，一方於他方之債務人不履行債務時，由其代負履行責任之契約。保證契約之當事人爲債權人與保證人，不包括主債務人。公司爲保證人時，須依其他法律或公司章程規定，以保證爲業務者始得爲之，否則對於公司不生效力，而由公司負責人單獨負責。保證契約爲不要式契約，意思合致時即成立生效，雖習慣上常立有保證書，但並非契約之要件。保證債務具有從屬性及補充性，保證人具有先訴抗辯權，主債務人所有之抗辯，保證人均得主張之，雖主債務人拋棄其抗辯，保證人仍得主張。但保證人對於因錯誤或行爲能力之欠缺而無效之債務，如知其情事而爲保證者，其保證仍爲有效。保證人向債權人爲清償後，債權人對於主債務人之債權，於其清償之限度內，移轉與保證人。

【保羅】ㄅㄠˇ ㄌㄨㄛˊ
(Paul)或譯作‘保祿’，在未皈依基督前名‘掃祿’。約生於西元2年或3年，出生地爲中東，父母爲‘猶太’人，生來即爲‘羅馬’公民。‘耶穌’死後，他一本對‘猶太’教和祖傳法律的熱誠，竭力迫害基督的教會。36年在往‘大馬士革’的途中，據說他在異光中見到‘耶穌’，使他剎那間變爲基督的宗徒。他宣傳‘耶穌’的福音，足遍整個中東地區，並在‘羅馬’、‘義大利’、‘西班牙’各國奠定了天主教的基礎。

【保鏢】ㄅㄠˇ ㄅㄧㄠ
①古代接受客商委託，派遣武師保護客人以及財物安全的行業。也作保鑣。②今俗稱私人雇用的

護衛。

20【保釋】　ㄅㄠˇ　ㄕˋ

係以前"刑事訴訟法"之用語。現行"刑事訴訟法"稱爲具保。指刑事被告,經檢察官或法院之同意,出具保證書或提供保證金,停止羈押。

3【保久乳】　ㄅㄠˇ　ㄐㄧㄡˇ　ㄖㄨˇ

(long life milk) 也稱滅菌乳(sterilized milk)。牛乳經高溫殺菌處理,將微生物及孢子完全消滅,得以在室溫長久保存者。

5【保甲法】　ㄅㄠˇ　ㄐㄧㄚˇ　ㄈㄚˇ

古代地方組織用以管理人民的戶籍編制。'宋神宗''熙寧'年間'王安石'始創。以十家爲保,選一人爲保長;五十家爲一大保,選一人爲大保長;十大保爲一都保,選眾所服者爲都保正及副都保正。戶有二丁以上者選一人爲保丁,教以武事,平時備盜,有事徵發,以達到兵民合一、提高軍隊素質的目的。

6【保守黨】　ㄅㄠˇ　ㄕㄡˇ　ㄉㄤˇ

'英國'主要政黨之一。'英國'在光榮革命前後,出現'保皇黨'(Cavaliers)以及'圓顱黨'(Roundheads)。後'保皇黨'演變成'托利黨'(The Tories);'圓顱黨'演變成爲'恢格黨'(The Whigs)。西元1832年'恢格黨'提出大改革法案,通過後之二、三十年內,'英國'政黨陣容又幾經調整,'恢格黨'成爲'自由黨'(The Liberals),'托利黨'成爲'保守黨'(The Conservatives),出現兩黨相互對峙之局。大致而言,'保守黨'在農村有堅強雄厚之基礎,在城市的中產階級人士,亦爲該黨之有力支柱。'自由黨'則以資產階級人物爲中堅,此外又大量吸收工廠、礦場方面經濟情況較佳之份子。約自1918年起,'自由黨'分裂爲兩派;而'勞工黨'(The Labour)則大約崛起於此時。所以自1920年以後之若干年內,'英國'政治乃表現爲三黨互峙局面。直至二次世界大戰之後,始又再恢復兩黨('保守黨'與'勞工黨')更迭執政之常軌。縱觀近代'英國'政黨發展之經過,雖通常均呈兩黨對峙局面,然大致而言,十八世紀爲'恢格黨'之全盛時期;十九世紀則以'自由黨'之勢力爲最盛;而二十世紀則爲'保守黨'之全盛時期,同時'勞工黨'取代'自由黨'之地位,而與'保守黨'抗衡。

【保安林】　ㄅㄠˇ　ㄢ　ㄌㄧㄣˊ

以保護水土爲經營目的的森林。包括用以涵養水源、鞏固土砂、防止飛砂、保護漁業、禦防水患、防備潮害、防止墜石等森林。

【保色劑】　ㄅㄠˇ　ㄙㄜˋ　ㄐㄧˋ

(color fasting agent)食品添加物的一種。其本身沒有顏色,但添加後可將食品之色素固定或使之發色。主要用於肉類製品,因肉類本身有肌紅蛋白色素,與空氣接觸易氧化成褐色,而添加硝酸鹽可變爲安定美麗的硝化肌紅蛋白。'衛生署'許可之保色劑有亞硝酸鉀、亞硝酸鈉、硝酸鉀、硝酸鈉四種。其使用範圍與限量是以亞硝酸鹽 (NO_2) 的殘留量計算,香腸、火腿爲0.05克/公斤以下,其他肉製品0.07克/公斤以下。

8【保固金】　ㄅㄠˇ　ㄍㄨˋ　ㄐㄧㄣ

(retention money)業主招商投標某工程時,爲了保固竣工後的工程,於投標須知內訂定竣工後某段期限內爲保固期,並規定承包商應繳交定額之款項作爲保固金,用來擔保修復任何工程瑕疵,否則業主有權動用該保固金另僱工修復,俟保固期屆滿時,承包商方可無息領回剩餘之保固金。

10【保馬法】　ㄅㄠˇ　ㄇㄚˇ　ㄈㄚˇ

'宋神宗''熙寧'年間'王安石'所創整軍新法。令畿輔及'陝西'、'河北'、'河東'諸路人民飼養官馬,政府給予免稅優待,以備禦'遼'、'夏'騎兵。又置軍器監,招募良工監造並改良武器,以加強戰力。

【保留字】　ㄅㄠˇ　ㄌㄧㄡˊ　ㄗˋ

(reserved word) 一電腦語言中某些字符之意義在此電腦語言設計時就訂定,不能做爲其他用途,這類字符稱爲保留字。

【保留地】　ㄅㄠˇ　ㄌㄧㄡˊ　ㄉㄧˋ

(land reserve) 指政府爲將來特定的用途而劃定、保留或限制使用的土地。如保留將來作公共設施用地的公共設施保留地;保留專供山胞使用的山地保留地。

12【保結書】　ㄅㄠˇ　ㄐㄧㄝˊ　ㄕㄨ

(letter of indemnity; L/I) 又稱認賠書、損害賠償約定書、擔保提貨書、賠償擔保書、補償狀。在三種情形下使用:一、信用狀受益人所提示之單證有瑕疵,不盡符合信用狀條件時,受益人向押匯銀行出具一約定書,承諾押匯銀行若因受理與信用狀條件不符之單證致蒙受損失時,簽具人願負賠償責任。此約定書即保結書,又稱認賠書或損害賠償約定書。二、受益人(即託運人或出口商)因運送人於所承運的貨物認爲有瑕疵;或船貨雙方有意見爭執時,爲請求運送人發給無瑕疵批註的清潔提單(clean B/L),由受益人向運送人出具擔保,如運送人因發給清潔提單致蒙受損失時,簽具人願受賠償責任。此文件即保結書,也稱保證書(back letter),航運界稱之爲切結書或認賠書。此一擔保契約,託運人所擔保者爲運送人不因簽發清潔提單而擔負任何賠償責任爲限,如有通謀、詐欺等不法情事,則在法律上無效。三、進口商於貨物抵目的港而尚未收到提單時,可邀同銀行(包括信用狀項下的開狀銀行及其他銀行)或公司行號簽具擔保書,憑以向船公司換發水提單(D/O),

先行提貨。此擔保書稱爲擔保提貨書(letter of indemnity and guarantee for delivery without bill of lading)，亦屬擔保契約書之一種，由進口商與銀行以共同擔保人身分簽具。如因擔保提貨而使船公司遭到損失，則由簽具擔保書的進口商與銀行連帶且單獨(jointly and severally)負責賠償。

16【保險人】ㄅㄠˇ ㄒㄧㄢˇ ㄖㄣˊ
(insurer)保險契約當事人的一方。指經營保險事業的各種組織。在保險契約成立時，有收受保險費的權利；在承保的危險事故發生時，依其所承保的責任，負擔損失補償的義務。

【保險金】ㄅㄠˇ ㄒㄧㄢˇ ㄐㄧㄣ
(amount of loss, claim)俗稱賠款。在損失發生時，保險人所應償付的補償金額。在人身保險方面，又稱爲給付(benefits)。

【保險套】ㄅㄠˇ ㄒㄧㄢˇ ㄊㄠˋ
(condom)一種常用的避孕器材。通常由具有彈性的合成塑膠所作，性交中套於陰莖上以防止受孕。

【保險費】ㄅㄠˇ ㄒㄧㄢˇ ㄈㄟˋ
(premium)簡稱保費。要保人對保險人承擔危險責任所支付對價(consideration)的金額。保險費由保險費率乘保險金額計算而得。

【保險單】ㄅㄠˇ ㄒㄧㄢˇ ㄉㄢ
(insurance policy)簡稱保單。爲保險契約成立的正式證明書據，由保險人作成後，交付於要保人收執。

【保險絲】ㄅㄠˇ ㄒㄧㄢˇ ㄙ
(fuse)由'伍德'合金所製成的易熔導線，接於電路中，當電線溫度升高至某一溫度時即行熔斷而使電流中斷，可防止電器損壞及電線走火。

【保險學】ㄅㄠˇ ㄒㄧㄢˇ ㄒㄩㄝˊ
(principles of insurance; insurance science)研究經濟事象中保險制度的存在與發展，以確保人類經濟生活安定的科學。保險學一方面研究國民經濟中保險制度的本質及其效果，稱爲保險經濟學(insurance economics)；他方面研究保險組織機能的運作與推展，稱爲保險經營學(insurance management)。保險學是由兩者所合成的。

19【保證人】ㄅㄠˇ ㄓㄥˋ ㄖㄣˊ
指約定債務人不履行債務時，由其代負履行責任的人。保證人之負擔較主債務人爲重者，應縮減至主債務之限度。主債務人所有之抗辯，保證人得主張之，縱使主債務人拋棄其抗辯，亦同。數人保證同一債務者，除契約另有訂定外，應連帶負保證責任。保證人於債權人未就主債務人之財產強制執行而無效果前，對於債權人得拒絕清償。保證人向債權人爲清償後，債權人對於主債務人之債權，於其清償之限度內，移轉與保證人。

20【保齡球】ㄅㄠˇ ㄌㄧㄥˊ ㄑㄧㄡˊ
(bowling)室內運動之一。玩球者手持塑膠或塑膠合成物製成的大圓球向前扔出，球沿著一條木製的窄道向前滾動，以擊倒球道末端所排成三角形的木瓶之多少決定勝負。最常採用者爲十瓶保齡球形式。

21【保護國】ㄅㄠˇ ㄏㄨˋ ㄍㄨㄛˊ
(protecting state)一國經由條約，將其部分主權，尤指外交與國防，委由強國行使，兩者建立保護關係；負保護責任之一方爲保護國，被保護之他方爲被保護國(protected state)。例如'巴林'及'卡達'在獨立之前原屬'英國'保護，'英國'即其保護國。

5【保加利亞】ㄅㄠˇ ㄐㄧㄚ ㄌㄧˋ ㄧㄚˋ
(Bulgaria)位於'巴爾幹半島'東側的共產國家。東濱'黑海'。面積11萬方公里，人口745.0萬(2005年)，首都'索非亞'(Sofia)。'巴爾幹山'橫貫中部，'多瑙河'流經北部邊境，南有'馬里乍河'(Maritsa R.)谷地。山多田少，不利農作。北部爲大陸性氣候，南部屬'地中海'型。煤產豐富。玫瑰油產量及輸出量均居世界首位。

5【保付支票】ㄅㄠˇ ㄈㄨˋ ㄓ ㄆㄧㄠˋ
(certified checks)付款銀行應發票人或執票人的請求，於票面上記載「照付」或「保付」等字樣的支票。支票一經保付，付款銀行即負有到期必付的責任。

6【保守主義】ㄅㄠˇ ㄕㄡˇ ㄓㄨˇ ㄧˋ
(conservatism)對於政治、社會、經濟等各種制度，主張漸進溫和的改良，反對急進的突變，以維持一定秩序，避免不安。極端的保守主義，則強調維持現狀。

【保守法則】ㄅㄠˇ ㄕㄡˇ ㄈㄚˇ ㄗㄜˊ
(conservative rule)也稱'華德'法則或極小值中的極大值法則(maximin)。即決策者先決定每一策略中的最壞結果，然後再選取其中最有利者。

【保安處分】ㄅㄠˇ ㄢ ㄔㄨˇ ㄈㄣˋ
我國"刑法"採雙軌制，於刑罰之外，特設保安處分，即對於無責任能力人或限制責任能力人或具社會危險性之特定犯罪人，施以矯治、感化、醫療等安全措施。保安處分乃基於預防社會危險性之目的構想，所爲之特別制裁或補充、代替刑罰之司法處分。保安處分得由法院自由裁量於執行刑罰前實施，實施結果良好者得免其刑罰之執行。此外，亦得於刑罰執行後再爲實施，刑罰執行後認爲無實施保安處分之必要者，得免除保安處分之實施。現行"刑法"所規定之保安處分有感化教育、監護、禁戒、強制工作、強制治療、保護管束、驅逐出境。其他法律如

"少年事件處理法"、"違警罰法"、"道路交通管理處罰條例"等,亦有保安處分之規定。

【保全處分】ㄅㄠˇ ㄑㄩㄢˊ ㄔㄨˇ ㄈㄣˋ
是債權人爲保全其債權獲得履行,於取得終局確定判決前,依法聲請法院採取保全其債權之措施。民事訴訟程序所需期間,長短不一,債權人爲避免債務人於訴訟終局判決確定前,以不正當之方法(例如將買賣標的物移轉予第三人),逃避執行,得提供擔保,聲請假扣押或假處分,通稱保全處分。債權人就金錢請求或得易爲金錢請求,欲保全強制執行者,得聲請假扣押。假扣押非有日後不能強制執行或甚難執行之虞者,不得爲之。債權人就金錢請求以外之請求,欲保全強制執行者,得聲請假處分。假處分非因請求標的之現狀變更,有日後不能強制執行,或甚難執行之虞,不得爲之。

【保全程序】ㄅㄠˇ ㄑㄩㄢˊ ㄔㄥˊ ㄒㄩˋ
分爲假扣押程序及假處分程序。前者係就金錢請求或得易爲金錢請求之請求保全強制執行;後者則係就金錢請求以外之請求保全強制執行。"民事訴訟法"僅規定保全程序執行名義之取得。保全程序之方法則規定於"強制執行法"。假扣押及假處分程序僅得依聲請爲之,該聲請於本案繫屬前或繫屬中均得爲之,惟假扣押及假處分之執行,則得依職權爲之。

【保全債權】ㄅㄠˇ ㄑㄩㄢˊ ㄓㄞˋ ㄑㄩㄢˊ
乃債權人於債務人怠於行使權利或有害其債權時,爲鞏固自己債權起見,得代債務人行使其權利,或排除債務人詐害行爲之謂。前者謂之代位權(或債權人之代位權);後者謂之撤銷權(或債權人之撤銷權)或廢罷訴權。代位權之要件有:一、須債務人怠於行使其權利;二、須債權人有保全其債權之必要;三、須債務人已負遲延責任,但專爲保存債務人權利之行爲,不在此限。得行使代位權之權利,須非專屬於債務人本身者,亦不得屬禁止扣押之權利,其行使,應由債權人以自己名義爲之。撤銷權之要件在無償行爲有:一、須債務人所爲者爲無償行爲。二、須其行爲以財產爲標的。三、須其行爲有害於債權。在有償行爲,其要件更須加入債務人及受益人均惡意之要件。債權人行使撤銷權,須聲請法院爲之,不得僅以意思表示爲之。

7【保兌銀行】ㄅㄠˇ ㄉㄨㄟˋ ㄧㄣˊ ㄏㄤˊ
(confirming bank)又稱確認銀行。指應開狀銀行的委託或授權,對開狀銀行所開發的信用狀予以保兌,與開狀銀行同樣承擔承兌、付款或讓購之責的銀行。通常是出口地的著名銀行或第三國信譽卓著的銀行,以能獲得受益人的信任爲必要條件。保兌銀行必是開狀銀行的通匯銀行,以其信用提供服務而承擔風險。其所收取的報酬稱爲保兌費用,約爲每三個月0.5%,依信用狀期間計算。

9【保持曲線】ㄅㄠˇ ㄔˊ ㄑㄩ ㄒㄧㄢˋ
(retention curve)學習後,於不同時間測量其保持量,連接所得數據而繪成的曲線圖,稱爲保持曲線。該曲線具有初時急驟下降,後來逐漸平穩下降的特徵。

10【保留盈餘】ㄅㄠˇ ㄌㄧㄡˊ ㄧㄥˊ ㄩˊ
(retained earnings)公司歷年所產生的純益,尙未以股利方式分配給股東,而保留於公司繼續運用的部分。

【保留意見】ㄅㄠˇ ㄌㄧㄡˊ ㄧˋ ㄐㄧㄢˋ
(qualified opinion)當會計師審核時,若審核範圍受到某些限制,或違反某些一般公認會計原則,或引用會計原則發生不一致,或受制於某些尙待解決的未確定事項之情況下,所簽發的一種審計報告。

11【保健措施】ㄅㄠˇ ㄐㄧㄢˋ ㄘㄨㄛˋ ㄕ
管理措施的一種。指其作用最多只能做到消除員工心理不滿的措施,故只是消極的措施。如有關待遇、監督方式、工作條件等措施,如不合理將使員工產生不滿的心理,如屬合理將可消除員工不滿的心理。

12【保稅工廠】ㄅㄠˇ ㄕㄨㄟˋ ㄍㄨㄥ ㄔㄤˇ
(bonded factory)指經海關核准登記供存儲保稅貨物之工廠。凡公司組織之外銷加工廠,合於一定條件者,得向海關申請核准登記爲保稅工廠,其所進口之原料存入保稅工廠製造或加工外銷者,均免徵關稅。

【保稅倉庫】ㄅㄠˇ ㄕㄨㄟˋ ㄘㄤ ㄎㄨˋ
(bonded warehouse)指經海關核准登記供儲存保稅貨物之倉庫。進口貨物在報關進口前,得申請存入保稅倉庫,在規定存倉期間內,原貨退運出口者免稅。並得在存倉期間內,申請在倉庫範圍內整理、分類、分割、裝配或重裝。

14【保障薪資】ㄅㄠˇ ㄓㄤˋ ㄒㄧㄣ ㄗ
在實施獎勵薪資的機構,如員工對獎勵薪資的所得,尙不及一般計時薪資的水準時,仍依計時薪資的水準給予,以期員工的薪資所得不因實施獎勵薪資而降低。如此可取得員工對獎勵薪資制的支持。

15【保衛細胞】ㄅㄠˇ ㄨㄟˋ ㄒㄧˋ ㄅㄠ
(guard cell)葉的表皮細胞間,散生有保衛細胞。保衛細胞兩兩成對,相鄰處形成孔道,稱爲氣孔,氣孔的大小可以調節。保衛細胞呈半月形,內含葉綠體。

16【保險代位】ㄅㄠˇ ㄒㄧㄢˇ ㄉㄞˋ ㄨㄟˋ
(subrogation) 在保險人依約履行給付保險金義務後,即可取得被保險人對受損標的的所有權,以及對第三人的損害賠償請求權。前者稱爲物上代位,後者稱爲權利代位。保險代位僅適用於財產保險,人身保險則不適用。

【保險利益】ㄅㄠˇ ㄒㄧㄢˇ ㄌㄧˋ ㄧˋ
(insurable interest)要保人或被保險人對保險標的因各種利害關係而具有的經濟利益。此種利益,因保險事故發生而受損,不發生而繼續持有。實則「保險利益」一語,依原文意譯,應爲「可保之利害關係」,即指要保人或被保險人對保險標的所具有的利害關係。惟我國"保險法"中稱之爲「保險利益」,而且實務上也沿用之。

【保險事故】ㄅㄠˇ ㄒㄧㄢˇ ㄕˋ ㄍㄨˋ
(insured peril;risk covered)保險契約中,足以構成損失補償條件的特定危險事故。即保險契約中所承保的危險事故。

【保險金額】ㄅㄠˇ ㄒㄧㄢˇ ㄐㄧㄣ ㄜˊ
(insured amount)保險契約當事人間所約定的最高給付金額。保險金額在保險價額範圍內可自由決定,但不得超過保險價額。

【保險契約】ㄅㄠˇ ㄒㄧㄢˇ ㄑㄧˋ ㄩㄝ
(insurance contract)當事人約定一方交付保險費於他方,他方對特定危險事故發生所致的損失,負補償責任的契約。

【保險俸給】ㄅㄠˇ ㄒㄧㄢˇ ㄈㄥˋ ㄐㄧˇ
我國公務人員保險之被保險人參加保險時,憑作計算保險費率、保險費、保險費分擔數額及保險現金給付依據之俸給。依現制規定,保險俸給係按公務人員月俸之多寡而分別規定。

【保險責任】ㄅㄠˇ ㄒㄧㄢˇ ㄗㄜˊ ㄖㄣˋ
保險人在保險期間,因保險事故之發生,對於被保險人或受益人所負賠償之責任。保險人對於由不可預料或不可抗力、因履行道德上之義務、因要保人或被保險人之受僱人或其所有之物或動物、要保人或被保險人或其代理人過失所致之損害,負賠償責任。保險人對於要保人或被保險人爲避免或減輕損害之必要行爲所生之費用,亦負償還之責。

【保險基金】ㄅㄠˇ ㄒㄧㄢˇ ㄐㄧ ㄐㄧㄣ
由收入保險費所提存之各種責任準備金或依規定由政府撥發的經費,所設置之基金。主要備作各種長期保險給付之用。

【保險條款】ㄅㄠˇ ㄒㄧㄢˇ ㄊㄧㄠˊ ㄎㄨㄢˇ
(insurance clause)保險單中規定保險契約內容的各種條款。有基本條款及特約條款兩種。

【保險費率】ㄅㄠˇ ㄒㄧㄢˇ ㄈㄟˋ ㄌㄩˋ
(premium rate)計算保險費的單位成本,即每一保險單位的保險成本。以保險費率乘保險金額,即爲所需的保險費。保險費率中,主要包括純保險費率及附加保險費率。

【保險期間】ㄅㄠˇ ㄒㄧㄢˇ ㄑㄧˊ ㄐㄧㄢ
保險人對於保險事故負保險責任的期間。於保險期間內發生保險事故者,保險人即負有支付保險金之責任,故又可稱保險人責任存續期間。保險契約應記載保險責任開始之日時及保險期間。保險責任開始之日時即爲保險期間之始期,通常爲保險契約成立之時,惟當事人得約定溯及保險契約成立之前或成立之後爲保險期間之始期。保險契約之終期即爲保險期間之終期。產物保險之要保人在保險人簽發保險單或暫保單前,先交付保險費而發生應予賠償之保險事故時,保險人應負保險責任;人壽保險人於同意承保時,其保險責任溯自預收相當於第一期保險費金額時開始。

【保險標的】ㄅㄠˇ ㄒㄧㄢˇ ㄅㄧㄠ ㄉㄧˋ
(subject-matter insured) 保險所承保各種危險事故所由發生的客體。如海上保險的貨物船舶、人身保險的生命身體等。除財產及人身外,責任或利益也可爲保險標的。

【保險數學】ㄅㄠˇ ㄒㄧㄢˇ ㄕㄨˋ ㄒㄩㄝˊ
(insurance mathematics; actuarial science)又稱保險計算學或精算學。研究以機率及統計理論應用於保險數理方面實際問題的學科。如保險費的計算、準備金的評估,及長短期財務績效的預測等。

【保險價額】ㄅㄠˇ ㄒㄧㄢˇ ㄐㄧㄚˋ ㄜˊ
(insurable value; insured value)保險標的所有保險利益的評價額。即表示保險標的價值的金額。

19【保證保險】ㄅㄠˇ ㄓㄥˋ ㄅㄠˇ ㄒㄧㄢˇ
(bond)被保證人對某種事項的作爲或不作爲,而使對方權利人遭受損失時,由保險人(即保證人)負責補償的保險。有誠實保證、確實保證兩種。

【保證業務】ㄅㄠˇ ㄓㄥˋ ㄧㄝˋ ㄨˋ
銀行應客戶委託,對其所應履行的付款或其他債務責任,依約向其相對債權人出具書面憑證,保證其必承擔付款或履行責任的一種授信業務。

21【保護貿易】ㄅㄠˇ ㄏㄨˋ ㄇㄠˋ ㄧˋ
(protective trade)政府爲保護本國產業使其不致受外貨輸入的競爭,對於某些輸入的貨物往往課以高關稅，或以其他非關稅措施管制或限制進口，使其無法在本國市場與本國產品競爭的貿易政策。保護貿易爲十九世紀'德國'經濟學者'李士特'(F. List)所倡導。凡一國產業落後、生產技術幼稚，外貨競爭足以阻礙其發展並危及其國民經濟者，當以採用保護貿易政策爲宜。現今世界各國大多採保護貿易政策，僅採用程度及目的有所不同而已。

【保護塗料】ㄅㄠˇ ㄏㄨˋ ㄊㄨˊ ㄌㄧㄠˋ
(protective coating) 泛指一切塗抹於物體表面，以達到美觀與防止腐蝕目的之金屬、玻璃或油漆薄層或膜。金屬可用電沈積法鍍上，油漆則用噴灑或粉刷法，玻化搪瓷則需經過烘烤。

【保護管束】ㄅㄠˇ ㄏㄨˋ ㄍㄨㄢˇ ㄕㄨˋ
將特定行爲人交付警察官署、自治團體、慈善團體、本人之最近親屬或其他適當之人加以保護、約束之保安處分。保護管束有「得」宣付爲之者，例如受感化教育、監護、禁戒、強制工作等保安處分者，按其情形得以保護管束代之。其期間不得逾三年。又如受緩刑宣告者，緩刑期內得付保護管束。保護管束有「必須」宣付爲之者，例如假釋出獄者，在假釋中必須付保護管束。

【保護關稅】ㄅㄠˇ ㄏㄨˋ ㄍㄨㄢ ㄕㄨㄟˋ
(protective tariff)以保護本國產業發展爲主要目的的關稅。其方式爲對外國輸入品課以重稅，使其成本超過本國相同物品的價格，而不能與國貨競爭。開發中國家工業基礎較薄弱，故保護關稅有相對的重要性。

7【保兌信用狀】ㄅㄠˇ ㄉㄨㄟˋ ㄒㄧㄣˋ ㄩㄥˋ ㄓㄨㄤˋ
(confirmed L/C)係經開狀銀行以外的另一銀行，保證信用狀的付款、承兌及讓購的信用狀。而在信用狀上無此項保證者，則稱無保兌信用狀(unconfirmed L/C)。

9【保持性複習】ㄅㄠˇ ㄔˊ ㄒㄧㄥˋ ㄈㄨˋ ㄒㄧˊ
(maintenance rehearsal) 將應記憶之材料反覆複習以便存記於記憶內的歷程。與詳釋性複習(elaborative rehearsal)相對。

10【保留盈餘表】ㄅㄠˇ ㄌㄧㄡˊ ㄧㄥˊ ㄩˊ ㄅㄧㄠˇ
(statement of retained earnings)說明公司組織特定期間內保留盈餘變動情形的財務報表。內容包括保留盈餘的期初餘額、本期增減的變動及期末餘額。

16【保險公證人】ㄅㄠˇ ㄒㄧㄢˇ ㄍㄨㄥ ㄓㄥˋ ㄖㄣˊ
(surveyor)向保險人或被保險人收取費用，爲其辦理保險標的的查勘、鑑定、估價與賠款的理算、洽商，而予以證明的人。依其職務內容，分爲調查人(investigator)、鑑定人(surveyor)、估價人(appraiser)及理算人(independent adjuster)等。

【保險代理人】ㄅㄠˇ ㄒㄧㄢˇ ㄉㄞˋ ㄌㄧˇ ㄖㄣˊ
(insurance agent)根據代理契約或授權書，向保險人收取費用，並代理經營業務的人。其權限範圍在代理契約或授權書中規定，通常以招攬與接受業務、收取保險費、勘查業務、簽發保單、審核賠款及承保業務方面的其他有關事項爲限。代理人按其代理經營的業務，有向保險人請求償付報酬的權利，稱爲佣金或手續費。

【保險合作社】ㄅㄠˇ ㄒㄧㄢˇ ㄏㄜˊ ㄗㄨㄛˋ ㄕㄜˋ
(co-operative insurance society)以合作社方式經營保險的一種組織型態。此種組織非以營利爲目的，其特質如下：一、保險合作社社員加入時，須繳一定數額的股金。二、合作社與社員間的關係，並不因保險契約終止而解除。三、保險合作社社員應繳的保險費，採確定保險費制。

【保險經紀人】ㄅㄠˇ ㄒㄧㄢˇ ㄐㄧㄥ ㄐㄧˋ ㄖㄣˊ
(insurance broker)基於要保人或被保險人的利益，代向保險人洽訂保險契約，而向承保的保險業收取佣金的人。

【保險標的物】ㄅㄠˇ ㄒㄧㄢˇ ㄅㄧㄠ ㄉㄧˋ ㄨˋ
指保險契約標的之生命、身體、財產或利益。要保人或被保險人對於保險標的物須有保險利益，自始無保險利益者，契約無效，嗣後無保險利益者，契約失效。

【保險特約條款】ㄅㄠˇ ㄒㄧㄢˇ ㄊㄜˋ ㄩㄝ ㄊㄧㄠˊ ㄎㄨㄢˇ
指於保險契約基本條款外，當事人承認履行特殊義務之條款。特約條款應記載於保險單上，始成爲保險契約之一部分。其性質係屬於當事人合意之擔保，目的在控制危險。凡與保險契約有關之一切事項，不問過去、現在或將來，均得以特約條款定之。要保人違背特約條款者，不論該事項是否重要，保險人均得解除契約，其危險發生後亦同。

12【保單責任準備金】ㄅㄠˇ ㄉㄢ ㄗㄜˊ ㄖㄣˋ ㄓㄨㄣˇ ㄅㄟˋ ㄐㄧㄣ
(policy reserve)又稱保險費積存金(level premium reserve)。即在要保人一次繳費中，除附加保險費外，大部分爲純保險費，自應予以提存，以備將來給付保險金之用。如爲分期繳費者，則因採平準保險費制，其預收將來應增加的保險費，更應積存以備日後給付之用。僅在人壽保險方面有此項準備金。

16【保險人之代位權】ㄅㄠˇ ㄒㄧㄢˇ ㄖㄣˊ ㄓ ㄉㄞˋ ㄨㄟˋ ㄑㄩㄢˊ

被保險人因保險人應負保險責任之損失發生，而對於第三人有損失賠償請求權者，保險人得於給付賠償金額後，代位行使被保險人對於第三人之請求權，但其所請求之數額以不逾賠償金額爲限，稱爲保險人之代位權。若該第三人爲被保險人之家屬或受僱人時，保險人無代位請求權，惟損失係由於其故意所致者，不在此限。

19【保證人之代位權】ㄅㄠˇ ㄓㄥˋ ㄖㄣˊ ㄓ ㄉㄞˋ ㄨㄟˋ ㄑㄩㄢˊ
保證人向債權人爲清償後，債權人對於主債務人之債權，於其清償之限度內，移轉與保證人，稱爲保證人之代位權。

21【保護消費者運動】ㄅㄠˇ ㄏㄨˋ ㄒㄧㄠ ㄈㄟˋ ㄓㄜˇ ㄩㄣˋ ㄉㄨㄥˋ
(consumerism)一種由民間組織的公益運動。旨在保護消費大眾不受製造商行銷手段的傷害。通常設定一個執行機構，以檢驗商品品質、物品使用情形、廣告內容的眞實性及行銷手段等。

俁 ㄩˇ yü³ 音雨
高大；魁梧。見"正字通"。

促 ㄘㄨˋ ts'u⁴ 音醋
1迫切。如：匆促。2近；迫近。如：促膝談心。3催迫。如：催促。

8【促使】ㄘㄨˋ ㄕˇ
促進；推動。

9【促促】ㄘㄨˋ ㄘㄨˋ
1短促的樣子。2謹愼、拘泥的樣子。

10【促狹】ㄘㄨˋ ㄒㄧㄚˊ
1心胸狹窄，性情急躁。2刻薄陰險，刁鑽狡猾。

12【促進】ㄘㄨˋ ㄐㄧㄣˋ
促使進展。

15【促膝】ㄘㄨˋ ㄒㄧ
膝蓋相接近。形容朋友親密近談。

12【促進劑】ㄘㄨˋ ㄐㄧㄣˋ ㄐㄧˋ
(promoter)微量加於觸媒中而能增加其活性之物質。例如氨合成中加於鐵觸媒之氧化鋁與氧化鉀。

6【促成栽培】ㄘㄨˋ ㄔㄥˊ ㄗㄞ ㄆㄟˊ
指作物在非生長的時節，利用加溫或防寒的設備等人爲方法促成其生長的栽培方法。以蔬菜最爲常見。

侶 ㄌㄩˇ lü³ 音呂
1同伴；友朋。2結伴；陪伴。

俘 ㄈㄨˊ fu² 音扶
1作戰時被擒的人。如：戰俘。2作戰時擒獲敵人。如：俘獲。

13【俘虜】ㄈㄨˊ ㄌㄨˇ
1作戰時被擒的人。2作戰時擒獲敵人。

俙 ㄒㄧ hsi¹ 音希
1表面順從。見"說文"。2感動。如：俙然改容。3不清楚的樣子。如：依俙。

侻 一 ㄊㄨㄛ t'o¹, t'uo¹ 音脫
1不拘小節。2輕率。3醜陋。
二 ㄊㄨㄟˋ t'ui⁴ 音退
舒緩的樣子。

侳 ㄘㄨㄛˋ ts'o⁴, ts'uo⁴ 音挫
1安穩。見"說文"。2玷辱。

俗 ㄙㄨˊ su²
1人群的習慣。如：風俗。2凡庸。如：凡夫俗子。3粗鄙不雅。如：粗俗。4淺近。如：通俗。5世間；世人。如：還俗。

2【俗人】ㄙㄨˊ ㄖㄣˊ
1平庸的人。2僧侶對世人的稱呼。

3【俗士】ㄙㄨˊ ㄕˋ
見識淺陋的讀書人。

6【俗字】ㄙㄨˊ ㄗˋ
異體字的一種。指流行於民間的文字，別於正體字而言。至於區分正和俗的標準，則往往隨時代而變遷。

【俗曲】ㄙㄨˊ ㄑㄩˇ
民間的歌曲。

8【俗物】ㄙㄨˊ ㄨˋ
平凡無趣味的人物；心識卑下的人物。

【俗尚】ㄙㄨˊ ㄕㄤˋ
世俗的喜好。

【俗念】ㄙㄨˊ ㄋㄧㄢˋ
世俗的念頭。

9【俗客】ㄙㄨˊ ㄎㄜˋ
1世俗的人。隱士對外界人士的稱呼。2庸俗的客人。

10【俗套】ㄙㄨˊ ㄊㄠˋ
一般人通行的成規、慣例。

【俗骨】ㄙㄨˊ ㄍㄨˇ
庸俗的氣質。

【俗氣】ㄙㄨˊ ㄑㄧˋ
不高雅的樣子。

11【俗情】ㄙㄨˊ ㄑㄧㄥˊ
1俗人之心；追求名利的心。2世俗的事物。

【俗務】ㄙㄨˊ ㄨˋ
平常的瑣碎事務。

【俗眼】ㄙㄨˊ ㄧㄢˇ
俗人的眼光。指沒有眼力、見識。

【俗累】ㄙㄨˊ ㄌㄟˋ
世俗事務的牽累。

14【俗語】ㄙㄨˊ ㄩˇ
流行民間的通俗語言。包括俚語、諺語及口頭常用的成語。也作俗話。

【俗境】ㄙㄨˊ ㄐㄧㄥˋ
1不文雅的地方。2平庸的境界。

【俗態】ㄙㄨˊ ㄊㄞˋ
庸俗的姿態。

15【俗慮】ㄙㄨˊ ㄌㄩˋ
世俗的想法。

【俗緣】ㄙㄨˊ ㄩㄢˊ
佛家語。佛門信徒與世俗間的人際關係。

15【俗樂】ㄙㄨˊ ㄩㄝˋ
1古代各種民間音樂的通稱。與雅樂相對。古代天子及諸侯宴飲賓客時也採用來自民間的俗樂，稱爲燕樂、宴樂、讌樂。'隋'的九部樂、'唐'的十部樂，都是俗樂的範圍。2(secular music)指表現國

民特性的民歌及民謠。形式內容極自由,一般比較不受音樂理論的約束。

16【俗諦】 ㄙㄨˊ ㄉㄧˋ
佛家語。指世俗所知的事理。又名世諦。

【俗諺】 ㄙㄨˊ ㄧㄢˋ
民間諺語。也作俚諺。

【俗儒】 ㄙㄨˊ ㄖㄨˊ
見識淺陋的讀書人。

17【俗講】 ㄙㄨˊ ㄐㄧㄤˇ
'唐代'僧徒取佛經中所載的故事,編成詩文混合體的通俗作品,用以說唱講解,宣揚教義。宣講的人叫俗講僧,宣講的本子就是講經文。參變文。

22【俗讀】 ㄙㄨˊ ㄉㄨˊ
通俗的讀法。

23【俗體】 ㄙㄨˊ ㄊㄧˇ
1世俗通行的字體。2指文學或藝術上不高雅的體裁。

4【俗不可耐】 ㄙㄨˊ ㄅㄨˋ ㄎㄜˋ ㄋㄞˋ
鄙陋庸俗,使人難以忍受。

俟 ㊀ ㄙˋ szŭ⁴, ssŭ⁴ 音四
等待;等候。通竢。
㊁ ㄑㄧˊ ch'i² 音其
參万俟。

10【俟時】 ㄙˋ ㄕˊ
等待機會。

8【俟河之清】 ㄙˋ ㄏㄜˊ ㄓ ㄑㄧㄥ
等待'黃河'水清。古人以為'黃河'水清,天下便會太平,故用以比喻等待天下太平。

俊 ㄐㄩㄣˋ chün⁴ 音郡 又讀 ㄗㄨㄣˋ tsun⁴
也作儁、雋。1才智過人。2容貌秀美。3高大。通峻。

9【俊彥】 ㄐㄩㄣˋ ㄧㄢˋ
才能智慧超眾的人。

【俊俏】 ㄐㄩㄣˋ ㄑㄧㄠˋ
容貌美好。

12【俊發】 ㄐㄩㄣˋ ㄈㄚ
才華煥發。

【俊逸】 ㄐㄩㄣˋ ㄧˋ
才質秀美,超群脫俗。

【俊傑】 ㄐㄩㄣˋ ㄐㄧㄝˊ
才幹智慧出眾的人。也作俊桀、儁傑。

侮 ㄨˇ wu³ 音五
1輕慢;不敬重。如:侮慢。2欺凌;侮辱。如:不可侮。3用手捂住。通捂、摀。如:用雙手侮著眼。

8【侮狎】 ㄨˇ ㄒㄧㄚˊ
輕侮怠慢。

14【侮慢】 ㄨˇ ㄇㄢˋ
輕侮傲慢;欺陵不敬重。

15【侮蔑】 ㄨˇ ㄇㄧㄝˋ
侮辱輕慢。

侹 ㄊㄧㄥˇ t'ing³ 音挺
1長的樣子。見"說文"。2平直。見"字彙"。

佶 嚳的或體。

俐 ㄌㄧˋ li⁴ 音利
參伶俐。

13【俐落】 ㄌㄧˋ ·ㄌㄨㄛ
敏捷而不拘滯。

俬 ㄙ szŭ¹, ssŭ¹ 音私
1財產。2器物。

俄 ㊀ ㄜˊ o², ê² 音鵝
1傾斜的樣子。見"字彙"。2須臾;片刻。如:俄頃。3國名。'俄羅斯'的簡稱。
㊁ ㄜˋ o⁴, ê⁴ 音餓
㊀3的又讀。

6【俄而】 ㄜˊ ㄦˊ
須臾;不久。

11【俄頃】 ㄜˊ ㄑㄧㄥˇ
不久;片刻。

12【俄然】 ㄜˊ ㄖㄢˊ
忽然;突然;頃刻之間。

14【俄爾】 ㄜˊ ㄦˇ
須臾;一會兒。指很短的時間。

19【俄羅斯】 ㄜˊ ㄌㄨㄛˊ ㄙ
(Russians)'蘇俄'民族的主幹。圓頭、窄鼻、中身,有黑棕色的波髮、蒼白膚色。可分為'大'、'小'、'白俄羅斯'等三支:'大俄羅斯'即'赤俄',人口有2,935萬,大部分分布在'歐洲'東北部,部分散居在'西伯利亞'、中'亞';'小俄羅斯'又稱'南俄羅斯'或'烏克蘭',人口約4,000萬,大部分聚居在'歐俄'西南部;'白俄羅斯'人口超過1,000萬,大部分聚居在'歐俄'西部,餘散居在'西伯利亞'及我國鄰'俄'邊境處。信仰東正教。

俛 ㊀ ㄈㄨˇ fu³ 音府
低頭。本作頫,今作俯。
㊁ ㄇㄧㄢˇ mien³ 音免
勤勞的樣子。同勉。

6【俛仰】 ㄈㄨˇ ㄧㄤˇ
參俯仰。

9【俛首包羞】 ㄈㄨˇ ㄕㄡˇ ㄅㄠ ㄒㄧㄡ
低頭含羞。即心懷羞愧,抬不起頭來。

【俛首繫頸】 ㄈㄨˇ ㄕㄡˇ ㄒㄧˋ ㄐㄧㄥˇ
低頭被繩索綁住脖子。意指被俘。

侁 ㄕㄣ shên¹ 音申
懷孕。見"玉篇"。

俆 ㄒㄩˊ hsü² 音徐
1遲緩。通徐。見"說文"。2古地名。故城在今'山東省''滕縣'東南。

係 ㄒㄧˋ hsi⁴ 音細
1綑束。通繫。如:係頸。2關連。如:關係。3繼承。如:係嗣。4是;為。如:確係此人。

11【係累】 ㄒㄧˋ ㄌㄟˊ
1拘縛。2指妻子、眷屬。

15【係數】 ㄒㄧˋ ㄕㄨˋ
(coefficient) 1代數式中所含各變數前,用以表示變數之倍數者。例如代數式$3x^2+4xy-4y^2=0$中所含之各數字均為係數,是為數係數。但係數中亦可含有文字,例如於$3x^2+4ax-4a^2=0$中,其第二項之$4a$為x之係數。又如於上示之第一式中,含有x與y之二變數,若暫時將x或y視作不變以解方程式時,則其第二項$4xy$之$4x$可為y之係數;$4y$亦可為x之係數。2在代表物理量間的數

學關係式中，常含有代表特殊物理系統之特性參數，這種參數常稱爲係數。例如熱傳導係數、吸收係數、電阻係數等。

16【係頸】 ㄒㄧˋ ㄐㄧㄥˇ
用繩索繫脖子。①俘虜敵人。②自縛以示待罪。

24【係羈】 ㄒㄧˋ ㄐㄧ
用繩索束縛牽引。

9【係風捕影】 ㄒㄧˋ ㄈㄥ ㄅㄨˇ ㄧㄥˇ
比喻不可能做到的事。或毫無根據的話。後作捕風捉影、捉風捕影。

15【係數行列式】 ㄒㄧˋ ㄕㄨˋ ㄏㄤˊ ㄌㄧㄝˋ ㄕˋ
(determinant of coefficients)將線性聯立方程組的係數取出，做成行列式。例如

$\begin{cases}2x-3y=1\\x+5y=-6\end{cases}$ 的係數行列式爲

$\begin{vmatrix}2 & -3\\1 & 5\end{vmatrix}$，其值爲13。

侹 ㊀ ㄍㄨㄤˋ *kuang*⁴ 音逛
遠行。見"說文"。
㊁ ㄨㄤˇ *wang*³ 音往
參㑌侹。

9【侹侹】 ㄨㄤˇ ㄨㄤˇ
遑遽的樣子。

俞 ㊀ ㄩˊ *yü*² 音愚
①刳木爲舟。見"說文"。②人體可施行針灸的部位。俗稱穴道。通腧。見"集韻"。③答應。見"字彙"。④姓。'漢'有'俞運'。見"萬姓統譜‧一二"。
㊁ ㄩˋ *yü*⁴ 音喻
病癒。見"字彙補"。
㊂ ㄕㄨ *shu*¹ 音抒
古國名。'漢''欒布'所封。在今'山東省''平原縣'西南。

4【俞允】 ㄩˊ ㄩㄣˇ
請求許諾的敬詞。

5【俞穴】 ㄩˊ ㄒㄩㄝˋ
①穴的別名。也作腧穴、輸穴。也泛指穴的總稱。②五俞穴的一種。參五俞穴。

16【俞樾】 ㄩˊ ㄩㄝˋ
(1821～1906)'清''浙江''德清'人，遷居'仁和'(今'杭州')。字'蔭甫'，號'曲園'。'道光'進士，官編修，'河南'學政，以出題不謹罷歸。晚年講學'杭州''詁經精舍'。治經、子、小學皆有成就。著有"春在堂全集"、"群經平議"、"諸子平議"、"古書疑義舉例"等。

俞樾像

3【俞大猷】 ㄩˊ ㄉㄚˋ ㄧㄡˊ
(1504～1580)'明''晉江'(今'福建''晉江')人。字'志輔'，號'虛江'。熟知兵法，屢破倭寇有功，陞總兵，鎮守兩'廣'。所率部眾，號稱'俞家軍'。有"正氣堂集"。

5【俞正燮】 ㄩˊ ㄓㄥˋ ㄒㄧㄝˋ
(1775～1840)'清''安徽''黟縣'人。字'理初'。'道光'舉人。性彊記，學無不精。著有"癸巳類稿"、"癸巳存稿"等書。

17【俞鴻鈞】 ㄩˊ ㄏㄨㄥˊ ㄐㄩㄣ
(1898～1960)'廣東''新會'人，'上海''聖約翰大學'畢業。歷任'上海市'長、'中央信託局'長、'財政部'長、'中央銀行'總裁。戡亂情勢逆轉，密將庫存黃金，悉數運'臺'，奠定復興基地金融基礎。後任'臺灣省政府'主席、'行政院'長。

俞鴻鈞像

8

衺 喪的俗體。

倧 ㄗㄨㄥ *tsung*¹ 音宗
古神名。見"廣韻"。

倌 ㄍㄨㄢ *kuan*¹ 音官
①小臣。如：倌人。②店肆中雇用的傭工。俗稱堂倌。

倇 ㄨㄢˇ *wan*³ 音宛
歡樂。見"廣韻"。

倥 ㊀ ㄎㄨㄥ *k'ung*¹ 音空
參倥侗。
㊁ ㄎㄨㄥˇ *k'ung*³ 音孔
參倥傯。

8【倥侗】 ㄎㄨㄥ ㄊㄨㄥˊ
無知。

13【倥傯】 ㄎㄨㄥˇ ㄗㄨㄥˇ
①事情繁多，匆促無暇。②困苦。

倍 ㄅㄟˋ *pei*⁴ 音被
①違背。如：倍言。②背誦。如：倍文。③照原數加等。如：利市三倍。④更加；格外。如：每逢佳節倍思親。

13【倍道】 ㄅㄟˋ ㄉㄠˋ
①兼程；加倍急行。②背離正道。

14【倍稱】 ㄅㄟˋ ㄔㄥˋ
照原數加一倍。

15【倍數】 ㄅㄟˋ ㄕㄨˋ
(multiple)一個整數 a 能被另一個整數 b 所除盡時，a 便稱爲 b 的倍數，而 b 則稱爲 a 的約數或因數。如：9是3的倍數，3是9的約數。

【倍蓰】 ㄅㄟˋ ㄒㄧˇ
好幾倍。倍，一倍。蓰，五倍。

倞 ㊀ ㄐㄧㄥˋ *ching*⁴ 音敬
強。或作傹。見"說文"。
㊁ ㄌㄧㄤˋ *liang*⁴ 音亮
①明亮。見"說文通訓定聲"。②遠。見"集韻"。

倅 ㊀ ㄘㄨㄟˋ *ts'ui*⁴ 音翠
①盈。見"廣雅‧釋詁"。②副。如：倅車。
㊁ ㄗㄨˊ *tsu*² 音卒
古代軍隊百人爲倅。通卒。見"廣韻"。

倈 倈的或體。

倣 ㄈㄤˇ *fang*³ 音訪
學；效法。通仿。如：倣效。

10【倣效品】 ㄈㄤˇ ㄒㄧㄠˋ ㄆㄧㄣˇ
依照已有的物品而做成相似的東西。多指工藝上的倣造而言。

俯 ㄈㄨˇ fu³ 音斧

1低頭向下。如:俯視。2上對下的用詞。如:俯念下情。

6【俯仰】 ㄈㄨˇ ㄧㄤˇ

1低頭擡頭。比喩極短的時間。2俯身仰身。比喩周旋應付。

7【俯角】 ㄈㄨˇ ㄐㄧㄠˇ

(angle of depression)於水平以下,由人目或儀器至所見事物,畫一直線與水平線交成的角度,稱爲俯角。

9【俯姿】 ㄈㄨˇ ㄗ

(pronograde)指四足動物行動時身軀的姿勢。與直姿相對。

12【俯就】 ㄈㄨˇ ㄐㄧㄡˋ

屈身相就。

15【俯衝】 ㄈㄨˇ ㄔㄨㄥ

從高處往下衝。

17【俯瞰】 ㄈㄨˇ ㄎㄢˋ

在高處向下看。

11【俯視圖】 ㄈㄨˇ ㄕˋ ㄊㄨˊ

(plan; plan view; top view)又稱平面圖。以正投影原理描述一物體時,觀察者自物體正上方下(俯)視,則自物體各點投射在水平投影面上,顯示其形狀、大小的視圖。與仰視圖相對。參正投影。

6【俯仰無愧】 ㄈㄨˇ ㄧㄤˇ ㄨˊ ㄎㄨㄟˋ

對上對下都問心無愧。

9【俯首帖耳】 ㄈㄨˇ ㄕㄡˇ ㄊㄧㄝ ㄦˇ

低頭垂耳,聽命於人。形容卑諂的樣子。

【俯首稱臣】 ㄈㄨˇ ㄕㄡˇ ㄔㄥ ㄔㄣˊ

低頭投降,甘心居於臣位。

【俯拾即是】 ㄈㄨˇ ㄕˊ ㄐㄧˊ ㄕˋ

俯身去撿,到處都是。形容眾多易得。

倦 ㄐㄩㄢˋ chüan⁴ 音眷

1疲勞;疲乏。見"說文"。2懈怠。如:誨人不倦。3厭煩;憎惡。如:厭倦。

10【倦容】 ㄐㄩㄢˋ ㄖㄨㄥˊ

疲倦的臉色。

13【倦勤】 ㄐㄩㄢˋ ㄑㄧㄣˊ

厭倦職務。

11【倦鳥知還】 ㄐㄩㄢˋ ㄋㄧㄠˇ ㄓ ㄏㄨㄢˊ

比喩在外日久,心情疲憊,想要回家。

倓 一 ㄊㄢˊ t'an² 音談

安然不疑。見"字彙"。

二 ㄉㄢˋ tan⁴ 音但

參倓錢。

16【倓錢】 ㄉㄢˋ ㄑㄧㄢˊ

南蠻用以贖罪的財貨。見"字彙"。

俸 ㄈㄥˋ fêng⁴ 音奉

官吏所得的薪給。

6【俸米】 ㄈㄥˋ ㄇㄧˇ

舊時京官除俸銀外,按等級所得的糧米。

12【俸給】 ㄈㄥˋ ㄐㄧˇ

員工所支領之本薪與加給。俸給多按月支付,本俸依職務所列職等之高低及員工所具資格之高低而定;加給則依職務之特性及員工生活上之需要而給與。

【俸祿】 ㄈㄥˋ ㄌㄨˋ

官員的薪給。

14【俸銀】 ㄈㄥˋ ㄧㄣˊ

俸錢。舊時以銀兩給付,故稱。

17【俸薪】 ㄈㄥˋ ㄒㄧㄣ

各機關對經任用之職員,所定期支付之俸或薪。對政府機關公務人員所支給者,多稱爲俸,對事業機構職員所支給者,多稱爲薪。

【俸點制】 ㄈㄥˋ ㄉㄧㄢˇ ㄓˋ

一種計算公務人員俸給的辦法。是將俸級的高低用點表示,再以此點數乘以每點折合成通用貨幣的比值即可。

倢 ㄐㄧㄝˊ chieh² 音捷

1斜出的樣子。見"廣韻"。2便利。見"正字通"。

倩 ㄑㄧㄢˋ ch'ien⁴ 音欠

1含笑的樣子。如:巧笑倩兮。2美好的。如:倩影。3對妹婿、女婿的稱呼。如:妹倩、賢倩。4請人代爲做事。如:倩雇。

7【倩妝】 ㄑㄧㄢˋ ㄓㄨㄤ

美麗的妝扮。

15【倩影】 ㄑㄧㄢˋ ㄧㄥˇ

美麗的影子。

3【倩女離魂】 ㄑㄧㄢˋ ㄋㄩˇ ㄌㄧˊ ㄏㄨㄣˊ

劇曲名。'元''鄭光祖'撰。一本四折,取材於'唐''陳玄祐'的"離魂記"傳奇小說。演'張倩女'與'王文舉'相愛,但爲母所阻,'文舉'被迫赴京應考,'倩女'因相思而魂魄離身軀,與'文舉'同行,最後終得結爲夫婦。

俵 ㄅㄧㄠˇ piao³ 音表

分散;分給。見"集韻"。

倖 ㄒㄧㄥˋ hsing⁴ 音幸

1不該得而得;不該免而免。如:僥倖。2寵幸;親幸。如:佞倖。

6【倖臣】 ㄒㄧㄥˋ ㄔㄣˊ

帝王的寵臣。

12【倖進】 ㄒㄧㄥˋ ㄐㄧㄣˋ

僥倖得到陞遷或進用。

16【倖嬖】 ㄒㄧㄥˋ ㄅㄧˋ

受帝王寵愛的人。

倀 ㄔㄤ ch'ang¹ 音昌

1猖狂。見"說文"。2茫然不知所從。如:倀倀。3鬼名。傳說中被虎咬死變成的鬼。如:爲虎作倀。

倳 ㄗˋ tzŭ⁴ 音字

刺;插。同剚。見"字彙"。

倆 一 ㄌㄧㄤˇ liang³ 音兩

參伎倆。

二 ㄌㄧㄚˇ lia³

兩個。如:我倆。

倨 ㄐㄩˋ chü⁴ 音據

1傲慢。如:前倨後恭。2箕坐。通踞。如:箕倨。

13【倨傲】 ㄐㄩˋ ㄠˋ

傲慢不恭。

倔 一 ㄐㄩㄝˊ chüeh² 音決

1突出。通崛。如:倔起。2強梗不屈的樣子。如:倔強。

二 ㄐㄩㄝˋ chüeh⁴

同一2。

11【倔強】ㄐㄩㄝˊ ㄐㄧㄤˋ
強梗不屈的樣子。

倰 ㄌㄥˊ lêng² 音楞
侵陵。如：欺倰。

14【倰僜】㈠ㄌㄥˊ ㄔㄥ
疲於行走的樣子。見"集韻"。
㈡ㄌㄥˊ ㄉㄥˋ
①不親自處理事情。見"廣韻"。②形容琴聲錯雜。

倛 ㈠ㄑㄧ ch'i¹ 音欺
古代驅除疫鬼時所戴的熊皮面具。
㈡ㄑㄧˋ ch'i⁴ 音氣
參倛儗。

16【倛儗】ㄑㄧˋ ㄋㄧˇ
不走;不前進。

值 ㈠ㄓˋ chih⁴ 音治
執持。見"說文"。
㈡ㄓˊ chih² 音直
①價錢。如：增值。②相當;抵得上。如：這花瓶值三千元。③逢遇。如：恰值天雨。④輪到。如：值班。⑤(value)若一變數以某一常數代替時，此常數稱爲變數的值。例如在$y=3x-1$中，x代以值2時，y得值5。未知數x的值就是方程式的解。代數式的值，即將其中變數以常數代入後，計算而得之數，此一計算過程稱爲求值。

9【值星】ㄓˊ ㄒㄧㄥ
按星期輪流擔當工作。

11【值宿】ㄓˊ ㄙㄨˋ
夜間當班。

【值域】ㄓˊ ㄩˋ
(range)變數的值域，指此變數的可能值的集合，常稱之爲範圍。函數的值域，指其函數可能取值的集合，有時指的是影域。

借 ㄐㄧㄝˋ chieh⁴ 音介
①暫時擁有。如：借用。②假託;依靠。通藉。如：借題發揮。

3【借口】ㄐㄧㄝˋ ㄎㄡˇ
假借理由。

4【借方】ㄐㄧㄝˋ ㄈㄤ
(debit side)帳簿設有左右兩個金額欄，分別用以記載會計科目的增減。左方稱爲借方，右方稱爲貸方。

5【借代】ㄐㄧㄝˋ ㄉㄞˋ
修辭格的一種。指不用通常使用的本名或語句，而以其他名稱或語句來代替。如'白居易'"長恨歌"：「迴眸一笑百媚生，六宮粉黛無顏色。」借粉黛以代美女。

6【借光】ㄐㄧㄝˋ ㄍㄨㄤ
①原指'漢''匡衡'家貧，穿壁借光讀書。後用以形容學習勤勉。②沾依他人的名利。③北方俗語。向別人問路或請讓路的謙遜用語。

【借如】ㄐㄧㄝˋ ㄖㄨˊ
假如;假使。

9【借勁】ㄐㄧㄝˋ ㄐㄧㄣˋ
乘人之勢、借人之力所發出的勁道。

【借重】ㄐㄧㄝˋ ㄓㄨㄥˋ
①借他人的名望來抬高自己的地位。②依靠他人的力量。

10【借宮】ㄐㄧㄝˋ ㄍㄨㄥ
南北曲聯套本以同一宮調的曲牌爲原則，如果採用宮調不同的曲牌聯套，稱爲借宮，但必須管色(調門一樣高)相同爲原則。如'王實甫'"西廂記"用正宮"端正好"、"滾繡球"、"叨叨令"、"倘秀才"、"滾繡球"後，忽借用同管色(小工)的般涉調"耍孩兒"以聯成套數。

12【借項】ㄐㄧㄝˋ ㄒㄧㄤˋ
(debit item)記入帳戶借方的帳項，稱爲借項或借方紀錄。

【借喻】ㄐㄧㄝˋ ㄩˋ
修辭學譬喻格的一種。借用別的事物來做所喻事物的代表。如'王安石'"木末詩"：「繰成白雪桑重綠，割盡黃雲稻正青。」借白雪以喻絲，借黃雲以喻麥。

【借貸】ㄐㄧㄝˋ ㄉㄞˋ
①借用財物。②借用人與貸與人相互間的契約，亦即借用他人之物的契約。可分使用借貸及消費借貸。使用借貸乃當事人約定，一方以物無償貸與他方使用，他方於使用後返還其物之契約。屬於片務契約、無償契約，因係借用物之交付而生效力，學說上稱爲非純粹之要物契約，其契約於當事人意思合致時即已成立。消費借貸乃當事人約定，一方移轉金錢或其他代替物之所有權於他方，而他方以種類、品質、數量相同之物返還之契約。使用借貸與消費借貸同屬片務契約，但消費借貸也可能爲有償契約，且消費借貸的貸與人須移轉標的物的所有權，使用借貸則否。

14【借端】ㄐㄧㄝˋ ㄉㄨㄢ
假借理由。

15【借調】ㄐㄧㄝˋ ㄉㄧㄠˋ
暫時調來借用。

【借餘】ㄐㄧㄝˋ ㄩˊ
(debit balance)凡一帳戶的借方總數大於貸方總數，其差額稱爲借餘或借方餘額。

16【借據】ㄐㄧㄝˋ ㄐㄩˋ
借貸財物的憑證。

19【借鏡】ㄐㄧㄝˋ ㄐㄧㄥˋ
比喻用他人的言行或其他事例作爲參考或警惕。也作借鑑。

3【借土坑】ㄐㄧㄝˋ ㄊㄨˇ ㄎㄥ
(borrow pit)進行土木工程時，若開挖出的土石不敷所需之填土;或所挖之土雖有餘量，但因運土距離過遠，運費過鉅，則於填土地附近尋求適當地點作爲借土坑，以挖取該地的土石供填土之用。該土即稱爲借土。

2【借刀殺人】ㄐㄧㄝˋ ㄉㄠ ㄕㄚ ㄖㄣˊ
藉別人的力量來害人。

4【借水行舟】ㄐㄧㄝˋ ㄕㄨㄟˇ ㄒㄧㄥˊ ㄓㄡ
借著水力行船。比喻順應時勢或外力去做。

5【借古諷今】ㄐㄧㄝˋ ㄍㄨˇ ㄈㄥˋ ㄐㄧㄣ
利用古代事例來諷刺現況。

8【借花獻佛】ㄐㄧㄝˋ ㄏㄨㄚ ㄒㄧㄢˋ ㄈㄛˊ
借別人的東西敬客。

9【借屍還魂】ㄐㄧㄝˋ ㄕ ㄏㄨㄢˊ ㄏㄨㄣˊ
人死之後,借他人新死的軀體以復活。今多譬喻利用舊事物以新姿態出現。

【借風使船】ㄐㄧㄝˋ ㄈㄥ ㄕˇ ㄔㄨㄢˊ
借著風力行船。比喻順應時勢或外力去做。

10【借酒澆愁】ㄐㄧㄝˋ ㄐㄧㄡˇ ㄐㄧㄠ ㄔㄡˊ
依靠酒消除愁悶。

12【借貸法則】ㄐㄧㄝˋ ㄉㄞˋ ㄈㄚˇ ㄗㄜˊ
(rules of debit and credit)即每一會計要素的增減應記入借方或貸方的規則。依照雙式簿記,交易的記載應將其所影響的會計要素,視其增減變化,區分借貸,分別記入帳戶的借方及貸方。例如資產的增加應記入借方,減少則記入貸方。按照會計方程式,資產等於負債加業主權益的排列。借貸法則可圖示如下:

借方	貸方
資產增加	資產減少
負債減少	負債增加
業主權益減少	業主權益增加
收入減少	收入增加
費用增加	費用減少

14【借箸代籌】ㄐㄧㄝˋ ㄓㄨˋ ㄉㄞˋ ㄔㄡˊ
代別人策劃。

18【借題發揮】ㄐㄧㄝˋ ㄊㄧˊ ㄈㄚ ㄏㄨㄟ
以某事作藉口,發表或做出與此事無關的言論或行爲。

12【借項通知單】ㄐㄧㄝˋ ㄒㄧㄤˋ ㄊㄨㄥ ㄓ ㄉㄢ
(debit memo)貨物的買方因收到的貨物有瑕疵或損壞,而須退貨或要求賣方讓價,所發給賣方的通知。上面書明原因及減少後的付款金額。會計記帳時,對應付帳款的減少應借記,故稱此通知爲借項通知單。

倯

ㄙㄨㄥ sung^1 音松
①懶。見"方言·三"。②罵。見"廣雅·釋詁"。

倚

㊀ ㄧˇ i^3 音以
①依仗;憑恃。如:倚賴。②靠近。如:倚門。③依照;配合。如:倚聲塡詞。④偏向某個方位。如:不偏不倚。

㊁ ㄐㄧ chi^1 音雞
不正常。通畸。如:倚人。

5【倚仗】ㄧˇ ㄓㄤˋ
憑藉;仗恃。

6【倚托】ㄧˇ ㄊㄨㄛ
倚靠。

【倚伏】ㄧˇ ㄈㄨˊ
相互依存。

8【倚門】ㄧˇ ㄇㄣˊ
靠著門。①用以指父母盼望兒女歸家。②用以指娼妓賣笑。

9【倚恃】ㄧˇ ㄕˋ
憑仗;依靠。

19【倚廬】ㄧˇ ㄌㄨˊ
居喪時住的草房。

6【倚老賣老】ㄧˇ ㄌㄠˇ ㄇㄞˋ ㄌㄠˇ
倚仗年紀大而自以爲是。

10【倚馬可待】ㄧˇ ㄇㄚˇ ㄎㄜˇ ㄉㄞˋ
形容文思敏捷。'晉''桓溫'北伐,'袁宏'倚馬前草擬文稿,頃刻寫成七紙。見"世說新語·文學"。

【倚財仗勢】ㄧˇ ㄘㄞˊ ㄓㄤˋ ㄕˋ
倚仗自己的財富與權勢。

13【倚勢凌人】ㄧˇ ㄕˋ ㄌㄧㄥˊ ㄖㄣˊ
靠權勢而欺凌人。

15【倚閭而望】ㄧˇ ㄌㄩˊ ㄦˊ ㄨㄤˋ
形容父母盼望子女歸家的殷切。

倈

ㄌㄞˊ lai^2 音來
通徠。參倈人。

2【倈人】ㄌㄞˊ ㄖㄣˊ
我國少數民族之一。居處在'廣西省''西隆縣'境。人口及生活習俗均未詳。

倒

㊀ ㄉㄠˇ tao^3 音島
①仆;躺下。如:倒下。②轉移;更換。如:倒包。③商店破產。如:倒閉。

㊁ ㄉㄠˋ tao^4 音到
①上下互換位置。如:倒轉。②違逆不合。如:忤耳倒心。③將物體從容器中傾出。如:倒酒。④後退。如:倒車。⑤反而。如:倒不如。

4【倒戈】ㄉㄠˇ ㄍㄜ
指軍隊臨陣叛變。

6【倒扣】ㄉㄠˋ ㄎㄡˋ
計分法的一種。答錯時,不給分,且按一定公式扣其得分。

7【倒灶】ㄉㄠˇ ㄗㄠˋ
指時運不濟。

【倒坍】ㄉㄠˇ ㄊㄢ
房屋、路面等倒下來或傾坍。

11【倒閉】ㄉㄠˇ ㄅㄧˋ
公司行號因虧本而停業。

【倒帳】ㄉㄠˇ ㄓㄤˋ
也作倒賬。①商店因虧損而拒負債務。②放出的款子或貸款無法收回。

【倒敍】ㄉㄠˋ ㄒㄩˋ
不按事情發展的順序敍述。

12【倒貼】ㄉㄠˋ ㄊㄧㄝ
①指商品虧本出售。②指女子以財物供給男子。含貶損之意。

13【倒運】ㄉㄠˇ ㄩㄣˋ
運氣不順。

【倒楣】ㄉㄠˇ ㄇㄟˊ
運氣不好。原指門楣倒下,家門倒運。俗作倒霉。

【倒嗓】ㄉㄠˇ ㄙㄤˇ
唱戲的人喉嚨失聲,不能演唱。也稱倒倉。

【倒裝】ㄉㄠˋ ㄓㄨㄤ
顚倒文法順序的一種修辭格。如:「吾誰欺」爲「吾欺誰」的倒裝。

14【倒屣】ㄉㄠˋ ㄒㄧˇ
急於出門見客,倒穿鞋子而不知。形容求才若渴,或熱情迎客。

20【倒懸】ㄉㄠˋ ㄒㄩㄢˊ
①倒掛。②比喻極困苦的處境。

【倒嚼】 ㄉㄠˋ ㄐㄧㄠˋ
反芻。

21【倒灌】 ㄉㄠˋ ㄍㄨㄢˋ
海水及河水逆流。

9【倒胃口】 ㄉㄠˇ ㄨㄟˋ ㄎㄡˇ
1沒有食慾。2比喻掃興;沒興趣。

【倒虹吸】 ㄉㄠˋ ㄏㄨㄥˊ ㄒㄧ
(inverted siphon)又稱下降下水道。即下水道於線路上遇障礙物(如穿越河流、山谷或地下隧道)時,無法由坡度藉重力使水自然流下,而將下水道下降建築於障礙物之下,因此種下降下水道形如一倒虹吸管,故稱,但實際上它並無虹吸作用。通常以鑄鐵管或可受內壓之鋼筋混凝土管製成。

10【倒栽葱】 ㄉㄠˋ ㄗㄞ ㄘㄨㄥ
頭下腳上。多用以形容跌倒。

5【倒打一耙】 ㄉㄠˋ ㄉㄚˇ ㄧ ㄆㄚˊ
比喻錯在自己,卻反咬別人一口。

6【倒吃甘蔗】 ㄉㄠˋ ㄔ ㄍㄢ ㄓㄜˋ
比喻漸至佳境。'晉''顧愷之'吃甘蔗,從尾部吃起,問他原因,答說:「漸至佳境。」見"世說新語·排調"。

【倒行逆施】 ㄉㄠˋ ㄒㄧㄥˊ ㄋㄧˋ ㄕ
行事違背常理。

9【倒持太阿】 ㄉㄠˋ ㄔˊ ㄊㄞˋ ㄜ
倒拿寶劍,把劍柄朝向別人。比喻授人權柄。太阿,寶劍名。也作太阿倒持。

10【倒海翻江】 ㄉㄠˇ ㄏㄞˇ ㄈㄢ ㄐㄧㄤ
形容氣勢壯盛。

17【倒繃孩兒】 ㄉㄠˋ ㄅㄥ ㄏㄞˊ ㄦˊ
接生婆用布幅包裹嬰孩時,包反了。比喻熟悉的事,反而失手。

俴 ㄐㄧㄢˋ chien⁴ 音踐
淺。見"說文"。

倷 ㄋㄞˋ nai⁴ 音奈
'吳'語。你。

俺 ㊀ ㄧㄢˋ yen⁴ 音驗
巨大。見"說文"。
㊁ ㄢˇ an³ 音晻
北方方言。我。

倘 ㄊㄤˇ t'ang³ 音躺
1忽然停止。見"字彙"。2假使;如果。同儻。如:倘如。

俶 ㊀ ㄔㄨˋ ch'u⁴ 音觸
1開始。見"說文"。2造;作。見"字彙"。3整理。如:俶裝。
㊁ ㄊㄧˋ t'i⁴ 音替
也作倜。參倜儻。

13【俶詭】 ㄔㄨˋ ㄍㄨㄟˇ
奇異;詭異。

14【俶爾】 ㄔㄨˋ ㄦˇ
忽然;突然。

18【俶擾】 ㄔㄨˋ ㄖㄠˇ
開始擾亂。後泛指一切動亂。

俱 ㄐㄩˋ chü⁴ 音具 又讀 ㄐㄩ chü¹ 音拘
1全;皆。如:父母俱存。2偕;一起。如:與生俱來。

8【俱舍宗】 ㄐㄩˋ ㄕㄜˇ ㄗㄨㄥ
佛教宗派之一。以'世親菩薩'所著"俱舍論"為根本法典,為小乘教派。自'南朝''陳''眞諦三藏'譯"俱舍論"開始,盛於中'唐',五代後漸衰微。

15【俱樂部】 ㄐㄩˋ ㄌㄜˋ ㄅㄨˋ
(club)指供會員團體聚會或娛樂的場所。俗稱總會。是'日本'人所翻譯的名詞。'英'文原義泛指以社交、休閒、文藝、政治或服務社會等活動為目的而組成的協會,及其集會場所。

倱 ㄏㄨㄣˋ hun⁴ 音混
參倱伅。

6【倱伅】 ㄏㄨㄣˋ ㄉㄨㄣˋ
糊塗的樣子。

倮 ㄌㄨㄛˇ lo³, luo³ 音裸
也作猓。參倮黑。

12【倮黑】 ㄌㄨㄛˇ ㄏㄟ
我國少數民族之一。也作'拉祜'。在'緬甸'和'泰國'境內的又稱'木索'(Musso)。散處在'雲南省'西南邊境山地及'寮'、'泰'、'緬'三國北部。我國境內約有304,200人(1982年),在外國者約有8萬餘人。營農耕生活。信仰泛靈。

21【倮儸】 ㄌㄨㄛˇ ㄌㄨㄛˊ
我國少數民族之一。也作'倮倮'、'儸儸'或'羅羅'。自稱'諾蘇'(Nosu)、'聶蘇'(Niehsu)或'彝族',簡稱'彝'。主要分布在'雲南省'全境、'貴州省'西部山地及'川''康'交界的'大'、'小涼山';'廣西省'極西和'越'、'緬'、'寮'三國北部也有零星分布。人口約有5,453,500(1982年)。營農耕、畜牧並重的生活。信仰泛靈。有象形兼表意的文字。

倡 ㊀ ㄔㄤ ch'ang¹ 音昌
1古代表演歌舞的人。如:倡優。2娼妓。通娼。3狂妄。通猖。
㊁ ㄔㄤˋ ch'ang⁴ 音唱
1發起;領導。如:倡議。2發出歌聲。通唱。如:一倡三歎。

8【倡和】 ㄔㄤˋ ㄏㄜˋ
一唱一和,互相呼應。

10【倡家】 ㄔㄤ ㄐㄧㄚ
歌樓酒館。也指妓院。

16【倡導】 ㄔㄤˋ ㄉㄠˇ
提倡;發起。

17【倡優】 ㄔㄤ ㄧㄡ
古代表演歌舞伎藝的人。

20【倡議】 ㄔㄤˋ ㄧˋ
倡導提議。

們 ㄇㄣˊ mên² 音門
用於名詞、代名詞下,表多數。如:人們、我們。

偒 ㄧˋ i⁴ 音易
1輕慢。見"說文"。2交易。見"說文"。

倬 ㄓㄨㄛˊ cho², chuo² 音酌
1顯著;高大。見"說文"。2超絕。如:倬詭。

個 ㄍㄜˋ ko⁴, kê⁴ 音各
同个、箇。1量詞。如:一個人。2單一的。如:個人。3這;此。如:個中滋味。4助詞。相當於的。如:眞個頑皮。

8【個性】 ㄍㄜˋ ㄒㄧㄥˋ
(individuality)指個人特有的心

理特性。包括遺傳及學習的種種特質。

10【個案】ㄍㄜˋ ㄢˋ

①個別而非全體的案例。②(the case) 一個社會單位 (a social unit)的問題。如一個人、一個家庭、一個學校、一個團體、一個政黨、一個社區、一個社會的任何問題,都可以視爲個案。

【個展】ㄍㄜˋ ㄓㄢˇ

個人作品展覽會。

23【個體】ㄍㄜˋ ㄊㄧˇ

一個獨立的人或事物。

10【個案法】ㄍㄜˋ ㄢˋ ㄈㄚˇ

(case history method)研究心理學的方法之一。係深入探討個人之傳記、經歷及軼事等,以瞭解其行爲。

2【個人主義】ㄍㄜˋ ㄖㄣˊ ㄓㄨˇ ㄧˋ

(individualism) ①又名個體主義。強調個別事物或個人之眞實性的學說。②主張國家爲個人而存在,並非個人爲國家而存在的理論。

【個人決策】ㄍㄜˋ ㄖㄣˊ ㄐㄩㄝˊ ㄘㄜˋ

(personal decisions) 指企業的經理人或機構的主管,以其個人的身分所作的決策。個人決策與組織決策不同,前者可能爲其個人私利而裁決,後者必須爲組織單位之公目標、員工目標,及社會目標而裁決。

【個人所得】ㄍㄜˋ ㄖㄣˊ ㄙㄨㄛˇ ㄉㄜˊ

(personal income)個人、家庭及民間非營利團體從各種不同來源所取得的各種收入的總和,包括:受雇人員報酬,非公司組織企業之混合所得、紅利、利息及租金等財產所得,與從政府及從國外收入之經常轉移所得等,稱爲個人所得。

【個人遊程】ㄍㄜˋ ㄖㄣˊ ㄧㄡˊ ㄔㄥˊ

(foreign independent tour; FIT)指爲個人或少數客人設計安排的國外遊程。

【個人電腦】ㄍㄜˋ ㄖㄣˊ ㄉㄧㄢˋ ㄋㄠˇ

(personal computer)電腦的一類。具有一般電腦系統之組成與功能,主要爲適合個人使用而設計,其價格也較爲便宜。

【個人壓力】ㄍㄜˋ ㄖㄣˊ ㄧㄚ ㄌㄧˋ

(personal stress) 係個人所感覺或承受的心理壓力。如親屬死亡或重病、離婚、失業等。

7【個別差異】ㄍㄜˋ ㄅㄧㄝˊ ㄔㄚ ㄧˋ

(individual difference) 指個體與個體之間在成長過程中,由於遺傳特質、成熟程度、學習歷程及文化、環境等因素分別交互作用、影響,而顯現於身體、心理上的差異現象。

2【個人免稅額】ㄍㄜˋ ㄖㄣˊ ㄇㄧㄢˇ ㄕㄨㄟˋ ㄜˊ

(personal exemptions) 指納稅義務人及其配偶每年必需之生活費用,得自綜合所得總額中減除,予以免稅的數額。有配偶者較無配偶者可以加倍減除。其目的在維持納稅義務人之最低生活水準,故免稅額通常隨物價水準調整。

【個人潛意識】ㄍㄜˋ ㄖㄣˊ ㄑㄧㄢˊ ㄧˋ ㄕˋ

(personal unconscious)‘瑞士’心理學家‘榮格’(C. G. Jung)所提出的概念。係指與個人特殊經驗有關的潛意識。與集體潛意識相對。

10【個案研究法】ㄍㄜˋ ㄢˋ ㄧㄢˊ ㄐㄧㄡˋ ㄈㄚˇ

從管理實務中,蒐集有關的事實資料,予以編纂爲個案報告,交由受訓者研究個案內容後,隨即大家集合在一起,從事討論分析,受訓者可提出各種問題,並共同研究解決問題的辦法。

23【個體生態學】ㄍㄜˋ ㄊㄧˇ ㄕㄥ ㄊㄞˋ ㄒㄩㄝˊ

(autecology)研究單獨生物體與環境因子間之關係的學問。

【個體預測法】ㄍㄜˋ ㄊㄧˇ ㄩˋ ㄘㄜˋ ㄈㄚˇ

預測人力需求方法之一種。係就個體或微視的觀點,來預估組織將來需用或需予增減的人力。其中又分工作時間研究法、業務判斷法、職位設置標準法等。

【個體經濟學】ㄍㄜˋ ㄊㄧˇ ㄐㄧㄥ ㄐㄧˋ ㄒㄩㄝˊ

(microeconomics)研究個人及個別企業的經濟行爲,以及他們的全部產品和所得的分配情形的學科。個體經濟學認爲個人是勞力和資金的供應者,同時也是產品的消費者;企業是產品的供應者,也是勞力和資金的消耗者。

7【個別化教學法】ㄍㄜˋ ㄅㄧㄝˊ ㄏㄨㄚˋ ㄐㄧㄠˋ ㄒㄩㄝˊ ㄈㄚˇ

(individualized instruction)根據學生能力、興趣、進度與需欲而個別施教的一種教學法。

【個別快速冷凍法】ㄍㄜˋ ㄅㄧㄝˊ ㄎㄨㄞˋ ㄙㄨˋ ㄌㄥˇ ㄉㄨㄥˋ ㄈㄚˇ

(individual quick freezing)簡稱 IQF 裝置。在凍結室中,利用食品在運輸帶上之同時,吹送循環冷風使之冷凍的方法。對形體較小的食品原料如豌豆粒、豆類等,可達運輸、冷凍、順帶取用包裝之目的。依此法冷凍的食品,個體分開,不會有黏結的現象。

【個別輸入許可證】ㄍㄜˋ ㄅㄧㄝˊ ㄕㄨ ㄖㄨˋ ㄒㄩˇ ㄎㄜˇ ㄓㄥˋ

(individual (import) licence)‘英國’及‘英’鎊地區國家進口貨物輸入許可證之一種。可分三種:一、個別自由輸入許可證,持此證可按證上規定的來源,在有效期限內自由進口特定的商品,而無數量或金額的限制。二、特定輸入許可證,在其有效期限內,可自一定的來源進口一定數量(金額)的特定商品。三、監督輸入許可證,按'歐洲共同市場'之規定,應受進口監督的商品如自'歐洲共同市場'以外地區輸入'英國',需先申請本證才可進口。

候 ㄏㄡˋ hou^4 音後

[1]等待;守望。如:守候。[2]探視。如:問候。[3]徵兆。如:徵候。[4]時間;時節。如:節候。[5]事情在變化中的情況。如:症候。

11【候教】ㄏㄡˋ ㄐㄧㄠˋ

等候指教。

【候鳥】ㄏㄡˋ ㄋㄧㄠˇ

(migratory bird;migrant bird)鳥類每年於一定時間,在繁殖地點與越冬地點之間往復者,稱爲候鳥。移動的原因,是受環境的影響,如氣溫變化、食物缺乏、日照時間縮短,以及體內激素的變化等。

12【候補】ㄏㄡˋ ㄅㄨˇ

等候遞補缺額。

【候雁】ㄏㄡˋ ㄧㄢˋ

隨著氣候變化而遷移的一種候鳥。

16【候選人】ㄏㄡˋ ㄒㄩㄢˇ ㄖㄣˊ

有被選舉資格而參加競選的人。候選人身分的取得,隨選舉制度而異。有些職位必須政黨提名,如'美國'總統;另有些職位,只要獲得一定名額的選民贊助,即可擔任候選人。

9【候風地動儀】ㄏㄡˋ ㄈㄥ ㄉㄧˋ ㄉㄨㄥˋ ㄧˊ

世界首座測震儀。簡稱地動儀。'東漢''張衡'於'順帝''陽嘉'元年(132)造。銅製,形似酒樽,內有都柱、八道;外有與八道相應的八龍分居八方,口含銅球;下有八蟾蜍,張口向上。遇地震則都柱觸動其中一道,相應之龍張口,球落蟾蜍口中而出聲,觀測者可據以知道地震的時間和方位。

修 ㄒㄧㄡ $hsiu^1$ 音休

通作脩。[1]妝飾。如:修飾。[2]整治;整理。如:整修。[3]涵養。如:修養。[4]學習;研究。如:修業。[5]長;高。如:修竹。

3【修士】ㄒㄧㄡ ㄕˋ

[1]品行純潔的人。[2](brother)在天主教會中修道傳教的男子。修士有兩類,有終身爲修士而不準備陞爲司鐸的,有先爲修士而要準備陞爲司鐸的。

5【修史】ㄒㄧㄡ ㄕˇ

編纂史書。

6【修行】ㄒㄧㄡ ㄒㄧㄥˊ

修身實踐。

【修好】ㄒㄧㄡ ㄏㄠˇ

[1]謀求和好。[2]行善修福。

7【修身】ㄒㄧㄡ ㄕㄣ

修養德行。

8【修明】ㄒㄧㄡ ㄇㄧㄥˊ

[1]整治以求清明。[2]美好清明。

【修和】ㄒㄧㄡ ㄏㄜˊ

謀求和好。

10【修容】ㄒㄧㄡ ㄖㄨㄥˊ

[1]修飾容貌。[2]優游自在。

【修書】ㄒㄧㄡ ㄕㄨ

寫信。

11【修理】ㄒㄧㄡ ㄌㄧˇ

[1]整治。[2]懲罰。

13【修禊】ㄒㄧㄡ ㄒㄧˋ

古代習俗。農曆三月上巳日('魏'以後固定在三月三日)臨水洗濯祭祀,以除不祥。

【修福】ㄒㄧㄡ ㄈㄨˊ

修德以求福。

【修道】ㄒㄧㄡ ㄉㄠˋ

[1]修養道德。[2]修習佛家或道家的法門。

【修葺】ㄒㄧㄡ ㄑㄧˋ

修補。

【修業】ㄒㄧㄡ ㄧㄝˋ

[1]推廣、擴大事業。[2]學生在校受課。[3]經營產業。

14【修齊】ㄒㄧㄡ ㄑㄧˊ

[1]修身與齊家。[2]修剪整齊。

15【修養】ㄒㄧㄡ ㄧㄤˇ

涵養。

16【修蹄】ㄒㄧㄡ ㄊㄧˊ

對牛、馬蹄部的修護保養工作。圈飼飼養的牛馬容易發生蹄裂開、蹄叉發炎或腐爛等症狀,故要定期施行修蹄。

17【修鍊】ㄒㄧㄡ ㄌㄧㄢˋ

學習、鍛鍊。

18【修繕】ㄒㄧㄡ ㄕㄢˋ

整修;修補。

20【修齡】ㄒㄧㄡ ㄌㄧㄥˊ

長壽。

12【修補本】ㄒㄧㄡ ㄅㄨˇ ㄅㄣˇ

古代以木板雕字印書,板片流傳數百年,不免漫漶破損,往往加以整修補完,繼續印刷。這種修補板所印的書,稱爲修補本。如'明'修補'宋''蜀'刻本"七史"、'清'修補'明'南監本"玉海"等,都是著名的修補本。

19【修辭學】ㄒㄧㄡ ㄘˊ ㄒㄩㄝˊ

(rhetoric)研究恰當運用語文材料,採取適切表現手法,以使內容有精確美好之表現的一門學科。

3【修己安人】ㄒㄧㄡ ㄐㄧˇ ㄢ ㄖㄣˊ

修養自身,安定百姓。

5【修正主義】ㄒㄧㄡ ㄓㄥˋ ㄓㄨˇ ㄧˋ

(revisionism)指對'馬克斯'主義的修正與改進而言。大多數共產國家事實的發展未能與'馬克斯'所預言者相符,使原信仰'馬克斯'主義的人因懷疑而異議,而致另覓途徑,此屬廣義的修正主義。'俄共'革命後,'列寧'、'史達林'均多少對'馬克斯'的'馬克斯'共產主義有所修正。眞正使修正主義大行其道的,則是自西元1963年以後'赫魯雪夫'採行的利潤原則路線。經濟學家'李柏曼'(Y. G. Liberman)於1962年發表"計畫、利潤、獎金"論文,建議'蘇俄'在經濟上廣泛採用利潤原則,以復興'蘇俄'的國民經濟。'赫魯雪夫'支持這個建議,自1963年起在'蘇俄'開始推行,因而挽救了共產制度日趨崩潰的危機。

14【修齊治平】 ㄒㄧㄡ ㄑㄧˊ ㄓˋ ㄆㄧㄥˊ
修身、齊家、治國、平天下。儒家修己安人的次序。

5【修正權責發生制】 ㄒㄧㄡ ㄓㄥˋ ㄑㄩㄢˊ ㄗㄜˊ ㄈㄚ ㄕㄥ ㄓˋ
乃現金基礎與應計基礎的混合制，在支出方面，一旦負債發生即予記錄，但在收入方面，則非至收到現金不予入帳。此種程序，就會計上之一貫主義而論，不無矛盾，但就穩健主義而言，尚難謂為不當，且應用已相當普遍。

【修正美式計費制度】 ㄒㄧㄡ ㄓㄥˋ ㄇㄟˇ ㄕˋ ㄐㄧˋ ㄈㄟˋ ㄓˋ ㄉㄨˋ
(Modified American Plan; MAP)指包括兩餐的旅館計費制度。所謂兩餐，除早餐是固定外，午餐或晚餐任住客選其一。不管住客在旅館內用餐與否，照價收費。

倸 ㄘㄞˇ ts'ai^{3} 音采
[1]睬的或體。[2]採的俗體。

倄 ㄧㄠˊ yao^{2} 音搖
痛得叫起來。見"廣韻"。

俳 ㄆㄞˊ p'ai^{2} 音排
[1]古代的一種滑稽劇。見"說文"。[2]演戲的人。如:俳優。[3]詼諧;戲謔。如:俳諧。

17【俳優】 ㄆㄞˊ ㄧㄡ
古代表演滑稽戲劇的演員。

俷 ㄈㄟˋ fei^{4} 音費
敗壞;違背。見"集韻"。

倗 一 ㄆㄥˊ p'êng^{2} 音朋
[1]輔助。見"說文"。[2]委託。見"六書統"。[3]依憑。同憑。見"集韻"。[4]姓。'漢'有'倗宗'。見"萬姓統譜·五七"。
二 ㄆㄥˇ p'êng^{3} 音捧
不肯。見"說文"。

倜 ㄊㄧˋ t'i^{4} 音惕
高遠的樣子。見"字彙"。

12【倜然】 ㄊㄧˋ ㄖㄢˊ
[1]高舉的樣子。[2]疏遠的樣子。

22【倜儻】 ㄊㄧˋ ㄊㄤˇ
卓越豪邁。引申為超逸灑脫，不受拘束。

倭 一 ㄨㄟ wei^{1} 音威
平順的樣子。見"說文"。
二 ㄨㄛ wo^{1} 音窩
我國古時對'日本'人的稱呼。如:倭寇。

5【倭奴】 ㄨㄛ ㄋㄨˊ
我國'漢''魏'時對'日本'人的稱呼。

11【倭寇】 ㄨㄛ ㄎㄡˋ
指'明朝'時侵擾我國東南沿海的'日本'海盜。

14【倭漆】 ㄨㄛ ㄑㄧ
漆器工藝的一種。我國漆器工藝在'唐朝'傳入'日本'，歷經數百年，發展出特殊的描金漆器，即以金泥蘸漆描繪，人稱倭漆。'明朝''宣德'年間，我國工人渡海赴'日'學習描金漆器技法，此種漆藝遂傳於我國。'明英宗''天順'年間有漆工'楊塤'，所作描金山水人物，神采奕奕，世稱'楊'倭漆。

俻 備的俗體。

倠 ㄏㄨㄟ hui^{1} 音灰
參仳倠。

倪 ㄋㄧˊ ni^{2} 音尼
[1]俾;使。見"說文"。[2]弱小。如:旄倪。[3]分際。如:天倪。[4]端緒;頭緒。如:端倪。[5]姓。'漢'有'倪誰'。見"萬姓統譜·一四"。

23【倪瓚】 ㄋㄧˊ ㄗㄢˋ
(1301?～1374)'元'末'無錫'(今'江蘇''無錫')人。字'元鎮'，號'雲林'。擅水墨山水，意境淡遠。與'黃公望'、'吳鎮'、'王蒙'並稱'元'末四大家。著有"清閟閣集"。

4【倪元璐】 ㄋㄧˊ ㄩㄢˊ ㄌㄨˋ
(1593～1644)'明''浙江''上虞'人。字'玉汝'，號'鴻寶'。工於行書、草書，善畫山水竹石。'天啓'進士，官至戶部尚書。'李自成'陷京師，自縊死，諡'文正'，'清'諡'文貞'。遺著有"倪文貞集"。

俾 ㄅㄧˋ pi^{4} 音陛　又讀 ㄅㄟ pei^{1} 音卑
[1]益。如:俾益。[2]使。如:俾使。

12【俾斯麥】 ㄅㄧˋ ㄙ ㄇㄞˋ
(Otto von Bismarck，全名作 Otto Fürst von Bismarck-Schönhausen，1815～1898)'德國'政治家。世稱鐵血宰相(the Iron Chancellor)。西元1862年任'普魯士'宰相，於1866年擊敗'奧地利'，次年建立'北日耳曼聯邦'，把'奧地利'排斥於外；1870年發動'普''法'戰爭，擊敗'法國'，翌年建立'德意志帝國'(the German Reich)，並於當年3月21日任第一任首相，後因與'威廉二世'(William II)失和，遂於1890年3月18日被迫下野。

俾斯麥像

11【俾晝作夜】 ㄅㄧˋ ㄓㄡˋ ㄗㄨㄛˋ ㄧㄝˋ
把白天當作夜晚。指晝夜顛倒，生活荒淫。

惛 一 ㄏㄨㄣ hun^{1} 音昏
昏暗。見"集韻"。
二 ㄏㄨㄣˋ hun^{4} 音混
年老記憶力衰退。見"玉篇"。

倽 ㄕㄚˊ sha^{2} 音啥
'吳'語。什麼。

倫 ㄌㄨㄣˊ lun^{2} 音輪
[1]類;輩。如:無與倫比。[2]人與人之間的道理、關係。如:人倫。[3]順序;秩序。如:倫次。

4【倫巴】 ㄌㄨㄣˊ ㄅㄚ
(rumba)起源於'古巴'的黑人舞蹈。屬四分之二或四分之四節拍，腰臀略帶扭動，曲調優美熱情。約西元1930年傳入'美國'，二次大戰期間，隨'美'軍及'美國'觀光客介紹到世界各地，成為世界性的交際舞。

【倫比】 ㄌㄨㄣˊ ㄅㄧˇ
等同比擬。

【倫匹】 ㄌㄨㄣˊ ㄆㄧˇ

[1]同輩。[2]匹配。

11【倫理】 ㄌㄨㄣˊ ㄌㄧˇ
人際關係中所共同遵守的規範。

【倫常】 ㄌㄨㄣˊ ㄔㄤˊ
人倫的常道。

12【倫敦】 ㄌㄨㄣˊ ㄉㄨㄣ
(London)'英國'首都、最大商港及經濟、文化、交通、金融中心。跨'泰晤士河'兩岸,距海65公里,海輪可直達。西元43年建城。'東倫敦'為工業區,'西倫敦'為商業和行政區。有'倫敦塔'、'西敏寺'、'白金漢宮'(Buckingham Palace)、'聖保羅教堂'及'大英博物館'(British Museum)等名勝。人口740萬(2003年)。

10【倫類】 ㄌㄨㄣˊ ㄌㄟˋ
[1]同類。[2]事物的條理、法則。

11【倫理學】 ㄌㄨㄣˊ ㄌㄧˇ ㄒㄩㄝˊ
(ethics)又名道德哲學。研究善惡、是非標準以及行爲準則等問題的哲學學科。

【倫理資訊】 ㄌㄨㄣˊ ㄌㄧˇ ㄗ ㄒㄩㄣˋ
(ethic information)指資訊社會中,有關人類道德規範、行爲舉止、宗教信仰之類的資訊。

倉 ㄘㄤ *ts'ang*[1] 音蒼
[1]儲藏穀米或貨物的處所。[2]青色。通蒼、滄。如:倉龍。

9【倉促】 ㄘㄤ ㄘㄨˋ
匆忙慌亂的樣子。也作倉卒、倉猝。

10【倉庫】 ㄘㄤ ㄎㄨˋ
受報酬爲他人堆藏及保管物品之營業。受報酬而爲他人堆藏及保管物品者爲倉庫營業人,託其堆藏及保管物品而支給報酬者,稱爲寄託人。倉庫營業人,因寄託人之請求,應由倉庫簿塡寫、塡發倉單。

12【倉單】 ㄘㄤ ㄉㄢ
用以表彰、處分或提取寄託物之有價證券。倉庫營業人,因寄託人之請求,應由倉庫簿塡發倉單。倉單必須記載:一、寄託人之姓名及住址。二、保管之場所。三、受寄物之種類、品質、數量及其包皮之種類、個數及記號。四、倉單塡發地及塡發之年、月、日。五、定有保管期間者,其期間。六、保管費。七、受寄物已付保險者,其保險金額、保險期間及保險人之名號等事項,並由倉庫營業人簽名。倉單所載之貨物,非由貨物所有人於倉單背書,並經倉庫營業人簽名,不生所有權移轉之效力。

15【倉頡】 ㄘㄤ ㄐㄧㄝˊ
也作'蒼頡'。相傳爲'黃帝'的史官,創造文字。

16【倉廩】 ㄘㄤ ㄌㄧㄣˇ
貯藏米穀的處所。

9【倉皇失措】 ㄘㄤ ㄏㄨㄤˊ ㄕ ㄘㄨㄛˋ
匆促忙亂,不知所措。

10【倉庫契約】 ㄘㄤ ㄎㄨˋ ㄑㄧˋ ㄩㄝ
倉庫營業人與寄託人所訂立之契約。倉庫契約有寄託契約之性質,故爲要物契約。倉庫契約,因保管期間之屆滿、當事人之終止及寄託物之滅失而消滅。

9

傁 叟的或體。

停 ㄊㄧㄥˊ *t'ing*[2] 音庭
[1]中止。如:停工。[2]排解糾紛。如:調停。[3]客寓;暫住。如:居停。

4【停火】 ㄊㄧㄥˊ ㄏㄨㄛˇ
交戰雙方停止相互攻擊。

【停勻】 ㄊㄧㄥˊ ㄩㄣˊ
勻稱。

5【停刊】 ㄊㄧㄥˊ ㄎㄢ
報章雜誌停止發行。

8【停泊】 ㄊㄧㄥˊ ㄅㄛˊ
船隻停於港口或岸邊。

10【停格】 ㄊㄧㄥˊ ㄍㄜˊ
(freeze frame)電視節目製作的一種技術。指在連串活動畫面的中間或結尾處,停止某一格畫面。

13【停頓】 ㄊㄧㄥˊ ㄉㄨㄣˋ
中止。

【停當】 ㄊㄧㄥˊ ㄉㄤˋ
妥當。

【停業】 ㄊㄧㄥˊ ㄧㄝˋ
停止營業。

14【停滯】 ㄊㄧㄥˊ ㄓˋ
停止不動。

16【停戰】 ㄊㄧㄥˊ ㄓㄢˋ
(armistice)依據"海牙陸戰規則"(*Hague Regulations respecting the Laws and Customs of War on Land*)第三十六條之規定,停戰是指交戰雙方依據協議,暫時停止軍事行動,其期間無特別規定者,各方隨時可依停戰協定之規定,通知他方恢復軍事行動。依此定義,則停戰與停火、休戰並無顯著區別。晚近之國家實踐,停戰係指各種敵對行動之完全停止,當事國不得恢復軍事行動。

17【停薪】 ㄊㄧㄥˊ ㄒㄧㄣ
停止支付薪俸。

18【停職】 ㄊㄧㄥˊ ㄓˊ
停止員工執行職務。如在政府機關服務的公務人員,有下列情形之一者應予停職,即一、在刑事訴訟程序實施中被羈押者。二、涉嫌內亂、外患經提起公訴者,涉嫌貪汙經提起公訴者。停職期間並停支薪給。又停職只是一種暫時性的措施,停職之最後結果,仍需視案情終結情形,作復職或免職之處理。

【停擺】 ㄊㄧㄥˊ ㄅㄞˇ
鐘擺停止。比喻停止活動。

24【停靈】 ㄊㄧㄥˊ ㄌㄧㄥˊ
停放棺木。

4【停止液】 ㄊㄧㄥˊ ㄓˇ ㄧㄝˋ
照片沖印的處理液。具弱酸性,可中和顯影液,使顯影作用停止。用於顯影和定影之間。

14【停滯點】 ㄊㄧㄥˊ ㄓˋ ㄉㄧㄢˇ
(stagnation point)流體流經一物體時,由於壓力的變化,會使得

某一位置之流體速度爲零，此點稱爲停滯點。如圖所示，爲一黏性流

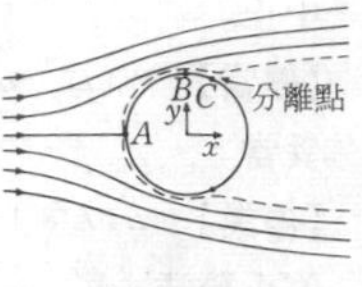

停滯點圖

流經一球形柱，A點即爲停滯點。

4【停止指令】 ㄊㄧㄥˊ ㄓˇ ㄓˇ ㄌㄧㄥˋ
(stop instruction) 指示電腦系統停止執行程式之指令。

12【停雲落月】 ㄊㄧㄥˊ ㄩㄣˊ ㄌㄨㄛˋ ㄩㄝˋ
指思慕親友。語本'陶潛'"停雲·序"：「停雲，思親友也。」'杜甫'"夢李白"：「落月滿屋梁，猶疑照顏色。」

15【停課處分】 ㄊㄧㄥˊ ㄎㄜˋ ㄔㄨˇ ㄈㄣˋ
(suspension) 對違規學生所裁定的停止上課(自一堂課至幾天課不等)處分。學生復課後，必須自行補習停課時失修的課業。

14【停滯性膨脹】 ㄊㄧㄥˊ ㄓˋ ㄒㄧㄥˋ ㄆㄥˊ ㄓㄤˋ
(stagflation) 自西元1973年石油危機發生後，世界各國的經濟情況普遍發生一反'凱恩斯'學派就業與物價成增函數關係的變動，而呈現物價水準持續上漲，就業、生產反而減少的現象，經濟學家稱之爲停滯性(表示失業)膨脹。

㑥 ㄧˇ i^3 音以
哭後餘聲。見"字彙"。

偽 ㄨㄟˋ wei^4 音衛
或作僞。①人爲；非天然。見"字彙"。②詐欺；巧飾；虛假。如：偽裝。③斥人僭越、不合法。如：偽政權。

7【偽足】 ㄨㄟˋ ㄗㄨˊ
(pseudopodium)爲原生動物中肉足類如變形蟲等的運動胞器。後生動物中某些細胞亦可利用偽足移動，如人類的白血球。偽足係身體或細胞表面所產生的突起，是一種暫時性的構造，可以在細胞表面的任何部位產生。

10【偽託】 ㄨㄟˋ ㄊㄨㄛ
假借他人名義。

【偽書】 ㄨㄟˋ ㄕㄨ
冒他人之名假造的書籍。

11【偽造】 ㄨㄟˋ ㄗㄠˋ
假造。

12【偽善】 ㄨㄟˋ ㄕㄢˋ
假裝善良。

【偽鈔】 ㄨㄟˋ ㄔㄠ
假鈔票。

13【偽裝】 ㄨㄟˋ ㄓㄨㄤ
減少部隊、軍品、裝備或設施等被發現的欺敵辦法。如步兵攻擊前進時，常須身披著飾以綠草、樹枝之偽裝網，甚至臉塗泥巴以防止反光。

14【偽幣】 ㄨㄟˋ ㄅㄧˋ
①假鈔票。②偽政權的貨幣。

5【偽古文】 ㄨㄟˋ ㄍㄨˇ ㄨㄣˊ
指'東晉''梅賾'所獻的古文"尚書"。經'清''閻若璩'斷定爲偽作。

7【偽君子】 ㄨㄟˋ ㄐㄩㄣ ㄗˇ
假裝爲善而欺世盜名的人。

9【偽政權】 ㄨㄟˋ ㄓㄥˋ ㄑㄩㄢˊ
一國之內的叛亂團體或反政府的政治團體，非法占領部分國土，行使部分國家的政權，原來合法政府，稱此種政權爲偽政權。此乃我國之習慣用語。

4【偽中華民國維新政府】 ㄨㄟˋ ㄓㄨㄥ ㄏㄨㄚˊ ㄇㄧㄣˊ ㄍㄨㄛˊ ㄨㄟˊ ㄒㄧㄣ ㄓㄥˋ ㄈㄨˇ
'民國'二十六年十二月，'日本'占領'南京'後，採以'華'制'華'政策，於次年三月成立偽'維新政府'於'南京'，由'梁鴻志'、'溫宗堯'、'陳群'等'中國'妥協派分子組成。名義上統轄'華'東，實乃'日'人遂行其以戰養戰之目的的傀儡政權。

【偽中華民國臨時政府】 ㄨㄟˋ ㄓㄨㄥ ㄏㄨㄚˊ ㄇㄧㄣˊ ㄍㄨㄛˊ ㄌㄧㄣˊ ㄕˊ ㄓㄥˋ ㄈㄨˇ
抗'日'戰爭爆發後，'日本'先後占領'北平'、'天津'、'太原'等地。'民國'二十六年十二月，偽'中華民國臨時政府'在'北平'成立，設議政、行政、司法三委員，由'湯爾和'、'王克敏'、'董康'、'齊燮元'、'王揖唐'、'朱深'等主之。

16【偽冀東防共自治政府】 ㄨㄟˋ ㄐㄧˋ ㄉㄨㄥ ㄈㄤˊ ㄍㄨㄥˋ ㄗˋ ㄓˋ ㄓㄥˋ ㄈㄨˇ
'民國'二十四年十一月，'日本'爲策動'華'北自治，主使'殷汝耕'發表宣言，成立'冀東防共自治委員會'於'通州'，旋改稱'冀東防共自治政府'。'殷'任委員長，轄二十五縣。'國民政府'因應非常，於十二月成立'冀察政務委員會'，以'宋哲元'任委員長，負責'華'北治安。

偭 ㄓㄜˊ $chê^2$ 音折
皮皺。見"集韻"。

偰 ㄒㄧㄝˋ $hsieh^4$ 音卸
'殷'始祖名。經史多作'契'。見"說文"。

健 ㄐㄧㄢˋ $chien^4$ 音件
①強有力。如：武健。②善於。如：健談。③姓。'宋'有'健武'。見"正字通"。

6【健行】 ㄐㄧㄢˋ ㄒㄧㄥˊ
徒步而行的戶外運動。

7【健忘】 ㄐㄧㄢˋ ㄨㄤˋ
容易遺忘。

【健步】 ㄐㄧㄢˋ ㄅㄨˋ
①擅長步行。②快步。

8【健兒】 ㄐㄧㄢˋ ㄦˊ
壯士；強壯的年輕人。

11【健康】 ㄐㄧㄢˋ ㄎㄤ
根據'聯合國世界衛生組織'對健康所下的定義如下：「健康爲身體的、心理的及社會的一種完全安寧的狀態，不僅是無病或不虛弱而已。」

12【健筆】 ㄐㄧㄢˋ ㄅㄧˇ
練達的文筆。

15【健談】 ㄐㄧㄢˋ ㄊㄢˊ
善於言談。

7【健忘症】 ㄐㄧㄢˋ ㄨㄤˋ ㄓㄥˋ
(amnesia)又稱失憶症。個體因

腦部受傷或心理壓抑作用，而引起記憶遺失的症候。

11【健康保險】ㄐㄧㄢˋ ㄎㄤ ㄅㄠˇ ㄒㄧㄢˇ

(health insurance)又稱疾病保險(sickness insurance)。被保險人罹患疾病且不能工作時，由保險人補償其醫藥費用及收入損失的保險。惟健康保險有廣狹兩義：狹義的健康保險，僅指疾病保險而言；廣義的健康保險，則包括疾病保險與傷害保險。

【健康食品】ㄐㄧㄢˋ ㄎㄤ ㄕˊ ㄆㄧㄣˇ

(health foods)泛指有益健康及具有預防或治療用途的食品。廣義的是指天然食品，包括未使用農藥、化學肥料之農產品，未被汙染的水產品及不含任何添加物的食品。狹義的是指營養強化食品，如恢復、增補健康或具療養性的食品等。市售之低熱量、低糖、低膽固醇、高蛋白質食品等皆屬之。

【健康教育】ㄐㄧㄢˋ ㄎㄤ ㄐㄧㄠˋ ㄩˋ

(health education)各級學校爲增進健康、防止疾病而進行的教學措施。

6【健全性分析】ㄐㄧㄢˋ ㄑㄩㄢˊ ㄒㄧㄥˋ ㄈㄣ ㄒㄧ

(soundness analysis of finance)又稱企業財務報表分析。即對有關企業的健全性的分析研究。一般主要有流動比率、速動比率與負債比率三項。

偃 ㄧㄢˇ *yen*³ 音演

①仰臥。②仆伏。③停息。如：偃武息兵。

4【偃仆】ㄧㄢˇ ㄆㄨ

跌倒。

6【偃仰】ㄧㄢˇ ㄧㄤˇ

俯仰。

8【偃臥】ㄧㄢˇ ㄨㄛˋ

仰臥。

10【偃息】ㄧㄢˇ ㄒㄧˊ

止息。

12【偃然】ㄧㄢˇ ㄖㄢˊ

安然。

17【偃蹇】ㄧㄢˇ ㄐㄧㄢˇ

①傲慢。②失意、委屈的樣子。③託病而不作事。

8【偃武修文】ㄧㄢˇ ㄨˇ ㄒㄧㄡ ㄨㄣˊ

止息武備，修明文教。

10【偃師商城】ㄧㄢˇ ㄕ ㄕㄤ ㄔㄥˊ

西元1983年在'河南''偃師縣'城西南側發現的一座早'商'夯土城牆。城牆整體略呈長方形，南北長約1,700餘公尺，東西最長處約1,200餘公尺。在城牆內發現數處大型夯土臺基建築群及青銅器、陶器、石器，皆屬早'商'器物。據研判可能是'商湯''亳'邑故城。目前尚繼續發掘中。

13【偃鼠飲河】ㄧㄢˇ ㄕㄨˇ ㄧㄣˇ ㄏㄜˊ

地鼠飲河水，不過飽肚而已。比喻志量狹小。

14【偃旗息鼓】ㄧㄢˇ ㄑㄧˊ ㄒㄧˊ ㄍㄨˇ

收起軍旗，停止擊鼓。①指行軍時匿藏蹤跡，使敵軍不易發現。②指停止戰事，不作戰備。

偪 ㄅㄧ *pi*¹ 音逼

①充滿。見"方言·六"。②迫近；逼迫。同逼。如：偪促。

偉 ㄨㄟˇ *wei*³ 音委

①奇特；出眾。如：高才偉藝。②壯盛。如：雄偉。

8【偉岸】ㄨㄟˇ ㄢˋ

形容身材高大。

10【偉烈】ㄨㄟˇ ㄌㄧㄝˋ

①偉大的功業。②偉大壯烈。

偠 ㄧㄠˇ *yao*³ 音咬

參偠㒟。

18【偠㒟】ㄧㄠˇ ㄋㄧㄠˇ

指細腰。也用以形容體態柔美的樣子。

[illegible] 便的本字。

偋 ㄅㄧㄥˋ *ping*⁴ 音病

或作屏。①隱僻。見"廣韻"。②排除。如：偋除。

偓 ㄨㄛˋ *wo*⁴ 音握

局促、拘束的樣子。如：偓促。

8【偓佺】ㄨㄛˋ ㄑㄩㄢˊ

傳說中古代仙人的名字。見"說文"。

偡 ㄓㄢˋ *chan*⁴ 音站

①整齊地前進。見"集韻"。②整齊的樣子。見"字彙"。

偞 ㄧㄝˋ *yeh*⁴ 音葉

輕。見"集韻"。

做 ㄗㄨㄛˋ *tso*⁴, *tsuo*⁴ 音坐

①製造。如：做鞋。②當；作爲。如：做官。③假裝。如：做好做惡。④舉行。如：做壽。

3【做工】ㄗㄨㄛˋ ㄍㄨㄥ

傳統戲劇中的表情動作。如傳統戲劇注重唱、唸、做、打，而老生中有「做工老生」。

【做小】ㄗㄨㄛˋ ㄒㄧㄠˇ

指當小老婆。

4【做手】ㄗㄨㄛˋ ㄕㄡˇ

①同作手。②下手。指謀害。

5【做主】ㄗㄨㄛˋ ㄓㄨˇ

主持；做決定。

7【做作】ㄗㄨㄛˋ ˙ㄗㄨㄛ

故擺姿態；裝模作樣。

9【做活】ㄗㄨㄛˋ ㄏㄨㄛˊ

①做工作。②下圍棋時做兩個眼，以留活路。

10【做家】ㄗㄨㄛˋ ㄐㄧㄚ

善於持家。即省儉。又作做人家。

【做案】ㄗㄨㄛˋ ㄢˋ

從事犯法活動。

17【做闊】ㄗㄨㄛˋ ㄎㄨㄛˋ

故作慷慨大方。

【做臉】ㄗㄨㄛˋ ㄌㄧㄢˇ

①獲得榮譽。②養護臉部皮膚。

2【做人情】ㄗㄨㄛˋ ㄖㄣˊ ㄑㄧㄥˊ

給人恩惠。

4【做手腳】ㄗㄨㄛˋ ㄕㄡˇ ㄐㄧㄠˇ

①作弊。如：這帳目不對，是誰做了手腳？②私下安排。

11【做圈套】ㄗㄨㄛˋ ㄑㄩㄢ ㄊㄠˋ

設定害人的計畫。

【做眼色】ㄗㄨㄛˋ ㄧㄢˇ ㄙㄜˋ

以眼光暗示而不明說。也作使眼

色。

15【做模樣】 ㄗㄨㄛˋ ㄇㄛˊ ㄧㄤˋ
裝模做樣；擺架子。

6【做好做惡】 ㄗㄨㄛˋ ㄏㄠˇ ㄗㄨㄛˋ ㄜˋ
故意裝作好人或惡人以應付事情。

1【做一日和尚敲一日鐘】 ㄗㄨㄛˋ ㄧ ㄖˋ ㄏㄜˊ ㄕㄤˋ ㄑㄧㄠ ㄧ ㄖˋ ㄓㄨㄥ
諺語。①比喻在職一天，就要做好分內的工作。②比喻得過且過。

偕 ㄐㄧㄝ *chieh*¹ 音皆 又讀 ㄒㄧㄝˊ *hsieh*² 音諧
①強壯。見"說文"。②共同；齊一。如：偕老。③和諧。如：偕適。

㑔 猱的或體。

傚 ㄓˋ *chih*⁴ 音智
碰觸；會合。見"正字通"。

偭 ㄇㄧㄢˇ *mien*³ 音緬
①面向。見"說文"。②背向；違背。見"字彙"。

11【偭規越矩】 ㄇㄧㄢˇ ㄍㄨㄟ ㄩㄝˋ ㄐㄩˇ
逾越規矩；違背禮法。

偄 ㄖㄨㄢˇ *juan*³ 音軟
①懦弱。見"說文"。②恭敬。見"廣韻"。

假 ㊀ ㄐㄧㄚˇ *chia*³ 音甲
①不眞的。如：假情假義。②借。如：假借。③如果；倘若。如：假使。
㊁ ㄐㄧㄚˋ *chia*⁴ 音駕
休息。如：休假。

4【假手】 ㄐㄧㄚˇ ㄕㄡˇ
借別人的力量以達成自己的目的。

6【假托】 ㄐㄧㄚˇ ㄊㄨㄛ
假借；藉故。

8【假果】 ㄐㄧㄚˇ ㄍㄨㄛˇ
(false fruit)植物的果實由花萼、花冠或花托，與子房同時發育而成者，稱爲假果。如蘋果。

9【假冒】 ㄐㄧㄚˇ ㄇㄠˋ
以假的冒充眞的。

10【假根】 ㄐㄧㄚˇ ㄍㄣ
(rhizoid)蘚苔植物沒有眞正的根，其原葉體的下表皮有向外突出的部分，用以吸收水分，並有附著的功能，稱爲假根。

【假借】 ㄐㄧㄚˇ ㄐㄧㄝˋ
①六書之一。也作叚借。指本無其字，依聲託事。如「其」字原是畚箕的箕，被借爲稱代詞和助詞之用。②借用；借助。③寬容；寬恕。如：公私分明，不稍假借。

12【假寐】 ㄐㄧㄚˇ ㄇㄟˋ
不脫衣而作短暫的閉目休息。

【假期】 ㄐㄧㄚˋ ㄑㄧˊ
指在辦公的時間內可不辦公的期間。假期有國定紀念日、節日、星期六下午、星期日，及員工基於個人原因而請求核准的假期等。

【假植】 ㄐㄧㄚˇ ㄓˊ
指在育苗期中，暫時性的幼苗種植。如苗木買太多或挖取太多，一時無法定植，遂在陰棚或溫室的沙床上暫時種植以保護根群，此即稱假植。亦有爲促進根群發育而假植育苗，常見於菸苗。

【假象】 ㄐㄧㄚˇ ㄒㄧㄤˋ
虛假的現象。與眞象相對。

13【假道】 ㄐㄧㄚˇ ㄉㄠˋ
①借路。②借用；假託。

【假想】 ㄐㄧㄚˇ ㄒㄧㄤˇ
假設；想像。

15【假髮】 ㄐㄧㄚˇ ㄈㄚˇ
以人造或剪下的眞髮裝裱在彈性網狀帽子或帶子上，勒住頭部而蓋住本來頭髮的行頭。戴假髮始於古'埃及'；至十七世紀時，'路易十四世'開始造成男假髮的流行風潮；至十八世紀'路易十五世'時，假髮外型變小，開始露出自然頭髮，並使用髮粉；'路易十六世'時其皇后'瑪麗·安唐妮'(Marie Antoinette)帶動女性使用假髮的流行風潮，極盡華麗之能事；而在十九世紀至二十世紀初只用來遮掩禿頭；1960年代末至1970年代初，成了男女間流行的行頭。

17【假聲】 ㄐㄧㄚˇ ㄕㄥ
成年人發高音域以上的聲音時，聲帶不完全閉合，胸腔也不起共鳴，以達音域最高的部分。俗稱假嗓子。在我國戲劇中，旦角和小生多採用假聲的唱法。

20【假釋】 ㄐㄧㄚˇ ㄕˋ
假釋是受徒刑執行之犯人，而有悛悔實據者，在服刑經過一段期間後，准其暫行出獄，在一定期間內未犯罪，刑罰權因而消滅之制度。所謂服刑經過一段期間是指無期徒刑逾十年後，有期徒刑逾二分之一後，但有期徒刑之執行未滿一年者，不在此限。假釋由監獄長官呈請司法行政最高機關核可，但假釋中更犯罪，受有期徒刑以上刑之宣告者，撤銷其假釋。在無期徒刑假釋後滿十年，或在有期徒刑所餘刑期內未經撤銷假釋者，其未執行之刑，以已執行論。

4【假分數】 ㄐㄧㄚˇ ㄈㄣ ㄕㄨˋ
(improper fraction)分子分母均爲正整數的分數中，分母不大於分子的分數皆稱之。反之，稱爲眞分數。

5【假平等】 ㄐㄧㄚˇ ㄆㄧㄥˊ ㄉㄥˇ
即忽視人類天生的「聖、賢、才、智、平、庸、愚、劣」不等的事實，一律強求其平等，把位置高的壓下去，成爲一種平頭的平等。

6【假扣押】 ㄐㄧㄚˇ ㄎㄡˋ ㄧㄚ
民事案件在判決確定之前，就金錢請求，或得易爲金錢請求的請求，依債權人的聲請，暫時扣押被告的財產，使其不能自由處分，以保全將來的強制執行，稱爲假扣押。

7【假決議】 ㄐㄧㄚˇ ㄐㄩㄝˊ ㄧˋ
股東會出席股東不足代表已發行股份總數過半數股東之定額，而有代表發行股份總數三分之一以上股東出席時，得以出席股東表決權過半數之同意作成決議，此種決議效力尚未確定，稱爲假決議。公司應將假決議通知各股東，於一個月內再行召集股東會，其發有無記名股票者，並應將假決議公告之。上述再行召集之股東會，對於假決議，如仍有已發行股份總數三分之一以上股東出席，並經出席股東表決權過半數之同意，視爲普通決議。假決議只適用於一般事項，對於公司法規定須經特別決議之事項不適用之。

10【假陣痛】ㄐㄧㄚˇ ㄓㄣˋ ㄊㄨㄥˋ
(false pain)指分娩前數日，下腹部常有的不規則酸痛。因子宮偶發生不規則收縮所致，並非分娩時陣痛的開始。

【假借義】ㄐㄧㄚˇ ㄐㄧㄝˋ ㄧˋ
因假借而有的字義。和本義相對。如西字本義「鳥棲於巢」，後借爲「西方」，此即其假借義。

12【假惺惺】ㄐㄧㄚˇ ㄒㄧㄥ ㄒㄧㄥ
①裝糊塗。②假情假意。

13【假道學】ㄐㄧㄚˇ ㄉㄠˋ ㄒㄩㄝˊ
指言行不一的僞君子。

14【假撇清】ㄐㄧㄚˇ ㄆㄧㄝ ㄑㄧㄥ
裝作清白無辜的樣子。

4【假仁假義】ㄐㄧㄚˇ ㄖㄣˊ ㄐㄧㄚˇ ㄧˋ
假裝出很有仁義道德的樣子。

【假公濟私】ㄐㄧㄚˇ ㄍㄨㄥ ㄐㄧˋ ㄙ
假借公家的名義或權力以達成私人的目的。

5【假以時日】ㄐㄧㄚˇ ㄧˇ ㄕˊ ㄖˋ
經過一段時間。

【假以詞色】ㄐㄧㄚˇ ㄧˇ ㄘˊ ㄙㄜˋ
用溫和的言語態度對待別人。

8【假性事件】ㄐㄧㄚˇ ㄒㄧㄥˋ ㄕˋ ㄐㄧㄢˋ
(pseudo-event)指公眾人物所蓄意製造的新聞事件。就事件本身而言，可能不具新聞條件，但因製造者特殊的地位，不得不加以報導，此種事件稱爲假性事件。

14【假說檢定】ㄐㄧㄚˇ ㄕㄨㄛ ㄐㄧㄢˇ ㄉㄧㄥˋ
(hypothesis testing)有一「歸零假說」H_0(例如此藥對此病無效)及「對立假說」H_1(例如此藥對此病有效)，要從統計的資料來決定要不要接受假說H_0，這叫假說檢定。以一規則：「若資料如此如此則接受H_0，否則接受H_1」來執行，有兩種可能的錯誤：(1)H_0對，可是被拒斥；(2)H_0錯，卻被接受了。前者之機會α稱爲顯著水準(significance level)，常先確定α，然後要求後者之機會β越小越好，$(1-\beta)$稱爲檢力(power)。

17【假戲眞做】ㄐㄧㄚˇ ㄒㄧˋ ㄓㄣ ㄗㄨㄛˋ
比喻弄假成眞。

偍 ㄊㄧˊ tʻi² 音提
弛緩；前進困難。見"正字通"。

側 ㄘㄜˋ tsʻê⁴ 音測　又讀 ㄗㄜˋ tsê⁴ 音仄
①旁邊。如：右側。②傾斜；不正。③靠近。如：側近。④卑陋；低微。如：側陋。⑤置。如：側身天地間。⑥書法筆法之一。即點。

5【側目】ㄘㄜˋ ㄇㄨˋ
①不敢正視。表示敬畏或不屑。②怒目而視。表示惱恨。

6【側耳】ㄘㄜˋ ㄦˇ
傾耳而聽。①形容偸聽的樣子。②形容專注傾聽的樣子。

7【側足】ㄘㄜˋ ㄗㄨˊ
指參與某事。

【側身】ㄘㄜˋ ㄕㄣ
①戒愼自身。②傾側身體。③置身。

9【側室】ㄘㄜˋ ㄕˋ
①旁側的房間。②庶子。③妾。又稱偏房。

【側重】ㄘㄜˋ ㄓㄨㄥˋ
偏重。

14【側聞】ㄘㄜˋ ㄨㄣˊ
從旁聽到。表示謙虛之辭。

15【側鋒】ㄘㄜˋ ㄈㄥ
筆法之一種。與偏鋒只在筆傾斜的程度之不同，側鋒用筆微斜，字畫稍作平臥。在繪畫上，側鋒、偏鋒均非病，在書法上則不能常用，否則終成一弊；然歷代書家、畫家常以正鋒和側鋒交相並用，倒成一美。

【側線】ㄘㄜˋ ㄒㄧㄢˋ
(branch line)又稱蜷線、串線。係鐵路車站內，正線以外，供交會錯讓列車及解開存放列車的路線。依其使用目的，有到達線、分類線、編組線、中轉線、停車線、修車線、洗車線、機迴線及貨物線等之分。

11【側視圖】ㄘㄜˋ ㄕˋ ㄊㄨˊ
(side view; side elevation; end elevation)以正投影原理描述一物體時，觀察者立於物體側面平視，物體在側投影面的視圖。自右側觀察所得者爲右側視圖(right side view)反之，爲左側視圖(left side view)。

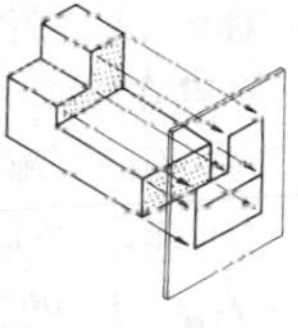
側視圖

6【側向載重】ㄘㄜˋ ㄒㄧㄤˋ ㄗㄞˋ ㄓㄨㄥˋ
(lateral load)一結構或其構件所承受的橫向作用力。例如風力垂直作用於一橋樑或建築物的長度方向時，即爲側向載重之一形式。

【側向土壓力】ㄘㄜˋ ㄒㄧㄤˋ ㄊㄨˇ ㄧㄚ ㄌㄧˋ
(lateral earth pressure)土壓力係指由土壤加諸於其內部所考慮的一矩形元素或方體元素側向邊界之應力或總力量。靜止狀態的土體，無側向變形，其側向土壓力稱爲靜止側向土壓力；當土體之側限逐漸撤銷，土體終達極限平衡狀態時，稱爲自動側向土壓力，乃側向土壓力之最小值；當土體側向受到擠壓，土體終達極限平衡狀態時，稱爲被動側向土壓力，乃側向土壓力的最大值。

15【側衝式滑動】 ㄘㄜˋ ㄔㄨㄥ ㄕˋ ㄏㄨㄚˊ ㄉㄨㄥˋ
(lateral spreading)平緩的地塊中,若地下之一粉泥層或砂層有季節性的水壓升降變化,當孔水壓力太高時,突然使此一粉泥層或砂層上的土層發生側向衝動,致土體產生滑動而產生許多地塹的現象。

偒 ㊀ ㄊㄤˇ t'ang^3 音倘
[1]直。見"玉篇"。[2]長的樣子。見"廣韻"。
㊁ ㄧㄤˊ yang^2 音羊
參偒儣。

14【偒儣】 ㄧㄤˊ ㄏㄨㄤˊ
我國少數民族之一。原作'徉獚'、'楊黃'或'佯黃'。自稱'塡'(Ten)。散處在'貴州省'東南'惠水'、'都勻'、'石阡'、'施秉'、'黎平'等縣境。人口未詳。皆已'漢'化。信仰泛靈。

偶 ㄡˇ ou^3 音藕
[1]用土木等材料製成的像。如:木偶。[2]儕輩。如:曹偶。[3]匹配。如:嘉偶。[4]相對。如:偶語。[5]雙數。如:偶數。[6]非預期的;非經常的。如:偶然。[7]姓。'明'有'偶完'。見"正字通"。

2【偶人】 ㄡˇ ㄖㄣˊ
用泥土或木頭雕塑的人像。

12【偶發】 ㄡˇ ㄈㄚ
偶然發生。

【偶然】 ㄡˇ ㄖㄢˊ
不期然而然。不是常常如此。

14【偶語】 ㄡˇ ㄩˇ
相對談論。

【偶爾】 ㄡˇ ㄦˇ
出於意外的;不規律的;不經常的。又作偶而。

【偶像】 ㄡˇ ㄒㄧㄤˋ
[1]用土木金石等所製的像。[2](idol)權威的象徵。如政治、藝術、文學等領域中,所產生被人狂熱敬佩的對象。又如戀情的對象也會成爲心中的偶像。其字是從'拉丁'文 idola 而來,原意是幻像、假相。'英國'實驗派哲學家'培根'分偶像爲四種:一、本性謬誤的種族偶像,二、個人主觀謬誤的洞穴偶像,三、濫用語言謬誤的市場偶像,四、迷信權威的劇場偶像。必須破除四種偶像,才能獲得科學眞知。

15【偶數】 ㄡˇ ㄕㄨˋ
(even number)自然數中凡能被2整除的,稱爲偶數,否則稱爲奇數。

17【偶戲】 ㄡˇ ㄒㄧˋ
即木偶戲。參木偶戲。

8【偶函數】 ㄡˇ ㄏㄢˊ ㄕㄨˋ
(even function)一函數的 $f(x)=f(-x)$ 時,稱爲偶函數。例如 $f(x)=x^2$ 及 $f(x)=cos\,x$。

12【偶發藝術】 ㄡˇ ㄈㄚ ㄧˋ ㄕㄨˋ
(happening)西元1960年代現代美術的一種表現形式。結合視覺表現與物體等,來表演的一種美術行爲。觀眾亦可參加這一種演出,不過沒有劇情與故事,而以半計畫半即興的偶發表演爲主。

9【偶柱式桁架】 ㄡˇ ㄓㄨˋ ㄕˋ ㄏㄥˊ ㄐㄧㄚˋ
(queen post truss)又稱雙柱桁架。以一對偶柱代替屋架中柱的桁架。跨距以不超過10公尺爲宜。應用此桁架之主要目的在利用偶柱中央空間於屋架繫樑平面上做成閣樓。

偶柱式桁架圖

偈 ㊀ ㄐㄧㄝˊ chieh^2 音傑
勇武的樣子。見"集韻"。
㊁ ㄐㄧˋ chi^4 音祭
佛家語。梵語偈陀(gāthā)音譯的省略。義譯爲竭,竭盡其義的意思。四句爲一偈。多爲頌詞,所以又稱偈頌。後佛家多稱傳道所唱的詞句爲偈。

偌 ㄖㄨㄛˋ jo^4, juo^4 音弱
如此;這樣。

3【偌大】 ㄖㄨㄛˋ ㄉㄚˋ
如此大;這樣大。

偲 ㊀ ㄙ szŭ^1, ssŭ^1 音思
互相督促勉勵。見"字彙"。
㊁ ㄙㄞ sai^1 音鰓
多鬚的樣子。見"字彙"。

偵 ㄓㄣ chên^1 音針
探察。見"正字通"。

11【偵探】 ㄓㄣ ㄊㄢˋ
[1]探察。[2]探察祕密事項或犯罪事實的人。[3]軍中派遣偵察敵情與地勢的人員。

14【偵察】 ㄓㄣ ㄔㄚˊ
[1]探察。[2]利用目視或其他偵測方法,以取得敵方情報的活動。可由陸、海、空各方面偵察敵軍之部署及其他地理、氣象等資料。

15【偵緝】 ㄓㄣ ㄑㄧˋ
探察、緝捕犯人。

18【偵騎】 ㄓㄣ ㄐㄧˋ
偵察敵情的騎兵。今多用以稱呼偵察犯罪事實的治安人員。

14【偵察機】 ㄓㄣ ㄔㄚˊ ㄐㄧ
部署於領空外或戰區前,以偵察來犯敵機或敵前狀況的飛機。如陸軍輕航空飛機。

14【偵誤碼】 ㄓㄣ ㄨˋ ㄇㄚˇ
(error detecting code)依照特定規則所組合的代碼,可用來檢查出傳送資料的錯誤。若資料傳送沒有錯誤發生,則經由核驗可發現違反規則。

9【偵查終結】 ㄓㄣ ㄔㄚˊ ㄓㄨㄥ ㄐㄧㄝˊ
偵查,爲檢察官爲提起或實行公訴而調查犯罪嫌疑人及證據之程序。檢察官因告訴、告發、自首或其他情事知有犯罪嫌疑者,應即開始偵查。及至檢察官認涉案被告之犯行成立與不成立已有合理可信之認定時,即告偵查終結,而得提起公訴或爲不起訴處分,或簽結。

14【偵察衛星】 ㄓㄣ ㄔㄚˊ ㄨㄟˋ ㄒㄧㄥ
(reconnaissance satellite)一種以軍事目標爲主的人造衛星。其

任務為偵測對方的核子試爆和計算對方的飛彈數目；監視軍備競賽或實際軍事衝突時雙方所動員的軍隊與裝備；監視對方地面重要工廠、軍事設施、邊界、軍事演習，及可能突發的軍事行動，俾應需要發出預警警報。偵察衛星依功能可分為：一、監視整個地球表面動靜的一般偵察衛星；二、拍攝小範圍區域動靜照片的熱像攝影衛星；三、收錄其路徑國家領域內的無線電或微波訊號的電磁偵測衛星；四、藉所發出的雷達微波訊號之反射，以收監視效果的雷達衛星。

偎 ㄨㄟ wei¹ 音威
依傍；親近。

9【偎香倚玉】 ㄨㄟ ㄒㄧㄤ ㄧˇ ㄩˋ
1指美女圍繞身邊，親近戲耍。2指狎妓。

【偎紅倚翠】 ㄨㄟ ㄏㄨㄥˊ ㄧˇ ㄘㄨㄟˋ
同偎香倚玉。

偪 偪的或體。

偝 ㄅㄟˋ pei⁴ 音背
1違棄。見"集韻"。2背向。

偹 倏的俗體。

倏 ㄕㄨˋ shu⁴ 音樹
俗作倏。1疾速。如：倏忽。2光。如：倏閃。

8【倏忽】 ㄕㄨˋ ㄏㄨ
疾速。

12【倏然】 ㄕㄨˋ ㄖㄢˊ
忽然；疾速。

偁 ㄔㄥ ch'êng¹ 音稱
今通作稱。1稱揚；稱譽。見"說文"。2名稱；稱謂。見"廣韻"。

御 一 ㄐㄩㄝˊ chüeh² 音決
須臾；頃刻之間。見"廣韻"。
二 ㄐㄩˋ chü⁴ 音劇
疲勞到極點。見"廣雅·釋詁"。

偅 ㄓㄨㄥˋ chung⁴ 音仲
1潦倒失意。2未成年的人。通僮。如：仙偅。

倕 ㄔㄨㄟˊ ch'ui² 音垂
重。見"玉篇"。

偢 ㄔㄡˇ ch'ou³ 音丑
看；顧視。同瞅。

偬 傯的俗體。

偩 ㄈㄨˋ fu⁴ 音負
恃；依仗。同負。

偺 ㄗㄚˊ tsa² 音雜 又讀 ㄗㄢˊ tsan² 音咱
北方方言。我。同咱、喒。

偟 ㄏㄨㄤˊ huang² 音皇
空閒。見"爾雅·釋言"。

偊 ㄩˇ yü³ 音羽
身體彎曲的樣子。

偏 ㄆㄧㄢ p'ien¹ 音篇
1側；旁邊。如：偏鋒。2不公正。如：偏私。3側重於一方。如：偏廢。4邊遠。如：偏僻。5一半；部分。如：偏安。6表示出於意外或故意相反的意思。如：偏偏。7(meta)用於無機化合物之字首，表其中水合分子最少的酸或鹽。如偏磷酸(HPO_3)。8姓。'漢'有'偏呂張'。見"通志·氏族略四"。

4【偏方】 ㄆㄧㄢ ㄈㄤ
1指一方面或一個地方。2偏僻邊遠的地方。3流傳民間，不見於醫學經典的藥方。

6【偏安】 ㄆㄧㄢ ㄢ
王室偏處一隅，既無力統治全國，又缺乏中興進取之心。

【偏光】 ㄆㄧㄢ ㄍㄨㄤ
光波的振動面偏向一面的光。如水及玻璃面上的反光。它會降低畫面色彩的清晰度與濃度，可在鏡頭上加偏光鏡以消除之。

【偏好】 ㄆㄧㄢ ㄏㄠˋ
特殊的愛好。

7【偏見】 ㄆㄧㄢ ㄐㄧㄢˋ
1片面的、不公正的見解。2(prejudice)一種對人、事、物之主觀而缺乏客觀事實的看法。

8【偏盲】 ㄆㄧㄢ ㄇㄤˊ
(hemianopsia)視野的一半看不見。可以是一眼失明，亦即看不到左側或右側的視野；也可以是兩邊外側視野看不到，如腦下垂體發生腫瘤時，時常產生此症狀；也可以是一邊視野看到內側，另一邊只看到外側視野。偏盲有多種表現，它是神經系統疾病的重要線索。

【偏房】 ㄆㄧㄢ ㄈㄤˊ
指姨太太。

9【偏重】 ㄆㄧㄢ ㄓㄨㄥˋ
側重一方或偏向一方。

【偏風】 ㄆㄧㄢ ㄈㄥ
又稱偏癱。即因中風所導致的半身不遂。參半身不遂。

【偏食】 ㄆㄧㄢ ㄕˊ
只挑自己喜好的食物吃。即挑食。

10【偏袒】 ㄆㄧㄢ ㄊㄢˇ
1袒露一臂。如：偏袒搤捥。2兩方爭執，偏護其中一方。

【偏差】 ㄆㄧㄢ ㄔㄚ
1偏失；錯誤。2(bias)指由於人為及儀器誤差之影響所量得之值減去真值所得的數值。

【偏航】 ㄆㄧㄢ ㄏㄤˊ
(drift)指飛機或船艦在非人為操縱下偏離中心位置而作水平之位移。實際航跡與機、艦方向之差異，可用儀器校正之。

11【偏執】 ㄆㄧㄢ ㄓˊ
偏見和固執。

12【偏勞】 ㄆㄧㄢ ㄌㄠˊ
1託人或謝人代為做事的謙詞。2稱某人對某事特別擔負了較多的辛勞。

【偏晶】 ㄆㄧㄢ ㄐㄧㄥ
(monotectic)一種液相於冷卻時變態為另一種不同成分的液相及一固相，且反之亦然的一種可逆反應。

13【偏愛】 ㄆㄧㄢ ㄞˋ
特別喜愛；獨愛。

14【偏頗】 ㄆㄧㄢ ㄆㄛ
不公正;偏護一方。

15【偏廢】 ㄆㄧㄢ ㄈㄟˋ
重此而輕彼。

【偏鋒】 ㄆㄧㄢ ㄈㄥ
[1]筆法之一種。運筆時,將筆之鋒尖偏在字點劃之一面者,故寫出來之點劃一邊光、一邊毛,而每一個字,不是倒於左,就是倒於右。一般書家引以爲弊,然歷代書家中,亦有以偏鋒取勝的,例如'北宋'四大家中的'蘇軾'、'黃庭堅'慣以偏鋒書,倒是獨創書體之一格。[2]指書畫、文章及言論等所表現的特異方法。

17【偏壓】 ㄆㄧㄢ ㄧㄚ
(bias)使用外加電壓源,造成電晶體動作基準點之不同,即電晶體的基極─射極接面與基極─集極接面產生能量障壁的遷移,稱爲偏壓。通常偏壓的目的是用來限制電晶體的動作點,而造成電晶體電路特性之差異。

22【偏聽】 ㄆㄧㄢ ㄊㄧㄥ
聽信片面之辭。

6【偏光鏡】 ㄆㄧㄢ ㄍㄨㄤ ㄐㄧㄥˋ
濾光鏡的一種。可改變偏光面角度,以減低或消除非金屬表面所反射的影像與眩光,使照片加強主要色彩,降低天空光量,而不影響其他色彩。拍攝時可先透過偏光鏡調整所需效果,再置入鏡頭中。

13【偏微分】 ㄆㄧㄢ ㄨㄟˊ ㄈㄣ
(partial differentiation)若一函數u的各變數x、y、z等又爲另一變數t的函數時,則u對t的全微分爲$\frac{du}{dt}=\frac{\partial u}{\partial x}\frac{dx}{dt}+\frac{\partial u}{\partial y}\frac{dy}{dt}+\frac{\partial u}{\partial z}\frac{dz}{dt}$,其中$\frac{\partial u}{\partial x}$、$\frac{\partial u}{\partial y}$及$\frac{\partial u}{\partial z}$分別爲$u$對$x$、$y$、$z$的偏微分。求偏微分時,是暫時把其他的變數當成常數來做微分的。例如$u=xy+yz$,則$\frac{\partial u}{\partial x}=y$。

16【偏導數】 ㄆㄧㄢ ㄉㄠˇ ㄕㄨˋ
(partial derivative)一函數$u=f(x,y,z,\cdots)$含有幾個自變數,對於其中任一自變數計算其導數,而其他自變數視爲常數,所得的結果稱爲對該自變數的偏導數。例:$\frac{\partial u}{\partial x}$,$\frac{\partial u}{\partial y}$,…皆爲偏導數,也可記爲:$u_x$,$u_y$,…。

【偏頭痛】 ㄆㄧㄢ ㄊㄡˊ ㄊㄨㄥˋ
(migraine)一種週期性的頭痛症狀。常發生於頭之一側,有時伴有噁心、嘔吐及各種知覺障礙。常有家族性發生的傾向,多見於女子。是因通向一側頭部的動脈突然變窄,然後再擴張所致,至於血管爲何先收縮後擴張,則尚在研究中。

4【偏心凸輪】 ㄆㄧㄢ ㄒㄧㄣ ㄊㄨˊ ㄌㄨㄣˊ
(eccentric cam)一圓柱之外緣圓心和其據以旋轉之基圓的圓心不在同一位置所形成之凸輪。

6【偏向成長】 ㄆㄧㄢ ㄒㄧㄤˋ ㄔㄥˊ ㄓㄤˇ
(biased growth)指隨著時間推進、技術進步、資源相對增加、經濟成長時,兩類產品的生產以不同的速度擴張,生產可能曲線非同幅度往外移的情形。

【偏向摘要】 ㄆㄧㄢ ㄒㄧㄤˋ ㄓㄞ ㄧㄠˋ
(slanted abstract)針對特定的學問範疇或事業政策的要求,而特別詳細摘要原著文獻的某部分。乃是爲僅需利用原文某部分的讀者而製作的摘要。

【偏好函數】 ㄆㄧㄢ ㄏㄠˋ ㄏㄢˊ ㄕㄨˋ
(preference function)消費者面對不同財貨的組合時,能夠建立起對每一組財貨無差異,或較偏好某一組財貨的關係。

7【偏見誤差】 ㄆㄧㄢ ㄐㄧㄢˋ ㄨˋ ㄔㄚ
心理因素所引起考績誤差的一種。指主管人員考評員工考績時,常受主管的好惡偏見所左右,而偏見的產生又多與工作無關,致考績不公。

9【偏度係數】 ㄆㄧㄢ ㄉㄨˋ ㄒㄧˋ ㄕㄨˋ
(coefficient of skewness)量度一個頻度(或機率)分布的偏倚程度,以$m_3 \div m_2^{3/2}$計算。但m_r爲$(x_i-\bar{x})^r$的平均,$\bar{x}$爲x_i之平均。

【偏度測量】 ㄆㄧㄢ ㄉㄨˋ ㄘㄜˋ ㄌㄧㄤˊ
(measure of skewness)平均與中位數的差乘以3再除以標準差,即得偏度。這數值越大,表示尾巴長,其正負則表示尾巴在右或在左。例如,七人的分數爲1, 1, 1, 1, 2, 3, 5, 則平均爲2, 中位數爲1, 標準差1.5, 算出偏度2。

偷

ㄊㄡ $t'ou^{1}$ 音媮
[1]竊取。如:偷竊。[2]暗中進行。如:偷渡。[3]澆薄;不厚道。如:民風偷薄。[4]苟且。如:偷安。

2【偷人】 ㄊㄡ ㄖㄣˊ
俗稱婦女與人通姦。

5【偷生】 ㄊㄡ ㄕㄥ
苟且求生。

6【偷安】 ㄊㄡ ㄢ
只圖一時的安全,不顧將來的禍患。

7【偷步】 ㄊㄡ ㄅㄨˋ
國術步法。後腳在前腳後方交叉側進,以接近敵人或改變方向。

9【偷香】 ㄊㄡ ㄒㄧㄤ
指男女偷情。'晉''賈充'的女兒偷她父親的'西域'奇香與情人'韓壽',後爲'賈充'所知,便把女兒嫁給'韓壽'。見"世說新語‧惑溺"。

【偷風】 ㄊㄡ ㄈㄥ
輕薄的風氣。

11【偷情】 ㄊㄡ ㄑㄧㄥˊ
男女暗通私情。

12【偷渡】 ㄊㄡ ㄉㄨˋ
不顧一國或兩國法律的禁止,由一國領土不法進入另一國領土的行爲,稱爲偷渡。一般多爲逃避政治壓迫、經濟困苦或爲犯罪逃亡等原因而爲國際間之非法入境行爲。

【偷惰】 ㄊㄡ ㄉㄨㄛˋ
苟且怠惰。

16【偷嘴】 ㄊㄡ ㄗㄨㄟˇ
偷吃東西。

17【偷薄】 ㄊㄡ ㄅㄛˊ
輕浮;不厚道。

22【偷襲】 ㄊㄡ ㄒㄧˊ
出其不意的出擊;暗中攻擊。

3【偷工減料】 ㄊㄡ ㄍㄨㄥ ㄐㄧㄢˇ ㄌㄧㄠˋ
1不依規格施工。2指做事馬虎不認眞。

4【偷天換日】 ㄊㄡ ㄊㄧㄢ ㄏㄨㄢˋ ㄖˋ
比喻絕大而巧妙的欺騙手法。

6【偷合取容】 ㄊㄡ ㄏㄜˊ ㄑㄩˇ ㄖㄨㄥˊ
迎合他人,以求容身。

11【偷梁換柱】 ㄊㄡ ㄌㄧㄤˊ ㄏㄨㄢˋ ㄓㄨˋ
形容暗中耍弄狡計,以假代眞。

18【偷雞摸狗】 ㄊㄡ ㄐㄧ ㄇㄛ ㄍㄡˇ
本指竊賊行爲。引申爲舉止鬼祟不端。

【偷雞不著蝕把米】 ㄊㄡ ㄐㄧ ㄅㄨˋ ㄓㄠˊ ㄕˊ ㄅㄚˇ ㄇㄧˇ
比喻投機不成,反遭損失。

偫 ㄓˋ chih^4 音至
儲藏物品以備用。見"說文"。

10

傢 ㄐㄧㄚ chia^1 音家
參傢伙。

6【傢伙】 ㄐㄧㄚ ˙ㄏㄨㄛ
1指日用器具。2指刀槍等武器。3對人戲謔的稱呼。

傛 ㄩㄥˊ yung^2 音顒
不安。見"說文"。

傍 ㊀ ㄆㄤˊ p'ang^2 音旁
1偏側;左右。通旁。如:傍鄰。2姓。'唐'有'傍企本'。見"正字通"。
㊁ ㄅㄤˋ pang^4 音磅
依靠;接近。如:依山傍水。
㊂ ㄅㄤ pang^1 音邦
臨近。如:傍午時分。

11【傍徨】 ㄆㄤˊ ㄏㄨㄤˊ
流連不去或進退失據的樣子。又作彷徨、徬徨。

2【傍人門戶】 ㄅㄤˋ ㄖㄣˊ ㄇㄣˊ ㄏㄨˋ
依靠他人生活,不能自立。

【傍人籬壁】 ㄅㄤˋ ㄖㄣˊ ㄌㄧˊ ㄅㄧˋ
比喻依賴別人,不能自立。

8【傍花隨柳】 ㄅㄤˋ ㄏㄨㄚ ㄙㄨㄟˊ ㄌㄧㄡˇ
形容春日出遊,欣賞大自然景物的情趣。一作傍花攀柳。

⿰亻疾 嫉的或體。

傚 ㄒㄧㄠˋ hsiao^4 音效
仿效。同效。如:傚慕。

15【傚慕】 ㄒㄧㄠˋ ㄇㄨˋ
仿效羨慕。

傏 ㄊㄤˊ t'ang^2 音唐
也作唐。參唐突。

傕 ㄐㄩㄝˊ chüeh^2 音決
姓。見"工篇"。

傔 ㄑㄧㄢˋ ch'ien^4 音欠
1跟從。見"說文新附"。2隨從的人。3差役。如:傔卒。

傞 ㄙㄨㄛ so^1, suo^1 音梭
醉後舞蹈的樣子。見"說文"。

傣 ㄉㄞˋ tai^4 音代 又讀 ㄊㄞˋ t'ai^4 音泰
族名。即'擺夷'。參擺夷。

傃 ㄙㄨˋ su^4 音素
向;循某一方。見"字彙"。

傋 ㊀ ㄐㄧㄤˇ chiang^3 音講
參傋⿰亻尨。
㊁ ㄍㄡˋ kou^4 音夠
無知的樣子。見"正字通"。

9【傋⿰亻尨】 ㄐㄧㄤˇ ㄇㄤˇ
不媚。

⿰亻𠬶 侵的本字。

傌 ㊀ ㄇㄚˋ ma^4 音罵
罵的本字。
㊁ ㄇㄚˇ ma^3 音馬
象棋帥方的馬。

傅 ㄈㄨˋ fu^4 音付
1官名。輔佐之官。如:太傅。2附著;附上。通附。如:傅致。3姓。'殷'有'傅說'。見"通志·氏族略二"。

13【傅會】 ㄈㄨˋ ㄏㄨㄟˋ
領會融貫。今多用作附會之意,指勉強湊合或任意比附。

14【傅說】 ㄈㄨˋ ㄩㄝˋ
'殷高宗'時賢相。曾在'傅巖'當泥水匠,爲'高宗'所發現,乃舉以爲相。當政期間,政事清明,國家大治。曾作"說命"三篇。

4【傅介子】 ㄈㄨˋ ㄐㄧㄝˋ ㄗˇ
'西漢''義渠'(今'甘肅''寧縣'西北)人。早年從軍,'昭帝''元鳳'中,出使'大宛',以計斬'樓蘭'王,歸封'義陽侯'。

7【傅作義】 ㄈㄨˋ ㄗㄨㄛˋ ㄧˋ
(1894~1974)'山西''榮河'人。字'宜生'。'保定軍官學校'畢業。歷任'天津'警備司令、'綏遠'省政府代理主席,抗戰時任第八戰區副司令長官,勝利後任'察哈爾'省政府主席、'華'北剿匪總司令。當'華'北軍事情勢逆轉,投降'中共',出任僞職。

12【傅斯年】 ㄈㄨˋ ㄙ ㄋㄧㄢˊ
(1896~1950)'山東''聊城'人。字'孟眞'。'北京大學'畢業,留學'德國''柏林大學'。歷任'中央大學'、'北京大學'教授,'中央研究院''歷史語言研究所'所長,國民參政員。死於'臺灣大學'校長任內。著述甚多,後人編有"傅斯年全集"。

傅斯年像

15【傅增湘】 ㄈㄨˋ ㄗㄥ ㄒㄧㄤ
(1872~1949)'四川''江安'人。字'沅叔'、'潤沅',號'薑庵'、'藏園'。二十七歲中進士。歷任'貴州'學政、'直隸'道員。'民國'六年起,連任多屆教育總長。後任'故宮博物院'管

理委員、圖書館長。精版本學。著有"清代殿試考略"等書。

10【傅粉施朱】 ㄈㄨˋ ㄈㄣˇ ㄕ ㄓㄨ
抹白粉,塗胭脂。指婦女的打扮。

5【傅立葉級數】 ㄈㄨˋ ㄌㄧˋ ㄧㄝˋ ㄐㄧˊ ㄕㄨˋ
(Fourier series)一單值周期函數可用一系列的正弦與餘弦函數的線性總和來表示,此等正弦與餘弦函數的頻率爲該周期函數頻率的倍數。若 $f(t)$ 爲周期 T 的函數,即 $f(t)=f(t+T)$,則 $f(t)=\frac{a_0}{2}+\sum_{k=1}^{\infty}[a_k cos(2\pi Kt/T)+b_k sin(2\pi kt/T)]$,其中係數 a_k 及 b_k 爲'傅立葉'(Jean Baptiste Joseph Fourier)所首先計算出來,即 $a_k=\frac{2}{T}\int_d^{d+T} f(u)cos(2\pi Ku/T)du$, $K=0,1,2,\cdots$。$b_k=\frac{2}{T}\int_d^{d+T} f(u) sin(2\pi Ku/T)du$。故用以表示 $f(t)$ 展開的各項,便稱爲'傅立葉'級數。又稱爲三角級數。對後來分析學的發展有鉅大的影響,同時在數學及物理上用途很廣。

傈 ㄌㄧˋ *li*⁴ 音栗
栗木做成的宗廟神主牌。見"正字通"。

14【傈僳】 ㄌㄧˋ ㄙㄨˋ
我國及'中南半島'的少數民族之一。原作'猓猓',也作'力些'。散處在'雲南省'西北、'西康省''金沙江'、'瀾滄江'、'怒江'、'恩梅開江'上游一帶,以及'寮'、'泰'、'緬'、'印'四國北部。我國境內的人口約有48.1萬(1982年),在國外者約有5萬餘人。多神信仰。

傎 ㄉㄧㄢ *tien*¹ 音顛
①墜。同傎。見"玉篇"。②顛倒。如:傎倒上下。

備 ㄅㄟˋ *pei*⁴ 音背
本作僃,俗作俻。①謹慎。見"說文"。②完全。如:具備。③預先安排以待用。如:備忘錄。

6【備考】 ㄅㄟˋ ㄎㄠˇ
留待參考。

【備份】 ㄅㄟˋ ㄈㄣˋ
(backup)指備用的系統、裝置、資料或軟體等等。可在主要設備發生故障或資料損失時使用,以維持正常之運作。

7【備位】 ㄅㄟˋ ㄨㄟˋ
徒占其位;姑且充數而已。自謙之詞。

8【備取】 ㄅㄟˋ ㄑㄩˇ
錄取正額以外的候補者。

9【備查】 ㄅㄟˋ ㄔㄚˊ
留待查考。

10【備案】 ㄅㄟˋ ㄢˋ
機關或人民團體,把要辦的事呈報主管官署登記備查。

【備員】 ㄅㄟˋ ㄩㄢˊ
充數。在位的自謙之詞。

5【備用金】 ㄅㄟˋ ㄩㄥˋ ㄐㄧㄣ
正常開支外,預備急用的款項。

7【備忘錄】 ㄅㄟˋ ㄨㄤˋ ㄌㄨˋ
①記載事務,以免遺忘的冊子。②(memorandum)外交文書的一種。一國政府或其駐外使館常把該國對某交涉事件的性質與歷史,表示自己的立場及採取的態度,而以書面文字,用簡單的傳送方式,照會他國政府或使節,此種文書稱爲備忘錄。

6【備多力分】 ㄅㄟˋ ㄉㄨㄛ ㄌㄧˋ ㄈㄣ
防備太過,軍力分散。

8【備抵壞帳】 ㄅㄟˋ ㄉㄧˇ ㄏㄨㄞˋ ㄓㄤˋ
(allowance for bad debt)爲應收帳款的抵銷科目,代表應收帳款總額中可能無法收回的金額。在資產負債表上,備抵壞帳列爲應收帳款的減項,所得的淨額稱爲應收帳款的淨實現價值。

9【備急千金要方】 ㄅㄟˋ ㄐㄧˊ ㄑㄧㄢ ㄐㄧㄣ ㄧㄠˋ ㄈㄤ
'唐''孫思邈'撰,簡稱"千金方"。三十卷。詳記診病的要訣、針灸的方法、養生的道理,是'唐代'重要的醫學著述。

傉 ㄋㄨˋ *nu*⁴ 音怒
憂傷悽惋。見"集韻"。

傝 ㄊㄚˋ *t'a*⁴ 音踏
不謹慎的樣子。見"玉篇"。

傞 ㄘ *tz'ŭ*¹ 音疵
參傞池。

6【傞池】 ㄘ ㄔˊ
參差不齊的樣子。

12【傞傂】 ㄘ ㄔˊ
參差不齊的樣子。同傞池。

傒 ㊀ ㄒㄧ *hsi*¹ 音西
東北邊疆民族名。見"廣韻"。
㊁ ㄒㄧˋ *hsi*⁴ 音戲
①囚繫。通繫。②歸向。

㑳 ㄓㄡˋ *chou*⁴ 音晝
①懷孕。見"集韻"。②受雇於人,擔任雜役。見"正字通"。③乖巧。如:性情㑳。④輕佻。

傑 ㄐㄧㄝˊ *chieh*² 音桀
①才能出眾的人。②特異突出。③高聳的。如:傑閣。

7【傑作】 ㄐㄧㄝˊ ㄗㄨㄛˋ
特別出色的作品。

【傑佛遜】 ㄐㄧㄝˊ ㄈㄛˊ ㄒㄩㄣˋ
(Thomas Jefferson,1743～1826)'美國'第三任總統。本業律師。獨立戰爭時轉戰各地,西元1776年起草著名的'美國'"獨立宣言",申明人類生而平等,並賦有生存、自由及追求幸福的各種不可剝奪的權利。

傑佛遜像

傜 ㄧㄠˊ *yao*² 音搖
①使;役。也作傜。見"六書故"。②族名。原作'猺',今或作'瑤'。參傜族。

11【傜族】 ㄧㄠˊ ㄗㄨˊ
我國少數民族之一。在'越南''東京'山地者稱爲'蠻'。分布在'廣西省'、'貴州省'的'荔波'、'貴定'、'湖南省'的'辰溪'、'黔陽'諸縣;'雲南省'南部、'緬甸'東北、'泰國'西北、'寮國'北部,'越南''東京'山地也有。營農耕兼事漁獵生活。信仰泛靈。

傁 叟的或體。

傀 ㊀ ㄍㄨㄟ kuei¹ 音瑰
①偉大的樣子。如:傀然獨立。②怪異。如:傀奇。
㊁ ㄎㄨㄟˇ k'uei³ 音揆
參傀儡。

17【傀儡】 ㄎㄨㄟˇ ㄌㄟˇ
①木、土做成的偶人。用於演傀儡戲之用。②比喻受操縱、利用的人或集團。

【傀儡戲】 ㄎㄨㄟˇ ㄌㄟˇ ㄒㄧˋ
戲曲的類別。廣義的包括所有的木偶戲。古稱傀儡子、魁礧子、窟礧子。傳說'周穆王'西狩回來,工匠'偃師'曾獻上能表演歌舞的活動偶人。'宋代'有用木棒托的杖頭傀儡,有用線吊的懸絲傀儡,有小孩代替的肉傀儡,有在水中表演的水傀儡以及不知內容的藥發傀儡等;'元'、'明'、'清'以來傀儡戲十分流行,在'閩'南、'臺灣'又有用手套上木偶的布袋戲。狹義的傀儡戲是指杖頭和懸絲傀儡。

傖 ㄘㄤ ts'ang¹ 音倉 又讀 ㄔㄥˊ ch'êng² 音程
粗俗;鄙賤。見"正字通"。

4【傖父】 ㄘㄤ ㄈㄨˇ
粗野鄙賤,缺乏教養的人。'南北朝'時南人譏罵北人的話。也作傖人。

傓 ㄕㄢˋ shan⁴ 音扇
熾盛。見"說文"。

傂 ㊀ ㄔˊ ch'ih² 音池
參傑傂。
㊁ ㄙ szŭ¹, ssŭ¹ 音斯
參傂祁。

7【傂祁】 ㄙ ㄑㄧˊ
古宮室名。也作'虒祁'。'春秋''晉平公'所建。故址在今'山西省''曲沃縣'西。

傘 傘的或體。

傘 ㄙㄢˇ san³ 音繖
①可以張合,用於遮雨蔽日的器具。②指形狀似傘的東西。如:降落傘。

7【傘兵部隊】 ㄙㄢˇ ㄅㄧㄥ ㄅㄨˋ ㄉㄨㄟˋ
由空中輸送,而以降落傘降落之作戰部隊。爲作戰時用來克服地形障礙的一支奇襲部隊。

6【傘伐天然造林】 ㄙㄢˇ ㄈㄚ ㄊㄧㄢ ㄖㄢˊ ㄗㄠˋ ㄌㄧㄣˊ
分期施行造林伐而由置存造林地的母樹行天然下種。傘伐造林分三階段,即先行預備伐一至數次,經數年,俟結實豐富,再施下種伐,促其下種,一旦新林建成且獲理想,則約經三至五年宜施行多次後伐,移除母樹,直至全部移除爲止。

11

傽 ㄓㄤ chang¹ 音章
丈大之兒。見"集韻"。

傹 ㄐㄧㄥˋ ching⁴ 音竟
① 剛強。也作倞。見"集韻"。②終畫。也作竟。見"正字通"。③競爭。也作競。見"字彙補"。

傭 ㊀ ㄔㄨㄥ ch'ung¹ 音衝
平均;巡直。見"說文"。
㊁ ㄩㄥ yung¹ 音雍 又讀 ㄩㄥˊ yung² 音顒
①受僱於人。如:傭工。②平凡。通庸。如:傭俗。

3【傭工】 ㄩㄥ ㄍㄨㄥ
受僱用的工人。

7【傭兵】 ㄩㄥ ㄅㄧㄥ
(mercenaries)募兵的一種。多用金錢募集成軍,有僱傭的性質,故稱傭兵。今常指受僱在外國軍隊服役的人。運動比賽時,以金錢聘用外地運動員爲己隊效力,也可稱傭兵。

9【傭軍】 ㄩㄥ ㄐㄩㄣ
即傭兵。

11【傭船】 ㄩㄥ ㄔㄨㄢˊ
(charter)船東以船艙的一部分或全部供傭船人運送貨物者,稱爲傭船。船東仍保留船舶的占有及管理,並由船東僱用船長、船員及提供船用品。

13【傭賃】 ㄩㄥ ㄖㄣˋ
受僱作工。

11【傭船人】 ㄩㄥ ㄔㄨㄢˊ ㄖㄣˊ
(charterer)就航程傭船而言,傭船人是指爲託運貨物而與運送人(包括船東、傭船船東)簽訂傭船契約的託運人(即貨主)。在計時傭船而言,則指向船東傭租船舶,經營定期或不定期船業務的僱用船東。

【傭船契約】 ㄩㄥ ㄔㄨㄢˊ ㄑㄧˋ ㄩㄝ
(charter party; C/P)爲船舶運送契約(contract of affreightment)形式的一種。即船舶所有人或運送人與傭船人協議,約定費率及條件,按約定航程將船艙的全部或部分裝運傭船人所託運貨物;或將船舶全部艙位供傭船人裝運貨物;或將船舶置於租船人占有下,遂行經營管理,按約定時間收取傭船費或租金,經協商條件而簽訂的協議文件。傭船契約有三種:一、航程傭船契約(voyage charter party);二、計時傭船契約(time charter party);三、光船傭船契約(bare boat or demise charter party)。在貿易實務上,傭船契約通常是指航程傭船契約而言。

【傭船提單】 ㄩㄥ ㄔㄨㄢˊ ㄊㄧˊ ㄉㄢ
(charter party B/L)指依據傭船契約而由運送人所簽發的提單。貿易實務上通常是指依據航程傭船契約而簽發的提單。當提單持有人爲善意第三人,而該第三人並不知有傭船契約存在時,即構成運送人與持有人的直接關係,運送人須根據提單及相關法律對提單持有人負責,不得以傭船契約對抗。而運送人與傭船人間仍以傭船契約爲雙方權責的依據,如有出入,使運送人增加責任,可依據傭船契約向傭船人索賠。通常運送人常在提單上註明⌊一切條件與負責條款的規定,包括疏忽條款在內,與傭船契約同⌉(all conditions and exceptions including negligence clause as per charter party),以避免發生糾紛。由於有這種規定,在信用狀交易中,除非另有授權,這種傭船提單將被拒絕受理。

【傭船經紀人】 ㄩㄥ ㄔㄨㄢˊ ㄐㄧㄥ ㄐㄧˋ ㄖㄣˊ

(chartering broker; ship broker)指介於船東與貨主(傭船人)之間促成訂立傭船契約的經紀人。傭船契約有由船貨雙方直接洽訂的,但大多是由傭船經紀人或傭船代理人居間促成的。傭船經紀人與船公司及貨主保持密切聯繫,並在世界各大航運市場設有連絡人,隨時調查運價漲跌、船舶供求變化、貨運流量增減等消息,根據貨主提供之貨物名稱、數量、裝卸港、裝船時間、運價等條件,向船東接洽適當的船隻。

債

ㄓㄞˋ *chai*^{4} 音寨

虧欠待償的錢財或東西。

8**【債券】** ㄓㄞˋ ㄑㄩㄢˋ

(bond) 表示債權的憑證。公司或政府發行債券,並承諾於一定期間支付一定的貨幣數額及支付一定的利息,以供人承購。公司發行者稱公司債,政府發行者稱公債。

11**【債務】** ㄓㄞˋ ㄨˋ

債務人對於債權人所應履行作爲或不作爲之義務。一般多爲作爲,例如金錢的給付、勞務的提供或物品的給付;亦有單純消極不作爲,例如不競爭之約定。

22**【債權】** ㄓㄞˋ ㄑㄩㄢˊ

指特定人得請求另一特定人作爲或不作爲之權利。與物權迥異。債權爲對特定人之權利,以債務人之行爲爲對象;物權爲支配⌊物⌉之權利,以物爲權利之對象。

11**【債務承擔】** ㄓㄞˋ ㄨˋ ㄔㄥˊ ㄉㄢ

由第三人承擔債務人之債務,對債權人負履行債務責任之法律行爲。債務承擔依原債務人是否繼續負擔債務區分,可分三種類型:一、免責之債務承擔:包括⌊第三人與債權人訂立契約,承擔債務人之債務⌉以及⌊第三人與債務人訂立契約,承擔其債務⌉兩種情形,前者於契約成立時,債務即移轉於該第三人,後者則須經債權人承認,始對債權人生效。無論如何,原債務人均脫離債之關係,故稱免責的債務承擔。二、併存的債務承擔:指第三人雖承擔債務,但原債務人不因此而脫離債之關係,原債務人與承擔人成爲連帶債務人。三、概括的債務承擔:指承擔人就他人之財產或營業概括承受其資產及負債,此種承擔,因對債權人爲承受之通知或公告,即生債務承擔之效力。惟原債務人關於到期之債權,自通知或公告時起,未到期之債權,自到期時起,二年以內,與承擔人連帶負其責任。

【債務基金】 ㄓㄞˋ ㄨˋ ㄐㄧ ㄐㄧㄣ

此基金之財源係用以償付政府長期負債之本金利息,但政府長期負債係由特賦基金支付或爲事業機構之負債者,即不包括於債務基金償付之範圍。由本基金還本付息之政府長期負債,多爲供應政府建築工程及取得資本設備支出而發生,隨之須用以後年度收入以償還。

14**【債臺高築】** ㄓㄞˋ ㄊㄞˊ ㄍㄠ ㄓㄨˊ

比喻負債很多。'周赧王'向諸侯借貸,負債很多。曾築一臺,每當諸侯來討債,便逃入此臺,後人遂稱之爲債臺。見"漢書·諸侯王表序·注"。

22**【債權行爲】** ㄓㄞˋ ㄑㄩㄢˊ ㄒㄧㄥˊ ㄨㄟˊ

法律行爲之能發生債權債務者稱爲債權行爲。債權行爲通常爲不要式行爲,因當事人意思表示合致而成立。但債權行爲成立,只於當事人間發生債權債務關係,債權人得行使債權,債務人應履行債務,例如買賣契約是債權行爲,因買賣契約之成立,一方負有給付買賣標的物之義務,他方負有給付價金之義務。債權行爲並不當然與物權行爲發生關係,但若發生關係,債權行爲常爲物權行爲之原因行爲,物權行爲常爲債權行爲之履行行爲;析言之,債權行爲有以⌊不作爲⌉爲標的者,有以⌊作爲⌉爲標的者,債權行爲之以⌊不作爲⌉爲標的者,固然與物權行爲不發生關係,即令以⌊作爲⌉爲標的者,若該⌊作爲⌉是給付⌊勞務⌉或給付⌊權利⌉,亦與物權行爲無關;其他情形,債權行爲與物權行爲常有⌊原因⌉與⌊履行⌉之關係,例如當事人的買賣契約(債權行爲)是給付價金、交付標的物(物權行爲)之原因行爲;反之,給付價金、交付標的物(物權行爲)則係買賣契約(債權行爲)之履行行爲。

【債權憑證】 ㄓㄞˋ ㄑㄩㄢˊ ㄆㄧㄥˊ ㄓㄥˋ

民事訴訟之終極目的是使債權人得以實現其債權,其方法則爲強制執行。若強制執行,而債務人已無財產可供執行,則由法院發給債權人一種債權證明文件,俟債務人有財產時,債權人即可提出此一文件,請求法院爲強制執行,此文件即爲債權憑證。

【債權讓與】 ㄓㄞˋ ㄑㄩㄢˊ ㄖㄤˋ ㄩˇ

乃於不害及債權同一性之範圍

內,以移轉債權爲內容之準物權契約。債權讓與爲處分行爲,惟債權並無善意取得規定之適用,因此,讓與人須有處分權,否則受讓人無法因善意而取得該債權。債權讓與時,該債權之擔保及其他從屬之權利,隨同移轉於受讓人。但與讓與人有不可分離之關係者,不在此限。債權之讓與非經讓與人或受讓人通知債務人者,除法律有規定外,對於債務人不生效力。其已爲通知後,縱未爲讓與,或讓與無效,債務人仍得以其對抗受讓人之事由對抗讓與人。且債務人於受通知時,所得對抗讓與人之事由,皆得以之對抗受讓人。其對讓與人有債權者,如其債權之清償期先於所讓與之債權,或同時屆至者,並得對於受讓人主張抵銷。

11【債務不履行】 ㄓㄞˋ ㄨˋ ㄅㄨˋ ㄌㄩˇ ㄒㄧㄥˊ
指債務人不爲給付或不爲完全之給付。債務不履行時,債權人得聲請法院強制執行,並請求損害賠償。債務不履行與侵權行爲雖同爲債之發生原因,但侵權行爲乃因故意或過失不法侵害他人之權利而發生,而債務不履行則在債務已經發生之後,債務人不履行債務才發生。債務不履行原則上以債務人有「故意或過失」爲必要,但亦有較過失責任爲輕或較過失責任爲重的例外情形,前者例如其事件非予債務人以利益者,應從輕酌定。例如無息消費借貸,既非予貸與人以利益,貸與人之責任自應減輕,通說僅負故意或重大過失責任。後者例如旅店主人就旅客行李被竊,須負「通常事變責任」,又如給付遲延之債務人,對於遲延中,因不可抗力所生之損害亦應負責,即負「不可抗力責任」,通常事變責任及不可抗力責任均爲無過失責任,均較過失責任爲重。

22【債權資本化】 ㄓㄞˋ ㄑㄩㄢˊ ㄗ ㄅㄣˇ ㄏㄨㄚˋ
(debt equity swap)指投資人透過國際性銀行或金融機構的安排,向擁有第三世界負債國鉅額債權的銀行,以折價方式購買其中部分債權,並以此債權向負債國中央銀行換取等值的該國貨幣,作爲在該國投資的資金。

僇 ㊀ ㄌㄧㄡˋ *liu*^{4} 音餾
病態;精神不振的樣子。見"說文"。
㊁ ㄌㄨˋ *lu*^{4} 音戮
[1]侮辱。如:僇辱。[2]殺。通戮。如:爲人所僇。[3]盡力。通勠。如:僇力。

2【僇力】 ㄌㄨˋ ㄌㄧˋ
盡力。也作戮力、勠力。

傲 ㄠˋ *ao*^{4} 音奧
[1]倨慢;驕縱。如:傲慢。[2]輕視。如:恃才傲物。

8【傲岸】 ㄠˋ ㄢˋ
高傲自負,不屑隨俗。

【傲物】 ㄠˋ ㄨˋ
傲氣凌人;輕視他人。

14【傲慢】 ㄠˋ ㄇㄢˋ
驕矜怠慢而不謙和。

17【傲霜】 ㄠˋ ㄕㄨㄤ
不屈於嚴霜。多用於形容菊花之耐寒。也用以比喻個性堅定,不畏強暴。

10【傲骨嶙峋】 ㄠˋ ㄍㄨˇ ㄌㄧㄣˊ ㄒㄩㄣˊ
形容人骨氣高傲的樣子。

僆 ㄌㄧㄢˋ *lien*^{4} 音練
[1]雛雞。見"爾雅·釋畜"。[2]雙生子。如:僆子。

傳 ㊀ ㄓㄨㄢˋ *chuan*^{4} 音篆
[1]驛站。也指驛站的車馬。如:傳車。[2]符信;通行證件。[3]泛指古籍。如:傳云、傳曰。[4]闡明經義的文字。如:傳注。[5]記載某人一生事蹟的文字。如:傳記。
㊁ ㄔㄨㄢˊ *ch'uan*^{2} 音船
[1]教導;轉授。如:傳法。[2]散播;發布。如:宣傳。[3]輾轉;繼承。如:傳統。[4]召之使來。如:傳見。

5【傳世】 ㄔㄨㄢˊ ㄕˋ
[1]流傳到後代。[2]子孫世代相傳不絕。

【傳布】 ㄔㄨㄢˊ ㄅㄨˋ
傳播散布。又作傳佈。

7【傳言】 ㄔㄨㄢˊ ㄧㄢˊ
[1]傳說。[2]傳世的言論。[3]轉述他人的話。

【傳車】 ㄓㄨㄢˋ ㄔㄜ
驛車。

8【傳注】 ㄓㄨㄢˋ ㄓㄨˋ
注釋古書。也指注釋古書的文字。

【傳法】 ㄔㄨㄢˊ ㄈㄚˇ
指佛家師徒以本宗法脈相傳受。

【傳奇】 ㄔㄨㄢˊ ㄑㄧˊ
[1]指'唐代'短篇文言小說。傳奇一名,本'唐'人'裴鉶'之小說集,'宋'以後乃用爲'唐'人小說之通稱。爲'中國'文言小說成熟之代表。[2]古代戲曲名。'宋'以諸宮調爲傳奇,'元'以雜劇爲傳奇,至'明''清'則以演唱南曲爲主之長篇戲曲爲傳奇。[3]書名。'唐''裴鉶'撰。內容皆奇聞異事,情節詭幻,描寫細膩。其中"崑崙奴"、"聶隱娘"兩篇尤爲著名。[4]傳說中一些冒險或奇異的故事。[5](romance)西洋文學的一種文體。約於西元1130～1150年發源於'法國''普洛凡斯'(Provence),以韻文的形式敘述騎士的冒險故事、宮廷愛情等。今則稱用散文寫成與實際人生較爲疏遠、富神祕色彩的虛構故事。

9【傳染】 ㄔㄨㄢˊ ㄖㄢˇ
[1]感染疾病。[2]指事物的傳播與影響。

【傳度】 ㄔㄨㄢˊ ㄉㄨˋ
道教語。求道者受師承時,必須立誓戒,拜三師(度師、保舉師、監度師),然後傳予度世之法,稱爲傳度。

【傳神】 ㄔㄨㄢˊ ㄕㄣˊ

描繪生動逼眞。

10【傳家】 ㄔㄨㄢˊ ㄐㄧㄚ
1把家務交給兒子主持。2傳給後代子孫。

【傳記】 ㄓㄨㄢˋ ㄐㄧˋ
文體的一種。單稱爲傳。以記載人物事蹟爲主的文章。一般由別人記述,也有自述生平的,稱爲自傳。

【傳眞】 ㄔㄨㄢˊ ㄓㄣ
1寫實;寫眞。指描摹事物形象,能充分表現其特徵、意態。2指畫家描繪人像。3(facsimile)以有線電或無線電傳送靜態圖像的技術。例如信件、圖片,或報刊中的一頁,均可用此方式傳送。

11【傳票】 ㄔㄨㄢˊ ㄆㄧㄠˋ
1(slip)一種原始的會計憑證。我國商業會計法稱之爲記帳憑證,用以證明處理會計事項人員的責任,而爲記帳所根據之憑證。所以交易發生應先編製傳票,傳示各有關的經辦人員,作爲記帳、收付及審核的書面憑證。分爲複式傳票及單式傳票兩類。2法院由檢察官或推事簽名用以傳喚訴訟當事人、證人、鑑定人、辯護人及其他訴訟關係人的公文書。

【傳教】 ㄔㄨㄢˊ ㄐㄧㄠˋ
1傳布政教。2宣傳宗教教義,引領別人成爲信徒。

【傳統】 ㄔㄨㄢˊ ㄊㄨㄥˇ
1由祖先流傳下來,在某一社會或地區爲眾人所共同接受的行爲或觀念。包括風俗、習慣、道德、信仰、文化、思想等。2世代相襲,傳承統系。

12【傳單】 ㄔㄨㄢˊ ㄉㄢ
(circular)廣告宣傳品的一種。以郵寄、放置包裝中,或雇人分送的方式,達到宣傳的目的。

13【傳道】 ㄔㄨㄢˊ ㄉㄠˋ
1傳授先聖先賢的道統。2傳教。

【傳達】 ㄔㄨㄢˊ ㄉㄚˊ
通報;轉達。

14【傳誦】 ㄔㄨㄢˊ ㄙㄨㄥˋ
傳揚歌誦。

【傳說】 ㊀ ㄔㄨㄢˊ ㄕㄨㄛ
1民間口耳相傳的故事。2輾轉傳述。
㊁ ㄓㄨㄢˋ ㄕㄨㄛ
傳述及解說經籍的作品。

【傳疑】 ㄔㄨㄢˊ ㄧˊ
將自己的疑問,以存疑方式傳給他人。

【傳聞】 ㄔㄨㄢˊ ㄨㄣˊ
經由他人傳述而知道的消息。

【傳遞】 ㄔㄨㄢˊ ㄉㄧˋ
一個傳一個的遞送。

15【傳賢】 ㄔㄨㄢˊ ㄒㄧㄢˊ
傳給賢人。

【傳播】 ㄔㄨㄢˊ ㄅㄛˋ
1傳布播揚。2(communication)意即共同,引義爲溝通。傳播的目的在於嘗試建立共同性;亦即希望與對方共享一種態度、一個觀念、一則消息,甚而一項情趣。

16【傳導】 ㄔㄨㄢˊ ㄉㄠˇ
(conduction)一種熱量之傳送方式。其在介質存在下利用介質中分子之'布朗'運動或原子之振動,而把熱量自高溫帶傳至低溫帶。例如固體中之熱傳導。通常熱傳導可藉'傅立葉'(Fourier)熱傳導定律予以描述。

【傳燈】 ㄔㄨㄢˊ ㄉㄥ
指禪宗祖師以心法相授,例如"傳燈錄"等禪宗要典均登錄歷代禪師傳承系脈。其次,佛家認爲佛法能破眾生的昏闇,如燈照明一般,所以稱傳法爲傳燈。

17【傳檄】 ㄔㄨㄢˊ ㄒㄧˊ
傳遞公文。

【傳薪】 ㄔㄨㄢˊ ㄒㄧㄣ
薪木相繼以傳火。後用以比喻師生間道藝傳承不絕。

20【傳臚】 ㄔㄨㄢˊ ㄌㄨˊ
1傳達皇帝的命令。2科舉時代,殿試後的宣詔唱名。3'明代'科舉會試,二、三甲第一名的進士。

9【傳染病】 ㄔㄨㄢˊ ㄖㄢˇ ㄅㄧㄥˋ
(infectious disease)指從已罹患個體傳給未罹患個體的病。傳染病必定有病原體存在,如細菌、病毒、立克次小體、寄生蟲等;也必須要有傳染的媒介,如飛沫傳染、飲食傳染、昆蟲傳染等;通常人體抵抗力差時,才會發病。預防傳染病的方法,爲加強公共衛生、撲滅傳染病源、遮斷傳染途徑、增加人體抵抗力等。常見的傳染病有流行性感冒、小兒痲痺症、肝炎、傷寒、肺炎等。

11【傳習錄】 ㄔㄨㄢˊ ㄒㄧˊ ㄌㄨˋ
'明''王守仁'與學生論學問答的記錄,由'徐愛'、'錢德洪'等人編輯而成。分上、中、下三卷。爲研究'王守仁'學說的重要資料。

【傳國璽】 ㄔㄨㄢˊ ㄍㄨㄛˊ ㄒㄧˇ
皇帝的印信。

15【傳播者】 ㄔㄨㄢˊ ㄅㄛˋ ㄓㄜˇ
(communicator)與受播者相對。即符號的發出者。就大眾傳播而言,媒體與組織化個人(即媒體組織)均屬傳播者。

【傳播溝】 ㄔㄨㄢˊ ㄅㄛˋ ㄍㄡ
(communication gap)傳播者與受播者之間,由於彼此年齡、性別、政治取向和宗教信仰上的差異,以致出現無法溝通的現象。

【傳播論】 ㄔㄨㄢˊ ㄅㄛˋ ㄌㄨㄣˋ
(diffusionism)二十世紀早期,'歐洲'某些文化人類學家,相信所有的文化起源於世界的某一個地方或某一些地方,然後傳播出去。最極端的傳播論是'埃及'中心論,認爲世界所有文明起源於'埃及',然後由'埃及'人向外傳播出去。另有'德國'的文化圈學派,則認爲文化起源於世界的某幾個地區。

16【傳燈錄】 ㄔㄨㄢˊ ㄉㄥ ㄌㄨˋ
全名"景德傳燈錄"。'宋''釋道原'撰,三十卷。專記禪宗各家語錄及事跡,從七佛到歷代禪僧五十二世,一千七百零一人,附有語錄的七百五十一人。

17【傳聲筒】 ㄔㄨㄢˊ ㄕㄥ ㄊㄨㄥˇ
狀似喇叭，可以使聲音擴大的工具。比喻居間傳達別人意旨而毫無立場的人或書報雜誌。

8【傳宗接代】 ㄔㄨㄢˊ ㄗㄨㄥ ㄐㄧㄝ ㄉㄞˋ
指生育子女以傳續家族。

【傳杯弄盞】 ㄔㄨㄢˊ ㄅㄟ ㄋㄨㄥˋ ㄓㄢˇ
指筵席上傳弄酒杯，敬酒行令的情狀。

11【傳統邏輯】 ㄔㄨㄢˊ ㄊㄨㄥˇ ㄌㄨㄛˊ ㄐㄧˊ
(traditional logic)也稱‘亞理斯多德’式邏輯。此一邏輯傳統是由‘希臘’哲學家‘亞理斯多德’所開創，經過中世紀的因襲繼承，傳流至今。這種邏輯理論主要集中於主賓命題的考察和分析，以及三段論的大力開發。傳統邏輯往往將思想三律看作是一切推理的基本根據。

14【傳遞自由】 ㄔㄨㄢˊ ㄉㄧˋ ㄗˋ ㄧㄡˊ
(freedom of transmission)新聞記者遞送或報導新聞，在透過大眾傳播媒體時，管道必須暢通無阻。在‘英’、‘美’諸國，郵局、電信局常被賦予信件傳送的責任，政府非依法律，不得檢查。

【傳遞延遲】 ㄔㄨㄢˊ ㄉㄧˋ ㄧㄢˊ ㄔˊ
(propagation delay)信號在電路中由某一點傳遞至另一點，在時間上所產生的延遲，稱爲傳遞延遲。

【傳遞時間】 ㄔㄨㄢˊ ㄉㄧˋ ㄕˊ ㄐㄧㄢ
(propagation time)信號在電路中由某一點傳送至另一點所需的時間。

【傳聞證據】 ㄔㄨㄢˊ ㄨㄣˊ ㄓㄥˋ ㄐㄩˋ
證據資料係由傳聞而來，非本於事實認定基礎之直接經驗者，本身不能獨立證明待證事項之證據。傳聞證據由於無法獨立證明待證事項之眞僞，故其證明力甚爲薄弱，通常仍應就傳聞之事實，予以進一步調查，必須完全無法調查時，始就其內容眞僞與否，依自由心證判斷之。

15【傳播誤差】 ㄔㄨㄢˊ ㄅㄛˋ ㄨˋ ㄔㄚ
(propagated error)電腦在某一次運算所產生的誤差，影響到以後運算的準確度，稱爲傳播誤差。

【傳播整合】 ㄔㄨㄢˊ ㄅㄛˋ ㄓㄥˇ ㄏㄜˊ
(communication integration)透過傳播媒體來加強個人與組織或個人與社會之間的密合程度，稱爲傳播整合。

【傳播藝術】 ㄔㄨㄢˊ ㄅㄛˋ ㄧˋ ㄕㄨˋ
(communication arts)指傳播上用於交換符號、觀念或感情的多種藝術。如報刊編輯、電影、電視、民歌、文學、公共論壇等均具有之。

11【傳統權力論】 ㄔㄨㄢˊ ㄊㄨㄥˇ ㄑㄩㄢˊ ㄌㄧˋ ㄌㄨㄣˋ
(traditional authority theory)與接受權力論相對。是一種由上而下的權力概念。認爲循權力下授的途徑反方向朝上追溯至最高層級，即爲企業管理主管權力的來源。

16【傳導熱傳遞】 ㄔㄨㄢˊ ㄉㄠˇ ㄖㄜˋ ㄔㄨㄢˊ ㄉㄧˋ
(conduction heat transfer)當物體內部有溫度差存在時，熱量會從高溫區藉由分子振動方式傳至低溫區，此種熱傳現象稱爲傳導熱傳遞。

11【傳統組織原理】 ㄔㄨㄢˊ ㄊㄨㄥˇ ㄗㄨˇ ㄓ ㄩㄢˊ ㄌㄧˇ
(traditional or classical organization theory)古典組織理論家認爲管理者的工作乃是由目標、專業化、協調、職權、職責、授權、指揮統一、命令統一、效率、控制幅度、指揮層級、平衡等十二項相互關聯的功能構成，而這些功能可普遍適用於不同的組織機構，以建立一套指導實務的原理原則。

15【傳播麻醉功能】 ㄔㄨㄢˊ ㄅㄛˋ ㄇㄚˊ ㄗㄨㄟˋ ㄍㄨㄥ ㄋㄥˊ
(narcotizing function of communication)媒體不斷提供受眾大量資訊，但受眾只顧接受資訊，而少付諸行動，這種情形稱爲傳播麻醉功能。產生的原因，據學者解釋是受眾把已知道的某些事，「當作」已經做了這些事。

【傳播新陳代謝】 ㄔㄨㄢˊ ㄅㄛˋ ㄒㄧㄣ ㄔㄣˊ ㄉㄞˋ ㄒㄧㄝˋ
(communication metabolism)傳播學者認爲音訊之於人，如同食物之於人一般，人人有找尋食物以持續身體活力的生理需要，也有尋求音訊以充實精神生活的心理需求。因此，個人往往會依據自己的喜好與需要，向外界尋求音訊；尋得之後，經過心理過程的運作，將其消化、吸收，整合成自己思想的一部分，作爲行事的判斷參考。這個過程類似生理上的新陳代謝，所以稱爲傳播新陳代謝。

【傳播過程模式】 ㄔㄨㄢˊ ㄅㄛˋ ㄍㄨㄛˋ ㄔㄥˊ ㄇㄛˊ ㄕˋ
(communication S-M-C-R model)‘美’人‘貝羅’(D.K. Berlo)根據‘拉斯威爾’(H. Lasswell)所下的傳播定義，以來源(source, S)、音訊(message, M)、通道(channel, C)與接收者(receiver, R)四個要素，來描述傳播的基本過程，稱爲傳播過程模式。他認爲：所謂傳播，就是來源將音訊透過管道傳給接收者的過程。

【傳播倫理化功能】 ㄔㄨㄢˊ ㄅㄛˋ ㄌㄨㄣˊ ㄌㄧˇ ㄏㄨㄚˋ ㄍㄨㄥ ㄋㄥˊ
(ethicizing function of communication)指藉傳播媒體提供一個集體性的倫理觀或倫理系統的功能。

傿 ㊀ ㄧㄢˋ yen^{4} 音厭
抬高物品的價格。見"說文"。
㊁ ㄧㄢ yen^{1} 音烟
古國名。在今'湖北省''宜城縣'地。
㊂ ㄧㄣˋ yin^{4} 音印
依倚止息。見"集韻"。

傴 ㄩˇ yü^{3} 音羽
①背彎曲。如:傴僂。②憐愛。通煦。如:傴拊。

13【傴僂】ㄩˇ ㄌㄡˊ
①駝背。②指老年人。③恭敬順服的樣子。

傮 ㄗㄠ tsao^{1} 音遭
①終了。見"說文"。②循環;周匝。見"正字通"。

僄 ㄆㄧㄠˋ p'iao^{4} 音票 又讀 ㄅㄧㄠ piao^{1} 音標
身體輕捷。見"說文"。

10【僄悍】ㄆㄧㄠˋ ㄏㄢˋ
矯捷勇猛。

僊 ㄒㄧㄢ hsien^{1} 音仙
長生不死的人。今通作仙。

僅 ㄐㄧㄣˇ chin^{3} 音緊 又讀 ㄐㄧㄣˋ chin^{4} 音近
纔;不過。如:僅有。

22【僅讀記憶體】ㄐㄧㄣˇ ㄉㄨˊ ㄐㄧˋ ㄧˋ ㄊㄧˇ
(read-only memory; ROM)又稱唯讀記憶體。半導體記憶元件之一種,可存放資料或程式。其特點爲:所存放的資料可供讀取但不能更改;所存放的資料不因電源消失而受影響。將資料或程式存入僅讀記憶體必須使用特別的設備。存入的時機可在該記憶體製造過程中或製造完成之後。

傾 ㊀ ㄑㄧㄥ ch'ing^{1} 音輕 又讀 ㄑㄧㄥˊ ch'ing^{2} 音情
①側;斜。如:傾斜。②倒。如:傾杯。③盡;全。如:傾囊。④欽服。如:傾心。⑤坍塌;覆滅。如:傾覆。⑥排擠;爭競。如:相互傾軋。
㊁ ㄎㄥ k'êng^{1} 音坑
陷害。同坑。如:傾人。

4【傾心】ㄑㄧㄥ ㄒㄧㄣ
心生愛慕、嚮往。

6【傾耳】ㄑㄧㄥ ㄦˇ
側耳以聽。即仔細聽。

【傾圮】ㄑㄧㄥ ㄆㄧˇ
坍毀;倒塌。

【傾吐】ㄑㄧㄥ ㄊㄨˇ
把心中的話全說出來。

【傾向】ㄑㄧㄥ ㄒㄧㄤˋ
意志或情勢趨向某一方面。

【傾印】ㄑㄧㄥ ㄧㄣˋ
(dump)將電腦系統記憶體之全部或部分內容,依照所儲存之方式印出或轉錄至其他資料媒體,稱爲傾印。

7【傾角】ㄑㄧㄥ ㄐㄧㄠˇ
(inclination angle)①一斜面與一水平面的夾角,稱爲此斜面的傾角。②一直線對於一水平直線的傾角,爲其二直線間之夾角。③一直線對於一水平平面之傾角,爲此直線與其在此平面上之射影所成之角。④一平面對於一水平平面之傾角,爲其兩平面間之角,就是在兩平面上垂直於兩平面之交線之兩直線間之夾角。

8【傾注】ㄑㄧㄥ ㄓㄨˋ
①傾瀉注入。②比喻貫注精神心力。

【傾軋】ㄑㄧㄥ ㄧㄚˋ
相互排擠;相互爭鬥。

10【傾家】ㄑㄧㄥ ㄐㄧㄚ
①將家產全部用盡。②指全家。

【傾座】ㄑㄧㄥ ㄗㄨㄛˋ
使在座的人都傾慕不已。即備受歡迎、仰慕。

【傾倒】㊀ ㄑㄧㄥ ㄉㄠˇ
①佩服;心折。②跌倒。
㊁ㄑㄧㄥ ㄉㄠˋ
①倒出來。如:傾倒廢物。②比喻暢所欲言。

11【傾陷】ㄑㄧㄥ ㄒㄧㄢˋ
設計陷害。

【傾巢】ㄑㄧㄥ ㄔㄠˊ
比喻全體出動。

【傾動】ㄑㄧㄥ ㄉㄨㄥˋ
傾心感動。

12【傾訴】ㄑㄧㄥ ㄙㄨˋ
把心中的話全說出來。

14【傾蓋】ㄑㄧㄥ ㄍㄞˋ
好友路上相遇,車蓋相接交談。後用以比喻對初相識的朋友,一見如故,親密的交談。

15【傾慕】ㄑㄧㄥ ㄇㄨˋ
非常仰慕。

【傾銷】ㄑㄧㄥ ㄒㄧㄠ
(dumping)商品不計利潤,甚至以低於成本的價格大量拋售,以出清存貨,壟斷或奪取市場叫傾銷。在國際貿易上,本國政府常訂法令提高內銷價格,來補助外銷,不僅免關稅,還津貼出口商品,使國際市場價格下降,得以奪取廣大市場,以增加外匯收入。因此,各國多訂有反傾銷法,加徵傾銷關稅,或設限禁止進口。

16【傾頹】ㄑㄧㄥ ㄊㄨㄟˊ
傾倒衰頹。指衰敗、衰亡。

22【傾囊】ㄑㄧㄥ ㄋㄤˊ
拿出所有財物。

【傾聽】ㄑㄧㄥ ㄊㄧㄥ
側耳而聽。形容仔細的聽、注意的聽。

11【傾側角】ㄑㄧㄥ ㄘㄜˋ ㄐㄧㄠˇ
(roll angle)飛機有左右傾斜狀態時,其橫軸與地平線間所成之銳角。當左翼尖高於右翼尖時,此角爲正角;反之,則爲負角。

正角

傾側角圖

【傾斜流】ㄑㄧㄥ ㄒㄧㄝˊ ㄌㄧㄡˊ
海岸附近的水面因降水、流入河水或受海岸風力、氣壓的影響而擡高,使海面呈傾斜狀態,海水由高處向低處流動,稱爲傾斜流。

8【傾其所有】ㄑㄧㄥ ㄑㄧˊ ㄙㄨㄛˇ ㄧㄡˇ
竭盡其所有。

9【傾城傾國】ㄑㄧㄥ ㄔㄥˊ ㄑㄧㄥ

ㄍㄨㄛˊ
本指女色足以敗國。後用以比喻絕色美女，使全國傾慕。

10【傾家蕩產】ㄑㄧㄥ ㄐㄧㄚ ㄉㄤˋ ㄔㄢˇ
家財全光。多用在因天災人禍而敗光家產。

12【傾筐倒篋】ㄑㄧㄥ ㄎㄨㄤ ㄉㄠˋ ㄑㄧㄝˋ
形容盡出其所有。

俶 ㊀ ㄗㄨˊ *tsu*² 音足
古邑名。見"玉篇"。
㊁ ㄑㄧ *ch'i*¹ 音戚
接近。見"廣雅·釋詁"。

僂 ㄌㄡˊ *lou*² 音樓
①背彎曲。②彎曲。③姓。'春秋'時'齊'有'僂堙'。見"正字通"。

21【僂儸】ㄌㄡˊ ㄌㄨㄛˊ
①狡猾。②指盜匪部屬。也作嘍囉。

僈 ㄇㄢˋ *man*⁴ 音慢
①閒散；怠惰。同慢。如：寬而不僈。②不重視。如：輕僈。

傴 ㄩˇ *yü*³ 音雨
①憂傷的樣子。見"集韻"。②大。通俁。見"集韻"。

偯 億的訛字。

備 備的本字。

傰 ㄆㄥˊ *p'êng*² 音朋
營私結黨。見"集韻"。

催 ㄘㄨㄟ *ts'ui*¹ 音崔
促使。見"字彙"。

5【催生】ㄘㄨㄟ ㄕㄥ
催促孕婦生產。①舊俗在婦女產前一個月，女家即預先準備生產時所需物件和小兒衣物，送往婿家，叫做催生。②用藥品助胎兒出生。

7【催告】ㄘㄨㄟ ㄍㄠˋ
催促他人作爲或不作爲的意思通知。如"民法"三百零二條，債務人或承擔人得定相當期限，催告債權人於該期限內確答是否承認，如逾期不爲確答的話，則視爲拒絕或承認。

8【催芽】ㄘㄨㄟ ㄧㄚˊ
植物在播種前爲使種子發芽迅速、整齊，並促進生育，所施行的種種處理方法，統稱催芽。最常見的催芽法有浸漬法、藥劑處理、劃破種皮等法。

9【催科】ㄘㄨㄟ ㄎㄜ
催租稅。

【催促】ㄘㄨㄟ ㄘㄨˋ
催迫促使。

10【催眠】ㄘㄨㄟ ㄇㄧㄢˊ
(hypnosis)經由放鬆、精神專注與暗示等歷程所導引的半眠性心智狀態。

12【催場】ㄘㄨㄟ ㄔㄤˇ
親臨催請。

13【催逼】ㄘㄨㄟ ㄅㄧ
催促逼迫。

4【催化劑】ㄘㄨㄟ ㄏㄨㄚˋ ㄐㄧˋ
(catalyst)又稱觸媒。當它參與一個化學反應時，可改變其化學反應的反應速率，但最後本身卻沒有改變。

5【催生婆】ㄘㄨㄟ ㄕㄥ ㄆㄛˊ
即今助產士。

10【催眠曲】ㄘㄨㄟ ㄇㄧㄢˊ ㄑㄩˇ
使人易睡的柔和樂曲。也用來比喻單調乏味，使人昏昏欲睡的言談。

【催眠術】ㄘㄨㄟ ㄇㄧㄢˊ ㄕㄨˋ
(hypnosis)施術者以生理的或心理的方法，使受催眠者的注意力集中於一點，而進入似睡狀態，繼而接受施術者的暗示而行事，清醒後卻不復記憶當時的情景。催眠術一語係由'蘇格蘭'外科醫生'布列特'(James Braid)於西元1840年所創。但催眠術的發現，一般認爲是'奧國'醫生'梅斯美爾'(Franz Anton Mesmer, mesmerism 後來即指催眠術)的功勞。

11【催產素】ㄘㄨㄟ ㄔㄢˇ ㄙㄨˋ
(oxytocin)一種激素。由下視丘分泌，儲於腦垂腺後葉，可以促進內臟肌肉的收縮，尤其是子宮肌肉，故可作催生劑。

【催速劑】ㄘㄨㄟ ㄙㄨˋ ㄐㄧˋ
(accelerator)於橡膠硫化過程中，爲了縮短加硫時間，降低加熱溫度與減少加硫劑使用量而加入之化合物。例如金屬氧化物、有機胺、有機硫磺等。

4【催化作用】ㄘㄨㄟ ㄏㄨㄚˋ ㄗㄨㄛˋ ㄩㄥˋ
(catalysis)加催化劑於一化學反應中，使化學反應速率發生改變，此種作用稱爲催化作用。

6【催收款項】ㄘㄨㄟ ㄕㄡ ㄎㄨㄢˇ ㄒㄧㄤˋ
(account receivable overdue)銀行各項放款、透支或應收款，已逾期六個月以上，雖依法律程序訴追催討，一時仍未能收回，依照規定程序由原貸放科目轉入專設科目，以示與一般正常放款有所劃分。故催收款項是一般放款變成壞帳損失的過渡性科目。

11【催淚瓦斯】ㄘㄨㄟ ㄌㄟˋ ㄨㄚˇ ㄙ
(tear gas)一種固體、液體或氣體的物質。成分主要爲苯氯乙酮DM與CN等。其蒸氣在空氣中擴散時，能刺激人的眼睛，導致流淚，但對人體不會有重大傷害(有時會造成皮膚的爊傷)。使用於戰場或鎮暴方面。

僗 ㄓㄠˋ *chao*⁴ 音照
小。見"字彙補"。

傒 ㄒㄧㄝˋ *hsieh*⁴ 音屑
小聲。見"玉篇"。

僈 動的或體。

傷 ㄕㄤ *shang*¹ 音商
①損害；敗壞。如：傷風敗俗。②得罪；冒犯。如：出口傷人。③悲痛。如：傷悼。

5【傷生】ㄕㄤ ㄕㄥ
①傷害生命。②妨害活人的正常

生活。

9【傷神】　ㄕㄤ　ㄕㄣˊ
①傷心。②耗損精神。

10【傷酒】　ㄕㄤ　ㄐㄧㄡˇ
飲酒過度而傷及身體。

11【傷痕】　ㄕㄤ　ㄏㄣˊ
受傷後所留下的痕跡。

【傷情】　ㄕㄤ　ㄑㄧㄥˊ
感傷。

12【傷寒】　ㄕㄤ　ㄏㄢˊ
(typhoid fever) 傷寒沙門菌經由消化道感染而引起的疾病。此菌常經由不淨飲食而傳染。患者嗜眠、倦怠、高熱、頭痛,在腹壁出現薔薇斑,造成腸管潰瘍,易併發腸穿孔及出血等症。可用抗生素(如四氯環素)治療。

【傷殘】　ㄕㄤ　ㄘㄢˊ
①受傷殘廢。②傷患和殘廢的人。

19【傷懷】　ㄕㄤ　ㄏㄨㄞˊ
內心感傷。

12【傷寒論】　ㄕㄤ　ㄏㄢˊ　ㄌㄨㄣˋ
‘漢’‘張機’撰,‘晉’‘王叔和’編次,十卷。專論風寒溫熱溼諸外感疾病,提出辨證施治的理論和方法,爲我國醫學奠定重要的理論基礎。

4【傷天害理】　ㄕㄤ　ㄊㄧㄢ　ㄏㄞˋ　ㄌㄧˇ
違反天理道義。

9【傷風敗俗】　ㄕㄤ　ㄈㄥ　ㄅㄞˋ　ㄙㄨˊ
敗壞善良風俗。

10【傷害保險】　ㄕㄤ　ㄏㄞˋ　ㄅㄠˇ　ㄒㄧㄢˇ
(accident insurance)被保險人因遭遇意外,以致身體機能頓受障害並且不能工作,由保險人補償其醫療費用及收入損失的保險。可分爲一般傷害保險、旅行傷害保險及職業傷害保險三種。

【傷害頻率】　ㄕㄤ　ㄏㄞˋ　ㄆㄧㄣˊ　ㄌㄩˋ
(injury frequency rate)在一百萬工時中,該工業所發生失能傷害的次數。即傷害頻率
$=\frac{\text{失能傷害的次數}\times10^6}{\text{員工全部工時}}$。

11【傷痕文學】　ㄕㄤ　ㄏㄣˊ　ㄨㄣˊ　ㄒㄩㄝˊ
以‘中’共統治對人性的扭曲傷害爲主題,進行批判性創作的文學。

僥　ㄧㄠˊ　*yao*²　音姚
①喜悅。見“說文”。②勞役。見“說文通訓定聲”。③東西大小不同。見“方言·六”。

傺　ㄔˋ　*ch'ih*⁴　音赤
止;住。見“方言·七”。

傻　ㄕㄚˇ　*sha*³　音葰
愚蠢;不聰明。俗作傻。

11【傻眼】　ㄕㄚˇ　ㄧㄢˇ
形容神態專注或驚愕到發呆的地步。

【傻偢】　ㄕㄚˇ　ㄔㄡˇ
不仁。

13【傻話】　ㄕㄚˇ　ㄏㄨㄚˋ
不合理性或不切實際的言辭。

傯　ㄗㄨㄥˇ　*tsung*³　音總
俗作傯。參倥傯。

僋　ㄊㄢˋ　*t'an*⁴　音歎
痴呆的樣子。見“集韻”。

9【僋俕】　ㄊㄢˋ　ㄙㄢˋ
①年老而無適宜的伴侶。②不乾淨。③痴呆的樣子。

傱　ㄙㄨㄥˇ　*sung*³　音聳
疾行的樣子。見“正字通”。

㑒
僉的俗體。

僉　ㄑㄧㄢ　*ch'ien*¹　音千
①皆;都是。見“說文”。②大家;眾人。如:僉議。③簽署。通簽。如:僉押。

6【僉同】　ㄑㄧㄢ　ㄊㄨㄥˊ
一致贊成。

12

僰　ㄅㄛˊ　*po*²　音博
古代族名。散居我國西南地區。見“說文”。

僒　ㄐㄩㄣˋ　*chün*⁴　音菌
困拘的樣子。通窘。如:僒若囚拘。

僮　㊀　ㄊㄨㄥˊ　*t'ung*²　音同
①未成年的人。同童。②僕人。如:家僮。③愚昧無知。如:僮昏。

㊁　ㄓㄨㄤˋ　*chuang*⁴　音壯
族名。原作‘獞’。參僮族。

11【僮族】　ㄓㄨㄤˋ　ㄗㄨˊ
我國少數民族之一。也稱‘壯族’。主要分布在‘廣西省’,‘廣東省’西部、‘雲南省’東南部及‘貴州省’南部也有少數。人口約1,337.8萬(1982年),多已‘漢’化。其男女皆愛歌舞。營農耕兼事漁獵生活。信仰泛靈。

僦　ㄐㄧㄡˋ　*chiu*⁴　音就
①租賃。②運送。如:僦載。

8【僦居】　ㄐㄧㄡˋ　ㄐㄩ
租屋居住。也指租賃的住所。

9【僦屋】　ㄐㄧㄡˋ　ㄨ
租房子。

僔　ㄗㄨㄣˇ　*tsun*³　音撙
①聚集。見“說文”。②眾多。見“廣韻”。③謙下。如:恭敬而僔。

僯　ㄌㄧㄣˇ　*lin*³　音凜
羞慚。通作䫐。見“集韻”。

僧　ㄙㄥ　*sêng*¹
佛門中的出家徒眾。爲梵語僧伽、僧伽耶(saṅgha)的略稱。本爲複數名詞,今多引爲單數,而俗稱男眾(和尚)爲僧。

7【僧伽】　ㄙㄥ　ㄑㄧㄝˊ
①佛家語。(1)指比丘團體。(2)指獅子。②(628～710)‘唐’‘西域’高僧。‘葱嶺’北‘何國’人。有神迹。

13【僧道】　ㄙㄥ　ㄉㄠˋ
和尚和道士。

14【僧肇】　ㄙㄥ　ㄓㄠˋ
(384～414)‘晉’高僧。‘鳩摩羅什’門下四哲之一。隨‘羅什’至‘長安’評定經論。著有“物不遷論”、“般若無知論”、“涅槃無名論”。融‘老’‘莊’和佛學於一爐。‘晉安帝’‘義熙’十年歿於‘長安’,壽三十一。

6【僧多粥少】　ㄙㄥ　ㄉㄨㄛ　ㄓㄡ　ㄕㄠˇ
比喻人多物少,不夠分配。

僗　ㄌㄠˊ　*lao*²　音牢
①用力過度。同勞。見“集

韻"。2北方罵人的話。如:饞僗。

4【僗什子】 ㄌㄠˊ ㄕˊ ·ㄗ
討厭的東西。

僣 ㄊㄧㄝˇ t'ieh³ 音鐵
狡猾。見"集韻"。

僥 一 ㄐㄧㄠˇ chiao³ 音腳
參僥倖。

二 ㄧㄠˊ yao² 音搖
參僬僥。

10【僥倖】 ㄐㄧㄠˇ ㄒㄧㄥˋ
1希求不當得的利益。2獲得意外成功,或指免於不幸。

僂 僂的本字。

僎 一 ㄓㄨㄢˋ chuan⁴ 音撰
具備。見"說文"。

二 ㄗㄨㄣ tsun¹ 音尊
古代鄉飲酒禮中輔助主人倨賓的鄉大夫。見"正字通"。

僖 ㄒㄧ hsi¹ 音西
歡樂。通嬉。見"說文"。

僳 ㄙㄨˋ su⁴ 音素
參僳僳。

僨 ㄈㄣˋ fên⁴ 音奮
或作僨。1僵仆。見"說文"。2覆敗。如:僨事。3奮起。如:僨興。

8【僨事】 ㄈㄣˋ ㄕˋ
敗壞事情。

僝 一 ㄔㄢˊ ch'an² 音蟬
參僝僽。

二 ㄓㄨㄢˋ chuan⁴ 音饌
表現。如:僝功。

15【僝僽】 ㄔㄢˊ ㄓㄡˋ
1辱罵。2憂愁;惱亂。3折磨。

僭 一 ㄐㄧㄢˋ chien⁴ 音劍
踰越位分。如:僭逆。

二 ㄐㄧㄣ chin¹ 音斤
1侵越。見"集韻"。2紊亂。見"字彙"。

6【僭妄】 ㄐㄧㄢˋ ㄨㄤˋ
越分妄爲。

7【僭位】 ㄐㄧㄢˋ ㄨㄟˋ
假冒名義,竊居尊位。

12【僭越】 ㄐㄧㄢˋ ㄩㄝˋ
超越其本有的職權、地位。

13【僭號】 ㄐㄧㄢˋ ㄏㄠˋ
越位而冒用尊號。

【僭亂】 ㄐㄧㄢˋ ㄌㄨㄢˋ
犯上作亂。

僛 ㄑㄧ ch'i¹ 音七
醉舞的樣子。見"說文"。

儣 一 ㄍㄨㄤ kuang¹ 音光
勇武。見"集韻"。

二 ㄏㄨㄤˊ huang² 音黃
參儣儣。

僪 ㄐㄩㄝˊ chüeh² 音譎
1狂。如:僪狂。2奇異。如:僪佹。

僜 一 ㄔㄥ ch'êng¹ 音稱
參倰僜一。

二 ㄉㄥˋ têng⁴ 音鄧
參倰僜二。

僚 一 ㄌㄧㄠˇ liao³
美好的樣子。見"說文"。

二 ㄌㄧㄠˊ liao² 音聊
1官吏。如:百僚。2朋輩;同事。如:同僚。3姓。'春秋'有'僚安'。見"字彙"。

2【僚人】 ㄌㄧㄠˊ ㄖㄣˊ
族名。分布於'雲南省''廣南'、'瀘西'、'師宗'、'開遠'、'文山','廣西省''晉城'、'鳳山'、'修仁'、'三江'、'西林'、'平治'等縣。人口、習俗、信仰未詳。

4【僚友】 ㄌㄧㄠˊ ㄧㄡˇ
一起做官的人,或同樣官職的人。今稱同事。

21【僚屬】 ㄌㄧㄠˊ ㄕㄨˇ
屬官;部屬。

16【僚機飛行員】 ㄌㄧㄠˊ ㄐㄧ ㄈㄟ ㄒㄧㄥˊ ㄩㄢˊ
(wingman)通常在兩架或三架軍機編隊飛行時,在長機(領隊的飛機)側後方飛行之飛行員稱之。在上述位置飛行之飛機則稱爲僚機。一般僚機一詞,可指飛行員,也可指飛機。

僴 ㄒㄧㄢˋ hsien⁴ 音限
1勇武的樣子。見"說文"。2寬大。見"廣韻"。3文雅大方。通嫻。

僓 一 ㄊㄨㄟˇ t'ui³ 音腿
1嫻雅。見"說文"。2長的樣子。見"說文"。

二 ㄊㄨㄟˊ t'ui² 音頹
順;放任。見"集韻"。

僤 一 ㄉㄢˋ tan⁴ 音憚
1疾速。見"說文"。2厚;大。如:僤怒。

二 ㄔㄢ ch'an¹ 音燀
古地名。也作闡。在今'山東省''寧陽縣'東北。

僕 ㄆㄨˊ p'u² 音葡
1供使役、差遣的人。如:僕役。2駕車者。如:僕圉。3自稱的謙詞。如:非僕所願。

10【僕射】 ㄆㄨˊ ㄧㄝˋ
古官名。'秦'置,'漢'因之。凡軍官、宮人、尚書、博士皆置僕射。猶言主任、領班。其後只存尚書僕射。由'漢'至'南北朝'皆爲尚書令之副職。'唐''宋'時左右僕射爲宰相職,'宋神宗'時廢除。

12【僕喇】 ㄆㄨˊ ㄌㄚˇ
族名。散居於'雲南省'東南部。以耕種爲業,耕餘劈竹製筐以易食,信仰泛靈,人口未詳。

15【僕毆】 ㄆㄨˊ ㄡ
爲'英'語 boy 的音譯。本義是「男孩」、「少年」,也用以稱僕役、佣人、旅館飯店的服務生及雜務人員。

14【僕僕風塵】 ㄆㄨˊ ㄆㄨˊ ㄈㄥ ㄔㄣˊ
在風塵中勞碌奔走。形容非常忙碌和勞苦。也作風塵僕僕。

僢 一 ㄔㄨㄢˇ ch'uan³ 音舛
相違背。同舛。見"玉篇"。

二 ㄔㄨㄣˇ ch'un³ 音蠢
1同一。2相混雜。同踳。見"集韻"。

僒 ㄓㄚˊ cha² 音札
參僒偓。

11【僒偓】 ㄓㄚˊ ㄓˊ
1突然觸忤他人。2牴牾;衝突。

像 ㄒㄧㄤˋ hsiang^4 音象
①背似；如。如：相像。②形狀。如：骨像。③人物形貌圖。如：畫像。④(image) ⑴自幾何光學觀點來說，一像點是幾道光線經反射或折射後會聚的一點叫實像；或看起來從某一點發散出來的叫虛像。在生理學上，實物透過瞳孔投射於視網膜上者即像。此像可在腦的視覺區被判定出來。⑵函數值 $f(a)$稱爲a的像。由像所成的集合稱爲像集，函數 $f:A\to B$之像集即$f(A)$。

9【像面】ㄒㄧㄤˋ ㄇㄧㄢˋ
對一個拍攝對象而言，鏡頭與光軸直交的諸平面中，影像清晰度最高的一面。

10【像差】ㄒㄧㄤˋ ㄔㄚ
因鏡頭影響所產生結像上的缺點總稱。基本的像差有光學像差、色像差。前者如球面像差、像面彎曲、畸變。後者如軸上色像差、倍率色像差。

【像素】ㄒㄧㄤˋ ㄙㄨˋ
(picture element)組成電視圖像的無數明暗小區域。

12【像距】ㄒㄧㄤˋ ㄐㄩˋ
(image distance)物體經面鏡或透鏡成像，成像位置至面鏡中心的距離，或至透鏡鏡心的距離，即爲像距。依成像公式$\frac{1}{p}+\frac{1}{q}=\frac{1}{f}$，$q$:像距，$p$:物距，$f$:焦距，若成實像，$q$值爲正數；若爲虛像，則$q$爲負值。

15【像樣】ㄒㄧㄤˋ ㄧㄤˋ
①體面好看。②合乎道理。

僑 ㄑㄧㄠˊ ch'iao^2 音橋
①高。見“說文”。②寄居異地或國外。如：僑居。③寄居異地或國外的人。如：‘華’僑。

5【僑生】ㄑㄧㄠˊ ㄕㄥ
回祖國求學的僑民子弟。

7【僑社】ㄑㄧㄠˊ ㄕㄜˋ
僑民的社團組織。

8【僑姓】ㄑㄧㄠˊ ㄒㄧㄥˋ
指‘西晉’末年相率渡‘江’避亂的中原世族。以‘王’、‘謝’、‘袁’、‘蕭’爲大。‘琅邪’‘王’姓本中原巨室，至‘王導’、‘王敦’而門第益顯。‘陳郡’‘謝’姓至‘謝安’、‘謝玄’而門第始著。‘陳郡’‘袁’姓自‘宋’‘袁淑’以後，累世公卿。‘蘭陵’‘蕭’姓至‘蕭道成’(‘齊高帝’)、‘蕭衍’(‘梁武帝’)而門第始顯。

9【僑胞】ㄑㄧㄠˊ ㄅㄠ
寄居國外的本國同胞。

14【僑領】ㄑㄧㄠˊ ㄌㄧㄥˇ
僑胞領袖。

僬 ㄐㄧㄠ chiao^1 音焦
參僬僥。

14【僬僥】ㄐㄧㄠ ㄧㄠˊ
古國名。在我國西南部，身矮小。見“字彙”。

僱 ㄍㄨˋ ku^4 音故
雇的俗字。①出錢請人做事。如：僱用。②出錢租賃。如：僱車。

5【僱用】ㄍㄨˋ ㄩㄥˋ
各機關對操作性、簡易文書事務性工作人員之任用，並以僱用表示之，以期有別於銓敍合格人員之正式任用。僱用除須具備較低的學歷及所需的技能外，別無資格的限制。

13【僱傭】ㄍㄨˋ ㄩㄥ
當事人約定一方於一定或不定之期限內爲他方服勞務，他方給付報酬之契約。勞務不僅身體之體力支出，即高尚之精神奉獻亦屬之，報酬不僅金錢之給付，其他各種給付，均無不可。僱傭契約之勞務有專屬性，故僱用人非經受僱人之同意，不得將其勞務請求權讓與第三人，受僱人亦非經僱用人之同意，不得使第三人代服勞務，當事人之任何一方違反此種專屬性義務時，他方得終止契約。

5【僱用人】ㄍㄨˋ ㄩㄥˋ ㄖㄣˊ
因僱傭契約之訂立而有請求受僱人服勞務之權利，並負有給付報酬義務者，謂之僱用人。僱用人與受僱人之權利義務，原則上依“民法”之規定，惟近代社會產業發達，僱用人多屬資力雄厚之資本家，而“民法”上之僱傭契約係出於契約自由及當事人地位平等之設計，已不足以合理規範僱傭關係，於是大量勞工法規應運而生，以保障受僱人之生存權，並適度限制僱用人之財產權，僱用人之法律地位乃重新受到調整。

【僱用制】ㄍㄨˋ ㄩㄥˋ ㄓˋ
人事體制的一種。各機關對組織法規中所定之雇員職務，得由機關首長就具有一定條件之人員僱用之。雇員的薪給另以雇員薪給表定，雇員的考成、退職、撫卹，準用公務人員有關法規之規定。

【僱用人之責任】ㄍㄨˋ ㄩㄥˋ ㄖㄣˊ ㄓ ㄗㄜˊ ㄖㄣˋ
受僱人因執行職務，不法侵害他人之權利者，由僱用人與行爲人(即受僱人)連帶負損害賠償責任，謂之僱用人之責任。僱用人與行爲人固以連帶負賠償責任爲原則，但僱用人若能證明選任受僱人及監督其職務之執行，已盡相當之注意或縱加以相當之注意而仍不免發生損害者，僱用人不負賠償責任。例如甲開計程車行，僱乙爲司機，乙於載客(執行職務)時因故意或過失撞丙成傷，甲乙須對丙負連帶責任，如甲於僱用司機時，曾注意應徵者執有駕駛執照，且注意其以往沒有肇事或違規紀錄，並對於乙之駕車已盡監督上之注意，或無論已否爲監督上之注意，均不免發生此車禍者(例如丙故意挑釁乙，致乙一時萌發撞丙之念)，甲不負賠償責任。如僱用人證明其選任及監督受僱人均無過失，而免除責任，但由於受僱人經濟能力太弱，被害人向受僱人無法求償時，法院因被害人聲請得斟酌僱用人與被害人之經濟狀況，令僱用人爲全部或一部之損害賠償，稱之爲衡平責任。僱用人賠償損害後，對於爲侵權行爲之受僱人有求償權。

13

傡 ㄕˋ *shih*⁴ 音試
缺乏誠意。見"集韻"。

億 ㄧˋ *i*⁴ 音抑
本作億。1安定；安寧。如：億寧。2數詞。古以十萬爲億，今以萬萬爲億(10^8)。3猜度；懷疑。通意。如：億測。

6【億兆】 ㄧˋ ㄓㄠˋ
1極言其多。2指民眾。即萬民。

9【億則屢中】 ㄧˋ ㄗㄜˊ ㄌㄩˇ ㄓㄨㄥˋ
心中所猜測的事，常常猜對。

儃 ㊀ ㄔㄢˊ *ch'an*² 音蟬
參儃佪。

㊁ ㄊㄢˇ *t'an*³ 音坦
參儃漫。

㊂ ㄕㄢˋ *shan*⁴ 音善
讓。通禪。如：儃讓。

8【儃佪】 ㄔㄢˊ ㄏㄨㄟˊ
徘徊不進的樣子。也作儃回。

14【儃漫】 ㄊㄢˇ ㄇㄢˋ
縱逸放肆。也作澶漫。

儀 ㄧˊ *i*² 音宜
1法度；規矩。如：禮儀。2容止風度。如：儀表。3餽贈的禮物。如：賀儀。4器具。如：地球儀。5風俗。6嚮往；傾向。如：心儀。7姓。'春秋''徐'有'儀楚'。見"廣韻"。

5【儀仗】 ㄧˊ ㄓㄤˋ
1儀衛用的兵仗。2擔任儀衛的軍隊。

6【儀式】 ㄧˊ ㄕˋ
(ritual)一種象徵性行爲。人們藉象徵的方法以表達一種感情或達到某種目的的形式化行爲。

8【儀表】 ㄧˊ ㄅㄧㄠˇ
1容貌風度。2法則；標準。如：天下儀表。3日晷。4顯示機械運作情形的表。也作儀錶。

10【儀容】 ㄧˊ ㄖㄨㄥˊ
容貌儀態。

13【儀節】 ㄧˊ ㄐㄧㄝˊ
禮節。

16【儀器】 ㄧˊ ㄑㄧˋ
用於測繪、實驗等，而具有一定規格的器具。

17【儀禮】 ㄧˊ ㄌㄧˇ
1禮的儀式。2十三經之一。十七篇。記載'周代'貴族的部分禮儀。與"周禮"、"禮記"合稱三"禮"。

16【儀器配置】 ㄧˊ ㄑㄧˋ ㄆㄟˋ ㄓˋ
(instrumentation)一切用在化工程序中測量、記錄與控制溫度、壓力、流率、液位、酸鹼度、厚度等變數之感應儀器的總稱。

【儀器飛行規則】 ㄧˊ ㄑㄧˋ ㄈㄟ ㄒㄧㄥˊ ㄍㄨㄟ ㄗㄜˊ
(instrument flight rules; IFR)有關飛機在雲層中或其外界之情況低於目視飛行規則之限制時，藉機內儀器之指示，從事飛行之飛行規則。

儯 ㄊㄚˋ *t'a*⁴ 音踏
1逃跑。見"方言·一三"。2行不相遇。見"集韻"。

儎 載的或體。

僵 ㄐㄧㄤ *chiang*¹ 音江
1倒下。如：僵仆。2死而未腐朽。通殭。如：僵尸。3挺直不動。如：僵臥。4相持不下。如：僵持。5挑撥破壞。如：僵事。

4【僵仆】 ㄐㄧㄤ ㄆㄨ
倒下。指死亡。

【僵化】 ㄐㄧㄤ ㄏㄨㄚˋ
1事情漸趨於僵局。2老化而無生機。

7【僵局】 ㄐㄧㄤ ㄐㄩˊ
雙方都不肯讓步，以致事情停滯，無法開展。

價 ㊀ ㄐㄧㄚˋ *chia*⁴ 音駕
1物品的價值。如：價錢。2人的資望和地位。如：身價。3(valence)(1)即表某元素的原子與他元素的原子在定比下化合的定數。普通以氫爲測原子價的標準而定爲一價，如氯一原子與氫一原子化合成氯化氫，則氯的原子價爲一，稱其爲一價元素。又如SO_4在H_2SO_4中爲二價，PO_4在H_3PO_4中爲三價。(2)'德國'心理學家'勒溫'(Kurt Lewin)所引用之概念。凡事物屬性令人接近者具正價(positive valence)，令人迴避者具負價(negative valence)。

㊁ ·ㄍㄚ ·*ka*
用在副詞或形容詞的詞尾。相當於今語地或的。如：喧天價響。

10【價值】 ㄐㄧㄚˋ ㄓˊ
(value)1任一財貨能支配或交換其他財貨的能力。價值的貨幣形態即價格。2事物的意義或功能。3令人追求、珍視和保愛的事物或品質。

5【價目表】 ㄐㄧㄚˋ ㄇㄨˋ ㄅㄧㄠˇ
(price list; P/L)載有賣方所經銷或生產之貨物名稱、品質規格及其單價的文件。在國際貿易所用的價目表上，更包括了各項貨物的代號、貿易條件、包裝條件及免責條件等。免責條件是說明價目表所示價格只供買方參考，賣方不受其拘束的條款，如價格隨市價調整、價格如變動恕不另通知、價格須經我方確認。價目表的寄送或廣告只是一種交易的招攬行爲，並不構成法律上的要約，所以賣方不受約束。

10【價值論】 ㄐㄧㄚˋ ㄓˊ ㄌㄨㄣˋ
(axiology; theory of value)研究各種價值觀念(如：善、惡、正義、公平)之意義、特性、起源、型態及標準的學科。主要包括：倫理學、美學、政治哲學、社會哲學。

【價值觀】 ㄐㄧㄚˋ ㄓˊ ㄍㄨㄢ
(values)指每一個人對世事價值的基本看法。'史普蘭格'(Spranger)將價值觀分爲六類：經濟的、理論的、政治的、宗教的、美學的、社會的。

13【價電子】 ㄐㄧㄚˋ ㄉㄧㄢˋ ㄗˇ

(valence electron)位於原子的最高能階,決定原子化學性質的電子,稱爲價電子。又因這些電子通常位於原子的最外層軌道,因此也常稱爲外圍電子。

10【價格方法】 ㄐㄧㄚˋ ㄍㄜˊ ㄈㄤ ㄈㄚˇ

(the price approach)主張以貨幣或財政政策改變一國的一般價格水準,或以匯率政策改變一國產品與另一國產品之間的相對價格,來調整國際收支。在一般情況下,只要兩國進口需求價格彈性之和的絕對值大於一,則價格變動能夠有效調整國際收支。

【價格低限】 ㄐㄧㄚˋ ㄍㄜˊ ㄉㄧ ㄒㄧㄢˋ

(price floor)即以人爲力量支持某種產品的價格不低於某一水準。通常政府爲了確保國家糧食供應的安全,提高糧食生產誘因與農民所得及穩定經濟,會對農產品採取價格低限的保護政策。但價格低限通常會導致產品供給過剩,而必須設法解決此一問題。

【價格高限】 ㄐㄧㄚˋ ㄍㄜˊ ㄍㄠ ㄒㄧㄢˋ

(price ceiling)即以人爲力量限定某種產品的價格不得高於某一水準。這通常是當社會處於通貨膨脹或因戰時產品供給缺乏,政府爲了抑制物價水準上漲而採取的策略。但價格高限通常會導致產品供給的短缺,而造成黑市交易的存在。

【價格效果】 ㄐㄧㄚˋ ㄍㄜˊ ㄒㄧㄠˋ ㄍㄨㄛˇ

(price effect)一種因財貨或勞務的價格改變而引起需求量改變的效果。可分爲替代效果與所得效果。圖中所示爲正常財貨價格下跌的情況,預算線由 LM 變成 LM', DE段爲替代效果, EF段爲所得效果, DF段則爲價格效果。

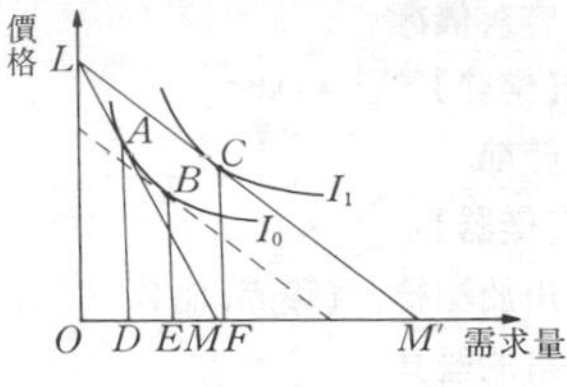

價格效果圖

【價格組合】 ㄐㄧㄚˋ ㄍㄜˊ ㄗㄨˇ ㄏㄜˊ

(price mix)有關影響眞正價格的組合因素,包括基本價格、差異價格、折扣贈獎、付款條件、運送條件等。

【價格領導】 ㄐㄧㄚˋ ㄍㄜˊ ㄌㄧㄥˇ ㄉㄠˇ

(price leadership) 寡占廠商對於現行市場價格決定的方法之一。可分爲:一、低成本領導:即那家廠商的生產成本低,則由那家廠商決定市場價格。二、大廠商領導:即以規模最大的廠商來決定市場價格。兩種價格領導所訂定的市場價格均須使其他廠商也能賺取到利潤,否則價格領導無法成功,並可能導致同歸於盡的競爭。

【價格機能】 ㄐㄧㄚˋ ㄍㄜˊ ㄐㄧ ㄋㄥˊ

(price mechanism)在市場自由競爭狀況下,一切商品的供應和需求會趨於相等。如價格上漲,需求便減少,供應量過多,價格便下跌;價格下跌,需求又會增加,需求增加,供應不足,價格又會上漲,這就是價格機能。

【價值中立】 ㄐㄧㄚˋ ㄓˊ ㄓㄨㄥ ㄌㄧˋ

只做事實判斷、不做價值判斷的態度、立場或作法等。

【價值分析】 ㄐㄧㄚˋ ㄓˊ ㄈㄣ ㄒㄧ

(value analysis; VA)指分析構成產品價值中的原料、物料、零件等項有形的因素,以及設計、加工、外觀等項無形的因素之組成成本。對於每一產品,自設計、用料、加工、包裝等過程,作有系統的成本分析,可以在確保相同品質水準下,降低成本,獲得最高價值。價值分析一般使用於產品設計及物料管理方面較多。

【價值判斷】 ㄐㄧㄚˋ ㄓˊ ㄆㄢˋ ㄉㄨㄢˋ

(value judgment)與事實判斷相對。對某一事物或事態做出有價值、無價值,或價值等級高低的論評或斷定。

【價值連城】 ㄐㄧㄚˋ ㄓˊ ㄌㄧㄢˊ ㄔㄥˊ

形容物品價值貴重。原指'和'氏璧而言,因'戰國'時'秦昭王'願以十五城的代價,換取'趙國''和'氏璧。見"史記·藺相如傳"。

【價值的矛盾】 ㄐㄧㄚˋ ㄓˊ ˙ㄉㄜ ㄇㄠˊ ㄉㄨㄣˋ

(paradox of value)又稱鑽石與水的矛盾。即水雖然比鑽石更爲有用,但鑽石卻比水更爲昂貴。也就是說水的價值雖大於鑽石,但價格卻小於鑽石,價值與價格之間有著矛盾存在。

【價格消費曲線】 ㄐㄧㄚˋ ㄍㄜˊ ㄒㄧㄠ ㄈㄟˋ ㄑㄩ ㄒㄧㄢˋ

(price-consumption curve PCC) 在消費者貨幣所得與某種產品的價格不變下,另一種產品的價格連續發生改變時,所形成的消費者均衡點的軌跡。由價格

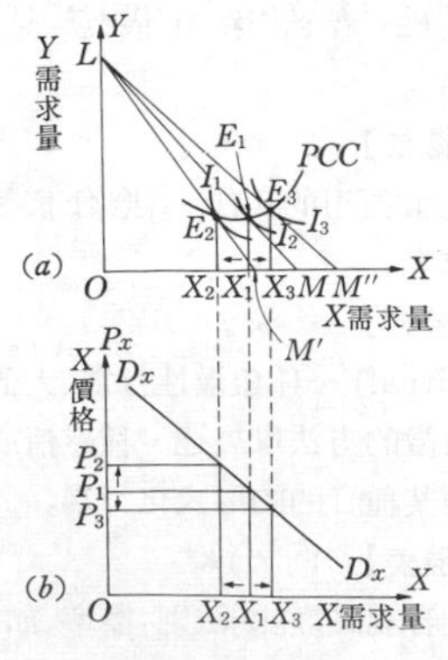

價格消費曲線圖

消費曲線可以導出產品的需求曲線。圖(*a*)所示*LM*爲原價格線,*LM'*爲*X*財貨價格上漲後的價格線,*LM''*爲*X*財貨價格下跌後的價格線,連接E_1、E_2、E_3三切點,即得價格消費曲線。圖(*b*)所示爲價格消費曲線所導出的需求曲線。

【價格與盈餘比率】 ㄐㄧㄚˋ ㄍㄜˊ ㄩˇ ㄧㄥˊ ㄩˊ ㄅㄧˇ ㄌㄩˋ
(price-earnings ratio)又名本益比。普通股每股市價對每股盈餘的比率,亦即股票價格爲每股盈餘的倍數。一般言之,比率愈高,股東所希望的報酬率愈低,因其預期公司未來可能有相當大的獲利潛力。

僻 ㄆㄧˋ *p'i*⁴ 音譬 語音 ㄅㄟˋ *pei*⁴ 音倍
1邊遠;幽隱。如:僻靜。2歪邪;不正。如:邪僻。3奇異不常見的。如:僻典。4見識淺陋。如:僻儒。

9**【僻陋】** ㄆㄧˋ ㄌㄡˋ
1偏執鄙陋。2偏遠簡陋。

僸 ㊀ ㄐㄧㄣˋ *chin*⁴ 音進
北夷的音樂名。見"廣韻"。
㊁ ㄧㄣˇ *yin*³ 音飲
仰頭的樣子。見"廣韻"。

儅 ㊀ ㄉㄤˋ *tang*⁴ 音宕
參伄儅。
㊁ ㄉㄤ *tang*¹ 音當
僕役。伄儅的簡稱。

僞 ㄨㄟˇ *wei*³ 音委
或作儰。不安。見"廣韻"。

僷 ㄧㄝˋ *yeh*⁴ 音葉
1美好的容貌。見"方言·二"。2輕麗的樣子。見"正字通"。

僶 ㄇㄧㄣˇ *min*³ 音敏
勉力;盡力。如:僶俛。

9**【僶俛】** ㄇㄧㄣˇ ㄇㄧㄢˇ
1努力做事。又作黽勉。2比喻時間很短暫。

儂 ㄋㄨㄥˊ *nung*² 音農
1'蘇''浙'方言。我。如:儂家。2'上海'一帶方言。你。3人。

10**【儂家】** ㄋㄨㄥˊ ㄐㄧㄚ
我家。

11**【儂族】** ㄋㄨㄥˊ ㄗㄨˊ
我國少數民族之一。散處在'雲南'東南、'廣西'西部。人口約10餘萬。營農耕生活,間或也兼事漁獵。信仰泛靈。

儆 ㄐㄧㄥˇ *ching*³ 音警
同警。1警戒;戒備。如:申儆。2須戒備的急事。多指戰亂。如:儆急。

7**【儆戒】** ㄐㄧㄥˇ ㄐㄧㄝˋ
即警戒。

儇 ㄒㄩㄢ *hsüan*¹ 音宣
本作儇。1聰慧。見"說文"。2利便。見"字彙"。3輕薄狡猾。如:儇薄。4奸巧。通譞。如:儇媚。5覆蓋。通幎。如:掩面儇目。

17**【儇薄】** ㄒㄩㄢ ㄅㄛˊ
輕佻;浮薄。

儍 傻的俗體。

僾 ㄞˋ *ai*⁴ 音愛
1彷彿。見"說文"。2氣不舒暢。見"字彙"。

僽 ㄓㄡˋ *chou*⁴ 音晝
參僝僽。

儋 ㄉㄢ *tan*¹ 音單
1負荷。俗作擔。如:儋負。2容器名。容一石。通甔。

[illegible] ㄙㄚˋ *sa*⁴ 音薩
惡。也作俙。見"集韻"。

儁 俊的或體。

儌 ㄐㄧㄠˇ *chiao*³ 音繳
參儌倖。

10**【儌倖】** ㄐㄧㄠˇ ㄒㄧㄥˋ
同僥倖。

儉 ㄐㄧㄢˇ *chien*³ 音簡 又讀 ㄐㄧㄢˋ *chien*⁴ 音見
1節省。如:節儉。2貧乏。如:儉薄不充。3農作物歉收。如:連年荒儉。

9**【儉約】** ㄐㄧㄢˇ ㄩㄝ
節省。

13**【儉歲】** ㄐㄧㄢˇ ㄙㄨㄟˋ
荒年。

16**【儉樸】** ㄐㄧㄢˇ ㄆㄨˊ
節省樸實。

儈 ㄎㄨㄞˋ *k'uai*⁴ 音快
買賣的中間人。如:市儈。

14

儜 ㄋㄧㄥˊ *ning*² 音寧
1衰弱。如:儜人。2愚劣的。如:儜奴。3第二人稱的敬稱。今通作您。

儐 ㊀ ㄅㄧㄣˋ *pin*⁴ 音鬢
1引導。見"說文"。2以禮待客。見"字彙"。3排斥。通擯。
㊁ ㄅㄧㄣ *pin*¹ 音賓
1同㊀1。2敬。3皺眉。通嚬。

9**【儐相】** ㄅㄧㄣ ㄒㄧㄤˋ
1輔助主人迎賓行禮的人。迎賓叫儐,贊禮叫相。2婚禮中的伴郎、伴娘。

儕 ㄔㄞˊ *ch'ai*² 音柴
1輩。如:吾儕。2共同。如:長幼儕居。

15**【儕輩】** ㄔㄞˊ ㄅㄟˋ
同輩。

儒 ㄖㄨˊ *ju*² 音如
1柔緩。如:儒緩。2古時稱巫卜祝史等術士。後引申爲對學者泛稱。如:儒生。3'孔子'之道或遵奉'孔子'之道的人。4懦弱。通懦。如:儒弱。5姓。'漢'有'儒光'。見"萬姓統譜·一三"。

3**【儒士】** ㄖㄨˊ ㄕˋ
1學習儒學的人。2舊時泛指一般讀書人。

5**【儒生】** ㄖㄨˊ ㄕㄥ
同儒士。

6**【儒行】** ㄖㄨˊ ㄒㄧㄥˊ
儒者的品行。

8**【儒林】** ㄖㄨˊ ㄌㄧㄣˊ
指讀書人的圈子或學術界。

9**【儒冠】** ㄖㄨˊ ㄍㄨㄢ
儒者所戴的帽子。

10**【儒家】** ㄖㄨˊ ㄐㄧㄚ

古代學派之一。即修習儒學的學派。"漢書·藝文志"列爲九流之首。後世通稱尊崇'孔'、'孟'學說,精研性理之學,並實踐仁義之道者爲儒家。

11【儒教】 ㄖㄨˊ ㄐㄧㄠˋ

1儒家的教化。2指儒家學派。

【儒將】 ㄖㄨˊ ㄐㄧㄤˋ

有儒者風範的將領。

【儒術】 ㄖㄨˊ ㄕㄨˋ

儒家的道術。

12【儒雅】 ㄖㄨˊ ㄧㄚˇ

1學問淵博的人。2指儒家思想。3儀態雍容,學問淵博。

13【儒道】 ㄖㄨˊ ㄉㄠˋ

1儒家的學術。2儒家和道家。

16【儒學】 ㄖㄨˊ ㄒㄩㄝˊ

1儒家的學術。2'元'、'明'、'清'各府、州、縣所設立的學校。

18【儒醫】 ㄖㄨˊ ㄧ

深通儒術的醫生。

11【儒略曆】 ㄖㄨˊ ㄌㄩㄝˋ ㄌㄧˋ

(Julian calendar) 太陽曆的一種,即今世界通行曆法的前身。由'羅馬'君主'儒略·凱撒'(Julius Caesar)於西元前46年頒行。分一年爲十二個月,單月三十一日,雙月三十日,二月則平年廿九日,閏年三十日。全年平年365日,每四年一閏,閏年366日。年平均長度爲365.25日。後來他的繼承者'奧古斯都'(Augustus)從二月減去一日加在八月內,使八月成爲大月,並將九月、十一月改爲小月,十月、十二月改爲大月。這種曆法一直沿用到1582年,由於與天象不合,才由'羅馬'教皇'格列哥里十三世'(Gregory XIII)修訂成現今世界通行的曆法。

8【儒林外史】 ㄖㄨˊ ㄌㄧㄣˊ ㄨㄞˋ ㄕˇ

'清'"吳敬梓"撰,五十五回。書中刻劃'明'末士大夫的利慾薰心、虛僞作假,並抨擊科舉制度和禮教,是我國古典諷刺小說的傑作。

儔 一 ㄉㄠˋ tao⁴ 音到

遮蔽。見"說文"。

二 ㄔㄡˊ ch'ou² 音愁

1伴侶。如:儔侶。2同輩。如:儔類。3比類。如:儔擬。

儘 ㄐㄧㄣˇ chin³ 音緊

1極盡。如:儘量。2聽任。如:儘看。

11【儘教】 ㄐㄧㄣˇ ㄐㄧㄠ

儘管;聽任而不加以限制。

儓 ㄊㄞˊ t'ai² 音臺

賤役;奴隸。

儞 你的或體。

儗 一 ㄋㄧˇ ni³ 音你

1僭越本分。見"說文"。2比擬。通擬。如:儗於不倫。3疑惑。通疑。

二 ㄞˋ ai⁴ 音礙

痴呆。

8【儗於不倫】 ㄋㄧˇ ㄩˊ ㄅㄨˋ ㄌㄨㄣˊ

比擬不當。泛指爲文或言語、行爲不妥當。

儸 ㄙㄜˋ sê⁴ 音色

不及;趕不上。見"玉篇"。

儑 ㄢ an¹ 音安

1不智;不聰明。見"集韻"。2戲謔的言詞。見"字彙"。

儚 ㄇㄥˊ mêng² 音蒙

慚愧。見"集韻"。

儝 ㄉㄨㄟˋ tui⁴ 音對

交易。見"說文"。

儛 舞的或體。

15

儲 ㄔㄨˊ ch'u² 音除

或作儲。1積蓄。如:儲錢。2所蓄積的財物。如:三年之儲。3副。如:儲君。4姓。'東漢'有'儲太白'。見"廣韻"。

6【儲存】 ㄔㄨˊ ㄘㄨㄣˊ

1儲蓄收存。2郵局儲蓄存款的省稱。

7【儲君】 ㄔㄨˊ ㄐㄩㄣ

君位的繼承人。

10【儲能】 ㄔㄨˊ ㄋㄥˊ

(stored energy)系統在某一狀態時,其內部所含有的全部能量。一般以E表示。儲能包括動能、位能、應變能、表面能等。

14【儲蓄】 ㄔㄨˊ ㄒㄩˋ

積貯財物。

6【儲存體】 ㄔㄨˊ ㄘㄨㄣˊ ㄊㄧˇ

(storage)能存入資料並予以保存,以供需要時再取出使用的裝置。

【儲光羲】 ㄔㄨˊ ㄍㄨㄤ ㄒㄧ

(707~760?)'唐代''兗州'(今'山東''曲阜')人。'開元'進士,官至監察御史。擅長田園詩,筆意細密,多閒適情調。有"儲光羲集"。

14【儲蓄存款】 ㄔㄨˊ ㄒㄩˋ ㄘㄨㄣˊ ㄎㄨㄢˇ

(saving deposits)個人或非營利法人,以積蓄資金爲目的,憑存摺、存單或依約定方式提取的存款。儲蓄存款是來自民間以積蓄資金爲目的的存款,一般國家均對之採取獎勵態度,而給予較普通存款爲高的利息優待及優先受償的保障。

【儲蓄函數】 ㄔㄨˊ ㄒㄩˋ ㄏㄢˊ ㄕㄨˋ

(saving function)設其他情況不變,儲蓄隨著可支配所得水準的改變而作同方向改變。此表示兩者之間有著增函數的關係存在。

【儲蓄銀行】 ㄔㄨˊ ㄒㄩˋ ㄧㄣˊ ㄏㄤˊ

(saving banks)以收受存款、發行金融債券方式吸收國民儲蓄,供給中期及長期信用爲主要任務的銀行。儲蓄銀行的主要特質,在其以收受長期儲蓄性存款並發行金融債券爲其資金來源,同時並以供給中、長期的信用爲主要任務。

6【儲存程式電腦】 ㄔㄨˊ ㄘㄨㄣˊ ㄔㄥˊ ㄕˋ ㄉㄧㄢˋ ㄋㄠˇ
(stored program computer) 電腦的一類。其主記憶體已儲存了指令,故能自行依序執行程式。

14【儲蓄投資免稅】 ㄔㄨˊ ㄒㄩˋ ㄊㄡˊ ㄗ ㄇㄧㄢˇ ㄕㄨㄟˋ
(exemptions for saving and investment) 乃"獎勵投資條例"爲鼓勵儲蓄投資所採行的一種獎勵措施。例如"獎勵投資條例"第二十三條第三項規定,自'民國'七十年一月一日起,合併申報單位的一般銀行存款利息及公開發行並上市之記名股票股利合計數在新'臺'幣三十六萬元以內者得免納所得稅。

儦 ㄅㄧㄠ *piau*^{1} 音標
群行的樣子。也形容眾多。

儥 ㄩˋ *yü*^{4} 音玉
[1]購買。也指顧客。[2]賣出;出售。如:禁儥。

優 ㄧㄡ *yu*^{1} 音憂
[1]充足;有餘。如:優裕。[2]安閒自適。如:優閒。[3]因循不決。如:優柔寡斷。[4]良好。如:優良。[5]演藝人員。如:優伶。

7【優伶】 ㄧㄡ ㄌㄧㄥˊ
俳優和樂工。今通稱演藝人員。

9【優柔】 ㄧㄡ ㄖㄡˊ
[1]舒緩從容。[2]因循不決。

12【優游】 ㄧㄡ ㄧㄡˊ
[1]閒暇自適、無所拘滯的樣子。[2]因循不決。

【優渥】 ㄧㄡ ㄨㄛˋ
豐裕;富厚。

【優惠】 ㄧㄡ ㄏㄨㄟˋ
優待;優厚。

【優越】 ㄧㄡ ㄩㄝˋ
優異;超過尋常。

5【優生學】 ㄧㄡ ㄕㄥ ㄒㄩㄝˊ
(eugenics) 根據遺傳學的原理,以研究改進人種的科學。現今的優生學,主在根據遺傳學的智識,了解家庭背景,儘早防止生育具有遺傳疾病的子女。此與往昔利用優生絕種的方法以汰除人種劣性的觀念迥異。

6【優先序】 ㄧㄡ ㄒㄧㄢ ㄒㄩˋ
(priority) 依事件的重要性而決定處理的先後,稱爲優先序。電腦作業系統在選擇處理工件順序或處理岔斷時,通常要考慮優先序。

【優先股】 ㄧㄡ ㄒㄧㄢ ㄍㄨˇ
(preferred stock) 又稱特別股。與普通股相對。即持有人在享受權利方面較普通股爲優先的股票。爲股東平等原則的例外。公司因經濟上的理由無法以通常的方法籌集資本,乃利用優先股制度,賦予享受紅利、股息或剩餘財產分派的優先權利,以增加股票的可銷性,便利資本的籌集。

【優先權】 ㄧㄡ ㄒㄧㄢ ㄑㄩㄢˊ
係法律爲便利航海之準備、維護船舶價值、保障債權人債權、緩和船舶所有人責任限制對債權人之不利益而規定的法定擔保。又稱海上質權(maritime lien)。得主張優先權之債權限於: 、訴訟費及爲債權人之共同利益而保存船舶或標賣,並分配賣價所支出之費用、船鈔港埠建設費、引水費、拖船費、自船舶開入最後港後之看守費、保存費、檢查費。二、船長、海員及其他服務船舶人員,本於僱傭契約所生之債權,其期間未滿一年者。三、爲救助及撈救所負之費用及報酬,及船舶對於共同海損之分擔額。四、船舶所有人或船長、海員之過失所致之船舶碰撞或其他航行事變,旅客及船長、海員之身體傷害,貨載之毀損或滅失,加於港埠設施之損害賠償。五、船長在船籍港外,依其職權爲保存船舶或繼續航行之實在需要所爲之行爲,或契約所生之債權。六、對於託運人所負之損害賠償。以上六種優先債權第一種優先權至第五種優先權之順位在抵押權之前。第六種優先權之順位在抵押權之後。優先權之標的物有:一、船舶、船舶設備及屬具或其殘餘物。二、在發生優先債權之航行期內之運費。三、船舶所有人因本次航行中船舶所受損害或運費損失應得之賠償。四、船舶所有人因共同海損應得之賠償。五、船舶所有人在航行完成前,爲施行救助或撈救所應得之報酬。

12【優越感】 ㄧㄡ ㄩㄝˋ ㄍㄢˇ
自認爲比別人優異的感覺、態度。

13【優勢木】 ㄧㄡ ㄕˋ ㄇㄨˋ
指生長於冠層中的上層,生育優異,在未來競爭作用中亦占絕大優勢的林木。爲樹冠級之首。

8【優孟衣冠】 ㄧㄡ ㄇㄥˋ ㄧ ㄍㄨㄢ
指一味模仿,或喬裝得似眞的樣。'優孟','春秋''楚國'伶人,善於表演,曾感動'楚'王,使'孫叔敖'之子的生活得到改善。見"史記·滑稽列傳·優孟"。

9【優哉游哉】 ㄧㄡ ㄗㄞ ㄧㄡˊ ㄗㄞ
形容從容不迫,自由自在的樣子。

【優柔寡斷】 ㄧㄡ ㄖㄡˊ ㄍㄨㄚˇ ㄉㄨㄢˋ
個性因循,缺少決斷能力。

12【優游涵泳】 ㄧㄡ ㄧㄡˊ ㄏㄢˊ ㄩㄥˇ
在從容自在的情境下接受薰陶或潛修學問。

15【優養現象】 ㄧㄡ ㄧㄤˇ ㄒㄧㄢˋ ㄒㄧㄤˋ
(eutrophication) 指湖泊、河川含有高濃度之氮、磷汙染物質,致使藻類過度繁殖,而藻類又受所需營養量之限制而大量死亡,致該水域之氧氣用盡的現象。

6【優先序岔斷】 ㄧㄡ ㄒㄧㄢ ㄒㄩˋ ㄔㄚˋ ㄉㄨㄢˋ
(priority interrupt) 電腦系統對於岔斷申請的一種處理方法。將各岔斷信號編定一優先序,使能於多個岔斷申請同時發生時,據以決定處理之先後順序。

12【優惠一般化制度】 ㄧㄡ ㄏㄨㄟˋ ㄧ

ㄅㄢ ㄏㄨㄚˋ ㄓˋ ㄉㄨˋ (Generalized System of Preference; GSP) 爲維持"關稅暨貿易總協定"的繼續存在，針對開發中國家貿易的特性與需要，西元1964年於'日內瓦'召開'聯合國貿易暨發展會議'(UNCTAD)，達成針對開發中國家的要求所作的優惠關稅安排，稱爲優惠一般化制度。依此制度，工業國家對開發中國家大部分的製造及半製造產品，完全免除關稅或課徵較其他工業國家產品爲低的關稅。

償 ㄔㄤˊ *ch'ang²* 音常
1歸還；補還。如：償債。2酬報。3抵當。如：得不償失。4實現。如：如願以償。

19【償願】 ㄔㄤˊ ㄩㄢˋ
達成心願。

5【償付銀行】 ㄔㄤˊ ㄈㄨˋ ㄧㄣˊ ㄏㄤˊ
(reimbursing bank) 又稱補償銀行、歸償銀行、清算銀行、軋帳銀行。指在償還信用狀下，由開狀銀行所指定以受理承兌銀行、付款銀行或押匯銀行的求償，並代理開狀銀行執行歸墊的銀行。償付銀行通常是開狀銀行的存款銀行，且多爲國際金融中心所在地的大銀行。

㒗 ㄌㄩˇ *lü³* 音呂
不勤勉的樣子。見"增韻"。

㒒 ㄅㄠˋ *pao⁴* 音報
官吏連日值宿。見"字彙"。

㒓 ㄙˋ *szŭ⁴,ssŭ⁴* 音似
盡。見"集韻"。

㒋 ㄙㄨˋ *su⁴* 音素
參㒋侲。

9【㒋侲】 ㄙㄨˋ ㄓㄣˇ
古國名。即'肅愼'。

儡 一 ㄌㄟˊ *lei²* 音雷
1敗壞。見"說文"。2疲倦。

二 ㄌㄟˇ *lei³* 音壘
1同一1。2參傀儡。

儇 儇的本字。

儠 ㄌㄧㄝˋ *lieh⁴* 音列
人高大強壯的樣子。通作鬣。見"說文"。

16

儭 ㄔㄣˋ *ch'ên⁴* 音趁
1施捨錢財給僧道。2通襯。⑴至；近。見'玄應'"一切經音義"。⑵襯裡。見"廣韻"。

儓 億的本字。

儱 ㄌㄨㄥˇ *lung³* 音壟
參儱侗。

8【儱侗】 ㄌㄨㄥˇ ㄊㄨㄥˊ
1未成器。2含糊不明。又作籠統。

儴 ㄋㄧㄠˇ *niao³* 音鳥
參㛋儴。

㒕 傀的或體。

儶 ㄒㄧㄝˋ *hsieh⁴* 音械
也作巂。1狹隘。見"廣雅·釋詁"。2迅速。見"集韻"。

17

儴 ㄖㄤˊ *jang²* 音穰
依循；因襲。見"廣韻"。

儳 ㄔㄢˋ *ch'an⁴* 音懺
1摻雜。如：儳和。2僭越。如：儳越。3迅捷的。如：儳道。

儵 ㄕㄨˋ *shu⁴* 音倏
1泛白色的青黑色繒帛。見"說文"。2疾速；忽然。通倏。如：往來儵忽。

18

儽 ㄔㄜˋ *ch'ê⁴* 音撤
1心服。見"說文"。2懼怕。通懾。見"廣雅·釋詁"。

19

儷 一 ㄌㄧˊ *li²* 音離
樹木枝條茂盛的樣子。見"說文"。

二 ㄌㄧˋ *li⁴* 音麗
1配偶。如：伉儷。2成對；相偕。如：儷影。

8【儷祉】 ㄌㄧˋ ㄓˇ
書信結尾，對受信人夫婦的問候語。

15【儷影】 ㄌㄧˋ ㄧㄥˇ
稱情侶的形影或夫婦的合影。

㒩 ㄉㄧㄢ *tien¹* 音顚
1顚倒。通作顚。2隕落。

儺 ㄋㄨㄛˊ *no², nuo²* 音挪
1行有節度。見"說文"。2古代臘月舉行的一種驅鬼儀式。

儸 ㄌㄨㄛˊ *lo², luo²* 音羅
參僂儸。

儹 ㄗㄢˇ *tsan³* 音攢
聚集；積存。見"說文"。

20

儻 ㄊㄤˇ *t'ang³* 音躺
1卓越；優秀。見"正字通"。2不受拘束。如：儻蕩。3突然；意外。如：儻來。4倘若；或許。5失意的樣子。

8【儻來】 ㄊㄤˇ ㄌㄞˊ
意外地來臨。

12【儻然】 ㄊㄤˇ ㄖㄢˊ
1失意的樣子。2無心的樣子。

儼 ㄧㄢˇ *yen³* 音眼
1昂頭。見"說文"。2莊重；恭敬。如：儼然。3整齊。

12【儼然】 ㄧㄢˇ ㄖㄢˊ
1莊嚴的樣子。2整齊的樣子。如：屋舍儼然。3宛然；近似的樣子。

21

儾 ㄌㄨㄛˇ *lo³, luo³* 音裸
光裸而無毛羽的樣子。通倮、蠃。見"正字通"。

儽 ㄌㄟˇ *lei³* 音磊
1下垂的樣子。見"說文"。2疲累。見"集韻"。

儿 部

儿 ㊀ ㄖㄣˊ jên^2 音仁
人字古文。見"說文"。
㊁ ㄐㄧㄝˋ chieh^4 音介
仁人。見"集韻"。

1

兀 ㄨˋ wu^4 音勿
①高而上平。見"說文"。②孤高的樣子。如：兀傲。③不動；靜默。如：兀然端坐。④渾然無知的樣子。如：兀然而醉。⑤斷足；缺腿。通跀。如：兀者。⑥助詞。用以發語。常見於'元'曲中。如：兀的。

6【兀自】 ㄨˋ ㄗˋ
還是；尚且。

7【兀坐】 ㄨˋ ㄗㄨㄛˋ
端坐。

0【兀的】 ㄨˋ ㄉㄧˋ
詞曲用語。①這；這個。②相當於口語怎的。

10【兀臬】 ㄨˋ ㄋㄧㄝˋ
動盪不安的樣子。

12【兀然】 ㄨˋ ㄖㄢˊ
①昏沈的樣子。②依然；還是。③靜止不動的樣子。

13【兀傲】 ㄨˋ ㄠˋ
意氣高傲，不隨流俗。

3【兀兀窮年】 ㄨˋ ㄨˋ ㄑㄩㄥˊ ㄋㄧㄢˊ
整年勤勞不懈。

尣 允的俗體。

2

元 ㄩㄢˊ yüan^2 音圓
①開始；第一。如：元年。②頭顱。如：勇士不忘喪其元。③大。如：元勳。④嫡；長。如：元妃。⑤本來；原來。如：元本。⑥貨幣單位名。通圓。如：銀元。⑦同玄。'清''康熙'名'玄燁'，'清'人避諱，改玄作元。⑧(1279～1368)'蒙古''忽必烈'所建的朝代。'宋寧宗'時，'乞顏部''鐵木眞'統一大漠南北，號'成吉思汗'。然後亡'夏'滅'金'；'蒙哥汗'時平定'大理'、'吐蕃'及'交阯'，征服'高麗'；至'忽必烈'定國號'大元'，旋滅'宋'而有天下，都'大都'(今'北平市')。曾前後三次西征，建四大汗國，促進了'中'西文化的交流。疆域東臨'日本海'，南接'泰國'與'印度'，西北突入'歐洲'，北至'西伯利亞'，幅員之廣爲歷朝之冠。'元'末政治腐敗，至'順帝'終爲'朱元璋'所滅。共六世，十主，九十年。⑨(variable)代數中表示未知數的文字。如一元方程式、二元方程式。⑩(eon)最大的地質時間單位，所代表的時間也最長。計分爲隱生元(Cryptozoic eon)和顯生元(Phanerozoic eon)。⑪姓。'唐'有'元結'。見"萬姓統譜·二二"。

3【元夕】 ㄩㄢˊ ㄒㄧˋ
農曆正月十五日的夜晚。又稱元宵、元夜。

4【元元】 ㄩㄢˊ ㄩㄢˊ
①人民。②原始。③可憐愛的樣子。即喁喁。

【元日】 ㄩㄢˊ ㄖˋ
①好日子。②指農曆正月初一。

【元月】 ㄩㄢˊ ㄩㄝˋ
正月；一月。

【元凶】 ㄩㄢˊ ㄒㄩㄥ
爲惡作亂的禍首。

5【元本】 ㄩㄢˊ ㄅㄣˇ
①原始；首要。②指'元朝'所刻的書籍。又稱'元'版。③指相對於利息的本金。

【元旦】 ㄩㄢˊ ㄉㄢˋ
正月一日。

【元由】 ㄩㄢˊ ㄧㄡˊ
原因。

【元史】 ㄩㄢˊ ㄕˇ
二十五史之一。'明''宋濂'等奉敕撰，二百一十卷。主要根據"元十三朝實錄"及'虞集'"經世大典"等書纂修，倉卒成書，錯誤甚多。

6【元戎】 ㄩㄢˊ ㄖㄨㄥˊ
①古代大型的兵車。②統帥；元帥。③大眾；大軍。

【元吉】 ㄩㄢˊ ㄐㄧˊ
大吉；大福。

【元老】 ㄩㄢˊ ㄌㄠˇ
資望高深的老臣或人員。

【元曲】 ㄩㄢˊ ㄑㄩˇ
'元代'流行的曲調，包括散曲和劇曲。散曲有小令和散套兩種，一般多用來抒情寫景；劇曲則指'元'雜劇，是配合賓白動作以搬演故事的戲劇形式，是'元代'文學的代表文體，故一般多與'唐'詩、'宋'詞並稱。

7【元君】 ㄩㄢˊ ㄐㄩㄣ
道教對女仙的尊稱。如'西王母'稱'金母元君'、'后土夫人'稱'碧霞元君'。

8【元夜】 ㄩㄢˊ ㄧㄝˋ
農曆正月十五日的夜晚。

【元和】 ㄩㄢˊ ㄏㄜˊ
指道士修煉時，含氣漱口所生的津液。屬內丹修煉所用的術語。

9【元音】 ㄩㄢˊ ㄧㄣ
(vowel)也叫母音。參母音。

【元神】 ㄩㄢˊ ㄕㄣˊ
①大神。②道家語。指人的靈魂。

【元首】 ㄩㄢˊ ㄕㄡˇ
①頭。②君主；領袖。③一年的開始。

【元帥】 ㄩㄢˊ ㄕㄨㄞˋ
統領全軍的主帥。

10【元宵】 ㄩㄢˊ ㄒㄧㄠ
①節日名。農曆正月十五日晚。②湯糰。爲元宵節應時食品，故名。

【元素】 ㄩㄢˊ ㄙㄨˋ
(element)①由一種原子所構成，用一般的化學方法無法再分出其他物質者，如金、銀、氧、氫等。目前已經發現的元素已至少有108種。②構成事物之簡單項目或因子。③又名份子。一個類中的任何項目，或一個集所包含的事物。

【元配】ㄩㄢˊ ㄆㄟˋ
嫡妻；正妻。

【元氣】ㄩㄢˊ ㄑㄧˋ
1天地未分前的混一之氣。2人的精神。

15【元稹】ㄩㄢˊ ㄓㄣˇ
(779～831)'唐''河南'(今'河南''洛陽')人。字'微之'。對策舉制科第一，'穆宗'時拜相。與'白居易'交誼最厚，才力相當，詩亦同尚平易，世稱'元''白'。有"元氏長慶集"。

16【元勳】ㄩㄢˊ ㄒㄩㄣ
大功勳。也指有大功勳的人。

【元龜】ㄩㄢˊ ㄍㄨㄟ
1古代用以占卜吉凶的大龜。2'漢''王莽'時貨幣名。爲龜寶四品(元龜、公龜、侯龜、子龜)之一。

20【元寶】ㄩㄢˊ ㄅㄠˇ
古代貨幣名稱。或圓形，或外圓內有方孔，面鑄年號。'元'以後有中央凸出圓形、兩邊高翹的錠銀，亦稱元寶。

3【元大都】ㄩㄢˊ ㄉㄚˋ ㄉㄨ
位於'北平'西南方'元太祖'所建的都城。城之規模制度多仿照'宋'之'汴京'(今'河南''開封')，全城周長28,600公尺，城門十一座，城外建有凸出城牆外的墩臺，繞以寬深的護城河。整座城牆以夯土築成。

4【元太祖】ㄩㄢˊ ㄊㄞˋ ㄗㄨˇ
(1162～1227)'元朝'開國皇帝。姓'奇渥溫'，名'鐵木眞'。自小有大志，善於用兵，先後平定'韃靼'、'奈曼'諸部，統一'蒙古'。'蒙古'諸部長共上尊號爲'成吉思汗'，建立'蒙古汗國'。滅'西夏'，並約'宋'攻'金'。後死於軍中。

元太祖像

5【元世祖】ㄩㄢˊ ㄕˋ ㄗㄨˇ
(1215～1294)'元太祖'之孫，名'忽必烈'。'宋理宗''景定'元年(1260)，在'開平'(今'察哈爾''多倫')自即帝位。後興兵滅'宋'，統一'中國'，'南洋'各國都來朝貢，版圖遍及全'亞'及東'歐'，在位三十五年。

6【元好問】ㄩㄢˊ ㄏㄠˇ ㄨㄣˋ
(1190～1257)'金''秀容'(今'山西''忻縣')人。字'裕之'，號'遺山'。官至'尚書省'左司員外郎，'金'亡不仕，專心著述。博通經傳百家，工詩詞，風格剛勁。論詩主張要有風骨，要能高古，反對華豔淫靡。著有"遺山集"，編有"中州集"。

16【元謀人】ㄩㄢˊ ㄇㄡˊ ㄖㄣˊ
西元1965年我國'雲南省''元謀縣''上那蚌村'發現的化石人，學名爲⌊元謀直立人⌉(*Homo erectus yuanmonnensis*)。化石包括二顆成人的上門齒。門齒舌面具有普遍出現於現代'蒙古'種群及⌊北京人⌉化石的箕形特徵。根據共存的動物群判斷，⌊元謀人⌉的年代爲早更新世晚期，而據古地磁定年法測得其絕對年代爲距今一百七十萬年左右。是迄今所知年代最古老的直立人。

4【元元本本】ㄩㄢˊ ㄩㄢˊ ㄅㄣˇ ㄅㄣˇ
追溯源頭，探尋根本。後以稱事物自始至終來歷分明。

8【元始天尊】ㄩㄢˊ ㄕˇ ㄊㄧㄢ ㄗㄨㄣ
'玉清元始天尊'的簡稱。道教最尊的天神。玉清仙境居於天界最高之處，爲三清的首席；'天尊'生於太元之先，故稱'元始'。道書認爲他是比'老子'地位更尊的天神。道教將神分爲七階，首爲'元始天尊'。

10【元氣淋漓】ㄩㄢˊ ㄑㄧˋ ㄌㄧㄣˊ ㄌㄧˊ
形容人充滿活力的樣子。

6【元曲四大家】ㄩㄢˊ ㄑㄩˇ ㄙˋ ㄉㄚˋ ㄐㄧㄚ
指'元'雜劇的四大代表作家。即'關漢卿'、'馬致遠'、'鄭光祖'及'白樸'。

允

ㄩㄣˇ yün³ 音隕
1誠實；誠信。如：允正。2答應。如：允諾。3合適；得當。如：公允。

9【允洽】ㄩㄣˇ ㄒㄧㄚˊ
指雙方經協商而意見相同。

10【允納】ㄩㄣˇ ㄋㄚˋ
認可、接納。

13【允當】ㄩㄣˇ ㄉㄤˋ
平允適當。

4【允文允武】ㄩㄣˇ ㄨㄣˊ ㄩㄣˇ ㄨˇ
文武兼備。

6【允收水準】ㄩㄣˇ ㄕㄡ ㄕㄨㄟˇ ㄓㄨㄣˇ
(acceptable quality level; AQL)對於一批貨品，買方所允許該批貨品中所含的最高不良率。只要賣方的貨品品質達到允收水準，就有很高的機率被允收。

11【允執厥中】ㄩㄣˇ ㄓˊ ㄐㄩㄝˊ ㄓㄨㄥ
確切地把握中庸之道。

【允許承載力】ㄩㄣˇ ㄒㄩˇ ㄔㄥˊ ㄗㄞˋ ㄌㄧˋ
(allowable bearing capacity)基礎土壤所能允許之最大壓力。通常允許承載力之評估條件爲必須小於基礎土壤之安全承力，且所引致之基礎沈陷必須小於上承結構所能忍受者爲度。而土壤之安全承力通常定義爲其極限承載力除以安全係數。

【允許樁載重】ㄩㄣˇ ㄒㄩˇ ㄓㄨㄤ ㄗㄞˋ ㄓㄨㄥˋ
(allowable pile load)樁所能承受之最大載重。允許樁載重之評估條件通常爲必須比樁之安全載重小，且所引致之樁基沈陷必須小於上承結構所能忍受者爲度。其中樁之安全載重定義爲其極限載重除以安全係數。

3

尢

ㄌㄨˋ lu⁴ 音路
參尢鼀。

18【圥鼀】 ㄌㄨˋ ㄘㄨˋ

癩蝦蟆。見“說文”。

充 ㄔㄨㄥ ch'ung[1] 音衝

1長高;長大。見“說文”。2充足;豐滿。如:府庫充實。3繁多。4塞。如:充耳不聞。5擔任。如:權充。6姓。‘漢’有‘充郎’。見“漢書·百官公卿表下”。

5【充斥】 ㄔㄨㄥ ㄔˋ

眾多;到處都是。

6【充耳】 ㄔㄨㄥ ㄦˇ

1耳朵堵塞。2古代冠冕兩旁下垂及耳的瑱玉。

【充血】 ㄔㄨㄥ ㄒㄧㄝˇ

(congestion)局部血管擴張及血流增快所引起之紅腫外觀,稱爲充血。

【充任】 ㄔㄨㄥ ㄖㄣˋ

擔任。

7【充沛】 ㄔㄨㄥ ㄆㄟˋ

充足。

【充足】 ㄔㄨㄥ ㄗㄨˊ

充分;足夠。

9【充軍】 ㄔㄨㄥ ㄐㄩㄣ

1入伍當兵。2古代刑罰的一種。將罪犯發配到軍隊或邊遠地區去服勞役。

【充盈】 ㄔㄨㄥ ㄧㄥˊ

充滿;豐富。

10【充飢】 ㄔㄨㄥ ㄐㄧ

填飽肚子,解除飢餓。

12【充裕】 ㄔㄨㄥ ㄩˋ

豐厚有餘。

【充棟】 ㄔㄨㄥ ㄉㄨㄥˋ

書籍充滿全屋,高及棟梁。形容藏書很多。

13【充塞】 ㄔㄨㄥ ㄙㄜˋ

1閉塞;堵塞。2充滿;遍布。

【充電】 ㄔㄨㄥ ㄉㄧㄢˋ

1(charge)將二平行金屬板所構成的電容器,連接於電源的兩極,使一板帶正電荷Q,另一板帶負電荷$-Q$,此過程稱對電容器充電。另外將鉛蓄電池接於直流電源上,使蓄電池內因放電時化學變化產生的物質又變回原來的反應物,則電池可再繼續使用的過程,亦稱爲充電。其化學反應式如下:$2PbSO_4+2H_2O \longrightarrow Pb+PbO_2+2H_2SO_4$。2比喻得到休養或獲得充實。

【充腹】 ㄔㄨㄥ ㄈㄨˋ

充飢;果腹。

14【充實】 ㄔㄨㄥ ㄕˊ

充足豐富。

15【充數】 ㄔㄨㄥ ㄕㄨˋ

勉強湊數。

6【充行家】 ㄔㄨㄥ ㄏㄤˊ ˙ㄐㄧㄚ

假冒專家的模樣。

10【充氧血】 ㄔㄨㄥ ㄧㄤˇ ㄒㄧㄝˇ

(oxygenated blood)減氧血經過肺循環之後,在肺微血管處作氣體交換,二氧化碳被釋出,氧氣自肺泡處擴散進來與血色素結合成氧血色素,血液的顏色乃由暗紫紅色轉變爲鮮紅色,此種血液稱爲充氧血。一般指動脈血。

4【充分條件】 ㄔㄨㄥ ㄈㄣˋ ㄊㄧㄠˊ ㄐㄧㄢˋ

(sufficient condition)一件事情發生,則另外一件事情就發生;或者,一個命題成立,則另外一個命題就成立;那麼前者就是後者的充分條件。參必要條件。

【充分就業】 ㄔㄨㄥ ㄈㄣˋ ㄐㄧㄡˋ ㄧㄝˋ

(full employment)在當前的工資水準下,凡願意就業的勞動者都能獲得就業。充分就業並非沒有失業的現象,某些摩擦性失業是永遠存在的。

6【充耳不聞】 ㄔㄨㄥ ㄦˇ ㄅㄨˋ ㄨㄣˊ

堵塞耳朵,不理會別人的批評。

12【充氮包裝】 ㄔㄨㄥ ㄉㄢˋ ㄅㄠ ㄓㄨㄤ

以鋁箔夾層袋、金屬罐等防潮性、防氣性優良的包裝材料作爲容器,將食品置入容器內,並把空氣抽成眞空,再以氮氣或其他惰性氣體(如二氧化碳等)換塡的包裝法。

13【充電容量】 ㄔㄨㄥ ㄉㄧㄢˋ ㄖㄨㄥˊ ㄌㄧㄤˋ

(charging capacity)蓄電池所能儲存的最大容量。

19【充類至盡】 ㄔㄨㄥ ㄌㄟˋ ㄓˋ ㄐㄧㄣˋ

依類推究至最高原理的地方。

4【充分且必要條件】 ㄔㄨㄥ ㄈㄣˋ ㄑㄧㄝˇ ㄅㄧˋ ㄧㄠˋ ㄊㄧㄠˊ ㄐㄧㄢˋ

(necessary and sufficient condition)又名必要而又充分條件。簡稱充要條件。一件事情發生,另一件事情就發生;一件事情不發生,則另一件事情就不發生;或者,一個命題成立,另一個命題就成立;一個命題不成立,另一個命題就不成立;那麼前者就是後者的充分且必要條件。

【充分就業預算赤字】 ㄔㄨㄥ ㄈㄣˋ ㄐㄧㄡˋ ㄧㄝˋ ㄩˋ ㄙㄨㄢˋ ㄔˋ ㄗˋ

(full employment budget deficit)如果充分或高水平就業預算一經決定後,經濟活動卻無法順利擴張或甚至衰退,則在累進稅率制下,政府稅收相對減少而無法產生預算所需的收入,這種情況稱爲充分就業預算赤字。

【充分就業預算盈餘】 ㄔㄨㄥ ㄈㄣˋ ㄐㄧㄡˋ ㄧㄝˋ ㄩˋ ㄙㄨㄢˋ ㄧㄥˊ ㄩˊ

(full employment budget surplus)在累進稅率制下,隨著經濟成長,國民所得增加,稅收相對增加,於充分或高水平就業預算下,將會發生政府稅收超過支出的充分就業預算盈餘。

兄 ㄒㄩㄥ hsiung[1] 音胸

1哥哥。2同輩互相尊稱。如:仁兄。

14【兄臺】 ㄒㄩㄥ ㄊㄞˊ

對同輩男子的敬稱。

7【兄弟鬩牆】 ㄒㄩㄥ ㄉㄧˋ ㄒㄧˋ ㄑㄧㄤˊ

1兄弟不和睦。2內亂;內訌。

4

充 充的俗體。

光 ㄍㄨㄤ *kuang*^{1} 音胱

[1](light) 通常指可見光,即能刺激視神經而產生光亮感覺的電磁波。其波長在4,000埃到7,000埃(一埃等於10^{-8}公尺)之間,波長在此範圍之外的電磁波均爲不可見光,如紅外線微波、紫外線、X光、加瑪光等均爲不可見光。[2]照耀。如:光於上下。[3]榮耀。如:光宗耀祖。[4]廣大。如:光被四表。[5]時間、景物。如:春光。[6]器物的光澤。如:刮垢磨光。[7]恢復舊業。如:光復。[8]竭盡無餘。如:用光。[9]裸露。如:光膀子。[10]單;獨。如:這不光是你一個人的事。

3【光子】 ㄍㄨㄤ ㄗˇ

(photon)'愛因斯坦'爲解釋光電效應形成電磁波(包括光)的粒子說,認爲電磁波是由光量子組成,每一顆光量子的能量爲 $h\nu$(h爲'蒲朗克'常數,ν爲頻率),此光量子即爲光子。光子恆以光速進行,無靜止質量,其能量爲 $h\nu$,動量爲 $h\nu/c$,自旋爲1。由於電磁波可分爲兩獨立之偏極光,故光子可以左旋態及右旋態存在。近代量子電動力學的發展,認爲電荷間的電磁力即爲交換光子的現象。

6【光年】 ㄍㄨㄤ ㄋㄧㄢˊ

(light year)代號 l.y.。長度單位。一光年爲電磁波在自由空間一年所經過的距離。即 1l.y.$=9.46053\times10^{15}$m。

7【光芒】 ㄍㄨㄤ ㄇㄤˊ

[1]光輝四射。[2]光輝。

9【光度】 ㄍㄨㄤ ㄉㄨˋ

(luminous intensity) 光源之發光強度的簡稱。又稱發光本領。欲比較兩光源的光度,須先定一標準,最早是以鯨魚油作成直徑爲2.22公分的蠟燭,每小時燃燒掉7.78公克時,所發的光度稱爲一標準燭光。現光度所用的單位稱爲新燭光(candela),記爲cd。1cd的光度爲單位立體角通過的光通量爲1流明。1cd 有時又稱1燭光。普通20瓦特的電燈,光度約爲16燭光;100瓦特的充氣電燈泡,光度約爲120燭光。

10【光氣】 ㄍㄨㄤ ㄑㄧˋ

(phosgene) 爲一窒息性毒氣,其化學分子式爲 $COCl_2$,在常壓下沸點爲 8.2°C,因此常以氣體形態存在,而被當作化學戰劑使用。吸入光氣後之中毒徵狀爲咳嗽、胸部有壓迫感、咯血,及不能呼吸而致死。

11【光速】 ㄍㄨㄤ ㄙㄨˋ

(speed of light)光傳播的速率。精密的測量得知光在眞空中的速率 c (有時稱速度,兩者通用)爲 $(2.9979\pm0.0001)\times10^8$m/sec。光在其他介質中的速度 v 視介質的折射率 n 而定,折射率愈大者速度愈小。它們的關係可用下式表示: $n=c/v$。

【光票】 ㄍㄨㄤ ㄆㄧㄠˋ

(clean bill)發票人所簽發的匯票,如不隨附提單、保險單或其他任何有產權價值的文件憑證時,稱爲光票。因光票僅賴匯票付款人及發票人的信用而產生,風險較大。

【光桿】 ㄍㄨㄤ ㄍㄢˇ

[1]指枝葉完全脫落的樹木或無葉陪襯的花朵。[2]稱尙未娶妻的男子。也稱光棍。

【光圈】 ㄍㄨㄤ ㄑㄩㄢ

用來調節光線量自照相機鏡頭射入底片的裝置。通常由數片瓣狀金屬片環疊,形成中間可自由開合的活動口徑。即鏡頭口徑。口徑大小以 f 值,即鏡頭焦距除以口徑直徑的數值來表示。f 值愈小,口徑愈大,透光也愈多;f 值愈大,則正好相反。

【光彩】 ㄍㄨㄤ ㄘㄞˇ

[1]明亮而華麗。[2]榮耀。

12【光斑】 ㄍㄨㄤ ㄅㄢ

[1](facula) 太陽光球上出現的明亮斑點或條紋。在黑子出現之前,先在該處產生凸起的斑紋,愈接近光球的邊緣,愈容易看見,與黑子有密切關係。[2] (light flare) 當光線進入透鏡,未到達軟片前,被其組成分子或相機內部構造或透鏡托架所反射,而形成新月形、扇形或光圈口徑重複的斑點。可用蛇腹形鏡頭罩或手等物體的影子罩住鏡頭,而將畫面外所有光線摒除於外。

【光軸】 ㄍㄨㄤ ㄓㄡˊ

(optic axis) [1]在可呈雙折射或重折射的晶體中,當光線由一特定方向入射該晶體時,則無雙折射或重折射的現象,只有單折射,晶體中的這個特定方向即爲晶體的光軸。光軸是晶體結構及原子排列的對稱軸。[2]貫穿鏡頭中心並和底片面直交的想像軸。是進行光學研究的基本軸。

【光棍】 ㄍㄨㄤ ㄍㄨㄣˋ

[1]地痞;流氓。[2]俗稱未結婚的成年男子。

【光景】 (一) ㄍㄨㄤ ㄧㄥˇ

[1]日月的光輝。[2]光陰;時光。

(二) ㄍㄨㄤ ㄐㄧㄥˇ

[1]景色;風光。[2]境況;情形。如:近來光景如何?

(三) ㄍㄨㄤ ˙ㄐㄧㄥ

上下;左右。約略估計之詞,多指時間。如:一年光景。

【光華】 ㄍㄨㄤ ㄏㄨㄚˊ

光彩。引申爲光榮。

【光筆】 ㄍㄨㄤ ㄅㄧˇ

(light pen)電腦繪圖設備中的一種光檢測裝置。外形與筆相似,故稱。光筆可用來標示座標上的某一位置,將其輸入電腦以供處理。

【光復】 ㄍㄨㄤ ㄈㄨˋ

①重見光明。②恢復原有的領土或事業。

13【光電】 ㄍㄨㄤ ㄉㄧㄢˋ

(electro-optics)結合光學與電子學的一門尖端研究領域。主要包括五種領域:一、傳統光學,如照像機、光學器材、望遠鏡等;二、雷射科技;三、光電子,如發光二極體、紅外光檢測器、液晶顯示器等;四、光纖通訊科技;五、電子光學,如電視機影像管、電子顯微鏡等。

14【光榮】 ㄍㄨㄤ ㄖㄨㄥˊ

光采;榮耀。

15【光輝】 ㄍㄨㄤ ㄏㄨㄟ

明亮奪目的光芒。

16【光澤】 ㄍㄨㄤ ㄗㄜˊ

①光亮潤澤。②(luster)礦物表面反射與折射光線的性質及強度。為鑑定礦物的物理性質之一。計有金剛光澤(adamantine)、樹脂光澤(resinous)、絹絲光澤(silky)、珍珠光澤(pearly)、油脂光澤(greasy)、玻璃光澤(glassy)、金屬光澤(metallic)、半金屬光澤(submetallic)等。例如滑石為油脂光澤,石棉為絹絲光澤,黃鐵礦為金屬光澤。

【光學】 ㄍㄨㄤ ㄒㄩㄝˊ

(optics)研究與光有關之現象的一門物理科學。可分為幾何光學、物理光學和量子光學三領域。幾何光學係以光線的觀點探討透鏡、面鏡等成像的問題;物理光學則探討光的波動特性,如繞射、干涉、偏光等;量子光學係探討光與物質之微觀粒子的交互作用問題。

17【光臨】 ㄍㄨㄤ ㄌㄧㄣˊ

稱他人到來的敬詞。

【光鮮】 ㄍㄨㄤ ㄒㄧㄢ

明亮豔麗。

19【光寵】 ㄍㄨㄤ ㄔㄨㄥˇ

榮耀。

【光譜】 ㄍㄨㄤ ㄆㄨˇ

(spectrum)①一般的光係由許多頻率不同的單色光混合而成的複色光。複色光通過稜鏡或光柵等分光儀後,所生成的條紋或色帶,稱為光譜。光譜顯示複色光的頻率分布,不同的原子、分子所發出的光有不同的光譜。利用光譜分析可檢定物質所含的成分。②含不同頻率的電磁波經分析後,以頻率為橫軸,強度為縱軸所作成的頻率分布圖,稱為光譜。

21【光顧】 ㄍㄨㄤ ㄍㄨˋ

①光輝照耀。②稱他人到來的敬詞。③光臨照顧。商店歡迎顧客前來購物的敬詞。

4【光化學】 ㄍㄨㄤ ㄏㄨㄚˋ ㄒㄩㄝˊ

(photo chemistry)化學的一分支。探討輻射能之吸收對化學反應之引發、進行速率及機構之影響,例如光合成、光分解、光化聚合反應等。通常引起光化學反應之光波長位於紫外光與可見光範圍。

6【光行差】 ㄍㄨㄤ ㄒㄧㄥˊ ㄔㄚ

也稱口徑蝕、光學差。攝影時,光源受鏡頭鏡筒的影響,周圍光量減弱的現象。

9【光度計】 ㄍㄨㄤ ㄉㄨˋ ㄐㄧˋ

(photometer)測量光線亮度的儀器。其構造與分光光度計類似,唯單波器由濾光鏡取代,故通過之波長帶較廣。

11【光通信】 ㄍㄨㄤ ㄊㄨㄥ ㄒㄧㄣˋ

(optical communication)將信號轉換成光波來傳送的通信方式。因光波的頻率比電波高很多,所以光波具有之信號頻率也比電波多得多。光通信的方法大致可分為光波直接在空間傳送、光導波管傳送及光纖通信等。其中光纖通信是目前極力推廣的一種方式。

12【光祿寺】 ㄍㄨㄤ ㄌㄨˋ ㄙˋ

官署名。‘北齊’置,設卿、少卿為正、副長官,主管宮殿門戶、皇室膳食帳幕等。歷代沿置,‘清’亡始廢。

【光週期】 ㄍㄨㄤ ㄓㄡ ㄑㄧˊ

(photoperiodism)植物需要適當時間的光照和黑暗交替,才能促成開花,這種現象,稱為光週期。光週期的長短對開花的影響,隨植物種類而異。黑暗期對開花的影響較大,若以短暫的光照中斷黑暗期,植物即不開花。

【光復會】 ㄍㄨㄤ ㄈㄨˋ ㄏㄨㄟˋ

‘清’‘光緒’三十年(1904)成立於‘上海’。以光復‘漢族’,還我河山,以身許國,功成身退為目的。‘蔡元培’為領袖,主要同志有‘章炳麟’、‘陶成章’、‘徐錫麟’、‘秋瑾’、‘李柱中’等人。初期曾運動‘華’南各省會黨,響應‘長沙’起義。次年,部分會員加入‘同盟會’,‘光復會’名義仍存。三十三年,單獨策劃‘皖’‘浙’之役。‘宣統’元年(1909)與‘同盟會’分裂,‘章炳麟’、‘陶成章’任正、副會長。辛亥‘武昌’革命軍興,光復‘江’‘浙’部分地區。後與立憲派合作,組‘中華民國聯合會’,繼續與‘同盟會’相競。

13【光溜溜】 ㄍㄨㄤ ㄌㄧㄡ ㄌㄧㄡ

①光滑的樣子。②指赤裸。③一點也不剩。

【光電子】 ㄍㄨㄤ ㄉㄧㄢˋ ㄗˇ

(photo-electron)由光電效應所釋放的電子。

【光電池】 ㄍㄨㄤ ㄉㄧㄢˋ ㄔˊ

(photocell)將光之強弱變換成電壓大小之裝置。其原理為半導體的能隙若比入射光子能量小,則會因光的照射而產生電子—電洞對,因而造成 PN 接合面或半導體與金屬之接合面產生電動勢。

【光解離】 ㄍㄨㄤ ㄐㄧㄝˇ ㄌㄧˊ

(photo dissociation)分子因吸收輻射能而分解為較小分子甚或原子之化學反應。例如丙酮吸收光而解離為甲基與一氧化碳。

23【光纖維】ㄍㄨㄤ ㄒㄧㄢ ㄨㄟˊ
(optical fiber)簡稱光纖。用來進行光通信用的細玻璃纖維。光通信的優點是容量大,但在空中進行光通信則易被散亂與吸收,因此利用光纖通信。

2【光二極體】ㄍㄨㄤ ㄦˋ ㄐㄧˊ ㄊㄧˇ
(photodiode)爲一種光檢測元件。當適當波長之光線照射於已加反向偏壓之二極體的PN接面時,光能被空乏區吸收,產生電洞一電子對,使電子越過空乏區,電流將比例於光之強度,而流過此反向偏壓之接面。

4【光天化日】ㄍㄨㄤ ㄊㄧㄢ ㄏㄨㄚˋ ㄖˋ
①指太平盛世。②比喻人所共見的公開場所。

6【光合作用】ㄍㄨㄤ ㄏㄜˊ ㄗㄨㄛˋ ㄩㄥˋ
(photosynthesis)植物的葉綠素能吸收光能,將水及二氧化碳合成葡萄糖,這一過程稱爲光合作用。包括光反應和暗反應:光反應必須在光照下進行,這時葉綠素吸收光能而放出電子。放出電子時可使水分解,產生氧、質子(H^+)及電子(e^-)。葉綠素放出的電子,經一連串電子傳遞而釋出能量,這些能量可用以合成ATP。電子也可以由輔酶($NADP^+$)接受,形成還原性輔酶(NADPH)。暗反應則不需要光,這時經由酵素的催化,使二氧化碳和五碳糖作用產生甘油酸。甘油酸藉光反應所產生的ATP和還原性輔酶之催化作用而轉化爲三碳糖。由三碳糖互相結合而產生葡萄糖,這便是光合作用的最終產物。

8【光宗耀祖】ㄍㄨㄤ ㄗㄨㄥ ㄧㄠˋ ㄗㄨˇ
光榮及於祖先。

【光怪陸離】ㄍㄨㄤ ㄍㄨㄞˋ ㄌㄨˋ ㄌㄧˊ
形容怪異離奇。

【光明磊落】ㄍㄨㄤ ㄇㄧㄥˊ ㄌㄟˇ ㄌㄨㄛˋ
光明正大。

【光的折射】ㄍㄨㄤ ˙ㄉㄜ ㄓㄜˊ ㄕㄜˋ
(refraction of light)當光線自一種介質射入另一種介質時,由於速度的不同,在兩介質的界面產生彎折而改變光的進行方向,這種現象稱爲光的折射。

【光的藝術】ㄍㄨㄤ ˙ㄉㄜ ㄧˋ ㄕㄨˋ
(light art)盛行於西元1960年代,使用霓虹燈、日光燈、閃光燈等的明滅,給室內或環境帶來視覺上之變化的一種藝術。爲機動藝術的一種。主要藝術家有‘佛列賓’(Dan Flavin)等。

9【光前裕後】ㄍㄨㄤ ㄑㄧㄢˊ ㄩˋ ㄏㄡˋ
使祖先增光,並造福後人。

【光風霽月】ㄍㄨㄤ ㄈㄥ ㄐㄧˋ ㄩㄝˋ
天朗氣清時的和風,雨過天青後的明月。①比喻高潔的品格,開闊的胸襟。②比喻政治清明。

11【光密介質】ㄍㄨㄤ ㄇㄧˋ ㄐㄧㄝˋ ㄓˊ
(optically denser medium)兩種介質相比較,絕對折射率較大者,亦即傳播光速較小者,稱爲光密介質。反之,稱爲光疏介質。

【光疏介質】ㄍㄨㄤ ㄕㄨ ㄐㄧㄝˋ ㄓˊ
(optically rarer medium)兩種介質相比較,絕對折射率較小者,亦即傳播光速較大者,稱爲光疏介質。反之,稱爲光密介質。

12【光華復旦】ㄍㄨㄤ ㄏㄨㄚˊ ㄈㄨˋ ㄉㄢˋ
光芒四射,日復一日。

13【光電效應】ㄍㄨㄤ ㄉㄧㄢˋ ㄒㄧㄠˋ ㄧㄥˋ
(photoelectric effect)可見光或紫外光照射於金屬表面,會使金屬表面放出電子的效應。光電效應放出的電子稱爲光電子(photoelectron)。光電子的數目隨入射光強度的增強而增加,但其動能卻只與入射光頻率有關。實驗發現光電子最大的動能K_{max}與入射光頻率ν之關係爲線性關係:$K_{max}=h\nu-\alpha$(h、α爲常數)。光電子動能僅與頻率有關的事實與古典電磁學的理論相悖,爲解釋此現象,‘愛因斯坦’於西元1905年創設光子的概念,完滿的解釋了光電效應,‘愛’氏也因而獲得‘諾貝爾’獎。

【光電晶體】ㄍㄨㄤ ㄉㄧㄢˋ ㄐㄧㄥ ㄊㄧˇ
(photo-transistor)一種光檢測元件。其結構與特性和一般電晶體類似,不同之處在於其基極電流由其中一NP接面之光二極體作爲定電流產生器來供應,而基極的電流被電晶體之結構加以放大,故效益較光二極體爲強。

14【光榮革命】ㄍㄨㄤ ㄖㄨㄥˊ ㄍㄜˊ ㄇㄧㄥˋ
(The Glorious Revolution)‘英’王‘詹姆士二世’(James Ⅱ)即位後,極力恢復專制加強集權,並扶植天主教勢力,引起‘英’人不滿。西元1688年,國會迎請其女‘瑪麗’(Mary)、女壻‘荷蘭’王‘威廉’(William)回國當政,‘英’王被迫逃亡‘法國’。因未發生流血事件即解決政治及宗教問題,史稱光榮革命。

15【光彈性學】ㄍㄨㄤ ㄊㄢˊ ㄒㄧㄥˋ ㄒㄩㄝˊ
(photoelasticity)實驗力學的一支。將偏極光傳遞於受應力之塑膠片時,可造成鮮明彩色條紋的特性,應用於工程結構之模型實驗應力分析的一門學問。首由‘布魯斯特’(David Brewster)發現。

【光耦合器】ㄍㄨㄤ ㄡˇ ㄏㄜˊ ㄑㄧˋ
(photo coupler)將發光二極體與光電晶體同做在一個包裝內的元件。輸入端接到發光二極體,則輸入信號轉化爲發光二極體所發出的光,再驅動光電晶體,轉爲電氣信號輸出。在電氣上輸入與輸出完全絕緣,且信號只能由輸入到輸出做單方向的傳送。

20【光耀門楣】ㄍㄨㄤ ㄧㄠˋ ㄇㄣˊ ㄇㄟˊ
指子孫功成名就,光耀祖先及家族門第。

4【光化學反應】ㄍㄨㄤ ㄏㄨㄚˋ ㄒㄩㄝˊ ㄈㄢˇ ㄧㄥˋ
(photochemical reaction)經由光能所產生的化學反應,稱爲光化學反應。例如氧受紫外線照射時,會分解成原子態氧,再和氧分子形成臭氧(O_3)。

6【光伏打效應】ㄍㄨㄤ ㄈㄨˊ ㄉㄚˊ ㄒㄧㄠˋ ㄧㄥˋ
(photo-voltaic effect) 當光照射於光二極體表面時,將注入少數載子,由於此等載子係由障壁落下,因此少數載子電流增加。因在斷路情況下,總電流仍須保持爲零,故多數載子電流之增加量必與少數載子相等。因此,由於照射之結果將使障壁高度自動降低,因而二極體二端有一恰等於所降低之障壁電位之電壓出現,即爲開路電壓。在短路情況時,則有電流,稱爲短路電流。開路電壓及短路電流均隨光度增加而加大。此種效應稱爲光伏打效應。

8【光的波動說】ㄍㄨㄤ ˙ㄉㄜ ㄅㄛ ㄉㄨㄥˋ ㄕㄨㄛ
(wave theory of light)爲'海更士'(Christian Huygens)所提出,以波動的理論來說明光的反射及折射現象。後來'楊'氏(Thomas Young)的雙狹縫光的干涉實驗成功,證明了光的繞射、干涉現象,才肯定了光爲波動現象的問題。

【光的微粒說】ㄍㄨㄤ ˙ㄉㄜ ㄨㄟˊ ㄌㄧˋ ㄕㄨㄛ
(corpuscular theory of light)約在十七世紀中葉,'牛頓'所提出爲說明光的性質之學說。'牛頓'認爲光是由光源射出之一種無質量且具完全彈性的微粒所組成,以極大的速度直線向四周運動。當微粒到達眼中,即引起光的感覺。可穿透透明物質,如遇及不透明物體時,則被反射或吸收。光的微粒說可說明光的反射、折射等現象,但對於光的繞射、干涉等現象都無法說明。參光的波動說。

13【光電阻元件】ㄍㄨㄤ ㄉㄧㄢˋ ㄗㄨˇ ㄩㄢˊ ㄐㄧㄢˋ
(photo-resistance device)光檢測元件的一種。又稱光敏電阻。當半導體被光線照射時,載子之密度增加,電阻減小。

【光電倍增器】ㄍㄨㄤ ㄉㄧㄢˋ ㄅㄟˋ ㄗㄥ ㄑㄧˋ
(photo multiplier tube;PMT; multiplier photo tube; MPT)爲可感知入射光,並加以累增放大形成大電流的裝置。其構造如圖所示,入射光射在陰極板上,產

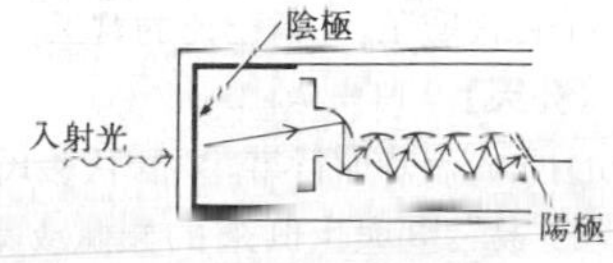

光電倍增器圖

生自由電子,電子被極板間的高壓加速,而打到下一個極板上,產生更多的電子,如此倍增電子,而造成大電流。

【光照射治療】ㄍㄨㄤ ㄓㄠˋ ㄕㄜˋ ㄓˋ ㄌㄧㄠˊ
(phototherapy) 指利用紫外光、雷射光誘發光敏感物質產生螢光,以破壞異常細胞的一種治療法。常應用於癌症的早期診斷與治療,尤其是肺癌及胃癌。

16【光導攝像管】ㄍㄨㄤ ㄉㄠˇ ㄕㄜˋ ㄒㄧㄤˋ ㄍㄨㄢˇ
(vidicon)利用光導電效應將影像變成一連串的電氣信號的一種

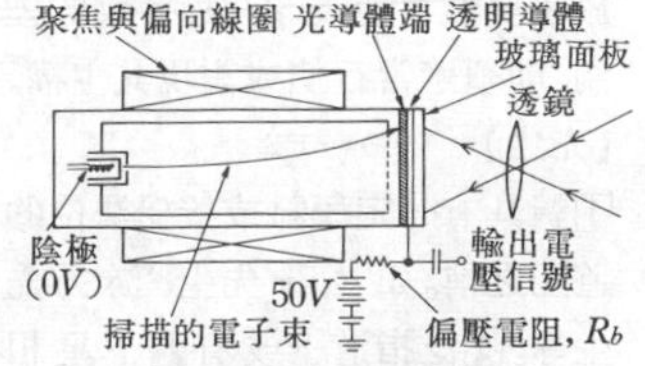

光導攝像管圖

電子裝置(如圖示)。爲電視攝影機的主要裝置。雖然型體較小而靈敏度很好,但有解像度稍差及殘像較多之缺點。

【光學閱讀機】ㄍㄨㄤ ㄒㄩㄝˊ ㄩㄝˋ ㄉㄨˊ ㄐㄧ
(optical reader)電腦周邊設備的一種輸入裝置。可將書寫或印刷的字符讀入電腦,成爲可處理的資料。

【光學辨認字】ㄍㄨㄤ ㄒㄩㄝˊ ㄅㄧㄢˋ ㄖㄣˋ ㄗˋ
(optical character recognition; OCR) 指利用光學閱讀機,以光學感應的方式將文字輸入電腦。

0123456789 . , : ;

光學文字圖

這種技術可分成兩種,一是只能讀取特定規格的字體,一是能讀取普通手寫或一般印刷的字體。後者因各字體間有相當的差異,所以識別頗爲不易。讀取手寫文字最具代表性的是郵遞區號讀取作業。

8【光的反射定律】ㄍㄨㄤ ˙ㄉㄜ ㄈㄢˇ ㄕㄜˋ ㄉㄧㄥˋ ㄌㄩˋ
(law of reflection of light)當光照射在一物體表面,或自一介質傳至另一介質的境界面時,會產生反射作用。產生反射時有如下關係:一、入射(光)線、反射(光)線及法線,皆在同一平面上;二、入射角θ_i和反射角θ_r必相等,即$\theta_i=\theta_r$(如圖示)。此即光的反射定律。

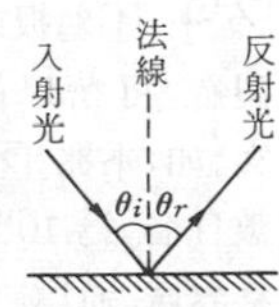

光的反射定律圖

13【光電發射效應】ㄍㄨㄤ ㄉㄧㄢˋ ㄈㄚ ㄕㄜˋ ㄒㄧㄠˋ ㄧㄥˋ
(photo-electric emission effect) 利用夠短之波長(夠大的能量)的光線,照射金屬表面,使電子獲得能量而從金屬表面逸出

的現象。其中電子的動能＝光子能量－金屬的工作函數。

【光電傳導效應】 ㄍㄨㄤ ㄉㄧㄢˋ ㄔㄨㄢˊ ㄉㄠˇ ㄒㄧㄠˋ ㄧㄥˋ

(photo-conductive effect)光電物質(如硫化鎘)之電阻隨光線之照射而降低的現象。即導電性隨光線之照射而增加。

17【光點讀數曝光錶】 ㄍㄨㄤ ㄉㄧㄢˇ ㄉㄨˊ ㄕㄨˋ ㄆㄨˋ ㄍㄨㄤ ㄅㄧㄠˇ

能測量1度或更小弧度光束的反射式曝光錶。可精確測量景物中某關鍵部分所需的曝光量。透過此錶的取景器進行觀測，攝影者可自調焦透鏡中，看到放大景物，然後針對關鍵點測光。對於取得遠處物體的曝光讀數特別有效。

兇 ㄒㄩㄥ *hsiung*¹ 音凶

[1]驚恐。如:兇懼。[2]橫暴作惡的人。如:元兇。[3]狠惡。如:兇頑。

9【兇狠】 ㄒㄩㄥ ㄏㄣˇ

兇暴狠毒。

10【兇悍】 ㄒㄩㄥ ㄏㄢˋ

兇暴蠻橫。

11【兇猛】 ㄒㄩㄥ ㄇㄥˇ

兇狠勇猛。

12【兇惡】 ㄒㄩㄥ ㄜˋ

強悍惡毒。

兆 ㄓㄠˋ *chao*⁴ 音照

[1]龜板或獸骨經火灼後的裂紋。可藉以占吉凶。爲𠧞的古文。如:卜兆。[2]徵候。如:預兆。[3]數目名。爲 10^{12}，億的萬倍。[4]墳墓界域。通垗。

5【兆民】 ㄓㄠˋ ㄇㄧㄣˊ

[1]萬民。[2]人民。

14【兆赫】 ㄓㄠˋ ㄏㄜˋ

爲頻率單位。1兆赫等於 10^6 赫。所謂赫表示每秒週波數；而兆赫爲每秒百萬個週波。

16【兆頭】 ㄓㄠˋ ˙ㄊㄡ

預先顯露的徵象。

兂 ㄍㄨˇ *ku*³ 音古

壅蔽。見"說文"。

先 ㊀ ㄒㄧㄢ *hsien*¹ 音仙

[1]往前進。見"說文"。[2]前。與後相對。如:先輩。[3]首要；急要。如:先務。[4]祖先。[5]稱已死的人。多用於尊長。如:先父。[6]'英'幣先令(shilling)的簡稱。[7]姓。'春秋''晉'有'先軫'。見"左傳·僖三三年"。

㊁ ㄒㄧㄢˋ *hsien*⁴ 音線

[1]應當在後而搶在前。如:疾行先長者。[2]率導；倡導。如:先之以博愛。

㊂ ㄒㄧㄢˇ *hsien*³ 音險

也作洗。參洗馬。

2【先人】 ㄒㄧㄢ ㄖㄣˊ

[1]祖先。[2]亡父。[3]前人；古代的人。[4]行動在別人之先。

4【先王】 ㄒㄧㄢ ㄨㄤˊ

[1]古代聖王。[2]稱已死的君王。

【先天】 ㄒㄧㄢ ㄊㄧㄢ

[1]先於天時而行事。[2]指'伏羲氏'的"易"。[3]與生俱來的稟賦或體質。

5【先民】 ㄒㄧㄢ ㄇㄧㄣˊ

古人；古代的賢人。

【先世】 ㄒㄧㄢ ㄕˋ

[1]古代；前代。[2]祖先。

【先占】 ㄒㄧㄢ ㄓㄢˋ

(occupation)[1]以所有的意思占有無主的動產，而取得其所有權的法律事實，爲民法上的先占。先占之主體不以有行爲能力爲必要，但以有識別能力爲必要。又先占爲動產所有權原始取得原因之一。[2]指先於他國而獲得無主土地的領土主權。其須具備下列條件:一、先占的客體須爲無主地。二、先占的主體須爲國家。三、須於發現無主地後，行使有效的控制，即須適當行使或表現其主權。

【先生】 ㄒㄧㄢ ˙ㄕㄥ

[1]對具有一定學識或接受法位的道士之稱。如'玄靜'先生、'游玄'先生等。[2]泛指道士或有醫卜星相各種技能的人。[3]對老師的尊稱。[4]妻子對別人稱自己的丈夫。[5]對一般人的尊稱。

6【先考】 ㄒㄧㄢ ㄎㄠˇ

稱去世的父親。

【先兆】 ㄒㄧㄢ ㄓㄠˋ

預兆。

7【先君】 ㄒㄧㄢ ㄐㄩㄣ

[1]前代的國君。[2]稱自己的祖先。[3]稱去世的父親。

【先妣】 ㄒㄧㄢ ㄅㄧˇ

稱去世的母親。

8【先河】 ㄒㄧㄢ ㄏㄜˊ

古代祭水神時先祭河神，後祭海神，以河爲海的上流。後引申指事物或學術的創始人和倡導人。

【先知】 ㄒㄧㄢ ㄓ

[1]預先知曉。[2]認識事物在他人之前，或優於常人的人。[3](the Prophets)"舊約聖經"裡寫作預言書的作者。[4](prophet)具有突出的人格，能夠建立教派或教會，吸引信徒追隨的人。如回教的先知'穆罕默德'，摩門教的先知爲該教創始人'約瑟夫·史密斯'(Joseph Smith)。

【先例】 ㄒㄧㄢ ㄌㄧˋ

先前的事例。

9【先室】 ㄒㄧㄢ ㄕˋ

稱已死的妻子。

10【先哲】 ㄒㄧㄢ ㄓㄜˊ

古代的賢哲。

【先烈】 ㄒㄧㄢ ㄌㄧㄝˋ

[1]前人的功業。[2]尊稱爲革命而犧牲的人。

【先師】 ㄒㄧㄢ ㄕ

[1]前輩老師。指可以師法的古人。[2]指已去世的師長。

11【先務】 ㄒㄧㄢ ㄨˋ

當前最急於要辦的事。

12【先進】 ㄒㄧㄢ ㄐㄧㄣˋ

[1]先學習；先奉行。[2]先輩；前輩。[3]今稱文化、科技等較進步者爲先進。

13【先塋】 ㄒㄧㄢ ㄧㄥˊ

祖先的墳墓。

【先零】㊀ ㄒㄧㄢ ㄌㄧㄥˊ
先凋落。
㊁ ㄒㄧㄢ ㄌㄧㄢˊ
'漢''西羌'族名。

【先達】 ㄒㄧㄢ ㄉㄚˊ
先輩;前輩。

15【先鋒】 ㄒㄧㄢ ㄈㄥ
①戰鬥時在先頭迎敵的人或部隊。②泛指事物的領先或開創者。

【先輩】 ㄒㄧㄢ ㄅㄟˋ
前輩。

16【先導】 ㄒㄧㄢ ㄉㄠˇ
①在前引導。也作先引。②以身作則,導入正軌。

20【先嚴】 ㄒㄧㄢ ㄧㄢˊ
稱去世的父親。

【先覺】 ㄒㄧㄢ ㄐㄩㄝˊ
①預先認識覺察。②指認識事物比一般人較早的人。

21【先驅】 ㄒㄧㄢ ㄑㄩ
①軍隊的前鋒。②前導;領導。

23【先驗】 ㄒㄧㄢ ㄧㄢˋ
(a priori)與後驗相對。不是由經驗產生。如:先驗概念,指不須靠感官經驗就能獲得的概念;先驗判斷,指不須依賴感官經驗所做的判斷。

7【先君子】 ㄒㄧㄢ ㄐㄩㄣ ㄗˇ
①指先祖。②稱去世的父親。

2【先入爲主】 ㄒㄧㄢ ㄖㄨˋ ㄨㄟˊ ㄓㄨˇ
接受先聽到的意見,而以它爲依據,排斥後聽到的不同意見。

7【先吾著鞭】 ㄒㄧㄢ ㄨˊ ㄓㄨㄛˊ ㄅㄧㄢ
比我早一步。

【先見之明】 ㄒㄧㄢ ㄐㄧㄢˋ ㄓ ㄇㄧㄥˊ
能預先洞察事物的能力。

8【先放後核】 ㄒㄧㄢ ㄈㄤˋ ㄏㄡˋ ㄏㄜˊ
(valuation after release)進口貨物通關的方式之一。採先放後核方式進口貨物者,得申請海關暫按其申報之稅則、號別及完稅價格繳稅先行驗放,事後再加審核,故稱爲先放後核。其優點爲,可縮短通關時間,便利廠商;缺點爲日後追稅困難,易致逃漏。

【先事後得】 ㄒㄧㄢ ㄕˋ ㄏㄡˋ ㄉㄜˊ
先努力耕耘,然後再獲取報酬。

10【先秦諸子】 ㄒㄧㄢ ㄑㄧㄣˊ ㄓㄨ ㄗˇ
泛稱'秦'以前的思想家。

【先核後放】 ㄒㄧㄢ ㄏㄜˊ ㄏㄡˋ ㄈㄤˋ
進口貨物通關的方式之一。依先核後放方式進口貨物者,須俟海關核定稅則、號別及完稅價格繳稅後,始得放行,故稱爲先核後放。其優點爲,可確保關稅收入;缺點爲通關時間較長,且造成港口擁擠現象。

11【先斬後奏】 ㄒㄧㄢ ㄓㄢˇ ㄏㄡˋ ㄗㄡˋ
①古時掌有大權的官吏,遇有重犯,可先行處決,再行上奏朝廷。②比喻先行處理,再行報告。

12【先發制人】 ㄒㄧㄢ ㄈㄚ ㄓˋ ㄖㄣˊ
先採取行動,以制服他人。

【先進先出】 ㄒㄧㄢ ㄐㄧㄣˋ ㄒㄧㄢ ㄔㄨ
(first-in first-out;FIFO)電腦處理資料的一種方式。指先存入的資料也先被取出。

13【先意承志】 ㄒㄧㄢ ㄧˋ ㄔㄥˊ ㄓˋ
①揣摩父母的心意,而能繼承其志願。②比喻諂媚逢迎他人。

【先義後利】 ㄒㄧㄢ ㄧˋ ㄏㄡˋ ㄌㄧˋ
先講道義,後論利益。

【先馳得點】 ㄒㄧㄢ ㄔˊ ㄉㄜˊ ㄉㄧㄢˇ
比賽時先得到分數。

【先聖先賢】 ㄒㄧㄢ ㄕㄥˋ ㄒㄧㄢ ㄒㄧㄢˊ
古代的聖賢。

【先睹爲快】 ㄒㄧㄢ ㄉㄨˇ ㄨㄟˊ ㄎㄨㄞˋ
以先看到而引以爲快樂。

14【先遣部隊】 ㄒㄧㄢ ㄑㄧㄢˇ ㄅㄨˋ ㄉㄨㄟˋ
兩棲部隊中較主力先到達目標區的編組。其任務在對主力所要突擊的目標地作準備工作,如偵察、掃雷、水中爆破等。

15【先憂後樂】 ㄒㄧㄢ ㄧㄡ ㄏㄡˋ ㄌㄜˋ
①先憂苦而後安樂。②憂在人先而樂在人後。

【先賦地位】 ㄒㄧㄢ ㄈㄨˋ ㄉㄧˋ ㄨㄟˋ
(ascribed status)與生俱來或傳襲而得的地位。如性別、膚色、家世血統。與自致地位相對。

16【先導新聞】 ㄒㄧㄢ ㄉㄠˇ ㄒㄧㄣ ㄨㄣˊ
(precede)指新聞報導時,在主要新聞未出現前,先報導的簡短、有趣,且具提要性質的新聞材料。在報刊版面上,先導新聞通常作花框處理,以吸引讀者注意。

17【先禮後兵】 ㄒㄧㄢ ㄌㄧˇ ㄏㄡˋ ㄅㄧㄥ
先以禮貌相待,事情不能解決,再以武力對付。

【先聲奪人】 ㄒㄧㄢ ㄕㄥ ㄉㄨㄛˊ ㄖㄣˊ
先用猛烈的聲勢以挫敗對方的志氣。

19【先難後獲】 ㄒㄧㄢ ㄋㄢˊ ㄏㄡˋ ㄏㄨㄛˋ
先勞苦而後獲得。

12【先訴抗辯權】 ㄒㄧㄢ ㄙㄨˋ ㄎㄤˋ ㄅㄧㄢˋ ㄑㄩㄢˊ
保證人於債權人未就主債務人之財產強制執行而無效果前,對於債權人得拒絕清償,謂之先訴抗辯權。例如債權到期,若債權人逕向保證人請求清償時,保證人得主張先訴抗辯權,暫不清償,必須債權人先向主債務人請求清償,並經強制執行無效,再向保證人請求時,保證人始負清償責任。先訴抗辯權之存在,對於債權人至爲不利,故"民法"除規定債權人與保證人得以約定使保證人放棄先訴抗辯權外,尙規定有:一、保證契約成立後,主債務人之住所、營業所或居所有變更,致向其請求清償發生困難;二、主債務人受破產宣告;三、主債務人之財產不足清償其債務情形者,保證人亦不得主張先訴抗辯權。

3【先小人後君子】 ㄒㄧㄢ ㄒㄧㄠˇ ㄖㄣˊ ㄏㄡˋ ㄐㄩㄣ ㄗˇ
先不客氣地說明條件,然後再講

禮貌。

8【先拉斐爾兄弟會】 ㄒㄧㄢ ㄌㄚ ㄈㄟˇ ㄦˇ ㄒㄩㄥ ㄉㄧˋ ㄏㄨㄟˋ
(Pre-Raphaelite Brotherhood) 西元1848年於‘倫敦’結合的藝術團體。這一群畫家爲了反對‘拉斐爾’爲代表的‘義大利’文藝復興的高度講究形式和技巧之美術，而想恢復到‘拉斐爾’以前的樸素誠摯的表現。他們喜歡神話和傳說的題材，以細緻的寫實手法描繪出富有象徵意義和幻想性的畫面。代表畫家有‘羅塞提’(Rossetti)、‘米雷’(Millais)和‘莫里斯’(Morris)等。

5

克 ㄎㄜˋ $k'o^{4}$, $k'\hat{e}^{4}$ 音客
1肩負；擔任。見“說文”。2能夠。如：克紹箕裘。3節制；制勝。如：克敵。4限定。通剋。如：克期。5公克的簡稱。代號爲 g，爲公斤的併用單位，等於一公斤的千分之一。

3【克己】 ㄎㄜˋ ㄐㄧˇ
1約束自己。2指貨物價格便宜。

7【克利】 ㄎㄜˋ ㄌㄧˋ
(Paul Klee, 1879～1940)‘瑞士’畫家兼版畫家。父爲‘德國’人，母爲‘瑞士’人，西元1900年在‘慕尼黑’學畫，1912年在‘巴黎’會‘畢卡索’等，受到立體派影響。1925年在‘巴黎’展出他超現實主義作品。他的作品富自由和幻想，有詩的氣息，而且神祕，樸拙，善用不可思議的線條或色調，是表現主義大師之一。

8【克拉】 ㄎㄜˋ ㄌㄚ
1(carat)寶石的重量單位。一克拉等於0.2公克。2(karat)也作開。參開17。

【克制】 ㄎㄜˋ ㄓˋ
克服抑制。

【克服】 ㄎㄜˋ ㄈㄨˊ
戰勝；制服。

12【克復】 ㄎㄜˋ ㄈㄨˋ
1約束自己使言行合禮。2戰勝敵人，收回失土。

19【克難】 ㄎㄜˋ ㄋㄢˊ
克服困難。

6【克耳文】 ㄎㄜˋ ㄦˇ ㄨㄣˊ
(kelvin) 代號爲K。溫度單位。一克耳文等於水在三相點熱力學溫度的1/273.16。實用上以‘攝’度爲單位，代號爲℃。一‘攝’度溫差等於一克耳文溫差。溫度於 273.15 克耳文時爲‘攝’度零度。熱力學溫度以T表之，‘攝’氏溫度以 t 表之，溫度273.15克耳文以T_0表之，則三者的關係爲：$t=T-T_0$。

10【克特表】 ㄎㄜˋ ㄊㄜˋ ㄅㄧㄠˇ
(Cutter number)‘美國’圖書館學家‘克特’(Charles Ammi Cutter) 於西元1887年首次出版二位數字著者表，1901 年修訂擴充爲三位數字。將著者姓氏化爲‘英’文字母及數字的混合標記，記於分類號下，做爲索書號的一部分。目前通行的‘克特’表有兩種版本：*Cutter Tables* 及 *Cutter-Sanborn Table*。

13【克當量】 ㄎㄜˋ ㄉㄤ ㄌㄧㄤˋ
(gram-equivalent) 用以代表各元素事實上相互反應的相當重量，其單位爲克時稱爲克當量。例如酸的一克當量表示與一莫耳氫氧離子 (OH^-) 反應所需酸的重量克數。

19【克羅齊】 ㄎㄜˋ ㄌㄨㄛˊ ㄑㄧˊ
(Benedetto Croce, 1866～1952)‘義大利’史學家、哲學家。一譯‘柯羅齊’。早年肄業於‘羅馬大學’，曾研究‘黑格爾’、‘馬克斯’的生平和思想。於西元 1903 年創立“批評雜誌” (*La Critica*)，致力於文化批評，並開始撰寫“精神哲學” (*Philosophy of the Spirit*) 一書。一生共有八十餘本著作，其“美學原理” (*Estetica*) 一書，已成爲美學的重要著作。

3【克己復禮】 ㄎㄜˋ ㄐㄧˇ ㄈㄨˋ ㄌㄧˇ
約束自己，使言行合禮。

8【克來汀症】 ㄎㄜˋ ㄌㄞˊ ㄊㄧㄥ ㄓㄥˋ
(cretinism) 又稱矮呆症。一種先天性甲狀腺功能低下的病症。多數是由於母親患有碘缺乏症，而貽害到新生嬰兒。症狀有長不大、心智發展障礙、舌頭腫大突出口外，及肚皮脹大。除非母親所患之甲狀腺功能低下症非常嚴重，否則‘克來汀’症絕大部分是可預防的。

【克昌厥後】 ㄎㄜˋ ㄔㄤ ㄐㄩㄝˊ ㄏㄡˋ
能使他的後代昌盛。

【克明俊德】 ㄎㄜˋ ㄇㄧㄥˊ ㄐㄩㄣˋ ㄉㄜˊ
能夠發揚偉大的美德。

9【克奏膚功】 ㄎㄜˋ ㄗㄡˋ ㄈㄨ ㄍㄨㄥ
能完成大功業。

10【克倫威爾】 ㄎㄜˋ ㄌㄨㄣˊ ㄨㄟ ㄦˇ
(Oliver Cromwell, 1599～1658)‘英國’政治家。西元1628年進入國會，爲國會清教徒領袖。曾任國會軍首領、副統帥，並絞殺‘英’王‘查理一世’，於 1653 年解散國會，自任爲‘共和政府’的護國卿。當政期間發展海軍、拓展貿易，積極向外擴張，曾征伐‘西印度群島’，聯合‘法國’擊敗‘西班牙’，是位優秀的統帥與政治家。

克倫威爾像

11【克紹箕裘】 ㄎㄜˋ ㄕㄠˋ ㄐㄧ ㄑㄧㄡˊ
比喻能夠繼承父親的事業。

12【克萊斯勒】 ㄎㄜˋ ㄌㄞˊ ㄙ ㄌㄜˋ
(Walter Percy Chrysler, 1875～1940)‘美國’汽車大王。西元1924年創立‘克萊斯勒汽車公司’(Chrysler Corporation)，推出其親自設計的‘克萊斯勒’汽車(其特色在一高壓縮發動機)。

1928年,買下'道奇兄弟製造公司'(Dodge Brothers Manufacturing Company), 同年推出'普里茅斯'(Plymouth)汽車, 使'克'氏公司因而成爲'美國'汽車製造業的一大公司。

13【克勤克儉】ㄎㄜˋ ㄑㄧㄣˊ ㄎㄜˋ ㄐㄧㄢˇ

能勤勞而節儉。

14【克爾赫納】ㄎㄜˋ ㄦˇ ㄏㄜˋ ㄋㄚˋ

(Ernst Ludwig Kirchner, 1880～1938)'德國'表現主義畫家。是橋派畫家集團的創始人之一。西元1917年定居'瑞士',因困於肺疾而自殺。作品包括油畫、木刻版畫及少數雕刻。

15【克敵制勝】ㄎㄜˋ ㄉㄧˊ ㄓˋ ㄕㄥˋ

戰勝敵人。

19【克麗絲蒂】ㄎㄜˋ ㄌㄧˋ ㄙ ㄉㄧˋ

(Agatha Christie, 1890～1976)'英國'偵探小說家。所著偵探小說非常多,最著名的有"東方快車謀殺案"(*Murder on the Orient Express*)、"羅傑·艾克羅乂特謀殺案"(*The Murder of Roger Ackroyd*)、"十個小黑鬼"(*Ten Little Niggers*)等。她的作品多被譯成其他語文出版,或改編成劇本及電影。

7【克里姆林宮】ㄎㄜˋ ㄌㄧˇ ㄇㄨˇ ㄌㄧㄣˊ ㄍㄨㄥ

(the Kremlin)'蘇俄'古城堡。位於'莫斯科'城中,'莫斯科河'北岸,係由'攸利·多果魯斯基'大公所建,初爲木柵,繼築泥垣,到西元1367年改建石牆,始成今日規模。'莫斯科城'即是由'克里姆林'擴建而成,爲'蘇俄'首都最壯觀的建築物。宮內殿宇甚多,其中包括'蘇俄'部長會議辦公室,最高'蘇維埃'主席團辦公室。宮中最大之殿爲'克里姆林宮大殿',爲'蘇俄'共產黨大會及其他重要會議場所。'史達林'以來,'克里姆林宮'即爲'蘇俄'國家權力之象徵。

8【克拉瑪規則】ㄎㄜˋ ㄌㄚ ㄇㄚˇ ㄍㄨㄟ ㄗㄜˊ

(Cramer's rule) 用行列式來解線性聯立方程組的方法。例如

$\begin{cases}ax+by=e\\cx+dy=f\end{cases}$的解爲:

$$x=\frac{\begin{vmatrix}e&b\\f&d\end{vmatrix}}{\begin{vmatrix}a&b\\c&d\end{vmatrix}}=\frac{ed-fb}{ad-bc},$$

$$y=\frac{\begin{vmatrix}a&e\\c&f\end{vmatrix}}{\begin{vmatrix}a&b\\c&d\end{vmatrix}}=\frac{af-ce}{ad-bc}。$$

注意到分母的行列式就是係數行列式,分子的行列式則從係數行列式來變。若是求x,則以常數項代x的係數的位置;若是求y,則以常數項代y的係數。一般解三元以上的聯立方程組時,則以三階以上的行列式如法爲之。'克拉瑪'是十八世紀的'瑞士'數學家。此法有理論價值,但不適於實際計算。

15【克魯泡特金】ㄎㄜˋ ㄌㄨˇ ㄆㄠˋ ㄊㄜˋ ㄐㄧㄣ

(Peter Kropotkin,1842～1921)'俄國'地理學家及無政府主義者。早年在'聖彼得堡'(今'列寧格勒')受教育,西元1871年宣布放棄貴族的身分而獻身社會正義的工作,後因信仰無政府主義被囚,在牢中設計越獄,逃亡西'歐',在'英國'居留了三十年,1917年'俄國'革命後,才回到'俄國',並擔任顧問之職。流亡期間,著有"法國大革命"(*The Great French Revolution*)、"互助論"(*Mutual Aid, a Factor of Evolution*)等書。

19【克羅馬儂人】ㄎㄜˋ ㄌㄨㄛˊ ㄇㄚˇ ㄋㄨㄥˊ ㄖㄣˊ

(Cro-Magnon Man)西元1868年'法國''多得恩'(Dordogne)區的'克羅馬儂村'出土了一批人類化石。其年代距今約二萬至三萬年前。「克羅馬儂人」體高強壯,是完全現代型的「智人」。身體結構最接近今日北'歐'的'斯堪地那維亞'人,亦即屬於'類高加索'(Caucasoid)種族。

7【克里米亞戰爭】ㄎㄜˋ ㄌㄧˇ ㄇㄧˇ ㄧㄚˋ ㄓㄢˋ ㄓㄥ

(Crimean War)十九世紀中葉,因'俄''法'兩國互爭'巴勒斯坦'聖地的教民保護權,及近東國際關係的積毒,以及'俄'皇侵略'鄂圖曼帝國'引起各國不滿等因素,西元1854年'法'皇'拿破崙三世'聯合'英國'、'奧國'支持'土耳其'對'俄'宣戰,共同派兵遠征'俄國''克里米亞半島'。1855年'薩丁尼亞'加入助'法'行列。'俄國'最後戰敗,於1856年召開'巴黎會議',終告結束。

【克希荷夫定律】ㄎㄜˋ ㄒㄧ ㄏㄜˊ ㄈㄨ ㄉㄧㄥˋ ㄌㄩˋ

(Kirchhoff's law)此定律包含二項:一、電路中任一節點(node)無電荷的堆積、產生或消滅,故流入此節點的總電流等於流出的總電流,即$\sum i=0$。此定律稱電流定律,簡稱*KCL*。二、沿電路中任一封閉路徑,電流流過電路所生之電位降落的代數和等於電源電動勢的代數和,即 $\sum\varepsilon=\sum V$。此定律稱電壓定律,簡稱*KVL*。

12【克勞休斯解說】ㄎㄜˋ ㄌㄠˊ ㄒㄧㄡ ㄙ ㄐㄧㄝˇ ㄕㄨㄛ

(Clausius statement)爲熱力學第二定律的傳統定性陳述法,用以說明過程的可行性及程度。其說明爲:「在無外力(功)的幫助下,吾人不可能製造出一裝置,在運轉一循環時,可自然的由低溫體傳熱至高溫體外。」此即冷凍設備之運作原理。

19【克麗奧佩屈拉】ㄎㄜˋ ㄌㄧˋ ㄠˋ ㄆㄟˋ ㄑㄩ ㄌㄚ

(Cleopatra, 前69～前30)古'埃及''托洛密'(Ptolemies)十三世的女王。於西元前51～前49年及

前48～前30年統治‘埃及’。前48年‘羅馬’攻入‘埃及’，她以其豔色博取‘羅馬’執政‘凱撒’和‘安東尼’的歡心，而救其國家。後與‘屋大維’戰於‘亞克興’，結果不幸失敗，歸‘埃及’，自殺身亡。死後，‘埃及’旋即淪爲‘羅馬’的一省。

6【克耳文-普蘭克解說】 ㄎㄜˋ ㄦˇ ㄨㄣˊ ㄆㄨˇ ㄌㄢˊ ㄎㄜˋ ㄐㄧㄝˇ ㄕㄨㄛ
(Kelvin-Planck statement)爲熱力學第二定律的傳統定性陳述法，用以說明過程的可行性及程度。其說明爲：「不可能設計製造出一裝置，在完成一個循環時，除能舉起一重量外，且只和單一熱源交換熱量而無其他效應發生。」此處用舉起重量表示作功。自某較高溫度之物體吸收熱量，並非無法產生功，唯部分熱量需在較低溫下放出，即需與另一較低溫度之物體作熱交換；此即一般熱機之作用。

兕 ㄙˋ szŭ⁴, ssŭ⁴ 音四
獸名。像野牛，色青，獨角，皮堅厚可製鎧甲。或作𤉡。見“說文”。

13【兕觥】 ㄙˋ ㄍㄨㄥ
古時用犀牛角製成的酒器。盛行於‘商代’與‘西周’前期。

兌 ㊀ ㄉㄨㄟˋ tui⁴ 音對
1 喜悅。見“說文”。2 暢通。見“字彙”。3 透過專門機構，取得從他地匯來的款項。如：兌現。4 卦名。(1)八卦之一。(2)六十四卦之一。兌下兌上。

兌卦圖(1)

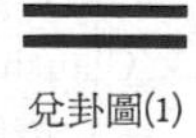

兌卦圖(2)

㊁ ㄖㄨㄟˋ jui⁴ 音銳
形狀尖銳。通銳。見“字彙”。

㊂ ㄩㄝˋ yüeh⁴ 音悅
同㊀1。

11【兌現】 ㄉㄨㄟˋ ㄒㄧㄢˋ
1 用有價票據換取現款。2 實現諾言。

12【兌換】 ㄉㄨㄟˋ ㄏㄨㄢˋ
(exchange)銀行平時兌進兌出的各種貨幣。於原幣與本位幣兌換調整紀錄時使用。例如銀行辦理一筆出口押匯‘美’金一萬元，付與出口商新‘臺’幣廿九萬元，有關的紀錄列示如下(不考慮押匯費用)：
‘美’金帳
(借)出口押匯U.S.$10,000.00
(貸)兌換　U.S.$10,000.00
‘臺’幣帳
(借)兌換　N.T.$290,000.00
(貸)現金　N.T.$290,000.00

【兌換率】 ㄉㄨㄟˋ ㄏㄨㄢˋ ㄌㄩˋ
(exchange rate)兩種不同貨幣交換的比率。即匯率。

【兌換損益】 ㄉㄨㄟˋ ㄏㄨㄢˋ ㄙㄨㄣˇ ㄧˋ
(gain or loss on exchange)辦理外匯業務的銀行，因各種貨幣兌進兌出所發生的損益。

免 ㊀ ㄇㄧㄢˇ mien³ 音勉
1 逃避；避開。2 離開。如：免席。3 脫去。如：免冠。4 罷黜；解除。如：免職。5 豁免；捐除。如：免稅。6 勿；不要。如：閒人免進。7 不必；不用。如：免費招待。8 姓。‘漢’有‘免乙’。見“萬姓統譜·八一”。

㊁ ㄨㄣˋ wên⁴ 音問
古代喪禮形式之一。脫去帽子，紮髮，用布纏在頭上以表示哀慼。見“字彙”。

7【免役】 ㄇㄧㄢˇ ㄧˋ
免除兵役或勞役。

9【免疫】 ㄇㄧㄢˇ ㄧˋ
(immunity)本指生物體對付細菌、病毒、寄生蟲或外來蛋白質而引起的抗拒力，後擴大指生物體對任何外來物質的抗拒能力。凡侵入個體或細胞致引起免疫反應的物質稱爲抗原，對付抗原的物質稱抗體。免疫可分爲先天性免疫和後天性免疫兩種。

10【免除】 ㄇㄧㄢˇ ㄔㄨˊ
債權人對債務人所爲以消滅債權爲內容之單方意思表示。免除之方法，各國立法例大多以契約爲之，我國“民法”爲求便利計，以債權人之單獨行爲，即生債務免除之效力。因此免除爲單獨之處分行爲，亦即債權之一種拋棄，屬於準物權行爲。又免除爲不要因行爲，縱然免除之原因如和解或贈與契約等無效或不成立，免除仍不因之而失其效力，僅債權人得依不當得利之規定請求返還而已。免除須由對該債權有處分權者爲之，一經免除，債之關係消滅，而債權之從權利(即利息、擔保權等)，亦隨之消滅。

18【免職】 ㄇㄧㄢˇ ㄓˊ
免除員工現有之職務。如在政府機關服務之公務人員，有因請辭而免職者，有因年終考績列丁等而免職者，有因專案考績一次記兩大過而免職者，有因案停職後受科刑判決確定而免職者等。受免職處分者，只是非自願的免除職務，並無停止任用的規定，故在甲機關被免職的員工，可立即在乙機關任用。

7【免役法】 ㄇㄧㄢˇ ㄧˋ ㄈㄚˇ
‘宋神宗’‘熙寧’年間‘王安石’所創理財新法。‘宋’承五代之制，人民須於所屬州縣服勞役，勞役輕重不均，且防礙農時；‘王安石’乃按民貧富分爲十等，分等繳錢，由官府僱人充役，解除勞役之苦。

11【免責額】 ㄇㄧㄢˇ ㄗㄜˊ ㄜˊ
(franchise)又稱最小損失免責額。在保險單中訂立某一百分率或某一金額，在此百分率或金額以下的損失，保險人不負補償責任；但若損失超過此百分率或金額，則對所有損失負全部補償之責。此規定主要適用於海上保險貨物保單中。

【免責權】 ㄇㄧㄢˇ ㄗㄜˊ ㄑㄩㄢˊ
(privilege of freedom of

speech)各級議會議員在議會中的言論及表決，對外不負責任的權利。議會爲民意代表機關，議員負表達民意的重責，有監督政府的職務。其職責所在，勢必對政府之行政及司法的各種措施加以批評，如沒有免責權，其言論難免被主觀的認爲過於激烈，或妨害他人名譽，以致議員多所顧忌，而不能盡其言責。因此各國憲法都特別保障議會議員的言論自由。'英國'自西元1688年光榮革命後，即在"權利宣言"中明示議員的免責權，以後各民主國家相繼仿效。我國"憲法"第七十三條規定：立法委員在院內所爲之言論及表決，對外不負責任，即爲適例。

12【免稅額】 ㄇㄧㄢˇ ㄕㄨㄟˋ ㄜˊ
(exemptions)爲保障最低生活水準，個人所得稅的課徵，對納稅人、配偶及受扶養親屬均有維持生活必須費用之免稅額得以扣除，其中有一般情況減免與特殊情況減免二種。

19【免簽證】 ㄇㄧㄢˇ ㄑㄧㄢ ㄓㄥˋ
(no visa;visa free)指國家根據多邊協定、雙邊協定或單方的措施，對於純粹的觀光旅客、過境旅客及換乘飛機的旅客，免除其申辦簽證手續，並得在規定時間內作停留活動。

9【免疫系統】 ㄇㄧㄢˇ ㄧˋ ㄒㄧˋ ㄊㄨㄥˇ
(immune system)動物和人類抵抗外來病原體的系統。包括淋巴結、脾、胸腺、骨髓等器官，和淋巴球、呑噬細胞、漿細胞等。

12【免費享用】 ㄇㄧㄢˇ ㄈㄟˋ ㄒㄧㄤˇ ㄩㄥˋ
指人們享受使用某一種物品而不需要支付任何的代價。這通常是由於公共財貨具有無敵對性及集體消費性而產生的一種現象。一個人對公共財貨的消費，並不會使他人對公共財貨的消費減少，或排斥他人同時享用它，因此，每一個人都有不願表明付款意願的誘因存在，這可能造成對公共財貨的偏好被低估，而導致公共財貨供應的不足。

【免稅所得】 ㄇㄧㄢˇ ㄕㄨㄟˋ ㄙㄨㄛˇ ㄉㄜˊ
(tax exempt income) 指在所得稅立法課徵的範圍中，訂定某種所得予以免稅。如國民中、小學教職員薪資所得免稅之規定。稅法之所以訂定免稅所得，有基於職務優遇需要者，有基於經濟發展需要者，有基於社會政策需要者，有基於國際互惠者，其原因不一。

【免稅商店】 ㄇㄧㄢˇ ㄕㄨㄟˋ ㄕㄤ ㄉㄧㄢˋ
是指經核准設在國際機場或國際觀光旅館內的商店，以出境或過境旅客爲銷售對象，其商品可免關稅、貨物稅和營業稅。

兎 兔的俗體。

6

兖 兗的俗體。

兔 ㄊㄨˋ $t'u^4$
(rabbit)屬脊椎動物亞門、哺乳綱、兔形目(order Lagomorpha)、兔科(family Leporidae)。包含9屬，約50種。毛呈灰色、棕色或白色；耳長，尾短，後肢較前肢長，宜於奔跑，以植物爲食。家兔屬(genus *Oryctolagus*)僅一種(*Oryctolagus cuniculus*)，生活時聚集成群。野兔通常獨居。繁殖力強，每年產數次，每次2～8個幼兒，懷孕一個月。原產'歐'、'亞'、'非'、'美'各洲。'英國'人移民'澳洲'時，自'歐洲'引入家兔。

10【兔缺】 ㄊㄨˋ ㄑㄩㄝ
兔脣。上嘴脣中裂。

11【兔毫】 ㄊㄨˋ ㄏㄠˊ
①兔子的細毛。可以製筆，故用以代稱毛筆。②'宋代''福建'地區瓷窯生產的一種結晶釉。以鐵爲發色劑，生坯掛釉。由於高溫焙燒時一部分未熔的鐵分離出來，密集結晶，黑釉中呈現兔毛般的細絲紋，故名。

【兔脣】 ㄊㄨˋ ㄔㄨㄣˊ
(harelip)指上脣人中發生裂開的現象。這是一種先天性畸形，其成因大多不明，但有人認爲孕婦在懷孕頭3～4週內，服用某些藥物可能會造成。患者應就醫整形外科，作一系列手術矯正，並接受言語治療。

【兔脫】 ㄊㄨˋ ㄊㄨㄛ
比喻逃脫得很快。

12【兔崽子】 ㄊㄨˋ ㄗㄞˇ ·ㄗ
罵人卑賤的俚語。

6【兔死狗烹】 ㄊㄨˋ ㄙˇ ㄍㄡˇ ㄆㄥ
野兔被捕殺後，捕兔的獵狗也被烹食。比喻功臣被殺的悲慘下場。

【兔死狐悲】 ㄊㄨˋ ㄙˇ ㄏㄨˊ ㄅㄟ
比喻對同類的感傷。

7【兔角龜毛】 ㄊㄨˋ ㄐㄧㄠˇ ㄍㄨㄟ ㄇㄠˊ
兔生角，龜長毛。比喻不可能的事。

10【兔起鶻落】 ㄊㄨˋ ㄑㄧˇ ㄏㄨˊ ㄌㄨㄛˋ
如兔子躍起，如老鷹俯衝。比喻動作的迅速敏捷。

兒 ㊀ ㄦˊ $\hat{e}rh^2$ 音而
①孩子。如：兒童。②男孩。如：生兒育女。③子女對父母的自稱。④父母稱子女。⑤尊長稱後輩。如：兒曹。⑥詞尾。多用在名詞、形容詞後。如：花兒。

㊁ ㄋㄧˊ ni^2 音倪
姓。'漢'有'兒寬'。見"萬姓統譜·四"。

4【兒化】 ㄦˊ ㄏㄨㄚˋ
'漢'語語音中一種帶捲舌作用的韻母。如：花兒、小孩兒等詞，在⌊花⌉與⌊小孩⌉後而所加的⌊兒⌉，不自成音節，只作詞尾用，目的在使前面音節的主要元音起捲舌作用。

9【兒郎】 ㄦˊ ㄌㄤˊ
①兒子。②壯年男子。③古時將帥對士兵或綠林好漢對嘍囉的稱呼。

11【兒曹】 ㄦˊ ㄘㄠˊ
兒輩。

17【兒戲】 ㄦˊ ㄒㄧˋ
①兒童遊戲。②比喻做事輕率不鄭重。

3【兒女情長】 ㄦˊ ㄋㄩˇ ㄑㄧㄥˊ ㄔㄤˊ
形容男女之間的情愛纏綿。

12【兒童文學】 ㄦˊ ㄊㄨㄥˊ ㄨㄣˊ ㄒㄩㄝˊ
供兒童欣賞的文學作品。如兒歌、童話等。

【兒童讀物】 ㄦˊ ㄊㄨㄥˊ ㄉㄨˊ ㄨˋ
專供兒童閱讀的書籍、刊物。大體文字淺明,內容富於趣味,足以啟迪兒童心智、陶冶性情,並培養閱讀的興趣。如童話、寓言、偉人故事等。

3【兒女英雄傳】 ㄦˊ ㄋㄩˇ ㄧㄥ ㄒㄩㄥˊ ㄓㄨㄢˋ
又名“金玉緣”。‘清’“文康”撰,五十三回,今存四十回。敘述俠女‘十三妹’(‘何玉鳳’)與孝子‘安驥’的相識結合。結構緊密,文字流利,為‘清代’俠義小說的傑作。

12【兒童中心教育】 ㄦˊ ㄊㄨㄥˊ ㄓㄨㄥ ㄒㄧㄣ ㄐㄧㄠˋ ㄩˋ
(child-centered education)一種強調兒童需求與能力的教育理論或措施。從事教學時,必須根據學生的個別能力、性向、興趣與需要而設計各種活動;一反過去偏重外界標準,固定教材或教師為中心的教育理念。

7

兗 ㄧㄢˇ *yen*^{3} 音演
①古水名。參沇水。②古代九州之一。參兗州。

6【兗州】 ㄧㄢˇ ㄓㄡ
“禹貢”九州之一。約領有今‘河北省’西南部、‘山東省’北部一帶土地。

兙 重量單位名。‘法國’衡 decagram,舊記為兙,合十克兩字而成。我國標準制稱公錢。

8

兛 重量單位名。‘法國’衡 kilogram,舊記為兛,合千克兩字而成。我國標準制稱公斤。

党 ㄉㄤˇ *tang*^{3} 音黨
①黨的俗字。②姓。‘南北朝’有‘党耐虎’。見“萬姓統譜·八六”。

9

兞 重量單位名。‘法國’衡 milligram,舊記為兞,合毛克兩字而成。毛即毫字的省筆。我國標準制稱公絲,即克的千分之一。

兝 重量單位名。‘法國’衡 decigram,舊記為兝,合分克兩字而成。我國標準制稱公釐,即克的十分之一。

兜 ㄉㄡ *tou*^{1}
①頭巾。如:戴紅兜。②包圍;環繞。如:兜圈子。③衣服上的小口袋。如:布衫兜兒。④將物品圍成口袋形,把東西承接住。如:兜在襟中。⑤招攬。如:兜生意。

9【兜風】 ㄉㄡ ㄈㄥ
坐車欣賞風景或納涼。

11【兜售】 ㄉㄡ ㄕㄡˋ
向人推銷物品。

17【兜鍪】 ㄉㄡ ㄇㄡˊ
古代戰士所戴的頭盔。

24【兜攬】 ㄉㄡ ㄌㄢˇ
①招攬生意;推銷商品。②拉攏;招徠。

11【兜率天】 ㄉㄡ ㄌㄩˋ ㄊㄧㄢ
①佛家語。即欲界六天中的第四天。兜率,義指知足、喜足。②道教三十三天之一。在‘大羅天’之下,諸天之上,為‘太上老君’所住的地方。

【兜圈子】 ㄉㄡ ㄑㄩㄢ ˙ㄗ
①繞圈行走。指無事閒逛。②比喻說話不直截了當。

10

兟 ㄕㄣ *shên*^{1} 音身
前進。見“說文”。

11

兡 重量單位名。‘法國’衡 hectogram,舊記為兡,合百克兩字而成。我國標準制稱公兩。

12

兢 ㄐㄧㄥ *ching*^{1} 音精
恭敬的樣子。見“字彙”。

14【兢兢業業】 ㄐㄧㄥ ㄐㄧㄥ ㄧㄝˋ ㄧㄝˋ
小心謹慎的樣子。

14

兣 重量單位名。‘法國’衡 centigram,舊記為兣,合釐克兩字而成。我國標準制稱公毫,即克的百分之一。

入部

入 ㊀ ㄖㄨˋ *ju*^{4} 音辱
①從外面進到裡面。如:升堂入室。②到達。如:入冬。③納。如:入貢。④沉沒。如:日入而息。⑤所得。如:月入萬元。⑥適合。如:入時。⑦當;獲得。如:入選。⑧四聲之一。參入聲。

㊁ ㄖㄨˇ *ju*^{3} 音乳
①塞放。②暗中把東西給人。

㊂ ㄖˋ *jih*^{4} 音日
即肏。

3【入土】 ㄖㄨˋ ㄊㄨˇ
①作物學上栽培管理的一種操作。即壓倒母莖與早生分蘗,以促

進初期分蘖萌發整齊。蔗園入土在'臺灣'施行甚爲普遍。2埋葬。

【入口】 ㄖㄨˋ ㄎㄡˇ
1放入口中。2進入的地方。

4【入手】 ㄖㄨˋ ㄕㄡˇ
1到手;得手。2著手;下手。

5【入世】 ㄖㄨˋ ㄕˋ
深入世俗以求正道或實現理想。

6【入伍】 ㄖㄨˋ ㄨˇ
進入軍中服兵役。

8【入定】 ㄖㄨˋ ㄉㄧㄥˋ
佛家語。指比丘坐禪斂心,不生雜念,使心定於一處。

【入味】 ㄖㄨˋ ㄨㄟˋ
1有趣味;有滋味。2指食物在醃漬或浸泡後,佐料味道已滲入。

【入門】 ㄖㄨˋ ㄇㄣˊ
1進入門內。2從事學問技藝已獲得門徑。3學藝的初級課程。

【入股】 ㄖㄨˋ ㄍㄨˇ
(stock ownership)指企業提供有利條件,協助員工取得本企業發行的股票。

9【入流】 ㄖㄨˋ ㄌㄧㄡˊ
1合於潮流或某種品級標準。2古代稱官階在九品內爲流內。從九品外進入九品內稱入流。

【入神】 ㄖㄨˋ ㄕㄣˊ
1進入神妙的境界。2精神貫注。

10【入迷】 ㄖㄨˋ ㄇㄧˊ
精神專注,沈迷其中。

【入時】 ㄖㄨˋ ㄕˊ
合於時尚;時髦。

【入骨】 ㄖㄨˋ ㄍㄨˇ
比喻極深。

【入息】 ㄖㄨˋ ㄒㄧˊ
1收入利息。2得到利益。

11【入梅】 ㄖㄨˋ ㄇㄟˊ
進入梅雨季節。與出梅相對。

【入帳】 ㄖㄨˋ ㄓㄤˋ
記帳;過帳。

12【入超】 ㄖㄨˋ ㄔㄠ
(deficit of trade) 即貿易入超。一國在一定期間內,若輸入總值超過其輸出總值,即爲入超。

13【入滅】 ㄖㄨˋ ㄇㄧㄝˋ
佛家語。即入寂。脫離煩惱叫寂,絕生死的苦果叫滅,所以稱比丘捨色身入於涅槃爲入滅或入寂,與社會一般所謂死亡不同。

【入話】 ㄖㄨˋ ㄏㄨㄚˋ
說書人在開講正文前的起頭話。'宋''元'時,職業說書講古者,在聽眾未到齊時,以演唱詩詞、講述與正文相同或相反的故事來做引子,便叫入話。也稱得勝頭迴。

【入彀】 ㄖㄨˋ ㄍㄡˋ
1進入弓箭的射程內。比喻就範、被掌握。2科舉考試及格。3入神。

【入會】 ㄖㄨˋ ㄏㄨㄟˋ
1加入某團體成爲會員。2參加民間一種儲蓄的臨時組織。

14【入境】 ㄖㄨˋ ㄐㄧㄥˋ
進入境內。

【入夥】 ㄖㄨˋ ㄏㄨㄛˇ
1加入某一集團。多指爲非作歹的組織。2加入共同經營的事業。

【入閣】 ㄖㄨˋ ㄍㄜˊ
1舊指大學士赴內閣參與機要政務。2今指內閣制國家,國會議員被延攬到內閣擔任部長。我國則俗稱進入'行政院'當政務委員或兼部長。

15【入樂】 ㄖㄨˋ ㄩㄝˋ
配樂。

16【入靜】 ㄖㄨˋ ㄐㄧㄥˋ
道教語。指靜坐,即屏除雜念。道家的入靜,稍異於禪宗的入定。乃靜處一室,屏去左右,澄心靜慮,無思無營,冀以通神靈。

17【入營】 ㄖㄨˋ ㄧㄥˊ
進入軍營服兵役。

【入聲】 ㄖㄨˋ ㄕㄥ
'漢'語語音中的一種聲調。發音短促。與平、上、去合稱四聲。今國語中已無入聲,分別變入陰平、陽平、上、去各調。

【入殮】 ㄖㄨˋ ㄌㄧㄢˋ
把屍體放進棺中。

17【入闈】 ㄖㄨˋ ㄨㄟˊ
出題及印製試題有關人員,進入闈場工作。

18【入贅】 ㄖㄨˋ ㄓㄨㄟˋ
男子就婚於女家,成爲女家的一員。

19【入關】 ㄖㄨˋ ㄍㄨㄢ
1指進入'長城'。2進入'關'中之地,指自東向西進入'函谷關'。

21【入魔】 ㄖㄨˋ ㄇㄛˊ
1著魔。形容人沈迷到極點。2誤入邪道。

14【入滲率】 ㄖㄨˋ ㄕㄣˋ ㄌㄩˋ
(infiltration rate)土壤在已知條件下所能入滲的水分依每小時深度單位表示者。其影響因素有:土壤種類、土壤含水量、作物種類、生物作用及地形等,並與雨量強度有密切關係。

【入漁權】 ㄖㄨˋ ㄩˊ ㄑㄩㄢˊ
指依契約或地方習慣,進入專用漁業權之漁場內,經營其全部或部分漁業的權利。

17【入環式】 ㄖㄨˋ ㄏㄨㄢˊ ㄕˋ
國術架式。前腳腳尖向內,屈膝,後腳腳跟浮起,彎膝放低至離地少許,並向前腳跟接近至一拳距離,身體重心落於兩腳中間。略同玉環式,唯玉環式前腳腳尖向外,此式腳尖向內。

3【入口超速】 ㄖㄨˋ ㄎㄡˇ ㄔㄠ ㄙㄨˋ
(inlet overspeeding) 指超音速擴散器在起動時,爲使流體流率達到設計標準,不因分離震波的影響而造成溢流,必須先超速,將震波吸入擴散器中,使發動機獲得足夠適當的空氣流量。

4【入木三分】 ㄖㄨˋ ㄇㄨˋ ㄙㄢ ㄈㄣ
形容筆力強勁。後也用以比喻思想、議論深刻中肯,或描寫精到生動。

【入不敷出】 ㄖㄨˋ ㄅㄨˋ ㄈㄨ ㄔㄨ
收入少而支出多,不能平衡。

5【入主出奴】 ㄖㄨˋ ㄓㄨˇ ㄔㄨ ㄋㄨˊ
指持有派別門戶的成見。重視自

己的信仰,奉持以爲主,而排斥他人的信仰,斥以爲奴。

【入世思想】 ㄖㄨˋ ㄕˋ ㄙ ㄒㄧㄤˇ
肯定眞理或價值存在於現實世界的思想。與出世思想相對。

9【入室弟子】 ㄖㄨˋ ㄕˋ ㄉㄧˋ ㄗˇ
正式拜師並得眞傳的弟子。

【入室操戈】 ㄖㄨˋ ㄕˋ ㄘㄠ ㄍㄜ
比喻用對方的理論以反駁對方。

14【入滲容量】 ㄖㄨˋ ㄕㄣˋ ㄖㄨㄥˊ ㄌㄧㄤˋ
(infiltration capacity)某種土壤在已知條件之下所能入滲水分的最高率。不同時間的入滲容量不同,可繪成一入滲容量曲線,此曲線係爲指數函數之衰退曲線。

【入境問禁】 ㄖㄨˋ ㄐㄧㄥˋ ㄨㄣˋ ㄐㄧㄣˋ
進入他國境內,要先問該國的禁忌,以尊重其國主人。

【入境隨俗】 ㄖㄨˋ ㄐㄧㄥˋ ㄙㄨㄟˊ ㄙㄨˊ
到新的環境,應隨從當地的風俗。

【入幕之賓】 ㄖㄨˋ ㄇㄨˋ ㄓ ㄅㄧㄣ
本指親近的賓客。引申指參與機要的幕僚。

5【入出境檢查】 ㄖㄨˋ ㄔㄨ ㄐㄧㄥˋ ㄐㄧㄢˇ ㄔㄚˊ
指入出國境所必須的檢查。包括海關(customs)、入出境管理(即證照查驗,immigration)及檢疫(quarantine)三部門。因此,便有CIQ 的稱呼。

10【入射式曝光錶】 ㄖㄨˋ ㄕㄜˋ ㄕˋ ㄆㄨˋ ㄍㄨㄤ ㄅㄧㄠˇ
可測量從一邊入射到主體的一切光量的曝光錶,視角約180°。在使用此錶時,將錶對著從攝影機方向射向主體的光,而不是對著主體。錶上配有普通及微弱光度使用的二種標度。對遠處主體或背景明亮的小物體,使用此錶測光較爲準確。

1

亾
亡的本字。

亼
人的或體。

2

內
㊀ ㄋㄟˋ *nei*⁴ 音餒
[1]中;裡面。與外相對。如:內外一致。[2]宮中;朝廷。如:大內衛士。[3]內室;臥房。[4]指妻子。如:內人。[5]親近。如:內小人而外君子。

㊁ ㄋㄚˋ *na*⁴ 音納
通作納。[1]交結。如:內交。[2]收縮;收入。如:內手知寒。

2【內力】 ㄋㄟˋ ㄌㄧˋ
體內蘊藏的力量。

【內人】 ㄋㄟˋ ㄖㄣˊ
[1]指宮女。[2]'唐'宮廷中的女藝人。[3]對他人稱自己的妻子。[4]親近的人。與外人相對。

3【內才】 ㄋㄟˋ ㄘㄞˊ
深藏於內的學識。

【內子】 ㄋㄟˋ ㄗˇ
對他人稱自己的妻子。

4【內水】 ㄋㄟˋ ㄕㄨㄟˇ
(internal water)指國家領土內之湖泊、運河、河川、港口、入口處不超過二十四浬的關閉海灣、歷史性海灣,以及領海基線內之水域。內水之法律地位與國家之領土大致相同。國家對此等水域享有完全之主權,除基於條約特許或發生海難外,得拒絕任何其他國家之船隻進入。

【內丹】 ㄋㄟˋ ㄉㄢ
道教煉丹的一種。與外丹相對。即把人體當作爐鼎,以體內的精、氣爲藥物,運用神去燒煉。據說可以使精、氣、神凝聚,結成聖胎。'宋'、'金'時形成的道教南宗、北宗主修內丹,排斥外丹。

5【內功】 ㄋㄟˋ ㄍㄨㄥ
以鍛練內息,運用內力爲主的功夫。

【內兄】 ㄋㄟˋ ㄒㄩㄥ
妻子的哥哥。

【內皮】 ㄋㄟˋ ㄆㄧˊ
(endodermis)植物的根內,在皮層的內側,有一層排列緊密的細胞,是爲內皮。大部分內皮的細胞,其細胞壁已木質化,僅有少數未木質化,這些細胞壁未木質化的細胞可以作爲水溶液由皮層進入中柱的通道。

6【內宅】 ㄋㄟˋ ㄓㄞˊ
住宅內院。多半爲婦女所居。

【內耳】 ㄋㄟˋ ㄦˇ
(inner ear)因形狀複雜,故又稱迷路。由骨性迷路及膜性迷路二部分組成。前者含前庭、耳蝸及半規管;後者由橢圓囊、球狀囊、耳蝸管及膜性半規管所組成。內耳含有聽神經及平衡神經感受器,故可將聲波傳入腦部且有維持身體平衡的作用。參耳[1]。

【內地】 ㄋㄟˋ ㄉㄧˋ
[1]古代稱京畿以內的地區。[2]內部地區。對邊地及通商口岸而言。[3]'臺灣'稱大陸爲內地。

【內托】 ㄋㄟˋ ㄊㄨㄛ
'中'醫外科治療受傷潰爛發炎內服藥的三大治法之一。是利用補益氣血的藥物扶助體內元氣,使邪毒(細菌)外出,以免向內擴散的方法。

【內在】 ㄋㄟˋ ㄗㄞˋ
(immanence)與超越相對。[1]指認識上的對象並非超越獨立於認識者之外,而是由認識者所設立而存於認識者之中。如觀念論的立場即是。[2]指人的認識領域只存在於感官經驗之間,而無法超越其外。如現象論的主張即是。[3]指絕對者存在於世界上的有限事物之間,而不是與這些事物互相對立。如泛神論的立場即是。

【內奸】 ㄋㄟˋ ㄐㄧㄢ
潛伏在團體或組織內的奸細。

【內向】 ㄋㄟˋ ㄒㄧㄤˋ

①歸服朝廷。②參內向型。

【內行】ㄋㄟˋ ㄏㄤˊ
對某種技藝或學術有豐富的經驗或高深的造詣。

7【內助】ㄋㄟˋ ㄓㄨˋ
指妻子。

8【內定】ㄋㄟˋ ㄉㄧㄥˋ
內部事先決定，而尚未公開發布。

【內治】ㄋㄟˋ ㄓˋ
①指治身、修身。②內政。③家務。

【內疚】ㄋㄟˋ ㄐㄧㄡˋ
內心慚愧。

【內府】ㄋㄟˋ ㄈㄨˇ
①官名。"周禮"天官之屬。掌管王室之倉庫。②皇室內廷之府庫。

【內阻】ㄋㄟˋ ㄗㄨˇ
(internal resistance)電壓源(如發電機、電池、電源供應器)所含之電阻。當電壓源供給的電流增加時，由於內阻之存在，電壓源兩端的電壓便會下降。

【內附】ㄋㄟˋ ㄈㄨˋ
來歸；歸附。

【內服】ㄋㄟˋ ㄈㄨˊ
指藥品口服。與外敷相對。

【內侍】ㄋㄟˋ ㄕˋ
①宮廷內供皇帝使喚的人。②官名。'隋'置'內侍省'，統領內侍、內常侍等官。'唐''宋'沿之。後因沿稱宦官爲內侍。

9【內政】ㄋㄟˋ ㄓㄥˋ
國內的政治。與外交相對。

【內省】㊀ ㄋㄟˋ ㄒㄧㄥˇ
①自我反省。②(introspection)心理學的研究方法之一。自我將意識經驗之內容加以審視，並以口頭或書面報告出來的一種歷程。
㊁ ㄋㄟˋ ㄕㄥˇ
內宮。

10【內家】ㄋㄟˋ ㄐㄧㄚ
以練內功爲主的拳術家。主靜和防禦。相傳'武當'派即屬內家。

【內容】ㄋㄟˋ ㄖㄨㄥˊ
①文學或藝術作品的內涵。包括題材、主題、思想、情意等。與形式相對。②指命題或語句所表達的意義或事實。

【內訌】ㄋㄟˋ ㄏㄨㄥˋ
內部自相爭奪傾軋。也作內鬨。

【內能】ㄋㄟˋ ㄋㄥˊ
(internal energy)組成物質之分子中，由於其平移、旋轉、振動而具有之動能。此時物質巨觀上是靜止的。

11【內涵】ㄋㄟˋ ㄏㄢˊ
(intension)與外範、外延相對。一個語詞的內涵就是該詞所指謂的事物所共同具有的本質性徵。例如：四邊形一詞的內涵是四條直線所構成的封閉圖形。

【內視】ㄋㄟˋ ㄕˋ
道教的一種修煉方法。要求摒除外緣，不得浮思欲事，否則煉功失效。爲存想思念，內視分明之法。

【內務】ㄋㄟˋ ㄨˋ
①國內的事務。②宮廷內的事務。③宿舍內部的整理工作。

【內患】ㄋㄟˋ ㄏㄨㄢˋ
內部的禍患。

【內婚】ㄋㄟˋ ㄏㄨㄣ
(endogamy)個人須在其所屬的氏族或團體內，選擇配偶而結婚的婚姻類型。如原始社會的氏族族內通婚、古代貴族族內通婚、天主教教內通婚。

12【內景】ㄋㄟˋ ㄐㄧㄥˇ
①道教語。上清經派存思內觀法所使用的術語。與外景相對。有二說：⑴景是象。心居於身內，存觀一體的象色，故曰內景。⑵景是神。在存思法中，人身的五臟六腑，是神靈所居的光明的地方。經由內觀，集中精神可觀想身中的十三神、八景神，可以愈疾。②泛稱供電影拍攝、電視播映用的一切室內佈景。亦指在攝影棚內的拍攝作業。

13【內勤】ㄋㄟˋ ㄑㄧㄣˊ
機關內部的勤務。與外勤相對。

【內經】ㄋㄟˋ ㄐㄧㄥ
也稱"黃帝內經"。包括"素問"與"靈樞"二書。約成書於'戰國'時代，是我國醫學最早的經典之作，也爲'中'醫醫學理論體系建立的開始。對生理、病理、診斷、預防、藥性、施治都有系統的整理與闡述，數千年來一直爲'中'醫臨床的指導。

【內傷】ㄋㄟˋ ㄕㄤ
①內心傷痛。②指因七情不加節制、飲食失調、過度勞倦、房事過度而導致臟氣內損的病症。③指因摔擊跌倒而使體內臟腑受傷，或勉強負重而傷及氣血。

14【內寢】ㄋㄟˋ ㄑㄧㄣˇ
①臥室。②婦人的居所。

【內閣】ㄋㄟˋ ㄍㄜˊ
①婦女的居室。②古官署名。大學士辦公的地方。③分爲內閣制之下的內閣與總統制之下的內閣。其性質迥然不同：一、內閣制的內閣：以'英國'爲代表，內閣由十五至二十五閣員組成，爲行政部門核心，集體商議決定政策並提供團結的領導。閣員由國會議員兼任，他們集體向議會負連帶責任。內閣因議會之信任支持而上臺；因議會之不信任而須總辭。內閣於議會表示不信任時，亦可解散議會，使議員重新改選，以探求民意。二、總統制的內閣：以'美國'爲代表，內閣是一個供總統顧問的諮詢會。各內閣閣員均由總統任命爲一部部長，並對他負責。總統可隨時召集全體閣員會議，或個別召見。內閣會議爲祕密會議。立法議員與行政官員不得互兼。政府施政責任由總統向國家或選民負責。

【內幕】ㄋㄟˋ ㄇㄨˋ
事件的內情

15【內廠】ㄋㄟˋ ㄔㄤˇ
'明代'刺探臣民隱事的特務機構。'武宗''正德'三年(1508)，爲宦官

'劉瑾'所設。每辦一案,株連無數,刑罰尤其酷烈。

【內憂】 ㄋㄟˋ ㄧㄡ

1內部的憂患。2內心的憂懼。3指母喪。

【內線】 ㄋㄟˋ ㄒㄧㄢˋ

在內部向外通消息的人。

16【內戰】 ㄋㄟˋ ㄓㄢˋ

(civil war)一國之內,兩個或兩個以上之居民集團間之戰爭。其目的或在控制該國之政府,或為尋求獨立,或為爭取自治。"聯合國憲章"雖然禁止在國際關係中使用武力,但並不禁止內戰。

【內學】 ㄋㄟˋ ㄒㄩㄝˊ

1指讖緯之學。因其隱祕,故稱。2指佛學。因其修習明心見性,故稱內學。與世間科技經世之外學相對。

17【內應】 ㄋㄟˋ ㄧㄥˋ

從內部響應。

【內艱】 ㄋㄟˋ ㄐㄧㄢ

指母喪。

20【內蘊】 ㄋㄟˋ ㄩㄣˋ

內聚;內斂。

22【內臟】 ㄋㄟˋ ㄗㄤˋ

(viscera)動物體腔內一切器官的總稱。如心、肺、腸、胃等。這些構造的活動都受自主神經的管制。

4【內切圓】 ㄋㄟˋ ㄑㄧㄝ ㄩㄢˊ

(inscribed circle)於多邊形內部與其各邊相切的圓,稱為內切圓。例如三角形ABC的內切圓(如圖),係以其三內角之二等分線的

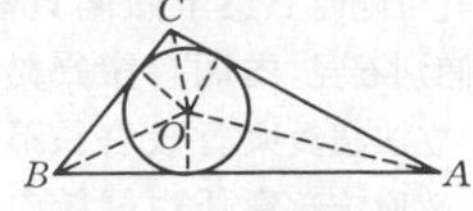

內切圓圖

交點O為圓心,並以O至一邊的距離為半徑作圓,此圓即為三角形之內切圓。O為內心,內心至任一邊的距離稱為內半徑。任意凸多邊形不一定有內切圓。

【內升制】 ㄋㄟˋ ㄕㄥ ㄓˋ

一個機關內遇有職缺,以由原有人員升調補缺為原則,如確無適當人員可資升調時始考慮外補。其優點為增加原有人員的升遷機會,可鼓舞工作情緒;缺點為不易進用新人並引進新觀念,且有礙業務的開創與革新。

【內分泌】 ㄋㄟˋ ㄈㄣ ㄇㄧˋ

(endocrine)指腺細胞組織產生的分泌物,不通過導管而直接由血液送至各組織器官。與外分泌相對。如甲狀腺分泌甲狀腺素,由血液傳布全身,增進細胞的新陳代謝,調節機體的生長和發育。

5【內出血】 ㄋㄟˋ ㄔㄨ ㄒㄧㄝˇ

(internal hemorrhage)人體的內部出血。多數因內臟器官受到傷害而引起,而血管系統的病變,或血液本身的異常(如凝血機轉的缺陷),也可能造成內出血。輕症的病人會引起貧血的症狀,而嚴重的病人可能發生休克、死亡。

6【內地稅】 ㄋㄟˋ ㄉㄧˋ ㄕㄨㄟˋ

(inland taxes)指國境稅以外之國內各種租稅,其課徵不以課稅客體是否通過國境為限。在我國現行稅目中大部分屬於內地稅,計有營利事業所得稅、綜合所得稅、遺產及贈與稅、貨物稅、證券交易稅、營業稅、印花稅、使用牌照稅、田賦、地價稅、土地增值稅、房屋稅、契稅、屠宰稅、娛樂稅等。

【內在美】 ㄋㄟˋ ㄗㄞˋ ㄇㄟˇ

指人內在的涵養及美德。與外在美相對。

【內向型】 ㄋㄟˋ ㄒㄧㄤˋ ㄒㄧㄥˊ

(introvert)'瑞士'心理學家'榮格'(Carl Gustav Jung)所歸納的人格類型之一。屬此類型者具有保守、尚幻想、不喜社交、重視內在自我生活等特徵。與外向型相對。

【內行星】 ㄋㄟˋ ㄒㄧㄥˊ ㄒㄧㄥ

行星的一種類別。1(inferior planet)也稱地內行星。指比地球接近太陽的行星。亦即地球軌道以內的行星。2(inner planet)指在小行星帶以內,距離太陽較近的行星。

8【內府本】 ㄋㄟˋ ㄈㄨˇ ㄅㄣˇ

'清代'凡經皇帝訂定或命人編纂的書,都由內廷刊行,稱為內府本。其校勘、印刷都比較精良。參武英殿本。

【內孢子】 ㄋㄟˋ ㄅㄠ ˙ㄗ

(endospore)少數種類的細菌,在環境不適宜時,體內會形成一種休眠孢子,稱為內孢子。內孢子對環境的抵抗力特強,耐熱、乾燥、化學藥品的能力,遠超過其他生物的孢子。不同種類的細菌所產生的內孢子,其耐熱程度有差異。為了要殺死所有細菌的內孢子,通常採用 121°C 加熱15分鐘之高壓蒸氣滅菌法,或以 160°C 加熱兩小時的乾熱滅菌法處理。

【內呼吸】 ㄋㄟˋ ㄏㄨ ㄒㄧ

(internal respiration)也稱細胞呼吸。指血液和身體細胞間的氣體交換。

9【內流河】 ㄋㄟˋ ㄌㄧㄡˊ ㄏㄜˊ

(endoreic stream)雨雪不豐,水源有限,或雖流水不斷,水流不能流出外海的河流。其水流只能流進內陸海或內陸湖,甚或尾閭完全消失於中途。我國的'塔里木河'以'羅布泊'為其尾閭,是全國第一大內流河。

【內胚型】 ㄋㄟˋ ㄆㄟ ㄒㄧㄥˊ

(endomorphy)'美國''謝爾登'(Sheldon & Sevens)體型人格論所歸納的個人體型之一。係消化系統與內臟器官較發達的肥胖體型。屬該體型者具有內臟型(viscerotonia)人格,其特徵為樂觀、好安逸、喜社交等。

10【內骨骼】 ㄋㄟˋ ㄍㄨˇ ㄍㄜˊ

(endoskeleton)動物的骨骼位於體內者,稱為內骨骼。如脊椎動物

的骨骼。

11【內視鏡】 ㄋㄟˋ ㄕˋ ㄐㄧㄥˋ
(endoscope) 又稱內窺鏡。用以檢查體腔內部或具有空腔之器官的長管狀醫學用具。常用的有胃及十二指腸內視鏡、氣管鏡、腹腔鏡、大腸鏡、直腸鏡、膀胱鏡、子宮鏡等。

【內務府】 ㄋㄟˋ ㄨˋ ㄈㄨˇ
官署名。'清'置,總管宮廷事務。

【內陸海】 ㄋㄟˋ ㄌㄨˋ ㄏㄞˇ
(inland sea)和外海完全隔絕的封閉海。是大型的鹹水湖。如'裏海'、'死海'、'鹹海'等。

【內野手】 ㄋㄟˋ ㄧㄝˇ ㄕㄡˇ
棒、壘球比賽時,位於內野區域的各防守員。包括投手、捕手和一、二、三壘手,以及游擊手等。

12【內畫壺】 ㄋㄟˋ ㄏㄨㄚˋ ㄏㄨˊ
鼻煙壺的一種。取玻璃質的小瓶,用鐵砂在瓶內搖磨成乳白色,再用極精細的竹筆,蘸色在瓶內反畫出各種人物、山水、花卉等。此種反畫技巧,亦可施用於其他小口的玻璃器皿上,製造新奇的效果。

13【內置法】 ㄋㄟˋ ㄓˋ ㄈㄚˇ
工藝技法之一。即在木材、竹材、石材、玉材或金屬材料中安置部分其他材料,使紋樣圖案顯出的方法。內置與嵌花作法不同,嵌花僅是藝品表面的裝飾,而內置是徹底混合其他材料的裝飾。

14【內聚力】 ㄋㄟˋ ㄐㄩˋ ㄌㄧˋ
(cohesive force)純物質係由相同的分子所組成,這些組成分子間有引力的作用存在,使得它們能結合在一起。這種同類分子間相互吸引的分子力稱爲內聚力。

【內閣制】 ㄋㄟˋ ㄍㄜˊ ㄓˋ
民主政治依行政權的組織形態爲標準,可分爲內閣制、總統制及委員制。內閣制肇始於'英國'。內閣制國家之行政領袖與國家元首分開。各國內閣制之形式未必盡同,但共有下列特徵:(1)虛位元首,即行政權在法律上屬於元首,實際上屬於內閣;元首行使國家權力時,必須內閣總理或內閣總理(亦稱國務總理)及關係閣員(亦稱國務員)之副署,始生效力。(2)內閣總理及閣員由議員兼任,先由元首任命議會所信任之人爲內閣總理;再由內閣總理推荐其他閣員,提請元首任命,元首不得拒絕。(3)內閣須取得議會之信任。(4)內閣無一定任期。(5)立法與行政既可相結合,又可相對抗;議會有不信任權以對抗內閣,內閣則有解散權以對抗議會。

【內團體】 ㄋㄟˋ ㄊㄨㄢˊ ㄊㄧˇ
(in-group)指個人所加入並有歸屬感的團體。如自己的家庭、學校等。與外團體相對。人們對內團體有親切感,且較會盡力維護它。

15【內質網】 ㄋㄟˋ ㄓˊ ㄨㄤˇ
(endoplasmic reticulum) 爲散布在細胞質內的網狀構造。其靠近細胞核的一端,常與核膜相連接。具有協助細胞內運輸物質的功能,並含有特殊的酵素,司細胞內特定的代謝作用。大部分內質網的表面附著許多細微的顆粒,這些顆粒爲核糖體,是細胞內合成蛋白質的地方。

16【內燃機】 ㄋㄟˋ ㄖㄢˊ ㄐㄧ
(internal combustion engine) 將燃料與空氣在機械內部燃燒產生熱能,再使熱能轉變爲機械能作功之裝置。如汽油機、柴油機等。

17【內營力】 ㄋㄟˋ ㄧㄥˊ ㄌㄧˋ
(internal agency) 來自地球內部使地表形態發生驟然改變且改變最爲劇烈的力量。也稱構造力(tectonic force)。板塊構造理論在今日用來解釋地殼變動的內營力,已爲地球科學家所接受。這個理論認爲地球的外層至少含十到十二個巨大而剛硬的板塊,彼此之間有斷裂帶分隔,許多地殼變動即發生在板塊邊緣,而其原動力即因板塊互相推擠和碰撞而發生。

18【內擺線】 ㄋㄟˋ ㄅㄞˇ ㄒㄧㄢˋ
(hypocycloid)一滾圓沿另一導圓的內緣滾動,則滾圓圓周上任一定點的軌跡,稱爲內擺線。

2【內八字腳】 ㄋㄟˋ ㄅㄚ ㄗˋ ㄐㄧㄠˇ
指人走路姿態,腳尖朝內,腳跟向外。

6【內在動機】 ㄋㄟˋ ㄗㄞˋ ㄉㄨㄥˋ ㄐㄧ
(intrinsic motivation) 個體內部自然引發的動機。即個體從事、參與某種活動係自動自發,或該活動本身具有引人、值得享受之處,而非由外來之獎懲所引起。如好奇、求知慾及自我實現等。與外在動機相對。

9【內建函數】 ㄋㄟˋ ㄐㄧㄢˋ ㄏㄢˊ ㄕㄨˋ
(built-in function)電腦語言所提供之函數,使用者編寫程式時可以直接呼叫,不需再行宣告或定義,稱之爲內建函數。

【內省不疚】 ㄋㄟˋ ㄒㄧㄥˇ ㄅㄨˋ ㄐㄧㄡˋ
自我反省而毫無愧疚。

10【內容分析】 ㄋㄟˋ ㄖㄨㄥˊ ㄈㄣ ㄒㄧ
(content analysis) 研究傳播媒體的一個重要方法,注重客觀、系統及量化。通常針對傳播內容作敘述性解說,並推論該內容對傳播過程所產生的影響,尤重視內容中的各種語言特性。

【內容效度】 ㄋㄟˋ ㄖㄨㄥˊ ㄒㄧㄠˋ ㄉㄨˋ
(content validity) 一測驗之試題與內容的相關程度。試題越能有效反應出欲測試課程之內容,則該測驗的內容效度就越高。

11【內涵性質】 ㄋㄟˋ ㄏㄢˊ ㄒㄧㄥˋ ㄓˊ
(intensive property)熱力學性

質可分爲內涵性質與外延性質。考慮一均質系統分成n個子系統,若整個系統某性質之值是各子系統之值的和,則稱此性質爲外延性質,如體積、能量、電量等。若系統之性質與質量無關者,則稱爲內涵性質,如溫度、壓力、密度、速度、濃度等。

【內部牽制】 ㄋㄟˋ ㄅㄨˋ ㄑㄧㄢ ㄓˋ

(internal check)指企業對管理財務及會計部門的職責予以劃分,以避免任何一人對任何一項或一類的財務行爲,據有絕對的控制權力。換言之,每一項業務行爲,當由一人處理時,必須經由另外一人或另一部門的經辦或相互稽核,方能防止無心的錯誤與有意舞弊的發生,以維護企業資產的安全,避免浪費、詐欺、盜竊與其他不法情事,使會計資料達到正確無訛而可資信賴。

【內部控制】 ㄋㄟˋ ㄅㄨˋ ㄎㄨㄥˋ ㄓˋ

(internal control)企業爲達到下列的目的,所採用的一切方法。一、維護企業資源,以免浪費、舞弊和無效率;二、提高會計、經營數據的正確性和可靠性;三、鼓勵奉行公司政策;四、判斷企業內所有部門的經營效率。

【內部排序】 ㄋㄟˋ ㄅㄨˋ ㄆㄞˊ ㄒㄩˋ

(internal sort)所有要排序的資料均存放在電腦主記憶體內,其所進行之資料排序工作,稱爲內部排序。

【內部審核】 ㄋㄟˋ ㄅㄨˋ ㄕㄣˇ ㄏㄜˊ

行政系統中對本機關內部或所屬單位的一種考核方式。依'美國內部審核人員協會'所予之定義:內部審核是獨立性的鑑定行爲,在一個組織內,藉檢查會計、財務與其他各項作業,作爲提供管理方面保護性與建設性服務之職責。內部審核也是一種控制方式,其功能是在對其他控制方式之效率予以衡量及評價,主要爲處理會計與財務事項,也適宜處理其他作業事項。

13**【內聖外王】** ㄋㄟˋ ㄕㄥˋ ㄨㄞˋ ㄨㄤˊ

內有聖人之道,外有王者之位。爲道家的政治理想。後世儒家也使用此語,意指內以聖人的道德爲體,外以王者的仁政爲用。

【內塡琺瑯】 ㄋㄟˋ ㄊㄧㄢˊ ㄈㄚˋ ㄌㄤˊ

原是琺瑯器製作方法之一,即在金屬胎上用鏨或鑄的方式製出紋飾浮凸的部分,再依所需色彩塗塡各色琺瑯釉料,入爐加熱後,打磨,使釉料與金屬絲平齊。若較低陷,即再塡釉料,加熱、打磨,至二者平齊爲止。後來,凡用此種方法製作的琺瑯器,皆稱爲內塡琺瑯。

【內圓磨床】 ㄋㄟˋ ㄩㄢˊ ㄇㄛˊ ㄔㄨㄤˊ

(internal cylinderical grinding machine)輪磨工件內圓之磨床,亦可能備有輪磨端面用之裝置。主要規格:一、工作檯上之旋徑;二、可裝置工件之最大直徑;三、可輪磨之孔徑範圍及孔長。

14**【內幕新聞】** ㄋㄟˋ ㄇㄨˋ ㄒㄧㄣ ㄨㄣˊ

(inside story)指隱藏在新聞背後,或尙未經揭露的某些事實。

4**【內分泌系統】** ㄋㄟˋ ㄈㄣ ㄇㄧˋ ㄒㄧˋ ㄊㄨㄥˇ

(endocrine system)由一些散布動物體內的腺體所構成,這些腺體無導管,分泌的物質直接擴散遷入血管,並由循環系統輸送至作用器官。其分泌物質稱爲荷爾蒙。人體的內分泌腺包括松果腺、腦下垂體、甲狀腺、副甲狀腺、胸腺、腎上腺、胰臟、卵巢、睪丸。

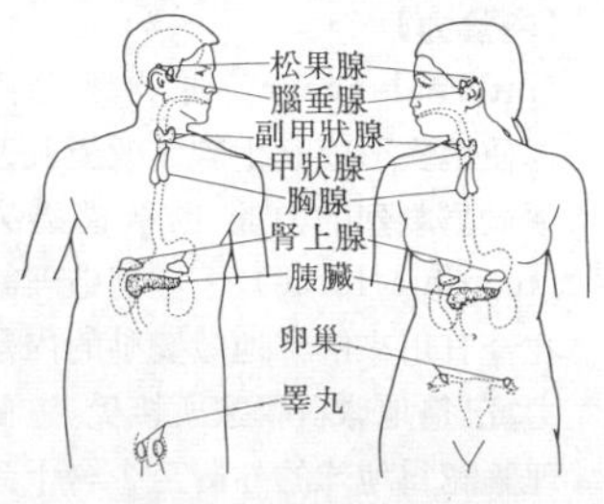

人體主要內分泌腺位置圖

17**【內舉不避親】** ㄋㄟˋ ㄐㄩˇ ㄅㄨˋ ㄅㄧˋ ㄑㄧㄣ

舉薦人才,只看他的操守才能,不避諱是否爲自己的親友。

21**【內轟治療法】** ㄋㄟˋ ㄏㄨㄥ ㄓˋ ㄌㄧㄠˊ ㄈㄚˇ

(implosive therapy)心理治療法之一。係要求患者儘量面對現實及引起焦慮、恐懼之刺激,藉此所引起之高度痛苦以消弱焦慮和恐懼,而達到治療目的。

11**【內部規模經濟】** ㄋㄟˋ ㄅㄨˋ ㄍㄨㄟ ㄇㄛˊ ㄐㄧㄥ ㄐㄧˋ

(internal economy of scale)在廠商擴大生產規模過程中,因廠商內在因素而使平均生產成本降低者。其發生的原因有規模報酬遞增、更精密的專業分工、使用品質好、效率高的機器設備、投入要素的單位成本減少及利用副產品等。

【內陸運輸保險】 ㄋㄟˋ ㄌㄨˋ ㄩㄣˋ ㄕㄨ ㄅㄠˇ ㄒㄧㄢˇ

(inland marine insurance)簡稱陸運險。保險人對於各種財物在內地水陸運輸中所受的損失,負補償責任的保險。原僅限於湖泊、河流及其他水道的運輸,但今已擴大包括陸上運輸保險在內。

16**【內燃動力發電】** ㄋㄟˋ ㄖㄢˊ ㄉㄨㄥˋ ㄌㄧˋ ㄈㄚ ㄉㄧㄢˋ

(internal-combustion power generation)將燃料直接送入柴油機、汽油機或氣渦輪機等內燃機之內部燃燒,使燃料中之熱值轉換爲機械能而驅動發電機發電。因不需蒸汽發生設備,故較蒸汽動力發電簡單且可快速啟動。

11**【內部規模不經濟】** ㄋㄟˋ ㄅㄨˋ ㄍㄨㄟ ㄇㄛˊ ㄅㄨˋ ㄐㄧㄥ ㄐㄧˋ

(internal diseconomy of scale)在廠商擴大生產規模的過程中,因廠商本身內在的因素而肇致平均成本上升者。其發生的原因有規模報酬遞減、行政管理效率的降低等。

【內陸貨櫃集散站】 ㄋㄟˋ ㄌㄨˋ ㄏㄨㄛˋ ㄍㄨㄟˋ ㄐㄧˊ ㄙㄢˋ ㄓㄢˋ

(inland container freight station)設於內陸腹地中的貨櫃集散基地。大多利用內陸倉庫或鐵、公路終站之設施，以縮短和託運人間的距離，便於併裝內陸貨櫃之貨物，得以有效實施集散轉運作業；且營業設施完備，包括貨櫃集散場、貨櫃儲存場、貨櫃保養場、停車場、搬運機具及管制室等。

4

全 ㄑㄩㄢˊ ch'üan² 音泉

[1]純玉。見“說文”。[2]完整；完美。如：全德。[3]全部的；整個的。如：全家。[4]極；甚。如：全盛時期。[5]姓。‘清’有‘全祖望’。見“清史稿·儒林傳·全祖望”。

7【全身】 ㄑㄩㄢˊ ㄕㄣ

[1]指身體的全部。[2]保全自身。指保全生命。

8【全性】 ㄑㄩㄢˊ ㄒㄧㄥˋ

保全本性。

9【全活】 ㄑㄩㄢˊ ㄏㄨㄛˊ

[1]使面臨死亡的人，能夠繼續生存。[2]終享天年。[3]一件工作的全部。

【全音】 ㄑㄩㄢˊ ㄧㄣ

(whole tone)音階內的大二度距離稱爲全音。如風琴、鋼琴上兩白鍵中隔有黑鍵者，即爲全音；無黑鍵者爲半音。

10【全眞】 ㄑㄩㄢˊ ㄓㄣ

[1]保全自然的本性。[2]道教的一派。參全眞道。

【全豹】 ㄑㄩㄢˊ ㄅㄠˋ

事物的全部。

【全能】 ㄑㄩㄢˊ ㄋㄥˊ

無所不能。

11【全盛】 ㄑㄩㄢˊ ㄕㄥˋ

極盛。

12【全距】 ㄑㄩㄢˊ ㄐㄩˋ

(range)統計變量的範圍大小。即最大值減去最小值。

【全然】 ㄑㄩㄢˊ ㄖㄢˊ

全部；完全。

13【全勤】 ㄑㄩㄢˊ ㄑㄧㄣˊ

都沒有缺席請假的紀錄。

14【全銜】 ㄑㄩㄢˊ ㄒㄧㄢˊ

機關團體或職位的全名。

18【全軀】 ㄑㄩㄢˊ ㄑㄩ

保全身軀。

22【全權】 ㄑㄩㄢˊ ㄑㄩㄢˊ

擁有處理事務的全部權力。

23【全體】 ㄑㄩㄢˊ ㄊㄧˇ

[1]整個身體。[2]整體；全部。[3]機關或團體的全部人員。

4【全天候】 ㄑㄩㄢˊ ㄊㄧㄢ ㄏㄡˋ

[1]不受任何氣候條件限制。[2]全天的；二十四小時的。

【全反射】 ㄑㄩㄢˊ ㄈㄢˇ ㄕㄜˋ

(total reflection)當光線由光密介質入射至光疏介質時(如由水射至空氣中)，若入射角大於臨界角，則光線不再折射進入光疏介質，而全部反射回來，這種現象稱爲全反射。

5【全加器】 ㄑㄩㄢˊ ㄐㄧㄚ ㄑㄧˋ

(full adder)可以執行電腦內二進位加法運算的組合電路裝置。其輸入端之信號有三：加數、被加數及前一位數相加後之進位；輸出端之信號有二：相加後之和及進位。全加器之輸出信號與輸入信號之關係如下表所示：

輸入	被加數	0	1	0	1	0	1	0	1
	加數	0	0	1	1	0	0	1	1
	前級進位	0	0	0	0	1	1	1	1
輸出	和	0	1	1	0	1	0	0	1
	進位	0	0	0	1	0	1	1	1

7【全宋詞】 ㄑㄩㄢˊ ㄙㄨㄥˋ ㄘˊ

‘民國’‘唐圭璋’編，三百卷，附錄二卷。收‘宋代’詞人一千三百三十餘家，詞一萬九千九百餘首，殘篇五百三十餘首。爲目前較完備的‘宋’詞總集。

9【全祖望】 ㄑㄩㄢˊ ㄗㄨˇ ㄨㄤˋ

(1705～1755)‘清’‘浙江’‘鄞縣’人，字‘紹衣’，號‘謝山’。精研經史，曾補修‘黃宗羲’“宋元學案”。著有“鮚埼亭集”。

10【全唐文】 ㄑㄩㄢˊ ㄊㄤˊ ㄨㄣˊ

‘清’‘嘉慶’間‘董誥’等奉敕編，一千卷。收‘唐’、五代作家三千餘人，文一萬八千四百餘篇，並附作者小傳。

【全唐詩】 ㄑㄩㄢˊ ㄊㄤˊ ㄕ

‘清’‘康熙’間‘曹寅’主編，九百卷。收‘唐’、五代詩四萬八千九百餘首，作者二千二百餘人。後附‘唐’、五代詞，並附小傳。是研究‘唐’詩的重要參考書。

【全眞道】 ㄑㄩㄢˊ ㄓㄣ ㄉㄠˋ

道教流派之一。也稱全眞教、全眞派。流行於北方，與正一道同爲‘元’以後道教的主要流派。‘金世宗’‘大定’七年(1167)，‘王重陽’在‘山東’‘寧海’(今‘山東’‘牟平’)‘全眞庵’聚徒講道時所創立。主張儒、釋、道三教圓融，爲革新的道教。其旨爲以澄心定意、存神固氣爲眞功，濟貧拔苦、先人後己、與物無私爲眞行，功、行俱全，故名全眞。門徒加以弘揚，分創遇仙、南元、‘隨山’、‘龍門’、‘崑山’、‘華山’、清靜七派。‘明’‘清’以後逐漸衰落。

【全脂乳】 ㄑㄩㄢˊ ㄓ ㄖㄨˇ

(whole milk)未除去脂肪的牛乳。一般含87.4%水分、3.5%脂肪、3.5%蛋白質、4.9%乳糖及0.7%礦物質。經噴霧乾燥蒸發水分而得之粉末製品則爲全脂奶粉，所含之水分降低爲2%，而脂肪則占27.5%、蛋白質26.4%、乳糖38.2%及礦物質5.9%。

12【全減器】 ㄑㄩㄢˊ ㄐㄧㄢˇ ㄑㄧˋ

(full subtracter)可執行電腦內二進位減法運算的組合電路裝置。其輸入端之信號有三：被減數、減數及前一位數相減後之借位；輸出端之信號有二：相減之後的差及借位。全減器之輸出信號與輸入信號之關係如下表所示：

輸入	被減數	0	1	0	1	0	1	0	1
	減數	0	0	1	1	0	0	1	1
	前借級位	0	0	0	0	1	1	1	1
輸出	差	0	1	1	0	1	0	0	1
	借位	0	0	1	0	1	0	1	1

【全備彈】 ㄑㄩㄢˊ ㄅㄟˋ ㄉㄢˋ
(complete round)各種武器發射一次所需之彈藥及其全部附件皆集中安裝完備的砲彈。如105榴砲。與分離彈相對。

13**【全微分】** ㄑㄩㄢˊ ㄨㄟˊ ㄈㄣ
(total differential)函數$z=f(x, y)$，z之微分用$dz=f_x(x,y)dx+f_y(x,y)dy$表示時，則dz謂之z之全微分。上式之$f_x(x,y)=\frac{\partial z}{\partial x}$，$f_y(x,y)=\frac{\partial z}{\partial y}$是為函數$z$對$x$，$y$的偏微分。更多個變數時，如$\sum_1^n fi(x_1 \cdots\cdots x_n)dx_n$欲寫成全微分：$dg(x_1\cdots\cdots x_n)=\sum\frac{\partial g}{\partial x_i}dx_i$之充分必要條件就是：$\frac{\partial f_i}{\partial x_j}=\frac{\partial f_j}{\partial x_i}$。

【全飾艦】 ㄑㄩㄢˊ ㄕˋ ㄐㄧㄢˋ
在國慶等重要慶典中作裝飾的船艦。所有桅頂及旗桿均懸掛國旗與軍旗，從船頭越過桅頂至船尾則掛彩色旗幟。

15**【全穀類】** ㄑㄩㄢˊ ㄍㄨˇ ㄌㄟˋ
(whole grains)包含胚芽、胚乳及麩皮的完整穀類。胚芽(germ)為穀類的重心，含豐富的維他命B、E、蛋白質、非飽和性脂肪酸、礦物質(特別是鐵)和醣類。胚乳(endosperm)為穀類的最大部分，主要是由澱粉組成，另有不完全蛋白質、少量維他命和礦物質。麩皮是穀粒的外殼，由醣類纖維素組成，含少量維他命B、礦物質和不完全蛋白質。為改進穀類的貯藏能力，通常在加工時，即除去胚芽及麩皮，以減少酸敗，但同時也喪失了多種重要的營養素。

【全齒深】 ㄑㄩㄢˊ ㄔˇ ㄕㄣ
(whole depth)齒輪輪齒全齒之高度。即齒冠與齒根之和。

16**【全靜鋼】** ㄑㄩㄢˊ ㄐㄧㄥˋ ㄍㄤ
(full-killed steel)又稱全除氧鋼。於煉鋼末期加入鋁或矽鐵等強還原劑，使鋼液充分還原而製得。因凝固的過程中沒有氣泡產生，鋼液表面安靜，故稱。為一高級鋼料。

18**【全壘打】** ㄑㄩㄢˊ ㄌㄟˇ ㄉㄚˇ
棒、壘球比賽用語之一。指打擊者合法擊出直接飛越界內場區圍牆的球時，循序跑完四個壘獲得一分。如壘上已有同隊球員進占，亦可同時依次跑回本壘得分。

【全雙工】 ㄑㄩㄢˊ ㄕㄨㄤ ㄍㄨㄥ
(full duplex)通信網路中，線路兩端之資料站可同時發送或接收資料的傳輸方式。

5**【全民政治】** ㄑㄩㄢˊ ㄇㄧㄣˊ ㄓㄥˋ ㄓˋ
即由全體人民來管理國事的政治。從量的方面說，全民政治就是全體國民的政治，也就是國家主權屬於國民全體。從質的方面說，全民政治就是人民必須擁有充分的民權，亦即人民必須享有選舉、罷免、創制、複決四個直接民權。

6**【全年學校】** ㄑㄩㄢˊ ㄋㄧㄢˊ ㄒㄩㄝˊ ㄒㄧㄠˋ
(all-year school)全年開放教學的學校。

【全色軟片】 ㄑㄩㄢˊ ㄙㄜˋ ㄖㄨㄢˇ ㄆㄧㄢˋ
指軟片感光度從鹵化銀固有的範圍(藍感性)，擴充到從綠色光至紅色光為止的可視光全域的色增感軟片。然全色軟片對各個顏色的反應並不相同，它對短波的色光(帶藍色)的感應比對長波的色光(帶紅色)的感應更靈敏。

8**【全始全終】** ㄑㄩㄢˊ ㄕˇ ㄑㄩㄢˊ ㄓㄨㄥ
始終如一。

9**【全音音階】** ㄑㄩㄢˊ ㄧㄣ ㄧㄣ ㄐㄧㄝ
(whole tone scale)一種由六個全音組成的音階。又稱六聲音階。在每兩個音之間，都是大二度音程；所造成的三和絃，都是增和絃。此種音階，具有一種迷離曖昧的魅力，'德布西'拿來創作其印象派音樂，著有效果。

【全軍覆沒】 ㄑㄩㄢˊ ㄐㄩㄣ ㄈㄨˋ ㄇㄛˋ
1軍隊全部喪亡。2比喻完全失敗。

【全神貫注】 ㄑㄩㄢˊ ㄕㄣˊ ㄍㄨㄢˋ ㄓㄨˋ
集中精神，傾注在一個目標上。

11**【全部保險】** ㄑㄩㄢˊ ㄅㄨˋ ㄅㄠˇ ㄒㄧㄢˇ
(full insurance)又稱足額保險。保險契約中約定的保險金額，與保險價額相等的保險。在保險事故發生時，若保險標的全部受損，保險人依照保險金額全部償付；如保險標的一部受損，則按照實際損失給付保險金。

【全部損失】 ㄑㄩㄢˊ ㄅㄨˋ ㄙㄨㄣˇ ㄕ
(total loss)又稱全損。被保險財物因危險事故發生，全部遭受毀損滅失的損失，保險人應按保險金額負全部補償之責。海上保險中，全部損失又有實際全損與推定全損之分。

【全球配額】 ㄑㄩㄢˊ ㄑㄧㄡˊ ㄆㄟˋ ㄜˊ
(global quota)又稱全球限額、環球配額。進口國對於某一種商品的進口設立一總限額，至於由那一國進口則不限制，但是一旦進口額達到總限額則不准再進口。

14【全稱命題】 ㄑㄩㄢˊ ㄔㄥ ㄇㄧㄥˋ ㄊㄧˊ
(universal proposition)與特稱命題相對。一個命題所道說的普及於一個集的所有分子,是爲全稱命題。例如:「'美國'歷任總統全是男性白種人。」即爲全稱命題,因爲它道及'美國'歷任總統這個集合的所有分子。

15【全盤變數】 ㄑㄩㄢˊ ㄆㄢˊ ㄅㄧㄢˋ ㄕㄨˋ
(global variable)電腦程式中某一區段或程式單元內所定義的變數,可在其他程式單元或其他區段共同使用,此類變數稱爲全盤變數。全盤變數常見於具有區段結構之程式語言中,如帕司卡(PASCAL)。

22【全權證書】 ㄑㄩㄢˊ ㄑㄩㄢˊ ㄓㄥˋ ㄕㄨ
(full powers)一國之外交代表與他國進行談判、商訂條約或參加會議時,須將其所具有之權限,明載於由該國元首或政府頒發之正式文書中,並攜交與對方當局,以示其代表本國政府談判、簽約或參加會議之全權。此項證書即全權證書。

4【全文資料庫】 ㄑㄩㄢˊ ㄨㄣˊ ㄗ ㄌㄧㄠˋ ㄎㄨˋ
(full-text data base) 指儲存文獻全部正文的資料庫。如期刊論文的全文、法院的判例或報紙評論的全文等。

8【全波整流器】 ㄑㄩㄢˊ ㄅㄛ ㄓㄥˇ ㄌㄧㄡˊ ㄑㄧˋ
(full-wave rectifier)一種整流電路,可以把輸入的交流波形,整個週期完整地變換成單向直流波形。橋式整流器就是一全波整流器。

12【全景照相機】 ㄑㄩㄢˊ ㄐㄧㄥˇ ㄓㄠˋ ㄒㄧㄤˋ ㄐㄧ
可拍攝橫向非常寬廣之景物範圍的照相機。機身包括旋轉鏡頭與曲面感光板,透過旋轉鏡頭使光線在短時間內掃過整個感光面而形成影像,拍攝出的景物左右對調。

9【全面同時播映】 ㄑㄩㄢˊ ㄇㄧㄢˋ ㄊㄨㄥˊ ㄕˊ ㄅㄛ ㄧㄥˋ
(roadblocking)廣告實務。某一地區,同時於所有電視臺或廣播電臺播放同一廣告,稱爲全面同時播映。

【全面品質管制】 ㄑㄩㄢˊ ㄇㄧㄢˋ ㄆㄧㄣˇ ㄓˋ ㄍㄨㄢˇ ㄓˋ
(total quality control; TQC)又稱全面品管。係針對與產品最終品質直接或間接有關的各項因素,實施類似最終產品品質管制的控制。市場調查、產品設計、製造方法、原料購儲、現場操作、人員士氣、製程控制、成品抽樣檢驗、包裝運輸、銷售服務等等各項工作,都是品質管理的對象。全面品管概念係由'美國'費根彭'(A. V. Feigenboum)所首倡。

【全面績效控制】 ㄑㄩㄢˊ ㄇㄧㄢˋ ㄐㄧ ㄒㄧㄠˋ ㄎㄨㄥˋ ㄓˋ
(total performance control)指企業組織爲求達成企業目標,在關注成本控制及利潤追求之外,對於企業的獲利能力、市場地位、生產力、產品領導能力、人力發展、員工態度、公共責任、企業形象等項目作整體績效之測度,並隨時對偏差者採取最適改進的措施。

5

㒳 兩的古文。

6

兩 ㊀ ㄌㄧㄤˇ *liang*³ 音倆
①量詞。十錢爲一兩,十六兩爲一斤。②數詞。二;成雙的。如:執其兩端。③技;技能。通作倆。如:技兩。④古軍制。二十五人爲兩。⑤車的單位名。通輛。
㊁ ㄌㄧㄤˋ *liang*⁴ 音輛
同㊀⑤。

5【兩可】 ㄌㄧㄤˇ ㄎㄜˇ
同時認可兩種相反或對立的事物;不置可否。

8【兩府】 ㄌㄧㄤˇ ㄈㄨˇ
①'漢代'以丞相、御史爲兩府。'宋代'以'中書省'、'樞密院'爲兩府。②指心與腸。

9【兩相】 ㄌㄧㄤˇ ㄒㄧㄤˋ
(two phase)也稱四分之一相。由相位差90°(即四分之一周)的兩波形所組成的電氣系統。

11【兩造】 ㄌㄧㄤˇ ㄗㄠˋ
法律訴訟中,原告與被告稱爲兩造。引申指對立的雙方。

12【兩棲】 ㄌㄧㄤˇ ㄑㄧ
①動物在水中及陸地都可生存。②兼屬兩個團體或從事兩種行業。

14【兩端】 ㄌㄧㄤˇ ㄉㄨㄢ
①指事物的本末、始終。②兩個極端。③指左右不定的態度。

【兩榜】 ㄌㄧㄤˇ ㄅㄤˇ
①指科舉時代的鄉試與會試。②指'唐代'進士考試的甲乙兩科。

15【兩儀】 ㄌㄧㄤˇ ㄧˊ
指陰陽。

19【兩難】 ㄌㄧㄤˇ ㄋㄢˊ
二者都爲難。

5【兩立性】 ㄌㄧㄤˇ ㄌㄧˋ ㄒㄧㄥˋ
(compatible) 在電視傳輸系統上,當所發射的是彩色信號,而黑白電視機在接收到彩色信號時,仍然有黑白畫面顯現;另一方面,若所發射的是黑白信號而彩色電視機在接收到黑白信號時,仍可以形成黑白畫面,這就是一般所謂的兩立性。

9【兩面光】 ㄌㄧㄤˇ ㄇㄧㄢˋ ㄍㄨㄤ
兩方面討好。

【兩面角】 ㄌㄧㄤˇ ㄇㄧㄢˋ ㄐㄧㄠˇ
(dihedral angle) 在立體幾何

中,共有一稜的兩半平面的基本圖形。以另一平面垂直其稜,截出的角,稱爲此兩面角的平面角,即圖中角AOB。兩面角的度量以此平面角爲之。

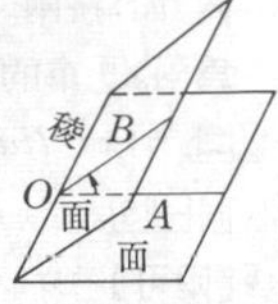

兩面角圖

10【兩院制】 ㄌㄧㄤˇ ㄩㄢˋ ㄓˋ
(bicameral system)爲議會組織較爲普遍的方式。創於'英國'。在兩院制之下,議會分爲兩個團體,分別開會,雙方決議一致,議案才能成立。議會分爲兩院,一院代表整個國民或普通國民,其名稱各國不盡相同,有平民院 (House of Commons)、眾議院 (House of Representatives)、第一院(The First Chamber)或下議院(The Lower House)。另一院代表特殊人物或地方團體,其名稱有下列數種:貴族院 (House of Lords)、參議院 (Senate)、第二院(The Second Chamber)或上議院(The Upper House)。

12【兩稅法】 ㄌㄧㄤˇ ㄕㄨㄟˋ ㄈㄚˇ
'唐德宗'時宰相'楊炎'所創。'安''史'亂後,戶籍散佚,土地兼併盛行,租庸調法敗壞。'楊炎'乃建議政府量出爲入,按民貧富分等課稅,每年分夏、秋二期徵輸,概以錢計,省其徭役。

20【兩黨制】 ㄌㄧㄤˇ ㄉㄤˇ ㄓˋ
指一國之內長時期有兩個主要政黨,彼此勢均力敵,以選舉決定進退,一個在朝,另一個在野,交相更迭的政黨制度。'英'、'美'兩國爲兩黨制運作最成功的國家。

3【兩小無猜】 ㄌㄧㄤˇ ㄒㄧㄠˇ ㄨˊ ㄘㄞ
幼年男女純眞無邪、兩無猜忌地交往。

6【兩全其美】 ㄌㄧㄤˇ ㄑㄩㄢˊ ㄑㄧˊ ㄇㄟˇ
兩方面都得到好處。

【兩合公司】 ㄌㄧㄤˇ ㄏㄜˊ ㄍㄨㄥ ㄙ
(limited partnership)指由無限責任股東與有限責任股東兩類合資組成的公司。兩合公司的設立與無限公司同,惟股東中,誰爲有限,誰爲無限,應於章程中載明。有限責任股東的責任,以出資定額爲限,非得無限責任股東四分之三以上之同意,不得將股份轉讓他人。無限責任股東,有對內執行業務,對外代表公司的權利與義務。兩合公司的優點有三:一、可使有信用與擁有資財者互取所長,共同經營企業。二、可集較鉅額之資本。三、執法業務者比較努力。缺點則爲兼具無限公司及股份有限公司之缺點。我國"公司法"自'民國'七十一年起,已取消兩合公司之規定。

8【兩性角色】 ㄌㄧㄤˇ ㄒㄧㄥˋ ㄐㄧㄠˇ ㄙㄜˋ
(sex roles)社會對不同性別者所加諸的社會規範與角色期望。即男女在行爲上有別。

【兩性雜交】 ㄌㄧㄤˇ ㄒㄧㄥˋ ㄗㄚˊ ㄐㄧㄠ
(dihybrid cross)做遺傳實驗時,選取的親代彼此有兩種性狀不一樣,交配後所得的第一子代,再互相交配,所得的後代稱爲第二子代。此種交配,稱爲兩性雜交。

9【兩相情願】 ㄌㄧㄤˇ ㄒㄧㄤ ㄑㄧㄥˊ ㄩㄢˋ
兩方面都願意。

10【兩袖清風】 ㄌㄧㄤˇ ㄒㄧㄡˋ ㄑㄧㄥ ㄈㄥ
形容爲官清廉,毫無積蓄。

11【兩敗俱傷】 ㄌㄧㄤˇ ㄅㄞˋ ㄐㄩˋ ㄕㄤ
雙方都受到傷害。

12【兩棲作戰】 ㄌㄧㄤˇ ㄑㄧ ㄗㄨㄛˋ ㄓㄢˋ
由海軍及登陸部隊搭乘船艦登陸敵岸所發動的攻擊。'諾曼第'登陸即爲一兩棲作戰實例。

【兩棲偵察】 ㄌㄧㄤˇ ㄑㄧ ㄓㄣ ㄔㄚˊ
由一小部隊所實施的陸、海兩棲偵察行動。通常隱密地進行以獲取情報,完成後即行撤退。我國通常以蛙人部隊進行兩棲偵察。

【兩腋生風】 ㄌㄧㄤˇ ㄧㄝˋ ㄕㄥ ㄈㄥ
形容人心神舒暢,彷彿要乘風飛升。

【兩稅合一】 ㄌㄧㄤˇ ㄕㄨㄟˋ ㄏㄜˊ ㄧ
(integration)又稱兩稅統合。指營利事業所得稅與綜合所得稅統合爲一,以避免重複課稅而言。其方法有廢除法人所得稅、以部分法人所得稅抵繳個人所得稅、個人股利所得免稅及單獨就未分配盈餘課稅等。

13【兩腳書櫥】 ㄌㄧㄤˇ ㄐㄧㄠˇ ㄕㄨ ㄔㄨˊ
比喻讀書多而不能活用的人。

【兩鼠鬥穴】 ㄌㄧㄤˇ ㄕㄨˇ ㄉㄡˋ ㄒㄩㄝˋ
比喻兩軍在狹隘之處作戰,沒有餘地逃生。

17【兩點套利】 ㄌㄧㄤˇ ㄉㄧㄢˇ ㄊㄠˋ ㄌㄧˋ
(two-point arbitrage)若兩種通貨在不同外匯市場的匯率不同,匯率套利者只要同時買賣這兩種通貨,必可賺取利潤。

19【兩願離婚】 ㄌㄧㄤˇ ㄩㄢˋ ㄌㄧˊ ㄏㄨㄣ
夫妻以消滅婚姻關係爲目的之要式契約。兩願離婚只要出諸當事人自願,不問有無法定原因,均可爲之,但未成年人應得法定代理人之同意。又兩願離婚,應以書面爲之,並應有二人以上證人簽名。兩願離婚後,關於子女之監護,由夫任之,但另有約定者,從其約定。

20【兩黨外交政策】 ㄌㄧㄤˇ ㄉㄤˇ ㄨㄞˋ ㄐㄧㄠ ㄓㄥˋ ㄘㄜˋ
(bipartisan foreign policy)在兩黨制國家,執政黨與在野黨爲了國家最高利益,並向國際間顯示團結,對若干重大外交政策問題,常表現一致的立場。如'美國'

'共和'、'民主'兩黨均支持"聯合國憲章"、"馬歇爾計畫"、"北大西洋公約"等。

7

兪 俞的或體。

夵 ㄑㄧˊ *ch'i*² 音奇
參差不齊。見"字彙補"。

八部

八 ㄅㄚ *pa*¹ 音巴
按:八的基本調是陰平,在去聲前變讀陽平。
[1]數詞。今公文、帳簿、支票等記數通作捌。'阿拉伯'數字作8。[2]第八。如:八號。[3]姓。'明'有'八通'。見"萬姓統譜·一〇七"。

4【八方】ㄅㄚ ㄈㄤ
八個方位。即東、西、南、北和東南、東北、西南、西北。一般指所有各方,與四方同義。

5【八石】ㄅㄚ ㄕˊ
指道士煉丹所用的八種石質原料。即硃砂、雄黃、雲母、空青、硫黃、戎鹽、硝石、雌黃等。

【八代】ㄅㄚ ㄉㄞˋ
[1]指三皇五帝的時代。[2]指'東漢'、'魏'、'晉'、'宋'、'齊'、'梁'、'陳'、'隋'八個朝代。

【八仙】ㄅㄚ ㄒㄧㄢ
傳說中道教的八位神仙。即'李鐵拐'、'鍾離權'、'張果老'、'何仙姑'、'藍采和'、'呂洞賓'、'韓湘子'、'曹國舅'。民間有許多關於他們的傳說故事,常作爲小說、戲劇的題材。如'明''吳元泰'"八仙出處東遊記";又有"八仙慶壽"等吉祥戲。

6【八字】ㄅㄚ ㄗˋ
算命術士就一個人出生的年、月、日、時,以天干地支配合成八個字,用來推算一生命運的禍福,稱爲八字。

【八成】ㄅㄚ ㄔㄥˊ
十分之八。比喻可能性很大。

【八行】ㄅㄚ ㄏㄤˊ
[1]書信的代稱。古代信箋多用八行。[2]指推薦信。

7【八戒】ㄅㄚ ㄐㄧㄝˋ
佛家稱不殺生、不偸盜、不邪淫、不妄語、不飮酒、不塗飾香鬘及觀聽歌舞、不眠坐高廣大床、不食非時食爲八戒。是八關齋戒的省稱。

8【八宗】ㄅㄚ ㄗㄨㄥ
佛教的八大宗派。即俱舍宗、成實宗、律宗、法相宗、三論宗、華嚴宗、天台宗、眞言宗。此爲東傳'日本'佛教八宗。今之'中國'八宗,指天台、禪宗、淨土、密宗、華嚴、律宗、三論、唯識。俱舍、成實二宗均已無傳。

【八法】ㄅㄚ ㄈㄚˇ
[1]指'中'醫師治病的八種方法:汗、吐、下、和、溫、淸、補、消。八法的運用在'漢''張機'"傷寒論"中已提出,但到'淸''程鐘齡'才綜合歸納得更爲詳盡。[2]即八風。[3]北派拳術稱手法、眼法、身法、步法、精神、氣息、勁力、功夫。

【八卦】ㄅㄚ ㄍㄨㄚˋ
"易經"中八種卜筮的符號。相傳爲'伏羲'所繪。即☰(乾)、☷(坤)、☳(震)、☴(巽)、☵(坎)、☲(離)、☶(艮)、☱(兌),分別代表天、地、雷、風、水、火、山、澤八種自然現象。

伏羲八卦方位圖

【八股】ㄅㄚ ㄍㄨˇ
[1]'明'、'淸'兩代科舉考試所規定的文章格式。共分破題、承題、起講、提比(起股)、虛比(虛股)、中比(中股)、後比(後股)、大結八部分。[2]指陳腔濫調的說辭。

【八佾】ㄅㄚ ㄧˋ
'周'天子所專用的八列舞樂。

9【八洞】ㄅㄚ ㄉㄨㄥˋ
指神仙或修道者的住所。道教認爲神仙所居的洞府,分上八洞和下八洞。

【八音】ㄅㄚ ㄧㄣ
[1]古代樂器分類名稱。金(鐘、鎛)、石(磬)、絲(琴、瑟)、竹(簫、笛)、匏(笙、竽)、土(塤、缶)、革(鼗、鼓)、木(柷、敔)。[2]民間器樂名。如'山西''五臺山'的"八音會"、'廣西''壯族'的"隆林八音",都是集各種樂器演奏。[3]'佛如來'音聲所具有的八種美質。一極好音,二柔軟音,三和適音,四尊慧音,五不女音,六不誤音,七深遠音,八不竭音。

【八珍】ㄅㄚ ㄓㄣ
[1]指龍肝、鳳髓、豹胎、鯉尾、鴞炙、猩脣、熊掌、酥酪蟬八種珍貴的菜肴。[2]泛指珍貴的食品。

【八垓】ㄅㄚ ㄍㄞ
八方的界限。

【八風】ㄅㄚ ㄈㄥ
[1]八方吹來的風。[2]佛家指衰、利、毀、譽、稱、譏、苦、樂。又稱八法。

10【八病】ㄅㄚ ㄅㄧㄥˋ
詩歌聲律的八種弊病。即平頭、上尾、蜂腰、鶴膝、大韻、小韻、旁紐、正紐。此種弊病的探索分析,始於'南朝''梁''沈約'等,至'唐'始有八病之名。

【八拳】ㄅㄚ ㄑㄩㄢˊ
拳術名。盛行於'湖南'。有八法,分十六手,故名。

【八哥】ㄅㄚ ㄍㄜ
(Formosan crested myna; *Acridotheres cristatellus formosanus*)又名八八鳥、鸜鵒。爲脊椎動物中屬於鳥綱

八哥圖

(class Aves)、雀形目(order Passeriformes)、八哥科(family Sturnidae)的一種。全身黑色,能習人語。

【八荒】 ㄅㄚ ㄏㄨㄤ
指極爲遙遠的地方。

【八紘】 ㄅㄚ ㄏㄨㄥˊ
指僻遠的地方。古人認爲天是圓的,地是方的,天地的交接處有八根綱維連繫著,稱爲八紘。

11【八訣】 ㄅㄚ ㄐㄩㄝˊ
'唐''歐陽詢'所定書法八要訣。即:丶,如高峰的墜石;㇄,如長空的新月;一,如千里的陣雲;丨,如萬歲的枯藤;㇂,如嶺松倒折落掛石崖;㇆,如萬鈞的弩射出;丿,如利劍斬斷的角;㇏,如一波常三過筆。

13【八極】 ㄅㄚ ㄐㄧˊ
八方的極限。指極遠的地方。

14【八旗】 ㄅㄚ ㄑㄧˊ
'滿清'入關以前的原始兵制。以旗爲單位,分正紅、正黃、正藍、正白、鑲紅、鑲黃、鑲藍、鑲白八色,總稱八旗。'滿'人皆分隸旗下,每旗各有和碩貝勒(和碩'滿'語爲部落,貝勒'女眞'語爲部長)一人爲旗主。'太宗'時,爲提高皇權及抑制旗主權力,乃經常更動各旗旗主。入關後採'漢'制,八旗漸失原來面目,最後僅成一種軍事制度而已。

【八綱】 ㄅㄚ ㄍㄤ
'中'醫指陰、陽、表、裡、寒、熱、虛、實八者。在臨床上運用這八個綱進行辨證,叫八綱辨證。即可運用八綱進行分析、歸納,以探求疾病的屬性、病變的部位、病勢的輕重、個體反應的強弱,從而作出判斷,作爲臨床診斷和治療的依據。

15【八德】 ㄅㄚ ㄉㄜˊ
指忠、孝、仁、愛、信、義、和、平八種美德。

17【八駿】 ㄅㄚ ㄐㄩㄣˋ
1'周穆王'的八匹良馬。2泛指駿馬。

19【八識】 ㄅㄚ ㄕˋ
佛家語。耳、目、鼻、舌、身、意六識之外,又有末那識、阿賴耶識,稱爲八識。

【八難】 ㄅㄚ ㄋㄢˊ
1佛家語。指難於見佛聞法的八種障礙。又名八處、八無暇。指一、地獄;二、餓鬼;三、畜生;四、生北俱盧洲無苦之處;五、生於長壽天、色界、無色界長壽安穩之處;六、生而聾盲瘖啞;七、世俗的聰辨;八、二佛住世眞理交替不明的時間及無佛法之世。2道教語。(1)謂人生學道,要經歷層次不同的八難:一、得生爲人,而欲捨女作男;二、得生作男,而欲才智明遠,形容端偉;三、諸善已備,而欲得生有道之國;四、貧窮而好道;五、富貴而信尙道士,尊奉經書;六、能受人之惡,而不與較;七、得見三洞寶經,而勤誦供養;八、值見仙眞說法教化之時而同志相遇。(2)指八種修攝的難關:一、不廢道心;二、不就明師;三、不託閑居;四、不捨世務;五、不割恩愛;六、不弄利欲;七、不除喜怒;八、不斷色欲。

20【八寶】 ㄅㄚ ㄅㄠˇ
'唐代'稱帝王的各種印章。

3【八大家】 ㄅㄚ ㄉㄚˋ ㄐㄧㄚ
八個著名的作家。1'唐代'的'韓愈'、'柳宗元'及'宋代'的'歐陽脩'、'蘇洵'、'蘇軾'、'蘇轍'、'王安石'、'曾鞏'爲古文八大家。2'清代''袁枚'、'邵荀慈'、'劉星煒'、'吳錫麒'、'曾燠'、'洪亮吉'、'孫星衍'、'孔廣森'爲駢文八大家。

4【八斗才】 ㄅㄚ ㄉㄡˇ ㄘㄞˊ
1高絕的才華。2才華高絕的人。

5【八正道】 ㄅㄚ ㄓㄥˋ ㄉㄠˋ
又名八聖道分、八聖道支。佛教認爲聖者所行之道有八種:一、正見,具有四諦的見解。二、正思維,思維四諦之義。三、正語,不作一切非理之語。四、正業,住於清淨之身業。五、正命,正當合法的生活方式。六、正精進,勤修涅槃之道法。七、正念,明記四諦之理。八、正定,心專注於一境,觀察四諦之理。

6【八字腳】 ㄅㄚ ㄗˋ ㄐㄧㄠˇ
走路時腳掌向外或向內撇開,形成八字的姿勢。

【八行書】 ㄅㄚ ㄏㄤˊ ㄕㄨ
參八行。

7【八角鼓】 ㄅㄚ ㄐㄧㄠˇ ㄍㄨˇ
1打擊樂器名。鼓身呈八角形。木製外框,單面蒙蟒皮,周圍嵌響鈴。演奏時以手指彈擊鼓面發出鼓聲,搖震鼓身發出鈴聲。2'滿族'曲藝名。流行於'北京'、'天津'、東北一帶,一人手持八角鼓自彈自唱。3流行於'北平'的單絃曲藝。

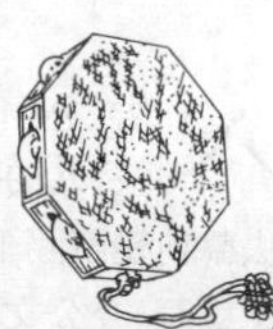
八角鼓圖

8【八卦拳】 ㄅㄚ ㄍㄨㄚˋ ㄑㄩㄢˊ
拳術名。也稱八卦掌、八盤掌。主要有八個換掌,故名。其特色爲用掌不用拳。

【八卦槍】 ㄅㄚ ㄍㄨㄚˋ ㄑㄧㄤ
槍術名。槍桿貼身,游走圓圈以取敵。

【八卦劍】 ㄅㄚ ㄍㄨㄚˋ ㄐㄧㄢˋ
劍術名。身形游走,以挑、托、抹、掛、刷、搜、閉、掃、順、截等法擊敵。

【八股文】 ㄅㄚ ㄍㄨˇ ㄨㄣˊ
文體名。'明'、'清'科舉考試所規定按八股格式寫成的文章。又名制藝、時藝、時文、制義、八比文。因文題皆出自"四書",故又稱四書文。

9【八段錦】 ㄅㄚ ㄉㄨㄢˋ ㄐㄧㄣˇ
我國固有的健身術。有文武之分,文八段採坐姿,凡:靜坐、導引、按摩、鳴天鼓、叩齒、聰耳、揉泥丸宮、摩擦足心;武八段採立姿,凡:

雙手擎天理三焦、左右開弓似射鵰、調理脾胃單舉手、五勞七傷往後瞧、搖頭擺尾去心火、兩手攀足固腎腰、攢拳怒目增氣力、背後七顛百病消。

10【八陣圖】 ㄅㄚ ㄓㄣˋ ㄊㄨˊ
古代作戰時一種隊形的佈置。'蜀漢''諸葛亮'所創。

【八閃番】 ㄅㄚ ㄕㄢˇ ㄈㄢ
拳術名。流行於'明代';'清'末'民'初,'上海''精武體育會'猶有人傳授。

13【八極拳】 ㄅㄚ ㄐㄧˊ ㄑㄩㄢˊ
取熊虎二形,以發沈墜、十字、纏絲三種勁道爲主的拳術。發源於'河北省''滄縣'。

19【八關齋】 ㄅㄚ ㄍㄨㄢ ㄓㄞ
指佛教徒持齋以戒八惡名。其制始於'南朝''宋''齊'之時。同八戒。

4【八王之亂】 ㄅㄚ ㄨㄤˊ ㄓ ㄌㄨㄢˋ
'晉惠帝'時宗室諸王的叛亂。'惠帝'昏愚異常,'賈后'乘機弄權,把持朝政,'汝南王''亮'、'楚王''瑋'、'趙王''倫'、'齊王''冏'、'成都王''穎'、'河間王''顒'、'長沙王''乂'、'東海王''越'亦相率舉兵爭奪政權,引發長期骨肉相殘的悲劇。

【八木天線】 ㄅㄚ ㄇㄨˋ ㄊㄧㄢ ㄒㄧㄢˋ
(Yagi antenna)由'日本'科學家'八木'所設計的天線。其主要結構爲一驅動元件、一或多個反射元件及一或多個導向管元件。

5【八仙過海】 ㄅㄚ ㄒㄧㄢ ㄍㄨㄛˋ ㄏㄞˇ
比喻各顯本領。八仙,指民間傳說的八位仙人。參八仙。

9【八面玲瓏】 ㄅㄚ ㄇㄧㄢˋ ㄌㄧㄥˊ ㄌㄨㄥˊ
①四面八方都敞亮通明。②比喻言行巧妙,各方面都應付得圓滑周到。

【八面威風】 ㄅㄚ ㄇㄧㄢˋ ㄨㄟ ㄈㄥ
形容威勢極盛。

【八拜之交】 ㄅㄚ ㄅㄞˋ ㄓ ㄐㄧㄠ
指結拜兄弟。

10【八索九丘】 ㄅㄚ ㄙㄨㄛˇ ㄐㄧㄡˇ ㄑㄧㄡ
指上古的典籍。

【八荒九垓】 ㄅㄚ ㄏㄨㄤ ㄐㄧㄡˇ ㄍㄞ
泛指四方偏遠的地區。九垓,九州之界。

11【八國聯軍】 ㄅㄚ ㄍㄨㄛˊ ㄌㄧㄢˊ ㄐㄩㄣ
'清''光緒'二十六年(1900),'慈禧太后'及若干朝臣袒護拳民作亂,'清'軍'董福祥'部亦入京與之匯合,拆鐵路電線,毀教堂,殺教士、教民及'日'、'德'使臣。'英'、'美'、'法'、'德'、'日'、'俄'、'奧'、'義'八國乃組成聯軍攻陷'大沽','慈禧'下詔宣戰,聯軍繼取'天津'、'北京',肆意蹂躪,'慈禧'與'德宗'出奔'西安',東南各省因倡自保運動,免被兵禍。其後,'清'廷命'李鴻章'與各國議和,簽訂"辛丑條約"。

13【八號分機】 ㄅㄚ ㄏㄠˋ ㄈㄣ ㄐㄧ
爲'臺灣省警務處'辦理刑事案件的專設電話分機。凡下級報案,以及上級通報命令,由八號分機轉遞者,均可優先接轉。故八號分機已成爲警政辦案轉遞案情的專有名詞。

1【八一三之役】 ㄅㄚ ㄧ ㄙㄢ ㄓ ㄧˋ
'民國'二十六年八月十三日,'日'軍繼發動七七事變後,又進攻'上海'。我軍奮勇抵抗,屢挫敵鋒,'日'軍陸續增援達二十餘萬,激戰兩月餘後,'日'軍自'金山衛'('杭州灣'北岸)登陸,側擊'上海',我軍始於十一月九日全線撤退。此役完全粉碎'日'軍速戰速決之計畫,'中國'全面抗戰因此展開。

2【八二三砲戰】 ㄅㄚ ㄦˋ ㄙㄢ ㄆㄠˋ ㄓㄢˋ
'民國'四十七年八月二十三日夜,'共'軍開始濫轟'金門',是晚即發射57,533發砲彈,至四十八年元月七日砲戰結束止,總計射擊618,690發砲彈,國軍反砲戰則耗用約128,000發砲彈,因國軍戰備優良,終於粉碎匪軍跨海謀我的企圖。

2

六 ㄌㄧㄡˋ liu^4 音餾 讀音 ㄌㄨˋ lu^4 音陸

①數詞。今公文、帳簿、支票等記數通作陸。'阿拉伯'數字作6。②第六。如:六號。③稱"易"卦的陰爻。如:六二。

2【六丁】 ㄌㄧㄡˋ ㄉㄧㄥ
①曆法的名稱。指干支中的丁丑、丁卯、丁巳、丁未、丁酉、丁亥。②六甲中的丁神。如甲子爲首的十天裡,丁卯就是神,甲寅爲首的十天裡,丁巳就是神。

3【六工】 ㄌㄧㄡˋ ㄍㄨㄥ
古代六種工匠,即土工、金工、石工、木工、獸工、草工。

【六么】 ㄌㄧㄡˋ ㄧㄠ
'唐代'盛行的大曲名之一。也稱"綠腰"、"錄要"、"樂世"。用琵琶演奏,屬軟舞類,由女子獨舞。節奏由慢而快,舞蹈柔美輕盈。'宋代'教坊大曲及官本雜劇段數中,仍保留許多"六么"的名目。

4【六壬】 ㄌㄧㄡˋ ㄖㄣˊ
術數的一種,道教用作占驗法。六十甲子中,壬有六個(壬申、壬午、壬辰、壬寅、壬子、壬戌),故名六壬。乃用刻有干支的兩個木盤(上名天盤,下名地盤),在同一中軸上相疊合,轉動天盤,任其自行停止後,驗其上下所合的干支及時辰,以定吉凶。

5【六甲】 ㄌㄧㄡˋ ㄐㄧㄚˇ
①指干支中的甲子、甲戌、甲申、甲午、甲辰、甲寅六組。②道教神名。③指屬於紫微垣的六顆星。④舊稱婦人懷孕爲身懷六甲。⑤五行方術的一種。

6【六合】 ㄌㄧㄡˋ ㄏㄜˊ
①指天、地、四方。②術數家選擇

良辰吉日，需月建和日辰相合，子與丑合，寅與亥合，卯與戌合，辰與酉合，巳與申合，午與未合，稱爲六合。

7【六呂】 ㄌㄧㄡˋ ㄌㄩˇ
十二律中的陰律。即大呂、夾鐘、仲呂、林鐘、南呂、應鐘。

【六何】 ㄌㄧㄡˋ ㄏㄜˊ
(5Ws and 1H)在新聞事件報導中所含有的事實。包括「何事」(what)、「何人」(who)、「何地」(where)、「何時」(when)、「何故」(why)與「如何」(how)六類。

8【六法】 ㄌㄧㄡˋ ㄈㄚˇ
原指"憲法"、"刑法"、"民法"、"商法"(有指"行政法"者)、"民事訴訟法"、"刑事訴訟法"，但現在已擴大其意義，將各種法律的彙編稱爲六法，例如"六法全書"。

9【六軍】 ㄌㄧㄡˋ ㄐㄩㄣ
'周'制，一萬二千五百人爲一軍。天子有六軍。也稱六師。後用以稱國家軍隊。

【六度】 ㄌㄧㄡˋ ㄉㄨˋ
佛家語。指布施、持戒、忍辱、精進、禪定、智慧等六種波羅蜜。

【六祖】 ㄌㄧㄡˋ ㄗㄨˇ
佛教禪宗在'中國'衣缽相傳的第六代祖師。指'慧能'大師，他是'中國'禪宗眞正的開創人。

【六神】 ㄌㄧㄡˋ ㄕㄣˊ
①天地四方之神。②主宰心、肺、肝、腎、脾、膽六臟的神。俗語說六神無主，即此。

【六峜】 ㄌㄧㄡˋ ㄐㄧˋ
算法名。指乾、離、艮、兌、坎、坤。

【六律】 ㄌㄧㄡˋ ㄌㄩˋ
十二律中的陽律。即黃鐘、太簇、姑洗、蕤賓、夷則、無射。

10【六畜】 ㄌㄧㄡˋ ㄔㄨˋ
指馬、牛、羊、雞、犬、豕。

【六書】 ㄌㄧㄡˋ ㄕㄨ
①指象形、指事、會意、形聲、轉注、假借。②六種書寫的字體。'王莽'時將八體書改爲六體書，即古文、奇字、篆書、左書、繆篆、鳥蟲書。

【六馬】 ㄌㄧㄡˋ ㄇㄚˇ
指拉天子車的六匹馬。

【六根】 ㄌㄧㄡˋ ㄍㄣ
佛家語。指眼、耳、鼻、舌、身、意。眼爲視根、耳爲聽根、鼻爲嗅根、舌爲味根、身爲觸根、意爲慮根。六者皆爲俗世煩惱罪業之源，故佛家主張六根清淨。

【六氣】 ㄌㄧㄡˋ ㄑㄧˋ
①指自然界一年中風、寒、暑、溼、燥、火六種氣候因素。也稱六淫。②指人體的精、氣、津、液、血、脈六種生命活動的基本因素。都是由飲食水穀的精氣所化生，故稱六氣。③即吹、呼、嘻、呵、噓、呬。佛家以這六種脣形發出的氣音治病。吹配腎，呼配脾，嘻配三焦，呵配心，噓配肝，呬配肺。④古代道教養生術中所謂吸食六種精華之氣，六氣之說有二：一、春食朝霞，朝日將出，赤黃之氣；秋食淪陰，日沒以後，其氣赤黃；冬飲沆瀣，北方夜半之氣；夏食正陽，南方日中之氣；並天地玄黃之氣，是爲六氣。二、平旦爲朝霞、日中爲正陽、日入爲飛泉、夜半爲沆瀣、天玄、地黃爲六氣。從半夜至日中爲生炁(一作氣)，從日中至夜半爲死炁。

11【六淫】 ㄌㄧㄡˋ ㄧㄣˊ
'中'醫指外感致病因素風、寒、暑、溼、燥、火六種病邪的合稱。也稱六氣。六淫不但影響人體對氣候變化的反應性，並可助長病毒體的繁殖，太過、不及或不應節氣的時候，易造成致病的原因。因「邪自外入」，故又稱外邪，爲外感病症的致病因素。

【六部】 ㄌㄧㄡˋ ㄅㄨˋ
①'隋'以後朝廷分掌國務的六個部門。即：吏、戶、禮、兵、刑、工六部。②六個部位。

【六通】 ㄌㄧㄡˋ ㄊㄨㄥ
佛家語。指六種神通力：一、神境通，又稱神足通、如意通。能變化自如，遊涉往來自在。二、天眼通，能照色界及欲界六道中遠近粗細各物。三、天耳通，能聞六道眾生的言語及一切聲音。四、他心通，能得知眾生一切思欲。五、宿命通，能知宿世一切生命行事。六、漏盡通，能滅盡煩惱，離三界死生之苦，知十方有情的通力。

【六欲】 ㄌㄧㄡˋ ㄩˋ
指生、死、耳、目、口、鼻等六種欲念。

12【六朝】 ㄌㄧㄡˋ ㄔㄠˊ
①指'吳'、'東晉'、'宋'、'齊'、'梁'、'陳'六個朝代。②指'魏'、'晉'、'後魏'、'北齊'、'北周'、'隋'。③泛指'三國'至'隋'的歷史階段。

【六腑】 ㄌㄧㄡˋ ㄈㄨˇ
指膽、胃、大腸、小腸、膀胱、三焦。也作六府。

13【六義】 ㄌㄧㄡˋ ㄧˋ
①指風、雅、頌、賦、比、興。前三者爲"詩經"內容的類別；後三者爲詩歌創作的方法。②即六書。參六書①。

【六道】 ㄌㄧㄡˋ ㄉㄠˋ
①指頭部的耳、目、鼻、口和下體的前後二孔。②陰陽家指天、地、兵、人、鬼、死。③佛家指天、人、阿修羅、地獄、餓鬼、畜生。

【六經】 ㄌㄧㄡˋ ㄐㄧㄥ
①指"詩"、"書"、"易"、"禮"、"樂"、"春秋"。又稱六藝。②經脈學上所指太陽經、太陰經、陽明經、少陽經、少陰經、厥陰經的合稱。依陰陽手足及所屬臟腑來分類和定名，而分有十二經絡。③古代臨床上用六經的名稱及其表現的症候特點，來說明疾病部位深淺和疾病進行發展情況。參六經辨證。

15【六樂】 ㄌㄧㄡˋ ㄩㄝˋ
指"雲門"、"大咸"、"大韶"、"大夏"、"大濩"、"大武"。相傳"雲門"

爲‘黃帝’之樂,“大咸”爲‘堯’樂,“大韶”爲‘舜’樂,“大夏”爲‘禹’樂,“大濩”爲‘湯’樂,“大武”爲‘周武王’之樂。

16【六親】 ㄌㄧㄡˋ ㄑㄧㄣ
六種親戚關係。①父、母、兄、弟、妻、子。②父、子、兄、弟、夫、婦。③父子、兄弟、姑姊、甥舅、婚媾、姻婭。④父子、兄弟、從父兄弟、從祖兄弟、從曾祖兄弟、同族兄弟。

17【六禮】 ㄌㄧㄡˋ ㄌㄧˇ
①指冠、婚、喪、祭、鄉飲酒、相見等禮。②指婚禮的納采、問名、納吉、納徵、請期、親迎。③指朝、宗、覲、遇、會、同等朝見禮。④肆獻祼、饋食、祠、禴、嘗、烝等宗廟祭享禮。

19【六識】 ㄌㄧㄡˋ ㄕˋ
佛家語。指六根對外的領受作用。即眼識、耳識、鼻識、舌識、身識、意識。識,指認識、判別、體悟外物屬性的功能。

【六韜】 ㄌㄧㄡˋ ㄊㄠ
舊題‘周’‘呂望’撰,歷代學者多疑其出於後人所僞託。六卷,分文、武、龍、虎、豹、犬等六韜,論政經軍事之原則、策略。

【六藝】 ㄌㄧㄡˋ ㄧˋ
①指禮、樂、射、御、書、數。②指六經。

4【六分儀】 ㄌㄧㄡˋ ㄈㄣ ㄧˊ
(sextant)測量角度之複反射儀器。一般用來測量天體的高度。六分儀原指有60°弧之儀器,然近代90°的八分儀、144°的五分儀及180°的四分儀均稱六分儀。船用的六分儀包括儀架、分度弧、指標臂桿、水平鏡、望遠鏡等。

6【六合拳】 ㄌㄧㄡˋ ㄏㄜˊ ㄑㄩㄢˊ
北派拳術。練拳時內要精氣神相合,外要手眼身相合,並須內外相合,故名。

7【六君子】 ㄌㄧㄡˋ ㄐㄩㄣ ㄗˇ
指‘清’‘光緒’時,因戊戌政變而遇害的‘譚嗣同’、‘林旭’、‘楊銳’、‘劉光第’、‘楊深秀’、‘康廣仁’。

14【六碳醣】 ㄌㄧㄡˋ ㄊㄢˋ ㄊㄤˊ
(hexose)一個分子中含有六個碳原子的醣類,稱爲六碳醣或己醣。其分子式爲$C_6H_{12}O_6$,如葡萄糖。

19【六藝論】 ㄌㄧㄡˋ ㄧˋ ㄌㄨㄣˋ
‘漢’‘鄭玄’撰,一卷。六藝即六經,其書論次六經,故名。原書佚,‘清’‘陳鱣’、‘馬國翰’各有輯本。

2【六十種曲】 ㄌㄧㄡˋ ㄕˊ ㄓㄨㄥˇ ㄑㄩˇ
‘明’‘毛晉’編。除“西廂記”爲‘元’雜劇,餘皆‘明’人傳奇。

3【六才子書】 ㄌㄧㄡˋ ㄘㄞˊ ㄗˇ ㄕㄨ
指“莊子”、“離騷”、“史記”、‘杜甫’詩、“水滸傳”、“西廂記”。‘清’‘金聖歎’所訂。

4【六尺之孤】 ㄌㄧㄡˋ ㄔˇ ㄓ ㄍㄨ
指未成年的孤兒。

【六月飛霜】 ㄌㄧㄡˋ ㄩㄝˋ ㄈㄟ ㄕㄨㄤ
傳說‘戰國’時,‘鄒衍’事‘燕惠王’,因讒下獄,時雖六月(一說五月)而上天下雪,以示警惕。後用爲冤獄的典故。

5【六甲靈飛】 ㄌㄧㄡˋ ㄐㄧㄚˇ ㄌㄧㄥˊ ㄈㄟ
道教符籙名。凡有六甲靈飛符,就能驅遣六甲之神,聽命行事。

9【六神無主】 ㄌㄧㄡˋ ㄕㄣˊ ㄨˊ ㄓㄨˇ
形容人茫然不知適從。

10【六馬仰秣】 ㄌㄧㄡˋ ㄇㄚˇ ㄧㄤˇ ㄇㄛˋ
形容音樂動聽。相傳‘伯牙’善鼓琴,琴聲能使正在吃草的馬仰起頭來聽。見“荀子·勸學”及“韓詩外傳·六”。

【六根清淨】 ㄌㄧㄡˋ ㄍㄣ ㄑㄧㄥ ㄐㄧㄥˋ
佛家語。指眼、耳、鼻、舌、身、意的六根純潔而不摻雜慾念。

12【六朝金粉】 ㄌㄧㄡˋ ㄔㄠˊ ㄐㄧㄣ ㄈㄣˇ
指六朝京都‘金陵’的繁華。

13【六號分機】 ㄌㄧㄡˋ ㄏㄠˋ ㄈㄣ ㄐㄧ
警方爲擴大犯罪資料的應用及加強對各地警察機關的服務所成立的犯罪資料查詢臺。成立於‘民國’五十五年,隸屬於‘刑警局’紀錄科。

【六經辨證】 ㄌㄧㄡˋ ㄐㄧㄥ ㄅㄧㄢˋ ㄓㄥˋ
‘中’醫對外感疾病辨證的方法之一。‘東漢’‘張機’在六經的基礎上結合外感傷寒病傳變情況歸納出來的六個辨證綱領。即太陽、少陽、陽明、太陰、少陰、厥陰。‘中’醫臨床上多用六經的名稱及其所表現的症候特點,說明疾病部位的深淺、發展的階段,作爲治療急性熱病時的參考;但若能結合營、衛、氣、血的辨證,則更趨完備。

16【六親不和】 ㄌㄧㄡˋ ㄑㄧㄣ ㄅㄨˋ ㄏㄜˊ
家族不和睦。

【六親不認】 ㄌㄧㄡˋ ㄑㄧㄣ ㄅㄨˋ ㄖㄣˋ
①形容絕情寡義,背親忘祖。②形容鐵面無私,不顧情面。

19【六韜三略】 ㄌㄧㄡˋ ㄊㄠ ㄙㄢ ㄌㄩㄝˋ
泛稱古兵書。

2【六十進位制】 ㄌㄧㄡˋ ㄕˊ ㄐㄧㄣˋ ㄨㄟˋ ㄓˋ
(sexagesimal system)以60爲底數的進位記數法。如1小時=60分,1分=60秒。此制源自古‘巴比倫’文明。

兮

ㄒㄧ *hsi*1 音希
助詞。用以表示停頓或感歎。如:力拔山兮氣蓋世。

公

ㄍㄨㄥ *kung*1 音工
①正直無私。如:公平。②共同的;共有的。如:公害。③公開。如:公然作弊。④古時五等爵位(公、侯、伯、子、男)的第一等。⑤古官名。是帝王的輔相,位最尊貴。如:三公九卿。⑥對祖父、父、丈夫之父的稱謂。如:公婆。⑦對長老或平輩的尊稱。如:老公公。

⑧雄性動物。

4【公文】ㄍㄨㄥ ㄨㄣˊ

政府機關爲處理公務所來往的文書。現行公文,依行文系統,可分爲上行文、平行文、下行文三類;其名稱有令、呈、咨、函、公告、其他公文等六種。

【公尺】ㄍㄨㄥ ㄔˇ

代號爲m。長度單位。一公尺等於光在眞空中於 $\frac{1}{299,792,458}$ 秒時間內所行經的距離。爲西元1983年第十七屆'國際度量衡大會'決議採用。

【公比】ㄍㄨㄥ ㄅㄧˇ

(common ratio)等比級數任意一項與其前項之比均相等,此相等之比率叫做公比。例如:1,3,9,27,81,……之等比級數之公比爲3,而$x, rx, r^2x, \cdots\cdots r^nx, \cdots\cdots$之公比則爲$r$。

【公允】ㄍㄨㄥ ㄩㄣˇ

公平;不偏袒。

【公升】ㄍㄨㄥ ㄕㄥ

代號爲 l。立方公尺的併用單位。等於一立方公尺的千分之一。

【公斤】ㄍㄨㄥ ㄐㄧㄣ

代號爲kg。質量單位。根據西元1889年'國際度量衡大會'規定,一公斤等於國際公認公斤原器的質量。

【公分】ㄍㄨㄥ ㄈㄣ

代號爲cm。公尺的併用單位。等於一公尺的百分之一。

【公公】ㄍㄨㄥ ˙ㄍㄨㄥ

①祖父。②丈夫的父親。③對老年人的敬稱。④舊稱宦官。

5【公平】ㄍㄨㄥ ㄆㄧㄥˊ

不偏私。

【公正】ㄍㄨㄥ ㄓㄥˋ

正直無私。

【公司】ㄍㄨㄥ ㄙ

(corporation; company) 指以營利爲目的而依據"公司法"組織登記成立之社團法人。可分爲四種型態:一、無限公司,由兩個以上負有連帶無限清償責任之出資人共同組織之社團法人。二、有限公司,是由五人以上,二十一人以下的有限責任股東所組織的公司。三、兩合公司,是由無限責任股東與有限責任股東所共同組織的公司。四、股份有限公司,是由七個人以上的有限責任股東所發起的公司,股東就出資額負有限責任。

【公民】ㄍㄨㄥ ㄇㄧㄣˊ

具有一國國籍,而又享有公法上權利及負擔公法義務的人。國民未必都享有公權及負公法義務,故與公民不同。國民如具有公民資格,在法律上則享有憲法所賦予的權利。'中華民國'公民有選舉、罷免、創制、複決之權("憲法"第十七條)。

【公布】ㄍㄨㄥ ㄅㄨˋ

公開宣布。

【公田】ㄍㄨㄥ ㄊㄧㄢˊ

①井田居中的一區田地。②公有的田地。

6【公式】ㄍㄨㄥ ㄕˋ

①一般的定規。②(formula)⑴方程式中,對於同類問題的任何情形都可適用,不必證明就可用來求解的,叫做公式。例如a,b二數的和爲s,其差爲d,以a爲大數,b爲小數,求二數的公式爲 $a=\frac{1}{2}(s+d),\ b=\frac{1}{2}(s-d)$。⑵物理學上,表示相關物理量間之關係的結論性數學式亦稱爲公式。如求單擺週期的公式爲$T=2\pi\sqrt{\frac{\ell}{g}}$,其中$\ell$爲擺長,$g$爲重力加速度。

【公休】ㄍㄨㄥ ㄒㄧㄡ

同業議定的停業休息日。

7【公決】ㄍㄨㄥ ㄐㄩㄝˊ

由公眾決定;公眾的決定。

【公社】ㄍㄨㄥ ㄕㄜˋ

①古代祭祀天地鬼神的地方。②(commune)一種公有制的經濟或社會組織。也指自治團體的政治機關和它所統治的區域。公社通常是一規模小且自給自足的互助性團體組織。早期的公社社員是志願參加的;但'中國'大陸近年來實行的公社制則是強迫性的。参公社主義。

【公車】ㄍㄨㄥ ㄔㄜ

①古代的兵車。②古代的官車。③'漢代'官署名。掌管皇宮司馬門的警衛,並負責接待上書和徵召的臣民。④今公共汽車的省稱。

【公克】ㄍㄨㄥ ㄎㄜˋ

代號爲g,簡稱克。公斤的併用單位。等於一公斤的千分之一。

【公里】ㄍㄨㄥ ㄌㄧˇ

代號爲km。公尺的併用單位。等於一千公尺。

【公告】ㄍㄨㄥ ㄍㄠˋ

①公布。②公文的一種。各機關就主管業務向公眾或特定對象宣布時用。

8【公空】ㄍㄨㄥ ㄎㄨㄥ

各國領空以外的天空。從國際公法的角度而言,它不屬於任何國家主權的範圍,原則上各國均得自由使用。

【公法】ㄍㄨㄥ ㄈㄚˇ

①相對於私法,二者之區別有下列三說:一、權力說:凡法所規定的內容與國家權力發生關聯,亦即受法律適用之主體彼此非居於平等地位,而所定事項又涉及權力與服從之關係者,其法即爲公法;反之,法所規定者爲私人間之關係,亦即平等者間之關係者,則屬私法。二、主體說:凡規定國家與其公共團體相互間,或此二者與人民間之關係的法律是爲公法;反之,規定個人相互間之關係的法律爲私法。三、利益說:以規定公益爲目的之法爲公法;以規定私益爲目的之法爲私法。依通說見解,憲法、行政法、刑法、訴訟法,以及國際公法等係屬公

法。②'歐幾里得'於其"原本"中列出基本之作圖方式，稱爲公法。一、兩點可以連出一線；二、直線可以延長；三、給予圓心及半徑可作圓；四、直角皆相等；五、過直線外一點可作一直線與之平行(此爲著名之平行公理)。

【公事】ㄍㄨㄥ ㄕˋ
①公家的事務。②指公文。③指犯人。

【公函】ㄍㄨㄥ ㄏㄢˊ
①機關間往來的公文。②多人共同署名的函件。

【公秉】ㄍㄨㄥ ㄅㄧㄥˇ
代號爲 kl。立方公尺的併用單位。等於一千公升或一立方公尺。

【公制】ㄍㄨㄥ ㄓˋ
(metric system)即萬國公制或米突制。爲'法國'的度量衡制。採十進位制，以一公尺、一公升、一立方公尺、一公斤、十平方公尺，分別爲長度、容積、體積、重量、面積的基本單位。由於計算方便，已爲國際貿易界普遍採用。

【公物】ㄍㄨㄥ ㄨˋ
①供大眾公用的器物。如鐵公路、橋樑等。②公家的器物。

【公帑】ㄍㄨㄥ ㄊㄤˇ
公家的財產。

【公使】ㄍㄨㄥ ㄕˇ
(envoy; minister)一國向接受國元首派遣之第二級使館館長。除關於優先地位及禮儀之事項外，公使不得因其所屬等級而與大使有差別待遇(西元1961年"維也納外交關係公約"第十四條)，故其職權一般與大使無異。

【公所】ㄍㄨㄥ ㄙㄨㄛˇ
①古時君王的宮室。②處理公眾事務的地方。

9【公約】ㄍㄨㄥ ㄩㄝ
①若干國家對國際相關事務共同訂定的條約。②團體對某些事項的共同約定。

10【公家】ㄍㄨㄥ ㄐㄧㄚ
指國家的公務單位。

【公案】ㄍㄨㄥ ㄢˋ
①官府的案件。②舊時官吏審案的桌子。③佛家禪宗認爲用機鋒語來解決修道上的疑難問題，有如官府判案，所以也稱公案。

【公海】ㄍㄨㄥ ㄏㄞˇ
(high seas)不屬於任何國家之領海、內水、專屬經濟區或群島水域的全部海域。其爲各國所共有，任何國家不得將公海的任何部分置於其主權之下，公海之使用應只限於和平用途。

【公畝】ㄍㄨㄥ ㄇㄨˇ
代號爲 a 。平方公尺的併用單位。等於一百平方公尺。

【公差】㊀ㄍㄨㄥ ㄔㄞ
①執行公務的差役。②因公務而出差。
㊁ㄍㄨㄥ ㄔㄚ
①(common difference)一數列任何相鄰兩項之差皆相等，則稱爲公差。②(tolerance)指所規定之最大值與最小值之差。例如：20±2，最大值爲22，最小值爲18，公差爲 4 。

【公益】ㄍㄨㄥ ㄧˋ
公眾的利益或有益公眾的事。

11【公理】ㄍㄨㄥ ㄌㄧˇ
①世人公認的道理。②指在一個系統中，不經證明而設定其成立的命題。而此系統中，其他須依據推論規則，由公理證明出來的命題，叫做定理。

【公頃】ㄍㄨㄥ ㄑㄧㄥˇ
代號爲ha。平方公尺的併用單位。等於一萬平方公尺。

【公務】ㄍㄨㄥ ㄨˋ
公事。

【公堂】ㄍㄨㄥ ㄊㄤˊ
①國君的廳堂。②官府的大堂。③指法庭。

【公國】ㄍㄨㄥ ㄍㄨㄛˊ
凡君主國家之元首，均可稱之爲君主。其產生，大體上皆係由一家系世襲而來。例如我國從前的皇帝，'英國'、'丹麥'的國王，'盧森堡'的大公(grand duke)，'摩納哥'的公(prince)，均爲(或曾爲)各該國之君主。由是，凡以大公或公爲國家元首的國家，稱爲公國。

【公眾】ㄍㄨㄥ ㄓㄨㄥˋ
大眾；群眾。

【公娼】ㄍㄨㄥ ㄔㄤ
法令許可的娼妓。

【公祭】ㄍㄨㄥ ㄐㄧˋ
設靈堂供死者的親友、同僚、門生等祭弔。

【公假】ㄍㄨㄥ ㄐㄧㄚˋ
員工奉派參加會議、受訓、考察，或受兵役召集，或參加國家所舉辦之考試，必須離開辦公處所者，得請公假；因公傷病治療者亦得請公假。公假的期間視需要定之。

12【公寓】ㄍㄨㄥ ㄩˋ
又稱集合住宅。二層以上之多戶住宅建築物。住戶出入共用一樓梯。

【公訴】ㄍㄨㄥ ㄙㄨˋ
凡有人觸犯刑法，經偵察犯人和證據，認爲有犯罪嫌疑者，由檢察官向法院起訴，請求加以審判，叫公訴。和私人提出告訴不同。

【公報】ㄍㄨㄥ ㄅㄠˋ
①代表國家、政府或政黨、團體所發表關於重大事件或會議經過與決議等的正式文件。②經由兩個或兩個以上的國家、政府、政黨、團體的代表在會議中會商後共同發表有關會談的結論，或就某些問題達成協議的正式文件。也稱聯合公報或新聞公報。③由政府編印的刊物，其中專門刊載法律、法令、決議、命令、條約、協定或其他官方的文件。

【公款】ㄍㄨㄥ ㄎㄨㄢˇ
公家的經費。

【公然】ㄍㄨㄥ ㄖㄢˊ
在眾人面前無所顧忌。

13【公意】ㄍㄨㄥ ㄧˋ

大多數人的意見。

【公道】 ㄍㄨㄥ ㄉㄠˋ
1大公無私的道理。2公平合理。

【公幹】 ㄍㄨㄥ ㄍㄢˋ
處理公務。

【公路】 ㄍㄨㄥ ㄌㄨˋ
係指國道、省道、縣道等通行汽車的道路。至於城市、鄉鎮內之道路，屬於公路路線系統者，也視同公路。

【公債】 ㄍㄨㄥ ㄓㄞˋ
(government bonds)政府爲平衡財政收支或籌措建設資金，向國民所徵募的債務。一般多由政府印製債券，由民間自由認購。債券或記名或不記名。公債以償還期限可分定期公債與永久公債。定期公債除每年付息外，於規定期間內由政府償還；永久公債則僅付息而永不還本。由於公債的債信堅強，本金安全，且兼利息優厚，市場性高，變現快及可充押標或公務保證之用等多項優點，頗受大眾歡迎。

14【公演】 ㄍㄨㄥ ㄧㄢˇ
公開表演。

【公認】 ㄍㄨㄥ ㄖㄣˋ
大家所共同認爲、認可的。

【公僕】 ㄍㄨㄥ ㄆㄨˊ
爲公眾服務的人。指政府官員。

15【公敵】 ㄍㄨㄥ ㄉㄧˊ
大眾共同的敵人。

【公論】 ㄍㄨㄥ ㄌㄨㄣˋ
1公正的評論。2公眾的評論。

【公憤】 ㄍㄨㄥ ㄈㄣˋ
眾人共同的憤慨。

【公賣】 ㄍㄨㄥ ㄇㄞˋ
1依法拍賣或標售公有物品。2由政府獨占生產、出售的制度。

【公餘】 ㄍㄨㄥ ㄩˊ
公務的餘暇。

16【公廨】 ㄍㄨㄥ ㄒㄧㄝˋ
官署。

【公噸】 ㄍㄨㄥ ㄉㄨㄣˋ
代號爲t。公斤的併用單位。等於一千公斤。

【公館】 ㄍㄨㄥ ㄍㄨㄢˇ
1諸侯的宮室。2古時公家所建造的館舍。多供公差停留、休息。3官員或富家的住所。4尊稱別人的住所。

【公積】 ㄍㄨㄥ ㄐㄧ
(surplus)指公司的純財產額超過其資本額之數額，而爲特定目的(如彌補虧損等)積存於公司的金額。公積列在公司資產負債表法定資本之後，故稱爲附加資本，但公積並不構成公司的資本。公司資本與公積在會計學上稱爲股東權益。公積的積存(提列)，有出於法律強制之規定者，稱法定公積，有出於公司章程之訂定或股東全體之同意(如有限公司)、股東會之決議(指股份有限公司)者，稱爲特別公積。

18【公轉】 ㄍㄨㄥ ㄓㄨㄢˇ
(revolution)天體繞其他天體運轉。如衛星繞行星，行星繞太陽，太陽繞銀河系中心運轉等。

【公職】 ㄍㄨㄥ ㄓˊ
公家的職位或職務。

【公斷】 ㄍㄨㄥ ㄉㄨㄢˋ
1公平裁斷。2由眾人決斷。

19【公證】 ㄍㄨㄥ ㄓㄥˋ
由法院所辦理的人民公證事務。可分爲公證及認證兩種。公證是公證人對某種法律行爲或私權事實作成公證書。認證是由聲請人提出所作好的私文書，在公證人之前簽名，或承認爲其簽名，由公證人予以認證。就某項法律行爲或私權事實所作成的公證書，可證明該行爲的成立乃某一事實的經過。公證人所認證的私文書，可證明該文書的簽名或蓋章爲眞實，這是公證的證明力。對於以給付金錢或其他代替物或有價證券之一定數量及給付特定之動產及租用或借用期滿交還房屋、交還土地爲標的之公證事項，如作成公證書時，載明逕受強行執行者，債務人屆期不履行時，債權人無須訴訟，憑公證書就可聲請法院強制執行，這是公證書的執行力。

20【公議】 ㄍㄨㄥ ㄧˋ
眾人的議論。

22【公權】 ㄍㄨㄥ ㄑㄩㄢˊ
與私權相對而言。指公生活關係上的權利。以公法爲其依據。換言之，凡國家或公共團體基於統治關係對於私人，或私人對於國家或公共團體所享有的權利，即爲公權。前者如命令權、強制權、裁判權、稅捐債權等；後者如自由權、受益權、參政權等。

【公攤】 ㄍㄨㄥ ㄊㄢ
平均分擔。

4【公天下】 ㄍㄨㄥ ㄊㄧㄢ ㄒㄧㄚˋ
天下由人民所共有、共治、共享。即天下爲公。

【公切線】 ㄍㄨㄥ ㄑㄧㄝ ㄒㄧㄢˋ
(common tangent)一直線同爲兩圓的切線時，稱爲兩圓的公切線。兩圓在公切線的同一側稱爲外公切線；在公切線兩側，則稱內公切線，如圖。若兩圓在切線上共有一切點，則兩圓圓心之聯心線必通過兩圓的公共切點。

公切線圖

5【公司債】 ㄍㄨㄥ ㄙ ㄓㄞˋ
股份有限公司爲籌集長期資金之目的，就其所需資金分割爲多數單位金額，發行公司債券，向社會大眾借款所負債務。公司經董事會決議後，得募集公司債，但須將募集公司債之原因及有關事項報告股東會。董事會關於發行公司債之決議，應由三分之二以上董事之出席，及出席董事過半數之同意行之。公司債分爲無擔保公司債及有擔保公司債，前者之條件較嚴，後者之條件較寬，蓋欲保護社會大眾債權之安全。

【公民權】ㄍㄨㄥ ㄇㄧㄣˊ ㄑㄩㄢˊ
指國民之參與權(國民參與國家政治的權利)。此種權利,須公民方能享有,故稱公民權。依我國“憲法”之規定,公民權計有選舉、罷免、創制、複決及應考試服公職等權利。

6【公安派】ㄍㄨㄥ ㄢ ㄆㄞˋ
‘明’末文學流派。以‘袁宗道’、‘袁宏道’、‘袁中道’三兄弟爲首。三‘袁’爲‘湖北’‘公安’人,故名。此派反對前、後七子的擬古主張,強調文學應抒寫性靈,不拘格套,對晚‘明’文學風氣影響甚大。

【公羊傳】ㄍㄨㄥ ㄧㄤˊ ㄓㄨㄢˋ
十三經之一。相傳‘戰國’‘齊’人‘公羊高’撰,一名“春秋公羊傳”或“公羊春秋”。專門闡釋“春秋”,與“左傳”、“穀梁傳”合稱“春秋”三傳。

8【公法人】ㄍㄨㄥ ㄈㄚˇ ㄖㄣˊ
指國家及本於國家之意思,爲公共目的,依據法律或法律之授權而設立,具有獨立權利能力的法人。公法人可分三種類型:一、公法團體:由多數成員或會員所組成,在一定範圍內得行使公權力之團體。包括區域團體(如縣、市、鄉、鎮等自治團體)、身分團體(如商業同業公會、工業同業公會等各種職業團體)及聯合團體(如全國商業總會、全國工業總會等由公法人爲會員而組成之團體)。二、營造物:係國家或地方自治團體,爲達成一定之公共目的,依據法律或法律之授權,結合人與物,使其能持續提供一定之給付而設立的一種組織體。如‘中央銀行’、‘中央信託局’。三、公法上財團:由國家或其他公法團體,爲達到特定公共目的,捐助一筆錢財而設立之財團法人,如財團法人中小企業信用保證基金。

9【公信力】ㄍㄨㄥ ㄒㄧㄣˋ ㄌㄧˋ
國家機關行使公權力所作的決策或處分,能獲得一般人民之信心的能力,稱爲公信力。而國家機關一切作爲是否能符合誠實、信用、公平、正義,將影響公信力的強弱。

10【公孫龍】ㄍㄨㄥ ㄙㄨㄣ ㄌㄨㄥˊ
1(?~前498)‘春秋’時‘衛’人,一說‘楚’人。字‘子石’,‘孔子’學生。2‘戰國’時‘趙’人。字‘子秉’,主張白馬非馬之說。著有“公孫龍子”一書。

15【公德心】ㄍㄨㄥ ㄉㄜˊ ㄒㄧㄣ
注重大眾利益的精神與態度。

16【公輸般】ㄍㄨㄥ ㄕㄨ ㄅㄢ
‘春秋’‘魯’人。姓‘公輸’,名‘般’。或作‘公輸班’、‘魯班’、‘魯般’。精於工藝,歷代木工尊爲祖師。

22【公權力】ㄍㄨㄥ ㄑㄩㄢˊ ㄌㄧˋ
國家、地方自治團體或人民,在公法上關係所擁有的權利,稱爲公權。依據公權所產生的法律上權力,稱爲公權力。公權可分爲三類:一、國際法上國家公權:如獨立權、平等權、生存權、交通權。二、國內法上國家公權:(1)依性質分有行政、立法、司法、考試、監察等五權。(2)依作用分有命令權、形成權、制裁權、強制權、公法上物權、公企業之經營權。三、國內法上人民公權:包括平等權、自由權、生存權、工作權、財產權、受益權、參政權。

3【公子王孫】ㄍㄨㄥ ㄗˇ ㄨㄤˊ ㄙㄨㄣ
泛指貴族子弟。

【公子哥兒】ㄍㄨㄥ ㄗˇ ㄍㄜㄦ
嬌生慣養的富家子弟。

5【公平理論】ㄍㄨㄥ ㄆㄧㄥˊ ㄌㄧˇ ㄌㄨㄣˋ
(equity theory)也稱社會比較理論(social comparison theory)。指公司員工會將本身對公司的投入與所獲得的報償拿來與他人比較,若覺得自己受到公平的待遇,則對公司會較滿意;相反的,若覺得自己得到的待遇不公平,便會產生不平衡的心理,進而有跳槽或怠工的情形。

【公示送達】ㄍㄨㄥ ㄕˋ ㄙㄨㄥˋ ㄉㄚˊ
指稅捐文書因爲應受送達人行蹤不明而無從送達者,稅捐稽徵機關應向戶籍機關查明;如無著落時,應由稅捐稽徵機關保管應送達之文書,而於其牌示處黏貼並於新聞報紙登載公告,曉示應受送達人領取的一種送達方法。

【公司重整】ㄍㄨㄥ ㄙ ㄔㄨㄥˊ ㄓㄥˇ
公開發行股票或公司債之公司,因財務困難,暫停營業或有停業之虞者,法院經依法聲請,並經徵詢中央主管機關、目的事業主管機關及證券管理機關之意見,認爲有重整可能者,得以調整債權人、股東及其他利害關係人權利義務之方法,達公司企業維持及更生之目的的一種制度。

【公民投票】ㄍㄨㄥ ㄇㄧㄣˊ ㄊㄡˊ ㄆㄧㄠˋ
(referendum)由一國或一地區的公民,用投票的方法來決定重要問題之制度。如‘瑞士’即爲採行該制最成功的國家。此制實施良好,可補代議民主的不足;如實施不良,則會損害國會權威,而且爲濫用民意之野心家所乘。

【公用常式】ㄍㄨㄥ ㄩㄥˋ ㄔㄤˊ ㄕˋ
(utility routine)電腦使用者常常會用到的常式。通常其邏輯結構並不複雜。例如輸入、輸出常式等。

【公用程式】ㄍㄨㄥ ㄩㄥˋ ㄔㄥˊ ㄕˋ
(utility program)能爲使用者提供較高層次(如系統層次)服務的電腦程式。如排序與合併程式、除錯程式等。

6【公共行政】ㄍㄨㄥ ㄍㄨㄥˋ ㄒㄧㄥˊ ㄓㄥˋ
(public administration)即公共事務的行政管理。是指爲實現公共政策,推行公務時所運用的集體協調與各種技巧的合作。其範圍包括人事行政、財務行政、機關管理、事務管理、行政行爲等分門。

【公共政策】 ㄍㄨㄥ ㄍㄨㄥˋ ㄓㄥˋ ㄘㄜˋ

凡攸關社會多數人的福利之政策，稱爲公共政策。公共政策往往是政府所制訂與執行的。

【公共財貨】 ㄍㄨㄥ ㄍㄨㄥˋ ㄘㄞˊ ㄏㄨㄛˋ

(public goods)由公共部門所提供的經濟財貨。通常具有集體消費性、不可分割性、邊際成本等於零及外部經濟等特性。

【公共教育】 ㄍㄨㄥ ㄍㄨㄥˋ ㄐㄧㄠˋ ㄩˋ

(public education)泛指由政府出資辦理或維持的各級學校教育。也指對公共大眾的教育措施。

【公共造產】 ㄍㄨㄥ ㄍㄨㄥˋ ㄗㄠˋ ㄔㄢˇ

鄉市鎮公所等地方政府，利用公有土地從事農、林、漁、牧及觀光事業，以其收益作爲地方建設的投資經營方式。如'嘉義'、'臺南'縱貫路兩旁的芒果樹，'屏東''佳洛水'遊樂區。

【公共場所】 ㄍㄨㄥ ㄍㄨㄥˋ ㄔㄤˇ ㄙㄨㄛˇ

多數人公共使用或聚集之場所。由於任何人均得自由出入公共場所，使公共場所未如私人住宅之具有隱祕性，在公共場所如有違背善良風俗之行爲者，對社會影響甚大，故法律常有以之爲犯罪成立與否之標準者，如"刑法"第二六六條第一項規定在公共場所賭博財物者，構成賭博罪，即以公共場所爲犯罪構成要件之一。

【公共電視】 ㄍㄨㄥ ㄍㄨㄥˋ ㄉㄧㄢˋ ㄕˋ

(public television)電視經營制度的一種。通常由社會大眾代表、政府代表，與國會議員共同參與經營，節目具教育文化與服務公益的功能。'英國'、'日本'的廣播公司可稱得上是公共電視的典型代表。

【公共雕刻】 ㄍㄨㄥ ㄍㄨㄥˋ ㄉㄧㄠ ㄎㄜˋ

(public sculpture)第二次世界大戰後，代之以往偉大或英雄人物的銅像，而以抽象的雕刻或立體造形，放置在廣場或公共建築物的前庭等來裝飾其空間，此種雕刻稱爲公共雕刻。'西德'與'美國'等國家，在法令上規定建築物的工程費中，必須包括若干比率的公共雕刻經費，以使居住的空間藝術化。

【公共關係】 ㄍㄨㄥ ㄍㄨㄥˋ ㄍㄨㄢ ㄒㄧˋ

(public relations)可分兩種定義：一、就客觀而言，指一個人或一個機構與其公眾相處的關係，包括良好關係或惡劣關係。良好公共關係就是指一個人或機構獲得其公眾的瞭解、友善與支持；惡劣公共關係，即指一個人或機構受其公眾的誤解、指責與不支持。二、就主觀而言，指一個人或機構，努力設法消除其與公眾的不良關係，並有計畫地制定政策與行動，以維持或爭取其與公眾之良好關係的過程。此種努力，須以大眾利益爲前提，以本身之良好表現爲基礎，運用各種溝通途徑與媒介，而有計畫地宣揚自己，說服公眾。

【公地放領】 ㄍㄨㄥ ㄉㄧˋ ㄈㄤˋ ㄌㄧㄥˇ

土地改革政策的措施之一。始於'民國'四十年，爲政府實施耕者有其田的倡導與示範。即將國有及省有的耕地所有權移轉爲農民所有，放領對象以承租公地的現耕農爲優先，依次爲雇農與承租耕地不足的佃農。放領地價按當時市價爲耕地正產物全年收穫量的二倍半，以實物計算，由承領農戶分十年均等攤還，即繼續繳租十年便能取得所有權。

【公同共有】 ㄍㄨㄥ ㄊㄨㄥˊ ㄍㄨㄥˋ ㄧㄡˇ

數人依法律之規定或依契約之訂定成一公同關係之數人，基於其公同關係，而共有一物。公同共有關係依法律之規定而形成者，例如共同繼承，在分割遺產前對於遺產全部爲公同共有；公同共有關係依契約而形成者，例如合夥，各合夥人之出資及其他合夥財產，爲合夥人全體之公同共有是。

7【公社主義】 ㄍㄨㄥ ㄕㄜˋ ㄓㄨˇ ㄧˋ

(communalism)此思想首先於西元1840年出現在'法國'，1871年以'巴黎公社'爲其具體表現。主張全社會財產共享，社會生活不受階層約束，一律平等，整個社區完全自治，國家權力儘量減少。此思想爲社會主義與無政府主義之混合。

【公告地價】 ㄍㄨㄥ ㄍㄠˋ ㄉㄧˋ ㄐㄧㄚˋ

(land value prescribed)指政府依法調查評議後公告之地價。地價之規定係由各縣市主管機關先分列土地之區段、地目，調查最近一年之土地市價或收益價格，再依據調查結果，劃分地價等級及地價區段，並提交地價評議委員會評議後公告，作爲課徵地價稅之依據。

【公告現值】 ㄍㄨㄥ ㄍㄠˋ ㄒㄧㄢˋ ㄓˊ

(increased land value prescribed)爲政府所公告的土地現值。乃課徵土地增值稅之依據，每年調整土地公告現值一次，與公告地價每三年調整一次者不同。目前土地增值稅之課徵，在售價方面爲消除困擾及流弊，特規定以申報移轉時，該土地之公告現值爲準。

8【公忠體國】 ㄍㄨㄥ ㄓㄨㄥ ㄊㄧˇ

ㄍㄨㄛˊ
公正忠誠爲國做事。

9【公是公非】 ㄍㄨㄥ ㄕˋ ㄍㄨㄥ ㄈㄟ
大是大非。

10【公庫存款】 ㄍㄨㄥ ㄎㄨˋ ㄘㄨㄣˊ ㄎㄨㄢˇ
(government treasury deposits) 指銀行收受公庫所存入的款項。

【公庫系統】 ㄍㄨㄥ ㄎㄨˋ ㄒㄧˋ ㄊㄨㄥˇ
辦理公款、票據、證券及其他公物之出納、保管和移轉等事務之機關。又稱出納系統。公庫於中央政府稱國庫,省(市)政府稱省(市)庫,縣(市)政府稱縣(市)庫,均由各級政府委託銀行代理。國庫指定由'中央銀行'代理,'中央銀行'未設有分支機構之地點,轉委由其他銀行或郵政機關代辦。

【公庭對簿】 ㄍㄨㄥ ㄊㄧㄥˊ ㄉㄨㄟˋ ㄅㄨˋ
指打官司。

【公孫布被】 ㄍㄨㄥ ㄙㄨㄣ ㄅㄨˋ ㄅㄟˋ
指故示儉樸,以盜取虛名。'漢''公孫弘'爲丞相時,蓋布被,吃糲食,生活儉樸。'汲黯'認爲他這種行爲是欺世盜名。見"史記·平津侯主父列傳"。

【公孫龍子】 ㄍㄨㄥ ㄙㄨㄣ ㄌㄨㄥˊ ㄗˇ
'戰國''公孫龍'撰,三卷。爲'戰國'名家的重要著作。

11【公務人員】 ㄍㄨㄥ ㄨˋ ㄖㄣˊ ㄩㄢˊ
政府機關、公營事業、公立學校組織法規中除政務官及民選人員外,定有職稱及職等的依法從事公務的文職人員。我國"憲法"所稱公務人員即指此而言,其範圍比公務員略小,公務員尚包括軍職人員。

【公務審計】 ㄍㄨㄥ ㄨˋ ㄕㄣˇ ㄐㄧˋ
對公務機關業務、財務之審計,主要在監督預算執行,考核財務效能。審計程序可分爲初審、覆審、覆議、再審查及覆核;審計方式有就地審計、送請審計、抽查審計、隨時稽察及委託審計。

【公眾人物】 ㄍㄨㄥ ㄓㄨㄥˋ ㄖㄣˊ ㄨˋ
(public figure)指一舉一動均爲社會大眾所關注者,其隱私權較一般人爲小。政府官員、新聞中的著名人物、遭新聞波及的人物等皆屬之。

12【公寓旅館】 ㄍㄨㄥ ㄩˋ ㄌㄩˇ ㄍㄨㄢˇ
(pension)指'歐洲'大陸各國的公寓式住宿設施。收費低廉,可供應餐食。在'歐洲'有許多私人住宅劃出一部分的房間作爲營業出租,並採家庭經營方式。

【公費選舉】 ㄍㄨㄥ ㄈㄟˋ ㄒㄩㄢˇ ㄐㄩˇ
選舉公職時,候選人的競選費用,由政府提供的,叫公費選舉。目的在避免金權政治,使貧寒的才俊之士也有當選機會,並減少候選人當選後爲償還捐獻費用者之人情而作的徇私舉動。

【公開公司】 ㄍㄨㄥ ㄎㄞ ㄍㄨㄥ ㄙ
(public company)公司之股票在公開市場買賣的公司。

【公開招標】 ㄍㄨㄥ ㄎㄞ ㄓㄠ ㄅㄧㄠ
(open tender)指買方或賣方利用公開競爭方式,招請多數的商號出價,從而以最理想的條件買進或售出貨物的行爲。買方以此方式購入貨物,稱爲公開標購;賣方以此方式售出貨物,則稱公開標售。公開招標在法律上爲一種向不特定人的買賣要約引誘行爲。多適用於政府機關及公營事業的採購與銷售,民營事業於採購大宗物資,尤其是聯合採購時也有使用。

13【公路容量】 ㄍㄨㄥ ㄌㄨˋ ㄖㄨㄥˊ ㄌㄧㄤˋ
(road capacity)又稱道路容量。係指某路段依其路況及交通容量,在一小時內可以通過的車輛數。

17【公營事業】 ㄍㄨㄥ ㄧㄥˊ ㄕˋ ㄧㄝˋ
政府爲發展國家資本,促進經濟建設,便利人民生活,而投資經營具商業性質之企業。或指與人民合資經營,而政府資本超過50%以上之事業。

18【公醫制度】 ㄍㄨㄥ ㄧ ㄓˋ ㄉㄨˋ
由政府提供醫療設備和醫療人員,來取代私人醫療的醫療制度。即全國醫師均由政府給薪,醫師替患者診療時不得收取診療費用,而由政府負擔。公醫制度爲我國的基本國策之一,"憲法"第一百五十七條規定:「國家爲增進民族健康,應普遍推行衛生保健事業及公醫制度。」'英國'於西元1946年頒布"國民健康服務法",爲世界上最早實施公醫制度的國家。

19【公證結婚】 ㄍㄨㄥ ㄓㄥˋ ㄐㄧㄝˊ ㄏㄨㄣ
一種由法院公證人證明爲合法婚姻的婚禮。手續簡便,儀式簡單而隆重。

【公證遺囑】 ㄍㄨㄥ ㄓㄥˋ ㄧˊ ㄓㄨˇ
遺囑人於公證人前作成之遺囑。公證遺囑,應指定二人以上之見證人,在公證人前口述遺囑意旨,由公證人筆記、宣讀、講解,經遺囑人認可後,記明年、月、日,由公證人、見證人及遺囑人同行簽名,遺囑人不能簽名者,由公證人將其事由記明,使按指印代之。上述所定公證人之職務,在無公證人之地,得由法院書記官行之。僑民在'中華民國'領事駐在地爲遺囑時,得由領事行之。

5【公平交易法】 ㄍㄨㄥ ㄆㄧㄥˊ ㄐㄧㄠ ㄧˋ ㄈㄚˇ
現代企業由於工商之發達與財富之累積而不斷的發展、擴張,爲了追求更大之利潤,大企業往往利用不正當、不公平之交易方式,儘量逃避本身應負之責任，甚至迫使消費者放棄其原有之權利，例如壟斷、獨佔或不公平之定型化契約等。公平交易法即是爲防止或制裁此種不公平交易方式的法律。

【公司所得稅】ㄍㄨㄥ ㄙ ㄙㄨㄛˇ ㄉㄜˊ ㄕㄨㄟˋ
(corporation income tax)指對公司組織之營利事業盈餘所課徵的所得稅。'美國'、'日本'等國均只對公司組織課徵所得稅，故稱爲公司所得稅，我國則兼對獨資、合夥事業課徵所得稅，故稱爲營利事業所得稅。

【公司負責人】ㄍㄨㄥ ㄙ ㄈㄨˋ ㄗㄜˊ ㄖㄣˊ
分當然負責人與職務範圍內之公司負責人。當然負責人指公司依法必備之業務執行機關及代表機關，其在無限公司或兩合公司爲執行業務或代表公司之股東，其在有限公司或股份有限公司爲董事。職務範圍內之公司負責人指只於職務範圍內爲負責任，超越職務範圍，即非公司負責人，例如經理人或淸算人、股份有限公司之發起人、監察人、檢查人、重整人或重整監督人，在執行職務之範圍內，均爲公司之負責人。

【公司經理人】ㄍㄨㄥ ㄙ ㄐㄧㄥ ㄌㄧˇ ㄖㄣˊ
經理人爲公司之章定、任意、常設之輔助業務執行機關。公司經理人可分總經理、副總經理、協理、經理及副經理等五種。公司經理人之資格，在積極上須在國內有住所或居所，在消極上凡有一、曾犯內亂、外患罪，經判決確定或通緝有案尙未結案者；二、曾犯詐欺、背信、侵占罪或違反工商管理法令，經受有期徒刑一年以上刑之宣告，服刑期滿尙未逾二年者；三、曾服公務虧空公款，經判決確定，服刑期滿尙未逾二年者；四、受破產之宣告，尙未復權者；五、有重大喪失債信情事，尙未了結或了結後尙未逾二年者；六、限制行爲能力等情事之一者，均不得爲之。經理人與公司之關係爲委任關係，其委任及解任，在無限公司、兩合公司須有全體無限責任股東過半數同意，在有限公司須有全體股東過半數之同意，在股份有限公司須有董事過半數同意。置有總經理之公司，其他經理之委任、解任，由總經理提請後，依上述規定辦理。經理人有爲公司管理事務及爲其簽名之權利，惟經理權得限於管理公司事務之一部或一分公司或數分公司，經理人對於第三人之關係，就公司或其分公司或其事務之一部，視爲其有管理上一切必要行爲之權，但除有書面之授權外，對於不動產不得買賣或設定負擔。

【公司債折價】ㄍㄨㄥ ㄙ ㄓㄞˋ ㄓㄜˊ ㄐㄧㄚˋ
(discount on bonds payable)公司債發行時，因市場利率高於債券票面利率，致發行價格低於債券面值，其差額稱爲公司債折價。由於公司債折價係彌補利息之不足，故發行後每期應將之攤銷轉爲利息費用的增加，至債券到期時，全部攤銷完畢。公司債折價帳戶爲應付公司債的抵銷科目，在資產負債表上應列爲應付公司債的減項，二者的差額爲應付公司債的帳面價值。

【公司債溢價】ㄍㄨㄥ ㄙ ㄓㄞˋ ㄧˋ ㄐㄧㄚˋ
(premium on bonds payable)公司債發行時，因市場利率低於債券票面利率，致發行價格高於債券面值，其差額稱爲公司債溢價。由於公司債溢價係代表先行扣回爾後多付的利息，故發行後每期應將之攤銷爲利息費用的減少，至到期時全部攤銷完畢。公司債溢價帳戶爲應付公司債的附加科目，在資產負債表上應列爲應付公司債的加項，二者之和爲應付公司債的帳面價值。

6【公共危險罪】ㄍㄨㄥ ㄍㄨㄥˋ ㄨㄟˊ ㄒㄧㄢˇ ㄗㄨㄟˋ
指足以危害到社會公眾的生命、身體、財產等之犯罪行爲。如放火、失火、決水、過失決水、決堤毀閘、妨害救火防水、傾覆交通工具、製造危險物品、妨害舟車及航空器行駛安全、妨害衛生等。

【公共衛生學】ㄍㄨㄥ ㄍㄨㄥˋ ㄨㄟˋ ㄕㄥ ㄒㄩㄝˊ
(public health)一種預防疾病、延年益壽、促進身心健康與效能的科學。經由有組織的社會力量，從事環境衛生、傳染病管制、個人衛生教育，並組織醫護事業，使疾病獲得早期診斷、預防和治療；進而發展社會機構，以保證社會每一分子都可有維持健康的生活水準。

11【公設辯護人】ㄍㄨㄥ ㄕㄜˋ ㄅㄧㄢˋ ㄏㄨˋ ㄖㄣˊ
(assigned counsel)指在高等法院以下各級法院所在地，國家特爲刑事被告所設的辯護人。被告可以用口頭或書面申請法院指定公設辯護人爲他辯護。又最輕本刑爲三年以上有期徒刑或高等法院管轄第一審之案件，於審判中未經選任辯護人者，審判長應指定公設辯護人爲其辯護；其他審判案件認有必要者，亦同。

12【公開性配額】ㄍㄨㄥ ㄎㄞ ㄒㄧㄥˋ ㄆㄟˋ ㄜˊ
(open quota)政府只規定某種產品於一段時間內准許進口的數量，而不規定由何國進口、由誰進口。

6【公共責任保險】ㄍㄨㄥ ㄍㄨㄥˋ ㄗㄜˊ ㄖㄣˋ ㄅㄠˇ ㄒㄧㄢˇ
(public liability insurance)責任保險中，除雇主責任保險性質

較爲特殊外，其他對第三人損害賠償的責任保險，通稱爲公共責任保險。

10【公海自由原則】 ㄍㄨㄥ ㄏㄞˇ ㄗˋ ㄧㄡˊ ㄩㄢˊ ㄗㄜˊ

指公海對各國一律開放，任何國家不得主張公海任何部分屬於其主權範圍。基此原則，各國均享有在公海上自由航行、漁捕或採取水產、敷設海底電纜與油管、在海底或地下從事建設、在公海上空自由飛行之權利。惟公海自由非謂公海上漫無法律秩序，各國仍須遵守有關公約及國際慣例。

11【公務人員考試】 ㄍㄨㄥ ㄨˋ ㄖㄣˊ ㄩㄢˊ ㄎㄠˇ ㄕˋ

考試及格者，可取得擔任公務人員資格之考試。依其考試的性質及可取得資格的高低，可區分爲高等考試、普通考試、特種考試、分類職位公務人員考試、升等考試等。

【公務人員保險】 ㄍㄨㄥ ㄨˋ ㄖㄣˊ ㄩㄢˊ ㄅㄠˇ ㄒㄧㄢˇ

爲政府機關公務人員、公立學校教職員及公營事業機構人員所舉辦之保險。本保險由銓敘部主管，保險事故分生育、疾病、傷害、殘廢、養老、死亡、眷屬喪葬七項。

12【公開市場操作】 ㄍㄨㄥ ㄎㄞ ㄕˋ ㄔㄤˊ ㄘㄠ ㄗㄨㄛˋ

(open market operation)'中央銀行'在證券市場進行政府證券買賣，以影響商業銀行的超額準備，達到改變貨幣供給與利率水準的目的。

6【公共設施保留地】 ㄍㄨㄥ ㄍㄨㄥˋ ㄕㄜˋ ㄕ ㄅㄠˇ ㄌㄧㄡˊ ㄉㄧˋ

(land reservation for public facilities)爲因應將來人口增加及社會經濟發展的需要，在都市計畫區內預定的公共設施用地。其取得方式，如爲公有土地則申請撥用；如爲私有則依徵收、區段徵收或土地重劃等方式取得，其徵收補償的地價乃以公告現值爲準。

18【公職候選人考試】 ㄍㄨㄥ ㄓˊ ㄏㄡˋ ㄒㄩㄢˇ ㄖㄣˊ ㄎㄠˇ ㄕˋ

經考試及格者可取得中央及地方公職候選人資格之考試。依現制規定，動員戡亂時期，國大代表、立法委員、監察委員、省議員、縣市長、縣市議員、鄉鎮長、鄉鎮民代表等公職人員，須經考試及格方得參加競選。

11【公務員懲戒委員會】 ㄍㄨㄥ ㄨˋ ㄩㄢˊ ㄔㄥˊ ㄐㄧㄝˋ ㄨㄟˇ ㄩㄢˊ ㄏㄨㄟˋ

掌理全國公務員懲戒的機構。隸屬於'司法院'。委員九至十五人，爲簡任；委員長一人，爲特任，並兼任委員。審議懲戒案件時以委員長爲主席，以委員過半數之出席及出席委員過半數之同意議決之。出席委員之意見分三說以上，不能得過半數之同意時，應將各說排列，由最不利於被付懲戒人之意見順序算入次不利於被付懲戒人之意見，至人數達過半數爲止。委員依法審議懲戒案件，不受任何干涉，其保障適用關於法官保障之規定。審議之結果認爲應付懲戒處分者，應按其情節之輕重，分別予以撤職、休職、降級、減俸、記過、申誡之處分。如認爲被付懲戒人有犯罪嫌疑者，應移送該管法院檢察機關或軍法機關。

6【公有營業及事業審計】 ㄍㄨㄥ ㄧㄡˇ ㄧㄥˊ ㄧㄝˋ ㄐㄧˊ ㄕˋ ㄧㄝˋ ㄕㄣˇ ㄐㄧˋ

對公營事業及公有事業機關業務、財務之審計。其對象包括：政府獨資經營者；政府與人民合資，但政府資本超過50%者；由前二者轉投資於其他事業，投資額超過該事業資本50%者。平時就所送會計報表以書面審核，期中及年終或依事實需要，派員就地辦理抽查，並得適用一般企業審計之原則。

5【公平勞工報酬標準法案】 ㄍㄨㄥ ㄆㄧㄥˊ ㄌㄠˊ ㄍㄨㄥ ㄅㄠˋ ㄔㄡˊ ㄅㄧㄠ ㄓㄨㄣˇ ㄈㄚˇ ㄢˋ

(*Fair Labor Standards Act*)'美國聯邦'最重要的勞動基準法案。簡稱"公平勞動基準法"，也通稱"聯邦工資工時法"。西元1938年由國會制定。其主要內容分六部分：一、最低工資：雇主須依政府規定最低工資給付，以每小時計算，逐年調整。二、最高工時：雇主僱用受僱人每週工作時間不得超過四十小時，加班時依每小時正常工資一倍半發給。三、童工：規定十六歲爲最低年齡，不得在早晨七時前或下午七時後工作。四、學徒及殘廢工人：在處領發特證後受僱工資得低於最低工資。五、行政：勞工部下設工資工時及公共契約處，設十一個分處於各地，負責執行本法。六、監督：違反規定者須受罰。

4

关

關的俗體。

共

㈠ ㄍㄨㄥˋ $kung^4$ 音貢 ①同公。如：共識。②總合。

㈡ ㄍㄨㄥ $kung^1$ 音恭 ①恭敬。通恭。如：共己無爲。②供應。通供。如：共給。③'殷代'國名。在今'甘肅省''涇川縣'北。

㈢ ㄍㄨㄥˇ $kung^3$ 音拱 通拱。①拱衛；圍繞。如：眾星共月。②兩手相合作揖。如：共手。

3【共工】 ㄍㄨㄥˋ ㄍㄨㄥ

①古天神名。相傳曾與'顓頊'爭爲帝，怒而觸'不周之山'，使天柱地維斷絕。②人名。'堯''舜'時爲共工官；以官爲氏。與'驩兜'、'三苗'、'鯀'被稱爲四凶，後被'舜'放逐於'幽州'。

5【共主】 ㄍㄨㄥˋ ㄓㄨˇ

天下共同尊奉的帝王。

【共生】 ㄍㄨㄥˋ ㄕㄥ

原指兩種生物共同生活在一起，無論彼此有利、有害或無利亦無害，均稱之。一般是指互利共生而言，例如藻類與菌類的共生，藻類可行光合作用，寄生食物；菌類則庇護藻類，並供應水分。在工業上的共生則指工業之間彼此應需要而存在，例如罐頭食品工業和鐵罐製造廠。

8【共事】 ㄍㄨㄥˋ ㄕˋ
1同在一起做事。2共同事奉、追隨。

【共析】 ㄍㄨㄥˋ ㄒㄧ
(eutectoid)一種類似共晶的相變態。與共晶不同之處爲它是由一個固相同時轉變成爲二相或更多的不同的固相。

【共和】 ㄍㄨㄥˋ ㄏㄜˊ
1'西周''厲王'專制暴虐，爲國人所逐，居外十四年而崩，在此期間王位虛懸，由'周定公'、'召穆公'共掌朝政，號稱共和。共和元年即西元前841年，"史記"於共和以前僅記其世次，共和以後始繫年記事，爲我國歷史有明確紀年之始。2'漢代'宮中的女官名。3共和國體的簡稱。相對於君主國體而言。凡一國憲法規定以一人爲國家統治權之總攬者的國家形態，稱爲君主國體。而規定以多數人爲國權之總攬者的國家形態，稱爲共和國體。共和國體依國權總攬者之多寡，又可分爲：一、寡頭共和：以一定的少數集團爲國權之總攬者。二、階級共和：以一定的階級爲國權之總攬者。如共產國家規定無產階級專政即屬之，然其實際上爲寡頭共和。三、民主共和：以國民全體爲國權之總攬者。

9【共相】 ㄍㄨㄥˋ ㄒㄧㄤˋ
1佛家語。萬事萬物除各別的自相，也有共相。共相就是共通的狀態；如萬法無常、生滅不已，就是共相。2(universal)與殊相相對。(1)雜多的事物所共同具有的性質，或雜多事物之間的關係。(2)超越個別事物，當做抽象存在的性質或關係。例如：紅色乃是一切紅色的東西(諸如：紅布、紅筆、紅紙等)所共同具有的性質；紅色的東西是具體的個別事物，紅色則是抽象的性質，故紅色爲共相。

10【共振】 ㄍㄨㄥˋ ㄓㄣˋ
(resonance) 具有相同頻率的振動體間，彼此產生交互感應，使回應達到最大振幅的現象。在聲學中的共振現象，稱爲共鳴；另在力學與電學系統中，亦常有共振現象發生。

12【共晶】 ㄍㄨㄥˋ ㄐㄧㄥ
(eutectic)指某一特定的合金組成會在低於其成分金屬熔點以下的某一特定溫度下凝固出來，由液相轉變成爲兩個或更多的固相，而在凝固過程中溫度保持不變，即爲一無變度反應(invariant reaction)。在定壓時合金系統之無變度反應，所有的相都有其固定之組成，凝固後之固相數目與成分的數目相同。開始發生凝固時的溫度稱共晶溫度(eutectic temperature)，此時液相組成即共晶組成。以溫度和組成爲坐標之二元合金系平衡圖上，共晶點由共晶溫度與共晶組成來決定，通常一個共晶組成的合金具有最低的凝固溫度。組成少於(亞於)共晶組成之材料稱亞共晶(hypo-eutectic)，高於(過於)共晶組成者稱過共晶(hypereutectic)。

14【共鳴】 ㄍㄨㄥˋ ㄇㄧㄥˊ
1(resonance)物體振動會發出聲音，聲音的傳播須靠空氣等介質作爲媒介。如果一聲音的頻率與物體自然振動的頻率相近，則物體會受此聲音的影響而起振動發音，此現象稱爲共鳴。樂器弦線所發的音如能引起共鳴箱的共鳴，則音色更趨宏亮、圓潤。2泛指相同的感受。

19【共識】 ㄍㄨㄥˋ ㄕˋ
(consensus)指社會不同階層、利益、文化背景的人，相互間共同的見識、價值、理想。

5【共用檔】 ㄍㄨㄥˋ ㄩㄥˋ ㄉㄤˋ
(shared file)多個電腦程式或系統同時使用的資料檔。

8【共沸點】 ㄍㄨㄥˋ ㄈㄟˋ ㄉㄧㄢˇ
(azeotropic point)共沸混合物於恆沸時之狀態，通常指此時之溫度。此沸點隨系統中之總壓力變化而改變，甚至消失。

【共和黨】 ㄍㄨㄥˋ ㄏㄜˊ ㄉㄤˇ
'美國'兩大政黨之一。參民主黨。

11【共軛軸】 ㄍㄨㄥˋ ㄜˋ ㄓㄡˊ
(conjugate axis)參雙曲線。

14【共熔點】 ㄍㄨㄥˋ ㄖㄨㄥˊ ㄉㄧㄢˇ
(eutectic point)兩種或兩種以上物質組成之固體溶液(例如合金)的熔點隨著溶液中之組成而變化，其中具有最低熔點時之狀態，稱爲共熔點。有時亦指共熔溫度。

【共管地】 ㄍㄨㄥˋ ㄍㄨㄢˇ ㄉㄧˋ
(condominium)由兩個或兩個以上的國家，在平等的基礎上，得共同行使主權的一塊土地。如：西元1898～1956年'英國'與'埃及'共管'蘇丹'。

15【共價鍵】 ㄍㄨㄥˋ ㄐㄧㄚˋ ㄐㄧㄢˋ
(covalent bond)兩個原子因共用電子而結合在一起，這種結合方式稱爲共價鍵。

5【共用區段】 ㄍㄨㄥˋ ㄩㄥˋ ㄑㄩ ㄉㄨㄢˋ
(common block)可以被不同之電腦程式單元共同使用的主記憶體區段。各程式單元可透過共用區段傳遞資料或交換訊息。

6【共同市場】 ㄍㄨㄥˋ ㄊㄨㄥˊ ㄕˋ ㄔㄤˇ
(common market)爲區域經濟結合的一種，其結合在程度上較關稅同盟更高一層。除了廢除會員國之間的貿易障礙以及設立對外共同關稅之外,共同市場還有更重要的結合措施,即消除法律及行政上的障礙,允許參與國之間勞動與資本自由移動。亦即除區域內自由貿易及對外維持相同關稅之外,還包括區域內生產因素的自由行動。共同市場中各國間的相互依賴,透過生產因素的自由移動,也就更加提高,整個共同市場成爲一個區域的經濟結合。勞工可以在區域內各國自由移動,工廠可以在各處自由設立,資本也可以毫無限制的自由移動。目前共同市場最著的範例,就是根據西元1957年"羅馬條約"成立的'歐洲共同市場'。

【共同保險】 ㄍㄨㄥˋ ㄊㄨㄥˊ ㄅㄠˇ ㄒㄧㄢˇ

(coinsurance)簡稱共保。由多數保險人共同承保同一保險標的,訂立一張保單,各保險人依其承保比例分配保險費,及分攤損失補償責任。

【共同海損】 ㄍㄨㄥˋ ㄊㄨㄥˊ ㄏㄞˇ ㄙㄨㄣˇ

(general average)在海難中,船長爲避免船舶及積貨的共同危險所爲處分,而直接發生的非常犧牲及非常費用。此項非常犧牲及費用所生的一切損失,皆須由全體利害關係人按比例分擔。共同海損所有損失比例分擔計算,包括兩部分:一爲共同海損損失額,一爲共同海損分擔額。

【共同栽培】 ㄍㄨㄥˋ ㄊㄨㄥˊ ㄗㄞ ㄆㄟˊ

由農地相毗連的農民,按個人專長,分別組織工作隊,藉組織力量及共同行動,普遍採用優良耕作技術,以提高單位面積產量的作業方式。共同栽培的作業有共同整地、育苗、插秧、除草、病蟲害防治、灌溉排水及收穫等數項。

【共同訴訟】 ㄍㄨㄥˋ ㄊㄨㄥˊ ㄙㄨˋ ㄙㄨㄥˋ

原告或被告有二人以上或原告、被告各有二人以上之訴訟。該二人以上之原告或被告,稱爲共同訴訟人。其本質上實係按當事人之人數而爲數訴,不過就此數訴,合併於同一訴訟程序進行。法律所以設此制度之理由,在於訴訟經濟,節省當事人及法院之勞力、時間、費用,並能防止裁判之牴觸。

【共同運銷】 ㄍㄨㄥˋ ㄊㄨㄥˊ ㄩㄣˋ ㄒㄧㄠ

即合作運銷。生產者本互助合作的精神,組成合作組織,如運銷合作社等,合力將生產品直接運銷到消費市場,藉集體議價能力,提高生產者的交易地位和產品售價,並可減低運銷成本,增加生產者的利潤。

【共同經營】 ㄍㄨㄥˋ ㄊㄨㄥˊ ㄐㄧㄥ ㄧㄥˊ

即組織農民使成一適當規模的經營單位,由單位內選出班長一人負責領導,而實際作業則由單位內的成員按其專長分配共同從事。原是政府爲擴大農場經營規模,促進農業機械化而採行的一種措施。現則廣泛應用,凡土地相毗連的農民或飼養同類禽畜魚的鄰近農民,自願結合共同從事農場作業,均稱爲共同經營。其範圍包括共同栽培、共同飼養、共同投資、共同採購、共同運銷、共同分配等。

【共同題名】 ㄍㄨㄥˋ ㄊㄨㄥˊ ㄊㄧˊ ㄇㄧㄥˊ

圖書資料編目時,若其內容爲若干部分組合而成,且彼此之間不一定有直接關聯而自成一系統,則常由出版者或編者另訂一題名以統攝全部內容,此一題名稱爲共同題名。編目員可以共同題名著錄爲正題名,然後在附註項記述各部分之內容。

【共同繼承】 ㄍㄨㄥˋ ㄊㄨㄥˊ ㄐㄧˋ ㄔㄥˊ

數繼承人共同繼承被繼承人之全部遺產。共同繼承人爲遺產之公同共有人,在遺產分割前,繼承人中之一人,不得主張遺產中之特定部分由其個人承受。共同繼承遺產之管理,原則上應由全體繼承人共同爲之,但如經共同繼承人同意,亦得由繼承人中互推一人管理之。

8**【共沸蒸餾】** ㄍㄨㄥˋ ㄈㄟˋ ㄓㄥ ㄌㄧㄡˋ

(azeotropic distillation)添加揮發性成分於共沸混合物,以產生與原共沸組成不同之新共沸混合物之蒸餾方法。例如加苯於水與乙醇之共沸蒸餾而生產無水酒精。

11**【共產主義】** ㄍㄨㄥˋ ㄔㄢˇ ㄓㄨˇ ㄧˋ

(communism)廣義之社會主義的一派。主張將資本主義社會組織摧毀,廢除生產工具私有制,實施其公有制與分配之社會化。政治上主張以階級革命達到無產階級專政,而共產黨爲無產階級先鋒,應爲主政之核心。'馬克斯'爲此派之宗師,'列寧'則爲主要後繼者。

【共軛複數】 ㄍㄨㄥˋ ㄜˋ ㄈㄨˋ ㄕㄨˋ

(complex conjugate)$a+bi$的共軛複數爲$a-bi$。其和$2a$、其積a^2+b^2皆爲實數。例如$-2-\sqrt{3}i$的共軛複數爲$-2+\sqrt{3}i$。

14**【共熔合金】** ㄍㄨㄥˋ ㄖㄨㄥˊ ㄏㄜˊ ㄐㄧㄣ

(eutectic alloy)合金之熔點隨其組成而變化,故稱具有共熔點之合金爲共熔合金。例如鉛銻之共熔合金的組成爲銻13%,鉛87%,此時之共熔溫度爲245°C。

【共聚合體】 ㄍㄨㄥˋ ㄐㄩˋ ㄏㄜˊ ㄊㄧˇ

(copolymer)指具有二種以上重複單元的聚合體。依其排列方式可分規則交替、雜亂、塊狀與接枝共聚合體。

17【共襄盛舉】ㄍㄨㄥˋ ㄒㄧㄤ ㄕㄥˋ ㄐㄩˇ

共同助成有意義的大活動。

23【共體時艱】ㄍㄨㄥˋ ㄊㄧˇ ㄕˊ ㄐㄧㄢ

共同體認時局的艱辛。

5【共用區敘述】ㄍㄨㄥˋ ㄩㄥˋ ㄑㄩ ㄒㄩˋ ㄕㄨˋ

(COMMON statement) 符傳(FORTRAN)程式中用來宣告與描述共用區段之敘述。如 COMMON /XYZ/ X, Y, Z 爲一共用區敘述。

【共用儲存節】ㄍㄨㄥˋ ㄩㄥˋ ㄔㄨˊ ㄘㄨㄣˊ ㄐㄧㄝˊ

(common-storage section) 可博(COBOL)程式之資料部中,用來宣告與描述共用區段之名稱。

6【共同財產制】ㄍㄨㄥˋ ㄊㄨㄥˊ ㄘㄞˊ ㄔㄢˇ ㄓˋ

"民法"有關夫妻財產制規定中約定財產制的一種。可分一般共同財產制與所得共同財產制兩種。一般共同財產制者,夫妻之財產及所得,除特有財產外,合併爲共同財產,屬於夫妻公同共有之財產制。所得共同財產制者,即夫妻以契約訂定,僅以婚姻關係存續中,夫妻因勞力所得之財產及原有財產之孳息爲共同財產,適用一般共同財產制規定之財產制。共同財產由夫管理,其管理費用,由共同財產負擔,夫妻之一方,對共同財產爲處分時,除管理上必要之處分外,應得他方之同意。

【共同報償性】ㄍㄨㄥˋ ㄊㄨㄥˊ ㄅㄠˋ ㄔㄤˊ ㄒㄧㄥˋ

(the nature of general recompense)共同報償性爲租稅的主要特性之一。國家向人民課徵租稅是爲滿足一般性的需要,雖然人民繳納租稅後,可由政府的支出獲得利益,但其獲益與納稅之間並無對價關係,例如繳納較多者,並未享受較多的公共利益,此有別於個別報償的原則,吾人稱之爲共同報償性。

10【共射極電路】ㄍㄨㄥˋ ㄕㄜˋ ㄐㄧˊ ㄉㄧㄢˋ ㄌㄨˋ

(common emitter circuit;CE)電晶體放大電路之一。將射極接地,輸入信號由基極接入,輸出信號由集極接出。因其電流放大率及電壓放大率都大,是種較常使用的放大電路。如圖爲 *npn* 電晶體組成的共射極電路。

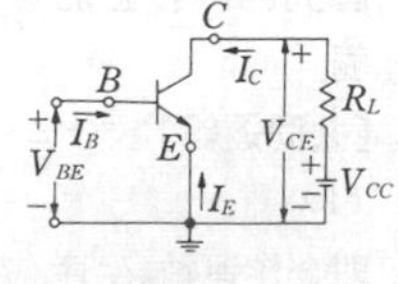

共射極電路圖

11【共基極電路】ㄍㄨㄥˋ ㄐㄧ ㄐㄧˊ ㄉㄧㄢˋ ㄌㄨˋ

(common base circuit;CB)電晶體放大電路之一。其基極端接地,輸入端由射極接入,輸出端爲集極。此種電路,電流放大率、電壓放大率都很小,故用得不多。

12【共集極電路】ㄍㄨㄥˋ ㄐㄧˊ ㄐㄧˊ ㄉㄧㄢˋ ㄌㄨˋ

(common collector circuit; CC)又稱集極接地電路、射極隨偶電路。電晶體電路中,以集極爲共通端之電路。其功率增益低,不能用於一般之放大器。特色爲輸入阻抗高而輸出阻抗低,常被用爲阻抗變換電路。其電路如附圖。

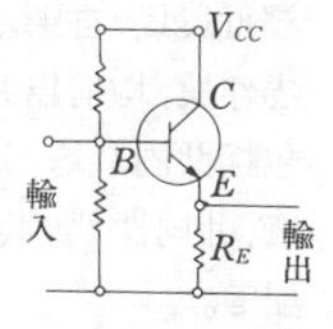

共集極電路圖

15【共模拒斥比】ㄍㄨㄥˋ ㄇㄛˊ ㄐㄩˋ ㄔˋ ㄅㄧˇ

(common mode rejection ratio;CMRR)用來表示差動放大器好壞程度的計量標準。即排斥相同的成分,而將不同的成分加以放大的比值;其值愈大,則差動放大器愈好。理想差動放大器,當兩個輸入信號的大小相同,相位相同,則輸出將會爲零。但是,實際的差動放大器內部的兩個電晶體的特性,不可能完全相同,故即使兩個輸入信號完全相同,輸出亦不會爲零。若差動信號的增益爲A_D,同相信號的增益爲A_C,則共模拒斥比爲:

$CMRR = |A_D/A_C|$。

6【共同侵權行爲】ㄍㄨㄥˋ ㄊㄨㄥˊ ㄑㄧㄣ ㄑㄩㄢˊ ㄒㄧㄥˊ ㄨㄟˊ

數人共同不法侵害他人之權利者,爲共同侵權行爲。共同侵權行爲須具備一、有加害行爲。二、行爲須不法。三、須侵害他人之權利或利益。四、須致生損害。五、須有責任能力。六、須有故意或過失等要件。此與一般侵權行爲同。但共同侵權行爲之加害人爲複數,且其責任爲連帶賠償責任,與一般侵權行爲係加害人爲單數,且單獨負責者不同。數人共同不法侵害他人之權利,不能知其中孰爲加害人者,亦應連帶負賠償責任。造意人及幫助人,視爲共同侵權行爲人。

【共同離子效應】ㄍㄨㄥˋ ㄊㄨㄥˊ ㄌㄧˊ ㄗˇ ㄒㄧㄠˋ ㄧㄥˋ

(common ion effect)若溶液中已存有與電解質解離後相同之離子,則此離子將降低電解質解離度之效應。

9【共赴國難宣言】ㄍㄨㄥˋ ㄈㄨˋ ㄍㄨㄛˊ ㄋㄢˋ ㄒㄩㄢ ㄧㄢˊ

'民國'二十六年九月二十二日,由'中國共產黨'發表。宣言中提出下列保證:一、爲實現三民主義而奮鬥。二、取消推翻'國民黨'的暴動政策。三、取消'蘇維埃'政府。四、取消紅軍名義及番號,改編成爲國民革命軍,受'國民政府''軍事委員會'統轄。

11【共產報業理論】ㄍㄨㄥˋ ㄔㄢˇ ㄅㄠˋ ㄧㄝˋ ㄌㄧˇ ㄌㄨㄣˋ

(Theory of Communist Press)報業四種理論之一,可稱爲極權主義的一種新型式。此理論出現於西元 1917 年‘蘇俄’共產黨政權成立之後,根源於‘馬克斯’的哲學思想,強調報業爲黨的工具,在嚴密的控制下,肩負起煽動、宣傳與組織的任務,最終目的爲協助共產黨完成「世界革命」的目標。自1917年以來,‘蘇俄’共黨的權力數次轉移,報刊因而淪爲一種政治工具。

6【共同海損分擔額】 ㄍㄨㄥˋ ㄊㄨㄥˊ ㄏㄞˇ ㄙㄨㄣˇ ㄈㄣ ㄉㄢ ㄜˊ

(general average contribution) 由共同海損所保全各種利益的分擔價值,分別比例分攤共同海損之損失額,即爲共同海損之分擔額。計算分擔額時,無論受損失與未受損失之利害關係人,皆應參加分擔。

【共同海損損失額】 ㄍㄨㄥˋ ㄊㄨㄥˊ ㄏㄞˇ ㄙㄨㄣˇ ㄙㄨㄣˇ ㄕ ㄜˊ

(general average loss)共同海損行爲中所實施的犧牲或支出費用所致的損失金額。其中費用部分損失額的估計,以支出費用額爲準,較爲簡單;至於實施犧牲部分損失額的估計,因其有船舶、貨物及運費三種不同的利益,故其估計方法各不同:㈠船舶的損失額,即爲其物質損失恢復所需的修理費。㈡貨物的損失額,須按其到達地的市價爲標準。㈢運費的損失額,可按貨物直接損失的程度與數量而決定。

7【共汲極場效電晶體】 ㄍㄨㄥˋ ㄐㄧˊ ㄐㄧˊ ㄔㄤˇ ㄒㄧㄠˋ ㄉㄧㄢˋ ㄐㄧㄥ ㄊㄧˇ

(common drain field-effect transistor)把場效電晶體作爲雙口網路之用,而利用汲極作爲輸入與輸出信號間的共同端,如此連接方式的場效電晶體稱爲共汲極場效電晶體。

13【共源極場效電晶體】 ㄍㄨㄥˋ ㄩㄢˊ ㄐㄧˊ ㄔㄤˇ ㄒㄧㄠˋ ㄉㄧㄢˋ ㄐㄧㄥ ㄊㄧˇ

(common source field-effect transistor)一雙口網路,應具有兩輸入端與兩輸出端,但場效電晶體元件,祇有源極、汲極與閘極三端,因此若欲使用場效電晶體成爲雙口網路時,若利用其源極作爲輸入與輸出間的共同端,這種連接方式的場效電晶體稱爲共源極場效電晶體。

 笑的古文。

5

㒷 與的俗體。

谷 谷的或體。

兵 ㄅㄧㄥ *ping*¹ 音冰

①武器。如:兵甲。②軍人。如:當兵。③戰爭。如:兵凶戰危。

3【兵工】 ㄅㄧㄥ ㄍㄨㄥ

①以兵爲工。②指有關軍事的工作。

4【兵戈】 ㄅㄧㄥ ㄍㄜ

①泛指武器。②借指戰爭。

5【兵甲】 ㄅㄧㄥ ㄐㄧㄚˇ

武器與甲冑。①泛指軍備。②指戰爭。

6【兵戎】 ㄅㄧㄥ ㄖㄨㄥˊ

原指兵器。引申指戰爭。

7【兵役】 ㄅㄧㄥ ㄧˋ

①指戰事。②規定人民在營服役的制度。我國"憲法"中規定人民有依法律服兵役的義務,故我國兵役係屬徵兵制。

8【兵法】 ㄅㄧㄥ ㄈㄚˇ

①用兵的方法。即戰略戰術。②研究用兵方法的書籍。

【兵事】 ㄅㄧㄥ ㄕˋ

軍事。

9【兵革】 ㄅㄧㄥ ㄍㄜˊ

同兵甲。

10【兵家】 ㄅㄧㄥ ㄐㄧㄚ

①"漢書·藝文志"十家之一。②精通兵法的專家。

【兵書】 ㄅㄧㄥ ㄕㄨ

論述兵法的書籍。

【兵馬】 ㄅㄧㄥ ㄇㄚˇ

指軍備。

11【兵略】 ㄅㄧㄥ ㄌㄩㄝˋ

用兵的謀略。

【兵符】 ㄅㄧㄥ ㄈㄨˊ

①兵書。②調遣軍隊的符信。

12【兵備】 ㄅㄧㄥ ㄅㄟˋ

軍備。

13【兵禍】 ㄅㄧㄥ ㄏㄨㄛˋ

戰禍。

【兵解】 ㄅㄧㄥ ㄐㄧㄝˇ

指學仙者死於兵刃。意即藉兵刃解脫軀殼而成仙。

14【兵餉】 ㄅㄧㄥ ㄒㄧㄤˇ

發給兵士的薪水糧餉。

【兵種】 ㄅㄧㄥ ㄓㄨㄥˇ

士兵的種類。如步兵、砲兵、工兵等。

16【兵險】 ㄅㄧㄥ ㄒㄧㄢˇ

(war risks)又稱戰爭危險或戰險。普通國際法上所稱的戰爭,僅指「國際法所認定範圍內,國家與國家的武力鬥爭狀態」而言。但海上保險所說的戰爭,則範圍很廣泛,不僅是否宣戰,甚至一般所說的變亂,例如內亂、武力革命等人民以有組織的武力對抗國家權力的狀態也包括在內,純粹的戰爭危險,是指在上述戰爭、變亂的狀態中發生捕獲、拿捕、扣留、拘禁之類事故,或槍砲攻擊、空襲、擊沈之類戰鬥行爲以及軍事行動的結果而言。除了上述純粹的戰爭危險以外,在平時狀態中所發生的扣留、扣押等所謂官方的處分,也屬於戰爭危險的範圍。戰爭結束,經過若干年月後,觸及水雷而發生事故時,按照一般常識,不視爲戰爭事故,但海上保險卻把它當做戰爭危險來處理。由上述可知海上保險所說的戰爭危險範圍極為廣泛。因戰爭危險所致保險事故，不在現代保險單承保的範圍，所以如有需要加保兵險，則另付保險費之下，保險公司可在保險單上附上［協會兵險條款］而予以承保。

18【兵燹】 ㄅㄧㄥ ㄒㄧㄢˇ
因戰亂而遭受焚燒破壞。

22【兵權】 ㄅㄧㄥ ㄑㄩㄢˊ
1用兵的權術。2指揮軍隊的權力。

23【兵變】 ㄅㄧㄥ ㄅㄧㄢˋ
軍隊叛變。

3【兵工廠】 ㄅㄧㄥ ㄍㄨㄥ ㄔㄤˇ
以製造各種軍品為主要任務，並負責保養與補給的工廠。我國'聯勤總部'設有若干製造火砲、槍及彈藥的兵工廠。

4【兵不血刃】 ㄅㄧㄥ ㄅㄨˋ ㄒㄧㄝˋ ㄖㄣˋ
不經戰鬥就能克敵致勝。

【兵不厭詐】 ㄅㄧㄥ ㄅㄨˋ ㄧㄢˋ ㄓㄚˋ
用兵作戰時不妨使用權謀詐術。

8【兵來將擋】 ㄅㄧㄥ ㄌㄞˊ ㄐㄧㄤˋ ㄉㄤˇ
比喻自有辦法應付。

10【兵馬倥傯】 ㄅㄧㄥ ㄇㄚˇ ㄎㄨㄥˇ ㄗㄨㄥˇ
形容戰事急迫。

11【兵連禍結】 ㄅㄧㄥ ㄌㄧㄢˊ ㄏㄨㄛˋ ㄐㄧㄝˊ
戰爭、災禍接連不斷地發生。

13【兵慌馬亂】 ㄅㄧㄥ ㄏㄨㄤ ㄇㄚˇ ㄌㄨㄢˋ
形容戰爭所造成的混亂狀態。

【兵農合一】 ㄅㄧㄥ ㄋㄨㄥˊ ㄏㄜˊ ㄧ
寓兵於農的制度。人民平時務農，農閒受訓，一旦有戰事，則徵為戰士。也作兵民合一。

22【兵驕將勇】 ㄅㄧㄥ ㄒㄧㄠ ㄐㄧㄤˋ ㄩㄥˇ
形容軍隊勇敢善戰。

6

其 ㊀ ㄐㄧ *chi*¹ 音基
1箕的籀文。2助詞。表示疑問。相當於呢。如：夜如何其？
㊁ ㄑㄧˊ *ch'i*² 音奇
1稱代詞。⑴相當於他或他的。如：文如其人。⑵相當於那或那個。如：傳之其人。2助詞。⑴表示詰問。相當於難道。如：其可再乎？⑵表示推測。相當於大概。如：其此之謂乎！⑶表示希望。相當於庶幾。如：帝其念哉！⑷表示命令、勸勉。相當於可。如：子其勉之！⑸表示將然。相當於將。如：五世其昌。⑹用於句中。相當於然。如：溫其如玉。
㊂ ㄐㄧˋ *chi*⁴ 音寄
助詞。用於句中。如：彼其之子。

8【其來有自】 ㄑㄧˊ ㄌㄞˊ ㄧㄡˇ ㄗˋ
其所以如此，是有原因的。

14【其貌不揚】 ㄑㄧˊ ㄇㄠˋ ㄅㄨˋ ㄧㄤˊ
相貌不好看。

具 ㄐㄩˋ *chü*⁴ 音懼
1設置；準備。如：具食。2一切；全部。如：具以實告。3完備；充足。如：禮舉義具。4陳述；列舉。如：條具風俗之弊。5器物。如：工具。6才幹；才器。如：才具不凡。7量詞。器物一件。8姓。'春秋''晉國'有'具丙'。見"左傳·襄一八年"。

4【具文】 ㄐㄩˋ ㄨㄣˊ
徒具空文，不符實際。

6【具名】 ㄐㄩˋ ㄇㄧㄥˊ
簽署姓名。

9【具保】 ㄐㄩˋ ㄅㄠˇ
刑事案件被告及得為其輔佐人之人或辯護人，得隨時具保聲請停止羈押，其目的在停止羈押被告，並保證其隨傳隨到。許可停止羈押之聲請者，應命提出保證書，並指定相當之保證金額。其聲請若有一、所犯最重本刑為一年以下有期徒刑、拘役或專科罰金之罪。二、懷胎五月以上或生產後二月未滿者。三、現罹疾病，非保外治療顯難痊癒者等三種情形之一者，法院不得駁回其聲請。其他情形准許與否，該管法院有自由裁量之權。

12【具結】 ㄐㄩˋ ㄐㄧㄝˊ
於訴訟程序上，證人或鑑定人親具切結，聲明據實陳述，決無匿、飾、增、減，或必為公正、誠實之鑑定，而簽名、蓋章，或按指印於結文上之行為。其目的在防止證人或鑑定人為虛偽之證言或鑑定，以確保證據調查結果之客觀眞實，故如證人或鑑定人於審判或偵查時，對於案情有重要關係之事項，曾經具結而為虛偽陳述者，構成"刑法"第一六八條之偽證罪，應處七年以下有期徒刑。

【具象】 ㄐㄩˋ ㄒㄧㄤˋ
(concrete; concreteness) 指具有形象，可以觸摸或感覺的事物。與抽象相對。

【具備】 ㄐㄩˋ ㄅㄟˋ
具有；齊備。

23【具體】 ㄐㄩˋ ㄊㄧˇ
1大體具備。2凡事物有實體存在的都稱為具體。又稱具象。與抽象相對。

12【具象藝術】 ㄐㄩˋ ㄒㄧㄤˋ ㄧˋ ㄕㄨˋ
(concrete art) 指以自然物為描繪對象，把自然物之形象表現在作品上的藝術。與抽象藝術相對。具象藝術有很寫實的，亦有把自然形象變形，而仍保有自然的某種形象者

23【具體而微】 ㄐㄩˋ ㄊㄧˇ ㄦˊ ㄨㄟˊ
內容大體具備而規模較小。

【具體運思期】 ㄐㄩˋ ㄊㄧˇ ㄩㄣˋ ㄙ ㄑㄧˊ
(concrete operations period) '瑞士'心理學家'皮亞傑'(J. Piaget)認知發展論的第三階段。孩童於七歲至十一歲期間，正式邏輯思考已啟端，且能對外在事物依序加以分類，但思考內容仍以具體實物及其間之關係為主。

典 ㄉㄧㄢˇ *tien*³ 音點

[1]上古的書籍。如:三墳五典。[2]書籍的通稱。如:字典。[3]法則制度。如:典章。[4]常;不變。如:典型。[5]掌管;主持。如:典試。[6]抵押。如:典當。[7]雅正。如:典雅。[8]姓。'三國''魏'有'典韋'。見"通志·氏族略五"。

5【典冊】ㄉㄧㄢˇ ㄘㄜˋ

同典策。[1]記載典章制度的重要書籍。[2]指君王的策命。

6【典守】ㄉㄧㄢˇ ㄕㄡˇ

保管。

【典式】ㄉㄧㄢˇ ㄕˋ

[1]模範。[2](archetype)又稱原型。'瑞士'心理學家'榮格'(Carl Gustav Jung)分析心理學(analytical psychology)的觀念之一。指存於集體潛意識中而爲每個人所共有的思想形式或行爲趨向。

8【典押】ㄉㄧㄢˇ ㄧㄚ

爲融通錢財而把東西抵押給別人。

【典制】ㄉㄧㄢˇ ㄓˋ

[1]典章制度。[2]掌管。

9【典型】ㄉㄧㄢˇ ㄒㄧㄥˊ

模範。引申爲標準的意思。

【典要】ㄉㄧㄢˇ ㄧㄠˋ

[1]不變的標準。[2]典雅而簡要。

【典故】ㄉㄧㄢˇ ㄍㄨˋ

詩文中引用的古代故事或有來歷出處的詞語。

11【典章】ㄉㄧㄢˇ ㄓㄤ

制度;法令。

【典常】ㄉㄧㄢˇ ㄔㄤˊ

常法;常規。

12【典雅】ㄉㄧㄢˇ ㄧㄚˇ

雅正而不淺俗。

13【典試】ㄉㄧㄢˇ ㄕˋ

主持考試。

【典當】ㄉㄧㄢˇ ㄉㄤˋ

[1]以物品抵押借錢。[2]'閩'南語指當鋪。

【典奧】ㄉㄧㄢˇ ㄠˋ

雅正深奧。

15【典論】ㄉㄧㄢˇ ㄌㄨㄣˋ

'曹丕'撰,五卷。原書已散佚,今有輯本一卷,存"自敘"及"論文",餘皆零星片段。

16【典據】ㄉㄧㄢˇ ㄐㄩˋ

[1]典故的出處。[2]掌管據守。

17【典禮】ㄉㄧㄢˇ ㄌㄧˇ

[1]典章制度。[2]指主管禮儀制度的官吏。[3]指某種活動的進行儀式。

20【典籍】ㄉㄧㄢˇ ㄐㄧˊ

[1]經典圖籍等重要文獻。[2]古代掌管官府圖書的官吏。

22【典權】ㄉㄧㄢˇ ㄑㄩㄢˊ

指支付典價,占有他人之不動產,而爲使用及收益之權。支付典價占有他人之不動產而爲使用收益之人稱爲典權人,該不動產稱爲典物,不動產之所有人稱爲出典人。典權爲我國特有之制度,其基本構想是典權人支付典價,換取典權存續期間對典物使用收益之權,出典人收取典價,在典權存續期間無息使用典價。出典人同可保有典物所有權,獲得典價之使用;典權人也可以典價之利息替代租金,獲得典物之使用收益。出典人於典權存續中,表示讓與其典物之所有權於典權人者,典權人得按時價找貼,取得典物所有權。找,就是若典價高於典物之時價,由出典人找付其差額予典權人;貼,就是若典價低於典物之時價,由典權人貼付其差額予出典人。

21【典屬國】ㄉㄧㄢˇ ㄕㄨˇ ㄍㄨㄛˊ

官名。'秦'始置,負責管理歸順的外族。'漢'沿之。'成帝'時,併入大鴻臚。

13【典試委員】ㄉㄧㄢˇ ㄕˋ ㄨㄟˇ ㄩㄢˊ

辦理高、普考及相當於高、普考之特種考試時,組織'典試委員會'主持典試工作的委員。由'考選部'商同典試委員長擬具名單,報請'考試院'院長核提院會決定後,呈請總統派任。主要任務爲出席典試委員會議、決定考試日程、命題、閱卷及決定錄取標準。

【典試機構】ㄉㄧㄢˇ ㄕˋ ㄐㄧ ㄍㄡˋ

考試時主持有關典試事宜的機構。負責辦理高、普考及相當高、普考之特種考試的組織通稱'典試委員會'。負責辦理低於普考之各類考試的組織則稱'主試委員會'。由'考試院'呈請總統派任委員長一名及委員若干名所組成。爲一臨時性機構,考試完畢即行撤銷。主要的職權包括:排定考試日期、決定命題及評閱標準、分配擬題及閱卷、審查應考人考試成績、決定錄取名額、彌封姓名冊之開拆與對號,以及及格人員之榜示等等。

22【典權契稅】ㄉㄧㄢˇ ㄑㄩㄢˊ ㄑㄧˋ ㄕㄨㄟˋ

指因取得典權所應繳納之契稅。所謂典權,指因支付典價,占有他人之不動產,而爲使用及收益之權。日前因取得典權所應繳納契稅之稅率爲5%,以典權人爲納稅義務人。

7

豙 ㄙㄨㄟˋ *sui*⁴ 音遂

聽從。今通作遂。見"說文"。

8

兼 ㄐㄧㄢ *chien*¹ 音尖

[1]併合。如:兼併天下。[2]指兩個或兩倍以上。如:兼味。

2【兼人】ㄐㄧㄢ ㄖㄣˊ

勝過別人;一人能擔任兩人的事。

6【兼任】ㄐㄧㄢ ㄖㄣˋ

同一人員同時擔任兩個職務。爲免發生流弊,除法令別有規定或業務上確有特殊需要者外,多予禁止。兼任職務人員,其薪給仍以領一個職務之薪給爲限。

8【兼味】 ㄐㄧㄢ ㄨㄟˋ
指不止一種美味的菜肴。
【兼併】 ㄐㄧㄢ ㄅㄧㄥˋ
①侵占;併吞。②(annexation)一國以武力強行取得他國全部或一部之領土。依兼併取得領土主權,須符合下列要件:一、一國完全征服他國。二、片面公開宣布兼併之意旨。惟鑒於國際法禁止使用武力解決國際爭端,及'聯合國大會'於西元1970年10月24日通過之一項友好關係決議:一國之領土不得由他國以威脅或使用武力而取得。則兼併在國際法上之合法性不無疑問。
【兼金】 ㄐㄧㄢ ㄐㄧㄣ
成色好而價值高的純金。
10【兼祧】 ㄐㄧㄢ ㄊㄧㄠ
一人兼嗣兩房。
11【兼毫】 ㄐㄧㄢ ㄏㄠˊ
指用羊毫、狼毫(黃鼠狼毛)或紫色兔毫等合製而成的毛筆。
12【兼程】 ㄐㄧㄢ ㄔㄥˊ
以加倍的速度趕路。也作兼道。
13【兼愛】 ㄐㄧㄢ ㄞˋ
'戰國''墨子'的重要學說。主張視人之國如己國,視人之家如己家,視人之身如己身,以消弭紛爭。
18【兼職】 ㄐㄧㄢ ㄓˊ
①兼任的職務。與專職相對。②一人同時擔任兩種或兩種以上的職務。
21【兼顧】 ㄐㄧㄢ ㄍㄨˋ
各方面都能顧及。
22【兼聽】 ㄐㄧㄢ ㄊㄧㄥ
聽取各方面的意見。
10【兼容並蓄】 ㄐㄧㄢ ㄖㄨㄥˊ ㄅㄧㄥˋ ㄒㄩˋ
廣泛包容各方面的事物或意見。
12【兼善天下】 ㄐㄧㄢ ㄕㄢˋ ㄊㄧㄢ ㄒㄧㄚˋ
不但使自己完善,進而使天下人完善。
20【兼籌並顧】 ㄐㄧㄢ ㄔㄡˊ ㄅㄧㄥˋ ㄍㄨˋ
整體地計畫,每一方面都能顧慮到。

10

[illegible] 兼的俗體。

11

兾 冀的俗體。

14

冀 ㄐㄧˋ *chi*⁴ 音計
①古代九州之一。見"說文"。②'河北省'的簡稱。③希望。如:希冀。④姓。'春秋'時'晉'有'冀缺'。見"萬姓統譜·九三"。
11【冀望】 ㄐㄧˋ ㄨㄤˋ
希望;期望。
5【冀北空群】 ㄐㄧˋ ㄅㄟˇ ㄎㄨㄥ ㄑㄩㄣˊ
比喻善於鑒識人才,人才被延請一空。

冂部

冂 坰的本字。

1

冃 ㄇㄠˇ *mao*³ 音卯
兩層的覆蓋物。見"說文"。

2

[illegible] 帽的本字。

冄 冉的或體。

3

冉 ㄖㄢˇ *jan*³ 音染
①毛髮柔弱下垂的樣子。見"說文"。②漸漸侵染。通染。③姓。'春秋''魯'有'冉伯牛'。見"論語·先進"。
5【冉冉】 ㄖㄢˇ ㄖㄢˇ
①漸進、慢慢移動的樣子。②柔弱下垂的樣子。
7【冉求】 ㄖㄢˇ ㄑㄧㄡˊ
(前552~前489)'春秋''魯'人。字'子有',又稱'冉有'。'孔子'弟子,性謙退,有才藝,長於政事,曾做'季孫'氏的家臣。

囘 回的古文。

[illegible] ㄋㄧㄝˋ *nieh*⁴ 音孽
低垂的樣子。見"字彙補"。

冋 坰的或體。

册 冊的或體。

冊 ㈠ ㄘㄜˋ *ts'ê*⁴ 音策
①簡札典籍。如:冊葉。②封爵的策命。如:冊封。③量詞。書一本稱一冊。④計策;謀略。通作策。如:安邊之冊。
㈡ ㄔㄞˇ *ch'ai*³
夾繡花圖樣的紙本子。如:樣冊子。
5【冊立】 ㄘㄜˋ ㄌㄧˋ
'清代'冊封皇后之禮。
9【冊封】 ㄘㄜˋ ㄈㄥ
'清朝'稱立貴妃、親王、親王世子之禮。
13【冊葉】 ㄘㄜˋ ㄧㄝˋ
裝裱形式的一種。興起較晚,約在'唐代'以後才流行。冊葉裝裱的技術主要是五鑲和挖投,投即是把挖好的裱料及畫心都黏貼在冊葉的墩子上。冊葉裱好之後進行連頁的步驟,連頁方式的不同,把冊葉又分成推蓬裝和蝴蝶裝兩種,推蓬裝在進行連頁時,把針眼刺在左右兩邊,如此就可以上下翻閱;蝴蝶裝則是將針眼刺在上下兩邊,便於左右翻閱。連頁之後加上面板,上簽條即算裝裱完成。
8【冊府元龜】 ㄘㄜˋ ㄈㄨˇ ㄩㄢˊ

ㄍㄨㄟ
‘宋’‘王欽若’、‘楊億’等奉敕撰，一千卷。分門編輯歷代君臣事蹟。取材以正史爲主，間亦取經、子，但不錄小說家言。保留‘宋’以前史料甚豐，可用以校補。

4

再 ㄗㄞˋ tsai[4] 音在
1重；又。如：再生。2多次；屢次。如：一再。

3【再三】 ㄗㄞˋ ㄙㄢ
屢次。

5【再生】 ㄗㄞˋ ㄕㄥ
1再世；重生。2(regeneration)動物在受傷、斷肢或喪失器官後能再復生的情形，稱爲再生。無脊椎動物中的渦蟲、水螅、海綿等再生力均極強；脊椎動物中以蠑螈的再生力最強，能再生斷去的肢；有些種類的蜥蜴尾斷以後，也能再生。

6【再任】 ㄗㄞˋ ㄖㄣˋ
對已經離職之人員，再度予以任用。如因機關業務緊縮被裁減之人員，於業務增加時予以再任；已自願退休之人員，因業務上需要，由有關機關予以再任。

8【再版】 ㄗㄞˋ ㄅㄢˇ
同一本書的內容，經過修訂後的第二次印行。如未經修訂，照原版再印，則不增版次，是爲增印次。

11【再造】 ㄗㄞˋ ㄗㄠˋ
1重新獲得生命。多用以表示感謝人的大恩大德。2重建。

13【再新】 ㄗㄞˋ ㄒㄧㄣ
(refresh)1電腦圖學中，在顯示幕上反覆地產生相同的顯像，使圖像維持可見的過程。2動態半導體記憶體使用電容上的電荷來儲存訊息。但電荷會因漏電而衰減，故需要定期地重新存入原來的訊息，此一重新存入的過程，稱爲再新。

14【再製】 ㄗㄞˋ ㄓˋ
(recycle)將喪失原特性之物品當作原料，經由工業加工使之轉變成新產品的一種步驟。

15【再審】 ㄗㄞˋ ㄕㄣˇ
訴訟之當事人，於具有再審理由時，對於確定之終局判決聲明不服，請求法院再爲審判之行爲。按判決一經確定，法院及當事人均應受其拘束，不得再行變更，惟如嗣後發現訴訟程序有重大瑕疵或判決基礎事實與眞實不合者，若仍不許變更確定判決，即屬有違正義，故民事及刑事訴訟，均承認再審之制度。

19【再醮】 ㄗㄞˋ ㄐㄧㄠˋ
再婚。本爲男女通稱，‘元’、‘明’以後專指女子夫死改嫁。

4【再分配】 ㄗㄞˋ ㄈㄣ ㄆㄟˋ
(redistribution)盈餘物品分配的一種方式。主要見於政治組織較爲發達的階層化社會中。該社會或部落的人們，以一定量的物品或勞務，匯集於社會領袖或部落的酋長處，然後再由他們以慷慨及施恩的方式，重新分配給整個社會。

5【再加工】 ㄗㄞˋ ㄐㄧㄚ ㄍㄨㄥ
(reprocessing)改變物品原狀態的一種步驟。如改變輕微的研磨或切割加工，及改變重大的纖維素轉變成酵母的生化轉換。

【再生緣】 ㄗㄞˋ ㄕㄥ ㄩㄢˊ
1戲曲名。‘明’‘王衡’撰。搬演‘漢武帝’‘李夫人’轉世爲‘鉤弋夫人’的傳聞。2彈詞名。又名“麗君緣”、“孟麗君”。原二十卷，前十七卷爲‘清’‘陳端生’撰，後三回爲‘梁德繩’續。今本八十卷，‘侯芝’改編。演述‘元代’女子‘孟麗君’女扮男裝，赴京應試，官至宰相的故事。

6【再存入】 ㄗㄞˋ ㄘㄨㄣˊ ㄖㄨˋ
(restore)電腦將所讀出的資料重寫入記憶體原位置的過程。主要發生於蕊心記憶體之破壞性讀取的操作中。

8【再沸器】 ㄗㄞˋ ㄈㄟˋ ㄑㄧˋ
(reboiler)位於蒸餾塔底部，用以將下流之液體部分變成蒸氣流回塔中，並使其他液體流出塔外當作塔底產品的裝置。本身可視爲一熱交換器及液、汽平衡裝置。

【再使用】 ㄗㄞˋ ㄕˇ ㄩㄥˋ
(reuse)收回商品或產品使之不改變其特性之經濟性重複使用的步驟。如飲料瓶之收回清洗，再裝塡產品回售到市場上。

9【再保險】 ㄗㄞˋ ㄅㄠˇ ㄒㄧㄢˇ
(reinsurance)保險人於接受保險業務後，斟酌自身的承保能量，將業務的一部或全部，移轉由其他保險人承保，藉以分散危險及減輕自身的承保責任。可謂爲「保險之保險」。

12【再訴願】 ㄗㄞˋ ㄙㄨˋ ㄩㄢˋ
人民不服訴願的決定時，向原處分機關的再上級機關，所提起的訴願。受理再訴願機關，應對再訴願爲審查或決定。不服再訴願的決定，而合於提起行政訴訟的條件者，還可提起行政訴訟。訴願之規定，與再訴願性質不相牴觸者，於再訴願準用之。參訴願、行政訴訟。

【再結晶】 ㄗㄞˋ ㄐㄧㄝˊ ㄐㄧㄥ
(recrystallization)將固體物質溶解於適量的熱溶劑中，然後以冷卻的方式使固體以結晶的形態析出，因而達到純化固體的目的，這種方法或過程稱爲再結晶。

14【再認法】 ㄗㄞˋ ㄖㄣˋ ㄈㄚˇ
(recognition)測量記憶的主要方法之一。令受試者看完一組材料後，要求其自混有新材料之另一組材料中，指認出先前所看過的材料。

15【再確認】 ㄗㄞˋ ㄑㄩㄝˋ ㄖㄣˋ
(reconfirmation)對預約行爲的再確認。1依‘國際航空運輸協會’規定，凡搭乘國際航線的旅客，在行程中的任何據點停留達72小時以上者，雖於購票時已辦妥預約手續，但仍須於飛機起飛前72小時以前主動辦理座位的再確認手續，否則，航空公司得自動取消該班次及其後全部班次的座位。2指旅館業者在住宿日前向訂房的當事人詢問是否依約前來住宿。

5【再生父母】 ㄗㄞˋ ㄕㄥ ㄈㄨˋ ㄇㄨˇ
指大恩人。因其恩情深重，如同父母賜予生命，故稱。

【再生循環】 ㄗㄞˋ ㄕㄥ ㄒㄩㄣˊ ㄏㄨㄢˊ
(regenerative cycle)從'郎肯'循環改良而來的另一重要循環。其特點是飼水加熱器的使用。理想化再生循環如圖(一)所示。1-2表壓縮過程，2-3表液態水流經輪機的狀態變化，3-4表定溫下，在鍋爐內供熱給工作流體的路程，5-1的過程表示在凝結器裡工作流體所傳出的熱量。此循環1-2-3-4-5與'卡諾'循環1′-3-4-5′-1′之吸熱及放熱皆相等。因而在相同的加熱量和排熱溫度時，理想的再生循環的效率與'卡諾'循環相等。但理

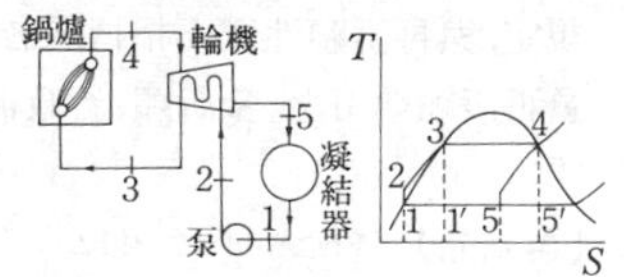

(一)理想的再生循環圖

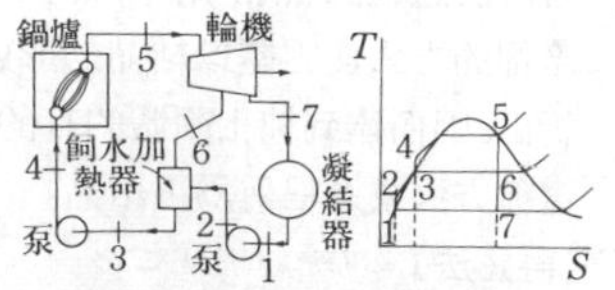

(二)開敞式飼水加熱器的再生循環圖

想化再生循環很難達到。實際的回熱式循環是抽出一些在輪機中部分膨脹的蒸汽，然後再利用一個飼水加熱器來處理。如圖(二)所示，爲開敞式飼水加熱器的再生循環。

【再生電池】 ㄗㄞˋ ㄕㄥ ㄉㄧㄢˋ ㄔˊ
(secondary cell)電池經過放電後，可再藉外加電壓提供之電能充電以重複使用之電池。例如鉛蓄電池。

7【再社會化】 ㄗㄞˋ ㄕㄜˋ ㄏㄨㄟˋ ㄏㄨㄚˋ
(resocialization)個人對與他原有經驗環境不同的新規範與價值，重新學習與社會化的過程。例如，剛從部隊退伍者，必須拋棄原有在部隊裡的行爲方式，重新學習社會一般規範。

9【再保公司】 ㄗㄞˋ ㄅㄠˇ ㄍㄨㄥ ㄙ
(ceded company)又稱再保險人。接受原保公司分入業務的保險公司。其分入業務稱爲再保業務。

10【再衰三竭】 ㄗㄞˋ ㄕㄨㄞ ㄙㄢ ㄐㄧㄝˊ
形容士氣越來越衰落，欲振乏力。

11【再接再厲】 ㄗㄞˋ ㄐㄧㄝ ㄗㄞˋ ㄌㄧˋ
接戰一次，回來就再磨刀一次，以備再戰。比喻勇猛精進，絕不懈怠。

15【再熱循環】 ㄗㄞˋ ㄖㄜˋ ㄒㄩㄣˊ ㄏㄨㄢˊ
(reheat cycle)爲提高'郎肯'循環之效率，而使用多級膨脹，並在級與級間予以再熱的一種改良式'郎肯'循環。如圖所示。爲提高'郎肯'循環之熱效率，可提高供給蒸汽的壓力與溫度，及降低排出蒸汽的壓力。然而，提高供給蒸汽的壓力，將降低排出蒸汽的乾度，而影響渦輪機之壽命；又供給蒸汽之溫度，必須受到渦輪機葉片所使用材料的最高容許溫度之限

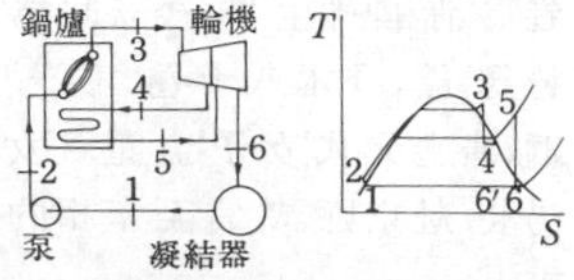

再熱循環的裝置及T-S圖

制。因此，爲了充分利用熱源之熱能而使用再熱循環，以提高效率，並保持輪機之使用壽命。

9【再保自負額】 ㄗㄞˋ ㄅㄠˇ ㄗˋ ㄈㄨˋ ㄜˊ
(underlying retention)在超額再保險契約中，分保公司決定自行負責一定的損失金額或損失比率。在實務上，不稱自留額而稱再保自負額，以示合約再保險與超額再保險的區別。

【再保險集團】 ㄗㄞˋ ㄅㄠˇ ㄒㄧㄢˇ ㄐㄧˊ ㄊㄨㄢˊ
(reinsurance pool)若干保險公司爲處理性質特殊的危險、應付鉅額保險業務的需要、避免同業間無謂競爭、舉辦新種保險業務等理由，共同組織一聯合機構，統籌辦理所有參加集團各保險公司的再保險業務，以增強承保能量，並節省管理費用。

15【再審查程序】 ㄗㄞˋ ㄕㄣˇ ㄔㄚˊ ㄔㄥˊ ㄒㄩˋ
審計機關對於審查完竣案件，自決定之日起二年內發現其中有錯誤、遺漏、重複等情事，或十年內發現詐僞之證據，得以再審查。對於各機關剔除、繳還或賠償之款項或不當事項，如經查明有非由於故意、重大過失或舞弊之情事屬實，或支出之結果確實獲得相當價值之財物，或顯然可計算之利益者，得審酌其情形，經覆議或再審查之程序後，免除各該負責人員一部或全部之損害賠償責任，或予以糾正之處置。再審查案件，由主管單位簽註意見，經覆審單位表示意見後，提出審計會議或審核會議決議行之。

冎 剮的本字。

冊 冊的本字。

5

冏 ㄐㄩㄥˇ *chiung*³ 音迥
光明。囧的俗體。通炯。

7

冒 ㊀ ㄇㄠˋ *mao*4 音帽

①觸犯；蒙受。如：冒瀆。②鹵莽。如：冒失。③假稱。如：冒名頂替。④從下往上竄出。如：冒煙。⑤貪欲。如：貪冒。⑥頭巾。通帽。如：冒絮。⑦姓。'明'有'冒哲'。見"萬姓統譜·一〇四"。

㊁ ㄇㄛˋ *mo*4 音墨

①同㊀⑤。②參冒頓。

3【冒口】 ㄇㄠˋ ㄎㄡˇ

(feed head; riser)金屬熔液凝固時，鑄件會發生收縮而造成縮孔缺陷，爲補充熔液凝固收縮，而於鑄模上部或旁側所設計之熔液儲存部分，稱爲冒口。

5【冒失】 ㄇㄠˋ ㄕ

行動莽撞；魯莽。

【冒犯】 ㄇㄠˋ ㄈㄢˋ

衝撞他人而不知禮敬。

6【冒死】 ㄇㄠˋ ㄙˇ

不顧生命。

【冒名】 ㄇㄠˋ ㄇㄧㄥˊ

假借他人的名義。

9【冒昧】 ㄇㄠˋ ㄇㄟˋ

魯莽；不明事理而輕率妄動。今多用爲自謙之辭。

12【冒進】 ㄇㄠˋ ㄐㄧㄣˋ

未準備妥善，即貿然行事。

【冒牌】 ㄇㄠˋ ㄆㄞˊ

①假託別人的商標。②假借他人的名義。

13【冒頓】 ㄇㄛˋ ㄉㄨˊ

（？～前174）'漢'初'匈奴'的單于。英武有權略，弒父自立。曾破'東胡'，擊'月氏'，併'樓煩'，又南下圍'高祖'於'白登'，'漢'不得已和他講和，並納歲幣。

14【冒領】 ㄇㄠˋ ㄌㄧㄥˇ

冒名領取。

16【冒險】 ㄇㄠˋ ㄒㄧㄢˇ

①不怕危險而勇往直前。②不顧後患，只求急功近利的行動。

18【冒瀆】 ㄇㄠˋ ㄉㄨˊ

冒犯。

5【冒失鬼】 ㄇㄠˋ ·ㄕ ㄍㄨㄟˇ

指舉動魯莽的人。

16【冒險犯難】 ㄇㄠˋ ㄒㄧㄢˇ ㄈㄢˋ ㄋㄢˋ

不避危險困難，勇往直前。

冑 ㄓㄡˋ *chou*4 音宙

頭盔。作戰時戴在頭上用來保護頭面的裝備。

8

冓 ㄍㄡˋ *kou*4 音遘

①交積的木材。見"說文"。②宮中深密處。後用以比喻內室。如：中冓之言。

冔 ㄒㄩˇ *hsü*3 音許

'商代'冠名。見"儀禮·士冠禮"。

9

㒼 ㄇㄢˇ *man*3 音蹣

齊平。見"說文"。

⿱冃見 ㄇㄠˋ *mao*4 音冒

冒犯，觸犯。見"集韻"。

冕 ㄇㄧㄢˇ *mien*3 音免

古代大夫以上官員所戴的禮冠。

12【冕旒】 ㄇㄧㄢˇ ㄌㄧㄡˊ

①禮冠的一種。表面黑色，裡面紅色，冕版的前端有組纓下垂，貫以珠玉，稱旒。天子十二旒，諸侯九，上大夫七，下大夫五。'南北朝'以後，只有皇帝用冕。②皇帝的代稱。

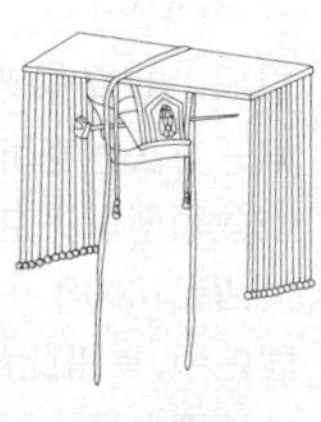

冕旒圖

10

⿱冃卷 ㄑㄩㄢ *ch'üan*1 音圈

小孩的帽子。見"集韻"。

最 ㄗㄨㄟˋ *tsui*4 音醉

通冣。①聚集；會聚。②總計。如：最目。③極；尤。如：最優。

13【最殿】 ㄗㄨㄟˋ ㄉㄧㄢˋ

功績最劣等。

8【最佳化】 ㄗㄨㄟˋ ㄐㄧㄚ ㄏㄨㄚˋ

(optimization)也稱最適化。企業組織所規劃的決策，於各項有關因素之適當結合下，得以最有利之結果的獲致情形，稱爲最佳化。

11【最速件】 ㄗㄨㄟˋ ㄙㄨˋ ㄐㄧㄢˋ

公文用語。指最急需優先處理的公文。

12【最惠國】 ㄗㄨㄟˋ ㄏㄨㄟˋ ㄍㄨㄛˊ

甲國與乙國訂約，能得其最優等的利益，即爲最惠國。普通皆用於貿易關係上，最惠國待遇常常是互惠的。

3【最大音量】 ㄗㄨㄟˋ ㄉㄚˋ ㄧㄣ ㄌㄧㄤˋ

(maximum noise level; L_{max})某時段內所測得最大能量值的音量。

【最小音量】 ㄗㄨㄟˋ ㄒㄧㄠˇ ㄧㄣ ㄌㄧㄤˋ

(minimum noise level; L_{min})某時段內所測得最小能量值的音量。

【最小效果】 ㄗㄨㄟˋ ㄒㄧㄠˇ ㄒㄧㄠˋ ㄍㄨㄛˇ

又稱最小影響法則(the law of minimal consequences)。主張大眾傳播效果有限的一種說法，認爲報業和其他媒介的效果，並非藉以打動公眾心靈，主要目的僅在強化受眾已經深信的觀念而已，持此理論者有'美'傳播學者'霍夫蘭'(Carl I. Hovland)及'克萊伯'(Joseph Klapper)等人。

7【最低工資】 ㄗㄨㄟˋ ㄉㄧ ㄍㄨㄥ ㄗ

(minimum wages)指經由國家立法或經勞資雙方團體協商後，規定雇主僱用勞工所必須支付工資的最低標準。各國多已實施最低工資制度，其最低工資標準亦多考量勞動者生活需要、雇主給付能力、相關階層工資水準、經濟成長環境等。我國於'民國'二十五年十二月二十三日公布最低工資法，以成年工人最低工資維持二人的必要生活爲標準。制定後因逢抗戰剿匪，且雇主認爲標準太高，故迄未施行。'立法院'已於七十五年五月三日通過廢止該法。

8【最佳阻尼】 ㄗㄨㄟˋ ㄐㄧㄚ ㄗㄨˇ ㄋㄧˊ
(optimun damping) 響應快速，但有些過激現象的阻尼。通常約爲臨界阻尼的65%。

【最佳負載】 ㄗㄨㄟˋ ㄐㄧㄚ ㄈㄨˋ ㄗㄞˋ
(optimum load)使電源至負載間得到最大功率轉移的負載阻抗值。

9【最後通牒】 ㄗㄨㄟˋ ㄏㄡˋ ㄊㄨㄥ ㄉㄧㄝˊ
(ultimatum)或直譯爲哀的美敦書。一國斷然向他國提出通知，表明終止就兩國爭端所進行的談判，並提出絕對要求，否則採取和平以外的手段，包括宣戰、占領領土、封鎖或其他報復手段等強制措施。一般認爲，最後通牒之內容如果涉及威脅使用武力，則爲違反國際法。

10【最高法院】 ㄗㄨㄟˋ ㄍㄠ ㄈㄚˇ ㄩㄢˋ
全國最高的審判機關。設於中央政府所在地。管轄之事件爲：一、不服高等法院及其分院第一審判決而上訴之刑事訴訟案件；二、不服高等法院及其分院第二審判決而上訴之民事、刑事訴訟案件；三、不服高等法院及其分院裁定而抗告之案件；四、非常上訴案件。最高法院設院長一人，總理全院行政事務，但不得指揮審判。並設民事庭及刑事庭。

11【最終速度】 ㄗㄨㄟˋ ㄓㄨㄥ ㄙㄨˋ ㄉㄨˋ
(terminal velocity)①飛機在空氣中全力垂直俯衝無限距離後，所能達到之最大假想速度。②指自由落體受空氣阻力影響，所能達到之最終速度。

【最終覆土】 ㄗㄨㄟˋ ㄓㄨㄥ ㄈㄨˋ ㄊㄨˇ
(final cover)垃圾掩埋面達到預定高度後，所覆蓋均勻、壓實之60公分以上的土壤。可防止病媒孳生、控制氣體及液體流動，並可美化外觀。

15【最適關稅】 ㄗㄨㄟˋ ㄕˋ ㄍㄨㄢ ㄕㄨㄟˋ
(optimum tariff)一國所課徵的關稅能使該國的福利水準達到最大限度的關稅水準。其稅率稱爲最適關稅稅率。

3【最小平方法】 ㄗㄨㄟˋ ㄒㄧㄠˇ ㄆㄧㄥˊ ㄈㄤ ㄈㄚˇ
(least squares)利用統計學，從一組實驗數據尋找最恰當的公式時最常用的方法。它使不規則的數據平滑化。例如，假設(x_1, y_1)，(x_2, y_2)，……代表一組實驗數據，將它描在方格紙上(或視需要，用對數坐標紙)。假定它適合用線性關係$y=mx+b$來表現x_i和y_i之間的關係。則所謂最小平方法，即以使$\sum_{i=1}^{n}[y_i-(mx_i+b)]^2$爲最小的立場來求$m$和$b$的值。同一方法亦適用於其他帶參數的函數類型以決定其參數值。'高斯'於西元1800年在有關天文觀測的誤差中，首用此法。許多常見的統計值都與最小平方法有關，例如x_1、x_2、……的平均是使$\sum_{i=1}^{n}(t-x_i)^2$爲最小值時的t值。

4【最少養分律】 ㄗㄨㄟˋ ㄕㄠˇ ㄧㄤˇ ㄈㄣˋ ㄌㄩˋ
植物生育所需的每種礦質養分各有一定的比率，植物的生育會受到諸養分中供給比率最少者所支配，並限制其他養分量的作用，此現象即稱最少養分律。

7【最低限藝術】 ㄗㄨㄟˋ ㄉㄧ ㄒㄧㄢˋ ㄧˋ ㄕㄨˋ
(minimal art)又稱爲基本構成(primary structure)或ABC藝術(ABC art)。形成於西元1960年代中期，而於1970年代盛行於'美國'，是一種簡潔幾何形體的雕刻藝術。它強烈反對有浪漫或幻想味道的具象藝術；也反對抽象表現主義強烈個性的表現，而主張任何一個幾何形體就有其獨特和理性之美，藝術家只要創造出這一種幾何抽象形體即可，它會自己呈現其理性之美給觀眾。最低限藝術有單獨一件的，而大多數是數個單一形體的連續反復，如此才能創造出節奏。代表藝術家有'史帖拉'(Stella)、'卡羅'(Caro)、'賈德'(Judd)、'魯維特'(LeWitt)等。

8【最佳含水比】 ㄗㄨㄟˋ ㄐㄧㄚ ㄏㄢˊ ㄕㄨㄟˇ ㄅㄧˇ
(optimum moisture content; optimum water content)土壤在一定夯實能量作用下，對應於最大乾密度時之含水比。土壤在最佳含水比的水分含量下夯實，具有最佳之穩定性，因其密水性佳，強度可保持在可用範圍內，即使浸水，其變形也不致很大。

11【最終需氧量】 ㄗㄨㄟˋ ㄓㄨㄥ ㄒㄩ ㄧㄤˇ ㄌㄧㄤˋ
(ultimate oxygen demand)欲完全氧化廢水中有機物所需之理論氧氣供應量。

12【最惠國條款】 ㄗㄨㄟˋ ㄏㄨㄟˋ ㄍㄨㄛˊ ㄊㄧㄠˊ ㄎㄨㄢˇ
(most favored nation clause)即通商條約締約國的兩國，在通商條約中，規定類如：「如一方現在或將來給與第三國以某種優惠待遇時，將立即給與締約國的他方同樣的該種待遇。」的條款時，此條款即稱爲「最惠國條款」。最惠國條款有兩種不同的形式，即無條件最惠國條款與有條件最惠國條款：前者是締約國一方保證將其給與第三國的任何優遇，無條件給與對方締約國，全無保留；後者則僅保證於對方締約國提出與第三國相同或等值的對待優遇時，締約國此方才能將其給與第三國的優遇，同樣給與對方締約國。最惠國待遇尚有片面與雙邊之分；前者是締約國一方單獨負擔義務，給與對方以最惠國待遇；後者則是彼此互相允諾有對待的義務。我國以前在不平等條約下，所負最惠國待遇的義務，就是片面性質，到了'國民政府'定都'南京'後，所締結的條約則是雙邊形式。最惠國待遇又可分為無限制與有限制兩類：前者指最惠國待遇在內容上廣被一切涉外事務有關方面（如關稅、外人居留及其他種種關係），在範圍上擴及所有國家，而無限制；後者則最惠國待遇在內容上及範圍上均有限制，如締約之際，預將最惠國條款適用的地域、目的物及有效期間三者，予以限制或設例外的規定。

3**【最大可能洪水】** ㄗㄨㄟˋ ㄉㄚˋ ㄎㄜˇ ㄋㄥˊ ㄏㄨㄥˊ ㄕㄨㄟˇ

(maximum possible flood)依水文資料之統計分析與推論，某一地區於現代地質及氣候紀中，可能發生的最大洪水。

【最大起飛重量】 ㄗㄨㄟˋ ㄉㄚˋ ㄑㄧˇ ㄈㄟ ㄓㄨㄥˋ ㄌㄧㄤˋ

(maximum take-off weight)飛機所能起飛之最大重量。包括飛機空重、固定載重及酬載。

【最大誠信原則】 ㄗㄨㄟˋ ㄉㄚˋ ㄔㄥˊ ㄒㄧㄣˋ ㄩㄢˊ ㄗㄜˊ

(principle of utmost good faith) 一般契約訂立，應出於當事人的誠信。而締結保險契約，更須有最大的誠信。在保險契約方面有保證、告知等規定，皆以此原則為基礎。

【最小起動電壓】 ㄗㄨㄟˋ ㄒㄧㄠˇ ㄑㄧˇ ㄉㄨㄥˋ ㄉㄧㄢˋ ㄧㄚ

(minimum starting voltage)加於伺服電動機控制繞組以使轉子能在無載條件之下起動所需要的最小電壓。

11**【最終控股公司】** ㄗㄨㄟˋ ㄓㄨㄥ ㄎㄨㄥˋ ㄍㄨˇ ㄍㄨㄥ ㄙ

(the final holding company)是指握有其他公司股份，以支配企業的獨占型態。控股公司以股份公司一般化為基礎，保有其他公司的股份，作為子公司。在其支配下，子公司再支配其他公司，如此層層遞下形成一金字塔型的支配，站在頂點的即為最終控股公司。

12**【最短曲線長度】** ㄗㄨㄟˋ ㄉㄨㄢˇ ㄑㄩ ㄒㄧㄢˋ ㄔㄤˊ ㄉㄨˋ

(minimum curve length)當公路路線轉彎而須設置曲線時，若其切線之交角甚小而曲線半徑亦短，駕駛人不易立即調整方向盤以適應曲線，故有最短曲線長度的限制。通常規定切線交角等於5°時，曲線長度不得短於150公尺，交角每減少1°，曲線長需增加30公尺。

15**【最適外匯存量】** ㄗㄨㄟˋ ㄕˋ ㄨㄞˋ ㄏㄨㄟˋ ㄘㄨㄣˊ ㄌㄧㄤˋ

(optimum foreign exchange stock)能夠確保一國在一段期間（通常三個月）內不虞進口缺乏，並維持一國物價與對外幣值穩定的一個外匯數量。

【最適出口關稅】 ㄗㄨㄟˋ ㄕˋ ㄔㄨ ㄎㄡˇ ㄍㄨㄢ ㄕㄨㄟˋ

(optimum export tariff)一國所課徵的出口關稅能使其福利水準達到最大限度的關稅水準。其計算公式為：$t_x=\frac{1}{e_m-1}$，表示最適出口關稅等於外國對本國出口品之進口需求彈性(e_m)的倒數。

3**【最大正應力理論】** ㄗㄨㄟˋ ㄉㄚˋ ㄓㄥˋ ㄧㄥˋ ㄌㄧˋ ㄌㄧˇ ㄌㄨㄣˋ

(the maximum-normal-stress theory)機械元件中，當任一主應力等於該材料之降伏應力時，該元件即發生降伏現象。

【最大剪應力理論】 ㄗㄨㄟˋ ㄉㄚˋ ㄐㄧㄢˇ ㄧㄥˋ ㄌㄧˋ ㄌㄧˇ ㄌㄨㄣˋ

(the maximum-shear-stress theory)機械元件中，無論何處的最大剪應力，等於該材料在抗拉試驗中達到降伏時的最大剪應力時，該元件即發生降伏現象。

【最大應變能理論】 ㄗㄨㄟˋ ㄉㄚˋ ㄧㄥˋ ㄅㄧㄢˋ ㄋㄥˊ ㄌㄧˇ ㄌㄨㄣˋ

(the maximum strain-energy theory)機械元件中，當儲存於單位體積內的總應變能，等於該材料在抗拉試驗中達到降伏點時的單位體積總應變能時，該元件即發生降伏現象。

7**【最低位有效數元】** ㄗㄨㄟˋ ㄉㄧ ㄨㄟˋ ㄧㄡˇ ㄒㄧㄠˋ ㄕㄨˋ ㄩㄢˊ

(least significant bit; LSB)以二進位方式表示一數時，該數最右的一數元。如二進位數110101中，最右的1即位於該數的最低位有效數元。

【最低位有效數位】 ㄗㄨㄟˋ ㄉㄧ ㄨㄟˋ ㄧㄡˇ ㄒㄧㄠˋ ㄕㄨˋ ㄨㄟˋ

(least significant digit; LSD)表示一數時，該數最右的一數位。如一數142857中的7即為此數的最低位有效數位。

10**【最高位有效數元】** ㄗㄨㄟˋ ㄍㄠ ㄨㄟˋ ㄧㄡˇ ㄒㄧㄠˋ ㄕㄨˋ ㄩㄢˊ

(most significant bit; MSB)表示一個二進位數時，最左的非零數元。如二進位數110101中，最左的1即為最高位有效數元。

【最高位有效數位】 ㄗㄨㄟˋ ㄍㄠ ㄨㄟˋ ㄧㄡˇ ㄒㄧㄠˋ ㄕㄨˋ ㄨㄟˋ

(most significant digit; MSD)表示一數時，其最高位的有效數位。即一數最左的非零數字。如：142857之最高位有效數位為1。

3**【最大功率轉移定理】** ㄗㄨㄟˋ

ㄉㄚˋ ㄍㄨㄥ ㄌㄩˋ ㄓㄨㄢˇ ㄧˊ ㄉㄧㄥˋ ㄌㄧˇ
(maximum power transfer theorem)當網路的負載阻抗與網路本身的內阻抗(由連接負載阻抗的端點看入)相等或共軛時,負載可由網路處吸收到最大的功率。

冐 ㄓㄠˋ *chao*⁴ 音罩
覆蓋用的器具。也作罩。見"集韻"。

冐 帢的或體。

11

㒶 ㄕˋ *shih*⁴ 音試
古時用以遮面禦寒的帷帽。即面衣。見"集韻"。

13【㒶冪】 ㄕˋ ㄩˋ
古時遠行禦寒的一種衣物。即面衣。見"字彙"。

冪 ㄩˋ *yü*⁴ 音裕
參㒶冪。

21

冪 ㄌㄧˊ *li*² 音離
古時用以遮面的東西。見"正字通"。

冖 部

冖 ㄇㄧˋ *mi*⁴ 音密
用布巾覆蓋物體。也作冪。見"說文"。

2

冗 ㄖㄨㄥˇ *jung*³
本作宂。也作宂。①閒散多餘的。如:冗員。②繁多。如:冗雜。③卑劣。如:愚冗。

4【冗冗】 ㄖㄨㄥˇ ㄖㄨㄥˇ
①指眾人。②繁多的樣子。

10【冗員】 ㄖㄨㄥˇ ㄩㄢˊ
機關團體中超過需要的人員。

12【冗費】 ㄖㄨㄥˇ ㄈㄟˋ
沒有必要的花費。

【冗散】 ㄖㄨㄥˇ ㄙㄢˇ
多餘、閒散。

18【冗雜】 ㄖㄨㄥˇ ㄗㄚˊ
繁多雜亂。

【冗贅】 ㄖㄨㄥˇ ㄓㄨㄟˋ
冗長重複。

15【冗餘校驗】 ㄖㄨㄥˇ ㄩˊ ㄐㄧㄠˋ ㄧㄢˋ
(redundancy check)於資料中附加一些不代表資料的數元或字符以進行校驗的技術。

冗 冗的或體。

冘 ㊀ ㄧㄣˊ *yin*² 音銀
行進的樣子。見"說文"。

㊁ ㄧㄡˊ *yu*² 音由
通作猶。參猶豫。

4

写 寫的俗體。

5

宜 宜的俗體。

6

罙 ㄇㄧˊ *mi*² 音彌
①深入。又作罙。②更加。通彌。如:罙進罙狹。

罙 ㊀ ㄇㄧˊ *mi*² 音迷
罙的訛字。

㊁ ㄕㄣ *shên*¹ 音深
深的本字。

7

冠 ㊀ ㄍㄨㄢ *kuan*¹ 音官
①帽子。②鳥獸頭上的肉塊。如:雞冠。③姓。'明'有'冠端'。見"萬姓統譜·二五"。

㊁ ㄍㄨㄢˋ *kuan*⁴ 音貫
①戴帽。②古代男子二十歲所行加冠之禮。又指二十歲的成人。如:弱冠。③居於首位;第一。如:冠軍。④附加於前。如:冠夫姓。

9【冠軍】 ㄍㄨㄢˋ ㄐㄩㄣ
①本指軍功居首位者,後引申爲競賽中得第一者。②將軍名號。六朝有冠軍將軍,'唐'有冠軍大將軍。

11【冠帶】 ㄍㄨㄢ ㄉㄞˋ
①冠冕和衣帶。②指戴冠束帶、穿著禮服的官員、士紳。

【冠冕】 ㄍㄨㄢ ㄇㄧㄢˇ
①帽子。②仕宦的代稱。指高官高位。③比喻傑出或居首。④比喻光明正大,高貴大方。

14【冠蓋】 ㄍㄨㄢ ㄍㄞˋ
官吏的官帽服飾和車乘的頂蓋。指仕宦或顯貴的人。

23【冠纓】 ㄍㄨㄢ ㄧㄥ
帽帶。分左右兩條,上端繫於冠,下端相結於頷下。

8【冠狀動脈】 ㄍㄨㄢ ㄓㄨㄤˋ ㄉㄨㄥˋ ㄇㄛˋ
(coronary artery)從大動脈的基部連至心臟的血管。可將富含氧氣和養分的血液,運入心肌中的小動脈,再至微血管,以供心肌利用。

【冠狀循環】 ㄍㄨㄢ ㄓㄨㄤˋ ㄒㄩㄣˊ ㄏㄨㄢˊ
(coronary circulation)由冠狀動脈將富含養分和氧氣的血液,自大動脈基部導入心肌中的小動脈,再至微血管,血液於此將養分和氧氣供心肌利用,同時攜走心肌所產生的二氧化碳和其他廢物。此種含廢物較多的血液流至小靜脈,最後入冠狀靜脈而注入右心房。這種供給心肌營養的血液循環,稱爲冠狀循環。

【冠狀靜脈】 ㄍㄨㄢ ㄓㄨㄤˋ ㄐㄧㄥˋ ㄇㄛˋ
(coronary vein)自心臟本身通至右心房的血管。心肌細胞所產生的二氧化碳及其他廢物,可由密布於心肌中之微血管的血液導入小靜脈，最後經冠狀靜脈注入右心房。

11【冠冕堂皇】ㄍㄨㄢ ㄇㄧㄢˇ ㄊㄤˊ ㄏㄨㄤˊ
1光明正大。2尊貴顯榮。

12【冠絕古今】ㄍㄨㄢˋ ㄐㄩㄝˊ ㄍㄨˇ ㄐㄧㄣ
古今第一。

【冠絕群倫】ㄍㄨㄢˋ ㄐㄩㄝˊ ㄑㄩㄣˊ ㄌㄨㄣˊ
超越眾人。

14【冠蓋相望】ㄍㄨㄢ ㄍㄞˋ ㄒㄧㄤ ㄨㄤˋ
形容官吏、賓客往來，不絕於途。

15【冠履倒置】ㄍㄨㄢ ㄌㄩˇ ㄉㄠˋ ㄓˋ
比喻上下顛倒，本末不分。

冦 寇的俗體。

8

冦 寇的俗體。

冢 ㄇㄥˊ mêng² 音聚
覆蓋；遮蔽。今通作蒙。見"集韻"。

冣 ㊀ ㄐㄩˋ chü⁴ 音聚
聚積。見"說文"。
㊁ ㄗㄨㄟˋ tsui⁴ 音醉
極。通作最。見"正字通"。

冢 ㄓㄨㄥˇ chung³ 音腫
俗作塚。1高墳。如：冢廬。2山頂。如：山冢。3大。如：冢君。4嫡長子。如：冢子。

10【冢宰】ㄓㄨㄥˇ ㄗㄞˇ
官名。也稱太宰。在"周禮"屬天官，爲六卿之首。總領百官，治理全國政務。'秦''漢'以後，惟'北周''文帝'曾依"周禮"建六官，而有天官大冢宰卿之設。'明''清'通稱吏部尚書爲冢宰。

13【冢塋】ㄓㄨㄥˇ ㄧㄥˊ
墳墓；墓地。

【冢嗣】ㄓㄨㄥˇ ㄙˋ
嫡長子。也稱冢子。

4【冢中枯骨】ㄓㄨㄥˇ ㄓㄨㄥ ㄎㄨ ㄍㄨˇ
比喻毫無用處的人。

冥 ㄇㄧㄥˊ ming² 音明
1幽暗無光。如：風雨晦冥。2夜晚。如：冥色。3愚昧；不明事理。如：冥頑不靈。4遠隔；幽遠。如：冥奧。5幽深。如：冥思。6陰間。或指與人死後有關的事物。如：冥府。7默契；暗合。如：冥契。8海。如：北冥。9姓。'漢'有'冥都'。見"萬姓統譜·五五"。

4【冥心】ㄇㄧㄥˊ ㄒㄧㄣ
深思；冥想。

6【冥衣】ㄇㄧㄥˊ ㄧ
爲死者焚化的紙衣。

【冥合】ㄇㄧㄥˊ ㄏㄜˊ
暗相契合。

【冥行】ㄇㄧㄥˊ ㄒㄧㄥˊ
黑暗中摸索行進。

7【冥佑】ㄇㄧㄥˊ ㄧㄡˋ
暗中保佑。指神祇保佑。

8【冥府】ㄇㄧㄥˊ ㄈㄨˇ
地府。俗指人死後魂魄所歸往的地方。

9【冥契】ㄇㄧㄥˊ ㄑㄧˋ
1默契。2指冥婚。參冥婚。

【冥思】ㄇㄧㄥˊ ㄙ
深思；沉思。

10【冥冥】ㄇㄧㄥˊ ㄇㄧㄥˊ
1昏暗不明。2專默精誠。3高遠的樣子。4深隱不顯明的樣子。如：冥冥之中。

【冥索】ㄇㄧㄥˊ ㄙㄨㄛˇ
1深入探索。2同冥思。

11【冥婚】ㄇㄧㄥˊ ㄏㄨㄣ
爲已死女子所辦的結婚儀式。

12【冥報】ㄇㄧㄥˊ ㄅㄠˋ
死後在暗中相報。

13【冥頑】ㄇㄧㄥˊ ㄨㄢˊ
愚昧頑固。

【冥想】ㄇㄧㄥˊ ㄒㄧㄤˇ
同冥思。

【冥搜】ㄇㄧㄥˊ ㄙㄡ
深入搜索。

15【冥誕】ㄇㄧㄥˊ ㄉㄢˋ
死人的生日。

16【冥器】ㄇㄧㄥˊ ㄑㄧˋ
本指殉葬器物，後專指焚化給死者使用的紙紮器物。

19【冥鏹】ㄇㄧㄥˊ ㄑㄧㄤˇ
祭祀神鬼所燒的紙錢。

4【冥王星】ㄇㄧㄥˊ ㄨㄤˊ ㄒㄧㄥ
(Pluto)太陽系九大行星中距日最遠、質量最小的一顆。有一顆衛星。西元1930年被'美國'天文學家'湯姆包夫'(Clyde William Tombaugh)發現。赤道半徑約爲1,500公里，質量僅有地球的0.0022倍。自轉週期爲6,387日，公轉週期爲90,800日。二十世紀七十年代中期，冥王星開始進入海王星的軌道內，並於1989年經過近日點。這時它距離太陽反較海王星近，海王星便暫時成爲離太陽最遠的行星。

【冥心孤往】ㄇㄧㄥˊ ㄒㄧㄣ ㄍㄨ ㄨㄤˇ
用心深遠，一往直前。

6【冥行妄作】ㄇㄧㄥˊ ㄒㄧㄥˊ ㄨㄤˋ ㄗㄨㄛˋ
指胡作非爲。

冤 ㄩㄢ yüan¹ 音鴛
俗作寃。1委屈；枉屈。如：冤枉。2怨恨；不滿。如：冤仇。3欺騙。如：冤人。

4【冤仇】ㄩㄢ ㄔㄡˊ
仇恨。

7【冤抑】ㄩㄢ ㄧˋ
冤屈壓抑。

8【冤屈】ㄩㄢ ㄑㄩ
冤枉。

10【冤家】ㄩㄢ ㄐㄧㄚ
1敵對的人。2男女相悅的暱稱。

11【冤情】ㄩㄢ ㄑㄧㄥˊ
受冤屈的實情。

14【冤魂】ㄩㄢ ㄏㄨㄣˊ
枉死之人的靈魂。

【冤獄】ㄩㄢ ㄩˋ
1因不應有的罪名而坐牢。2有

下列情形之一者，稱爲冤獄：一、不起訴處分或無罪之判決確定前，曾受羈押者。二、依再審或非常上訴程序判決無罪確定前，曾受羈押或刑之執行者。被害人得依"冤獄賠償法"之規定，請求國家賠償。

20【冤孽】 ㄩㄢ ㄋㄧㄝˋ
冤仇罪孽。

3【冤大頭】 ㄩㄢ ㄉㄚˋ ㄊㄡˊ
俗稱糊塗受騙，而枉費錢財的傻瓜。

10【冤家路窄】 ㄩㄢ ㄐㄧㄚ ㄌㄨˋ ㄓㄞˇ
形容仇敵容易碰頭。

【冤冤相報】 ㄩㄢ ㄩㄢ ㄒㄧㄤ ㄅㄠˋ
不斷的互相報復。

16【冤親平等】 ㄩㄢ ㄑㄧㄣ ㄆㄧㄥˊ ㄉㄥˇ
佛家語。不管對冤家或親人，在是非厚薄上，都是平等相待，慈悲爲懷。

10

託 ㄉㄨˋ *tu*^{4} 音妒
祭祀時置爵於地。見"說文"。

幂 冪的訛字。

14

冪 ㄇㄧˋ *mi*^{4} 音密
訛作幂。[1]覆蓋。也指覆蓋器物的布巾。[2]塗圬；塗飾。[3]同數相乘之積爲冪。如81是3的4次冪或乘冪。集合運算中，$A\cup A=A$稱爲冪等律；x^3-2x^2+x-1爲降冪排列等。

16【冪冪】 ㄇㄧˋ ㄇㄧˋ
濃密的樣子。

10【冪級數】 ㄇㄧˋ ㄐㄧˊ ㄕㄨˋ
假設無窮級數的各項都是x的冪指數，而指數都是正整數，依升冪排列，如$a_0+a_1x+a_2x^2+a_3x^3+\cdots\cdots+a_nx^n+\cdots\cdots$稱作$x$的冪級數。若屬收斂，則在收斂圓內代表一個解析函數。

冫部

冫 ㄅㄧㄥ *ping*^{1} 音冰
冰凍。本作仌。也作冰。見"說文"。

3

夳 泰的古文。

冬 ㄉㄨㄥ *tung*^{1} 音東
[1]四季中最後的一季。始於立冬，終於立春。農曆包括十月、十一月、十二月；國曆則包括十一月、十二月、元月。[2]姓。'南北朝'有'冬壽'。見"通志·氏族略五"。

5【冬令】 ㄉㄨㄥ ㄌㄧㄥˋ
[1]指冬季施行的政令。[2]冬季。

【冬瓜】 ㄉㄨㄥ ㄍㄨㄚ
(white gourd; *Benincasa hispida*)一年生蔓性草本。莖分歧，密披黃褐色毛，卷鬚常分2～3叉。葉腎形或近圓形，掌狀淺裂。花單性，雌雄同株，由葉腋單生，花冠黃色5裂。果實長柱形或長橢圓形，有些長達1公尺餘，可供食用，果皮和種子可供藥用。分布於熱帶'亞洲'、'澳大利亞'、'馬達加斯加'。

6【冬至】 ㄉㄨㄥ ㄓˋ
[1](winter solstice)至是一年中晝長和夜長差別最大的日期，這時太陽對赤道的傾斜角最大。在北半球，每年十二月二十二日或前後，地軸北端傾離太陽66.5°，太陽直射在南回歸線上，是爲冬至。此日夜最長晝最短，且太陽斜射最北僅及北極圈，北極圈內是永夜，南極圈內是永晝。[2]農曆二十四節氣之一。在國曆十二月二十二日或前後。

10【冬烘】 ㄉㄨㄥ ㄏㄨㄥ
指拘泥、迂腐而不明事理。'唐''鄭薰'主試，誤以'顏標'爲'顏眞卿'的後代，而取爲狀元，時人作詩嘲笑「主司頭腦太多烘，錯認'顏標'作'魯公'。」見"摭言·八"。

【冬眠】 ㄉㄨㄥ ㄇㄧㄢˊ
[1](hibernation)變溫動物到了冬天天氣寒冷時，就不吃不動呈休眠狀態，用以度冬。動物在冬眠以前吃下大量食物，形成脂肪藏於體內，以供冬眠時利用。休眠時新陳代謝降得很低。設若冬眠的處所溫度降至冰點以下，冬眠動物的組織也會冰凍，這時，動物會發生一陣顫抖而驚醒，這種顫抖可助其增加體溫；如果寒冷冰凍延長，動物會因脂肪運用殆盡而死亡。[2]在醫學上以人爲方式劇降溫度或使用藥物，致使人類或動物引起冬眠狀態。又稱人工冬眠。

4【冬化處理】 ㄉㄨㄥ ㄏㄨㄚˋ ㄔㄨˇ ㄌㄧˇ
(winterization)將植物油冷卻至5°C以下，使高融點的三甘油酯(內含飽和脂肪酸)成固體脂，再依過濾法或離心法去除，而得澄清之油的操作。目的是增加產品的接受性。而去除的固體脂可用於製造人造奶油或酥油。

10【冬扇夏爐】 ㄉㄨㄥ ㄕㄢˋ ㄒㄧㄚˋ ㄌㄨˊ
比喻不合時宜。

13【冬溫夏凊】 ㄉㄨㄥ ㄨㄣ ㄒㄧㄚˋ ㄐㄧㄥˋ
冬日爲父母溫暖被褥，夏日則爲父母搧涼床蓆。指子女孝親無微不至。

8【冬季兩項運動】 ㄉㄨㄥ ㄐㄧˋ ㄌㄧㄤˇ ㄒㄧㄤˋ ㄩㄣˋ ㄉㄨㄥˋ
(biathlon)冬季'奧運會'競賽項目之一。爲越野滑雪與射擊兩項合併爲一的滑雪比賽。即選手荷槍在山野間滑行，以臥姿、立姿向規定目標射擊。以滑雪時間與射擊成績合併計分。

12【冬寒抱冰夏熱握火】 ㄉㄨㄥ ㄏㄢˊ ㄅㄠˋ ㄅㄧㄥ ㄒㄧㄚˋ ㄖㄜˋ ㄨㄛˋ ㄏㄨㄛˇ

比喻以艱苦來磨練自己的毅力。

8【冬季奧林匹克運動會】 ㄉㄨㄥ ㄐㄧˋ ㄠˋ ㄌㄧㄣˊ ㄆㄧˇ ㄎㄜˋ ㄩㄣˋ ㄉㄨㄥˋ ㄏㄨㄟˋ

(Winter Olympic Games)'國際奧委會'有鑑於北'歐'國家所舉行的多季運動比賽,且西元1908年'倫敦''奧運會'及1920年'比利時''奧運會'均列有滑冰等比賽項目,乃於1924年起單獨舉辦多季'奧林匹克運動會'。每四年舉行一次,惟時間、地點均與夏季'奧運會'不同。比賽項目包括滑雪、滑冰、雪橇雪車、冰上曲棍球及多季兩項(越野滑雪與射擊)。

4

冱 ㄏㄨˋ hu⁴ 音護

寒氣凝結、閉塞。

12【冱寒】 ㄏㄨˋ ㄏㄢˊ

寒氣凝結不散。形容嚴寒。

决 決的俗體。

冲 沖的俗體。

冰 ㊀ ㄋㄧㄥˊ ning² 音凝

液體受冷而結成固體。凝的本字。見"說文"。

㊁ ㄅㄧㄥ ping¹ 音兵

俗作氷。①液態的水,在0°C、1大氣壓下,凝結而成的無色透明固態結晶體。②用冰塊或冰箱冷凍物品。③寒冷如冰。如:石床冰簟。④比喻清明高潔。如:一片冰心。

2【冰人】 ㄅㄧㄥ ㄖㄣˊ

舊稱媒人。

3【冰山】 ㄅㄧㄥ ㄕㄢ

(iceberg)大陸冰河末端冰河舌伸達海岸而斷裂成爲漂浮海上的巨大冰塊。冰山浮出水面的部分,隨冰塊和海水的比重而不同。一般是1/9,意即1/9浮露海面,8/9沒於水中。

4【冰斗】 ㄅㄧㄥ ㄉㄡˇ

(cirque)即山岳冰河的發源地。在高山頂部分水嶺下方,經冰雪聚集、侵蝕而成的一個半盆狀窪地。冰斗的後壁陡削,中間低陷,下方開口稱爲斗口,冰河冰即由斗口外流而成冰河。

8【冰泮】 ㄅㄧㄥ ㄆㄢˋ

冰溶解。①比喻危險的境地。②比喻潰散。

【冰河】 ㄅㄧㄥ ㄏㄜˊ

(glacier)位雪線以上的雪田,因雪積愈多,壓力愈大,遂漸固結成堅硬的冰河冰。當積冰甚厚,底層冰具有可塑性時,或因靜壓力或因重力,冰河冰順著山坡向下滑動,即成冰河。依成因及分布環境可分爲大陸冰河和山岳冰河兩大類。

9【冰室】 ㄅㄧㄥ ㄕˋ

收藏冰塊的地窖。

【冰炭】 ㄅㄧㄥ ㄊㄢˋ

比喻互不相容。

10【冰紋】 ㄅㄧㄥ ㄨㄣˊ

蠟染工藝的一種特殊技法。在畫布上塗布蠟液,凝固後掰出裂紋,再將顏料溶液沿裂紋侵入布內,使其吸收。清蠟之後,在布上留下有色紋路,狀似裂冰,故名。

【冰島】 ㄅㄧㄥ ㄉㄠˇ

(Iceland)孤懸於北'大西洋'中的島國。又稱'冰洲'。接近北極圈。面積10.3萬方公里, 人口29.6萬(2005年),首都'雷克雅維克'(Reykjavík)。全境爲一岩石高原,大部爲冰雪覆蓋,多火山、溫泉。僅西南部受暖流影響,有農牧業。居民以捕魚爲生,所捕以鱈魚最多。'美國'在此建有空軍基地。

11【冰球】 ㄅㄧㄥ ㄑㄧㄡˊ

冰上運動之一。也稱冰上曲棍球。比賽時兩隊各派六名球員參加,腳著冰刀,以曲棍運球、傳球或擊球,使球進入對方球門,即得一分。球員滑行速度最高可達一百九十餘公里,其運動之激烈可見一斑,故每位球員都穿著特製的服裝及護具,以維護安全。

12【冰窖】 ㄅㄧㄥ ㄐㄧㄠˋ

貯藏冰塊的地窖。

【冰帽】 ㄅㄧㄥ ㄇㄠˋ

(ice cap)也稱冰冠。掩覆廣大地面而終年不化的塊冰。面積較冰床爲小。因下覆高地,突出如冠帽,故名。

15【冰輪】 ㄅㄧㄥ ㄌㄨㄣˊ

指明月。

【冰盤】 ㄅㄧㄥ ㄆㄢˊ

指明月。

16【冰磧】 ㄅㄧㄥ ㄑㄧˋ

(till;moraine)指與冰河有關的一切沖積物,包括礫、砂、黏土等大小不一的岩屑混合物。有的是在流動冰河底下逕行堆積,有的則直接由冰河冰融化而堆積。冰磧物質粗細不分,大小混雜,既無明顯層次,石塊通常又有稜角和條痕,與河流的沈積完全不同。

【冰雕】 ㄅㄧㄥ ㄉㄧㄠ

用鏟刀或鏈鋸在冰塊上加工成形的雕刻品。作品玲瓏剔透,別具趣味,多爲宴會的裝飾品。因冰塊融化甚快,故加工手法須熟練快速。

17【冰點】 ㄅㄧㄥ ㄉㄧㄢˇ

(ice point) '攝'氏零度(0°C)或絕對溫度爲273.15°K, 稱爲冰點。爲含有飽和空氣的水(不是純水,是混合物)在1大氣壓下與純冰共存平衡的溫度。

18【冰鎮】 ㄅㄧㄥ ㄓㄣˋ

把冰塊放在食物旁,防止其腐敗或使之冷卻。

【冰簟】 ㄅㄧㄥ ㄉㄧㄢˋ

清涼的竹席。

20【冰釋】 ㄅㄧㄥ ㄕˋ

比喻隔閡、疑難的消失或化解。

8【冰河期】 ㄅㄧㄥ ㄏㄜˊ ㄑㄧˊ

(glacial age)在地球歷史中有數次,因地球物理條件改變,地表溫度逐漸下降,致使地球上大半地區長年在冰雪封凍的環境下,此一時間稱冰河期。冰河期來臨時,雪線高度下降,海水面也跟隨下降。

【冰河槽】 ㄅㄧㄥ ㄏㄜˊ ㄘㄠˊ
(glacial trough)山岳冰河的流冰挾帶一些石礫侵蝕冰河谷,不但加深谷槽,而且側蝕谷坡,削切坡腳(由山麓向外伸出的小支腳),形成谷底平坦而谷壁陡直的槽谷。因呈U字形,又稱U型谷。

11【冰淇淋】 ㄅㄧㄥ ㄑㄧˊ ㄌㄧㄣˊ
(ice cream) 一種冷凍食品。新式製法是將牛奶、奶油、果汁、蛋、糖、香料、色素等材料,以冷凍攪拌機攪打至80%以上的膨脹率後,裝盒(桶)放入冷凍設備中,冰凍貯存。

14【冰蝕湖】 ㄅㄧㄥ ㄕˊ ㄏㄨˊ
(tarn)大陸冰河所形成廣大的冰蝕平原上,昔日冰蝕地面留下的大小窪地,在冰河消失後積水形成的湖泊。'芬蘭'有⌊千湖國⌉之稱,成千的湖泊多屬冰蝕湖。'北美'的五大湖也是大陸冰河刻蝕而成的冰蝕湖。

15【冰醋酸】 ㄅㄧㄥ ㄘㄨˋ ㄙㄨㄢ
(glacial acetic acid)濃度高達99%的醋酸。爲一種工業原料,廣泛用於製造乙烯塑膠、丙酮、橡膠、染料、紡織、殺蟲劑等。與一般食用醋(其濃度約在5%)的不同雖僅在於濃度,可是在產程操作上和安全方面的要求並不相同,故工業級的冰醋酸可能含有從操作過程中所汙染的重金屬汞、鎘、鉛、砷等物質,不能直接加水沖淡製成食用醋。

3【冰山一角】 ㄅㄧㄥ ㄕㄢ ㄧ ㄐㄧㄠˇ
指全部中的一小部分。

【冰川時代】 ㄅㄧㄥ ㄔㄨㄢ ㄕˊ ㄉㄞˋ
(ice age)在地質年代中地表覆蓋廣大冰層的一個時期。通常指新生代第四紀的洪積世冰期。即大冰河時期。

4【冰天雪地】 ㄅㄧㄥ ㄊㄧㄢ ㄒㄩㄝˇ ㄉㄧˋ
形容嚴寒景象。

6【冰肌玉骨】 ㄅㄧㄥ ㄐㄧ ㄩˋ ㄍㄨˇ
①形容女子肌膚瑩潔光潤。②形容梅花的耐寒秀麗。

10【冰消瓦解】 ㄅㄧㄥ ㄒㄧㄠ ㄨㄚˇ ㄐㄧㄝˇ
比喻消釋或潰散。

11【冰清玉潔】 ㄅㄧㄥ ㄑㄧㄥ ㄩˋ ㄐㄧㄝˊ
比喻德行高潔。也作玉潔冰清。

12【冰壺秋月】 ㄅㄧㄥ ㄏㄨˊ ㄑㄧㄡ ㄩㄝˋ
盛冰的玉壺和秋天的明月。比喻潔白清明。多指人的品格。

14【冰蝕地形】 ㄅㄧㄥ ㄕˊ ㄉㄧˋ ㄒㄧㄥˊ
(landforms made by glacial erosion) 冰河侵蝕作用所形成的各種地形,總稱冰河侵蝕地形,簡稱冰蝕地形。諸如冰蝕擦痕、冰斗、冰河槽、羊背石、冰斗湖、槽湖、冰蝕平原等均屬之。

16【冰積地形】 ㄅㄧㄥ ㄐㄧ ㄉㄧˋ ㄒㄧㄥˊ
(landforms made by glacial deposition) 冰河沖積作用所形成的各種地形,總稱冰河沖積地形,簡稱冰積地形。諸如冰磧平原、冰磧丘、蛇丘、鼓丘、外洗平原等均屬之。

5【冰生於水而寒於水】 ㄅㄧㄥ ㄕㄥ ㄩˊ ㄕㄨㄟˇ ㄦˊ ㄏㄢˊ ㄩˊ ㄕㄨㄟˇ
比喻成就超越老師。

10【冰凍三尺非一日之寒】 ㄅㄧㄥ ㄉㄨㄥˋ ㄙㄢ ㄔˇ ㄈㄟ ㄧ ㄖˋ ㄓ ㄏㄢˊ
比喻情勢的造成,有其深遠背景,非一朝一夕之故。

5

冸

ㄆㄢˋ p'an^{4} 音判
冰融化。通作泮。見"集韻"。

冹

ㄈㄨˊ fu^{2} 音福
參滭冹。

况

況的俗體。

冶

ㄧㄝˇ yeh^{3} 音野
①銷鎔;鑄造。如:冶鐵。②鎔鑄金屬的工匠。如:良冶。③容態妖媚。如:冶豔。④狎玩。如:冶遊。⑤姓。'春秋''魏'有'冶廑'。見"通志·氏族略四"。

8【冶金】 ㄧㄝˇ ㄐㄧㄣ
(metallurgy)從礦石中製取金屬的過程,稱爲冶金。通常可分爲:一、礦石的分選與濃縮。二、化學還原。三、精製等三個階段。

13【冶遊】 ㄧㄝˇ ㄧㄡˊ
①郊遊。②嫖妓。

17【冶鍊】 ㄧㄝˇ ㄌㄧㄢˋ
(smelting)利用化學或機械的方法,將金屬與其伴生的礦石分離。

28【冶豔】 ㄧㄝˇ ㄧㄢˋ
妖豔美麗。

10【冶容誨淫】 ㄧㄝˇ ㄖㄨㄥˊ ㄏㄨㄟˋ ㄧㄣˊ
妖豔的容態,容易引人起淫念。

冷

ㄌㄥˇ lêng^{3}
①寒;不溫暖。如:冷風。②清寂;不熱切。如:清冷。③清閒的;不重要的。如:冷官。④僻靜的;不熱鬧的。如:冷巷。⑤生僻的;罕見的。如:冷僻。⑥不暢銷的;不流行的。如:冷門。⑦嚴酷的。如:冷面。⑧輕蔑的;不和悅的。如:冷笑。⑨突然的;乘人不備的。如:冷箭。⑩姓。'漢'有'冷豐'。見"萬姓統譜·八七"。

6【冷汗】 ㄌㄥˇ ㄏㄢˋ
因緊張、驚嚇或生病而四肢冰涼出汗。汗前不發熱、不口渴,而有精神萎靡、面色蒼白、大便稀溏、小便清長、脈沈遲、舌質淡苔白潤等寒性症候。

7【冷床】 ㄌㄥˇ ㄔㄨㄤˊ
不經人工加熱設備的苗床。即其熱的來源爲日光能。最簡單的冷床即露地上播種的苗床，其上有簡單的覆蓋保護設施。

8【冷門】 ㄌㄥˇ ㄇㄣˊ

不受重視的方面。

9【冷面】 ㄌㄥˇ ㄇㄧㄢˋ

1冷漠無情的樣子。2嚴明公正的態度。3泛白的臉色。

【冷卻】 ㄌㄥˇ ㄑㄩㄝˋ

使物體散發熱量，降低溫度。

10【冷宮】 ㄌㄥˇ ㄍㄨㄥ

1古代被黜后妃所居住的宮殿。2今比喻被冷落而無人過問。

【冷害】 ㄌㄥˇ ㄏㄞˋ

(cold hazard)一稱寒害。天氣變化使氣溫劇降，天氣冷寒，導致農作物凍死或生長不良的災害。

【冷凍】 ㄌㄥˇ ㄉㄨㄥˋ

(refrigeration)將某空間或某物質之熱量抽放至外界，使該空間或物質之溫度低於外界氣溫的過程。

【冷笑】 ㄌㄥˇ ㄒㄧㄠˋ

含有輕視譏刺的笑。

11【冷淡】 ㄌㄥˇ ㄉㄢˋ

也作冷澹。1沉寂；冷清。2不熱心；不親切。

【冷清】 ㄌㄥˇ ㄑㄧㄥ

寂靜；蕭條。

【冷眼】 ㄌㄥˇ ㄧㄢˇ

指漠不相關的態度。

12【冷媒】 ㄌㄥˇ ㄇㄟˊ

(refrigerant)在冷凍或空調系統中，用以從被冷卻物質或冷凍空間中吸取熱量，並將熱量釋放至較高溫之外界的工作流體。

13【冷落】 ㄌㄥˇ ㄌㄨㄛˋ

1冷清；蕭條。2不親切；不熱心。

14【冷漠】 ㄌㄥˇ ㄇㄛˋ

冷淡；不關心。

【冷酷】 ㄌㄥˇ ㄎㄨˋ

苛刻無情。

15【冷銲】 ㄌㄥˇ ㄏㄢˋ

(cold welding)固態銲接之一種。常溫下，對接合之工件施加壓力，使接合面因塑性變形而相互結合。

【冷鋒】 ㄌㄥˇ ㄈㄥ

(cold front)冷、暖氣團相遇形成的鋒面，若冷氣團的冷空氣自地表楔入暖氣團，迫使暖空氣後退而占有原來暖空氣的位置者，所形成的鋒面叫做冷鋒。這時暖空氣被迫抬高，可興雲致雨。冷鋒通過之處，通常使氣壓增加，氣溫下降，風向改變，帶來陣雨，也會有雷雨發生。

【冷箭】 ㄌㄥˇ ㄐㄧㄢˋ

乘人不備而設計害人的作爲。又作暗箭。

【冷僻】 ㄌㄥˇ ㄆㄧˋ

1冷靜偏僻的。2不常見的。

【冷盤】 ㄌㄥˇ ㄆㄢˊ

菜名。菜肴分別煮熟冷卻，再拼合成一道菜。

16【冷靜】 ㄌㄥˇ ㄐㄧㄥˋ

1寂靜；不熱鬧。2不感情用事。

【冷戰】 ㊀ ㄌㄥˇ ㄓㄢˋ

(cold war)第二次世界大戰後，發生在共產國家與西方民主國家間的一種既非和平、又非戰爭的衝突狀態。雙方在意識型態、經濟、政治，甚至有限的軍事範圍，都有摩擦，並試圖削弱、打擊或制服對方，但未爆發爲全面交戰。如'美''蘇'兩主要對立國家的冷戰從未間斷。引申爲人與人之間的暗鬥。

㊁ ㄌㄥˇ ˙ㄓㄢ

因寒冷而身體顫抖。也作冷顫。

17【冷澀】 ㄌㄥˇ ㄙㄜˋ

寒冷凝滯而不通暢。

【冷點】 ㄌㄥˇ ㄉㄧㄢˇ

(cold point)罐頭食品在加熱滅菌時，由於內容物影響熱的傳遞速率，因此當熱由罐壁向內傳遞最後到達目的溫度的地方，即爲冷點。一般滅菌所需之溫度、時間，乃以達到冷點之條件爲指標。通常以傳導方式傳熱之食品，其冷點在罐的中心；而以對流方式傳熱之食品，其冷點在罐中心的下方。

18【冷藏】 ㄌㄥˇ ㄘㄤˊ

(cold storage)利用低溫抑制微生物的生長及降低生物化學反應，藉以保持食物的新鮮品質。分爲：一、冷卻冷藏，使用溫度在0°～15°C之間，多用以短期保存食物新鮮度，如蔬菜、水果、鮮蛋等；二、冰溫冷藏，溫度約在0°C左右，保存期較冷卻冷藏稍長，用於生鮮食物，如魚、肉、蝦類；三、凍結冷藏，溫度在−18°C以下，保存期可達數月以上。

4【冷不防】 ㄌㄥˇ ˙ㄅㄨ ㄈㄤˊ

突然；沒有預備好就發生。

5【冷加工】 ㄌㄥˇ ㄐㄧㄚ ㄍㄨㄥ

(cold working)指金屬於再結晶溫度以下的溫度施以加工的一種塑性加工法。冷加工通常使用於商業金屬產品的硬化。

6【冷冰冰】 ㄌㄥˇ ㄅㄧㄥ ㄅㄧㄥ

1冰涼。2比喻態度冷漠。

【冷色調】 ㄌㄥˇ ㄙㄜˋ ㄉㄧㄠˋ

(cool-color tone)在色相環中靠近青色的色彩，如青紫、青、青綠等，令人有冷感的色彩，叫做冷色或寒色；而用冷色爲主的色彩來構成畫面的，稱冷色調或寒色調。

8【冷板凳】 ㄌㄥˇ ㄅㄢˇ ㄉㄥˋ

1本指私塾教師的座位。用以譏諷教師的清苦。2指不受重視的職務或無人理會的處境。3戲曲中清唱的俗稱。

9【冷卻塔】 ㄌㄥˇ ㄑㄩㄝˋ ㄊㄚˇ

(cooling tower)使熱液體(如溫水)冷卻以降低溫度的器具。常利用空氣當做冷卻劑，可分爲噴淋池、自然通風冷卻塔、機械通風冷卻塔等數類；依空氣流動方式則可分爲逆流式、叉流式與同流式等冷卻塔。

【冷卻劑】 ㄌㄥˇ ㄑㄩㄝˋ ㄐㄧˋ

(coolant)具有可吸收熱量且將

熱量帶走之氣體或液體。常用者爲水與空氣，其他較有效之冷卻劑爲液態鈉(用於核子反應器)、熱媒等。

【冷卻器】 ㄌㄥˇ ㄑㄩㄝˋ ㄑㄧˋ
(cooler)任何可使流體降低溫度之設備。其可視爲熱交換器，例如汽車用空氣冷卻器。

10【冷凍劑】 ㄌㄥˇ ㄉㄨㄥˋ ㄐㄧˋ
(refrigerant)任何由於相變吸收潛熱而使環境溫度下降之物質。例如氨、二氧化硫、冰及含鹵素有機化合物。

【冷凍噸】 ㄌㄥˇ ㄉㄨㄥˋ ㄉㄨㄣˋ
(refrigeration ton)冷凍能力的單位。分爲公制與'英'制兩種。公制冷凍噸定義爲：1公噸(1,000公斤)的冰於0°C時，在一天內溶化成0°C的水所吸收之熱量。即1公制冷凍噸＝1,000kg/day×79.68 kcal/kg＝79, 680 kcal/day＝3, 320kcal/hr。'英'制冷凍噸定義爲：1噸重(2, 000磅)的冰於32°F時，在一天內溶化成32°F之水所吸收之熱量。即1'英'制冷凍噸＝2, 000lb/day×144Btu/lb＝288, 000Btu/day＝12, 000Btu/hr。

【冷氣團】 ㄌㄥˇ ㄑㄧˋ ㄊㄨㄢˊ
(cold air mass)氣團按熱力條件分類的一種類型。發源於極地的氣團溫度低，當其向低緯度地區移動時，較其所經地面爲冷，故稱冷氣團。

4【冷水澆頭】 ㄌㄥˇ ㄕㄨㄟˇ ㄐㄧㄠ ㄊㄡˊ
被嘲諷或否定而減除興致。

6【冷血動物】 ㄌㄥˇ ㄒㄧㄝˇ ㄉㄨㄥˋ ㄨˋ
(cold-blooded animal)即變溫動物。參變溫動物。

7【冷言冷語】 ㄌㄥˇ ㄧㄢˊ ㄌㄥˇ ㄩˇ
譏諷嘲笑的言語。

【冷言熱語】 ㄌㄥˇ ㄧㄢˊ ㄖㄜˋ ㄩˇ
譏諷嘲笑的言語。

【冷冷清清】 ㄌㄥˇ ˙ㄌㄥ ㄑㄧㄥ ㄑㄧㄥ
寂寥蕭條的樣子。

10【冷凍食品】 ㄌㄥˇ ㄉㄨㄥˋ ㄕˊ ㄆㄧㄣˇ
(frozen foods)通常指直接銷售於消費者，包裝好的凍結狀態食品。食品經處理之後，快速冷凍至－18°C以下，並保藏於此溫度中，以便貯藏較久的時間。

【冷凍乾燥】 ㄌㄥˇ ㄉㄨㄥˋ ㄍㄢ ㄗㄠˋ
(freeze drying)將食品凍結，以昇華方式除去水分的乾燥法。先將食品急速冷凍至－30～－40°C，後於眞空度在4.6mmHg以下的乾燥室中，加溫使冰直接成水蒸氣昇華。此法對被乾燥食品之色、香、味、物理性質等損傷極少，且復水性良好，是理想的乾燥法。如即溶咖啡多以此法製得。

【冷凍脫水】 ㄌㄥˇ ㄉㄨㄥˋ ㄊㄨㄛ ㄕㄨㄟˇ
食品加工方法之一。即將食品以冷凍方法先予以凍結，再置於眞空減壓的條件下，使食品的冰晶直接昇華爲水蒸氣溢出，亦即不經過液態的過程而製成脫水產品的方法。此法較易保持食品原有的色澤與風味，惟成本高，故多用在高價值的食品加工上。

【冷凍濃縮】 ㄌㄥˇ ㄉㄨㄥˋ ㄋㄨㄥˊ ㄙㄨㄛ
(freeze concentration)使溶液中的水分結成固體的冰狀而去除之，以達到濃縮的目的。以低溫處理，可免除營養成分因加熱而變質，且能使揮發性物質減少散逸，得到較優良的品質。常用於果汁、啤酒、食醋等的濃縮。

11【冷眼旁觀】 ㄌㄥˇ ㄧㄢˇ ㄆㄤˊ ㄍㄨㄢ
用冷靜超然的態度在旁觀看。

13【冷暖人情】 ㄌㄥˇ ㄋㄨㄢˇ ㄖㄣˊ ㄑㄧㄥˊ
善變而勢利的人情。

15【冷嘲熱諷】 ㄌㄥˇ ㄔㄠˊ ㄖㄜˋ ㄈㄥˋ
用各種言語去嘲笑和諷刺人。

17【冷齋夜話】 ㄌㄥˇ ㄓㄞ ㄧㄝˋ ㄏㄨㄚˋ
'宋'"釋惠洪"撰，十卷。書中雜記見聞，而論詩者居十之七、八。

6【冷光源放大鏡】 ㄌㄥˇ ㄍㄨㄤ ㄩㄢˊ ㄈㄤˋ ㄉㄚˋ ㄐㄧㄥˋ
使用螢光燈作爲光源的放大機。燈頭的溫度可緩和上昇，具有擴散光源的特性，產生柔化光源的作用。在彩色放大上，對光源色溫的變化十分重要。

6

冽 ㄌㄧㄝˋ *lieh*^{4} 音列
[1]寒氣。見"玉篇"。[2]寒冷的樣子。通作冽。如：凜冽。[3]水清潔澄澈。如：清冽。[4]清醇。如：香冽。

洸 ㄕㄥˇ *shêng*^{3} 音省
姓。'晉'有'洸勁'。見"萬姓統譜·八七"。

洛 ㄏㄜˊ *ho*^{2}, *hê*^{2} 音涸
冰結得很厚大。見"字彙補"。

7

浣 ㄐㄧㄥˋ *ching*^{4} 音靜
參浣洸。

8【浣洸】 ㄐㄧㄥˋ ㄕㄥˇ
寒冷的樣子。

浹 ㄒㄧㄝˊ *hsieh*^{2} 音鞋
參浹渫。

11【浹渫】 ㄒㄧㄝˊ ㄌㄧㄝˊ
冰凍在一起。

浼 浼的俗體。

8

凉 涼的俗體。

凄 ㄑㄧ *ch'i*^{1} 音妻
寒涼。通作淒。如：凄風苦雨。

清 ㄐㄧㄥˋ *ching*^{4} 音靖
①寒冷。見"說文"。②清涼。如：冬溫夏凊。

凍 ㄉㄨㄥˋ *tung*^{4} 音棟
①液體遇寒凝成固體。如：結凍。②泛指凝定不動。如：資產凍結。③寒冷。如：天寒地凍。④姓。'明'有'凍泰'。見"奇姓通"。

12【凍結】 ㄉㄨㄥˋ ㄐㄧㄝˊ
本指液體遇寒凝結成固體。引申爲維持原狀。

15【凍瘡】 ㄉㄨㄥˋ ㄔㄨㄤ
(chilblain)皮膚因受酷寒，使一部分組織的血液循環不暢、功能破壞所引起的症狀。輕者皮膚發紫而結成硬塊，重則潰爛。輕症時可擦碘酒、硼酸水，重則必須請醫生治療。

【凍餒】 ㄉㄨㄥˋ ㄋㄟˇ
寒冷和飢餓。

【凍僵】 ㄉㄨㄥˋ ㄐㄧㄤ
冷得不能靈活運動。

16【凍燒】 ㄉㄨㄥˋ ㄕㄠ
(freeze burn)肉質食品如魚、雞等在冷凍貯放期間，由於組織間冰的昇華，在食品表面留有細孔，空氣可自此進入食品深部，使原有之色素及脂質，因氧化而酸敗，呈黃至褐色，狀似燒焦，故名。肉質變成疏鬆狀，含水率在15%以下，風味亦變，雖加水亦不能復原。適當的包裝可防止凍燒發生。

凌 ㄌㄧㄥˊ *ling*^{2} 音陵
①積冰。見"初學記・地部"。②冰室。見"字彙"。③壓迫；侵犯。如：凌辱。④雜亂；交錯。如：凌亂。⑤猛烈；凶暴。如：凌厲。⑥迫近；接近。如：凌晨。⑦超越。通淩、陵。如：凌駕。⑧升起；登上。通淩。如：凌空。

4【凌日】 ㄌㄧㄥˊ ㄖˋ
(transit)指內行星行經太陽和地球中間時，地球上的觀測者所見到該行星緩緩橫過日面的現象。

6【凌夷】 ㄌㄧㄥˊ ㄧˊ
逐漸衰微。

8【凌波】 ㄌㄧㄥˊ ㄅㄛ
①起伏的波濤。②形容輕盈的步履。

9【凌虐】 ㄌㄧㄥˊ ㄋㄩㄝˋ
欺凌虐待。

10【凌辱】 ㄌㄧㄥˊ ㄖㄨˇ
欺壓侮辱。

11【凌晨】 ㄌㄧㄥˊ ㄔㄣˊ
天將亮時。

12【凌雲】 ㄌㄧㄥˊ ㄩㄣˊ
①穿越雲霄。(1)形容高聳豪壯。(2)比喻志向高遠。②相術家稱額頭中央、兩眉附根上爲凌雲。

【凌虛】 ㄌㄧㄥˊ ㄒㄩ
升上天空。

13【凌逼】 ㄌㄧㄥˊ ㄅㄧ
欺凌壓迫。

【凌亂】 ㄌㄧㄥˊ ㄌㄨㄢˋ
雜亂沒有次序。

15【凌霄】 ㄌㄧㄥˊ ㄒㄧㄠ
①穿越雲霄。(1)形容高聳豪壯。(2)比喻志向高遠。②蔓生植物名。也稱紫葳。

【凌駕】 ㄌㄧㄥˊ ㄐㄧㄚˋ
超越。

【凌厲】 ㄌㄧㄥˊ ㄌㄧˋ
奮勇前進，氣勢猛烈。

【凌暴】 ㄌㄧㄥˊ ㄅㄠˋ
欺凌暴虐。

16【凌遲】 ㄌㄧㄥˊ ㄔˊ
①逐漸低下。②衰敗；敗壞。③古代一種殘酷的死刑。先斷四肢，再割喉處死。④折磨；虐待。

22【凌轢】 ㄌㄧㄥˊ ㄌㄧˋ
①欺壓迫害。②相互傾軋。

8【凌波微步】 ㄌㄧㄥˊ ㄅㄛ ㄨㄟˊ ㄅㄨˋ
形容女子步履輕盈，體態婀娜的樣子。

12【凌虛御風】 ㄌㄧㄥˊ ㄒㄩ ㄩˋ ㄈㄥ
凌空駕風而行。形容輕快舒暢。

凇 ㄙㄨㄥ *sung*^{1} 音松
由寒氣凝結而成的水珠。

涸 ㄍㄨˋ *ku*^{4} 音固
凝結；閉塞。如：涸凍。

淨 ㄔㄥ *ch'êng*^{1} 音稱
寒冷的樣子。見"集韻"。

凋 ㄉㄧㄠ *tiao*^{1} 音彫
①草木零落。②衰老死亡。如：親故凋落。

11【凋敝】 ㄉㄧㄠ ㄅㄧˋ
衰敗。也作凋弊。如：百業凋敝。

12【凋萎】 ㄉㄧㄠ ㄨㄟ
凋謝枯萎。

13【凋零】 ㄉㄧㄠ ㄌㄧㄥˊ
①草木零落。②形容衰老死亡。

17【凋謝】 ㄉㄧㄠ ㄒㄧㄝˋ
同凋零。

准 ㄓㄨㄣˇ *chun*^{3} 音準
①許可；允許。②確實；一定。如：准是他幹的。

4【准予任用】 ㄓㄨㄣˇ ㄩˇ ㄖㄣˋ ㄩㄥˋ
各機關機要人員，經銓敘機關審查認爲雖未具任用資格但合於機要人員之規定時，則由銓敘機關通知其准予任用。准予任用者，須隨機關首長同進退，職務無保障。

【准予登記】 ㄓㄨㄣˇ ㄩˇ ㄉㄥ ㄐㄧˋ
派用人員經銓敘機關銓敘認爲合於派用資格者，則由銓敘機關准予登記。因准予登記並非銓敘合格，故不能正式任用。

【准予試用】 ㄓㄨㄣˇ ㄩˇ ㄕˋ ㄩㄥˋ
對具有任用資格之初任人員，因其無職前工作經驗，銓敘機關常令其准予試用。試用期間多爲一年，經試用期滿且其試用期間之服務成績亦經考核認爲合格者，始予銓敘合格並予正式任用。

【准予權理】 ㄓㄨㄣˇ ㄩˇ ㄑㄩㄢˊ ㄌㄧˇ
對經派代之公務人員，由銓敘機關審查其資格，認爲所具資格低於擬任職務所需之資格者，則通知其准予權理，即准由低資格權理高職務。如實施職位分類機關，具有八職等任用資格者，得權理九職等職務。

凑 湊的俗體。

㵖 ㄉㄧㄝˊ tieh² 音牒
參浹㵖。

减 減的俗體。

10

溟 ㄇㄧㄥˇ ming³ 音茗
1冰凍的樣子。見"集韻"。2寒冷的樣子。見"字彙補"。

凓 ㄌㄧˋ li⁴ 音栗
參凓冽。

8【凓冽】 ㄌㄧˋ ㄌㄧㄝˋ
非常寒冷。

溰 皚的或體。

凖 準的俗體。

凔 ㄔㄨㄤˋ ch'uang⁴ 音愴
寒冷。見"說文"。

滕 凌的本字。

11

滭 ㄅㄧˋ pi⁴ 音必
參滭冹。

7【滭冹】 ㄅㄧˋ ㄈㄨˊ
風寒。也作觱發。

漼 ㄘㄨㄟ ts'ui¹ 音崔
也作漼。參漼溰。

12

潔 潔的俗體。

凘 ㄙ szŭ¹, ssŭ¹ 音斯
1流動的冰。見"說文"。2盡;破滅。如:凘滅。

13

凛 凜的俗體。

凜 ㄌㄧㄣˇ lin³ 音廩
1寒冷。如:凜冽。2令人敬畏。通懍。如:大義凜然。

8【凜冽】 ㄌㄧㄣˇ ㄌㄧㄝˋ
非常寒冷。

10【凜烈】 ㄌㄧㄣˇ ㄌㄧㄝˋ
嚴肅剛正,令人敬畏。

12【凜然】 ㄌㄧㄣˇ ㄖㄢˊ
正直嚴肅令人敬畏的樣子。

15【凜凜】 ㄌㄧㄣˇ ㄌㄧㄣˇ
1非常寒冷的樣子。2嚴肅而令人敬畏的樣子。

澿 ㄐㄧㄣˋ chin⁴ 音禁
冷得不得了。見"玉篇"。

凙 ㄉㄨㄛˊ to², tuo² 音鐸
1結冰。見"集韻"。2凍結在屋簷上的冰條。

14

凝 ㄋㄧㄥˊ ning² 音寧
1液體遇冷,結成固體的現象。2阻塞;不動。如:凝滯。3聚集;集中。如:凝神。

6【凝合】 ㄋㄧㄥˊ ㄏㄜˊ
凝固結合。

7【凝妝】 ㄋㄧㄥˊ ㄓㄨㄤ
濃妝;盛妝。

8【凝固】 ㄋㄧㄥˊ ㄍㄨˋ
1聚結牢固。2(solidification)物質由液態轉變爲固態的現象。凝固時會放出熱量,單位質量的液體凝固時所放出的熱量稱爲凝固熱。同壓力下相同物質的凝固熱等於熔化熱,凝固時的溫度(凝固點)等於熔化時的溫度(熔點)。

【凝肩】 ㄋㄧㄥˊ ㄐㄧㄢ
(frozen shoulder)一種中年及老年人的肩部疾病。在我國因多發生於五十歲左右,故又稱五十肩。其發生原因很多,如老化、骨折後打石膏,或神經受傷、關節缺乏活動等。一般治療方法是服用止痛劑和進行物理治療。

9【凝神】 ㄋㄧㄥˊ ㄕㄣˊ
聚集精神;集中注意力。

【凝思】 ㄋㄧㄥˊ ㄙ
聚集精神思考。

【凝重】 ㄋㄧㄥˊ ㄓㄨㄥˋ
表情嚴肅的樣子。

10【凝脂】 ㄋㄧㄥˊ ㄓ
凝固的油脂。1比喻女子皮膚的光滑白潤。2比喻緊密牢固。

11【凝望】 ㄋㄧㄥˊ ㄨㄤˋ
注視;集中精神看。

【凝視】 ㄋㄧㄥˊ ㄕˋ
注視。

【凝眸】 ㄋㄧㄥˊ ㄇㄡˊ
注視;目不轉睛。

12【凝睇】 ㄋㄧㄥˊ ㄉㄧˋ
凝視;注視。

【凝然】 ㄋㄧㄥˊ ㄖㄢˊ
定止不動的樣子。

【凝結】 ㄋㄧㄥˊ ㄐㄧㄝˊ
1聚結一起。2(condensation)物質由氣態變成液態的現象或過程。例如水蒸汽凝結成水。其反方向過程爲汽化。

13【凝想】 ㄋㄧㄥˊ ㄒㄧㄤˇ
專心一意地思考。

14【凝滯】 ㄋㄧㄥˊ ㄓˋ
1停頓不動。2聚集結合。3拘泥。

【凝聚】 ㄋㄧㄥˊ ㄐㄩˋ
1聚集。2(aggregation)泛指一切大分子或膠體於溶液中結合成團之現象。可細分爲膠結、凝聚、黏聚、絮凝等。3(coagulation)液體中半固體成分(例如脂、蛋白質等)聚集爲緻密凝塊之現象。例如加酸於牛奶中、加硫酸鋁於混濁水中皆有此現象發生。

15【凝膠】 ㄋㄧㄥˊ ㄐㄧㄠ
(gel)指多官基單體縮合聚合反應產生凝膠化後,其中不溶於溶劑的部分。其餘可被溶解部分則稱溶體(sol)。

17【凝鍊】 ㄋㄧㄥˊ ㄌㄧㄢˋ
文字精簡洗鍊。

8【凝固點】 ㄋㄧㄥˊ ㄍㄨˋ ㄉㄧㄢˇ
(condensation point)物質受冷由液態凝固成固態時的溫度。通常純物質都具有一定的凝固點,例如水在常壓下的凝固點是

0°C。

12【凝結核】 ㄋㄧㄥˊ ㄐㄧㄝˊ ㄏㄜˊ (condensation nuclei)水汽在空氣中達到飽和狀態時,與吸溼性微粒相遇,即以其為中心迅速凝結成微小的水滴或冰晶,這些促成凝結的微粒為凝結核。如塵埃、煙和鹽類等。

【凝結器】 ㄋㄧㄥˊ ㄐㄧㄝˊ ㄑㄧˋ (condenser)將工作流體從氣體狀態或氣液混合狀態冷卻成液體狀態的裝置。於原動力廠內,凝結器之作用為⑴回收由輪機排出的蒸汽並使之凝結成水以供再度使用;⑵造成一眞空空間以降低輪機的排汽壓力,而提高循環效率。於冰凍空調系統內,冷媒在冷凍空間所吸收的全部熱量和壓縮機的壓縮熱,均藉凝結器傳給冷卻介質,再經冷卻介質帶出系統外。

14【凝聚劑】 ㄋㄧㄥˊ ㄐㄩˋ ㄐㄧˋ (coagulant)可與溶液中懸浮物結合,增加其沈降速度以得到澄清溶液之物質。例如明礬、硫酸鋁、硫酸鐵、聚合體等。

15

瀆

瀆的俗體。

16

凜

凜的本字。

几部

几

ㄐㄧ chi^{1} 音機 讀音 ㄐㄧˇ chi^{3} 音己

①古人坐下時,用來依靠身體的一種家具。見"說文"。②小桌。如:茶几。

𠘨

ㄕㄨ shu^{1} 音舒

鳥短羽。見"古今韻會舉要"。

1

凢

凡的俗體。

3

凥

ㄐㄩ chü^{1} 音居

居住。今俗用居字。見"說文"。

処

處的本字。

6

[illegible]

ㄐㄩˋ chü^{4} 音劇

疲倦。見"正字通"。

凭

憑的本字。

9

凰

ㄏㄨㄤˊ huang^{2} 音皇

傳說中的一種瑞鳥。雄的叫鳳,雌的叫凰。通作皇。見"集韻"。

10

凱

ㄎㄞˇ k'ai^{3} 音愷

本作豈。也作愷。①戰勝回師時所奏的音樂。見"正字通"。②和善;安樂。如:凱悌。

3【凱子】 ㄎㄞˇ ˙ㄗ ①俗稱有錢的男子。②傻子。

11【凱旋】 ㄎㄞˇ ㄒㄩㄢˊ 戰勝歸來。

14【凱歌】 ㄎㄞˇ ㄍㄜ 戰勝時所唱的歌。

15【凱撒】 ㄎㄞˇ ㄙㄚ (Gaius Julius Caesar,前100～前44)'羅馬'政治家。西元前60年與'克拉蘇'(M. Licinius Crassus)、'龐沛'(Gnaeus Pompeius-Pompey)組成三頭政治。'克拉蘇'死後,他擊敗'龐沛',征服'高盧',將'羅馬'文化帶入西'歐'。後又平定'埃及'、'敘利亞',實行獨裁統治,採用救貧、殖民事業,廢止包稅制,改立陪審團,行太陽曆。後被'布魯托斯'(Marcus Brutus)刺死。著有"高盧戰記"(*Commentarii de bello Gallico*)。

5【凱末爾】 ㄎㄞˇ ㄇㄛˋ ㄦˇ (Kemal Atatürk,原稱Mustafa Kemal, 1881～1938)'土耳其'建國者。第一次世界大戰後,率領'青年黨'組'國民軍',推翻帝制,建立新政府於'安卡拉',並戰勝入侵的'希臘'。西元1923年'土耳其'與協約國簽訂"洛桑條約"(*Treaty of Lausanne*)後被選為'土耳其'第一任總統。他於1924年廢除'奧帝曼'回教主,並大力推行政治、司法和文化的現代化改革,四度連任總統,執掌'土耳其'政權十五年,國會上尊號為「土耳其之父」。

凱末爾像

6【凱因斯】 ㄎㄞˇ ㄧㄣ ㄙ (John Maynard Keynes,1883～1946)'英國'經濟學家。他認為古典學派的經濟理論不足以解釋三十年代的世界經濟大恐慌,乃撰"就業、利息與貨幣通論"(*The General Theory of Employment, Interest and Money*),提出新的就業理論。其學說對近代經濟學極具影響。二次世界大戰時,他對'英國'的戰時經濟扮演相當重要的角色。

凱因斯像

9【凱洛格】 ㄎㄞˇ ㄌㄨㄛˋ ㄍㄜˊ (Frank Billings Kellogg, 1856～1937)'美國'外交家及政治家。為一傑出的律師,西元1917～1923年任參議員,1923～1925年任駐'英'大使,1925～1929年出任

國務卿，於1927年發起訂立"非戰公約"，世稱爲"凱洛格·白里安公約"(*Kellogg-Briand Pact*)，1929年因此獲得'諾貝爾'和平獎。

凱洛格像

11【凱旋門】 ㄎㄞˇ ㄒㄩㄢˊ ㄇㄣˊ
(triumphal arch)用以紀念戰功或英雄人物的牌樓形建築物。始創於'羅馬'。現存最著名的是'法國''拿破崙'於西元1806年在'巴黎'建造，而完成於1836年的'凱旋門'。

4【凱文電橋】 ㄎㄞˇ ㄨㄣˊ ㄉㄧㄢˋ ㄑㄧㄠˊ
(Kelvin bridge)一種測量電阻的電橋電路。其結構如圖所示，可改進'惠斯登'電橋在測量低電阻時，導線接觸電阻之介入的缺點。調整r_1與r_2之比例使$\frac{r_1}{r_2}=\frac{R_1}{R_2}$，則電橋平衡時$R_x=\frac{R_2}{R_1}R_3$。

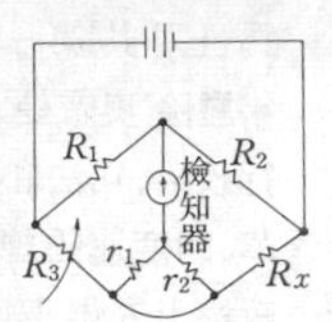

凱文電橋圖

6【凱因斯法則】 ㄎㄞˇ ㄧㄣ ㄙ ㄈㄚˇ ㄗㄜˊ
(Keynes' law)'凱因斯'學派認爲只要儲蓄與投資發生差異、價格與工資的韌性消失，或流動性偏好陷阱存在，'賽伊'法則就不再成立，供給不再能自創其本身的需求，古典學派的所得與就業理論必然動搖，取而代之的將是'凱因斯'法則——需求創造其本身的供給，國民所得與就業水準的高低，完全決定於有效需求水準的高低。

【凱因斯效果】 ㄎㄞˇ ㄧㄣ ㄙ ㄒㄧㄠˋ ㄍㄨㄛˇ
(Keynes' effect)指政府採取擴張性貨幣政策，增加貨幣供給，使利率水準下降的現象。

【凱因斯學派的所得與就業理論】 ㄎㄞˇ ㄧㄣ ㄙ ㄒㄩㄝˊ ㄆㄞˋ ˙ㄉㄜ ㄙㄨㄛˇ ㄉㄜˊ ㄩˇ ㄐㄧㄡˋ ㄧㄝˋ ㄌㄧˇ ㄌㄨㄣˋ
(Keynesian theory of income and employment)主張任何的經濟社會常處於非充分就業的均衡是常態，充分就業的均衡產出與所得反而是稀少、偶然的情況，這種看法有別於西元1930年代之前古典學派的所得與就業理論。

12

凴 凭的或體。

凳 ㄉㄥˋ *têng*4 音鄧
①几的一種。見"正字通"。②沒有靠背的坐具。如：板凳。

凵部

凵 ㄑㄧㄢˇ *ch'ien*3 音淺
張口。見"說文"。
ㄑㄩ *ch'ü*1 音區
參凵盧。

16【凵盧】 ㄑㄩ ㄌㄨˊ
用柳條編製的盛飯器。

2

凶 ㄒㄩㄥ *hsiung*1 音匈
①不吉利。和吉相對。如：凶宅。②兇惡。如：凶人。③饑荒。如：凶年。④喧譁；吵鬧。通詾、訩。如：訟爭凶凶。⑤恐懼。

6【凶宅】 ㄒㄩㄥ ㄓㄞˊ
①風水不好的房屋。②發生命案的住宅。

【凶死】 ㄒㄩㄥ ㄙˇ
俗指意外死亡。

【凶兆】 ㄒㄩㄥ ㄓㄠˋ
不祥的預兆。

8【凶服】 ㄒㄩㄥ ㄈㄨˊ
①喪服。②兇手所穿的衣服。

10【凶訊】 ㄒㄩㄥ ㄒㄩㄣˋ
不好的消息。多指死亡。

【凶耗】 ㄒㄩㄥ ㄏㄠˋ
不好的消息。多指死亡。

13【凶煞】 ㄒㄩㄥ ㄕㄚˋ
凶神惡煞。

16【凶燄】 ㄒㄩㄥ ㄧㄢˋ
兇惡的氣勢。

17【凶禮】 ㄒㄩㄥ ㄌㄧˇ
古代五禮之一。包括喪禮、弔禮、恤禮等。

6【凶年饑歲】 ㄒㄩㄥ ㄋㄧㄢˊ ㄐㄧ ㄙㄨㄟˋ
荒年。

3

凷 塊的本字。

凹 ㄠ *ao*1 音坳 又讀㈠ ㄨㄚ *wa*1 音窪 ㈡ ㄧㄠ *yao*1 音妖
窪下；低陷。如：凹下。

8【凹版畫】 ㄠ ㄅㄢˇ ㄏㄨㄚˋ
(intaglio prints)先在版上做出凹進的具象或抽象的圖形，然後在凹處上油墨或著色，再覆蓋紙於版上壓印而出的畫。又可分爲腐蝕版畫(etching)、細點腐蝕版畫(aquatint)、照相腐蝕版畫(photo etching)、直刻版畫(dry point)、雕凹線版畫(engraving)和美柔汀版畫(mezzotint)等。做版的版材，除了銅板外，亦可用鋅板、鋁板、合金板、非金屬板等。

9【凹面鏡】 ㄠ ㄇㄧㄢˋ ㄐㄧㄥˋ
(concave mirror)拋物面鏡或球面鏡等，以凹入部分的曲面做爲光的反射面者，稱爲凹面鏡。焦點爲實焦點，凹面鏡成像，可形成放大或縮小的倒立實像，也可產生放大的正立虛像。

11【凹透鏡】 ㄠ ㄊㄡˋ ㄐㄧㄥˋ
(concave lens)透鏡的中央鏡心部分的厚度較邊緣爲薄者稱之。

又有雙凹透鏡(圖a)、平凹透鏡(圖b)及凸凹透鏡(圖c)之分。對入射光線有發散作用，又稱發散透鏡。凹透鏡成像是爲縮小的正立虛像。

(a)　(b)　(c)
凹透鏡圖

8【凹版印刷】ㄠ ㄅㄢˇ ㄧㄣˋ ㄕㄨㄚ
印刷版的著墨部分下凹，不著墨部分則凸起呈平面，印刷時滿版上墨，然後除去平面上的印墨，僅留下凹紋部分的印墨，經加壓而完成印刷的一種方式。如：以雕刻凹版印刷鈔券、照相凹版印刷包裝材料等。

凸 ㊀ ㄊㄨˊ t'u² 音突 又讀 ㄉㄧㄝˊ tieh² 音跌
突出、高起的樣子。如：凹凸不平。㊁ ㄍㄨˇ ku³ 音古
鼓起。如：凸著肚子。

15【凸輪】ㄙㄨˊ ㄌㄨㄣˊ
(cam)一具有曲面或溝槽之機件。藉其旋轉、搖擺或往復運動，給予與其滑動接觸之機件以特定之方式運動。

8【凸版畫】ㄊㄨˊ ㄅㄢˇ ㄏㄨㄚˋ
(relief prints)版畫的一種。先做凸出面圖形之版，將不要的部分剔除，然後在凸出面上油墨或著色，覆蓋紙張印製出來的畫。又可分爲木版畫、木口木版畫、橡膠版畫、紙版等。

9【凸面鏡】ㄊㄨˊ ㄇㄧㄢˋ ㄐㄧㄥˋ
(convex mirror)如果拋物面鏡或球面鏡等，以凸出的一面做爲光的反射面者，稱爲凸面鏡。凸面鏡的焦點爲虛焦點，單獨一個凸面鏡只能形成縮小正立的虛像。

11【凸透鏡】ㄊㄨˊ ㄊㄡˋ ㄐㄧㄥˋ
(convex lens)透鏡中央鏡心部分的厚度較邊緣部分爲厚者稱之。又有雙凸透鏡(圖a)、平凸透鏡(圖b)及凹凸透鏡(圖c)之分。由於有會聚光線作用，故又稱會聚透鏡。可產生放大、縮小的實像，亦可得放大的虛像。

(a)　(b)　(c)
凸透鏡圖

12【凸集合】ㄙㄨˋ ㄐㄧˊ ㄏㄜˊ
(convex set)任意兩點的連線段落在集合內的集合稱之。凸集合在分析和幾何裡是重要角色。線性規劃也是凸集合和線性函數的配合運用，對於兩個向量A、B及係數α、β，若α、$\beta \geq 0$且$\alpha+\beta=1$，則$\alpha A+\beta B$叫做A、B的凸組合，凸集合就是對於凸組合的操作會封閉者。

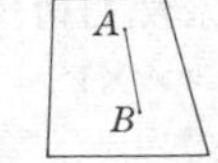

凸集合圖

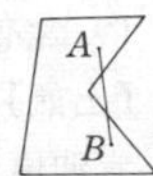

非凸集合圖

8【凸版印刷】ㄊㄨˊ ㄅㄢˇ ㄧㄣˋ ㄕㄨㄚ
印刷版著墨部分凸起，不著墨部分則下凹，利用凸起部分著墨而完成印刷的一種方式。如木刻板印刷、活字版印刷等。

出 ㄔㄨ ch'u¹ 音初
①由內至外。與入相反。如：足不出戶。②出生。如：視爲己出。③發生；產生。如：出問題。④婦人被丈夫所棄絕。如：出妻。⑤支付。如：出納。⑥逃亡。如：出亡。⑦顯露。如：水落石出。⑧超越；偏離。如：出軌。

2【出入】ㄔㄨ ㄖㄨˋ
①出外和進入。②支出及收入。③互相往來。④差別。

3【出亡】ㄔㄨ ㄨㄤˊ
逃亡到外地。

【出土】ㄔㄨ ㄊㄨˇ
從地下被發掘出來。

【出口】ㄔㄨ ㄎㄡˇ
①通向外面的門。與入口相對。②話從口裡說出來。如：出口傷人。③(export)將本國產品輸往國外的貿易行爲。即輸出。

【出山】ㄔㄨ ㄕㄢ
①隱居深山修道者又重涉世事。②'閩'南語稱出殯。

4【出手】ㄔㄨ ㄕㄡˇ
①動手。②文章脫稿。③出任其事。④出錢。如：出手大方。

5【出世】ㄔㄨ ㄕˋ
①出生；降生。②佛家語。⑴指'如來'出現於世間。⑵超脫世俗而證佛道。⑶脫離塵世的羈絆而修淨行。與入世相對。

6【出名】ㄔㄨ ㄇㄧㄥˊ
①具名；簽名。②著名。

【出色】ㄔㄨ ㄙㄜˋ
①超出眾人。②顯出特殊的光彩。

7【出沒】ㄔㄨ ㄇㄛˋ
忽隱忽現。

【出局】ㄔㄨ ㄐㄩˊ
①體育競賽，選手因犯規而不能參加比賽。②棒、壘球比賽中打擊者被判三振、接殺、封殺、觸殺等而被取消該次出擊的跑壘資格。

【出身】㊀ ㄔㄨ ˙ㄕㄣ
個人最早的經歷或身分。如：軍人出身。
㊁ ㄔㄨ ㄕㄣ
獻身。

【出岔】ㄔㄨ ㄔㄚˋ
發生錯誤或意外。

8【出妻】ㄔㄨ ㄑㄧ
①遺棄或休掉妻子。②指被遺棄或休掉的妻子。

【出事】ㄔㄨ ㄕˋ
發生事故。

【出奔】ㄔㄨ ㄅㄣ
逃亡。

【出典】ㄔㄨ ㄉㄧㄢˇ
①典故的出處。②典物所有人設定典權予他人之行爲。典權是典權人支付典價，占有出典人之不動產，而爲使用及收益的權利。典權，淵源於我國習慣法，各地均有，因爲設定典權僅用找貼(若典價高於典物價值，則由出典人給付典權人典價與典物價值之差額，稱爲找；反之，若典價低於典物價

值，則由典權人補貼出典人典物價值與典價之差額，稱爲貼）之方法，典權人即可取得所有權，此與設定抵押權，債務人不爲淸償時，須將抵押物拍賣，就其賣得價金優先受償者不同。

【出版】 ㄔㄨ ㄅㄢˇ

謂當事人約定，一方以文藝學術或美術之著作物，爲出版而交付於他方，他方擔任印刷及發行之契約。出版契約之當事人爲出版權授與人（即著作人）及出版人。著作人之權利，於契約實行之必要範圍內，移轉於出版人。出版權授與人，應擔保其於契約成立時，有出版授與之權利，如著作物受法律上之保護者，並應擔保其有著作權。而著作物翻譯之權利，除契約另有訂定外，仍屬於出版權授與人。此外，出版權授與人並負有不競爭義務及訂正修改權，其於契約成立前，如已將著作物之全部或一部，交付第三人出版，或經第三人公表（如學校已印成講義）者，並負有告知之義務。有關出版契約，"出版法"及"著作權法"均有重要之特別規定。

【出使】 ㄔㄨ ㄕˋ

奉命擔任使臣，出外交涉。

【出征】 ㄔㄨ ㄓㄥ

出去打仗。

9【出神】 ㄔㄨ ㄕㄣˊ

全神貫注於某事而發呆。

【出軌】 ㄔㄨ ㄍㄨㄟˇ

1脫離軌道。2比喻行爲不合常理常規。

10【出家】 ㄔㄨ ㄐㄧㄚ

佛家語。指脫離家庭，到寺院去當僧侶。原爲'印度''吠陀'時代和婆羅門教的遁世制度，佛教與起後也予沿用，道教全眞派道士捨家觀居，也稱出家。

【出差】 ㄔㄨ ㄔㄞ

出外辦理公務。

【出馬】 ㄔㄨ ㄇㄚˇ

1將士出陣作戰。2出外任事。3出面處理事務。

【出恭】 ㄔㄨ ㄍㄨㄥ

指上廁所排便。'明代'科舉考試，設有［出恭入敬］的牌子。考生如要上廁所需先領此牌，方得離座。

【出草】 ㄔㄨ ㄘㄠˇ

過去'臺灣'土著部族獵人頭的習俗。含有宗教、自衛、榮譽的意義。

【出氣】 ㄔㄨ ㄑㄧˋ

宣洩憤怒。

【出缺】 ㄔㄨ ㄑㄩㄝ

因人員離職而產生缺額。

【出納】 ㄔㄨ ㄋㄚˋ

1古代帝王宣布詔令爲出，將下情傳達於帝王爲納。2財物的支出與收入。3掌管金錢收支的人或職務。

【出息】 ㊀ ㄔㄨ ㄒㄧˊ

1人所呼出的氣息。2指利益。3指人有長進。如：有出息。

㊁ ㄔㄨ ·ㄒㄧ

1同㊀3。2變得漂亮。

【出師】 ㄔㄨ ㄕ

1出兵作戰。2學徒期滿藝成。

11【出處】 ㊀ ㄔㄨ ㄔㄨˇ

出世作官或退隱。引申爲進退。

㊁ ㄔㄨ ㄔㄨˋ

1人的出身或物的產地。2資料及文詞、典故的來源。

【出衆】 ㄔㄨ ㄓㄨㄥˋ

突出；超越衆人。

12【出超】 ㄔㄨ ㄔㄠ

(surplus of trade)即貿易出超。一國在一定期間內，若輸出總值超過其輸入總值，即爲出超。

13【出塞】 ㄔㄨ ㄙㄞˋ

遠出邊塞。

【出道】 ㄔㄨ ㄉㄠˋ

1指出離塵世，修學佛道，以追求徹底解脫者。2開始從事某種工作。3在社會上初露頭角。

【出落】 ㄔㄨ ·ㄌㄨㄛ

長成。多指青少年的容貌、體態。

【出路】 ㄔㄨ ㄌㄨˋ

1出口。2指未來發展的途徑。

14【出塵】 ㄔㄨ ㄔㄣˊ

1超出凡俗。2佛家語。指出離煩惱的塵俗世界。

15【出賣】 ㄔㄨ ㄇㄞˋ

1出售。2爲圖個人利益而背棄、陷害他人或團體。

【出價】 ㄔㄨ ㄐㄧㄚˋ

(bid)指在國際貿易中，由買方主動向賣方表示，願以一定的價格及條件，向賣方購買某種貨物的要約行爲。就法律上意義而言，出價與購貨報價同義。出價雖與買方就賣方的報價所提出的反報價在某些方面類似，但出價是由買方主動向賣方提出要約，這點與反報價之處於被動有所不同。出價多出現在國際市場上需求較強，而買方又急於迅速成交，以及在標售招標的場合。

16【出頭】 ㄔㄨ ㄊㄡˊ

1出面。2由困窮而亨通。

17【出醜】 ㄔㄨ ㄔㄡˇ

丟臉；失體面。

【出闈】 ㄔㄨ ㄨㄟˊ

1古時考試完畢，離開試場。2命題及印製考卷的人員等，在考試結束後，離開闈場。

18【出殯】 ㄔㄨ ㄅㄧㄣˋ

將屍體放入棺材，運往停放或埋葬的地方。

19【出簷】 ㄔㄨ ㄧㄢˊ

(eaves)指屋頂伸出至建築物外牆或外柱以外。

20【出繼】 ㄔㄨ ㄐㄧˋ

過繼給他人當兒子。

3【出口商】 ㄔㄨ ㄎㄡˇ ㄕㄤ

從事出口貿易的商人。

【出口稅】 ㄔㄨ ㄎㄡˇ ㄕㄨㄟˋ

(export duty)又稱出口關稅。即對本國產品輸出國外所課徵的關稅。目前世界各國除極少數的例外，爲鼓勵本國產品輸出及發展國際貿易起見，皆先後廢止出口稅的徵收。

5【出生率】ㄔㄨ ㄕㄥ ㄌㄩˋ
(birth rate)指某一地區在某一年度內,出生活嬰兒數目和總人口數的千分比。即

$$\frac{\text{一年出生嬰兒數}}{\text{年中人口總數}}\times 1000。$$

【出外景】ㄔㄨ ㄨㄞˋ ㄐㄧㄥˇ
(location)指電視及電影製作過程中,到戶外實地拍攝的場景。

8【出版項】ㄔㄨ ㄅㄢˇ ㄒㄧㄤˋ
在編目規則之中,規定把圖書資料的出版事項,如出版地、出版者、出版年等,記述在目錄之中,是爲出版項。如果出版資料不全,則以印製事項替代之。又如出版與經銷非屬一者,則應分別著錄,且加記職責敘述,以期目錄資料之完整、正確。

10【出家人】ㄔㄨ ㄐㄧㄚ ㄖㄣˊ
爲宗教而棄俗修道者的通稱。多指和尚、尼姑或道士。

12【出發點】ㄔㄨ ㄈㄚ ㄉㄧㄢˇ
1行程或競賽的起點。2思維的動機或背景。

14【出漏子】ㄔㄨ ㄌㄡˋ ˙ㄗ
出了差錯;發生變故。

15【出廠證】ㄔㄨ ㄔㄤˇ ㄓㄥˋ
(the certificate of ex-factory)出廠證爲貨物稅應用憑證之一,乃完稅貨物的憑證。貨物稅廠商採查帳徵稅者,以出廠證代替一般之完稅照或免稅照,故而出廠證爲查帳徵稅廠商完稅或免稅貨物的憑證。

【出鋒頭】ㄔㄨ ㄈㄥ ˙ㄊㄡ
1表現或炫耀自己才能。2超出眾人的表現。

2【出人意表】ㄔㄨ ㄖㄣˊ ㄧˋ ㄅㄧㄠˇ
出於別人料想之外。

【出人頭地】ㄔㄨ ㄖㄣˊ ㄊㄡˊ ㄉㄧˋ
超越眾人之上。

3【出口成章】ㄔㄨ ㄎㄡˇ ㄔㄥˊ ㄓㄤ
本指所言都成規範,後多用以形容文思敏捷。

【出口押匯】ㄔㄨ ㄎㄡˇ ㄧㄚ ㄏㄨㄟˋ
(outward documentary bills)國內出口商接到國外進口商的訂貨單及國外銀行簽發的商業信用狀(L/C),於貨物輸出時,開具由發證銀行承兌的匯票,連同貨物的提貨單、保險單及發票等單據,申請銀行貼現或墊款;然後由承做的銀行將匯票及單據寄交進口商所在地的聯行或承匯同業,憑以收取票款並交付提貨單據的外匯業務。

【出口退稅】ㄔㄨ ㄎㄡˇ ㄊㄨㄟˋ ㄕㄨㄟˋ
(export rebate)對於生產出口產品之進口原料或中間投入的關稅與出口品的國內稅捐,於產品出口後,得以辦理退稅。如此,出口商的生產成本減輕,利潤增加,對於鼓勵出口有很大的激勵作用。

【出口配額】ㄔㄨ ㄎㄡˇ ㄆㄟˋ ㄜˊ
(export quota)在一段時間內,限定某一種產品所能出口的最大數量限制。

【出口補貼】ㄔㄨ ㄎㄡˇ ㄅㄨˇ ㄊㄧㄝ
(export subsidy)對於某項產品的出口,按數量或價格,付以一定的津貼,可視爲一種負的關稅。其目的在降低出口產品的價格,以達到鼓勵增加出口數量的目的。

【出口貿易】ㄔㄨ ㄎㄡˇ ㄇㄠˋ ㄧˋ
(export trade)又稱輸出貿易或外銷。即出口商向國外銷售貨物,貨物自本國運往國外的交易。

【出口導向】ㄔㄨ ㄎㄡˇ ㄉㄠˇ ㄒㄧㄤˋ
(export orientation)又稱輸出導向。一國的財經政策或措施,或一個企業的經營政策或活動著重於外銷,或以配合外銷爲出發點者,稱爲出口導向。諸如政府對於輸出予以各種獎勵或減免稅捐或予以資金上的優惠待遇,以及一個企業的活動以外銷爲重心者,均屬出口導向的措施。

【出口艙單】ㄔㄨ ㄎㄡˇ ㄘㄤ ㄉㄢ
(export manifest)爲輪船公司根據託運單或裝貨單留底所編製,用以通知船上本航次出口貨物名稱、數量的明細清單,並憑以分配艙位、核對裝貨單。是輪船公司用以向港務局及海關等有關機關辦理結關手續的重要文件。

【出口檢驗】ㄔㄨ ㄎㄡˇ ㄐㄧㄢˇ ㄧㄢˋ
(export inspection)政府就出口貨物的規格或品質預先規定一定的標準,於該貨物出口時,由指定的機關檢驗,以確定其規格或品質是否符合標準,如未達標準,即不准其出口。這種對於出口貨物所做的檢驗,稱爲出口檢驗。其目的有二:一、旨在促使出口廠商產製優良品質的產品,以確保既有的市場及爭取新市場。二、旨在防止劣質產品的出口,以免本國產品在國際市場的信譽受損。依我國"商品檢驗法"規定,動植物及其產品的出口均應實施病疫蟲害檢驗。至於其應施檢驗的出口商品項目,則由'經濟部'視實際需要,隨時公告。

【出口擴張】ㄔㄨ ㄎㄡˇ ㄎㄨㄛˋ ㄓㄤ
(export expansion)一種經濟發展策略。是剩餘出口理論的具體化表現。出口擴張的目的是希望透過出口數量的增加,來刺激國內充分利用大量閒置的剩餘資源,以使產出增加,並帶動經濟發展。

【出口關稅】ㄔㄨ ㄎㄡˇ ㄍㄨㄢ ㄕㄨㄟˋ
(export tariff)政府對出口產品所課的稅。其目的主要在於提高出口產品的價格,以達到減少出口數量的目的。

【出口簽證】ㄔㄨ ㄎㄡˇ ㄑㄧㄢ ㄓㄥˋ
(export licensing)即簽發輸出許可證(export licence; EL; export permit; E/P)之意。在外匯貿易管制國家,爲防止出口商低價傾銷或逃避外匯,通常都規定貨物的出口,必須經過政府

外匯貿易管理當局的許可,取得輸出許可證後,才能憑以辦理通關出口手續。依我國外匯貿易管理規定,出口簽證可分爲結匯簽證與不結匯簽證二種。凡以出售貨物(因此有外匯收入)申請貨物出口的簽證者,稱爲結匯簽證;凡非出售貨物(因此無外匯收入)申請貨物出口者,稱爲不結匯簽證。

4【出水芙蓉】 ㄔㄨ ㄕㄨㄟˇ ㄈㄨˊ ㄖㄨㄥˊ
1剛開的荷花。2形容女子天生美麗。

【出水高度】 ㄔㄨ ㄕㄨㄟˇ ㄍㄠ ㄉㄨˋ
(free board)水庫、堤、壩、水道等水工結構物,其設計之高水位至堤頂的垂直距離。水工結構物訂定出水高度係爲應付波浪及一時發生之超高水位,藉以保持水路及結構物自身的安全。通常並未硬性規定出水高度,視流量大小、洪水量、重要性等因素決定。

5【出世思想】 ㄔㄨ ㄕˋ ㄙ ㄒㄧㄤˇ
與入世思想相對,看輕現實世界的眞理與價值,或者否定眞理與價值存在於現實世界的思想。亦爲佛家通用詞語。

【出世間法】 ㄔㄨ ㄕˋ ㄐㄧㄢ ㄈㄚˇ
佛家語。即出世間道,也略稱出世法。與世間法相對。即出離煩惱世間的修道法門及一切作爲,直到證悟佛果爲止。

【出乎意料】 ㄔㄨ ㄏㄨ ㄧˋ ㄌㄧㄠˋ
出於料想之外。

【出生入死】 ㄔㄨ ㄕㄥ ㄖㄨˋ ㄙˇ
1由生至死。2出入於生死之間。形容不避危險,將生死置於度外。

8【出奇制勝】 ㄔㄨ ㄑㄧˊ ㄓˋ ㄕㄥˋ
運用奇兵以獲勝。引申爲用奇計勝過別人。

【出乖露醜】 ㄔㄨ ㄍㄨㄞ ㄌㄡˋ ㄔㄡˇ
出醜;失面子。

9【出神入化】 ㄔㄨ ㄕㄣˊ ㄖㄨˋ ㄏㄨㄚˋ
形容技藝巧妙,已超越神境,入於化境。

11【出將入相】 ㄔㄨ ㄐㄧㄤˋ ㄖㄨˋ ㄒㄧㄤˋ
稱人文武兼備,出外可爲大將,入朝可爲宰相。

13【出勤管理】 ㄔㄨ ㄑㄧㄣˊ ㄍㄨㄢˇ ㄌㄧˇ
各組織對所屬員工上下班之管理,及在辦公期間內有無在處理公務場所之管理。

14【出塵凌俗】 ㄔㄨ ㄔㄣˊ ㄌㄧㄥˊ ㄙㄨˊ
超越凡俗。

【出爾反爾】 ㄔㄨ ㄦˇ ㄈㄢˇ ㄦˇ
本指你怎樣對待人,別人也會同樣對待你。後指人反覆無信,前後矛盾。

19【出類拔萃】 ㄔㄨ ㄌㄟˋ ㄅㄚˊ ㄘㄨㄟˋ
超越眾人之上。

11【出淤泥而不染】 ㄔㄨ ㄩ ㄋㄧˊ ㄦˊ ㄅㄨˋ ㄖㄢˇ
從汙泥中長出卻不受汙染。比喻出身於壞環境而能有高潔的操守。

3【出口的通貨膨脹】 ㄔㄨ ㄎㄡˇ ˙ㄉㄜ ㄊㄨㄥ ㄏㄨㄛˋ ㄆㄥˊ ㄓㄤˋ
(export inflation)由於出口大量擴張,造成貿易順差,貨幣供給量增加,消費需求增加,再加上大量出口使國內總供給減少,所引起的通貨膨脹。

10【出師未捷身先死】 ㄔㄨ ㄕ ㄨㄟˋ ㄐㄧㄝˊ ㄕㄣ ㄒㄧㄢ ㄙˇ
尙未戰勝便先身亡。比喻事情還沒成功卻先犧牲。

3【出口供給價格彈性】 ㄔㄨ ㄎㄡˇ ㄍㄨㄥ ㄐㄧˇ ㄐㄧㄚˋ ㄍㄜˊ ㄊㄢˊ ㄒㄧㄥˋ
(price elasticity of export supply)出口數量隨其相對價格變動而發生的相對反應程度。亦即出口數量變動的百分比與出口品相對價格變動的百分比之相對比率。其計算公式爲:

$$e=\frac{dx/x}{d\left(\frac{p_x}{p_m}\right)/\left(\frac{p_x}{p_m}\right)}$$

,上式d代表變量,p_x代表出口品價格,p_m代表進口品價格,x代表出口數量。

6

函 ㄏㄢˊ han² 音含
本作凾。1容納;包含。2寬大。如:函弘。3匣匱。如:石函。4信封;書信。如:信函。5姓。'漢'有'函熙'。見"通志·氏族略五"。

3【函丈】 ㄏㄢˊ ㄓㄤˋ
講席的代稱。古代講學問業,師生席位相距可以容一杖長的寬度,以便指畫。後世在書信中用爲對老師的提稱語。

15【函數】 ㄏㄢˊ ㄕㄨˋ
(function)最早的函數概念是從變數的方程式來的。例如從$x^2-2xy+3=0$ 得 $y=(x^2+3)/2x$。其次而有三角函數和指數函數。就是在今日,用因變數和自變數之間的關係來講函數也是最方便的。自數學變得形式化以後,就以集合定義函數最常見。令A、B爲兩非空集合,f爲從A映至B的函數,若對任意A中元素x,有一個B中元素y與之對應,此種對應一定要有而且是確定的,記爲$f(x)=y$。因此函數的定義包括:定義域A、值域B,以及對應規則。對應規則的寫法一般有公式法、分段法、列表法三種。茲類舉如下:一、公式法:$f(x)=\lim_{n\to\infty}\lim_{m\to\infty}(\cos n!\pi x)^m$;二、分段法:$f(x)=\begin{cases}0 & x\text{爲無理數}\\ 1 & x\text{爲有理數}\end{cases}$;三、列表法,適用於近似值表或$A$爲有限集且無規律可循的情形。若$f(x)=f(y)$,則$x=y$,此時的函數$f(x)$稱爲嵌射(injection)或一對一的(one to one);若值域等於像集,則f稱爲蓋射(surjection)或映成的(onto);同時爲嵌射及蓋射的函數稱爲雙射(bijection),雙射函數的充要條件是有反函數。集合

$\{(x, f(x)) \mid x \in A\} \subseteq A \times B$稱爲函數$f$的圖形。顯然由圖形可以確定函數$f$。

19【函證】 ㄏㄢˊ ㄓㄥˋ

(confirm) 直接函詢債務人、債權人或交易的其他當事人,以證明帳戶餘額或記錄是否眞實無誤的一種審計程序。

7【函谷關】 ㄏㄢˊ ㄍㄨˇ ㄍㄨㄢ

在'河南省'西部'靈寶縣'境。爲由中州(又稱中原)進出'關'中的必經之地。當地黃土崖壁陡立,一線中通,狀如古代裝置竹簡的函套,因名。是'關'中周圍四關之一。

15【函數次程式】 ㄏㄢˊ ㄕㄨˋ ㄘˋ ㄔㄥˊ ㄕˋ

(function subprogram) 電腦程式單元的一種。具有特定之運算或處理功能,可被其他程式單元呼叫而執行其功能,並將運算處理之結果傳回以供使用。

7

凾 函的俗體。

8

凿 垂的俗體。

刀部

刀 ㄉㄠ tao¹ 音叨

1供斬削切割的利器。如:鐮刀。2古代的錢幣。因形如刀而得名。如:刀布。3小船。通舠、𦨴。如:水淺不容刀。4量詞。俗以紙一百張爲一刀。

刀圖

4【刀尺】 ㄉㄠ ㄔˇ

1裁製衣服的剪刀和尺。2比喻裁量人才而加以升降任免的權力。

5【刀布】 ㄉㄠ ㄅㄨˋ

古貨幣名。形狀似刀。

7【刀兵】 ㄉㄠ ㄅㄧㄥ

1泛指兵器。2指戰爭。

9【刀俎】 ㄉㄠ ㄗㄨˇ

刀和砧板。本爲宰割的用具,後多用以比喻宰制者。

12【刀筆】 ㄉㄠ ㄅㄧˇ

1兩種古代寫字的工具。古人記事,最初用刀刻於龜甲、獸骨或竹木簡上;其後用筆寫在簡牘帛紙上。2指文書。3指辦理文書的小吏。又稱刀筆吏。4指酷吏或訟師。因其筆銳利如刀,能殺傷人。

23【刀鷯】 ㄉㄠ ㄌㄧㄠˊ

一種剖葦以啄小蟲的鳥。也作鴘鷯。見"說文"。

8【刀斧手】 ㄉㄠ ㄈㄨˇ ㄕㄡˇ

執行死刑的人。即劊子手。

10【刀馬旦】 ㄉㄠ ㄇㄚˇ ㄉㄢˋ

戲劇腳色名。旦的一種。始於梆子腔及皮'黃'戲中。起初與武旦無異,至'清''咸豐'、'同治'後,始分爲二。凡僅有打把子,沒有表情且無歌唱的戲,如"盜仙草"、"泗洲城"等屬武旦戲;而把子之外,又有做工與唱工的戲,如"穆柯寨"、"馬上緣"等則屬刀馬旦的戲。

12【刀筆吏】 ㄉㄠ ㄅㄧˇ ㄌㄧˋ

參刀筆3、4。

3【刀山火海】 ㄉㄠ ㄕㄢ ㄏㄨㄛˇ ㄏㄞˇ

比喻非常危險的地方。

【刀山劍樹】 ㄉㄠ ㄕㄢ ㄐㄧㄢˋ ㄕㄨˋ

1指酷刑。2比喻極爲險惡的處境。

6【刀光劍影】 ㄉㄠ ㄍㄨㄤ ㄐㄧㄢˋ ㄧㄥˇ

1形容打鬥的驚險激烈。2比喻充滿殺氣的場面或氣氛。

8【刀具磨床】 ㄉㄠ ㄐㄩˋ ㄇㄛˊ ㄔㄨㄤˊ

(tool & cutter grinder) 專門用來磨削各種刀具的磨床。不但可用於研磨銑刀、鉸刀、鑽頭等各種刀具,又可從事平面、外圓或內圓等之磨削,故又稱萬能工具磨床。

10【刀耕火耨】 ㄉㄠ ㄍㄥ ㄏㄨㄛˇ ㄋㄡˋ

一種粗糙的農耕方法。先用刀砍伐林木荆莽,再將其餘株焚成灰燼,以便開墾耕種。

16【刀頭舔蜜】 ㄉㄠ ㄊㄡˊ ㄊㄧㄢˇ ㄇㄧˋ

比喻貪圖利益而不顧危險。

【刀鋸鼎鑊】 ㄉㄠ ㄐㄩˋ ㄉㄧㄥˇ ㄏㄨㄛˋ

泛稱古代的殘酷刑具。刀用來砍頭,鋸用來鋸斷手足,鼎和鑊用來烹煮犯人。

刁 ㄉㄧㄠ tiao¹ 音貂

1古代銅製的軍事用具。如:刁斗。2狡詐;巧滑。如:刁滑。3口裏含著東西而露在外面。通叼。如:刁著香菸。

4【刁斗】 ㄉㄧㄠ ㄉㄡˇ

古代軍中用具。銅質,有柄,能容一斗。白天用來炊飯,夜晚敲鳴,用來報更巡邏。一說是一種更夫互相傳呼的小鈴。

5【刁民】 ㄉㄧㄠ ㄇㄧㄣˊ

凶悍狡詐的百姓。

10【刁悍】 ㄉㄧㄠ ㄏㄢˋ

狡猾強悍。

13【刁滑】 ㄉㄧㄠ ㄏㄨㄚˊ

狡詐巧滑。

【刁頑】 ㄉㄧㄠ ㄨㄢˊ

狡詐頑劣。

19【刁難】 ㄉㄧㄠ ㄋㄢˋ

故意使人爲難。

27【刁鑽】 ㄉㄧㄠ ㄗㄨㄢ

狡猾。

𠚣 刀的篆文。

刂 刀的或體。

1

刃 ㄖㄣˋ jên⁴ 音認

1刀口;刀鋒。2兵器的總稱。如:利刃。3用刀或兵器刺殺。

如：刃敵。

8【刃狀差排】 ㄖㄣˋ ㄓㄨㄤˋ ㄔㄚ ㄆㄞˊ

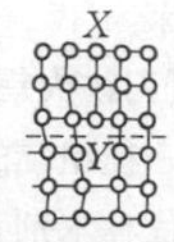

刃狀差排圖

(edge dislocation) 指原子格子內多了一排原子(如圖之XY)，使原子格子發生排列之缺陷。

刄 刃的俗體。

2

刅 ㄔㄨㄤ ch'uang[1] 音瘡

創傷。也作創。見"說文"。

切 ㊀ ㄑㄧㄝ ch'ieh[1]

1用刀割斷。如：切菜。2切磨獸骨。如：如切如磋。3幾何學上，直線與圓周，或圓周與圓周在一點相遇叫切。

㊁ ㄑㄧㄝˋ ch'ieh[4] 音竊

1磨。如：切磨。2密合。如：切合。3誠懇。如：懇切。4'中'醫師用手指把脈。如：切脈。5實在。如：切實。6急迫。如：切峻。7反切的簡稱。是古代拼音的方法。如：切語。8同㊀3。

2【切入】 ㄑㄧㄝ ㄖㄨˋ

(cut-in)在已經製作完整的節目中，插進另一段音效或影像，稱爲切入。

4【切中】 ㄑㄧㄝˋ ㄓㄨㄥˋ

切合；適當。如：切中時弊。

6【切合】 ㄑㄧㄝˋ ㄏㄜˊ

切當適合。

7【切身】 ㄑㄧㄝˋ ㄕㄣ

關係到本身；與本身有密切關係。

8【切花】 ㄑㄧㄝ ㄏㄨㄚ

指供觀賞裝飾用的花卉。一般以花莖長而堅硬，花期較長者爲佳，如玫瑰、菊花、唐菖蒲均宜作切花用。

【切近】 ㄑㄧㄝˋ ㄐㄧㄣˋ

迫近；貼近。

9【切要】 ㄑㄧㄝˋ ㄧㄠˋ

1切當扼要。2緊要。

10【切峻】 ㄑㄧㄝˋ ㄐㄩㄣˋ

急切嚴厲。

【切脈】 ㄑㄧㄝˋ ㄇㄛˋ

把脈；按脈。藉以探知病情。

11【切責】 ㄑㄧㄝˋ ㄗㄜˊ

嚴詞譴責。

12【切掌】 ㄑㄧㄝ ㄓㄤˇ

國術招式。仰掌，掌外緣朝前，以掌跟攻擊敵人。

【切結】 ㄑㄧㄝˋ ㄐㄧㄝˊ

以書面承諾某種義務。旨在加重當事人對權利義務的認知，避免日後的紛爭，常爲一般人或行政機關所使用。但切結書並無法規避刑事責任或民事責任，亦不具民法上保證的效力。

13【切當】 ㄑㄧㄝˋ ㄉㄤˋ

切合適當。

【切腹】 ㄑㄧㄝ ㄈㄨˋ

是'日本'武士的一種自殺方式，也是'日本''江戶'時代的一種刑罰。

14【切實】 ㄑㄧㄝˋ ㄕˊ

切合實際；很實在。

15【切膚】 ㄑㄧㄝˋ ㄈㄨ

切身。

【切齒】 ㄑㄧㄝˋ ㄔˇ

形容極度憤怒、痛恨。

17【切點】 ㄑㄧㄝ ㄉㄧㄢˇ

(tangent point)一直線與一曲線，或一平面與一曲面相切之點。

19【切韻】 ㄑㄧㄝˋ ㄩㄣˋ

'隋''陸法言'撰，五卷。原書久佚，近人據'敦煌''唐'寫本"切韻"殘卷，考定此書分一百九十三韻：平聲五十四、上聲五十一、去聲五十六、入聲三十二。爲'唐''宋'韻書的始祖，研究聲韻學的重要參考書。

14【切截法】 ㄑㄧㄝ ㄐㄧㄝˊ ㄈㄚˇ

(truncation)許多詞彙有相同的字根，有時將這些詞彙加以統合是很有用的。譬如：一位檢索者對於圖書館(library or libraries)、圖書館員(librarians)、圖書館學(librarianship)等都有興趣，如此，若以字根LIBRAR來對照查尋，便可以囊括前列各主題。在某些系統中，可在此字根後加一符號，如LIBRAR?，則系統便得知檢索者意欲獲得的資訊。這種方法可以擴大檢索的範圍。除上述的右截外，還有左截、左右截及插入截(字首與字尾已確定，而只切截中間，如m?n，可檢索man、men等)。

11【切問近思】 ㄑㄧㄝˋ ㄨㄣˋ ㄐㄧㄣˋ ㄙ

切實向人請問，並多思考當前的問題。

15【切磋琢磨】 ㄑㄧㄝ ㄘㄨㄛ ㄓㄨㄛˊ ㄇㄛˊ

本指切割琢磨骨角、象牙、玉石，以成器物。後用以比喻朋友互相觀摩討論，以求德業精進。

刈 ㄧˋ i[4] 音乂

本作乂。1割草。如：刈穫。2斷；殺。如：刈頸。3滅絕。如：刈亡。4姓。五代有'刈懷'。見"萬姓統譜·九三"。

分 ㊀ ㄈㄣ fên[1] 音紛

1別；析。合的反義詞。如：分爲三段。2離開。如：分離。3判別；辨別。如：是非不分。4渙散。如：分崩離析。5差別；不同。如：善惡之分。6分享。如：分一杯羹。7分支。總的反義詞。如：分店。8成數；比例數。如：七分政治，三分軍事。9重量單位。古制爲一兩的百分之一。10長度單位。古制一尺的百分之一，標準制一公分爲一公尺的百分之一。11幣制單位。一元的百分之一。12角度單位。一度的六十分之一。13時間單位。一小時的六十分之一。14地積單位。古制一畝的十分之一，今'臺灣'地積單位一分約爲10公畝，合1,000平方公尺。15小數定位之名。凡單位的十分之一叫分。16因一年有十二月，月利1%即年利12%，近於年利1分，故慣例以月利幾分表示幾個百分數。

㊂ ㄈㄣˋ fên^4 音憤

①應盡的責任；應守的界限。如：職分。②情誼。如：情分。③因緣；命運。如：緣分。④材質。如：聰明材分。⑤料度。如：自分不能免。⑥全體中的一部分。如：兩人有幾分相似。⑦量詞。東西一組或一件叫一分。如：一分口糧。

3【分寸】 ㄈㄣ ㄘㄨㄣˋ

①比喻微小。②標準；限度。

【分子】 ㊀ ㄈㄣ ㄗˇ

①別出的子孫。②(numerator)分數記號$\frac{a}{b}$中，在橫線以上的數，稱爲分子。相當於a除以b時的被除數。③(molecule) 指由原子所構成，可以代表物質特件的最小粒子。例如可以代表水的特性之最小粒子爲水分子。分子與分子之間通常只存在'凡得瓦'力、偶極力或氫鍵等微弱吸引力。

㊁ ㄈㄣˋ ㄗˇ

團體中的各個人。

㊂ ㄈㄣˋ ˙ㄗ

爲婚喪或其他交際應酬所攤派的金錢。也稱分資。

4【分心】 ㄈㄣ ㄒㄧㄣ

①分散精神。②費心。

【分化】 ㄈㄣ ㄏㄨㄚˋ

①將一完整的組織、團體分離成若干個對立的部分。②(differentiation)多細胞生物在胚胎發生的過程中，細胞在形態和機能上彼此發生差異，這種改變的過程，稱爲分化。細胞經分化以後，各司專職，彼此間再互相合作，個體就能表現各種生命現象。

5【分母】 ㄈㄣ ㄇㄨˇ

(denominator)分數記號$\frac{a}{b}$中，在橫線下的數，稱爲分母。相當於a除以b時的除數。

【分外】 ㄈㄣˋ ㄨㄞˋ

①本分以外。②特別；格外。

6【分式】 ㄈㄣ ㄕˋ

(fraction; rational expression)又稱有理式。指可以化成兩個多項式的比的式子。若形如$\dfrac{\frac{x-1}{x-3}-\frac{x+1}{x+3}}{1+\frac{x+1}{x-1}}$，則稱爲繁分式。較簡單的分式形如$A(x)/B(x)$，$A(x)$、$B(x)$爲多項式。眞分式的分子次數比分母次數小，假分式的分子次數不小於分母的次數。由除法可將假分式化爲多項式加眞分式。最簡分式的分子、分母無公因式。

【分至】 ㄈㄣ ㄓˋ

指春分、秋分及夏至、冬至。

【分色】 ㄈㄣ ㄙㄜˋ

(color separation)指進行彩色或套色印刷前，將彩色原稿分成各自獨立的原色。有照相、手工、電子掃描等分色方法。以分色後的底片分別製版，再以原色油墨先後套印，即達成彩色還原的印刷。

7【分局】 ㄈㄣ ㄐㄩˊ

縣(市)警察局的分支機構。

【分貝】 ㄈㄣ ㄅㄟˋ

(decibel) 表示聲音強弱的單位。以符號db表示。聲音強度級β的定義爲：$\beta=10log\frac{I}{I_o}$，$I_o=10^{-12}$瓦特/公尺^2，約等於人耳所可能聽到之最輕微聲音的強度，I爲音源強度。當某一聲音之強度爲I_o時，$\beta=0$，則稱此聲音的強度級爲零分貝；當某一聲音之強度爲I時，其強度級爲β分貝。人耳所能忍受之最大強度約爲$I=1$瓦特/公尺^2，這相當於120分貝。分貝之命名源於紀念電話發明人'貝爾'，十分之一貝爾的強度級稱爲分貝。

【分別】 ㄈㄣ ㄅㄧㄝˊ

①辨別。②離別。③差別。④佛家語。對外界事物思考、認識的精神活動能力。是生命主體對世間現象分析、了解、統合的自性作用。

【分身】 ㄈㄣ ㄕㄣ

①一人分兼數事。②抽空。

8【分泌】 ㄈㄣ ㄇㄧˋ

(secretion)指人和動物體內各腺體排出特殊的液汁。其分泌物經過導管送出的稱爲外分泌；不經導管而直接進入血液循環的稱爲內分泌。

【分析】 ㄈㄣ ㄒㄧ

①分解。②分手；離別。③與綜合相對。對於語句或判斷加以細節探究，藉以顯示其準確意義或精密結構的解析活動。包括概念分析、語言分析(尤指語意分析)和邏輯分析。④探討一個化合物或混合物的組成成分，分離並確認其成分，稱爲分析。又稱化驗。可分成定性分析和定量分析，定性分析探討其組成成分爲何者；定量分析探討各組成成分有多少。

【分明】 ㄈㄣ ㄇㄧㄥˊ

清楚；明確。

【分歧】 ㄈㄣ ㄑㄧˊ

①離別。②分枝。③不一致。

9【分神】 ㄈㄣ ㄕㄣˊ

分心；精神不集中。

【分袂】 ㄈㄣ ㄇㄟˋ

離別；分手。

【分封】 ㄈㄣ ㄈㄥ

帝王把土地分給臣子，並給他爵位。

【分頁】 ㄈㄣ ㄧㄝˋ

(paging)①電腦虛擬記憶體系統管理的方法之一。是將記憶儲存體空間分割爲大小相同的頁，以根據程式需要，將一頁的資料或程式由輔助儲存體移入主記憶體，或將不需使用之頁的資料自主記憶體移出等之管理技術。②電腦虛擬記憶體系統中，在眞實記憶體與外在儲存體之間頁的傳送，稱爲分頁。

【分紅】 ㄈㄣ ㄏㄨㄥˊ

指企業將一定比例的盈餘，依一定標準分配給員工。

10【分書】 ㄈㄣ ㄕㄨ

①書體名。又稱八分體。即隸書。②舊時子孫分產業所執的契約。

【分配】ㄈㄣ ㄆㄟˋ
①分給。②(distribution)使生產的價值在參與生產活動的人之間，都能獲得應有的一份的經濟過程。其結果即所得分配。

【分時】ㄈㄣ ㄕˊ
(time sharing)電腦系統處理工件的一種方式。以很短的時間間隔爲單位，在此單位時間內處理一使用者之工件；不論是否處理完畢，在下一單位時間則處理另一使用者之工件。如此，電腦輪流地執行多個使用者的作業，有如同時處理多個工件，同時服務多個使用者。因將電腦之運作時間分爲很短之單位時間，分配給多使用者，故稱分時。

【分娩】ㄈㄣ ㄇㄧㄢˇ
(parturition)生產胎兒的過程。即母體中之胚胎達到成熟程度時，刺激子宮並由加速分泌的催生素促進子宮肌收縮，促使胎兒脫離胎盤和子宮的作用。

【分租】ㄈㄣ ㄗㄨ
把房屋或土地的全部或部分租給他人使用以收取租金。

11【分毫】ㄈㄣ ㄏㄠˊ
形容極細微。

【分規】ㄈㄣ ㄍㄨㄟ
(divider)用以量取長度及割分線段成若干等分的製圖器具。其構造與圓規相似，惟兩腳均裝置固定的鋼針。

【分野】ㄈㄣ ㄧㄝˇ
①分界；界限。②與天上星宿相對應的地域。我國自'春秋'以來，占星學家多藉星象的變化來占斷人世各地的吉凶禍福。這種以地域與星宿相配的辦法，就天文說，稱爲分星；就地上說，稱爲分野。由於家派不同，亦頗有異說，或據二十八宿爲分，或據十二次爲分，或以北斗的杓、衡、魁爲分。

12【分割】ㄈㄣ ㄍㄜ
①將整體的東西劃分開。②(partition)正整數的分割係指將正整數寫成某一定個數的正整數之和。爲組合學的重要題材。集合A的分割，係將集合A寫成$\bigcup_{i=1}^{n} A_i = A_1 \cup A_2 \cup \cdots \cup A_n$，而$A_i \cap A_j = \phi$，即寫成兩兩互斥子集的聯集。集合的分割和集合的等價關係成一一對應。於積分定義時，有區間的分割。即將$[a, b]$寫成$a=t_0<t_1<t_2<\cdots\cdots<t_n=b$。

【分裂】ㄈㄣ ㄌㄧㄝˋ
①分割。②離散；裂開。

【分量】㊀ ㄈㄣˋ ㄌㄧㄤˋ
分限。指上下尊卑的等級。
㊁ ㄈㄣˋ ˙ㄌㄧㄤ
指事物的輕重程度。

13【分試】ㄈㄣ ㄕˋ
舉行考試時，將考試區分爲第一試、第二試或第三試，經第一次考試及格者方可參加第二試，第二試考試及格者方可參加第三試。外交領事人員及司法人員考試，多爲分試舉行。

【分解】ㄈㄣ ㄐㄧㄝˇ
①交代；解說。章回小說的結尾，常用「欲知後事如何，且聽下回分解」作結。②(decomposition)一化合物因受熱、酵素及微生物或其他化學作用使其成分之物質分開的現象。例如一氧化汞受熱，即分解成氧與汞。

14【分際】ㄈㄣˋ ㄐㄧˋ
①界限。②指難分難解的時候。

15【分撥】ㄈㄣ ㄅㄛ
分配；分派。

【分數】ㄈㄣ ㄕㄨˋ
(fraction)在算術裡，指可以化成兩個整數的比數。形如$\dfrac{\frac{3}{5}-\frac{1}{2}}{\frac{1}{3}-\frac{1}{4}}$的數稱爲繁分數。最簡單的分數爲$m/n$，$m$、$n$爲正整數。可以想成$m$個$n$分之一等分。$m=m/1$，把整數視爲分母爲1的分數。若分子、分母爲正負整數，則可產生負的分數。p/q，$q\neq0$，p、q爲整數的全體，稱爲有理數。有理數的符號規則爲：(1)$\dfrac{-p}{q}=\dfrac{p}{-q}=-\dfrac{p}{q}$；(2)$\dfrac{-p}{-q}=\dfrac{p}{q}$。真分數的分子比分母小，假分數的分子比分母大，帶分數爲整數加真分數。其他尚有一些較不常用的術語。在$\dfrac{42}{66}=\dfrac{6\times7}{6\times11}=\dfrac{7}{11}$中，由左往右爲約分，由右往左爲擴分。不能再約的分數叫最簡分數，擴分則爲通分所必須，是分數加法的第一步。
分數四則運算的規則爲：
加減：$\dfrac{q}{p}\pm\dfrac{s}{r}=\dfrac{q\cdot r\pm s\cdot p}{p\cdot r}$，
乘　：$\dfrac{q}{p}\cdot\dfrac{s}{r}=\dfrac{q\cdot s}{p\cdot r}$，
除　：$\dfrac{q}{p}\Big/\dfrac{s}{r}=\dfrac{q}{p}\cdot\dfrac{r}{s}=\dfrac{q\cdot r}{p\cdot s}$，
即內項相乘爲分母，外項相乘爲分子。

16【分辨】ㄈㄣ ㄅㄧㄢˋ
判斷；辨別。

【分霑】ㄈㄣ ㄓㄢ
雨露普遍霑潤萬物。引申爲分享。

【分擔】ㄈㄣ ㄉㄢ
①分別負擔。②替人負擔一部分。

【分曉】ㄈㄣ ㄒㄧㄠˇ
①天快亮時。即破曉。②清楚；明白。③指事的結果或底細。④主意；辦法。

【分錄】ㄈㄣ ㄌㄨˋ
(journal entry)每一交易發生，記帳人員須先加以分析，決定交易影響的會計科目，並區分借貸，然後將應借及應貸的科目、金額及必要的說明，在日記簿(分錄簿)作適當的記載。此種工作及所作的每一筆記錄均稱爲分錄。

17【分謗】ㄈㄣ ㄅㄤˋ
分擔他人所受的毀謗。

18【分餾】ㄈㄣ ㄌㄧㄡˋ
(fractional distillation)對於液體混合物，可依不同的沸點範圍，分段收集蒸餾液，以得到單一純物質或沸點相近似的混合物，這種方法稱爲分段蒸餾，簡稱分餾，又稱精餾。石油之精煉，即採用此法。

19【分離】 ㄈㄣ ㄌㄧˊ
1分開。2(separation)指邊界層內之氣流有流離固體界面或形成擾動的現象。

【分類】 ㄈㄣ ㄌㄟˋ
區分類別。

21【分贓】 ㄈㄣ ㄗㄤ
分配贓物。

22【分權】 ㄈㄣ ㄑㄩㄢˊ
1相對於集權而言。分兩種意義：一指某級政府的權力分爲若干部分，如三權分立、五權分立。二指各級政府之間，國家統治權的分配。2(decentralization)係一種組織內決策權分授的作法。可反映出上級管理階層願將決策權交付給較低層次主管之程序，使較低層主管能獨當一面。分權管理是大規模企業或組織有效經營的重要作法。

【分攤】 ㄈㄣ ㄊㄢ
共同攤負。

29【分爨】 ㄈㄣ ㄘㄨㄢˋ
兄弟分居，各自爲炊。

3【分子式】 ㄈㄣ ㄗˇ ㄕˋ
(molecular formula)表示物質的組成和分子量的化學式。它能表示分子內原子的種類和數目。例如水的分子式爲H_2O，這表示水一分子含有氫原子二個和氧原子一個。

【分子量】 ㄈㄣ ㄗˇ ㄌㄧㄤˋ
(molecular weight)對於分子物質而言，一莫耳分子的重量克數叫做分子量。一般計算乃是根據分子式中各原子的原子量及個數而得。如H_2O的分子量＝2×(H的原子量)＋1×(O的原子量)＝18.0154克。

4【分火頭】 ㄈㄣ ㄏㄨㄛˇ ㄊㄡˊ
(rotor)在分電盤中旋轉，以傳導由發火線圈來的高壓電至各汽缸高壓線的零件。

【分水工】 ㄈㄣ ㄕㄨㄟˇ ㄍㄨㄥ
(turnout)位於幹渠上用以分配水量的水工結構物。通常爲穿過渠道填土堤下的管線，從幹渠引水至較小配水渠道，在其進水口處需設置閘門或插版，以調整水量。

【分水嶺】 ㄈㄣ ㄕㄨㄟˇ ㄌㄧㄥˇ
(divide)介於兩條河流之間，在地理上把兩個水系分開的山嶺。其高度及寬度可反映出河流發育的階段，如寬大高聳的分水嶺表示河流還很年輕，而低緩的分水嶺表示河流已進入老年期。

【分公司】 ㄈㄣ ㄍㄨㄥ ㄙ
本公司之分支機構。其本身不具有獨立人格，不能爲權利義務主體。分公司之設立與否，由公司自由決定，其有設立者，應載明於公司章程。分公司既無權利能力，理論上亦無訴訟能力，惟以分公司有獨立之營業、管理人與事務所，實務上肯定分公司就其營業範圍內所生之事件，得以自己名義起訴及應訴。

5【分半法】 ㄈㄣ ㄅㄢˋ ㄈㄚˇ
(split-half method)建立測驗之信度係數的方法之一。將一測驗之試題劃分爲相當的兩組(如奇數題對偶數題)，比較此兩組之得分以驗證該測驗的穩定性和可靠性。

【分刊法】 ㄈㄣ ㄎㄢ ㄈㄚˇ
(split run)在報刊廣告中，將同一廣告主的不同音訊刊於不同的版次或期數上，稱爲分刊法。用來測驗不同的廣告會產生何種不同的效果；或是用來對區域性的各個市場(或其他特殊市場)作不同的訴求。

6【分至月】 ㄈㄣ ㄓˋ ㄩㄝˋ
(tropical month)也稱回歸月。指月球在運行時連續兩次通過某一分點或至點所需的時間長度。平均長度爲27.321582日。

【分列式】 ㄈㄣ ㄌㄧㄝˋ ㄕˋ
閱兵典禮中，部隊以魚串方式行進，以展現其行進技能及武器裝備情形。國內每逢十月十日多有閱兵分列式以展現國軍戰力。

【分光法】 ㄈㄣ ㄍㄨㄤ ㄈㄚˇ
(divisionism)將兩種或兩種以上的許多小色點並置在一起時，在視覺上就會產生混色，這一種色彩點描法稱爲分光法。又稱色彩分割法。如把黃與青的許多小色點並置，就產生綠的視覺混色，而這一種綠比實際混色的綠來得鮮麗。新印象派畫家'秀拉'等人，均採用分光法使他們的畫面色彩來得鮮麗而有力。

9【分厘卡】 ㄈㄣ ㄌㄧˊ ㄎㄚˇ
(micrometer)又稱螺旋測微器。乃基於螺旋的原理，每當旋轉一周，則軸向旋轉一個螺距，即利用螺紋圓周的等分數和螺距的大小，可測很微小的量(如0.001 mm)。

10【分配律】 ㄈㄣ ㄆㄟˋ ㄌㄩˋ
(distributive law)代數公式$a\cdot(x+y)=a\cdot x+a\cdot y$取名分配律的理由爲：乘法可以分配到以加法隔開的兩項上。更恰當的解釋是，先加後乘的結果等於先乘後加的結果。此一代數公式使乘法和加法發生密切的關係。例如，零乘任何數得零，以及負負得正，都可由分配律說明。集合的聯集、交集運算也滿足分配律。即$(A\cup B)\cap C=(A\cap C)\cup(B\cap C)$和$(A\cap B)\cup C=(A\cup C)\cap(B\cup C)$。

【分娩假】 ㄈㄣ ㄇㄧㄢˇ ㄐㄧㄚˋ
女性公務人員分娩者，給娩假六星期；流產者，給娩假三星期。女性勞工分娩者，給產假八星期；流產者，給產假四星期。

11【分組制】 ㄈㄣ ㄗㄨˇ ㄓˋ

(section system)把一個社會區分爲二個、四個或八個分組，多以父子異組、祖孫同組爲特徵，並規定各分組與特定的另一分組舉行交換婚的親屬制度。盛行於'澳洲'土著的游群社會。

12【分散相】 ㄈㄣ ㄙㄢˋ ㄒㄧㄤˋ
(dispersed phase)膠體溶液中，分散在溶劑中的粒子(即溶質)，稱爲分散相。例如墨汁中的色素。

【分散媒】 ㄈㄣ ㄙㄢˋ ㄇㄟˊ
(dispersed medium)膠體溶液中，將溶質粒子分散開的溶劑，稱爲分散媒。例如墨水中的水。

【分散劑】 ㄈㄣ ㄙㄢˋ ㄐㄧˋ
(dispersing agent)加入懸浮液以使其中懸浮粒子分開，並形成均勻分散懸浮液之界面活性劑。例如脂肪酸當做非水溶液，多磷酸鹽當做水溶液之分散劑。

13【分電盤】 ㄈㄣ ㄉㄧㄢˋ ㄆㄢˊ
(distributor)負責調整引擎不同轉速時的點火時間及分配各汽缸所需高壓電的裝備。

【分預算】 ㄈㄣ ㄩˋ ㄙㄨㄢˋ
在單位預算或附屬單位預算內，依機關別或基金別所編之各預算，爲單位預算之分預算，或附屬單位預算之分預算。

【分隔島】 ㄈㄣ ㄍㄜˊ ㄉㄠˇ
(divisional islands)用以分隔對向直行車輛，及管制轉向用設施內之直進車輛以利直行交通的長方形或淚滴形島狀物。同向直行的車道，通常以緣石分道(divisional strip; divisional curb)，而不採分隔島。

【分路器】 ㄈㄣ ㄌㄨˋ ㄑㄧˋ
(shunt)跨於安培計端點間，用以擴充電表之測量範圍的精密低值電阻器。分路器可爲儀表的一部分，也可爲外接元件。

【分會計】 ㄈㄣ ㄎㄨㄞˋ ㄐㄧˋ
單位會計下之會計，除附屬單位會計外，爲分會計。

17【分壓器】 ㄈㄣ ㄧㄚ ㄑㄧˋ
(voltage divider)將電阻器跨接於外加電壓，再從電阻器中間分接以取得外加電壓之部分數值的設備。

19【分離派】 ㄈㄣ ㄌㄧˊ ㄆㄞˋ
(secession)十九世紀的最後十年中，許多較前進的'德國'藝術家發現，要透過一些固守傳統的機構或藝術團體爲他們安排展覽是不可能的事。於是他們便分離出來(seceded)，創立他們自己的畫會，並籌辦展覽。這類團體，首先於西元1892年出現在'慕尼黑'，以'希土克'(Stuck)及'特呂伯曼'(Trübner)爲首腦。由'利伯曼'(Liebermann)領導的「柏林分離派」成立於1899年，他們所舉辦的展覽隨即成爲'歐洲'前衛畫家的競技場。1910年，一群年輕畫家被分離派所拒絕，其中有橋派成員，於是又有新分離派(new secession)產生。'維也納'分離派是於1897年由'克林姆'(Gustav Klimt)創立，其關心的題材，除繪畫外，還包括建築和應用藝術。

【分離彈】 ㄈㄣ ㄌㄧˊ ㄉㄢˋ
(separated ammunition)指彈體、發射藥、引信等分開置放，射擊時再組合的砲彈。如155榴砲彈。與全備彈相對。

【分離點】 ㄈㄣ ㄌㄧˊ ㄉㄧㄢˇ
(separation point)在邊界層問題中，邊界層的成長及變化和它的影響是我們研究的對象，如圖所示，在$\frac{\partial u}{\partial y}=0$之點即爲分離點。分離點下游的流體會產生反向流，迅速增長邊界層的厚度。

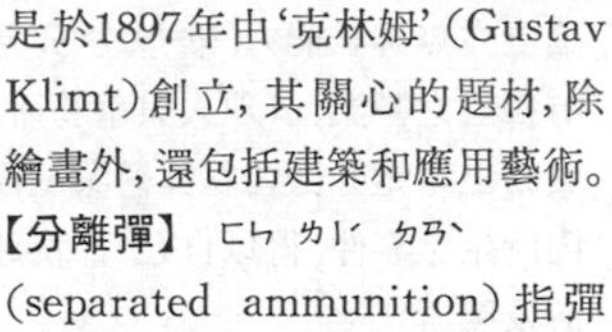

區域1 區域2 區域3
$\frac{\partial p}{\partial x}<0$ $\frac{\partial p}{\partial x}=0$ $\frac{\partial p}{\partial x}>0$
y $\delta(x)$ 後向流動
分離點 $\left.\frac{\partial u}{\partial y}\right|_{y=0}=0$

分離點圖

【分鏡表】 ㄈㄣ ㄐㄧㄥˋ ㄅㄧㄠˇ
(shot sheet)導演根據電視或電影劇本，分割設計而成，內容包括：場景計畫、畫面構成、鏡頭運用、人物配置、演員動作、場面與場面銜接，及每一鏡頭拍攝的時間和先後次序等。

21【分贓制】 ㄈㄣ ㄗㄤ ㄓˋ
(spoils system)十九世紀末葉以前，'美國'聯邦政府職官皆由總統自由任免，每次總統改選後，人事調動頻繁。助選有功者，不論能力如何，皆能任職，造成政績不佳，此爲分贓制。西元1883年國會通過法律，廢止此制。

22【分權制】 ㄈㄣ ㄑㄩㄢˊ ㄓˋ
地方組織或分支機構，對於其管轄範圍內之有關事務，具完全自主權力，而不需聽候中央組織或總機構指揮與監督的行政組織體制。

1【分一杯羹】 ㄈㄣ ㄧ ㄅㄟ ㄍㄥ
分享一分好處。

4【分支指令】 ㄈㄣ ㄓ ㄓˇ ㄌㄧㄥˋ
(branch instruction)電腦指令集中，可將程式之執行控制移轉的指令。即跳越指令。

【分斤掰兩】 ㄈㄣ ㄐㄧㄣ ㄅㄞ ㄌㄧㄤˇ
分析斤兩。比喻小氣。

5【分布函數】 ㄈㄣ ㄅㄨˋ ㄏㄢˊ ㄕㄨˋ
(distribution function)分布函數$F(x)=P(X<x)$表示隨機變數X的結果小於x的或然率。當X只取有限多個實數爲其可能結果時，$F(x)=\sum_{x_i<x}P(X=x_i)$。$F$是遞增的，且在$x\to\infty$時，$F(x)\to 1$。例如，對擲骰子的機率函數而言，$F(1)=P(X<1)=0$；$F(2)=P(X<2)=P(X=1)=\frac{1}{6}$；$F(3)=P(X<3)=P(X=1)+P(X=2)=\frac{1}{3}$等等。

【分生組織】 ㄈㄣ ㄕㄥ ㄗㄨˇ ㄓ
(meristem)植物體內專行細胞分裂的組織。其細胞小。位於莖頂或根尖的生長點,以及根和莖內的形成層,皆屬分生組織。

6【分向綠地】 ㄈㄣ ㄒㄧㄤˋ ㄌㄩˋ ㄉㄧˋ (medians)公路往返車道間的綠地或柵欄。用以分開對向車流,避免碰撞,亦可充作車輛轉彎或穿越處的緩衝保護所。其寬度通常爲1.2～24.2公尺,我國標準超級路的雙向道,自四車道至八車道,無論地形分區,一律設分向綠地。

7【分別共有】 ㄈㄣ ㄅㄧㄝˊ ㄍㄨㄥˋ ㄧㄡˇ

數人按其應有部分,對於一物有所有權。所謂應有部分係指分別共有人得行使權利之比例,而非指共有物之特定部分,因此分別共有之共有人,雖得按其應有部分之比例,對於共有物之全部行使權利,但對於共有物特定部分之使用收益,仍須徵得其他共有人全部之同意,始得爲之。各共有人得自由處分其應有部分,但共有物之處分、變更及設定負擔,應得全體共有人之同意。但依"土地法"第三十四條之一規定「共有土地或建築改良物之處分、變更及設定地上權、永佃權、地役權或典權,應以共有人過半數及應有部分合計過半數之同意行之,但應有部分合計逾三分之二者,其人數不予計算。」按"土地法"爲"民法"之特別法,"土地法"上開規定,其與"民法"之規定有競合者,自應優先適用。

【分身乏術】 ㄈㄣ ㄕㄣ ㄈㄚˊ ㄕㄨˋ 比喻無法兼顧。

8【分析化學】 ㄈㄣ ㄒㄧ ㄏㄨㄚˋ ㄒㄩㄝˊ

(analysis chemistry)用以決定物質之成分、組成與結構之科學。可分爲定性分析、定量分析與結構分析。

【分門別類】 ㄈㄣ ㄇㄣˊ ㄅㄧㄝˊ ㄌㄟˋ 將複雜繁多的事物,按照性質、類別的不同,區分爲若干門類。

【分版刊行】 ㄈㄣ ㄅㄢˇ ㄎㄢ ㄒㄧㄥˊ (alternate-bundles run)也稱換版。在報紙或期刊中,一幅廣告的不同版式,可以視廣告活動的範圍和對象,分開刊登不同的當地廣告,此類廣告,通常以房地產廣告與分類廣告爲多。

9【分封交換】 ㄈㄣ ㄈㄥ ㄐㄧㄠ ㄏㄨㄢˋ (packet switching)通訊網路中傳送訊息的一種方法。將訊息分割爲一段段較短的訊息單位,每一段訊息單位加上控制信號及傳送目的地之信號後分開傳送,所以每一段訊息傳送之路徑不盡相同,由目的地接收所有各段訊息後,再組合成爲原來完整的訊息。分封交換之通訊方式可提高網路內訊息的流通量。

【分茅裂土】 ㄈㄣ ㄇㄠˊ ㄌㄧㄝˋ ㄊㄨˇ 分封土地。

【分紅入股】 ㄈㄣ ㄏㄨㄥˊ ㄖㄨˋ ㄍㄨˇ

(profit-sharing and stock-ownership)指企業分配紅利給員工時,一部分發給現金或支票,另一部分則發給本企業之股票。此爲一勞工福利制度,在工業先進國家用爲增進勞資關係的重要措施,成效良好。

【分保公司】 ㄈㄣ ㄅㄠˇ ㄍㄨㄥ ㄙ (ceding company)將承保業務的一部或全部,分出移轉於其他保險公司的原保險公司。又稱原保險人(original insurer)。其分出業務稱爲分保業務。

10【分庭抗禮】 ㄈㄣ ㄊㄧㄥˊ ㄎㄤˋ ㄌㄧˇ 古代賓主分處庭的東、西,以平等的禮儀相對待。今用以形容雙方平等或相當。

【分配預算】 ㄈㄣ ㄆㄟˋ ㄩˋ ㄙㄨㄢˋ 各機關在其法定預算範圍內,依實施計畫或工作進度按月或按期分配之預算數額,稱分配預算。

【分配練習】 ㄈㄣ ㄆㄟˋ ㄌㄧㄢˋ ㄒㄧˊ (distributed practice)練習方式分段實施,其間有相當時間休息的學習歷程。與集中練習相對。

11【分部會計】 ㄈㄣ ㄅㄨˋ ㄎㄨㄞˋ ㄐㄧˋ (departmental accounting)企業爲便於經營的規劃與控制,常採分部經營的方式。爲配合管理上的需要,企業會計的設計必須能適時蒐集各部的收入、成本與費用等資料以供管理人員應用,此種分部記錄及計算損益的會計資訊系統,稱爲分部會計。

【分部積分】 ㄈㄣ ㄅㄨˋ ㄐㄧ ㄈㄣ (integration by parts)做反導微或定積分的主要方法之一。由 $d(f\cdot g)=f\cdot dg+df\cdot g$ 可導出公式如下:不定積分 $\int f(x)\cdot g'(x)dx=f(x)g(x)-\int f'(x)g(x)dx$,定積分 $\int_a^b f(x)g'(x)\,dx-f(x)g(x)\Big|_a^b-\int_a^b f'(x)g(x)\,dx$。例如 $\int_0^1 x^3(1-x)^4dx=-x^3\frac{(1-x)^5}{5}\Big|_0^1+\int_0^1 3x^2\cdot\frac{(1-x)^5}{5}dx=\frac{3}{5}\int_0^1 x^2(1-x)^5dx=\frac{3}{5}(-x^2\cdot\frac{(1-x)^6}{6}\Big|_0^1+\int_0^1 2x\cdot\frac{(1-x)^6}{6}dx)=\frac{3\cdot2\cdot1}{5\cdot6\cdot7\cdot8}=\frac{3!4!}{8!}$ 以及 $\int x^2 lnx dx=\frac{x^3}{3}lnx-\int(lnx)'\cdot\frac{x^3}{3}dx=\frac{x^3}{3}lnx-\frac{x^3}{9}+C$。

【分區管制】 ㄈㄣ ㄑㄩ ㄍㄨㄢˇ ㄓˋ (zoning)將都市土地分區,各區分別管制其建築物或結構物的高度及容積、建築基地的大小、建蔽率及空地率、建築物及土地的使用種類和方式、人口密度及其他影響土地使用狀況的因素。是控制都市發展最重要、最常見的手段。其目的有四:一、確保社區中各種土地的正常使用與運作;二、控制使用密度,使各種公共設施及服務能適當、有效的支持土地使用活動;三、維護生活環境;四、協助、控制都市的空間發展。

【分崩離析】 ㄈㄣ ㄅㄥ ㄌㄧˊ ㄒㄧ
分裂渙散,不可聚合。

【分釵破鏡】 ㄈㄣ ㄔㄞ ㄆㄛˋ ㄐㄧㄥˋ
比喻夫妻離婚。

【分貧振窮】 ㄈㄣ ㄆㄧㄣˊ ㄓㄣˋ ㄑㄩㄥˊ
以財物救濟窮人。

12【分割契稅】 ㄈㄣ ㄍㄜ ㄑㄧˋ ㄕㄨㄟˋ
(deed tax of division)指因分割不動產所應繳納的契稅。所謂分割指共有不動產分成數分而言。目前因分割不動產所應繳納契稅的稅率爲2.5%,其分割爲個人單獨所有部分,應由該分割人繳納契稅;但分割後仍爲其餘共有人共有部分,則無須繳納契稅。

【分期付款】 ㄈㄣ ㄑㄧˊ ㄈㄨˋ ㄎㄨㄢˇ
分期繳納貨款的交易方式。在付清全部貨款之前,商品的所有權仍屬於賣方;或主權雖已移轉,但以該商品作爲債權的擔保;當買主不能依約付款時,賣主可將商品收回。

【分期裝運】 ㄈㄣ ㄑㄧˊ ㄓㄨㄤ ㄩㄣˋ
(installment shipments) 一筆買賣契約的貨物,分數批按照約定數量及約定期間分別裝運,稱爲分期裝運。依"信用狀統一慣例"規定,如信用狀規定在一定的期間內辦理分期裝運,而有任何一期未能在該期所允許的期間內裝運,則信用狀對該期及其後各期均中止使用。但信用狀另有規定者,不在此限。

【分期償還】 ㄈㄣ ㄑㄧˊ ㄔㄤˊ ㄏㄨㄢˊ
(amortization)銀行貸出一筆款項,與借款人約定每隔一定時間(如一個月、一季或半年)平均償還部分本金及利息。此種還款方式,通常應用於較大額的貸款及期間較長的貸款,藉以平均借款人的還款負擔。

13【分道揚鑣】 ㄈㄣ ㄉㄠˋ ㄧㄤˊ ㄅㄧㄠ
分道而行。1比喻志趣不同,分頭發展。2比喻才力相當,各有千秋。

【分路效應】 ㄈㄣ ㄌㄨˋ ㄒㄧㄠˋ ㄧㄥˋ
(shunting effect)當放大器或測量儀器加於訊號源後形成負載而使訊號幅度減少的現象。分路效應與訊號源的輸出阻抗成正比,而與放大器或測量儀器的輸入阻抗成反比。

【分節運動】 ㄈㄣ ㄐㄧㄝˊ ㄩㄣˋ ㄉㄨㄥˋ
(segmental movement)爲小腸所發生的一種運動,可以使腸內食物與消化液充分混合攪拌,故亦稱攪拌運動。此時,腸管每隔一段收縮,然後舒張,再隔一段收縮,不過再收縮的位置,與前一次不同。如是,腸內的食糜可與消化液攪拌均勻。

【分解代謝】 ㄈㄣ ㄐㄧㄝˇ ㄉㄞˋ ㄒㄧㄝˋ
(katabolism)生物體內將分子較大的物質變爲分子較小物質的過程。例如將蛋白質分解爲胺基酸。

16【分縣自治】 ㄈㄣ ㄒㄧㄢˋ ㄗˋ ㄓˋ
是國父 '孫中山'先生的主張,以縣爲單位實行直接民權的方法。因在廣土眾民的'中國',要實行直接民權不像小國寡民的'瑞士'那麼容易,所以'中山'先生設計,將我國以縣爲單位來實行完全之自治,以奠定民權的基礎。

19【分離定律】 ㄈㄣ ㄌㄧˊ ㄉㄧㄥˋ ㄌㄩˋ
(law of segregation)爲'孟德爾'利用豌豆作單性雜交所得的結論,後人稱爲分離定律或'孟德爾'第一遺傳定律。其內容爲:生物的遺傳性狀係由因子(後改稱基因)所控制,影響一種性狀的基因有二個,一爲顯性,一爲隱性。在個體行有性生殖產生配子時,該兩基因便互相分離至配子中。當顯性基因和隱性基因組合時,隱性基因所控制的性狀雖不表現出來,但該基因仍維持其獨立性,故在第二子代中兩個隱性基因組合一起時,個體仍表現出隱性性狀。

【分離焦慮】 ㄈㄣ ㄌㄧˊ ㄐㄧㄠ ㄌㄩˋ
(separation anxiety)兒童因離開父母或有關成人所引起的不安、煩躁等反應。

【分離課稅】 ㄈㄣ ㄌㄧˊ ㄎㄜˋ ㄕㄨㄟˋ
(separate taxation)所得稅課徵方式之一。與綜合申報相對。意謂某種所得因爲特定情由,可不綜合申報,而依某一稅率課徵所得稅。

【分離體圖】 ㄈㄣ ㄌㄧˊ ㄊㄧˇ ㄊㄨˊ
(free-body diagram)又稱自由體圖。爲一平衡體受力作用之圖形表示,但該物體係一組互相有力作用之物體的一部分(此部分可爲一個物體、數個物體或一物體的一部分)。

【分類目錄】 ㄈㄣ ㄌㄟˋ ㄇㄨˋ ㄌㄨˋ
圖書館將館藏圖書資料分類整理以後,所編製的目錄之中,有一份是按照學科內容分類來排列的,此即分類目錄。圖書資料分類之時,依所採用的分類法賦予分類號,分類目錄就是用分類號的次序排列而成的,分類號相同,則按著者號碼排列。這份分類目錄,是爲了方便讀者依所要尋求資料的學科去檢索而設置的。

【分類帳簿】 ㄈㄣ ㄌㄟˋ ㄓㄤˋ ㄅㄨˋ
以事項歸屬之會計科目爲主而爲記錄的一種會計簿籍。分總分類帳簿及明細分類帳簿,爲供給編造會計報告事實所必須。

21【分欄處理】 ㄈㄣ ㄌㄢˊ ㄔㄨˇ ㄌㄧˇ
(departmentalization) 雜誌編輯處理的特色。內容依性質分欄,並於目錄中一一清列。

4【分支銀行制】 ㄈㄣ ㄓ ㄧㄣˊ ㄏㄤˊ ㄓˋ
(branch banking)又稱多數銀

行制。指一家銀行除總行之外，在全國或一省之內分設若干分支機構，依照總行的營業政策與方針，運用同一資本，共同經營業務。分支銀行制是以'英國'銀行制度爲發展依據，爲'英'、'日'、'德'、'法'等大多數國家所採行，我國銀行也大都採此制。

7【分批成本法】ㄈㄣ ㄆㄧ ㄔㄥˊ ㄅㄣˇ ㄈㄚˇ

(job order costing)計算產品成本的一種方法。以每一批產品爲一個成本彙集中心，每一批設立一成本單，記載該批在製造過程中所發生的各項成本，俟產品完成時，即可據以算出該批的總成本及產品的單位成本。凡工廠製造多種不同的產品者，多採用本法。

【分步成本法】ㄈㄣ ㄅㄨˋ ㄔㄥˊ ㄅㄣˇ ㄈㄚˇ

(process costing)計算產品成本的一種方法。適用於大量生產一種產品或少數類似產品的工廠。採用本法的工廠係將製造產品的工作區分爲數個步驟，每一步驟由一個部門負責，並以每一部門爲一成本彙集中心，每一部門所發生的各項成本均集中於該部門帳戶，月終時依據所記載的成本與當月的產量算出該部門產品的平均單位成本，然後求出其完工轉出產品的成本，隨產品轉交下一部門繼續製造。最後一部門所計算的單位成本始爲產品完整的單位成本。

【分別申報制】ㄈㄣ ㄅㄧㄝˊ ㄕㄣ ㄅㄠˋ ㄓˋ

(the separate declaration system)指所得稅之申報以個人爲單位者。如我國"民法"既允許夫妻分別財產制的存在，即無強其合併申報之理由，且分別申報制的稅負較輕，可避免夫妻所得合併將適用較高稅率的現象。

【分別財產制】ㄈㄣ ㄅㄧㄝˊ ㄘㄞˊ ㄔㄢˇ ㄓˋ

"民法"夫妻財產制的一種。夫妻各保有其財產之所有權、管理權及使用收益權之財產制。分別財產制爲約定財產制之一種，其發生原因主要有：一、夫妻於結婚前或結婚後，以契約選擇分別財產制爲其財產制。二、夫妻之一方受破產宣告時，其夫妻財產制當然成爲分別財產制。三、有⑴夫妻之一方，依法應給付家庭生活費用而不給付；⑵夫或妻之財產，不足清償其債務，或夫妻之總財產，不足清償總債務；⑶夫妻之一方，爲財產上之處分，依法應得他方之同意，而他方無正當理由拒絕同意之情事之一者，法院因夫妻一方之請求，應宣告改用分別財產制。四、債權人對於夫妻一方之財產已爲扣押，而未得受清償時，法院因債權人之聲請，得宣告改用分別財產制。分別財產制下，夫妻雖各保有所有權、管理權及使用收益權，但妻以其財產之管理權付與於夫者，推定夫有以該財產之收益，供家庭生活費用之權，妻將其財產管理權付與於夫者，得隨時取回，且取回權不得拋棄。分別財產制，夫妻各自對結婚前及夫妻關係存續中所負之債務負清償之責。至於家庭生活費用，夫得請求妻爲相當之負擔。

12【分裂型人格】ㄈㄣ ㄌㄧㄝˋ ㄒㄧㄥˊ ㄖㄣˊ ㄍㄜˊ

(schizotypal personality)相信神祕思維、精神感應與錯覺的人格類型。

16【分遺產稅制】ㄈㄣ ㄧˊ ㄔㄢˇ ㄕㄨㄟˋ ㄓˋ

(the separate estate tax system)指依各繼承人所繼承遺產之多寡及繼承人與被繼承人間之親疏關係而課稅。繼承的遺產愈多稅負愈重，反之愈輕；繼承人與被繼承人間之關係愈親，稅負愈輕，反之愈重。此種制度的優點爲考慮到繼承人與被繼承人間之親疏關係；缺點則爲政府稅收較少，對平均社會財富之功效不大。

19【分離性異常】ㄈㄣ ㄌㄧˊ ㄒㄧㄥˋ ㄧˋ ㄔㄤˊ

(dissociative disorders)個人意識、記憶和自我認定之統整驟然有所改變的神經失常現象。如健忘症、多重人格及逃遁現象均屬之。

【分離係數法】ㄈㄣ ㄌㄧˊ ㄒㄧˋ ㄕㄨˋ ㄈㄚˇ

(method of detached coefficients)二代數式相乘或相除時，依升冪或降冪排列，略去文字，僅書其係數相乘除，而某乘冪或除冪缺乏時，須以零係數補充，此種方法稱爲分離係數法。此種僅以係數所在位置即可判知其次數的方法，和十進位制所依據的位置記數法，以及由此衍生的四則算法是完全相同的。

【分贈與稅制】ㄈㄣ ㄗㄥˋ ㄩˇ ㄕㄨㄟˋ ㄓˋ

(the separate gift tax system)分贈與稅制常隨分遺產稅制實施。是以受贈人爲納稅義務人，並以受贈人在一年中受贈總額按累進稅率課徵之贈與稅。採此制時，納稅義務人爲受贈人，故又稱受贈人稅。其受贈者愈多，稅負愈重。與總贈與稅之贈與愈多，稅負愈重者不同。

10【分時作業系統】ㄈㄣ ㄕˊ ㄗㄨㄛˋ ㄧㄝˋ ㄒㄧˋ ㄊㄨㄥˇ

(time sharing operating system)使用分時技術之電腦作業系統。可允許多個使用者同時使用電腦。

12【分期付價買賣】ㄈㄣ ㄑㄧˊ ㄈㄨˋ ㄐㄧㄚˋ ㄇㄞˇ ㄇㄞˋ

附有分期支付價金約款之特種買賣。又稱分期付款買賣。例如總價金新'臺'幣二萬四千元,二十四期付淸,每期爲一個月,每月付一千元是。分期付價買賣,消費者可以一面給付價金,一面享用分期付價買賣標的物,商人亦可利用分期付款買賣制度,將標的物銷售予經濟能力較弱之社會大眾,對於買賣雙方皆有利益,但由於消費者分期付款,經常中輟,使出賣人損失不貲,分期付價買賣之出賣人除提高價金,轉嫁損失外,常於分期付價買賣契約中約定各種約款以保護其利益,其中最常見者爲「期限利益喪失約款」及「失權約款」。各國民法或消費者保護法,多對此種約款加以限制,以保護經濟弱者,維護社會的公正。我國"民法"第三百八十九條規定:「分期付價之買賣,如約定買受人有遲延時,出賣人即得請求支付全部價金者,除買受人有連續兩期給付之遲延,而其遲延之價額,已達全部價金五分之一外,出賣人仍不得請求支付全部價金。」又第三百九十條「分期付價之買賣,如約定出賣人於解除契約時,得扣留其所受領價金者,其扣留之數額,不得超過標的物使用之代價及標的物受有損害時之賠償額。」即爲適例。

【分期償還放款】 ㄈㄣ ㄑㄧˊ ㄔㄤˊ ㄏㄨㄢˊ ㄈㄤˋ ㄎㄨㄢˇ
(installment loans)銀行依據借款人償債能力,經借貸雙方協議,於放款契約內訂明分期償還本息辦法及借款人應遵守的其他有關條件的放款。

13**【分解式十進位】** ㄈㄣ ㄐㄧㄝˇ ㄕˋ ㄕˊ ㄐㄧㄣˋ ㄨㄟˋ
(unpacked decimal) 電腦內表示十進位數的一種方法。即將每一個十進位數字以四個數元表示。如十進位數26可表示爲0010 0110。

8**【分析性覆核程序】** ㄈㄣ ㄒㄧ ㄒㄧㄥˋ ㄈㄨˋ ㄏㄜˊ ㄔㄥˊ ㄒㄩˋ
(analytical review procedures)將當年度的財務數據與上年度相比較,或與預算相比較,或與非財務數據相比較,或與同業平均數相比較的證實試驗。

12**【分割大腦的研究】** ㄈㄣ ㄍㄜ ㄉㄚˋ ㄋㄠˇ ˙ㄉㄜ ㄧㄢˊ ㄐㄧㄡˋ
(split brain research)切割大腦的胼胝硬體,使兩半腦不再彼此聯繫,以研究左右腦功能的差異性。一般而言,左腦主邏輯思考、語言數學、推理等功能;右腦主空間觀念、藝術、韻律等活動。

【分項憶斷考績法】 ㄈㄣ ㄒㄧㄤˋ ㄧˋ ㄉㄨㄢˋ ㄎㄠˇ ㄐㄧ ㄈㄚˇ
考績方法之一種。指員工之言行及工作成績,係由主管按所區分的考績項目,分項作判斷而評定者。此種方法較憶斷考績法爲優,但仍不夠確實。

【分散式資料處理】 ㄈㄣ ㄙㄢˋ ㄕˋ ㄗ ㄌㄧㄠˋ ㄔㄨˇ ㄌㄧˇ
(distributed data processing)電腦資料處理系統之組成單元及輸入與輸出設備裝設於不同之地點,彼此間使用傳輸線路或通信設備相連結,此種作業處理方式稱爲分散式資料處理。

9**【分流制下水道系統】** ㄈㄣ ㄌㄧㄡˊ ㄓˋ ㄒㄧㄚˋ ㄕㄨㄟˇ ㄉㄠˋ ㄒㄧˋ ㄊㄨㄥˇ
(separate system)將汙水與雨水分別收集處理的下水道系統。從經濟、衛生與水力觀點著眼,採分流制較適宜,有汙水可集中處理、泥砂較少、流量變化小等優點,對於防止汙染、操作處理及維護下水道均較有利。

【分封交換通訊網路】 ㄈㄣ ㄈㄥ ㄐㄧㄠ ㄏㄨㄢˋ ㄊㄨㄥ ㄒㄩㄣˋ ㄨㄤˇ ㄌㄨˋ
(packet switching network)使用分封交換方式傳送訊息的數據通訊網路。

19**【分類職位公務人員考試】** ㄈㄣ ㄌㄟˋ ㄓˊ ㄨㄟˋ ㄍㄨㄥ ㄨˋ ㄖㄣˊ ㄩㄢˊ ㄎㄠˇ ㄕˋ
職位分類機關銓選專門知能和經驗符合職級規範規定之公務人員所舉辦的考試。依現制規定,共分第一、第二、第三、第五、第六、第八、第九、第十等八個職等舉行,及格者可分別取得相當職系、職等之分類職位公務人員任用資格。考試的職等、類科、方式及錄取名額,則由'考選部'視任用機關之業務需要及用人計畫分別訂定。

3

刊 ㄎㄢ *k'an*[1] 音堪
[1]削除。如:不刊之論。[2]砍伐。如:刊木。[3]雕刻。如:刊石。[4]改正。如:刊謬。[5]出版圖書。如:刊行。[6]書報雜誌。如:報刊。

5**【刊本】** ㄎㄢ ㄅㄣˇ
以木板雕字印刷的書籍。也叫刻本、槧本。

【刊石】 ㄎㄢ ㄕˊ
刻在石頭上。

刌 ㄘㄨㄣˇ *ts'un*[3] 音忖
[1]切斷。見"說文"。[2]長度單位名。通寸。

切 切的俗體。

刉 刏的俗體。

刋 ㄑㄧㄢˋ *ch'ien*[4] 音欠
[1]切割。見"玉篇"。[2]刊的訛字。

4

刘 劉的俗體。

㓞 ㄑㄧㄚˋ *ch'ia*[4] 音恰
[1]雕刻。見"說文"。[2]契約。通契。見"正字通"。

刑 ㄒㄧㄥˊ *hsing*[2] 音形
或作刑。[1]以刀割頸。見"說文"。[2]殺戮。如:刑人於市。[3]

罰的總稱。如：嚴刑峻罰。④效法。⑤鑄造器物的模子。通型。引申爲模範。

6【刑名】 ㄒㄧㄥˊ ㄇㄧㄥˊ
①法律。②官署中主刑事判牘的文書人員。③刑罰的名稱。④刑名之學。‘戰國’時代法家中主張循名責實的一派學說。

7【刑求】 ㄒㄧㄥˊ ㄑㄧㄡˊ
犯罪嫌疑人或被告於偵查中，被司法警察或情治單位人員用各種強暴方式逼供，稱爲刑求。依“刑事訴訟法”之規定，訊問被告，應出以懇切之態度，不得用強暴、脅迫、利誘、詐欺及其他不正當之方法。若違反上述規定，取得犯罪嫌疑人或被告之自白，不得做爲證據。

8【刑法】 ㄒㄧㄥˊ ㄈㄚˇ
規定犯罪行爲與刑罰的法律。現行“刑法”是‘民國’二十四年　月一日‘國民政府’所公布，同年七月一日施行；五十八年十二月二十六日修正公布。“刑法”關係人權保障很大，因此採取罪刑法定主義的基本原則，即犯罪以行爲時法律有明文規定爲限。立法者不得制訂法律，溯及既往，處罰以往之行爲；司法者也不能比附援引，採類推解釋，入人於罪。

【刑事】 ㄒㄧㄥˊ ㄕˋ
指犯“刑法”及其他科處刑罰法規的事件。相對於民事而言。

9【刑律】 ㄒㄧㄥˊ ㄌㄩˋ
刑罰的律條。

11【刑械】 ㄒㄧㄥˊ ㄒㄧㄝˋ
刑具。

【刑措】 ㄒㄧㄥˊ ㄘㄨㄛˋ
刑罰廢置不用。形容社會安寧，無人犯罪。也作刑錯。

12【刑期】 ㄒㄧㄥˊ ㄑㄧˊ
被宣告自由刑(有期徒刑或無期徒刑)確定之人，該自由刑的期間稱爲刑期。例如有期徒刑十年。

【刑場】 ㄒㄧㄥˊ ㄔㄤˇ
處決死刑犯的地方。

14【刑網】 ㄒㄧㄥˊ ㄨㄤˇ
刑法。因其細密如網，故稱。

15【刑賞】 ㄒㄧㄥˊ ㄕㄤˇ
刑罰與獎賞。

8【刑於四海】 ㄒㄧㄥˊ ㄩˊ ㄙˋ ㄏㄞˇ
作天下人模範。

【刑事責任】 ㄒㄧㄥˊ ㄕˋ ㄗㄜˊ ㄖㄣˋ
人民之行爲觸犯“刑法”或“刑事特別法”之規定，應依法被論罪科刑，稱爲刑事責任。刑事責任之主體，須滿十四歲以上，且非心神喪失者。行爲之處罰須出於故意或過失，且以處罰故意爲原則，以處罰過失爲例外。刑之種類有死刑、無期徒刑、有期徒刑、拘役、罰金。

10【刑馬作誓】 ㄒㄧㄥˊ ㄇㄚˇ ㄗㄨㄛˋ ㄕˋ
古代盟誓的儀式。殺馬取血塗脣爲誓，以示誠信。

12【刑期無刑】 ㄒㄧㄥˊ ㄑㄧˊ ㄨˊ ㄒㄧㄥˊ
刑罰的目的，在使人民不再犯法，國家不再用刑。

8【刑事訴訟法】 ㄒㄧㄥˊ ㄕˋ ㄙㄨˋ ㄙㄨㄥˋ ㄈㄚˇ
規定刑事訴訟程序的法律。是成文法典的一種。主要規定法院之管轄、法院職員之迴避、被告之傳喚及拘提、被告之訊問、被告之羈押、證據、裁判、第一審上訴、抗告、再審、非常上訴、簡易程序、執行、附帶民事訴訟等。

刓
ㄨㄢˊ *wan²* 音玩
①刓去邊角。②雕刻。如：刓琢。

14【刓精竭慮】 ㄨㄢˊ ㄐㄧㄥ ㄐㄧㄝˊ ㄌㄩˋ
竭盡精神和智慮。

刔
ㄐㄩㄝˊ *chüeh²* 音決
挑；挖。同抉。見“集韻”。

列
ㄌㄧㄝˋ *lieh⁴* 音裂
①分解。通裂。如：列土分疆。②展示；布置。如：陳列。③廁身參與。如：列席。④行次的橫排。如：行列。⑤指多數。如：列強。⑥歸成某一類。如：列入。

3【列子】 ㄌㄧㄝˋ ㄗˇ
①‘春秋’人，名‘禦寇’，隱居於‘鄭國’。主張貴虛。其年代已不可考。②舊題‘周’‘列禦寇’撰，“漢書·藝文志”著錄八篇。原書已散失。今行八卷本，‘晉’‘張湛’注，大抵據先‘秦’古書及‘魏’、‘晉’時資料而編寫。

10【列席】 ㄌㄧㄝˋ ㄒㄧˊ
參與會議，有發言權而無表決權的人。

11【列強】 ㄌㄧㄝˋ ㄑㄧㄤˊ
諸強國。指實行帝國主義的強國。

14【列寧】 ㄌㄧㄝˋ ㄋㄧㄥˊ
(Nikolai Lenin, 1870～1924)‘蘇俄’‘共產黨’、‘蘇維埃共和國’的創建者。本名‘烏力阿諾夫’(Vladimir Ilich Ulyanov)。熱中於‘馬克斯’主義，曾組織‘解放勞動者同盟’，被捕入獄，流放到‘西伯利亞’。又鼓吹‘俄國’革命，領導‘布爾什維克派’，於西元1917年10月革命奪得政權。

列寧像

17【列舉】 ㄌㄧㄝˋ ㄐㄩˇ
一一舉出。

3【列女傳】 ㄌㄧㄝˋ ㄋㄩˇ ㄓㄨㄢˋ
‘漢’‘劉向’撰，七卷。今本經‘宋’‘王回’整理，分“母儀”、“賢明”、“仁智”、“貞順”、“節義”、“辨通”、“嬖孽”等七目，記載古代婦女事蹟。

5【列仙傳】 ㄌㄧㄝˋ ㄒㄧㄢ ㄓㄨㄢˋ
舊題‘漢’‘劉向’撰，後人斷爲僞託。二卷。記‘赤松子’等神仙故事七十則，體例依仿“列女傳”，成書於‘東漢’時，爲仙傳類最早的著作。

7【列車長】 ㄌㄧㄝˋ ㄔㄜ ㄓㄤˇ
係隨乘列車、辦理客運、維持車內秩序、處理列車運轉、指揮監督各級隨車服務員及乘務的負責人員。

3【列土分疆】ㄌㄧㄝˋ ㄊㄨˇ ㄈㄣ ㄐㄧㄤ
劃分土地,分封諸侯。

7【列車阻力】ㄌㄧㄝˋ ㄔㄜ ㄗㄨˇ ㄌㄧˋ
(train resistance)鐵路列車運行時受到的各種不同阻力,包括機車內部的阻力與行駛時外來的阻力。內部阻力主要爲機車內傳動系統將動力傳遞至輪緣所消耗的動能,大抵與動輪之數目、荷重成正比。外來阻力爲空氣、軌道、輪軸、輾動、墮性、坡道及曲線路線等引致之阻力。

【列車調度】ㄌㄧㄝˋ ㄔㄜ ㄉㄧㄠˋ ㄉㄨˋ
(train dispatching)又稱運轉整理。列車運行紊亂時,調度員採取變更交換站、變更先開、待命、取消待命、優先特開、停駛、變更運行時刻、合併運行等方式,以調整列車密度、列車間隔,使運行恢復正常。

9【列祖列宗】ㄌㄧㄝˋ ㄗㄨˇ ㄌㄧㄝˋ ㄗㄨㄥ
歷代祖先。

13【列鼎而食】ㄌㄧㄝˋ ㄉㄧㄥˇ ㄦˊ ㄕˊ
形容富貴人家飲食的奢侈。

14【列寧格勒】ㄌㄧㄝˋ ㄋㄧㄥˊ ㄍㄜˊ ㄌㄜˋ
(Leningrad)‘俄羅斯’第二大城、最大商港、鐵路樞紐及共產革命前的首都。舊名‘聖彼得堡’(St. Petersburg)。乃‘彼得大帝’(The Great Peter I)為便於吸收西‘歐’文化及通商而建。位於‘芬蘭灣’(G. of Finland)東岸‘尼瓦河’(Neva R.)河口。市內宮殿、教堂、博物館建築堂皇。輸出以木材、木漿、亞麻、毛皮為主,輸入則多精密機器、化學品、熱帶農產。主要工業有造船、機械、電器、造紙和紡織等。海輪和動力機械製造業居‘俄羅斯’首位。人口480萬(2000年)。

4【列支敦斯登】ㄌㄧㄝˋ ㄓ ㄉㄨㄣ ㄙ ㄉㄥ
(Liechtenstein)位於‘瑞士’、‘奧地利’間‘阿爾卑斯山地’的小侯國。臨‘萊因河’。面積160方公里,人口3.3萬(2005年),首都‘瓦都茲’(Vaduz)。立國已八百年以上,政治尚稱獨立。依農牧為生。所製郵票深受世界人士喜愛,為主要收入之一。因商業及所得稅低,有五千多家外國公司總部設此,成為重要收入。

7【列車自動控制裝置】ㄌㄧㄝˋ ㄔㄜ ㄗˋ ㄉㄨㄥˋ ㄎㄨㄥˋ ㄓˋ ㄓㄨㄤ ㄓˋ
(automatic train control; ATC)一種查核列車速度,使自動減速或停車的裝置。該裝置可使地上裝置與車上裝置具有限速功能,當駕駛員不遵守號誌指示而超速行車時,列車即自動照規定減速或停開。

划 ㄏㄨㄚˊ *hua*² 音譁
①撥水。如:划船。②猜拳。如:划拳。③合算。如:划得來。

10【划拳】ㄏㄨㄚˊ ㄑㄩㄢˊ
一種遊戲。方式很多,常見的是以猜中雙方所出手指數的總和爲勝,不中者爲負。飲酒時常以此助興。也稱豁拳、猜拳。

14【划算】ㄏㄨㄚˊ ㄙㄨㄢˋ
①合算;盤算起來不吃虧。②計算;盤算。

刉 ㄐㄧ *chi*¹ 音機
用錐、刀劃傷。也作刏。

刖 ㄩㄝˋ *yüeh*⁴ 音月
①切斷。如:刖趾適履。②斷足。古代肉刑之一。通跀。

刎 ㄨㄣˇ *wên*³ 音吻
以刀割。如:刎頸。

16【刎頸交】ㄨㄣˇ ㄐㄧㄥˇ ㄐㄧㄠ
指友誼深摯,可以同生死、共患難。

判 ㄆㄢˋ *p'an*⁴ 音叛
①分別;分離。如:判袂。②辨明。如:判別是非。③裁決;斷定。如:判斷。④一半。

7【判決】ㄆㄢˋ ㄐㄩㄝˊ
係法院對訴訟事件,以終結訴訟爲目的,依一定之程式,就該事件所爲訴訟上之意思表示。民事訴訟的判決,是對保護私權的請求,經言詞辯論後,決定其請求之當否。刑事訴訟的判決,爲決定被告人犯罪成立與否及科刑的範圍。

【判別】ㄆㄢˋ ㄅㄧㄝˊ
分辨;分別。

8【判官】ㄆㄢˋ ㄍㄨㄢ
①官名。‘唐代’節度使、觀察使、防禦使的僚屬,輔助長官處理政事。‘宋’沿之。‘元’設於各州府,‘明’僅置州判官,‘清’沿之。②俗傳的冥官。替‘閻羅王’掌簿冊。③‘閩’南語稱法官。

10【判書】ㄆㄢˋ ㄕㄨ
契約;契據;合同。

12【判然】ㄆㄢˋ ㄖㄢˊ
清楚明白的樣子。

18【判斷】ㄆㄢˋ ㄉㄨㄢˋ
①辨別;分辨。②(judgement)凡斷定一思想對象相同或相異於另一思想對象的理智活動,以及某一物是否具有某一性質,或某些物之間是否具有某種關係的理智活動,都叫做判斷。

7【判別式】ㄆㄢˋ ㄅㄧㄝˊ ㄕˋ
(discriminant)二次以上方程式的根,常能依其係數組合而成的多項式來判知是虛根、實根、有理根或無理根等,此係數多項式即稱爲判別式。二次方程式$ax^2+bx+c=0$的判別式爲b^2-4ac,三次方程式$x^3+px+q=0$的判別式爲$4p^3-27q^2$。令一個n次方程式的根爲$\alpha_1, \alpha_2, \cdots \alpha_n$,則其判別式爲$(\alpha_1-\alpha_2)^2(\alpha_1-\alpha_3)^2\cdots(\alpha_{n-1}-\alpha_n)^2$,即任意兩根差的平方的積。

【判決離婚】 ㄆㄢˋ ㄐㄩㄝˊ ㄌㄧˊ ㄏㄨㄣ
夫妻之一方基於法定原因,向法院提起離婚之訴,經法院認為有理由時,將當事人間之婚姻關係予以消滅。我國"民法"關於判決離婚原因之規定,一方面列舉十項原因,一方面又有概括規定。十項原因為:一、重婚者。二、與人通姦者。三、夫妻之一方受他方不堪同居之虐待者。四、夫妻之一方對於他方之直系尊親屬為虐待,或受他方之直系尊親屬之虐待,致不堪為共同生活者。五、夫妻之一方以惡意遺棄他方在繼續狀態中者。六、夫妻之一方意圖殺害他方者。七、有不治之惡疾者。八、有重大不治之精神病者。九、生死不明已逾三年者。十、被處三年以上徒刑或因犯不名譽之罪被處徒刑者。除了此十項以外之重大事由,難以維持婚姻者,夫妻之一方得請求離婚。但其事由應由夫妻之一方負責者,僅他方得請求離婚。

9【判若兩人】 ㄆㄢˋ ㄖㄨㄛˋ ㄌㄧㄤˇ ㄖㄣˊ
前後不同,有如兩個人。

【判若雲泥】 ㄆㄢˋ ㄖㄨㄛˋ ㄩㄣˊ ㄋㄧˊ
指高低懸殊。

剕 ㄈㄨˊ *fu*^{2} 音伏
斫;砍。見"廣韻"。

刦 劫的俗體。

刧 劫的俗體。

刞 ㄑㄩˋ *ch'ü*^{4} 音去
將田裡泥土翻起。見"廣韻"。

別 ㄅㄧㄝˊ *pieh*^{2} 音蹩
[1]分辨;區分。如:辨別。[2]分離。如:離別。[3]用針把東西固定在衣物上。如:胸前別了一朵花。[4]分支。如:別派。[5]種;類。如:性別。[6]另外的。如:別有天地。[7]特異的。如:別致。[8]不要。如:別來這一套。[9]扭轉。如:別過臉去。

5【別史】 ㄅㄧㄝˊ ㄕˇ
史書分類的一種。專指記載一朝或一代大事的史書。與官撰的正史和多記私家碎事的雜史,均有不同。如"逸周書"、"東觀漢記"。

【別白】 ㄅㄧㄝˊ ㄅㄞˊ
明辨;辨別清楚。如:別白是非。

6【別字】 ㄅㄧㄝˊ ㄗˋ
[1]錯字。[2]別號。

【別名】 ㄅㄧㄝˊ ㄇㄧㄥˊ
別號。

9【別致】 ㄅㄧㄝˊ ㄓˋ
新奇特別的格調、風味。也作別緻。

12【別裁】 ㄅㄧㄝˊ ㄘㄞˊ
分別優劣,決定取捨。

【別集】 ㄅㄧㄝˊ ㄐㄧˊ
個人文集。與總集相對。

13【別業】 ㄅㄧㄝˊ ㄧㄝˋ
別墅。

14【別墅】 ㄅㄧㄝˊ ㄕㄨˋ
本宅之外,另在名勝之地所建築供遊息之用的園林宅第。

16【別錄】 ㄅㄧㄝˊ ㄌㄨˋ
'漢''劉向'撰,十二卷。'向'於'漢''建始'中奉詔校中祕藏書,每一書校畢,即撰敘錄一篇上報,後其子'歆'將之匯抄成書。為我國提要式目錄之始。原書已佚,'清''洪頤煊'、'馬國翰'皆有輯本。

5【別出心裁】 ㄅㄧㄝˊ ㄔㄨ ㄒㄧㄣ ㄘㄞˊ
獨出巧思。

【別出機杼】 ㄅㄧㄝˊ ㄔㄨ ㄐㄧ ㄓㄨˋ
另有創新;別出心裁。

6【別有天地】 ㄅㄧㄝˊ ㄧㄡˇ ㄊㄧㄢ ㄉㄧˋ
另有一種境界。

【別有洞天】 ㄅㄧㄝˊ ㄧㄡˇ ㄉㄨㄥˋ ㄊㄧㄢ
比喻另有一種美妙境界。

8【別具心腸】 ㄅㄧㄝˊ ㄐㄩˋ ㄒㄧㄣ ㄔㄤˊ
比喻人另有用心。

【別具匠心】 ㄅㄧㄝˊ ㄐㄩˋ ㄐㄧㄤˋ ㄒㄧㄣ
具有獨到的巧思。

9【別風淮雨】 ㄅㄧㄝˊ ㄈㄥ ㄏㄨㄞˊ ㄩˇ
指古籍文字,以訛傳訛。今本"尚書大傳·周傳"有「別風淮雨」一語,"後漢書·南蠻傳"作「列風雷雨」,"文心雕龍·練字"引"帝王世紀"作「列風淫雨」,應以作「列風淫雨」為是。列與別、淫與淮形近而誤。

12【別開生面】 ㄅㄧㄝˊ ㄎㄞ ㄕㄥ ㄇㄧㄢˋ
本指重新畫的畫像,比原作更生動。引申為另闢蹊徑,創新格局。

16【別樹一幟】 ㄅㄧㄝˊ ㄕㄨˋ ㄧ ㄓˋ
原指獨立一方的軍隊旗幟。後也用以稱人的學問思想別有創見、自成一家。

别 別的俗體。

删 刪的或體。

刪 ㄕㄢ *shan*^{1} 音山
[1]去除。如:刪改。[2]節取。如:刪節。

刨 [一] ㄆㄠˊ *p'ao*^{2} 音庖
[1]削除。如:刨皮。[2]挖掘。如:刨土。
[二] ㄅㄠˋ *pao*^{4} 音抱
[1]同[一][1]。[2]削碎的。如:刨冰。

10【刨根問底】 ㄆㄠˊ ㄍㄣ ㄨㄣˋ ㄉㄧˇ
比喻追究底細。

㓤 ㄍㄡ *kou*^{1} 音鉤
鐮刀。見"說文"。

利 ㄌㄧˋ *li*^{4} 音力
[1]鋒銳。如:堅利。[2]順暢;吉祥。如:吉利。[3]方便。如:利於出入。[4]好處。如:漁翁得利。[5]財貨。如:利祿。[6]私益。和義相對。如:義利之辨。[7]功用。如:耒耜之利。[8]從母金生出的子金。如:年

利。⑨姓。'漢'有'利乾'。見"元和姓纂·八"。

5【利市】ㄌㄧˋ ㄕˋ

①貿易所得的利益。如:大發利市。②吉利;好運。③以前稱喜慶、節日的喜錢。

【利用】ㄌㄧˋ ㄩㄥˋ

①發揮效用。如:廢物利用。②借用事物以達成某種目的。如:利用權勢。

【利他】ㄌㄧˋ ㄊㄚ

利於他人;謀他人的利益幸福。和利己相對。

10【利害】ㄌㄧˋ ㄏㄞˋ

①利益和損害。如:利害得失。②同厲害。

【利病】ㄌㄧˋ ㄅㄧㄥˋ

①優劣。②利益與弊害。

【利益】ㄌㄧˋ ㄧˋ

①好處。②佛家語。比喻功德。有時功德與利益連用,都是指對社會眾生有利的行爲。

【利根】ㄌㄧˋ ㄍㄣ

指學道的人本性明利,對佛理之參悟快捷。

【利息】ㄌㄧˋ ㄒㄧˊ

(interest)使用他人金錢或代替物,依一定利率,比照其原本的數額及使用期間的長短,所給與他人的報酬。

11【利率】ㄌㄧˋ ㄌㄩˋ

(interest rate)以對於本金的一定比率,按照使用期間的長短,計算利息的標準。分爲兩種:一爲法定利率,由法律所規定者;二爲約定利率,由當事人自行約定者。按年計者爲年利率,按月計者爲月利率,按日計者爲日利率。

12【利鈍】ㄌㄧˋ ㄉㄨㄣˋ

①本指刀子快不快。後指人的敏捷與遲鈍。②吉凶;成敗;順利與艱難。

13【利落】ㄌㄧˋ ˙ㄌㄨㄛ

爽利;爽快。同俐落。

14【利誘】ㄌㄧˋ ㄧㄡˋ

用財利引誘人。

【利弊】ㄌㄧˋ ㄅㄧˋ

利益與弊病。

15【利潤】ㄌㄧˋ ㄖㄨㄣˋ

(profits)營業所得除去總支出以外的剩餘。

16【利器】ㄌㄧˋ ㄑㄧˋ

①精良銳利的武器或工具。②比喻國家的統治權或兵權。③比喻傑出的才能。

4【利比亞】ㄌㄧˋ ㄅㄧˇ ㄧㄚˋ

(Libya)位於北'非'的'阿拉伯'國家。濱'地中海'。面積177.9萬方公里,人口576萬(2005年),首都'的黎波里'(Tripoli)。全境多屬'撒哈拉沙漠',僅狹窄的海岸地帶及綠洲有農業分布。西元1959年在'沙爾坦'(Zelten)發現石油,主銷'歐洲'。

8【利物浦】ㄌㄧˋ ㄨˋ ㄆㄨˇ

(Liverpool)'英國'第二大商港及'英格蘭'(England)第三大城。位於西部'麥西河'(Mersey R.)口附近。為人工港。河底築有隧道,汽車可直馳而過。有運河通'泰晤士河'、'恆伯河'(Humber R.)上游及棉都'曼徹斯特'(Manchester)。全國紡織品及鋼鐵、機械等多經此輸出;昔日曾為世界最大棉花進口港;'北美洲'殖民地開拓後,曾為主要貿易城及奴隸販賣中心。人口44.4萬(2004年)。

10【利益說】ㄌㄧˋ ㄧˋ ㄕㄨㄛ

(the theory of benefit)爲國家向人民課徵租稅的理論根據之一。此說認爲國家之所以有權向人民課稅,乃因人民享受國家所給予的種種利益,如人身及財產安全的保障、公共建設的享受等。享受利益多者要多納稅,反之則可少納稅,故又稱交換說。

【利馬竇】ㄌㄧˋ ㄇㄚˇ ㄉㄡˋ

(Matteo Ricci, 1552～1610)'義大利''耶穌'會傳教士。於'明神宗''萬曆'十年(1582)至'澳門',初在'廣東''肇慶'傳教,後至'北京'。因兼通'中'西文字、天算、輿地、醫藥學,得到'神宗'器重。後終老'北京'。曾編著關於天文曆法的專書,製造天文儀器,和'徐光啟'譯"幾何原本",和'李之藻'譯"同文算指",並製"萬國輿圖",對西方科技的傳入有相當的貢獻。

12【利雅德】ㄌㄧˋ ㄧㄚˇ ㄉㄜˊ

(Riyadh)'沙烏地阿拉伯'首都。位居'阿拉伯半島'綠洲的中心,有鐵、公路通往東西兩岸,為隊商路線交叉點。人口150.2萬(2000年)。

15【利樂包】ㄌㄧˋ ㄌㄜˋ ㄅㄠ

(tetra pack)鋁箔無菌包。屬積層包裝,其包裝材料由外向內爲:聚乙烯/紙板/聚乙烯/鋁箔/聚乙烯/聚乙烯等六層。印刷則在紙板層,若加上油墨層則有七層。利樂包產品的內容物與包裝容器先分別殺菌,再以無菌包裝系統充填、密封。產品有良好的保存性,室溫中即可保藏。

3【利己主義】ㄌㄧˋ ㄐㄧˇ ㄓㄨˇ ㄧˋ

(egoism)與利他主義相對。指以自己的利益爲人生行爲的目的及道德標準的理論。我國古代以'楊朱'爲代表。西方許多倫理學理論都有利己主義的傾向。古代'希臘'的享樂主義,主張個人儘量追求最高的快樂;十七世紀的'英'人'霍布斯'和'荷'人'斯賓諾沙'認爲自保即是善;以及其他主張關注個人的良心和道德成長的哲學家,都可稱爲利己主義者。

5【利用厚生】ㄌㄧˋ ㄩㄥˋ ㄏㄡˋ ㄕㄥ

發揮萬物的效用,充實人民的生活。

【利他主義】ㄌㄧˋ ㄊㄚ ㄓㄨˇ ㄧˋ

(altruism)與利己主義相對。以增進他人幸福爲道德行爲標準的理論。我國古代以'墨翟'爲代表。利他主義一詞('法'文裡的 altruisme,源自'拉丁'文 alter, other)

是十九世紀‘法國’哲學家‘孔德’所創。

【利令智昏】ㄌㄧˋ ㄌㄧㄥˋ ㄓˋ ㄏㄨㄣ
貪圖私利，使得理智昏亂，不辨是非。

10【利益團體】ㄌㄧˋ ㄧˋ ㄊㄨㄢˊ ㄊㄧˇ
(interest group)在多元民主社會，人民因其經濟或其他利益的不同，組成利益團體，設法影響議員與行政官員，以促進其利益。利益團體向公職人員施壓者，稱壓力團體(pressure group)。

【利息所得】ㄌㄧˋ ㄒㄧˊ ㄙㄨㄛˇ ㄉㄜˊ
(income from interest)綜合所得稅制度下的一種所得。凡公債、公司債、各種短期票券、存款及其他貸出款項利息之所得均屬之。惟我國目前短期票券利息所得係採分離課稅，且一般利息所得與股利所得合計總數在新‘臺’幣三十六萬元以內者尚可享受免稅之優惠。

【利息裁定】ㄌㄧˋ ㄒㄧˊ ㄘㄞˊ ㄉㄧㄥˋ
(interest arbitrage)又稱利息套匯。簡稱套利。在兩國的短期利率有差距的情況下，將資金由短期利率較低國家轉移至短期利率較高國家，並利用遠期外匯交易避免匯率變動的風險，以賺取其差距利益的外匯交易，稱爲利息套匯。例如我國存款利率年息10%，同時‘美國’存款利率爲年息6%，兩地間利率差距，年息爲4%。在此情形下，可賣出‘美’金現貨，以所得新‘臺’幣存入我國銀行。如不考慮手續費等費用，則其運用新‘臺’幣的收益爲年率4%。但是將資金由‘美’元兌換成新‘臺’幣，移到我國運用，有遭受匯率變動風險的可能，此時可透過遠期外匯交易的方式加以規避。如在‘美國’購買新‘臺’幣現貨時，即應同時在‘美國’出售與‘美’元同額的新‘臺’幣遠期外匯。由上述可知，利息套匯不但要看兩地利率水準的差距大小，且要看兩地匯率中現匯與期匯的差別而定，唯有兩地利率的差距大於現匯與期匯間的貼水或升水，才有進行利息套匯的可能。

11【利率高限】ㄌㄧˋ ㄌㄩˋ ㄍㄠ ㄒㄧㄢˋ
(ceiling of interest rate)以人爲力量(或法令)限制利率不得超過某一水準。‘美國’的Q規則(regulation Q)即是一例。自西元1933年起，‘美國’的聯邦準備制度對商業銀行之儲蓄與定期存款的利率給付設訂上限，即是Q規則。

【利欲薰心】ㄌㄧˋ ㄩˋ ㄒㄩㄣ ㄒㄧㄣ
貪圖財利而喪失本心。

12【利量分析】ㄌㄧˋ ㄌㄧㄤˋ ㄈㄣ ㄒㄧ
(profit-volume analysis)運用損益平衡分析原理，分析有關成本、利潤、產銷量三者變化間的關係，以供管理決策者參考。

14【利盡交疏】ㄌㄧˋ ㄐㄧㄣˋ ㄐㄧㄠ ㄕㄨ
利益窮盡，交情便淡薄。

15【利潤中心】ㄌㄧˋ ㄖㄨㄣˋ ㄓㄨㄥ ㄒㄧㄣ
(profit center)對成本及收入負有控制責任的單位。如事業部制中的某事業部即是。

【利潤策略】ㄌㄧˋ ㄖㄨㄣˋ ㄘㄜˋ ㄌㄩㄝˋ
(profit strategy)企業經營必然需追求利潤，此處所指利潤策略係指其經營策略以提供現金爲主，而非指追求最大的利潤。此係由於企業的再投資需求低，銷售所獲利潤已無需繼續不斷再投資，而可將此項利潤用於分配股利或累積資金之用。

10【利息資本化】ㄌㄧˋ ㄒㄧˊ ㄗ ㄅㄣˇ ㄏㄨㄚˋ
(capitalization of interest)即將爲取得資產而支付的利息，作爲資產成本處理。依據我國‘財務會計準則委員會’所公布的“財務會計準則公報”第三號“利息資本化會計準則”的解釋：「資產之成本應包括使該項資產達到可用(或可出售)狀態及地點前的一切必要而合理之支出，如該項資產需經一段時間，以實施必要之購置或建造工作使其達到可用狀態及地點時，則此段時間內爲該資產所支出款項而負擔之利息，乃爲取得該項資產成本之一部分。利息資本化之目的爲：一、使資產之取得成本更能反映企業投資於該資產之總成本。二、使取得資產之有關成本得在將來該資產提供效益之期間分攤，以達收入與費用相配合之原則。」

6

剆 或作剆。㊀ ㄌㄨㄛˊ lo^2, luo^2 音羅 又讀 ㄌㄨㄛˇ lo^3, luo^3 音裸
擊。見“集韻”。
㊁ ㄌㄤˇ $lang^3$ 音朗
明白；清楚。見“字彙補”。

刻 ㊀ ㄎㄜˋ $k'o^4$, $k'\hat{e}^4$ 音克
①雕刻。②雕刻著圖文的碑板。如：木刻。③劃；割。如：刻臂爲盟。④深入。如：深刻。⑤計時單位。一刻十五分鐘。⑥限定。如：刻日。⑦苛酷。如：苛刻。
㊁ ㄎㄜ $k'o^1$, $k'\hat{e}^1$ 音苛
同㊀①。

4【刻日】ㄎㄜˋ ㄖˋ
限定日期。同剋日。

5【刻本】ㄎㄜˋ ㄅㄣˇ
用木板雕字印刷的書籍。也稱刊本、槧本。

8【刻板】ㄎㄜˋ ㄅㄢˇ
①用木石雕刻成的印刷底板。也作刻版。②比喻固執、呆板，不能變通。

9【刻度】 ㄎㄜˋ ㄉㄨˋ
機械儀錶盤上所刻定的度數。用以控制機械的操作。

【刻苦】 ㄎㄜˋ ㄎㄨˇ
①堅苦自厲。②自奉儉樸。

10【刻剝】 ㄎㄜˋ ㄅㄛ
苛刻剝削。

11【刻符】 ㄎㄜˋ ㄈㄨˊ
'秦'書八體之一。爲刻於符信上的文字。主供徵信之用,字體多採篆文,故筆畫較爲工整。如今傳"新郪虎符"、"陽陵虎符"上的文字。

12【刻畫】 ㄎㄜˋ ㄏㄨㄚˋ
①泛指雕刻、刺繡、繪畫。②仔細描摹。

【刻期】 ㄎㄜˋ ㄑㄧˊ
限定日期。

13【刻意】 ㄎㄜˋ ㄧˋ
①克制意念。②特意;專一心志。

17【刻薄】 ㄎㄜˋ ㄅㄛˊ
①苛刻;冷酷無情。②用尖酸的言詞譏刺別人。

19【刻繪】 ㄎㄜˋ ㄏㄨㄟˋ
雕刻繪畫。引申爲仔細描摹。同刻畫。

2【刻卜勒】 ㄎㄜˋ ㄅㄨˇ ㄌㄜˋ
(Johannes Kepler, 1571～1630)'德國'天文學家及物理學家。於西元1601年任'布拉格天文臺'臺長,潛心於行星軌道的研究,並應用數學分析能力,將已有的天文觀測資料加以分析整理,而得出行星繞日運行的三個法則,稱爲'刻卜勒'定律。主要著作有"宇宙之謎"(*Mysterium Cosmographicum*)、"世界之和諧"(*Harmonices Mundi*)等。

4【刻不容緩】 ㄎㄜˋ ㄅㄨˋ ㄖㄨㄥˊ ㄏㄨㄢˇ
不容許有一刻的耽擱。形容情勢急迫。

6【刻舟求劍】 ㄎㄜˋ ㄓㄡ ㄑㄧㄡˊ ㄐㄧㄢˋ
比喻固執而不求變通。有個'楚'人渡江,他的劍從船邊掉下去,他立即在船舷上刻個記號,船到岸後,就在刻記號的地方跳進江裡找他的劍。見"呂氏春秋·察今"。

8【刻板想法】 ㄎㄜˋ ㄅㄢˇ ㄒㄧㄤˇ ㄈㄚˇ
(stereotype)一種過分具體與特殊的社會知識結構。完全忽略個別差異的存在與想法相左的證據,僅依個體的某一特性(如總經理、藝術家)即加以類化到許多有關行爲與性格的存在。此社會知識結構往往對被刻板化的人造成不必要的傷害,同時影響個人知覺的正確性。

10【刻骨銘心】 ㄎㄜˋ ㄍㄨˇ ㄇㄧㄥˊ ㄒㄧㄣ
形容感觸深刻,難以忘懷。

18【刻鵠類鶩】 ㄎㄜˋ ㄏㄨˊ ㄌㄟˋ ㄨˋ
比喻仿效雖欠逼眞,但相去不遠。

2【刻卜勒行星運動定律】 ㄎㄜˋ ㄅㄨˇ ㄌㄜˋ ㄒㄧㄥˊ ㄒㄧㄥ ㄩㄣˋ ㄉㄨㄥˋ ㄉㄧㄥˋ ㄌㄩˋ
(Kepler's law of planetary motion)'德國'天文學家'刻卜勒'所發表的行星運動定律。內容爲一、行星繞日沿橢圓軌道運行,太陽恰在橢圓的一個焦點上;二、行星和太陽的連線,在同一時間內掃過相同的面積;三、行星繞日運行的週期的平方和其軌道主軸(粗略視爲行星距太陽的距離)的立方成比例。

券 ㄑㄩㄢˋ *ch'üan*⁴ 音勸
①雙方各執一半的契據。類似今日的契約、合同。②可作憑證的文件。如:入場券。

㓷 ㊀ ㄔㄨㄤˋ *ch'uang*⁴ 音創
創造。今通作創。見"集韻"。
㊁ ㄔㄨㄤ *ch'uang*¹ 音瘡
創傷。通刅、創。見"集韻"。

刲 ㄎㄨㄟ *k'uei*¹ 音盔
刺割;屠宰。如:刲宰。

刳 ㄑㄧㄚˋ *ch'ia*⁴ 音恰
剝去面皮。古代肉刑之一。

刺 ㄘˋ *tz'ŭ*⁴ 音次
①插入;穿入。如:刺股。②殺。如:行刺。③譏諷。如:譏刺。④打聽。如:刺探。⑤尖細的東西。如:魚刺。⑥一種古代刑法。即在犯人臉上刻字或花紋。如:刺配。⑦名片。如:名刺。

5【刺史】 ㄘˋ ㄕˇ
官名。'漢武帝'時置,掌監察各州,位在郡守之下。'漢'末改爲州牧,位居郡守之上,掌一州的軍政大權。'隋''唐'刺史爲州之長官。'宋'設知州;刺史爲虛銜。'元'廢。

6【刺耳】 ㄘˋ ㄦˇ
①形容聲音尖銳嘈雜。②指言語不中聽。

8【刺靑】 ㄘˋ ㄑㄧㄥ
刺文字、圖案於面孔或身上,並塗以顏料。

【刺刺】 ㄘˋ ㄘˋ
多言不休的樣子。

9【刺客】 ㄘˋ ㄎㄜˋ
①進行暗殺的人。②'宋'人稱玫瑰。以其多刺。

10【刺骨】 ㄘˋ ㄍㄨˇ
①以刀刺骨。一種古代的治病法。②形容深入、深刻。如:椎心刺骨。

11【刺探】 ㄘˋ ㄊㄢˋ
偵察;探聽。

12【刺掌】 ㄘˋ ㄓㄤˇ
國術招式。又名插掌。五指併直,以指尖刺擊敵人。有立掌、仰掌、覆掌三種。

15【刺蝟】 ㄘˋ ㄨㄟˋ
(spiny hedgehog) 屬於哺乳綱、食蟲目 (order Insectivora)、蝟科 (family Erinaceidae)。體背具有短刺,頭小、體圓、面尖、尾小或無。

刺蝟圖

16【刺激】 ㄘˋ ㄐㄧ
(stimulus)凡事物之能引起有機體反應者,皆稱刺激。在生理學、物理學、心理學及生物學中，實驗者往往運用各種事物，在能控制的條件下，探討有機體所引起的反應。

18【刺繡】 ㄘˋ ㄒㄧㄡˋ

我國傳統工藝之一。以針引彩線繡書畫於織物上。起源於'殷商'之世，當時天子的服裝上即有刺繡，稱為黼黻。'唐''宋'以來尤為昌盛。刺繡品包括服裝、鞋帽、被枕、屏風、掛屏等。'蘇'繡、'湘'繡、'蜀'繡、'廣'繡，合稱我國四大名繡。

22【刺囊】 ㄘˋ ㄋㄤˊ

(nematocyst)為腔腸動物所特有的胞器。位於刺囊細胞中，呈囊狀構造，囊內藏有一條細長的管，頂端有一蓋，當刺囊細胞受刺激時，便將刺囊釋出，囊蓋打開，細管便彈出。彈出的細管可用以捕食。

8【刺股懸梁】 ㄘˋ ㄍㄨˇ ㄒㄩㄢˊ ㄌㄧㄤˊ

形容苦讀。'戰國''蘇秦'讀書時，以錐刺大腿，振奮精神。見"戰國策·秦策"。'漢代''孫敬'讀書時，用繩將頭髮繫於梁上，以防止瞌睡。見"尚友錄"。

16【刺激性藥物】 ㄘˋ ㄐㄧ ㄒㄧㄥˋ ㄧㄠˋ ㄨˋ

(stimulant)係指可刺激個人，使暫時減少疲勞、感覺清醒或增進思考歷程的藥物。

刼

劫的俗體。

刷

㊀ ㄕㄨㄚ *shua*[1]

1剝除。如：洗刷。2除垢的用具。如：鞋刷。3塗抹。如：粉刷。

㊁ ㄕㄨㄚˋ *shua*[4]

挑選。如：刷選。

16【刷選】 ㄕㄨㄚˋ ㄒㄩㄢˇ

挑選。

刵

ㄦˋ *êrh*[4] 音二

古代肉刑之一。割斷犯人耳朵。見"說文"。

刳

ㄎㄨ *k'u*[1] 音枯

1剖開。2挖空。如：刳木為舟。3消除；澄清。

4【刳木】 ㄎㄨ ㄇㄨˋ

挖空木頭。

到

ㄉㄠˋ *tao*[4] 音道

1至；抵達。如：到場。2顛倒。通倒。如：到植。3姓。'南朝''宋'有'到彥之'。見"元和姓纂·九"。

8【到底】 ㄉㄠˋ ㄉㄧˇ

1深達底部。引申為最終。2究竟。

10【到家】 ㄉㄠˋ ㄐㄧㄚ

1回到家裏。2形容技藝圓滿、至極。

13【到達率】 ㄉㄠˋ ㄉㄚˊ ㄌㄩˋ

(reach)廣告到達大眾的程度。亦即廣告重複播(刊)出後，或是併用很多的媒體後，所累積的播(刊)出次數中，至少接觸到一次廣告者的比率。

6【到任國書】 ㄉㄠˋ ㄖㄣˋ ㄍㄨㄛˊ ㄕㄨ

(letter of credence)派遣國元首介紹其外交代表予接受國元首的正式文書。由派遣國元首署名，外交部長副署，上載外交代表之姓名及職稱，並要求接受國對於該外交使節之代表行為給予充分信任。

12【到期年金】 ㄉㄠˋ ㄑㄧˊ ㄋㄧㄢˊ ㄐㄧㄣ

(annuity due)於每期期初收受或支付一定金額共若干期者。

刮

劈的俗體。

剎

剎的俗體。

制

ㄓˋ *chih*[4] 音志

1裁斷。如：制木。2製作。同製。如：制定。3折服。如：制勝。4禁止。如：制止。5法度；準則。如：制度。6父母之喪。如：制中。7皇帝的命令。如：制誥。

4【制止】 ㄓˋ ㄓˇ

阻止；抑止。

6【制伏】 ㄓˋ ㄈㄨˊ

以強力壓伏。

7【制作】 ㄓˋ ㄗㄨㄛˋ

1即制度。2著述。3製造。同製作。

8【制定】 ㄓˋ ㄉㄧㄥˋ

訂立。

【制空】 ㄓˋ ㄎㄨㄥ

指一國以本國或盟國之力量，對空權與本國空軍戰力保持一優勢地位。

9【制度】 ㄓˋ ㄉㄨˋ

1泛指禮儀、典章和法令。2訂定法規、條例。如：為民制度。

10【制海】 ㄓˋ ㄏㄞˇ

指一國以本國或盟國之力量，對海權與本國海軍戰力保持一優勢地位。制海係保衛國家安全的重要條件。

12【制裁】 ㄓˋ ㄘㄞˊ

1凡違反法律規範，國家基於公權力，對於違反者施以處罰或強制，稱為制裁。可分為民法上之制裁、行政法上之制裁及刑法上之制裁。民法上之制裁，重在強制，對於違反私法上義務侵害私權者，科以民事責任，諸如損害賠償、強制執行等是。行政法上之制裁是國家對於違反行政法規或行政處分者，所加之強制，可分對公務員之制裁與對人民之制裁兩類，前者計分撤職、休職、降級、減俸、記過、申誡等六種。後者包括警察罰(拘留、罰鍰、罰役、申誡、沒入、勒令歇業、停止營業)、秩序罰(看管、罰鍰)、懲戒罰(例如對於違反義務之律師、醫師、會計師所實施之懲戒)、強制罰(例如證人經法院合法傳喚，無正當理由而不到場者，得科以五十元以下之罰鍰，再傳不到者亦同)。刑法上之制裁，是對於違反刑事法律之人，以剝奪犯罪人的重要人格法益及財產法益爲手段，以達到處罰犯人、矯正惡性、預防犯罪之目的。刑法上之制裁包括生命刑(死刑)、自由刑(無期徒刑、有期徒刑、拘役)、財產刑(罰金、沒收)及能力刑(褫奪公權)等四種。2(sanction)一個社會或它的大多數成員對於一種行爲方式的反應(以示贊同，或不贊同)，而加予的獎懲行動。

【制勝】 ㄓˋ ㄕㄥˋ
制服對方而得勝。

16【制錢】 ㄓˋ ㄑㄧㄢˊ
古代官方所鑄造的錢。重量、形式、成色、文字等皆有定制。

【制衡】 ㄓˋ ㄏㄥˊ
(checks and balances)'法'人'孟德斯鳩'所創。他主張把政府權力分爲立法、行政、司法，分屬三個機關，使其互相牽制，並設法使權力平衡，如此任一機關都無法危害人民的自由。如今持制衡觀念者，重視社會對政府的制衡，超過政府內部的制衡。

19【制藝】 ㄓˋ ㄧˋ
'明代'科舉應試的文章。即八股文。

9【制度化】 ㄓˋ ㄉㄨˋ ㄏㄨㄚˋ
(institutionalization)1指文化對社會體系影響的過程，或個人行爲模式成爲文化之典型部分的過程。亦即一些個人的行爲模式由原先零散(或非法)的表現而爲社會所接受，成爲社會的一部分。如離婚原本爲社會所排拒，但在今日社會已成爲可接受的一種行爲模式。2指個人受制於總體機構(如軍營、監獄、精神病院等)的過程。即個人生活在總體機構內，行爲完全爲其所控制的過程。

11【制動器】 ㄓˋ ㄉㄨㄥˋ ㄑㄧˋ
(brake)又稱煞車。藉機件與接觸面間之摩擦阻力，或液壓、電磁之阻力來吸收運動機件之能量，使其運動遲緩或停止的裝置。

9【制約反應】 ㄓˋ ㄩㄝ ㄈㄢˇ ㄧㄥˋ
(conditioned response)又稱條件反應。係指經由學習而對制約刺激產生的反應。

【制約刺激】 ㄓˋ ㄩㄝ ㄘˋ ㄐㄧ
(conditioned stimulus)又稱條件刺激。原先無法引起某反應的刺激物，經配合足以引起該反應之刺激物多次出現後，可產生類似反應，則該刺激即稱爲制約刺激。

11【制動馬力】 ㄓˋ ㄉㄨㄥˋ ㄇㄚˇ ㄌㄧˋ
(brake horsepower)引擎之輸出馬力。其值等於指示馬力與摩擦馬力之差。

【制動距離】 ㄓˋ ㄉㄨㄥˋ ㄐㄩˋ ㄌㄧˊ
(braking distance)即煞車距離。指車輛從開始制動到完全停止所行的距離。車輛在行駛中發現前方有障礙物時即行制動。制動時間變化範圍甚大，可由每小時30哩速率的制動時間2秒，變化到每小時70哩的制動時間1秒，根據試驗所得平均制動時間爲½秒。通常煞車距離係隨行駛速率的平方而正變，與摩擦係數及縱坡度成反比。制動距離通常作爲交通控制設施上的設計參考。

13【制節謹度】 ㄓˋ ㄐㄧㄝˊ ㄐㄧㄣˇ ㄉㄨˋ
用費儉省節約，行爲謹愼而合乎法度。

15【制敵機先】 ㄓˋ ㄉㄧˊ ㄐㄧ ㄒㄧㄢ
在事機發動之前制服敵人。

17【制禮作樂】 ㄓˋ ㄌㄧˇ ㄗㄨㄛˋ ㄩㄝˋ
制定國家的典章制度。古代以禮、樂爲治國之根本。

13【制置三司條例司】 ㄓˋ ㄓˋ ㄙㄢ ㄙ ㄊㄧㄠˊ ㄌㄧˋ ㄙ
'宋神宗''熙寧'年間'王安石'變法的理財機構。'宋'初財政由三司使(戶部司、鹽鐵司、度支使司)掌管，宰相不能預聞。'王安石'變法時，置「制置三司條例司」，專司財政規劃，審議三司用度，將財政收歸相府統籌。

剁 ㄉㄨㄛˋ to^4, tuo^4 音舵
砍斫。如：剁菜。

剁 剁的俗體。

刮 一 ㄍㄨㄚ kua^1 音括
1磨；削。如：刮除。2擦拭。如：刮目相看。3搜括；剝削。如：刮地皮。4勾搭；牽連。5囉嗦；喧鬧。通聒。如：刮個沒完。6強風吹動。通颳。如：刮風下雨。
二 ㄎㄚ $k'a^1$
削平器物表面上的附著物。

12【刮痧】 ㄍㄨㄚ ㄕㄚ
用開泄之法刮除體內毒癘之氣。使用銅錢、刮舌、則子腳蘸香油刮背脊、頸骨及胸前脅肋兩肩臂等處；額頭、腿上用棉紗線或麻線；大小腹軟肉處則用食鹽以手摩擦。刮時須由上而下，自輕而重。

6【刮地皮】 ㄍㄨㄚ ㄉㄧˋ ㄆㄧˊ
指地方官搜刮民財。

19【刮鬍子】 ㄍㄨㄚ ㄏㄨˊ ˙ㄗ
1把鬍鬚刮除。2比喻責難羞辱。

5【刮目相看】 ㄍㄨㄚ ㄇㄨˋ ㄒㄧㄤ ㄎㄢˋ
比喻特別禮遇、另眼看待。

9【刮垢磨光】 ㄍㄨㄚ ㄍㄡˋ ㄇㄛˊ ㄍㄨㄤ
刮除器物上的汙垢，磨礪使其光滑。比喻造就人才。

7

則 則的或體。

刴 或作剘。刴的俗體。

剃 ㄊㄧˋ $t'i^4$ 音替
削掉頭髮。通作鬀。如：剃髮。

9【剃度】 ㄊㄧˋ ㄉㄨˋ
指削髮出家爲僧尼，以求了生死煩惱，度苦厄。

16【剃頭擔子一頭熱】 ㄊㄧˋ ㄊㄡˊ

ㄉㄢˋ ·ㄗ ㄧ ㄊㄡ ㄖㄜˋ
比喻一廂情願。

前 ㄑㄧㄢˊ *ch'ien²* 音錢
①行進。如:前進。②前面。後的反義詞。如:前門。③過去的。如:前例。④預先的。如:前兆。

5【前世】 ㄑㄧㄢˊ ㄕˋ
①上一代;前代。②前生;上一輩子。

【前生】 ㄑㄧㄢˊ ㄕㄥ
佛家語。人生有輪迴的現象,可分前生、今生、來生等。前生即指過去世之身、前一輩子。對今生而言。與前世同義。

7【前身】 ㄑㄧㄢˊ ㄕㄣ
①前生;前世。②指以前的身分或名稱。

8【前知】 ㄑㄧㄢˊ ㄓ
預先測知。

9【前茅】 ㄑㄧㄢˊ ㄇㄠˊ
指軍中的前鋒部隊。以茅草爲旌旗,一遇敵情,便舉茅旌警告後面的大軍。後用以比喻考試成績優異。

10【前秦】 ㄑㄧㄢˊ ㄑㄧㄣˊ
(351~394)‘晉’時十六國之一。‘氐’人‘苻健’所建,國號‘大秦’,都‘長安’(今‘陝西’‘長安’),史稱‘前秦’。‘苻堅’繼位後,任用‘漢’人‘王猛’爲相,國勢大盛,先後攻滅‘前燕’、‘前涼’、‘代’,而統一北方。版圖遼闊,東達‘淮’‘泗’,西入‘西域’,南至‘邛’‘楚’,北抵大漠。‘肥水’戰敗,國勢漸衰,北方又再度分裂。後爲‘後秦’所滅。共四世,六主,四十四年。

【前馬】 ㄑㄧㄢˊ ㄇㄚˇ
前驅。也作洗馬、先馬。

【前哨】 ㄑㄧㄢˊ ㄕㄠˋ
部隊宿營、休息或占領陣地時,由主力派出警戒部隊配置在相當距離處,以擔任警戒。前哨區即指在主抵抗線前方之地區。

【前修】 ㄑㄧㄢˊ ㄒㄧㄡ
德業兼修的古人。即前賢。

11【前推】 ㄑㄧㄢˊ ㄊㄨㄟ
(dolly in)電視節目或電影攝製時的一種運鏡技術。即鏡頭不變,只移動機身的距離,或由遠而近(前推);或由近而遠(後拉)。

【前途】 ㄑㄧㄢˊ ㄊㄨˊ
前面的路途。比喻未來的境遇。

12【前提】 ㄑㄧㄢˊ ㄊㄧˊ
(premiss; premise)在一個論證中,用來表達理由或根據的語句。如在「凡詩人皆多情,‘蘇東坡’是詩人,所以‘蘇東坡’多情。」這個論證中,前兩個語句是前提,最後一個語句是結論。

【前腔】 ㄑㄧㄢˊ ㄑㄧㄤ
戲曲名詞。指與前一支曲牌相同。南曲套數中,如有二支以上曲子連用相同的曲調,第一支注明曲牌,後面的只注「前腔」,與北套之「么篇」同。

【前程】 ㄑㄧㄢˊ ㄔㄥˊ
同前途。

13【前嫌】 ㄑㄧㄢˊ ㄒㄧㄢˊ
過去的怨恨。

【前愆】 ㄑㄧㄢˊ ㄑㄧㄢ
以前的過失。

14【前塵】 ㄑㄧㄢˊ ㄔㄣˊ
①佛家語。指人世間當前虛幻的塵俗情境。即色、香、聲、味、觸、法等六塵,造成世界對人心的汙染。而此現實世界在佛法的鏡面下皆爲虛幻。②比喻人所經歷的事。即往事。

15【前震】 ㄑㄧㄢˊ ㄓㄣˋ
(foreshock)在震幅最大之主震前的一連串規模較小的地震。

【前鋒】 ㄑㄧㄢˊ ㄈㄥ
①編列在前面,最先和敵軍交戰的部隊。也稱先鋒。②球類比賽時,負責在隊前衝鋒陷陣、進攻對方的球員。通常身手特別敏捷,爲全隊得分的關鍵。

【前緣】 ㄑㄧㄢˊ ㄩㄢˊ
指前生、前世或過去所結的緣分。

【前線】 ㄑㄧㄢˊ ㄒㄧㄢˋ
在前方與敵人最接近之部隊所形成的軍事據點。如我國‘金門’、‘馬祖’前線。

【前衛】 ㄑㄧㄢˊ ㄨㄟˋ
①在本隊前方的分遣隊。大部隊行軍時,通常派有前衛部隊在前引導前進,以免本隊遭受敵人的奇襲。②泛指一切思潮及運動中具有前導性質的勢力和趨向。如:前衛畫家。有時和先進、前鋒通用。

16【前導】 ㄑㄧㄢˊ ㄉㄠˇ
①從前官吏出外巡行時,在前面引導的儀仗。②走在前面引路的人。

18【前轉】 ㄑㄧㄢˊ ㄓㄨㄢˇ
(forward shifting)租稅轉嫁方式之一。即賣方將其稅負加入銷貨價格中,透過交易過程,移轉給買方之謂。如紡紗業者將其稅負轉嫁織布業者。通常供給彈性大、需求彈性小的物品容易發生向前轉嫁的現象。

20【前饋】 ㄑㄧㄢˊ ㄎㄨㄟˋ
(feedforward)意指當干擾剛要進入系統前,已經先被偵測出來,以便適當調整操縱變數,使得輸出變數不受到干擾。

21【前驅】 ㄑㄧㄢˊ ㄑㄩ
在前方奔馳導引的人。

2【前七子】 ㄑㄧㄢˊ ㄑㄧ ㄗˇ
指‘明’‘弘治’、‘正德’年間,文壇上提倡擬古的:‘李夢陽’、‘何景明’、‘徐禎卿’、‘邊貢’、‘康海’、‘王九思’、‘王廷相’等七人。

6【前列腺】 ㄑㄧㄢˊ ㄌㄧㄝˋ ㄒㄧㄢˋ
(prostate gland)也稱攝護腺。雄性生殖系統的附屬腺。人的前列腺位於膀胱下方,其功用在分泌一種鹼性物質,利於精子的活動。

【前臼齒】 ㄑㄧㄢˊ ㄐㄧㄡˋ ㄔˇ
(premolars)也稱小臼齒。位於後臼齒前方。成人上下頜每邊各有2枚,上頜的前臼齒比下頜的大。

有磨碎食物的功用。參齒[1]。

9【前奏曲】 ㄑㄧㄢˊ ㄗㄡˋ ㄑㄩˇ
(prelude)一種自由創作當作序曲演奏所設計的鍵盤樂曲。常出現在賦格或組曲之前,也有以獨立姿態出現。此種曲子較短,往往很多首組成一套。'巴赫'、'蕭邦'和'德布西'皆有名作。也有爲管絃樂隊而作的前奏曲,如'德布西'的"牧神午後前奏曲"(*Prélude à l'après-midi d'un faune*)。

【前科犯】 ㄑㄧㄢˊ ㄎㄜ ㄈㄢˋ
指曾經有科刑紀錄之犯罪者,其含意較累犯爲廣。刑事警察局將其列入追踪、調查、拜訪之對象。一旦發生刑事案件,司法警察偵查時,往往依犯罪之方式,從前科犯紀錄中尋找有無可疑之對象。

11【前視圖】 ㄑㄧㄢˊ ㄕˋ ㄊㄨˊ
(front view;front elevation;face view)以正投影原理描述一物體時,觀察者立於物體的正前方,則自物體各點投射在直立投影面上,顯示其形狀、大小之視圖。又稱前立面圖。視圖排列時,以前視圖爲主要視圖,故繪圖時常選擇最能呈現物體主要特徵部分,做爲前視圖。與後視圖相對。參正投影。

16【前導零】 ㄑㄧㄢˊ ㄉㄠˇ ㄌㄧㄥˊ
(leading zero)表示一數時,出現於數字左方的零。其對數值的大小沒有影響。如003540中的00即爲前導零。

【前頭人】 ㄑㄧㄢˊ ㄊㄡˊ ㄖㄣˊ
'唐代'稱宮中的女伎藝人。

4【前仆後繼】 ㄑㄧㄢˊ ㄆㄨ ㄏㄡˋ ㄐㄧˋ
前面的人倒下去,後面的人緊跟上來。形容英勇壯烈的前進。

5【前功盡棄】 ㄑㄧㄢˊ ㄍㄨㄥ ㄐㄧㄣˋ ㄑㄧˋ
事情將成而失敗,使得以前的努力完全廢棄。

6【前因後果】 ㄑㄧㄢˊ ㄧㄣ ㄏㄡˋ ㄍㄨㄛˇ
事情發生的原因和結果。

【前仰後合】 ㄑㄧㄢˊ ㄧㄤˇ ㄏㄡˋ ㄏㄜˊ
身體前後俯仰。多用來形容大笑的樣子。

7【前車之鑒】 ㄑㄧㄢˊ ㄔㄜ ㄓ ㄐㄧㄢˋ
前車翻覆,可以作爲後車的鑒戒。比喻以前的失敗,可作爲後來的警戒。

8【前呼後擁】 ㄑㄧㄢˊ ㄏㄨ ㄏㄡˋ ㄩㄥˇ
形容隨從眾多的盛況。

10【前倨後恭】 ㄑㄧㄢˊ ㄐㄩˋ ㄏㄡˋ ㄍㄨㄥ
起先傲慢,後來變爲恭敬。形容人的勢利善變。

【前狼後虎】 ㄑㄧㄢˊ ㄌㄤˊ ㄏㄡˋ ㄏㄨˇ
比喻處境危險。

11【前部工件】 ㄑㄧㄢˊ ㄅㄨˋ ㄍㄨㄥ ㄐㄧㄢˋ
(foreground job)電腦系統中,優先序較高的工件將先被執行,這些工件稱爲前部工件。

【前部處理】 ㄑㄧㄢˊ ㄅㄨˋ ㄔㄨˇ ㄌㄧˇ
(foreground processing)電腦系統內,處理較高優先序的工件,稱爲前部處理。通常由較高優先序的即時輸入所產生的岔斷要求而引發。

12【前跋後疐】 ㄑㄧㄢˊ ㄅㄚˊ ㄏㄡˋ ㄓˋ
狼向前行,則踩到脖子下的垂肉,向後退,又踩到自己的尾巴。比喻進退兩難。

13【前置作業】 ㄑㄧㄢˊ ㄓˋ ㄗㄨㄛˋ ㄧㄝˋ
(pre-production)指任何節目在正式攝製前的一切準備工作。

【前置期間】 ㄑㄧㄢˊ ㄓˋ ㄑㄧˊ ㄐㄧㄢ
(lead time; LT)又稱購運時間。指自請購開始至貨品到廠入庫可以出售爲止的這段期間。

20【前饋控制】 ㄑㄧㄢˊ ㄎㄨㄟˋ ㄎㄨㄥˋ ㄓˋ
(feedforward control)當負荷擾動產生時,在未進入系統中即已偵測得知,因此利用前饋控制器改變操縱變數,以便對負荷進入系統之影響先行做補償,希望使輸出控制變數維持不變之控制。其適於具有靜時、落後系統之控制,故非常適合化工系統之應用。

6【前列腺肥大】 ㄑㄧㄢˊ ㄌㄧㄝˋ ㄒㄧㄢˋ ㄈㄟˊ ㄉㄚˋ
(enlarged prostate gland)又稱攝護腺肥大。老年男子的前列腺因爲細胞的增生,體積增大,而引起泌尿道阻塞的疾病。常見症狀如排尿不暢、每次排尿量少、夜間頻尿。嚴重時,可開刀治療。

11【前組合索引】 ㄑㄧㄢˊ ㄗㄨˇ ㄏㄜˊ ㄙㄨㄛˇ ㄧㄣˇ
(pre-coordinate index)索引者編製文獻的索引時,由既定的分類表或主題標目表中,擇定適當的類別標目作爲索引用語(index term)。此種標目可能是單一的字或詞,表現一個單元性概念;也可能是幾個字或詞的組合,表現一個複合性概念,故在製作索引時,字或詞之間的關係與次序已組合排定,檢索者如欲檢索一與複合性概念有關的文獻,亦需在分類表或主題標目表中,選用適切的前組合標目來查尋,不能再作組合。

13【前置表記法】 ㄑㄧㄢˊ ㄓˋ ㄅㄧㄠˇ ㄐㄧˋ ㄈㄚˇ
(prefix notation)又稱'波蘭'表示法(Polish notation)。將運算符號置於運算資料之前的表示方法。如運算式$(A+B)\times(C-A)$,以前置表示法表示則爲$\times(+(A,B),-(C,A))$。

12【前期損益調整】 ㄑㄧㄢˊ ㄑㄧˊ ㄙㄨㄣˇ ㄧˋ ㄊㄧㄠˊ ㄓㄥˇ
(prior period adjustment)前期損益項目在計算、記錄與認定上，以及會計原則與方法上的採用發生錯誤，於該期報表發布後始發現，而應爲調整者，屬於前期損益調整。應該直接列入保留盈餘表，調整期初保留盈餘。編製比較財務報表時，應該重編前期報表。

8【前事不忘後事之師】ㄑㄧㄢˊ ㄕˋ ㄅㄨˋ ㄨㄤˋ ㄏㄡˋ ㄕˋ ㄓ ㄕ
記取前事的經驗，可以作爲以後的參考。

12【前無古人後無來者】ㄑㄧㄢˊ ㄨˊ ㄍㄨˇ ㄖㄣˊ ㄏㄡˋ ㄨˊ ㄌㄞˊ ㄓㄜˇ
比喻空前絕後。

剅 ㄉㄡ tou¹ 音兜
割裂；割開。或作剅。見"集韻"。

刺 ㊀ ㄌㄚˋ la⁴ 音辣
違逆。如：乖刺。
㊁ ㄌㄚˊ la²
割劃。如：刺開。
㊂ ㄌㄚ la¹ 音拉
狀聲詞。如：刮刺刺。

18【刺謬】ㄌㄚˋ ㄇㄧㄡˋ
違背。

9【刺刺不休】ㄌㄚ ㄌㄚ ㄅㄨˋ ㄒㄧㄡ
不停地說。形容話多。

剋 ㄎㄜˋ k'o⁴, k'ê⁴ 音克
1用勝過；制服。通克。如：剋賊。2殺滅。如：剋殲元凶。3削減。如：剋扣。4刻薄；嚴酷。通刻。如：儉剋。5限定。如：剋期。6專心一意。如：剋意。7銘刻。如：剋心。8刺破。如：剋臂。

4【剋日】ㄎㄜˋ ㄖˋ
限定時日。也作克日、刻日。

6【剋扣】ㄎㄜˋ ㄎㄡˋ
私自減少該付給人的錢財或實物。

9【剋星】ㄎㄜˋ ㄒㄧㄥ
指能剋制對方的人或物。

12【剋期】ㄎㄜˋ ㄑㄧˊ
限期。也作克期、刻期。

13【剋意】ㄎㄜˋ ㄧˋ
專心一意。同刻意。

剄 ㄐㄧㄥˇ ching³ 音頸
用刀割頸子。如：自剄。

削 ㄒㄧㄠ hsiao¹ 音蕭　讀音 ㄒㄩㄝˋ hsüeh⁴ 音穴
1用刀斜刮。如：削鉛筆。2減少。如：削減。3分割。如：削地。4除去。如：刪削。5陡峭平直。如：削壁。

5【削平】ㄒㄧㄠ ㄆㄧㄥˊ
1用刀刮平。2用武力平定。3(leveling)指訊息經過多人傳遞後，訊息的長度往往會縮短，但仍然保持原有的要義。

10【削除】ㄒㄧㄠ ㄔㄨˊ
去除；剷除。

11【削球】ㄒㄧㄠ ㄑㄧㄡˊ
桌球擊球技巧之一。即擊球時球拍由上而下與球產生摩擦，使球向後旋轉。能使對方失去對球速與方向的控制能力，爲得分之鑰。

12【削減】ㄒㄧㄠ ㄐㄧㄢˇ
減少。

13【削跡】ㄒㄧㄠ ㄐㄧ
匿跡。指隱居。

15【削髮】ㄒㄧㄠ ㄈㄚˇ
剃髮。指出家爲僧尼。

18【削職】ㄒㄧㄠ ㄓˊ
革除職務。

7【削足適履】ㄒㄧㄠ ㄗㄨˊ ㄕˋ ㄌㄩˇ
腳比鞋大，削切腳趾去適合鞋子的大小。比喻勉強求合，不知變通，或本末倒置，極不合理。也作刖趾適履。

則 ㄗㄜˊ tsê² 音澤
1法度。如：規則。2效法。如：則古。3作。如：則甚。4連詞。(1)相當於就。表示條件關係。如：君子不重則不威。(2)相當於乃、於是。表示時間關係。如：行有餘力，則以學文。(3)相當於然而。表示轉折關係。如：你的是無價寶，則我的也不是無名器。(4)相當於又。表示加合關係。如：欲斬之，則恐後悔。(5)相當於那麼。表示承前關係。如：然則。(6)相當於乃是。表示判斷的意思。如：此則寡人之過也。5量詞。事文一節。如：故事一則。6姓。'漢'有'則長'。見"萬姓統譜·一二三"。

剎 ㊀ ㄔㄚˋ ch'a⁴ 音詫
1梵語五十字母之一。音讀爲kṣa。又作乞灑。又kṣctra(剎多羅)，亦簡譯爲剎，義爲一切處所，指土田、國、處所。如：佛剎，即是佛徒之所。2佛寺。如：梵剎、古剎、寶剎。3佛塔。如：列剎相望。4剎那的簡稱。
㊁ ㄕㄚ sha¹ 音殺
使機器停止運轉。通煞。如：剎車。

7【剎那】ㄔㄚˋ ㄋㄨㄛˇ
佛家指極短的時間。一彈指間，有六十剎那。

剉 ㄘㄨㄛˋ ts'o⁴, ts'uo⁴ 音挫
1折損。如：剉折。2磨削。如：剉骨揚灰。

8

剜 ㄨㄢ wan¹ 音彎
刻削；挖取。見"字彙"。

6【剜肉補瘡】ㄨㄢ ㄖㄡˋ ㄅㄨˇ ㄔㄨㄤ
比喻不顧一切以救眼前的急困。

剖 ㄆㄡˇ p'ou³ 音瓿　又讀 ㄆㄡ p'ou¹
1分開；割開。如：剖腹。2分析。如：剖析。

4【剖分】ㄆㄡˇ ㄈㄣ
分作兩半。

5【剖白】ㄆㄡˇ ㄅㄞˊ
表白；辨明。

7【剖判】ㄆㄡˇ ㄆㄢˋ
分析；辨別。

8【剖析】ㄆㄡˇ ㄒㄧ
1分析；辨別。2(parsing)電腦編譯器編譯程式時，對根源程式中之指令敘述進行分析，並按照語法規則找出對應的結構，稱爲剖析。

9【剖面】ㄆㄡˇ ㄇㄧㄢˋ
(cut surface)對物體作假想剖

切時，割面剖切並接觸物體而產生之新實體面。通常用加畫的剖面線來區別實體面與非實體面。

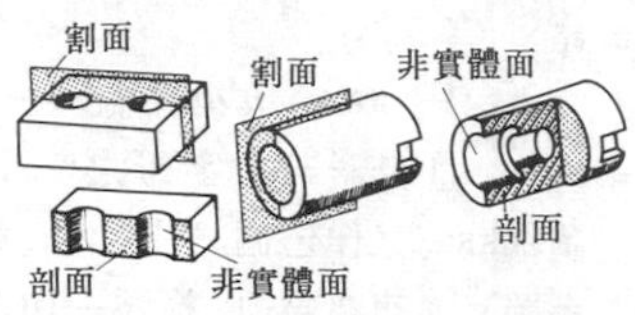

剖面圖

【剖面線】 ㄆㄡˇ ㄇㄧㄢˋ ㄒㄧㄢˋ
(hatching line; section line)對物體作假想剖切時，在剖視圖之剖面上加畫之一組互相平行且與物體輪廓主線成傾斜方向的細實線。其用途在區別物體之實體面與非實體面，其斜角常以45°、30°或60°角為主。

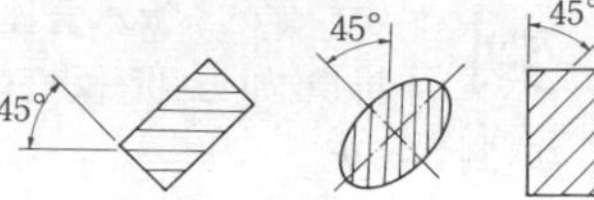

剖面線圖

11【剖視圖】 ㄆㄡˇ ㄕˋ ㄊㄨˊ
(sectional view)利用假想割面剖切一物體，並依正投影原理而繪出其剖切後所得的視圖。其用途在簡化物體或機件之複雜構造與組合之視圖表達，使繪製與識讀方便簡明。依不同的剖切位置及表現狀況，可分為全剖面、半剖面、局部剖面、旋轉剖面、移轉剖面、輔助剖面及組合剖面等類別。

13【剖腹挖心】 ㄆㄡˇ ㄈㄨˋ ㄨㄚ ㄒㄧㄣ
割開胸腹，挖出心肝。比喻以赤誠相待。

剠 ㊀ ㄑㄧㄥˊ *ch'ing*2 音情
在犯人臉上刺字的刑罰。同黥。見“集韻”。
㊁ ㄌㄩㄝˋ *lüeh*4 音略
奪取。同掠。見“玉篇”。

剙 或作刱。刱的俗體。

剡 ㊀ ㄧㄢˇ *yen*3 音琰
①銳利。②削。如：剡木為矢。③剝取。如：剡麻。④鋒芒。⑤舉起。如：剡手。
㊁ ㄕㄢˋ *shan*4 音善
①舊縣名。故城在今‘浙江省’‘嵊縣’西南。②溪名。在‘浙江省’‘嵊縣’西南，即‘曹娥江’上游。

剚 ㄗˋ *tzŭ*4 音自
①刺；用刀插入。②泛指以尖物插地。

⿰画刂 劃的俗體。

⿰亞刂 ㄧㄚ *ya*1 音鴉
刎頸。見“廣韻”。

剧 劇的俗體。

⿰屈刂 ㄐㄩㄝˊ *chüeh*2 音掘
①曲刀。見“說文”。②畫圓的錐規。

剒 ㄘㄨㄛˋ *ts'o*4, *ts'uo*4 音錯
①鏤刻。見“爾雅·釋器”。②斬斷。如：剖肝剒趾。

剞 ㄐㄧ *chi*1 音基
①鏤刻用的曲刀。②書籍雕板。③劫掠。

14【剞劂】 ㄐㄧ ㄐㄩㄝˊ
①雕刻用的曲刀。也作剞⿰屈刂。②泛指書籍雕板。

剟 ㄉㄨㄛˊ *to*2, *tuo*2 音掇
①刪削。②刺。③割取。

剗 ㊀ ㄔㄢˇ *ch'an*3 音產
①刪削。②滅除。如：剗革。③農具的一種。通鏟。
㊁ ㄔㄢˋ *ch'an*4 音懺
平治。

剢 ㄓㄨㄛˊ *cho*2, *chuo*2 音啄
用刀斲割。見“廣韻”。

剝 ㊀ ㄅㄛ *po*1 音波
①割裂。見“說文”。②去除。如：剝皮。③榨取。如：剝削。④脫落；脫下。如：剝落。⑤“易”卦名。六十四卦之一。坤下艮上。
㊁ ㄅㄠ *pao*1 音包
㊀②的語音。
㊂ ㄆㄨ *p'u*1 音撲
擊打。通攴。見“字彙”。

剝卦圖

9【剝削】 ㄅㄛ ㄒㄧㄠ
搜刮；榨取。

11【剝啄】 ㄅㄛ ㄓㄨㄛˊ
狀聲詞。①敲門聲。②下棋時的落子聲。

12【剝復】 ㄅㄛ ㄈㄨˋ
“周易”二卦名。剝是剝落，陰盛而陽衰；復是來復，陽氣漸盛。後人以此二卦相合，有盛衰消長、治亂興亡之意。

13【剝落】 ㄅㄛ ㄌㄨㄛˋ
脫落。

14【剝奪】 ㄅㄛ ㄉㄨㄛˊ
侵刮奪取。

【剝蝕】 ㄅㄛ ㄕˊ
脫落損壞。

19【剝離】 ㄅㄛ ㄌㄧˊ
①脫落分離。②(separation)沿壁面流動之流體質點，由於表面之摩擦作用，損失能量，且為克服下游逐漸高升的壓力，還須付出能量。當其動能消耗殆盡，將被下游較高壓力的流體推往反方向運動，而得到一較大的垂直壁面方向之速度，使得流體質點不再貼壁移動，此現象即稱剝離。

12【剝絲抽繭】 ㄅㄛ ㄙ ㄔㄡ ㄐㄧㄢˇ
比喻循著線索，徹底追究探查。

13【剝極必復】 ㄅㄛ ㄐㄧˊ ㄅㄧˋ ㄈㄨˋ
比喻衰極必盛，亂極必治。參剝復。

剛 ㄍㄤ *kang*1 音岡
①強盛。如：血氣方剛。②堅硬。如：剛硬。③方才；不久之前。如：剛才。④恰好；正好。如：剛好。

4【剛毛】 ㄍㄤ ㄇㄠˊ
(seta)動物體表毛狀的構造。例如沙蠶、蚯蚓等環節動物，每節都有剛毛，可幫助運動。昆蟲體表，也有由外角皮向體表突出的剛毛。

5【剛卯】 ㄍㄤ ㄇㄠˇ
玉器器形的一種。多為四方或八方柱狀體，上刻銘文，如⌊正月剛卯既決(或⌊央⌉等)，靈殳四方，赤

青白黃，四色是當，帝令祝融，以教夔龍，庶疫剛癉，莫我敢當。」因此，名之爲「剛卯」，爲'漢朝'流行的珮飾之一，但是它的辟邪意義大於裝飾意義。

8【剛直】ㄍㄤ ㄓˊ

剛強正直。

【剛果】ㄍㄤ ㄍㄨㄛˇ

1剛毅果決。2(Congo)位於'非洲'中西部的赤道國。西南濱'大西洋'。面積34.2萬方公里，人口304.0萬（2005年），首都'布拉薩'(Brazzaville)。全境為一盆地地形，四周為高原及山地，中間由'剛果河'貫穿。主產花生、棕櫚仁、咖啡、木材及金礦。

9【剛架】ㄍㄤ ㄐㄧㄚˋ

(rigid frame)以抗力矩接頭連接方式所構成的連續性土木結構物。通常由結構鋼、鋼筋混凝土、預力混凝土等三類製成，少部分由木結構製成。鋼剛架接頭由銲接或鉚接完成，混凝土剛架則以主鋼筋穿接過接頭，形成抗力矩接頭構成。剛架爲靜不定結構，可應用於橋梁、高樓建築等的結構分析，又可運用於鋼筋混凝土涵洞與衛生下水道結構物的設計。

10【剛烈】ㄍㄤ ㄌㄧㄝˋ

剛硬強烈。

11【剛強】ㄍㄤ ㄑㄧㄤˊ

堅強；強硬。

15【剛毅】ㄍㄤ ㄧˋ

意志堅定。

23【剛體】ㄍㄤ ㄊㄧˇ

(rigid body)物體在任何運動中，或在受力作用下，其內部各點的相對位置(距離)永遠保持不變，亦即形狀、大小固定者，稱爲剛體。剛體係一理想化之概念，適用於物體之形狀、大小變化可忽略的情況。在力學上常將物體視爲剛體，以便討論其運動的情形。

8【剛果河】ㄍㄤ ㄍㄨㄛˇ ㄏㄜˊ

(Congo R.)'非洲'第二長河。源於'喀坦加高原'(Katanga Plateau)。全長4,630公里，流域面積比'尼羅河'還大。上源'由班基河'(Ubangi R.)及'盧拉巴河'(Lualaba R.)會合後形成'剛果'和'薩伊'兩國的界河。下游'金夏沙'(Kinshasa)與'馬塔迪'(Matadi)間落差255公尺，形成32個極壯觀的瀑布。支流眾多，水量豐穩，多急流和瀑布，爲世界水力蘊藏最大的河川。

9【剛架橋】ㄍㄤ ㄐㄧㄚˋ ㄑㄧㄠˊ

(rigid frame bridge)橋身、橋臺連成一體而接連處具有甚大剛度之橋梁結構物。常用於跨距較大且橋身厚度須減至最小的結構物。其基腳多以鉸接爲之，以備基礎稍有沉陷時，不致有顯著的影響。

【剛柔相濟】ㄍㄤ ㄖㄡˊ ㄒㄧㄤ ㄐㄧˋ

1強硬和柔和交互運用。2性情剛柔不同的人在一起，能互補而相輔相成。

12【剛愎自用】ㄍㄤ ㄅㄧˋ ㄗˋ ㄩㄥˋ

剛強固執，不採納他人意見。

15【剛毅木訥】ㄍㄤ ㄧˋ ㄇㄨˋ ㄋㄚˋ

剛強、果決、質樸、寡言。'孔子'認爲四者與仁相近。

23【剛體運動】ㄍㄤ ㄊㄧˇ ㄩㄣˋ ㄉㄨㄥˋ

(rigid motion)平面上的剛體運動爲平移和旋轉的有限組合。平移將平面上每一點沿一定方向移動一定距離。旋轉將平面上每一點，以定點O爲中心，以同一轉向旋轉一定角度。在平面上的等距變換下，兩點間的距離，不因變換而改變。就是說，令P'、Q'爲P、Q的映像，則$\overline{P'Q'}=\overline{PQ}$。剛體運動和等距變換的唯一區別，就是剛體變換不會改變平面的定向。對直線的反射會改變平面的定向，因此等距變換實爲剛體運動和反射的組合。空間的剛體運動亦爲平移和旋轉的組合。空間的旋轉以一直線爲軸，所有點均繞此軸，以定向旋轉一定角度。例如螺旋運動，即爲沿轉軸的平移和旋轉的組合。空間的等距變換和平面的等距變換一樣，只是在組合中增加反射變換。但此時是指對平面的反射。平面的全等圖形若定向不變，則可由剛體運動將其中之一圖形移至另一圖形。若定向改變，則必須移開平面，將之翻轉才行。空間的全等圖形僅在定向不變時，才可由剛體運動從一圖形移至另一圖形。

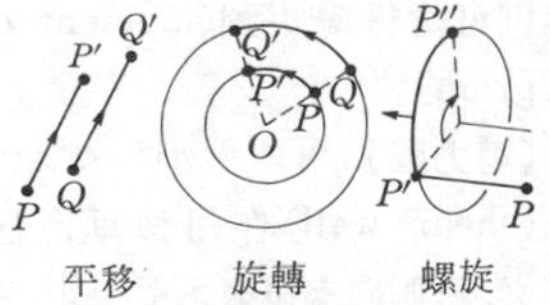

剛體運動圖

剔 一 ㄊㄧ t'i¹ 音踢

1去肉至骨。2剪去。如：剔剪。3洩去；疏通。如：剔河入海。4挑除。如：挑剔。

二 ㄊㄧˋ t'i⁴ 音剃

剃除毛髮。

8【剔花】ㄊㄧ ㄏㄨㄚ

在瓷胎上將花紋以外的部分用刀剔除，使花紋凸起，具有立體感。著名的'宋''金'時期北方'磁州窰'系作品，即經常採用這種裝飾技法。

9【剔紅】ㄊㄧ ㄏㄨㄥˊ

雕漆的一種。又稱雕紅。即以尖銳刀具在紅色漆器上雕剔平面或立面圖形。如於黑色漆器上雕剔圖形，則稱剔黑。

11【剔彩】ㄊㄧ ㄘㄞˇ

我國雕漆器的一種。乃在胎骨上分層設色，一層一層地髹塗之後，再雕刻紋飾。有時只部分施彩，髹布不同的顏色。如果紋飾需作黃色，則剔刻至黃色這一層，若需作綠色，則剔刻至綠色這一層，其餘類推。因爲有多種不同的顏色，所以稱爲剔彩。

【剔透】ㄊㄧ ㄊㄡˋ

明亮透澈的樣子。也用來形容人的聰明伶俐。

12【剔犀】 ㄊㄧ ㄒㄧ

雕漆器的一種。其法是先用不同顏色的漆,以分層設色的方法髹塗在製好的胎骨上,然後在漆層上剔刻,刻時刀鋒斜下,使不同顏色的漆層自刀鋒中顯出,通常為朱、黑二色,也有數種顏色的情形,層數則常不止一層。若僅朱、黑二色,則為黑間朱線,或朱間黑線,紋飾多疏闊,多為鉤雲紋、回紋等。因多為鉤雲紋,故又稱雲雕;至'清代',也稱單色飾鉤雲紋的雕漆器為剔犀。

⿰止刂 腦的或體。

剕 ㄈㄟˋ *fei*[4] 音費
刖足。古代五刑之一。見"說文"。

9

剫 ㄉㄨㄛˊ *to*[2], *tuo*[2] 音鐸
[1]分開。見"說文"。[2]雕刻木頭。見"爾雅·釋器"。

剪 ㄐㄧㄢˇ *chien*[3] 音簡
[1]斷。如:剪髮。[2]用兩把刀交合而成的裁剪工具。[3]毀滅;除去。如:剪除異己。

2【剪力】 ㄐㄧㄢˇ ㄌㄧˋ

(shear)沿著平面上作用,欲使受力平面與鄰接之平面產生相對滑動現象的作用力。簡支梁若承受側向荷重,其任一橫斷面上之剪力等於此一斷面任一邊梁所受的合力。兩斷面上撓曲應力不同則引致梁內之水平剪力。單位面積上的剪作用力稱為剪應力。

10【剪除】 ㄐㄧㄢˇ ㄔㄨˊ

剪滅削除。

【剪紙】 ㄐㄧㄢˇ ㄓˇ

用剪刀或刻刀在各種紙類上剪刻圖案的一種工藝。我國'漢''唐'時代,即有婦女剪金銀箔或彩帛貼鬢的風尚。其後如窗花、門箋(貼於門楣上)及刺繡等,亦多採用剪紙圖案,而成為富有民俗風格的一種工藝。

【剪徑】 ㄐㄧㄢˇ ㄐㄧㄥˋ

盜匪在路上搶劫旅客的財物。

11【剪接】 ㄐㄧㄢˇ ㄐㄧㄝ

(editing)廣播錄音帶、電視錄影帶及電影片的一個處理過程。經由素材的選擇、增刪、編排及過帶,使播放或放映達到理想的效果。

12【剪裁】 ㄐㄧㄢˇ ㄘㄞˊ

[1]剪布料以縫製衣服。[2]對事物的安排取捨。

【剪貼】 ㄐㄧㄢˇ ㄊㄧㄝ

剪下書報、雜誌資料,貼於卡片或簿冊上。

14【剪綵】 ㄐㄧㄢˇ ㄘㄞˇ

重大工程完工或公司行號開幕時,邀請要人、名媛用剪刀剪斷綵帶,以表示吉利或啟用。

15【剪影】 ㄐㄧㄢˇ ㄧㄥˇ

[1]民間技藝的一種。使人立燈前,投其側影於壁或布幕,然後用紙剪出其輪廓。[2]取事物之部分或片斷,加以描述,以幫助對其全體的認識。

16【剪輯】 ㄐㄧㄢˇ ㄐㄧˊ

電影製片的程序之一。就是把分別拍得的各組鏡頭,按劇情發展次序連結起來,把不適用的剪去,適用的則按電影蒙太奇表現方法,將畫面、音響與色彩相互組合起來。

2【剪力圖】 ㄐㄧㄢˇ ㄌㄧˋ ㄊㄨˊ

(shear diagram)將梁中各斷面的剪力值作為縱坐標值,梁的水平距離為橫坐標作圖所得的圖形。依同樣方法,以彎矩值作圖,則可繪得彎矩圖(moment diagram)。

【剪力牆】 ㄐㄧㄢˇ ㄌㄧˋ ㄑㄧㄤˊ

(shear wall)作用似垂直懸臂梁,可側向支撐與承受彎矩、剪力所引致撓度的牆體結構物。又名耐震壁。可由單一牆面組成,或可包括橫向的翼緣構件;亦有四面皆牆之管狀式剪力牆結構形式。其所能承受之側向載重依牆與其隔板的相對剛度而定。

3【剪子腿】 ㄐㄧㄢˇ ·ㄗ ㄊㄨㄟˇ

八卦掌步法。走圈時,外腳腳尖向裡扣,裡腳腳尖向前,兩膝微併,以膝關節為軸心,小腿前後交互走動,如剪刀一般。

17【剪應力】 ㄐㄧㄢˇ ㄧㄥˋ ㄌㄧˋ

(shearing stress)若桿件剖面內所存在之內力,係與截平面平行而非垂直者,則該內力相對的應力稱為剪應力。

2【剪力中心】 ㄐㄧㄢˇ ㄌㄧˋ ㄓㄨㄥ ㄒㄧㄣ

(shear center)梁斷面上,為剪力合力所通過而無扭應力發生的特殊點,稱為此一斷面的剪力中心。若一梁承受撓曲而無扭曲,則任一斷面上的剪力必通過斷面之剪力中心。

17【剪燭西窗】 ㄐㄧㄢˇ ㄓㄨˊ ㄒㄧ ㄔㄨㄤ

聚談到深夜不眠。形容情誼深厚。

剘 ㄑㄧㄝˋ *ch'ieh*[4] 音鍥
刻。通鍥。如:剘而不舍。

副 ㊀ ㄈㄨˋ *fu*[4] 音赴
[1]相稱。如:名實不副。[2]輔佐。如:大副。[3]次;第二。如:副總經理。[4]量詞。器物一組。如:一副眼鏡。

㊁ ㄆㄧˋ *p'i*[4] 音僻
分開;裂開。見"字彙"。

4【副手】 ㄈㄨˋ ㄕㄡˇ

助理事務的人員。

5【副主】 ㄈㄨˋ ㄓㄨˇ

指太子。

【副刊】 ㄈㄨˋ ㄎㄢ

[1](supplement)又稱附張、附頁或附刊。是報刊的一個主要版面。在報刊編印的傳統專業製作上,原將主要新聞刊於正張內,而將其他素材,按其性質,分類合編為

副刊,如文史、讀書等版別屬之。②指新聞性的報紙或刊物中的一種特殊版面。其內容及版面形式經精心編排策劃,以文藝與言論為主。我國報紙、期刊之副刊,均指此而言。

【副本】 ㄈㄨˋ ㄅㄣˇ
書籍或文件的複製本。別於原本、正本而言。

12**【副詞】** ㄈㄨˋ ㄘˊ
區別或限制事物動作、形態、性質的詞。也稱限制詞。常附在動詞、形容詞或其他副詞之上。如「飛奔」、「飛快」的「飛」。

【副腎】 ㄈㄨˋ ㄕㄣˋ
(adrenal gland)又稱腎上腺。位於脊椎動物兩腎上方的分泌構造。通常呈鈍圓三角形或半月狀,黃褐色。實質分二層,表面層稱皮質,中心部稱髓質。副腎可分泌三大類之固醇荷爾蒙,對維持礦物質、蛋白質、脂肪以及醣的代謝作用正常化極重要。若除去副腎即發生食慾不振、肌肉衰弱、體溫下降、呼吸促迫、無法應付環境、緊張壓迫等症狀。

13**【副署】** ㄈㄨˋ ㄕㄨˋ
實施責任內閣制的國家,在法律上,國家元首是一國政令之所繫,凡國家之要政措施,須以元首的名義行之。但在政治上,元首不負政治責任,而由內閣負實際責任,內閣是掌握政權的機體,導演政治行動,決定國是政策。所以,元首發布公文書,除自行簽署之外,又須取得閣揆或閣揆與有關閣員的副署,以示負責。我國"憲法"亦類似規定:總統依法公布法律、發布命令,須經'行政院'院長之副署,或'行政院'院長及有關部會首長之副署。

【副業】 ㄈㄨˋ ㄧㄝˋ
主要事業以外,利用閒暇所經營的其他事業。

17**【副翼】** ㄈㄨˋ ㄧˋ
(aileron)位於機翼後緣,靠近翼尖,用以操縱飛機側滾運動的操縱面。副翼在中立位置時之翼弦與不在中立位置時之翼弦間所夾之銳角稱為副翼角。

7**【副作用】** ㄈㄨˋ ㄗㄨㄛˋ ㄩㄥˋ
①(side effect)指使用藥物以治療某些疾病時,於主要功用之外,連帶發生藥理上反應的不良作用。②(side reaction)又稱副反應。反應物在某條件下生成兩種以上的生成物,而其中一種生成物比其他生成物多時,此生成物稱為主生成物,其他稱為副生成物。產生副生成物的反應稱為副反應或副作用。例如從醇製備鹵烷時常有副作用而得烯類。

11**【副產物】** ㄈㄨˋ ㄔㄢˇ ㄨˋ
(by-product)化學反應中,除了主要產物外之其他生成物。

【副控室】 ㄈㄨˋ ㄎㄨㄥˋ ㄕˋ
(subcontrol room)為指揮調度節目或廣告播映的樞紐。每個攝影棚或播音室均設有一個副控室,以便控制攝影棚內攝影機的操作,或是麥克風的轉接、錄音,以及和主控室的聯絡等工作。

12**【副程式】** ㄈㄨˋ ㄔㄥˊ ㄕˋ
(subroutine)在電腦之程式中,有些部分之工作往往需要重複進行多次,如果將此等部分之程式每次都再寫一遍,程式將變得又長又複雜。因此,將需重複使用之程式預先寫好,並給予一個程式的名稱,要用時指令出來使用。這種在主要程式中,準備隨時來應用的程式稱為副程式。又稱子程式。而原來主要的程式稱為主程式或母程式。

13**【副睪丸】** ㄈㄨˋ ㄍㄠ ㄨㄢˊ
(epididymis)雄性生殖器的一部分。大半由彎曲輸送管組織而成,呈長扁圓形體,被覆於睪丸背面上端。它是成熟精子儲存的部位。

17**【副翼滾】** ㄈㄨˋ ㄧˋ ㄍㄨㄣˇ
(aileron roll)飛機在保持一定航向之下,以快速操縱副翼為主,方向舵為輔,繞縱軸作一次或多次之完全滾轉。又稱慢滾(slow roll)。為特技飛行動作之一,可在飛機平飛、俯衝或爬升之任一狀態中進行。

5**【副甲狀腺】** ㄈㄨˋ ㄐㄧㄚˇ ㄓㄨㄤˋ ㄒㄧㄢˋ
(parathyroid gland)存在於甲狀腺旁邊的內分泌腺。又稱甲狀旁腺。其功能在維持血液中鈣質的穩定,所以副甲狀腺功能亢進時,血中鈣質會異常增加,而發生容易鈣化的現象(即結石);當功能不足時,則常因血中鈣質的不足,而產生疲倦、肌肉痙攣等現象。

17**【副儲存體】** ㄈㄨˋ ㄔㄨˊ ㄘㄨㄣˊ ㄊㄧˇ
(secondary storage)輔助儲存體的別稱。即可彌補電腦系統主記憶體容量之不足而使用的儲存體。

6**【副交感神經】** ㄈㄨˋ ㄐㄧㄠ ㄍㄢˇ ㄕㄣˊ ㄐㄧㄥ
(parasympathetic nerve)支配體中平滑肌運動及腺體分泌等作用之自主神經系統。常與交感神經作對抗性之活動。其中樞在中腦、橋腦及延腦。作用很多,如使心跳減緩、血管擴張、瞳孔縮小、胃腸運動亢進等。

15**【副熱帶無風帶】** ㄈㄨˋ ㄖㄜˋ ㄉㄞˋ ㄨˊ ㄈㄥ ㄉㄞˋ
行星風系的一個風帶。介於南、北半球信風帶和西風帶之間。與副熱帶高氣壓一致。赤道上升的氣流,到了高空分向兩極方向流動,在30°附近氣流沈降而輻散,故成無風或多變風向的風帶。此帶俗稱馬緯度無風帶。

劚

ㄨ *wu*¹ 音屋
誅殺。見"集韻"。

剘 ㄓㄜˊ chê² 音折
切肉爲薄片。本作牒。見"集韻"。

剮 ㄍㄨㄚˇ kua³ 音寡
[1]刮去骨頭上的肉。見"玉篇"。[2]古代凌遲處死的重刑。[3]被鋒利的東西劃破。如:剮了一道傷口。

剬 ㊀ ㄉㄨㄢ tuan¹ 音端
[1]截斷。見"說文"。[2]細割。同剸。見"廣韻"。
㊁ ㄓˋ chih⁴ 音制
制的古字。[1]製作。[2]裁制;整治。

剻 ㄏㄨㄛˋ ho⁴, huo⁴ 音或
物體碎裂的聲音。見"集韻"。

10

割 ㄍㄜ ko¹, kê¹ 音戈
[1]破裂;截斷。如:割裂。[2]宰殺。如:宰割。[3]分開;劃分。如:分割。

9【割面】 ㄍㄜ ㄇㄧㄢˋ
(cutting plane)對物體作剖視圖表現時,使用一假想之割切面剖切並接觸物體,以獲內部形狀

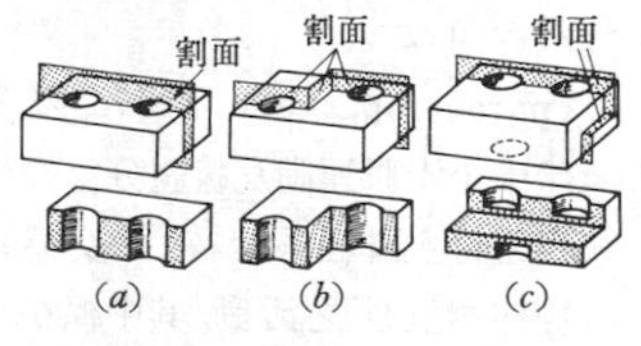

割面圖

之清楚展現,此一割切面稱爲割面。割面可視實際需要予以平直(如圖a)、轉折(如圖b)、偏置(如圖c),數量亦可無限制選用。

10【割席】 ㄍㄜ ㄒㄧˊ
比喻絕交。三國'管寧'曾與'華歆'同席讀書,門外有人乘車經過,'管'讀書如故,'華'出門觀看,'管'因與割席分坐。見"世說新語·德行"。

13【割愛】 ㄍㄜ ㄞˋ
捨棄所愛。

15【割線】 ㄍㄜ ㄒㄧㄢˋ
(secant)於曲線Γ上取兩點P、Q,而連成一直線$\overline{PQ}$,稱爲Γ之一割線。當Q趨近於P時,若$\overline{PQ}$有一極限位置,即稱之爲Γ於點P之切線。

16【割據】 ㄍㄜ ㄐㄩˋ
占據一方土地,成立獨立政權。

17【割禮】 ㄍㄜ ㄌㄧˇ
(circumcision)割去男子包皮或女子陰脣的儀式。許多民族在男女的青春期或結婚之前都要舉行割禮,屬於一種生命禮儀。如古'希伯萊'人、'埃及'人、回教徒及'南美''印第安'人均行之。

24【割讓】 ㄍㄜ ㄖㄤˋ
(cession)一國取得領土主權的重要方式。即一國締結條約或協定,將其領土主權移轉於他國。可分爲自願割讓與強迫割讓。前者係指因買賣、贈與或交換而割讓,如西元1867年'蘇俄'將'阿拉斯加'(Alaska)賣給'美國';後者係指因使用武力或戰爭而使領土主權移轉者,如1871年'法國'割讓'亞耳沙斯'(Alsace)及'洛林'(Lorraine)兩省給'德國'。

9【割面線】 ㄍㄜ ㄇㄧㄢˋ ㄒㄧㄢˋ
(cutting line)假想割面之邊視圖稱爲割面線。通常畫在剖視圖

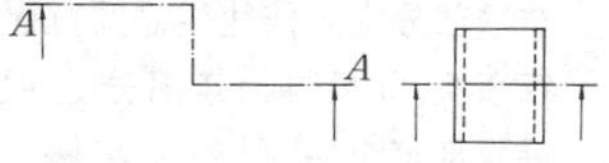

割面線圖

中用以表示物體的切割位置。隨割面位置及方向的不同,亦可平直、轉折或偏置,其圖線繪示法,如圖所示。

18【割雞焉用牛刀】 ㄍㄜ ㄐㄧ ㄧㄢ ㄩㄥˋ ㄋㄧㄡˊ ㄉㄠ
比喻處理小事,不需大器大才。

剶 ㄐㄧㄢ chien¹ 音兼 又讀 ㄑㄧㄢˊ ch'ien² 音虔
閹割。見"廣韻"。

剳 劄的俗體。

剴 剛的俗體。

剀 ㄎㄞˇ k'ai³ 音凱
[1]大鐮刀。見"說文"。[2]諷諭。[3]切實。如:剀切。

4【剀切】 ㄎㄞˇ ㄑㄧㄝˋ
[1]切實;切中事理。[2]砥礪;切磋。同磑切。

創 ㊀ ㄔㄨㄤ ch'uang¹ 音瘡
傷害。如:創傷。
㊁ ㄔㄨㄤˋ ch'uang⁴ 音愴
[1]始造。如:創業。[2]同㊀。

5【創刊】 ㄔㄨㄤˋ ㄎㄢ
報章雜誌初次發行。首期刊物就叫創刊號。

7【創見】 ㄔㄨㄤˋ ㄐㄧㄢˋ
[1]指前所未有初次出現的事。[2]獨創的見解。

【創作】 ㄔㄨㄤˋ ㄗㄨㄛˋ
出於自己心思的製作。今多指文學及藝術的製作。

8【創制】 ㄔㄨㄤˋ ㄓˋ
開始制定或建立。

【創例】 ㄔㄨㄤˋ ㄌㄧˋ
開創先例。

11【創痕】 ㄔㄨㄤ ㄏㄣˊ
傷痕。

【創造】 ㄔㄨㄤˋ ㄗㄠˋ
始造。

13【創新】 ㄔㄨㄤˋ ㄒㄧㄣ
擺脫成規舊習,造出新事物或新氣象。

【創意】 ㄔㄨㄤˋ ㄧˋ
新穎獨特的構想。

【創業】 ㄔㄨㄤˋ ㄧㄝˋ
建立事業。

【創傷】 ㄔㄨㄤ ㄕㄤ
傷害。

17【創舉】 ㄔㄨㄤˋ ㄐㄩˇ
前所未有的舉動。

【創獲】 ㄔㄨㄤˋ ㄏㄨㄛˋ
前所未有的發現。

20【創議】 ㄔㄨㄤˋ ㄧˋ
首先提出建議。

8【創制權】 ㄔㄨㄤˋ ㄓˋ ㄑㄩㄢˊ

公民得以法定人數的簽署，提出法案而議決之爲法律的權利。創制的目的在於防止議會的失職或蔑視民意。依"憲法"的規定，我國人民創制權的範圍只限於縣市自治法規的創制，至於中央法規則由'國民大會'創制。縣市自治法規的創制因尚無創制法的制定，無法行使；"憲法"規定'國民大會'對中央法規之創制權，應俟全國有半數之縣、市曾經行使創制權時，由'國民大會'制定辦法並行使之。但"動員戡亂時期臨時條款"規定，動員戡亂時期'國民大會'得制定辦法，創制中央法律原則，而不受此"憲法"規定的限制。

11【創造說】 ㄔㄨㄤˋ ㄗㄠˋ ㄕㄨㄛ
(theory of creation)有關宇宙起源問題的一種學說。主張天地萬物都是由上帝創造的。

7【創作戰略】 ㄔㄨㄤˋ ㄗㄨㄛˋ ㄓㄢˋ ㄌㄩㄝˋ
(creative strategy)廣告實務。指對廣告的傳播目的和基本訊息所作的說明。通常包括廣告誘導的說明、目標顧客的描述、商品所具的利益，及支持此項利益可信的種種事實。

11【創痍滿目】 ㄔㄨㄤ ㄧˊ ㄇㄢˇ ㄇㄨˋ
本指身體上的傷痕累累，也用以比喻巨大的禍害。

13【創新理論】 ㄔㄨㄤˋ ㄒㄧㄣ ㄌㄧˇ ㄌㄨㄣˋ
(innovation theory)商業循環的外部理論之一。認爲創新活動的發生，可降低成本，增加收入，提高利潤；一旦創新成功，其他企業家將群起仿傚，跟進投資，繼而帶動經濟繁榮。但隨投資增加，創新利潤下降，投資逐漸減少，經濟開始衰退，直到另一次創新發生，再度引起投資繁榮。經濟活動即隨著創新的發生與消失而循環。

【創業守文】 ㄔㄨㄤˋ ㄧㄝˋ ㄕㄡˇ ㄨㄣˊ
建立基業，維護既有制度。

【創業垂統】 ㄔㄨㄤˋ ㄧㄝˋ ㄔㄨㄟˊ ㄊㄨㄥˇ
創建功業，傳給後世子孫。

【創鉅痛深】 ㄔㄨㄤ ㄐㄩˋ ㄊㄨㄥˋ ㄕㄣ
傷害巨大，痛楚至深。

剩 ㄕㄥˋ shêng⁴ 音勝
多餘的。同賸。見"字彙"。

15【剩餘強度】 ㄕㄥˋ ㄩˊ ㄑㄧㄤˊ ㄉㄨˋ
(residual strength)土壤或岩石受力作用後，初期應變與應力以幾成直線式的比例增加，達某一定應變時，應力不須增加甚至滑落，而應變仍繼續增加，且其極大應變時之應力常趨於一定值，並遠小於最大應力，則此時之應力稱爲剩餘強度；最大應力之點則稱爲尖峰強度(peak strength)。

【剩餘價值】 ㄕㄥˋ ㄩˊ ㄐㄧㄚˋ ㄓˊ
(surplus-value)勞動者在生產過程的總價值內，除去工資外所剩餘的價值，稱爲剩餘價值。如工人每日工作八小時，若僅工作六小時，即可產出等於其工資的價值，則其餘二小時的工作所產出的價值，乃成雇主所得的剩餘價值。

【剩餘價值說】 ㄕㄥˋ ㄩˊ ㄐㄧㄚˋ ㄓˊ ㄕㄨㄛ
'馬克斯'主張的一種學說。即認爲資本家的利潤，來自剝削勞動者的剩餘勞動所產生的剩餘價值。'馬克斯'認爲商品的價值爲勞動所創造。在資本主義社會裏，勞動者沒有生產工具，只有出賣勞力，假定勞動一日(十二小時)的工資爲三先令，而六小時勞動已將價值三先令的商品完成，這六小時生產的商品，賣出所得即可支付勞動一日(十二小時)的工資(三先令)，則這六小時爲必要勞動，其所創造的價值爲必要價值。而後六小時爲剩餘勞動，其所產生的價值爲剩餘價值，皆爲資本家剝削而去。

剮 剮的或體。

11

剷 剷的俗體。

剷 ㄔㄢˇ ch'an³ 音產
1削平。同剗。見"字彙"。2割除。通鏟。

10【剷除】 ㄔㄢˇ ㄔㄨˊ
除去。

剺 ㄌㄧˊ li² 音黎
1剝。見"說文"。2劃；割。如：剺面。

劉 一 ㄌㄨˋ lu⁴ 音戮
1削。見"王篇"。2殺。同戮。見"廣韻"。
二 ㄐㄧㄡ chiu¹ 音鳩
劉流。

9【劉流】 ㄐㄧㄡ ㄌㄧㄡˊ
環繞的樣子。

剸 一 ㄊㄨㄢˊ t'uan² 音團
割；截。見"說文"。
二 ㄓㄨㄢ chuan¹ 音專
專擅。通專。如：剸行。

剽 ㄆㄧㄠˋ p'iao⁴ 音票
1輕便快捷。如：剽疾。2劫奪。如：剽虜。3竊取。如：剽竊。

10【剽悍】 ㄆㄧㄠˋ ㄏㄢˋ
輕捷勇猛。

11【剽掠】 ㄆㄧㄠˋ ㄌㄩㄝˋ
劫奪。

13【剽賊】 ㄆㄧㄠˋ ㄗㄟˊ
掠奪；劫掠。

22【剽襲】 ㄆㄧㄠˋ ㄒㄧˊ
抄襲他人作品、見解，據爲己有。

剻 ㄈㄡˊ fou² 音芣
古鄉名。同鄜。'漢'屬'右扶風'。當今'陝西省''長安縣'西。見"集韻"。

剿 剿的或體。

剿 一 ㄐㄧㄠˇ chiao³ 音矯
絕滅；殺絕。如：剿匪。

㊂ ㄔㄠ ch'ao^1 音鈔
掠取。通鈔。如:剿取。

10【剿匪】 ㄐㄧㄠˇ ㄈㄟˇ
征討匪盜,使其滅絕。

13【剿滅】 ㄐㄧㄠˇ ㄇㄧㄝˋ
滅絕;殺絕。

22【剿襲】 ㄔㄠ ㄒㄧˊ
剽竊他人的作品、見解,據為己有。俗作抄襲。

剼 ㄕㄢ shan^1 音衫
刈。見“集韻”。

12

劃 ㊀ ㄏㄨㄚˊ hua^2 音滑
以刀破物。見“玉篇”。
㊁ ㄏㄨㄚˋ hua^4 音化
①分。如:劃定界線。②籌謀。如:籌劃。③匯兌銀錢。如:劃撥。

8【劃花】 ㄏㄨㄚˋ ㄏㄨㄚ
於坯體成形後施釉前,以竹、木或鐵等工具刻劃花紋圖案。‘唐’末五代的‘越窯’、‘宋代’的‘定窯’白瓷或‘景德鎮’青白瓷都擅長用此技法裝飾器物。線條活潑流暢是劃花的特色之一。

15【劃撥】 ㄏㄨㄚˋ ㄅㄛ
我國郵局所辦匯兌業務的一種。由匯款人將款項存入收款人的帳戶之中,郵局即通知收款人前往領款。

剮 ㄍㄨㄚ kua^1 音刮
①把惡瘡上的腐肉刮掉。見“說文”。②鋒利。見“廣韻”。

劂 ㄐㄩㄝˊ chüeh^2 音厥
①雕刻用的彎刀。②雕刻。

⿱絕刀 ㄐㄩㄝˊ chüeh^2 音絕
割斷。同絕。見“集韻”。

劁 ㄑㄧㄠˊ ch'iao^2 音樵
砍伐;割斷。如:劁刈。

13

劈 ㊀ ㄆㄧ p'i^1 音霹
①破開。如:劈柴。②當著;對著。如:劈面一掌。③簡單器械之一。為二斜面合成的助力器械,如斧、刀等。或稱楔、尖劈。④由五平面包圍而成的立體。有兩種,一種是劈,又稱楔;一種是四角錐。

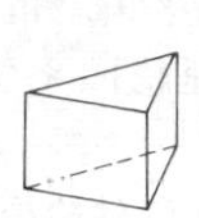
劈圖　四角錐圖

㊁ ㄆㄧˇ p'i^3 音痞
同㊀①。

3【劈叉】 ㄆㄧ ㄔㄚ
國術練腿方法的一種。兩腿向左右伸直或前後分開成一直線,鍛練腿部的柔軟性。

10【劈拳】 ㄆㄧ ㄑㄩㄢˊ
國術拳法。拳由高處向下劈擊。

12【劈掌】 ㄆㄧ ㄓㄤˇ
國術掌法。手掌由上向下或斜下劈,以掌外緣攻敵人之上部。

16【劈頭】 ㄆㄧ ㄊㄡˊ
①當頭。②開始。

劇 ㄐㄩˋ chü^4 音具 又讀 ㄐㄧˊ chi^2 音及
①甚;極。如:劇寒。②繁多。如:劇務。③急速;暢快。如:劇談。④戲。如:喜劇。⑤姓。‘漢’有‘劇孟’。見“萬姓統譜·一二二”。

5【劇本】 ㄐㄩˋ ㄅㄣˇ
文學作品的一種體裁。為戲劇的底本。記載角色的對話(或唱詞)、布景說明、劇情、動作、舞臺指示等。經過導演處理,用於演出的劇本通稱腳本或演出本。

6【劇曲】 ㄐㄩˋ ㄑㄩˇ
演唱故事的歌曲。與散曲相對。即將故事按照劇情的發展,從頭到尾編成歌曲來演唱,中間配合一些道白和動作、表情,使表演更為生動。如雜劇、傳奇等都是。

8【劇毒】 ㄐㄩˋ ㄉㄨˊ
毒性強烈。

11【劇務】 ㄐㄩˋ ㄨˋ
①繁忙的事務。②指現代戲劇、電視、電影工作中的一般行政及雜務。也用指從事此一職務的工作人員。

12【劇盜】 ㄐㄩˋ ㄉㄠˋ
大盜。

【劇場】 ㄐㄩˋ ㄔㄤˇ
(theatre)指戲劇或其他表演藝術的演出場所。一般分為舞臺及觀眾席。‘歐洲’在西元前五世紀的‘希臘’已有扇形的露天劇場,十六世紀出現畫框式舞臺的室內劇場,為現代劇場的前身。今劇場一詞也用以指整個表演藝術,結合了觀眾、演出場所與演員三個因素。

【劇飲】 ㄐㄩˋ ㄧㄣˇ
痛快地飲酒。

15【劇談】 ㄐㄩˋ ㄊㄢˊ
①說話流暢。②關於戲劇的談論。

19【劇藥】 ㄐㄩˋ ㄧㄠˋ
藥力猛烈的藥。

劌 ㄍㄨㄟˋ kuei^4 音貴
①割傷。見“說文”。②鋒利。見“廣雅·釋詁”。

5【劌目鉥心】 ㄍㄨㄟˋ ㄇㄨˋ ㄕㄨˋ ㄒㄧㄣ
駭目驚心。

剿 ㄐㄧㄠˇ chiao^3 音皎
①絕滅。同勦。如:剿絕。②狡猾。如:剿獪。

劍 ㄐㄧㄢˋ chien^4 音箭
同劒。①兩邊有刃、中間有脊的狹長兵器。②挾於脅下。

11【劍訣】 ㄐㄧㄢˋ ㄐㄩㄝˊ
練劍時,右手持劍,左手以拇指扣住無名指而豎起食、中二指,稱為劍訣。除保持平衡外,可抓、可刺,輔助攻守。

13【劍道】 ㄐㄧㄢˋ ㄉㄠˋ
流行於‘日本’的一種擊劍術。據‘日本’文獻所載,乃由‘中國’傳入。比賽時雙方持竹劍(或化學製品),穿著劍道衣裙,並戴上面具、手套及胸腰等護套,在規定比賽場地內,以攻擊對方的有效部位為得分標準。

14【劍舞】 ㄐㄧㄢˋ ㄨˇ
揉合劍術與舞蹈而成的一種舞。

4【劍及履及】 ㄐㄧㄢˋ ㄐㄧˊ ㄌㄩˇ ㄐㄧˊ
'春秋'時,'楚莊王'聽說派去'齊國'的使者'申舟'路經'宋國'而爲'宋'人所殺,不等穿鞋佩劍,就衝出去發兵報仇。一侍從追到寢宮門口送上鞋子,另一侍從又追到寢門之外送上劍。見"左傳·宣一四年"。後用以形容行動堅決迅速,即時去做。

8【劍拔弩張】 ㄐㄧㄢˋ ㄅㄚˊ ㄋㄨˇ ㄓㄤ
拔出劍,張開弓。形容對立的雙方情勢緊張,一觸即發。

12【劍戟森森】 ㄐㄧㄢˋ ㄐㄧˇ ㄙㄣ ㄙㄣ
劍戟林立,氣象威嚴。比喻人心險惡可畏。

16【劍橋現金餘額方程式】 ㄐㄧㄢˋ ㄑㄧㄠˊ ㄒㄧㄢˋ ㄐㄧㄣ ㄩˊ ㄜˊ ㄈㄤ ㄔㄥˊ ㄕˋ
(Cambridge cash balance equation)係以強調貨幣所具有的價值貯藏功能爲出發點,由'英國'經濟學家'馬歇爾'爲首的'劍橋'學派提出。其一般的表示爲:$M=kPY$,式中M代表貨幣數量,P代表平均價格水準,Y代表實質國民產出,k代表貨幣所得(PY)內保有貨幣的比例。

劊 ㄎㄨㄞˋ k'uai⁴ 音快 又讀 ㄍㄨㄟˋ kuei⁴ 音貴
用刀砍斷東西。見"說文"。

3【劊子手】 ㄎㄨㄞˋ ·ㄗ ㄕㄡˇ
執行死刑的人。

劉 ㄌㄧㄡˊ liu² 音留
[1]殺。見"說文"。[2]兵器名。大斧。[3]地名。⑴'春秋''鄭'邑,在今'河南省''偃師縣'西南。⑵'陶唐'氏後裔的封地。在今'河北省''唐縣'。[4]山名。在今'山東省''安邱縣'西南。[5]水名。在今'河南省''偃師縣'南,北流注入'洛水'。[6]姓。'陶唐'氏的後裔封於'劉',以地爲姓。'漢'有'劉邦'爲開國帝王。見"萬姓統譜·五八"。

6【劉安】 ㄌㄧㄡˊ ㄢ
(前179～前122)'西漢'人。'漢高祖'之孫,襲父封爲'淮南王'。善爲文辭,頗受'武帝'重視。曾招致賓客方術之士數千人,編寫成"淮南鴻烈"(即"淮南子")。後被告謀反,下獄自殺。

【劉向】 ㄌㄧㄡˊ ㄒㄧㄤˋ
(前77～前6)'西漢''沛'(今'江蘇''沛縣')人。原名'更生',字'子政'。'漢'宗室,初爲諫大夫,官至中壘校尉。長於經學、目錄學及文學。曾領校祕書。所撰"別錄",爲我國目錄學之祖;又有"新序"、"說苑"、"列女傳"等書傳世。

7【劉伶】 ㄌㄧㄡˊ ㄌㄧㄥˊ
'西晉''沛國'(今'安徽''宿縣')人。字'伯倫'。曾爲建威參軍。性嗜酒,與'嵇康'、'阮籍'等友好,寄情於竹林山水之鄉,過著放浪的生活,號稱竹林七賢。著有"酒德頌"。

9【劉昫】 ㄌㄧㄡˊ ㄒㄩˋ
(887～941)五代時'涿州''歸義'(今'河北''雄縣')人。字'耀遠'。神采秀拔,文學優贍。'後唐''莊宗'以爲翰林學士,'明宗'時遷'端明殿'學士,未幾入相,'末帝'時監修國史,後罷爲右僕射。'後晉''高祖'時爲'東都'留守,'出帝'時拜司空、同中書門下平章事。著有"舊唐書"行世。

10【劉海】 ㄌㄧㄡˊ ㄏㄞˇ
覆額的短髮。

11【劉淵】 ㄌㄧㄡˊ ㄩㄢ
(?～314)'晉'時'前趙'主。'匈奴'人。改姓'劉',字'元海'。文武兼修,'惠帝'時,立爲大單于,後趁'晉'室內亂,攻陷'太原',占據'河東',即帝位,國號'漢',後改爲'趙',史稱'前趙'。

【劉基】 ㄌㄧㄡˊ ㄐㄧ
(1311～1375)'浙江''青田'人。字'伯溫'。精通天文、兵法,並能詩文。助'朱元璋'平定天下;'明代'開國各種典章制度,多出其手。著有"郁離子"、"誠意伯集"等。

12【劉裕】 ㄌㄧㄡˊ ㄩˋ
(?～422)'南朝''宋武帝'。'彭城'(今'江蘇''銅山')人。字'德輿',小字'寄奴'。原爲'東晉''下邳'太守,因功累封'宋公'。'元熙'二年(420)受禪,國號'宋'。在位三年卒,諡'武',廟號'高祖'。

【劉琨】 ㄌㄧㄡˊ ㄎㄨㄣ
(270～317)'晉''魏昌'(今'陝西''石泉')人。字'越石'。少有志氣,曾與'祖逖'午夜聞雞起舞。'惠帝'時以功封'廣武侯',後與'段匹磾'共討'石勒'。'琨'忠於'晉'室,負重望,但爲'段匹磾'所忌,而慘遭殺害。有"劉越石文集"行世。

【劉備】 ㄌㄧㄡˊ ㄅㄟˋ
(160～223)三國'蜀漢'主。'河北''涿縣'人。字'玄德'。'漢景帝'子'中山靖王''劉勝'之後。有大志,結交'關羽'、'張飛'等圖謀天下。'曹丕'篡'漢'後,'備'即位於'成都',與'魏'、'吳'鼎足而立。後爲'吳'將'陸遜'所敗。諡'昭烈皇帝',世稱'先主'。

13【劉歆】 ㄌㄧㄡˊ ㄒㄧㄣ
(前53?～後23)'漢''沛'(今'江蘇''沛縣')人。字'子駿'。'建平'初改名'秀',字'穎叔'。刪父'向'所著的"別錄",按類區分而成"七略"一書。又長於律曆,著有"三統曆譜"。

14【劉熙】 ㄌㄧㄡˊ ㄒㄧ
'漢'末'北海'(今'山東''壽光')人。字'成國'。任'安南'太守,曾於'交州'(今'越南')講學。著有"釋名"。

15【劉瑾】 ㄌㄧㄡˊ ㄐㄧㄣˇ
(?～1510)'明''興平'(今'陝西''興平')人。自幼入宮,受寵於'武宗',專權亂政,貪汙納賄,後以謀反罪被殺。

【劉勰】 ㄌㄧㄡˊ ㄒㄧㄝˊ
'南朝'人。本籍'東莞''莒縣'(今'山東''莒縣'),世居'京口'(今'江蘇''鎮江')。字'彥和'。潛心向學,家貧,立意不婚娶,託跡佛寺沙門,對佛學典籍都能精通深入研究。

晚年正式出家,法名‘慧地’。著有“文心雕龍”,是我國古代文學批評及理論的巨著。

20【劉鶚】ㄌㄧㄡˊ ㄜˋ
(1857～1909)‘清’末‘丹徒’(今‘江蘇’‘鎮江’)人。字‘鐵雲’,別署‘洪都百鍊生’。通數學、地理、醫術、水利等學。著有“歷代黃河變遷圖考”、“鐵雲藏龜”、“老殘遊記”等。

劉鶚像

3【劉大白】ㄌㄧㄡˊ ㄉㄚˋ ㄅㄞˊ
(1880～1932)‘浙江’‘紹興’人。原名‘金慶棪’,字‘伯楨’;改姓‘劉’,名‘靖裔’,號‘大白’、‘白屋’,筆名‘漢胄’。‘清’末曾留學‘日本’,加入‘同盟會’。‘民國’肇建後,曾任教各大學。新文學運動起,創作新詩、小品。後任‘浙江省’‘教育廳’長、‘教育部’政務次長。著有“秋之淚”、“白屋文話”等。

【劉大櫆】ㄌㄧㄡˊ ㄉㄚˋ ㄎㄨㄟˊ
(1698～1779)‘清代’‘安徽’‘桐城’人。字‘才甫’,一字‘耕南’,號‘海峰’。曾任‘黟縣’教諭。師事‘方苞’,與‘姚鼐’等人提倡古文,力主義法、神氣,講究字句音節,是‘桐城’派的主力。作品清峻高逸,著有“海峰文集”、“詩集”。

4【劉天華】ㄌㄧㄡˊ ㄊㄧㄢ ㄏㄨㄚˊ
(1895～1932)近代音樂教育家、作曲家、演奏家。‘江蘇省’‘江陰縣’人。曾任教‘北京大學’音樂傳習所、‘北平大學女子文理學院’音樂系。作有南胡曲“病中吟”、“光明行”、“空山鳥語”及琵琶曲“歌舞引”、“改進操”等許多作品。

劉天華像

【劉少奇】ㄌㄧㄡˊ ㄕㄠˋ ㄑㄧˊ
(1898～1969)‘湖南’‘寧鄉’人。早年赴‘俄’,入‘東方勞動大學’,加入‘中國共產黨’。返國後,致力推動工運。‘中共’政權建立,任黨政軍要職,地位僅次於‘毛澤東’。後被‘中共’指為「資產階級反動路線」之主謀人,予以降職。於是,圖謀發動軍變,不果,病死獄中。

5【劉永福】ㄌㄧㄡˊ ㄩㄥˇ ㄈㄨˊ
(1837～1917)‘清’‘博白’(今‘廣西’‘博白’)人。本名‘建業’,一名‘義’,字‘淵亭’。原為‘太平軍’,‘洪’‘楊’失敗後,流亡到‘安南’,占據‘昭關’,為‘黑旗軍’領袖。曾助‘安南’打敗‘法’軍,後歸順‘滿清’,任‘南澳鎮’總兵。甲午之役,率軍固守‘臺灣’南部,使‘日’軍一度不得逞。辛亥‘廣州’光復,都督‘胡漢民’任為全‘粵’民團總長,旋即辭去。

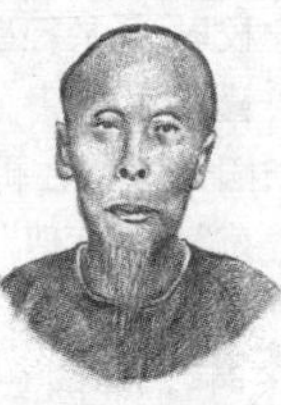
劉永福像

【劉半農】ㄌㄧㄡˊ ㄅㄢˋ ㄋㄨㄥˊ
(1891～1934)‘江蘇’‘江陰’人。名‘復’。法國“巴黎大學”文學博士,曾任‘北京大學’教授。早年從事譯作,後潛心‘中國’語言學的研究。著有“中國文法通論”、“四聲實驗錄”等。

劉半農像

6【劉老老】ㄌㄧㄡˊ ㄌㄠˇ ˙ㄌㄠ
小說“紅樓夢”中的人物。為‘王熙鳳’的遠親,寡居無子,投靠女婿‘王狗兒’過生活。

8【劉宗周】ㄌㄧㄡˊ ㄗㄨㄥ ㄓㄡ
(1578～1645)‘明’末‘山陰’(今‘浙江’‘紹興’)人。字‘起東’,號‘念臺’。‘萬曆’進士,官至左都御史,後罷歸。當‘清’兵南下,‘杭州’失守,絕食死。其學以誠意為主,慎獨為功。曾講學‘蕺山’,世稱‘蕺山先生’。著有“聖學宗要”、“道統錄”等書。

【劉長卿】ㄌㄧㄡˊ ㄓㄤˇ ㄑㄧㄥ
(709～780)‘唐’‘河間’(今‘河北’‘河間’)人。字‘文房’。性剛直,官至‘隨州’刺史,世稱‘劉隨州’。長於五言詩,詩調雅暢,有「五言長城」之稱。著有“劉隨州集”。

【劉易斯】ㄌㄧㄡˊ ㄧˋ ㄙ
(Sinclair Lewis,1885～1951)‘美國’小說家。西元1907年畢業於‘耶魯大學’,曾當過記者及編輯。第一本長篇小說“我們的列恩先生”(*Our Mr. Wrenn*)於1914年出版,深獲佳評,唯銷路不佳。1920年“大街”(*Main Street*)出版後,文學聲望遂告建立。兩年後出版“白璧德”(*Babbitt*);1925年再出版“愛羅史密斯”(*Arrowsmith*),這些為他帶來了更高的聲望;後來又完成“杜茲華斯”(*Dodsworth*)和“不可能在此發生”(*It Can't Happen Here*)等書。於1930年獲得‘諾貝爾’文學獎。

【劉知幾】ㄌㄧㄡˊ ㄓ ㄐㄧ
(661～721)‘唐’‘彭城’(今‘江蘇’‘銅山’)人。字‘子玄’。弱冠舉進士,官至左散騎常侍。精通“春秋”,長於史學。任史官二十多年,著述很多,今僅存“史通”四十九篇,論述史學典籍、史法,見識深切。

9【劉禹錫】ㄌㄧㄡˊ ㄩˇ ㄒㄧˊ
(772～843)‘唐’‘中山’(今‘河北’‘定縣’)人,一說‘彭城’(今‘江蘇’‘銅山’)人。字‘夢得’。‘貞元’進士,官監察御史,坐‘王叔文’黨,貶為刺史。後遷太子賓客,官終檢校禮部尚書。工文章,尤精於詩。作品雄渾爽朗,小詩意味雋永。有“劉夢得文集”。

10【劉海蟾】ㄌㄧㄡˊ ㄏㄞˇ ㄔㄢˊ
道教南宗之祖。五代時進士。‘燕山’(今‘河北’‘宛平’)人。名‘操’,字‘昭遠’。曾為官,好‘黃’‘老’之學,後棄官隱於‘華山’、‘終南山’,相傳得道仙去。‘元世祖’時封為‘明悟弘道眞君’,‘武宗’時加封為‘海蟾純佑帝君’。

【劉師培】 ㄌㄧㄡˊ ㄕ ㄆㄟˊ
(1884～1919)‘江蘇省’‘儀徵縣’人。字‘申叔’，後改‘光漢’，號‘左盦’。早年任“國粹學報”撰述，後入兩‘江’總督‘端方’幕。‘民國’成立，專意講學，任‘北京大學’教授。著作甚多，今輯爲“劉申叔先生遺書”，凡七十四種。

劉師培像

13【劉義慶】 ㄌㄧㄡˊ ㄧˋ ㄑㄧㄥˋ
(403～444)‘南北朝’‘彭城’(今‘江蘇’‘銅山’)‘綏里’人。爲‘長沙景王’‘劉道憐’次子，襲封‘臨川王’。性簡素，愛好文學。編撰“世說新語”，記述當時士大夫的言行。

14【劉銘傳】 ㄌㄧㄡˊ ㄇㄧㄥˊ ㄔㄨㄢˊ
(1836～1895)‘清’末‘安徽’‘合肥’人。字‘省三’。‘咸豐’間曾參與平定‘太平軍’，‘同治’間從‘李鴻章’勦平東、西捻。‘光緒’十年(1884)，‘法國’海軍侵擾‘臺灣’北部，他受命爲‘臺灣’巡撫，擊退‘法’軍。後並開發山地，興造鐵路，頗有政績。著有“大潛山房詩稿”。

劉銘傳像

14

劑 ㄐㄧˋ *chi*⁴ 音濟
①剪齊。見“說文”。②調和。如：調劑。③配合成的東西。如：藥劑。④量詞。藥一服稱一劑。

劐 ㄏㄨㄛ *ho*¹, *huo*¹
①分割；割裂。見“玉篇”。②收割稻麥。同穫。見“集韻”。

劒 劍的或體。

劔 劍的俗體。

劕 ㊀ ㄔㄨㄟˋ *ch'ui*⁴
割斷。見“集韻”。
㊁ ㄔㄚˋ *ch'a*⁴ 音詫
割斷東西的聲音。見“廣韻”。

劓 ㄧˋ *i*⁴ 音意
①割掉鼻子。古代五刑之一。同劓。如：劓刖。②割。如：劓割。

15

劉 劉的俗體。

17

劖 ㄔㄢˊ *ch'an*² 音纏
砍斷。見“說文”。

19

劘 ㄇㄛˊ *mo*² 音磨
①削。見“玉篇”。②分割。見“集韻”。③磨平。今俗作磨。如：劘厲。

劗 ㊀ ㄗㄨㄢ *tsuan*¹ 音鑽
削減。見“玉篇”。
㊁ ㄐㄧㄢˇ *chien*³ 音剪
剃髮。通剪。如：劗髮。

21

劚 斸的或體。

劙 ㊀ ㄌㄧˊ *li*² 音離
分解；分割。見“玉篇”。
㊁ ㄌㄧˇ *li*³ 音禮
用刀刺物。見“廣韻”。

力 部

力 ㄌㄧˋ li^4 音利
①筋脈。見"說文"。②體能。如:臂力。③才能。如:力足以勝任。④權勢;武功。如:以力服人。⑤努力;盡力。如:力學。⑥效果。如:藥物之力。⑦堅決。如:主張甚力。⑧僕役;勞役之人。如:苦力。⑨(force)在動力學中,力是使物體產生運動,或使其運動變化的原因。當物體的速度遠比光速小時,利用'牛頓'第二運動定律 $\vec{F}$(力)$=m$(質量)$\times\vec{a}$(加速度)可求出力,MKS制中,其單位爲牛頓。靜力學中,力可使物體產生形變。如以力拉彈簧,可用彈簧的伸長量來測量力的大小。物質間的作用力可分爲萬有引力、電磁力、強作用力和弱作用力等數種。日常生活中的推、拉之力均可溯源自電磁力。⑩姓。'漢'有'力顯'。見"萬姓統譜·一二三"。

3【力士】 ㄌㄧˋ ㄕˋ
①力氣大的人。②官名。'明代'隨帝王車駕進出、守衛四門的官吏。

6【力行】 ㄌㄧˋ ㄒㄧㄥˊ
努力實行。

7【力役】 ㄌㄧˋ ㄧˋ
勞役。

8【力征】 ㄌㄧˋ ㄓㄥ
以武力征伐。

10【力矩】 ㄌㄧˋ ㄐㄩˇ
(moment of force; torque)可繞定軸轉動的物體,欲使之轉動,除了作用力外,還要考慮轉軸到力線的垂直距離(力臂)。力和力臂的乘積,稱爲力矩。力矩爲一向量,其MKS單位爲牛頓—公尺。

11【力偶】 ㄌㄧˋ ㄡˇ
(couple)凡大小相等、方向相反,且力的作用線不在同一直線上的二力,稱爲力偶。例如以手指旋轉水龍頭開關的二力便是。

12【力場】 ㄌㄧˋ ㄔㄤˇ
(field of force)電荷、磁極或物體等力源出現於空間某一處時,會在其周圍的空間建立一種特殊的性質,任何其他電荷或磁極或物體在此空間中會受此特殊性質的影響而受有力的作用,這種空間分布的特殊性質稱爲力場。力場視力源的種類,分別稱爲電場、磁場或重力場。單位正電荷、單位磁(N)極或單位質量放置於其對應力場中,所受的作用力定義爲該處力場的強度。力場強度是一種向量,在數學處理上,力場可用力場強度的時間及空間函數表示。

16【力學】 ㄌㄧˋ ㄒㄩㄝˊ
①努力向學。②(mechanics)物理學的一支,又可分爲:一、運動學:只描述物體本身的運動情形,而不問物體爲何會運動及運動變化之原因的學問。二、動力學:討論物體的運動及其變化之原因的學問。

3【力士捉蠅】 ㄌㄧˋ ㄕˋ ㄓㄨㄛ ㄧㄥˊ
比喻小事也不可疏忽。力士捉蠅,出手太重,蠅便死去;太慢,蠅便飛走。

4【力不從心】 ㄌㄧˋ ㄅㄨˋ ㄘㄨㄥˊ ㄒㄧㄣ
力量不夠,無法依照心願去做。

6【力行哲學】 ㄌㄧˋ ㄒㄧㄥˊ ㄓㄜˊ ㄒㄩㄝˊ
又名行的哲學。是先總統 '蔣'公由國父 '孫中山'先生的知難行易學說發展而來的一套革命思想理論,特別強調「行」的重要。

8【力爭上游】 ㄌㄧˋ ㄓㄥ ㄕㄤˋ ㄧㄡˊ
努力上進,爭取更高的成就。

【力的平衡】 ㄌㄧˋ ˙ㄉㄜ ㄆㄧㄥˊ ㄏㄥˊ
(equilibrium of force)當許多力同時作用於一物體上時,若其合力(向量和)爲零,即形成力的平衡。此時靜止的物體不移動,但可能發生轉動;若不使其轉動,則必須諸力的作用線交於一點,或諸力對任何轉軸的力矩和爲零。

10【力疾從公】 ㄌㄧˋ ㄐㄧˊ ㄘㄨㄥˊ ㄍㄨㄥ
盡力支撐著病體,爲公家服務。

【力挽狂瀾】 ㄌㄧˋ ㄨㄢˇ ㄎㄨㄤˊ ㄌㄢˊ
盡力挽救惡劣的潮流或時勢。

【力挽頹俗】 ㄌㄧˋ ㄨㄢˇ ㄊㄨㄟˊ ㄙㄨˊ
盡力挽救頹敗的風氣。

【力矩係數】 ㄌㄧˋ ㄐㄩˇ ㄒㄧˋ ㄕㄨˋ
(moment coefficient; C_M)表示飛行體氣動力所產生力矩的無因次係數。其公式爲:$C_M=M/qSc$,式中 q 爲動壓,S 爲基準面積,c 爲力臂基準度。如飛行體爲飛機,則 S 爲機翼面積,c 爲機翼平均弦長。

11【力排眾議】 ㄌㄧˋ ㄆㄞˊ ㄓㄨㄥˋ ㄧˋ
堅持己見,排除眾人的意見。

【力透紙背】 ㄌㄧˋ ㄊㄡˋ ㄓˇ ㄅㄟˋ
①形容書法筆力強勁。②形容詩文造詣高深。

6【力行近乎仁】 ㄌㄧˋ ㄒㄧㄥˊ ㄐㄧㄣˋ ㄏㄨ ㄖㄣˊ
努力實踐善道,就近於仁的境界。

10【力矩的平衡】 ㄌㄧˋ ㄐㄩˇ ˙ㄉㄜ ㄆㄧㄥˊ ㄏㄥˊ
(equilibrium of moment of force)靜止物體同時受多力的作用成靜力平衡時,除了諸力的合力(向量和)爲零,形成力的平衡,不生移動外,諸力對任一轉軸的力矩和也爲零,此時物體也不發生轉動,成爲力矩的平衡。

2

办 辦的俗體。

劝 勸的俗體。

3

功 ㄍㄨㄥ kung[1] 音公

①成效；勞績。如：功虧一簣。②喪服名。參功服。③(work)施力於物體，如使物體在力的方向產生了位移時，便稱力對物體作功。即 $W=\vec{F}\cdot\vec{S}=FS\cos\theta$。式中$W$爲所作的功，$\vec{F}$爲作用力，$\vec{S}$爲位移，$\theta$角爲作用力與位移間的夾角。MKS 制中，功的單位爲焦耳，即焦耳＝牛頓×公尺。

2【功力】 ㄍㄨㄥ ㄌㄧˋ
①功夫；致力的程度及成果。如：功力深厚。②功業；功績。③功效；效驗。

4【功夫】 同工夫。㈠ ㄍㄨㄥ ㄈㄨ
致力的程度。
㈡ ㄍㄨㄥ ·ㄈㄨ
①時間。②指國術。③修習國術時，爲強化某種能力或技術的特有鍛鍊方法。

5【功用】 ㄍㄨㄥ ㄩㄥˋ
①功效；效用。②佛家語。指身、口、意之動作。

【功令】 ㄍㄨㄥ ㄌㄧㄥˋ
古代考核和選用學官的法令。

6【功名】 ㄍㄨㄥ ㄇㄧㄥˊ
①功績和名譽。②科舉考試及格所得的名銜。如秀才、舉人、進士等。

8【功服】 ㄍㄨㄥ ㄈㄨˊ
喪服名。分爲大功、小功。大功服，期九月；小功服，期五月。

9【功架】 ㄍㄨㄥ ㄐㄧㄚˋ
傳統戲劇表演中演員的行動姿勢。

10【功效】 ㄍㄨㄥ ㄒㄧㄠˋ
功績；成果。

【功烈】 ㄍㄨㄥ ㄌㄧㄝˋ
功業。

【功能】 ㄍㄨㄥ ㄋㄥˊ
①功用效能。②(function)⑴指生物體或其某部分構造的生理作用。⑵指社會體系中，某種情況或事務，對此體系其他的運作和行動發生影響的一種狀態。

11【功率】 ㄍㄨㄥ ㄌㄩˋ
(power)作功的時率。指每單位時間內所作的功。如某作用力在 t 至 $t+\Delta t$ 時間內所做的功爲 Δw，則 t 時的瞬時功率爲 $p=\lim\limits_{\Delta t\to 0}\dfrac{\Delta w}{\Delta t}$，平均功率爲 $\bar{p}=\dfrac{\Delta w}{\Delta t}$。其實用單位瓦特＝焦耳/秒，'英'制中功率的單位爲馬力，約等於746瓦特。

13【功業】 ㄍㄨㄥ ㄧㄝˋ
功勳事業。

15【功德】 ㄍㄨㄥ ㄉㄜˊ
①功業和德行。②佛家稱有利於眾生的行爲爲功，功行積久爲德。如念佛、誦經、布施諸事均爲功德。

16【功勳】 ㄍㄨㄥ ㄒㄩㄣ
功績勳勞。

17【功績】 ㄍㄨㄥ ㄐㄧ
功業勞績。

2【功力拳】 ㄍㄨㄥ ㄌㄧˋ ㄑㄩㄢˊ
以練功、練力爲主的拳術。流行於'河北省''景縣'、'滄縣'、'青縣'一帶。其演式緩慢，多用馬步與三七步。

10【功能論】 ㄍㄨㄥ ㄋㄥˊ ㄌㄨㄣˋ
(functionalism) ①早期心理學派之一。由'美國'人'杜威'所創立。強調心理學的實用和功利，主張研究心理活動，應專注於心靈對個體適應其環境的價值和功能。②以解釋社會體系功能爲中心的一種社會學理論。強調體系內單位相互依賴性與趨向整合的傾向。代表人物爲'美國''派深思'(Talcott Parsons)。

【功能鍵】 ㄍㄨㄥ ㄋㄥˊ ㄐㄧㄢˋ
(function key)終端機之鍵盤中，可控制執行特定運算或處理，或具有特殊功能之按鍵。如控制游標移位之按鍵及清除顯示幕之按鍵等。

11【功率源】 ㄍㄨㄥ ㄌㄩˋ ㄩㄢˊ
(power supply)可提供功率給其他單元的設備。通常其輸入的爲交流電而輸出的爲直流電。

13【功過格】 ㄍㄨㄥ ㄍㄨㄛˋ ㄍㄜˊ
舊時崇奉封建禮教或佛教戒律的人，將自己的行事分別善惡逐日登記，借以考查功過，故名。道教徒也有自己記日常行爲的善惡，作爲權衡鬼神降與禍福的標準，善多者得福，過多者得咎，借以鼓勵道士行善遷惡。

17【功績制】 ㄍㄨㄥ ㄐㄧ ㄓˋ
以功績爲基本精神的人事制度。各級人員須經考試及格，始取得任用資格；人事的升遷、轉調，皆以客觀之考績爲準；對於奉公守法、努力工作者，並擬定標準予以職位保障。

4【功不唐捐】 ㄍㄨㄥ ㄅㄨˋ ㄊㄤˊ ㄐㄩㄢ
心力沒有白費。

6【功成不居】 ㄍㄨㄥ ㄔㄥˊ ㄅㄨˋ ㄐㄩ
成功而不居功。形容謙退。

【功成身退】 ㄍㄨㄥ ㄔㄥˊ ㄕㄣ ㄊㄨㄟˋ
大功完成之後即退隱。

7【功利主義】 ㄍㄨㄥ ㄌㄧˋ ㄓㄨˇ ㄧˋ
①泛指以現實利害爲行爲目的的態度或作法。②(utilitarianism)十八世紀末'英國'哲學家'邊沁'所提倡，經'彌勒'等人繼續加以發揚的倫理學說。主張以促進「最大多數人的最大幸福」作爲行爲是非的標準。

10【功能固著】 ㄍㄨㄥ ㄋㄥˊ ㄍㄨˋ ㄓㄨㄛˊ
(functional fixedness)個體對某一事物的認知，侷限於通用的功能，無法洞悉該事物可能具有其他功能的現象。此現象對創造力的發展是一種阻礙，同時也影響解決問題的能力。

11【功率因數】 ㄍㄨㄥ ㄌㄩˋ ㄧㄣ ㄕㄨˋ
(power factor; PF)簡稱功因。

交流電路中所消耗的實際功率與流入電路的電流及跨於電路兩端的電壓乘積之比。亦可視爲交流電路電阻與阻抗之比。其值等於交流電路相角(電壓與電流之夾角)的餘弦。

【功敗垂成】ㄍㄨㄥ ㄅㄞˋ ㄔㄨㄟˊ ㄔㄥˊ
將近成功時,遭到失敗。

13【功過相抵】ㄍㄨㄥ ㄍㄨㄛˋ ㄒㄧㄤ ㄉㄧˇ
功勞與過失相互抵消。

15【功德無量】ㄍㄨㄥ ㄉㄜˊ ㄨˊ ㄌㄧㄤˋ
佛家語。形容對眾生的貢獻非常大。

【功德圓滿】ㄍㄨㄥ ㄉㄜˊ ㄩㄢˊ ㄇㄢˇ
佛家語。①指一場佛事結束。引申爲事情順利結束。②形容一個人功業和德行,完整無缺。

17【功虧一簣】ㄍㄨㄥ ㄎㄨㄟ ㄧ ㄎㄨㄟˋ
比喻做事不能堅持到底,以致功敗垂成。

10【功能式組織】ㄍㄨㄥ ㄋㄥˊ ㄕˋ ㄗㄨˇ ㄓ
(functional organizations)組織型式的一種。組織架構較爲簡單,內部單位依專業區分,經辦人員在工作上分別受有關專業單位或專家的監督。此種組織內部專業分工明確,但指揮監督系統交錯運用,致權責關係不夠明確。

【功能性文盲】ㄍㄨㄥ ㄋㄥˊ ㄒㄧㄥˋ ㄨㄣˊ ㄇㄤˊ
(functional illiterate)不具有閱讀或書寫日常使用文字能力的人。

【功能性教育】ㄍㄨㄥ ㄋㄥˊ ㄒㄧㄥˋ ㄐㄧㄠˋ ㄩˋ
(functional education)施以指導後,有立即實用價值的教育。如機械製圖、打字、駕駛訓練等。

11【功率電晶體】ㄍㄨㄥ ㄌㄩˋ ㄉㄧㄢˋ ㄐㄧㄥ ㄊㄧˇ
(power transistor)指所能承受的最大功率較一般電晶體爲高的電晶體。通常這種元件均裝於大型金屬盒中,以使其產生之熱有較大的發散面積,有時裝於散熱器(heat sink),則能承受之最大功率極接近最大額定值。

10【功能所得分配】ㄍㄨㄥ ㄋㄥˊ ㄙㄨㄛˇ ㄉㄜˊ ㄈㄣ ㄆㄟˋ
(functional income distribution)是對生產要素在生產過程中的貢獻所給予的報酬,而生產要素報酬的高低,決定於生產要素的邊際生產力、要素市場的供需及社會的制度、組織、法律或風俗習慣等非經濟因素。依功能所得分配,可以決定工資、租金、利息,以及利潤的報酬占國民所得的配份(share)。

11【功率放大電路】ㄍㄨㄥ ㄌㄩˋ ㄈㄤˋ ㄉㄚˋ ㄉㄧㄢˋ ㄌㄨˋ
(power amplifier)即大信號放大電路。指電晶體之動作範圍,幾乎使用到最大額定值以內之整個範圍的電路。

10【功能性心理異常】ㄍㄨㄥ ㄋㄥˊ ㄒㄧㄥˋ ㄒㄧㄣ ㄌㄧˇ ㄧˋ ㄔㄤˊ
(functional mental disorder)無明顯之生理導因,係由心理因素所引起的心理異常現象。與有機性心理異常相對。

加

ㄐㄧㄚ *chia*¹ 音家
①增益;累積。②升遷。如:加官晉爵。③超越。如:加人一等。④自矜;自大。⑤施予;及於。如:加諸其身。⑥參與。如:加盟。⑦算法的一種。指數與數合併累積。⑧姓。‘明’有‘加傅’。見“萬姓統譜·三六”。

8【加官】ㄐㄧㄚ ㄍㄨㄢ
①在原官職外,兼領其他官銜。只表示榮譽,無實職。②升官。

【加侖】ㄐㄧㄚ ㄌㄨㄣˊ
(gallon)‘英’‘美’制容量單位。一‘英’加侖等於4.54596公升;一‘美’加侖等於3.78533公升。

12【加彭】ㄐㄧㄚ ㄆㄥˊ
(Gabon)位於‘非洲’西部的赤道國。西濱‘大西洋’。面積26.7萬方公里,人口139.0萬(2005年),首都‘自由市’(Libreville)。主要農產有可可、咖啡及棕櫚油,礦產有鐵、鈾及石油等。

【加給】ㄐㄧㄚ ㄐㄧˇ
各組織對擔任具有特殊性職務的員工,除薪資外所另支付的加給,如職務加給、技術加給、地域加給等。目前各組織較爲常見之加給有:一、主管特支費:對擔任主管職務或職責繁重之非主管職務者給予之。二、工作補助費:對擔任一般性工作之員工給予之。三、專業補助費:對擔任專業性工作之員工給予之。四、地域加給:對在特殊地區工作之員工給予之。

6【加光法】ㄐㄧㄚ ㄍㄨㄤ ㄈㄚˇ
沖印照片時,給光亮區額外的曝光時間,以避免因亮度太高而缺乏細部呈現的技術。雙手作空心拳頭狀和挖洞的黑色厚紙板都是加光法的工具。先讓整張相紙依正常方式曝光,再將雙手或挖洞的紙板放在大機鏡頭與感光紙之間,讓太亮的區域接受額外曝光。

8【加法器】ㄐㄧㄚ ㄈㄚˇ ㄑㄧˋ
(adder)電腦內可執行加法運算之電子數位線路。輸入二數後可得此二數之和。有全加法器、半加法器、平行加法器、順序加法器等多種。

9【加計法】ㄐㄧㄚ ㄐㄧˋ ㄈㄚˇ
(addition method)營業加值稅計算方法之一。即將某一期間內之薪資、稅捐、租金、利息、權利金、利潤等相加,得到加值額,以此加值額乘以稅率,乃爲廠商應納之營業稅。其缺點爲計算手續繁雜,且須有完善之會計紀錄始可。

10【加拿大】ㄐㄧㄚ ㄋㄚˊ ㄉㄚˋ
(Canada)‘美洲’面積最大國。位於‘北美洲’北部,臨‘北極海’、‘大西洋’及‘太平洋’。面積997萬方公里，人口3,280.0萬（2005年），首都‘渥太華’。行政上分南部十省和北部兩個地方，全國地廣人稀，為‘美洲’人口密度最小國。農林漁牧礦資源豐富，為世界主要小麥輸出國。二次大戰後，工商業迅速發展。

11【加速度】ㄐㄧㄚ ㄙㄨˋ ㄉㄨˋ

(acceleration)爲單位時間內速度的變化量。如在$\Delta t=t_2-t_1$時間內，物體速度變化爲$\Delta\vec{V}=\vec{V}_2-\vec{V}_1$，則$\vec{a}=\frac{\Delta\vec{V}}{\Delta t}$，定義爲$\Delta t$時距的平均加速度。$\lim_{\Delta t\to 0}\frac{\Delta\vec{V}}{\Delta t}$則定義爲在$t_1$時的瞬時加速度。加速度爲一向量，方向在$\Delta\vec{V}$或$\lim_{\Delta t\to 0}\Delta\vec{V}$的方向，其單位爲$m/sec^2$。

【加強劑】ㄐㄧㄚ ㄑㄧㄤˊ ㄐㄧˋ

(reinforcing agent)欲使橡膠具有好的機械性質(例如高抗張強度、耐磨性等)而加入之物質。常用者爲碳黑。

12【加富爾】ㄐㄧㄚ ㄈㄨˋ ㄦˇ

(Count Camillo Benso di Cavour, 1810～1861)‘義大利’建國三傑之一。主張代議政治，出任‘薩丁尼亞王國’國王‘維克多伊曼紐二世’(Victor Emanuel II)的首相，制定憲法，振興農業，組訓新軍，爭取‘法國’的協助，聯合對‘奧國’作戰，於西元1860年兼併‘義大利半島’中南部各大公國，領導完成‘義大利’的統一。

加富爾像

【加減器】ㄐㄧㄚ ㄐㄧㄢˇ ㄑㄧˋ

(adder subtracter)可作爲加法器或減法器之電子數位線路。加減器所執行之運算功能由一控制信號決定，以產生輸入二數之和或差，有些加減器則可同時產生輸入二數之和與差。

13【加農砲】ㄐㄧㄚ ㄋㄨㄥˊ ㄆㄠˋ

(cannon)砲管長度爲口徑的30至50倍或更長的火砲。射程較同口徑之榴彈砲爲遠。如我陸軍砲兵使用之155加農砲。

17【加壓艙】ㄐㄧㄚ ㄧㄚ ㄘㄤ

(pressure chamber)附有加壓裝備的機艙。通常載人飛機上都設有加壓艙，以避免高空低壓對人體的危害。

3【加工外銷】ㄐㄧㄚ ㄍㄨㄥ ㄨㄞˋ ㄒㄧㄠ

(improvement trade for export)又稱主動加工貿易(active improvement trade)。即從國外輸入原料或半製品，在國內加工裝成成品或半製品後再輸出的貿易。先進國家工資高昂，往往將原料或半製品運往工資低廉的開發中國家加工後再輸出，對兩國均有利。加工出口又可分爲一般加工外銷與委託加工外銷兩種，前者是國內加工業者，從國外輸入原料，加工後外銷；後者是國內加工業者接受國外廠商委託，將其所供應的原料或半製品加工後，依委託廠商指示輸出國外，並由委託廠商以外匯或原料支付加工費。

【加工硬化】ㄐㄧㄚ ㄍㄨㄥ ㄧㄥˋ ㄏㄨㄚˋ

(work hardening)切削過程中，工件材料由於高壓及高溫的作用，而使其顯微組織發生變化，造成表面硬度增高的現象。加工硬化嚴重者會造成切削加工上很大的困擾。

【加工貿易】ㄐㄧㄚ ㄍㄨㄥ ㄇㄠˋ ㄧˋ

(improvement trade)指從國外輸入原料或半製品加工後外銷，或將原料或半製品輸往國外加工後再運回內銷的貿易。可分爲加工出口貿易、加工進口貿易及過境加工貿易三種，通常加工貿易是指加工出口貿易而言。

6【加成反應】ㄐㄧㄚ ㄔㄥˊ ㄈㄢˇ ㄧㄥˋ

(addition reaction)加鹵素、鹵化氫、氫等分子於烯類或炔類分子中，使其不飽和度減少或成爲飽和化合物。這種反應稱爲加成反應。例如：

$CH_2=CH_2+Br_2 \longrightarrow C_2H_4Br_2$。

【加成聚合】ㄐㄧㄚ ㄔㄥˊ ㄐㄩˋ ㄏㄜˊ

(addition polymerization)在反應過程中，各單體直接互相連接形成巨大分子。所成聚合物的總原子數與參與反應的單體總原子數相等，並且所成聚合物的簡式和單體相同。這種聚合反應稱爲加成聚合。例如乙烯(C_2H_4)經加成聚合後，形成聚乙烯〔$(C_2H_4)_n$〕。

【加色混合】ㄐㄧㄚ ㄙㄜˋ ㄏㄨㄣˋ ㄏㄜˊ

(additive color mixture)應用色彩三原色紅、黃、綠，或色光三原色紅、藍、綠，以不同的亮度比例加以混合，形成各種色彩的方式。其所產生的顏色係具有相加性的作用。

7【加里波底】ㄐㄧㄚ ㄌㄧˇ ㄅㄛ ㄉㄧˇ

(Giuseppe Garibaldi, 1807～1882)‘義大利’建國三傑之一。早期組織游擊隊，支持‘馬志尼’革命運動。西元1860年率領千人組成的紅衫軍遠征‘兩西西里王國’，占領‘那不勒斯’南部的土地，獻地予‘薩丁尼亞王國’，促成‘義大利’的統一，而後引退隱居。

8【加官晉爵】ㄐㄧㄚ ㄍㄨㄢ ㄐㄧㄣˋ ㄐㄩㄝˊ

官職升高，爵祿增多。祝人升官的賀詞。

【加油添醋】ㄐㄧㄚ ㄧㄡˊ ㄊㄧㄢ ㄘㄨˋ

比喻言語誇大渲染。

9【加勁土壤】ㄐㄧㄚ ㄐㄧㄣˋ ㄊㄨˇ ㄖㄤˇ

(reinforced earth)在非塑性土壤內裝置厚約3mm之縱向高拉力勁條，則土粒與勁條間之摩擦力使得全體土壤結合成一體，勁條尾端均拉住端板使成直立的面端，是爲加勁土壤。可應用於直立的土堤或土牆。

【加勁鋼材】ㄐㄧㄚ ㄐㄧㄣˋ ㄍㄤ ㄘㄞˊ
(steel stiffener)用於腹板上以加強腹板勁度，防止鋼板梁皺曲的長條鋼材。常以鋼板或角鋼爲之。其中又分爲將反力或集中荷重傳遞到梁腹爲加強目的之支承加勁鋼材與防止皺曲爲目的之非支承加勁鋼材兩類。

10【加納神廟】ㄐㄧㄚ ㄋㄚˋ ㄕㄣˊ ㄇㄧㄠˋ
(Karnak)古'埃及'帝國時代(前1580～前1090)所建造的神廟。位於'底比斯'(Thebes)附近，今尚有部分殘存。神廟全長1,300呎，由 134 根石柱排列構造而成，最大石柱高達70餘呎，柱頭直徑長20呎，可容一百人站立。這種列柱式建築方式，後來傳入'歐洲'，成爲西洋建築特色之一。

11【加速折舊】ㄐㄧㄚ ㄙㄨˋ ㄓㄜˊ ㄐㄧㄡˋ
(accelerated depreciation)企業經營運用的固定資產在使用壽命中的前幾年即以較高的比率將固定資產的成本攤提的一種折舊法。例如一機器其法定折舊年限爲五年，理應每年折舊其成本的20%，但若採用第一年折舊30%、第二年25%、第三年20%、第四年15%、第五年10%等比例折舊，即爲加速折舊。

【加速原理】ㄐㄧㄚ ㄙㄨˋ ㄩㄢˊ ㄌㄧˇ
(the acceleration principle)說明消費與投資關係的理論。根據此一原理，投資是物品產量變動的函數：物品的產量增加，引起投資；產量不變，則淨投資爲零。這條定律，有時也可應用在耐久消費財方面，但是最大的貢獻還是在於說明資本財投資，特別是固定資本財投資和產量變動之間的關係。

【加強塑膠】ㄐㄧㄚ ㄑㄧㄤˊ ㄙㄨˋ ㄐㄧㄠ
(reinforced plastics)加入纖布、玻璃纖維、金屬、矽酸鋁等強化材料於熱塑性或熱固性樹脂，所得到的物性良好之塑膠。可廣用於汽車、船、電氣等各式各樣工業產品之結構。

【加勒比海】ㄐㄧㄚ ㄌㄜˋ ㄅㄧˇ ㄏㄞˇ
(Caribbean Sea)介於'南'、'北美洲'間的地中海。面積275.4萬方公里，最深爲7,535公尺。西北經'猶加敦海峽'(Yucatán Str.)可通'墨西哥灣'，西南經'巴拿馬運河'可通'太平洋'。

【加硫處理】ㄐㄧㄚ ㄌㄧㄡˊ ㄔㄨˇ ㄌㄧˇ
(sulfuring)藉二氧化硫氣體或亞硫酸溶液，抑制蔬菜、水果在加工過程中，因氧化酵素的作用變成褐色的方法。亦有防止腐敗與蟲害、增加維生素的保存性，以及引起細胞內原生質分離而水分滲出細胞膜，促進乾燥的效果。

【加氫重組】ㄐㄧㄚ ㄑㄧㄥ ㄔㄨㄥˊ ㄗㄨˇ
(hydroforming)又稱爲觸媒重組。即於高溫、加壓、觸媒(通常爲鉑)存在下，加氫於烯類化合物使其變成具支鏈之烷類化合物，以提高辛烷值。參觸媒重組。

【加氫裂煉】ㄐㄧㄚ ㄑㄧㄥ ㄌㄧㄝˋ ㄌㄧㄢˋ
(hydrocracking)石油或其產物於高壓及觸媒作用下，加氫使其裂煉。加氫反應除產生裂煉外，可生產石蠟族化合物。

14【加瑪射線】ㄐㄧㄚ ㄇㄚˇ ㄕㄜˋ ㄒㄧㄢˋ
(γ-rays)波長甚短的一種電磁波，約 $10^{-14}\sim10^{-10}$ 公尺，頻率 $3\times10^{18}\sim3\times10^{22}$ 赫。γ-射線是原子核衰變或分裂時所放出的一種輻射線，能量極高，當它被其他原子核吸收時，可能引發原子核反應。生物細胞受到它的照射，會遭到嚴重傷害，故在處理和防護上都需要特別小心。

【加爾各達】ㄐㄧㄚ ㄦˇ ㄍㄜˋ ㄉㄚˊ
(Calcutta)'印度'第一大商港及第二大都市。位於'恆河三角洲'西部，濱'孟加拉灣'(Bengal Bay)。為三大鐵路中心之一及黃麻工業中心，也是黃麻製品輸出港。人口1,380.5萬(2003年)。

21【加護病房】ㄐㄧㄚ ㄏㄨˋ ㄅㄧㄥˋ ㄈㄤˊ
(intensive care unit)醫院爲提高病危病人的治癒率，尤其是減少因醫護人員人力不足而造成對病況疏忽的可能性，所設置的特別診療室。加護病房中有醫師、護士全天守候，且二十四小時均有心電圖及其他儀器監視病患生命徵象的變化，如血壓、呼吸、中心靜脈壓等。

22【加權指數】ㄐㄧㄚ ㄑㄩㄢˊ ㄓˇ ㄕㄨˋ
(weighted index number)加權，指針對各種單一個體占總體的比重，賦予一定數值來表示其權數；指數則是代表一定期間內，有關價格、工資、貿易或其他可以數字表現之經濟現象的變動趨勢。通常以百分比表示。故加權指數即指經過加權後所編製出的指數。

3【加工出口區】ㄐㄧㄚ ㄍㄨㄥ ㄔㄨ ㄎㄡˇ ㄑㄩ
(export processing zone)係以國家法令劃定一專事發展對外貿易的特定區域。該特定區域內，凡產銷過程中必須之倉儲、運輸、裝卸、包裝、修配等，均可申請設廠，且所需之原料、機器、設備，享有免課關稅之優待。

【加凡尼電池】ㄐㄧㄚ ㄈㄢˊ ㄋㄧˊ ㄉㄧㄢˋ ㄔˊ
(Galvanic cell)即化學電池。參

化學電池。

6【加州承載比】 ㄐㄧㄚ ㄓㄡ ㄔㄥˊ ㄗㄞˋ ㄅㄧˇ
(California bearing ratio; CBR)試驗道基土壤在各貫入度下的承載力,與'美國''加州'標準碎石在相應各貫入度下的承載力相比,其比值的最大者爲CBR值。用以表示道基土壤的強度,供作設計柔性鋪面的依據。CBR值通常發生在貫入度 2.5mm 之處。所謂貫入度,係使用19.35cm²的圓柱貫入棒,以約1.2mm/min的定速率貫入土壤。所謂承載力,係對應於貫入度爲2.5mm、5.0mm、7.5mm、10mm及12.5mm所需的壓力。下表爲'美國''加州'標準碎石之承載力。

貫入度	(mm)	2.5	5.0	7.5	10.0	12.5
	(in)	0.1	0.2	0.3	0.4	0.5
承載重	kg/cm²	70	105	134	162	183
	(Psi)	1000	1500	1900	2300	2600

11【加速度中心】 ㄐㄧㄚ ㄙㄨˋ ㄉㄨˋ ㄓㄨㄥ ㄒㄧㄣ
(center of acceleration)一剛體運動時,加速度之總和等於零的點。

22【加權平均法】 ㄐㄧㄚ ㄑㄩㄢˊ ㄆㄧㄥˊ ㄐㄩㄣ ㄈㄚˇ
(weighted average method)會計上存貨計價方法的一種。當同一種商品分數批購入而單價不同時,以各批合計的總價額,除以總數量,求出一平均單價。以此一單價計算期末的存貨或每次出售商品的成本。

14【加爾底亞帝國】 ㄐㄧㄚ ㄦˇ ㄉㄧˇ ㄧㄚˋ ㄉㄧˋ ㄍㄨㄛˊ
(Chaldean Empire)上古建立於'西亞'的帝國之一。西元前606年,居於'兩河流域'(今'伊拉克')東南方的'加爾底亞'人,推翻'亞述帝國'統治所建立。以'巴比倫'(今'巴格達'市南方)爲首都,故又稱'新巴比倫帝國'(Neo-Babylonian Empire)。前539年爲'波斯'人所滅。

22【加權平均股數】 ㄐㄧㄚ ㄑㄩㄢˊ ㄆㄧㄥˊ ㄐㄩㄣ ㄍㄨˇ ㄕㄨˋ
(weighted average number of shares)即按股份在一年中流通在外的時間爲權數而算出的全年平均股數。公司每年計算普通股每股盈餘時,若年度中股份有所增減,有些股份的資金使用不足一年,則按年底股數計算並不適宜,應依加權平均股數計算。例如年初有10,000股,七月一日現金增資2,000股,則
10,000股×1(年)=10,000股,
2,000股×1/2(年)= 1,000股,
加權平均股數爲11,000股。

4

劝 動的俗體。

劦 ㄒㄧㄝˊ *hsieh*² 音協
合力。通協。見"說文"。

劣 ㄌㄧㄝˋ *lieh*⁴ 音列
1弱。如:優勝劣敗。2少。如:智慧淺劣。3鄙陋;低下。如:頑劣。4不良的。如:劣貨。

4【劣化】 ㄌㄧㄝˋ ㄏㄨㄚˋ
(decay)有機、無機材料與聚合體,在加工過程或經長時間使用後,受到加熱、氧化、日光、微生物等作用,發生化學變化導致性質改變而無法使用之現象。可加入抗氧化劑、抗腐蝕劑而予減輕。

11【劣紳】 ㄌㄧㄝˋ ㄕㄣ
不良的士紳。

13【劣跡】 ㄌㄧㄝˋ ㄐㄧ
不良的事跡。

10【劣根性】 ㄌㄧㄝˋ ㄍㄣ ㄒㄧㄥˋ
不良的本性。

5

劫 ㄐㄧㄝˊ *chieh*² 音傑
1威逼;脅制。如:劫持。2強奪;強取。如:劫掠。3災禍。如:劫難。4劫簸的省稱。參劫簸。

9【劫持】 ㄐㄧㄝˊ ㄔˊ
脅制逼迫,使對方答應所提出的要求。

【劫迫】 ㄐㄧㄝˊ ㄆㄛˋ
威脅逼迫。

11【劫掠】 ㄐㄧㄝˊ ㄌㄩㄝˋ
強奪。

13【劫運】 ㄐㄧㄝˊ ㄩㄣˋ
遭遇災難的命運。

14【劫奪】 ㄐㄧㄝˊ ㄉㄨㄛˊ
使用暴力搶奪。

【劫獄】 ㄐㄧㄝˊ ㄩˋ
用非法手段救出獄中囚犯。

15【劫數】 ㄐㄧㄝˊ ㄕㄨˋ
佛家指厄運、災難。所謂「在數難逃」,亦指「在劫難逃」。佛典謂壞劫之末,有火、風、水三災毀滅世間。

【劫餘】 ㄐㄧㄝˊ ㄩˊ
劫後;經歷大災難以後。

【劫鋒】 ㄐㄧㄝˊ ㄈㄥ
(occluded front)即組成低氣壓的鋒面。當冷鋒追及前面的暖鋒時,奪取暖鋒的位置,並將之兼併,即成劫鋒。劫鋒形成後,將一部分暖區的空氣包圍起來,並擡升到空中,這種包圍的情形,稱爲囚錮作用(occlusion),所以劫鋒又稱囚錮鋒。

16【劫機】 ㄐㄧㄝˊ ㄐㄧ
用暴力劫持飛機及機上人員,以遂行其目的的行爲。

19【劫難】 ㄐㄧㄝˊ ㄋㄢˋ
佛家指前世命定的災難。

【劫簸】 ㄐㄧㄝˊ ㄅㄛˇ
梵語kalpa的音譯。簡稱劫。義譯大時、長時。劫有兩種:一爲就世界成壞而立的數量。如成、住、壞、空等劫。二爲算晝夜日月的數量。"法華論"以夜、晝、月、時、年爲五劫。

9【劫後餘生】 ㄐㄧㄝˊ ㄏㄡˋ ㄩˊ ㄕㄥ
在大災難中倖存的生命。

劳 勞的俗體。

劭 ㄕㄠˋ shao⁴ 音紹
1勸勉。2美善。如：年高德劭。

助 ㄓㄨˋ chu⁴ 音注
1輔佐；幫忙。2益。如：助益。3'殷商'時徵收田賦的稅法。因借民力助耕公田而得名。即井田法。

4【助手】 ㄓㄨˋ ㄕㄡˇ
助理；副手。幫助做事而非負主要責任的人。

8【助長】 ㄓㄨˋ ㄓㄤˇ
幫助成長。

9【助威】 ㄓㄨˋ ㄨㄟ
助長他人的聲勢威風。

10【助拳】 ㄓㄨˋ ㄑㄩㄢˊ
助人打架。

11【助教】 ㄓㄨˋ ㄐㄧㄠˋ
今"大學法"中教員之一級。在講師之下，不能獨立開課，主要職務為教學行政工作，並協助教授教學及研究。

12【助詞】 ㄓㄨˋ ㄘˊ
指用來輔助語句、傳達語氣的詞。也稱語助詞。

14【助賑】 ㄓㄨˋ ㄓㄣˋ
救濟災民。

9【助染劑】 ㄓㄨˋ ㄖㄢˇ ㄐㄧˋ
(dye assistant)加於染缸中以加速或控制染色之物質。例如松油、烷基苯香烴磺化物等。其作用在於幫助染料之均勻沈積，或延遲染料之吸收，或增加染料之溶解度與滲透作用。

11【助動詞】 ㄓㄨˋ ㄉㄨㄥˋ ㄘˊ
動詞的一種。輔助說明人物動作或情狀的詞。依位置的不同，有前附、後附之別，如「她會說英語」的「會」、「太陽冉冉升起」的「起」皆是。

18【助濾劑】 ㄓㄨˋ ㄌㄩˋ ㄐㄧˋ
(filter aid)過濾時用來吸附漿體中膠狀物質以減低過濾阻力，並避免過濾介質孔隙被堵塞之物質。例如矽藻土、活性炭等。

22【助聽器】 ㄓㄨˋ ㄊㄧㄥ ㄑㄧˋ
(hearing aid)幫助聽力不佳者的一種儀器。通常是將一擴音器或一放大器與聽筒裝置於耳上或耳內，使進入耳中的音量增大。

7【助邪害正】 ㄓㄨˋ ㄒㄧㄝˊ ㄏㄞˋ ㄓㄥˋ
幫助邪惡為害正道。

9【助紂為虐】 ㄓㄨˋ ㄓㄡˋ ㄨㄟˊ ㄋㄩㄝˋ
幫助壞人做惡事。

16【助憶操作碼】 ㄓㄨˋ ㄧˋ ㄘㄠ ㄗㄨㄛˋ ㄇㄚˇ
(mnemonic operation code)電腦指令中的操作碼以一可幫助記憶、易於瞭解的代碼表示，稱之為助憶操作碼。可使程式編寫較為方便。如組合語言中所使用的指令代碼就是一種助憶操作碼。

努 ㄋㄨˇ nu³ 音弩
1勉力。如：努力讀書。2突出；翹起。如：努嘴。3書法筆法之一。指豎畫。也作弩。

16【努嘴】 ㄋㄨˇ ㄗㄨㄟˇ
翹起嘴唇。對人有所暗示的動作。

劮 ㄧˋ i⁴ 音逸
放蕩。通佚。如：劮遊。

劬 ㄑㄩˊ ch'ü² 音渠
辛勤；勞苦。如：劬勞。

12【劬勞】 ㄑㄩˊ ㄌㄠˊ
辛苦；勞苦。

6

効 效的俗體。

劾 ㄏㄜˊ ho², hê² 音核
1舉發他人的罪。如：彈劾。2判決訟案。

9【劾奏】 ㄏㄜˊ ㄗㄡˋ
向朝廷檢舉別人的罪狀。

23【劾驗】 ㄏㄜˊ ㄧㄢˋ
查證；查驗。

劵 倦的本字。

劻 ㄎㄨㄤ k'uang¹ 音匡
參劻勷。

19【劻勷】 ㄎㄨㄤ ㄖㄤˊ
急迫不安的樣子。

劼 ㄐㄧㄝˊ chieh² 音結
謹慎；小心。見"說文"。

势 勢的俗體。

7

勃 一 ㄅㄛˊ po² 音脖
1興起。如：勃起。2忽；突。如：勃然。3臉色改變的樣子。4旺盛的樣子。
二 ㄅㄟˋ pei⁴ 音倍
違逆。通悖。如：勃亂。

12【勃然】 ㄅㄛˊ ㄖㄢˊ
1發怒而臉色變的樣子。如：勃然大怒。2興起的樣子。如：勃然興起。3忽然；突然。

15【勃德】 ㄅㄛˊ ㄉㄜˊ
(Richard Evelyn Byrd, 1888～1957)'美國'極地探險家及飛行先驅。海軍官校畢業，以探險極地著名，官拜海軍少將。西元1926年5月9日首次飛越北極，1927年飛越'大西洋'，1928年開始從空中探險南極，發現前人未發現的區域，並於1929年飛過南極，在1933～1934年二度探險南極時幾乎喪命。

16【勃興】 ㄅㄛˊ ㄒㄧㄥ
突然興起。

17【勃谿】 ㄅㄛˊ ㄒㄧ
爭吵；衝突。

29【勃鬱】 ㄅㄛˊ ㄩˋ
1風迴旋的樣子。2鬱結。

10【勃起組織】 ㄅㄛˊ ㄑㄧˇ ㄗㄨˇ ㄓ
(erectile tissue)是一種海綿狀構造充塡於雄性陰莖或雌性陰蒂(核)血管間的組織。當性興奮時容許血管充血，以達到勃起和交配授精的作用。

勅 敇的或體。

勊 ㄎㄜˋ k'o^4, k'ê^4 音克
以力制勝。通作克。如:勊敵。

勇 ㄩㄥˇ yung^3 音永
①氣勢旺盛,無所畏避。如:勇猛。②敢作敢當。如:勇於負責。③兵卒。如:兵勇。④'清代'兵制。綠營經制叫兵,行營招募叫勇。

3【勇士】ㄩㄥˇ ㄕˋ
有勇氣、有膽量的人。

10【勇氣】ㄩㄥˇ ㄑㄧˋ
不畏懼困難危險的氣概。

8【勇者不懼】ㄩㄥˇ ㄓㄜˇ ㄅㄨˋ ㄐㄩˋ
勇敢的人,視死如歸,無所畏懼。

【勇往直前】ㄩㄥˇ ㄨㄤˇ ㄓˊ ㄑㄧㄢˊ
形容勇敢前進,毫不退縮。

9【勇冠三軍】ㄩㄥˇ ㄍㄨㄢˋ ㄙㄢ ㄐㄩㄣ
在三軍之中最爲勇敢。

3【勇士不忘喪其元】ㄩㄥˇ ㄕˋ ㄅㄨˋ ㄨㄤˋ ㄙㄤˋ ㄑㄧˊ ㄩㄢˊ
英勇戰士不忘拋頭顱全力以赴。比喻人決心爲正義犧牲。

勁 ㊀ ㄐㄧㄥˋ ching^4 音徑
①強而有力。如:強勁。②強而有力的。如:勁敵。③剛正。如:勁直。

㊁ ㄐㄧㄣˋ chin^4 音近
①力氣。如:使勁。②興趣。如:起勁。③精神。如:渾身是勁。④表情;態度。如:親熱勁。

8【勁拔】ㄐㄧㄥˋ ㄅㄚˊ
強勁有力,挺拔不凡。

【勁弩】ㄐㄧㄥˋ ㄋㄨˇ
堅強有力的弓。

10【勁旅】ㄐㄧㄥˋ ㄌㄩˇ
精銳的軍隊。

15【勁敵】ㄐㄧㄥˋ ㄉㄧˊ
強有力的敵人或對手。

9【勁度法】ㄐㄧㄥˋ ㄉㄨˋ ㄈㄚˇ
(stiffness method)結構矩陣分析及有限元素法中之重要分析方法。又稱位移法。解靜不定結構時,以位移爲未知數,考慮結構物節點位移的一致性,進而建立平衡聯立方程式,先解得諸位移,再循平衡關係與應力應變關係逐一求解結構各部之應力及應變。

勉 ㄇㄧㄢˇ mien^3 音免
①力所不及而強作。如:勉強。②努力;盡力。如:勤勉。③鼓勵。如:勸勉。

11【勉強】ㄇㄧㄢˇ ㄑㄧㄤˇ
也作勉彊。①努力去做;盡力去做。②力量不夠,還要強行。③強迫別人做他不願意做的事。

17【勉勵】ㄇㄧㄢˇ ㄌㄧˋ
勸勉鼓勵。

9【勉爲其難】ㄇㄧㄢˇ ㄨㄟˊ ㄑㄧˊ ㄋㄢˊ
勉強擔任艱難的事情。

8

勍 ㄑㄧㄥˊ ch'ing^2 音擎
強大。見"說文"。

15【勍敵】ㄑㄧㄥˊ ㄉㄧˊ
強敵;勁敵。

勌 ㊀ ㄑㄩㄢˋ ch'üan^4 音勸
勸的或體。

㊁ ㄐㄩㄢˋ chüan^4 音倦
倦的或體。

勑 ㊀ ㄔˋ ch'ih^4 音敕
敕的或體。

㊁ ㄌㄞˋ lai^4 音賴
慰勞。如:勞勑。

勐 ㄇㄥˇ mêng^3 音猛
勇猛。同猛。見"篇海類編"。

9

勘 ㊀ ㄎㄢˋ k'an^4 音看
①校正;覈定。如:勘書。②查看;調查。如:勘察。③審問。如:推勘。

㊁ ㄎㄢ k'an^1 音刊
參校勘。

12【勘測】ㄎㄢˋ ㄘㄜˋ
實地測量。

14【勘察】ㄎㄢˋ ㄔㄚˊ
實地調查;實地查看。

【勘誤】ㄎㄢˋ ㄨˋ
校正錯誤。也作刊誤。

23【勘驗】ㄎㄢˋ ㄧㄢˋ
勘校;驗證;查驗。

勒 ㊀ ㄌㄜˋ lê^4 音肋 語音 ㄌㄜ lê^1
①馬頭絡銜。用以控制馬的速度和方向。②抑制;約束。如:教勒。③統御;整治。如:勒兵。④刻識。如:勒石。⑤強迫;強制。如:勒令退學。⑥書法筆法之一。指橫畫。⑦姓。'漢'有'勒尊'。見"萬姓統譜·一二三"。

㊁ ㄌㄟ lei^1
用繩子繫緊後再用力拉扯。如:勒緊。

5【勒石】ㄌㄜˋ ㄕˊ
刻字在石上。同刻石。

【勒令】ㄌㄜˋ ㄌㄧㄥˋ
強迫人聽從命令。

7【勒兵】ㄌㄜˋ ㄅㄧㄥ
整治軍隊;統領軍隊。

10【勒索】ㄌㄜˋ ㄙㄨㄛˇ
以不法手段,強取他人財物。

【勒馬】ㄌㄜˋ ㄇㄚˇ
拉緊韁繩,使馬停止前進。

13【勒碑】ㄌㄜˋ ㄅㄟ
刻字在石碑上。

22【勒贖】ㄌㄜˋ ㄕㄨˊ
綁架以勒索財物。

7【勒克司】ㄌㄜˋ ㄎㄜˋ ㄙ
(lux)代號爲lx。度量衡導出單位中之照度單位。一勒克司爲一流明的光通量垂直照射於一平方公尺平面的照度。

9【勒威耶】ㄌㄜˋ ㄨㄟ ㄧㄝ
(Urbain-Jean-Joseph Le Verrier; 1811~1877)'法國'天文學家。歷任'巴黎''綜合工科大學'講

師、'巴黎大學'理學院教授、'巴黎天文臺'臺長。他一生致力於天體力學研究,以及計算各行星軌道的偏心率和交角等。曾推算出當時尚未發現的海王星的軌道,並預告它的位置。他並在'巴黎天文臺'首創氣象預報,供農民和航海者參考。

5【勒令退學】 ㄌㄜˋ ㄌㄧㄥˋ ㄊㄨㄟˋ ㄒㄩㄝˊ
(expulsion)學生因犯重大過失或屢犯過失而不知悔改,校方勒令其永久退出該校以示懲罰。

7【勒克藍舍電池】 ㄌㄜˋ ㄎㄜˋ ㄌㄢˊ ㄕㄜˋ ㄉㄧㄢˋ ㄔˊ
(Leclanche cell)又稱乾電池(dry cell)。以鋅製圓套爲陽極,糊狀之氯化鋅與氯化銨爲電解質,二氧化錳爲去極劑,中央以一碳棒爲陰極,其電壓大約爲1.4伏特左右,主要反應爲陽極之鋅放出電子變成鋅離子,而陰極自外電路接受電子使二氧化錳、水與氫離子反應產生氫氧離子與三氧化二錳沈澱。

務 ㄨˋ *wu*[4] 音霧
1事情;政事。如:公務。2致力;專心趨赴。如:君子務本。3必須。如:務必。4姓。上古有'務光'。見"萬姓統譜·九五"。

5【務本】 ㄨˋ ㄅㄣˇ
1致力於根本。2古代以農業爲立國的根本,所以稱致力於農業生產爲務本。

6【務光】 ㄨˋ ㄍㄨㄤ
上古高士。好琴。'湯'放'桀'後,相傳要把天下讓給他,他不接受,負石投'蓼水'死。

13【務農】 ㄨˋ ㄋㄨㄥˊ
致力於農耕;從事農業生產。

14【務實】 ㄨˋ ㄕˊ
力求實在。

16【務頭】 ㄨˋ ㄊㄡˊ
戲曲術語。指曲中最精采之處。說法不一:或以爲文句最精警處,或以爲聲腔最動聽處,或以爲平、上、去三聲聯串而隔用陰陽之處。

勔 ㄇㄧㄢˇ *mien*[3] 音緬
1盡力。如:黽勔。2勸勉。如:勗勔。

勖 勗的本字。

動 ㄉㄨㄥˋ *tung*[4] 音洞
1發作;操作。如:動怒。2運行;移轉。如:日行月動。3感應;影響。如:動人心神。4搖盪;不靜止。如:風吹草動。5做;爲。如:非禮勿動。6改變。如:動容。7往往。

3【動土】 ㄉㄨㄥˋ ㄊㄨˇ
1挖掘翻鬆泥土。2開始建築。

4【動心】 ㄉㄨㄥˋ ㄒㄧㄣ
1心志動搖。2內心感動。

【動火】 ㄉㄨㄥˋ ㄏㄨㄛˇ
比喻發怒。

【動止】 ㄉㄨㄥˋ ㄓˇ
1動靜;行動和止息。2行爲舉止。3指生活起居。常用於書信問候。

【動手】 ㄉㄨㄥˋ ㄕㄡˇ
1開始工作。2爭鬥或毆打。

5【動用】 ㄉㄨㄥˋ ㄩㄥˋ
運用;使用。

6【動向】 ㄉㄨㄥˋ ㄒㄧㄤˋ
活動的情況、趨勢。

7【動身】 ㄉㄨㄥˋ ㄕㄣ
出發。

8【動物】 ㄉㄨㄥˋ ㄨˋ
(animal)生物分類上屬於動物界的種類。動物與植物的最基本差異是:一、構造上,動物的細胞無細胞壁,植物細胞則有細胞壁。二、動物不能自製養分,必須攝食現成的有機物;植物則能行光合作用,自行製造養分。一般的動物皆能發生運動,對刺激能迅速發生反應。

9【動怒】 ㄉㄨㄥˋ ㄋㄨˋ
生氣;發怒。

10【動容】 ㄉㄨㄥˋ ㄖㄨㄥˊ
1舉動儀容。2表情改變。

【動員】 ㄉㄨㄥˋ ㄩㄢˊ
集結及編組國家可用之人力與物力,以準備參戰及爲其他緊急情形所採取的行動。

【動能】 ㄉㄨㄥˋ ㄋㄥˊ
(kinetic energy)運動中的物體,有作功的本領,因此具有能量,此種能量稱爲動能。物體所具有的動能 $K.E$ 可表之如下:$K.E=1/2mv^2$,式中m爲物體質量,v爲速度。對於轉動的物體,則$K.E=1/2I\omega^2$,I爲轉動慣量,ω爲轉動角速度。MKS制中動能的單位是焦耳。

【動氣】 ㄉㄨㄥˋ ㄑㄧˋ
1引發或影響意念。2生氣;發怒。

【動脈】 ㄉㄨㄥˋ ㄇㄛˋ
(artery)從心臟運送血液到有機體各部血管的總稱。脊椎動物直接從心臟起始的動脈主要有二幹線,即肺動脈和主動脈。肺動脈把含二氧化碳較多的靜脈血從右心室送到肺臟;主動脈把含氧較多的動脈血從左心室送到全身。動脈管由平滑肌和彈性組織構成,可以伸縮,一般管壁都較靜脈粗。

11【動產】 ㄉㄨㄥˋ ㄔㄢˇ
指不動產以外之物。其範圍甚廣,舉凡可移動之物,甚至法律上可得支配之各種自然力均屬之。動產物權因讓與合意並交付即生變動之效力。但若干特別法,如"海商法"、"民用航空法"則規定船舶及民用航空機,其所有權之移轉應經登記,否則不得對抗第三人,且得以之設定抵押權。亦即在交易上將之視爲不動產加以處理。此外,動產得爲質權及留置權之標的,依動產擔保交易法,更得設定動產抵押權。在強制執行法上,未與土地分離之甘蔗、稻、麥等,雖因其爲土地之構成部分,不得單獨爲不動產物權之標的物,但將來與土地分離時即成爲動產,執行法院於將成熟之時期予以查封,而於成熟後收穫時加以拍賣或變賣,自無不可。此時應依關於動產之執行程序辦理。

【動情】 ㄉㄨㄥˋ ㄑㄧㄥˊ
觸動眞情。

【動粗】 ㄉㄨㄥˋ ㄘㄨ
以粗暴對人。通常指跟人打架。

12【動詞】 ㄉㄨㄥˋ ㄘˊ
文法學上用以表示人物之動作、行爲或事件之發生的詞類。

【動畫】 ㄉㄨㄥˋ ㄏㄨㄚˋ
(animation)電視、電影拍攝技術的一種。俗稱卡通。即將靜態的圖畫或物品,單格拍攝,在連續播放時,產生動態的畫面。

【動量】 ㄉㄨㄥˋ ㄌㄧㄤˋ
(momentum)物體的質量與其速度的乘積稱爲動量。即$\vec{P}=m\vec{V}$。動量爲一向量,方向與速度相同。物體動量的變化率,等於作用於物體的外力。

14【動態】 ㄉㄨㄥˋ ㄊㄞˋ
①事勢變動發展的狀態。②(dynamic)指程序之輸入變數與輸出變數間之關係。例如在熱交換器中以蒸汽加熱流體時,流體出口溫度與蒸汽溫度的關係。一般可用數學式子表示,以作爲控制與模擬之根據。

15【動彈】 ㄉㄨㄥˋ ㄊㄢˊ
指身體的轉側。

16【動靜】 ㄉㄨㄥˋ ㄐㄧㄥˋ
①動作和靜止。②事情進行的狀況。

【動機】 ㄉㄨㄥˋ ㄐㄧ
(motivation)個人朝向目標的行爲動力。

【動器】 ㄉㄨㄥˋ ㄑㄧˋ
(effector)動物接受刺激後,發生反應的部位。通常是肌肉或腺體。

17【動盪】 ㄉㄨㄥˋ ㄉㄤˋ
動搖;不平靜。也作動蕩。

20【動議】 ㄉㄨㄥˋ ㄧˋ
會議時,與會人對於某一事項處理的提案。動議之提出有二種方式:一爲書面提出者,通稱爲書面提案。一爲口頭陳述者,通稱爲口發動議。各國議會之慣例,大都規定動議須以書面提出。書面提案須有若干名與會人連署,才能成立,非經連署人全體同意,不能撤回。口發動議者,則須有隨聲附和者(即附議人)始可成立,交付討論。

22【動聽】 ㄉㄨㄥˋ ㄊㄧㄥ
①引人傾聽。②悅耳;好聽。

2【動力學】 ㄉㄨㄥˋ ㄌㄧˋ ㄒㄩㄝˊ
(dynamics)屬力學的一大部門。它是在探討物體運動的原因(力)與物體運動及物體特性(如質量、轉動慣量)三者間之關係的學問。例如'牛頓'運動定律,便是動力學中一重要定律。

10【動脈瘤】 ㄉㄨㄥˋ ㄇㄛˋ ㄌㄧㄡˊ
(aneurysm)指動脈壁的抗性減低,其衰弱部分呈擴張的狀態。主要成因有動脈硬化、梅毒、先天性異常、外傷等。動脈瘤可能發生在身體的任何一部分,但以發生在胸部及腹部的大動脈最普遍,應及早開刀治療,否則可能破裂導致大量出血而喪命。

14【動誤差】 ㄉㄨㄥˋ ㄨˋ ㄔㄚ
(dynamic error)量度量受時間影響之量測儀器的反應誤差。

2【動力相似】 ㄉㄨㄥˋ ㄌㄧˋ ㄒㄧㄤ ㄙˋ
(dynamic similarity)幾何外形相似的兩個液體流,如果由於其長度及速度比例的變化相同(這是使邊界狀況變成相同所需要的條件),使得一方的流域可能變成另一方的流域時,它們可說是動力相似。

【動力衝程】 ㄉㄨㄥˋ ㄌㄧˋ ㄔㄨㄥ ㄔㄥˊ
(power stroke)內燃機產生動力的衝程。當壓縮衝程結束,燃料在引擎內部燃燒,汽缸內之氣體吸收燃料燃燒所釋放出的化學能而達高溫、高壓狀態,此時進、排汽門均告關閉,高壓氣體無法外洩,因而衝擊活塞移動,將動力輸出。

4【動心忍性】 ㄉㄨㄥˋ ㄒㄧㄣ ㄖㄣˇ ㄒㄧㄥˋ
激發心志,堅忍性情。

【動手動腳】 ㄉㄨㄥˋ ㄕㄡˇ ㄉㄨㄥˋ ㄐㄧㄠˇ
①指打鬧、打架。②指調戲。③形容搜尋之勤快。

6【動如參商】 ㄉㄨㄥˋ ㄖㄨˊ ㄕㄣ ㄕㄤ
比喻親朋間聚少離多。參商,二星名,參在西,商在東,此出彼沒。

7【動見瞻觀】 ㄉㄨㄥˋ ㄐㄧㄢˋ ㄓㄢ ㄍㄨㄢ
一舉一動,都被人所注意。

【動作研究】 ㄉㄨㄥˋ ㄗㄨㄛˋ ㄧㄢˊ ㄐㄧㄡˋ
(motion study)分析一操作或工作週期中,操作者本身的動作,以利無益動作的刪除,使動作更爲調和,以發展一套最適化的工作程序,同時設立最適化的工作環境。

9【動若脫兔】 ㄉㄨㄥˋ ㄖㄨㄛˋ ㄊㄨㄛ ㄊㄨˋ
形容人的行動非常敏捷靈活。

10【動脈硬化】 ㄉㄨㄥˋ ㄇㄛˋ ㄧㄥˋ ㄏㄨㄚˋ
(arteriosclerosis)指動脈管壁變硬、變厚,降低其彈性的情形。通常由於肥胖、血液膽固醇過高而引起。治療的方法在於調整脂肪代謝和神經血管功能。適當的體力活動、少吃動物性脂肪和戒菸是重要的防治方法。

11【動產抵押】 ㄉㄨㄥˋ ㄔㄢˇ ㄉㄧˇ ㄧㄚ
抵押權人對債務人或第三人不移轉占有而就供擔保債權人之動產設定動產抵押權,於債務人不履行契約時,抵押權人得占有抵押物,並得出賣,就其賣得價金優先於其他債權,而受清償之交易。動產抵押之標的物限於動產擔保交易標的物品類表所列動產,其設定須訂立動產抵押契約,非經登記,不得對抗善意第三人。

【動產質權】 ㄉㄨㄥˋ ㄔㄢˇ ㄓˋ ㄑㄩㄢˊ

債權人因擔保債權,占有由債務人或第三人移交之動產,得就其賣得價金,受清償之權。動產質權可因設定、動產質權連同其所擔保之債權一併受讓、時效完成、繼承等原因而取得。質權因設定而取得者,非移轉占有不生效力。質權連同其所擔保之債權一併受讓者,既因法律行爲而取得,非將質物交付,不生效力。質權因時效而取得者,因質物早已在債權人占有中,無交付之必要。質權因繼承而取得者,則因被繼承人死亡而質權當然移轉,亦無交付之必要。凡動產具有融通性、獨立性及特定性者,均得爲質權之標的物。質權人必須盡善良管理人之注意保管質物,否則對質物所生損害須負賠償責任。質權人於清償期屆至,不獲清償時,得依"民法""債編施行法"第十四條之規定照市價變賣,但應經法院、公證人、警察官署、商會或自治機關之證明。此外,質權人亦得聲請法院以裁定取得執行名義,依強制執行法關於動產執行之規定,拍賣質物。質權人就變賣價金或拍賣價金得優先受償。

【動情激素】 ㄉㄨㄥˋ ㄑㄧㄥˊ ㄐㄧ ㄙㄨˋ

(estrogen)由卵巢濾泡分泌的荷爾蒙。功能頗多,如可促進女性次要性徵的表現、使月經後的子宮內膜再生、促進子宮肌層收縮、乳房發育及形成正常之性慾等。

14【動輒得咎】 ㄉㄨㄥˋ ㄓㄜˊ ㄉㄜˊ ㄐㄧㄡˋ

常常得罪或受到責備。形容人處境困難,時常遭遇到無理的指責。

【動態分析】 ㄉㄨㄥˋ ㄊㄞˋ ㄈㄣ ㄒㄧ

(dynamic analysis)又稱橫的分析。指對兩期或多期財務報表上的相同項目的比較與分析,藉以了解其增減變動的情形及趨勢發展。常用的分析方法包括增減金額、百分比分析及趨勢分析等。

【動態平衡】 ㄉㄨㄥˋ ㄊㄞˋ ㄆㄧㄥˊ ㄏㄥˊ

(dynamic equilibrium)對於一個可逆的變化,其巨視的性質不再改變,而微視的性質仍在改變,正逆兩方向的變化相等時,這種不衡稱爲動態平衡。

【動態收斂】 ㄉㄨㄥˋ ㄊㄞˋ ㄕㄡ ㄌㄧㄢˋ

(dynamic convergence)彩色電視機系統之彩色映像管因結構關係,在畫面四周由於三電子束分別射入而引起色差,爲求仍能獲得良好的彩色圖像,而使用線圈產生磁場,以收斂電子束。與偏向頻率同步的交流信號加於收斂線圈上,可產生動態的偏向磁場,稱爲動態收斂。基本上動態收斂所需的電流波形爲拋物線形狀,波形的中央部分振幅很小,而兩邊的峰值很大且呈對稱。

【動態規劃】 ㄉㄨㄥˋ ㄊㄞˋ ㄍㄨㄟ ㄏㄨㄚˋ

(dynamic programming)數學規劃的一種。動態規劃的問題涉及一序列的過程,因此它發展隨情況而變的算法。例如隨機變數x_1、x_2、x_3等等依某一時間序列而出現。

【動態組織】 ㄉㄨㄥˋ ㄊㄞˋ ㄗㄨˇ ㄓ

(dynamic organizations)從動態的觀點看組織,認爲組織是一群員工爲達成組織目標所表現出的各種活動,故組織不是靜態的而是動態的,且組織的實況是難以用圖表表明的。

【動態登記】 ㄉㄨㄥˋ ㄊㄞˋ ㄉㄥ ㄐㄧˋ

經銓敘機關銓敘合格之現職公務人員,調任同職等之他職,或調任其他不需再審查資格之職務時,可以簡化方式送請銓敘機關辦理動態登記,不需再檢同證件辦理銓敘。

【動態傾印】 ㄉㄨㄥˋ ㄊㄞˋ ㄑㄧㄥ ㄧㄣˋ

(dynamic dump)電腦程式執行過程所進行的傾印。

【動態壓力】 ㄉㄨㄥˋ ㄊㄞˋ ㄧㄚ ㄌㄧˋ

(dynamic pressure)簡稱動壓。空氣或其他流體由相對運動所施於一物體的壓力。計算式爲:$q=1/2\rho V^2$,式中q爲動壓,ρ爲流體的密度,V爲流體與物體的相對速度。

15【動摩擦力】 ㄉㄨㄥˋ ㄇㄛˊ ㄘㄚ ㄌㄧˋ

(kinetic friction)又稱動摩擦。指一物體在另一物體面上做相對的滑動運動時,接觸面間阻止物體運動的作用力。動摩擦力f_k的大小和物體作用於接觸面上的正向力N成正比,故有$f_k=\mu_k \cdot N$的關係,式中μ_k爲動摩擦係數。動摩擦力的大小,與使物體作等速運動所需的作用力相等。靜摩擦與動摩擦合稱爲滑動摩擦;又最大靜摩擦力恆比動摩擦力爲大。

16【動靜壓管】 ㄉㄨㄥˋ ㄐㄧㄥˋ ㄧㄚ ㄍㄨㄢˇ

(Pitot-static tube)飛機上一種管形裝置。包括一動壓管與一靜壓管,動壓管即'皮'氏(Pitot)管,其開口端面向相對氣流,可以測量衝擊壓力;靜壓管不開口,但在其兩端和周圍鑽有小孔,可測量空氣之靜壓力。將動靜壓管與

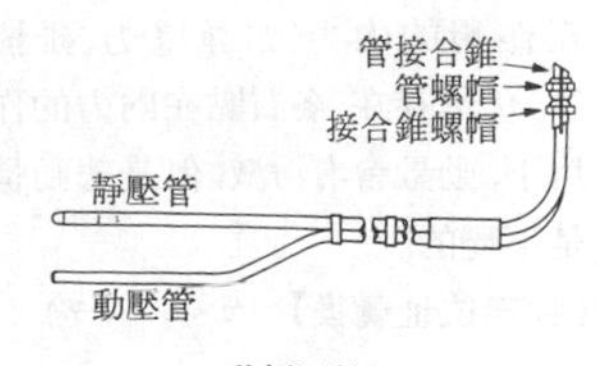

動靜壓管圖

空速表相連,其壓差即可使該表指示空速讀數。通常動靜壓管應裝置在飛機之最前端,與縱軸平行,以避免干擾。

【動機衝突】ㄉㄨㄥˋ ㄐㄧ ㄔㄨㄥ ㄊㄨˊ
個人的若干個動機之間,引起了衝突,致對行爲與目標的選擇,發生心理上的困擾,其情況嚴重者,可使個人寢食難安,影響到心理及生理的健康。

2【動力氣候學】ㄉㄨㄥˋ ㄌㄧˋ ㄑㄧˋ ㄏㄡˋ ㄒㄩㄝˊ
(dynamic climatology)以大氣動力學及熱力學解釋並研究大氣環流的一門學問。

11【動圈式儀表】ㄉㄨㄥˋ ㄑㄩㄢ ㄕˋ ㄧˊ ㄅㄧㄠˇ
(moving coil meter)其構造爲將可動線圈置於永久磁鐵之間,當電流流經線圈所產生的磁力和永久磁鐵相互作用,而帶動指針指示電流的大小。

14【動態重定位】ㄉㄨㄥˋ ㄊㄞˋ ㄔㄨㄥˊ ㄉㄧㄥˋ ㄨㄟˋ
(dynamic relocation)於電腦程式執行過程中,將程式所占用之記憶體位置移動或重新調整,但不影響程式執行,稱爲動態重定位。

12【動量守恆定律】ㄉㄨㄥˋ ㄌㄧㄤˋ ㄕㄡˇ ㄏㄥˊ ㄉㄧㄥˋ ㄌㄩˋ
(law of conservation of momentum)在一多質點的系統中,如不受外力的作用,或外力的總合力爲零,則各質點動量的和恆保持不變,爲一定值,此稱爲動量守恆定律,或稱動量不滅定律。系統雖不受外力作用,但質點間相互作用的內力(如靜電力、碰撞等)仍然存在,各質點在內力的作用下,動量會有增減,但是總動量是不變的。

14【動態位址轉換】ㄉㄨㄥˋ ㄊㄞˋ ㄨㄟˋ ㄓˇ ㄓㄨㄢˇ ㄏㄨㄢˋ
(dynamic address translation)電腦虛擬記憶體作業系統中,將一虛擬位址轉換爲眞實記憶體位址的過程。

【動態特性曲線】ㄉㄨㄥˋ ㄊㄞˋ ㄊㄜˋ ㄒㄧㄥˋ ㄑㄩ ㄒㄧㄢˋ
(dynamic characteristic curve)對於二極體電路,當輸入電壓值V_i隨時間變化時,把每一電壓值,經由二極體的負載線計算出所對應的輸入電流,然後描繪出電流i隨V_i變化而變化的曲線。

【動態儲存體分配】ㄉㄨㄥˋ ㄊㄞˋ ㄔㄨˊ ㄘㄨㄣˊ ㄊㄧˇ ㄈㄣ ㄆㄟˋ
(dynamic storage allocation)電腦在一程式執行過程中,依此程式之需要分配記憶儲存體的技術。

【動態金氧半反相器】ㄉㄨㄥˋ ㄊㄞˋ ㄐㄧㄣ ㄧㄤˇ ㄅㄢˋ ㄈㄢˇ ㄒㄧㄤˋ ㄑㄧˋ
(dynamic MOS converter)一種由金氧半場效電晶體設計而成的反相器電路。具有如下性質:一、場效電晶體爲雙向開關。二、有非常高的輸入電阻,可以使資料暫時貯存於金氧半結構的閘極一底層間的小電容上。三、作爲負載的場效電晶體,可由脈波加以控制,減少功率的消耗。

【動態隨機存取記憶器】ㄉㄨㄥˋ ㄊㄞˋ ㄙㄨㄟˊ ㄐㄧ ㄘㄨㄣˊ ㄑㄩˇ ㄐㄧˋ ㄧˋ ㄑㄧˋ
(dynamic RAM)記憶器的一種。其所記憶的信號會因時間而消耗,有再充電的必要。其記憶胞由數個MOSFET構成,以閘、汲極間之靜電電容所儲存之電荷爲其記憶值,因此會放電。動態記憶器價格便宜,容量大。

10【動員戡亂時期臨時條款】ㄉㄨㄥˋ ㄩㄢˊ ㄎㄢ ㄌㄨㄢˋ ㄕˊ ㄑㄧˊ ㄌㄧㄣˊ ㄕˊ ㄊㄧㄠˊ ㄎㄨㄢˇ
本條款是由'國民大會'依照"憲法"第一百七十四條第一款所定修改"憲法"程序而制定公布。其內容乃針對動員戡亂時期之需要,就國家之基本組織與作用,爲與"憲法"不同之特別規定,具有根本法性質而適用於特定時期之臨時性條文。俟動員戡亂時期終止,此項條款即予廢止。此條款於'民國'三十七年五月制定公布,四十三年三月十一日'國民大會'議決繼續有效,其後經四十九年三月、五十五年二月、五十五年三月及六十一年三月四次修正,現有條款十一項。

10

⿱旅力 膂的俗體。

勞 ㊀ ㄌㄠˊ lao^2 音牢
[1]用力過甚。如:勞累。[2]憂;煩。如:勞心。[3]做事。如:代勞。[4]事功。如:勳勞。[5]農具。無齒的耙,用木條編成以摩田,可使田平土潤。如圖。[6]姓。'漢'有'勞丙'。見"萬姓統譜·三三"。

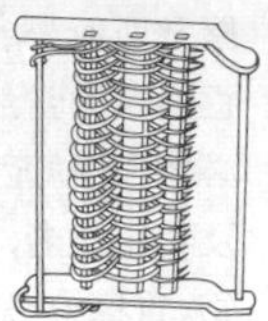
勞圖

㊁ ㄌㄠˋ lao^4 音澇
慰勉。如:慰勞。

2【勞力】ㄌㄠˊ ㄌㄧˋ
勞動體力;用體力工作。

3【勞工】ㄌㄠˊ ㄍㄨㄥ
(labor)廣義的勞工,指受僱於人換取工資或報酬,以維持生活者,不論是體力或智力的勞動者,均包括在內。狹義的勞工,則僅指以體力勞動換取工資維生者。'國際勞工組織'將勞工分爲:無技術工人、半技術工人、技術工人、白領工作者,以及自僱工作者五類。第一至三類的工人,爲狹義的勞工,一般稱爲粗工,也即'歐''美'習稱的藍領階級;第四類工人,一般稱爲細工,也即'歐''美'所稱的白領階級;第五類工人則粗工與細工兼而有之。綜合以上五類工人，即為廣義的勞工。

【勞山】ㄌㄠˊ ㄕㄢ
也作'牢山'、'嶗山'。在'山東省''膠州灣'東岸。上有'清風嶺'、'碧落巖'等名勝。

4【勞心】ㄌㄠˊ ㄒㄧㄣ
[1]用腦力；費心思。[2]內心憂傷。

7【勞形】ㄌㄠˊ ㄒㄧㄥˊ
身體疲勞憔悴。

【勞改】ㄌㄠˊ ㄍㄞˇ
勞動改造的簡稱。'中共'所謂勞動改造，一般稱之為奴工，國際法學家稱之為強迫勞動。被改造的人，大都是'中共'的階級敵人，小部分也有被下放的罪犯。'中共'以此榨取階級專政反動者的剩餘勞動力，又使他們在拘禁之下無法造反。

【勞役】ㄌㄠˊ ㄧˋ
人民義務為國家做工。

9【勞軍】ㄌㄠˋ ㄐㄩㄣ
慰勞軍中將士。

【勞神】ㄌㄠˊ ㄕㄣˊ
煩勞心神。

11【勞動】ㄌㄠˊ ㄉㄨㄥˋ
[1]用勞力工作。[2]騷擾；驚動。[3](labor)人類以獲取收入為目的，所提供的體力與智力的勞務。

12【勞結】ㄌㄠˊ ㄐㄧㄝˊ
憂鬱；心中的憂悶鬱結。

13【勞瘁】ㄌㄠˊ ㄘㄨㄟˋ
過度辛勞而憔悴。也作勞悴。

【勞資】ㄌㄠˊ ㄗ
勞動者和資本家。

【勞頓】ㄌㄠˊ ㄉㄨㄣˋ
勞苦疲倦。

【勞碌】ㄌㄠˊ ㄌㄨˋ
辛苦忙碌。

15【勞駕】ㄌㄠˊ ㄐㄧㄚˋ
勞動大駕。請人做事或事後道謝的客氣話。

2【勞乃宣】ㄌㄠˊ ㄋㄞˇ ㄒㄩㄢ
(1843～1921)'浙江''桐鄉'人。字'季瑄'，號'玉初'、'韌叟'，署'矩齋'。'同治'進士。致力修改'王照'所創官話合聲字母，為簡字書五種，用以普及教育，是'民'初注音符號的肇劃先驅。著有"遺安錄"、"讀書簡字通譜"等。

勞乃宣像

8【勞依茲】ㄌㄠˊ ㄧ ㄗ
(Lloyd's)為'英國'個人保險商的一種特殊組織。'勞依茲'本身並不接受業務，乃係許多個人保險商的集合組織，每一參加'勞依茲'的保險商，對其所認定的承保金額負無限責任，但彼此間並無連帶的團體責任。'美國'也有類同的組織，但不如'英國''勞依茲'在保險市場中占重要地位。

10【勞倫斯】ㄌㄠˊ ㄌㄨㄣˊ ㄙ
[1](David Herbert Lawrence, 1885～1930)'英國'小說家、詩人及散文家。父親為'英格蘭'中部地區的礦工，母親是位小學教師，極欲改善孩子的社會地位。他的第三本長篇小說"兒子與情人"(*Sons and Lovers*)，是他早年的自傳。西元1915年出版"彩虹"(*The Rainbow*)，1920年出版"戀愛中的女人"(*Women in Love*)，這兩本小說的文學價值可能比他在1928年出版的"查泰萊夫人的情人"(*Lady Chatterley's Lover*)還高；後者出版後在許多國家被查禁，也是他最著名的作品。他和'佛斯特'(E. M. Forster)、'理查生'(Dorothy Richardson)、'喬艾斯'、'吳爾芙'都是現代小說的塑造者。[2](Thomas Edward Lawrence, 1888～1935)'英國'考古學家、軍事策略專家及作家。西元1909年赴'敘利亞'及'巴勒斯坦'旅行，1911～1914年，他參加考古隊到'幼發拉底河流域'勘察，又到'西奈半島'及'蘇伊士運河'區旅行，並把經驗寫成"季恩的荒野"(*The Wilderness of Zin*)。1916～1918年，領導'阿拉伯'人對抗'土耳其'。1926年他將這次戰役經驗寫成"智慧七柱"(*Seven Pillars of Wisdom*)，一舉成名。後又於1922及1923～1935年兩度化名參與'阿拉伯'人爭取獨立的戰爭，因而世稱為'阿拉伯'的'勞倫斯'。

勞倫斯像

11【勞動力】ㄌㄠˊ ㄉㄨㄥˋ ㄌㄧˋ
(labor force)指具有工作能力及工作意願的人口。是建設國家社會的主力。有工作能力者，係指若干年齡以上、若干年齡以下可從事工作者；我國勞動力年齡現為十五歲以上。有工作意願者，則指隨時準備工作者，不論其目前有無工作。

3【勞工行政】ㄌㄠˊ ㄍㄨㄥ ㄒㄧㄥˊ ㄓㄥˋ
(labor administration)指政府為解決勞工問題而設立行政組織與機構，並依據既定的勞工政策及勞工立法來推展各項業務。我國'行政院''勞工委員會'成立於'民國'七十六年八月一日，為全國勞工行政最高主管機關。

【勞工政策】ㄌㄠˊ ㄍㄨㄥ ㄓㄥˋ ㄘㄜˋ
(labor policy)處理勞工問題的指導方針。據此方針規劃制訂的法律及採取的措施，即為勞工行政作為的準繩。為顧及整體社會經濟的發展，勞工政策須與其他政策相互調和，以期達成目的。

【勞工保險】ㄌㄠˊ ㄍㄨㄥ ㄅㄠˇ ㄒㄧㄢˇ
(labor insurance)政府基於勞工保護政策，運用保險技術，採取強制方式，對於勞工遭遇保險事故時，提供保險給付，以保障其經濟生活與身心健康的一種社會保險制度。此制由‘德國’首創於西元1883年，其後各國陸續採行。我政府遷‘臺’後，‘臺灣省政府’於‘民國’三十九年三月一日開辦勞工保險，至四十七年中央立法制定“勞工保險條例”，於四十九年指定仍由‘臺灣省’實施，成立‘臺’‘閩’地區‘勞工保險局’執行業務。對改善勞工生活、維護社會安全，有積極的功能與貢獻。

【勞工教育】ㄌㄠˊ ㄍㄨㄥ ㄐㄧㄠˋ ㄩˋ
(labor education)‘國際勞工組織’對勞工教育有明確的解釋：「勞工教育專對工人而言，使他們對於在現代社會作爲一個工人所要面對、負擔的各種問題，能有更深入的了解。」我國的勞工教育實施辦法於‘民國’四十七年公布，七十一年十一月九日修正，以增進勞工生活知識、發揮敬業精神、提高工作效能爲目標。其實施範圍包括知能教育、公民教育、生活教育及工會教育等四種，由事業單位或工會單獨舉辦，或聯合舉辦，或委託學校辦理，或經中央主管機關核定的機構辦理。

【勞工問題】ㄌㄠˊ ㄍㄨㄥ ㄨㄣˋ ㄊㄧˊ
係由勞工與雇主間的關係失調所引起。勞工是受僱者，雇主則是以工資或薪給僱用他人爲其從事生產或工作的人，兩者立場不同，願望、要求自然相反，於是勞雇之間易於發生利害相衝突的問題。

【勞工參與】ㄌㄠˊ ㄍㄨㄥ ㄘㄢ ㄩˋ
(worker's participation)指勞工以其工人身分直接或間接去行使企業經營管理的職權。參與的方式有：一、以團體協約的方式，建立勞工參與管理制度，如‘美國’。二、以立法建立勞工參與管理制度，如‘德國’。從經濟觀點看，勞工參與是發揮人類潛能，增加工作效率；從社會觀點看，是表現人性尊嚴，促進工業民主。

【勞工運動】ㄌㄠˊ ㄍㄨㄥ ㄩㄣˋ ㄉㄨㄥˋ
指勞工組織工會，以集體力量爭取自身權益的活動。

【勞工福利】ㄌㄠˊ ㄍㄨㄥ ㄈㄨˊ ㄌㄧˋ
廣義言，指由政府、或社會、或企業主、或工會，爲使勞工在工作上、生活上、環境上及社會上，均獲必要的照顧與人性尊嚴維護的各種制度、規章與措施，包括社會、經濟、政治、精神與物質等措施皆是。狹義言，指在企業經營中所應給予的基本勞動條件外，由企業主、或工會、或勞資雙方，有計畫有組織的以各種措施，使勞工在工作中、生活上，均獲適當便利與福祉的總稱。

【勞工檢查】ㄌㄠˊ ㄍㄨㄥ ㄐㄧㄢˇ ㄔㄚˊ
(labor inspection)西元1947年‘國際勞工大會’通過“勞工檢查公約”，規定勞工檢查的意義，係指包括有關保護勞工的法律條款的實施，如安全衛生與福利規定等是。從此勞工檢查逐漸遍行於世界多數國家。我國於‘民國’二十年公布“工廠檢查法”，實施僅及於工廠的檢查工作。三十六年擴大爲工礦檢查，六十三年公布“安全衛生法”及七十三年公布“勞動基準法”，更規定檢查範圍遍及其他勞工工作場所，「勞工檢查」一詞並正式成爲法定名稱。

5【勞民傷財】ㄌㄠˊ ㄇㄧㄣˊ ㄕㄤ ㄘㄞˊ
消耗民力，浪費財物。多用以指責他人行事措施的不當。

8【勞侖茲力】ㄌㄠˊ ㄌㄨㄣˊ ㄗ ㄌㄧˋ
(Lorentz force)導電載子在外加磁場下運動時所受到的力。其大小爲導電載子的電荷量乘上運動速度向量與磁場向量之內積值。

10【勞師動眾】ㄌㄠˊ ㄕ ㄉㄨㄥˋ ㄓㄨㄥˋ
勞動大批軍民。多用以形容行事不當而耗費很多人力。

11【勞務所得】ㄌㄠˊ ㄨˋ ㄙㄨㄛˇ ㄉㄜˊ
(income from service)指伴隨勞力而發生之所得。如軍、公、教、警及公私企業職工的薪資所得即是。由於勞動力與勞動機會的存在較無永固性，又因其獲取不易、數額較小，故‘華格納’(A. Wagner)於其所得稅原則中主張要輕課勞務所得。

【勞務管理】ㄌㄠˊ ㄨˋ ㄍㄨㄢˇ ㄌㄧˇ
(labor management)是講求最高能率，利用勞動力的方策；也可以說是人事管理。主要內容可分兩類：一、維持或增大勞動者的作業能力的管理，如僱用勞動者的管理和保全勞動者的管理。二、維持勞動者作業的情緒，即引起勞動者對於經營協力的管理，如工資、福利設施和勞資關係的管理。

【勞動市場】ㄌㄠˊ ㄉㄨㄥˋ ㄕˋ ㄔㄤˊ
(labor market)指勞動者提供勞務的場所。在任何經濟社會，當雇主需要僱用勞工，或勞工需要尋求工作，都有兩者討價還價之事，而雇主保有自由選擇工人並決定其僱用條件之權，勞工亦有自由選擇其受僱場所及願意受僱的條件之權。故勞動市場，只是需要尋求工作的勞工與招僱勞工的雇主的互相遇合。

【勞動契約】ㄌㄠˊ ㄉㄨㄥˋ ㄑㄧˋ ㄩㄝ
(labor contract)雇主與勞工所訂的契約。依“勞動基準法”第二條規定爲：「謂約定勞雇關係之契約。」通常勞雇關係的成立，以訂立勞動契約爲前提。原則上，勞動契約無需書面訂立，可以口頭約定、默示或事實行爲發生而認可，但爲避免爭議，仍以書面契約爲宜。勞動契約可分定期與不定期，內容應參照“勞動基準法施行細則”第七條的規定，並視當事人的需要而約定。

【勞動基準】ㄌㄠˊ ㄉㄨㄥˋ ㄐㄧ

ㄓㄨㄣˇ

(labor standard)指勞動條件的基本標準而言。旨在保障勞工的勞動條件與權益，進而確保勞雇關係，增進社會與經濟的發展。現代各國對於勞動條件標準的保障，均以國家立法爲之，藉收強制之效。其主要內容包括工資、工時、童工、女工、學徒保護、職業災害補償、勞工安全衛生，及勞工檢查等。這些勞動條件標準的立法方式有以分別立法者，亦有以一綜合性法案而爲個別法案的母法者，我國即採綜合性法案方式。

【勞動條件】ㄌㄠˊ ㄉㄨㄥˋ ㄊㄧㄠˊ ㄐㄧㄢˋ

(working conditions)也稱工作條件、僱用條件。指勞動者受僱從事勞動的一切必備條件，包括工資、工時、休息、休假、安全衛生、福利、傷病醫療、死亡撫卹等。由勞雇雙方居於對等立場決定之，但不得以勞工的國籍、信仰或社會身分給予差別待遇，也不得低於政府法定的標準。

13【勞資爭議】ㄌㄠˊ ㄗ ㄓㄥ ㄧˋ

也稱勞資糾紛、勞資爭執、勞工爭議。廣義指以勞動關係爲中心而發生的一切爭議。狹義則僅指雇主與被僱者之間所能發生的一切爭議，以及雇主或雇主團體與被僱者團體之間所發生的一切爭議。

【勞資會議】ㄌㄠˊ ㄗ ㄏㄨㄟˋ ㄧˋ

爲我國企業內工業民主制的法定基本型態。根據“勞動基準法”第八十三條暨“勞資會議實施辦法”等規定，其主要內涵如次：一、目的：協調勞資關係，促進勞資合作，提高工作效率。二、凡事業單位即應依法舉辦。三、勞資雙方代表各三至九人同數組成。四、每月舉行一次，必要時召開臨時會議。五、討論事項：⑴協調勞資關係，促進勞資合作事項。⑵勞動條件事項。⑶勞工福利籌劃事項。⑷提高工作效率事項。六、討論事項須出席代表三分之二以上同意，作成決議後送工會及有關部門辦理。

【勞資關係】ㄌㄠˊ ㄗ ㄍㄨㄢ ㄒㄧˋ

指勞方與資方之間的權利與義務關係。我國近年實施的勞資關係基本制度，主要的包括下列各項：一、迅速有效處理勞資爭議案件。二、努力推動締結團體協約。三、事業單位積極實施分紅入股。四、事業單位舉辦勞資會議。此外，如廠礦勞工輔導工作、加強工廠青年服務工作，及以廠爲家、以廠爲校運動等，均收顯著成效。

10【勞燕分飛】ㄌㄠˊ ㄧㄢˋ ㄈㄣ ㄈㄟ

指親友、夫妻、情侶離別。

11【勞動生產力】ㄌㄠˊ ㄉㄨㄥˋ ㄕㄥ ㄔㄢˇ ㄌㄧˋ

(labor productivity)指企業組織中員工的每人生產價值。一般以生產的附加價值表示眞正的生產價值，而以生產附加價值與員工人數的比值來表示勞動生產力。

【勞動流動率】ㄌㄠˊ ㄉㄨㄥˋ ㄌㄧㄡˊ ㄉㄨㄥˋ ㄌㄩˋ

表示僱傭、離職與調換勞工人數占總人數的百分率。適度的流動率，原是維持勞工新陳代謝所必需，但如流動率過高，則顯示勞工關係政策和措施已有偏差，勞資關係已趨於惡化。由於勞工大量流動，非但增加新進勞工的甄選與訓練費用，而且可能影響生產品質，減少產量。

【勞動密集財】ㄌㄠˊ ㄉㄨㄥˋ ㄇㄧˋ ㄐㄧˊ ㄘㄞˊ

(labor-intensive goods)在生產過程中，相對使用較多勞動的財貨。

【勞動基準法】ㄌㄠˊ ㄉㄨㄥˋ ㄐㄧ ㄓㄨㄣˇ ㄈㄚˇ

以保護勞動者爲目的，規定勞動條件最低標準的法律。我國於‘民國’七十三年七月卅日完成立法程序並公布施行，全文計分總則、勞動契約、工資、工作時間休息休假、童工女工、退休、職業災害補償、技術生、工作規則、監督與檢查、罰則、附則等十二章，共八十六條。本法對勞工提供較多的保障，如擴大適用範圍、積欠工資保障、建立退休制度、明定職業災害補償等。

【勞動價值說】ㄌㄠˊ ㄉㄨㄥˋ ㄐㄧㄚˋ ㄓˊ ㄕㄨㄛ

(labor theory of value)認爲勞力爲構成財貨價值唯一的因素。提倡此說的大都是古典派的‘英國’經濟學者，如‘亞當·斯密’和‘李嘉圖’。‘馬克斯’採用此一理論，發揮擴大而成爲其勞動剝削和剩餘價值說。

3【勞工保險條例】ㄌㄠˊ ㄍㄨㄥ ㄅㄠˇ ㄒㄧㄢˇ ㄊㄧㄠˊ ㄌㄧˋ

爲我國辦理勞工保險的主要法令依據。於‘民國’四十七年七月廿一日公布，並於四十九年四月十六日指定在‘臺灣省’實施，乃將過去各種‘臺灣省’單行的勞工保險法規一併予以廢止。本條例經五十七年七月、六十二年四月及六十八年二月等三次修正。現行“勞工保險條例”計分總則、保險人投保單位及被保險人、保險費、保險給付、保險基金及經費、罰則及附則等十章，共七十九條，使我國勞工保險制度益臻完善。

8【勞依茲代理人】ㄌㄠˊ ㄧ ㄗ ㄉㄞˋ ㄌㄧˇ ㄖㄣˊ

(Lloyd's agent)‘勞依茲’爲‘英國’‘勞依茲協會’(The Corporation of Lloyd's)的簡稱。在世界各主要港口的‘勞依茲’代理人就該轄區內的船舶出入狀況及海難事件(如擱淺、碰撞)等，隨時向‘勞依茲’報告；同時也接受船東或貨主的要求，配合合格的公證人受理檢驗船舶或貨物的公證業務。但除非曾受該協會的'勞依茲保險人委員會'(The Committee of Lloyd's Underwriters)所指定,否則不得視爲'勞依茲'保險人的代表。

3【勞工安全衛生法】 ㄌㄠˊ ㄍㄨㄥ ㄢ ㄑㄩㄢˊ ㄨㄟˋ ㄕㄥ ㄈㄚˇ

於'民國'六十三年四月十六日公布施行,旨在防止職業災害,保障勞工安全與健康。全文有總則、安全衛生設施、安全衛生管理、監督與檢查、罰則及附則等六章,共三十四條。其特徵有:一、規定勞工、雇主、事業單位、職業災害等名詞的定義。二、規定最低安全衛生設施標準。三、建立自動檢查制度。四、規定承攬人對承攬部分安全衛生負雇主責任。五、加重雇主責任,違反有關規定者,處以重罰。六、設置勞工安全衛生諮詢委員會等。

【勞工退休準備金】 ㄌㄠˊ ㄍㄨㄥ ㄊㄨㄟˋ ㄒㄧㄡ ㄓㄨㄣˇ ㄅㄟˋ ㄐㄧㄣ

"勞動基準法"第六章有雇主應按月提撥勞工退休準備金的規定,以確保勞工退休時獲得退休金;並協助雇主以分期方式提繳,緩和中小企業一次給付鉅款的困難。'內政部'已公告於'民國'七十五年十一月起開始提繳。依據已公布施行的有關規定,其要點如下:一、以各事業單位勞工退休準備金監督委員會名義專戶存儲於指定金融機構。二、準備金除作勞工退休金外,於事業單位歇業時,得作勞工資遣費。三、由'中央信託局'承辦基金收支、保管及運用。四、基金支出,限於勞工退休金及事業單位歇業時之資遣費。

13【勞資爭議處理法】 ㄌㄠˊ ㄗ ㄓㄥ ㄧˋ ㄔㄨˇ ㄌㄧˇ ㄈㄚˇ

我國處理勞工爭議事件的主要法律依據。'民國'十七年六月九日公布施行,經十九年、廿一年及卅二年三次修正。全文有總則、勞資爭議處理之機關、勞資爭議處理之程序、爭議當事人行爲之限制、罰則、附則等六章,計四十三條。其主要特徵:一、設調解委員會及仲裁委員會。二、分調解爲自願調解及強制調解。三、分仲裁爲自願仲裁及強制仲裁。四、調解及仲裁委員會得傳喚證人,並向關係工廠商店調查或詢問。五、調解經當事人雙方代表同意成立;仲裁以委員會議,取決多數。六、爭議時期,對停業或罷工予以限制或禁止。

11【勞動節省的技術進步】 ㄌㄠˊ ㄉㄨㄥˋ ㄐㄧㄝˊ ㄕㄥˇ ˙ㄉㄜ ㄐㄧˋ ㄕㄨˋ ㄐㄧㄣˋ ㄅㄨˋ

(labor-saving technical progress)對某一產業而言,在一定的資本—勞動比率下,若其資本邊際生產力提高的程度大於勞動邊際生產力提高的程度,則稱此一產業發生勞動節省的技術進步。

勛 ㄒㄩㄣ hsün^{1} 音熏

功績。勳的古文。見"說文"。

勝 ㊀ ㄕㄥ shêng^{1} 音升

①承當得起。如:勝任。②盡。如:不可勝數。

㊁ ㄕㄥˋ shêng^{4} 音聖

①克制;制服。敗的反義詞。如:戰勝。②偏多;超過。如:質勝文則野。③指美好的景色、地方。如:名勝。

6【勝衣】 ㄕㄥ ㄧ

兒童稍長,體力足以承受成人的衣服。約指七、八歲。

【勝地】 ㄕㄥˋ ㄉㄧˋ

①名勝之地。指風景優美或古蹟所在的地方。②形勝之地。指優勢的地位。

【勝任】 ㄕㄥ ㄖㄣˋ

能擔當得起。

8【勝事】 ㄕㄥˋ ㄕˋ

美好的事。

12【勝景】 ㄕㄥˋ ㄐㄧㄥˇ

美景;佳景。

13【勝遊】 ㄕㄥˋ ㄧㄡˊ

暢快的遊覽。

【勝概】 ㄕㄥˋ ㄍㄞˋ

美好的景色。即勝景。

【勝跡】 ㄕㄥˋ ㄐㄧ

名勝古蹟。也作勝蹟。

【勝會】 ㄕㄥˋ ㄏㄨㄟˋ

美好的集會。

14【勝境】 ㄕㄥˋ ㄐㄧㄥˋ

景色特別優美的地方。

【勝算】 ㄕㄥˋ ㄙㄨㄢˋ

可以致勝的計謀;致勝的可能性。

4【勝之不武】 ㄕㄥˋ ㄓ ㄅㄨˋ ㄨˇ

雖然獲勝卻不算武勇。

8【勝券在握】 ㄕㄥˋ ㄑㄩㄢˋ ㄗㄞˋ ㄨㄛˋ

掌握勝利的優勢。

12【勝殘去殺】 ㄕㄥˋ ㄘㄢˊ ㄑㄩˋ ㄕㄚ

感化惡人,廢除死刑。

11

勣 ㄐㄧ chi^{1} 音績

功績。通績。見"玉篇"。

勠 ㄌㄨˋ lu^{4} 音陸

併力;合力。見"說文"。

2【勠力】 ㄌㄨˋ ㄌㄧˋ

併力;合力。也作戮力。

勥 彊的俗體。

勢 ㄕˋ shih^{4} 音世

本作埶。①勢力;權威。如:仗勢欺人。②形狀;姿態。如:手勢。③傾向;情況。如:局勢。④機會;時機。如:乘勢竄起。⑤男子的性器。

2【勢力】 ㄕˋ ㄌㄧˋ

威勢權力。常指權柄、地位、資財的力量。

7【勢利】 ㊀ ㄕˋ ㄌㄧˋ

①權勢和利益。②形勢便利。

㊁ ㄕˋ ˙ㄌㄧ

趨向權勢利益的心態或行爲。

9【勢要】 ㄕˋ ㄧㄠˋ

得勢當權的大官。

11【勢族】 ㄕˋ ㄗㄨˊ
有權勢的家族。

7【勢利眼】 ㄕˋ ˙ㄌㄧ ㄧㄢˇ
以權勢和財力的觀點衡量事物。

4【勢不兩立】 ㄕˋ ㄅㄨˋ ㄌㄧㄤˇ ㄌㄧˋ
敵對的兩方不能同時並存。

6【勢成騎虎】 ㄕˋ ㄔㄥˊ ㄑㄧˊ ㄏㄨˇ
比喻進退兩難。

【勢如水火】 ㄕˋ ㄖㄨˊ ㄕㄨㄟˇ ㄏㄨㄛˇ
比喻彼此對立，有如水火不能相容。

【勢如破竹】 ㄕˋ ㄖㄨˊ ㄆㄛˋ ㄓㄨˊ
以刀剖竹，順勢直下。比喻進行極爲順利。

7【勢均力敵】 ㄕˋ ㄐㄩㄣ ㄌㄧˋ ㄉㄧˊ
彼此勢力相當，不分高下。

15【勢窮力竭】 ㄕˋ ㄑㄩㄥˊ ㄌㄧˋ ㄐㄧㄝˊ
大勢已去而力量又用盡。形容衰敗到極點。

16【勢燄薰天】 ㄕˋ ㄧㄢˋ ㄒㄩㄣ ㄊㄧㄢ
形容勢力氣燄高張。

勤 ㄑㄧㄣˊ *ch'in*² 音芹
①勞動。如：四體不勤。②勉力；盡心盡力地做事。和懶惰相對。如：勤學。③憂慮。④情意誠懇。通懃。如：勤懇。⑤姓。'唐'有'勤曾'。見"通志·氏族略五"。

4【勤王】 ㄑㄧㄣˊ ㄨㄤˊ
①爲王事盡力。②以兵力救援王室。

9【勤勉】 ㄑㄧㄣˊ ㄇㄧㄢˇ
勤勞工作，努力不懈。

17【勤懇】 ㄑㄧㄣˊ ㄎㄣˇ
①眞誠懇切。②勤勉不懈。

18【勤謹】 ㄑㄧㄣˊ ㄐㄧㄣˇ
勤勞恭謹。

2【勤力務時】 ㄑㄧㄣˊ ㄌㄧˋ ㄨˋ ㄕˊ
勤勉工作，務求及時。

10【勤能補拙】 ㄑㄧㄣˊ ㄋㄥˊ ㄅㄨˇ ㄓㄨㄛˊ
勤奮努力，可彌補天資的不足。

募 ㄇㄨˋ *mu*⁴ 音木
①徵集。如：募捐。②人體胸腹部穴位。是臟腑經氣聚集的主要部位。

7【募兵】 ㄇㄨˋ ㄅㄧㄥ
(recruit) 由政府以合約方式召募入營的一種兵源獲得方式。如'美國'屬之。

10【募捐】 ㄇㄨˋ ㄐㄩㄢ
向大衆徵求捐助財物。

12【募集】 ㄇㄨˋ ㄐㄧˊ
招募聚集。

勦 ㈠ ㄐㄧㄠˇ *chiao*³ 音皎
①勞動。②疲困。③絕滅。通剿。
㈡ ㄔㄠ *ch'ao*¹ 音鈔
①抄襲。剿的誤字。②輕便；便捷。

12

勭 ㄊㄨㄥˊ *t'ung*² 音童
成人。見"集韻"。

勩 ㄧˋ *i*⁴ 音佚
勞苦；疲弊。見"說文"。

勪 ㄐㄩㄝˊ *chüeh*² 音倔
強而有力。見"說文"。

13

勯 ㄉㄢ *tan*¹ 音丹
力氣用盡。見"集韻"。

勰 ㄒㄧㄝˊ *hsieh*² 音協
和協；協力。見"說文"。

勮 ㄐㄩˋ *chü*⁴ 音劇
①勤務；勤力。見"說文"。②害怕。見"廣韻"。

勱 ㄇㄞˋ *mai*⁴ 音邁
勤勉；勉力。見"說文"。

14

勳 ㄒㄩㄣ *hsün*¹ 音熏
①很大的功勞。也作勛。如：勳業。②守衛宮門的官。通閽。如：光祿勳。③姓。見"萬姓統譜·二〇"。

6【勳伐】 ㄒㄩㄣ ㄈㄚ
功勞。

9【勳要】 ㄒㄩㄣ ㄧㄠˋ
有功勳、有地位的人。

11【勳章】 ㄒㄩㄣ ㄓㄤ
國家頒給有功者的獎章。

【勳望】 ㄒㄩㄣ ㄨㄤˋ
功業和名聲。

【勳戚】 ㄒㄩㄣ ㄑㄧ
有功勳的王親國戚。

12【勳勞】 ㄒㄩㄣ ㄌㄠˊ
功勳勞績。

13【勳業】 ㄒㄩㄣ ㄧㄝˋ
功績事業。

14【勳閥】 ㄒㄩㄣ ㄈㄚˊ
①有功勳的門第。舊時有功勳的臣子，其府皆書功狀，榜於門左，故稱。②泛指功勳。同勳伐。

17【勳爵】 ㄒㄩㄣ ㄐㄩㄝˊ
功勳和爵位。

15

勵 ㄌㄧˋ *li*⁴ 音力
①勸勉。如：獎勵。②振奮。如：勵精圖治。③姓。'宋'有'勵靜'。見"萬姓統譜·九六"。

7【勵志】 ㄌㄧˋ ㄓˋ
勉勵心志，奮發向上。

14【勵精圖治】 ㄌㄧˋ ㄐㄧㄥ ㄊㄨˊ ㄓˋ
努力奮發，希望把國家治理好。

勴 ㄌㄩˋ *lü*⁴ 音慮
贊助；勉勵。見"字彙"。

16

勥 ㄐㄧㄤˋ *chiang*⁴ 音匠　又讀 ㄑㄧㄤˊ *ch'iang*² 音牆
同勥、彊。①用力脅迫。見"說文"。②勉力。見"廣韻"。

17

勷 ㈠ ㄖㄤˊ *jang*² 音攘
走動的樣子。見"玉篇"。
㈡ ㄒㄧㄤ *hsiang*¹ 音襄
幫助。同襄。

18

勸 ㄑㄩㄢˋ *ch'üan*⁴ 音券
①獎勉。如：勸善。②用言詞開導。如：勸解。③姓。'唐'有'勸

龍晟'。見"萬姓統譜·一〇一"。

4【勸化】ㄑㄩㄢˋ ㄏㄨㄚˋ
[1]勸導他人,使改過爲善。[2]指僧侶勸人施捨金錢財物。

7【勸戒】ㄑㄩㄢˋ ㄐㄧㄝˋ
勸勉告誡。

12【勸善】ㄑㄩㄢˋ ㄕㄢˋ
勸人行善;獎勵善行。

【勸進】ㄑㄩㄢˋ ㄐㄧㄣˋ
[1]鼓勵;促進。[2]勸人登帝位。

13【勸募】ㄑㄩㄢˋ ㄇㄨˋ
[1]勸求。[2]勸人捐獻。

【勸解】ㄑㄩㄢˋ ㄐㄧㄝˇ
[1]勸人和解。[2]勸導;開導。

14【勸誘】ㄑㄩㄢˋ ㄧㄡˋ
勸告引導。

15【勸駕】ㄑㄩㄢˋ ㄐㄧㄚˋ
勸人作某事或出行。

16【勸諫】ㄑㄩㄢˋ ㄐㄧㄢˋ
勸說諫諍。多指臣子以正直的言辭勸勉或諫止君主的行爲而言。

【勸導】ㄑㄩㄢˋ ㄉㄠˇ
規勸開導。

勹部

勹 ㄅㄠ pao^1 音包
包裝纏裹。今通作包。見"說文"。

1

勺 ㊀ ㄕㄠˊ shao^2 音韶
[1]挹取液體的器具。形如湯匙。如:水勺。[2]容量單位。古制以十勺爲一合,今標準制一公勺爲公升的百分之一。[3]斟酒。通酌。

㊁ ㄕㄨㄛˋ shuo^4 音朔
[1]㊀的讀音。[2]古樂名。'周公'所作。如:誦詩舞"勺"。[3]姓。'宋'有'勺復之'。見"萬姓統譜·一二〇"。

22【勺灂】ㄕㄨㄛˋ ㄕㄨㄛˋ
炙熱的樣子。

2

匀 ㄩㄣˊ yün^2 音云
[1]不均。如:均匀。[2]修飾均匀。如:匀臉。[3]分讓;分給。

9【匀面】ㄩㄣˊ ㄇㄧㄢˋ
化妝時用手將脂粉均匀拍打於面部。

11【匀淨】ㄩㄣˊ ㄐㄧㄥˋ
調和均匀。

14【匀稱】ㄩㄣˊ ㄔㄣˋ
均匀合式。

勾 ㊀ ㄍㄡ kou^1 音溝
[1]彎曲。句的俗字。也作鉤。如:釣魚勾。[2]清除;塗去。如:一筆勾銷。[3]牽引;挑動。如:勾起心事。[4]大略描繪。如:勾勒。[5]直角三角形的橫邊。也作句。[6]姓。'宋'有'勾濤'。見"萬姓統譜·六三"。

㊁ ㄍㄡˋ kou^4 音夠
[1]用手探取。如:勾取。[2]充足。通夠。

4【勾引】ㄍㄡ ㄧㄣˇ
[1]勾結;引誘。[2]挽留。

【勾手】ㄍㄡ ㄕㄡˇ
國術招式。以四指搭住敵人之手,防敵人攻擊。

8【勾芡】ㄍㄡ ㄑㄧㄢˋ
烹飪時在菜餚中加入太白粉,使汁濃稠。

10【勾留】ㄍㄡ ㄌㄧㄡˊ
因事停留。

11【勾勒】ㄍㄡ ㄌㄜˋ
描畫輪廓。也作鉤勒。

12【勾結】ㄍㄡ ㄐㄧㄝˊ
相互串通。

13【勾搭】ㄍㄡ ˙ㄉㄚ
[1]勾結串通。[2]指男女誘引,私下交往。

【勾當】㊀ ㄍㄡˋ ㄉㄤ
處理;辦理。

㊁ ㄍㄡˋ ˙ㄉㄤ
[1]事情。今多指不光明的事。[2]本事;本領。

15【勾銷】ㄍㄡ ㄒㄧㄠ
取消;除去。也作勾消。

17【勾縫】ㄍㄡ ㄈㄥˋ
(jointing)也稱嵌縫。指磚、石牆砌成後或貼面材料黏貼完成後,其各單元間之隔縫,用水泥砂漿或防水材料填築作最後之修飾的作業。

21【勾欄】ㄍㄡ ㄌㄢˊ
[1]欄干;曲折的欄干。[2]'宋''元'時,演出百戲雜劇的場所。後指妓院。

【勾攝】ㄍㄡ ㄕㄜˋ
拘捕。

4【勾心鬥角】ㄍㄡ ㄒㄧㄣ ㄉㄡˋ ㄐㄧㄠˇ
本指宮室分布參差錯落。後用以比喻各用心機,相互傾軋。又作鉤心鬥角。

8【勾肩搭背】ㄍㄡ ㄐㄧㄢ ㄉㄚ ㄅㄟˋ
形容舉止輕佻或親熱而不拘禮數。

14【勾魂攝魄】ㄍㄡ ㄏㄨㄣˊ ㄕㄜˋ ㄆㄛˋ
勾引人的魂魄。謂使人心神動盪。

勼 ㄐㄧㄡ chiu^1 音鳩
聚集。今通作鳩。如:勼聚。

勿 ㄨˋ wu^4 音物
[1]古代州里所建的旗幟。也作㫛。見"說文"。[2]無;沒有。如:勿礙。[3]不用;不必。如:早占勿藥。[4]莫;不要。如:己所不欲,勿施於人。

8【勿枉勿縱】ㄨˋ ㄨㄤˇ ㄨˋ ㄗㄨㄥˋ
不冤枉無辜,不放縱罪犯。

3

匄 匃的俗體。

包 ㄅㄠ pao^1 音胞
[1]懷孕。見"說文"。[2]裹紮起來。如:包裹。[3]含容。如:包涵。[4]囊袋。如:書包。[5]量詞。包裹物一件叫一包。如:白米十包。[6]統括。如:包舉。[7]保證;擔保。如:包你無事。[8]全權受理。如:包辦。[9]姓。'宋'有'包拯'。見"萬姓統譜·二

一"。

3【包工】　ㄅㄠ　ㄍㄨㄥ

1一件工作，由個人或公司包辦，在預定的工作期限內完成。2指按件數計算工資的工作。

5【包皮】　ㄅㄠ　ㄆㄧˊ

(prepuce) 陰莖先端膨大部分稱爲龜頭，包皮即是包在龜頭上的皮膚。

7【包庇】　ㄅㄠ　ㄅㄧˋ

以權勢掩護他人不正當的行爲，使其隱蔽而不敗露。

【包抄】　ㄅㄠ　ㄔㄠ

1抄小徑攔截突襲。2包圍。

【包含】　ㄅㄠ　ㄏㄢˊ

1包括。2寬容。也作包涵。

9【包拯】　ㄅㄠ　ㄓㄥˇ

(999～1062)'北宋''廬州''合肥'(今'安徽''合肥')人。字'希仁'。'仁宗'時授'龍圖閣'直學士，後官至樞密副史，知'開封府'。執法嚴正，不畏權貴。民間稱爲'包公'、'包青天'、'包龍圖'。卒諡'孝肅'。有"包孝肅奏議"。

【包括】　ㄅㄠ　ㄎㄨㄛˋ

包羅統括。

10【包容】　ㄅㄠ　ㄖㄨㄥˊ

1包涵容納。2寬容。

【包租】　ㄅㄠ　ㄗㄨ

由一人出名承租房屋、土地等，再分租給別人。

11【包涵】　ㄅㄠ　ㄏㄢˊ

同包含。

【包袱】　ㄅㄠ　ㄈㄨˊ

1衣物的包裹。用布包成，便於攜帶。2比喻累贅或不必要的負擔。3曲藝術語。指相聲、獨腳戲、'山東'快書中的笑料。

【包票】　ㄅㄠ　ㄆㄧㄠˋ

保證貨物可以使用若干年限的書面證明。今多稱保證書。

【包莖】　ㄅㄠ　ㄐㄧㄥ

(phimosis)指雄性陰莖的包皮太緊，以致不能從龜頭退下。必須手術割除，否則可能有排尿困難、性交困難及易藏汙垢等情形。

12【包廂】　ㄅㄠ　ㄒㄧㄤ

戲院中供人預訂包用的廂座。大多設在樓上，與其他座位隔離，可以免受干擾。

【包圍】　ㄅㄠ　ㄨㄟˊ

1圍繞四周。2指主力指向敵方最初配置之側方或後方。包圍時通常攻擊敵人第一線後方目標，而由第一助攻部隊攻擊敵人之正面。

【包飯】　ㄅㄠ　ㄈㄢˋ

包辦伙食。按日供應飯菜，按月收取伙食費。也稱包伙。

【包絡】　ㄅㄠ　ㄌㄨㄛˋ

(envelope)平面上的曲線族的包絡，係一條與族中曲線均相切的曲線，故稱包絡線。如圖，曲線族爲與半徑爲3的圓外切而半徑爲1的諸圓，其包絡爲與半徑爲3的圓同心而半徑爲5的圓。空間的平面或曲面族的包絡爲一與族中諸曲面皆相切的曲面，故稱包絡面。例如考慮所有與某一定直線 l 平行，距離爲 r 的平面族，則其包絡爲以 l 爲軸半徑爲 r 的直圓柱。

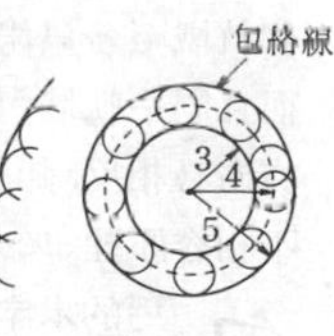

包絡圖

13【包裝】　ㄅㄠ　ㄓㄨㄤ

把物品包紮起來，以增加美觀或方便提攜。

14【包裹】　ㄅㄠ　ㄍㄨㄛˇ

1包容。2包紮。3包紮成件的物品。

【包銀】　ㄅㄠ　ㄧㄣˊ

戲院按檔期給付戲班或伶人的酬金。

15【包穀】　ㄅㄠ　ㄍㄨˇ

玉米；玉蜀黍。

【包銷】　ㄅㄠ　ㄒㄧㄠ

1承攬貨物，負責經銷。2(underwriting)係證券承銷商負責募銷證券的一部分或全部，如負責承銷部分未能完全售出，對所有未售出部分須由承銷商承購。包銷所負擔的風險較大，因而所收取的手續費也較高。

16【包辦】　ㄅㄠ　ㄅㄢˋ

1完全負責辦理。2把持。

24【包攬】　ㄅㄠ　ㄌㄢˇ

承受辦理；兜攬包辦。

4【包公案】　ㄅㄠ　ㄍㄨㄥ　ㄢˋ

作者不詳，當爲'明'人。又名"龍圖公案"。爲根據民間傳說所編成的'包公'斷案的小說。

5【包打聽】　ㄅㄠ　ㄉㄚˇ　·ㄊㄧㄥ

1'上海'人稱租界中巡捕房的密探。2指消息靈通、善探隱私的人。

8【包松比】　ㄅㄠ　ㄙㄨㄥ　ㄅㄧˇ

(Poisson's ratio)彈性材料構成的物體受拉力或壓力時，除產生軸向變形外，尚伴隨側向的變形，在材料的彈性範圍內，此側向應變與軸向應變之比值稱爲'包松'比，其恆爲定值。各種材料的'包松'比可在材料手冊中查得，俾作力學設計之用。

9【包威爾】　ㄅㄠ　ㄨㄟ　ㄦˇ

(Cecil Frank Powell, 1903～1969)'英國'實驗物理學家。於西元1928年任'布里斯托大學''威茲物理實驗室'(Henry Herbert Wills Physical Laboratories)的研究助理，1939～1945年設計出測量宇宙線的技術，1947年實驗證明 π 介子的存在，以及測定此一介子衰變成 ν 介子和微中子兩種質點的程序，隨後又發現一連串重子。他於1948年升任'布里斯托大學'的物理學教授，1950年因其設計出測量宇宙線的方法，以及隨後發現 π 介子而榮獲'諾貝爾'物理學獎。

【包背裝】　ㄅㄠ　ㄅㄟˋ　ㄓㄨㄤ

古書裝訂方式的一種。將書葉正折，使文字露在外面，而將書葉兩邊黏在書脊上。即以葉邊爲背，外裱書面，書腦不外露。這種裝訂方式始於'南宋'後期，盛於'明代'。

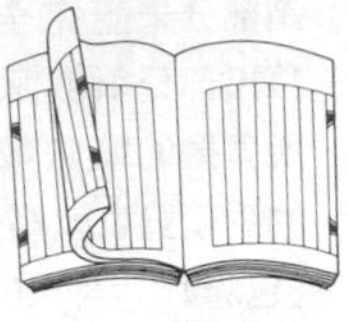

包背裝圖

10【包浩斯】ㄅㄠ ㄏㄠˋ ㄙ

(Bauhaus)對現代設計影響很大的一所'德國'建築與設計學校。創立於西元1919年，由'格羅皮奧斯'(Walter Gropius)爲校長，主張以建築爲中心來統合純粹美術和應用美術的分歧。純粹美術家亦應了解材料和製作過程後，來設計美麗的家具及工業產品等，積極呼籲美術家們加入生產的行列。'包浩斯'創立初期，注重直觀創造。然而爲配合現代工業的大量生產和工業結構，就採取構成主義和新造形主義的原理，理性的分析材料和機能後，再設計出「機能＋經濟＋美」的產品出來。1932年被'納粹'取締而成爲私立後搬到'柏林'，1933年正式關閉。'包浩斯'的設計教育思想由'美國'的「新包浩斯」和'伊利諾理工學院'所繼承，對現代家具和工業設計的影響很大。

13【包裝單】ㄅㄠ ㄓㄨㄤ ㄉㄢ

(packing list)又稱裝箱單。指由賣方所繕製，記載所運出貨物每一件包裝內容的清單。爲商業發票的輔助文件。包裝單的主要用途爲買方報關時，可向海關提出作檢查之用。又公證行檢驗或買方提貨時，均可依其所載內容逐項核對。

10【包退包換】ㄅㄠ ㄊㄨㄟˋ ㄅㄠ ㄏㄨㄢˋ

保證可以退貨或換貨。

11【包羞忍辱】ㄅㄠ ㄒㄧㄡ ㄖㄣˇ ㄖㄨˋ

包容羞恥，忍受侮辱。

16【包辦遊程】ㄅㄠ ㄅㄢˋ ㄧㄡˊ ㄔㄥˊ

(package tour；inclusive tour)指遊程經營業者事先設計旅行路線，安排全程的運輸工具、住宿、膳食、參觀遊覽節目及導遊等一切旅途中所必須的事項，但不包括私人的飲食、洗衣、證照及其他純爲私人的開支及小費。

18【包藏禍心】ㄅㄠ ㄘㄤˊ ㄏㄨㄛˋ ㄒㄧㄣ

暗藏作惡的心思。

19【包羅萬象】ㄅㄠ ㄌㄨㄛˊ ㄨㄢˋ ㄒㄧㄤˋ

包含一切事物。指內容豐富繁雜。

16【包機航空公司】ㄅㄠ ㄐㄧ ㄏㄤˊ ㄎㄨㄥ ㄍㄨㄥ ㄙ

(supplemental carrier)指專營包機運輸業務的不定期航空公司。在運輸的地位上僅擔任補充性機能。

5【包立不相容原理】ㄅㄠ ㄌㄧˋ ㄅㄨˋ ㄒㄧㄤ ㄖㄨㄥˊ ㄩㄢˊ ㄌㄧˇ

(Pauli exclusion principle)每個軌域至多只能容納兩個電子，而且同一軌域內的兩個電子自轉方向必相反，此一原理稱爲'包立'不相容原理。

匃 丐的本字。

匆 ㄘㄨㄥ ts'ung¹ 音聰
急迫。本作悤。也作怱。

匇 匆的俗體。

4

匈 ㄒㄩㄥ hsiung¹ 音凶
① 胸的本字。② 喧嚚；喧擾；紛擾。通詾。見"字彙"。

5【匈奴】ㄒㄩㄥ ㄋㄨˊ

我國歷史上的民族之一。'唐''虞'以前稱'葷粥'，'夏'稱'淳維'，'商'稱'鬼方'，'周'稱'玁狁'，'秦''漢'以來通稱'匈奴'。分布在'內'、'外蒙古'等地區。與'漢族'進行長期的戰爭，'東漢'初分裂爲二：'北匈奴'爲'竇憲'所破，繼而西遁；'南匈奴'則降'漢'，後漸漸'漢'化，於五胡亂'華'時，建立了'前趙'、'後趙'、'夏'、'北涼'等國。其習俗貴壯健，賤老弱，父死則娶其後母，兄弟死亦娶其妻爲妻；有奴隸制度；信仰泛靈，崇拜祖先。

4【匈牙利】ㄒㄩㄥ ㄧㄚˊ ㄌㄧˋ

(Hungary) 位於'巴爾幹半島'北部的盆地國。面積9.3萬方公里，人口1,006萬（2005年），首都'布達佩斯'(Budapest)。全境多平原及丘陵，'多瑙河'及其支流'提蘇河'(Tisza R.) 縱貫全境，為通'黑海'的航道。屬溫帶大陸性氣候。以農牧立國，葡萄酒釀製著名。富藏鋁土，溫泉遍布。

5

匉 ㄆㄥ p'êng¹ 音烹
參匉訇。

9【匉訇】ㄆㄥ ㄏㄨㄥ

大聲。

6

匊 ㄐㄩˊ chü² 音菊
① 掬的本字。② 量詞。古以二升爲匊。見"正字通"。

匌 ㄍㄜ ko¹, kê¹ 音割
環繞一周。見"說文"。

匋 ㄊㄠˊ t'ao² 音桃
瓦器。陶的本字。見"說文"。

匎 ㄓㄡ chou¹ 音周
周遍。今通作周。見"說文"。

7

匍 ㄆㄨˊ p'u² 音蒲
伏地爬行。如：匍匐。

11【匍匐】ㄆㄨˊ ㄈㄨˊ

① 手腳伏地爬行。② 形容盡力。

9

匏 ㄆㄠˊ p'ao² 音庖
① 植物名。即瓠。見"說文"。② 八音之一。用匏做座，上設簧管的吹奏樂器。即笙、竽之類。

19【匏繫】 ㄆㄠˊ ㄒㄧˋ
匏瓜繫而不食。比喻賢才不被任用。

匐 ㄈㄨˊ fu^{2} 音扶
伏地爬行。如：匍匐。

10

匎 ㄜˋ o^{4}, ê^{4} 音遏
古時婦女頭上的彩飾。見"集韻"。

匒 ㄉㄚˊ ta^{2} 音答
參匒匌。

8【匒匌】 ㄉㄚˊ ㄍㄜ
重疊。

匑 ㄑㄩㄥ ch'iung^{1} 音穹
恭敬謹慎。本作躳。見"正字通"。

14

匔 匑的本字。

匕部

匕 ㄅㄧˇ pi^{3} 音比
飯匙。見"說文"。

9【匕首】 ㄅㄧˇ ㄕㄡˇ
短劍。頭部像匕，故名。

𠤎 ㄏㄨㄚˋ hua^{4} 音化
改變。今通作化。見"說文"。

2

𠤏 ㄅㄠˇ pao^{3} 音保
①依次排列。見"說文"。②古時地方行政最基層單位。今通作保。見"正字通"。

化 ㊀ ㄏㄨㄚˋ hua^{4} 音話
①改變；遷移。如：化民成俗。②習俗；風氣。如：敗俗傷化。③形容造詣高妙，融合天地物我於一體的狀況。如：化境。④生成。如：化育。⑤死。如：坐化。⑥乞求；勸募。如：化緣。⑦融解。如：化冰。⑧姓。'明'有'化暉'。見"萬姓統譜·一〇五"。

㊁ ㄏㄨㄚ hua^{1} 音花
參化子。

3【化工】 ㄏㄨㄚˋ ㄍㄨㄥ
①造化之工。大自然創造萬物的力量。②即化學工程。參化學工程。

【化子】 ㄏㄨㄚ ·ㄗ
乞丐的俗稱。也作花子、叫花子。

5【化石】 ㄏㄨㄚˋ ㄕˊ
(fossil)凡在自然情況下，依自然營力埋沒在地層中的生物遺跡都可稱為化石。包括古生物本身內型、外型的遺留外，還包括足跡、爬痕、潛穴孔、鑿孔、糞石、巢等遺跡。而狹義的化石，是指生物死後不受劇烈的變質作用或分解作用，即生物死後立刻被埋沒於保護物質中，硬體部分的有機質經石化而成。

【化生】 ㄏㄨㄚˋ ㄕㄥ
①演化產生。②'西域'風俗。七夕時用蠟作嬰兒形，浮在水面作為遊戲，以為婦人會生子的吉兆。③佛家指無所依託，惟依業力或佛、菩薩之神通力而忽然現出者。④(metaplasia)已分化成熟的組織，由於細胞生活環境改變或受理化因素的刺激，形態和功能完全轉變為另一組織的過程。是組織一種適應性表現。

【化外】 ㄏㄨㄚˋ ㄨㄞˋ
教化達不到的地方。

7【化育】 ㄏㄨㄚˋ ㄩˋ
指天地生成長育萬物。

【化妝】 ㄏㄨㄚˋ ㄓㄨㄤ
①修飾儀容。②(make-up)戲劇、電影等表演藝術的造形手法之一。即根據角色的身分、地位、年齡、性格、職業特點等，利用各種材料塑造角色的外部形象。主要目的在矯裝、改變角色的形貌。

【化身】 ㄏㄨㄚˋ ㄕㄣ
①佛三身之一。為變化身、應化身的簡稱。佛的眞身為法身，是無形無相之精神體。其現身於世，有形有相之身體，用以宣傳佛法的，便是化身。②抽象觀念的具體形象。如：母親是愛的化身。

8【化性】 ㄏㄨㄚˋ ㄒㄧㄥˋ
變化本性。

9【化度】 ㄏㄨㄚˋ ㄉㄨˋ
指佛、菩薩以悲心教化眾生，出離生死苦海。

【化勁】 ㄏㄨㄚˋ ㄐㄧㄣˋ
消解敵人勁道的發勁法。一般以圓形路線發動。

【化俗】 ㄏㄨㄚˋ ㄙㄨˊ
參化民成俗。

13【化解】 ㄏㄨㄚˋ ㄐㄧㄝˇ
消除；解決。

14【化境】 ㄏㄨㄚˋ ㄐㄧㄥˋ
指藝術的造詣精妙，已經到達超凡脫俗、融合天地物我於一體的境地。

15【化緣】 ㄏㄨㄚˋ ㄩㄢˊ
①指佛、菩薩對我們這一世界有教化的因緣，等化渡因緣已盡，便即入滅。②指佛家行者，藉募化財物與有緣人建立入佛的因緣。被募化者因此而有緣聞道，故稱化緣。

16【化學】 ㄏㄨㄚˋ ㄒㄩㄝˊ
(chemistry)研究物質的特性、組成、結構和其變化的科學。它也是一門實驗的科學，其一切都以實驗為基礎。

23【化驗】 ㄏㄨㄚˋ ㄧㄢˋ
(analysis)又稱分析。參分析④。

5【化石人】 ㄏㄨㄚˋ ㄕˊ ㄖㄣˊ
(fossil man)古代人類遺骸在地層中成為化石而保存下來的，無論多殘碎都可稱為化石人。一般學者是以化石出土地或附近較大地名，作為化石人的名稱，如我國有名的「北京人」、「藍田人」等。化石人很明顯具有古老的意義，故多用來指舊石器時代的人類化

石。

6【化合物】 ㄏㄨㄚˋ ㄏㄜˊ ㄨˋ
(compound)一種物質，由兩種以上的元素以一定比例化合而成，不能用一般的物理方法再分離成更簡單的物質。如水(H_2O)、氯化鈉(NaCl)等。

8【化油器】 ㄏㄨㄚˋ ㄧㄡˊ ㄑㄧˋ
(carburetor)將燃料與空氣混合汽化，依引擎各種不同負荷提供適合之混合比，並送至進汽歧管的裝置。

16【化學式】 ㄏㄨㄚˋ ㄒㄩㄝˊ ㄕˋ
(chemical formula)使用元素符號表示化合物組成的式子，叫做化學式。例如水的化學式為H_2O，表示水的分子是由兩個氫原子與一個氧原子組成的。

17【化糞池】 ㄏㄨㄚˋ ㄈㄣˋ ㄔˊ
(septic tank)集合家戶沖洗式廁所所排出之糞汙水，經由腐敗、氧化等簡易處理的糞便處理設施。

3【化工澱粉】 ㄏㄨㄚˋ ㄍㄨㄥ ㄉㄧㄢˋ ㄈㄣˇ
(modified starch)將天然澱粉加工以適應食品或工業上的特殊用途者。食用化工澱粉須經嚴格的毒性試驗，以防有害人體。

5【化民成俗】 ㄏㄨㄚˋ ㄇㄧㄣˊ ㄔㄥˊ ㄙㄨˊ
教化人民，養成善良習俗。

【化外之民】 ㄏㄨㄚˋ ㄨㄞˋ ㄓ ㄇㄧㄣˊ
未受教化地區的人民。

6【化州橘紅】 ㄏㄨㄚˋ ㄓㄡ ㄐㄩˊ ㄏㄨㄥˊ
'中'藥名。指產於'廣東''化州'(今'化縣')的橘子，皮薄紋細，多筋脈，色紅潤，味苦辛，入口芳香。取橘皮加工，分為兩層：外層紅色稱橘紅，性燥，有燥溼化痰效果；內層白色為橘白，可化溼而不燥烈，有化痰效用。

【化成肥料】 ㄏㄨㄚˋ ㄔㄥˊ ㄈㄟˊ ㄌㄧㄠˋ
複合肥料之一。即一個單純的化合物中含有兩種或三種要素的肥料，如磷酸一銨、硝酸鉀等。

8【化性起偽】 ㄏㄨㄚˋ ㄒㄧㄥˋ ㄑㄧˇ ㄨㄟˋ
'荀子'性惡說的主要論點之一。以人為的力量，變化人性之惡，使之實踐仁義道德。

【化雨均霑】 ㄏㄨㄚˋ ㄩˇ ㄐㄩㄣ ㄓㄢ
比喻教化廣被。霑，也作沾。

16【化整為零】 ㄏㄨㄚˋ ㄓㄥˇ ㄨㄟˊ ㄌㄧㄥˊ
將整體化成許多小個體。

【化險為夷】 ㄏㄨㄚˋ ㄒㄧㄢˇ ㄨㄟˊ ㄧˊ
轉危為安。

【化學工程】 ㄏㄨㄚˋ ㄒㄩㄝˊ ㄍㄨㄥ ㄔㄥˊ
(chemical engineering)簡稱化工。為工程之分支，其目標在於利用各種化學反應或物理原理，將原料以經濟的手段大規模地生產成所需之產品，故涉及之內容包括單元操作、單元程式、程序控制、程序設計、動力學、熱力學、化學、品質管制等。

【化學工業】 ㄏㄨㄚˋ ㄒㄩㄝˊ ㄍㄨㄥ ㄧㄝˋ
(chemical industry)利用化學或物理原理，將天然產物或其他合成物料予以分離，或使其產生化學變化以得到具有經濟價值產品之工業。其應用之化學反應包括氧化、還原、酯化、烷化等；應用之單元操作則有蒸餾、萃取、吸收等，此外尙需考慮機械設計、產品產銷、工廠管理及自動化等問題。例如塑膠工業、肥料工業、造紙工業、皮革工業等。

【化學反應】 ㄏㄨㄚˋ ㄒㄩㄝˊ ㄈㄢˇ ㄧㄥˋ
(chemical reaction)又稱化學變化、化學作用。反應時各物質中的原子重新排列，成為新的物質，其形態和本質都發生改變。例如氫和氧反應變成水，是一種化學反應。

【化學平衡】 ㄏㄨㄚˋ ㄒㄩㄝˊ ㄆㄧㄥˊ ㄏㄥˊ
(chemical equilibrium)當一個可逆反應正逆方向的反應速率相等時，各反應物和生成物的濃度不再改變，此時稱此系統達到化學平衡。

【化學吸附】 ㄏㄨㄚˋ ㄒㄩㄝˊ ㄒㄧ ㄈㄨˋ
(chemical adsorption)又稱活性吸附。當吸附劑與吸附物間由於化學作用產生化學鍵，使吸附物牢固地附著於吸附劑之現象。隨著系統溫度之上升，化學作用急劇，此種吸附愈顯重要。

【化學性質】 ㄏㄨㄚˋ ㄒㄩㄝˊ ㄒㄧㄥˋ ㄓˊ
(chemical properties)物質發生化學變化所顯示出來的性質，通常指物質的可燃性、助燃性，以及對於光熱或其他化學試劑所引起的變化等。

【化學武器】 ㄏㄨㄚˋ ㄒㄩㄝˊ ㄨˇ ㄑㄧˋ
或稱國防化學。用化學物品做成的武器。如毒瓦斯、煙幕彈、燒夷劑、炸彈及防毒面具等。

【化學肥料】 ㄏㄨㄚˋ ㄒㄩㄝˊ ㄈㄟˊ ㄌㄧㄠˋ
即無機肥料。指經由化學方法製造而成的肥料，具標準成分與有效的植物養分。有單元肥料和混合肥料之分，前者如氮肥、磷肥，後者如磷鉀肥、完全肥料。

【化學紙漿】 ㄏㄨㄚˋ ㄒㄩㄝˊ ㄓˇ ㄐㄧㄤ
(chemical pulp)利用化學方法(例如硫酸鹽法)將木材中之非纖維素成分(如木質素、樹脂等)溶出，所得到含纖維素成分高之紙漿。

【化學電池】 ㄏㄨㄚˋ ㄒㄩㄝˊ ㄉㄧㄢˋ ㄔˊ

(chemical cell)利用氧化還原反應來產生電流,而將化學能轉換成電能的裝置,稱爲化學電池或'加凡尼'電池,簡稱電池。例如乾電池、鉛蓄電池和燃料電池等。

【化學變化】 ㄏㄨㄚˋ ㄒㄩㄝˊ ㄅㄧㄢˋ ㄏㄨㄚˋ

(chemical change) 即化學反應。參化學反應。

【化學方程式】 ㄏㄨㄚˋ ㄒㄩㄝˊ ㄈㄤ ㄔㄥˊ ㄕˋ

(chemical equation)用化學式、簡單符號和'阿拉伯'數字來表示化學反應的式子,稱爲化學方程式,簡稱反應式。例如氫和氧反應生成水的化學方程式爲:

$2H_2+O_2 \longrightarrow 2H_2O$。

【化學需氧量】 ㄏㄨㄚˋ ㄒㄩㄝˊ ㄒㄩ ㄧㄤˇ ㄌㄧㄤˋ

(chemical oxygen demand; COD)表示廢水中有機與無機汙染物汙染程度之標準。可於待測樣品液中加入氧化劑,而測出所消耗之氧化劑量。常用之氧化劑有0.25N之重鉻酸鉀溶液、高錳酸鉀溶液,測定時必須注意其反應條件,其值與BOD無固定關係。

3【化干戈爲玉帛】 ㄏㄨㄚˋ ㄍㄢ ㄍㄜ ㄨㄟˊ ㄩˋ ㄅㄛˊ

消除戰爭狀態,而和平相處。

14【化腐朽爲神奇】 ㄏㄨㄚˋ ㄈㄨˇ ㄒㄧㄡˇ ㄨㄟˊ ㄕㄣˊ ㄑㄧˊ

形容心思細密,技術巧妙,能將腐壞的東西,加以變化改良,而成爲精美奇妙之物。

16【化學反應機構】 ㄏㄨㄚˋ ㄒㄩㄝˊ ㄈㄢˇ ㄧㄥˋ ㄐㄧ ㄍㄡˋ

(mechanism of chemical reaction) 有些化學反應並不是一個步驟就可完成,而是分成好幾個步驟來進行,描述一個化學反應的詳細步驟,便稱爲該反應的化學反應機構。

【化學性風化作用】 ㄏㄨㄚˋ ㄒㄩㄝˊ ㄒㄧㄥˋ ㄈㄥ ㄏㄨㄚˋ ㄗㄨㄛˋ ㄩㄥˋ

(chemical weathering)又稱分解作用。岩石因氧化、碳酸化、水解、水化和溶解等作用導致成岩礦物化學組成的變化,使原來的岩石瓦解成較疏鬆的物質,如岩屑、土壤等。

3

北

㊀ ㄅㄟˇ *pei*^{3} 讀音 ㄅㄛˋ *po*^{4} 音播

①違背。②敗。如:連戰皆北。③方位詞。和南相對。④向北。如:北行。

㊁ ㄅㄟˋ *pei*^{4} 音背

分異;相背。見"字彙"。

4【北斗】 ㄅㄟˇ ㄉㄡˇ

①星宿名。共七星,排列似量器中的斗形,因在北方天空,故名。北斗七星,各有專名,依次爲天樞、天璇、天璣、天權、玉衡、開陽、搖光;一至四爲斗魁,五至七爲斗杓(標)。相當於大熊座α、β、γ、δ、ϵ、ζ、η。由於北斗離天極不遠,也較易辨認,所以常被用來指示時間或方向。古人以斗杓所指的方向來推定季節或時辰,今人則以天璇、天樞連線的五倍來尋找北極星(小熊座α)。可是除天樞及搖光外,其他五星都同屬一個疏散星團,以每秒15～20哩的速度向太陽方向移動。因此約五萬年後,北斗將不再保持現有的形象。②星宿名。即二十八宿中的斗宿。在天球赤道以南,俗稱南斗。但由於古人以箕、斗對舉,斗宿在箕宿之北,故又稱北斗。有六星,依次相當於人馬座φ、λ、μ、σ、τ、ζ。

5【北史】 ㄅㄟˇ ㄕˇ

二十五史之一。'唐''李延壽'撰,一百卷。記'北朝'歷史,從'北魏''登國'元年(386)至'隋''義寧'二年(618),共二百三十三年。敍事詳密,條理井然,爲研究'北朝'歷史的必備典籍。

6【北安】 ㄅㄟˇ ㄢ

省轄市。位於'黑龍江省'南部、'呼裕爾河'上游。爲'黑龍江省'省會。現有鐵路在此交會;附近農產豐富,是'黑'省農產的集散地。

【北曲】 ㄅㄟˇ ㄑㄩˇ

'金''元'時期流行於北方的曲調。又稱'元'曲。參元曲。

【北伐】 ㄅㄟˇ ㄈㄚ

①出兵向北方征伐。②'民國'十五年七月,國民革命軍總司令'蔣中正'在'廣州'發表北伐宣言,以打倒軍閥及軍閥賴以生存的帝國主義,建立以三民主義爲基礎的獨立自主國家爲宗旨。北伐第一期兵分三路,東路攻'福建'、'浙江',由'何應欽'指揮,攻擊'孫傳芳';中路攻'安徽'、'江蘇',由'蔣中正'指揮,亦以攻'孫'爲主。西路攻'湖南'、'湖北',由'唐生智'指揮,主要攻擊'吳佩孚'。十七年二月起,執行北伐第二期計畫,攻擊'山東'的'張宗昌'及'北京'的'奉'軍'張作霖'。六月,革命軍克復'北京'。十二月,'張學良'在'奉天'宣布歸順'國民政府'。北伐大業,至是完成。

7【北宋】 ㄅㄟˇ ㄙㄨㄥˋ

(960～1127)'趙匡胤'以'陳橋'兵變而篡'後周'所建的朝代,國號'宋'。迄'欽宗'時,皆都於'汴'(今'河南''開封'),史稱'北宋'。除今'河北'、'山西'兩省北部和'雲南'、'貴州'兩省南部外,'長城'以南各省,皆爲'北宋'版圖。'宋'自開國以來,始終積弱不振,內憂外患相繼。'靖康'之難,'徽'、'欽'二帝爲'金'人所擄,'北宋'遂亡。共七世,九主,一百六十八年。

【北辰】 ㄅㄟˇ ㄔㄣˊ

北極星。

8【北宗】 ㄅㄟˇ ㄗㄨㄥ

①'明代''董其昌'力倡'中國'繪畫的南北分宗,北宗畫以著色山水

爲主,首推‘唐代’‘李思訓’父子,後繼以‘宋’之‘趙幹’、‘趙伯駒’、‘伯驌’,以至‘馬遠’、‘夏圭’等人的作品。‘董其昌’貶北崇南,遂使此一傳承在‘明’‘清’時代式微。②佛教禪宗,自五祖後分爲南北二宗,‘慧能’之宗風行於‘江’南,稱爲南宗;‘神秀’所傳盛於北方,稱爲北宗。③道教派別。‘金’、‘元’道教丹鼎派分爲南、北宗,北宗以‘王重陽’爲祖,傳‘鍾’‘呂’的道法,化度七眞,注重性命雙修,成爲全眞道。

【北周】ㄅㄟˇ ㄓㄡ
(557～581)‘南北朝’時‘北朝’之一。‘宇文覺’篡‘西魏’‘恭帝’所建,國號‘周’,都‘長安’(今‘陝西’‘長安’),史稱‘北周’。自‘西魏’‘宇文泰’執政起,即勵精圖治,傳至‘武帝’,終滅‘北齊’而統一北方。疆域西到‘姑臧’,西南有全‘蜀’,南到‘江’,東有‘河北’、‘河南’二省西部。傳至‘靜帝’,爲丞相‘楊堅’所篡。共三世,五主,二十五年。

9【北洋】ㄅㄟˇ ㄧㄤˊ
①舊指‘黃海’、‘渤海’區域。②‘清’末稱‘遼寧’、‘河北’、‘山東’等沿海省分。

【北音】ㄅㄟˇ ㄧㄣ
①我國北方的語言。②我國北方的音樂。

10【北海】ㄅㄟˇ ㄏㄞˇ
①‘周代’指‘渤海’。②‘漢代’指今‘西伯利亞’的‘貝加爾湖’。③‘漢’郡名。在今‘山東省’‘益都縣’以東至‘掖縣’一帶。‘東漢’改爲‘北海國’,‘孔融’曾任‘北海’相。④(North Sea)位於‘不列顛群島’(British Isles)和‘歐’陸之間的海域。面積60萬方公里,大部分在西‘歐’的大陸棚上,中部多淺灘。東通‘波羅的海’,西南經‘英吉利海峽’通‘大西洋’。因受北‘大西洋’暖流影響,終年不凍,爲世界最著名漁場之一。海底蘊藏豐富石油和天然氣。‘萊因河’、‘易北河’和‘泰晤士河’注入於此。航運發達,沿岸要港有‘倫敦’、‘鹿特丹’、‘漢堡’和‘安特衛普’(Antwerp)。⑤複姓。見“萬姓統譜·一三七”。

12【北朝】ㄅㄟˇ ㄔㄠˊ
‘南北朝’時代立國於北方之‘北魏’、‘北齊’、‘北周’的合稱。

14【北齊】ㄅㄟˇ ㄑㄧˊ
(550～577)‘南北朝’時‘北朝’之一。‘高洋’篡‘東魏’‘孝靜帝’所建,國號‘齊’,都‘鄴’(今‘河南’‘臨漳’),史稱‘北齊’。雖據有‘河北’、‘山東’、‘山西’、‘河南’各省富庶之區,然‘文宣帝’以後諸君多凶暴昏狂,終爲‘北周’所滅。共三世,六主,二十八年。

【北管】ㄅㄟˇ ㄍㄨㄢˇ
‘臺灣’戲曲名。‘清代’由‘福建’傳入,主要的部分是亂彈戲曲,分西皮和福路二系,並雜有北方花鼓戲、蓮花落的曲調。樂器方面,西皮用京胡,福路用殼仔絃。普遍兼用嗩吶、三絃、月琴、笛、單皮鼓、通鼓、鐃鈸、大小鑼,喧噪熱鬧。子弟戲、採茶戲多用北管伴奏。

18【北魏】ㄅㄟˇ ㄨㄟˋ
(386～534)‘南北朝’時‘北朝’之一。‘晉武帝’時,‘鮮卑’人‘拓跋珪’據‘盛樂’(今‘綏遠’‘和林格爾’)所建,國號‘魏’,史稱‘北魏’、‘後魏’、‘元魏’、‘拓跋魏’。‘孝文帝’時遷都‘洛陽’(今‘河南’‘洛陽’),力行‘漢’化,國力鼎盛。據有今‘河北’、‘山東’、‘山西’、‘甘肅’四省全部,‘江蘇’、‘河南’、‘陝西’三省北部與‘遼寧省’西部等地。傳至‘孝武帝’,分裂爲‘東’、‘西魏’。共九世,十一主,一百四十九年。

2【北七眞】ㄅㄟˇ ㄑㄧ ㄓㄣ
指道教全眞道開派的七位祖師。即全眞道首創者‘王重陽’的七大弟子:‘馬鈺’、‘譚處端’、‘劉處玄’、‘丘處機’、‘王處一’、‘郝大通’、‘孫不二’。

3【北大荒】ㄅㄟˇ ㄉㄚˋ ㄏㄨㄤ
指‘黑龍江省’‘嫩江流域’、‘黑龍江’谷地和‘三江’平原一帶尚未開墾的大草原。

4【北五祖】ㄅㄟˇ ㄨˇ ㄗㄨˇ
道教全眞道對‘王玄甫’、‘鍾離權’、‘呂巖’、‘劉操’、‘王重陽’的尊稱。‘元武宗’時贈‘鍾’、‘呂’等爲帝君(‘王玄甫’已稱帝君)。

5【北平市】ㄅㄟˇ ㄆㄧㄥˊ ㄕˋ
直轄市。位於‘黃淮平原’北側,‘永定河’之北。北倚‘燕山’,西近‘太行山’,南控‘黃淮平原’,形勢險要,是我國著名古都,名勝古蹟甚多。現有數條鐵路在此交會,交通十分便利。政府於‘民國’三十七年定為陪都。為我國北方政治、文化、軍事和交通中心。人口1,493萬(2004年)。

8【北京人】ㄅㄟˇ ㄐㄧㄥ ㄖㄣˊ
(Peking Man)我國‘北平’西南‘周口店’遺址第一地點出土的更新世中期的化石人。距今約五十萬年前。「北京人」具有完全現代型的軀幹,但其頭顱仍有若干原始性質,如低平的頭頂、粗大的眉脊、後腦骨較突出等。平均腦容量約1,075立方公分。於分類上的地位屬「直立人」種的一個亞種:「北京直立人」(*Homo erectus pekinensis*)。人類學家相信「北京人」已有合作性打獵行爲,而他們有效的控制火種,並使用於打獵及熟食等行爲,給予人屬演化之研究,提供了很重要的啟示。

13【北溫帶】ㄅㄟˇ ㄨㄣ ㄉㄞˋ
(northern temperate belt)北半球中緯地帶,介於北極圈與北回歸線之間的地區,日照時間與日射角度適中,氣溫和暖而均勻。

【北極光】ㄅㄟˇ ㄐㄧˊ ㄍㄨㄤ
(aurora borealis)鄰近北極的高空所發生的放電現象。參極光。

【北極星】ㄅㄟˇ ㄐㄧˊ ㄒㄧㄥ
(Polaris)指位於北天極或離北天極最近的亮星。現在的北極星是小熊座α星,'中'名勾陳一。是一顆變星,變光週期4日,星等幅度爲1.95~2.04等。由於此星現在距極僅1度,而且它在地平線上的高度約等於觀測者所在的緯度,因此對於北半球的天文學家、測量人員、航海者和飛行員來說,都是最重要的指標。但是由於歲差的緣故,自西元2100年後,此星將逐漸遠離北天極,到西元7000年時,仙王座α星('中'名天鈎五)將成爲北極星;到14000年時,天琴座α星('中'名織女一)又將成爲新的北極星。

【北極海】 ㄅㄟˇ ㄐㄧˊ ㄏㄞˇ
(Arctic Sea)爲'歐'、'亞'、'北美'三大洲和'格陵蘭'所圍成的一片極區海洋。面積1,226萬方公里,平均深1,311公尺,最深爲5,450公尺。大部分終年爲冰層覆蓋。是'歐'、'亞'和'北美'三大陸航空捷徑,極富軍事價值。

【北極圈】 ㄅㄟˇ ㄐㄧˊ ㄑㄩㄢ
(arctic circle)指北緯66.5°的緯線。冬至(十二月二十二日),太陽直射南回歸線時,陽光所能斜射達到的最北界,此時圈內是永夜。

【北極熊】 ㄅㄟˇ ㄐㄧˊ ㄒㄩㄥˊ
(polar bear; *Ursus maritimus*)又稱白熊(white bear)。屬熊科(family Ursidae)。生活於北極地帶有冰塊、陸地和海水間雜的區域,喜在海水中游泳。足寬,適於在冰上行走。頭小、頸長、身體呈流線型。主食海豹,亦食魚、海草,或在陸地捕食馴鹿,亦食蘚苔植物。平時單獨生活,生殖季節則成對旅行。初冬時產一對幼熊,幼熊隨母熊生活至兩歲大。北極熊皮下有厚約3公分的鯨脂,可以禦寒。雄者重720公斤,體長2.2~2.5公尺,尾長7~12公分。

北極熊圖

【北極鋒】 ㄅㄟˇ ㄐㄧˊ ㄈㄥ
(arctic front)指北極氣團與極地氣團交綏所形成的鋒面。這一鋒帶大致由'愛爾蘭'的北面,沿著'歐''亞'大陸的北岸,通過北'太平洋',一直延伸到'加拿大'的北部。

【北葉門】 ㄅㄟˇ ㄧㄝˋ ㄇㄣˊ
(North Yemen)位於'阿拉伯半島'西南隅的中東古國。面積13.5萬方公里,人口838.6萬(1987年),首都'沙那'(Sanā)。全境爲一高原,僅西部沿海較平坦。終年高溫乾燥,中部山地迎風坡夏雨充足,農業發達,爲人口與物產集中地,有「阿拉伯樂土」之稱。山坡遍植咖啡。西元1990年5月與'南葉門'合併爲'葉門共和國'。

14【北齊書】 ㄅㄟˇ ㄑㄧˊ ㄕㄨ
二十五史之一。'唐''李百藥'奉敕撰,五十卷。記'北齊'一代歷史。'北宋'以後,書漸散佚,今本乃後人取"北史"等書補綴而成。

3【北上宣言】 ㄅㄟˇ ㄕㄤˋ ㄒㄩㄢ ㄧㄢˊ
'民國'十三年十一月,'孫中山'先生應反'直'三角同盟中之'奉'系'張作霖'、'皖'系'段祺瑞'及國民軍系'馮玉祥'等電邀,北上共商國是,發表北上宣言。文中提出國民會議與廢除不平等條約,作爲解決國是之途徑。

4【北方大港】 ㄅㄟˇ ㄈㄤ ㄉㄚˋ ㄍㄤˇ
國父"實業計畫"中擬建的海港,位於'渤海灣'中'大沽口'、'秦皇島'之間。此港具有不封凍、腹地大、少淤積、建設易之優點。

【北方青瓷】 ㄅㄟˇ ㄈㄤ ㄑㄧㄥ ㄘˊ
指'宋''金'時期於北方生產的雕畫或印花牡丹、唐草等紋樣的施罩橄欖色釉的青瓷。由於過去曾在'河南省''臨汝縣'發現燒製這類作品的窯址,因此一度被稱爲'汝窯'。不過從新的考古調查得知,'陝西省''銅川市'的'耀州窯'生產大量該類作品,其影響及於'河南'、'甘肅'、'廣西'等地瓷窯。

6【北回歸線】 ㄅㄟˇ ㄏㄨㄟˊ ㄍㄨㄟ ㄒㄧㄢˋ
(tropic of cancer)指北緯23.5°的緯線,是太陽射線所能直射地表最北的一條界線。

7【北宋五子】 ㄅㄟˇ ㄙㄨㄥˋ ㄨˇ ㄗˇ
指'周敦頤'、'邵雍'、'張載'、'程顥'、'程頤'等五人。在'北宋'期間,對理學的貢獻甚大。

8【北京條約】 ㄅㄟˇ ㄐㄧㄥ ㄊㄧㄠˊ ㄩㄝ
'清''咸豐'九年(1859),'英'使及'法'使率艦赴'北京'換約,抵'白河'口受'清'軍重創離去。十年,增兵東來,要求道歉賠款及公使長駐'北京',爲'清'廷所拒,聯軍乃攻陷'大沽'、'天津','文宗'逃往'熱河'。聯軍再陷'北京',焚掠'圓明園'。九月,恭親王'奕訢'與'英'、'法'互換"天津條約"外,另訂"北京條約":'英'使長駐'北京',兩國賠款增爲八百萬兩,增開'天津'商埠,割'九龍司'與'英',准教士在各省租買田地、建造教堂。

11【北堂書鈔】 ㄅㄟˇ ㄊㄤˊ ㄕㄨ ㄔㄠ
'唐''虞世南'撰,一百七十三卷。今本爲'清''孔廣陶'等校刻本,一百六十卷。分類摘錄經史百家詞句,主要供當時文人寫詩文選擇詞藻用。

13【北極地方】 ㄅㄟˇ ㄐㄧˊ ㄉㄧˋ ㄈㄤ
(arctic region)指北極圈內及其鄰近的北極地區。主要是海域,以'北極海'爲主體。此外,在'加拿大'和'蘇俄'北部有廣大的地表,稱爲大北區。

3【北大西洋公約組織】 ㄅㄟˇ ㄉㄚˋ ㄒㄧ ㄧㄤˊ ㄍㄨㄥ ㄩㄝ ㄗㄨˇ ㄓ
(North Atlantic Treaty Organization; NATO)西元1949年4月4日,'美'、'英'、'法'、'比'、'荷'、

'盧森堡'、'加拿大'、'挪威'、'丹麥'、'義大利'、'葡萄牙'及'冰島'十二國在'華府'簽署"北大西洋條約"而成立。爲一共同防禦之軍事同盟組織,總部現設在'布魯塞爾'。任何對締約國之攻擊,將被視爲對全體締約國之攻擊,全體締約國必須援助被攻擊國家,以維護北'大西洋'地區之安全。

9

匙 ㊀ ㄔˊ ch'ih² 音池
舀取液體的用具。也叫調羹。如:湯匙。
㊁ ·ㄕ ·shih
開鎖的工具。如:鑰匙。

匚部

匚 ㄈㄤ fang¹ 音方
方形的容器。見"說文"。

3

匜 ㄧˊ i² 音移
古代盛水、酒的用器。形狀似羹勺,柄中空,可使水、酒從柄中流出,注入盥盤或飲器中。見"說文"。

匜圖

匝 ㄗㄚ tsa¹
本作帀。1周遍。如:周匝。2圍繞一周。如:圍城三匝。

13【匝道】 ㄗㄚ ㄉㄠˋ
(ramp)立體交流之聯絡道,以及任何不同平面或平行道間,便於車輛進出之連接道路的統稱。高速公路之構建,多設計匯入匝道與分岔匝道,以利駕駛者自然、輕鬆且有足夠視距地上下高速公路。

15【匝數比】 ㄗㄚ ㄕㄨˋ ㄅㄧˇ
(turns ratio)變壓器二次繞阻之匝數與一次繞阻匝數之比。

匛 柩的古文。

4

匟 ㄎㄤˋ k'ang⁴ 音抗
參匟床。

7【匟床】 ㄎㄤˋ ㄔㄨㄤˊ
可供二、三人並坐的床榻。

匡 ㊀ ㄎㄨㄤ k'uang¹ 音筐
1盛飯的器具。今作筐。見"說文"。2眼眶。通眶。3方正;端正。4糾正。如:一匡天下。5輔助。如:匡翼。6安適。參匡床。7畏懼。通恇。如:匡懼。8姓。'漢'有'匡衡'。見"萬姓統譜·五一"。
㊁ ㄨㄤ wang¹ 音汪
廢疾。通尫。見"正字通"。

5【匡正】 ㄎㄨㄤ ㄓㄥˋ
糾正;扶正。

7【匡床】 ㄎㄨㄤ ㄔㄨㄤˊ
安適的床。

【匡助】 ㄎㄨㄤ ㄓㄨˋ
輔助;幫助。

11【匡救】 ㄎㄨㄤ ㄐㄧㄡˋ
挽救。

12【匡弼】 ㄎㄨㄤ ㄅㄧˋ
輔助。

【匡復】 ㄎㄨㄤ ㄈㄨˋ
挽救危難,復興國家。

16【匡衡】 ㄎㄨㄤ ㄏㄥˊ
'西漢''東海'(今'山東''郯城')人。少時家貧,夜讀無薪火,鑿通鄰居牆壁,引光讀書。能文學,善說"詩",時引經義議論政治得失。'元帝'時,任丞相,封'樂安侯'。

17【匡濟】 ㄎㄨㄤ ㄐㄧˋ
救助。

【匡襄】 ㄎㄨㄤ ㄒㄧㄤ
襄助。

【匡翼】 ㄎㄨㄤ ㄧˋ
輔助。

10【匡時濟世】 ㄎㄨㄤ ㄕˊ ㄐㄧˋ ㄕˋ
挽救艱危的時局。

18【匡謬正俗】 ㄎㄨㄤ ㄇㄧㄡˋ ㄓㄥˋ ㄙㄨˊ
'唐''顏師古'撰,八卷。匡正當時語文音義之誤。書未成而卒,由其子'揚庭'繼成。前四卷論諸經訓詁音釋,後四卷論諸書字義字音及俗語相承之異。

匢 ㄏㄨ hu¹ 音呼
古代一種容器。見"集韻"。

匠 ㄐㄧㄤˋ chiang⁴ 音醬
1木工。後也用作一切技工的通稱。2在某方面有特殊造詣的人。3籌劃制作;精思巧構。

2【匠人】 ㄐㄧㄤˋ ㄖㄣˊ
1官名。"周禮"冬官之屬。掌管建造宮室城郭與溝洫的事務。2負責載運靈柩下葬的人。3指木工。4泛稱有技藝的工人。

4【匠心】 ㄐㄧㄤˋ ㄒㄧㄣ
精巧的心思。

5【匠石】 ㄐㄧㄤˋ ㄕˊ
古代的巧匠。名'石'。相傳能運用斧頭削除他人鼻端薄如蠅翼的石灰,而不傷及鼻子。

10【匠氣】 ㄐㄧㄤˋ ㄑㄧˋ
拘束呆板,缺乏靈氣。多用來形容缺乏創意的作品。

5

匣 ㄒㄧㄚˊ hsia² 音洽
1藏物的小箱。如:鏡匣。2以刑具夾鎖。3檻柙。

7

匧 篋的或體。

8

匪 ㄈㄟˇ fei³ 音翡
1形狀像篋的竹器。今作篚。見"說文"。2稱代詞。同彼、那。見"廣雅·釋言"。3否定詞。通非。如:夙夜匪懈。4賊寇。如:土匪。

6【匪夷所思】 ㄈㄟˇ ㄧˊ ㄙㄨㄛˇ ㄙ

1不是常理所能推想到的。2稱思想離奇怪異。

㔷 ㄏㄨ hu¹ 音忽
古器名。見"說文"。

9

匭 ㄍㄨㄟˇ kuei³ 音軌
1古代祭祀或燕饗時,用來盛黍稷的器皿。簋的古文。見"說文"。2小匣子;小箱子。如:票匭。

匬 一 ㄊㄡˊ t'ou² 音頭
瓦器名。見"說文繫傳"。
二 ㄩˇ yü³ 音庾
古代容器名。容十六斗。見"玉篇"。

11

匯 ㄏㄨㄟˋ hui⁴ 音賄
俗作滙。1眾水環聚會合。通迴。如:匯爲洪流。2透過專門機構,將貨幣從甲地轉移至乙地。

7【匯兌】 ㄏㄨㄟˋ ㄉㄨㄟˋ
(exchange; remittance)銀行憑其信用,藉聯行或同業間款項的劃撥,代替現款的輸送,以清理兩地間債權債務或款項授受的一種業務。分爲國內匯兌與國外匯兌兩種。

8【匯注】 ㄏㄨㄟˋ ㄓㄨˋ
匯合投入。

11【匯率】 ㄏㄨㄟˋ ㄌㄩˋ
(exchange rate)一國通貨與另一國通貨之間的兌換比率。亦即一種通貨換取另一種通貨一單位所需支付的單位數。

【匯票】 ㄏㄨㄟˋ ㄆㄧㄠˋ
(bill of exchange; draft)指發票人簽發一定的金額委託付款人,於指定的到期日,無條件支付與受款人或執票人的票據。匯票關係人與支票相同,有發票人、受款人與付款人三人。在進出口貿易,匯票的簽發人通常爲出口商,付款人則或爲進口商(在託收交易時)或爲銀行(即開狀銀行或其所指定的另一銀行)。受款人則可能是發票人本身或其指定人,也可能是代收或押匯銀行。

12【匯款】 ㄏㄨㄟˋ ㄎㄨㄢˇ
指匯款人交款與本埠銀行,請以匯票、書函或電訊通知方法,轉託外埠聯行或同業,代將款項付與收款人。

9【匯流排】 ㄏㄨㄟˋ ㄌㄧㄡˊ ㄆㄞˊ
(bus)電腦系統內一組可用來傳遞信號或電流之導線。

2【匯入匯款】 ㄏㄨㄟˋ ㄖㄨˋ ㄏㄨㄟˋ ㄎㄨㄢˇ
指銀行受外埠聯行或同業的委託,代爲解付該行所匯出的票匯、信匯或電匯的匯款。

5【匯出匯款】 ㄏㄨㄟˋ ㄔㄨ ㄏㄨㄟˋ ㄎㄨㄢˇ
(remittance and drafts issued)指銀行爲顧客託匯的款項。匯款方式有信匯、票匯、電匯等三種。

11【匯率下限】 ㄏㄨㄟˋ ㄌㄩˋ ㄒㄧㄚˋ ㄒㄧㄢˋ
(exchange rate floor)在可調整的浮動匯率制之下,匯率可以在中心匯率上下一定幅度內調整,其低於中心匯率者稱爲匯率下限。

【匯率上限】 ㄏㄨㄟˋ ㄌㄩˋ ㄕㄤˋ ㄒㄧㄢˋ
(exchange rate ceiling)在可調整的浮動匯率制下,匯率可以在中心匯率上下一定幅度內調整,其高於中心匯率者稱爲匯率上限。

【匯率套利】 ㄏㄨㄟˋ ㄌㄩˋ ㄊㄠˋ ㄌㄧˋ
(arbitrage of foreign exchange rate)套利者利用各國外匯市場匯率在某一時點的不同,經由同時買進與賣出外匯的方法,以賺取利潤。

12

𠥹 ㄑㄩㄢ ch'üan¹ 音圈
竹器名。見"廣韻"。

匲 奩的俗體。

匱 一 ㄍㄨㄟˋ kuei⁴ 音貴
大型的儲物器具。今作櫃。如:金匱。
二 ㄎㄨㄟˋ k'uei⁴ 音愧
1同一。2竭盡;缺乏。如:匱乏。

5【匱乏】 ㄎㄨㄟˋ ㄈㄚˊ
缺乏;貧乏。

14【匱竭】 ㄎㄨㄟˋ ㄐㄧㄝˊ
缺乏。

匰 ㄉㄢ tan¹ 音單
1古代宗廟中盛放木主牌的器具。見"說文"。2盛飯或衣物的圓形竹器。通簞。見"廣雅·釋器"。

13

匳 奩的或體。

14

匴 ㄙㄨㄢˇ suan³
1洗米後用以濾乾的竹器。見"說文"。2古代行冠禮時用以盛帽子的竹器。見"廣韻"。

15

匵 櫝的或體。

18

匷 ㄑㄩˊ ch'ü² 音渠
參蠷匷。

匶 柩的籀文。

匸 部

匸 ㄒㄧˋ hsi⁴ 音系
躲閃掩藏。見"說文"。

2

区 區的俗體。

匹 ㊀ ㄆㄧˇ $p'i^{3}$ 音庀
①量詞。布帛四丈。②配合;配偶。如:匹配。③相敵;相當。如:匹敵。
㊁ ㄆㄧ $p'i^{1}$ 音批
量詞。計算馬、驢、騾等的單位。

4【匹夫】 ㄆㄧˇ ㄈㄨ
①平民;尋常百姓。如:匹夫匹婦。②沒有學識智略的人。如:匹夫之勇。

10【匹配】 ㄆㄧˇ ㄆㄟˋ
配合;對偶。

15【匹敵】 ㄆㄧˇ ㄉㄧˊ
①彼此地位相等,力量相當。②配偶。

4【匹夫之勇】 ㄆㄧˇ ㄈㄨ ㄓ ㄩㄥˇ
憑仗血氣的小勇。

【匹夫匹婦】 ㄆㄧˇ ㄈㄨ ㄆㄧˇ ㄈㄨˋ
一夫一婦。泛指一般人。

10【匹馬單槍】 ㄆㄧ ㄇㄚˇ ㄉㄢ ㄑㄧㄤ
比喻不借助於他人,獨自去做。

【匹配阻抗】 ㄆㄧˇ ㄆㄟˋ ㄗㄨˇ ㄎㄤˋ
(matching impedance)連接到信號源以獲得最大能量轉移的阻抗值。

8【匹亞諾公理】 ㄆㄧ ㄧㄚˋ ㄋㄨㄛˋ ㄍㄨㄥ ㄌㄧˇ
(Peano's postulates)參自然數。

4【匹夫無罪懷璧其罪】 ㄆㄧˇ ㄈㄨ ㄨˊ ㄗㄨㄟˋ ㄏㄨㄞˊ ㄅㄧˋ ㄑㄧˊ ㄗㄨㄟˋ
比喻人擁有珍貴物品,而招來禍害。

5

匧 ㄌㄡˋ lou^{4} 音漏
①隱藏不出。見"說文"。②一種簸箕。見"說文"。

医 ㊀ ㄧˋ i^{4} 音意
藏弓箭的器具。即箭袋。見"說文"。
㊁ ㄧ i^{1} 音衣
醫的俗體。

6

匼 ㄢˇ an^{3} 音唵
①奉承迎合。②環繞。

8【匼河文化】 ㄢˇ ㄏㄜˊ ㄨㄣˊ ㄏㄨㄚˋ
位於'山西省''芮城縣''黃河'東岸,屬舊石器時代早期文化。石器大多用石英岩礫石製造,有砍斫器、刮削器、小型尖器、三稜大尖狀器、石球等及動物化石。其時代約與「北京人」同時或稍早,但較「藍田人」爲晚。

7

匽 ㄧㄢˇ yen^{3} 音偃
①藏匿。見"說文"。②停息;停止。通偃。如:興文匽武。③路邊的廁所。④溝渠。⑤姓。'漢'有'匽簃'。見"萬姓統譜·八九"。

9

匿 ㊀ ㄋㄧˋ ni^{4} 音逆
①躲避;隱藏。如:藏匿。②暗中。如:匿笑。
㊁ ㄊㄜˋ $t'\hat{e}^{4}$ 音特
惡;壞。通慝。見"正字通"。

6【匿名】 ㄋㄧˋ ㄇㄧㄥˊ
隱藏姓名;不具眞實姓名。

【匿名揭帖】 ㄋㄧˋ ㄇㄧㄥˊ ㄐㄧㄝ ㄊㄧㄝ
不署姓名,張貼在公共場所以攻擊他人的文件。

區 ㊀ ㄑㄩ $ch'\ddot{u}^{1}$ 音軀
①分別。如:區分。②有一定範圍的地方。如:區域。③地方行政單位名。院轄市及省轄市之下均設之,承市政府之命,辦理市自治事項。爲市行政需要而特設的分支機構,與縣之鄉鎮不能並論。區下亦設有里。
㊁ ㄡ ou^{1} 音歐
①藏匿。見"字彙"。②姓。'漢'有'區博'。見"漢書·王莽傳中"。
㊂ ㄍㄡ kou^{1} 音勾
草木的嫩芽屈曲而生。見"正字通"。

11【區區】 ㄑㄩ ㄑㄩ
①微小。②自稱的謙詞。古人常用於書信。③愛慕;思念。

【區域】 ㄑㄩ ㄩˋ
界限;一定的範圍。

12【區間】 ㄑㄩ ㄐㄧㄢ
(interval)①相同事物兩定點間的差別。設a、b兩數滿足$a<x<b$的實數x全體稱開區間,記作(a,b);滿足$a\leq x\leq b$的實數x全體稱閉區間,記作$[a,b]$。a、b稱爲區間的端點。另$(a,b]$、$[a,b)$稱半開半閉區間,亦可相似地定義。②交通上爲管理行車安全之方便而分段劃定的路段。一般以相鄰兩車站間爲一個區間,以鐵路管理而言,若係單軌鐵路,則同一區間在同一時間內只准許一車占用。

7【區位組合】 ㄑㄩ ㄨㄟˋ ㄗㄨˇ ㄏㄜˊ
(segmentation mix)指銷售通路方面的組合因素。包括通路類型、通路區位、後勤運輸倉儲、銷售區位。

11【區域計畫】 ㄑㄩ ㄩˋ ㄐㄧˋ ㄏㄨㄚˋ
(regional planning)以一定地域爲實施對象,動用各種地方力量(包括人文和自然條件),以求境內的空間利用達到最理想的境地,這種措施,總稱爲區域計畫。各種措施之間,必須相互協調,以促進農工業生產與都市、鄉村建設的順利發展。

【區域給水】 ㄑㄩ ㄩˋ ㄐㄧˇ ㄕㄨㄟˇ
(regional water supply)指自來水給水區域超越行政界限,遍及數市鎮或數十鄉村。此爲世界公認的良好制度,可藉以延攬優秀技術及管理人員,達到管理科學化、經營企業化的目標,使自來水事業規模趨向合理健全。

12【區間列車】 ㄑㄩ ㄐㄧㄢ ㄌㄧㄝˋ ㄔㄜ
行駛於短距離區域之列車。與直達列車相對。

【區間推估】 ㄑㄩ ㄐㄧㄢ ㄊㄨㄟ ㄍㄨ
(interval estimates)由樣本來推估母體的性質參數時,我們有相當的機率P,可以相信這參數會落在某一區間內。這區間叫信賴區間(confidence interval),這機率叫做信賴係數(confidence coefficient)。例如,母體爲常態分布,期望值μ爲未知,但標準差σ已知,我們取樣本$x=(x_1, x_2, \cdots\cdots x_n)$通常用諸$x_i$的平均$\bar{x}$來做$\mu$之點推估,但有九成半之信賴係數,推估$\mu$會落在$\bar{x}$之上下1.96個$\frac{\sigma}{\sqrt{n}}$範圍內,即信賴區間爲$\left[\bar{x}-\frac{1.96\sigma}{\sqrt{n}};\ \bar{x}+\frac{1.96\sigma}{\sqrt{n}}\right]$,改九成半爲九成,則1.96改爲1.65。

11【區域地理學】 ㄑㄩ ㄩˋ ㄉㄧˋ ㄌㄧˇ ㄒㄩㄝˊ
(regional geography)地理學三大分門之一。若將自然地理學和人文地理學合稱系統地理學(systematic geography),則和區域地理學可並列爲地理學二大分門。地理學乃研究空間之學,凡研究地表大、小空間的綜合性質者,均屬於區域地理學的範疇,如'臺灣'地理、'中國'地理、世界地理均屬之。

【區域性變數】 ㄑㄩ ㄩˋ ㄒㄧㄥˋ ㄅㄧㄢˋ ㄕㄨˋ
(local variable)電腦程式中某一區段內所定義並僅在該區段內使用的變數,稱爲該區段的區域性變數。

14【區劃漁業權】 ㄑㄩ ㄏㄨㄚˋ ㄩˊ ㄧㄝˋ ㄑㄩㄢˊ
指政府區劃水面,給漁民以養殖水產動植物,經營漁業之權。

11【區域調焦系統】 ㄑㄩ ㄩˋ ㄊㄧㄠˊ ㄐㄧㄠ ㄒㄧˋ ㄊㄨㄥˇ
①運動攝影時,預先假定位置對好焦距,當拍攝對象到達定位時,瞬間拍攝的方式。②將拍攝對象分成幾個區域,在某區域內,對著拍攝對象關鍵重點調焦的方式。

匾 ㄅㄧㄢˇ *pien*³ 音扁
本作扁。①懸在門頂或牆上的題字橫牌。如:匾額。②體薄。如:匾平。

12【匾㔸】 ㄅㄧㄢˇ ㄊㄧ
東西寬而薄的樣子。

18【匾額】 ㄅㄧㄢˇ ㄜˊ
懸掛在門上或堂榭園亭裡的橫額。也作扁額。

10

㔸 ㄊㄧ *t'i*¹ 音梯
參匾㔸。

十部

十 ㄕˊ *shih*² 音拾
①數名。大寫作拾,'阿拉伯'數目字作10。②第十。如:十月。③滿足;圓滿。如:十全十美。

3【十干】 ㄕˊ ㄍㄢ
指甲、乙、丙、丁、戊、己、庚、辛、壬、癸十天干。又稱十幹、十母。

4【十方】 ㄕˊ ㄈㄤ
指上、下、東、南、西、北、東南、西南、東北、西北。

【十分】 ㄕˊ ㄈㄣ
①充足;圓滿。如:春在枝頭已十分。②極;非常。

6【十成】 ㄕˊ ㄔㄥˊ
①十分;極度。②十層;十重。

7【十戒】 ㄕˊ ㄐㄧㄝˋ
①佛家語。(1)菩薩的十戒。即普饒益戒、不受戒、不住戒、無悔恨戒、無違諍戒、不惱害戒、不雜戒、不貪求戒、無過失戒、無毀犯戒。(2)沙彌的十戒。即不殺戒、不偷盜戒、不淫戒、不妄語戒、不飲酒戒、不眠坐高廣嚴麗床座戒、不塗飾香鬘戒、不歌舞觀聽戒、不蓄金銀寶戒、不食非時食戒。另,佛家十戒還有多種不同。②(*Ten Commandments*)也作"十誡"。"舊約聖經·出埃及記"所載由'耶和華'在'西奈山'傳給'摩西'的十條戒律,用以訓誡'以色列'人。其內容爲:不得奉他神、不得製造及崇拜偶像、不得妄呼上帝之名、謹守安息日、敬父母、勿殺、勿淫、勿盜、勿妄證、勿貪他人之所有。

【十足】 ㄕˊ ㄗㄨˊ
①極度充足,絲毫不缺少。如:架勢十足。②確確實實地;絲毫不假。

11【十通】 ㄕˊ ㄊㄨㄥ
"通典"、"通志"、"文獻通考"、"續通典"、"續通志"、"續文獻通考"、"清通典"、"清通志"、"清文獻通考"、"續清文獻通考"的合稱。

16【十劑】 ㄕˊ ㄐㄧˋ
'中'藥依方劑的性質與功用而分的十類。即:宣劑、通劑、補劑、瀉劑、輕劑、重劑、滑劑、澀劑、燥劑、溼劑。

【十錦】 ㄕˊ ㄐㄧㄣˇ
形容式樣繁多,眾美並陳。也作什錦。

17【十翼】 ㄕˊ ㄧˋ
解釋並發揮"易經"卦、爻辭含意的十篇文章。包括"上彖"、"下彖"、"上象"、"下象"、"上繫"、"下繫"、"文言"、"說卦"、"序卦"及"雜卦"。

2【十二支】 ㄕˊ ㄦˋ ㄓ
①即子、丑、寅、卯、辰、巳、午、未、申、酉、戌、亥十二地支。②佛家語。指眾生涉三世而輪迴六道的次第緣起。即無明、行、識、名色、六入、觸、受、愛、取、有、生、老死這十二種連鎖相生關係,原稱十二因緣。

【十二次】 ㄕˊ ㄦˋ ㄘˋ
指十二星次。古人爲了測量或推算日、月、五星的運行,沿著赤道將周天分爲十二等分,稱爲十二次。分別是:星紀、玄枵、娵訾、降婁、大梁、實沈、鶉首、鶉火、鶉尾、壽星、大火、析木,其中星紀的中間正當冬至點,其餘由西向東,依次排列。古人又認爲木星每十二年一周天(實爲11.86年),因此把木星稱爲歲星,以它每年所行經的星次來作爲紀年的標準。如歲星運行到鶉火,稱爲[歲在鶉火]。

【十二型】 ㄕˊ ㄦˋ ㄒㄧㄥˊ
指北派拳術中十二種運動方式的定型。即:動如濤、靜如嶽、起如猿、落如鵲、立如雞、站如松、轉如輪、折如弓、輕如葉、重如鐵、緩如鷹、快如風。

【十二律】 ㄕˊ ㄦˋ ㄌㄩˋ
古樂的十二個定音器。用竹管做成,以管的長短,分別聲音的高低

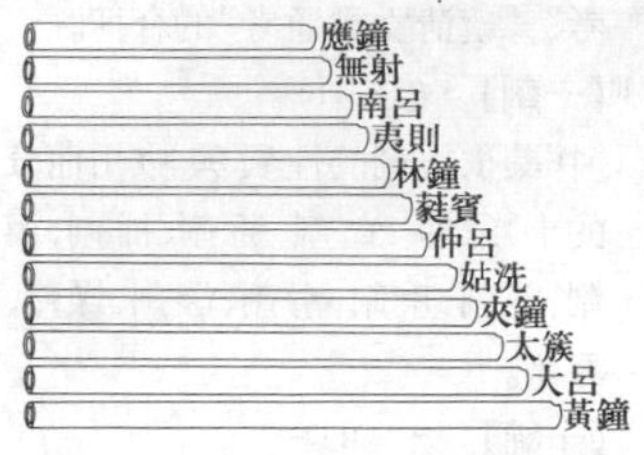

十二律圖

清濁。其名爲陽律六:黃鐘、太簇、姑洗、蕤賓、夷則、無射;陰律六:林鐘、南呂、應鐘、大呂、夾鐘、仲呂。見"呂氏春秋·音律"。

【十二時】 ㄕˊ ㄦˋ ㄕˊ
'漢武帝''太初'元年頒行"太初曆",分一天爲十二時,以十二支爲記時的名目,每時相當現在的兩個小時。

【十二經】 ㄕˊ ㄦˋ ㄐㄧㄥ
人體經脈的一種。以所屬的臟腑及手足陰陽來分類定名。爲體內氣血運行的主要通路。包括:手太陰肺經、手陽明大腸經、足陽明胃經、足太陰脾經、手少陰心經、手太陽小腸經、足太陽膀胱經、足少陰腎經、手厥陰心包經、手少陽三焦經、足少陽膽經、足厥陰肝經。每一經脈都和體內臟腑相互密切聯繫,而各經脈之間又有表裡配合的關係,故又稱正經。

【十二臟】 ㄕˊ ㄦˋ ㄗㄤˋ
'中'醫對臟腑的合稱。又稱十二官、十二藏。包括:心、肝、脾、肺、腎、心包絡、膽、胃、大腸、小腸、三焦、膀胱等。

3【十三科】 ㄕˊ ㄙㄢ ㄎㄜ
爲我國古代的醫學分科。'元'、'明'二代太醫院都把醫學分爲十三科。'元代'爲大方脈科、小方脈科、雜醫科、風科、產科、眼科、口齒科、咽喉科、正骨科、金瘡腫科、針灸科、祝由科、禁科。'明代'則爲大方脈科、小方脈科、婦人科、瘡瘍科、針灸科、眼科、口齒科、咽喉科、傷寒科、接骨科、金鏃科、按摩科、祝由科。

【十三經】 ㄕˊ ㄙㄢ ㄐㄧㄥ
十三部經典的總稱。即"易"、"書"、"詩"、"周禮"、"儀禮"、"禮記"、"左傳"、"公羊傳"、"穀梁傳"、"論語"、"孝經"、"爾雅"、"孟子"。

6【十字軍】 ㄕˊ ㄗˋ ㄐㄩㄣ
(Crusades) ①中世紀'歐洲'興起的宗教遠征軍。西'歐'的基督教徒爲了從回教徒手中奪回聖地'耶路撒冷',自西元1096～1270年前後七次東征,出征軍隊衣服上都繡上紅十字徽章,故稱十字軍。②凡基督徒對異教徒戰爭的軍隊,都稱十字軍。

【十字架】 ㄕˊ ㄗˋ ㄐㄧㄚˋ
(cross)基督教信仰的象徵。其起源甚早,用途亦多,如'迦太基'人作爲裝飾,'斯堪的那維亞'人用作邊界符號,或豎於英雄和國王墓上。'埃及'人則當作神聖的記號。'羅馬'人用橫直二木豎成十字形釘罪犯,由於'耶穌'被釘死在十字架上,乃成爲基督教的主要象徵。

【十字勁】 ㄕˊ ㄗˋ ㄐㄧㄣˋ
向四方撐展的發勁法。

【十字管】 ㄕˊ ㄗˋ ㄍㄨㄢˇ
(cross) 連接互相垂直、管徑相同之四支管之元件。

【十字腿】 ㄕˊ ㄗˋ ㄊㄨㄟˇ
國術腿擊法。後腳提起踢敵人之小腹,另手同時出拳虛攻;左腳則右手,右腳則左手。

【十字線】 ㄕˊ ㄗˋ ㄒㄧㄢˋ
用於報紙或其他出版物上,作爲彩色印刷或套色印刷用的基準點。

11【十部樂】 ㄕˊ ㄅㄨˋ ㄩㄝˋ
古樂名。'唐'將'隋'的九部樂增加爲十部:"燕樂伎"、"清商伎"、"西涼伎"、"天竺伎"、"高麗伎"、"龜茲伎"、"安國伎"、"疏勒伎"、"康國伎"、"高昌樂"。較'隋'九部增"燕樂伎"、"高昌樂",減"禮畢"。

15【十樣錦】 ㄕˊ ㄧㄤˋ ㄐㄧㄣˇ
①形容花樣眾多。②花名。雁來紅的一種。③'蘇州'人俗稱十不全爲十樣錦。

23【十體書】 ㄕˊ ㄊㄧˇ ㄕㄨ
十種書法體式。①'唐''張懷瓘''書斷'以古文、大篆、籀文、小篆、八分、隸書、章書、行書、飛白、草書爲十體。②'唐玄度'以古文、大篆、小篆、八分、飛白、薤葉、垂針、垂露、鳥書、連珠爲十體。③'宋''王應麟'以古文、大篆、小篆、八分、散隸、倒薤、懸針、垂露、鳥書爲十體。

2【十二生肖】 ㄕˊ ㄦˋ ㄕㄥ ㄒㄧㄠˋ
古代命相家以鼠、牛、虎、兔、龍、蛇、馬、羊、猴、雞、狗、豬等十二種動物配屬十二地支。'東漢'以來,世俗以爲人生在那年即肖那種動物,稱爲十二屬,又稱十二生肖。

【十二因緣】 ㄕˊ ㄦˋ ㄧㄣ ㄩㄢˊ
佛家語。即十二支。參十二支②。

【十二音列】 ㄕˊ ㄦˋ ㄧㄣ ㄌㄧㄝˋ
(twelve-tone series) 指一種推翻傳統作曲原理,以圖達成無調狀態的二十世紀的作曲技巧。十二音列是人爲的音階,是將音階裡的十二個音,不顧高低,任意排成音列。首次使用這種音列作曲的是'奧國'作曲家'荀白克'(Ar-

nold Schoenberg)。

【十二指腸】 ㄕˊ ㄦˋ ㄓˇ ㄔㄤˊ
(duodenum) 小腸最前端部分。由幽門開始,約爲十二指橫列併攏的長度,是消化作用最旺盛的部分。此處因直接承受由胃排出的酸性食糜,故常有潰瘍的現象,一般所稱之胃潰瘍或消化性潰瘍即指十二指腸潰瘍。

【十二段錦】 ㄕˊ ㄦˋ ㄉㄨㄢˋ ㄐㄧㄣˇ
我國固有的健身術。凡:叩齒、嚥津、擦面、鳴天鼓、運膏肓穴、托天、左右開弓、擦丹田、摩內腎穴、擦湧泉穴、摩夾脊穴、灑腿。

【十二部經】 ㄕˊ ㄦˋ ㄅㄨˋ ㄐㄧㄥ
佛家一切經分爲十二大類,總稱十二部經。一、修多羅,義即契經;以散行形式來表達佛理,有別於偈頌。二、祇夜,譯爲應頌、重頌;先以散文表出,後以韻文重宣其義,就是頌。三、伽陀,義爲諷誦,又稱孤起誦;不雜散文,全篇是偈頌形式,形同‘中國’的說理詩,如“法句經”。四、尼陀那,義爲因緣;敘述佛陀說法緣起,如諸經的序品。五、伊帝目多,義爲本事;是佛陀講述其弟子過去世修道成果因緣的經文,如“法華經·藥王菩薩本事品”等。六、闍多伽,義爲本生;是佛陀自述前世修道種種因緣,也稱本緣。七、阿浮達摩,又譯爲阿毘達摩,義爲未曾有;是記述佛陀現種種神力不可思議事跡的經文。八、阿波陀那,義爲譬喻;以各種故事,來譬喻、象徵佛法義理。九、優婆提舍,義爲論議;即是屬於純義理思辨的經文。十、優陀那,義爲自說,是佛無問自說的經文,例如“阿彌陀經”。十一、毘佛略,義爲方廣;是演述某些在思想範疇上方正廣大的眞理,藏經中有方廣部分。十二、和伽羅,義爲授記,是菩薩在未成佛之前,但功行足可成佛之際,受到佛面授成佛屬託的經文,以鄭重傳承廣渡眾生的大願。其中一、二、三等類,是經文的體裁,其他九種是根據經文事理大旨有別而立名。

【十二碼球】 ㄕˊ ㄦˋ ㄇㄚˇ ㄑㄧㄡˊ
足球重要規則之一。球賽進行中,球員在本方罰球區域內犯規,如踢人、絆人、打人,或以手觸球等時,判由對隊在十二碼點踢直接射門的罰球。

3【十三太保】 ㄕˊ ㄙㄢ ㄊㄞˋ ㄅㄠˇ
指‘唐代’‘李克用’的十三個義子,皆封太保,故名。今指十三個人或物品。

【十大洞天】 ㄕˊ ㄉㄚˋ ㄉㄨㄥˋ ㄊㄧㄢ
道教語。大地名山之間,上天遣群仙統治所居的十大洞府。第一‘王屋山’,號爲‘小有清虛洞天’;第二‘委羽山’,號爲‘大有空明洞天’;第三‘西城山’,號爲‘太玄總眞洞天’;第四‘西玄山’,號爲‘三元極眞洞天’;第五‘青城山’,號爲‘寶仙九室洞天’;第六‘天台山’,號爲‘上清玉平洞天’;第七‘羅浮山’,號爲‘朱明耀眞洞天’;第八‘句曲山’,號爲‘金壇華陽洞天’;第九‘林屋山’,號爲‘尤神幽虛洞天’;第十‘括蒼山’,號爲‘成德隱玄洞天’。

【十丈紅塵】 ㄕˊ ㄓㄤˋ ㄏㄨㄥˊ ㄔㄣˊ
形容塵世的繁華熱鬧。

4【十六烷值】 ㄕˊ ㄌㄧㄡˋ ㄨㄢˊ ㄓˊ
(cetane number)一種用以表示柴油燃燒性之指標。以正十六烷之燃燒性能爲100,7-庚壬烷之燃燒性能爲15,若某燃料之燃燒性能與某一定比例之正十六烷及7-庚壬烷混合物相同,則以其中正十六烷之百分數作爲其十六烷值。此值愈高其燃燒性愈好,且其中芳香族之含量愈少。

【十六進位】 ㄕˊ ㄌㄧㄡˋ ㄐㄧㄣˋ ㄨㄟˋ
(hexadecimal)計數的一種方式。以十六爲基底,每一位數可表示十六個數值,即十進位的0~15,分別以0~9, A, B, C, D, E, F 依序表示,滿十六則進位。如十進位之95以十六進位表示則爲$5F$。因爲F爲15,故16進位之$5F$換算爲十進位則爲(16×5)+15=95。爲便於辨識,表示十六進位數時常在數後加一H,如$5FH$。

【十月革命】 ㄕˊ ㄩㄝˋ ㄍㄜˊ ㄇㄧㄥˋ
(October Revolution) 也稱‘布爾什維克’革命(Bolshevik Revolution)。西元1917年,‘列寧’(Nikolai Lenin)在‘德國’協助下潛回‘俄國’,領導‘布爾什維克黨’推翻二月革命後建立的共和政府,另立‘蘇維埃’政府,時值‘俄’曆十月,故稱十月革命。

5【十四行詩】 ㄕˊ ㄙˋ ㄏㄤˊ ㄕ
(sonnet) 西洋詩的格式之一。早期譯作商籟體。通常分爲前段八行,後段六行,全長十四行,故名。適宜抒情。十三世紀時始創於‘義大利’,‘但丁’爲第一位使用此格式者,‘佩脫拉克’則用以寫成組曲或組詩。

6【十全十美】 ㄕˊ ㄑㄩㄢˊ ㄕˊ ㄇㄟˇ
形容極圓滿完美。

【十行俱下】 ㄕˊ ㄏㄤˊ ㄐㄩ ㄒㄧㄚˋ
形容閱讀快速。

7【十步香草】 ㄕˊ ㄅㄨˋ ㄒㄧㄤ ㄘㄠˇ
比喻到處都有人才。

9【十室九空】 ㄕˊ ㄕˋ ㄐㄧㄡˇ ㄎㄨㄥ
形容戰亂災荒之後的蕭條景況。

【十面埋伏】 ㄕˊ ㄇㄧㄢˋ ㄇㄞˊ ㄈㄨˊ
①‘元’人雜劇,作者不詳。演‘韓信’在‘九里山’前以十面埋伏陣勢圍攻‘項羽’的故事。原本已佚,“雍熙樂府”尚保存若干套曲。②琵琶大曲。又名“淮陰平楚”。流傳民間已四百多年,以‘劉邦’、‘項羽’的‘垓下’之戰爲主題,表現千軍萬馬,搖撼山岳的聲勢。樂譜最早見於‘華秋蘋’編“琵琶譜”卷上,標題“十面”,是‘直隸’‘王君錫’傳譜。

10【十家九流】 ㄕˊ ㄐㄧㄚ ㄐㄧㄡˇ ㄌㄧㄡˊ

泛稱'先秦'諸子的學術流派。也作九流十家。十家指儒、道、墨、名、陰陽、法、縱橫、雜、農、小說。去小說家稱爲九流。

【十拿九穩】 ㄕˊ ㄋㄚˊ ㄐㄧㄡˇ ㄨㄣˇ

比喻極有把握。

11【十國春秋】 ㄕˊ ㄍㄨㄛˊ ㄔㄨㄣ ㄑㄧㄡ

'清''吳任臣'撰，一百十四卷。記五代時十國的歷史。

12【十惡不赦】 ㄕˊ ㄜˋ ㄅㄨˋ ㄕㄜˋ

形容極凶惡的人。十惡指謀反、謀大逆、謀叛、惡逆、不道、大不敬、不孝、不睦、不義、內亂。古時犯此十種罪惡的人，都是死罪，不能赦免。

【十項建設】 ㄕˊ ㄒㄧㄤˋ ㄐㄧㄢˋ ㄕㄜˋ

政府爲促進經濟的成長，自'民國'六十二年起，依照"實業計畫"的原則和精神，在'臺灣'所推動的以發展重化工業和基本建設爲主的十項工程建設。包括：一、'桃園國際機場'；二、西幹鐵路電氣化；三、'臺中國際港'；四、南北高速公路；五、大造船廠；六、大煉鋼廠；七、石油化學工業；八、'北迴鐵路'；九、'蘇澳港'；十、核能發電廠。十項建設共投資新'臺'幣二千餘億元，至六十八年陸續完成，改善了工業結構，提高了運輸能量與效率，並使能源供應多元化，發揮其預估效能，使我國逐漸進入已開發國家的行列。

【十項運動】 ㄕˊ ㄒㄧㄤˋ ㄩㄣˋ ㄉㄨㄥˋ

男子田徑全能運動項目之一。包括：100公尺、400公尺、1500公尺、110公尺高欄、鉛球、鐵餅、標槍、跳高、跳遠、撐竿跳高等十項。按規定分兩天逐項競賽，計算總分決定成績。

13【十殿閻王】 ㄕˊ ㄉㄧㄢˋ ㄧㄢˊ ㄨㄤˊ

掌理死者陽世善惡審判的十位幽冥之王。又稱十殿冥王。十王之說於'唐'、五代間開始流布。爲'秦廣王'、'初江王'、'宋帝王'、'五官王'、'閻羅王'、'變成王'、'泰山王'、'平等王'、'都市王'、'轉輪王'。人死後，每七日歷一殿受審，到七七四十九日，依次爲前七王所掌管。而'平等王'掌百日，'都市王'掌週年，'轉輪王'掌三週年之審判。

【十載寒窗】 ㄕˊ ㄗㄞˇ ㄏㄢˊ ㄔㄨㄤ

指在貧寒環境中長期地苦讀。

【十萬火急】 ㄕˊ ㄨㄢˋ ㄏㄨㄛˇ ㄐㄧˊ

形容非常緊急。

15【十億分數】 ㄕˊ ㄧˋ ㄈㄣ ㄕㄨˋ

(ppb) 每十億單位溶液中所含溶質之單位數。通常固體或液體溶液所用之單位爲質量(例如公克)，氣體溶液則以莫耳爲單位。此濃度表示法僅用於極稀溶液。

2【十二木表法】 ㄕˊ ㄦˋ ㄇㄨˋ ㄅㄧㄠˇ ㄈㄚˇ

(*Law of Twelve Tables*) '羅馬'共和時期制定的法律，爲'羅馬'第一部成文法。'羅馬'初無法律，民間發生糾紛，缺乏客觀公平的標準。西元前451年由貴族組團到'雅典'去考察法律，然後加以編訂增刪；翌年，將之寫在十二張木板上，公示於'羅馬'城的廣場。後刻在銅表上，故又稱"十二銅表法"。本法實質上毫無內容，其重要性在於它的存在和頒布，象徵人民的自由。

【十二項建設】 ㄕˊ ㄦˋ ㄒㄧㄤˋ ㄐㄧㄢˋ ㄕㄜˋ

我國政府爲了更加充實國力，強化社會經濟發展，提高國民生活水準，自'民國'六十七年起，繼十項建設完成後，所進行的十二項建設。包括：一、完成'臺灣'環島鐵路網；二、興建東西橫貫公路三條；三、改善'高''屏'地區交通；四、擴建'中鋼公司'第二期第二階段工程；五、繼續興建核能發電二、三兩廠；六、完成'臺中港'第二、三期工程；七、開發新市鎮，廣建國民住宅(平均每年二萬五千戶)；八、加速改善重要農田排水系統；九、修建'臺灣'西岸海堤工程及全島重要河堤工程；十、拓建'屏東'至'鵝鑾鼻'道路爲四線高級公路；十一、設置農業機械化基金，促進農業全面機械化；十二、建立每一縣市文化中心，包括圖書館、博物館、音樂廳。其中包括五項交通建設、兩項工業建設、三項農業建設、兩項社會文化建設，總投資額約達新'臺'幣四千億元。

【十七史商榷】 ㄕˊ ㄑㄧ ㄕˇ ㄕㄤ ㄑㄩㄝˋ

'清''王鳴盛'撰，一百卷。全書針對'汲古閣'所刻自"史記"以下諸書，進行改誤補脫，一一評述，尤詳於地理、職官及典章制度。

【十八家詩鈔】 ㄕˊ ㄅㄚ ㄐㄧㄚ ㄕ ㄔㄠ

'清''曾國藩'輯，二十八卷。錄自'曹植'以下至'唐''宋''元'十八家詩，凡六千五百九十九首。

【十八般武藝】 ㄕˊ ㄅㄚ ㄅㄢ ㄨˇ ㄧˋ

十八種兵器技藝的總稱。①相傳爲'戰國'時'孫臏'、'吳起'所傳，依兵器長短分九長九短：九長爲鎗、戟、棍、鉞、叉、钂、鉤、槊、環；九短是刀、劍、拐、斧、鞭、鐧、錘、棒、杵。②"水滸傳"稱十八般武藝爲：矛、鎚、弓、弩、銃、鞭、簡、劍、鏈、撾、斧、鉞并、戈、戟、牌、棒、鎗與杈。③'褚人穫''堅瓠集'稱'山西''李通'精通十八般武藝，即：弓、弩、鎗、刀、劍、矛、盾、斧、鉞、戟、鞭、鐧、撾、殳、叉、把頭、綿繩套索、白打。

【十八層地獄】 ㄕˊ ㄅㄚ ㄘㄥˊ ㄉㄧˋ ㄩˋ

佛家語。極惡之人死後接受刑罰的十八層苦境。分別由十八王掌管。即：泥犁、刀山、沸沙、沸屎、黑身、火車、鑊湯、鐵床、嵑山、寒冰、剝皮、畜生、刀兵、鐵磨、冰地獄、鐵箭、蛆蟲、烊銅。後世常用地獄比喻極苦的生活境遇。

3【十三經注疏】ㄕˊ ㄙㄢ ㄐㄧㄥ ㄓㄨˋ ㄕㄨˋ

'宋代'完成的十三部經書的注疏。即:⑴"周易正義",'魏''王弼'、'晉''韓康伯'注、'唐''孔穎達'等正義。⑵"尚書正義",'漢''孔安國'傳、'唐''孔穎達'等正義。⑶"毛詩正義",'漢''毛亨'傳、'鄭玄'箋、'唐''孔穎達'等正義。⑷"周禮注疏",'漢''鄭玄'注、'唐''賈公彥'疏。⑸"儀禮注疏",'漢''鄭玄'注、'唐''賈公彥'疏。⑹"禮記正義",'漢''鄭玄'注、'唐''孔穎達'等正義。⑺"春秋左傳正義",'晉''杜預'注、'唐''孔穎達'等正義。⑻"春秋公羊傳注疏",'漢''何休'注、'唐''徐彥'疏。⑼"春秋穀梁傳注疏",'晉''范甯'注、'唐''楊士勛'疏。⑽"論語注疏",'魏''何晏'等注、'宋''邢昺'疏。⑾"孝經注疏",'唐玄宗'御注、'宋''邢昺'疏。⑿"爾雅注疏",'晉''郭璞'注、'宋''邢昺'疏。⒀"孟子注疏",'漢''趙岐'注、'宋''孫奭'疏。共四百十六卷。

4【十六字心傳】ㄕˊ ㄌㄧㄡˋ ㄗˋ ㄒㄧㄣ ㄔㄨㄢˊ

指'舜'告誡'禹'的四句話:「人心惟危,道心惟微;惟精惟一,允執厥中。」見"尚書·大禹謨"。'宋''明'學者,多認爲這十六字是聖人道術功業的眞精神所在,是聖賢以心傳心的祕法,故稱。

【十六國春秋】ㄕˊ ㄌㄧㄡˋ ㄍㄨㄛˊ ㄔㄨㄣ ㄑㄧㄡ

'北魏''崔鴻'撰。一百卷,序例、年表各一卷。原書已佚。'明''屠喬孫'自古籍中輯其佚文,稱爲"十六國春秋鈔",'清''湯球'復自類書中輯出'屠'書所闕者,名曰"十六國春秋輯補"。

5【十四點原則】ㄕˊ ㄙˋ ㄉㄧㄢˇ ㄩㄢˊ ㄗㄜˊ

(The Fourteen Points) 西元1918年1月8日,'美國'總統'威爾遜'在'英國'國會發表演說,提出戰後和平計畫十四點,主要包括:廢止祕密外交、公海航行自由、貿易機會均等、裁減軍備、民族自決及設立'國際聯盟'等,爲戰後'巴黎和會'之基本信條。

2【十二指腸潰瘍】ㄕˊ ㄦˋ ㄓˇ ㄔㄤˊ ㄎㄨㄟˋ ㄧㄤˊ

(duodenal ulcer)因胃酸分泌過度,侵蝕十二指腸所致的一種消化性潰瘍。常引起十二指腸球部變形、幽門阻塞、穿孔、出血等合併症。治療方法可投予制酸劑或手術治療。

15【十駕齋養新錄】ㄕˊ ㄐㄧㄚˋ ㄓㄞ ㄧㄤˇ ㄒㄧㄣ ㄌㄨˋ

'清''錢大昕'撰,二十卷。考釋經學、小學、史學、地理、金石、詞章等,論證頗精密。

5【十目所視十手所指】ㄕˊ ㄇㄨˋ ㄙㄨㄛˇ ㄕˋ ㄕˊ ㄕㄡˇ ㄙㄨㄛˇ ㄓˇ

形容一個人的言行,總有很多人在監察著、批評著。

6【十年生聚十年教訓】ㄕˊ ㄋㄧㄢˊ ㄕㄥ ㄐㄩˋ ㄕˊ ㄋㄧㄢˊ ㄐㄧㄠˋ ㄒㄩㄣˋ

指長期培養實力,作爲復興的準備。爲'春秋'時,'越國'滅'吳'復國的故事。見"左傳·哀元年"。

【十年樹木百年樹人】ㄕˊ ㄋㄧㄢˊ ㄕㄨˋ ㄇㄨˋ ㄅㄞˇ ㄋㄧㄢˊ ㄕㄨˋ ㄖㄣˊ

栽種樹木,十年始見成效;培育人才,則爲百年大計。強調教育的重要。

1

卄 廿的俗體。

卂 ㄒㄩㄣˋ *hsün*⁴ 音迅

飛行快速。今通作迅。見"說文"。

千 ㄑㄧㄢ *ch'ien*¹ 音遷

①(kilo)代號爲k。國際通用倍數譯音,爲10^3。大寫作仟。②多數。如:千頭萬緒。③田間道路。通阡。④姓。'漢'有'千獻'。見"萬姓統譜·二八"。

5【千古】ㄑㄧㄢ ㄍㄨˇ

①比喻時代悠久。如:千古流芳。②哀悼死者之詞,有死生永別之意。用於男性。

8【千金】ㄑㄧㄢ ㄐㄧㄣ

①比喻貴重、價值高。如:千金之裘。②比喻富貴。如:千金之子。③敬稱他人的女兒。

9【千秋】ㄑㄧㄢ ㄑㄧㄡ

①千年。形容歲月久遠。②祝人壽辰的用詞。③諱言人死。如:太后千秋之後。④藥草名。烏頭的別稱。見"太平御覽·藥部·烏頭"。⑤即秋千。今作鞦韆。

10【千乘】ㄑㄧㄢ ㄕㄥˋ

①兵車千輛。②指諸侯。如:千乘之國。

12【千鈞】ㄑㄧㄢ ㄐㄩㄣ

三萬斤。常用來形容力量很大或器物很重。

13【千歲】ㄑㄧㄢ ㄙㄨㄟˋ

①千年。②舊時稱天子所封的諸王。

4【千斤頂】ㄑㄧㄢ ㄐㄧㄣ ㄉㄧㄥˇ

(jack)用以升高工件或機構物位置的器具。由其結構,可分螺紋千斤頂、齒條千斤頂及液壓千斤頂等。

6【千字文】ㄑㄧㄢ ㄗˋ ㄨㄣˊ

'梁''周興嗣'奉敕撰。以一千個常用字編寫成四言韻文,便於記誦。爲舊時兒童啟蒙識字的讀本。

【千百攢】ㄑㄧㄢ ㄅㄞˇ ㄗㄢˇ

我國古代的一種健身術。須練一千八百把始見效,故名。凡七式:兩手托日月、前朱雀、後玄武、左青龍、右白虎、轉轆轤、龍虎相交。

7【千里足】ㄑㄧㄢ ㄌㄧˇ ㄗㄨˊ

指千里馬。

【千里馬】ㄑㄧㄢ ㄌㄧˇ ㄇㄚˇ

一日能行千里的良馬。也用以比喻才能高超的人。

【千里眼】ㄑㄧㄢ ㄌㄧˇ ㄧㄢˇ

1形容人眼光極明銳。2神名。與'順風耳'同在'媽祖'駕前。3今人對望遠鏡或雷達的俗稱。

【千里達】 ㄑㄧㄢ ㄌㄧˇ ㄉㄚˊ
(Trinidad and Tobago) 位於'委內瑞拉'東北岸'大西洋'中的島國。由'千里達'和'托貝哥'組成。面積0.5萬方公里，人口108.8萬(2005年)，首都'西班牙港'(Port-of-Spain)。屬熱帶海洋性氣候。盛產石油，並設有大煉油廠。

【千佛洞】 ㄑㄧㄢ ㄈㄛˊ ㄉㄨㄥˋ
'敦煌''莫高窟'之別稱，位於'甘肅省''敦煌'境內'三危山'與'鳴沙山'兩山銜接的坡地小綠洲上，開鑿於西元第四世紀至十四世紀間，即'魏''晉''隋''唐'至五代、'宋'、'元'、'明'。至今保存完好者，尚有四百九十二個洞窟，其中有精美的彩塑和壁畫，共計佛像四千餘尊，壁畫廣有四萬五千餘平方公尺，是我國最大的古典藝術寶庫。

8【千枚岩】 ㄑㄧㄢ ㄇㄟˊ ㄧㄢˊ
(phyllite)緻密、細粒的一種變質岩。通常由頁岩、泥岩或火山灰等細粒物質經變質作用形成。其成因與板岩相同，但變質程度較深，故雲母、綠泥石等礦物往往大量集中葉理面，使葉理面光輝閃亮，但葉理厚度則較板岩大。

【千金軀】 ㄑㄧㄢ ㄐㄧㄣ ㄑㄩ
形容生命的尊貴。

10【千家詩】 ㄑㄧㄢ ㄐㄧㄚ ㄕ
'宋''劉克莊'撰，二十二卷。所收皆近體詩。其後村塾啟蒙詩本，據'劉'書而有所增刪，仍名"千家詩"。

2【千刀萬剮】 ㄑㄧㄢ ㄉㄠ ㄨㄢˋ ㄍㄨㄚˇ
痛罵人的話。說人罪惡深重，應當受千刀割、萬刀刮的重刑。

3【千山山脈】 ㄑㄧㄢ ㄕㄢ ㄕㄢ ㄇㄛˋ
爲'遼東半島'的骨幹。乃'長白山地'的延伸。因久受侵蝕，現已成高度在五、六百公尺間的丘陵地；著名的'摩天嶺'僅高560公尺。

【千山萬水】 ㄑㄧㄢ ㄕㄢ ㄨㄢˋ ㄕㄨㄟˇ
形容山水的眾多。也作萬水千山。1比喻路途遙遠，旅程艱辛。2比喻地域廣闊。

4【千方百計】 ㄑㄧㄢ ㄈㄤ ㄅㄞˇ ㄐㄧˋ
想盡種種方法。

7【千辛萬苦】 ㄑㄧㄢ ㄒㄧㄣ ㄨㄢˋ ㄎㄨˇ
形容極爲辛苦。

【千言萬語】 ㄑㄧㄢ ㄧㄢˊ ㄨㄢˋ ㄩˇ
形容要說的話或說過的話極多。

【千里鵝毛】 ㄑㄧㄢ ㄌㄧˇ ㄜˊ ㄇㄠˊ
千里送鵝毛。比喻禮物輕微而情意重。用於遠道送禮而自謙其禮物微薄之詞。

8【千奇百怪】 ㄑㄧㄢ ㄑㄧˊ ㄅㄞˇ ㄍㄨㄞˋ
非常奇怪。

【千門萬戶】 ㄑㄧㄢ ㄇㄣˊ ㄨㄢˋ ㄏㄨˋ
1形容高樓大廈，門戶眾多。2家家戶戶。3形容人口稠密。

【千呼萬喚】 ㄑㄧㄢ ㄏㄨ ㄨㄢˋ ㄏㄨㄢˋ
一再地呼喚；再三地催促。今多用以形容人不肯出面，或事情不易實現。

【千依百順】 ㄑㄧㄢ ㄧ ㄅㄞˇ ㄕㄨㄣˋ
事事順從，絲毫沒有不同的意見。

【千金一擲】 ㄑㄧㄢ ㄐㄧㄣ ㄧ ㄓˊ
形容人用錢闊綽豪奢。

【千金市骨】 ㄑㄧㄢ ㄐㄧㄣ ㄕˋ ㄍㄨˇ
花千金買馬骨。比喻對招攬人才的急切和重視。

9【千軍萬馬】 ㄑㄧㄢ ㄐㄩㄣ ㄨㄢˋ ㄇㄚˇ
1形容兵馬眾多。2比喻聲勢浩大。

【千思萬想】 ㄑㄧㄢ ㄙ ㄨㄢˋ ㄒㄧㄤˇ
想了又想；再三思量。

【千秋萬世】 ㄑㄧㄢ ㄑㄧㄡ ㄨㄢˋ ㄕˋ
歲月悠長。

【千秋萬歲】 ㄑㄧㄢ ㄑㄧㄡ ㄨㄢˋ ㄙㄨㄟˋ
1形容年代悠遠。2祝人長壽之詞。3不敢直言君王之死，以千秋萬歲作爲代稱。

10【千眞萬確】 ㄑㄧㄢ ㄓㄣ ㄨㄢˋ ㄑㄩㄝˋ
形容非常眞確。

【千迴百折】 ㄑㄧㄢ ㄏㄨㄟˊ ㄅㄞˇ ㄓㄜˊ
形容極縈迴曲折。

12【千鈞一髮】 ㄑㄧㄢ ㄐㄩㄣ ㄧ ㄈㄚˇ
千鈞之重繫於一髮之下。比喻十分危急。

13【千載一時】 ㄑㄧㄢ ㄗㄞˇ ㄧ ㄕˊ
千年才有一次的機會。比喻機會難得。

【千載難逢】 ㄑㄧㄢ ㄗㄞˇ ㄋㄢˊ ㄈㄥˊ
比喻機會難得。

【千彙萬狀】 ㄑㄧㄢ ㄏㄨㄟˋ ㄨㄢˋ ㄓㄨㄤˋ
各式各樣，繽紛異常。

15【千慮一失】 ㄑㄧㄢ ㄌㄩˋ ㄧ ㄕ
指聰明人雖然思慮周詳，難免也有失誤。

【千慮一得】 ㄑㄧㄢ ㄌㄩˋ ㄧ ㄉㄜˊ
指愚笨的人雖然無知，但他的想法偶而也有可取的地方。用作向人進言時的謙詞。

【千嬌百媚】 ㄑㄧㄢ ㄐㄧㄠ ㄅㄞˇ ㄇㄟˋ
形容美人的容貌體態非常妖嬈嫵媚。

【千篇一律】 ㄑㄧㄢ ㄆㄧㄢ ㄧ ㄌㄩˋ
形容詩文或說話的內容一再重複，毫無變化。後也泛指一切刻板而無變化之事。

16【千頭萬緒】 ㄑㄧㄢ ㄊㄡˊ ㄨㄢˋ ㄒㄩˋ
形容事情的頭緒紛雜。

17【千錘百鍊】 ㄑㄧㄢ ㄔㄨㄟˊ ㄅㄞˇ ㄌㄧㄢˋ
多次錘打鍛鍊。形容磨鍊之多或功夫之深。

23【千變萬化】 ㄑㄧㄢ ㄅㄧㄢˋ ㄨㄢˋ

ㄏㄨㄚˋ
形容變化無窮。
【千巖萬壑】 ㄑㄧㄢ ㄧㄢˊ ㄨㄢˋ ㄏㄨㄛˋ
形容山勢雄奇，巖崖谿谷衆多。
2【千人送達成本】 ㄑㄧㄢ ㄖㄣˊ ㄙㄨㄥˋ ㄉㄚˊ ㄔㄥˊ ㄅㄣˇ
(cost per mille; CPM) 一則廣告訊息傳達給一千人所需要花費的廣告成本。計算方法爲廣告費除以送達的總人數，再乘以一千。
4【千手千眼觀音】 ㄑㄧㄢ ㄕㄡˇ ㄑㄧㄢ ㄧㄢˇ ㄍㄨㄢ ㄧㄣ
菩薩名。全名爲'千手千眼觀世音菩薩'。千手千眼，是'觀音'所現衆多妙相之一，表示廣度一切衆生而有無礙的大用。
9【千軍易得一將難求】 ㄑㄧㄢ ㄐㄩㄣ ㄧˋ ㄉㄜˊ ㄧ ㄐㄧㄤˋ ㄋㄢˊ ㄑㄧㄡˊ
指有領導才能的人很少。
18【千鎰之裘非一狐之白】 ㄑㄧㄢ ㄧˋ ㄓ ㄑㄧㄡˊ ㄈㄟ ㄧ ㄏㄨˊ ㄓ ㄅㄞˊ
比喻成就一事須集思廣益、多方配合。

2

卅 ㄙㄚˋ sa^4 音薩
數詞。即三十。卉的俗體。

午 ㊀ ㄨˇ wu^3 音五
1地支的第七位。2日中。如：正午。3中；半。如：午夜。4正。如：午門。5縱橫。6違背。通忤。如：午逆。7姓。'漢'有'午汝臣'。見"奇姓通·五"。
㊁ ·ㄏㄨㄛ ·ho, ·huo
參晌午。
8【午夜】 ㄨˇ ㄧㄝˋ
半夜。
【午門】 ㄨˇ ㄇㄣˊ
皇城的正門。

卆 卒的訛體。

升 ㄕㄥ $shêng^1$ 音生
1容量單位。古制及今制均以十合爲一升。標準制一公升等於一千毫升。2上升；高起。也作昇。如：升降。3"易"卦名。六十四卦之一。巽下坤上。

升卦圖

2【升力】 ㄕㄥ ㄌㄧˋ
(lift) 1作用於翼剖面或整架飛機上，或有翼飛彈上之總空氣動力的向上分力。其方位與相對風向垂直，而大小則與速度之平方成正比。2作用於氣球或飛艇之向上力量或上浮力量。係由所含之輕於空氣之氣體或其他介質所產生。
4【升水】 ㄕㄥ ㄕㄨㄟˇ
(premium) 指外匯市場上某種貨幣對另一種貨幣在將來是呈升值的狀態而言。至於遠期匯率對即期匯率所以會呈現升水狀態，基本上乃因兩種貨幣間利率差異的緣故。所謂基本上是假定無外匯管制且無明顯投機因素在內者而言。一般而言，凡利率較低的貨幣，其遠期匯率應呈升水狀態。
9【升限】 ㄕㄥ ㄒㄧㄢˋ
(ceiling) 1絕對升限(absolute ceiling)的簡稱。指飛機或飛彈可能上升之最大高度。2又譯爲雲幕。指最低雲層或視障現象之高度。即能見度到達上空之高度。
【升降】 ㄕㄥ ㄐㄧㄤˋ
1升高與降下。古代也指升階與降階的禮節。2盛衰；消長。
10【升級】 ㄕㄥ ㄐㄧˊ
1晉升等級。2(promotion) 學生修習課程達一定期限或修滿一定學分成績及格者，准予升至高一年級就讀的過程。
【升值】 ㄕㄥ ㄓˊ
(appreciation) 提高一國貨幣的對外價值。亦即一單位本國貨幣所能兌換的外國貨幣數額較以前增加。
13【升遐】 ㄕㄥ ㄒㄧㄚˊ
1升達高遠的地方。2指帝王去世。3指隱居。
15【升調】 ㄕㄥ ㄉㄧㄠˋ
對已經任用之人員，由原有職務調至地位或層次、職責程度、所支薪給幅度均較高之他職。對員工予以升調有其需要，辦理升調須經一定程序。
【升遷】 ㄕㄥ ㄑㄧㄢ
調升到較高的職位。
6【升交點】 ㄕㄥ ㄐㄧㄠ ㄉㄧㄢˇ
(ascending node) 行星或月球的軌道投影在天球上而與黃道相交於兩點，其中由南向北通過黃道時的交點，稱爲升交點。又稱正交點。
9【升降舵】 ㄕㄥ ㄐㄧㄤˋ ㄉㄨㄛˋ
(elevator) 位於飛機尾部水平安定面後緣的活動輔助翼面。左右各一，可用以操縱飛機的俯仰動作。升降舵向上，飛機可爬升；向下，可俯衝。其後緣可加裝配平調整片(trim tab)，以平衡駕駛員對操縱桿的施力，使操作省力。
【升降機】 ㄕㄥ ㄐㄧㄤˋ ㄐㄧ
(lift elevator) 俗稱電梯。垂直運送人員、貨物的設備，是高層建築內之捷運系統。分兩大類，一爲使用鋼纜與絞盤或鋼鏈與齒輪，可裝設於較高之高度；另一爲使用油壓升降桿伸縮，因受桿長影響，運輸距離較短。
2【升力係數】 ㄕㄥ ㄌㄧˋ ㄒㄧˋ ㄕㄨˋ
(lift coefficient; C_L) 量測翼面升力之無單位係數。計算公式如 $C_L=L/\frac{1}{2}\rho V^2S$，式中 L 表翼面之總升力，ρ 表空氣密度，V 表相對速度，S 表機翼面積。其值與攻角成正比，代表翼面之主要空氣動力特性。
4【升斗小民】 ㄕㄥ ㄉㄡˇ ㄒㄧㄠˇ ㄇㄧㄣˊ
1指貧窮的百姓。2泛指一般百姓。

11【升堂入室】 ㄕㄥ ㄊㄤˊ ㄖㄨˋ ㄕˋ
比喻達到高深的造詣。

12【升等考試】 ㄕㄥ ㄉㄥˇ ㄎㄠˇ ㄕˋ
對各機關在職人員不合於考績升等者所施的測驗。及格者得依規定晉升。依其可取得任用資格高低之不同,又可分雇員升委任、委任升薦任、薦任升簡任升等考試。

13【升資考試】 ㄕㄥ ㄗ ㄎㄠˇ ㄕˋ
對擔任交通事業職務者所施的測驗。及格者取得較高資位資格,並可調升較高資位職務。依可取得資位高低之不同,又可分士級升佐級、佐級升員級、員級升高員級之考試。

16【升學主義】 ㄕㄥ ㄒㄩㄝˊ ㄓㄨˇ ㄧˋ
以升學爲唯一目的的觀念和作爲。

3

半 ㄅㄢˋ pan^4 音絆
1對分;二分之一。如:半價。2部分的;不完全的。如:半新不舊。

3【半子】 ㄅㄢˋ ㄗˇ
俗稱女婿。

5【半仙】 ㄅㄢˋ ㄒㄧㄢ
相士、巫醫等自誇法術神妙,媲美仙人,自稱半仙。

6【半字】 ㄅㄢˋ ㄗˋ
(half word) 電腦儲存資料的單位之一。由一組連續的數元表示,長度是全字的一半。它在電腦內視爲一儲存單元而能獨立處理或定址。

【半百】 ㄅㄢ ㄅㄞˇ
百之半。即五十。多指人的歲數。

9【半音】 ㄅㄢˋ ㄧㄣ
(semitone) 在一個八度劃分爲十二音的律則中,任何相鄰兩音之間的音程稱爲半音。兩個半音合爲一個全音。

10【半晌】 ㄅㄢˋ ㄕㄤˇ
片刻;一會兒。

【半島】 ㄅㄢˋ ㄉㄠˇ
(peninsula) 一塊長條的陸地向海中或湖中伸展,三面臨水,另一面與大陸相連者。如'遼東半島'、'義大利半島'。

【半徑】 ㄅㄢˋ ㄐㄧㄥˋ
從圓心到圓周或由球心至球面的直線,稱爲圓或球的半徑。

14【半截】 ㄅㄢˋ ㄐㄧㄝˊ
半段。

16【半壁】 ㄅㄢˋ ㄅㄧˋ
1牆壁的一半。2半邊。

4【半弔子】 ㄅㄢˋ ㄉㄧㄠˋ ˙ㄗ
俗稱學問或技藝不到家的人。

【半月瓣】 ㄅㄢˋ ㄩㄝˋ ㄅㄢˋ
(semilunar valves) 在右心室與肺動脈、左心室與主動脈之間的瓣膜。有防止血液逆流回心臟的作用。

5【半平面】 ㄅㄢˋ ㄆㄧㄥˊ ㄇㄧㄢˋ
(half plane) 指整個平面的一半。例如於直角坐標內,含有X軸與Y軸垂直於Z軸的整個平面,稱爲 XY 平面;但在X軸以上及以下,或在Y軸以左及以右的部分,均可稱爲半平面。凡一直線均將平面分割成兩半平面。一次方程式 $ax+by+c=0$(a, b 不全爲0者)代表直線,而不等式 $ax+by+c\geqslant 0$(或$\leqslant 0$)則爲閉半平面,$ax+by+c>0$(或<0)則爲開半平面。

【半正稿】 ㄅㄢˋ ㄓㄥˋ ㄍㄠˇ
(semi-comprehensive layout) 又稱半完稿。廣告設計者送交客戶審閱的平面廣告樣稿,其中主要標題與畫面布局,大部分均已完成。

【半加器】 ㄅㄢˋ ㄐㄧㄚ ㄑㄧˋ
(half adder) 電子數位電路的一種。具有兩個輸入端與兩個輸出端,一輸出端之信號代表二輸入端信號的和,另一輸出端之信號則表示輸入信號相加時的進位。半加器輸入信號與輸出信號之間的關係可由下列表格得知:

輸入端A	0	0	1	1	(代表被加數)
輸入端B	0	1	0	1	(代表加數)
輸出端S	0	1	1	0	(代表和)
輸出端C	0	0	0	1	(代表進位)

10【半衰期】 ㄅㄢˋ ㄕㄨㄞ ㄑㄧˊ
(half-life) 又稱半生期。放射性物質作放射性衰變時,有關係式:$N=N_0e^{-\lambda t}$, N_0爲最初之原子核總數,N爲經過時間 t 後尙未發生衰變的原子核總數,λ爲衰變常數,視不同的原子核而不同。當$N=\frac{N_0}{2}$時,所需的時距就是此放射性原子核的半衰期。即$\frac{N_0}{2}=N_0e^{-\lambda\tau}$, $\tau=\frac{0.693}{\lambda}=0.693T$, τ爲半衰期, T 爲平均壽命。如$^{212}_{84}P_0$ 之半衰期(α-衰變)爲3×10^{-7}秒、$^{232}_{90}Th$ 爲 1.39×10^{10} 年、$^{226}_{88}Ra$ 爲1620年、$^{222}_{86}Rn$ 爲3.82天。

11【半瓶醋】 ㄅㄢˋ ㄆㄧㄥˊ ㄘㄨˋ
比喻一知半解。

【半規管】 ㄅㄢˋ ㄍㄨㄟ ㄍㄨㄢˇ
(semicircular canal) 哺乳類的內耳構造之一。有三個管子互相垂直排列,能察覺頭部的位置,與保持身體之平衡有關。

【半閉海】 ㄅㄢˋ ㄅㄧˋ ㄏㄞˇ
也稱地中海。深入大陸內地,介於兩個或兩個以上沿海國家的領海和專屬經濟海域所構成的海灣、海盆或海域。深度幾與大洋相當,有海峽與大洋相連。如'歐洲'的'地中海'、'歐''亞''美'三洲間的'北極海',以及'墨西哥灣'等。

【半透膜】 ㄅㄢˋ ㄊㄡˋ ㄇㄛˊ
(semipermeable membrane)有些動植物體中的薄膜,如腸衣和動物膀胱膜等,只容許某些種類的分子透過,此種薄膜叫做半透膜。

12【半減器】 ㄅㄢˋ ㄐㄧㄢˇ ㄑㄧˋ
(half subtracter)電子數位組合

電路之一種。具有二輸入端，代表被減數與減數；並有二輸出端，代表差與借位。半減器可進行減法運算，輸出端之信號為輸入端信號相減所得的差與借位。下表顯示輸入端信號與輸出端信號之關係：

輸入端G	0	0	1	1	(代表被減數)
輸入端H	0	1	0	1	(代表減數)
輸出端U	0	1	1	0	(代表差)
輸出端V	0	1	0	0	(代表借位)

16【半導體】 ㄅㄢˋ ㄉㄠˇ ㄊㄧˇ
(semiconductor) 四價的矽(Si)和鍺(Ge)晶體，在常溫時，它們的原子結構中只有外層能量較大的電子能掙脫束縛而導電，導電性介於金屬導體和絕緣體之間，稱為半導體。將之滲入微量的雜質，可製成p-型或n-型半導體使用。

18【半雙工】 ㄅㄢˋ ㄕㄨㄤ ㄍㄨㄥ
(half duplex) 數據通訊上傳送信號的方式之一。可在兩個方向分別獨立傳遞信號，但不能同時傳遞信號。

2【半人馬座】 ㄅㄢˋ ㄖㄣˊ ㄇㄚˇ ㄗㄨㄛˋ
(Centaurus; Cen) 南天星座之一。位於赤經11時05分至15時03分；赤緯－30.0度至－64.7度。其α星('中'名南門二)亮度－0.01星等，黃色，是全天第三亮的恆星；β星('中'名馬腹一)亮度0.66星等，青白色。相當於'中國'星宿柱、庫樓、南門、馬腹、馬尾、騎官、海山、衡、陽門等。

5【半功率點】 ㄅㄢˋ ㄍㄨㄥ ㄌㄩˋ ㄉㄧㄢˇ
(half power point)網路振幅對頻率、距離、角度或其他變數之響應曲線上，其功率只有最大功率之半的點。

6【半死不活】 ㄅㄢˋ ㄙˇ ㄅㄨˋ ㄏㄨㄛˊ
形容意志消沈，沒有生氣的樣子。

【半自耕農】 ㄅㄢˋ ㄗˋ ㄍㄥ ㄋㄨㄥˊ
即對耕地所有權兼具自有與租用雙重身分者。

7【半吞半吐】 ㄅㄢˋ ㄊㄨㄣ ㄅㄢˋ ㄊㄨˇ
說話吞吞吐吐。

【半位元組】 ㄅㄢˋ ㄨㄟˋ ㄩㄢˊ ㄗㄨˇ
(nibble) 以4個位元為一個單位者。

【半身不遂】 ㄅㄢˋ ㄕㄣ ㄅㄨˋ ㄙㄨㄟˋ
病名。又稱偏風、偏癱。指一側肢體不能隨意行動的症狀。為中風的後遺症。久病則患側枯瘦，麻木不仁，因此又稱偏枯、偏廢不仁。

8【半表半裡】 ㄅㄢˋ ㄅㄧㄠˇ ㄅㄢˋ ㄌㄧˇ
'中'醫稱病變部位既不在表面，也不在裡層，而介於表裡之間的，為半表半裡。以三陽而言，已經離開太陽之表證，但又未入陽明之裡。

【半坡遺址】 ㄅㄢˋ ㄆㄛ ㄧˊ ㄓˇ
位於'西安市''半坡'，'滻河'東岸。為一典型'仰韶'文化早期聚落遺址。包括居住區、公共墓地、窯場等。在居住區發現的房屋遺留，多為半地穴式。至晚期，聚落中心出現一大型房屋，周圍房屋的門朝向著它，此大型房可能為一會所。聚落周圍有一大壕溝圍繞，為防衛設施。遺址中發現大量遺物，包括彩陶、繩紋陶、石器、骨角器、栗、菜籽等。'半坡'遺址的碳十四年代，最早距今約七千年。

9【半信半疑】 ㄅㄢˋ ㄒㄧㄣˋ ㄅㄢˋ ㄧˊ
對眞假是非不能肯定。

11【半推半就】 ㄅㄢˋ ㄊㄨㄟ ㄅㄢˋ ㄐㄧㄡˋ
心中願意，又故意做出推辭的樣子。

【半途而廢】 ㄅㄢˋ ㄊㄨˊ ㄦˊ ㄈㄟˋ
中途停止。

13【半路出家】 ㄅㄢˋ ㄌㄨˋ ㄔㄨ ㄐㄧㄚ
成年後才出家當和尚。比喻中途改行，不是本行出身。

14【半滲透性】 ㄅㄢˋ ㄕㄣˋ ㄊㄡˋ ㄒㄧㄥˋ
(differential permeability) 細胞膜可以控制物質進出細胞，凡是大分子物質如蛋白質、醣類等都不能通過；小分子物質如水、氧和二氧化碳等則可以通過。細胞膜這種對物質通過的選擇性，稱為半滲透性，細胞膜本身則為一種半滲透膜。

16【半壁江山】 ㄅㄢˋ ㄅㄧˋ ㄐㄧㄤ ㄕㄢ
指國家領土大半淪陷。

6【半色調照相】 ㄅㄢˋ ㄙㄜˋ ㄉㄧㄠˋ ㄓㄠˋ ㄒㄧㄤˋ
俗稱過網。將連續調的圖畫，用製版照相方法照成不連續調的網點或線條底片，以便於製版印刷的方法。

8【半波整流器】 ㄅㄢˋ ㄅㄛ ㄓㄥˇ ㄌㄧㄡˊ ㄑㄧˋ
(half-wave rectifier) 整流裝置的一種。可以把輸入之雙向正弦交流信號截取出某一半週期，而成單向的直流波形。

14【半對數坐標】 ㄅㄢˋ ㄉㄨㄟˋ ㄕㄨˋ ㄗㄨㄛˋ ㄅㄧㄠ
(semilogarithmic coordinates) 平面坐標系，一軸用均勻標尺，一軸用對數標尺者。

16【半導體雷射】 ㄅㄢˋ ㄉㄠˇ ㄊㄧˇ ㄌㄟˊ ㄕㄜˋ
(semiconductor laser) 利用半導體材料(如GaAs、AlGaAs等)製造之雷射。可分為注入型、光射激發型及電子束激發型，其功率較一般氣體雷射小，但體積小，可作近距離之通信、距離之測定及其他之應用。

23【半變動成本】 ㄅㄢˋ ㄅㄧㄢˋ ㄉㄨㄥˋ ㄔㄥˊ ㄅㄣˇ
(semivariable cost)在成本總額中，部分為固定成本，部分為變動成本者。例如超過基本度數的電費，其中依基本度數計算者為固定成本，超出度數所增加者為變動成本，就總數言，電費為一半變動成本。

11【半部論語治天下】 ㄅㄢˋ ㄅㄨˋ ㄌㄨㄣˊ ㄩˇ ㄓˋ ㄊㄧㄢ ㄒㄧㄚˋ
形容論語一書的道理,足以安邦定國。

卉 ㄏㄨㄟˋ hui⁴ 音諱
或作卉。草的總名。如:花卉。

卅 ㄒㄧˋ hsi⁴ 音夕
數詞。即四十。見"廣韻"。

4

卍 卐的或體。

卋 卅的本字。

㐬 世的古文。

卉 卉的或體。

卐 ㄨㄢˋ wan⁴ 音萬
古'印度'吉祥的標示、符號。有左(卍)、右(卐)旋二種寫法,但右旋為正確。梵語是室利靺蹉(Śrivatsalakṣaṇa),義為吉祥雲海。佛相胸前有卐字標示,同時也象徵天體右旋之相。

丕 丕的或體。

5

華 ㄅㄢ pan¹ 音般
一種推除糞便的簸箕。見"説文"。

6

卒 ㊀ ㄗㄨˊ tsu² 音足
1供人役使的人。如:走卒。2士兵。如:士卒。3古代軍隊的編制。一般以一百人為卒。如:卒伍。4終盡;完了。如:卒業。5死。如:暴卒。
㊁ ㄘㄨˋ ts'u⁴ 音促
急遽。通猝。如:卒然。

4【卒中】 ㄘㄨˋ ㄓㄨㄥˋ
即中風。參中風1。

10【卒哭】 ㄗㄨˊ ㄎㄨ
古喪禮。親人剛死,哀傷則哭,百日後,僅朝夕哭祭,為卒哭。今俗以終七為卒哭。

13【卒業】 ㄗㄨˊ ㄧㄝˋ
1終業;完成未了的事業。2修習完全部的課業,即畢業。

協 ㄒㄧㄝˊ hsieh² 音脅
1和睦;和合。如:協和。2輔佐;幫助。如:協助。3服從;順服。如:協服。4共同。如:協議。

2【協力】 ㄒㄧㄝˊ ㄌㄧˋ
合力;共同努力。

6【協同】 ㄒㄧㄝˊ ㄊㄨㄥˊ
1協力同心。2一致;相同。

8【協定】 ㄒㄧㄝˊ ㄉㄧㄥˋ
(agreement) 條約名稱之一。通常適用於行政及技術方面之國際協定。

【協和】 ㄒㄧㄝˊ ㄏㄜˊ
1融洽和睦。2(consonance)由兩個或兩個以上的音符同時共鳴振動,而產生的柔和鬆懈的效果。

9【協律】 ㄒㄧㄝˊ ㄌㄩˋ
校正音樂律呂,使其和諧。

11【協商】 ㄒㄧㄝˊ ㄕㄤ
會同商議。

【協理】 ㄒㄧㄝˊ ㄌㄧˇ
指在機關、公司、行號中協助經理執行業務的職務或擔任此種職務的人。

15【協調】 ㄒㄧㄝˊ ㄊㄧㄠˊ
1調和。2一致。

16【協辦】 ㄒㄧㄝˊ ㄅㄢˋ
幫忙辦理。

20【協議】 ㄒㄧㄝˊ ㄧˋ
共同商議。

6【協同肌】 ㄒㄧㄝˊ ㄊㄨㄥˊ ㄐㄧ
(synergistic muscle) 指具有相同功用的肌肉群。如屈曲前臂時,肱二頭肌、肱前肌和肱橈肌都是同時收縮的,因此它們是協同肌;而肱三頭肌可以伸直前臂,便是它們的拮抗肌,亦即具有相反功能的肌肉。

9【協奏曲】 ㄒㄧㄝˊ ㄗㄡˋ ㄑㄩˇ
(concerto)由一個或數個不同的獨奏樂器與管弦樂團共同演出的曲目。音樂進行時,樂團替獨奏的樂器作伴奏或合奏,彼此互相追逐競美。曲式以奏鳴曲的方式三或四個樂章較為普遍。

【協約國】 ㄒㄧㄝˊ ㄩㄝ ㄍㄨㄛˊ
(The Entente)第一次世界大戰與'德'、'土'、'奧'對抗的23個國家,因有協約關係,故稱協約國。協約國的主要國家是'英'、'法'、'蘇'、'美'。

13【協會條款】 ㄒㄧㄝˊ ㄏㄨㄟˋ ㄊㄧㄠˊ ㄎㄨㄢˇ
(institute clauses)為'倫敦保險人協會'(The Institute of London Underwriters) 所制定,貼附於海上保險單,做為保險人(公司)承保範圍及條件的條款。協會條款有兩種:一為配合'勞'氏S.G.保險單使用者,在貿易上比較重要的協會條款有"協會貨物條款"、"協會兵險條款"、"協會罷工暴動險條款"(*Institute Strikes, Riots and Civil Commotions Clauses*)、"協會偷竊遺失險條款"(*Institute Theft, Pilferage and Non-Delivery Clauses*)等。二為配合西元 1982 年新保險單使用者,在貿易上比較重要的協會條款有"協會貨物條款"(*Institute Cargo Clauses*)、"協會貨物兵險條款" (*Institute War Clauses*)、"協會貨物罷工險條款"(*Institute Strikes Clauses*)、"協會貨物郵運兵險條款"(*Institute War Clauses (Sending by Post)*)、"協會貨物航空險條款"(*Institute Cargo Clauses (Air)*)等。

7【協助金制度】 ㄒㄧㄝˊ ㄓㄨˋ ㄐㄧㄣ ㄓˋ ㄉㄨˋ
(the assistant system) 為中央

與地方財政收入劃分的方法之一。指由地方政府將收入的一部分分給中央，亦即由下級政府協助上級政府者。此一制度與補助金制度同爲調劑中央與地方財政之用，亦爲中央與地方財政劃分的補救良好措施。

15【協調式廣告】 ㄒㄧㄝˊ ㄊㄧㄠˊ ㄕˋ ㄍㄨㄤˇ ㄍㄠˋ
(coordinated advertising)對某一項主題或視覺上的圖形，經由不同的媒體進行廣告或推廣，稱爲協調式廣告。由於各個媒體相互支持，產生相輔相成的效果，是極有影響力的廣告方式。

13【協會兵險條款】 ㄒㄧㄝˊ ㄏㄨㄟˋ ㄅㄧㄥ ㄒㄧㄢˇ ㄊㄧㄠˊ ㄎㄨㄢˇ
(*Institute War Clauses*)'勞'氏S.G.保險單並不承保兵險，因此投保人如要投保兵險，則可另付保險費要求保險人增列由'倫敦保險人協會'所制定的"協會兵險條款"，其承保範圍包括：一、捕獲、奪取、拘管、禁制或扣留所引起的損害。二、敵對行爲或類似戰爭行動所引起的損害。三、內戰、革命、謀反、叛亂等事件引起的民間爭鬥以及海盜行爲所引起的損害。四、水雷、魚雷、炸彈以及其他兵器所引起的損害。西元1982年新海上貨物保險單，不論是"協會貨物條款"Ⓐ Ⓑ或Ⓒ均不承保兵險，所以投保人如要加保兵險，則可以另付保險費，由保險人另貼附"協會貨物兵險條款"(*Institute War Clauses(Cargo)*)或"協會貨物郵運兵險條款"(*Institute War Clauses (Sending by Post)*)或"協會貨物航空兵險條款"(*Institute War Clauses (Air Cargo)*)。

【協會貨物保險條款(A)】 ㄒㄧㄝˊ ㄏㄨㄟˋ ㄏㄨㄛˋ ㄨˋ ㄅㄠˇ ㄒㄧㄢˇ ㄊㄧㄠˊ ㄎㄨㄢˇ A
(*Institute Cargo Clauses(A)*)保險人之承保責任，除不保事項外，包括實際全損、推定全損、共同海損、單獨海損、救助費用等一切損失，以及雙方過失碰撞所應負賠償責任的條款。由於承保範圍最爲廣泛，保險費最高。本條款內容之規定，大致與舊"協會貨物保險一切險條款"類似。

【協會貨物保險條款(B)】 ㄒㄧㄝˊ ㄏㄨㄟˋ ㄏㄨㄛˋ ㄨˋ ㄅㄠˇ ㄒㄧㄢˇ ㄊㄧㄠˊ ㄎㄨㄢˇ B
(*Institute Cargo Clauses (B)*)以列舉方式承保貨物因下列各項危險事故所致貨物的毀損滅失，由保險人負補償責任的條款：(1)火災、爆炸。(2)船舶擱淺、觸礁、沈沒、傾覆。(3)陸上運輸工具傾覆、出軌。(4)船舶或運輸工具碰撞。(5)避難港卸貨。(6)地震、火山爆發、閃電雷擊。(7)共同海損犧牲。(8)投棄、海浪沖失。(9)海水、河水、湖水的侵入。(10)裝卸時整件貨物失落的全部損失。本條款內容的規定，大致與舊"協會貨物保險單獨海損賠償條款"類似。

【協會貨物保險條款(C)】 ㄒㄧㄝˊ ㄏㄨㄟˋ ㄏㄨㄛˋ ㄨˋ ㄅㄠˇ ㄒㄧㄢˇ ㄊㄧㄠˊ ㄎㄨㄢˇ C
(*Institute Cargo Clauses(C)*)以列舉方式承保貨物因下列各項危險事故所致貨物的毀損滅失，由保險人負補償責任的條款：(1)火災、爆炸。(2)船舶擱淺、觸礁、沈沒、傾覆。(3)陸上運輸工具傾覆、出軌。(4)船舶或運輸工具碰撞。(5)避難港卸貨。(6)共同海損犧牲。(7)投棄。由於其承保範圍狹小，保險費較低。本條款內容之規定，大致與舊"協會貨物保險單獨海損不賠償條款"類似。

卓 ㊀ ㄓㄨㄛˊ cho², chuo² 音濁 ①高超；高遠。如：卓越。②植立；特立。③正中。如：卓午。④姓。'漢'有'卓茂'。見"萬姓統譜・一一四"。

㊁ ㄓㄨㄛ cho¹, chuo¹ 音捉 几案。通桌。

7【卓見】 ㄓㄨㄛˊ ㄐㄧㄢˋ
高超的見解。

12【卓裁】 ㄓㄨㄛˊ ㄘㄞˊ
高明的裁決。對別人之裁決的敬稱。

【卓越】 ㄓㄨㄛˊ ㄩㄝˋ
高遠特出；超越一般。

【卓著】 ㄓㄨㄛˊ ㄓㄨˋ
高超而顯著。

【卓然】 ㄓㄨㄛˊ ㄖㄢˊ
高遠特異的樣子。

【卓絕】 ㄓㄨㄛˊ ㄐㄩㄝˊ
高超特出。

14【卓犖】 ㄓㄨㄛˊ ㄌㄨㄛˋ
高超出眾。也作卓躒、逴犖。

【卓爾】 ㄓㄨㄛˊ ㄦˇ
高超的樣子。

19【卓識】 ㄓㄨㄛˊ ㄕˋ
高超的見識。同卓見。

7【卓別林】 ㄓㄨㄛˊ ㄅㄧㄝˊ ㄌㄧㄣˊ
(Charlie Chaplin, 1889～1977)'英國'演員、導演及劇作家。以拍攝默片喜劇塑造流浪漢的諷刺滑稽角色而轟動一時。撰有"我的自傳"(*My Autobiography*)。後獲頒'奧斯卡'特別榮譽獎，受'英'女王封爲爵士。

卓別林像

5【卓立不群】 ㄓㄨㄛˊ ㄌㄧˋ ㄅㄨˋ ㄑㄩㄣˊ
才智超越眾人。

卑 ㄅㄟ pei¹ 音碑 ①低下。如：登高必自卑。②謙遜。如：卑讓。

6【卑劣】 ㄅㄟ ㄌㄧㄝˋ
品行低下。

9【卑南】 ㄅㄟ ㄋㄢˊ
'臺灣'原住民的一族。又稱'普猶馬'、'漂馬'(Puyuma)。分布在'臺東縣''卑南溪'和'太麻里溪'流域的山麓平地。人口約5,600。營農耕生活，間或兼事漁獵，信仰泛靈。

【卑陋】 ㄅㄟ ㄌㄡˋ
地位低，見識少。

13【卑微】 ㄅㄟ ㄨㄟˊ
地位低下。

14【卑鄙】 ㄅㄟ ㄅㄧˇ
1地位低下。2行爲惡劣。

15【卑賤】 ㄅㄟ ㄐㄧㄢˋ
地位低下。

18【卑職】 ㄅㄟ ㄓˊ
1低下的職位。2舊時州縣以下的官對上司的自稱詞。

10【卑躬屈膝】 ㄅㄟ ㄍㄨㄥ ㄑㄩ ㄒㄧ
形容諂媚奉承，毫無骨氣。

17【卑禮厚幣】 ㄅㄟ ㄌㄧˇ ㄏㄡˋ ㄅㄧˋ
禮節謙恭，禮物豐厚。形容禮聘人才的鄭重與優厚。

7

南 一 ㄋㄢˊ nan² 音男
1方位。與北相對。2向南走。3姓。'漢'有'南季'。見"萬姓統譜·六六"。
二 ㄋㄚˊ na² 音拿
參南無。

2【南人】 ㄋㄢˊ ㄖㄣˊ
1南方人。或指'南朝'人。2'元代'稱'南宋'遺民。

4【南斗】 ㄋㄢˊ ㄉㄡˇ
星宿名。即二十八宿中的斗宿。屬人馬座，共六星，形似量器中的斗，因在天球赤道以南，故名。

5【南史】 ㄋㄢˊ ㄕˇ
二十五史之一。'唐''李延壽'撰。八十卷。記'南朝'歷史，從'宋武帝''永初'元年至'陳後主''禎明'三年，共一百七十年。爲研究'南朝'歷史的必備典籍。

【南瓜】 ㄋㄢˊ ㄍㄨㄚ
(China squash; *Cucurbita moschata* Duch.) 又名'中國'南瓜、紅南瓜、番瓜。蔓生性草本。全株密被短粗毛，蔓莖長。葉互生，有柄，廣卵形或圓卵形。夏季腋生大形黃花，具5裂合瓣花冠，雌雄花同株。果實爲扁球形瓠果，有縱溝多條，果肉、瓜子均可供食用。原產於我國，今各地多有栽培。

南瓜圖

6【南曲】 ㄋㄢˊ ㄑㄩˇ
'南宋'以來流行於南方的曲調。與北曲相對。是'宋''元'南戲及'明''清'傳奇的主要曲調，包括散曲及劇曲兩類。其曲調淵源於'宋'詞、'唐''宋'大曲及南方之里巷歌謠。

7【南宋】 ㄋㄢˊ ㄙㄨㄥˋ
(1127～1279)'北宋'亡於'金'，'康王''構'南渡後所稱的朝代。都'臨安'(今'杭州市')，是爲'南宋'。僅保有'淮'、'漢'以南一帶。由於'秦檜'、'賈似道'弄政，國勢益衰，至'帝昺'時，爲'元'軍所滅。共七世，九主，一百五十三年。

【南投】 ㄋㄢˊ ㄊㄡˊ
縣名。位於'臺灣省'中部。東倚'中央山脈'，是'臺灣省'各縣中唯一不濱海者。縣治設在'南投'。

【南呂】 ㄋㄢˊ ㄌㄩˇ
1古代樂律名。古樂律有十二，陰陽各六，陰律第二叫南呂。2詞曲宮調名。見"太和正音譜·音律宮調"。

8【南宗】 ㄋㄢˊ ㄗㄨㄥ
1'明代''董其昌'分'中國'繪畫爲南北兩宗。南宗畫以水墨渲染爲特色，始於'唐'之'王維'，後繼以五代、'北宋'之'荆浩'、'關仝'、'董源'、'巨然'、'郭忠恕'、'米'家父子，以至'元'四大家的畫，皆爲南宗畫的代表作。'董其昌'褒南貶北，影響'明''清'以後的繪畫發展甚鉅。2佛教禪宗，自五祖'宏忍'以後分爲南北二宗，以六祖'慧能'布化'江'南，故其所傳稱南宗。3道教派別。'金'、'元'道教丹鼎派分南、北宗，南宗創於'張伯瑞'，以'鍾''呂'道法爲主，傳'石泰'、'薛道光'、'陳柟'、'白玉蟾'、'彭耜'等，'張伯瑞'居南方，稱南宗。

【南河】 ㄋㄢˊ ㄏㄜˊ
星宿名。屬井宿。相當於小犬座。南河三即小犬座α星，目視星等0.38等，呈淡黃色，是全天第九亮的恆星。

【南昌】 ㄋㄢˊ ㄔㄤ
1府名。五代'南唐'置。舊治在今'江西''南昌'。2縣名。在今'江西''新建'東。3省轄市。位於'江西省'中北部，濱'贛江'東岸。居'贛江'的水運中心，並有鐵路交會於南方的'向塘'，交通甚便。現爲'江西省'省會、經濟、工商業中心。

【南門】 ㄋㄢˊ ㄇㄣˊ
星宿名。屬角宿。共兩星。南門二即半人馬座α星，亮度-0.01等，黃色，是全天第三亮的恆星。

【南明】 ㄋㄢˊ ㄇㄧㄥˊ
(1644～1661)'李自成'攻陷'北京'，'明'宗室及遺臣先後擁立'福王'、'唐王'、'桂王'於南方以抗'清'的時代。因內鬨不休及權臣弄政，雖有耿耿忠臣如'史可法'、'鄭成功'及'李定國'，終爲降'清''明'將'洪承疇'、'吳三桂'所滅。

【南非】 ㄋㄢˊ ㄈㄟ
(South Africa) 1南部'非洲'。包括'南非共和國'、'那米比亞'、'尙比亞'、'安哥拉'、'辛巴威'、'波札那'、'史瓦濟蘭'、'賴索托'和'川斯凱'九國。2'南非共和國'。位於'非洲'最南端，東、西、南三面臨'大西洋'及'印度洋'。面積122萬方公里，人口4,434萬（2005年），首都'普利托里亞'（Pretoria）。其東及東南境內有'史瓦濟蘭'、'賴索托'兩國。全境為高原地形，東南及西南溼潤有雨。黃金、鑽石產量居世界首位，銅、煤、鐵、鉻和石綿產量甚豐，玉米及羊毛輸出占國際重要地位，為'非洲'工商業最發達的國家。

9【南音】 ㄋㄢˊ ㄧㄣ

①南方的語言。②古稱‘長江流域’一帶的音樂。③即南管。

【南面】 ㄋㄢˊ ㄇㄧㄢˋ

①南方。②面向南方。古代帝王接見群臣，皆面朝向南方而坐。後泛指帝王的統治。

10【南海】 ㄋㄢˊ ㄏㄞˇ

①又名‘南中國海’。爲‘臺灣海峽’以南、‘曾母暗沙’以北的海域。夏季西南風吹送，有一股暖流流向‘臺灣島’附近，是一重要漁場；並爲‘東南亞’各國通往我國、‘日’、‘韓’間的主要水域。②縣名。昔稱‘佛山鎮’。位於‘廣東省’‘珠江三角洲’上，‘廣州市’西南方。是我國古代四大鎮之一。

【南畝】 ㄋㄢˊ ㄇㄨˇ

南邊的田畝。南方向陽，利於作物生長，所以古人田畝多向南，故稱南畝。後泛指田地。

【南唐】 ㄋㄢˊ ㄊㄤˊ

(937～975) 五代時十國之一。‘李昪’篡‘吳’，稱帝於‘江寧’(今‘南京市’)，國號‘唐’，史稱‘南唐’。子‘璟’併滅‘閩’、‘楚’，國勢在十國中最大，據有今‘江蘇’、‘安徽’二省境內‘淮水’以南及‘福建’、‘江西’等地。子‘煜’繼位，因國政廢弛及受‘後周’‘世宗’逼壓而降‘宋’。共三世，三主，三十九年。

【南針】 ㄋㄢˊ ㄓㄣ

①指南針的簡稱。②指導。如：乞賜南針。

12【南朝】 ㄋㄢˊ ㄔㄠˊ

‘南北朝’時代立國於南方的‘宋’、‘齊’、‘梁’、‘陳’四朝的合稱。

【南無】 ㄋㄚˊ ㄇㄛˊ

佛家語。梵語 namo 或 namah 的音譯，又譯南謨。意指歸依、歸命、敬禮、度我。是說眾生向佛、法、僧三寶合掌稽首至心歸依的言語。如：南無佛、南無法、南無僧。

13【南猿】 ㄋㄢˊ ㄩㄢˊ

(*Australopithecus*) 人科中已絕滅的一屬。主要生存於上新世晚期至更新世早期(大約距今四百萬年至一百萬年前)的東‘非’與南‘非’。由出土的盆骨、腿骨，甚至足印化石等直接證據，可推知南猿已具備相當成功的兩足適應，但仍保持十分原始的頭骨形態，如明顯前凸的臉部及甚小的頭腦(腦容量約 500～700 立方公分)。目前多數學者同意，南猿成員包括年代最早的⌊阿法南猿⌉(*Australopithecus afarensis*)，及大部分時間並存的⌊非洲南猿⌉(*Australopithecus africanus*)、⌊粗壯南猿⌉(*Australopithecus robustus*) 及⌊鮑氏南猿⌉(*Australopithecus boisei*)。

14【南齊】 ㄋㄢˊ ㄑㄧˊ

(479～502)‘南北朝’時‘南朝’之一。‘蕭道成’篡‘宋’所建，國號‘齊’，都‘建康’(今‘南京市’)，史稱‘南齊’。‘武帝’在位年間爲盛世。據有今‘長江’、‘粵江流域’。傳至‘和帝’，爲‘蕭衍’所篡。共四世，七主，二十四年。

【南管】 ㄋㄢˊ ㄍㄨㄢˇ

‘臺灣’戲曲名。原屬於‘福建’‘泉州’一帶的音樂，又叫南音。樂曲形式包括指套、樂譜、散曲三種，與‘唐’‘宋’的大曲相似，是我國今存最早的戲曲之一。曲調悠長柔和、高尚典雅，演奏時以絃樂爲主，少用鑼鼓等打擊樂器，著名的樂曲有“百家春”等曲。在民藝活動中如車鼓戲、駛犁歌都是南管曲。

17【南戲】 ㄋㄢˊ ㄒㄧˋ

‘宋’、‘元’時期流行於南方的戲曲。也稱戲文。結合‘宋’雜劇、唱賺及民間小曲等發展而成，以南曲之形式演唱。與北方之雜劇、院本相對稱。一般相信此種戲曲最早起於‘溫州’、‘永嘉’一帶，故又稱爲‘溫州’雜劇或‘永嘉’雜劇。

【南嶺】 ㄋㄢˊ ㄌㄧㄥˇ

山脈名。位於我國南方，西起‘都龐嶺’，向東依次爲‘萌渚嶺’、‘騎田嶺’、‘越城嶺’及‘大庾嶺’，故又名‘五嶺’。

3【南山集】 ㄋㄢˊ ㄕㄢ ㄐㄧˊ

‘清’‘戴名世’撰，門人‘尤雲鄂’編，共百餘篇文章。書中曾採‘永曆’年號，並將‘南明’比爲三國‘蜀漢’，因而以大逆被殺，株連數百人，造成‘清代’有名的文字獄。

4【南五祖】 ㄋㄢˊ ㄨˇ ㄗㄨˇ

道教丹鼎派所尊奉的‘宋代’五位道士。即‘張伯端’、‘石泰’、‘薛道光’、‘陳柟’、‘白玉蟾’。與北五祖相對。

5【南北朝】 ㄋㄢˊ ㄅㄟˇ ㄔㄠˊ

(420～589) 我國中古時代南北分裂的各個政權。‘南朝’指‘宋’、‘齊’、‘梁’、‘陳’，‘北朝’包括‘北魏’(‘東魏’、‘西魏’)、‘北齊’、‘北周’。‘南北朝’大抵由‘劉裕’篡‘晉’建‘宋’開始，十九年後，‘北魏’統一北方，始與‘劉宋’南北對峙。後‘楊堅’篡‘北周’，改國號爲‘隋’，滅‘陳’，結束了一百多年的混亂局勢。

8【南京市】 ㄋㄢˊ ㄐㄧㄥ ㄕˋ

直轄市。昔稱‘秣陵’、‘建業’、‘建康’、‘金陵’，別稱‘石頭城’。位於‘長江’下游。周圍有‘清涼’、‘幕府’、‘雨花’等山拱衛，龍蟠虎踞，形勢險要，爲我國著名的古都，名勝古蹟甚多；現爲‘中華民國’首都。有數條鐵路及‘長江’水運，交通極便利。

10【南唐書】 ㄋㄢˊ ㄊㄤˊ ㄕㄨ

記五代‘南唐’歷史的史書。①‘宋’‘馬令’撰，三十卷。取材多用詩話、小說，內容蕪雜瑣碎。②‘南宋’‘陸游’撰，十八卷。序次簡潔，價值在‘馬’書之上。

【南書房】 ㄋㄢˊ ㄕㄨ ㄈㄤˊ

‘清’‘康熙’時，在‘乾清宮’右側西南角所設的書房。又稱‘南齋’。是翰林在內廷侍候皇帝的地方。

11【南魚座】 ㄋㄢˊ ㄩˊ ㄗㄨㄛˋ

(Piscis Austrinus; PsA) 南天星座之一。位於赤經21時27分至23時07分；赤緯 −24.8 度至 −36.5 度之間。其α星(‘中’名北落師門)是白色的1等星。相當於‘中國’星宿天錢、羽林軍、敗臼、天網、北落師門、天田、離瑜等。

12【南華經】 ㄋㄢˊ ㄏㄨㄚˊ ㄐㄧㄥ
“莊子”的別稱。爲‘唐玄宗’所命，全名爲“南華眞經”。

13【南溫帶】 ㄋㄢˊ ㄨㄣ ㄉㄞˋ
(southern temperate belt) 南半球中緯地帶，介於南極圈與南回歸線之間的地區。日照時間與日射角度適中，氣溫和暖而均勻。

【南極光】 ㄋㄢˊ ㄐㄧˊ ㄍㄨㄤ
(aurora australis) 鄰近南極的高空所發生的放電現象。參極光。

【南極洲】 ㄋㄢˊ ㄐㄧˊ ㄓㄡ
(Antarctica) 爲‘太平洋’、‘大西洋’和‘印度洋’包圍的一塊極區大陸。西元1820年，爲‘英’人‘愛德華’(Bransfield Edward)首先發現。面積1,410萬方公里。上有高原、平原、山脈及火山活動，幾乎全爲厚達1,600公尺的冰帽所覆蓋。終年酷寒多強風，僅濱海地帶有企鵝及海豹棲息，四周冰冷的洋面爲鯨魚活動區。

【南極圈】 ㄋㄢˊ ㄐㄧˊ ㄑㄩㄢ
(antarctic circle)指南緯66.5°的緯線。當北半球夏至(六月二十二日)，亦即太陽直射北回歸線時，陽光斜射最南的界線。此時南極圈內是永夜。

【南葉門】 ㄋㄢˊ ㄧㄝˋ ㄇㄣˊ
(South Yemen) 位於‘阿拉伯半島’南端的國家。面積33.6萬方公里，人口227.8萬(1987年)，首都‘亞丁’(Aden)。全境雨少乾熱，有地下水灌溉的地區種植穀類，沙漠邊緣行畜牧。經濟以‘亞丁’的煉油業及‘亞丁’自由港所提供的服務業爲主。西元1990年5月與‘北葉門’合併爲‘葉門共和國’。

14【南齊書】 ㄋㄢˊ ㄑㄧˊ ㄕㄨ
二十五史之一。‘南朝’‘蕭子顯’撰，五十九卷。記載‘南齊’一代歷史。

19【南懷仁】 ㄋㄢˊ ㄏㄨㄞˊ ㄖㄣˊ
(Ferdinand Verbiest，1623～1688)‘比利時’‘耶穌’會的教士。‘清’‘順治’間來‘中國’，與‘湯若望’等到‘北京’傳教，以推算曆法爲‘聖祖’所信任，任爲欽天監副，後進職至侍郎。著有“新製靈臺儀象誌”、“康熙永年曆法”等。

2【南十字座】 ㄋㄢˊ ㄕˊ ㄗˋ ㄗㄨㄛˋ
(Crux; Cru) 南天星座之一。位於赤經11時56分至12時58分；赤緯−55.7度至 −64.7度。其α星是1等星，是南天著名的亮星之一。γ和α的連線可略指向南天極。

【南丁格爾】 ㄋㄢˊ ㄉㄧㄥ ㄍㄜˊ ㄦˇ
(Florence Nightingale, 1820～1910) ‘英國’護士。近代護理制度創始人。‘克里米亞’戰爭時號召‘英國’婦女赴‘土耳其’‘斯庫臺里’(Scutari)戰地醫院照顧傷患。於西元1860年在‘倫敦’設立全世界第一所護士學校。爲第一位獲服務勳章的婦女。著有“看護須知”(*Notes on Nursing*)。

3【南山可移】 ㄋㄢˊ ㄕㄢ ㄎㄜˇ ㄧˊ
比喩只要堅毅不撓，再難的事也可完成。

【南山隱豹】 ㄋㄢˊ ㄕㄢ ㄧㄣˇ ㄅㄠˋ
比喩隱居山林的賢士。

【南山獻頌】 ㄋㄢˊ ㄕㄢ ㄒㄧㄢˋ ㄙㄨㄥˋ
賀人壽辰的祝頌語。

4【南方大港】 ㄋㄢˊ ㄈㄤ ㄉㄚˋ ㄍㄤˇ
國父“實業計畫”中擬議擴建‘廣州’，使之成爲一世界港，用以開發我國南部富源。

5【南北書派】 ㄋㄢˊ ㄅㄟˇ ㄕㄨ ㄆㄞˋ
‘魏’‘晉’‘南北朝’時的書法，因風格之不同，分南北兩派。‘東晉’、‘宋’、‘齊’、‘梁’、‘陳’爲南派，乃‘江’左風流、疏放妍妙，長於啟牘，代表書法家有‘王羲之’、‘王獻之’、‘僧虔’、‘智永’及‘虞世南’等；‘趙’、‘燕’、‘魏’、‘齊’、‘周’、‘隋’爲北派，屬中原古法，拘謹拙陋，長於碑榜，代表書法家有‘鍾繇’、‘衛瓘’、‘索靖’、‘崔悅’、‘虞諶’、‘高遵’、‘沈馥’、‘姚元標’、‘趙文深’、‘丁道護’、‘歐陽詢’、‘褚遂良’等人。

【南北戰爭】 ㄋㄢˊ ㄅㄟˇ ㄓㄢˋ ㄓㄥ
(The American Civil War)西元1861～1865年‘美國’南北各州因黑奴解放問題而爆發的內戰。南方因爲種植棉花需要大量黑奴勞工，北方則認爲蓄奴違反憲法中人人平等的規定。1860年主張解放黑奴的‘林肯’得到中西部與北部各州的擁戴，當選‘美國’總統。南方各州乃相繼脫離聯邦，另組‘美利堅聯盟國’，選‘戴維斯’(Jefferson Davis)爲總統，並於1861年開始向北進攻，南北戰爭遂告爆發。至1865年，南方力竭投降，黑奴獲得解放，且提高聯邦政府的威權，並確立‘美國’民主和統一的基礎。

【南生護照】 ㄋㄢˊ ㄕㄥ ㄏㄨˋ ㄓㄠˋ
(Nansen passport) 一種發給無國籍人士，作爲便利其旅行的身分證明文件。該旅行文件係由‘國際聯盟’難民高級專員‘挪威’人‘南生’(Fridtjof Nansen)，爲應當時流亡各國之東‘歐’難民之需要，而於西元1922年所創設。

6【南回歸線】 ㄋㄢˊ ㄏㄨㄟˊ ㄍㄨㄟ ㄒㄧㄢˋ
(tropic of capricorn) 指南緯23.5°的緯線。是太陽射線所能直射地表最南的一條界線。

8【南京事件】 ㄋㄢˊ ㄐㄧㄥ ㄕˋ ㄐㄧㄢˋ
‘民國’十六年三月二十四日，國民革命軍第二、六軍軍人(兩軍副黨代表兼政治部主任‘林祖涵’、‘李富春’均爲‘中共’黨員)進入‘南京’，攜械搶掠並毆辱外人，‘英’、‘美’、‘法’、‘日’、‘義’等國領事館及外人店宅、學校、醫院均遭波及。‘英’、‘美’軍艦開礮，我國軍民傷亡超過50人，史稱‘南京’事件。案發後，‘國民政府’通緝主嫌犯‘林祖涵’，‘蔣’總司令抗議‘英’、‘美’軍艦輕率開礮。歷經‘黃郛’、‘王正廷’兩任外長談判，十七年，先後與列強國家達成協議。

【南京條約】ㄋㄢˊ ㄐㄧㄥ ㄊㄧㄠˊ ㄩㄝ

鴉片戰爭後‘中’‘英’簽訂的條約。‘英國’不滿意“穿鼻草約”，改派‘樸鼎查’(Sir Henry Pottinger)於‘道光’二十一年(1841)率兵東來，與‘奕山’談判，‘奕山’不能承當，乃北陷‘廈門’、‘定海’、‘鎮海’、‘寧波’，欽差大臣‘裕謙’自殺。次年，揚威將軍‘奕經’一戰而潰，‘英’軍西入‘長江’，直抵‘南京’。七月，‘耆英’與‘樸鼎查’在‘皐華麗號’(Cornwallis)議和，主要內容為：一、開‘廣州’、‘福州’、‘廈門’、‘寧波’、‘上海’五口通商；二、割讓‘香港’；三、賠款二千一百萬元；四、廢止行商與公行；五、公平議定稅則；六、兩國大臣公文往來平行。

【南來北往】ㄋㄢˊ ㄌㄞˊ ㄅㄟˇ ㄨㄤˇ

形容人的來來往往，或交通流暢無阻。

【南明四王】ㄋㄢˊ ㄇㄧㄥˊ ㄙˋ ㄨㄤˊ

指‘清’兵入關後，‘明朝’遺臣先後在南方擁立的‘福王’、‘唐王’、‘魯王’、‘桂王’。

【南征北討】ㄋㄢˊ ㄓㄥ ㄅㄟˇ ㄊㄠˇ

形容到處征戰。

9【南洋群島】ㄋㄢˊ ㄧㄤˊ ㄑㄩㄣˊ ㄉㄠˇ

(the South Sea Islands)我國對位在‘南海’外圍大片島群的總稱。包括‘印尼群島’、‘菲律賓群島’、‘帝汶島’(Timor Is.)、‘新加坡島’及‘婆羅洲’(Borneo)等。西洋航海家則稱此島群為‘東印度群島’(East Indies Isls.)。

【南柯一夢】ㄋㄢˊ ㄎㄜ ㄧ ㄇㄥˋ

比喻人世的榮華富貴，虛幻如夢。

10【南海諸島】ㄋㄢˊ ㄏㄞˇ ㄓㄨ ㄉㄠˇ

為散布於‘南海’中二百多個島嶼、礁石、暗沙的總稱。分為四個島群：一、‘巴士海峽’西方的‘東沙群島’；二、‘海南島’東南方的‘西沙群島’；三、‘西沙群島’以東的‘中沙群島’；四、北緯12°至4°間的‘南沙群島’。全為珊瑚礁所形成，面積小，高度低。目前‘東沙島’及‘南沙群島’的‘太平島’有兩座氣象臺，為航行‘南海’的飛機、船隻提供氣象資料。且地處‘中南半島’、‘馬來半島’(Malay Pen.)、‘東印度群島’、‘菲律賓群島’之間，交通和軍事地位重要。

【南拳北腿】ㄋㄢˊ ㄑㄩㄢˊ ㄅㄟˇ ㄊㄨㄟˇ

我國武術以‘長江流域’為界，南派架子緊湊，長於用拳；北派姿勢開展，長於用腿，故有南拳北腿之稱。

11【南船北馬】ㄋㄢˊ ㄔㄨㄢˊ ㄅㄟˇ ㄇㄚˇ

指南北交通工具，因環境不同各有差異。我國南方多水澤，人民多行船；北方多平原，人民多騎馬。

12【南詞敘錄】ㄋㄢˊ ㄘˊ ㄒㄩˋ ㄌㄨˋ

‘明’‘徐渭’撰。一卷。是研究南曲的最早著作。內容包括南曲的源流及發展的情形、南曲的體製及風格特色、聲腔流傳的情況、樂器的運用、作品的評論、演唱的方法及‘宋’、‘元’、‘明’初期的曲目等。是研究南戲的重要參考書。

【南斯拉夫】ㄋㄢˊ ㄙ ㄌㄚ ㄈㄨ

(Yugoslavia) 原為位於‘巴爾幹半島’西側的共產國家，現名‘塞爾維亞與蒙特內哥羅’。面積10.2萬方公里，人口1,083萬(2005年)，首都‘貝爾格勒’(Belgrade)。西、南部多山地及高原，東北部為‘多瑙河’平原。內陸屬溫帶大陸性氣候，沿海為‘地中海’型，水力及礦產資源豐富，西北部山地畜牧盛，園藝發達。以玉米為主食，小麥、甜菜及馬鈴薯次之。

【南腔北調】ㄋㄢˊ ㄑㄧㄤ ㄅㄟˇ ㄉㄧㄠˋ

[1]南北語言不同的腔調。[2]說話時夾雜各地方言，語音不純。

13【南極地方】ㄋㄢˊ ㄐㄧˊ ㄉㄧˋ ㄈㄤ

(antarctic region)指南極圈以內的地方。在這範圍內，有一廣被冰雪所覆蓋的大陸，即‘南極洲’。冰覆面積約1,300萬方公里，冰層厚度平均約2,300公尺。

17【南轅北轍】ㄋㄢˊ ㄩㄢˊ ㄅㄟˇ ㄓㄜˊ

車子的轅木向南，而車輪向北。比喻行動與目的相反，背道而馳。

25【南蠻鴃舌】ㄋㄢˊ ㄇㄢˊ ㄐㄩㄝˊ ㄕㄜˊ

指南方語言如伯勞鳥的叫聲一樣難聽。後多用作譏斥異於自己的語音。

7【南宋四大家】ㄋㄢˊ ㄙㄨㄥˋ ㄙˋ ㄉㄚˋ ㄐㄧㄚ

指‘南宋’四大詩人：‘尤袤’、‘楊萬里’、‘范成大’、‘陸游’。

8【南京大屠殺】ㄋㄢˊ ㄐㄧㄥ ㄉㄚˋ ㄊㄨˊ ㄕㄚ

‘民國’二十六年十二月十三日，‘日’軍攻陷首都‘南京’，隨即大肆劫掠、姦淫、屠殺。被擄的官兵、平民婦孺，或遭集體掃射，或被砍死，為時一週，男女慘死者最少十餘萬人，史稱‘南京’大屠殺。

12【南無阿彌陀佛】ㄋㄚˊ ㄇㄛˊ ㄜ ㄇㄧˊ ㄊㄨㄛˊ ㄈㄛˊ

為淨土宗唸佛的六字名號。義譯為歸命‘無量光’、‘無量壽佛’。歸命，指眾生一心仰賴‘阿彌陀佛’，即眾生的信心；‘無量光’、‘無量壽佛’，指該佛具有無量的光明與壽命。

9

乖 ㄍㄨㄞ *kuai*^{1} 音乖

[1]脊背。見“說文”。[2]違戾。俗作乖。見“玉篇”。

10

博 ㄅㄛˊ po^2 音博

①廣大;眾多。如:博愛。②古代一種擲骰子遊戲。也稱六博。③賭。如:博個輸贏。④換取。如:博取。

3【博士】 ㄅㄛˊ ㄕˋ

①官名。始於'戰國',掌古今學術。'秦''漢'相承,諸子、詩賦、術數、方技都設博士,爲太常屬官。'漢武帝'重儒術,特立五經博士。'晉'有國子博士,'唐'有太學國子諸博士,及律、算、醫學博士,都屬教授官。'明''清'有國子博士及太常博士。②(doctor)學位名。大學學位的最高一級。

5【博古】 ㄅㄛˊ ㄍㄨˇ

通曉古事。

9【博洽】 ㄅㄛˊ ㄒㄧㄚˊ

見識廣博。

【博弈】 ㄅㄛˊ ㄧˋ

古代的博戲和圍棋。

10【博徒】 ㄅㄛˊ ㄊㄨˊ

賭徒。

12【博雅】 ㄅㄛˊ ㄧㄚˇ

①學識廣博、品性端正。②"廣雅"的別稱。

13【博愛】 ㄅㄛˊ ㄞˋ

無私心、無差等、廣博的愛。

14【博聞】 ㄅㄛˊ ㄨㄣˊ

見聞廣博。

16【博學】 ㄅㄛˊ ㄒㄩㄝˊ

學問廣博。

20【博贍】 ㄅㄛˊ ㄕㄢˋ

指才學見識廣博豐富。

21【博辯】 ㄅㄛˊ ㄅㄧㄢˋ

富於辯才。

【博覽】 ㄅㄛˊ ㄌㄢˇ

廣泛閱覽。

8【博物志】 ㄅㄛˊ ㄨˋ ㄓˋ

舊題'晉''張華'撰,十卷。原書已散佚,今本乃後人搜輯而成。分類記載異境奇物及古代瑣聞雜事。

【博物館】 ㄅㄛˊ ㄨˋ ㄍㄨㄢˇ

(museum)又稱博物院。永久陳列或保存各種文物、典籍、標本、模型,以保存人類文化,提供學術研究、推廣社會教育的場所。如'故宮博物院'即屬之。

16【博學篇】 ㄅㄛˊ ㄒㄩㄝˊ ㄆㄧㄢ

'秦''胡母敬'作,七章。根據"史籀"大篆加以選擇省改,世稱小篆。

17【博縫階】 ㄅㄛˊ ㄈㄥˊ ㄐㄧㄝ

(corbiestep)前後斜坡式屋頂在山形牆上側邊之階梯形突出部分。廣見於十四至十七世紀北'歐'建築型式,今亦衍用。

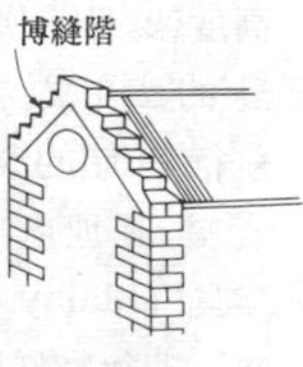

博縫階圖

3【博士弟子】 ㄅㄛˊ ㄕˋ ㄉㄧˋ ㄗˇ

'漢武帝'時所置,從五經博士研讀經學的生員。皆由郡、國推舉而來。

4【博文約禮】 ㄅㄛˊ ㄨㄣˊ ㄩㄝ ㄌㄧˇ

廣博學習聖賢典籍,並用禮節約束自己的言行舉止。

9【博施濟眾】 ㄅㄛˊ ㄕ ㄐㄧˋ ㄓㄨㄥˋ

廣施恩澤,濟助大眾。

14【博聞彊記】 ㄅㄛˊ ㄨㄣˊ ㄑㄧㄤˇ ㄐㄧˋ

見聞廣博,記憶力強。

16【博學宏詞】 ㄅㄛˊ ㄒㄩㄝˊ ㄏㄨㄥˊ ㄘˊ

制科名。始於'唐玄宗''開元'十九年,用以考拔博學能文之士。'南宋'時亦設有此科,'清''康熙''乾隆'間,設博學鴻詞科,以籠絡士人。

25【博觀約取】 ㄅㄛˊ ㄍㄨㄢ ㄩㄝ ㄑㄩˇ

廣博地觀覽而擇取其精要。

12【博斯普魯斯海峽】 ㄅㄛˊ ㄙ ㄆㄨˇ ㄌㄨˇ ㄙ ㄏㄞˇ ㄒㄧㄚˊ

(Bosporus Str.)位於'黑海'及'馬摩拉海'(Marmara Sea)之間的水域。隔開'歐'、'亞'大陸,和'達達尼爾海峽'共扼'黑海'通往'地中海'的水道,軍事地位重要。

卜部

卜 ㄅㄨˇ pu^3 音補

①燒灼龜甲來占問吉凶。見"說文"。②估量;預測。如:死生未卜。③選擇。如:卜居。④啄木聲。如:卜卜。⑤姓。'春秋'有'卜商'。見"萬姓統譜·一一二"。

6【卜宅】 ㄅㄨˇ ㄓㄞˊ

①占卜建都的地方。②擇地定居。③占卜選擇墓地。

【卜吉】 ㄅㄨˇ ㄐㄧˊ

指喪葬。根據"儀禮·士喪禮"記載,凡人死後,葬地及葬日等都須先卜筮,吉,然後行事,故稱。

8【卜卦】 ㄅㄨˇ ㄍㄨㄚˋ

龜卜和蓍卦。藉以預知吉凶。龜卜是用龜殼鑽孔熏烤,依裂紋占斷吉凶;蓍卦是用蓍草推算"易經"的卦爻,據卦辭與爻辭判斷吉凶。

【卜居】 ㄅㄨˇ ㄐㄩ

選擇居住的地方。

13【卜筮】 ㄅㄨˇ ㄕˋ

原始宗教活動的一種形式。信徒以特定的方式藉龜甲及蓍草來預知吉凶、解決疑惑。

15【卜鄰】 ㄅㄨˇ ㄌㄧㄣˊ

選擇良善的鄰居;選擇居所。

19【卜辭】 ㄅㄨˇ ㄘˊ

'商代'人刻在龜甲獸骨上有關占卜之紀錄的文辭。也稱甲骨文。'商代'人凡祭祀、征伐、漁獵、風雨、疾病等事,常鑽鑿龜甲獸骨,用火灼烤,根據甲骨上拆裂成「卜」字形的兆文占卜吉凶。最後在兆旁刻上占卜的時間、占卜者的名字、所占卜的事情和結果等。

11【卜晝卜夜】 ㄅㄨˇ ㄓㄡˋ ㄅㄨˇ ㄧㄝˋ

本指晝夜不停的卜問吉凶,後形容宴飲無度,晝夜不休。'陳敬仲'爲'齊'工正(官名,掌百工),一天,請'桓公'喝酒,'桓公'喝得開懷,意猶未盡,命舉火續飲,‘敬仲’懇辭,說:⌊臣卜其晝,未卜其夜,不敢。⌋見“左傳·莊二二年”。

2

卞 ㄅㄧㄢˋ *pien*^{4} 音變

①規矩;法度。②急躁。如:卞急。③徒手搏鬥。④姓。‘春秋’‘楚’有‘卞和’。見“萬姓統譜·一〇二”。

8【卞和】 ㄅㄧㄢˋ ㄏㄜˊ

‘春秋’‘楚’人。曾在‘楚’山中發現璞石,獻給‘厲王’、‘武王’,都被認爲欺詐,砍斷他的左、右足,‘文王’時,他抱璞在‘荊山’下哭泣,‘文王’派玉人琢磨,果然得到寶玉,因此稱爲‘和’氏璧。

9【卞急】 ㄅㄧㄢˋ ㄐㄧˊ

性情急躁。

8【卞和泣璧】 ㄅㄧㄢˋ ㄏㄜˊ ㄑㄧˋ ㄅㄧˋ

比喻懷才不遇。

11【卞莊刺虎】 ㄅㄧㄢˋ ㄓㄨㄤ ㄘˋ ㄏㄨˇ

喻人有勇力或以智輕取。‘春秋’‘魯’‘卞邑’人夫‘卞莊子’曾以智輕刺二虎,勇力之名遠播。見“史記·陳軫傳”。

卝 ㊀ ㄎㄨㄤˋ *k'uang*^{4} 音曠

礦的古文。

㊁ ㄍㄨㄢˋ *kuan*^{4} 音慣

丱的俗體。

3

卡 ㊀ ㄑㄧㄚˇ *ch'ia*^{3}

①同㊂①。②阻塞不通。專指喉間被物堵住。如:被龍眼子兒卡住了。③鉗髮的小鐵夾。如:卡子。

㊁ ㄎㄚˇ *k'a*^{3}

①在重要地帶設兵駐守的關口,或政府設局收稅的地方。如:關卡。②‘英’文 card 的音譯。指小的硬紙片。如:生日卡。③(calorie)熱的公制單位。1 卡(15°C 卡)定義爲使 1 公克的水從 14.5°C 升高到 15.5°C 所需的熱量。1,000 卡=1 大卡(Kcal)。根據精確的測量,1 卡等於 4.1860 焦耳。

㊂ ㄑㄧㄚˊ *ch'ia*^{2}

夾在中間。

4【卡片】 ㄎㄚˇ ㄆㄧㄢˋ

(card)①指長方形或四方形的硬紙片。可用作名片、請柬,或用以通信問候、登錄資料。②可記錄資料的一種媒體。爲形狀與尺寸均爲固定的紙片,讀卡機可將其記錄之資料輸入電腦。

7【卡車】 ㄎㄚˇ ㄔㄜ

(truck)指運輸貨物的汽車。卡是‘英’文汽車(car)的音譯。卡車車身上是敞篷的斗型平臺,馬力大、底盤高、越野能力強,適於裝載貨物作陸上的運輸。

11【卡通】 ㄎㄚˇ ㄊㄨㄥ

(cartoon)也譯作漫畫。爲批評政治或公眾事物的諷刺畫。內容多含有滑稽、幽默、挖苦的意味。也有由多幅畫連續構成,描述簡短的故事,甚至長達數頁以敘述長篇故事。而利用電影放映技術發展出的活動卡通(animated cartoon),則稱卡通電影。

13【卡達】 ㄎㄚˇ ㄉㄚˊ

(Qatar) 位於‘阿拉伯半島’東部的小國。濱‘波斯灣’。面積1.1萬方公里,人口86萬(2005年),首都‘杜哈’(Doha)。境內沙漠多,雨量稀少。北部農業較盛,畜牧以駱駝為主,沿海以捕魚、採珠及航運為生。石油儲量豐,自西元1941年以來,採油成為居民主要活動,‘杜漢’(Dukhan)為生產中心。

【卡農】 ㄎㄚˇ ㄋㄨㄥˊ

(canon) 用對位技術依照一個規則所作成的樂曲。先由一聲部開始,相隔一、二小節之後,相同的曲調在另一聲部出現,先後追逐,造成一種錯綜協和的音樂。聲部多者可有六部或八部,少則有二部或三部。參賦格。

17【卡繆】 ㄎㄚˇ ㄇㄧㄡˋ

(Albert Camus, 1913～1960)‘法國’作家、存在主義哲學家。作品主題多在表現現代人的疏離感、虛無與荒謬,及對人生失望、反叛的情緒。然含蓄洗練的筆調使他的小說得到相當的肯定。代表作有“異鄉人”(*L'Étranger*)、“鼠疫”(*La Peste*)等。於西元1957年獲得‘諾貝爾’文學獎。

卡繆像

4【卡夫卡】 ㄎㄚˇ ㄈㄨ ㄎㄚˇ

(Franz Kafka, 1883～1924)‘捷克’作家。生前僅出版了一部短篇小說及一部分日記摘要,鮮爲人知,死後兩部重要小說“城堡”(*The Castle*)、“審判”(*The Trial*)一出版即震驚文壇。書中表現了強烈的焦慮、挫折與疏離感,用冷凝的寫實手法刻劃極端虛幻的情節,使作品充滿了壓迫的氣息,但又極具獨創性,對現代小說的影響甚大。

卡夫卡像

【卡內基】 ㄎㄚˇ ㄋㄟˋ ㄐㄧ

(Andrew Carnegie, 1835～1919)‘美國’企業家。生於‘蘇格蘭’東部的‘伐夫郡’(Fife),十三歲隨父母移居‘美國’‘賓州’,最初從事紡紗工作,後又當過機器工人、電報員和接線生。三十歲後投資製鋼業,成爲富豪。曾設立許多教育機構及基金會,並且資助2,800所公眾圖書館。著有“成功的民主制

卡內基像

度"(*Triumphant Democracy*)、"商業王國"(*The Empire of Business*)和"自傳"(*Autobiography*)等。

【卡片行】 ㄎㄚˇ ㄆㄧㄢˋ ㄏㄤˊ
(card column)卡片上可以記錄資料的垂直行。常見的電腦用卡片上有八十卡片行。

【卡介苗】 ㄎㄚˇ ㄐㄧㄝˋ ㄇㄧㄠˊ
(Bacillus Calmette-Guérin vaccine; BCG)預防結核病的生菌疫苗。由'法國'的'卡爾美德'(Calmette)和'介蘭'(Guérin)二人首先製成,故稱卡介苗。嬰兒出生24小時以上就可接種。

8**【卡其布】** ㄎㄚˇ ㄑㄧˊ ㄅㄨˋ
源始於古'中國'以黃色礦物染製而產生特有的泛綠色調之黃褐色澤平織布;今則指類似其色澤的斜紋棉織布。一般採精梳雙股棉紗織造,有時亦採用毛、麻作爲織造素材,或棉與聚酯纖維混紡(T/C),強調易洗快乾的科化質地。

10**【卡特爾】** ㄎㄚˇ ㄊㄜˋ ㄦˇ
(cartel)同性質的企業,爲避免同業競爭,提高利潤,對於進貨、售價、銷路或產量,在一定期間內,採取一致行動的企業結合。又稱企業聯盟。加盟的企業仍具有獨立性。

【卡納普】 ㄎㄚˇ ㄋㄚˋ ㄆㄨˇ
(Rudolf Carnap, 1891～1970)當代哲學家。邏輯實證論的主要倡建者之一,也是後來邏輯經驗論最有力的贊擁者。早期提倡使用邏輯分析的方法,消除傳統形上學的問題。後來致力於知識論和科學的哲學問題的闡釋與釐清。著有"符號邏輯與其應用"(*Introduction to Symbolic Logic and It's Applications*)、"語意學概論"(*Introduction to Semantics*)、"或率性的邏輯基礎"(*Logical Foundations of Probability*)、"意義與必然性"(*Meaning and Necessity*),以及"科學哲學概論"(*Introduction to the Philosophy of Science*)。

12**【卡萊爾】** ㄎㄚˇ ㄌㄞˊ ㄦˇ
(Thomas Carlyle, 1795～1881)'英國'歷史家、散文家、批評家。他善於演說,以傳統的清教徒思想對現世幸福與物質享受作猛烈批評,而又極力讚揚力與成功的理想主義。作品中充滿激昂的熱情,有輝煌的意象,兼具教訓與嘲弄的意味。主要作品有"法國革命"(*The French Revolution*)、"英雄與英雄崇拜"(*On Heroes, Hero-Worship, and the Heroic in History*)等。

13**【卡路里】** ㄎㄚˇ ㄌㄨˋ ㄌㄧˇ
(calorie)熱量單位。一公克純水自14.5°C升至15.5°C時所需的熱量,叫做一卡路里。簡稱爲卡(cal)。

14**【卡賓槍】** ㄎㄚˇ ㄅㄧㄣ ㄑㄧㄤ
(carbine)一種三〇口徑槍管的輕步槍。採用彈匣裝填、瓦斯氣體推動、自動或半自動擊發。

【卡爾沃】 ㄎㄚˇ ㄦˇ ㄨㄛˋ
(Carlos Calvo, 1824～1906)'阿根廷'作家、外交家與國際法專家。國際法上的"卡爾沃條款"和'卡爾沃'主義(Calvo Doctrine)都因他而命名。西元1852年開始任外交官,曾任駐'德'、'俄'、'奧'、'法'和'羅馬'教廷全權公使。其學術著作對國際法的發展影響深遠,最著名的著作"國際法的理論與實踐"(*International Law in Theory and Practice*)1896年以'法'文出版,是國際法的權威參考書。

19**【卡羅素】** ㄎㄚˇ ㄌㄨㄛˊ ㄙㄨˋ
(Enrico Caruso, 1873～1921)'義大利'二十世紀最著名的男高音歌唱家。聲音寬厚有力,充滿情感與嫻適,曾至'英倫'及'紐約'演出。以演唱歌劇有名於世,也是有名的漫畫家。

4**【卡方變數】** ㄎㄚˇ ㄈㄤ ㄅㄧㄢˋ ㄕㄨˋ
(χ^2-variable) n 個獨立的標準常態變數之平方和,其機率密度爲 $f(x)=x^{(n-2)/2}e\times p(-x/2)\div\left[\sqrt{2^n}\left(\frac{n}{2}-1\right)!\right]$(但 $x>0$),這裡 n 稱爲自由度。變數之期望值爲 n,標準差爲 $\sqrt{2n}$,當 n 很大時,卡方變數近似於常態變數。

【卡片欄位】 ㄎㄚˇ ㄆㄧㄢˋ ㄌㄢˊ ㄨㄟˋ
(card field)由一卡片行或連續之卡片行所組成的特定部分。可記錄特定之資料。一卡片上之卡片欄位是依需要而劃分的。

8**【卡拉OK】** ㄎㄚˇ ㄌㄚ O K
歌唱伴唱機的'日'語音譯,即無人樂團的意思。事先錄好伴奏音樂,演唱時歌聲經麥克風進入主機與伴奏音樂混合,以達到正式演唱會的音響效果。伴唱機除伴唱卡帶外,尚包括一個收錄音機主機、麥克風及揚聲器。

16**【卡諾循環】** ㄎㄚˇ ㄋㄨㄛˋ ㄒㄩㄣˊ ㄏㄨㄢˊ
(Carnot cycle)由熱力學第二定律可證明:在相同溫度範圍之間運轉的所有熱機,以可逆熱機的熱效率爲最高。然而,西元1824年'法國'工程師'卡諾'已發表了一篇論文,裡面寫道:「可能達到最高熱效率的循環是吸熱與放熱都在定溫之下進行的循環。」此種包括兩個可逆定溫過程與兩個可逆絕熱過程的工作循環,稱爲'卡諾'循環。其四個組成過程順序如下:1→2表可逆等溫膨脹過程,使工作流體自一高

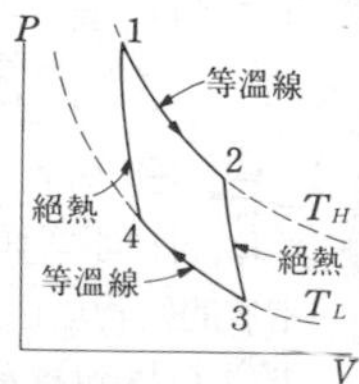

卡諾循環圖

溫(T_H)熱源吸熱，維持等溫而膨脹。2→3表可逆絕熱膨脹過程，工作流體自高溫 T_H 絕熱膨脹對外作功，並降溫至低溫 T_L。3→4表可逆等溫壓縮過程，工作流體被壓縮，同時排放熱量至低溫(T_L)熱槽，以維持工作流體於固定的低溫T_L。4→1表可逆絕熱壓縮過程，工作流體繼續被壓縮，返回狀態1，完成循環。'卡諾'循環可爲閉合系統，亦可爲敞開系統。且其效率與它的工作流體無關，僅與高低溫T_H、T_L的值有關。

14【卡爾沃條款】 ㄎㄚˇ ㄦˇ ㄨㄛˋ ㄊㄧㄠˊ ㄎㄨㄢˇ

(*Calvo Clause*) 由'阿根廷'法學家'卡爾沃'所倡。'中南美洲'國家與外國人士間所訂的投資契約中常載有此一條款，其規定凡上述契約所引起之爭執，應由當地法院解決，並放棄外交保護。

19【卡羅攝影術】 ㄎㄚˇ ㄌㄨㄛˊ ㄕㄜˋ ㄧㄥˇ ㄕㄨˋ

(calotype)指十九世紀'英國'科學家'塔爾波特'(Talbot)博士所發明最早的正、負片攝影術。是以碘化銀爲感光主劑。拍攝出的照片有柔和而濃厚的軟調氣氛，景物的稜邊消失了，細節處模糊不清。特別適合建築、風景及靜物照等如畫似的別緻景面。

4【卡方適合度檢定】 ㄎㄚˇ ㄈㄤ ㄕˋ ㄏㄜˊ ㄉㄨˋ ㄐㄧㄢˇ ㄉㄧㄥˋ

(χ^2-test for goodness of fit) 理論上的機率分布(P_i)是否合於觀察的頻率 f_i 呢?此時總頻度爲 $N=\Sigma f_i$，則 f_i 與 NP_i 越接近越好，故取$\Sigma(f_i-NP_i)^2/(NP_i)^2=\chi^2$ 爲統計量，它的分布應爲卡方(χ^2)(只要滿足某些條件—通常要求 f_i 不太小)，於是可以查表。在χ^2夠小時，接受理論上的分布，否則拒絕此分布。

卟

乩的或體。

占

㊀ ㄓㄢ *chan*¹ 音詹

1察視龜甲上所顯示的兆紋以推知吉凶。如：占卜。2命運。3瞻視。通覘。4證驗。如：占驗。5口授。6令；教訓。如：遺占。7姓。'宋'有'占統'。見"萬姓統譜·六七"。

㊁ ㄓㄢˋ *chan*⁴ 音佔

1據有。通佔。如：占領。2具有。如：占小善。3估計以上報。4守護。如：占護。

2【占卜】 ㄓㄢ ㄅㄨˇ

1用蓍草、龜甲等來預測吉凶禍福。2(divination)藉著操作的方法和神或超自然溝通，以求解決問題或測知不明狀況。所使用的手段包括對自然現象的解釋、對人爲事物自然反應的解釋等。而手段、工具與欲知的訊息之間，並無實證的關連。

6【占有】 ㄓㄢˋ ㄧㄡˇ

對於物有事實上管領力之謂。依我國"民法"規定，占有僅爲單純之事實，而非權利，不以有占有意思爲必要。直接對物有事實上之管領力者，爲直接占有人；質權人、承租人、受寄人，或基於其他類似之法律關係，對於他人之物爲占有者，該他人爲間接占有人。又受僱人、學徒，或基於其他類似之關係，受他人之指示，而對於物有管領力者，則僅爲占有機關，而非占有人。以動產所有權，或其他物權之移轉或設定爲目的，而善意受讓該動產之占有者，縱其讓與人無讓與之權利，其占有仍受法律之保護("民法"第九四八條)，此項規定結合"民法"第八〇一條或第八八六條，即成爲動產所有權或質權之善意取得。惟占有物爲盜贓或遺失物時，則有例外之規定("民法"第九四九、九五〇條)。

10【占候】 ㄓㄢ ㄏㄡˋ

就天象變化以推測吉凶禍福。

14【占夢】 ㄓㄢ ㄇㄥˋ

1以夢中所見，預測人事吉凶。2古官名。春官之屬，掌以日月星辰占夢的吉凶。

【占領】 ㄓㄢˋ ㄌㄧㄥˇ

以強制的手段如武力或條約等占有某地。

16【占據】 ㄓㄢˋ ㄐㄩˋ

強力奪取，據爲己有。

18【占斷】 ㄓㄢ ㄉㄨㄢˋ

占卜以判斷吉凶。

23【占驗】 ㄓㄢ ㄧㄢˋ

1視占兆而察吉凶的徵象。2占卜靈驗。

9【占星術】 ㄓㄢ ㄒㄧㄥ ㄕㄨˋ

(astrology) 研究星象對於人事的影響，及依星宿方位的隱現來占卜個人、群體或國家未來命運的學問。

6【占有契稅】 ㄓㄢˋ ㄧㄡˇ ㄑㄧˋ ㄕㄨㄟˋ

(deed tax of possession) 指因占有不動產而發生之契稅。所謂占有乃對於物有事實上管領能力之謂。目前因占有不動產所應繳納契稅之稅率爲7.5%，以占有人爲納稅義務人，於申請登記爲所有權人時，申報占有契稅。

5

卣

ㄧㄡˇ *yu*³ 音有

古代盛酒器。其形橢圓，大腹、斂口、圈足，有蓋和提梁。卣始見於'二里岡'期，主要流行於'商代'和'西周'，'西周'晚期以後逐漸消失。一般而言，'殷'墟時期形體扁高，蓋梁相繫，腹部曲線作S形，'殷'末'周'初器蓋獨立，最大腹徑在下段，'西周'中期時則最大腹徑更往下移。另外有作鴟鴞形和虎口藏人之形者。

卣圖

6

卦 ㄍㄨㄚˋ kua⁴ 音掛
古代卜筮所用的符號。相傳爲'伏羲氏'所創。

19【卦辭】 ㄍㄨㄚˋ ㄘˊ
"易經"卦下解釋卦象吉凶的文辭。

兆 ㄓㄠˋ chao⁴ 音兆
龜甲經燒灼後,所顯出的裂痕。古人據此以推斷事情的吉凶。見"說文"。

7

卣 ㄊㄧㄠˊ t'iao² 音條
草木果實下垂的樣子。見"說文"。

9

卨 禼的俗體。

卩部

卩 ㄐㄧㄝˊ chieh² 音節
瑞信。本作卪,今通作節。見"字彙"。

㔾 卩的或體。

1

卪 卩的本字。

2

卬 ㊀ ㄧㄤˇ yang³ 音仰
①瞻望。見"說文"。②抬高;使向上。通仰。如:卬首。
㊁ ㄤˊ ang² 音昂
①我。見"爾雅·釋詁"。②高。通昂。如:卬貴。

3

卭 邛的譌字。

夗 卯的俗體。

卯 ㄇㄠˇ mao³ 音茆
①支解。'殷商'時殺生祭祀的方法。②地支的第四位。在農曆中,卯代表二月;十二生肖中,卯代表兔。③十二時辰之一。早上五時至七時。④木器接榫的孔。也稱卯眼。如:榫卯。

9【卯勁】 ㄇㄠˇ ㄐㄧㄣˋ
做事特別盡力。

7【卯酉圈】 ㄇㄠˇ ㄧㄡˇ ㄑㄩㄢ
(prime vertical) 天球上通過天頂而與子午圈垂直的大圓。它與地平圈相交於正東和正西兩點。

卮 ㄓ chih¹ 音支
一作巵。
①圓形酒器。可容四升。見"玉篇"。②支離;散亂而無條理的。如:卮言。

卮圖

7【卮言】 ㄓ ㄧㄢˊ
沒有系統、沒有主見的言論。後用以謙稱自己的言論或著作。

4

危 ㄨㄟˊ wei² 音惟
①凶險;不安全。②憂懼;畏懼。如:人人自危。③毀害;敗亡。如:危害。④疾急。⑤端正;正直。如:危言危行。⑥高。如:危欄。⑦星宿名。二十八宿之一。參危宿。⑧姓。'南唐'有'危全'。見"通志·氏族略五"。

7【危局】 ㄨㄟˊ ㄐㄩˊ
危險的情勢、局面。

【危坐】 ㄨㄟˊ ㄗㄨㄛˋ
直身端坐。

9【危殆】 ㄨㄟˊ ㄉㄞˋ
危險;不安全。

11【危宿】 ㄨㄟˊ ㄒㄧㄡˋ
星宿名。二十八宿之一。北方玄武七宿的第五宿。主要有三星,危宿一即寶瓶座α,危宿二即飛馬座θ,危宿三即飛馬座ε,是一雙星。此外,墳墓、人、杵、臼、車府、天鉤、造父、蓋屋、虛梁、天錢等星,也都歸入危宿。

14【危疑】 ㄨㄟˊ ㄧˊ
疑懼不安。

16【危機】 ㄨㄟˊ ㄐㄧ
①引發危險的可能。②生死成敗的緊要關頭。

【危險】 ㄨㄟˊ ㄒㄧㄢˇ
(risk) 損失發生的不確定性,爲危險管理及保險所處理的對象。由於危險性質不同,其種類頗多,主要有純粹危險與投機危險、靜態危險與動態危險、基本危險與特定危險等。

6【危在旦夕】 ㄨㄟˊ ㄗㄞˋ ㄉㄢˋ ㄒㄧˋ
危險隨時會降臨。形容處境極爲危險。

【危如累卵】 ㄨㄟˊ ㄖㄨˊ ㄌㄟˇ ㄌㄨㄢˇ
比喻情況非常危險。

【危行言遜】 ㄨㄟˊ ㄒㄧㄥˊ ㄧㄢˊ ㄒㄩㄣˋ
行爲正直,言論謙遜。

7【危言危行】 ㄨㄟˊ ㄧㄢˊ ㄨㄟˊ ㄒㄧㄥˋ
正直的言行。

【危言聳聽】 ㄨㄟˊ ㄧㄢˊ ㄙㄨㄥˇ ㄊㄧㄥ
製造使人驚懼的話。

13【危微精一】 ㄨㄟˊ ㄨㄟˊ ㄐㄧㄥ ㄧ
指人心凶險,道心幽微,惟有精粹純一,信守中道,才能決天下之大疑、去天下之大惑。

16【危險分擔】 ㄨㄟˊ ㄒㄧㄢˇ ㄈㄣ ㄉㄢ
爲保險經營之基本原則。由於保險爲多數人集合之團體,其中少數人因危險事故發生而遭受損失,移轉由其他多數人共同分擔,使之消化於無形。

【危險因素】 ㄨㄟˊ ㄒㄧㄢˇ ㄧㄣ ㄙㄨˋ
(hazard) 指足以引起或增加危

險事故發生機會的條件。此一解釋可擴大適用，包括在危險事故發生時，使損失結果擴大的條件。有實質危險因素、道德危險因素及心理危險因素。

【危險事故】ㄨㄟˊ ㄒㄧㄢˇ ㄕˋ ㄍㄨˋ
(peril) 又稱危險事件。指可能引起經濟上損失的偶然事件。如火災、海難、死亡、疾病等是。

【危險負擔】ㄨㄟˊ ㄒㄧㄢˇ ㄈㄨˋ ㄉㄢ
雙務契約因不可歸責於雙方當事人之事由，致一方之債務給付不能，其因給付不能所生之損失，應由何方負擔之問題。我國"民法"採債務人主義爲原則，債權人主義爲例外，前者規定於"民法"第二百六十六條：「因不可歸責於雙方當事人之事由，致一方之給付全部不能者，他方免爲對待給付之義務，如僅一部不能者，應按其比例，減少對待給付。前項情形已爲全部或一部之對待給付者，得依關於不當得利之規定，請求返還。」後者規定於"民法"第二百六十七條：「當事人之一方因可歸責於他方之事由，致不能給付者，得請求對待給付。但其因免給付義務所得之利益，或應得之利益，均應由其所得請求之對待給付中扣除之。」按雙務契約，其標的互相關聯，一方之給付義務，即爲他方之給付請求權，故契約訂立後，當事人一方所負擔之給付，非因可歸責於當事人雙方之事由而不能給付時，則對於他方無對待給付之請求權，他方亦免爲對待給付之義務，以求合於雙務契約之本質，並與當事人兩造之意思相符。但僅係一部不能給付者，無使對待給付義務全部消滅之理；惟應使減少適當之額而已。又當事人一方，因不可歸責於雙方之事由致給付不能，他方固得免爲對待給付之義務，然若他方已爲全部或一部之對待給付者，此時之受領人即屬不當得利，自應許他方得依不當得利之規定，請求返還，以保護其利益。再雙務契約，當事人一方所負擔之給付，若因可歸責於他方之事由致給付不能者，應使其得免給付義務，然並不因此而喪失對於他方之對待給付請求權，惟因免除自己給付義務所取得之利益，或應行取得之利益均應由其所得請求之對待給付中扣除之，以符公平。

【危險貨物】ㄨㄟˊ ㄒㄧㄢˇ ㄏㄨㄛˋ ㄨˋ
(dangerous cargo) 在海運或保險上，須依特別措施運送的危險貨品。亦即貨物本身具有危險性、易燃性或爆炸性等特性者，均爲危險貨物。託運人如在裝船前未將貨物的危險性通知運送人、船長或運送人的代理人，而他們又未知悉，則他們得於卸載前任何時間，在任何地點，予以起岸或予以毀滅，或予以變爲無害，而不負賠償責任。所有因此項貨物的裝運而直接、間接所致之損害及費用，託運人應負賠償之責。

【危險管理】ㄨㄟˊ ㄒㄧㄢˇ ㄍㄨㄢˇ ㄌㄧˇ
(risk management) 各經濟單位經由對危險的認識與衡量，以及處理方法的選擇與執行，以最小成本，達成危險處理的最大安全效能。危險管理是一種技術，也是一種科學。

【危險選擇】ㄨㄟˊ ㄒㄧㄢˇ ㄒㄩㄢˇ ㄗㄜˊ
(selection of risks) 核保人員對要保的危險，應作審愼考慮，以決定取捨。危險選擇有事先選擇與事後選擇。

【危險管理人員】ㄨㄟˊ ㄒㄧㄢˇ ㄍㄨㄢˇ ㄌㄧˇ ㄖㄣˊ ㄩㄢˊ
(risk manager) 企業中所設置辦理有關危險受理事務的專職人員。

印

ㄧㄣˋ yin^4 音胤
1執政持用的信物。如：印璽。2泛指用木、角、石、金屬等所刻的圖章。3痕跡，記號。如：腳印。4把文字、圖樣用印章或印版著在紙張或其他承印物上。如：印書。5符合。如：心心相印。6姓。'春秋'有'印段'。見"左傳·襄二七年"。

5【印尼】ㄧㄣˋ ㄋㄧˊ
(Indonesia) 世界最大群島國。位於'東南亞'。由13,677個大小島嶼組成，呈半圓排列。面積191.9萬方公里，人口24,197萬（2005年），首都'雅加達'。屬熱帶雨林氣候。多火山及海港。'爪哇島'（Java Is.）盛產稻米、蔗糖、菸草、茶、咖啡和奎寧。'摩鹿加'(Moluccas)的香料和各島的椰乾、椰油久負盛名。'巨港'（Palembang）、'巴里把板'(Balikpapan)及'爪哇'以北海域盛產石油，居'東南亞'之冠。'邦加'(Bangka)、'勿里洞'（Billiton）產錫，居世界第二。橡膠產量居世界第二，金雞納霜居第一。

8【印刷】ㄧㄣˋ ㄕㄨㄚ
將印墨塗布於版面，經加壓而將版面印墨移轉於承印物上的過程。古時的刻板印刷，用毛刷一刷即得一印，故稱印刷。今泛指將原稿複製成印刷品的全部作業。

【印花】ㄧㄣˋ ㄏㄨㄚ
1用刻有裝飾紋樣的印模，在尚未乾透的瓷胎上壓印出花紋；或用刻有紋樣的模子製坯，直接留下花紋。後者又稱印模印花，'宋''金'時期北方著名的'定窯'白瓷，即經常使用這種技法。2凡有關法律上、財產上的證件，均須貼上國家所印行的完稅憑證，該憑證稱爲印花。

9【印度】ㄧㄣˋ ㄉㄨˋ
(India) 南'亞'最大國。位於'印度半島'中央。'印度'教、佛教發源於此。面積328.7萬方公里，人口108,026萬（2005年），首都'新德里'。黃麻工業、茶產居世界首位。鐵路長度居'亞洲'第一，但分布不均。境內文盲眾多，種族、宗教及語言均極複雜，宗教對立常造成政治衝突。

【印信】 ㄧㄣˋ ㄒㄧㄣˋ
機關團體或其主官作爲信據的圖章。簡稱爲印。

11【印章】 ㄧㄣˋ ㄓㄤ
圖章。

【印痕】 ㄧㄣˋ ㄏㄣˊ
(imprinting)動物的一種學習方式。通常僅有一次(或最多數次)經驗,便對動物的行爲有長遠的影響。剛孵出的小鳥,或初生的牛、羊等,常會依附出生第一眼所看到、聽到或嗅到的物體,並將之當作母親。

【印堂】 ㄧㄣˋ ㄊㄤˊ
相術家稱兩眉之間。

【印魚】 ㄧㄣˋ ㄩˊ
(remora; sucking fish; shark sucker)屬硬骨魚綱(class Osteichthyes)、鱸目(order Perciformes)、鮣科(family Echeneidae)。皆海產,共8種。第一背

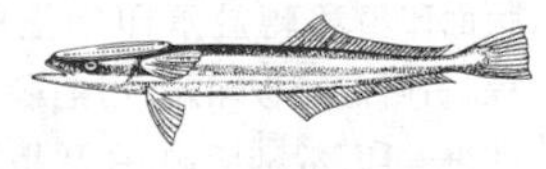

印魚圖

鰭在頭頂變形爲圓形吸盤,可用以吸附於鮫、其他大型硬骨魚或龜等動物的體表,藉其他動物的運動而移動身體,但亦能自力游泳。體爲延長之紡錘狀,長約30～90公分。攝食寄主剩餘之食物或寄主體表的寄生蟲。

12【印象】 ㄧㄣˋ ㄒㄧㄤˋ
1也作印像。映影在水或鏡中的形象。2(image; impression)(1)外界事物存留於心理的影像。(2)對他人所具有的觀感。

14【印綬】 ㄧㄣˋ ㄕㄡˋ
本指官印和繫在印環上的絲帶。後用以比喻官位、官爵。

19【印譜】 ㄧㄣˋ ㄆㄨˇ
集錄印章圖式而成的書。

【印證】 ㄧㄣˋ ㄓㄥˋ
相互證明。

【印璽】 ㄧㄣˋ ㄒㄧˇ
泛稱帝王諸侯所用的印章。先'秦'稱王侯的印章爲璽,'秦始皇'後,專稱皇帝的爲璽,而百官和私人所用的爲印。

22【印鑑】 ㄧㄣˋ ㄐㄧㄢˋ
預印式樣,留在有關機關以供核對鑑證的印章。

6【印字機】 ㄧㄣˋ ㄗˋ ㄐㄧ
(character printer)印表機的一種,也是電腦系統輸出設備之一種。印字機輸出資料時,以一個字符爲單位,一個一個地印出。

【印列機】 ㄧㄣˋ ㄌㄧㄝˋ ㄐㄧ
(line printer)印表機之一種,也是電腦系統輸出設備之一。又稱行式印表機。印列機輸出資料時,每次以一行字符爲單位印出。

【印印泥】 ㄧㄣˋ ㄧㄣˋ ㄋㄧˊ
印章印在泥上。書法家用以比喻用筆功夫精深,下筆有力,旣穩且準,能寫出意中構成的字跡,自然而然不見起止之跡。

8【印表機】 ㄧㄣˋ ㄅㄧㄠˇ ㄐㄧ
(printer) 電腦系統周邊設備的一種,屬於輸出資料之設備。可將編碼形式之資料轉換爲對應之字符,並顯示於紙張。

【印刷版】 ㄧㄣˋ ㄕㄨㄚ ㄅㄢˇ
可將印墨承載於印紋上,以印成複製品的版子。依印紋形式的不同,可分凸版、平版、凹版、孔版四大類。

【印花稅】 ㄧㄣˋ ㄏㄨㄚ ㄕㄨㄟˋ
(stamp tax)指凡是有關法律上、財產上的各種契約、簿據及人事憑證等,均須貼上國家所印行的印花票,始能成爲合法的憑證。課徵範圍分爲:營業發票、銀錢收據、預定買賣契據、承攬契據、典賣讓受及分割財產契據、娛樂票券等。此稅初創於'荷蘭',我國至'民國'初年始實行。

9【印度河】 ㄧㄣˋ ㄉㄨˋ ㄏㄜˊ
(Indus R.)源於我國'藏南縱谷'。西南流貫穿'巴基斯坦'全境,注入'阿拉伯海'。全長2,880公里。在'海得拉巴'(Hyderabad)以南沖積成三角洲。

【印度洋】 ㄧㄣˋ ㄉㄨˋ ㄧㄤˊ
(Indian Ocean) 世界三大洋之一。位'亞'、'非'、'澳'三洲之間。面積7,411.8萬方公里,約占全球海洋面積1/5。西元1869年'蘇伊士運河'開通後,成爲東西兩洋航路的樞紐。

【印度教】 ㄧㄣˋ ㄉㄨˋ ㄐㄧㄠˋ
(Hinduism) 由婆羅門教吸收佛教及耆那教教義改革而成,於西元八、九世紀後流行於'印度'的宗教。崇拜開發之神'梵天'(Brahma)、破壞之神'溼婆'(Siva)及保存之神'毘溼奴'(Visnu)等三位一體之神。主張輪迴與善惡因果之說。在'印度'有五億人信奉,約占人口84%。也流行於'巴基斯坦'、'孟加拉'、'尼泊爾'等地。

15【印歐族】 ㄧㄣˋ ㄡ ㄗㄨˊ
(Indo-Europeans) 爲居住在'歐洲'、西南'亞'和南'亞'各民族的統稱。包括'印度'、'伊朗'、'希臘'、'拉丁'、'條頓'、'克勒特'、'斯拉夫'等民族。

22【印鑑卡】 ㄧㄣˋ ㄐㄧㄢˋ ㄎㄚˇ
我國銀行慣例,各種存款均以憑印鑑支取爲原則,故存戶在開戶時,應先塡寫印鑑卡並蓋明取款印鑑式樣,由經辦人及主管核章後,按存款種類、帳號順序裝排保管,以便與存戶所塡付款憑證如支票、存款取條、存單等核對。

5【印加帝國】 ㄧㄣˋ ㄐㄧㄚ ㄉㄧˋ ㄍㄨㄛˊ
(Inca Empire) 西元十二世紀

‘南美洲’‘印第安’人(‘印加族’)在‘祕魯’南方所建立的帝國。十五世紀時大力向外擴張,勢力北達‘厄瓜多爾’,南抵‘智利’中部。人口約1,200萬。其社會階層謹嚴,採嚴刑峻法。文化程度很高,能吸收被征服者的技藝與制度。十六世紀中葉因‘西班牙’人入侵而滅亡。

8【印刷媒體】ㄧㄣˋ ㄕㄨㄚ ㄇㄟˊ ㄊㄧˇ
(print media) 大眾傳播媒體兩大種類之一。主要包括報紙、雜誌、書籍三種出版品。海報、購物袋與火柴盒等廣告媒體也包括於此類中。此類媒體歷史悠久,影響也最深遠。

9【印度半島】ㄧㄣˋ ㄉㄨˋ ㄅㄢˋ ㄉㄠˇ
(Indian Pen.)南‘亞’三大半島之一。北以‘喜馬拉雅山’與我國爲界,另三面濱海。呈倒三角形。中部爲‘印度大平原’,南部爲‘德干高原’(The Deccan)。屬熱帶季風氣候,乾雨季分明。半島上有‘印度’、‘巴基斯坦’、‘孟加拉’、‘斯里蘭卡’、‘尼泊爾’和‘不丹’六國。

11【印第安族】ㄧㄣˋ ㄉㄧˋ ㄢ ㄗㄨˊ
(American Indian)‘南’、‘北美洲’的土著各族。屬類‘蒙古’人種。褐膚、寬臉、直髮、體毛少、顎微突、眼色從褐至黑都有。語言非常複雜,不易分類,有不少語群已經消失,但這些語群皆由同一源流而來。

12【印象主義】ㄧㄣˋ ㄒㄧㄤˋ ㄓㄨˇ ㄧˋ
(impressionism) ①從西元1870~1880年代,在‘法國’發生的一種現代繪畫的革新運動。1874年舉辦第一屆印象派展覽時,‘莫內’的一幅“印象—日出”(*Impression: Sunrise*),打破了以往的寫實風格,不被當時人所了解和接納,因而一雜誌記者‘李洛伊’(Leroy)就稱呼此團體爲「印象派」,來諷刺和輕蔑他們。印象派是根據‘牛頓’等科學家的色彩學原理,認爲物體的色彩並沒有固定,是受到光線之影響而隨之改變。所以他們把畫架搬到戶外,面對自然,把握其一剎那間的色彩現象,而將它描繪在畫布上。他們不描述歷史或神話題材,專描寫風景畫,而以色點在視覺上產生視覺混色的手法,再現出自然美麗的色彩。代表畫家有‘馬內’、‘莫內’、‘雷諾瓦’(Renoir)、‘竇加’(Degas)、‘畢沙羅’(Pissarro)和‘希斯里’(Sisley)等。②二十世紀初期興起的音樂革新運動。主張用烘染的方法,表達直接感受的事物印象。創始者是‘法’人‘德布西’。在樂曲裡有時候使用東方的五聲音階以及全音音階、平行和弦、無解決的不協和弦及無導音的古代調式。

8【印刷電路板】ㄧㄣˋ ㄕㄨㄚ ㄉㄧㄢˋ ㄌㄨˋ ㄅㄢˇ
(printed board) 在電木板或塑膠板上黏貼銅箔而成之板,稱爲印刷基板。在印刷基板上,以照相腐蝕技術將不需要之銅箔溶去,再鑽孔,並插入零件、銲接,以完成特定功能的,即稱爲印刷電路板。

【印表控制字符】ㄧㄣˋ ㄅㄧㄠˇ ㄎㄨㄥˋ ㄓˋ ㄗˋ ㄈㄨˊ
(print control character)電腦程式中用來控制印表機印表操作的字符。常見的印表機控制包括換頁、跳行、換行等,均有專用之印表控制字符與之對應。

5

即 ㄐㄧˊ *chi*² 音極
或作卽。①就食。見“說文”。②靠近。如:若即若離。③登上;坐上。如:即位。④眼前;現在。如:即景。⑤立刻。如:應聲即倒。⑥連詞。⑴縱然。表轉折關係。如:即使。⑵假如。表假設關係。⑶是;就是。表交替關係,常與「非」並用。如:非其父兄,即其子弟。⑷便;就。表條件關係。如:徐行即免死。⑦姓。‘漢’有‘即費’。見“萬姓統譜·一二三”。

4【卽日】ㄐㄧˊ ㄖˋ
①當天;當日。②近日;這幾天。

8【卽事】ㄐㄧˊ ㄕˋ
①眼前的事物。②做事。

10【卽席】ㄐㄧˊ ㄒㄧˊ
①就席;就位。②當場。

12【卽景】ㄐㄧˊ ㄐㄧㄥˇ
眼前所見到的景色。

16【卽興】ㄐㄧˊ ㄒㄧㄥˋ
乘興。

15【卽墨侯】ㄐㄧˊ ㄇㄛˋ ㄏㄡˊ
硯的別名。

16【卽興曲】ㄐㄧˊ ㄒㄧㄥˋ ㄑㄩˇ
(impromptu) 最初是指一種憑興之所至,臨時奏出的樂曲。其後指由作曲家偶爾不經意的樂思作開端,而展開的一段獨奏音樂。

4【卽心卽理】ㄐㄧˊ ㄒㄧㄣ ㄐㄧˊ ㄌㄧˇ
‘明代’‘王陽明’的學說。認爲心即理;天下無心外之物,無心外之理。

8【卽知卽行】ㄐㄧˊ ㄓ ㄐㄧˊ ㄒㄧㄥˊ
知道了道理,就去實行。‘明’‘王陽明’創知行合一的學說,他認爲知與行原是一事,即知即行就是知;知而不行,等於不知。見“傳習錄·上”。

【卽物窮理】ㄐㄧˊ ㄨˋ ㄑㄩㄥˊ ㄌㄧˇ
就事物而窮究其道理。

10【卽核卽放】ㄐㄧˊ ㄏㄜˊ ㄐㄧˊ ㄈㄤˋ
(instant valuation and release) 爲進口貨物通關的方式之一。依即核即放方式進口貨物者,係根據海關編製之進口貨物完稅價格申報,經海關核明品名及規格相符時,即予核放。其目的是爲改善先核後放、先放後核兩種通關的缺點。

【卽時系統】ㄐㄧˊ ㄕˊ ㄒㄧˋ ㄊㄨㄥˇ
(real-time system)使用即時處理之作業方式的電腦系統。在收到輸入資料或信號時,可立即處理,並將結果迅速傳回或用來控制執行中之程序。

【即時處理】 ㄐㄧˊ ㄕˊ ㄔㄨˇ ㄌㄧˇ
(real-time processing) 使用即時系統之電腦處理作業的一種方式。如航空公司之機票訂位系統、工廠程序控制等皆使用此種作業方式。參即時系統。

12【即期支票】 ㄐㄧˊ ㄑㄧˊ ㄓ ㄆㄧㄠˋ
支票發票人於簽發支票時，其記載的發票日爲實際發票日的支票。

【即期外匯】 ㄐㄧˊ ㄑㄧˊ ㄨㄞˋ ㄏㄨㄟˋ
(spot exchange)在外匯買賣，於外匯交易成立時，一方即須交付外匯，他方也須立即交付國幣時，被作爲交易標的外匯，稱爲即期外匯。即期外匯的交割，通常須於交易成立後二營業日內完成。

【即期匯票】 ㄐㄧˊ ㄑㄧˊ ㄏㄨㄟˋ ㄆㄧㄠˋ
(demand drafts; D/D; sight bill) ①指在提示、見票或要求時立即付款的匯票。②指由匯款人向當地外匯銀行購買國外匯票，自行寄予國外受款人，則受款人可持匯票向付款銀行兌款的匯票。此種匯款方式即票匯。在理論上，銀行可出售遠期匯票，但習慣上，銀行只出售即期匯票，故亦稱匯款匯票。

16【即興喜劇】 ㄐㄧˊ ㄒㄧㄥˋ ㄒㄧˇ ㄐㄩˋ
(commedia dell'arte; improvised comedy)'義大利'戲劇的一種。盛行於16～18世紀。腳本爲一簡單的情節綱要及結局，由職業演員在臺上即興編臺辭演出。有一組固定的角色，可分情侶、專業類(如商人、守財奴、士兵、傻瓜)、僕役三類，人物定型而有固定名字，除情侶外，各穿戴一定服裝及面具。當時風靡'歐洲'各階層，造成眞正的全民戲劇。

10【即時調查法】 ㄐㄧˊ ㄕˊ ㄉㄧㄠˋ ㄔㄚˊ ㄈㄚˇ
於事情及活動正在進行的同時所進行的調查方式。例如用電話調查用戶收視電視節目的情形。

12【即期信用狀】 ㄐㄧˊ ㄑㄧˊ ㄒㄧㄣˋ ㄩㄥˋ ㄓㄨㄤˋ
(sight letter of credit)信用狀如規定受益人簽發即期匯票或交付單證時，即可支取信用狀款項者。依即期信用狀條件，不論付款人爲開狀銀行或其他指定的銀行，受益人一經提示符合信用狀條件的匯票及(或)單證，開狀銀行或付款銀行即應付款。開狀申請人也應即向開狀銀行償付其所墊付之款。

10【即時作業系統】 ㄐㄧˊ ㄕˊ ㄗㄨㄛˋ ㄧㄝˋ ㄒㄧˋ ㄊㄨㄥˇ
(real-time operating system) 電腦作業系統的一類。與線上作業系統相似。它的回應時間必須很短，以立即提供資訊或作必要的操作控制。

12【即期匯票匯率】 ㄐㄧˊ ㄑㄧˊ ㄏㄨㄟˋ ㄆㄧㄠˋ ㄏㄨㄟˋ ㄌㄩˋ
(demand draft rate; sight bill rate) 即外匯銀行買賣即期匯票時所適用的匯率。如銀行賣出外匯採用即期匯票，則其(應付)匯率比電匯匯率略低。

却 卻的俗體。

卲 ㄕㄠˋ *shao*^{4} 音紹
高尚；美好。如：年高德卲。

卵 ㊀ ㄌㄨㄢˇ *luan*^{3} 音臠 又讀 ㄌㄨㄛˇ *lo*^{3}, *luo*^{3} 音裸
①蛋。如：雞卵。②形如卵的。如：卵硯。
㊁ ㄌㄢˇ *lan*^{3} 音覽
參卵子㊁。

3【卵子】 ㊀ ㄌㄨㄢˇ ㄗˇ
自母體分離的配子細胞。動物的卵子在卵巢內受精後產生動物的個體。植物的卵子跟精蟲結合爲受精卵，造成芽胞，發育即成新植物。
㊁ ㄌㄢˇ ·ㄗ
睪丸的俗稱。

5【卵石】 ㄌㄨㄢˇ ㄕˊ
(cobble)粒徑介於30～75公分的石塊。

【卵生】 ㄌㄨㄢˇ ㄕㄥ
由卵孵化而生。

11【卵巢】 ㄌㄨㄢˇ ㄔㄠˊ
(ovaries) 雌性生殖系統的一部分。女性的卵巢可分泌二種荷爾蒙，即動情激素及黃體激素，通常卵巢每月只產卵一個，故女性自月經初潮到更年期，三、四十年間，約排出四百個卵子。

17【卵翼】 ㄌㄨㄢˇ ㄧˋ
呵護撫育；扶助庇護。

9【卵胎生】 ㄌㄨㄢˇ ㄊㄞ ㄕㄥ
(ovoviviparous) 有些動物在產卵季節，若遇環境條件不適宜時，便將卵暫留體內先行發育，因此卵產出後，其孵化期便比原來縮短。甚至，有些種類的卵產出時，內部已是小型的幼體，此種卵於母體內發育，但不由母體供給營養的情形，稱爲卵胎生。

6

卷 ㊀ ㄑㄩㄢˊ *ch'üan*^{2} 音權
彎曲而捲縮。如：卷髮。
㊁ ㄐㄩㄢˋ *chüan*^{4} 音眷
①指書。因古書多抄寫在卷子上而得名。如：手不釋卷。②可以捲起來的字畫。如：手卷。③書籍分篇的單位。如：卷上。④考試時印寫試題或答案的紙。如：試卷。⑤機關中分類保存的文書。如：卷宗。⑥量詞。可以捲起、攤開的事物的計數單位。如：十卷底片。
㊂ ㄐㄩㄢˇ *chüan*^{3} 音捲
收藏；捲束。通捲。

6【卷耳】 ㄐㄩㄢˇ ㄦˇ
草名。葉青白如胡荽，白花細莖，秋日結實。也稱枲耳、耳璫。又作菤耳。見"本草綱目·草部·枲耳"。

8【卷宗】 ㄐㄩㄢˋ ㄗㄨㄥ

機關中分類保存的文書。也稱案卷。

【卷帙】 ㄐㄩㄢˋ ㄓˋ
指書籍。

12【卷雲】 ㄐㄩㄢˇ ㄩㄣˊ
(cirro-stratus) 主要雲形之一。由卷狀雲所組成，呈白色細絲、小片，或彎曲狀，或纖維狀，具絲絹的光澤。這種雲屬於高雲，在低緯度地方，雲底高約6～18公里。

卺 巹的訛字。

卻 郤的俗體。

卸 ㄒㄧㄝˋ *hsieh*[4] 音謝
原指停車將馬解開。引申為解除、脫去、搬下。如：卸任。

5【卸甲】 ㄒㄧㄝˋ ㄐㄧㄚˇ
國術身法。敵人迫近時，擺脫對方，趁機反擊的一種動作。

6【卸任】 ㄒㄧㄝˋ ㄖㄣˋ
解除職位。

11【卸責】 ㄒㄧㄝˋ ㄗㄜˊ
1推卸自己應負的責任。2辭去職責。

13【卸載閥】 ㄒㄧㄝˋ ㄗㄞˋ ㄈㄚˊ
(unloading valve) 油壓控制閥之一種。如圖，由油壓泵C向油壓馬達D施加油壓，否則，可將左下方之導油油壓增高，將活塞上舉，令油路改向外面之E流動，則可使泵之載荷下降之裝置。

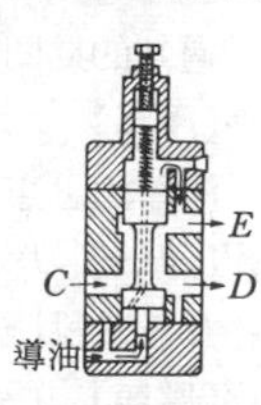

卸載閥圖

11【卸貨重量條件】 ㄒㄧㄝˋ ㄏㄨㄛˋ ㄓㄨㄥˋ ㄌㄧㄤˋ ㄊㄧㄠˊ ㄐㄧㄢˋ
(landed weight term) 在海上貿易時又稱為起岸重量條件。即在貨物買賣時，以卸貨重量視為賣方向買方交貨重量的條件者。以目的地條件 (destination term; arrived term)成交者，如目的港船上交貨條件、碼頭交貨條件(ex quay)、稅訖交貨條件等，均採卸貨重量條件。至於以裝運地條件(shipping term)成交，如船邊交貨條件、船上交貨條件、運費在內條件、運費保險費在內條件等，而擬採卸貨重量條件時，應在買賣契約中特別約定「以卸貨重量為準」(landed weight to be final)。

【卸貨船方免責條件】 ㄒㄧㄝˋ ㄏㄨㄛˋ ㄔㄨㄢˊ ㄈㄤ ㄇㄧㄢˇ ㄗㄜˊ ㄊㄧㄠˊ ㄐㄧㄢˋ
(free out term; free discharge term)簡稱為FO或FD條件。為航程傭船契約中有關裝卸費用負擔條件的一種。依此條件，有關貨物在卸貨港的卸貨費用，船方不負責，而須由傭船人(貨方)負責。

卹 ㄒㄩˋ *hsü*[4] 音恤
1憐憫；憂傷。同恤。如：不卹其民。2驚恐的樣子。如：卹然驚恐。3救濟；賑濟。如：卹貧。

7

卼 ㄨˋ *wu*[4] 音兀
危險不安。如：卼臲。

16【卼臲】 ㄨˋ ㄋㄧㄝˋ
危險不安的樣子。也作兀臬、兀臲、杌隉、阢隉。

郤 一 ㄑㄩㄝˋ *ch'üeh*[4] 音確
俗作却。1退。如：退郤。2去除。如：郤病延年。3推辭。如：郤之不恭。4副詞。(1)再；還。如：覆水郤收。(2)反；倒。5連詞。但；只是。6助詞。用於動詞後，相當於「了」。如：斫郤月中桂。
二 ㄒㄧˋ *hsi*[4] 音細
間隙。郤的誤字。

7【郤步】 ㄑㄩㄝˋ ㄅㄨˋ
向後退。多指因畏懼或厭惡而後退。

15【郤敵】 ㄑㄩㄝˋ ㄉㄧˊ
打退敵人。

4【郤之不恭】 ㄑㄩㄝˋ ㄓ ㄅㄨˋ ㄍㄨㄥ
拒絕則不恭敬。常用為表示接受的謙詞。

10【郤病延年】 ㄑㄩㄝˋ ㄅㄧㄥˋ ㄧㄢˊ ㄋㄧㄢˊ
去除病害，延長壽命。

卽 即的或體。

8

卿 卿的俗體。

卿 ㄑㄧㄥ *ch'ing*[1] 音輕
或作卿。1古官名。稱執政大臣。如：卿相。2君王對臣屬的敬稱。如：眾卿平身。3朋友間的尊稱。如：卿輩數百人。4夫妻相互間的暱稱。5姓。「戰國」「燕」有「卿秦」。見"萬姓統譜・五四"。

9【卿相】 ㄑㄧㄥ ㄒㄧㄤˋ
執政的大臣。即宰相。

10【卿卿】 ㄑㄧㄥ ㄑㄧㄥ
男女之間親暱的稱呼。

12【卿雲】 ㄑㄧㄥ ㄩㄣˊ
1祥瑞的彩雲。與慶雲同。2古歌名。相傳為「舜」所作。

10【卿卿我我】 ㄑㄧㄥ ㄑㄧㄥ ㄨㄛˇ ㄨㄛˇ
1男女間親暱的稱呼。2形容男女親暱。

11

厀 膝的或體。

厂部

厂 ㄏㄢˇ *han*[3] 音罕
山崖間的石穴。即巖穴。見"說文"。

2

厄 一 ㄜˇ *o*[3],*ê*[3] 音噁
二 ㄜˊ *o*[2],*ê*[2] 音鵝

包裹。見"說文"。

㈡ ㄜˋ o^4,ê^4 音扼

①困境;危險急難。通阨。如:遭厄。②困窘的。如:厄運。③遭難。④無肉的骨頭。見"玉篇"。

13【厄運】 ㄜˋ ㄩㄣˋ

艱難困窮的遭遇。

5【厄瓜多】 ㄜˋ ㄍㄨㄚ ㄉㄨㄛ

(Ecuador) 位於'南美洲'西北部的高山國。西臨'太平洋'。面積28.3萬方公里，人口1,336萬(2005年)，首都'基多'(Quito)。居'安地斯山脈'北段，多火山及地震；赤道橫過北部，有「赤道國」之稱。主產玉米、咖啡、稻米、香蕉、棉花和石油，有食品加工、紡織、皮革及建材工業。

14【厄爾蘭格】 ㄜˋ ㄦˇ ㄌㄢˊ ㄍㄜˊ

(Joseph Erlanger, 1874~1965)'美國'生理學家。西元1944年與另一'美國'生理學家'蓋塞爾'(Herbert S. Gasser)因發現同一神經纖維擁有不同的功能而同獲'諾貝爾'醫學獎。

历 歷的俗體。

3

厈 厂的籀文。

厄 厄的本字。

4

压 壓的俗體。

厊 ㄧㄚˇ ya^3 音雅

參厏厊。

5

㕁 ㄑㄩㄝˋ ch'üeh^4 音怯

崖岸。見"集韻"。

厏 ㄓㄚˇ cha^3 音眨

參厏厊。

6【厏厊】 ㄓㄚˇ ㄧㄚˇ

不合。指違逆不順,或互相衝突、矛盾。

厎 ㈠ ㄉㄧˇ ti^3 音底

①精細的磨刀石。也作砥。如:厎石。②磨礪。如:厎節修德。

㈡ ㄓˇ chih^3 音旨

①同㈠①。②同㈠②。③致。如:厎定。④至;到。⑤青蒲。

6

厓 ㄧㄞˊ yai^2 音崖

①山邊。通崖。②水邊。通涯。③目眶。同睚。如:厓眥。④邊際。如:水天無厓。

厔 庢的本字。

厒 ㄎㄜˋ k'o^4,k'ê^4 音客

兩面臨水的山。見"爾雅·釋山"。

㕉 ㄎㄜˇ k'o^3,k'ê^3 音渴

①按壓。見"集韻"。②窟穴。如:㕉窟。

7

厗 ㄊㄧˊ t'i^2 音提

①石的一種。即唐厗石。見"說文"。②銻的古文。

厙 ㄕㄜˋ shê^4 音舍

姓。'庫'的俗體。'漢'有'厙鈞'。見"萬姓統譜·一〇五"。

𠪋 ㄈㄨ fu^1 音敷

石頭的紋路顯露。見"玉篇"。

厖 ㈠ ㄆㄤˊ p'ang^2 音龐

㈡ ㄇㄤˊ mang^2 音尨

①大。同龐。如:厖然大物。②雜亂。同尨。如:厖雜。

18【厖雜】 ㄆㄤˊ ㄗㄚˊ

雜亂;複雜。

12【厖然大物】 ㄆㄤˊ ㄖㄢˊ ㄉㄚˋ ㄨˋ

體積巨大的東西。也作龐然大物。

厘 ㈠ ㄔㄢˊ ch'an^2 音纏

廛的俗體。

㈡ ㄌㄧˊ li^2 音離

釐的俗體。

厚 ㄏㄡˋ hou^4 音後

①指物體表面與底面的距離。如:厚度。②淡、薄的對稱。如:濃厚。③重;大;深;多。如:厚愛。④忠實誠篤。如:寬厚。⑤富;利。如:厚生。

5【厚生】 ㄏㄡˋ ㄕㄥ

富裕民生;使人民生活豐足。

7【厚利】 ㄏㄡˋ ㄌㄧˋ

重利;豐富的利益。

8【厚味】 ㄏㄡˋ ㄨㄟˋ

美味。

9【厚重】 ㄏㄡˋ ㄓㄨㄥˋ

舉動莊重。

【厚待】 ㄏㄡˋ ㄉㄞˋ

優厚地對待。

11【厚望】 ㄏㄡˋ ㄨㄤˋ

很高的期望。

12【厚祿】 ㄏㄡˋ ㄌㄨˋ

優厚的俸祿。

13【厚道】 ㄏㄡˋ ㄉㄠˋ

敦厚而不刻薄。

【厚葬】 ㄏㄡˋ ㄗㄤˋ

豐厚地埋葬。

【厚愛】 ㄏㄡˋ ㄞˋ

深厚的愛護。

14【厚誣】 ㄏㄡˋ ㄨ

過甚的欺罔。

16【厚澤】 ㄏㄡˋ ㄗㄜˊ

深厚的恩惠。

17【厚斂】 ㄏㄡˋ ㄌㄧㄢˋ

加重賦稅,聚斂財物。

18【厚顏】 ㄏㄡˋ ㄧㄢˊ

厚著臉皮,不知羞恥。

5【厚古薄今】 ㄏㄡˋ ㄍㄨˇ ㄅㄛˊ ㄐㄧㄣ

推崇古代而看輕今世。同貴古賤今。

6【厚此薄彼】 ㄏㄡˋ ㄘˇ ㄅㄛˊ ㄅㄧˇ

厚待一方,看輕另一方。指待人不公平。

7【厚角組織】 ㄏㄡˋ ㄐㄧㄠˇ ㄗㄨˇ ㄓ

(collenchyma)爲一種支持組織。相鄰細胞在相互銜接處各個角的部位,細胞壁特別增厚,稱爲厚角

組織。如莖、葉的維管束，也常見於果實和種子中。

15【厚德載福】 ㄏㄡˋ ㄉㄜˊ ㄗㄞˋ ㄈㄨˊ

有大德的人，能多受福祿。

16【厚壁組織】 ㄏㄡˋ ㄅㄧˋ ㄗㄨˇ ㄓ

(sclerenchyma) 爲一種支持組織。其細胞壁全部增厚。常分布於莖部表皮層的內側。含有大量纖維素和木質素，故支持力極強。梨的果肉內之石細胞，便是厚壁細胞。

15【厚膜積體電路】 ㄏㄡˋ ㄇㄛˊ ㄐㄧ ㄊㄧˇ ㄉㄧㄢˋ ㄌㄨˋ

(thick film integrated circuit) 併合積體電路依其晶膜之厚度，可分爲薄膜積體電路與厚膜積體電路。厚膜積體電路是在基板上燒附 1～20 毫米(μ)厚度的金屬晶膜，可在膜上裝上電容器、二極體及電晶體等個別的零件。其集積度低，所以電阻或電容之性能較好。

8

厝 ㄘㄨㄛˋ *ts'o*^{4}, *ts'uo*^{4} 音措

[1]磨刀石。如：厝石。[2]安置。通措。如：無所厝身。[3]停放靈柩，準備下葬。如：安厝。[4]雜錯。通錯。如：雜厝。[5]房屋的俗稱。如：古厝。

4【厝火積薪】 ㄘㄨㄛˋ ㄏㄨㄛˇ ㄐㄧ ㄒㄧㄣ

把火放在堆積的薪柴之下。比喻潛在的危險。

厞 ㄈㄟˋ *fei*^{4} 音費

屋的西北隅。指深而隱蔽的地方。

原 ㊀ ㄩㄢˊ *yüan*^{2} 音元

[1]水源。通源。如：原泉混混。[2]根本。如：原本。[3]寬闊平坦的土地。如：草原。[4]寬恕；諒解。如：原諒。[5]推究根原。如：原始要終。

㊁ ㄩㄢˋ *yüan*^{4} 音愿

誠實。通愿。如：鄉原。

2【原人】 ㄩㄢˋ ㄖㄣˊ

誠實的人。同愿人。

3【原子】 ㄩㄢˊ ㄗˇ

(atom) 物質是由一顆顆稱爲原子的微小粒子所構成的概念，可溯自古'希臘'時代。隨著科學的發展，諸如氣體分子動力理論、化學上定比、倍比定律的解釋，更增強了原子組成物質的理論觀點。近代 X-射線繞射實驗的證據、場離子顯微鏡(field ion microscope)的發展，已明確證明物質確由一顆顆原子所構成。透過前述的實驗，原子的大小亦可量出(半徑約爲10^{-10}公尺)。原子是由帶正電的原子核(半徑約爲10^{-15}公尺)及一些電子所構成的。個別電子以其特有的機率分布方式存在於原子核外，不同的機率分布對應不同的電子狀態。吾人可想像在原子核外，瀰散著電子機率霧，機率霧愈濃處找到該電子的機率愈大。不同電子的機率霧共同存在於核外的空間中，這些核外的電子具有的能量是離散的，呈不同級距的階梯方式分布，稱爲能階(energy level)，不同狀態的電子通常在不同的能階，但亦有簡併在同一能階者。一般而言，高能階的電子其機率霧的分布較廣。分布最廣之機率霧的平均分布範圍即爲原子的大小。在高能階的電子如果躍遷到低能階時，其所減少的能量以光子的方式放出，故高熱的物質會發光。根據原子核、原子、電子的大小看，原子可比擬爲大講堂，原子核爲懸掛於中心之蜘蛛，而電子則是在講堂範圍內飛來飛去的小蚊子。故原子內大部分是空的。

4【原木】 ㄩㄢˊ ㄇㄨˋ

指砍伐後去枝的樹幹或其割材。

5【原本】 ㄩㄢˊ ㄅㄣˇ

[1]窮究事物的由來。[2]根據。[3]書的初刻本。[4]原稿。

6【原因】 ㄩㄢˊ ㄧㄣ

(cause) 簡稱因。任何導致運動、促成變化，或引起行爲的事物或事態。

【原先】 ㄩㄢˊ ㄒㄧㄢ

起先；起初。

【原色】 ㄩㄢˊ ㄙㄜˋ

(primary colour) 原始顏色。指不能用其他任何單色混合造成的色彩。又分爲光的三原色和物體的三原色。光的三原色爲紅、綠、藍三色，此三色光混合可得白色光；物體的三原色指紅、黃、藍三色，此三色混合會形成黑濁色。

7【原告】 ㄩㄢˊ ㄍㄠˋ

訴訟事件的起訴人。在民事訴訟爲行使請求權之自然人或法人。在刑事訴訟，檢察官是公訴之原告；犯罪之被害人是自訴之原告，但犯罪之被害人無行爲能力，或限制行爲能力或死亡者，得由其法定代理人、直系血親或配偶爲之。

8【原油】 ㄩㄢˊ ㄧㄡˊ

(crude oil; crude petroleum) 從油井汲出而未經煉製的石油。爲石蠟、環烴及芳香烴的混合物，含少量有機硫以及微量氮、氧化合物，係一種礦物油。性質爲稠重的可燃液體，色澤不一，由黃、暗紅、棕色至黑色，因產地而異。有臭味，具綠螢光。比重爲 0.780～0.970，通常爲 0.85～0.95。可分餾提製天然氣、天然汽油、汽油、溶劑油、煤油、燃料油、柴油、製氣油、潤滑油、石蠟、殘渣油、瀝青以及焦炭。

【原狀】 ㄩㄢˊ ㄓㄨㄤˋ

原來的樣子。

【原始】 ㄩㄢˊ ㄕˇ

[1]本始；最初。也作元始。[2]推究事物的根源。

【原委】 ㄩㄢˊ ㄨㄟˇ

事情從頭到尾的情形。也稱本末。

同源委。

9【原宥】 ㄩㄢˊ ㄧㄡˋ

原諒;寬恕。

【原型】 ㄩㄢˊ ㄒㄧㄥˊ

①器物原有的形式。②雕塑及鑄造所用的模型。③(archetype)西洋文學批評術語。此一術語源自'瑞士'心理分析學家'揚格'(Carl G. Jung)的心理學。'揚'氏認爲每一個人的無意識中都儲藏著整個人類的集體無意識,而這無意識的種族記憶裏,有一組原始意象(primordial images),這些意象實由吾人祖先的經驗所塑造出來,後來卻不斷在神話、宗教、夢、幻想,尤其在文學作品裡表現了出來,這些原始意象即稱爲原型。

【原則】 ㄩㄢˊ ㄗㄜˊ

①適用於一般事物或現象的共同法則。②適用於一般情況的規定,相對於例外而言。法律同時有原則規定及例外規定時,法律事實若符合例外規定所欲規範之法律事實時,該例外規定應優先適用,原則規定只於不適用例外規定時,始有其適用。例如限制行爲能力人所爲之法律行爲原則上效力未定,法定代理人同意或承認則有效,反之則無效,此爲原則。但例外情形如限制行爲能力人使用詐術使人信其有行爲能力,或已得法定代理人之允許者,其法律行爲有效。

10【原料】 ㄩㄢˊ ㄌㄧㄠˋ

製造物品所用的材料。

11【原理】 ㄩㄢˊ ㄌㄧˇ

(principle) ①事物或事態形成或變化所依據的根本原因。②有關事物的基本普遍眞理。③即原則。

【原野】 ㄩㄢˊ ㄧㄝˇ

平坦廣大的郊野。也作原壄。

12【原猴】 ㄩㄢˊ ㄏㄡˊ

(Prosimian)指狐猴 (lemurs)、懶狐猴(lorises)及眼鏡猴(tarsiers)等低等靈長類,包括現生者及其祖先化石。所有這些原猴成員構成一亞目單位:原猴亞目(Prosimii)。

16【原器】 ㄩㄢˊ ㄑㄧˋ

(national standards) 指度量衡法中能具體代表基本單位的器具或裝置。

17【原隰】 ㄩㄢˊ ㄒㄧˊ

廣平而低溼的土地。

【原點】 ㄩㄢˊ ㄉㄧㄢˇ

(origin of coordinate system) 坐標軸之唯一公共交點。坐標系的原點,二維時其坐標爲(0, 0),三維時其坐標爲(0, 0, 0)。

20【原籍】 ㄩㄢˊ ㄐㄧˊ

本來的籍貫。

3【原子序】 ㄩㄢˊ ㄗˇ ㄒㄩˋ

(atomic number)元素在週期表中的排列順序。同時也表示一元素之原子核中所含帶正電質子的數目。例如鈉之原子序11,表示鈉原子中有11個質子。

【原子核】 ㄩㄢˊ ㄗˇ ㄏㄜˊ

(nucleus) 原子係由一帶正電的粒子及分布在周圍的電子所構成,此正電粒子即原子的原子核。原子大部分的質量都集中在原子核上,但原子核的大小卻僅約原子大小的十萬分之一。原子核係由質子和中子組成,有的很穩定,有的則具放射性或會產生核分裂。

【原子能】 ㄩㄢˊ ㄗˇ ㄋㄥˊ

(atomic energy) 重原子核(如鈾-235)之分裂反應或輕原子核之熔合(如氫與氘之核熔合)反應後的質量總和比反應前的質量少,此減少的質量依據'愛因斯坦'的質能互換公式 $E=\Delta mc^2$(E代表能量,Δm 代表減少的質量,c 爲光速)轉化爲能量。此種由核反應所產生的能量稱爲原子核能,簡稱核能,俗稱原子能。

【原子量】 ㄩㄢˊ ㄗˇ ㄌㄧㄤˋ

(atomic weight)即原子的質量。化學上採用各元素原子的相對重量,作爲各元素之原子量。西元1961年,國際上決定以^{12}C原子質量12.00000作爲原子量的比較標準,求得其他原子的相對質量,即爲各原子之原子量。

【原子爐】 ㄩㄢˊ ㄗˇ ㄌㄨˊ

(nuclear reactor) 原子核反應器的俗稱。是一種利用原子核分裂所產生的能量,來作爲動力或發電的裝置。核能發電廠、原子動力船等都裝有原子爐。爐心所用的燃料是濃縮鈾或天然鈾等。

7【原尾蟲】 ㄩㄢˊ ㄨㄟˇ ㄔㄨㄥˊ

(proturan)爲昆蟲綱、無翅亞綱(subclass Apterygota)、原尾目(order Protura)中的動物。體小(0.5～2毫米)、色淺、無翅、無眼、無觸角,爲甚原始的昆蟲。約150種。棲於潮溼的腐植質及土中,以腐敗的有機物爲食。

原尾蟲圖

11【原動件】 ㄩㄢˊ ㄉㄨㄥˋ ㄐㄧㄢˋ

(driver) 任何一種機構,不論是單位機構或合成機構,必有一個機件首先接受外界所賦予之運動,這一個先動的機件常稱爲原動件。

16【原積土】 ㄩㄢˊ ㄐㄧ ㄊㄨˇ

(sedentary soil) 土壤堆積方式之一。與運積土相對。指母岩在原地長期風化而發育形成的土壤。

5【原生黃土】 ㄩㄢˊ ㄕㄥ ㄏㄨㄤˊ ㄊㄨˇ

與次生黃土相對。指黃土直接來自沙漠或冰河外洗平原者。即風成黃土。

8【原始分數】 ㄩㄢˊ ㄕˇ ㄈㄣ ㄕㄨˋ

閱卷人對一個應試科目所評得的分數。原始分數並不具充分的獨立性與比較性,故僅就原始分數尚難眞正了解應試者的學識能力，更無法憑作認定應考人的知能在常態分布中的位置。因此爲期公允，應再依常模換算爲標準分數。

【原始存款】 ㄩㄢˊ ㄕˇ ㄘㄨㄣˊ ㄎㄨㄢˇ

(primary deposit) 又稱基本存款。即一般所稱的現金存款或直接存款。凡顧客將現金、支票或託收票據直接存入其帳戶者，即構成原始存款。此項存款愈多，則銀行資產的流動性愈大，擴展信用的能力也愈強。

【原始宗教】 ㄩㄢˊ ㄕˇ ㄗㄨㄥ ㄐㄧㄠˋ

(primitive religion) 爲宗教人類學者對初民社會信仰的稱呼，因他們硏究的對象多以原始民族社會爲主。硏究原始宗教的人類學家'泰勒'(E. B. Tylor)認爲：泛靈信仰是人類宗教信仰的最早形式，其後隨著人類社會進化而有繁複的信仰形式。'馬瑞特'(R. Marett) 則認爲泛生信仰是泛靈信仰之前的最早宗教形式。'佛瑞塞'(James Frazer) 認爲人類的信仰過程是從巫術到宗教再到科學。

【原始青瓷】 ㄩㄢˊ ㄕˇ ㄑㄧㄥ ㄘˊ

最初階段的青瓷，'商'、'周'時期遺址有不少出土。以瓷土做坯，施玻璃質釉，經1,200°C左右的高溫焙燒而成。由於具備瓷器的基本特徵，但製作工藝又較後世的瓷器原始，故稱爲原始青瓷。

【原始要終】 ㄩㄢˊ ㄕˇ ㄧㄠˋ ㄓㄨㄥ

探究事物的起因和結果。

【原始憑證】 ㄩㄢˊ ㄕˇ ㄆㄧㄥˊ ㄓㄥˋ

(business document) 爲證明會計事項的經過，而造具有記帳憑證所根據的憑證。原始憑證又可分爲外來憑證、對外憑證及內部憑證三種。發票、收據及存貨盤存表等均爲原始憑證。

【原始藝術】 ㄩㄢˊ ㄕˇ ㄧˋ ㄕㄨˋ

(primitive art)①先史時代之樸拙幼稚的藝術。②現代原始社會之樸拙幼稚的藝術。如'非洲'黑人藝術、'美國''印第安'藝術、'臺灣'山地藝術等。

9【原封不動】 ㄩㄢˊ ㄈㄥ ㄅㄨˋ ㄉㄨㄥˋ

比喻事物仍保持原狀，沒有變動。

5【原生動物門】 ㄩㄢˊ ㄕㄥ ㄉㄨㄥˋ ㄨˋ ㄇㄣˊ

(phylum Protozoa)爲無脊椎動物中的一門。該門動物的身體微小，要用顯微鏡才能觀察到。全體僅有一個細胞，有的種類則由多個細胞集合一起而形成群體(colony)，如團藻。原生動物根據其運動胞器而分爲肉足類（具有僞足）、鞭毛類（具有鞭毛）、纖毛類（具有纖毛）以及孢蟲類（不具運動胞器）；約有一萬多種，有的自由生活於淡水或海水中，如變形蟲，有的則行寄生，例如寄生人體引起瘧疾的瘧原蟲。

11【原產地證明書】 ㄩㄢˊ ㄔㄢˇ ㄉㄧˋ ㄓㄥˋ ㄇㄧㄥˊ ㄕㄨ

(certificate of origin)又稱產地證明書。爲證明某批貨物確爲某國生產、製造或加工的文件。此文件的發行人或爲賣方，或爲商會，或爲同業公會，或爲政府機構，視情形而定。原產地證明書的用途約有四種：一、供作享受優惠稅率的憑證；二、防止貨物來自敵對國家或限制進口國家；三、防止外貨傾銷；四、供作海關統計之用。

8【原始設備製造者】 ㄩㄢˊ ㄕˇ ㄕㄜˋ ㄅㄟˋ ㄓˋ ㄗㄠˋ ㄓㄜˇ

(original equipment manufacturer; OEM)對其他廠商提供裝配設備，並以裝配者廠牌銷售產品的廠商。

9

厩 廐的俗體。

厠 廁的或體。

厜 ㄔㄨㄟˊ ch'ui² 音垂

山顛。

15【厜㕒】 ㄔㄨㄟˊ ㄨㄟˊ

①山頂。②山峰險峻。同崔嵬。

10

厥 ㄐㄩㄝˊ chüeh² 音蹶

①從土中挖出的石頭。見"說文"。②暈倒；不省人事。如：昏厥。③頓；叩。如：厥角稽首。④稱代詞。其；他的。如：厥後。

7【厥角】 ㄐㄩㄝˊ ㄐㄧㄠˇ

叩頭。

11【厥陰】 ㄐㄩㄝˊ ㄧㄣ

經脈名。位於太陰和少陰的裡面，有厥陰爲合之稱，"素問·陰陽離合論"言三陰會合於此。厥陰爲陰經發展的最後階段，由此重新向陽經的方面轉化。

厨 廚的俗體。

㕎 ㄎㄜˋ k'o⁴, k'ê⁴ 音客

①崩壞毀損。見"廣韻"。②山邊的洞穴。見"集韻"。

厦 廈的俗體。

厤 ㄌㄧˋ li⁴ 音利

①治理。見"說文"。②曆的古文。③歷的古文。

11

厫 廒的訛字。

厘 廛的俗體。

厯 歷的或體。

12

㕑 廚的俗體。

厮 廝的本字。

厰 廠的俗體。

厭 ㊀ ㄧㄢˋ yen⁴ 音驗
①飽足;滿足。如:貪得無厭。②嫌棄;憎惡。如:厭惡。
㊁ ㄧㄢ yen¹ 音淹
①安和;安靜。如:厭㥷。②忽然;突然。③衰頹;微弱。如:厭厭。④美盛。如:禾苗厭厭。
5【厭世】 ㄧㄢˋ ㄕˋ
厭惡人間生活。也婉稱人死。
9【厭食】 ㄧㄢˋ ㄕˊ
病人食慾不振。
10【厭倦】 ㄧㄢˋ ㄐㄩㄢˋ
厭煩疲憊。
11【厭棄】 ㄧㄢˋ ㄑㄧˋ
因厭惡而拋棄。
12【厭惡】 ㄧㄢˋ ㄨˋ
討厭憎惡。
13【厭煩】 ㄧㄢˋ ㄈㄢˊ
厭惡、不耐煩。
14【厭厭】 ㄧㄢ ㄧㄢ
①茂盛的樣子。②安和愉快的樣子。③暗淡微弱的樣子。④衰頹不振,毫無生氣的樣子。同懨懨、歷歷、奄奄。
4【厭反治療法】 ㄧㄢˋ ㄈㄢˇ ㄓˋ ㄌㄧㄠˊ ㄈㄚˇ
(aversion therapy)心理治療法之一。刻意安排所欲戒除之刺激物和令人厭惡、痛苦之情境同時出現,藉該懲罰所引起之高度厭惡、痛苦,達到治療目的。
10【厭氧性處理】 ㄧㄢˋ ㄧㄤˇ ㄒㄧㄥˋ ㄔㄨˇ ㄌㄧˇ
(anaerobic treatment) 利用厭氧性微生物在無氧狀態下,使複雜的有機化合物分解成二氧化碳、甲烷、氨、硫化氫等,以去除水中有機物的廢水處理原理。與好氧性處理相對。
【厭氧消化法】 ㄧㄢˋ ㄧㄤˇ ㄒㄧㄠ ㄏㄨㄚˋ ㄈㄚˇ
(digestion process) 利用厭氧性微生物,分解廢水中所含碳水化合物、蛋白質及含碳原子較少之有機酸等,最後產生水、二氧化碳、甲烷、硫化氫等氣體之廢水或汙泥處理法。

厬 ㄍㄨㄟˇ kuei³ 音軌
①側出的泉水。見"說文"。②水乾涸。見"爾雅·釋水"。

13

厳 ㄨㄟˊ wei² 音危
參厜厳。

厲 ㊀ ㄌㄧˋ li⁴ 音例
①粗的磨刀石。礪的本字。見"說文義證"。②磨。如:厲兵秣馬。③振奮;獎勵。如:厲精圖治。④猛烈。如:雷厲風行。⑤危險。如:夕惕若厲。⑥虐害;殘害。如:厲民。⑦凶惡;禍亂。如:厲鬼。⑧和衣涉水。如:深厲淺揭。⑨姓。或作'酈'。'漢'有'厲溫'。見"萬姓統譜·九六"。
㊁ ㄌㄞˋ lai⁴ 音賴
癩病。通癩。
6【厲色】 ㄌㄧˋ ㄙㄜˋ
嚴厲的臉色。
【厲行】 ㄌㄧˋ ㄒㄧㄥˊ
認眞嚴格地實行。
10【厲害】 ㄌㄧˋ ㄏㄞˋ
①凶狠;殘酷;苛刻。②精明高超。③甚;很;嚴重。
【厲鬼】 ㄌㄧˋ ㄍㄨㄟˇ
惡鬼。
12【厲階】 ㄌㄧˋ ㄐㄧㄝ
禍端。
17【厲聲】 ㄌㄧˋ ㄕㄥ
嚴厲的聲音、語氣。
5【厲民自養】 ㄌㄧˋ ㄇㄧㄣˊ ㄗˋ ㄧㄤˇ
虐待人民以奉養自己。
【厲世摩鈍】 ㄌㄧˋ ㄕˋ ㄇㄛˊ ㄉㄨㄣˋ
激勵人心,拔擢人才。
7【厲兵秣馬】 ㄌㄧˋ ㄅㄧㄥ ㄇㄛˋ ㄇㄚˇ
磨利兵器,餵飽馬匹。指做好出戰的準備。

厱 ㊀ ㄌㄢˊ lan² 音藍
參厱諸。
㊁ ㄑㄧㄢ ch'ien¹ 音簽
山側空處。見"廣韻"。
15【厱諸】 ㄌㄢˊ ㄓㄨ
磨治玉的青石。

16

厴 龐的訛字。

17

厴 ㄧㄢˇ yen³ 音掩
①蟹的下腹處。見"五音集韻"。②(operculum)爲軟體動物門、腹足綱中有些種類所具有的一種構造。呈圓片狀,附於足的後部,當頭及足縮入殼中時,厴則恰好可將殼口蓋蔽,以保護殼內的身體。

22

厵 廳的俗體。

厶部

厶 ㊀ ㄙ szŭ¹, ssŭ¹ 音私
不公正。今通作私。見"說文"。
㊁ ㄇㄡˇ mou³ 音某
指一定而不明說的人、事、物。同某。

1

去 ㄊㄨˊ t'u² 音突
反常逆理。見"說文·去·段注"。

2

厷 ㄍㄨㄥ kung¹ 音公
手臂的上部。同肱。見"說文"。

厸 內的或體。

厹 内的或體。

3

去 ㄑㄩˋ *ch'ü*^{4} 音趣

[1]離開。如:去國懷鄉。[2]除掉;捨棄。如:去僞存誠。[3]距離。如:相去百里。[4]前往。如:去信。[5]過往的。如:去年。[6]助詞。相當於著、了。如:夜深花睡去。[7]古時四聲中的第三聲,今國語的第四聲,即去聲。

4【去火】 ㄑㄩˋ ㄏㄨㄛˇ
祛除其性質屬陽、病症都表現爲熱性證狀,如高熱煩渴、面目紅赤、燥狂的方法。

【去日】 ㄑㄩˋ ㄖˋ
已經過去的時日。

6【去向】 ㄑㄩˋ ㄒㄧㄤˋ
所去的地方或方向;下落。

11【去頂】 ㄑㄩˋ ㄉㄧㄥˇ
園藝管理上最基本的修剪法之一。即剪去枝條的頂端部分。將枝條去頂,可破壞莖的頂端優勢而刺激側芽的萌發,故去頂常會使植株呈叢生細密狀。綠籬的修剪是去頂的最佳例子。

【去國】 ㄑㄩˋ ㄍㄨㄛˊ
離開自己的國家或故鄉。

12【去就】 ㄑㄩˋ ㄐㄧㄡˋ
出處;進退。

13【去勢】 ㄑㄩˋ ㄕˋ
[1]捨棄權勢。[2]割除雄性動物的睪丸。

17【去聲】 ㄑㄩˋ ㄕㄥ
古四聲的第三聲。相當於國語的第四聲,注音符號作「ˋ」。

10【去臭劑】 ㄑㄩˋ ㄔㄡˋ ㄐㄧˋ
(deodorant)用來消除或遮蓋臭味之物質,如活性碳、木碳、香水等。

13【去極劑】 ㄑㄩˋ ㄐㄧˊ ㄐㄧˋ
(depolarizer)加入電池或電解池中以減輕極化現象之物質。常用者爲金屬氧化物,例如二氧化錳。

10【去泰去甚】 ㄑㄩˋ ㄊㄞˋ ㄑㄩˋ ㄕㄣˋ
戒除奢靡不合中道的部分。

11【去僞存眞】 ㄑㄩˋ ㄨㄟˋ ㄘㄨㄣˊ ㄓㄣ
棄除虛僞,保全純眞。

16【去蕪存菁】 ㄑㄩˋ ㄨˊ ㄘㄨㄣˊ ㄐㄧㄥ
除去雜亂,保存精華。

24【去讒遠色】 ㄑㄩˋ ㄔㄢˊ ㄩㄢˇ ㄙㄜˋ
斥退小人,遠離女色。

10【去氧核糖核酸】 ㄑㄩˋ ㄧㄤˇ ㄏㄜˊ ㄊㄤˊ ㄏㄜˊ ㄙㄨㄢ
(deoxyribonucleic acid;DNA)分子結構是兩條平行的聚核苷酸鏈互相扭成的雙螺旋體,而分子中的核苷是由去氧核糖和雜環鹽基所構成。它配合著核糖核酸(RNA)支配蛋白質的合成,且控制著遺傳因子,使生物體能世代相傳。

厺 去的本字。

4

厾 ㄉㄨ *tu*^{1} 音都

[1]古人以毛筆、墨書於紙上或絹上,若遇錯字或衍文時,則在該字旁加墨二、三點,表示此字去掉不要之意,這個點墨的行爲稱爲點去,簡寫成厾。[2]助詞。

厼 夵的俗體。

6

叀 ㄓㄨㄢ *chuan*^{1} 音專

[1]謹愼。見"說文"。[2]牽纏。如:叀礙。

叁 ㄙㄢ *san*^{1}
通三。或作參。

叅 參的或體。

参 參的俗體。

9

參 [一] ㄕㄣ *shên*^{1} 音申

[1]星宿名。二十八宿之一。參參宿。[2]藥草名。即人參。見"正字通"。

[二] ㄘㄢ *ts'an*^{1} 音驂
[1]加入;參與。如:參加。[2]覲見;進謁。如:參拜。[3]查驗。如:參驗。[4]彈劾。如:參革。

[三] ㄘㄣ *ts'ên*^{1}
交錯不齊。如:參差。

[四] ㄙㄢ *san*^{1} 音毵
通三,或作叁。如:參分天下。

4【參天】 ㄘㄢ ㄊㄧㄢ
高入天際。

【參互】 ㄘㄢ ㄏㄨˋ
相互交錯。

5【參半】 ㄘㄢ ㄅㄢˋ
一半;半數。

6【參考】 ㄘㄢ ㄎㄠˇ
參合其他相關資料,來考查印證。

【參伍】 [一] ㄘㄢ ㄨˇ
參合錯雜。
[二] ㄙㄢ ㄨˇ
劃分。

8【參劾】 ㄘㄢ ㄏㄜˊ
彈劾;糾彈官吏的失職。

9【參軍】 ㄘㄢ ㄐㄩㄣ
[1]官名。⑴'漢靈帝'時,始有參軍事之名,意即參謀軍事,簡稱參軍。'晉'以後軍府、相府及王府遂正式設爲職官,或單稱參軍;或按性質而分別冠以名號,如諮議參軍掌謀畫、記室參軍掌文翰等。'南北朝'多因之。至'隋',州郡也設參軍,分曹治事,有錄事、功曹、戶曹、兵曹等參軍。'唐''宋'多因之。'元'廢。⑵'民國'行憲後,總統府設參軍及參軍長。掌慶典、閱兵、警衛等事宜。[2]戲劇腳色名。'唐'、五代的參軍戲中扮演假官的稱參軍。後來演變爲副淨。

【參政】 ㄘㄢ ㄓㄥˋ
[1]古官名。即參知政事的簡稱。爲宰相之副。[2]參與政治。

【參拜】 ㄘㄢ ㄅㄞˋ

①部屬謁見長官;位低者覲見位尊者。②民間稱赴寺廟拜神明。

10【參差】ㄘㄣ ㄘ

①不整齊的樣子。②近似。③古代吹奏樂器。因吹管長短不齊,故名。指排簫或笙。

【參酌】ㄘㄢ ㄓㄨㄛˊ

參考斟酌。

【參校】ㄘㄢ ㄐㄧㄠˋ

參考其他版本以校訂錯誤。

11【參宿】ㄕㄣ ㄒㄧㄡˋ

星宿名。二十八宿之一。西方白虎七宿的末宿。主要有七星,皆屬獵戶座。參宿一即獵戶座ζ,是雙星,主星1.91等,伴星4.05等;參宿二即ε;參宿三即δ,爲變星,變光範圍2.20~2.35等;參宿四即α,亦爲變星,變光範圍0.1~1.2等,是天上最亮的紅超巨星;參宿五即γ,1.64等;參宿六即κ,2.2等;參宿七即β,爲變星,變光範圍0.08~0.20等,是天上最亮的藍超巨星,它最亮時是獵戶座的第一亮星。此外,伐、玉井、屏、軍井、廁、屎等星,也都歸入參宿。

【參商】ㄕㄣ ㄕㄤ

二星宿名。參爲參宿,屬獵戶座;商爲心宿,屬天蝎座。二宿赤經相差約十一時,因此不能同時並見於天空。在我國古神話中,參星叫‘實沈’,商星叫‘閼伯’,兄弟二人同爲‘高辛氏’的兒子,因不能相容,相互征伐,帝‘堯’遂將二人分置於天的兩邊。見“左傳·昭元年”。後用以比喻兄弟不睦或隔絕難見。

【參透】ㄘㄢ ㄊㄡˋ

參悟透徹。

13【參照】ㄘㄢ ㄓㄠˋ

參考依照。

14【參與】ㄘㄢ ㄩˋ

加入;參加。同參預。

15【參閱】ㄘㄢ ㄩㄝˋ

參考察看。

【參數】ㄘㄢ ㄕㄨˋ

(parameter) ①又名參變數。一般指用以充當任意常數的變數。常用來描述某一函數族或曲線系,例如 $y=3x+b$,表所有斜率爲3的平行直線系。另一是曲線的參數方程式中用的輔助變數。②電腦次常式定義的變數。其眞正的數值在呼叫時才給定。

16【參謀】ㄘㄢ ㄇㄡˊ

①參與謀劃。②官名。‘唐’節度使屬官有行軍參謀,主管軍中機密。今‘國防部’、三軍司令部及各種部隊,皆設有參謀,負責軍事訓練及作戰計畫。

【參禪】ㄘㄢ ㄔㄢˊ

指禪家透過參究而悟入禪境。禪宗自六祖‘慧能’以後,以心印心,不立文字相;到‘宋’‘大慧禪師’以參念佛是誰爲宗,所謂看話頭、公案禪自此流行於我國、‘日本’、‘高麗’等地,參禪一詞,始成習見詞語。

【參戰】ㄘㄢ ㄓㄢˋ

加入戰爭。

19【參覈】ㄘㄢ ㄏㄜˊ

參驗考覈。

6【參考樁】ㄘㄢ ㄎㄠˇ ㄓㄨㄤ

(reference hub)實施測量時,由於許多測站樁需保持較長一段時間,然常因施工或其他原因造成遺失,導致諸多不便,故需借助其他已知點在原處重新釘立,所借用者如房角、固定建物上某點、大樹等,稱爲參考樁或參考點。

【參同契】ㄘㄢ ㄊㄨㄥˊ ㄑㄧˋ

相傳‘東漢’‘魏伯陽’撰。全名“周易參同契”,十六章。以參合運用“周易”、‘黃’‘老’、爐火三家理法,講明煉丹、修養之術,故名。爲道教論述煉丹的最早著作,其中述及鉛、汞的化學變化,爲化學史的珍貴資料。

9【參軍戲】ㄘㄢ ㄐㄩㄣ ㄒㄧˋ

‘唐’、五代流行的戲劇。主要由參軍、蒼鶻兩個腳色作滑稽詼諧的表演,借對話與動作以諷刺時政。

【參政權】ㄘㄢ ㄓㄥˋ ㄑㄩㄢˊ

人民站在主動的地位,參加國家統治權行使的權利。爲基本人權的一種,是民主國家的國民所不可或缺的權利。參政權與自由權、受益權不同,並非一般國民均得享有此權利,而只有公民始得享受的權利。所謂公民,即國民中具法定條件的人,在積極方面須達一定年齡(滿二十歲),在消極方面須無法定的消極條件(如褫奪公權、受禁治產之宣告等)。參政權可分爲兩大類:一爲國民由於其具有公民資格在法律上當然享有的權利,如選舉權、罷免權、創制權、複決權等是。二爲國民須具備特定資格與條件,始得享有之權利,如應考試服公職之權是。

20【參議院】ㄘㄢ ㄧˋ ㄩㄢˋ

(Senate) 爲兩院制議會中之一院。通常與眾議院對稱。‘美國’採兩院制議會,並採此名稱。參兩院制。

【參議員】ㄘㄢ ㄧˋ ㄩㄢˊ

(senator) 參議院的議員。就‘美國’而言,參議員由各州議會選舉產生,各州不分面積大小,人口多寡,一律同樣選出二名參議員。

5【參加付款】ㄘㄢ ㄐㄧㄚ ㄈㄨˋ ㄎㄨㄢˇ

匯票及本票,於執票人得行使追索權時,爲防止追索權之行使,由付款人或擔當付款人以外之第三人,代爲付款,稱作參加付款。參加付款,不問何人均得爲之,但至遲不得逾拒絕證書作成期限之末日。執票人拒絕參加付款者,對於被參加人及其後手喪失追索權,惟如付款人或擔當付款人,不於法定提示期限內付款者,有參加承兌人時,應向參加承兌人爲付款之提示,無參加承兌人而有預備付款人時,應向預備付款人爲付款之提示。參加付款人對於承兌人、被參加付款人及其前手取得執票人之權利,但不得以背書更爲轉讓,被參加付款人之後手,因參加付款而免除其債務。

【參加承兌】 ㄘㄢ ㄐㄧㄚ ㄔㄥˊ ㄉㄨㄟˋ
匯票不獲承兌,或付款人、承兌人死亡、逃避或其他原因無從爲承兌或付款提示,或付款人、承兌人受破產宣告,執票人得爲期前追索時,爲特定票據債務人之利益,得由第三人加入票據關係以阻止期前追索,此種加入票據關係之附屬票據行爲,稱爲參加承兌。匯票上指定有預備付款人者,執票人得請求預備付款人參加承兌。除預備付款人與票據債務人外,不問何人,經執票人同意,得以票據債務人中之一人爲被參加人而爲參加承兌。例如甲爲匯票發票人,庚爲付款人,乙、丙、丁、戊爲背書人,己爲執票人。此時甲、乙、丙、丁、戊稱爲票據債務人,庚在承兌前尚非票據債務人,承兌之後始爲票據債務人。若己請求庚承兌而被庚拒絕,己原可行使期前追索以保護其權利,但若有預備付款人辛,辛可請求參加承兌以阻止期前追索,此時庚稱爲被參加人,辛稱爲參加人。又若有票據債務人以外之第三人A爲甲之利益參加承兌,B爲乙之利益參加承兌……等,均可阻止執票人己向甲、乙……等票據債務人行使期前追索,此時甲、乙……等稱爲被參加人,除預備付款人以外之第三人參加承兌時,須得執票人己同意。參加承兌後,被參加人及其前手仍得向執票人支付被追索之金額,請其交出匯票及拒絕證書。付款人或擔當付款人(匯票上記載代付款人爲付款之人,多爲銀行等)不於法定付款期限內付款時,參加付款人應負支付被追索金額之責。

6【參考坐標】 ㄘㄢ ㄎㄠˇ ㄗㄨㄛˋ ㄅㄧㄠ
(frame of reference)爲描述空間任一點的位置而設定的坐標。參考坐標的原點稱爲參考點。例如天文學上,爲定出各星座的位置,往往以地球爲參考點,日繞地球的軌跡爲黃道,月繞地球的軌跡爲白道,構成一天球,是一個很好的參考坐標。

【參考團體】 ㄘㄢ ㄎㄠˇ ㄊㄨㄢˊ ㄊㄧˇ
(reference group)個人用以比較、判斷自己社會地位的團體。此種團體常影響個人行爲。如有人說:「我能考進'臺大'就好了」,'臺大'即爲參考團體,亦即以'臺大'的行爲標準做爲自已的行爲參考。

8【參知政事】 ㄘㄢ ㄓ ㄓㄥˋ ㄕˋ
官名。'宋'副宰相。

10【參差錯落】 ㄘㄣ ㄘ ㄘㄨㄛˋ ㄌㄨㄛˋ
形容不整齊的樣子。

14【參與密勿】 ㄘㄢ ㄩˋ ㄇㄧˋ ㄨˋ
指參加機密的大計。

【參與管理】 ㄘㄢ ㄩˋ ㄍㄨㄢˇ ㄌㄧˇ
(participative management)近代管理學上一種民主領導及激勵法則的管理制度。在管理程序中各項管理機能的發揮,如計畫、組織、用人、指導、控制等項活動的決定,於適度範圍內,由部屬參加意見。其目的在養成組織成員的自尊心、責任心,激發其創意。

5【參加特別股】 ㄘㄢ ㄐㄧㄚ ㄊㄜˋ ㄅㄧㄝˊ ㄍㄨˇ
(participating preferred stock)通常特別股每年分配的股利均爲定額或定率。所謂參加特別股,係指某年度公司用於分配股利的盈餘,在普通股亦按特別股的定率分配後,仍有餘額,特別股仍可與普通股共同分配此一餘額。若再分配的股利有限制者,稱爲部分參加;無限制者(即與普通股分配相同),稱爲完全參加。反之,若特別股每年的股利僅以其規定的金額爲限者,稱爲非參加特別股。

15【參數方程式】 ㄘㄢ ㄕㄨˋ ㄈㄤ ㄔㄥˊ ㄕˋ
(parametric equations)解析幾何中,可用一個共同的變數(稱爲參數),以及兩個方程式分別表示平面曲線的坐標x和y。例如中心在(2,3),半徑爲3的圓的參數方程式爲$x=2+3\cos\theta$, $y=3+3\sin\theta$,這裏的θ爲參數。當θ從$0°$變到$360°$時,圓也恰好畫成一圈。一般的參數方程式可以表成$x=f(t)$, $y=g(t)$。此參數t常有直接的幾何或物理意義,雖然此非必須。在研究質點的運動時,時間常用做共同參數,此時方程式表示在該時間t時的位置。三維曲線的參數方程式爲$x=f(t)$, $y=g(t)$, $z=h(t)$,三維曲面的參數方程式爲$x=u(s,t)$, $y=v(s,t)$, $z=w(s,t)$。現代數學的曲線和曲面的正式定義皆以參數方程式爲之。

10

叅 參的俗體。

13

㕙 ㄐㄩㄣˋ *chün*⁴ 音俊
狡兔。見"集韻"。

又部

又 ㄧㄡˋ *yu*⁴ 音幼
1副詞。⑴表示重複或反覆。如:唱了又唱。⑵表示加強語氣。用法同並。如:你又不傻,怎麼做這種笨事。⑶更。如:病又加重。2連詞。⑴用以連結平列的詞。如:又飢又餓。⑵表示動作或事件先後連接。如:剛唱完歌又跳起舞來。⑶表示數目的附加。如:三又二分之一。

1

叉

㊀ ㄔㄚ *ch'a*[1] 音插
1交錯。如：交叉。2末端分歧，用來刺取物品的器具。如：魚叉。3像叉子一樣分開。如：叉開五指。4分歧。如：三叉路。5刺；刺取。如：叉魚。6用虎口卡著人的脖子把他推開。如：把他叉下樓去。

㊁ ㄔㄚˊ *ch'a*[2] 音茶
交錯難解；梗塞。如：叉車。

㊂ ㄔㄚˇ *ch'a*[3]
分開；張開。如：叉腿。

㊃ ㄔㄚˋ *ch'a*[4] 音岔
同岔。1分歧。如：叉路。2插入；打斷。如：叉嘴。

12【叉開】 ㄔㄚ ㄎㄞ
分開；張開。

13【叉路】 ㄔㄚˋ ㄌㄨˋ
分歧的道路。同岔路。

2

双

雙的俗體。

友

ㄧㄡˇ *yu*[3] 音有
1志趣相同的人。2結交。如：無友不如己者。3兄弟互相敬愛。如：兄友弟恭。4有友好關係或共同目標的。如：友邦。

3【友于】 ㄧㄡˇ ㄩˊ
指兄弟。

5【友生】 ㄧㄡˇ ㄕㄥ
1友人。2古人對門下士自稱的謙詞。

12【友善】 ㄧㄡˇ ㄕㄢˋ
友好和善。

15【友誼】 ㄧㄡˇ ㄧˋ
朋友間的交情。

反

㊀ ㄈㄢˇ *fan*[3] 音返
1正的反義詞。如：反面。2翻轉。如：易如反掌。3違背；對抗。如：反倫理。4內省；追悔。如：自反其過。5類推。如：舉一反三。6歸來。同返。7限制詞。反而。

㊁ ㄈㄢ *fan*[1] 音番
翻案。如：平反。

㊂ ㄈㄢˋ *fan*[4] 音飯
賣。通販。如：反貨。

4【反比】 ㄈㄢˇ ㄅㄧˇ
也稱逆比。即反變。比的二項互易其位置，其兩比互為反比。例如2：3為3：2的反比，3：2也是2：3的反比。又在物理學上，兩個量的乘積為一定值時，稱此兩個量互成反比。例如兩帶電質點之間的作用力(F)與其間距離的平方(r^2)成反比，即是$F\times r^2=C$，C為一常數。

【反切】 ㄈㄢˇ ㄑㄧㄝˋ
我國的一種傳統注音方法。以二字相切合，取上一字的聲，與下一字的韻和調，合成另一個字的音。

5【反正】 ㄈㄢˇ ㄓㄥˋ
1使歸於平治。如：撥亂反正。2事或物的反面與正面。如：反正互用。3橫豎；無論如何。

【反目】 ㄈㄢˇ ㄇㄨˋ
由和好變為不和好。

7【反串】 ㄈㄢˇ ㄔㄨㄢˋ
戲劇名詞。指演員扮演非平日所擔任的角色。如生扮丑，丑扮旦或旦扮生之類。與本工相對。從前戲班常在年底封箱時，舉行全班大反串。今也指男扮女角，或女扮男角為反串。

【反身】 ㄈㄢˇ ㄕㄣ
反省自己。

8【反服】 ㄈㄢˇ ㄈㄨˊ
1已脫離隸屬關係的臣子為舊君服喪。2尊長為卑幼服喪。

9【反洗】 ㄈㄢˇ ㄒㄧˇ
(back wash)過濾作用經過一段時間，水頭損失漸增至預定之最終水頭損失，或出水水質初現不良時，即應進行洗砂，以恢復濾料潔淨。通常濾料較粗，汙物容易貫入濾層，故當濾池之濾程結束時，即需以壓力水自集水系統反沖洗，稱為反洗。

【反派】 ㄈㄢˇ ㄆㄞˋ
影劇中惡人的角色。

【反致】 ㄈㄢˇ ㄓˋ
(renvoi)譯自'法'文，含有送還之意。對於某一涉外法律關係，依內國國際私法之規定，應適用某外國法律，而依該外國國際私法規定，又應適用內國法或他國法時，則以內國法或他國法為適用之法律，稱為反致。

【反面】 ㄈㄢˇ ㄇㄧㄢˋ
事物的背面。

【反映】 ㄈㄢˇ ㄧㄥˋ
1反照。2由於事物的影響而發生的相對現象。3指政府施政所得到的人民或下級的意見。

【反胃】 ㄈㄢˇ ㄨㄟˋ
1食物從胃吐出。即翻胃。2比喻極度厭惡。

【反省】 ㄈㄢˇ ㄒㄧㄥˇ
(retrospect) 對過去的行為或經驗予以重新觀察的歷程。

10【反差】 ㄈㄢˇ ㄔㄚ
(contrast) 指照片或底片上的明暗對比。

【反哺】 ㄈㄢˇ ㄅㄨˇ
小鳥長大後銜食物餵養母鳥。引申為子女報答親恩。

【反芻】 ㄈㄢˇ ㄔㄨˊ
牛、羊、鹿、駱駝等動物把吃下的草料，再吐至口中，細細咀嚼後才又嚥下的過程。

【反射】 ㄈㄢˇ ㄕㄜˋ
1(reflection) 波在一介質中進行，遇另一介質的界面時，折回原介質的現象，稱反射。光波、水波及聲波等的反射，均遵守反射定律。2(reflexes) 當皮膚或其他受納器接受刺激後，刺激的衝動，便到達脊髓而不向大腦傳送，直接由骨髓的聯絡神經元傳送到運動神經元，引起動作器反應，稱為反射。如手觸火而縮、異物入氣道而忽發咳嗽等是。

【反躬】 ㄈㄢˇ ㄍㄨㄥ

反省自己。

11【反常】 ㄈㄢˇ ㄔㄤˊ

違反常態。

【反動】 ㄈㄢˇ ㄉㄨㄥˋ

對於適合時代的政治、社會運動，表示反對的意見或採取反抗的行動。

【反側】 ㄈㄢˇ ㄘㄜˋ

①翻來覆去。形容睡不安穩。②反復無常，懷有二心。

12【反間】 ㄈㄢˇ ㄐㄧㄢˋ

利用敵方的間諜，使他反爲我用；或故意洩漏假情報給敵方的間諜，使落入圈套而完成我方任務。

13【反詰】 ㄈㄢˇ ㄐㄧㄝˊ

反問。

【反感】 ㄈㄢˇ ㄍㄢˇ

(antipathy) 對某人、事、物或國家由原來的喜愛轉變成不喜愛的情感改變現象。

【反照】 ㄈㄢˇ ㄓㄠˋ

①反襯；內襯。②太陽西落時的迴光。

【反閘】 ㄈㄢˇ ㄓㄚˊ

(NOT gate)能夠執行反運算功能的電子裝置。其眞值表爲：

輸入	輸　出
P	$NOT\ P$
0	1
1	0

14【反駁】 ㄈㄢˇ ㄅㄛˊ

提出反對的理由，駁斥他人的主張。

【反對】 ㄈㄢˇ ㄉㄨㄟˋ

①不贊成。②詩文中辭義相反而句意相同的對仗句。

16【反諷】 ㄈㄢˇ ㄈㄥˋ

(irony) 修辭學上指表象和事實的對比。包括：表面上講的是一件事，其實指的是另外一件相反的事，以及事與願違的矛盾事實兩種。前者即言辭的反諷(verbal irony)，也稱倒反；後者名爲場景的反諷(situational irony)，如扒手的錢袋被人扒了、郎中的假藥害死自己的兒子、越幫越忙……等等都是。

【反噬】 ㄈㄢˇ ㄕˋ

反咬一口。①比喻恩將仇報。②指罪犯誣指檢舉人爲同謀。

18【反轉】 ㄈㄢˇ ㄓㄨㄢˇ

(inversion) 一化合物轉變成其立體異構物時，其旋光性質發生變化，稱之爲反轉。如一分子左旋性轉變爲右旋性的作用。

【反覆】 ㄈㄢˇ ㄈㄨˋ

①重複；一次又一次。②變動不定。③傾覆。

19【反證】 ㄈㄢˇ ㄓㄥˋ

①與本證相對稱。凡用以證明本證爲非眞實的證據者皆爲反證；又某種事實已有法律上的推定時，爲否定該項推定而提出的證據，也稱反證。反證與證據抗辯有分別，證據抗辯僅是攻擊對造的證據，不得作爲裁判的基礎；反證則是另行提出證據，用以證明有相反的事實存在。②(disproof)與證明相對。證明一個命題不成立，或證明一個命題的否定命題成立。例如：從高塔上把一磅重的鉛球和十磅重的鉛球同時擲下，發現它們同時落到地面。這就反證了「重物落體較輕物爲快」的命題。

21【反襯】 ㄈㄢˇ ㄔㄣˋ

修辭學映襯格的一種。對於一種事物，用與這種事物的現象或本質相反的副詞或形容詞加以描寫，叫作反襯。如：「無事忙」、「活死人」都是。

【反顧】 ㄈㄢˇ ㄍㄨˋ

①回頭看。同回顧。②後悔；反悔。

4【反及閘】 ㄈㄢˇ ㄐㄧˊ ㄓㄚˊ

(NAND gate) 能夠執行反及運算功能的電子裝置。其輸入先經

輸	入	輸　出
P	Q	$P\ NAND\ Q$
0	0	1
0	1	1
1	0	1
1	1	0

過及運算，再經過反運算。其眞值表如上。

6【反光板】 ㄈㄢˇ ㄍㄨㄤ ㄅㄢˇ

接受來自光源的光，再反射給拍攝對象以充分照明的設備。雪、沙、白色建築物、鏡子、白紙等，皆可充作反光板使用。通常反光板多以弄皺的鋁箔固定於硬紙板上製成。

【反曲點】 ㄈㄢˇ ㄑㄩ ㄉㄧㄢˇ

(point of inflection)又稱拐點、變曲點。平面曲線上，切線旋轉的方向改變之點。如在圖中P點附近，曲線略呈S形。若曲線爲函數$f(x)$之圖形，則轉向點$(x_0, f(x_0))$之二階導函數$f''(x_0)=0$，且在此點二階導函數變號。

反曲點圖

8【反或閘】 ㄈㄢˇ ㄏㄨㄛˋ ㄓㄚˊ

(NOR gate)能夠執行反或運算功能的電子裝置。其眞值表爲：

輸	入	輸　出
P	Q	$P\ NOR\ Q$
0	0	1
0	1	0
1	0	0
1	1	0

【反函數】 ㄈㄢˇ ㄏㄢˊ ㄕㄨˋ

(inverse function)又稱反映射。若函數f把x變爲y，那麼，把y變爲x的函數g就叫做f的反函數。例如$g=\sqrt[3]{\ }$是立方函數的反函數。函數必須一對一才有反函數，例如平方就沒有反函數，因爲±3都得9，而且也找不到一個實數使其平方爲−4。但如果限制定義域和值域的範圍不小於0，則對每一個y必有一x使得$x^2=y$，這是平方的反函數之主值。同理限制sin函數從〔−90°, 90°〕到〔−1, +1〕就得到sin的反函數的主值。

【反物質】 ㄈㄢˇ ㄨˋ ㄓˋ

(anti-matter) 由於每一種基本

粒子都有反粒子,那麼組成物質的質子、中子及電子亦各有反粒子。這些反粒子所組成的物質就是反物質。粒子與反粒子會互毀,則物質與反物質亦會互毀。由於粒子與反粒子在物理上並無何者可優先存在的理由,故有人相信宇宙中可能有由反物質組成的銀河系存在。

9【反相器】 ㄈㄢˇ ㄒㄧㄤˋ ㄑㄧˋ
(phase-inverter) 輸出之訊號與輸入邏輯相反的裝置。例如當輸入爲高電壓時,輸出爲低電壓;當輸入爲低電壓時,輸出爲高電壓。

【反信風】 ㄈㄢˇ ㄒㄧㄣˋ ㄈㄥ
(anti-trade wind) 在低緯區信風帶的高空所吹動的一股反方向的西風。爲高空風的一種。

10【反氣旋】 ㄈㄢˇ ㄑㄧˋ ㄒㄩㄢˊ
(anticyclone) 一團大規模的空氣若其內部的溫度、密度、氣壓等因素,在水平方面大致具有均一的物理性質,此團大氣稱爲氣團(air mass),即反氣旋,又稱高氣壓。在北半球,其風向呈順時針方向,南半球則呈反時針方向。接近中心部位,常吹不定向的微風或平靜無風,但朝高氣壓邊緣則威力增強。

【反射弧】 ㄈㄢˇ ㄕㄜˋ ㄏㄨˊ
(reflex arc) 由感覺神經原接受刺激而形成神經衝動,該衝動經連接神經原之傳遞,最後達於運動神經原的弧狀連接。

11【反情報】 ㄈㄢˇ ㄑㄧㄥˊ ㄅㄠˋ
(counterintelligence) 對敵方刺探我方情報所作的反制作爲。爲維護國家安全,各國都設有反情報組織專司其事。

【反粒子】 ㄈㄢˇ ㄌㄧˋ ㄗˇ
(antiparticle) 西元1928年'英國''狄拉克'(P. M. Dirac) 根據其所創立電子波動方程式預測有正電子的存在。根據此理論的推廣及實驗的證據,吾人發現每一種基本粒子都有一種對應的反粒子存在。例如:電子—正電子、質子—反質子、中子—反中子、微中子—反微中子等。都是粒子—反粒子對。粒子與其反粒子所帶之電荷相反,質量、自旋相等;最重要的性質是粒子與反粒子接近時會發生互毀現象。某些電中性的粒子其反粒子就是自身,如中性派介子即是。光子亦可視爲其自身的反粒子。

【反從眾】 ㄈㄢˇ ㄘㄨㄥˊ ㄓㄨㄥˋ
(counterconformity) 個體不接受所屬團體之規範、行爲標準,因而減弱對團體之認同感,甚至反抗或抵制其團員之壓力的行爲表現。

12【反報價】 ㄈㄢˇ ㄅㄠˋ ㄐㄧㄚˋ
(counter offer) 又稱反要約、還價。被報價人對於報價人所提出的報價條件一部分不能接受,但尚有意進行交易,故變更原報價條件或追加新條件,再向報價人反提出的報價。反報價在法律上視爲新要約,而在貿易實務上,也視爲新報價;並使原報價自動失效。因此,在反報價到達原報價人後,反報價人若仍想按原報價條件接受,則非獲得原報價人的同意不能成立契約。反報價一經提出後,原被報價人即變爲報價人,原報價人即成爲被報價人。

13【反運算】 ㄈㄢˇ ㄩㄣˋ ㄙㄨㄢˋ
(NOT operation) 邏輯運算的一種。其運算方式爲:若設P爲可得到一邏輯值的敘述,則P經反運算的結果爲:若P值爲眞,則結果爲假;若P值爲假,則結果爲眞。反運算爲'布林'代數之一基本運算,常見之表示方法如$\bar{P}$、$\sim P$、$-P$、P' 等。其眞值表爲(以T代表眞,F代表假):

輸入	輸出
P	$\sim P$
F	T
T	F

14【反滲透】 ㄈㄢˇ ㄕㄣˋ ㄊㄡˋ
(reverse osmosis) 當所施加的壓力超過溶液的滲透壓,則純水分子將會從溶液中被趨出而透過半透膜進入純水中,此種過程叫做反滲透。

【反對黨】 ㄈㄢˇ ㄉㄨㄟˋ ㄉㄤˇ
(opposition party) 在民主國家,與執政黨相對抗之政黨,稱爲反對黨。民主國家政黨不止一個,選舉時政見獲多數選民支持者,可單獨或聯合他黨組織政府,其不能或不肯參加政府者,則爲反對黨。負責監督政府。

17【反應物】 ㄈㄢˇ ㄧㄥˋ ㄨˋ
(reactant) 化學反應時,參加反應的起始物質叫做反應物。例如碳燃燒後產生二氧化碳,碳即爲反應物。

【反應熱】 ㄈㄢˇ ㄧㄥˋ ㄖㄜˋ
(heat of reaction) 一個化學反應中,生成物總熱含量與反應物總熱含量之差,稱爲反應熱。也就是說反應熱=生成物總熱含量-反應物總熱含量,反應熱通常以符號ΔH表示,$\Delta H>0$表示吸熱反應,$\Delta H<0$表示放熱反應。

4【反及運算】 ㄈㄢˇ ㄐㄧˊ ㄩㄣˋ ㄙㄨㄢˋ
(NAND operation) 又稱非且運算。爲邏輯運算的一種。其運算的規則爲:將輸入之邏輯值先取其及運算之值,再取此值的反運算,便得到輸出之結果。反及運算之意義爲:若輸入中至少有一項之值爲假,則反及運算之值爲眞;若所有輸入值皆爲眞,則運算之結果爲假。反及運算之眞值表爲(以F代表假,以T代表眞):

輸	入	$NAND$
P	Q	運 算
F	F	T
F	T	T
T	F	T
T	T	F

6【反老還童】 ㄈㄢˇ ㄌㄠˇ ㄏㄨㄢˊ

ㄊㄨㄥˊ

年老者變爲年輕。多指心情、精神的開朗活潑而言。反,也作返。

【反向作用】 ㄈㄢˇ ㄒㄧㄤˋ ㄗㄨㄛˋ ㄩㄥˋ

(reaction formation)防衛機構之一。個體採取與動機相反之行爲,以掩飾不爲社會所接受之衝動,而減低焦慮並維護自尊的心理歷程。

7【反求諸己】 ㄈㄢˇ ㄑㄧㄡˊ ㄓㄨ ㄐㄧˇ

自我反省。

8【反或運算】 ㄈㄢˇ ㄏㄨㄛˋ ㄩㄣˋ ㄙㄨㄢˋ

(NOR operation)邏輯運算的一種。其運算的規則爲:將輸入之邏輯值先取或運算之值,再取此值之反運算而得輸出的結果。反或運算之意義爲:若輸入資料中至少有一項之值是眞,則反或運算之值爲假;若所有輸入項之值皆爲假,則反或運算之値爲眞。反或運算之眞値表爲(以T代表眞,以F代表假):

輸	入	NOR
P	Q	運算
F	F	T
F	T	F
T	F	F
T	T	F

9【反客爲主】 ㄈㄢˇ ㄎㄜˋ ㄨㄟˊ ㄓㄨˇ

形容僭越而改變賓主關係,或轉被動爲主動。

【反首拔舍】 ㄈㄢˇ ㄕㄡˇ ㄅㄚˊ ㄕㄜˋ

指戰敗。反首,頭髮下垂。拔舍,宿於荒野。

10【反芻作用】 ㄈㄢˇ ㄔㄨˊ ㄗㄨㄛˋ ㄩㄥˋ

(rumination)反芻動物消化過程中的一種現象。反芻動物皆爲草食,食物先嚥入瘤胃(反芻胃之一部),然後返回口中咀嚼,再行嚥入胃中。

【反芻動物】 ㄈㄢˇ ㄔㄨˊ ㄉㄨㄥˋ ㄨˋ

(ruminant)爲哺乳綱、偶蹄目(order Artiodactyla)、月齒亞目(suborder Selenodontia)的動物。包括鹿、長頸鹿、羚羊、牛及羊等動物。其胃稱反芻胃,分爲四室:(1)瘤胃(rumen);(2)蜂巢胃(reticulum);(3)重瓣胃(omasum);(4)皺胃(abomasum)。食物(草類)入胃先進瘤胃,待有閒暇,再由瘤胃或經蜂巢胃而反芻入口咀嚼,重行嚥下,由瘤胃、蜂巢胃、重瓣胃至皺胃。前三胃爲食道變形而成,皺胃始有胃腺,能完成胃的消化作用。

【反射係數】 ㄈㄢˇ ㄕㄜˋ ㄒㄧˋ ㄕㄨˋ

(reflectivity)總輻射能中,被反射部分之分率。

【反躬自省】 ㄈㄢˇ ㄍㄨㄥ ㄗˋ ㄒㄧㄥˇ

自我反省。

11【反脣相稽】 ㄈㄢˇ ㄔㄨㄣˊ ㄒㄧㄤ ㄐㄧ

用言語表示不服或鄙視。稽,也作譏。

12【反掌折枝】 ㄈㄢˇ ㄓㄤˇ ㄓㄜˊ ㄓ

比喻事情極爲容易。反掌,翻轉手掌。折枝,折取樹枝。

【反猶主義】 ㄈㄢˇ ㄧㄡˊ ㄓㄨˇ ㄧˋ

(anti-Semitism)本爲基督教中一種反'猶太'教思想。十九世紀中葉後,成爲基於種族偏見的反'猶太'人思想,在東'歐'與中'歐'甚爲流行。二十世紀三十年代'德國''納粹黨'政權更推行激烈的排'猶'與滅'猶'的政策。

13【反經合道】 ㄈㄢˇ ㄐㄧㄥ ㄏㄜˊ ㄉㄠˋ

歸於常道。

【反傾銷論】 ㄈㄢˇ ㄑㄧㄥ ㄒㄧㄠ ㄌㄨㄣˋ

(anti-dumping argument)限制貿易論之一。認爲當貿易對手國進行傾銷,使本國遭受不利影響時,所採取的保護政策、限制貿易、禁止傾銷產品進口等的作法是正當的。

15【反潛作戰】 ㄈㄢˇ ㄑㄧㄢˊ ㄗㄨㄛˋ ㄓㄢˋ

(antisubmarine action)由船艦、潛艇、飛機、直升機組成,可單獨或組合,以對抗敵方潛艇所實施的作戰方式。一般可用反潛魚雷或火箭攻擊敵方的潛艇。

16【反璞歸眞】 ㄈㄢˇ ㄆㄨˊ ㄍㄨㄟ ㄓㄣ

去除一切造作與虛僞,回復純樸自然的境界。

17【反應速率】 ㄈㄢˇ ㄧㄥˋ ㄙㄨˋ ㄌㄩˋ

(rate of reaction)在一個化學反應中,單位時間內的反應量稱爲該反應的反應速率。所謂反應量是指反應物減少的量或生成物增加的量,也就是說:

$$反應速率=\frac{反應物減少的量}{反應時間}=\frac{反應物增加的量}{反應時間}。$$

18【反顏相向】 ㄈㄢˇ ㄧㄢˊ ㄒㄧㄤ ㄒㄧㄤˋ

翻臉相對待。

3【反三角函數】 ㄈㄢˇ ㄙㄢ ㄐㄧㄠˇ ㄏㄢˊ ㄕㄨˋ

六個三角函數的反函數均稱爲反三角函數。因三角函數爲週期函數,所以反三角函數必然是多值的。解決的方法是定義主值,並逕稱爲反正弦、反正切等,而將其多值性以此主值配合適當的常數(週期)表示之。因爲三角函數的倒數關係,通常是定義反正弦、反正切及反餘弦即可。反正弦函數 $arcsinx$ 的定義域爲〔$-1,1$〕,值域爲 $\left[-\frac{\pi}{2},\frac{\pi}{2}\right]$,反正切函數 $arctanx$的定義域$(-\infty,\infty)$,值域$\left(-\frac{\pi}{2},\frac{\pi}{2}\right)$,反餘弦函數 $arccosx$ 的定義域〔$-1,1$〕,值域〔$0,\pi$〕。依此規定則 $arcsinx+arcsiny=arcsin(x\sqrt{1-y^2}+y\sqrt{1-x^2})$。但是 $arctanx+arctany=arctan\frac{x+y}{1-xy}+\sigma(x,y)$。若 $xy>1, x>0$,則 $\sigma(x,y)=\pi$,若 $xy>1, x<0$,則 $\sigma(x,y)=-\pi$,若 $xy<1$,則 $\sigma(x,y)=0$。此即用主值

來解決多值函數時會遇到的麻煩。

6【反向漏電流】 ㄈㄢˇ ㄒㄧㄤˋ ㄌㄡˋ ㄉㄧㄢˋ ㄌㄧㄡˊ

(reverse leakage current) 一接面(如 PN=極體)加上反向偏壓時理應沒有電流，但仍會有少數載子越過接面產生反向電流，稱爲反向漏電流，簡稱漏電流。

7【反社會人格】 ㄈㄢˇ ㄕㄜˋ ㄏㄨㄟˋ ㄖㄣˊ ㄍㄜˊ

(antisocial personality)又稱心理病態人格(psychopathic personality)、社會病態人格(sociopathic personality)。係一種性格失常。患者喜說謊、易衝動、無責任感、漠視他人的感受或需求，且缺乏辨別是非善惡的能力，始終和社會處於對立、反抗的情況。

【反社會行動】 ㄈㄢˇ ㄕㄜˋ ㄏㄨㄟˋ ㄒㄧㄥˊ ㄉㄨㄥˋ

(anti-social actions) ①指一切違反社會行爲準則的行爲。如犯罪、差異行爲等。②指一切意圖推翻或破壞現有社會秩序的行爲或行動。如暴動、革命等。

10【反射式閃光】 ㄈㄢˇ ㄕㄜˋ ㄕˋ ㄕㄢˇ ㄍㄨㄤ

閃光燈的光先向天花板或牆壁照射，再反射給被攝體的照明手法。此法可避免光的直射所照成的光量過度或平板缺乏紋理的缺點，能使光源柔和而自然、均勻，使畫面更具立體感。

13【反傾銷關稅】 ㄈㄢˇ ㄑㄧㄥ ㄒㄧㄠ ㄍㄨㄢ ㄕㄨㄟˋ

(anti-dumping duty)爲防止外國貨物傾銷所課徵的關稅。所謂傾銷，指進口貨物以低於同類貨物之正常價格傾銷，致危害進口國產業者，除徵收一般關稅外，得另徵適當之反傾銷稅。所謂正常價格係指可資比較之銷售價格或推定價格。

14【反磁性物質】 ㄈㄢˇ ㄘˊ ㄒㄧㄥˋ ㄨˋ ㄓˋ

(diamagnetic material)相對導磁係數的值略小於1之物質。例如銀、銅、水、氫、二氧化碳等，皆爲反磁性物質。這類物質放置於磁場中時，會使該處之磁場減弱，以磁鐵接近此類物質時，所受之力非吸引力而是非常微弱的排斥力。

6【反向飽和電流】 ㄈㄢˇ ㄒㄧㄤˋ ㄅㄠˇ ㄏㄜˊ ㄉㄧㄢˋ ㄌㄧㄡˊ

(reverse saturation current) 在一 PN 接面中，當加上反向偏壓時所呈現的電流定值。其發生原因爲表面漏電流與在接面過渡區因碰撞產生新的荷電載子。

10【反射式曝光錶】 ㄈㄢˇ ㄕㄜˋ ㄕˋ ㄆㄨˋ ㄍㄨㄤ ㄅㄧㄠˇ

測量從主體反射而來的光量的曝光錶。大部分手持的曝光錶及一切內裝的曝光錶皆屬此種。這類曝光錶的視角近於攝影機標準鏡頭的視角，約爲30°～50°，可測得景物特定部分的曝光量。

14【反對數放大器】 ㄈㄢˇ ㄉㄨㄟˋ ㄕㄨˋ ㄈㄤˋ ㄉㄚˋ ㄑㄧˋ

(antilogarithm amplifier)又稱指數放大器。具有將輸入之信號轉換成其相對應指數值之作用的電子電路。即一放大電路的輸入信號 V_i 與輸出信號 V_o，具有如下的關係：$V_o = K_1\, exp(K_2 V_i)$，其中 K_1、K_2 爲常數。

叉 爪的古文。

艮 ㄈㄨˊ fu^2 音伏
治理。見"說文"。

収 收的俗體。

㲻 ㄇㄛˋ mo^4 音沒
潛入水中取物。見"說文"。

及 ㄐㄧˊ chi^2 音極
①趕上。如：追及。②到達。如：高可及肩。③繼續。如：餓餒相及。④推廣。如：老吾老以及人之老。⑤和；與。如：本金及利息。⑥姓。'明'有'及宦'。見"萬姓統譜・一二三"。

6【及耳】 ㄐㄧˊ ㄦˇ

(gill)'美'液量單位。爲1/32加侖。

8【及門】 ㄐㄧˊ ㄇㄣˊ

進入師門，接受教誨。

9【及冠】 ㄐㄧˊ ㄍㄨㄢˋ

男子年滿二十歲。古時男子二十歲行冠禮，故稱。

10【及格】 ㄐㄧˊ ㄍㄜˊ

合格；達到所規定的標準。

【及時】 ㄐㄧˊ ㄕˊ

把握時機。

【及笄】 ㄐㄧˊ ㄐㄧ

指女子到了適婚年齡。古代女子十五歲束髮加笄，表示成年。笄，簪子。

11【及第】 ㄐㄧˊ ㄉㄧˋ

舊稱考中科舉。

13【及閘】 ㄐㄧˊ ㄓㄚˊ

(AND gate) 能夠執行及運算功能的電子裝置。其眞值表爲：

輸入		輸出
P	Q	P AND Q
0	0	0
0	1	0
1	0	0
1	1	1

20【及齡】 ㄐㄧˊ ㄌㄧㄥˊ

年齡已達規定的標準。

10【及時雨】 ㄐㄧˊ ㄕˊ ㄩˇ

乾旱缺水時所下的雨。引申指適時的救助，或能施予適時救助的人。

13【及運算】 ㄐㄧˊ ㄩㄣˋ ㄙㄨㄢˋ

(AND operation)爲'布林'代數中的一種基本邏輯運算。又稱邏輯乘法。其運算法則爲：設 P 與 Q 均爲邏輯敘述，若二者之邏輯值皆爲眞，則 P 與 Q 經及運算之結果爲眞。若 P 與 Q 二者有一爲假或同時爲假，則 P 與 Q 經及運算之結果爲假。及運算的表示法有 $P*Q$、$P \cdot Q$、$P \wedge Q$ 等，其眞值表(以 F 代表假，T 代表眞)爲：

輸入		AND
P	Q	運算
F	F	F
F	T	F
T	F	F
T	T	T

3

叏 ㄊㄠ $t'ao^1$ 音叨
[1]滑。見"說文"。[2]取。見"說文通訓定聲"。

4

叒 ㄖㄨㄛˋ jo^4, juo^4 音若
木名。即榑桑。見"說文"。

叓 史的本字。

𠬪 ㄆㄧㄠˇ $p'iao^3$ 音瞟
東西落下,兩手上下相承接。見"說文"。

6

取 ㄑㄩˇ $ch'u^3$ 音娶
[1]接受;收受。如:收取費用。[2]拿;占有。如:各取一半。[3]選擇;採用。如:舍生取義。[4]得到;求得。如:取信於人。[5]招致;找來。如:自取滅亡。[6]迎娶。通娶。如:取妻。[7]助詞。用於動詞之後,表示動作之進行。相當於著、得。如:看取。

5【取巧】 ㄑㄩˇ ㄑㄧㄠˇ
採用巧妙的方法。今多指用狡猾的手段謀求利益。

6【取合】 ㄑㄩˇ ㄏㄜˊ
迎合。

7【取材】 ㄑㄩˇ ㄘㄞˊ
選取材料。

8【取法】 ㄑㄩˇ ㄈㄚˇ
效法。

9【取信】 ㄑㄩˇ ㄒㄧㄣˋ
[1]取得別人的信任。[2]拿取信件。

【取便】 ㄑㄩˇ ㄅㄧㄢˋ
取其方便。

10【取容】 ㄑㄩˇ ㄖㄨㄥˊ
討好曲從,以求見容於人。

【取消】 ㄑㄩˇ ㄒㄧㄠ
廢除已決定的事。

【取悅】 ㄑㄩˇ ㄩㄝˋ
求取他人歡欣。

【取笑】 ㄑㄩˇ ㄒㄧㄠˋ
[1]招人譏笑。同見笑。[2]開玩笑;譏笑。

11【取捨】 ㄑㄩˇ ㄕㄜˇ
採用與不採用。

12【取勝】 ㄑㄩˇ ㄕㄥˋ
獲得勝利。

20【取譬】 ㄑㄩˇ ㄆㄧˋ
引用別的事物作爲譬喻。

5【取代反應】 ㄑㄩˇ ㄉㄞˋ ㄈㄢˇ ㄧㄥˋ
(substitution)又稱置換反應。即物質中的某原子被其他原子所置換(取代),但其餘原子的結合狀態卻完全不變的反應。例如甲烷(CH_4)和氯(Cl_2)反應,分子中的H將被Cl置換而成爲氯化甲烷(CH_3Cl)。

6【取而代之】 ㄑㄩˇ ㄦˊ ㄉㄞˋ ㄓ
取他人的地位而由自己來代替。

11【取得時效】 ㄑㄩˇ ㄉㄜˊ ㄕˊ ㄒㄧㄠˋ
經過一定期間,繼續占有他人之動產或不動產,而取得其所有權,或事實上繼續行使所有權以外之財產權,而取得其權利之制度。取得時效,性質上爲一般法律事實,係依法律之規定而取得權利,屬原始取得,以前有在於該標的物上之一切負擔,均因時效之完成而消滅。主要可分爲動產及不動產之取得時效,前者,以所有之意思,五年間和平、公然占有他人之動產者,即取得其所有權,而不問是否爲善意並無過失;後者,以所有之意思,二十年間和平、繼續占有他人未登記之不動產者,即得請求登記爲所有人,如其占有之始係善意並無過失者,則十年即得請求登記爲所有人。

15【取樣-保持電路】 ㄑㄩˇ ㄧㄤˋ ㄅㄠˇ ㄔˊ ㄉㄧㄢˋ ㄌㄨˋ
(sampling hold circuit)以一定之週期瞬間從信號波中取出其振幅做爲樣本,並將其保持的一種脈衝電路。使用之取樣頻率必須爲信號中所含之最高頻率之兩倍以上($f_p>2f_m$),否則信號將無法正確地重現。如圖所示。

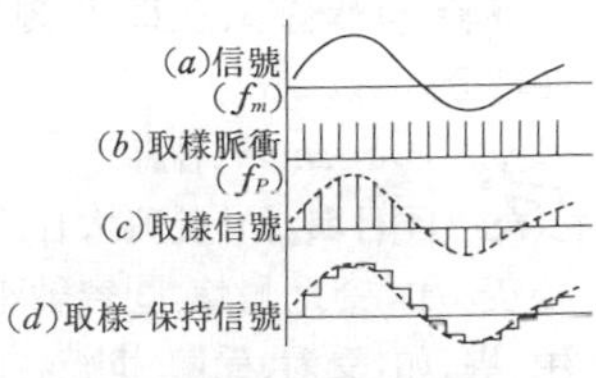

取樣一保持電路圖

12【取景器式照相機】 ㄑㄩˇ ㄐㄧㄥˇ ㄑㄧˋ ㄕˋ ㄓㄠˋ ㄒㄧㄤˋ ㄐㄧ
屬齊眼平視取景攝影機,是體積最小、操作簡易的一種。它的取景器是個窺孔,經由透鏡系統,可顯出與所拍攝照片同樣範圍的影像,通過聯動測距器與鏡頭相連,可看清是否對準焦距。拍攝時由於取景器與鏡頭間有一小段距離,會引起視差,故不適於近距離特寫。其膠片大多使用35厘米者,是拍攝高速運動情景的理想相機。

叕 ㄓㄨㄛˊ $cho^2, chuo^2$ 音卓
連綴。見"說文"。

叔 ㄕㄨˊ shu^2 音淑
[1]用手拾取。見"說文"。[2]父親的弟弟。如:叔父。[3]丈夫的弟弟。如:小叔。[4]兄弟中排行第三的。如:伯仲叔季。[5]末;衰亂。如:叔世。[6]豆類的總名。通菽。如:叔粟。[7]姓。'漢'有'叔壽'。見"萬姓統譜·一一二"。

5【叔本華】 ㄕㄨˊ ㄅㄣˇ ㄏㄨㄚˊ
(Arthur Schopenhauer, 1788～1860)'德國'哲學家。以悲觀論及意志詮釋實有而著名。認爲意志即欲望,人因此常感到欠缺與痛

叔本華像

苦,雖可借藝術減輕此痛苦,但完全的解脫只能靠苦行才得以實現。其哲學思想直到五十年代後期才受到重視。代表作爲"意志與表象的世界"(*Die Welt als Wille und Vorstellung*),包含知識論、自然哲學、美學、倫理學四部分。

受 ㄕㄡˋ *shou*^{4} 音壽
①付與。如:受與大任。②接受。如:受之無愧。③容納。④中;堪。如:受看、受聽。⑤被。如:受騙。

5【受用】 ㄕㄡˋ ㄩㄥˋ
①接受財貨,以供政府支用。②享受;得到好處。如:受用不盡。③舒服;樂意接受。

【受孕】 ㄕㄡˋ ㄩㄣˋ
懷胎。

7【受戒】 ㄕㄡˋ ㄐㄧㄝˋ
①受到訓戒。②指出家當僧尼,接受佛教制定的戒法。是一種佛家的宗教儀式。

8【受命】 ㄕㄡˋ ㄇㄧㄥˋ
①接受天命。②接受任務。③受教;接受別人的教導。

10【受託】 ㄕㄡˋ ㄊㄨㄛ
接受別人的委託。

【受訊】 ㄕㄡˋ ㄒㄩㄣˋ
接受審問。

【受氣】 ㄕㄡˋ ㄑㄧˋ
被人欺侮凌辱。

11【受理】 ㄕㄡˋ ㄌㄧˇ
接受起訴,予以審理。法院對於起訴的案件認爲無不受理之情形時,即應予以受理。所謂不受理之情形,如一、訴訟事件不屬於普通法院之權限者。二、原告或被告無當事人能力。三、由訴訟代理人起訴而其代理權有欠缺者。

【受累】 ㊀ ㄕㄡˋ ㄌㄟˇ
爲別人的事情所牽累。
㊁ ㄕㄡˋ ㄌㄟˋ
勞神費力。

【受衆】 ㄕㄡˋ ㄓㄨㄥˋ
(audience) 也稱閱聽人或視聽人。報刊讀者、廣播聽眾及電視觀眾的總稱。

【受符】 ㄕㄡˋ ㄈㄨˊ
道教語。接受眞師傳授的符契圖籙。據說是道法的鑰匙,所以特重祕密傳承。

13【受罪】 ㄕㄡˋ ㄗㄨㄟˋ
遭受痛苦。

【受業】 ㄕㄡˋ ㄧㄝˋ
①學生隨從老師學習。②學生對老師的自稱。

14【受精】 ㄕㄡˋ ㄐㄧㄥ
(fertilization)精子與卵相遇,並進入卵,兩者的核互相結合,稱爲受精。

15【受審】 ㄕㄡˋ ㄕㄣˇ
接受審問。

16【受器】 ㄕㄡˋ ㄑㄧˋ
(receptor) 爲特化的組織或細胞,可接受某種特定的刺激。例如眼內的受器爲桿細胞及視錐,可以接受光的刺激。

19【受難】 ㄕㄡˋ ㄋㄢˋ
①遭受指責。②遭受苦難。

22【受籙】 ㄕㄡˋ ㄌㄨˋ
道教語。①道教的弟子受道,必拜請祭酒,授以各種籙文,可藉以役使神將天兵,護佑己身。初期的天師道已經行受籙法。②帝王相信帝位得自於天命,也有受籙繼崇道法。

23【受體】 ㄕㄡˋ ㄊㄧˇ
(acceptor) 在四價的半導體中,加入三價元素,使成爲帶有大量電洞之P型半導體,此種三價元素稱爲受體。

9【受虐狂】 ㄕㄡˋ ㄋㄩㄝˋ ㄎㄨㄤˊ
(masochism)承受外來之痛苦而獲致性滿足之傾向。與施虐狂相對。

10【受託人】 ㄕㄡˋ ㄊㄨㄛ ㄖㄣˊ
(trustee) 指在信託交易中,接受委託管理及處分信託人財產的人。可爲個人,也可爲公司,但以公司居多。

【受益人】 ㄕㄡˋ ㄧˋ ㄖㄣˊ
在第三人利益契約,當事人之一方,約定使他方向第三人爲給付時,第三人即因而取得直接請求給付之權利。此等第三人即爲受益人。他如運送契約使受貨人取得提貨之權利、終身定期金使契約以外之第三人取得定期金請求權,此受貨人、第三人亦爲受益人。"保險法"更明文規定,保險契約之受益人得取得保險金請求權。在債務人爲詐害債權之行爲時,如其所爲係有償行爲,且於行爲時明知有損害於債權人之權利者,以受益人於受益時亦知其情事爲限,債權人得聲請法院撤銷之。

【受益權】 ㄕㄡˋ ㄧˋ ㄑㄩㄢˊ
人民爲自己之利益,有請求國家爲一定作爲或利用公共設備之權利,稱爲受益權。又稱請求權。受益權之種類甚多,主要有:一、經濟上之受益權:"憲法"第十五條規定:「人民之生存權、工作權及財產權,應予保障。」二、行政上之受益權:"憲法"第十六條規定:「人民有請願、訴願……之權。」三、教育上之受益權:"憲法"第二十一條規定:「人民有受國民教育之權利與義務。」四、司法上之受益權:"憲法"第十六條規定:「人民有……訴訟之權。」

11【受貨人】 ㄕㄡˋ ㄏㄨㄛˋ ㄖㄣˊ
(consignee)又稱收貨人。即指有權憑提單要求運送人交付貨物的人。在國際貿易,由於涉及進出口商的資金融通,提單上「受貨人」欄的受貨人大都不是實際的收貨人。如以信用狀爲付款方式,則「受貨人」欄的受貨人,可視信用狀的規定而異;如無規定時,習慣上以「待指定」(to order)或「待託運人指定」(to order of shipper)表示受貨人。

14【受精卵】 ㄕㄡˋ ㄐㄧㄥ ㄌㄨㄢˇ
(fertilized egg) 又稱合子。生物行有性生殖時，精子與卵結合成一個細胞，稱為受精卵。

15【受播者】 ㄕㄡˋ ㄅㄛˋ ㄓㄜˇ
(receiver) 指接受訊息的人。通常指收到、聽到或閱讀媒介音訊的個人。也擴大指聽演說的眾人，或指接收、儲存資訊的一種機械裝置。

19【受難曲】 ㄕㄡˋ ㄋㄢˋ ㄑㄩˇ
(passion) 十七、十八世紀流行於'歐洲'，取材於"聖經""馬太"、"馬可"、"路加"、"約翰"四福音中'耶穌'受難故事的一種清唱劇。最著名的有'巴赫'的"馬太受難曲"、"約翰受難曲"。

9【受信業務】 ㄕㄡˋ ㄒㄧㄣˋ ㄧㄝˋ ㄨˋ
銀行接受他人信用的業務。此種信用交易，發端於他人，銀行處於被動地位，故又稱被動業務。包括收受存款及發行金融債券等業務。

10【受益原則】 ㄕㄡˋ ㄧˋ ㄩㄢˊ ㄗㄜˊ
(benefit principle) 主張人民納稅的多少，應根據其由政府開支方面所得到的好處之多少來決定。

11【受通知人】 ㄕㄡˋ ㄊㄨㄥ ㄓ ㄖㄣˊ
(notify party) 又稱被通知人、受知會人、到貨受通知人、到貨聯絡人。即提單上所載明於貨物運抵目的地時，船公司應通知其到貨事宜以迅速提貨的人。提單如屬指示提單而不記載受貨人姓名(如提單上「受貨人」欄以 to order 或 to order of shipper 形式表示)，以致卸貨港運送人無法通知受貨人提貨，則將增加船貨雙方的費用與不便，所以提單上均附加「受通知人」欄。受通知人雖無權提貨，但大都是實際受貨人(即進口商或買方)或其指定人(如報關運輸行)。一般商業習慣，定期輪運送的貨物，運送人除超出規定提貨時間(多為十四天至三十天)的特別情形外，多不通知受貨人而由受貨人注意到船期。但依我國"民法"第六百四十三條規定，船公司負有到貨通知的義務。但如託運人未填明受通知人或無受貨人姓名住址者，船方自可不負通知之責。至於不定期輪因多是大宗貨運，故船方必須事先通知傭船人船到時日(我國"海商法"第九十三條、九十五條)。

【受眾分隔】 ㄕㄡˋ ㄓㄨㄥˋ ㄈㄣ ㄍㄜˊ
(fragmentation of audience) 指傳播媒體的受眾可依年齡、性別、籍貫、職業等分為若干群，以檢測其接受音訊的偏好。受眾對媒體的選擇，也可從此種細分中獲得解釋。

【受眾淨量】 ㄕㄡˋ ㄓㄨㄥˋ ㄐㄧㄥˋ ㄌㄧㄤˋ
(net audience) 在一特定期間內，由某項傳播媒介所傳達到的個人或住戶的數量。無論接觸到多少次的廣告，均以一次為計算標準，稱為受眾淨量。

19【受寵若驚】 ㄕㄡˋ ㄔㄨㄥˇ ㄖㄨㄛˋ ㄐㄧㄥ
得到恩寵而驚喜無措。

11【受眾換臺率】 ㄕㄡˋ ㄓㄨㄥˋ ㄏㄨㄢˋ ㄊㄞˊ ㄌㄩˋ
(audience flow) 指廣播或電視的受眾，在每半小時內所作的節目選擇(即換臺收視或收聽)頻率。

7

叜 叟的本字。

叛 ㄆㄢˋ *p'an*4 音畔
違背。

10【叛逆】 ㄆㄢˋ ㄋㄧˋ
1背叛而不順從。2指背叛不順從的人。

13【叛亂】 ㄆㄢˋ ㄌㄨㄢˋ
背叛作亂。

23【叛變】 ㄆㄢˋ ㄅㄧㄢˋ
脫離原來的組織，變成敵對立場的行為。

叚 ㄐㄧㄚˇ *chia*3 音甲
借；借助。今通作假。如：叚借。

敘 敘的俗體。

8

叟 本作叜。㊀ ㄙㄡˇ *sou*3 音嗾
老人。如：童叟無欺。
㊁ ㄙㄡ *sou*1 音搜
'漢代'"蜀"的別稱。

9

曼 ㄇㄢˋ *man*4 音慢 又讀 ㄨㄢˋ *wan*4 音萬
1長；引長。如：曼聲。2延伸；展開。如：曼延。3美；細緻。如：曼澤。

7【曼谷】 ㄇㄢˋ ㄍㄨˇ
(Bangkok) '泰國'首都。位於'昭披耶河三角洲'上，臨'暹羅灣'(G. of Siam)。航線輻輳，商旅雲集，為'東南亞'國際航空中心；河渠縱橫，水運發達，以'巴南'(Samut Prakan) 為外港，有「東方威尼斯」之稱。市內大小佛寺四百餘座，尤以'鄭王宮'、'玉佛寺'、'大佛寺'和'雲石寺'最著。為'中南半島'上最繁榮、人口最多的都市。人口632萬(2000年)。

8【曼波】 ㄇㄢˋ ㄅㄛ
(mambo) 起源於'古巴'的一種土風舞。西元1930年代流行於'美國'，屬四分之四節拍，動作粗獷，肩膀及腰臀扭動較大，尚保存若干原始舞蹈的特徵。

9【曼衍】 ㄇㄢˋ ㄧㄢˇ
1變化無窮。2連綿不絕。

13【曼羨】 ㄇㄢˋ ㄒㄧㄢˋ

盛大;擴散。

【曼飾】 ㄇㄢˋ ㄕˋ
變化無窮的文飾。

19【曼麗】 ㄇㄢˋ ㄌㄧˋ
柔媚美麗。

8【曼陀林】 ㄇㄢˋ ㄊㄨㄛˊ ㄌㄧㄣˊ
(mandoline) 又稱曼陀林琴。由中古魯特琴演變而來。體作半梨形而頸較長,張有四對絃線,形似琵琶,彈奏時用⌊撥⌉去撥絃。

曼陀林圖

【曼陀羅】 ㄇㄢˋ ㄊㄨㄛˊ ㄌㄨㄛˊ
①(*Datura stramonium* Linn.) 一年生草本。高約1公尺,葉通常互生,但間有對生者,廣卵形,全緣或具少數鋸齒。夏秋間,腋生短柄的大形白花,萼長筒形,5裂,花冠漏斗形,淺5裂,裂片先端成尖尾狀,雄蕊5枚,雌蕊1枚,蒴果球形,具短刺。葉及種子有毒,可供藥用。②即山茶。參山茶。

11【曼荼羅】 ㄇㄢˋ ㄊㄨˊ ㄌㄨㄛˊ
佛家語。梵語 maṇḍala 的音譯。也譯作曼陀羅、曼拏羅、曼達拿、曼吒羅等。或義譯爲壇、道場、圓輪具足等。一般是指佛教密宗作法、誦經的地方,但原意則指密宗在行宗教儀式時,所構築的土堆或繪製很多佛菩薩、明王、護法神的圖像。

9【曼哈坦計畫】 ㄇㄢˋ ㄏㄚ ㄊㄢˇ ㄐㄧˋ ㄏㄨㄚˋ
(Manhattan Project) '美國'政府於第二次世界大戰時祕密製造世界上第一枚原子彈之代號。此計畫於西元1942年成立,於1945年試爆成功,並於該年八月向'日本''廣島'、'長崎'投擲,迫使'日本'投降。

12【曼惠二氏檢定】 ㄇㄢˋ ㄏㄨㄟˋ ㄦˋ ㄕˋ ㄐㄧㄢˇ ㄉㄧㄥˋ
(Mann-Whitney test) 若兩個母體X與Y之分布、形狀與偏差相同,但中位數不一定,欲檢定H_0:兩母體相同,可把抽出之樣本X_i、Y_i全部合在一起,依大小編序,諸X之序數和爲R_x,諸Y之序數和爲R_y,再計算出$U_x=n_xn_y+\frac{n_x(n_x+1)}{2}-R_x$($U_y$類似),並令$U_x$與$U_y$中較小者爲$U$,此爲'曼''惠'二氏之統計量。當$H_0$爲眞時,$U$不致於太小(此大小及機率均可查表),故得以檢定$H_0$之眞僞。

14【曼徹斯特學派】 ㄇㄢˋ ㄔㄜˋ ㄙ ㄊㄜˋ ㄒㄩㄝˊ ㄆㄞˋ
(Manchester school) 十九世紀'英國'經濟學的一派。自十八世紀末'亞當·斯密''國富論'出版後,經濟自由主義漸爲朝野所重,倡導最力者爲'曼徹斯特商會',此派贊成自由貿易,反對保護政策及穀物條例。該學說對'英'經濟思想界影響甚大。

 愛的俗體。

11

叠 疊的俗體。

𠭥 摣的或體。

14

𣝣 叢的或體。

叡 ㄖㄨㄟˋ *jui*[4] 音銳
明智;通達。同睿。

12【叡智】 ㄖㄨㄟˋ ㄓˋ
明智。

16

叢 ㄘㄨㄥˊ *ts'ung*[2] 音從
或作𣝣。①聚集。如:叢生。②樹木聚於一處。即灌木。③繁雜;眾多。如:叢談。④姓。'明'有'叢蘭'。見"萬姓統譜·一"。

5【叢刊】 ㄘㄨㄥˊ ㄎㄢ
把許多不同的書彙輯起來,或輯一人各類著作,分門別類加以編輯而成的一套完整的書。

【叢生】 ㄘㄨㄥˊ ㄕㄥ
①草木聚生。②比喻許多事情一起發生。

8【叢林】 ㄘㄨㄥˊ ㄌㄧㄣˊ
①茂密的樹林。②指僧眾或僧俗合住,修道念佛的地方。以叢林爲譬,言其如樹木叢集在一處而爲林。此語多爲禪宗所用。如:禪宗叢林。後泛指寺院。

10【叢書】 ㄘㄨㄥˊ ㄕㄨ
彙輯若干書而編印成一部大書,並題一個總名,稱爲叢書。

11【叢脞】 ㄘㄨㄥˊ ㄘㄨㄛˇ
細碎煩瑣。

19【叢藪】 ㄘㄨㄥˊ ㄙㄡˇ
草木雜生的低窪地。

8【叢林戰】 ㄘㄨㄥˊ ㄌㄧㄣˊ ㄓㄢˋ
在叢林進行的軍事行動。叢林戰一般對守方有利,可構築良好的僞裝工事,布置殺傷地雷等。

14【叢聚抽樣】 ㄘㄨㄥˊ ㄐㄩˋ ㄔㄡ ㄧㄤˋ
(cluster sampling) 例如以全國人民爲母體,隨機抽樣有困難時,可先抽出縣市,再抽出鄉鎮區等等分階段來抽樣,抽中之單位即叢聚。此法通常較節省,但有時隨機性有問題。

口 部

口 ㄎㄡˇ k'ou³
①嘴巴。②往來出入的通道。如:港口。③器物內外相通處的孔。如:瓶口。④破裂的地方。如:缺口。⑤刀劍的鋒刃。如:刀口。⑥量詞。用以計算人數、牲畜、器物等。如:一家八口。

3【口才】ㄎㄡˇ ㄘㄞˊ
說話的技巧。

4【口分】ㄎㄡˇ ㄈㄣ
①按人口所分的糧或田。②按人口分糧或田。

5【口占】ㄎㄡˇ ㄓㄢˋ
不起草稿,隨口吟誦成詩。

【口令】ㄎㄡˇ ㄌㄧㄥˋ
①軍隊操演或體育教學時,指揮者所下達簡短的口頭號令。凡有關團體動靜秩序的維持及隊形變換等,均須由口令來指揮。口令可分為預令、動令和休止三部分。②戒嚴期間,軍隊長官逐日密發字語,以為口語的暗號,藉防敵人混入,也稱口令。

6【口舌】㊀ ㄎㄡˇ ㄕㄜˊ
指言語;辯才。
㊁ ㄎㄡˇ ˙ㄕㄜ
口角;爭吵。

【口吃】ㄎㄡˇ ㄐㄧˊ
(stammer)一種習慣性的語言缺陷。講話時常發生語言中斷和重複的情形,發單音時雖準確,但聯結成句時,則非常蹇澀;尤其在情緒緊張時更為嚴重。其原因與遺傳因素有關,但模仿也是口吃的成因之一。

7【口快】ㄎㄡˇ ㄎㄨㄞˋ
脫口而出,不加考慮。

【口技】ㄎㄡˇ ㄐㄧˋ
表演技藝的一種。用嘴巴模仿各種聲音,以娛樂聽眾。

【口吻】ㄎㄡˇ ㄨㄣˇ
①嘴。②說話的語氣。

【口角】ㄎㄡˇ ㄐㄧㄠˇ
①嘴邊。②言辭或說話的語氣。③爭吵。

8【口拙】ㄎㄡˇ ㄓㄨㄛˊ
不善於說話。

【口味】ㄎㄡˇ ˙ㄨㄟ
①滋味;味道。②食慾;所嗜好的食品。引申為一切所喜愛的事物。

【口供】ㄎㄡˇ ˙ㄍㄨㄥ
犯人口述的供詞。

9【口音】ㄎㄡˇ ㄧㄣ
①言語的腔調。②凡發音時氣流完全經口腔通出口外的叫口音,如ㄚ、ㄠ。

【口風】ㄎㄡˇ ㄈㄥ
話語的含意及傾向。

【口信】ㄎㄡˇ ㄒㄧㄣˋ
托人以口頭傳達的消息。

10【口氣】ㄎㄡˇ ˙ㄑㄧ
①從口中呼出的氣。②氣息。③語氣及所含的意思。

【口臭】ㄎㄡˇ ㄔㄡˋ
(bad breath) 多因牙齒及齒齦不潔而起。常刷牙或用硼酸鹽水漱口可獲改善;容易發生口臭的人,必須戒吃蒜、洋蔥等味道濃的食物。

【口徑】ㄎㄡˇ ㄐㄧㄥˋ
①泛指器物圓口的直徑。②軍事上指槍管、炮管的內直徑;線膛武器指二條相對陽線之間的距離。通常以公分計算。

11【口訣】ㄎㄡˇ ㄐㄩㄝˊ
①宗教傳法的重要言語。②指為掌握事務要領所編成簡明易記的句子。

【口授】ㄎㄡˇ ㄕㄡˋ
口頭傳授。

12【口琴】ㄎㄡˇ ㄑㄧㄣˊ
①古代吹奏樂器。鐵製,一柄兩股,中間有一稍長於股的簧片,簧端微曲,上點臘珠,銜股鼓簧發聲。②(harmonica)西洋樂器。西元1821年由'德國''布希曼'(Buschmann)創製。屬簧樂器,琴身扁長,內有一系列按自然音階排列的小簧片,由側面小孔用口吹吸發音。

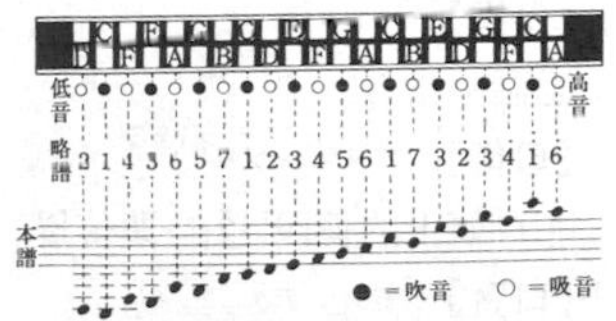

標準型21孔口琴音域圖

【口惠】ㄎㄡˇ ㄏㄨㄟˋ
口頭所承諾的恩惠。

【口腔】ㄎㄡˇ ㄑㄧㄤ
(mouth cavity) 指消化管最前端的中空部分。在人體是由上下兩列牙齒分為前庭和口腔本部二部分:前庭為頰、唇與齒齦之間的空隙,口腔本部的上壁是腭,分隔口腔和鼻腔。腭的前部為骨所支持,稱硬腭,後部稱軟腭。軟腭後緣中央有懸雍垂,即小舌。口腔底部,大部分為舌所占。從舌的下面到口腔底的中央有道縱走的黏膜皺襞,稱舌繫帶,兩旁有舌下腺和頷下腺導管的開口。由口腔通向咽腔的拱門稱口咽峽,是食物由口腔進入咽腔的通道。舌下腺和頷下腺分泌黏液和唾液。

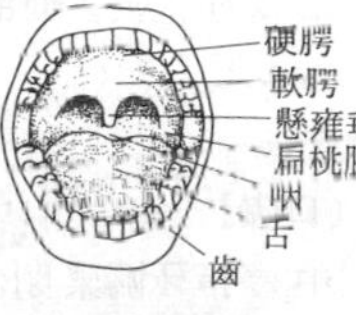

口腔圖

【口給】ㄎㄡˇ ㄐㄧˇ
言辭敏捷,善於辯駁。

13【口試】ㄎㄡˇ ㄕˋ
考試方式之一。用口頭試驗應試者。

【口福】ㄎㄡˇ ㄈㄨˊ
享用美食的福氣。

【口碑】ㄎㄡˇ ㄅㄟ
眾人口頭稱頌,如同樹立石碑一樣。引申指眾人的評論。

【口號】㊀ ㄎㄡˇ ㄏㄠˋ
①集會、遊行時呼喊的詞語。用以

表達其訴求或主張。[2]軍隊中的口令。

[三] ㄎㄡˇ ㄏㄠˊ

即口占。

【口過】ㄎㄡˇ ㄍㄨㄛˋ

說話失當。

【口傳】ㄎㄡˇ ㄔㄨㄢˊ

[1]口頭上的傳說。[2]口頭傳授。

14【口實】ㄎㄡˇ ㄕˊ

[1]口中的食物。[2]談話的資料。[3]話柄。

15【口齒】ㄎㄡˇ ㄔˇ

[1]嘴和牙齒。[2]言語;談吐。

【口德】ㄎㄡˇ ㄉㄜˊ

說話的道德、分寸。

16【口頭】[一] ㄎㄡˇ ㄊㄡˊ

[1]不用書面而直接用言語表達意思。[2]僅止於表面的言談。

[二] ㄎㄡˇ ·ㄊㄡ

口味。

【口噤】ㄎㄡˇ ㄐㄧㄣˋ

'中'醫指牙關緊閉、口不能張、無法言語的症狀。見於破傷風、中風等神經性疾病。

【口器】ㄎㄡˇ ㄑㄧˋ

(mouth part) 節肢動物口的兩側有附肢,包括大顎、第一小顎及第二小顎,合稱口器。口器與攝食有關。昆蟲的口器上方尚有上唇,第二小顎則癒合而爲下唇。

18【口糧】ㄎㄡˇ ㄌㄧㄤˊ

依照人口發給的食糧。多指軍人的糧餉或貧民災民的救濟糧食。

12【口腔炎】ㄎㄡˇ ㄑㄧㄤ ㄧㄢˊ

(stomatitis) 口腔黏膜上發生紅腫、潰瘍或出現白斑點的炎症。又稱口內炎。致病原因有物理、化學的刺激,或受感染、缺乏維他命、過敏性體質、代謝異常等;全身性的疾病,例如白血病也會引起口腔炎。治療時,一般可使用原因療法及對症療法,其他如塗抹藥劑、漱口及調整食物。

【口腔期】ㄎㄡˇ ㄑㄧㄤ ㄑㄧˊ

(oral stage) '奧地利'心理學家'弗洛依德'分析人格發展的第一階段。嬰兒自出生至週歲期間,係藉吸吮、舔、吞嚥、咀嚼等口腔活動以滿足其快感。

16【口頭禪】ㄎㄡˇ ㄊㄡˊ ㄔㄢˊ

指不能領會禪理,只襲用禪家常語作爲談話時的點綴。今則泛指說話時常掛在嘴上,實際卻無多大意義的詞句。

【口蹄病】ㄎㄡˇ ㄊㄧˊ ㄅㄧㄥˋ

(foot-and-mouth disease)一種發生在偶蹄類動物(牛、羊、豬等)身上高度而急性的傳染病。由濾過性病毒所引起。一經染上,病畜體溫升高,口腔、舌面、蹄叉、蹄冠及乳房上發生水疱及爛斑,口流泡沫,跛行,影響分泌乳汁及使役。可用碘甘油塗在患處及以消毒液洗滌口腔等法治療。

3【口口聲聲】ㄎㄡˇ ㄎㄡˇ ㄕㄥ ㄕㄥ

不斷地說;重複地說。

6【口舌成瘡】ㄎㄡˇ ㄕㄜˊ ㄔㄥˊ ㄔㄨㄤ

口舌生瘡。形容誦讀的勤奮。

【口耳之學】ㄎㄡˇ ㄦˇ ㄓ ㄒㄩㄝˊ

淺薄無實的學問。

【口耳相傳】ㄎㄡˇ ㄦˇ ㄒㄧㄤ ㄔㄨㄢˊ

以口說耳聽的方式互相傳授。

【口血未乾】ㄎㄡˇ ㄒㄧㄝˇ ㄨㄟˋ ㄍㄢ

指結盟不久。

7【口沒遮攔】ㄎㄡˇ ㄇㄟˊ ㄓㄜ ㄌㄢˊ

形容說話毫無顧忌,沒有分寸。

【口吻生花】ㄎㄡˇ ㄨㄣˇ ㄕㄥ ㄏㄨㄚ

指吟詩得意,興趣濃厚。也指人談吐優雅。

【口角春風】ㄎㄡˇ ㄐㄧㄠˇ ㄔㄨㄣ ㄈㄥ

比喻言語評論,如春風一樣能使萬物生長。後人在書信中常用此語比喻爲人吹噓或說好話。

8【口沫橫飛】ㄎㄡˇ ㄇㄛˋ ㄏㄥˊ ㄈㄟ

形容說話滔滔不絕,興致盎然的樣子。

9【口是心非】ㄎㄡˇ ㄕˋ ㄒㄧㄣ ㄈㄟ

口中說的和心裡想的不一致。

【口若懸河】ㄎㄡˇ ㄖㄨㄛˋ ㄒㄩㄢˊ ㄏㄜˊ

說話有如流水般傾瀉,滔滔不絕。比喻能言善辯。

11【口乾舌燥】ㄎㄡˇ ㄍㄢ ㄕㄜˊ ㄗㄠˋ

形容費盡脣舌的樣子。

【口授心傳】ㄎㄡˇ ㄕㄡˋ ㄒㄧㄣ ㄔㄨㄢˊ

指師生間道業的傳授。

【口授遺囑】ㄎㄡˇ ㄕㄡˋ ㄧˊ ㄓㄨˇ

遺囑人因生命危急或其他特殊情形,不能爲自書遺囑、公證遺囑、密封遺囑及代筆遺囑時,以口授方法所爲之遺囑。口授遺囑得以一、口授筆記:即由遺囑人指定二人以上之見證人,並口授遺囑意旨,由見證人中之一人,將該遺囑意旨,據實作成筆記,並記明年、月、日,與其他見證人同行簽名。二、口述錄音:由遺囑人指定二人以上之見證人,並口述遺囑意旨、其姓名及年、月、日,由見證人全體口述遺囑之爲眞正及其姓名,全部予以錄音,將錄音帶當場密封,並記明年、月、日,由見證人全體在封縫處同行簽名。口授遺囑,爲應急權宜之方法,故遺囑人未死亡者,自遺囑人能依其他方式爲遺囑之時起,經三個月而失其效力。如遺囑人死亡者,應由見證人中之一人或利害關係人,於其死亡後三個月內,提經親屬會議認定其眞僞,對於親屬會議之認定,如有異議,得聲請法院判定之。

12【口無擇言】ㄎㄡˇ ㄨˊ ㄗㄜˊ ㄧㄢˊ

[1]說話不須思索考慮,都中規中矩,合於禮法。[2]責人說話不加思索,任意亂講。

13【口誅筆伐】ㄎㄡˇ ㄓㄨ ㄅㄧˇ ㄈㄚ

用語言、文字聲討他人的罪惡。

【口碑載道】ㄎㄡˇ ㄅㄟ ㄗㄞˋ ㄉㄠˋ

形容一個人到處受到稱揚。

【口腹之欲】ㄎㄡˇ ㄈㄨˋ ㄓ ㄩˋ

飲食的欲望。也泛指一切官能的

欲望。

【口腹之養】㊀ ㄎㄡˇ ㄈㄨˋ ㄓ ㄧㄤˋ

專指對父母或長輩在物質方面的供養。

㊁ ㄎㄡˇ ㄈㄨˋ ㄓ ㄧㄤˇ

泛指物質方面的享受。

14【口蜜腹劍】ㄎㄡˇ ㄇㄧˋ ㄈㄨˋ ㄐㄧㄢˋ

比喻人說話很甜蜜而內心狠毒。

【口誦心維】ㄎㄡˇ ㄙㄨㄥˋ ㄒㄧㄣ ㄨㄟˊ

用口來誦讀,用心來思考。

【口說無憑】ㄎㄡˇ ㄕㄨㄛ ㄨˊ ㄆㄧㄥˊ

但憑口說,缺乏憑證。

8【口服避孕藥】ㄎㄡˇ ㄈㄨˊ ㄅㄧˋ ㄩㄣˋ ㄧㄠˋ

(oral pill) 主要由黃體素所製成,利用其可抑制排卵的作用,達到避孕目的的口服藥物。通常於月經來後第五天開始服用,每日一顆。避孕效果可達99%。

12【口惠而實不至】ㄎㄡˇ ㄏㄨㄟˋ ㄦˊ ㄕˊ ㄅㄨˋ ㄓˋ

口頭示恩,而沒有實質的付出。

2

可 ㊀ ㄎㄜˇ k'o³, k'ê³ 音坷

①肯;贊成。如:不可。②合意;滿意。如:可口。③能夠。如:方可。④大約。如:可數百步。⑤值得。如:可憐。⑥痊癒。如:痊可。⑦表示疑問。有豈、何、那的意思。如:你可想過?⑧但;卻。如:他雖笨,可很用功。⑨助詞。如:你可回來了。⑩姓。'唐'有'可中止'。見"奇姓通·六"。

㊁ ㄎㄜˋ k'o⁴, k'ê⁴ 音客

參可汗。

2【可人】ㄎㄜˇ ㄖㄣˊ

①使人滿意、喜歡。②指品行修為可取的人。

3【可口】ㄎㄜˇ ㄎㄡˇ

滋味適口。

6【可汗】ㄎㄜˋ ㄏㄢˊ

'西域'各國稱其君主。

12【可惱】ㄎㄜˇ ㄋㄠˇ

可恨;使人惱恨。

【可堪】ㄎㄜˇ ㄎㄢ

那堪;怎堪;何堪。

14【可疑】ㄎㄜˇ ㄧˊ

使人懷疑;不可信。

15【可憐】ㄎㄜˇ ㄌㄧㄢˊ

①令人憐憫。②可愛。③可惜。

【可憎】ㄎㄜˇ ㄗㄥ

令人憎恨。

【可樂】ㄎㄜˇ ㄌㄜˋ

(cola)一種碳酸軟性飲料。含糖、磷酸鹽、檸檬酸、焦糖色素及由柯拉樹(kola)核果萃取的香料。

25【可觀】ㄎㄜˇ ㄍㄨㄢ

①值得觀覽。②表示非常多、大、好。

5【可可樹】ㄎㄜˇ ㄎㄜˇ ㄕㄨˋ

(*Theobroma cacao* Linn.)常綠小喬木,高達12公尺。葉互生,柄長,長橢圓形或長倒卵形,全緣。花兩性,3~6朵簇生於莖枝上,萼片5枚,粉紅色;花瓣5枚,淡黃色。可供食用及藥用。原產於'南美洲'。

可可樹圖

7【可見光】ㄎㄜˇ ㄐㄧㄢˋ ㄍㄨㄤ

(visible light)為人類眼睛網膜所能感覺到的電磁波。其波長介於7.8×10^{-7}公尺到3.8×10^{-7}公尺(7,800埃~3,800埃)之間,頻率範圍自4×10^{14}赫到8×10^{14}赫,是一個很狹窄的電磁波段。

10【可逆性】ㄎㄜˇ ㄋㄧˋ ㄒㄧㄥˋ

(reversibility)認知發展論的術語。'瑞士'心理學家'皮亞傑'(J. Piaget)認為,孩童進入具體運思期後,對具體事物之思考具彈性,能回溯事物改變之歷程,而獲知事物改變前之原狀。

15【可憐見】ㄎㄜˇ ㄌㄧㄢˊ ㄐㄧㄢˋ

同情;哀憫。見,詞尾,無義。

21【可蘭經】ㄎㄜˇ ㄌㄢˊ ㄐㄧㄥ

回教的經典。即"古蘭經"。

22【可讀性】ㄎㄜˇ ㄉㄨˊ ㄒㄧㄥˋ

(readability)①閱讀材料的難易深淺程度。②閱讀材料之內容適合讀者能力或背景的程度。

23【可體松】ㄎㄜˇ ㄊㄧˇ ㄙㄨㄥ

(cortisone) ①由腎上腺皮質分泌的一種荷爾蒙。分子式為$C_{21}H_{28}O_5$。有助於醣及蛋白質的代謝。②醫學上用以治療關節炎及某些過敏反應的藥物。

3【可大可久】ㄎㄜˇ ㄉㄚˋ ㄎㄜˇ ㄐㄧㄡˇ

可以光大長久。

4【可支庫款】ㄎㄜˇ ㄓ ㄎㄨˋ ㄎㄨㄢˇ

參加集中支付之機關,依分配預算,可向國庫簽發付款憑單,請國庫支付之款。

【可公度的】ㄎㄜˇ ㄍㄨㄥ ㄉㄨˋ ˙ㄉㄜ

(commensurable) 若有二線段分別為第三線段的整數倍,則此二線段可公度。初等幾何中,和線段長有關的定理的證明,須涉及可公度的概念。如平行線截取比例線段定理、長方形面積等於長乘以寬等,因線段長與正實數對應,故可考慮兩個正數的可公度問題。兩正數為可公度的,若且唯若其商為有理數。幾何裡最簡單的不可公度線段為等腰直角三角形的斜邊及一股。

9【可降水量】ㄎㄜˇ ㄐㄧㄤˋ ㄕㄨㄟˇ ㄌㄧㄤˋ

(precipitable water) 在任兩特定高程面間,單位截面積垂直大氣柱內所含之全部水汽。通常係假設水汽全部凝結為水,以聚集於同單位截面之水柱高表示之。總可降水為包含在單位截面柱內之水分,而此柱為自地面伸展直至大氣層之頂。

10【可逆反應】ㄎㄜˇ ㄋㄧˋ ㄈㄢˇ ㄧㄥˋ

(reversible reaction) 可向正逆方向變化的反應。例如氨溶於水時,一方面形成氫氧化銨,而氫氧化銨也同時可分解產生氨和水。

【可逆過程】 ㄎㄜˇ ㄋㄧˋ ㄍㄨㄛˋ ㄔㄥˊ

(reversible process) 指一過程開始進行後,其反向過程能使其回復至原來狀態,而不改變系統與外界的狀態。亦即任一瞬時之狀態變化過程皆為平衡狀態。沒有一實際過程為可逆,但當一熱力機械進行可逆過程時,其所得之效率最大,故可逆過程又稱最大功過程,為最理想的過程,可作為實際過程比較的標準,及設計上理想的標準。系統進行可逆過程時,$\oint\frac{\delta Q}{T}=0$。

【可展曲面】 ㄎㄜˇ ㄓㄢˇ ㄑㄩ ㄇㄧㄢˋ

(developable surface)可平展成平面的曲面。例如圓柱面或錐面。其面積極易求得。

【可恕缺席】 ㄎㄜˇ ㄕㄨˋ ㄑㄩㄝ ㄒㄧˊ

(excused absence) 又稱合法缺席。指因疾病、親人死亡或其他要事而不克出席上課。

11**【可圈可點】** ㄎㄜˇ ㄑㄩㄢ ㄎㄜˇ ㄉㄧㄢˇ

原指文章中非常美好值得圈點的文句;後泛指行事表現得非常好,值得稱贊。

14**【可歌可泣】** ㄎㄜˇ ㄍㄜ ㄎㄜˇ ㄑㄧˋ

可以使人歌頌贊美,可以使人感動流淚。比喻非常感人。

【可遞關係】 ㄎㄜˇ ㄉㄧˋ ㄍㄨㄢ ㄒㄧˋ

(transitive relation) 即滿足若 aRb 且 bRc,則 aRc 成立的關係。大小關係為可遞關係,但「a 愛 b」的關係不可遞。

17**【可壓縮流】** ㄎㄜˇ ㄧㄚ ㄙㄨㄛ ㄌㄧㄡˊ

(compressible fluid)指流動時,密度有明顯變化的流體。

23**【可變成本】** ㄎㄜˇ ㄅㄧㄢˋ ㄔㄥˊ ㄅㄣˇ

(variable cost) 凡短期間內,隨產量的增減而變動的成本。

4**【可支配所得】** ㄎㄜˇ ㄓ ㄆㄟˋ ㄙㄨㄛˇ ㄉㄜˊ

(disposable income) 由個人所得總額減除個人直接稅的餘額。因其可由個人完全支配,用以從事消費,故稱。消費後的剩餘,即為個人儲蓄。

7**【可折舊成本】** ㄎㄜˇ ㄓㄜˊ ㄐㄧㄡˋ ㄔㄥˊ ㄅㄣˇ

(depreciable cost) 固定資產的估計殘值為其在預期使用年限終了處分時,估計出售可獲得的現金淨額,亦即可收回的成本。故不必提列折舊,固定資產成本減估計殘值即為可折舊成本。

10**【可倫坡計畫】** ㄎㄜˇ ㄌㄨㄣˊ ㄆㄛ ㄐㄧˋ ㄏㄨㄚˋ

(Colombo Plan) 西元1950年,'大英國協'會員國外長在'錫蘭'(今'斯里蘭卡')之'可倫坡'集會,訂立此合作計畫,以促進南'亞'及'東南亞'各會員國之戰後重建工作。1951年開始其六年計畫,1977年並擴及非會員國,且因'美國'、'日本'參與援助捐款,乃將此計畫更名為"南亞及東南亞經濟暨社會發展之可倫坡計畫"。

15**【可靠度函數】** ㄎㄜˇ ㄎㄠˋ ㄉㄨˋ ㄏㄢˊ ㄕㄨˋ

(reliability function)結構物受荷重作用了 n 次以後仍未破壞的或然率。通常以 $L_N(n)=P(N>n)$ 表示,式中 N 為一分散隨機變數,代表結構物在第 N 次荷重作用下產生破壞。

18**【可轉讓提單】** ㄎㄜˇ ㄓㄨㄢˇ ㄖㄤˋ ㄊㄧˊ ㄉㄢ

(negotiable bill of lading)又稱流通提單、指示提單(order bill of lading)。提單上受貨人欄有order 字樣者,可僅憑背書方式而轉讓給別人,以向船公司提貨的提單。信用狀要求提示提單時,大多要求這種形式的提單。一般而言,這種提單上的到貨受通知人欄多詳載實際受貨人(即進口商)或其指定的代理人的名稱及地址,以便目的港的船公司通知到貨事宜。

23**【可變電阻器】** ㄎㄜˇ ㄅㄧㄢˋ ㄉㄧㄢˋ ㄗㄨˇ ㄑㄧˋ

(variable resistor) 一種電阻值為連續可變的線繞或碳質電阻器。可作收音機或音響的音量控制旋鈕之用。

可變電阻器圖

【可變電容器】 ㄎㄜˇ ㄅㄧㄢˋ ㄉㄧㄢˋ ㄖㄨㄥˊ ㄑㄧˋ

(variable capacitor) 可變化極板間之有效面積或極板間之距離,以改變電容量的電容器。

4**【可分割信用狀】** ㄎㄜˇ ㄈㄣ ㄍㄜ ㄒㄧㄣˋ ㄩㄥˋ ㄓㄨㄤˋ

(divisible letter of credit)可分割轉讓給二個或二個以上的第三人(即受讓人或第二受益人)使用的信用狀。只有可轉讓信用狀且未禁止分批裝運者,才可以分割轉讓。所以可分割信用狀必定是可轉讓信用狀,但是可轉讓信用狀未必是可分割信用狀。

9**【可重定位程式】** ㄎㄜˇ ㄔㄨㄥˊ ㄉㄧㄥˋ ㄨㄟˋ ㄔㄥˊ ㄕˋ

(relocatable program) 重新安排位址後,執行不受影響的電腦程式。它不因程式起點位址之不同而影響執行。

11**【可望而不可即】** ㄎㄜˇ ㄨㄤˋ ㄦˊ ㄅㄨˋ ㄎㄜˇ ㄐㄧˊ

看得見,但不能夠接近。形容對自己所喜歡的人或物,只能看到但不能夠得到。

12【可博程式語言】 ㄎㄜˇ ㄅㄛˊ ㄔㄥˊ ㄕˋ ㄩˇ ㄧㄢˊ (common business oriented language; COBOL) 電腦程式語言的一種。又稱普通商用語言。於西元1959年由'美國'政府有關機構、電腦廠商、電腦使用單位及學者專家等共同訂定其標準設計而成,經過多次修訂與標準化,成爲資料處理所使用之標準語言。可博之主要特點爲:具有輸入與輸出之完整功能及資料檔處理能力,非常適合於資料處理方面之應用;使用類似'英'文語句之形式,容易學習且易於瞭解程式之功能;具有良好之文件能力,使程式易於維護與修改等。

14【可撤銷信用狀】 ㄎㄜˇ ㄔㄜˋ ㄒㄧㄠ ㄒㄧㄣˋ ㄩㄥˋ ㄓㄨㄤˋ (revocable letter of credit)與不可撤銷信用狀相對。指開狀銀行無需預先通知受益人,可以隨時片面撤銷或修改的信用狀。此種信用狀對出口商毫無保障,因此除了特殊情形外很少使用。且依"信用狀統一慣例"規定,如其他銀行在接到開狀銀行的修改或撤銷通知之前,已付款、承兌或讓購時,開狀銀行仍應對這些銀行負償付之責。

18【可轉換公司債】 ㄎㄜˇ ㄓㄨㄢˇ ㄏㄨㄢˋ ㄍㄨㄥ ㄙ ㄓㄞˋ (convertible bonds) 指債券持有人可依發行公司的約定,於一定期限,以其債券向公司交換一定比例的普通股股票之債券。此種債券因具有轉換的權利,使其持有人既有債權人的保障,於股票漲價時轉換爲股票,又可獲得增值的利益。

【可轉換特別股】 ㄎㄜˇ ㄓㄨㄢˇ ㄏㄨㄢˋ ㄊㄜˋ ㄅㄧㄝˊ ㄍㄨˇ (convertible preferred stock) 特別股股東可依發行公司的規定,將其所持有的特別股,向公司按一定比率轉換爲普通股者。

【可轉讓信用狀】 ㄎㄜˇ ㄓㄨㄢˇ ㄖㄤˋ ㄒㄧㄣˋ ㄩㄥˋ ㄓㄨㄤˋ (transferable letter of credit) 凡開狀銀行在其所開發的信用狀上明示,受益人有權據以請求被指定辦理付款或承兌或任何可得辦理讓購的銀行,將該信用狀的全部或一部轉讓給一個或多個第三人(即第二受益人)使用的,這種信用狀即爲可轉讓信用狀。依"信用狀統一條例"的規定,可轉讓信用狀只能轉讓一次,也就是說,受讓人(第二受益人)不得將其讓受的信用狀再度轉讓給別人使用。如該信用狀禁止分批裝運時,只能將信用狀全部轉讓給一受讓人,不能分割轉讓給一個以上的受讓人使用。

23【可變生產要素】 ㄎㄜˇ ㄅㄧㄢˋ ㄕㄥ ㄔㄢˇ ㄧㄠˋ ㄙㄨˋ (variable factors of production)又稱可變投入(variable inputs)。凡短期間內,一種生產要素的使用量能隨產量的改變而變者。如勞工、肥料、原料等。

24【可讓購信用狀】 ㄎㄜˇ ㄖㄤˋ ㄍㄡˋ ㄒㄧㄣˋ ㄩㄥˋ ㄓㄨㄤˋ (negotiable L/C) 爲信用狀項下的匯票,允許由銀行讓購的信用狀;此種信用狀既然允許銀行讓購其匯票,故不僅對身爲賣主的匯票發票人,且對作爲匯票背書人的銀行及其他善意持票人也保證予以付款。而信用狀雖允許匯票可由銀行讓購,但承購人限定爲某特定銀行者(通常爲開狀銀行在出口地的分行或代理行),稱爲指定匯行信用狀(restricted L/C)。

11【可規劃邏輯陣列】 ㄎㄜˇ ㄍㄨㄟ ㄏㄨㄚˋ ㄌㄨㄛˊ ㄐㄧˊ ㄓㄣˋ ㄌㄧㄝˋ (programmable logic array; PLA) 邏輯閘之間的連接可予以規劃,藉著通過大量電流燒斷不必要的接線,而得到所需要的邏輯電路。通常是由金氧半導體或雙極半導體組成。

18【可轉讓定期存單】 ㄎㄜˇ ㄓㄨㄢˇ ㄖㄤˋ ㄉㄧㄥˋ ㄑㄧˊ ㄘㄨㄣˊ ㄉㄢ (interest-bearing negotiable certificates of deposits; CD) '美國'各大銀行爲了與貨幣市場工具競爭大廠商的存款,從西元1961年開始,對大廠商發行的一種可在貨幣市場買賣的附有利息且可轉讓的定期存單。'臺灣'地區各大銀行爲配合政府鼓勵國民儲蓄政策及促進貨幣市場的建立,並爲便利工商企業短期資金的運用,紛紛發行可轉讓定期存款。此種存款有兩大吸引力:一、可隨時轉讓,流動性高,且享有活期存款的便利;二、對高所得者而言,可享受分離課稅的節稅之利。

11【可規劃僅讀記憶體】 ㄎㄜˇ ㄍㄨㄟ ㄏㄨㄚˋ ㄐㄧㄣˇ ㄉㄨˊ ㄐㄧˋ ㄧˋ ㄊㄧˇ (programmable read-only memory; PROM) 僅讀記憶體的一種。於製造完成之後,由使用者依需要將電腦程式或資料編寫存入,成爲具有特定用途的僅讀記憶體。

12【可程式規劃控制器】 ㄎㄜˇ ㄔㄥˊ ㄕˋ ㄍㄨㄟ ㄏㄨㄚˋ ㄎㄨㄥˋ ㄓˋ ㄑㄧˋ (programmable controller) 將邏輯演算、順序控制、定時器、計數器及算術演算等作成程式,並記錄於記憶體內,以控制不同型式的機器與製程的電子裝置。

【可貸資金利息理論】 ㄎㄜˇ ㄉㄞˋ ㄗ ㄐㄧㄣ ㄌㄧˋ ㄒㄧˊ ㄌㄧˇ ㄌㄨㄣˋ (loanable funds theory of interest) 新古典學派認爲利率是由資本市場中可貸資金的需求與可貸資金的供給所決定,而前者代表債券的供給,後者代表債券的需求;因此資本市場中債券的供給與需求達到均衡時所決定的就是資本市場的均衡利率。

23【可變比例生產函數】 ㄎㄜˇ ㄅㄧㄢˋ ㄅㄧˇ ㄌㄧˋ ㄕㄥ ㄔㄢˇ ㄏㄢˊ ㄕㄨˋ
(variable proportion production function)生產要素之間的使用量,可以作不同的比例組合,來從事某種財貨的生產。

8【可抹除再規劃僅讀記憶體】 ㄎㄜˇ ㄇㄛˇ ㄔㄨˊ ㄗㄞˋ ㄍㄨㄟ ㄏㄨㄚˋ ㄐㄧㄣˇ ㄉㄨˊ ㄐㄧˋ ㄧˋ ㄊㄧˇ
(erasable programmable read-only memory; EPROM) 可規劃僅讀記憶體的一種。其特點為所寫入的電腦程式或資料可使用特殊之方法消去,使能夠再寫入新的程式或資料,故稱。

叵 ㄆㄛˇ p'o³ 音頗
不可。如:叵測。

12【叵測】 ㄆㄛˇ ㄘㄜˋ
不可預測。

司 ㄙ szŭ¹, ssŭ¹ 音思
1掌管;主管其事。如:司儀。2所主管的事。如:職司。3官職名。如:司徒。4官署名。如:高教司。5姓。'宋'有'司超'。見"萬姓統譜·四"。

8【司空】 ㄙ ㄎㄨㄥ
1官名。"周禮"冬官有大司空,為六卿之一,主管建築工程、製造車服器械。'漢'改御史大夫為大司空,與大司馬、大司徒並列為三公。後去大字為司空,歷代因之,'明'廢。後通稱工部尚書為大司空。2複姓。'晉'有'司空靖'。見"通志·氏族略四"。

【司法】 ㄙ ㄈㄚˇ
1古官名。郡的佐吏,主管刑法。2(administration of justice)指國家對於具體的事實,適用或解釋法律之行為。凡法律秩序受到侵害或擾亂,國家應發動制裁權,設法維持或使它恢復。在民主國家,司法完全獨立,與立法、行政(我國又加上考試、監察)各不相犯。

10【司馬】 ㄙ ㄇㄚˇ
1官名。"周禮"夏官大司馬的屬官有軍司馬、輿司馬、行司馬。'漢'宮門及大將軍、將軍、校尉的屬官也都有司馬。'隋''唐'州郡在別駕、長史之下,置司馬,掌軍賦;但多用以安置被貶之官。2複姓。'漢'有'司馬遷'。見"萬姓統譜·一二六"。

【司徒】 ㄙ ㄊㄨˊ
1官名。"周禮"地官有大司徒,為六卿之一,主管教化。'漢哀帝'時,改丞相為大司徒,與大司馬、大司空並列為三公。'魏''晉'去大字為司徒,歷代因之,'明'廢。'清'時俗稱戶部尚書為大司徒。2複姓。'漢'有'司徒肅'。見"萬姓統譜·一二六"。

11【司寇】 ㄙ ㄎㄡˋ
1官名。"周禮"秋官有大司寇,為六卿之一,主管刑獄。'春秋'諸國有司寇之官,'孔子'即曾做'魯'司寇。'清'時俗稱刑部尚書為大司寇。2刑罰名。把犯人發往邊地戍守。

13【司農】 ㄙ ㄋㄨㄥˊ
官名。'秦'有治粟內史,掌穀物財貨。'漢景帝'時更名大農令。'武帝'時更名大司農,掌錢糧,為九卿之一。'魏'以後或稱司農,或稱大司農。'北齊'設'司農寺',置卿、少卿,為正、副長官。歷代因之。'明''洪武'四年(1371)廢。

15【司儀】 ㄙ ㄧˊ
1古官名。"周禮"秋官有司儀,掌管接待賓客等事務。2今稱舉行典禮時主持程序進行的人。

16【司閽】 ㄙ ㄏㄨㄣ
守門人。今稱門房。

4【司天臺】 ㄙ ㄊㄧㄢ ㄊㄞˊ
官署名。掌觀測天文,訂定曆法等。自'周'以來,歷代皆設專官,稱太史或太史令。'隋'置'太史監','唐'初稱'太史局','肅宗'以後改為'司天臺'。

6【司各脫】 ㄙ ㄍㄜ ㄊㄨㄛ
(Walter Scott, 1771~1832)'英國'詩人、歷史小說家。他以詩作展開文學生涯,早期寫下七個富浪漫主義色彩的詩篇。這些以'蘇格蘭'為背景,描寫愛情與騎士故事的詩,使他後來致力於歷史小說的創作,其"威弗利"(*Waverley*)、"艾文荷"(*Ivanhoe*)、"昆丁杜瓦"(*Quentin Durward*) 等 31 本小說分別反映了'蘇格蘭'、'英國'及'歐'陸的歷史。他以寫實的手法描繪社會風貌,情節生動感人,獲致相當的成功,對歷史小說的發展影響極大。

司各脫像

8【司空圖】 ㄙ ㄎㄨㄥ ㄊㄨˊ
(837~908) '唐''河中'(今'山西''永濟')人。字'表聖'。官至中書舍人,後隱居山中,自號'知非子'、'耐辱居士'。'朱全忠'篡'唐',召為禮部尚書,不應,後絕食而死。其詩對偶工整,寫景眞切。所著"詩品"一書,評論詩的二十四種境界,對後代詩論影響很大。另有"司空表聖文集"。

【司法院】 ㄙ ㄈㄚˇ ㄩㄢˋ
我國最高司法機關。在五種治權中行使司法權,與其他四院立於平等的地位。設院長、副院長各一人,並置祕書長一人。又為解釋"憲法",並統一解釋法令,設大法官會議。而'司法院'之直屬機關為各級法院、'行政法院'及'公務員懲戒委員會'。其職權包括:一、解釋"憲法"之權;二、統一解釋法令之權;三、民刑訴訟之審判權;四、行政訴訟之審判權;五、公務員懲戒權。

10【司馬光】 ㄙ ㄇㄚˇ ㄍㄨㄤ
(1019~1086)'北宋''陝州''夏縣'(今'山西''夏縣')'涑水鄉'人。字'君實'。'神宗'時,反對'王安石'變法,退居'洛陽'。'哲宗'初為相,盡罷新法之不便於民者，爲相八月而卒。所著"資治通鑑"，爲我國最有名的編年史。

司馬光像

【司馬法】 ㄙ ㄇㄚˇ ㄈㄚˇ
①'周代'掌理土地、兵賦之法。②'周代''司馬穰苴'所創立的兵法。③書名。舊題'齊''司馬穰苴'撰，一卷。

【司馬昭】 ㄙ ㄇㄚˇ ㄓㄠ
(211～265)三國'魏''溫縣'(今'河南''溫縣')人。字'子上'。'曹髦'在位時，爲大將軍，專攬國政，封'晉公'。後弒'曹髦'，立'元帝''奐'。去世後，其子'炎'篡'魏'稱帝，建立'晉朝'，追諡爲'文帝'。

【司馬彪】 ㄙ ㄇㄚˇ ㄅㄧㄠ
(?～306)'晉'宗室。字'紹統'。官至祕書丞。曾注"莊子"，並著有"九州春秋"、"續漢書"等書。

【司馬談】 ㄙ ㄇㄚˇ ㄊㄢˊ
(?～前110)'西漢''夏陽'(今'陝西''韓城')人。'司馬遷'的父親。'武帝''建元'、'元封'間任太史令。曾論著陰陽、儒、墨、名、法、道六家要旨。

【司馬遷】 ㄙ ㄇㄚˇ ㄑㄧㄢ
(前145?～前86?)'西漢''左馮翊''夏陽'(今'陝西''韓城')人。父'談'爲太史令。'遷'早年遊跡幾遍全國。初任郎中，'元封'三年(前108)繼任太史令。後因辯'李陵'降'匈奴'之冤，被刑下獄，遂發憤著述。出獄，完成"史記"一百三十卷，開創紀傳體史書的範例，成爲我國第一部通古今之變的通史。其文雄深雅健，善敘事理，後代散文家莫不奉爲圭臬。

司馬遷像

【司馬懿】 ㄙ ㄇㄚˇ ㄧˋ
(179～251)三國'魏''溫縣'(今'河南''溫縣')人。字'仲達'。有雄才，多權變，受'曹操'父子所重用。屢出師與'蜀'相'諸葛亮'相抗，使'亮'不能得志於中原，後以丞相執國政。孫'司馬炎'篡'魏'，建立'晉朝'，追諡爲'宣帝'。

5【司母戊鼎】 ㄙ ㄇㄨˇ ㄨˋ ㄉㄧㄥˇ
'商代'銅器。相傳出自'河南''安陽'王陵東區，爲一四足大型方鼎，上有「司母戊」銘文。鼎重八百七十五公斤。爲目前發現最大的一件青銅器。

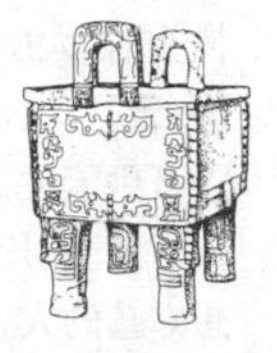
司母戊鼎圖

6【司托克士】 ㄙ ㄊㄨㄛ ㄎㄜˋ ㄕˋ
(stokes)代號爲St。動黏度併用單位。等於一萬分之一平方公尺每秒(m^2/S)。

8【司空見慣】 ㄙ ㄎㄨㄥ ㄐㄧㄢˋ ㄍㄨㄢˋ
比喻常見的事情，不足驚異。

【司法人員】 ㄙ ㄈㄚˇ ㄖㄣˊ ㄩㄢˊ
在司法機關從事司法專業工作之人員。如推事、檢察官、書記官、監獄官、監所管理員等。司法人員的進用，須經司法人員考試及格。

【司法警察】 ㄙ ㄈㄚˇ ㄐㄧㄥˇ ㄔㄚˊ
受檢察官或司法警察官之命令偵查犯罪情形、蒐集犯罪證據、拘傳罪犯的警察。警察、憲兵及依法令關於特定事項得行使司法警察之職權者，均爲司法警察。司法警察知有犯罪嫌疑者，應報告該管檢察官或司法警察官，但得不待其命令，逕行調查犯罪嫌疑人犯罪情形或蒐集證據。

10【司馬承禎】 ㄙ ㄇㄚˇ ㄔㄥˊ ㄓㄣ
(647～735)'唐朝'道教'茅山'宗的高道。'溫'(今屬'河南')人。字'子微'，法號'道隱'。少好學，年二十一入道，事'潘師正'。居於'嵩山'，得傳符籙、辟穀、導引、服餌之術。後遍遊名山，隱於'天台山'，自號'天台白雲子'。著有"修眞祕旨"、"坐忘論"、"上清天宮地府圖經"、"服氣精義論"、"天隱子"、"上清含象劍鑒圖"、"道體論"等書。

【司馬相如】 ㄙ ㄇㄚˇ ㄒㄧㄤ ㄖㄨˊ
(前179～前118)'西漢''蜀郡''成都'(今'四川''成都')人。字'長卿'。工辭賦，所作"子虛賦"爲'武帝'所激賞，因得召見爲郎。曾奉使西南，對西南開發頗有貢獻。其作品大都描寫帝王苑囿田獵之樂，文采瑰麗。

2【司乃耳定律】 ㄙ ㄋㄞˇ ㄦˇ ㄉㄧㄥˋ ㄌㄩˋ
(Snell's law)即光的折射定律。其性質爲：一、入射光、折射光、法線皆在同一平面上，且入射光與折射光分別在法線兩側。二、入射角的正弦與折射角的正弦比爲一常數，即 $n=\frac{sini}{sinr}$，n爲兩種介質的相對折射率。

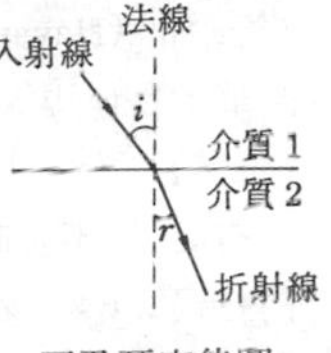

司乃耳定律圖

10【司馬昭之心】 ㄙ ㄇㄚˇ ㄓㄠ ㄓ ㄒㄧㄣ
比喻人所共知的不良居心。

8【司法人員考試】 ㄙ ㄈㄚˇ ㄖㄣˊ ㄩㄢˊ ㄎㄠˇ ㄕˋ
特種考試之一種。指經考試及格者可取得推事、檢察官、書記官等司法人員任用資格之考試。依現制規定，推事、檢察官的應考資格，與高等考試之應考資格相當；書記官的應考資格，與應普通考試者相當。

古

ㄍㄨˇ ku^3 音鼓
①久遠的時代。與今相對。如：上古。②舊的；過去的。如：古蹟。③傳統的；典雅的。如：古典。④保守而不時髦。如：古板。⑤姓。'漢'有'古初'。見"萬姓統譜・七八"。

4【古文】 ㄍㄨˇ ㄨㄣˊ
①古代的文字。泛指甲骨文、鐘鼎

文、籀文及‘戰國’時通行於六國的文字。一說從甲骨文至小篆稱古文。[2]指先‘秦’、兩‘漢’的散文。與六朝盛行的駢儷文相對。[3]指文言文。與‘民國’五四運動以後通行的白話文相對。

【古巴】 ㄍㄨˇ ㄅㄚ
(Cuba) ‘西印度群島’中最大島國。西元1959年‘卡斯楚’(Castro)奪政後，淪為‘蘇俄’附庸。地處‘美國’‘弗羅里達半島’(Florida Pen.)與‘加勒比海’間往來要衝。面積11萬方公里，人口1,135萬（2005年），大多為‘西班牙’後裔。首都‘哈瓦那’（Havana）。所產蔗糖及菸草馳名世界。

8【古怪】 ㄍㄨˇ ㄍㄨㄞˋ
[1]奇異。[2]不合時宜。

【古玩】 ㄍㄨˇ ㄨㄢˋ
供玩賞的古物。

【古板】 ㄍㄨˇ ㄅㄢˇ
[1]不靈活；固執刻板。[2]不合時宜。

【古拙】 ㄍㄨˇ ㄓㄨㄛˊ
古老而質樸。

【古典】 ㄍㄨˇ ㄉㄧㄢˇ
[1]古代的典章制度。[2]古代流傳下來具有典範性、代表性的事物。[1]古典的風格韻味。[2]懷古的情意。

【古詩】 ㄍㄨˇ ㄕ
[1]泛稱古代的詩歌。[2]古體詩的簡稱。參古體詩。

【古道】 ㄍㄨˇ ㄉㄠˋ
[1]古舊的道路。[2]古代的風俗習慣。[3]古人所崇尚的節操和風範。

【古董】 ㄍㄨˇ ㄉㄨㄥˇ
[1]可供鑒賞、研究的古代器物。也作骨董。[2]比喻過時的東西或思想守舊的人。

【古奧】 ㄍㄨˇ ㄠˋ
古樸奧妙。

15【古調】 ㄍㄨˇ ㄉㄧㄠˋ
[1]古時的曲調。[2]比喻不合時宜的行為或著作。[3]比喻高雅的風格或作品。

16【古諺】 ㄍㄨˇ ㄧㄢˋ
古代的諺語。

【古諾】 ㄍㄨˇ ㄋㄨㄛˋ
(Charles François Gounod, 1818～1893) ‘法國’作曲家。代表作品有歌劇“浮士德”(*Faust*)、“羅密歐與茱麗葉”(*Roméo et Juliette*)。晚年致力宗教音樂的寫作，有“貞德紀念彌撒”(*Messe à la mémoire de Jeanne d'Arc*)、“莊嚴彌撒”(*Messe solennelle*)。最有名的是根據‘巴赫’第一首前奏曲改編成的“聖母頌”。

古諾像

【古樸】 ㄍㄨˇ ㄆㄨˊ
古拙純樸。

18【古蹟】 ㄍㄨˇ ㄐㄧ
指具有歷史、文化、藝術價值的古建築物、遺址及其他文化遺蹟。蹟，也作跡。

20【古籍】 ㄍㄨˇ ㄐㄧˊ
古書。

【古邱】 ㄍㄨˇ ㄑㄧㄡ
古墓。

9【古音】 ㄍㄨˇ ㄧㄣ
[1]古代的語音。也稱古韻。多指先‘秦’的音韻而言。[2]指古代的音樂。

【古剎】 ㄍㄨˇ ㄔㄚˋ
古老的寺廟。

【古風】 ㄍㄨˇ ㄈㄥ
[1]古體詩。參古體詩。[2]古代的風尚。[3]古人的風範。

10【古訓】 ㄍㄨˇ ㄒㄩㄣˋ
[1]古人所遺留的名言。[2]先王的遺典。[3]古代文字的訓詁。

12【古稀】 ㄍㄨˇ ㄒㄧ
指七十歲。

13【古意】 ㄍㄨˇ ㄧˋ
[1]古典的風格韻味。[2]懷古的情意。

4【古文苑】 ㄍㄨˇ ㄨㄣˊ ㄩㄢˋ
編者不詳，二十一卷。收‘周’至‘南朝’‘齊’之詩文二百六十餘篇，皆史傳及“文選”所未收。

【古文經】 ㄍㄨˇ ㄨㄣˊ ㄐㄧㄥ
指‘漢代’所發現用‘春秋’‘戰國’時代文字書寫的經書。與今文經相對。

【古文學】 ㄍㄨˇ ㄨㄣˊ ㄒㄩㄝˊ
以研究古文經為主的學問。參今文學。

【古月軒】 ㄍㄨˇ ㄩㄝˋ ㄒㄩㄢ
‘清朝’初期於‘景德鎮’燒製，供宮廷使用的精緻粉彩瓷器。又稱琺瑯彩。命名的由來有來自‘清代’皇城建築軒號等多種說法。粉彩繪製極為纖細，製作精良。留白處多書有詩句文字並鈐閒章。圈足底有釉上彩款，多於雙重方圈內書「雍正年製」或「乾隆年製」等字樣。

8【古拙期】 ㄍㄨˇ ㄓㄨㄛˊ ㄑㄧˊ
(archaic stage) [1]指某一民族或某一時代之藝術尚未發展到巔峰之前的初期美術。[2]指西元前七世紀到西元前五世紀時的‘希臘’初期美術。其雕像姿勢僵硬，臉部常帶微笑，故史稱古拙期微笑(archaic smile)。

9【古亭笨】 ㄍㄨˇ ㄊㄧㄥˊ ㄅㄣˋ
貯存種子用的一種設備，‘臺灣’農民常用，尤其‘雲林’、‘嘉義’一帶。以竹材築架，其上塗抹泥土。容量很大，可貯存稻穀五、六千斤，密閉程度良好。

【古柯鹼】 ㄍㄨˇ ㄎㄜ ㄐㄧㄢˇ
(cocaine)分子式$C_{17}H_{21}NO_4$，無色或白色結晶粉末。可由古柯葉以碳酸鈉溶液萃取後，用稀酸中和之，再用乙醚萃取，蒸發後重行結晶而得。有毒，為著名的局部麻醉藥。

13【古詩源】 ㄍㄨˇ ㄕ ㄩㄢˊ
‘清’‘沈德潛’編，十四卷。收‘唐’‘虞’至‘隋’的古詩和歌謠。

14【古銅色】 ㄍㄨˇ ㄊㄨㄥˊ ㄙㄜˋ
[1]古銅表面所呈現的顏色。繪畫

時常用赭石、胭脂及墨三種原料調和而成。②皮膚經太陽久曬後而成的紅黑色。

20【古騰堡】 ㄍㄨˇ ㄊㄥˊ ㄅㄠˇ
(Johannes Gutenberg，全名作 Johannes Gensfleisch Zur Laden, 1397?～1468)'德國'活版印刷術的發明人。於西元1430年遷居今'法國'西北部的'史特拉斯堡'(Strassburg)，並於1438年起跟該地的金匠組織訂契約發展印刷術。大約於1452～1455年印刷第一本'拉丁'文"聖經"(今稱"古騰堡聖經"，*Gutenberg Bible*)。

21【古蘭經】 ㄍㄨˇ ㄌㄢˊ ㄐㄧㄥ
(*Qu'rān*; *Koran*)回教的經典。也稱"可蘭經"。分三十冊，一百十四章，六千六百六十六節。爲'穆罕默德'死後，其後賢收集所編成。其教義在教人博愛、行善、遵守眞主旨意；後世又有天堂、地獄之說。

23【古體詩】 ㄍㄨˇ ㄊㄧˇ ㄕ
我國古典詩歌的一體。也稱古風或古詩。上承"詩經"、"楚辭"的遺緒，正式形成於'漢'、'魏'而流行至今。句式有四、五、七及雜言等，但以五、七言爲主。不講求平仄、對偶，且用韻亦較自由，可以轉韻或通押。

4【古文析義】 ㄍㄨˇ ㄨㄣˊ ㄒㄧ ㄧˋ
'清''林雲銘'撰。初編六卷，二編八卷，共收先'秦'以來古文五百五十八篇及'唐''元稹'"連昌宮詞"、'白居易'"琵琶行"，注釋其音義，分析其段落結構、文意大旨，爲研讀古文必備的參考書籍。

【古文運動】 ㄍㄨˇ ㄨㄣˊ ㄩㄣˋ ㄉㄨㄥˋ
'唐''宋'時代鼓吹恢復先'秦'兩'漢'散文傳統的文學運動。'唐代'古文運動起於'蕭穎士'、'李華'，成於'韓愈'、'柳宗元'。主張文以載道，反駢文，並尊儒道，排斥佛'老'。'宋代'古文運動始於'柳開'，成於'歐陽脩'。其主張、精神與'唐代'古文運動大同。經過兩次古文運動，散文終於成爲我國文章主流，取代了駢文的地位。

【古文觀止】 ㄍㄨˇ ㄨㄣˊ ㄍㄨㄢ ㄓˇ
'清''吳楚材'編。收'周'迄'明'文章二百二十二篇。爲近代流傳最廣的古文選本。

【古井揚波】 ㄍㄨˇ ㄐㄧㄥˇ ㄧㄤˊ ㄅㄛ
比喻長久清靜冥寂的心境，忽又激動。

【古井無波】 ㄍㄨˇ ㄐㄧㄥˇ ㄨˊ ㄅㄛ
①比喻心靈寂靜而無雜念。②比喻婦女堅貞守節。

【古巴危機】 ㄍㄨˇ ㄅㄚ ㄨㄟˊ ㄐㄧ
(Cuban missile crisis)西元1962年夏，'蘇俄'根據同年之"蘇古軍事互助協定"，提供戰略性中程飛彈及軍事人員與'古巴'，並訓練'古巴'軍隊。鑒於'古巴'此舉嚴重危及'美國'與西半球之安全，'美國'總統'甘迺迪'乃在國會的授權下，於同年10月22日宣布封鎖'古巴'，下令三軍戒備，由於'美國'立場堅定，'蘇俄'終於撤除飛彈設施，危機始告解除。

5【古生物學】 ㄍㄨˇ ㄕㄥ ㄨˋ ㄒㄩㄝˊ
(paleontology)地質學的一個分支，爲研究古生物的形態、種類、分類及其生存年代。有利於指示地層的年代、層序及當時的沉積環境，對於重建地球的歷史極有助益。

6【古色古香】 ㄍㄨˇ ㄙㄜˋ ㄍㄨˇ ㄒㄧㄤ
形容書畫、器物或建築物具有古雅的色彩和風味。

8【古典文學】 ㄍㄨˇ ㄉㄧㄢˇ ㄨㄣˊ ㄒㄩㄝˊ
泛指各國或各民族的古代文學。與現代文學相對。在我國是指五四以前的文學；在西方是指以古典'希臘'和'拉丁'語文書寫的文學。

【古典主義】 ㄍㄨˇ ㄉㄧㄢˇ ㄓㄨˇ ㄧˋ
(classicism)泛指以古'希臘'、'羅馬'文化的風格爲典範的藝術傾向與原理原則。與浪漫主義相對。表現在文學、美術、建築、哲學各方面上則重視形式的統一與調和，強調客觀性、理性和節制，推崇典雅、肅穆的美感。

【古典音樂】 ㄍㄨˇ ㄉㄧㄢˇ ㄧㄣ ㄩㄝˋ
(classical music)①指與通俗音樂相對的正統的典雅的音樂。②指'歐洲'浪漫樂派興起之前的古典樂派的音樂。古典樂派(classicism)十八至十九世紀盛行於'維也納'，重要作曲家有'海頓'、'莫札特'、'貝多芬'等。

【古典藝術】 ㄍㄨˇ ㄉㄧㄢˇ ㄧˋ ㄕㄨˋ
(classic art)①一民族、一時代的藝術發展到巔峰，而成爲後代典型與模範的藝術。②指古'希臘'、'羅馬'時代的富於均衡、端正和理想美的寫實藝術。

【古往今來】 ㄍㄨˇ ㄨㄤˇ ㄐㄧㄣ ㄌㄞˊ
從古到今。

12【古稀之年】 ㄍㄨˇ ㄒㄧ ㄓ ㄋㄧㄢˊ
七十歲以上的高齡。

13【古道熱腸】 ㄍㄨˇ ㄉㄠˋ ㄖㄜˋ ㄔㄤˊ
古人的仁厚和熱心。多用以形容熱心助人。

14【古貌古心】 ㄍㄨˇ ㄇㄠˋ ㄍㄨˇ ㄒㄧㄣ
形容淳樸忠厚的風範。

4【古文辭類纂】 ㄍㄨˇ ㄨㄣˊ ㄘˊ ㄌㄟˋ ㄗㄨㄢˇ
'清''姚鼐'編，七十五卷。選錄'戰國'至'清代'的古文，依文體分爲論辨、序跋、奏議、書說……等十三類。是'桐城'派古文的重要選本。

8【古典式制約】 ㄍㄨˇ ㄉㄧㄢˇ ㄕˋ ㄓˋ ㄩㄝ
(classical conditioning)一種基

本的學習歷程。係將一原本不能引起個體某種反應之刺激物，與另一足以引起該反應之刺激物配合出現，經反覆練習後，即可逐漸引發所預期之行爲反應。

【古典熱力學】 ㄍㄨˇ ㄉㄧㄢˇ ㄖㄜˋ ㄌㄧˋ ㄒㄩㄝˊ

(classical thermodynamics)在對系統之物質的物理性質作熱力分析時，係以物質整體總效應所顯示之性質爲代表，而不以組成分子之個別效應爲研究方向者稱之。又稱爲巨觀熱力學(macroscopic thermodynamics)。其研究方向與統計熱力學相對。

13【古詩十九首】 ㄍㄨˇ ㄕ ㄕˊ ㄐㄧㄡˇ ㄕㄡˇ

收在‘梁’‘蕭統’“文選”的十九首五言古詩。其寫作年代大約是在‘東漢’，作者不可詳考，應非一時一人之作。內容多寫夫婦朋友的離愁別緒，與士人的感時傷世；文字平易自然，對後代詩歌影響很大。

14【古寧頭大捷】 ㄍㄨˇ ㄋㄧㄥˊ ㄊㄡˊ ㄉㄚˋ ㄐㄧㄝˊ

又稱‘金門’大捷。‘民國’三十八年十月二十四日，‘共’軍約二萬人登陸‘金門’，與國軍激戰。二十六日，在‘古寧頭’爲國軍‘高魁元’等部全部殲滅。此役對屏障‘臺灣’本島安全影響至大。

4【古今圖書集成】 ㄍㄨˇ ㄐㄧㄣ ㄊㄨˊ ㄕㄨ ㄐㄧˊ ㄔㄥˊ

‘清’‘陳夢雷’等撰，初名“古今圖書彙編”，一萬卷，目錄四十卷。分曆象、方輿、明倫、博物、理學、經濟六篇，乾象、歲功……等三十二典，六千一百零九部。爲集‘清’以前圖書大成的類書。

8【古典學派的所得與就業理論】 ㄍㄨˇ ㄉㄧㄢˇ ㄒㄩㄝˊ ㄆㄞˋ ˙ㄉㄜ ㄙㄨㄛˇ ㄉㄜˊ ㄩˇ ㄐㄧㄡˋ ㄧㄝˋ ㄌㄧˇ ㄌㄨㄣˋ

(classical theory of income and employment) 主張任何的經濟社會，在完全自由競爭下，必經常處於充分就業的狀態，經常有著充分就業的產出與所得；充分就業是一種常態，縱然偶有失業發生，將只是一種短暫現象，經過一段期間，經濟將會自動恢復到充分就業。

召 ㊀ ㄓㄠˋ $chao^4$ 音照

①呼喚。多用於上對下。同招。如：召見。②招致；引來。如：召禍。

㊁ ㄕㄠˋ $shao^4$ 音紹

①古地名。本作‘邵’。‘周’初‘召伯’的采邑。在今‘陝西省’‘岐山縣’西南。②姓。‘漢’有‘召歐’。見“元和姓纂·九”。

4【召公】 ㄕㄠˋ ㄍㄨㄥ

‘周’初諸侯。‘周文王’庶子，名‘奭’，采邑在‘召’，故稱‘召公’。‘武王’滅‘紂’，封於‘北燕’，有德政。‘成王’時，與‘周公’‘旦’分‘陝’而治。

7【召見】 ㄓㄠˋ ㄐㄧㄢˋ

在上位的人約見下屬。

12【召集】 ㄓㄠˋ ㄐㄧˊ

用命令召使眾人聚集。也作招集。

13【召募】 ㄓㄠˋ ㄇㄨˋ

招集。也作招募。

11【召陵之盟】 ㄕㄠˋ ㄌㄧㄥˊ ㄓ ㄇㄥˊ

‘春秋’初期，南方的‘楚國’屢次北侵中原諸國，‘周惠王’二十一年(前656)，‘齊桓公’乃聯合‘魯’、‘宋’、‘衛’、‘鄭’、‘曹’、‘陳’、‘許’等國伐‘楚’，迫使‘楚’人請和，訂盟於‘召陵’(今‘河南’‘偃城’東)，是爲‘齊桓公’霸業的極盛時代。

右 ㄧㄡˋ yu^4 音又

①幫助。佑的古文。見“說文”。②方位名。⑴右手的那一邊。與左相對。如：向右轉。⑵西方。如：江右。③崇尚；尊重。如：右武。④姓。‘宋’有‘右喜祥’。見“萬姓統譜·一一〇”。

8【右券】 ㄧㄡˋ ㄑㄩㄢˋ

契約的右片。古代刻木爲契，分爲左右兩半，雙方各執其一，作爲憑信。

13【右傾】 ㄧㄡˋ ㄑㄧㄥ

主張維持現狀的思想或行爲傾向。與左傾相對。

15【右靠】 ㄧㄡˋ ㄎㄠˋ

(right justify)儲存或顯示資料時，將資料以靠右邊預先設定的位置爲準而對齊，稱爲右靠。

17【右翼】 ㄧㄡˋ ㄧˋ

與左翼相對。①作戰時布置於正面右側的軍隊或軍艦。②政黨中的右派。其主張較爲保守。參左翼②。

11【右旋糖】 ㄧㄡˋ ㄒㄩㄢˊ ㄊㄤˊ

(dextrose)葡萄糖因具有右旋光性，所以又稱右旋糖。參葡萄糖。

4【右手坐標系】 ㄧㄡˋ ㄕㄡˇ ㄗㄨㄛˋ ㄅㄧㄠ ㄒㄧˋ

(right handed coordinate system) 將右手的拇指、食指、中指伸直並使之互相直交，以拇指所指的方向爲 x 軸，食指所指的方向爲 y 軸，中指所指的方向爲 z 軸，由此建立的坐標系叫做右手坐標系。此坐標系亦可以右手四指彎曲的方向爲 x 到 y 軸的方向，而垂直於四指的拇指指向爲 z 的方向來形成。經由一軸的反轉或由一平面的反射，可將右手系變成左手系，反之亦然。

【右手掌定則】 ㄧㄡˋ ㄕㄡˇ ㄓㄤˇ ㄉㄧㄥˋ ㄗㄜˊ

(right hand rule)右手掌定則與‘夫來明’左手定則同樣是在說明載流導線在磁場中之受力方向與磁場及電流方向間的關係。其規

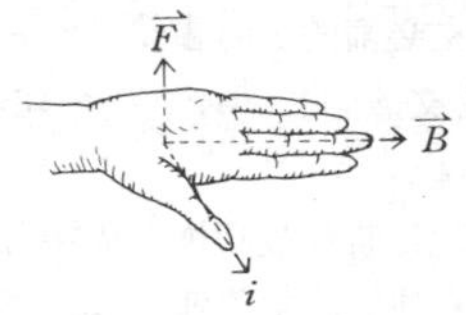

右手掌定則圖

則爲：伸張右手掌，使拇指與其他四指垂直而在同一平面上，以拇指指向導線中電流 i 的方向，其

餘四指指向磁場$\vec{B}$的方向,則掌心所向(自掌心向外)之方向即爲導線在磁場中所受磁力$\vec{F}$的方向。

叶 ㊀ ㄒㄧㄝˊ hsieh² 音協
和合。協的古字。如:叶韻。
㊁ ㄧㄝˋ yeh⁴ 音葉
葉的俗體。

19【叶韻】 ㄒㄧㄝˊ ㄩㄣˋ
押韻。韻文中第一個用韻的字叫起韻,以後跟著押韻的同韻字叫叶韻。

叮 ㄉㄧㄥ ting¹ 音丁
蚊蟲等咬人。

17【叮嚀】 ㄉㄧㄥ ㄋㄧㄥˊ
囑咐。本作丁寧,也作叮寧。

24【叮囑】 ㄉㄧㄥ ㄓㄨˇ
再三囑咐。

号 號的或體。

叩 ㄎㄡˋ k'ou⁴ 音扣
①敲;打。如:叩門。②請問;詢問。如:叩問。③拉住。如:叩馬而諫。④以頭碰地的一種禮儀。如:三跪九叩。

8【叩門】 ㄎㄡˋ ㄇㄣˊ
①敲門。②登門拜訪。

10【叩馬】 ㄎㄡˋ ㄇㄚˇ
拉住繮繩,使馬不得前行。

16【叩頭】 ㄎㄡˋ ㄊㄡˊ
跪在地上,以頭觸地。舊時最敬重的禮節。

19【叩關】 ㄎㄡˋ ㄍㄨㄢ
攻擊關口。

16【叩頭蟲】 ㄎㄡˋ ㄊㄡˊ ㄔㄨㄥˊ
(click beetle)昆蟲綱、鞘翅目(order Coleoptera)、叩頭蟲科(family Elateridae)的動物。爲小型乃至中型的甲蟲,體長而略扁,觸角鋸齒狀、櫛狀或絲狀。因前胸與中胸銜接不緊,且前腹板有突起與中腹板的陷窩相套,如將蟲體仰臥,蟲體能向上空跳躍。幼蟲呈圓筒形,色黃褐,皮膚堅硬,多棲於土中爲害作物根部。

叩頭蟲圖

5【叩石墾壤】 ㄎㄡˋ ㄕˊ ㄎㄣˇ ㄖㄤˇ
敲掉石頭,挖開泥土。即開發土地。

叨 ㊀ ㄊㄠ t'ao¹ 音滔
①貪婪。饕的俗字。見"說文"。②忝受。謙詞。如:叨陪末座。
㊁ ㄉㄠ tao¹ 音刀
參叨叨絮絮。

6【叨光】 ㄊㄠ ㄍㄨㄤ
沾光。受人恩惠,表示感謝的用語。

11【叨陪】 ㄊㄠ ㄆㄟˊ
敬陪。赴人邀宴的謙詞。

15【叨嘮】 ㄉㄠ ·ㄌㄠ
①嚕囌;多言不休。即嘮叨。②埋怨。

18【叨擾】 ㄊㄠ ㄖㄠˇ
打擾。感謝主人款待的用語。

5【叨叨絮絮】 ㄉㄠ ㄉㄠ ㄒㄩˋ ㄒㄩˋ
語言繁碎不止。形容多言。

叻 ㄌㄧˋ li⁴ 音力
參叻埠。

11【叻埠】 ㄌㄧˋ ㄅㄨˋ
'新加坡'的別稱。爲'馬來'文的音譯。

叼 ㄉㄧㄠ tiao¹ 音雕
用嘴銜住東西。

叧 另的或體。

另 ㄌㄧㄥˋ ling⁴ 音令
①分開居住而各自謀生。見"五音集韻"。②割開;分開。見"五音集韻"。③特異的。如:另眼相待。④除此以外的。如:另作打算。

10【另起爐灶】 ㄌㄧㄥˋ ㄑㄧˇ ㄌㄨˊ ㄗㄠˋ
比喻從頭作起或獨立門戶。

11【另眼相看】 ㄌㄧㄥˋ ㄧㄢˇ ㄒㄧㄤ ㄎㄢˋ
特別看待。

16【另謀高就】 ㄌㄧㄥˋ ㄇㄡˊ ㄍㄠ ㄐㄧㄡˋ
另找工作。

21【另闢蹊徑】 ㄌㄧㄥˋ ㄆㄧˋ ㄒㄧ ㄐㄧㄥˋ
比喻原先的方法行不通,另外想辦法。

叫 ㄐㄧㄠˋ chiao⁴ 音教
①呼喊。②稱作。

6【叫好】 ㄐㄧㄠˋ ㄏㄠˇ
喝采。對精彩表演表示讚美。

8【叫屈】 ㄐㄧㄠˋ ㄑㄩ
叫喊冤屈。表示受到冤屈。

10【叫座】 ㄐㄧㄠˋ ㄗㄨㄛˋ
本指演員的表演富有吸引力,票房紀錄很好。今泛指活動有號召力,受人喜愛。

【叫陣】 ㄐㄧㄠˋ ㄓㄣˋ
向敵陣叫喊,激對方出戰。

15【叫價】 ㄐㄧㄠˋ ㄐㄧㄚˋ
開價。

21【叫囂】 ㄐㄧㄠˋ ㄒㄧㄠ
大聲喧譁。多指胡鬧叫罵。

4【叫化子】 ㄐㄧㄠˋ ㄏㄨㄚˋ ·ㄗ
乞丐。也作叫花子。

9【叫苦連天】 ㄐㄧㄠˋ ㄎㄨˇ ㄌㄧㄢˊ ㄊㄧㄢ
形容痛苦的深重。

只 ㊀ ㄓˇ chih³ 音紙
①助詞。(1)用在句末,表決定。如:不諒人只。(2)用在句中,無義。如:樂只君子。(3)用作詞尾,同著。常見於'元'曲中。如:跪只。②祇;僅僅。義同唯。如:只許州官放火,不准百姓點燈。
㊁ ㄓ chih¹ 音隻
量詞。俗通隻。如:三只老虎。

6【只合】 ㄓˇ ㄏㄜˊ
只當;只應該。

8【只知其一不知其二】 ㄓˇ ㄓ ㄑㄧˊ ㄧ ㄅㄨˋ ㄓ ㄑㄧˊ ㄦˋ
譏人見識不廣或不明眞相。

11【只許州官放火不准百姓點燈】 ㄓˇ ㄒㄩˇ ㄓㄡ ㄍㄨㄢ ㄈㄤˋ ㄏㄨㄛˇ ㄅㄨˋ ㄓㄨㄣˇ ㄅㄞˇ ㄒㄧㄥˋ ㄉㄧㄢˇ ㄉㄥ

比喻官吏可以爲所欲爲，百姓卻處處受到限制。

叧 ㄍㄨㄚˇ *kua*³ 音寡
剐人肉置其骨。同冎、剮。見"集韻"。

叱 ㄔˋ *ch'ih*⁴ 音赤
1大聲斥責。如：怒叱。2高聲呼喝。如：叱犢。

9【叱咤】 ㄔˋ ㄓㄚˋ
怒斥聲。

11【叱責】 ㄔˋ ㄗㄜˊ
大聲責罵。

15【叱罵】 ㄔˋ ㄇㄚˋ
大聲責罵。

5【叱石成羊】 ㄔˋ ㄕˊ ㄔㄥˊ ㄧㄤˊ
能叱呼白石使變爲羊。比喻神奇。

6【叱名請安】 ㄔˋ ㄇㄧㄥˊ ㄑㄧㄥˇ ㄢ
寫信人於信末請收信人直呼自己的姓名向他人問安的自謙詞。

9【叱咤風雲】 ㄔˋ ㄓㄚˋ ㄈㄥ ㄩㄣˊ
指人發出怒吼，風雲就會變色。比喻英雄豪傑，氣概威武，足可左右大勢。

史 ㄕˇ *shih*³ 音使
1古代掌管文書和記事的官。如：史官。2記載國家、社會過去事跡的書。如：通史。3姓。'春秋'有'史鰌'。見"萬姓統譜·七四"。

10【史家】 ㄕˇ ㄐㄧㄚ
歷史學家；著作史書的人。

【史記】 ㄕˇ ㄐㄧˋ
二十五史之一。'漢''司馬遷'撰，一百三十卷。上起'黃帝'，下迄'漢武帝''太初'四年(前101)，凡二千六百餘年，計本紀十二，以編年紀事；世家三十，以記歷代諸侯；列傳七十，以記歷代名臣及卓行奇特之士；表十，以補本紀、世家、列傳之不足；書八，爲有關經濟、文物、制度的紀錄，述其始終演變之跡。爲我國第一部正史。

【史料】 ㄕˇ ㄌㄧㄠˋ
可供歷史研究的材料。

【史書】 ㄕˇ ㄕㄨ
1記載歷史的書。2'漢代'令史所習用的書體，即當時通用的隸書。

【史乘】 ㄕˇ ㄕㄥˋ
史書。

11【史部】 ㄕˇ ㄅㄨˋ
舊時圖書分類四部的第二部。自'隋'開始，圖書目錄分經、史、子、集四部，史部包括正史、編年史、紀事本末、別史、雜史、傳記、地理、職官、政書等。也稱乙部。

【史通】 ㄕˇ ㄊㄨㄥ
'唐''劉知幾'撰，二十卷。論述史家體例及史籍源流得失，影響後世史學甚大。

13【史詩】 ㄕˇ ㄕ
敘述史事或當時重大事情的詩篇。

19【史籒】 ㄕˇ ㄓㄡˋ
即'太史籒'。'周宣王'時的史官。著有"史籒篇"，是'西周'的字書，字體即後來所稱的大篆。

20【史籍】 ㄕˇ ㄐㄧˊ
史書。

5【史可法】 ㄕˇ ㄎㄜˇ ㄈㄚˇ
(1602～1645)'明''祥符'(今'河南''開封')人。字'憲之'，號'道鄰'。少以孝聞，性耿介，有志略。'崇禎'元年(1628)進士，累遷'南京'兵部尚書。十七年，'李自成'犯'燕京'，'可法'誓師勤王，'思宗'殉國凶問至，乃縞衣發喪。'福王'立，加'武英殿'大學士，督師'揚州'抗'清'，拒絕'多爾袞'的勸降，城破被害，'明'謚'忠烈'，'清'謚'忠正'。有"史忠正公集"。

史可法像

9【史思明】 ㄕˇ ㄙ ㄇㄧㄥˊ
(?～761)'唐''寧州'(今'甘肅''寧縣')人。'突厥'族。驍勇有才略，'安祿山'叛亂，'思明'爲其將，後'祿山'爲其子'慶緒'所殺，'思明'乃殺'慶緒'自立爲王，稱'大燕皇帝'。不久，被其子'史朝義'所殺。

11【史堅如】 ㄕˇ ㄐㄧㄢ ㄖㄨˊ
(1879～1900)'廣東''番禺'人。名'久緯'，字'經如'。'中''日'甲午戰後，矢志排'滿'救國。加入'興中會'，赴'日'造訪'孫中山'先生，共議革命大計。返國參與籌劃'惠州'起義，事敗後，謀刺'粵'督'德壽'，未果被捕，慷慨就義。

史堅如像

【史晨碑】 ㄕˇ ㄔㄣˊ ㄅㄟ
碑刻名。'東漢''靈帝''建寧'二年(169)立，在'山東省''曲阜縣''孔廟'內，爲'魯'相'史晨'祀'孔子'的奏銘。碑有二，前碑載奏章，後碑敘饗禮之事；碑文爲隸書，書體神韻超逸，是書法史上的瑰寶。

13【史達林】 ㄕˇ ㄉㄚˊ ㄌㄧㄣˊ
(Joseph V. D. Stalin, 1879～1953)'蘇俄'政治領袖。生於'高加索'農家，自小參加革命，西元 1902 年被放逐到'西伯利亞'，後加入'共產黨'，幫助'列寧'革命；1924年，繼'列寧'成爲'蘇俄'強人。對付異己，手段殘酷，死後受'赫魯雪夫'的嚴厲批判。

史達林像

【史達祖】 ㄕˇ ㄉㄚˊ ㄗㄨˇ
'南宋''汴'(今'河南''開封')人，字'邦卿'，號'梅溪'。曾依權相'韓侂胄'爲平章吏，'韓'敗，'達祖'被貶而死。長於詞，琢句煉字，細膩工巧，以詠物著稱。有"梅溪詞"。

【史塔克】 ㄕˇ ㄊㄚˇ ㄎㄜˋ
(Johannes Stark, 1874～1957)'德國'實驗物理學家。曾擔任'格來福瓦'(Greifswald)和'符茲堡'(Würzburg)大學物理學教授。西元1906年首次發現'杜卜勒'效應中橫間的電波現象，此發現對後來量子論和相對論的提出貢獻良多。1913年發現‘史塔克’效應而於1919年獲‘諾貝爾’物理學獎。

16【史墻盤】 ㄕˇ ㄑㄧㄤˊ ㄆㄢˊ

西元1976年‘陝西’‘扶風’‘莊白’出土大批窖藏銅器之一。其形制爲‘西周’中晚期最常見的形式，圈足，雙附耳，腹飾垂冠分尾長鳥紋，圈足飾竊曲紋，均以雲雷紋填地。器內底鑄銘文二百八十四字，內容分爲前後兩段，前段敘述‘周朝’自‘文王’以下至當朝天子‘共王’的功業；後段記載器主‘史墻’的家族歷史。盤銘所述史實是研究‘西周’歷史的重要根據；由於年代正確，此器是‘西周’‘共王’時代的標準器。

17【史彌遠】 ㄕˇ ㄇㄧˊ ㄩㄢˇ

(?～1233)‘南宋’‘鄞’(今‘浙江’‘鄞縣’)人。字‘同叔’。‘寧宗’時，倡和議，殺宰相‘韓侂胄’，而代其位。後矯詔廢皇子‘趙竑’，立‘理宗’，自爲太師左丞相兼樞密使，封‘會稽郡王’，任勢跋扈，使‘南宋’國力更加衰微。

19【史懷哲】 ㄕˇ ㄏㄨㄞˊ ㄓㄜˊ

(Albert Schweitzer, 1875～1965)‘德國’學者、人道主義者、醫師。攻讀哲學、神學及醫學。38歲以後至‘赤道非洲’行醫，爲貧病的黑人服務。西元1952年獲‘諾貝爾’和平獎。著有“原始森林的邊緣”(*On the Edge of the Primeval Forest*)、“史懷哲自傳”(*Out of My Life and Thought*)及“非洲手記”(*From My African Notebook*)等書。

史懷哲像

19【史籀篇】 ㄕˇ ㄓㄡˋ ㄆㄧㄢ

‘許愼’以爲‘周宣王’太史‘籀’撰，‘王國維’以“史籀”爲篇名，籀爲誦讀，意即「太史讀書」。十五篇，‘東漢’‘建武’時亡其六篇，至‘晉’全亡。今“說文”中收存二百二十二字，其形體大致較小篆爲繁複。

5【史瓦濟蘭】 ㄕˇ ㄨㄚˇ ㄐㄧˋ ㄌㄢˊ

(Swaziland) 位於‘非洲’南部的王國。四周由‘莫三比克’及‘南非’二國所環繞。面積1.7萬方公里，人口117萬(2005年)，首都‘墨巴本’(Mbabane)。物產有玉米、花生、棉花、鐵、煤、木材和石綿。

9【史前時代】 ㄕˇ ㄑㄧㄢˊ ㄕˊ ㄉㄞˋ

(pre-historic ages)人類未發明文字以記錄史事的時代。包括舊石器時代和新石器時代。

10【史特勞斯】 ㄕˇ ㄊㄜˋ ㄌㄠˊ ㄙ

1 (Johann Strauss, 1825～1899)‘奧地利’小提琴家、作曲家、指揮家。寫作歌劇“蝙蝠”(*Die Fledermaus*)、“威尼斯之夜”(*Eine Nacht in Venedig*)等十六部；圓舞曲“藍色多瑙河”(*An der schönen, blauen Donau*)、“維也納森林的故事”(*Geschichten aus dem Wienerwald*)等四百多首。畢生推廣華爾茲(圓舞曲)，被稱爲‘維也納’圓舞曲之王。他的父親老‘約翰·史特勞斯’(Johann Strauss)是舞樂作曲家，著有各種舞曲一百五十多首。弟弟‘約瑟夫’(Joseph)、‘愛德華’(Edward)都是作曲家。2 (Richard Strauss, 1864～1949)‘德國’作曲家、指揮家。寫作歌劇“莎樂美”(*Salome*)、“玫瑰騎士”(*Der Rosenkavalier*)等；交響詩“唐璜”(*Don Juan*)、“死與變容”(*Tod und Verklarung*)、“查拉杜斯屈拉如是說”(*Also sprach Zarathustra*)、“唐·吉訶德”(*Don Quixote*)等。

史特勞斯像

13【史蒂文生】 ㄕˇ ㄉㄧˋ ㄨㄣˊ ㄕㄥ

1 (George Stephenson, 1781～1848)‘英國’工程師。在前人所創造的蒸汽機車模型基礎上繼續研究，於西元1814年創造了新型的蒸汽機車。1826年起，鋪築‘利物浦’到‘曼徹斯特’的鐵路，1830年通車，是世界以火車運載旅客貨物的開始。2 (Robert Louis Stevenson, 1850～1894)‘英國’散文家、詩人、小說家。其遊記、詩歌、小品文以風格優美著稱。小說大多描寫脫離現實生活的冒險事蹟或情節離奇的愛情故事，有時且帶有恐怖色彩。主要作品有“金銀島”(*Treasure Island*)、“誘拐”(*Kidnapped*)等。

史蒂文生像

5【史汀生主義】 ㄕˇ ㄊㄧㄥ ㄕㄥ ㄓㄨˇ ㄧˋ

(Stimson Doctrine)又稱不承認主義。西元1932年1月7日‘美國’國務卿‘史汀生’(Henry Stimson)向‘中’‘日’雙方致送照會，對‘日本’積極侵占‘滿洲’，提出如下嚴正聲明：「‘美國’政府不承認任何事實上之情勢爲合法，凡‘中’‘日’兩國政府或其代表所訂立之任何條約或協定，足以損及‘美國’或其人民在‘華’條約上之權利，或損及‘中國’主權獨立或領土及行政之完整，或違反國際間關於‘中國’之政策，即所謂門戶開放者，‘美國’政府決不予承認。又凡以違反1928年8月27日之“巴黎非戰公約”之方法，而造成之情勢，或締結之條約協定，‘美國’政府亦不予承認。」‘國際聯盟’於1933年3月11日通過決議，支持‘美國’上述政策，重申‘國聯’會員國對於以違反‘國聯’盟約及“巴黎非戰公約”之方法所取得之地位條約或協定，負有不予承認之責任。

7【史克里亞賓】ㄕˇ ㄎㄜˋ ㄌㄧˇ ㄧㄚˋ ㄅㄧㄣ

(Aleksandr Nikolayevich Scriabin, 1872～1915)'俄國'鋼琴家、作曲家。寫作交響曲三首，管絃樂曲"狂喜之詩"(*Poem of Ecstasy*)、"火之詩"(*The Poem of Fire*)等，以及鋼琴曲多種。他是印象派音樂家，對新式和聲組合極感興趣，造成許多新穎試驗。

史克里亞賓像

8【史肯龍計畫】ㄕˇ ㄎㄣˇ ㄌㄨㄥˊ ㄐㄧˋ ㄏㄨㄚˋ

(Scanlon plan)由組織檢討過去若干年中，勞工成本占總生產額的百分率，再以此百分率作為勞資雙方共同努力的衡量基準，員工如能提出改進意見使勞工成本降低至原基準以下時，則發給員工獎金。此計畫為'史肯龍'所設計，故名。

9【史迪威事件】ㄕˇ ㄉㄧˊ ㄨㄟ ㄕˋ ㄐㄧㄢˋ

'民國'三十一年一月，'蔣中正'委員長任'中國'戰區最高統帥，同盟國並派'美國''史迪威'(J.W. Stilwell)中將為'中國'戰區參謀長，另兼四職。旋'史'與最高統帥發生統帥權的衝突，'美國'總統'羅斯福'曾派員調解無效。三十三年十月，'羅斯福'下令召回'史迪威'，由'魏德邁'(A.C. Wedemeyer)將軍接替'史'職，史稱'史迪威'事件。

10【史記三家注】ㄕˇ ㄐㄧˋ ㄙㄢ ㄐㄧㄚ ㄓㄨˋ

'南朝''宋''裴駰'"史記集解"、'唐''司馬貞'"史記索隱"、'唐''張守節'"史記正義"的合稱。

13【史塔溫斯基】ㄕˇ ㄊㄚˇ ㄨㄣ ㄙ ㄐㄧ

(Igor Stravinsky, 1882～1971)'俄國'作曲家。西元1945年歸化'美國'。作品有舞劇"火鳥"(*The Firebird*)、"春之祭"(*The Rite of Spring*)、歌劇"馬富拉"(*Mavra*)、鋼琴協奏曲、小提琴協奏曲及絃樂四重奏等。

史塔溫斯基像

13【史蒂芬-波次曼熱輻射定理】ㄕˇ ㄉㄧˋ ㄈㄣ ㄅㄛ ㄘˋ ㄇㄢˋ ㄖㄜˋ ㄈㄨˊ ㄕㄜˋ ㄉㄧㄥˋ ㄌㄧˇ

(Stefan-Boltzmann's law of thermal radiation)二物體間之輻射熱傳遞速率與此二物體之絕對溫度的四次方之差及物體之表面積成正比，此即'史蒂芬'—'波次曼'熱輻射定理。以數學式表示為$q=\sigma A(T_1^4-T_2^4)$，式中之比例常數σ稱為'史蒂芬'—'波次曼'常數，其值為$5.669\times10^{-8}w/m^2\cdot k^4$。此一定理僅適用於黑體，對其他物體須介入校正因子。

叺　㊀ ㄕㄣ shên¹ 音申
呻吟。見"龍龕手鑑"。
㊁ ㄧˇ i³ 音以
以的俗體。

叭　ㄅㄚ pa¹ 音巴
狀聲詞。

台　㊀ ㄧˊ i² 音怡
①喜悅。同怡。見"說文"。②我。見"爾雅·釋詁"。
㊁ ㄊㄞˊ t'ai² 音臺
①星名。即三台。後因三台為天上巨星，引申為三公之稱。如：台鼎。②對人尊敬之稱。如：台端。③通鮐。如：台背。④通臺。如：'台灣'。
㊂ ㄊㄞ t'ai¹ 音胎
'浙江''台州'之台的舊讀。

7【台甫】ㄊㄞˊ ㄈㄨˇ

尊稱他人的名字或別號。

13【台照】ㄊㄞˊ ㄓㄠˋ

書信中請對方照覽的敬詞。

14【台端】ㄊㄞˊ ㄉㄨㄢ

對平輩的敬稱。

15【台駕】ㄊㄞˊ ㄐㄧㄚˋ

對他人的敬稱。多用於平輩。

句　㊀ ㄍㄡ kou¹ 音鉤
俗作勾。①彎曲。如：句曲。②末端尖利，向內彎曲的物體。通鉤。如：鈎句。③彎曲如鉤的。如：句爪。④指直角三角形直角旁的短邊。如：句股。⑤姓。'孔子'弟子有'句井疆'。見"正字通"。
㊁ ㄍㄡˋ kou⁴ 音夠
張滿弓。通彀。見"字彙"。
㊂ ㄐㄩˋ chü⁴ 音巨
集若干詞或短語，使成具完整意思的文章基本單位。如：敘事句。

8【句股】ㄍㄡ ㄍㄨˇ

為九章算法之一。以直角三角形的底邊為句，豎邊為股，斜邊為弦。即句方加股方等於弦方。與'畢達哥拉斯'定律：$a^2+b^2=c^2$相同。

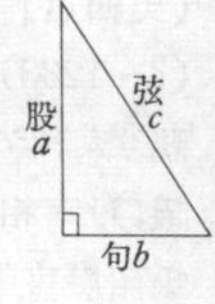

句股圖

15【句踐】ㄍㄡ ㄐㄧㄢˋ

(?～前465)'春秋'時'越王'。其父與'吳王''闔閭'相互怨伐。'句踐'即位，又為'吳王''夫差'所敗，困於'會稽'，乃忍辱求和。後用'文種'、'范蠡'為相，臥薪嘗膽，生聚教訓，終於滅'吳'而霸諸侯。

21【句欄】ㄍㄡ ㄌㄢˊ

參勾欄。

22【句讀】ㄐㄩˋ ㄉㄡˋ

文章的標點、斷句。語意完足的地方叫句；語句未完，但可稍加停頓的地方叫讀(或叫頓)。

叴　ㄑㄧㄡˊ ch'iu² 音求
①高傲之氣。通作仇。見"說文"。②三稜矛。通作厹。見"正字通"。

3

吂　ㄇㄤˊ mang² 音茫
①表示拒絕的應答聲。見

"方言·十"。[2]不知。見"廣韻"。

吉 ㄐㄧˊ *chi*^{2} 音急

[1]美好;美善。與凶相對。如:吉祥。[2]吉日。如:擇吉開張。[3](giga)代號爲G。國際通用倍數譯音,爲10^9。[4]姓。'漢'有'吉平'。見"萬姓統譜·一一五"。

5【吉永】ㄐㄧˊ ㄩㄥˇ

(Charles Édouard Guillaume, 1861～1938)'法國'物理學家。生於'瑞士'。西元1883年進入'國際度量衡局'工作,並自1915年起任該局局長。因發現鎳、鐵合成的不變鋼(invar),而於1920年榮獲'諾貝爾'物理學獎。

【吉他】ㄐㄧˊ ㄊㄚ

(guitar) 絃樂器的一種。通常有六根絃,故又稱六絃琴。頸長、有柱,琴身扁平,似提琴而較大。彈時,用手指或加指撥撥絃。十六世紀時'西班牙'人首先發明五絃吉他,到西元1790年才由'德國'人加上第六條絃。這種樂器在十七世紀時傳入'義大利',十八、十九世紀傳遍整個'歐洲'。

吉他圖

6【吉羊】ㄐㄧˊ ㄒㄧㄤˊ

吉祥。

【吉兆】ㄐㄧˊ ㄓㄠˋ

吉事的徵兆。

7【吉辰】ㄐㄧˊ ㄔㄣˊ

好日子;好時辰。

【吉利】ㄐㄧˊ ㄌㄧˋ

吉祥順利。

8【吉林】ㄐㄧˊ ㄌㄧㄣˊ

省轄市。昔名'船廠'。位於'吉林省'中部。西北倚山,東南臨'松花江'。有鐵路在此交會及'松花江'水運,交通稱便,爲'松花江流域'木材集散地,工商業發達。現爲'吉林省'省會。

【吉朋】ㄐㄧˊ ㄆㄥˊ

(Edward Gibbon, 1737～1794)十八世紀'英國'最傑出的歷史家。西元1764年10月15日,遊覽古'羅馬'議會廳廢墟,當下自許完成一部'羅馬'興亡史。1776年出版"羅馬帝國衰亡史"(*The History of Decline and Fall of the Roman Empire*)首冊,後因一再蹉跎,又費時十二年始大功告成,計六冊。該巨著對研究'羅馬'歷史及西方歷史均極爲重要。

10【吉祥】ㄐㄧˊ ㄒㄧㄤˊ

美好的預兆。引申爲吉利祥瑞。

12【吉期】ㄐㄧˊ ㄑㄧˊ

吉祥的日子。多指婚嫁的好日子。

15【吉慶】ㄐㄧˊ ㄑㄧㄥˋ

吉祥喜慶。

17【吉禮】ㄐㄧˊ ㄌㄧˇ

古代五禮之一。指祭禮。

5【吉布地】ㄐㄧˊ ㄅㄨˋ ㄉㄧˋ

(Djibouti) 位於'非洲'東北'紅海'南端入口處的小國。西元1977年獨立。面積2.2萬方公里,人口47.6萬(2005年)。首都'吉布地'。

7【吉貝素】ㄐㄧˊ ㄅㄟˋ ㄙㄨˋ

(gibberellic acid) 植物激素的一種。其最主要的功能是產生酵素以分解胚乳中的養分,促進單子葉植物種子的萌發。吉貝素和生長素一樣,也可促進莖的生長,不過,生長素是促進細胞的體積加大,使莖生長;吉貝素則作用於生長點和延長部之間的細胞,可促使其分裂加快而使莖生長。

8【吉林省】ㄐㄧˊ ㄌㄧㄣˊ ㄕㄥˇ

東北九省之一。境內'長白丘陵'盤踞東南部,森林極茂密,有「窩集」之稱,盛產人參、貂皮等珍貴特產,西北部平原廣闊,農業相當發達,主產高粱、大豆。'松花江'流貫中部,富航利及水力,上游'小豐滿水電廠'是著名的發電廠。以'吉林'爲省會。

9【吉星文】ㄐㄧˊ ㄒㄧㄥ ㄨㄣˊ

(1910～1958) '河南''扶溝'人。字'紹武'。早年參加'中''日''長城'戰役,晉升團長。'盧溝橋'事變爆發,堅守'宛平城',振奮人心,震驚'中'外。大陸陷'共'後,隨政府來'臺',歷任'國防部'高參,'澎防部'、'金防部'副司令官,八二三砲戰中殉職。

吉星文像

10【吉特巴】ㄐㄧˊ ㄊㄜˋ ㄅㄚ

(jitterbug) 西元1920年代'美國'南部流行的一種舞蹈。膝關節略帶抖動,爲兩人不斷旋轉換位的雙人舞。1940年全球均流行此種輕鬆活潑的舞蹈。

12【吉普車】ㄐㄧˊ ㄆㄨˇ ㄔㄜ

(jeep)中、小型的軍用車輛。如四分之一及四分之三噸型。因係全輪傳動,又附有加力檔,適用於野戰地形。我國軍一般多作爲行政車。

吉普車圖

【吉隆坡】ㄐㄧˊ ㄌㄨㄥˊ ㄆㄛ

(Kuala Lumpur) '馬來西亞'首都及經濟、文化、鐵公路、航空中心。位於'馬來亞'(Malaya)西部,'巴生河'(Klang R.)與'剛巴克河'(Gombak R.)交會處。人口147.9萬(2004年)。

2【吉人天相】ㄐㄧˊ ㄖㄣˊ ㄊㄧㄢ ㄒㄧㄤˋ

善人自有上天保佑。今多用指好運。

4【吉日良辰】ㄐㄧˊ ㄖˋ ㄌㄧㄤˊ ㄔㄣˊ

好日子;好時辰。

【吉凶休咎】ㄐㄧˊ ㄒㄩㄥ ㄒㄧㄡ ㄐㄧㄡˋ

吉凶福禍。

【吉凶慶弔】ㄐㄧˊ ㄒㄩㄥ ㄑㄧㄥˋ ㄉㄧㄠˋ

遇到親朋有吉事(如婚禮等)就去慶賀,有凶事(如喪事等)就去弔慰。今多指慶賀弔慰之事。

6【吉光片羽】ㄐㄧˊ ㄍㄨㄤ ㄆㄧㄢˋ ㄩˇ
比喻殘存的珍貴文物。吉光，神馬名。

7【吉里巴斯】ㄐㄧˊ ㄌㄧˇ ㄅㄚ ㄙ
(Kiribati) 位於中南‘太平洋’的島國。陸地面積849方公里，海域面積355萬方公里，人口10萬(2005年)。首都‘塔拉瓦’(Tarawa)。主要輸出為磷酸鹽、椰乾；輸入為工業製成品、食品、燃料。國際換日線經過該國。

9【吉星高照】ㄐㄧˊ ㄒㄧㄥ ㄍㄠ ㄓㄠˋ
比喻好運當頭。

12【吉普賽人】ㄐㄧˊ ㄆㄨˇ ㄙㄞˋ ㄖㄣˊ
(Gypsy; Gipsy)原屬‘印度’低下階級人種，後來不斷遷移，先後到達‘波斯’、‘德國’、‘法國’和‘英國’。以前‘歐洲’人以爲他們來自‘埃及’，因稱之爲‘吉普賽’人。他們大都善於占卜，喜好音樂。目前大多分布於‘歐洲’的‘土耳其’、‘希臘’、‘羅馬尼亞’、‘匈牙利’、‘德國’、‘西班牙’、‘葡萄牙’等地。

【吉備眞備】ㄐㄧˊ ㄅㄟˋ ㄓㄣ ㄅㄟˋ
(694?～775)‘日本’人。‘唐玄宗’‘開元’四年(716)，以遣‘唐’留學生來‘中國’，歷十九年而歸，獻‘唐’禮、曆學、音樂等書，並採取‘漢’字偏旁作片假名。‘天寶’十一年(752)，又以遣‘唐’副使來‘中國’，二年後返‘日’，累進至右大臣。著有“私教類聚”。

2【吉力馬札羅山】ㄐㄧˊ ㄌㄧˋ ㄇㄚˇ ㄓㄚˊ ㄌㄨㄛˊ ㄕㄢ
(Kilimanjaro Mt.)‘非洲’最高峰。位於‘坦尚尼亞’東北境內。高5,895公尺。第三紀時，在‘東非高原’兩側斷裂成兩條南北向的裂谷帶，帶兩側又向上形成一些高大的熔岩高原及火山，位於東側裂谷帶以東的‘吉力馬札羅山’即爲其中之一。

5【吉尼不平均係數】ㄐㄧˊ ㄋㄧˊ ㄅㄨˋ ㄆㄧㄥˊ ㄐㄩㄣ ㄒㄧˋ ㄕㄨˋ
(Gini coefficient of inequality)一種測量所得分配不平均度常用的指標，其值等於‘羅倫茲’曲線正方箱形圖中，所得分配不平均區域與對角線下三角形面積的比率。‘吉尼’係數的值介於零與一之間，其值愈小，所得分配愈平均。

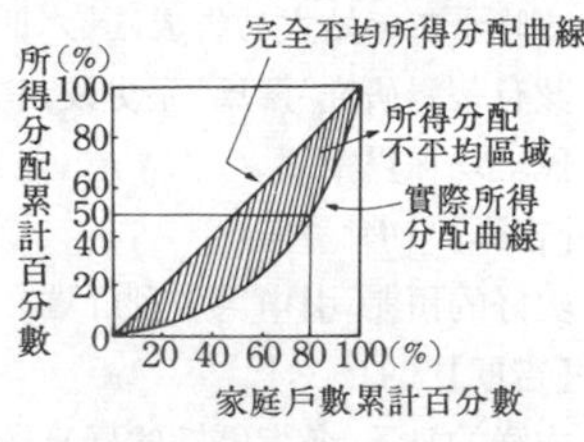

吉尼不平均係數圖

吏 ㄌㄧˋ *li*⁴ 音利
①治理人民的官員。②姓。‘漢’有‘吏宗’。見“萬姓統譜·九四”。

吁 ㄒㄩ *hsü*¹ 音虛
①驚。見“說文”。②歎。如：長吁短歎。③姓。‘漢’有‘吁子先’。見“萬姓統譜·一三”。

13【吁嗟】ㄒㄩ ㄐㄧㄝ
悲歎聲。也作于嗟。

吓 ㊀ ㄒㄧㄚˋ *hsia*⁴ 音下
驚嚇。同嚇。如：恐吓。
㊁ ㄧㄚ *ya*¹ 音呀
助詞。表驚訝或感歎的語氣。同呀。如：郎吓。

吋 ㊀ ㄉㄡˋ *tou*⁴ 音豆
叱責。見“字彙”。
㊁ ㄘㄨㄣˋ *ts'un*⁴ 音寸
(inch)‘英’‘美’制長度單位。呎的1/12。一‘英’吋等於2.5399956公分；一‘美’吋等於2.5400051公分。

吐 ㊀ ㄊㄨˇ *t'u*³ 音土
①從口出。如：蠶吐絲。②厭惡。如：吐棄。③發出；發表。如：吐露眞言。④開放。如：百花吐豔。⑤談話；言詞。如：談吐。⑥姓。‘隋’有‘吐萬緒’。見“萬姓統譜·七八”。
㊁ ㄊㄨˋ *t'u*⁴ 音兔
①嘔。如：吐血。②退還非法或不合理取得的財物。如：吐出贓款。

10【吐納】ㄊㄨˇ ㄋㄚˋ
①‘中國’古傳的一種養生方法。口吐惡濁之氣，鼻吸清新之氣，以祛病延年，類似深呼吸。②指談吐或議論。

14【吐實】ㄊㄨˇ ㄕˊ
吐露實情。

16【吐蕃】ㄊㄨˇ ㄈㄢ
‘唐朝’西南方的強敵。位於‘吐谷渾’西南，據今‘康藏高原’。‘隋’‘唐’之際國勢漸盛，‘太宗’以‘文成公主’妻其君長‘棄宗弄贊’，‘中宗’以‘金城公主’妻‘棄隸蹜贊’，‘吐蕃’亦遣子弟到‘中國’留學，‘中國’文化及佛教因而傳入‘西藏’。‘安’‘史’亂後，‘唐’在‘西域’的霸權被其取代，邊境亦常遭其侵擾。‘僖宗’以後，其勢始衰。

21【吐露】ㄊㄨˇ ㄌㄨˋ
傾訴出來。

【吐屬】ㄊㄨˇ ㄓㄨˇ
本指言談和寫文章。今泛指談話的言詞。如：吐屬不凡。

5【吐瓦魯】ㄊㄨˇ ㄨㄚˇ ㄌㄨˇ
(Tuvalu) 位於西‘太平洋’的群島國。西元1978年脫離‘英國’獨立。面積26方公里，人口1.1萬(2005年)。首都‘富那富提’(Funafuti)。

7【吐谷渾】ㄊㄨˇ ㄩˋ ㄏㄨㄣˊ
國名。‘魏’、‘晉’之際，‘鮮卑’人‘吐谷渾’率部西徙，據有今‘甘肅’、‘青海’之地，其後人遂建國曰‘吐谷渾’。屢寇‘北魏’、‘北周’，‘唐太宗’時降‘唐’，後爲‘吐番’所滅。

9【吐苦水】ㄊㄨˇ ㄎㄨˇ ㄕㄨㄟˇ
傾訴心中的委屈與不快。

10【吐剛茹柔】ㄊㄨˇ ㄍㄤ ㄖㄨˊ ㄖㄡˊ
硬的吐出，軟的吃下。比喻畏強欺弱。

【吐哺握髮】ㄊㄨˇ ㄅㄨˇ ㄨㄛˋ ㄈㄚˇ
‘周公’勤於政事，常常在吃飯中，幾次吐出口中食物以接待賢人；洗頭時，幾次握著頭髮去接待賢人。後用以比喻禮賢下士，求才殷切。

11【吐粒散鐵】 ㄊㄨˇ ㄌㄧˋ ㄙㄢˇ ㄊㄧㄝˇ
(troostite)爲微粒碳化物及肥粒鐵的混合組織。可由低溫的回火麻田散鐵或優於臨界冷卻速率的鋼淬火中產生。前者亦稱回火麻田散鐵;後者亦稱細波來鐵。

16【吐蕊揚芬】 ㄊㄨˇ ㄖㄨㄟˇ ㄧㄤˊ ㄈㄣ
綻放花朵,散發芳香。比喻有良好的表現和聲譽。

15【吐魯番窪地】 ㄊㄨˇ ㄌㄨˇ ㄈㄢ ㄨㄚ ㄉㄧˋ
昔名‘火州’。位於‘天山山脈’東部,圍於‘博格多山’、‘庫魯克山’(‘乾山’)、‘覺羅山’(‘漠山’)之間。爲一斷層陷落盆地,底部‘艾丁湖’低於海平面283公尺;境內氣候炎熱乾燥,是全國最熱的地方;惟賴山上雪水爲灌溉水源,有綠洲農業,以產葡萄聞名。

呒 ㊀ ㄫ ng
歎詞。表示應諾。如:呒!我去好了。
㊁ ㄟˇ ei³
助詞。表示否定。如:我不是指這個呒!

同 ㄊㄨㄥˊ t'ung² 音童
①會合;聚集。見"說文"。②齊一;沒有差異。如:同文同種。③協合。如:同力。④律管名。以銅製成。如:六律六同。⑤姓。‘元’有‘同恕’。見"萬姓統譜·一"。

4【同文】 ㄊㄨㄥˊ ㄨㄣˊ
相同的文字。

【同心】 ㄊㄨㄥˊ ㄒㄧㄣ
心志相同。

【同化】 ㄊㄨㄥˊ ㄏㄨㄚˋ
(assimilation)①不同的文化、不同的分子、不同的團體,彼此接觸後,改變其原有的習慣,而接受新環境融化,或是將外來的文化特質予以融和,使之符合新文化單位的結構與功能的社會過程。②‘瑞士’心理學家‘皮亞傑’(J. Piaget)認知發展論的基本觀念之一。指個體修訂其所吸取之新資訊,以適應內在既有之認知結構的歷程。即依既存之思考方式和見解,進行新事物的瞭解與知覺。

5【同穴】 ㄊㄨㄥˊ ㄒㄩㄝˋ
夫婦合葬一個墓穴。

6【同年】 ㄊㄨㄥˊ ㄋㄧㄢˊ
①同一年出生的人。②科舉時代同榜考中的人。

【同行】 ㊀ ㄊㄨㄥˊ ㄒㄧㄥˊ
同路而行。
㊁ ㄊㄨㄥˊ ㄏㄤˊ
俗稱職業相同,所學相同者。

7【同志】 ㄊㄨㄥˊ ㄓˋ
①志趣相同。②志趣相同的人。③爲共同的事業、理想、主義而奮鬥的人。

【同步】 ㄊㄨㄥˊ ㄅㄨˋ
(synchronous)兩個或多個電腦程式處理之進行受到一共同之事件(如共同之時序信號)所影響或控制,稱爲同步。

8【同宗】 ㄊㄨㄥˊ ㄗㄨㄥ
宗法社會稱同出於一祖先者。後也稱同族、同姓爲同宗。

【同事】 ㄊㄨㄥˊ ㄕˋ
同在一個機關、行號做事的人。

【同門】 ㄊㄨㄥˊ ㄇㄣˊ
同一師傅門下受業的人。

【同命】 ㄊㄨㄥˊ ㄇㄧㄥˋ
遭遇和處境相同。

9【同胞】 ㄊㄨㄥˊ ㄅㄠ
同父母所生。指親兄弟姊妹。後引申爲同一國族的人。

10【同袍】 ㄊㄨㄥˊ ㄆㄠˊ
①共穿一件衣服。今爲軍人的相稱。②泛指朋友。

【同根】 ㄊㄨㄥˊ ㄍㄣ
比喻兄弟。

【同氣】 ㄊㄨㄥˊ ㄑㄧˋ
①氣質相同或相近。②指同胞兄弟。

11【同寅】 ㄊㄨㄥˊ ㄧㄣˊ
共事的官吏。

【同情】 ㄊㄨㄥˊ ㄑㄧㄥˊ
①指意見、心情或對事物的感受相同。②憐憫;關愛。

【同參】 ㄊㄨㄥˊ ㄘㄢ
佛家語。①禪宗和尚稱同事一師爲同參。②相與研究。

12【同窗】 ㄊㄨㄥˊ ㄔㄨㄤ
即同學。

13【同意】 ㄊㄨㄥˊ ㄧˋ
①心志或意見相同。②意義相同。③承認;贊同。

【同道】 ㄊㄨㄥˊ ㄉㄠˋ
志趣、信仰相同的人。

【同感】 ㄊㄨㄥˊ ㄍㄢˇ
相同的感受。

【同盟】 ㄊㄨㄥˊ ㄇㄥˊ
①締結盟約。②兩國或兩國以上,因利害相同而締結條約,結成聯合關係。

【同業】 ㄊㄨㄥˊ ㄧㄝˋ
同一行業。

14【同僚】 ㄊㄨㄥˊ ㄌㄧㄠˊ
同在一處做官的人。也作同寮。

16【同儕】 ㄊㄨㄥˊ ㄔㄞˊ
同輩。

1【同一律】 ㄊㄨㄥˊ ㄧ ㄌㄩˋ
(law of identity) 傳統邏輯中的思想三律之一。同一律斷言:每一個體都等同於它自己。也有人將同一律瞭解成如下的形式:「若A則A」或「A若且唯若A」。

4【同文館】 ㄊㄨㄥˊ ㄨㄣˊ ㄍㄨㄢˇ
‘清代’自強運動專爲培養外語及外交人才而設立的機構。最初僅設‘英’文館,其後逐次增設‘法’、‘俄’、‘德’、‘日’文諸館。畢業生除服務於‘總理衙門’及駐各國使館、領事館外,並可任職於洋務機構及新興工商企業。

【同心結】 ㄊㄨㄥˊ ㄒㄧㄣ ㄐㄧㄝˊ
①用錦帶製成菱形連環迴文的結紐。用來表示恩愛。②佛教徒穿的袈裟組紐的結法。袈裟以紐作爲綰結,使其兩端入於中心而固定之,稱爲同心結。

7【同步器】 ㄊㄨㄥˊ ㄅㄨˋ ㄑㄧˋ

(synchro) 一包含有定子及轉子並可將角位移輸入轉換成電輸出,或將電輸入轉換成角位移輸

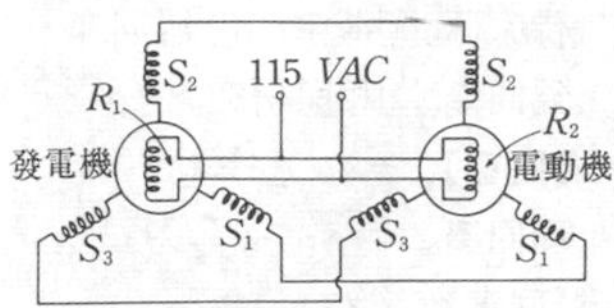

同步器圖

出的電動機設備。當數個同步器以適當的方法連接在一起時,所有轉子將以同一方式旋轉。

【同位素】 ㄊㄨㄥˊ ㄨㄟˋ ㄙㄨˋ

(isotope) 自然界中有些原子,其原子核內之質子數彼此相同,但中子數不同(即質量數不同),這些原子因原子序同,故在週期表中佔有相同的位置,它們即爲同位素。例如^{12}C, ^{13}C, ^{14}C及^{1}H, ^{2}H, ^{3}H。有些同位素具放射性,特稱放射性同位素,如^{3}H、^{14}C即是。利用中子撞擊非放射性同位素可將其轉變爲放射性同位素,作爲醫療、示蹤之用。同位素因化性相同不能用化學方法分離,但可用磁場偏折、擴散來分開。$^{235}_{92}U$就是利用擴散方法與$^{238}_{92}U$分開。

8【同性戀】 ㄊㄨㄥˊ ㄒㄧㄥˋ ㄌㄧㄢˋ

(homosexuality) 同性間產生性吸引力,或個體須藉同性對象方能獲得性慾滿足。

12【同鄉會】 ㄊㄨㄥˊ ㄒㄧㄤ ㄏㄨㄟˋ

旅居外地的同鄉所組成的團體。

13【同溫層】 ㄊㄨㄥˊ ㄨㄣ ㄘㄥˊ

(stratosphere) 指距海平面9～11公里之大氣層。此層氣流穩定,溫度大抵相同,其熱能大部分是由臭氧吸附太陽之輻射能而來。

【同盟國】 ㄊㄨㄥˊ ㄇㄥˊ ㄍㄨㄛˊ

1依條約締結同盟的國家。2(the Allies) ⑴指一次大戰與協約國對抗的結盟國家。包括‘德國’、‘奧匈帝國’、‘土耳其’、‘保加利亞’四國。⑵指二次大戰與軸心國對抗的結盟國家。主要包括‘中國’、‘比利時’、‘美國’、‘法國’、‘英國’、‘蘇俄’、‘丹麥’、‘荷蘭’等49國。

【同盟會】 ㄊㄨㄥˊ ㄇㄥˊ ㄏㄨㄟˋ

全名爲‘中國革命同盟會’。‘清’‘光緒’三十一年七月(1905年8月),由‘興中會’合併其他革命團體成立於‘東京’。‘孫中山’先生爲總理,採三權分立精神,分設執行、評議、司法三部。會員入會誓詞爲「驅逐韃虜,恢復中華,建立民國,平均地權」。以“民報”爲機關報。其後本部遷往‘上海’。‘民國’元年三月,在‘南京’舉行大會,成爲公開政黨。‘孫’先生爲總理,‘黃興’、‘黎元洪’爲協理,‘宋教仁’、‘胡漢民’、‘汪兆銘’爲幹事。五月,本部遷於‘北京’,八月,與其他四政團合組爲‘國民黨’。

【同盟輪】 ㄊㄨㄥˊ ㄇㄥˊ ㄌㄨㄣˊ

(conference vessel)又稱同盟定期輪(conference line vessel)。加入某一航運(運費)同盟的各船公司,在該航運同盟航線所營運的定期輪,稱爲同盟輪。同盟輪的收取運費,須按同盟費率計收,不可多收,也不可少收。

14【同構的】 ㄊㄨㄥˊ ㄍㄡˋ ˙ㄉㄜ

(isomorphic) 原則上,兩個數學體系如果表示相同的內在結構,但是觀念或記號不同,皆可稱爲同構的。例如二進位制和十進位制,就表現實數系而言,是同構的。又如普通的幾何平面和有序實數對系統,藉著平面直角坐標而形成同構。又如命題代數和集合代數的同構。代數體系的同構通常有嚴密的定義。除了元素之間的一一對應之外,必須滿足先運算再對應等於先對應再運算的結果,且此對應可以有很多。例如有序實數加法群和有序正實數乘法群的同構,由1的對應而完全決定,此即指數對數函數。

3【同工同酬】 ㄊㄨㄥˊ ㄍㄨㄥ ㄊㄨㄥˊ ㄔㄡˊ

對擔任同等職責程度工作的員工,支付同等幅度的報酬。同工同酬爲薪給制度追求的目標之一,但爲了鼓勵員工久任及便於羅致資格水準較高的人士任職,使此一原則難以貫徹。

4【同心同德】 ㄊㄨㄥˊ ㄒㄧㄣ ㄊㄨㄥˊ ㄉㄜˊ

心志一致,目標一致,團結合作。

【同心圓論】 ㄊㄨㄥˊ ㄒㄧㄣ ㄩㄢˊ ㄌㄨㄣˋ

(concentric zone theory) 都市發展理論之一。由‘美國’‘蒲濟時’(E. W. Burgess)提出。認爲都市的發展是由一中心點向外作等速發展。如圖1爲商業中心地帶,2爲過渡地帶(即批發及輕工業區),3爲勞工住宅區,4爲中等住宅區,5爲高級或通勤者住宅區。此理論是根據‘美國’‘芝加哥’的發展歷史而提出。

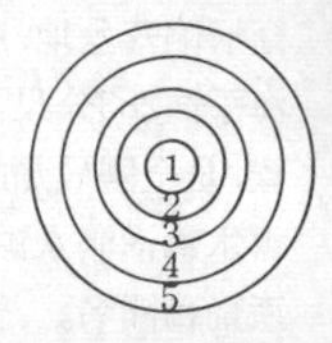

同心圓論圖

【同仇敵愾】 ㄊㄨㄥˊ ㄔㄡˊ ㄉㄧˊ ㄎㄞˋ

齊心合力對付共同的敵人。

6【同而不和】 ㄊㄨㄥˊ ㄦˊ ㄅㄨˋ ㄏㄜˊ

結黨營私而不能和諧共處。

【同舟共濟】 ㄊㄨㄥˊ ㄓㄡ ㄍㄨㄥˋ ㄐㄧˋ

比喻利害相同,患難相共。

7【同床異夢】 ㄊㄨㄥˊ ㄔㄨㄤˊ ㄧˋ ㄇㄥˋ

比喻意見不同或感情不睦。

【同步訊號】 ㄊㄨㄥˊ ㄅㄨˋ ㄒㄩㄣˋ ㄏㄠˋ

(synchronizing signal) 幻燈單片或幻燈捲片在作有聲放映時,爲使錄音帶或唱片上的聲音能與換片的工作採同一步調進行,而製作的一種訊號。同步訊號有無聲訊號(電磁訊號)與有聲訊號

(音響訊號)之分，其選擇視所用放映器材是否設有自動換片的裝置而定。

【同步衛星】ㄊㄨㄥˊ ㄅㄨˋ ㄨㄟˋ ㄒㄧㄥ
(synchronous satellite)在距地球赤道上空約22,000哩處，與地球自轉速度相同，自西向東繞地球運行的衛星。其主要功能是用在通訊上，三個同步衛星做適當安排，其涵蓋範圍即可遍及全球。國防上更可當成預警衛星使用。

【同位核對】ㄊㄨㄥˊ ㄨㄟˋ ㄏㄜˊ ㄉㄨㄟˋ
(parity check) 又稱配類核對。一種用來檢查資訊傳輸中是否出錯的核對方式。將 n 位元之資訊在傳輸前加上一個位元，使各位元之合計值保持奇數(或偶數)。對於接收到的信號，只要檢查各位元數之合計值是否爲奇數(或偶數)，立即可知是否有誤。

【同卵雙生】ㄊㄨㄥˊ ㄌㄨㄢˇ ㄕㄨㄤ ㄕㄥ
(monozygotic twins)由一個受精卵發育而形成的雙生，稱爲同卵雙生。同卵雙生的個體染色體上所含的基因完全一樣，所表現的特徵，彼此幾乎沒有差異。至於異卵雙生，則是由不同的卵分別同時受精、發育、出生，其相似的程度，僅似一般的兄弟姐妹而已。

【同作處理】ㄊㄨㄥˊ ㄗㄨㄛˋ ㄔㄨˇ ㄌㄧˇ
(concurrent processing) 電腦系統作業的一種方式。它利用分時的技術可同時執行數個程式。

8【同命鴛鴦】ㄊㄨㄥˊ ㄇㄧㄥˋ ㄩㄢ ㄧㄤ
比喻情深恩愛、生死與共的夫妻或情侶。

9【同室操戈】ㄊㄨㄥˊ ㄕˋ ㄘㄠ ㄍㄜ
同居一室，而彼此持戈自相殘殺。比喻內鬨或兄弟相爭。

【同流合汙】ㄊㄨㄥˊ ㄌㄧㄡˊ ㄏㄜˊ ㄨ
①隨俗浮沈，而不能潔身自愛。②指與壞人爲伍。

10【同病相憐】ㄊㄨㄥˊ ㄅㄧㄥˋ ㄒㄧㄤ ㄌㄧㄢˊ
比喻處境或遭遇相同，彼此互相憐憫。

【同素異形】ㄊㄨㄥˊ ㄙㄨˋ ㄧˋ ㄒㄧㄥˊ
(allotropy) 指某些元素具有相同的元素成分，但因溫度或其他外加因素，致使該元素呈不同的結晶構造形態。如鐵(Fe)若爲γFe時爲F.C.C.(面心立方晶系)，αFe時爲B.C.C.(體心立方晶系)，此$\gamma Fe \xrightarrow{\text{轉變}} \alpha Fe$，係受溫度之改變。同素異形體具有某些程度的不同物理及機械性質。

【同時效度】ㄊㄨㄥˊ ㄕˊ ㄒㄧㄠˋ ㄉㄨˋ
(concurrent validity)將一測驗之結果，與一組公認有效之測驗的評量成績相比較，若其間顯示高度之相關程度，則該測驗具有同時效度。

【同氣連枝】ㄊㄨㄥˊ ㄑㄧˋ ㄌㄧㄢˊ ㄓ
比喻同胞兄弟，骨肉相連。

【同衾共枕】ㄊㄨㄥˊ ㄑㄧㄣ ㄍㄨㄥˋ ㄓㄣˇ
共用被枕，睡在一起。形容情感和睦，相愛很深。

12【同等學力】ㄊㄨㄥˊ ㄉㄥˇ ㄒㄩㄝˊ ㄌㄧˋ
應考資格的一種。凡在國、高中修業二年以上取得證明，中、高級補校結業經檢定考試合格或自學進修經學歷鑑定考試合格者，均具此資格，得報考高一級的學校。

13【同源生物】ㄊㄨㄥˊ ㄩㄢˊ ㄕㄥ ㄨˋ
(clone) 由單一母體經無性生殖所衍生的生物。此生物具有與母體完全相同的遺傳構造。

【同義複詞】ㄊㄨㄥˊ ㄧˋ ㄈㄨˋ ㄘˊ
由兩個意義相同的詞所聯綴而成的複詞。也稱同義複合詞。如完全、美好。

【同資同酬】ㄊㄨㄥˊ ㄗ ㄊㄨㄥˊ ㄔㄡˊ
對具有同等資歷的員工，支付同等幅度的報酬。爲基於鼓勵員工久於其任的目標下所追求的原則，但爲增進工作效率、鼓勵員工表現工作績效，使此一原則不易實現。

【同業存款】ㄊㄨㄥˊ ㄧㄝˋ ㄘㄨㄣˊ ㄎㄨㄢˇ
(due to banks) 爲銀行收受國內外同業所存入的款項，會計上屬於銀行的流動負債。同業存款方式有支票存款、活期存款及定期存款等。

【同業拆放】ㄊㄨㄥˊ ㄧㄝˋ ㄔㄞ ㄈㄤˋ
(call loans from banks) 指銀行向同業所借入的短期款項，會計上屬於銀行的流動負債。同業拆放應透過銀行同業拆款中心撮合辦理，利率也應在該中心所規定的上、下範圍內，由借貸雙方協議按日計息。

【同業透支】ㄊㄨㄥˊ ㄧㄝˋ ㄊㄡˋ ㄓ
(bank's overdraft) 爲銀行同業向本行訂約，在某一額度、期間、利率所透借的款項。會計上屬於銀行的流動資產。

【同業融資】ㄊㄨㄥˊ ㄧㄝˋ ㄖㄨㄥˊ ㄗ
(funds borrowed from banks) 爲銀行以票據或其他方式向同業所融資的款項。

15【同輩團體】ㄊㄨㄥˊ ㄅㄟˋ ㄊㄨㄢˊ ㄊㄧˇ
(peer group) 初級團體中，和自己享有同等興趣、地位或同年齡的人所組成的團體。此類團體對個人的行爲準則影響頗大，如朋友即屬之。

16【同儕影響】ㄊㄨㄥˊ ㄔㄞˊ ㄧㄥˇ ㄒㄧㄤˇ
(peer influence) 年齡或身心發展程度相近者彼此在思想與行爲

方面的影響。

17【同聲相應】 ㄊㄨㄥˊ ㄕㄥ ㄒㄧㄤ ㄧㄥˋ
心意相同者互相呼應。

【同聲異俗】 ㄊㄨㄥˊ ㄕㄥ ㄧˋ ㄙㄨˊ
初生時啼聲相同,長大後習氣各異。用以強調後天環境的影響。

18【同歸於盡】 ㄊㄨㄥˊ ㄍㄨㄟ ㄩˊ ㄐㄧㄣˋ
一起毀滅。

4【同分異構物】 ㄊㄨㄥˊ ㄈㄣ ㄧˋ ㄍㄡˋ ㄨˋ
(isomer)分子式相同而結構不同的化合物。簡稱異構物。例如二甲醚(CH_3OCH_3)和乙醇(CH_3CH_2OH)互爲同分異構物,它們的分子式都是C_2H_6O。

7【同步發電機】 ㄊㄨㄥˊ ㄅㄨˋ ㄈㄚ ㄉㄧㄢˋ ㄐㄧ
(synchro generator) 電氣輸出和轉子的角度成比例的一種同步器。

【同步電動機】 ㄊㄨㄥˊ ㄅㄨˋ ㄉㄧㄢˋ ㄉㄨㄥˋ ㄐㄧ
(synchronous motor)一種以同步轉速運轉的感應電動機。其轉子的結構與非同步感應電動機者相似,但轉子與旋轉磁場間沒有轉差。

10【同時性指標】 ㄊㄨㄥˊ ㄕˊ ㄒㄧㄥˋ ㄓˇ ㄅㄧㄠ
(coincident indicators) 與總體經濟活動之變化幾近一致的時間數列。例如物價指數、工業生產指數及用電量等,可以用來量度現期的經濟活動。

12【同等學歷測驗】 ㄊㄨㄥˊ ㄉㄥˇ ㄒㄩㄝˊ ㄌㄧˋ ㄘㄜˋ ㄧㄢˋ
(equivalency tests)評鑑個人是否已有某一學歷應具備之知識或技能水準的測驗。通過此類測驗者受頒同等學歷證件。

4【同分異構聚合體】 ㄊㄨㄥˊ ㄈㄣ ㄧˋ ㄍㄡˋ ㄐㄩˋ ㄏㄜˊ ㄊㄧˇ
(isomeric polymer)分子量相同但分子結構不同之聚合體,可分爲組態異構聚合體、構形異構聚合體兩類。

10【同時履行抗辯權】 ㄊㄨㄥˊ ㄕˊ ㄌㄩˇ ㄒㄧㄥˊ ㄎㄤˋ ㄅㄧㄢˋ ㄑㄩㄢˊ
因契約互負債務者,於他方當事人未爲對待給付前,得拒絕自己之給付,稱爲同時履行抗辯權。例如甲向乙購買轎車一輛,在甲未給付價金前,乙得拒絕將轎車交付予甲。但⌊他方當事人已爲部分之給付時,依其情形,如拒絕自己之給付,有違背誠實及信用方法者,不得拒絕自己之給付⌉,例如甲已給付價金百分之九十五,所餘尾款無多,若乙拒絕交付轎車,即屬有背誠實信用方法。同時履行是雙務契約之原則,但法律另有規定或當事人另有約定者,應從其規定或約定。

4【同中書門下平章事】 ㄊㄨㄥˊ ㄓㄨㄥ ㄕㄨ ㄇㄣˊ ㄒㄧㄚˋ ㄆㄧㄥˊ ㄓㄤ ㄕˋ
官名。爲'唐''宋'宰相之職。'唐'以'中書'、'門下'兩省長官及'尚書省'左右僕射爲宰相。其餘以他官居宰相職,則加⌊同中書門下三品⌉銜。'高宗''永淳'以後,凡爲宰相,必稱⌊同中書門下平章事⌉,意即:地位與'中書'、'門下'長官相同,共議國事。簡稱同平章事。'宋'初沿之。'神宗''元豐'三年廢。

7【同步觸發式示波器】 ㄊㄨㄥˊ ㄅㄨˋ ㄔㄨˋ ㄈㄚ ㄕˋ ㄕˋ ㄅㄛ ㄑㄧˋ
(synchronous triggering oscilloscope)於基本示波器的掃描電路上,加入觸發同步的性能之示波器。

吅

ㄒㄩㄢ *hsüan*¹ 音宣
1驚呼。見"說文"。2大聲吵鬧。通讙、喧。見"集韻"。

吊

ㄉㄧㄠˋ *tiao*⁴ 音釣
同弔。1提取。如:吊案。2懸掛。如:吊拷。3舊時稱錢一千爲一吊。

15【吊銷】 ㄉㄧㄠˋ ㄒㄧㄠ
撤回;沒收。

17【吊環】 ㄉㄧㄠˋ ㄏㄨㄢˊ
體操器械。由高的橫梁垂下兩鋼索和皮帶,末端懸以木製的圓環。

19【吊櫥】 ㄉㄧㄠˋ ㄔㄨˊ
(hanging closet)以螺栓或金屬吊桿懸吊於天花板或牆壁的櫥櫃。其下方之空間可供通行或作其他用途。

9【吊胃口】 ㄉㄧㄠˋ ㄨㄟˋ ㄎㄡˇ
故弄玄虛,使人急於探知。

13【吊嗓子】 ㄉㄧㄠˋ ㄙㄤˇ ˙ㄗ
練嗓音,使發聲圓熟。

14【吊膀子】 ㄉㄧㄠˋ ㄅㄤˋ ˙ㄗ
俗稱男女互相引誘。

8【吊兒郎當】 ㄉㄧㄠˋ ㄦˊ ㄌㄤˊ ㄉㄤ
形容行爲隨便、毫不在乎的樣子。

吃

㊀ ㄔ *ch'ih*¹ 音喫
同喫。1食。如:吃飯。2飲;喝。如:吃茶。3感受。如:吃驚。4擔受。如:吃重。5費;用。如:吃力不討好。6吸。如:吃煙。7騙;竊。如:錢都被他吃掉。8被。如:吃那廝騙了。9船舶入水的深度。如:吃水不深。10下棋時取得對方棋子。如:吃車。

㊁ ㄐㄧˊ *chi*² 音吉
1說話結巴重複。如:口吃。2行動遲緩。如:凍馬四蹄吃。3形容笑聲。如:吃吃而笑。

2【吃力】 ㄔ ㄌㄧˋ
用力;費力。

【吃人】 ㄔ ㄖㄣˊ
以不正當的方法害人、圖利。

4【吃水】 ㄔ ㄕㄨㄟˇ
(draft) 指浮水水線至船底基線的垂直距離。通常指載重吃水。

9【吃重】 ㄔ ㄓㄨㄥˋ
1負擔繁重艱鉅。2載重。

【吃香】 ㄔ ㄒㄧㄤ
受歡迎。

11【吃票】 ㄔ ㄆㄧㄠˋ
吞沒公家票券。

14【吃緊】 ㄔ ㄐㄧㄣˇ
1緊急;急切。如:前方吃緊。2仔

細；切實。如：吃緊思量。

15【吃醋】 ㄔ ㄘㄨˋ
嫉妒。多指男女間的妒情。

17【吃虧】 ㄔ ㄎㄨㄟ
遭受損失。

23【吃驚】 ㄔ ㄐㄧㄥ
受驚。

4【吃不消】 ㄔ ·ㄅㄨ ㄒㄧㄠ
受不了。

5【吃白食】 ㄔ ㄅㄞˊ ㄕˊ
不務正業，專靠訛詐爲生。

6【吃老本】 ㄔ ㄌㄠˇ ㄅㄣˇ
1指商人賠本維持。2比喻依仗過去的成績而自我滿足，不求進步。3指失業在家。

7【吃豆腐】 ㄔ ㄉㄡˋ ·ㄈㄨ
俗稱男人戲謔女人，占女人的便宜。

8【吃官司】 ㄔ ㄍㄨㄢ ·ㄙ
捲入訴訟案件。

17【吃螺絲】 ㄔ ㄌㄨㄛˊ ㄙ
(fluff) 俗稱廣播或電視節目中，演員或主講人出現口吃現象或將臺詞讀錯。

11【吃啞叭虧】 ㄔ ㄧㄚˇ ㄅㄚ ㄎㄨㄟ
吃虧卻無處申訴或不敢聲張。

12【吃裡扒外】 ㄔ ㄌㄧˇ ㄆㄚˊ ㄨㄞˋ
依靠家中生活，卻竊取家中財物給外人。比喻不忠於所屬團體，反而私下幫助外人。

【吃飯防噎】 ㄔ ㄈㄢˋ ㄈㄤˊ ㄧㄝ
比喻做事要謹愼。

【吃飯傢伙】 ㄔ ㄈㄢˋ ㄐㄧㄚ ㄏㄨㄛˇ
1指維生的用具。2指頭顱。

23【吃蘿蔔乾】 ㄔ ㄌㄨㄛˊ ·ㄅㄛ ㄍㄢ
俗稱手指扭傷。

2【吃力不討好】 ㄔ ㄌㄧˋ ㄅㄨˋ ㄊㄠˇ ㄏㄠˇ
費了很大氣力，卻未獲良好的反應或效果。

11【吃軟不吃硬】 ㄔ ㄖㄨㄢˇ ㄅㄨˋ ㄔ ㄧㄥˋ
形容人只接受溫婉的態度而不受強硬手段的威脅。

4【吃不了兜著走】 ㄔ ·ㄅㄨ ㄌㄧㄠˇ ㄉㄡ ·ㄓㄜ ㄗㄡˇ
本指吃不完可以帶走。後多用以警告他人行事小心，否則將有受不了的災禍或懲罰。

吒 ㊀ ㄓㄚˋ *cha*[4] 音炸
同咤。1憤怒聲。如：悲憤叱吒。2用舌在口中發出聲音。如：吒食。3痛惜。如：怛吒。
㊁ ㄔˋ *ch'ih*[4] 音叱
呼喝聲。通叱。如：吒馬疾行。

吆 ㄧㄠ *yao*[1] 音腰
高聲呼喝。

12【吆喝】 ㄧㄠ ·ㄏㄜ
也作吆喝。1高聲呼叫。2指小販的叫賣。

吆 吆的俗體。

名 ㄇㄧㄥˊ *ming*[2] 音明
1自報姓名。見"說文"。2稱號。如：人皆有名。3人數。如：一班學生五十名。4聲譽。如：名不虛傳。5依所處的地位身分所應盡的職分。如：名分。6爵號。如：名器不可假於人。7稱說；形容。如：莫名其妙。8姓。'唐'有'名初'。見"萬姓統譜・五四"。

3【名士】 ㄇㄧㄥˊ ㄕˋ
1有聲望的人。2名望高不做官的人。3人格高超淸逸，不同凡俗的人。

4【名片】 ㄇㄧㄥˊ ㄆㄧㄢˋ
印有姓名，作爲訪問、謁見時所用的紙片。

【名分】 ㄇㄧㄥˊ ㄈㄣˋ
地位和身分。

5【名目】 ㄇㄧㄥˊ ㄇㄨˋ
事物的名稱或種類。

6【名色】 ㄇㄧㄥˊ ㄙㄜˋ
1事物的名稱。2名妓。3名義上的。

7【名言】 ㄇㄧㄥˊ ㄧㄢˊ
嘉言；格言。

【名利】 ㄇㄧㄥˊ ㄌㄧˋ
名位與利祿。今多指名聲與錢財。

【名位】 ㄇㄧㄥˊ ㄨㄟˋ
官爵秩位。後指名義和地位，或名聲和地位。

【名伶】 ㄇㄧㄥˊ ㄌㄧㄥˊ
著名的藝人。

8【名刺】 ㄇㄧㄥˊ ㄘˋ
名片。古代未有紙時，拜訪他人，削竹木書姓名以通報，故稱。

【名門】 ㄇㄧㄥˊ ㄇㄣˊ
有名望的家族。

【名物】 ㄇㄧㄥˊ ㄨˋ
1物品的名稱與種類。2名與事。3著名之物。

9【名流】 ㄇㄧㄥˊ ㄌㄧㄡˊ
著名的人士。

10【名家】 ㄇㄧㄥˊ ㄐㄧㄚ
1以專門學問而自成一家的人。2名門；有聲望的家族。3古代學派之一。以'惠施'、'公孫龍'爲其主流，以詭辯著稱。

【名氣】 ㄇㄧㄥˊ ㄑㄧˋ
名聲。

11【名宿】 ㄇㄧㄥˊ ㄙㄨˋ
有名望的飽學之士或前輩。

【名望】 ㄇㄧㄥˊ ㄨㄤˋ
1名譽與聲望。2指有聲望地位的人。

【名教】 ㄇㄧㄥˊ ㄐㄧㄠˋ
以正名定分爲主的禮教、儒教。

【名堂】 ㄇㄧㄥˊ ·ㄊㄤ
1事物的名稱。2手段；花樣。3成績；結果。

12【名詞】 ㄇㄧㄥˊ ㄘˊ
實詞之一。表示人、地、事、物等名稱的詞。分專有名詞、普通名詞二種。如'劉邦'、'南京'、哲學、植物。

【名貴】 ㄇㄧㄥˊ ㄍㄨㄟˋ
1有名而顯貴。2貴重而難得。

【名媛】 ㄇㄧㄥˊ ㄩㄢˋ
名門閨秀。

【名勝】 ㄇㄧㄥˊ ㄕㄥˋ
1指風景優美或有古蹟的地方。2指有名望的人。

13【名義】 ㄇㄧㄥˊ ㄧˋ
1名分。2事物之名的含意。3名譽和道義。

【名節】 ㄇㄧㄥˊ ㄐㄧㄝˊ
名譽和節操。

14【名實】 ㄇㄧㄥˊ ㄕˊ
1名稱與實質。或指名聲與實才。2名利。

【名稱】 ㄇㄧㄥˊ ㄔㄥ
1事物的名目與稱呼。2聲譽；名望。

【名銜】 ㄇㄧㄥˊ ㄒㄧㄢˊ
名號和頭銜。

15【名數】 ㄇㄧㄥˊ ㄕㄨˋ
(concrete number; denominate number) 附有單位詞的數字。如1公里、3公斤、4公升等。

16【名諱】 ㄇㄧㄥˊ ㄏㄨㄟˋ
名字。生曰名，死曰諱。

【名器】 ㄇㄧㄥˊ ㄑㄧˋ
1古代用以表示尊卑等級的爵號以及車服等。2名貴的寶器。

【名錄】 ㄇㄧㄥˊ ㄌㄨˋ
(directory) 電腦系統爲方便對儲存裝置（如磁碟、磁帶）空間之分配管理，以及對資料檔之存取、使用，將資料檔與儲存體建立一對照參考表，稱之爲名錄。

【名學】 ㄇㄧㄥˊ ㄒㄩㄝˊ
1指先'秦'名家學術。2邏輯學、理則學的舊名。

【名儒】 ㄇㄧㄥˊ ㄖㄨˊ
有名的儒者。

17【名聲】 ㄇㄧㄥˊ ㄕㄥ
聲望。

18【名額】 ㄇㄧㄥˊ ㄜˊ
人員的定數。

21【名譽】 ㄇㄧㄥˊ ㄩˋ
聲名。

3【名士派】 ㄇㄧㄥˊ ㄕˋ ㄆㄞˋ
指不拘小節、舉止灑脫的作風。

【名山事業】 ㄇㄧㄥˊ ㄕㄢ ㄕˋ ㄧㄝˋ
指著作之事。

4【名不副實】 ㄇㄧㄥˊ ㄅㄨˋ ㄈㄨˋ ㄕˊ
名聲與實際不相符合。

【名不虛傳】 ㄇㄧㄥˊ ㄅㄨˋ ㄒㄩ ㄔㄨㄢˊ
名聲與實際才學或品德相符，並非虛傳。

5【名正言順】 ㄇㄧㄥˊ ㄓㄥˋ ㄧㄢˊ ㄕㄨㄣˋ
名義正當，符合實情，所說的道理順當。後多指言行具有充分而正當的理由。

【名目關稅】 ㄇㄧㄥˊ ㄇㄨˋ ㄍㄨㄢ ㄕㄨㄟˋ
(nominal tariff) 對可供最後使用之進口品所課徵的關稅。在名目關稅下，可對特定國家之進口品予以優惠。

6【名列前茅】 ㄇㄧㄥˊ ㄌㄧㄝˋ ㄑㄧㄢˊ ㄇㄠˊ
成績優秀，名字列在前面。

【名存實亡】 ㄇㄧㄥˊ ㄘㄨㄣˊ ㄕˊ ㄨㄤˊ
名義上存在，實際上已經不存在。

7【名利雙收】 ㄇㄧㄥˊ ㄌㄧˋ ㄕㄨㄤ ㄕㄡ
既享名譽又獲利益。

8【名花有主】 ㄇㄧㄥˊ ㄏㄨㄚ ㄧㄡˇ ㄓㄨˇ
比喻女子已有歸屬。

9【名垂青史】 ㄇㄧㄥˊ ㄔㄨㄟˊ ㄑㄧㄥ ㄕˇ
聲名留傳於史書上。

11【名副其實】 ㄇㄧㄥˊ ㄈㄨˋ ㄑㄧˊ ㄕˊ
名聲和實際相符合。

13【名義利率】 ㄇㄧㄥˊ ㄧˋ ㄌㄧˋ ㄌㄩˋ
(nominal rate) 也稱票面利率。即債券的票面所訂明的利率。若債券發行時，市場利率與票面利率不同，則發行價格須按市場實際利率計算，或大於或小於債券面值。爾後每期付息時，仍按面值及票面利率支付，但因所借入的金額與面值（償還金額）不同，故實際利率（即發行時市場利率）亦與票面利率不同，遂稱名義利率。

【名落孫山】 ㄇㄧㄥˊ ㄌㄨㄛˋ ㄙㄨㄣ ㄕㄢ
指應考落榜。'宋''吳'人'孫山'中舉，名登榜尾，其鄉人子未中。'孫山'先歸，鄉人問之，'孫山'曰：「解名盡處是'孫山'，賢郎更在'孫山'外。」見"過庭錄"。

【名過其實】 ㄇㄧㄥˊ ㄍㄨㄛˋ ㄑㄧˊ ㄕˊ
名聲超過實際。

14【名聞遐邇】 ㄇㄧㄥˊ ㄨㄣˊ ㄒㄧㄚˊ ㄦˇ
遠近都知道其名聲。

15【名震中外】 ㄇㄧㄥˊ ㄓㄣˋ ㄓㄨㄥ ㄨㄞˋ
名聲傳遍國內外。

16【名噪一時】 ㄇㄧㄥˊ ㄗㄠˋ ㄧ ㄕˊ
形容名聲在當時很盛大。

21【名譽領事】 ㄇㄧㄥˊ ㄩˋ ㄌㄧㄥˇ ㄕˋ
(honorary consul) 一國在未設置領館的地方，爲拓展商務及保護僑民，經接受國同意者，得聘任從事其他職業之當地居民，包括接受國之國民辦理領事事務，此即名譽領事。他們通常爲商人或律師，不支領薪俸。

22【名韁利鎖】 ㄇㄧㄥˊ ㄐㄧㄤ ㄌㄧˋ ㄙㄨㄛˇ
泛指名利。因名利如同韁繩鎖鑰，能羈絆人。

16【名錄性資料庫】 ㄇㄧㄥˊ ㄌㄨˋ ㄒㄧㄥˋ ㄗ ㄌㄧㄠˋ ㄎㄨˋ
(directory data base) 指收錄有關公司、機構、會社等之資料的資料庫。諸如地址、負責人、成立日期、活動方式與內容、組織結構、成員人數等。

各

㊀ ㄍㄜˋ $ko^4, k\hat{e}^4$ 音個
1每個；逐一的。如：各色各樣。2每一人、物的本身。如：各盡所能。

㊁ ㄍㄜˊ $ko^2, k\hat{e}^2$ 音格
各自、各人等語詞中各的讀音。

6【各有千秋】 ㄍㄜˋ ㄧㄡˇ ㄑㄧㄢ ㄑㄧㄡ
各有長處；各有特色。

【各色各樣】 ㄍㄜˋ ㄙㄜˋ ㄍㄜˋ ㄧㄤˋ
各個不同的種類和式樣。

【各自爲政】 ㄍㄜˋ ㄗˋ ㄨㄟˊ ㄓㄥˋ
各按自己的意見行事，而不顧整

體的配合協調。

7【各抒己見】ㄍㄜˋ ㄕㄨ ㄐㄧˇ ㄐㄧㄢˋ
各自抒發見解。

10【各個擊破】ㄍㄜˋ ㄍㄜˋ ㄐㄧˊ ㄆㄛˋ
先分散敵人的力量,再個別加以擊敗。

11【各執一詞】ㄍㄜˋ ㄓˊ ㄧ ㄘˊ
各自堅持自己的說法和理由。

【各得其所】ㄍㄜˋ ㄉㄜˊ ㄑㄧˊ ㄙㄨㄛˇ
人或事物都得到最適切的位置與安排。

13【各遂其志】ㄍㄜˋ ㄙㄨㄟˋ ㄑㄧˊ ㄓˋ
各自達成自己的心願。

19【各懷鬼胎】ㄍㄜˋ ㄏㄨㄞˊ ㄍㄨㄟˇ ㄊㄞ
心中各懷著壞主意。

16【各機關結存】ㄍㄜˋ ㄐㄧ ㄍㄨㄢ ㄐㄧㄝˊ ㄘㄨㄣˊ
各機關執行年度預算收支之現金餘額。其他收入及存款亦屬之。

向 ㄒㄧㄤˋ hsiang^{4} 音嚮
①對著;朝往。如:向左。②方向。如:轉向。③趨勢;傾向。如:趨向。④接近。如:向晚。⑤從前。通嚮。如:向者。⑥姓。'晉'有'向秀'。見"萬姓統譜·一〇六"。

7【向秀】ㄒㄧㄤˋ ㄒㄧㄡˋ
(227?~272)'晉''河內''懷'(今'河南''沁陽')人。字'子期'。官至黃門侍郎、散騎常侍,爲竹林七賢之一。註"莊子",發明奇趣,振起玄風,並擅詩賦。今所傳'郭象'"莊子註",或謂大半竊自'向秀'。

8【向性】ㄒㄧㄤˋ ㄒㄧㄥˋ
(tropism) 植物對刺激發生趨向(正)或背離(負)的生長運動。身體固定的動物諸如海綿對刺激所產生的局部運動,也稱向性。

9【向背】ㄒㄧㄤˋ ㄅㄟˋ
①正面和背面。②支持和反對;歸順和反叛。

【向風】ㄒㄧㄤˋ ㄈㄥ
比喻仰慕。

10【向徑】ㄒㄧㄤˋ ㄐㄧㄥˋ
(radius vector) 解析幾何中,自原點到動點之向量稱向徑。舊稱矢徑。

11【向晚】ㄒㄧㄤˋ ㄨㄢˇ
傍晚;黃昏。

12【向隅】ㄒㄧㄤˋ ㄩˊ
面對一個角落。①比喻孤獨。②比喻失意或落空。

【向量】ㄒㄧㄤˋ ㄌㄧㄤˋ
(vector)又稱矢量。具有大小、方向的量。如位移、速度、力、電場強度等都是向量。可以用帶矢頭的線段來表示它。矢頭的指向代表向量的方向,線段的長度按比例尺畫出,代表向量的大小。代數裡表示向量的方法係使用有序實數組。例如空間的三維向量爲(a, b, c)。向量可以有加法和純量乘法及內積的運算,它們對應有物理和幾何的意義。

15【向慕】ㄒㄧㄤˋ ㄇㄨˋ
嚮往仰慕。

16【向學】ㄒㄧㄤˋ ㄒㄩㄝˊ
立定志向,專心求學。

3【向子平】ㄒㄧㄤˋ ㄗˇ ㄆㄧㄥˊ
'東漢''朝歌'(今'河南''淇縣'東北)人。名'長'。通"老"、"易",隱居不仕。兒女婚嫁既畢,即出遊五嶽名山,不知所終。

4【向心力】ㄒㄧㄤˋ ㄒㄧㄣ ㄌㄧˋ
①使大家團結一致的力量。②(centripetal force)當質點做等速率圓周運動時,質點一直受到一方向與其速度垂直,指向圓心的力,此力即稱爲向心力。向心力F與質點質量m、瞬時速率v及運動軌跡的曲率半徑r間,有下式的關係:$F=m\frac{v^2}{r}$。

【向日葵】ㄒㄧㄤˋ ㄖˋ ㄎㄨㄟˊ
(common sunflower; *Helianthus annuus* Linn.) 一年生草本。高約2公尺,葉互生,寬卵形,具長柄,先端尖,粗鋸齒緣。八、九月間開花,頭狀花序單生於枝頂,花序周圍爲鮮黃色的舌狀花,中央部位爲深褐色或棕色的管狀花。瘦果可供榨油,花供觀賞。原產於'北美洲',今各地多有栽培。

向日葵圖

6【向地性】ㄒㄧㄤˋ ㄉㄧˋ ㄒㄧㄥˋ
(geotropism) 植物受地心引力的作用,產生向地心方向生長的反應。例如根必定向地心的方向生長。若將植物幼苗水平置放,根便會向下彎曲生長。這時根部向上的一側生長素含量較低,可促進生長;向下的一側生長素含量較高,故生長慢;於是根就向地面彎曲。當幼苗的位置與地面垂直時,生長素在四面均勻分布,作用相同,故生長速度亦相同,根乃向地心垂直生長。莖對地心引力的反應則爲負,即背地生長,稱爲背地性。若將幼苗水平置放,莖便向上彎曲而背地生長。莖對生長素濃度的反應,與根的反應不同。平置的幼苗,莖部向下的一側生長素含量高,可促使細胞生長;向上的一側生長素含量較少,細胞生長慢,由於上下兩側生長不等,莖便背地彎曲。

【向光性】ㄒㄧㄤˋ ㄍㄨㄤ ㄒㄧㄥˋ
(phototropism) 植物的莖若是一側受到光照,先端便向光源的一邊彎曲生長,這種現象稱爲向光性。這時莖內向光的一側生長素含量較少而生長慢,背光的一側生長素含量較多而促進生長。由於兩側生長速度不等,莖乃向光源生長。

11【向斜層】ㄒㄧㄤˋ ㄒㄧㄝˊ ㄘㄥˊ
(syncline) 地層受褶曲作用而向下凹陷的部分。因其兩側岩層的傾斜是相向的,故名。每爲地勢低下的谷地,而發育爲河谷。例如我國西南部的縱谷,多爲向斜谷地。

13【向溼性】ㄒㄧㄤˋ ㄕ ㄒㄧㄥˋ

(hydrotropism) 植物的根在土壤中,會向含水較多的方向生長的情形,稱為向溼性。

20【向觸性】 ㄒㄧㄤˋ ㄔㄨˋ ㄒㄧㄥˋ

(thigmotropism) 有些植物的葉柄或莖接觸到固體物時,能向接觸的一側彎捲,稱為向觸性。此特性在卷鬚表現得尤為明顯而迅速。卷鬚是變態的莖或葉,作鬚狀。

4【向日葵油】 ㄒㄧㄤˋ ㄖˋ ㄎㄨㄟˊ ㄧㄡˊ

(sunflower oil) 植物油的一種。由向日葵的花籽中萃取而製得,其花籽的含油量為24～36%,其中92.5%為不飽和脂肪酸。

12【向量空間】 ㄒㄧㄤˋ ㄌㄧㄤˋ ㄎㄨㄥ ㄐㄧㄢ

(vector space) 又稱線性空間。此體系的元素可相加減或乘以純量。令 u, v, w 為向量空間的元素,a, b 為純量,則滿足⑴$u+(v+w)=(u+v)+w$(加法結合律);⑵$u+v=v+u$(加法交換律);⑶$0+u=u$(零的存在);⑷$u+(-u)=0$(反元素的存在);⑸$1u=u$(單位元素);⑹$a(bu)=(ab)u$(乘法結合律);⑺$a(u+v)=au+av$, $(a+b)u=au+bu$(分配律)。把實係數改為複係數就叫做複向量空間。在有限維向量空間中,選定一組基底,即可得到向量空間和係數體構成的'卡'氏積之間的一一對應。可稱為在向量空間中建立了一個坐標系。

13【向源侵蝕】 ㄒㄧㄤˋ ㄩㄢˊ ㄑㄧㄣ ㄕˊ

(headward erosion) 河流的侵蝕,除有向下加深及向兩側加寬的現象外,也有向源頭方向延伸的現象,此現象稱為向源侵蝕。

16【向壁虛造】 ㄒㄧㄤˋ ㄅㄧˋ ㄒㄩ ㄗㄠˋ

比喻不根據事實而憑空捏造。

17【向聲背實】 ㄒㄧㄤˋ ㄕㄥ ㄅㄟˋ ㄕˊ

崇尚虛名而背棄實學。

4【向心加速度】 ㄒㄧㄤˋ ㄒㄧㄣ ㄐㄧㄚ ㄙㄨˋ ㄉㄨˋ

(centripetal acceleration) 物體在做圓周或曲線運動時,在向心或曲率中心的方向上,必須要有一加速度,即向心加速度。向心加速度$a_c=\frac{v^2}{R}$,式中 v 為物體速度,R為半徑(或曲率半徑)。或以向量式表示:$\overrightarrow{a_c}=-\frac{v^2}{R}\hat{n}$, $\hat{n}$ 為由物體位置指向曲率中心(或圓心)之單位向量。

12【向量式岔斷】 ㄒㄧㄤˋ ㄌㄧㄤˋ ㄕˋ ㄔㄚˋ ㄉㄨㄢˋ

(vectored interrupt) 電腦岔斷處理方式之一種。發出岔斷信號之裝置直接將岔斷處理程式的起始位址傳遞給中央處理單元,以便將控制迅速移轉。為一種快速的岔斷處理技術。

【向量的內積】 ㄒㄧㄤˋ ㄌㄧㄤˋ ˙ㄉㄜ ㄋㄟˋ ㄐㄧ

(inner product of vectors) 若兩向量分別為 $\overrightarrow{V}=(a_1, a_2, a_3)$, $\overrightarrow{W}=(b_1, b_2, b_3)$, 則其內積為 $\overrightarrow{V}\cdot\overrightarrow{W}=|\overrightarrow{V}||\overrightarrow{W}|\cos\theta=a_1b_1+a_2b_2+a_3b_3$, 其中 θ 為向量的夾角。凡是用三角形解法求解的幾何問題都可運用內積為之。抽象向量空間V的內積定義為$V\times V\rightarrow K$的函數。K為純量體,滿足雙線性以及對稱性;若K為複數體,則通常要求滿足 Hermitian 對稱性。

【向量的絕對值】 ㄒㄧㄤˋ ㄌㄧㄤˋ ˙ㄉㄜ ㄐㄩㄝˊ ㄉㄨㄟˋ ㄓˊ

(absolute value of vector) 向量 $\overrightarrow{V}$ 的長度稱為絕對值,常以$|\overrightarrow{V}|$表示。若以坐標表示$\overrightarrow{V}=(a, b, c)$,則$|\overrightarrow{V}|=\sqrt{a^2+b^2+c^2}$ 。

13【向運送人交貨條件】 ㄒㄧㄤˋ ㄩㄣˋ ㄙㄨㄥˋ ㄖㄣˊ ㄐㄧㄠ ㄏㄨㄛˋ ㄊㄧㄠˊ ㄐㄧㄢˋ

(free carrier ; FRC) 定型貿易條件的一種。此條件乃為適應現代運輸的需要而制定,尤其是因應諸如以拖車或渡船裝運的貨櫃或駛進駛出船等類型現代化運輸所設計者。其基本原則與定型船上交貨條件相同,但賣方只須在約定地點、時間,將貨物交付買方所指定運送人接管後,其責任即告終了;貨物運送費用及風險,乃移轉於買方,而非如船上交貨條件須交付貨物越過船舷。這裡所指的運送人包括任何與買方洽訂運送契約的人(例如水、陸、空運送人或複合運送人),賣方提供買方上述運送人所簽發收到貨物的單證,即已盡責。其與工廠交貨條件不同之處,在於向運送人交貨條件、交貨地點由買方指定,出口稅由賣方負擔。

后 ㄏㄡˋ hou^4 音後

①上古對君主的稱呼。如:后王。②帝王的正妻。如:皇后。③通後。如:知止而后有定。④姓。'漢'有'后蒼'。見"字彙"。

3【后土】 ㄏㄡˋ ㄊㄨˇ

①指土地。②指土神。即地祇。③古官名。即田正。掌農政。

9【后羿】 ㄏㄡˋ ㄧˋ

又稱'后夷'。上古'有窮國'的國君。善射,好狩獵,不恤政事,終為部下'寒浞'所弒。

14【后蒼】 ㄏㄡˋ ㄘㄤ

'西漢''郯'(今'山東''郯城')人。也作'后倉'。字'近君'。官至少府。精研"詩"、"禮",傳"禮"給'戴德'、'戴聖',傳"齊詩"給'翼奉'、'蕭望之'、'匡衡'。

15【后稷】 ㄏㄡˋ ㄐㄧˋ

'周'的始祖。相傳因其母'姜嫄'踏巨人腳印而生,被視為不祥而丟棄,故名'棄'。後為'堯'的農官,封於'邰',號'后稷'。

合 ㊀ ㄏㄜˊ ho^2, $h\hat{e}^2$ 音盒

①閉上。如:合眼。②會聚。如:集合。③相符。如:合格。④全部。如:合家歡。⑤和洽。如:百年好合。⑥交媾。如:野合。⑦應當。如:合該如此!⑧姓。'春秋'時有'合左師'。見"萬姓統譜·一二四"。

三 ㄍㄜˇ ko³, kê³ 音葛
容量單位。古今均以十合爲一升，標準制以十公合爲一公升。

2【合十】 ㄏㄜˊ ㄕˊ
①當十。②佛教的一種行禮方式。兩掌在胸前對合。

3【合子】 ㄏㄜˊ ㄗˇ
(zygote) 生物行有性生殖時，由雌雄配子互相結合而成合子。具有二倍數染色體，可發育爲新個體。

5【合生】 ㄏㄜˊ ㄕㄥ
①'唐代'雜伎之一。在本土樂曲中加入胡樂。有詠歌，也有舞蹈。②'宋'說話的四科之一。由藝人當場指物賦詩，內容有趣，並含諷刺。

6【合同】 ㄏㄜˊ ·ㄊㄨㄥ
①和睦。②買賣契約。

8【合板】 ㄏㄜˊ ㄅㄢˇ
(plywood) 膠合夾板的簡稱，又稱夾板。是由三層以上奇數薄木片膠合，並加熱加壓或只加壓製成的材料。合板的上下兩外層分別稱爲面板與背板，介於其間者稱爲心板。面板與背板須用順紋木片，三夾板時中層用橫紋木片，五夾板時第二層用橫紋，第三層(中層)用順紋，第四層用橫紋。各層木紋縱橫排列，旨在使其縱橫應力強度接近，伸縮大致相等，不致發生彎翹。由三層或五層壓製的夾板用途最廣。

【合抱】 ㄏㄜˊ ㄅㄠˋ
兩臂圍抱。常用以形容樹木或房屋柱子的粗大。

【合肥】 ㄏㄜˊ ㄈㄟˊ
縣名。古名'廬州'。位於'安徽省'北部，濱臨'肥水'。因地控'淮陽山地'的隘口，並有'運漕河'通往'長江'，自古爲兵家必爭之地。現爲'安徽省'省會、鐵路中點要站、農業及工商業中心。

【合併】 ㄏㄜˊ ㄅㄧㄥˋ
合攏；聚合。

【合金】 ㄏㄜˊ ㄐㄧㄣ
(alloy) 含有兩種或兩種以上金屬的混合物。又稱齊。例如青銅是銅和錫混合製成的合金。合金的性質和純金屬略有差異。一般而言，合金的硬度較大，延展性較差，熔點較低，且隨著組成元素的種類和比例而不同。

9【合流】 ㄏㄜˊ ㄌㄧㄡˊ
①兩條河水匯合在一起。又稱同流。②順應潮流。

【合度】 ㄏㄜˊ ㄉㄨˋ
合宜；合於法度。

【合巹】 ㄏㄜˊ ㄐㄧㄣˇ
指結婚。古代婚禮，把瓠分爲兩個瓢，叫巹，新郎新娘各執一瓢來飲酒，叫合巹。

10【合格】 ㄏㄜˊ ㄍㄜˊ
合於規格、標準。

11【合唱】 ㄏㄜˊ ㄔㄤˋ
(chorus) 分部同時歌唱，使聲音調和，稱爲合唱。有二部合唱、三部合唱、四部合唱、同聲合唱、混聲合唱等。

【合符】 ㄏㄜˊ ㄈㄨˊ
合對符信。古人將文字寫在竹片或金石上爲符，剖而爲二，各執其一，合併時可作憑證。

12【合昏】 ㄏㄜˊ ㄏㄨㄣ
木名。葉似槐，夜晚閉合，白晝開放。也稱合昏、合歡。見"正字通"。

13【合意】 ㄏㄜˊ ㄧˋ
①滿意；合乎心意。②當事人意思一致。

【合群】 ㄏㄜˊ ㄑㄩㄣˊ
①和合大眾。②與群眾團結合作，互相幫助。

【合會】 ㄏㄜˊ ㄏㄨㄟˋ
指二人以上經會首召集，相約定期出資籌集會款，除首期會款由會首取用外，其餘各期會款由會員定期依約定方法(通常以標寫方法，由標金(即所謂會息)最高者得標)標借，並由會首對會員之給付會款義務負連帶清償責任之契約。合會一方面具有儲蓄作用，一方面具有融通資金之功能，無背於公共秩序、善良風俗，故非法所不許。

14【合夥】 ㄏㄜˊ ㄏㄨㄛˇ
二人以上互約出資以經營共同事務之契約。因合夥契約而成立之合夥雖非法人，然具有強烈之公同共有團體性，諸如各合夥人之出資及其他合夥財產，爲合夥人全體公同共有；業務執行人有單獨代表合夥執行業務及爲各項法律行爲之權利；規定有合夥人之退夥、入夥、開除及解散等事項。合夥財產不足清償合夥之債務時，各合夥人對於不足之額連帶負其責任，亦即對於合夥之執行名義。因此，債權人於舉證證明合夥財產不足清償合夥債務時，即得逕對各合夥人之財產爲執行。又，在民事訴訟上，可認合夥係屬於非法人團體，而有當事人能力。

17【合縱】 ㄏㄜˊ ㄗㄨㄥ
'戰國''秦惠王'初年，'東周''洛陽'人'蘇秦'游說'燕'、'齊'、'韓'、'趙'、'魏'、'楚'六國聯合抗'秦'，因六國土地南北相連，故稱合縱。也作合從。

19【合攏】 ㄏㄜˊ ㄌㄨㄥˇ
合起來。

22【合歡】 ㄏㄜˊ ㄏㄨㄢ
①歡聚同樂。②(silk tree; *Albizzia julibrissin* Durazz.) 落葉喬木。高6～9公尺，葉互生，二回羽狀複葉，羽片7～12對，小葉多達36～58枚，廣披針形。夏季梢頭開花，繖形花序，花紅色，萼筒狀，花冠呈漏斗形，上部5裂。莢果大而扁平。木材堅硬，可供作器具；花美供觀賞。

合歡圖

6【合江省】 ㄏㄜˊ ㄐㄧㄤ ㄕㄥˇ

東北九省之一。地當'黑龍江'、'松花江'、'烏蘇里江'的匯流處。是我國最東的省分。地勢南高北低,北半部多低窪沼澤,排水不良,開發落後;丘陵區則富森林資源;因地處邊境,與'蘇俄'接壤,'撫遠'、'同江'、'虎林'均爲國防重鎭。以'佳木斯'爲省會。

【合成乳】 ㄏㄜˊ ㄔㄥˊ ㄖㄨˇ
將奶粉沖泡成液狀的還原乳後,再加部分純生乳調配製成。

【合成氣】 ㄏㄜˊ ㄔㄥˊ ㄑㄧˋ
(synthesis gas) 泛指用來合成有機化合物或無機化合物之混合氣體。爲天然氣、石油產品或含碳豐富之物質經部分氧化或蒸氣重組而得。合成氣之反應包括蒸氣重組、觸媒重組、部分氧化等。

【合成梁】 ㄏㄜˊ ㄔㄥˊ ㄌㄧㄤˊ
(composite beam) 由二種以上不同材料膠結所構成的梁。如鋼筋混凝土梁、鋼板補強之木梁等。合成梁之斷面尺寸可較一般梁爲小,故梁自重亦較輕。近年來公路橋梁之設計上應用頗多。

7【合谷穴】 ㄏㄜˊ ㄍㄨˇ ㄒㄩㄝˊ
穴位名。爲手陽明大腸經的俞穴。位於第一、第二掌骨接合之微陷處。按摩此穴,對反射性頭痛、齒痛、手指麻及拔牙麻醉有奇效。

【合作社】 ㄏㄜˊ ㄗㄨㄛˋ ㄕㄜˋ
(cooperative society)非以營利爲目的,結合會員從事特定的經濟活動。如消費合作社、生產合作社、運銷合作社、信用合作社等。

8【合金鋼】 ㄏㄜˊ ㄐㄧㄣ ㄍㄤ
(alloy steel) 具有較強韌性、較高屈服應力、耐候、耐磨、耐腐蝕之鋼材。其合金元素有鎳、鈮、銅等,合金元素占總量2～3％者爲低合金鋼,用於需較強韌性及高屈服應力之結構上;合金元素占總量5％以上者則爲高合金鋼,耐磨、耐候、耐腐蝕性特強。

9【合胃口】 ㄏㄜˊ ㄨㄟˋ ㄎㄡˇ
本指食物味道合所喜好。後泛指事物的特性與心意相合。

10【合氣道】 ㄏㄜˊ ㄑㄧˋ ㄉㄠˋ
西元1927年'日本'人'植芝盛平'所創。是一種徒手與武器的綜合武道。以打擊要穴與關節爲主,運用離心與向心的旋轉原理,以柔克剛,制服對方。

11【合理法】 ㄏㄜˊ ㄌㄧˇ ㄈㄚˇ
(rational method) 將暴雨強度推算爲地面逕流的一種方法。公式爲 $\theta=1/360CIA$, 式中 θ 表暴雨逕流(CMS), A 表排水面積(ha), I 表暴雨強度(mm/hr), C 爲逕流係數,與土地使用、地面覆蓋、地形地貌、土壤性質等有關。絕不透水者 C 之理論值爲1,但由於冰雪融化, C 值也可能大於1。合理法一般宜用於13平方公里以下的排水面積或小於600mmϕ 的下水道。

20【合議庭】 ㄏㄜˊ ㄧˋ ㄊㄧㄥˊ
指由三位以上的法官共同審理訴訟案件,以求其公正的審判方式。地方法院通常僅由一位推事獨任審判,遇有重大案件才組織合議庭;高等法院是由推事三人合議審判;最高法院則以推事三人或五人合議審判。

23【合體字】 ㄏㄜˊ ㄊㄧˇ ㄗˋ
指由兩個以上獨體字所構成的字。如［江］爲水、工之合體;［信］爲人、言之合體。

6【合成代謝】 ㄏㄜˊ ㄔㄥˊ ㄉㄞˋ ㄒㄧㄝˋ
(anabolism) 指生物體內將簡單的養分形成構造較複雜的物質。例如將胺基酸組合成蛋白質。

【合成染料】 ㄏㄜˊ ㄔㄥˊ ㄖㄢˇ ㄌㄧㄠˋ
(synthetic dye)由煤焦、石油得到之中間產物合成之有機著色劑。依其化學結構可分爲酸性與鹼性染料;依其需加助染劑與否可分爲直接染料與間接染料;此外尚有可與纖維起化學反應之纖維反應型染料。

【合成橡膠】 ㄏㄜˊ ㄔㄥˊ ㄒㄧㄤˋ ㄐㄧㄠ
(synthetic rubber) 用化學反應合成的橡膠。如新平橡膠、丁基橡膠等。

【合成纖維】 ㄏㄜˊ ㄔㄥˊ ㄒㄧㄢ ㄨㄟˊ
(synthetic fiber) 以石油、天然氣、煤、灰石和水等爲基本原料,經聚合反應製成的堅韌纖維狀物質,稱爲合成纖維。用於製造各種布料和織物。

7【合作農場】 ㄏㄜˊ ㄗㄨㄛˋ ㄋㄨㄥˊ ㄔㄤˇ
由農民依一般合作社的組織辦法,自行組成,共同耕種合作經營的農場。理事會由全體社員大會推選,而場長與管理人員則由理事會聘用,農場的勞動,全部或大部分由參加合作的農民與其家屬供給。

8【合法準備】 ㄏㄜˊ ㄈㄚˇ ㄓㄨㄣˇ ㄅㄟˋ
(legal reserve)法令准許作爲商業銀行存款負債準備的資產。包括商業銀行在中央銀行的準備存款、商業銀行本身的庫存現金,及商業銀行之間的同業存款。

【合法獨占】 ㄏㄜˊ ㄈㄚˇ ㄉㄨˊ ㄓㄢˋ
(legal monopoly) 政府基於總體的觀點,認爲某種產業獨家生產對社會大眾有利,可發給某家廠商生產許可證,使其獲得合法獨占的地位,但必須以其價格與產量接受政府管制爲條件。

【合併借項】 ㄏㄜˊ ㄅㄧㄥˋ ㄐㄧㄝˋ ㄒㄧㄤˋ
(consolidated debit item)即合併商譽。參合併商譽。

【合併商譽】 ㄏㄜˊ ㄅㄧㄥˋ ㄕㄤ ㄩˋ
(consolidated goodwill) 指母公司購買子公司股權的成本超過子公司該項股權的帳面價值部分,其發生的原因無法確定,致未能調整者，在合併報表中列爲合併商譽，亦稱合併借項。

【合併排序】 ㄏㄜˊ ㄅㄧㄥˋ ㄆㄞˊ ㄒㄩˋ
(merge sort)電腦程式將資料依序排列的方法之一。其原理爲：將資料分爲若干組，每組分別排序後再合併成爲一組依序排列的資料。

【合金活字】 ㄏㄜˊ ㄐㄧㄣ ㄏㄨㄛˊ ㄗˋ
用鉛、銻、錫等金屬混合熔解後所鑄成的活字。

10【合浦珠還】 ㄏㄜˊ ㄆㄨˇ ㄓㄨ ㄏㄨㄢˊ
比喻珍貴的東西失而復得。'合浦'，'東漢'郡名，在今'廣東省''合浦縣'。原盛產珍珠，但由於官吏貪婪，搜刮過度，致使珍珠移生別處。等'孟嘗'來做太守，爲政清平，珍珠才又回到'合浦'。見"後漢書·循吏傳·孟嘗"。

13【合意管轄】 ㄏㄜˊ ㄧˋ ㄍㄨㄢˇ ㄒㄧㄚˊ
民事訴訟案件，依民事訴訟法之規定，各有其管轄法院。惟關於由一定法律關係而生之民事訴訟(如因買賣或租賃關係而涉訟)，除有專屬管轄者外，當事人得以合意，定第一審管轄法院，稱爲合意管轄。上述合意，應以文書證明。又被告不抗辯法院無管轄權，而爲本案之言詞辯論者，則以該法院爲有管轄權之法院，稱爲擬制之合意管轄。

【合義複詞】 ㄏㄜˊ ㄧˋ ㄈㄨˋ ㄘˊ
由意義關係合成的複詞。分聯合式合義複詞、組合式合義複詞、結合式合義複詞三種。如國家、飛機、革命等。

18【合璧連珠】 ㄏㄜˊ ㄅㄧˋ ㄌㄧㄢˊ ㄓㄨ
[1]一種天文景象。日初昇而月未落時，天空出現排列如連珠的五星。古人視爲吉兆。[2]比喻美好事物成雙成對。

8【合併申報制】 ㄏㄜˊ ㄅㄧㄥˋ ㄕㄣ ㄅㄠˋ ㄓˋ
(the consolidated declaration system) 指所得稅之申報以共同生活之全家爲課稅單位者。主張此制之理由爲可防止家庭成員間的所得移轉；且目前經濟社會之消費單位係以家庭爲主，相同收入之家庭，其稅負自應相同，而不必論其家庭收入結構爲何。

【合金工具鋼】 ㄏㄜˊ ㄐㄧㄣ ㄍㄨㄥ ㄐㄩˋ ㄍㄤ
(high-carbon alloy steel)於工具鋼中添加鉻(Cr)、鉬(Mo)、鎢(W)、釩(V)、錳(Mn)等元素以改善高碳工具鋼之缺點，使其有較大之磨耗抵抗及較大之高溫硬度。一般可用於切削刀具如鋸條、銼刀等之製造。

9【合約再保險】 ㄏㄜˊ ㄩㄝ ㄗㄞˋ ㄅㄠˇ ㄒㄧㄢˇ
(treaty reinsurance) 分保公司與再保公司事先訂立合約，由再保公司認定對各種指定危險單位的再保責任所占保險金額的一定比例(線)，分保公司即可隨時將業務自動按照約定比例分給再保公司必須接受的保險。故又稱比例再保險(proportional reinsurance)主要可分爲溢額合約、定額合約及定額溢額混合合約三種。

11【合理化作用】 ㄏㄜˊ ㄌㄧˇ ㄏㄨㄚˋ ㄗㄨㄛˋ ㄩㄥˋ
(rationalization) 又稱文飾作用。防衛機構之一。個體以理由或藉口掩飾其不良行徑，而減低內心焦慮、維護自尊的心理歷程。

【合衆國際社】 ㄏㄜˊ ㄓㄨㄥˋ ㄍㄨㄛˊ ㄐㄧˋ ㄕㄜˋ
(United Press International; UPI) 與'美聯社'同爲'美國'兩大著名國際通訊社之一，總社設於'紐約'。其前身爲西元1897年創立的'斯克利普斯新聞社' (Scripps News Service)。1958年兼併'國際新聞社' (International News Service)，改爲今日的名稱。

6【合成食用色素】 ㄏㄜˊ ㄔㄥˊ ㄕˊ ㄩㄥˋ ㄙㄜˋ ㄙㄨˋ
(synthetic food color) 以人工合成的著色劑。可大量生產，且純度高、色度強，但安全問題較天然色素更值得考慮。水溶性者大都用於清涼飲料、烘烤食品及乳品類之染色；油溶性者大都用於蛋糕、甜點的包衣及糖果的著色。目前我國准許的食用人工合成色素有：食用藍色1號、2號；食用綠色3號；食用紅色6號、7號；食用黃色4號、5號。

8【合併財務報表】 ㄏㄜˊ ㄅㄧㄥˋ ㄘㄞˊ ㄨˋ ㄅㄠˋ ㄅㄧㄠˇ
(consolidated financial statement) 一企業持有被投資公司50%以上的普通股權，且能控制其營運政策時，即形成母子公司的關係。就法律觀點而論，兩公司均爲獨立的法律個體，但就經濟觀點而言，兩公司乃在同一控制下的經濟個體。爲顯示此一經濟個體的財務狀況及經營成果，而將兩公司的財務報表予以合併，此種報表即爲合併財務報表。

7【合作系統組織論】 ㄏㄜˊ ㄗㄨㄛˋ ㄒㄧˋ ㄊㄨㄥˇ ㄗㄨˇ ㄓ ㄌㄨㄣˋ
(cooperative system organization theory) 認爲企業的正式組織乃是一項爲協調衆人合作所建立的制度或系統。經由企業組織結構以及管理主管在組織結構中的運作，方能有效獲得企業同仁的努力合作。

1【合一成本會計制度】 ㄏㄜˊ ㄧ ㄔㄥˊ ㄅㄣˇ ㄎㄨㄞˋ ㄐㄧˋ ㄓˋ ㄉㄨˋ
即成本紀錄與普通會計聯一體系。普通會計應用統制帳以控制成本帳，而成本帳則爲統制戶的補助帳，此爲一般應用較多的成本會計制度。

9【合流制下水道系統】 ㄏㄜˊ ㄌㄧㄡˊ

ㄓˋ ㄒㄧㄚˋ ㄕㄨㄟˇ ㄉㄠˋ ㄒㄧˋ ㄊㄨㄥˇ (combined system) 指家庭汙水、雨水及工業廢水等均由同一下水道系統排除。此類下水道系統因在街道下只設一管,故較分流制經濟、安全且易維護。但晴、雨天時之水量變化大,易致沈澱,或因暴雨溢流致夾帶大量汙水汙染水道系統,爲其缺點。

4

吝 ㄌㄧㄣˋ *lin*⁴ 音藺

1愛惜;捨不得。2氣量狹小。如:鄙吝。

11【吝惜】 ㄌㄧㄣˋ ㄒㄧˊ
過分愛惜而捨不得。

13【吝嗇】 ㄌㄧㄣˋ ㄙㄜˋ
應當用的財物,捨不得用。

吢 吣的或體。

吞 ㄊㄨㄣ *t'un*¹ 音暾

俗作呑。1嚥下。如:吞食。2忍受不發洩;含藏。如:忍氣吞聲。3姓。'漢'有'吞景雲'。見"萬姓統譜·二三"。

6【吞吐】 ㄊㄨㄣ ㄊㄨˇ
吸入和呼出。常用以形容文章氣勢的變化。

9【吞炭】 ㄊㄨㄣ ㄊㄢˋ
比喻矢志復仇、不惜犧牲的苦心。'戰國'初'韓''趙''魏'合攻'智伯','智伯'敗死。其門客'豫讓'爲了刺殺'趙襄子',替'智伯'報仇,乃漆身爲癩,吞炭變啞,以防被人識破。見"史記·刺客列傳"。

10【吞氣】 ㄊㄨㄣ ㄑㄧˋ
1吞食氣息。是道家修鍊的方法之一。2抑制怒氣。

16【吞噬】 ㄊㄨㄣ ㄕˋ
1吞食。2兼併占有。

17【吞聲】 ㄊㄨㄣ ㄕㄥ
口欲出聲而又強忍不出。多指心有怨恨強自壓抑。

6【吞吐港】 ㄊㄨㄣ ㄊㄨˇ ㄍㄤˇ
旅客與貨物進出的港口。

【吞吐量】 ㄊㄨㄣ ㄊㄨˇ ㄌㄧㄤˋ
(volume of goods handled at a seaport) 指在一定期間內,經由某一港口進出貨物的運輸總量。港口吞吐量的大小,以噸爲計算單位,可說明港口的規模及在物資交流中的重要程度,也可作爲規劃及改善港口設施的依據。

【吞舟之魚】 ㄊㄨㄣ ㄓㄡ ㄓ ㄩˊ
1口能吞舟的大魚。2比喻重大的罪犯。

7【吞吞吐吐】 ㄊㄨㄣ ㄊㄨㄣ ㄊㄨˇ ㄊㄨˇ
說話不直截的樣子。

12【吞雲吐霧】 ㄊㄨㄣ ㄩㄣˊ ㄊㄨˇ ㄨˋ
形容吸鴉片或抽香菸的樣子。

16【吞噬作用】 ㄊㄨㄣ ㄕˋ ㄗㄨㄛˋ ㄩㄥˋ
(phagocytosis)細胞攝入大分子物質的一種方法。這時細胞伸出僞足包圍食物,然後攝入。如白血球吞食細菌。

17【吞氈齧雪】 ㄊㄨㄣ ㄓㄢ ㄋㄧㄝˋ ㄒㄩㄝˇ
以氈雪充飢。形容處境極困厄。

19【吞嚥作用】 ㄊㄨㄣ ㄧㄢˋ ㄗㄨㄛˋ ㄩㄥˋ
(deglutition; swallowing) 食物由口腔經由食道送進胃部的作用。可分爲三個相:一、隨意相:可吞嚥之食塊,藉由舌頭之壓力對著腭,向上並向後移入咽。二、反射相:食塊以反射之方式,由咽腔進入食道。又稱咽腔相。三、食道相:此一過程之進行,也是不隨意的運動,肌肉的蠕動自食道口將食物由食道送入胃。

君 ㄐㄩㄣ *chün*¹ 音軍

1古代帝王及諸侯、大夫等有土地、人民,可發號施令者的稱呼。如:聖君賢相。2主宰;統治。如:君臨天下。3敬稱。⑴子孫稱父祖。如:嚴君。⑵妻稱夫。如:夫君。⑶一般人互稱。如:'張'君。4姓。'明'有'君助'。見"萬姓統譜·二〇"。

3【君子】 ㄐㄩㄣ ㄗˇ
1指在位者。2有才德的人。3子孫對先人的敬稱。4妻子稱呼丈夫。

4【君火】 ㄐㄩㄣ ㄏㄨㄛˇ
即心火。與相火相對。'中'醫以心臟居中如君主,因稱心火爲君火。君火與相火互相配合,以溫養全身,推動臟腑的功能活動。

22【君權】 ㄐㄩㄣ ㄑㄩㄢˊ
君主的權力。

3【君子不器】 ㄐㄩㄣ ㄗˇ ㄅㄨˋ ㄑㄧˋ
君子才德周備,不像器物般只限於特定的用途。

【君子協定】 ㄐㄩㄣ ㄗˇ ㄒㄧㄝˊ ㄉㄧㄥˋ
指誠信可靠的約定。

【君子懷刑】 ㄐㄩㄣ ㄗˇ ㄏㄨㄞˊ ㄒㄧㄥˊ
君子一心懷想著國家的法度。

【君子懷德】 ㄐㄩㄣ ㄗˇ ㄏㄨㄞˊ ㄉㄜˊ
君子念念不忘於德行的涵養。

5【君主立憲】 ㄐㄩㄣ ㄓㄨˇ ㄌㄧˋ ㄒㄧㄢˋ
君主立憲國(家)之簡稱。亦有稱之爲立憲君主國體者。君主國體與共和國體相對。君主國體有專制君主國體與立憲君主國體之別。前者指君主之權力無憲法限制之國家;後者指君主之權力受憲法限制之國家。過去君主國體在東西方均屬專制君主國體;現代君主國體如'英國'、'荷蘭'、'日本'均屬立憲君主國體。現代君主立憲國家,如'英國'及'日本',其君主僅爲虛位元首,對內對外代表國家,實際政治則由首相所領導之內閣主持。我國昔日的君主,兼具「統」與「治」的雙重作用,既爲國家元首,又爲政府最高首長,係決定國家政事的最高主權者。

6【君臣佐使】 ㄐㄩㄣ ㄔㄣˊ ㄗㄨㄛˇ ㄕˇ
'中'醫術語。治主症,起主要作用的藥爲「君」,助主藥起治療作用的爲「臣」,助主藥治兼症或抑制主藥之毒性的為「佐」，引導藥力並調和各藥作用的為「使」。

17【君臨天下】 ㄐㄩㄣ ㄌㄧㄣˊ ㄊㄧㄢ ㄒㄧㄚˋ
統治天下。

22【君權神授】 ㄐㄩㄣ ㄑㄩㄢˊ ㄕㄣˊ ㄕㄡˋ
(divine right of kings)也稱神意說。此學說產生於中央集權已經完成、民族國家已經成立、專制政治達於頂點之時。此說認為君主權力來自上帝，人民對君主必須絕對服從，君主僅對上帝負責，因而對人民並無義務。

3【君士坦丁大帝】 ㄐㄩㄣ ㄕˋ ㄊㄢˇ ㄉㄧㄥ ㄉㄚˋ ㄉㄧˋ
(Constantine the Great,280?～337)'羅馬帝國'皇帝。西元323年'君士坦丁'削平群雄，重將帝國統一。他深知帝國當時經濟、文化等重心已向東移，即下令將'博斯普魯斯海峽'邊的'拜占庭'擴建為新都，並在330年將之改名為'君士坦丁堡'。從此'羅馬帝國'便有新舊兩都。313年頒布"米蘭敕令"(*the Edict of Milan*)，規定基督教為合法宗教，臨終並受洗，成為第一位信奉基督教的'羅馬帝國'皇帝。

【君子之交淡如水】 ㄐㄩㄣ ㄗˇ ㄓ ㄐㄧㄠ ㄉㄢˋ ㄖㄨˊ ㄕㄨㄟˇ
君子以道義相交往，平淡如水。

【君子絕交不出惡聲】 ㄐㄩㄣ ㄗˇ ㄐㄩㄝˊ ㄐㄧㄠ ㄅㄨˋ ㄔㄨ ㄜˋ ㄕㄥ
君子即使與人斷絕交往，也不以惡言譏謗對方。

【君子愛財取之有道】 ㄐㄩㄣ ㄗˇ ㄞˋ ㄘㄞˊ ㄑㄩˇ ㄓ ㄧㄡˇ ㄉㄠˋ
君子並不排斥錢財，但是以正當的方法取得。

吾 ㊀ ㄨˊ *wu*^{2} 音梧
1我；我的。如：吾土吾民。2抵禦。通禦。3姓。'漢'有'吾扈'。見"萬姓統譜·一三"。
㊁ ㄩˊ *yü*^{2} 音魚
參吾吾。

7【吾吾】 ㄩˊ ㄩˊ
不敢親近的樣子。

否 ㊀ ㄈㄡˇ *fou*^{3} 音缶
1不；不然。如：是否。2助詞。表疑問。同麼、嗎。如：汝知之否？
㊁ ㄆㄧˇ *p'i*^{3} 音痞
1"易"卦名。六十四卦之一。坤下乾上。2閉塞不通。如：否塞。3壞；不好。如：臧否。

否卦圖

7【否決】 ㄈㄡˇ ㄐㄩㄝˊ
1對一件事作不同意的議決。2議案未得法定人數的同意。

8【否定】 ㄈㄡˇ ㄉㄧㄥˋ
(negation)與肯定相對。1對於一個命題或判斷加以否認，而肯定其反面。2含有「不」或「非」等否定語詞的命題或語句。3兩個命題或語句之間，不能同為眞，亦不能同為假，則彼此「互為否定」。

14【否認】 ㄈㄡˇ ㄖㄣˋ
不承認。

19【否證】 ㄈㄡˇ ㄓㄥˋ
(falsification)證明某一命題或理論為假的程序。

7【否決權】 ㄈㄡˇ ㄐㄩㄝˊ ㄑㄩㄢˊ
(veto power)有國內法與國際法兩種意義。就國內法言，是憲法賦予行政機關抗衡立法機關的權力，稱為行政的否決。就國際法言，指依"聯合國憲章"之規定，'聯合國安全理事會'對於非程序事項之決議，應以九理事國之可決票，包括全體常任理事國之同意票表決之。因此，五個常任理事國之任何一國投反對票，即可使議案不獲通過，是為否決權。否決權之行使，依"憲章"及慣例須受若干限制，如當事國不得參與投票；常任理事國於表決時棄權或缺席，不構成否決等。

8【否定意見】 ㄈㄡˇ ㄉㄧㄥˋ ㄧˋ ㄐㄧㄢˋ
(adverse opinion)當會計師審核時，若財務報表並不允當地表達財務狀況、營業結果和財務狀況變動，且不符合一般公認會計原則，所簽發的一種審計報告。

13【否極泰來】 ㄆㄧˇ ㄐㄧˊ ㄊㄞˋ ㄌㄞˊ
惡運到達極點，轉而好運到來。

8【否定式函證】 ㄈㄡˇ ㄉㄧㄥˋ ㄕˋ ㄏㄢˊ ㄓㄥˋ
(negative confirmation)應收帳款函證的一種。係要求債務人在月結帳單中所示餘額或查詢的積欠餘額發生不相符時方加回覆，否則不必回覆。然運用時，未回函者，並非表示一定相符。

吽 叫的俗體。

吭 ㊀ ㄏㄤˊ *hang*^{2} 音杭
咽喉。如：引吭高歌。
㊁ ㄎㄥ *k'êng*^{1} 音坑
應聲；出聲。如：不敢吭聲。

17【吭聲】 ㄎㄥ ㄕㄥ
出聲。

吣 唚的或體。

吴 吳的俗體。

吚 咿的或體。

吲 ㄕㄣˇ *shên*^{3} 音審
微笑。多含譏嘲鄙視的意思。同弞。見"集韻"。

呀 ㊀ ㄒㄧㄚ *hsia*^{1} 音蝦
1張口的樣子。見"說文新附"。2廣大空虛的樣子。見"玉篇"。
㊁ ㄧㄚ *ya*^{1} 音鴉
1吃驚。如：呀然驚恐。2狀聲詞。如：只聽到門呀的一聲打開。3助詞。表示驚歎或疑問。

呉 吳的俗體。

吷 ㊀ ㄒㄩㄝˋ *hsüeh*^{4} 音穴
1飲；用口吸取。見"說文"。2小聲。見"玉篇"。
㊁ ㄐㄩㄝˊ *chüeh*^{2} 音決

鳥叫聲。見"集韻"。

吱 ㄗ tzŭ1 音資
參吱吱。

7【吱吱】 ㄗ ㄗ
狀聲詞。①鳥叫聲。如:吱吱喳喳。②火燃物聲。如:火吱吱地響。

呎 ㄔˇ ch'ih3 音尺
(feet)'英'制長度單位。一呎爲12吋,碼的1/3,等於0.3048公尺。

吧 ㊀ ㄅㄚ pa1 音巴
參吧吧。
㊁ ·ㄅㄚ ·pa
助詞。用於句末,表示商量、請求、命令的語氣。如:放了他吧。

3【吧女】 ㄅㄚ ㄋㄩˇ
在酒吧中陪酒的女侍。

7【吧吧】 ㄅㄚ ㄅㄚ
多話的樣子。

呆 ㄉㄞ tai1 音獃 又讀 ㄞˊ ai2 音捱
①愚笨;不聰明。如:呆痴。②發愣;反應不靈敏。如:發呆。

8【呆板】 ㄉㄞ ㄅㄢˇ
不知變通;不靈活。

10【呆料】 ㄉㄞ ㄌㄧㄠˋ
庫存過多不合經濟成本的材料或指無法使用的材料。

11【呆帳】 ㄉㄞ ㄓㄤˋ
(bad debt)銀行或商號放出的款項或貨帳,逾期已久,催收無著,處於呆滯狀態,但尚未確定爲壞帳的應收款項。有時也用作壞帳的同義詞。在損益表所列的呆帳,係指期末依稅法規定所提存的備抵呆帳損失。

14【呆滯】 ㄉㄞ ㄓˋ
①不靈活。②停頓不前。

9【呆若木雞】 ㄉㄞ ㄖㄨㄛˋ ㄇㄨˋ ㄐㄧ
①比喻人呆笨不靈活,不能任事。②形容突然受驚、神態呆滯而不知所措的樣子。

11【呆帳損失】 ㄉㄞ ㄓㄤˋ ㄙㄨㄣˇ ㄕ
(the loss of bad debt)指應收帳款、應收票據及各項欠款債權預計可能發生之損失或已無法收回所發生之損失。依我國稅法規定,該等債權均可提列一定額度之呆帳損失準備,至因倒閉、和解或破產之宣告或其他原因,致全部或一部不能收回者,以及該等債權中有逾期兩年,經催收後未經收取本金或利息者,均得視爲實際發生呆帳損失。

12【呆裡撒奸】 ㄉㄞ ㄌㄧˇ ㄙㄚ ㄐㄧㄢ
外表裝作呆笨,內心卻懷奸詐。

14【呆滯放款】 ㄉㄞ ㄓˋ ㄈㄤˋ ㄎㄨㄢˇ
也稱延滯放款。指各種已到期而一時未能收回,暫時仍懸記於原貸放帳上的放款及透支,以及已逾期六個月以上,雖依法律程序訴追催討,而一時仍未能收回,經依規定程序由原貸放科目轉列催收款項的不良放款及透支。

吡 ㊀ ㄅㄧˋ pi4 音必
鳥鳴聲。也作咇。見"廣韻"。
㊁ ㄆㄧˇ p'i3 音疋
詆毀。見"正字通"。

11【吡啶】 ㄅㄧˋ ㄌㄧㄥˋ
(pyridine)一種重要的有機鹼,構成核酸之重要鹼化合物的主要成分之一。化學式 C_5H_5N,爲無色或淡黃色液體。具強烈刺激性氣味,可溶於水、酒精、醚和苯,沸點115.5°C。也存在於煤焦油中。用於合成維生素和藥物。

呃 ㄜˋ o4, ê4 音厄
喉間氣逆上衝所發出的聲音。本作呝。見"正字通"。

10【呃逆】 ㄜˋ ㄋㄧˋ
(hiccough)喉間氣逆作聲。也稱噎。爲橫膈不自主的間歇性痙攣所引起的一種特殊動作。由於空氣突然被吸入呼吸道內,通過關閉的聲門,產生急促的聲音。常見於某些中樞神經系統疾病或膈受刺激時的病患。'中'醫學上古稱噦,多因胃氣上逆而致。平時因食物下嚥過急或感受寒冷時偶發,尚不爲病,但患肺炎、傷寒、霍亂等重症時極爲危險。

呔 ㄉㄞ tai1 音呆
歎詞。表示注意。

吠 ㄈㄟˋ fei4 音肺
狗叫。見"說文"。

吰 ㄏㄨㄥˊ hung2 音宏
①狀聲詞。②大。通宏。如:崇論吰議。

吼 ㄏㄡˇ hou3
大聲叫喊。如:怒吼。

吴 吳的本字。

吶 ㄋㄚˋ na4 音納
①說話困難遲鈍。同訥。如:吶口少言。②大聲呼叫。如:吶喊。

呉 吳的俗體。

吳 ㄨˊ wu2 音吾
①大聲說話。見"說文"。②古代國名。(1)'周代''姬'姓國。'周太王'長子'泰伯'居'吳'(今'江蘇''無錫''梅里'),後都'姑蘇'(今'江蘇''吳縣')。傳至十九世孫'壽夢'始興盛稱王,據有'淮'、'泗'以南至'浙江''太湖'以東之地。傳至'夫差',於西元前473年爲'越'所滅。(2)(229~280)三國時'孫權'所建。都'建業'(今'南京市')。據有'長江'以南,包括'揚'、'荊'、'郢'、'交'、'廣'五州之地。'孫權'積極開發東南,與'蜀漢'聯盟抗'曹'。但晚年昏聵,廢太子'登',導致日後內政不安,傳至'孫皓',兇暴驕淫,爲'晉'所滅。共三世,四主,五十二年。(3)(892~937)五代時十國之一。'楊行密'所建,都'江都'(今'江蘇''江都')。在十國中勢力較大,據有'淮'南、'江西'等地。後爲'徐知誥'所篡。共三世,四主,四十六年。③'江蘇省'的別稱。④姓。'春秋'有'吳季札'。見"萬姓統譜·一〇"。

4【吳戈】 ㄨˊ ㄍㄜ
古代'吳'人所製造的戈戟。

8【吳姓】 ㄨˊ ㄒㄧㄥˋ
指‘西晉’末年世居東南地區的‘孫吳’大族。以‘朱’、‘張’、‘顧’、‘陸’爲大。‘吳’爲‘晉’所滅，故其社會地位不如僑姓。但仍備受‘晉元帝’及‘王導’的禮遇，此因‘東晉’初建，基礎未固，北方又受胡族威脅，不得不如此。

9【吳派】 ㄨˊ ㄆㄞˋ
1‘明代’畫派之一。指‘沈周’、‘文徵明’、‘唐寅’、‘陳繼儒’等畫家。以細巧綿密，輕柔幽雅著名。2‘清代’以‘蘇州’爲中心的經學派。指‘惠周惕’、‘惠棟’、‘江聲’、‘錢大昕’、‘王鳴盛’等人。以‘漢’學爲宗，排斥‘宋’學。

10【吳起】 ㄨˊ ㄑㄧˇ
(?～前378)‘戰國’‘衛’人。好用兵，初爲‘魯’將，擊敗‘齊’軍。後爲‘魏文侯’將，守‘西河’以拒‘秦’。遭忌奔‘楚’，‘楚悼王’用爲令尹，因以富國強兵；然力廢貴戚公族疏遠者之特權，遭貴族怨恨，於‘悼王’死後被殺。“漢書·藝文志”有“吳子”四十八篇。

【吳剛】 ㄨˊ ㄍㄤ
傳說的月中仙人。‘漢’‘西河’人。學仙有過，被罰砍伐月中桂樹，然樹高五百尺，隨砍隨合，永不得止。

11【吳淞】 ㄨˊ ㄙㄨㄥ
1水名。古稱‘淞江’，一名‘吳江’，俗稱‘蘇州河’。在‘江蘇省’境，源出‘太湖’，經‘上海市’，注入‘東海’。2鎭名。在‘江蘇省’‘寶山縣’境，‘長江’與‘吳淞江’會流於此，工商業極爲發達。

【吳梅】 ㄨˊ ㄇㄟˊ
(1883～1939)‘江蘇’‘無錫’人。字‘瞿安’，號‘霜厓’。精研曲律和文詞，兼能製譜。歷任‘北京高師’、‘中央大學’、‘金陵大學’教授。著有“顧曲塵談”、“霜厓曲錄”、“曲學通論”等書。

吳梅像

【吳晗】 ㄨˊ ㄏㄢˊ
(1909～1969)‘浙江’‘義烏’人。原名‘春晗’，字‘辰伯’。‘清華大學’歷史學系畢業。專攻‘明’史，此後任教各大學。因加入‘中國民主政團同盟’，在‘北平’爲‘共產黨’進行地下工作。大陸淪陷後，歷任‘中共’黨政與史學界要職。文化大革命起，遭受清算，死於獄中。著有“海瑞罷官”、“三家村札記”(與‘鄧拓’、‘廖沫沙’合著)、“吳晗文集”等。

吳晗像

13【吳鉤】 ㄨˊ ㄍㄡ
兵器名。古代‘吳國’所造的一種彎形刀。後泛指鋒利的刀劍。

【吳筠】 ㄨˊ ㄩㄣˊ
(?～778)‘唐代’道士。‘華州’‘華陰’(今屬‘陝西’)人。字‘貞節’。少爲儒生，因科名不得意，入‘嵩山’從‘潘師正’爲道士，傳正一之法，盡通其術。長於詩文，多與當時文士‘李白’、‘顏眞卿’等來往。撰有“神仙可學論”、“形神可固論”、“心目論”及“玄綱論”等。

14【吳歌】 ㄨˊ ㄍㄜ
清商樂中出於‘江’南的‘吳’聲歌曲。也稱‘吳’聲、‘江’南‘吳’歌。盛行於六朝。大多數爲民間歌曲，被采入樂府，也有文人的仿作。內容大都歌詠男女愛情，形式爲五言四句，言語自然活潑。樂器用箎、箜篌、琵琶、笙、箏等。

15【吳澄】 ㄨˊ ㄔㄥˊ
(1249～1333)‘元’‘崇仁’(今‘江西’‘崇仁’)人。字‘幼清’，學者稱‘草廬先生’。‘至大’初，爲國子監司業，遷翰林學士；‘泰定’初，主講經筵。論學頗能調和‘朱’‘陸’之說，四方負笈從學者甚多。著有“易纂言”、“書纂言”、“禮記纂言”、“三禮考注”等書。

【吳廣】 ㄨˊ ㄍㄨㄤˇ
(?～前208)‘陽夏’(今‘河南’‘太康’)人。字‘叔’。‘秦’‘二世’元年(前209)被徵發戍守‘漁陽’，在‘大澤鄉’與‘陳勝’同起兵抗‘秦’，爲假王，後被部將‘田臧’所殺。

18【吳鎭】 ㄨˊ ㄓㄣˋ
(1280～1354)‘元’‘浙江’‘嘉興’人。字‘仲圭’，號‘梅花道人’。擅詞藻，工書畫，尤長山水竹石，畫成輒自題詠，人稱其詩書畫三絕。與‘黃公望’、‘倪瓚’、‘王蒙’合稱‘元’末四大家。

3【吳三桂】 ㄨˊ ㄙㄢ ㄍㄨㄟˋ
(1612～1678)‘明’末‘清’初‘高郵’人，籍‘遼東’。字‘長白’。以總兵鎭‘山海關’。‘李自成’陷京師，奪其愛妾‘陳圓圓’，乃引‘清’兵入關，破‘自成’，‘清’遂入主‘中國’，‘三桂’受封爲‘平西王’，鎭‘雲南’。後叛‘清’，自稱‘周帝’，不久病死。

4【吳文英】 ㄨˊ ㄨㄣˊ ㄧㄥ
(1200?～1260?)‘南宋’‘四明’(今‘浙江’‘鄞縣’)人。字‘君特’，號‘夢窗’，晚號‘覺翁’。長於詞，所作以詠物爲多，字句工麗，音律和諧，又能自度曲。有“夢窗稿”。

8【吳承恩】 ㄨˊ ㄔㄥˊ ㄣ
(1500?～1582)‘明’‘山陽’(今‘陝西’‘山陽’)人。字‘汝忠’，號‘射陽山人’。曾任‘長興’縣丞。著有“西遊記”及“射陽先生存稿”。

【吳昌碩】 ㄨˊ ㄔㄤ ㄕㄨㄛˋ
(1844～1927)‘浙江’‘吉安’人。名‘俊’，又名‘俊卿’，以字行，別署‘缶廬’。書擅石鼓文，凝練遒勁；畫以力勝，山水多奇作，花木尤所擅長；又精篆刻，邁於前賢；詩亦清峻絕俗。著有“缶廬印存”、“缶廬詩存”等。

【吳佩孚】 ㄨˊ ㄆㄟˋ ㄈㄨˊ
(1874～1939)‘山東’‘蓬萊’人。字‘子玉’。‘保定’‘陸軍速成學堂’測量科畢業。‘民國’肇建後，歷任營、團、旅、師長。‘袁世凱’死後，隸‘直’

系，爲重要軍將之一。第一次'直''奉'戰爭起，獲'馮玉祥'之助，將'奉'軍逐出關外，任'直''魯''豫'巡閱使。第二次"直"奉"戰爭起，被倒戈'馮玉祥'部擊敗，免除本兼各職。北伐軍興，逃至'鄭州'，從此一蹶不振。著有"正一道銓"、"春秋正義"、"蓬萊詩草"等。

吳佩孚像

11【吳偉業】　ㄨˊ ㄨㄟˇ ㄧㄝˋ
(1609～1671)'江蘇''太倉'人。字'駿公'，號'梅村'。'崇禎'進士，官至'翰林院'編修。'康熙'時任國子監祭酒。工詩，因身經變亂，所作蒼涼淒楚，號稱詩史。著有"梅村集"。

13【吳道子】　ㄨˊ ㄉㄠˋ ㄗˇ
(698?～792?)'唐''陽翟'(今'河南''禹縣')人。名'道玄'，以字行。初爲縣尉，'玄宗'召爲內教博士，在宮廷作畫。工佛像及山水，筆法超妙。

【吳敬恒】　ㄨˊ ㄐㄧㄥˋ ㄏㄥˊ
(1865～1953)'江蘇''武進'人。字'稚暉'，號'朏盦'。前'清'舉人，'日本''弘文師範學院'畢業。歷任'中國國民黨'中央監察委員、中央評議委員、'中央研究院'第一屆院士。著有"荒古原人史"、"天演圖解"、"上下古今談"、"朏盦客座談話"等。

吳敬恒像

【吳敬梓】　ㄨˊ ㄐㄧㄥˋ ㄗˇ
(1701～1754)'清''全椒'(今'安徽''全椒')人。字'敏軒'，又字'文木'，號'粒民'。性豪放，無意仕宦，好施與，不善治生。晚年客居'揚州'，落拓飲酒，卒於客中。善詩文，所作"儒林外史"，爲我國諷刺文學中的傑作。另有"文木山房詩文集"。

3【吳下阿蒙】　ㄨˊ ㄒㄧㄚˋ ㄚˋ ㄇㄥˊ
原指有武略而無學識的人。'吳'下，指今'蘇州'一帶；'阿蒙'，指'呂蒙'。'蒙'才學平庸，經'孫權'勸勉力學，終而有成，'魯肅'稱之非'吳'下'阿蒙'。見"三國志·吳志·呂蒙傳·遂拜蒙母結友而別·注"。後泛指不學無術的人。

4【吳牛喘月】　ㄨˊ ㄋㄧㄡˊ ㄔㄨㄢˇ ㄩㄝˋ
'江'南水牛怕熱，看到月亮以爲是太陽因而害怕氣喘。見"世說新語·言語·注"。後比喻遇到相似事物而驚懼。

9【吳城文化】　ㄨˊ ㄔㄥˊ ㄨㄣˊ ㄏㄨㄚˋ
在'江西省''清江縣''吳城'發現的'商''周'時代文化。有大量原始瓷器，其器形與花紋多不見於中原地區的'商'文化。陶、石器上有的刻有文字，但與甲骨文不盡相同。青銅器數量不多；晚期有鼎、斝等禮器。

12【吳越文化】　ㄨˊ ㄩㄝˋ ㄨㄣˊ ㄏㄨㄚˋ
指'戰國'時'吳'、'越'二國的文化。主要分布在'蘇'南與'浙'北。最顯著的特徵是原始瓷器與印紋硬陶的出現，紋飾大多作幾何形圖案，如波紋、折尺紋、方格紋、迴紋、雲雷紋等。銅器造型與中原的不同。帶銘文的劍，常在'吳'、'越'二國以外的地區發現。

【吳越同舟】　ㄨˊ ㄩㄝˋ ㄊㄨㄥˊ ㄓㄡ
'春秋'時代，'吳'、'越'爲世仇，但其人民同船共渡，遇危難時，仍能相互支援。見"孫子·九地"。後以比喻化敵爲友、患難與共。

【吳越春秋】　ㄨˊ ㄩㄝˋ ㄔㄨㄣ ㄑㄧㄡ
'漢''趙曄'撰，十卷。記'春秋'時'吳'、'越'兩國攻戰史事及民間傳說。

15【吳儂軟語】　ㄨˊ ㄋㄨㄥˊ ㄖㄨㄢˇ ㄩˇ
指'蘇州'話。'吳'，今'蘇州'一帶，其方言多帶「儂」字，語音輕軟。

吵　ㄔㄠˇ *ch'ao*³ 音炒
①聲音雜亂。②爭鬧。如：吵嘴。③攪擾。

哅　ㄒㄩㄥˇ *hsiung*³
眾言；喧聲。也作啕、詾。見"字彙補"。

吺　ㄈㄨˇ *fu*³ 音斧
參吺咀。

8【吺咀】　ㄈㄨˇ ㄐㄩˇ
用口將東西嚼碎。

吮　ㄕㄨㄣˇ *shun*³ 音楯
①用嘴吸取。②舐。

7【吮吸】　ㄕㄨㄣˇ ㄒㄧ
用口吸取。

11【吮毫】　ㄕㄨㄣˇ ㄏㄠˊ
口含筆毫。形容沈思寫作的樣子。

23【吮癰舐痔】　ㄕㄨㄣˇ ㄩㄥ ㄕˋ ㄓˋ
以口吮吸他人的腫毒，以舌舔乾他人的痔瘡膿血。比喻不避汙賤，以取悅於人。

吽　㊀ ㄏㄡˇ *hou*³ 音吼
牛鳴。同吼。見"正字通"。
㊁ ㄡˊ *ou*²
狗在爭鬥。見"正字通"。
㊂ ㄏㄨㄥ *hung*¹ 音轟
梵語。虎怒時胸喉中發出的叫聲。於密咒中多用此字。

呈　ㄔㄥˊ *ch'êng*² 音承
①出現；顯示。如：龍鳳呈祥。②奉獻。如：呈獻。③公文之一。對總統有所請示或報告時用。

14【呈遞】　ㄔㄥˊ ㄉㄧˋ
呈交。

17【呈薦】　ㄔㄥˊ ㄐㄧㄢˋ
對薦任職官員，其任用資格經銓敘合格者，由用人機關遞呈總統薦任。

20【呈獻】　ㄔㄥˊ ㄒㄧㄢˋ
奉獻。

哣　ㄉㄡ *tou*¹ 音兜
參䳾哣。

吻　ㄨㄣˇ *wên*³ 音穩
也作脗。①口邊；嘴脣。如：脣吻。②說話的口氣。如：口吻。③相符。如：吻合。

6【吻合】　ㄨㄣˇ ㄏㄜˊ
比喻事情兩相符合。

15【吻鞋】 ㄨㄣˇ ㄒㄧㄝˊ

習武者拉腿筋的一種方法。一腿屈膝略蹲,另腳前伸,腳尖翹起,腳跟著地,手握腳板,用勁後拉,上身前俯,使嘴吻腳尖。

6【吻合術】 ㄨㄣˇ ㄏㄜˊ ㄕㄨˋ

(anastomosis) 接通有管腔器官的手術方法。即將斷裂的管腔兩端連接,重新建立新的管腔通道。主要用於血管和消化道疾病。

吸 ㄒㄧ hsi^{1} 音希

①用鼻腔將氣體引進肺裡。如:吸氣。②飲。指用口腔將液體引進胃裡。如:吸食。③攝取;收受。如:吸收。

4【吸引】 ㄒㄧ ㄧㄣˇ

①牽引。②使人心動、嚮往。

6【吸收】 ㄒㄧ ㄕㄡ

①吸取;接受。②(absorption)物質吸取其他物質或能量的過程。一、物質的吸收:一物質能使另一物質進入其內部並與之融和或化合的過程。例如:石灰或硫酸吸收水分;血液吸收養料。二、輻射或能量的吸收:指投射到介質表面的輻射,一部分被反射,另一部分被吸收而轉變爲其他形式的能量。若介質的厚度夠,則未被反射的輻射可被介質完全吸收,否則,仍有部分輻射透過該介質。如玻璃吸收紫外線、水吸收聲波等。

8【吸附】 ㄒㄧ ㄈㄨˋ

(absorption)利用固體物質與溶液中某些成分間之吸引力,而將這些成分吸著於固體表面以達分離目的之單元操作。可分爲物理吸附與化學吸附兩種,例如利用活性碳吸附空氣中之臭氣;用離子交換樹脂使硬水軟化等。

【吸芽】 ㄒㄧ ㄧㄚˊ

指由植物母株根莖處所發生的新芽。如鳳梨、香蕉的吸芽從母株分離後,可插植於圃地用來繁殖。

9【吸音】 ㄒㄧ ㄧㄣ

(sound absorption)音能因被多孔質等吸音材料吸收而減少的現象。

6【吸收劑】 ㄒㄧ ㄕㄡ ㄐㄧˋ

(absorbent) 具有吸收性質之物質。例如吸水纖維、吸收棉等。

【吸血鬼】 ㄒㄧ ㄒㄧㄝˇ ㄍㄨㄟˇ

比喻剝削他人利益的人。

8【吸附帶】 ㄒㄧ ㄈㄨˋ ㄉㄞˋ

(absorption zone) 含吸附質之溶液連續通過含有吸附劑之固定床時,會於一狹小區域發生吸附,此區域稱爲吸附帶,其隨著溶液之流動而移動。

【吸附劑】 ㄒㄧ ㄈㄨˋ ㄐㄧˋ

(absorbent)具有吸附大量氣體、蒸汽或溶劑性質之多孔性物質。例如活性碳、沸石等。

2【吸入療法】 ㄒㄧ ㄖㄨˋ ㄌㄧㄠˊ ㄈㄚˇ

(inhalation therapy) 胸腔醫學的治療方法之一。即利用加熱、超音波,或其他高頻的震盪器,將水分變成水蒸氣,並且把加在水中的藥物也變成小分子狀態由水蒸氣攜帶,讓病人吸入。主要用於痰多且黏稠的病人,或是幫助支氣管擴張,對慢性阻塞性肺病及氣喘的病人有很大的治療效果。

6【吸收光譜】 ㄒㄧ ㄕㄡ ㄍㄨㄤ ㄆㄨˇ

(absorption spectrum) 連續變動照射物料光源之波長,並由分光光度計記錄物料之消光而畫成的圖形。

【吸收係數】 ㄒㄧ ㄕㄡ ㄒㄧˋ ㄕㄨˋ

(absorptivity) 輻射能傳送到物體時,可能被吸收、反射或部分穿透,其中被吸收之分率稱爲吸收係數。

9【吸風飲露】 ㄒㄧ ㄈㄥ ㄧㄣˇ ㄌㄨˋ

形容神仙或隱士斷絕人間煙火的生活。

15【吸熱反應】 ㄒㄧ ㄖㄜˋ ㄈㄢˇ ㄧㄥˋ

(endothermic reaction)化學反應發生時,如果生成物的總熱含量大於反應物的總熱含量,將會吸收熱量,使得反應系統的溫度下降,這種反應稱爲吸熱反應。例如氯化銨溶解於水,便是一個吸熱反應。

呏 ㄕㄥ shêng^{1} 音升

①'英'容量單位名。一加侖爲一呏,約當 4.546 公升。②'英''美'容量單位名。一夸爾爲一呏,是一加侖的四分之一。

吹 ㊀ ㄔㄨㄟ ch'ui^{1} 音炊

①吐氣。見"說文"。②吹奏。如:吹笛子。③氣流拂動。如:吹拂。④誇大言辭。如:吹牛。⑤提倡。如:鼓吹。⑥指事情已結束。如:婚事吹了。

㊁ ㄔㄨㄟˋ ch'ui^{4}

㊀⑤的讀音。

4【吹牛】 ㄔㄨㄟ ㄋㄧㄡˊ

誇大事況。

8【吹拂】 ㄔㄨㄟ ㄈㄨˊ

吹動;吹掠。

12【吹筒】 ㄔㄨㄟ ㄊㄨㄥˇ

吹火使猛的竹筒。

【吹腔】 ㄔㄨㄟ ㄑㄧㄤ

戲曲腔調名。也稱'樅陽'腔、'石牌'調。'明'末'清'初時,由'江西''弋陽'腔發展的'四平'腔,受到'崑'腔的影響,在'安徽省''樅陽縣'一帶形成吹腔,以笛伴奏,唱曲牌。如"奇雙會"、"斬貂"都唱吹腔。

14【吹製】 ㄔㄨㄟ ㄓˋ

(blowing)一種塑膠加工方法。可分爲吹模法與吹瓶法,常用來製造塑膠袋、塑膠瓶等,其共同之特點是皆需用空氣吹製。

15【吹噓】 ㄔㄨㄟ ㄒㄩ

①說大話;說好話。②吐氣。

8【吹沫蟲】 ㄔㄨㄟ ㄇㄛˋ ㄔㄨㄥˊ

(froghopper; spittlebug) 爲昆蟲綱、同翅目(order Homoptera)、吹沫蟲科(family Cercopidae)之中的動物。約有2,000種,幼蟲藏於泡沫

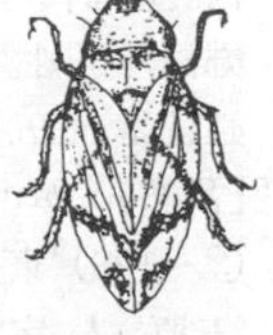

吹沫蟲圖

中，故名。泡沫的形成目前尚不十分了解，泡沫中的水分大致來自消化道，另由腺體分泌蠟質，此蠟質由腸中的水分乳化後排出，排出時腹部便放出氣體，於是便形成泡沫。泡沫裹於幼蟲體表，可資保護。

10【吹送流】 ㄔㄨㄟ ㄙㄨㄥˋ ㄌㄧㄡˊ
(drift current)又稱表層流。指海面長時間受一定方向的風吹颳，空氣與海水之間因摩擦產生一種應力，而使表層海水流動的現象。流速隨風速強弱、風吹時間長短而不同；流向除受風力影響外，亦受地球自轉力的作用，北半球的西側海流通常向北流，而南半球的海流則向南流。

15【吹模法】 ㄔㄨㄟ ㄇㄛˊ ㄈㄚˇ
(blow molding)將空氣噴射入胚料，使塑膠緊抵於模窩上凝固成形，以塑製中空工件的模塑法。

4【吹毛求疵】 ㄔㄨㄟ ㄇㄠˊ ㄑㄧㄡˊ ㄘ
比喻故意挑剔別人的小毛病。

6【吹灰之力】 ㄔㄨㄟ ㄏㄨㄟ ㄓ ㄌㄧˋ
比喻非常微小的力量。

7【吹吹打打】 ㄔㄨㄟ ㄔㄨㄟ ㄉㄚˇ ㄉㄚˇ
吹奏、打擊各種樂器。形容場面熱鬧。

19【吹鬍子瞪眼】 ㄔㄨㄟ ㄏㄨˊ ˙ㄗ ㄉㄥˋ ㄧㄢˇ
形容非常生氣的樣子。

㕭 ㄠ *ao*¹ 音凹
①淫聲。見“玉篇”。②‘吳’語。應答之聲。

呂 ㄌㄩˇ *lü*³ 音旅
①脊椎骨。見“說文”。②古代用以校正樂音的工具。如：律呂。③‘周代’‘姜’姓之國。見“國語‧鄭語”。④姓。‘周’有‘呂尚’。見“萬姓統譜‧七五”。

5【呂布】 ㄌㄩˇ ㄅㄨˋ
(?～198)‘東漢’‘九原’(今‘綏遠’‘五原’)人。字‘奉先’。善弓馬，驍勇有力而無謀。曾事‘董卓’，誓爲父子，後因‘卓’暴虐，與‘王允’共殺‘卓’。封‘溫侯’，擁兵割據，爲‘曹操’擒殺。

8【呂尚】 ㄌㄩˇ ㄕㄤˋ
‘周’初人。本姓‘姜’，後以封地‘呂’爲姓，字‘子牙’。相傳釣於‘渭水’之濱，‘文王’出獵相遇，交談後大悅，並說：「吾太公望子久矣。」因號‘太公望’，而立爲師。後佐‘武王’伐‘紂’滅‘商’，受封於‘齊’。俗稱‘姜太公’。

14【呂蒙】 ㄌㄩˇ ㄇㄥˊ
(178～219)三國‘吳’‘富陂’(今‘安徽’‘阜陽’東南)人。爲‘吳’將。‘魯肅’卒，代領其軍，擒‘關羽’，定‘荊州’，授‘南郡’太守，封‘孱陵侯’，不久病死。

21【呂覽】 ㄌㄩˇ ㄌㄢˇ
即“呂氏春秋”。

4【呂不韋】 ㄌㄩˇ ㄅㄨˋ ㄨㄟˊ
(?～前235)‘戰國’‘陽翟’(今‘河南’‘禹縣’)人。本爲大商賈，因獻計使在‘趙國’作人質的‘秦’‘子楚’得歸嗣位爲‘莊襄王’，遂任丞相，權傾中外。曾命其門客輯“呂氏春秋”傳世。

5【呂本中】 ㄌㄩˇ ㄅㄣˇ ㄓㄨㄥ
(1048～1145)‘南宋’‘壽州’(今‘安徽’‘壽縣’)人。字‘居仁’，學者稱‘東萊先生’。‘紹興’進士，累官中書舍人，兼直學士院。其詩風格明暢，南渡後悲慨國事，轉爲沈痛。有“東萊先生詩集”。

7【呂宋島】 ㄌㄩˇ ㄙㄨㄥˋ ㄉㄠˇ
(Luzon Is.)‘菲律賓群島’中最大及最重要的島嶼。位於群島北部。面積約10萬方公里。每年颱風侵襲頻率甚高，和我國的氣象關係甚爲密切。首都‘馬尼拉’位於其西南部。

9【呂洞賓】 ㄌㄩˇ ㄉㄨㄥˋ ㄅㄧㄣ
(798～?)‘唐’末道士。‘京川’(一說‘河中府’‘永樂縣’)人。名‘嵒’(或‘巖’)，號‘純陽子’。傳說六十四歲進士及第，後遊‘長安’，遇‘鍾離權’，從之得道。爲全眞道奉爲北五祖之一。通稱‘呂祖’、‘純陽帝君’，開‘純陽’派。

【呂祖謙】 ㄌㄩˇ ㄗㄨˇ ㄑㄧㄢ
(1137～1187)‘南宋’‘婺州’(今‘浙江’‘金華’)人。字‘伯恭’，學者稱‘東萊先生’。曾任著作郎兼國史院編修官。學宗‘張載’、‘程頤’等人，博通史傳。散文筆鋒犀利，議論精密。著有“東萊集”、“東萊左氏博議”等。

10【呂留良】 ㄌㄩˇ ㄌㄧㄡˊ ㄌㄧㄤˊ
(1629～1683)‘浙江’‘石門’人。字‘莊生’，又字‘用晦’，號‘晚村’。‘明’亡，削髮爲僧，更名‘耐可’，字‘不昧’，號‘何求老人’。通‘程’‘朱’之學，著作頗富民族精神。死後以受文字獄牽累，被戮屍，全家遭禍。著有“晚村文集”。

4【呂氏春秋】 ㄌㄩˇ ㄕˋ ㄔㄨㄣ ㄑㄧㄡ
‘戰國’‘秦’相‘呂不韋’集門客共同編寫，二十六卷。分八覽、六論、十二紀，共一百六十篇。內容以儒、道思想爲主，兼及名、法、墨、農及陰陽家言，是雜家的代表著作。

吪 ㄜˊ *o*², *ê*² 音鵝
①行動。見“說文”。②變化。通化。③錯誤。同訛。

吟 ㄧㄣˊ *yin*² 音銀
①因病痛而發出聲音。如：呻吟。②歌詠；長歌。如：吟詠。③鳴；啼。如：鶯吟。④口吃。通唫。

7【吟社】 ㄧㄣˊ ㄕㄜˋ
詩人吟詠唱和的組織。

8【吟味】 ㄧㄣˊ ㄨㄟˋ
①仔細體會。②吟詩的情趣。

10【吟哦】 ㄧㄣˊ ㄜˊ
①吟詠；諷誦。②仔細玩味。指推敲詩句而言。

12【吟詠】 ㄧㄣˊ ㄩㄥˇ
吟誦詩歌。

15【吟嘯】 ㄧㄣˊ ㄒㄧㄠˋ
①吟詠；長歌。②長歎。③長鳴。

9【吟風弄月】 ㄧㄣˊ ㄈㄥ ㄋㄨㄥˋ ㄩㄝˋ
①指作詩。詩人多以風花雪月爲

題材，故稱。②形容文人的風雅情致。

听 ㊀ ㄧㄣˇ *yin*³ 音引
笑的樣子。見"說文"。
㊁ ㄊㄧㄥ *t'ing*¹ 音聽
聽的俗體。

吩 ㊀ ㄈㄣ *fên*¹ 音分
參吩咐。
㊁ ㄆㄣ *p'ên*¹ 音噴
噴的俗體。

8【吩咐】 ㄈㄣ ㄈㄨˋ
用言語使他人照自己的意思去做。含有命令的語氣。

告 ㊀ ㄍㄠˋ *kao*⁴ 音誥
①訴說；對人說明。如：轉告。②控訴。如：告狀。③請求。如：告假。
㊁ ㄍㄨˋ *ku*⁴ 音故
勸導。如：忠告。

6【告老】 ㄍㄠˋ ㄌㄠˇ
年老請求退休。

7【告身】 ㄍㄠˋ ㄕㄣ
'唐'以後授官所發的信符。相當今天的任官令。

8【告狀】 ㄍㄠˋ ㄓㄨㄤˋ
①描述事情的情況。②向司法機關控告。

【告知】 ㄍㄠˋ ㄓ
(representation) 即在保險契約訂立時，要保人或被保險人應將有關保險標的的重要事實告知保險人。如告知不實或隱匿事實，即爲違反告知義務，保險人得主張解除契約。

9【告急】 ㄍㄠˋ ㄐㄧˊ
請求援助。

【告便】 ㄍㄠˋ ㄅㄧㄢˋ
①因事而暫時離開。②如廁的雅稱。

10【告朔】 ㄍㄠˋ ㄕㄨㄛˋ
古時天子於每歲季冬，頒來年每月的朔日給諸侯，諸侯拜受，藏於祖廟，月朔則以餼羊祭告請行，稱爲告朔。

【告退】 ㄍㄠˋ ㄊㄨㄟˋ
請退。

11【告密】 ㄍㄠˋ ㄇㄧˋ
舉發祕密。

【告捷】 ㄍㄠˋ ㄐㄧㄝˊ
報告勝利。

【告假】 ㄍㄠˋ ㄐㄧㄚˋ
請假。

12【告訴】 ㄍㄠˋ ㄙㄨˋ
①向人訴說。②刑事被害人或有告訴權人(例如被害人之法定代理人或配偶等)，向偵察機關報告犯罪事實，並表示請求追訴意思的，稱爲告訴。此項告訴之權利，稱告訴權。③通知。

【告發】 ㄍㄠˋ ㄈㄚ
指由被害人或犯罪人以外的私人或公務員，向偵察機關報告某人犯罪的行爲。告發與告訴不同，前者由第三人報告，後者由被害人報告，並含有希望偵察機關追究犯罪人犯行之意。又犯罪人向偵察機關報告自己之犯罪，則屬自首，亦非告發。

14【告誡】 ㄍㄠˋ ㄐㄧㄝˋ
勸誡。

15【告慰】 ㄍㄠˋ ㄨㄟˋ
告知而使安慰。

17【告罄】 ㄍㄠˋ ㄑㄧㄥˋ
本指祭祀禮畢。今指物資用盡。

18【告擾】 ㄍㄠˋ ㄖㄠˇ
打擾。宴席或聚會後對主人致謝的客套話。

20【告警】 ㄍㄠˋ ㄐㄧㄥˇ
報告危急的情況或消息。

【告饒】 ㄍㄠˋ ㄖㄠˊ
請求寬恕。

8【告往知來】 ㄍㄠˋ ㄨㄤˇ ㄓ ㄌㄞˊ
形容能觸類旁通、舉一反三。

12【告訴乃論】 ㄍㄠˋ ㄙㄨˋ ㄋㄞˇ ㄌㄨㄣˋ
必須經被害人或有告訴權人之告訴乃得論罪。如：通姦罪、妨害名譽罪，都屬告訴乃論之罪。

【告貸無門】 ㄍㄠˋ ㄉㄞˋ ㄨˊ ㄇㄣˊ
沒有地方可以借錢。形容窮困到極點。

吞 吞的俗體。

含 ㊀ ㄏㄢˊ *han*² 音寒
①銜在口中。如：含毫。②包容。如：包含。③懷藏；忍受。如：含怒。
㊁ ㄏㄢˋ *han*⁴ 音旱
放在死人口裡的珠玉。通琀。見"集韻"。

5【含玉】 ㄏㄢˊ ㄩˋ
古喪禮。在死人口中含放玉石。

11【含混】 ㄏㄢˊ ㄏㄨㄣˋ
含糊不清。

【含毫】 ㄏㄢˊ ㄏㄠˊ
以口含筆。指寫作時的思考。

14【含蓄】 ㄏㄢˊ ㄒㄩˋ
①包含儲存。②蘊藏未顯露。③一種修辭手法。以撇開正面，不露機鋒的句子，從側面道出，但不說盡，使情餘言外，由讀者自去尋繹。如「相去日已遠，衣帶日已緩」比「衣帶漸寬終不悔」含蓄。因前者已含「不悔」之意，但未說出，後者就露骨地說出來了。

15【含糊】 ㄏㄢˊ ㄏㄨˊ
也作含胡。①言語不清晰。②做事不切實。

17【含殮】 ㄏㄢˊ ㄌㄧㄢˋ
古喪禮。置珠玉於死者口中而葬。天子用珠，諸侯用玉，大夫用碧，士用貝。

20【含蘊】 ㄏㄢˊ ㄩㄣˋ
蘊藏於內而不外露。

4【含水層】 ㄏㄢˊ ㄕㄨㄟˇ ㄘㄥˊ
(aquifer) 指具有優良孔隙率及滲透度的岩層，可儲存豐富的地下水。若此含水層周圍爲不透水層所包圍，則成封閉含水層。

10【含笑花】 ㄏㄢˊ ㄒㄧㄠˋ ㄏㄨㄚ
(banana magnolia; *Michelia fuscata*) 常綠灌木或小喬木。葉互生，有柄，橢圓狀披針形，密生褐色毛茸，花腋生，有如香蕉之濃香，萼片及花瓣均 6 枚，黃白色，邊緣紅色。除供觀賞用外，花可以提煉出芳香油，也可以放入茶葉中作香料。原產於我國。

含笑花圖

11【含羞草】ㄏㄢˊ ㄒㄧㄡ ㄘㄠˇ
(sensitive plant; *Mimosa pudica*) 草本。莖多刺，葉互生，有柄，複葉由兩對羽狀複葉呈指狀排列，其上之小羽片對生，受碰觸時，小羽片及羽狀複葉會閉合，葉柄也會下垂。花小，淡紅色，瓣 4 裂，萼不顯著。多數花集成球狀。莢果分節，表面有毛，每節內含一種子。可栽培供觀賞、作觸發運動實驗及藥用。

含羞草圖

6【含血噴人】ㄏㄢˊ ㄒㄧㄝˇ ㄆㄣ ㄖㄣˊ
捏造事實，誣賴他人。

7【含沙射影】ㄏㄢˊ ㄕㄚ ㄕㄜˋ ㄧㄥˇ
比喻暗中傷人。射影即蜮，相傳居於水中，聽到人聲，以氣爲矢，或含沙以射人，中身者皮膚會發瘡，中影者也會得病。

【含辛茹苦】ㄏㄢˊ ㄒㄧㄣ ㄖㄨˊ ㄎㄨˇ
承受勞苦艱難。

9【含英咀華】ㄏㄢˊ ㄧㄥ ㄐㄩˇ ㄏㄨㄚˊ
指吟詠、體味詩文的精華。

【含苞待放】ㄏㄢˊ ㄅㄠ ㄉㄞˋ ㄈㄤˋ
形容花將開未開的樣子。

10【含哺鼓腹】ㄏㄢˊ ㄅㄨˇ ㄍㄨˇ ㄈㄨˋ
口含食物，手拍肚子而嬉戲遊樂。形容太平時代，人民生活歡樂的樣子。

13【含飴弄孫】ㄏㄢˊ ㄧˊ ㄋㄨㄥˋ ㄙㄨㄣ
嘴裡含着飴糖，逗弄孫兒爲樂。形容老人安享天倫的情景。

15【含蓼問疾】ㄏㄢˊ ㄌㄧㄠˇ ㄨㄣˋ ㄐㄧˊ
指與部屬同艱苦共患難。'越王''句踐'爲報'吳'仇，日夜勞苦，目倦猶含辛辣之蓼，以慰問傷患、安撫百姓。見"國語·越語"。

14【含滾石黏土】ㄏㄢˊ ㄍㄨㄣˇ ㄕˊ ㄋㄧㄢˊ ㄊㄨˇ
(boulder clay) 尚未經水的揀分，其粒徑有細至黏土，有粗至滾石的冰川堆積土。若黏土量較多且滾石皆以分離狀態存在時，滾石部分可忽視或視同不存在。若滾石量較多且已互相接觸，則黏土部分可忽略。

启 啟的本字。

5

咅 ㄊㄡˇ t'ou³ 音黈
吐口水於地。表示鄙棄。也作杏。見"正字通"。

咏 詠的或體。

呟 ㄐㄩㄢˇ chüan³ 音捲
狀聲詞。見"集韻"。

咇 ㊀ ㄅㄧˋ pi⁴ 音必
狀聲詞。①東西裂開的聲音。②鳥鳴的聲音。
㊁ ㄅㄧㄝˊ pieh² 音別
芳香。

16【咇喞】ㄅㄧˋ ㄐㄧㄝ
①狀聲詞。②多言。

味 ㄨㄟˋ wei⁴ 音未
①嘗物所得的感覺。如：口味。②嗅得氣息的感覺。如：香味。③韻致；情意。如：情味。④辨味；領會。如：體味。⑤食物或藥品的種類。如：食不兼味。

14【味精】ㄨㄟˋ ㄐㄧㄥ
(monosodium glutamate) 又稱 L-麩酸鈉。白色結晶狀粉末。化學式$COOH(CH_2)_2CH(NH_2)COONa$。麩酸的鈉鹽，在熔點分解，可溶於水和酒精。爲存於自然界的胺基酸之一，常用作調味料。

15【味噌】ㄨㄟˋ ㄔㄥ
以大豆、白米爲原料，配合食鹽調製的食品。原料中含有多量蛋白質與脂肪，經過麴菌與酵母菌中多種酵素的醱酵作用，將蛋白質、脂肪及碳水化合物的一部分變爲容易消化、吸收的狀態，一部分分解爲胺基酸、高級脂肪酸及各種醇類，此高級脂肪酸及醇類又複合，成爲味噌之特殊風味。

17【味蕾】ㄨㄟˋ ㄌㄟˇ
(taste bud) 口內特化之味覺神經的末梢。形如花蕾，故稱。分布於舌頭乳突處。味蕾頂端有一小孔向外開口，稱味孔。當食物溶解其化學成分擴散到味孔時，味覺細胞受刺激而興奮，便產生神經衝動，經神經傳達大腦而有味覺。

20【味覺】ㄨㄟˋ ㄐㄩㄝˊ
(sensation of taste) 辨別某物之味道的感覺。飲食時，由口中味神經所產生的反應傳入腦味覺區，而加以分辨、判斷味道的種類和濃淡。人類基本味覺有甜、酸、苦、鹹四種，其餘都是混合味覺。在基本味覺中，鹹覺最速，苦覺最遲。味覺的強弱與食物的性質、濃淡、溫度及接觸舌面的廣狹、時間的長短均有關係。

6【味同雞肋】ㄨㄟˋ ㄊㄨㄥˊ ㄐㄧ ㄌㄜˋ
形容雖乏味，又捨不得丟棄。

【味同嚼蠟】ㄨㄟˋ ㄊㄨㄥˊ ㄐㄧㄠˊ ㄌㄚˋ
譬喻沒有滋味、沒有趣味。

呵 ㊀ ㄏㄜ ho¹, hê¹ 音訶
①大聲怒罵。同訶。如：呵叱。②吹氣噓暖。如：呵手。③喝道開路。如：呵導。④歎詞。表示驚訝。如：呵！他居然也來了。
㊁ ㄛ o¹
助詞。表示驚歎，用於句末。如：這麼多人呵！

5【呵叱】ㄏㄜ ㄔˋ
大聲喝斥。

11【呵責】ㄏㄜ ㄗㄜˊ

怒聲責備。

21【呵護】 ㄏㄜ ㄏㄨˋ

照顧保護。

7【呵佛罵祖】 ㄏㄜ ㄈㄛˊ ㄇㄚˋ ㄗㄨˇ

[1]佛家語。指解脫束縛執著，跳出因緣空有的規範，就可以超越前賢，開拓自己的家風。[2]無所顧慮，勇於作爲。

呞 ㄕ shih¹ 音詩

牛反芻嚼食。同齝。見"集韻"。

咈 ㄈㄨˊ fu² 音扶

違逆。通拂。如：咈忤。

咂 ㄗㄚ tsa¹ 音匝

[1]吮吸；吸取。如：咂一口酒。[2]以口舌品味食物。引申爲辨別、細品。

呿 ㄑㄩ ch'ü¹ 音驅

張開口的樣子。同抾。如：口呿而不合。

呢 [一] ㄋㄧˊ ni² 音尼

毛織物的一種。如：呢絨。

[二] ·ㄋㄜ ·nê

助詞。用在句末，表示疑問。如：怎麼辦呢？

12【呢喃】 ㄋㄧˊ ㄋㄢˊ

[1]小聲而多言的樣子。[2]形容燕子婉轉的鳴叫聲。

咁 [一] ㄒㄧㄢˊ hsien² 音銜

口中含著東西。也作嗛。見"集韻"。

[二] ㄍㄢ kan¹ 音甘

如此；這樣。'廣東'方言。

咕 ㄍㄨ ku¹ 音姑

參咕咚。

8【咕咚】 ㄍㄨ ㄉㄨㄥ

形容物體相撞或落水聲。

16【咕噥】 ㄍㄨ ·ㄋㄨㄥ

小聲說話，含糊不清。

呭 ㄧˋ i⁴ 音易

多話。也作詍、⿰口曳、⿰言曳。見"說文"。

咑 ·ㄉㄚ ·ta

狀聲詞。多用於驅使驢馬行走時。

咖 ㄎㄚ k'a¹

參咖啡。

11【咖啡】 ㄎㄚ ㄈㄟ

(coffee; *Coffea*)爲茜草科(Rubiaceae)中之一屬。約有40種，灌木或喬木。原產舊世界熱帶；葉對生，托葉存於葉柄間；花成簇腋生，白色，花冠漏斗狀；漿果小，有2粒種子。廣泛栽植於熱帶。供生產咖啡豆(即種子)，用作飲料。

咖啡圖

【咖啡因】 ㄎㄚ ㄈㄟ ㄧㄣ

(caffeine; caffein; caffeina)爲一種生物鹼。化學式$C_8H_{10}N_4O_2 \cdot H_2O$。呈白色絲狀結晶，味苦。可由茶葉及咖啡萃取出，或以合成法製得。有強心作用及利尿作用。

呸 ㄆㄟ p'ei¹ 音胚

鄙斥聲。

⿰口石 ㄕˊ shih² 音石

(stone)常衡單位。常衡一⿰口石等於常衡14磅。

⿰口犮 ㄈㄚˊ fa² 音筏

盾。同瞂。見"集韻"。

咔 ㄎㄚˇ k'a³ 音卡

參咔唑。

10【咔唑】 ㄎㄚˇ ㄗㄨㄛˋ

(carbazole)雜環族化合物之一。白色結晶。化學式$(C_6H_4)_2NH$。具有特別氣味。可溶於酒精、乙醚，不溶於水。沸點352～354°C。爲染料之原料，亦可當試藥、爆藥、殺蟲劑、潤滑油等。

咀 ㄐㄩˇ chü³ 音沮

[1]含在口中，細辨滋味。引申爲體會、玩味。如：含英咀華。[2]咒罵。通詛。如：咀咒。

15【咀噍】 ㄐㄩˇ ㄐㄧㄠˋ

含物於口中，細品其滋味。引申爲玩味、體會。

20【咀嚼】 ㄐㄩˇ ㄐㄧㄠˊ

[1]用口齒咬碎與磨細食物。[2]體會；玩味。[3]咀咒。

呾 ㄉㄚˊ ta² 音達

相呼；相呵責。見"廣韻"。

呷 ㄒㄧㄚˊ hsia² 音匣

吸飲。見"說文"。

呻 ㄕㄣ shên¹ 音申

[1]吟誦。見"說文"。[2]因病痛而發出聲音。如：呻吟。

7【呻吟】 ㄕㄣ ㄧㄣˊ

[1]朗讀。[2]因病痛而發出聲音。

黾 黽的俗體。

呺 [一] ㄒㄧㄠ hsiao¹ 音囂

虛大。也作枵。見"字彙"。

[二] ㄏㄠˊ hao² 音豪

[1]風聲。見"集韻"。[2]怒吼聲。見"字彙"。

呫 [一] ㄊㄧㄝˋ t'ieh⁴ 音帖

嘗；䑛。見"廣韻"。

[二] ㄔㄜˋ ch'ê⁴ 音徹

參呫囁。

[三] ㄓㄢ chan¹ 音沾

參呫嗶。

14【呫嗶】 ㄓㄢ ㄅㄧˋ

誦讀書本。

21【呫囁】 ㄔㄜˋ ㄋㄧㄝˋ

貼近別人耳朵低聲說話。

呥 ㄖㄢˊ jan² 音髯

參呥呥。

8【呥呥】 ㄖㄢˊ ㄖㄢˊ

咀嚼的樣子。

咉 ㄤ ang¹ 音腌 又讀 ㄧㄤ yang¹ 音央

應答聲。見"廣韻"。

咒 ㄓㄡˋ chou⁴ 音宙

古作呪。[1]禱告。如：咒禱。[2]毒罵。如：咀咒。[3]術士驅鬼、除邪、治病的口訣。如：畫符唸咒。[4]梵語 dhāraṇi 音譯作陀羅尼，義爲咒、祕語、眞言、總持。

11【咒術】 ㄓㄡˋ ㄕㄨˋ

爲某種目的而使用的超自然的法術。通常以咒語和儀式配合進行。

14【咒語】 ㄓㄡˋ ㄩˇ
佛菩薩於禪定中所發的祕語。有不測之神驗。不同的咒,有不同的功德能力。佛教密宗以持咒爲修道的重要一環。

15【咒罵】 ㄓㄡˋ ㄇㄚˋ
用惡毒的話罵人。

呪 咒的古文。

咄 ㄉㄨㄛˋ to^4, tuo^4 音惰
①呵叱。見"廣韻"。②歎詞。表示驚懼或痛惜。如:咄!你好大膽。

8【咄咄】 ㄉㄨㄛˋ ㄉㄨㄛˋ
嗟歎聲。

13【咄嗟】 ㄉㄨㄛˋ ㄐㄧㄝˋ
①嗟歎之間。比喻頃刻。②呵叱。

8【咄咄怪事】 ㄉㄨㄛˋ ㄉㄨㄛˋ ㄍㄨㄞˋ ㄕˋ
出乎意外、令人感到驚奇的事情。

【咄咄逼人】 ㄉㄨㄛˋ ㄉㄨㄛˋ ㄅㄧ ㄖㄣˊ
盛氣凌人,使人驚懼。

呬 ㄒㄧˋ hsi^4 音細
喘息。見"正字通"。

呼 ㄏㄨ hu^1 音乎
①向外吐氣。與吸相對。如:呼吸。②叫喚。如:呼喚。③大聲吶喊。如:登高一呼。④招引。如:呼朋引伴。⑤姓。'明'有'呼文瞻'。見"萬姓統譜·一三"。

5【呼叫】 ㄏㄨ ㄐㄧㄠˋ
(call) 電腦程式執行過程中,依程式之需要,將執行控制移轉至另一程式單元的過程。

7【呼吸】 ㄏㄨ ㄒㄧ
(respiration) 指呼吸作用、呼吸運動而言。爲生物行使氧化作用以產生能量的一種代謝作用過程。包括吸氧、釋能並產生二氧化碳和水的作用。在動物方面又有外呼吸及內呼吸的區分。呼吸作用的進行(尤其在高等動物)須藉呼吸運動來完成,特別是外呼吸,必須靠肋間肌及橫膈的運動,以改變胸腔內壓來完成。植物和體制簡單的動物,則無內外呼吸的區分,高等植物主要由表皮的氣孔呼吸。廣義而言,生物的呼吸作用,並非全需氧氣的作用;須由氧氣以行使的,稱爲有氧呼吸;反之,則稱爲無氧呼吸,如酒精發酵就是一種典型的無氧呼吸。

8【呼呼】 ㄏㄨ ㄏㄨ
狀聲詞。形容風聲或鼾聲。

15【呼嘯】 ㄏㄨ ㄒㄧㄠˋ
大聲叫喊。

17【呼應】 ㄏㄨ ㄧㄥˋ
①互相呼叫和應答。②意向投合,聲氣相通。

32【呼籲】 ㄏㄨ ㄩˋ
公開請求或提倡。

7【呼吸器】 ㄏㄨ ㄒㄧ ㄑㄧˋ
(respiratory organs) 主要行使氣體交換的器官。陸生脊椎動物的重要呼吸器官有鼻腔、喉頭、氣管、支氣管和肺臟等。水生的魚類以鰓呼吸;爬蟲類以肺爲主;兩棲類則隨著生活史各階段而有不同,蝌蚪期有內外鰓及皮膚,成蛙則肺與皮膚兼具。

3【呼么喝六】 ㄏㄨ ㄧㄠ ㄏㄜ ㄌㄧㄡˋ
①形容賭博時的呼叫聲。②大聲喝叫,盛氣凌人的樣子。

4【呼之欲出】 ㄏㄨ ㄓ ㄩˋ ㄔㄨ
①形容畫像或文學作品中的人物十分生動,如同眞人般,呼喚他就會出現面前。②指所推測的人物,幾乎可以證實爲眞的了。

【呼天搶地】 ㄏㄨ ㄊㄧㄢ ㄑㄧㄤ ㄉㄧˋ
形容極悲痛的樣子。

5【呼叫敘述】 ㄏㄨ ㄐㄧㄠˋ ㄒㄩˋ ㄕㄨˋ
(call statement) 符傳 (FORTRAN) 程式中需要呼叫一個次常式時所使用之敘述。

【呼叫程式】 ㄏㄨ ㄐㄧㄠˋ ㄔㄥˊ ㄕˋ
(calling program) 呼叫其他程式單元的電腦程式單元。呼叫程式可爲主程式,亦可爲次常式。

7【呼吸系統】 ㄏㄨ ㄒㄧ ㄒㄧˋ ㄊㄨㄥˇ
(respiratory system) 執行將空氣吸入,供給新陳代謝需要,並將產生的二氧化碳排出體外的系統。水生動物多用鰓,陸生動物則用肺或氣管系統來呼吸。人和哺乳動物的呼吸系統,由傳送空氣的呼吸道和執行氣體交換的肺組成,呼吸道又包括鼻、咽、喉、氣管、支氣管等部分。

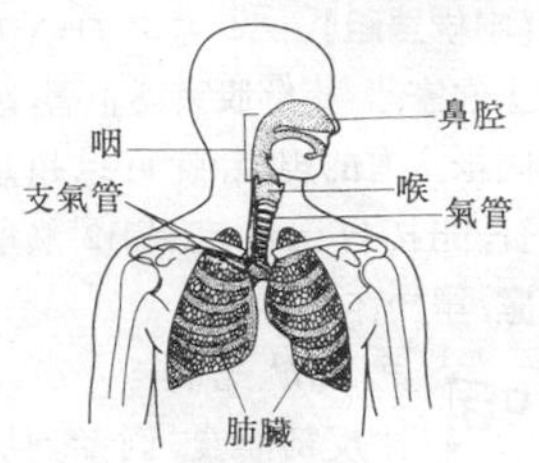

人體呼吸系統圖

8【呼朋引類】 ㄏㄨ ㄆㄥˊ ㄧㄣˇ ㄌㄟˋ
呼喚同黨,招引同類。

9【呼風喚雨】 ㄏㄨ ㄈㄥ ㄏㄨㄢˋ ㄩˇ
比喻本領高強,無所不能。

14【呼圖克圖】 ㄏㄨ ㄊㄨˊ ㄎㄜˋ ㄊㄨˊ
'蒙古'語。'清朝'時'西藏'、'蒙古'喇嘛教大活佛的封號。也作胡圖克圖。即長生不老的意思。世世以「呼畢勒罕」轉生,永掌其職,但必須經過朝廷的承認和加封。

16【呼盧喝雉】 ㄏㄨ ㄌㄨˊ ㄏㄜ ㄓˋ
指賭博者的呼叫聲。古時削木爲子,共五個,一子兩面,一面塗黑,畫牛犢,一面塗白,畫雉。五子全黑叫盧,得頭彩。擲子時,高聲大喊,希望得到全黑,所以叫呼盧。後世因稱擲骰子賭博爲呼盧喝雉。也簡稱呼盧。

呶 ㄋㄠˊ nao^2 音鐃
吵鬧聲。見"說文"。

8【呶呶】 ㄋㄠˊ ㄋㄠˊ
①多言;嚕囌。②吵鬧聲。

咍 ㄏㄞ hai^1 音嗨
①嗤笑。②歡喜。③歎詞。表示招呼。

呹 ㄧˋ i^4 音逸
①牛羊反芻嚼草的樣子。見"玉篇"。②迅速。見"集韻"。

咋 ㊀ ㄗㄜˊ *tsê²* 音責
①大聲。②咬。通齰、齚。如:咋舌。
㊁ ㄓㄚˋ *cha⁴* 音詐
暫;忽然。通乍。見"字彙"。

6【咋舌】 ㄗㄜˊ ㄕㄜˊ
咬舌。形容不敢說話或說不出話來的樣子。

咆 ㄆㄠˊ *p'ao²* 音庖
發怒吼叫。見"說文"。

10【咆哮】 ㊀ ㄆㄠˊ ㄒㄧㄠ
大聲吼叫。
㊁ ㄆㄠˊ ㄒㄧㄠˋ
①形容人氣勢強大的樣子。②形容風、雷、波濤等的巨大聲響。

呴 ㊀ ㄒㄩˇ *hsü³* 音許
吐氣;吹氣使暖。見"字彙"。
㊁ ㄏㄡˇ *hou³* 音吼
吼叫。同吼。見"正字通"。
㊂ ㄏㄡ *hou¹* 音齁
喉中發出的聲音。見"集韻"。
㊃ ㄍㄡˋ *kou⁴* 音垢
雉鳴聲。通雊。見"集韻"。

咊 和的本字。

呦 ㄧㄡ *yu¹* 音幽
①狀聲詞。⑴鳥獸鳴聲。⑵哭聲。②歎詞。表示驚訝。

8【呦呦】 ㄧㄡ ㄧㄡ
狀聲詞。①鹿鳴聲。②哭聲。

咚 ㄉㄨㄥ *tung¹* 音多
①大口喝水或酒的聲音。②鼓聲。③物件相碰或落地的聲音。

咐 ㄈㄨˋ *fu⁴* 音付
①吐氣。②叮囑。

⿰口白 ㊀ ㄏㄨㄛˋ *ho⁴, huo⁴* 音或
咟的訛字。
㊁ ㄆㄚ *p'a¹* 音趴
拍擊聲。

呧 ㄉㄧˇ *ti³* 音底
喝叱;斥責。見"說文"。

咃 ㄊㄨㄛ *t'o¹, t'uo¹* 音拖
梵語五十字母之一。音讀爲*tha*。又作他。舌音。"涅槃經"認爲咃義爲法身具足,喻如滿月。

呝 呃的本字。

呱 ㄨㄚ *wa¹* 音哇 讀音 ㄍㄨ *ku¹* 音姑
嬰兒哭聲。

8【呱呱】 ㄨㄚ ㄨㄚ
嬰兒哭聲。

【呱呱墜地】 ㄨㄚ ㄨㄚ ㄓㄨㄟˋ ㄉㄧˋ
指嬰兒初生。

周 ㄓㄡ *chou¹* 音州
①細密。如:周密。②普遍。如:周到。③圓形的外圍。如:圓周。④四面八方。如:周遭。⑤循環;反復。如:周而復始。⑥救濟。通賙。如:周濟。⑦'殷'末國名。'殷'時'古公亶父'爲避戎狄侵襲,自'邠'遷'岐山'下之'周原',因建國號爲'周',其地在今'陝西''岐山'。傳至'武王',代'殷'而有天下。⑧朝代名。⑴(前1066~前256)'周武王'滅'殷'所建。參西周、東周。⑵'南北朝'時'北朝'之一。即'宇文覺'篡'西魏'所建'北周'。參北周。⑶(690~705)'唐高宗'后'武'氏廢'中宗'、'睿宗'稱帝,改國號爲'周',都'洛陽',史稱'武周'。⑷五代之一。即'郭威'篡'後漢'所建'後周'。參後周②。⑨姓。'漢'有'周勃'。見"萬姓統譜·六一"。

4【周公】 ㄓㄡ ㄍㄨㄥ
姓'姬'名'旦','周武王'的弟弟。'武王'崩,'成王'年幼,'周公'攝政。爲平定'管'、'蔡'、'霍'三叔之亂而東征,滅國五十,奠定'長江'中、下游的基礎。歸返京師後,改定官制,創制禮樂制度,'周朝'文物,因而完備。

周公像

5【周匝】 ㄓㄡ ㄗㄚ
①圍繞一周。②周圍。③周密;周到。

7【周折】 ㄓㄡ ㄓㄜˊ
曲折;麻煩。

8【周官】 ㄓㄡ ㄍㄨㄢ
'戰國'人據當時及前代典章,加上個人理想所撰。'劉歆'以後,改稱"周禮"。今在"十三經注疏"中,四十二卷。此書可爲研究先'秦'政治、社會史之資料。

【周到】 ㄓㄡ ㄉㄠˋ
面面俱到。

【周易】 ㄓㄡ ㄧˋ
十三經之一。也稱"易經"。相傳'伏羲'畫八卦,並重爲六十四卦;'文王'作卦辭、爻辭;'孔子'作"十翼"。包括經、傳兩部分,六十四卦、卦辭、爻辭爲經;彖、象、繫辭、文言、說卦、序卦、雜卦等"十翼"爲傳。

【周延】 ㄓㄡ ㄧㄢˊ
(distributed)即普及。參普及②。

9【周流】 ㄓㄡ ㄌㄧㄡˊ
①循環流轉。②周遊;巡行。

【周洽】 ㄓㄡ ㄒㄧㄚˊ
普遍、周到。

【周勃】 ㄓㄡ ㄅㄛˊ
'西漢''沛'(今'江蘇''沛縣')人。曾替人吹簫辦喪,後輔佐'高祖'定天下,封'絳侯',並與'陳平'平'呂'氏之亂,迎'文帝'即位,拜右丞相。

10【周浹】 ㄓㄡ ㄐㄧㄚˊ
周密普遍。

【周書】 ㄓㄡ ㄕㄨ
①指"尚書"自"泰誓"至"秦誓"凡三十二篇,記'周代'史事。②二十五史之一。'唐''令狐德棻'撰,五十卷。記'北朝''周'之史事。

11【周密】 ㄓㄡ ㄇㄧˋ
①周到細密。②(1232~1308)原籍'濟南',後爲'吳興'(今'浙江''吳興')人。字'公謹',號'草窗'、'苹洲'、'四水潛夫'。'宋'末曾任'義烏'令,'宋'亡不仕。工詩詞,其詞格律謹嚴,清麗工巧。又勤於輯錄'宋代'文獻。著有"草窗韻語"、"草窗

詞"、"武林舊事"、"癸辛雜識"、"齊東野語",編有"絕妙好詞"等。

【周章】 ㄓㄡ ㄓㄤ
1周遍流行。2倉惶的樣子。

【周旋】 ㄓㄡ ㄒㄩㄢˊ
1輾轉相從,終而復始。2應酬。3對抗;對付。

【周處】 ㄓㄡ ㄔㄨˇ
(?~299)'西晉''義興''陽羨'(今'江蘇''宜興')人,字'子隱'。少時不修細行,縱情肆欲,鄉人把他和'南山'白額猛虎、'長橋'下蛟合稱三害。後受父老規勸,斬蛟射虎,勵志向學爲善,官至御史中丞。著有"默語"、"風土記"及"吳書"。

12【周晬】 ㄓㄡ ㄗㄨㄟˋ
周歲;嬰兒生後滿一歲。

【周備】 ㄓㄡ ㄅㄟˋ
周密詳備。

13【周詳】 ㄓㄡ ㄒㄧㄤˊ
完備詳細。

【周瑜】 ㄓㄡ ㄩˊ
(175~210)三國'吳''廬江''舒縣'(今'安徽''廬江'東)人,字'公瑾'。少時與'孫策'相友善,很得'孫策'信任,'孫策'死後,又輔佐'孫權'。'曹操'率軍南下,'瑜'親率'吳'軍與'劉備'合力大破'曹'軍於'赤壁'。後病死,年僅三十六。

【周頌】 ㄓㄡ ㄙㄨㄥˋ
"詩經"三頌之一。凡三十一篇,大體爲宗廟祭祀的樂舞歌。

【周節】 ㄓㄡ ㄐㄧㄝˊ
(circular pitch)沿齒輪節圓(或齒條節線)上,由一齒之一點至相鄰齒對應點之弧長(或線長)。

【周遍】 ㄓㄡ ㄅㄧㄢˋ
周全普遍。

15【周遭】 ㄓㄡ ㄗㄠ
1周圍;四周。2遶圈子。

17【周濟】 ㄓㄡ ㄐㄧˋ
救濟;以財物救助他人。也作賙濟。

【周禮】 ㄓㄡ ㄌㄧˇ
十三經之一。即"周官"。參周官。

18【周轉】 ㄓㄡ ㄓㄨㄢˇ
資金的運轉。

3【周口店】 ㄓㄡ ㄎㄡˇ ㄉㄧㄢˋ
位於'北平'西南42公里,隸屬'河北省''房山縣'。'民國'十三年,'奧'人'師丹斯基'(Otto Zdansky)在'周口店'附近的'雞骨山''猿人洞'發現了兩顆猿人牙齒,定名爲「北京人」。十六年至二十六年,又在'周口店'的洞穴裡發現許多「北京人」骨骼,以及大量石器、骨角器、火燒灰燼等遺留。

4【周文王】 ㄓㄡ ㄨㄣˊ ㄨㄤˊ
姓'姬',名'昌'。'周武王'父。'殷紂'時爲'西伯',建國於'岐山'下,施仁政,德化大行。'武王'有天下後,追尊爲'文王'。

7【周邦彥】 ㄓㄡ ㄅㄤ ㄧㄢˋ
(1056~1121)'北宋''錢塘'(今'浙江''杭州市')人,字'美成',自號'清眞居士'。精通音律,曾任'大晟府'提舉。詞多閨情、羈旅、詠物之作。著有"清眞詞"(又名"片玉詞")。

【周佛海】 ㄓㄡ ㄈㄛˊ ㄏㄞˇ
(1897~1948)'湖南''沅陵'人。與'陳獨秀'等籌組並創立'中國共產黨'。其後赴'日'留學,研究'馬克斯'主義。歸國後,宣布脫離'共黨'。北伐結束,追隨'汪兆銘',與國民政府時分時合。抗戰期間,'汪'僞政權成立,任僞職。抗戰勝利後,以漢奸罪名,判處無期徒刑,死於獄中。著有"三民主義的理論體系"、"周佛海回憶錄"等。

【周作人】 ㄓㄡ ㄗㄨㄛˋ ㄖㄣˊ
(1884~1969)'浙江''紹興'人,字'豈明',晚號'知堂'。留學'日本''法政大學'。'民國'七年任'北京大學'教授。長於小品、散文。著有"歐洲文學史"、"談龍集"等,今已輯爲"周作人先生全集"。

周作人像

8【周武王】 ㄓㄡ ㄨˇ ㄨㄤˊ
'周文王'子,名'發'。'殷紂'無道,'武王'率諸侯東征,敗'紂'於'牧野','殷'滅,奄有天下,即帝位,建都'鎬京'。在位十三年崩,諡'武'。

【周亞夫】 ㄓㄡ ㄧㄚˋ ㄈㄨ
(?~前143)'西漢''沛'(今'江蘇''沛縣')人,'周勃'子。'文帝'時爲將軍,治軍有名。'景帝'時,拜大將軍,討平七國亂事,還拜丞相,封'條侯'。後被讒下獄,不食,嘔血而死。

10【周恩來】 ㄓㄡ ㄣ ㄌㄞˊ
(1898~1976)'浙江''紹興'人。字'翔宇',號'少山'。先後加入'中國共產黨'、'中國國民黨'。'民國'十六年清黨後被捕,判處死刑,後發誓投誠獲釋。抗戰勝利,代表'中共'與國府會談。'中共'政權成立後,任黨政軍要職。曾與'毛澤東'主持文化大革命,並與'美'總統'尼克森'在'上海'發表聯合公報。

周恩來像

12【周敦頤】 ㄓㄡ ㄉㄨㄣ ㄧˊ
(1017~1073)'北宋''道州''營道'(今'湖南''道縣')人,字'茂叔',世稱'濂溪先生'。是'宋代'理學的開山祖,'程頤'、'程顥'均爲其弟子。著有"太極圖說"、"通書"。

周敦頤像

15【周德清】 ㄓㄡ ㄉㄜˊ ㄑㄧㄥ
'元''江西''高安'人,字'挺齋'。工樂府,精音律。著有"中原音韻"。

4【周公東征】 ㄓㄡ ㄍㄨㄥ ㄉㄨㄥ ㄓㄥ
'周武王'崩,子'成王'立,年幼,'武王'弟'周公''旦'攝政。'管叔'、'蔡叔'不滿,聯合'霍叔'、'武庚'叛'周','殷'舊有諸侯如'奄'('山東''曲阜')、'徐夷'、'淮夷'及'熊'、'盈'俱起。'周公'東征,用兵三年,殺'管叔'、'武庚',放'蔡叔',囚'霍叔',降服'奄'、'徐夷'和'淮夷','周'勢力再度東達'黃河'下游及'淮水流域'。

6【周而不比】 ㄓㄡ ㄦˊ ㄅㄨˋ ㄅㄧˋ
周遍無私而不偏袒黨同。

【周而復始】 ㄓㄡ ㄦˊ ㄈㄨˋ ㄕˇ
循環不息。

8【周官新義】 ㄓㄡ ㄍㄨㄢ ㄒㄧㄣ ㄧˋ
'宋''王安石'撰。原書二十二卷,不傳。'清'人從"永樂大典"輯得十六卷,計:"天官"五卷、"地官"二卷、"春官"四卷、"夏官"二卷、"秋官"三卷。此書訓詁多牽強湊合之病;但依經詮義,亦有可取,後代注"周禮"者,頗據其說。

【周易本義】 ㄓㄡ ㄧˋ ㄅㄣˇ ㄧˋ
'宋''朱熹'撰,十二卷。以義理注解"周易",而又兼顧象數,為'宋代''易'學巨著。

9【周郎顧曲】 ㄓㄡ ㄌㄤˊ ㄍㄨˋ ㄑㄩˇ
比喻人精通某事,能鑒別優劣。三國時'吳''周瑜'精通音樂,凡樂曲演奏有誤,'瑜'必知之而回顧,所以當時有諺語說:「曲有誤,'周郎'顧。」見"三國志·吳志·周瑜傳"。

10【周原遺址】 ㄓㄡ ㄩㄢˊ ㄧˊ ㄓˇ
位於'陝西省''岐山'、'扶風'兩縣之交,為'西周'青銅器重要出土地點之一。和鄰近的'岐山縣''賀家'、'董家'、'鳳雛'、'禮村'及'扶風縣''齊家'、'莊白'、'榮堂'、'召陳'等大片遺址,是'周'人的'岐周'所在,為'西周'時代重要的政治中心,'周'王曾在此地舉行多次祭祀活動。

11【周動混凝】 ㄓㄡ ㄉㄨㄥˋ ㄏㄨㄣˋ ㄋㄧㄥˊ
(perikinetic coagulation)指膠體在混凝初期加入混凝劑後,快速攪拌使迅速分散,以去除膠體顆粒的穩定性,並由於膠體之'布朗'運動而形成微細膠羽。

18【周髀算經】 ㄓㄡ ㄅㄧˋ ㄙㄨㄢˋ ㄐㄧㄥ
撰人不詳,二卷。我國最古的天文、算學書。已使用分數乘除、勾股定理、開平方等方法。

19【周邊設備】 ㄓㄡ ㄅㄧㄢ ㄕㄜˋ ㄅㄟˋ
(peripheral equipment)又稱周邊裝置。泛指與電腦處理作業有關的設備。它可與電腦中央處理單元連接,可協助處理作業,或為電腦提供輸入、輸出資料。

【周邊處理機】 ㄓㄡ ㄅㄧㄢ ㄔㄨˇ ㄌㄧˇ ㄐㄧ
(peripheral processor)又稱外圍處理機。電腦系統中與中央處理單元連接,控制周邊設備並協助處理作業,以減輕中央處理機負荷的處理機。

和

㈠ ㄏㄜˊ $ho^2, h\hat{e}^2$ 音何 讀音 ㄏㄨㄛˊ ho^2, huo^2 音活
[1]協調。如:律和聲。[2]適中。如:中和。[3]息戰。如:割地求和。[4]調味。如:和羹。[5]溫暖。如:和煦。[6]柔順。如:柔和。[7]親睦。如:和洽。[8]對;向。如:大家和老師賀年。[9]與;及。如:我和他是同學。[10](sum)指諸數相加所得的結果。[11]姓。'漢'有'和武'。見"萬姓統譜·三五"。

㈡ ㄏㄜˋ $ho^4, h\hat{e}^4$ 音賀
[1]聲音相應。如:唱和。[2]用他人的詩意或韻腳作詩。如:和詩、和韻。

㈢ ㄏㄨㄛˋ ho^4, huo^4 音或
混合。如:和麵。

㈣ ˙ㄏㄨㄛ ·ho, ·huo
暖和之和的語音。

㈤ ㄏㄢˋ han^4 音旱
同㈠[9]。

8【和尚】 ㄏㄜˊ ㄕㄤˋ
'印度'對博士、親教師的通稱;我國則常用來稱呼佛教的僧侶。女為尼姑,男為和尚。也作和上。

【和服】 ㄏㄜˊ ㄈㄨˊ
(kimono)'日本'的民族代表性服裝。款式為斜疊襟領圍,衣身各裁片均呈矩形,而直筒袖與衣身呈直角相接,長度至腳踝,無釦,以寬腰帶圍繫住開襟處。其設計不在強調款式的構造,而著重於布料的色彩和圖案。婦女服飾一般均顏色鮮豔,且常飾有精細的刺繡和手繪的花紋,以及各類精緻的裝飾品,其中最重要的配件為歐比腰帶,此帶一般寬1.2尺,長11~15尺,上面飾有精美的刺繡,其繫法視穿著場合及穿者身分而有各種不同形態;一般在腰帶中塞入一小墊襯,置於後腰上,用以撐住腰帶所繫成的褶飾。男士的和服以黑色為主,在衣服上織有或印有其家族特有的紋飾。正式的和服採用黑色、棕色、灰色或深藍色棉布縫製,亦採用細格子、圓點或鳥眼圖案等花色的布料,腰帶繫於臀部,袖子比婦女的短。

9【和珅】 ㄏㄜˊ ㄕㄣ
'清''滿洲'正紅旗人。姓'鈕祜祿氏',字'致齋'。'乾隆'末官至大學士,貪財瀆職,致吏治大壞。'嘉慶'四年(1799),被革職下獄,賜死,並沒收家產。

10【和氣】 ㄏㄜˊ ㄑㄧˋ
[1]溫和的態度。[2]陰陽二氣,諧調順暢。

11【和絃】 ㄏㄜˊ ㄒㄧㄢˊ
也稱合絃。[1]調整琴絃的音高。[2](chord)三個以上的音同時發聲,構成一調和的疊合音,稱為和絃。三音重疊成一、三、五距離,稱三和絃;四音重疊成一、三、五、七距離,稱七和絃;五音重疊成一、三、五、七、九距離,稱九和絃。

12【和菜】 ㄏㄜˊ ㄘㄞˋ
餐館中就一定金額而配成的固定菜色。

【和番】 ㄏㄜˊ ㄈㄢ
嫁女與外族酋長,以維持和睦。

13【和睦】 ㄏㄜˊ ㄇㄨˋ
和諧融洽。

【和煦】 ㄏㄜˊ ㄒㄩˇ
溫暖;溫和。

【和解】 ㄏㄜˊ ㄐㄧㄝˇ
[1]平息糾紛,重歸於好。[2]當事人約定,互相讓步,以終止爭執或防

止爭執發生之契約。和解有使當事人所拋棄之權利消滅及使當事人取得和解契約所訂明權利之效力(“民法”第七百三十七條)。換言之,和解具有創設之效力,惟和解所創設者僅爲債權關係,而非物權關係。和解,既爲契約之一種,則如有詐欺或脅迫者,其被詐欺或被脅迫之一方,自得撤銷之。但原則上,和解不得以錯誤爲理由撤銷之,僅例外於一、和解所依據之文件,事後發現爲僞造或變造,而和解當事人若知其爲僞造或變造即不爲和解者;二、和解事件經法院確定判決,而爲當事人雙方或一方於和解當時所不知者;三、當事人之一方,對於他方當事人之資格或對於重要之爭點有錯誤而爲和解者。於上列情形下得爲撤銷。3指熱性病邪在半表半裡的一種治療方法。用於外感熱病過程中,寒熱往來、胸脅脹滿、口苦、咽乾等症。常用方劑如小柴胡湯等。

14【和鳴】 ㄏㄜˊ ㄇㄧㄥˊ
1鳥的叫聲相互應和。2指音樂或歌唱的聲音和諧動聽。

15【和緩】 ㄏㄜˊ ㄏㄨㄢˇ
溫和寬緩。形容事情的嚴重性減低或緊張的局勢漸趨平穩。

16【和親】 ㄏㄜˊ ㄑㄧㄣ
1和睦親愛。2與敵人議和,締結爲姻親。

【和諧】 ㄏㄜˊ ㄒㄧㄝˊ
和順諧調。

17【和聲】 ㊀ ㄏㄜˊ ㄕㄥ
1和諧的樂音。2(harmony)指兩個以上的音同時發聲。樂曲中的全部和聲,乃按其調式結構及內容上的要求安排而成,能增強音樂的表現力。

㊁ ㄏㄜˋ ㄕㄥ
詩歌演唱時作爲應和的辭語。目的在使音調活潑,節奏有力。由演唱者以外的人在旁應和。如‘漢’樂府中的「上留田」,民歌中的「溜溜」等。

20【和議】 ㄏㄜˊ ㄧˋ
1停戰講和。2和平會議的省稱。

【和藹】 ㄏㄜˊ ㄞˇ
溫和的樣子。

4【和氏璧】 ㄏㄜˊ ㄕˋ ㄅㄧˋ
‘春秋’‘楚’人‘卞和’在‘楚國’山中所得到的寶玉。

8【和事老】 ㄏㄜˊ ㄕˋ ㄌㄠˇ
爲他人調解爭端的人。

5【和平共存】 ㄏㄜˊ ㄆㄧㄥˊ ㄍㄨㄥˋ ㄘㄨㄣˊ
(peaceful coexistence) 指不同意識型態與制度的國家,在和平競爭的原則下,共同存在。西元1953年‘史達林’死後,‘美國’與‘蘇俄’都標榜此一口號。

【和平封鎖】 ㄏㄜˊ ㄆㄧㄥˊ ㄈㄥ ㄙㄨㄛˇ
(pacific blockade) 在平時使用軍艦或其他工具,阻止船舶前往或離去某國之海岸或港口,藉以對該國施加經濟及政治壓力。十九世紀之大國,時常使用和平封鎖作爲執行法律義務或推行政策之手段。在國際法上,和平封鎖須符合下列二項要件:一、宣布通知;二、有效執行。

6【和而不同】 ㄏㄜˊ ㄦˊ ㄅㄨˋ ㄊㄨㄥˊ
和順而不徇私苟同、曲從人意。

【和光同塵】 ㄏㄜˊ ㄍㄨㄤ ㄊㄨㄥˊ ㄔㄣˊ
比喻收斂才能智慧,和眾人混同而處,不刻意標新立異。

10【和衷共濟】 ㄏㄜˊ ㄓㄨㄥ ㄍㄨㄥˋ ㄐㄧˋ
同心協力,共度難關。

14【和熊畫荻】 ㄏㄨㄛˋ ㄒㄩㄥˊ ㄏㄨㄚˋ ㄉㄧˊ
稱頌母教的讚語。和熊是指‘唐’‘柳仲郢’之母,以熊膽等和爲藥丸,讓他夜讀時含之以忘倦。見“書言故事·二”。畫荻是指‘歐陽脩’之母,以荻枝畫地教之寫字。見“宋史·歐陽脩傳”。

15【和盤托出】 ㄏㄜˊ ㄆㄢˊ ㄊㄨㄛ ㄔㄨ
菜肴和盤子一併獻出。比喻毫不隱瞞,把事情始末全部說出來。

18【和顏悅色】 ㄏㄜˊ ㄧㄢˊ ㄩㄝˋ ㄙㄜˋ
溫和而喜悅的臉色。

咎 ㊀ ㄐㄧㄡˋ *chiu*[4] 音舅
1災殃。如:咎由自取。2罪過。如:引咎辭職。3追究罪責。如:既往不咎。

㊁ ㄍㄠ *kao*[1] 音高
通皋。參皋陶。

5【咎由自取】 ㄐㄧㄡˋ ㄧㄡˊ ㄗˋ ㄑㄩˇ
災禍由自己招來。

命 ㄇㄧㄥˋ *ming*[4]
1差遣;使喚。如:命令。2政令;教令。如:命戒。3不是人力所能改變的天意。如:命運。4壽命;生命。如:長命百歲。5出名。如:命世之才。6取定。如:命名。7名籍。如:亡命之徒。8以爲。如:自命不凡。9執持。如:命筆爲文。10文體的一種。即制誥。

5【命世】 ㄇㄧㄥˋ ㄕˋ
1著名於當世。2指治世之才。

【命令】 ㄇㄧㄥˋ ㄌㄧㄥˋ
上級對下級的指示。

8【命定】 ㄇㄧㄥˋ ㄉㄧㄥˋ
命運中注定的。

【命門】 ㄇㄧㄥˋ ㄇㄣˊ
1指人體生命的根本,爲維持生命的要素。古代‘中’醫稱左腎爲腎,右腎爲命門;也有人主張合稱二腎爲命門;又有一說根據命門穴在十四椎下陷中的部位,認爲命門應位於兩腎之間。其作用爲:一、命門爲元氣的根本,是人體熱能的主要發源地。二、幫助三焦氣化,產生能量。三、命門之火能幫助飲食消化。四、和人體的生殖機能有密切關係。命門之火不足或偏亢均會產生病態。五、有納氣作用,與呼吸系統的功能密切相關。2指肚臍。3指眼睛。4相術家稱面部左右、當耳門處。

9【命相】 ㄇㄧㄥˋ ㄒㄧㄤˋ
①任命宰相。②依生辰八字或面相手相來推算人的命運禍福。

10【命脈】 ㄇㄧㄥˋ ㄇㄛˋ
血脈。人的生命繫於血脈，故稱。今用以比喻極重要的事物。

11【命理】 ㄇㄧㄥˋ ㄌㄧˇ
①性命與天理。②命運變化的原理。

【命婦】 ㄇㄧㄥˋ ㄈㄨˋ
古代受封號的婦人。受封於宮內的稱內命婦，如妃嬪；受封於宮外的稱外命婦，如公主。

12【命筆】 ㄇㄧㄥˋ ㄅㄧˇ
執筆；行筆。

13【命意】 ㄇㄧㄥˋ ㄧˋ
構思立意。

【命運】 ㄇㄧㄥˋ ㄩㄣˋ
天命氣運。指人所不能自主的遭遇。

15【命數】 ㄇㄧㄥˋ ㄕㄨˋ
命運。

18【命題】 ㄇㄧㄥˋ ㄊㄧˊ
①(proposition) 也稱命辭。(1)表達判斷的述句。例如：「三角形內角和為180°」、「'蘇俄'的軍力已超越'美國'」。(2)述句所代表的內容、意義或事態。相同的內容、意義或事態可用不同的述句表達。例如「二加三的和為五」與「2＋3＝5」兩個述句所表達的內容或意義相同，因此只表達了一個命題。②為測驗或作文編寫或選擇題目。

4【命中率】 ㄇㄧㄥˋ ㄓㄨㄥˋ ㄌㄩˋ
①以一定數量的彈藥射擊目標時，其可能命中的比率。命中率的高低與武器的性能和人員訓練的良窳攸關。②泛指預測得中的百分比。

5【命世之才】 ㄇㄧㄥˋ ㄕˋ ㄓ ㄘㄞˊ
治國治民的才幹。

8【命乖運蹇】 ㄇㄧㄥˋ ㄍㄨㄞ ㄩㄣˋ ㄐㄧㄢˇ
命運非常不好。

11【命途多舛】 ㄇㄧㄥˋ ㄊㄨˊ ㄉㄨㄛ ㄔㄨㄢˇ
人生的遭遇不順利、多挫折。

6

哀 ㄞ ai1 音埃
①悲傷的心緒。如：沈哀。②憂愁。如：哀而不傷。③愛憐。如：哀矜。④喪祭的；喪居的。如：哀子。⑤姓。'漢'有'哀章'。見"通志·氏族略四"。

3【哀子】 ㄞ ㄗˇ
①古代居父母之喪的自稱。②後世母喪而父存的自稱。

9【哀哀】 ㄞ ㄞ
悲哀到極點。

【哀矜】 ㄞ ㄐㄧㄣ
憐憫。

10【哀家】 ㄞ ㄐㄧㄚ
'平'劇中孀居太后或皇后的自稱。

11【哀悼】 ㄞ ㄉㄠˋ
悲傷地追念。

13【哀號】 ㄞ ㄏㄠˊ
悲傷哭號。

14【哀慟】 ㄞ ㄊㄨㄥˋ
悲痛至極。

【哀榮】 ㄞ ㄖㄨㄥˊ
稱人死後得到的美名或隆重的喪禮。

7【哀兵必勝】 ㄞ ㄅㄧㄥ ㄅㄧˋ ㄕㄥˋ
滿懷悲憤情緒的軍隊，必能打敗敵人獲得勝利。

9【哀矜勿喜】 ㄞ ㄐㄧㄣ ㄨˋ ㄒㄧˇ
要憐惜犯者，不要以查明案情而高興。

13【哀感頑豔】 ㄞ ㄍㄢˇ ㄨㄢˊ ㄧㄢˋ
文詞悽惻，使頑鈍與慧美的人都感動。後來用以形容劇作內容哀怨美豔而感人。

【哀毀骨立】 ㄞ ㄏㄨㄟˇ ㄍㄨˇ ㄌㄧˋ
形容因父母去世而悲傷過度，致使身體瘦損，有如僅靠骨骼支撐。

【哀毀逾恆】 ㄞ ㄏㄨㄟˇ ㄩˊ ㄏㄥˊ
因父母逝世，哀傷過度，形貌瘦損。

17【哀鴻遍野】 ㄞ ㄏㄨㄥˊ ㄅㄧㄢˋ ㄧㄝˇ
比喻流離失所的災民，遍地都是。

11【哀莫大於心死】 ㄞ ㄇㄛˋ ㄉㄚˋ ㄩˊ ㄒㄧㄣ ㄙˇ
人最可悲的是喪失自信或麻木不仁。

咨 ㄗ tzŭ1 音資
①訪問；商量。如：咨訪。②嗟歎。如：咨嗟。③公文的一種。總統與'立法院'、'監察院'公文往來時用。

4【咨文】 ㄗ ㄨㄣˊ
公文的一種。簡稱咨。舊時凡平行機關或不相隸屬的機關，文書往來都用咨文。今總統與'立法院'、'監察院'公文往來用咨文。

11【咨訪】 ㄗ ㄈㄤˇ
咨詢訪問。

13【咨詢】 ㄗ ㄒㄩㄣˊ
請問；商量。

【咨嗟】 ㄗ ㄐㄧㄝ
感嘆。

15【咨諏】 ㄗ ㄗㄡ
詢問；訪問。

哉 ㄗㄞ tsai1 音災
①助詞。(1)表示讚歎。如：孝哉！'閔子騫'。(2)表示詢問。如：何哉？(3)表示反問。如：吾豈匏瓜也哉？(4)表示懷疑。如：何為哉？②始。通才。

咫 ㄓˇ chih3 音紙
①量詞。'周代'以八寸為咫，合今制兩公寸零七公釐。②短；近。如：咫尺天涯。

4【咫尺天涯】 ㄓˇ ㄔˇ ㄊㄧㄢ ㄧㄚˊ
距離雖近，卻不能相見，有如天涯之遠。

咸 ㊀ ㄒㄧㄢˊ hsien2 音鹹
①皆；都。如：四海咸服。②普遍。③和睦；同心。④左高右低。⑤"易"卦名。六十四卦之一。艮下兌上。⑥姓。'唐'有'咸冀'。見"萬姓統譜·六七"。

咸卦圖

㊁ ㄐㄧㄢˇ chien3 音減
減損。通減。見"集韻"。

6【咸池】　ㄒㄧㄢˊ　ㄔˊ
1樂名。即"大咸"。'黃帝'所作，'堯'又增修使用。2天神名。3星名。4神話中太陽沐浴的地方。

12【咸陽】　ㄒㄧㄢˊ　ㄧㄤˊ
縣名。又稱爲'渭城'。位於'陝西省''渭水盆地'的中央，濱'渭水'北岸。古代曾爲'秦'都，故城在今城之東；城北的'畢原'有'周朝''文'、'武'、'成'、'康'諸王及'周公'陵墓；著名的'馬嵬坡'在城西。現爲鐵路及公路的交會、'渭河'水運的起點。

咹　ㄜˋ　*o*⁴, *ê*⁴　音餓
1口吃。見"玉篇"。2細語。見"集韻"。

咤　ㄓㄚˋ　*cha*⁴　音乍
也作吒。1大聲呵責。2痛惜。如：悲咤。3吃東西時口舌發出聲音。如：勿咤食。4誇耀。通詫。如：誇咤。

咬　㊀　ㄧㄠˇ　*yao*³　音窈
1用牙齒嚼東西。本作齩。如：啃咬。2堅持自己的說法。一般指牽引他人入罪。如：一口咬定他是同夥。3傾軋；排擠。
㊁　ㄐㄧㄠ　*chiao*¹　音交
鳥鳴聲。見"玉篇"。

4【咬牙】　ㄧㄠˇ　ㄧㄚˊ
1憤怒的樣子。2睡眠中牙齒相磨擦。是消化不良的一種病，眞正原因並不清楚，一般情緒緊張者較易產生。

6【咬耳朵】　ㄧㄠˇ　ㄦˇ　·ㄉㄨㄛ
在別人耳朵旁邊低聲說話。

4【咬文嚼字】　ㄧㄠˇ　ㄨㄣˊ　ㄐㄧㄠˊ　ㄗˋ
形容過分地斟酌字句，專在一文一字上用功夫。譏諷人迂腐固執而不知變通。

【咬牙切齒】　ㄧㄠˇ　ㄧㄚˊ　ㄑㄧㄝˋ　ㄔˇ
形容非常憤怒的樣子。

14【咬緊牙關】　ㄧㄠˇ　ㄐㄧㄣˇ　ㄧㄚˊ　ㄍㄨㄢ
比喻忍受痛苦困難而堅持到底。

咳　㊀　ㄏㄞˊ　*hai*²　音孩
小孩笑。一作孩。見"說文"。
㊁　ㄎㄜˊ　*k'o*², *k'ê*²　音殼　讀音　ㄎㄞˋ　*k'ai*⁴　音愒
咳嗽。通欬。見"正字通"。
㊂　ㄎㄚˇ　*k'a*³　音卡
用力氣迫出喉嚨裡哽塞的東西。如：咳痰。
㊃　ㄏㄞ　*hai*¹　音咍　又讀　ㄏㄞˋ　*hai*⁴　音害
歎詞。表示惋惜或悔恨。

12【咳唾】　ㄎㄜˊ　ㄊㄨㄛˋ
咳嗽時從口中吐出唾液。引申爲尊稱他人言論。

14【咳嗽】　ㄎㄜˊ　·ㄙㄡ
(cough) 由於氣管黏膜發炎，受痰或氣體等刺激而發出聲音，稱爲咳嗽。

咩　ㄇㄧㄝ　*mieh*¹　音乜
羊叫聲。同羋。見"篇海"。

咲　笑的古文。

咪　ㄇㄧ　*mi*¹　音瞇
1貓叫的聲音。如：咪咪叫。2喚貓的聲音。3詞尾。形容輕微細小。如：笑咪咪。

咦　ㄧˊ　*i*²　音夷
歎詞。表示驚訝。

咶　㊀　ㄏㄨㄞˋ　*huai*⁴　音壞
鼻息。見"廣韻"。
㊁　ㄕˋ　*shih*⁴　音是
用舌頭舔東西。通舐。見"字彙"。

哇　㊀　ㄨㄚ　*wa*¹　音呱
1諂媚的聲音。見"說文"。2淫靡的音樂聲。3啼哭聲。4嘔吐聲。5粗俗鄙陋。如：哇俚淺俗。
㊁　·ㄨㄚ　·*wa*
助詞。用於句末，表示驚歎。如：好哇！你居然在這裡睡大覺。

哏　㊀　ㄍㄣˊ　*kên*²
滑稽有趣。
㊁　ㄏㄣ　*hên*¹
很；甚。見"通俗編·語辭·哏"。

咺　ㄒㄩㄢˇ　*hsüan*³　音選
1小兒啼哭不止。見"說文"。2威儀顯著的樣子。見"正字通"。

咭　ㄐㄧ　*chi*¹　音雞
1笑的樣子。見"玉篇"。2歡喜。同散。見"集韻"。

9【咭咭呱呱】　ㄐㄧ　ㄐㄧ　ㄍㄨ　ㄍㄨ
形容嘻笑聲。

哂　ㄕㄣˇ　*shên*³　音審
微笑。多含有譏嘲鄙視的意思。

10【哂納】　ㄕㄣˇ　ㄋㄚˋ
笑納。請人收受禮物的謙詞。

咠　ㄑㄧˋ　*ch'i*⁴　音氣
附耳私語。見"說文"。

咡　ㄦˋ　*êrh*⁴　音二
1口耳之間的部位。見"集韻"。2從口裡吐出東西。

哄　㊀　ㄏㄨㄥ　*hung*¹　音轟
1歌唱聲。見"廣韻"。2眾人的聲音。如：哄堂大笑。
㊁　ㄏㄨㄥˇ　*hung*³
欺騙；勸誘。如：哄騙。

13【哄傳】　ㄏㄨㄥ　ㄔㄨㄢˊ
眾人紛紛傳說。

19【哄騙】　ㄏㄨㄥˇ　ㄆㄧㄢˋ
用不正當的方法欺騙人家。

8【哄抬物價】　ㄏㄨㄥ　ㄊㄞˊ　ㄨˋ　ㄐㄧㄚˋ
伺機抬高物價。

11【哄堂大笑】　ㄏㄨㄥ　ㄊㄤˊ　ㄉㄚˋ　ㄒㄧㄠˋ
在場眾人同時大笑。

咥　㊀　ㄒㄧˋ　*hsi*⁴　音細
大笑。見"說文"。
㊁　ㄉㄧㄝˊ　*tieh*²　音疊
咬。見"字彙"。

咧　㊀　ㄌㄧㄝ　*lieh*¹
1狀聲詞。參咧咧㊀。2助詞。用與哩、哪同。
㊁　ㄌㄧㄝˊ　*lieh*²
參咧咧㊁。
㊂　ㄌㄧㄝˇ　*lieh*³
向旁張開。如：咧嘴。

9【咧咧】　㊀　ㄌㄧㄝ　·ㄌㄧㄝ
1鳥鳴聲。2小兒的哭泣聲。
㊁　ㄌㄧㄝˊ　·ㄌㄧㄝ
亂談。

咵 ㄎㄨㄚˇ *k'ua*³ 音垮

[1]北方稱外地人口音不正。也用以蔑稱外地人。如:老咵。[2]泛指說話粗魯。

咢 ㄜˋ *o*⁴, *ê*⁴ 音厄

[1]大聲爭辯。也作咢。見"說文"。[2]徒手擊鼓。[3]驚。通愕。

品 ㄆㄧㄣˇ *p'in*³

[1]眾多。如:品庶。[2]物類。如:商品。[3]德行。如:品學兼優。[4]等級。如:上品。[5]法式。如:儀品。[6]評論;衡量。如:品評。[7]吹奏樂器。如:品簫。[8]辨別評賞。如:品茗。[9]姓。'明'有'品嵒'。見"萬姓統譜·八九"。

7【品位】 ㄆㄧㄣˇ ㄨㄟˋ
[1]官階、地位。[2]品格、地位。[3]岩石所含有用物質的百分率。品位愈高者,愈有開採價值。

8【品官】 ㄆㄧㄣˇ ㄍㄨㄢ
古代稱有品級的官吏。古代官吏分爲九品。

【品味】 ㄆㄧㄣˇ ㄨㄟˋ
[1]食物的種類和味道。[2]泛指格調或興味。

10【品格】 ㄆㄧㄣˇ ㄍㄜˊ
[1]才德高下的標準。[2]藝術品高下的等級。[3]性質、格調。[4](character)人格中與社會道德及倫理規範有關的部分。包括誠實、正直、友善、殘忍、忠心、勇敢及其他可作善惡、好壞等價值判斷的個人屬性或特質。

【品茗】 ㄆㄧㄣˇ ㄇㄧㄥˇ
品嘗茶的滋味。

11【品第】 ㄆㄧㄣˇ ㄉㄧˋ
[1]評斷事物的優劣高下。[2]等級。

【品脫】 ㄆㄧㄣˇ ㄊㄨㄛ
(pint; pt.) 液體容積的單位名稱。在'美國'一品脫等於0.4732公升或16'美'液盎司(U.S.A. fluid ounce),在'英國'則等於0.568公升或20'英'液盎司。有時也用作乾容量單位,如奶粉。在'美國'等於33.6立方'英'寸,在'英國'則等於34.678立方'英'寸。

12【品評】 ㄆㄧㄣˇ ㄆㄧㄥˊ
鑑賞評論。

【品牌】 ㄆㄧㄣˇ ㄆㄞˊ
(brand) 也稱廠牌。爲使商品或服務與其他廠商有所區別,而在標誌上採用特別設計的圖形、象徵、文字或圖文的組合。

14【品貌】 ㄆㄧㄣˇ ㄇㄠˋ
人品和容貌。

【品種】 ㄆㄧㄣˇ ㄓㄨㄥˇ
動植物的種類。

15【品質】 ㄆㄧㄣˇ ㄓˊ
[1]物品的質地等級。[2](quality)液相與蒸氣相共存時,蒸氣相所占之質量分率。

19【品類】 ㄆㄧㄣˇ ㄌㄟˋ
種類。

20【品藻】 ㄆㄧㄣˇ ㄗㄠˇ
品評;鑑定。

22【品鑑】 ㄆㄧㄣˇ ㄐㄧㄢˋ
評論鑑賞。

14【品管圈】 ㄆㄧㄣˇ ㄍㄨㄢˇ ㄑㄩㄢ
(quality control circle; QCC) 爲一項品管活動,興起於'日本'。由工作性質相近的現場工作同仁組成。每圈以十人左右爲宜。各圈成員定期選擇一項研究改善主題,進行討論分析,提出改善計畫,於期末發表成果,並給予獎勵表揚以激勵士氣。

6【品竹彈絲】 ㄆㄧㄣˇ ㄓㄨˊ ㄊㄢˊ ㄙ
吹彈樂器。

12【品牌聯想】 ㄆㄧㄣˇ ㄆㄞˊ ㄌㄧㄢˊ ㄒㄧㄤˇ
(brand association) 指想到某一商品,即想到某一特定品牌。在市場調查上,通常可藉品牌聯想來測定該品牌在消費者心目中的占有率。

15【品質成本】 ㄆㄧㄣˇ ㄓˊ ㄔㄥˊ ㄅㄣˇ
(quality cost) 有廣義與狹義之分。廣義者包括一、品質維護及預防成本;二、品質檢驗、試驗成本;三、品質失敗導致廠內成本;四、品質失敗導致使用者損失成本(廠外成本)。狹義的品質成本,一般係指品質維護及預防成本以及品質檢驗及試驗成本兩項。有時亦包含部分廠內成本,如不良品、廢品的損失。

【品質因素】 ㄆㄧㄣˇ ㄓˊ ㄧㄣ ㄙㄨˋ
(quality factor; Q factor) 電子元件、材料、裝置之儲存能與消耗能之關係,常用來表示電感與電容之品質。一電感的品質因素爲$Q=2\pi fL/R$(電抗與有效串聯電阻比);一電容的品質因素爲$Q=2\pi fC/Y$(容納與有效並聯導納比)。對於線圈與電容器構成的諧振電路而言,Q值愈大,特性愈尖銳,表示其頻率選擇性愈好。故諧振電路須選用Q值大之線圈。

【品質保證】 ㄆㄧㄣˇ ㄓˊ ㄅㄠˇ ㄓㄥˋ
(quality assurance) 係一項品質管理的制度。目的在使顧客對產品品質有信心。對於產品品質以及有關之一切活動,均作適當稽核,以視公司品質管理制度之功能是否健全有效,以及本企業之產品品質是否盡符顧客需求。

【品質管制】 ㄆㄧㄣˇ ㄓˊ ㄍㄨㄢˇ ㄓˋ
(quality control) 簡稱品管。爲維護公司產品品質於某一定水準的管理工作。其主要內容如下:一、製造過程的控制。二、原料與成品的抽樣檢驗。三、品質實驗設計與分析。四、品質檢定與統計推定。五、全面品管。

【品質稽核】 ㄆㄧㄣˇ ㄓˊ ㄐㄧ ㄏㄜˊ
(quality audit)對一個企業或工廠的品質管理系統,作整體性的調查與稽核。有時亦可針對一項產品或某一項品質特性,作個別而深入的調查與稽核。

16【品頭論足】 ㄆㄧㄣˇ ㄊㄡˊ ㄌㄨㄣˋ ㄗㄨˊ
從頭到腳加以評品。引申爲對人對事的仔細品評或故意挑剔。

12【品牌忠實度】 ㄆㄧㄣˇ ㄆㄞˊ ㄓㄨㄥ

ㄕˊ ㄉㄨˋ
(brand loyalty) 消費者長期購買同一品牌商品的程度,即消費者對某一特別品牌的商品所持的一種忠誠態度。品牌忠實度可用來預測將來市場占有率的改變情況,或者用來測定廠商和消費者之關連程度的指標。

【品牌指名度】 ㄆㄧㄣˇ ㄆㄞˊ ㄓˇ ㄇㄧㄥˊ ㄉㄨˋ
(brand insistence) 在知曉、採納、使用等階段之後,消費者對某一特定品牌已有相當印象,當其購買時,指定該一品牌,並堅持非買該品牌不可,稱爲品牌指名度。

15【品質管制圖】 ㄆㄧㄣˇ ㄓˊ ㄍㄨㄢˇ ㄓˋ ㄊㄨˊ
(quality control chart) 爲'美國''貝爾電話實驗室'的'修華特'(W. A. Shewhart)所創,用以對某些需要控制的品質特性加以管制。管制圖由中心線 (central line; CL)、管制上限 (upper control limit; UCL)及管制下限(lower control limit; LCL)所構成,通常取中心線上下各三

```
------------------UCL
   x      x      x
___________________CL
       x      x      x
------------------LCL
```

品質管制圖

個標準差爲上、下管制界限。當資料點繪完後,若有點超出管制界限之外,或成特殊趨勢,則可據以判定有變異產生,應追查原因並予以改善。一般可分爲計量值管制圖(包含 X chart、R chart、σ chart)及計數值管制圖(包含 p chart、np chart、c chart、u chart)。

12【品牌延伸策略】 ㄆㄧㄣˇ ㄆㄞˊ ㄧㄢˊ ㄕㄣ ㄘㄜˋ ㄌㄩㄝˋ
(line extension) 品牌命名策略的一種。即以原有的品牌名稱,爲新上市的產品命名,後者即成爲原品牌下的一分子。其目的在擴展原品牌的影響力。

15【品質實驗計畫】 ㄆㄧㄣˇ ㄓˊ ㄕˊ ㄧㄢˋ ㄐㄧˋ ㄏㄨㄚˋ
(quality experimental design) 以實驗設計爲工具,配合工程技術與經驗,分析產品品質變異原因,找出有利條件,以提高品質。

哃 ㄊㄨㄥˊ t'ung² 音同
胡言亂語。見"玉篇"。

咽 ㊀ ㄧㄢ yen¹ 音煙
喉嚨;食管的上端。如:咽喉。
㊁ ㄧㄢˋ yen⁴ 音晏
吞食。通嚥。見"字彙"。
㊂ ㄧㄝˋ yeh⁴ 音噎
1聲音堵塞。如:哽咽。2充塞。如:塡咽道路。

12【咽喉】 ㄧㄢ ㄏㄡˊ
1咽,爲膜及肌肉圍繞的一種管狀構造,相當於口腔、鼻腔及食道,是消化器官構造的一種;喉,爲哺乳類動物氣管上一種具有軟骨、肌肉並附黏膜層的構造,在其他動物則指相似於此構造的發聲構造。通常一般人常誤將此二種相鄰的呼吸與消化構造混爲一談。2引申爲要害或形勢險要的地方。

哎 ㄞ ai¹ 音哀
1歎詞。表示驚愕或感傷。2'元'曲中常用的襯字。無義。

呲 ㄘ tz'ŭ¹ 音疵
斥責。如:挨呲。

咼 ㊀ ㄎㄨㄞ k'uai¹ 音喎
1嘴巴歪斜不正。見"說文"。2泛指不正。如:咼斜。
㊁ ㄍㄨㄛ ko¹, kuo¹ 音鍋
1通和。如'和'氏之璧,也作'咼'氏之璧。2姓。'南唐'有'咼拯'。見"萬姓統譜·三五"。

咷 ㄊㄠˊ t'ao² 音逃
小孩啼哭不停。見"說文"。

哞 ㄇㄡˊ mou² 音謀
牛叫聲。本作牟。

哖 ㄋㄧㄢˊ nien² 音年
地名用字。'臺灣''臺南'的'玉井',古稱'噍吧哖'。

咮 ㄓㄡˋ chou⁴ 音咒
鳥口。見"說文"。

茍 ㄐㄧˊ chi² 音及
謹愼言行,修美自身。見"說文"。

㕼 ㊀ ㄏㄨㄥ hung¹ 音轟
訌的或體。
㊁ ㄒㄩㄥ hsiung¹ 音凶
詾的或體。

哆 ㊀ ㄔㄜˇ ch'ê³ 音扯
1張口。見"說文"。2放蕩。3眾多的樣子。4醜陋的樣子。
㊁ ㄉㄨㄛˇ to³, tuo³ 音朵
語聲;語助聲。見"廣韻"。
㊂ ㄉㄨㄛ to¹, tuo¹ 音多
參哆嗦。

13【哆嗦】 ㄉㄨㄛ ·ㄙㄨㄛ
顫動的樣子。

咯 ㊀ ㄌㄨㄛˋ lo⁴, luo⁴ 音洛
1爭論。見"集韻"。2嘔吐。同喀。見"正字通"。
㊁ ·ㄌㄛ ·lo
助詞。表示感歎的意思。如:老咯!
㊂ ㄍㄜˊ ko², kê² 音格
狀聲詞。1雉鳴聲。見"字彙"。2吃飽後的噎氣聲。如:打飽咯。
㊃ ㄍㄜ ko¹, kê¹ 音哥
狀聲詞。
㊄ ㄎㄚˇ k'a³ 音卡
同㊀2。

6【咯血】 ㄌㄨㄛˋ ㄒㄧㄝˇ
(hemoptysis;haemoptysis)又稱喀血。指由部分呼吸道咯出鮮血、血塊或咯痰中夾帶血液的一種症狀。常見於感染肺結核、支氣管擴張、肺癌、心臟病引起肺瘀血及某些急性傳染病的病患。

咱 ㄗㄚˊ tsa² 又讀 ㄗㄢˊ tsan²
凡以咱爲詞頭的詞,次一字的聲母是ㄅ、ㄆ、ㄇ等則讀ㄗㄢˊ,次一字爲其他聲母則讀ㄗㄚˊ。1

我。2時候。如：如何這咱還沒來？3什麼。4助詞。用在句末。多見於'元'曲。

10【咱家】 ㄗㄚˊ ㄐㄧㄚ
我。自稱的俗詞。

咿 ㄧ i^1 音伊
狀聲詞。如：咿呦。

9【咿咿呀呀】 ㄧ ㄧ ㄧㄚ ㄧㄚ
形容小孩學習說話的聲音。

响 響的俗體。

咻 ㊀ ㄒㄧㄡ $hsiu^1$ 音休
喧嚷。如：一傅眾咻。
㊁ ㄒㄩˇ $hs\ddot{u}^3$ 音詡
病痛所發出的呻吟聲。如：噢咻。

哈 ㊀ ㄏㄚ ha^1
1張口噓氣。如：哈癢。2傴僂。如：哈著腰。3呵斥。4歎詞。表示驚歎或譏刺。5姓。出自'蒙古'。'楊慎'"希姓錄"有'哈永森'。見"正字通"。
㊁ ㄏㄚˇ ha^3
參哈巴腿。
㊂ ㄎㄚ $k'a^1$
參哈喇㊀。

5【哈代】 ㄏㄚ ㄉㄞˋ
(Thomas Hardy, 1840～1928)'英國'小說家、詩人。以描寫鄉下風景與居民生活的田園小說見稱。作品中多為單純動人的故事，有細密的感情分析，富悲劇性。主要有"黛絲"(*Tess of the d'Urbervilles*)、"裘特"(*Jude the Obscure*)等。晚年致力於詩的寫作，亦多悲觀色彩。

哈代像

7【哈佛】 ㄏㄚ ㄈㄛˊ
(John Harvard, 1607～1638)'英國'傳教士。去世時，把圖書及一半財產都捐贈給剛成立兩年的一個學院，這個學院後來便以他的名字為校名，此學院即今'美國''哈佛大學'的前身。

9【哈柏】 ㄏㄚ ㄅㄛˊ
(Fritz Haber, 1868～1934)'德國'化學家。一生致力於化學平衡及氣體反應等研究。因發明人工合成氨的新方法，於西元1918年獲'諾貝爾'化學獎。此法後來經'波許'(Carl Bosch)發展為工業化，稱「哈柏—波許法」，是今日固定氮工業及氮肥工業的創始。

10【哈恩】 ㄏㄚ ㄣ
(Otto Hahn, 1879～1968)'德國'物理、化學家。與'奧地利'籍的'麥特納'(Lise Meitner)於一次大戰後發現鏷，又與'德國'化學家'史特曼'(Fritz Strassmann)於西元1938年發現原子核的分裂，在1944年獲'諾貝爾'化學獎，並於1966年與前二人獲'美國''費米'獎(Eurico Fermi Award)。

【哈氣】 ㄏㄚ ㄑㄧˋ
張口吐氣。

11【哈密】 ㄏㄚ ㄇㄧˋ
縣名。位於'新疆省'東部，'哈密盆地'北側。北控'巴爾庫山'口，為'甘'、'新'二省往來的要道。氣候乾燥而日照強烈，所產甜瓜糖分極高，為瓜中聖品，稱「哈密瓜」。

12【哈喇】 ㊀ ㄎㄚ ・ㄌㄚ
1用刀斷物的聲音。引申為殺戮。2毛織物之一。是上等的西洋呢。
㊁ ㄏㄚ ・ㄌㄚ
1同㊀1。2指油質食物的腐敗味。

13【哈腰】 ㄏㄚ ㄧㄠ
彎腰。

14【哈維】 ㄏㄚ ㄨㄟˊ
(William Harvey, 1578～1657)'英國'解剖學家。為實驗生理學的創始人之一，發現血液循環的現象。畢業於'劍橋大學'。研究心臟的跳動及血液的運行，西元1628年被聘為皇室醫師。曾發表"動物心血運動的解剖研究"(*De Motu Cordis et Sanguinis in Animalibus*)，對生理學和胚胎學的發展起了很大作用。

4【哈巴腿】 ㄏㄚˇ ・ㄅㄚ ㄊㄨㄟˇ
即外八字腿。

7【哈利發】 ㄏㄚ ㄌㄧˋ ㄈㄚ
(Khalifah)回教教主的稱呼。本意為繼承者。'穆罕默德'死後，相繼執掌政權的有'艾布拜克'(Abū Bakr)、'歐麥'(Umar)、'歐斯曼'(Osman)、'阿里'(Ali)，通稱四大哈利發，後世因稱回教領袖為哈利發。'土耳其'帝及'波斯'王因兼任回教教長，故亦沿用此號。西元1924年'土耳其'正式廢止此稱。在我國，凡在回教寺院研讀回教課程的學生亦被尊稱為哈利發。

8【哈姆孫】 ㄏㄚ ㄇㄨˇ ㄙㄨㄣ
(Knut Hamsun, 1859～1952)'挪威'小說家、劇作家和詩人。曾於西元1920年獲'諾貝爾'文學獎。他最著名的作品是"土地的成長"(*Growth of the Soil*)，表達了他回歸自然的哲學，此外尚有戲劇集、詩集等。

9【哈柏法】 ㄏㄚ ㄅㄛˊ ㄈㄚˇ
(Haber's law)工業上大量製氨(NH_3)，乃是在400～450°C的高溫及200～600atm的高壓下，以鐵粉、氧化鉀和氧化鋁的混合物為催化劑，使氮氣(N_2)和氫氣(H_2)反應而製得。這個方法稱為'哈柏'法。

【哈哈鏡】 ㄏㄚ ㄏㄚ ㄐㄧㄥˋ
一種凹凸不平的鏡面。映出的影像扭曲變形，逗人發笑。

10【哈特曼】 ㄏㄚ ㄊㄜˋ ㄇㄢˋ
(Karl Robert Eduard von Hartmann, 1842～1906)'德國'哲學家。著有倫理宗教、哲學史及美學等方面的專書。其中以"無意識哲學"(*Die Philosophie des Unbewussten*)為最重要。'哈'氏以無意識(unconscious)為宇宙本體，並闡述本體的兩種屬性—意志及理性，試圖調和'叔本華'與

‘黑格爾’的學說；也提倡進化的樂天觀，主張以科學的知識爲根柢，反對思辨學派的理論。

14【哈瑪紹】 ㄏㄚ ㄇㄚˇ ㄕㄠˋ
(Dag Hjalmar Agne Carl Hammarskjöld, 1905～1961)生於‘瑞典’，西元1953年接任‘聯合國’祕書長，即不停地爲各會員國的和平與獨立貢獻其力量。1961年召集廿一國出兵平定‘剛果’內亂，同年在‘剛果’飛機失事死亡。他對於促進世界和平有很大的貢獻，故於逝世後，獲得1961年‘諾貝爾’和平獎。

15【哈德烈】 ㄏㄚ ㄉㄜˊ ㄌㄧㄝˋ
(David Hartley, 1705～1757)‘英國’哲學家，聯想派心理學的創始人。畢業於‘劍橋大學’。以神經的振動說明心理作用，由聯想律說明一切精神現象，又應用聯想律建立倫理學。著有“人間之觀察”(*Observations on Man*)等。

哈德烈像

18【哈薩克】 ㄏㄚ ㄙㄚˋ ㄎㄜˋ
我國及‘蘇俄’少數民族之一。又稱‘吉爾吉斯哈薩克’(Kirghiz-Kazak)。分布很廣，西起‘歐俄’‘伏爾加河流域’，東至我國‘新疆’西北。我國境內約有907,600人(1982年)，‘俄’境約有300餘萬人。‘俄’境‘哈薩克’人成立‘哈薩克加盟社會主義共和國’，爲‘蘇俄’的一成員。營遊牧生活。信奉伊斯蘭教。

7【哈利路亞】 ㄏㄚ ㄌㄧˋ ㄌㄨˋ ㄧㄚˋ
(hallelujah; halleluiah)基督教禮讚上帝的頌詞。意即榮耀歸於上帝。

8【哈姆雷特】 ㄏㄚ ㄇㄨˇ ㄌㄟˊ ㄊㄜˋ
(*Hamlet*)‘英國’劇作家‘莎士比亞’所著四大悲劇之一。故事大意爲‘丹麥’王子‘哈姆雷特’的父親爲其叔父所暗殺，叔父並進一步篡位，娶其母后。已故國王的靈魂遂命他的兒子爲他報仇，‘哈姆雷特’遲疑再三，終於在自已臨死前刺殺了仇人。此劇中，‘哈姆雷特’富於分析能力，但毫無信仰，雖然是一個自然主義者，卻連自已都不能相信，因而懷疑一切。世人因將內心掙扎、猶疑不決的性格稱之爲「哈姆雷特型」。

14【哈爾濱市】 ㄏㄚ ㄦˇ ㄅㄧㄣ ㄕˋ
直轄市。舊名‘濱江’。位於‘松遼平原’中央，‘吉林’、‘嫩江’、‘松江’三省間。現有鐵路在此交會，又位居‘松花江’水運網中心，爲東北最大的交通經濟中心、農產集散地；機械、紡織、食品、造紙等工業發達。

11【哈得孫河派】 ㄏㄚ ㄉㄜˊ ㄙㄨㄣ ㄏㄜˊ ㄆㄞˋ
(Hudson River School)第一個‘美國’本土的風景畫派，活躍於西元1825～1870年間。這一畫派又可分爲兩個世代的畫家，以‘柯爾’(Cole)、‘杜蘭’(Durand)、‘肯賽特’(Kensett)、‘達夫蒂’(Doughty)、‘卡西利爾’(Casilear)爲主的畫家，是描繪‘哈得孫’沿岸及其附近的風景。第二世代的畫家，包括‘喬齊’(Church)與‘畢爾斯塔特’(Bierstadt)等人，除描繪‘哈得孫’沿岸外，把空間更移到西部的風景，同時也描繪奇異的地帶。他們的風格是細緻的寫實與廣大空間的描繪，很能表達出‘美國’的原野和大自然的氣魄。

㖃

㊀ ㄏㄡˇ *hou*³ 音吼
①大怒聲。同吼。見“說文”。②欲吐。見“廣韻”。
㊁ ㄏㄡˋ *hou*⁴ 音厚
恥辱。通詬。見“字彙補”。

呰

ㄗˇ *tzŭ*³ 音紫
①詆毀。同訾。②疾病；瑕疵。通疵。③苟且。

7

唐

ㄊㄤˊ *t'ang*² 音堂
①誇大；廣大。如：荒唐之言。②空虛；徒然。如：功不唐捐。③朝代名。⑴‘堯’有天下之號。都‘平陽’(今‘山西’‘臨汾’)。⑵(618～907)‘李淵’滅‘隋’所建，都‘長安’(今‘陝西’‘長安’)。領域東到海，南至‘安南’，西抵‘新疆’‘天山’一帶，北達‘黑龍江’北。‘貞觀’及‘開元’年間，文治武功均盛。‘天寶’十四年(755)‘安’‘史’亂後，國勢一蹶不振。傳至‘哀帝’，爲‘朱全忠’所篡。共十四世，二十主，二百九十年。⑶五代之一。即‘李存勗’滅‘後梁’所建的‘後唐’。參後唐。⑷五代時十國之一。即‘李昪’所建的‘南唐’。參南唐。④我國的別稱。如：‘唐’人街。⑤姓。‘明’有‘唐順之’。見“萬姓統譜·四八”。

3【唐山】 ㄊㄤˊ ㄕㄢ
①省轄市。位於‘河北省’東北部。因‘開灤’煤礦的開採及鐵路經過，發展爲一工業都市。‘民國’六十五年七月發生大地震，全市幾乎盡毀。②指我國大陸。

9【唐突】 ㄊㄤˊ ㄊㄨˊ
①橫衝直撞。②冒犯。

10【唐捐】 ㄊㄤˊ ㄐㄩㄢ
佛家語。浪擲；虛棄。

13【唐裝】 ㄊㄤˊ ㄓㄨㄤ
①‘唐’時的服裝。②‘中國’式的服裝。

16【唐璜】 ㄊㄤˊ ㄏㄨㄤˊ
(Don Juan)西方文學作品中虛構的人物，被用作放蕩不羈男子的代稱。唐(don)爲‘西班牙’語先生之意。‘唐璜’原是民間傳說人物，十七世紀時‘西班牙’劇作家‘狄爾索’(Tirso de Molina)將它戲劇化，其後乃成爲許多劇本、小說、詩篇與詩歌的主題。

19【唐韻】 ㄊㄤˊ ㄩㄣˋ
‘唐’‘孫愐’撰，五卷。訂正‘隋’‘陸法言’“切韻”而成。原書失傳，今僅存殘卷。

2【唐人街】 ㄊㄤˊ ㄖㄣˊ ㄐㄧㄝ
外國城市中，‘華’僑聚居的街道或區域。

3【唐三彩】 ㄊㄤˊ ㄙㄢ ㄘㄞˇ
‘唐代’流行的一種鉛釉陶器。多於陶質坯胎上施化妝土後入窯素燒，再施釉以較低溫度焙燒而成。三彩爲多彩之意，常見的釉色有褐、綠、黃、白或鈷藍釉，極爲華麗。器種包括各式的馬、駱駝、文武官像和鎭墓獸等明器俑類或建築模型。此外還有不少杯、盤、壺等生活器皿類。‘唐’三彩多出土於‘陝西’、‘河南’二省，迄今發現的窯址有‘河南省’‘鞏縣窯’、‘河北省’‘邢窯’及‘陝西省’‘耀州窯’。

【唐三藏】 ㄊㄤˊ ㄙㄢ ㄗㄤˋ
即‘玄奘’。參玄奘。

4【唐太宗】 ㄊㄤˊ ㄊㄞˋ ㄗㄨㄥ
(597～649)‘唐高祖’的次子，名‘世民’。即位後，行均田制、租庸調法，以提高農產。並廣開言路，延用人才，海內昇平，史稱‘貞觀’之治。又征服‘突厥’、‘吐蕃’等，被尊爲［天可汗］。在位二十三年崩，廟號‘太宗’。

唐太宗像

5【唐玄宗】 ㄊㄤˊ ㄒㄩㄢˊ ㄗㄨㄥ
(685～762)一稱‘明皇’。‘唐睿宗’第三子，名‘隆基’。英武有才略，在位前期，文治武功均盛，國內太平，世稱‘開元’之治。晚年荒怠，寵信‘楊貴妃’，任用‘李林甫’、‘楊國忠’，吏治腐敗，導致‘安祿山’之亂，避難奔‘蜀’。‘肅宗’即位，尊爲太上皇。在位四十四年。

7【唐君毅】 ㄊㄤˊ ㄐㄩㄣ ㄧˋ
(1909～1978)‘四川’‘宜賓’人。‘南京’‘中央大學’哲學系畢業，曾任教各大學。抗戰軍興，任教育部特約編輯。大陸淪陷後赴‘香港’，先後任教‘新亞書院’、‘中文大學’。著有“中國文化之精神價值”、“人文精神之重建”、“中國哲學原論原性篇”等多種。

唐君毅像

【唐伯虎】 ㄊㄤˊ ㄅㄛˊ ㄏㄨˇ
(1470～1523)‘明’‘江蘇’‘吳縣’人。名‘寅’，號‘六如居士’、‘桃花庵主’。‘弘治’鄉試第一。善詩文，尤工畫，山水人物花鳥，均稱神品。有畫譜、畫集、詩文集行世。

10【唐高祖】 ㄊㄤˊ ㄍㄠ ㄗㄨˇ
(566～635)‘隴西’‘成紀’(今‘甘肅’‘秦安’)人。姓‘李’，名‘淵’，字‘叔德’。本仕‘隋’，襲爵封‘唐公’。因‘隋’室衰微，起兵‘晉陽’，後聞‘煬帝’被弑，遂代‘隋’即帝位，國號‘唐’。平定群雄，統一國內。在位九年，傳位於其子‘世民’，自稱太上皇。‘貞觀’九年(635)崩。

11【唐紹儀】 ㄊㄤˊ ㄕㄠˋ ㄧˊ
(1859～1938)‘廣東’‘中山’人。字‘少川’。‘美國’‘耶魯大學’畢業。‘清’‘光緒’年間官至‘奉天’巡撫。‘民國’肇建後，任‘北京’臨時政府首任國務總理，旋因與‘袁世凱’政見不合，辭職。曾隨‘孫中山’先生南下護法，任‘中華民國’軍政府財政總長。抗戰軍興，力拒‘日’寇誘脅，慘遭暗殺。

唐紹儀像

12【唐景崧】 ㄊㄤˊ ㄐㄧㄥˇ ㄙㄨㄥ
(?～1902)‘清’‘臨桂’(今‘廣西’‘灌陽’)人。字‘薇卿’。‘光緒’年間‘中’‘法’‘越南’之役，鎭守‘諒山’，敗‘法’軍。後擢任‘臺灣’巡撫。甲午戰後，‘臺灣’割讓給‘日本’，受擁戴爲‘臺灣民主國’總統，宣告自立。‘日’軍登陸‘臺灣’，所屬兵叛，遁歸大陸。

【唐順之】 ㄊㄤˊ ㄕㄨㄣˋ ㄓ
(1507～1560)‘明’‘武進’(今‘江蘇’‘武進’)人。字‘應德’。‘嘉靖’八年(1529)會試第一。曾領兵在‘崇明’抵禦倭寇。學識廣博，倡文章本色之說。所作散文，辭意明暢。著有“荊川集”。

20【唐繼堯】 ㄊㄤˊ ㄐㄧˋ ㄧㄠˊ
(1861～1927)‘雲南’‘東川’人。字‘蓂賡’，號‘東大陸主人’。赴‘日’留學時，加入‘同盟會’。‘武昌’革命軍興，與‘蔡鍔’等領導‘雲南’光復之役。‘民國’肇建，先後署‘貴州’、‘雲南’都督。帝制議起，與‘蔡鍔’等組護國軍討‘袁’。‘袁’死後，任‘雲南’督軍，後兼‘雲南’省長，爲‘滇’系領袖。著有“東大陸主人言志錄”。

唐繼堯像

2【唐十八陵】 ㄊㄤˊ ㄕˊ ㄅㄚ ㄌㄧㄥˊ
‘唐朝’十八個陵寢。分布於‘陝西’‘渭河盆地’的六縣。自西而東爲‘乾縣’‘乾陵’(‘唐高宗’、‘武則天’)、‘靖陵’(‘僖宗’)；‘禮泉’的‘昭陵’(‘太宗’)、‘建陵’(‘肅宗’)；‘涇陽’的‘崇陵’(‘德宗’)、‘貞陵’(‘宣宗’)；‘三原’的‘獻陵’(‘高祖’)、‘莊陵’(‘敬宗’)、‘端陵’(‘武宗’)；‘富平’的‘定陵’(‘中宗’)、‘元陵’(‘代宗’)、‘豐陵’(‘順宗’)、‘章陵’(‘文宗’)、‘簡陵’(‘懿宗’)；‘蒲城’的‘橋陵’(‘睿宗’)、‘泰陵’(‘玄宗’)、‘景陵’(‘憲宗’)、‘光陵’(‘穆宗’)。

4【唐五代詞】 ㄊㄤˊ ㄨˇ ㄉㄞˋ ㄘˊ
‘民國’‘林大椿’輯，不分卷。收‘唐’、五代詞作者八十一人，作品一千一百四十八闋，依時代先後排列，爲研究‘唐’、五代詞所必備。

6【唐吉訶德】 ㄊㄤˊ ㄐㄧˊ ㄏㄜ ㄉㄜˊ
(*Don Quixote*)又譯作“吉訶德先生傳”。‘西班牙’‘塞萬提斯’著。敘述耽於幻想的士紳‘吉訶德’四處行俠，妄想鋤強濟弱的冒險故事。書中以豐富的想像力描述介於理想與現實間的衝突，同時反映十六、七世紀時'西班牙'的政治、經濟、宗教及道德狀況。此書今已成爲西方文學的經典之作。

13【唐詩紀事】 ㄊㄤˊ ㄕ ㄐㄧˋ ㄕˋ
'宋''計有功'撰，八十一卷。收'唐代'詩人一千一百五十人，記其世系爵里，摘錄其名篇佳句及相關的本事或品評。

7【唐宋八大家】 ㄊㄤˊ ㄙㄨㄥˋ ㄅㄚ ㄉㄚˋ ㄐㄧㄚ
'唐''宋'兩代八位散文代表作家的稱號。指'唐''韓愈'、'柳宗元'和'宋'的'歐陽脩'、'蘇洵'、'蘇軾'、'蘇轍'、'王安石'、'曾鞏'。皆長於古文，因'明代''茅坤'選輯"唐宋八大家文鈔"而得名。

13【唐詩三百首】 ㄊㄤˊ ㄕ ㄙㄢ ㄅㄞˇ ㄕㄡˇ
'清''蘅塘退士'('孫洙')編，六卷。收'唐'人詩三百餘首，爲'唐'詩選本中最流行的一種。

㕭 ㄑㄧㄣˋ *ch'in*4 音沁
狗吐出食物。也作吣。見"集韻"。

哥 ㄍㄜ *ko*1, *kê*1 音歌
1弟妹對兄長的稱呼。如：大哥。2尊稱年齡跟自己差不多的男子。如：老哥。3助詞。用於語末。常見於'宋''元'雜劇中。如：也麼哥。

12【哥雅】 ㄍㄜ ㄧㄚˇ
(Francisco José de Goya y Lucientes, 1746～1828) '西班牙'畫家。年輕時曾跟隨'胡塞'、'盧贊'(José Luzán)學畫，並曾遊學'羅馬'。早期作過不少宗教壁畫，西元1780年被選爲'皇家美術院'院士。1793年以後，其畫風開始轉變，著重色彩的明朗、鮮豔、深沉與渾厚，並且在主題內容上也深入探索人物性格的表現，及諷刺封建社會的虛僞與腐舊。後來由於對當時'西班牙'統治者的不滿，在1824年辭去宮廷職位，遷移'法國'定居，直到逝世。

15【哥窯】 ㄍㄜ ㄧㄠˊ
'宋代'瓷窯之一。產品以青瓷釉面帶有裂紋(開片)爲主要特徵。據'明代'文獻記載，窯址在'浙江省''龍泉'境內，窯主是'龍泉窯'窯主的哥哥，'明代''哥窯'之稱因此而來，但迄今尚未發現專燒開片瓷器的瓷窯遺址。有人推測'哥窯'可能並非與'弟窯'相區別的另一窯系，其產品只是'龍泉'青瓷的一個品種；但傳世'哥窯'瓷本身顯然又與'龍泉窯'的製品不同，其確實產地還有待考證。

5【哥白尼】 ㄍㄜ ㄅㄞˊ ㄋㄧˊ
(Nicolaus Copernicus, 1473～1543)'波蘭'天文學家。爲現代天文學的創始者。其"天體運行論"(*On the Revolutions of the Celestial Spheres*)提出以太陽爲中心，地球及其他行星環繞太陽運轉的地動說，否定西方一千多年來對地心說的認定，對後來天文學的發展有革命性的貢獻，使自由落體理論重新定義，啟發了'牛頓'的萬有引力理論。

哥白尼像

10【哥倫布】 ㄍㄜ ㄌㄨㄣˊ ㄅㄨˋ
(Christopher Columbus, 1451～1506)'義大利'航海家。爲'美洲'新大陸的發現者。西元1492年奉'西班牙'女王'伊薩貝拉一世'(Isabella I)之命，率領三艘船隻由'巴羅斯'(Palos)出發，橫越'大西洋'抵'巴哈馬群島'。後又陸續作了三次探險，發現了'西印度群島'及'中南美洲'沿岸等地。

哥倫布像

12【哥舒翰】 ㄍㄜ ㄕㄨ ㄏㄢˋ
(?～756) '唐'時'突厥族''哥舒部'的後裔，世居'安西'。勇敢善戰。初從'王忠嗣'擔任衙將，屢破'吐蕃'，封'西平郡王'。'安祿山'反，召拜爲兵馬元帥，興兵討伐，陷賊被害。

14【哥爾奇】 ㄍㄜ ㄦˇ ㄑㄧˊ
(Camillo Golgi, 1844～1926)'義大利'生物學家。證明神經不是網狀組織，而是維繫組織(interlacement)；發現三種不同的瘧疾菌，又在筋肉中發現一末梢神經群，世稱'哥爾奇'器官。西元1906年，與'西班牙'組織學家'雷蒙'(Santiago Ramón y Cajal)合得'諾貝爾'醫學獎。

哥爾奇像

10【哥倫比亞】 ㄍㄜ ㄌㄨㄣˊ ㄅㄧˇ ㄧㄚˋ
(Colombia)'南美'唯一濱臨兩大洋的國家。位於'南美洲'西北部。面積113.9萬方公里，人口4,295.0萬(2005年)，首都'波哥大'(Bogotá)。主要經濟作物有咖啡、可可和香蕉，其中咖啡產量居世界第二，為'哥國'經濟基礎。

14【哥爾多尼】 ㄍㄜ ㄦˇ ㄉㄨㄛ ㄋㄧˊ
(Carlo Goldoni, 1707～1793)'義大利'最偉大的喜劇作家、啟蒙運動時期戲劇活動家。一生寫過267個劇本，其中半數以上是喜劇。他對'義大利'當時流行的假面喜劇作了重大改革，廢除假面、使用劇本，創作了許多具有意義和現實主義精神的喜劇。

15【哥德藝術】 ㄍㄜ ㄉㄜˊ ㄧˋ ㄕㄨˋ
(Gothic art)從西元十二世紀中葉到十六世紀初葉間，在'歐洲'產生的一種藝術風格。'哥德'式教堂建築的特色是，發展出尖頂拱門、交叉肋骨穹窿與飛梁等構造力學上的新功能，來建築強調垂直線的高聳教堂。如'巴黎''聖母院'、

'科隆'大教堂等都是'哥德'式教堂的代表。'哥德'雕刻是寫實的,重視信仰或痛苦等的臉部表情爲其一大特色。'哥德'繪畫以鑲嵌在窗戶或玫瑰窗的彩色玻璃爲主。

12【哥斯大黎加】 ㄍㄜ ㄙ ㄉㄚˋ ㄌㄧˊ ㄐㄧㄚ
(Costa Rica) 位於'中美洲'的國家。東北濱'加勒比海',西南臨'太平洋'。面積5.1萬方公里,人口402萬(2005年),首都'聖荷西'(San José)。境內多火山、地震及溫泉,地處熱帶,僅山間盆地氣候較佳,人口集中。主產香蕉、咖啡和家禽。

14【哥爾斯衛迪】 ㄍㄜ ㄦˇ ㄙ ㄨㄟˋ ㄉㄧˊ
(John Galsworthy, 1867～1933)'英國'小說家兼劇作家。與'蕭伯納'齊名。於西元1932年獲得'諾貝爾'文學獎。著有小說"約瑟林"(*Jocelyn*)、"天鵝之歌"(*Swan Song*)等,戲劇"銀匣"(*The Silver Box*)、"鬥爭"(*Strife*)等。

哿 ㄍㄜˇ ko³, kê³ 音葛 又讀 ㄎㄜˇ k'o³, k'ê³ 音可
可;美好。見"說文"。

哲 ㄓㄜˊ chê² 音折
①睿智的;明智的。如:哲人。②賢智的人。如:聖哲。③判斷。通折。如:哲獄。

11【哲理】 ㄓㄜˊ ㄌㄧˇ
①玄妙高深的道理。②(philosophical)考察某事物的哲學基礎或哲學問題。比如哲理邏輯、哲理心理學等。

13【哲嗣】 ㄓㄜˊ ㄙˋ
敬稱別人的兒子。

16【哲學】 ㄓㄜˊ ㄒㄩㄝˊ
(philosophy)研究宇宙人生的深層意義或根本問題的學科。一般包括知識論、形上學(或本體論)和價值論(如倫理學與美學等)。

2【哲人其萎】 ㄓㄜˊ ㄖㄣˊ ㄑㄧˊ ㄨㄟ
本指賢哲將要死亡。後用作弔喪之詞。

唇 ㊀ ㄓㄣ chên¹ 音真
震驚。今通作震。見"說文"。
㊁ ㄔㄨㄣˊ ch'un² 音純
嘴脣。通脣。

啓 啟的俗體。

哰 ㄌㄠˊ lao² 音牢
參哰哰。

10【哰哰】 ㄌㄠˊ ㄌㄠˊ
狀聲詞。①燕語聲。②犬吠聲。

唦 ㄕㄚ sha¹ 音沙
狀聲詞。

唁 ㄧㄢˋ yen⁴ 音彥
慰問死者的家屬。

哴 ㄌㄤˊ lang² 音郎
小孩啼哭不停。見"集韻"。

哼 ㊀ ㄏㄥ hêng¹ 音亨
①呻吟。②用鼻音輕唱。③歎詞。表示憤恨、鄙視、不滿等。
㊁ ㄏㄫ hng
同㊀③。

哢 ㊀ ㄌㄨㄥˋ lung⁴ 音衖
鳥鳴。也指鳥鳴聲。
㊁ ·ㄋㄡ ·nou
助詞。表示感歎。

唔 ㄊㄨㄣˇ t'un³
痴呆的樣子。見"字彙"。

哱 ㄆㄛˋ p'o⁴ 音破
吹氣聲。見"廣韻"。

唚 ㄑㄧㄣˋ ch'in⁴ 音沁
①貓狗嘔吐。同吣。②口出惡言穢語。

唧 或作喞。㊀ ㄐㄧˊ chi² 音即
狀聲詞。參唧唧。
㊁ ㄐㄧ chi¹ 音機
抽水。

10【唧唧】 ㄐㄧˊ ㄐㄧˊ
狀聲詞。①機織聲。②嘆息聲。③鳥蟲鳴聲。

12【唧筒】 ㄐㄧ ㄊㄨㄥˇ
抽水及傳送空氣或其他氣體、液體的器具。譯名爲幫浦(pump)。其構造隨使用的目的而異,因而名稱也各有不同,如:空氣唧筒、壓縮唧筒、吸取唧筒、壓力唧筒等等。其主要構造爲在一圓筒中,裝上活塞外連管路,且裝有活門,活塞受外力上下動作,可將氣體或液體抽出或傳送於他處。

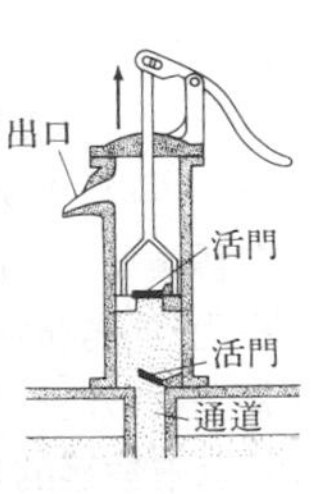

唧筒圖

10【唧唧噥噥】 ㄐㄧˊ ㄐㄧˊ ㄋㄨㄥˊ ㄋㄨㄥˊ
輕細不止的說話聲。

哪 ㊀ ㄋㄜˊ nê²
驅鬼的聲音。見"集韻"。
㊁ ㄋㄚˇ na³ 音那
①副詞。相當於怎麼。如:哪能。②指稱詞。表疑問。用與那同。如:哪裡。
㊂ ㄋㄟˇ nei³ 音餒
哪、一兩字之合音(ㄋㄞˇ)的變音。如:哪個。
㊃ ·ㄋㄚ ·na
助詞。表示感歎。如:天哪!

6【哪吒太子】 ㄋㄜˊ ·ㄓㄚ ㄊㄞˋ ㄗˇ
佛家護法之神。傳說爲'毘沙門''天王'之子。又作'那咤'。"西遊記"說他是'托塔天王''李靖'第三子。"封神演義"則說他出生不久,打死龍王太子'敖丙',四海龍王奏准'玉帝',捉拿他父母,'哪吒'於是自己剖腹剜腸,剔骨肉,還於父母而死。死後借蓮花爲軀體而復活,助'姜子牙'與'周'滅'紂'。

唓 ㄔㄜ ch'ê¹ 音車
參唓嗻。

14【唓嗻】 ㄔㄜ ㄓㄜ
'元代'俗語。也作奢遮。①厲害;了不得。②才能。

哺 ㄅㄨˇ pu³ 音補 又讀㊀ ㄅㄨˋ pu⁴ ㊁ ㄆㄨˇ p'u³
①咀嚼食物。②在口中咀嚼的食物。如:吐哺。③餵食。如:反哺。

8【哺乳動物】 ㄅㄨˇ ㄖㄨˇ ㄉㄨㄥˋ

ㄨˋ
(mammal)屬於脊椎動物中哺乳綱(class Mammalia)的動物,包括袋鼠、兔、鹿、牛等乃至人類在內。除鴨嘴獸及針鼴等少數種類(屬一穴目)外,其他皆胎生。雌性具有發達的乳腺,幼兒產出後,母體便分泌乳汁以餵哺幼兒。

哽 ㄍㄥˇ *kêng*³ 音梗
1言語不暢。如:語哽。2食物塞在喉頭,不能吞吐。如:哽塞。

9【哽咽】 ㄍㄥˇ ㄧㄝˋ
非常悲傷,以致喉間聲結氣塞。

13【哽塞】 ㄍㄥˇ ㄙㄜˋ
喉嚨堵塞,發不出聲音。

唔 ㄨˊ *wu*² 音吳
1狀聲詞。如:咿唔。2副詞。常見於'粵'語。用與[不]同。3歎詞。表示允許或驚訝。

哣 ㄉㄡ *tou*¹ 音兜
呵叱聲。

哷 ㄑㄧㄡˊ *ch'iu*² 音求
人名用字。'漢'末有流賊名'苦哷'。見"字彙補"。

哮 ㊀ ㄒㄧㄠ *hsiao*¹ 音消
1野獸怒吼。如:虎哮。2喧嘩。3喘息時,喉中作聲。如:哮喘。

㊁ ㄒㄧㄠˋ *hsiao*⁴ 音孝
高聲呼叫。見"集韻"。

12【哮喘】 ㄒㄧㄠ ㄔㄨㄢˇ
(asthma)俗稱氣喘。一種支氣管疾病。可因情緒緊張、化學刺激、過敏原之進入,或氣候變化而誘發。發作時會引起呼吸困難,通常不易根治。

哧 ㄔ *ch'ih*¹ 音吃
狀聲詞。如:噗哧。

咳 ㄎㄜˋ *k'o*⁴, *k'ê*⁴ 音克
參咳嚓。

17【咳嚓】 ㄎㄜˋ ㄔㄚˊ
刀斫物的聲音。

唽 ㄓㄚˊ *cha*² 音札
狀聲詞。如:啁唽。

哫 ㄐㄧㄚˊ *chia*² 音頰
妄語。見"說文"。

唷 ㄧㄛ *io*¹
歎詞。表示驚訝或疑問。

哤 ㄇㄤˊ *mang*² 音忙
言語混雜。

哨 ㄕㄠˋ *shao*⁴ 音紹
1軍中巡邏警戒的人。如:哨兵。2軍隊駐紮守望處。如:哨崗。3用以示警而能發出尖銳音響的發聲器。如:哨子。4撮口發出尖銳的聲音。

咩 羋的俗體。

哩 ㊀ ·ㄌㄧ ·*li*
助詞。用在句末,表示肯定。

㊁ ㄌㄧˇ *li*³ 音里
(mile)'英'制長度單位。一哩等於5,280呎或1,609.35公尺。

㊂ ㄌㄧ *li*¹
參哩嚕。

18【哩嚕】 ㄌㄧ ㄌㄨ
形容言語不清。也作哩哩嚕嚕。

員 ㊀ ㄩㄢˊ *yüan*² 音元
1團體中的一分子。如:職員。2量詞。用以算人數。如:六員大將。3周圍。如:幅員。4通圓。如:方員。

㊁ ㄩㄣˊ *yün*² 音雲
增加。見"字彙"。

㊂ ㄩㄣˋ *yün*⁴ 音運
姓。'唐'有'員半千'。見"萬姓統譜·一〇〇"。

17【員輿】 ㄩㄢˊ ㄩˊ
指地球。員,通圓。輿,指地;取義於地能載物,如車能載人。

5【員外郎】 ㄩㄢˊ ㄨㄞˋ ㄌㄤˊ
官名。'魏'置員外散騎侍郎,簡稱員外郎,意爲編制外之郎官;而實爲尊貴近侍官之一。'隋文帝'時始於'尚書省'六部各司置員外郎,爲各司之副長官;正長官爲侍郎,後改爲郎。'唐'承'隋'制,六部各司仍以員外郎爲副長官;而正長官稱郎中;合稱郎官。'宋''元''明''清'皆因之。

3【員工教育】 ㄩㄢˊ ㄍㄨㄥ ㄐㄧㄠˋ ㄩˋ
(employee education) 政府機關或企業機構爲其員工安排的教育計畫與設施。此種教育或施予基礎學識,或爲專業技能之訓練,或爲高深學術之專研,端視雇主的需求與員工的意願而定。

18【員額編制】 ㄩㄢˊ ㄜˊ ㄅㄧㄢ ㄓˋ
對一個組織的職稱、每一職稱應屬的職等及每一職稱可任用的人數之規定。各組織的員額編制,多在組織法規中規定,組織編制的大小,視組織業務的繁簡及工作量而定。

3【員工銷售率】 ㄩㄢˊ ㄍㄨㄥ ㄒㄧㄠ ㄕㄡˋ ㄌㄩˋ
(sales per employee)顯示企業人員與銷售關係的比率。主要有下列兩項:

(1)員工銷售率$=\dfrac{\text{銷貨收入}}{\text{員工人數}}$;

(2)員工銷售率$=\dfrac{\text{銷貨收入}}{\text{銷售人員數}}$。

唄 ㄅㄞˋ *pai*⁴ 音敗
梵語 pāthaka 的簡譯,又譯作唄匿、婆陟、婆師。義爲歌詠。

26【唄讚】 ㄅㄞˋ ㄗㄢˋ
僧侶以歌詠讚美佛祖的功德。

哯 ㄒㄧㄢˋ *hsien*⁴ 音現
嘔吐。見"說文"。

唈 ㄧˋ *i*⁴ 音邑 又讀 ㄜˋ *o*⁴, *ê*⁴ 音厄
氣不舒暢。

哭 ㄎㄨ *k'u*¹ 音枯
因痛苦、悲傷而發出的哀聲。

12【哭訴】 ㄎㄨ ㄙㄨˋ
哭泣著訴說內心的委屈或悲傷。

【哭喪棒】 ㄎㄨ ㄙㄤ ㄅㄤˋ
孝子送葬時手中所持裹白紙或麻布之木杖。

10【哭笑不得】 ㄎㄨ ㄒㄧㄠˋ ㄅㄨˋ ㄉㄜˊ
形容令人又好氣又好笑的感覺。

[illegible] ㄑㄧㄢˇ *ch'ien*³ 音遣
小土塊。見"廣韻"。

哫 ㄗㄨˊ *tsu*² 音足
參哫訾。

13【哫訾】 ㄗㄨˊ ㄗˇ
阿諛奉承。

哵 ㄅㄚ *pa*¹ 音八
鳴叫。見"玉篇"。

哷 ㄌㄜˋ *lê*⁴ 音勒
雞鳴。見"集韻"。

唏 ㄒㄧ *hsi*¹ 音希
1 笑聲。見"說文通訓定聲"。2 哀歎。通欷。如:唏噓。

15【唏噓】 ㄒㄧ ㄒㄩ
悲歎聲;抽咽聲。也作欷歔。

唑 一 ㄕˋ *shih*⁴ 音是
噬的或體。
二 ㄗㄨㄛˋ *tso*⁴, *tsuo*⁴ 音坐
參咔唑。

唂 ㄍㄨˇ *ku*³ 音古
鳥鳴。又作唃。見"廣韻"。

唉 ㄞ *ai*¹ 音哀
1 應和的聲音。2 歎詞。⑴表示惋惜。⑵表示痛恨。

唆 ㄙㄨㄛ *so*¹, *suo*¹ 音梭
1 用言語指使別人去做某事。2 說話多而令人厭煩。如:囉唆。

8【唆使】 ㄙㄨㄛ ㄕˇ
慫恿、指使他人從事某種行爲。

唎 ㄌㄧˋ *li*⁴ 音利
狀聲詞。見"集韻"。

哦 一 ㄜˊ *o*², *ê*² 音莪
吟詠。如:吟哦。
二 ㄛˊ *o*²
歎詞。表示驚悟或感歎。

唃 ㄍㄨˇ *ku*³ 音穀
鳥鳴。也作唂。見"廣韻"。

唕 ㄗㄠˋ *tsao*⁴ 音皂
參囉唕。

唣 唕的俗體。

唅 ㄏㄢ *han*¹ 音酣
1 以口含物。同含。2 張口。3 狀聲詞。

唙 嘀的俗體。

啓 啟的俗體。

8

啇 一 ㄉㄧ *ti*¹ 音滴
根本。指木根、果蒂或獸蹄。見"正字通"。
二 ㄕˋ *shih*⁴ 音適
和諧;和洽。見"集韻"。

商 ㄕㄤ *shang*¹ 音傷
1 討論;謀議。如:商討。2 販賣貨物的人。如:米商。3 販賣的行業。如:經商。4 五音之一。其音淸勁而淒厲。即金音。5 古代計時漏壺中箭上所刻的度數。如:三商。6 (quotient) 指以一數除另一數所得的結果。7 (前1711～前1066)'商湯'滅'夏'所建的朝代。都於'亳'(今'河南''商丘')。約領有今'河南'、'河北'的大部,'山東'、'山西'、'陝西'及'安徽'的一部。'太甲'、'太戊'、'祖乙'、'盤庚'及'武丁'在位期間,國勢興盛。'盤庚'時,遷於'殷'(今'河南''安陽'西'小屯村'),故'商'又稱'殷'或'殷商'。傳至'帝辛',暴虐無道,爲'周'所滅。共十七世,三十主,六百四十六年。8 姓。'戰國'有'商鞅'。見"萬姓統譜·五二"。

9【商紂】 ㄕㄤ ㄓㄡˋ
'商朝'末代君主。名'受辛',字'受德'。曾征伐'東夷',巡視'江'、'淮'、'齊'、'魯'各地。唯奢侈縱慾,不肯納諫,又殺害忠良,以致百姓怨怒,諸侯離叛。與'周武王'戰於'牧野',兵敗自焚而死,在位三十三年。

10【商討】 ㄕㄤ ㄊㄠˇ
商量討論。

【商展】 ㄕㄤ ㄓㄢˇ
商品展覽。

11【商情】 ㄕㄤ ㄑㄧㄥˊ
1 市場上的銷售情形。2 貨物價格漲落變動的狀況。

【商埠】 ㄕㄤ ㄅㄨˋ
1 商業發達的市鎮。2 通商的口岸。

【商務】 ㄕㄤ ㄨˋ
有關商業方面的事務。

【商蚷】 ㄕㄤ ㄐㄩˋ
蟲名。即馬蚿。

12【商港】 ㄕㄤ ㄍㄤˇ
專供商船出入,而爲國內外貿易商務或旅客運輸提供服務的港埠。良好之商港需有完善之規劃、建設、經營、管理制度,以及供船舶儲轉、繫泊、維修、補養與客貨裝卸等設備。

【商湯】 ㄕㄤ ㄊㄤ
'商代'開國君主。'契'的後代,'子'姓,名'履',又稱'天乙'。'夏桀'無道,'湯'舉兵討伐,放'桀'於'南巢',遂有天下,定都'亳'(今'河南''商丘'),國號'商',在位十三年。

13【商賈】 ㄕㄤ ㄍㄨˇ
商人的通稱。

【商頌】 ㄕㄤ ㄙㄨㄥˋ
"詩經"三頌之一。共五篇:"那"、"烈祖"、"玄鳥"、"長發"、"殷武"。舊說是'商'詩,近人則考定爲'春秋''宋國''正考父'所作。'宋國'是'殷'人之後,故稱'商頌'。

14【商鞅】 ㄕㄤ ㄧㄤ
(前390～前338)'戰國''衛'人。姓'公孫',名'鞅',因封於'商',也稱'商鞅'、'商君'。曾仕'魏',後入'秦',相'秦'十九年,輔助'秦孝公'變法。廢井田,開阡陌,獎勵耕戰,使'秦國'富強。但施法太嚴,貴戚大臣多怨,'孝公'死後,公子'虔'等誣陷'鞅'謀反,被車裂而死。今傳有"商君書"。

【商榷】 ㄕㄤ ㄑㄩㄝˋ
商討、評估。

15【商調】 ㄕㄤ ㄉㄧㄠˋ
五聲(宮、商、角、徵、羽)調式的一種。燕樂二十八調有商聲七調。

【商標】 ㄕㄤ ㄅㄧㄠ
指經過法規承認登記有效的商品

標誌。可以用符號、文字、圖案、記號或其聯合式來代表一項商品的品牌，以資識別，並有排除他人使用的力量。商標有"商標法"加以規定，其目的在保障商標專用權及消費者權益，並促進工商企業之正常發展。

16【商閾】 ㄕㄤ ㄩˋ
(threshold) 任何一種貨物(或服務)必須有一個最低的銷售額(即需求額)，以賺錢應付必要的開支(如店租、工資、設備的利息和維護等)。這個最低的需求(即市場區)便叫做商閾。以商閾爲限的市場區比商品圈爲小。

20【商議】 ㄕㄤ ㄧˋ
商量、討論。

21【商譽】 ㄕㄤ ㄩˋ
(goodwill) 會計上所稱商譽，指企業具有獲得超額利潤的能力。所謂超額利潤，乃其投資報酬率超過同業一般的水準。商譽產生的原因很多，如產品品質優良、經營地點適當或服務良好。由於商譽產生的眞正原因難以確定，其成本無法客觀衡量，根據會計原則，僅購買的商譽可以入帳，企業自行發展的商譽則不得入帳。

7【商君書】 ㄕㄤ ㄐㄩㄣ ㄕㄨ
舊題'秦''商鞅'撰，五卷。實後人捜集假託之作。今本二十四篇。書中基本思想爲主張法治，實行農戰。

9【商品圈】 ㄕㄤ ㄆㄧㄣˇ ㄑㄩㄢ
(range of the good) 一個中地或商店所銷售貨物(或服務)的最大距離範圍。按顧客購買貨物除考慮價錢外，尙需考慮旅費的多少(即距離中地或商店的遠近)，旅費過多便無意光顧此一中地或商店。因此貨物需求量因與中地或商店距離的增加而減少，到需求量降爲零時的範圍以內，便是它的商品圈。

5【商用數學】 ㄕㄤ ㄩㄥˋ ㄕㄨˋ ㄒㄩㄝˊ
(commercial mathematics) 應用數學的一種。以研究工商企業財務上或會計上各種繁複計算問題爲對象的學科。

9【商品目錄】 ㄕㄤ ㄆㄧㄣˇ ㄇㄨˋ ㄌㄨˋ
(catalog) 直接函件的一種。通稱型錄，也稱要覽、便覽或目錄。係生產者與銷售業者間最常用的商品說明書，甚至可替代推銷人員，把商品的機能、特長、價格、外型設計等做詳細而且有吸引力的說明，以達到促銷的目的。

【商品定位】 ㄕㄤ ㄆㄧㄣˇ ㄉㄧㄥˋ ㄨㄟˋ
(product positioning) 某一種品牌的產品在市場的空間上(如城市市場、鄉村市場)或消費者的心理印象上(如高級品、普及品)，和其競爭產品的相對位置比較。定位策略的運用，對尋找市場空隙、銷售方法、廣告訴求都有幫助，是強化商品力和市場力的技巧之一。

【商品貨幣】 ㄕㄤ ㄆㄧㄣˇ ㄏㄨㄛˋ ㄅㄧˋ
(commodity money) 多指貴重金屬如金、銀、銅、鐵，及牛、羊、石頭、骨頭等。這些物品可作爲商品交易，也可用來當作貨幣作爲某些社會交易的媒介。在此情況下，貨幣的幣値與幣材本身的價値相近，因此又稱實體貨幣(full bodied money)。

11【商務仲裁】 ㄕㄤ ㄨˋ ㄓㄨㄥˋ ㄘㄞˊ
(commercial arbitration) 又稱商務公斷。爲一種評判制度，即當事人間發生商務糾紛時，將爭執案件提交仲裁人或仲裁機構請求裁決，以解決糾紛的方法。其優點很多，如判斷迅速、費用低廉、專家裁決、保密、仲裁判斷具有法律效果等，所以在國際貿易發生糾紛時，常爲人採用以解決問題。

13【商業本票】 ㄕㄤ ㄧㄝˋ ㄅㄣˇ ㄆㄧㄠˋ
(commercial paper; CP) 貨幣市場的一種交易工具。係工商企業爲籌集季節性或短期產銷週轉資金，經過金融機構保證(少數信譽卓著、財務結構健全的公司，可免經金融機構的保證)，以貼現方式發行的一種本票。票款有拾萬元、伍拾萬元、壹佰萬元及壹仟萬元等數種，期限均在一年以內。

【商業回函】 ㄕㄤ ㄧㄝˋ ㄏㄨㄟˊ ㄏㄢˊ
(business reply mail) 包括信封和回函卡片的一種國內廣告函件。信封均註明「國內郵資已付」，收件人回覆時，不用再貼回郵。

【商業折扣】 ㄕㄤ ㄧㄝˋ ㄓㄜˊ ㄎㄡˋ
(trade discount) 銷貨者按價目表的訂價所給予顧客的折扣。因發票係按折扣後的金額記載，故商業折扣對會計紀錄並無影響。

【商業革命】 ㄕㄤ ㄧㄝˋ ㄍㄜˊ ㄇㄧㄥˋ
(commercial revolution) 十五世紀末到十六世紀初期，由於'哥倫布'發現'美洲'新大陸，以及'伽馬'(Vasco da Gama) 發現通往'東印度'的新航線，給與當時'歐洲'商業影響很大，學者將此時代，與後來工業革命對比，稱爲商業革命。其主要特色爲世界市場的創造、運輸交通的便利和迅速、國際金融的發展、國際政治貿易關係的複雜性與重要性的加強。

【商業風險】 ㄕㄤ ㄧㄝˋ ㄈㄥ ㄒㄧㄢˇ
(commercial risks) 又稱商業危險。由於商人對於其商業行爲所期待者與事實結果不一致時所生的風險。例如預期利潤的無法實現，投資費用的不能收回等，均屬商業風險。這種風險可藉一般商業性保險將其轉嫁出去。

【商業習慣】 ㄕㄤ ㄧㄝˋ ㄒㄧˊ ㄍㄨㄢˋ
(commercial usage; commercial custom) 又稱商業慣例或商習慣。即爲商業界所遵行而成爲確定的交易上的習慣。商業習慣起先行之於一特定地方，繼而逐漸普及於國內各地的交易，最後乃成爲國際間交易普遍採行的國際商業慣例。在缺乏國際統一法或共同法情況下的國際間交易，國際商業慣例即成爲交易當事人間履行契約時的共同準則。也就是說，在當事人間發生商務爭議時，商業習慣即成爲解決爭議的依據。這種習慣雖然不是一種法律規範，對交易當事人不直接具有法律上的強制力與拘束力，但各國法院或商務仲裁機構常根據這種商業習慣解決或裁決交易上的爭議。

【商業殺菌】 ㄕㄤ ㄧㄝˋ ㄕㄚ ㄐㄩㄣˋ
(commercial sterilization) 在製造罐頭過程中，爲避免內容物之色、香、組織等變劣與營養價值降低，加熱殺菌時並不一定完全滅菌，此即商業殺菌。可能有少許耐熱性微生物孢子殘存，但正常狀況下並不會生長。一般而言，仍有兩年或更長的保存期限。

【商業發票】 ㄕㄤ ㄧㄝˋ ㄈㄚ ㄆㄧㄠˋ
(commercial invoice; invoice) 又稱發貨單，簡稱發票。乃爲買賣交易成立後，在運出貨物時，由賣方繕製交給買方，作爲貨物清單及帳單的文件。其內容包括貨物名稱、品質規格、數量、單價、總價、貿易條件、賣方名稱、地址及簽字、買方名稱、地址等。在國際商品買賣，商業發票爲不可或缺的單證，也是進出口通關必需的文件，爲主要貨運單證之一。依"信用狀統一慣例"，除另有規定外，商業發票的製作須以開狀申請人的名義爲抬頭，且其金額不得超過信用狀金額，對於貨物的記述，必須與信用狀所載者相符。

【商業循環】 ㄕㄤ ㄧㄝˋ ㄒㄩㄣˊ ㄏㄨㄢˊ
(the business cycle) 又稱經濟循環或景氣變動。即在一定時間內，各種經濟數量的上升或下降，交替反覆進行的一種波浪式運動。它具有全面變動與週期性波浪式運動的特徵。

【商業匯票】 ㄕㄤ ㄧㄝˋ ㄏㄨㄟˋ ㄆㄧㄠˋ
(commercial bill of exchange; commercial bill; mercantile bill; trade bill) 指根據商業交易行爲而由債權人向債務人簽發的匯票。例如賣方依買賣契約交貨後，爲收回貨款，乃簽發以買方爲付款人的匯票，命令買方付款給賣方或其指定的人。

【商業銀行】 ㄕㄤ ㄧㄝˋ ㄧㄣˊ ㄏㄤˊ
(commercial bank) 以收受支票存款，供給短期信用爲主要任務的銀行。爲一國銀行體系的主要骨幹。商業銀行經營一般存款、放款、國內外匯兌、承兌、保證、倉庫、保管、代理等業務，範圍廣泛，有金融界的百貨公司之稱。

9【商品交易所】 ㄕㄤ ㄆㄧㄣˇ ㄐㄧㄠ ㄧˋ ㄙㄨㄛˇ
(commodity exchange) 何謂商品交易所，至今尚無統一的定義。大致說來，有兩類說法，第一類爲'美國'學者'金傑'(Gerald Gold)所定義：﹁有組織的市場﹂，第二類爲'美國'學者'許若寧'(Thomas A. Hieronymus) 所定義：﹁可以從事商品期貨交易的市場﹂。由上述，可定義爲：﹁商品交易所乃現代最有組織的市場，在此市場中，可以從事大量商品期貨交易。﹂茲進一步闡釋如下：一、商品交易所是一種高度組織化的公開市場。有固定的場地、一定的布置、交易時間、方法，乃至於交易條款的內容都經過詳細規定，買賣雙方都無選擇餘地。所以與一般的中央市場、魚肉市場或菜市場不同。二、商品交易所是適合大量商品期貨交易的市場。一般商品市場都以現貨交易爲限，而商品交易所，雖然現貨交易與期貨交易同時存在，但以期貨交易爲主，而且適合大量商品期貨交易。例如'芝加哥'穀物交易所黃豆的期貨交易數量，有時高過同期'美國'黃豆生產量的二十倍以上。三、商品交易所的期貨交易市場是一種價格市場。商品交易所是爲方便業者從事期貨交易而設立，期貨交易在本質上是以預防因價格變動遭受損失爲目的的避險交易；換句話說，交易人不是爲交貨而交易，而是爲價格而交易，所以嚴格說，它是一種價格市場。

13【商業性放款】 ㄕㄤ ㄧㄝˋ ㄒㄧㄥˋ ㄈㄤˋ ㄎㄨㄢˇ
(commercial loans) 爲供應工商業者短期性週轉資金的放款。亦即款項貸放於貨物的生產、運輸、銷售等方面。此種放款大多爲短期放款，係借款人一時的資金週轉，合乎自償性原則。

【商業性報紙】 ㄕㄤ ㄧㄝˋ ㄒㄧㄥˋ ㄅㄠˋ ㄓˇ
(mercantile newspapers) 與﹁政論性報紙﹂相對。以開拓發行、招徠廣告爲經營目標的一種報紙。靠賣版面給廣告商維持營運。

【商業性節目】 ㄕㄤ ㄧㄝˋ ㄒㄧㄥˋ ㄐㄧㄝˊ ㄇㄨˋ
(commercial program) 指由廣告提供者支付費用的廣播或電視節目。

【商業信用狀】 ㄕㄤ ㄧㄝˋ ㄒㄧㄣˋ ㄩㄥˋ ㄓㄨㄤˋ
(commercial letter of credit) 信用狀依其用途可分爲商業信用狀與旅行信用狀。商場上所稱信用狀，多指以清償貨款爲目的的商業信用狀而言。所以商業信用狀可定義爲：﹁銀行應買方的請求及指示，而向賣方簽發的一種文據或函件或電文，在該項文據或函電中，銀行向賣方承諾：如賣方履行該文據或函電中所規定的條件，則將就賣方所提示的匯票及(或)單證予以兌付。﹂由於商業信用狀多規定賣方必須提示規定的單證才能請求銀行付款，所以又稱爲跟單信用狀(documentary letter of credit)。

【商業徵信所】 ㄕㄤ ㄧㄝˋ ㄓㄥ ㄒㄧㄣˋ ㄙㄨㄛˇ

(commercial credit agency; mercantile enquiry agency; mercantile agency; mercantile credit agency; commercial enquiry office) 簡稱爲徵信所(credit agency)。爲信用調查機構的一種。即以從事搜集並調查分析個人、商號及公司的信用情況，編列資料，以供授信機構(如銀行)或工商界人士參考爲專業的機構。其規模有地方性的、全國性的及世界性的(例如 Dun & Bradstreet)，但多是私營事業。其調查分析的範圍包括個人、公司行號的品格、能力、資本、事業種類、組織、性質、經營業務狀況、財務狀況以及一般風評等。商業徵信所所編製的徵信報告通常以評等方式表示被調查對象的信用程度，這與銀行徵信報告是以意見方式表示者有所不同。

【商業承兌匯票】 ㄕㄤ ㄧㄝˋ ㄔㄥˊ ㄉㄨㄟˋ ㄏㄨㄟˋ ㄆㄧㄠˋ

(trade acceptance; commercial acceptance) 即賣方銷貨給買方時，爲收回貨款所簽發以買方爲付款人，並經買方承兌的遠期匯票。匯票經買方承兌後，買方即成爲匯票的主債務人。匯票到期時，即應負責兌現。在匯票到期前，賣方如需款週轉，可將其予以貼現，但由於商人信用不如銀行信用爲人所熟知，所以在市場上的流通性不如銀行承兌匯票。在國際貿易中最常見的商業承兌匯票是以託收項下承兌交單交易而產生者。

【商業資料處理】 ㄕㄤ ㄧㄝˋ ㄗ ㄌㄧㄠˋ ㄔㄨˇ ㄌㄧˇ

(business data processing) 爲商業之目的，應用電腦對資料所做的處理工作，如記錄、分類、統計、合併等，總稱商業資料處理。

啶 ㄉㄧㄥˋ *ting*⁴ 音定

參嚀啶。

啌 ㄒㄧㄤ *hsiang*¹ 音香

1嗔語。見"廣韻"。2咳嗽。見"集韻"。

啵 ㄅㄛ *po*¹ 音波

助詞。表示祈使。

唼 ㊀ ㄕㄚˋ *sha*⁴ 音霎

1蟲子咬食東西。2汰除。3從小洞洩出氣。4用牲血塗口。通歃。如：唼血。

㊁ ㄑㄧㄝˋ *ch'ieh*⁴ 音妾

毀謗的言語。見"正字通"。

㊂ ㄗㄚ *tsa*¹ 音匝

吃；啖。同咂。見"集韻"。

啍 ㄊㄨㄣˊ *t'un*² 音屯

口中徐緩出氣。引申爲遲重的樣子。

啚 ㊀ ㄅㄧˇ *pi*³ 音筆

吝嗇。今通作鄙。見"說文"。

㊁ ㄊㄨˊ *t'u*² 音途

圖的俗體。

啐 ㊀ ㄘㄨㄟˋ *ts'ui*⁴ 音萃

1驚愕。見"說文"。2嚐；飲。3吐痰或吐口水。多用以表示鄙斥或嬌嗔。

㊁ ·ㄑ ·*ch'*

歎詞。表示鄙斥。

啌 ㄑㄧㄤˋ *ch'iang*⁴ 音嗆

1小兒啼哭不止。見"說文"。2痛哭失聲。

啖 ㄉㄢˋ *tan*⁴ 音淡

1吃。見"廣雅·釋詁"。2以利誘人。3姓。'前秦'有'啖鐵'。見"通志·氏族略五"。

唪 ㄈㄥˇ *fêng*³ 音覂

1大笑。見"說文"。2諷誦。

啑 ㊀ ㄕㄚˋ *sha*⁴ 音霎

參啑喋。

㊁ ㄉㄧㄝˊ *tieh*² 音蝶

踐踏。通喋。如：啑血。

12【啑喋】 ㄕㄚˋ ㄉㄧㄝˊ

水鳥聚食的樣子。

問 ㄨㄣˋ *wên*⁴ 音紊

1向人請教。如：不恥下問。2占卜。如：問卦。3審案；審訊。如：問案。4責問。如：興師問罪。5請安。如：問候。6朝聘。如：聘問。7信息；音訊。如：音問。8向。如：問姐姐要錢。9安慰。如：慰問。10關心；管。如：不聞不問。11反省。如：問心無愧。12尋求。如：尋花問柳。13考查。如：問俗。14聲譽。通聞。如：聲問。

2【問卜】 ㄨㄣˋ ㄅㄨˇ

用占卜來決定行事。

5【問世】 ㄨㄣˋ ㄕˋ

1關心世事。也指隱居的人出來任事。2書刊出版或新產品推出。

6【問名】 ㄨㄣˋ ㄇㄧㄥˊ

古代婚禮六個程序之一。在納采之後，男方派人到女家問明新娘子的姓名及生辰。

8【問卷】 ㄨㄣˋ ㄐㄩㄢˋ

進行民意測驗或市場調查時，所擬好的問題紙，由訪員或受訪者填寫答題。

9【問津】 ㄨㄣˋ ㄐㄧㄣ

探問渡口的所在。1引申爲請求指示門徑或解除疑惑。2比喻探問或嘗試。

【問政】 ㄨㄣˋ ㄓㄥˋ

1請教爲政之道。2參與政治。今多指擔任民意代表。

10【問案】 ㄨㄣˋ ㄢˋ

審理案件。

【問訊】 ㄨㄣˋ ㄒㄩㄣˋ

1打聽音訊。2省視；慰問。3佛門四眾見面的禮儀。即以雙手合掌行禮，互問彼此生活起居。

13【問鼎】 ㄨㄣˋ ㄉㄧㄥˇ

1指圖謀王位。'春秋''楚莊王'伐'陸渾'，至'洛陽'，曾問'周'鼎的大小輕重於天子之使。見"左傳·宣三年"。2今稱角逐權位或競賽的錦標。

【問業】 ㄨㄣˋ ㄧㄝˋ
向人請教學問。

16【問遺】 ㄨㄣˋ ㄨㄟˋ
問候起居並贈送禮物。

19【問難】 ㄨㄣˋ ㄋㄢˋ
互相詰問辯駁。

6【問安視膳】 ㄨㄣˋ ㄢ ㄕˋ ㄕㄢˋ
古代兒女侍奉父母的禮法。每日必問安，每食必在側。

8【問長問短】 ㄨㄣˋ ㄔㄤˊ ㄨㄣˋ ㄉㄨㄢˇ
詳細詢問。

13【問道於盲】 ㄨㄣˋ ㄉㄠˋ ㄩˊ ㄇㄤˊ
比喻向外行人請教。

18【問題少年】 ㄨㄣˋ ㄊㄧˊ ㄕㄠˋ ㄋㄧㄢˊ
因身心缺陷或適應不良而有行爲偏差的少年。

【問題導向語言】 ㄨㄣˋ ㄊㄧˊ ㄉㄠˇ ㄒㄧㄤˋ ㄩˇ ㄧㄢˊ
(problem-oriented language) 電腦程式語言的一類。此類語言是爲解決某一特定應用之問題而設計。使用時僅需說明問題與所需要的處理，並提供輸入資料及輸出規格，就可得到結果，不需考慮問題的解法或演算過程，也不需考慮電腦內部運算處理之細節及過程。

啞 ㊀ ㄜˋ o^4, $\hat{e}^4$ 音厄
笑；笑聲。見"說文"。
㊁ ㄧㄚˇ ya^3 音雅
①口不能說話。②無言的。如：啞劇。③同㊀。
㊂ ㄧㄚ ya^1 音鴉
①狀聲詞。見"字彙"。②助詞。同呀。

17【啞謎】 ㄧㄚˇ ㄇㄧˊ
①謎語；隱語。②隱晦難解的語言或事物。

4【啞巴虧】 ㄧㄚˇ ㄅㄚ ㄎㄨㄟ
不能說出來的損失或傷害。

3【啞口無言】 ㄧㄚˇ ㄎㄡˇ ㄨˊ ㄧㄢˊ
被人質問或駁斥時，理屈詞窮，無法對答。

12【啞然失笑】 ㄜˋ ㄖㄢˊ ㄕ ㄒㄧㄠˋ
禁不住笑出聲來。

4【啞巴吃黃連】 ㄧㄚˇ ㄅㄚ ㄔ ㄏㄨㄤˊ ㄌㄧㄢˊ
比喻有苦說不出來。

喊 ㊀ ㄏㄨㄛˋ ho^4, huo^4 音貨
大笑的樣子。見"廣韻"。
㊁ ㄩˋ $y\ddot{u}^4$ 音玉 又讀 ㄒㄩˋ $hs\ddot{u}^4$ 音序
狀聲詞。見"集韻"。

啢 ㄌㄧㄤˇ $liang^3$ 音兩
質量單位盎司的意譯。

啒 ㄏㄨ hu^1 音忽
憂愁。也作㗇。見"廣韻"。

唰 ㄕㄨㄚ $shua^1$ 音刷
鳥兒整治羽毛。見"玉篇"。

唭 ㄑㄧˋ $ch'i^4$ 音氣
欺騙。見"集韻"。

唶 ㊀ ㄗㄜˋ $ts\hat{e}^4$ 音仄
大聲。同諎。見"說文"。
㊁ ㄐㄧㄝˋ $chieh^4$ 音借
感歎。如：唶愧。
㊂ ㄐㄧˊ chi^2 音集
歎聲。見"正字通"。

啦 ㊀ ㄌㄚ la^1 音拉
參啦啦隊。
㊁ ˙ㄌㄚ ˙la
助詞。是「了」(˙ㄌㄜ)和「啊」(˙ㄚ)兩個字的合音。表示語畢而略帶感歎。

11【啦啦隊】 ㄌㄚ ㄌㄚ ㄉㄨㄟˋ
在運動會等比賽中，用歡呼、歌舞來爲比賽者加油的隊伍。

啉 ㄌㄢˊ lan^2 音藍
①酒一巡。見"廣韻"。②吵鬧。見"集韻"。③貪心。通婪。見"正字通"。

啪 ㄆㄚ $p'a^1$ 音趴
狀聲詞。形容拍擊的聲音。也作咱。如：劈哩啪啦。

啜 ㄔㄨㄛˋ $ch'o^4$, $ch'uo^4$ 音綽
①嘗；吃。如：啜菽飲水。②飲。如：啜茗。③低泣聲。如：啜泣。

8【啜泣】 ㄔㄨㄛˋ ㄑㄧˋ
低聲哭泣。

12【啜菽飲水】 ㄔㄨㄛˋ ㄕㄨˊ ㄧㄣˇ ㄕㄨㄟˇ
食豆類、飲清水。形容生活清苦。

唻 ㊀ ㄌㄧˊ li^2 音離
歌唱聲。見"廣韻"。
㊁ ㄌㄞˇ lai^3
①狀聲詞。見"集韻"。②歎詞。表感傷。

啀 ㄧㄞˊ yai^2 音崖
①狗露齒要噬咬的樣子。見"玉篇"。②犬鬥。見"廣韻"。

13【啀喍】 ㄧㄞˊ ㄔㄞˊ
兩犬或群狗相鬥的樣子。也作崖柴。

唅 ㄏㄢˊ han^2 音含
面頰內部。同顄。也作脑。見"說文通訓定聲"。

12【唅呼】 ㄏㄢ ㄏㄨˊ
鼓腮生氣的樣子。

唫 哪的或體。

唵 ㄢˇ an^3 音揞
①含在口中。見"玉篇"。②以手進食。見"廣韻"。③歎詞。表示懷疑或理會。④佛教密宗金剛界咒文多冠以唵字，胎藏界冠南無二字。梵語 oṁ 的音譯，或音甕。爲阿(a)、烏(u)、麻(ṁ)三字合。阿字是法身義；烏字是報身義；麻字是化身義；合auṁ三字爲唵字，攝義甚多。

啊 ㄚ a^1 又讀 ㄛ o^1
①助詞。②歎詞。表示驚訝或贊歎。

啄 ㄓㄨㄛˊ cho^2, $chuo^2$ 音卓
①鳥用尖嘴取食。②書法筆法之一。指短撇，如禽之啄物，故稱。③鳥嘴。通噣、咮。見"洪武正韻"。④敲擊。通椓。如：剝啄。

4【啄木鳥】 ㄓㄨㄛˊ ㄇㄨˋ ㄋㄧㄠˇ
(woodpecker) 爲脊椎動物中屬於鳥綱 (class Aves)、鴷形目 (order Piciformes)、啄木鳥科 (family Picidae) 的動物。約有180種。啄食樹木中的昆蟲，其嘴

如鑿，舌細長，能伸出口外達相當距離，以協助啄食，舌的先端有倒鉤。廣布全球各地，尤以'南美'及'東南亞'特多。少數生活於溫帶的種類行遷徙。春天時雄者發出叫聲，往昔誤以爲啄木時所產生之打擊聲。中央尾羽羽軸大多硬化如棘，攀緣樹木時可賴以支持身體。

啄木鳥圖

啾 ㄐㄧˊ chi² 音寂
寂靜無聲。見"說文"。

唬 ㄏㄨˇ hu³ 音虎
[1]虎聲。見"說文"。[2]以聲勢恐嚇人。

唱 ㄔㄤˋ ch'ang⁴ 音暢
[1]倡導。通作倡。[2]張口發歌。[3]大聲呼叫。如：唱名。[4]演奏。

3【唱工】 ㄔㄤˋ ㄍㄨㄥ
指伶人的演唱技藝。

5【唱本】 ㄔㄤˋ ㄅㄣˇ
戲本；歌本。

6【唱名】 ㄔㄤˋ ㄇㄧㄥˊ
[1]按名單或名冊高聲宣叫名字。[2]歌唱時，爲了便於發音和區別音級，常用七個'拉丁'文的音節稱謂來代表自然音階中的七個音級，即Do、Re、Mi、Fa、Sol、La、Si，此七個唱級稱爲唱名。我國工尺譜中的上、尺、工、凡、六、五、乙，也稱唱名。唱名通常分爲一、固定唱名(fixed Do)，即不論什麼調子，都把C音唱爲Do，遇到該音有升降時，則把它加以升降半音。二、首調唱名(movable Do)，即把每個音階的主音，隨其音階變換而遷移。固定唱名，利於樂器的演奏；首調唱名，則利於聲樂的演唱。

8【唱和】 ㄔㄤˋ ㄏㄜ
[1]指歌曲此唱彼和。[2]彼此以詩詞相酬答。[3]呼應。

12【唱腔】 ㄔㄤˋ ㄑㄧㄤ
戲曲演出時演員歌唱的聲音曲調。各種戲曲，因使用方言不同，而有一定的唱腔曲調，如'弋陽'腔、'崑'腔等。同一唱腔曲調又因演員行腔的不同而形成各種流派，如'平'劇中老生有'馬'派、'余'派的分別，旦角又有'梅'派、'程'派的區分，便是在唱腔上有所變化。

15【唱論】 ㄔㄤˋ ㄌㄨㄣˋ
'元''燕南芝庵'撰，共三十一節，不分卷。記載古代音樂家、'宋''金''元'樂曲名目、格調、節奏、結構、品類、內容、宮調聲情、流傳地域、歌唱方法及其他音樂理論。是現存最早的戲曲聲樂的著作。

17【唱賺】 ㄔㄤˋ ㄓㄨㄢˋ
'宋代'民間的一種講唱藝術。演唱時能具備慢曲、曲破、大曲、嘌唱、耍令、番曲、叫聲等各種腔調。唱賺所用的腳本稱爲賺詞。

4【唱反調】 ㄔㄤˋ ㄈㄢˇ ㄉㄧㄠˋ
比喻提出相反的主張。

10【唱高調】 ㄔㄤˋ ㄍㄠ ㄉㄧㄠˋ
比喻言論空泛而不切實際。

啅 ㄓㄨㄛˊ cho², chuo² 音卓
[1]噪聒。[2]啄食。通啄。如：雀啅香花。[3]出眾。通卓。

啃 ㊀ ㄎㄣˇ k'ên³ 音墾
[1]用牙齒咬齧堅硬的食物。[2]比喻辛勤鑽研。如：啃書。
㊁ ㄎㄣˋ k'ên⁴
吃。如：啃麵包。

嗒 ㄊㄚˋ t'a⁴ 音踏
也作沓。參嚃沓。

啣 ㄒㄧㄢˊ hsien² 音銜
以口含物。也作銜。如：啣玉。

啡 ㄈㄟ fei¹ 音非
參咖啡。

啁 ㊀ ㄓㄡ chou¹ 音州
鳥鳴聲。見"說文"。
㊁ ㄔㄠˊ ch'ao² 音潮
調笑；詼諧。通嘲、謿。如：詼啁。

10【啁哳】 ㄓㄡ ㄓㄚˊ
雜亂細碎的聲音。

12【啁啾】 ㄓㄡ ㄐㄧㄡ
[1]鳥鳴聲。[2]樂器相雜演奏音。

15【啁噍】 ㄓㄡ ㄐㄧㄡ
[1]鳥名。[2]鳥鳴聲。

啕 ㄊㄠˊ t'ao² 音陶
[1]多言；嘮叨。同詢。見"廣韻"。[2]小孩說話發音不準。見"集韻"。[3]哭號。如：嚎啕大哭。

唿 ㄏㄨ hu¹ 音忽
[1]憂愁。見"玉篇"。[2]撮口作聲；吹口哨。如：唿哨。

啗 ㄉㄢˋ tan⁴ 音淡
[1]吃；食。如：啗嚼。[2]拿食物給人吃。引申爲以利誘人。如：啗之以利。

唯 ㊀ ㄨㄟˇ wei³ 音偉
恭遜的應答聲。如：唯諾。
㊁ ㄨㄟˊ wei² 音惟
通惟。[1]獨；但；只有。如：唯我獨尊。[2]因爲。[3]助詞。無義。[4]希望。如：唯君圖之。

4【唯心】 ㄨㄟˊ ㄒㄧㄣ
佛家語。所謂「萬法唯心，三界唯識」，佛家以世間林林總總，由精神到物質各種現象，都是由人心所造。

19【唯識】 ㄨㄟˊ ㄕˋ
佛家語。即唯心。指一切諸法，都不離於心識。識，了別。心能了別諸法，所以稱識。

4【唯心論】 ㄨㄟˊ ㄒㄧㄣ ㄌㄨㄣˋ
(idealism) [1]與唯物論相對。是一種本體論的學說，主張心靈或思想才是宇宙的眞實本體。[2]又名觀念論。一種知識論學說，主張事物的眞相存在我們的觀念中。

6【唯名論】 ㄨㄟˊ ㄇㄧㄥˊ ㄌㄨㄣˋ
(nominalism)與實在論相對。一本體論的哲學主張，認爲實際存在的只是個別的事物—殊相。而代表抽象性質或關係—共相的抽象名詞(如數字)或通詞(如美、善等)，不過是文字或名稱而已。

8【唯物論】 ㄨㄟˊ ㄨˋ ㄌㄨㄣˋ
(materialism)與唯心論相對。是一種本體論。它認爲物質或物質性的實體，是宇宙唯一的本體，其他一切(包括心靈在內)均爲物質的作用或其屬性。

19【唯識宗】 ㄨㄟˊ ㄕˋ ㄗㄨㄥ
佛教的宗派名。標榜「三界唯心」，世間萬有，皆唯心識所現。又名法相宗、慈恩宗。參慈恩宗。

2【唯力是視】 ㄨㄟˊ ㄌㄧˋ ㄕˋ ㄕˋ
盡力而爲。也作惟力是視。

4【唯心史觀】 ㄨㄟˊ ㄒㄧㄣ ㄕˇ ㄍㄨㄢ
(idealistic conception of history)與唯物史觀相對。是一種解釋歷史發展的學說。認爲歷史發展的動力在於人心或人的觀念。

7【唯利是圖】 ㄨㄟˊ ㄌㄧˋ ㄕˋ ㄊㄨˊ
只知謀求利益而不顧道義。

8【唯物史觀】 ㄨㄟˊ ㄨˋ ㄕˇ ㄍㄨㄢ
(materialistic conception of history) 與唯心史觀相對。是一種解釋歷史發展的學說。認爲物質力量(尤其是經濟因素)是促使歷史發展的動力。

【唯命是從】 ㄨㄟˊ ㄇㄧㄥˋ ㄕˋ ㄘㄨㄥˊ
絕對服從命令。

9【唯美主義】 ㄨㄟˊ ㄇㄟˇ ㄓㄨˇ ㄧˋ
(aestheticism) 文藝中的一派。其特色是以美作爲人生的中心，而厭棄物質的思潮，蔑視一般的社會道德。四、五十年以前盛行於'英國'，'斯文本'(Swinburne)與'莫理斯'(William Morris)是該派的始祖；但在實際生活與作品上最能代表該派的，則推'王爾德'(Oscar Wilde)。

11【唯唯否否】 ㄨㄟˇ ㄨㄟˇ ㄈㄡˇ ㄈㄡˇ
順應之詞。別人說是也跟著說是，別人說否也跟著說否。

【唯唯諾諾】 ㄨㄟˇ ㄨㄟˇ ㄋㄨㄛˋ ㄋㄨㄛˋ
連聲應諾，不加反對。

15【唯樂原則】 ㄨㄟˊ ㄌㄜˋ ㄩㄢˊ ㄗㄜˊ
(pleasure principle)'奧地利'心理學家'弗洛依德'探討人格基本動力的兩大定律之一。人格結構中之本我具有強烈之本能性衝動，而於潛意識中促動個體去追求快樂、逃避痛苦。

唲 ㄦˊ êrh² 音兒
委曲從人的樣子。見"廣韻"。

啤 ㄆㄧˊ p'i² 音皮
參啤酒。

10【啤酒】 ㄆㄧˊ ㄐㄧㄡˇ
(beer) 用大麥芽、蓬萊米及啤酒花爲原料，糖化後低溫發酵，經貯藏陳熟後過濾裝瓶，再經殺菌處理，以便於存放。未經殺菌處理者爲生啤酒，氣味清新，唯必須鮮飲。啤酒含豐富之蛋白質、維生素、礦物質，營養價值頗高。

【啤酒花】 ㄆㄧˊ ㄐㄧㄡˇ ㄏㄨㄚ
(hop；*Humulus lupulus*) 是大麻科植物的雌花乾燥物，含苦味質、丹寧質、啤酒花油等成分，爲製造啤酒不可缺少的添加物。除能賦與啤酒特有的苦味和芳香外，尙有殺菌作用，以提高保存性及促進蛋白質凝固作用，防止日後發生沈澱、混濁等現象。

唌 ㊀ ㄒㄧㄢˊ hsien² 音賢
1言語中夾雜嘆息的聲音。見"說文"。2口沫。通涎。
㊁ ㄧㄢˊ yen² 音延
參唌唌。

11【唌唌】 ㄧㄢˊ ㄧㄢˊ
讒言捷疾的樣子。見"字彙"。

㖧 ㊀ ㄏㄨㄣ hun¹ 音昏
參㖧㖧。
㊁ ㄨㄣˇ wên³ 音吻
吻的古文。

11【㖧㖧】 ㄏㄨㄣ ㄏㄨㄣ
目所不見。

唫 ㊀ ㄐㄧㄣˋ chin⁴ 音進
口吃；不能暢言。見"說文"。
㊁ ㄧㄣˊ yin² 音吟
1低聲感歎。同吟。2閉口不言。通噤。3高峻險要的山巖。通崟。

啥 ㄕㄚˊ sha²
稱代詞。相當於甚麼。

唸 ㄋㄧㄢˋ nien⁴ 音念
誦讀。同念。

唳 ㄌㄧˋ li⁴ 音利
鶴鳴。如：風聲鶴唳。

啎 ㄨˇ wu³ 音五
或作牾、迕。1相逢；相遇。見"正字通"。2違逆；違反。如：牴啎。

售 ㄕㄡˋ shou⁴ 音授
1賣；賣出。如：拋售。2實行；成功。如：詭計不售。3散布。如：售謗。

11【售貨契約書】 ㄕㄡˋ ㄏㄨㄛˋ ㄑㄧˋ ㄩㄝ ㄕㄨ
(sales contract)在商品買賣，當事人一方提出報價，經對方有效接受後，買賣契約即告成立。並且不論報價與接受是用口頭或書面方式表示，在法律上均具有同等效力。但實務上，爲確認契約的成立，都另以書面訂立買賣的內容及條件。此時，由賣方作成，經雙方共同簽署，各執乙份的買賣契約書，稱爲售貨契約書或銷貨契約書。其內容因交易對象、銷往地區、商品性質等的不同而差異很大。通常包含基本交易條件(商品名稱、規格、數量、價格、包裝、保險、裝運期、付款條件等)及一般交易條件(如不可抗力、索賠、準據法、仲裁、貿易條件等)。售貨契約書可以售貨單、售貨確認書、訂單確認書等替代，名稱雖不同，但效力相同。

啓 啟的俗體。

啔 啟的俗體。

9

啻 ㄔˋ ch'ih⁴ 音翅 又讀 ㄊㄧˋ t'i⁴ 音替
但；僅；止。如：不啻。

㗉 ㊀ ㄌㄩㄝˋ lüeh⁴ 音略
鋒利。見"爾雅·釋詁"。
㊁ ㄜˋ o⁴, ê⁴ 音愕
咢的籀文。

喜 ㄒㄧˇ hsi³ 音洗
①歡樂；高興。如：喜悅。②愛好。如：'孔子'晚而喜"易"。③吉祥喜慶的事。如：慶喜弔憂。④身孕。如：有喜。⑤美好的；吉利的。如：喜訊。⑥姓。'元'有'喜同'。見"萬姓統譜·七四"。

10【喜娘】 ㄒㄧˇ ㄋㄧㄤˊ
婚禮中陪伴新娘的女子。

11【喜蛋】 ㄒㄧˇ ㄉㄢˋ
①女子出嫁或生子滿月時，餽贈親友的紅蛋。②尙未孵化成雛即煮熟食用的蛋。

12【喜報】 ㄒㄧˇ ㄅㄠˋ
報喜的通知。也指好消息。

14【喜餅】 ㄒㄧˇ ㄅㄧㄥˇ
訂婚禮俗中，由男方贈送女方的糕餅。

15【喜劇】 ㄒㄧˇ ㄐㄩˋ
(comedy)戲劇的一種類型。與悲劇相對。多以諷刺或嘲笑醜惡滑稽的現象爲主，情節無論大小、複雜與否，必以歡樂團圓結束。透過誇張的手法、巧妙的結構安排、詼諧的臺詞，引發人不同的會意，達到娛樂的效果。

19【喜鵲】 ㄒㄧˇ ㄑㄩㄝˋ
(Chinese magpie; *Pica pica sericea*)又名乾鵲、四喜鵲、飛駁鳥，簡稱鵲。脊椎動物中屬於鳥綱 (class Aves)、雀形目(order Passeriformes)、鴉科 (family Corvidae) 中的一種。爲鳴禽類。嘴尖、尾長。體背面黑褐面，有青紫色光澤，肩、頸及腹面白色。棲於山野，亦見於村旁高樹間。

喜鵲圖

21【喜躍】 ㄒㄧˇ ㄩㄝˋ
形容非常高興。

7【喜孜孜】 ㄒㄧˇ ㄗ ㄗ
歡欣的樣子。

14【喜歌劇】 ㄒㄧˇ ㄍㄜ ㄐㄩˋ
(comic opera)含有大量音樂，主題輕鬆或感傷，而以喜劇收場的一種歌劇或戲劇作品。其音樂通常比較通俗、活潑，較能投合一般觀眾；布景及人物取材於日常生活，對人物的處理較偏重諷刺滑稽的手法。於十八世紀時始創於'法國'。

3【喜上眉梢】 ㄒㄧˇ ㄕㄤˋ ㄇㄟˊ ㄕㄠ
歡欣的神采顯現在臉上。

4【喜不自勝】 ㄒㄧˇ ㄅㄨˋ ㄗˋ ㄕㄥ
歡喜得自己都受不了。形容非常喜悅的樣子。

5【喜出望外】 ㄒㄧˇ ㄔㄨ ㄨㄤˋ ㄨㄞˋ
意想不到的欣喜。

7【喜形於色】 ㄒㄧˇ ㄒㄧㄥˊ ㄩˊ ㄙㄜˋ
歡欣之情呈現於顏色。

9【喜怒無常】 ㄒㄧˇ ㄋㄨˋ ㄨˊ ㄔㄤˊ
忽喜忽怒，令人捉摸不定。

11【喜逐顏開】 ㄒㄧˇ ㄓㄨˊ ㄧㄢˊ ㄎㄞ
內心喜悅，因而臉上綻開笑容。

【喜從天降】 ㄒㄧˇ ㄘㄨㄥˊ ㄊㄧㄢ ㄐㄧㄤˋ
比喻喜慶突然而來。

13【喜新厭舊】 ㄒㄧˇ ㄒㄧㄣ ㄧㄢˋ ㄐㄧㄡˋ
喜歡新鮮的而厭惡陳舊的。

10【喜馬拉雅山】 ㄒㄧˇ ㄇㄚˇ ㄌㄚ ㄧㄚˇ ㄕㄢ
(Himalayan Mts.)'青康藏高原'與'印度半島'的界山。屬新褶曲山脈，呈弧形。東西橫亙二千多公里，平均高七、八千公尺。'聖母峰'(Chumolungma Mt.)高8,848公尺，爲世界第一高峰。

9【喜怒不形於色】 ㄒㄧˇ ㄋㄨˋ ㄅㄨˋ ㄒㄧㄥˊ ㄩˊ ㄙㄜˋ
不將情緒好惡表露於臉上。形容人穩重深沈。

喆 哲的或體。

𠷎 ㊀ ㄔㄡˊ ch'ou² 音仇
雉的一種。同[illegible]。見"集韻"。
㊁ ㄕㄡˋ shou⁴ 音受
壽的古文。

喪 ㊀ ㄙㄤ sang¹ 音桑
①死亡。②服喪服。③姓。'春秋''楚'有'喪左'。見"奇姓通·三"。
㊁ ㄙㄤˋ sang⁴
①失去。如：喪家之犬。②滅亡。如：喪敗。③倒楣的。如：喪運。

7【喪志】 ㄙㄤˋ ㄓˋ
失掉志氣或意志頹喪。

8【喪明】 ㄙㄤˋ ㄇㄧㄥˊ
①眼睛失明。②比喩喪子。

【喪服】 ㄙㄤ ㄈㄨˊ
居喪時所穿的衣服。舊俗分爲斬衰、齊衰、大功、小功、緦麻五種。

9【喪紀】 ㄙㄤ ㄐㄧˋ
喪事。

10【喪師】 ㄙㄤˋ ㄕ
①戰敗。②喪失民心。

11【喪假】 ㄙㄤ ㄐㄧㄚˋ
員工親屬死亡者，得請喪葬假。其假期因親屬之親疏而不同，如祖父母死亡者爲一星期；父母或配偶死亡者三星期，配偶之父母死亡者二星期。

13【喪葬】 ㄙㄤ ㄗㄤˋ
發喪與下葬。

【喪亂】 ㄙㄤ ㄌㄨㄢˋ
死喪禍亂。

17【喪膽】 ㄙㄤˋ ㄉㄢˇ
比喩非常恐懼。

20【喪鐘】 ㄙㄤ ㄓㄨㄥ
教堂在宣告教徒死亡或爲死者舉行宗教儀式時所敲的鐘聲。後用以比喩死亡或滅亡的訊號。

4【喪心病狂】 ㄙㄤˋ ㄒㄧㄣ ㄅㄧㄥˋ ㄎㄨㄤˊ
形容人失去理智，行爲違背常理，

如瘋狂一般。

10【喪家之犬】 ㄙㄤ ㄐㄧㄚ ㄓ ㄑㄩㄢˇ
比喻人不得志或無所歸依。

喧 ㄒㄩㄢ hsüan¹ 音宣
大聲講話或吵鬧。如:喧譁。

14【喧赫】 ㄒㄩㄢ ㄏㄜˋ
形容聲勢顯著盛大。

15【喧鬧】 ㄒㄩㄢ ㄋㄠˋ
嘈雜;吵鬧。

18【喧擾】 ㄒㄩㄢ ㄖㄠˇ
嘈雜繁亂。

【喧闐】 ㄒㄩㄢ ㄊㄧㄢˊ
聲音大而雜亂。形容熱鬧的景象。

19【喧譁】 ㄒㄩㄢ ㄏㄨㄚˊ
聲音大而嘈雜。

20【喧騰】 ㄒㄩㄢ ㄊㄥˊ
①聲音喧鬧沸騰。②指人聲名遠播。

21【喧囂】 ㄒㄩㄢ ㄒㄧㄠ
聲音大而嘈雜。

4【喧天價響】 ㄒㄩㄢ ㄊㄧㄢ ˙ㄍㄚ ㄒㄧㄤˇ
聲音大得震動天空。

14【喧賓奪主】 ㄒㄩㄢ ㄅㄧㄣ ㄉㄨㄛˊ ㄓㄨˇ
①客人的氣勢壓過主人。②比喻次要的壓過主要的。

喀 ㊀ ㄎㄜˋ k'o⁴, k'ê⁴ 音客
①嘔吐聲。見"廣韻"。②嘔吐。如:喀血。
㊁ ㄎㄚˋ k'a⁴ 音髂
狀聲詞。
㊂ ㄎㄚ k'a¹ 音咖
參喀吧。

6【喀血】 ㄎㄜˋ ㄒㄧㄝˇ
由肺部或氣管吐出鮮血、血塊,或痰中夾帶血液。

7【喀吧】 ㄎㄚ ㄅㄚ
東西折斷的聲音。

6【喀西尼】 ㄎㄚˋ ㄒㄧ ㄋㄧˊ
(Giovanni Domenico Cassini, 1625~1712)'義大利'天文學家。曾任'巴黎'天文臺臺長,發現土星的四顆衛星和土星光環的縫隙(稱爲'喀西尼'環縫),並測定木星、金星、火星的公轉週期,以及太陽視差率、地球軌道的偏心率等。

11【喀麥隆】 ㄎㄚˋ ㄇㄞˋ ㄌㄨㄥˊ
(Cameroon) 位於西'非'的高原國。西南濱'大西洋'。面積47.5萬方公里,人口1,638.0萬 (2005年),首都'雅恩德' (Yaoundé)。主產可可、咖啡、木材、香蕉和花生,礦產以鋁土為主。

14【喀爾文】 ㄎㄚˋ ㄦˇ ㄨㄣˊ
(John Calvin, 1509~1564)'法國' 宗教改革家。曾學習法律,並研究神學,了解當時教會的流弊,於是在'路德'派新教外,又別樹'喀爾文'派;西元1536年以'拉丁'文寫了一本"基督教原理" (*Institutes of the Christian Religion*),闡發教義。是時舊教勢力頗盛,新教屢遭迫害,'喀'氏因而被驅逐出境。流亡到'日內瓦',受該地居民歡迎,直到現在他所創的教派仍以'瑞士'爲中心,盛行於'荷蘭'、'美國'、'蘇格蘭'、'波希米亞'等地。現今的長老會(Presbyterian Church)即從'喀爾文'教派產生。

喀爾文像

4【喀夫拉爾】 ㄎㄚˋ ㄈㄨ ㄌㄚ ㄦˇ
(Pedro Álvares Cabral, 1467?~1520) '葡萄牙' 的航海家。1500年奉'葡'王'馬奴爾一世'(Manuel I)之命探險'印度',中途因風雨吹離航道,於是年4月22日發現'巴西',並歸併爲'葡'屬領土,十日後再循'非洲'東南岸至'印度',訂立兩國通商條約。

【喀什米爾】 ㄎㄚˋ ㄕˊ ㄇㄧˇ ㄦˇ
(Kashmir) '印度半島'北端的高原土邦。雖然荒涼寒冷,卻控中'亞'進入'印度半島'的咽喉,爲'印度'和'巴基斯坦'爭奪的對象。今大半土地由'印度'占領,小部分爲'巴基斯坦'控制。

12【喀斯特地形】 ㄎㄚˋ ㄙ ㄊㄜˋ ㄉㄧˋ ㄒㄧㄥˊ
(Karst topography) 即石灰岩地形。在石灰質的岩石中,經由溶蝕作用所造成的地形。因此種地形首先在'南斯拉夫'的'喀斯特'區作過詳盡的研究,故名。

14【喀爾文教派】 ㄎㄚˋ ㄦˇ ㄨㄣˊ ㄐㄧㄠˋ ㄆㄞˋ
(Calvinism) 宗教改革後,'法'人'喀爾文'(John Calvin)在'日內瓦'創立的新教派。教義中主張預定論,即個人是否得救,早爲上帝所預定。強調工作神聖、勤儉節約。因不反對貸款取息,頗受工商界歡迎,傳播快速。分支有'法國''休京拉'派(Huguenot)、'蘇格蘭'長老會(Presbyterian Church)和'英國'清教徒(Puritan)。

【喀爾巴阡山脈】 ㄎㄚˋ ㄦˇ ㄅㄚ ㄑㄧㄢ ㄕㄢ ㄇㄛˋ
(Carpathian Mts.) 綿延於'蘇俄'、'捷克'和'羅馬尼亞'境內的山脈。長1,450公里,呈弧狀。最高峰爲'捷克'境內的'克拉喬夫卡峰'(Gerlachovka Mt.),高2,655公尺。與'阿爾卑斯山'屬同期山系,但山勢較低,湖泊、冰河及瀑布較少。低坡森林採伐盛。上有數座岩鹽和煤礦。

啼 ㄊㄧˊ t'i² 音題
一作嗁。①出聲號哭。②鳥獸鳴叫。如:虎嘯猿啼。

6【啼血】 ㄊㄧˊ ㄒㄧㄝˇ
形容鳥類啼聲的悲切。

10【啼笑皆非】 ㄊㄧˊ ㄒㄧㄠˋ ㄐㄧㄝ ㄈㄟ
哭笑不得,不知如何是好。

喑 ㄧㄣ yin¹ 音陰
①小孩哭泣不止。引申爲啼泣無聲。如:喑嗚。②啞。通瘖。如:喑啞。③緘默不言。如:喑默。④暴怒時所發出的聲音。如:喑噁

吡咤。

11【喑啞】 ㄧㄣ ㄧㄚˇ

①啞吧；不能說話。②默不出聲。

15【喑噁】 ㄧㄣ ㄨˋ

怒斥的聲音。

啷 ㄌㄤ lang1

或作啷。金屬器物受到撞擊時所發出的聲音。

21【啷鐺】 ㄌㄤ ㄌㄤ

繁瑣的配件。

喨 ㄌㄧㄤˋ liang4 音亮

①悲泣；痛哭失聲。同哴。見"集韻"。②聲音清越響亮。如：嘹喨。

喭 ㄧㄢˋ yen4 音宴

①向家有變故的人慰問。同唁。見"集韻"。②粗俗；剛猛。見"正字通"。

喥 ㊀ ㄉㄨˋ tu4 音杜

申斥。同吒。見"集韻"。

㊁ ㄉㄨㄛˊ to2, tuo2 音奪

言語沒有節制。見"集韻"。

⿰口施 ㄕ shih1 音施

趕雞的聲音。見"正字通"。

噅 ㄏㄨㄟ hui1 音輝

或作噅。①嘴巴歪斜。見"玉篇"。②面貌醜陋。見"字彙"。

嗞 ㄗ tzŭ1 音資

①歎息。通咨。見"說文"。②笑。見"廣韻"。③哭不停。見"集韻"。

喢 ㄕㄚˋ sha4 音霎

①多言。見"廣韻"。②用口吸取。通歃。

喫 ㊀ ㄔ ch'ih1 音癡

①食。如：喫飯。②飲。如：喫茶。③擔受。如：喫重。④花費。如：喫力。⑤被。如：喫他辱罵。⑥船舶入水的深度。如：喫水。

㊁ ㄐㄧˊ chi2 音吉

說話結巴困難。通吃。

12【喫裡爬外】 ㄔ ㄌㄧˇ ㄆㄚˊ ㄨㄞˋ

參吃裡爬外。

【喫飯防噎】 ㄔ ㄈㄢˋ ㄈㄤˊ ㄧㄝ

比喻做事要細心謹愼。

嘅 ㄎㄞˋ k'ai4 音慨

或作嘅。歎氣。如：嘅嘆。

喇 ㊀ ㄌㄚˋ la4 音辣

參喇子。

㊁ ㄌㄚˇ la3

參喇嘛。

㊂ ㄌㄚ la1 音拉

參喇嘴。

㊃ ㄌㄚˊ la2

參喇喇。

3【喇子】 ㄌㄚˋ ˙ㄗ

指地痞流氓。

5【喇叭】 ㄌㄚˇ ˙ㄅㄚ

①我國對嗩吶及其他口部呈碗形向外擴展之銅管樂器的通稱。軍中常用來傳達號令。②西洋樂器中幾個銅管樂器俗稱喇叭。如小號（trumpet）俗稱小喇叭、伸縮號(trombone)稱伸縮喇叭、低音號（tuba）稱低音喇叭。③一般指截面積按一定規律逐漸增大的筒狀揚聲器。與聲源連接的一端截面積小，而另一端截面積大，用以提高發聲效率。

12【喇喇】 ㄌㄚˊ ˙ㄌㄚ

形容液體滴落。

14【喇嘛】 ㄌㄚˇ ˙ㄇㄚ

我國'藏族'、'蒙族'對僧侶的尊稱。意爲最上無勝。

16【喇嘴】 ㄌㄚ ㄗㄨㄟˇ

說話誇張。

5【喇叭褲】 ㄌㄚˇ ˙ㄅㄚ ㄎㄨˋ

自臀圍以下便往外側逐漸展寬，其喇叭狀的寬大褲腳可捲起，便於甲板上工作的水兵制服褲型。傳統上採白色或深藍色；西元1960～1970年代初，曾被服飾界仿效且造成一段流行顚峰，褲型有自膝蓋以下展開，或者褲管極端寬大的象腿褲等變化形。

喇叭褲圖

【喇叭鎖】 ㄌㄚˇ ˙ㄅㄚ ㄙㄨㄛˇ

(cylindrical lock)也稱圓筒鎖、圓球鎖。鎖本身兼作把手，輕巧靈活，一般用於室內。

14【喇嘛教】 ㄌㄚˇ ˙ㄇㄚ ㄐㄧㄠˋ

佛教的一派。主要傳播於我國'藏族'、'蒙古族'等地區。'唐'時'印度'比丘'蓮花生'、'靜命'等，把密教傳入'西藏'，與'西藏'原始佛教及民俗相適應，而形成喇嘛教。喇嘛教派別眾多，主要分新、舊兩派。舊教身穿紅衣，也稱紅教，爲'蓮花生上師'所創，'元'中葉後漸衰，且流於妖妄；新教身穿黃衣，也稱黃教，爲'明''永樂'年間'宗喀巴'所創，矯正紅教流弊，尊尚德性戒律，現爲喇嘛正宗，其教主達賴喇嘛及其他活佛班禪、哲布尊丹巴皆以「呼畢勒罕」寄胎轉生，繼續接任其前身的位職。

⿰口昏 ㊀ ㄨㄣˇ wên3 音吻

吻的或體。

㊁ ㄏㄨㄣ hun1 音婚

昏的或體。

喡 ㊀ ㄨㄟˊ wei2 音危

受驚嚇而失聲。見"玉篇"。

㊁ ㄨㄟˋ wei4 音尉

小兒啼聲。見"集韻"。

喓 ㄧㄠ yao1 音腰

蟲鳴聲。見"廣韻"。

喔 ㊀ ㄨㄛˋ wo4 音握　又讀 ㄨ wu1 音屋

雞啼聲。見"說文"。

㊁ ㄛ o1

歎詞。①表示了解。同哦。②表示驚歎。

啿 ㄉㄢˋ tan4 音淡

豐厚的樣子。見"字彙"。

⿰口耶 ㄧㄝˊ yeh2 音爺

助詞。同耶。見"正字通"。

喃 ㄋㄢˊ nan2 音男

語聲。見'玄應'"一切經音義"。

12【喃喃】 ㄋㄢˊ ㄋㄢˊ

①低語聲。②讀書聲。③鳥鳴聲。

喋 ㊀ ㄉㄧㄝˊ tieh2 音跌

①血流出來的樣子。見"集

韻"。2多言。見"集韻"。3踐踏。通蹀。如:喋血。4鳥或魚群聚爭食。如:喋呷。

二 ㄓㄚˊ cha² 音札

同一4。

三 ㄑㄧㄝˋ ch'ieh⁴ 音妾

吃。見"集韻"。

6【喋血】 ㄉㄧㄝˊ ㄒㄧㄝˇ

踏血而行。形容殺人很多。

12【喋喋不休】 ㄉㄧㄝˊ ㄉㄧㄝˊ ㄅㄨˋ ㄒㄧㄡ

形容話多不停的樣子。

喖 ㄏㄨˊ hu² 音胡

參啢喖。

喖 ㄏㄨˊ hu² 音胡

咽喉。見"集韻"。

喳 一 ㄔㄚ ch'a¹ 音叉

參喳喳。

二 ㄓㄚ cha¹ 音渣

'淸'時下對上的恭敬應聲。意義同「是」。

12【喳喳】 ㄔㄚ ㄔㄚ

1形容細碎不斷的聲音。2指鳥鳴聲。

喈 ㄐㄧㄝ chieh¹ 音皆

1鳥鳴聲。見"說文"。2形容聲音和諧。見"字彙"。

嗑 嗑的俗體。

喊 ㄏㄢˇ han³ 音罕

大聲呼叫。

喱 ㄌㄧˊ li² 音梨

'英'制衡名。格令的簡譯。又稱'英'釐。

喙 ㄏㄨㄟˋ hui⁴ 音諱

1鳥獸的嘴。2指人的口。引申爲言辭。如:無從置喙。

10【喙息】 ㄏㄨㄟˋ ㄒㄧˊ

以口呼吸的禽鳥。也泛指一切有口能呼吸的動物。

喌 ㄓㄡ chou¹ 音周

呼雞餵食的聲音。或作咮。見"廣韻"。

嘏 ㄒㄧㄚˊ hsia² 音遐

咽喉。見"集韻"。

嗢 嗢的俗體。

喁 一 ㄩㄥˊ yung² 音顒

魚的嘴巴露出水面。

二 ㄩˊ yü² 音愚

1一的又讀。2聲音互相應和。見"字彙"。

12【喁喁】 一 ㄩㄥˊ ㄩㄥˊ

群魚口向上。比喻眾人仰望歸慕。

二 ㄩˊ ㄩˊ

聲音相應和。

喝 一 ㄧㄝˋ yeh⁴ 音業

聲音嘶啞幽塞。見"說文"。

二 ㄏㄜˋ ho⁴, hê⁴ 音賀

1恐嚇。2大聲訶責。如:喝斥。3大聲呼叫。如:喝采。

三 ㄏㄜ ho¹, hê¹ 音呵

1同二2、3。2飲。

8【喝采】 ㄏㄜˋ ㄘㄞˇ

也作喝彩。1擲骰子時,大聲呼叫,希望得到彩頭。2大聲叫好。

喏 一 ㄖㄜˇ jê³ 音惹

應答聲。見"正字通"。

二 ㄋㄨㄛˋ no⁴, nuo⁴ 音懦

1同一。2歎詞。表示有所指示。

單 一 ㄉㄢ tan¹ 音丹

1一個;獨一的。如:單騎。2只;僅。如:單說不做。3用布帛縫製的被服。如:床單。4記事的紙片或單據。如:帳單。

二 ㄔㄢˊ ch'an² 音蟬

參單于。

三 ㄕㄢˋ shan⁴ 音善

姓。'漢'有'單父'。見"萬姓統譜·八一"。

3【單于】 ㄔㄢˊ ㄩˊ

'漢'時對'匈奴'酋長的稱呼。

4【單方】 ㄉㄢ ㄈㄤ

1簡單的方劑。用藥不超過一、二味,僅適應一、二病症,藥力專一而強,取效迅速,常作爲急救或專門攻治一病時用。2一方。與雙方相對。

【單元】 ㄉㄢ ㄩㄢˊ

1凡同一性質而有系統構成一體的,稱爲單元。常用在科目、教材方面。2整體中的一個獨立部分。

6【單字】 ㄉㄢ ㄗˋ

單獨成爲個體的字,不論它是否含有完整的觀念,統稱爲單字。

7【單利】 ㄉㄢ ㄌㄧˋ

(simple interest)爲借貸上利息的通常算法。係按借貸的本金乘以利率再乘以期間的方式,求出應計的利息。例如本金十萬元、年息6%、期間六個月,則其六個月應計的利息應爲 $\$100,000 \times 6\% \times 6/12 = \$3,000$。

【單位】 ㄉㄢ ㄨㄟˋ

1禪堂中僧人坐禪的座位。因爲坐床上黏貼著各僧人的名單,故稱。2(unit)(1)量度時,作爲基準之一定大小的量。(2)單位數。又稱幺元,就是1。單位長指長度爲1的線段,單位面積就是長寬均爲1的正方形的面積。單位圓指半徑爲1的圓,單位向量指長度爲1的向量。單位球與單位圓用於立體角和平面角的度量上。(3)指機關團體中的各個部門。

【單身】 ㄉㄢ ㄕㄣ

1獨自一人。2指未婚或鰥寡的人。

8【單抬】 ㄉㄢ ㄊㄞˊ

寫信提到對方時,爲表示敬意而中途換行,高一格書寫。

【單果】 ㄉㄢ ㄍㄨㄛˇ

(single fruit)由一個子房發育而成的果實。如豌豆、葡萄、柑橘等果實。

11【單眼】 ㄉㄢ ㄧㄢˇ

(simple eye; ocellus)昆蟲的成體,通常具有複眼;有些種類除複眼外,尙有單眼,爲數1~3個。單眼小,構造簡單,不能調節光線,僅能近視物體,辨別明暗及輔助複眼之用。

12【單詞】 ㄉㄢ ㄘˊ

(singular term)與通詞相對。指單一事物的語詞。比如「蘇軾的大兒子」、「李清照」和「蘇小妹」等，都是單詞。

【單扉】 ㄉㄢ ㄈㄟ

單扇門。

13【單鉤】 ㄉㄢ ㄍㄡ

執筆法之一。以拇指、食指、中指的指尖鉤住筆管。與雙鉤相對，用筆較淺。

【單傳】 ㄉㄢ ㄔㄨㄢˊ

①只傳授一家師法，不雜別派的學說。②俗稱只有一子傳宗接代。

14【單槓】 ㄉㄢ ㄍㄤˋ

體操項目之一。使用的器械是由兩根支柱架一橫槓所構成。動作以懸垂及支撐系統爲主，如擺動、迴環、倒立、空翻、轉體等，構成快速機巧的組合。

15【單調】 ㄉㄢ ㄉㄧㄠˋ

①簡單；少變化；少趣味。②(monotone)單一音調。又稱平音。即以一個不變的音高吟誦歌詞，通常使用在聖歌、禱告、日課等的吟唱上。

【單養】 ㄉㄢ ㄧㄤˇ

指養殖魚類中，爲避免彼此爭食、相鬥影響魚類生長所實施的單品種飼養。

16【單據】 ㄉㄢ ㄐㄩˋ

作爲憑據的單子。

17【單幫】 ㄉㄢ ㄅㄤ

單獨一人工作，未與其他人合作，或不受他人約束。如：跑單幫。

【單薄】 ㄉㄢ ㄅㄛˊ

薄弱；不豐厚。

19【單證】 ㄉㄢ ㄓㄥˋ

(documents)又稱單據或文件。在國際貿易，指各種交易文件，如貨運單證、報價單、承諾書、契約文件等。在信用狀業務，單證包括運輸單、保險單證、發票、產地證明書等。

23【單體】 ㄉㄢ ㄊㄧˇ

①(simplex) 0維單體爲一點，1維單體爲線段，2維單體爲三角形及其內部，3維單體爲四面體及其內部等等。n維單體是n維空間最基本的幾何圖形，而且不能含於任何n-1維子空間內，是更複雜圖形的建構基本單位，故用於n維單體位相學中。②(monomer)構成聚合物的單位小分子。具有官能基或未飽合鍵可供聚合反應。如構成聚乙烯(PE)的乙烯分子、構成澱粉的葡萄糖分子等。

1【單一國】 ㄉㄢ ㄧ ㄍㄨㄛˊ

對聯邦國而言。在單一國，不論有無地方自治及自治權之大小，地方層級如省、縣等，其基本組織法皆由中央制定，必要時，中央可變更地方組織，增減其權限，不必獲得地方之同意。我國爲單一國。

【單一稅】 ㄉㄢ ㄧ ㄕㄨㄟˋ

(single tax)‘美國’經濟學家‘亨利·喬治’(Henry George)的主張。他認爲一般的租稅會影響(或扭曲)社會資源的派用，而地租是一種剩餘，政府予以完全課徵沒收，對資源的派用不會產生任何影響，因此主張免除其他租稅，而只對土地課徵完全的地租稅。

6【單色光】 ㄉㄢ ㄙㄜˋ ㄍㄨㄤ

(monochromatic light) 單一頻率的色光。

【單色畫】 ㄉㄢ ㄙㄜˋ ㄏㄨㄚˋ

(monochrome)指用任何一種單色系所繪製的作品。與多色畫相對。

【單行本】 ㄉㄢ ㄒㄧㄥˊ ㄅㄣˇ

自整本(套)出版物中抽出一部分而獨立發行的書本。

【單行法】 ㄉㄢ ㄒㄧㄥˊ ㄈㄚˇ

對於單一事項特別制定的法律，稱爲單行法。又各省、市、縣所頒行，只通用於該省、市、縣的特別法，亦稱爲單行法。

【單行道】 ㄉㄢ ㄒㄧㄥˊ ㄉㄠˋ

公路管理機關爲維護道路交通之安全與暢通，於特定道路設置標誌或標線，僅准許車輛循規定單向行駛的道路。

9【單音詞】 ㄉㄢ ㄧㄣ ㄘˊ

由單一音節(一個字)構成，代表一個意義的語言成分。簡稱單詞。如馬、劍等。

【單相思】 ㄉㄢ ㄒㄧㄤ ㄙ

單方面的愛戀。

10【單倍體】 ㄉㄢ ㄅㄟˋ ㄊㄧˇ

(haploid)生物細胞中的染色體，若是和配子中一樣爲單倍數，這樣的個體稱爲單倍體。例如蜜蜂、螞蟻，其雄性爲單倍體，產生精子時，可以不經過減數分裂。一般的單倍體爲不孕性。因爲在減數分裂時，必須整套染色體同到一個配子中，該配子才能存活。但是，要多個染色體同至一個配子中，其機會很少(等於$(1/2)^n$，n代表染色體的個數)。

11【單斜脊】 ㄉㄢ ㄒㄧㄝˊ ㄐㄧˇ

(cuesta)也稱單面山。呈傾斜排列且軟硬互層的岩層，經流水侵蝕後，形成一邊陡坡一邊緩坡，前後兩側呈不對稱坡面的地形。世界最著名的單斜脊地形在‘巴黎盆地’東側。

【單動泵】 ㄉㄢ ㄉㄨㄥˋ ㄅㄥˋ

(single-acting pump)往復泵中活塞滑動之距離稱爲衝程，一往一復謂之循環，若每一循環僅有一吸一放者，謂之單動泵；若每一循環有二吸二放者，謂之雙動泵。其與水缸之數目配合而有單動單缸、單動雙缸、雙動單缸與雙動雙缸泵等。

【單偶婚】 ㄉㄢ ㄡˇ ㄏㄨㄣ

即一夫一妻式的婚姻制度。若男女雙方原有的婚姻關係未消失，則任何一方皆不得再婚。

17【單翼機】 ㄉㄢ ㄧˋ ㄐㄧ

(monoplane)左右各具一機翼的飛機。由於效率較佳，現被廣泛應用於商業、軍事及私人飛行。依機翼的位置可分爲高單翼機、中單翼機與低單翼機；依機翼的形狀，則有矩形、梯形、橢圓形、菱形、三角形單翼機等之別。

【單醣類】 ㄉㄢ ㄊㄤˊ ㄌㄟˋ
(monosaccharides)最基本的醣。例如葡萄糖、果糖等，無法再加水分解成更簡單的醣。

18【單簧管】 ㄉㄢ ㄏㄨㄤˊ ㄍㄨㄢˇ
(clarinet)一種直吹的木管樂器。也稱豎笛或黑管。由嘴子、小筒、

單簧管圖

管身與喇叭四部分組成。吹嘴裝以蘆片，小筒與管身間可以伸縮，以便調音。單簧管發音渾厚，音色豐富，故常用於管絃樂隊中。

1【單一利率】 ㄉㄢ ㄧ ㄌㄧˋ ㄌㄩˋ
(the rate of interest)古典學派認為在完全競爭下，長期間整個社會所有的資本財貨的邊際生產力終將趨於均等，也使利率趨於一致，此利率即單一的自然利率(natural rate of interest)。可以無風險的長期貸款利率代表之。

【單一連鎖】 ㄉㄢ ㄧ ㄌㄧㄢˊ ㄙㄨㄛˇ
最簡單的工業連鎖關係。即一家工廠的產品，僅提供另一家工廠作為原料，而該工廠接受原料後，經過加工製造程序即製成成品。如赤糖工業生產赤糖專供精糖廠製造砂糖，即是一種單一連鎖。

【單一稅制】 ㄉㄢ ㄧ ㄕㄨㄟˋ ㄓˋ
(single tax system)指一國租稅體系，以一種租稅的課徵為主者。依據單一稅歷史變遷的過程，可分為消費單一稅、土地單一稅、所得單一稅、資本單一稅等。其主要優點為稅負明確、稽徵簡便；缺點則為稅收不充分、稅負集中及易生逃漏心理。

【單一薪給】 ㄉㄢ ㄧ ㄒㄧㄣ ㄐㄧˇ
將員工的薪資與加給之各種項目，予以簡化合併為一項，並訂定單一的薪給數額，員工支領薪給時，只領一個數額的薪給。我國目前有部分公營事業採用之。

2【單刀直入】 ㄉㄢ ㄉㄠ ㄓˊ ㄖㄨˋ
1比喻認定目標，勇猛奮進。2比喻直截了當地說出問題的重點。

【單刀赴會】 ㄉㄢ ㄉㄠ ㄈㄨˋ ㄏㄨㄟˋ
比喻膽識過人，獨力面對緊急重大的場面。三國時，'吳'"魯肅'設計取'荆州'，'關羽'單刀入'吳'，震懾群雄。見"三國演義·六六"。

【單人加價】 ㄉㄢ ㄖㄣˊ ㄐㄧㄚ ㄐㄧㄚˋ
(single extra)指旅客要求住單人房時之加價。包辦遊程安排的住宿，通常以兩人合住一間雙人房為計價的原則。如旅客要求單獨住宿時，應加收單人房租減去雙人房租一半後的差額。

4【單元肥料】 ㄉㄢ ㄩㄢˊ ㄈㄟˊ ㄌㄧㄠˋ
肥料有氮、磷、鉀三要素，若化學肥料中僅含一種要素者，稱為單元肥料。又稱單質肥料。即氮肥、磷肥與鉀肥。

【單元節目】 ㄉㄢ ㄩㄢˊ ㄐㄧㄝˊ ㄇㄨˋ
(non-serial)指每天或每週定時播出，但內容並不連貫的廣播或電視節目。

6【單色電視】 ㄉㄢ ㄙㄜˋ ㄉㄧㄢˋ ㄕˋ
(monochrome television)即黑白電視。僅發射黑與白的光波訊號。

【單色頻道】 ㄉㄢ ㄙㄜˋ ㄆㄧㄣˊ ㄉㄠˋ
(monochrome channel)也稱單色波道。彩色電視系統中，以運載單色訊號為主的一種頻道。

【單向傳播】 ㄉㄢ ㄒㄧㄤˋ ㄔㄨㄢˊ ㄅㄛ
(one-way communication)對傳播者或所傳播的音訊，不給予回饋或回饋的音訊過於薄弱，傳播活動只有單向進行者，稱為單向傳播。

【單向觀光】 ㄉㄢ ㄒㄧㄤˋ ㄍㄨㄢ ㄍㄨㄤ
(one-way tourism)指一個國家只歡迎及招攬外國觀光旅客到其國家觀光旅行，而不開放其國人出國觀光旅行。

7【單尾檢定】 ㄉㄢ ㄨㄟˇ ㄐㄧㄢˇ ㄉㄧㄥˋ
(one-tail test)設已知上月之勞工失業率為7.1%，本月分抽樣了5,000人，發現有350人失業(即7%)。試問：可否認為H_1：「失業率下降」？(此時H_0為「失業率無變化」)所謂雙尾檢定，則是以H_1^*：「失業率不同」作為歸零假說H_0的對立假說(上升、下降都叫做有變化)。故可用常態分布做近似，因標準差為$[0.071\times(1-0.071)\div 5000]^{1/2}$，故失業率的變化$-1/1000$，相對於標準差來說，乃是$Z=-0.28$；但是在常態單尾檢定，在$Z<-1.645$時，以5%的顯著水準，才能拒斥$H_0$，所以在此例不能認為失業率下降。參假說檢定。

α	0.1	0.05	0.01
Z	1.28	1.64	2.33

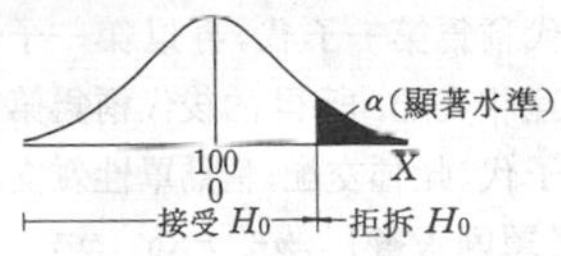

單尾檢定圖

【單址指令】 ㄉㄢ ㄓˇ ㄓˇ ㄌㄧㄥˋ
(one-address instruction)電腦指令格式中，位址部分僅含有一位址的指令。

【單位預算】 ㄉㄢ ㄨㄟˋ ㄩˋ ㄙㄨㄢˋ
在公務機關，有其法定預算之機關單位之預算；或在特種基金，應於總預算中編列全部歲入歲出之基金之預算。

【單位會計】 ㄉㄢ ㄨㄟˋ ㄎㄨㄞˋ ㄐㄧˋ
在政府總預算內編有法定預算之機關單位所為之會計，或在總預算內不依機關劃分(以基金為名稱)而有法定預算之特種基金之會計。

8【單性生殖】 ㄉㄢ ㄒㄧㄥˋ ㄕㄥ ㄓˊ
(parthenogenesis)動物的卵若

不經受精而發育爲一新個體，稱爲單性生殖，又稱孤雌生殖。此種生殖方法屬無性生殖。如蜜蜂，其卵若不經受精使發育爲雄性，受精卵則發育爲雌性。

【單性結果】ㄉㄢ ㄒㄧㄥˋ ㄐㄧㄝˊ ㄍㄨㄛˇ
(parthenocarpy) 植物的花，若未經授粉作用而發育爲果實，稱爲單性結果。此種果實不含種子。若以植物激素處理未授粉的植物子房，也能促進單性結果，例如用萘乙酸處理未授粉的番茄子房，便可長成無子番茄。

【單性養殖】ㄉㄢ ㄒㄧㄥˋ ㄧㄤˇ ㄓˊ
指用兩不同種的純種種魚，交配產出單性的第二代魚類的方法。如'歐利亞'吳郭魚與'尼羅'吳郭魚交配產生的雄性吳郭魚。

【單性雜交】ㄉㄢ ㄒㄧㄥˋ ㄗㄚˊ ㄐㄧㄠ
(monohybrid cross) 遺傳實驗作交配時，選擇作爲親代的個體，彼此有一性狀不一樣，所得的後代稱爲第一子代；再以第一子代互相交配，所得的後代稱爲第二子代。此種交配，稱爲單性雜交。

【單刷版畫】ㄉㄢ ㄕㄨㄚ ㄅㄢˇ ㄏㄨㄚˋ
(monotype) 在金屬、玻璃或不大吸收的紙板上，用油墨或顏料塗在其上，然後覆蓋紙張壓印而成的作品。雖有版畫的效果，然而不能再印出相同的作品，所以在國際版畫展時常不被認可。

9【單爲結果】ㄉㄢ ㄨㄟˋ ㄐㄧㄝˊ ㄍㄨㄛˇ
不經受精作用而能生成無子之果實的現象。有自動的單爲結果，如香蕉、鳳梨；有他動的單爲結果，如無核葡萄。

11【單淘汰制】ㄉㄢ ㄊㄠˊ ㄊㄞˋ ㄓˋ
運動競賽制度之一。將賽程排定，然後抽籤將比賽隊伍排進，比賽時失敗一次即被淘汰出局，不得再比賽。爲公認最簡單、最快速的比賽制度；惟除冠軍外，其餘可能都有僥倖，無切磋技術的機會。

【單頂花序】ㄉㄢ ㄉㄧㄥˇ ㄏㄨㄚ ㄒㄩˋ
(terminal inflorescence; solitary flower) 這類花序，花梗即花軸，其頂端僅開一朵花。例如山茶、朱槿的花。

【單務契約】ㄉㄢ ㄨˋ ㄑㄧˋ ㄩㄝ
契約當事人一方負有給付義務，而他方當事人不負有對待給付義務的契約，稱爲單務契約。與契約一經成立雙方即互負債務，互擁債權，有爲對價給付之義務的雙務契約不同。例如贈與契約、保證契約均是單務契約。單務契約不發生同時履行抗辯權問題，且債務人履行債務所應盡之注意義務較雙務契約爲低，通常爲與處理自己事務同樣之注意標準。

13【單極元件】ㄉㄢ ㄐㄧˊ ㄩㄢˊ ㄐㄧㄢˋ
(unipolar device) 僅用多數載子（p 通道爲電洞，n 通道爲電子）來傳導之元件（如場效電晶體）。而 pnp 電晶體爲雙極元件（有多數載子和少數載子）。

【單極單投】ㄉㄢ ㄐㄧˊ ㄉㄢ ㄊㄡˊ
(single-pole single-throw; spst) 開關結構之一。適合裝於單獨一條導線上，當開關之翼片合攏（稱爲投）時，導線便可接通。

14【單精密度】ㄉㄢ ㄐㄧㄥ ㄇㄧˋ ㄉㄨˋ
(single precision) 電腦內使用單一字組來表示一數，稱爲單精密度。

【單槍匹馬】ㄉㄢ ㄑㄧㄤ ㄆㄧ ㄇㄚˇ
也作單鎗匹馬。1比喻獨自一個人上陣作戰。2比喻獨自一人去做事，不假別人協助。

15【單質子酸】ㄉㄢ ㄓˋ ㄗˇ ㄙㄨㄢ
(monoprotic acid) 分子中只含一個可游離的氫原子，亦即游離後只能產生一個質子（H^+）的酸，稱爲單質子酸。如鹽酸：$HCl_{(aq)} \longrightarrow H^+_{(aq)} + Cl^-_{(aq)}$ 便是一種單質子酸。

16【單獨海損】ㄉㄢ ㄉㄨˊ ㄏㄞˇ ㄙㄨㄣˇ
(particular average) 又稱特別海損。由於海上保險所保的危險事故發生，對某種單獨利益（如單獨的船舶或貨物），在航程中出於意外並直接所引起的一部損失。此外，一部分利益的全部損失，也應視爲單獨海損。

23【單體高度】ㄉㄢ ㄊㄧˇ ㄍㄠ ㄉㄨˋ
(lift) 每日完成壓縮及覆土之掩埋單體的高度。參掩埋單體。

1【單一銀行制】ㄉㄢ ㄧ ㄧㄣˊ ㄏㄤˊ ㄓˋ
(unit banking) 又稱獨立銀行制。指一家銀行僅有一營業單位而無分支機構，營業範圍以銀行所在地區爲限。係'美國'銀行制度演進的結果，盛行於'美國'；目前'美國'各州對設立分行的限制較放寬，但大致仍不能逾越州界。

3【單子葉植物】ㄉㄢ ㄗˇ ㄧㄝˋ ㄓˊ ㄨˋ
(monocotyledon) 被子植物根據子葉的數目、花的型式、葉脈和莖內維管束的排列，可分爲單子葉植物和雙子葉植物。單子葉植物的種子具有一枚子葉，葉脈爲平行，葉緣多平滑，維管束散生在莖的基本組織中，萼片、花瓣和雄蕊等花部通常爲3或3的倍數。

10【單效蒸發器】ㄉㄢ ㄒㄧㄠˋ ㄓㄥ ㄈㄚ ㄑㄧˋ
(single-effect evaporator) 僅具單一蒸發器以供操作之裝置。其缺點是產生之蒸汽未再利用，且需大量冷媒冷卻此蒸汽。

【單原子分子】ㄉㄢ ㄩㄢˊ ㄗˇ ㄈㄣ ㄗˇ
(monoatomic molecule) 由一個原子所形成的分子。例如鈍氣分子都是單原子分子。

【單純計件制】ㄉㄢ ㄔㄨㄣˊ ㄐㄧˋ ㄐㄧㄢˋ ㄓˋ
按員工所完成的工作件數，乘以每件工作之標準薪資額，即爲員工應得之獎勵薪資。在同一期間內，凡完成工作量多者，其薪資比完成工作量少者爲高，以鼓勵員工增加產量。

11【單通組譯器】 ㄉㄢ ㄊㄨㄥ ㄗㄨˇ ㄧˋ ㄑㄧˋ

(one-pass assembler)組譯器的一種。其特點爲：將組合語言程式從頭至尾處理一次，即可產生目標程式。

【單通編譯器】 ㄉㄢ ㄊㄨㄥ ㄅㄧㄢ ㄧˋ ㄑㄧˋ

(one-pass compiler)電腦語言編譯器的一種。其特點爲：將根源程式從頭至尾處理一次，即可產生目標程式。

【單細胞生物】 ㄉㄢ ㄒㄧˋ ㄅㄠ ㄕㄥ ㄨˋ

(unicellular organism)指僅有一個細胞的生物個體。這一細胞可行營養、呼吸、排泄和生殖等各種生理機能。有些種類由多個細胞聚合一起，但細胞機能並無分化現象，稱爲群體(colony)。

12【單項式分錄】 ㄉㄢ ㄒㄧㄤˋ ㄕˋ ㄈㄣ ㄌㄨˋ

(single journal entry)一交易的分錄，僅包括兩個科目：一爲借項，一爲貸項者。

【單絲不成線】 ㄉㄢ ㄙ ㄅㄨˋ ㄔㄥˊ ㄒㄧㄢˋ

比喻單憑一人之力，難成大事。

14【單實變函數】 ㄉㄢ ㄕˊ ㄅㄧㄢˋ ㄏㄢˊ ㄕㄨˋ

(function of one real variable)實數到實數的函數。此類可微函數和連續函數是微積分學的對象。依其解析表示的不同，可區分爲多項式函數、有理函數、無理函數、超越函數等。嚴格說，隱函數不必是一個函數，因爲它可能是多值的。不過，由隱函數定理我們常可以選取一條連續的單值支。有界函數的函數值其絕對值若不超過一常數，則此常數稱爲函數的一個界。函數 $f(x)$ 在區間〔a, b〕中，對 $a \leq x < y \leq b$，若 $f(x) \leq f(y)$，則稱其爲上升的；若 $f(x) \geq f(y)$，則爲下降的；若將等號除去，則稱爲絕對上升(下降)。上升及下降兩者合稱爲單調或絕對單調的，函數由上升變爲下降的點爲局部極大點，反之則爲局部極小點；不小於(大於)所有 $f(x)$ 的函數值之點稱絕對極大(極小)。在切點附近，若切線在函數圖形的下方，稱函數爲凸函數，反之爲凹函數。凸函數之導函數遞升，曲線之反曲點即分隔凹凸性的點。

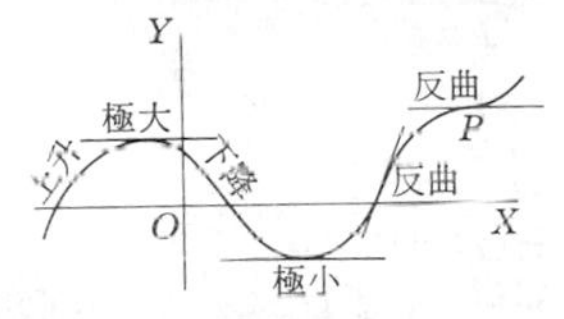

單實變函數圖

15【單質聚合體】 ㄉㄢ ㄓˊ ㄐㄩˋ ㄏㄜˊ ㄊㄧˇ

(homopolymer)僅具單一重複單元的聚合體，但此重複單位可能由不同之單體組成。

1【單一概念影片】 ㄉㄢ ㄧ ㄍㄞˋ ㄋㄧㄢˋ ㄧㄥˇ ㄆㄧㄢˋ

(single concept film)將八糎電影片經剪輯使其頭尾相接，並盤繞在密閉的匣內而成的一種影片。其目的在說明過程、技術或概念，並藉自動重映的方式，加深觀者的印象。

【單一關稅稅率】 ㄉㄢ ㄧ ㄍㄨㄢ ㄕㄨㄟˋ ㄕㄨㄟˋ ㄌㄩˋ

(unified tariff rate)指對同一物品的進口，不論來自那一國家，都照同一稅率徵稅，並無兩種以上不同稅率。單一關稅稅率雖然簡便易行，且不會引起貿易對手之責難或抵制，但我國並非關稅及貿易總協定會員國，故在對外貿易談判上常乏有效工具。

5【單石積體電路】 ㄉㄢ ㄕˊ ㄐㄧ ㄊㄧˇ ㄉㄧㄢˋ ㄌㄨˋ

(monolithic IC)將整個積體電路，包含電晶體、二極體及電阻等電路元件做在同一半導體晶方上的，稱爲單石積體電路。反之，如果混合各種方法，而沒有做在單一晶方上的，稱爲併合積體電路。

6【單次抽驗計畫】 ㄉㄢ ㄘˋ ㄔㄡ ㄧㄢˋ ㄐㄧˋ ㄏㄨㄚˋ

(single acceptance sampling plan)品質管制的方式之一。即每次就每批產品抽驗 n 個樣本，如其不良率或不良個數不超過允收率或允收數，則允收該批產品，如不良率或不良個數等於或大於拒收率或拒收數，則拒收該批產品。

9【單相三線系統】 ㄉㄢ ㄒㄧㄤˋ ㄙㄢ ㄒㄧㄢˋ ㄒㄧˋ ㄊㄨㄥˇ

(single-phase 3-wire system)具有三條導線之單相電路。其中一條導線爲中性線。

10【單站式損益表】 ㄉㄢ ㄓㄢˋ ㄕˋ ㄙㄨㄣˇ ㄧˋ ㄅㄧㄠˇ

(single-step income statement)損益表格式的一種。將一期間的所有收入及費用分別彙列，以收入合計數減費用合計數而求得當期淨利(損)，此格式僅有一次相減的步驟，故稱單站式損益表。

11【單接面電晶體】 ㄉㄢ ㄐㄧㄝ ㄇㄧㄢˋ

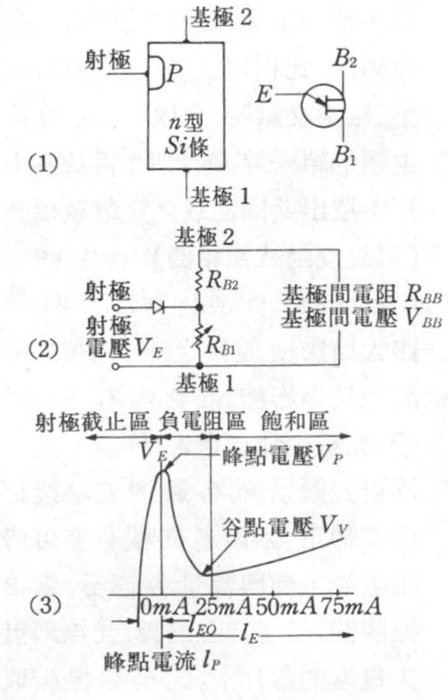

單接面電晶體圖

ㄉㄧㄢˋ ㄐㄧㄥ ㄊㄧˇ
(unijunction transistor; UJT)閘流體的一種。利用一低雜質高電阻之矽晶片作兩基極，而另一面由鋁合金棒構成 P–N 接面(這是唯一的接面)所形成的電晶體。其構造如圖(1)所示，圖(2)爲其等效電路，圖(3)爲其 I–V 特性曲線。

12【單階段銷售稅】 ㄉㄢ ㄐㄧㄝ ㄉㄨㄢˋ ㄒㄧㄠ ㄕㄡˋ ㄕㄨㄟˋ
(single-stage sales tax) 就製造、批發、零售之某一階段所發生營業行爲課徵的銷售稅。其優點爲對生產活動之干擾較小，且不影響企業的分工經營；缺點爲稅負集中某一階層，衝擊較大。

13【單極性電晶體】 ㄉㄢ ㄐㄧˊ ㄒㄧㄥˋ ㄉㄧㄢˋ ㄐㄧㄥ ㄊㄧˇ
(unipolar transistor)擔當電流流動的載子只有電洞或電子一種的電晶體。如場效電晶體。

1【單一字彙索引法】 ㄉㄢ ㄧ ㄗˋ ㄏㄨㄟˋ ㄙㄨㄛˇ ㄧㄣˇ ㄈㄚˇ
(uniterm indexing)指將文獻內容加以分析，選擇代表重要內容之單一字彙而作成索引之方法。所選出的單一字彙彼此相互對等，無從屬關係。先將各單一字彙記錄於單一字彙卡片中，再記載以該單一字彙爲主題的所有文獻號碼，如此相同主題之文獻可匯集。檢索文獻時，先找出表示文獻主題的單一字彙卡片，再於各卡片中找出共同記載之文獻號碼。

11【單眼反射式照相機】 ㄉㄢ ㄧㄢˇ ㄈㄢˇ ㄕㄜˋ ㄕˋ ㄓㄠˋ ㄒㄧㄤˋ ㄐㄧ
四大攝影機種類之一。屬齊眼平視取景攝影機。機身內有一面鏡子，光線由鏡頭進入，經鏡子向上反射到觀景屏，再通過五稜鏡把倒像轉正；攝影者從觀景窗可清晰看到主體與背景各部分，當拍攝瞬間，鏡子向上翻轉，光線即射入後端的膠片上。此種相機較取景器式照相機大而複雜，且因光線須經層層折射，故在照明設備差的條件下不易找出臨界焦點。

19【單穩態多諧振盪器】 ㄉㄢ ㄨㄣˇ ㄊㄞˋ ㄉㄨㄛ ㄒㄧㄝˊ ㄓㄣˋ ㄉㄤˋ ㄑㄧˋ
(monostable multivibrator)又稱單激發 (one-shot)。多諧振盪器之一。可做爲脈波產生電路。穩定狀態只有一個，當刺激輸入時，即產生一方波。可分爲可再觸發及不可再觸發兩種。

喂 ㄨㄟˋ *wei*⁴ 音畏
1向人打招呼的聲音。2拿東西給人或牲口食用。通餵。

咢 齶的或體。

喵 ㄇㄧㄠ *miao*¹
貓叫聲。

𠯑 ㄐㄧˊ *chi*² 音及
1眾口。見"說文"。2嘮叨。見"說文"。

啚 ㄋㄧㄝˋ *nieh*⁴ 音聶
多言。通作讘、囁。見"說文"。

喟 ㄎㄨㄟˋ *k'uei*⁴ 音愧
長聲歎息。見"說文"。

12【喟然】 ㄎㄨㄟˋ ㄖㄢˊ
歎息的樣子。

喎 ㄎㄨㄞ *k'uai*¹
嘴巴歪斜不正。本作咼。見"玉篇"。

喘 ㄔㄨㄢˇ *ch'uan*³ 音舛
1呼吸急促。2氣息。如：苟延殘喘。

唾 ㄊㄨㄛˋ *t'o*⁴, *t'uo*⁴ 音拓 又讀 ㄊㄨˋ *t'u*⁴ 音兔
1口水。2吐；吐口水。如：唾面自乾。

11【唾液】 ㄊㄨㄛˋ ㄧㄝˋ
(saliva) 消化液之一。由口腔黏膜分泌液與唾腺分泌液混合而成。正常成人每天分泌唾液約1～1.5公升，有滋潤口腔黏膜表面、浸漬食物、化澱粉爲糊精與麥芽糖、溶解物質以媒介味感等功能。唾液有益於講話及幫助食物的吞嚥。

【唾棄】 ㄊㄨㄛˋ ㄑㄧˋ
鄙棄。

15【唾罵】 ㄊㄨㄛˋ ㄇㄚˋ
鄙棄責罵。

11【唾液腺】 ㄊㄨㄛˋ ㄧㄝˋ ㄒㄧㄢˋ
(salivary gland)又稱涎腺。除分泌黏液外，尚能分泌澱粉酶。哺乳類的唾液腺有三，即耳下腺、頷下腺與舌下腺。它的活動受大腦皮層和自主神經系統調節。進食時由於食物刺激口腔黏膜的感覺神經，傳到腦的唾液中樞，並隨即以反射作用的方式通過神經引起唾液腺分泌唾液。

4【唾手可得】 ㄊㄨㄛˋ ㄕㄡˇ ㄎㄜˇ ㄉㄜˊ
形容極容易得到。

9【唾面自乾】 ㄊㄨㄛˋ ㄇㄧㄢˋ ㄗˋ ㄍㄢ
形容逆來順受，極度容忍。

喣 ㄒㄩˇ *hsü*³ 音許
溫潤。通煦。見"字彙"。

啾 ㄐㄧㄡ *chiu*¹ 音糾
小兒聲。見"說文"。

12【啾啾】 ㄐㄧㄡ ㄐㄧㄡ
狀聲詞。1泛指各種聲響。2鳥鳴聲。3昆蟲叫聲。4馬叫聲。5吹笛聲。6猿猴的叫聲。7鬼叫聲。

喲 ㄧㄠ *yao*¹
歎詞。表示驚訝。如：唉喲。

喉 喉的本字。

喚 ㄏㄨㄢˋ *huan*⁴ 音煥
1呼叫；叫喊。如：呼喚。2差遣。如：使喚。3啼叫。如：燕啼鶯喚。

16【喚醒】 ㄏㄨㄢˋ ㄒㄧㄥˇ
把睡夢中的人叫醒。引申爲覺醒迷夢中人，使其覺悟。

喒 ㄗㄢˊ *tsan*² 音昝 又讀 ㄗㄚˊ *tsa*²
俗自稱。也作咱。如：喒們。

喤 ㄏㄨㄤˊ *huang*² 音皇
1小孩哭聲。2喧鬧。3喝道。

喉 ㄏㄡˊ hou² 音侯
(larynx)呼吸道上端近咽的部分。屬呼吸構造。腔內有左右並列的兩條聲帶。參咽喉①。

6【喉舌】 ㄏㄡˊ ㄕㄜˊ
①喉頭和舌頭。發聲的重要器官。②比喻掌握機要、發布君王命令的重要官員。③今稱代言人。

12【喉結】 ㄏㄡˊ ㄐㄧㄝˊ
(Adam's apple)即一般人所謂的'亞當'蘋果。爲甲狀軟骨隆起的地方。通常男性的喉結大於女性，再加上其上方之脂肪墊較少，故較爲明顯。

13【喉蛾】 ㄏㄡˊ ㄜˊ
即乳蛾。參乳蛾。

19【喉鏡】 ㄏㄡˊ ㄐㄧㄥˋ
(laryngoscope)醫學上用以檢視喉頭內部的儀器或裝置。常見的器具是將一個圓形的反射鏡接於一支握柄上，使醫生診察時容易將其插入喉管中，並且利用圓鏡上的小孔裝置，看見喉頭內部反射出的影像，方便診療。

喑 ㄢˊ an²
①夢話；夢囈。②閉口不言。

喻 ㄩˋ yü⁴ 音裕
①曉諭；開導。本作諭。如：喻世。②明白；知曉。如：不言可喻。③譬如；比方。如：比喻。④姓。'宋'有'喻樗'。見"萬姓統譜・九四"。

5【喻世明言】 ㄩˋ ㄕˋ ㄇㄧㄥˊ ㄧㄢˊ
'明''馮夢龍'纂輯。初名"古今小說"，後改今名。四十卷，收'宋'、'元'、'明'話本四十篇。

呰 ㄗˇ tzŭ³ 音紫
低劣衰弱。如：呰敗。

嗢 ㄨㄛ wo¹ 音窩
鷙鳥食完鳥獸所吐出形狀如丸的皮毛殘物。見"說文"。

喬 ㊀ ㄑㄧㄠˊ ch'iao² 音橋
①高。如：喬木。②僞裝；假扮。如：喬裝。③姓。'宋'有'喬執中'。見"萬姓統譜・三〇"。
㊁ ㄐㄧㄠ chiao¹ 音交
高傲；奔逸。通驕。

4【喬木】 ㄑㄧㄠˊ ㄇㄨˋ
(tree)木本植物中有高大而明顯樹幹者。依其高度又分爲小喬木、中喬木和大喬木等。如檳榔是高大喬木。

6【喬托】 ㄑㄧㄠˊ ㄊㄨㄛ
(Giotto〔di Bondone〕, 1266～1337)'義大利''佛羅倫斯'畫家、雕塑家及建築家。他是'佛羅倫斯'派的始祖，且開文藝復興時期美術的先河。生於'佛羅倫斯'，是'奇瑪布伊'(Giovanni Cimabue)的門徒。他逐漸擺脫了當時'拜占庭'畫派生硬的作風，注入寫實活潑的生氣。作品對後來的'馬薩其奧'(Masaccio)、'米開蘭基羅'有極大的影響。現今猶存的'佛羅倫斯鐘樓'就是他所建的。

7【喬妝】 ㄑㄧㄠˊ ㄓㄨㄤ
①假裝。②男扮女裝或女扮男裝。

8【喬林】 ㄑㄧㄠˊ ㄌㄧㄣˊ
林業上稱以種子更新的林木。也稱放種子林。樹形高大，伐期較長，以生產用材爲目的。

11【喬梓】 ㄑㄧㄠˊ ㄗˇ
本指喬和梓兩種樹木。後用以稱人父子。也作橋梓。

13【喬裝】 ㄑㄧㄠˊ ㄓㄨㄤ
假裝。

15【喬遷】 ㄑㄧㄠˊ ㄑㄧㄢ
本指飛鳥自深谷遷升於喬木。後用以賀人遷入新居。

6【喬艾斯】 ㄑㄧㄠˊ ㄞˋ ㄙ
(James Joyce, 1882～1941)'愛爾蘭'作家。作品的語言晦澀，多由畸形的角度、繁瑣的細節來分析人細微的感受，大量使用內心獨白來表現人物的潛意識，創造了意識流的手法，對近代文學影響很深。代表作爲短篇小說集"都柏林人"(*Dubliners*)、長篇小說"尤利西斯"(*Ulysses*)。

8【喬治・桑】 ㄑㄧㄠˊ ㄓˋ ㄙㄤ
(George Sand, 1804～1876)'法國'浪漫主義小說家。本名'娜洛杜班'(Aurore Dupin)，後至'巴黎'結識'桑德'(Jules Sandeau)，才以筆名'喬治・桑'發表小說"安迪亞納"(*Indiana*)。早先寫熱情的理想小說，後創作許多傑出的田園小說。她是一位理想主義者，長於大自然風景的描寫，字裡行間充滿樂觀、詩意、優美的氣氛。作品相當多，代表作有"魔沼"(*La mare au diable*)、"小法黛特"(*La petite Fadette*)。

15【喬模喬樣】 ㄑㄧㄠˊ ㄇㄛˊ ㄑㄧㄠˊ ㄧㄤˋ
裝模作樣。

10

嗀 ㊀ ㄒㄩㄝˋ hsüeh⁴ 音穴
嘔吐。見"說文"。
㊁ ㄏㄨˋ hu⁴ 音戶
嘔吐聲。見"廣韻"。

嗇 ㄙㄜˋ sê⁴ 音色
①小氣。如：吝嗇。②節省。③收穀。同穡。

嗧 '英''美'制容量單位加侖的略記。

嗐 ㄏㄞˋ hai⁴ 音害
①張大嘴巴。見"玉篇"。②恨歎。③歎詞。表示恨歎。

嗨 ㄏㄞ hai¹ 音咍
①打招呼的口頭語。②歎詞。

嗙 ㄆㄤˇ p'ang³
吹牛；自誇。

嗃 ㄏㄜˋ ho⁴, hê⁴ 音鶴
嚴酷的樣子。見"說文新附"。

嗛 ㊀ ㄒㄧㄢˊ hsien² 音銜
①口中含物。通銜。②懷恨。
㊁ ㄑㄧㄢˇ ch'ien³ 音淺
猿鼠頰內貯藏食物的囊袋。也稱頰囊。見"字彙"。

三 ㄑㄧㄢˋ *ch'ien*^{4} 音歉
同歉。①不足。②畏怯。
四 ㄑㄧㄢ *ch'ien*^{1} 音謙
謙虛。通謙。

嗟 一 ㄐㄧㄝ *chieh*^{1} 音皆 又讀 ㄐㄩㄝ *chüeh*^{1}
①悲歎。②讚歎。
二 ㄐㄧㄝˋ *chieh*^{4} 音借
參咄嗟。
11【嗟悼】 ㄐㄧㄝ ㄉㄠˋ
嗟歎悲傷。
12【嗟詠】 ㄐㄧㄝ ㄩㄥˇ
贊歎歌詠。
14【嗟嘆】 ㄐㄧㄝ ㄊㄢˋ
嘆息；呻吟。
8【嗟來食】 ㄐㄧㄝ ㄌㄞˊ ㄕˊ
本指呼叫飢餓的人來吃東西。後用以比喻不禮貌的施與。

嗍 ㄕㄨㄛˋ *shuo*^{4} 音朔
用口吮食。同欶。見"集韻"。

嗌 一 ㄧˋ *i*^{4} 音益
①咽喉。見"說文"。②哽咽。見"字彙"。
二 ㄞˋ *ai*^{4} 音隘
食物塞住咽喉。見"方言·六"。

嗉 ㄙㄨˋ *su*^{4} 音素
鳥類喉下儲藏食物的囊狀構造。同膆。見"集韻"。
22【嗉囊】 ㄙㄨˋ ㄋㄤˊ
(crop) 鳥類、昆蟲及蚯蚓等的消化道，在食道下方膨大的部分，稱為嗉囊。可暫時儲存由食道降入的食物。

嗦 ㄙㄨㄛ *so*^{1}, *suo*^{1} 音蓑
吮舐。

嗎 一 ·ㄇㄚ ·*ma*
助詞。表示疑問或反詰。
二 ㄇㄚˇ *ma*^{3} 音馬
參嗎啡。
11【嗎啡】 ㄇㄚˇ ㄈㄟ
(morphine)一種白色粉末。分子式 $C_{17}H_{19}NO_3$，於254°C時分解。它存在於鴉片中，也可以由人工合成。由於具有麻醉作用，可用以止痛、鎮咳及催眠。但因會有習慣性和副作用，需經醫生處方及同意才可微量服用。

嗊 ㄏㄨㄥˇ *hung*^{3} 音哄
參嗊嗃。
13【嗊嗃】 ㄏㄨㄥˇ ㄏㄜˋ
欺騙詭詐。

嗝 ㄍㄜˊ *ko*^{2}, *kê*^{2} 音格
①雉鳴聲。見"廣韻"。②雞鳴聲。見"正字通"。③因飽食或胃病引起氣逆而發出的響聲。

嗑 一 ㄎㄜˋ *k'o*^{4}, *k'ê*^{4} 音刻
①多話。見"說文"。②咬裂硬殼。如：嗑瓜子。
二 ㄏㄜˊ *ho*^{2}, *hê*^{2} 音合
笑聲。見"正字通"。
4【嗑牙】 ㄎㄜˋ ㄧㄚˊ
多言；閒談；鬥嘴。

嗜 ㄕˋ *shih*^{4} 音是
①喜好；愛好。如：嗜酒。②貪。如：嗜慾。
6【嗜好】 ㄕˋ ㄏㄠˋ
本意為對食物的喜好。引申為對某種事物特別深的喜好。
15【嗜慾】 ㄕˋ ㄩˋ
欲望。
4【嗜中性球】 ㄕˋ ㄓㄨㄥ ㄒㄧㄥˋ ㄑㄧㄡˊ
(neutrophil) 白血球的一種。又稱中性白血球。其細胞中含有顆粒，能以中性染料將此等顆粒染上顏色。約占白血球總數的65%以上，直徑約為7～9μ，細胞核分為多葉。細胞表面能伸出偽足以攝食細菌。

嗔 ㄔㄣ *ch'ên*^{1} 音瞋
發怒；生氣。如：嗔怪。
8【嗔怪】 ㄔㄣ ㄍㄨㄞˋ
生氣責怪。
9【嗔怒】 ㄔㄣ ㄋㄨˋ
生氣；發怒。
13【嗔詬】 ㄔㄣ ㄍㄡˋ
怒罵；斥罵。
15【嗔罵】 ㄔㄣ ㄇㄚˋ
發怒罵人。

嗋 ㄒㄧㄝˊ *hsieh*^{2} 音脅
①吸。②閉合。

嗓 ㄙㄤˇ *sang*^{3} 音顙
喉嚨。見"集韻"。
8【嗓門兒】 ㄙㄤˇ ㄇㄜˊㄦ
指說話的音調。

嗕 ㄖㄨˋ *ju*^{4} 音入
族名。'羌族'的別種。見"集韻"。

嗄 一 ㄕㄚˋ *sha*^{4} 音廈
①聲音嘶啞。②疑問指稱詞。義同什麼。③應答聲。舊時差役應答上官傳呼及喝堂威時所用。
二 ㄚˊ *a*^{2}
①助詞。相當於呢、嗎。②歎詞。表示驚訝或疑問。

嗩 ㄙㄨㄛˇ *so*^{3}, *suo*^{3} 音鎖
參嗩吶。
7【嗩吶】 ㄙㄨㄛˇ ㄋㄚˋ
吹奏樂器。也稱喇叭。小的稱海笛，'明''正德'以來已在我國普遍使用。其形制是在椎形木管上開八個按音孔(前七後一)，木管上端裝置一個細銅管，銅管上端套上葦製的哨子，下端承接一個銅質喇叭口。嗩吶音色高亢明亮，是民間吹打樂中的主要樂器。改革的嗩吶有高、中、低音三種。

嗩吶圖

嗗 一 ㄨㄚ *wa*^{1} 音蛙
飲食的聲音。見"字彙"。
二 ㄍㄨ *ku*^{1} 音姑
狀聲詞。如：嗗嘟嘟。

喿 一 ㄙㄠˋ *sao*^{4} 音臊
①群鳥喧叫聲。見"說文"。②人喧噪聲。見"正字通"。
二 ㄑㄧㄠ *ch'iao*^{1} 音敲
掘土的鍬鍤。同鍬。見"玉篇"。

嗣 ㄙˋ *szŭ*^{4}, *ssŭ*^{4} 音寺
①子孫；後裔。如：後嗣。②繼承；繼續。如：嗣位。③後來；從此以後。如：嗣後。
9【嗣後】 ㄙˋ ㄏㄡˋ

此後;後來。

21【嗣響】 ㄙˋ ㄒㄧㄤˇ

接續的聲音。比喻承繼前業。

嗯 ㊀ ·ㄣ ·*ên*

歎詞。表示答應。

㊁ ㄣˇ *ên*³

歎詞。表示疑問。

嗒 ㊀ ㄊㄚˋ *t'a*⁴ 音榻

①精神離開形體的樣子。形容物我兩忘的境界。②頹喪或失意的樣子。

㊁ ㄉㄚˊ *ta*² 音荅

舐。見"玉篇"。

12【嗒然】 ㄊㄚˋ ㄖㄢˊ

茫然。

嗏 ㄔㄚ *ch'a*¹ 音叉

歎詞。①表示鄙斥。②表示感傷。

嗤 ㄔ *ch'ih*¹ 音蚩

①譏笑。如:嗤之以鼻。②笑聲。如:嗤的一笑。

10【嗤笑】 ㄔ ㄒㄧㄠˋ

譏笑;輕蔑地笑。

12【嗤詆】 ㄔ ㄉㄧˇ

嘲笑譏刺。

13【嗤嗤】 ㄔ ㄔ

①狀聲詞。草動或紙裂的聲音。②譏笑。

4【嗤之以鼻】 ㄔ ㄓ ㄧˇ ㄅㄧˊ

表示譏笑或極輕視的意思。

嗢 ㄨㄚˋ *wa*⁴ 音襪

①東西塞住喉頭,呼吸不順暢。如:嗢咽。②嘔吐。如:嗢噦。③歡笑。如:嗢噱。

16【嗢噱】 ㄨㄚˋ ㄐㄩㄝˊ

大笑;樂不自勝。

喍 ㄔㄞˊ *ch'ai*² 音柴

參啀喍。

嗈 ㄩㄥ *yung*¹ 音雍

參嗈嗈。

13【嗈嗈】 ㄩㄥ ㄩㄥ

鳥聲和諧的樣子。

嗲 ㄉㄧㄝ *tieh*¹ 音爹

故作嬌稚親熱。如:嗲聲嗲氣。

17【嗲聲嗲氣】 ㄉㄧㄝ ㄕㄥ ㄉㄧㄝ ㄑㄧˋ

形容聲音嬌媚造作。

嗖 ㄙㄡ *sou*¹ 音搜

①笑的樣子。見"玉篇"。②狀聲詞。形容物體快速飛過所發出的聲音。

嗅 ㄒㄧㄡˋ *hsiu*⁴ 音秀

用鼻子辨別氣味。

20【嗅覺】 ㄒㄧㄡˋ ㄐㄩㄝˊ

(olfactory sensation)物體發散於空氣中的分子微粒,使位於鼻腔上部皮膜內的嗅覺細胞受到刺激而產生信號傳入大腦嗅覺區,以引起嗅覺。

嗚 ㄨ *wu*¹ 音烏

參嗚呼。

8【嗚呼】 ㄨ ㄏㄨ

①歎詞。②死亡的俗稱。如:一命嗚呼。

9【嗚咽】 ㄨ ㄧㄝˋ

①傷心痛泣。②形容流水聲或絲竹聲。

8【嗚呼哀哉】 ㄨ ㄏㄨ ㄞ ㄗㄞ

①悲歎語。②祭文中常用以表哀歎,後因借稱死亡。

13【嗚嗚咽咽】 ㄨ ㄨ ㄧㄝˋ ㄧㄝˋ

①低聲悲泣的樣子。②形容流水聲或絲竹聲。

嗥 ㄏㄠˊ *hao*² 音豪

俗作嘷、獋。①野獸咆哮。如:狼嗥。②泛指哭喊、呼叫。同號。如:嗥叫。

嗆 ㊀ ㄑㄧㄤ *ch'iang*¹ 音腔

①鳥啄食物。②愚笨的樣子。③喝東西過急,致氣逆而咳嗽。

㊁ ㄑㄧㄤˋ *ch'iang*⁴

鼻子受到強烈的氣味的刺激。

嗁 啼的本字。

嗡 ㄨㄥ *wêng*¹ 音翁

蟲鳴聲。見"集韻"。

嗸 嗷的或體。

嘉 ㄐㄧㄚ *chia*¹ 音加

①美好;美善。如:嘉肴。②讚美;褒揚。如:嘉許。③姓。'宋'有'嘉正'。見"萬姓統譜·三六"。

7【嘉言】 ㄐㄧㄚ ㄧㄢˊ

美善的言語。

12【嘉惠】 ㄐㄧㄚ ㄏㄨㄟˋ

施給恩惠。

【嘉貺】 ㄐㄧㄚ ㄎㄨㄤˋ

美好的禮物。對他人贈與的美稱。

13【嘉義】 ㄐㄧㄚ ㄧˋ

原名'諸羅'。①省轄市。位於'臺灣省'西南部。北回歸線通過市南。於'民國'七十一年升格爲省轄市;爲西南部交通及農工業中心,以鋸木、製糖業稱盛。②縣名。位於'臺灣省'西南部,'雲林'和'臺南'二縣之間。縣治在'太保鄉'。

【嘉歲】 ㄐㄧㄚ ㄙㄨㄟˋ

好年歲。指豐年。

15【嘉耦】 ㄐㄧㄚ ㄡˇ

和睦恩愛的夫婦。也作嘉偶、佳偶。

17【嘉禮】 ㄐㄧㄚ ㄌㄧˇ

古代五禮之一。本指飲食、冠婚、賓射、饗燕、慶賀等禮節。今則專指婚禮而言。

24【嘉釀】 ㄐㄧㄚ ㄋㄧㄤˋ

美酒。

10【嘉峪關】 ㄐㄧㄚ ㄩˋ ㄍㄨㄢ

位在'甘肅省''河西走廊''酒泉'以西。爲'明代''洪武'五年(1372)所修'長城'西端終點。城依山而建,分內外城兩重,易守難攻,爲一邊防重地。

11【嘉陵江】 ㄐㄧㄚ ㄌㄧㄥˊ ㄐㄧㄤ

上源有二流,分別來自'陝''甘'二省,南流至'重慶'注入'長江',爲'四川盆地'內'長江'的最大支流。有航行之利。

6【嘉年華會】 ㄐㄧㄚ ㄋㄧㄢˊ ㄏㄨㄚˊ ㄏㄨㄟˋ

(carnival)天主教國家在每年四

旬齋期前三天到一星期內所舉行的狂歡宴會。四旬齋期爲由聖灰日到復活節前夕的四十天，爲紀念'耶穌'在荒野斷食而禁止肉食。嘉年華會時人人縱酒狂歡、歌舞遊行、及時行樂。

7【嘉言懿行】 ㄐㄧㄚ ㄧㄢˊ ㄧˋ ㄒㄧㄥˊ
美好的言語和行爲。

8【嘉定竹刻】 ㄐㄧㄚ ㄉㄧㄥˋ ㄓㄨˊ ㄎㄜˋ
'江蘇省''嘉定縣'自'明代'晚期以來，即以竹刻藝術聞名於世，竹刻也成爲當地特產之一，商肆林立。當地竹刻傳統乃自「嘉定三朱」祖、父、孫三人傳承下來。此三人依序是'朱鶴'(字'子鳴'，號'松鄰')、'朱纓'(字'清父'，或作'清甫'，號'小松'、'小松山人')、'朱稚征'(號'三松')。三'朱'之後，'嘉定'竹刻發展成以深刻、鏤雕爲特色，深受國人推重，遠近馳名。

15【嘉耦天成】 ㄐㄧㄚ ㄡˇ ㄊㄧㄢ ㄔㄥˊ
上天自然配成的恩愛夫妻。多用爲新婚的賀辭。

16【嘉謀嘉猷】 ㄐㄧㄚ ㄇㄡˊ ㄐㄧㄚ ㄧㄡˊ
美好完善的謀略計畫。

嘏 ㈠ ㄐㄧㄚˇ *chia*³ 音賈
1廣大遙遠。見"說文"。2壯大。見"方言·一"。
㈡ ㄍㄨˇ *ku*³ 音古
福；受福。如：祝嘏。

嘗 ㄔㄤˊ *ch'ang*² 音常
1用舌頭辨別食物的滋味。2試探；試驗。如：嘗試。3經歷。如：備嘗艱辛。4曾經。如：未嘗如此。5古代秋祭名。

13【嘗試集】 ㄔㄤˊ ㄕˋ ㄐㄧˊ
'胡適'撰，二集。收'民國'五年七月以後所作白話詩，大抵第一集仍沿舊詩五、七言句法，第二集則進一步打破此束縛，使句式長短不一，接近口語。

嘧 ㄇㄧˋ *mi*⁴ 音密
參嘧啶。

11【嘧啶】 ㄇㄧˋ ㄉㄧㄥˊ
(pyrimidine) 雜環族化合物之一。以液體和結晶狀固體存在。化學式 $C_4H_4N_2$。可溶於水、酒精和乙醚。熔點20～22°C，沸點123～124°C。生物體之基本化合物，可從核酸之水解物游離出來。可以用來合成藥物。

嘀 ㄉㄧˊ *ti*² 音敵
參嘀咕。

8【嘀咕】 ㄉㄧˊ ˙ㄍㄨ
也作啾咕。1小聲私語。2忐忑不安；猶豫不決。

嗻 ㈠ ㄓㄜˋ *chê*⁴ 音這
1多言的樣子。見"廣韻"。2恭敬的回應聲。
㈡ ㄓㄜ *chê*¹ 音遮
參啅嗻。

嗾 ㄙㄡˇ *sou*³ 音叟　又讀 ㄗㄨˊ *tsu*² 音足
1用口發聲以指揮狗。見"說文"。2教使他人做壞事。如：嗾使。

嘛 ˙ㄇㄚ *·ma* 讀音 ㄇㄚˊ *ma*² 音麻
1參喇嘛。2助詞。與嗎、罷略同。

嘒 ㄏㄨㄟˋ *hui*⁴ 音惠
狀聲詞。形容小聲。見"說文"。

嘖 ㄗㄜˊ *tsê*² 音責
1大聲呼喝。見"說文"。2爭論的樣子。見"字彙"。

6【嘖有煩言】 ㄗㄜˊ ㄧㄡˇ ㄈㄢˊ ㄧㄢˊ
本指人多嘴雜。今多指眾人頻發怨言。

嘐 ㈠ ㄐㄧㄠ *chiao*¹ 音交
1誇語。見"說文"。2雞鳴聲。見"字彙"。
㈡ ㄒㄧㄠ *hsiao*¹ 音蕭
大。見"集韻"。

嗷 ㄠˊ *ao*² 音敖
眾人發出愁歎的聲音。也作嗸。見"說文"。

14【嗷嗷待哺】 ㄠˊ ㄠˊ ㄉㄞˋ ㄅㄨˇ
形容災民飢餓哀號，等待救濟。

嘯 嘯的俗體。

嗹 ㄌㄧㄢˊ *lien*² 音連
參嗹嘍。

14【嗹嘍】 ㄌㄧㄢˊ ㄌㄡˊ
言語繁瑣。也作謰謱。

嘕 ㄒㄧㄢ *hsien*¹ 音仙
笑的樣子。見"集韻"。

嘔 ㈠ ㄡˇ *ou*³ 音偶
1吐。本作歐。如：嘔血。2憂悶。
㈡ ㄡ *ou*¹ 音歐
1㈠的又讀。2歌唱。通謳。如：嘔吟。
㈢ ㄡˋ *ou*⁴ 音漚
故意招惹人惱怒。如：嘔氣。
㈣ ㄒㄩ *hsü*¹ 音虛
1言語和悅。見"集韻"。2撫育。通煦。

6【嘔吐】 ㄡˇ ㄊㄨˋ
(vomiting)指胃壁收縮異常，食物逆出口外的一種反射作用。可因胃病、中毒、藥物刺激以及半規管平衡作用受干擾(如暈車、暈船)或精神作用而引起。嘔吐的中樞在延腦。

【嘔血】 ㄡˇ ㄒㄧㄝˇ
吐血。

10【嘔氣】 ㄡˋ ㄑㄧˋ
動氣；鬥氣。

4【嘔心瀝血】 ㄡˇ ㄒㄧㄣ ㄌㄧˋ ㄒㄧㄝˇ
形容勞心苦思，費盡心血。

11【嘔啞嘲哳】 ㄡ ㄧㄚ ㄓㄠ ㄓㄚˊ
嘈雜不和諧的聲音。

嘈 ㄘㄠˊ *ts'ao*² 音曹
1響聲。見"玉篇"。2喧鬧。如：嘈雜。

18【嘈雜】 ㄘㄠˊ ㄗㄚˊ
1喧鬧雜亂。2一種胃部及心胸隱隱不舒服的症狀。又像飢餓，又像疼痛，但吃下東西後就不痛，有時兼有脹滿或嘔心欲吐的情形。爲胃潰瘍及胃炎常見的症狀。

嗽 ㄙㄡˋ *sou*⁴
1氣管受刺激而發出聲音。如：咳嗽。2吮吸。如：嗽吮。3用水漱口。通漱。

嘌 ㄆㄧㄠ p'iao¹ 音飄
1快速。見"說文"。2拉長聲音唱。

8【嘌呤】 ㄆㄧㄠ ㄌㄧㄥˊ
(purine)化學式$C_5H_4N_4$。爲一針狀結晶,熔點217°C,可溶於水或熱酒精,微溶於熱乙酸乙酯或丙酮,不溶於乙醚或氯仿。嘌呤以衍生物形態存在於咖啡種子、可可種子、茶葉或動物尿液中,可由4,5二氨基嘧啶與無水甲酸於二氧化碳氣體中合成而得,用於有機合成。

嘟 ㄉㄨ tu¹ 音督
或作嘟。參嘟嚕。

16【嘟噥】 ㄉㄨ ㄋㄨㄥˊ
自言自語。帶有抱怨義。

18【嘟嚕】 ㄉㄨ ·ㄌㄨ
相連的一簇。如:一嘟嚕葡萄。

25【嘟囔】 ㄉㄨ ·ㄋㄤ
言語含糊不清。多用以形容人自言自語的樣子。

嘮 ㄌㄠˊ lao² 音牢
參嘮嘈。

14【嘮嘈】 ㄌㄠˊ ㄘㄠˊ
大聲。見"集韻"。

嘆 ㄊㄢˋ t'an⁴ 音炭
心有所感而出聲。多用以表示感傷、不如意或讚美。同歎。

8【嘆服】 ㄊㄢˋ ㄈㄨˊ
贊嘆佩服。

11【嘆惋】 ㄊㄢˋ ㄨㄢˋ
感嘆惋惜。

15【嘆賞】 ㄊㄢˋ ㄕㄤˇ
驚嘆贊賞。

9【嘆爲觀止】 ㄊㄢˋ ㄨㄟˊ ㄍㄨㄢ ㄓˇ
讚美所看到的事物,好到不可能再好。

嘞 ·ㄌㄜ ·lê 音了
助詞。表示語氣的完結。同「了」。

嘜 '英'文商標 mark 一字的音譯。也作嘜。俗稱嘜頭。

嘁 ㊀ ㄗㄚˊ tsa² 音帀
歎息。見"廣韻"。

㊁ ㄑㄧ ch'i¹ 音妻
參嘁嘁喳喳。

14【嘁嘁喳喳】 ㄑㄧ ㄑㄧ ㄔㄚ ㄔㄚ
狀聲詞。形容談話的聲音低沈而細碎。

嘎 ㊀ ㄍㄚˊ ka² 音釓
參嘎嘎㊀。

㊁ ㄍㄚ ka¹
參嘎嘎㊁。

14【嘎嘎】 ㊀ ㄍㄚˊ ㄍㄚˊ
鳥鳴聲。

㊁ ㄍㄚ ㄍㄚ
響聲。

嘑 ㊀ ㄏㄨ hu¹ 音呼
1呼叫。也作呼。2莽撞。

㊁ ㄏㄨˋ hu⁴ 音戶
大聲呼叱。如:嘑爾。

14【嘑爾】 ㄏㄨˋ ㄦˇ
呵斥人的樣子。

嘍 ㊀ ㄌㄡˊ lou² 音樓
煩亂。同謱。見"集韻"。

㊁ ·ㄌㄡ ·lou
助詞。與了、啦等略同。

㊂ ㄌㄡˇ lou³ 音塿
參嗹嘍。

22【嘍囉】 ㄌㄡˊ ㄌㄨㄛˊ
1機智;伶俐。2舊稱強盜的部下。3擾亂;喧鬧。

嗶 ㄅㄧˋ pi⁴ 音畢
聲音散出的樣子。見"字彙"。

15【嗶嘰】 ㄅㄧˋ ㄐㄧ
(serge)每根經紗跨過兩根緯紗再鑽過兩根緯紗般輪替交織,且於織物表面構成45°對角斜紋的衣料;成分可爲羊毛、棉、棉毛混紡,及其他各類纖維混紡品。通常經光面整理,即將表面聳立的毛羽剪淨,故雙面均具明顯清晰的對角斜線紋理;但卻也衍生出常摩擦處會產生光亮狀,且永遠無法去除的最大缺點。

嗼 ㄇㄛˋ mo⁴ 音莫
1安定。見"爾雅·釋詁"。2靜默。

嘓 ㄍㄨㄛ ko¹, kuo¹ 音鍋
參嘓嘓。

14【嘓嘓】 ㄍㄨㄛ ㄍㄨㄛ
1言語煩絮。2吞下食物的聲音。

嘂 ㄐㄧㄠˋ chiao⁴ 音叫
1高聲;大聲。也指大聲呼叫。見"說文"。2樂器名。即大塤。見"爾雅·釋樂"。

嘊 ㄧㄚˊ ya² 音牙
參嘊嘊。

14【嘊嘊】 ㄧㄚˊ ㄧㄚˊ
狗露出牙齒想咬人的樣子。

嗺 ㊀ ㄙㄨㄟ sui¹ 音綏
催促飲酒。見"集韻"。

㊁ ㄗㄨㄟ tsui¹ 音朘
撮口。見"玉篇"。

嘝 ㄏㄨˊ hu² 音胡
'英''美'容量蒲式耳的略記。

嘄 ㊀ ㄐㄧㄠ chiao¹ 音交
1呼喊。2歡笑聲。

㊁ ㄐㄧㄠˋ chiao⁴ 音叫
呼叫。同叫。見"集韻"。

噴 ㄊㄢˇ t'an³ 音禫
眾人飲食的聲音。見"正字通"。

嘚 ㄉㄜ tê¹
參嘚啵。

11【嘚啵】 ㄉㄜ ·ㄅㄛ
說話嘮叨的樣子。

12

噇 ㄔㄨㄤˊ ch'uang² 音床
暴飲暴食,漫無節制。同饚。見"集韻"。

嘮 ㄎㄨㄛˋ k'o⁴, k'uo⁴ 音廓
敲打。也作㗂。見"廣韻"。

噈 ㊀ ㄘㄨˋ ts'u⁴ 音促
以口相就。見"說文"。

㊁ ㄗㄚ tsa¹ 音匝
啖;吃。見"集韻"。

噂 ㄗㄨㄣˇ tsun³ 音撙
聚談;聲音繁雜。見"說文"。

8【噂沓】 ㄗㄨㄣˇ ㄊㄚˋ

眾論紛紜。

噗 ㄆㄨˇ *p'u*^{3} 音普
參噗嚕。

18【噗嚕】 ㄆㄨˇ ㄌㄨˇ
一種毛織物的名稱。產於'西藏'。

噌 ㊀ ㄔㄥ *ch'êng*^{1} 音稱
參噌吰。
㊁ ㄘㄥ *ts'êng*^{1}
指責;申斥。
㊂ ㄘㄥˇ *ts'êng*^{3}
決裂;鬧翻。

7【噌吰】 ㄔㄥ ㄏㄨㄥˊ
聲音宏亮。多用以形容鐘鼓聲。

嘮 ㄌㄠˊ *lao*^{2} 音勞
狀聲詞。也作譊。見"集韻"。

5【嘮叨】 ㄌㄠˊ ㄉㄠ
多言不休;說話不停。

噎 ㄧㄝ *yeh*^{1} 音耶
食物卡在喉嚨間。也指人憂憤以致氣逆。見"正字通"。

噚 ㄒㄩㄣˊ *hsün*^{2} 音尋
(fathom)'英'制長度單位。一噚約等於6呎。

嘵 ㄒㄧㄠ *hsiao*^{1} 音蕭
驚懼聲。見"說文"。

嘯 ㄒㄧㄠˋ *hsiao*^{4} 音笑
①撮口作聲。②發聲悠長清越。如:猿嘯。

13【嘯傲】 ㄒㄧㄠˋ ㄠˋ
歌詠曠放。形容超越不拘。

14【嘯歌】 ㄒㄧㄠˋ ㄍㄜ
長聲吟唱。

【嘯聚】 ㄒㄧㄠˋ ㄐㄩˋ
呼嘯而聚合。多指盜匪或野蠻人而言。

13【嘯傲風月】 ㄒㄧㄠˋ ㄠˋ ㄈㄥ ㄩㄝˋ
在清風明月的大自然中,歌詠自得。

嘻 ㄒㄧ *hsi*^{1} 音西
①讚歎聲。見"集韻"。②喜樂。

5【嘻皮笑臉】 ㄒㄧ ㄆㄧˊ ㄒㄧㄠˋ ㄌㄧㄢˇ
輕佻不莊重的樣子。

噁 ㊀ ㄜˇ *o*^{3}, *ê*^{3} 音婐
參噁心。
㊁ ㄨˋ *wu*^{4} 音物
參喑噁。

4【噁心】 ㄜˇ ·ㄒㄧㄣ
也作惡心。①想嘔吐的感覺。②比喻討厭得難以忍受。

噉 ㄉㄢˋ *tan*^{4} 音淡
①吃;食。同啖、啗。②喜好;嗜好。如:噉名。

15【噉蔗】 ㄉㄢˋ ㄓㄜˋ
吃甘蔗。比喻漸入佳境。'晉''顧愷之'吃甘蔗,先吃尾部,人問其故,答稱「漸入佳境」。見"世說新語·排調"。

噴 或作歕。㊀ ㄆㄣ *p'ên*^{1}
①怒斥。見"說文"。②激射而出。如:噴泉。
㊁ ㄆㄣˋ *p'ên*^{4}
吹拂;刺激。如:香味噴鼻。
㊂ ㄈㄣˋ *fên*^{4} 音奮
吹聲。見"集韻"。

9【噴泉】 ㄆㄣ ㄑㄩㄢˊ
從地層下往上噴出的泉水。又名飛泉。地層中的水,若周圍是不能滲透的岩石或黏土,則尋隙縫上升;若水源高於出水隙口的水位,則形成噴泉。今有人工噴泉,是在地面上,利用連通器原理,使水源高出噴口,產生噴泉現象。

10【噴射】 ㄆㄣ ㄕㄜˋ
急遽湧射。

12【噴飯】 ㄆㄣ ㄈㄢˋ
比喻大笑或好笑。

16【噴嘴】 ㄆㄣ ㄗㄨㄟˇ
(nozzle)引導流體流動的狹口裝置。其設計在增加流體的速度。噴嘴效率即噴嘴中將流體潛能轉換成動能的效率,通常以動能中實際之變化與成為理想之變化的比例表示。

17【噴嚏】 ㄆㄣ ㄊㄧˋ
(sneezing)由於鼻黏膜神經感觸寒氣或為他物所刺激,而行一次或數次痙攣狀的呼吸,於是急激的呼氣從鼻孔射出,而成噴嚏。

22【噴灑】 ㄆㄣ ㄙㄚˇ
將液體或粉末加壓,使噴散而出。

8【噴油片】 ㄆㄣ ㄧㄡˊ ㄆㄧㄢˋ
(sprayer plate)將高壓之燃油藉離心力分裂成細微質點而後噴出的器械。置於燃燒器前端,其中心有一圓孔,圓孔之後端直徑較大,稱為霧化室,有3~6個油槽與霧化室相切,高壓之燃油經油槽高速流入霧化室後在室內高速旋轉,利用旋轉所生之離心力將燃油裂解成微細質點,再經噴油片之中心圓孔噴出成圓錐狀油霧。

9【噴砂法】 ㄆㄣ ㄕㄚ ㄈㄚˇ
常用的工藝加工法之一。係以強風吹帶硬砂(通常為金剛砂)噴打於作品表面,使產生粗糙質感,其不欲噴蝕部分,則設法加以保護,因而產生粗糙與光滑對比的美觀圖案。可用於多種工藝材料如玻璃、金屬、陶瓷、木材等之上。

10【噴射器】 ㄆㄣ ㄕㄜˋ ㄑㄧˋ
(ejector)一種由噴嘴、混合管和擴散器組合而成的裝置。即利用流體流動之動能,將來自低壓區之另一流體混合後以泵送至較高壓力之區域的裝置。

【噴射引擎】 ㄆㄣ ㄕㄜˋ ㄧㄣˇ ㄑㄧㄥˊ
(jet engine)又稱反作用力引擎(reaction engine)。將導入的空氣壓縮,再與燃油混合燃燒,產生高溫高壓的氣體向後噴出,以產生推力的現代引擎。依結構外形可分為衝壓引擎(ramjet)、脈動引擎(pulsejet)、渦輪引擎(turbojet)、渦輪風扇引擎(turbofan)及渦輪螺旋槳引擎(turboprop)五種。

12【噴雲吐霧】 ㄆㄣ ㄩㄣˊ ㄊㄨˇ ㄨˋ
形容吸菸時吞吐的樣子。

嘾 ㄉㄢˋ *tan*^{4} 音淡
深含口中。見"說文"。

噀 ㄒㄩㄣˋ *hsün*^{4} 音訓 又讀 ㄙㄨㄣˋ *sun*^{4}

噴水;噴出液體。同潠。見"字彙"。

噆 ㄗㄢˇ *tsan*³ 音攢
1含;銜。見"說文"。2咬;叮。如:噆膚。

嘶 ㄙ *szŭ*¹,*ssŭ*¹ 音司
1馬鳴聲。見"玉篇"。2聲音沙啞。如:聲嘶力竭。3鳥蟲淒楚的叫聲。如:雁嘶。

嘲 一 ㄔㄠˊ *ch'ao*² 音潮
1調笑;用言語取笑他人。也作謿。如:嘲謔。2逗弄。如:嘲撥。
二 ㄓㄠ *chao*¹ 音招
一1的讀音。
7【嘲弄】 ㄔㄠˊ ㄋㄨㄥˋ
嘲笑戲弄。
10【嘲訕】 ㄔㄠˊ ㄕㄢˋ
嘲笑;譏笑。
【嘲笑】 ㄔㄠˊ ㄒㄧㄠˋ
譏笑。
16【嘲謔】 ㄔㄠˊ ㄋㄩㄝˋ
嘲弄戲謔。
【嘲諷】 ㄔㄠˊ ㄈㄥˋ
嘲笑諷刺。
9【嘲風詠月】 ㄔㄠˊ ㄈㄥ ㄩㄥˇ ㄩㄝˋ
指文人吟詠風月一類的遊戲作品。

噊 ㄩˋ *yü*⁴ 音玉
1危險。見"說文"。2鳥鳴。見"廣韻"。

噘 ㄐㄩㄝ *chüeh*¹ 音撅
翹起嘴巴。如:噘嘴。
16【噘嘴】 ㄐㄩㄝ ㄗㄨㄟˇ
因生氣而上下嘴脣閉合翹起。

噔 ㄉㄥ *têng*¹ 音登
狀聲詞。1形容琴聲。2形容器物碰觸聲。

嘹 一 ㄌㄧㄠˊ *liao*² 音聊
聲音清澈,可以遠聞。如:嘹亮。
二 ㄌㄧㄠˋ *liao*⁴ 音料
病中呻吟。見"廣韻"。
12【嘹喨】 ㄌㄧㄠˊ ㄌㄧㄤˋ
聲音高而響亮,可以遠聞。也作嘹亮。

嘘 一 ㄒㄩ *hsü*¹ 音虛
1緩慢吐氣。2讚美;誇大。如:吹噓。3問候。如:噓寒問暖。4嘆息;哭泣。如:噓欷。
二 ㄕ *shih*¹ 音施
歎詞。表示鄙斥。
10【噓唏】 ㄒㄩ ㄒㄧ
歎息哽咽。也作歔欷。
17【噓聲】 ㄒㄩ ㄕㄥ
鄙視或不滿時發出的聲音。
12【噓寒問暖】 ㄒㄩ ㄏㄢˊ ㄨㄣˋ ㄋㄨㄢˇ
問候寒暖冷熱。表示對他人的關愛。

嘿 一 ㄇㄛˋ *mo*⁴ 音墨
沈靜;閉口無言。見"集韻"。
二 ㄏㄟ *hei*¹ 音黑
歎詞。表示驚訝。

嘬 ㄗㄨㄛ *tso*¹, *tsuo*¹ 讀音
ㄔㄨㄞˋ *ch'uai*⁴ 音踹
1齧;咬。見"正字通"。2貪食;大口吞食。

嘩 一 ㄏㄨㄚ *hua*¹ 音花
參嘩喇。
二 ㄏㄨㄚˊ *hua*² 音划
譁的或體。
12【嘩喇】 ㄏㄨㄚ ㄌㄚ
東西倒塌散落一地的聲音。也作嘩啦。

噐 器的俗體。

嘳 一 ㄎㄨㄞˋ *k'uai*⁴ 音快
1哀憐。見"方言·十"。2譏笑。見"廣韻"。
二 ㄎㄨㄟˋ *k'uei*⁴ 音愧
嘆息。同喟。見"字彙"。

噃 一 ㄒㄧㄡˋ *hsiu*⁴ 音秀
家畜。見"說文"。
二 ㄒㄩˋ *hsü*⁴ 音蓄
畜的古字。

嘽 一 ㄊㄢ *t'an*¹ 音貪
1喘息。見"說文"。2眾多。3舒緩。如:嘽緩。
二 ㄔㄢˇ *ch'an*³ 音產
1同一3。2氣悶。

噗 ㄆㄨ *p'u*¹ 音撲
狀聲詞。1形容東西倒地聲。2突然發笑聲。
10【噗哧】 ㄆㄨ ㄔ
突然發出的笑聲。

嗒 ㄊㄚˇ *t'a*³ 音塔
參嗒嗒嗤嗤。
15【嗒嗒嗤嗤】 ㄊㄚˇ ㄊㄚˇ ㄔ ㄔ
趕馬的吆喝聲。

嘸 ㄨˇ *wu*³ 音五
1莫名其妙;不知所以。2'吳'語。同無。

嘫 ㄖㄢˊ *jan*² 音然
應諾之詞。等於說「是」、「對」。今作然。見"說文通訓定聲"。

嘰 ㄐㄧ *chi*¹ 音機
1品嘗食物。見"說文"。2悲歎。見"集韻"。
15【嘰嘰咕咕】 ㄐㄧ ㄐㄧ ㄍㄨ ㄍㄨ
低語議論聲。表示不滿或不願他人聽見。

噍 一 ㄐㄧㄠˋ *chiao*⁴ 音叫
咀嚼;用牙齒磨碎食物。如:噍食。
二 ㄐㄧㄠ *chiao*¹ 音焦
聲音急促。如:噍殺之音。
三 ㄐㄧㄡ *chiu*¹ 音鳩
燕雀的鳴聲。見"集韻"。

嘷 嗥的俗體。

噏 ㄒㄧ *hsi*¹ 音吸
1吸食。同吸。2收斂。同翕。

13

噟 應的或體。

噩 ㄜˋ *o*⁴, *ê*⁴ 音愕
1嚴肅的樣子。見"字彙"。2驚愕。通愕。
10【噩耗】 ㄜˋ ㄏㄠˋ
令人驚愕的消息。多指死亡的消息。
14【噩夢】 ㄜˋ ㄇㄥˋ

令人驚愕的夢；凶惡可怖的夢。也作惡夢。

噫 ㄧ i^{1} 音醫 又讀 ㄧˋ i^{4} 音易
①吃飽後胃中發出聲氣。見"說文"。②氣壅塞後忽然暢通。③歎詞。⑴表示悲痛。⑵表示驚訝。

噷 ㊀ ㄧㄣˋ yin^{4} 音印
參噷噷。
㊁ ㄏㄇ hm
歎詞。表示鄙斥。
16【噷噷】 ㄧㄣˋ ㄧㄣˋ
凶惡的樣子。

噰 ㄩㄥ yung^{1} 音邕
鳥聲相和。通雝。見"字彙"。

噠 ㄉㄚˊ ta^{2} 音達
狀聲詞。①器物猛然著地或撞擊聲。②機槍掃射聲。

噸 ㄉㄨㄣˋ tun^{4} 音頓
①(ton)重量單位。'英'制1噸等於2,240磅，合我國標準制1,016.047公斤。'美'制1噸等於2,000磅，合我國標準制907.1849公斤。俗以'英'制的噸爲長噸，'美'制的噸爲短噸。普通所稱的噸，多指'英'噸而言。我國標準制以一千公斤爲一公噸。②'英'、'美'量名。爲船舶載貨的容積單位，以40立方呎爲1噸，稱爲舶運噸(freight ton)。③船舶排水量的單位。相當於1長噸的海水容積，等於35立方呎，稱爲排水噸(displacement ton)。④冷卻能力的單位。相當於1噸的冰在24小時內全部融解的冷卻效果。
12【噸鈔費】 ㄉㄨㄣˋ ㄔㄠ ㄈㄟˋ
(tonnage due)爲維持港灣與通航水道之導航設施(如燈塔、浮標等)而徵收的費用。通常係依船舶之容積噸位計收。

噤 ㄐㄧㄣˋ chin^{4} 音禁
①閉口不出聲。②關閉。③顫抖。如：寒噤。
9【噤若寒蟬】 ㄐㄧㄣˋ ㄖㄨㄛˋ ㄏㄢˊ ㄔㄢˊ
比喻有所顧忌而不敢說話。

噹 ㊀ ㄉㄤ tang^{1} 音當
狀聲詞。多用以形容金屬器物的鳴聲。
㊁ ㄉㄧㄤ tiang^{1}
參噹噹兒。
16【噹噹兒】 ㄉㄧㄤ ㄉㄧㄤㄦ
指無知識、不曾見過世面的人。

噱 ㄐㄩㄝˊ chüeh^{2} 音掘
大笑。如：引人發噱。
16【噱頭】 ㄐㄩㄝˊ ㄊㄡˊ
①引人發笑的舉動。②玩弄技巧，引人注意，以作宣傳。

噳 ㄩˇ yü^{3} 音雨
麌鹿口相群聚的樣子。見"說文"。

器 ㄑㄧˋ ch'i^{4} 音氣
①用具；工具。如：器皿。②象徵名位、爵號的器物。如：名器。③度量；氣度。如：器量。④才幹；本領。如：大器晚成。
5【器皿】 ㄑㄧˋ ㄇㄧㄣˇ
盛物的用具。
6【器宇】 ㄑㄧˋ ㄩˇ
①指人的胸襟度量。②指人的風度儀表。
7【器材】 ㄑㄧˋ ㄘㄞˊ
器具。
8【器官】 ㄑㄧˋ ㄍㄨㄢ
(organ)由數種組織構成器官，具有某種或某些特殊機能。例如動物的肺、腎；植物的根、花等。
9【器重】 ㄑㄧˋ ㄓㄨㄥˋ
重視；重用。
11【器械】 ㄑㄧˋ ㄒㄧㄝˋ
用具的總稱。
12【器量】 ㄑㄧˋ ㄌㄧㄤˋ
器物的容量。引申指人的才能和度量。
19【器識】 ㄑㄧˋ ㄕˋ
度量、見識。
3【器小易盈】 ㄑㄧˋ ㄒㄧㄠˇ ㄧˋ ㄧㄥˊ
器量狹小的人很容易自大自滿。
6【器宇軒昂】 ㄑㄧˋ ㄩˇ ㄒㄩㄢ ㄤˊ
儀表風度卓絕不凡。

噦 ㊀ ㄩㄝ yüeh^{1} 音約
①氣逆。見"說文"。②乾吐；有聲無物的嘔吐。
㊁ ㄏㄨㄟˋ hui^{4} 音惠
鳥鳴聲。見"玉篇"。

噧 ㄏㄨㄟˋ hui^{4} 音會
說話多而聲音大。見"說文"。

噶 ㊀ ㄍㄜˊ ko^{2}, kê^{2} 音革
參噶隆。
㊁ ㄍㄚˊ ka^{2}
表音的字。'藏'人所常用。如：準噶爾。
12【噶隆】 ㄍㄜˊ ㄌㄨㄥˊ
'西藏'官名。也作噶布倫。共四人，奉達賴之命，掌理全'藏'政務。

噪 ㄗㄠˋ tsao^{4} 音燥
①鳥類或昆蟲發出喧鬧聲。②嘈雜。如：聒噪。
9【噪音】 ㄗㄠˋ ㄧㄣ
(noise)對人體健康或生活環境產生干擾的聲音。
【噪音管制區】 ㄗㄠˋ ㄧㄣ ㄍㄨㄢˇ ㄓˋ ㄑㄩ
(noise control area)執行噪音之管制的區域。可依所需安寧程度劃分不同管制區，如我國即劃分爲一、二、三、四等四類管制區。

噥 ㄋㄨㄥˊ nung^{2} 音農
①小聲交語，話聽不清楚。如：喁喁噥噥。②濃厚。通濃。

噮 ㄩㄢˋ yüan^{4} 音怨
吃得香甜而不感滿足。見"廣韻"。

噣 ㊀ ㄓㄡˋ chou^{4} 音晝
鳥嘴。
㊁ ㄓㄨㄛˊ cho^{2},chuo^{2} 音卓
鳥啄食。通啄。

嘴 ㄗㄨㄟˇ tsui^{3}
①口的通稱。本指鳥喙，後泛指人、鳥、獸、器物等的口。如：壺嘴。②形狀突出似口的部分。如：山嘴。③指言語或說話。如：多嘴。

7【嘴快】 ㄗㄨㄟˇ ㄎㄨㄞˋ
未經思慮就隨意說話。
8【嘴乖】 ㄗㄨㄟˇ ㄍㄨㄞ
說話乖巧動聽。
12【嘴硬】 ㄗㄨㄟˇ ㄧㄥˋ
形容好強辯，不肯認錯。
17【嘴臉】 ㄗㄨㄟˇ ㄌㄧㄢˇ
面目；顏面；模樣。通常用於輕視、責罵的意思。
25【嘴饞】 ㄗㄨㄟˇ ㄔㄢˊ
貪吃。
5【嘴皮子】 ㄗㄨㄟˇ ㄆㄧˊ ·ㄗ
指說話的技巧和才能。
6【嘴尖舌巧】 ㄗㄨㄟˇ ㄐㄧㄢ ㄕㄜˊ ㄑㄧㄠˇ
口才好而出言刻薄。
11【嘴甜心苦】 ㄗㄨㄟˇ ㄊㄧㄢˊ ㄒㄧㄣ ㄎㄨˇ
言詞和善而居心不良。
3【嘴上掛油瓶】 ㄗㄨㄟˇ ㄕㄤˋ ㄍㄨㄚˋ ㄧㄡˊ ㄆㄧㄥˊ
形容生氣嘟嘴的樣子。
【嘴上無毛辦事不牢】 ㄗㄨㄟˇ ㄕㄤˋ ㄨˊ ㄇㄠˊ ㄅㄢˋ ㄕˋ ㄅㄨˋ ㄌㄠˊ
比喻年輕人做事浮躁不可靠。

噯 ㊀ ㄞˋ *ai*⁴ 音愛
歎詞。表示驚訝、感傷、痛惜。
㊁ ㄞˇ *ai*³ 音藹
歎詞。表示否定。

嗻 ㄐㄧㄝ *chieh*¹ 音皆
或作喞。參吣喞。

噬 ㄕˋ *shih*⁴ 音市
咬；吞食。
12【噬菌體】 ㄕˋ ㄐㄩㄣˋ ㄊㄧˇ
(bacteriophage)指寄生在細菌體上的病毒。一般呈蝌蚪狀，有頭部與尾部之分。各種細菌都可能受病毒感染。
18【噬臍莫及】 ㄕˋ ㄑㄧˊ ㄇㄛˋ ㄐㄧˊ
比喻後悔已遲。獵人捕麝，以取其肚臍，麝被追急則自噬破其臍，獵人即不捕取，但若已受制於獵人，則雖想咬破肚臍以免禍，也已經來不及。

噡 ㄓㄢ *chan*¹ 音詹
多言。也作譫。見"集韻"。

噭 ㄐㄧㄠˋ *chiao*⁴ 音叫
①號哭聲。②呼喊聲。

噢 ㊀ ㄡˋ *ou*⁴ 音漚
歎詞。表示已經明白。
㊁ ㄩˇ *yü*³ 音羽
參噢咻。
9【噢咻】 ㄩˇ ㄒㄩˇ
狀聲詞。安慰小兒或病患的聲音。也作燠休。

噙 ㄏㄣˊ *hên*² 音痕　讀音 ㄑㄧㄣˊ *ch'in*² 音禽
①口中含物。②泛指含住、懷有。如：噙淚。

噞 ㄧㄢˇ *yen*³ 音眼
①魚浮在水面張口呼吸。②猛烈。

噲 ㄎㄨㄞˋ *k'uai*⁴ 音快
①咽下。見"說文"。②快意；稱心。

𪘲 ㄑㄧㄠˋ *ch'iao*⁴ 音竅
高。見"集韻"。
16【𪘲𪙁】 ㄑㄧㄠˋ ㄧㄠˋ
不安。

14

嚀 ㄋㄧㄥˊ *ning*² 音寧
參叮嚀。

嚓 ㄔㄚˊ *ch'a*² 音察
狀聲詞。多用以形容刀劍擊物或硬物折斷的聲音。

嚌 ㄐㄧˋ *chi*⁴ 音劑
辨嚐食物。

嚎 ㄏㄠˊ *hao*² 音豪
大聲叫喊。
9【嚎咷】 ㄏㄠˊ ㄊㄠˊ
大聲哭喊。也作號咷、嚎啕。

嚅 ㄖㄨˊ *ju*² 音儒
參嚅唲。
11【嚅唲】 ㄖㄨˊ ㄦˊ
諂笑的樣子。

嚏 ㄊㄧˋ *t'i*⁴ 音替
或作嚔。鼻子因黏膜受刺激而向外噴氣。俗稱打噴嚏。
15【嚏噴】 ㄊㄧˋ ·ㄈㄣ
打噴嚏。

嚃 ㄗㄚˊ *tsa*² 音雜
參嚃喋。
12【嚃喋】 ㄗㄚˊ ㄉㄧㄝˊ
魚鳥爭食的樣子。多用以比喻深算、貪得。

嚁 ㄉㄧˊ *ti*² 音狄
聲音迅疾的樣子。如：激嚁清厲。

嚄 ㄐㄧㄣˋ *chin*⁴ 音近
憤恨。見"集韻"。

嚂 ㊀ ㄌㄢˋ *lan*⁴ 音濫
貪求。見"玉篇"。
㊁ ㄏㄢˇ *han*³ 音喊
呼叫。同喊。見"集韻"。

嚈 ㊀ ㄧˋ *i*⁴ 音意
①小孩子懂事的樣子。見"說文"。②笑的樣子。見"集韻"。
㊁ ㄋㄧˇ *ni*³ 音擬
聲音。見"集韻"。

嚇 ㊀ ㄏㄜˋ *ho*⁴, *hê*⁴ 音鶴
用言語、威勢使人害怕。如：恐嚇。
㊁ ㄒㄧㄚˋ *hsia*⁴ 音下
①怒斥聲。見"集韻"。②笑聲。見"字彙"。③害怕。
11【嚇唬】 ㄒㄧㄚˋ ·ㄏㄨ
使人驚恐畏懼。

嚈 ㊀ ㄧㄝˋ *yeh*⁴ 音葉
參嚈噠。
㊁ ㄧㄢˋ *yen*⁴ 音厭
吞。通嚥。如：嚈氣。
㊂ ㄧㄚˋ *ya*⁴ 音軋
勉強吃下去。
16【嚈噠】 ㄧㄝˋ ㄉㄚˊ
我國古代邊疆民族之一。又名'白匈奴'。疆域東自'天山'南路，西抵'波斯'，跨有'葱嶺'東西。其興盛時期約在'南北朝'，後來併於'突厥'。由實行一妻多夫之俗及分布地觀之，該族似屬'西藏'系的民族。

嚐 ㄔㄤˊ *ch'ang*² 音常
辨味；食用。同嘗。如：品

噌。

嚆 ㄏㄠ hao¹ 音蒿
呼叫。見"集韻"。

5【嚆矢】 ㄏㄠ ㄕˇ
俗稱響箭。發射時會發出響聲，箭還未到，聲音已先傳到。比喻事物的開端或首先倡導。

嚄 ㈠ ㄏㄨㄛˋ ho⁴, huo⁴ 音獲
歎詞。①表示驚愕。②表示讚美。
㈡ ㄛˇ o³
歎詞。表示疑惑或驚訝。

嚃 ㄊㄚˋ t'a⁴ 音踏
吞飲。見"集韻"。

15

嚞 哲的古文。

嚝 ㄏㄨㄤ huang¹ 音慌
鐘鼓聲。見"廣韻"。

嚸 ㄒㄧ hsi¹ 音吸
參嚸霰。

21【嚸霰】 ㄒㄧ ㄐㄧˊ
眾聲急速的樣子。

嚘 ㄧㄡ yu¹ 音憂
①氣逆。見"玉篇"。②憂歎。

嚜 ㈠ ㄇㄛˋ mo⁴ 音墨
沉默。通默。
㈡ ·ㄇㄜ ·mê
助詞。表示肯定。
㈢ ㄇㄟˋ mei⁴ 音妹
欺詐；狡猾。見"玉篇"。
㈣'英'文商標 mark 的音譯。或作嘜。

嚗 ㄅㄛ po¹ 音剝
狀聲詞。①怒聲。見"玉篇"。②物體落地聲。③物體迸裂聲。

嚚 ㄧㄣˊ yin² 音銀
①有聲而不能成語。②愚蠢。如：嚚闇。③多言。④奸詐；言不忠信。

11【嚚訟】 ㄧㄣˊ ㄙㄨㄥˋ
狡詐不誠而好爭訟。

嚙 ㄧㄠˇ yao³ 音咬
齧；咬。同齩。見"集韻"。

嚕 ㈠ ㄌㄨ lu¹
言語。見"玉篇"。
㈡ ㄌㄨˇ lu³ 音魯
參嚕嚕。

23【嚕囌】 ㄌㄨ ㄙㄨ
多言；言語繁雜。也作囉唆。

嚛 ㈠ ㄏㄨˋ hu⁴ 音互
①吃辣味食物所發出的聲音。見"說文"。②大口進食。見"玉篇"。
㈡ ㄏㄨㄛˋ ho⁴, huo⁴ 音獲
助詞。同啊。

嚮 ㄒㄧㄤˋ hsiang⁴ 音向
或作嚮。①面對；朝向。如：嚮西而拜。②歸向。如：嚮往。③引領。如：嚮導。④從前；往昔。如：嚮日。⑤將；接近。如：嚮明。

8【嚮往】 ㄒㄧㄤˋ ㄨㄤˇ
①傾心歸依。②一心希望。

16【嚮導】 ㄒㄧㄤˋ ㄉㄠˇ
指引道路的人。

【嚮壁虛造】 ㄒㄧㄤˋ ㄅㄧˋ ㄒㄩ ㄗㄠˋ
本指面對牆壁，憑空去造不可知的書籍。今泛指憑空捏造事物。

16

嚭 ㄆㄧˇ p'i³ 音痞
大。見"說文"。

嚫 ㄔㄣˋ ch'ên⁴ 音趁
梵語噠嚫 (daksiṇā) 音譯的簡化字。義為齋後所施之物。如：嚫金。

嚨 ㄌㄨㄥˊ lung² 音龍
咽喉。見"說文"。

嚯 ㄋㄩㄝˋ nüeh⁴ 音虐
①謔的或體。②參嚯索。

10【嚯索】 ㄋㄩㄝˋ ㄙㄨㄛˇ
喝酒。

嚥 ㄧㄢˋ yen⁴ 音燕
吞。也作咽。如：狼吞虎嚥。

嚦 ㄌㄧˋ li⁴ 音歷
參嚦嚦。

19【嚦嚦】 ㄌㄧˋ ㄌㄧˋ
鳥鳴聲。

嚧 ㄌㄨˊ lu² 音盧
呼豬的聲音。見"廣韻"。

嚪 ㄉㄢˋ tan⁴ 音淡
以餌利誘。同啗、啖。如：嚪之以利。

嚬 ㄆㄧㄣˊ p'in² 音頻
皺眉。通顰。如：一嚬一笑。

18【嚬蹙】 ㄆㄧㄣˊ ㄘㄨˋ
皺眉蹙額。憂愁的樣子。

嚩 ㄈㄨˋ fu⁴ 音傅
佛教咒語的梵文音譯。也譯作婆、縛。

17

嚲 ㄉㄨㄛˇ to³, tuo³ 音朵
①廣；厚。見"集韻"。②下垂。③隱藏。通躲。

嚷 ㈠ ㄖㄤˇ jang³ 音壤
喧鬧；大聲喊叫。如：吵嚷。
㈡ ㄖㄤ jang¹
參嚷嚷。

20【嚷嚷】 ㄖㄤ ㄖㄤ
大聲呼叫。

嚱 ㄒㄧ hsi¹ 音兮
①口中發出的一種聲音。見"玉篇"。②歎息。③歎詞。同戲。如：嗚嚱。

嚶 ㄧㄥ ying¹ 音英
鳥鳴。見"說文"。

14【嚶鳴求友】 ㄧㄥ ㄇㄧㄥˊ ㄑㄧㄡˊ ㄧㄡˇ
比喻尋求志同道合的朋友。

㘓 ㈠ ㄌㄢˊ lan² 音藍
參㘓哰。
㈡ ㄌㄢˋ lan⁴ 音爛
誣言；胡言。同讕。見"集韻"。

10【㘓哰】 ㄌㄢˊ ㄌㄠˊ
話多而不清楚。也作謰謱。

嚴 ㄧㄢˊ yen² 音鹽
①教令峻急。見"說文"。②事態緊急。如：嚴重。③謹慎。如：嚴密。④尊重；敬畏。如：師嚴然後道尊。⑤峻烈；苛刻。如：嚴厲。⑥高大。如：嚴牆。⑦警戒；戒備。如：

戒嚴。8對父親的尊稱。如：家嚴。9姓。'漢'有'嚴光'。見"萬姓統譜·六七"。

5【嚴冬】 ㄧㄢˊ ㄉㄨㄥ
酷寒的多天。

6【嚴羽】 ㄧㄢˊ ㄩˇ
'南宋''邵武'(今'福建''邵武')人。字'儀卿'、'丹丘'，號'滄浪逋客'。著有"滄浪詩話"一卷，論詩以盛'唐'為宗，並以禪說詩，強調詩的興趣、妙悟，對後世詩歌理論和創作有很大影響。另有"滄浪集"行世。

【嚴光】 ㄧㄢˊ ㄍㄨㄤ
(前37～後43)'東漢''餘姚'(今'浙江''餘姚')人。原名'莊光'，避'明帝''劉莊'諱而改姓，字'子陵'。少與'光武'同遊學。'光武'即位，'光'改名隱居'富春山'，以耕釣為樂，後人稱其釣處為'嚴陵瀨'。

7【嚴妝】 ㄧㄢˊ ㄓㄨㄤ
整齊妝束。

8【嚴制】 ㄧㄢˊ ㄓˋ
指居父喪。

9【嚴重】 ㄧㄢˊ ㄓㄨㄥˋ
1敬重。2事態重大、緊急。

12【嚴復】 ㄧㄢˊ ㄈㄨˋ
(1853～1921)'福建''侯官'人。初名'體乾'，易名'宗光'，字'又陵'，號'幾道'。十四歲考取'沈葆楨'創設的'船政學堂'，後赴'英國'海軍學校留學。回國後，曾任'北洋水師學堂'總辦。'民國'元年，出任'北京大學'校長。生平致力於西洋學術思想的介紹，所譯名著甚多，有"天演論"、"名學"、"法意"、"原富"等。另有"瘉壄堂詩集"行世。

嚴復像

13【嚴嵩】 ㄧㄢˊ ㄙㄨㄥ
(1481～1568)'明''分宜'(今'江西''分宜')人。字'惟中'。'弘治'進士。'世宗'時為相，與子'世蕃'攬權貪賄，殺戮異己。後被彈劾，罷黜為民，寄食墓舍而死。著有"鈐山堂集"。

17【嚴霜】 ㄧㄢˊ ㄕㄨㄤ
1濃霜。2比喻嚴厲或嚴肅。

5【嚴可均】 ㄧㄢˊ ㄎㄜˇ ㄐㄩㄣ
(1762～1843)'清''浙江''烏程'人。字'景文'，號'鐵橋'。'嘉慶'舉人，官'建德縣'教諭，因病歸。精於考據之學，著有"說文聲類"、"鐵橋漫稿"，並輯有"全上古三代秦漢三國六朝文"。

6【嚴刑峻法】 ㄧㄢˊ ㄒㄧㄥˊ ㄐㄩㄣˋ ㄈㄚˇ
嚴厲苛刻的刑法。

嚼 或作嚼。一 ㄐㄧㄠˊ *chiao*² 1咬碎食物。如：嚼爛。2玩味；辨味。如：嚼味。
二 ㄐㄩㄝˊ *chüeh*² 音決
一1、2的讀音。
三 ㄐㄧㄠˋ *chiao*⁴ 音叫
參倒嚼。

21【嚼蠟】 ㄐㄧㄠˊ ㄌㄚˋ
比喻沒有滋味或樂趣。

6【嚼舌根】 ㄐㄧㄠˊ ㄕㄜˊ ㄍㄣ
1播弄是非。2說謊；造謠。

嚵 ㄔㄢˋ *ch'an*⁴ 音懺
嚐食。見"集韻"。

嚳 ㄎㄨˋ *k'u*⁴ 音酷
1急速相告。見"說文"。2古代帝王名。'黃帝'曾孫，號'高辛氏'。見"史記·五帝紀"。

18

⿰口顏 ㄧㄢˊ *yen*² 音顏
參⿰口顏⿰口顏。

21【⿰口顏⿰口顏】 ㄧㄢˊ ㄧㄢˊ
爭鬥的樣子。

囃 ㄘㄚˋ *ts'a*⁴
狀聲詞。形容替舞者助聲勢的聲音。見"廣韻"。

嚽 ㄔㄨㄛˋ *ch'o*⁴, *ch'uo*⁴ 音啜
飲。同啜。見"正字通"。

囀 ㄓㄨㄢˇ *chuan*³ 音轉
1聲音宛轉曲折。如：妙囀。2鳥鳴。如：黃鸝千囀。

囁 ㄋㄧㄝˋ *nieh*⁴ 音臬 又讀 ㄓㄜˊ *chê*² 音摺
1言語無節。見"玉篇"。2口動。見"廣韻"。3附耳低語。如：囁嚅。

17【囁嚅】 ㄋㄧㄝˋ ㄖㄨˊ
1多言；低聲私語。2欲言又止的樣子。

囂 ㄒㄧㄠ *hsiao*¹ 音消
本作嚻。1喧嘩；吵鬧。如：繁囂。2虛浮。如：囂浮。

11【囂張】 ㄒㄧㄠ ㄓㄤ
態度傲慢，目中無人。

12【囂然】 ㄒㄧㄠ ㄖㄢˊ
1憂愁的樣子。2飢餓的樣子。3輕浮的樣子。

嚾 ㄏㄨㄢ *huan*¹ 音歡
1喧囂。見"正字通"。2呼叫。

⿰口雝 囃的本字。

19

囊 ㄋㄤˊ *nang*²
1盛東西的袋子。見"說文"。2以囊盛物。如：囊螢照書。3包羅。如：囊括。4軟弱。如：窩囊。5姓。'春秋'有'囊瓦'。見"萬姓統譜·五二"。

9【囊括】 ㄋㄤˊ ㄍㄨㄚ
包括；包羅無遺。

16【囊螢】 ㄋㄤˊ ㄧㄥˊ
將螢火蟲置於囊中，以取光夜讀。比喻苦讀、勤學。

4【囊中物】 ㄋㄤˊ ㄓㄨㄥ ㄨˋ
比喻很容易得到的東西。

【囊中穎】 ㄋㄤˊ ㄓㄨㄥ ㄧㄥˇ
比喻懷有美才而未被賞識。

8【囊底路】 ㄋㄤˊ ㄉㄧˇ ㄌㄨˋ
(cul-de-sac)末端不連接其他道路之出入道路。或稱無尾巷。

【囊空如洗】 ㄋㄤˊ ㄎㄨㄥ ㄖㄨˊ ㄒㄧˇ
形容極為貧窮。

12【囊無一物】 ㄋㄤˊ ㄨˊ ㄧ ㄨˋ
形容貧困落魄。

囈 ㄧˋ i^4 音藝
夢話。如:囈語。
14【囈語】ㄧˋ ㄩˇ
說夢話。

囅 ㄔㄢˇ $ch'an^3$ 音產
笑的樣子。見"集韻"。

囆 ㄔㄞˋ $ch'ai^4$
人名用字。'春秋''鄭'有'公孫囆'。見"集韻"。

囉 ㊀ ㄌㄨㄛˊ lo^2, luo^2 音羅
①小兒語。見"廣韻"。②助詞。用於句末,表示感嘆。
㊁ ㄌㄨㄛ lo^1, luo^1
參囉唆。
10【囉唆】ㄌㄨㄛ ㄙㄨㄛ
多言不止。也作嚕囌。
【囉唣】ㄌㄨㄛˊ ㄗㄠˋ
吵鬧。也作囉唕。

囋 ㄗㄢˋ $tsan^4$ 音贊
多言無節;語聲繁碎。見"新方言·釋言"。

20

囍 艱的古文。

囐 ㄗㄚˊ tsa^2 音雜
嘈雜聲。見"集韻"。

囌 ㄙㄨ su^1 音蘇
參嚕囌。

21

囍 ㄒㄧˇ hsi^3 音洗
同喜。俗以喜字並列,用於新婚場合,以示成雙的吉利。

囓 ㄋㄧㄝˋ $nieh^4$ 音臬
咬;噬。同齧。見"字彙"。

囑 ㄓㄨˇ chu^3 音主
託付。
8【囑咐】ㄓㄨˇ ㄈㄨˋ
叮嚀;吩咐。
10【囑託】ㄓㄨˇ ㄊㄨㄛ
①請託。②同囑咐。

22

囔 ˙ㄋㄤ ˙$nang$
參嘟囔。

囗部

囗 圍的古文。

2

囙 因的俗體。

囚 ㄑㄧㄡˊ $ch'iu^2$ 音求
①拘繫;禁錮。如:囚禁。②罪犯。如:囚犯。③俘虜。如:囚虜。
10【囚徒】ㄑㄧㄡˊ ㄊㄨˊ
囚犯。
13【囚禁】ㄑㄧㄡˊ ㄐㄧㄣˋ
拘禁。
16【囚錮鋒】ㄑㄧㄡˊ ㄍㄨˋ ㄈㄥ
(occluded front)又稱包圍鋒。如一暖氣團的前方和後方都是冷氣團,三者前進方向一致,則前方是暖鋒,後方是冷鋒。如果冷鋒前進較快,漸進及暖鋒,把暖氣團擡離地面,而使地面完全被冷氣團所占據,此種鋒稱為囚錮鋒。
9【囚首垢面】ㄑㄧㄡˊ ㄕㄡˇ ㄍㄡˋ ㄇㄧㄢˋ
形容人儀容不整潔。

四 ㄙˋ $sz\breve{u}^4, ss\breve{u}^4$ 音肆
①數詞。近世公文、帳簿票據通作肆,或省作䦉。'阿拉伯'數字作4。②第四。如:四更天。③古樂譜用來表音階的符號。相當於西樂的⌊6⌉。④姓。'宋'有'四象'。見"萬姓統譜·九三"。
3【四下】ㄙˋ ㄒㄧㄚˋ
四邊;四處。
【四大】ㄙˋ ㄉㄚˋ
①指功、名、權、德。②佛家語。指地、水、火、風。是構成宇宙、人身的四大基本元素。以外界現象言:土、石、山嶽為地;河、湖、海洋為水;熱能、光焰為火。空氣流動為風。以人身言:皮、骨、毛、齒為地;涕、液、血、汗為水;身體熱度為火;呼吸、代謝為風。③指道、天、地、王。
4【四六】ㄙˋ ㄌㄧㄡˋ
文體的一種。指以四字、六字行文而對偶工整的駢文。
5【四民】ㄙˋ ㄇㄧㄣˊ
指士、農、工、商。
【四史】ㄙˋ ㄕˇ
指"史記"、"漢書"、"後漢書"、"三國志"。
6【四夷】ㄙˋ ㄧˊ
我國古代對四方異族的總稱。即東夷、西戎、南蠻、北狄。
8【四到】ㄙˋ ㄉㄠˋ
讀書方法的一種。指心到、眼到、口到、手到。
【四始】ㄙˋ ㄕˇ
①指"詩經""關雎"為"風"始,"鹿鳴"為"小雅"始,"文王"為"大雅"始,"清廟"為"頌"始。②指元旦。為歲之始、時之始、月之始、日之始。
9【四美】ㄙˋ ㄇㄟˇ
①指美好的音、味、文、言。②指良辰、美景、賞心、樂事。③指仁、義、忠、信。
10【四海】ㄙˋ ㄏㄞˇ
①天下。即'中國'。古代'中國'人自以為居天下之中,四境環海,故稱。今則指全世界。②指性情豪爽慷慨,愛結交朋友。
【四書】ㄙˋ ㄕㄨ
指"論語"、"孟子"、"大學"、"中庸"。'北宋''程頤'稱為四子書,'南宋''朱熹'始稱四書。
【四時】ㄙˋ ㄕˊ
①四季。②指朝、晝、夕、夜。
12【四診】ㄙˋ ㄓㄣˇ
'中'醫診察病情時的四種方法。即望色、聞聲、問狀、切脈,簡稱望、聞、問、切。四診必須結合運用,互相參證,藉以辨別疾病的原因、病

位表裡、病情的寒熱及病體的虛實，從而得知治療的方法並推測以後的好壞。

【四喜】 ㄙˋ ㄒㄧˇ

1指久旱逢甘雨、他鄉遇故知、洞房花燭夜、金榜題名時四件喜事。2喝酒划拳的用語。

【四陲】 ㄙˋ ㄔㄨㄟˊ

四面的邊境。

【四象】 ㄙˋ ㄒㄧㄤˋ

1"易經"中指太陽、太陰、少陽、少陰。也就是以乾、坤二爻所配合成的四種變化。在四季代表春、夏、秋、冬；在方位代表東、南、西、北；在數代表九、六、七、八。2古人想像中代表四方星宿的動物形象。古人將二十八宿按方位分成四組，各取動物作爲象徵，分別是：東方蒼龍(也作青龍)，北方玄武(龜和蛇)，西方白虎，南方朱鳥(也作朱雀)。

13【四裔】 ㄙˋ ㄧˋ

四方邊遠之地。

14【四端】 ㄙˋ ㄉㄨㄢ

指人天生具有的仁、義、禮、智四個善端。

【四輔】 ㄙˋ ㄈㄨˇ

1我國古代官名。爲協助天子的四位輔佐。前曰疑，後曰丞，左曰輔，右曰弼。2道教經典的分部名稱。分"太清"、"太平"、"太玄"、"正一"四部，對三洞("洞眞"、"洞玄"、"洞神經")加以解說和補充，故稱四輔。"太玄"爲"洞眞部"之輔，"太平"爲"洞玄部"之輔，"太清"爲"洞神經"之輔，"正一部"通貫三洞、三太("太清"、"太玄"、"太平")，爲以上六部的補充。

【四維】 ㄙˋ ㄨㄟˊ

1指禮、義、廉、恥。2堪輿家指東、西、南、北。

16【四諦】 ㄙˋ ㄉㄧˋ

佛家語。指苦、集、滅、道四種眞諦。生老病死的苦報爲苦，招聚一切煩惱爲集，障無不盡爲滅，德無不備爲道。學佛之人要由知苦、斷集、慕滅、修道，進而無苦可知、無集可斷、無滅可慕、無道可修。也稱四聖諦、四眞諦。

17【四聲】 ㄙˋ ㄕㄥ

平、上、去、入四種聲調的總稱。現在國語的四聲是陰平、陽平、上聲、去聲。又依次稱第一聲、第二聲、第三聲、第四聲。

【四擊】 ㄙˋ ㄐㄧˊ

北派拳術稱踢、打、摔、拿四種攻擊方式。

23【四體】 ㄙˋ ㄊㄧˇ

1四肢。2指古文、篆、隸、草四種不同的字體。

24【四靈】 ㄙˋ ㄌㄧㄥˊ

古代四種靈異的動物。1指麟、鳳、龜、龍。2指蒼龍、白虎、朱雀、玄武。

2【四 p's】 ㄙˋ p's

(4-p's)行銷研究中的四項要素，均以'英'文字母P開頭，此四P分別爲產品(product)、價格(price)、區位(position)、推廣(promotion)。

3【四川省】 ㄙˋ ㄔㄨㄢ ㄕㄥˇ

位於我國西南部。古名'巴蜀'，又名'益州'。簡稱'蜀'或'川'。省境四周環山，爲一典型的盆地地形；地表多砂岩、頁岩風化土層，土壤赭紅，故有「紅盆地」之稱。氣候冬暖夏熱，雨量適中，土壤肥沃，'長江'及其支流遍及全省，農業極盛，兼具南、北方物產，自古有「天府之國」的雅號。富煤、鐵、石油、井鹽等礦產；亦爲我國主要的'中'藥材集散地。以'成都'爲省會。

4【四不像】 ㄙˋ ㄅㄨˋ ㄒㄧㄤˋ

1即駝鹿。2比喻做事不合法度。3形容器物不成式樣。

【四分曆】 ㄙˋ ㄈㄣ ㄌㄧˋ

曆法名。'東漢''章帝'時，命'編訢'、'李梵'所訂。一年爲三百六十五又四分之一日，故名。

【四公子】 ㄙˋ ㄍㄨㄥ ㄗˇ

1指'戰國'時'齊''孟嘗君'、'趙''平原君'、'楚''春申君'、'魏''信陵君'。2指'明'末'侯方域'、'方以智'、'冒襄'、'陳貞慧'。3指'清'末'譚嗣同'、'陳三立'、'吳保初'、'丁惠康'。

6【四合院】 ㄙˋ ㄏㄜˊ ㄩㄢˋ

我國住宅建築式樣的一種。如北爲上房，則東西(左右)爲廂房，南面爲客廳或下房，四面相對，形如「回」字，中央「小口」空地即爲天井。

7【四君子】 ㄙˋ ㄐㄩㄣ ㄗˇ

指梅、蘭、菊、竹。'唐'畫以此四者幽芬逸致，足以澄瑩人之神骨，儼然具有君子氣質，故名。

8【四物湯】 ㄙˋ ㄨˋ ㄊㄤ

'中'藥古劑名。以當歸、熟地黃、白芍、川芎四種藥材煎成湯劑。是補血的良方。可治身體虛弱、月經不調、崩漏等血液虧少之症。

9【四重奏】 ㄙˋ ㄔㄨㄥˊ ㄗㄡˋ

(quartet)1指四件樂器合奏。2樂曲的一種。通常使用奏鳴曲的組織。四個樂器演奏不同的樂部，最常見的是絃樂四重奏，由兩個小提琴及中提琴、大提琴演奏。

10【四家詩】 ㄙˋ ㄐㄧㄚ ㄕ

指'漢代''毛亨'所傳之"毛詩"、'申公'所傳之"魯詩"、'轅固生'所傳之"齊詩"、'韓嬰'所傳之"韓詩"。

11【四健會】 ㄙˋ ㄐㄧㄢˋ ㄏㄨㄟˋ

農民組織之一。專爲訓練農村青年，使其具有健全的頭腦以運用思想，健全的心胸以發展品性，健全的雙手以改善生活，健全的身體以服務社會，故稱爲四健。即訓練農村青年手腦身心並用，達到改進農業技術、提高農民生活、養成良好品德、培植服務觀念等目的的組織。

17【四聲猿】 ㄙˋ ㄕㄥ ㄩㄢˊ

'明''徐渭'撰。本書四折，每折只演一故事，折與折各自獨立，不相關連。一、"狂鼓吏漁陽三弄"，演'禰衡’罵‘曹’故事。二、“玉禪師翠鄉一夢”，演‘玉禪師’的故事。三、“雌木蘭替父從軍”，演‘花木蘭’的故事。四、“女狀元辭凰得鳳”，演‘黃崇嘏’的故事。曲文精美，說白流暢，是‘明代’有名的短劇。

1【四乙基鉛】ㄙˋ ㄧˇ ㄐㄧ ㄑㄧㄢ (tetraethyl lead) 一種具有毒性、特殊氣味的無色油狀液體。化學式$Pb(C_2H_5)_4$，沸點198～202°C。在 125～150°C 會迅速分解。常添加於汽油中，以防止內燃機之震音。

3【四大自由】ㄙˋ ㄉㄚˋ ㄗˋ ㄧㄡˊ ‘美國’‘羅斯福’總統於第二次大戰期內，提出四大自由：信仰自由、表意自由、免於恐懼的自由與免於匱乏的自由，作為戰後全球人民共享的基本人權。

【四大皆空】ㄙˋ ㄉㄚˋ ㄐㄧㄝ ㄎㄨㄥ 佛家語。地、水、火、風為物象世界一切萬物組合的四大成分，然而這四大又不過是因緣和合的幻象，終不免破滅。

【四大書院】ㄙˋ ㄉㄚˋ ㄕㄨ ㄩㄢˋ ‘宋代’四所最著名的書院：一、‘嵩陽書院’，在今‘河南省’‘登封縣’；二、‘嶽麓書院’，在今‘湖南省’‘長沙縣’；三、‘睢陽書院’，又稱‘應天書院’，在今‘河南省’‘商邱縣’；四、‘白鹿洞書院’，在今‘江西省’‘廬山’。

【四大傳奇】ㄙˋ ㄉㄚˋ ㄔㄨㄢˊ ㄑㄧˊ 指‘元’‘明’之際四種南戲劇本：“荊釵記”、“白兔記”、“拜月亭”、“殺狗記”。俗稱「荊、劉、拜、殺」。是今日所見最古的南戲劇本。

4【四分五裂】ㄙˋ ㄈㄣ ㄨˇ ㄌㄧㄝˋ 比喻破碎不完整或分散不統一。

【四分位點】ㄙˋ ㄈㄣ ㄨㄟˋ ㄉㄧㄢˇ (quartile)設x為隨機變數，其分布函數為F_x，則求出S_1、S_3，使得$F_x(S_1)=p\{x\leq S_1\}=1/4, F_x(S_3)=3/4$，此時$S_3$及$S_1$分別稱上四分位點、下四分位點。即比$S_3$大或比$S_1$小者，各占全體 1/4。

5【四平八穩】ㄙˋ ㄆㄧㄥˊ ㄅㄚ ㄨㄣˇ 比喻非常穩當妥貼。

【四弘誓願】ㄙˋ ㄏㄨㄥˊ ㄕˋ ㄩㄢˋ 佛弟子（一切菩薩）初發心修道時，必發四大弘願，以成就一切眾生。即：一、眾生無邊誓願度；二、煩惱無數誓願斷；三、法門無盡誓願學；四、佛道無上誓願成。

7【四角號碼】ㄙˋ ㄐㄧㄠˇ ㄏㄠˋ ㄇㄚˇ 一種字形檢字法。‘王雲五’所創製，‘民國’十九年首次運用於“王雲五大辭典”。每個字賦予四位數字，相當便捷。惟受到字數限制，重複甚多。‘胡適’為四角號碼法所編歌詞云：「一橫二垂三點捺，點下加橫變零頭，叉四插五方塊六，七角八八小是九」，最為恰當。

9【四面楚歌】ㄙˋ ㄇㄧㄢˋ ㄔㄨˇ ㄍㄜ 比喻環境險惡困窘。

10【四海一家】ㄙˋ ㄏㄞˇ ㄧ ㄐㄧㄚ 指天下和平，人類猶如家人。

【四海為家】ㄙˋ ㄏㄞˇ ㄨㄟˊ ㄐㄧㄚ ①天下為帝王家族所有。②天下統一。③漂泊流離，居無定所。

【四庫全書】ㄙˋ ㄎㄨˋ ㄑㄩㄢˊ ㄕㄨ ‘清’‘乾隆’三十七年(1772)開館纂修，歷十年完成。分經、史、子、集四部，故稱四庫。收錄書三千五百零三種，共計七萬九千三百三十卷。是我國最大的一部叢書。

【四書集注】ㄙˋ ㄕㄨ ㄐㄧˊ ㄓㄨˋ ‘南宋’‘朱熹’撰。凡：“大學章句”一卷、“中庸章句”一卷、“論語集注”十卷、“孟子集注”十四卷。此書集‘朱’氏畢生學力而成，剖析義理，精當中肯。‘元仁宗’以後，為科舉考試必讀之書，‘明’‘清’相沿不改，影響極為深遠。

11【四連桿組】ㄙˋ ㄌㄧㄢˊ ㄍㄢˇ ㄗㄨˇ (four-bar linkage)將四根連桿用旋轉對連接，固定其中的一根連桿，就形成四連桿組。各連桿間因可容許確切之相對運動，故稱為拘束鏈。

四連桿組圖

【四捨五入】ㄙˋ ㄕㄜˇ ㄨˇ ㄖㄨˋ 帶有小數的數目字，其位數超過需要的位數時，便要將位數減少。它的方法是在準備保留的位數的下一位，如果為 4 以下的數字，則捨去不計；如為 5 以上的數字，則在保留位數末位加 1，其餘仍捨去，這個方法即稱四捨五入法。如 2.3436 取三位則得 2.34；取四位則得 2.344。

【四停八當】ㄙˋ ㄊㄧㄥˊ ㄅㄚ ㄉㄤˋ 形容非常妥當適切。

12【四氯化碳】ㄙˋ ㄌㄩˋ ㄏㄨㄚˋ ㄊㄢˋ (carbon tetrachloride) 一種無色且具不燃性的液體。分子式CCl_4，沸點 76°C。常用作溶劑、滅火劑等。

13【四腳朝天】ㄙˋ ㄐㄧㄠˇ ㄔㄠˊ ㄊㄧㄢ 仰面跌倒，手腳向上。

16【四禪八定】ㄙˋ ㄔㄢˊ ㄅㄚ ㄉㄧㄥˋ 為佛家修定由淺入深的層次。新譯為「四靜慮」。四禪指色界天的初禪、二禪、三禪、四禪；這四禪也是定，定在色界為禪。八定是色界天四禪加無色界的四無色定。四無色定分別是空無邊處定、識無邊處定、無所有處定、非想非非想處定。四禪八定，是禪與定兼容並舉。獲得這種禪定的人，分別會升到色界、無色界天；但是未出三界，福報完了，仍會下墮六道。

【四壁蕭然】ㄙˋ ㄅㄧˋ ㄒㄧㄠ ㄖㄢˊ 屋內空無一物。形容非常貧窮。

【四戰之國】ㄙˋ ㄓㄢˋ ㄓ ㄍㄨㄛˊ 指四面平坦，無險可守，易遭敵軍攻擊之地。

23【四體不勤】ㄙˋ ㄊㄧˇ ㄅㄨˋ ㄑㄧㄣˊ 手足不勤於勞動。

2【四十二章經】ㄙˋ ㄕˊ ㄦˋ ㄓㄤ ㄐㄧㄥ 相傳‘東漢’‘明帝’‘永平’時‘迦葉摩騰’與‘竺法蘭’同譯，四十二章。屬小乘佛典。為我國有佛典之始。

10【四氧化三鉛】 ㄙˋ ㄧㄤˇ ㄏㄨㄚˋ ㄙㄢ ㄑㄧㄢ
(lead tetroxide)俗稱鉛丹。是一種不溶於水的鮮紅色粉末。化學式 Pb_3O_4。可由一氧化鉛 (PbO) 在空氣中加熱至 500°C 而得。與油類混合塗於鐵器表面可防鏽。

15【四線三相制】 ㄙˋ ㄒㄧㄢˋ ㄙㄢ ㄒㄧㄤˋ ㄓˋ
(4 wire 3 phase)利用空間相位差,彼此均爲120° 的三條交流信號線,再加上共同之中央信號線所形成的系統。

【四衝程引擎】 ㄙˋ ㄔㄨㄥ ㄔㄥˊ ㄧㄣˇ ㄑㄧㄥˊ
(four-stroke engine)活塞移動四衝程,即曲柄軸旋轉720° 才完成一次循環之引擎。此四衝程爲進汽、壓縮、動力及排汽衝程。

10【四庫全書總目提要】 ㄙˋ ㄎㄨˋ ㄑㄩㄢˊ ㄕㄨ ㄗㄨㄥˇ ㄇㄨˋ ㄊㄧˊ ㄧㄠˋ
'清''紀昀'等撰,二百卷。以經、史、子、集四部爲綱,下分類屬,每類分著錄及存目兩項,歸類四庫所收及未收之書。每書有一提要,評介其要旨、特色、源流、得失,以及版本異同等。爲傳統目錄學之重要典籍。

3

因 ㄧㄣ *yin*¹ 音姻
①依;就。如:因陋就簡。②沿襲。如:陳陳相因。③理由;原因。如:事出有因。④請託。如:因人轉告。⑤因此;於是。

3【因子】 ㄧㄣ ㄗˇ
①又名因數。凡可以除盡某數的數,皆爲某數的因子。②(factor)任何產生某種結果之生物的、氣候的或營養的因素,稱爲因子。又'孟德爾'稱生物的遺傳性狀是由因子所控制,此一名稱後由其他的遺傳學家鑄定爲基因。

4【因仍】 ㄧㄣ ㄖㄥˊ
沿襲;相承。

6【因次】 ㄧㄣ ㄘˋ
(dimension)量測的基本觀念,例如長度、時間、質量、溫度等。

8【因果】 ㄧㄣ ㄍㄨㄛˇ
①原因和結果。②佛教稱人的行爲能種因,而有因就會有果。在過去、現在、未來三世中,某一世種的因,在另一世便會產生果,善因得善果,惡因便得惡果。

10【因素】 ㄧㄣ ㄙㄨˋ
原因;要素。

12【因循】 ㄧㄣ ㄒㄩㄣˊ
①遵行不變。②遲延苟且;不振作。

15【因數】 ㄧㄣ ㄕㄨˋ
又稱因子。參因子①。

【因緣】 ㄧㄣ ㄩㄢˊ
①機會。②根據;藉口。③原因。④佛家語。指造成結果的直接因素和輔助條件。如種子是因,雨、露、農夫是緣,因緣配合便產生米。

17【因應】 ㄧㄣ ㄧㄥˋ
順著情勢而做適當的應變。

22【因襲】 ㄧㄣ ㄒㄧˊ
沿用舊法。

8【因果律】 ㄧㄣ ㄍㄨㄛˇ ㄌㄩˋ
(causal law)表達兩類事件或事態之間的因果關係的定律。參因果原理。

2【因人成事】 ㄧㄣ ㄖㄣˊ ㄔㄥˊ ㄕˋ
依賴他人而成就事業。

6【因式定理】 ㄧㄣ ㄕˋ ㄉㄧㄥˋ ㄌㄧˇ
(factor theorem)設$f(x)$爲x的有理整式,若以a代x,而此式爲零,即$f(a)=0$,則$x-a$爲$f(x)$的因式,反之亦然,此定理稱爲因式定理。

【因地制宜】 ㄧㄣ ㄉㄧˋ ㄓˋ ㄧˊ
順應環境而作權宜的處理。

7【因材施教】 ㄧㄣ ㄘㄞˊ ㄕ ㄐㄧㄠˋ
針對受教者的材質,施予適當的教育。

【因材器使】 ㄧㄣ ㄘㄞˊ ㄑㄧˋ ㄕˇ
依其才能而加以任用。

【因利乘便】 ㄧㄣ ㄌㄧˋ ㄔㄥˊ ㄅㄧㄢˋ
憑藉時勢的便利。

8【因事制宜】 ㄧㄣ ㄕˋ ㄓˋ ㄧˊ
就事情的不同而作權宜的處理。

【因果原理】 ㄧㄣ ㄍㄨㄛˇ ㄩㄢˊ ㄌㄧˇ
(principle of causality)一種認識原理。其內容爲:一切事件的發生一定有其所以發生和所以如此發生的原因。

【因果關係】 ㄧㄣ ㄍㄨㄛˇ ㄍㄨㄢ ㄒㄧˋ
①一定的先行事實與一定的後行事實之間必然繼起的關係。換句話說,若無先行的事實,則後行的事實即不致發生,此種關係稱爲因果關係。刑法上的因果關係,爲犯罪行爲與結果間的關係。民事責任的因果關係,指不法行爲與損害間的因果關係。②(causal relation)存在於兩事件之間的下列關係:其中一個事件是導致另一個事件發生的原因。

9【因革損益】 ㄧㄣ ㄍㄜˊ ㄙㄨㄣˇ ㄧˋ
指事物的沿襲、改革、減損、增益等變遷。

【因陋就簡】 ㄧㄣ ㄌㄡˋ ㄐㄧㄡˋ ㄐㄧㄢˇ
遷就簡陋的現況。

10【因時制宜】 ㄧㄣ ㄕˊ ㄓˋ ㄧˊ
順應時勢而作權宜的處理。

12【因循苟且】 ㄧㄣ ㄒㄩㄣˊ ㄍㄡˇ ㄑㄧㄝˇ
草率馬虎,得過且過。

13【因勢利導】 ㄧㄣ ㄕˋ ㄌㄧˋ ㄉㄠˇ
順應情勢發展而加以引導。

15【因噎廢食】 ㄧㄣ ㄧㄝ ㄈㄟˋ ㄕˊ
比喻因偶然的小挫折而放棄該做的事。

【因數分解】 ㄧㄣ ㄕㄨˋ ㄈㄣ ㄐㄧㄝˇ
(factorization)又稱因式分解。將一數或一式分解成爲其因數(式)的方法,叫因數(式)分解。例如:$4x^2+3x-1=(4x-1)(x+1)$即是。

10【因素比較法】 ㄧㄣ ㄙㄨˋ ㄅㄧˇ ㄐㄧㄠˋ ㄈㄚˇ

決定各種工作應支薪資時所常用的方法。係先選定若干其薪資認爲合理的工作，按因素分析各工作的內容，對每一因素內容配以應有的薪資額，再以此種因素內容及薪資額作爲標竿，以決定其他工作的薪資。

【因素分類法】ㄧㄣ ㄙㄨˋ ㄈㄣ ㄌㄟˋ ㄈㄚˇ
職位分類制辦理職位之分類時所常用的方法。先設定若干分類時所用的因素，凡各分類因素內容充分相似的職位，即予歸納爲同一類，凡屬同一類的職位，其人員之人事管理採用同一標準處理。

【因素評分法】ㄧㄣ ㄙㄨˋ ㄆㄧㄥˊ ㄈㄣ ㄈㄚˇ
工作評價制辦理工作評價時所常用的方法。係先設定若干評價用的因素，再將各因素內容區分爲若干程度，對每一程度並配以分數，各種工作根據評價所得分數，予以換算爲職等，列入同一職等之工作，支給同等的薪資。

【因素圖示法】ㄧㄣ ㄙㄨˋ ㄊㄨˊ ㄕˋ ㄈㄚˇ
考績方法的一種。指員工的言行及工作成績係以有關因素的圖記來顯示的。如某員工的考績成績在甲、乙、丙三個因素均占高的位置，在丁因素占低的位置，則表示成績甚優。此方法的缺點爲考績成績難以量化。

团 ㄐㄧㄢˇ *chien*³ 音剪
'閩'俗稱子。見"集韻"。

回 ㄏㄨㄟˊ *hui*² 音洄
①旋轉；歸返。如：回旋。②迂曲；曲折。如：回廊。③姦邪；不正直。如：姦回。④量詞。⑴次。如：一回生，兩回熟。⑵小說一章。⑤族名。散居'新疆'一帶。因族人信奉回教而得名。⑥宗教名。參回教。

4【回文】ㄏㄨㄟˊ ㄨㄣˊ
①修辭格的一種。也稱迴文。指詩文字句回旋往復誦讀，都能合乎文法且具意義。②回覆的公文。③'回族'的文字。'回'人叫做天方字。其字體與'土耳其'字相同，橫衍右行，形如蝌蚪，連斷處頗不易辨，必須通曉字頭，始能一目瞭然。字頭二十九，或謂二十八，有古字母及今字母之分。古字母皆剖圈爲兩半而錯綜變換，今字母則不守此成法。

【回火】ㄏㄨㄟˊ ㄏㄨㄛˇ
①(tempering)將淬火處理後之金屬徐冷，使其結晶構造改變，以達減少內部殘餘應力與消除淬火後得到之不均勻組織之目的的熱處理方法。例如鋼之高溫（500～650°C）回火可增加其韌性。②(back fire)車輛內燃機起動時，汽缸中空氣燃料混合氣體因過早點火，引起進氣歧管內在壓縮衝程尚未終了即已爆炸的現象。該現象常使迴轉方向呈相反運作。

【回天】ㄏㄨㄟˊ ㄊㄧㄢ
比喻能移轉不易挽回的形勢。

5【回奶】ㄏㄨㄟˊ ㄋㄞˇ
指嬰兒餵奶或餵食物後回出少量的奶或食物。原因有多種，但主要是因嬰兒吞嚥機能尙未成熟，因此會將口內東西往外送。另外，如打飽嗝方式不當也會發生。

6【回扣】ㄏㄨㄟˊ ㄎㄡˋ
經手購物或介紹買賣，向賣主索取或由賣主自動給予，按應付價款一定比例的額外酬金。

【回收】ㄏㄨㄟˊ ㄕㄡ
(recovery; reclamation) 廢物利用的總稱。包括再加工、再製、再使用及能量物質之獲得。

【回合】ㄏㄨㄟˊ ㄏㄜˊ
①古時打仗交鋒的一個來回。後指對敵雙方交戰一次。②比賽時計算雙方交手的次數。

8【回青】ㄏㄨㄟˊ ㄑㄧㄥ
顏料的一種。又稱回回青。可作爲製瓷器的釉藥，發色典雅，是石青中的最上品。

【回味】ㄏㄨㄟˊ ㄨㄟˋ
①吃過食物後，回想其甘美的味道。②回憶過往的經驗。

【回門】ㄏㄨㄟˊ ㄇㄣˊ
舊俗稱女子出嫁三日，同丈夫回娘家拜見父母。

9【回音】ㄏㄨㄟˊ ㄧㄣ
回信；回復消息。

【回首】ㄏㄨㄟˊ ㄕㄡˇ
①回顧；回頭看。也作迴首。②回憶。

【回風】ㄏㄨㄟˊ ㄈㄥ
旋風。

【回紇】ㄏㄨㄟˊ ㄏㄜˊ
我國歷史上的民族之一。'唐'時一度稱'回鶻'，'元代'又稱'畏兀兒'、'畏吾兒'、'委吾'等。爲今'新疆''維吾爾族'的祖先。在'唐''天寶'初年時最爲強盛，'唐武宗'時爲'唐'和'吐蕃'的聯軍所破，勢力大挫，後降附'蒙古'。

11【回族】ㄏㄨㄟˊ ㄗㄨˊ
我國少數民族之一。俗亦名'回回'或'回子'。係'中國'境內信奉回教各族的泛稱。主要包括'維吾爾'、'塔勒奇'、'撒喇爾'、'哈薩克'、'布魯特'、'烏孜別克'、'朵蘭'、'塔塔爾'等族及信奉回教的'漢'人。多居今'新疆'、'青海'、'甘肅'、'寧夏'、'綏遠'等省。人口約有721.9萬(1982年)。

【回教】ㄏㄨㄟˊ ㄐㄧㄠˋ
(Islam) 西元七世紀傳說'穆罕默德'受主召封爲使，因而創立的宗教。最先流行於'阿拉伯半島'，後傳播至中'亞'、北'非'。也稱回回教、淸眞教、伊斯蘭教。因由'回紇'人傳入'中國'，故稱回教。參伊斯蘭教。

12【回廊】ㄏㄨㄟˊ ㄌㄤˊ
曲折的走廊。

【回祿】ㄏㄨㄟˊ ㄌㄨˋ
古代傳說中的火神名。後用以指火災。

【回報】ㄏㄨㄟˊ ㄅㄠˋ
1返回報告。2報答。3報仇。4報應。

【回絕】ㄏㄨㄟˊ ㄐㄩㄝˊ
拒絕;回拒。

13【回溯】ㄏㄨㄟˊ ㄙㄨˋ
逆水而上。引申指推尋本源。

【回話】ㄏㄨㄟˊ ㄏㄨㄚˋ
1在下位的人向在上位的人陳述意見或報告事情。2泛指答覆的話語。3答話。

【回填】ㄏㄨㄟˊ ㄊㄧㄢˊ
(backfill)基礎及地下構造完成後,遺留的挖方空隙必須填土復原,此項工作稱爲回填。

【回敬】ㄏㄨㄟˊ ㄐㄧㄥˋ
1回報他人的禮敬或饋贈。2報復。

15【回潮】ㄏㄨㄟˊ ㄔㄠˊ
乾燥的種子因內部含水量低、蒸氣的壓力也低,一旦遇到潮溼的氣候,空氣中的蒸氣壓力較高時,空氣中的水分即被種子吸收的現象。種子在乾燥後進入倉庫貯存,倉庫設備不良時,往往會有回潮現象,所以應翻曬。

16【回憶】ㄏㄨㄟˊ ㄧˋ
(recall; recollection)藉很少的線索直接將儲存的訊息重新提出的歷程。

17【回避】ㄏㄨㄟˊ ㄅㄧˋ
避忌;躲開。

18【回覆】ㄏㄨㄟˊ ㄈㄨˋ
答覆;回答。

【回歸】ㄏㄨㄟˊ ㄍㄨㄟ
返回。

20【回瀾】ㄏㄨㄟˊ ㄌㄢˊ
迴盪的波瀾。

【回饋】ㄏㄨㄟˊ ㄎㄨㄟˋ
1回報。2(feedback)又稱回授。(1)即在閉環系統中,隨時將輸出變數與定點比較,再予以修正操縱變數以便使負荷擾動之影響減小。(2)指電路中將一部分的輸出信號送回輸入端的過程。

21【回響】ㄏㄨㄟˊ ㄒㄧㄤˇ
1回聲;回音。2響應。

【回顧】ㄏㄨㄟˊ ㄍㄨˋ
1回頭看。2回憶。

22【回籠】ㄏㄨㄟˊ ㄌㄨㄥˊ
1把做好的食物放回蒸籠裡再蒸一次。2把已發行的鈔票等物,再予收回。

2【回力球】ㄏㄨㄟˊ ㄌㄧˋ ㄑㄧㄡˊ
(squash)又稱壁式網球。器材有小空心黑橡皮球、球拍和一方形四周封閉的球場。分單打和雙打兩種。開賽時,如球打到前壁,反彈漏接或球落地一次以上,或誤打到前壁離地17吋高鳴棒(爲一金屬棒)上而發出巨響時,即判出局,改由對方發球。只要不斷得分就保有發球權。滿分爲9分('英'式)或15分('美'式),五局定勝負。此項運動的特點是角擊(angle shots)特別多,乃因球與牆面接觸後反彈的角度所造成。

7【回車鍵】ㄏㄨㄟˊ ㄔㄜ ㄐㄧㄢˋ
(carriage return key)鍵盤上代表游標回轉功能的按鍵。使用終端機時,回車鍵用來表示一行輸入資料的結束。

10【回馬槍】ㄏㄨㄟˊ ㄇㄚˇ ㄑㄧㄤ
1古代槍法。指趁敵不備,突然掉轉馬頭,回槍一刺。2比喻趁人不備,突然反擊,使人無法招架。

15【回彈力】ㄏㄨㄟˊ ㄊㄢˊ ㄌㄧˋ
(resilience)彈性材料受荷重而產生變形時,對應產生的應變能。此能量可對機械作功,是材料在彈性極限內的一種特性。

16【回憶法】ㄏㄨㄟˊ ㄧˋ ㄈㄚˇ
(recall)測量記憶的主要方法之一。要求受試者儘量回想先前所記憶的材料。大致可別爲自由式與序列式兩種。

【回頭人】ㄏㄨㄟˊ ㄊㄡˊ ㄖㄣˊ
1再嫁的婦人。2指醒悟或改過的人。

【回頭書】ㄏㄨㄟˊ ㄊㄡˊ ㄕㄨ
1因銷路不好而從分銷處退回的書籍。2因印刷、裝訂等有缺點遭受讀者退還的書籍。

18【回歸水】ㄏㄨㄟˊ ㄍㄨㄟ ㄕㄨㄟˇ
(return water)引河水或其他水源灌溉田地後,灌溉水下滲至地下,流至地下水,再由地水流出,復流入地面河川或其他蓄水處,以供其他需水目標使用者,稱爲回歸水。

【回歸年】ㄏㄨㄟˊ ㄍㄨㄟ ㄋㄧㄢˊ
(tropical year)又稱太陽年。太陽在黃道上視行,由春分點回復到春分點所歷的時間。一回歸年爲365平太陽日又5時48分46秒,即365.24219878日。

【回歸期】ㄏㄨㄟˊ ㄍㄨㄟ ㄑㄧˊ
(the return period)一事件發生之平均重現期。即將一年中發生此種事件的或然率取倒數便是發生此事件的回歸期。設計結構物,如壩、衛星通訊天線收發塔等,常應用回歸期的觀念。例如壩以回歸期100年的洪水來設計,此意即平均而言,100年將發生大洪水一次,或一年中發生洪水的或然率爲1/100。

【回歸熱】ㄏㄨㄟˊ ㄍㄨㄟ ㄖㄜˋ
(relapsing fever)由回歸熱螺旋體引起的疾病。症狀爲先發冷,體溫忽而升高並持續3~5天,然後下降,患者感覺軟弱無力。如此經過數次的體溫反復升降,病情逐漸減輕。因病象時發時歇,故稱回歸熱。

20【回饋率】ㄏㄨㄟˊ ㄎㄨㄟˋ ㄌㄩˋ
(feedback ratio)回饋電路中,回饋信號與輸出信號的比率。又稱回授率。常以β表之。若不加回饋時電路的放大倍數爲A,加上回饋後之放大倍數爲$\frac{A}{1+\beta\cdot A}$。正回饋β爲負值,負回饋β爲正值。

4【回心轉意】ㄏㄨㄟˊ ㄒㄧㄣ ㄓㄨㄢˇ ㄧˋ

①自悔前非，去惡從善。②恢復破裂的感情。③不再堅持已往的成見。

【回天乏術】ㄏㄨㄟˊ ㄊㄧㄢ ㄈㄚˊ ㄕㄨˋ
無法挽回。形容事態極爲嚴重。

6【回光返照】ㄏㄨㄟˊ ㄍㄨㄤ ㄈㄢˇ ㄓㄠˋ
①佛家語。指時時反顧本來面目。②太陽將落時反射的光。比喻人臨終前精神轉好的現象。

8【回返敘述】ㄏㄨㄟˊ ㄈㄢˇ ㄒㄩˋ ㄕㄨˋ
(return statement)電腦程式語言中，可令程式之執行由次常式中回到呼叫程式單元繼續執行的指令敘述。如符傳(FORTRAN)語言中的 RETURN敘述。

9【回春作用】ㄏㄨㄟˊ ㄔㄨㄣ ㄗㄨㄛˋ ㄩㄥˋ
(rejuvenation)又稱地形回春。河流的侵蝕力復活，恢復下蝕能力，地形的演變進入第二個侵蝕輪迴的幼年期，此種現象稱爲地形的回春作用。在侵蝕輪迴過程中或終了時，或因陸地上升，或因海面下降，導致侵蝕基準面的改變(相對下降)，侵蝕力乃復活，導致地形回春。

16【回頭是岸】ㄏㄨㄟˊ ㄊㄡˊ ㄕˋ ㄢˋ
指做了壞事的人，只要徹底悔悟，還可在社會上重新做人。

17【回應時間】ㄏㄨㄟˊ ㄧㄥˋ ㄕˊ ㄐㄧㄢ
(response time)由電腦收到輸入資料或命令後至開始將結果輸出之時間間隔。

18【回轉車站】ㄏㄨㄟˊ ㄓㄨㄢˇ ㄔㄜ ㄓㄢˋ
(turnstation)若列車爲一區間車，由*A*站開到*B*站，停留若干時後，即開回*A*站，則*B*站爲回轉車站。回轉車站通常須設置停車道與轉車臺，其設計以採用中心月臺式較爲方便。

20【回饋控制】ㄏㄨㄟˊ ㄎㄨㄟˋ ㄎㄨㄥˋ ㄓˋ
(feedback control)①即利用回饋之作用，於閉環系統中加上比例、比例積分或比例積分微分控制器，以達到減少負荷擾動、輸出變數可隨定點而變，及使穩定時之誤差減小之目的，但唯一之缺點是輸出變數振動增加。②將一部分的輸出信號回饋至輸入上，以取得期望效應的系統控制型式。③爲動物體內常見的生理現象。係指某種生理作用所產生的產物超過某一限度時，產物便會有抑制作用，以抑制這種生理作用的進行。例如腦垂腺產生的促甲狀腺激素，可以促進甲狀腺分泌甲狀腺素，但是當血液中的甲狀腺素量過多時，甲狀腺素便會抑制腦垂腺分泌促甲狀腺激素；當血液中甲狀腺素濃度降低時，又會促使腦垂腺分泌促甲狀腺激素。即使基因的活動，也會有回饋控制的情形，例如操縱組模式中，構造基因的表現有時也會受基因產物量多少的控制。④於受理程序中，將工作執行後的實際績效送回控制單位與預定標準比較，並將比較結果回送至主管人員，作爲採取糾正行動的依據。任何控制的實施須依據有關資訊的回饋方能有效，因此稱回饋控制。

13【回溯性檢索】ㄏㄨㄟˊ ㄙㄨˋ ㄒㄧㄥˋ ㄐㄧㄢˇ ㄙㄨㄛˇ
(retrospective search) 是指檢索資訊不限於最新穎的資料，亦回溯及最早期的舊資料。此種檢索方式可以針對某一特定主題，或某位特定作者，或某種資料型態，或某種期刊，進行過往資料的查尋。

20【回饋放大器】ㄏㄨㄟˊ ㄎㄨㄟˋ ㄈㄤˋ ㄉㄚˋ ㄑㄧˋ
(feedback amplifier) 又稱回授放大器。把放大器的一部分輸出信號，利用迴路正相地或反相地反接回輸入端，以改變放大器的電路特性者，稱爲回饋放大器。

囡　ㄋㄢ *nan*[1]
'吳'語稱女兒。

　ㄒㄧㄣˋ *hsin*[4] 音信
頭腦蓋的會合處。見"說文"。

8【囟門】ㄒㄧㄣˋ ㄇㄣˊ
(fontanelles)又稱腦門、頂門。位於頭頂的前方正中央，額骨和左右頂骨聯結的部位。因嬰兒顱骨尚未長成，用手觸摸，可感覺腦部血脈的跳動，至18月大即閉合。

4

囯　國的俗體。

囲　㊀ ㄊㄨㄥ *t'ung*[1] 音通
簡策。見"篇海類編"。
㊁ ㄨㄟˊ *wei*[2] 音維
圍的俗體。

园　㊀ ㄨㄢˊ *wan*[2] 音完
磨去稜角使圓。也作刓。見"集韻"。
㊁ ㄩㄢˊ *yüan*[2] 音元
圓的俗體。

囤　㊀ ㄉㄨㄣˋ *tun*[4] 音頓
儲盛米穀的器物或地方。也作笹。
㊁ ㄊㄨㄣˊ *t'un*[2] 音屯
積存。如：囤貨。

16【囤積居奇】ㄊㄨㄣˊ ㄐㄧ ㄐㄩ ㄑㄧˊ
大量積存物資，等待高價出售。

困　ㄎㄨㄣˋ *k'un*[4] 音睏
①貧窮；短缺。如：貧困。②艱難；窘迫。如：困難。③困擾；擾亂。如：爲情所困。④被扼阻。如：困獸。⑤勞倦；疲憊。如：困倦。⑥"易"卦名。六十四卦之一，坎下兌上。

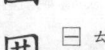

困卦圖

5【困乏】ㄎㄨㄣˋ ㄈㄚˊ
①貧窮。②疲倦。

7【困阨】ㄎㄨㄣˋ ㄜˋ
窘迫；遭受困難阻礙。

13【困頓】 ㄎㄨㄣˋ ㄉㄨㄣˋ
①疲倦;勞累過度。②窮困;貧乏。

19【困難】 ㄎㄨㄣˋ ㄋㄢˊ
①窮困。②不容易。

【困獸】 ㄎㄨㄣˋ ㄕㄡˋ
被圍捕的野獸。

22【困躓】 ㄎㄨㄣˋ ㄓˋ
艱困;挫敗。

4【困心衡慮】 ㄎㄨㄣˋ ㄒㄧㄣ ㄏㄥˊ ㄌㄩˋ
盡心竭慮,經過一番艱苦的思考。

6【困而知之】 ㄎㄨㄣˋ ㄦˊ ㄓ ㄓ
遇到困難,經過學習而後了解。

【困而學之】 ㄎㄨㄣˋ ㄦˊ ㄒㄩㄝˊ ㄓ
在實踐的過程中,遭遇困難,才發憤苦學,以求新知。

8【困知勉行】 ㄎㄨㄣˋ ㄓ ㄇㄧㄢˇ ㄒㄧㄥˊ
苦學以求知,努力以實行。

16【困學紀聞】 ㄎㄨㄣˋ ㄒㄩㄝˊ ㄐㄧˋ ㄨㄣˊ
'南宋''王應麟'撰,二十卷。分說經、天道、地理、曆數、諸子、考史、詩文評、雜識等,考據精詳,頗有創見。

19【困獸之鬥】 ㄎㄨㄣˋ ㄕㄡˋ ㄓ ㄉㄡˋ
比喻最後的掙扎。

囦 淵的古文。

囬 回的俗體。

囫 ㄏㄨˊ *hu*^{2} 音胡
參囫圇。

11【囫圇】 ㄏㄨˊ ㄌㄨㄣˊ
物體完整。

【囫圇吞棗】 ㄏㄨˊ ㄌㄨㄣˊ ㄊㄨㄣ ㄗㄠˇ
比喻對事物不求甚解。

囮 ㊀ ㄜˊ *o*^{2}, *ê*^{2} 音訛
①鳥媒。即藉以引誘外來鳥的活鳥。見"說文"。②化生。通化。如:囮育。③詐人財物。也作訛。

㊁ ㄧㄡˊ *yu*^{2} 音由
㊀①的語音。

囧 ㄐㄩㄥˇ *chiung*^{3} 音窘
同冏。①窗牖玲瓏透明。見"說文"。②泛指明亮。

7【囧囧】 ㄐㄩㄥˇ ㄐㄩㄥˇ
形容光明亮麗的樣子。

囪 ㊀ ㄔㄨㄤ *ch'uang*^{1} 音窗
窗的本字。

㊁ ㄘㄨㄥ *ts'ung*^{1} 音匆
爐灶通煙的管道。俗稱煙囪。見"廣韻"。

5

囻 國的俗體。

固 ㄍㄨˋ *ku*^{4} 音故
①四周充塞堅實,無隙漏可尋。如:堅固。②鄙陋;不知變通。如:固執。③堅決;一定。如:固辭。④穩定;使堅牢。如:鞏固國防。⑤本來;原來。如:固有道德。

6【固守】 ㄍㄨˋ ㄕㄡˇ
①堅固地防守。②堅定地遵守。

【固有】 ㄍㄨˋ ㄧㄡˇ
本來有的。

8【固定】 ㄍㄨˋ ㄉㄧㄥˋ
牢固穩定;永久不變。

9【固陋】 ㄍㄨˋ ㄌㄡˋ
見聞少,不通達。

11【固執】 ㄍㄨˋ ㄓˊ
①堅守不違背。②頑固不肯變通。

12【固著】 ㄍㄨˋ ㄓㄨㄛˊ
(fixation)①又稱滯留現象。'奧地利'心理學家'弗洛依德'認爲人格發展過程中,個體因過度追求滿足或遭遇挫折,以致行爲反應停滯於某一階段的現象。②又稱固執(rigidity)。個體於生活環境中,一再遭遇相同挫折,以致行爲反應顯示刻板化的現象。

15【固窮】 ㄍㄨˋ ㄑㄩㄥˊ
安於窮困。

23【固體】 ㄍㄨˋ ㄊㄧˇ
(solid)任何物體其組成原子或分子有固定的空間排列,在外觀上有一定形狀與體積者,即爲固體。

4【固化法】 ㄍㄨˋ ㄏㄨㄚˋ ㄈㄚˇ
(solidification)廢棄物最終處理前的處理法。將廢棄物固定或包封於一固體塊中,以減少廢棄物之曝露面積和滲出有毒成分而造成二次公害。

6【固有色】 ㄍㄨˋ ㄧㄡˇ ㄙㄜˋ
(local color)指物體本來的眞實色彩,即未受反射光或人造燈光照射所影響的色彩。如嘴唇的固有色是粉紅色。

【固有種】 ㄍㄨˋ ㄧㄡˇ ㄓㄨㄥˇ
(endemic species)局限於相當小之地理區域或特殊而罕見生育地的生物種。

8【固定梁】 ㄍㄨˋ ㄉㄧㄥˋ ㄌㄧㄤˊ
(fixed beam)兩端點與支座固結一起的梁。在各種荷重情形下,兩端點之彈性變形,即傾角與變位皆爲零。從強度與勁度來比較,同斷面與跨度的固定梁和連續梁優於簡支梁。

4【固不可徹】 ㄍㄨˋ ㄅㄨˋ ㄎㄜˇ ㄔㄜˋ
固執不能通達。

8【固定成本】 ㄍㄨˋ ㄉㄧㄥˋ ㄔㄥˊ ㄅㄣˇ
(fixed cost)短期間由於生產規模固定,若干費用不隨產量的變動而變動,而爲固定數額,如資本設備的折舊提存、長期融資的利息支出、地租、高級管理人員的人事經費等皆是。

【固定利率】 ㄍㄨˋ ㄉㄧㄥˋ ㄌㄧˋ ㄌㄩˋ
(fixed rate)爲銀行存款或放款的計息利率,經約定在該筆存款或放款存續期間內,爲某一固定不變的利率,不能隨銀行牌告利率的改訂而隨時變動者。

【固定版面】 ㄍㄨˋ ㄉㄧㄥˋ ㄅㄢˇ ㄇㄧㄢˋ
(fixed location)有二種:一、廣告主在某一期刊上,連續兩期或兩期以上占有的廣告版面;二、廣告主特別指購某期刊在某一期間內

的廣告版面。

【固定資產】ㄍㄨˋ ㄉㄧㄥˋ ㄗ ㄔㄢˇ

(fixed asset) 企業資產的一種。也稱廠房及設備。為正在營業中使用的有形資產,且其可使用的年限在一年以上者。如土地、房屋及機器設備等。除土地外,其成本應在使用各期轉為折舊費用。

【固定樣本】ㄍㄨˋ ㄉㄧㄥˋ ㄧㄤˋ ㄅㄣˇ

(panel)也稱固定調查戶。指一群較永久,用以作為消費者態度、意見及反應等調查之受訪應答者的群體。

【固定鏡頭】ㄍㄨˋ ㄉㄧㄥˋ ㄐㄧㄥˋ ㄊㄡˊ

(tied-off)指製作電視節目時,攝影機的位置固定不動,鏡頭不變。此種鏡頭多用於內容較單純的教學節目或只有一人講話的節目。

9【固若金湯】ㄍㄨˋ ㄖㄨㄛˋ ㄐㄧㄣ ㄊㄤ

形容城池或防禦工事險固不易攻破。金,金城,以銅鐵建造的城牆,喻其堅固;湯,湯池,指護城河,因其險若熱水而不可近,故稱。

12【固氮作用】ㄍㄨˋ ㄉㄢˋ ㄗㄨㄛˋ ㄩㄥˋ

(nitrogen fixation)空氣中五分之四為氮氣,但是這些游離的氮,植物不能直接利用。有些微生物能將大氣中的氮合成為氨,這種作用,稱為固氮作用。經固氮作用而形成的氮化合物,植物才能直接利用。

8【固定化酵素】ㄍㄨˋ ㄉㄧㄥˋ ㄏㄨㄚˋ ㄒㄧㄠˋ ㄙㄨˋ

(immobilized enzyme) 又稱不溶性酵素。指利用化學或物理方法固定之酵素。於食品加工時添加,當作用完後,可與產物分離、回收,再度利用,使成本降低。

【固定生產要素】ㄍㄨˋ ㄉㄧㄥˋ ㄕㄥ ㄔㄢˇ ㄧㄠˋ ㄙㄨˋ

(fixed factors of production) 又稱固定投入(fixed inputs)。凡短期間內,一種生產要素的使用量不隨產量的改變而改變者。如機器、廠房。

【固定成本產業】ㄍㄨˋ ㄉㄧㄥˋ ㄔㄥˊ ㄅㄣˇ ㄔㄢˇ ㄧㄝˋ

(constant-cost industry) 長期供給曲線為一完全彈性水平線的產業。整個產業增加產量時,並不會引起生產成本的上升,供給的增加等於需求的增加,市場的價格因此可維持不變,而廠商仍然獲得正常利潤。

【固定匯率制度】ㄍㄨˋ ㄉㄧㄥˋ ㄏㄨㄟˋ ㄌㄩˋ ㄓˋ ㄉㄨˋ

(fixed exchange rate system) 國際金本位貨幣制度下的匯率制度。在每一個國家的單位通貨均含有一定的黃金量及黃金可以在國際間自由輸出與輸入的條件下,金本位制度之匯率由各國一單位通貨之含金量的相對比率—即鑄幣平價率(mint parity rate)所決定。根據含金量所決定的平價匯率,其變動只能限於黃金輸出點與黃金輸入點之間。

【固定資產週轉率】ㄍㄨˋ ㄉㄧㄥˋ ㄗ ㄔㄢˇ ㄓㄡ ㄓㄨㄢˇ ㄌㄩˋ

(fixed assets turnover)顯示企業固定資產利用情形的比率。可以下式表示:

$$固定資產週轉率=\frac{銷貨收入}{固定資產}。$$

【固定比例生產函數】ㄍㄨˋ ㄉㄧㄥˋ ㄅㄧˇ ㄌㄧˋ ㄕㄥ ㄔㄢˇ ㄏㄢˊ ㄕㄨˋ

(fixed proportion production function) 生產要素之間的使用量,祇有一種固定比例的組合適於從事某種財貨的生產。

【固定資產增值公積】ㄍㄨˋ ㄉㄧㄥˋ ㄗ ㄔㄢˇ ㄗㄥ ㄓˊ ㄍㄨㄥ ㄐㄧ

(fixed assets appraisal surplus) 凡固定資產經依照有關規定辦理重估所產生的增值。

【固定式子車收集系統】ㄍㄨˋ ㄉㄧㄥˋ ㄕˋ ㄗˇ ㄔㄜ ㄕㄡ ㄐㄧˊ ㄒㄧˋ ㄊㄨㄥˇ

(stationary container collection system)將垃圾箱(子車)放置在適當地點供民眾丟棄垃圾,再定期利用機械將垃圾倒入收集車內,子車仍留在原地的垃圾收集方式。

23【固體廢棄物管理系統】ㄍㄨˋ ㄊㄧˇ ㄈㄟˋ ㄑㄧˋ ㄨˋ ㄍㄨㄢˇ ㄌㄧˇ ㄒㄧˋ ㄊㄨㄥˇ

(solid waste management system) 指固體廢棄物的產生、貯存、收集、運輸、中間處理及最終處置等步驟之經營,符合經濟、保育、美觀、環境衛生、公共政策與工程技術等要求的管理方式。

囹 ㄌㄧㄥˊ ling^{2} 音玲

牢獄。見"說文"。

10【囹圄】ㄌㄧㄥˊ ㄩˇ

監牢;監獄。也作囹圉。

囷 ㄐㄩㄣ chün^{1} 音君

圓形的穀倉。

10【囷倉】ㄐㄩㄣ ㄘㄤ

收藏米穀的建築物。

6

囿 ㄧㄡˋ yu^{4} 音右

1沒有圍牆的園苑。如:園囿。2事物聚集的所在。3拘泥;局限。如:囿於所學。

7

圅 函的本字。

圁 ㄧㄣˊ yin^{2} 音銀

水名。即'禿尾河'。源出今'綏遠省''鄂爾多斯左翼中旗'南。至'陝西省''葭縣'北,注入'黃河'。

圃 ㄆㄨˇ p'u^{3} 音普

1種植蔬果、花卉的園子。如:花圃。2泛指園囿、場所。如:學圃。3以種植蔬果、花卉為業的人。如:老圃。

11【圃畦】ㄆㄨˇ ㄒㄧ

1菜園。2種菜的工作。

圄 ㄩˇ yü³ 音宇
①守禦。見"說文"。②監牢。通圉。如：囹圄。③拘禁。

圂 ㊀ ㄏㄨㄣˋ hun⁴ 音溷
①養豬的地方。見"說文"。②廁所。
㊁ ㄏㄨㄢˋ huan⁴ 音患
家畜。通豢。

8

圈 ㊀ ㄐㄩㄢˋ chüan⁴ 音倦
①畜欄。如：牛圈。②姓。'漢'有'圈稱'。見"通志·氏族略五"。
㊁ ㄐㄩㄢ chüan¹ 音娟
圍住；關好。如：把鴨群圈住。
㊂ ㄑㄩㄢ ch'üan¹ 音棬
①彎屈木頭所製成的器皿。通棬。如：杯圈。②泛指圓形的屈曲線。如：圓圈。③周圍。④圍住。
㊃ ㄑㄩㄢˋ ch'üan⁴ 音勸
參圈子㊁。

3【圈子】㊀ ㄑㄩㄢ ·ㄗ
①範圍。②圓圈。
㊁ ㄑㄩㄢˋ ·ㄗ
四周有東西圍擋的地方。

5【圈田】ㄑㄩㄢ ㄊㄧㄢˊ
(enclosure)'歐洲'傳統田地景觀的一種。農民在其耕地上圍上短牆或籬笆，以保護田地並作爲田地所有權的界限。農莊建築或成孤立，或數家相近連成散村。如'法國'西部和'英國''倫敦盆地'。

8【圈牧】ㄑㄩㄢ ㄇㄨˋ
用鐵絲網將牧場圈圍起來的畜牧方式。因大規模畜牧事業必須以最少的人力管理最多的牲口，故實行圈牧，免得牛羊走失，亦可防止瘟疫傳染。

10【圈套】ㄑㄩㄢ ㄊㄠˋ
籠絡或陷害他人的計謀。

16【圈選】ㄑㄩㄢ ㄒㄩㄢˇ
①以畫圈表示同意或選擇的意思。②在選票上圈印所選人物的選舉方法。

17【圈點】ㄑㄩㄢ ㄉㄧㄢˇ
用符號標出書中的句讀或重要的地方。

5【圈外人】ㄑㄩㄢ ㄨㄞˋ ㄖㄣˊ
局外人；非本行本界的人。

圊 ㄑㄧㄥ ch'ing¹ 音青
廁所。如：圊溷。

圉 ㄩˇ yü³ 音宇
①牢獄。見"說文"。②拘禁；困住。如：圉絆。③畜養。如：圉馬。④養馬的人或地方。如：圉人。⑤古代打擊樂器名。通敔。⑥邊陲。如：邊圉。⑦姓。'春秋''楚'有'圉合陽'。見"萬姓統譜·七六"。

國 ㄍㄨㄛˊ ko², kuo² 音虢
①具有土地、人民及主權的團體。如：'中國'。②古代諸侯的封地。如：'魯國'。③城市；國都。④故鄉。如：去國懷鄉。⑤地方。如：紅豆生南國。⑥姓。'春秋'有'國莊'。見"萬姓統譜·一二三"。

4【國父】ㄍㄨㄛˊ ㄈㄨˋ
對領導創建國家者的尊稱。

【國手】ㄍㄨㄛˊ ㄕㄡˇ
①才藝技能冠全國的人。②代表國家參加國際比賽的選手。

5【國民】ㄍㄨㄛˊ ㄇㄧㄣˊ
依其自己的身分而當然須受國家統治權之支配的人。我國"憲法"規定具有'中華民國'國籍者，爲'中華民國'國民。我國"國籍法"關於國籍之規定，以屬人主義爲原則，以屬地主義爲補助。

【國史】ㄍㄨㄛˊ ㄕˇ
①一國或一朝的歷史。②掌記國家歷史的史官。

6【國老】ㄍㄨㄛˊ ㄌㄠˇ
①一國的元老。②古代對退休士大夫的稱呼。③'中'藥甘草的別稱。因其可調和眾藥，故名。

7【國防】ㄍㄨㄛˊ ㄈㄤˊ
保衛國家領土主權的一切措施。狹義的專指軍事；廣義的則包括政治、經濟、教育、文化等。

【國步】ㄍㄨㄛˊ ㄅㄨˋ
國運；國家的處境。

8【國法】ㄍㄨㄛˊ ㄈㄚˇ
國家的法令、制度。

【國協】ㄍㄨㄛˊ ㄒㄧㄝˊ
(The Commonwealth of Nations)原名'大不列顛國協'(British Empire and Commonwealth)。由原'大英帝國'屬地之國家組成。有些國家以'英國'女王爲元首，有些國家只承認'英國'女王是'國協'元首。現有48個會員國。主要功能在透過會員國總理、外相或財經首長會議，謀求達成政策上之協議，惟其任何決定對其成員並無約束力。會員國間仍有密切的文化聯繫，其對於世界問題的立場也大致和'英國'一致。

【國門】ㄍㄨㄛˊ ㄇㄣˊ
①國都的城門。②泛指國境。

【國姓】ㄍㄨㄛˊ ㄒㄧㄥˋ
'北魏''孝文帝''漢'化時'鮮卑'人所改的'漢'姓。以'元'、'長孫'、'宇文'、'于'、'陸'、'源'、'竇'諸姓爲大。

9【國計】ㄍㄨㄛˊ ㄐㄧˋ
①治國的方針政策。②國家的經濟。

【國祚】ㄍㄨㄛˊ ㄗㄨㄛˋ
①國家的命運。②君位。

【國故】ㄍㄨㄛˊ ㄍㄨˋ
指本國固有的文化。

【國是】ㄍㄨㄛˊ ㄕˋ
國家的重大政策。

【國界】ㄍㄨㄛˊ ㄐㄧㄝˋ
國家領域的界限。它使一國領土與他國領土或公海得以劃分，並決定一國行使領土主權的範圍。以天然的河川、湖泊、山脈爲界者，爲天然疆界，如'中''韓'以'鴨綠江'、'圖們江'爲界；以界碑、柵欄、道路或經緯度爲界者，爲人爲疆界，如'美''加'部分國界以北緯四十九度爲界。

【國風】ㄍㄨㄛˊ ㄈㄥ
①"詩經"的一部分。爲各地的民謠。依序爲"周南"、"召南"、"邶"、

"鄘"、"衛"、"王"、"鄭"、"齊"、"魏"、"唐"、"秦"、"陳"、"檜"、"曹"、"豳"。②國家的風俗。

10【國家】 ㄍㄨㄛˊ ㄐㄧㄚ
①古代實行封建制度,諸侯所統爲國,大夫爲家。②用武力造成,具有統治組織、行使對外獨立對內管轄的最高權力,以統治居於一定領土上人民的政治團體。國家爲一強制性的組織,具有主權。與其他組織主要的不同在於它對其領土的人與事具有強制執行命令的絕對權力。

【國宴】 ㄍㄨㄛˊ ㄧㄢˋ
國家元首或政府首長招待國賓或重要節日招待各界人士的宴會。

【國庫】 ㄍㄨㄛˊ ㄎㄨˋ
保管國家財物,並負責政府經費統一收支之機構。

【國書】 ㄍㄨㄛˊ ㄕㄨ
①國家的歷史。②國與國間互通的書信或共同議定的文書。

【國格】 ㄍㄨㄛˊ ㄍㄜˊ
國家整體的精神。

11【國情】 ㄍㄨㄛˊ ㄑㄧㄥˊ
①國家的現狀。②一國的風土民情。

【國術】 ㄍㄨㄛˊ ㄕㄨˋ
指我國固有的武術。歷代武術有角觝、手搏、拳勇、技擊、武技、國技、武藝、武術等名稱。自'民國'十七年'中央國術館'成立,遂正名爲國術。

12【國畫】 ㄍㄨㄛˊ ㄏㄨㄚˋ
指傳統的'中國'繪畫。'清'末'民'初,由於西方繪畫的大量引入,一些保守的傳統畫家,基於一種民族的情操,以及對傳統繪畫的保存意念,遂提出國畫一詞,以區別西洋畫。國畫自古以來,依其內容,可分爲山水、花鳥、人物和雜畫四大類;其作畫的基本工具是毛筆、墨、硯、紙或絹。

【國喪】 ㄍㄨㄛˊ ㄙㄤ
舊指帝王或皇后之喪。現多指國家元首或副元首之喪。

【國策】 ㄍㄨㄛˊ ㄘㄜˋ
①一國的基本政策。它是對公私行動的根本指導原則。可分兩類:一是最廣泛的(包括政府所有工作部門的)、一般性的、原則性的根本指導方針,稱根本國策。另一是每一工作部門(如經濟、社會、交通、外交、國防等部門)的基本指導原則。②參戰國策。

【國稅】 ㄍㄨㄛˊ ㄕㄨㄟˋ
(national taxes) 指稅捐稽徵權歸屬中央政府者。依我國"財政收支劃分法"規定,目前歸屬國稅之稅捐計有綜合所得稅、營利事業所得稅、遺產及贈與稅、關稅、礦區稅、貨物稅及證券交易稅等。

13【國運】 ㄍㄨㄛˊ ㄩㄣˋ
國家的命運;國家的境遇。

【國道】 ㄍㄨㄛˊ ㄉㄠˋ
中央政府直轄的鐵道或公路。

【國葬】 ㄍㄨㄛˊ ㄗㄤˋ
有功於國家的人,死後由政府以國家名義舉行的葬儀。

【國債】 ㄍㄨㄛˊ ㄓㄞˋ
一國政府,特別是中央政府所負之債務。一般分內債與外債,前者爲向本國國民所借者,後者爲向外國政府或金融機構所借者。

【國會】 ㄍㄨㄛˊ ㄏㄨㄟˋ
代表民意,爲民議事立法的組織,稱爲議會。議會有國會與地方議會(如省議會)之分,前者代表全國。國會有一院制者,也有兩院制者,我國國會則有'國民大會'與'立法院'、'監察院'等三部分。

14【國語】 ㄍㄨㄛˊ ㄩˇ
'周''左丘明'撰,二十一卷。分別記載'周'、'魯'、'齊'、'晉'、'鄭'、'楚'、'吳'、'越'八國史事。

【國粹】 ㄍㄨㄛˊ ㄘㄨㄟˋ
一國歷史文化遺產中最精粹的部分。

【國幣】 ㄍㄨㄛˊ ㄅㄧˋ
一國的法定貨幣。具有無限法償的特性,任何人不得拒絕使用。

【國魂】 ㄍㄨㄛˊ ㄏㄨㄣˊ
①指國家的傳統精神或民族精神。②爲國捐軀的人。

【國歌】 ㄍㄨㄛˊ ㄍㄜ
代表一個國家的歌曲。通常爲政府制定或經民眾公認。

【國際】 ㄍㄨㄛˊ ㄐㄧˋ
國與國之間。

15【國殤】 ㄍㄨㄛˊ ㄕㄤ
指爲國犧牲的人。

【國劇】 ㄍㄨㄛˊ ㄐㄩˋ
我國戲劇。狹義指'平'劇,或稱'京'戲。廣義包括各地方的戲劇,如'豫'劇、'川'劇、'越'劇、'徽'劇等。

【國樂】 ㄍㄨㄛˊ ㄩㄝˋ
①國家大慶典時所奏的音樂。②我國固有的音樂,有別於外國傳入的音樂。凡是以我國樂器如鐘鼓、琴磬、笙簫、塤柷等八音所演奏或伴奏演唱的音樂,都是國樂,具有'華''夏'民族寬和中正、廣博易良的樂教。

16【國曆】 ㄍㄨㄛˊ ㄌㄧˋ
國家所頒行的曆法。我國自'商代'以來,沿用陰陽曆,也稱'夏'曆;'民國'成立後,始改用國際所通行的陽曆,是爲國曆。

【國學】 ㄍㄨㄛˊ ㄒㄩㄝˊ
我國固有的學術。

19【國璽】 ㄍㄨㄛˊ ㄒㄧˇ
國家元首所用、代表國家最高權力的印信。

20【國籍】 ㄍㄨㄛˊ ㄐㄧˊ
人民對於國家的隸屬關係,稱爲國籍。凡是一國國民須有該國國籍。國籍的取得可分兩種:第一種是固有國籍,就是由出生當然取得的國籍,又分爲兩種:一是屬人主義,即依血統以決定國籍,不問其出生地如何,凡子女必取得其父母的國籍。二是屬地主義,即依出生地以決定國籍,不問其血統如何,凡在某國出生的,就取得該國的國籍。第二種是得來的國籍,由婚姻、認知、收養、歸化等關係,外國人也可取得本國的國籍。

23【國體】 ㄍㄨㄛˊ ㄊㄧˇ

①國家的典章制度。②指國家組成的形式。通常分君主國與共和國,前者元首為君主,世襲產生;後者元首由選舉產生。③國家的形象與尊嚴。

24【國蠹】 ㄍㄨㄛˊ ㄉㄨˋ

危害國家的人。

3【國子監】 ㄍㄨㄛˊ ㄗˇ ㄐㄧㄢˋ

官署名,也是學府名。為‘隋’‘唐’以後之最高學府兼教育行政機構。‘漢’有太學,‘晉’以後有國子學,皆為學府,隸屬太常。‘北齊’設國子寺,始獨立為專署。‘隋煬帝’始改為國子監,兼管教育行政,長官稱祭酒。歷代沿之。‘清’‘光緒’三十一年(1905)設學部,立太學堂,國子監遂廢。

4【國內港】 ㄍㄨㄛˊ ㄋㄟˋ ㄍㄤˇ

專供本國船舶出入、經營國內貿易的港埠。外國商船除因天災或不得已事故而獲特許外,不得任意出入。

5【國民車】 ㄍㄨㄛˊ ㄇㄧㄣˊ ㄔㄜ

指針對轎車大眾化趨勢而發展出來的平價小汽車。業者以平實的車型外觀與內裝,加上省油、輕便、安全等一般需求,藉單一基本車型大量生產,達到大幅降低成本、售價平民化的目標。

【國民性】 ㄍㄨㄛˊ ㄇㄧㄣˊ ㄒㄧㄥˋ

(national character)一個國家裡人民的人格結構。國民性可從文化與人格的概念來研究。研究的方法可從心理測試著手,或研究選樣出來的一群人,或研究較富表達性的一些文化的材料(如藝術或宗教)。

【國民黨】 ㄍㄨㄛˊ ㄇㄧㄣˊ ㄉㄤˇ

‘民國’元年八月,‘同盟會’與‘統一共和黨’、‘國民共進會’、‘共和實進會’、‘國民公黨’合併組成,由‘同盟會’實際負責人‘宋教仁’所促成。‘宋’與‘孫中山’先生、‘黃興’等為理事,‘閻錫山’、‘張繼’、‘譚延闓’等為參議。政綱有五。一、保持政治統一;二、發展地方自治;三、厲行種族同化;四、採用民生政策;五、維持國際和平。二次革命失敗後,聲勢弱減。因‘袁’干涉國會制憲,黨中穩健派與部分‘進步黨’員組成‘民憲黨’。三年七月,‘孫’先生在‘日本’‘東京’,改組‘國民黨’為‘中華革命黨’。

【國史館】 ㄍㄨㄛˊ ㄕˇ ㄍㄨㄢˇ

編纂國史的機關。我國歷代都設有機關專掌編修國史,但到‘清代’始名‘國史館’。‘民國’以來沿用其名,置館長、祕書、纂修等人員,負責纂輯‘民國’史,隸屬‘總統府’。

6【國有化】 ㄍㄨㄛˊ ㄧㄡˇ ㄏㄨㄚˋ

重要產業由私人經營收歸國家所有,並由政府經營,稱為國有化。國有化的發生,有的是共產主義革命成功,如‘蘇俄’於西元1917年建國後實施;有的是民主社會主義政黨執政後實行,如‘英國’‘工黨’於1945年執政後所為。

10【國庫券】 ㄍㄨㄛˊ ㄎㄨˋ ㄑㄩㄢˋ

(exchequer bond)簡稱庫券。政府為調劑金融或支付臨時必要的經費,而發行定期有利息的國債券。我國所發行的國庫券有甲、乙兩種。甲種國庫券係為調節國庫資金而發行,發行時採取按面額發售的方式(票面附有利息);乙種國庫券係專為調節金融而發行,以貼現預扣利息方式公開標售,到期時照票面還本。

11【國務院】 ㄍㄨㄛˊ ㄨˋ ㄩㄢˋ

①(the Department of State)‘美國’聯邦政府的重要部門。其任務為:一、維持與他國的友善關係。二、促進國外貿易與商業。三、保護旅居國外的‘美國’國民及其財產。‘國務院’設國務卿(secretary of state)一人,為‘美國’的首席部長及總統外交政策的顧問,在行政官員中的地位僅次於總統及副總統,但其法律上的地位並不比其他部長高。②‘中共’偽政權的最高行政機關。其性質與地位,近似我國的‘行政院’。

12【國富論】 ㄍㄨㄛˊ ㄈㄨˋ ㄌㄨㄣˋ

‘英’人‘亞當·斯密’(Adam Smith)的名著。全名為“國家財富性質及其原因的探究”(*An Inquiry into the Nature and Causes of the Wealth of Nations*)。出版於西元1776年。全書共分五卷:第一卷“論勞動生產力改進的原因,及其生產物分配於人民各階級所依照的次序”。第二卷“論資財性質、積蓄及用途”。以上二卷為經濟學原理的探究。第三卷“論各國富裕的不同演進”,為經濟歷史的探究。第四卷“論經濟體系”,為經濟思想史的探究。第五卷“論統治者或國家的收入”,為國家財稅政策的探究。‘亞當·斯密’在“國富論”中認為每個人天生有利己的本性,任何經濟行為都是基於人性的需要而發展的產物,一切經濟活動本身具有按自然法則作適當調節的功能,任何人為方法的限制與獎勵,都會阻礙其自然發展。所以為了達到經濟的自由放任,政府最好少干預經濟事務,此種學說就成了資本主義的理論基礎。

14【國境稅】 ㄍㄨㄛˊ ㄐㄧㄥˋ ㄕㄨㄟˋ

(boundary taxes)指於課稅客體通過國境時所課徵的租稅。我國現行稅目中屬於國境稅者計有關稅及港工捐等。目前我國關稅只對進口貨物課徵,由於其性質與內地稅不同,故主管機關與稽徵體系亦有所不同。

【國際法】 ㄍㄨㄛˊ ㄐㄧˋ ㄈㄚˇ

國際社會構成分子在其相互關係上必須遵守的規則。對國內法而言。可分國際私法與國際公法,但通常視為國際公法的簡稱。具有幾個特點：一、它是國際社會各分子公認的規則，而不是由一個權力高於國家的團體所制定的。二、它所規定的範圍，是國際關係的全部，即包括平時、戰時與中立時期國際法人之間權利與義務的關係。三、它祇包括國際間公認「必須」遵守的規則，而不包括學者以爲國際間「應該」遵守的規則。

【國際港】 ㄍㄨㄛˊ ㄐㄧˋ ㄍㄤˇ
經營國際貿易、准許外國商船出入的港埠。唯外國商船出入港埠時，必得接受當地官署執行檢疫、移民及海關等行政管理。

3**【國子祭酒】** ㄍㄨㄛˊ ㄗˇ ㄐㄧˋ ㄐㄧㄡˇ
官名。‘漢平帝’時有六經祭酒，‘東漢’有博士祭酒，爲博士之首。‘晉’立國子學，其長官稱國子祭酒。‘隋’設國子監，稱國子監祭酒。歷代沿之。‘清’末始廢。

4**【國內匯兌】** ㄍㄨㄛˊ ㄋㄟˋ ㄏㄨㄟˋ ㄉㄨㄟˋ
(domestic remittance)爲債權、債務人均在同一國內，而委託國內銀行利用匯兌的方式代替現金的輸送，以清結兩地間的債權、債務關係。

5**【國民大會】** ㄍㄨㄛˊ ㄇㄧㄣˊ ㄉㄚˋ ㄏㄨㄟˋ
我國代表全國的國民行使政權的機關。是由縣市的選民暨邊疆少數民族、婦職團體與僑胞選出的代表組織之。其職權爲：一、選舉總統、副總統；二、罷免總統、副總統；三、修改“憲法”；四、複決‘立法院’所提修憲案。國大代表任期爲六年。

【國民外交】 ㄍㄨㄛˊ ㄇㄧㄣˊ ㄨㄞˋ ㄐㄧㄠ
各國國民互派代表，於文化、經濟各方面，溝通雙方意見，以促進國家間的友誼和利益的一種非官方外交關係。

【國民住宅】 ㄍㄨㄛˊ ㄇㄧㄣˊ ㄓㄨˋ ㄓㄞˊ
由政府投資興建而租或售予中、低收入家庭居住之住宅。

【國民所得】 ㄍㄨㄛˊ ㄇㄧㄣˊ ㄙㄨㄛˇ ㄉㄜˊ
(national income; NI)國民所得是衡量一國經濟活動成就的一種概念。通常包括下列五項總量，即：國民生產毛額、國民生產淨額、國民所得、個人所得、可支配所得。一般所謂國民所得是表示生產因素參與生產過程所得到的報酬，但並不表示個人和家庭在本期內實際的所得。

【國民革命】 ㄍㄨㄛˊ ㄇㄧㄣˊ ㄍㄜˊ ㄇㄧㄥˋ
國父 ‘孫中山’先生所倡導，以三民主義爲指導原則，以全民爲群眾基礎的革命。強調以民眾之立場爲立場，以民眾之利害爲利害，並且是一國之人皆負革命之責任的革命。

【國民旅舍】 ㄍㄨㄛˊ ㄇㄧㄣˊ ㄌㄩˇ ㄕㄜˋ
我國“發展觀光條例”對國民旅舍所定的定義是：「指在風景特定區或鄰近地區提供一般旅客旅遊住宿之設施。」‘交通部’發布之“風景特定區管理規則”中訂有國民旅舍之建築及設備標準，以提供整潔、舒適且價廉之旅遊住宿設施。

【國民教育】 ㄍㄨㄛˊ ㄇㄧㄣˊ ㄐㄧㄠˋ ㄩˋ
即國民義務教育。‘民國’二十二年‘教育部’公布小學規程，規定小學爲施行國民義務教育的場所。‘民國’五十六年‘教育部’頒訂“九年國民教育實施綱要”，其重要規定爲：一、國民教育年限延長爲九年，自五十七學年度在‘臺灣’及‘金門’地區開始實施。二、國民教育分二階段，前六年爲國民小學，後三年爲國民中學。‘民國’七十一年‘立法院’通過“強迫入學修正案”，明定六歲到十五歲國民應強迫接受國民教育，否則得科父母或監護人新‘臺’幣三百元以下罰鍰，並得連續科罰至入學爲止。

【國外匯兌】 ㄍㄨㄛˊ ㄨㄞˋ ㄏㄨㄟˋ ㄉㄨㄟˋ
(foreign exchange)係利用匯兌的方式代替現金的輸送，以清結國際間財政上、金融上及商務上所發生的債權、債務關係。國外匯兌須受異地風俗習慣的影響，且又有不同種類貨幣的兌換，更受到各國外匯政策的統制，遠較國內匯兌複雜。

6**【國色天香】** ㄍㄨㄛˊ ㄙㄜˋ ㄊㄧㄢ ㄒㄧㄤ
①形容牡丹花的芳香高貴。②指容貌絕美的女子。

9**【國計民生】** ㄍㄨㄛˊ ㄐㄧˋ ㄇㄧㄣˊ ㄕㄥ
國家的經濟和人民的生計。

10**【國家公園】** ㄍㄨㄛˊ ㄐㄧㄚ ㄍㄨㄥ ㄩㄢˊ
(national park)凡具有獨特的地理景觀與生態環境，或具有特殊文化、文物、古蹟等須加保護的地區，由政府劃定範圍加以保留及維護，稱爲國家公園。國家公園的設立，是人類於領悟資源稀少性與不可恢復性後，對獨特的地理景觀與生態環境所做的保育工作；同時也提供了觀賞、研究與遊憩的空間。目前‘臺灣’地區共設置了四座國家公園，有‘墾丁國家公園’、‘玉山國家公園’、‘太魯閣國家公園’和‘陽明山國家公園’。

【國家主義】 ㄍㄨㄛˊ ㄐㄧㄚ ㄓㄨˇ ㄧˋ
(nationalism)政治上的一種主張。又稱民族主義。認爲個人的一切作爲，應以國族的強盛鞏固爲前提，因此反對個人主義與國際主義。在列國侵略和與他國互爭權益時，國家主義特別盛行。

【國家承認】 ㄍㄨㄛˊ ㄐㄧㄚ ㄔㄥˊ ㄖㄣˋ
(recognition of states)指對新

國家的承認。新國家成立後,雖具備人民、土地、主權及政府等四個要素,仍須由已存在國際體系內若干國家之承認,方能取得國際法人的地位,成爲國際法主體。

【國家風險】 ㄍㄨㄛˊ ㄐㄧㄚ ㄈㄥ ㄒㄧㄢˇ

(country risks)是指國外投資或國外融資時,在地主國所暴露的風險。這些風險在某種程度內,爲地主國政府所能控制,但絕非私人企業或個人力量所能左右者。具體地說,乃指國際經濟交易風險中的政治風險(指地主國發生戰爭、外力侵占、恐怖事件造成的動亂、意識形態的分歧、經濟利益的衝突、地域性爭鬥及政治黨派分裂等因素所造成的風險)、社會風險(即地主國發生內亂、騷亂、種族糾紛、所得分配不均、結群格鬥、宗教紛爭及社會階層對立等因素所形成的風險)及經濟風險(由所得成長長期性低落、罷工、生產成本急速上漲、出口收入直線下降、糧食與能源進口的突然性劇增等因素造成的風險)而言。

【國家配額】ㄍㄨㄛˊ ㄐㄧㄚ ㄆㄟˋ ㄜˊ

(national quota)又稱國家限額(country quota)、分配配額(allocated quota)。即進口國對於某一種商品的進口給予每一出口國的配額,某一出口國用完了其配額,即不能再向進口國出口該商品,但這並不影響進口國自其他未用完配額的國家進口該商品。這種按國家別給予的配額,稱爲國家配額。

【國庫存款】 ㄍㄨㄛˊ ㄎㄨˋ ㄘㄨㄣˊ ㄎㄨㄢˇ

爲中央政府在國庫之主要存款。凡各機關經收之各項歲入款及歲入以外之特種基金、其他公款及保管款未規定專戶存管之款項,均歸入國庫存款戶集中管理。

【國庫結存】 ㄍㄨㄛˊ ㄎㄨˋ ㄐㄧㄝˊ ㄘㄨㄣˊ

指國庫執行總預算收支之餘額。預算外收入、保管款等現金之結存亦屬之。

【國泰民安】 ㄍㄨㄛˊ ㄊㄞˋ ㄇㄧㄣˊ ㄢ

國家太平,人民安樂。

11【國族主義】 ㄍㄨㄛˊ ㄗㄨˊ ㄓㄨˇ ㄧˋ

主張由一個民族建立一個國家(即民族國家)的思想或學說。

14【國際人格】 ㄍㄨㄛˊ ㄐㄧˋ ㄖㄣˊ ㄍㄜˊ

(international personality) 國家在國際法上的地位。主張此觀念的學者分爲兩派:一、從國家基本權利了解國家作爲國際社會一員的地位,其基本權利包括獨立、外交等;二、一國在國際社會一員的特質,包括自衛、管轄等。

【國際公法】 ㄍㄨㄛˊ ㄐㄧˋ ㄍㄨㄥ ㄈㄚˇ

(international public law)參國際法。

【國際百科】 ㄍㄨㄛˊ ㄐㄧˋ ㄅㄞˇ ㄎㄜ

(universal data base access service;UDAS)線上資訊檢索系統在'歐''美'各國已成功而普遍地應用到各行各業。我國'國際電信局'於'民國'六十八年十二月間,經由國際電信網路,銜接'美國'資訊系統,以檢索其資料庫。目前國內銜接的多爲'美國'DIAL OG、OR BI T、BR S三大資訊系統。由於這些資訊系統中包含的資料庫,不僅數量多,且各資訊庫蒐集的範圍廣,資料的形式涵括圖書及非書資料,故引進我國以後,稱爲國際百科,取其包羅萬象,有如百科全書之義。

【國際仲裁】 ㄍㄨㄛˊ ㄐㄧˋ ㄓㄨㄥˋ ㄘㄞˊ

(international arbitration)又稱國際公斷。經由當事國所指定之仲裁法庭,以解決國家間之爭端之程序。西元1907年"海牙和平解決國際爭端公約"第三十七條規定:「國際仲裁之目的,在以當事國所選擇之法官,並在尊重法律之基礎上,解決國家間之爭端。」仲裁法庭有臨時仲裁法庭及常設仲裁法庭。前者係爲解決特別爭端,由當事國於爭端發生之後,依仲裁協定而設立者;後者係爲解決當事國間未來之爭端,依條約規定而設立者。

【國際私法】 ㄍㄨㄛˊ ㄐㄧˋ ㄙ ㄈㄚˇ

(international private law)指就國際社會中之私人(包括自然人與法人)間的關係,指定應適用之法律。亦即就各種具有涉外因素(如法律關係當事人至少有一造具有外國國籍或無國籍或在外國設有住所、法律關係之行爲有一部或全部發生在國境以外、法律關係之標的物在國外)之私法關係,指定應由何國法院管轄及應適用何國法律之法則。國際私法爲國內法。涉外民事法律適用法就是我國之國際私法。

【國際法院】 ㄍㄨㄛˊ ㄐㄧˋ ㄈㄚˇ ㄩㄢˋ

(International Court of Justice)依"聯合國憲章"第九十二條之規定,'國際法院'爲'聯合國'主要司法機關,院址設於'荷蘭''海牙',由十五位法官組成。'國際法院'除受理規約當事國之訴訟案件外,並得應'聯合國大會'等有關機關之請求,發表諮詢意見。

【國際招標】 ㄍㄨㄛˊ ㄐㄧˋ ㄓㄠ ㄅㄧㄠ

爲國際貿易買賣方式之一。通常由國外供應廠商委託當地代理商代爲投標;或由招標人將標單等文件航寄外國供應廠商,邀請其投標報價。國際招標多用於政府機關、公營事業的國外採購。

【國際呼號】 ㄍㄨㄛˊ ㄐㄧˋ ㄏㄨ ㄏㄠˋ

(international call sign)指無線電臺在‘國際通訊協會’的指定下使用的‘英’文字母和‘阿拉伯’數字。如:「西德自由中國之聲」呼號爲 VOFC 9765 KHz。

【國際音標】ㄍㄨㄛˊ ㄐㄧˋ ㄧㄣ ㄅㄧㄠ

(International Phonetic Alphabet; IPA)也稱萬國音標。‘國際語音協會’於西元1888年在‘倫敦’所制定的一種標記語音的符號系統。符號以‘拉丁’字母爲主,輔以倒體、反體、併合體及變形體。曾經數次修訂,爲各國語言學家採用。其特色爲一個符號只代表一個音素的音質,一個音素也只用一個符號表示,以期世界任何一種語言均可用以標音。

【國際商會】ㄍㄨㄛˊ ㄐㄧˋ ㄕㄤ ㄏㄨㄟˋ

(International Chamber of Commerce; ICC)以促進國際間的經貿關係、統一貿易習慣及法制、調停國際商務糾紛及增進各國商業團體的親善互助爲宗旨而成立的國際性團體。以西元1919年‘美國’商會提倡全球商會的結合爲開端,次年於‘巴黎’成立總會。我國在1931年加入,1949年與該會失去聯絡,1966年又重新加入。該會所標榜的宗旨及任務,約有一、代表與國際商務有關的一切經濟行業,包括工、商、運輸及金融各業;二、就有關國際商務問題,徵求各方人士的卓見,並加以闡揚;三、謀求各國間貿易條件的改善及國際經濟關係的協調;四、鼓勵並增進各國工商界人士及團體相互間的聯繫與了解;五、促進國際間的親睦與和平。該會先後制定了“信用狀統一慣例”、“託收統一規則”、“契約保證統一規則”、“國貿條規”等,對促進貿易慣例的統一貢獻很大。

【國際貿易】ㄍㄨㄛˊ ㄐㄧˋ ㄇㄠˋ ㄧˋ

(international trade)一國與他國間商品的交換或買賣,從國民經濟的觀點而言,即稱爲國際貿易。依其交易商品的不同,可分爲有形商品貿易及無形商品貿易;從商品移動的方向觀察,可分爲出口貿易與進口貿易;依交易是否經由本國商人主動達成,可分爲主動貿易與被動貿易;依交易進行方式,可分爲直接貿易與間接貿易。國際貿易如從本國立場來觀察,即爲對外貿易,也有稱其爲海外貿易者,但使用這種用語的國家,大都屬於海島國家,例如‘日本’、‘英國’。

【國際準備】ㄍㄨㄛˊ ㄐㄧˋ ㄓㄨㄣˇ ㄅㄟˋ

(international reserve)一國的貨幣當局用來干預外匯市場或清算國際債務的流動性資產。目前可作爲國際準備的資產,而爲世界各國所共同認定的,主要有黃金、外匯、國際貨幣基金準備地位及特別提款權。

【國際賠償】ㄍㄨㄛˊ ㄐㄧˋ ㄆㄟˊ ㄔㄤˊ

(international reparation)國家違反國際義務所負國際責任的後果,然其賠償僅有補救性而無懲罰性。賠償的方法,又可分爲物質上的賠償及精神上的賠償;前者如金錢支付,後者如向被害國道歉、向其國旗致敬等。

【國際聯盟】ㄍㄨㄛˊ ㄐㄧˋ ㄌㄧㄢˊ ㄇㄥˊ

(The League of Nations)第一次世界大戰後,依據西元1919年“凡爾賽和約”,爲保障國際和平與安全而建立的國際組織。其目的在促進國際合作,保證國際義務之履行。成立後處理和平問題成效不大,於1946年宣布終結,一切由‘聯合國’接管。

17【國營實業】ㄍㄨㄛˊ ㄧㄥˊ ㄕˊ ㄧㄝˋ

指由政府所經營的實業。其所獲利益歸諸國人共享。國營實業爲國家社會主義所首倡,國父　‘孫中山’先生的民生主義主張發達國家資本,其主要辦法就是國營實業。

4【國內信用狀】ㄍㄨㄛˊ ㄋㄟˋ ㄒㄧㄣˋ ㄩㄥˋ ㄓㄨㄤˋ

國內貿易的買賣雙方,經洽妥同意延期付款後,由銀行介入其間,以銀行的信用代替買賣雙方的信用,以保證買方收妥貨品後履行付款的義務,此種純爲國內貿易所開的信用狀,稱爲國內信用狀;與依據國外信用狀向國內廠商所開的信用狀,而爲國外信用狀延伸的轉開信用狀性質不同。屬於國內又屬遠期的信用狀,稱爲國內遠期信用狀。

5【國民參政會】ㄍㄨㄛˊ ㄇㄧㄣˊ ㄘㄢ ㄓㄥˋ ㄏㄨㄟˋ

‘民國’二十七年三月,‘中國國民黨’決議成立‘國民參政會’,以替代‘國民大會’爲戰時最高民意機構。四月,通過組織條例;七月,第一屆‘國民參政會’在‘漢口’開幕。設正、副議長,參政員由遴選方式產生。職權有:議決政府對內對外施政方針;對政府提出建議與質詢;聽取施政報告;可組織調查委員會,調查政府委託考察事宜。共歷四屆、十三次大會,於三十六年六月結束。

7【國防參議會】ㄍㄨㄛˊ ㄈㄤˊ ㄘㄢ ㄧˋ ㄏㄨㄟˋ

‘民國’二十六年九月,‘國民政府’設置‘國防參議會’,爲抗戰初期的諮議機構。以‘汪兆銘’爲議長,聘請各黨派領袖及社會名流,如‘陳布雷’、‘陶希聖’、‘傅斯年’、‘周恩來’、‘張君勱’、‘曾琦’、‘李璜’等二十四名爲參議員。二十七年七月由‘國民參政會’取而代之。

10【國家安全法】ㄍㄨㄛˊ ㄐㄧㄚ ㄢ ㄑㄩㄢˊ ㄈㄚˇ

全名爲“動員戡亂時期國家安全

法"。乃於動員戡亂時期爲確保國家安全、維護社會安定所制訂之法律。經總統於'民國'七十六年七月一日公布,'行政院'令於同年七月十五日開始施行。全法計十個條文,主要在規範集會結社應遵守之原則、人民入出境之限制、對入出境人員物品及運輸工具之檢查、軍事管制區之指定、現役軍人與非現役軍人刑事案件之偵查與審判等事項。

【國家安全論】 ㄍㄨㄛˊ ㄐㄧㄚ ㄢ ㄑㄩㄢˊ ㄌㄨㄣˋ

(national-security argument) 限制貿易論之一。主張應以關稅保護政策來生產軍用國防需要的產業,使其生產達到自給自足的目標。

14**【國際卡特爾】** ㄍㄨㄛˊ ㄐㄧˋ ㄎㄚˇ ㄊㄜˋ ㄦˇ

(international cartel)指兩個或兩個以上國家經營同一路線業務的生產者,爲謀求會員公司利益,而採用價格管制、產量分配、市場劃分等方法,以達成類似壟斷的一種結合。依結合目的的不同,可分爲四種:一、價格卡特爾:以協定銷售價格爲目的;二、銷售條件卡特爾:以協定銷售價格的折扣率或付款條件爲目的;三、限制卡特爾:以限制生產量或價格條件爲目的;四、銷路卡特爾:以劃分市場範圍爲目的。

【國際收支帳】 ㄍㄨㄛˊ ㄐㄧˋ ㄕㄡ ㄓ ㄓㄤˋ

(balance of payments account) 一國或一經濟社會,以貨幣形式有系統地記載在一段時間內,本國居民與世界其他各國居民之間的所有經濟交易活動。

【國際收支論】 ㄍㄨㄛˊ ㄐㄧˋ ㄕㄡ ㄓ ㄌㄨㄣˋ

(balance of payments argument) 限制貿易論之一。主張當其他的政策措施無法使本國的國際收支逆差迅速或有效獲得改善時,應以關稅或配額限制進口,以達到迅速、有效改善國際收支的目的。

【國際扶輪社】 ㄍㄨㄛˊ ㄐㄧˋ ㄈㄨˊ ㄌㄨㄣˊ ㄕㄜˋ

(Rotary International)全世界扶輪社的聯合組織。西元1905年'保羅·哈理斯'(Paul P. Harris)與三位友人在'美國''芝加哥'創立第一個扶輪社(Rotary Club),開始時,輪流在各社員辦公處所集會,故名扶輪社。依據1987年的統計,在全世界161國家或地域中,計有23,098個扶輪社,社員約有103.9萬人。扶輪社的設立宗旨,在於一、增廣認識爲擴展服務之機會;二、在各種事業及專門職業中提高道德之標準,認識一切有益於社會的職業價值,及每一社員應尊重其本身之職業,藉以服務社會;三、每一社員能以服務理想應用於個人、事業及社會之生活;四、結合具有服務理想之各種事業及專門職業人士,以世界性之聯誼增進國際間之瞭解、親善與和平。其祕書處設於'美國''伊利諾州'的'伊雯斯敦'。

【國際換日線】 ㄍㄨㄛˊ ㄐㄧˋ ㄏㄨㄢˋ ㄖˋ ㄒㄧㄢˋ

(international date line; IDL) 一條假想的線,大致與通過'太平洋'中央的180°經線相吻合,但有些地方爲規避陸地政治隸屬的分割而呈曲折線。線東和線西的日期相差一日。爲調整線兩側間24小時的差數,航行通過此線,東行加一日,西行減一日。

【國際單位制】 ㄍㄨㄛˊ ㄐㄧˋ ㄉㄢ ㄨㄟˋ ㄓˋ

(International System of Units; SI)'國際度量衡總會'採用並推薦的一貫性單位系統。係由基本單位、補助單位組合而成的導出單位及有10的整數倍的十進位組成。

【國際獅子會】 ㄍㄨㄛˊ ㄐㄧˋ ㄕ ㄗˇ ㄏㄨㄟˋ

(LIONS International) 目前世界最大的社會服務組織。西元1917年創始於'美國''伊利諾州'。依據1987年統計,在162個自由國家及地區分設662區,並擁有3萬8千多分支組織,會員達135萬餘人。創立宗旨在於一、發揚人類博愛互助的精神;二、增進國際間的友好關係;三、尊重自由、啟發智慧;四、提倡社會福利;五、促進國家安全。獅子(LIONS)的五個'英'文字母,L是代表liberty(自由);I是代表intelligence(智慧);O是代表our(我們);N是代表nation's(國家的);S是代表safety(安全),也就是「尊重自由、運用智慧、增進我們國家的安全」的意思。

【國際銀公司】 ㄍㄨㄛˊ ㄐㄧˋ ㄧㄣˊ ㄍㄨㄥ ㄙ

(International Finance Corporation; IFC)西元1956年7月24日正式成立於'美國''華府',1957年2月20日成爲'聯合國'專門機構。與'世界銀行'有密切關聯,但法律上仍爲獨立之實體。其宗旨爲:一、聯合私人投資及管理者,共同對低度開發會員國之生產性民間企業,提供貸款或投資資金,且不要求其政府擔保,藉以促進該會員國民間部門之發展。二、協助各地資本市場之成長。三、促進私人資本之國際流動。

【國際標準時】 ㄍㄨㄛˊ ㄐㄧˋ ㄅㄧㄠ ㄓㄨㄣˇ ㄕˊ

(international standard time) 又稱'格林威治'標準時。一種推算時間的依據。西元1884年經國際協議,以通過'英國''倫敦''格林威治皇家天文臺'的經線爲零度線,稱爲標準經線、標準子午線。以通過標準子午線的時間爲平均時或標準時者，稱爲國際標準時，一般稱'格林威治'平均時間，簡稱'格林'平時。

【國際鐵路會】 ㄍㄨㄛˊ ㄐㄧˋ ㄊㄧㄝˇ ㄌㄨˋ ㄏㄨㄟˋ

(international railway union; UIC)世界各國爲謀求鐵路設施、經營之劃一與改善，西元1922年以'歐洲'各國鐵路爲中心，在'法國''巴黎'所創設的國際性組織。該組織以大會爲最高權力機構，理事會爲執行機構，下設旅客、貨物、財務、會計、統計、運轉及技術等委員會，並發行"世界鐵路雜誌"、"世界鐵路統計年鑑"等。

4【國內生產毛額】 ㄍㄨㄛˊ ㄋㄟˋ ㄕㄥ ㄔㄢˇ ㄇㄠˊ ㄜˊ

(gross domestic product; GDP)一定期間內，一經濟體系所生產的最後產品與勞務，按市場價格所計算的總值，其中不包括本國居住民在國外的產值，但包括外國居住民在本國的產值。

5【國民生產毛額】 ㄍㄨㄛˊ ㄇㄧㄣˊ ㄕㄥ ㄔㄢˇ ㄇㄠˊ ㄜˊ

(gross national product; GNP)一定期間內，一經濟體系所生產的最後產品與勞務，按市場價格所計算的總值，其中包括本國居住民在國外的產值，但不包括外國居住民在本國的產值。

【國民生產淨額】 ㄍㄨㄛˊ ㄇㄧㄣˊ ㄕㄥ ㄔㄢˇ ㄐㄧㄥˋ ㄜˊ

(net national product; NNP)指對於歸屬一國居住民在本國及國外，一定期間內所生產最後財貨與勞務，按市價計算的總值，並已扣除固定資本消耗準備的生產價值。即國民生產毛額減去資本消耗的餘額。

【國民所得總額】 ㄍㄨㄛˊ ㄇㄧㄣˊ ㄙㄨㄛˇ ㄉㄜˊ ㄗㄨㄥˇ ㄜˊ

(gross national income; GNI)由收入面來計算國民生產毛額。將國民生產毛額生產過程中，所用勞動、土地、資本及企業家功能四種生產要素的所得報酬，包括薪資、租金、利息淨額、利潤，及非公司企業組織所得與非所得項目(包括間接商業稅與折舊)加總，可得國民所得總額，亦即等於國民生產毛額。

【國民開支總額】 ㄍㄨㄛˊ ㄇㄧㄣˊ ㄎㄞ ㄓ ㄗㄨㄥˇ ㄜˊ

(gross national expenditure; GNE)由開支面來計算國民生產毛額。將全社會家計、企業、政府及國外四個經濟部門對最後財貨與勞務的開支加總即是國民開支總額，亦即等於國民生產毛額。

【國民經濟原則】 ㄍㄨㄛˊ ㄇㄧㄣˊ ㄐㄧㄥ ㄐㄧˋ ㄩㄢˊ ㄗㄜˊ

(the principle of national economy)'德國'著名財政學者'華格納'(A. Wagner)所提倡租稅原則中的第二個原則。意謂租稅的課徵不能阻礙經濟的發展。惟爲實現此一原則，必須兼顧選擇正當稅源及選擇適當租稅種類兩個小原則。所得稅也是符合此原則的重要租稅之一。

6【國光體育獎章】 ㄍㄨㄛˊ ㄍㄨㄤ ㄊㄧˇ ㄩˋ ㄐㄧㄤˇ ㄓㄤ

'民國'七十一年起，'教育部'對參加國際比賽獲得前三名的優秀團隊，頒發「國光體育獎章」及獎金，以資獎勵。

9【國軍編遣會議】 ㄍㄨㄛˊ ㄐㄩㄣ ㄅㄧㄢ ㄑㄧㄢˇ ㄏㄨㄟˋ ㄧˋ

北伐完成後，'國民政府'爲謀求統一軍、財政，'民國'十八年一月在'南京'召開此會。有'閻錫山'、'馮玉祥'、'李宗仁'、'何應欽'等四十餘人參加。會中通過"國軍編遣委員會進行程序大綱"。會後部分將領視此會爲中央的削藩行動，相繼以「護黨救國」爲名，用武力對抗'國民政府'來反對編遣會議。

10【國家行爲主義】 ㄍㄨㄛˊ ㄐㄧㄚ ㄒㄧㄥˊ ㄨㄟˊ ㄓㄨˇ ㄧˋ

國際法上的重要原則。在國際法上，每一個享有獨立主權的國家皆立於平等之地位，因此任何一個國家不得將另一個國家的行政措施置於自己之司法審判下，以斷判其是否適當，亦即任何一個國家不在他國之法庭內負任何的民、刑事責任。唯現今之國際法通說認爲國家的商業行爲(如國營事業與外國人有商業上往來時)不適用此一原則。

【國家社會主義】 ㄍㄨㄛˊ ㄐㄧㄚ ㄕㄜˋ ㄏㄨㄟˋ ㄓㄨˇ ㄧˋ

(state socialism)主張大實業國有，注重勞工福利，徵收直接稅，求社會財富分配的平均。十九世紀時'德國'宰相'俾斯麥'毅然倡行國家社會主義，一以防範'馬克斯'激進的社會主義的禍害，一以解決社會問題，免除社會革命的發生。國父 '孫中山'先生對之頗爲推讚，認爲一方面可以國家之力開發國家資源，一方面可推行社會福利政策，以謀求經濟的平等，正是民生主義的本意。

14【國際人權公約】 ㄍㄨㄛˊ ㄐㄧˋ ㄖㄣˊ ㄑㄩㄢˊ ㄍㄨㄥ ㄩㄝ

西元1966年12月，'聯合國'第二十一屆'聯合國'大會通過"國際人權公約"(*Covenant of Human Rights*)。全部公約分一、A公約：即關於經濟、社會及文化權利之公約。二、B公約：即關於市民的、政治的權利之公約。三、關於市民的、政治的權利之公約的選擇議定書。

【國際刑警組織】 ㄍㄨㄛˊ ㄐㄧˋ ㄒㄧㄥˊ ㄐㄧㄥˇ ㄗㄨˇ ㄓ

(The International Criminal Police Organization; Interpol)成立於西元1923年的國際性警政組織。總部設在'法國''巴黎'，目前共有134個會員國，我國爲其中之一。其成立宗旨是天下一致聲討犯罪，但凡涉及政治、宗教或種族的案件概不過問。目前該組織擁有一百五十萬個犯罪檔案,各會員國藉無線電臺保持聯繫,以換取資料情報。

【國際企業管理】ㄍㄨㄛˊ ㄐㄧˋ ㄑㄧˋ ㄧㄝˋ ㄍㄨㄢˇ ㄌㄧˇ
(international business management)研究有關國際性或多國性企業營運的計畫、組織、用人、指導與控制等項管理問題,以及國際性企業在國際經濟所扮演角色的,叫國際企業管理。

【國際紅十字會】ㄍㄨㄛˊ ㄐㄧˋ ㄏㄨㄥˊ ㄕˊ ㄗˋ ㄏㄨㄟˋ
(International Red Cross)西元1863年由'瑞士'銀行家'杜南'(Henri Dunant)所發起的民間團體。爲一超脫政治、宗教、種族的國際性服務組織。對全人類提供戰時及平時服務,如戰時傷患救濟、平時的災害救濟、敵對國之間的善意通訊等。

【國際海事組織】ㄍㄨㄛˊ ㄐㄧˋ ㄏㄞˇ ㄕˋ ㄗㄨˇ ㄓ
(International Maritime Organization; IMO)原名'政府間海事諮詢組織'(Intergovernmental Maritime Consultative Organization)。西元1958年3月17日成立,總部設於'英國''倫敦',1959年1月13日成爲'聯合國'專門機構,1982年5月22日改爲現名。其宗旨爲改善海上安全及防止海洋汙染。機構有'大會'、'理事會'、'海事安全委員會'、'祕書處'。

【國際特赦組織】ㄍㄨㄛˊ ㄐㄧˋ ㄊㄜˋ ㄕㄜˋ ㄗㄨˇ ㄓ
(Amnesty International; AI)爲全球主要救援政治犯的國際性民間團體。由'倫敦'律師'卞納森'(Peter Benenson)於西元1961年發起,總部設在'英國''倫敦'。1980年代初葉,約40國設有分部,會員超過35萬人,遍布107國。由於成就卓著,該組織於1977年獲'諾貝爾'和平獎。

【國際教育交換】ㄍㄨㄛˊ ㄐㄧˋ ㄐㄧㄠˋ ㄩˋ ㄐㄧㄠ ㄏㄨㄢˋ
(international educational exchange)國際間爲增進彼此瞭解並分享具有知能而進行學生、教師、教育行政人員或教育資料的交換。

【國際貨幣制度】ㄍㄨㄛˊ ㄐㄧˋ ㄏㄨㄛˋ ㄅㄧˋ ㄓˋ ㄉㄨˋ
(International Monetary System)又稱國際貨幣規則(International Monetary Regime)或國際貨幣秩序(International Monetary Order)。各國爲便利國際貿易與金融活動的進行,而對國際收支行爲所作的規則、慣例、工具、設備及組織的安排。國際貨幣制度可以根據匯率的決定與維持或國際準備資產保有的方式來劃分。

【國際貨幣基金】ㄍㄨㄛˊ ㄐㄧˋ ㄏㄨㄛˋ ㄅㄧˋ ㄐㄧ ㄐㄧㄣ
(International Monetary Fund; IMF)西元1945年12月27日在'華府'成立,爲'聯合國'專門機構。其宗旨在加強國際貨幣合作,促進世界貿易的平衡發展。基金由會員國共同出資,各國攤額之多寡決定投票權之大小及可貸款之金額。主要機構有'理事會'、'執行理事'。

【國際勞工公約】ㄍㄨㄛˊ ㄐㄧˋ ㄌㄠˊ ㄍㄨㄥ ㄍㄨㄥ ㄩㄝ
(*International Labor Convention*)在'國際勞工組織'每年舉行一次的國際勞工大會中制定之。綜合歷年的各種公約及每年國際勞工大會中制定的國際勞工建議書,即構成國際勞工法典,建立國際間最低的勞動標準,以爲會員國制定勞工法規的依據。我國於'民國'六十年退出'國際勞工組織'以前,原已批准"國勞公約"三十七種,均成爲我國勞工立法的主要依據。

【國際勞工組織】ㄍㄨㄛˊ ㄐㄧˋ ㄌㄠˊ ㄍㄨㄥ ㄗㄨˇ ㄓ
(International Labour Organization; ILO)西元1919年6月28日,依據"凡爾賽和約"第十三部分之規定所創立,隸屬於'國際聯盟'。1946年成爲'聯合國'專門機構,總部設於'瑞士''日內瓦'。其宗旨在提高全世界勞工之工作及生活水準。主要機構有'大會'、'理事會'、'國際勞工局'。

【國際開發協會】ㄍㄨㄛˊ ㄐㄧˋ ㄎㄞ ㄈㄚ ㄒㄧㄝˊ ㄏㄨㄟˋ
(International Development Association; IDA)'聯合國'專門機構之一。西元1960年9月24日成立於'美國''華盛頓特區'。其目的在藉提供長期之低利貸款,協助落後國家之經濟發展。

【國際資訊組織】ㄍㄨㄛˊ ㄐㄧˋ ㄗ ㄒㄩㄣˋ ㄗㄨˇ ㄓ
(International Information Organization; IIO)資訊社會計畫中,某些學者所倡議的一個極理想的資訊流通藍圖。擬議中的國際資訊組織,是透過高度開發的國家,共組國際援助機構,來協助開發中國家發展資訊科技,以達到資訊平衡的目的。

【國際電訊聯盟】ㄍㄨㄛˊ ㄐㄧˋ ㄉㄧㄢˋ ㄒㄩㄣˋ ㄌㄧㄢˊ ㄇㄥˊ
(International Telecommunication Union; ITU)其前身爲'國際電報聯盟',創立於西元1865年5月17日。1932年與'國際電話諮詢委員會'、'國際電報諮詢委員會'合併,改爲現名。1947年10月15日成爲'聯合國'專門機構,總部設於'瑞士''日內瓦'。其宗旨在擴大電訊服務之國際合作,延伸電訊服務之層面,協助發展中國家電訊科技及設備之發展。

【國際觀光收支】ㄍㄨㄛˊ ㄐㄧˋ ㄍㄨㄢ ㄍㄨㄤ ㄕㄡ ㄓ

觀光外匯收入爲無形出口的一種，由於各國觀光事業發展迅速，其收支在國際收支上所占比率及在調節國際收支方面所扮演的任務也越來越重大。依'世界觀光組織'(World Tourism Organization; WTO)之定義，國際觀光收入(international tourist receipts)指一國由於國外觀光客在其國內觀光旅行所獲取之收入，包括旅客之住宿、餐飲、交通運輸、娛樂、購物等開支；國際觀光支出(international tourist expenditures)指一國由於國民出國旅行所支付之外匯金額。

10【國家之賠償責任】 ㄍㄨㄛˊ ㄐㄧㄚ ㄓ ㄆㄟˊ ㄔㄤˊ ㄗㄜˊ ㄖㄣˋ
凡公務員違法侵害人民之自由或權利者，被害人民就其所受損害，得依法律向國家請求賠償，稱爲國家之賠償責任。我國有關國家賠償責任規定之法律有"土地法"、"警械使用條例"、"行政訴訟法"、"核子損害賠償法"、"冤獄賠償法"及"國家賠償法"。其中尤以"國家賠償法"適用範圍最廣，其要義有：一、依法令從事公務之人員於執行職務行使公權力時，因故意或過失不法侵害人民自由或權利者，國家應負賠償責任，其因怠於執行職務，致人民自由或權利遭受損害者亦同。二、公有公共設施因設置或管理有欠缺，致人民生命、身體或財產受損害者，國家應負損害賠償責任。三、受委託行使公權力之團體，其執行職務之人於行使公權力時，視同委託機關之公務員；受委託行使公權力之個人，於執行職務行使公權力時，亦視同委託機關之公務員，其因故意或過失不法侵害人民自由或權利者，國家亦應負賠償責任，若有怠於執行職務，致人民自由或權利遭受損害者亦同。

14【國際十進分類法】 ㄍㄨㄛˊ ㄐㄧˋ ㄕˊ ㄐㄧㄣˋ ㄈㄣ ㄌㄟˋ ㄈㄚˇ
西元1895年設於'比'京'布魯塞爾'之'國際目錄學會'(現改稱'國際文書處理聯盟'，簡稱 FID)爲便於類分該會所蒐集之各國專科書目，決定採用當時已廣被使用之'杜威'十進分類法。該會所蒐集，除各種語言書籍外，尙含期刊論文，多係科學、技術方面者，而'杜'法則於此二類所賦予之類目，稍嫌不足。按此法仍以'杜'法爲主幹，惟其複分較詳；又增設若干符號(如集合爲⌊：⌉，語言爲⌊＝⌉)以示主題間之相互關係，惟排架時較爲繁瑣。

【國際原子能總署】 ㄍㄨㄛˊ ㄐㄧˋ ㄩㄢˊ ㄗˇ ㄋㄥˊ ㄗㄨㄥˇ ㄕㄨˇ
(International Atomic Energy Agency; IAEA)西元1956年10月23日，八十一國代表在'紐約''聯合國總部'集會，通過"國際原子能總署規約"，1957年7月29日規約正式生效。其宗旨在加速及擴大原子能對世界和平、健康及繁榮之貢獻，並確保總署對於各國提供之援助，不被用於推動任何軍事目的。主要機構有'大會'、'理事會'。

【國際區域運動會】 ㄍㄨㄛˊ ㄐㄧˋ ㄑㄩ ㄩˋ ㄩㄣˋ ㄉㄨㄥˋ ㄏㄨㄟˋ
凡是'國際奧林匹克運動會'會員國，除'奧會'外，可以另組範圍較小的運動會，泛稱爲區域運動會。也是每四年舉行一次。現已被'國際奧會'所承認者有五：'亞洲運動會'、'中美洲運動會'、'中南美洲運動會'、'泛美洲運動會'及'地中海運動會'。

【國際貿易發生論】 ㄍㄨㄛˊ ㄐㄧˋ ㄇㄠˋ ㄧˋ ㄈㄚ ㄕㄥ ㄌㄨㄣˋ
研究兩國間何以會發生貿易之理論。如十九世紀所提出的絕對利益學說、比較利益學說皆是。

5【國民就業輔導中心】 ㄍㄨㄛˊ ㄇㄧㄣˊ ㄐㄧㄡˋ ㄧㄝˋ ㄈㄨˇ ㄉㄠˇ ㄓㄨㄥ ㄒㄧㄣ
'臺灣省'辦理就業輔導的機構。'臺灣省社會處'爲充分運用人力資源，配合加速經濟發展，於'民國'四十五年七月在'臺北市'首設⌊臺灣省國民就業輔導中心⌉，以其切合需要，於五十二年七月改爲⌊臺灣省北區國民就業輔導中心⌉，另於'臺中市'、'高雄市'分設中區、南區國民就業輔導中心。五十五年七月復將北、中、南三區國民就業輔導中心改組成'臺北'區、'臺中'區、'高雄'區國民就業輔導中心，另於'基隆市'、'臺南市'增設'基隆'區、'臺南'區國民就業輔導中心，分別劃分業務地區，辦理就業輔導工作。

14【國際公路交通公約】 ㄍㄨㄛˊ ㄐㄧˋ ㄍㄨㄥ ㄌㄨˋ ㄐㄧㄠ ㄊㄨㄥ ㄍㄨㄥ ㄩㄝ
(*Convention On Road Traffic*)西元1949年'聯合國'接受'運輸及交通委員會'之建議，於'瑞士''日內瓦'召開公路汽車運輸會議時所簽訂的公約。該公約對國際上公路工程、公路安全、公路財務、公路行政管理及提高公路運輸效能等，均有所規範。我國於1957年加入該公約生效。

【國際民用航空組織】 ㄍㄨㄛˊ ㄐㄧˋ ㄇㄧㄣˊ ㄩㄥˋ ㄏㄤˊ ㄎㄨㄥ ㄗㄨˇ ㄓ
(International Civil Aviation Organization; ICAO)西元1944年12月7日'芝加哥'國際民航會議通過"國際民航公約"，1947年4月4日二十六個國家批准公約後，正式成立'國際民航組織'。1947年10月3日，該組織成爲'聯合國'專門機構，總部設於'加拿大''蒙特利爾'。其宗旨在發展航空科技、航空運輸，確保國際航空之安全及成長，鼓勵航空器之和平使用，避免不合理的航空競爭。主要機構有'大會'、'理事會'、'祕書處'。

【國際企業人事政策】 ㄍㄨㄛˊ ㄐㄧˋ ㄑㄧˋ ㄧㄝˋ ㄖㄣˊ ㄕˋ ㄓㄥˋ ㄘㄜˋ

國際性企業機構所採行之人事政策。主要有三種:一、以全球爲中心的人事政策:所有人事政策以全球的利益爲主要的考慮,在用人時,對不同國籍人士均可予以羅致任用,並加以培育發展,使其將來能擔任重要職務。二、以本國爲中心的人事政策:所有人事行政以本國的利益爲前提,在世界各地的子公司,其重要職位亦皆由母公司之本國籍人士擔任。三、以當地爲中心的人事政策:所有人事政策以當地之利益爲優先,除母公司由本國籍人士管理外,子公司則准由當地籍人員管理。

【國際航空運輸協會】 ㄍㄨㄛˊ ㄐㄧˋ ㄏㄤˊ ㄎㄨㄥ ㄩㄣˋ ㄕㄨ ㄒㄧㄝˊ ㄏㄨㄟˋ (International Air Transport Association; IATA) 西元1945年在'古巴''哈瓦那'(Havana)召開世界航空事業會議時,決議成立的國際航空運輸組織。由'國際民航組織'(ICAO)會員國的定期航空公司任意加入。總部設於'加拿大''蒙特利爾'。設立宗旨是一、爲謀求人類的福祉,發展安全、確實及經濟的航空運輸,藉以促進國際航空事業。二、對於直接或間接從事國際航空運輸之業者,提供服務及協助。三、與'國際民航組織'及其他國際航空組織通力合作。該協會最重要的機能在於商訂航空運輸的票價及運輸條件,並審議代理業問題。

【國際商會貿易條件】 ㄍㄨㄛˊ ㄐㄧˋ ㄕㄤ ㄏㄨㄟˋ ㄇㄠˋ ㄧˋ ㄊㄧㄠˊ ㄐㄧㄢˋ (Incoterms)又稱國貿條規。對外貿易契約中所使用的貿易條件,常因契約當事人不明瞭各國間貿易實務的差異,而對其解釋發生歧見,導致誤會、糾紛乃至於訴訟。爲使貿易商有所憑藉,減少誤會、糾紛,'國際商會'乃於西元1936年制訂一套翻譯貿易條件的國際統一規則——1936年國際商會貿易條件(Incoterms 1936), Incoterms一詞爲International Commercial Terms 的縮寫,其正式名稱爲 International Rules for the Interpretation of Trade Terms(關於貿易條件翻譯的國際規則)。這套規則於1953年修訂,是爲1953年國際商會貿易條件(Incoterms 1953)。嗣後爲因應貨櫃化運輸及航空運輸的發展,先後補充了若干貿易條件。現行的國際商會貿易條件於1980年公布,稱爲1980年國際商會貿易條件(Incoterms 1980),共有14種貿易條件,因其具有權威性,特稱爲定型貿易條件。國際商會貿易條件雖爲國際性的統一翻譯規則,但並非國際法或條約,不具法律性質。因此,當事人如欲適用本規則,應在買賣契約中明示「除別有規定外,本契約將受1980年國際商會貿易條件規定的約束」。

【國際復興開發銀行】 ㄍㄨㄛˊ ㄐㄧˋ ㄈㄨˋ ㄒㄧㄥ ㄎㄞ ㄈㄚ ㄧㄣˊ ㄏㄤˊ (International Bank for Reconstruction & Development; IBRD)簡稱'世界銀行'。依據西元1944年7月'布列敦森林'(Bretton Woods)會議之決議,於1945年12月27日在'美國''華府'成立,1946年6月25日開始運作,1947年成爲'聯合國'專門機構。其宗旨在協助會員國領土之復興與開發,提供貸款或擔保,以獎勵外人投資,促進國際貿易之均衡發展,維持收支之平衡,提高開發中國家人民之生活水準。

【國際標準書目著錄】 ㄍㄨㄛˊ ㄐㄧˋ ㄅㄧㄠ ㄓㄨㄣˇ ㄕㄨ ㄇㄨˋ ㄓㄨˋ ㄌㄨˋ (international standard bibliographic description)西元1971年,'國際圖書館協會聯盟'的編目委員會在'英國''利物浦'集會,決定依據1969年議決的標準,正式發行一系列的書目著錄標準。至1984年底,已有十餘種出版,且以約五年修訂一次的間隔,繼續修訂出版。"英美編目規則"第二版已採納其中大部分的原則。

【國際標準圖書號碼】 ㄍㄨㄛˊ ㄐㄧˋ ㄅㄧㄠ ㄓㄨㄣˇ ㄊㄨˊ ㄕㄨ ㄏㄠˋ ㄇㄚˇ (international standard book number; ISBN)一組十個數字,以空格或連接號分爲四個部分:國別碼(也可作爲語言或地區之用)、出版者碼、流水號、檢查號。檢查號有時會出現數字以外的符號(×)。西元1967年,'英國'的出版商率先使用;次年,'美國'繼之。1969年'國際標準局'承認其爲國際標準。目前,此碼的分配係由'國際圖書館協會聯盟'所屬'國際書目控制局'執掌。

【國際標準叢刊號碼】 ㄍㄨㄛˊ ㄐㄧˋ ㄅㄧㄠ ㄓㄨㄣˇ ㄘㄨㄥˊ ㄎㄢ ㄏㄠˋ ㄇㄚˇ (international standard serial number; ISSN)識別及控制連續性出版品之國際通用的標準號碼,由七位數字加上一個核對號組成。爲與其他號碼或地區資料控制號碼區別起見,在印刷或書寫國際標準叢刊號碼時,應冠以ISSN。ISSN係'國際標準局'通過,由'聯合國教科文組織'與'法國'政府創立一個國際叢刊資料系統(international serials data system)的國際中心(international center)負責控制號碼,並分配一組號碼給予世界各國所分別設置的國家中心或地區中心,再由各中心來實際配發號碼給予該國出版的每一種刊物。未成立國家中心者所出版的連續性出版品,可以直接向國際中心申請國際標準叢刊號碼。它可用來識別任何語文、任何地區所出版的叢刊,更適用於電腦作業。圖書館利用在叢刊目錄系統、目錄檢索、訂購、催索、流通與館際合作等的管理，也用在叢刊文獻的處理；出版商與供應商應用在商業與庫存的管理，亦可用在版權的登記、版稅的傳遞或第二類郵件的鑑別等。

【國際自由工會聯合會】 ㄍㄨㄛˊ ㄐㄧˋ ㄗˋ ㄧㄡˊ ㄍㄨㄥ ㄏㄨㄟˋ ㄌㄧㄢˊ ㄏㄜˊ ㄏㄨㄟˋ

(The International Confederation of Free Trade Unions; ICFTU) 西元1949年12月創立於'英國''倫敦'，以'英''美'兩國工會爲中心，由包括我國在內的五十三個民主國家工會組織而成。並以生活、和平與自由爲該會追求的三大目標。是自由世界最強而有力的國際勞工團體。

【國際貿易的一般均衡】 ㄍㄨㄛˊ ㄐㄧˋ ㄇㄠˋ ㄧˋ ˙ㄉㄜ ㄧ ㄅㄢ ㄐㄩㄣ ㄏㄥˊ

(general equilibrium of international trade)當兩國的提供曲線相交時，其交點所決定的貿易條件，就是均衡的國際貿易條件。表示兩國之進、出口數量達於平衡，而此交點也就是國際貿易一般均衡的達成，因爲在這交點，全世界兩種產品同時達於生產、消費與貿易的均衡。

【國際運輸路線放行證】 ㄍㄨㄛˊ ㄐㄧˋ ㄩㄣˋ ㄕㄨ ㄌㄨˋ ㄒㄧㄢˋ ㄈㄤˋ ㄒㄧㄥˊ ㄓㄥˋ

(TIR carnet) '歐''美'各國爲通暢貨櫃之運輸，乃訂定"國際貨櫃持有國際運輸路線放行證海關公約"，據以簽發貨櫃得以迅速通過各國國境、直抵內陸目的地後始實施驗關的放行證。該證件之簽發，係由參加公約國於其國內設置擔保協會或該國之公路運輸協會負責辦理，並保證對採用放行證之貨物運送清付稅款。

【國際奧林匹克委員會】 ㄍㄨㄛˊ ㄐㄧˋ ㄠˋ ㄌㄧㄣˊ ㄆㄧ ㄎㄜˋ ㄨㄟˇ ㄩㄢˊ ㄏㄨㄟˋ

(International Olympic Committee) 國際體育運動最高團體組織。西元1894年成立於'法國''巴黎'，現會址在'瑞士''洛桑'(Lausanne)。此組織對於國際體育運動事務的處理具有高度權威性，一切規定與決議，各國國家'奧會'均須遵守。設立主旨在促進世界各國青年攜手合作，公平競爭，共享自由和平與繁榮。

【國際貨幣基金準備地位】 ㄍㄨㄛˊ ㄐㄧˋ ㄏㄨㄛˋ ㄅㄧˋ ㄐㄧ ㄐㄧㄣ ㄓㄨㄣˇ ㄅㄟˋ ㄉㄧˋ ㄨㄟˋ

(IMF reserve position)國際貨幣基金會員國所能由國際貨幣基金無條件地自由動用的國際準備淨額。即等於基金會員國的配額減除基金所擁有之該國通貨後的餘額。它是一國國際準備資產的一部分。

圇 ㄌㄨㄣˊ *lun*² 音倫 參囫圇。

9

圍 ㄨㄟˊ *wei*² 音維 ①包圍；環繞。古作囗。如：圍攻。②周圍。如：四圍。③量詞。計算圓周的單位名。一圍有五寸、三寸、一抱等不同說法。如：樹大十圍。

7**【圍攻】** ㄨㄟˊ ㄍㄨㄥ

包圍攻打。

11**【圍兜】** ㄨㄟˊ ㄉㄡ

幼兒穿掛在胸前的衣物。用以防止弄汙衣服。

12**【圍棋】** ㄨㄟˊ ㄑㄧˊ

一種棋戲。由雙方各持黑白子，落在棋盤上縱橫的交叉點上，以包圍方式囊括對方棋子，占據面大者取勝，故稱圍棋。相傳爲帝'堯'所創，'春秋'、'戰國'時始有文獻記載，'唐代'以後傳至'日本'。

【圍堰】 ㄨㄟˊ ㄧㄢˋ

(cofferdam)用以隔離沒入水中的地區，並排除積水，使能進行基礎工程的臨時性水工結構物。在水淺而流速小處可設土堤作爲圍堰，在流速較大地區可堆疊沙袋於土堤上，以免鬆軟材料被淘蝕。在水深小於8呎或10呎處，可打一排板樁，另加塡土側覆或斜支撐。圍堰築成後，需以泵汲取積水；板樁無法完全防水，若要保持內部的乾燥，需賴泵抽取滲漏的水。

13**【圍剿】** ㄨㄟˊ ㄐㄧㄠˇ

包圍殲滅。

15**【圍標】** ㄨㄟˊ ㄅㄧㄠ

爲提高承包價格，參加投標的廠商在投標前，協商將標價提高若干成的額外款，交由非得標人平分；或先作小投標，由參加廠商各提出願交其他廠商平分的金額，以金額最高者爲得標權利人，而各廠商的標價須聽從其指示的違法行爲，稱爲圍標。俗稱湯糰。

20**【圍爐】** ㄨㄟˊ ㄌㄨˊ

①環坐在火爐的四周。②'閩'南語稱年夜家人團聚吃飯。

11**【圍堵政策】** ㄨㄟˊ ㄉㄨˇ ㄓㄥˋ ㄘㄜˋ

(containment policy)西元1940年代，'蘇俄'假對抗資本主義之名，在世界各地行擴張之實。'美'人'喬治·肯南'(George F. Kennan)主張爲對抗'蘇俄'之擴張，'美國'應在世界各地透過與友邦之盟約關係，對'蘇俄'進行圍堵。

12**【圍棋段位】** ㄨㄟˊ ㄑㄧˊ ㄉㄨㄢˋ ㄨㄟˋ

依據'日本'的圍棋制度，段位代表棋士的資格與棋力，最高爲九段，相沿至今已有百年歷史；"產經新聞"每年還舉辦一項「十段」賽。初學者，在'日本'是二十四級，我國爲十八級。越過一級跳升初段，以後須在升段賽中過關斬將，才能循序向上。'中''日'業餘棋士的最高段位同爲六段。我國職業棋士的資格則是沿襲古制，最高爲一品，最低九品，品秩與段位的地位恰恰相反。

18【圍魏救趙】 ㄨㄟˊ ㄨㄟˋ ㄐㄧㄡˋ ㄓㄠˋ

'戰國'時,'魏'攻'趙','趙'求救於'齊','齊'將'田忌'、'孫臏'趁'魏'重兵在外,直往攻'魏','魏'軍聞訊回防,在'桂陵'被'齊'兵截擊,大敗,'趙'遂得救。後稱類似的戰術爲圍'魏'救'趙'。

圌 ㊀ ㄔㄨㄢˊ ch'uan² 音遄

1盛穀子的圓形竹器。同篅。見"說文"。2草製的圓形坐墊。如:蘆圌。

㊁ ㄔㄨㄟˊ ch'ui² 音垂

山名。在'江蘇省''鎮江縣'東北。

10

圕 圖書館三字的簡寫。

園 ㄩㄢˊ yüan² 音員

1種花果、蔬菜的地方。如:花園。2大眾遊樂的地方。如:公園。3墓地。如:園陵。4聚集某些人或某些事物於一處的場所。如:學園。

2【園丁】 ㄩㄢˊ ㄉㄧㄥ

種植花木、看管園圃的人。

19【園藝】 ㄩㄢˊ ㄧˋ

農業的一部分。傳統的園藝係指栽植蔬果、花木的技藝。現代的園藝則包括果樹、蔬菜、花卉、觀賞樹木栽培及造園等五部門。前兩者以生產食品爲目的,又稱實用園藝;後三者以觀賞和美化爲目的,稱爲娛樂園藝。

13【園遊會】 ㄩㄢˊ ㄧㄡˊ ㄏㄨㄟˋ

機關、團體或學校在節日或假期中所舉辦的團體遊藝活動。通常設有攤位,以招徠遊客,既提供娛樂,亦鼓勵消費,收入大都用以樂捐,是一種有多重意義的活動。

圔 ㄧㄚˋ ya⁴ 音訝

参窳圔。

圓 ㄩㄢˊ yüan² 音員

1(circle)指與一定點成等距離的封閉曲線。在坐標平面上,令圓心爲(h,k),半徑爲r,則其方程式爲$(x-h)^2+(y-k)^2=r^2$,即動點(x,y)和圓心(h,k)的距離處處相等的軌跡。2貨幣的單位。如:拾圓。3完美;周全。如:圓滿。4婉轉;美妙。如:字正腔圓。5靈巧,周到。如:圓通。6推究。如:圓夢。7補足不周全的地方。如:圓謊。

8【圓周】 ㄩㄢˊ ㄓㄡ

指一圓的周邊。一圓周長度等於該圓半徑乘上二倍的圓周率π,即$S=2\pi r$,S爲圓周長,r爲半徑。

【圓房】 ㄩㄢˊ ㄈㄤˊ

古時稱新婚夫婦同宿一房。通常是新婦先有童養關係,或已結婚而因故延期合巹的情形,才稱圓房。

9【圓活】 ㄩㄢˊ ㄏㄨㄛˊ

圓轉靈活。

【圓柱】 ㄩㄢˊ ㄓㄨˋ

(circular cylinder)在一柱體的任意點垂直其曲面的平面,截此柱體的截口均爲一圓且均等時,此柱體即爲圓柱體。

圓柱圖

11【圓寂】 ㄩㄢˊ ㄐㄧˊ

在佛道上有所證悟而逝世。圓是圓滿諸德,寂是滅諸過惡。

【圓規】 ㄩㄢˊ ㄍㄨㄟ

(compass)製圖儀器之一。一端爲固定針,另端爲活動者,可放鉛筆或鴨嘴筆、針筆作爲畫圓或圓弧及上墨之用,並可用延伸桿畫大直徑的圓,亦可加針作分規之用。因其功能不同,有點圓規、彈簧圓規、普通圓規、速調圓規及梁規等多種。

【圓通】 ㄩㄢˊ ㄊㄨㄥ

1圓融通達,不固執拘泥。2佛家語。性體周遍爲圓,妙用無礙爲通。

12【圓筆】 ㄩㄢˊ ㄅㄧˇ

運筆之法,常與方筆並提。圓筆常是提筆寫成,其字飽含中實,而且渾勁圓潤,書風蕭散超逸,有時若游絲裊空。在歷代碑帖名蹟中,以'東晉''王羲之'的"蘭亭序"用圓筆最稱精妙。

13【圓滑】 ㄩㄢˊ ㄏㄨㄚˊ

爲人處事面面俱到,不得罪人。

【圓照】 ㄩㄢˊ ㄓㄠˋ

佛家語。指悟道後的靈覺,對萬法能圓融徹照,無所不遍。

14【圓滿】 ㄩㄢˊ ㄇㄢˇ

完美無所欠缺。

【圓夢】 ㄩㄢˊ ㄇㄥˋ

解說夢兆的吉凶。

15【圓潤】 ㄩㄢˊ ㄖㄨㄣˋ

1圓滿而豐潤。2形容聲音婉轉清暢。

16【圓融】 ㄩㄢˊ ㄖㄨㄥˊ

圓滿融通。

【圓錐】 ㄩㄢˊ ㄓㄨㄟ

(circular cone)圓周上的動點與圓所在平面外一定點的連線所成的曲面稱圓錐面,定點稱爲頂點。一個平面與圓錐面所圍成的立體稱爲圓錐。體積爲底面積乘以高的三分之一。頂點與底面圓心的連線稱軸。

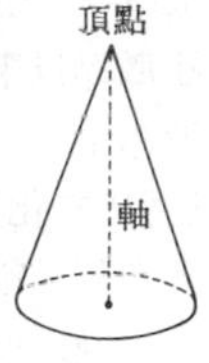

圓錐圖

【圓雕】 ㄩㄢˊ ㄉㄧㄠ

又稱立體雕。將物象各面呈現出的一種雕塑技法。觀者可自上下四方觀賞。與浮雕的僅作單面深淺層次表現法有別。

17【圓謊】 ㄩㄢˊ ㄏㄨㄤˇ

掩飾謊言中的矛盾或漏洞。

【圓鍬】 ㄩㄢˊ ㄑㄧㄠ

一種挖土或鏟土的工具。上部有木柄,末端是鐵鏟,微曲,近於半橢圓形。

19【圓蟾】 ㄩㄢˊ ㄔㄢˊ

月的別名。傳說月中有蟾蜍,故名。

22【圓癬】ㄩㄢˊ ㄒㄧㄢˇ
感染黴菌而引起的一種皮膚病。即錢癬。

6【圓曲線】ㄩㄢˊ ㄑㄩ ㄒㄧㄢˋ
(circular curve)鐵、公路在轉彎處不能以折線轉過，兩折線間常需用一曲線連接，圓曲線即其中之一類。圓曲線可分爲：一、單曲線：由同一半徑圓弧連接兩折線者。二、複曲線：由二個或二個以上不同半徑單曲線同向相連而成之曲線。三、反曲線：由二個或二個以上不同半徑單曲線反向相連而成之曲線。

8【圓函數】ㄩㄢˊ ㄏㄢˊ ㄕㄨˋ
即三角函數。參三角函數。

【圓周率】ㄩㄢˊ ㄓㄡ ㄌㄩˋ
圓周長與直徑的比值。通常爲一個定數，以'希臘'字母π表示，π＝3.14159265358……。通常取它的約值π＝3.1416。'劉宋'末年的'祖沖之'已經能把圓周率推算到小數點以下七位數。見"隋書·律曆志上"。

3【圓山文化】ㄩㄢˊ ㄕㄢ ㄨㄣˊ ㄏㄨㄚˋ
分布於'臺灣'北部的新石器時代文化。最早發現於'臺北市''圓山'，故稱'圓山'文化。距今約 2,000～4,500 年前。陶器多爲棕色素面陶，有罐、缽、盆、瓶等；石器有斧、錛、鋤、銹、鑿等；骨器有魚叉、槍頭等。其民生前有拔牙及獵頭習俗，營農業及漁獵生活。

9【圓神無方】ㄩㄢˊ ㄕㄣˊ ㄨˊ ㄈㄤ
圓融神妙，不拘一格，可運用無窮。

16【圓錐曲線】ㄩㄢˊ ㄓㄨㄟ ㄑㄩ ㄒㄧㄢˋ
(conic; conic section)又稱二次曲線。是圓錐體和任一平面相交而成的曲線。有橢圓、雙曲線、拋物線之分，也可退化成相交兩線等等。圓錐曲線的坐標化有兩種主要方式，一爲焦點準線觀點，適用極坐標；一爲雙焦點觀點。但拋物線無雙焦點。

25【圓顱方趾】ㄩㄢˊ ㄌㄨˊ ㄈㄤ ㄓˇ
指人。

28【圓鑿方枘】ㄩㄢˊ ㄗㄠˋ ㄈㄤ ㄖㄨㄟˋ
製作木器，圓形的榫孔與方形的榫頭不能相結合。比喻事物齟齬不合、扞格難入。也作圜鑿方枘。

 圖的俗體。

11

圝 ㄨㄢ wan¹ 音彎
參圝潫。

15【圝潫】ㄨㄢ ㄌㄧㄣˊ
水流迴旋的樣子。

團 ㄊㄨㄢˊ t'uan² 音摶
[1]圓形的。如：團月。[2]圓形物。如：蒲團。[3]聚集。如：團拜。[4]有目標有組織的群體。如：社團。[5]陸軍舊式編制的戰術單位之一。相當於目前之旅級。我國軍現僅陸戰隊及空軍防砲部隊有此編制。團長官階爲上校。

9【團拜】ㄊㄨㄢˊ ㄅㄞˋ
在喜慶節日，相聚一堂，互申祝賀。

10【團扇】ㄊㄨㄢˊ ㄕㄢˋ
圓形的扇子。古時多用於宮廷，又叫宮扇。

12【團結】ㄊㄨㄢˊ ㄐㄧㄝˊ
團聚結合在一起。

13【團圓】ㄊㄨㄢˊ ㄩㄢˊ
親人團聚。

14【團聚】ㄊㄨㄢˊ ㄐㄩˋ
[1]眾人聚合在一起。[2]同團圓。

【團團】ㄊㄨㄢˊ ㄊㄨㄢˊ
[1]圓的樣子。[2]凝聚的樣子。[3]旋轉不停。

15【團練】ㄊㄨㄢˊ ㄌㄧㄢˋ
[1]編組而加以訓練。[2]指正規軍外，由各地方編訓的自衛武力。

22【團圞】ㄊㄨㄢˊ ㄌㄨㄢˊ
團圓；團聚。也作團欒、團圝。

23【團體】ㄊㄨㄢˊ ㄊㄧˇ
兩個或兩個以上的個人爲共同的目的集合而成的組織。

14【團團轉】ㄊㄨㄢˊ ㄊㄨㄢˊ ㄓㄨㄢˋ
不停地轉圈子。形容著急或忙碌的樣子。

12【團隊教學】ㄊㄨㄢˊ ㄉㄨㄟˋ ㄐㄧㄠ ㄒㄩㄝˊ
(team teaching)至少由兩位教師負責教導學生的一種教學方式。可由多位教師同時在教室擔任教學及答覆學生問題，或在不同時間輪流傳授所專精的課程。

【團隊精神】ㄊㄨㄢˊ ㄉㄨㄟˋ ㄐㄧㄥ ㄕㄣˊ
指團體中的成員能爲共同目標而團結合作的精神。

23【團體協約】ㄊㄨㄢˊ ㄊㄧˇ ㄒㄧㄝˊ ㄩㄝ
勞工團體與雇主雙方，爲保障彼此權益、促進勞資合作，而以書面訂立並報經主管機關認可的協約。協約的內容，一般包括受雇解雇、請假休假、工資工時、童工女工保護、勞工安全衛生、福利設施、違反協約之賠償等規定。

【團體活動】ㄊㄨㄢˊ ㄊㄧˇ ㄏㄨㄛˊ ㄉㄨㄥˋ
[1]也稱聯課活動。國民中、小學課程的一種。國小分體育、康樂、語文、美勞、科學、自治、社會等七類；國中分自治、分組、社會、綜合等四類。以班級爲單位或志願分組的方式實施。[2]泛指以團體方式辦理的各種活動。如參觀、旅行、展覽會、運動會等。

【團體保險】ㄊㄨㄢˊ ㄊㄧˇ ㄅㄠˇ ㄒㄧㄢˇ
(group insurance)爲特定團體或企業多數人參加的人壽保險或健康保險。加入此種保險，不必經過體格檢查。通常由團體或企業負責人與保險人訂立保險契約，由保險人簽發一張總保單，每一被保險人僅有一保險證。每一團體參加的人數，必須占團體全體人數75%以上，以防止發生逆選擇。大部分團體保險皆採用每年更新定期保險方式，保險金額個人不能任意選擇，須依預定計畫辦理。保險費或由個人負擔，或與雇主分擔。

【團體治療法】 ㄊㄨㄢˊ ㄊㄧˇ ㄓˋ ㄌㄧㄠˊ ㄈㄚˇ
(group therapy) 心理治療法之一。由一群具有心理問題或行爲異常症狀者同時參與心理復健，經由成員間之交互影響、理解、支持和鼓勵，而加速症狀之改善。

【團體協約法】 ㄊㄨㄢˊ ㄊㄧˇ ㄒㄧㄝˊ ㄩㄝ ㄈㄚˇ
調整勞資關係的一項重要立法。我國於'民國'十九年十月廿八日公布，廿一年十一月一日施行。全文有總則、限制、效力、存續期間、附則等五章，計卅一條。其特徵有：一、團體協約須書面行之。二、雇主應將團體協約於工作場所易見之處揭示。三、團體協約得規定雇用工人限於一定工人團體的團員。四、勞動契約規定的勞動條件不得異於團體協約的規定。五、由團體協約所得勞動契約上的權利，不得拋棄。六、定期團體協約的期限不得超過三年。七、團體協約當事人得爲其團體提出團體協約上一切的訴訟。

圖 ㄊㄨˊ t'u² 音徒
1謀畫。如：圖謀。2作畫。如：圖繪。3所作的畫。如：插圖。4求取。如：不圖名利。

5【圖示】 ㄊㄨˊ ㄕˋ
用圖表說明、顯示。

6【圖存】 ㄊㄨˊ ㄘㄨㄣˊ
圖謀生存。

7【圖形】 ㄊㄨˊ ㄒㄧㄥˊ
1畫像；畫出人的形像。2點、線、面的集合體。

【圖利】 ㄊㄨˊ ㄌㄧˋ
謀求利益。

8【圖表】 ㄊㄨˊ ㄅㄧㄠˇ
顯明統計數字的圖示和表格。

【圖例】 ㄊㄨˊ ㄌㄧˋ
(map legend) 用以表現地圖內容的各種地圖符號及其所有文字說明，總稱圖例。地表上的地貌與地物，在地圖中往往無法以眞實形態來表現，而以某種符號代表。除了地圖符號外，還必須有圖內各種符號的文字說明，用以解釋地圖的內容。圖例常因所採用比例尺的大小而略有不同。

10【圖案】 ㄊㄨˊ ㄢˋ
器物上的線條、花紋或圖形。

【圖記】 ㄊㄨˊ ㄐㄧˋ
1地圖和文字記載。2印的一種。

11【圖章】 ㄊㄨˊ ㄓㄤ
印章。

12【圖象】 ㄊㄨˊ ㄒㄧㄤˋ
畫像。

13【圖解】 ㄊㄨˊ ㄐㄧㄝˇ
1利用圖畫來解釋。2(graphic solution) 用方程式所代表的圖形解方程式。首先須把方程式代表的曲線準確畫在方格紙或坐標紙上，然後在圖上求出所需的解。例如欲求兩直線方程式的解，可在一坐標紙上作出這兩直線，然後在紙上求出交點 x、y 兩坐標。這種方法對於由實驗求解若干科學或工程上的問題甚爲便利，但結果不能絕對準確。3(graph) 函數 f 之圖解即 $y-f(x)=0$ 之圖形。

15【圖樣】 ㄊㄨˊ ㄧㄤˋ
供建築、製衣或其他工藝營造之用所繪製的設計圖。

16【圖謀】 ㄊㄨˊ ㄇㄡˊ
計畫。

【圖學】 ㄊㄨˊ ㄒㄩㄝˊ
(graphic science) 又稱工程圖學。研究以圖畫、符號等表達物體形狀、大小及相互關係之科學，提供科學界與工程界溝通之圖形語言。其範圍有投影幾何學、工程圖及圖解學等，以研究圖形理論、圖形繪製、圖形分析應用及圖形設計計算等爲主。

20【圖騰】 ㄊㄨˊ ㄊㄥˊ
(totem) 原始民族以動物、植物或自然力量（雨、水）爲氏族祖先或守護神的崇拜形式。圖騰一詞原出於'北美''印地安'語 ototeman，意指同母親的血親，西元1791年由商人介紹到'英國'，後爲人類學家在文化人類學中廣爲應用。

22【圖籙】 ㄊㄨˊ ㄌㄨˋ
天神所賜與之圖策符命。古人相信遵其告示可趨吉避凶，故創業帝王常使用之，作爲其政權成立的神權基礎。

8【圖枝論】 ㄊㄨˊ ㄓ ㄌㄨㄣˋ
(graph theory) 研究空間上有限多點，任意兩點之間或者不連，或者以單向或雙向線段相連等有關的數學。最著名的是一筆畫問題、四色問題和網路問題等。

10【圖書館】 ㄊㄨˊ ㄕㄨ ㄍㄨㄢˇ
將圖書或其他資料經過有系統的蒐集、整理，以妥善的方式儲存，並且提供適當的設備、參考工具書、人員等，以協助使用者取得所需資訊的場所。

【圖們江】 ㄊㄨˊ ㄇㄣˊ ㄐㄧㄤ
源自'長白山'最高峰'白頭山'的東南坡。沿'中''韓'國界東北流，至'圖們'附近急轉東南流，而後出國境成爲'蘇''韓'界河，最後注入'日本海'。

7【圖形識別】 ㄊㄨˊ ㄒㄧㄥˊ ㄕˋ ㄅㄧㄝˊ
(pattern recognition) 電腦科學內的一個研究領域。研究使用電腦對物體、圖像、字符等訊息進行自動識別的方法與技術。

10【圖書館網】 ㄊㄨˊ ㄕㄨ ㄍㄨㄢˇ ㄨㄤˇ
(library network) 聯結某些圖書館，取長補短而提供較周全與便捷的服務。

【圖書館學】 ㄊㄨˊ ㄕㄨ ㄍㄨㄢˇ ㄒㄩㄝˊ

有系統的研究圖書館的經營理論及技術的學問。內容經多次變革,大體上可分爲:歷史與功能的研究、圖書資料的研究、技術方法的研究、讀者服務的研究、圖書館行政與組織的研究五大部分。

15【圖窮匕見】 ㄊㄨˊ ㄑㄩㄥˊ ㄅㄧˇ ㄒㄧㄢˋ

比喩事跡敗露。

20【圖騰制度】 ㄊㄨˊ ㄊㄥˊ ㄓˋ ㄉㄨˋ

(totemism)個人或群體與某種植物、動物或其他物體之間的儀式性、象徵性聯結。特別常見的是某一外婚氏族將某種動物當作他們的徽記或神話上的祖先。圖騰制度基本上是一種信仰和習俗的體系,其內容包括:禁止傷害與圖騰有關的動植物;禁止(外婚制)或必須(內婚制)和同一種圖騰(同一個祖先)的人通婚;利用圖騰做爲群體的象徵,加強其團結。

7【圖形顯示器】 ㄊㄨˊ ㄒㄧㄥˊ ㄒㄧㄢˇ ㄕˋ ㄑㄧˋ

(graphic display)電腦周邊設備之一種。具有顯示圖形或圖表的功能。

10【圖書分類法】 ㄊㄨˊ ㄕㄨ ㄈㄣ ㄌㄟˋ ㄈㄚˇ

根據某種原理或觀念、目的、旨趣等,將圖書做有系統的分門別類。通常一個圖書分類法包含三個互有關連的部分:一、主表及複分表;二、助記符號;三、字順或相關索引。

14【圖像解釋學】 ㄊㄨˊ ㄒㄧㄤˋ ㄐㄧㄝˇ ㄕˋ ㄒㄩㄝˊ

(iconology) 西洋美術史研究方法之一。從一件作品內的人物姿勢、身上的佩物或室內的器物安排等,來解說其宗教、風俗或神話等象徵意義。如身上佩一把鑰匙的聖人意味著'聖彼得'。

20【圖騰式組態】 ㄊㄨˊ ㄊㄥˊ ㄕˋ ㄗㄨˇ ㄊㄞˋ

(totem configuration)如圖中所示之$Q3$及$Q4$兩電晶體所形成的組態。在一般 *DTL* 或 *TTL*

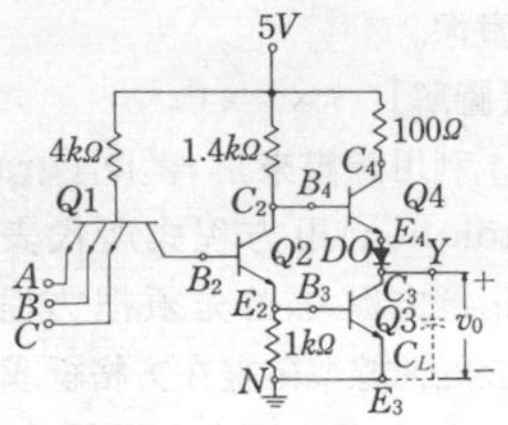

圖騰式組態圖

邏輯電路中,輸出極若用集極電阻會因集極電阻與負荷端電容而產生延遲;爲減少延遲,必須降低集極電阻,但卻使功率散逸量增高,此種組態可解決此困難。動作中使$Q3$及$Q4$中之一導通,另一不導通。

10【圖書館合作團體】 ㄊㄨˊ ㄕㄨ ㄍㄨㄢˇ ㄏㄜˊ ㄗㄨㄛˋ ㄊㄨㄢˊ ㄊㄧˇ

(library consortia)一種正式的館際合作組織。其成員的參加條件通常受到某種限制,例如須位於同一地區內,或屬於同一圖書館類型,或有相似的收藏主題等。其成立的目的爲促進成員間的資源分享、提高館藏的利用率及改善現有的讀者服務。

13

圛 ㄧˋ *i*^{4} 音意

雲氣迴行。見"說文"。

圜 ㊀ ㄩㄢˊ *yüan*^{2} 音員

①天體。見"說文"。②圓形;圓形的。通圓。如:轉圜。

㊁ ㄏㄨㄢˊ *huan*^{2} 音環

環繞。通環。見"字彙"。

19

圝 ㄌㄨㄢˊ *luan*^{2} 音鸞

參團圝。

23

圝的俗體。

土 部

土 ㄊㄨˇ t'u³ 音吐

①地面上的泥沙混合物。如:土壤。②地。如:土地。③家鄉;故居。如:小人懷土。④地神。如:后土。⑤八音之一。即用土燒製的樂器。如塤、缶。⑥本地的。如:土產。⑦粗俗的;不合時尚的。如:土包子。

2【土人】 ㄊㄨˇ ㄖㄣˊ
①泥土製成的玩偶。②土著;世居當地的人。

4【土方】 ㄊㄨˇ ㄈㄤ
①地勢;土地的方位。②古官名。掌理四方邦國的土地。③流傳於民間的治病藥方。

【土木】 ㄊㄨˇ ㄇㄨˋ
指建築工程。

【土牛】 ㄊㄨˇ ㄋㄧㄡˊ
泥塑的牛。也稱春牛。古代立春日造土牛,舉行一定的儀式,以鼓勵春耕。

5【土司】 ㄊㄨˇ ㄙ
①西南邊區苗蠻之境的世襲土官。'元'時設置,'明''清'襲之。至'清''雍正'四年(1726),'鄂爾泰'建議「改土歸流」,始以流官代之,但較邊遠之區的土司,仍然保留。②(toast)原意爲烤黃、烤焦的麵包片。現今泛指還沒烤的麵包片,或長條形可切片烤來吃的麵包。

6【土地】 ㄊㄨˇ ㄉㄧˋ
生產要素之一。不僅指狹義的地面,亦包括地底、海洋、天空及一切自然資源在內。如礦藏、水力、雨量、溫度及溼度等。

7【土豆】 ㄊㄨˇ ㄉㄡˋ
①'北平'人稱馬鈴薯。②'閩'南人稱花生。③今俗語譏笑土裡土氣的人。

8【土宜】 ㄊㄨˇ ㄧˊ
①不同性質的土壤,適宜不同種類生物的生長。②土產。

【土法】 ㄊㄨˇ ㄈㄚˇ
①某一地區特殊的方法。②舊的方法。

【土芥】 ㄊㄨˇ ㄐㄧㄝˋ
泥土與草芥。比喻微賤不足愛惜的東西。

【土坯】 ㄊㄨˇ ㄆㄧ
成型而尚未入窯的陶、瓷、磚、瓦。

【土物】 ㄊㄨˇ ㄨˋ
①農作物。②本地所出產的東西。

9【土流】 ㄊㄨˇ ㄌㄧㄡˊ
(earth flow)地表塊體崩壞的一種方式。在溼潤氣候區,山坡上飽含水分的土壤、岩屑或較軟弱岩石,受重力作用,短時間內在廣泛地區沿坡成片狀下滑的現象。土流所含水分較少,流動緩慢,不易爲人日察覺且無固定流道,和泥流不同。

【土音】 ㄊㄨˇ ㄧㄣ
①方音;本地語音。②古代以五行配五音,土音屬宮音。

【土星】 ㄊㄨˇ ㄒㄧㄥ
(Saturn)太陽系九大行星之一。介於木星與天王星之間。我國古代稱之爲塡星或鎭星。周圍有由冰晶及其他小固體物質所組成的環帶,因反射太陽光而發亮,使它成爲最壯觀而美麗的天體。赤道半徑約爲60,330公里,體積爲地球的745倍。土星自轉速度很快,自轉週期隨緯度而異,在赤道上爲10時14分,在緯度60°處則爲10時40分;公轉週期約29.5年。現已發現的衛星有20顆。

【土風】 ㄊㄨˇ ㄈㄥ
①地方歌謠。②地方風俗。

【土俗】 ㄊㄨˇ ㄙㄨˊ
①地方風俗。②鄙俗。

10【土氣】 ㄊㄨˇ ㄑㄧˋ
①泥土蒸散的氣味。②即地力。③形容人鄉土氣息濃厚。

11【土淨】 ㄊㄨˇ ㄐㄧㄥˋ
回教徒在禮拜時間已到,正巧壞了小淨,又找不到水時,可以土淨代之。其法爲以潔淨的沙土或石頭、樹皮等天然物,如以水洗面般地抹於臉上和兩手。

【土產】 ㄊㄨˇ ㄔㄢˇ
①土地所生長的作物。②當地出產的物品。

【土偶】 ㄊㄨˇ ㄡˇ
土製的人、物。

12【土著】 ㄊㄨˇ ㄓㄨˋ
①世代定居一地,不隨便遷移。②當地人;世代居住於該地區的人。

13【土話】 ㄊㄨˇ ㄏㄨㄚˋ
①方言;當地的語言。②俚俗不文雅的話。

【土葬】 ㄊㄨˇ ㄗㄤˋ
將屍體埋葬在土中。

【土遁】 ㄊㄨˇ ㄉㄨㄣˋ
傳說中入土以隱身遁形的法術。

14【土語】 ㄊㄨˇ ㄩˇ
當地的語言。

【土戧】 ㄙㄨˇ ㄑㄧㄤˋ
(berm)在土堤或土壩的趾部加築的半堤。可增高土堤或土壩的安定性。

17【土螻】 ㄊㄨˇ ㄌㄡˊ
古神話中怪獸名。似羊而有四角。或作土螻。

18【土斷】 ㄊㄨˇ ㄉㄨㄢˋ
'東晉'整頓戶籍的方法。'晉'室南渡後,北人僑居'江'左者皆未編入當地戶籍,'成帝''咸康'七年(341),下令客戶編入居地戶籍,仍免課役;'哀帝''興寧'二年(364),下令客戶與原住民同受課役。此項政令自'東晉'歷'宋'、'齊'、'梁'、'陳'時行時輟,亦常因時因地而不同。

20【土壤】 ㄊㄨˇ ㄖㄤˇ
(soil)地表岩石風化所成的疏鬆細緻表層。土壤生成的過程非常複雜,是岩石(母質)在氣候、生物、地形的共同影響下,經由長時間發育而成的。組成土壤的物質有固體、液體、氣體三態。固體物質包括礦物質和有機質;液體物質則以水分爲主;氣體物質主要是空氣。

23【土體】 ㄊㄨˇ ㄊㄧˇ
(soil mass)當地土壤材料與地層結構的合稱。

4【土木堡】 ㄊㄨˇ ㄇㄨˋ ㄅㄠˇ
在'察哈爾省''懷來縣'西。有'平綏鐵路'經過。'明英宗''正統'十四年(1449)親征'瓦剌',在此被俘,史稱'土木堡'之變。

5【土石壩】 ㄊㄨˇ ㄕˊ ㄅㄚˋ
(earth dam)主體由土壤及岩石堆疊而成的壩。有三種形式:一、簡堤:基本上整體係爲均質材料構成,僅上游面安置不透水材料,如一般之河堤等。二、帶狀堤:於壩之核心帶填充特定土壤材料構成不透水壩心者。三、隔板壩:具有一薄混凝土板、鋼板或木板等之於壩斷面中心處充作水柵者。

【土包子】 ㄊㄨˇ ㄅㄠ ·ㄗ
1指生長在鄉下,沒有見過世面的人。2指見識鄙陋、缺乏常識的人。

6【土耳其】 ㄊㄨˇ ㄦˇ ㄑㄧˊ
(Turkey)位居'安那托力亞高原'(Anatolian Plateau)的國家。北濱'黑海',南濱'地中海',西臨'愛琴海'。地跨'歐'、'亞'兩洲,中隔'馬摩拉海'(Sea of Marmara),扼'黑海'至'地中海'之通道,有⌊歐亞橋梁⌉之稱。面積78.1萬方公里,人口6,966.0萬(2005年),首都'安卡拉'。北有'本廷山'(Pontic Mts.),南有'托魯斯山'(Taurus Mts.),中為高約八、九百公尺的盆狀高原。以畜牧為主,'安哥拉'羊遠近馳名。

【土地神】 ㄊㄨˇ ㄉㄧˋ ㄕㄣˊ
'中國'古代神話傳說中的村社守護神。古稱'社神'。或通稱爲'土地'。六朝以後,有將當地名人死後祀爲'土地神'的,塑爲白髮黑衣老翁。也有伴以老嫗,俗呼爲'土地公公'、'土地婆婆',以祈清淨、豐收,道教奉爲地祇。

【土地廟】 ㄊㄨˇ ㄉㄧˋ ㄇㄧㄠˋ
供奉土地神的廟宇。

9【土風舞】 ㄊㄨˇ ㄈㄥ ㄨˇ
具有各地民情風俗色彩,節拍步法簡單,而一般人都能跳的大眾化舞蹈。

19【土饅頭】 ㄊㄨˇ ㄇㄢˊ ·ㄊㄡ
墳墓的俗稱。

4【土方工程】 ㄊㄨˇ ㄈㄤ ㄍㄨㄥ ㄔㄥˊ
(earthwork)指開挖、築堤、整修坡度、清理或剷除粗糙面、斜坡等改變地表形狀以作營建之用的作業。常見的土方工程包括鐵道和公路的路基整平,以及築堤和明渠排水系統等水利工程的營建。路基的整平常須藉水準測量施測道路斷面,並進行填、挖土之工作,由於填、挖土被稱爲土方,故此項工程稱爲土方工程。

5【土生土長】 ㄊㄨˇ ㄕㄥ ㄊㄨˇ ㄓㄤˇ
在當地出生長大。

6【土地改革】 ㄊㄨˇ ㄉㄧˋ ㄍㄞˇ ㄍㄜˊ
藉土地分配和利用制度的改良,以求⌊地盡其利⌉理想實現的土地政策。'臺灣'第一階段的土地改革起於'民國'三十八年,包括三步驟:三七五減租、公地放領與耕者有其田,解決土地所有權問題的成就非凡。第二階段的土地改革範圍包括農地與市地,爲七十年代國家建設的標竿。其目標在實現地盡其利、地利共享的理想。

【土地重劃】 ㄊㄨˇ ㄉㄧˋ ㄔㄨㄥˊ ㄏㄨㄚˋ
土地政策措施之一。即在特定區域內,將原有土地重新分配,以提高土地的利用價值。如農家平均耕地過於破碎,有礙於機械化進行時,即應實施土地重劃政策。

【土地處理】 ㄊㄨˇ ㄉㄧˋ ㄔㄨˇ ㄌㄧˇ
(land treatment)廢棄物生物處理法的一種。即將廢棄物與表面泥土混合,使泥土中之微生物分解廢棄物。

【土地測量】 ㄊㄨˇ ㄉㄧˋ ㄘㄜˋ ㄌㄧㄤˊ
(land surveys)廣義指應用測量技術,作地面地形及地質結構的一切測量調查作業,包括地質調查及地籍測量兩者;狹義則專指地籍測量而言。地籍測量工作內容爲一、定土地界線;二、施行土地分割作業;三、測界石位置,作爲地界指標;四、製圖或計算各界址點坐標;五、編製地籍圖冊。

11【土崩瓦解】 ㄊㄨˇ ㄅㄥ ㄨㄚˇ ㄐㄧㄝˇ
泥土崩塌,瓦片破裂。比喻潰敗不可收拾。

12【土階茅茨】 ㄊㄨˇ ㄐㄧㄝ ㄇㄠˊ ㄘˊ
用泥土築成臺階,以茅草覆蓋屋頂。指居室簡陋。

14【土豪劣紳】 ㄊㄨˇ ㄏㄠˊ ㄌㄧㄝˋ ㄕㄣ
鄉里中的豪強與品行卑劣的士紳。

16【土頭土腦】 ㄊㄨˇ ㄊㄡˊ ㄊㄨˇ ㄋㄠˇ
形容衣著言行鄙陋遲鈍、不合時尚。

18【土雞瓦狗】 ㄊㄨˇ ㄐㄧ ㄨㄚˇ ㄍㄡˇ
比喻僅有外形而無實際用處的東西。

20【土壤力學】 ㄊㄨˇ ㄖㄤˇ ㄌㄧˋ ㄒㄩㄝˊ
(soil mechanics)研究由工程建設所引致之土壤作用的所有現象之科學。'奧地利'人'德查基'(Terzaghi)爲土壤力學研究之始祖。研究內容包括:土壤分類、土壤強度、重力引致之應力與土壓、地表作用力引致之內應力、壓密理論、土體力學性質、邊坡穩定、基礎承力、基礎沈陷、路工應用、土壤改良、工址之調查、觀測及試驗。

【土壤分類】 ㄊㄨˇ ㄖㄤˇ ㄈㄣ ㄌㄟˋ
以土壤特性,就其形態與組成爲指標,所建立的土壤系統。將全球土壤分成十大土綱,包括氧化土、淋育土、澱積土、灰化土、軟黑土、乾漠土、黏烈土、黑纖土、弱育土和未育土等。而每個土綱又以其他標準劃分成若干亞綱，再依次細分爲大類、亞類、族和系等。

【土壤改良】 ㄊㄨˇ ㄖㄤˇ ㄍㄞˇ ㄌㄧㄤˊ

植物要生長良好，需有適當的養分、空氣、水分及溫度，以人爲方法將原不適於作物生長的土壤變爲適於作物生長，即稱爲土壤改良。有化學的改良與物理的改良兩種。前者如施肥，後者如客土。

【土壤剖面】 ㄊㄨˇ ㄖㄤˇ ㄆㄡˇ ㄇㄧㄢˋ

(soil profile) 發育成熟的土壤，由表層向下至母岩，因質地、構造、色澤、厚度等的差異，形成明顯的層次，上下排列，稱爲土壤剖面。一般可分爲ABCD四層：A層，表土層；B層，底土層；C層，已風化的岩石碎屑層；D層，岩床。也有將A層上部增分爲有機層者以O爲代表，O、A、B三層是眞正的土壤層。

【土壤結構】 ㄊㄨˇ ㄖㄤˇ ㄐㄧㄝˊ ㄍㄡˋ

(soil structure) 土體中土粒集結所形成的空間排列狀態。可分爲三類：一、膠凝結構：土粒集結成群，結構疏鬆而具高度空隙；二、蜂窩狀結構：土粒排列似蜂窩狀，結構疏鬆但尚爲安定；三、散粒結構：土粒獨立，不與其他土粒集結成群。

6【土地容受力】 ㄊㄨˇ ㄉㄧˋ ㄖㄨㄥˊ ㄕㄡˋ ㄌㄧˋ

又稱土地容力。指單位土地能吸收其他生產要素之量。即爲土地對該要素之容受力。

【土地增值稅】 ㄊㄨˇ ㄉㄧˋ ㄗㄥ ㄓˊ ㄕㄨㄟˋ

(land value increment tax) 指對於土地自然增值所徵收的土地稅。一般於土地發生買賣行爲時，向原地主徵收，和地價稅只針對土地原價所徵收的土地稅不同。

【土地自然增值】 ㄊㄨˇ ㄉㄧˋ ㄗˋ ㄖㄢˊ ㄗㄥ ㄓˊ

指土地由於人口增加、交通開闢、富源開發、公共設施建設等因素，而造成土地價值的增加。

【土地使用規劃】 ㄊㄨˇ ㄉㄧˋ ㄕˇ ㄩㄥˋ ㄍㄨㄟ ㄏㄨㄚˋ

(land use planning) 考慮都市生活之各種不同空間使用機能的土地發展區位、強度及需求量而作的規劃。爲都市計畫的一部分。規劃時，需依賴對確實的人口、經濟預測及所有土地使用形態之相互關係的了解。

20【土壤有效深度】 ㄊㄨˇ ㄖㄤˇ ㄧㄡˇ ㄒㄧㄠˋ ㄕㄣ ㄉㄨˋ

指從地面算起，到植物根系容易到達的土壤深度。在這範圍裡，植物可以吸收所需要的水分和養分。有效深度的分級以公分來表示。

【土壤與結構物的互制】 ㄊㄨˇ ㄖㄤˇ ㄩˇ ㄐㄧㄝˊ ㄍㄡˋ ㄨˋ ·ㄉㄜ ㄏㄨˋ ㄓˋ

(soil-structure interaction) 結構物的載重來自基礎結構物及其所支承結構物的自重與所承受的外加載重。這些載荷由基礎與土壤的交接面傳遞給土層，土層應力的分布引致土壤的變形，而表現在結構物者則爲不均等沈陷，引起結構物應力和變形的改變，以及結構物承受載重的重新分布，於是土壤的變形又隨之不同，而上述之現象也跟著發生。這種周而復始，隨著時間延長，結構物及土壤的變形各趨於定值的現象，稱爲土壤與結構物的互制。

1

圠 ㄧㄚˋ *ya*[4] 音訝

山曲。見"玉篇"。

壬 ㄊㄧㄥˇ *t'ing*[3] 音挺

挺立。見"說文"。

2

圤 墣的或體。

3

圭 ㄍㄨㄟ *kuei*[1] 音閨

1玉製禮器。有平首圭和尖首圭兩種。平首圭由斧或鏟演化而成，尖首圭源於戈形器。'商'、'周'時代，玉圭是相當重要的禮器，爲貴族身分的表徵。'商'、'西周'以平首圭爲多，'東周'時尖首圭逐漸取代平首圭，'漢代'以後皆用尖首圭。2量詞。⑴容量單位名。六十四黍爲一圭，十圭爲一合。見"廣韻"。⑵重量單位名。十粟爲一圭，十圭爲一銖。見"後漢書·律曆志上·量有輕重平以權衡·注"。

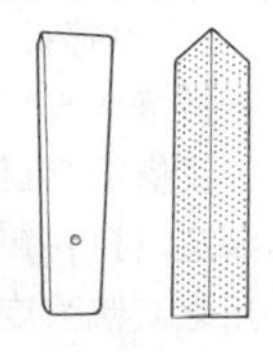

圭圖

10【圭臬】 ㄍㄨㄟ ㄋㄧㄝˋ

土圭與表臬。古時用來觀測日影，以定時間的儀器。引申爲標準、規範。

7【圭角鋒芒】 ㄍㄨㄟ ㄐㄧㄠˇ ㄈㄥ ㄇㄤˊ

玉圭有稜角，如刀劍的鋒芒。比喻人的言行方正峭厲，不能隨俗。

圩 ㄩˊ *yü*[2] 音于 又讀 ㄨㄟˊ *wei*[2] 音圍

1堤岸。如：堤圩。2中央凹陷而四周隆起。如：圩頂。

5【圩田】 ㄩˊ ㄊㄧㄢˊ

(polder) 指地勢低平，易於淹水，經築堤、堰等人工設施所圍成的新生地。'荷蘭'有1/4以上的土地低於海平面，自古即不斷與海爭地，一面築堤防護海水入侵，一面進行排水塡海工程，取得可供耕作的圩田。'臺灣'西部沿海所開發的海埔新生地亦屬之。'長江'下游三角洲上，也有圩田。

圬 ㄨ wu^1 音烏
①塗飾牆壁的工具。即泥鏝。北方俗稱抹子。同杇。見“集韻”。②用泥鏝塗飾牆壁。如:圬牆。

3【圬工構造】 ㄨ ㄍㄨㄥ ㄍㄡˋ ㄗㄠˋ
(masonry construction)一般施工上將磚造與石造合稱爲圬工構造。即由磚石、混凝土磚塊逐個堆砌構築而成。又稱磚石結構、塊材砌築構造、組積式構造或疊砌式構造。材料每一單位的強度和所用之灰漿強度與膠著力,均影響結構物之強度。圬工構造的耐震力較弱,結構物所有荷重多由牆身負擔,不作柱梁之傳達。

圮 ㄆㄧˇ $p'i^3$ 音痞
①滅;毀滅。②崩壞;倒塌。如:傾圮。

13【圮毀】 ㄆㄧˇ ㄏㄨㄟˇ
崩壞;毀壞。

圯 ㄧˊ i^2 音怡
橋;土橋。古代‘東楚’一帶稱橋爲圯。見“說文”。

地 ㊀ ㄉㄧˋ ti^4 音弟
①土地;地面。如:大地。②處所;地方。如:是非之地。③立場;位置。如:設身處地。④品質。如:質地。⑤底子。如:藍地白字。⑥見解或精神修養的層面。如:見地。⑦助詞。用於詞尾。如:特地。
㊁ ˙ㄉㄜ $\cdot t\hat{e}$
同㊀⑦。

2【地力】 ㄉㄧˋ ㄌㄧˋ
土地的生產能力。

3【地下】 ㄉㄧˋ ㄒㄧㄚˋ
①地面以下。②陰間。③祕密而不能公開的。

4【地方】 ㄉㄧˋ ㄈㄤ
①領域;區域。②對國家或中央而言。如:地方稅。③古代對里、甲、地保的俗稱。④我國行政區之一。‘蒙’胞和‘藏’胞的生活環境和習俗特殊,所以在他們生活地區的國家行政,不設省而設地方。包括‘蒙古地方’與‘西藏地方’。

【地支】 ㄉㄧˋ ㄓ
即子、丑、寅、卯、辰、巳、午、未、申、酉、戌、亥十二支。也叫十二辰、歲陰。和天干相配,用來紀年、月、日和時辰。

5【地主】 ㄉㄧˋ ㄓㄨˇ
①當地的主人。與客人相對。②將土地租給農戶耕作的土地所有權人。③泛稱土地所有人。④神名。指土地神。

【地目】 ㄉㄧˋ ㄇㄨˋ
(the classification of land usage)指各省(市)、縣(市)地籍冊所載之土地使用類別。依“土地法”規定,土地依其使用分爲建築用地、直接生產用地、交通水利用地及其他土地等四類,各類中再依其性質分爲目。如目前有等則田賦地目計有田、旱、林、養、牧、礦、鹽、池、建、雜、原等十一種,另加無等則地目水、道、溜、墓、祀、堤、溝、線、鐵、公十種,合共二十一種。

【地皮】 ㄉㄧˋ ㄆㄧˊ
①土地的表面。②今俗稱供建築房屋等用途的土地。

7【地牢】 ㄉㄧˋ ㄌㄠˊ
設於地面下的牢獄。

【地形】 ㄉㄧˋ ㄒㄧㄥˊ
(relief)指地表高低起伏的形態。一般依地面高度、坡度和局部地勢等特徵來分類,大致可分爲山岳、丘陵、高原、平原和盆地等。

【地志】 ㄉㄧˋ ㄓˋ
記載地理變遷的書。也作地誌。

【地步】 ㄉㄧˋ ㄅㄨˋ
①境地;事情演變的程度。②地位。

【地利】 ㄉㄧˋ ㄌㄧˋ
①地理上的有利形勢。②土地的生產能力。同地力。

【地位】 ㄉㄧˋ ㄨㄟˋ
①一地的位置。②個人在團體或社會內所賦有的職務、榮譽、權力或財富。

8【地祇】 ㄉㄧˋ ㄑㄧˊ
土地神。如山神、土地公等。

【地府】 ㄉㄧˋ ㄈㄨˇ
道教稱陰間。

【地表】 ㄉㄧˋ ㄅㄧㄠˇ
(earth's surface)指地球表面的全部空間。就自然環境言,地表包括氣圈、岩石圈、水圈和生物圈等四大部門。

【地函】 ㄉㄧˋ ㄏㄢˊ
(mantle)地球內部位於地殼與地核間的部分。體積最爲龐大,約占地球總體積的80%。可分上下兩部分,中間爲一過渡帶,上部地函厚約350公里,由橄欖岩質及玄武岩質等組成;過渡帶厚約600公里;下部地函厚約,1,900公里,由橄欖岩質岩漿構成。

9【地契】 ㄉㄧˋ ㄑㄧˋ
買賣土地所立的契約。

【地段】 ㄉㄧˋ ㄉㄨㄢˋ
①某一特定的土地區域。②(land section)地籍管理上介於區與家間的土地劃分單位。通常地籍整理以市縣爲單位,市縣分區,區內分段,段內分家,再按家編號。同區內則參酌天然界限、顯明地界、土地面積、號數及使用狀況,劃分爲若干段,段內得再分小段。

【地保】 ㄉㄧˋ ㄅㄠˇ
指古代的里正、亭長等。

10【地核】 ㄉㄧˋ ㄏㄜˊ
(core)位於地函內部,即自地表2,900公里以下至地心部分。成分以鐵、鎳合金爲主。可分爲外地核(outer core)與內地核(inner core),由震波資料推測,外地核以液態存在,內地核以固態存在。

【地峽】 ㄉㄧˋ ㄒㄧㄚˊ
(isthmus)連接兩大陸塊的一道狹窄陸橋,兩側緊臨廣闊的水域。如連接‘南美洲’和‘中美洲’的‘巴拿馬地峽’。爲縮短大洋航程,常將地峽鑿通,成爲聯洋運河,如

'巴拿馬運河'。

【地氣】 ㄉㄧˋ ㄑㄧˋ

①土地蒸散的氣味。②泛指不同地區的地質和氣候。

【地脈】 ㄉㄧˋ ㄇㄛˋ

①土地的脈絡。②地下水脈。③地下洞穴。

【地租】 ㄉㄧˋ ㄗㄨ

①地主出租土地的租金。②對土地收益所課徵的稅。

11【地望】 ㄉㄧˋ ㄨㄤˋ

地位和名望。

【地球】 ㄉㄧˋ ㄑㄧㄡˊ

(Earth)人類所居住的星球。太陽系九大行星之一,介於金星與火星之間。月球是它唯一的衛星。地球由西向東自轉,同時環繞太陽公轉。自轉週期約為23時56分4秒平太陽時;公轉週期約為365.24219平太陽日。地球的赤道半徑約6,378公里,極半徑約6,357公里,體積約1.0832×10^{12}立方公里。內部由地核、地幔和地殼構成,外部則有水圈和大氣圈。

【地理】 ㄉㄧˋ ㄌㄧˇ

①地表上平原、山川的形勢。②俗稱房屋、墳墓用地的地形脈理。也稱風水。

【地速】 ㄉㄧˋ ㄙㄨˋ

(ground speed)飛機飛越地面二點間之距離所得的速率。或由空速表所示之速率計入風速所得的速率。

【地基】 ㄉㄧˋ ㄐㄧ

建築物、道路等的底址。

【地帶】 ㄉㄧˋ ㄉㄞˋ

某個地方和它周圍的區域。

【地域】 ㄉㄧˋ ㄩˋ

①土地的疆界。②地區。

12【地窖】 ㄉㄧˋ ㄐㄧㄠˋ

儲藏物品的地下室。

【地痞】 ㄉㄧˋ ㄆㄧˇ

指地方上的惡人。

【地殼】 ㄉㄧˋ ㄎㄜˊ

(crust)地球的最外層,以'莫荷'不連續面與內部之地函接觸。大部分由硬岩石組成,以火成岩居多。平均比重為2.7,約有16~40公里厚,僅占地球體積1%弱,是人類生存的資產。地殼因其成分之差異及在地表之位置而分為大陸地殼和海洋地殼。大陸地殼其組成岩石多為矽鋁礦物,比重約為2.7,厚度自16~60公里不等;海洋地殼其組成岩石多含鐵鎂矽酸鹽礦物,比重約為3.0,厚度約為5~7公里。

【地軸】 ㄉㄧˋ ㄓㄡˊ

(axis of the earth)一條通過地心連接南、北兩極的假想軸線。地球繞地軸,自西向東自轉。自轉一周所需的時間為24小時,稱為平均太陽日(mean solar day)。

13【地道】 ㊀ ㄉㄧˋ ㄉㄠˋ

①大地的道理、法則。與天道、人道相對。②地下通道。

㊁ ㄉㄧˋ ˙ㄉㄠ

真實不假。也作道地。如:地道貨。

【地雷】 ㄉㄧˋ ㄌㄟˊ

炸彈的一種。埋置地中,一經撞碰即轟然爆發。地雷分為電雷、踹雷兩種,電雷以電引火,踹雷由踹踏而發火。埋置多數地雷處,稱地雷群或布雷區。

【地勢】 ㄉㄧˋ ㄕˋ

①土地山川的形勢。②地位和權勢。

【地勤】 ㄉㄧˋ ㄑㄧㄣˊ

地面勤務。

14【地塹】 ㄉㄧˋ ㄑㄧㄢˋ

(graben)也稱裂谷。兩條平行斷層面之間的地塊陷落而形成的狹長槽谷。'陝西''渭河谷地'、'山西''汾河谷地'及'西德'和'法國'間的'萊因河谷地'等,都是地塹形成的河谷。

【地圖】 ㄉㄧˋ ㄊㄨˊ

(map)地球表面上部分或全部的各種現象,以特定比例尺和圖例表現在平面紙上的圖像。地圖可用以表現並描述和解釋地表各種地理現象的分布。地圖的種類很多,依內容可分為普通地圖和主題地圖兩大類。

【地維】 ㄉㄧˋ ㄨㄟˊ

維繫大地的繩索。古人以為天圓地方,地之四角有大繩維繫。

【地獄】 ㄉㄧˋ ㄩˋ

①地下的牢獄。宗教上指罪惡者死後靈魂受苦的地方。②比喻悲慘苦難的環境。

15【地震】 ㄉㄧˋ ㄓㄣˋ

(earthquakes)因地質作用引起的地表岩層震動。成因有三:一、火山爆發;二、新斷層形成之始;三、沿老斷層面之岩層移動。一般發生的地震屬後二者,故地震之成因可說是岩層受大應力作用,一旦應力強度超過其破折點,便突然斷裂、移動而形成地震。

【地熱】 ㄉㄧˋ ㄖㄜˋ

(geothermal)指地球內部的熱。為能源之一。由地表向下,平均每深入100公尺,溫度上升約3°C。

【地槽】 ㄉㄧˋ ㄘㄠˊ

(geosyncline)或稱地向斜、大內斜。地殼上一種大規模的向斜,呈凹槽或逆拱形的地帶。地殼的大規模撓曲,如緩緩的繼續下去,下沉海底,便可產生地槽。在凹槽底部海相沉積物大量堆積,可形成很厚的沉積岩層。如'臺灣島'在隆起成陸以前,即為一個海底地槽。

【地標】 ㄉㄧˋ ㄅㄧㄠ

(land mark)用以標示界線位置、景觀突出特色、地方象徵等,以幫助旅客了解置身何處、文化建物價值等之固定物體。為保護地標結構物,設有地標法律,禁止擁有者未得'地標委員會'的同意更改建物外貌,並規定地標建物拆除之前,須徵詢'地標委員會'之同意。

【地盤】 ㄉㄧˋ ㄆㄢˊ

①房舍的地基。②勢力範圍。多用

於黑社會。③堪輿家所用的羅盤。

【地質】 ㄉㄧˋ ㄓˋ
地球本體中的岩石或地層及地球表面土壤、地形的性質。

18【地藏】 ㄉㄧˋ ㄗㄤˋ
①埋在地下的寶藏。②地窖。③菩薩名。受‘如來’付託，每日晨入定觀察衆生因緣，在無佛世爲大悲菩薩，教化六道衆生。其安忍之心如大地，禪定深密如祕藏，因稱‘地藏’。他曾發願：地獄不空，誓不成佛。因此，常現身地獄以救衆生的苦難。世稱‘幽冥教主’。

【地壘】 ㄉㄧˋ ㄌㄟˇ
(horst)兩條平行斷層面間的地塊隆起而形成的山塊。‘山東’的‘泰山’、‘美國’‘內華達山’、‘法國’東部濱‘萊因地塹’的‘佛日山地’等都是。

20【地籍】 ㄉㄧˋ ㄐㄧˊ
①門第。②登記土地的簿籍資料。

22【地攤】 ㄉㄧˋ ㄊㄢ
擺設貨品的攤位。

【地籟】 ㄉㄧˋ ㄌㄞˋ
風吹孔穴所發出的聲音。

3【地下水】 ㄉㄧˋ ㄒㄧㄚˋ ㄕㄨㄟˇ
(ground water) 蓄積在地下飽和帶內的水。主要受重力和水頭壓力作用而流動。地下水的蘊藏量除了該地的氣候條件外，主要與含水層的孔隙度有關，孔隙度大者含水容量亦大。

【地下莖】 ㄉㄧˋ ㄒㄧㄚˋ ㄐㄧㄥ
(subterranean stem) 植物生長在地下的變態莖。有節與節間之分，節上常有退化的鱗葉，鱗葉的葉腋內有腋芽，和根迥異。如馬鈴薯的塊莖、荸薺的球莖、洋蔥的鱗莖、蓮藕及竹子的根狀莖等都是。其功能主要是貯藏養料及行無性繁殖。

【地上權】 ㄉㄧˋ ㄕㄤˋ ㄑㄩㄢˊ
以在他人土地上有建築物或其他工作物，或竹木爲目的而使用其土地之權利。爲用益物權之一種。地上權有法定地上權與意定地上權。法定地上權是依法律規定而發生的，當土地及其土地上之建築物同屬於一人所有，而僅以土地或僅以建築物爲抵押時，於抵押物拍賣時，視爲已有地上權之設定，其地租由當事人協議定之，協議不諧時，得聲請法院定之。意定地上權須訂立書面契約，且經辦妥登記始生效力。地上權之存續期間，在“民法”或其他法律並未設有最短期間之規定，當事人得自由約定。

4【地方志】 ㄉㄧˋ ㄈㄤ ㄓˋ
即方志。參方志。

【地方戲】 ㄉㄧˋ ㄈㄤ ㄒㄧˋ
只流行於某一地方的戲劇。與流行於全國的國劇相對。特點是使用當地方言，帶有濃厚的地方色彩，如‘廣東’戲、‘臺灣’歌仔戲等。

【地中海】 ㄉㄧˋ ㄓㄨㄥ ㄏㄞˇ
①(Mediterranean Sea) 世界最大陸間海。位於‘歐’、‘亞’、‘非’三洲之間。面積 251.6 萬方公里，平均水深 1,500 公尺。西以‘直布羅陀海峽’和‘大西洋’相通，東南有人工開鑿的‘蘇伊士運河’直通‘印度洋’。屬‘地中海’型氣候區，夏季乾熱，冬季多雨。②指處於幾個大陸間的海。也稱陸間海。面積和深度較大，有海峽與毗鄰海區或大洋相通。如‘歐’、‘亞’、‘非’三大洲間的‘地中海’，‘西印度群島’與‘中美’、‘南美’大陸間的‘加勒比海’等是。

5【地主國】 ㄉㄧˋ ㄓㄨˇ ㄍㄨㄛˊ
承辦活動的國家。

【地平線】 ㄉㄧˋ ㄆㄧㄥˊ ㄒㄧㄢˋ
(horizon) ①通過地表觀測點並與天頂、天底連線垂直的平面，稱爲地平面。地平面與天球相交而成的大圓，稱爲地平圈，俗稱地平線。②飛行員從座艙內向外觀察所得之天空與地球表面交接的線。又稱天地線。飛機之各種飛行姿態，完全參考此線，如以機頭上某一點對準此線爲平直飛行，向上爲爬升，向下爲俯衝；當機翼前緣與此線成傾斜狀則爲轉彎。③作畫者觀測實物時，凡在人目中之各水平面，必斜合於中視點之一水平線上，此線也稱地平線。

7【地形雨】 ㄉㄧˋ ㄒㄧㄥˊ ㄩˇ
(orographic rain) 飽含水汽的氣流遇山地阻礙，被迫沿山坡上升，水汽冷凝成雨，稱爲地形雨。迎風坡降雨豐富，背風坡則因氣流沉降，絕熱增溫而乾燥少雨。

【地形學】 ㄉㄧˋ ㄒㄧㄥˊ ㄒㄩㄝˊ
(geomorphology) 研究地面結構及地表形態的成因與演變之科學。基本上，主要在闡明地表形態根源(涉及組成物質)間的複雜相互關係；另一方面在於探討地表改變的原因(如侵蝕、天氣、地殼變動等)。

【地役權】 ㄉㄧˋ ㄧˋ ㄑㄩㄢˊ
(easement)私有土地上保留供公衆設施設置或通行者。

11【地球儀】 ㄉㄧˋ ㄑㄧㄡˊ ㄧˊ
(globe)用來表現地球的球體模型。其上繪有經緯線和各種地表現象。地球儀是表現地球而扭曲最小的模型，爲一具體而微的地球。第一個地球儀係‘德國’人‘貝亥姆’(Martin Behaim) 於西元1492年所創製。

【地理學】 ㄉㄧˋ ㄌㄧˇ ㄒㄩㄝˊ
(geography) 研究地球表面各種事物的空間分布及其差異的科學。地理學有各種不同的定義，其中均含蘊地理學的本質，且爲當前地理學家所共同體認。一、地理學在於對地表上地理特性作精確的、條理的與合理的闡述。二、地理學在於探討地表上，人類與自然環境間廣泛互動系統的過程與結果。三、地理學在於解釋自然環境系統在地表上的空間組織，以及人類彼此間及其與自然環境間的相互關係，如何在地表上作適當的分布。四、地理學在於條理地描述其生存世界，而其重點在於認爲地理學是空間組織的研究，而以空間類型與過程爲其方法。五、地理學是一門在於發展並檢定一些理論，以解釋並預測地表各種特性的空間分布與區位的科學。儘管定義不同，唯都有其共通性，即：⑴皆以地表爲其研究焦點，認爲地表是人類的家園。⑵探討人口與全球生態關聯的空間組織。⑶強調地理學者認知地球極大的空間差異性，其區域亦同。

14【地圖學】 ㄉㄧˋ ㄊㄨˊ ㄒㄩㄝˊ
(cartography)一種製作地圖、地球儀與立體地圖模型的科學。近年來航空測量與遙感探測技術及電腦技術的快速發展，使地圖學有突破性的進展。尤其電腦製圖使得龐大的環境資料能有效地儲存、轉換、檢索、修正，並隨時依需要製成地圖，快速、正確、經濟且具時效性，爲其最大特色。

15【地震波】 ㄉㄧˋ ㄓㄣˋ ㄅㄛ
(seismic waves)因地層斷裂或其他的地殼斷裂所形成的地震，自此震源經由固體地球向四方傳播之波，稱爲地震波。可分體內波及表面波兩類。

【地震儀】 ㄉㄧˋ ㄓㄣˋ ㄧˊ
(seismograph)偵察並記錄地震波的儀器。其構造如圖。最重要部分，爲一不感震動的不動點(爲一大質量物體)，上附指針，針端接觸於與地盤共震的旋轉圓筒面。地震時，由針端將震動的情形遺留於筒上，依所記的痕跡，得測定震動的振幅及週期等。爲記錄縱方向震動及橫方向震動，結構的安排上略有不同。

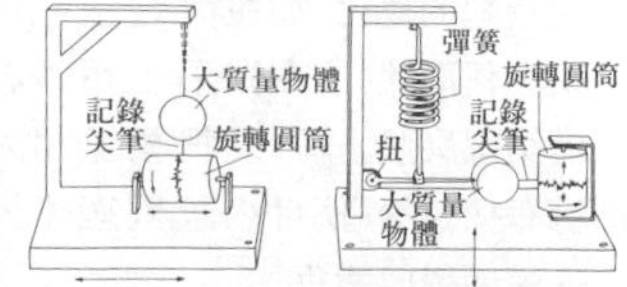

橫地震儀圖 縱地震儀圖

【地價稅】 ㄉㄧˋ ㄐㄧㄚˋ ㄕㄨㄟˋ
(land value tax)土地稅的一種。依據土地價值所徵收之稅。凡規定地價之土地，除依法課徵田賦，以及依土地賦稅減免規則規定免徵地價稅者外，均應課徵地價稅。

【地質學】 ㄉㄧˋ ㄓˊ ㄒㄩㄝˊ
(geology)爲研究地球的科學。探討地球的來源、外形及其組成物質、地球的歷史，和影響地球歷史及現今地球外形的所有地質作用。包括岩石學、礦物學、古生物學、氣象學、海洋學、地球物理學、地球化學及工程地質學等。

16【地頭蛇】 ㄉㄧˋ ㄊㄡˊ ㄕㄜˊ
形容地方上蠻橫的惡人。

18【地蹚拳】 ㄉㄧˋ ㄊㄤ ㄑㄩㄢˊ
以跌撲翻滾爲主要招式的拳術。又名地功拳、地躺拳。

20【地籍圖】 ㄉㄧˋ ㄐㄧˊ ㄊㄨˊ
(cadastral map)用以表明土地所有權及地目在空間上之分布狀態及面積形狀的地圖。圖上內容係以土地總登記簿上的每一宗土地爲單位，並在每一宗土地上註明地目與地號。可分爲地籍原圖、段圖、地籍公布圖、區(鄉鎭)一覽圖、縣(市)一覽圖五種。

3【地下水面】 ㄉㄧˋ ㄒㄧㄚˋ ㄕㄨㄟˇ ㄇㄧㄢˋ
(ground water table)地層中飽和帶與未飽和帶的界面。亦即飽和帶的頂面，其上即爲通氣層。地下水面的深度因地而異，通常會隨乾雨季而變動。鑿井取水，通常應鑿達地下水面以下，才可獲得豐富的地下水。

【地下資源】 ㄉㄧˋ ㄒㄧㄚˋ ㄗ ㄩㄢˊ
蘊藏在地下的自然物資。

【地下滲水】 ㄉㄧˋ ㄒㄧㄚˋ ㄕㄣˋ ㄕㄨㄟˇ
(ground water infiltration)水管中的水自破管、接頭、裂縫及混凝土砂孔滲入地下的現象。地下水位、溶雪、雨後土質狀況、水管的埋設深度、施工良劣、使用材料、管徑大小、管長、維護情形等均會影響地下滲水，以家庭汙水管滲水最多。由於地下滲水約占平均日汙水量40%以上，在設計汙水管容量及分流制汙水管時，皆需考慮，並應將其加於尖峰汙水量之內。

【地下錢莊】 ㄉㄧˋ ㄒㄧㄚˋ ㄑㄧㄢˊ ㄓㄨㄤ
暗中經營金融業務的非法行業。

【地下灌溉】 ㄉㄧˋ ㄒㄧㄚˋ ㄍㄨㄢˋ ㄍㄞˋ
利用暗渠系統，將水引入地面下的開孔管，再滲入土壤中供作物根系吸收利用的設施。採用此法可提高作物產量、節省人工，且不妨礙機械操作，惟投資費用較高。

【地久天長】 ㄉㄧˋ ㄐㄧㄡˇ ㄊㄧㄢ ㄔㄤˊ
形容長久。也作天長地久。

4【地方分權】 ㄉㄧˋ ㄈㄤ ㄈㄣ ㄑㄩㄢˊ
與中央集權相對。指一國的政治權力由憲法明白分劃於中央政府與地方政府，雙方各有一定權限，不容任何一方干涉；屬於中央政府的權力，地方政府固當服從，而地方政府在權限範圍內，有高度的裁量權與自主權，中央不得隨意干預；而且此種權限劃分的原則，必須經雙方同意，始可變更。

【地方色彩】 ㄉㄧˋ ㄈㄤ ㄙㄜˋ ㄘㄞˇ
(local color)在文藝作品中，著重於描寫某一地區特有的社會習尙、風土與人情，甚至有時候也適當地採用方言土語等而形成或表示出的一種藝術特色。

【地方自治】 ㄉㄧˋ ㄈㄤ ㄗˋ ㄓˋ
地方政府依照法律規定的自治權限，來治理本地方的公共事務。國父 '孫中山'先生認爲地方自治就是「將地方上的事情，讓本地方人民自己去治，政府毫不干涉」。引申而言，即依國家法律規定，由一個地方的人民,自己選擇自治人員,制定自治法規,組織自治政府,來管理本地方的自治事務。

【地方法院】 ㄉㄧˋ ㄈㄤ ㄈㄚˇ ㄩㄢˋ
設於各縣市的法院。管轄民事、刑事第一審訴訟案件及非訴訟事件。如區域狹小,得於數縣市設一地方法院;如區域遼闊,得設地方法院分院。

【地方風系】 ㄉㄧˋ ㄈㄤ ㄈㄥ ㄒㄧˋ
(terrestrial wind system)也稱地上風系。地面風系的一類。指因受地表局部性的差異,如水陸分布、地形起伏等的影響而發生的局部性風系。其範圍小,風向通常有週期性的變化。季風、海陸輕風、山谷風、焚風等均屬之。

【地心引力】 ㄉㄧˋ ㄒㄧㄣ ㄧㄣˇ ㄌㄧˋ
(gravitational force) 地球吸引物體的萬有引力。參萬有引力定律。

6【地老天荒】 ㄉㄧˋ ㄌㄠˇ ㄊㄧㄢ ㄏㄨㄤ
形容時間長久。

7【地位團體】 ㄉㄧˋ ㄨㄟˋ ㄊㄨㄢˊ ㄊㄧˇ
(status group)社會階層的一部分。指一群具有共同生活方式和社會聲譽者所組成的團體。爲'德國'社會學家'韋伯'(Max Weber)所提出。

8【地板運動】 ㄉㄧˋ ㄅㄢˇ ㄩㄣˋ ㄉㄨㄥˋ
體操項目之一。在規定地板面積範圍之內,作助跑、躍起、前後滾翻、空翻、轉體、平衡坐等一連串講求姿勢優美的組合運動。

【地板落水】 ㄉㄧˋ ㄅㄢˇ ㄌㄨㄛˋ ㄕㄨㄟˇ
(floor drain; FD) 用以排除房屋樓地板廢水的設備。主要附件有存水彎及清理孔。存水彎內貯水阻斷排水管中之氣流,可防止管內滋生的臭氣異味逆漫至室內;清理孔通常爲一便於啟閉的螺旋封蓋,可由此孔清除沈積於存水彎的穢物,或穿入通管器取棄管道內的堵塞物。

【地坼天崩】 ㄉㄧˋ ㄔㄜˋ ㄊㄧㄢ ㄅㄥ
比喻發生巨變。

9【地面效應】 ㄉㄧˋ ㄇㄧㄢˋ ㄒㄧㄠˋ ㄧㄥˋ
(ground effect)當一直升機或飛機在接近地面滯空飛行或飛行時,將空氣向地面壓擠而產生之氣墊或上推之效應。此效應可使飛行器升力增加,其有效離地高度約爲直升機旋轉翼或飛機單機翼之長度,故如欲落地,則應減少直升機翼片之旋轉速率或飛機之前進速率。

【地面逕流】 ㄉㄧˋ ㄇㄧㄢˋ ㄐㄧㄥˋ ㄌㄧㄡˊ
降雨後,地表面的水不滲透到土壤中,而由地表面流失的現象。

10【地窄人稠】 ㄉㄧˋ ㄓㄞˇ ㄖㄣˊ ㄔㄡˊ
地方窄小,人口眾多。

11【地球化學】 ㄉㄧˋ ㄑㄧㄡˊ ㄏㄨㄚˋ ㄒㄩㄝˊ
(geochemistry) 爲一門研究地球之種種化學性質的自然科學。主要在研究大氣層及土壤、岩石、礦物和水中的化學元素以及同位素的含量及分布,藉此尋找出各元素分布的原則。

【地球物理】 ㄉㄧˋ ㄑㄧㄡˊ ㄨˋ ㄌㄧˇ
(geophysics)應用物理方法探討地球內部、地球表面到大氣層的狀態、組成及演化的科學。其內容包括地震學、地磁學、古地磁學、構造物理學、地球年代學、重力學、地球內部物理學、海洋學、氣象學及大氣物理學等。

【地球科學】 ㄉㄧˋ ㄑㄧㄡˊ ㄎㄜ ㄒㄩㄝˊ
(earth science)屬於自然科學中的一門。其研究的範圍包括地球的生成、組成成分、內部構造、地表形態、地球的變遷歷史、地表上生物的演化、氣象及海洋等。

【地球原子】 ㄉㄧˋ ㄑㄧㄡˊ ㄩㄢˊ ㄗˇ
(dimensions of the spheriod) 指地球的赤道半徑、極半徑與扁平率三值。最近由人造衛星測算出地球原子值爲赤道半徑6,378,137公尺,極半徑6,356,752公尺,扁平率1/298.2。

【地理坐標】 ㄉㄧˋ ㄌㄧˇ ㄗㄨㄛˋ ㄅㄧㄠ
(geographic coordinate) 以經線與緯線相交點之經度數與緯度數定義地球表面上一點之位置者,稱爲該地點之地理坐標。

【地理景觀】 ㄉㄧˋ ㄌㄧˇ ㄐㄧㄥˇ ㄍㄨㄢ
(geographical landscape) 泛指地理現象各項要素,包括人文現象的人口、經濟、交通、聚落、政治等要素,以及自然現象的地形、氣候、水文、土壤、生物等要素,表現在地表上可以窺見的空間活動中,或幾項要素複合,甚至所有要素整合的相互關聯,所表現出來的空間差異現象。

【地區調任】 ㄉㄧˋ ㄑㄩ ㄉㄧㄠˋ ㄖㄣˋ
對經已任用之人員,在不同地區的職務上,舉行定期的或不定期的平調,以免在同一地區任職過久、人地過熟所引起的困擾。如警察人員、稅務人員、司法人員,常有實施地區調任者。

12【地殼變動】 ㄉㄧˋ ㄎㄜˊ ㄅㄧㄢˋ ㄉㄨㄥˋ
(crustal deformation)地殼所受應力作用超過其強度,則組成地殼之岩石便發生形狀或體積之變化,此種作用稱爲地殼變動。

【地景藝術】 ㄉㄧˋ ㄐㄧㄥˇ ㄧˋ ㄕㄨˋ
(land art)現代西洋美術的一種表現形式。在大地上施工,使它產生景觀的變化。如在大地上挖掘某一種形狀;或在湖泊上用沙石構築螺旋狀土堤;或把橋梁用大帆布捆包等,使自然景觀產生另一種感覺與變化。

15【地廣人稀】 ㄉㄧˋ ㄍㄨㄤˇ ㄖㄣˊ ㄒㄧ

土地廣闊,人口稀少。

【地層下陷】 ㄉㄧˋ ㄘㄥˊ ㄒㄧㄚˋ ㄒㄧㄢˋ

地層向下陷落的原因很多,主要包括一、由於岩層受拉力作用向兩邊擴張,造成中間地層下陷。二、地下水被大量抽取,造成地下水面下降,使岩石承受不了上面壓力而下陷。

【地質時代】 ㄉㄧˋ ㄓˊ ㄕˊ ㄉㄞˋ

(geologic age)地球生成至今,約有四十六億年之久,在此長遠的時間領域內,地殼中各種岩石、地層不斷地產生,依地層、岩石生成的先後,可區分爲若干個時代,稱爲地質時代。一般而言,越下部的地層,其年代越古老;越上部的地層,其年代越新。

16【地墽民險】 ㄉㄧˋ ㄑㄧㄠ ㄇㄧㄣˊ ㄒㄧㄢˇ

土地貧瘠,民俗險詐。

24【地靈人傑】 ㄉㄧˋ ㄌㄧㄥˊ ㄖㄣˊ ㄐㄧㄝˊ

地方靈秀,人才傑出。

4【地方標準時】 ㄉㄧˋ ㄈㄤ ㄅㄧㄠ ㄓㄨㄣˇ ㄕˊ

(local standard time)全世界依零度的'格林威治'經線爲基準,向東、向西各涵蓋7.5°,共計15°,構成一個時區。在每一個時區內,以其中央經線爲標準經線,所有時間都依該標準經線的時間爲準,於是區內各地方均有一致的時間,故稱爲地方標準時。

7【地形剖面圖】 ㄉㄧˋ ㄒㄧㄥˊ ㄆㄡˇ ㄇㄧㄢˋ ㄊㄨˊ

(topographic profile)即橫剖面圖。簡稱剖面圖,又稱垂直斷面圖。係地表沿一橫斷線的垂直剖面所製,高度用垂直軸,距離用水平軸,用以表示地形高低起伏的曲線圖。通常高度的比例尺都比水平距離的比例尺擴張,例如放大五或十倍,以使曲線的起伏更明顯化。此類圖可以同時顯示該區的內部構造及外部輪廓。

11【地球扁平率】 ㄉㄧˋ ㄑㄧㄡˊ ㄅㄧㄢˇ ㄆㄧㄥˊ ㄌㄩˋ

(oblateness) 赤道直徑和兩極間地軸長度的差數與赤道直徑的比。赤道直徑約爲12,756,274公尺,地軸長度約爲12,713,504公尺,兩者相差約42,770公尺。換言之,地球的扁平率約爲42,770:12,756,274(公尺)=1:298.2,也就是1/298.2。

【地球偏轉力】 ㄉㄧˋ ㄑㄧㄡˊ ㄆㄧㄢ ㄓㄨㄢˇ ㄌㄧˋ

(deflecting force)地球由西向東自轉,在北半球的氣流即受地球自轉之影響,被迫向右偏轉,造成此向右偏差的力量,稱爲地球偏轉力。首先由'法'人'科里奧利斯'(G. Coriolis)用數學原理解釋,故又稱'科'氏力 (Coriolis force)。在南半球'科'氏力反而使氣流逐漸偏左。'科'氏力的大小隨緯度而異,赤道上爲零,緯度愈高,'科'氏力愈大。

【地理大發現】 ㄉㄧˋ ㄌㄧˇ ㄉㄚˋ ㄈㄚ ㄒㄧㄢˋ

十五、十六世紀間,'歐洲'探險家從事海上探險,發現許多新大陸和新航線,這些新發現約占地球總面積的70%,統稱地理大發現。此大發現將人類帶入海權時代,世界的權力重心也由'亞洲'轉移到掌握這些新發現的'歐洲'。

15【地震總橫力】 ㄉㄧˋ ㄓㄣˋ ㄗㄨㄥˇ ㄏㄥˊ ㄌㄧˋ

(seismic base shear)結構物必須能抵禦來自任何方向的地震力,建築規範中常假定地震力橫向作用於基礎以上每層樓版及屋頂。結構物能抵禦之地震力總和的最小值稱爲地震之最小總橫力或基本橫剪力。

4【地中海式農業】 ㄉㄧˋ ㄓㄨㄥ ㄏㄞˇ ㄕˋ ㄋㄨㄥˊ ㄧㄝˋ

環'地中海'區多雨夏乾,雨量與生長季不協調,故在農業區廣闢水渠,灌溉防旱,種植各種溫帶水果、花卉和蔬菜,尤以種植葡萄爲本區最大特色。氣候類似'地中海'區的其他地區,如'美國''加利福尼亞','南非''開普敦'亦起而效之,成爲世界重要花果產區。

【地水人工補注】 ㄉㄧˋ ㄕㄨㄟˇ ㄖㄣˊ ㄍㄨㄥ ㄅㄨˇ ㄓㄨˋ

(groundwater artificial recharge)地水來源之一。即用人爲施工的方法補充地水量,俾便下游有足夠的地水量可抽用。分氾濫法、水池法、河床法、深井法、誘導井法等五種。在地層下陷顯著的地區,地水人工補注尤爲重要。

圪

ㄧˋ i^4 音逸

①牆高的樣子。見"說文"。②泛指高的樣子。見"廣韻"。

圳

㊀ ㄐㄩㄣˋ *chün*[4] 音俊 又讀 ㄗㄨㄣˋ *tsun*[4]

①河川水渠。②地名用字。今'廣東'與'九龍'交界處有'深圳'。

㊁ ㄔㄡˊ *ch'ou*[2] 音酬

田畔水溝。

在

ㄗㄞˋ *tsai*[4] 音再

①生存;存在。如:父母在,不遠遊。②居處。如:在鄉。③由;依靠。如:謀事在人,成事在天。④姓。'晉'有'在育'。見"萬姓統譜·七九"。

3【在下】 ㄗㄞˋ ㄒㄧㄚˋ

自稱的謙詞。古時座席,尊長在上座,故自稱在下。

5【在乎】 ㄗㄞˋ ㄏㄨ

①在於。②關心;在意。

6【在在】 ㄗㄞˋ ㄗㄞˋ

到處;處處。

【在行】 ㄗㄞˋ ㄏㄤˊ

精通某事。

9【在室】 ㄗㄞˋ ㄕˋ

①居處內室。②指女子尚未出嫁。

11【在野】 ㄗㄞˋ ㄧㄝˇ

野居的人。後稱未做官爲在野。與在朝相對。

12【在場】 ㄗㄞˋ ㄔㄤˇ
在發生事故時的現場。

【在朝】 ㄗㄞˋ ㄔㄠˊ
在朝廷中的人。指做官。與在野相對。

13【在意】 ㄗㄞˋ ㄧˋ
①寓託其意。②關心;在乎。

11【在野黨】 ㄗㄞˋ ㄧㄝˇ ㄉㄤˇ
多黨制國家,執政黨以外的政黨,居於監督地位,以發揮制衡效能,稱爲在野黨或少數黨。

14【在製品】 ㄗㄞˋ ㄓˋ ㄆㄧㄣˇ
(work-in-process)指業已開始製造而尚未完成的產品。爲製造業存貨的一種。

8【在官言官】 ㄗㄞˋ ㄍㄨㄢ ㄧㄢˊ ㄍㄨㄢ
就自己所處的地位,各職所司。

【在所不惜】 ㄗㄞˋ ㄙㄨㄛˇ ㄅㄨˋ ㄒㄧˊ
不吝惜。

10【在家出家】 ㄗㄞˋ ㄐㄧㄚ ㄔㄨ ㄐㄧㄚ
雖未出家,卻能超脫塵俗。

11【在陳之厄】 ㄗㄞˋ ㄔㄣˊ ㄓ ㄜˋ
'孔子'曾在'陳'(今'河南''淮陽')。絕糧。後因指無米,三餐不繼。

【在途期間】 ㄗㄞˋ ㄊㄨˊ ㄑㄧˊ ㄐㄧㄢ
指應在法定期間內爲訴訟行爲之人,其住居所或事務所不在法院所在地者,計算此項期間時,於法定期間外所附加之一定期間。其期間之長短,由'司法院'依當事人住居所或事務所距離法院所在地路途之遠近決定之。

18【在職訓練】 ㄗㄞˋ ㄓˊ ㄒㄩㄣˋ ㄌㄧㄢˋ
各組織對現有員工,基於業務及管理上需要所舉辦之訓練。在受訓期間,參加訓練的員工仍保有職務,並繼續支領薪給。

12【在場者效應】 ㄗㄞˋ ㄔㄤˇ ㄓㄜˇ ㄒㄧㄠˋ ㄧㄥˋ
(bystander effect)在需要外力協助之情況下,若多人同時在場,個人挺身相助之行爲往往有被抑制的傾向。

4

坊 ㊀ ㄈㄤ *fang*^{1} 音方
①里巷。如:街坊。②官署名稱。如:'隋'東宮有左春坊。③工作場所。如:磨坊。④建築物名。本多用於表揚名節或上壽。後也指在喜慶節日時興建的牌樓。如:忠孝坊。
㊁ ㄈㄤˊ *fang*^{2} 音防
①堤防。如:舊坊。②防範。如:坊止。

12【坊間】 ㄈㄤ ㄐㄧㄢ
街市上;里巷間。

13【坊肆】 ㄈㄤ ㄙˋ
商店。

8【坊刻本】 ㄈㄤ ㄎㄜˋ ㄅㄣˇ
又稱書棚本。指舊時民間書店所刻印的書籍。與官本、書塾本有區別。

坑 ㄎㄥ *k'êng*^{1} 音鏗
①凹陷的洞穴。同阬。如:坑道。②活埋。如:坑儒。③陷害。如:坑人。

2【坑人】 ㄎㄥ ㄖㄣˊ
①設計陷害人。②使人悔恨痛心。

11【坑殺】 ㄎㄥ ㄕㄚ
活埋。

13【坑道】 ㄎㄥ ㄉㄠˋ
即壕溝。

19【坑騙】 ㄎㄥ ㄆㄧㄢˋ
欺騙;詐騙。

坈 ㊀ ㄖㄨㄥˇ *jung*^{3} 音冗
古地名。見"集韻"。
㊁ ㄎㄥ *k'êng*^{1} 音坑
坑的或體。

坟 墳的俗體。

坒 ㄅㄧˋ *pi*^{4} 音庇
也作坺。①土地相連接。見"說文"。②泛指連接。

坉 ㄊㄨㄣˊ *t'un*^{2} 音豚
①用乾草混和泥土來堵水或築城。見"玉篇"。②田隴。見"集韻"。

块 塊的俗體。

坘 坒的或體。

坂 ㄅㄢˇ *pan*^{3} 音板
山的斜坡。也作阪。如:黃泥坂。

坏 ㊀ ㄆㄧ *p'i*^{1} 音批 又讀 ㄆㄟ *p'ei*^{1} 音胚
①單層的土丘。見"說文"。②土坯。通坯。如:陶坏。
㊁ ㄆㄟˊ *p'ei*^{2} 音陪
①用泥土填補裂縫。②牆壁。
㊂ ㄏㄨㄞˋ *huai*^{4} 音壞
壞的俗體。

址 ㄓˇ *chih*^{3} 音止
①基礎;根基。同阯。如:基址。②處所;地點。如:住址。

毛 秏的或體。

坍 ㄊㄢ *t'an*^{1} 音灘
①水沖垮堤岸。見"集韻"。②泛指倒塌;崩毀。如:坍方。

4【坍方】 ㄊㄢ ㄈㄤ
(landslide)土壤或岩石斜坡,無法保持穩定平衡狀態時,造成部分土體或岩石剝落,並引致緩慢或急速向下方移動的現象。

9【坍度】 ㄊㄢ ㄉㄨˋ
(slump)測驗混凝土之施工難易度與稀濃度之方法。將混凝土置於試驗模內,依法輕緩將模提起,混凝土坍下之距離即其坍度。

13【坍塌】 ㄊㄢ ㄊㄚ
毀壞倒塌。

14【坍臺】 ㄊㄢ ㄊㄞˊ
①比喻在眾人面前出醜、丟臉。②垮臺;不能繼續維持。

11【坍陷土流】 ㄊㄢ ㄒㄧㄢˋ ㄊㄨˇ ㄌㄧㄡˊ
(slump-earthflow)由於落距較大的轉動式滑動導致坡趾破碎,又因水分致使坡趾之岩屑軟化而形成土流的現象。是一種複合性的坍方,其最後可能發展成泥流。

均

㊀ ㄐㄩㄣ chün¹ 音鈞

1公平周到。如:均勻。2都;全部。如:大小均安。3調和。如:均調。4齊一;相等。如:勢均力敵。

㊁ ㄩㄣˋ yün⁴ 音韻

音律和諧。通韻。如:均叫。

㊂ ㄩㄣˊ yün² 音雲

通耘。參均田㊁。

4【均水】 ㄐㄩㄣ ㄕㄨㄟˇ

1源出'湖北省''隨縣'西南,東北流經'均川鎮',入'涓水'。2源出'河南省''盧氏縣'南,南流經'湖北省''均縣',入'漢水'。古作'汋水'。

【均分】 ㄐㄩㄣ ㄈㄣ

平均分配。

5【均田】 ㊀ ㄐㄩㄣ ㄊㄧㄢˊ

'北魏''孝文帝''太和'九年(485)'李安世'所創的計口授田法。男子十五以上,受露田(公田)四十畝,婦人二十畝,身歿還田;又給桑田(私田),男子一人二十畝,身歿不還,可自由買賣。其後'北齊'、'隋'、'唐'均沿用此制,各有損益。

㊁ ㄩㄣˊ ㄊㄧㄢˊ

耕田除草。即耘田。

12【均富】 ㄐㄩㄣ ㄈㄨˋ

指國家的富足是由全民所共享。爲民生主義的眞諦。民生主義主張生產與分配並重,一方面要求生產工業化以求富,一方面又要求分配社會化以求均,二者同時並舉,始能達到旣富且均的目的。

13【均勢】 ㄐㄩㄣ ㄕˋ

彼此勢力相等。

16【均霑】 ㄐㄩㄣ ㄓㄢ

平均分享。

【均輸】 ㄐㄩㄣ ㄕㄨ

1古算法。"九章算術"之一。例如以田地、人口的多寡求賦稅,以道路、負載的遠近輕重求腳費,以物價的高低求平均數,都屬於均輸算法。2'漢武帝'時實行的國營貿易法。'元鼎'二年(前115),於郡國置均輸官,負責將郡國每年獻給皇帝之貢賦,直接運往市價最高之處出賣,得錢歸公。3'宋神宗'時'王安石'所創理財新法。'熙寧'二年(1069),令'淮'、'浙'、'江'、'湖'六路發運使調查諸路出產,對京師所需物品便宜蓄買,不需的物品可用於經營商業,轉運有無,以抑制商賈及救濟生產者、消費者。

【均衡】 ㄐㄩㄣ ㄏㄥˊ

1平均;相等。2(homeostasis)正常情況下,個體之生理、心理作用均自動維持適度、平衡狀態的傾向。3(equilibrium)功能論主要概念之一。指社會體系單位間完全協調的境界。爲社會運行的最終目標。

4【均勻系】 ㄐㄩㄣ ㄩㄣˊ ㄒㄧˋ

(homogeneous system)指各物質都能混合均勻而成單相。例如水和硫酸能混合成均勻的液相,而各種氣體也都能混合成均勻的氣相。

6【均夷河】 ㄐㄩㄣ ㄧˊ ㄏㄜˊ

(graded stream)指河流的河床坡度、流水搬運力和河流載荷三者已經達到均衡狀態者。此時河流的侵蝕作用只有向河谷兩側進行側蝕,流水的搬運力正與侵蝕下來的物質供應量平衡,沿河上下已無任何瀑布、急流,且河床呈均夷縱剖面。

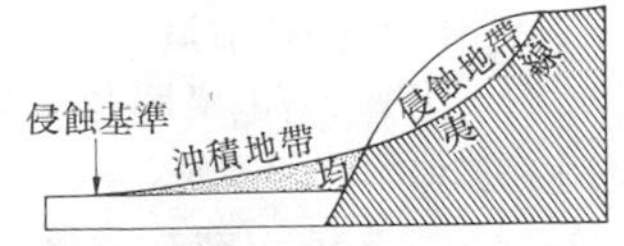

均夷河剖面圖

15【均質乳】 ㄐㄩㄣ ㄓˊ ㄖㄨˇ

(homogenized milk)經均質機處理過的牛乳。其脂肪球變成微細的顆粒,平均分散於牛乳中。目的爲改善風味,使具濃厚口感,且較易於消化。若未經均質化,靜置數小時後,乳脂肪即浮於表層。

22【均權制】 ㄐㄩㄣ ㄑㄩㄢˊ ㄓˋ

中央組織或總機構與地方組織或分支機構間的權力,保持平衡狀態,既不偏於中央集權也不偏於地方分權。

4【均方根值】 ㄐㄩㄣ ㄈㄤ ㄍㄣ ㄓˊ

(root mean square value)指將電壓或電流瞬時值先平方後平均(如某一週期內積分平均),再取其平方根值。

【均勻大氣】 ㄐㄩㄣ ㄩㄣˊ ㄉㄚˋ ㄑㄧˋ

(homogeneous atmosphere)物質不因方向而變更其物理性質,推廣之從一點看各方向均相同,稱爲均勻性(homogeneous)。均勻大氣爲一種便利計算的假設,將其溫度、壓力或密度在考慮的體系中,保持爲一恆定的常數。

6【均夷作用】 ㄐㄩㄣ ㄧˊ ㄗㄨㄛˋ ㄩㄥˋ

(gradation)外營力不斷地雕塑地表,削減因構造力所創造的高低不平,使其趨於平坦的作用。均夷作用的過程含有侵蝕作用、搬運作用和堆積作用。其營力很多,諸如流水、流冰、風和波浪等。

10【均能音量】 ㄐㄩㄣ ㄋㄥˊ ㄧㄣ ㄌㄧㄤˋ

(equivalent noise level; Leq)某時段內噪音總能量的時間平均值。

16【均衡利率】 ㄐㄩㄣ ㄏㄥˊ ㄌㄧˋ ㄌㄩˋ

(equilibrium rate of interest)能使資金的供給與需求達於均等的利率。

【均衡匯率】 ㄐㄩㄣ ㄏㄥˊ ㄏㄨㄟˋ ㄌㄩˋ

(equilibrium exchange rate)能使一國的外匯市場達到供需均等的匯率。

22【均權制度】 ㄐㄩㄣ ㄑㄩㄢˊ ㄓˋ ㄉㄨˋ

國父 '孫中山'先生所獨創的關於中央與地方權限劃分的一種制度。凡事務有全國一致之性質者,劃歸中央;有因地制宜之性質者,劃歸地方;不偏於中央集權制或地方分權制。

16【均衡國民所得】ㄐㄩㄣ ㄏㄥˊ ㄍㄨㄛˊ ㄇㄧㄣˊ ㄙㄨㄛˇ ㄉㄜˊ
(equilibrium national income)當經濟社會的總供給等於總需求,或總挹注(投資)等於總漏巵(儲蓄)時,國民所得產出水準便達到一種均衡不再變動的狀態,此時所決定的國民所得水準,即爲均衡的國民所得。

坄 ㄧˋ i^4 音役
瓦灶上的通孔。見"說文"。

坳 坳的俗體。

圾 ㊀ ㄐㄧˊ chi^2 音及
危險。通岌。見"集韻"。
㊁ ㄙㄜˋ $sê^4$ 音色
參垃圾。

坎 ㄎㄢˇ $k'an^3$ 音砍
①地面凹陷處。如:坎穴。②怨恨;不得志。如:坎坷。③"易"卦名。(1)八卦之一。(2)六十四卦之一。坎下坎上。

坎卦圖(1)

坎卦圖(2)

4【坎井】ㄎㄢˇ ㄐㄧㄥˇ
①廢井。②(kanats; karez)乾燥地區開發地下水灌溉農田時,爲了減少引水途中因蒸發而損失大量的水資源,所採用的一種以暗溝爲主、豎井爲輔的特殊灌溉系統。其方法係由山麓沖積扇地下含水的礫石層修築一條長可達數公里、寬約一公尺、深二公尺以內的暗渠,引導地下水外流出明渠以灌溉農田。沿暗渠每隔若干距離,由地面築一座豎井通暗渠,既可用以清理暗溝淤泥,又可供汲取水源出地面。我國'新疆省'的綠洲農業多實施坎井灌溉。

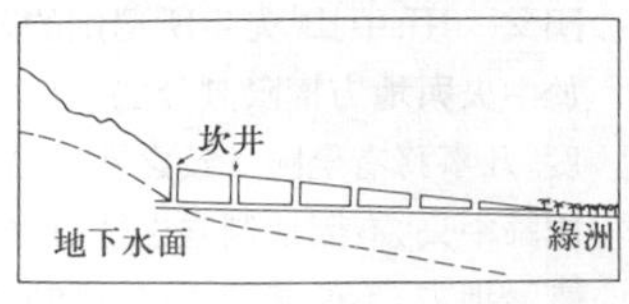

坎井圖

8【坎坷】ㄎㄢˇ ㄎㄜˇ
也作埳坷、坎軻。①地勢不平。②比喻挫折或不得志。

【坎肩】ㄎㄢˇ ㄐㄧㄢ
背心。

16【坎壈】ㄎㄢˇ ㄌㄢˇ
困窘;不得志。

11【坎培拉】ㄎㄢˇ ㄆㄟˊ ㄌㄚ
(Canberra)'澳洲'首都及文化中心。在'新南威爾士'(New South Wales)東南,距'雪梨'西南約249公里。人口32.2萬(2002年)。

16【坎諾圖】ㄎㄢˇ ㄋㄨㄛˋ ㄊㄨˊ
(Karnaugh map)將'布林'函數的眞值表予以適當的排列,利用數種特定的幾何圖樣,而使'布林'函數化爲最簡潔的形式。目的在降低實際製作邏輯電路的成本。

4【坎井之蛙】ㄎㄢˇ ㄐㄧㄥˇ ㄓ ㄨㄚ
比喻見識淺窄的人。

坆 墳的俗體。

坻 ㄓˇ $chih^3$ 音止
有所附著而靜止。見"說文"。

坅 ㄑㄧㄣˇ $ch'in^3$ 音寢
地洞。見"字彙"。

圻 ㄑㄧˊ $ch'i^2$ 音祈
①帝王京城周圍一千方里的土地。通畿。②一千方里的土地。③地界。

坋 ㄈㄣˋ $fên^4$ 音憤
①塵土。如:塵坋。②把細末灑在他物上。③敷搽。

坴 ㊀ ㄌㄨㄥˋ $lung^4$ 音衖
鬆軟、潮溼、泥濘的土地。
㊁ ㄉㄧˋ ti^4 音弟
地的或體。

坐 ㄗㄨㄛˋ tso^4, $tsuo^4$ 音做
①古以兩膝著席而臀置腳跟上爲坐。即跪。今則指臀部依附物體而止息。如:席地而坐。②座席;座位。通座。如:賓客滿坐。③位置;居處。如:坐北朝南。④堅守不移。如:坐鎭。⑤蒞臨。如:坐堂。⑥不勞而獲。如:坐享其成。⑦搭;乘。如:坐車。⑧獲罪;定罪。如:坐法。⑨且;聊且。⑩空;徒然。

3【坐大】ㄗㄨㄛˋ ㄉㄚˋ
毫不費力地日趨強大。

7【坐忘】ㄗㄨㄛˋ ㄨㄤˋ
道教語。指心法相應、物我兩忘的境界。

9【坐科】ㄗㄨㄛˋ ㄎㄜ
幼年即入科班學習戲劇。

11【坐視】ㄗㄨㄛˋ ㄕˋ
①坐著觀看。②比喻袖手旁觀。

13【坐賈】ㄗㄨㄛˋ ㄍㄨˇ
開設商店以營業。

【坐落】ㄗㄨㄛˋ ㄌㄨㄛˋ
位置所在。多指房屋或建築物的位置。

15【坐標】ㄗㄨㄛˋ ㄅㄧㄠ
(coordinate)以有序組來表示空間中的任意點爲坐標系,其中任何一數稱爲坐標。例如在球面坐標系中(r, θ, φ)表示一點,而r、θ、φ均爲坐標。

16【坐禪】ㄗㄨㄛˋ ㄔㄢˊ
佛家修行者每日打坐、實踐佛道的基本功夫。

【坐館】ㄗㄨㄛˋ ㄍㄨㄢˇ
擔任私塾教師或幕客。

18【坐鎭】ㄗㄨㄛˋ ㄓㄣˋ
①安坐而使人懾服。②親自在某地鎭守。

19【坐關】ㄗㄨㄛˋ ㄍㄨㄢ
佛教僧侶爲了在一定期限內完成修道的目標,而闢室坐禪、念佛、閱藏,與外界隔絕,稱爲坐關或閉關。通常以四十九天、一年、三年、終身爲期。

4【坐月子】ㄗㄨㄛˋ ㄩㄝˋ ˙ㄗ
婦人產後一月間,休息調養。

11【坐部伎】ㄗㄨㄛˋ ㄅㄨˋ ㄐㄧˋ
'唐代'教坊樂部之一。與立部伎相對。坐在堂上演奏的樂伎。多演奏絲竹細樂,技巧較立部高。其樂曲有"燕樂"、"長壽樂"、"天授樂"、"鳥歌萬歲樂"、"龍池樂"、"小破

陣樂”等。曲間配合歌舞，舞姿文雅優美。

15【坐標系】 ㄗㄨㄛˋ ㄅㄧㄠ ㄒㄧˋ

(coordinates) 研究幾何學，對於某一個點集 S 的每一點 P 均以一組數(x_1, ……, x_n)對應之(通常此對應是單值函數)，這個對應就是坐標系，而諸 x_i 是此點 P 之坐標。坐標法通常歸功於‘笛卡兒’，尤其適用於平面幾何。取相交二線 $\overline{OA}$ 及 $\overline{OB}$，交點爲 O，又在二線上各另取一點 A 及 B，稱 O 爲原點，A 及 B 各爲第一及第二基準點，此三點合稱一坐標系。對平面上任一點 P，作 $\overline{PC}$ 與 $\overline{OB}$ 平行，而交 $\overline{OA}$ 於 C；同樣做 $\overline{PD}$ 與 $\overline{OA}$ 平行，而交 $\overline{OB}$ 於 D 點，於是 $\overline{OC}/\overline{OA}$、$\overline{OD}/\overline{OB}$ 各爲 P 點之第一與第二坐標，以上所述係斜角平行坐標系。若 $\overline{OA}$ 與 $\overline{OB}$ 垂直，且 $\overline{OA}$ 與 $\overline{OB}$ 相等，則此坐標系爲通常的坐標系，也叫做直角坐標系，與曲線坐標系相對。以上所述係平面上之直角坐標系，可以如下推廣爲立體空間之直角坐標系：以任意參考點爲原點，過此做不共面之三條直線(通常爲正交)，以爲空間任一點位置的參考軸，在三軸上各取一參考長度(通常取等長)，則構成一坐標系。(三直線正交，且參考長度相等者，稱爲直角坐標)如圖所示，P 點的位置爲 (a, b, c)，即 P 點距 x 軸長度爲 a，距 y 軸長度爲 b，距 z 軸長度爲 c，x、y 及 z 軸即構成坐標系。其他坐標系尚有球坐標、極坐標、柱坐標等的區分。

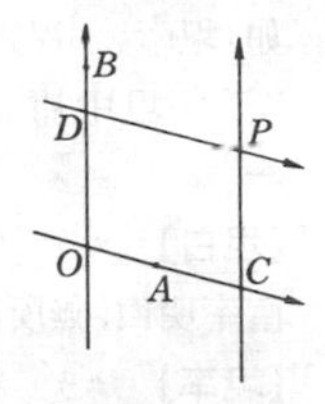

斜角平行坐標系圖

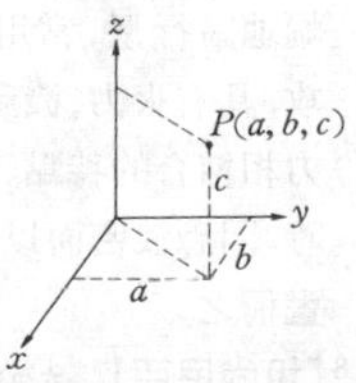

立體空間直角坐標系圖

【坐盤式】 ㄗㄨㄛˋ ㄆㄢˊ ㄕˋ

國術架式。前腳腳尖朝外，後腳尖著地，腳跟提起，膝藏於前腳膝彎內側，身隨前腳方向扭轉而蹲下。此時身形可縮至最小，通常作爲防守之用。

18【坐檯子】 ㄗㄨㄛˋ ㄊㄞˊ ˙ㄗ

俗稱風塵中的男女，陪侍客人飲酒、喝茶、跳舞等。

4【坐井觀天】 ㄗㄨㄛˋ ㄐㄧㄥˇ ㄍㄨㄢ ㄊㄧㄢ

坐在井底仰望天空。比喻見識狹小。

【坐不重席】 ㄗㄨㄛˋ ㄅㄨˋ ㄔㄨㄥˊ ㄒㄧˊ

不坐兩層墊褥。形容節儉。

【坐不垂堂】 ㄗㄨㄛˋ ㄅㄨˋ ㄔㄨㄟˊ ㄊㄤˊ

不靠近臺階或屋簷下而坐。形容謹慎保身。

5【坐以待旦】 ㄗㄨㄛˋ ㄧˇ ㄉㄞˋ ㄉㄢˋ

坐著等待天亮。形容在位者勤於政事。

【坐以待斃】 ㄗㄨㄛˋ ㄧˇ ㄉㄞˋ ㄅㄧˋ

坐著等死。形容人遭遇困難，不去克服，反而坐等災難臨頭。

6【坐收漁利】 ㄗㄨㄛˋ ㄕㄡ ㄩˊ ㄌㄧˋ

利用別人的衝突和爭鬥，從中牟取利益。

【坐而論道】 ㄗㄨㄛˋ ㄦˊ ㄌㄨㄣˋ ㄉㄠˋ

本指大臣專門陪侍帝王議論政事。後指不顧事實，空談高深理論的行爲。

【坐吃山空】 ㄗㄨㄛˋ ㄔ ㄕㄢ ㄎㄨㄥ

形容人不事生產，即使財物堆積如山，也會吃光。

7【坐言起行】 ㄗㄨㄛˋ ㄧㄢˊ ㄑㄧˇ ㄒㄧㄥˊ

坐能言，起能行。指人言行相符。

【坐冷板凳】 ㄗㄨㄛˋ ㄌㄥˇ ㄅㄢˇ ㄉㄥˋ

比喻受到冷落，不被重視。

【坐困愁城】 ㄗㄨㄛˋ ㄎㄨㄣˋ ㄔㄡˊ ㄔㄥˊ

坐守一隅，苦無出路。形容人悲愁無策。

8【坐享其成】 ㄗㄨㄛˋ ㄒㄧㄤˇ ㄑㄧˊ ㄔㄥˊ

不用心力，而平白享受別人努力的成果。不勞而獲的意思。

10【坐骨神經】 ㄗㄨㄛˋ ㄍㄨˇ ㄕㄣˊ ㄐㄧㄥ

(sciatic nerve; nervus ischiadicus) 下肢神經的一支，是人體中最粗的神經。由腰神經和骶神經所組成。專司下肢的感覺和運動。由盆腔出坐骨大孔以後沿股後肌肉間隙下行，至大腿後側的中部，即分爲脛骨神經和腓骨神經到小腿和足部。

19【坐懷不亂】 ㄗㄨㄛˋ ㄏㄨㄞˊ ㄅㄨˋ ㄌㄨㄢˋ

雖有美女坐於懷抱中，也不動心。形容男子不好女色。

3【坐山觀虎鬥】 ㄗㄨㄛˋ ㄕㄢ ㄍㄨㄢ ㄏㄨˇ ㄉㄡˋ

居於高處，觀看兩虎相爭。比喻袖手旁觀。

10【坐骨神經痛】 ㄗㄨㄛˋ ㄍㄨˇ ㄕㄣˊ ㄐㄧㄥ ㄊㄨㄥˋ

(sciatica) 一種疾病症候群的名稱。指沿著坐骨神經分布的疼痛。一般特徵是背部疼痛，尤其是腰部以下，疼痛放射至臀部、下肢的後部或是外側部。常見的病因，在年輕人爲椎間盤凸出，在老年人則以腰椎退行性關節病爲多，此外尚有外傷、骨腫瘤等因。治療方法爲針對病因，給予病人止痛藥、物理治療或手術治療。

15【坐標之變換】 ㄗㄨㄛˋ ㄅㄧㄠ ㄓ ㄅㄧㄢˋ ㄏㄨㄢˋ

(transformation of coordinates) ①空間(或平面)採用兩個不同坐標系時，此二坐標系之間的關係，稱爲坐標之變換。例如‘笛卡兒’坐標系與球坐標系之變換可用下列達成：$x = r \sin\theta \sin\phi$, y

$=r\sin\theta\cos\phi$, $z=r\cos\theta$。2同爲直角坐標系，尺度亦同，但原點或軸向不同時，也有坐標變換。如坐標軸之平移、旋轉。

坌 ㄅㄣˋ pên⁴ 音笨
1塵埃；灰塵。同坋。見"廣雅·釋詁"。2塵土飛揚著落在物體上。如：汙塵坌身。3聚集。如：坌積。

5

坴 ㄌㄨˋ lu⁴ 音路
土塊大的樣子。見"說文"。

坨 ㄊㄨㄛˊ t'o², t'uo² 音陀
1露天堆積的鹽堆。如：大坨。2圓形的塊狀物。如：秤坨。

垃 ㄌㄜˋ lê⁴ 音勒
參垃圾。

7【垃圾】 ㄌㄜˋ ㄙㄜˋ
塵土、穢物和廢棄的破爛東西之合稱。

【垃圾桶派】 ㄌㄜˋ ㄙㄜˋ ㄊㄨㄥˇ ㄆㄞˋ
(ashcan school)二十世紀初期，發生於'美國''紐約'的一種繪畫運動。當時'美國'畫壇大都受到'法國'印象派的影響，盛行色彩鮮明的風景畫描繪，然而'亨利'(Henri)、'路克'(Luks)、'格拉根斯'(Glackens)、'辛'(Shinn)和'史羅安'(Sloan)五人，卻主張以寫實手法描繪'美國'都市市景及日常生活，使得'美國'畫壇產生反省，有了新契機。由於題材取自大街小巷，甚至汙穢、醜陋的垃圾桶有時也成爲描繪的對象，時人因稱「ashcan school」，帶有諷刺之意。再者，用色恢復印象派以前的幽暗色調，所以又有革命性黑黨(the revolutionary black gang)、醜陋使徒(apostles of ugliness)之稱。西元1908年，爲抗議'美國''國立設計學院'(National Academy of Design)漠視他們的作品，聯合'布倫德格斯特'(Prendergast)、'勞遜'(Lawson)與'大衛斯'(Davies)三人在'紐約''馬克白畫廊'(Macbeth Gallery)舉辦畫展，遂又被稱爲八人畫派。

【垃圾衍生焚化法】 ㄌㄜˋ ㄙㄜˋ ㄧㄢˇ ㄕㄥ ㄈㄣˊ ㄏㄨㄚˋ ㄈㄚˇ
(refuse derived fuel; RDF)垃圾分類切碎後，使用壓縮法將可燃部分混合燃煤壓縮成塊，做爲一般燃料使用的一種垃圾處理法。

坢 ㄆㄢˇ p'an³
1開墾土地。見"集韻"。2平坦。見"字彙"。

坪 ㄆㄧㄥˊ p'ing² 音平
1地面平坦處。如：草坪。2'日本'地積單位。一坪等於3.30579平方公尺。

坷 ㄎㄜˇ k'o³, k'ê³ 音可
參坎坷。

坲 ㄈㄛˊ fo² 音佛
參坲㶿。

10【坲㶿】 ㄈㄛˊ ㄅㄛˊ
塵埃揚起。見"集韻"。

坭 一 ㄋㄧˇ ni³ 音你
古地名。見"廣韻"。
二 ㄋㄧˊ ni² 音泥
水土相和合。也作屔。見"六書統·一一"。

坩 ㄍㄢ kan¹ 音干
盛東西的陶器。見"集韻"。

12【坩堝】 ㄍㄢ ㄍㄨㄛ
(crucible)用以熔融金屬、玻璃、礦石和有機物，以測其灰質等之器具。通常以陶土或白金製成，能耐強熱，有很多規格。也有用玻璃製成，只能用在約100°C的坩堝。

坯 ㄆㄧ p'i¹ 音批 又讀 ㄆㄟ p'ei¹ 音胚
成型未燒的陶器。通坏。如：磚坯。

坺 ㄅㄛˊ po² 音勃
耕地時最初一臿所翻起的土塊。見"說文"。

坶 ㄇㄨˋ mu⁴ 音牧
古地名。通作'牧'。'殷'都城'朝歌'南七十里地。'周武王'與'紂'戰於'坶'野。在今'河南''淇縣'北。見"說文"。

坦 ㄊㄢˇ t'an³ 音袒
1廣而平。如：平坦。2安閒自在。如：坦然。3直率；開朗。如：坦率。4裸露。如：坦腹。5姓。'宋'有'坦中庸'。見"萬姓統譜·八一"。

5【坦白】 ㄊㄢˇ ㄅㄞˊ
直率明白，無所隱祕。

11【坦率】 ㄊㄢˇ ㄕㄨㄞˋ
率直不造作。

【坦途】 ㄊㄢˇ ㄊㄨˊ
平坦的道路。比喻順利、有希望。

12【坦然】 ㄊㄢˇ ㄖㄢˊ
內心平安的樣子。

16【坦蕩】 ㄊㄢˇ ㄉㄤˋ
心胸寬廣的樣子。

7【坦克車】 ㄊㄢˇ ㄎㄜˋ ㄔㄜ
(tank)由馬達帶動履帶行駛的一種裝甲戰車。載有重武器及輕武器，如加農砲、火焰器等，可在崎嶇地區行駛，常用以掩護步兵進攻，具有火力、機動力和裝甲防護力相結合的特點。'英國'原先發展時，因恐洩密而以水槽(tank)計畫稱之。

坦克車圖

8【坦尚尼亞】 ㄊㄢˇ ㄕㄤˋ ㄋㄧˊ ㄧㄚˋ
(Tanzania)位於'非洲'東部的國家。東濱'印度洋'，面積94.5萬方公里，人口3,677.0萬(2005年)，首都'杜篤瑪'(Dodoma)。全境為2,000～3,000公尺的高原，東北有'非洲'最高峰'吉力馬札羅山'。主產玉米、小麥、棉花、咖啡、糖、菸草、花生、家畜和鑽石、鹽岩、雲母、銀礦，並有紡織、皮革、磚窯及食品加工業。

坤 ㄎㄨㄣ k'un¹ 音崑

1 地。見"說文"。2"易"卦名。(1)八卦之一。(2)六十四卦之一。坤下坤上。3 指女性。如:坤伶。

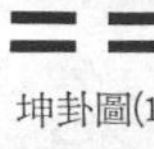

坤卦圖(1)

坤卦圖(2)

6【坤宅】 ㄎㄨㄣ ㄓㄞˊ

舊時婚禮稱女家爲坤宅。與稱男家爲乾宅相對。

7【坤伶】 ㄎㄨㄣ ㄌㄧㄥˊ

舊稱女性戲曲演員。也稱坤角。如女性演員扮演生角的叫坤生。

17【坤輿】 ㄎㄨㄣ ㄩˊ

指大地。因地像車子一般能乘載萬物。

15【坤儀足式】 ㄎㄨㄣ ㄧˊ ㄗㄨˊ ㄕˋ

稱人母親的儀範足爲世人效法。用於悼人喪母。

坫 ㄉㄧㄢˋ tien⁴ 音店

1 古時設在門庭內的土臺,用以放置器物。如:壇坫。2 邊際;界限。

坰 冂的古文。

坳 坳的或體。

坱 ㄧㄤˇ yang³ 音養

塵埃。見"說文"。

4【坱圠】 ㄧㄤˇ ㄧㄚˋ

1 瀰漫無邊。2 高低不平。

坰 ㄐㄩㄥ chiung¹ 音扃

郊野。也作冋。如:郊坰。

坪 ㄏㄨ hu¹ 音呼

外城。即垺。見"集韻"。

坡 ㄆㄛ p'o¹ 音潑

(slope) 陸地表面的一個斜面。或稱坡面。是構成陸地表面形態的基本單位。坡的基本類型有崖坡、凸坡、凹坡和直坡等四種,對土壤沖蝕影響很大,其中以凹坡的沖蝕度最大。

9【坡度】 ㄆㄛ ㄉㄨˋ

(degree of slope)指地表坡面與水平面之間所夾的角度。依坡的角度分,有三類:一爲緩坡,約介於0°與5°之間。二爲陡坡,約介於5°與45°之間。三爲崖坡,指超過45°者。坡度可依百分率、比值或度數表示之。

13【坡道】 ㄆㄛ ㄉㄠˋ

(ramp)用途與樓梯相似,除可完全代替樓梯的功能外,並可推車上下。主要爲殘障者而設。其坡度依規定不得超過1比8。

坳 ㄠ ao¹ 音凹 又讀 ㄠˋ ao⁴ 音傲

地面窪下處。如:山坳。

坿 一 ㄈㄨˋ fu⁴ 音付

增益。通附。見"說文"。

二 ㄈㄨˊ fu² 音扶

白的石英。見"字彙"。

坵 丘的俗體。

坻 一 ㄔˊ ch'ih² 音遲

水中的小洲或高地。

二 ㄓˇ chih³ 音紙

1 止息。2 高起的土壤。

三 ㄉㄧˇ ti³ 音抵

斜坡。

坼 ㄔㄜˋ ch'ê⁴ 音澈

1 分裂;裂開。如:天崩地坼。2 灼龜占卜時,甲殼上出現的兆紋。

坣 堂的古文。

6

垄 型的或體。

型 ㄒㄧㄥˊ hsing² 音形

或作型。1 鑄造器物的模子。如:模型。2 法式;模範。如:典型。

14【型態】 ㄒㄧㄥˊ ㄊㄞˋ

類型;型式。

16【型鋼】 ㄒㄧㄥˊ ㄍㄤ

(rolled steel)軋製成各種實用斷面形式的鋼料。通常用以做梁或柱的構件,且其斷面多爲I字梁、S型鋼、H型鋼或WF型鋼等。單角鋼可作小屋架及支撐,角鋼因迴轉半徑恆較其他型鋼爲小,只能用做輕級之壓力構件。單獨的槽型鋼及H型鋼因繞腹鈑方向的迴轉半徑很小,很少用作壓力構件。鋼架建築中柱的型鋼大都用H型或WF型鋼。

【型錄】 ㄒㄧㄥˊ ㄌㄨˋ

(catalogue;catalog)又稱產品目錄、商品目錄。將商品的種類、名稱、價格、型態、規格、操作方法或品質等資料印製成冊,並藉圖樣、照片及文字說明,用以宣傳、促銷其產品的印刷品。因其附有圖樣或照片,故又稱圖示型錄(illustrated catalog);若只有文字說明,而無圖樣或照片,則稱說明型錄(descriptive catalog)。

14【型態宣告】 ㄒㄧㄥˊ ㄊㄞˋ ㄒㄩㄢ ㄍㄠˋ

(type declaration)電腦程式中,對所使用變數之基本屬性或型態予以說明,稱爲型態宣告。

垚 ㄧㄠˊ yao² 音堯

土堆得很高的樣子。見"說文"。

垔 ㄧㄣ yin¹ 音因

填塞;堵塞。見"說文"。

垵 ㄢˇ an³ 音唵

地名用字。'福建省'有'新垵市'。

垞 ㄔㄚˊ ch'a² 音茶

1 丘名。見"集韻"。2 古城名。在今'江蘇省''銅山縣'北。

垓 ㄍㄞ kai¹ 音該

1 八極之一。極遙遠的地方。如:八荒九垓。2 界限。3 古數名。即今億。見"玉篇"。

垟 ㄧㄤˊ yang² 音羊

土中精怪。見"玉篇"。

垠 ㄧㄣˊ yin² 音銀

1 邊界。如:廣大無垠。2 形跡。

垣 ㄩㄢˊ yüan² 音元

1 矮牆。如:牆垣。2 城;城

牆。如：省垣。3星位。4姓。'漢'有'垣恭'。見"萬姓統譜·二三"。

垤 ㄉㄧㄝˊ tieh² 音疊
1螞蟻挖洞所形成的小土堆。即蟻塚。見"說文"。2泛指小土堆。

城 ㄔㄥˊ ch'êng² 音成
或作城。1圍繞聚落的內牆。如：城郭。2有城牆的聚落。如：城市。3姓。'戰國'有'城渾'。見"萬姓統譜·五四"。

6【城池】 ㄔㄥˊ ㄔˊ
城牆和護城河。泛指城邑。

8【城府】 ㄔㄥˊ ㄈㄨˇ
比喻心機深藏難測。

11【城郭】 ㄔㄥˊ ㄍㄨㄛ
內城與外城。泛指城邑。

12【城堞】 ㄔㄥˊ ㄉㄧㄝˊ
城上的短牆。

【城隍】 ㄔㄥˊ ㄏㄨㄤˊ
1環繞城外的濠溝。有水爲池，無水爲隍。2古代神話中守護城池的神。道教以'城隍'爲剪惡除凶、護國保邦之神。稱他能應人所請，旱時降雨、澇時放晴，以保穀豐民足。3管亡魂的神。傳說當道士建醮超渡亡魂，須發文書知照'城隍'，方能拘解亡魂到壇。

15【城樓】 ㄔㄥˊ ㄌㄡˊ
築於城上供瞭望的樓臺。

17【城濠】 ㄔㄥˊ ㄏㄠˊ
環繞城外的濠溝。即護城河。

4【城中城】 ㄔㄥˊ ㄓㄨㄥ ㄔㄥˊ
(new town in town)機能與新市鎭類似而位於大城市之內的生活地區。在區內有地區中心，亦有工業、辦公場所等可供居民就業，有舒適的住宅，亦有休憩性公園等每日生活之基本所需設施。城中城之構想可重整今日大城市之土地使用型態，解決交通問題，使其發展更健全。

3【城下之盟】 ㄔㄥˊ ㄒㄧㄚˋ ㄓ ㄇㄥˊ
敵人兵臨城下，迫不得已而與之訂立的和約。指戰敗降服。

5【城市國家】 ㄔㄥˊ ㄕˋ ㄍㄨㄛˊ ㄐㄧㄚ
(polis)從血緣的共同體發展爲更大地域的國家單位。此類國家的領域僅包括一個城市及其鄰近的土地。在古代'希臘'，此爲國家的基本型態，其後出現的國家型態有帝國與民族國家。

8【城狐社鼠】 ㄔㄥˊ ㄏㄨˊ ㄕㄜˋ ㄕㄨˇ
住在城牆中的狐狸和土地廟裡的老鼠。比喻依附權勢作惡的小人。

17【城濮之戰】 ㄔㄥˊ ㄆㄨˊ ㄓ ㄓㄢˋ
'周襄王'二十年(前632)，'楚國'侵'宋'，'宋'求救於'晉'，'文公'聯'齊'、'秦'之兵大敗'楚'軍於'城濮'(舊地有二說：一說在'山東''濮縣'南，一說在'河南''陳留'境)，'楚'帥'子玉'自殺。此戰爲'晉文公'奠下霸業的基礎。

8【城門失火殃及池魚】 ㄔㄥˊ ㄇㄣˊ ㄕ ㄏㄨㄛˇ ㄧㄤ ㄐㄧˊ ㄔˊ ㄩˊ
'春秋'時'宋國'城門失火，大家取池水灌救，池水被汲乾，魚都枯死。一說'宋國''池中魚'住在城門附近，城門失火，延燒到'中魚'家，'中魚'被燒死。見"藝文類聚·鱗介部·魚"。比喻無故受到牽連而遭禍害。

垮 ㄎㄨㄚˇ k'ua³ 音侉
崩塌；潰敗。

14【垮臺】 ㄎㄨㄚˇ ㄊㄞˊ
崩潰；失敗。

垌 ㄊㄨㄥˇ t'ung³ 音桶
1一種瓦壺。見"玉篇"。2姓。'宋'有'垌夫'。見"萬姓統譜·六九"。

垗 ㄓㄠˋ chao⁴ 音兆
1祭壇四周土牆以內的區域。見"說文"。2祭祀。3葬地。

垛 一 ㄉㄨㄛˇ to³, tuo³ 音朵
建築物突出的部分。見"說文·垛·段注"。

二 ㄉㄨㄛˋ to⁴, tuo⁴ 音惰
1土築的箭靶。如：射垛。2成堆的東西。如：草垛。3堆積。

垜 垛的或體。

垝 ㄍㄨㄟˇ kuei³ 音詭
1放置東西的土臺。即坫。見"爾雅·釋宮"。2坍壞的牆。如：垝垣。

垍 ㄐㄧˋ chi⁴ 音季
堅土。見"說文"。

垘 ㄈㄨˊ fu² 音伏
填塞。見"廣韻"。

垢 ㄍㄡˋ kou⁴ 音夠
1汙穢。如：汙垢。2恥辱。如：垢恥。3惡劣。

垂 ㄔㄨㄟˊ ch'ui² 音鎚
1邊境。同陲。如：邊垂。2旁邊。如：路垂。3自上施及於下。如：垂簾。4留傳。如：垂範。5將及；將近。如：垂老。

6【垂老】 ㄔㄨㄟˊ ㄌㄠˇ
將老。

【垂危】 ㄔㄨㄟˊ ㄨㄟˊ
十分危險。

7【垂足】 ㄔㄨㄟˊ ㄗㄨˊ
(foot of perpendicular)由一點至一直線或一平面所引垂線，與直線或平面相遇的點，稱爲垂足。

8【垂靑】 ㄔㄨㄟˊ ㄑㄧㄥ
以靑眼相看。比喻得到他人的重視或厚愛。古人以黑眼珠爲靑色，其旁白色。正視則見靑處，斜視則見白處。

【垂直】 ㄔㄨㄟˊ ㄓˊ
(perpendicular)當兩直線、兩平面，或一直線與一平面相交成直角(90°)，則此兩直線或兩平面，或一直線與一平面皆相互垂直。相交之曲線或曲面，其垂直性可由其切線或法線之垂直性而定義。

【垂念】 ㄔㄨㄟˊ ㄋㄧㄢˋ
承人顧念的謙詞。

9【垂拱】 ㄔㄨㄟˊ ㄍㄨㄥˇ
垂衣拱手。形容無爲而治。

【垂垂】 ㄔㄨㄟˊ ㄔㄨㄟˊ
1將近；漸漸。2形容下垂、下降。

11【垂涎】　ㄔㄨㄟˊ ㄒㄧㄢˊ
流口水。形容嘴饞。也比喻非常渴慕。

【垂統】　ㄔㄨㄟˊ ㄊㄨㄥˇ
傳基業給後代。

13【垂詢】　ㄔㄨㄟˊ ㄒㄩㄣˊ
上級對下級的詢問。

【垂愛】　ㄔㄨㄟˊ ㄞˋ
承人愛護的謙詞。

14【垂察】　ㄔㄨㄟˊ ㄔㄚˊ
在上者對在下者的視察。也用作請人察視的謙詞。

15【垂憐】　ㄔㄨㄟˊ ㄌㄧㄢˊ
賜予憐愛。也指在上者憐憫在下的人。

【垂髫】　ㄔㄨㄟˊ ㄊㄧㄠˊ
指兒童或童年。古代童子不束髮，額前頭髮自然下垂，故稱。也作垂髮。

【垂暮】　ㄔㄨㄟˊ ㄇㄨˋ
1傍晚時候。2比喻老年。

8【垂直流動】　ㄔㄨㄟˊ ㄓˊ ㄌㄧㄡˊ ㄉㄨㄥˋ
(vertical mobility)牽涉到社會地位之上昇或下降的社會流動現象。如一個人由工人階級因經濟收入的增加或職位的昇遷而成爲中產階級的一分子。

【垂直距離】　ㄔㄨㄟˊ ㄓˊ ㄐㄩˋ ㄌㄧˊ
(perpendicular distance)凡點與點、點與直線、點與平面，或直線與直線、直線與平面，或平面與平面間的最短距離，均稱爲垂直距離，有時逕稱爲距離。亦即它們之間的垂線長短。

【垂直傳播】　ㄔㄨㄟˊ ㄓˊ ㄔㄨㄢˊ ㄅㄛˋ
(vertical communication)與平行傳播相對。傳播理論所擬設的一個傳播系統，通常用來描述上行與下行傳播的雙向溝通現象。亦即上情下達，下情上達。

【垂命懸絲】　ㄔㄨㄟˊ ㄇㄧㄥˋ ㄒㄩㄢˊ ㄙ
形容瀕臨死亡邊緣，命在旦夕。

15【垂標間距】　ㄔㄨㄟˊ ㄅㄧㄠ ㄐㄧㄢ ㄐㄩˋ
(length between perpendiculars)又稱法長。係船艏垂標與船艉垂標間的水平距離。

16【垂頭喪氣】　ㄔㄨㄟˊ ㄊㄡˊ ㄙㄤˋ ㄑㄧˋ
失意懊喪的樣子。

19【垂簾聽政】　ㄔㄨㄟˊ ㄌㄧㄢˊ ㄊㄧㄥ ㄓㄥˋ
天子年幼，太后臨朝，坐於簾後，決斷政事。

8【垂直思考法】　ㄔㄨㄟˊ ㄓˊ ㄙ ㄎㄠˇ ㄈㄚˇ
(vertical thinking)思考方法之一。主要是運用個人所累積的知識、經驗做爲基礎的思考方法。然往往受過去經驗知識的束縛，而難有突破性的創意。

【垂直收斂電路】　ㄔㄨㄟˊ ㄓˊ ㄕㄡ ㄌㄧㄢˋ ㄉㄧㄢˋ ㄌㄨˋ
(vertical convergence circuit)補償電視畫面垂直邊緣收斂偏差的電路。

垡　ㄈㄚˊ　fa^2　音伐
耕田翻土。見"集韻"。

厔　厚的古文。

7

垽　ㄧㄣˋ　yin^4　音印
渣滓。見"廣韻"。

垕　ㄐㄧˊ　chi^2　音即
或作堲。1在大路上添土。垐的古文。見"說文"。2燒土成磚，圍於棺材四周。見"字彙"。

垸　ㄏㄨㄢˊ　$huan^2$　音桓
1調和漆和石灰，塗抹器物。也用以指修補牆隙。見"說文"。2旋轉。如：圓而不垸。

埌　ㄌㄤˋ　$lang^4$　音浪
墳墓。見"方言·一三"。

垺　ㄅㄛˊ　po^2　音伯
1塵起的樣子。見"廣韻"。2塵土。見"集韻"。

埔　ㄆㄨˇ　$p'u^3$　音浦　又讀
ㄅㄨˇ　pu^3　音補
'福建'、'廣東'一帶稱水濱的沙洲。後也用作地名。如：'大埔'。

埂　ㄍㄥˇ　$kêng^3$　音梗
1小坑。見"說文"。2小土堤。如：田埂。

堉　ㄩˋ　$yü^4$　音育
土壤肥沃。見"廣韻"。

垾　ㄏㄢˋ　han^4　音汗
1小堤。見"廣韻"。2岸的俗字。見"六書本義"。

埋　㊀ ㄇㄞˊ　mai^2　音霾
1掩藏。2安葬。3隱沒消失。
㊁ ㄇㄢˊ　man^2　音蠻
參埋怨。

6【埋名】　ㄇㄞˊ ㄇㄧㄥˊ
隱藏姓名，不使人知。

【埋伏】　ㄇㄞˊ ·ㄈㄨ
暗中藏匿，伺機制人。多用於軍事行動。

7【埋沒】　ㄇㄞˊ ㄇㄛˋ
1被壓抑或忽視而無法顯露出來。2埋藏地下。

9【埋首】　ㄇㄞˊ ㄕㄡˇ
低頭。比喻專心致力於某種事務。

【埋怨】　ㄇㄢˊ ㄩㄢˋ
對人有怨言，責備別人。

10【埋骨】　ㄇㄞˊ ㄍㄨˇ
埋葬屍骨。即埋葬。

16【埋頭】　ㄇㄞˊ ㄊㄡˊ
低頭。同埋首。

13【埋葬蟲】　ㄇㄞˊ ㄗㄤˋ ㄔㄨㄥˊ
(carrion beetle)爲昆蟲綱、鞘翅目(order Coleoptera)、埋葬蟲科(family Silphidae)中的動物。約有230種。以動物的屍體爲食，有將食餌埋入土中的習性，故名。少數種類生活於蜂巢中，食蜂的屍體，有如清除者；也有的居於洞穴中，以

埋葬蟲圖

蝙蝠屍體爲食。他們可以於數分鐘內將一隻鼠全部埋葬起來，也能將一鼠的屍體移動一、二公尺遠，至較易埋葬之處。體長平均12毫米，大部分呈黃色或紅色，亦有呈黑色者。卵產於屍體中，幼蟲孵出後的數日間，由雙親吐出一種棕色液餵哺之。

18【埋藏物】 ㄇㄞˊ ㄘㄤˊ ㄨˋ
埋藏物是被埋藏於土地或其他物之中，而不易辨別其屬於何人所有之動產。埋藏物之發見爲動產所有權取得原因之一，埋藏物發見之主體爲有識別能力之人，客體指有主物，但不易辨別其所有人之動產。埋藏物之發見須發見並且占有之。其法律效果，依“民法”第八百零八條：「發見埋藏物而占有者，取得其所有權，但埋藏物係在他人所有之動產或不動產中發見者，該動產或不動產之所有人與發見人，各取得埋藏物之半。」埋藏物之發見，固可取得其所有權，但埋藏物若足供學術、藝術、考古或歷史之資料者，其所有權之歸屬，依特別法之規定，所謂特別法例如“文化資產保存法”。

垻 ㊀ ㄅㄟˋ pei^4 音貝
斜坡。見“集韻”。
㊁ ㄅㄚˋ pa^4 音霸
攔水堰。壩的本字。見“正字通”。

埕 ㄔㄥˊ $ch'êng^2$ 音呈
‘福建’人稱廣場。如：鹽埕。

埒 ㄌㄜˋ $lê^4$ 音垃
①矮牆。②邊界。③矮堤；田埂。④相等。如：富埒王侯。

垺 ㊀ ㄈㄨˊ fu^2 音浮
外城。同郛。見“集韻”。
㊁ ㄆㄡˊ $p'ou^2$ 音裒
盛大。見“正字通”。
㊂ ㄆㄟ $p'ei^1$ 音胚
製陶器的模型。通坯。見“集韻”。

埃 ㄞ ai^1 音哀
①灰塵；微塵。②（ångström）代號爲Å。長度的併用單位。等於百億分之一公尺。

4【埃及】 ㄞ ㄐㄧˊ
（Egypt）由‘非洲’東北部本土及‘亞洲’‘西奈半島’組成的文明古國。濱‘地中海’及‘紅海’。面積100萬方公里，人口7,751.0萬（2005年），首都‘開羅’。境內沙漠遍布，‘尼羅河’的谷地及下游三角洲為精華區。農作主爲稻米、小麥、玉米和棉花，礦產有鐵、石油和天然氣。有紡織、鋼鐵、水泥和皮革工業。金字塔、獅身人面像、木乃伊和象形文字等古蹟世界著名。西元1859年‘蘇伊士運河’開通後，國際地位大增。

【埃及古猿】 ㄞ ㄐㄧˊ ㄍㄨˇ ㄩㄢˊ
（*Aegyptopithecus*）猿科中已絕滅的一屬。‘埃及’古猿是指在‘埃及’‘開羅’西南‘淮雍’（Fayum）的漸新世地層（約二千五百萬至三千四百萬年前）出土的古猿化石。標本包括五個下顎骨及一個相當完整的頭骨。由牙齒與頭骨資料顯示其與中新世森林古猿可能有淵源。

【埃及聖書字】 ㄞ ㄐㄧˊ ㄕㄥˋ ㄕㄨ ㄗˋ
大約五千多年前，‘埃及’即發明了系統的象形文字。起初是用一幅圖畫來表達意思，後來逐漸將一些圖畫抽象出來作爲特定的符號（即字）來表達具體的概念，一般稱這時的字體爲聖書體。據統計大約有二千多個聖書體的文字，但經常使用的並不超過七、八百字。其後又出現僧侶體及世俗體。

埆 ㄑㄩㄝˋ $ch'üeh^4$ 音確
①土地貧瘠。②險峻。③匱乏；短缺。如：豐埆有時。

埄 ㄆㄥˇ $p'êng^3$ 音捧
灰塵飛揚的樣子。見“字彙”。

埊 地的古文。

埀 垂的俗體。

垼 ㄧˋ i^4 音役
也作坄。①燒陶器的灶窗。見“集韻”。②土築的灶。見“正字通”。

8

埅 坤的或體。

執 ㄓˊ $chih^2$ 音質
①拘捕。見“說文”。②持；拿。如：執筆。③掌管；主持。如：執法。④堅持；把握。如：允執厥中。⑤好友；至交。如：父執。

1【執一】 ㄓˊ ㄧ
①專一。②固執；不知變通。

4【執友】 ㄓˊ ㄧㄡˇ
志同道合的朋友。

【執中】 ㄓˊ ㄓㄨㄥ
持守不偏不倚、無過不及的中和之道。

8【執法】 ㄓˊ ㄈㄚˇ
①執行法令。②執法的人。

【執事】 ㊀ ㄓˊ ㄕˋ
①從事勞役。②供役使或執行事務的人。③書信中對平輩的敬稱。義同左右。
㊁ ㄓˊ ˙ㄕ
儀仗。多指婚喪喜慶時所用的牌傘等物。

【執拗】 ㄓˊ ㄠˋ
①固執而不通情理。②阻擋；阻攔。

9【執政】 ㄓˊ ㄓㄥˋ
①掌管政事。②掌握政權的人。

【執柯】 ㄓˊ ㄎㄜ
指爲人作媒。

11【執紼】 ㄓˊ ㄈㄨˊ
牽引棺索以助行進。後指稱送葬。

12【執掌】 ㄓˊ ㄓㄤˇ
掌管。

【執著】 ㄓˊ ㄓㄨㄛˊ
佛家語。指固著於事物觀念而不能超脫。分我執與法執。

13【執意】 ㄓˊ ㄧˋ
堅持己意。

【執照】 ㄓˊ ㄓㄠˋ
政府機關對於人民請求從事一定業務之行爲者,所發給的許可證。例如營業執照、律師執照。

【執業】 ㄓˊ ㄧㄝˋ
從事某種行業。

18【執贄】 ㄓˊ ㄓˋ
古代賓主相見時,持物相贈的禮節。

【執鞭】 ㄓˊ ㄅㄧㄢ
拿鞭子駕車。泛指從事卑微的工作。

4【執牛耳】 ㄓˊ ㄋㄧㄡˊ ㄦˇ
古代諸侯會盟,割牛耳取血塗口以示信。由主盟者持盤盛耳,供與盟者分嚐,後用來稱主持其事居於領導地位的人。

8【執金吾】 ㄓˊ ㄐㄧㄣ ㄨˊ
官名。'漢'置,掌京師治安;皇帝出行,則爲前導,戒備非常。原爲'秦'中尉之職,'漢武帝'時更名執金吾。吾,防禦;執金吾即執金屬武器以防禦突發事件之意。'魏''晉'以後,職稱屢有變更。

9【執政黨】 ㄓˊ ㄓㄥˋ ㄉㄤˇ
掌理國家政務的政黨。民主國家的執政黨,通常是議會中擁有多數議席的政黨,或總統大選中獲勝之黨。與其對立之政黨稱爲反對黨或在野黨。

14【執箕帚】 ㄓˊ ㄐㄧ ㄓㄡˇ
拿畚箕、掃帚灑掃。也用以指僕役或妻妾的謙詞。

8【執兩用中】 ㄓˊ ㄌㄧㄤˇ ㄩㄥˋ ㄓㄨㄥ
執持事理不同的論點加以考量,而以最適中的辦法來施行。形容不偏不倚,無過不及。

10【執迷不悟】 ㄓˊ ㄇㄧˊ ㄅㄨˋ ㄨˋ
堅持錯誤而不省悟。

13【執業證書】 ㄓˊ ㄧㄝˋ ㄓㄥˋ ㄕㄨ
許可執行業務的證書。經專門職業考試及格或檢覈合格人員,可憑考試及格或檢覈合格證書,向專門職業之主管機關,請領執業證書。如經律師考試及格或檢覈合格者,可憑及格或合格證書向法務部請領律師執業證書。

6【執行業務所得】 ㄓˊ ㄒㄧㄥˊ ㄧㄝˋ ㄨˋ ㄙㄨㄛˇ ㄉㄜˊ
(income from professional practice)綜合所得稅制下的一種所得。凡執行業務者之業務收入或演技收入,減除業務所必要之成本及費用後之餘額屬之。執行業務者,指醫師、律師、會計師、建築師、技師、藥師、助產士、著作人、經紀人、代書人、工匠、表演人及其他以技藝自力營生者。

堅 ㄐㄧㄢ *chien*^{1} 音肩
①剛硬的土地。見"說文"。②剛硬;牢固。如:堅牢。③剛強有力。如:老而彌堅。④姓。'漢'有'堅峻'。見"萬姓統譜·二八"。

7【堅牢】 ㄐㄧㄢ ㄌㄠˊ
堅實牢固。

【堅忍】 ㄐㄧㄢ ㄖㄣˇ
堅毅忍耐。

8【堅果】 ㄐㄧㄢ ㄍㄨㄛˇ
(nut)果皮木質而堅硬,易與種子分離,成熟後,果皮不裂開的,叫堅果。爲乾果中閉果的一種。如胡桃、榛樹的果實便是。堅果中,像櫟屬的果實,附有胚狀或盤狀殼斗的,稱殼斗果。

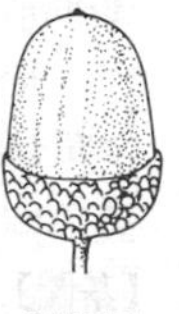
堅果圖

【堅卓】 ㄐㄧㄢ ㄓㄨㄛˊ
堅毅而卓越。

9【堅持】 ㄐㄧㄢ ㄔˊ
執持既定的主張,絕不改變。

【堅貞】 ㄐㄧㄢ ㄓㄣ
節操堅定。

12【堅韌】 ㄐㄧㄢ ㄖㄣˋ
堅固而有韌性,不易折斷。

15【堅毅】 ㄐㄧㄢ ㄧˋ
意志堅定不變。

5【堅甲利兵】 ㄐㄧㄢ ㄐㄧㄚˇ ㄌㄧˋ ㄅㄧㄥ
堅固的盔甲、銳利的兵器。泛指精良的武器裝備。

7【堅忍不拔】 ㄐㄧㄢ ㄖㄣˇ ㄅㄨˋ ㄅㄚˊ
堅定忍耐,絕不動搖。

9【堅苦卓絕】 ㄐㄧㄢ ㄎㄨˇ ㄓㄨㄛˊ ㄐㄩㄝˊ
堅忍的意志,刻苦的精神,超越一般常人。

16【堅壁清野】 ㄐㄧㄢ ㄅㄧˋ ㄑㄧㄥ ㄧㄝˇ
堅守壁壘,清除田野未收割的禾麥,使敵軍進則攻堅不克,退則缺乏糧食,無法久留。

堊 ㄜˋ *o*^{4}, *ê*^{4} 音萼
①用白土塗飾使白。見"說文"。②白土。③泛指泥土。④粗惡的;未加修飾的。通惡。

埶 ㊀ ㄧˋ *i*^{4} 音藝
種植。見"說文"。
㊁ ㄕˋ *shih*^{4} 音勢
勢的或體。

基 ㄐㄧ *chi*^{1} 音箕
①建築物的底址。如:屋基。②事物的開始或根本。如:福生有基。③基本的;主要的。如:基幹。④依據。如:基於上述原因。⑤(radical)又稱根。爲帶電之原子團。例如氫氧基 (OH^-)、銨基 (NH_4^+) 與硫酸根 (SO_4^{-2})。其在化合物中常成一單位,不因化學反應而改變。⑥姓。'明'有'基厚'。見"萬姓統譜·五"。

5【基本】 ㄐㄧ ㄅㄣˇ
基礎和根本。引申爲事物的本始。

6【基地】 ㄐㄧ ㄉㄧˋ
①根據地。②可供建築的土地。

【基因】 ㄐㄧ ㄧㄣ
(gene)控制生物遺傳性狀的因子。位於染色體上,其成分爲去氧核糖核酸(DNA)。生物學家已了解DNA的構造,因此在遺傳學上便可從分子生物學方面著手,對基因作深入了解,使遺傳學迅速發展。

7【基址】 ㄐㄧ ㄓˇ

[1]建築物的基礎。[2](base address)電腦指令使用相對定址法時,計算有效位址的參考點,稱爲基址。

8【基底】 ㄐㄧ ㄉㄧˇ
(substratum)[1]指生物可在其上憩息或活動的物體表面。[2]一種支撐材料,積體電路(*IC*)就在上面或裡面製造或連接。

【基肥】 ㄐㄧ ㄈㄟˊ
指播種前施用於田地間的肥料。即在整地翻犂後、直耙前所施用的肥料。

【基金】 ㄐㄧ ㄐㄧㄣ
[1]從事各項活動的基本資金。[2]依'美國政府會計委員會'解釋爲:政府爲執行特定業務或爲達特定目的,依據法令規定,將一定數額之款項或其他財源,予以單獨設置,或予以劃分限制,而構成一獨立的財務與會計個體。我國"預算法"則謂爲已定用途而已收入或尙未收入之現金或其他財產。

9【基音】 ㄐㄧ ㄧㄣ
(the fundamental)發音體所發出最低頻率的聲音。參泛音。

【基面】 ㄐㄧ ㄇㄧㄢˋ
(basic plate)工件上做爲量驗或加工定位基準之工作面。

12【基隆】 ㄐㄧ ㄌㄨㄥˊ
省轄市。位於'臺灣島'北岸。昔名'雞籠','淸代'取［基地昌隆］之意,改稱'基隆'。境內除'基隆河'河谷及海岸地帶有狹窄平原外,其餘皆爲起伏的山丘地。其發展全賴'基隆港';現爲鐵路要站、'中山高速公路'北端起點。是'臺灣'北部的大商港、漁港兼軍港。

13【基準】 ㄐㄧ ㄓㄨㄣˇ
根本的原理或規範。也泛稱依據的標準。

【基極】 ㄐㄧ ㄐㄧˊ
(base)電晶體之三連接端之一。爲輸入信號的接頭。

【基督】 ㄐㄧ ㄉㄨ
(Christ)基督教徒對'耶穌'的尊稱。原爲'希伯來'文'彌賽亞'(Mashiah)的翻譯,意爲'猶太'人所期待的救世主。參耶穌。

【基圓】 ㄐㄧ ㄩㄢˊ
(base circle)產生漸開線齒形時作爲基礎之圓。

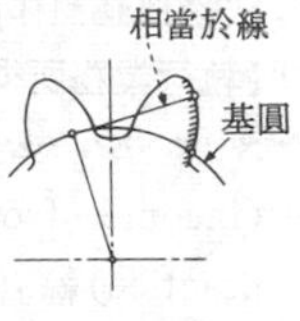

基圓圖

【基節】 ㄐㄧ ㄐㄧㄝˊ
(base pitch)沿漸開線齒輪基圓上,由一齒之一點至相鄰對應點之弧長。法節之長與基節之長相等。

【基腳】 ㄐㄧ ㄐㄧㄠˇ
(footing)柱礎或牆基的下層部分。即將牆或柱向下擴大,使上面房屋全部重量傳達到較大的土壤面積而避免沉陷。

14【基輔】 ㄐㄧ ㄈㄨˇ
(Kiev)'烏克蘭'首都、第一大城及科學、文化、工業中心,也是重要的水、陸、空交通樞紐。位於'聶伯河'(Dnieper R.)中游西岸。城內多教堂及學術機構,以'索非亞大教堂'最著。貿易以穀物、木材居多,機械、紡織、化學和食品加工業均盛。人口262萬(2002年)。

【基圖】 ㄐㄧ ㄊㄨˊ
(base map)表示一地區內基本之自然及人造地理特徵的地圖。爲社區規劃或設計工作的基本。

【基態】 ㄐㄧ ㄊㄞˋ
(ground state)原子在正常狀態時,其核外電子在最低的能階,這種電子處於最低能量的狀態,叫做基態。

15【基層】 ㄐㄧ ㄘㄥˊ
在某種結構或組織中屬於底層的部分。

【基模】 ㄐㄧ ㄇㄛˊ
(schema)'瑞士'心理學家'皮亞傑'(J. Piaget)認知發展論的基本觀念之一。個體於適應環境時,經由學習,組織其經驗、觀念存於記憶內之基本行爲模式。

【基數】 ㄐㄧ ㄕㄨˋ
[1]1、2、3、4、5、6、7、8、9九個數字,是任何數的基本,稱爲基數。[2]1、2、3、……10、11、12、13、……等數,也稱基數。即通常之數。與序數相對。[3]計算撫卹金及退休金之基本單位。一個基數的金額等於一個月月俸額及本人實物代金之和。如十個基數之一次撫卹金、二十個基數之一次退休金。

【基線】 ㄐㄧ ㄒㄧㄢˋ
(base line)指一經精密測定的水平距離。通常是以鋼尺或錮鋼尺測定。其測量目的在於精確定出兩測站間之水平距離,再據以施行儀器觀測,例如再實施三角測量,即可測定諸三角控制點之平面與高程位置,以作爲一般細部測量的骨幹。基線儘量設於平坦處,以便於測定並提高精度。

【基盤】 ㄐㄧ ㄆㄢˊ
(basement)在一地區可以認出最老地層以下的岩石。一般均爲火成岩和變質岩組成的複雜岩系。

18【基礎】 ㄐㄧ ㄔㄨˇ
[1]根本。[2](foundation)建築物之基腳。用以承托建築物的荷重,以便將上部結構物的載重均勻傳到地盤。

4【基孔制】 ㄐㄧ ㄎㄨㄥˇ ㄓˋ
(basic hole system)在任一公差等級中,孔件公差不變,擬配合之軸件配以不同之公差,以得到不同類別之餘隙或干涉之配合方式,稱爲基孔制。在基孔制中,孔之公差尺寸爲孔之最小尺寸,即孔之下偏差爲0,公差爲正。基孔制之配合有 H5~H10 等六種。

5【基本量】 ㄐㄧ ㄅㄣˇ ㄌㄧㄤˋ
(base quantity; fundamental quantity)一定理論體系下,公認互爲獨立的物理量。如長度、質量、時間、電流、溫度、物質量、光強度等。

6【基因型】 ㄐㄧ ㄧㄣ ㄒㄧㄥˊ
(genotype)個體因遺傳而擁有之特質。與外顯型相對。

12【基軸制】 ㄐㄧ ㄓㄡˊ ㄓˋ
(basic shaft system)配合制度的一種。在任一公差等級中，軸件公差不變，擬配合之孔件配以不同之公差，以得到不同類別之餘隙或干涉之配合方式，稱爲基軸制。在基軸制中，軸之公差尺寸爲軸之最小尺寸，即軸之上偏差爲0，公差爲負。基軸制之配合有H4～H9 等六種。

13【基督教】 ㄐㄧ ㄉㄨ ㄐㄧㄠˋ
有二義：一指基督宗教(Christianity)，一指新教或抗議教(Protestantism)。基督宗教爲世界最大的宗教，信徒超過十億，包括'羅馬'天主教、'希臘'(東方)正教、'英國'國教、新教以及許多東方獨立教派。其基本信仰認爲'耶穌'是上帝派遣到人世間爲人類贖罪，以使信祂的人獲得永生永福的[救世主]。新教爲西元 1517 年'德'人'馬丁路德'因反對'羅馬'天主教會而分裂出來的教會，又稱改革或抗議教會(Reformed or Protestant Churches)。主要宗派有長老會、信義會、聖公會、浸信會、公理會和衛理會等。其特色爲反對教宗的職權制度，強調信仰爲個人的事，接受"聖經"爲主要權威。

5【基本人權】 ㄐㄧ ㄅㄣˇ ㄖㄣˊ ㄑㄩㄢˊ
指人與生俱來不可剝奪的權利。如生存權、平等權、自由權。

【基本失衡】 ㄐㄧ ㄅㄣˇ ㄕ ㄏㄥˊ
(fundamental disequilibrium)一國的國際收支失衡是因經濟結構失調而產生的一種長期、持續的現象。

【基本危險】 ㄐㄧ ㄅㄣˇ ㄨㄟˊ ㄒㄧㄢˇ
(basic perils) 保險人在基本保險單上所承保的危險事故，稱爲基本危險。如在貨物海上保險，因貨物在運輸途中可能遭遇的危險甚多，因此，保險人不可能無所不保。實際上，基本危險只有下列數種：一、海洋固有危險(如沈船、擱淺、碰撞、海水損害等)；二、火災；三、暴力盜竊；四、投棄；五、船長或船員的惡意行爲；六、其他一切海洋固有危險。

【基本利率】 ㄐㄧ ㄅㄣˇ ㄌㄧˋ ㄌㄩˋ
(prime interest rate)'美國'商業銀行對信用評等最好的客戶所索取的短期放款利率。以基本利率爲基準，而對信用評等、風險及期限等不同的放款，索取較高的利率。

【基本粒子】 ㄐㄧ ㄅㄣˇ ㄌㄧˋ ㄗˇ
(elementary particles; fundamental particles)十九世紀的科學家認爲組成物質的單位─原子是不可分割的，是建造物質的最基本磚塊。其後由於電子的發現、光子的粒子說、中子的發現，使科學家了解原子，甚至原子核均可再分割，質子、電子、光子、中子才是基本粒子。隨著物理學的發展如反粒子理論、β-衰變理論、核力理論、加速器及實驗技術的發展，愈來愈多的粒子被發現(其中有些生命期甚短)。這些粒子雖可透過反應變成其他的粒子，但與原子核不同的是它們不能明顯的視爲由其他更基本的粒子所組成。因此這些粒子都稱爲基本粒子。研究基本粒子的學問稱爲粒子物理學(particle physics)，由於要產生這些粒子須用高能量的粒子去撞擊，故又稱高能物理學。後來所發現的基本粒子生命期均甚短($<10^{-22}$秒)，大部分是根據兩粒子作用時，在某些特定條件下其作用機率特別大，而推定有粒子的存在的。作用機率在特定條件下特大的現象是一種共振現象，故這些粒子其實就是一些共振態。已發現的共振態粒子超過二百個以上。物理學家對眾多的基本粒子作有系統的研究，將之分成三類：光子自成一類，電子、微中子等屬輕子類，另一類爲強子(hadron)，強子類又分爲介子類及重子類(如質子、中子等)。

【基本國策】 ㄐㄧ ㄅㄣˇ ㄍㄨㄛˊ ㄘㄜˋ
立國施政的基本原則與方針。

【基本條款】 ㄐㄧ ㄅㄣˇ ㄊㄧㄠˊ ㄎㄨㄢˇ
(general clause) 爲法規規定保險單內所必須記載的事項。

【基本單位】 ㄐㄧ ㄅㄣˇ ㄉㄢ ㄨㄟˋ
(base unit; fundamental unit) 基本量之單位。如公尺、公斤、秒、安培、克耳文、莫耳、燭光等。

【基本電池】 ㄐㄧ ㄅㄣˇ ㄉㄧㄢˋ ㄔˊ
(primary cell) 即不可逆電池。將蓄積之化學能轉變爲電能後即失去效用。例如乾電池。

8【基底向量】 ㄐㄧ ㄉㄧˇ ㄒㄧㄤˋ ㄌㄧㄤˋ
(basis vectors)平面(空間)的兩個(三個)向量具有下列性質：任何其他的向量都可以寫成這兩個(三個)向量的線性組合。它們可以生成平面(空間)中的所有向量。在平面上，任意不平行的兩非零向量皆可爲基底。在空間中，任意不在同一平面上的三個向量皆可爲基底。若基底向量兩兩正交，稱爲正交基(底)。正交基(底)向量若長度均爲單位長(么向量)，則稱爲么正基(底)。類似概念可推廣至更高維的向量空間上。

【基阿連山】 ㄐㄧ ㄚ ㄌㄧㄢˊ ㄕㄢ
(Kjolen Mts.)斜貫'斯堪的那維亞半島'的山脈。分布在'芬蘭'、'瑞典'和'挪威'境內。原爲古老的結晶岩陸塊；第三紀時，受'阿爾卑斯山'造山運動影響，再度隆起。西陡東緩，高峰約 2,000 多公尺，山區多冰河地形。

15【基層建設】 ㄐㄧ ㄘㄥˊ ㄐㄧㄢˋ ㄕㄜˋ

就國家行政體系而言,鄉鎭縣轄市爲基層行政區域,政府從事此一層級的公共建設,謂之基層建設。我國政府爲直接改善人民之生活環境,前'行政院'長'孫運璿'先生於'民國'六十九年起,進行「全面推動基層建設方案」,自中央而省(市)、縣(市)各機關全面配合推展,「基層建設」一詞一時廣爲引用。上述基層建設方案內容,要者包括:一、裝設公用電話(使村村有電話);二、擴大自來水供應地區;三、建設尙無電燈地區供電設備(達到家家有電燈);四、充實偏遠地區醫療保健設施及擴大巡迴醫療服務;五、開闢鄉村產業道路;六、建設村里道路、橋梁、堤防;七、整修排水溝渠;八、裝設路燈及零星工程;九、修建及充實體育場所;十、修建及充實民眾活動中心;十一、興建攤販市場;十二、消除髒亂等。

【基數效用】 ㄐㄧ ㄕㄨˋ ㄒㄧㄠˋ ㄩㄥˋ
(cardinal utility)消費者由各種物品消費所得到的效用(或滿足感),可以基數(一、二、……)來加以衡量。

18**【基礎教育】** ㄐㄧ ㄔㄨˇ ㄐㄧㄠˋ ㄩˋ
(basic education)泛指初等及中等學校中,爲培養學生成爲健全國民所施予的教育。

5**【基本入滲率】** ㄐㄧ ㄅㄣˇ ㄖㄨˋ ㄕㄣˋ ㄌㄩˋ
(basic intake rate)水分滲入土壤的入滲率隨經過時間逐漸遞減趨向定値時稱之。一般以入滲率的遞減率達到當時入滲率1/10時的入滲率作爲基本入滲率。

【基本運費率】 ㄐㄧ ㄅㄣˇ ㄩㄣˋ ㄈㄟˋ ㄌㄩˋ
(basic freight rate;basic rate;base rate)又稱基本運價。就一定運費計算單位的貨物所收取的運費標準,稱爲基本運費率。航運同盟或盟外船公司所編製的運費率表,按特定航線區間、經常停靠的港口,依貨物類別,分別訂有各港口間的運費率,此即基本運費率。基本運費率又可分爲個別商品運費率、雜貨運費率、分等運費率及契約運費率等四種。

7**【基址暫存器】** ㄐㄧ ㄓˇ ㄓㄢˋ ㄘㄨㄣˊ ㄑㄧˋ
(base address register)電腦內存放基址的暫存器。

8**【基金本位說】** ㄐㄧ ㄐㄧㄣ ㄅㄣˇ ㄨㄟˋ ㄕㄨㄛ
指每一基金之財源,各據不同之法令,只充特定之用途,故其帳務紀錄,必須完全分立,按各個基金設置分套帳戶,列示其資產、負債、基金餘額,以及收入、支出情形,各構成一完整會計單位,藉以編製其單獨之財務報表,揭示其資產獲致之來源與運用。即其係以特定之營運範圍爲利害中心,脫離自然人或法人而超然獨立。

18**【基礎代謝率】** ㄐㄧ ㄔㄨˇ ㄉㄞˋ ㄒㄧㄝˋ ㄌㄩˋ
(basal metabolic rate; BMR)動物維持生命最起碼的代謝率。以人爲例,即一個人經過12小時的飢餓後給予充分的身心休息,再測量其單位時間、身體所產生的熱量、二氧化碳量等,用以表示一個人的營養狀況及內分泌的作用情況。

【基礎體溫法】 ㄐㄧ ㄔㄨˇ ㄊㄧˇ ㄨㄣ ㄈㄚˇ
以測量體溫來推測排卵日期的方法。婦女排卵時,體溫會稍微上升,升幅約0.2~0.5°C,由於升幅不大,所以通常採用刻度劃分較精細的婦女體溫計。測量方法是在每天早晨醒來未有任何活動前測量口溫,並將之記錄於表上。

5**【基本心理能力】** ㄐㄧ ㄅㄣˇ ㄒㄧㄣ ㄌㄧˇ ㄋㄥˊ ㄌㄧˋ
(primary mental abilities)'美國'心理學家'薩斯通'(L. Thurstone)對許多智力測驗之試題進行分析、研究,發現人類之智能包括七種基本心能:即空間知覺、知覺速度、語文理解、數字能力、記憶、文字流暢與推理能力。

【基本抗剪強度】 ㄐㄧ ㄅㄣˇ ㄎㄤˋ ㄐㄧㄢˇ ㄑㄧㄤˊ ㄉㄨˋ
(intrinsic shear strength)岩石材料受壓至孔隙爲零時的抗剪強度。以公式表之如下:$S_i=K+\sigma\tan\phi$,式中S_i爲基本抗剪強度,K爲基本凝聚力,σ爲正應力,ϕ爲基本抗剪角。

【基本放款利率】 ㄐㄧ ㄅㄣˇ ㄈㄤˋ ㄎㄨㄢˇ ㄌㄧˋ ㄌㄩˋ
(prime rate)各銀行對往來良好客戶短期放款所設定的最低利率。爲配合放款利率自由化,此利率不受制於'中央銀行'核定的放款利率上下限,各銀行可視本身資金成本水準的變化自行調整;而因銀行對放款利率的訂價均須以此利率爲基準加碼辦理,故一旦調整,則所有按此利率加碼的浮動貸款契約利率,也跟著調整。

13**【基極展佈電阻】** ㄐㄧ ㄐㄧˊ ㄓㄢˇ ㄅㄨˋ ㄉㄧㄢˋ ㄗㄨˇ
(base-spreading resistance)在電晶體的結構中,基極爲非常薄的一層材料,從射極接面流入的電流,須要經過一窄小的路徑,才能到達基極端;射極或集極的截面積比基極大很多,因此基極的電阻比射極或集極要大得多,基極的這項直流性'歐姆'電阻稱爲基極展佈電阻。

【基極寬度調變】 ㄐㄧ ㄐㄧˊ ㄎㄨㄢ ㄉㄨˋ ㄊㄧㄠˊ ㄅㄧㄢˋ
(base width modulation)又稱'歐萊'效應。基極的導線金屬寬度W_B在大的反向偏壓影響下,將使空乏區寬度深入集極區,使得有效電作用的基極寬度變爲$W'_B=W_B-W$,其中W爲集極接面的空乏寬度。這種隨集極電壓大小而調變基極有效寬度的特性稱爲基極寬度調變。

【基極調變電路】 ㄐㄧ ㄐㄧˊ ㄊㄧㄠˊ ㄅㄧㄢˋ ㄉㄧㄢˋ ㄌㄨˋ

(base modulation circuit)調幅電路之一。載波與信號串聯共同加於基極之方式。調變電路爲利用信號波來改變被調變放大器之增益的電路。將信號加於基極來進行調變時,信號的功率可以比加於集極的集極調變方式小,但由於此種方式之調變特性較差,所以一般均採用集極調變方式。

【基督教青年會】 ㄐㄧ ㄉㄨ ㄐㄧㄠˋ ㄑㄧㄥ ㄋㄧㄢˊ ㄏㄨㄟˋ

(Young Men's Christian Association; YMCA)一個無教派分別及政治色彩,而係透過團體活動以發揚基督教人格的組織。西元1844年'英'人'威廉斯'(George Williams)於'倫敦'成立。1855年擴展爲'基督教青年會世界聯盟'(World Alliance of YMCA),總部設於'日內瓦'。

【基督教女青年會】 ㄐㄧ ㄉㄨ ㄐㄧㄠˋ ㄋㄩˇ ㄑㄧㄥ ㄋㄧㄢˊ ㄏㄨㄟˋ

(Young Women's Christian Association; YWCA)一個無教派分別及政治色彩的基督教婦女組織。旨在促進年輕婦女在身心、社會、知能和道德上的利益。成立於西元1855年,西元1894年組成'世界基督教女青年會'(World YWCA),總部設於'日內瓦'。六十年代已有72個國家加入此組織。

8【基於可靠度之結構設計】 ㄐㄧ ㄩˊ ㄎㄜˇ ㄎㄠˋ ㄉㄨˋ ㄓ ㄐㄧㄝˊ ㄍㄡˋ ㄕㄜˋ ㄐㄧˋ

(reliability-based structural design) 指基於安全指標的設計觀念,以概略了解所設計之結構物的破壞或然率爲若干。首先定義安全邊際隨機變數M爲結構物之抵抗能力R與荷重效應S之差(即 $M=R-S$),結構設計時要求$\mu_M \geq \beta\sigma_M$,式中μ_M爲M之平均值,σ_M爲M之標準離差,β爲安全指標,係依結構物的重要性等因素而決定之值。安全指標值越大,則結構物的破壞或然率越小,兩者間有一定的關係。

堇 ㄐㄧㄣˇ *chin*^{3} 音謹　又讀 ㄐㄧㄣˋ *chin*^{4} 音覲

①黏土。見"說文"。②把黏土塗佈牆上。通墐。見"正字通"。

培 ㊀ ㄆㄟˊ *p'ei*^{2} 音裴

①壅土以栽植花木。如:栽培卉木。②泛指養育。如:培養人才。③憑;乘。如:培風。

㊁ ㄆㄡˇ *p'ou*^{3} 音剖

墳墓。見"方言・一三"。

3【培土】 ㄆㄟˊ ㄊㄨˇ

指作物在播種後、收成前,將畦間土壤壅向植株的作業。其目的在穩固植株的直立性,減少並防止倒伏,並利灌溉與排水。

7【培育】 ㄆㄟˊ ㄩˋ

栽培養育。

10【培根】 ㄆㄟˊ ㄍㄣ

(Francis Bacon, 1561~1626)'英國'的思想家、政治家。曾由晉封爵士而做到'大理院'的院長(lord chancellor),後因受賄被免職。他力主藉觀察以發現眞知,認爲科學知識爲控制自然和造福人群的工具,且提倡經驗主義,在科學方法論上貢獻很大。撰有"新工具論"(*Novum Organum*)一書,主張用歸納法研究問題。

培根像

12【培植】 ㄆㄟˊ ㄓˊ

栽種花木。引申爲培養人才。

14【培塿】 ㄆㄡˇ ㄌㄡˇ

小土山。

16【培壅】 ㄆㄟˊ ㄩㄥˇ

覆土培植花木。引申爲栽培、培植。

15【培養土】 ㄆㄟˊ ㄧㄤˇ ㄊㄨˇ

指以人工方法依種植的需要所調配的土壤。以粗砂、土壤土及腐葉土等混合爲主。一般觀賞植物如行溫室或陰棚栽培時使用。

11【培基程式語言】 ㄆㄟˊ ㄐㄧ ㄔㄥˊ ㄕˋ ㄩˇ ㄧㄢˊ

(beginner's all-purpose symbolic instruction code; BASIC)電腦程式語言之一。是一具有數值運算與文字處理能力之程式語言,由'美國''達特茅斯學院'(Dartmouth College)所設計發展。培基語言之主要對象爲初學者,因此簡單易學,使用普遍。適合分時系統的電腦,使用者可享受和電腦交談的樂趣。

埻 ㄓㄨㄣˇ *chun*^{3} 音準

箭靶。通作準。見"說文"。

埜 ㄧㄝˇ *yeh*^{3} 音也

①野的或體。②姓。'明'有'埜佑'。見"正字通"。

堔 ㄕㄣ *shên*^{1} 音深

地名用字。也作深。參深圳。

埢 ㊀ ㄑㄩㄢˊ *ch'üan*^{2} 音拳

圜牆。即牢獄。見"集韻"。

㊁ ㄐㄩㄢˇ *chüan*^{3} 音卷

墳土。見"集韻"。

埮 ㄊㄢˋ *t'an*^{4} 音探

參壏埮。

埲 ㊀ ㄅㄥˋ *pêng*^{4} 音蹦

塵垢雜亂。見"新方言・釋地"。

㊁ ㄅㄤˋ *pang*^{4} 音棒

舊時稱'貴州'土司的土地。

埽 ㊀ ㄙㄠˇ *sao*^{3} 音嫂

掃的本字。

㊁ ㄙㄠˋ *sao*^{4} 音臊

①古時用以堵水的草包。見"正字通"。②泛指用埽料築成的堤防。

埭 ㄉㄞˋ *tai*^{4} 音代

土築的堤防。見"洪武正韻"。

埡 ㊀ ㄨˋ wu^4 音誤
①用石灰粉刷。同堊。見“集韻”。②山野村落。見“類篇”。
㊁ ㄨˇ wu^3 音伍
用作屏障的小土牆。同隖。見“集韻”。
㊂ ㄧㄚˇ ya^3 音啞
參埡口。

3【埡口】 ㄧㄚˇ ㄎㄡˇ
(col) 在一條具有障壁性的山脊間,較低而窄狹的山口。即隘口。

域 ㄩˋ yü^4 音郁
①邦國。見“說文”。②疆界;區域。如:域外。③境界;層面。如:超入聖域。

4【域中】 ㄩˋ ㄓㄨㄥ
天下;國內。

5【域外】 ㄩˋ ㄨㄞˋ
境外;國外。

堵 ㄉㄨˇ tu^3 音賭
或作堵。①土牆。見“說文”。②塞住;阻遏。如:圍堵。③姓。‘春秋’有‘堵叔’。見“萬姓統譜·七八”。

13【堵塞】 ㄉㄨˇ ㄙㄜˋ
阻塞不通。

16【堵嘴】 ㄉㄨˇ ㄗㄨㄟˇ
①理屈而語塞。②給人利益,以使其對某事保守祕密或不反對。

堀 ㄎㄨ k'u^1 音枯
①洞穴;孔穴。也作窟。如:堀穴。②飛起;揚起。

埴 ㄓˊ chih^2 音直
①黏土。②牢固。如:埴固。

埼 ㄑㄧˊ ch'i^2 音奇
彎曲的崖岸。也作碕、崎。見“正字通”。

埱 ㊀ ㄔㄨˋ ch'u^4 音俶
氣從土中冒出來。見“說文”。
㊁ ㄊㄡˋ t'ou^4 音透
通;透。見“新方言·釋言”。

堈 ㄍㄤ kang^1 音岡
①瓦器名。即甕。見“廣韻”。②隴;土阜。見“集韻”。

埧 ㄐㄩˋ chü^4 音具
堤塘。見“廣韻”。

堁 ㄎㄜˇ k'o^3, k'ê^3 音可
①塵土。見“廣雅·釋詁”。②堆土。見“集韻”。

埸 ㄧˋ i^4 音易
田界。也泛指邊界。如:疆埸。

堌 ㄍㄨˋ ku^4 音固
①墳塚。見“字彙補”。②土堡。③古城名。在今‘山東省’‘滕縣’東‘薛河’南。

埰 ㄘㄞˋ ts'ai^4 音菜
①古代卿大夫的采地。見“集韻”。②墳墓。見“方言·一三”。

堋 ㊀ ㄅㄥˋ pêng^4 音泵
將棺木下葬在土中。見“說文”。
㊁ ㄆㄥˊ p'êng^2 音朋
懸掛箭靶的短牆。也指射箭的場所。見“集韻”。

堍 ㄊㄨˋ t'u^4 音兔
橋兩端斜向地面的部分。也指橋邊。

埳 ㄎㄢˇ k'an^3 音砍
坑穴;凹陷的地方。同坎。見“玉篇”。

堆 ㊀ ㄉㄨㄟ tui^1 音碓
①小土丘。見“說文”。②聚積的泥土。如:土堆。③泛指積多而高出的東西。如:柴堆。④累積。如:堆積。⑤(bank)指大洋底小規模的海嶺地區。底質大多為泥沙,岩礁較少。屬高生產性地區,特別適於拖網漁業。
㊁ ㄗㄨㄟ tsui^1 音朘
㊀③的語音。

8【堆肥】 ㄉㄨㄟ ㄈㄟˊ
將動植物或礦物質混合堆積,經分解或固定而形成的產物。可作為肥料。

9【堆垛】 ㄉㄨㄟ ㄉㄨㄛˋ
堆積。

【堆砌】 ㄉㄨㄟ ㄑㄧˋ
①將磚石等物一層層疊起來。泛指堆積累疊。②比喻文中用不必要的詞藻典故。

12【堆棧】 ㄉㄨㄟ ㄓㄢˋ
舊時稱貯存貨物的倉庫。

14【堆漆】 ㄉㄨㄟ ㄑㄧ
我國傳統漆工藝的技法之一。係將糊狀的漆液、顏料及灰質混合物堆於器物表面,使成各種圖案和花紋。乾燥後的成品十分堅實,並富立體感。

16【堆積】 ㄉㄨㄟ ㄐㄧ
堆聚累積。

22【堆疊】 ㄉㄨㄟ ㄉㄧㄝˊ
①累積重疊。②(stack)電腦程式處理與儲存資料的一種方法。即將資料以串列之方式存放,但只能由串列之一端加入或取出資料;所加入的資料被存於串列之尾端,所取出的也是尾端的資料項,即以後進先出的方式在一端作存取。存入資料稱為推下,取出資料稱為爆出。

8【堆肥法】 ㄉㄨㄟ ㄈㄟˊ ㄈㄚˇ
(composting)在空氣充分供應及適當溫度及水分下,利用生物作用,使固體廢棄物之有機物質醱酵分解的方法。所生堆肥可用於園藝或農地改良。

3【堆山積海】 ㄉㄨㄟ ㄕㄢ ㄐㄧ ㄏㄞˇ
形容堆積甚多。

8【堆金積玉】 ㄉㄨㄟ ㄐㄧㄣ ㄐㄧ ㄩˋ
堆積金玉。形容財富極多。

22【堆疊指標】 ㄉㄨㄟ ㄉㄧㄝˊ ㄓˇ ㄅㄧㄠ
(stack pointer)使用堆疊之技術儲存與處理資料時,配合堆疊之特性,用來指示堆疊尾端位置的指標。堆疊指標所指示的也是最後存入堆疊之資料所在的位置。

堄 ㄋㄧˊ ni^2 音倪
參埠堄。

埠 ㄅㄨˋ pu^4 音步
①水邊停泊船隻的地方。如:港埠。②通商的口岸。如:商埠。③人口聚集的地方。如:‘華’埠。

埤 ㊀ ㄆㄧˊ p'i² 音皮
1增益。見"說文"。2幫助。見"廣雅·釋詁"。
㊁ ㄅㄧˋ pi⁴ 音必
1田百畝。見"集韻"。2低下潮溼的地方。
㊂ ㄆㄧˋ p'i⁴ 音譬
參埤垷。

6【埤圳】 ㄅㄧˋ ㄐㄩㄣˋ
池塘;溝渠。

11【埤垷】 ㄆㄧˋ ㄋㄧˊ
築於城上,中有小孔可望城下的矮牆。即女牆。也作俾倪、埤倪。

埏 ㊀ ㄧㄢˊ yen² 音延
1大地的邊際。如:八埏。2墓道。如:埏隧。
㊁ ㄕㄢ shan¹ 音山
用水和土。見"字彙"。

埝 ㄋㄧㄢˋ nien⁴ 音念
1土築的防水小堤。2換船的地方。也稱堰。

堂 ㄊㄤˊ t'ang² 音唐
1正房;正室。如:殿堂。2臺階以上,房室以外的部分。如:登堂入室。3官府辦公的地方。如:政事堂。4祠廟。如:祠堂。5稱人母親。如:令堂。6同祖的親屬。如:堂兄。7成套的東西。如:一堂瓷器。8一單位團體。如:一堂鼓手。9姓。'漢'有'堂谿'。見"萬姓統譜·五二"。

9【堂皇】 ㄊㄤˊ ㄏㄨㄤˊ
1廣大的殿堂。2講習武藝的臺榭。3形容氣勢宏偉。

10【堂倌】 ㄊㄤˊ ㄍㄨㄢ
俗稱酒館、茶坊的侍役。

13【堂鼓】 ㄊㄤˊ ㄍㄨˇ
打擊樂器。也稱同鼓。以木為框,兩面蒙牛皮,放在木架上,用兩根木槌敲擊,形狀大小不一。擊奏鼓心與鼓邊可以發出不同的聲音,在演奏者的控制下,音響的幅度有較大的不同。常用於民間器樂合奏及戲曲歌舞的伴奏。

堂鼓圖

【堂號】 ㄊㄤˊ ㄏㄠˋ
表明各姓氏發源地的稱號。也稱郡號。如'太原堂'、'扶風堂'。

【堂奧】 ㄊㄤˊ ㄠˋ
屋室的西南隅。為室的深處。引申為深邃的道理。

【堂會】 ㄊㄤˊ ㄏㄨㄟˋ
招請優伶在家裡表演,以娛賓客。

15【堂廡】 ㄊㄤˊ ㄨˇ
正房四周的房屋。引申為規模、內涵。

11【堂堂正正】 ㄊㄤˊ ㄊㄤˊ ㄓㄥˋ ㄓㄥˋ
1盛大齊整的樣子。2光明正大的樣子。

9

報 ㄅㄠˋ pao⁴ 音暴
1告知。如:報知。2回答。如:報答。3造因得果。如:報應。4新聞;消息。如:快報。

3【報子】 ㄅㄠˋ ·ㄗ
科舉時代通報上榜喜訊的人。

6【報考】 ㄅㄠˋ ㄎㄠˇ
報名參加考試。

9【報信】 ㄅㄠˋ ㄒㄧㄣˋ
報告消息。

10【報案】 ㄅㄠˋ ㄢˋ
把發生的案件報告給有關的機關。

【報紙】 ㄅㄠˋ ㄓˇ
定期印行,以報導新聞為主的一種印刷媒體。根據發行範圍可分為三類:一、大都會日報;二、社區報紙;三、專業報紙。

11【報捷】 ㄅㄠˋ ㄐㄧㄝˊ
報告得勝的消息。

【報國】 ㄅㄠˋ ㄍㄨㄛˊ
報效國家。

13【報酬】 ㄅㄠˋ ㄔㄡˊ
1答謝。2薪金;酬勞。

【報聘】 ㄅㄠˋ ㄆㄧㄣˋ
派員訪問友邦,以回報其來訪的外交禮節。

14【報團】 ㄅㄠˋ ㄊㄨㄢˊ
(chain of newspapers)指若干報紙同屬一位經營者所有的連鎖組織。

15【報廢】 ㄅㄠˋ ㄈㄟˋ
將不堪使用的物品申報作廢。

【報銷】 ㄅㄠˋ ㄒㄧㄠ
1呈報上級以便核銷。2俗稱器物敗壞不堪使用為報銷。

【報價】 ㄅㄠˋ ㄐㄧㄚˋ
(offer)在貿易界,報價就是我國"民法·債"篇上所稱的「要約」。'英國'學者'普洛'(F. Pollock)說:「報價為當事人的一方願按所表明條件與他方訂約的意思表示。」'美國'學者'波特'(R. Potts)說:「報價為一種文字或行動上的表示,表明願與特定或不特定的一人或多人訂約,完成一宗特定的法律上有拘束力的交易。」"普拉法律辭典"(*Black's Law Dictionary*)說:「報價是當事人一方給予他方產生所謂契約義務的法律效力的行為。」根據上述,可得概念如下:報價為當事人的一方(例如賣方)向相對人(例如買方)提出一定的條件(例如買賣條件),表示願依此條件與相對人成立法律上有效的契約的意思表示。報價一經被接受,契約即告成立。在商務上,報價常與開價混為一談,但嚴格地說,兩者是有區別的。報價是已將擬與相對人訂約的條件明確表明,此條件一經相對人接受"民法"上的承諾,契約就成立。開價通常只表明「開價」而已,至於其他條件(例如數量、交貨期、付款方式等)則未必明確表明,所以相對人不能要求據此成立契約。

16【報頭】 ㄅㄠˋ ㄊㄡˊ
(nameplate)指報紙首頁所排列的報名和有關資料。'中'文報紙位於右上角,排有報名、發行人、發行地點、售價及電話號碼等。西文報紙排在上方,除報名外,尚有標語、圖案、出版日期等。

【報曉】 ㄅㄠˋ ㄒㄧㄠˇ

①指天將亮時的鳥叫或雞啼。②古時寺院在天將亮時僱人沿街敲打木魚,催促人們起床。

17【報應】 ㄅㄠˋ ㄧㄥˋ

本指因某種原因而得某種結果。今多指作惡事而得到惡報。

19【報關】 ㄅㄠˋ ㄍㄨㄢ

貨物進出口向海關報數納稅。

【報關行】 ㄅㄠˋ ㄍㄨㄢ ㄏㄤˊ

(customs broker; custom house broker) 爲受貨物所有人委託,以他人的名義爲之計算代辦進出口貨物的申報、押匯、結匯、報關、檢驗、檢疫、保險及各種裝飾運輸的安排,以收取手續費爲報酬的營利事業。報關行須向政府辦理登記,取得執照才可營業。由於海關業務法規繁複,報關手續繁瑣,一般進出口商爲順利通關,多委託熟悉報關手續的報關行代理報關事宜。有時也代貨主洽覓船位,辦理託運手續。

5【報本反始】 ㄅㄠˋ ㄅㄣˇ ㄈㄢˇ ㄕˇ

感念並回報天地祖先的恩德。

8【報表分析】 ㄅㄠˋ ㄅㄧㄠˇ ㄈㄣ ㄒㄧ

(analysis financial reports) 即財務報表分析。爲財務管理的重要課題之一。即依財務報表資料作各項比率分析。主要用途在提供確切的資訊,以供有關人士(如投資人、股東、金融機構、政府機關、管理人員)之參考。

10【報紙首版】 ㄅㄠˋ ㄓˇ ㄕㄡˇ ㄅㄢˇ

(front page)報紙的第一頁。是報紙的封面,具顯示報格的特殊功用,刊有大報頭、當日新聞提要、頭條重大新聞等。

【報紙審判】 ㄅㄠˋ ㄓˇ ㄕㄣˇ ㄆㄢˋ

報刊對正在審理的案件,在報導、評論上加以評斷,以致製造輿論,有影響司法機構獨立審判的現象稱之。

12【報復關稅】 ㄅㄠˋ ㄈㄨˋ ㄍㄨㄢ ㄕㄨㄟˋ

(retaliatory duty) 即他國對本國輸出的貨物,課以不利的差別稅率或給予不公平待遇,經本國交涉無效後,爲維護本國的利益、抑制他國的苛徵,對自該國輸入本國的貨物,也課以同樣的差別稅率,以示報復的一種關稅。

16【報導文學】 ㄅㄠˋ ㄉㄠˇ ㄨㄣˊ ㄒㄩㄝˊ

用文學技巧報導事實的敘事性作品。

7【報告到達基礎】 ㄅㄠˋ ㄍㄠˋ ㄉㄠˋ ㄉㄚˊ ㄐㄧ ㄔㄨˇ

爲帳表登編之一種基礎。指統制帳表之登編,以所收到附屬機構之報告爲基礎。例如國庫主管機關彙總各分庫之庫款收入,及國庫分庫彙總各支庫之庫款收付,均以每日或每月終了時,已收到所屬或有關機關之日報或月報內所列之會計事項,作爲列入帳簿、編製報表之基礎。

10【報紙墊版廣告】 ㄅㄠˋ ㄓˇ ㄉㄧㄢˋ ㄅㄢˇ ㄍㄨㄤˇ ㄍㄠˋ

(space spot) 一種低成本的報紙廣告。刊出次數有明確約定,但報方只需在一定時間內刊完約定的次數,至於何時刊出,則依版面鬆緊決定。刊出權操於報社,這是墊版廣告費率低的原因。

13【報業四種理論】 ㄅㄠˋ ㄧㄝˋ ㄙˋ ㄓㄨㄥˇ ㄌㄧˇ ㄌㄨㄣˋ

(*Four Theories of the Press*) '希伯特' (Fred S. Siebert)、'彼特生'(Theodores B. Peterson) 與'宣偉伯' (Wilbur Schramm) 三人合撰。書中將報業制度分爲四種:極權主義報業、自由主義報業、共產主義報業與社會責任論。

堲 ㄐㄧˋ *chi*⁴ 音計 又讀 ㄒㄧˋ *hsi*⁴ 音細

或作墍。①塗飾;粉刷。如:塗墍。②收取。見"字彙"。③安息。見"字彙"。

堯 ㄧㄠˊ *yao*² 音遙

①高。見"說文"。②古帝名。③姓。'晉'有'堯須'。見"萬姓統譜·三〇"。

4【堯天舜日】 ㄧㄠˊ ㄊㄧㄢ ㄕㄨㄣˋ ㄖˋ

比喻太平盛世。

堷 ㄢˇ *an*³ 音唵

埋藏;深埋地底。見"正字通"。

堩 ㄍㄥˋ *kêng*⁴ 音亙

道路。見"廣韻"。

堘 塍的或體。

墄 ㄑㄧˋ *ch'i*⁴ 音氣

參墄墌。

17【墄墌】 ㄑㄧˋ ㄓˊ

互相重疊的樣子。

堰 ㄧㄢˋ *yen*⁴ 音宴

①擋水的土堤。見"集韻"。②(weir) 測定水流量的一種裝置。當水流經一明槽,且具自由表面時,可在流路途中裝一有缺口之垂直平板以測定流量,此缺口之尺寸較大者稱爲堰。堰具各種不同形狀,有三角堰、矩形堰等。

堛 ㄆㄧˋ *p'i*⁴ 音僻

土塊。見"玉篇"。

堙 ㄧㄣ *yin*¹ 音因

①堆以攻城的土山。②堵塞。如:堙窒。③埋沒。如:堙沒。

11【堙窒】 ㄧㄣ ㄓˋ

淤塞。

13【堙塞】 ㄧㄣ ㄙㄜˋ

阻塞不通。

【堙滅】 ㄧㄣ ㄇㄧㄝˋ

埋沒。

29【堙鬱】 ㄧㄣ ㄩˋ

沈悶不舒暢。

堪 ㄎㄢ *k'an*¹ 音刊

①突起的高地。見"說文"。②承當;忍受。如:難堪。③可;能。如:安全堪虞。

17【堪輿家】 ㄎㄢ ㄩˊ ㄐㄧㄚ

看地理風水以推斷吉凶的專家。

堞 ㄉㄧㄝˊ tieh² 音諜
城上的短牆。狀如齒，設有箭孔，可用以窺視或射箭。也作堞。見"正字通"。

堳 ㄇㄟˊ mei² 音眉
壇外短牆。見"集韻"。

堦 階的或體。

堿 ㈠ ㄎㄢˇ k'an³ 音坎
貯水的地方。
㈡ ㄐㄧㄢˇ chien³ 音鹼
鹼的或體。

堶 ㄊㄨㄛˊ t'o², t'uo² 音駝
擲磚頭的遊戲。見"集韻"。

堧 ㄖㄨㄢˊ juan² 音撋
①城下的田地。②水邊地。③外牆。

堟 ㄓㄨㄢˋ chuan⁴ 音篆
田地中特別高的地方。見"類篇"。

堤 ㈠ ㄉㄧˇ ti³ 音底
滯；止。見"說文"。
㈡ ㄊㄧˊ t'i² 音題　又讀 ㄉㄧ ti¹ 音低
防水的建築物。通隄。如：堤防。

7【堤防】ㄊㄧˊ ㄈㄤˊ
(level) 位於河岸，將洪水限制於河槽內，以防止氾濫的水工結構物。類別可分為主堤、副堤、霞堤、圍堤、溢流堤、導流堤、橫堤、隔堤、堵堤等。

場 ㈠ ㄔㄤˇ ch'ang³ 音敞
①平整的處所。如：廣場。②祭神的處所。如：壇場。③人群聚集的處所。如：會場。
㈡ ㄔㄤˊ ch'ang² 音嘗
①㈠的讀音。②事情起訖的過程。如：一場球賽。

8【場所】ㄔㄤˇ ㄙㄨㄛˇ
作為某一種用途的地方。

9【場屋】ㄔㄤˇ ㄨ
①科舉時代的試場。也稱科場。②廣場中的棚屋。通常指戲場。

【場面】ㄔㄤˇ ㄇㄧㄢˋ
①戲曲伴奏樂器的總稱。②指生活裡的排場、規模、局勢。

10【場記】ㄔㄤˇ ㄐㄧˋ
對電影攝影場負責記錄之人員的簡稱。掌理拍攝電影時一切佈景、化裝、道具、音響效果等之記錄，以供剪輯及續拍時之參考。

12【場景】ㄔㄤˇ ㄐㄧㄥˇ
(scene)指電影、電視節目連續性情節中的一個畫面。

10【場記表】ㄔㄤˇ ㄐㄧˋ ㄅㄧㄠˇ
(camera report) 製作電影及電視節目的一種紀錄表。用電影攝影機或電子攝影機出外景時，攝影師所拍的每一鏡頭，都詳細列表登記，並附註剪接注意事項，此項紀錄即為場記表。是剪接師執行工作的一項重要依據。

【場效電晶體】ㄔㄤˇ ㄒㄧㄠˋ ㄉㄧㄢˋ ㄐㄧㄥ ㄊㄧˇ
(field effect transistor; FET) 一種極重要的半導體元件，為單載子元件，有別於電晶體的雙載子元件。其特性是由於電子（n通道元件）或電洞（p通道元件）之導通特性。以閘極上的電壓產生電場，改變空乏層厚度，而改變載子通道，進而控制源極與汲極間電流的元件。大致上可分為接面型(JFET)與絕緣閘極型(IGFET)。目前使用得很多的金氧半場效電晶體(MOSFET)是絕緣閘極型中最重要的一種。閘極下為一PN接面，在閘極加上電壓則

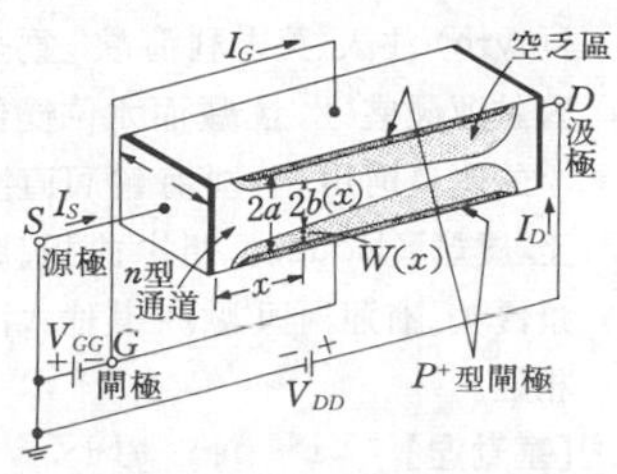

場效電晶體構造圖

改變PN接面的空乏層厚度，因而控制通道面積，進而控制源、汲極電流。IGFET，在閘極下為一絕緣層，閘極加上電壓則產生電場，推動載子流動，而在絕緣層下，產生通道或使得通道消失，因而控制源、汲極電流。前者稱為加強型(enhancement mode)，後者稱為空乏型(depletion mode)。FET的特性為高輸入阻抗、低雜音、低失真、對溫度之穩定性高及功率小等；在積體電路上的特色為高集積度，但其頻率較低且製造程序上技術較難。

堣 ㄩˊ yü² 音虞
參堣夷。

6【堣夷】ㄩˊ ㄧˊ
古地名。在今'河北'、'山東'一帶。也作'嵎夷'。

堨 ㈠ ㄜˋ o⁴, è⁴ 音遏
①壁間的縫隙。見"說文"。②土築的攔水堰。見"字彙"。
㈡ ㄞˋ ai⁴ 音愛
塵埃。如：揚塵起堨。

堮 ㄜˋ o⁴, è⁴ 音咢
崖岸的泥層。見"六書故"。

堺 界的或體。

堝 ㄍㄨㄛ ko¹, kuo¹ 音鍋
①鎔鍊金屬的容器。即甘堝。見"玉篇"。②低窪的地方。

堫 ㄗㄨㄥ tsung¹ 音宗
也作稯。①種植。見"說文"。②納入。見"說文"。

埵 ㄉㄨㄛˇ to³, tuo³ 音朵
①堅硬的土塊、土堆。②冶爐口上用以吹風的鐵筒。③堤防。

堭 ㄏㄨㄤˊ huang² 音皇
①四周無壁的屋舍。通作皇。見"字彙"。②無水的城壕。也作隍。見"字彙補"。

堠 ㄏㄡˋ hou⁴ 音后
①碉堡。如：烽堠。②偵察。通候。如：斥堠。

堬 ㄩˊ yü² 音俞
墳墓。見"字彙"。

堥 ㈠ ㄇㄠˊ mao² 音矛
前高後低的山丘。見"廣韻"。

㈢ ㄇㄡˊ *mou*^{2} 音謀
土器的一種。即土鍋、土壺之類。見"集韻"。

堕 墮的俗體。

堡 ㄅㄠˇ *pao*^{3} 音保 又讀 ㄆㄨˋ *p'u*^{4} 音鋪
①堆積土石而成的小城。②北方人對村落的稱呼。

17【堡礁】 ㄅㄠˇ ㄐㄧㄠ
(barrier reef) 指在大陸或島嶼附近海域圍成一似城堡的珊瑚礁。與海岸線平行，有空闊礁湖與陸地分隔。'澳洲'大堡礁，即是世界著名的大珊瑚堡礁。

18【堡壘】 ㄅㄠˇ ㄌㄟˇ
軍隊築以戰守的小城。

 垂的本字。

10

塞 ㈠ ㄙㄜˋ *sê*^{4} 音色
①堵住；填補。如：堵塞。②惡劣不順的時運。如：得失通塞。
㈡ ㄙㄞˋ *sai*^{4} 音賽
邊界險要之地。如：要塞。
㈢ ㄙㄞ *sai*^{1} 音腮
①同㈠①、②。②可塞入筒狀物中，具堵塞作用的物體。如：活塞。
㈣ ㄙㄟ *sei*^{1}
同㈠①、②。

5【塞北】 ㄙㄞˋ ㄅㄟˇ
①泛指'長城'以北。②指'長城'以北地區，包括'蒙古地方'及'熱河'、'察哈爾'、'綏遠'、'寧夏'四省。

【塞外】 ㄙㄞˋ ㄨㄞˋ
邊塞以外的地方。

8【塞尚】 ㄙㄜˋ ㄕㄤˋ
(Paul Cézanne, 1839～1906)'法國'後期印象派大師。早期經過印象派繪畫洗禮後，對其曚矓物體形象及一瞬間色彩表現產生懷疑，於是追求物體恆常的形狀及永恆之色彩表現。其構圖嚴謹，常把自然還原於球、圓筒、圓錐三個基本形體，再來組織自然形象。此手法影響後來立體派的誕生，故被稱爲「現代繪畫之父」。代表作有"玩紙牌者"(*The Card Players*)、"聖維多利亞山"(*Mont Sainte-Victoire*)，以及"浴者"(*Bathers*)等。

11【塞責】 ㄙㄜˋ ㄗㄜˊ
①盡責而免於被責備。②推卸責任。

17【塞縫】 ㄙㄞ ㄈㄥˋ
(calking)避免雨水滲透而害及牆身的重要設施。須以優良技術、適當材料，按裝於窗檻下部、煙囪頂部及胸牆頂蓋的下部等，使雨水無法滲入。

8【塞狀閥】 ㄙㄞ ㄓㄨㄤˋ ㄈㄚˊ
(plug valve)僅用於全開或全關以調整流體流動之裝置。其主要結構是一可轉動且中間有通道之栓塞，當此通道與管子平行則閥全開，當其與管子垂直則全關，廣用於小管之流體調整。

10【塞席爾】 ㄙㄜˋ ㄒㄧˊ ㄦˇ
(Seychelles) 位於'非洲''坦尚尼亞'東方'印度洋'上的島國。面積455方公里，人口8萬 (2005年)，首都'維多利亞' (Victoria)。主產椰果、油脂和肉桂。

【塞納河】 ㄙㄜˋ ㄋㄚˋ ㄏㄜˊ
(Seine R.)'法國'北部主要河川。源於'笛戎' (Dijon) 西北29公里處，流經'巴黎'，於'哈佛爾' (Le Havre) 注入'英吉利海峽'。爲全國航運最盛、水量豐而水位變化小的優良河川。中型海輪可直溯至'盧昂'(Rouen)。沿岸曲折，風景優美。有運河與'歐洲'其他大河相通。

11【塞勒涅】 ㄙㄜˋ ㄌㄜˋ ㄋㄧㄝˋ
(Selene; Selena)'希臘'神話中的月之女神。又名'阿特彌絲' (Artemis)。即'羅馬'神話中的'戴安娜'女神。

15【塞魯士】 ㄙㄜˋ ㄌㄨˇ ㄕˋ
① (Cyrus the Great, 前600?～前529)爲'波斯'的國王及'亞基美尼特帝國' (Achaemenid Empire)的立國之君。他是'塞魯士一世'的孫子，'坎拜西斯二世' (Cambyses Ⅱ)之子。他繼承'安盛' (Anshan) 的王位，後與'巴比倫'的'奈布乃德士' (Nabonidus) 聯合，於西元前550年擊敗'米底亞'王'亞斯戴厄第茲'(Astyages)，繼有其國土，又陸續占領'里底亞' (Lydia)，打敗'愛奧尼亞'(Ionian) 和'巴比倫'，據有中'亞'大部分地區。②(Cyrus the Younger, 前423～前401)'波斯''亞基美尼'王 (Achaemenian king) '大流士二世'(Darius Ⅱ)與'柏里瑟蒂斯' (Parysatis) 的幼子。前404年，其兄'阿攝西茲'(Arsaces)繼位爲'阿德薛克西斯二世'(Artaxerxes Ⅱ)，他與其兄爭位，於前401年春舉兵二萬，浩浩蕩蕩穿過'幼發拉底'直達'巴比倫'，在'古奈克瑟' (Cunaxa) 激戰，英勇戰死。古代'希臘'人對其英勇事蹟多有讚言。

4【塞內加爾】 ㄙㄜˋ ㄋㄟˋ ㄐㄧㄚ ㄦˇ
(Senegal) 位於'非洲'大陸最西端的國家。濱'大西洋'。面積19.6萬方公里，人口1,113萬 (2005年)，首都'達喀爾' (Dakar)。全境除中央微高外，大致低平，'塞內加爾河'橫貫北境。主產棉花和花生，有鋅和鈦礦。

10【塞翁失馬】 ㄙㄞˋ ㄨㄥ ㄕ ㄇㄚˇ
比喻暫時遭受損失，卻因此得到好處。

13【塞萬提斯】 ㄙㄜˋ ㄨㄢˋ ㄊㄧˊ ㄙ
(Miguel de Cervantes Saavedra, 1547～1616) '西班牙'小說家。曾寫過許多詩及劇作，而以'唐吉訶德'一書著名；他憑著神祕的理想主義及豐富的人生經驗，在書中成功地描繪了'西班牙'人的性格，遂一躍而爲'西班牙'文學史上最重要的人物。此外，"模範小說"(*Novelas ejemplares*)一書,收錄短篇小說十二篇,也相當傑出。

塗 ㄊㄨˊ t'u^2 音途
①汙泥;泥濘。如:塗炭。②敷上;抹上。如:塗油漆。③道路。或作涂、途。如:塗徑。④姓。'漢'有'塗禪'。見"萬姓統譜·十三"。

1【塗乙】ㄊㄨˊ ㄧˇ
塗改。

3【塗山】ㄊㄨˊ ㄕㄢ
山名。也作'嵞山'。所在之地有三說:①在今'浙江''紹興'西北'會稽山'北門。②在今'四川''巴縣'東。③在今'安徽''懷遠'東南。又稱'當塗山'。

5【塗布】ㄊㄨˊ ㄅㄨˋ
(coating)將物體表面覆蓋一層金屬、塑膠、皮革、紙等之操作。例如金屬物體之塗佈塑膠膜,以防止生鏽或絕緣等。

8【塗泥】ㄊㄨˊ ㄋㄧˊ
潮溼難走的泥地。

【塗抹】ㄊㄨˊ ㄇㄛˇ
①信筆揮灑,不刻意修飾。②繪畫。③化妝。④用筆抹去。

9【塗炭】ㄊㄨˊ ㄊㄢˋ
汙泥黑炭。①比喩汙穢。②比喩處境困苦。

10【塗料】ㄊㄨˊ ㄌㄧㄠˋ
(paint)塗於物體表面形成一層薄膜,以達到美觀、保護目的之物質。例如漆、油漆、淸漆、亮漆與乳化漆等。其可視爲含有色料之聚合體溶液。

15【塗鴉】ㄊㄨˊ ㄧㄚ
隨意塗抹書寫。比喩書寫笨拙草率。

10【塗脂抹粉】ㄊㄨˊ ㄓ ㄇㄛˇ ㄈㄣˇ
用脂粉修飾打扮。

塑 ㄙㄨˋ su^4 音素
用泥土等材料做成人、物的形狀。見"集韻"。

8【塑性】ㄙㄨˋ ㄒㄧㄥˋ
(plasticity)固體或半固體物質受到外部應力作用引起流動或變形,以及其永久維持或暫時保持其變形形狀之流變性質。對陶瓷、塑膠之加工成型影響甚鉅。

9【塑型】ㄙㄨˋ ㄒㄧㄥˊ
(stereotypc)指社會對個人或團體所加諸的特徵。這些特徵可能是事實,也可能是偏見所致。

15【塑膠】ㄙㄨˋ ㄐㄧㄠ
(plastics)通指一切可藉壓力、加熱予以模製之高分子聚合體。其機械性質大致介於橡膠及纖維間。依機械性質可分軟質與硬質塑膠;依加熱再模製性質可分熱固性與熱塑性塑膠;依用途可分爲一般用塑膠與工程塑膠。

4【塑化劑】ㄙㄨˋ ㄏㄨㄚˋ ㄐㄧˋ
(plasticizer)泛指一切玻璃轉變溫度較低之聚合物。將其加入聚合體中,可增加聚合體之自由體積、減少其分子間吸引力,達到增人撓性,降低玻璃轉變溫度而易加工之目的。在無分散相發生情況下,加入之塑化劑愈多,其降低之玻璃轉變溫度愈大。

6【塑合板】ㄙㄨˋ ㄏㄜˊ ㄅㄢˇ
(particle board)指將木材或竹材切成細碎片段,摻入膠合劑,壓製成型者。通常用於牆壁隔間、天花板等裝修工程。

8【塑性鉸】ㄙㄨˋ ㄒㄧㄥˋ ㄐㄧㄠˇ
(plastic hinge)彈塑性梁於其最大彎矩斷面處,常因外來載重的增加引致該斷面彎矩達到或趨近於塑性彎矩,而產生以該斷面爲中心之塑性區,於是梁在該斷面處無法承受或抵抗彎矩而導致旋轉之失敗,此時的梁頗似在該斷面處鉸接其左右兩半部之剛性梁,故名塑性鉸。

15【塑膠漿】ㄙㄨˋ ㄐㄧㄠ ㄐㄧㄤ
(plastisol)分割微細之樹脂置於塑化劑而得之懸浮液。標準配料爲樹脂與塑化劑之比值爲2,當加熱至 150°C 時,樹脂熔於塑化劑中而成漿狀以便加工成型。

8【塑性平衡】ㄙㄨˋ ㄒㄧㄥˋ ㄆㄧㄥˊ ㄏㄥˊ
(plastic equilibrium)由於土體之全部或一部分的變形,致其抗剪力達到極限的一種應力狀況。由土體之膨脹所引致的塑性平衡稱爲主動狀況之塑性平衡;若由土體受壓所引致者,稱爲被動狀況之塑性平衡。

【塑性加工】ㄙㄨˋ ㄒㄧㄥˋ ㄐㄧㄚ ㄍㄨㄥ
(plastic working)藉金屬特有的塑性,將外力作用於固體金屬,使其產生永久變形的加工方法。

【塑性狀態】ㄙㄨˋ ㄒㄧㄥˋ ㄓㄨㄤˋ ㄊㄞˋ
(plastic state; plastic range)土壤的含水量低於液限而高於塑限時,係處於塑性的範圍,稱之爲在塑性狀態。

【塑性設計】ㄙㄨˋ ㄒㄧㄥˋ ㄕㄜˋ ㄐㄧˋ
(plastic design)依據塑性理論而作,以求整個結構最大的安全載重爲目標的設計。在作塑性分析結構時,尋找塌潰機動式樣、安排塑性鉸位置爲主要工作。其分析方法可採用虛功法、載重互換法、彎矩分配法及平衡法等。由於分析當中並不需用桿件的相對勁度,且不均勻柱基沈陷或不完備節點結合等問題均不致影響其分析計算,故這種設計方法可得經濟的均勻結構斷面。但目前僅能用試誤的步驟找到正確的機動型態,國內尚未普遍採用。

【塑性變形】ㄙㄨˋ ㄒㄧㄥˋ ㄅㄧㄢˋ ㄒㄧㄥˊ
(plastic deformation)材料受外力作用後產生變形,但尙未破裂,若外力除去後仍不回復原狀者,稱爲塑性變形。材料塑性變形後,其內部之原子排列已非原始狀態。

塋 ㄧㄥˊ ying² 音營
墓地。見"說文"。

6【塋兆】 ㄧㄥˊ ㄓㄠˋ
墓園四周。也指墓地。

11【塋域】 ㄧㄥˊ ㄩˋ
墳墓所在之地。

塝 ㄅㄤˋ pang⁴ 音磅
土地的邊界。見"集韻"。

塚 冢的俗體。

塓 ㄇㄧˋ mi⁴ 音覓
塗飾;粉刷。見"正字通"。

塙 ㄑㄩㄝˋ ch'üeh⁴ 音確
[1]土質堅硬。見"說文"。[2]泥土高起的樣子。見"集韻"。

塘 ㄊㄤˊ t'ang² 音唐
[1]堤岸。見"字彙"。[2]水池。見"字彙"。

8【塘沽協定】 ㄊㄤˊ ㄍㄨ ㄒㄧㄝˊ ㄉㄧㄥˋ
'民國'二十二年'日'軍攻陷'熱河'及'長城'諸關口。五月,'中''日'代表'熊斌'、'岡村寧次'在'塘沽'簽訂停戰協定:一、我國軍隊撤至'延慶'、'昌平'、'高麗營'、'順義'、'通州'、'香河'、'寶坻'、'林亭口'、'寧河'、'蘆臺'以西以南地區,不得有挑戰擾亂之舉動;二、'日'軍可用飛機或其他方法視察'中國'軍隊撤退情形;三、'日'軍不越過'延慶''蘆臺'線進擊,並自動歸還至'長城'線;四、'長城'線及'延慶'、'蘆臺'線之間,由我國警察機關維持治安。從此'冀'東二十餘縣形同淪陷,'日本'的侵略由東北及於'河'北。

塥 ㄍㄜˊ ko², kê² 音革
沙土堅硬而不相附著。見"正字通"。

塡 ㄊㄧㄢˊ t'ien² 音田
[1]充塞。如:塡街塞巷。[2]塡實空隙。如:塡補。[3]形容鼓聲。如:塡然鼓之。

3【塡土】 ㄊㄧㄢˊ ㄊㄨˇ
(fill)由自然土或廢棄物所構成的人造土層。前者如土石壩、堤、道路底層等之塡土;後者如垃圾山之形成等。

7【塡角】 ㄊㄧㄢˊ ㄐㄧㄠˇ
(fillet)兩構件交成的凹入角需要補強成單一構件時,所用之凹形斷面。塡角銲係於成⊥形的兩構件交接處,施以電銲接,以增加其強度,並使之成爲圓滑的曲面。

8【塡房】 ㄊㄧㄢˊ ㄈㄤˊ
後妻。

10【塡料】 ㄊㄧㄢˊ ㄌㄧㄠˋ
[1](packing)用來增加兩相間接觸面積而提高質量傳送率之惰性材料。其特徵是表面積大、機械性質強、重量輕、價格低廉、空隙宜大,常用木材、玻璃、陶瓷、金屬、碎石等材料製成。例如'拉西'環(Rasching ring)、'貝爾'鞍(Berl saddle)、木條等。[2](filler)用來降低塑膠、橡膠、紙或農藥等成本之物質。或添加之以改良機械性質。例如木屑之加於酚樹脂。

12【塡詞】 ㄊㄧㄢˊ ㄘˊ
即作詞。詞無論平仄四聲、陰陽清濁,都需與樂律相合,因此撰作歌詞時,要按照樂調的音律要求一一塡入字句,故稱。

【塡補】 ㄊㄧㄢˊ ㄅㄨˇ
補充;補足。

14【塡漆】 ㄊㄧㄢˊ ㄑㄧ
即塡彩漆。一般可分成磨顯塡漆、鏤嵌塡漆兩類。前者是在事先設計好的花紋上,依需要施五彩稠漆,再塗上罩子漆,經仔細打磨後,花紋重新顯出。後者乃先塗布地子漆後,依圖案刻出凹入的紋飾,再依需要的色彩,將色漆塡入刻痕,直到與漆面平齊,再加打磨。因此,前者以繪畫形式爲主體,後者以雕刻技巧爲骨幹。塡漆作品,遠望之與彩繪漆器相似,但是漆色是沉陷在地子裡。

16【塡鴨】 ㄊㄧㄢˊ ㄧㄚ
將食物強塞入鴨子食道。比喻強迫注入的教學法。

17【塡膺】 ㄊㄧㄢˊ ㄧㄥ
充塞心胸。

13【塡溝壑】 ㄊㄧㄢˊ ㄍㄡ ㄏㄨㄛˋ
指死亡。

12【塡街塞巷】 ㄊㄧㄢˊ ㄐㄧㄝ ㄙㄜˋ ㄒㄧㄤˋ
形容車騎人群眾多。

塨 ㄍㄨㄥ kung¹ 音恭
人名。'清'初有'李塨'。見"清史稿·儒林傳一"。

塌 ㄊㄚ t'a¹ 音榻
[1]下垂。[2]崩倒;下陷。

11【塌陷】 ㄊㄚ ㄒㄧㄢˋ
崩倒;下陷。

13【塌塌米】 ㄊㄚ ·ㄊㄚ ㄇㄧˇ
'日本'式房屋鋪在地板上的草墊。亦譯成「他他米」、「榻榻米」。

塒 ㄕˊ shih² 音時
矮牆上的雞窩。見"說文"。

塤 ㄒㄩㄣ hsün¹ 音熏 又讀 ㄒㄩㄢ hsüan¹ 音宣
樂器名。以土製成。同壎。見"字彙"。

塔 ㄊㄚˇ t'a³ 音獺
[1]形高而頂尖的佛教建築物。本爲收藏骨灰或舍利子之用,後來也用於供奉佛經、佛像。[2]泛指形狀似塔的建築物。

12【塔斯社】 ㄊㄚˇ ㄙ ㄕㄜˋ
(Telegrafnoie Agenstvo Sovietskavo Soyuza; TASS)爲'蘇俄'全國性的通訊社。創立於西元1925年,是'蘇俄'政府的正式機關,總社設於'莫斯科'。

7【塔里木河】 ㄊㄚˇ ㄌㄧˇ ㄇㄨˋ ㄏㄜˊ
「塔里木」'維吾爾'語意爲「農墾之地」。流貫'新疆省''塔里木盆地'。上源有四:'葉爾羌河'('葱嶺南河')、'和闐河'、'阿克蘇河'、'喀什噶爾河'('葱嶺北河'),四流皆源於盆地西部山地、高原,匯流後,東流注入'羅布泊'。

9【塔城界約】 ㄊㄚˇ ㄔㄥˊ ㄐㄧㄝˋ ㄩㄝ
'清''咸豐'十年(1860)'英''法'聯軍

攻陷‘北京’,‘俄’使以調停有功,要脅‘清’廷簽訂“北京條約”,約中要求重勘西陲疆界。‘中’‘俄’乃於‘同治’三年(1864)訂立“塔城界約”,‘塔城’以西之地盡歸‘俄’有;八年,再訂續約,‘唐努烏梁海’西南,‘蒙古’以西、‘齋桑泊’及‘巴爾喀什湖’附近之地完全喪失。

3【塔士多西裝】　ㄊㄚˇ　ㄕˋ　ㄉㄨㄛ　ㄒㄧ　ㄓㄨㄤ

(Tuxedo suit)‘歐’‘美’傳統社交場合中,可替代燕尾服的男士晚間半正式禮服。外型同一般西裝款式,但使用與燕尾服相同的禮服料裁製。爲表領片剪接緞面裝飾的新月領(絲瓜領)或尖角劍型領,褲管兩邊外側脇線鑲有緞面條飾,且以卡瑪綢飾帶代替背心穿著。一般冬天爲黑色或暗藍色,夏天則穿白外套配深色長褲,蝴蝶形領結,搭配黑色漆皮鞋。源自‘美國’‘紐約’的‘塔士多公園俱樂部’的會員制服,故稱;在‘英國’則稱正餐套裝(dinner suit)。晚間正式場合請帖上,若寫⌊black tie⌉即表示須穿‘塔士多’禮服赴會。

塔士多西裝圖

堽　ㄍㄤ　kang¹　音剛

土堆;山脊。見“字彙補”。

塭　ㄨㄣ　wên¹　音溫

用土堤攔水做成的養魚池。

塏　ㄎㄞˇ　k'ai³　音愷

高爽乾燥。見“說文”。

塢　ㄨˋ　wu⁴　音悟

1小土堡。2村落。3山谷。4泛指四面高中間低的地方。如:船塢。

塠　(一)　ㄉㄨㄟ　tui¹　音堆

1墜落。見“集韻”。2堆的或體。

(二)　ㄘㄨㄟ　ts'ui¹　音崔

責備。見“類篇”。

塊　ㄎㄨㄞˋ　k'uai⁴　音快

1黏結的泥土。如:土塊。2塊狀的東西。如:冰塊。3孤獨;孤傲。如:塊然獨處。4量詞。用來計算物品、土地等。如:一塊餅。

12【塊然】　ㄎㄨㄞˋ　ㄖㄢˊ

1孤獨的樣子。2安然自得的樣子。

18【塊壘】　ㄎㄨㄞˋ　ㄌㄟˇ

比喻積壓在心中的不平之氣。也作壘塊、塊磊。

8【塊狀風化】　ㄎㄨㄞˋ　ㄓㄨㄤˋ　ㄈㄥ　ㄏㄨㄚˋ

(block disintegration)岩石因機械性風化作用而崩解的一種形式。原有甚多節理的岩石,沿節理面風化而成塊崩裂的作用。

23【塊體崩壞】　ㄎㄨㄞˋ　ㄊㄧˇ　ㄅㄥ　ㄏㄨㄞˋ

(mass wasting)簡稱崩壞。土石、岩屑等風化物質,因爲受到重力作用而沿坡滑移的現象。意指岩被大量的土、沙、石塊等物質,被重力牽引而向下移動後,山坡表面壞損量甚大,引起坡的後退而言。崩壞的程度依塊體的體積、重量、地面坡度及所含水分而定。崩壞的方式常見的有:土壤潛移、土流、土石緩滑、泥流和山崩等。

6【塊肉餘生錄】　ㄎㄨㄞˋ　ㄖㄡˋ　ㄩˊ　ㄕㄥ　ㄌㄨˋ

(*David Copperfield*)‘英國’小說家‘狄更斯’著。以第一人稱敘述主角‘大衛’一生的奮鬥故事。人物刻劃生動,且痛切抨擊‘英國’資本家對孩童的摧殘與剝削,使‘英國’重視並推行社會福利政策。

塯　ㄌㄧㄡˋ　liu⁴　音蹓

或作⿰土畱。盛飯的瓦器。見“集韻”。

塉　ㄐㄧˊ　chi²　音級

貧瘠的土地。見“集韻”。

塕　ㄨㄥˇ　wêng³　音蓊

1塵埃。見“玉篇”。2風聲。見“正字通”。

塟　葬的俗體。

塍　ㄔㄥˊ　ch'êng²　音成

小堤;田間土埂。如:溝塍。

11

塾　ㄕㄨˊ　shu²　音孰

1大門內兩旁的堂屋。2指家學。即古時私人設班教學的地方。

塵　ㄔㄣˊ　ch'ên²　音陳

1揚散的灰土。如:灰塵。2世俗;人間。如:塵世。3蹤跡。如:音塵。4沾汙;弄髒。5佛家指能汙染人類清淨之良知、眞心的一切不淨事物。如色、聲、香、味、觸、法等,合稱六塵。

3【塵土】　ㄔㄣˊ　ㄊㄨˇ

飄揚的細土。

【塵凡】　ㄔㄣˊ　ㄈㄢˊ

1俗世;人間。2凡人;俗世之人。

5【塵世】　ㄔㄣˊ　ㄕˋ

人間;人世。

8【塵表】　ㄔㄣˊ　ㄅㄧㄠˇ

世外。

【塵事】　ㄔㄣˊ　ㄕˋ

世俗的事。

【塵念】　ㄔㄣˊ　ㄋㄧㄢˋ

追求功名利祿的念頭。

9【塵封】　ㄔㄣˊ　ㄈㄥ

被灰塵蓋滿。

【塵垢】　ㄔㄣˊ　ㄍㄡˋ

1塵土與汙垢。指世塵。2汙染。

【塵界】　ㄔㄣˊ　ㄐㄧㄝˋ

佛家語。1世俗的現實境界。因猶如塵垢汙染人心,故稱。2同六塵。即色、聲、香、味、觸、法。又爲塵道世界的簡稱。

【塵剎】　ㄔㄣˊ　ㄔㄚˋ

佛家語。指多如塵沙的無量世界。剎爲梵語,國土之意。

【塵俗】　ㄔㄣˊ　ㄙㄨˊ

①指人間。②指日常生活中的禮儀習俗等。

10【塵埃】ㄔㄣˊ ㄞ
①飛揚的細土。②比喻汙垢。

11【塵累】ㄔㄣˊ ㄌㄟˋ
①世事的牽累。②汙損。③佛家語。指家、口、意三者所作乖理之事。

12【塵勞】ㄔㄣˊ ㄌㄠˊ
俗事的勞苦。

14【塵網】ㄔㄣˊ ㄨㄤˇ
①世俗的拘縛。②佛家語。指色、聲、香、味、觸、法等六塵,像網一樣把人罩住,無法解脫。

15【塵慮】ㄔㄣˊ ㄌㄩˋ
世俗的意念。

【塵暴】ㄔㄣˊ ㄅㄠˋ
(dust storm)一種風暴。其強勁風力可捲揚地面沙塵進入空中,形成一種擾動氣團中塵粒大量集中的風暴。常布滿天空,使日月無光。我國'華'北及西北黃土區,因地多黃土,多春季節又多強風,最易形成塵暴。

【塵緣】ㄔㄣˊ ㄩㄢˊ
①佛家語。佛家以色、聲、香、味、觸、法爲六塵,六塵爲嗜欲之所緣,故稱塵緣。②指世俗的緣分。

16【塵寰】ㄔㄣˊ ㄏㄨㄢˊ
塵世;人間。

19【塵爆】ㄔㄣˊ ㄅㄠˋ
空氣中極微小的可燃性物質(如麵粉、穀塵、煤塵等)在具相當高濃度時,若遇摩擦、靜電、火花等引燃誘因會導致爆炸,稱爲塵爆。減少塵爆的方法是清除塵埃、降低溫度。

21【塵囂】ㄔㄣˊ ㄒㄧㄠ
塵世喧鬧。

8【塵肺症】ㄔㄣˊ ㄈㄟˋ ㄓㄥˋ
(pneumoconiosis)指人體肺部因吸入外物(如矽、石綿等),長時間後造成肺組織纖維化,而呈現氣喘的病症。

9【塵垢粃糠】ㄔㄣˊ ㄍㄡˋ ㄅㄧˇ ㄎㄤ
比喻微末不足珍惜的事物。

10【塵埃落定】ㄔㄣˊ ㄞ ㄌㄨㄛˋ ㄉㄧㄥˋ
比喻事情已成定局,已有定論。

19【塵羹土飯】ㄔㄣˊ ㄍㄥ ㄊㄨˇ ㄈㄢˋ
以土作飯,泥水作湯。比喻以假當眞或不值珍惜的東西。

塺 ㄇㄟˊ mei^{2} 音枚
微細的塵土。見"廣韻"。

墊 ㄉㄧㄢˋ tien^{4} 音店
①溺困;下陷。②把東西襯在下面使增高。③鋪在床椅等器物上的東西。如:椅墊。④代人或託人暫付款項。

5【墊付】ㄉㄧㄢˋ ㄈㄨˋ
代爲支付款項。

8【墊板】ㄉㄧㄢˋ ㄅㄢˇ
①書寫時襯在紙下的薄板。②(tie plate)安置於軌條與軌枕間,以傳布軌條壓力於較大的枕面,俾減輕軌枕之機械壓損,並兼具穩固軌條作用的金屬板。多利用道釘使墊板與軌枕扣接。通常用於軌條接頭、曲線或火車站及車場運輸量繁忙之處。

【墊肩】ㄉㄧㄢˋ ㄐㄧㄢ
襯在衣服肩部的東西。

9【墊背】ㄉㄧㄢˋ ㄅㄟˋ
①人死後在屍體下放置錢物。②今俗稱遇難或犯罪時,找人共同承擔。

11【墊圈】ㄉㄧㄢˋ ㄑㄩㄢ
(washer)連接機件時,螺帽下所加之金屬片。有平墊圈、螺旋彈簧鎖緊墊圈、齒鎖緊墊圈和彈簧墊圈多種。

15【墊褥】ㄉㄧㄢˋ ㄖㄨˋ
坐臥時襯在身體之下的東西。

17【墊檔節目】ㄉㄧㄢˋ ㄉㄤˇ ㄐㄧㄝˊ ㄇㄨˋ
(pad)簡稱墊片。電視節目長度不夠,或正式節目因故未能如期上檔,臨時用來補足時間或完全代替的節目。

8【墊板化運輸】ㄉㄧㄢˋ ㄅㄢˇ ㄏㄨㄚˋ ㄩㄣˋ ㄕㄨ
(palletized transportation)指將數件,甚至數十件單位較小的貨物集合堆置於墊板上,作爲一個較大的搬運裝卸單位,並使用堆高機及拖車等機械擔任搬動、堆高以及裝卸工作,以節省人工、增進效率的運輸方式。墊板化運輸的貨物自裝墊出廠,中經裝卸車、進出倉、上下船,均與墊板隨行。其優點爲:一、貨物處理的單位增大,同時利用機械操作,工作效率提高;二、裝卸速度加快;三、減少貨損;四、貨物在墊板上均按固定方法與數量堆裝,清點容易;五、易作立體堆積,節省艙位。缺點爲:一、購置墊板增加成本;二、空墊板占據艙位;三、墊板收回困難;四、如經劇烈震動,貨物仍可能自墊板上翻落。

塹 ㄑㄧㄢˋ ch'ien^{4} 音欠
本作壍。①護城河。見"廣韻"。②挖掘。③險阻。如:天塹。④吃虧;挫折。

17【塹壕】ㄑㄧㄢˋ ㄏㄠˊ
營壘或城牆外的深溝。

墇 ㄓㄤˋ chang^{4} 音障　又讀 ㄓㄤ chang^{1} 音張
壅塞。也作障。見"廣韻"。

境 ㄐㄧㄥˋ ching^{4} 音鏡
①疆界。如:邊境。②地方;居所。如:幽境。③地步;程度。如:學無止境。④際遇;情況。如:順境。

9【境界】ㄐㄧㄥˋ ㄐㄧㄝˋ
①疆土的界線。②指修習佛道所達到的某種境地,也指自己所得的果報界域。③指由眞實感情昇華所達到的文學境地。④境地;場所。

13【境遇】ㄐㄧㄥˋ ㄩˋ
環境遭遇。

5【境外金融】ㄐㄧㄥˋ ㄨㄞˋ ㄐㄧㄣ ㄖㄨㄥˊ
(offshore finance)專門從事外幣存放業務的金融活動,統稱爲境外金融。

【境外金融中心】 ㄐㄧㄥˋ ㄨㄞˋ ㄐㄧㄣ ㄖㄨㄥˊ ㄓㄨㄥ ㄒㄧㄣ

(offshore finance center) 任何國家、地區或城市,凡主要以外幣爲存放標的,以非本國居民爲交易對象,其本地銀行與外國銀行所形成的銀行體系,均可稱爲境外金融中心。

墉 ㄩㄥ yung¹ 音雍 又讀 ㄩㄥˊ yung²

1城;城垣。2泛指牆壁。

9【墉城】 ㄩㄥ ㄔㄥˊ

道教語。指神仙所居住的地方。“山海經”中‘崑崙山’的神仙之居,稱爲‘墉城’。‘西王母’所派遣的使者自稱‘墉宮玉女’,故‘墉城’即是‘西王母’所居住的宮殿。‘唐’末‘杜光庭’曾輯女仙傳記,‘西王母’爲統治女仙者,書名就是“墉城集仙錄”。

墌 ㊀ ㄓˊ chih² 音直

基址。見“集韻”。

㊁ ㄓㄨㄛˊ cho², chuo² 音灼

築土爲基。見“集韻”。

墕 堰的或體。

塼 ㊀ ㄓㄨㄢ chuan¹ 音專

磚的或體。

㊁ ㄊㄨㄢˊ t'uan² 音團

揉捏;堆集。通摶。如:塼土。

塸 ㊀ ㄡˇ ou³ 音偶

沙堆。見“廣韻”。

㊁ ㄡ ou¹ 音歐

墳墓。見“玉篇”。

墈 ㄎㄢˋ k'an⁴ 音看

1險岸。見“集韻”。2突起峭立的土壤。見“正字通”。

墘 ㄑㄧㄢˊ ch'ien² 音乾

邊側的地方。‘臺灣’多用作地名。如:‘埔墘’。

墐 ㄐㄧㄣˇ chin³ 音緊 又讀 ㄐㄧㄣˋ chin⁴ 音盡

1塗塞。如:墐戶。2溝上道路。3掩埋。

墆 ㊀ ㄉㄧㄝˊ tieh² 音垤

貯藏;積壓。見“集韻”。

㊁ ㄉㄧˋ ti⁴ 音第

1堤岸。2底部。

塽 ㄕㄨㄤˇ shuang³ 音爽

高而明亮的地方。見“字彙”。

墄 ㄘㄜˋ ts'ê⁴ 音測

1階。也作磩。見“廣韻”。2堆砌。通砌。

塿 ㄌㄡˇ lou³ 音簍

1細微的塵土。見“說文”。2小墳。見“方言·一三”。

墁 ㄇㄢˋ man⁴ 音慢

1塗抹牆壁所用的工具。俗稱抹子。也作鏝、槾。如:泥墁。2塗抹。如:墁牆。

堋 ㄅㄥˋ pêng⁴ 音迸

下棺入土。同堋。見“字彙”。

墋 ㄔㄣˇ ch'ên³ 音磣

1沙土。見“廣韻”。2混沌不清的樣子。見“字彙”。

塲 場的俗體。

墆 ㄗㄨㄥ tsung¹ 音宗

菌名。俗名雞㙡。產於‘滇’南。見“正字通”。

墅 ㄕㄨˋ shu⁴ 音樹

1田舍。見“廣韻”。2建於郊外的私人遊息處所。如:別墅。

墓 ㄇㄨˋ mu⁴ 音暮

埋葬死人的地方。

8【墓表】 ㄇㄨˋ ㄅㄧㄠˇ

墓碑的別名。爲文以表揚其人功德,故稱。

13【墓道】 ㄇㄨˋ ㄉㄠˋ

通往墓地的道路。

4【墓木已拱】 ㄇㄨˋ ㄇㄨˋ ㄧˇ ㄍㄨㄥˇ

種在墓地的樹木,已大到可用兩手合圍。比喻人已去世很久。

12

墮 ㄉㄨㄛˋ to⁴, tuo⁴ 音惰

1墜落。同墮。見“字彙”。2怠惰。通惰。如:墮慢。

墥 ㄉㄨㄥˇ tung³ 音董

參墥墥。

墩 ㄉㄨㄣ tun¹ 音敦

1土堆;泥土堆積成的小高地。也作墪。2用泥及石築成的粗大柱子。如:橋墩。3用力放下東西。

11【墩基】 ㄉㄨㄣ ㄐㄧ

(pier) 角壔形或圓壔形柱之墩座基礎。其與基樁或樁群的功能相同,通常用以支承橋梁、拱架或牆,目的在傳遞荷重至河溪最大沖刷下的深度。最常用的建造方法爲沉箱下沉及明豎坑挖掘二種。施工方法包括鑽孔與澆灌混凝土。

壄 野的古文。

墡 ㄕㄢˋ shan⁴ 音善

用以塗飾牆壁的白色細黏土。也叫堊。見“廣韻”。

墫 ㄗㄨㄣ tsun¹ 音尊

酒器。同樽。見“正字通”。

增 ㄗㄥ tsêng¹ 音曾

1添加。如:增益。2高遠。3重重疊疊。通層。

6【增光】 ㄗㄥ ㄍㄨㄤ

增添光采榮譽。

【增色】 ㄗㄥ ㄙㄜˋ

增添分量;增加光采。

10【增益】 ㄗㄥ ㄧˋ

1添加;增多。2(gain)放大器之放大倍數以對數來表示之方法。單位爲分貝(dB)。如電流增益 $G_i=20logA_i$;電壓增益 $G_v=20 logA_v$;功率增益 $G_p=10logAP$。例如,功率放大倍數 $A_p=100$倍,則功率增益 $G_p=10\,log\,100=20\,(dB)$。

【增根】 ㄗㄥ ㄍㄣ

(extraneous root)不相干的根。它可能在解方程式時,因多乘入其他的方程式而發生。例如在 $\sqrt{x+1}=3x-7$ 中,若由兩邊平

方來解,相當於增加了 $\sqrt{x+1}=-(3x-7)$ 的根,即 $x=\frac{16}{9}$。此即爲增根。

【增值】 ㄗㄥ ㄓˊ
(increment) 由某一時間至另一時間之價值增加,而與成本或帳面價值無關的,叫增值。增值可爲非賺得者,即物主對於價值之增加並無貢獻,例如由於人口增加而使土地增值便是。

11【增強】 ㄗㄥ ㄑㄧㄤˊ
(reinforcement)在學習歷程中,增加並強化理想行爲反應之機率的歷程。

12【增殖】 ㄗㄥ ㄓˊ
1增加。2(multiplication;proliferation) 指個體一再重複的生殖;或指細胞一再不斷的分裂,而使數目增加。

10【增效劑】 ㄗㄥ ㄒㄧㄠˋ ㄐㄧˋ
(extender)加於油漆、油墨、塑膠與橡膠中,可以稀釋或擴增或改變其性質之物質。例如矽藻土、木屑、膠性瀝青等。

17【增壓器】 ㄗㄥ ㄧㄚ ㄑㄧˋ
(supercharger)用以壓送空氣或燃油空氣混合氣進入飛機往復式內燃發動機內的壓縮器。可提高發動機之動力或協助發動機在高空維持其動力。此增壓器多以齒輪連接於發動機之曲軸,或以排氣爲動力之小渦輪機予以驅動。

【增壓艙】 ㄗㄥ ㄧㄚ ㄘㄤ
(pressurized cabin)飛機或太空航行器內之密閉不透氣座艙。設計維持略高於艙外空氣壓力或一適當定額之艙內氣壓,以便在高空飛行時,使艙內人員感到舒適而有正常之呼吸與循環作用。

13【增感顯影】 ㄗㄥ ㄍㄢˇ ㄒㄧㄢˇ ㄧㄥˇ
對於底片固有感度,以曝光不足的方式拍攝,再增加顯影量的技術。如將 ASA400 的底片假設爲 ASA800 感度的底片,縮小光圈拍攝,顯影時再延長顯影時間到能獲得預定濃度爲止。而一般爲挽救曝光不足的底片,所採加強顯影量的方法,則稱爲強力顯影。

10【增益頻寬乘積】 ㄗㄥ ㄧˋ ㄆㄧㄣˊ ㄎㄨㄢ ㄔㄥˊ ㄐㄧ
(gain bandwidth product) 電晶體共射極組態之增益及其頻帶寬度的乘積。

墝 ㄑㄧㄠ ch'iao¹ 音磽
土質貧瘠。同磽、磝。

墳 或作墳。一 ㄈㄣˊ fên² 音焚
1高起的土堆。2墓地。3水邊;堤岸。4大。5古代的典籍。如:"三墳"。
二 ㄈㄣˋ fên⁴ 音奮
1土質肥沃。2高起;隆起。如:墳起。

13【墳塋】 ㄈㄣˊ ㄧㄥˊ
1墓地;墳墓。2比喻故鄉。因祖先墓地在故鄉,故稱。

8【墳典索丘】 ㄈㄣˊ ㄉㄧㄢˇ ㄙㄨㄛˇ ㄑㄧㄡ
古代典籍的總稱。即"三墳"、"五典"、"八索"、"九丘"。

墰 罈的或體。

墀 ㄔˊ ch'ih² 音遲
1塗飾的地面。多用以指殿前平地。2指臺階。

墱 一 ㄉㄥˋ têng⁴ 音凳
本作隥。1有石級的山路。見"說文"。2石級;臺階。
二 ㄉㄥ têng¹ 音登
參墱墱。

15【墱墱】 ㄉㄥ ㄉㄥ
築牆的聲音。

墢 坺的或體。

墟 ㄒㄩ hsü¹ 音虛
1大土丘。同虛。如:丘墟。2廢址;荒城。如:'殷'墟。3鄉村的市集。如:牛墟。

5【墟市】 ㄒㄩ ㄕˋ
鄉村中的臨時市集。

7【墟里】 ㄒㄩ ㄌㄧˇ
村落。又作墟落。

墠 ㄕㄢˋ shan⁴ 音善
1郊外。2清掃場地,以備祭祀。3祭祀用的場地。

墣 ㄆㄨˊ p'u² 音樸
土塊。同圤。見"說文"。

墦 ㄈㄢˊ fan² 音煩
墳埸;冢墓。見"正字通"。

墪 垠的古文。

墜 ㄓㄨㄟˋ chui⁴ 音贅
1落下;往下掉。如:搖搖欲墜。2喪失。3從上向下掛的飾物。如:耳墜。

3【墜子】 ㄓㄨㄟˋ ·ㄗ
1婦女的耳飾。2泛指繫在器物上作爲裝飾的小物件。3曲藝的一種。也稱落子。演唱時一手拍板爲節,一手形容曲中情節,另一人軋二絃和之。有'河南'墜子、'山東'墜子之別。

13【墜落】 ㄓㄨㄟˋ ㄌㄨㄛˋ
(falling) 山崩的一種類型。巨大岩塊及碎石塊,由高坡直接向下急速崩落的現象。

14【墜緒】 ㄓㄨㄟˋ ㄒㄩˋ
將衰絕而僅存的事業。

10【墜茵落溷】 ㄓㄨㄟˋ ㄧㄣ ㄌㄨㄛˋ ㄏㄨㄣˋ
凋零的花,有的落在草地,有的落在糞坑。比喻人機遇的不同。

墮 一 ㄉㄨㄛˋ to⁴, tuo⁴ 音惰
1落;由高處下墜。見"正字通"。2懈怠。通惰。如:墮怠。
二 ㄏㄨㄟ hui¹ 音灰
毀壞。同隳。見"字彙"。

13【墮落】 ㄉㄨㄛˋ ㄌㄨㄛˋ
1脫落。2衰敗。3指人自甘下流,陷於邪惡。

墬 地的古文。

13

壅 ㄩㄥˇ yung³ 音永 又讀 ㄩㄥ yung¹ 音雍

[1]堵塞。如:壅塞。[2]掩蔽。如:壅蔽。[3]用泥土或肥料培覆植物根部。如:培壅。

11【壅閉】 ㄩㄥˇ ㄅㄧˋ

阻塞不通。

13【壅塞】 ㄩㄥ ㄙㄜˋ

堵塞。

【壅腫】 ㄩㄥˇ ㄓㄨㄥˇ

肥胖。

15【壅蔽】 ㄩㄥˇ ㄅㄧˋ

堵塞。

墼 ㄐㄧˊ chi² 音擊

未燒的磚坏。見"說文"。

壁 ㄅㄧˋ pi⁴ 音必

[1]垣牆。如:門壁。[2]軍壘。如:壁壘森嚴。[3]陡峭如牆壁的山崖。如:絕壁千仞。[4]面;邊。如:一個這壁,一個那壁。[5]星宿名。二十八宿之一。參壁宿。

5【壁立】 ㄅㄧˋ ㄌㄧˋ

山崖陡峭聳立的樣子。

8【壁虎】 ㄅㄧˋ ㄏㄨˇ

即守宮。參守宮。

11【壁宿】 ㄅㄧˋ ㄒㄧㄡˋ

星宿名。二十八宿之一。北方玄武七宿的末宿。主要有二星,壁宿一即飛馬座γ,壁宿二即仙女座α。此外,霹靂、雲雨、天廄、鈇鑕、土公等星,也都歸入壁宿。

12【壁畫】 ㄅㄧˋ ㄏㄨㄚˋ

(wall painting; mural painting)各種壁面裝飾的統稱。可包括嵌畫壁畫、溼性壁畫與乾性壁畫等。

13【壁塑】 ㄅㄧˋ ㄙㄨˋ

結合我國繪畫和雕塑的一種藝術形式。將山水、樓閣、人物或故事等塑於牆壁之上,並加以彩繪,使其產生圓雕和浮雕混合的視覺效果。

15【壁蝨】 ㄅㄧˋ ㄕ

(tick)為節肢動物門、蛛形綱、蟎目(order Acarina)、後眼亞目(suborder Metastigmata)中的動物。約850種。為哺乳類中大型野生動物及一般家畜的寄生蟲,不但吸食寄主血液,並會傳播人體或其他動物的疾病。例如'德州'牛熱、'洛磯山'熱等。在吸食寄主血液時,會分泌毒素(神經毒),有時會使寄主麻痺,甚至死亡。一般種類(如狗壁蝨),附於寄主體表,連續吸血數日,雌者在飽食後,便自寄主體表掉落,找到適當處所產卵,孵出的幼蟲爬至草上等候適當的寄主。

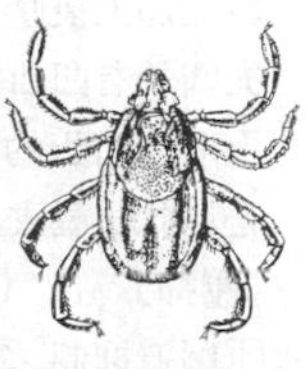

壁蝨圖

18【壁壘】 ㄅㄧˋ ㄌㄟˇ

[1]軍營中的圍牆或防禦工事。[2]比喻對立的事物和界限。

20【壁爐】 ㄅㄧˋ ㄌㄨˊ

建在牆壁之中,用來升火取暖或裝飾的爐子。

3【壁上觀】 ㄅㄧˋ ㄕㄤˋ ㄍㄨㄢ

從旁坐觀成敗。

壇 ㄊㄢˊ t'an² 音彈

[1]在平地上用土築成的高臺。原用以祭天、祭神,後凡會盟、拜將,也多設壇,以示鄭重。[2]某種團體、園地的總稱。如:詩壇。

8【壇坫】 ㄊㄢˊ ㄉㄧㄢˋ

[1]會盟的場地。[2]文人聚會的處所。

13【壇經】 ㄊㄢˊ ㄐㄧㄥ

全名為"六祖大師法寶壇經"。是禪宗六祖'慧能'在'韶州''大梵寺'壇上所說的法,由門人'法海'記載而成。本來只有'釋迦佛'所說的法才能稱經,但後人尊敬六祖所說的法,而稱為"法寶壇經"。此經為禪宗最主要的思想依據。

壈 ㄌㄢˇ lan³ 音覽

參坎壈。

壢 壢的訛體。

壠 壅的或體。

壞 壞的俗體。

墻 牆的俗體。

壏 ㄎㄢˇ k'an³ 音坎

也作坎。參坎坷。

墽 ㄑㄧㄠ ch'iao¹ 音敲

土地貧瘠、磽薄。

壖 ㄠˋ ao⁴ 音奧

[1]四方可供安居的土地。見"說文"。[2]水涯。見"字彙"。

墾 ㄎㄣˇ k'ên³ 音懇

開發土地。如:墾荒。

12【墾殖】 ㄎㄣˇ ㄓˊ

開墾種植。

壆 [一] ㄐㄩㄝˊ chüeh² 音覺

器具的隙縫。見"集韻"。

[二] ㄒㄩㄝˊ hsüeh² 音學

土地堅硬。見"玉篇"。

14

壕 ㄏㄠˊ hao² 音豪

[1]護城河。見"玉篇"。[2]泛指深溝。如:戰壕。

13【壕溝掩埋法】 ㄏㄠˊ ㄍㄡ ㄧㄢˇ ㄇㄞˊ ㄈㄚˇ

(trench method)以機械挖掘壕溝,將廢棄物倒入,並以所挖出之土壤掩埋的一種方法。適用於平坦且地下水高水位與挖掘深度之間距在1.5公尺以上的地區。

壖 堧的俗體。

壔 ㄉㄠˇ tao³ 音島

土築的城堡。也指高土。見"說文"。

壏 [一] ㄏㄢˇ han³ 音喊

堅硬的土地。也作㙳。見"集韻"。

[二] ㄌㄢˋ lan⁴ 音濫

參壏埮。

11【壏埮】 ㄌㄢˋ ㄊㄢˋ

平坦而長的土地。

壒 ㄞˋ ai⁴ 音愛

塵埃。見"字彙"。

塪 ㊀ ㄓˊ chih² 音直
低下潮溼的地方。見"集韻"。
㊁ ㄓㄜˊ chê² 音哲
墊。見"玉篇"。

壎 ㄒㄩㄣ hsün¹ 音熏　又讀 ㄒㄩㄢ hsüan¹ 音宣
古代吹奏樂器。主要爲陶土所燒製，亦有石製、骨製壎。陶壎有橄欖形、圓形、橢圓形、魚形、平底卵形等，中空，上有吹孔一，周邊音孔從一至十六不等。

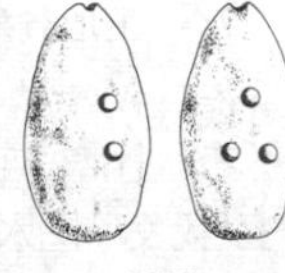
壎圖

14【壎篪相和】 ㄒㄩㄣ ㄔˊ ㄒㄧㄤ ㄏㄜˋ
聲音和諧相稱。比喻兄弟親愛和睦。

壓 塵的俗體。

壓 ㄧㄚ ya¹ 音押
①由上而下施加力量。如：壓扁。②用武力或威勢使人屈服。如：壓服。③迫近。如：壓陣。④超越。如：技壓群倫。⑤擱置。如：積壓。

2【壓力】 ㄧㄚ ㄌㄧˋ
①(stress)個體於自覺適應困難、自尊受貶、力不從心等威脅之情緒下，所產生的身心反應。②(pressure)物體表面上每單位面積所受的正向力大小，稱爲壓力。如施於A面積上的作用力爲F，則壓力$P=\frac{F}{A}$，單位爲牛頓/公尺²。對於可自由流動的流體，例如水、空氣等，當它們靜止時，流體內各部分相互作用的力必與作用面垂直，因此施力大小都用壓力表示。例如地表面上的大氣層，作用於地面上各物體的壓力，高達1.013×10^5牛頓/公尺²。尖銳物如針、鑽物品等能夠容易穿透物體，是因爲著力處的面積甚小，而產生了鉅大壓力之故。

6【壓印】 ㄧㄚ ㄧㄣˋ
(coining)壓印與壓花相似，但材料在加工後厚度被改變，並使其充塞於有凹凸的模腔內，在零件上形成凹凸的加工法。如硬幣即是以此法製成。

7【壓抑】 ㄧㄚ ㄧˋ
①壓迫抑制。②(repression)個人不自覺地將令其焦慮之心理衝動或令其內疚之創傷排除於意識外的歷程。

8【壓卷】 ㄧㄚ ㄐㄩㄢˋ
指最好的詩文書畫作品。

【壓花】 ㄧㄚ ㄏㄨㄚ
(embossion)將上下模作成凹凸花樣，在幾乎不改變材料厚度的情況下，使材料產生許多凹凸形狀之花紋的加工法。如汽機車牌照即以此法製成。

【壓延】 ㄧㄚ ㄧㄢˊ
(calendering)加熱壓延機中之滾筒，並使欲成形之物料加至一對滾筒間，而被擠壓成片狀或膜狀之加工法。可用於壓花成品，例如塑膠地磚、雨衣等之製造。

11【壓密】 ㄧㄚ ㄇㄧˋ
①(consolidation)土壤受長期性靜壓而逐漸排除孔隙水，致體積縮小的作用。土壤因自重而發生壓密者稱爲重力壓密或地質壓密；因壓密後致體積縮小者稱爲主壓密；在主壓密完成後，超額孔隙水壓力已完全消散，土壤不再排水，但壓縮仍繼續，稱爲次壓密或次壓縮。②(compact)指粉末充塡於模具中，施以機械式壓力或液壓，而成爲胚體形貌。

【壓條】 ㄧㄚ ㄊㄧㄠˊ
將植物的枝條用泥土或其他保水材料壅培，使其生根而後切離母株，成爲一獨立新植株的繁殖方法。是最安全、容易的植物無性繁殖法。

12【壓軸】 ㄧㄚ ㄓㄡˊ
戲劇的最後一齣稱大軸，大軸前一齣稱壓軸。俗稱壓臺戲。軸子(冑子)是武戲的稱呼，武戲能戀人，多排在最後。壓軸的意思，是說唱工精彩，能壓倒武戲。

【壓隊】 ㄧㄚ ㄉㄨㄟˋ
在隊伍後面管理秩序或負責監督。

13【壓載】 ㄧㄚ ㄗㄞˋ
(ballast)爲使船身達到適當穩度、吃水或俯仰，以利航行，而用以壓艙的笨重物。現代商船均於重底設壓載水艙，以利用海水壓載，不需用時，則將壓載水排出船外，以求達到最大營運效率。

【壓碎】 ㄧㄚ ㄙㄨㄟˋ
(crushing)利用壓縮、撞擊、磨耗、切削或爆破等方法，將固體粒子減積成數公分粒徑以上之小塊粒。

14【壓榨】 ㄧㄚ ㄓㄚˋ
加重力在東西上，以榨取汁液。引申爲以威力或強力榨取別人的勞力或財物。

【壓境】 ㄧㄚ ㄐㄧㄥˋ
敵軍逼近邊境。

【壓腿】 ㄧㄚ ㄊㄨㄟˇ
習武者把腳擱在訓練工具(如桌、橫木)上，頭部向腳尖接近，使腳筋伸長以增加靈活度的動作。

23【壓驚】 ㄧㄚ ㄐㄧㄥ
安慰受驚之人。

2【壓力角】 ㄧㄚ ㄌㄧˋ ㄐㄧㄠˇ
(pressure angle)在接觸傳動機構中，通過節點作一線垂直於聯心線，此線和接觸點的法線相交所得小於90°的角，即爲傳動的壓力角。

7【壓克力】 ㄧㄚ ㄎㄜˋ ㄌㄧˋ
(acrylic resin)一種由甲基丙烯酸甲酯聚合而成的塑膠。簡稱PMMA。具有透明、耐酸、耐鹼、強抗張力、抗壓力、抗撞擊等特性。用於製造透鏡、透明器材、玻璃窗、廣告牌、美術燈等。

10【壓根兒】 ㄧㄚ ㄍㄣㄦ
本來；根本。

13【壓歲錢】 ㄧㄚ ㄙㄨㄟˋ ㄑㄧㄢˊ
除夕時長輩給晚輩的錢。

17【壓縮比】 ㄧㄚ ㄙㄨㄛ ㄅㄧˇ
(compression ratio) 1發動機汽缸中,混合氣體在壓縮行程之初所占容積與壓縮行程末所占容積之比。2物體壓縮前後體積之比值。

【壓縮車】 ㄧㄚ ㄙㄨㄛ ㄔㄜ
(packer) 具有壓縮機械,可將垃圾壓縮進入密封車體內以增加載運效率的垃圾車。分有前裝式、側裝式及後裝式等。

【壓縮法】 ㄧㄚ ㄙㄨㄛ ㄈㄚˇ
(compaction & baling) 利用機械強大的壓力,將垃圾壓縮成塊,以利處理的方法。爲防止再度鬆散,可加以捆包或被覆,再送往掩埋或利用。

【壓縮器】 ㄧㄚ ㄙㄨㄛ ㄑㄧˋ
(compressor) 又稱壓縮機。壓縮工作流體(特別指空氣)進入發動機燃燒室之機具。因空氣經過壓縮,單位體積之空氣量增多,在燃燒室內與燃油混合燃燒,使燃燒的油料隨之增多,產生的動力隨即提高。一般飛機的發動機均有壓縮器的設計。主要有正位移壓縮器 (positive displacement compressor) 與離心式壓縮器 (centrifugal compressor) 二大類。

22【壓鑄法】 ㄧㄚ ㄓㄨˋ ㄈㄚˇ
(die casting) 將金屬溶解成液體,以適當壓力注入耐高溫鋼製的鑄模中,冷卻後敞開鑄模取出工件,鑄模合攏又可注入金屬連續鑄造的方法。多用於低溫合金、小形機件的大量生產。不過近年發展出將銅合金,甚至鑄鐵,加熱至塑性狀態,以高壓鑄造工件之技術。

2【壓力中心】 ㄧㄚ ㄌㄧˋ ㄓㄨㄥ ㄒㄧㄣ
(center of pressure) 分布於一平面上每一點之力,均垂直於該

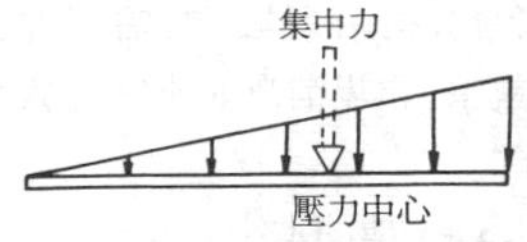

壓力中心圖

平面,則此一分布力可用一對等的集中力取代,而不改變其外效應,則該集中力作用之點稱爲壓力中心。

【壓力水管】 ㄧㄚ ㄌㄧˋ ㄕㄨㄟˇ ㄍㄨㄢˇ
(penstock) 中水頭或高水頭之水力發電計畫中,把進水口和渦輪機分開一段距離,將水自引水堀之前池輸送到近於發電廠進水口的封閉型壓力管道。其斷面常爲圓形,可由木管、鋼筋混凝土管、銲接或鉚接鋼管及結合鋼管等材料製成,其形式可爲深埋、部分暴露或完全暴露等。

【壓力阻力】 ㄧㄚ ㄌㄧˋ ㄗㄨˇ ㄌㄧˋ
(pressure drag) 飛機飛行時,因表面受空氣壓力作用所產生的阻力。可分爲二大部分:其一係因飛機之形狀而引起者,稱爲形狀阻力 (form drag);另一爲壓力作用在機翼上引起升力,同時亦引起與升力平方成正比之阻力,稱爲誘導阻力(induced drag)。

【壓力高差】 ㄧㄚ ㄌㄧˋ ㄍㄠ ㄔㄚ
(pressure head) 爲流體靜壓與流體密度、重力加速度乘積之比值。參高差。

【壓力團體】 ㄧㄚ ㄌㄧˋ ㄊㄨㄢˊ ㄊㄧˇ
一群人爲獲取利益(包括政治性、經濟性、社會性、文化性等)或實現某種理想而結成的團體,稱爲利益團體。壓力團體是利益團體的一種,亦爲政治團體之一,以其企圖在政治過程中形成壓力,影響政治,因而得名。政黨是組織化利益團體的一種,亦爲政治團體之一。壓力團體不同於政黨,因前者的策略並不包括提名候選人爲其政治代表來參加競選。

8【壓花玻璃】 ㄧㄚ ㄏㄨㄚ ㄅㄛ ㄌㄧˊ
(rolled figured glass) 一面爲平滑面,另一面具有機器壓鑄花紋的玻璃。透光率較平板玻璃低,散光效果高,遮視效果較佳,可用於室內隔間或浴廁的門窗。

13【壓電材料】 ㄧㄚ ㄉㄧㄢˋ ㄘㄞˊ ㄌㄧㄠˋ
(piezoelectric materials) 能產生壓電效應的材料。

【壓電效應】 ㄧㄚ ㄉㄧㄢˋ ㄒㄧㄠˋ ㄧㄥˋ
(piezoelectric effect) 某些物質當受到機械應力時所產生電極化的現象。此電極化的方向和大小則取決於應力的性質、方向和大小;反之,當這些物質被加上電場時亦會產生機械應力。會產生壓電效應之結晶如石英等,可用來做壓電振動元件及壓電轉換器。

14【壓寨夫人】 ㄧㄚ ㄓㄞˋ ㄈㄨ ㄖㄣˊ
強盜頭的妻子。也作押寨夫人。

17【壓縮衝程】 ㄧㄚ ㄙㄨㄛ ㄔㄨㄥ ㄔㄥˊ
(compression stroke) 將空氣或空氣一燃料混合汽給予壓縮以待燃燒之衝程。

23【壓變電容器】 ㄧㄚ ㄅㄧㄢˋ ㄉㄧㄢˋ ㄖㄨㄥˊ ㄑㄧˋ
(voltage-variable capacitance) 因外加電壓之不同,而有不同值的電容器。如二極體,由於不同反向偏壓能使半導體pn接面空乏區寬度改變,因而其接面電容值亦隨之變化。

11【壓密未完成土】 ㄧㄚ ㄇㄧˋ ㄨㄟˋ ㄨㄢˊ ㄔㄥˊ ㄊㄨˇ
(under consolidated soil deposit) 在現存覆土壓力作用下,尙未完成壓密程序的土層。

2【壓力免疫治療法】 ㄧㄚ ㄌㄧˋ ㄇㄧㄢˇ ㄧˋ ㄓˋ ㄌㄧㄠˊ ㄈㄚˇ
(stress-inoculation therapy) 心理治療法之一。患者首先得覺識其對壓力之情緒反應,而後訓練放鬆心情,並勇於抗制自已不

合理之反應行爲，進而以合理之行爲逐漸適應各種壓力情境，達到治療目的。

壑 ㄏㄨㄛˋ *ho*⁴, *huo*⁴ 音霍
山谷；聚水的溝坑。見"說文"。

15

壙 ㄎㄨㄤˋ *k'uang*⁴ 音礦
1 墓穴。如：生壙。2 郊野。3 久遠。如：壙久。4 荒廢。通曠。

壥 廛的俗體。

壘 一 ㄌㄟˇ *lei*³ 音藟
1 軍營的牆或防禦工事。如：堡壘。2 堆砌；重疊。如：壘高。3 碩大；魁偉。如：魁壘。4 姓。'後趙'有'壘澄'。見"正字通"。
二 ㄌㄩˋ *lü*⁴ 音律
參鬱壘。

11【壘球】 ㄌㄟˇ ㄑㄧㄡˊ
以棍擊球的一種球類運動。其場地、形式、比賽規則與棒球大同小異，顯著不同者爲投手投球時，手臂繞環將球以低手由腰下投出；棒球則由肩上投出。

13【壘塊】 ㄌㄟˇ ㄎㄨㄞˋ
比喻鬱積心頭的不平之氣。

16

壟 ㄌㄨㄥˇ *lung*³ 音隴
1 高丘。見"說文"。2 墳墓。3 田埂；田間分界的土堆。

10【壟畝】 ㄌㄨㄥˇ ㄇㄨˇ
田野。

18【壟斷】 ㄌㄨㄥˇ ㄉㄨㄢˋ
高地。今指操縱或獨占。

【壟斷性競爭市場】 ㄌㄨㄥˇ ㄉㄨㄢˋ ㄒㄧㄥˋ ㄐㄧㄥˋ ㄓㄥ ㄕˋ ㄔㄤˇ
(monopolistic competition market) 是一種既有獨占性又有競爭性，在自由市場經濟制度中，最常見的市場組織。其特性爲：類似的異樣化產品；眾多的買者與賣者；競爭者能自由加入與退出，但有所限制；需要非價格競爭；市場消息並不完全靈通等等。

壠 壟的本字。

壞 一 ㄏㄨㄞˋ *huai*⁴
1 損毀。如：破壞。2 衰敗。如：成敗興壞。3 同三。4 枯朽。如：壞死。5 戰敗。如：北軍大壞。6 惡；不好。如：壞心腸。
二 ㄍㄨㄞˋ *kuai*⁴ 音怪
拆除。如：壞門而入。

6【壞血病】 ㄏㄨㄞˋ ㄒㄧㄝˇ ㄅㄧㄥˋ
(scurvy)人或脊椎動物因缺少足夠的維他命C而引起的病症。通常病症的特性是齒齦出血、皮膚容易瘀血受傷、關節腫痛、身體虛弱等。人類常因缺乏吃新鮮水果、蔬菜而引起，特別是北方長冬或航海人家易得此病。

8【壞坯子】 ㄏㄨㄞˋ ㄆㄧ ˙ㄗ
壞東西；壞人。

10【壞骨頭】 ㄏㄨㄞˋ ㄍㄨˇ ˙ㄊㄡ
罵人壞入骨頭。

壢 ㄌㄧˋ *li*⁴ 音歷
坑穴。見"集韻"。

壚 ㄌㄨˊ *lu*² 音盧
1 質地堅實的黑色土壤。見"說文"。2 安置酒罎的土臺。通鑪、罏。如：'文君'當壚。3 火爐。通爐。如：茶壚。

壜 ㄊㄢˊ *t'an*² 音談
口小腹大的圓形陶器。也作罎、罈。

壛 ㄧㄢˊ *yen*² 音延
1 里中門。同閻。見"說文"。2 小巷。見"玉篇"。3 長廊。

壝 ㄨㄟˇ *wei*³ 音委
圍繞祭壇的土牆。見"正字通"。

17

壤 ㄖㄤˇ *jang*³ 音攘
1 泥土。如：土壤。2 地。如：天壤之間。3 古代遊戲用具。用木製成，前寬後窄，狀如鞋子。遊戲時，以手中之壤，投擊地上之壤，中者爲勝。4 穀物豐收。通穰。

3【壤土】 ㄖㄤˇ ㄊㄨˇ
1 土地。2 (loam) 指由沙、粉沙與黏土等三級不同粒徑物質，以不同比例混合組成的土壤。是一種疏鬆而易於透水的混合土，屬優良質地的土壤，最適合作物生長。狹義的壤土指含粉沙42%、沙40%、黏土18%的土壤。

壣 ㄌㄧㄣˊ *lin*² 音鄰 又讀 ㄌㄧㄢˊ *lien*² 音連
1 田隴。見"玉篇"。2 菜畦。見"廣韻"。

21

壅 壅的或體。

壩 ㄅㄚˋ *pa*⁴ 音霸
1 (dam)填築天然蓄水庫與其下游河槽間狹縫的巨型水工結構物。又作霸、垻。在滿足所需蓄水量條件下，理想的壩址常是狹縫最窄處。壩的類型取決於壩址的地形與地質狀況，通常圬工壩而側護以土堤的複合結構爲最佳經濟選擇的壩型。2 平地。'雲南'人稱河谷平原爲壩子。

11【壩頂閘門】 ㄅㄚˋ ㄉㄧㄥˇ ㄓㄚˊ ㄇㄣˊ
(crest gate)設置於溢洪道上端，使有效控制壩頂的閘門。與溢洪道、洩水道及供魚類生存的側流道同爲壩的主要調節裝置。主要類型有：一、滑門：升降不易，尺寸受限制；二、傾倒閘門：能使水位上升至一特定高度時，閘門自動開啟；三、'潭太'門：廣泛運用於'美國'，其門面是以樞軸爲圓心的圓弧；四、插板門：設置於無需啟閉運作的情況下，通常爲木製，以鐵栓扣在定位；五、輥門：由可藉各種方式捲起的圓桶鼓支撐，上連升降機操作，可提升閘門達20°

仰角。

士 部

士 ㄕˋ *shih*⁴ 音仕
①有才能可以任事的人。如:才士。②男子的通稱。③人的通稱。如:人士。④古代四民之一。如:士農工商。⑤稱有官位的人。如:士大夫。⑥軍人。如:戰士。⑦介於軍官與士兵之間的領導幹部。有士官長、上士、中士、下士。

3【士子】 ㄕˋ ㄗˇ
①有官職的人。②應考的讀書人。

【士女】 ㄕˋ ㄋㄩˇ
①成年的男女;未婚的男女。②上層社會的婦女。

8【士林】 ㄕˋ ㄌㄧㄣˊ
文士所薈萃的地方。泛指學界。

9【士流】 ㄕˋ ㄌㄧㄡˊ
泛指文人學士。

10【士氣】 ㄕˋ ㄑㄧˋ
①兵士作戰的意志和勇氣。②士大夫的風氣。

3【士大夫】 ㄕˋ ㄉㄚˋ ㄈㄨ
①舊時指居官有職位的人。②將帥的佐屬。古代軍職中有大夫、士,皆統屬於主將。③士族。

7【士君子】 ㄕˋ ㄐㄩㄣ ㄗˇ
①上流社會人物的通稱。②指有操守、有學問的人。

1

壬 ㄖㄣˊ *jên*² 音人
①天干的第九位。②奸佞。通佞。③姓。'明'有'壬士亨'。見"萬姓統譜·六五"。

3

壮 壯的俗體。

4

声 聲的俗體。

壯 ㄓㄨㄤˋ *chuang*⁴ 音狀
①大。見"說文"。②雄豪;強健。如:壯烈。③指三十歲到四十歲之間。如:壯年。④量詞。'中'醫用艾灸,一灼叫一壯。⑤姓。'春秋'時'晉'有大夫'壯馳茲'。見"萬姓統譜·一〇六"。

4【壯火】 ㄓㄨㄤˋ ㄏㄨㄛˇ
指人體內過於旺盛的病理熱能。與少火相對。會損耗正氣,影響人體的正常生理機能而致病。

【壯夫】 ㄓㄨㄤˋ ㄈㄨ
①壯年人。②有遠大抱負的人。

7【壯志】 ㄓㄨㄤˋ ㄓˋ
遠大的志向。

10【壯烈】 ㄓㄨㄤˋ ㄌㄧㄝˋ
轟轟烈烈;勇敢而有氣節。

14【壯碩】 ㄓㄨㄤˋ ㄕㄨㄛˋ
健壯;結實。

【壯圖】 ㄓㄨㄤˋ ㄊㄨˊ
遠大的志願或計畫。

17【壯膽】 ㄓㄨㄤˋ ㄉㄢˇ
增加勇氣。

【壯舉】 ㄓㄨㄤˋ ㄐㄩˇ
偉大的舉動。

19【壯麗】 ㄓㄨㄤˋ ㄌㄧˋ
雄偉美麗。

25【壯觀】 ㄓㄨㄤˋ ㄍㄨㄢ
雄偉的景觀和氣象。

3【壯士斷腕】 ㄓㄨㄤˋ ㄕˋ ㄉㄨㄢˋ ㄨㄢˋ
勇士手指被毒蛇咬到,及時砍下手腕,以保全生命。比喻面臨緊要關頭,下定決心,犧牲局部,以成全大體。

7【壯志未酬】 ㄓㄨㄤˋ ㄓˋ ㄨㄟˋ ㄔㄡˊ
偉大的志願尚未實現。

5

壳 殼的俗體。

6

壴 ㄓㄨˋ *chu*⁴ 音杼
陳設樂器。見"說文"。

9

壹 ㄧ *i*¹ 音依
①專一。如:專心壹意。②數詞。一的大寫。通一。如:壹仟。③合。如:統壹。④姓。'漢'有'壹元'。見"萬姓統譜·一一五"。

壺 ㄏㄨˊ *hu*² 音胡
①口小腹大,盛酒或液體的器具。如:酒壺。②瓜類。通瓠。③姓。'漢'有'壺遂'。見"萬姓統譜·一三"。

壺圖

4【壺天】 ㄏㄨˊ ㄊㄧㄢ
道教語。指神仙所居住的世界。'東漢''費長房'隨市中賣藥老翁入壺中,得見壺中另有天地、日月,乃神仙所居。見"後漢書·費長房傳"。後用以比喻仙境。

5【壺穴】 ㄏㄨˊ ㄒㄩㄝˋ
(pothole)河川流水常有渦流伴生,這種渦旋流水挾帶砂礫,挖鑽岩床而形成的圓形岩穴。'臺灣'北部'基隆河'沿岸'瑞芳'一帶的河床上,壺穴甚爲發達。此外,沿岸的海浪若將沿岸的岩壁或岩塊表面挖鑽成圓形岩穴,亦稱壺穴。

4【壺中物】 ㄏㄨˊ ㄓㄨㄥ ㄨˋ
酒的代稱。

壻 婿的或體。

10

壼 ㄎㄨㄣˇ *k'un*³ 音捆
①宮中的道路。如:宮壼。②指宮中。如:壼政。③門閫。通閫。如:壼範。

15【壼範】 ㄎㄨㄣˇ ㄈㄢˋ
舊時稱讚婦女德行可以作爲模範。又作閫範。

11

壽 ㄕㄡˋ *shou*⁴ 音受
1年歲長久。如:長壽。2生日。如:壽酒。3泛指死後的事物。如:壽器。4向尊長敬酒祝賀。如:奉觴上壽。5姓。'漢'有'壽良'。見"萬姓統譜·八八"。

4【壽木】 ㄕㄡˋ ㄇㄨˋ
在生時預先準備的棺木。也泛指棺木。

6【壽衣】 ㄕㄡˋ ㄧ
死者所穿的衣服。

【壽考】 ㄕㄡˋ ㄎㄠˇ
長壽;年歲大。

7【壽序】 ㄕㄡˋ ㄒㄩˋ
祝壽的文章。

8【壽金】 ㄕㄡˋ ㄐㄧㄣ
1禮物;禮金。2民間祭神時所燒的一種紙錢。

9【壽屏】 ㄕㄡˋ ㄆㄧㄥˊ
裱成條幅的祝壽字畫。

【壽星】 ㄕㄡˋ ㄒㄧㄥ
1星次名。相當二十八宿的軫、角、亢、氐四宿。自軫宿十二度至氐四度。以十二辰言,屬辰;以分野言,當'韓'、'鄭';以節氣言,值白露、秋分;以黃道十二宮言,相當於天秤宮;以星座言,相當於室女座。2即南極老人星。屬船底座。3做生日的當事人。

14【壽幛】 ㄕㄡˋ ㄓㄤˋ
祝壽的幛子。

15【壽誕】 ㄕㄡˋ ㄉㄢˋ
生日。

【壽儀】 ㄕㄡˋ ㄧˊ
壽禮。

17【壽聯】 ㄕㄡˋ ㄌㄧㄢˊ
祝壽的對聯。

3【壽山石】 ㄕㄡˋ ㄕㄢ ㄕˊ
產於'福建省''林森縣''壽山'的美石。石質瑩潔柔潤,五色皆備,透明如冰凍者稱爲'壽山'凍,可製印章及各種珍玩。

2【壽人壽世】 ㄕㄡˋ ㄖㄣˊ ㄕㄡˋ ㄕˋ
使世人健康長壽。常用作讚頌醫生之辭。

3【壽山福海】 ㄕㄡˋ ㄕㄢ ㄈㄨˊ ㄏㄞˇ
祝人長壽大福的賀詞。

4【壽比南山】 ㄕㄡˋ ㄅㄧˇ ㄋㄢˊ ㄕㄢ
祝賀他人長壽的話。常與福如東海並用。

11【壽終正寢】 ㄕㄡˋ ㄓㄨㄥ ㄓㄥˋ ㄑㄧㄣˇ
享盡天年,自然老死於家中。通常用於男性。

8【壽命週期成本法】 ㄕㄡˋ ㄇㄧㄥˋ ㄓㄡ ㄑㄧˊ ㄔㄥˊ ㄅㄣˇ ㄈㄚˇ
(life cycle costing; LCC)物品的原始取得成本加上物品在使用壽命期間所花費的後勤成本(logistic cost, 包括操作或使用成本及維護成本)的總和,稱爲壽命週期成本。此一觀念可幫助採購作業做出較正確的選購決策,若某項物品的壽命週期成本爲最小,即是選購的對象。利用此種方法做爲採購決策之依據,稱爲壽命週期成本法。

䵺 ㄇㄤˇ *mang*³ 音莽
人名。三國'吳'有'孫䵺'。爲'孫休'第三子。見"類篇"。

12

壽 壽的俗體。

壿 ㄗㄨㄣ *tsun*¹ 音尊
婆娑起舞的樣子。通作蹲。見"說文·壿·段注"。

夂 部

夂 ㄓˇ *chih*³ 音止
從後至。見"說文"。

干 ㄎㄨㄚˋ *k'ua*⁴ 音跨
跨步。見"說文"。

1

夃 ㄍㄨ *ku*¹ 音姑
1買賣獲利。見"說文"。2賣出。通作沽。如:待價而夃。

2

处 處的俗體。

3

夅 ㄒㄧㄤˊ *hsiang*² 音詳
降服。今通作降。見"說文"。

4

夆 ㄈㄥˊ *fêng*² 音逢
1違逆。見"說文"。2牽挽。見"爾雅·釋訓"。3遇合。見"正字通"。

夊 部

夊 ㄙㄨㄟ *sui*¹ 音綏 又讀 ㄘㄨㄟ *ts'ui*¹ 音催
走路緩慢的樣子。見"說文"。

4

麦 麥的俗體。

夋 ㄑㄩㄣ *ch'ün*¹ 音逡
1行走舒遲的樣子。見"說文"。2蹲踞。見"說文通訓定聲"。

5

夌 ㄌㄧㄥˊ *ling*² 音陵
陵越。今通作陵。見"說文"。

6

夎 ㄗㄨㄥ *tsung*¹ 音宗
1鳥飛時把足收斂起來。見"說文"。2聚合。見"廣雅·釋詁"。

复 今作復。㊀ ㄈㄨˋ *fu*⁴ 音復
走舊路。見"說文"。
㊁ ㄈㄡˋ *fou*⁴

回答。如：复問。

7

夏 ㊀ ㄒㄧㄚˋ *hsia*[4] 音下
1‘中國’、‘中國’人的古稱。如：夷夏之別。2壯大。如：夏屋。3一年四季中的第二季。相當於農曆的四、五、六月。如：仲夏。4(前2140?～前1711)‘禹’因平治洪水及征服‘三苗’有功，而受‘舜’禪讓所建的朝代。初都‘安邑’(今‘山西’‘安邑’)，後屢有遷徙。子‘啟’繼位，開父子相承之例。後‘后羿’、‘寒浞’竊取政權，‘少康’歷經數十年艱苦，終於中興‘夏朝’。傳至‘桀’，暴虐無道，爲‘成湯’放逐於‘南巢’(今‘安徽’‘巢縣’)，‘夏’亡。共十四世，十七主，四百三十年。5國名。⑴‘禹’始封的國號。⑵‘北宋’時‘趙元昊’據‘西域’所建。即‘西夏’。參西夏。⑶(1362～1371)‘元’末‘明玉珍’在‘重慶’所建。傳子‘昇嗣’，爲‘明’所破。6姓。‘宋’有‘夏希道’。見“萬姓統譜·八五”。
㊁ ㄐㄧㄚˇ *chia*[3] 音甲
木名。即山楸。古代學校取其枝條以施行體罰。通榎。

5【夏令】 ㄒㄧㄚˋ ㄌㄧㄥˋ
夏季；夏天的節令。

6【夏至】 ㄒㄧㄚˋ ㄓˋ
1在北半球，每年六月二十二日或前後，太陽光直射在北緯23.5°，即北回歸線上，是爲夏至。此日北半球晝最長，南半球晝最短，北極圈爲永晝，南極圈爲永夜。2農曆二十四節氣之一。在國曆六月二十二日或前後。

9【夏娃】 ㄒㄧㄚˋ ㄨㄚ
(Eve) 源自‘希伯來’文 ḥawwa，義爲生命、蛇。‘猶太’教神話中人類始祖‘亞當’之妻。“舊約聖經·創世紀”記載，爲上帝取‘亞當’肋骨所製成，是世界上的第一個女人。

10【夏眠】 ㄒㄧㄚˋ ㄇㄧㄢˊ
(aestivation)有些動物在夏季或酷熱乾旱時，便不吃不動而行蟄伏。

13【夏楚】 ㄐㄧㄚˇ ㄔㄨˇ
榎木和荊條。古代學校施行體罰用。也作榎楚。

16【夏曆】 ㄒㄧㄚˋ ㄌㄧˋ
‘夏朝’的曆法。今俗稱舊曆、農曆。‘夏代’授時之法，以寅月(正月)爲歲首，‘漢武帝’‘太初’元年(104)後歷代沿用以至‘清’末。因起於‘夏’，故名。此曆法是混合太陽曆和太陰曆而成，每年十二個月，大、小月各一半。大月三十日，小月二十九日。每十九年中有七個閏月。

4【夏丏尊】 ㄒㄧㄚˋ ㄇㄧㄢˇ ㄗㄨㄣ
(1886～1946)‘浙江’‘上虞’人。本名‘鑄’，字‘勉旃’。幼在家塾讀書，後留學‘日本’。歷任中學教員、‘暨南大學’教授、‘上海’‘開明書店’編譯所主任。著有“平屋雜文”、“文藝論ABC”，譯有“愛的教育”等書。

【夏日斑】 ㄒㄧㄚˋ ㄖˋ ㄅㄢ
(ephelides)因日光照射致眞皮積集色素的一種皮膚病症。其症狀爲顏面及手背發生褐色小斑，尤其在春夏季較顯明。

5【夏令營】 ㄒㄧㄚˋ ㄌㄧㄥˋ ㄧㄥˊ
公家機關或私人團體，利用夏天，於郊外或市區，所舉辦有意義兼富趣味性的團體活動。

8【夏季熱】 ㄒㄧㄚˋ ㄐㄧˋ ㄖㄜˋ
(summer fever)又稱夏期熱、夏期高體溫症。夏季氣溫高，幼兒體溫調節不佳而發生長期持續性的發熱，直到秋天氣溫降低後才自然退熱。‘臺灣’嬰幼兒常患此症。

4【夏五郭公】 ㄒㄧㄚˋ ㄨˇ ㄍㄨㄛ ㄍㄨㄥ
指文章、書籍的闕文。⌊夏五⌉、⌊郭公⌉分別爲“春秋”經文的漏缺之處。

【夏月飛霜】 ㄒㄧㄚˋ ㄩㄝˋ ㄈㄟ ㄕㄨㄤ
夏天下霜。指天道反常。

7【夏邦提葉】 ㄒㄧㄚˋ ㄅㄤ ㄊㄧˊ ㄧㄝˋ
(Gustave Charpentier, 1860～1956)‘法國’作曲家。最初從商，後來進入‘巴黎音樂院’，西元1887年獲得‘羅馬’獎學金。作品有管絃樂及歌唱曲“追思曲”(*Chant d' Apothéose*)，以及歌劇“路易斯”(*Louise*)、“朱麗安”(*Julien*)等。

夏邦提葉像

24【夏鑪冬扇】 ㄒㄧㄚˋ ㄌㄨˊ ㄉㄨㄥ ㄕㄢˋ
比喻做事不合時宜，徒勞無益。

9【夏威夷群島】 ㄒㄧㄚˋ ㄨㄟ ㄧˊ ㄑㄩㄣˊ ㄉㄠˇ
(Hawaii Isls.)分布於北‘太平洋’中部水域的島群。包括8大島和114個小島，大多屬火山島。西元1778年由‘科克’(James Cook)發現，1898年歸屬‘美國’。面積1.6萬方公里，北回歸線通過北部，主產鳳梨、蔗糖和稻米。爲著名觀光勝地。政治中心‘檀香山’(Honolulu)及‘美國’‘太平洋’主要軍事基地‘珍珠港’(Pearl Harbor)位於‘歐胡島’(Oahu Is.)南岸。

18【夏蟲不可語冰】 ㄒㄧㄚˋ ㄔㄨㄥˊ ㄅㄨˋ ㄎㄜˇ ㄩˇ ㄅㄧㄥ
夏天的昆蟲不能明白冰爲何物。比喻人的見識淺薄。

10【夏家店下層文化】 ㄒㄧㄚˋ ㄐㄧㄚ ㄉㄧㄢˋ ㄒㄧㄚˋ ㄘㄥˊ ㄨㄣˊ ㄏㄨㄚˋ
分布於‘河北省’及‘遼寧省’地區的一個青銅文化。大約與‘商’同時。房屋的結構爲半地穴式，土坯砌牆，或周圍砌以石塊。此外，尚有細石器的出現。

夎 ㄗㄨㄛˋ *tso*[4], *tsuo*[4] 音坐
又讀 ㄓㄚˋ *cha*[4] 音詐
1跪拜行禮不合禮儀。見“玉篇”。2欺詐。通作蓌。見“廣韻”。3詐作跪拜而膝不至地。見“正字通”。

8

𡕒　ㄏㄤˋ *hang*⁴ 音桁
脖子很直的樣子。也作𡕥。見"說文"。

𡕥　𡕒的或體。

11

夐　夐的或體。

16

夒　ㄋㄠˊ *nao*² 音撓
猿類動物。一說即獼猴。見"說文"。

18

夔　ㄎㄨㄟˊ *k'uei*² 音逵
1木石的精怪。見"說文"。2神話中的怪獸。狀如牛，蒼身而無角，一足。見"山海經·大荒東經"。

夕部

夕　ㄒㄧˋ *hsi*⁴ 音汐
1傍晚。如：夕暉。2夜晚。如：竟夕不眠。3一年的末季；一月的下旬。如：歲夕。4不正。5姓。三國有'夕斌'。見"通志·氏族略五"。

13【夕照】　ㄒㄧˋ　ㄓㄠˋ
夕陽。

12【夕陽無限好只是近黃昏】　ㄒㄧˋ　ㄧㄤˊ　ㄨˊ　ㄒㄧㄢˋ　ㄏㄠˇ　ㄓˇ　ㄕˋ　ㄐㄧㄣˋ　ㄏㄨㄤˊ　ㄏㄨㄣ
指事雖美好，卻已近尾聲。有無奈和歎惜的意思。

2

夗　ㄩㄢˋ *yüan*⁴ 音怨
轉身而睡。見"說文"。

外　ㄨㄞˋ *wai*⁴
1外邊。與內、裡相對。如：外界。2關係疏遠。如：見外。3除去；不包含在內。如：此外。4叛離；不忠。如：外心。5戲劇腳色名。生、旦、淨、丑、末等正腳色之外的補充腳色。如：外末。6妻對他人稱自己的丈夫。如：外子。7對母系、妻方或女兒等姻黨的親戚，稱呼上多加外字。如：外家。

3【外子】　ㄨㄞˋ　ㄗˇ
婦人向他人稱自己的丈夫。

4【外丹】　ㄨㄞˋ　ㄉㄢ
道教煉丹的一種。與內丹相對。即用鉛汞配製其他藥物作原料，放在爐火中燒煉而成丹藥。初步煉成的叫丹頭，只作點化用；繼續再煉，便成服食用的仙丹或金丹，道教認爲服食金丹可以成仙。

6【外交】　ㄨㄞˋ　ㄐㄧㄠ
1古代稱大臣私下與其他國家君主見面。2指與朋友、外人的交往。3 (diplomacy) 泛指一國之對外政策，或指一國外交人員所執行之職務總稱，或指國家間談判時使用之程序與方法。外交往來通常建立在雙邊之基礎上；近代由於交通發達及國際關係日趨複雜，盛行所謂多邊外交，例如國際組織即其適例。

【外耳】　ㄨㄞˋ　ㄦˇ
(external ear) 包括耳殼和外耳道二部分。耳殼爲扁平漏斗狀之皮膚皺襞，內含軟骨，下端爲含脂肪之結締組織，即耳垂。耳殼利於收集音波進入聽管。外耳道長約3公分，內有耳垢腺，能分泌耳垢，惟分泌過多會阻塞外耳道而引起疼痛或耳聾。參耳1。

【外在】　ㄨㄞˋ　ㄗㄞˋ
在外面的；本身以外的。

【外行】　ㄨㄞˋ　ㄏㄤˊ
指對某行業的工作缺乏專業訓練或毫無經驗。與內行相對。

7【外快】　ㄨㄞˋ　ㄎㄨㄞˋ
額外的收入。即正常收入以外的收入。

【外邪】　ㄨㄞˋ　ㄒㄧㄝˊ
即風、寒、暑、溼、燥、火六淫。參六淫。

8【外治】　ㄨㄞˋ　ㄓˋ
'中'醫治療方法的一種。即用藥物、手法或配合適當的器械，於身體表面或各孔竅進行疾病的治療。如敷、貼、熨、熏、蒸、熱烘、膏摩、導塞等。

【外放】　ㄨㄞˋ　ㄈㄤˋ
古代稱在朝廷任官的人被派往地方作官。今指中央官員被派往地方政府做事或外交人員被派往國外任職。

9【外室】　ㄨㄞˋ　ㄕˋ
男子婚外之同居人。

【外界】　ㄨㄞˋ　ㄐㄧㄝˋ
(surrounding) 系統邊界外的所有物質與空間，統稱爲外界。一般則指系統鄰近四周，能影響系統之範圍者。系統之邊界則爲固定或可移動者。

【外侮】　ㄨㄞˋ　ㄨˇ
外來的侵侮。

10【外家】　ㄨㄞˋ　ㄐㄧㄚ
1外戚。2娘家。3國術派別。起源於'少林'，著重肢體技巧，以採攻勢爲主。

11【外埠】　ㄨㄞˋ　ㄅㄨˋ
外地；本地以外的城市。

【外務】　ㄨㄞˋ　ㄨˋ
1本分以外的事務。2外交事務。'清'末有'外務部'，即今'外交部'。3商家稱與客戶間的往來事務。

【外戚】　ㄨㄞˋ　ㄑㄧ
稱帝王家族的姻親。如后妃的家族等。

【外患】　ㄨㄞˋ　ㄏㄨㄢˋ
外來的侵略、干涉。多指外國對本國的侵犯。包括戰爭或邊境糾紛、文化侵略等。與內憂、內亂相對。

【外婚】　ㄨㄞˋ　ㄏㄨㄣ
(exogamy)個人被禁止在其所屬

某特殊團體內擇偶結婚的婚姻類型。與內婚相對。

12【外港】 ㄨㄞˋ ㄍㄤˇ
主要港口管轄範圍之外的港口。也指稅區以外的港口。

【外援】 ㄨㄞˋ ㄩㄢˊ
外來的援助。

【外景】 ㄨㄞˋ ㄐㄧㄥˇ
①古代稱火、太陽等發光體。②道教語。'晉'時有"黃庭外景經"，相對於內景，喻指火、日、陽等人身中的狀態。③泛稱供電影拍攝、電視播映的一切室外布景。亦指在攝影棚之外的拍攝作業，又稱出外景。

【外圍】 ㄨㄞˋ ㄨㄟˊ
圍繞在某地或某事物外的。

【外貿】 ㄨㄞˋ ㄇㄠˋ
對外貿易。

13【外褂】 ㄨㄞˋ ㄍㄨㄚˋ
'清代'禮服之一。穿在衣服之外的長衣。

【外道】 ㊀ ㄨㄞˋ ㄉㄠˋ
指不受佛的教化、不合眞理的宗教及思想。主要指佛在世時的六師外道等多種紛繁宗教。後衍爲佛家稱其他宗教爲外道。
㊁ ㄨㄞˋ ·ㄉㄠ
禮數周到而情誼淡薄。

【外資】 ㄨㄞˋ ㄗ
(foreign capital) 指屬外人所有引入供本國使用之資本。

【外匯】 ㄨㄞˋ ㄏㄨㄟˋ
(foreign exchange)一是指可用來從事國際貿易的外幣資金，這種外幣資金包括以國外爲付款地的貨幣、票據或債權；一是指清償或了結國際間債權債務的方法，即國外匯兌的簡稱。綜合言之，外匯乃國際間收支及清理債權債務的工具。

【外電】 ㄨㄞˋ ㄉㄧㄢˋ
國外來的電訊消息。

【外勤】 ㄨㄞˋ ㄑㄧㄣˊ
到室外或遠地工作。與內勤相對。

【外遇】 ㄨㄞˋ ㄩˋ
婚姻以外的男女感情關係。

【外號】 ㄨㄞˋ ㄏㄠˋ
按照一個人的特徵所取的別名。通常含有嘲弄之意。

【外債】 ㄨㄞˋ ㄓㄞˋ
向外國借入的債。

【外傷】 ㄨㄞˋ ㄕㄤ
身體外部所受的損傷。

14【外賓】 ㄨㄞˋ ㄅㄧㄣ
外國來的賓客。今多指稱外國元首、使節及政府官員。

【外僑】 ㄨㄞˋ ㄑㄧㄠˊ
寄居國內的外國人。

15【外範】 ㄨㄞˋ ㄈㄢˋ
(extension)也稱外延。與內涵相對。一個語詞的外範就是該詞用來指謂的一切事物。比如「人」這個語詞的外範，就是所有的人。

16【外學】 ㄨㄞˋ ㄒㄩㄝˊ
指佛學以外的典籍。與世間經世理法之學相對。

17【外艱】 ㄨㄞˋ ㄐㄧㄢ
①指父喪。②指外患。

20【外籍】 ㄨㄞˋ ㄐㄧˊ
外國的國籍。

23【外鑠】 ㄨㄞˋ ㄕㄨㄛˋ
由外薰染，而影響內在。

25【外觀】 ㄨㄞˋ ㄍㄨㄢ
事物的外表形態。

4【外切圓】 ㄨㄞˋ ㄑㄧㄝ ㄩㄢˊ
(externally tangent circles)兩圓相切而其圓心在切點兩邊的，稱爲兩圓外切，此兩圓互稱爲外切圓。兩圓心及切點在一直線上。

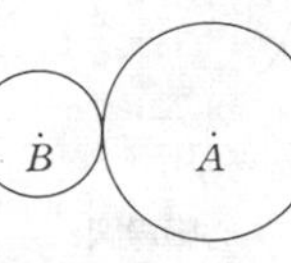

外切圓圖

【外丹功】 ㄨㄞˋ ㄉㄢ ㄍㄨㄥ
我國固有的健身術。以人體外在的動作，促進臟腑的活動。共十二式，特色爲平實、安全、易學。

【外分泌】 ㄨㄞˋ ㄈㄣ ㄇㄧˋ
(external secretion) 指腺細胞組織產生的分泌物，須經導管運至體腔或體表。與內分泌相對。如唾液腺分泌唾液，由導管通入口腔，有助於潤溼口腔和消化食物。

5【外用藥】 ㄨㄞˋ ㄩㄥˋ ㄧㄠˋ
塗擦在身體表面的藥品。

6【外在美】 ㄨㄞˋ ㄗㄞˋ ㄇㄟˇ
指人的身材、容貌之美。

【外向型】 ㄨㄞˋ ㄒㄧㄤˋ ㄒㄧㄥˊ
(extrovert) '瑞士'心理學家'榮格'(Carl Gustav Jung) 所歸納的人格類型之一。屬此類型者具有傾向於社會生活、要求外在世界之持續刺激等特徵。與內向型相對。

【外行星】 ㄨㄞˋ ㄒㄧㄥˊ ㄒㄧㄥ
行星的一種類別。① (superior planet) 也稱地外行星。指與日距離遠於地球距日的行星。亦即地球軌道以外的行星。② (outer planet) 指在小行星帶以外，距離太陽較遠的行星。

8【外來語】 ㄨㄞˋ ㄌㄞˊ ㄩˇ
(foreign terms) 從外國語言翻譯過來的詞語。有音譯的，如'印度'傳來的菩薩、涅槃，'英'語的摩登、迷你等；有義譯的，如'英'語的客觀、積極等；有音義兼譯的，如幽浮、俱樂部等；有半義譯半音譯的，如卡車、菩薩心、冰淇淋等。

【外呼吸】 ㄨㄞˋ ㄏㄨ ㄒㄧ
(external respiration) 指生物體由外界吸入氧，並將二氧化碳呼出的氣體交換過程。此種呼吸作用乃靠胸部的節律性擴大和縮小，以及由此而引起的肺被動擴張(吸氣)和回縮(呼氣)的一系列運動來完成。

9【外流河】 ㄨㄞˋ ㄌㄧㄡˊ ㄏㄜˊ
(exoreic stream) 雨雪豐富，水源充沛的河流，其流水終歸注入外海或大洋，水文系統的發展以海洋爲侵蝕基準面，這種河流稱爲外流河。其集水和排水的全部區域，稱爲外流區。世界大部分地區，尤其溼潤地區的河流多屬之。

【外洗扇】 ㄨㄞˋ ㄒㄧˇ ㄕㄢˋ
(outwash fan)外洗平原上一種坡度較緩的堆積地。大陸冰河前緣之外若有高地，且相距甚近，使冰前窪地不夠寬廣，則冰融之水所搬運的土石碎屑物質，進入窪地後未能有充裕時間進行淘選，沈積物的層次不顯，顆粒也較粗大，形成緩坡的堆積地形，稱爲外洗扇。若坡度較陡則稱外洗錐。

【外胚型】 ㄨㄞˋ ㄆㄟ ㄒㄧㄥˊ
(ectomorphy)'美國''謝爾登'(Sheldon & Sevens)體型人格論所歸納的個人體型之一。係神經系統及皮膚組織較發達的瘦削體型。屬該體型者具有頭腦型人格，其特徵爲思想周密、個性內向、行爲謹愼、反應靈敏、不善交際等。

10【外骨骼】 ㄨㄞˋ ㄍㄨˇ ㄍㄜˊ
(exoskeleton) 動物被於體表的骨骼。係由細胞所分泌，或爲細胞特化而成。由於外骨骼硬而重，因而妨礙運動，如蝸牛、蛤等運動緩慢。節肢動物雖亦具有外骨骼，但外骨骼形成關節，故能彎曲而運動自如，但也會妨礙生長，因此，在其生長過程中會有蛻皮現象。這時外骨骼脫落，由表皮再分泌新的骨骼，初分泌的骨骼較具彈性，因此身體便能長大一些。

【外氣層】 ㄨㄞˋ ㄑㄧˋ ㄘㄥˊ
(exosphere)大氣最外層部分。約在五、六百公里以上。由於空氣質點的密度極低，彼此碰撞機會非常少，部分質點即脫離地球。

11【外務員】 ㄨㄞˋ ㄨˋ ㄩㄢˊ
公司行號中擔任對外業務的人員。

【外野手】 ㄨㄞˋ ㄧㄝˇ ㄕㄡˇ
棒、壘球比賽時，位於外野區域的各防守員。包括左、右外野手及中堅手三人。

12【外補制】 ㄨㄞˋ ㄅㄨˇ ㄓˋ
一個機關內遇有職缺，以向外界考選新人補缺爲原則，如外界確無適當人員可資進用時，始考慮內陞。外補的優點爲易進用新人，引進新觀念，利於業務的開創與革新；但其缺點爲減少原有人員陞遷機會，打擊員工士氣。

14【外團體】 ㄨㄞˋ ㄊㄨㄢˊ ㄊㄧˇ
(out-group) 指個人未加入的任何社會團體。如外國人、不同信仰者等。與內團體相對。

16【外燃機】 ㄨㄞˋ ㄖㄢˊ ㄐㄧ
(external combustion engine)將燃料在機械外部燃燒，利用所生之熱能，使工質加熱變成蒸汽後導入機械內部，使其活塞或葉輪運轉而作功之裝置，如蒸汽機、蒸汽渦輪機等。

17【外營力】 ㄨㄞˋ ㄧㄥˊ ㄌㄧˋ
(external agency)一種來自地球外部改變地表形態的力量和作用。主要爲氣候力，次爲生物力。包括均夷作用、風化作用和塊體崩壞等。

18【外擺線】 ㄨㄞˋ ㄅㄞˇ ㄒㄧㄢˋ
(epicycloid)一半徑爲b的動圓，外切於半徑爲a的定圓而滾動，則動圓圓周上的定點p所形成的軌跡，即稱外擺線或外旋輪線。其參

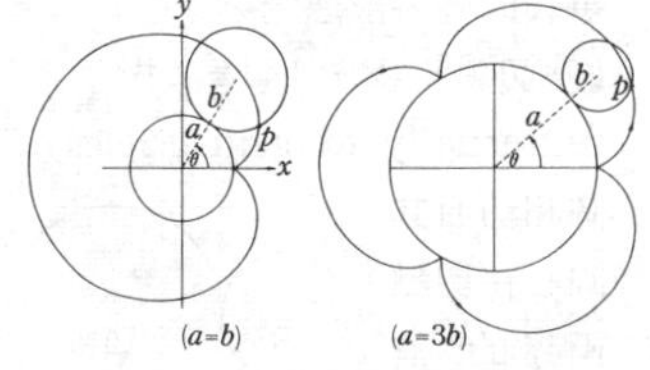

心臟線圖　　普通外擺線圖

數方程式爲：$x=(a+b)\cos\theta-b\cos\frac{a+b}{b}\theta, y=(a+b)\sin\theta-b\sin\frac{a+b}{b}\theta$。若 $a=nb$（n爲整數），則曲線有n個弧形外擺線。若$a=b$，則其外擺線稱心臟線或心形曲線。

23【外顯型】 ㄨㄞˋ ㄒㄧㄢˇ ㄒㄧㄥˊ
(phenotype) 個體由基因顯性及環境影響而形成之外表組織型態。與基因型相對。

4【外方內圓】 ㄨㄞˋ ㄈㄤ ㄋㄟˋ ㄩㄢˊ
表面剛直，內心圓滑。

5【外包節目】 ㄨㄞˋ ㄅㄠ ㄐㄧㄝˊ ㄇㄨˋ
(package deal) 俗稱外製外包。電視臺編制以外的節目製作人或獨立公司，與電視臺簽約，訂購某一個時段，自行製作節目；或買下電視臺的某個時段，並包辦該段節目的廣告費用。

6【外交信差】 ㄨㄞˋ ㄐㄧㄠ ㄒㄧㄣˋ ㄔㄞ
(diplomatic courier) 一國政府與其駐外使館間所派遞送外交郵袋之人員。西元1961年"維也納外交關係公約"第二十七條第五項規定：「外交信差應持有官方文件，載明其身分及構成郵袋之包裹件數；其於執行職務時，應受接受國保護。外交信差享有人身不得侵犯權，不受任何方式之逮補或拘禁。」

【外交特權】 ㄨㄞˋ ㄐㄧㄠ ㄊㄜˋ ㄑㄩㄢˊ
(diplomatic privileges) 一國爲便利他國派駐在其境內之外交人員執行職務，所給予外交館舍及外交人員的若干特權。依國際法，其特權包括館產及辦理公務所收規費免繳稅捐、外交人員薪資免徵所得稅、使館公務用品及外交人員之私人用品免除關稅，及其他執行職務上所必要之優待。

【外交郵袋】 ㄨㄞˋ ㄐㄧㄠ ㄧㄡˊ ㄉㄞˋ
(diplomatic bag)供放置傳遞一國政府與其駐外使館間往來之外交文件或公務用品之郵袋。經嚴密包裹，外部並附有可資識別之標記。西元1961年"維也納外交關係公約"第二十七條規定：「外交郵袋不得予以開拆或扣留。」其遞送方式，除派遣外交信差外，並可託交預定在准許入境地點降落之商營飛機機長轉送。

【外交豁免】 ㄨㄞˋ ㄐㄧㄠ ㄏㄨㄛˋ ㄇㄧㄢˇ

(diplomatic immunities) 一國為便利他國派駐在其境內之外交人員執行職務,所給予外交館舍及外交人員的若干豁免。依據國際法,其豁免包括館舍不可侵犯、檔案及文件不可侵犯、人身不可侵犯及豁免法律程序。

【外弛內張】 ㄨㄞˋ ㄕˇ ㄋㄟˋ ㄓㄤ
表面平靜,實際緊急。

【外在函數】 ㄨㄞˋ ㄗㄞˋ ㄏㄢˊ ㄕㄨˋ
(external function)電腦程式中所呼叫的函數並未於該程式中定義,則此函數稱為外在函數。

【外在動機】 ㄨㄞˋ ㄗㄞˋ ㄉㄨㄥˋ ㄐㄧ
(extrinsic motivation) 由外在事物所引發的動機。即個體行為的動力係來自外在環境的刺激。如獎賞、懲罰等。與內在動機相對。

8【外怯內勇】 ㄨㄞˋ ㄑㄩㄝˋ ㄋㄟˋ ㄩㄥˇ
外表怯懦而內心勇敢。

【外延性質】 ㄨㄞˋ ㄧㄢˊ ㄒㄧㄥˋ ㄓˊ
(extensive property) 隨系統質量變化的性質。參內涵性質。

9【外洗平原】 ㄨㄞˋ ㄒㄧˇ ㄆㄧㄥˊ ㄩㄢˊ
(outwash plain) 在大陸冰河末端前緣,冰河冰逐漸消融,融化的流水常搬運大量細泥、細沙至前緣堆積,形成一片廣大的平原。例如'芬蘭'和'瑞典'南部的平原、'波蘭'和'德國'北部的平原等,都是昔日北'歐'冰河後退時所造成的外洗平原。

11【外部平衡】 ㄨㄞˋ ㄅㄨˋ ㄆㄧㄥˊ ㄏㄥˊ
(external balance) 一個經濟社會達於國際收支平衡的狀態。

【外部排序】 ㄨㄞˋ ㄅㄨˋ ㄆㄞˊ ㄒㄩˋ
電腦在處理資料排序時,因資料量過多,必須使用輔助儲存體的排序方法。

【外部經濟】 ㄨㄞˋ ㄅㄨˋ ㄐㄧㄥ ㄐㄧˋ
(external economy)經濟主體在生產或消費活動中,使其他經濟主體獲得無償受益的有利影響。

【外強中乾】 ㄨㄞˋ ㄑㄧㄤˊ ㄓㄨㄥ ㄍㄢ
外表看似強壯,內部實為虛弱。

【外國公司】 ㄨㄞˋ ㄍㄨㄛˊ ㄍㄨㄥ ㄙ
有廣義、狹義之分:廣義之外國公司指以營利為目的而依據外國法律所設立之社團法人;狹義之外國公司則指我國"公司法"上之外國公司,亦即以營利為目的,依據外國法律組織登記,並經我國政府認許,在我國境內營業之公司。一般所謂之外國公司,即是指此種狹義之外國公司而言。其在本國之權利義務,依"公司法"第七章有關規定定之。

【外國銀行】 ㄨㄞˋ ㄍㄨㄛˊ ㄧㄣˊ ㄏㄤˊ
(foreign banks) 依外國法律組織登記的銀行,經我國政府認許,在'中華民國'境內依"公司法"及"銀行法"登記營業的分行。

13【外溢效果】 ㄨㄞˋ ㄧˋ ㄒㄧㄠˋ ㄍㄨㄛˇ
(spillover effect)又稱外部性。經濟主體在生產或消費活動中,使其他的經濟主體獲得無償受益的有利影響,或遭受無償損失的不利影響。

【外匯市場】 ㄨㄞˋ ㄏㄨㄟˋ ㄕˋ ㄔㄤˇ
(foreign exchange market)指各種不同貨幣(包括對外國貨幣的請求權)互相交換的場所。這裡所稱的場所,可以指一個地方,也可以指一個交易的網路,或是一種交易的機能。例如在'紐約市',各種不同國家的貨幣,如馬克、'英'鎊、'日'幣、法郎等,大都可在當地找到買主或賣主。這些買主或賣主互相出價、還價,終至成交的場所、網路或機能等,便是外匯市場。外匯市場依其包含層次的不同,可分為廣義的與狹義的兩種。一般來說,外匯市場是以銀行為中心所構成的一個交易網;因此,如以銀行為中心,外匯市場可分為銀行與顧客間及銀行與銀行間的交易市場。廣義的外匯市場,包含上述二個市場全體;而狹義的外匯市場,則專指銀行間交易的市場。一般報章雜誌所稱的'紐約'外匯市場或'倫敦'外匯市場,是指狹義的外匯市場。

【外匯存底】 ㄨㄞˋ ㄏㄨㄟˋ ㄘㄨㄣˊ ㄉㄧˇ
(foreign reserves) 指一國的中央銀行持有可以自由兌換的外國通貨總數。也就是存放於外國的金融資產,包括存在外國銀行的各式存款、股票、債券、黃金等。

【外匯投機】 ㄨㄞˋ ㄏㄨㄟˋ ㄊㄡˊ ㄐㄧ
(foreign exchange speculation) 個人使其外匯資產處於淨資產的長期地位或淨負債的短期地位,而使以本國通貨表示之資產淨值的未來價值處於一種不確定的狀態。

【外匯拋補】 ㄨㄞˋ ㄏㄨㄟˋ ㄆㄠ ㄅㄨˇ
(exchange cover)一般外匯銀行不做外匯投機,其每日買賣外匯,是以軋平為原則。因此,如賣出某種外匯太多時,必設法及時如數補進,如買入過多,則必設法及時如數拋出,以避免匯率變動的風險。這種調整外匯持有額,以避免匯率變動的風險,而與銀行同業間進行的外匯買賣交易,稱為外匯拋補。

【外匯風險】 ㄨㄞˋ ㄏㄨㄟˋ ㄈㄥ ㄒㄧㄢˇ
(exchange risk) 因匯率不利的變動,而使所擁有之外國資產的價值遭受損失。

【外匯部位】 ㄨㄞˋ ㄏㄨㄟˋ ㄅㄨˋ ㄨㄟˋ
(exchange position) 又稱外匯持有額、外匯頭寸。銀行從事外匯買賣,難免會發生賣出多於買入,或買入多於賣出的情形,但也有湊巧買入與賣出剛好相等的情形。所謂外匯部位就是一外匯銀行在某一特定時點所持有的外匯餘額。可分爲三種情況：一、超賣部位：即賣出外匯總額大於買入外匯總額。二、超買部位：即買入外匯總額大於賣出外匯總額。三、軋平部位：即買入與賣出外匯總額相等。前二種情形，如匯率變動則將使外匯銀行受到有利或不利的影響。因此，外匯部位以軋平爲原則。

【外匯裁定】 ㄨㄞˋ ㄏㄨㄟˋ ㄘㄞˊ ㄉㄧㄥˋ

(foreign exchange arbitrage)又稱比兌裁定、套匯、套做。指同時在二個或二個以上的外匯市場，進行同種或數種貨幣(外匯)的買賣，藉以套取差益的外匯交易。亦即在二個或二個以上的外匯市場，一面向較便宜的市場買進某一種貨幣，同時將其向另一較高價的市場拋售，以獲取利潤的交易。

【外匯匯率】 ㄨㄞˋ ㄏㄨㄟˋ ㄏㄨㄟˋ ㄌㄩˋ

(foreign exchange rate; rate of foreign exchange; rate of exchange; exchange rate)簡稱匯率。指在外匯市場上一國貨幣與他國貨幣的交換比率。即一定數額的一國貨幣在外匯市場上所可交換他國貨幣的數額。

【外匯管制】 ㄨㄞˋ ㄏㄨㄟˋ ㄍㄨㄢˇ ㄓˋ

(foreign exchange control)一國政府爲達成國際收支平衡及維持匯率穩定，乃限制外匯的自由買賣，並指定由某特定機構(例如中央銀行或指定外匯銀行)統籌辦理外匯買賣，此即外匯管制。我國就是實施外匯管制的國家，出口商輸出所得的外匯，或國外匯入的外匯，都須結售給政府指定的外匯銀行。又進口商輸入外匯，或需匯付國外時，都須向指定外匯銀行購買外匯。

【外匯銀行】 ㄨㄞˋ ㄏㄨㄟˋ ㄧㄣˊ ㄏㄤˊ

(foreign exchange bank)又稱國際匯兌銀行、外貿銀行。對外貿易本屬商業範圍以內，但以所需技術與一般國內商業頗有不同，且通常涉及國際匯兌問題，於是有若干銀行，側重經營有關對外貿易的業務。這種以承辦國際匯兌、貼現國外票據及貸放長短期國際貿易款項的銀行，特稱爲外匯銀行。依'中央銀行'規定，我國外匯銀行辦理的外匯業務包括：一、開發及收受信用狀。二、匯出匯入匯款。三、收購輸出匯票。四、外幣存款。五、外幣貸款。六、外幣擔保付款的保證業務。七、進出口徵信調查。八、'中央銀行'委託代辦的其他外匯業務。

【外圓內方】 ㄨㄞˋ ㄩㄢˊ ㄋㄟˋ ㄈㄤ

外表圓滑，內心方正。

14【外幣存款】 ㄨㄞˋ ㄅㄧˋ ㄘㄨㄣˊ ㄎㄨㄢˇ

(foreign currency deposits)銀行存戶以外幣或外匯存入的活期及定期存款。

【外幣貸款】 ㄨㄞˋ ㄅㄧˋ ㄉㄞˋ ㄎㄨㄢˇ

銀行爲融通顧客所需外匯資金，貸予外幣或外匯，屆期仍由借款人以外幣或外匯歸還的業務。外幣貸款在外匯管制制度下，須呈經外匯主管機關核准，始得辦理。

16【外興安嶺】 ㄨㄞˋ ㄒㄧㄥ ㄢ ㄌㄧㄥˇ

山脈名。位於'俄'境'勒那河'和我國'黑龍江'之間，從'阿爾泰山'以東，'黑龍江'以北，進入'蘇俄'境內，沿'鄂霍次克海'東北行，緜亙於'西伯利亞'東境。西元 1689 年的"尼布楚條約"中規定以此山和'格爾畢齊河'、'額爾古納河'作爲'中''俄'東段邊界。1858年'中''俄'"瑷琿條約"中，割給'俄國'。

17【外牆托梁】 ㄨㄞˋ ㄑㄧㄤˊ ㄊㄨㄛ ㄌㄧㄤˊ

(spandrel beam)由鄰近外側的柱支撐，以承受任一層牆荷重的梁。部分的樓板荷重也可由它來承受。常見於多層建築結構物中。

20【外籍學生】 ㄨㄞˋ ㄐㄧˊ ㄒㄩㄝˊ ㄕㄥ

(foreign student)又稱國際學生。指由他國到本國求學的學生。僑居他國而回本國求學的學生則稱爲僑生。

22【外聽道炎】 ㄨㄞˋ ㄊㄧㄥ ㄉㄠˋ ㄧㄢˊ

(otitis externa)又名外耳炎或耳瘡。由化膿性細菌感染引起外耳發炎的疾病。有耳朵發癢、劇痛、發燒、外聽道腫狹等症狀。又水進入耳朵裡，使得耳垢潮溼腐爛，也會引起此症。預防方法爲保持外耳的清潔，將耳垢處理乾淨。

6【外在儲存體】 ㄨㄞˋ ㄗㄞˋ ㄔㄨˊ ㄘㄨㄣˊ ㄊㄧˇ

(external storage)電腦系統的輔助記憶體。容量龐大、讀寫緩慢，且能儲存主記憶體無法納入的資訊。如磁碟、磁帶等。

11【外部不經濟】 ㄨㄞˋ ㄅㄨˋ ㄅㄨˋ ㄐㄧㄥ ㄐㄧˋ

(external diseconomy)經濟主體在生產或消費活動中，使其他的經濟主體遭受無償損失的不利影響。例如工廠生產過程中所造成的空氣、水汙染及噪音即是。

15【外質半導體】 ㄨㄞˋ ㄓˊ ㄅㄢˋ ㄉㄠˇ ㄊㄧˇ

(extrinsic semiconductor)在本質半導體中加入少量的三價受體原子或五價施體原子，即分別稱爲P型或N型半導體，此種半導體稱爲外質半導體。

11【外部規模經濟】 ㄨㄞˋ ㄅㄨˋ ㄍㄨㄟ ㄇㄛˊ ㄐㄧㄥ ㄐㄧˋ

(external economy of scale)在廠商擴大生產規模的過程中，因廠商本身以外之整個產業或全經濟的因素而肇致平均成本下降者。例如許多個別廠商同時擴大生產規模,使整個產業擴大,引起政府關切,而予以許多行政方面的支援、優惠的融資條件、舉辦勞工訓練、增加該產業地區的公共設施等,如此可以降低廠商的生產成本。

13【外匯交易風險】 ㄨㄞˋ ㄏㄨㄟˋ ㄐㄧㄠ ㄧˋ ㄈㄥ ㄒㄧㄢˇ

(foreign exchange transaction risks) 可歸納爲下列四種:一、財務風險:又可分爲⑴價格風險:此風險來自因利率及匯率的波動而引起的通貨價格變動,故又稱利率及匯率風險。⑵資金籌措風險:又稱流動性風險,即債務(如遠期外匯交易契約)到期時,因無法籌出相對的資金來償付而生的風險。二、信用風險:指交易對方無法履行外匯交易契約的風險。又可分爲⑴清算風險:指外匯交易契約到期時,交易對方不能或不願履行交割義務的風險。⑵負債風險:指交易一方在到期交割時已經履約,但另一方卻因破產倒閉而無法如期付款,即前者因來不及撤回付款指示致遭受損失的風險。三、國家風險:又可分爲⑴統治權風險:指由於交易對方所屬國家或地區因統治權發生變化,如政變、政權的更替,或因對方政府財政、信用上發生變化,致使銀行持有的債權無法確保所產生的風險。⑵法規變動風險:指由於交易對方國或金融管理當局,藉其外匯外流的限制或匯率制度的改變等法規的訂定,以接收外債或凍結外資等所造成的風險。四、管理風險:又可分爲⑴投資風險:從事外匯市場操作前,需要選擇辦公場所,購置辦公設備,甚至利用專業性服務,如通貨預測服務、外匯諮詢服務、國外商情服務等,這些均需花費一筆可觀的金錢,其投下資本的回報是否迅速、合算,在在都有風險的存在。⑵操作風險:指在外匯交易的例行操作中,有關單位人員間的疏失或錯誤,致使資金管理產生偏差的風險。

【外匯指定銀行】 ㄨㄞˋ ㄏㄨㄟˋ ㄓˇ ㄉㄧㄥˋ ㄧㄣˊ ㄏㄤˊ

(appointed foreign exchange bank) 簡稱指定銀行。在我國境內的銀行,可向'中央銀行'申請指定爲經營外匯業務的銀行,而經其核准者,即爲外匯指定銀行。一般都稱爲外匯銀行。

11【外部規模不經濟】 ㄨㄞˋ ㄅㄨˋ ㄍㄨㄟ ㄇㄛˊ ㄅㄨˋ ㄐㄧㄥ ㄐㄧˋ

(external diseconomy of scale) 在廠商擴大生產規模的過程中,因廠商本身以外之整個產業或全經濟的因素而導致平均生產成本上升者。例如每家廠商擴大生產規模,使整個產業對生產要素的需求增加,生產要素的價格會提高(包括工資上升),而使生產成本增加。

【外國公司之認許】 ㄨㄞˋ ㄍㄨㄛˊ ㄍㄨㄥ ㄙ ㄓ ㄖㄣˋ ㄒㄩˇ

承認依外國法已成立之外國公司,在國內法律上亦得爲權利義務主體之行爲。外國公司非在其本國設立登記營業者,不得申請認許,非經認許給予認許證,並領有分公司執照者,不得在我國境內營業。外國公司若有下列情事之一時,應不予認許:一、目的或業務違反'中華民國'法律、公共秩序或善良風俗者。二、設立分公司之地區限制外國人居住或其業務限制外國人經營者。三、外國公司申請認許之文件有虛僞情事者。又外國公司所屬之國家,對於我國公司不予認許,得不予認許。

13【外勤工作結束日】 ㄨㄞˋ ㄑㄧㄣˊ ㄍㄨㄥ ㄗㄨㄛˋ ㄐㄧㄝˊ ㄕㄨˋ ㄖˋ

(last day of field work) 即完成最後審計程序的日期。通常爲審計報告的日期。

6【外交領事人員考試】 ㄨㄞˋ ㄐㄧㄠ ㄌㄧㄥˇ ㄕˋ ㄖㄣˊ ㄩㄢˊ ㄎㄠˇ ㄕˋ

特種考試的一種。指經考試及格可取得外交領事人員任用資格的考試。依現制規定,外交領事人員考試之應考資格,與高等考試之應考資格相當。

3

夙 ㄙㄨˋ su^{4} 音素

①早。如:夙興夜寐。②平素;從前。通宿。如:夙願。③積學的;飽學的。如:夙儒。④姓。'春秋''衛'有'夙沙衛'。見"通志·氏族略四"。

7【夙志】 ㄙㄨˋ ㄓˋ

平素的志向。

0【夙夜】 ㄙㄨˋ ㄧㄝˋ

朝夕;早晚。

【夙性】 ㄙㄨˋ ㄒㄧㄥˋ

本性。

【夙昔】 ㄙㄨˋ ㄒㄧˊ

同宿昔。①從前;過去。②早晚;朝夕。

9【夙怨】 ㄙㄨˋ ㄩㄢˋ

舊恨。

16【夙儒】 ㄙㄨˋ ㄖㄨˊ

飽學之士。

19【夙願】 ㄙㄨˋ ㄩㄢˋ

平素的願望。

8【夙夜在公】 ㄙㄨˋ ㄧㄝˋ ㄗㄞˋ ㄍㄨㄥ

形容勤於政事。

【夙夜匪懈】 ㄙㄨˋ ㄧㄝˋ ㄈㄟˇ ㄒㄧㄝˋ

從早到晚都不懈怠。形容勤奮。

【夙夜夢寐】 ㄙㄨˋ ㄧㄝˋ ㄇㄥˋ ㄇㄟˋ

形容難以忘懷。

16【夙興夜寐】 ㄙㄨˋ ㄒㄧㄥ ㄧㄝˋ ㄇㄟˋ

天還沒亮就起床,到深夜才睡覺。形容非常勤勞。

多 ㊀ ㄉㄨㄛ to^{1}, tuo^{1} 音哆

①眾多;數量大。與寡、少相對。如:多福。②勝過;超出。如:

多於半數。3豐富；深厚。如：多情。4贊美；稱許。如：不足自多。5只是。如：多見其不知量。6姓。'漢'有'多軍'。見"萬姓統譜·三五"。

三 ㄉㄨㄛˊ to^2, tuo^2 音奪

[多麼]的簡語。如：這花多美！

4【多元】 ㄉㄨㄛ ㄩㄢˊ

泛指含有兩種以上的成分、方式、原則等。

9【多故】 ㄉㄨㄛ ㄍㄨˋ

1多變故；多變亂。2多巧僞。

10【多哥】 ㄉㄨㄛ ㄍㄜ

(Togo)位於西'非'的國家。南濱'大西洋'。面積5.6萬方公里，人口568萬（2005年），首都'洛梅'(Lomé)。主產可可、咖啡和棉花。

14【多寡】 ㄉㄨㄛ ㄍㄨㄚˇ

多少。

【多端】 ㄉㄨㄛ ㄉㄨㄢ

多方面；複雜。

【多疑】 ㄉㄨㄛ ㄧˊ

多疑慮；疑心重。

16【多頭】 ㄉㄨㄛ ㄊㄡˊ

(bull) 在預計證券價格即將上漲時，先行買入期貨，一俟價格上漲再行轉賣者。

【多嘴】 ㄉㄨㄛ ㄗㄨㄟˇ

話太多；愛說話。

3【多工器】 ㄉㄨㄛ ㄍㄨㄥ ㄑㄧˋ

(multiplexer) 從多數元之並聯輸入中，依照控制訊號選擇其中一個數元作爲輸出訊號，如此的電子裝置稱爲多工器。

【多士海】 ㄉㄨㄛ ㄕˋ ㄏㄞˇ

'波斯'語。指地獄。我國回教徒也習用此稱。

4【多元論】 ㄉㄨㄛ ㄩㄢˊ ㄌㄨㄣˋ

(pluralism) 又稱多元主義。認爲宇宙的本體是由多種質料所構成。如五行之說就是。

【多牙基】 ㄉㄨㄛ ㄧㄚˊ ㄐㄧ

(multidentate) 錯合物中，如果配基與金屬原子或離子結合的地方不只一處，這種配基稱爲多牙基。例如草酸根爲雙牙基，乙烯二胺四醋酸(EDTA)爲六牙基等。

6【多汗症】 ㄉㄨㄛ ㄏㄢˋ ㄓㄥˋ

(sweating)皮膚表面出汗過多的病症。病原屬交感神經的疾患，與精神因素有關。可分爲局部性及全身性兩種。以局部性出汗較常見，如手足、腋窩及臀部等部位，分泌多量的異臭黏汗。防治法在於注意皮膚的清潔，保持乾淨。

【多色畫】 ㄉㄨㄛ ㄙㄜˋ ㄏㄨㄚˋ

(polychrome) 指用多種色系繪製成的作品。與單色畫相對。

8【多治生】 ㄉㄨㄛ ㄓˋ ㄕㄥ

多治生像

(Charles Lutwidge Dodgson, 1832～1898)'英國'數學家及作家。以'路易斯·卡羅爾'(Lewis Carroll)的筆名寫作兒童文學，最著名作品是"愛麗絲漫遊奇境記"(*Alice's Adventures in Wonderland*)。

9【多神論】 ㄉㄨㄛ ㄕㄣˊ ㄌㄨㄣˋ

(polytheism) 與一神論相對。主張宇宙間存在著多個神的理論。如早期'埃及'人和'希臘'人的宗教及'印度'教、佛教的學說便是。

10【多倫多】 ㄉㄨㄛ ㄌㄨㄣˊ ㄉㄨㄛ

(Toronto) '加拿大'主要交通運輸中心及工商業最發達、'英'語居民最多之區。位於'安大略湖'(Ontario L.) 西北岸。為穀物、肉類及家禽的裝載港，生產電子裝備、鋼鐵製品和農機工具。人口251.8萬（2004年）。

11【多偶婚】 ㄉㄨㄛ ㄡˇ ㄏㄨㄣ

(polygamy) 許可擁有一個以上法定配偶的婚姻類型。可分爲一妻多夫婚及一夫多妻婚兩類。與單偶婚相對。

12【多項式】 ㄉㄨㄛ ㄒㄧㄤˋ ㄕˋ

(polynomial)對於數字和若干個字母施以有限次乘法運算所得的式子，稱爲單項式。如$2xy$，其中的字母可以表示常量或變量，表示變量的字母也稱爲元，元的指數的和稱爲這個單項式的次數。如$4xy$、$5x^2$都是二次單項式。有限個單項式的和稱爲多項式，多項式中合併同類項後的各單項式稱爲它的項，各項中次數最大的稱爲多項式的次。多項式又依所含元的個數而稱一元多項式、二元多項式等。如：$9x^5y+18x^4y-8x^2y^2-3xy+7$ 是二元六次多項式。

【多媒體】 ㄉㄨㄛ ㄇㄟˊ ㄊㄧˇ

組合多種不同性質的媒體（中介物）。其目的在將某一事件做綜合性的藝術表現。

13【多瑙河】 ㄉㄨㄛ ㄋㄠˊ ㄏㄜˊ

(Danube R.) 源於'德國'西南境的'黑林山'，經'奧地利'、'捷克'、'匈牙利'、'南斯拉夫'及'保加利亞'，於'羅馬尼亞'東境注入'黑海'。爲'歐洲'流經國家最多的河川。全長2,858公里，僅次於'窩瓦河'。流域面積77.3萬方公里。'鐵門峽'急湍處開鑿的運河，使河運暢通無阻，爲中'歐'主要商業水道。沿岸著名都市有'維也納'、'布達佩斯'及'貝爾格勒'。但因沿岸各國民族紛爭及政治對立，而妨礙了對該河的利用。

14【多爾袞】 ㄉㄨㄛ ㄦˇ ㄍㄨㄣˇ

(1612～1651)'清世祖'的叔父，'清太祖'第十四子。勇略多智，受封爲'和碩睿親王'。打敗'李自成'，進據京師，迎'世祖'入關。因'世祖'年幼，攝行政事，故稱攝政王，創建'清代'的各項制度。後病歿，追尊爲'成宗義皇帝'。

15【多樣化】 ㄉㄨㄛ ㄧㄤˋ ㄏㄨㄚˋ

具有多種型態。

【多數決】 ㄉㄨㄛ ㄕㄨˋ ㄐㄩㄝˊ

一項問題經討論後，舉行表決，依多數人的意見決定取捨者，稱爲多數決。在現代民主國家，議會中議事程序，皆採多數決。在一般問

題，皆採過半數之普通多數，在少數較為重要之問題，則採三分之二或四分之三等非常多數。

17【多醣類】ㄉㄨㄛ ㄊㄤˊ ㄌㄟˋ
(polysaccharides)一種高分子量(約25,000～15,000,000)的天然聚合物。其分子中含有數百至數千個單醣。例如澱粉、纖維素、肝醣等。

19【多邊形】ㄉㄨㄛ ㄅㄧㄢ ㄒㄧㄥˊ
(polygon)也稱多角形。由三或三條以上的直線圍成的平面形。此等直線就是多邊形的邊，各邊的交點為頂點，各邊的和為周。其角數與邊數相等。例如三角形、四邊形、五角形、六邊形等都是。

20【多寶格】ㄉㄨㄛ ㄅㄠˇ ㄍㄜˊ
'清朝'皇帝珍藏小件用具及藝術品的箱子。即在一件櫃、箱中，分成不少屜格，於其中貯藏瓷、玉、銅、雕刻及書畫等小件珍玩。'故宮博物院'中珍藏不少件多寶格，質材有玉、竹、木、漆等。

【多黨制】ㄉㄨㄛ ㄉㄤˇ ㄓˋ
指一國之內，同時存在著許多政黨。在此國家中，往往沒有一個政黨能在大選時獲得過半數議席而有資格組織政府，因而只能組成聯合政府。就目前而言，多黨制為西'歐'許多國家政治上的特色。

3【多工處理】ㄉㄨㄛ ㄍㄨㄥ ㄔㄨˇ ㄌㄧˇ
(multiplexing)多個信號利用同一通道傳送的方式。

4【多元社會】ㄉㄨㄛ ㄩㄢˊ ㄕㄜˋ ㄏㄨㄟˋ
(pluralistic society)包含各種不同團體成員或社會規範型態的社會。

【多元肥料】ㄉㄨㄛ ㄩㄢˊ ㄈㄟˊ ㄌㄧㄠˋ
(compound fertilizer)將分別含有氮、磷、鉀的肥料，依適合植物特性與需要，以適當比例混合而成的肥料。例如硫銨、石灰與氮石灰的混合肥料。亦指化合物中本身已含有二種或三種肥料要素的肥料。

【多元處理】ㄉㄨㄛ ㄩㄢˊ ㄔㄨˇ ㄌㄧˇ
(multiprocessing)電腦同時執行多項工件或指令的處理方式。多元處理可經由單一處理機交替處理多項工件，或多個處理機分別同時處理多項工件而實現。

6【多米尼克】ㄉㄨㄛ ㄇㄧˇ ㄋㄧˊ ㄎㄜˋ
(Dominica)位於'西印度群島''迎風群島'(Windward Isls.)最北的島國。西元1978年脫離'英國'獨立。面積750方公里，人口6.9萬(2005年)，首都'羅梭'(Roseau)。

【多此一舉】ㄉㄨㄛ ㄘˇ ㄧ ㄐㄩˇ
指多餘不必要的舉動。

【多多益善】ㄉㄨㄛ ㄉㄨㄛ ㄧˋ ㄕㄢˋ
越多越好。

【多向連鎖】ㄉㄨㄛ ㄒㄧㄤˋ ㄌㄧㄢˊ ㄙㄨㄛˇ
指一種工業的產品，提供給多種工業作為原料的連鎖關係。如煉焦工廠的產品可分別供應鋼鐵、有機化學、化學肥料及玻璃等工廠作為原料或動力。

7【多言必敗】ㄉㄨㄛ ㄧㄢˊ ㄅㄧˋ ㄅㄞˋ
說話太多必定會遭到挫折失敗。

【多見闕殆】ㄉㄨㄛ ㄐㄧㄢˋ ㄑㄩㄝ ㄉㄞˋ
多看別人行事，有疑處暫且保留。

8【多事之秋】ㄉㄨㄛ ㄕˋ ㄓ ㄑㄧㄡ
多災難變故的時期。

【多明尼加】ㄉㄨㄛ ㄇㄧㄥˊ ㄋㄧˊ ㄐㄧㄚ
(Dominican Republic)位於'大西洋'和'加勒比海'間'海地島'(Haiti Is.)東部的國家。面積4.8萬方公里，人口895萬(2005年)，首都'聖多明哥'(Santo Domingo)。主產香蕉、可可、咖啡、菸草、鋁土及鎳礦。

9【多神信仰】ㄉㄨㄛ ㄕㄣˊ ㄒㄧㄣˋ ㄧㄤˇ
(polytheism)相信宇宙中有許多神並加以崇拜。一般是始於自然現象(日、月、星辰、山、水等)的神格化，以及將過去的文化英雄、祖先或是神話、傳說中的人物提升到神的地位而加以膜拜。

【多重人格】ㄉㄨㄛ ㄔㄨㄥˊ ㄖㄣˊ ㄍㄜˊ
(multiple personality)一種人格分裂症。係由欲望或價值觀念之嚴重衝突所引起。患者往往於不同時間內表現多種且互不關連之人格行為，而在某一人格體系內時，並不知曉或記憶其在另一人格體系之行為。

【多重規劃】ㄉㄨㄛ ㄔㄨㄥˊ ㄍㄨㄟ ㄏㄨㄚˋ
(multiprogramming)指多個程式或資料同時存在於電腦主記憶體內，並且同時被執行。

10【多核心論】ㄉㄨㄛ ㄏㄜˊ ㄒㄧㄣ ㄌㄨㄣˋ
(multinuclear theory)都市發展理論之一。乃是'美國''哈利斯'(C. D. Harris)及'烏爾門'(E. L. Ullman)提出。他們認為都市區域是由一些性質不同的核心同時發展，各區有其特色。如圖文所示：1. 城中商業區。2. 批發及輕工業區。3. 貧民區。4. 中等住宅區。5. 高級或通勤住宅區。6. 重製造業區。7. 市郊商業區。8. 郊區住宅區。9. 郊區工業區。

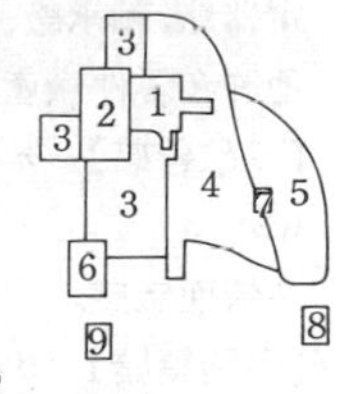

多核心論圖

【多套迴路】ㄉㄨㄛ ㄊㄠˋ ㄏㄨㄟˊ ㄌㄨˋ
(nested loop)電腦程式中，若一迴路內包含有另一迴路，則稱為多套迴路。

【多財善賈】ㄉㄨㄛ ㄘㄞˊ ㄕㄢˋ ㄍㄨˇ
①錢財多容易作生意。比喻有憑藉則事易為。②今指錢財多，善於

經營。

【多倫試液】 ㄉㄨㄛ ㄌㄨㄣˊ ㄕˋ ㄧㄝˋ
(Tollen's solution) 硝酸銀和氨水混合而成的溶液,稱爲'多倫'試液。當此溶液和醛混合共熱時,會發生銀鏡反應,因此可用來檢驗醛基的存在。

11【多彩多姿】 ㄉㄨㄛ ㄘㄞˇ ㄉㄨㄛ ㄗ
富有情趣而多變化。

12【多氯聯苯】 ㄉㄨㄛ ㄌㄩˋ ㄌㄧㄢˊ ㄅㄣˇ
(polychlorinated biphenyl; PCB) 聯苯環中氫原子部分可被氯原子取代的人造化合物。依據氯含量和氯原子在苯環結構上的位置,共有209種同分異構物。其氯含量越高,毒性也越高。

13【多源連鎖】 ㄉㄨㄛ ㄩㄢˊ ㄌㄧㄢˊ ㄙㄨㄛˇ
指一種工業的原料,來自許多其他工業產品的連鎖關係。如一家汽車裝配廠,至少需要引擎工廠、電器廠、軸承廠、金屬鑄鍛廠及其他許多零件廠產品的供應。

【多愁善感】 ㄉㄨㄛ ㄔㄡˊ ㄕㄢˋ ㄍㄢˇ
多情而敏感。

14【多聞闕疑】 ㄉㄨㄛ ㄨㄣˊ ㄑㄩㄝ ㄧˊ
多聽別人說的話,有疑處暫且保留。

15【多調音樂】 ㄉㄨㄛ ㄉㄧㄠˋ ㄧㄣ ㄩㄝˋ
(polytonality) 樂曲中,兩部或三部或四部各爲不同的調子而同時奏出。在鋼琴譜裡,左手與右手常用不同的調號。所產生的樂音,常是充滿奇怪的不協和效果。

【多數載體】 ㄉㄨㄛ ㄕㄨˋ ㄗㄞˋ ㄊㄧˇ
(majority carrier) 半導體中爲數較多的電荷載體。對於外質半導體言,n型的多數載體爲電子,p型則爲電洞。

【多質子酸】 ㄉㄨㄛ ㄓˊ ㄗˇ ㄙㄨㄢ
(polyprotic acid)分子中含有三個或三個以上可游離的氫原子,亦即游離後可產生三個或三個以上質子的酸,稱爲多質子酸。

18【多藏厚亡】 ㄉㄨㄛ ㄘㄤˊ ㄏㄡˋ ㄨㄤˊ
貨財愈多,愈爲人所窺伺,所受損失也愈大。

19【多難興邦】 ㄉㄨㄛ ㄋㄢˋ ㄒㄧㄥ ㄅㄤ
國家多難,上下戒懼發奮,可使國家興盛。

【多邊貿易】 ㄉㄨㄛ ㄅㄧㄢ ㄇㄠˋ ㄧˋ
(multilateral trade) 兩個以上的國家之間相互進行國際貿易的情況。

3【多工件操作】 ㄉㄨㄛ ㄍㄨㄥ ㄐㄧㄢˋ ㄘㄠ ㄗㄨㄛˋ
(multi-operation) 電腦作業系統中,同時處理兩個或多個工件的操作方式。

4【多元酯纖維】 ㄉㄨㄛ ㄩㄢˊ ㄓˇ ㄒㄧㄢ ㄨㄟˊ
(polyester fiber) 由多元酸與多元醇經縮合聚合反應而得,其中最著名者爲聚苯二甲酸乙二酯纖維(俗稱達克隆)。具有易洗快乾、耐磨、柔軟、不縐、透氣透汗性,易於染色。商用多元酯纖維之玻璃轉變溫度爲80°C,結晶融點爲265°C,可耐弱鹼酸,易生靜電,遇火燃燒,常與其他纖維混紡以改良其性質,主要用途爲衣料、家庭用品、工業用纖維材料等。

5【多目標水庫】 ㄉㄨㄛ ㄇㄨˋ ㄅㄧㄠ ㄕㄨㄟˇ ㄎㄨˋ
(multiple reservoir)具有多目標功能或性質之水庫建設。通常至少須涵蓋水力發電、灌溉、給水、減洪等四項功能。水庫做多目標運用時,雖具雙倍優點,唯亦有互相衝突之處,例如減洪與水力發電的空間衝突等。解決之道有:水庫空間的運用以運用曲線爲依據,時間的不同利用下池作協調,流量的不一致利用前後出水口位置的不同加以調節。

6【多任務處理】 ㄉㄨㄛ ㄖㄣˋ ㄨˋ ㄔㄨˇ ㄌㄧˇ
(multitasking) 電腦作業處理的方式之一。指作業系統可同時處理兩個或更多任務的操作方式。

7【多位址指令】 ㄉㄨㄛ ㄨㄟˋ ㄓˇ ㄓˇ ㄌㄧㄥˋ
(multi-address instruction)電腦指令格式的一種。指含有兩個或兩個以上位址的指令。

11【多基因遺傳】 ㄉㄨㄛ ㄐㄧ ㄧㄣ ㄧˊ ㄔㄨㄢˊ
(polygene inheritance) 一種遺傳性狀,可能由兩對或兩對以上的基因所控制,這些性狀通常爲有關量的方面者,如果實的重量、莖的高矮、膚色的深淺等,故又稱量的遺傳。其遺傳方式仍可用'孟德爾'的遺傳定律解釋,不過,其非對偶基因對性狀的影響力相等,且有累加作用。例如A可以使果實增加10克,B亦可使之增加10克,若aabb的果實重30克,則基因型爲 AABb 者,重量爲60克。

【多國性公司】 ㄉㄨㄛ ㄍㄨㄛˊ ㄒㄧㄥˋ ㄍㄨㄥ ㄙ
(multinational corporation)也稱國際性公司、跨國性公司、多國性企業。指同時於兩個或兩個以上的國家境內,設立營運組織機構,從事產銷活動的公司。其設立除需遵守母國的法規外,並需符合設立所在地之地主國的法規。

【多細胞生物】 ㄉㄨㄛ ㄒㄧˋ ㄅㄠ ㄕㄥ ㄨˋ
(multicellular organism) 生物個體由多數細胞構成者。這些細胞各有特殊機能,彼此分工,表現各種生理機能,故有分化現象。

12【多項式分錄】 ㄉㄨㄛ ㄒㄧㄤˋ ㄕˋ ㄈㄣ ㄌㄨˋ
(compound journal entry)即包括三個或多個科目的分錄。如借方爲一個科目,貸方爲兩個科目的分錄。

【多項式定理】 ㄉㄨㄛ ㄒㄧㄤˋ ㄕˋ ㄉㄧㄥˋ ㄌㄧˇ

(multinomial theorem)是多項式的n次乘冪展開的公式。可應用二項式定理求得,例如$(a_1+a_2+a_3+\cdots+a_m)^n=[a_1+(a_2+a_3+\cdots+a_m)]^n$展式中$a_1^{p_1}(0\le p_1<n)$的係數爲:$C_n^{p_1}=\frac{n!}{p_1!(n-p_1)!}(a_2+a_3+\cdots+a_m)^{n-p_1}$。同理$(a_2+a_3+\cdots+a_m)^{n-p_1}$展開式中$a_2^{p_2}$的係數爲:$C_{n-p_1}^{p_2}=\frac{(n-p_1)!}{p_2!(n-p_1-p_2)!}(a_3+a_4+\cdots+a_m)^{n-p_1-p_2}$。如此重複運用二項式定理得:$(a_1+a_2+a_3+\cdots+a_m)^n=\sum\frac{n!}{p_1!p_2!\cdots p_m!}a_1^{p_1}\cdot a_2^{p_2}\cdot a_3^{p_3}\cdots a_m^{p_m}$,而$p_1+p_2+\cdots+p_m=n$。

13**【多路晉升制】** ㄉㄨㄛ ㄌㄨˋ ㄐㄧㄣˋ ㄕㄥ ㄓˋ

(multiple-chain promotion plan)一種頗富彈性的多線式升遷制。機關的每位成員,皆被視爲願就志向、興趣作多方面特殊訓練,而且多種職位的晉升連絡途徑。如一科員可升調爲某一科的主任科員或庶務主任、會計主任、祕書等,而不限於某單一途徑。

16**【多諧振盪器】** ㄉㄨㄛ ㄒㄧㄝˊ ㄓㄣˋ ㄉㄤˋ ㄑㄧˋ

(multivibrator)一種能振盪出包含許多高諧波之波形的振盪器。爲脈波產生器中最重要的一種。其利用兩個電子管、電晶體或場效電晶體,而將其輸出分別耦合到另一個的輸入,造成同相迴授而產生多諧振盪。其耦合元件之時間常數決定基本振盪頻率。

6**【多次抽驗計畫】** ㄉㄨㄛ ㄘˋ ㄔㄡ ㄧㄢˋ ㄐㄧˋ ㄏㄨㄚˋ

(multiple acceptance sampling plan)品質管制的方式之一。就某批產品抽驗n_1個樣本(一般最多爲七個樣本),如無法判定允收或拒收,再抽第二次n_2個樣本,計算不良率或個數,如仍無法判定允收或拒收,再抽第三次n_3個樣本,合計三次的樣本數,並計算不良率或個數。如此繼續下去,一直到能判定允收或拒收爲止。一般允收數或率與拒收數或率多不等,各次的允收、拒收數或率也不一定相等。

7**【多角成長策略】** ㄉㄨㄛ ㄐㄧㄠˇ ㄔㄥˊ ㄓㄤˇ ㄘㄜˋ ㄌㄩㄝˋ

(diversification growth strategy)指企業行銷的成長機會,完全存在於現在行銷核心系統以外,亦即需在原有的業務以外尋找成長的機會。

9**【多重角色衝突】** ㄉㄨㄛ ㄔㄨㄥˊ ㄐㄧㄠˇ ㄙㄜˋ ㄔㄨㄥ ㄊㄨˊ

(interrole conflict)企業同仁除工作時所擔任角色外,其於社會、家庭等其他方面所扮演的角色,往往因有不一致要求而產生的角色衝突。

11**【多處理機系統】** ㄉㄨㄛ ㄔㄨˇ ㄌㄧˇ ㄐㄧ ㄒㄧˋ ㄊㄨㄥˇ

(multiprocessor system)使用多個處理單元的電腦系統。

12**【多階段銷售稅】** ㄉㄨㄛ ㄐㄧㄝ ㄉㄨㄢˋ ㄒㄧㄠ ㄕㄡˋ ㄕㄨㄟˋ

(multiple-stage sales tax)就製造、批發以至零售之多階段所發生營業行爲課徵的銷售稅。其優點爲稅負分散於各階層,衝擊較小,且稅基廣泛,稅收較爲充分;缺點則爲多階段課徵,對分工專業經營者較爲不利。

【多媒體教學箱】 ㄉㄨㄛ ㄇㄟˊ ㄊㄧˇ ㄐㄧㄠ ㄒㄩㄝˊ ㄒㄧㄤ

(multimedia kit)由主題相關的數種不同媒體(彼此之間無主從之分)所組成的單元化教材。

9**【多段式後退滑動】** ㄉㄨㄛ ㄉㄨㄢˋ ㄕˋ ㄏㄡˋ ㄊㄨㄟˋ ㄏㄨㄚˊ ㄉㄨㄥˋ

(multiple retrogressive slides)土坡滑動由最下方開始,先產生一個轉動式滑動或側移式滑動,再接著一個一個地發生滑動,而具有共通之滑動底面的坍方。

5

夜 ㄧㄝˋ yeh^4 音頁

①從日落到第二天日出前的一段時間。和晝相對。②深夜;夜半。如:夙興夜寐。③姓。'漢'有'夜龍'。見"萬姓統譜·一〇五"。

3**【夜叉】** ㄧㄝˋ ㄔㄚ

①佛家語。捷疾鬼。具有勇健、暴惡、輕捷等性情和能力。②比喻面貌醜惡、性情兇狠的人。

4**【夜分】** ㄧㄝˋ ㄈㄣ

夜半。

6**【夜曲】** ㄧㄝˋ ㄑㄩˇ

(nocturne)一種形式自由、格調高雅,充滿浪漫、幻想的器樂短曲。多在夜間演奏,以供娛樂之用。由'愛爾蘭'人'費爾特'(John Field)首創,後'蕭邦'等人也創作此曲,有所拓展。流行於十八世紀西洋上流社會中。

7**【夜尿】** ㄧㄝˋ ㄋㄧㄠˋ

(nocturia)夜間排尿頻繁,尿量超過正常的生理現象。精神若受到壓抑或緊張,可導致焦慮性的口渴而多飲水,造成尿量的增加。在身體方面,可因心臟、腎臟功能異常、前列腺肥大而造成排尿次數激增。

10**【夜氣】** ㄧㄝˋ ㄑㄧˋ

①夜間清明純淨的心境。②夜間清涼的空氣。

14**【夜臺】** ㄧㄝˋ ㄊㄞˊ

墳墓。也作長夜臺。

17**【夜闌】** ㄧㄝˋ ㄌㄢˊ

深夜;夜深。

6**【夜光杯】** ㄧㄝˋ ㄍㄨㄤ ㄅㄟ

在黑暗中會發光的玉杯。

8**【夜盲症】** ㄧㄝˋ ㄇㄤˊ ㄓㄥˋ

(nyctalopia; night blindness)動物或人眼對黑暗適應能力衰弱的症狀。多由於營養不良、缺乏維生素A而引起,或因先天性視網膜的桿狀體障礙所導致。後天性者的治療法應多注意飲食的均衡，多攝食魚肝油、維他命及鳥獸肝臟等含高量維生素A的食物。

【夜來香】 ㄧㄝˋ ㄌㄞˊ ㄒㄧㄤ
1(*Telosma cordata*)又名夜香花。藤狀灌木。葉對生，寬卵形，先端短漸尖，基部心形。繖狀聚繖花序腋生，花冠黃綠色，有清香味，夜間更盛，副花冠5裂，肉質。蓇葖骨披針形，種子頂端具毛。可供觀賞及藥用。原產於'中國'，熱帶'亞洲'及'歐''美'地區也有栽培。2晚香玉的別名。參晚香玉。

【夜明珠】 ㄧㄝˋ ㄇㄧㄥˊ ㄓㄨ
在黑暗中能發光的珍珠。又叫夜光珠。

13【夜蛾科】 ㄧㄝˋ ㄜˊ ㄎㄜ
(Noctuidae) 昆蟲綱、鱗翅目(order Lepidoptera) 的一科。約有20,000種，爲鱗翅目中最大的一科。一般色暗，適於隱藏，日間靜止，黃昏以後開始活動，故常飛集燈下，且易爲糖蜜等物所誘致。大部爲中型種類，但亦有少數爲小型或大型者。口吻一般發達，下脣鬚長而突出。幼蟲大部以植物的葉爲食，少數種類，蛀食莖的內部。本科昆蟲多數爲重要害蟲，在經濟上極受重視。

16【夜貓子】 ㄧㄝˋ ·ㄇㄠ ·ㄗ
1指貓頭鷹。2俗稱習慣晚睡或晚間不睡的人。

17【夜總會】 ㄧㄝˋ ㄗㄨㄥˇ ㄏㄨㄟˋ
以營利爲目的，不僱用舞女、不售舞票，供不特定人跳舞、遊樂之場所。同時，根據"發展觀光條例"第十九條，夜總會之設立必須依附在國際觀光旅館，作爲發展觀光事業之一部分，兼對國際旅客提供完整的服務。

4【夜不閉戶】 ㄧㄝˋ ㄅㄨˋ ㄅㄧˋ ㄏㄨˋ
夜間不關閉門戶。形容政治清明，盜賊絕跡。

5【夜以繼日】 ㄧㄝˋ ㄧˇ ㄐㄧˋ ㄖˋ
晝夜辛勤不息。

8【夜長夢多】 ㄧㄝˋ ㄔㄤˊ ㄇㄥˋ ㄉㄨㄛ
比喻歷時長久，則事情易生變化。

9【夜郎自大】 ㄧㄝˋ ㄌㄤˊ ㄗˋ ㄉㄚˋ
譏刺孤陋寡聞之人妄自尊大。'夜郎'爲'漢''西南夷'的一小國，其王曾問'漢'使者'漢'與'夜郎'何者爲大。見"史記·西南夷傳"。

17【夜闌人靜】 ㄧㄝˋ ㄌㄢˊ ㄖㄣˊ ㄐㄧㄥˋ
夜深人靜。

姓 ㄑㄧㄥˊ *ch'ing*² 音晴
夜裡雨停放晴。也作晴。見"說文"。

8

梦 夢的俗體。

够 夠的或體。

夠 ㄍㄡˋ *kou*⁴ 音構
也作够。1眾多。見"廣韻"。2充足。如：足夠。

11

夥 ㄏㄨㄛˇ *ho*³, *huo*³ 音火
1多。見"字彙"。2結伴。如：同夥。3商店僱用的人。如：夥計。

9【夥計】 ㄏㄨㄛˇ ㄐㄧˋ
1商店僱用的人。2同伴。

夢 ㄇㄥˋ *mêng*⁴ 音孟
1不明。見"說文"。2睡眠時在腦海中呈現的幻覺。3想像。如：夢想。4姓。'宋'有'夢仲才'。見"萬姓統譜·九一"。

4【夢幻】 ㄇㄥˋ ㄏㄨㄢˋ
夢中的幻境。比喻虛無。

5【夢占】 ㄇㄥˋ ㄓㄢ
(oneiromancy)將夢中所見當作神的啟示，以達到占卜的目的。其中有的是到廟裡求夢；有些民族則用藥物或催眠以求夢(如'北美洲''印地安'人的仙人掌教)，然後遵從神的指示去行事。

6【夢兆】 ㄇㄥˋ ㄓㄠˋ
夢中所顯現的徵兆。通常被附會用來解說人事的吉凶禍福。

12【夢寐】 ㄇㄥˋ ㄇㄟˋ
在睡夢中。

【夢鄉】 ㄇㄥˋ ㄒㄧㄤ
1夢見家鄉。2夢中的情境。

13【夢話】 ㄇㄥˋ ㄏㄨㄚˋ
1夢中的囈語。2荒誕無稽的言語。

【夢遊】 ㄇㄥˋ ㄧㄡˊ
1夢中遊歷。2可能是精神焦慮的一種疾病。參睡遊病。

【夢想】 ㄇㄥˋ ㄒㄧㄤˇ
1妄想；空想。2夢寐思念。形容思念深切。

14【夢魂】 ㄇㄥˋ ㄏㄨㄣˊ
作夢時暫時離開肉體的靈魂。

【夢熊】 ㄇㄥˋ ㄒㄩㄥˊ
夢中見熊。古人以爲是生男孩的預兆。

15【夢蝶】 ㄇㄥˋ ㄉㄧㄝˊ
夢見自己變成蝴蝶。比喻人生如夢，變幻無常。

16【夢遺】 ㄇㄥˋ ㄧˊ
(nocturnal emission)男性生殖器發育到某一階段後，就會開始發生遺精現象。無夢伴著，稱遺精；伴著夢，稱夢遺。這是青春期的男孩常見的正常現象。

4【夢中說夢】 ㄇㄥˋ ㄓㄨㄥ ㄕㄨㄛ ㄇㄥˋ
指虛無不實在。

【夢幻泡影】 ㄇㄥˋ ㄏㄨㄢˋ ㄆㄠˋ ㄧㄥˇ
空虛不實。

12【夢筆生花】 ㄇㄥˋ ㄅㄧˇ ㄕㄥ ㄏㄨㄚ
文思長進的夢兆。'唐''李白'年少時夢見所用的筆筆頭生花，後來果然才思橫逸，名聞天下。見"開元天寶遺事·夢筆頭生花"。

13【夢溪筆談】 ㄇㄥˋ ㄒㄧ ㄅㄧˇ ㄊㄢˊ
'宋''沈括'撰。二十六卷，另有補筆談三卷。其書包括故事、辯證、樂

律、象數、官政、權智、藝文、器用、異事、雜誌、藥議等類，舉凡天文、曆法、氣象、數學、物理、化學、冶金、兵器、地質、地理、建築、水利、動物、植物、醫學各方面，無所不書，爲我國科技史上的重要著作。

夤 ㄧㄣˊ yin^2 音寅
[1]敬。如：夤畏。[2]深；遠。如：夤夜。[3]攀附。如：夤緣。

8【夤夜】ㄧㄣˊ ㄧㄝˋ
深夜。

15【夤緣】ㄧㄣˊ ㄩㄢˊ
[1]攀附向上。[2]攀附權貴，鑽營求進。

大部

大 [一] ㄉㄚˋ ta^4
[1]小的反義詞。[2]寬廣的。如：大陸。[3]高聳的。如：大廈。[4]程度深的。如：大紅大紫。[5]數量多的。如：大量。[6]重要的。如：大人物。[7]年紀長的。如：大哥。[8]美盛。如：大哉'中華'。[9]猛烈。如：大風。[10]誇張。如：'夜郎'自大。[11]超過。如：大半。[12]再。指時間上更前或更後。如：大前天。[13]很；非常。如：大熱天。[14]對他人事物的敬稱。如：大作。[15]姓。'漢'有'大利'。見"萬姓統譜·九七"。
[二] ㄉㄞˋ tai^4 音代
參大夫[二]。
[三] ㄊㄞˋ $t'ai^4$ 音泰
[1]安泰。通泰。見"說文通訓定聲"。[2]最；極。通太。如：大古。

2【大人】[一] ㄉㄚˋ ㄖㄣˊ
[1]偉大的人；德行高尚的人。[2]大官；地位高的人。[3]對父母或尊長的稱呼。如：父親大人。[4]部族首領。'南匈奴'有八部大人。[5]身材高大的人。如：大人國。[6]成年人。與兒童相對。
[二] ㄊㄞˋ ㄖㄣˊ
古官名。占夢之官。

3【大凡】ㄉㄚˋ ㄈㄢˊ
大都；大概。

4【大方】[一] ㄉㄚˋ ㄈㄤ
[1]大地。古人認爲天圓而地方。[2]大道。引申爲博學多聞或有一技之長的專家。[3]非常方正。
[二] ㄉㄚˋ ˙ㄈㄤ
不吝嗇；不拘束；言行舉止得體。

【大火】ㄉㄚˋ ㄏㄨㄛˇ
星次名。相當二十八宿的氐、房、心、尾宿。自氐宿五度至尾宿九度。以十二辰言，屬卯；以分野言，當'宋'；以節氣言，值寒露、霜降；以黃道十二宮言，相當於天蝎宮；以星座言，相當於天秤、天蝎座。

【大夫】[一] ㄉㄚˋ ㄈㄨ
[1]官名。爲歷代朝廷中的要職或顧問。'殷''周'時有大夫、鄉大夫、遂大夫、朝大夫、冢大夫之稱。'春秋''晉'有公族大夫；'秦''漢'以後，有御史大夫、諫大夫、光祿大夫、太中大夫等名；'唐''宋'時有御史大夫、諫議大夫；'明''清'不設。[2]爵位名。三代時，分卿、大夫、士三等。大夫又分上、中、下三級。'秦''漢'分爵位爲二十級，大夫居第五級，又有官大夫、公大夫、五大夫等名稱。'隋''唐'以後，有榮祿大夫、光祿大夫等，爲文散官，用於封贈。[3]對他人尊稱之詞。
[二] ㄉㄞˋ ˙ㄈㄨ
[1]'宋'時太醫別設官階，分大夫、郎、醫效、祗候等，後因稱醫生爲大夫。[2]'宋代'對裱褙、修補的手工藝人的尊稱。

【大比】ㄉㄚˋ ㄅㄧˇ
[1]'周朝'每三年考核鄉吏，選取賢能，稱大比。後稱鄉試爲大比。[2]'周'制每三年查閱全國人口及財產，稱大比。

【大內】ㄉㄚˋ ㄋㄟˋ
[1]'漢代'京都的府藏。[2]'漢'官名。掌管京師府藏；其屬有左、右內官。[3]帝王所居的皇宮。

【大父】ㄉㄚˋ ㄈㄨˋ
祖父。

【大月】ㄉㄚˋ ㄩㄝˋ
[1]指國曆三十一天的月分，或農曆三十天的月分。[2]生意興旺的月分。

【大化】ㄉㄚˋ ㄏㄨㄚˋ
[1]廣大深遠的教化。[2]天地陰陽的變化。[3]人生的重大變化。

【大戶】ㄉㄚˋ ㄏㄨˋ
指豪門大族。

5【大去】ㄉㄚˋ ㄑㄩˋ
[1]一去不復返。[2]指死亡。

6【大旨】ㄉㄚˋ ㄓˇ
要旨；重要的意旨。

【大老】ㄉㄚˋ ㄌㄠˇ
年高德劭的人。

【大成】ㄉㄚˋ ㄔㄥˊ
[1]大功告成。[2]古樂一變爲一成，至九成而畢，稱大成。引申爲集中前人的主張、學說等形成完整的體系。[3]指學問、事業大有成就。

【大同】ㄉㄚˋ ㄊㄨㄥˊ
[1]和平相處，各盡所能，各取所需，沒有爭奪欺凌的理想世界。[2]大體相同。[3]縣名。位於'山西省'北部。'北魏''拓拔'氏曾建都於此，久爲地方重鎮。現爲鐵路交會點，商業興盛，附近煤產極富，以'口泉鎮'爲中心；城西的'雲岡石窟'是我國佛教藝術寶庫。

【大曲】ㄉㄚˋ ㄑㄩˇ
古代樂曲名。大曲在'唐代'是一種兼有歌舞的大型樂曲，包括很多段落，一個段落稱爲一遍，各有名稱，如散序、入破之類。前面部分應屬散板，較爲自由，由中間至末尾則節拍固定而由慢趨快，並以最快之節拍結束。至'宋'，則多半用以咏唱故事，逐漸走向戲曲音樂方面。

7【大亨】ㄉㄚˋ ㄏㄥ
[1]大通；暢通無阻。[2]今指某一行業的鉅子。

【大局】ㄉㄚˋ ㄐㄩˊ

①事情的全部形勢。②國家或世界的局勢。

【大阪】 ㄉㄚˋ ㄅㄢˇ

(Ōsaka)'日本'最早工業城、最大紡織中心、第二大都市及水陸空交通樞紐。位於'本州島'(Honshu Is.)'大阪灣'內。現以機械工業爲主,'神戶'(Kōbe)爲其外港。人口264.4萬(1988年)。

【大呂】 ㄉㄚˋ ㄌㄩˇ

古代樂律名。古樂律有十二,陰陽各六,陰律第四叫大呂。

【大角】 ㄉㄚˋ ㄐㄧㄠˇ

星宿名。屬亢宿,即牧夫座α星。位於赤經14時15分,赤緯+19度11分。目視星等-0.04,是全天第四亮星,北天第一亮星,紅色,光度爲太陽的190倍,距地球33.6光年。在古代是定季節及方向的恆星。

8【大宗】 ㊀ ㄉㄚˋ ㄗㄨㄥ

①'周代'宗法,以始祖嫡長子的世系爲大宗,其他庶子的世系爲小宗。②大批的物件。

㊁ ㄊㄞˋ ㄗㄨㄥ

①'殷代'官名。掌祭祀鬼神。②指事物的原始。

【大武】 ㄉㄚˋ ㄨˇ

①相傳爲'周武王'的音樂。②強盛的軍力。

【大叔】 ㄉㄚˋ ㄕㄨˊ

①稱父親的長弟,或父親朋友中年紀較輕的。②對一般長者的尊稱。

【大典】 ㄉㄚˋ ㄉㄧㄢˇ

①國家重要的法典。②盛大的典禮。③重要的典籍。

【大使】 ㄉㄚˋ ㄕˇ

官名。①帝王特命之使節。如'唐''貞觀'初,遣大使十三人分赴各州,巡視水旱,有巡察、安撫、存撫之名。②'唐'節度使有節度大使、副大使、知節度事之分;節度大使如由親王在京師遙領而不赴任,則以副大使、知節度事爲正節度。③'元'事務官多稱大使。凡'戶部'、'禮部'、'工部'及其他各司所屬各倉、庫、局、場、所等多設大使,以爲主管或副主管。如收支庫大使、鑄印局大使等是。'明''清'多沿之。④(ambassador)依據"維也納外交關係公約",使館館長分爲大使、公使及代辦三級,大使爲第一級之使館館長,由派遣國向接受國元首派遣之。其任務爲代表本國元首或政府向接受國政府傳達意旨、促進邦交或進行談判。派遣國對於擬派遣之大使人選必先查明其確已獲得接受國之同意。

9【大洋】 ㄉㄚˋ ㄧㄤˊ

(oceans)由獨特的海流系統構成,且有一定位置與範圍的海洋。如'太平洋'、'大西洋'、'印度洋'及'南'、'北冰洋'等。

【大度】 ㄉㄚˋ ㄉㄨˋ

①寬大的度量。②主要的法則。

【大要】 ㄉㄚˋ ㄧㄠˋ

概要;大略。

【大指】 ㄉㄚˋ ㄓˇ

①大要;概要。②大拇指。

【大致】 ㄉㄚˋ ㄓˋ

大概;大體。

【大限】 ㄉㄚˋ ㄒㄧㄢˋ

指死期。

【大便】 ㄉㄚˋ ㄅㄧㄢˋ

①廣大的利益。②糞。

【大食】 ㄉㄚˋ ㄕˊ

即'阿拉伯帝國'。'唐'時國勢最盛,奄有今'亞洲'西部、'非洲'北部及'歐洲'的'西班牙'。後向東發展,與'唐'在'西域'的勢力發生衝突。'玄宗''天寶'十載(751),'高仙芝'於'怛羅斯河'被'大食'擊敗,'唐'西進政策爲之一挫,造紙術也因而西傳。未幾復與'唐'修好,'安''史'之亂時,曾遣兵助'唐'收復兩京。

10【大家】 ㊀ ㄉㄚˋ ㄐㄧㄚ

①指有封地的家族或世族豪強。②宮臣與后妃對帝王的稱呼。③著名的作家、專家。④大眾。

㊁ ㄉㄚˋ ㄍㄨ

①對女子的尊稱。如:'曹'大家。②媳婦對婆婆的稱呼。

【大夏】 ㄉㄚˋ ㄒㄧㄚˋ

①'夏禹'的樂舞名。也稱"夏籥"。'禹'立,命'皋陶'作"夏籥"九成。籥是用竹、葦編製成的管樂器,九成即九段樂曲。'周代'六樂之一,用以祭祀山川。②國名。⑴'漢'時'西域'之國。西洋歷史稱'巴克特里亞',即今'阿富汗'北部地方。⑵(407~431)五胡十六國之一。簡稱'夏'。'匈奴族''赫連勃勃'據'統萬城'所建,自稱'大夏天王'。盛時南及'秦嶺',東到'蒲津',西抵'秦'、'隴',北達'黃河'。後爲'吐谷渾'所滅。共三主,二十五年。⑶(1038~1227)即'宋代'西北方的'西夏'。爲'党項族''李元昊'所建,後爲'蒙古''成吉思汗'所滅。共190年。

【大荒】 ㄉㄚˋ ㄏㄨㄤ

①凶年;大饑荒。②極遠的地方。③指虛幻的境界。

【大乘】 ㄉㄚˋ ㄕㄥˋ

佛家語。音譯摩訶衍,摩訶是大的意思,衍是乘載的意思。指教理最圓滿而能救濟大眾的佛法。對小乘而言。

【大師】 ㊀ ㄊㄞˋ ㄕ

樂官名。又作太師。

㊁ ㄉㄚˋ ㄕ

①大軍。②本爲佛的尊稱,因佛能化導無量眾生,使之出離苦海。後引申指德業造境極高者。

【大娘】 ㄉㄚˋ ㄋㄧㄤˊ

①伯母的俗稱。②庶子稱嫡母。③指皇后。④對年長婦女的尊稱。

11【大梁】 ㄉㄚˋ ㄌㄧㄤˊ

①(girder)能夠承受集中荷重與均布荷重的重型梁。通常指大型的鋼梁或由鋼料銲接或鉚接組合而成的梁。在混凝土結構中,大梁用以支撐若干較小型的梁,荷重由大梁傳遞至支承。鋼結構中的鈑梁係用鋼鈑和角鋼銲接或鉚接

而成，應用於較大之強度需求時，亦爲大梁之一類，常見於橋梁、起重機及房屋建築中。②星次名。相當二十八宿的胃、昴、畢三宿。自胃宿七度至畢宿十一度。以十二辰言，屬酉；以分野言，當‘趙’；以節氣言，值清明、穀雨；以黃道十二宮言，相當於金牛宮；以星座言，相當於白羊、金牛二座。

【大淨】ㄉㄚˋ ㄐㄧㄥˋ

伊斯蘭教拜功條件之一。凡教徒在每次禮拜時，必須保持身體潔淨，即須小淨或大淨。在夢遺、月經、生產、房事等之後，要拜‘阿拉’時，必須依其規定程序洗淨周身，是爲大淨。

【大麻】ㄉㄚˋ ㄇㄚˊ

(true hemp; *Cannabis sativa* L.) 一年生草本。高達2～3公尺，葉具長柄，互生，掌狀裂。花單性，雌雄異株，雄花腋生或頂生，成圓錐花序，黃綠色；雌花較短，綠色，成穗狀花序。花萼5枚，無花瓣。蒴果卵圓形。莖皮纖維供做布料，種子供食用，果仁可製藥。分布於‘亞洲’中部。

大麻圖

【大率】ㄉㄚˋ ㄕㄨㄞˋ

大概；大約。

【大雪】ㄉㄚˋ ㄒㄩㄝˇ

農曆二十四節氣之一。在國曆十二月六日至八日。

【大理】ㄉㄚˋ ㄌㄧˇ

①星名。②古代掌管刑法的官。③大道理。④古國名。位於‘雲南’。五代‘後晉’時‘段思平’據‘南詔’地爲‘大理國’，‘宋’曾封其王爲‘大理王’，‘宋’‘寶祐’元年(1253)爲‘蒙古’‘忽必烈’所滅。⑤縣名。又名‘大釐’、‘大禮’。位於‘雲南省’西北部，‘點蒼山’東麓，濱‘洱海’西岸。曾爲‘唐’‘南詔’的國都，是歷史上的名城。現有公路通‘緬甸’，爲‘滇’西重鎮。

【大都】㊀ ㄉㄚˋ ㄉㄨ

①大的都市。②‘元代’京師。在今‘北平’。③大概；大多數。

㊁ ㄉㄚˋ ㄉㄡ

同㊀③。

【大赦】ㄉㄚˋ ㄕㄜˋ

(amnesty) 國家對於犯罪者赦免或減刑。君主時代，每值新君登位或其他盛大慶典，由皇帝宣布大赦。‘民國’以後，大赦之權掌握在人民，而由總統執行。大赦可以完全免除犯罪人的犯罪行爲，犯罪人不但免除了刑罰，即使再犯時也不以累犯論，與特赦不同。

【大麥】ㄉㄚˋ ㄇㄞˋ

(barley; *Hordeum vulgare* L.) 禾本科，一年生或二年生草本。高約1公尺，莖叢生，中空，葉互生，細長，葉梢兩側具有葉耳。四、五月間開大圓柱形穗狀花，每小穗含1小花，每節具有3個無柄小穗，排成6列，小花外稃有長芒，果爲穎果。爲重要的穀類之一。穎果可釀酒，亦可製飴，莖可供作造紙原料。原產於舊世界溫帶地區，今廣爲栽培於世界各地。

大麥圖

【大陸】ㄉㄚˋ ㄌㄨˋ

①(continent) 地球表面爲海洋所包圍的廣大陸塊。也稱洲。一般分爲‘亞洲’、‘歐洲’(合稱‘歐’‘亞’大陸)、‘非洲’、‘北美洲’、‘南美洲’、‘澳洲’和‘南極洲’。②‘中國’大陸的簡稱。

【大圈】ㄉㄚˋ ㄑㄩㄢ

(great circle)又稱大圓。指通過球心的平面與球面相切的軌跡。

12【大寒】ㄉㄚˋ ㄏㄢˊ

①非常寒冷。②農曆二十四節氣之一。在國曆一月二十或二十一日。

【大雅】ㄉㄚˋ ㄧㄚˇ

①“詩經”雅的一部分。共三十一篇，大體爲‘周’初作品，內容主要在歌頌‘周朝’的開國歷史。②正大優美。對才德高尙者的讚詞。③大方文雅。

【大雁】ㄉㄚˋ ㄧㄢˋ

(eastern bean goose; *Anser fabalis serrirostris*) 又稱之爲鴻、豆雁。爲脊椎動物之中屬於鳥綱 (class Aves)、雁形目 (order Anseriformes)、雁鴨科 (family Anatidae) 的一種。善飛翔及游泳。體背面呈灰或褐色，腹面淡褐色，嘴及爪黑色，腳橙黃色，嘴寬扁。分布於我國東北及‘內蒙古’，冬天至南方越冬。在‘臺灣’爲少見的多候鳥。

大雁圖

【大暑】ㄉㄚˋ ㄕㄨˇ

①非常炎熱。②農曆二十四節氣之一。在國曆七月二十三日或前後。

13【大意】ㄉㄚˋ ㄧˋ

①大概的意思。②大志。③疏忽不經意。

【大話】ㄉㄚˋ ㄏㄨㄚˋ

誇大的話。

【大道】ㄉㄚˋ ㄉㄠˋ

①大路。②大公無私之道。③至高無上之道。

【大較】ㄉㄚˋ ㄐㄧㄠˋ

①大概；大體。②大法。

【大鼓】ㄉㄚˋ ㄍㄨˇ

①打擊樂器。以木爲框，蒙上皮革，面用黃油，框用硃油，繪五彩雲龍，腹內安銅膽，周圍鍍金釘，四邊鍍金環，平懸架上，用於

大鼓圖

丹陛樂。無音高,只表現節奏。②北方流行的一種曲藝。一名鼓兒詞。原稱打鼓說書,後來稱爲大鼓書,簡稱大鼓。唱詞演述歷史小說、民間故事。有京韻大鼓、梨花大鼓等。

【大辟】 ㄉㄚˋ ㄆㄧˋ
死刑。

【大勢】 ㄉㄚˋ ㄕˋ
①大局的趨勢。②大略的情形。③位高而有權勢。④佛的德號。

【大楷】 ㄉㄚˋ ㄎㄞˇ
書體之一。爲字形大而方正的楷書體。

【大塊】 ㄉㄚˋ ㄎㄨㄞˋ
①指大地。②塊狀物之大者。

【大號】 ㄉㄚˋ ㄏㄠˋ
(tuba)又譯作土巴號。爲管弦樂隊使用的最低音的銅管樂器。

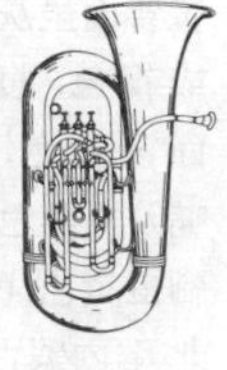
大號圖

【大圓】 ㄉㄚˋ ㄩㄢˊ
(great circle) 球面和通過中心的平面相截所得的圓。此圓與球面上兩點的測地線有關。

【大節】 ㄉㄚˋ ㄐㄧㄝˊ
①重要關頭所表現的節操。②大體。指重要的事理。

【大腸】 ㄉㄚˋ ㄔㄤˊ
(large intestine)消化器官之一。上連小腸,下通肛門,直徑較小腸大,但長度較短。分盲腸、結腸、直腸三部分。其中結腸最長,分上行、橫行及下行等三部分,均無絨毛,主要功能爲吸收水分及排除消化後之廢物。

【大腦】 ㄉㄚˋ ㄋㄠˇ
(cerebrum) 中樞神經系統的最主要部位。位於顱腔內,呈卵圓形,由正中裂溝分成左、右大腦半球。左大腦半球管身體右邊的感覺和運動,右大腦半球則管左側的感覺和運動。左右大腦半球之間有胼胝體,具有很多神經纖維,可以聯絡左右大腦半球的訊息。大腦的外表呈現許多紆迴的皺襞,稱爲腦迴。在結構上,大腦外面是皮質,灰白色,由多層神經細胞所構成。而深部是髓質,由多數神經纖維構成,呈白色。依所在的部位,分爲額葉、顱頂葉、顳葉、枕葉四大部分,各部分有不同的功能,如額葉和精神功能有關,視覺區在枕葉,聽覺區在顳葉上部,語言區在前中央腦迴等。就大腦的整體功能而言,它職司人體的感覺、運動、記憶、學習、思考、判斷、情緒等,包括各種原始的動物機能,以至高等智力活動。

14【大漠】 ㄉㄚˋ ㄇㄛˋ
'蒙古高原'上的大沙漠。

【大韶】 ㄉㄚˋ ㄕㄠˊ
'舜'時樂舞名。也稱"大磬"、"韶箾"、"箾韶"、"簫韶",簡稱"韶"、"磬"、"招"、"昭"。由九段樂曲組成,故稱"簫韶"九成。'周代'六樂之一,用以祭祀四望。

【大端】 ㄉㄚˋ ㄉㄨㄢ
①重要的事項。②大概;大體。

【大舞】 ㄉㄚˋ ㄨˇ
'周代'國學中,成人所學習的舞。由大司樂教導。有"雲門"、"大卷"、"大咸"、"大磬"、"大夏"、"大濩"、"大武"。見"周禮·春官·大司樂"。

【大綱】 ㄉㄚˋ ㄍㄤ
重要的綱領。

【大僚】 ㄉㄚˋ ㄌㄧㄠˊ
大官。

15【大潮】 ㄉㄚˋ ㄔㄠˊ
(spring tide) 海岸前,滿潮與乾潮間的水位差在每一月內朔望後一至三日最大,此時的潮汐,稱爲大潮。

【大調】 ㄉㄚˋ ㄉㄧㄠˋ
(major key) 依照大音階構成的樂曲。大音階的特點爲主音與它上方的三度音、六度音均爲大音程。主音上方的三、四音與七、八音之間爲小二度。大調的特色具明朗氣質。

【大駕】 ㄉㄚˋ ㄐㄧㄚˋ
①天子所乘坐的車子。也指天子。②對他人的敬稱。如:大駕光臨。

【大篆】 ㄉㄚˋ ㄓㄨㄢˋ
廣義是指小篆以前的文字和書體,包括甲骨文、鐘鼎文、籀文和六國文字等。狹義則專指'周宣王'太史'籀'釐定之文字,即籀文。"漢書"言,大篆爲'周宣王'太史'籀'所創;'晉'人'衛恆'的"四體書勢"卻言大篆爲'秦'時'程邈'所創,始創於何人,眾說紛紜。歷代的大篆作品中,以"石鼓文"和"秦公簋銘文"爲代表。

【大衛】 ㄉㄚˋ ㄨㄟˋ
(Jacques-Louis David, 1748~1825)'法國'新古典主義繪畫大師。其藝術觀是藝術須具有鼓舞愛國情操與富有社會教育意義,故在作品上注重嚴密的構圖與結實的素描。代表作有"荷瑞希艾兄弟的宣誓"(*The Oath of the Horatii*)、"馬拉之死"(*The Death of Marat*)、"拿破崙的加冕"(*The Coronation of Napoleon*)等。

【大德】 ㄉㄚˋ ㄉㄜˊ
①天地生養萬物的本質。②高尚的道德。③大恩。④大節。⑤梵語婆檀陀,原爲稱佛之名。後用以尊稱年高的僧人。

16【大器】 ㄉㄚˋ ㄑㄧˋ
①天道。②寶物;寶器。③大才。如:大器晚成。

16【大學】 ㊀ ㄊㄞˋ ㄒㄩㄝˊ
太學。古代的高等教育學府。
㊁ ㄉㄚˋ ㄒㄩㄝˊ
①本爲"禮記"之一篇,'朱熹'取與"論語"、"孟子"、"中庸"合爲四書。相傳爲'曾參'及其弟子共同傳述。其中說明修身以至平天下的過程,是古人進德修業的主要內容與項目。②(university)'歐洲'

中世紀後興起之一種講學和研究並重的高等教育機構。我國自‘民國’六年規定,大學分文、理、法、商、醫、農、工等學院,以研究高深學術,培養各科學術人才爲主。

17【大濩】ㄉㄚˋ ㄏㄨㄛˋ
‘湯’的樂舞名。也稱“大頀”、“大護”,簡稱“濩”。‘商湯’滅‘桀’後,命‘伊尹’作“大濩”,以紀功。‘周代’六樂之一,用以祭祀始祖‘姜源’。

【大麴】ㄉㄚˋ ㄑㄩ
酒名。以高粱釀製。

【大殮】ㄉㄚˋ ㄌㄧㄢˋ
將屍體移置棺木中。也作大斂。

18【大蟲】ㄉㄚˋ ㄔㄨㄥˊ
指老虎。

19【大難】㊀ ㄉㄚˋ ㄋㄢˋ
大的災難。
㊁ ㄉㄚˋ ㄋㄢˊ
非常艱難;十分困難。
㊂ ㄉㄚˋ ㄋㄨㄛˊ
古代驅逐瘟疫的祭祀。同大儺。

【大關】ㄉㄚˋ ㄍㄨㄢ
1重要的關口。引申指重要的時刻、階段。2舊時刑訊犯人所用的夾棍。

23【大體】ㄉㄚˋ ㄊㄧˇ
1大的形體。2要點。3大致;大略。4指心。

24【大纛】ㄉㄚˋ ㄉㄠˋ
古代用羽、毛爲裝飾的大旗。多用於儀隊或軍中。

25【大觀】ㄉㄚˋ ㄍㄨㄢ
1透徹的觀察。2盛大壯觀。

1【大一統】ㄉㄚˋ ㄧ ㄊㄨㄥˇ
1天下歸於一統,定於一尊。2重視統一的思想。

2【大刀會】ㄉㄚˋ ㄉㄠ ㄏㄨㄟˋ
‘清’末‘民’初的祕密會社,爲白蓮教的支派,因使用大刀而得名。

3【大丈夫】ㄉㄚˋ ㄓㄤˋ ㄈㄨ
有志氣而勇敢剛毅的男子。

4【大不敬】ㄉㄚˋ ㄅㄨˋ ㄐㄧㄥˋ
不敬天子,或對天子失禮。爲古代所定十惡重罪之一。

【大犬座】ㄉㄚˋ ㄑㄩㄢˇ ㄗㄨㄛˋ
(Canis Major; CMa)南天星座之一。位於赤經6時12分至7時28分;赤緯−11.0度至−33.2度之間。在獵戶座東南。其α星(‘中’名天狼星)亮度−1.45星等,是全天最亮的恆星。相當於‘中國’星座軍市、天狼、弧矢等。

【大手筆】ㄉㄚˋ ㄕㄡˇ ㄅㄧˇ
1傑作;大著作。也指大作家。2指手面闊綽的人。3創辦大規模事業。

【大月氏】ㄉㄚˋ ㄩㄝˋ ㄓ
‘漢文帝’時居今‘新疆’‘伊犂河’及‘特克斯河流域’的‘月氏’民族。‘漢’初,‘月氏’原居‘敦煌’、‘祁連’間,後爲‘匈奴’所破,大部分逃至‘新疆’,號‘大月氏’;小部分留居原地,臣屬‘匈奴’,號‘小月氏’。‘武帝’初,‘大月氏’復爲‘烏孫’所迫,向西奪據‘大夏’國土,立國於今‘阿姆河’(Amu Darya)北岸,‘大夏’則退居河南岸,臣服於‘大月氏’。

5【大本營】ㄉㄚˋ ㄅㄣˇ ㄧㄥˊ
1統帥指揮作戰的軍營。2策動事務的總機關。

【大充實】ㄉㄚˋ ㄔㄨㄥ ㄕˊ
(plenum)與眞空相對。指充滿物質的空間。有些哲學家認爲空間一定充滿某種物質,不會眞空。西元前六世紀‘希臘’哲學家‘巴門尼底斯’(Parmenides)則以大充實一詞來指稱一個恆常不變且不可分割的實在體。

6【大宇宙】ㄉㄚˋ ㄩˇ ㄓㄡˋ
指世界。

【大字本】ㄉㄚˋ ㄗˋ ㄅㄣˇ
‘宋代’雕板印書,多用大字,版匡紙幅都高大,每行最多不過十七、八字。藏書家稱爲大字本。

【大舌頭】ㄉㄚˋ ㄕㄜˊ ˙ㄊㄡ
1俗稱發音不清晰的人。2指愛說話的人。

【大西洋】ㄉㄚˋ ㄒㄧ ㄧㄤˊ
(Atlantic Ocean)世界第二大洋。位於‘歐’、‘非’、‘美洲’之間。面積9,431.4萬方公里,南北長2.1萬公里,是世界最長、航運最繁忙的海洋。

【大成殿】ㄉㄚˋ ㄔㄥˊ ㄉㄧㄢˋ
‘孔子廟’的正殿名。‘宋’初尊‘孔子’爲‘大成至聖先師’,故以‘大成’爲殿名。

【大有爲】ㄉㄚˋ ㄧㄡˇ ㄨㄟˊ
非常有作爲。

【大同書】ㄉㄚˋ ㄊㄨㄥˊ ㄕㄨ
‘清’‘康有爲’撰,十卷。以“公羊傳”太平世之說與“禮記·禮運”的大同思想爲基礎,糅合西方進化論、民約論、民主議會思想、理想社會主義思想,主張以溫和漸進的方式,消除家族、國家、私有財產等使人生痛苦的種種界限,以達至人人平等、天下爲公的大同世界。

【大年夜】ㄉㄚˋ ㄋㄧㄢˊ ㄧㄝˋ
農曆除夕。

【大自然】ㄉㄚˋ ㄗˋ ㄖㄢˊ
指宇宙中的山川景物。

【大仲馬】ㄉㄚˋ ㄓㄨㄥˋ ㄇㄚˇ
(Alexandre Dumas; Dumas père, 1802~1870)‘法國’作家。三十年代寫下“亨利第三和他的宮廷”(*Henri Ⅲ et sa cour*)、“安東尼”(*Antony*)等許多歷史劇本,劇情充滿殘暴、復仇及狂熱的愛情。‘法國’浪漫主義戲劇的興起曾受其影響。四十年代大量寫作歷史小說,如“三劍客”(*Les Trois Mousquetaires*)、“基度山恩仇記”(*Le Comte de Monte Cristo*)等,情節生動,興味豐富。其作品深受當時人歡迎,但文學價值並不高。

大仲馬像

【大行星】ㄉㄚˋ ㄒㄧㄥˊ ㄒㄧㄥˊ
(big planets)指體積較大而密度較小的行星。包括木星、土星、天王星和海王星。

8【大法官】 ㄉㄚˋ ㄈㄚˇ ㄍㄨㄢ
'司法院'大法官會議之構成員。由總統提名,經'監察院'同意任命之,任期每屆爲九年,如有出缺時,其繼任人之任期,止於原任期屆滿之日。依"憲法"第七九條之規定,其職權爲解釋"憲法"並統一解釋法律及命令,位高權重,必須:一、曾任最高法院推事十年以上而成績卓著者。二、曾任立法委員九年以上而有特殊貢獻者。三、曾任大學法律主要科目教授十年以上而有專門著作者。四、曾任國際法庭法官或有公法學或比較法學之權威著作者。五、研究法學,富有政治經驗,聲譽卓著者;始得充任大法官。

【大阿哥】 ㄉㄚˋ ㄚˋ ˙ㄍㄜ
'滿洲'人稱皇太子。

【大花臉】 ㄉㄚˋ ㄏㄨㄚ ㄌㄧㄢˇ
戲劇腳色名。淨的一種。也稱大面、正淨。凡戲中勾大白臉的,都是大花臉,也稱大抹子。其專長在唱工的繁重、態度的沈毅,故嗓音須嘹亮宏碩。大花臉所飾腳色不是王侯就是將相。如"草橋關"中的'姚期'。

【大周天】 ㄉㄚˋ ㄓㄡ ㄊㄧㄢ
練內功者以內息從丹田發動,經任、督、帶、衝、陽維、陰維、陽蹻、陰蹻八脈各穴,再回丹田,稱爲大周天。

【大和魂】 ㄉㄚˋ ㄏㄜˊ ㄏㄨㄣˊ
'日本'人自稱其民族精神。

9【大洋洲】 ㄉㄚˋ ㄧㄤˊ ㄓㄡ
(Oceania)'太平洋'中(周圍大陸沿岸島嶼除外)大小島嶼的總稱。分屬'美拉尼西亞'(Melanesia)、'玻里尼西亞'(Polynesia)及'密克羅尼西亞'(Micronesia)三大島群。散布海域雖廣,陸地面積卻不足900萬方公里。全境高溫多雨,尙有許多無人島。現有八個獨立國。上有許多'美國'海、空軍基地。不少島嶼爲觀光勝地。

【大流士】 ㄉㄚˋ ㄌㄧㄡˊ ㄕˋ
(Darius, 前550～前486)古'波斯帝國'皇帝。西元前521年繼位後,攻占'印度河流域'及'多瑙河'下游的'色雷斯'(Thrace),建立地跨'歐'、'亞'、'非'三洲的大帝國。內政上推行省縣制度、統一貨幣、疏濬運河、編纂"埃及法典",貢獻良多,因此被稱爲'大流士大帝'。

【大剌剌】 ㄉㄚˋ ㄌㄚˋ ㄌㄚˋ
大模大樣。

【大風歌】 ㄉㄚˋ ㄈㄥ ㄍㄜ
古歌名。'漢高祖''劉邦'撰。'劉邦'登基後,榮歸故鄉'沛',召集父老子弟,飲酒作樂,'劉邦'擊筑而歌:「大風起兮雲飛揚,威加海內兮歸故鄉,安得猛士兮守四方。」由兒童一百二十人伴唱,'邦'自起舞。後入樂府,世稱"大風歌"。

10【大荔人】 ㄉㄚˋ ㄌㄧˋ ㄖㄣˊ
西元1978年我國'陝西省''大荔縣''甜水溝'發現的一個相當完整的人頭骨化石。頭骨有粗狀的眶上脊、低平的頂骨及較厚的骨壁等原始特徵;此外,也有較發達的額骨、頂結節及枕骨粗隆的位置下移、較大的腦容量(約1,120立方公分)。因與「直立人」有較多相似的特徵,因此學者認爲可能是屬於較晚期的「直立人」。其年代距今約四十萬至七十萬年間,也就是在中更新世的晚期。

【大氣圈】 ㄉㄚˋ ㄑㄧˋ ㄑㄩㄢ
(aerosphere)自然界四大圈之一。指包圍地球的整個氣層。爲多種氣體的混合,其組成是:氮約占78%,氧約21%,二氧化碳及其他稀有氣體合占1%。大氣底部常含有水氣,是降雨的來源。

【大氣層】 ㄉㄚˋ ㄑㄧˋ ㄘㄥˊ
(atmosphere)包圍地球表面的空氣圈。由於地心引力作用,大氣幾乎與地球永久結合在一起。若以溫度的垂直分布爲準,可分爲四層:一、自地面至上空約18公里爲對流層。二、自18至50公里高度爲平流層。三、自50至80公里的高空爲中氣層。四、中氣層以上爲熱氣層,此層沒有明顯的上限,估計約可到達五、六百公里的高度。

11【大麻菸】 ㄉㄚˋ ㄇㄚˊ ㄧㄢ
(marijuana; marihuana)由大麻植物的雌蕊花頭、乾葉和葉柄抽煉製成的藥物。主要成分爲大麻脂。使用時,除咀嚼外,也可吸食或注射,會使人體中樞神經產生麻醉作用。

【大理石】 ㄉㄚˋ ㄌㄧˇ ㄕˊ
(marble)爲石灰岩及白雲岩之變質岩。呈粒狀結晶構造,並有高度之緊密度,一般成層狀埋入地殼中。主成分爲碳酸鈣(方解石)。純粹大理石爲白色,因含雜質,故有紅色、玫瑰色、灰色與黑色。材質強度大,但缺乏耐火性,且易風化,多作裝飾材。

【大理寺】 ㄉㄚˋ ㄌㄧˇ ㄙˋ
官署名。掌管刑獄。'秦''漢'置廷尉,掌刑辟。'北齊'置大理寺卿、少卿,爲正、副長官。歷代相沿。'明''清'與'刑部'、'都察院'爲三法司,會同處理重大的司法案件。

【大連市】 ㄉㄚˋ ㄌㄧㄢˊ ㄕˋ
直轄市。舊名'青泥窪'。位於'遼東半島'南端,濱'大連灣'。爲一天然海港,港闊水深,多季不結冰,又有鐵路交通之便,故腹地廣大,久爲東北地方貨物的總吞吐口,工商業發達。

【大陸法】 ㄉㄚˋ ㄌㄨˋ ㄈㄚˇ
(continental law)指'歐洲'大陸各國法律,以'德國'法及'法國'法爲中心,受'羅馬'法之影響很大。成文之制定法爲其最重要之法源,以由抽象到具體之演繹思維模式爲其特色。大陸法除普通實施於'歐洲'大陸外,尙影響及世界各地,如'日本'及我國之法律,即受大陸法之影響。

【大陸海】 ㄉㄚˋ ㄌㄨˋ ㄏㄞˇ

(continental sea)海洋分類的類型之一。指處於大陸內部,僅有一條狹窄的水道和外海溝通的海。因封閉性大,故又名閉鎖海(enclosed sea)。如‘黑海’、‘波羅的海’等皆是。

【大陸棚】 ㄉㄚˋ ㄌㄨˋ ㄆㄥˊ
(continental shelf)又稱大陸礁層。指陸地延伸至海水深度200公尺以淺的沿海海域。此海域之植物性浮游生物行光合作用特別旺盛,故營養鹽類非常充足,成爲魚類棲息的主要區域,亦爲近海漁業的重要漁場所在。

【大陰脣】 ㄉㄚˋ ㄧㄣ ㄔㄨㄣˊ
(labia majora)女性外生殖器之一。外面有陰毛,內面光滑,是具有色素的皮膚。主要由脂肪和許多腺體構成。

【大動脈】 ㄉㄚˋ ㄉㄨㄥˋ ㄇㄛˋ
體內最大的血管。即主動脈。

12**【大渡河】** ㄉㄚˋ ㄉㄨˋ ㄏㄜˊ
爲‘岷江’支流。有‘濛水’、‘涐水’、‘沬水’諸稱。下游又名‘陽江’。源出‘四川省’‘松潘縣’西群山中。西南流入‘西康省’境,至‘丹巴縣’東北會‘小金川’,又南流,始名‘大渡河’。進入‘四川省’境,至‘樂山縣’西南,會‘青衣江’,注入‘岷江’。

【大提琴】 ㄉㄚˋ ㄊㄧˊ ㄑㄧㄣˊ
(violoncello; cello)一種下中音絃樂器。調音比小提琴低一個八度又五度音程;合奏中,其重要性僅次於小提琴。長度約爲小提琴的兩倍,演奏時置於兩膝之間,左手按絃,右手持弓拉奏。音色壯麗,如同男低音。

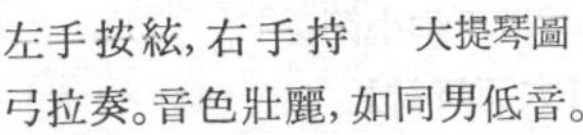

大提琴圖

【大帽子】 ㄉㄚˋ ㄇㄠˋ ˙ㄗ
①‘清’時稱禮帽。②俗稱權貴的名義或勢力。

【大悲咒】 ㄉㄚˋ ㄅㄟ ㄓㄡˋ
佛家語。即“千手千眼觀世音菩薩廣大圓滿無礙大悲心陀羅尼”的簡名。係出自‘唐’‘印度’沙門‘伽梵達摩’譯“千手千眼觀世音菩薩廣大圓滿無礙大悲心陀羅尼經”中的咒語。

【大無畏】 ㄉㄚˋ ㄨˊ ㄨㄟˋ
對一切困難危險皆無所畏懼。

13**【大運河】** ㄉㄚˋ ㄩㄣˋ ㄏㄜˊ
由‘北平’至‘杭州’,縱貫‘冀’‘魯’‘蘇’‘浙’四省,溝通‘海河’、‘黃河’、‘淮河’、‘長江’、‘錢塘江’五大水系。全長1,782公里,是我國最重要的南北河運系統、世界最長最悠久的人工運河(始於西元前487年,完成於1283年)。各河段名稱不同:‘北平’至‘通縣’段稱‘通惠河’,‘潮白河’段稱‘北運河’;‘天津’至‘微山湖’段稱‘南運河’;‘魯’‘夏鎮’至‘蘇’‘淮安’段稱‘中運河’;‘淮安’至‘瓜洲’稱‘裏運河’;‘長江’以下稱‘江南運河’。

【大鼓書】 ㄉㄚˋ ㄍㄨˇ ㄕㄨ
曲藝的一種。始於‘清代’北方,包括京韻大鼓、梅花大鼓、梨花大鼓、‘西河’大鼓、‘樂亭’大鼓、‘山東’大鼓、‘湖北’大鼓等。由一人擊鼓演唱,數人伴奏;樂器以鼓、板、三弦爲主,唱詞多由民間流行的歷史小說、故事改編而成。

【大勢至】 ㄉㄚˋ ㄕˋ ㄓˋ
佛菩薩名。簡稱爲‘勢至’。音譯‘摩訶那缽’,是西方極樂世界‘阿彌陀佛’的右輔,象徵智慧門。意謂這位菩薩的大智慧遍一切處,故名‘大勢至’。與象徵慈悲門的‘觀世音菩薩’相對稱。

14**【大熊座】** ㄉㄚˋ ㄒㄩㄥˊ ㄗㄨㄛˋ
(Ursa Major; UMa)拱極星座之一。位於赤經8時9分至14時29分、赤緯+28.3度至+73.2度之間。是全天第三大星座。‘中國’星象中最著名的北斗七星,即在此座內。它是航海和測量者的標誌。若將β(天璇)、α(天樞)二星相聯,並延長至五倍距離處,可找到現在的北極星(小熊座α星),所以二星又稱爲指極星(pointer)。相當於‘中國’星座內階、三師、上臺、軒轅、紫微右垣、文昌、北斗、輔、天理、中臺、天牢、太尊、下臺、太陽守、內廚等。

15**【大衛王】** ㄉㄚˋ ㄨㄟˋ ㄨㄤˊ
(King David)‘希伯來’王。擅長音樂。西元前1055年繼‘掃羅王’即位,征服四方,定都於‘耶路撒冷’,爲‘希伯來’最盛的時代。

【大衛生】 ㄉㄚˋ ㄨㄟˋ ㄕㄥ
(Clinton Joseph Davisson, 1881～1958)‘美國’物理學家。因發現電子繞射,於西元1937年與‘英國’‘湯普生’(G. P. Thomson)同獲‘諾貝爾’物理學獎。

【大衛斯】 ㄉㄚˋ ㄨㄟˋ ㄙ
①(John Davis,1550～1605)‘英國’航海家。西元1585～1587年三渡‘北冰洋’,於‘格陵蘭島’附近發現‘大衛斯海峽’;1592年航行南‘大西洋’,又發現‘福克蘭群島’,後爲‘日本’海盜所害。著有“水手祕訣”(*The Seaman's Secret*)等書。②(Jefferson Davis, 1808～1889)‘美國’政治家。於西元1853年任軍政部長,反對解放黑奴,南部諸州獨立,推他爲總統,後爲北軍逮捕,繫獄二年。

16**【大憲章】** ㄉㄚˋ ㄒㄧㄢˋ ㄓㄤ
(*Great Charter; Magna Carta*)西元1215年‘英國’貴族反抗‘約翰王’(King John)的暴政,迫他簽署的章法。其中規定:一、國王徵收新稅或特別捐,需先經由大議會批准;二、未經法院裁判,國王不得囚禁貴族。“大憲章”是‘英國’貴族與國王爭奪政權的首次努力,亦成爲日後‘英’人反抗專制國王的依據。

【大諫章】 ㄉㄚˋ ㄐㄧㄢˋ ㄓㄤ
(*Grand Remonstrance*)西元1641年‘英國’國會利用‘英格蘭’叛變,‘英’王‘查理一世’(Charles I)

因需軍費而不得不召開國會時，趁機向'英'王提出要求所簽署的規章。主張軍隊的控制權（將領的任命）應由國會負責，國會信任的人方可出任國家大臣之職，並斥責'英'王過去各種措施的不當。因對王權多方限制，導致'英'王與國會的武力衝突。

【大導師】 ㄉㄚˋ ㄉㄠˇ ㄕ
指佛菩薩。能導引眾生超難生死，故稱。

【大頭景】 ㄉㄚˋ ㄊㄡˊ ㄐㄧㄥˇ
(head shot)即頭部特寫。製作電影或電視節目所用的一種攝影取景技巧。

【大學士】 ㄉㄚˋ ㄒㄩㄝˊ ㄕˋ
官名。'唐'有'弘文館'、'集賢殿'學士，掌文學著作。後由宰相兼領的，稱大學士，爲虛銜。'宋'沿之，凡學士中資望特高的，加大字。'明'置大學士，以殿閣爲名，如'武英殿'、'文淵閣'等，在內閣替皇帝批答奏章，官階五品；但因權重，常兼任尚書、侍郎，官階可至一品，實似宰相，稱輔臣，俗稱閣老。'清'有內閣大學士，也以殿閣爲名，官階正一品，俗稱中堂。

【大學院】 ㄉㄚˋ ㄒㄩㄝˊ ㄩㄢˋ
1'清'末分大學爲大學院、大學專門分科、大學預備科三部。大學院相當於現今大學中的研究院(graduate school)，重研究，不立課程。2'民國'十六年，'國民政府'在'南京'所設，總管全國教育行政及學術研究的機構。次年改稱教育部。

17【大戴記】 ㄉㄚˋ ㄉㄞˋ ㄐㄧˋ
即"大戴禮記"，也稱"大戴禮"。'漢武帝'、'宣帝'時，'戴德'撰，八十五篇，今存三十九篇。

【大鍵琴】 ㄉㄚˋ ㄐㄧㄢˋ ㄑㄧㄣˊ
(harpsichord)現代鋼琴的前身。琴身較單薄細小，以撥絃的原理發聲。琴鍵與鋼琴相似，演奏法也相同。流行於十六至十八世紀間。

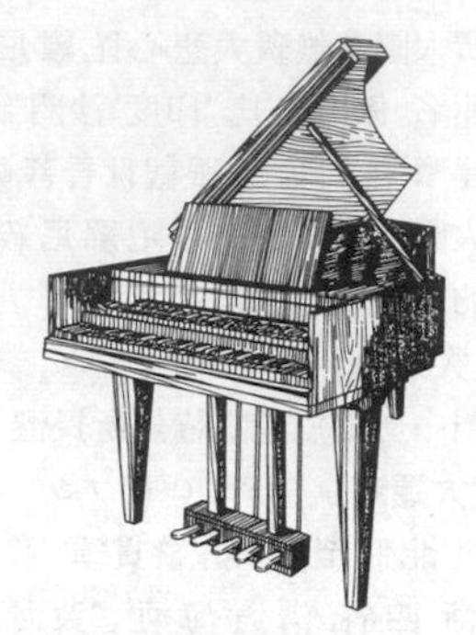

大鍵琴圖

18【大雜燴】 ㄉㄚˋ ㄗㄚˊ ㄏㄨㄟˋ
混合多種菜餚而燒煮成的食物。

【大藏經】 ㄉㄚˋ ㄗㄤˋ ㄐㄧㄥ
'中'譯佛教經典的總稱。簡稱"藏經"。'日'人編集稱"一切經"，分經、律、論三大部分。我國'梁武帝'時總集釋氏經典五千四百卷，由沙門'寶唱'撰"經藏目錄"，爲'中'譯佛經有系統整理成藏經之始。現'宋'以前諸藏刻本多亡佚，惟'南宋''磧砂'版尚存孤本，藏於'西安''臥龍'、'開元'兩寺（缺一百七十三卷），'明''嘉興藏'、'清''龍藏'、'民國''普慧藏'均流行於世。今以'日本'於西元1924～1932年刊印的"大正新修大藏經"校勘最精、流行最廣，收佛典三千零五十三部，一萬一千九百七十卷。近年'臺灣'有"中華大藏經"的編集，係採'中''日''韓'二十五種藏經版本，去其重複，益其所無而成。

19【大羅天】 ㄉㄚˋ ㄌㄨㄛˊ ㄊㄧㄢ
道教所稱三十六天中的最高一重天。爲道境極地，有大梵之氣，包羅諸天下空之上。

2【大刀闊斧】 ㄉㄚˋ ㄉㄠ ㄎㄨㄛˋ ㄈㄨˇ
比喻人很有魄力，凡事都能從大處謀求根本解決之道。

3【大才小用】 ㄉㄚˋ ㄘㄞˊ ㄒㄧㄠˇ ㄩㄥˋ
才高位低，不能完全發揮才華與抱負。

【大小方脈】 ㄉㄚˋ ㄒㄧㄠˇ ㄈㄤ ㄇㄛˋ
'中'醫古代分科的一種。大方脈專門治療成年人各種疾病，泛指內科；小方脈專門治療嬰幼兒的疾病，泛指小兒科。

【大千世界】 ㄉㄚˋ ㄑㄧㄢ ㄕˋ ㄐㄧㄝˋ
佛家語。合四大洲七山八海爲一小世界，合一千個小世界爲小千世界，合一千個小千世界爲中千世界，合一千個中千世界爲大千世界。後轉用以指形形色色、無奇不有的大世界。

4【大木結構】 ㄉㄚˋ ㄇㄨˋ ㄐㄧㄝˊ ㄍㄡˋ
(heavy timber construction)以鉅大木材建築的木構造物。即內部結構部分，包括柱、樓板、梁及屋架構造均採用大型木料構架而成者。多用於工廠及倉庫等之建築。

【大中至正】 ㄉㄚˋ ㄓㄨㄥ ㄓˋ ㄓㄥˋ
公正不偏。

【大化革新】 ㄉㄚˋ ㄏㄨㄚˋ ㄍㄜˊ ㄒㄧㄣ
指'日本'摹仿'唐朝'政治、經濟、文化的一種革新運動。西元645年，'日本''孝德天皇'即位，改元'大化'，一切設施均仿'唐朝'的制度，如消滅各氏族、土地收歸國有、賜田於民、一律課稅，以建立國家財政，並確立中央集權政體等，使國家大治，史稱'大化'革新。

【大公無私】 ㄉㄚˋ ㄍㄨㄥ ㄨˊ ㄙ
處事公正，毫不偏私。

5【大巧若拙】 ㄉㄚˋ ㄑㄧㄠˇ ㄖㄨㄛˋ ㄓㄨㄛˊ
眞正巧慧的人不露鋒芒，看起來好像很笨拙的樣子。

6【大而化之】 ㄉㄚˋ ㄦˊ ㄏㄨㄚˋ ㄓ
1既能發揚光大，又能變化無窮。2指不拘小節。

【大而無當】 ㄉㄚˋ ㄦˊ ㄨˊ ㄉㄤˋ
誇大而不切實際。

【大匠不斲】 ㄉㄚˋ ㄐㄧㄤˋ ㄅㄨˋ ㄓㄨㄛˊ
技術高超的工匠，只教人運刀而不親自斲削。比喻大才者僅設計指導,而不親自操作。

【大同小異】 ㄉㄚˋ ㄊㄨㄥˊ ㄒㄧㄠˇ ㄧˋ
大致相同而小有差異。

【大名鼎鼎】 ㄉㄚˋ ㄇㄧㄥˊ ㄉㄧㄥˇ ㄉㄧㄥˇ
形容名聲很大。

7【大言不慚】 ㄉㄚˋ ㄧㄢˊ ㄅㄨˋ ㄘㄢˊ
言語誇大而不知慚愧。

【大快朵頤】 ㄉㄚˋ ㄎㄨㄞˋ ㄉㄨㄛˇ ㄧˊ
飽餐愉快的樣子。

【大杖則走】 ㄉㄚˋ ㄓㄤˋ ㄗㄜˊ ㄗㄡˇ
子女受雙親體罰,輕則受、重則逃,以免陷雙親於不義。

【大吹大擂】 ㄉㄚˋ ㄔㄨㄟ ㄉㄚˋ ㄌㄟˊ
本指吹吹打打,熱鬧非凡。後用以比喻任意吹噓,誇張失實。

【大吹法螺】 ㄉㄚˋ ㄔㄨㄟ ㄈㄚˇ ㄌㄨㄛˊ
①指佛教教義廣被眾生。②譏人誇人不實。

8【大放異彩】 ㄉㄚˋ ㄈㄤˋ ㄧˋ ㄘㄞˇ
比喻精彩或傑出。

【大放厥辭】 ㄉㄚˋ ㄈㄤˋ ㄐㄩㄝˊ ㄘˊ
本指大展才華,鋪張文辭。今多指人大發誇張的言論。

9【大洋板塊】 ㄉㄚˋ ㄧㄤˊ ㄅㄢˇ ㄎㄨㄞˋ
(oceanic lithospheric plate)指構成海底的板塊。參大陸板塊。

【大洋盆地】 ㄉㄚˋ ㄧㄤˊ ㄆㄣˊ ㄉㄧˋ
(ocean basin)大洋中自大陸斜坡以下的深海底部的低地。深度約在2,000~6,000公尺之間。地形上,一如陸地,並不平坦。其中最顯著的景觀是中洋脊和海溝,前者南北展延於盆地中央,後者則分布於盆地邊緣,都是地震和火山活動帶。

【大相逕庭】 ㄉㄚˋ ㄒㄧㄤ ㄐㄧㄥˋ ㄊㄧㄥˊ
形容彼此差異很大或互相矛盾。

【大紅大紫】 ㄉㄚˋ ㄏㄨㄥˊ ㄉㄚˋ ㄗˇ
①比喻地位極高貴。②比喻演藝人員大受觀眾的歡迎,或受僱人員受上司的器重。

10【大家閨秀】 ㄉㄚˋ ㄐㄧㄚ ㄍㄨㄟ ㄒㄧㄡˋ
生長在名門大戶而有教養的未婚女子。

【大海撈針】 ㄉㄚˋ ㄏㄞˇ ㄌㄠ ㄓㄣ
比喻尋找困難。

【大庭廣眾】 ㄉㄚˋ ㄊㄧㄥˊ ㄍㄨㄤˇ ㄓㄨㄥˋ
指人多或公開的場所。

【大逆不道】 ㄉㄚˋ ㄋㄧˋ ㄅㄨˋ ㄉㄠˋ
罪大惡極。舊時多指叛逆犯上。

【大珪之瑕】 ㄉㄚˋ ㄍㄨㄟ ㄓ ㄒㄧㄚˊ
比喻美好事物中的小缺點。

【大馬士革】 ㄉㄚˋ ㄇㄚˇ ㄕˋ ㄍㄜˊ
(Damascus)'敘利亞'首都。位於'黎巴嫩山脈'東南山麓。為一綠洲城,引附近'巴拉達河'(Barada R.)河水灌溉,盛產水果、蔬菜及穀類。有鐵路通'黎巴嫩'、'土耳其'及'約旦',公路通'貝魯特'及'巴格達',為'敘國'陸運、航空中心及南部商旅集中地。以'貝魯特'為外港。人口370萬(2002年)。

【大馬金刀】 ㄉㄚˋ ㄇㄚˇ ㄐㄧㄣ ㄉㄠ
大模大樣。

【大氣區域】 ㄉㄚˋ ㄑㄧˋ ㄑㄩ ㄩˋ
(atmospheric regions)包圍地球之大氣以溫度分布或帶電性質所區分的層次。參大氣層。

【大氣貯藏】 ㄉㄚˋ ㄑㄧˋ ㄓㄨˇ ㄘㄤˊ
農產品貯藏法之一。即在普通的冷藏庫中,除降低溫度外,亦調節空氣成分,減少氧的分量,並增加二氧化碳,有時尚加入乙烯的吸收劑,使產品減少呼吸,而延長貯藏壽命。

【大氣環流】 ㄉㄚˋ ㄑㄧˋ ㄏㄨㄢˊ ㄌㄧㄡˊ
(atmospheric circulation)在地球大氣圈中,有大規模的空氣作水平及升降運動,這種運動稱爲大氣環流。大氣的熱力分配,決定氣壓的高低;氣壓的差異又左右大氣的流動。自赤道至北極的對流層中,有三個環流區:第一區自赤道區上升,於30°N左右下沈;第二環流爲中緯區,高空及地面均爲西風;第三區自60°N至北極,上空爲西風,地面爲東風。大氣環流因係分三環運行,故又名三環大氣環流 (tricellular circulation)。

【大氣壓力】 ㄉㄚˋ ㄑㄧˋ ㄧㄚ ㄌㄧˋ
(atmospheric pressure)圍繞在地表面的全部空氣,是爲大氣。空氣因受地心引力的作用,有了重量而壓在地面上的各物體,此壓力的大小便稱爲大氣壓力。一標準大氣壓力規定在緯度45°的海平面處,溫度爲0°C時所呈現的大氣壓力,此值相當於高76公分水銀柱所產生的壓力,等於1.013×10^5牛頓/公尺^2。除使用水銀柱高度代表外,尚有巴(bar)的單位,1巴等於10^5牛頓/公尺^2,取其一千分之一,稱爲毫巴。

11【大張旗鼓】 ㄉㄚˋ ㄓㄤ ㄑㄧˊ ㄍㄨˇ
比喻展開浩大的聲勢或規模。

【大副收據】 ㄉㄚˋ ㄈㄨˋ ㄕㄡ ㄐㄩˋ
(mate's receipt; M/R)又稱大副收貨單或收貨單。爲貨物上船後,由船大副簽發給託運人,作爲船上收到貨物的收據。託運人則可憑此向船公司請求簽發提單。

【大陸冰河】 ㄉㄚˋ ㄌㄨˋ ㄅㄧㄥ ㄏㄜˊ
(continental glacier)在極區因緯度高氣溫極低,陸地上廣覆厚度甚大的冰層,因本身靜壓力而由中央向四方流動,形成大陸冰河。也稱冰床。今世界上有兩個巨大的大陸冰河,不但範圍廣大,而且厚度亦大,其中心區域厚可達3,000公尺以上。'格陵蘭'冰床面積達174萬方公里,'南極洲'更廣達1,300萬方公里。

【大陸板塊】 ㄉㄚˋ ㄌㄨˋ ㄅㄢˇ ㄎㄨㄞˋ

(continental lithospheric plate)地球外層含有巨大而剛硬的板塊,板塊與板塊間有斷裂帶分隔。這些板塊漂浮在其下地函上部軟流圈上推移。許多地殼變動即發生在板塊邊緣,而其原動力係因板塊互相推擠碰撞而產生。構成各大陸的板塊,稱爲大陸板塊;而構成海底的板塊稱爲大洋板塊。

【大陸斜坡】 ㄉㄚˋ ㄌㄨˋ ㄒㄧㄝˊ ㄆㄛ

(continental slope)指大陸棚邊緣至水深3,000公尺左右的海底斜坡地帶。一般平均坡度爲3°~4°。

【大陸隆堆】 ㄉㄚˋ ㄌㄨˋ ㄌㄨㄥˊ ㄉㄨㄟ

(continental rise)大陸邊緣介於大陸斜坡和深洋平原之間的隆起堆積物。成一緩坡,坡度由1/100 ~ 1/700,深度在3,000 ~ 5,000公尺之間。

【大陸漂移】 ㄉㄚˋ ㄌㄨˋ ㄆㄧㄠ ㄧˊ

(continental drift) 西元1915年'德國'氣象地質學家'魏格納'(Alfred Wegener)在其所著"海陸起源論"(*Die Entstehung der Kontinente und Ozeane*)中,提出了一個理論,稱爲大陸漂移說。認爲地表陸塊原係結合一起的一個巨大整體陸塊,因海水有浮力、岩石有輕重,整個大陸開始分裂漂移。最初只分裂成兩部分,即北部的'勞拉西亞'(Laurasia)和南部的'岡瓦那蘭'(Gondwanaland);後來再度分裂並緩慢滑開而成現今各大陸的分布情形。

【大陸邊緣】 ㄉㄚˋ ㄌㄨˋ ㄅㄧㄢ ㄩㄢˊ

(continental margin)海洋地殼三個主要地形區之一。介於大陸和海洋地殼間的狹長帶狀過渡區,其寬度視各大陸而定。可分爲大陸棚、大陸斜坡、大陸隆堆三個地形單位。參大陸棚、大陸斜坡、大陸隆堆。

【大異其趣】 ㄉㄚˋ ㄧˋ ㄑㄧˊ ㄑㄩˋ

旨趣完全不同。

【大眾行爲】 ㄉㄚˋ ㄓㄨㄥˋ ㄒㄧㄥˊ ㄨㄟˊ

(mass behavior)個人與個人之間無直接互動,但對某一刺激,反應出相同行爲的一種集體行爲。如一群毫無聯絡或認識的人,對某一電視節目發出共同的反應,此類反應即大眾行爲。

【大眾媒體】 ㄉㄚˋ ㄓㄨㄥˋ ㄇㄟˊ ㄊㄧˇ

(mass medium)以社會大眾爲傳播對象的一種媒體。大致分爲兩種:一、印刷媒體,如報紙、雜誌與書籍;二、電子媒體,如電影、廣播、電視等。

【大眾運輸】 ㄉㄚˋ ㄓㄨㄥˋ ㄩㄣˋ ㄕㄨ

(mass transportation)運量大的公眾運輸。有固定的行車路線和行車時間表。

【大眾傳播】 ㄉㄚˋ ㄓㄨㄥˋ ㄔㄨㄢˊ ㄅㄛ

指透過印刷媒體(報紙、雜誌與書籍)、電子媒體(電影、廣播與電視),乃至電訊、電腦、錄音、錄影等媒體來進行的傳播活動。

12【大惑不解】 ㄉㄚˋ ㄏㄨㄛˋ ㄅㄨˋ ㄐㄧㄝˇ

形容迷惑很深,難以化解。

【大雅之堂】 ㄉㄚˋ ㄧㄚˇ ㄓ ㄊㄤˊ

宏達雅正的境界。

【大雅云亡】 ㄉㄚˋ ㄧㄚˇ ㄩㄣˊ ㄨㄤˊ

悼年高德劭者逝世之辭。

【大發雷霆】 ㄉㄚˋ ㄈㄚ ㄌㄟˊ ㄊㄧㄥˊ

形容盛怒的樣子。

【大智若愚】 ㄉㄚˋ ㄓˋ ㄖㄨㄛˋ ㄩˊ

才智極高而英華內斂,表面看似愚拙。

13【大溪文化】 ㄉㄚˋ ㄒㄧ ㄨㄣˊ ㄏㄨㄚˋ

新石器時代文化。分布於'湖北省'西南部、'湖南省'北部及'四川省'東部'三峽'地區,距今約六千五百年至五千年。石器以磨製爲主,有斧、錛、鏟、鑿、鏃、矛等。陶器以紅陶爲主,其次是灰陶、黑陶和少量白陶,器形有釜、鼎、豆、瓶、杯等。死後埋葬方式多爲屈肢葬。由於發現大量稻的遺留,知當時農業以稻作爲主。

【大義滅親】 ㄉㄚˋ ㄧˋ ㄇㄧㄝˋ ㄑㄧㄣ

爲了伸張大義而不顧私情。

【大慈大悲】 ㄉㄚˋ ㄘˊ ㄉㄚˋ ㄅㄟ

指佛菩薩以慈悲的心腸拯救人類的苦難。在佛學中,慈是指使人快樂,悲是指爲人除苦。

【大輅椎輪】 ㄉㄚˋ ㄌㄨˋ ㄓㄨㄟ ㄌㄨㄣˊ

比喻事物的草創或進化。大輅,華美的大車;椎輪,樹幹鋸成的原始車輪。

【大搖大擺】 ㄉㄚˋ ㄧㄠˊ ㄉㄚˋ ㄅㄞˇ

①態度從容、心無所懼的樣子。②得意的樣子。

【大業千秋】 ㄉㄚˋ ㄧㄝˋ ㄑㄧㄢ ㄑㄧㄡ

偉大的事業,綿延千年。

【大業永昌】 ㄉㄚˋ ㄧㄝˋ ㄩㄥˇ ㄔㄤ

偉大的事業永遠昌隆。

【大腸桿菌】 ㄉㄚˋ ㄔㄤˊ ㄍㄢˇ ㄐㄩㄣˋ

(*Escherichia coli*)普遍存在水、土壤、植物及動物腸內。其可將碳水化合物發酵,產生有機酸、二氧化碳及氫氣,引起食物的腐敗。有些病原性大腸桿菌會產生毒素,或侵入腸膜組織,導致食物中毒。被視爲糞便汙染的指標,若飲水或食物所含菌數過高,表示衛生欠佳,含病原菌的可能性也增加。

【大腹便便】 ㄉㄚˋ ㄈㄨˋ ㄆㄧㄢˊ ㄆㄧㄢˊ

①形容腹部肥大的樣子。②形容孕婦腹部凸起的樣子。

14【大漢天聲】 ㄉㄚˋ ㄏㄢˋ ㄊㄧㄢ ㄕㄥ

'漢朝'的聲威。今多用以尊稱我國傳統音樂。

【大徹大悟】 ㄉㄚˋ ㄔㄜˋ ㄉㄚˋ ㄨˋ

徹底覺悟。

15【大醇小疵】 ㄉㄚˋ ㄔㄨㄣˊ ㄒㄧㄠˇ ㄘ
大體純正而略有缺點。

【大模大樣】 ㄉㄚˋ ㄇㄨˊ ㄉㄚˋ ㄧㄤˋ
①傲慢的樣子。②態度坦然，毫不在意的樣子。

【大數法則】 ㄉㄚˋ ㄕㄨˋ ㄈㄚˇ ㄗㄜˊ
(law of large numbers)機率論主要法則之一。亦為保險經營的數理基礎。當觀察某一事件，在反覆n次中，出現r次，觀察次數增多時，r/n常接近同一的數值。其適用於保險時，即參加的危險單位愈多，則實際損失愈能與預期損失相接近，使保險費率的計算基礎愈健全。

【大德敦化】 ㄉㄚˋ ㄉㄜˊ ㄉㄨㄣ ㄏㄨㄚˋ
大德如天地之敦厚，能化育萬物。

16【大器晚成】 ㄉㄚˋ ㄑㄧˋ ㄨㄢˇ ㄔㄥˊ
本指大材須積久才能成器有用。後多用以指人成就較晚。

【大興安嶺】 ㄉㄚˋ ㄒㄧㄥ ㄢ ㄌㄧㄥˇ
山脈名。原合‘小興安嶺’併稱為‘內興安嶺’。位於東北北部，呈震旦方向縱貫於‘興安省’中央，高度在1,000～1,400公尺間。東坡山勢陡峭，森林茂盛；西坡山勢平緩，為乾燥的草原或沙漠。是我國夏季東南季風的止境。

【大學目錄】 ㄉㄚˋ ㄒㄩㄝˊ ㄇㄨˋ ㄌㄨˋ
(college catalog)為可能就學或已就學之學生介紹大專學校概況的書冊。內容包括院校組織、學位的授予、入學與畢業資格、學費與獎助學金、校曆、學生規則、學科簡述、教授陣容等。

17【大聲疾呼】 ㄉㄚˋ ㄕㄥ ㄐㄧˊ ㄏㄨ
大聲呼喊以引起他人注意。後也用以形容對某事大力呼籲、提倡。

18【大謬不然】 ㄉㄚˋ ㄇㄧㄡˋ ㄅㄨˋ ㄖㄢˊ
大錯特錯，與事實完全不符。

6【大冰河時期】 ㄉㄚˋ ㄅㄧㄥ ㄏㄜˊ ㄕˊ ㄑㄧˊ
(great ice age)又稱冰川時代。在地質年代中地表覆蓋廣大冰層的一個時期。通常指新生代第四紀的洪積世冰期。此時期，‘北美’和‘歐’‘亞’大陸北部的大部分及‘南美’大陸的南部都曾覆蓋巨大冰原。洪積世約終止於距今約一百萬年前，而全部大冰河時期，依多數學者的估計，約在五十萬年以上。在整個冰河時期內，曾有四次明顯的氣候變遷，因而有冰進和冰退的變動。

【大西洋憲章】 ㄉㄚˋ ㄒㄧ ㄧㄤˊ ㄒㄧㄢˋ ㄓㄤ
(*the Atlantic Charter*)西元1941年8月14日，‘美’總統‘羅斯福’及‘英’首相‘邱吉爾’在‘紐芬蘭’‘阿根提’附近‘大西洋’海域之軍艦上，聯合發表“大西洋憲章”，申述戰後重建世界秩序之基本原則及目標。主要內容有：一、反對領土擴張及任何違反人民意願之領土變更。二、承認人民有權選擇其所希望之政府型態。三、戰後各國應致力於經濟合作。四、人民有免於恐懼及匱乏之自由。五、戰後對侵略者應予裁軍，並建立一個更廣泛及永久性的安全體系。1942年1月1日，‘中’、‘美’、‘英’、‘蘇’等二十六國在‘華府’簽訂“聯合國宣言”，其中聲明接受上述“大西洋憲章”所列之原則。

7【大汶口文化】 ㄉㄚˋ ㄨㄣˋ ㄎㄡˇ ㄨㄣˊ ㄏㄨㄚˋ
新石器時代文化。主要分布於‘江蘇’北部及‘山東’南部地區。此文化所經歷的時間很長(前4494～前2690年)。出土的遺物有陶器、石器、各種玉飾、象牙雕刻以及松綠石鑲嵌的骨雕器等。陶器有鼎、豆、壺、背壺、鬹、盉、觚、高柄杯等，石器有斧、鏟、錛、鑿等。從墓葬發掘，知當時已有拔牙風俗。這個文化的早、中期約與中原‘仰韶’文化同時，為母系社會；晚期已與‘龍山’文化銜接，進入父系社會。

【大旱望雲霓】 ㄉㄚˋ ㄏㄢˋ ㄨㄤˋ ㄩㄣˊ ㄋㄧˊ
比喻渴切企盼。

【大男人主義】 ㄉㄚˋ ㄋㄢˊ ㄖㄣˊ ㄓㄨˇ ㄧˋ
以男性為中心的心態或行為。

【大坌坑文化】 ㄉㄚˋ ㄅㄣˋ ㄎㄥ ㄨㄣˊ ㄏㄨㄚˋ
‘臺灣’新石器時代早期文化。年代距今六、七千年以上。最早發現於‘臺北縣’‘八里鄉’‘大坌坑’，故名。文化特徵為：陶器為手製，含砂，質地鬆軟；器表多施繩紋，口部常施劃紋，器形有罐、缽等。石器有打製或磨製石斧、錛、簇、網墜等。

8【大法官會議】 ㄉㄚˋ ㄈㄚˇ ㄍㄨㄢ ㄏㄨㄟˋ ㄧˋ
‘司法院’設大法官會議，以大法官十七人組成，行使解釋“憲法”並統一解釋法律命令之職權。大法官會議解釋“憲法”之事項以條文有規定者為限，包括：一、關於適用“憲法”發生疑義之事項。二、關於法律或命令有無牴觸“憲法”之事項。三、關於省自治法、縣自治法、省法規及縣規章有無牴觸“憲法”之事項。欲聲請解釋“憲法”須有：一、中央或地方機關於其行使職權，適用“憲法”發生疑義，或因行使職權與其他機關之職權發生適用“憲法”之爭議，或適用法律與命令發生有牴觸“憲法”之疑義。二、人民於其“憲法”上所保障之權利遭受不法侵害，經依法定程序提起訴訟，對於確定終局裁判所適用之法律或命令，發生有牴觸“憲法”之疑義之情形，始得為之。又統一解釋法律命令，須中央或地方機關，就其職權上適用法律或命令所持見解，與本機關或他機關適用同一法律或命令時，所已表示之見解有異者，始得爲之，但該機關依法應受本機關或他機關見解之拘束，或得變更其見解者，不在此限。

【大亞洲主義】ㄉㄚˋ ㄧㄚˋ ㄓㄡ ㄓㄨˇ ㄧˋ

‘民國’十三年十一月，‘孫中山’先生在‘日本’‘神戶’兩次演說講題之一。全文旨在勸誡‘日本’應求王道，反對霸道，擔當起‘亞洲’復興之先驅與屏障。文中誠摯以求‘中’‘日’兩民族子孫後世之幸福，表露其大政治家之氣度胸襟。

【大明一統志】ㄉㄚˋ ㄇㄧㄥˊ ㄧ ㄊㄨㄥˇ ㄓˋ

‘明’‘天順’間‘李賢’等奉敕撰，九十卷。體例仿照‘元’‘岳璘’等撰之“大元一統志”，以京師、‘南京’、十三布政司分區，其下爲府，分別記述各地的地理、建置沿革、風土、人物等，並殿以［外夷］諸國。也稱“明一統志”。

10【大唐西域記】ㄉㄚˋ ㄊㄤˊ ㄒㄧ ㄩˋ ㄐㄧˋ

簡稱“西域記”。‘唐’僧‘玄奘’述，‘辨機’編撰，十二卷。記載‘玄奘’到‘印度’求經所經歷各國的風土民情，是研究古代‘印度’及‘中’、‘印’文化交流的重要典籍。

【大氣折光差】ㄉㄚˋ ㄑㄧˋ ㄓㄜˊ ㄍㄨㄤ ㄔㄚ

(refraction)由於接近地面的空氣密度較大，遠離地面的空氣較稀，測量視線若先經密度較大之空氣層再穿入密度較小之空氣層時，視線將產生折射，不再成爲一條直線，而爲一略向下彎曲的圓曲線，其誤差即稱爲大氣折光差。

11【大陸性氣團】ㄉㄚˋ ㄌㄨˋ ㄒㄧㄥˋ ㄑㄧˋ ㄊㄨㄢˊ

(continental air mass)指蘊育於大陸內部的氣團，一般溼度較低。發生在極地的即爲極地大陸性氣團，發生在熱帶的則爲熱帶大陸性氣團。

【大眼瞪小眼】ㄉㄚˋ ㄧㄢˇ ㄉㄥˋ ㄒㄧㄠˇ ㄧㄢˇ

形容驚訝或無可奈何的樣子。

12【大嵌板結構】ㄉㄚˋ ㄑㄧㄢ ㄅㄢˇ ㄐㄧㄝˊ ㄍㄡˋ

(large panel structure)以預鑄混凝土模距製成的牆嵌板與樓板嵌板組合而成的預鑄多層樓房結構。因橫力和垂直載重均由牆嵌板承受，故亦可稱爲剪力牆結構。預鑄嵌板的鑄法可分爲垂直灌鑄與水平灌鑄。垂直灌注混凝土常造成其強度上下不一致，且須兩面模板，但節省預鑄場地的空間；水平灌注可使強度均勻一致，節省模板，但預鑄場地須較大。

13【大葉性肺炎】ㄉㄚˋ ㄧㄝˋ ㄒㄧㄥˋ ㄈㄟˋ ㄧㄢˊ

(lobar pneumonia)大部分由肺炎雙球菌引起，包括一整葉或多葉的肺發炎。患者有胸部疼痛、咳痰帶血、發燒、虛脫等症狀。生病或酒精中毒的衰弱者，常因暴露於寒冷而潮溼的天氣中，而特別容易感染。

【大圓圈弧線】ㄉㄚˋ ㄩㄢˊ ㄑㄩㄢ ㄏㄨˊ ㄒㄧㄢˋ

(an arc of a great circle)地球被一通過球心的平面剖成相等的兩半時，平面和球面交切的最大圓圈稱大圓圈。大圓圈弧線即球面上兩點間最短的距離，故航行上都儘量採大圓弧線航行，以縮短距離、節省時間。例如‘臺北’到‘紐約’的飛機，最近的路線是‘臺北’—‘東京’—‘阿留申群島’—‘安克治’—‘加拿大’—‘紐約’。

15【大德不踰閑】ㄉㄚˋ ㄉㄜˊ ㄅㄨˋ ㄩˊ ㄒㄧㄢˊ

事關大節者不能踰越界限。

16【大選舉區制】ㄉㄚˋ ㄒㄩㄢˇ ㄐㄩˇ ㄑㄩ ㄓˋ

(large electoral district)在選舉制度上，採用地域代表制的國家，將全國分爲若干選舉區，每一選舉區可選出議員兩名以上者，稱爲大選舉區制。

19【大爆炸理論】ㄉㄚˋ ㄅㄠˋ ㄓㄚˋ ㄌㄧˇ ㄌㄨㄣˋ

(big bang theory)又稱霹靂說。天文學家根據‘愛因斯坦’的廣義相對論，探索宇宙起源的一種學說。認爲宇宙最原始的時候，所有物質都收縮成一個密度極大、溫度極高的大球，約在一百多億年前，這個大球由於能量太高，終於爆炸，然後一直向外膨脹，溫度漸漸降低，因萬有引力作用，星系開始形成，宇宙膨脹的速度日漸降低。至於最後的結果如何，又分成兩派理論，一派認爲宇宙將繼續膨脹，稱爲開放的宇宙；另一派主張宇宙膨脹終會停止，並因逐漸收縮而再度發生爆炸，於是歷史又重演，稱爲關閉的宇宙。

7【大宋宣和遺事】ㄉㄚˋ ㄙㄨㄥˋ ㄒㄩㄢ ㄏㄜˊ ㄧˊ ㄕˋ

作者不詳，四集。主要講述‘宋徽宗’、‘欽宗’亡國故事。書中有關‘梁山泊’的故事，已具備日後“水滸傳”的雛形。

9【大型積體電路】ㄉㄚˋ ㄒㄧㄥˊ ㄐㄧ ㄊㄧˇ ㄉㄧㄢˋ ㄌㄨˋ

(large scale integration; LSI)在單一矽晶片上含有100個以上邏輯閘或1,000個以上電子元件的積體電路。

11【大衆捷運系統】ㄉㄚˋ ㄓㄨㄥˋ ㄐㄧㄝˊ ㄩㄣˋ ㄒㄧˋ ㄊㄨㄥˇ

(mass rapid transit, MRT)現代化大都會中，符合快速、舒適、安全、經濟等要求，所構建的運輸系統。該運輸系統，以立體化交叉專用道路爲主體，或採行高架或深入地下，且通常以電力驅動之有軌聯結車載運行駛，得於短時間內達到極大運輸量，對於節約能源消耗、土地使用，以及促進都市生機，均有莫大助益。

4【大水沖了龍王廟】ㄉㄚˋ ㄕㄨㄟˇ

ㄔㄨㄥ ˙ㄌㄜ ㄌㄨㄥˊ ㄨㄤˊ ㄇ丨ㄠˋ
歇後語。指自家人互不相識。

9【大信號放大電路】 ㄉㄚˋ ㄒ丨ㄣˋ ㄏㄠˋ ㄈㄤˋ ㄉㄚˋ ㄉ丨ㄢˋ ㄌㄨˋ
(large signal amplifier)電晶體之動作範圍,幾乎使用到最大額定值以內之整個範圍的電路。又稱功率放大電路。通常由天線或感測元件來的信號,經小信號放大電路放大後,加上信號處理。如欲驅動揚聲器等之大功率輸出元件,則必須經過大信號放大電路,將信號放大。常用於乙類推挽放大電路,或變壓器交連放大電路。

10【大唐三藏取經詩話】 ㄉㄚˋ ㄊㄤˊ ㄙㄢ ㄗㄤˋ ㄑㄩˇ ㄐ丨ㄥ ㄕ ㄏㄨㄚˋ
作者不詳,應爲'宋''元'人話本。三卷,十七章。敘述'唐'僧'玄奘'西天取經故事,已具備後代小說"西遊記"的雛形。

19【大難不死必有後福】 ㄉㄚˋ ㄋㄢˋ ㄅㄨˋ ㄙˇ ㄅ丨ˋ 丨ㄡˇ ㄏㄡˋ ㄈㄨˊ
人遭大災難而不死亡,將來必定享福祿。

1

天 ㄊ丨ㄢ *t'ien*¹ 音添
①指高空。和地相對。如:青天。②自然而非人力的。如:天災。③宇宙的主宰。如:逆天者亡。④宗教家稱神仙所居及死後靈魂歸往的地方。如:雞犬升天。⑤古時對君、父、夫的尊稱。⑥日的俗稱。⑦季節;氣候。如:春天。⑧姓。'漢'有'天高'。見"萬姓統譜·二八"。

1【天一】 ㄊ丨ㄢ 丨
①與自然合而爲一。②太歲的別稱。

2【天人】 ㄊ丨ㄢ ㄖㄣˊ
①天和人。即天意和人事。②有道之人;道行極高的人。③指才學超群的人。④指容貌美麗的女子。

3【天干】 ㄊ丨ㄢ ㄍㄢ
指甲、乙、丙、丁、戊、已、庚、辛、壬、癸十干。

【天工】 ㄊ丨ㄢ ㄍㄨㄥ
①天的職務;天道當行的事情。②上天的功能,不是人力所能完成的。同天功。

【天才】 ㄊ丨ㄢ ㄘㄞˊ
①天然的資質;天然具有的才能。②(genius)智商(IQ)在140以上,或在某種特殊才能上之稟賦超越一般人的人。根據測驗統計,天才的人數在人口比例上約占百分之一強。

【天子】 ㄊ丨ㄢ ㄗˇ
指帝王。

【天山】 ㄊ丨ㄢ ㄕㄢ
山脈名。東西橫亙於'新疆省'中央,西延至'蘇俄'境內。最高峰'新騰格里峰'高7,439公尺。山勢西高東低;地形以'迪化'爲界,以西多寬谷和丘陵,以東多陷落盆地和地壘山塊。

4【天文】 ㄊ丨ㄢ ㄨㄣˊ
指日月星辰及風、雲、雨、露、霜、雪等一切自然現象。

【天心】 ㄊ丨ㄢ ㄒ丨ㄣ
①天帝的心意。也借指天子的心意。②天的中心。

【天火】 ㄊ丨ㄢ ㄏㄨㄛˇ
①雷電等自然引起的火。②病名。丹毒的別稱。

【天王】 ㄊ丨ㄢ ㄨㄤˊ
'春秋'時代對'周'天子的尊稱。後也用以泛稱皇帝。

【天井】 ㄊ丨ㄢ ㄐ丨ㄥˇ
①四周高、中央低窪的地方。②屋頂棟梁間方形的木架。今稱天花板。③庭前或室外的院落。④星宿名。即井宿。

【天公】 ㄊ丨ㄢ ㄍㄨㄥ
天帝的俗稱。

5【天平】 ㄊ丨ㄢ ㄆ丨ㄥˊ
①天然生成。②(balance)以力矩平衡原理來權衡物體質量的器械。俗作天秤。在直柱上支一桿,桿兩端各懸一小盤,一盤置物,一盤置砝碼,查看砝碼的質量,即知該物質量的大小。新式的天平,有電動的,也有電子控制的微量直讀式天平,爲極精密的實驗室重量測定儀。

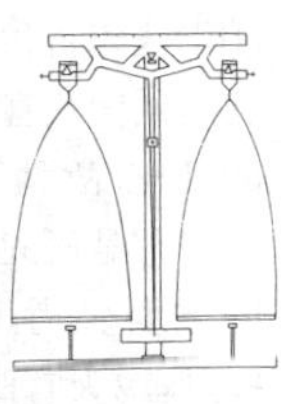
天平圖

【天生】 ㄊ丨ㄢ ㄕㄥ
自然生成。

6【天池】 ㄊ丨ㄢ ㄔˊ
①寓言中位在南方的海。因其爲造化生成,非人力造作,所以叫天池。②湖名。位於'長白山'最高峰'白頭山'上。係一火口湖,湖水由東北角流出,爲'松花江'的源流。③星名。即天淵。主要有三星,在斗宿之南,屬人馬座。④人體經穴名。在乳房直腋下肋骨之間。⑤針灸穴位名。屬手厥陰心包絡經。位於腋下三寸、乳後一寸,正好在腋、脇肋之間。爲手足厥陰、少陽之會。

【天成】 ㄊ丨ㄢ ㄔㄥˊ
自然形成。

【天年】 ㄊ丨ㄢ ㄋ丨ㄢˊ
自然的年壽。

【天色】 ㄊ丨ㄢ ㄙㄜˋ
①天空的顏色。②天氣。③時候。

7【天良】 ㄊ丨ㄢ ㄌ丨ㄤˊ
良心;天性本然的善心。

【天君】 ㄊ丨ㄢ ㄐㄩㄣ
①指心。古人以心爲耳、目、鼻、口、形等五官的主宰,故稱。②主持祭天神儀式的人。③道教對神仙的稱謂。如'劉天君'、'謝天君'等。

【天助】 ㄊ丨ㄢ ㄓㄨˋ
上天的幫助。

【天足】 ㄊ丨ㄢ ㄗㄨˊ
天然而未經纏裹的腳。

【天兵】 ㄊ丨ㄢ ㄅ丨ㄥ
①天子的軍隊。②天神的軍隊。

8【天官】 ㄊ丨ㄢ ㄍㄨㄢ

[1]指我國古代的天文學。古人以朝廷制度及官職尊卑來劃分天上的星座，故稱天官。"史記"有"天官書"，是研究'漢代'以前天文學的重要參考。[2]道家語。三官之一。傳說天官賜福。

【天河】 ㄊㄧㄢ ㄏㄜˊ

[1]銀河。[2]星名。即天阿。在白羊座。

【天府】 ㄊㄧㄢ ㄈㄨˇ

人體穴位名。爲腋下動脈，即臂太陰。屬太陰肺經。在腋下三寸、肘腕上五寸。

【天底】 ㄊㄧㄢ ㄉㄧˇ

(nadir)天球上與天頂相對的一點。亦即觀測點與天頂的連線向下延伸而與天球相交的點。

【天性】 ㄊㄧㄢ ㄒㄧㄥˋ

天然的質性。

【天門】 ㄊㄧㄢ ㄇㄣˊ

道家稱兩眉之間的天庭爲天門。

【天花】 ㄊㄧㄢ ㄏㄨㄚ

[1]雪花。[2](variola)也稱天然痘、痘瘡。由濾過性病毒感染所引起的水疱性發疹。潛伏期爲10～14日；期滿後始發寒顫，體溫升至40°C以上，次日，小腿及大腿內側等處多發紅斑；第四日爲發疹期，先於頭面部發小斑，於二日內變爲丘疹，丘疹之中央生水疱，繼變膿疱；第九日，膿疱頂端有臍窩，圍以紅暈，此爲化膿期；至第十二、三日，體溫下降，膿疱乾燥而結痂，兼發奇癢，約經十餘日，痂脫而癒，病期約四～六星期。接種牛痘可以預防。天花爲法定傳染病，所以患者必須採取隔離治療。'聯合國世界衛生組織'於西元1980年已宣布它從地球上絕跡。

【天竺】 ㄊㄧㄢ ㄓㄨˊ

'印度'的古稱。

【天使】 ㄊㄧㄢ ㄕˇ

[1]傳達或執行天帝旨意的使者。[2]皇帝所任命的使臣。[3]佛家語。指老、病、死。天使爲譬喻語，天是自然的意思。人既有生，自然即有老、病、死，此三者能使人警醒回心向善，儼若奉有警告的使命，故譬作爲天使。[4](angel)也譯作安琪兒。是上帝的使者，也是上帝創造的萬物中最尊貴者，是無形無象，不死不滅的精神體。他們的任務在保護世人的靈魂肉身，並向人類傳達上帝的訊息。西方文學作品中，常被當作天眞、美麗、純潔的象徵。後引申爲快樂、幸福、可愛的人。

【天命】 ㄊㄧㄢ ㄇㄧㄥˋ

[1]天所賦與。[2]指自然的法則。即天道。[3]指天的意旨。

9【天柱】 ㄊㄧㄢ ㄓㄨˋ

[1]神話中支持天空的大柱。[2]人體穴位名。屬足太陽膀胱經。在後頸部入髮際，頸部肌肉隆起外緣的凹陷處。

【天癸】 ㄊㄧㄢ ㄍㄨㄟˇ

'中'醫婦科專指女子月經。

【天殃】 ㄊㄧㄢ ㄧㄤ

[1]上天降下的災禍。[2]自然的災害。

【天威】 ㄊㄧㄢ ㄨㄟ

[1]上天的威嚴。[2]天子的威儀。

【天怒】 ㄊㄧㄢ ㄋㄨˋ

[1]上天發怒。[2]帝王發怒。

【天皇】 ㄊㄧㄢ ㄏㄨㄤˊ

[1]天帝。[2]古帝名。上古三皇之一。[3]天子。

10【天庭】 ㄊㄧㄢ ㄊㄧㄥˊ

[1]神話中天帝所居住的宮庭。[2]星相家稱人兩眉之間。[3]指'崑崙山'頂。

【天書】 ㄊㄧㄢ ㄕㄨ

[1]帝王的詔書。[2]古代符瑞之說中，從天下降的書。[3]道教語。指天空中某些類似文字的雲氣。[4]比喻深奧難懂的書。

【天眞】 ㄊㄧㄢ ㄓㄣ

[1]天性。指未受禮俗影響的本性。[2]佛家語。指非因緣造作，而出於凡俗世界之外的諸法本體。以其出乎天然，本於純眞，故名。[3]道教語。指天神。

【天孫】 ㄊㄧㄢ ㄙㄨㄣ

[1]指傳說中的織女。天帝之孫，故稱。[2]指織女星。

【天時】 ㄊㄧㄢ ㄕˊ

[1]自然運轉的時序。[2]天候。指陰晴寒暑的氣候。

【天罡】 ㄊㄧㄢ ㄍㄤ

[1]星名。北斗七星的斗柄。[2]叢辰名。月內凶神。所值之日百事宜避。正月在巳日，二月在子日，三月在未日，四月在寅日，五月在酉日，六月在辰日，七月在亥日，八月在午日，九月在丑日，十月在申日，十一月在卯日，十二月在戌日。

【天氣】 ㄊㄧㄢ ㄑㄧˋ

一地逐日或逐時的大氣狀況。構成天氣的要素是：氣溫、溼度、氣壓、降水、風、雲量和能見度等。

【天秤】 ㄊㄧㄢ ㄆㄧㄥˊ

參天平[2]。

【天師】 ㄊㄧㄢ ㄕ

[1]天子的軍隊。[2]道家對得道者的尊稱。[3]天帝神師。天師道（五斗米道）對首創者'張陵'及其承嗣子孫的稱號。

【天倫】 ㄊㄧㄢ ㄌㄨㄣˊ

[1]自然的道理。[2]家庭中父母、兄弟、姊妹間自然生成的親屬關係。

11【天眷】 ㄊㄧㄢ ㄐㄩㄢˋ

上天的眷顧。後多用以稱帝王對臣子的恩寵。

【天球】 ㄊㄧㄢ ㄑㄧㄡˊ

(celestial sphere)爲研究天體的

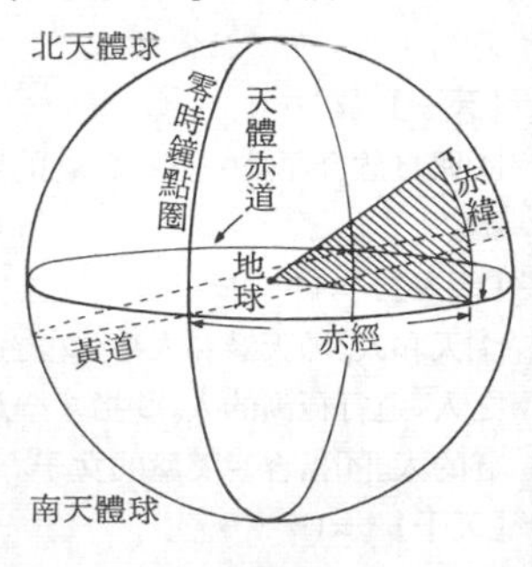

天球圖

位置和運行,人們將所見的天空假想爲一個半徑無窮大的球體,稱爲天球。觀測者位於天球中心,他所看到的天體只是它們在天球上的投影位置。天球上也劃分經緯度,以便測定天體的視位置。

【天理】 ㄊㄧㄢ ㄌㄧˇ
①天性。②指自然的公理。

【天頂】 ㄊㄧㄢ ㄉㄧㄥˇ
①大空;天上。②(zenith)觀測者的鉛垂線向上延伸與天球的交點。亦即距地平圈90°之處。

【天堂】 ㄊㄧㄢ ㄊㄤˊ
①天上的宮殿。比喻幸福美好的生活環境。②相術家稱額以上。③佛家語。指三界中天界的宮殿,乃爲善者死後所居的極樂世界。與地獄相對。④(paradise, heaven)本指'亞當'和'夏娃'被逐之前所居住的'伊甸園',後來"新約聖經"則指好人死後得以昇入的永生世界,與地獄相對。亦即神與天使所在的天國。今也稱享樂的地方。

【天條】 ㄊㄧㄢ ㄊㄧㄠˊ
①天庭的戒律。②帝王的律令。

12【天窗】 ㄊㄧㄢ ㄔㄨㄤ
①屋頂上的窗子。用以通風、採光。②巖穴頂上的縫隙。③泛指破洞、空白的地方。

【天祿】 ㄊㄧㄢ ㄌㄨˋ
上天賜與的祿位。指帝位。

【天尊】 ㄊㄧㄢ ㄗㄨㄣ
①佛的異名。意指佛爲天中最尊。②道教對最尊貴之天神的稱謂。如三清稱'元始天尊'、'靈寶天尊'、'道德天尊','玉皇'稱'玉皇大天尊','太一'稱'太一救苦天尊'等。

【天朝】 ㄊㄧㄢ ㄔㄠˊ
①古代對朝廷的尊稱。②外邦藩屬尊稱'中國'朝廷。

【天然】 ㄊㄧㄢ ㄖㄢˊ
自然而非人工的。

【天象】 ㄊㄧㄢ ㄒㄧㄤˋ
天空所呈現的現象。指日月星辰運行的景象。

13【天意】 ㄊㄧㄢ ㄧˋ
①上天的意向;天帝的旨意。②帝王的旨意。

【天誅】 ㄊㄧㄢ ㄓㄨ
①上天的懲罰。②帝王的征伐、懲罰。

【天道】 ㄊㄧㄢ ㄉㄠˋ
①自然的規律。②支配人類命運的天神意志。

【天資】 ㄊㄧㄢ ㄗ
天生的資質。

【天鼓】 ㄊㄧㄢ ㄍㄨˇ
①相傳爲雷神所打的雷聲。②道教內功名稱之一。耳中的聲音。用兩手心緊按兩耳門,用手指擊腦戶,使耳中有聲壯盛不散,名爲天鼓。

【天極】 ㄊㄧㄢ ㄐㄧˊ
(celestial poles)將地軸向上下延伸而與天球相交於兩點,在北的稱北天極,又稱天球北極;在南的稱南天極,又稱天球南極。

14【天塹】 ㄊㄧㄢ ㄑㄧㄢˋ
天然的深溝或險要的地方。

【天臺】 ㄊㄧㄢ ㄊㄞˊ
陽臺。

【天幕】 ㄊㄧㄢ ㄇㄨˋ
①天空。古人以爲天圓地方,天之覆地,有如帳幕,故稱。②(cyclorama)也稱弧形背景。指攝影場一端或舞臺上大片弧形背景畫幕。幕多爲白色、無格、無縫,以便打上燈光,顯出天空般的遼闊感。

【天網】 ㄊㄧㄢ ㄨㄤˇ
①上天所布置的網羅。比喻上天的制裁。②指王法、國法。

15【天潢】 ㄊㄧㄢ ㄏㄨㄤˊ
①皇族;帝王的宗室。②天河;銀河。

【天璇】 ㄊㄧㄢ ㄒㄩㄢˊ
星名。北斗七星的第二星。也稱旋、璇、天璿。即大熊座β星。西名Merak,意爲熊腰。亮度2.14等。

【天趣】 ㄊㄧㄢ ㄑㄩˋ
自然的趣味。

【天樞】 ㄊㄧㄢ ㄕㄨ
①星名。北斗七星之首。即大熊座α星。西名Dubhe,意爲熊背。其軌道周期約爲44年、偏心率約0.4的目視雙星,主星1.88等,伴星4.82等。由天璇、天樞兩星之連線,延長至其距離約五倍處,可找到北極星,故又稱指極星。②星名。指北極星。③人體經穴名。屬陽明胃經。去盲俞前一寸,挾臍中兩旁各二寸陷中。即大腸的募穴。

【天賦】 ㄊㄧㄢ ㄈㄨˋ
①自然的稟賦;天生的才能。②自然所賦予的。

【天數】 ㄊㄧㄢ ㄕㄨˋ
①天命;天道。②指天心。

16【天璣】 ㄊㄧㄢ ㄐㄧ
星名。北斗七星的第三星。也稱璣。即大熊座γ星。西名Phecda,意爲熊腿。亮度2.54等。

【天機】 ㄊㄧㄢ ㄐㄧ
①天賦的悟性。②天意;造化的奧祕。③天道運行的樞紐。④國家大政。也比喻帝位。

【天險】 ㄊㄧㄢ ㄒㄧㄢˇ
自然形勢險要的地方。

17【天爵】 ㄊㄧㄢ ㄐㄩㄝˊ
天賦德性所自然形成的尊貴。

18【天職】 ㄊㄧㄢ ㄓˊ
①上天的職分;自然的職責。②人所應盡的職責。

【天闕】 ㄊㄧㄢ ㄑㄩㄝˋ
京都。天子居住的地方。

21【天譴】 ㄊㄧㄢ ㄑㄧㄢˇ
上天所降的責罰。

22【天驕】 ㄊㄧㄢ ㄐㄧㄠ
天所驕寵的。

【天權】 ㄊㄧㄢ ㄑㄩㄢˊ
星名。北斗七星的第四星。也稱權。即大熊座δ星。西名Megrez,意爲熊尾根部。亮度3.44等。

【天籟】 ㄊㄧㄢ ㄌㄞˋ
①自然界所發出的聲響。②比喻詩文清新流暢,聲調優美鏗鏘,富於自然的情趣。

23【天體】ㄊㄧㄢ ㄊㄧˇ
①(celestial body)宇宙中各種星體的通稱。包括恆星、行星、衛星、小行星、彗星、流星、星雲、星團、星系等。②近代俗稱裸體爲天體。

24【天衢】ㄊㄧㄢ ㄑㄩˊ
①天路。天空中寬廣而四通八達的大道。②比喻通達顯要的地位。③指京城。

4【天文學】ㄊㄧㄢ ㄨㄣˊ ㄒㄩㄝˊ
(astronomy)研究天體的一門科學。研究對象包括太陽系內各種天體、銀河系、河外星系和宇宙,並包括人造天體。以研究的性質區分,可分爲天體測量學、天體物理學、天體力學、天體生物學等。

【天王星】ㄊㄧㄢ ㄨㄤˊ ㄒㄧㄥ
(Uranus)太陽系九大行星之一。介於土星與海王星之間。西元1781年‘英國’業餘天文學家‘赫歇爾’(William Herschel)發現。有五顆衛星。赤道半徑約25,400公里,體積爲地球的65.2倍。自轉週期爲15時30分,公轉週期約84年。由於天王星的自轉軸幾乎與它的公轉軌度在同一平面上,所以它的四季和晝夜與地球大不相同。

5【天主教】ㄊㄧㄢ ㄓㄨˇ ㄐㄧㄠˋ
(Roman Catholicism)也稱‘羅馬’公教。‘羅馬’教會在與‘希臘’(東方)正教分開後,即自稱爲天主教(Catholic Church)。西元1517年宗教改革後,屬改革派的新教即稱設在‘羅馬’由教宗統轄的教會爲‘羅馬’天主教會,與新教、‘希臘’(東方)正教並爲基督教的三大派。天主教行聖統制,包括教宗、主教、神父、修士、修女與教友,系統組織嚴整。

【天市垣】ㄊㄧㄢ ㄕˋ ㄩㄢˊ
星宿名。三垣之一。在紫微垣東南,房、心、尾、箕四宿之北。相當於武仙座、巨蛇座、蛇夫座及天鷹座的一部分。分爲東西兩區,以帝座(武仙座α星)及侯(蛇夫座α星)爲中樞,而成爲屏藩的形狀。東方的左垣十一星,由南算起爲:宋、南海、燕、東海、徐、吳越、齊、中山、九河、趙、魏,西方的右垣十一星,由南算起爲:韓、楚、梁、巴、蜀、秦、周、鄭、晉、河間、河中。

【天平動】ㄊㄧㄢ ㄆㄧㄥˊ ㄉㄨㄥˋ
(libration)由於月球的自轉週期與繞地週期相等,因此月球總以同一面對著地球。但事實上月球的赤道面同它的軌道面有6°41′的傾角,加上月球繞轉速度的不均勻,所以月面常有左右擺動或上下起伏的現象,一如天平左右兩盤的起伏擺動,稱爲天平動。由於這種現象,所以我們能見到的月面不止於半球面,而可達全球面的59%。

【天可汗】ㄊㄧㄢ ㄎㄜˋ ㄏㄢˊ
‘唐’時西北各少數民族對‘唐太宗’的尊稱。‘太宗’在位期間,國勢強盛,文化遠播,西北諸部君長仰其聲威,共尊其爲天可汗(西北諸部人民稱其君長爲可汗)。

【天台宗】ㄊㄧㄢ ㄊㄞ ㄗㄨㄥ
佛教宗派名。又名法華宗。‘北齊’‘慧文禪師’以‘龍樹’“中觀論”宗旨,授‘南岳’‘慧思’,再傳於‘陳’、‘隋’間的‘智顗’。‘智顗’居‘天台山’,因而稱其流派爲天台宗。他依據“法華經”闡明諸法實相的道理,宣揚「一念三千」,並採“中論”所說空相、假名、中道三事相即之意,建立一心三觀之旨(三觀指空觀、假觀、中觀,一念心中,三觀具足,故稱一心三觀)。在我國佛教思想史上,占有重要的地位。

6【天地閂】ㄊㄧㄢ ㄉㄧˋ ㄕㄨㄢ
(cane bolt)用於門窗的五金簡易開關鎖器。係於門窗扇面上下兩端各安裝一只活動插閂,上下門窗楣並各設對應插孔,以利此插閂插入或拔出,可控制扇面的鎖定或開啟。

【天地會】ㄊㄧㄢ ㄉㄧˋ ㄏㄨㄟˋ
‘清代’民間反‘清’復‘明’的祕密會社。創於‘康熙’年間。根據地最初在‘閩’南、‘臺灣’,後分布於‘湖廣’、兩‘廣’及‘雲南’、‘浙江’、‘江西’。‘三合會’、‘三點會’及‘哥老會’皆其分派。曾屢次起兵,均爲‘清’軍所平。自‘康熙’末年至‘乾隆’末年,起事於‘臺灣’的‘朱一貴’、‘吳福生’及‘林爽文’,皆屬‘天地會’餘黨。

8【天花板】ㄊㄧㄢ ㄏㄨㄚ ㄅㄢˇ
(ceiling)覆於各房間上部的構造物。通常依屋內所需特殊性能(如音響、採光效果等)而有水平面、斜面、曲面等多種。並具調節室內溫度及裝飾作用。

9【天津市】ㄊㄧㄢ ㄐㄧㄣ ㄕˋ
直轄市。位於‘海河’五大支流匯流處。因為鐵路的交會點,腹地廣大,亦為‘冀’、‘晉’、‘察’、‘綏’、‘寧’、‘甘’、‘蒙’、‘新’各地貨物出入的主要門戶,是我國北方著名的商埠;且工業發達,種類繁多,有農產加工及重化學、機械等工業。惟‘海河’水淺淤積、外港‘塘沽’冬季有冰期,國父乃主張闢建「北方大港」代替‘天津港’。人口927.1萬(2003年)。

10【天疱瘡】ㄊㄧㄢ ㄆㄠˋ ㄔㄨㄤ
(pemphigus)一種少見的嚴重水疱性皮膚病。有二種:一爲流行性初生兒天疱瘡,約發生於出生後一、二個星期,全身發豌豆般大小的水疱,兩三個禮拜後可治癒。另一爲發生於成年或老年人的天疱瘡,其特點爲全身布滿許多片狀大水疱,不但發生於皮膚上,甚至連口腔、黏膜也會長出。當皮膚長出水疱時,有糜爛及鱗屑痂皮混合症狀。眞實病因尚未完全了解,若不加治療,可致人於死。

【天秤宮】ㄊㄧㄢ ㄆㄧㄥˊ ㄍㄨㄥ
(Libra)黃道十二宮的第七宮。位於黃經180°~210°。每年9月23日前後,太陽進入此宮,節氣爲秋分。二千年前，秋分點(黃經180°)原在天秤座，故名。但由於歲差的緣故，現已移至室女座中。

【天秤座】 ㄊㄧㄢ ㄆㄧㄥˊ ㄗㄨㄛˋ

(Libra；Lib)黃道十二星座之一。位於赤經14時22分至16時02分，赤緯－00.5度至－30.0度。三千年前的秋分點(現已移至室女座)，太陽運行至此，日夜平分，故名。相當於'中國'星座氐宿、折威、日、西咸、罰等。

【天師道】 ㄊㄧㄢ ㄕ ㄉㄠˋ

又稱五斗米道。'東漢''張陵'所創，與太平道並為道教早期的二大教派。

【天狼星】 ㄊㄧㄢ ㄌㄤˊ ㄒㄧㄥ

(Sirius)星宿名。即大犬座α星。位於赤經6時45分，赤緯16度42分。為目視雙星，主星是全天最亮的恆星，目視星等-1.46等，光度比太陽強25倍，顏色青白，距地球8.65光年；伴星是著名的白矮星，藍色，8.4等。二星的軌道週期約為50年。我國古代視天狼為凶星，主盜賊；但古'埃及'人卻憑藉此星的出現推知'尼羅河'的氾濫期，並將它第一次在黎明前從東方升起的日子定為一年的開始，且精確測出一年有365.25日，此曆法稱為"狼星曆"，其後'希臘'、'羅馬'曆法皆由此演變而來。

11【天眼通】 ㄊㄧㄢ ㄧㄢˇ ㄊㄨㄥ

1佛家語。六通之一。指有透視宇宙間遠近、粗細等各種事物之活動，與六道眾生生死輪迴之狀況而無障礙的能力。2比喻有先見之明的人。

12【天琴座】 ㄊㄧㄢ ㄑㄧㄣˊ ㄗㄨㄛˋ

(Lyra；Lyr)北天星座之一。位於赤經18時14分至19時28分，赤緯＋25.7度至＋47.7度。其α星('中'名織女一)隔銀河和天鷹座α星('中'名河鼓二)相對，白色，亮度0.04星等，為全天第五亮的恆星，由於歲差的關係，在12,000年以後，將成為北極星。β星(漸臺二)是有名的蝕變星，亮度變化在3.4至4.1星等之間，與英仙座β星(大陵五)同屬變星的典型。相當於我國星座織女、漸臺、輦道等。

【天然林】 ㄊㄧㄢ ㄖㄢˊ ㄌㄧㄣˊ

由天然方法獲致造林之材料所建造之林。

【天然氣】 ㄊㄧㄢ ㄖㄢˊ ㄑㄧˋ

(natural gas)為石油煤田或沼澤地方所產出的天然性氣體。主要成分為甲烷、乙烷、丙烷、丁烷等低分子烷類之混合物，和少量的高分子烴類、二氧化碳及硫化氫等。可直接用作燃料，或用來製取其他有機化合物。

14【天演論】 ㄊㄧㄢ ㄧㄢˇ ㄌㄨㄣˋ

'清'末'嚴復'依據'英'人'赫胥黎'所著作的"進化論與倫理"(*Evolution and Ethics*)一書所譯，闡揚'達爾文'物競天擇、優勝劣敗的進化理論。為進化論輸入我國的開始。

【天際線】 ㄊㄧㄢ ㄐㄧˋ ㄒㄧㄢˋ

(skyline)都市中建築物最高層與天空接壤所構成之線形圖案。天際線具凹凸變化者顯示該城之景觀較佳。

15【天蝎宮】 ㄊㄧㄢ ㄒㄧㄝ ㄍㄨㄥ

(Scorpio)黃道十二宮的第八宮。位於黃經210°～240°。每年10月23日前後，太陽進入此宮，節氣為霜降。二千年前，原在天蝎座，故名。但由於歲差的緣故，現已移至天秤座。

【天蝎座】 ㄊㄧㄢ ㄒㄧㄝ ㄗㄨㄛˋ

(Scorpius；Sco)黃道十二星座之一。位於赤經15時47分至17時59分，赤緯－08.3度至－45.8度。其α星('中'名心宿二)為紅色1等星，δ、ε、λ、κ和θ星(房宿三、尾宿二、尾宿八、尾宿七、尾宿五)都是2等星，故為夏夜最顯著的星座之一。相當於我國星座房宿、鉤鈐、心宿、鍵閉、尾宿、折威、天輻、傅說等。

16【天擇說】 ㄊㄧㄢ ㄗㄜˊ ㄕㄨㄛ

(Theory of Natural Selection)為'達爾文'演化學說的核心。用以說明生物演化的理論。'達爾文'認為同種生物的個體間，其遺傳性狀有差異，為了生存競爭，於是能適應環境者，便得以生存並繁衍後代。

18【天鵝座】 ㄊㄧㄢ ㄜˊ ㄗㄨㄛˋ

(Cygnus; Cyg)北天星座之一。位於赤經19時08分至22時03分，赤緯＋27.7度至＋61.4度。其α星('中'名天津四)與天琴座α('中'名織女一)、天鷹座α('中'名河鼓二)組成一個大三角形，稱為夏夜三角形(summer triangle)，是航海家辨識方向的指標之一。相當於我國星座奚仲、輦道、天津、車府、臼、螣蛇等。

22【天籟集】 ㄊㄧㄢ ㄌㄞˋ ㄐㄧˊ

'元''白樸'撰。此集世久失傳，'清''康熙'中'朱彝尊'得之，始分為二卷，序而傳之，凡收詞二百首。

24【天鷹座】 ㄊㄧㄢ ㄧㄥ ㄗㄨㄛˋ

(Aquila; Aql)赤道帶星座之一。位於赤經18時41分至20時39分，赤緯－11.9度至＋18.7度。其α星('中'名河鼓二，俗名牛郎星或牽牛星)亮度0.8星等，隔著銀河，與天琴座α星('中'名織女一)遙遙相對。相當於我國星座天弁、右旗、左旗、河鼓、天桴、離珠、天市左垣等。

【天靈蓋】 ㄊㄧㄢ ˙ㄌㄧㄥ ㄍㄞˋ

俗稱人的頭頂。

2【天人交戰】 ㄊㄧㄢ ㄖㄣˊ ㄐㄧㄠ ㄓㄢˋ

天理與人慾的衝突。

【天人共鑒】 ㄊㄧㄢ ㄖㄣˊ ㄍㄨㄥˋ ㄐㄧㄢˋ

天人共睹，無法掩飾。

【天人合一】 ㄊㄧㄢ ㄖㄣˊ ㄏㄜˊ ㄧ

天道與人事合為一體。意謂人事與天道本相貫通，人生行事須與天道配合相應。

【天人感應】ㄊㄧㄢ ㄖㄣˊ ㄍㄢˇ ㄧㄥˋ
指天與人聲氣相通，互相感應。人的行爲，可上達於天；而天也有意志，可以予人賞罰。

3【天下爲公】ㄊㄧㄢ ㄒㄧㄚˋ ㄨㄟˊ ㄍㄨㄥ
天下爲人民所共有，非帝王之私產。是儒家標榜的理想社會。

【天工開物】ㄊㄧㄢ ㄍㄨㄥ ㄎㄞ ㄨˋ
‘明’‘宋應星’撰，三卷。歷舉我國工藝技術，記述製造方法，並附圖繪，是研究古代科學技術的重要文獻。

【天子門生】ㄊㄧㄢ ㄗˇ ㄇㄣˊ ㄕㄥ
指狀元。由天子親試錄取，故名。

【天女散花】ㄊㄧㄢ ㄋㄩˇ ㄙㄢˋ ㄏㄨㄚ
佛家語。指天上仙女散下百花。後多用以形容燦爛繽紛的景象。

4【天方夜譚】ㄊㄧㄢ ㄈㄤ ㄧㄝˋ ㄊㄢˊ
①(*The Arabian Nights' Entertainment*)又名“一千零一夜”(*The Thousand and One Nights*)。‘阿拉伯’著名的民間故事集。計480篇。約寫定於西元1450年，作者不詳。敘述‘波斯’王因懷疑婦女的堅貞，每日選一少女入宮，隔日即殺害。後遇聰明的‘薩拉扎特’(Shahrazad)，每夜爲國王說一段故事，得以延長死期，而終使國王廢掉惡習。所說故事內容豐富生動，有童話、寓言、傳奇等，可反映中古時代‘阿拉伯’及‘亞洲’諸國的風貌。後有許多音樂、繪畫和文學作品都取材於此書。②指荒誕不經的事。

【天文單位】ㄊㄧㄢ ㄨㄣˊ ㄉㄢ ㄨㄟˋ
(astronomical unit; AU)天文學中測量天體間距離的基本單位。約相當於地球與太陽之間的平均距離。‘國際天文學聯合會’(IAU)於西元1976年決定以1.49597870×10^{11}公尺爲一天文單位，並從1984年開始使用。

【天文數字】ㄊㄧㄢ ㄨㄣˊ ㄕㄨˋ ㄗˋ
指極大的數目。

【天之驕子】ㄊㄧㄢ ㄓ ㄐㄧㄠ ㄗˇ
①比喻境遇優越的人。②比喻得勢而驕傲的人。

【天不憖遺】ㄊㄧㄢ ㄅㄨˋ ㄧㄣˋ ㄧˊ
上天不挽留這位老人。悼老者去世之辭。

【天公地道】ㄊㄧㄢ ㄍㄨㄥ ㄉㄧˋ ㄉㄠˋ
形容非常公平合理。

5【天可憐見】ㄊㄧㄢ ㄎㄜˇ ㄌㄧㄢˊ ㄐㄧㄢˋ
上天憐憫。

【天目茶碗】ㄊㄧㄢ ㄇㄨˋ ㄔㄚˊ ㄨㄢˇ
據說‘鎌倉’時代(1185～1392年)‘日本’僧侶至‘浙江省’‘天目山’禪寺修禪時，將持用的黑釉陶瓷攜回‘日本’，‘日’人遂將黑釉陶瓷稱爲天目，黑釉又稱天目釉。天目茶碗即施罩黑釉的吃茶用碗，其中又以‘宋代’‘福建省’‘建窯’燒製的作品最爲著名。

【天生麗質】ㄊㄧㄢ ㄕㄥ ㄌㄧˋ ㄓˊ
形容女子天生的美質。

6【天衣無縫】ㄊㄧㄢ ㄧ ㄨˊ ㄈㄥˋ
天仙的衣服，沒有針線縫合的痕跡。比喻渾然天成，沒有痕跡。

【天各一方】ㄊㄧㄢ ㄍㄜˋ ㄧ ㄈㄤ
形容隔離很遠。

7【天助自助】ㄊㄧㄢ ㄓㄨˋ ㄗˋ ㄓㄨˋ
上天幫助肯努力上進的人。勉人自我努力的話。

【天作之合】ㄊㄧㄢ ㄗㄨㄛˋ ㄓ ㄏㄜˊ
上天所撮合的美滿婚姻。多用作婚禮的祝辭。

8【天府之國】ㄊㄧㄢ ㄈㄨˇ ㄓ ㄍㄨㄛˊ
形容地勢險要而物產豐富的地方。

【天長地久】ㄊㄧㄢ ㄔㄤˊ ㄉㄧˋ ㄐㄧㄡˇ
形容時間長久。

【天花亂墜】ㄊㄧㄢ ㄏㄨㄚ ㄌㄨㄢˋ ㄓㄨㄟˋ
①相傳佛祖說法，感動天神，諸天降各色香花，繽紛而墜。後以比喻言詞巧妙富麗，十分動聽。②比喻說話浮誇動聽，或以甘言騙人。

【天昏地暗】ㄊㄧㄢ ㄏㄨㄣ ㄉㄧˋ ㄢˋ
①形容天色非常昏暗。②比喻綱紀紊亂，沒有是非。

9【天津條約】ㄊㄧㄢ ㄐㄧㄣ ㄊㄧㄠˊ ㄩㄝ
‘清’‘咸豐’六年(1856)，‘英’藉口‘亞羅船’事件，‘法’藉口神父在‘廣西’被殺，聯合‘美’、‘俄’向兩‘廣’總督‘葉名琛’要求修約，‘葉’置之不理。七年，‘英’‘法’聯軍攻陷‘廣州’，擄走‘葉’。次年，北陷‘大沽’砲臺，迫‘清’廷遣‘桂良’前往‘天津’與‘英’、‘法’、‘美’、‘俄’四國議定雙邊條約，其中以‘中’‘英’所訂‘中國’讓步最多，主要內容：公使駐京；‘英’人得在內地遊歷；‘長江’開放通商，增開‘牛莊’、‘登州’、‘臺灣’、‘潮州’、‘瓊州’爲商埠；加強領事裁判權，協定關稅值百抽五；內地釐金代以子口稅；‘中國’官方文書不得用〔夷〕字稱‘英國’官民；賠償軍費四百萬兩。其他三國透過最惠國待遇亦可享同等利益。

【天冠地屨】ㄊㄧㄢ ㄍㄨㄢ ㄉㄧˋ ㄐㄩˋ
天上的帽子，地上的鞋子。比喻相差很遠。

【天南地北】ㄊㄧㄢ ㄋㄢˊ ㄉㄧˋ ㄅㄟˇ
①比喻相隔很遠。②比喻話題廣泛不拘。

【天怒人怨】ㄊㄧㄢ ㄋㄨˋ ㄖㄣˊ ㄩㄢˋ
上天震怒，人心怨恨。比喻行事悖理。

【天香國色】ㄊㄧㄢ ㄒㄧㄤ ㄍㄨㄛˊ ㄙㄜˋ
本稱讚牡丹花的美麗。後多用以比喻絕色的女子。也作國色天香。

10【天高地厚】ㄊㄧㄢ ㄍㄠ ㄉㄧˋ ㄏㄡˋ
①形容高大、深厚。常用以指恩情的深厚。②高低、輕重。

【天高氣爽】ㄊㄧㄢ ㄍㄠ ㄑㄧˋ ㄕㄨㄤˇ
天氣晴朗涼爽。多指秋天宜人的氣候。

【天馬行空】ㄊㄧㄢ ㄇㄚˇ ㄒㄧㄥˊ ㄎㄨㄥ

比喻才氣縱橫，不受拘束。

【天眞爛漫】ㄊㄧㄢ ㄓㄣ ㄌㄢˋ ㄇㄢˋ
性情率眞，毫無造作。

【天荒地老】ㄊㄧㄢ ㄏㄨㄤ ㄉㄧˋ ㄌㄠˇ
比喻歷時久遠。也作地老天荒。

11【天清日晏】ㄊㄧㄢ ㄑㄧㄥ ㄖˋ ㄧㄢˋ
天氣晴朗。

【天涯海角】ㄊㄧㄢ ㄧㄚˊ ㄏㄞˇ ㄐㄧㄠˇ
形容極遙遠的地方。

【天淵之別】ㄊㄧㄢ ㄩㄢ ㄓ ㄅㄧㄝˊ
比喻相差極遠。

【天旋地轉】ㄊㄧㄢ ㄒㄩㄢˊ ㄉㄧˋ ㄓㄨㄢˇ
①比喻時勢的巨大變化。②形容眩暈的感覺。

【天球赤道】ㄊㄧㄢ ㄑㄧㄡˊ ㄔˋ ㄉㄠˋ
(celestial equator)地球赤道面向外延伸，與天球切割成的大圓。

【天理良心】ㄊㄧㄢ ㄌㄧˇ ㄌㄧㄤˊ ㄒㄧㄣ
公理與良心。也作天地良心。

【天理昭彰】ㄊㄧㄢ ㄌㄧˇ ㄓㄠ ㄓㄤ
天道明顯彰著。意謂報應不爽。

【天崩地裂】ㄊㄧㄢ ㄅㄥ ㄉㄧˋ ㄌㄧㄝˋ
比喻巨大的變動。

【天造地設】ㄊㄧㄢ ㄗㄠˋ ㄉㄧˋ ㄕㄜˋ
形容事物配合得恰到好處，有如天地自然生成一般。

12【天寒地凍】ㄊㄧㄢ ㄏㄢˊ ㄉㄧˋ ㄉㄨㄥˋ
天氣酷寒。

【天無二日】ㄊㄧㄢ ㄨˊ ㄦˋ ㄖˋ
天上沒有兩輪太陽。比喻在一國內，不允許同時有兩個統治者。

【天然血親】ㄊㄧㄢ ㄖㄢˊ ㄒㄧㄝˇ ㄑㄧㄣ
指出於同一祖先而有天然血統連繫的親屬。例如祖父母、父親、母親、表兄弟姐妹……等均是。又同父異母或同母異父之半血緣兄弟姐妹，因有血緣上之連繫，因此亦是天然血親。

【天然染料】ㄊㄧㄢ ㄖㄢˊ ㄖㄢˇ ㄌㄧㄠˋ
(natural dye)由動、植物體中得到之有機著色劑。如茜草(madder)、胭脂(cochineal)、靛青(indigo)、蘇木皮(logwood)等。

【天然腸衣】ㄊㄧㄢ ㄖㄢˊ ㄔㄤˊ ㄧ
(natural casings)由動物腸子所製成的香腸外皮。須收縮自如，並能承受在熱油中烹調時的內外溫差。常用的有牛腸、豬腸、羊腸等。

【天然澱粉】ㄊㄧㄢ ㄖㄢˊ ㄉㄧㄢˋ ㄈㄣˇ
(unmodified starch)由植物取得未經任何加工處理的澱粉。來源不同的澱粉，其顆粒大小、外觀及糊化溫度均不相同。澱粉糊之性質、成膠與否影響澱粉的用途。

【天然橡膠】ㄊㄧㄢ ㄖㄢˊ ㄒㄧㄤˋ ㄐㄧㄠ
(natural rubber)由橡樹的乳汁製得的橡膠。是由２－甲基－１，３－丁二烯(即異戊二烯)聚合而成的聚合物。化學式：

$$(-CH_2\overset{CH_3}{\overset{|}{C}}=CH-CH_2-)_n$$。

13【天誅地滅】ㄊㄧㄢ ㄓㄨ ㄉㄧˋ ㄇㄧㄝˋ
爲天地所殺滅。是發誓或詛咒的話。

【天道好還】ㄊㄧㄢ ㄉㄠˋ ㄏㄠˇ ㄏㄨㄢˊ
天道有因果的報應。後多指惡人自食惡果。

【天道無親】ㄊㄧㄢ ㄉㄠˋ ㄨˊ ㄑㄧㄣ
天理公平，對萬物沒有親疏的分別。

【天路歷程】ㄊㄧㄢ ㄌㄨˋ ㄌㄧˋ ㄔㄥˊ
(*The Pilgrim's Progress*)'英'清教徒'班揚'(John Bunyan)所著的一部散文寓言。分二部：第一部完成於獄中，以夢境形式描寫一個基督徒虔誠向道，自毀滅之城抵達天國城市的歷程，中間克服種種困難和誘惑，心理刻劃眞切。第二部敍述其妻兒追尋他的過程，幽默而寫實。此書爲教會中重要性僅次於"聖經"的刊物。

【天圓地方】ㄊㄧㄢ ㄩㄢˊ ㄉㄧˋ ㄈㄤ
天是圓的，地是方的。乃古人對於天體的知識。

【天經地義】ㄊㄧㄢ ㄐㄧㄥ ㄉㄧˋ ㄧˋ
天地間不可改易的道理。

14【天與人歸】ㄊㄧㄢ ㄩˇ ㄖㄣˊ ㄍㄨㄟ
得到天意的付託和民心的歸順。

【天網恢恢】ㄊㄧㄢ ㄨㄤˇ ㄏㄨㄟ ㄏㄨㄟ
①指天道如網，廣大無失。②指爲惡的人，難逃天理的報應或法網的制裁。

15【天賦人權】ㄊㄧㄢ ㄈㄨˋ ㄖㄣˊ ㄑㄩㄢˊ
(natural rights)'英國''洛克'與'法國''盧騷'所提倡的人權主張。認爲所有的人皆天生平等，上帝賦予其若干不可出讓的權利，如生命、自由與財產等，建立政府之目的，即在保障這些人權。

【天賜遐齡】ㄊㄧㄢ ㄘˋ ㄒㄧㄚˊ ㄌㄧㄥˊ
天賜長壽。

16【天龍八部】ㄊㄧㄢ ㄌㄨㄥˊ ㄅㄚ ㄅㄨˋ
佛家語。指護持佛法的諸天及龍神等八部。八部爲天、龍、夜叉、乾闥婆、阿修羅、迦樓羅、緊那羅、摩睺羅迦。其中以天、龍二部居上首，故標名天龍八部。

18【天覆地載】ㄊㄧㄢ ㄈㄨˋ ㄉㄧˋ ㄗㄞˋ
比喻廣大無私的恩澤。

【天翻地覆】ㄊㄧㄢ ㄈㄢ ㄉㄧˋ ㄈㄨˋ
①比喻情勢劇變。②比喻秩序極亂。

19【天羅地網】ㄊㄧㄢ ㄌㄨㄛˊ ㄉㄧˋ ㄨㄤˇ
天上地下都張設羅網。形容控制嚴密。

20【天壤之別】ㄊㄧㄢ ㄖㄤˇ ㄓ ㄅㄧㄝˊ
形容差距懸殊。

【天懸地隔】ㄊㄧㄢ ㄒㄩㄢˊ ㄉㄧˋ ㄍㄜˊ
形容相距遙遠。

6【天字第一號】ㄊㄧㄢ ㄗˋ ㄉㄧˋ ㄧ ㄏㄠˋ
居天下第一。形容最大或最高的誇張詞。

10【天高皇帝遠】 ㄊㄧㄢ ㄍㄠ ㄏㄨㄤˊ ㄉㄧˋ ㄩㄢˇ
本指帝王居住京城,統治力量達不到偏遠地區。今常比喻政府力量達不到的地方,或指無人管束。

11【天涯若比鄰】 ㄊㄧㄢ ㄧㄚˊ ㄖㄨㄛˋ ㄅㄧˋ ㄌㄧㄣˊ
雖然遠隔天邊,但心神相通,如在近鄰。

12【天然聚合物】 ㄊㄧㄢ ㄖㄢˊ ㄐㄩˋ ㄏㄜˊ ㄨˋ
(natural polymer)存在於自然界中的聚合物。例如澱粉、蛋白質、纖維素、石綿、橡膠等。

【天無絕人之路】 ㄊㄧㄢ ㄨˊ ㄐㄩㄝˊ ㄖㄣˊ ㄓ ㄌㄨˋ
上天不會斷絕人求生的道路。勉勵人只要努力,就不會走入絕境。

【天然食品色素】 ㄊㄧㄢ ㄖㄢˊ ㄕˊ ㄆㄧㄣˇ ㄙㄜˋ ㄙㄨˋ
(natural food colors)由天然動、植物、礦物或微生物等產生的色素。添加於食品中,可增美觀並延長保存期。受產地、品種、氣候、溼度及萃取方法等因素的影響,色澤與色度較難達到標準尺度。

3【天下郡國利病書】 ㄊㄧㄢ ㄒㄧㄚˋ ㄐㄩㄣˋ ㄍㄨㄛˊ ㄌㄧˋ ㄅㄧㄥˋ ㄕㄨ
‘清’‘顧炎武’撰,一百二十卷。取歷代方志、奏議、文集及‘明’實錄有關各省之紀載輯錄而成,開沿革地理研究之先河。

12【天然下種造林法】 ㄊㄧㄢ ㄖㄢˊ ㄒㄧㄚˋ ㄓㄨㄥˇ ㄗㄠˋ ㄌㄧㄣˊ ㄈㄚˇ
由母樹或種木自然散落的種子,任其發芽成長而完成天然造林的方法。由於造林伐的不同,可分皆伐、留伐、傘伐、擇伐等四種天然下種造林法。

3【天下興亡匹夫有責】 ㄊㄧㄢ ㄒㄧㄚˋ ㄒㄧㄥ ㄨㄤˊ ㄆㄧˇ ㄈㄨ ㄧㄡˇ ㄗㄜˊ
天下的興盛和衰亡,每一個人都有責任。

夫 ㊀ ㄈㄨ fu¹ 音敷
①成年男子。如:一夫當關。②夫婿;女子的配偶。如:夫妻。
㊁ ㄈㄨˊ fu² 音扶
①稱代詞。即這個、那個。②助詞。(1)用在句末,表示疑問、感歎或推測的語氣。(2)用在句首。發語辭。(3)用在句中,無義,用以拖長音節。

2【夫人】 ㊀ ㄈㄨ ㄖㄣˊ
①古代稱諸侯的正妻。②古代稱天子的妾。③古代婦女的封號。④尊稱婦女或別人的妻子。
㊁ ㄈㄨˊ ㄖㄣˊ
①泛指眾人。②那個人;這個人。

3【夫子】 ㊀ ㄈㄨ ㄗˇ
①古代對男子的尊稱。②本為‘孔子’弟子對‘孔子’的尊稱。後人以為師長的敬稱。③妻子對丈夫的稱呼。
㊁ ㄈㄨ ˙ㄗ
搬運工人。也作伕子。

10【夫差】 ㄈㄨˊ ㄔㄚ
(?～前473)‘春秋’‘吳’王。父‘闔閭’為‘越’王‘句踐’所敗,‘夫差’繼立,敗‘越’於‘會稽’,‘句踐’投降。‘周敬王’三十八年(前482),‘夫差’盡率精兵北會諸侯於‘黃池’,與‘晉’爭霸,‘句踐’乘虛而入,遂滅‘吳’,‘夫差’自剄而死。

5【夫兄弟婚】 ㄈㄨ ㄒㄩㄥ ㄉㄧˋ ㄏㄨㄣ
(levirate)寡婦嫁給已故丈夫之兄弟的婚俗。如‘亞洲’‘西伯利亞’的‘科利押’(Koryak)人、‘安達曼島’(Andaman)人等均有此俗。

11【夫唱婦隨】 ㄈㄨ ㄔㄤˋ ㄈㄨˋ ㄙㄨㄟˊ
形容夫婦和睦。

13【夫瑞奈爾】 ㄈㄨ ㄖㄨㄟˋ ㄋㄞˋ ㄦˇ
(Augustin Jean Fresnel, 1788～1827)‘法國’物理學家。世界光學的先驅,曾以金屬裂縫與金屬細線說明光的色散(dispersion)原理,並與‘阿拉各’(F.Arago)共同研究極化光(polarized light)的干擾法則。

夫瑞奈爾像

8【夫妻財產制】 ㄈㄨ ㄑㄧ ㄘㄞˊ ㄔㄢˇ ㄓˋ
規定丈夫與妻子財產所有權、使用權、收益權、處分權之歸屬的制度。夫妻得於結婚前或結婚後,以契約就"民法"所定之約定財產制(共同財產制、分別財產制)中,選擇其一,為其夫妻財產制。夫妻未以契約訂立夫妻財產制者,除"民法"另有規定(例如夫妻之一方因受破產宣告時,其夫妻財產制,當然成為分別財產制)外,以聯合財產制為其夫妻財產制。參聯合財產制。

夬 ㄍㄨㄞˋ kuai⁴ 音怪
①分決。見"說文"。②"易"卦名。六十四卦之一。乾下兌上。

夬卦圖

太 ㄊㄞˋ t'ai⁴ 音泰
①最;極。如:太古。②過分。如:太重。③(tera)代號為T。國際通用倍數譯音,為10^{12}。或稱兆。④姓。五代有‘太相溫’。見"萬姓統譜·九七"。

1【太一】 ㄊㄞˋ ㄧ
①天地未分時的混沌狀態。②道的別稱。③天帝的別名。④星名。也作太乙。

3【太子】 ㄊㄞˋ ㄗˇ
古代帝王諸侯的繼承人。多為嫡長子。又稱世子、大子、冢子。

4【太公】 ㄊㄞˋ ㄍㄨㄥ
①父親;對他人父親的尊稱。②祖父。③曾祖父。④‘周’‘呂尚’的稱號。⑤對老年人的尊稱。

5【太古】 ㄊㄞˋ ㄍㄨˇ
上古時代。

【太史】 ㄊㄞˋ ㄕˇ
①古官名。為史官,兼掌天文曆法。三代時已有。②‘明’、‘清’時翰林的別稱。③複姓。‘漢’有‘太史

慈’。見“萬姓統譜·一三五”。

【太白】 ㄊㄞˋ ㄅㄞˊ
古代對金星的稱呼。由於金星亮度-4.4等，是全天最亮的星辰，而且光色最白，故名。

6【太守】 ㄊㄞˋ ㄕㄡˇ
官名。‘秦’置郡守，管理一郡政事。‘漢景帝’時，改稱太守。歷代相承。‘唐高祖’改郡爲州，改太守爲刺史。‘宋’以後設府、州，而俗仍稱知府、知州爲太守。‘明’‘清’兩代則專指知府爲太守。

【太后】 ㄊㄞˋ ㄏㄡˋ
帝王的母親。

7【太牢】 ㄊㄞˋ ㄌㄠˊ
古代指牛、羊、豕三牲。後專指牛。

【太初】 ㄊㄞˋ ㄔㄨ
①天地未分以前的狀態或元氣。也作泰初。②上古時代。

8【太空】 ㄊㄞˋ ㄎㄨㄥ
①泛稱天空。②(space)遠離地球及其他天體、星球之宇宙廣泛空間。即使在離地面兩三百公里左右，雖仍在地球大氣範圍，由於空氣已甚稀薄，亦可稱爲太空。

【太和】 ㄊㄞˋ ㄏㄜˊ
①指自然界陰陽會合、沖和的元氣。也作大和。②太平。

9【太保】 ㄊㄞˋ ㄅㄠˇ
①官名。相傳‘殷’即有之。於‘周’爲三公之一。輔佐天子治理國事。位次於太師、太傅。‘秦’不置。‘漢平帝’復置，‘後漢’廢。‘魏’‘晉’以後多成大臣加銜贈官，並無實職。‘晉’以後，太子官屬有太子太保，輔導太子。②我國南方對巫者的俗稱。③稱綠林好漢。今據以稱不良少年。

10【太座】 ㄊㄞˋ ㄗㄨㄛˋ
對太太的尊稱。

【太原】 ㄊㄞˋ ㄩㄢˊ
省轄市。位於‘山西省’中央，‘太原盆地’北端，濱‘汾河’東岸。自古灌溉發達，農產豐盛；現爲‘山西省’省會、全省陸運中心，工商業發達。

【太息】 ㄊㄞˋ ㄒㄧˊ
①長嘆。②以呼氣爲主的深呼吸。與正常的間歇性深呼吸不同。頻頻的嘆氣則爲肝膽鬱結、肺氣不暢所引起的症狀。

11【太清】 ㄊㄞˋ ㄑㄧㄥ
①指天空。②指天道或自然。③道教所稱三清之一。三清中的‘大赤天’爲‘道德天尊’(亦稱‘太上老君’)所治，稱太清仙境。

【太康】 ㄊㄞˋ ㄎㄤ
①‘夏’王。‘禹’孫，‘啟’子。在位時，荒遊無度，被‘有窮’國君‘后羿’所逐。②(tacan)戰術導航(tactical air navigation)縮寫的音譯。爲一種超高頻率電子導航系統，可不斷提供飛行員其飛機對於地面太康臺之方位與距離的資訊，俾飛行員得以掌握飛機之正確航行方向。

【太陰】 ㄊㄞˋ ㄧㄣ
①指月亮。②純陰。以方位言，指北方；以季節言，指冬季。③太歲的別稱。④經脈名。有陰氣旺盛的意思。位於三個陰經的最表面，所以又有太陰爲開之稱。據“素問·陰陽離合論”的說法爲三陰經脈的起始點。

12【太湖】 ㄊㄞˋ ㄏㄨˊ
湖名。古名‘震澤’。位於‘蘇’‘浙’二省間，有航運及灌溉之利。‘太湖’流域稻蠶均盛，是我國富庶的農產區。

【太陽】 ㄊㄞˋ ㄧㄤˊ
①(Sun)銀河系中一顆熾熱的、氣體狀態的恆星。爲太陽系的中心天體，太陽系中九大行星和其他天體都圍繞它轉動。與地球的平均距離爲14,960萬公里。半徑69.6萬公里，爲地球的109倍。體積爲地球的130萬倍，質量爲地球的33萬倍。太陽的化學成分，按質量計算，氫占71%，氦占27%，其他占2%。表面溫度約‘攝’氏6,000度，中心溫度高達絕對溫度1,500萬度，不斷進行氫核融合而產生巨大的能量，並以輻射形式穩定地向空間發射，是地球上光和熱主要來源。太陽也有自轉和公轉，自轉週期在赤道爲24.7日，在極區則爲34日；公轉則是以整個太陽系圍繞銀河系中心，週期約22,500萬年。據推算，太陽已有50億年歷史，再過50億年，它的能源會耗盡，那時太陽將不再發熱和發光。②純陽。以方位言，指南方；以季節言，指夏季。③人體穴位名。在眉尾外眼角後低凹處。④經脈名。爲陽氣極盛之處。位於身體的最表層，感受外邪後，也是最易發病的經脈。

【太虛】 ㄊㄞˋ ㄒㄩ
①玄虛寂寞之境。②天空。同太清。

13【太極】 ㄊㄞˋ ㄐㄧˊ
指萬物最元始、最根本的總原理。

【太歲】 ㄊㄞˋ ㄙㄨㄟˋ
①農曆紀年所用值歲干支的別名。如逢甲子年，甲子即太歲，逢乙丑年，乙丑即太歲，以此類推，至癸亥年止；就十二地支，每十二年一循環。地支有方位，太歲亦有方位，太歲所在爲凶方，忌興土木或遷徙房屋等。②值歲的神名。有太歲壇，專祀十二個太歲神。

14【太監】 ㄊㄞˋ ㄐㄧㄢˋ
官名。‘魏’始置‘殿中監’，‘隋’改爲‘殿內省’，掌皇室衣食住行之供需，屬‘門下省’。‘唐’改爲‘殿中省’，獨爲一司，不屬‘門下’。‘唐高宗’時改‘殿中省’爲‘中御府’，首長稱中御太監。太監之名始此。‘明’置十二監、四司、八局，共二十四衙門，各有掌印太監，或兼有提督太監、秉筆太監，皆用宦者，此後太監遂成宦官之通稱。

15【太廟】 ㄊㄞˋ ㄇㄧㄠˋ
帝王的祖廟。

【太衝】 ㄊㄞˋ ㄔㄨㄥ

人體穴位名。又名太沖。屬足厥陰肝經，流注俞穴，在足第一、第二趾之間、中足骨接合處，即第一、第二趾縫上二寸。刺激此穴可治疝氣痛、便祕、下肢冷、脫陽等症。

16【太學】 ㄊㄞˋ ㄒㄩㄝˊ
古學校名。‘虞’稱上庠，‘夏’稱東序，‘商’稱右學，‘周’稱辟廱，皆古之太學。‘漢武帝’時，始立太學，置五經博士。‘隋’置國子監。‘唐’設太學，與國子學、廣文館、四門館、律學、書學、算學共隸於國子監。‘宋’仍以太學隸國子監。‘明’以後，廢太學，存國子監；但國子監生仍稱太學生。

17【太谿】 ㄊㄞˋ ㄒㄧ
人體穴位名。在足內踝之後、跟骨之上動脈凹陷處。屬足少陰腎經。爲腎經脈氣流注之處。刺激此穴可治熱病後手足厥冷、心悶不得臥、嘔逆、月經不調、口糜齒痛。

【太簇】 ㄊㄞˋ ㄘㄨˋ
①古樂律名。十二律之一。十二律分陽律、陰律各六。太簇爲陽律的第二律。②農曆正月的別名。

18【太醫】 ㄊㄞˋ ㄧ
官名。‘周’官有醫師上士、下士，掌醫政。‘秦’、‘漢’有太醫令丞，掌醫藥。‘漢’初屬‘太常’，後屬‘少府’。‘隋’置‘太醫署’，‘宋’改稱‘太醫局’，‘元’、‘明’、‘清’均稱‘太醫院’。後稱皇帝的醫生爲太醫或御醫。也作爲對一般醫生的敬稱。

1【太一教】 ㄊㄞˋ ㄧ ㄐㄧㄠˋ
‘金’‘元’時道教的主要流派之一。與全眞道、眞大道同盛行於我國北方。‘金朝’‘蕭抱珍’傳太一“三元法籙”之術，太一是兼包祠祭、修煉與遁甲的術數；“三元法籙”是驅鬼祈雨的經典符籙，因名太一教。太一教的勢力盛行於大‘河’南北，有保護‘金’‘元’時‘漢’文化之功，入‘明朝’則漸衰微。

3【太上皇】 ㄊㄞˋ ㄕㄤˋ ㄏㄨㄤˊ
皇帝的父親。

4【太夫人】 ㄊㄞˋ ㄈㄨ ㄖㄣˊ
‘漢’制，稱列侯的母親。後來凡官吏豪紳的母親，都稱太夫人。

5【太平世】 ㄊㄞˋ ㄆㄧㄥˊ ㄕˋ
“公羊”學派解釋“春秋”的理論。指進入大同的社會。參三世②。

【太平洋】 ㄊㄞˋ ㄆㄧㄥˊ ㄧㄤˊ
(Pacific Ocean)世界三大洋中最大、最深、島嶼最多的海洋。位於‘亞’、‘澳’、‘美洲’之間。面積18,134.4萬方公里，約占全球海洋面積之半。西部島弧縱列，島弧外側有深海溝，其中以深10,497公尺的‘馬里亞納海溝’(Marianas Trench)最深。富海洋資源，西部和西南部各邊緣海域石油特豐。

【太平梯】 ㄊㄞˋ ㄆㄧㄥˊ ㄊㄧ
(emergency stair)公共建築物中，防火避難的一項設備。樓梯間應由防火材料構造，並設有緊急電源之照明設備。其出入口應設有防火的太平門，寬度不得小於太平梯的寬度，且不得設置門檻。

【太平間】 ㄊㄞˋ ㄆㄧㄥˊ ㄐㄧㄢ
醫院暫時存放死亡病人的處所。

【太平道】 ㄊㄞˋ ㄆㄧㄥˊ ㄉㄠˋ
‘東漢’晚期民間道教的一派。‘熹平’年間‘張角’創立後，與弟‘張寶’、‘張梁’同在‘河北’一帶傳道，並以符咒爲人療疾，號太平道。十餘年間，‘青’、‘徐’、‘幽’、‘冀’、‘荊’、‘揚’、‘兗’、‘豫’八州信徒發展至數十萬人，‘張角’乃分信徒爲三十六部，設將帥統率。又收宦官作內應，預定甲子歲(前184)三月五日於京內外起義。口號爲「蒼天(‘漢’)已死，黃天(‘張角’自稱)當立，歲在甲子，天下大吉」簡稱爲「黃天太平」。因內奸‘唐周’告密，內應被殺，被迫提早叛亂。叛亂者頭纏黃巾，稱爲「黃巾軍」，叛亂軍迅速發展到‘黃河流域’各地，後在‘東漢’政府軍和地方豪強的合力攻擊下失敗。但各地餘黨仍持續戰鬥十餘年後，始被剷平。

【太平經】 ㄊㄞˋ ㄆㄧㄥˊ ㄐㄧㄥ
道教早期經典。‘漢’時先後流傳三種“太平經”，‘甘忠可’、‘干吉’、‘張陵’均有傳授，現存於“道藏”的是六朝末重編本，存五十七卷。其書非一時一人之作，內容龐雜，言及天地、陰陽、五行、干支、災異、鬼神諸事，爲道教早期的重要史料，可據以考知當時的社會情況、宗教及倫理觀念等。‘東漢’末‘張角’曾據以形成太平道，影響頗大。對五斗米道也有啟發作用。

【太史令】 ㄊㄞˋ ㄕˇ ㄌㄧㄥˋ
官名。三代有太史，爲史官及曆官之長。‘秦’稱太史令。‘漢’承之，爲‘太常’屬官，掌天文曆法，兼負修史之任。‘魏’‘晉’以後，修史之任歸著作郎；太史令專掌天文曆法，而皆隸屬於‘祕書省’。歷代因之。‘元’設‘太史院’及‘司天監’，分掌國史及曆象。‘明’‘清’則以國史歸‘翰林院’，曆象歸‘欽天監’。

6【太老師】 ㄊㄞˋ ㄌㄠˇ ㄕ
①尊稱老師的老師或老師的父親及父親的老師。②‘明’‘清’科舉，考中的生員稱主考官、同考官的老師。

【太行山】 ㄊㄞˋ ㄏㄤˊ ㄕㄢ
南北縱列於‘晉’、‘冀’二省間。高度在1,500～2,000公尺間，爲天然的省界。‘黃土高原’的河川東流切割‘太行山’，成爲東西交通孔道，稱「陘」或「關」；自古以「太行八陘」著名。

7【太初曆】 ㄊㄞˋ ㄔㄨ ㄌㄧˋ
曆法名。‘漢武帝’‘太初’元年(前104)命‘鄧平’、‘落下閎’等人所造。係沿用‘夏’曆，並根據天象實測及歷代天文紀錄而製訂。因創始於‘太初’年間，故名。

8【太空人】 ㄊㄞˋ ㄎㄨㄥ ㄖㄣˊ
泛指從事超越地球大氣層以外，繞地球軌道飛行或向其他星球飛行之飛行人員或活動人員。太空人除須具備堅強的體能及心理狀態，以適應可能在太空中遭遇的意外與危險外；尙須具備空氣動力學、生理學、天文學、太空航行與通訊，以及電腦理論等知識。世界上第一位繞地球軌道飛行的太空人爲西元1961年的‘蘇俄’太空人‘尤利·蓋加林’(Yuri Gagarin)；而第一批登陸月球的太空人爲1969年的‘美國’太空人‘奈爾·阿姆斯壯’(Neil Armstrong)及‘小愛德文·奧極林’(Edwin Aldrin, Jr.)二人。

【太空梭】ㄊㄞˋ ㄎㄨㄥ ㄙㄨㄛ

(space shuttle)爲一可重複使用，又可似普通飛機一樣重返地面的載人軌道太空船。飛行系統除本身外，尙包括一巨型液體發射火箭，及二可回收之大型固體增力火箭，待推進劑使用完畢即予以丟棄或脫離。太空梭可攜帶約三

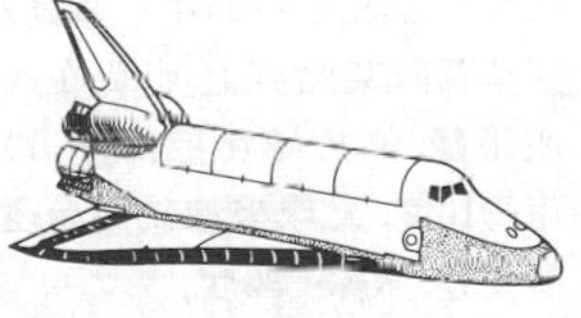

太空梭圖

萬公斤酬載至地球軌道上進行各種任務，並可對已在軌道上之人造衛星進行檢查與修理，必要時尙可將其運回地球。世界上第一架太空梭爲‘美國’「哥倫比亞號」(Columbia)，由太空人‘約翰·楊’(John W. Young)與‘羅勃脫·克立本’(Robert L. Crippen)駕駛，於西元1981年發射成功，經繞行地球54小時後安全返回。

【太空船】ㄊㄞˋ ㄎㄨㄥ ㄔㄨㄢˊ

(spacecraft)在一定軌道環繞地球運行，或向其他星球航行，以進行特定任務之任何載人或不載人的太空載具。

【太空艙】ㄊㄞˋ ㄎㄨㄥ ㄘㄤ

(capsule)[1]具有適宜之環境，以裝載人員、動物或裝備在極高空或太空中飛行的密閉式加壓艙。[2]具有自動裝置，可使其所裝載之人、物自太空中安返地球之可彈射的密閉艙。

9【太祖拳】ㄊㄞˋ ㄗㄨˇ ㄑㄩㄢˊ

拳術名。相傳‘宋太祖’所創，故名。有南北二派。

11【太清宮】ㄊㄞˋ ㄑㄧㄥ ㄍㄨㄥ

太清，相傳爲神仙居處，故道教常用以名其宮觀。著名者有二：一、‘河南省’‘鹿邑縣’東‘太清宮’。‘東漢’‘延熹’(158～167年)間建。二、‘瀋陽市’的‘太清宮’。原名‘三教堂’。創於‘清’‘康熙’二年(1663)，爲全眞道十方叢林之一。

【太陰月】ㄊㄞˋ ㄧㄣ ㄩㄝˋ

(lunation; lunar month)指月球環繞地球公轉一週所歷的時間。又稱朔望月。平均長度爲29日12時44分2.8秒，即29.530588日。

【太陰曆】ㄊㄞˋ ㄧㄣ ㄌㄧˋ

(lunar calendar)按照月球(太陰)朔望週期而制定的曆法。也稱陰曆。其種類繁多，有“回曆”、“印度曆”、“巴比倫曆”等。其中“回曆”爲純粹的陰曆，完全不問太陽之運行，積十二個太陰月爲一年，大小月相間，無閏月之調配，寒暑與季節無關，年首也無法固定在同一季節裡。由於該曆平年的平均長度爲354.3666日，比回歸年約少10.8757日，所以每32.6年便與回歸年相差一年。現在只有回教國家民間仍舊使用。

12【太湖石】ㄊㄞˋ ㄏㄨˊ ㄕˊ

‘太湖’所出產的石頭。因受風浪沖激，而多孔坎、皺紋，常用來堆砌假山，裝飾亭園。

【太陽日】ㄊㄞˋ ㄧㄤˊ ㄖˋ

(solar day)地球自轉時，地面上的觀察者連續兩次見到太陽出現在天頂上所經歷的時間。地球除自轉外尙繞太陽公轉，公轉軌道並非圓形，速度亦略有不同；且地球自轉之軸並不與軌道面垂直，因此一年365個太陽日長短不一，取其平均值，稱爲平均太陽日。

【太陽年】ㄊㄞˋ ㄧㄤˊ ㄋㄧㄢˊ

(solar year)即回歸年。參回歸年。

【太陽系】ㄊㄞˋ ㄧㄤˊ ㄒㄧˋ

(solar system)太陽和以太陽爲中心的九大行星，以及無數的小行星、衛星、彗星、流星等天體所組成的系統。其中只有太陽是恆星，其餘都是自己不會發光的小星球；行星繞著太陽公轉，衛星環繞行星運行，彗星是太空中的雲霧狀天體，流星則是行星際空間的微塵物質落到地球的大氣層中所形成。

【太陽風】ㄊㄞˋ ㄧㄤˊ ㄈㄥ

(solar wind)由太陽日冕層發射出來之高溫高速低密度的帶電粒子流(即原子核及電子)。速度每秒450公里，約四天可到達地球；極光、磁暴、彗尾背離太陽等現象，可能都是受太陽風的影響。

【太陽能】ㄊㄞˋ ㄧㄤˊ ㄋㄥˊ

(solar energy)太陽輻射出來的能量稱爲太陽能。其中約二十億分之一的能量可射到地球，到達地球大氣上空的太陽能功率約爲每平方公尺1.36仟瓦，由於一部分太陽能受大氣、雲層所吸收，故每平方公尺約有0.13～1.2仟瓦的太陽能到達地面(視天氣情況而定)。在到達地面的太陽能中約有一半之能量爲可見光，另一半爲紅外線，還有少量的紫外線。植物透過光合作用吸收太陽能將其轉變爲生物能，草食動物賴植物以維生，肉食動物賴食用其他動物以維生，因此太陽能是地球生物界的最終極能源。石油、煤炭等化石燃料能源亦係遠古動、植物儲存太陽能所轉變者。

【太陽曆】ㄊㄞˋ ㄧㄤˊ ㄌㄧˋ

(solar calendar)依照太陽在黃道上視行週期而制定的曆法。簡稱陽曆。每年的平均長度接近回

歸年(365.24219日),月分的制定及長短則純是人爲的劃分,與月相無關。並於每若干年設置閏日,以配合天象。現在國際通行的曆法即是陽曆的一種,由‘羅馬’教皇‘格勒哥里十三世’於西元1582年據“儒略曆”修改而成。年平均長度爲365.2425日,每400年置閏97日,平年365日,閏年366日,於二月內多一天。

13【太極拳】ㄊㄞˋ ㄐㄧˊ ㄑㄩㄢˊ
我國流傳最廣、習者最多的一種拳術。相傳創始於‘張三丰’。習時動作緩和、悠柔,用時能以靜制動,以柔克剛,借力打力。

【太極圖】ㄊㄞˋ ㄐㄧˊ ㄊㄨˊ
‘宋’‘周敦頤’撰。以無極、太極、陰陽、五行,表示萬物化生之理。

【太極劍】ㄊㄞˋ ㄐㄧˊ ㄐㄧㄢˋ
太極門所練的劍術。隨各派動作重點不同而有不同的招數。

【太微垣】ㄊㄞˋ ㄨㄟˊ ㄩㄢˊ
星宿名。三垣之一。在北斗之南,翼、軫二宿之北。相當於獅子座、室女座及后髮座的一部分。分爲東西兩區,以五帝座(獅子座β)爲中樞,而成爲屏藩的形狀。東方的左垣五星,由南算起爲:左執法、東上相、東次相、東次將和東上將;西方的右垣五星,自南算起爲:右執法、西上將、西次將、西次相和西上相。現代的秋分點即位於左執法和右執法之間。

16【太學生】ㄊㄞˋ ㄒㄩㄝˊ ㄕㄥ
古代太學的學生。

3【太上老君】ㄊㄞˋ ㄕㄤˋ ㄌㄠˇ ㄐㄩㄣ
道教對‘老子’的尊稱。也稱‘道德天尊’,爲三清之一。‘唐’時崇奉‘老子’,‘高宗’尊爲‘太上玄元皇帝’,立廟祭祀。

5【太平天國】ㄊㄞˋ ㄆㄧㄥˊ ㄊㄧㄢ ㄍㄨㄛˊ
‘清’‘洪秀全’所建的反‘清’團體。

【太平御覽】ㄊㄞˋ ㄆㄧㄥˊ ㄩˋ ㄌㄢˇ
‘宋’‘太平興國’二年(977)‘李昉’等奉敕撰,初名“太平類編”,後改今名,簡稱“御覽”,一千卷。徵引古書一千六百多種,將其中資料分類歸納,凡五十五門。保存甚多‘宋’以前的古籍資料,可供參證。

【太平廣記】ㄊㄞˋ ㄆㄧㄥˊ ㄍㄨㄤˇ ㄐㄧˋ
‘宋’‘李昉’等編輯,五百卷。成於‘宋太宗’‘太平興國’年間,故名。內容分九十二大類,附一百五十餘小類。採錄自‘漢’至‘宋’初的野史、傳奇、小說,共五百多種,保存了許多古典小說資料。

8【太空平臺】ㄊㄞˋ ㄎㄨㄥ ㄆㄧㄥˊ ㄊㄞˊ
(space platform)設想作爲太空中一可居住,具有科學及軍事雙重用途的大衛星。應具有房屋設施、動力供應、重力模擬,以及其他各太空載具間往返輸送人員及物品所需之設備、各種科學儀器、各種武器系統、受控制之大氣、各類通訊系統等。

【太空科學】ㄊㄞˋ ㄎㄨㄥ ㄎㄜ ㄒㄩㄝˊ
(space science)泛指與探測太空有關的任何科學研究。例如火箭、太空船的設計,相關的材料研究、太空遙測、太空通訊、高空大氣研究、月石研究、在太空中進行的實驗研究等均是。

【太空航行】ㄊㄞˋ ㄎㄨㄥ ㄏㄤˊ ㄒㄧㄥˊ
(astronavigation)即天文航行(celestial navigation)。1參考天體以決定地理位置的一種航行方法。2飛彈術語。指裝有適當儀器與導引裝備的導引飛彈,參照飛彈與某些預擇天體之相對位置,而循一預定航線航行。

【太空醫學】ㄊㄞˋ ㄎㄨㄥ ㄧ ㄒㄩㄝˊ
(space medicine)醫學的一新支,屬太空學。即研究人體在太空中可能發生各種效應的科學。研究的範圍包括如何保護並緩和人體在太空航行中所產生的各種效應。

10【太倉一粟】ㄊㄞˋ ㄘㄤ ㄧ ㄙㄨˋ
大倉廩中的一粒米。比喻微小不足道。

【太倉稊米】ㄊㄞˋ ㄘㄤ ㄊㄧˊ ㄇㄧˇ
大倉廩中的一顆小米粒。比喻非常微小。

12【太陽光譜】ㄊㄞˋ ㄧㄤˊ ㄍㄨㄤ ㄆㄨˇ
(solar spectrum)太陽光束通過一個三稜鏡以後,就可藉折射作用分成一道連續的色帶,依次是紅、橙、黃、綠、藍、靛、紫等彩色,其中還出現無數的暗線,每種元素,各有不同波長的暗線,由此可查出太陽表面氣體的元素成分。

【太陽向點】ㄊㄞˋ ㄧㄤˊ ㄒㄧㄤˋ ㄉㄧㄢˇ
(solar apex)也稱太陽頂點。太陽相對於鄰近恆星的運動向點。太陽在空間運動,除了跟它鄰近的恆星繞銀河系的中心轉動外,還單獨向某點奔赴。此點在武仙座邊緣,位於織女星(Lyr α)西南約10度,天球坐標約爲赤經18時4分、赤緯+30度。

【太陽背點】ㄊㄞˋ ㄧㄤˊ ㄅㄟˋ ㄉㄧㄢˇ
(solar antapex)又稱太陽底點。天球上與太陽向點相距180度的一點。在天鴿座內,即獵戶座的腰帶南方約30度處。

【太陽閃光】ㄊㄞˋ ㄧㄤˊ ㄕㄢˇ ㄍㄨㄤ
(solar flares)即日燄。參日燄。

【太陽黑子】ㄊㄞˋ ㄧㄤˊ ㄏㄟ ㄗˇ
(sun spot)出現於太陽表面的黑點。常成群出現,亦有單獨出現者。有的黑子出現幾小時即行消失,有的則延續數月。太陽黑子呈黑色的原因是它的溫度較四周爲低的緣故,其大小不一,大的半徑可達四萬公里。具磁性,當其大量出現時常會產生磁爆,影響地球通訊。據觀察,太陽黑子數目的增減,約以11年爲一週期。

【太陽電池】ㄊㄞˋ ㄧㄤˊ ㄉㄧㄢˋ ㄔˊ
(solar cell)利用光伏打效應,吸收入射光之能量,在P—N接面處產生電位差之半導體元件。爲人造衛星、太空船具等之電力來源。

13【太極圖說】ㄊㄞˋ ㄐㄧˊ ㄊㄨˊ ㄕㄨㄛ
'宋''周敦頤'撰,一卷。附在"太極圖"的後面,說明道體的根源。

3【太上感應篇】ㄊㄞˋ ㄕㄤˋ ㄍㄢˇ ㄧㄥˋ ㄆㄧㄢ
簡稱"感應篇"。'北宋'末道教改革者所撰,或謂'漢''嘉夾江'(今'四川''崇慶'、'樂山')隱者'李昌齡'所編,爲最早的一部勸善書。凡一千二百七十四字。內容多取自"抱朴子"等,把宗教活動化爲世俗生活,日常所行所爲即是修煉;且併合儒家倫理道德與道教司功過之說,成爲一種勸善的通俗讀物。

5【太平寰宇記】ㄊㄞˋ ㄆㄧㄥˊ ㄏㄨㄢˊ ㄩˇ ㄐㄧˋ
'宋''樂史'撰,二百卷。簡稱"寰宇記"。取古代山經地志,考正訛謬以成。體例模仿'唐'"元和郡縣志",而增闢風俗、姓氏、人物、土產等門,兼及經濟、文化。是方志體書的濫觴。

8【太空探測儀】ㄊㄞˋ ㄎㄨㄥ ㄊㄢˋ ㄘㄜˋ ㄧˊ
(space probe)發射進入太空進行探測並蒐集資料的各種載具。如測試球體或地球衛星等。可將所獲得之資料傳送回地球供科學家分析,以獲致有關開拓太空之新知識。

【太空實驗室】ㄊㄞˋ ㄎㄨㄥ ㄕˊ ㄧㄢˋ ㄕˋ
(space laboratory)[1]一種具有各種感覺與量測儀器、紀錄裝備、無線電發射裝備,以及其他有關儀器之太空載具。可用以獲得地球大氣上部區域或太空的各種科學資料。[2]模擬太空載具情況的一種載具。

【太空觀測站】ㄊㄞˋ ㄎㄨㄥ ㄍㄨㄢ ㄘㄜˋ ㄓㄢˋ
(space observatory)攜有望遠鏡、反光鏡、太陽能電池、視頻管等主要天文儀器的天文觀測衛星。在太空觀測,無大氣層阻擋,景象清晰、廣遠,資料確實豐富。尚可用以觀測太空中紅外線、紫外線等之輻射情況。

【太和正音譜】ㄊㄞˋ ㄏㄜˊ ㄓㄥˋ ㄧㄣ ㄆㄨˇ
一名"北雅"。簡稱"正音譜"。'明''寧王''朱權'編,二卷。收錄北曲牌三百三十五個,前附'元'、'明'雜劇作家和作品的名稱、戲曲術語及唱曲論述等,是研究北曲重要的參考書。

11【太啦威哈拜】ㄊㄞˋ ㄌㄚ ㄨㄟ ㄏㄚ ㄅㄞˋ
(Al-Salat Al-Tarā weeh)'阿拉伯'語的音譯。意爲鬆弛、歇息、愉悅。伊斯蘭教徒於"回曆"齋月(即九月)宵禮中加禮太啦威哈二十拜,即集體成班禮,每兩拜一末坐(靜坐),向左右說賽倆目;每四拜一休息,休息中可讚主讚聖。

16【太學三舍法】ㄊㄞˋ ㄒㄩㄝˊ ㄙㄢ ㄕㄜˋ ㄈㄚˇ
'宋神宗''熙寧'四年(1071)'王安石'所創育才新法。將太學分爲外舍、內舍、上舍三等,以次轉升。外舍生月有私試,年有公試,中格者得升入內舍;內舍生有舍試,中格者得升入上舍;上舍試合格者,由政府授以官職。又令州縣普設學校,成績優異者得入太學。其目的欲漸次以學校教育取代貢舉。

13【太歲頭上動土】ㄊㄞˋ ㄙㄨㄟˋ ㄊㄡˊ ㄕㄤˋ ㄉㄨㄥˋ ㄊㄨˇ
比喻膽大心粗冒犯有權勢的人。太歲,星名。古代認爲太歲行經的方向爲凶,興建土木時要避開太歲的方位。

夨 ㄗㄜˋ tsê^4 音仄
傾側著頭。見"說文"。

夭 [一] ㄧㄠˇ yao^3 音咬
[1]屈曲。見"說文"。[2]少壯而死。如:夭折。[3]損折。
[二] ㄧㄠ yao^1 音妖
[1]美好。如:夭姣。[2]災禍。
[三] ㄠˇ ao^3 音襖
初生的草木或鳥獸。見"正字通"。

7【夭折】ㄧㄠˇ ㄓㄜˊ
短命早死。

9【夭姣】ㄧㄠ ㄐㄧㄠ
年輕貌美。

10【夭桃穠李】ㄧㄠ ㄊㄠˊ ㄋㄨㄥˊ ㄌㄧˇ
[1]指豔麗的桃李花。[2]形容少女姣好豔麗。

17【夭矯不群】ㄧㄠ ㄐㄧㄠˇ ㄅㄨˋ ㄑㄩㄣˊ
俊逸出衆。

2

头 頭的俗體。

夲 [一] ㄊㄠ t'ao^1 音滔
前進迅速。見"說文"。
[二] ㄅㄣˇ pên^3 音本
本的訛字。

夯 ㄏㄤ hang^1
[1]用力以肩舉物。見"字彙"。[2]築地基的木製用具。如:打夯。[3]衝撞。[4]愚笨。通笨。如:夯漢。

14【夯實】ㄏㄤ ㄕˊ
(compaction)藉人力或機械動力作用於土壤上,以減少土壤顆粒間的空隙,使土壤趨於緊密的步驟。填土的緊密程度與土壤的類別、含水量和夯實能量有關。經夯實後的土壤顆粒有重組和改向、破碎和增進契合、扭曲並增加顆粒間的結合力等現象。通常各類土壤必有其特定值的含水量,可使其夯實效率達到最大。

3【夯土建築】ㄏㄤ ㄊㄨˇ ㄐㄧㄢˋ ㄓㄨˊ
又稱板築。古代使用夯打泥土的方法,來建造城牆和房屋的臺基等。即兩側夾以木板,中填泥土,以木杵一層層夯打建成,故在每層的上面都會留下許多圓形的小夯窩。此種建築在'中國'的'商''周'

直至'秦''漢'均流行。

夰 ㄍㄠˇ *kao*³ 音稿
①放;散。見"說文"。②氣。通昊。見"正字通"。

央 ㄧㄤ *yang*¹ 音秧
①中間。如:中央。②盡;終了。如:夜未央。③請求。通詇。如:央求。

7【央求】 ㄧㄤ ㄑㄧㄡˊ
請求;懇求。

【央告】 ㄧㄤ ˙ㄍㄠ
請求;懇求。

10【央浼】 ㄧㄤ ㄇㄟˇ
央求;請託。

6【央行存款】 ㄧㄤ ㄏㄤˊ ㄘㄨㄣˊ ㄎㄨㄢˇ
(due to Central Bank)爲銀行收受'中央銀行'所存入的款項。會計上屬於銀行的流動負債。

失 ㄕ *shih*¹ 音尸
①遺落;失去。如:失寵。②錯過。如:失之交臂。③錯誤;過失。如:缺失。④忍不住。如:失笑。⑤違背。如:失約。

4【失火】 ㄕ ㄏㄨㄛˇ
發生火災。

【失水】 ㄕ ㄕㄨㄟˇ
魚龍離水。比喻人失去憑藉。

【失手】 ㄕ ㄕㄡˇ
①因失誤而致毀物、傷人、敗事等。②失敗;未達目的。

6【失守】 ㄕ ㄕㄡˇ
①失去操守。②失去自己應守的職位。③城市或陣地被敵人占據。

【失色】 ㄕ ㄙㄜˋ
①因驚恐而變了臉色。②失去光彩。

【失伍】 ㄕ ㄨˇ
脫離隊伍。

7【失言】 ㄕ ㄧㄢˊ
①說錯話。②浪費言語;失去說話的意義。

【失足】 ㄕ ㄗㄨˊ
①跌倒。②舉止行爲不合禮義。③因行爲不愼而墮落。

【失利】 ㄕ ㄌㄧˋ
失敗。

【失身】 ㄕ ㄕㄣ
①喪失生命。②喪失節操。多指婦女失去貞節。

8【失宜】 ㄕ ㄧˊ
不合宜;不適當。

【失怙】 ㄕ ㄏㄨˋ
指父親死亡。

【失事】 ㄕ ㄕˋ
①誤事。②發生意外。

9【失神】 ㄕ ㄕㄣˊ
①恍惚而眼光無神彩。②疏忽;不注意。

【失恃】 ㄕ ㄕˋ
①失去依靠。②指母親死亡。

【失信】 ㄕ ㄒㄧㄣˋ
不守信用;違背承諾。

10【失眠】 ㄕ ㄇㄧㄢˊ
(insomnia)指睡眠不足或不能入睡。有難於入睡、易於驚醒及睡眠時間少於正常等主要形態。此病多源於精神過度興奮或緊張,可因環境嘈雜、病痛、服食提神醒腦的藥物或飲料而引起。

【失閃】 ㄕ ˙ㄕㄢ
指意外的錯誤或危險。

【失笑】 ㄕ ㄒㄧㄠˋ
忍不住笑。

11【失速】 ㄕ ㄙㄨˋ
(stall)當飛機機翼攻角超過臨界值,即超過產生最大升力所需之攻角時,由於其表面氣流之旋轉、擾流與分離,致升力突降而造成機頭下墜的情況。通常機翼之失速攻角約爲16～18°之間。有半失速(semi-stall)與全失速(complete stall)之分,半失速爲飛機機頭有下降傾向,但可由駕駛員改正;全失速爲飛機機頭下墜而不能改正。

【失措】 ㄕ ㄘㄨㄛˋ
舉止失常。

12【失著】 ㄕ ㄓㄠ
失策;失算。

【失策】 ㄕ ㄘㄜˋ
計策錯誤。

13【失意】 ㄕ ㄧˋ
①不如意;不得志。②意見不合。

【失勢】 ㄕ ㄕˋ
失去權勢地位。

【失路】 ㄕ ㄌㄨˋ
①迷失路途。②失意;不得志。

【失業】 ㄕ ㄧㄝˋ
①失去工作。②指某一年齡以上(通常指年滿十五歲以上)人口具有工作能力亦有工作意願,經尋找工作而未獲得有酬工作者。在自由經濟體制下,失業爲不可避免的社會現象。

【失節】 ㄕ ㄐㄧㄝˊ
①喪失節操。②失去調節;不合節度。③婦女失去貞潔。

14【失實】 ㄕ ㄕˊ
不合事實。

【失察】 ㄕ ㄔㄚˊ
疏忽;沒有留意。

【失誤】 ㄕ ㄨˋ
過失;錯誤。

【失算】 ㄕ ㄙㄨㄢˋ
①計謀失敗。②不合算。

【失態】 ㄕ ㄊㄞˋ
舉止失常。

15【失德】 ㄕ ㄉㄜˊ
行爲不正;品德上有缺失。

16【失據】 ㄕ ㄐㄩˋ
失去依靠。

【失學】 ㄕ ㄒㄩㄝˊ
失去受教育的機會。

17【失黏】 ㄕ ㄋㄧㄢˊ
律詩每首八句,分爲四聯,每一聯的上句稱爲出句,下句稱爲對句。按照格律,後一聯出句的第二、第四字和前一聯對句的第二、第四字,平仄應相同,稱爲「黏」。如果平仄不合規定,則稱爲失黏。

18【失蹤】 ㄕ ㄗㄨㄥ
①不明去向;不知所在。②指自然人離開向來的住、居所而生死不明之狀態。失蹤人失蹤滿法定期

間(一般情形須失蹤滿七年;失蹤人爲八十歲以上者須失蹤滿三年;失蹤人爲遭遇特別災難者,得於特別災難終了滿一年後),法院得因利害關係人或檢察官之聲請,爲死亡之宣告。

19【失寵】 ㄕ ㄔㄨㄥˇ
失去恩寵。

24【失靈】 ㄕ ㄌㄧㄥˊ
發生故障;失去效用。

9【失重率】 ㄕ ㄓㄨㄥˋ ㄌㄩˋ
工業原料製成成品後,重量所減少的百分比。如千噸原料製成400噸的成品,則其失重率爲60%。失重率常用爲考慮工廠選址的條件之一,失重率大的工業,宜在原料產地設廠,以減輕運費成本。

10【失能日】 ㄕ ㄋㄥˊ ㄖˋ
(a day of disability)指工人因受傷不能工作的天數。

13【失業率】 ㄕ ㄧㄝˋ ㄌㄩˋ
指失業人口占勞動人口的比率。各國對於失業率的計算與方法不盡相同,如工業先進國家失業率能低於百分之四以下,即已達到充分就業的境界;但在我國,如失業率超過百分之四,即屬於高度失業的現象。

14【失語症】 ㄕ ㄩˇ ㄓㄥˋ
(aphasia)因腦部聯合中樞受損所引起的語言能力失常。可分爲表達性和接受性兩種。其中表達性失語症又稱'卜洛卡'失語症(Broca's aphasia)或動作性失語症(motor aphasia),係因腦部'卜洛卡'區(Broca's area)受創傷所致,患者明知自己想說什麼,卻無法表達出來;接受性失語症又稱'威尼克'失語症(Wernicke's aphasia),係由腦部'威尼克'區(Wernicke's area)遭到破壞所致,患者無法瞭解他人語言的意義,甚至對自己的語言也發生同樣的困難。

22【失讀症】 ㄕ ㄉㄨˊ ㄓㄥˋ
(dyslexia)一種因神經功能異常,導致對字詞無法作正確認知,因而閱讀困難的症候。

4【失之交臂】 ㄕ ㄓ ㄐㄧㄠ ㄅㄧˋ
當面錯過機會。

10【失眞因素】 ㄕ ㄓㄣ ㄧㄣ ㄙㄨˋ
(distortion factor)對於一功率放大器,由於信號本身各個頻率諧波成分,會隨著平衡點的偏壓位置,而產生其動態轉移函數,成爲一無窮級數,使得每一頻率成分呈現非線性關係的失眞特性。若假設輸入波形爲$i_b=I_{bm}\cos\omega t$,而動態轉移函數爲$i_c=G_1i_b+G_2i_b^2+G_3i_b^3+\cdots\cdots$,則輸出電流信號爲$i_c=I_c+B_0+B_1\cos\omega t+B_2\cos 2\omega t+B_3\cos 3\omega t+\cdots\cdots$,令$D_i=\frac{|B_i|}{|B_1|}$, $i=2, 3, 4\cdots\cdots$則失眞因數定義爲$D=\sqrt{\sum_{i=2}^{\infty}D_i^2}$,其中$D_i$稱爲第$i$階諧波失眞。

【失能傷害】 ㄕ ㄋㄥˊ ㄕㄤ ㄏㄞˋ
(disabling injury)除死亡及永久失能外,凡受傷在24小時內不能恢復工作能力的傷害,稱失能傷害。

13【失業保險】 ㄕ ㄧㄝˋ ㄅㄠˇ ㄒㄧㄢˇ
(unemployment insurance)一種在職的社會保險。由國家制定失業保險立法,旨在保障被保險人遇非自願性失業而尙未獲得工作以前,得依法領受失業保險給付,以維持其生活安全。爲現代各國政府救助失業勞工與解決失業對策的有效具體措施之一。我國"勞工保險條例"已將失業給付列爲普通事故保險七項給付之一,並規定其保險費率、實施地區、時間及辦法,另由'行政院'以命令定之,已具備法律的根據,惟迄今未能實施。

14【失魂落魄】 ㄕ ㄏㄨㄣˊ ㄌㄨㄛˋ ㄆㄛˋ
形容精神恍惚的樣子。

4【失之東隅收之桑榆】 ㄕ ㄓ ㄉㄨㄥ ㄩˊ ㄕㄡ ㄓ ㄙㄤ ㄩˊ
比喻起初雖然失敗,而終能成功。或此處有失,而彼處有得。東隅,日出處,因指早晨;桑榆,日落處,因指晚上。

【失之毫釐差之千里】 ㄕ ㄓ ㄏㄠˊ ㄌㄧˊ ㄔㄚ ㄓ ㄑㄧㄢ ㄌㄧˇ
因微小的錯失而形成巨大的差誤。

3

夷 ㄧˊ i^2 音移
1古時對東方種族的稱呼。'春秋'以後則用以泛稱中原以外的異族。如:夷狄。2平坦;平易。3平和喜悅。如:夷悅。4同輩。5誅殺。如:夷其三族。6毀滅。如:夷其宗廟。7常道。通彝。8創傷。通痍。如:夷傷。9姓。'漢'有'夷長公'。見"萬姓統譜·五"。

7【夷狄】 ㄧˊ ㄉㄧˊ
泛稱我國四境的民族。

0【夷則】 ㄧˊ ㄗㄜˊ
古代樂律名。古樂律有十二,陰陽各六,陽律第五叫夷則。

【夷爲平地】 ㄧˊ ㄨㄟˊ ㄆㄧㄥˊ ㄉㄧˋ
剷爲平地或徹底破壞。

16【夷險不測】 ㄧˊ ㄒㄧㄢˇ ㄅㄨˋ ㄘㄜˋ
無法預測是順利或危險。

夸 ㄎㄨㄚ k'ua[1] 音誇
1奢侈。見"說文"。2誇大。通誇。如:夸耀。3兼有。通跨。4美好。通姱。如:夸容。5'英''美'量器夸爾(quart)的省稱。

4【夸父】 ㄎㄨㄚ ㄈㄨˇ
古代神話人物。傳說他立志追趕太陽,後因焦渴,雖喝乾了'黃河'、'渭水',仍覺不夠,終至渴死。

5【夸末】 ㄎㄨㄚ ㄇㄛˋ
浮華逐末。即不務本。

7【夸克】 ㄎㄨㄚ ㄎㄜˋ
(quark)物理學家認爲基本粒子中的強子是由少數更基本的粒子所組成的複合粒子,這些粒子稱爲夸克。原先簡單的理論認爲有d、u、s三種夸克存在,其電荷分別為$-\frac{1}{3}e$、$+\frac{2}{3}e$及$-\frac{1}{3}e$。當然每一種夸克還有其反夸克存在。重子是由三個夸克組成的，而介子是由一個夸克及一個反夸克所組成的。西元1974年‘中國’人‘丁肇中’發現新的粒子(稱為ψ粒子或J粒子)後，在理論上表示有第四種夸克的存在。

10【夸特】 ㄎㄨㄚ ㄊㄜˋ
(quarter)‘英’‘美’常衡單位。一夸特等於28常衡磅。

13【夸飾】 ㄎㄨㄚ ㄕˋ
①誇張鋪飾。②修辭格的一種。即有意將事物描寫得超過客觀的事實。如「白髮三千丈」便是。

14【夸爾】 ㄎㄨㄚ ㄦˇ
(quart)‘美’容量單位。分為液量及乾量兩種。等於1/4加侖。

15【夸誕不經】 ㄎㄨㄚ ㄉㄢˋ ㄅㄨˋ ㄐㄧㄥ
誇大不實，不合常理。

4

夾 ㊀ ㄐㄧㄚˊ *chia*^{2} 音頰 又讀 ㄐㄧㄚ *chia*^{1} 音佳
①在左右扶持輔助。如：夾輔‘成王’。②用以箝物的器具。如：髮夾。③挾藏。如：夾帶。④雙層的。如：夾衣。⑤姓。‘明’有‘夾允’。見“萬姓統譜·一二四”。
㊁ ㄐㄧㄚˋ *chia*^{4} 音價
參夾竹桃。

4【夾止】 ㄐㄧㄚˊ ㄓˇ
(pinch-off)在接面場效電晶體的操作中，源極與汲極間之電流大小係由加以閘極之電壓控制。當閘極接面之反向偏壓逐漸增大時，終將使兩乏區相接觸，於是通道之有效截面積等於零，阻斷電流流通，稱為夾止。

7【夾克】 ㄐㄧㄚˊ ㄎㄜˋ
(jacket)指穿於最外層的短衣類。

【夾攻】 ㄐㄧㄚˊ ㄍㄨㄥ
兩面合攻。

8【夾注】 ㄐㄧㄚˊ ㄓㄨˋ
在正文當中加插進去的注解。

【夾板】 ㄐㄧㄚˊ ㄅㄢˇ
(plywood)將薄片木材分層用膠黏固，再用壓力壓成的板。即合板。

【夾具】 ㄐㄧㄚˊ ㄐㄩˋ
(fixtures)凡將工件正確定位、夾持牢固，便於施工的器具，統稱為夾具。故夾具有廣義和狹義兩類，或稱作泛用夾具和專用夾具。廣義的泛用夾具如車床的三爪、四爪夾頭，銑床的虎鉗、分度頭，磨床的磁鐵等。狹義的專用夾具，係指某一大量生產的機件，為適應工件形狀和大小而設計的夾具，以求工件定位精確。夾緊快捷、操作簡易的專用夾具，不適合其他工件使用。

11【夾紵】 ㄐㄧㄚˊ ㄓㄨˋ
漆器工藝的類別之一。也稱作搏換、搏丸、脫活、脫沙，後世亦作脫胎。從前夾紵漆器的製作方法是先以土作胎，以漆黏布帛於胎上，接著上漆灰，再糅布漆。俟漆乾後，敲去土胎。因為多作神像，故又稱夾紵造像。‘中國’夾紵造像盛行於六朝，直到‘清朝’末年，‘福建’所製夾紵神像仍受到國內外人士推崇。近代夾紵漆器，改用石膏為胎，可重複使用。

12【夾報】 ㄐㄧㄚˊ ㄅㄠˋ
(free standing insert)指預先印好的單張或多張插頁。可夾在報紙中，隨報贈送讀者。

13【夾道】 ㄐㄧㄚˊ ㄉㄠˋ
①兩旁有牆或植有樹木的道路。②排列在道路的兩旁。

14【夾輔】 ㄐㄧㄚˊ ㄈㄨˇ
共同輔佐。

15【夾層】 ㄐㄧㄚˊ ㄘㄥˊ
①夾藏物件的暗層。②(mezzanine floor)夾於樓地板與天花板間的樓層。“建築法規”規定：同一樓層內夾層面積之和，未超過該層樓地板面積三分之一或100平方公尺者，可免計入建築面積，否則視為另一樓層。

17【夾擊】 ㄐㄧㄚˊ ㄐㄧˊ
兩面合擊。

20【夾鐘】 ㄐㄧㄚˊ ㄓㄨㄥ
古代樂律名。也作夾鍾。古樂律有十二，陰陽各六，陰律第五叫夾鐘。

6【夾竹桃】 ㄐㄧㄚˋ ㄓㄨˊ ㄊㄠˊ
(sweet-scented oleander; *Nerium indicum* Mill.)常綠灌木，高約3公尺。花朵嬌豔有如桃花，葉狹長似竹，故名。葉為線狀披針形，三葉輪生。夏季由枝端著生聚繖花序，花具香味，通常為紅色，也有帶粉白色的。花冠下部成細筒狀，上部5裂而平開。蓇葖果細長，長可達20公分。為一種有毒植物。可供觀賞，也可供藥用。原產於‘印度’，我國也有栽培，‘臺灣省’中南部多種於田畦，用以防風。

夾竹桃圖

2【夾七夾八】 ㄐㄧㄚˊ ㄑㄧ ㄐㄧㄚˊ ㄅㄚ
形容說話或做事含混雜亂。

15【夾層構造】 ㄐㄧㄚˊ ㄘㄥˊ ㄍㄡˋ ㄗㄠˋ
(sandwich construction)在兩薄金屬板間夾一層加勁材料而成，其強度較單獨薄金屬板強且重量較輕而穩定。飛機結構因需具有極大抗彎剛度與較輕重量，因而廣泛應用此種結構。在學理上，屬複合材料力學之研究範疇。

㚒 ㄕㄢˇ *shan*^{3} 音閃
藏在腋下。見“說文”。

5

奉 ㄈㄥˋ *fêng*^{4} 音鳳
①恭敬地捧著。如：奉持。

[2]進獻。如:奉獻。[3]承受。如:奉命行事。[4]侍候。如:奉養父母。[5]敬辭。用在動詞前,表示尊敬。如:奉陪。[6]姓。'漢'有'奉揮'。見"萬姓統譜·六九"。

4【奉公】 ㄈㄥˋ ㄍㄨㄥ
敬重公事,不徇私情。

6【奉安】 ㄈㄥˋ ㄢ
安置的敬詞。古代稱帝、后安葬及神主遷廟為奉安。

7【奉系】 ㄈㄥˋ ㄒㄧˋ
'民'初北方軍閥派系之一。首領為'奉天''張作霖'。初據'奉天','民國'五年後漸控有東三省。十三年第二次'直''奉'戰爭獲勝,勢力擴及'直隸'、'山東'、'安徽'、'江蘇'等省。將領有'吳俊陞'、'郭松齡'、'張學良'等。兵力約35萬人,對外依附'日本'。十七年六月,'張作霖'被'日'人炸死於'皇姑屯',其子'張學良'代之而起。十二月,歸順'國民政府'。

8【奉承】 ㄈㄥˋ ㄔㄥˊ
[1]遵照、承受的敬辭。[2]侍奉。[3]逢迎;獻媚。

10【奉厝】 ㄈㄥˋ ㄘㄨㄛˋ
暫時安置靈柩,等候埋葬。

15【奉養】 ㄈㄥˋ ㄧㄤˋ
[1]進奉供養。如:奉養父母。[2]指飲食起居。

14【奉箕帚】 ㄈㄥˋ ㄐㄧ ㄓㄡˇ
舊稱為人妻妾。

4【奉天承運】 ㄈㄥˋ ㄊㄧㄢ ㄔㄥˊ ㄩㄣˋ
奉天命而承帝運。為皇帝敕命的套語,始於'明太祖'。

6【奉行故事】 ㄈㄥˋ ㄒㄧㄥˊ ㄍㄨˋ ㄕˋ
依照舊例行事。

8【奉命維謹】 ㄈㄥˋ ㄇㄧㄥˋ ㄨㄟˊ ㄐㄧㄣˇ
嚴謹遵守命令。

9【奉為圭臬】 ㄈㄥˋ ㄨㄟˊ ㄍㄨㄟ ㄋㄧㄝˋ
奉持以作為標準。

奇

[一] ㄑㄧˊ ch'i² 音其
[1]特異;稀罕。如:奇才。[2]變化莫測。如:以奇用兵。[3]姓。'宋'有'奇軾'。見"通志·氏族略三"。

[二] ㄐㄧ chi¹ 音羈
[1]單數。偶的反義詞。如:奇偶。[2]餘數或零數。通畸。[3]指命運不順。

5【奇正】 ㄑㄧˊ ㄓㄥˋ
用兵的方法。正面交鋒為正,側面襲擊為奇。二者交互運用,稱奇正。

10【奇脈】 ㄑㄧˊ ㄇㄛˋ
(pulsus paradoxus)一名逆理脈。血脈的搏動,常隨呼吸而改變其大小,稱為奇脈。

【奇特】 ㄑㄧˊ ㄊㄜˋ
奇異特出。

11【奇偶】 ㄐㄧ ㄡˇ
單數與雙數。

12【奇絕】 ㄑㄧˊ ㄐㄩㄝˊ
奇異之極。

13【奇遇】 ㄑㄧˊ ㄩˋ
不常有的際遇;意外的遭遇。

【奇經】 ㄑㄧˊ ㄐㄧㄥ
人體經脈的一種。不與臟腑直接連繫,也沒有表裡配合。參奇經八脈。

15【奇數】 [一] ㄑㄧˊ ㄕㄨˋ
特異的方法、技術。即奇術。
[二] ㄐㄧ ㄕㄨˋ
(odd number)又稱單數。凡不能以二整除的數叫奇數。與偶數相對。

【奇緣】 ㄑㄧˊ ㄩㄢˊ
意外的因緣。

18【奇蹟】 ㄑㄧˊ ㄐㄧ
異於尋常的奇特現象。也作奇跡。

22【奇襲】 ㄑㄧˊ ㄒㄧˊ
趁敵人不備加以襲擊。

25【奇觀】 ㄑㄧˊ ㄍㄨㄢ
奇異的景色或事物。

8【奇函數】 ㄐㄧ ㄏㄢˊ ㄕㄨˋ
(odd function)一函數隨其自變數的變號而變號,即 $f(-x)=-f(x)$ 叫做奇函數。如 $f(x)=x^5$ 及 $f(x)=\sin x$ 都是奇函數。

11【奇通衣】 ㄑㄧˊ ㄊㄨㄥ ㄧ
(chiton)最初語源為麻製內衣之意。廣義而言,是泛指古'希臘'男女所穿的基本衣著。狹義則指古'希臘'後期的'伊奧尼亞'式奇通衣(Ionic chiton)。隨著穿者身分及職業的不同,在衣著的長度、選色及穿法上有顯著的變化。最典型的穿法為穿者雙手平舉,將長方形羊毛或麻質布塊對折,中空處圍住身體,在兩側肩線及手臂上,以別針做等距離多處扣合;腋邊做局部縫合,紮腰帶後,在前中心疊出優美褶形。通常有紫紅色、紅色、藍色及深黃色等。女用者長及腳踝,男用者長及膝蓋。休閒活動時,以束帶紮於腰臀處,再將衣身拉蓬起來,以縮短長度;家居時則任其長垂而下。參佩普洛斯衣。

奇通衣圖

【奇異解】 ㄑㄧˊ ㄧˋ ㄐㄧㄝˇ
(singular solution)微分方程式的解並非其一般解的特殊情形,即不能由假定一參數的值而由一般解所求得的,稱為方程式的奇異解。簡稱奇解。

4【奇文共賞】 ㄑㄧˊ ㄨㄣˊ ㄍㄨㄥˋ ㄕㄤˇ
奇妙的文章,大家共同欣賞。

7【奇技淫巧】 ㄑㄧˊ ㄐㄧˋ ㄧㄣˊ ㄑㄧㄠˇ
新奇而特異的技藝。

8【奇門遁甲】 ㄑㄧˊ ㄇㄣˊ ㄉㄨㄣˋ ㄐㄧㄚˇ
術數的一種。簡稱奇門或遁甲。天干之中,乙丙丁為三奇;八卦的變相,休、生、傷、杜、景、死、驚、開為八門,故稱奇門。天干之中,甲最尊貴,故不顯露;六甲隱於六儀之中。六儀指戊、己、庚、辛、壬、癸；三奇六儀分布九宮，甲不獨占一宮，故稱遁甲。民間常認為奇門遁甲可推算吉凶禍福。

10【奇恥大辱】ㄑㄧˊ ㄔˇ ㄉㄚˋ ㄖㄨˇ
極大的恥辱。

11【奇貨可居】ㄑㄧˊ ㄏㄨㄛˋ ㄎㄜˇ ㄐㄩ
稀奇的物品可囤積以待高價。

13【奇葩異卉】ㄑㄧˊ ㄆㄚ ㄧˋ ㄏㄨㄟˋ
新奇而不常見的花卉。

【奇經八脈】ㄑㄧˊ ㄐㄧㄥ ㄅㄚ ㄇㄛˋ
指人體正經以外的經脈。包括：任脈、督脈、沖脈、帶脈、陽維脈、陰維脈、陽蹺脈、陰蹺脈等八條。這些經脈不和臟腑直接聯繫配合，只是調節氣血運行的一些特殊通道，可補充十二經脈的不足。

夲

ㄋㄧㄝˋ nieh^4 音聶
①大聲。見"說文"。②寇盜不止。見"說文"。③拘攝罪人。見"說文·夲·徐箋"。

奈

ㄋㄞˋ nai^4 音耐
①如；如何。如：奈何。②忍受；受得了。通耐。如：奈煩。③(nano)代號為n。國際通用分數譯音，為10^{-9}。或稱毫微。

7【奈何】ㄋㄞˋ ㄏㄜˊ
①如何。②對付；為難。

8【奈河橋】ㄋㄞˋ ㄏㄜˊ ㄑㄧㄠˊ
佛家語。地獄中橋名。一切貧賤夭死等人，皆經此橋而投生。

4【奈及利亞】ㄋㄞˋ ㄐㄧˊ ㄌㄧˋ ㄧㄚˋ
(Nigeria)西'非'農礦最富、人口最多的國家。南濱'大西洋'。面積92.3萬方公里，人口12,877.0萬(2005年)，首都'拉哥斯'(Lagos)。主要輸出有可可、棕櫚油、橡膠、玉米、石油、棉花、皮革、煤和木材，其中棕櫚油產量居世界第二，'哈科特港'(Harcourt)為輸出港。

奔

或作犇。㊀ ㄅㄣ pên^1
①急走；快跑。如：狂奔。②逃走；逃亡。如：出奔。③男女不經家長同意而私下結合，逃離本家。④姓。'宋'有'奔衎'。見"萬姓統譜·二三"。

㊁ ㄅㄣˋ pên^4 音笨
直往；趨往。如：直奔。

3【奔亡】ㄅㄣ ㄨㄤˊ
逃亡。

8【奔波】ㄅㄣ ㄅㄛ
①奔騰的波浪。②形容人勞苦奔走。

【奔放】ㄅㄣ ㄈㄤˋ
疾馳。比喻文章氣勢橫逸或人的性情豪爽熱情。

【奔命】㊀ ㄅㄣ ㄇㄧㄥˋ
①應命奔赴。②古代軍種的名稱。也作犇命。

㊁ ㄅㄣˋ ㄇㄧㄥˋ
跑得極快。

9【奔流】ㄅㄣ ㄌㄧㄡˊ
①湍急的水流。②奔騰流瀉。

10【奔脈】ㄅㄣ ㄇㄛˋ
'中'醫稱由於腎臟寒氣上沖或肝臟氣火上逆，導致腹部絞痛、胸悶氣急、頭昏目眩、心悸易驚、煩躁不安等症狀。因發作時胸腹如有小豬奔闖，故名。從症狀看，類似胃腸神經官能症，有腸道積氣及蠕動亢進、痙攣等腸胃機能障礙現象。

12【奔喪】ㄅㄣ ㄙㄤ
從外地趕回服親喪。

20【奔競】ㄅㄣ ㄐㄧㄥˋ
為名利而奔走爭競。

【奔騰】ㄅㄣ ㄊㄥˊ
奔馳騰躍。

7【奔車朽索】ㄅㄣ ㄔㄜ ㄒㄧㄡˇ ㄙㄨㄛˇ
用腐爛的繩索駕馭疾馳的馬車。比喻極危險。

8【奔放絕足】ㄅㄣ ㄈㄤˋ ㄐㄩㄝˊ ㄗㄨˊ
指駿馬奔馳迅速，不可追及。

12【奔逸絕塵】ㄅㄣ ㄧˋ ㄐㄩㄝˊ ㄔㄣˊ
快速奔走，將揚起的塵土拋在遠遠的後方。形容奔跑的速度極快。

10【奔馬式通貨膨脹】ㄅㄣ ㄇㄚˇ ㄕˋ ㄊㄨㄥ ㄏㄨㄛˋ ㄆㄥˊ ㄓㄤˋ
(galloping inflation)物價水準惡性、快速上漲的結果，最後變成每天、每小時都在上漲的情形。

奄

㊀ ㄧㄢˇ yen^3 音掩
①覆蓋。見"說文"。②囊括；包括。如：奄有天下。③匆遽；忽然。如：奄忽。④古國名。通'郁'。在今'山東省''曲阜縣'。⑤姓。'春秋'時'秦'有'奄息'。見"通志·氏族略二"。

㊁ ㄧㄢ yen^1 音淹
①久滯。通淹。如：奄留。②宦官；太監。如：奄官。③守宮門的人。古代多由宦者擔任。通閹。

8【奄忽】ㄧㄢˇ ㄏㄨ
①急遽。②比喻死亡。

9【奄宦】ㄧㄢ ㄏㄨㄢˋ
宦官；太監。

8【奄奄一息】ㄧㄢ ㄧㄢ ㄧ ㄒㄧˊ
氣息微弱，即將死亡的樣子。

奅

ㄆㄠˋ p'ao^4 音炮
①虛大。見"說文"。②用大話壓制人。見"正字通"。③砲石。通礮。見"正字通"。

6

奕

ㄧˋ i^4 音亦
①大。見"說文"。②美麗。見"方言·二"。③累積；重疊。如：奕世。

9【奕奕】ㄧˋ ㄧˋ
①美盛的樣子。②神采煥發的樣子。如：神采奕奕。③憂愁的樣子。

13【奕葉】ㄧˋ ㄧㄝˋ
累代。

奏

ㄗㄡˋ tsou^4 音驟
①人臣以言語或文字向君主進言。如：奏書。②進獻。③演奏音樂。如：獨奏。④音樂的拍子。如：節奏。⑤運；操作。如：奏刀。⑥顯現。如：奏效。⑦趨向。通走。如：奔奏。

8【奏底】ㄗㄡˋ ㄉㄧˇ
平面木雕品背景刻法之一。在木

材浮雕圖形外,其襯底以斜線、回紋、圓切、圓點或交叉等刻法來襯托,稱爲奏底。

10【奏效】 ㄗㄡˋ ㄒㄧㄠˋ
事情進行順利而有效果。

11【奏捷】 ㄗㄡˋ ㄐㄧㄝˊ
報告獲勝的消息。

12【奏凱】 ㄗㄡˋ ㄎㄞˇ
戰爭勝利,軍隊演奏凱旋的歌曲。後泛指勝利或得到成功。

20【奏議】 ㄗㄡˋ ㄧˋ
文體名。上奏條議是非,故稱。

14【奏鳴曲】 ㄗㄡˋ ㄇㄧㄥˊ ㄑㄩˇ
(sonata)一種專爲樂器獨奏的曲目。盛行於十八世紀的古典樂派時期。曲式一般分爲三個樂章,每一樂章都是獨立的一首曲子,各樂章有不同個性的速度及變化。到後期也有四個樂章的出現。

契 ㈠ ㄑㄧˋ ch'i^4 音氣
①合同;憑證。如:契約。②相合;投合。如:默契。③刻鏤。如:契舟求劍。④古代刻木記事的書卷。通栔。如:書契。
㈡ ㄑㄧㄝˋ ch'ieh^4 音妾
同㈠③。
㈢ ㄒㄧㄝˋ hsieh^4 音屑
'高辛氏'之子,'舜'時爲司徒。後封於'商',爲'商'之始祖。本作'偰',也作'卨'。見"字彙"。

4【契丹】 ㄑㄧˋ ㄉㄢ
我國歷史上的民族之一。所居在今'熱河省'東北。五代時'耶律阿保機'統一'契丹'八部,自稱皇帝,建'大遼國',後滅於'金'。該族射獵居處無常,習俗與'突厥'大致相同,死後不安葬,以馬車載屍入山置於樹顛;子孫死,父母旦夕哭,父母死則否,也無喪期。

6【契合】 ㄑㄧˋ ㄏㄜˊ
①符合。②情意相投。

9【契約】 ㄑㄧˋ ㄩㄝ
雙方當事人合意而生法律效果之行爲,稱爲契約。"民法"第一百五十三條:「當事人互相表示意思一致者,無論其爲明示或默示,契約即爲成立。」契約爲債之發生的主要原因。契約訂立之過程主要爲「要約」與「承諾」,其他尚有「交叉要約」、「意思實現」及「懸償廣告」。契約訂立之後,當事人間發生債權及債務,當事人必須依契約約定行使債權履行債務,否則應負債務不履行之責任。契約自由原則與過失責任主義、所有權絕對主義三者同爲市民法之三大原則,但由於法學思想逐漸由重視個人利益轉移到社會利益的調和,因此市民法所揭示之三大原則分別受到修正,其中契約自由原則原建立在當事人的「自由」及「平等」上,但隨著企業主體的獨占壟斷、契約條款聯盟的形成以及科技產品被用爲訂約媒介,契約自由原則的主要內容「締結契約與否之自由」、「選擇訂約相對人之自由」、「決定契約內容之自由」以及「訂約方式之自由」,均受到或多或少的損害,個人常在「不平等」或「不自由」之下,訂立不公正的契約,各國爲維護契約的公正,採取「立法規制」、「司法規制」、「行政規制」及「業者自律」等手段,規制不公正約款。

12【契稅】 ㄑㄧˋ ㄕㄨㄟˋ
(deed tax)一種不動產取得稅。本質上屬財產流通稅之範疇。是以不動產爲對象,依據取得時客觀價值爲標準而徵收之。依契稅條例規定,凡不動產因買賣、承典、交換、贈與、分割、占有等,而取得所有權者,均應繳納契稅。

16【契機】 ㄑㄧˋ ㄐㄧ
事物發展的關鍵時機。

17【契闊】 ㄑㄧㄝˋ ㄎㄨㄛˋ
①勞苦。②久別。③要約;死生相約。

9【契約線】 ㄑㄧˋ ㄩㄝ ㄒㄧㄢˋ
(contract curve)在消費或生產箱形圖內,消費無異曲線或生產等產量曲線相切之點所形成的軌跡。契約線上任何一點,表示在一位消費者的效用水準一定下,另一位消費者的效用達到最大;或是在一種產品的產量一定下,另一種產品的產量達到最大,故契

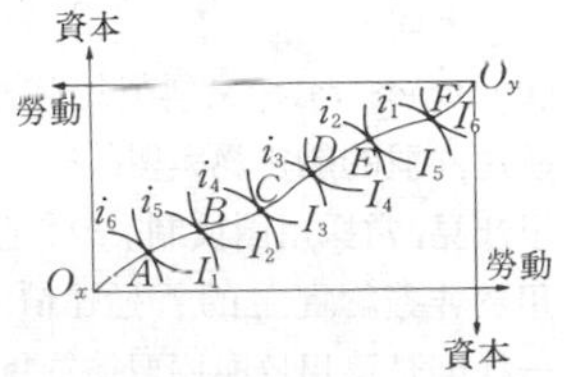

契約線圖

約線表示消費或生產達到了最佳的效率。圖中所示爲利用勞動與資本生產X與Y兩種產品的箱形圖,連接兩者的等產量曲線之切點 $ABCDEF$ 所形成的軌跡,即爲契約線。

12【契訶夫】 ㄑㄧˋ ㄏㄜ ㄈㄨ
(Anton Chekhov, 1860~1904)'俄國'短篇小說家、劇作家。作品取材自各階層人物的日常瑣事,以平淡客觀的筆調作諷刺或同情的描述,探討人心靈中的孤寂、苦悶。小說篇幅簡短,擅用暗示、低調、氣氛取代情節、事件,對'俄國'文學影響很大。代表作有小說"六號病房"(*Ward No.6*),戲劇"三姐妹"(*Three Sisters*)、"櫻桃園"(*The Cherry Orchard*)。

契訶夫像

7【契作栽培】 ㄑㄧˋ ㄗㄨㄛˋ ㄗㄞ ㄆㄟˊ
即契約合作栽培。爲確保原料的供應與爭取外銷市場,生產者與工廠間、農會與罐頭公會或青果合作社與果農、菜農間,常訂約栽培。常見的契作栽培有加工外銷作物,如甘蔗、洋菇、蘆筍、鳳梨等,以及大量外銷的青果蔬菜,如香蕉、西瓜、柑桔、洋葱等。

9【契約責任制】 ㄑㄧˋ ㄩㄝ ㄗㄜˊ

ㄖㄣˋ ㄓˋ
凡發出購貨定單或簽具採購契約，爲使未來之支出有預算可用，即爲歲出保留之登記，此種入帳之基礎即係契約責任制。

【契約運費率】 ㄑㄧˋ ㄩㄝ ㄩㄣˋ ㄈㄟˋ ㄌㄩˋ
(contract rate)又稱契約運價。航運同盟的船隻爲與盟外船隻競爭起見，常採用兩價制。一種是適用於非簽約貨主的普通運價，另一種則是適用於與同盟簽約貨主的優惠運價。這種優惠運價即爲契約運費率。一般而言，契約運費率約低於普通運價一成左右。

【契約自由原則】 ㄑㄧˋ ㄩㄝ ㄗˋ ㄧㄡˊ ㄩㄢˊ ㄗㄜˊ
基於私法自治原則，國家承認個人得基於自己之意思，自由創造私法關係，享受權利、負擔義務，此謂之契約自由原則。契約自由原則與過失責任主義、所有權絕對原則同爲“拿破崙法典”以來市民法的三大原則。近代由於法學思想由自由放任的個人主義向社會利益調和之方向發展，因此市民法所揭示之三原則分別受到修正。析言之，契約法由契約自由原則向契約制度化發展，侵權行爲法由過失責任主義向無過失責任主義發展，物權法由所有權絕對主義向所有權社會化發展。契約自由原則的基礎是建立在當事人「自由」及「平等」的假設上，其主要內容有：一、締結契約與否之自由。二、選擇訂約相對人之自由。三、決定契約內容之自由。四、訂約方式之自由。但由於資本主義盛行、企業主體的獨占壟斷、契約條款聯盟以及科技產品被用爲訂約媒介(例如自動販賣機)，上述契約自由原則的內容，或多或少受到侵蝕，個人在不平等或不自由的條件下，與企業主體訂立「定型化契約」，契約內容多偏頗地有利於定型化約款的使用人，爲樹立契約內容的正義，體現契約自由原則的眞義，各國採用「立法規制」、「司法規制」、「行政規制」、「自律規制」方法，以回復契約自由或公正契約內容。

奎 ㄎㄨㄟˊ *k'uei*² 音葵
1胯；兩股之間。見“說文”。2星宿名。二十八宿之一。參奎宿。

11【奎宿】 ㄎㄨㄟˊ ㄒㄧㄡˋ
星宿名。二十八宿之一。西方白虎七宿之首。主要有十六星，奎宿一、二、四、五、六、七、八、九屬仙女座，依次爲仙女座 η、ζ、ε、δ、π、υ、μ、β，奎宿十一至十六雙魚座，依次爲 τ、I、υ、φ、χ、ψ_1，奎宿三爲雙魚座 i，奎宿十爲雙魚座76號星。此外，外屛、天溷、土司空、軍南門、閣道、附路、王良、策等星，也都歸入奎宿。

14【奎寧】 ㄎㄨㄟˊ ㄋㄧㄥˊ
(quinine)即金雞納鹼。是一種無色晶體。分子式爲 $C_{20}H_{24}N_2O_2$，熔點177°C。味極苦，無臭，溶於水。可由金雞鈉樹皮中得到，也可以由人工方法合成。其鹽酸鹽和硫酸鹽都是治療瘧疾的良好藥物及解熱劑，在人類控制瘧疾上有很大的貢獻。

奓 ㊀ ㄓㄚ *cha*¹ 音楂
開。如：奓戶。
㊁ ㄕㄜ *shê*¹ 音奢
1同㊀。2奢侈。同奢。如：奓靡。
㊂ ㄔˇ *ch'ih*³ 音侈
侈大。同侈。如：奓言。

奐 ㄏㄨㄢˋ *huan*⁴ 音換
1文采燦爛的樣子。見“廣韻”。2盛大；眾多。如：美輪美奐。3散布的樣子。通渙。

7

奊 ㄒㄧㄝˊ *hsieh*² 音協
頭歪斜不正的樣子。見“說文”。

套 ㄊㄠˋ *t'ao*⁴
1披蓋或覆蓋在外面。2罩在外面的東西。如：外套。3量詞。器物或作品一組稱爲一套。如：一套書。4成例或模式。如：老套。5用手段謀求。如：套利。

6【套曲】 ㄊㄠˋ ㄑㄩˇ
南北曲中，聯合數個曲牌的曲子，組成一套首尾俱全的曲調，稱爲套曲。也稱套數。各曲須屬同一宮調或管色，且須同叶一韻。

【套色】 ㄊㄠˋ ㄙㄜˋ
(run-on-paper)除黑色油墨外，再加其他色彩，稱爲套色。如加印紅色，稱爲套紅。

【套印】 ㄊㄠˋ ㄧㄣˋ
書籍分色印刷。

8【套板】 ㄊㄠˋ ㄅㄢˇ
分板分色套印。也叫餖板。即用兩種以上的印板，著上不同顏色的油墨，分別上板套印而成。如‘清’‘道光’十四年(1834)，‘盧坤’刻“杜工部集”二十五卷，其中評語分別用紫、藍、朱、綠、黃色套印，加上正文的墨色，共爲六色套板。

【套房】 ㄊㄠˋ ㄈㄤˊ
(suite)指兩間以上的房間連接爲一單位，其中一間是附設衛浴設備的客房，另一是客廳的住宿設施。豪華者，並附設專用餐室、廚房、酒吧及接待室等；更豪華者，並附設有會議室、隨從人員臥室及配備豪華專用汽車與服務人員等，如總統套房、皇家套房等。

11【套問】 ㄊㄠˋ ㄨㄣˋ
間接方式的探問。

【套袋】 ㄊㄠˋ ㄉㄞˋ
果實成長間保護果實的一種處理方法。實施果房套袋可減少日燒、擦傷、凍傷、病蟲害，增加果皮的色澤美觀、提高品質，並可促進果實發育。

13【套匯】 ㄊㄠˋ ㄏㄨㄟˋ
1(arbitrage)利用兩國或多國匯率的不同，計算其中兌換的差價,以從中買賣謀取利益的外匯交易。②一般指逃匯。即把資金非法轉移到國外。參逃匯。

14【套語】 ㄊㄠˋ ㄩˇ
①朋友間常用的應酬語。②指歌謠中經常出現的一些固定詞語或句式。

15【套數】 ㄊㄠˋ ㄕㄨˋ
①套曲的別稱。參套曲。②老套;成規。

6【套交情】 ㄊㄠˋ ㄐㄧㄠ ˙ㄑㄧㄥ
拉關係;攀交情。

【套印本】 ㄊㄠˋ ㄧㄣˋ ㄅㄣˇ
分色套印的書籍。參套板。

13【套裝軟體】 ㄊㄠˋ ㄓㄨㄤ ㄖㄨㄢˇ ㄊㄧˇ
(package software)爲特定用途而設計的一組應用電腦程式。

14【套算匯率】 ㄊㄠˋ ㄙㄨㄢˋ ㄏㄨㄟˋ ㄌㄩˋ
(cross rate) 外匯市場在計算本國貨幣與特定國貨幣之間的匯率時,被用於間接換算(裁定)的第二國貨幣與該特定國貨幣間的匯率,稱爲套算匯率。例如‘美’元與新‘臺’幣的匯率爲 US$1=NT$40,‘英’鎊與‘美’元的匯率爲Stg. £1=US$1.20,則新‘臺’幣與‘英’鎊的匯率透過上述二種匯率間接換算,即可得 Stg. £1=NT$48。此時被用來裁定的‘美’元與‘英’鎊的匯率,即爲套算匯率。因爲這種匯率是經折算而來,所以又稱爲折算匯率。

奘 ㊀ ㄗㄤˋ *tsang*^{4} 音臟
身軀壯大。見“說文”。
㊁ ㄓㄨㄤˇ *chuang*^{3}
俗稱徑圍粗大。

奚 ㄒㄧ *hsi*^{1} 音希
①女奴。通娭。也泛指僕役。如:奚奴。②何。表疑問。③我國歷史上的民族之一。居現在‘熱河省’中部。‘唐’末爲‘契丹’所併。習俗同‘突厥’。逐水草而居,以畜牧爲業。作戰時將車子圍成一圈,作爲軍陣。④姓。‘漢’有‘奚涓’。見“通志·氏族略四”。

13【奚落】 ㄒㄧ ㄌㄨㄛˋ
譏諷嘲笑。

畚 畚的本字。

8

奢 ㄕㄜ *shê*^{1} 音賒
或作奢。一作奓。①擴大;擴充。②誇大。如:奢言。③侈靡;浪費。如:奢侈。④過度。如:奢求。⑤姓。見“路史·國名紀己”。

7【奢言】 ㄕㄜ ㄧㄢˊ
大言;誇大的話。

8【奢侈】 ㄕㄜ ㄔˇ
浪費。

11【奢望】 ㄕㄜ ㄨㄤˋ
過分的希望。

19【奢靡】 ㄕㄜ ㄇㄧˇ
奢侈浮靡。形容極度浪費,不知節儉。

8【奢侈品】 ㄕㄜ ㄔˇ ㄆㄧㄣˇ
(luxury)價值昂貴,非生活所必需,但能提高生活享受之產品。

奝 ㄉㄧㄠ *tiao*^{1} 音刁
大;多。見“玉篇”。

9

奠 ㄉㄧㄢˋ *tien*^{4} 音電
①設置酒食以祭祀。如:奠祭。②祭祀用的供品。如:時羞之奠。③進獻。④定;建立。如:奠基。

11【奠基】 ㄉㄧㄢˋ ㄐㄧ
奠定地基。引申爲奠定事物的基礎。

15【奠儀】 ㄉㄧㄢˋ ㄧˊ
致送死者家屬的金錢,以代替祭品。

奡 ㄠˋ *ao*^{4} 音傲
①傲慢。同傲。見“說文”。②矯健的樣子。

奩 ㄌㄧㄢˊ *lien*^{2} 音連
盛香的器具。同匳。見“字彙補”。

奥 奧的俗體。

10

奧 ㊀ ㄠˋ *ao*^{4} 音傲
①屋內西南角。見“說文”。②隱密的;精深的。如:奧旨。③豬圈。④主要。⑤‘奧地利’的簡稱。
㊁ ㄩˋ *yü*^{4} 音郁
①水岸彎曲的地方。通澳。②和暖。通燠。如:奧寒。

7【奧坎】 ㄠˋ ㄎㄢˇ
(William of Ockham, 1285?~1349)‘英國’哲學家、方濟會教士。頗富獨立思想,時常批評‘多瑪斯’及繁瑣學派的思想及中世制度;強調經驗是知識的源泉,爲近世經驗主義的先導。又主張教會與國政分離。

【奧妙】 ㄠˋ ㄇㄧㄠˋ
深微精妙。

9【奧祕】 ㄠˋ ㄇㄧˋ
深奧隱祕。

12【奧援】 ㄠˋ ㄩㄢˊ
有力的援助;可靠的後援。

13【奧義】 ㄠˋ ㄧˋ
精深的義理。

2【奧丁頓】 ㄠˋ ㄉㄧㄥ ㄉㄨㄣˋ
(Richard Aldington, 1892~1962)‘英國’詩人、小說家兼評論家。是倡導意象主義的健將之一。著有詩集,著名的小說有“英雄之死”(*Death of a Hero*)、“阿拉伯的勞倫斯”(*Lawrence of Arabia*)等。

6【奧地利】 ㄠˋ ㄉㄧˋ ㄌㄧˋ
(Austria)中‘歐’內陸國。面積8.3萬方公里,人口818.0萬(2005年),首都‘維也納’。全境多為‘阿爾卑斯山地’,僅東北部有平原。‘多瑙河’橫貫北部,富航運及灌溉之利。屬溫帶海洋性氣候。以畜牧為主。鎂、石墨產量居世界前列,另有石油、煤、鐵、銻、汞等礦。觀光業盛。

7【奧利猿】 ㄠˋ ㄌㄧˋ ㄩㄢˊ

(*Oreopithecus*)爲一屬名。指西元1872年在'義大利'出土的上新世初期的靈長類化石。以後又陸續出土新化石,其中以1958年所出土的幾乎完整的全身骨骼最爲重要。學者從體質上的特徵很難將其歸屬於猿科或人科,而認爲可能是在中新世期間絕滅的人超科化石。

11**【奧理略】** ㄠˋ ㄌㄧˇ ㄌㄩㄝˋ
(Marcus Aurelius, 121~180)'羅馬'皇帝。即"後漢書"所稱的'大秦王''安敦'。統御部下寬厚仁慈,唯排斥基督教。後參與'羅馬'、'希臘'之戰而陣亡。亦爲著名的'斯多噶'派哲學家,著有"冥想錄"(*Meditations*)。

12**【奧斯汀】** ㄠˋ ㄙ ㄊㄧㄥ
(Jane Austen, 1775~1817)'英國'小說家。作品取材於日常生活,描寫小城市的風習、人們的興味,用簡樸的文字寓含平靜的諷刺,筆觸細膩感人。代表作有"感覺與感受性"(*Sense and Sensibility*)、"傲慢與偏見"(*Pride and Prejudice*)等。

【奧斯特】 ㄠˋ ㄙ ㄊㄜˋ
1(Hans Christian Oersted, 1777~1851)'丹麥'物理學家及化學家。畢業於'哥本哈根大學'。西元1820年發現電流能產生磁場的現象,開啟了電與磁關係的研究。也是第一位將鋁析離出來的化學家。2(oersted)電磁單位系統(EMU system)中磁場強度的單位。即在眞空中單位磁極在磁場方向受力爲一達因的磁場強度。

5**【奧古斯丁】** ㄠˋ ㄍㄨˇ ㄙ ㄉㄧㄥ
(Augustine of Hippo, 354~430)西洋中世紀哲學家。起先是個懷疑論者,後來受新'柏拉圖'主義的影響而皈依基督教。西元395年擔任'喜波'主教。其思想成了中世紀教父哲學的頂峰。'奧'氏著作甚豐,包括"反學院人士"(*Contra Academicos*)、"論自由選擇"(*De libero arbitrio*)、"三位一體"(*De trinitate*)、"天主之城"(*De civitate Dei*)及"懺悔錄"(*Confessiones*)等。

【奧古斯都】 ㄠˋ ㄍㄨˇ ㄙ ㄉㄨ
(Caesar Augustus)爲'羅馬帝國'第一任皇帝'屋大維'的封號。意爲尊嚴者。後成爲'羅馬'及西方帝王習用的頭銜。參屋大維。

10**【奧馬茲德】** ㄠˋ ㄇㄚˇ ㄗ ㄉㄜˊ
(Ormazd; Ahura Mazdā)'波斯'拜火教的最高神。代表光明良善,是萬物的創始者及宇宙的裁判。祂與宇宙的統治者'亞里門'(Ahriman; Angra Mainyu, 代表邪惡、黑暗和死亡)不斷鬥爭,終於獲得勝利。'奧馬茲德'和'亞里門'是'朱凡'(Zurvān, 代表時間)的孿生兄弟。

12**【奧費主義】** ㄠˋ ㄈㄟˋ ㄓㄨˇ ㄧˋ
(Orphism)指經過立體派洗禮的一群畫家,以抽象的色彩及動勢作爲繪畫之主要構成要素的繪畫運動。因具有音樂上的節奏感,西元1912年藝評家'阿波里奈'(Apollinaire)遂名以'希臘'音樂之神'奧費'(Orpheus)。代表畫家有'德洛內'(Delaunay)、'庫普卡'(Kupka)、'畢卡比亞'(Picabia)和'雷捷'(Léger)等。

14**【奧爾科特】** ㄠˋ ㄦˇ ㄎㄜ ㄊㄜˋ
(Louisa May Alcott, 1832~1888)'美國'兒童文學家。西元1860年左右,開始在"大西洋月刊"(*Atlantic Monthly*)發表詩和短篇小說;1864年出版第一本長篇小說"心境"(*Moods*);四年後發表了半自傳體小說"小婦人"(*Little Women*)的第一卷,一年之內銷售六萬冊以上,一時名利雙收;1869年出版第二卷;1871、1886年又出版續篇"小男人"(*Little Men*)和"朱尹的孩子"(*Jo's Boys*)。此外尚有"獻給少女的花圈"(*A Garland for Girls*)、"紫丁香花下"(*Under the Lilacs*)等書。

奧爾科特像

【奧圖循環】 ㄠˋ ㄊㄨˊ ㄒㄩㄣˊ ㄏㄨㄢˊ
(Otto cycle)汽缸中燃料在燃燒過程中爲等容積狀態之熱力循環。又稱等容積循環。

15**【奧德修斯】** ㄠˋ ㄉㄜˊ ㄒㄧㄡ ㄙ
(Odysseus)'希臘'神話中的英雄。'羅馬'神話稱爲'尤利西斯'。'綺色佳'(Ithaca)國王,參加'特洛伊城'的包圍戰,獻木馬計,把城攻陷。回國途中,發生很多冒險事蹟。'荷馬'史詩"奧德賽"(*Odyssey*)就是以他爲主角寫成的。

11**【奧都威文化】** ㄠˋ ㄉㄨ ㄨㄟ ㄨㄣˊ ㄏㄨㄚˋ
(Oldowan industry)東'非''坦尚尼亞'地區所發現的舊石器時代早期文化。石器製作粗陋,有砍器、刮器等。該文化可能爲某一種南猿所留下的。

12**【奧斯特華法】** ㄠˋ ㄙ ㄊㄜˋ ㄏㄨㄚˊ ㄈㄚˇ
(Ostwald's process)工業上製造硝酸(HNO_3)的方法。將氨和空氣混合,通過灼熱(約600°C)的鉑絲網,使氨依次氧化成一氧化氮和二氧化氮,然後用水吸收,即可得到硝酸。

10**【奧高程式語言】** ㄠˋ ㄍㄠ ㄔㄥˊ ㄕˋ ㄩˇ ㄧㄢˊ
(algorithmic oriented language; ALGOL)電腦程式語言之一。西元1958年由'美國'與'歐洲'的電腦專家及學者共同設計開發,主要應用於數字性計算問題之處理,並於1960年完成設計與制定工作,故又稱ALGOL 60。後經繼續研究與改進而產生最新之版本,稱爲 ALGOL 68。在電腦史上，奧高爲程式語言發展之重要里程碑，影響以後許多程式語言之設計與發展。

12【奧斯卡金像獎】ㄠˋ ㄙ ㄎㄚˇ ㄐㄧㄣ ㄒㄧㄤˋ ㄐㄧㄤˇ
(Academy Award; Oscar)'美國影藝科學院'(Academy of Motion Picture Arts and Sciences)每年頒給傑出的電影從業員及公司的獎品。包括最佳影片、最佳男女主角、最佳男女配角及最佳導演等25項。獎品係一金質人像。自西元1927年首度頒發至1989年已62屆。

14【奧爾杜伐峽谷】ㄠˋ ㄦˇ ㄉㄨˋ ㄈㄚ ㄒㄧㄚˊ ㄍㄨˇ
(Olduvai Gorge)東'非''坦尚尼亞'一個有名的古人類遺址。'英國''李凱'夫婦(L. S. B. Leakey & Mary D. Leakey)等人在此遺址發現許多南猿與［巧人］化石資料。此外，還出土大量的舊石器文化遺留及古生物化石。

8【奧林匹克運動會】ㄠˋ ㄌㄧㄣˊ ㄆㄧˇ ㄎㄜˋ ㄩㄣˋ ㄉㄨㄥˋ ㄏㄨㄟˋ
(Olympic Games)一國際性運動會。西元前776年起古'希臘'人每四年於'奧林匹亞'(Olympia)'宙斯'(Zeus)神殿前舉行祭神賽會，直至西元394年始爲'東羅馬'皇帝'狄奧多西一世'(Theodosius I)禁止而停辦。1894年於多位國際人士提倡恢復賽會聲下，於'巴黎'成立委員會，並於1896年在'雅典'舉行第一屆'奧運會'，規定每四年舉行一次，地點不一。最近一次爲1988年於'南韓''漢城'所舉辦的第二十四屆'奧運會'。

11

奫 ㄩㄣ yün¹ 音暈
①泉水。見"廣韻"。②水深廣的樣子。見"正字通"。

15【奫潫】ㄩㄣ ㄨㄢ
水深廣迴旋的樣子。

奩 ㄌㄧㄢˊ lien² 音廉
也作匳。①婦女用的鏡匣。②嫁女所具備的財物。如：妝奩。

8【奩具】ㄌㄧㄢˊ ㄐㄩˋ
①婦女梳妝所用的器具。②泛指婦女出嫁時陪嫁的器具。

13【奩敬】ㄌㄧㄢˊ ㄐㄧㄥˋ
送人嫁女的賀禮。

14【奩幣】ㄌㄧㄢˊ ㄅㄧˋ
陪嫁的財物。

奪 ㄉㄨㄛˊ to², tuo² 音掇
①強取；爭取。如：搶奪。②失落；喪失。③決定。如：定奪。④擾亂。如：奪倫。⑤眩耀。如：奪目。

5【奪目】ㄉㄨㄛˊ ㄇㄨˋ
光彩耀眼。

11【奪情】ㄉㄨㄛˊ ㄑㄧㄥˊ
古代官員遭遇親喪時，照例應准許其解職守制，但有時朝廷急於用人，雖未滿喪期而強使其就任，叫奪情。

15【奪標】ㄉㄨㄛˊ ㄅㄧㄠ
奪取錦標。

18【奪職】ㄉㄨㄛˊ ㄓˊ
免職。

22【奪權】ㄉㄨㄛˊ ㄑㄩㄢˊ
奪取權位。

9【奪胎換骨】ㄉㄨㄛˊ ㄊㄞ ㄏㄨㄢˋ ㄍㄨˇ
道教語。奪胎，奪取別人的胚胎而轉生。換骨，脫去凡骨而成仙。後用以比喻師法前人，不露痕跡，且能創新。

奬 獎的俗體。

12

奭 ㄕˋ shih⁴ 音釋
①豐盛。見"說文"。②赤色。見"正字通"。③無礙。通釋。④歡喜。

13

奰 彝的俗體。

奮 ㄈㄣˋ fên⁴ 音份
①振翅高飛。如：奮飛。②猛然用力。如：奮擊。③振動；高舉。如：奮臂一呼。④發揚。⑤激勵。如：奮發圖強。⑥誇張。

9【奮袂】ㄈㄣˋ ㄇㄟˋ
揚起衣袖。形容奮發的樣子。

10【奮鬥】ㄈㄣˋ ㄉㄡˋ
盡力戰鬥；全力抗爭、爭取。

12【奮發】ㄈㄣˋ ㄈㄚ
①激勵振作。②蓬勃發舒。

17【奮臂】ㄈㄣˋ ㄅㄧˋ
振臂。用力舉起手臂。

4【奮不顧身】ㄈㄣˋ ㄅㄨˋ ㄍㄨˋ ㄕㄣ
勇往直前，不顧危險。

10【奮翅鼓翼】ㄈㄣˋ ㄔˋ ㄍㄨˇ ㄧˋ
振翅高飛。比喻奮發有所作爲。

15

奰 ㄅㄟˋ pei⁴ 音備
①壯大。見"說文"。②憤怒。見"正字通"。

9【奰屓】ㄅㄟˋ ㄒㄧˋ
壯盛的樣子。

20

奲 或作嚲。㊀ ㄔㄜˇ ch'ê³ 音扯
寬大。見"集韻"。
㊁ ㄉㄨㄛˇ to³, tuo³ 音朵
下垂的樣子。見"正字通"。

女部

女 ㊀ ㄋㄩˇ nü³
①女性。男性的對稱。②女兒。如：不重生男重生女。③柔嫩。如：女桑。④星宿名。二十八宿之一。也稱婺女。參女宿。
㊁ ㄋㄩˋ nü⁴ 音恧
將女兒嫁人。
㊂ ㄖㄨˇ ju³ 音汝
你。通汝。

4【女中】ㄋㄩˇ ㄓㄨㄥ
'日'語。旅館女服務員。

5【女史】ㄋㄩˇ ㄕˇ
古代對有才學之女性的尊稱。

6【女色】ㄋㄩˇ ㄙㄜˋ
女子的美色。

7【女弟】ㄋㄩˇ ㄉㄧˋ
①妹妹。②老師稱呼女學生。書信中用語。

【女巫】ㄋㄩˇ ㄨ
古代以跳舞降神代人祈禱的女官。

【女伶】ㄋㄩˇ ㄌㄧㄥˊ
古稱女性的歌舞表演者。

9【女流】ㄋㄩˇ ㄌㄧㄡˊ
女輩;婦女的總稱。

【女冠】ㄋㄩˇ ㄍㄨㄢ
即女道士。'唐代'男女道徒皆戴黃冠,習稱男道士爲黃冠,女道士不稱女黃冠,而稱女冠。'宋'以後改女冠爲女道,尼爲女德,也偶有稱女道士爲女黃冠者。

【女紅】ㄋㄩˇ ㄍㄨㄥ
女子所作縫紉、刺繡一類的工作及製成品。也作女工。

10【女眞】ㄋㄩˇ ㄓㄣ
我國歷史上的民族之一。曾建立'金國',後爲'蒙古'所滅。其俗夏逐水草而居,多則隱處穴中,生活遷徙不定。

11【女宿】ㄋㄩˇ ㄒㄧㄡˋ
星宿名。二十八宿之一。北方玄武七宿的第三宿。主要有四星,皆屬寶瓶座,女宿一即寶瓶座ε,女宿二即μ,女宿四即κ。此外,離珠、敗瓜、匏瓜、天津、奚仲、扶筐、十二國等星,也都歸入女宿。

12【女媊】ㄋㄩˇ ㄑㄧㄢˊ
星名。居南斗。

【女媧】ㄋㄩˇ ㄨㄚ
神話中上古的女帝名。傳說古時天柱傾折,天崩地裂,'女媧'於是鍊五色石以補天,用鼇足支撐天的四極,使人民生活安定。

【女結】ㄋㄩˇ ㄐㄧㄝˊ
也稱雙扣結。結形如女字,故稱。用以接長兩條線。

13【女禍】ㄋㄩˇ ㄏㄨㄛˋ
女子引起的禍害。多指君主縱情女色,敗壞國政。也指女主執政。

17【女牆】ㄋㄩˇ ㄑㄧㄤˊ
城上呈凹凸狀的短牆。也稱女垣。

22【女權】ㄋㄩˇ ㄑㄩㄢˊ
女子在社會、政治、法律上應有的權利。

8【女兒紅】ㄋㄩˇ ㄦˊ ㄏㄨㄥˊ
①小紅蘿蔔的別名。②酒名。即女兒酒。'浙江省''紹興縣'民俗於生女之年,釀酒若干甕,埋在地下,待女兒出嫁時,拿出來宴饗賓客,稱爲女兒紅。

16【女儐相】ㄋㄩˇ ㄅㄧㄣˋ ㄒㄧㄤˋ
婚禮中輔助新娘的女子。又稱伴娘。

4【女中丈夫】ㄋㄩˇ ㄓㄨㄥ ㄓㄤˋ ㄈㄨ
指才幹和男子一樣傑出不凡的女子。也作女丈夫。

22【女權運動】ㄋㄩˇ ㄑㄩㄢˊ ㄩㄣˋ ㄉㄨㄥˋ
(women's movement)指西元1960年代所推動之伸張女權、主張男女平等、改善婦女形象與社會角色的運動。

3【女大不中留】ㄋㄩˇ ㄉㄚˋ ㄅㄨˋ ㄓㄨㄥˋ ㄌㄧㄡˊ
女大當嫁,不能久留於家。

9【女爲悅己者容】ㄋㄩˇ ㄨㄟˋ ㄩㄝˋ ㄐㄧˇ ㄓㄜˇ ㄖㄨㄥˊ
女人爲了愛她的人而修飾容顏。

2

奴 ㄋㄨˊ nu^{2} 音笯
①古代因罪收入官府服雜役的男女。②單稱男性奴隸。③古代男女對自己的謙稱。自'宋'以後,則多爲婦女的自稱。如:奴家。④對他人的輕賤稱呼。⑤姓。'明'有'奴管'。見"萬姓統譜·一三"。

8【奴性】ㄋㄨˊ ㄒㄧㄥˋ
奴隸性格。

17【奴隸】ㄋㄨˊ ㄌㄧˋ
供人役使而沒有自由的人。

11【奴脣婢舌】ㄋㄨˊ ㄔㄨㄣˊ ㄅㄧˋ ㄕㄜˊ
比喻言語可厭。

18【奴顏婢膝】ㄋㄨˊ ㄧㄢˊ ㄅㄧˋ ㄒㄧ
形容卑屈無恥,諂媚於人。

奶 ㄋㄞˇ nai^{3} 音乃
①乳房的俗稱。②乳汁。如:母奶。③泛指似乳的食品。如:豆奶。④撫育。

8【奶油】ㄋㄞˇ ㄧㄡˊ
(butter)由不斷攪拌牛奶而得到的固體油脂。也稱白脫油。淡黃色,包括少許水分、凝乳、乳糖和無機鹽。奶油是一高熱能食品,100公分含有715卡路里,而且含有豐富的維他命A、D和鈣、磷,但蛋白質含量並不多。

10【奶粉】ㄋㄞˇ ㄈㄣˇ
(dry milk)牛乳經噴霧乾燥或其他乾燥法蒸發水分而得的粉末製品。全脂奶粉的脂肪含量爲26%,脫脂奶粉的脂肪含量則約爲0.8%。

11【奶瓶齒】ㄋㄞˇ ㄆㄧㄥˊ ㄔˇ
指上門牙多蛀蝕,而下門牙則因吸奶瓶時受到舌頭保護而很少蛀蝕。大多發生於1到3歲的小孩。其原因是小孩有一邊睡一邊用奶瓶喝牛奶或果汁的習慣。

3

妄 ㄨㄤˋ wang^{4} 音旺
①悖亂;不明事理。如:妄自尊大。②荒誕不實。如:妄想。③隨便;胡亂。如:妄下斷語。

8【妄念】ㄨㄤˋ ㄋㄧㄢˋ
非分之想;不正當的念頭。

11【妄動】ㄨㄤˋ ㄉㄨㄥˋ
不經思索,任意行動。

13【妄想】ㄨㄤˋ ㄒㄧㄤˇ
①非分之想;虛妄的空想。②(delusion)一種錯誤、不合情理或毫無事實根據的信念。係精神病患

者常具有的想法。妄想的形式很多,最主要的有迫害妄想(delusion of persecution)和自大妄想(delusion of grandeur)兩種。其中迫害妄想患者常認定別人正處心積慮地對他施以陰謀迫害,自大妄想患者則有誇大地位、才能以圖炫耀自己的傾向。

15【妄誕】ㄨㄤˋ ㄉㄢˋ
狂妄荒誕。

13【妄想症】ㄨㄤˋ ㄒㄧㄤˇ ㄓㄥˋ
(paranoia)精神病的一種。患者自覺高貴與重要,總認爲有人企圖施以迫害或謀殺。表現猜疑、不信任、敵視、容易動怒,偶有攻擊行爲。

6【妄自尊大】ㄨㄤˋ ㄗˋ ㄗㄨㄣ ㄉㄚˋ
沒有眞實的才能而自以爲了不起。

【妄自菲薄】ㄨㄤˋ ㄗˋ ㄈㄟˇ ㄅㄛˊ
隨便的看輕自己。

7【妄言妄聽】ㄨㄤˋ ㄧㄢˊ ㄨㄤˋ ㄊㄧㄥ
隨意說說,隨意聽聽。比喻不必太過認眞。

妝 妝的俗體。

改 ㄐㄧˇ chi³ 音己
女名用字。'殷'有'妲改'。今通作'己'。見"史記·殷紀"。

奸 ㄐㄧㄢ chien¹ 音尖
①男女私通。如:奸淫。②自私;狡詐。通姦。如:奸邪。③侵犯。通干。如:奸國之紀。④求。通迁。

5【奸宄】ㄐㄧㄢ ㄍㄨㄟˇ
犯法作亂。由內爲奸,由外爲宄。同姦宄。

7【奸佞】ㄐㄧㄢ ㄋㄧㄥˋ
狡詐虛僞。

11【奸商】ㄐㄧㄢ ㄕㄤ
用不正當方法謀取私利的商人。

【奸細】ㄐㄧㄢ ˙ㄒㄧ
兩國交兵,爲敵方刺探軍事機密的人。即間諜、探子。也作姦細。

12【奸詐】ㄐㄧㄢ ㄓㄚˋ
虛僞狡詐。

【奸雄】ㄐㄧㄢ ㄒㄩㄥˊ
用才智權謀欺世而得到權勢的人。

13【奸滑】ㄐㄧㄢ ㄏㄨㄚˊ
奸惡狡猾。

16【奸險】ㄐㄧㄢ ㄒㄧㄢˇ
奸詐陰險。

妃 ㊀ ㄈㄟ fei¹ 音非
①配偶。見"說文"。②古代帝王的配偶。地位次於王后。也指太子、王、侯的妻子。如:王妃。
㊁ ㄆㄟˋ p'ei⁴ 音配
通作配。①同㊀①。②配合。

她 ㄊㄚ t'a¹ 音他 又讀 ㄧ i¹ 音壹
女性第三人稱代詞。

好 ㊀ ㄏㄠˇ hao³ 音郝
①美。本指女子之美,後也指萬物之美。②相善。如:和好。③適宜;恰當。如:正好。④完畢;辦妥。⑤很,甚。如:好大。
㊁ ㄏㄠˋ hao⁴ 音浩
喜愛。如:愛好。

4【好歹】ㄏㄠˇ ㄉㄞˇ
①好壞。如:不知好歹。②遭遇不幸。常指死亡。③總會;不論如何。

【好手】ㄏㄠˇ ㄕㄡˇ
才藝高強的人。

5【好古】ㄏㄠˋ ㄍㄨˇ
喜愛古人古事。

【好生】㊀ ㄏㄠˇ ㄕㄥ
①好好地;認眞地。②多麼;甚爲。
㊁ ㄏㄠˋ ㄕㄥ
仁愛萬物,不嗜殺傷。

6【好色】㊀ ㄏㄠˇ ㄙㄜˋ
美色。通常指美女。
㊁ ㄏㄠˋ ㄙㄜˋ
喜好女色。

【好合】ㄏㄠˇ ㄏㄜˊ
情投意合。

8【好尙】ㄏㄠˋ ㄕㄤˋ
喜好;崇尙。

11【好逑】ㄏㄠˇ ㄑㄧㄡˊ
美好的匹配。即佳偶。

14【好漢】ㄏㄠˇ ㄏㄢˋ
①勇敢的男子。②男子的通稱。

21【好辯】ㄏㄠˋ ㄅㄧㄢˋ
喜好爭論。

8【好事者】ㄏㄠˋ ㄕˋ ㄓㄜˇ
喜好製造事端或多管閒事的人。

【好奇心】ㄏㄠˋ ㄑㄧˊ ㄒㄧㄣ
(curiosity)對於自覺新奇之事物所表現的注意、探索與急欲操弄等心理狀態。

11【好望角】ㄏㄠˇ ㄨㄤˋ ㄐㄧㄠˇ
(Cape of Good Hope)'非洲'大陸最南端的岬角。位於'南非共和國''開普敦'以南48公里,岬高280公尺。地理大發現時代,探險家'狄亞士'(Bartholomeu Dias)於西元1488年命名爲「暴風角」(Cape of Storms)。1497年'達伽馬'(Vasco da Gama)通過時更名爲「好望角」,藉以鼓勵航海探險者繼續東航,完成到達'亞洲'的東方航路。

12【好萊塢】ㄏㄠˇ ㄌㄞˊ ㄨˋ
(Hollywood)位於'美國''洛杉磯市'西北,是'美國'電影業中心。有「影城」之稱。西元1913年,導演'西席地密爾'(Cecil B. DeMille)首先租下'好萊塢'穀場,從事拍攝電影工作。至1930年代,'好萊塢'已受'派拉蒙'、'米高梅'、'環球'等八大公司支配,它們各自擁有商標、片廠、雇員、明星,發行網遍及全'美國','好萊塢'的電影企業制度至此完全建立。四、五十年代後,逐漸執世界電影市場的牛耳。

3【好大喜功】ㄏㄠˋ ㄉㄚˋ ㄒㄧˇ ㄍㄨㄥ
熱中於立大功以自誇耀。

5【好古敏求】ㄏㄠˋ ㄍㄨˇ ㄇㄧㄣˇ ㄑㄧㄡˊ
熱愛古代文化,勤敏地研求。

6【好色不淫】ㄏㄠˋ ㄙㄜˋ ㄅㄨˋ ㄧㄣˊ
喜好女色卻不流於淫亂。

8【好事多磨】ㄏㄠˇ ㄕˋ ㄉㄨㄛ ㄇㄛˊ
美好的事情偏多波折。

9【好勇鬥狠】ㄏㄠˋ ㄩㄥˇ ㄉㄡˋ ㄏㄣˇ
喜好逞血氣之勇,與人爭鬥。

10【好高騖遠】ㄏㄠˋ ㄍㄠ ㄨˋ ㄩㄢˇ
理想高遠,不切實際。

14【好端端的】ㄏㄠˇ ㄉㄨㄢ ㄉㄨㄢ ˙ㄉㄜ
1指情況正常良好。2無緣無故的。

16【好整以暇】ㄏㄠˋ ㄓㄥˇ ㄧˇ ㄒㄧㄚˊ
形容從容不迫的樣子。

【好謀而成】ㄏㄠˋ ㄇㄡˊ ㄦˊ ㄔㄥˊ
深思熟慮而能有所成就。

8【好花不常開】ㄏㄠˇ ㄏㄨㄚ ㄅㄨˋ ㄔㄤˊ ㄎㄞ
美好的花不會經常開放。比喻好景不常。

10【好氧性處理】ㄏㄠˋ ㄧㄤˇ ㄒㄧㄥˋ ㄔㄨˇ ㄌㄧˇ
(aerobic treatment)利用好氧性微生物分解有機物,使生成二氧化碳、水、硝酸鹽等,以去除廢水中大量有機物之處理原理。與厭氧性處理相對。

16【好學近乎知】ㄏㄠˋ ㄒㄩㄝˊ ㄐㄧㄣˋ ㄏㄨ ㄓˋ
好學是接近於智的行爲。

10【好馬不吃回頭草】ㄏㄠˇ ㄇㄚˇ ㄅㄨˋ ㄔ ㄏㄨㄟˊ ㄊㄡˊ ㄘㄠˇ
比喻有志氣的人勇往前進,或不願再做已經做過的事。

14【好漢不怕出身低】ㄏㄠˇ ㄏㄢˋ ㄅㄨˋ ㄆㄚˋ ㄔㄨ ㄕㄣ ㄉㄧ
鼓勵人只要肯努力,不必怕出身的微賤。

如

ㄖㄨˊ ju^2 音儒
1順從;依照。如:如意。2好像。如:如花似玉。3往;至。如:如廁。4及;趕得上。如:我不如你。5應當。6不如。7連詞。⑴假使。⑵而。8介詞。⑴相當於奈。如:將如余何?⑵相當於於。9助詞。用作形容詞、副詞的詞尾。如:申申如也。10姓。'漢'有'如子禮'。見"萬姓統譜·八"。

8【如來】ㄖㄨˊ ㄌㄞˊ
佛的十種稱號之一。梵語爲多陀阿伽陀或怛他揭多。如指眞如。乘眞如之道,從因來果而成正覺,故名如來,此爲眞身如來;乘眞如之道來三界垂化而稱如來,此爲應身如來。

11【如晤】ㄖㄨˊ ㄨˋ
如同見了面一樣。多用於對晚輩書信的提稱語。

13【如意】ㄖㄨˊ ㄧˋ
1滿意;順從心願。2器物名。本爲搔背癢的小杖,末端多作手指形。因爲搔癢可如人意,故稱。後多作裝飾玩賞之用,形制稍異。

如意圖

15【如數】ㄖㄨˊ ㄕㄨˋ
按照應有的數量。

17【如擬】ㄖㄨˊ ㄋㄧˇ
公文批示語。主管表示贊同承辦人員所擬辦之意見。

19【如願】ㄖㄨˊ ㄩㄢˋ
滿足心願;達成心願。

4【如夫人】ㄖㄨˊ ㄈㄨ ㄖㄣˊ
稱人之妾。

8【如來禪】ㄖㄨˊ ㄌㄞˊ ㄔㄢˊ
又名如來清淨禪。指'如來'所得的禪定。此禪定能進入法身般若的大涅槃,與其他外道及二乘的涅槃不同,故稱。與禪宗的祖師禪相對。

9【如律令】ㄖㄨˊ ㄌㄩˋ ㄌㄧㄥˋ
依照法令執行,不可違抗。

4【如火如荼】ㄖㄨˊ ㄏㄨㄛˇ ㄖㄨˊ ㄊㄨˊ
1形容軍容壯盛。2形容事情進行得很熱烈或景況蓬勃興盛。

【如日中天】ㄖㄨˊ ㄖˋ ㄓㄨㄥ ㄊㄧㄢ
好像太陽正升到天空當中。比喻人的名位、事業、財勢正在顯赫興盛的時期。

5【如兄如弟】ㄖㄨˊ ㄒㄩㄥ ㄖㄨˊ ㄉㄧˋ
形容朋友之情,親如兄弟。

【如出一口】ㄖㄨˊ ㄔㄨ ㄧ ㄎㄡˇ
形容眾人所言相同,彷彿出於同一人之口。

【如出一轍】ㄖㄨˊ ㄔㄨ ㄧ ㄔㄜˋ
形容事物或行動的歷程極爲相似,好像同一個車輪在道路上輾過的痕跡一樣。

7【如坐春風】ㄖㄨˊ ㄗㄨㄛˋ ㄔㄨㄣ ㄈㄥ
比喻受教於良師的和樂之感。

【如坐針氈】ㄖㄨˊ ㄗㄨㄛˋ ㄓㄣ ㄓㄢ
好像坐在插滿金針的毯子上,坐臥不安。形容處境窘迫。

8【如法炮製】ㄖㄨˊ ㄈㄚˇ ㄆㄠˊ ㄓˋ
本指'中'藥鋪依據成法製造藥劑。引申指依照舊規處理。

【如虎添翼】ㄖㄨˊ ㄏㄨˇ ㄊㄧㄢ ㄧˋ
比喻聲勢越發壯大。

【如花似玉】ㄖㄨˊ ㄏㄨㄚ ㄙˋ ㄩˋ
比喻女子極爲豔麗。

9【如是我聞】ㄖㄨˊ ㄕˋ ㄨㄛˇ ㄨㄣˊ
我聽到佛如此說。佛經卷首的常用語。

10【如狼似虎】ㄖㄨˊ ㄌㄤˊ ㄙˋ ㄏㄨˇ
形容貪婪兇猛。

11【如魚得水】ㄖㄨˊ ㄩˊ ㄉㄜˊ ㄕㄨㄟˇ
1比喻君臣非常投合。2比喻人得到發展的環境。3比喻夫妻感情和睦。

12【如湯沃雪】ㄖㄨˊ ㄊㄤ ㄨㄛˋ ㄒㄩㄝˇ
1比喻事情極易解決。2比喻白費力氣。

【如琢如磨】ㄖㄨˊ ㄓㄨㄛˊ ㄖㄨˊ ㄇㄛˊ
比喻相互砥礪,精益求精。

【如喪考妣】ㄖㄨˊ ㄙㄤ ㄎㄠˇ ㄅㄧˇ
像死了父母一般。形容極爲悲痛。

13【如意算盤】ㄖㄨˊ ㄧˋ ㄙㄨㄢˋ ㄆㄢˊ
稱心如意的打算。

【如雷貫耳】ㄖㄨˊ ㄌㄟˊ ㄍㄨㄢˋ ㄦˇ
形容名聲極大。

【如椽之筆】ㄖㄨˊ ㄔㄨㄢˊ ㄓ ㄅㄧˇ
如同屋椽一般粗大的筆。比喻大著作或好文章。

15【如醉如痴】ㄖㄨˊ ㄗㄨㄟˋ ㄖㄨˊ ㄔ

形容沈迷忘我的樣子。

【如履平地】ㄖㄨˊ ㄌㄩˇ ㄆㄧㄥˊ ㄉㄧˋ
1形容腳步穩健有力。2比喻做事情極為容易。

【如影隨形】ㄖㄨˊ ㄧㄥˇ ㄙㄨㄟˊ ㄒㄧㄥˊ
1形容彼此相從形影不離。2比喻事情的因果關係密切。

【如數家珍】ㄖㄨˊ ㄕㄨˇ ㄐㄧㄚ ㄓㄣ
如同數自己家裡所珍藏的寶物一樣。比喻明白熟練。

【如箭在弦】ㄖㄨˊ ㄐㄧㄢˋ ㄗㄞˋ ㄒㄧㄢˊ
形容情勢緊張迫切。

【如膠似漆】ㄖㄨˊ ㄐㄧㄠ ㄙˋ ㄑㄧ
比喻情意相投，無法分離。

17【如臨大敵】ㄖㄨˊ ㄌㄧㄣˊ ㄉㄚˋ ㄉㄧˊ
如同面對強敵。形容緊張慎重的樣子。

【如壎如篪】ㄖㄨˊ ㄒㄩㄣ ㄖㄨˊ ㄔˊ
如壎篪合奏。1比喻天人感應迅速。2比喻兄弟和睦。

18【如鯁在喉】ㄖㄨˊ ㄍㄥˇ ㄗㄞˋ ㄏㄡˊ
比喻有話在心裡，必欲一吐為快。

19【如願以償】ㄖㄨˊ ㄩㄢˋ ㄧˇ ㄔㄤˊ
心願得到實現。

【如蟻附羶】ㄖㄨˊ ㄧˇ ㄈㄨˋ ㄕㄢ
如螞蟻趨附腥羶。比喻趨附的人很多。

【如蠅逐臭】ㄖㄨˊ ㄧㄥˊ ㄓㄨˊ ㄔㄡˋ
如蒼蠅之追逐臭味。比喻人熱烈追求名利。

20【如釋重負】ㄖㄨˊ ㄕˋ ㄓㄨㄥˋ ㄈㄨˋ
如同放下重擔。形容身心得到解脫的輕鬆愉快。

2【如人飲水冷暖自知】ㄖㄨˊ ㄖㄣˊ ㄧㄣˇ ㄕㄨㄟˇ ㄌㄥˇ ㄋㄨㄢˇ ㄗˋ ㄓ
比喻人須親自經歷，才能真切的體會事理。

17【如臨深淵如履薄冰】ㄖㄨˊ ㄌㄧㄣˊ ㄕㄣ ㄩㄢ ㄖㄨˊ ㄌㄩˇ ㄅㄛˊ ㄅㄧㄥ
有如面臨深淵，有如踩在薄冰之上。比喻小心謹慎。

妁 ㄕㄨㄛˋ *shuo⁴* 音芍
媒人。如：媒妁。

奼 ㄔㄚˋ *ch'a⁴* 音詫
也作姹。1少女。見"說文"。2美女。見"玉篇"。3豔麗。如：奼紫嫣紅。

3【奼女】ㄔㄚˋ ㄋㄩˇ
道教語。外丹修煉者稱水銀為奼女，後來內丹修煉者也稱心之穴為奼女。

12【奼紫嫣紅】ㄔㄚˋ ㄗˇ ㄧㄢ ㄏㄨㄥˊ
形容花色鮮豔美麗。

4

妝 ㄓㄨㄤ *chuang¹* 音莊
俗作粧。1打扮；用脂粉修飾容貌。如：梳妝。2化妝用品和服飾。如：嫁妝。

7【妝扮】ㄓㄨㄤ ㄅㄢˋ
打扮；化妝。

8【妝花】ㄓㄨㄤ ㄏㄨㄚ
我國傳統絲織品名產之一。多在緞底上起五彩花紋，配色有多至二十色，主花常用扁金紋邊。花紋係用小梭局部織造施彩，故可任意換色，成品絢麗奪目。

14【妝奩】ㄓㄨㄤ ㄌㄧㄢˊ
也作裝奩。1女子梳妝用的鏡匣。2嫁妝。

妥 ㄊㄨㄛˇ *t'o³, t'uo³* 音橢
1坐安穩。見"爾雅·釋詁"。2平安。如：安妥。3穩當；完善。如：辦妥。

8【妥協】ㄊㄨㄛˇ ㄒㄧㄝˊ
敵對雙方，一方退讓或互相讓步而消除爭端。

12【妥善】ㄊㄨㄛˇ ㄕㄢˋ
妥貼適當。

【妥貼】ㄊㄨㄛˇ ㄊㄧㄝ
妥當；穩當。也作妥帖。

13【妥當】ㄊㄨㄛˇ ·ㄉㄤ
適當；穩當。

妨 (一) ㄈㄤˊ *fang²* 音房
1損害。如：妨害名譽。2阻礙。如：妨礙交通。
(二) ㄈㄤ *fang¹* 音方
何妨之妨的又讀。

10【妨害】ㄈㄤˊ ㄏㄞˋ
阻礙、損害。

19【妨礙】ㄈㄤˊ ㄞˋ
阻礙使事情不能順利進行。

5【妨功害能】ㄈㄤˊ ㄍㄨㄥ ㄏㄞˋ ㄋㄥˊ
妨害他人的功勞或才幹。

10【妨害公務罪】ㄈㄤˊ ㄏㄞˋ ㄍㄨㄥ ㄨˋ ㄗㄨㄟˋ
指以非法手段妨害公務執行之罪。其範圍甚廣，舉凡對於公務員依法執行職務時，施強暴脅迫之所為；意圖使公務員執行一定之職務或妨害其依法執行一定之職務或使公務員辭職，而施強暴脅迫之行為；對於依考試法舉行之考試，以詐術或其他非法之方法，使其發生不正確之結果的行為；毀損、毀壞或隱匿公務員職務上掌管或委託第三人掌管之文書、圖畫、物品或致令不堪用之行為；損壞、除去或汙穢公務員所施之封印或查封之標示或為違背其效力之行為；於公務員依法執行職務時，當場侮辱或對於其依法執行之職務公然侮辱之行為；以及意圖侮辱公務員或公署而損壞、除去或汙穢實貼公共場所之文告的行為均屬之。

【妨害自由罪】ㄈㄤˊ ㄏㄞˋ ㄗˋ ㄧㄡˊ ㄗㄨㄟˋ
指以非法方法去侵害人身自由法益之罪。詳言之，舉凡使人為奴隸或使人居於類似奴隸之不自由地位之所為；意圖營利，以詐術使人出'中華民國'領域外之行為；意圖使婦女與自己或他人結婚而略誘之行為；意圖營利，使婦女為猥褻之行為或姦淫，而略誘之行為；移送被略誘婦女出'中華民國'領域外之行為；意圖營利或意圖使被略誘人為猥褻之行為或姦淫而收受、藏匿被略誘人或使之隱避之行為；私行拘禁或以其他非法方法剝奪人之行動自由之行為；以強暴脅迫使人行無義務之事或妨

害行使權利之行爲;以加害生命、身體、自由、名譽、財產之事恐嚇他人致生危害於安全之行爲;無故侵入他人住宅、建築物或附近圍繞之土地或船艦之行爲;無故隱匿於他人住宅、建築物或附近圍繞之土地或船艦或受退去之要求而仍爲留滯之行爲;以及不依法令搜索他人身體、住宅、建築物、舟、車或航空機之行爲均屬之。妨害自由罪中略誘婦女結婚罪、違法搜索罪須告訴乃論。

【妨害風化罪】 ㄈㄤˊ ㄏㄞˋ ㄈㄥ ㄏㄨㄚˋ ㄗㄨㄟˋ

違背善良風俗之色慾行爲所成立之罪。如對婦女以強暴、脅迫、藥劑、催眠術或他法,使不能抗拒而姦淫之行爲;或以上述方法對男女爲猥褻之行爲;對於婦女乘其心神喪失或其他相類之情形,不能抗拒而姦淫之行爲;對於因親屬、監護、教養、救濟、公務或業務關係服從自己監督之人,利用權勢而姦淫或爲猥褻之行爲;以詐術使婦女誤信爲自己配偶而聽從姦淫之行爲;意圖營利,引誘或容留良家婦女與他人姦淫之行爲;以及公然爲猥褻之行爲均屬之。

妔 ㊀ ㄏㄤˊ hang² 音杭
女子性情急躁。見"正字通"。
㊁ ㄎㄥ k'êng¹ 音坑
美麗的女子。見"集韻"。

妉 媅的或體。

妊 ㄖㄣˋ jên⁴ 音認 又讀 ㄖㄣˊ jên² 音人
懷孕。如:妊娠。

10【妊娠】 ㄖㄣˋ ㄕㄣ
懷孕。

【妊娠嘔吐】 ㄖㄣˋ ㄕㄣ ㄡˇ ㄊㄨˋ
(morning sickness)又稱孕吐,俗稱害喜。原因不明,可能與懷孕時兩、三種荷爾蒙分泌增加有關。通常神經質或對懷孕深感不安或厭惡的人,孕吐傾向較爲強烈。發生時間一般是從懷孕兩個半月開始,到四個月左右就會好轉。

妘 ㄩㄣˊ yün² 音云
姓。'祝融'之後。見"說文"。

妍 ㄧㄢˊ yen² 音研
或作姸。美好。如:妍麗。

13【妍媸】 ㄧㄢˊ ㄔ
美麗和醜陋。同妍蚩。

17【妍醜】 ㄧㄢˊ ㄔㄡˇ
美醜。

19【妍麗】 ㄧㄢˊ ㄌㄧˋ
美麗。

姉 姊的俗體。

妓 ㄐㄧˋ chi⁴ 音技
①以歌舞娛人的女子。如:歌妓。②賣淫的女子。如:妓女。

3【妓女】 ㄐㄧˋ ㄋㄩˇ
①古代稱有歌舞技藝的女子。②賣淫的女子。

妞 ㄋㄧㄡ niu¹
少女。

妣 ㄅㄧˇ pi³ 音筆
①稱祖母或祖母輩以上的女性祖先。如:妣祖。②稱已死的母親。如:先妣。

妤 ㄩˊ yü² 音余
參婕妤。

妮 妮的本字。

姢 娟的或體。

妠 ㄋㄚˋ na⁴ 音納
娶。見"集韻"。

妙 ㄇㄧㄠˋ miao⁴ 音廟
①神奇;精微莫測。如:奧妙。②美好。如:美妙。③年紀少小。如:妙齡。

4【妙手】 ㄇㄧㄠˋ ㄕㄡˇ
技藝高妙的人。

11【妙訣】 ㄇㄧㄠˋ ㄐㄩㄝˊ
巧妙的方法。

15【妙論】 ㄇㄧㄠˋ ㄌㄨㄣˋ
精妙的言論。

20【妙齡】 ㄇㄧㄠˋ ㄌㄧㄥˊ
年少。

4【妙手回春】 ㄇㄧㄠˋ ㄕㄡˇ ㄏㄨㄟˊ ㄔㄨㄣ
稱贊醫生醫術高明,能使重病的人恢復健康。

【妙手空空】 ㄇㄧㄠˋ ㄕㄡˇ ㄎㄨㄥ ㄎㄨㄥ
①手中空無一物。②貧窮而缺乏生活物資。③指竊賊技術高妙。

14【妙語如珠】 ㄇㄧㄠˋ ㄩˇ ㄖㄨˊ ㄓㄨ
形容說話或作文用句精彩。

【妙語解頤】 ㄇㄧㄠˋ ㄩˇ ㄐㄧㄝˇ ㄧˊ
有趣的言語使人發笑。

15【妙趣橫生】 ㄇㄧㄠˋ ㄑㄩˋ ㄏㄥˊ ㄕㄥ
形容趣味洋溢。

16【妙選東床】 ㄇㄧㄠˋ ㄒㄩㄢˇ ㄉㄨㄥ ㄔㄨㄤˊ
善於挑選女婿。

8【妙法蓮華經】 ㄇㄧㄠˋ ㄈㄚˇ ㄌㄧㄢˊ ㄏㄨㄚ ㄐㄧㄥ
簡稱"法華經"。因以蓮花比喻'釋迦'說法的純淨微妙而得名。本經有三譯本:一、'姚秦''鳩摩羅什'譯,七卷。二、'晉''竺法護'譯,十卷,名"正法華經"。三、'隋''闍那崛多'、'達摩笈多'合譯,八卷,名"添品法華經"。以第一種譯本最爲通行。

妦 ㄈㄥ fêng¹ 音封
美好而輕盈的樣子。通作丰。見"方言·一"。

妖 ㄧㄠ yao¹ 音么
①美好豔媚而欠端莊。如:妖冶。②怪誕不經,怪異不祥。如:妖言。③怪異不祥的事物。如:物妖。④邪惡。如:妖不勝正。

7【妖冶】 ㄧㄠ ㄧㄝˇ
美豔。後世多指豔麗而不端莊。

8【妖氛】 ㄧㄠ ㄈㄣ
怪異而不吉祥之氣。

10【妖姬】 ㄧㄠ ㄐㄧ
豔麗的婦人。

11【妖術】 ㄧㄠ ㄕㄨˋ
怪異的邪術。

12【妖媚】 ㄧㄠ ㄇㄟˋ
輕佻嫵媚。

14【妖韶】 ㄧㄠ ㄕㄠˊ
妖豔嫵媚。

【妖精】 ㄧㄠ ㄐㄧㄥ
①妖怪。②譏罵行爲不正經、專門迷惑男人的女子。

20【妖孽】 ㄧㄠ ㄋㄧㄝˋ
泛指怪異反常的事物。草木之怪爲妖，禽獸蟲蝗之怪爲孽。也作祅孽。

28【妖豔】 ㄧㄠ ㄧㄢˋ
也作夭豔。①輕佻豔麗。②指美女。

5【妖由人興】 ㄧㄠ ㄧㄡˊ ㄖㄣˊ ㄒㄧㄥ
奇怪的現象，常由人心不正而起。

7【妖言惑眾】 ㄧㄠ ㄧㄢˊ ㄏㄨㄛˋ ㄓㄨㄥˋ
用邪說迷惑大眾。

妗 ㄐㄧㄣˋ chin⁴ 音近
舅母。見"集韻"。

妒 ㄉㄨˋ tu⁴ 音杜
嫉恨別人。同妬。

7【妒忌】 ㄉㄨˋ ㄐㄧˋ
對他人的長處心懷忌恨。

13【妒嫉】 ㄉㄨˋ ㄐㄧˊ
同妒忌。

15【妒賢嫉能】 ㄉㄨˋ ㄒㄧㄢˊ ㄐㄧˊ ㄋㄥˊ
妒嫉賢能。

妢 ㄈㄣˊ fên² 音汾
參妢胡。

9【妢胡】 ㄈㄣˊ ㄏㄨˊ
古國名。故城在今'安徽省''阜陽縣'西北。

妐 ㄓㄨㄥ chung¹ 音忠
①丈夫的哥哥。見"玉篇"。②丈夫的父親。如:姑妐。

妎 ㄒㄧˋ hsi⁴ 音系
嫉妒。

5

妾 ㄑㄧㄝˋ ch'ieh⁴ 音挈
①小老婆。②古代女子自稱的謙詞。

11【妾婦之道】 ㄑㄧㄝˋ ㄈㄨˋ ㄓ ㄉㄠˋ
侍妾所守的禮法。

妻 ㊀ ㄑㄧ ch'i¹ 音淒
男子合法的配偶。
㊁ ㄑㄧˋ ch'i⁴ 音砌
把女兒嫁給別人爲妻。

8【妻孥】 ㄑㄧ ㄋㄨˊ
妻子和兒女。

13【妻舅】 ㄑㄧ ㄐㄧㄡˋ
妻的兄弟。

8【妻姊妹婚】 ㄑㄧ ㄐㄧㄝˇ ㄇㄟˋ ㄏㄨㄣ
(sororate)指與亡妻之姊、妹締結婚姻的風俗。在我國及'北美'土著都有此婚俗。

要 ㄐㄧ chi¹ 音飢
把男人當作女子。

妵 ㄊㄡˇ t'ou³ 音黈
美好的樣子。見"字彙"。

姉 姊的俗體。

姅 ㄅㄢˋ pan⁴ 音半
①女子的月經。見"說文"。②流產。見"廣韻"。

妹 ㄇㄟˋ mei⁴ 音昧
①生在兄姊之後的女子。②女子對同輩的謙稱。

妺 ㄇㄛˋ mo⁴ 音末
參妺喜。

12【妺喜】 ㄇㄛˋ ㄒㄧˇ
'夏桀'之妃。

妸 ㄜ o¹, ê¹ 音婀 又讀 ㄜˇ o³, ê³ 音噁
①女名用字。見"說文"。②同婀。參婀娜。

妮 ㄋㄧˊ ni² 音尼
①婢女。見"正字通"。②對小女孩的暱稱。

姏 ㄇㄢˊ man² 音瞞
老婦。

姑 ㄍㄨ ku¹ 音孤
①丈夫的母親。俗稱婆婆。如:翁姑。②父親的姊妹。③丈夫的姊妹。④暫且。如:姑且。

5【姑且】 ㄍㄨ ㄑㄧㄝˇ
暫時;暫且。

9【姑洗】 ㄍㄨ ㄒㄧㄢˇ
古代樂律名。古樂律有十二，陰陽各六，陽律第三叫姑洗。

10【姑息】 ㄍㄨ ㄒㄧˊ
①苟且求安;無原則的寬容別人。②婦女與小兒。

13【姑爺】 ㊀ ㄍㄨ ㄧㄝˊ
岳家對女婿的稱呼。
㊁ ㄍㄨ ˙ㄧㄝ
女婿的別稱。

14【姑嫜】 ㄍㄨ ㄓㄤ
妻稱丈夫的父母。即公婆。

6【姑妄言之】 ㄍㄨ ㄨㄤˋ ㄧㄢˊ ㄓ
暫且隨便說說。

10【姑息主義】 ㄍㄨ ㄒㄧˊ ㄓㄨˇ ㄧˋ
(appeasement)又稱綏靖主義。在外交上，凡爲避免戰爭或維持和平而對敵對者所作之不必要讓步與妥協者稱之。西元1938年9月之'慕尼黑'會議，'英'首相'張伯倫'(Neville Chamberlain)及'法'總理'達拉第'(Édouard Daladier)爲換取和平，曾承允'希特勒'占領'捷克'的'蘇臺德區'(Sudetenland)，此種退讓，時人即以姑息主義稱之。

【姑息養奸】 ㄍㄨ ㄒㄧˊ ㄧㄤˇ ㄐㄧㄢ
縱容壞人而助長其爲非作歹。

妬 妒的或體。

姆 ㄇㄨˇ mu³ 音母
①古代教導女子的女師。見"說文"。②替人撫育或照顧嬰孩的婦女。如:保姆。

15【姆歐】 ㄇㄨˇ ㄡ
(mho)電導的單位。即歐姆的倒數。一姆歐表示在導體兩端加入一伏特電壓後可在導體裡維持一安培的定值電流。

姐 ㄐㄧㄝˇ chieh³ 音姊
①母親的別稱。見"說文"。②年長的同胞女子。通姊。③對同輩女子的尊稱。④女子的通稱。

妲 ㄉㄚˊ ta² 音達
參妲己。

3【妲己】 ㄉㄚˊ ㄐㄧˇ
'商紂'之妃。

妯 ㄓㄡˊ *chou*^{2} 音軸 讀音 ㄓㄨˊ *chu*^{2} 音竹
參妯娌。

10【妯娌】 ㄓㄡˊ ㄌㄧˇ
兄弟之妻的互稱。

姌 ㄖㄢˇ *jan*^{3} 音染
柔弱細長的樣子。見"說文"。

姎 ㄧㄤ *yang*^{1} 音央 又讀 ㄧㄤˇ *yang*^{3} 音仰
①婦女自稱。見"說文"。②我。

姍 ㊀ ㄕㄢ *shan*^{1} 音山
①誹謗。見"說文"。②譏笑。如:姍笑。③參姍姍。
㊁ ㄒㄧㄢ *hsien*^{1} 音先
同㊀③。

8【姍姍】 ㄕㄢ ㄕㄢ
女子緩步行走的樣子。

姒 ㄙˋ *szŭ*^{4}, *ssŭ*^{4} 音似
①年輕侍妾對年長侍妾的稱呼。與娣相對。見"爾雅·釋親"。②弟妻對兄妻的稱呼。如:姒婦。③妯娌的互稱。見"洪武正韻"。

10【姒娣】 ㄙˋ ㄉㄧˋ
兄弟之妻的互稱。

始 ㄕˇ *shih*^{3} 音史
①起初;發端。如:始祖。②方才。如:始告成功。③曾經。如:未始有怨言。④姓。'戰國'有'始成'。見"萬姓統譜·七四"。

5【始末】 ㄕˇ ㄇㄛˋ
①自始至終。②事情的前因後果及經過。

17【始齔】 ㄕˇ ㄔㄣˋ
剛到換乳齒的年齡。大約七、八歲時。

9【始祖鳥】 ㄕˇ ㄗㄨˇ ㄋㄧㄠˇ
(*Archaeopteryx*) 爲最古的鳥類, 出現於中生代的侏儸紀(一億九千萬至一億三千五百萬年前)。大小似烏鴉,

始祖鳥復原圖

飛翔力弱,體被羽毛,故爲定溫動物。鳥類係由爬蟲類演化而來,始祖鳥仍保留一部分爬蟲的特徵,例如上、下頜均有齒(現代鳥無齒);前肢有三指,每指都有爪;尾甚長,似爬蟲之尾,但被有羽毛。

7【始作俑者】 ㄕˇ ㄗㄨㄛˋ ㄩㄥˇ ㄓㄜˇ
本指最初製造土偶用來殉葬的人。今泛指最初作某種惡事的人。

11【始終不渝】 ㄕˇ ㄓㄨㄥ ㄅㄨˋ ㄩˊ
從頭到尾不改變。

13【始亂終棄】 ㄕˇ ㄌㄨㄢˋ ㄓㄨㄥ ㄑㄧˋ
男子對女子先誘同淫亂,終遺棄不顧。

姓 ㄒㄧㄥˋ *hsing*^{4} 音性
①表明家族來源的稱號。如:百家姓。②姓。'漢'有'姓偉'。見"萬姓統譜·一〇八"。

姁 ㄒㄩˇ *hsü*^{3} 音許
參姁姁。

8【姁姁】 ㄒㄩˇ ㄒㄩˇ
和樂可親的樣子。

妳 ㊀ ㄋㄞˇ *nai*^{3} 音乃
嬭的俗體。
㊁ ㄋㄧˇ *ni*^{3} 音你
女子第二人稱的稱代詞。

姊 ㄐㄧㄝˇ *chieh*^{3} 音姐 讀音 ㄗˇ *tzŭ*^{3} 音紫
通作姐。①稱同父母所生而比自己年長的女子。②對同輩而比自己年長女子的尊稱。如:學姊。

委 ㊀ ㄨㄟˇ *wei*^{3} 音偉
①柔順。如:委隨。②託付。把事情或職務交託給別人。如:委託。③致送。如:委禽。④拋棄。如:委棄。⑤推卸。如:委過。⑥任由。⑦曲折。如:委婉。⑧確實。如:委實。⑨疲病。如:委靡。⑩細小。如:委瑣。⑪姓。'漢'有'委進'。見"萬姓統譜·七四"。
㊁ ㄨㄟ *wei*^{1} 音威
參委蛇。

4【委中】 ㄨㄟˇ ㄓㄨㄥ
人體穴位名。在足膝後屈處。即後膝蓋肌肉中央橫紋動脈凹陷處。屬太陽膀胱經。

5【委付】 ㄨㄟˇ ㄈㄨˋ
①委任託付。②(abandonment)海上保險標的物,雖未達全部損失,但有全部損失的可能,或其修復費用將超過本身價值3/4時(我國"海商法"規定),被保險人得將其殘餘的利益或標的上一切權利,表示移轉於保險人,而請求全部補償的行爲。委付的成立,須具備委付應就保險標的之全部爲之、委付不得附有條件、委付須經承諾或判決爲有效等三要件。

6【委曲】 ㄨㄟˇ ㄑㄩ
①壓抑自己的心意,遷就別人。②事情的原原本本。

【委任】 ㄨㄟˇ ㄖㄣˋ
①當事人約定,一方委託他方處理事務,他方允爲處理之契約。委任雖以有償爲常態,但給付報酬並非委任之要件。委任契約訂立後,受任人爲委任事務處理時,有盡善良管理人注意之義務,若該委任事務之處理須爲法律行爲,而該法律行爲依法應以文字爲之者,其處理權之授與亦應以文字爲之。例如依"民法"第四百二十二條規定:「不動產之租賃契約,其期限逾一年者,應以字據訂立之,未以字據訂立者,視爲不定期限之租賃。」在此情形,處理權之授與亦應以文字爲之。受任人受「特別委任」者,就委任事務之處理,得爲委任人爲一切必要之行爲。受任人受「概括委任」者,得爲委任人爲一切法律行爲,但爲一、不動產之出賣或設定負擔;二、不動產之租賃,其期限逾二年者;三、贈與;四、和解;五、起訴;六、提付仲裁之行爲,則須有特別之授權。②政府機關之各種職務,依其職責的重輕及擔任職務所需資格的高低,區分爲簡任、薦任、委任三職等,委任屬低職等。列入委任職等的各種職務如科員、辦

事員等,稱爲委任職;擔任委任職的人員,稱爲委任官;任命擔任委任職務的狀紙,稱爲委任狀。

7【委身】 ㄨㄟˇ ㄕㄣ

①以己身來侍奉他人。②置身。如:委身草莽。

8【委屈】 ㊀ ㄨㄟˇ ㄑㄩ

受到不應有的指責或不合理的待遇。

㊁ ㄨㄟˇ ·ㄑㄩ

心中的抑鬱苦悶。

9【委派】 ㄨㄟˇ ㄆㄞˋ

委任派遣。

【委巷】 ㄨㄟˇ ㄒㄧㄤˋ

曲折的小巷。泛指民間。

10【委託】 ㄨㄟˇ ㄊㄨㄛ

託付他人。

【委員】 ㄨㄟˇ ㄩㄢˊ

①政治職務或官稱的一種。如:立法委員、專門委員。②一般行政機關在組織法所規定的員額外,聘請專家學者,兼任諮詢或協助某種工作,也稱委員。如:典試委員、評審委員。

11【委蛇】 ㄨㄟ ㄧˊ

也作逶迤。①彎曲綿延的樣子。②敷衍應付。如:虛與委蛇。③從容自得的樣子。

【委婉】 ㄨㄟˇ ㄨㄢˇ

委曲婉轉。

13【委頓】 ㄨㄟˇ ㄉㄨㄣˋ

疲乏頹廢。

【委罪】 ㄨㄟˇ ㄗㄨㄟˋ

推脫罪責。

14【委實】 ㄨㄟˇ ㄕˊ

的確;確實。

15【委摯】 ㄨㄟˇ ㄓˋ

致送見面禮。

【委質】 ㊀ ㄨㄟˇ ㄓˋ

古人初次相見時致送禮物。也作委贄。

㊁ ㄨㄟˇ ㄓˊ

臣子拜見君主,屈膝而委體於地。後遂用以表示歸順。

6【委任書】ㄨㄟˇ ㄖㄣˋ ㄕㄨ

(engagement letter)會計師在執行任務前,與委託人簽訂述及任務的性質、審計工作範圍、委託人職員所代做的工作和審計公費的一種契約。它的目的在避免誤會或誤解,因而不論審計或非審計任務都應簽訂。

10【委託行】 ㄨㄟˇ ㄊㄨㄛ ㄏㄤˊ

①讓人委託寄賣物品的商店。②凡匯兌交易由外埠總、分行或同業發動,委託本銀行代理收付款項時,外埠總、分行或同業稱爲委託行。

【委員制】 ㄨㄟˇ ㄩㄢˊ ㄓˋ

行政機關的發號施令或其他措施,由二人以上委員合議爲最後決策者,稱委員制。又稱合議制。

4【委內瑞拉】 ㄨㄟˇ ㄋㄟˋ ㄖㄨㄟˋ ㄌㄚ

(Venezuela) 位於'南美洲'北部的石油富國。北臨'加勒比海'。面積91.2萬方公里,人口2,537.0萬(2005年),首都'卡拉卡斯'(Caracas)。主產石油、鐵、鹽、鑽石、咖啡及可可,紡織、煉油和建材業發達。

6【委曲求全】 ㄨㄟˇ ㄑㄩ ㄑㄧㄡˊ ㄑㄩㄢˊ

多方屈從以顧全大局或求自身安全。

【委任立法】 ㄨㄟˇ ㄖㄣˋ ㄌㄧˋ ㄈㄚˇ

第二次大戰以後,各國政府行政部門急需處理的問題日增,爲應付此種情勢,其議會常授權行政部門,制定命令以代替議會之緩慢立法,即委任立法。委任立法必須在授權範圍內爲之,不得逾越。

7【委決不下】 ㄨㄟˇ ㄐㄩㄝˊ ㄅㄨˋ ㄒㄧㄚˋ

遲疑不能決定。

8【委委瑣瑣】 ㄨㄟˇ ㄨㄟˇ ㄙㄨㄛˇ ㄙㄨㄛˇ

①形容瑣碎、拘泥小節。②形容志氣不高,行爲鄙俗。

10【委託審計】ㄨㄟˇ ㄊㄨㄛ ㄕㄣˇ ㄐㄧˋ

審計機關爲辦理審計事務之便利,委託其他審計機關或其他機關、團體與專門技術人員,辦理有關審計之事務或特定事項。按"審計法"第八條規定,審計機關對於審計事務,爲辦理之便利,得委託其他審計機關辦理,其決定應通知原委託機關。又同法第九條規定,審計機關對於審計上涉及特殊技術及監視鑑定等事項,得咨詢其他機關或專門人員或委託辦理,其結果仍由原委託之審計機關決定之,此皆爲審計機關委託審計之依據。

6【委任統治地】 ㄨㄟˇ ㄖㄣˋ ㄊㄨㄥˇ ㄓˋ ㄉㄧˋ

(mandated territory)第一次世界大戰後之'國際聯盟',在盟約第二十二條中明白規定,對於戰前爲各國所統治之殖民地及領土,在其未克自立前,將其人民之保育委諸資源上、經驗上及地理上足以並願意擔任此責任之先進國家。此等受保育之地,即稱爲委任統治地。

【委任取款背書】 ㄨㄟˇ ㄖㄣˋ ㄑㄩˇ ㄎㄨㄢˇ ㄅㄟˋ ㄕㄨ

執票人以委任取款之目的所爲之背書。委任取款背書之目的不在於移轉票據之權利,而在使被背書人取得代理人之資格,便能行使票據上一切權利,並得以同一目的而更爲背書。

10【委員會式組織】 ㄨㄟˇ ㄩㄢˊ ㄏㄨㄟˋ ㄕˋ ㄗㄨˇ ㄓ

一種以委員會爲工作中心的組織型式。通常爲大機構內增設的一種輔助組織。組織中有關事務的處理權限,不集中於首長一人,任何問題或計畫均需經由各組成委員調查、研討並作成決議,進而著手實施或送交有關機構參辦、執行。常見的有特定委員會和常設委員會二類。此種組織方式可收集思廣益之功,但意見往往分歧,而最後採行的是妥協折衷的決策，而非最佳的決策。

妴 ㄩㄢˋ yüan^{4} 音願
溫婉。見“說文”。

6

姜 ㄐㄧㄤ chiang^{1} 音江
姓。‘炎帝’“神農氏”的後代。見“史記·司馬貞補三皇紀”。

13【姜嫄】ㄐㄧㄤ ㄩㄢˊ
‘有邰氏’之女，‘帝嚳’妃。相傳因踐踏地上巨人足跡而懷孕，生‘后稷’。

21【姜夔】ㄐㄧㄤ ㄎㄨㄟˊ
(1155?～1220?)‘南宋’‘鄱陽’(今‘江西’‘鄱陽’)人。字‘堯章’，號‘白石道人’。一生未仕。兼長詩詞，且精通音律。其詩高朗疏秀，詞重格律，音節諧美。詞集“白石道人歌曲”中，其“自度曲”注有旁譜，共十七闋，是今日研究‘宋代’詩詞音樂及記譜法的重要資料。其他著作有“白石道人詩集”、“詩說”等。

姿 ㄗ tzŭ^{1} 音咨
1模樣；形態。如：雄姿。2才能。通資。如：天姿。

11【姿媠】ㄗ ㄏㄨㄟ
暴厲放縱的樣子。

13【姿勢】ㄗ ㄕˋ
身體所表現的形態。

14【姿態】ㄗ ㄊㄞˋ
姿勢態度。

威 ㄨㄟ wei^{1} 音偎
1尊嚴。如：威信。2權勢；力量。如：威勢。3用權勢、力量逼迫別人。如：威逼。4震驚。如：聲威天下。

2【威力】ㄨㄟ ㄌㄧˋ
強大的力量。引申指令人畏服的權勢、武力。

6【威名】ㄨㄟ ㄇㄧㄥˊ
威武的名聲。

8【威武】ㄨㄟ ㄨˇ
1權勢。如：威武不能屈。2武功。3聲勢；威風。

9【威風】ㄨㄟ ㄈㄥ
使人敬畏的聲勢。

【威信】ㄨㄟ ㄒㄧㄣˋ
威望與信譽。

10【威脅】ㄨㄟ ㄒㄧㄝˊ
以暴力或權勢逼人屈服。

11【威望】ㄨㄟ ㄨㄤˋ
威勢和聲望。

13【威廉】ㄨㄟ ㄌㄧㄢˊ
1(Richard Wilhelm, 1873～1930)‘德’人。一譯‘衛禮賢’。西元1899年到我國，居‘青島’，任牧師。致力於教育及慈善事業。1922年任‘北京大學’教授；1924年返‘德’，任‘法蘭克福’‘中國學院’院長。著譯頗多，對‘中’西文化交流極有貢獻。2(Tennessee Williams, 1911～1983)‘美國’第二次世界大戰後最傑出的劇作家之一。西元1945年以“玻璃動物園”(*The Glass Menagerie*)一劇的演出一舉轟動。兩年後，“慾望街車”(*A Streetcar Named Desire*)演出後，批評家即指出爲‘威廉’最傑出的作品。此外還著有“大蜥蜴之夜”(*The Night of the Iguana*)和“夏日雲煙”(*Summer and Smoke*)等。其作品對‘美國’南方文化、精神和道德的腐敗，頗多探討。於1947、1955年兩次獲得‘普立茲’獎。

15【威儀】ㄨㄟ ㄧˊ
1容貌舉止。2禮儀的細則。

17【威嚇】ㄨㄟ ㄏㄜˋ
以威力恐嚇他人。

20【威嚴】ㄨㄟ ㄧㄢˊ
令人敬畏的尊嚴氣勢。

24【威靈】ㄨㄟ ㄌㄧㄥˊ
1尊嚴的神靈。2聲威。

3【威士忌】ㄨㄟ ㄕˋ ㄐㄧˋ
(whisky; whiskey)一種由大麥、小麥及其他穀類發酵蒸餾而成的烈酒。含酒精43%～50%。貯藏時間越久，酒的色、香、味愈佳。以‘蘇格蘭高地’所產最著。

5【威尼斯】ㄨㄟ ㄋㄧˊ ㄙ
(Venice)‘義大利’‘波河平原’的門戶，重要軍港及‘地中海’貿易中心之一。位於‘亞得里亞海’西北岸。市區建於‘威尼斯湖’中，由100多個小島組成，各島藉鐵、公路橋梁與陸地交通。觀光旅遊業盛。有造船、玻璃、石油加工、冶金及紡織業，珠寶玉石工藝品、花邊及刺繡世界著稱。

14【威爾第】ㄨㄟ ㄦˇ ㄉㄧˋ
(Giuseppe Verdi, 1813～1901)‘義大利’十九世紀重要歌劇作家。代表作品有“弄臣”(*Rigoletto*)、“遊唱詩人”(*Il Trovatore*)、“茶花女”(*La Traviata*)、“阿依達”(*Aïda*)、“面具舞會”(*Un ballo in maschera*)等。

威爾第像

【威爾遜】ㄨㄟ ㄦˇ ㄒㄩㄣˋ
(Thomas Woodrow Wilson, 1856～1924)‘美國’政治家。於西元1913～1921年任‘美國’第28任總統。曾任‘紐澤西州’州長。第一次世界大戰初期極力主張中立，後被迫於1917年向‘德’宣戰。1918年提出十四點和平計畫，主張民族自決、外交公開。戰後發起組織‘國際聯盟’，1920年獲頒‘諾貝爾’和平獎。

威爾遜像

8【威武不屈】ㄨㄟ ㄨˇ ㄅㄨˋ ㄑㄩ
1聲勢盛大，毫不屈服。2不屈服於權勢。

9【威風凜凜】ㄨㄟ ㄈㄥ ㄌㄧㄣˇ ㄌㄧㄣˇ
威勢盛大，令人敬畏的樣子。

【威迫利誘】ㄨㄟ ㄆㄛˋ ㄌㄧˋ ㄧㄡˋ
用強力逼迫，用重利引誘。

13【威廉一世】ㄨㄟ ㄌㄧㄢˊ ㄧ ㄕˋ
1(William I the Conqueror,

1028～1087）‘英’王。爲‘法國’‘諾曼第’公爵‘羅伯一世’（Robert I of Normandy）的幼子，七歲受封爲‘諾曼第’公爵。西元1066年入侵‘英國’本土，十月在‘英格蘭’南部‘哈斯丁’戰役（Battle of Hastings）打敗‘英’軍，成爲‘英’王，史稱此段史實爲［諾曼人征服英國］（Norman Conquest）。其內外政策大大改變了‘英國’的傳統，帶來比較雅致的文化，‘英’文詞彙也因此更爲豐富，爲‘英國’史上的大事之一。②（William I the Silent, prince of Orange, 1533～1584）領導‘荷蘭’人反抗‘西班牙’統治且爲今‘荷蘭共和國’的創始人。③（William I, 本名 Wilhelm Friedrich Ludwig, 1797～1888）‘德意志’皇帝。任‘俾斯麥’爲首相，擴張軍備，引發1866年的‘普’‘奧’之戰。1870年又戰勝‘法國’，並於次年1月18日在‘法國’的‘凡爾賽宮’中登基爲‘德意志’皇帝。在其統治下，使‘德國’逐漸走上世界強國之途。

【威廉二世】 ㄨㄟ ㄌㄧㄢˊ ㄦˋ ㄕˋ
（William II，本名 Friedrich Wilhelm Viktor Albert, 1859～1941）‘威廉一世’之孫，‘腓特烈三世’（Frederick III）和‘英國’‘維多利亞女王’長女之子。於西元1888年繼承父位，並於1890年強迫‘俾斯麥’辭職。此後，極力擴張軍備，設法阻止社會主義在‘德國’生根，並且在外交上採取國際政策。1914年，支持‘奧’、‘匈’兩國對抗‘塞爾維亞’（Serbia），以致引起第一次世界大戰。

【威廉三世】 ㄨㄟ ㄌㄧㄢˊ ㄙㄢ ㄕˋ
（William III of Great Britain, 1650～1702）‘荷’王‘威廉二世’（William II）的遺腹子。於西元1672年起治理‘荷蘭’，1688年接受‘英’王‘詹姆士二世’（James II）敵手之邀請，登陸‘英國’，並於次年起與王后‘瑪麗二世’（Mary II）同理‘英國’國政，史稱光榮革命。1691～1697年，又不斷在‘歐’陸作戰；在國內，則極力提倡民權，擁護國會。

奸 姦的或體。

姦 ㄐㄧㄢ *chien*^{1} 音菅
俗作奸。①邪惡不正。如：姦詐。②淫亂；私通。通奸。如：姦淫。③爲非作歹的人。

2【姦人】 ㄐㄧㄢ ㄖㄣˊ
惡人。

5【姦宄】 ㄐㄧㄢ ㄍㄨㄟˇ
爲非作歹、犯法作亂的人。

7【姦佞】 ㄐㄧㄢ ㄋㄧㄥˋ
邪惡諂媚的人。

11【姦淫】 ㄐㄧㄢ ㄧㄣˊ
①邪惡淫亂。②男女之間不正當的性行爲。

【姦情】 ㄐㄧㄢ ㄑㄧㄥˊ
男女私通之事。

16【姦慝】 ㄐㄧㄢ ㄊㄜˋ
邪惡。

16【姦謀】 ㄐㄧㄢ ㄇㄡˊ
奸詐的陰謀。

姹 奼的或體。

姣 ㄐㄧㄠ *chiao*^{1} 音交 又讀 ㄐㄧㄠˇ *chiao*^{3} 音狡
美好。如：姣好。

6【姣好】 ㄐㄧㄠ ㄏㄠˇ
容貌美麗。

9【姣美】 ㄐㄧㄠ ㄇㄟˇ
容貌美好。

姟 ㄍㄞ *kai*^{1} 音該
古數名。即百兆。今稱億。見“集韻”。一說指萬萬兆。見“國語・鄭語・行姟極・注”。

姘 ㄆㄧㄣ *p'in*^{1} 音拼
或作姸。男女非夫妻關係而同居。

16【姘頭】 ㄆㄧㄣ ・ㄊㄡ
指無夫妻關係而同居在一起的男女。

姨 ㄧˊ *i*^{2} 音夷
①妻的姊妹。如：姨妹。②母親的姊妹。如：姨媽。③妾的通稱。如：姨太太。

10【姨娘】 ㄧˊ ㄋㄧㄤˊ
①母親的姐妹。②俗稱妾媵爲姨娘。③父親的小妻。④近俗‘江’‘浙’人稱傭婦爲姨娘。

4【姨太太】 ㄧˊ ㄊㄞˋ ・ㄊㄞ
①姨媽。②俗稱妾。

娀 ㄙㄨㄥ *sung*^{1} 音松
①女名用字。帝‘高辛氏’之妃，‘契’之母號‘娀’。見“說文”。②古代部族名。也是國名。

娃 ㄨㄚˊ *wa*^{2}
①美女。如：嬌娃。②孩童。如：男娃。

9【娃娃】 ㄨㄚˊ ・ㄨㄚ
俗稱嬰兒或小孩。

姮 ㄏㄥˊ *hêng*^{2} 音恆
參姮娥。

10【姮娥】 ㄏㄥˊ ㄜˊ
神話中的月中女神。即‘嫦娥’。

姞 ㄐㄧˊ *chi*^{2} 音吉
姓。爲‘黃帝’後十二姓之一。見“說文”。

姥 ㊀ ㄇㄨˇ *mu*^{3} 音姆
①老婦人。如：老姥。②通母。指母親或婆婆。③通姆。⑴古代教導女子婦德、婦言、婦容、婦功的女師。⑵替人養育或照顧小孩的人。如：乳姥。
㊁ ㄌㄠˇ *lao*^{3} 音老
參姥姥。

9【姥姥】 ㄌㄠˇ ・ㄌㄠ
本作嫽嫽。①對年老婦女的尊稱。如：‘劉’姥姥。②北方俗稱外祖母和接生婆爲姥姥。

姪 ㄓˊ *chih*^{2} 音質
通侄。①稱兄弟的子女。如：姪兒。②晚輩對父執輩自稱的謙詞。如：愚姪。③親友互稱對方子女爲姪。如：賢姪。

姱 ㄎㄨㄚ *k'ua*^{1} 音誇
①奢侈。見“廣韻”。②美好

的。如:姱名。

12【姱詞】 ㄎㄨㄚ ㄘˊ

也作姱辭。[1]修飾文辭。[2]美好的言詞。

姻 ㄧㄣ yin^{1} 音因

[1]稱男女的嫁娶。如:姻緣。[2]因婚姻關係而結成的親戚。如:姻親。

11【姻婭】 ㄧㄣ ㄧㄚˋ

女婿的父親稱姻,兩婿相稱爲婭。今用以泛稱有婚姻關係的親戚。

13【姻媾】 ㄧㄣ ㄍㄡˋ

[1]聯婚。[2]指親戚。[3]親戚之間通婚。

15【姻緣】 ㄧㄣ ㄩㄢˊ

男女結爲夫妻的緣分。

16【姻親】 ㄧㄣ ㄑㄧㄣ

配偶之一方與他方之血親間的親屬關係。即因婚姻而發生之親屬關係。可分爲血親之配偶(如兄弟之妻、姑姨之夫)、配偶之血親(如配偶之父母、配偶之兄弟),以及配偶的血親之配偶(如配偶的兄弟之妻、配偶的姑姨之夫)。姻親關係,因離婚而消滅,結婚經撤銷者亦同。直系姻親及輩分不相同之五親等以內之旁系姻親間,不得結婚(旁系姻親五親等內輩分相同者仍可結婚),否則婚姻無效,於姻親關係消滅後亦同。直系姻親及五親等內之旁系姻親之輩分不相當者(即無尊卑一親等者),不得收養爲養子女,但夫妻之一方,收養他方之子女者,不在此限。

姚 ㄧㄠˊ yao^{2} 音遙

[1]姓。相傳‘虞舜’居‘姚墟’,因以爲姓。見“說文”。[2]美好的樣子。如:姚冶。[3]遙遠。通遙。如:姚遠。

15【姚鼐】 ㄧㄠˊ ㄋㄞˋ

(1731~1815)‘清’‘安徽’‘桐城’人。字‘姬傳’,一字‘夢穀’,室名‘惜抱軒’。曾主講‘紫陽’、‘鍾山’等書院共四十年。治學以義理爲主,兼及考證、詞章,並主張三者缺一不可。所選“古文辭類纂”,義例甚嚴,習古文者奉爲圭臬。有“惜抱軒文集”。

姚鼐像

14【姚際恆】 ㄧㄠˊ ㄐㄧˋ ㄏㄥˊ

(1647~1715)‘清’‘浙江’‘仁和’人。字‘立方’,一字‘首源’,號‘善夫’。少折節讀書,博通經史,勇於疑古。著有“詩經通論”、“庸言錄”、“古今僞書考”等。

6【姚江學派】 ㄧㄠˊ ㄐㄧㄤ ㄒㄩㄝˊ ㄆㄞˋ

以‘王守仁’爲首的學派。‘王’氏爲‘明’‘浙江’‘餘姚’人,因‘餘姚’境內有‘姚江’,故稱。又因曾講學於‘陽明洞’,也稱‘陽明’學派。其學說以「心即理」爲基礎,主張「致良知」、「知行合一」。

姝 ㄕㄨ shu^{1} 音樞

[1]柔順美好的樣子。如:姝麗。[2]指美女或年輕的女子。如:雙姝。

9【姝姝】 ㄕㄨ ㄕㄨ

[1]柔順聽從的樣子。[2]美好的樣子。

19【姝麗】 ㄕㄨ ㄌㄧˋ

[1]美麗。[2]美女。

姺 ㄒㄧㄢˇ hsien^{3} 音銑

古國名。以姺爲國,爲‘殷’諸侯國之一。故城在今‘山東’‘曹縣’北的‘莘塚集’。也作‘有莘氏’、‘有侁氏’或‘有㜪氏’。見“正字通”。

姡 ㊀ ㄍㄨㄛˊ ko^{2}, kuo^{2} 音國

面貌醜陋。見“說文”。

㊁ ㄏㄨㄚˊ hua^{2} 音滑

狡獪。見“方言·一〇”。

姼 ㄔˇ ch'ih^{3} 音侈

[1]美女。見“說文”。[2]泛指美麗。見“廣韻”。

姽 ㄍㄨㄟˇ kuei^{3} 音詭

[1]美女行走時體態嫻靜美好的樣子。見“說文”。[2]泛指美好的樣子。見“廣韻”。

姙 妊的或體。

姤 ㄍㄡˋ kou^{4} 音垢

[1]遇合。見“說文新附”。[2]醜惡。[3]“易”卦名。六十四卦之一。乾上巽下。

姤卦圖

姶 ㄜˋ o^{4}, ê^{4} 音厄

美好的樣子。見“廣韻”。

姳 ㄋㄨㄛˇ no^{3}, nuo^{3}

本作婐。俗作姳。[1]柔弱。見“說文”。[2]柔美的樣子。

姪 妊的或體。

7

娑 ㄙㄨㄛ so^{1}, suo^{1} 音梭

梵語五十字母之一。音讀爲 sa,偏口音。

11【娑婆世界】 ㄙㄨㄛ ㄆㄛˊ ㄕˋ ㄐㄧㄝˋ

[1]佛所教化的三千大千世界的總稱。娑婆,爲梵語音譯,也作索訶、沙訶,義爲堪忍,故娑婆世界又譯爲忍土、忍界。指眾生能忍受各種痛苦的世界。[2]形容美麗的世界。

娘 ㄋㄧㄤˊ niang^{2} 音孃

[1]婦女的通稱。如:姑娘。[2]母親。如:爺娘。

3【娘子】 ㄋㄧㄤˊ ·ㄗ

[1]稱妻子。[2]稱母親。[3]婦女的通稱。

10【娘家】 ㄋㄧㄤˊ ·ㄐㄧㄚ

出嫁的女子稱母家。

3【娘子軍】 ㄋㄧㄤˊ ·ㄗ ㄐㄩㄣ

[1]由女子組成的軍隊。[2]喻成群結隊的女子。

10【娘娘腔】 ㄋㄧㄤˊ ㄋㄧㄤˊ ㄑㄧㄤ

指男人言行舉止像女性一樣。

娣 ㄉㄧˋ ti^{4} 音弟

[1]眾妾中年長者對年幼者的稱呼。見“說文”。[2]母親的妹妹。見“集韻”。[3]泛指妾。

8【娣姒】 ㄉㄧˋ ㄙˋ

①眾妾相互的稱呼。年長爲姒，年幼爲娣。②兄弟之妻的互稱。即妯娌。兄妻爲姒，弟妻爲娣。

娜 ㊀ ㄋㄨㄛˇ *no*^{3}, *nuo*^{3} 參婀娜。
㊁ ㄋㄨㄛˊ *no*^{2}, *nuo*^{2} 音挪 女名用字。如：'麗娜'。
㊂ ㄋㄚˋ *na*^{4} 音吶 外國女名的譯音字。如：'安娜'。

㛐 嫂的俗體。

娪 ㄨˊ *wu*^{2} 音吾 ①美女。見"廣韻"。②泛指女子。見"集韻"。

娓 ㄨㄟˇ *wei*^{3} 音尾 ①順從。見"說文"。②美。見"玉篇"。

10【娓娓】ㄨㄟˇ ㄨㄟˇ ①勤勉不倦。又作亹亹。②言辭委婉而生動。

姬 ㄐㄧ *chi*^{1} 音基 ①姓。相傳'黃帝'居'姬水'，因以爲姓。見"說文"。②古代對婦女的美稱。

娙 ㄒㄧㄥˊ *hsing*^{2} 音刑 女子身材修長秀美的樣子。見"廣韻"。

娠 ㄕㄣ *shên*^{1} 音身 又讀 ㄓㄣˋ *chên*^{4} 音震 懷孕。如：妊娠。

娌 ㄌㄧˇ *li*^{3} 音里 參妯娌。

娉 ㄆㄧㄥ *p'ing*^{1} 音乒 參娉婷。

12【娉婷】ㄆㄧㄥ ㄊㄧㄥˊ 姿態美好的樣子。

娛 ㄩˊ *yü*^{2} 音魚 ①快樂。如：歡娛。②戲樂。如：下棋自娛。

9【娛神】ㄩˊ ㄕㄣˊ 使心情歡樂。

15【娛樂稅】ㄩˊ ㄌㄜˋ ㄕㄨㄟˋ (amusement tax)就娛樂行爲所課徵的稅捐。凡各種娛樂場所、娛樂設施或娛樂活動，除免稅者外，均就其所收票價或收費額徵收娛樂稅；其不售票券而另以其他飲料品或娛樂設施供應娛樂人者，則按該項飲料品或娛樂設施之收費額課徵娛樂稅。

娖 ㄔㄨㄛˋ *ch'o*^{4}, *ch'uo*^{4} 音綽 ①謹慎。也作娕。見"集韻"。②整齊的樣子。

娟 ㄐㄩㄢ *chüan*^{1} 音捐 美好的樣子。如：娟秀。

娞 ㄙㄨㄟ *sui*^{1} 音綏 安。通綏。見"集韻"。

娭 ㄒㄧ *hsi*^{1} 音西 ①嬉戲。也作嬉。見"說文"。②婢女；婦女的賤稱。見"廣韻"。

娒 ㊀ ㄇㄨˇ *mu*^{3} 音姆 女教師。古代以婦道教育女子的年長婦女。同姆。見"說文"。
㊁ ㄨˇ *wu*^{3} 音侮 欺陵。通侮。如：嫚娒。

娗 ㊀ ㄊㄧㄥˊ *t'ing*^{2} 音亭 身材高美的樣子。見"廣韻"。
㊁ ㄊㄧㄢˇ *t'ien*^{3} 音腆 欺慢。見"集韻"。

娥 ㄜˊ *o*^{2}, *ê*^{2} 音俄 ①美好。見"說文"。②美女。

9【娥眉】ㄜˊ ㄇㄟˊ 指女子的秀眉。也代指美女。同蛾眉。

娩 ㊀ ㄇㄧㄢˇ *mien*^{3} 音免 生小孩。本作挽。見"說文"。
㊁ ㄨㄢˇ *wan*^{3} 音挽 柔順。如：婉娩。

⿰女厄 妮的俗體。

8

婆 ㄆㄛˊ *p'o*^{2} 音鄱 ①老年婦女的通稱。見"廣韻"。②稱祖母輩。如：外婆。③稱丈夫的母親。如：婆媳之間。④舊時稱某些職業婦女。如：媒婆。

10【婆家】ㄆㄛˊ ㄐㄧㄚ 已婚的女子稱夫家。

【婆娑】ㄆㄛˊ ㄙㄨㄛ ①舞蹈的樣子。②盤旋；停留。③委婉曲折。④茂盛的樣子。如：枝葉婆娑。⑤舒展的樣子。⑥凋殘的樣子。

【婆娘】ㄆㄛˊ ㄋㄧㄤˊ 對婦女輕蔑的稱呼。

19【婆羅門】ㄆㄛˊ ㄌㄨㄛˊ ㄇㄣˊ (Brahman)梵文。義譯爲淨行、淨裔。是'印度'早期社會四大階級中的最高者。自稱爲梵天後裔，世襲祭司，爲奉事大梵天(Brahma)而修淨行的一族。掌握神權，常任擁有王族或武士身分之剎特利(Kshatriya)的顧問或侍臣。古'印度'有'婆羅門國'之稱。

11【婆婆媽媽】ㄆㄛˊ ㄆㄛˊ ㄇㄚ ㄇㄚ ①形容說話瑣碎，嚕囌。②形容缺乏果斷。

娶 ㄑㄩˇ *ch'ü*^{3} 音取 讀音 ㄑㄩˋ *ch'ü*^{4} 音趣 迎取女子爲妻。見"說文"。

婪 ㄌㄢˊ *lan*^{2} 音藍 貪心。也作惏。見"說文"。

娿 婀的或體。

婓 ㄈㄟ *fei*^{1} 音非 ①往來徘徊的樣子。見"說文"。②女神名。通'妃'。如：'江婓'。

婁 ㊀ ㄌㄡˊ *lou*^{2} 音樓 ①星宿名。二十八宿之一。參婁宿。②姓。'漢'有'婁敬'。見"萬姓統譜·六二"。
㊁ ㄌㄩˊ *lü*^{2} 音驢 牽引。見"集韻"。
㊂ ㄌㄩˇ *lü*^{3} 音呂 屢次。通屢。見"字彙"。

11【婁宿】ㄌㄡˊ ㄒㄧㄡˋ 星宿名。二十八宿之一。西方白虎七宿的第二宿。主要有三星，皆屬白羊座，婁宿一即β，亮度2.7等；

婁宿二即γ，爲雙星，主星4.2等，伴星4.4等；婁宿三即α，2等。東西出沒的時候，形象各有不同。東升時，大星在東；西沒時，大星在西。除此之外，左更、右更、天倉、天庾、天大將軍等星，也都歸入婁宿。

【婁勒指標】　ㄌㄡˊ　ㄌㄜˋ　ㄓˇ　ㄅㄧㄠ
(Lerner index)'英國'學者'婁勒'(A. P. Lerner)以價格與邊際成本差額的大小作爲測量市場獨占力量的指標。其計算公式爲：(價格－邊際成本)/價格。其值愈大表示獨占力愈大。

婠　ㄨㄢ　*wan*[1]　音灣
體態美好。見"說文"。

婉　ㄨㄢˇ　*wan*[3]　音碗
①柔順溫和。如：婉順。②美好。見"字彙"。③委婉曲折。如：婉轉。

7【婉言】　ㄨㄢˇ　ㄧㄢˊ
婉轉的言辭。

9【婉約】　ㄨㄢˇ　ㄩㄝ
婉轉柔順。

14【婉嫕】　ㄨㄢˇ　ㄧˋ
溫順的樣子。

18【婉轉】　ㄨㄢˇ　ㄓㄨㄢˇ
委婉曲折。

19【婉麗】　ㄨㄢˇ　ㄌㄧˋ
①溫柔美麗。②婉轉美好。

婘　㈠　ㄑㄩㄢˊ　*ch'üan*[2]　音拳
美好。通作儇。見"廣雅·釋詁"。
㈡　ㄐㄩㄢˋ　*chüan*[4]　音眷
親屬；家屬。通眷。見"字彙"。

婢　婢的俗體。

婕　ㄐㄧㄝˊ　*chieh*[2]　音捷
參婕妤。

7【婕妤】　ㄐㄧㄝˊ　ㄩˊ
'漢代'宮中女官名。也作倢伃。

娬　嫵的或體。

婧　ㄐㄧㄥˋ　*ching*[4]　音靜
①女子有才德。見"說文"。②纖弱的樣子。見"正字通"。

婊　ㄅㄧㄠˇ　*piao*[3]　音表
參婊子。

3【婊子】　ㄅㄧㄠˇ　·ㄗ
娼妓的俗稱。

婞　ㄒㄧㄥˋ　*hsing*[4]　音幸
①受人親幸。通幸。見"說文·婞·段注"。②剛強；倔強。

婦　ㄈㄨˋ　*fu*[4]　音負
①已嫁的女子。如：少婦。②妻。如：夫婦。③兒子的妻子。如：媳婦。④女子的通稱。如：婦女。

13【婦道】　ㄈㄨˋ　ㄉㄠˋ
①婦人所應遵守的規矩。②婦人。多指兒媳一輩。

6【婦好墓】　ㄈㄨˋ　ㄏㄠˇ　ㄇㄨˋ
又稱五號墓。位於'河南省''安陽縣''小屯村'西北，靠近'商代'王宮附近。研判可能是'商代''武丁王'('商高宗')妻子'婦好'的墓。墓中建有享堂，出土遺物甚多，計有青銅器四百四十餘件、玉器五百九十餘件、骨角牙器五百六十餘件，還有石器以及近七千枚海貝，製造都十分精美，不少青銅器上刻有「婦好」銘文。

2【婦人之仁】　ㄈㄨˋ　ㄖㄣˊ　ㄓ　ㄖㄣˊ
婦人之愛人，行小惠而忘大德。指小恩小惠。

17【婦孺皆知】　ㄈㄨˋ　ㄖㄨˊ　ㄐㄧㄝ　ㄓ
婦人與小孩都知道。

婭　ㄧㄚˋ　*ya*[4]　音訝
連襟之間的相稱。見"爾雅·釋親"。

娸　ㄑㄧ　*ch'i*[1]　音欺
①醜陋。見"說文"。②醜化；詆毀。如：詆娸。

娵　ㄐㄩ　*chü*[1]　音居
參娵訾。

13【娵訾】　ㄐㄩ　ㄗˇ
星次名。又作娵觜、諏訾。相當二十八宿的危、室、壁、奎四宿。自危十六度至奎四度。以十二辰言，屬亥；以分野言，當'衛'；以節氣言，值立春、雨水；以黃道十二宮言，相當於雙魚宮；以星座言，相當於飛馬、仙女二座。

婀　ㄜ　*o*[1], *ê*[1]　音阿　又讀　ㄜˇ　*o*[3], *ê*[3]　音旃
參婀娜。

10【婀娜】　ㄜ　ㄋㄨㄛ
也作娿娜。①姿態輕盈美好的樣子。②搖曳的樣子。

娽　ㄌㄨˋ　*lu*[4]　音祿
隨從。見"說文"。

婐　ㄜˇ　*o*[3], *ê*[3]　音騀
參婐妮。

9【婐妮】　ㄜˇ　ㄋㄨㄛˇ
體態柔美的樣子。也作婀娜。

娼　ㄔㄤ　*ch'ang*[1]　音昌
妓女。古作倡。見"字彙"。

婥　ㄔㄨㄛˋ　*ch'o*[4], *ch'uo*[4]　音綽
參婥約。

9【婥約】　ㄔㄨㄛˋ　ㄩㄝ
柔美的樣子。也作綽約。

婟　ㄏㄨˋ　*hu*[4]　音戶
愛戀不捨。見"正字通"。

婩　ㄢˋ　*an*[4]　音岸　又讀　ㄧㄢˋ　*yen*[4]　音彥
美好。見"正字通"。

婬　ㄧㄣˊ　*yin*[2]　音淫
①縱逸；奸邪。見"說文"。②遊；戲。見"方言·一〇"。

婤　ㄓㄡ　*chou*[1]　音周
美好的樣子。見"廣韻"。

婑　ㄨㄛˇ　*wo*[3]　音我
①女侍。同婐。見"集韻"。②女子美貌的樣子。見"集韻"。

婎　ㄏㄨㄟ　*hui*[1]　音灰
參姿婎。

婗　ㄋㄧˊ　*ni*[2]　音霓
①婦女兇惡的樣子。見"說文"。②嬰兒啼哭聲。見"字彙"。

婢　ㄅㄧˋ　*pi*[4]　音壁　又讀　ㄅㄟ　*pei*[1]　音悲
①身分低賤的女子。見"說文"。②女僕。見"字彙"。

婣　姻的或體。

婚 ㄏㄨㄣ hun¹ 音昏
1男女結爲夫婦。2有關婚姻的;有婚姻關係的。如:婚約。

9【婚約】 ㄏㄨㄣ ㄩㄝ
指以婚姻爲目的所訂之約定。俗稱訂婚。婚約應由男女當事人自行訂定。父母爲子女訂定之婚姻,對於子女不生效力。男未滿十七歲,女未滿十五歲者,不得訂定婚約。雖已屆滿此年齡,但如未成年者,則仍應得法定代理人之同意,否則,其所訂之婚約,法定代理人得予以撤銷。婚約不得請求強迫履行,因此,如婚約當事人之一方違反婚約,他方當事人亦僅得請求損害賠償而已,要無訴請履行婚約之可言。婚約當事人之一方違反婚約者,無過失之他方當事人得請求財產上及非財產上之損害賠償。其因訂定婚約而爲贈與者,於婚約無效、解除或撤銷時,當事人之一方,得請求他方返還贈與物。

13【婚期】 ㄏㄨㄣ ㄑㄧˊ
男女結婚的預定日期。

13【婚媾】 ㄏㄨㄣ ㄍㄡˋ
婚姻;嫁娶。

17【婚禮】 ㄏㄨㄣ ㄌㄧˇ
男女結婚的公開儀式。

23【婚變】 ㄏㄨㄣ ㄅㄧㄢˋ
婚姻關係破裂。

5【婚生子女】 ㄏㄨㄣ ㄕㄥ ㄗˇ ㄋㄩˇ
由婚姻關係受胎而生的子女。妻之受胎,係在婚姻關係存續中者,推定其所生子女爲婚生子女。非婚生子女其生父與生母結婚者及非婚生子女經生父認領或撫育者,均視爲婚生子女。

9

婺 ㄨˋ wu⁴ 音物
1不順從。見"說文"。2美的樣子。見"集韻"。

11【婺彩光沈】 ㄨˋ ㄘㄞˇ ㄍㄨㄤ ㄔㄣˊ
弔唁婦女死亡的用語。

婈 嫂的本字。

婄 ㄢ an¹ 音安
女子心思欠純潔。見"集韻"。

婌 ㄌㄤˊ lang² 音郎
或作嫏。參嫏嬛。

16【嫏嬛】 ㄌㄤˊ ㄏㄨㄢˊ
傳說中天帝藏書的地方。後泛指珍藏書籍的所在。也作瑯嬛。

婷 ㄊㄧㄥˊ t'ing² 音亭
參娉婷。

12【婷婷嫋嫋】 ㄊㄧㄥˊ ㄊㄧㄥˊ ㄋㄧㄠˇ ㄋㄧㄠˇ
形容女子身材修長,體態輕盈美好。

媯 ㄍㄨㄟ kuei¹ 音圭
或作嬀。姓。'漢'有'嬀皓'。見"萬姓統譜·五"。

媨 ㄐㄧㄡˋ chiu⁴ 音救 又讀 ㄘㄨˋ ts'u⁴ 音促
美好。見"廣雅·釋詁"。

媊 ㄑㄧㄢˊ ch'ien²
參女媊。

婛 ㄔㄚ ch'a¹ 音插
說話太快,沒有條理。見"說文"。

婚 婚的或體。

婹 ㄧㄠˇ yao³ 音咬
參婹褭。

16【婹褭】 ㄧㄠˇ ㄋㄧㄠˇ
纖柔美好的樣子。

婿 ㄒㄩˋ hsü⁴ 音序
同壻。1男子的美稱。見"說文"。2婦人對丈夫的稱呼。如:夫婿。3女兒的丈夫。如:待婿如子。

媒 ㄇㄟˊ mei² 音煤
1撮合婚姻。也指撮合婚姻的人。如:媒妁之言。2居中介紹、傳播。如:媒體。3導引、招致某種現象的事物。如:冷媒。

4【媒介】 ㄇㄟˊ ㄐㄧㄝˋ
1居中介紹。2把兩個或兩個以上事務連接起來的東西或作用。

6【媒妁】 ㄇㄟˊ ㄕㄨㄛˋ
媒人;撮合婚姻的人。

【媒合】 ㄇㄟˊ ㄏㄜˊ
1結合。2經由媒人說合婚姻。

12【媒裂】 ㄇㄟˊ ㄌㄧㄝˋ
(catalytic cracking)具高沸點之碳氫化合物於流體化床或固定床中,於高溫、高壓觸媒作用下裂解爲較低沸點碳氫化合物之反應。爲高辛烷值汽油之來源。

15【媒質】 ㄇㄟˊ ㄓˊ
(medium)包圍在生物四周,能供給生物有用之物,並帶走代謝之廢物的物質。包括空氣、水、土壤、血液、石油等。

21【媒蘖】 ㄇㄟˊ ㄋㄧㄝˋ
造酒用的酵母。引申爲醞釀。比喻捏造罪過,誣陷他人。

23【媒體】 ㄇㄟˊ ㄊㄧˇ
(media)指傳輸訊息的中介體。如電視、廣播、報紙、雜誌、霓虹燈、海報等。

9【媒染劑】 ㄇㄟˊ ㄖㄢˇ ㄐㄧˋ
(mordants)能把染料牢附在織品的纖維間,使染性低的纖維染成安定美麗之顏色的物質。最主要的媒染劑之一是重鉻酸鈉(sodium dichromate)。

23【媒體中心】 ㄇㄟˊ ㄊㄧˇ ㄓㄨㄥ ㄒㄧㄣ
(media center)提供學生及教師各種所需媒體的場所。中心內除軟體(資料)外,並備有硬體(視聽設備)及專業工作人員。西元1960年代,'美國'的學校圖書館常被稱爲媒體中心、教學資料中心或學習資源中心。

【媒體專家】 ㄇㄟˊ ㄊㄧˇ ㄓㄨㄢ ㄐㄧㄚ
(media specialist)1曾接受廣泛教育性媒體訓練的人。2'美國'的若干州對凡已修完大學部及研究所有關媒體教育方面的學分,並達到該州規定的專業要求者,得授予媒體專家的證書。媒體專家須有自行策劃或執行媒體節目的能力，爲媒體中心的基本專業人員。

【媒體獨占性】 ㄇㄟˊ ㄊㄧˇ ㄉㄨˊ ㄓㄢˋ ㄒㄧㄥˋ

(exclusivity)一位廣告主在其使用的傳播媒體中，爲免於受到其他競爭者的廣告對抗，乃大量購買媒體的版面或時間形成獨占的現象，此種情形稱爲媒體獨占性。

【媒體涵蓋率】 ㄇㄟˊ ㄊㄧˇ ㄏㄢˊ ㄍㄞˋ ㄌㄩˋ

(media coverage)指媒體在某特定地區，將廣告送到受眾(戶)的百分比。例如某雜誌發行量爲三萬，而其發行所在地的讀雜誌人口估計有三十萬人，則此雜誌的媒體涵蓋率爲百分之十。

媅 ㄉㄢ tan¹ 音丹

樂。同妉。見"說文"。

媟 ㄒㄧㄝˋ hsieh⁴ 音泄

輕慢不敬。如：媟慢。

8【媟狎】 ㄒㄧㄝˋ ㄒㄧㄚˊ

放蕩；胡鬧。

14【媟慢】 ㄒㄧㄝˋ ㄇㄢˋ

輕浮不莊重。

媚 ㄇㄟˋ mei⁴ 音妹

1巴結；取悅於人。如：諂媚。2愛戴；愛護。3美好；嬌豔。如：嫵媚。

5【媚外】 ㄇㄟˋ ㄨㄞˋ

相信外國一切文化或產品皆高於本土文化或產品的崇外心態。

11【媚眼】 ㄇㄟˋ ㄧㄢˇ

1嬌美的眼睛。2嬌美的眼神。

5【媚世取容】 ㄇㄟˋ ㄕˋ ㄑㄩˇ ㄖㄨㄥˊ

討好世俗，以求立足。

【媚世阿俗】 ㄇㄟˋ ㄕˋ ㄜ ㄙㄨˊ

取悅世人，趨附流俗。

15【媚嬉長裙】 ㄇㄟˋ ㄒㄧ ㄔㄤˊ ㄑㄩㄣˊ

(maxi skirt)maxi爲maximum(極大)的縮寫。約西元1968年，時裝設計趨勢首次延納的流行字眼；泛指長及腳踝的裙類，而亦可引用於大衣或連裙裝長度的形容。當年的'臺灣'資訊，曾爲求與迷你、迷地等裙類譯法系統化，而譯作迷嬉，但易被誤解爲蓋過膝蓋的裙長特徵。

19【媚辭取容】 ㄇㄟˋ ㄘˊ ㄑㄩˇ ㄖㄨㄥˊ

以言辭討人歡心。

媠 一 ㄉㄨㄛˋ to⁴, tuo⁴ 音惰

懈怠。同惰。見"說文"。

二 ㄊㄨㄛˇ t'o³, t'uo³ 音妥

1美好。同嫷。見"廣韻"。2不敬。同憜。見"集韻"。

媔 一 ㄇㄧㄢˊ mien² 音綿

眼睛美麗靈活的樣子。見"集韻"。

二 ㄇㄧㄢˇ mien³ 音免

嫉妒。見"字彙"。

媆 一 ㄖㄨㄢˇ juan³ 音軟

柔美的樣子。見"說文"。

二 ㄋㄨㄣˋ nun⁴ 音嫩

嫩弱。同嫩。見"廣韻"。

媞 一 ㄕˋ shih⁴ 音是

1審愼。見"說文"。2安祥的容貌。見"廣韻"。

二 ㄊㄧˊ t'i² 音題

1安適。見"廣雅·釋詁"。2美好的樣子。見"廣韻"。

婸 ㄉㄤˋ tang⁴ 音蕩

淫蕩。見"廣雅·釋詁"。

媢 ㄇㄠˋ mao⁴ 音冒

1丈夫嫉妒妻子。見"說文"。2泛指嫉妒。見"字彙"。

媪

媼的俗體。

婼 一 ㄔㄨㄛˋ ch'o⁴, ch'uo⁴ 音綽

不順。見"說文"。

二 ㄦˊ êrh² 音兒

參婼羌。

8【婼羌】 ㄦˊ ㄑㄧㄤ

1'漢''西域'國名。在今'新疆省''婼羌縣'地。2縣名。位於'新疆省'東南'羅布泊'之南，爲交通要地。

媌 ㄇㄧㄠˊ miao² 音苗

1眼神光潤美好。見"說文"。2纖細美好。見"方言·一"。3妓女。見"正字通"。

媖 ㄧㄥ ying¹ 音英

女子的美稱。見"集韻"。

媦 ㄨㄟˋ wei⁴ 音胃

妹妹。見"說文"。

媧 ㄨㄚ wa¹ 音蛙

參女媧。

媘 ㄕㄥˇ shêng³ 音省

減少。今作省。見"說文"。

媛 一 ㄩㄢˋ yüan⁴ 音院

1美女。見"說文"。2婦女的美稱。如：名媛。3美好。

二 ㄩㄢˊ yüan² 音袁

參嬋媛。

媑 ㄓㄨㄟˋ chui⁴ 音縋

1推諉。見"說文"。2飢餓的叫聲。見"玉篇"。

媜

婦的或體。

媓 ㄏㄨㄤˊ huang² 音皇

母親。見"方言·六"。

媥 ㄆㄧㄢˊ p'ien² 音楩

參媥娟。

10【媥娟】 ㄆㄧㄢˊ ㄐㄩㄢ

1苗條美好的樣子。2曲折迂迴的樣子。

媬 ㄅㄠˇ pao³ 音保

也作保。參保姆。

媕 一 ㄧㄢˇ yen³ 音掩

參媕媕。

二 ㄢ an¹ 音庵

參媕婀。

11【媕婀】 ㄢ ㄜ

猶豫不決。

12【媕媕】 ㄧㄢˇ ㄧㄢˇ

女子心裡有所懷念的樣子。

媥 ㄆㄧㄢ p'ien¹ 音篇

輕盈的樣子。見"說文"。

媮 一 ㄊㄡ t'ou¹ 音偸

通偸。1巧黠。見"說文"。2苟且。如：媮安。3鄙薄；輕忽。如：媮薄。

二 ㄩˊ yü² 音俞

快樂；安樂。通愉。如：媮樂。

10

⿱溥女 婆的或體。

嫈 ㄧㄥ *ying*^{1} 音櫻

1小心的樣子。見"說文"。2美好。見"集韻"。

13【嫈嫇】 ㄧㄥ ㄇㄧㄥˊ

羞怯的樣子。

嫛 ㄒㄧ *hsi*^{1} 音僖

悅樂。見"說文"。

嫁 ㄐㄧㄚˋ *chia*^{4} 音駕

1女子結婚。如:出嫁。2轉移。如:嫁禍。

7【嫁妝】 ㄐㄧㄚˋ ㄓㄨㄤ

新娘在結婚時由其親屬處得到的財產或金錢。又稱妝奩。俗作嫁粧。

11【嫁接】 ㄐㄧㄚˋ ㄐㄧㄝ

將某植物的部分營養器官,移植於另一植物體上,使之營共生的一種繁殖方法。又稱接木。

13【嫁禍】 ㄐㄧㄚˋ ㄏㄨㄛˋ

將災禍轉移給他人。

18【嫁雞隨雞嫁狗隨狗】 ㄐㄧㄚˋ ㄐㄧ ㄙㄨㄟˊ ㄐㄧ ㄐㄧㄚˋ ㄍㄡˇ ㄙㄨㄟˊ ㄍㄡˇ

比喻女子從一而終。

嫇 ㈠ ㄇㄧㄥˊ *ming*^{2} 音冥

參嫈嫇。

㈡ ㄇㄥˊ *mêng*^{2} 音萌

參瑩嫇。

嫉 ㄐㄧˊ *chi*^{2} 音疾

1妒忌。見"說文"。2憎恨;厭惡。如:嫉惡如仇。

7【嫉忌】 ㄐㄧˊ ㄐㄧˋ

嫉妒。

7【嫉妒】 ㄐㄧˊ ㄉㄨˋ

因別人勝過自己而產生的忌恨心理。也作忌妒。

嫌 ㄒㄧㄢˊ *hsien*^{2} 音賢

1不滿意。如:嫌棄。2忌恨;討厭。如:嫌惡。3懷疑;疑惑。如:嫌疑。4怨隙。如:盡釋前嫌。

9【嫌怨】 ㄒㄧㄢˊ ㄩㄢˋ

憎惡怨恨。

11【嫌棄】 ㄒㄧㄢˊ ㄑㄧˋ

憎惡鄙棄。

12【嫌惡】 ㄒㄧㄢˊ ˙ㄨ

厭惡。

14【嫌疑】 ㄒㄧㄢˊ ㄧˊ

1疑惑不解的事理。2因事牽連而被懷疑。

【嫌隙】 ㄒㄧㄢˊ ㄒㄧˋ

因猜疑而造成裂痕。

媾 ㄍㄡˋ *kou*^{4} 音遘

1原指親上加親,互締婚姻。今泛指結婚。如:婚媾。2交合。如:交媾。3和解;議和。如:媾和。

8【媾和】 ㄍㄡˋ ㄏㄜˊ

停止衝突而和解。

媽 ㄇㄚ *ma*^{1} 音嫲

1母親。如:媽媽。2對與母親同輩的女性親長的稱呼。如:姑媽。3北方人對僕婦的稱呼。如:奶媽。

9【媽祖】 ㄇㄚ ㄗㄨˇ

'閩'、'臺'等濱海諸省的航海守護神。又稱'天妃娘娘'、'天后'、'天上聖母';俗稱'媽祖婆'。'媽祖'的傳說約始於五代末'北宋'初,相傳'媽祖'顯現神通救濟海難,又收服猴、鱷二妖。'天妃'廟中常塑有'順風耳'、'千里眼'二神。世傳"天妃顯聖錄"、"天上聖母源流因果"等書,備載其顯聖事蹟。

嫋 ㄋㄧㄠˇ *niao*^{3} 音鳥

1細長柔弱的樣子。見"說文"。2風動的樣子。見"字彙"。

10【嫋娜】 ㄋㄧㄠˇ ㄋㄨㄛˇ

1細長柔弱的樣子。2形容女子體態輕柔纖美。

13【嫋嫋】 ㄋㄧㄠˇ ㄋㄧㄠˇ

1微弱的樣子。2柔美的樣子。3悠揚的樣子。特指音樂。

媙 ㄇㄧㄝˋ *mieh*^{4} 音滅

按摩。通滅。見"正字通"。

嫄 ㄩㄢˊ *yüan*^{2} 音元

女名用字。'周'始祖'棄'的母親名'嫄'。見"說文"。

媸 ㄔ *ch'ih*^{1} 音蚩

醜陋。見"字彙"。

媼 ㄠˇ *ao*^{3} 音襖

1年老的婦人。見"說文"。2母親的別稱。見"正字通"。

媺 ㄇㄟˇ *mei*^{3} 音美

1少女。見"六書統"。2善;美。如:媺惡。

媰 ㄔㄨˊ *ch'u*^{2} 音芻

婦人懷孕。見"說文"。

媱 ㄧㄠˊ *yao*^{2} 音搖

1曲肩行走的樣子。見"說文"。2遊戲。見"方言·一〇"。3美好。見"廣韻"。

⿰女⿱白比 媲的俗體。

嫂 ㄙㄠˇ *sao*^{3} 音掃

1哥哥的妻子。2對朋友妻子或一般婦人的敬稱。

媳 ㄒㄧˊ *hsi*^{2} 音昔

兒子的妻子。見"字彙"。

媿 愧的或體。

媲 ㄆㄧˋ *p'i*^{4} 音譬

1匹配。如:媲偶。2匹敵;相當。如:媲美。

9【媲美】 ㄆㄧˋ ㄇㄟˇ

同樣好。

媵 ㄧㄥˋ *ying*^{4} 音硬

1陪送;陪嫁。見"字彙"。2陪嫁的。如:媵婢。3寄信時附寄其他物品。

媻 ㄆㄢˊ *p'an*^{2} 音盤

奢張;誇大。見"說文"。

11

嫳 ㄆㄧㄝˋ *p'ieh*^{4}

又作嫳。1容易使人發怒。見"說文"。2輕薄的樣子。見"廣韻"。

嫠 ㄌㄧˊ *li*^{2} 音釐

1寡婦。2寡居的。

11【嫠婦】 ㄌㄧˊ ㄈㄨˋ

寡婦。

嫢 ㄍㄨㄟ *kuei*^{1} 音規

1審慎。見"集韻"。2細小。見"方言·二"。

娸 ㄑㄧˊ ch'i² 音其
人名。‘西周’晚期銅器有‘不娸簋’。

嫛 ㄧ i¹ 音醫
參嫛婗。

11【嫛婗】ㄧ ㄋㄧˊ
嬰兒。也指幼小時候。

嫫 ㊀ ㄇㄨˊ mu²
嫫的或體。
㊁ ㄇㄛˋ mo⁴ 音莫
靜。見“廣韻”。

嫜 ㄓㄤ chang¹ 音章
丈夫的父親。如：姑嫜。

嫡 ㄉㄧˊ ti² 音笛
①正妻。如：嫡室。②正妻所生的。如：嫡子。③正統的；正宗的。如：嫡傳。

3【嫡子】ㄉㄧˊ ㄗˇ
正妻所生的兒子。與庶子相對。

7【嫡系】ㄉㄧˊ ㄒㄧˋ
一個系統傳下來的正系。與旁系、旁支相對。

9【嫡派】ㄉㄧˊ ㄆㄞˋ
繼承正統的宗派。

13【嫡嗣】ㄉㄧˊ ㄙˋ
嫡子。嫡妻所生的嗣子。

【嫡傳】ㄉㄧˊ ㄔㄨㄢˊ
正統相傳授。

8【嫡長子】ㄉㄧˊ ㄓㄤˇ ㄗˇ
元配所生的長子。

嫮 ㄏㄨˋ hu⁴ 音戶
①炫耀。②美好。通嫭。

嫪 ㄌㄠˋ lao⁴ 音澇
①珍惜；留戀。②姓。‘秦’有‘嫪毐’。見“萬姓統譜·一〇四”。

嫾 ㄌㄧㄢˊ lien² 音連
姐妹丈夫的相互稱呼。即連襟。

嫥 ㄓㄨㄢ chuan¹ 音專
①專一。今通作專。見“說文”。②可愛的樣子。見“廣韻”。

嫟 ㄋㄧˋ ni⁴ 音匿
親近。通暱。見“正字通”。

嫣 ㄧㄢ yen¹ 音焉
①修長美好的樣子。見“玉篇”。②豔麗的樣子。如：奼紫嫣紅。③巧笑的樣子。如：嫣然一笑。

9【嫣紅】ㄧㄢ ㄏㄨㄥˊ
豔麗的紅色。

12【嫣然】ㄧㄢ ㄖㄢˊ
形容嬌美的笑容。

嫗 ㄩˋ yü⁴ 音諭
①母親。見“說文”。②婦女的通稱。如：老嫗。③撫育。如：嫗育。④和悅的顏色。

嫩 ㄋㄣˋ nên⁴ 又讀 ㄋㄨㄣˋ nun⁴
①初生柔弱的。如：嫩芽。②淡薄的。如：嫩綠。③輕微的。如：嫩風。④不老練。如：嫩弱。⑤柔軟；不硬。

6【嫩江省】ㄋㄣˋ ㄐㄧㄤ ㄕㄥˇ
東北九省之一。境內以平原爲主；氣候溼潤，雨量自東南向西北遞減，故東半部平原農業甚盛，西半部則爲半農半牧區。以‘齊齊哈爾’爲省會。

嫖 ㊀ ㄆㄧㄠˊ p'iao² 音瓢
①淫邪。見“正字通”。②狎妓。
㊁ ㄆㄧㄠ p'iao¹ 音飄
輕快；矯健。見“正字通”。

嫕 ㄧˋ i⁴ 音役
參婉嫕。

嫦 ㄔㄤˊ ch'ang² 音常
參嫦娥。

10【嫦娥】ㄔㄤˊ ㄜˊ
月神名。本作‘姮娥’。‘漢’人避‘文帝’諱而改。爲‘后羿’之妻。相傳‘后羿’得長生不死藥，‘嫦娥’竊取，奔向月宮。

嫬 ㄐㄩˋ chü⁴ 音巨
①驕縱。見“說文”。②妒恨。見“集韻”。

嫭 ㄏㄨˋ hu⁴ 音戶
①美好。也指美麗的女子。或作嫮。②嫉妒。見“廣雅·釋詁”。

嫚 ㄇㄢˋ man⁴ 音慢
①輕蔑；倨傲。②懈怠。通慢。

15【嫚罵】ㄇㄢˋ ㄇㄚˋ
隨意辱罵。也作謾罵。

嫫 ㄇㄛˊ mo² 音模 又讀 ㄇㄨˊ mu² 音謨
參嫫母。

5【嫫母】ㄇㄛˊ ㄇㄨˇ
古代的一個醜婦。相傳爲‘黃帝’的第四妃子。後用作醜婦的代稱。也作嫫母、嫫姆。

嫘 ㄌㄟˊ lei² 音雷
姓。出自‘嫘祖’。見“元和姓纂·二”。

9【嫘祖】ㄌㄟˊ ㄗㄨˇ
‘黃帝’正妃。‘西陵’部族之女。相傳是最早教民養蠶的人。

16【嫘縈】ㄌㄟˊ ㄧㄥˊ
(rayon)又稱人造絲。將紙漿中之纖維素經化學處理(例如用黏膠液法)得到再生纖維，再經紡紗嘴壓出成形爲絲。其光澤強，易燃燒且強度較小，欠耐水性但易染色，供製織物(如不織布)。

12

嫷 ㄉㄨㄛˋ to⁴, tuo⁴ 音惰
懈怠。通媠、惰。見“集韻”。

嫿 ㄏㄨㄚˋ hua⁴ 音化
①美麗；嫻靜美好。見“說文”。②奔馳的樣子。

嬈 ㊀ ㄖㄠˇ jao³ 音擾
①瑣碎。②煩擾。③戲弄。
㊁ ㄖㄠˊ jao² 音饒
嫵媚。如：嬌嬈。
㊂ ㄧㄠˇ yao³ 音咬
參嬈嬈。

15【嬈嬈】ㄧㄠˇ ㄧㄠˇ
柔弱的樣子。

嬉 ㄒㄧ hsi¹ 音西
①遊戲取樂。如：嬉戲。②歡樂。

5【嬉皮】ㄒㄧ ㄆㄧˊ
(hippie; hippy)本世紀60年代中葉後，‘美國’因長期陷入‘越’戰，國內青年遂形成一反戰爭、反社會的活動，參加的成員稱爲嬉皮。

嬉皮大多出身中上階層家庭，崇尚原始自然的生活，反對物質文明，揚棄文明社會的風俗習慣，頗接近我國道家思想。但因反戰而焚燒徵兵卡，敵視政府；又穿著舉止極其隨便，喜服食迷幻藥物，男女關係紊亂，其頹廢的人生態度接近虛無主義。70年代'越'戰結束後，此一風氣也逐漸終止。

【嬉皮笑臉】ㄒㄧ ㄆㄧˊ ㄒㄧㄠˋ ㄌㄧㄢˇ
輕浮而不莊重的態度。

10【嬉笑怒罵】ㄒㄧ ㄒㄧㄠˋ ㄋㄨˋ ㄇㄚˋ
指嬉戲、歡笑、憤怒、責罵。

嫴 ㄍㄨ ku¹ 音孤
1大凡；約略。見"廣雅·釋言"。2姑且。通姑。見"廣雅·釋詁"。

嫽 ㄌㄧㄠˊ liao² 音聊
1戲弄。2美好。通僚。

嫷 ㄊㄨㄛˇ t'o³, t'uo³ 音橢
美好。或作嫷。見"說文"。

嫻 ㄒㄧㄢˊ hsien² 音閑
又作嫺。1文雅；沈靜。如：嫻雅。2熟習；熟練。如：嫻於辭令。

11【嫻習】ㄒㄧㄢˊ ㄒㄧˊ
非常熟練。

12【嫻雅】ㄒㄧㄢˊ ㄧㄚˇ
文雅大方。

15【嫻熟】ㄒㄧㄢˊ ㄕㄡˊ
熟習。

16【嫻靜】ㄒㄧㄢˊ ㄐㄧㄥˋ
文雅沈靜。

嫺 嫻的或體。

嬋 ㄔㄢˊ ch'an² 音蟬
參嬋娟。

10【嬋娟】ㄔㄢˊ ㄐㄩㄢ
1形容姿色儀態之美好。2月亮的代稱。

12【嬋媛】ㄔㄢˊ ㄩㄢˊ
1牽引；牽連。2牽持不捨的樣子。

嫵 ㄨˇ wu³ 音武
嬌美。如：嫵媚。

12【嫵媚】ㄨˇ ㄇㄟˋ
容顏姿態美好動人。

嬔 嬔的或體。

嬌 ㄐㄧㄠ chiao¹ 音交
1柔媚可愛。如：嬌羞。2可愛的女子。如：金屋藏嬌。3溺愛；過分憐愛。如：嬌生慣養。

16【嬌憨】ㄐㄧㄠ ㄏㄢ
天眞可愛的樣子。

5【嬌生慣養】ㄐㄧㄠ ㄕㄥ ㄍㄨㄢˋ ㄧㄤˇ
自幼在過分嬌寵呵護的環境中成長，從未吃過苦。

嫶 ㄑㄧㄠˊ ch'iao² 音憔
古代女子名字。見"集韻"。

嬃 ㄒㄩ hsü¹ 音須
古時'楚'人對姊姊的稱呼。見"說文"。

13

嬴 ㄧㄥˊ ying² 音盈
1姓。帝'少皞'之姓。見"說文"。2充滿。通盈。3有餘。通贏。如：嬴餘。

7【嬴利】ㄧㄥˊ ㄌㄧˋ
經營事業所得的利益。

嬖 ㄅㄧˋ pi⁴ 音閉
1身分卑賤而得寵的人。如：便嬖。2親幸；寵愛。3受寵愛的。如：嬖姬。

10【嬖倖】ㄅㄧˋ ㄒㄧㄥˋ
也作嬖幸。1受寵愛。2受君王寵愛親近的人。

11【嬖習】ㄅㄧˋ ㄒㄧˊ
君主所寵愛、親近的小人。

嬗 ㄕㄢˋ shan⁴ 音善
1傳遞；接替。如：遞嬗。2蛻化；演變。

嬙 ㄑㄧㄤˊ ch'iang² 音牆
1女官名。位次於妃。2古代女子名字。'漢'有'王嬙'。見"正字通"。

蠅 ㊀ ㄧㄥˋ ying⁴ 音硬
懷胎。同孕。見"集韻"。
㊁ ㄧㄥˊ ying² 音盈
昆蟲的一種。通蠅。見"集韻"。

嬛 ㊀ ㄒㄩㄢ hsüan¹ 音喧
1材質堅緻。見"說文"。2輕佻。
㊁ ㄑㄩㄥˊ ch'iung² 音瓊
孤獨無助的樣子。通煢。見"集韻"。
㊂ ㄏㄨㄢˊ huan² 音環
參嫏嬛。

嬡 ㄞˋ ai⁴ 音愛
參令嬡。

嬔 ㊀ ㄈㄢˋ fan⁴ 音泛
1生子多而形貌相似。見"說文"。2滋多。通蕃。
㊁ ㄈㄨˋ fu⁴ 音父
小兔子。也作娩。見"爾雅·釋獸"。

嬓 ㄐㄧㄠˋ chiao⁴ 音叫
人名。'戰國'時'齊'有太史'嬓'。見"集韻"。

嬝 嫋的俗體。

嬐 ㊀ ㄒㄧㄢ hsien¹ 音先
敏捷迅速。也指莊敬的樣子。見"說文"。
㊁ ㄧㄣˇ yin³ 音引
仰頭。通傿。見"集韻"。

14

嬰 ㄧㄥ ying¹ 音英
1出生不久的小孩兒。見"正字通"。2纏繞；羈絆。如：世網嬰身。3遭遇。如：嬰疾。

8【嬰兒猝死症】ㄧㄥ ㄦˊ ㄘㄨˋ ㄙˇ ㄓㄥˋ
(cot death)嬰兒於睡眠中突然意外死亡，死時通常很安詳。一般病例常見於二到六個月大的嬰兒，原因至今不明，有些說法認爲與嬰兒對牛奶過敏或心律突然失常有關。

嬲 ㄋㄧㄠˇ niao³ 音鳥
1擾亂；耍弄。2抵賴。

嬪 ㄆㄧㄣˊ p'in² 音頻
1古代女官名。2古時婦女的美稱。3出嫁。4眾多的樣

子。5跟從。

6【嬪妃】 ㄆㄧㄣˊ ㄈㄟ

古代宮中女官名。

嬷 ㄇㄚ ma[1] 音媽

參嬷嬷。

17【嬷嬷】 ㄇㄚ ·ㄇㄚ

1同媽媽。2奶媽的尊稱。3通稱一般老婦人。

嬬 ㄖㄨˊ ju[2] 音儒

1弱。見"說文"。2妾。見"新方言·釋親屬"。

嬥 ㊀ ㄉㄧㄠˋ tiao[4] 音掉

1嫵媚;挺直美好的樣子。見"說文"。2連手而跳。通趯。

㊁ ㄊㄧㄠ t'iao[1] 音挑

1腰細的樣子。見"廣韻"。2美好。見"集韻"。

嬭 ㄋㄞˇ nai[3] 音乃

也作奶。1母親。見"廣雅·釋親"。2乳。見"玉篇"。3婦女的尊稱。

17【嬭嬭】 ㄋㄞˇ ㄋㄞˇ

1祖母。即奶奶。2對老婦人的尊稱。

15

嬸 ㄕㄣˇ shên[3] 音審

1叔母。2丈夫弟婦的俗稱。3東北人對少婦的稱呼。

嬹 嬷的俗體。

嬻 ㄉㄨˊ tu[2] 音讀

褻慢;汙辱。見"說文"。

嬽 嬛的或體。

16

嬿 僊的或體。

嬴 ㄧㄥˊ ying[2] 音盈

美好。見"正字通"。

嬾 ㄌㄢˇ lan[3] 音覽

1臥;睡。見"集韻"。2怠惰。懶的本字。如:嬾散。

嬾 嬾的俗體。

嬿 ㄧㄢˋ yen[4] 音宴

1美好。2和順。如:嬿婉。

嬛 ㄩㄢ yüan[1] 音鴛

美好。見"說文"。

17

孁 ㄇㄧˊ mi[2] 音迷

母親。見"集韻"。

孽 孽的俗體。

孃 ㊀ ㄖㄤˊ jang[2] 音攘

煩擾。也作攘。見"說文"。

㊁ ㄋㄧㄤˊ niang[2] 音娘

母親。通娘。如:爺孃。

孀 ㄕㄨㄤ shuang[1] 音霜

寡婦。如:遺孀。

8【孀居】 ㄕㄨㄤ ㄐㄩ

女子喪夫,守節獨居。

11【孀婦】 ㄕㄨㄤ ㄈㄨˋ

寡婦。

14【孀閨】 ㄕㄨㄤ ㄍㄨㄟ

寡婦居住的地方。

孅 ㄒㄧㄢ hsien[1] 音先

1細小;小巧。通纖。如:孅介。2巧佞。見"正字通"。

10【孅弱】 ㄒㄧㄢ ㄖㄨㄛˋ

纖細柔弱。

18

孈 ㊀ ㄏㄨㄟˋ hui[4] 音會

1愚戇多態。見"說文"。2美好的樣子。見"集韻"。

㊁ ㄒㄧ hsi[1] 音西

傳說中北方神名。見"字彙補"。

19

孌 ㄌㄩㄢˇ lüan[3]

1順從。見"說文"。2美好。見"廣雅·釋詁"。

12【孌童】 ㄌㄩㄢˇ ㄊㄨㄥˊ

供人玩弄的少男。

孊 ㄇㄧˇ mi[3] 音米

古代女子名字。'漢''許'皇后之姊名'孊'。見"集韻"。

孋 ㄌㄧˊ li[2] 音離

1'春秋'戎國名。又作'麗'、'驪'。見"正字通"。2姓。'漢'有'孋仲仁'。見"奇姓通·一"。

20

孆 ㄑㄧㄚ ch'ia[1] 音掐

參孆虎。

8【孆虎】 ㄑㄧㄚ ㄏㄨˇ

嚇人的樣子。

21

孄 孏的或體。

子部

子 ㊀ ㄗˇ tzŭ³ 音紫

[1]兒女。後專指兒子。[2]對有學養、有品德者的尊稱。如:'孔子'。[3]動物所生的卵。如:雞子。[4]植物延續生命的種。如:瓜子。[5]人的通稱。如:男子。[6]古時五等爵位(公、侯、伯、子、男)的第四等。[7]地支的第一位。[8]時辰名。指夜間十一時到凌晨一時。[9]利息。與母金相對。如:子金。

㊁ ·ㄗ ·tzŭ

詞尾。如:房子。

3【子女】 ㄗˇ ㄋㄩˇ

[1]兒子和女兒。[2]指女子。

5【子民】 ㄗˇ ㄇㄧㄣˊ

[1]人民。[2]愛民如子。

【子目】 ㄗˇ ㄇㄨˋ

總綱領中細分出來的小項目。

7【子弟】 ㄗˇ ㄉㄧˋ

卑幼者。與父老兄長相對。

8【子夜】 ㄗˇ ㄧㄝˋ

夜半子時。即夜晚十一時至凌晨一時。

【子姓】 ㄗˇ ㄒㄧㄥˋ

指子孫。

【子房】 ㄗˇ ㄈㄤˊ

(ovary)被子植物雌蕊下端的膨大部分。雌蕊可由一枚到多枚的心皮合成,因此有一(單)室或多室子房。每一室有一個或多個胚珠。胚珠內的卵受精後,胚珠將發育爲種子,而子房即發育爲果實。

9【子思】 ㄗˇ ㄙ

[1]'孔伋'字。參孔伋。[2](前515～?)'孔'門弟子'原憲',字'子思',也稱'原思'。

10【子宮】 ㄗˇ ㄍㄨㄥ

(uterus)雌性生殖器官。在無脊椎動物中行體內受精者(如吸蟲、蛔蟲等),其受精卵常儲於子宮中。哺乳動物的子宮爲胚胎發育的場所,胚胎著床於子宮內壁,可經由胎盤自母體血液中獲得氧氣和養分。人的子宮位於骨盆腔內,介於膀胱與直腸之間,呈梨狀;由二部分構成,上部爲子宮體,下部狹窄者爲子宮頸。

【子書】 ㄗˇ ㄕㄨ

舊時除六經之外,凡著書立說能成一家之言者,均稱爲子書。如儒家、道家、墨家、法家、兵家、農家、縱橫家等書都是。

【子貢】 ㄗˇ ㄍㄨㄥˋ

(前520～?)'春秋''衛'人。姓'端木',名'賜',字'子貢'。'孔子'弟子。有口才,善經商,家累千金。歷相'魯'、'衛';曾游說'吳'出兵伐'齊',而保全'魯國'。後死於'齊'。

【子夏】 ㄗˇ ㄒㄧㄚˋ

(前507～前400?)'春秋''衛'人。姓'卜',名'商',字'子夏'。'孔子'弟子。能文學,長於"詩"。'孔'門"詩"及"春秋""公羊"、"穀梁"之學,都是由'子夏'傳授。'孔子'死後,他曾講學於'西河',爲'魏文侯'師。因子早死,痛哭失明。

【子息】 ㄗˇ ㄒㄧˊ

[1]所生的子女。即子孫。[2]由母錢所孳生的利息。

11【子部】 ㄗˇ ㄅㄨˋ

古籍採四部分類法所分的一門類。凡古諸子家、近世子家、兵家、術數等有關子學的著作均屬之。爲四部中的第三部,也稱丙部。

【子產】 ㄗˇ ㄔㄢˇ

(?～前522)'春秋''鄭'大夫。名'僑',字'子產',又字'子美',諡'成子'。自'鄭簡公'時當國,歷相'定公'、'獻公'、'聲公'。爲政寬猛並濟,時當'晉''楚'爭霸,'鄭'處於兩大國之間,'子產'內以禮法馭強宗,外以口舌折強國,使'鄭'免於兵革數十年。

【子規】 ㄗˇ ㄍㄨㄟ

杜鵑鳥。

12【子游】 ㄗˇ ㄧㄡˊ

(前506～?)'春秋''吳'人。姓'言',名'偃',字'子游'。'孔子'弟子。仕'魯',爲'武城'宰。特習於禮,以文學著稱。

13【子葉】 ㄗˇ ㄧㄝˋ

(cotyledon)種子內有一枚或二枚子葉,呈葉狀,儲藏澱粉、脂質和蛋白質,於種子萌芽時供胚和幼苗發育所需之營養。部分植物的子葉能於種子萌芽後伸出地面,產生葉綠素,參與幼體的光合作用。種子內含有一片子葉的植物,稱單子葉植物;有兩片者,稱雙子葉植物。

【子嗣】 ㄗˇ ㄙˋ

後代子孫。

【子路】 ㄗˇ ㄌㄨˋ

(前542～前480)'春秋''魯國''卞'人。姓'仲',名'由',字'子路',一字'季路'。'孔子'弟子。性好勇,事親至孝。仕'衛',爲'衛'大夫'孔悝'邑宰,因不願聽從'孔悝'迎立'蒯聵'("史記"作'蕢聵')爲'衛公',而死於難。

14【子嗽】 ㄗˇ ㄙㄡˋ

'中'醫婦科指婦女妊娠期間出現乾咳久不癒、五心煩熱、胎動不安的病症。多因陰氣不能上行,肺陰虧損所致。

15【子鴂】 ㄗˇ ㄍㄨㄟ

鳥名。即子規。又名杜鵑。見"廣雅·釋蟲"。

16【子錢】 ㄗˇ ㄑㄧㄢˊ

利息。

【子學】 ㄗˇ ㄒㄩㄝˊ

研究諸子百家思想的學問。也叫諸子學。

18【子嶲】 ㄗˇ ㄍㄨㄟ

鳥名。也作子規。見"爾雅·釋鳥·嶲周·疏"。

4【子午面】 ㄗˇ ㄨˇ ㄇㄧㄢˋ

(meridian plane) [1]通過地面上某一點並包含地球南北極的平面。[2]通過天頂、天底及天球南北極的平面。

【子午線】 ㄗˇ ㄨˇ ㄒㄧㄢˋ
(meridian) 通過兩極的大圓圈線,稱爲經圈;南北極間的半個經圈,稱爲子午線。即經線。

5【子母船】 ㄗˇ ㄇㄨˇ ㄔㄨㄢˊ
(lighter aboard ship; LASH) 指裝載駁船的船舶。是一種現代新式的船舶。一艘母船(LASH ship)可載運數十至上百艘子船(特稱爲lash lighter)。每一子船相當於一大型的貨櫃。空子船由上一航次的母船放落水面,以拖船拖到碼頭或內陸港口裝載貨物,然後由下一航次的母船,將已裝載的子船吊上船上,運往目的港。利用子母船可以大幅縮短裝卸時間,節省滯港費用。

7【子弟書】 ㄗˇ ㄉㄧˋ ㄕㄨ
北方鼓詞的一種。'清'初,在'山東'一帶頗爲盛行。後發展成爲'北平'、'河'北及東北一帶的大鼓書。'乾隆'年間,八旗子弟改爲子弟書,只有唱詞,沒有說白,分東城調、西城調兩類,即今所謂單弦牌子曲。

【子弟戲】 ㄗˇ ㄉㄧˋ ㄒㄧˋ
'臺灣'戲劇名。即北管戲。由亂彈戲曲組成,分皮黃(西皮)和梆子腔(福路)兩系統,並吸收花鼓戲、蓮花落等民間曲藝組成;曲牌和戲齣豐富,劇目約有二百種以上。因多由民間男性青少年演出,所以叫子弟戲。在'清代'、'日'據時代,甚爲流行,劇團達一千個以上,以軒、園、堂、社命名。

8【子夜歌】 ㄗˇ ㄧㄝˋ ㄍㄜ
①'南朝'樂府'吳'歌中的一種。傳乃'晉'女子'子夜'所塡製,故名。②詞牌名。即"菩薩蠻"之別名。

10【子孫丹】 ㄗˇ ㄙㄨㄣ ㄉㄢ
拳術名。用於跌仆動作中攻擊。早期流行於北方,後傳至'南京'、'上海'一帶。

14【子實體】 ㄗˇ ㄕˊ ㄊㄧˇ
(fruit body)指植物攜有孢子的構造。包括產生孢子的部位及柄。例如黏菌的孢子囊及柄;蕈的蕈傘及柄,皆稱爲子實體。

5【子平之術】 ㄗˇ ㄆㄧㄥˊ ㄓ ㄕㄨˋ
指占卜星命之術。'宋''徐子平'撰有"珞琭子三命消息賦註"二卷,以生辰八字推算吉凶。

【子母相權】 ㄗˇ ㄇㄨˇ ㄒㄧㄤ ㄑㄩㄢˊ
輕重貨幣一起流通,以調節貨幣與商品間的平衡。重幣爲母,輕幣爲子。幣輕物貴,用重幣買貴物,稱母權子;幣重物賤,用輕幣買賤物,也不廢重幣,稱子權母。

6【子行列式】 ㄗˇ ㄏㄤˊ ㄌㄧㄝˋ ㄕˋ
(subdeterminant) 一行列式中由第一行及第一列開始,除去相等之行數與列數所剩餘之部分,叫做子行列式。例如: $\begin{vmatrix} a_{22} & a_{23} \\ a_{32} & a_{33} \end{vmatrix}$ 爲 $\begin{vmatrix} a_{11} & a_{12} & a_{13} \\ a_{21} & a_{22} & a_{23} \\ a_{31} & a_{32} & a_{33} \end{vmatrix}$ 的子行列式。

12【子虛烏有】 ㄗˇ ㄒㄩ ㄨ ㄧㄡˇ
比喻虛無之事。'漢''司馬相如'作"子虛賦",假託'子虛'、'烏有先生'、'亡是公'三人互爲問答。

15【子彈理論】 ㄗˇ ㄉㄢˋ ㄌㄧˇ ㄌㄨㄣˋ
(bullet theory)西元1952年'美國'傳播學者'施蘭姆'(Wilbur Schramm)所創,認爲傳播如同具有魔力的子彈,將來源的意念、感覺或知識,射入接受者的內心。

10【子宮內膜炎】 ㄗˇ ㄍㄨㄥ ㄋㄟˋ ㄇㄛˋ ㄧㄢˊ
(endometritis)子宮腔受感染發炎的一種疾病。常見於產褥期、做結紮手術後或裝子宮避孕器等情況。症狀是下腹痛、發燒、經血帶膿,如不治療會引致骨盆發炎、腹膜炎。可用抗生素治療。

【子宮外膜炎】 ㄗˇ ㄍㄨㄥ ㄨㄞˋ ㄇㄛˋ ㄧㄢˊ
(perimetritis)因子宮實質炎之波及或感染淋菌而發生。腐敗性子宮外膜炎,有高熱、惡寒、嘔吐、下腹疼痛諸症。子宮內滲出物化膿時,體溫上升,甚至潰破漏膿;滲出物被微血管吸收後,則諸症自然減退。

【子宮頸糜爛】 ㄗˇ ㄍㄨㄥ ㄐㄧㄥˇ ㄇㄧˊ ㄌㄢˋ
(cervical erosion)一種子宮頸外膜的病變。子宮頸外口原來的粉紅色光滑表面,變得暗紅粗糙,猶如擦傷一般,並常滲出分泌物。病因大半是個人衛生不潔或性交時雙方生殖器未保持乾淨所致。一般如無症狀,可不必治療。

【子宮內膜異位】 ㄗˇ ㄍㄨㄥ ㄋㄟˋ ㄇㄛˋ ㄧˋ ㄨㄟˋ
(endometriosis)指婦女子宮內膜若干細胞組織長在子宮外之輸卵管、卵巢或子宮後面等部位。原因不明。症狀是下腹、下背疼痛及性交時疼痛。可用激素治療,或施行外科手術切除不正常組織。

孑 ㄐㄧㄝˊ *chieh*² 音結

①人缺右臂。見"說文"。②剩餘。如:孑遺。③孤單。如:煢煢孑立。④姓。'明'有'孑金'。見"萬姓統譜·一一八"。

3【孑孑】 ㄐㄧㄝˊ ㄐㄧㄝˊ
①特出的樣子。②細小的樣子。③孤單的樣子。

【孑孓】 ㄐㄧㄝˊ ㄐㄩㄝˊ
(wriggler)蚊的幼蟲。蚊蟲約有2,500種,通常產卵於水中,孵化爲幼蟲。幼蟲具大型的頭部及胸部,一般第八腹節的背面有呼吸管,靜止時前端向下,以呼吸管管端於水面營呼吸。第九腹節末端,

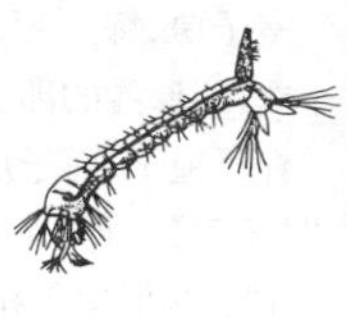
孑孓圖

尙有氣管鰓1～2對。以水中小生物或有機碎片爲食,作跳躍運動或蠕動。由幼蟲變爲蛹,再形成成蟲,生活史約10～14天。

12【孑然】 ㄐㄧㄝˊ ㄖㄢˊ

孤獨的樣子。

3【孑孑爲義】 ㄐㄧㄝˊ ㄐㄧㄝˊ ㄨㄟˊ ㄧˋ

指小仁小義。

孓 ㄐㄩㄝˊ chüeh² 音決

人缺左臂。見"說文"。

1

孔 ㄎㄨㄥˇ k'ung³ 音恐

①竅隙;小洞。如:氣孔。②甚;非常。如:孔急。③姓。'春秋'有'孔丘'。見"萬姓統譜·六八"。

3【孔子】 ㄎㄨㄥˇ ㄗˇ

(前551～前479)'春秋''魯國''陬邑'(今'山東''曲阜')人。名'丘',字'仲尼'。先世爲'商'後'宋國'貴族。初仕'魯',爲司空,又爲大司寇,攝行相事,'魯國'大治。後周遊列國十四年,不爲時君所用,六十八歲返'魯',刪"詩"、"書",訂"禮"、"樂",贊"周易",作"春秋"。曾長期聚徒講學,開私人講學風氣。弟子三千,身通六藝者七十二人。後世尊爲'至聖先師'。'孔子'學說以仁爲核心,弟子繼承其說而形成儒家學派,對後世有重要的影響。他的言行思想,主要見於"論語"。

孔子像

【孔口】 ㄎㄨㄥˇ ㄎㄡˇ

(orifice)具有封閉周界,流體可流穿而射出的開口。孔口可曝露於大氣中而爲自由射流,或部分或完全地潛入流體之中而爲潛流。其型式有銳緣孔口、圓角孔口、'布達'管口和短管孔口等,每種均有其特殊用途。孔口可很小,也可能很大,後者如大壩的洩水閘門即是。通過孔口的流體流量通常與其水頭之平方根成正比。

6【孔伋】 ㄎㄨㄥˇ ㄐㄧˊ

'春秋''魯'人。'孔子'之孫,'鯉'之子。字'子思',受學於'曾子',傳'孔'門心性之學,作"子思子"以述父師之意。後世尊爲'述聖'。

8【孔林】 ㄎㄨㄥˇ ㄌㄧㄣˊ

即'孔子'的墓地。在今'山東省''曲阜縣'北。墓旁雜樹成林,相傳爲'孔子'弟子各自其鄉攜來種植。

【孔門】 ㄎㄨㄥˇ ㄇㄣˊ

'孔子'的門下。

11【孔雀】 ㄎㄨㄥˇ ㄑㄩㄝˋ

(peafowl)爲鳥綱 (Aves)、雞形目 (order Galliformes)、雉科 (family Phasianidae) 的動物。雄孔雀稱 peacock, 雌孔雀稱 peahen。*Pavo* 屬有兩種,產於'印度'、'斯里蘭卡'及'爪哇'等地,另一種'剛果'孔雀 (*Afropavo congensis*)於西元1936年發現。*Pavo* 的兩種,雄者體長75公分、尾長150公分,尾羽有藍色及金色環狀似眼的花紋,尾羽可向上展開,當其昂首闊步,尾羽展開時,身體顫動,尾羽乃嘎嘎作聲。雄者體呈藍色或綠色;雌者褐色,尾短。'剛果'孔雀雄者藍綠色,尾短而圓;雌者綠色帶紅,頭部褐色。

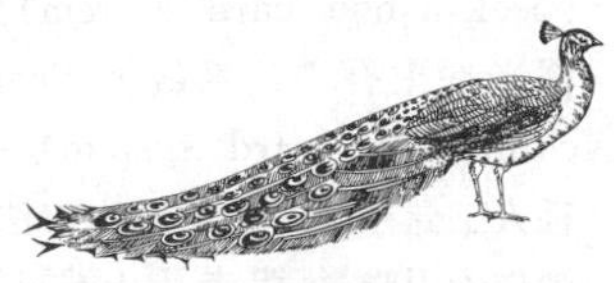

孔雀圖

13【孔道】 ㄎㄨㄥˇ ㄉㄠˋ

①大道。②'孔子'之道。

14【孔隙】 ㄎㄨㄥˇ ㄒㄧˋ

空隙。

【孔蝕】 ㄎㄨㄥˇ ㄕˊ

(cavitation)依'伯努利'定理,流動的流體任一點的速度增加則壓力必將減少(在過程不變的狀況下),若液體的壓力小到小於蒸汽壓時,液體將汽化而形成汽泡,當此流體再進入一高壓地區時汽泡會突然破裂或消失,如此將在固體材料(如透平的轉子、幫浦的葉片及船上的螺旋推進器)上產生很大的動壓力,不但連續而且常伴著很高的頻率破壞材料表面,此即孔蝕現象。

15【孔廟】 ㄎㄨㄥˇ ㄇㄧㄠˋ

'孔子'廟的簡稱。又稱文廟。'春秋''魯哀公'十七年,立'孔子'廟於'曲阜''闕里',是爲'魯'人爲'孔子'立廟之始。'唐''貞觀'時,詔各州縣皆立'孔子'廟,遂遍及全國。

【孔德】 ㄎㄨㄥˇ ㄉㄜˊ

①大德。②(Auguste Comte, 1798～1857)'法國'哲學家。反對傳統形上學之無止境的玄想和不見成效的論辯。倡立實證主義,且將人類思想的進化,劃分成三個時期:一、神學時期。二、形上學時期。三、實證時期。

16【孔融】 ㄎㄨㄥˇ ㄖㄨㄥˊ

(153～208)'東漢'末'魯國'(今'山東''曲阜')人。字'文舉'。曾任'北海'相,時稱'孔北海'。爲人恃才負氣,行文鋒利簡潔、敢於嘲諷,後因觸怒'曹操'被殺。'明'人輯有"孔北海集"。

【孔壁】 ㄎㄨㄥˇ ㄅㄧˋ

指'孔子'家宅的牆壁。

4【孔方兄】 ㄎㄨㄥˇ ㄈㄤ ㄒㄩㄥ

錢的俗稱。舊日通用的銅錢,圓形中有方孔,故名。

6【孔安國】 ㄎㄨㄥˇ ㄢ ㄍㄨㄛˊ

'西漢''曲阜'(今'山東''曲阜')人。字'子國'。'孔子'十二世孫。'武帝'時官諫議大夫、'臨淮'太守。受"詩"於'申公',受"尚書"於'伏生'。曾以今文讀解發現於'孔'壁中的"古文尚書"、"論語"及"孝經"。相傳承詔作"書傳",定爲五十八篇,又作"古文孝經傳"、"論語訓解"。

8【孔尚任】 ㄎㄨㄥˇ ㄕㄤˋ ㄖㄣˋ

(1648～1718)'清''曲阜'(今'山東''曲阜')人。字'聘之',一字'季重',號'東塘'、'岸塘',自稱'雲亭山人'。官至戶部員外郎。所作"桃花扇"

傳奇,有名於世,與'洪昇'並稱南'洪'北'孔'。另著有"闕里新志"、"岸塘文集"等書。

【孔版畫】 ㄎㄨㄥˇ ㄅㄢˇ ㄏㄨㄚˋ

(stencil prints)在堅牢的平面版做出有圖形的孔穴,使顏料或油墨透過這模版孔穴,而印刷於平面素材,如紙、布、金屬、壓克力上的一種版畫。可細分爲透版畫、謄寫版畫和絹印版畫等。

10【孔祥熙】 ㄎㄨㄥˇ ㄒㄧㄤˊ ㄒㄧ

(1880~1967)'山西''太谷'人。字'庸之'。早年赴'美',入'奧柏林大學'習政治經濟、'耶魯大學'習法律。'民國'肇建,主持財政金融。歷任'中央銀行'總裁、'行政院'院長、'財政部'部長。

孔祥熙像

15【孔廣森】 ㄎㄨㄥˇ ㄍㄨㄤˇ ㄙㄣ

(1752~1786)'清''曲阜'(今'山東''曲阜')人。字'眾仲',一字'撝約',號'顨軒'。'戴震'弟子,官'翰林院'檢討。潛心經學,撰"詩聲類",分古韻爲十八部,提出陰陽對轉之說。另著有"春秋公羊傳通義"、"大戴禮記補注"、"經學卮言"等。

16【孔穎達】 ㄎㄨㄥˇ ㄧㄥˇ ㄉㄚˊ

(574~648)'唐''衡水'(今'河北''衡水')人。字'仲達',也作'沖遠'。善屬文,通經學,又兼善曆算。累官國子司業,後遷祭酒。曾承'太宗'命撰"五經正義"一百八十卷。

3【孔子家語】 ㄎㄨㄥˇ ㄗˇ ㄐㄧㄚ ㄩˇ

"漢書·藝文志"著錄二十七卷,原書久佚,今本十卷,'魏''王肅'所傳。雜取"左傳"、"國語"、"荀子"、"孟子"、"禮記"諸書所載'孔子'的遺文逸事,編輯成篇。

8【孔武有力】 ㄎㄨㄥˇ ㄨˇ ㄧㄡˇ ㄌㄧˋ

勇武力大。

【孔版印刷】 ㄎㄨㄥˇ ㄅㄢˇ ㄧㄣˋ ㄕㄨㄚ

將印刷版的印紋部分鏤空,印墨自版上被壓擠通過印紋孔而透至版下,以完成印刷的方法。一般以網版印刷爲代表。

11【孔雀開屏】 ㄎㄨㄥˇ ㄑㄩㄝˋ ㄎㄞ ㄆㄧㄥˊ

指雄孔雀張開尾部的羽毛,狀如屏風。

14【孔隙壓力】 ㄎㄨㄥˇ ㄒㄧˋ ㄧㄚ ㄌㄧˋ

(pore pressure) 土壤或岩石孔隙中流體的壓力。流體爲氣體者稱孔隙氣壓力;爲水者稱孔隙水壓力。滲流壓力爲由滲流水引致之總孔隙水壓減去靜水壓力。最初超額孔隙水壓力爲土壤荷重之初的孔隙水壓力,其後之水壓力則稱超額孔隙水壓力。在長期穩定狀態下的孔隙水壓力稱穩定狀態孔隙水壓力。

14【孔雀東南飛】 ㄎㄨㄥˇ ㄑㄩㄝˋ ㄉㄨㄥ ㄋㄢˊ ㄈㄟ

我國'漢代'著名的長篇敘事詩。取其篇首「孔雀東南飛,五里一徘徊」命名。敘述'漢'末'廬江'小吏'焦仲卿'與其妻'劉蘭芝',因母逼迫離異,致雙雙殉情之故事。

15【孔碼卡片系統】 ㄎㄨㄥˇ ㄇㄚˇ ㄎㄚˇ ㄆㄧㄢˋ ㄒㄧˋ ㄊㄨㄥˇ

(peek-a-boo card system)又稱光學重合卡片系統(optical coincidence card system)。一種人工儲存與檢索資料的方法。製作索引時,每張卡片上端記載一詞彙,其餘部位全是按大小排列的文獻號碼。內容探討該詞彙方面的文獻,文獻號碼的位置以打洞表示之。檢索時,若爲複合性概念,則從卡片系統中取出相關詞彙的卡片,將之重疊並置於光線下,光線穿過的小洞所代表的文獻即爲檢索之資料。

2

孕 ㄩㄣˋ yün^4 音韻

1懷胎。見"說文"。2包含。見"玉篇"。

7【孕育】 ㄩㄣˋ ㄩˋ

1懷胎生育。2庇護培育。

3

字 ㄗˋ tzŭ^4 音自

1分娩。見"說文"。2撫育。3女子許嫁。如:待字閨中。4記錄語言的符號。如:形聲字。5電腦系統中,由一組數元所構成,運算處理時可視爲一整體單位的資料。6別名。如:'孟軻'字'子輿'。7姓。'漢'有'字長孺'。見"萬姓統譜·九三"。

2【字人】 ㄗˋ ㄖㄣˊ

女子嫁人。

5【字母】 ㄗˋ ㄇㄨˇ

1用以代表聲母的文字。如以「明」代表雙脣鼻音,則稱爲「明母」;以「來」代表舌尖邊音,稱爲「來母」。2(alphabet) 西方用以拼音的一組符號。每一符號代表一個元音、輔音或雙元音,元音與輔音湊合即產生文字。

7【字串】 ㄗˋ ㄔㄨㄢˋ

(string)電腦程式內,由一組字符所組成的資料項,表示爲一串列之形式,稱爲字串。又稱字符串。如 ABCD 爲一字串。

8【字帖】 ㄗˋ ㄊㄧㄝˋ

俗稱摹刻前人墨蹟以供臨摹的帖本。今之字帖均以攝影製版印刷,幾與原作無異,更非摹刻可比。

10【字書】 ㄗˋ ㄕㄨ

考釋字形、字音、字義的書籍。如"爾雅"、"說文"等皆是。

11【字眼】 ㄗˋ ㄧㄢˇ

1指詩文中精妙的關鍵字。2字面;字彙。

【字符】 ㄗˋ ㄈㄨˊ

(character)電腦程式內,可以用來表示、組成資料或具有控制意義的符號。通常包括'英'文字母、數字、標點符號及其他代表特定意義之符號等。

16【字諭】 ㄗˋ ㄩˋ

書面的命令。

【字據】 ㄗˋ ㄐㄩˋ
作爲憑證的文書。

23【字體】 ㄗˋ ㄊㄧˇ
①文字的體式。②書法的派別。

8【字門拳】 ㄗˋ ㄇㄣˊ ㄑㄩㄢˊ
南派拳術。盛傳於'江西省'。小巧陰柔,注重樁步沈穩以及指勁之習練應用。

11【字符集】 ㄗˋ ㄈㄨˊ ㄐㄧˊ
(character set)電腦程式中,爲特定之目的或用途,將一群不同之字符集合在一起,以供使用,稱爲字符集。

4【字比句次】 ㄗˋ ㄅㄧˇ ㄐㄩˋ ㄘˋ
字句的排比次序。

6【字字璣珠】 ㄗˋ ㄗˋ ㄐㄧ ㄓㄨ
形容文章字句精美。

7【字串長度】 ㄗˋ ㄔㄨㄢˋ ㄔㄤˊ ㄉㄨˋ
(string length)電腦程式內,一個字串中所含有之字符數。如字串ABCDE之長度爲5。

【字串變數】 ㄗˋ ㄔㄨㄢˋ ㄅㄧㄢˋ ㄕㄨˋ
(string variable)電腦程式中可代表一字串的變數。

12【字裡行間】 ㄗˋ ㄌㄧˇ ㄏㄤˊ ㄐㄧㄢ
文辭之中。

13【字斟句酌】 ㄗˋ ㄓㄣ ㄐㄩˋ ㄓㄨㄛˊ
寫文章或說話時,仔細地考慮每一字每一句。

【字彙控制】 ㄗˋ ㄏㄨㄟˋ ㄎㄨㄥˋ ㄓˋ
(controlled vocabulary)藉控制同義字、分野同形異義字、聯結層級相屬的詞彙等方法,將字彙標準化。在資訊檢索系統中,索引者與檢索者可採用標準化字彙來進行作業。

8【字典式目錄】 ㄗˋ ㄉㄧㄢˇ ㄕˋ ㄇㄨˋ ㄌㄨˋ
將著者、書名、主題、集叢等主要款目、附加款目及各種參照款目全部混合,再依一種次序排列,有如字典一般的目錄。

11【字符表達式】 ㄗˋ ㄈㄨˊ ㄅㄧㄠˇ ㄉㄚˊ ㄕˋ
(character expression)電腦程式內,前後以單引號標示的字符串。如 'CHA-RACTER'。

存 ㄘㄨㄣˊ ts'un² ①恤問;慰勞。如:存問。②保護;撫育。如:養幼存孤。③在世;存在。如:存亡。④寄頓;儲放。如:存款。⑤居;留。如:存心。

1【存一】 ㄘㄨㄣˊ ㄧ
道教早期發展形成的存思法門。轉用'老子'的思想:道生於一,一爲元氣所在。因此,集中精神,守住元氣,就是存一。

3【存亡】 ㄘㄨㄣˊ ㄨㄤˊ
①生死;安危。②使亡者得以生存。如:存亡繼絕。

4【存心】 ㄘㄨㄣˊ ㄒㄧㄣ
①居心。②用心;專心。

【存戶】 ㄘㄨㄣˊ ㄏㄨˋ
向銀行或郵局存入現金或票據的客戶。

6【存在】 ㄘㄨㄣˊ ㄗㄞˋ
人或事物尚在。

8【存卹】 ㄘㄨㄣˊ ㄒㄩˋ
慰問賑濟。

9【存活】 ㄘㄨㄣˊ ㄏㄨㄛˊ
保全生命。

【存神】 ㄘㄨㄣˊ ㄕㄣˊ
道教內視養生之法。傳說人身五臟百脈都有神人主守,與元氣(神)相應。直觀五臟之神,可以延壽。

【存思】 ㄘㄨㄣˊ ㄙ
道教靜坐存思、冥想的修行法。即存想。

10【存根】 ㄘㄨㄣˊ ㄍㄣ
給人憑據時,自己留存以備查考的副本或底稿。

【存候】 ㄘㄨㄣˊ ㄏㄡˋ
問候。

11【存問】 ㄘㄨㄣˊ ㄨㄣˋ
安慰;問候。

【存貨】 ㄘㄨㄣˊ ㄏㄨㄛˋ
(inventory)指企業購入的商品或原料等。其目的在直接出售或加工後再行出售,以獲取收益。買賣業的存貨僅有一種,而製造業的存貨通常分爲原料、再製品及製成品等三種。

12【存款】 ㄘㄨㄣˊ ㄎㄨㄢˇ
(deposits)銀行受社會大眾的信賴,所收存的各類款項。爲銀行資金的主要來源,也爲一切業務的基礎。銀行對所收存款,負有償還責任,所以是一種負債。

【存單】 ㄘㄨㄣˊ ㄉㄢ
(deposit certificate)乃銀行發給定期性存款客戶的存款憑證。存單上一般記載有存款的本金、存款期間、存入、起息及到期日期、利率等事項,並由銀行有權簽章人以簽章證明。存戶領取利息、提領本金及辦理存單質借等,均須提示存單辦理。存單可分爲兩種:一、一般定期性存款的存單,限由原存款人持用。二、可轉讓的定期存單,可隨時出售或轉讓,爲貨幣市場的一種交易工具。

13【存想】 ㄘㄨㄣˊ ㄒㄧㄤˇ
①思索;想像。②道教語。又稱存思,簡稱存。精思凝想,內視內觀之法。內觀形影,則神氣長存,禍滅九陰,福生十方。以身內外諸神爲存想的對象者,稱存神。存我之神,想我之身,閉目見自己之目,收心見自己之心,心與目皆不離我身,不傷我神。

14【存疑】 ㄘㄨㄣˊ ㄧˊ
對有疑的問題,暫時擱置,存而不論。

【存摺】 ㄘㄨㄣˊ ㄓㄜˊ
(passbook)由銀行發給存戶,載明存款的日期、摘要、存入、提取及餘額等動態的簿摺。凡支票存款以外的活期性存款,如活期存款、活期儲蓄存款等,大都憑存摺隨時存取。

15【存廢】 ㄘㄨㄣˊ ㄈㄟˋ
存留或廢止。

【存養】 ㄘㄨㄣˊ ㄧㄤˇ

1安撫養育。2存心養性。

18【存關】 ㄘㄨㄣˊ ㄍㄨㄢ

(in bond)指入境旅客將不擬攜帶入境的行李，寄存於國際機場的海關保稅倉庫。如此，旅客可省去海關申報、行李檢查及納稅的麻煩。當旅客於辦理出境的登機手續時，可將提單交與機場的航空公司櫃臺辦理提領手續。

21【存續】 ㄘㄨㄣˊ ㄒㄩˋ

繼續存留。

4【存水彎】 ㄘㄨㄣˊ ㄕㄨㄟˇ ㄨㄢ

(trap)將排水管之某一段作成存水彎槽，利用其貯存的排放水，除了可阻斷管內空氣及汙水中的臭味、瓦斯，並可防止小蟲等進入管內阻塞排水管。存水部分稱水封(water seal)，水封深度如太淺，將使存水彎失去效用，故有效水封深度至少要達 50mm 以上。存水彎的種類有S型、P型、3/4S型、袋型、U型、圓筒型及臼型等，以鑄鐵或青銅鑄成。

3【存亡繼絕】 ㄘㄨㄣˊ ㄨㄤˊ ㄐㄧˋ ㄐㄩㄝˊ

使滅亡的國家復存，使斷絕的世系得以延續。

4【存心刁難】 ㄘㄨㄣˊ ㄒㄧㄣ ㄉㄧㄠ ㄋㄢˋ

故意爲難。

6【存在主義】 ㄘㄨㄣˊ ㄗㄞˋ ㄓㄨˇ ㄧˋ

(existentialism)當代哲學學派。其學說要旨爲：人的存在先於本質；人有選擇的絕對自由，可以決定自己的本質及生命的意義；理性不足以解釋宇宙的奧祕。有些存在主義哲學家認爲人生是非理性的、是荒謬的，強調人的焦慮感和疏離感。存在主義的思想最早見於十九世紀'丹麥'神學家'祈克果'的著作；'德國'哲學家'海德格'加以理論化與系統化；而'法國'、'奧地利'小說家與哲學家，如'卡夫卡'、'卡繆'和'沙特'等人，對此學說的普及化也有很大的貢獻。

【存在定理】 ㄘㄨㄣˊ ㄗㄞˋ ㄉㄧㄥˋ ㄌㄧˇ

(existence theorem)代數學基本定理說，任意多項式方程式都至少有一複根；中間值定理說，任意連續函數的定義區間上兩點對應的函數值若爲異號，則必夾有零根。諸如此類確定某一東西或某一性質存在的定理皆稱爲存在定理。數學上的存在不是以哲學問題提出的。某一東西的存在是某些條件的必然結論。因爲非建構性的存在定理的證明和眞正求出該值的方法無關，因此某些非建構性的證法，例如歸謬證法的無限制使用，便受到直觀學派的反對。

【存在命題】 ㄘㄨㄣˊ ㄗㄞˋ ㄇㄧㄥˋ ㄊㄧˊ

(existential proposition)用以表達事物存在的命題。如「上帝存在」、「有美人魚」等是。

8【存放央行】 ㄘㄨㄣˊ ㄈㄤˋ ㄧㄤ ㄏㄤˊ

(due from Central Bank)即銀行將準備金及其他款項存放於'中央銀行'。會計上屬於銀行的流動資產。

【存放同業】 ㄘㄨㄣˊ ㄈㄤˋ ㄊㄨㄥˊ ㄧㄝˋ

(due from banks)爲銀行存放於國內外同業的款項。屬於銀行的流動資產。存放同業可以開立支票存款、活期存款及定期存款等方式辦理。

【存取時間】 ㄘㄨㄣˊ ㄑㄩˇ ㄕˊ ㄐㄧㄢ

(access time)資料在存取過程中，電腦之控制單元發出資料傳送訊號至資料傳送完成之時間間隔。

12【存量控制】 ㄘㄨㄣˊ ㄌㄧㄤˋ ㄎㄨㄥˋ ㄓˋ

(inventory control)對原料、物料、在製品及成品之庫存數量加以管制，以期於經濟有效的前提下，達到物料管理的「適時、適地、適質、適量供應」的要求。其目的有：一、爭取主動，使物料能按物料預算作有計畫的配合供應；二、降低成本；三、適時適量的採購，以活潑資金的週轉；四、避免存料過多或過少。

【存單存款】 ㄘㄨㄣˊ ㄉㄢ ㄘㄨㄣˊ ㄎㄨㄢˇ

指存款人應憑存單提取的定期性存款。包括定期存款及定期儲蓄存款(零存整付、整存零付、整存整付、存本取息等儲蓄存款)。

13【存誠去僞】 ㄘㄨㄣˊ ㄔㄥˊ ㄑㄩˋ ㄨㄟˋ

保存眞誠，去除虛僞。

19【存證信函】 ㄘㄨㄣˊ ㄓㄥˋ ㄒㄧㄣˋ ㄏㄢˊ

國內郵政特有的一種郵件業務，具有舉證明確的效力。寄發存證信函時，由寄件人備妥三份格式內容完全相同的信函，正本寄給收件人，副本二份分別由本人及郵局保存，郵局保管三年後銷毀。

11【存貨週轉率】 ㄘㄨㄣˊ ㄏㄨㄛˋ ㄓㄡ ㄓㄨㄢˇ ㄌㄩˋ

(inventory turnover)爲特定期間內銷貨成本對平均存貨的比率。亦即平均存貨週轉次數。係用以衡量企業對於存貨的控制與運用的效率。一般言之，存貨週轉的次數愈快愈佳，因爲次數太低，表示資金積壓，成本增加，也易發生存貨過時或損壞的損失；但次數太高，則可能發生缺貨的情形，如何方爲適當，應視企業經營的性質而定。

12【存款準備金】 ㄘㄨㄣˊ ㄎㄨㄢˇ ㄓㄨㄣˇ ㄅㄟˋ ㄐㄧㄣ

(reserves against deposits)銀行按其每日存款餘額，依照'中央銀行'核定的比率，存於'中央銀行'的存款及本行庫內的現金。

【存款擴張乘數】 ㄘㄨㄣˊ ㄎㄨㄢˇ ㄎㄨㄛˋ ㄓㄤ ㄔㄥˊ ㄕㄨˋ

(deposit expansion multiplier)

銀行體系超額準備的增加或減少,將使存款貨幣成倍數增加或減少,此倍數稱爲存款擴張乘數,其值等於法定準備率的倒數。

5【存本取息儲蓄存款】ㄘㄨㄣˊ ㄅㄣˇ ㄑㄩˇ ㄒㄧˊ ㄔㄨˊ ㄒㄩˋ ㄘㄨㄣˊ ㄎㄨㄢˇ
(interest drawing savings deposits)銀行存戶約定年限及數額,一次存入本金,分期支取利息,期滿收回原本的儲蓄存款。

孖 ㄗ tzŭ¹ 音孜
①繁殖生長。也作滋。見"玉篇"。②雙胞胎。見"廣韻"。

4

斈 學的俗體。

孛 ㊀ ㄅㄛˊ po² 音勃
①容顏變色的樣子。通作勃。見"說文"。②草木茂盛的樣子。見"集韻"。
㊁ ㄅㄟˋ pei⁴ 音貝
彗星。見"公羊傳·昭一七年"。

孝 ㄒㄧㄠˋ hsiao⁴ 音笑
①盡心盡力事奉父母。②居喪。如:守孝。③姓。'宋'有'孝發'。見"萬姓統譜·一〇四"。

7【孝弟】ㄒㄧㄠˋ ㄊㄧˋ
善事父母,愛敬兄長。也作孝悌。

13【孝廉】ㄒㄧㄠˋ ㄌㄧㄢˊ
①'漢'選舉官吏的兩種科目名。孝指孝子,廉指廉潔的人。'漢武帝'時令郡國舉孝、廉各一人,後來合稱孝廉。②俗稱舉人。

【孝道】ㄒㄧㄠˋ ㄉㄠˋ
事奉父母的準則。

【孝經】ㄒㄧㄠˋ ㄐㄧㄥ
十三經之一。記載'孔子'與'曾子'的問答,說明孝道與孝治之義的一部經典。有古文、今文二本。今文本'鄭玄'注,十八章;古文本'孔安國'注,二十二章。'唐''開元'七年(719)'玄宗'命諸儒鑑定今古文兩本,刻石太學,'天寶'二年(743)又重注,頒行天下,即今通行之"十三經注疏"本。

7【孝弟力田】ㄒㄧㄠˋ ㄊㄧˋ ㄌㄧˋ ㄊㄧㄢˊ
①'漢代'的選舉科目。獎掖孝弟和努力耕作的人。②'漢代'教民耕種的官吏。

9【孝思不匱】ㄒㄧㄠˋ ㄙ ㄅㄨˋ ㄎㄨㄟˋ
孝順父母的心意、情思永不匱乏。

孜 ㄗ tzŭ¹ 音茲
參孜孜。

7【孜孜】ㄗ ㄗ
①勤勉不懈。②喜悅的樣子。

【孜孜矻矻】ㄗ ㄗ ㄎㄨˋ ㄎㄨˋ
勤勞不息的樣子。

孚 ㊀ ㄈㄨ fu¹ 音敷
①鳥類孵卵。也作孵。見"說文"。②植物種子的外殼。通稃。
㊁ ㄈㄨˊ fu² 音扶
①信用。②使人相信。

𡥈 ㄐㄧㄠ chiao¹ 音交 又讀 ㄐㄧㄠˋ chiao⁴ 音叫
仿傚。見"說文"。

5

孟 ㄇㄥˋ mêng⁴ 音夢
①古時兄弟姊妹排行居長者的稱呼。見"說文"。②稱每季的第一個月。如:孟春。③魯莽。如:孟浪。④'孟子'或"孟子"的省稱。⑤姓。'戰國'有'孟軻'。見"通志·氏族略四"。

3【孟子】ㄇㄥˋ ㄗˇ
①(前372?~前289)'戰國''鄒'人。名'軻',字'子輿'。幼有賢母教誨,後受業於'子思'的門人。曾遊說'齊宣王'、'梁惠王'行仁政,而未被採納,於是退而與'萬章'等人敘"詩""書",闡述'孔子'思想。力主性善,強調存心、養性工夫;並提出王道、仁政、民貴、君輕等學說。思想事跡見於"孟子"一書。②十三經之一。'戰國'時'孟軻'弟子'萬章'、'公孫丑'等編輯其師之言論而成,共七篇。

孟子像

9【孟昶】ㄇㄥˋ ㄔㄤˇ
(919~965)五代'後蜀'主。字'保元'。即位後,好游宴,不理政事。'宋'兵入'蜀',敗降,卒於'開封'。

【孟郊】ㄇㄥˋ ㄐㄧㄠ
(751~814)'唐''武康'(今'浙江''武康')人。字'東野'。少時隱居'嵩山',年近五十始中進士,任'溧陽'縣尉。長於五言古詩,多寒苦之音,人稱苦吟詩人,極爲'韓愈'所推許,與'賈島'齊名。有"孟東野集"傳世。

10【孟浪】ㄇㄥˋ ㄌㄤˋ
①言語疏略不精,或作事魯莽輕率。②放浪。

12【孟買】ㄇㄥˋ ㄇㄞˇ
(Bombay)'印度'最大都市、第二大港、三大鐵路中心之一、最大棉市及主要棉紡織中心。位於'印度半島'西岸。控'西高止山'(Western Ghats)缺口,為進出'德干高原'(The Deccan)的門戶。人口1,744.9萬(2003年)。

5【孟加拉】ㄇㄥˋ ㄐㄧㄚ ㄌㄚ
(Bangladesh)位於'孟加拉灣'(Bay of Bengal)頭的國家。面積14.4萬方公里,人口14,432萬(2005年),首都'達卡'(Dhaka)。據'恆河三角洲'大部分,西部河渠、沼澤密布,河口紅樹林蔚為奇觀。溼熱多雨,盛產稻米、甘蔗和黃麻,黃麻產量且居世界首位。'吉大港'(Chittagong)為唯一海港。

9【孟姜女】ㄇㄥˋ ㄐㄧㄤ ㄋㄩˇ
民間傳說故事中的人物。相傳'秦始皇'時,夫'杞良'(一作'范喜郎')被迫築'長城',經年未歸。'孟姜女'萬里送寒衣,哭於城下,城爲之崩倒。

10【孟浩然】ㄇㄥˋ ㄏㄠˋ ㄖㄢˊ
(689?~740)'唐''襄陽'(今'湖北'

‘襄陽’)人。早年隱居‘鹿門山’，一生不得意。曾遊歷東南各地，寫了許多山水詩，抒發個人懷抱。其詩清新生動，與‘王維’齊名，並稱‘王’‘孟’。有“孟浩然集”傳世。

14【孟嘗君】 ㄇㄥˋ ㄔㄤˊ ㄐㄩㄣ
‘戰國’四公子之一。‘齊’公族。姓‘田’，名‘文’，繼承其父‘田嬰’的封爵，封於‘薛’，爲‘薛公’，號‘孟嘗君’。善養士，有食客三千人。曾使於‘秦’，歸‘齊’後爲相，但爲‘齊湣王’所忌，入‘魏’，‘魏’任爲相，聯‘秦’、‘趙’、‘燕’破‘齊’，‘齊襄王’畏而與和。後卒於‘薛’。

15【孟德爾】 ㄇㄥˋ ㄉㄜˊ ㄦˇ
(Gregor Johann Mendel, 1822～1884)‘奧地利’傳教士和遺傳學家，也是第一位建立遺傳學數學基礎的人。西元1856年開始在修道院從事豌豆配種的實驗，發現了許多遺傳學的基本定理。1865年發表一篇題爲“植物雜交實驗”的論文，提出遺傳單位(基因)的概念，並且闡明其遺傳規律，後稱爲「孟德爾定律」。然而此篇論文並未受當時學術界的重視，直到1900年才由‘荷蘭’植物學家‘德佛里斯’(de Vries)、‘奧地利’植物學家‘丘歇馬克’(Erich Tschermak von Seysenegg)及‘德國’植物學家‘柯靈斯’(Carl Erich Correns)各自單獨實驗，分別證實了‘孟德爾’的試驗，奠定近代遺傳學迅速發展的基礎。

孟德爾像

5【孟母三遷】 ㄇㄥˋ ㄇㄨˇ ㄙㄢ ㄑㄧㄢ
‘孟子’的母親，因‘孟子’年幼時學習環境不好，搬家三次。

15【孟德斯鳩】 ㄇㄥˋ ㄉㄜˊ ㄙ ㄐㄧㄡ
(Charles-Louis de Secondat Montesquieu,1689～1755)‘法國’政治哲學家。爲‘法國翰林院’院士。著有“法意”(*L'Esprit des lois*)一書，爲現代政治學奠下基礎。書中主張行政、立法、司法三權分立，最後強調氣候對個人及社會的影響。其氣候決定論、政體宗教觀及論自由和容忍等都極富爭論性，後又撰“法意辯護”(*Défense de l'Esprit des lois*)爲這些觀點辯論。

孟德斯鳩像

【孟德爾頌】 ㄇㄥˋ ㄉㄜˊ ㄦˇ ㄙㄨㄥˋ
(Felix Mendelssohn-Bartholdy, 1809～1847)‘德國’作曲家、演奏家兼指揮家。爲十九世紀浪漫樂派的重要作家。代表作品有“義大利交響曲”、劇樂“仲夏夜之夢”(*Sommernachtstraum*)，及神劇“以利亞”(*Elijah*)和鋼琴曲集“無言歌”(*Lieder ohne Worte*)與室內樂等。除作曲外，‘孟’氏平生大力推廣‘巴赫’的音樂，使‘巴’氏受到後世一致肯定。

孟德爾頌像

3【孟子字義疏證】 ㄇㄥˋ ㄗˇ ㄗˋ ㄧˋ ㄕㄨ ㄓㄥˋ
‘清’‘戴震’撰，三卷。以性善說爲主，發揮“孟子”之義理，並批判‘宋’儒解說之誤。爲‘戴’氏在義理方面的代表著作。

4【孟不離焦焦不離孟】 ㄇㄥˋ ㄅㄨˋ ㄌㄧˊ ㄐㄧㄠ ㄐㄧㄠ ㄅㄨˋ ㄌㄧˊ ㄇㄥˋ
形容兩人情同手足，形影不離。‘孟良’和‘焦贊’爲‘宋’人小說中的人物，兩人形影不離，故云。

孢 ㄅㄠ *pao*¹ 音包
參孢子。

3【孢子】 ㄅㄠ ㄗˇ
(spore)爲植物的生殖細胞。係經由減數分裂而產生，具有單倍數染色體。通常有厚壁，可以抵抗不利的環境。原生動物中的孢子蟲，在其生活史中有一孢子時期，呈紡錘狀，內有孢子蟲或孢子質，爲其感染寄主的時期。孢子進入寄主後，孢子壁便打開，釋出孢子蟲或孢子質。

22【孢囊】 ㄅㄠ ㄋㄤˊ
(cyst)許多原生動物在缺少水分、食物或溫度不適宜時，身體便縮成球狀，不吃也不動，用以度過不良環境，這一構造，稱爲孢囊。待環境適宜，孢囊的壁破裂，個體才又出孢囊而活動。

3【孢子囊】 ㄅㄠ ㄗˇ ㄋㄤˊ
(sporangium)植物的生殖構造。呈囊狀，可以產生孢子。

孤 ㄍㄨ *ku*¹ 音姑
[1]喪失父親的人。見“說文”。[2]單獨。如：孤立。[3]古時侯王對自己的謙稱。[4]無以酬對。通辜。如：孤負。[5]姓。‘明’有‘孤鐸’。見“萬姓統譜·一三”。

3【孤子】 ㄍㄨ ㄗˇ
孤兒。死去父親或父母雙亡的人。

4【孤介】 ㄍㄨ ㄐㄧㄝˋ
方正耿直，不隨流俗。

5【孤立】 ㄍㄨ ㄌㄧˋ
孤獨無依。

【孤本】 ㄍㄨ ㄅㄣˇ
指目前僅存獨一無二的善本書、手稿、碑帖拓本等。

8【孤拔】 ㄍㄨ ㄅㄚˊ
[1]挺立特出的樣子。[2](Amédée Anatole Prosper Courbet, 1827～1885)‘法國’海軍將領。西元1883年任‘印度支那’艦隊司令，入侵‘越南’，迫訂“順化條約”；第二年任遠東艦隊司令，侵‘福州’，敗‘福建’艦隊，據‘澎湖島’，封鎖‘臺灣’。1885年3月侵擾‘浙江’‘鎮海’時爲‘清’將‘歐陽利見’擊敗，6月死於‘澎湖’。

10【孤高】 ㄍㄨ ㄍㄠ
[1]特立高聳。[2]比喻志節卓立脫

俗。

11【孤寂】 ㄍㄨ ㄐㄧˋ
孤獨寂寞。

12【孤寒】 ㄍㄨ ㄏㄢˊ
指身世低微，孤苦貧窮。

【孤單】 ㄍㄨ ㄉㄢ
孤獨一人，無依無靠。

13【孤詣】 ㄍㄨ ㄧˋ
獨到的境界。

【孤零】 ㄍㄨ ㄌㄧㄥˊ
孤單。

14【孤魂】 ㄍㄨ ㄏㄨㄣˊ
孤獨的鬼魂。

15【孤憤】 ㄍㄨ ㄈㄣˋ
因言行孤介，爲世所不容，而生憤慨。

16【孤窶】 ㄍㄨ ㄐㄩˋ
無父而窮困。

【孤獨】 ㄍㄨ ㄉㄨˊ
[1]指幼而無父和老而無子的人。[2]孤單；孤立無所依附。

18【孤雛】 ㄍㄨ ㄔㄨˊ
沒有父母照顧的孤獨小鳥。也用指孤兒。

19【孤證】 ㄍㄨ ㄓㄥˋ
只有一個證據。

20【孤孀】 ㄍㄨ ㄕㄨㄤ
孤兒與寡婦。後多泛指寡婦。

8【孤兒院】 ㄍㄨ ㄦˊ ㄩㄢˋ
收容孤兒或棄兒的慈善機構。

9【孤哀子】 ㄍㄨ ㄞ ㄗˇ
父母俱亡者的自稱。用於訃聞。

13【孤零零】 ㄍㄨ ㄌㄧㄥˊ ㄌㄧㄥˊ
孤苦伶仃的樣子。

5【孤立主義】 ㄍㄨ ㄌㄧˋ ㄓㄨˇ ㄧˋ
(isolationism)西元1920年代‘美國’制訂外交政策的一種基本原則。主張其本國在政治與外交上，不與他國相結合，以免陷入國際糾紛。基於此立場，‘美國’拒絕參加‘國際聯盟’，並對‘歐’、‘亞’兩洲的國際衝突，維持中立。此立場在‘羅斯福’出任總統後逐漸放棄。

6【孤臣孽子】 ㄍㄨ ㄔㄣˊ ㄋㄧㄝˋ ㄗˇ
被謫貶的遠臣和失寵的庶子。比喻在憂患中的人。

8【孤注一擲】 ㄍㄨ ㄓㄨˋ ㄧ ㄓˊ
賭徒冒險，盡其所有，做爲賭注，以決最後勝負。比喻在情況危急時，竭盡全力作最後一次的冒險。

【孤芳自賞】 ㄍㄨ ㄈㄤ ㄗˋ ㄕㄤˇ
獨善其身，不肯隨波逐流。

9【孤軍深入】 ㄍㄨ ㄐㄩㄣ ㄕㄣ ㄖㄨˋ
毫無後援的軍隊，深入敵境。

【孤軍奮鬥】 ㄍㄨ ㄐㄩㄣ ㄈㄣˋ ㄉㄡˋ
孤立無援的軍隊奮勇戰鬥。比喻一個人獨自奮鬥而沒有人幫助。

【孤陋寡聞】 ㄍㄨ ㄌㄡˋ ㄍㄨㄚˇ ㄨㄣˊ
學識淺陋，見聞貧乏。

【孤苦伶仃】 ㄍㄨ ㄎㄨˇ ㄌㄧㄥˊ ㄉㄧㄥ
孤苦的樣子。

10【孤家寡人】 ㄍㄨ ㄐㄧㄚ ㄍㄨㄚˇ ㄖㄣˊ
舊時君主的自稱。今指單身一人。

【孤恩負德】 ㄍㄨ ㄣ ㄈㄨˋ ㄉㄜˊ
辜負別人的恩德。

【孤峰絕岸】 ㄍㄨ ㄈㄥ ㄐㄩㄝˊ ㄢˋ
比喻詩文出眾，不同流俗。

12【孤雲野鶴】 ㄍㄨ ㄩㄣˊ ㄧㄝˇ ㄏㄜˋ
比喻寄情山水、閑逸自在的人。

【孤掌難鳴】 ㄍㄨ ㄓㄤˇ ㄋㄢˊ ㄇㄧㄥˊ
一隻手掌拍不響。比喻孤立無援，難有作爲。

15【孤標傲世】 ㄍㄨ ㄅㄧㄠ ㄠˋ ㄕˋ
比喻人俊逸脫俗，寡合於世。

【孤蓬自振】 ㄍㄨ ㄆㄥˊ ㄗˋ ㄓㄣˋ
孤立的蓬草，無因自動。形容鬼氣森森之態。

学
學的俗體。

孥
ㄋㄨˊ nu² 音奴
[1]兒子。也泛指兒童或子孫。[2]妻、子的統稱。

13【孥稚】 ㄋㄨˊ ㄓˋ
[1]幼童；小孩。[2]幼稚。

季
ㄐㄧˋ chi⁴ 音記
[1]最小的兒子。見“說文”。[2]最小的；排行居末的。如：季子。[3]幼小的；幼稚的。[4]泛稱弟弟。[5]末。如：季世。[6]一年分四季，三個月爲一季。[7]稱每季的第三個月。如：季夏。[8]時期。如：雨季。[9]姓。‘漢’有‘季布’。見“萬姓統譜·九三”。

4【季父】 ㄐㄧˋ ㄈㄨˋ
稱四叔或最小的叔叔。古時兄弟以伯仲叔季排行。

5【季世】 ㄐㄧˋ ㄕˋ
末年；末世。

【季札】 ㄐㄧˋ ㄓㄚˊ
‘春秋’‘吳王’‘壽夢’的兒子。‘壽夢’見其賢，欲傳以位，辭不受，封於‘延陵’，稱‘延陵季子’。‘魯襄公’二十九年歷聘‘魯’、‘齊’、‘鄭’、‘衛’、‘晉’等國，有賢名，以博聞著稱。

【季冬】 ㄐㄧˋ ㄉㄨㄥ
冬季的最後一個月。即農曆十二月。

9【季軍】 ㄐㄧˋ ㄐㄩㄣ
在考試或競賽中榮獲第三名者。

【季春】 ㄐㄧˋ ㄔㄨㄣ
春季的最後一個月。即農曆三月。

【季秋】 ㄐㄧˋ ㄑㄧㄡ
秋季的最後一個月。即農曆九月。

【季風】 ㄐㄧˋ ㄈㄥ
(monsoon)隨著冬、夏季節，風向交替變化的盛行風。變化週期爲半年，即每半年盛行風的方向變化一次，冬季爲東北季風，夏季爲西南季風。一地由於海陸分布，氣壓有季節性的變化，風向也隨著產生季節變化。夏季季風暖而溼，冬季季風冷而乾。全球季風以‘亞洲’最盛，東‘亞’和南‘亞’尤爲顯著。

10【季夏】 ㄐㄧˋ ㄒㄧㄚˋ
夏季的最後一個月。即農曆六月。

8【季芬財貨】 ㄐㄧˋ ㄈㄣ ㄘㄞˊ ㄏㄨㄛˋ
(Giffen goods)低級財貨中特殊的一種。這種財貨的需求量與其價格成增函數的關係，違反一般的需求法則，也造成「季芬的矛盾」。即在貨幣所得不變下，價格上升，該產品的需求量反而增加；價格下降，該產品的需求量反而減少。這種財貨通常在低所得者開支中占很大比例。如我國的甘薯、西方國家的馬鈴薯等是。

9【季風亞洲】　ㄐㄧˋ ㄈㄥ ㄧㄚˋ ㄓㄡ
(monsoon Asia)世界上季風最發達而分布範圍又最廣大的區域是東'亞'至南'亞'。亦即由我國東北、'韓國'、'日本'、'琉球',經我國東南半部,到'中南半島'及'印度半島'。

【季風雨林】　ㄐㄧˋ ㄈㄥ ㄩˇ ㄌㄧㄣˊ
(monsoon rain forest)熱帶季風區因年中有一顯著的乾季,樹木的生長較熱帶雨林爲疏。故林木間對日光的競爭較不激烈,低層植物發育較爲良好。林木高度不如熱帶雨林,樹種多,樹幹粗,樹皮粗厚,分枝低,樹冠圓,乾季落葉等爲其主要特徵;其次生林地帶,林內灌木雜生,形成叢林,通過困難,如南'亞'、'東南亞'地區廣布的叢林即是。

【季風氣候】　ㄐㄧˋ ㄈㄥ ㄑㄧˋ ㄏㄡˋ
(monsoon climate)氣候類型之一。分布於低、中緯度的大陸東岸。夏季季風來自海洋,冬季季風來自大陸,故一般夏季暖溼,是雨季;冬季乾冷,是乾季。季風區所跨緯度很大,可分爲熱帶季風氣候和溫帶季風氣候。

11【季常之癖】　ㄐㄧˋ ㄔㄤˊ ㄓ ㄆㄧˇ
懼內;怕太太。'陳慥',字'季常',好賓客,其妻'柳'氏,性兇悍善妒。有一次'季常'宴客,招歌伎歌舞助興,'柳'氏以杖敲牆壁,客人紛紛離去。'東坡'因詩云:「'龍丘居士'亦可憐,談空說有夜不眠;忽聞'河東'獅子吼,拄杖落手心茫然。」見"容齋三筆·陳季常"。

13【季節性失業】　ㄐㄧˋ ㄐㄧㄝˊ ㄒㄧㄥˋ ㄕ ㄧㄝˋ
(seasonal unemployment)有些就業人口的工作是季節性的,過了某一季節便要失去工作,是爲季節性失業。例如農業社會的秋收後到春耕之間,或工業生產的淡季所發生的失業。

6

孨　ㄔㄢˊ ch'an² 音潺
1謹愼。通孱。見"說文"。2孤兒。見"玉篇"。3孤單可憐。見"廣韻"。4軟弱;弱小。見"正字通"。

孩　ㄏㄞˊ hai² 音骸
1小兒笑。見"說文"。2幼嬰;小兒。如:生孩六月。3年幼的;幼稚的。如:孩虎。4姓。'遼'有'孩里'。見"遼史·孩里傳"。

12【孩提】　ㄏㄞˊ ㄊㄧˊ
初知發笑,尙需父母提抱的幼兒。

㝅　ㄒㄩㄢ hsüan¹ 音宣
也作嫙。1貪色。見"集韻"。2孤獨。見"正字通"。

7

屘　ㄇㄢ man¹
最小的兒子。即么兒。

孬　ㄋㄠ nao¹ 又讀 ㄏㄨㄞˋ huai⁴ 音壞
不好。見"字彙"。

㝃
娩的或體。

孫　㊀ ㄙㄨㄣ sun¹ 音飧
1兒子的兒子。2泛稱孫以下的後裔。3姓。'戰國'有'孫臏'。見"萬姓統譜·二一"。
㊁ ㄒㄩㄣˋ hsün⁴ 音遜 又讀 ㄙㄨㄣˋ sun⁴
謙讓。通遜。見"字彙"。

3【孫子】　ㄙㄨㄣ ㄗˇ
'周''孫武'撰,一卷,十三篇。爲現存最早的兵書,頗受研習兵學者之重視。

8【孫武】　ㄙㄨㄣ ㄨˇ
'春秋''齊'人。字'長卿'。以兵法求見'吳王''闔閭',被任爲將,率軍破'楚',威逼'齊''晉'。所著"孫子"爲我國最早的傑出兵書。

9【孫科】　ㄙㄨㄣ ㄎㄜ
(1891～1973)'廣東''中山'人。字'哲生'。'孫中山'先生哲嗣。'美國''哥倫比亞大學'新聞碩士。'民國'六年返國,參加護法,任大元帥府祕書、'廣州市'首任市長。其後歷任'國民政府'副主席、'立法院'長、'行政院'長。三十八年辭職,赴'法'就醫,後移居'美國'。五十四年返國,任總統府資政。五十五年任'考試院'長。著有"中國革命後的新建設"、"中國的前途"。

孫科像

11【孫堅】　ㄙㄨㄣ ㄐㄧㄢ
(157～193)三國時'吳'主'孫權'之父。'富春'(今'浙江''富陽')人。字'文臺'。'漢獻帝'時聯合'袁術'起兵討'董卓',後奉'袁術'命征伐'劉表',被射殺而死。次子'權'稱帝,追尊爲'武烈皇帝'。

12【孫策】　ㄙㄨㄣ ㄘㄜˋ
(175～200)三國時'吳'主'孫權'之兄。'富春'(今'浙江''富陽')人。字'伯符'。父'堅'戰死,'策'整軍渡'江'轉戰,所向披靡,在'江'東地區建立勢力。後出獵被仇家射殺而亡。'孫權'稱帝後,追諡爲'長沙桓王'。

【孫復】　ㄙㄨㄣ ㄈㄨˋ
(992～1057)'北宋''平陽'(今'山西''臨汾')人。字'明復',號'富春'。四度舉進士不第,退居'泰山',以收徒講授"春秋"爲業,後召爲國子監直講,遷殿中丞。著有"春秋尊王發微"。

18【孫臏】　ㄙㄨㄣ ㄅㄧㄣˋ
'戰國'名將及兵法家。'孫武'的後代。曾與'龐涓'同師'鬼谷子'。'涓'爲'魏'將,嫉'臏'多才,斷其雙足。後'齊威王'任'臏'爲軍師,伐'魏',圍'涓'於'馬陵','涓'智窮自刎,'臏'遂名顯天下。有兵法傳世。

22【孫權】　ㄙㄨㄣ ㄑㄩㄢˊ
(182～252)三國'吳'的開國君主。'富春'(今'浙江''富陽')人。繼其兄'策'據有'江'東地,曾與'劉備'合力破'曹操'於'赤壁'。此後西聯

'蜀漢',北抗'曹魏',形成三分局面。後稱帝,都'建業',國號'吳',史稱'吳大帝'。

4【孫中山】 ㄙㄨㄣ ㄓㄨㄥ ㄕㄢ
(1866～1925)'中華民國'國父。'廣東''香山'(今'中山縣')人。名'文',號'逸仙'。'香港''西醫書院'畢業。少懷大志,見'滿清'腐敗,國勢日衰,乃喚起同志,致力革命,經過百折不撓的奮鬥,終於推翻'滿清'政府,建立'中華民國'。'民國'肇建,任臨時大總統;十年,當選為非常大總統。曾會通'中'外古今的政治思想,手創⌊三民主義⌉、⌊五權憲法⌉,作為革命建國的最高原則。逝世後,葬於'南京''紫金山',稱為'中山陵'。平生著作甚多,已編為"國父全書"行世。

孫中山像

7【孫希旦】 ㄙㄨㄣ ㄒㄧ ㄉㄢˋ
(1737～1784)'清''浙江''瑞安'人。字'紹周',號'敬軒'。為學一宗'程''朱',研精覃思,於書無所不窺,而致力於三"禮"尤深。著有"禮記集解"、"求放心齋詩文集"。

8【孫承宗】 ㄙㄨㄣ ㄔㄥˊ ㄗㄨㄥ
(1563～1638)'明''高陽'(今'河北''高陽')人。字'稚繩',號'維城'。'萬曆'進士,初任兵部尚書,經略'薊''遼',督師關外,練兵屯田。後移鎮'山海關',抵禦'清'兵入侵,屢有戰功。'清'兵攻'高陽','承宗'率家人拒敵,城破自殺。著有"高陽集"。

【孫叔敖】 ㄙㄨㄣ ㄕㄨˊ ㄠˊ
'春秋''楚'人。幼時見兩頭蛇,自以為不久人世,又恐後人看到,乃將蛇殺死,並妥為掩埋。及長,為'楚'相,開鑿'芍陂',灌田萬頃,施教導民,使'楚'大治。

9【孫星衍】 ㄙㄨㄣ ㄒㄧㄥ ㄧㄢˇ
(1753～1818)'清''陽湖'(今'江蘇''武進')人。字'淵如',號'季逑'。'乾隆'進士,曾任'山東'按察使、布政使,後因病歸返鄉里。初以文章著稱,後深研經史百家、文字訓詁之學,講學於'詁經精舍'、'鍾山書院'。著有"尚書今古文注疏"、"周易集解"、"平津館金石萃編"等。

【孫思邈】 ㄙㄨㄣ ㄙ ㄇㄧㄠˇ
(581?～682)'唐'時隱士。'華原'(今'陝西''耀縣'東南)人。博涉諸子百家,精於醫學,兼通佛典。著有"千金要方"、"福祿論"等。

10【孫悟空】 ㄙㄨㄣ ㄨˋ ㄎㄨㄥ
"西遊記"中'唐三藏'的弟子之一。為石猴的精靈,有各種不可思議的神通,變化莫測;與'豬八戒'、'沙悟淨'共同保護'三藏'往'天竺'('印度')取經。

12【孫詒讓】 ㄙㄨㄣ ㄧˊ ㄖㄤˋ
(1848～1908)'清''浙江''瑞安'人。字'仲容',號'籀廎'。'同治'舉人,官至刑部主事,不久即稱病歸返鄉里,悉心研究經、子及古文字學。著有"周禮正義"、"墨子閒詁"、"古籀拾遺"等十餘種。

孫詒讓像

13【孫傳芳】 ㄙㄨㄣ ㄔㄨㄢˊ ㄈㄤ
(1885～1935)'山東''泰安'人。字'馨遠'。早年赴'日'留學。歸國後,在北洋新軍任教官。'民國'肇建,歷任軍職。'蘇''浙'之戰起,揮軍襲'浙',任'浙''閩'巡閱使。十四年,'段祺瑞'執政,命為督辦'浙江'軍務。後自任'浙''蘇''閩''皖''贛'五省聯軍總司令兼第三軍總司令。北伐軍興,所部潰敗,歸附'奉'系'張作霖'。'東三省'易幟,退居'天津',皈依佛教,後遇刺而死。

孫傳芳像

4【孫文學說】 ㄙㄨㄣ ㄨㄣˊ ㄒㄩㄝˊ ㄕㄨㄛ
指國父 '孫中山'先生所著"建國方略"中的"心理建設"。'民國'八年五月二十日在'上海'出版。全書主旨在提倡知難行易學說,以打破我國社會傳統的畏難不行的錯誤心理,勉勵國人力行實踐他所發明的三民主義,以救國建國。

8

孰 ㄕㄨˊ shu² 音叔
1煮熟;成熟。熟的本字。見"說文"。2精細。3稱代詞。(1)誰。(2)甚麼。如:是可忍,孰不可忍?

孲 ㄧㄚ ya¹ 音鴉
參孲孖。

7【孲孖】 ㄧㄚ ㄧㄚˊ
赤子;嬰兒。'吳'地方言。

9

孳 ㊀ ㄗ tzŭ¹ 音資
滋生;繁殖。如:孳息。
㊁ ㄗˋ tzŭ⁴ 音字
生子;乳化。見"正字通"。

5【孳生】 ㄗ ㄕㄥ
蕃殖生長。

7【孳尾】 ㄗˋ ㄨㄟˇ
鳥獸雌雄交配生殖。

【孳育】 ㄗ ㄩˋ
生長繁殖。

8【孳乳】 ㄗ ㄖㄨˇ
滋生繁衍。

9【孳衍】 ㄗ ㄧㄢˇ
滋長;繁殖。

10【孳息】 ㄗ ㄒㄧˊ
1生長蕃殖。2謂由原物或原本所生之收益。可分天然孳息及法定孳息。前者,係指果實、動物之產物,及其他依物之用法所收穫之出產物。後者,則指利息、租金及其他因法律關係所得之收益。孳息之主要法律效果,乃其歸屬問題:有收取天然孳息權利之人,其權利存續期間內,取得與原物分離之孳息。此項天然孳息收取權人不限於原物所有人，即承租人、地上權人、抵押權人等亦屬之。而有收取法定孳息權利之人，則按其權利存續期間之日數，取得其孳息。

12【孳孳】 ㄗ ㄗ
勤勉不息。

【孳萌】 ㄗ ㄇㄥˊ
草木萌芽滋長。

15【孳蔓】 ㄗ ㄇㄢˋ
繁殖蔓延。

8【孳乳字】 ㄗ ㄖㄨˇ ㄗˋ
由初文漸漸繁衍進化而產生的文字。如［丂］是初文，［考］是孳乳字。

孱 ㊀ ㄔㄢˊ ch'an² 音蟬
1淺陋。如：庸孱。2懦弱。如：孱夫。3衰弱。如：孱弱。
㊁ ㄘㄢˋ ts'an⁴ 音燦
參孱頭。

10【孱弱】 ㄔㄢˊ ㄖㄨㄛˋ
身體衰弱。

16【孱頭】 ㄘㄢˋ ㄊㄡˊ
卑劣懦弱。

19【孱羸】 ㄔㄢˊ ㄌㄟˊ
虛弱枯瘦。

10

㝅 ㄍㄡˋ kou⁴ 音夠
哺乳。見"說文·㝅·段注"。

孴 ㄋㄧˇ ni³ 音擬
盛多的樣子。見"說文"。

11

孷 ㄌㄧˊ li² 音離
參孷孖。

6【孷孖】 ㄌㄧˊ ㄗ
雙胞胎。

孵 ㄈㄨ fu¹ 音敷
指鳥類伏卵使化生幼鳥、魚蟲的卵受熱而化生幼蟲的過程。

13

學 本作斆。㊀ ㄒㄩㄝˊ hsüeh²
1研習。如：學畫。2教學的場所。如：小學。3有系統、條理的專門知識。如：科學。4有專門學問的；研究學問有成就的。如：學者。
㊁ ㄒㄧㄠˊ hsiao²
仿效。如：學狗叫。

3【學士】 ㄒㄩㄝˊ ㄕˋ
1研求學問的人。即學者。2古代官名。如：內閣學士、翰林學士。3學位名。我國"學位授予法"規定凡大學畢業者授予學士學位。如：文學士、醫學士、農學士。

6【學舌】 ㄒㄧㄠˊ ㄕㄜˊ
散播別人所說的話。常含挑撥或洩露祕密的性質。

【學年】 ㄒㄩㄝˊ ㄋㄧㄢˊ
(academic year)自早秋至次年晚春或初夏之間的教學期間。一般學校採秋季與春季兩學期制，特別設置的夏季便不在學年制度之內。

【學名】 ㄒㄩㄝˊ ㄇㄧㄥˊ
(scientific name)生物學上對生物的稱呼，稱爲學名。係由兩個名稱組成，一爲該種生物的屬名，另一爲種名；屬名在前，爲一名詞，種名在後，爲一形容詞。

7【學究】 ㄒㄩㄝˊ ㄐㄧㄡˋ
1'唐''宋'科舉中的科目名。'唐代'科舉有秀才、明經、進士等名目。明經又分五經、三經、二經及學究一經四科。應試學究一經的叫學究。'宋代'有進士、學究、明經、明法等十科。2讀書人的通稱。也常用以譏諷迂腐不通的讀書人。

【學步】 ㄒㄩㄝˊ ㄅㄨˋ
仿效；追蹤。

【學位】 ㄒㄩㄝˊ ㄨㄟˋ
(degree)個人在大學或學院修滿必修與選修學分，成績及格、獲准畢業時所獲頒的一種學術稱號或頭銜。一般而言，學位有學士、碩士、博士三級。

【學系】 ㄒㄩㄝˊ ㄒㄧˋ
大學或獨立學院中依學習內容的類別而分的科系。

8【學官】 ㄒㄩㄝˊ ㄍㄨㄢ
1古代朝廷所設的學校。也作學宮。2古代掌管學校教育的官員。

【學店】 ㄒㄩㄝˊ ㄉㄧㄢˋ
指以營利爲目的而不以教育爲目的的學校。

【學府】 ㄒㄩㄝˊ ㄈㄨˇ
1古代研究學術的機構。2比喻學問淵博的人。3指學校。

【學長】 ㄒㄩㄝˊ ㄓㄤˇ
1主持學習事務的官長。2同學中的年長者，或同校畢業的先輩校友。3對同學的尊稱。

【學制】 ㄒㄩㄝˊ ㄓˋ
規定大、中、小各級學校肄業年限與彼此銜接的制度。主旨在統一教育，使學生能按照一定年數，依循一定規則，繼續進入其年力相當的學校就讀。

9【學派】 ㄒㄩㄝˊ ㄆㄞˋ
學術派別。

【學科】 ㄒㄩㄝˊ ㄎㄜ
1'唐代'科舉考試門目中側重經學的科目。與側重文辭的進士科相對。2學術的科目門類。3學校依學習內容所設的科目名稱。

10【學案】 ㄒㄩㄝˊ ㄢˋ
記述學者學術思想、源流派別、師承傳授的著作。如'黃宗羲'有"宋元學案"、"明儒學案"。

【學院】 ㄒㄩㄝˊ ㄩㄢˋ
1'清代'掌管一省教育的官吏。2大學中的組成部門。3指程度與大學相同的獨立學院。

【學徒】 ㄒㄩㄝˊ ㄊㄨˊ
1從師受業的人。即學生。2也稱藝徒、技術生。指未成年人，在其家長或監護人的監督下，與雇主協議，由雇主提供學習特殊技術或職業訓練的機會，使其在成年後得以充分就業。大多在工廠或工作場所舉行。'歐''美'工業國家，均在法律上採取學徒保護措施。我國"勞動基準法"中亦有保護技術生專章,規定甚詳。

11【學理】 ㄒㄩㄝˊ ㄌㄧˇ
學術上的理論與法則。

【學習】 ㄒㄩㄝˊ ㄒㄧˊ
(learning) 個體經由練習或經驗,使行為產生較為持久之改變的歷程。凡屬暫時性或由成熟、藥物刺激等因素所導致之行為變化,均不包括在內。

【學區】 ㄒㄩㄝˊ ㄑㄩ
(school district)又稱學生就學區(school attendance zone)。由政府依人口與學校分布情形劃定不同區域,規定區域內的學齡兒童進入該區域內的學校就讀。

【學問】 ㄒㄩㄝˊ ㄨㄣˋ
1學習與詢問。2有系統的知識。

【學術】 ㄒㄩㄝˊ ㄕㄨˋ
1學問的統稱。2稱有系統而較專門的知識。

12【學費】 ㄒㄩㄝˊ ㄈㄟˋ
(tuition)學生於註冊時繳交學校作為教育經費的金額。

【學殖】 ㄒㄩㄝˊ ㄓˊ
學問的素養。研究學問要像農夫殖苗,不斷地求進步,故稱。

14【學說】 ㊀ ㄒㄩㄝˊ ㄕㄨㄛ
學術上有系統的理論。
㊁ ㄒㄧㄠˊ ˙ㄕㄨㄛ
複述他人的言語。

【學閥】 ㄒㄩㄝˊ ㄈㄚˊ
譏稱把持學術或教育機構的特權人物。

15【學潮】 ㄒㄩㄝˊ ㄔㄠˊ
在校學生因不滿現狀而舉行的示威運動。

16【學歷】 ㄒㄩㄝˊ ㄌㄧˋ
求學的經歷。指曾經肄業或畢業的學校及所獲得的學位等。

19【學識】 ㄒㄩㄝˊ ㄕˋ
學問和見識。

20【學齡】 ㄒㄩㄝˊ ㄌㄧㄥˊ
國民應受義務教育的年齡。我國法令原定兒童自滿六歲之翌日起,至滿十二歲止為學齡期,自國民教育延長為九年後,已延至十五歲止。

10【學院派】 ㄒㄩㄝˊ ㄩㄢˋ ㄆㄞˋ
指只重理論而與社會現狀脫節的學者。

5【學生議會】 ㄒㄩㄝˊ ㄕㄥ ㄧˋ ㄏㄨㄟˋ
(student council)學生組織中代表學生議事的組織。

6【學如不及】 ㄒㄩㄝˊ ㄖㄨˊ ㄅㄨˋ ㄐㄧˊ
做學問像追逐什麼似的,生怕趕不上。形容追求學問,努力不懈。

7【學步邯鄲】 ㄒㄩㄝˊ ㄅㄨˋ ㄏㄢˊ ㄉㄢ
比喻模仿他人不成,反而失去自己原來的面貌。

10【學校立案】 ㄒㄩㄝˊ ㄒㄧㄠˋ ㄌㄧˋ ㄢˋ
(school accreditation)為確保教育的素質,學校設立之初,必須獲得政府或專設教育機構、團體認可其師資、設備、校舍、課程與教學措施已達到創校標準。

11【學習中心】 ㄒㄩㄝˊ ㄒㄧˊ ㄓㄨㄥ ㄒㄧㄣ
(learning center)設置各種學習材料、書本與儀器等供學生學習的地點或場所。

【學習曲線】 ㄒㄩㄝˊ ㄒㄧˊ ㄑㄩ ㄒㄧㄢˋ
(learning curve)用以顯示學習歷程中之進展情形的圖表。係運用數學原理,以橫坐標代表練習次數,以縱坐標代表學習成績,繪製而成。

【學習技巧】 ㄒㄩㄝˊ ㄒㄧˊ ㄐㄧˋ ㄑㄧㄠˇ
(study skill)指能獲得高學習成就的閱讀、理解、速率、記憶、寫作與筆記等技能。

【學習指引】 ㄒㄩㄝˊ ㄒㄧˊ ㄓˇ ㄧㄣˇ
(study guide)協助學生學習的輔助性教材編製。該編製或為教材大綱,或為內容摘要,或為練習作業並核對答案。

【學習缺陷】 ㄒㄩㄝˊ ㄒㄧˊ ㄑㄩㄝ ㄒㄧㄢˋ
(learning disability)泛指智能中上但學習聽、說、讀、寫、算或拼音時有困難的失常現象。造成該現象的原因可能是大腦受傷、大腦功能失常、認知困難、發音困難等。

【學習理論】 ㄒㄩㄝˊ ㄒㄧˊ ㄌㄧˇ ㄌㄨㄣˋ
(learning theory)旨在說明學習條件、學習歷程與學習結果的理論。

【學習遷移】 ㄒㄩㄝˊ ㄒㄧˊ ㄑㄧㄢ ㄧˊ
(transfer of learning)一學習對另一學習之效果,產生助長或抑制之擴展現象。學習某材料後,有助益於另一材料之學習,是為正遷移(positive transfer);學習某材料後,對另一材料之學習造成阻礙,則為負遷移(negative transfer)。

【學習樣式】 ㄒㄩㄝˊ ㄒㄧˊ ㄧㄤˋ ㄕˋ
(learning style)學生學習時自動採用的學習方式。或偏重視覺,或偏重聽覺,或偏重於身體活動。

【學貫天人】 ㄒㄩㄝˊ ㄍㄨㄢˋ ㄊㄧㄢ ㄖㄣˊ
學問淵深,能貫通天理與人事。

【學術自由】 ㄒㄩㄝˊ ㄕㄨˋ ㄗˋ ㄧㄡˊ
(academic freedom)高等教育機構內,教授與學生得以自由表達其專業觀點或理論而不受壓制或懲誡的現象。

12【學富五車】 ㄒㄩㄝˊ ㄈㄨˋ ㄨˇ ㄔㄜ
形容學問淵博。

10【學校行事曆】 ㄒㄩㄝˊ ㄒㄧㄠˋ ㄒㄧㄥˊ ㄕˋ ㄌㄧˋ
(school calendar)由學校制定,詳列每日、每週、每月或每學期所應辦理之重要事項的程序表。

4【學不厭教不倦】 ㄒㄩㄝˊ ㄅㄨˋ ㄧㄢˋ ㄐㄧㄠˋ ㄅㄨˋ ㄐㄩㄢˋ
學習永不滿足,教人永不倦怠。

5【學生氏t分布】 ㄒㄩㄝˊ ㄕㄥ ㄕˋ t ㄈㄣ ㄅㄨˋ
(Student's distribution)'愛爾

蘭'人'哥塞特'氏以筆名'學生'發表了這個機率分布。假設有少量的n個樣本,從某個常態母體抽出者,我們用樣本平均$\bar{x}$來推估母體的平均μ,也用樣本標準差$S=[\sum x_i^2-n\bar{x}^2]^{1/2}\div\sqrt{n-1}$來推估母體的標準差$\sigma$。若$\mu$和$\sigma$爲已知,則$(\bar{x}-\mu)\div(\sigma/\sqrt{n})=Z$應爲標準常態變數。但是若$\mu$已知,而$\sigma$未知,只好使用$(\bar{x}-\mu)\div(S/\sqrt{n})=t$作爲統計量,這時$t$的分布就叫'學生'氏的$t$分布。此時$(n-1)$叫自由度。當自由度很大時(例如$\geq 30$),$t$分布已可用標準常態分布代替。

10【學校心理學家】 ㄒㄩㄝˊ ㄒㄧㄠˋ ㄒㄧㄣ ㄌㄧˇ ㄒㄩㄝˊ ㄐㄧㄚ
(school psychologist)持有政府認可之行業執照,在校診斷學習困難、協助改善學習問題的心理學家。

【學校保健服務】 ㄒㄩㄝˊ ㄒㄧㄠˋ ㄅㄠˇ ㄐㄧㄢˋ ㄈㄨˊ ㄨˋ
(school health services)各級學校爲協助學生保健而提供的各項服務工作。基本上,既有保健室的設置,又有校醫與護理人員的編制,以提供定期性體檢、預防注射與必要的診療等服務。

14

孺 ㄖㄨˊ *ju*^{2} 音儒 又讀 ㄖㄨˋ *ju*^{4} 音入
①幼兒。如:婦孺。②親睦。③姓。'春秋''魯'有'孺悲'。見"通志・氏族略四"。

2【孺人】 ㄖㄨˊ ㄖㄣˊ
①先'秦'時代對大夫之妻的稱號。'宋'、'明'、'清'時朝廷對下級官吏的母親或妻子的封號。②對一般婦人的尊稱。

3【孺子】 ㄖㄨˊ ㄗˇ
①小孩的通稱。②妾的通稱。③古稱年少貌美的女子。

15【孺慕】 ㄖㄨˊ ㄇㄨˋ
①幼童愛慕父母之情。②比喻依戀仰慕。

孻 ㄋㄞ *nai*^{1}
'閩'、'廣'一帶稱老人所生幼子。見"字彙補"。

16

孼 孽的本字。

17

斆 ㄒㄧㄠˋ *hsiao*^{4} 音效
獸名。解鳥屬。本作鷽。見"說文"。

孽 ㄋㄧㄝˋ *nieh*^{4} 音臬
本作孼。①非嫡妻所生的兒子。即庶子。見"說文"。②樹木旁生的新芽。通蘖。如:孽芽。③姦惡。

3【孽子】 ㄋㄧㄝˋ ㄗˇ
古代稱妾所生的兒子。即庶子。

6【孽臣】 ㄋㄧㄝˋ ㄔㄣˊ
忤逆之臣。

14【孽障】 ㄋㄧㄝˋ ㄓㄤˋ
佛教稱過去作惡所造成的不良後果爲業障,後用以罵人,訛爲孽障。

【孽種】 ㄋㄧㄝˋ ㄓㄨㄥˇ
禍根;禍種。

20【孽黨】 ㄋㄧㄝˋ ㄉㄤˇ
叛逆的黨徒。

10【孽海花】 ㄋㄧㄝˋ ㄏㄞˇ ㄏㄨㄚ
近人'曾樸'撰,三十回。以'清'末名妓'賽金花'的故事爲素材,加以熔裁創造,反映出'清'末政治社會的弊端,爲'清代'譴責小說的傑作。

【孽根禍胎】 ㄋㄧㄝˋ ㄍㄣ ㄏㄨㄛˋ ㄊㄞ
比喻罪惡的根源。

19

孿 ㄌㄩㄢˊ *lüan*^{2} 音攣
一胎雙產。如:孿生。

5【孿生】 ㄌㄩㄢˊ ㄕㄥ
(twin)一胎雙產。有同卵雙胞胎和異卵雙胞胎之分。

22

孌 孿的或體。

宀 部

宀 ㄇㄧㄢˊ *mien*^{2} 音綿
有堂有室的深屋。見"說文・宀・段注"。

2

宁 ㄓㄨˋ *chu*^{4} 音住
①存積。同貯。見"說文"。②古代宮室中介於門屏間的所在。爲帝王視朝所佇立處。③久立;停留。通佇、竚。如:宁立。

宄 ㄍㄨㄟˇ *kuei*^{3} 音軌
在團體內竊盜或作亂的壞人。即內奸。如:奸宄。

它 ㄊㄨㄛ *t'o*^{1}, *t'uo*^{1} 音拖 又讀 (一) ㄊㄚ *t'a*^{1} 音他 (二) ㄊㄜ *t'ê*^{1}
①蛇的本字。見"說文"。②通佗、他。⑴別;異。如:非有它志。⑵稱代詞。如:它山之石。

3【它山之石可以爲錯】 ㄊㄨㄛ ㄕㄢ ㄓ ㄕˊ ㄎㄜˇ ㄧˇ ㄨㄟˊ ㄘㄨㄛˋ
他山之石可製礪石,用以磨治美玉。比喻借他人之長,治己之短。

宂 冗的或體。

3

宇 ㄩˇ *yü*^{3} 音羽
①屋簷。如:宇下。②房屋。如:高堂邃宇。③四方上下的空間。如:宇內。④指局部而言。相當於間、端。如:眉宇。⑤度量;氣概。如:器宇。⑥姓。'明'有'宇燦'。見"萬姓統譜・七八"。

4【宇內】 ㄩˇ ㄋㄟˋ

天地之間。

8【宇宙】 ㄩˇ ㄓㄡˋ

1(the universe)時間與空間的總稱。指過去、現在和未來整個天地的總體。2指屋簷和棟梁。

【宇宙論】 ㄩˇ ㄓㄡˋ ㄌㄨㄣˋ

(cosmology)形上學的一支。探討宇宙萬物的整體起源、發展、結構等問題的學問。關於宇宙起源問題的哲學見解有創造說、流出說、進化論、創化論;關於宇宙變化問題的有目的論、機械論;關於宇宙結構問題,在質的方面有唯物論、唯心論、心物合一論;在量的方面有一元論、二元論、多元論。

【宇宙線】 ㄩˇ ㄓㄡˋ ㄒㄧㄢˋ

(cosmic ray;cosmic radiation)外太空不斷轟擊地球之極高能量的電磁波及原子核。科學家相信,宇宙線的來源是由於銀河系中的超新星爆炸所放出的輻射線及高能粒子,極少數能量高達10^{20}電子伏特。宇宙線的組成除含有包括加瑪射線之各種波長的電磁波外,主要的成分是質子、α粒子及少數鋰、鈹、硼、碳、氮、氧等原子核。宇宙線射入大氣中和大氣中原子核反應,故除了原始宇宙線外,在地面上還可偵測到這些反應生成物,如渺子、中子、電子、正子及微中子等。部分生物學家認為宇宙線會改變生物的基因,造成生物界的突變現象。

【宇宙觀】 ㄩˇ ㄓㄡˋ ㄍㄨㄢ

即世界觀。參世界觀。

守 ㈠ ㄕㄡˇ shou³ 音首

1職位;職掌。如:官守。2官名。'秦'為一郡的首長,後為太守、郡守、刺史的別稱。3保持。如:守成不易。4防衛。與攻相對。如:守城。5看管。如:看守。6遵奉。如:守法。7節操。如:有為有守。8姓。'宋'有'守仁杰'。見"萬姓統譜·八八"。

㈡ ㄕㄡˋ shou⁴ 音獸

諸侯所守的土地。通作狩。

3【守土】 ㄕㄡˇ ㄊㄨˇ

保衛國土。

4【守分】 ㄕㄡˇ ㄈㄣˋ

守本分。

6【守成】 ㄕㄡˇ ㄔㄥˊ

承繼並維護已經成就的事業,不使消失覆亡。

7【守車】 ㄕㄡˇ ㄔㄜ

(brake van; caboose)又稱車長車(guard's van)。係裝設完備之車長閥、空氣壓力錶及手軔機等,具有控制列車作用的車輛。

【守孝】 ㄕㄡˇ ㄒㄧㄠˋ

為父母守喪。

8【守法】 ㄕㄡˇ ㄈㄚˇ

1執法。2遵守法令。

【守拙】 ㄕㄡˇ ㄓㄨㄛˊ

以愚拙自處,不以巧偽與世周旋。

【守制】 ㄕㄡˇ ㄓˋ

又稱守喪。舊時禮制居父母或祖父母喪時,須謝絕人事,不得任官、應考、嫁娶,以二十五月(一說二十七月)為限,稱為守制。

9【守則】 ㄕㄡˇ ㄗㄜˊ

所遵守的法則。

【守信】 ㄕㄡˇ ㄒㄧㄣˋ

遵守諾言;執行所承諾的事項。

10【守宮】 ㄕㄡˇ ㄍㄨㄥ

(gecko)為脊椎動物中屬於爬蟲綱(class Reptilia)、有鱗目(order Squamata)、蜥蜴亞目(suborder Lacertilia)、守宮科(family Gekkonidae)的動物。約80屬650種。能發聲,有的種類鳴聲大。本科多產於熱帶地區,自沙漠至叢林皆有分布。大部分以昆蟲為食,趾略呈吸盤狀,亦有為其他變形,可攀附於平滑的表面,好夜出緣壁捕食小蟲。體色隨居處變化。無可動之眼瞼(偶或例外),瞳孔垂直,與貓相似。

守宮圖

【守時】 ㄕㄡˇ ㄕˊ

1順應時令行事。2遵守時間。

11【守密】 ㄕㄡˇ ㄇㄧˋ

保守祕密。

12【守喪】 ㄕㄡˇ ㄙㄤ

即守制。參守制。

【守備】 ㄕㄡˇ ㄅㄟˋ

1防守戒備。2官名。'明'置'南京'守備,職位甚高。'清'為五品武職。

13【守歲】 ㄕㄡˇ ㄙㄨㄟˋ

指農曆除夕,家人圍爐團坐,終夜不眠,以送舊迎新。

【守節】 ㄕㄡˇ ㄐㄧㄝˊ

1保守名節,不違背禮義。2古代稱婦女夫死不嫁。

【守經】 ㄕㄡˇ ㄐㄧㄥ

篤守常道。

14【守寡】 ㄕㄡˇ ㄍㄨㄚˇ

婦人夫死不再結婚。

24【守靈】 ㄕㄡˇ ㄌㄧㄥˊ

1道教語。指心。心為臟腑之元,棲神之宅,故言守靈。2喪家的親屬守護靈柩或靈位。

3【守三一】 ㄕㄡˇ ㄙㄢ ㄧ

道教修煉方法之一。知守虛、无、空者為大乘,守神煉形為中乘,守氣含和為小乘。另有存守身中三宮三一之法。

8【守庚申】 ㄕㄡˇ ㄍㄥ ㄕㄣ

道教語。指在庚申日齋戒,通夕靜坐不眠,以排除雜念,安定魂魄。道士以為人身有三尸神,每至庚申日,升天向'天帝'陳說眾人的罪惡;若在這一天清齋不寢,則可避免。後來成為道教的節日,曾流傳到'日本'。

10【守財奴】 ㄕㄡˇ ㄘㄞˊ ㄋㄨˊ

指有錢而吝嗇的人。含有譏諷的意味。

21【守護神】 ㄕㄡˇ ㄏㄨˋ ㄕㄣˊ

(tutelary divinity)相信能夠保護某個人或某個社群的神。守護神被認為能夠為人驅除災難,帶來福祉,維護平安,如我國的門神、灶神等。

3【守口如瓶】 ㄕㄡˇ ㄎㄡˇ ㄖㄨˊ ㄆㄧㄥˊ
1比喻出言謹愼。2指嚴守祕密,不以告人。

5【守正不阿】 ㄕㄡˇ ㄓㄥˋ ㄅㄨˋ ㄜ
堅守正道,無所偏私。

6【守死善道】 ㄕㄡˇ ㄙˇ ㄕㄢˋ ㄉㄠˋ
固守善道,至死不變。

【守先待後】 ㄕㄡˇ ㄒㄧㄢ ㄉㄞˋ ㄏㄡˋ
篤守先王之道,等著傳給後起的學者。

7【守身如玉】 ㄕㄡˇ ㄕㄣ ㄖㄨˊ ㄩˋ
謹守自己的清白。

9【守約施博】 ㄕㄡˇ ㄩㄝ ㄕ ㄅㄛˊ
篤守的原理簡約而功效廣大。

10【守株待兔】 ㄕㄡˇ ㄓㄨ ㄉㄞˋ ㄊㄨˋ
1比喻妄想不勞而獲,坐享其成。2比喻固執成見,不知變通。

11【守望相助】 ㄕㄡˇ ㄨㄤˋ ㄒㄧㄤ ㄓㄨˋ
鄰居互相幫助,輪番守備,以防盜賊。今也稱民間爲維護社區安全而推行的一種運動。

13【守經達權】 ㄕㄡˇ ㄐㄧㄥ ㄉㄚˊ ㄑㄩㄢˊ
能謹守正道,又善於變通。

宜

宜的本字。

安

ㄢ an¹ 音鞍

1寧靜;舒適。如:安閑。2保全;穩定。如:安定。3設置。如:安裝。4逸樂。如:安逸。5滿足。如:安貧樂道。6撫綏。如:安慰。7居;存。如:你到底安甚麼心?8副詞。(1)怎。(2)何。9姓。'漢'有'安期生'。見"萬姓統譜·二五"。

4【安分】 ㄢ ㄈㄣˋ
守本分。

5【安可】 ㄢ ㄎㄜˇ
(encore)'法'語音譯。再來一個之意。在音樂會中,終場時觀眾們爲了要求再唱或再奏,就高呼安可。

【安打】 ㄢ ㄉㄚˇ
棒、壘球比賽用語之一。打擊者將球擊落於場內,防守球員未及將球傳達守壘員之前,打擊者得以迅速安全上壘,稱爲安打。

6【安宅】 ㄢ ㄓㄞˊ
1安居。2指仁。

7【安車】 ㄢ ㄔㄜ
可供坐乘的小馬車。古車立乘,此爲坐乘,故稱。古代徵召賢士或官員告老,常賜乘安車。

【安佚】 ㄢ ㄧˋ
舒適安樂。

8【安東】 ㄢ ㄉㄨㄥ
省轄市。位於'安東省'南部,濱'鴨綠江'下游西岸。爲'安東省'貨物進出門戶、木材集散地。有鋸木、造紙、造船、紡織等工業。以'大東溝'爲外港。

【安居】 ㄢ ㄐㄩ
1安然住在家裡。2如何處置。3結夏安居的略稱。四月十五日到七月十五日爲古'印度'雨季,蛇蟲多,佛家爲避免托缽乞食困難、傷害蛇蟲,於此三個月間禁足,居寺中修行,稱爲安居。此爲古'印度'佛制,今仍有寺院施行。

【安妮】 ㄢ ㄋㄧˊ
1(Queen Anne, 1665～1714)'英國'女王。'詹姆士二世'(James Ⅱ)之女。西元1702年繼'威廉三世'(William Ⅲ)即位,併'蘇格蘭'與'英格蘭',稱'大不列顛'。在位時,國內文風極盛。2(Anna Ivanovna, 1693～1740)'俄羅斯'女皇。西元1730年即位。壓制貴族,實行獨裁政治。在位時,被流於'西伯利亞'者達兩萬人。

10【安時】 ㄢ ㄕˊ
(ampere-hour)一安培電流流動一小時的量。以安培電流量乘以流動時數即得安時總數。通常用以表示蓄電池再充電前或乾電池被替換前所能供應電量的大小。一安時或一安培小時等於3,600庫侖電量。

【安息】 ㄢ ㄒㄧˊ
1安處;安止。2安靜地休息。多用於對死者的悼詞。3古'波斯'國名。故址在今'伊朗高原'。

11【安培】 ㄢ ㄆㄟˊ
1(André-Marie Ampère, 1775～1836)'法國'物理學家。爲一數學天才,十二歲時即嫻熟所有的數學問題。是電磁學的創始人,發現了'安培'定律、'安培'定則和分子電流等重要原理。2(ampere;A)(1)當一伏特電壓跨於一歐姆電阻兩端時,將產生一安培的電流量。(2)每秒流過一庫侖電荷等於一安培。(3)兩條無限長的長直導體,相隔一公尺置於眞空中,使相同的電流流過此兩導體,若此時所產生的作用力爲每公尺2×10^{-7}牛頓,則所流過的電流爲一安培。

安培像

【安排】 ㄢ ㄆㄞˊ
安置;處理。

12【安插】 ㄢ ㄔㄚ
將人員安排在某一個職位上。

13【安詳】 ㄢ ㄒㄧㄤˊ
形容人言行舉止從容不迫的樣子。

【安頓】 ㄢ ㄉㄨㄣˋ
安放;安置。

【安歇】 ㄢ ㄒㄧㄝ
歇息;就寢。

【安置】 ㄢ ㄓˋ
1安頓;安放。2就寢。

14【安寧】 ㄢ ㄋㄧㄥˊ
安定;平安。

15【安慰】 ㄢ ㄨㄟˋ
安撫慰問。

【安撫】 ㄢ ㄈㄨˇ
1安置撫慰。2官名。'隋'有安撫大使。'唐代'若遇水旱災,臨時遣使安撫。'宋'稱安撫使或經略安撫使,掌一方軍事和民政。

19【安邊】 ㄢ ㄅㄧㄢ
安定邊疆。

3【安山岩】ㄢ ㄕㄢ ㄧㄢˊ
(andesite)爲中性火成岩中最重要的。屬火山岩,組織爲斑狀或微晶狀。其礦物成分與閃長岩同,即斜長石75%、角閃石25%。爲環‘太平洋’地區之普遍岩石,因在‘南美洲’的‘安地斯山’分布甚廣,故名。

4【安心劑】ㄢ ㄒㄧㄣ ㄐㄧˋ
(placebo)也稱充數作業(filler task)。以實驗法研究個體之行爲變化時,一切進行表面上和實驗組同步,藉以亂眞的控制組作業。

5【安石榴】ㄢ ㄕˊ ㄌㄧㄡˊ
(pomegranate; *Punica granatum* L.)又名石榴、謝榴、紅石榴等。落葉灌木。高約2~3公尺,莖多分枝,枝端呈刺狀,葉對生而具短柄,長橢圓形或長倒卵形,全緣。春夏間枝梢著生具短梗的紅色小花,萼筒狀,6裂,紅色,花瓣6枚,雄蕊多枚,雌蕊1枚。果實球形,熟則黃紅且易開裂;種子之外,圍有紅肉,其味甘美或帶酸,供食用。根皮爲驅蟲藥。可供觀賞。原產‘地中海’沿岸,亞熱帶及溫帶各地多有栽培。

安石榴圖

【安卡拉】ㄢ ㄎㄚˇ ㄌㄚ
(Ankara)‘土耳其’首都及鐵路樞紐。舊名‘安哥拉’(Angora)。位居‘安那托力亞高原’(Anatolia Plateau)中央。有新舊二城,舊城原為軍事城堡,‘凱末爾’(Kemal Atatürk)創建共和後,遷都於此,並在其下方建立新城。人口390萬(2002年)。

6【安全島】ㄢ ㄑㄩㄢˊ ㄉㄠˇ
設置於路面上,以維持良好之行車秩序、提高交通安全的建築物。依其功用,大致可別爲三大類:一、中間安全島(medium island):又稱劃分島。設置於道路中央,沿道路方向以分隔來往車輛。二、槽化島(channelizing island):設置於複雜之平交叉道上,用以控制交通流量,引導車輛沿一定路線、方向行駛。三、圓環島(rotary central island):設置於交叉道之中心,用以維持車輛沿圓環引導至各方向繼續行駛。

【安全區】ㄢ ㄑㄩㄢˊ ㄑㄩ
(safety clearance zone)飛機起落地帶兩旁的無障礙區域。在該區內除管制塔臺外,不得有天然或人爲的障礙物高出於兩旁之安全角。安全角爲飛機起落地帶邊緣向外,於安全區內成1:7之角度。我國係跑道或副跑道自道肩左右500公尺爲安全區的空間限建範圍,在此區域外,建物高度與道肩距離之比亦不得超過1:7。

【安全帶】ㄢ ㄑㄩㄢˊ ㄉㄞˋ
保障人員安全的帶子。綁繫在乘客或高空操作員身體及依憑物之間。

【安全帽】ㄢ ㄑㄩㄢˊ ㄇㄠˋ
保護頭部的特製帽盔。是機車騎士及工程人員必備的裝束。

【安全感】ㄢ ㄑㄩㄢˊ ㄍㄢˇ
(security)免於危險、不定、恐懼或焦慮的情緒狀態。

【安全閥】ㄢ ㄑㄩㄢˊ ㄈㄚˊ
(safety valve)保險閥之一。裝有強力彈簧,若管中壓力超過彈簧之強度,則閥被衝開而釋壓。

8【安定性】ㄢ ㄉㄧㄥˋ ㄒㄧㄥˋ
(stability)飛機在平衡或穩定之飛行狀況下,受到騷擾後能自動恢復至原來狀態的特性。亦指降落傘及其裝載物之此種類似特性。飛機安定性可區分爲自動安定性、方向安定性、動力安定性、固有安定性、橫向安定性、縱向安定性、中性安定性及靜力安定性等。

【安定面】ㄢ ㄉㄧㄥˋ ㄇㄧㄢˋ
(stabilizer)裝置在飛機尾部之翼面組。包括水平安定面與垂直安定面,主要功能在使飛機具安定性。習慣上安定面僅指水平安定面,而垂直安定面常冠以垂直二字或稱直尾翅(vertical fin)。

【安定劑】ㄢ ㄉㄧㄥˋ ㄐㄧˋ
(stabilizer)用來防止塑膠、橡膠、食品等產生劣化或變性之物質。如抗氧化劑即是一種安定劑。

【安東尼】ㄢ ㄉㄨㄥ ㄋㄧˊ
1(Marcus Antonius, 前82~前30)‘羅馬’將軍及三執政之一。‘凱撒’的朋友。西元前43年,與‘屋大維’、‘李必達’(Marcus Aemilius Lepidus)組織成第二次三頭政治,共同打敗刺殺‘凱撒’的共和派貴族,出治東部行省,轄‘希臘’以東之地。後惑於‘埃及’女王‘克麗奧佩屈拉’,與之成婚,並宣稱將‘羅馬’一部分領土贈與她的兒子,而挑起與‘屋大維’的戰爭,後失敗逃至‘埃及’自殺。2(Saint Anthony of Egypt, 250~355?)基督教古代苦修院的創始人。相傳三世紀中葉生於‘埃及’,二十歲左右棄家至‘尼羅河’附近曠野隱居苦修,許多子弟環集左右,成一僧侶社會,後組織追隨者創立苦修院多所。四世紀中葉死於‘紅海’西岸山間。

【安東省】ㄢ ㄉㄨㄥ ㄕㄥˇ
東北九省之一。隔‘鴨綠江’與‘韓國’爲鄰。境內以‘長白山地’爲主,富森林資源;坡地多植玉米。煤鐵礦產豐富。以‘通化’爲省會。

10【安家費】ㄢ ㄐㄧㄚ ㄈㄟˋ
供安頓家眷的生活費。

【安哥拉】ㄢ ㄍㄜ ㄌㄚ
(Angola)位於‘非洲’西南部的國家。西瀕‘大西洋’。西元1975年脫離‘葡萄牙’獨立。面積124.6萬方公里,人口1,119萬(2005年),首都‘羅安達’(Luanda)。境內多為

1,200～1,830公尺的高原，炎熱乾燥。北部以農作爲主，南部爲畜牧區。主產咖啡、玉米、花生、棉花和鐵、鑽石、石油。

【安眠藥】 ㄢ ㄇㄧㄢˊ ㄧㄠˋ
(hypnotics)也稱催眠藥。抑制神經中樞以引起睡眠的一種藥物。主要成分爲巴比妥酸鹽及非巴比妥酸鹽類，作用於大腦皮質，除導致睡眠外，有鎭靜作用。此藥也可用於抗癲癇療法。

【安時計】 ㄢ ㄕˊ ㄐㄧˋ
(ampere-hour meter)可測知並記錄一段時間內電流量之電表。

【安息日】 ㄢ ㄒㄧˊ ㄖˋ
(Sabbath; Sabbath day)即一個星期的第七天。根據舊約"聖經·創世紀"記載，上帝在六天之內創造了天地萬物，至第七天完工休息，故稱該日爲安息日。依照'猶太'教的解釋，安息日是指星期五日落到星期六日落，教徒在此日停止工作，祈禱禮拜。但後世基督教以'耶穌'於星期日復活，而將安息禮拜改在星期日進行。

【安徒生】 ㄢ ㄊㄨˊ ㄕㄥ
(Hans Christian Andersen, 1805～1875)'丹麥'著名童話作家。童年生活貧苦。早年寫作劇本、詩歌及小說，西元1835年開始寫童話，詞語樸素，故事生動而富想像力。著名的有"醜小鴨"(*The Ugly Duckling*)、"皇帝的新裝"(*The Emperor's New Clothes*)、"人魚公主"(*The Little Mermaid*)等，輯爲"安徒生童話故事集"(*Fairy Tales and Stories*)，共168篇，今各國均有譯本。

安徒生像

11【安培計】 ㄢ ㄆㄟˊ ㄐㄧˋ
(ammeter)測量電流的儀器。其標尺可分爲安培、毫安或微安等。測量時，安培計需和電路串連。

12【安祿山】 ㄢ ㄌㄨˋ ㄕㄢ
(?～757)'唐''營州'(今'熱河''朝陽')胡人。本姓'康'，初名'軋犖山'，隨母嫁而改姓'安'，更名'祿山'。性情嫉妒殘忍，善於謀略，通六蕃語。'天寶'末，以'平盧'、'范陽'、'河東'三鎭節度使舉兵反，陷'洛陽'，入'長安'，稱'燕帝'。不久被其子'慶緒'所殺。

【安琪兒】 ㄢ ㄑㄧˊ ㄦˊ
(angel)即天使。源自'希臘'文，原意爲使者。是上帝向人類傳達訊息的使者，也是上帝創造的萬物中最尊貴的。西方文學作品中常被當作天眞、美麗、純潔的象徵。

13【安道爾】 ㄢ ㄉㄠˋ ㄦˇ
(Andorra)位於'法國'和'西班牙'之間'庇里牛斯山'東部高山峽谷中的小侯國。海拔2,000公尺以上，交通困難。面積450方公里，人口7.0萬(2005年)，首都'安道爾'。冬寒漫長，春夏溫和。森林占全境之半。採山牧季移，畜產羊、牛。山坡河階種植菸草。旅遊業頗盛。

15【安樂死】 ㄢ ㄌㄜˋ ㄙˇ
(euthanasia; mercy killing)對於已經沒有治癒之希望而又瀕臨死亡的重病與重傷患者，爲了免除其痛苦，以人工方法使之死亡。也稱安死術、助死術或無痛苦之死亡。站在醫療與人道立場，此實爲值得深切探討的問題。一般以爲安樂死的要件爲：一、必須本人的傷病已不治，且瀕臨死亡狀態。二、必須本人所受肉體的痛苦極難堪，無法等待自然死的程度。三、原則上必須出於本人眞摯囑託或同意。四、所用安樂死的方法必須在倫理上獲得承認。五、施行安樂死的人，以醫師或和醫師有同等技能的人爲限。

【安德生】 ㄢ ㄉㄜˊ ㄕㄥ
1 (Carl David Anderson)'美國'物理學家。爲陽電子的發現者。西元1936年獲'諾貝爾'獎。2 (Sherwood Anderson, 1876～1941)'美國'小說家。作品有"麥伯生之子"(*Windy McPherson's Son*)、"行軍的人"(*Marching Men*)、"小城故事"(*Winesburg, Ohio*)、"白種人"(*Poor White*)、"許多婚姻"(*Many Marriages*)和"欲望之外"(*Beyond Desire*)等。作品以短篇出名，採用當時流行的自然主義手法，並加上心理分析，很有深度，對'海明威'和'福克納'等大作家都深具啟發性。

17【安徽省】 ㄢ ㄏㄨㄟ ㄕㄥˇ
位於我國中部的省分。簡稱'皖'。境內北、中、南三區地形不同，人文發展也不同：北部('淮河'以北)爲平原，主產雜糧；中部('江''淮'之間)爲盆地，河湖、平原、低丘錯雜，盛產稻米，人口最密集；南部('長江'以南)爲丘陵地，是重要產茶區；'黃山'、'九華山'是著名的風景名勝區。墨及宣紙爲本省名產。以'合肥'爲省會。

3【安土重遷】 ㄢ ㄊㄨˇ ㄓㄨㄥˋ ㄑㄧㄢ
安居本土，不喜遷徙。

4【安之若素】 ㄢ ㄓ ㄖㄨㄛˋ ㄙㄨˋ
毫不在意，跟平日一樣。

【安內攘外】 ㄢ ㄋㄟˋ ㄖㄤˇ ㄨㄞˋ
安定內部，抵禦外敵。

【安分守己】 ㄢ ㄈㄣˋ ㄕㄡˇ ㄐㄧˇ
安於本分，謹守規範，不投機取巧。

5【安史之亂】 ㄢ ㄕˇ ㄓ ㄌㄨㄢˋ
'天寶'十四年(755)，身兼'平盧'、'范陽'、'河東'三鎭節度使的'安祿山'舉兵攻陷'洛陽'，自稱大'燕'皇帝，繼破'長安'，'玄宗'逃往'成都'，'肅宗'即位。不久，叛軍內鬨，'朔方'節度使'郭子儀'得'回紇'及'大食'兵之助，收復兩京。後'史思明'又陷'洛陽'，子'朝義'殺而代之。'代宗''廣德'元年(763)，'朝義'謀奔'契丹'，部將'李懷仙'殺'朝義'請降，亂平。前後歷時九年，'唐'元氣大傷。

6【安如泰山】ㄢ ㄖㄨˊ ㄊㄞˋ ㄕㄢ
形容非常穩定。

【安全火柴】ㄢ ㄑㄩㄢˊ ㄏㄨㄛˇ ㄔㄞˊ
(safety match)指一種只有在某些特別製造的粗糙表面擦擊才能著火的火柴。

【安全存量】ㄢ ㄑㄩㄢˊ ㄘㄨㄣˊ ㄌㄧㄤˋ
(safety stock; safety inventory)爲免於購置前置時間(lead time)比預定的長或因購置前置時間內之消耗量比預定的大而造成缺貨所準備的存貨量。

【安全因數】ㄢ ㄑㄩㄢˊ ㄧㄣ ㄕㄨˋ
(factor of safety)降伏應力與容許應力之比值。

【安全玻璃】ㄢ ㄑㄩㄢˊ ㄅㄛ ㄌㄧˊ
(safety glass)在鈉鉀玻璃所製成的平板玻璃各層之間,夾一層強韌的乙烯基樹脂塑膠製成。因此種玻璃具有防碎的特性,所以又稱爲防碎玻璃、不碎玻璃。

【安全教育】ㄢ ㄑㄩㄢˊ ㄐㄧㄠˋ ㄩˋ
(safety education)爲增進安全、防止危險而進行的教學活動。主要課程爲:如何在家中、校園裡、路上、車輛內或其他公私場所保持安全、防止傷害與災禍,並避免感染疾病等。

【安全需要】ㄢ ㄑㄩㄢˊ ㄒㄩ ㄧㄠˋ
(safety needs)爲‘美國’心理學家‘馬斯婁’(A. H. Maslow)所提出的人們五大基本需要之一。指人們避免危險、追求安全保障的需要。包括生命健康的安全、經濟的安全及心理的安全。

7【安步當車】ㄢ ㄅㄨˋ ㄉㄤ ㄔㄜ
徒步徐行,當做坐車。比喻人能安於貧賤。今多用作以慢行代坐車。

【安身立命】ㄢ ㄕㄣ ㄌㄧˋ ㄇㄧㄥˋ
使生活與精神都有所寄託。

8【安定化法】ㄢ ㄉㄧㄥˋ ㄏㄨㄚˋ ㄈㄚˇ
照片顯影時,使未感光的鹵化銀安定,而得到影像的方法。此法可用來代替定影和水洗等步驟,縮短時間,但照片的保存性較差。

【安居樂業】ㄢ ㄐㄩ ㄌㄜˋ ㄧㄝˋ
安於所居住的地方,樂於所從事的職業。

【安非他命】ㄢ ㄈㄟ ㄊㄚ ㄇㄧㄥˋ
(amphetamine) 一種中樞神經興奮劑。服用後可產生欣快感、活力充沛感及厭食傾向,因此被用於非法改進運動員成績、減肥計畫等。服用量需不斷加重,常導致成癮的惡果。濫用者如能藉其得到幻覺,則已進入中毒期。大量服用會使人顫抖、心跳過速、焦慮不安、失眠,最後導致妄想狂似的人格異常狀態。目前已完全停止醫界臨床使用。

【安和樂利】ㄢ ㄏㄜˊ ㄌㄜˋ ㄌㄧˋ
安定和諧,快樂富裕。

11【安培定律】ㄢ ㄆㄟˊ ㄉㄧㄥˋ ㄌㄩˋ
(Ampere's law)①任一封閉曲線上的一點,取該點的磁通量密度在曲線切線方向上的分量 B_l,與此點曲線上一小線段 Δl 的乘積,沿此曲線求乘積的總和,和流過此封閉曲線之總電流成正比。即 $\sum_{封閉曲線} B_t\cdot\Delta l=\mu_o\sum i$。$\mu_o$ 表眞空中的導磁係數。②兩條互相平行相距 d 的長直導線,各通以 i_1、i_2 的電流時,兩導線間之磁力大小爲 $F=\frac{\mu_o}{4\pi}\cdot\frac{2i_1i_2}{d}\cdot L$,式中 L 爲導線長度。若兩導線中電流爲同方向,則爲吸引力;反之,則爲排斥力。

【安貧樂道】ㄢ ㄆㄧㄣˊ ㄌㄜˋ ㄉㄠˋ
安於窮困,以固守仁義大道爲樂。

12【安然無恙】ㄢ ㄖㄢˊ ㄨˊ ㄧㄤˋ
平安無事。

13【安福國會】ㄢ ㄈㄨˊ ㄍㄨㄛˊ ㄏㄨㄟˋ
也稱第二屆國會。‘民國’七年八月成立。‘梁士詒’、‘王揖唐’分任‘參’、‘眾議院’議長。因議員中約 3/4 屬‘王揖唐’、‘徐樹錚’等主持的‘安福俱樂部’,故稱。國務總理‘段祺瑞’假手‘王揖唐’,按月津貼俱樂部的議員,而獲國會支持。九年,‘直’‘皖’戰後,俱樂部解散,國會亦解體。

5【安布羅攝影】ㄢ ㄅㄨˋ ㄌㄨㄛˊ ㄕㄜˋ ㄧㄥˇ
在火棉膠溼板負片背面貼上黑布或塗上黑漆襯底,以顯出正像的技術。如此一來,這塊負片便不能再用以印製照片,但卻能省下金錢與時間。

6【安地斯山脈】ㄢ ㄉㄧˋ ㄙ ㄕㄢ ㄇㄛˋ
(Andes Mts.)‘南美洲’西部的脊幹山脈。沿著‘太平洋’岸,自‘哥倫比亞’向南伸展至‘智利’南端的‘火地島’(Tierra del Fuego),全長7,000公里,最寬處約800公里。山勢雄偉,火山眾多,在所屬高原區形成許多平行山脊。最高峰‘阿空加瓜峰’(Aconcagua Mt.),高6,960公尺,位‘阿根廷’境內。

【安全理事會】ㄢ ㄑㄩㄢˊ ㄌㄧˇ ㄕˋ ㄏㄨㄟˋ
(Security Council)‘聯合國’主要機關之一。由十五個會員國組成,其中‘中’、‘美’、‘英’、‘法’、‘蘇’五國爲常任理事國,其餘十個非常任理事國由‘大會’選出,任期二年。主要職權在維持國際和平與安全。每一理事國有一投票權,就有關程序事項之決議以九理事國之可決票表決之;其他事項之決議,則以九理事國之可決票包括全體常任理事國之同意票表決之。我國於西元1971年退出‘聯合國’。

4【安內攘外政策】ㄢ ㄋㄟˋ ㄖㄤˊ ㄨㄞˋ ㄓㄥˋ ㄘㄜˋ
抗‘日’戰爭前,我國的基本國策。‘民國’二十一年六月,‘蔣中正’先生在‘廬山’召集‘豫’‘皖’‘鄂’‘湘’‘贛’五省將領及民政、建設廳長會議,商討剿‘共’軍事政治,宣布攘外必先安內。

11【安培右手定則】ㄢ ㄆㄟˊ ㄧㄡˋ ㄕㄡˇ ㄉㄧㄥˋ ㄗㄜˊ
(Ampere's right hand rule)通電流的直導線,其所形成磁場方向,可應用'安培'右手定則來表明。伸直右手大拇指,使其指向與電流的流動方向相同,則其他四指彎曲的方向就是圍繞導線磁場(磁力線)的方向,如圖(一)。如應用於通電流的螺線管時,將右四個手指彎曲,順著電流方向握住螺線管,伸直大拇指,則其所指方向就是管中磁場(磁力線)的方向,亦即大拇指所指之螺線管口的一端,相當於磁鐵的N極,如圖(二)。

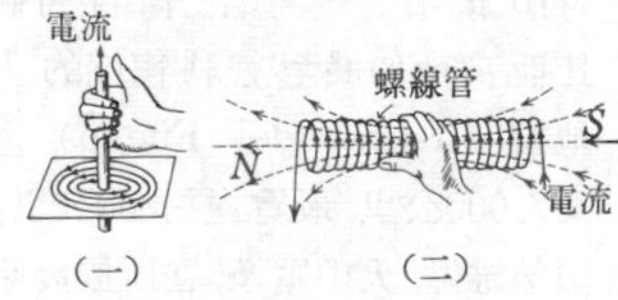

安培右手定則圖

6【安地卡及巴布達】ㄢ ㄉㄧˋ ㄎㄚˇ ㄐㄧˊ ㄅㄚ ㄅㄨˋ ㄉㄚˊ
(Antigua and Barbuda) 位於'西印度群島''背風群島' (Leeward Isls.) 的島國。西元1981年脫離'英國'獨立。面積440方公里，人口6.9萬 (2005年)，首都'聖約翰' (St. John's)。

宅 ㄓㄞˊ chai² 音翟 讀音 ㄓㄜˋ chê⁴ 音蔗
1住所。如:住宅。2居;存。如:宅心仁厚。3安定。如:宅天命。4墳墓。如:宅兆。

4【宅心】ㄓㄞˊ ㄒㄧㄣ
1居心;存心。2歸心。

4

宍 肉的訛字。

完 ㄨㄢˊ wan² 音丸
1全。如:完備。2保全。如:完身。3修治;修築。4堅固。如:城郭不完。5完成;終結。如:完工。6交納。如:完稅。7姓。'元'有'完澤'。見"萬姓統譜·二五"。

2【完人】ㄨㄢˊ ㄖㄣˊ
品格高尚完美的人。

10【完納】ㄨㄢˊ ㄋㄚˋ
繳納;交付。

11【完婚】ㄨㄢˊ ㄏㄨㄣ
結婚;成婚。

12【完稅】ㄨㄢˊ ㄕㄨㄟˋ
交納租稅。

【完稅照】ㄨㄢˊ ㄕㄨㄟˋ ㄓㄠˋ
(tax-paid certificates) 貨物稅應用照證之一。乃完稅貨物之憑證。分藍色及紫色兩種:藍色者於經徵稅款後,憑繳款書收據聯塡發;紫色者於申請分運或改裝改製時,憑藍色完稅照換發。

6【完全肥料】ㄨㄢˊ ㄑㄩㄢˊ ㄈㄟˊ ㄌㄧㄠˋ
指具有氮、磷、鉀三要素的複合肥料。如磷鉀銨、硝磷鉀。

【完全資訊】ㄨㄢˊ ㄑㄩㄢˊ ㄗ ㄒㄩㄣˋ
(perfect information) 指一項決策所需的資訊是百分之百的確定,而且均爲已知。於是只要利用這些資訊的方法是正確的話,則決策一定是正確無誤的。例如要興建一座工廠需投資若干,如確知在其使用年限內因興建此一工廠而增加的各年淨利以及折現率(discount rate),利用現值法(present value method,此法爲正確方法之一),則馬上可以計算出來該不該興建這座工廠(若各年淨利現值總合大於工廠的成本即可興建)。但事實上完全資訊幾乎可說是不可能的。

【完全飼料】ㄨㄢˊ ㄑㄩㄢˊ ㄙˋ ㄌㄧㄠˋ
指營養上合於動物需要的飼料。除水外,不必再給其他食物。動物可以此作爲唯一的日糧來源,而維持生命或促進生產。

【完全對沖】ㄨㄢˊ ㄑㄩㄢˊ ㄉㄨㄟˋ ㄔㄨㄥ
(perfect hedge) 市場參與者從事對沖交易時,其所買入或賣出的期貨契約內容中,凡所訂商品、交割日期及成交數量都與其未來現貨市場的交易需要互相吻合的,稱爲完全對沖。在此情形下,現貨市場的價格變動風險,可藉期貨市場的對沖予以完全轉嫁,所以可以充分發揮價位保障的效果。

【完全養殖】ㄨㄢˊ ㄑㄩㄢˊ ㄧㄤˇ ㄓˊ
指人工繁殖技術中,以人工孵化,由稚魚至成魚而爲種魚的一貫養殖方法。

【完全彈性】ㄨㄢˊ ㄑㄩㄢˊ ㄊㄢˊ ㄒㄧㄥˋ
(perfect elastic) 對需求而言,價格略有下跌,需求量就增至無窮大;價格略有上升,需求量就減至零。其彈性係數的值爲無限大。

12【完稅價格】ㄨㄢˊ ㄕㄨㄟˋ ㄐㄧㄚˋ ㄍㄜˊ
(duty-paying value; DPV) 即海關對於進口貨物,依照關稅法規定計算,作爲該進口貨物課徵關稅的價格。完稅價格的計算,因國家而不同,有的以 FOB 價(即離岸價格)做爲完稅價格;有的以 CIF 價(即起岸價格)做爲完稅價格;有的則由政府參酌有關因素訂定。我國目前是以貨物的交易價格做爲完稅價格。

18【完璧歸趙】ㄨㄢˊ ㄅㄧˋ ㄍㄨㄟ ㄓㄠˋ
比喻物歸原主。'戰國'時,'趙'得'楚''和'氏璧,'秦昭王'詐稱願以十五城換取;'藺相如'奉命獻璧,見'秦王'無意償'趙'城,便設計取回璧玉,派人送回'趙國'。見"史記·藺相如傳"。

7【完形心理學】ㄨㄢˊ ㄒㄧㄥˊ ㄒㄧㄣ ㄌㄧˇ ㄒㄩㄝˊ
(Gestalt psychology) 心理學派的一支。二十世紀初期興起於'德國'。強調個體之經驗或行爲的完整性,尤其重視知覺方面之組織結構的完整,認爲現象之整體非其所有構成元素的總和。

6【完全成本取價】ㄨㄢˊ ㄑㄩㄢˊ ㄔㄥˊ ㄅㄣˇ ㄑㄩˇ ㄐㄧㄚˋ
(full-cost pricing) 也稱平均成

本取價。以價格等於平均成本作為公用事業取價的方法。此種取價方法既不需政府補貼，投資又可得到合理報酬，價格與產量又頗適當，故為一般政府常用的公用事業取價原則。

【完全缺乏彈性】 ㄨㄢˊ ㄑㄩㄢˊ ㄑㄩㄝ ㄈㄚˊ ㄊㄢˊ ㄒㄧㄥˋ
(perfectly inelastic)對需求而言，無論價格如何變動，需求量始終不變。其彈性係數的值等於零。

【完全競爭市場】 ㄨㄢˊ ㄑㄩㄢˊ ㄐㄧㄥˋ ㄓㄥ ㄕˋ ㄔㄤˇ
(perfect competition market)具有下列特性的市場組織：有眾多的買者與賣者、產品完全相同、每一位買者與賣者具有市場價格與產量的完全訊息、沒有人為干預及資源具有完全流動性。

宋 ㄙㄨㄥˋ *sung*^{4} 音送
①朝代名。⑴(420～479)‘南北朝’時‘南朝’之一。‘劉裕’篡‘東晉’所建，都‘建康’(今‘南京市’)，史稱‘劉宋’。據有今‘長江’和‘珠江流域’一帶。初期內治小康，後因內爭劇烈，‘北魏’南侵，終為權臣‘蕭道成’所篡。共四世，八主，六十年。⑵五代末，‘趙匡胤’篡‘後周’所建的‘宋朝’。分為‘南宋’、‘北宋’。參南宋、北宋。②國名。⑴‘周朝’‘殷’人後裔的封國。‘周武王’滅‘紂’，封其子‘武庚’於‘殷’舊都。‘成王’時‘武庚’叛變，被‘周公’所殺，以其地封‘紂’庶兄‘微子啟’，號‘宋公’，是為‘宋國’。‘春秋’時為十二諸侯之一，‘戰國’時為‘齊’所滅。其地在今‘河南’東部及‘山東’、‘江蘇’、‘安徽’三省之間。⑵‘隋’末‘輔公祏’於西元623年僭建的國號。都‘丹陽’(今‘江蘇’‘丹陽’)，據有今‘江蘇’南部及‘浙江’北部一帶。⑶(1355～1366)‘元’末‘劉福通’擁立‘韓林兒’所建。都‘亳州’(今‘安徽’‘亳縣’)，後為‘朱元璋’所殺。③姓。‘周成王’封‘微子’於‘宋’，後世子孫以國為氏。‘戰國’‘楚’有‘宋玉’。見“元和姓纂·八”。

5【宋玉】 ㄙㄨㄥˋ ㄩˋ
‘戰國’‘楚’‘鄢’(今‘河南’‘鄢陵’)人。與‘唐勒’、‘景差’同為‘屈原’一派的南方辭賦家。曾為‘頃襄王’大夫。“漢書·藝文志”著錄賦十六篇，多已亡佚。傳世的作品以“九辯”最為可信，辭意宛轉，情景交融，對後來辭賦的發展很有影響。

【宋本】 ㄙㄨㄥˋ ㄅㄣˇ
‘宋代’刊刻的書籍。分官刊、家刻、坊刻三種。一般多採蝴蝶裝，紙質白韌，墨色漆黑，字體優美，校勘精細，為藏書家所珍重。

【宋史】 ㄙㄨㄥˋ ㄕˇ
二十五史之一。‘元’‘脫脫’等撰，四百九十六卷。大抵依‘宋代’國史排次而成。因修撰時間甚短，而卷帙浩繁，失誤頗多。

6【宋江】 ㄙㄨㄥˋ ㄐㄧㄤ
‘宋’‘鄆城’(今‘山東’‘鄆城’)人。‘徽宗’時為盜，‘亳州’知府‘侯蒙’上疏建議朝廷招撫，惜‘侯蒙’去世而事未成。後‘宋江’率眾攻‘海州’，因副魁被擒，‘江’乃降。見“宋史·侯蒙傳”。其後‘施耐庵’撰“水滸傳”，將‘宋江’等寫成‘梁山泊’故事中的人物。

10【宋書】 ㄙㄨㄥˋ ㄕㄨ
二十五史之一。‘南朝’‘沈約’撰，一百卷。記載‘南朝’‘宋’一代史事。原書至‘北宋’時，已有散失，後人取‘李延壽’“南史”等補足卷數。

12【宋鈃】 ㄙㄨㄥˋ ㄐㄧㄢ
‘戰國’‘宋’人。與‘孟軻’同時，主張崇儉、非鬥、禁攻、寢兵，思想接近墨家。也作‘宋牼’。

16【宋濂】 ㄙㄨㄥˋ ㄌㄧㄢˊ
(1310～1381)‘明’‘浦江’(今‘浙江’‘浦江’)人。字‘景濂’。自幼刻苦力學，‘元’末入‘龍門山’為道士。‘明太祖’起，官至翰林學士、承旨、知制誥，‘明’開國禮樂制度多出其手。著作有“宋學士集”、“元史”等。

【宋璟】 ㄙㄨㄥˋ ㄐㄧㄥˇ
(663～737)‘唐’‘南和’(今‘河北’‘南和’)人。性耿介有大節，好學，工文辭，舉進士第。‘玄宗’時，累封‘廣平郡公’，與‘姚崇’先後秉政，人稱‘姚’‘宋’。舊史稱‘開元’之治，‘姚’‘宋’之功最大。有文集十卷。

【宋學】 ㄙㄨㄥˋ ㄒㄩㄝˊ
指‘宋代’儒家義理的學問。後也用以泛稱‘元’‘明’以後的理學。主要有‘程’‘朱’和‘陸’‘王’兩派。

3【宋三彩】 ㄙㄨㄥˋ ㄙㄢ ㄘㄞˇ
‘宋代’的三彩陶雕。多屬‘華’北‘磁州窯’系窯場作品。大都於施化妝土後再線雕紋樣，而後施罩三彩釉。‘河北省’‘磁縣’‘觀臺鎮窯’、‘河南省’‘湯陰縣’‘鶴壁窯’、‘河南省’‘登封’‘曲河窯’和‘河南省’‘禹縣’‘扒村’等多處窯址都出土了這類作品，其中‘觀臺鎮’窯址且出土了大量‘宋’三彩陶枕殘片。

【宋子文】 ㄙㄨㄥˋ ㄗˇ ㄨㄣˊ
(1894～1971)‘海南’‘文昌’人。‘美國’‘哥倫比亞大學’經濟學博士。自‘美’歸國，初任職於‘漢冶萍公司’。後加入‘廣州’革命政府，籌辦‘中央銀行’，任行長。‘國民政府’成立，歷任‘財政部’長、全國經委會主席、‘外交部’長、‘行政院’長。抗戰勝利後，任‘廣東’省政府委員兼主席。大陸淪陷後，移居‘美國’。

宋子文像

4【宋之問】 ㄙㄨㄥˋ ㄓ ㄨㄣˋ
(656～712)‘唐’‘汾州’(今‘山西’‘汾陽’)人，一說‘虢州’‘弘農’(今‘河南’‘靈寶’)人。字‘延清’，一字‘少連’。‘上元’進士，官至考功員外郎。以媚附‘張易之’，後貶‘欽州’，賜死。詩與‘沈佺期’並稱‘沈’‘宋’，多應制之作。律詩格律嚴謹，形式完整，對‘唐代’律詩的形成和發展頗有影響。有“宋之問集”。

【宋太祖】 ㄙㄨㄥˋ ㄊㄞˋ ㄗㄨˇ
(927～976)'宋朝'開國君主。即'趙匡胤'。'涿郡'(今'河北''涿縣')人。'後周''世宗'時,官至殿前都點檢。'顯德'七年(960),出兵防禦'契丹',師至'陳橋',發生兵變,代'後周'稱帝,國號'宋'。剷平群雄,統一天下。在位十六年。

9【宋神宗】 ㄙㄨㄥˋ ㄕㄣˊ ㄗㄨㄥ
(1048～1085)'北宋'君主。'英宗'之子,名'頊'。即位後,以'王安石'行新法,力圖改革內政,惜以求成過急致敗。對外則遣使和'遼',後因欲取'西羌'不果,飲恨而歿。在位十八年。

10【宋高宗】 ㄙㄨㄥˋ ㄍㄠ ㄗㄨㄥ
(1107～1187)'南宋'君主。'徽宗'第九子。名'構',字'德基'。'靖康'之難後,即位於'建康'(今'浙江''杭州市')。寵信'秦檜',殺'岳飛',與'金'媾和,奉表稱臣,遂成偏安之局。在位三十六年。

宋高宗像

【宋哲元】 ㄙㄨㄥˋ ㄓㄜˊ ㄩㄢˊ
(1885～1940)'山東''樂陵'人。字'明軒'。早年投效軍旅,歷任陸軍第二十九軍軍長、'察哈爾'省主席、第三軍團總指揮、'平''津'衛戍司令、'冀''察'綏靖主任、'冀''察'政務委員會委員長、'河北'省政府主席。抗戰軍興,任第一戰區副司令長官兼第一集團軍總司令、軍事委員會委員等職。

11【宋教仁】 ㄙㄨㄥˋ ㄐㄧㄠˋ ㄖㄣˊ
(1882～1913)'湖南''桃源'人。字'遯初',號'漁父'。'清'末遊學'日本',習法政,入'同盟會',致力革命工作。辛亥革命成功,任農林總長。退職後,以主張政黨內閣爲'袁世凱'所猜忌,在'上海'被暗殺。

宋教仁像

12【宋翔鳳】 ㄙㄨㄥˋ ㄒㄧㄤˊ ㄈㄥˋ
(1776～1860)'清''長洲'(今'江蘇''吳縣')人。字'于庭'。'嘉慶'舉人,官'湖南''新寧'知縣。精研經學,得今文學家法。著有"浮溪精舍叢書"。

13【宋詩鈔】 ㄙㄨㄥˋ ㄕ ㄔㄠ
'清''呂留良'、'吳之振'等編。收'宋代'詩人八十四家作品,編爲九十四卷。爲研究'宋'詩的重要總集。

15【宋慶齡】 ㄙㄨㄥˋ ㄑㄧㄥˋ ㄌㄧㄥˊ
(1891～1981)'海南''文昌'人。'美國''威斯萊女子學院'畢業。曾任國父私人祕書。'民國'三年,與國父結婚。國父逝世後,逐漸左傾。'中共'僞政權成立,出任副主席。

17【宋襄公】 ㄙㄨㄥˋ ㄒㄧㄤ ㄍㄨㄥ
(?～前637)'春秋'五霸之一。姓'子',名'茲父'。好言仁義,國勢強盛。後與'楚'戰於'泓',受傷而死。

【宋應星】 ㄙㄨㄥˋ ㄧㄥˋ ㄒㄧㄥ
'明''奉新'(今'江西''奉新')人。字'長庚'。'萬曆'舉人。曾任'分宜'教諭、'汀州府'推官、'亳州'知州。著有"天工開物"。

23【宋體字】 ㄙㄨㄥˋ ㄊㄧˇ ㄗˋ
'明代'中葉以後,書工將'宋'刊本整齊方正的字形加以誇張,改爲橫輕直重的字樣,稱爲'宋'體字。

4【宋元學案】 ㄙㄨㄥˋ ㄩㄢˊ ㄒㄩㄝˊ ㄢˋ
'清''黃宗羲'撰,'全祖望'修,'王梓材'增補,一百卷。記'宋'、'元'諸儒的師承關係及派別,頗爲詳細。

13【宋詩紀事】 ㄙㄨㄥˋ ㄕ ㄐㄧˋ ㄕˋ
'清''厲鶚'撰,一百卷。全書網羅頗廣,爲研究'宋'詩的重要資料。

4【宋元戲曲史】 ㄙㄨㄥˋ ㄩㄢˊ ㄒㄧˋ ㄑㄩˇ ㄕˇ
'王國維'撰,十六章。內容敘述'宋'、'元'兩代戲曲源流及其派別,考證精詳,爲研究戲曲史的重要資料。

宏 ㄏㄨㄥˊ hung² 音弘
1 巨大。如:宏圖。2 姓。'明'初有'宏承'。見"嘉祥縣志"。

11【宏規】 ㄏㄨㄥˊ ㄍㄨㄟ
宏大的規模。

12【宏揚】 ㄏㄨㄥˊ ㄧㄤˊ
大爲顯揚。

13【宏道】 ㄏㄨㄥˊ ㄉㄠˋ
大道。

【宏達】 ㄏㄨㄥˊ ㄉㄚˊ
1才識廣博通達。2功業顯赫。

14【宏圖】 ㄏㄨㄥˊ ㄊㄨˊ
遠大的謀略;宏大的規模。

15【宏毅】 ㄏㄨㄥˊ ㄧˋ
參弘毅。

19【宏願】 ㄏㄨㄥˊ ㄩㄢˋ
遠大的願望。

4【宏中肆外】 ㄏㄨㄥˊ ㄓㄨㄥ ㄙˋ ㄨㄞˋ
文章內容宏富,言辭豪放。

12【宏都拉斯】 ㄏㄨㄥˊ ㄉㄨ ㄌㄚ ㄙ
(Honduras)位於'中美洲'的農業國。北臨'加勒比海'。面積11.2萬方公里,人口697萬(2005年),首都'德古斯加巴'(Tegucigalpa)。主產香蕉、玉米、咖啡和甘蔗。

宊 ㄧㄠˇ yao³ 音窈
1風吹竅穴發出的聲響。見"集韻"。2屋室的東南隅。

5

实 實的俗體。

宓 一 ㄇㄧˋ mi⁴ 音蜜
安寧。見"說文"。
二 ㄈㄨˊ fu² 音伏
姓。'伏羲氏'之後。'孔子'有弟子'宓不齊'。見"通志·氏族略四"。

6【宓妃】 ㄈㄨˊ ㄈㄟ
古代神話人物。相傳'伏羲氏'女,死後爲'洛水'之神。也作'虙妃'。

宝 寶的俗體。

宗 ㄗㄨㄥ tsung¹ 音蹤
1祖廟。見"說文"。2祖先。如:列祖列宗。3同姓。如:宗親。[4]尊崇;敬仰。如:宗仰。[5]本源;主旨。[6]量詞。如:一宗生意。[7]姓。'春秋'時'齊'有'宗樓'。見"通志·氏族略四"。

3【宗子】ㄗㄨㄥ ㄗˇ

[1]嫡長子。'周代'宗法制度,王室的嫡長子承繼大宗,爲族人所共尊。[2]皇室子弟。

5【宗主】ㄗㄨㄥ ㄓㄨˇ

[1]嫡長子。[2]宗廟的神主。[3]眾人所仰慕的人。

6【宗旨】ㄗㄨㄥ ㄓˇ

[1]主要的旨趣。[2]指動機或目標。

【宗匠】ㄗㄨㄥ ㄐㄧㄤˋ

大匠。[1]指宰相。宰相造就人才,如大匠陶鑄器物。[2]指學問技藝爲人所敬仰的人。

7【宗社】ㄗㄨㄥ ㄕㄜˋ

[1]宗廟和社稷。[2]指國家。

【宗邦】ㄗㄨㄥ ㄅㄤ

祖國。

8【宗法】ㄗㄨㄥ ㄈㄚˇ

[1]古代分別嫡庶系統的家族制度。以始祖的嫡長子爲世子,遞承而下的系統,稱爲大宗;其餘非嫡長子的支脈或庶子皆稱爲小宗。[2]指古代宗族制度中有關祭祀、婚嫁、家塾、慶弔等事務的法度。

【宗奉】ㄗㄨㄥ ㄈㄥˋ

信仰供奉。

9【宗室】ㄗㄨㄥ ㄕˋ

[1]大宗之廟。即宗廟。[2]王室爲天下所尊崇,故稱。[3]大宗嫡子之家。

【宗派】ㄗㄨㄥ ㄆㄞˋ

[1]宗族的支流後裔。[2]學術、技藝、宗教等的派別。

10【宗祧】ㄗㄨㄥ ㄊㄧㄠ

宗廟。

【宗師】ㄗㄨㄥ ㄕ

[1]爲大眾所景仰而奉爲師表的人。[2]官名。'漢平帝''元始'五年,詔設於各郡、國,掌訓導宗室子弟。其後,惟'晉武帝'曾命'汝南王''亮'爲宗師,此外不常設。

11【宗族】ㄗㄨㄥ ㄗㄨˊ

[1]同姓的宗親組織。[2]指融合於'中華民族'的大小各宗支。換言之,即'漢'、'滿'、'蒙'、'回'、'藏'、'苗'、'傜'、'僮'各族都是'中華民族'的宗族。

【宗教】ㄗㄨㄥ ㄐㄧㄠˋ

凡運用人類對於宇宙、人生的神祕所發生的恐怖、模擬、奇異、希望等種種心理,構成一種勸善懲惡的教義,並用以教化人,使人信仰的,都叫宗教。世界上主要的宗教有道教、佛教、基督教、'印度'教、回教、天主教等。

【宗國】ㄗㄨㄥ ㄍㄨㄛˊ

同姓之國。一說指嫡長子之國。

15【宗廟】ㄗㄨㄥ ㄇㄧㄠˋ

[1]古代帝王、諸侯祭祀祖先的祠堂。[2]王室或國家的代稱。

16【宗澤】ㄗㄨㄥ ㄗㄜˊ

(1059~1128)'宋''義烏'(今'浙江''義烏')人。字'汝霖'。'元祐'進士。'金'兵圍'汴'時,以副元帥率兵從'磁州'救援,屢戰皆勝。'建元'初爲'東京'留守,大破'金'兵,北方呼爲'宗爺爺'。屢請'高宗'歸'汴',收復失地,皆不獲採納,憂憤而亡。著有"宗忠簡集"。

19【宗譜】ㄗㄨㄥ ㄆㄨˇ

記載宗族世系的簿冊。

2【宗人府】ㄗㄨㄥ ㄖㄣˊ ㄈㄨˇ

官署名。'明'始置。主管皇族事務。設宗人令爲長官,下有左右宗正、左右宗人各一人,皆正一品。長官由皇族的尊親擔任。'清'沿之。

8【宗周鐘】ㄗㄨㄥ ㄓㄡ ㄓㄨㄥ

傳世器。今存'臺北''故宮博物院'。長甬,上有旋以懸掛,扁體鐘腔,上飾竊曲紋等,銘文共一百二十二字。銘云'周'王巡省文武的疆土,「南國及孳敢臽處我土,王敦伐其至,撲伐厥都。及孳廼遣閒來逆'邵王',南夷、東夷具見廿又六邦」。是'西周'與'江''漢'流域外邦關係的重要史料。此器鑄作年代有二說,'郭沫若'主張'昭王','唐蘭'主張'厲王'。從形制來看,似以後說爲宜。

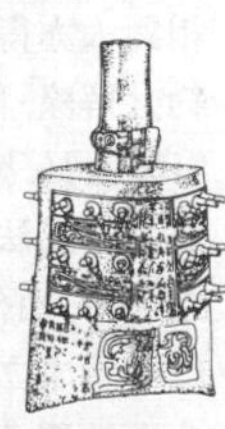

宗周鐘圖

11【宗教家】ㄗㄨㄥ ㄐㄧㄠˋ ㄐㄧㄚ

指對某一宗教有高深造詣和修養的人。

【宗教劇】ㄨㄥ ㄐㄧㄠˋ ㄐㄩˋ

[1]以宗教故事爲題材或宣揚宗教觀點的戲劇。[2]指'歐洲'中世紀產生自教會的戲劇。包括取材自"舊約聖經"有關聖母及使徒的故事爲主的奇蹟劇(miracle play)、"新約聖經"中以'耶穌'誕生、受難、復活的故事爲主的神祕劇(mystery play),以及其後以善惡、生死等擬人化的抽象觀念構成的道德劇(morality play)。

16【宗親會】ㄗㄨㄥ ㄑㄧㄣ ㄏㄨㄟˋ

同姓宗親聯絡情誼的組織。

8【宗法社會】ㄗㄨㄥ ㄈㄚˇ ㄕㄜˋ ㄏㄨㄟˋ

指施行宗法制度的社會。

【宗法制度】ㄗㄨㄥ ㄈㄚˇ ㄓˋ ㄉㄨˋ

'周代'宗族權位繼承法。在宗法制度社會中,子有嫡庶之分,僅嫡長子有繼承權,嫡長子早死則立嫡次子,無嫡子則立庶長子。'周'每世天子的嫡長子繼位爲天子,是爲大宗,其餘諸子分封爲諸侯;諸侯又以嫡長子繼位爲諸侯,在本國爲大宗,對天子則爲小宗,其餘諸子分封爲卿大夫;卿大夫的爵位亦由嫡長子繼承,在本族爲大宗,對諸侯則爲小宗。如此循序向下推移,組織嚴密分明。'周'天子在政治上爲諸侯共主,在宗法上爲'姬'姓諸侯的宗主,封建政治賴宗法制度得以維繫。

11【宗教自由】ㄗㄨㄥ ㄐㄧㄠˋ ㄗˋ ㄧㄡˊ

(freedom of religious belief)人民信仰宗教有完全的自由權。

包括信仰、崇拜、傳教的自由,國家不得設立國教,不能強迫人民信仰或不信仰某一宗教,不限制宗教團體的設立,不干涉宗教團體的活動,並對宗教活動、教徒、教堂、寺廟依法保護。我國"憲法"第十三條規定:人民有信仰宗教的自由。

【宗教改革】 ㄗㄨㄥ ㄐㄧㄠˋ ㄍㄞˇ ㄍㄜˊ
(Reformation)十六世紀時在'歐洲'興起的基督教改革運動。源於西元1517年'德'人'馬丁路德'提出"95條意見書"(*Ninety-five Theses*),攻擊'羅馬'天主教會的腐敗與墮落,而導致新教的建立。同時的改革者還有'法國'人'喀爾文'、'瑞士'人'茲文利'(Huldrych Zwingli)、'蘇格蘭''諾克斯'(John Knox)等。此運動不僅造成'羅馬'教會的大分裂,在政治、經濟與社會結構上都造成深遠影響,與文藝復興同爲西洋近代精神的起源。

【宗教團體】 ㄗㄨㄥ ㄐㄧㄠˋ ㄊㄨㄢˊ ㄊㄧˇ
以傳揚宗教教義、感化信徒爲目的的團體。

【宗教藝術】 ㄗㄨㄥ ㄐㄧㄠˋ ㄧˋ ㄕㄨˋ
以宗教精神爲內涵而創作的藝術。如宗教繪畫、宗教建築、宗教音樂等。

定 ㄉㄧㄥˋ *ting*^{4} 音訂
①安寧;安靖。如:天下大定。②使安定。如:定傾扶危。③決斷。如:定奪。④固定不變。如:定數。⑤確切;必然。如:定不寬貸。

2**【定力】** ㄉㄧㄥˋ ㄌㄧˋ
佛及菩薩的十種法力之一。即定心於一境,可以破除妄想。

3**【定子】** ㄉㄧㄥˋ ㄗˇ
(stator)感應電動機裡磁性結構的非旋轉部分。通常包含一次繞組。

5**【定本】** ㄉㄧㄥˋ ㄅㄣˇ
經過校訂審定的書籍。

6**【定向】** ㄉㄧㄥˋ ㄒㄧㄤˋ
(orientation)①藉對外界之目視參考以定飛機之飛行位置或姿態。②使用儀器或地圖,使所循之基準點或子午線與地球上之基準點或眞子午線得以校正。

7**【定局】** ㄉㄧㄥˋ ㄐㄩˊ
既成的局面;確定的局面。

【定址】 ㄉㄧㄥˋ ㄓˇ
(addressing)電腦將位址指定給指令之方式,也是指令中表示位址的方法。方式有多種,如絕對定址、相對定址、間接定址、立即定址、隱含定址等。

【定見】 ㄉㄧㄥˋ ㄐㄧㄢˋ
確定的見解。

【定位】 ㄉㄧㄥˋ ㄨㄟˋ
固定位置。①指固定機械零件的位置。②指做事、說話之前,先確定自己的立場、角色。③指對於某人的成就或某作品的造詣,給予確當的評價。

8**【定例】** ㄉㄧㄥˋ ㄌㄧˋ
固定不變的規則。

【定金】 ㄉㄨㄥˋ ㄐㄧㄣ
以確保契約之履行爲目的,由當事人一方交付予他方之金錢或其他代替物。定金理論上主要可分以下數種:一、以定金作爲契約成立之證據,稱爲證約定金。二、以定金作爲契約成立之條件,稱爲成約定金。三、以定金作爲當事人違約之處罰,亦即付定金人違約時,定金即歸相對人所得,不再返還,稱違約定金。四、以定金作爲解除契約之補償,亦即付定金人得拋棄其定金而爲契約之解除,相對人亦得加倍返還定金而爲契約之解除,稱解約定金。定金究係何種性質,應依當事人之約定定之。我"民法"規定:「契約當事人之一方,由他方受有定金時,其契約視爲成立。」足見定金有證約定金之性質。定金,除當事人另有訂定外,有以下作用:一、契約履行時,定金應返還或作爲給付之一部。二、契約因可歸責於付定金當事人之事由,致不能履行時,定金不得請求返還。三、契約因可歸責於受定金當事人之事由,致不能履行時,該當事人應加倍返還其所受之定金。四、契約因不可歸責於雙方當事人之事由,致不能履行時,定金應返還之。

9**【定流】** ㄉㄧㄥˋ ㄌㄧㄡˊ
(constant current)指即使負載阻抗有所改變,而電源供應器的輸出電流仍然保持一定。

【定神】 ㄉㄧㄥˋ ㄕㄣˊ
凝神專注。

【定砂】 ㄉㄧㄥˋ ㄕㄚ
即固定飛砂。爲防治風蝕作用的基本方法。以人爲的方法利用種種設施,以擋阻飛砂的遠揚及前進。最常見的有建造攔砂柵、插草、栽植定砂植物及防風耕作等方法。

【定省】 ㄉㄧㄥˋ ㄒㄧㄥˇ
子女早晚向父母請安。晚上問安叫定,早上問安叫省。

【定食】 ㄉㄧㄥˋ ㄕˊ
①'日'語。一定菜色和分量的餐飲。②'法'語table d'hote的意譯。考慮人體營養與消化吸收能力而組合具固定順序的菜道。正餐順序大抵如下:⑴前菜,⑵湯道,⑶魚類,⑷主菜(肉類),⑸沙拉生菜,⑹甜點,⑺飲料。定食的價格固定,除非加價,其菜道通常不變;有些餐廳考慮客人的嗜好而提供可以選菜的食譜。

【定律】 ㄉㄧㄥˋ ㄌㄩˋ
①訂定律令。②一定的規律。③(law)一種普遍命題。用以表達事態與事態之間的恆常關係。例如物理定律就是指物理量間的恆常關係,此種關係建立在實驗結果的再現基礎上,常可用數學的函數關係表示之。

10**【定案】** ㄉㄧㄥˋ ㄢˋ

對案件或事情做成決定。

【定耕】 ㄉㄧㄥˋ ㄍㄥ

指農民在固定的聚落居住，在一定的土地上從事耕作，不隨便遷移。現除極少數落後民族仍從事游耕外，農業型態均屬定耕。

11【定情】 ㄉㄧㄥˋ ㄑㄧㄥˊ

①男女相愛，互示感情不變。②指男女結婚。

【定理】 ㄉㄧㄥˋ ㄌㄧˇ

(theorem)在一個系統中，能夠被證明成立的命題。參公理②。

12【定植】 ㄉㄧㄥˋ ㄓˊ

把幼苗從苗床、盆缽或發芽箱裡移植到預定的永久種植圃地，並按一定的生育株行距離栽植。

13【定義】 ㄉㄧㄥˋ ㄧˋ

(definition)又稱界說。用來規定或報導一個語文表詞的意義或用法的命題或語句。

【定鼎】 ㄉㄧㄥˋ ㄉㄧㄥˇ

①比喻定都。傳說‘夏禹’鑄九鼎，以象九州，歷‘商’、‘周’均為傳國的重器，置於王都，故稱。②比喻平定天下，建立新的王朝。

【定罪】 ㄉㄧㄥˋ ㄗㄨㄟˋ

判定罪刑。

14【定奪】 ㄉㄧㄥˋ ㄉㄨㄛˊ

決定事情的可否去取。

15【定窯】 ㄉㄧㄥˋ ㄧㄠˊ

‘宋代’北方著名的窯場之一。窯址在今‘河北省’‘曲陽縣’‘澗磁村’及東、西‘燕山村’。‘唐代’以來，‘曲陽縣’屬‘定州’管轄，故名。主要生產白瓷，但間可見到黑釉、柿釉、綠釉、鐵繪或具有‘磁州窯’風格的剔花瓷器。‘定窯’白瓷胎釉都很精良，紋飾亦頗為精美，多採用劃花、印模印花等技法裝飾作品。此外，約於‘北宋’中後期，‘定窯’開始使用支圈覆燒法燒製碗、盤等器皿類，因而造成器物口沿一圈無釉的澀圈，俗稱芒口。

【定論】 ㄉㄧㄥˋ ㄌㄨㄣˋ

確定的原則或論斷。

【定影】 ㄉㄧㄥˋ ㄧㄥˇ

將顯影所得的影像穩定的過程。底片曝光後經顯影產生影像，但未感光部分的鹵化銀若此時見光則會繼續感光而變黑，故須將殘留的鹵化銀溶去，以穩定影像。定影液的主要成分是硫代硫酸鈉，俗稱大蘇打或海波。

【定數】 ㄉㄧㄥˋ ㄕㄨˋ

①計定的數量。②一定的氣數；註定的命運。

25【定觀】 ㄉㄧㄥˋ ㄍㄨㄢ

道教徒修煉養生的方法之一。所謂定，是定心無念；所謂觀，是慧觀。修道的人，首先要外事都絕，然後靜坐內觀，不動妄想，晝夜勤行，滅除妄念，不滅慧心，據說行之久後，自然得道。

27【定讞】 ㄉㄧㄥˋ ㄧㄢˋ

指法定的訴訟判決已告確定。我國司法體制中為了避免判決的偏差，一般採三級三審制，對於刑事被告多得經地方法院、高等法院、最高法院的審判，方可宣告定讞。

7【定位件】 ㄉㄧㄥˋ ㄨㄟˋ ㄐㄧㄢˋ

(locating devices)專用夾具主要構件之一。安裝於夾具本體上，用其控制工件正確定位，以使工件加工部位與刀具保持精密關係。定位件之造形，視工件定位條件而定，常用的有銷形、柱椿形、V形、承窩形等。

【定位銷】 ㄉㄧㄥˋ ㄨㄟˋ ㄒㄧㄠ

(dowel pin)或稱直銷。為一直徑相同之圓柱體，兩端倒角25°，鋼料淬火研磨製成。尺寸自1/8吋至7/8吋，通常以壓力配入絞光孔，以確保裝配緊密。可作為兩配合機件之定位、活動機件之定位及活動機件之短軸。

【定作人】 ㄉㄧㄥˋ ㄗㄨㄛˋ ㄖㄣˊ

基於承攬契約而有請求承攬人完成一定工作之權利，並負有俟工作完成後給付報酬之義務者，稱為定作人。此一定工作之完成，係專為定作人之利益，故若因情事變更或依定作人之意思可認工作完成對其已無利益者，定作人得賠償承攬人之損害而隨時終止契約。

9【定音鼓】 ㄉㄧㄥˋ ㄧㄣ ㄍㄨˇ

(timpani)在管絃樂團中最常用的低音大鼓。鼓身以銅作成，每一鼓皮四周都有螺旋可調整鼓之音高。演奏時通常使用兩個以上不同音高的鼓。

定音鼓圖

12【定期船】 ㄉㄧㄥˋ ㄑㄧˊ ㄔㄨㄢˊ

(liner; liner vessel; regular line vessel; regular liner)指在特定航線上，依預定船期表作有規則的往復航行的船隻。其到埠日期、離埠日期、停靠港等有關資料由船公司作成船期表分寄進出口商招攬貨物，並於報紙船期版刊登廣告，供客戶參考。其特點為固定航線、固定停靠港、固定運費、固定船期，並向航政當局備案。這種定期船所裝載貨物為一般雜貨及零星貨物，且以多數託運人為對象。

【定場白】 ㄉㄧㄥˋ ㄔㄤˇ ㄅㄞˊ

戲劇用語。也叫坐場白。戲中腳色上場，唸完了定場詩或引子後，所說的一段表白。是戲曲中人物自我介紹的一種方式，內容大都是通報姓名、籍貫、身世及當時情境、心理狀態等。尾句往往拖腔叫板，然後介引入唱。

【定場詩】 ㄉㄧㄥˋ ㄔㄤˇ ㄕ

戲劇用語。也叫坐場詩。傳統戲曲中人物自我介紹的一種方式。腳色出場，在坐場以後所吟誦的四句有韻的詩句。多為七絕一首，有時句中平仄也須講究，然限韻不如詩嚴格。內容大都是介紹劇中的特定情境。

13【定義域】 ㄉㄧㄥˋ ㄧˋ ㄩˋ
(domain of a function)函數的自變數可以假定之數值的集合。通常在定義函數時就必須確定。但當函數以一個式子表示時,其定義域常被省略,而所有使該式成爲無意義之自變數的數值則自動排除於定義域之外。例如 $f(x)=\frac{x^2-1}{x-1}$ 的定義域不含1,而 $\sqrt{1-x^2}$ 的定義域不含 $|x|>1$ 的值。

16【定積分】 ㄉㄧㄥˋ ㄐㄧ ㄈㄣ
(definite integral)在積分裡有積分上限及下限的稱爲定積分。無上限及下限的爲不定積分。例如: $\int_a^b x^2=\frac{1}{3}(b^3-a^3)$ 爲定積分,而 $\int x^2dx=\frac{1}{3}x^3+c$ 爲不定積分, c 爲任意與 x 無關的常數。

4【定心澄慮】 ㄉㄧㄥˋ ㄒㄧㄣ ㄔㄥˊ ㄌㄩˋ
安定心志,清除疑慮。

【定比定律】 ㄉㄧㄥˋ ㄅㄧˇ ㄉㄧㄥˋ ㄌㄩˋ
(law of difinite proportion)一種化合物的製得,其組成的元素間都有一定的質量比,稱爲定比定律。例如由氫和氧形成水時,氫和氧的質量比都是1比8。

6【定次增強】 ㄉㄧㄥˋ ㄘˋ ㄗㄥ ㄑㄧㄤˊ
(fixed-ratio schedule)理想行爲反應獲得強化所需之行爲次數固定的增強安排。

【定向反應】 ㄉㄧㄥˋ ㄒㄧㄤˋ ㄈㄢˇ ㄧㄥˋ
(orienting reaction)制約刺激一出現,個體即對新奇刺激特別注意的定向行爲。該反應可用以測試制約刺激的強度和可察性。

7【定言命題】 ㄉㄧㄥˋ ㄧㄢˊ ㄇㄧㄥˋ ㄊㄧˊ
(categorical propositon)①廣義上,與假言命題與選言命題相對。即直接斷說,不設其他可能的命題。如「甲當選」、「乙當選」等是。假言命題,如「若甲當選,則乙當選」用假定語氣斷說。選言命題,如「甲或乙當選」是說二人皆可能當選。②狹義上,專指由主詞與賓詞構成的主賓命題。主詞用來指明該命題所要談論的對象,而賓詞是用來敘述該對象。如「甲當選」,即爲由主詞「甲」及賓詞「當選」所構成的命題。

【定址模式】 ㄉㄧㄥˋ ㄓˇ ㄇㄛˊ ㄕˋ
(addressing mode)電腦指令執行時取得運算資料所在位址的方式。此乃電腦指令的性質之一,可直接或間接顯示於指令中。

8【定性分析】 ㄉㄧㄥˋ ㄒㄧㄥˋ ㄈㄣ ㄒㄧ
(qualitative analysis)用以測定純質或混合物中各成分之科學。依方法可分爲溼式法與乾式法兩種,前者通常於水溶液中進行。

【定武蘭亭】 ㄉㄧㄥˋ ㄨˇ ㄌㄢˊ ㄊㄧㄥˊ
"蘭亭帖"石刻本中之善本。'唐太宗'得'王羲之'所書"蘭亭序"眞跡,拓刻於'學士院'。'宋''慶曆'間置於'定州'州治,稱'定'本;'唐'時於'定州'置'義武軍','宋'改稱'定武軍',遂有"定武蘭亭"之稱。今已亡佚。

10【定容比熱】 ㄉㄧㄥˋ ㄖㄨㄥˊ ㄅㄧˇ ㄖㄜˋ
(specific heat at constant volume)在固定容積下,物質內能對溫度之偏微分。如以 u 表內能, T 表溫度, v 表容積, C_v 表定容比熱。則依定義可寫成: $C_v=\left(\frac{\partial u}{\partial T}\right)_v$。此定義假設物質之組成一定,且沒有表面效應、電磁效應等。

【定時號誌】 ㄉㄧㄥˋ ㄕˊ ㄏㄠˋ ㄓˋ
(pretimed signals)根據預先設計好的時間表,以一定時段規則地重現紅、綠、黃三種燈號,俾以控制交通的號誌。其設計可分爲獨立號誌或系統式地爲某條街道或區域而設計。其週期、時比、各號誌間時差可依交通流量而設計改變,唯亦難於適應瞬時之交通流量變化,尤其在非尖峰時間內。

【定時增強】 ㄉㄧㄥˋ ㄕˊ ㄗㄥ ㄑㄧㄤˊ
(fixed-interval schedule)理想行爲反應獲得強化所需之時距固定的增強安排。

11【定貨付現】 ㄉㄧㄥˋ ㄏㄨㄛˋ ㄈㄨˋ ㄒㄧㄢˋ
(cash with order; CWO)指買方發出訂單時即須支付貨款的付款條件。與預付貨款(payment in advance)或預付現金(cash in advance; CIA)相當。在此付款條件下,買方應於訂貨確定時或貨物備妥待運時,即支付全部貨款。所以,對買方甚爲不利,應用不多。但嘗試性訂購或少量交易時常常採用。

12【定期公債】 ㄉㄧㄥˋ ㄑㄧˊ ㄍㄨㄥ ㄓㄞˋ
公債之本金定期於償債基金一次支付者。

【定期存款】 ㄉㄧㄥˋ ㄑㄧˊ ㄘㄨㄣˊ ㄎㄨㄢˇ
(time deposits)指有一定時期的限制,存款人憑存單或依約定方式提取的存款。因提款有一定時期的限制,且具有安定性,銀行可作較長期的運用,所計給的利息也高於活期存款。

【定期放款】 ㄉㄧㄥˋ ㄑㄧˊ ㄈㄤˋ ㄎㄨㄢˇ
(time loans)訂有一定償還期限,借款人一次或分次償還的放款。

【定期保險】 ㄉㄧㄥˋ ㄑㄧˊ ㄅㄠˇ ㄒㄧㄢˇ
(term insurance)人壽保險中死亡保險的一種。在保險契約中,訂立一定時間爲保險有效期間,如被保險人在期內死亡,保險人給付受益人定額的保險金;如過期未死,契約即行終止,保險人無給付義務,也不退回已收的保險費。

【定期租賃】ㄉㄧㄥˋ ㄑㄧˊ ㄗㄨ ㄖㄣˋ
租賃契約中,當事人意思合致而明定契約關係之存續期限者,稱爲定期租賃。基於契約自由的原則,有關租賃期限長短的約定,當事人得有完全的自由,且契約期限屆滿,雙方之租賃關係即行終止。但爲避免租期訂得過長,有礙租賃物於經濟上之充分利用,我國"民法"因而有最長不得逾越二十年的規定,任何租賃契約一旦屆滿二十年,雙方的法律關係即視同不定期租賃;至於租賃契約的最短期限,"民法"則未加以限制,然耕地租賃中,法律爲保障佃農的權益,特別規定:「耕地租佃期間,不得少於六年。」("耕地三七五減租條例"第五條)

【定期航運】ㄉㄧㄥˋ ㄑㄧˊ ㄏㄤˊ ㄩㄣˋ
(liner shipping)指有定期航次的商船及特定航線的航運。其開航日期、停靠港口及運費等均有規定,通常航速較快、設備完善。此種航運包括定期貨輪、定期客船及定期客貨船等三種。

【定量分析】ㄉㄧㄥˋ ㄌㄧㄤˋ ㄈㄣ ㄒㄧ
(quantitative analysis)用以測定純質或混合物中各成分含量之科學。依方法可分爲重量分析與容量分析兩種。

13【定溫動物】ㄉㄧㄥˋ ㄨㄣ ㄉㄨㄥˋ ㄨˋ
(homoiothermal)指動物的體溫經常維持一定者。如鳥類和哺乳類。又稱溫血動物(warm blooded animal)。

【定電流源】ㄉㄧㄥˋ ㄉㄧㄢˋ ㄌㄧㄡˊ ㄩㄢˊ
(constant current source)一供給電流形式的能源。其輸出的電流不會隨負載等外在因素改變而變,均保持定值。

【定電壓源】ㄉㄧㄥˋ ㄉㄧㄢˋ ㄧㄚ ㄩㄢˊ
(constant voltage source)一供給電壓形式的能源。其輸出的電壓不會隨著負載等外在因素改變而變,均保持定值。

17【定壓比熱】ㄉㄧㄥˋ ㄧㄚ ㄅㄧˇ ㄖㄜˋ
(specific heat at constant pressure)在壓力固定的條件下,物質焓對溫度之偏微分。如以h表焓,T表溫度,p表壓力,C_p表定壓比熱,則依定義可寫成:$C_p=\left(\frac{\partial h}{\partial T}\right)_p$。此定義假設物質之組成一定,且沒有表面效應、電磁效應等。

18【定額保險】ㄉㄧㄥˋ ㄜˊ ㄅㄠˇ ㄒㄧㄢˇ
(fixed-sum insurance)事先由契約當事人雙方協議一定數目的保險金額,至危險事故發生時,由保險人依照保險金額負給付之責。人壽保險多數皆爲定額保險。

8【定長紀錄檔】ㄉㄧㄥˋ ㄔㄤˊ ㄐㄧˋ ㄌㄨˋ ㄉㄤˇ
(fixed length record file)電腦的資料檔內所含之資料項,其長度皆相同且固定不變,稱之爲定長紀錄檔。

11【定率遞減法】ㄉㄧㄥˋ ㄌㄩˋ ㄉㄧˋ ㄐㄧㄢˇ ㄈㄚˇ
(fixed percentage-on-declining-balance method)折舊方法的一種。在此法下每期的折舊率均同,由於固定資產的帳面價值逐年遞減,故以折舊率乘資產帳面價值所求得的折舊費用亦逐期遞減,故名。其折舊率的計算公式如下:
折舊率$=1-\sqrt[\text{年限}]{\text{殘值}\div\text{成本}}$。

12【定期保險單】ㄉㄧㄥˋ ㄑㄧˊ ㄅㄠˇ ㄒㄧㄢˇ ㄉㄢ
(time policy)又稱時間保險單。承保約定期間內保險標的遭受損失的保險單。以海上保險中的船舶保險爲主,約定期間以一年居多。船舶在約定期間內,每次航行時,可不必通知保險人。

【定期船條件】ㄉㄧㄥˋ ㄑㄧˊ ㄔㄨㄢˊ ㄊㄧㄠˊ ㄐㄧㄢˋ
(liner term)又可稱爲碼頭條件(berth term)、裝卸費用由船方負責條件。爲傭船契約中有關裝卸費負擔條件之一。依此條件,有關貨物的裝卸費用均由船方負責。所謂裝卸費用,指貨物在船邊裝卸交貨所發生的費用。至於說貨物進出倉庫及運到船邊或碼頭的搬運等費用,則仍由傭船人(貨方)負擔。

【定期盤存制】ㄉㄧㄥˋ ㄑㄧˊ ㄆㄢˊ ㄘㄨㄣˊ ㄓˋ
(periodic inventory system)爲決定期末存貨的一種方法。在定期盤存制下,平時只記載商品的購入,而銷貨時則不記載商品的減少,等期末經由實地盤點決定存貨的金額,同時決定當期的銷貨成本。

7【定作人之責任】ㄉㄧㄥˋ ㄗㄨㄛˋ ㄖㄣˊ ㄓ ㄗㄜˊ ㄖㄣˋ
承攬人因執行承攬事項,不法侵害他人之權利者,定作人原則上固然不負損害賠償責任,但定作人於定作或指示有過失者,仍須負賠償責任,稱爲定作人之責任。所謂定作有過失,指就實害性或危險性之工作,明知或可得而知,而仍交由承攬人承攬;所謂於指示有過失,指就有實害性或危險性之方法,明知或可得而知,而仍指示承攬人爲之。

10【定值保險契約】ㄉㄧㄥˋ ㄓˊ ㄅㄠˇ ㄒㄧㄢˇ ㄑㄧˋ ㄩㄝ
(valued policy)或稱定值保險單。當事人雙方事先洽定保險標的價值,載明於保險單中,當保險標的全部損失時,無須再行估價,依照契約所訂價額全部予以補償即可。

12【定期式存控法】ㄉㄧㄥˋ ㄑㄧˊ ㄕˋ ㄘㄨㄣˊ ㄎㄨㄥˋ ㄈㄚˇ

(fixed period inventory control method)指每到固定的訂購時間即去訂購物料的一種存控方法。通常每次訂購的時間間隔一定,但訂購的數量則不一定。

【定量式存控法】ㄉㄧㄥˋ ㄌㄧㄤˋ ㄕˋ ㄘㄨㄣˊ ㄎㄨㄥˋ ㄈㄚˇ
(fixed quantity inventory control method)指存量到達再訂購點時即去訂購一定數量之物料的一種存控方法。通常每次訂購的數量一定,但訂購的時間間隔不一定。

宕 ㄉㄤˋ *tang*^{4} 音蕩
①不受拘束。如:豪宕。②拖延。如:延宕。

家 寂的或體。

宜 ㄧˊ *i*^{2} 音姨
①相安;相善。如:宜室宜家。②合適。③事情。如:選舉事宜。④應該。如:不宜久留。⑤姓。'明'有'宜觀'。見"萬姓統譜·五"。

21【宜蘭】ㄧˊ ㄌㄢˊ
原名「蛤仔難」,後改為「噶瑪蘭」。位於'臺灣島'東北部。設縣治於'宜蘭市'。

16【宜興窯】ㄧˊ ㄒㄧㄥ ㄧㄠˊ
窯址在'江蘇''宜興'。有'蜀山'和'鼎山'二處,'蜀山'多燒製具北方'鈞窯'風格的作品,俗稱宜鈞;'鼎山'則多燒造朱泥、紫砂陶器。'宜興'紫砂陶器廣受'明代'文人所喜愛,而以茶具最為流行,當時有'時大彬'等名家。

9【宜室宜家】ㄧˊ ㄕˋ ㄧˊ ㄐㄧㄚ
指女子出嫁,能使家庭和睦,夫婦和順。為賀人嫁女的頌詞。

官 ㄍㄨㄢ *kuan*^{1} 音觀
①在政府機構執行公務的人員。古代職位高的稱官,職位低的稱吏,後世混用無別。②授予官職。③屬於國家的。如:官費。④人體的器官。⑤姓。'明'有'官謙'。見"萬姓統譜·二五"。

5【官司】㊀ ㄍㄨㄢ ㄙ
①官吏;百官。②官府。
㊁ ㄍㄨㄢ ˙ㄙ
指獄訟之事。

8【官治】ㄍㄨㄢ ㄓˋ
相對於自治而言。指地方上的公共事務,須由中央或省所派之官吏掌握,地方人民毫無過問之權。即其權操之於官,以上級長官的意思為出發點,是對上級或中央政府負責。民治思想與制度出現之前的人類君主政治時期,其行政均為官治。

【官板】ㄍㄨㄢ ㄅㄢˇ
由官府雕板印刷的書籍。'宋代'祕書監、茶鹽司、漕司、郡庠、縣齋以及府州縣學,'元代'國子監、各路儒學、府學、興文署,'明代'南監、北監都刊刻書籍,'清代'則有殿本、局本,皆屬官板。

【官邸】ㄍㄨㄢ ㄉㄧˇ
政府配給高級官員的住宅。

10【官差】ㄍㄨㄢ ㄔㄞ
①官署的差役。②公家的事務。

【官書】ㄍㄨㄢ ㄕㄨ
①政府的公文書。②由政府編修、刊行或收藏的書籍。

【官能】ㄍㄨㄢ ㄋㄥˊ
①官吏的職能。②(senses)生物器官的感覺機能。如視覺、聽覺、嗅覺、味覺等。

11【官紳】ㄍㄨㄢ ㄕㄣ
官吏和地方上有勢力、名望的人。

12【官場】ㄍㄨㄢ ㄔㄤˇ
①指政界。②指政府設立的交易市場。

【官階】ㄍㄨㄢ ㄐㄧㄝ
官吏的等級。

【官腔】ㄍㄨㄢ ㄑㄧㄤ
①官場中所通用的語言。即官話。②官員所說的門面話。

13【官話】ㄍㄨㄢ ㄏㄨㄚˋ
舊時官場中所通用的語言。多以京城地區的語言為準。

【官運】ㄍㄨㄢ ㄩㄣˋ
①做官的運氣。②由官方負責的輸運。

【官署】ㄍㄨㄢ ㄕㄨˇ
衙門;官廳;官吏治事的地方。

14【官僚】ㄍㄨㄢ ㄌㄧㄠˊ
①在同一個機關或單位辦公的官員。②泛指官吏。

【官銜】ㄍㄨㄢ ㄒㄧㄢˊ
官吏的職稱。包括封號、品級、職位。

15【官窯】ㄍㄨㄢ ㄧㄠˊ
'宋代'著名瓷窯之一。'北宋''大觀'、'政和'年間,宮廷自置瓷窯燒造瓷器,故名。胎骨呈深灰或紫色,釉汁瑩潤,釉色有月白、粉青等。南渡後,置窯於'修內司',在今'杭州''鳳凰山',沿襲舊製仿燒,又名'修內司官窯';胎骨有黑、灰、紫等色,釉色有粉青、淡青、淡綠等種。後又於郊壇別立新窯,在今'杭州''烏龜山',是為'郊壇下官窯'。此外,'明''清''景德鎮'御器廠所燒製的瓷器,一般也稱為官窯。

【官箴】ㄍㄨㄢ ㄓㄣ
①百官對帝王的規勸。②官吏應遵守的規誡。

【官價】ㄍㄨㄢ ㄐㄧㄚˋ
①政府規定的物價。②舊時官府購物所付的特價。

16【官廨】ㄍㄨㄢ ㄒㄧㄝˋ
官署;衙門。

17【官聲】ㄍㄨㄢ ㄕㄥ
官吏的政績名聲。

【官爵】ㄍㄨㄢ ㄐㄩㄝˊ
官階及爵位。

18【官職】ㄍㄨㄢ ㄓˊ
①官吏的職責。②官吏的職位。

9【官架子】ㄍㄨㄢ ㄐㄧㄚˋ ˙ㄗ
官吏高傲而不易親近的態度。

10【官能基】ㄍㄨㄢ ㄋㄥˊ ㄐㄧ
(functional group)取代碳氫化合物中氫原子的其他原子或原子團,稱為官能基。由於官能基的存在,將使該分子具備特有的物性和化性。例如羥(OH)基的存在將使有機物質具有醇的特性。

8【官官相護】 ㄍㄨㄢ ㄍㄨㄢ ㄒㄧㄤ ㄏㄨˋ

官員們互相包庇。

12【官渡之戰】 ㄍㄨㄢ ㄉㄨˋ ㄓ ㄓㄢˋ

'漢獻帝''建安'五年(200),'曹操'與'袁紹'兩軍對峙於'官渡'(今'河南''中牟'東北),自春至冬相持不下;'紹'兵盛糧足,'操'兵寡糧缺,時'紹'屯糧於距營北四十里的'烏巢','操'率騎五千突擊'烏巢'守將'淳于瓊',焚其輜糧,'紹'同時遣驍將'張郃'往擊'操'營,'張郃'聞'淳于瓊'兵敗,乃投降於'曹操'。

14【官僚主義】 ㄍㄨㄢ ㄌㄧㄠˊ ㄓㄨˇ ㄧˋ

施行政令,只做官樣文章,不切實際。

【官僚制度】 ㄍㄨㄢ ㄌㄧㄠˊ ㄓˋ ㄉㄨˋ

(bureaucracy) 又稱科層制。有階層取權高低安排,以追求高度效率的大型組織制度。在此制度裡,職位有高低之分,權責分明,注重效率,規則明文細列並予以標準化,公私清晰。政府機構或大企業公司的組織大多數以官僚制度爲藍本。

15【官樣文章】 ㄍㄨㄢ ㄧㄤˋ ㄨㄣˊ ㄓㄤ

公文書具有一定的格式,後因稱不切實際的例行公文爲官樣文章。

4【官方新聞學】 ㄍㄨㄢ ㄈㄤ ㄒㄧㄣ ㄨㄣˊ ㄒㄩㄝˊ

(government-dominated journalism)傳播學者用以描述新聞事業由政府控制的一種說法。此時媒介多流爲當權者的喉舌。

12【官場現形記】 ㄍㄨㄢ ㄔㄤˇ ㄒㄧㄢˋ ㄒㄧㄥˊ ㄐㄧˋ

'清''李寶嘉'撰,六十回。聯綴晚'清'官場的笑話醜聞,刻劃當時政治、社會的腐敗,爲'清'末譴責小說的代表作。

14【官僚式組織】 ㄍㄨㄢ ㄌㄧㄠˊ ㄕˋ ㄗㄨˇ ㄓ

(bureaucratic organization) 也稱結構化組織。最早由'韋伯'(Max Weber)所提出。是一種高度結構化的組織方式。具有下列特性:組織成員有正式職掌、組織結構爲層級節制、對事不對人的工作關係、專業及分工、工作報酬依地位和年資及專職工作等而定,組織有明確的規章程序,一切係制度化的運作。

18【官職分立制】 ㄍㄨㄢ ㄓˊ ㄈㄣ ㄌㄧˋ ㄓˋ

人事體制的一種。係官與職分立,官受保障,職得調任。官分警監、警正、警佐,並各分一、二、三、四階;官與職的關係,另以職務官階表定之。警察機關多適用之,另軍事機關亦採官與職分立之制。

4【官方準備交易帳】 ㄍㄨㄢ ㄈㄤ ㄓㄨㄣˇ ㄅㄟˋ ㄐㄧㄠ ㄧˋ ㄓㄤˋ

(official reserve transactions account) 國際收支帳之一。包括短期官方資本與黃金及其他國際準備兩個項目,是政府用於清算國際收支的項目。一個國家的國際收支無論發生逆差或順差的失衡,經官方準備交易帳調整後,國際收支帳在帳面上必然維持借貸雙方的平衡。

宙 ㄓㄡˋ *chou*⁴ 音咒

古往今來。時間的總稱。如:宇宙。

12【宙斯】 ㄓㄡˋ ㄙ

(Zeus) 是'希臘'神話中的天地主宰與人間之父。'羅馬'人稱之爲'朱比特'(Jupiter)。威力廣大無邊,能隨意降禍賜福,並掌管雷電雲雨。十二大神之中的'阿波羅'(Apollo)、'阿特密斯'(Artemis)、'波瑟芬妮'(Persephone)、'雅典娜'(Athena)、'赫菲斯托斯'(Hephaestus)、'艾利茲'(Ares)、'赫美士'(Hermes)、酒神'戴奧尼索斯'(Dionysus)和大力士'赫拉克勒斯'(Heracles)等,都是他的子女。

宛 ㊀ ㄨㄢˇ *wan*³ 音晚

1屈曲。如:宛轉。2柔和。如:宛媚。3似乎;好像。如:宛若。4鬱積。5姓。'漢'有'宛方'。見"萬姓統譜·八一"。

㊁ ㄩㄢ *yüan*¹ 音鴛

舊縣名。'漢'置。屬'南陽郡'。在今'河南省''南陽縣'。

5【宛平】 ㄨㄢˇ ㄆㄧㄥˊ

縣名。位於'河北省''北平'西南郊,濱'永定河'。附近有'盧溝橋',橫跨於'永定河'上,'清'季爲南北驛道所必經。'民國'二十六年七月七日,'日本'的'華'北駐屯軍藉口軍事演習走失一士兵,欲入'宛平城'搜尋,爲我'宛平'駐軍所拒,因而引起衝突,我守軍'吉星文'團長率部奮起抵抗,掀起七七事變的序幕,又稱'盧溝橋'事變。

6【宛如】 ㄨㄢˇ ㄖㄨˊ

似乎;好像。

0【宛若】 ㄨㄢˇ ㄖㄨㄛˋ

好像。

12【宛然】 ㄨㄢˇ ㄖㄢˊ

彷彿;好像。

15【宛潭】 ㄨㄢˇ ㄕㄢˋ

水勢綿遠的樣子。

18【宛轉】 ㄨㄢˇ ㄓㄨㄢˇ

1曲折;變化。2委婉柔順。3纏在弓上的細繩。

6

宎 窔的或體。

宣 ㄒㄩㄢ *hsüan*¹ 音軒

1古代帝王的正室。如:宣室。2侈大。如:宣驕。3周遍。如:宣洽。4告示;顯示。如:宣誓。5發揚;擴大。如:宣傳。6散發。如:宣泄。7公開的;毫無顧忌的。如:宣淫。8古代帝王傳召臣下。如:宣召。9疏通。如:宣宣。10盡;全。11姓。'漢'有'宣堯'。見"萬姓統譜·二八"。

5【宣示】 ㄒㄩㄢ ㄕˋ

顯示;發表。

7【宣言】 ㄒㄩㄢ ㄧㄢˊ

1團體或個人宣示其對某事件的態度及主張的文書。2以言詞向眾人宣布。

【宣判】 ㄒㄩㄢ ㄆㄢˋ

宣示判決的簡稱。由法院於言詞辯論終結之後,對受裁判者朗讀之。

【宣告】 ㄒㄩㄢ ㄍㄠˋ

1政府或團體發表政策或決議。2(declaration)電腦程式中,對於程序、資料或變數之性質所做的定義或說明。如對變數型態的說明、函數或次常式之參數的定義等。

8【宣泄】 ㄒㄩㄢ ㄒㄧㄝˋ

也作宣洩。1洩漏祕密。2發泄;舒散。3疏通水道。

10【宣紙】 ㄒㄩㄢ ㄓˇ

我國書畫的用紙。原產於'安徽省''宣城縣',故名。品質精美,有經久不蛀、不變色等特點。

12【宣揚】 ㄒㄩㄢ ㄧㄤˊ

廣事宣傳。

13【宣傳】 ㄒㄩㄢ ㄔㄨㄢˊ

1宣布傳達。2用語言、文字或圖畫向大眾傳播訊息,引起其注意,加深其印象,使產生認可或信仰。

14【宣誓】 ㄒㄩㄢ ㄕˋ

政府組織或人民團體的成員,依一定的程序對大眾表示嚴守規約的誓言。通常在就職或入會典禮時舉行。

16【宣導】 ㄒㄩㄢ ㄉㄠˇ

1宣示倡導。2疏通開導。

【宣戰】 ㄒㄩㄢ ㄓㄢˋ

國家對外發表其與敵國開戰意旨的書面或口頭的宣布。依古代慣例,須經正式宣戰,始得開戰。此原則爲近代'歐'陸國際法學者所接受。但'英''美'學者卻以爲作戰前是否宣戰,可由交戰國自由決定。西元1907年關於開戰的"海牙公約"(即"海牙第三公約")規定戰爭非經預先且明白的通知,不得開始。這項通知,或以宣戰書,或以最後通牒的形式爲之。

20【宣騰】 ㄒㄩㄢ ·ㄊㄥ

宣揚。

11【宣敍調】 ㄒㄩㄢ ㄒㄩˋ ㄉㄧㄠˋ

(recitative)依據言語自然的抑揚頓挫,作成如散文式的曲調。在歌劇中,曲調進行速度自由,伴奏簡單,宛若說話,故又稱朗誦調。

4【宣王中興】 ㄒㄩㄢ ㄨㄤˊ ㄓㄨㄥ ㄒㄧㄥ

'西周''共和'十四年(前828)'厲王'崩於'彘'(今'山西''霍縣'),子'宣王'繼位,用'周定公'、'召穆公'輔政,對內效法'文''武''成''康'之治,恢復諸侯對王室的尊敬;對外先後討平'玁狁'、'荆蠻'、'西戎'、'淮夷'及'徐夷'。'宣王'在'周'室積弱之下,重振聲威,史稱'宣王'中興。

7【宣告敍述】 ㄒㄩㄢ ㄍㄠˋ ㄒㄩˋ ㄕㄨˋ

(declarative statement)電腦程式語言中,用來說明或定義程序、資料或變數之性質的敍述。

8【宣和畫譜】 ㄒㄩㄢ ㄏㄜˊ ㄏㄨㄚˋ ㄆㄨˇ

作者不詳,二十卷。載畫家二百三十一人,畫六千三百九十六軸,評論其風格成就,追溯其源流。

16【宣戰媾和】 ㄒㄩㄢ ㄓㄢˋ ㄍㄡˋ ㄏㄜˊ

"憲法"第三十八條:「總統依本"憲法"之規定,行使……宣戰、媾和之權。」宣戰乃宣布與他國處於敵對戰爭之狀態;媾和乃於戰爭結束後,交戰國間所訂立的和約。總統行使宣戰媾和之權,須經'行政院'會議議決及'立法院'會議決定,其有涉及領土之變更者,尙須經'國民大會'之決議。

宦

ㄏㄨㄢˋ *huan*⁴ 音患

1做官。如:宦途。2官吏。如:群宦。3充當僕役。4太監。如:宦官。5姓。'明'有'宦績'。見"萬姓統譜·一〇二"。

8【宦官】 ㄏㄨㄢˋ ㄍㄨㄢ

古時在宮內侍奉的閹人。參太監。

10【宦海】 ㄏㄨㄢˋ ㄏㄞˇ

官場。因升沉如海波的起伏無定,故稱。

11【宦情】 ㄏㄨㄢˋ ㄑㄧㄥˊ

做官的欲望、心情。

【宦途】 ㄏㄨㄢˋ ㄊㄨˊ

官場;做官的經歷。

13【宦遊】 ㄏㄨㄢˋ ㄧㄡˊ

因做官而出外。

室

ㄕˋ *shih*⁴ 音式

1房間。對堂而言。如:登堂入室。2屋舍。如:居室。3家族。如:巨室。4妻。如:男有家室。5刀劍的鞘。如:劍室。6星宿名。二十八宿之一。參室宿。7姓。'宋'有'室種'。見"萬姓統譜·一一五"。

11【室宿】 ㄕˋ ㄒㄧㄡˋ

星宿名。二十八宿之一。北方玄武七宿的第六宿。主要有二星,室宿一即飛馬座α;室宿二即飛馬座β,是一深紅色變星,變光範圍由2.4至2.7等。此外,離宮、螣蛇、雷電、土公吏、壘壁陣、羽林軍、天網、北落師門、鈇鉞、八魁等星,也都歸入室宿。

3【室女宮】 ㄕˋ ㄋㄩˇ ㄍㄨㄥ

(Virgo)黃道十二宮的第六宮。位於黃經150～180°。每年8月23日前後,太陽進入此宮,節氣爲處暑。二千年前,原在室女座,故名。但由於歲差的緣故,現已移至獅子座。

【室女座】 ㄕˋ ㄋㄩˇ ㄗㄨㄛˋ

(Virgo; Vir)黃道十二星座之一。位於赤經11時37分至15時11分;赤緯＋14.3至－22.7度之間。爲全天第二大星座。秋分點即在此座內。其α星('中'名角宿一)是蝕變星,主星0.91等,伴星1.01等。相當於'中國'星座內屏、太微右垣、謁者、太微左垣、進賢、九卿、三公、角宿、平道、天門、天田、亢宿等。

4【室內樂】 ㄕˋ ㄋㄟˋ ㄩㄝˋ

(chamber music)也稱室樂。爲二人以上，八、九人以內的器樂合奏曲。因人數不多，可在小室內演奏，故名。由於所用樂器數量不同，有二重奏、三重奏、四重奏、五重奏等區別，每一個聲部，只限由一個奏者擔任。

【室內設計】 ㄕˋ ㄋㄟˋ ㄕㄜˋ ㄐㄧˋ

(interior design)指建築物內部空間的設計。包括合理與美觀的家具和裝飾物的選定和配置、隔間設計與其色彩調節，以及符合行爲流程的各種家具或用具的安排等，使居住者工作效率提高，生活舒適。

6【室如懸罄】 ㄕˋ ㄖㄨˊ ㄒㄩㄢˊ ㄑㄧㄥˋ

本指室屋殘破，只有椽桷尚在，如懸垂的罄。罄，也作磬。後用以比喻家境貧困。

宬 ㄔㄥˊ *ch'êng*² 音成

或作成。1盛受；收藏。見"說文"。2藏書室。見"字彙補"。

宥 ㄧㄡˋ *yu*⁴ 音又

1寬恕。如：寬宥。2輔助。如：宥弼。

12【宥貸】 ㄧㄡˋ ㄉㄞˋ

寬免其罪。

13【宥罪】 ㄧㄡˋ ㄗㄨㄟˋ

寬恕所犯的罪過。

宋 寂的本字。

窕 ㄊㄧㄠˇ *t'iao*³ 音窕

放肆。見"爾雅·釋言"。

客 ㄎㄜˋ *k'o*⁴, *k'ê*⁴ 音課

1寄居在外。如：客居。2旅居在外的人。如：異鄉客。3賓。對主而言。如：不速之客。4擅長某種技藝或從事某種活動的人。如：說客。5外來的。如：客家。6'中'醫指侵入人體的病邪。7姓。'漢'有'客孫'。見"萬姓統譜·一二二"。

3【客土】 ㄎㄜˋ ㄊㄨˇ

土壤的物理改良法之一。即由他處搬入與原來土壤相反性質的土壤，將兩方土壤充分攪拌，以補救其缺點。如砂質土搬入黏質土或腐植質土。

4【客戶】 ㄎㄜˋ ㄏㄨˋ

1由外地遷入的戶口。2佃農；佃戶。3顧客。

7【客車】 ㄎㄜˋ ㄔㄜ

統稱搭載旅客、郵件、行李、包裹，並附帶提供餐飲及臥寢設備的車輛。客車常依旅客所需舒適程度，而有頭等、二等、三等不同之設備；依運送對象所需之特殊用途，則有客貨車、坐臥兩用車、餐車、臥車、行李車、郵車、公務車、衛生車、給養車及花車等之別。

【客串】 ㄎㄜˋ ㄔㄨㄢˋ

指演員以客人的身分參與演出。又凡是原本不擔任其事，而臨時加入的，也稱客串。

8【客舍】 ㄎㄜˋ ㄕㄜˋ

旅館。

10【客家】 ㄎㄜˋ ㄐㄧㄚ

'漢族'的一支。原住中原一帶，後因避戰亂而漸南遷，客居'閩'、'贛'、兩'廣'等省，因此自稱「客家」。'明'末以來，主要居住在'粵'省東北部、'贛'省東南部及'閩'省西南部的丘陵地；旁及'桂'、'湘'、'川'、'臺'、'滇'、'黔'等省。'臺灣'客家主要分布於'桃園'、'新竹'、'苗栗'西邊的丘陵地及'屏東'、'臺東'山地，現多散居各大都市中。

【客套】 ㄎㄜˋ ㄊㄠˋ

表示客氣的應酬話。

【客氣】 (一) ㄎㄜˋ ㄑㄧˋ

理學家指人類發自血氣的氣質之性。

(二) ㄎㄜˋ ˙ㄑㄧ

1言行謙恭，有如賓客的樣子。2故作姿態，而非發自眞誠的言行。

【客卿】 ㄎㄜˋ ㄑㄧㄥ

官名。'秦'置。他國之人在本國爲官，官位爲卿，並以客禮相待。

12【客棧】 ㄎㄜˋ ㄓㄢˋ

旅舍的舊稱。

14【客塵】 ㄎㄜˋ ㄔㄣˊ

1旅途所受的風塵。2佛家指世人由於客觀現象而引起的煩惱。眾生心本無煩惱，因迷惑於色、聲、香、味、觸、法等引起的刺激，煩惱乃起，故稱爲客；煩惱能汙心性，故稱爲塵。

23【客體】 ㄎㄜˋ ㄊㄧˇ

1指主體以外的一切事物。是主體認識和活動的對象。與主體相對。2指權利之標的。即權利所存在之對象。權利之種類不同，其客體亦異，例如債權之客體是請求特定人爲一定之作爲或不作爲；物權之客體是直接支配物並請求一般人不得侵犯其支配利益；準物權之客體是直接支配專利權、著作權、商標權等。

25【客觀】 ㄎㄜˋ ㄍㄨㄢ

(objectivity)與主觀相對。指結論或答案不受認識者本身的觀點或角度所影響。例如一般認爲科學理論是相當客觀的，因爲科學理論的正確或錯誤，可憑實驗或觀察來決定，不受科學家本身個人因素的影響。

23【客體稅】 ㄎㄜˋ ㄊㄧˇ ㄕㄨㄟˋ

(the objective taxation)又稱對物稅。乃採取客觀標準，放棄對個人主觀情事的考慮，一律按照同一稅率課徵的租稅。例如我國現行稅目中的關稅、貨物稅、營業稅等均屬客體稅，納稅人無分階級、貧富均適用同一稅率。

4【客戶主管】 ㄎㄜˋ ㄏㄨˋ ㄓㄨˇ ㄍㄨㄢˇ

(account executive; AE)俗稱連絡人。廣告代理商方面的工作人員。負責管理廣告主所委託的一切廣告業務事宜，以及廣告代理商和廣告主之間的連繫。職位可高可低。常爲策劃、動腦會議各項事務的召集人、連絡人，因此地位重要，且應當是一位通才。

10【客座教授】 ㄎㄜˋ ㄗㄨㄛˋ ㄐㄧㄠˋ ㄕㄡˋ

指政府有關單位採取獎助措施,從海外延攬回國至各公私立大專院校任教的教授。獎助項目包括薪給、實物代金、研究獎助金、回國旅費,並提供宿舍或支給房屋津貼。聘期屆滿,得申請續聘。此後學校如有缺額,可優先納入正式員額編制內。

25【客觀機率】 ㄎㄜˋ ㄍㄨㄢ ㄐㄧ ㄌㄩˋ

(objective probability)可以用過去長期經驗或實驗的充分資料爲基礎而建立的機率。

【客觀性測驗】 ㄎㄜˋ ㄍㄨㄢ ㄒㄧㄥˋ ㄘㄜˋ ㄧㄢˋ

(objective test)一種旨在排除主觀評分的測驗方式。一般而言,該測驗之題型多爲有固定答案的是非題、選擇題或簡答題。與主觀性測驗相對。

7

宰 ㄗㄞˇ *tsai*³ 音崽

①治理;掌理。如:主宰。②屠殺。如:宰牛。③姓。'明'有'宰魁'。見"萬姓統譜·七九"。

4【宰予】 ㄗㄞˇ ㄩˊ

(前522～前458)'春秋''魯'人。字'子我',也稱'宰我'。'孔子'弟子。善言語辭令。仕'齊',爲'臨菑'大夫,因隨'田常'叛'齊簡公',事敗遭族滅。

9【宰相】 ㄗㄞˇ ㄒㄧㄤˋ

指統領百官、總攬政務之最高長官。歷代各有正式官名。'秦'稱相國或丞相。'西漢'承之。'東漢'以三公爲宰相,實權則歸尚書。'魏''晉'丞相不常置,而以中書監及中書令爲實宰相。'唐'初以三省長官(尚書令或左右僕射、中書令、侍中)爲宰相。如以他官參領,則加「同中書門下三品」銜(因中書令及侍中皆三品)。中期以後,必加「同中書門下平章事」方爲宰相。'北宋'因之,'南宋'設左右丞相。'元'於左右丞相外,又有中書令、平章政事,皆爲宰相。'明'以內閣大學士居宰相職。'清'因之,但實權則歸軍機大臣。

12【宰割】 ㄗㄞˇ ㄍㄜ

①宰殺切割。②分割;控制。

㝗 ㄌㄤˊ *lang*² 音郎

空虛。也作㝗。見"玉篇"。

宼 寇的俗體。

宭 ㄑㄩㄣˊ *ch'ün*² 音群

群居。通群。見"說文"。

宧 ㄧˊ *i*² 音怡

①保養。通頤。見"說文"。②屋室的東北隅。見"爾雅·釋宮"。

宸 ㄔㄣˊ *ch'ên*² 音辰

①屋邊。如:宸宇。②帝王的居處。如:紫宸。③帝王的代稱。如:宸衷。

16【宸翰】 ㄔㄣˊ ㄏㄢˋ

帝王的文章或書法。

家 ㊀ ㄐㄧㄚ *chia*¹ 音加

①居住的處所。如:民家。②居住。③指家庭。如:成家立業。④指家族、家屬。如:宜室宜家。⑤屬於家庭的。如:家務。⑥對人稱自己的尊長。如:家父。⑦家中飼養的。如:家禽。⑧學術的分類、派別。如:儒家。⑨指有專門學問、技術的人。如:文學家。⑩助詞。用作詞尾。如:婦道人家。⑪姓。'唐'有'家師諒'。見"萬姓統譜·三六"。

㊁ ㄍㄨ *ku*¹ 音姑

婦女的尊稱。通姑。如:'曹大家'。

2【家丁】 ㄐㄧㄚ ㄉㄧㄥ

家中的男僕。

3【家小】 ㄐㄧㄚ ㄒㄧㄠˇ

指妻子、兒女。

5【家世】 ㄐㄧㄚ ㄕˋ

一個家族世代相承的事業或門閥。

【家用】 ㄐㄧㄚ ㄩㄥˋ

家中的花費。

7【家私】 ㄐㄧㄚ ㄙ

①家中的私事。②家庭的財產。

8【家法】 ㄐㄧㄚ ㄈㄚˇ

①古代專門之學,師徒相傳,自成一派,師之所授,弟子不得更改一字,謂之家法。②舊時人家族治家的法規。③古代家長體罰子女奴婢的刑具。

【家門】 ㄐㄧㄚ ㄇㄣˊ

①南戲及傳奇演出開始時,先由副末上場,說明全劇的大意及作者創作的態度,以引起觀眾的興趣,稱爲家門。後來主要劇中人第一次上場時的自我介紹,也稱自報家門。②指家族或家庭。

9【家計】 ㄐㄧㄚ ㄐㄧˋ

家庭的生計。

【家政】 ㄐㄧㄚ ㄓㄥˋ

'英'文原意爲家庭經濟,係指善於處理家庭經濟。包括家事及家庭生活兩方面,舉凡衣、食、住、育樂、護理、衛生等均屬之。

【家風】 ㄐㄧㄚ ㄈㄥ

一個家族世代相傳的風尙典範。

10【家訓】 ㄐㄧㄚ ㄒㄩㄣˋ

家長教導子孫治家立身的訓示。

【家書】 ㄐㄧㄚ ㄕㄨ

①家屬間來往的書信。②私人所藏的書籍。

【家乘】 ㄐㄧㄚ ㄕㄥˋ

家譜。

11【家族】 ㄐㄧㄚ ㄗㄨˊ

(family)指一個生育子女並賦與其身分的群體。也可稱家庭。按照成員的性質可區分爲兩大類:一、血親家族,所有成員僅有單一的血統關係,此種家族多出現於母系社會之中;二、配偶家族,配偶及姻親在家庭成員中出現。

【家眷】 ㄐㄧㄚ ㄐㄩㄢˋ

家人;眷屬。

【家規】 ㄐㄧㄚ ㄍㄨㄟ

家庭的規矩法度。

【家教】 ㄐㄧㄚ ㄐㄧㄠˋ

①家族成員所當遵守的教養和規

矩。2家庭教師的省稱。

【家務】 ㄐㄧㄚ ㄨˋ
家中的事務。

【家常】 ㄐㄧㄚ ㄔㄤˊ
1家庭生活的日常事務。2平時居家的生活。

【家祭】 ㄐㄧㄚ ㄐㄧˋ
家族成員對祖先的祭拜。

12【家禽】 ㄐㄧㄚ ㄑㄧㄣˊ
馴養在家中的鳥類。

13【家當】 ㄐㄧㄚ ˙ㄉㄤ
家產;家財。

【家園】 ㄐㄧㄚ ㄩㄢˊ
1自己家的園林。2故鄉;故里。

14【家塾】 ㄐㄧㄚ ㄕㄨˊ
私塾。舊時私家所設的學堂。

【家境】 ㄐㄧㄚ ㄐㄧㄥˋ
家庭生活狀況。

15【家廟】 ㄐㄧㄚ ㄇㄧㄠˋ
私家供奉祖先的祠堂。

【家數】 ㄐㄧㄚ ㄕㄨˋ
凡學術或技藝的傳承,一脈相承,信守家法的叫家數。

16【家學】 ㄐㄧㄚ ㄒㄩㄝˊ
家傳的學業。

17【家聲】 ㄐㄧㄚ ㄕㄥ
家族的名聲。

19【家譜】 ㄐㄧㄚ ㄆㄨˇ
記載家族世系及事蹟的書。

4【家天下】 ㄐㄧㄚ ㄊㄧㄢ ㄒㄧㄚˋ
帝王把天下看作私產而世代相傳。

8【家刻本】 ㄐㄧㄚ ㄎㄜˋ ㄅㄣˇ
私人刊行的書籍。相對於官刻本而言。也叫家塾本、書塾本。如"古金所見錄"有'嘉慶'己卯'初'氏家刻本,爲'初尚齡'所刊行。見"書目答問補正·二"。

【家長會】 ㄐㄧㄚ ㄓㄤˇ ㄏㄨㄟˋ
(parent association)由在校學生之家長所組成的一種團體。其目的在代表並保護家長及其在校子女的權利,並協助學校推動特定的教育活動。

11【家常話】 ㄐㄧㄚ ㄔㄤˊ ㄏㄨㄚˋ
家庭日常生活中的言談。也指尋常話。

10【家庭計畫】 ㄐㄧㄚ ㄊㄧㄥˊ ㄐㄧˋ ㄏㄨㄚˋ
(family planning)每個人依照自己的意願,配合經濟狀況,利用醫學原理來達到控制自己家庭成員多少之目的,並符合「每一個孩子都是爲父母所期望而出生」之原則的方法。

【家徒四壁】 ㄐㄧㄚ ㄊㄨˊ ㄙˋ ㄅㄧˋ
家中只有四壁。形容家境貧寒。

11【家常便飯】 ㄐㄧㄚ ㄔㄤˊ ㄅㄧㄢˋ ㄈㄢˋ
1家中日常的飯食。也比喻平常的飯菜。2指經常發生、毫不希罕的事。

【家絃戶誦】 ㄐㄧㄚ ㄒㄧㄢˊ ㄏㄨˋ ㄙㄨㄥˋ
每家每戶都歌吟朗誦。形容詩文流傳的普及或讀書風氣的興盛。

12【家喻戶曉】 ㄐㄧㄚ ㄩˋ ㄏㄨˋ ㄒㄧㄠˇ
每家每戶都知道。

【家無長物】 ㄐㄧㄚ ㄨˊ ㄓㄤˋ ㄨˋ
家中無多餘的東西。形容家境困窮。

【家給人足】 ㄐㄧㄚ ㄐㄧˇ ㄖㄣˊ ㄗㄨˊ
每家每人都豐衣足食。

13【家道中落】 ㄐㄧㄚ ㄉㄠˋ ㄓㄨㄥ ㄌㄨㄛˋ
家中的境況越來越壞,不如往昔富裕。

16【家學淵源】 ㄐㄧㄚ ㄒㄩㄝˊ ㄩㄢ ㄩㄢˊ
世代相傳的家學,深厚而有根柢。

6【家有敝帚享之千金】 ㄐㄧㄚ ㄧㄡˇ ㄅㄧˋ ㄓㄡˇ ㄒㄧㄤˇ ㄓ ㄑㄧㄢ ㄐㄧㄣ
將自家的破苕帚,看作千金之寶。比喻人自高身價。

宵 ㄒㄧㄠ hsiao1 音消
1夜晚。如:春宵。2微小。通小。如:宵民。3類似;相近。通肖。

3【宵小】 ㄒㄧㄠ ㄒㄧㄠˇ
舊稱盜賊。

8【宵夜】 ㄒㄧㄠ ㄧㄝˋ
1夜晚。2夜間飲宴。同消夜。

13【宵禁】 ㄒㄧㄠ ㄐㄧㄣˋ
戒嚴時期,規定夜間某段時間內,禁止行人在道路上行走。

14【宵雿】 ㄒㄧㄠ ㄉㄧㄠˋ
幽冥的樣子。也作哨雿。

6【宵衣旰食】 ㄒㄧㄠ ㄧ ㄍㄢˋ ㄕˊ
天未明就披衣起床,忙到傍晚才有空進食。比喻勤於任事,不暇寢食。

宴 ㄧㄢˋ yen4 音燕
1安適;安樂。如:宴安。2休息;安寢。如:宴息。3用酒食款待賓客。如:宴會。

6【宴安】 ㄧㄢˋ ㄢ
貪圖安逸,不求振作。也作晏安。

15【宴樂】 ㄧㄢˋ ㄌㄜˋ
1安樂;逸樂。2聚宴行樂。

6【宴安酖毒】 ㄧㄢˋ ㄢ ㄓㄣˋ ㄉㄨˊ
安逸有如酖酒的劇毒。勸人不可貪圖安逸的生活。

15【宴樂狩獵戰鬥紋】 ㄧㄢˋ ㄌㄜˋ ㄕㄡˋ ㄌㄧㄝˋ ㄓㄢˋ ㄉㄡˋ ㄨㄣˊ
'春秋'晚期到'戰國',青銅紋飾產生某些改變,出現描寫現實生活的題材,以壺紋最爲顯著。一般包含宴樂、射箭、採桑、弋鳥、狩獵和戰鬥等場面,而且往往多種題材集於一器。戰鬥情景有徒兵搏鬥,也有攻城和水戰。學者認爲青銅紋飾之創新,也是封建制度禮壞樂崩的一種表現。

宮 ㄍㄨㄥ kung1 音弓
1房屋的通稱。如:宮室。2專指天子居住的處所。如:宮殿。3宗廟;佛寺;道觀。如:'指南宮'。4學校。如:學宮。5五音之一。爲音階的第一級。6五刑之一。古稱男子去勢、女子幽閉等傷害生殖機能的刑法爲宮刑。7古代曆法以周天的十二分之一爲一宮。如:黃道十二宮。8姓。'春秋'有'宮之奇'。見"通志·氏族略五"。

7【宮廷】 ㄍㄨㄥ ㄊㄧㄥˊ
古代帝王居住和處理朝政的場

所。

10【宮娥】 ㄍㄨㄥ ㄜˊ
宮女。

11【宮商】 ㄍㄨㄥ ㄕㄤ
宮、商、角、徵、羽五音中的二音。用以泛指音樂或音律。

13【宮禁】 ㄍㄨㄥ ㄐㄧㄣˋ
①宮中的禁戒。②帝后所居之宮。因禁衛森嚴，故稱。

15【宮調】 ㄍㄨㄥ ㄉㄧㄠˋ
古代音樂術語。以七音(宮、商、角、徵、羽及變宮、變徵)分別與十二律相配，可得八十四個調式。其中以宮音相配的十二種稱爲宮，以餘六音相配的七十二種稱爲調，統稱爲宮調。

16【宮燈】 ㄍㄨㄥ ㄉㄥ
富有我國傳統風格的燈具。係以木材等構成六角或八角骨架，再套以絹紗。骨架雕刻精美，絹面彩繪細緻，綴以流蘇，益增美觀。過去多用於宮廷，現亦爲民間所樂用。

17【宮闈】 ㄍㄨㄥ ㄨㄟˊ
古代宮內后妃居住的處所。

18【宮闕】 ㄍㄨㄥ ㄑㄩㄝˋ
古時帝王所居住的宮殿。因宮門外有兩闕，故名。

25【宮觀】 ㄍㄨㄥ ㄍㄨㄢˋ
道教祀神和作法事的處所。爲道宮和道觀的合稱。'南北朝'時稱館，'北周''武帝'改爲觀，'唐'以後宮觀並稱。

23【宮體詩】 ㄍㄨㄥ ㄊㄧˇ ㄕ
流行於'南朝'的一種詩體。以描寫宮人或宮廷生活爲主要內容，頗輕豔靡麗，'梁''簡文帝'、'徐陵'等爲主要作家。

容 ㄖㄨㄥˊ *jung*^{2} 音融
①受納；包涵。如：容納。②面貌；儀表。如：容止。③修飾；打扮。如：女爲悅己者容。④允許。如：容許。⑤大概；也許。如：容或。⑥姓。'明'有'容善'。見"萬姓統譜·二"。

4【容止】 ㄖㄨㄥˊ ㄓˇ
①儀容舉止。②收留。

6【容光】 ㄖㄨㄥˊ ㄍㄨㄤ
①能容納光線的小隙。②儀容；風采。

7【容抗】 ㄖㄨㄥˊ ㄎㄤˋ
(capacitive reactance)當交流或脈衝直流加入於電容器時所產生的阻抗。符號爲x_c。通常以歐姆表示，等於$\frac{1}{2\pi fc}$，其中f爲訊號頻率，單位爲赫；c爲電容量，單位爲法拉。

10【容納】 ㄖㄨㄥˊ ㄋㄚˋ
①包容；受納。②(inclusion)'美國'社會學家'派深思'(Talcott Parsons)的進化論過程之一。指對社會所有分子一律平等對待，容納成社會承認的成員，對少數民族不再以化外之民看待的過程。

12【容華】 ㄖㄨㄥˊ ㄏㄨㄚˊ
①容顏。②'漢'女官名。'武帝'置，秩比二千石。因選美女爲官，故名。

【容閎】 ㄖㄨㄥˊ ㄏㄨㄥˊ
(1828～1912)'廣東''中山'人。字'蒓甫'。畢業於'美國''耶魯大學'。返國後，經營商業。曾助'曾國藩'籌設'江南機器製造局'，並策劃選派幼童赴'美'留學。後任駐'美'副使，兼管留學生事務。'中''日'甲午戰後歸國，致力革新救國，後又轉往'美國'。著有"西學東漸記"等書。

容閎像

14【容與】 ㄖㄨㄥˊ ㄩˇ
①放任；放縱。②從容自得的樣子。③慢慢移動的樣子。④猶豫不決的樣子。

15【容膝】 ㄖㄨㄥˊ ㄒㄧ
僅能容身的地方。形容房屋極狹小。

16【容積】 ㄖㄨㄥˊ ㄐㄧ
(content)即體積。指物體所占空間之度量。現較常使用體積一詞，而容積只限於容納流體之容器，或車、船等容貨的體積而言。

11【容許度】 ㄖㄨㄥˊ ㄒㄩˇ ㄉㄨˋ
(tolerance)①系統或電路中，參數值可以變化之範圍。在容許度之範圍內，系統或電路可以正常地運作。②電腦之數值計算中，可接受之誤差範圍。

16【容積率】 ㄖㄨㄥˊ ㄐㄧ ㄌㄩˋ
(bulk rate)建築容積與該建築物所在基地面積的比。其值常以百分比表示。若考慮建築物的總樓板面積以計算建築物容積，則容積率與樓地板面積指數同義。常應用於土地使用管制及建築管理規則中，因其爲控制都市人口、環境品質和產業密度的重要方法之一。

【容錯電腦】 ㄖㄨㄥˊ ㄘㄨㄛˋ ㄉㄧㄢˋ ㄋㄠˇ
(fault-tolerant computer)電腦的一類。當電腦發生某些故障或出現偶然之錯誤時，電腦內部能夠自動偵測出錯誤或故障之發生，並採取一些措施來彌補，使電腦仍可繼續正常地運作，此類電腦稱爲容錯電腦。其設計製造時採用容錯措施與技術，但若電腦發生嚴重故障，或容錯措施許可範圍以外的故障時，電腦就不能繼續正確運作。

17【容齋隨筆】 ㄖㄨㄥˊ ㄓㄞ ㄙㄨㄟˊ ㄅㄧˇ
'南宋''洪邁'撰，十六卷。又"續筆"、"三筆"、"四筆"各十六卷，"五筆"十卷。是'洪'氏平日讀書筆記。其中考訂經籍、典故，旁及朝章官制、文章藝術、經史百家，辯證精確，頗多創見。

害 ㊀ ㄏㄞˋ *hai*^{4} 音亥
①損傷；毀壞。如：傷害。②災禍；禍患。如：興利除害。③不利

於人的。如：害蟲。④險要的地方；關鍵的部位。如：要害。⑤罹患；生病。如：害病。⑥畏怯。如：害羞。⑦嫉妒。如：心害其能。

三 ㄏㄜˊ ho^2, $h\hat{e}^2$ 音曷

何時。通曷。見"字彙"。

17【害臊】 ㄏㄞˋ ㄙㄠˋ

害羞。

13【害群之馬】 ㄏㄞˋ ㄑㄩㄣˊ ㄓ ㄇㄚˇ

比喻敗壞群體的人。

8

密 ㄇㄧˋ mi^4 音蜜

①形狀像堂室的山。見"說文"。②隱祕；隱祕不爲人所知。如：祕密。③安靜。如：密靜。④謹愼。如：愼密。⑤完備；周到。如：周密。⑥細緻。如：細密。⑦濃厚。如：稠密。⑧親近的。如：密友。⑨姓。'漢'有'密忠'。見"萬姓統譜‧一一五"。

6【密件】 ㄇㄧˋ ㄐㄧㄢˋ

機密文件。

8【密宗】 ㄇㄧˋ ㄗㄨㄥˊ

佛教的一派。源出於古'印度'佛教中的密教。'唐''開元'初傳入我國，形成宗派。以"大日經"和"金剛頂經"爲依據，把大乘佛教的繁瑣理論運用在簡化通俗的誦咒祈禱方面。認爲口誦眞言(語密)、手結契印(身密)、心作觀想(意密)三密同時相應，可以即身成佛。在我國只傳了兩代便衰落。西元804年'日'僧'空海'來'唐'學法，密宗因此傳入'日本'，成立了'日本'的眞言宗，佛學界稱之爲東密。西元八世紀到十一世紀期間，'印度'密教傳入我國'西藏'地區，建立'西藏'密教的傳統，稱爲'藏'密。

9【密室】 ㄇㄧˋ ㄕˋ

祕密的內室。

【密度】 ㄇㄧˋ ㄉㄨˋ

(density)①單位體積所含之物質質量。若體積爲V的物體，測得其質量爲M，則物體之密度$D=M/V$。密度的單位常用公克/公分^{3}或公斤/公尺^{3}表示。水的密度定爲1公克/公分$^3=10^3$公斤/公尺^3。②感光測定的計量名稱。用以衡量感光材料曝光和顯影後變黑的程度。感光材料上的溴化銀，受到光的作用，顯影後還原爲金屬銀，形成一定的阻光度，這個阻光的對數値就是密度。黑度大的密度高，黑度小的密度低。

【密約】 ㄇㄧˋ ㄩㄝ

①祕密相約。②兩國或兩國以上所簽立不對外公開的條約。

10【密栗】 ㄇㄧˋ ㄌㄧˋ

精緻堅固。

12【密集】 ㄇㄧˋ ㄐㄧˊ

緊密集結。

14【密語】 ㄇㄧˋ ㄩˇ

暗語。

【密爾】 ㄇㄧˋ ㄦˇ

(mil)長度單位。爲千分之一'英'吋。1圓密爾是當直徑爲1密爾時之圓面積。

15【密碼】 ㄇㄧˋ ㄇㄚˇ

爲保密起見，將文字以'英'文或數字代替，而組成的無意義組合。解密碼時要與密碼本及特定指令等配合，方可表示原電文的眞實意義。

18【密醫】 ㄇㄧˋ ㄧ

未取得合法醫師資格，而擅自執行醫療業務者。

【密邇】 ㄇㄧˋ ㄦˇ

接近。

9【密度流】 ㄇㄧˋ ㄉㄨˋ ㄌㄧㄡˊ

(density current)海水因密度不同而產生的洋流。海水的溫度和鹽度各地不同，於是各地海水密度的分布也不均勻。例如'地中海'的海水鹽度受沿岸高溫的影響，比'大西洋'爲高，密度也高，這種較重的海水便沿著'直布羅陀海峽'的底部向西流出'大西洋'；至於較輕的'大西洋'海水，則沿表面經海峽流入'地中海'以爲補償。於是產生東、西交流，上、下交換的密度流。

12【密集課】 ㄇㄧˋ ㄐㄧˊ ㄎㄜˋ

(intensive course)爲加速完成應修進度，而以密集方式學習的課程。

14【密爾頓】 ㄇㄧˋ ㄦˇ ㄉㄨㄣˋ

(John Milton, 1608～1674)'英國'詩人。出身清教徒家庭。早期寫了不少優秀的長短詩篇。'英國'內戰時投入政爭，曾任'克倫威爾'政府的'拉丁'文祕書，撰寫政論，反對專制、捍衛民主，其中最重要的爲兩篇"爲英國人民聲辯"(*Defence of the People of England*)。王政復辟後，因失明倖免於難，隱居不出，創作了"失樂園"(*Paradise Lost*)、"復樂園"(*Paradise Regained*)、"參孫"(*Samson Agonistes*)等史詩，其中"失樂園"爲基督教史詩中的傑作。

4【密勿從事】 ㄇㄧˋ ㄨˋ ㄘㄨㄥˊ ㄕˋ

勤勉從事。

9【密封遺囑】 ㄇㄧˋ ㄈㄥ ㄧˊ ㄓㄨˇ

由遺囑人於遺囑上簽名後，將其密封，於封縫處簽名，指定二人以上之見證人，向公證人提出，陳述其爲自己之遺囑，如非本人自寫，並陳述繕寫人之姓名、住所，由公證人於封面記明該遺囑提出之年、月、日及遺囑人所爲之陳述，與遺囑人及見證人同行簽名之遺囑。密封遺囑不具備上述要件，但係由遺囑人自書遺囑全文，記明年、月、日並親自簽名，如有增減、塗改，並註明增減、塗改之處所及字數且另行簽名者，有自書遺囑之效力。

11【密勒定理】 ㄇㄧˋ ㄌㄜˋ ㄉㄧㄥˋ ㄌㄧˇ

(Miller's theorem)如圖⑵爲圖⑴之等效電路即爲'密勒'定理，其K表V_2/V_1，且$I_1=-I_2$。此定理大多應用於電晶體高頻放大器。

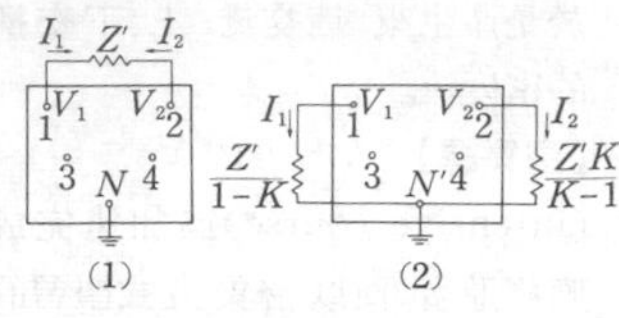

密勒定理圖

3【密士失必河】 ㄇㄧˋ ㄕˋ ㄕ ㄅㄧˋ ㄏㄜˊ

(Mississippi R.)‘北美洲’第一長河。源於‘明尼蘇達州’(Minnesota State)‘易塔斯卡湖’(Lake Itasca),南流至‘聖路易’(St. Louis)附近納‘密蘇里河’(Missouri R.),下游沖積成三角洲,於‘新奧爾良’(New Orleans)注入‘墨西哥灣’。全長6,020公里。

12【密斯脫拉風】 ㄇㄧˋ ㄙ ㄊㄨㄛ ㄌㄚ ㄈㄥ

(mistral)盛行於‘法國’南部的乾冷強風。每年冬季,‘歐洲’中部形成的反氣旋,受到西‘地中海’海盆上的低氣壓吸引,經‘隆河谷地’走廊狀地形的擠迫,形成乾冷強風,由‘法國’中部的‘中央山地’向‘地中海’吹動,及於‘西班牙’東海岸一帶。因在‘隆河谷地’‘普羅旺斯’(Provence)一帶風力最盛,而當地居民稱為‘密斯脫拉’(mistral),故名。

14【密爾門定理】 ㄇㄧˋ ㄦˇ ㄇㄣˊ ㄉㄧㄥˋ ㄌㄧˇ

(Millman's theorem)當任意電壓與具有一定內電阻之電壓源數個並聯時,則跨於並聯組合之總

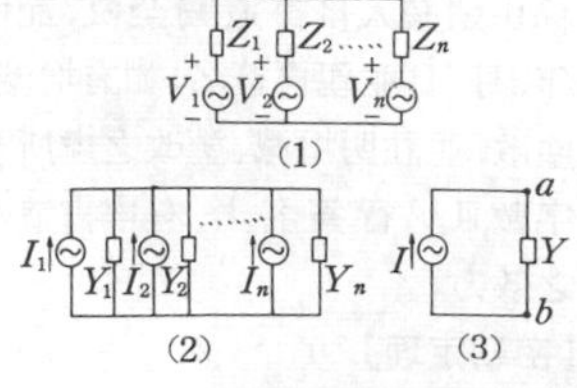

密爾門定理圖

電壓為每一個分支內之電壓源除以內電阻之代數和與內電導代數和之比值。舉例說明:圖(1)可變換成圖(2)之等效電路($I_1=V_1Y_1$, $I_2=V_2Y_2$, $\cdots\cdots I_n=V_nY_n$),圖(2)經合併可變換為圖(3),其中設 $V_{ab}=V$,則 $\frac{V-V_1}{Z_1}+\frac{V-V_2}{Z_2}+\cdots\cdots+\frac{V-V_n}{Z_n}=0$, $\therefore V_{ab}=V=\frac{V_1Y_1+V_2Y_2+\cdots\cdots+V_nY_n}{Y_1+Y_2+\cdots\cdots+Y_n}=\frac{1}{Y}$(其中 $Y_1=1/Z_1$, $Y_2=1/Z_2$, $\cdots\cdots Y_n=1/Z_n$)。

寁 ㄗㄢˇ *tsan*³ 音昝
快捷;急速。見“廣韻”。

寇 ㄎㄡˋ *k'ou*⁴ 音扣
1劫掠。如:寇攘。2侵犯;外敵入侵。如:入寇。3賊人;敵人。如:流寇。4姓。‘宋’有丞相‘寇準’。見“萬姓統譜·一一〇”。

4【寇仇】 ㄎㄡˋ ㄔㄡˊ
仇敵。

13【寇準】 ㄎㄡˋ ㄓㄨㄣˇ
(961～1023)‘北宋’‘下邽’(今‘陝西’‘渭南’東北)人。字‘平仲’。‘眞宗’時為相,決策請帝親征‘契丹’,訂下‘澶淵’之盟。封‘萊國公’。性豪侈,能詩。卒諡‘忠愍’。有“寇忠愍公詩集”。

17【寇謙之】 ㄎㄡˋ ㄑㄧㄢ ㄓ
(365～448)‘北朝’新天師道的改革者、‘北魏’國師。‘上谷’‘昌平’(今‘河北’‘昌平’)人。字‘輔眞’。早好仙道,少修‘張魯’之術。因‘成公興’的幫助,得知新天算之學,並入‘嵩山’學道,後為‘太武帝’的國師,在算學、煉丹術方面,接受外來學說而有新的成就。

寅 ㄧㄣˊ *yin*² 音銀
1十二地支的第三位。2時辰名。上午三至五時。3十二生肖之一。指虎。4恭敬。如:寅畏。5前進。如:寅緣。6同事;同僚。如:同寅。7姓。‘元’有‘寅午辰’。見“萬姓統譜·一九”。

15【寅誼】 ㄧㄣˊ ㄧˊ
同官的交誼。

6【寅吃卯糧】 ㄧㄣˊ ㄔ ㄇㄠˇ ㄌㄧㄤˊ
寅年預吃卯年的糧食。比喻經濟透支,入不敷出。也作寅支卯糧。

宼 最的或體。

寄 ㄐㄧˋ *chi*⁴ 音記
1託付。如:寄託。2依附。如:寄生。3傳達。如:寄語。4存放;暫時居住。如:寄居。

5【寄生】 ㄐㄧˋ ㄕㄥ
1不能自主,而依賴他人供應生活。2(parasitism)兩種不同種的生物生活一起,其中一種可以獲益,另一種則會受害,這種生活方式,叫做寄生。

8【寄居】 ㄐㄧˋ ㄐㄩ
借住在別人家裡。

10【寄託】 ㄐㄧˋ ㄊㄨㄛ
1付託;委託。2指在創作中寄情寓意。

11【寄宿】 ㄐㄧˋ ㄙㄨˋ
暫時借住。

【寄情】 ㄐㄧˋ ㄑㄧㄥˊ
寄託情懷。

【寄售】 ㄐㄧˋ ㄕㄡˋ
(consignment)又稱寄銷。在國際貿易,寄售乃寄售商(即出口廠商)為開拓市場,先將貨物運交國外受託商(即國外代理商)委託其伺機代為銷售,貨物售出後再由受託商將貨款匯給寄售商。受託商則就其代銷行為,酌收佣金。寄售並非出售,所以商品轉移行為並未產生利潤,而且受託商未將產品售出前,寄售商無任何價值的獲得。商品在未售出前,其所有權仍屬於寄售商,萬一受託商破產,寄售商仍可收回寄售商品,受託商的債權人,對寄售商品不能主張權利。

12【寄寓】 ㄐㄧˋ ㄩˋ
1寄居。2旅館。

13【寄頓】 ㄐㄧˋ ㄉㄨㄣˋ
儲存;貯積。

【寄跡】 ㄐㄧˋ ㄐㄧ
寄託形跡。

16【寄興】 ㄐㄧˋ ㄒㄧㄥˋ
寄託興致。

19【寄懷】 ㄐㄧˋ ㄏㄨㄞˊ
1寄託情懷。2以眞誠待人。

20【寄籍】 ㄐㄧˋ ㄐㄧˊ
長期寄居外地,並有戶籍。與本籍相對。

8【寄居蟹】 ㄐㄧˋ ㄐㄩ ㄒㄧㄝˋ
(hermit crab)屬甲殼綱、十足目(order Decapoda)。生活於海中的泥沙底,偶會登上陸地或上樹。常居於空的螺殼或其他中空的物體(如竹或椰子殼)。

寄居蟹圖

第一對步足呈鉗狀,稱螯腳,右方者稍大,當整個身體縮入殼中時,該右腳正好將殼口蓋住。腹部柔軟,平時不從殼口露出,因適應螺殼內呈螺旋狀的空間,腹部乃形彎曲,其構造不對稱。卵附於母體腹部,孵化後,幼體即遷入一空螺殼,當長大時會定期換一較大的空螺殼。某些種類的寄居蟹,其殼的表面常有海葵共生,可藉以得到保護,海葵則靠寄居蟹而能快速移動身體。

2【寄人籬下】 ㄐㄧˋ ㄖㄣˊ ㄌㄧˊ ㄒㄧㄚˋ
寄居在他人的家中。比喻依附別人,不能自立。

5【寄生振盪】 ㄐㄧˋ ㄕㄥ ㄓㄣˋ ㄉㄤˋ
(parasitic oscillation) 在 RF 振盪電路中,太大的柵漏 (grid leak)電路時間常數,將使產生 RF 能量的同時亦發生低頻的 RC 振盪,而形成不期望的寄生振盪。

【寄生電容】 ㄐㄧˋ ㄕㄥ ㄉㄧㄢˋ ㄖㄨㄥˊ
(parasitic capacitance)在半導體元件的製造過程裡,使用隔離層以獨立各個元件;如此一來,其中隔離層與各接面間由於具有因電壓差而引起正負電荷的累積,產生電容效應。此類電容係伴隨結構的型態而生,故稱寄生電容。

6【寄存圖書館】 ㄐㄧˋ ㄘㄨㄣˊ ㄊㄨˊ ㄕㄨ ㄍㄨㄢˇ
(deposit library)也稱版權圖書館(copyright library)。在國家版權法或有關寄存法案的規定之下,由出版商將其新出版品呈繳圖書館作永久保存之用,而收受該出版品之圖書館即稱爲寄存圖書館。

11【寄售輸出保險】 ㄐㄧˋ ㄕㄡˋ ㄕㄨ ㄔㄨ ㄅㄠˇ ㄒㄧㄢˇ
(consignment export insurance)輸出廠商以寄售輸出契約爲外銷基礎,經由寄售方式外銷而輸出的貨物,以及爲輸出銷售所支出的各種費用(包括貨物原價、包裝費、運費、保險費、倉庫費用等),不能收回時所受的損失,由保險人負責補償的保險。此種保險所承保的危險,限於企業危險所致的損失,至於信用及政治危險,不在承保範圍內。

寕
寧的俗體。

寂
ㄐㄧˊ *chi*² 音疾
1安靜無聲。如:寂靜。2佛家語。寂滅的簡稱,是涅槃的義譯。如世尊入寂指'釋迦佛'的涅槃。

12【寂然】 ㄐㄧˊ ㄖㄢˊ
安靜無聲的樣子。

13【寂滅】 ㄐㄧˊ ㄇㄧㄝˋ
1沈寂;滅絕。指無聲無跡。2佛家語。梵語涅槃的義譯。指本體寂靜、離一切相。

14【寂寥】 ㄐㄧˊ ㄌㄧㄠˊ
1寂靜。2寧靜曠遠。

16【寂靜】 ㄐㄧˊ ㄐㄧㄥˋ
1安靜;寧靜。2佛家稱離煩惱爲寂,絕苦患爲靜。

寀
ㄘㄞˇ *ts'ai*³ 音採
1采地。通采。見"爾雅·釋詁"。2同僚。見"字彙"。

寃
冤的俗體。

宿
宿的本字。

宿
一 ㄙㄨˋ *su*⁴ 音夙
1夜晚止息。如:住宿。2停留。如:宿留。3供人居住休息的地方。4隔夜。如:宿酒。5隔年。如:宿麥。6平素。如:宿願。7往日;舊有。如:宿疾。8前世。如:宿緣。9預先。如:宿構。10老成;老練。如:宿儒。11姓。'漢'有'宿仲談'。見"萬姓統譜·一一二"。
二 ㄒㄧㄡˋ *hsiu*⁴ 音秀
列星。如:星宿、二十八宿。
三 ㄒㄧㄡˇ *hsiu*³ 音朽
俗稱夜晚。如:一宿。

3【宿夕】 ㄙㄨˋ ㄒㄧˋ
一個晚上。比喻極短的時間。

5【宿世】 ㄙㄨˋ ㄕˋ
佛家語。指前生、前世。即過去世。

6【宿老】 ㄙㄨˋ ㄌㄠˇ
指有德望而經驗豐富的老人家。

【宿好】 一 ㄙㄨˋ ㄏㄠˇ
過去的交誼。
二 ㄙㄨˋ ㄏㄠˋ
平素的喜好。

7【宿志】 ㄙㄨˋ ㄓˋ
平素的心願。同夙志。

8【宿昔】 ㄙㄨˋ ㄒㄧˊ
1從前;過去。2早晚;朝夕。

【宿命】 ㄙㄨˋ ㄇㄧㄥˋ
佛家語。凡人前世皆有生命,或爲天,或爲人,或爲餓鬼、畜生,輾轉不息,升沉不定,稱爲宿命。表示今生的命運是由前世所爲善惡決定的。

9【宿怨】 ㄙㄨˋ ㄩㄢˋ
1舊恨。2懷怨在心。

10【宿疴】 ㄙㄨˋ ㄎㄜ
舊有的疾病。

【宿疾】 ㄙㄨˋ ㄐㄧˊ
舊有的疾病。

13【宿愆】 ㄙㄨˋ ㄑㄧㄢ

以往所犯的過失。

14【宿弊】 ㄙㄨˋ ㄅㄧˋ
積久的弊病。

【宿構】 ㄙㄨˋ ㄍㄡˋ
預先構思、謀劃。

15【宿慧】 ㄙㄨˋ ㄏㄨㄟˋ
天賦的智慧。亦作夙慧。

【宿醉】 ㄙㄨˋ ㄗㄨㄟˋ
隔夜猶存的醉意。

【宿緣】 ㄙㄨˋ ㄩㄢˊ
佛家指前世的因緣。也作宿因。

16【宿諾】 ㄙㄨˋ ㄋㄨㄛˋ
1事先的承諾。2久未履行的承諾。

【宿憾】 ㄙㄨˋ ㄏㄢˋ
舊有的怨恨。

【宿學】 ㄙㄨˋ ㄒㄩㄝˊ
對學問有深入研究，通達事理的人。

【宿儒】 ㄙㄨˋ ㄖㄨˊ
飽學之士。

19【宿願】 ㄙㄨˋ ㄩㄢˋ
1平素的願望。2佛家語。指過去(生)所發的心願。

8【宿命論】 ㄙㄨˋ ㄇㄧㄥˋ ㄌㄨㄣˋ
(fatalism)又稱命運論。一種世界觀與人生觀。認為世界人生的一切，完全由預定的命運所主宰，不是人力所可左右的。

10【宿根栽培】 ㄙㄨˋ ㄍㄣ ㄗㄞ ㄆㄟˊ
前作收穫後，利用其餘留的部分，使之再生芽，而培育為後作種苗的栽培法。簡稱宿根。此法可減省整地育苗、播種等工作，縮短作物生育的日數。最常見的有宿根甘藷、宿根甘蔗。

寍 寧的古文。

寫 ㄨㄟˇ wei³ 音韋
或作寫。1屋宇開敞的樣子。見"說文·寫·徐箋"。2姓。'春秋''魯'有'寫'氏。見"萬姓統譜·七四"。

寒 ㄏㄢˊ han² 音韓
1冷；冷的。如：寒風。2冷卻。如：一曝十寒。3背棄。4恐懼。如：膽寒。5窮困；窮困的。如：寒門。6對人稱自己的謙辭。如：寒舍。7卑下；卑下的。如：寒官。8顯出嚴厲的神色。如：寒著臉。9六淫之一。是冬天的主氣，其他時節也會出現。為一種陰邪，最易傷人的陽氣，因而影響氣血活動，產生各種症狀：如寒邪在表時，則惡寒發熱、無汗而喘、頭痛；如寒邪入絡，則筋骨攣痛；寒邪侵入臟腑，則嘔吐、泄瀉、腸鳴、腹痛。10姓。'漢'有'寒儒'。見"萬姓統譜·二五"。

3【寒山】 ㄏㄢˊ ㄕㄢ
1冷清的山。或指冬日的山。2(710?～815)'唐'高僧。'代宗''大曆'間隱居'天台''始豐縣''寒巖'，自號'寒山子'。與'國清寺'僧'拾得'交遊，好吟詩偈，跡似瘋狂。著有"寒山子詩集"。

4【寒心】 ㄏㄢˊ ㄒㄧㄣ
1因恐懼而驚心。2因失望而痛心。

6【寒色】 ㄏㄢˊ ㄙㄜˋ
(cool colour)通常藍色、青綠或青紫等色會使人聯想到水，而產生寒冷的感覺，因稱為寒色。與暖色相對。

8【寒門】 ㄏㄢˊ ㄇㄣˊ
1指北方極冷的地方。2卑微的門第。

【寒舍】 ㄏㄢˊ ㄕㄜˋ
謙稱自己居住的家舍。

9【寒流】 ㄏㄢˊ ㄌㄧㄡˊ
1寒冷的河川。2(cold current)在洋流環流系統中，一股由高緯流向中緯的洋流，其水溫遠較所經地區的水溫為低，稱為寒流。如'太平洋'的親潮。'臺灣'冬季當發源於'蒙古'及'西伯利亞''貝加爾湖'一帶的強烈大陸性極地氣團，迅速南下侵入時，每造成氣溫劇降的寒冷天氣，這股氣流也稱寒流或寒潮。

【寒食】 ㄏㄢˊ ㄕˊ
節日名。在農曆清明節前一日或二日。此日民俗禁火，只吃冷食，故名。相傳'春秋'時'晉國''介之推'於護送公子'重耳'回國後，隱居'綿山'(在今'山西''介休'境)，'重耳'即位(為'晉文公')後，思其功，縱火燒山，逼他出來，'之推'抱樹而死。'文公'為悼念他，禁止在他死日生火烹煮，只吃冷食，此後遂相沿成俗。

10【寒浞】 ㄏㄢˊ ㄓㄨㄛˊ
'夏'時人。初佐'寒國'君'伯明'氏，'有窮氏''后羿'篡'帝相'位，使'浞'為相；'浞'殺'后羿'而自立，後為'帝相'子'少康'所滅。

【寒素】 ㄏㄢˊ ㄙㄨˋ
1家世卑微清寒。2'漢'、'晉'時拔舉士人的科目名。

12【寒窗】 ㄏㄢˊ ㄔㄨㄤ
指貧窮人家或窮困的境遇。

【寒蛩】 ㄏㄢˊ ㄑㄩㄥˊ
秋末的鳴蟲。

【寒厥】 ㄏㄢˊ ㄐㄩㄝˊ
'中'醫指因陽氣虛弱而引起的短暫性昏倒症狀。如內臟虛寒時，會出現倦怠怕冷、腹瀉、食物不消化、四肢冰冷、口不渴，或身體怕冷蹉臥、腹痛面紅、指甲青暗發紫，甚至昏倒等症狀。如寒凝在血脈時，則有四肢冰冷至肘膝以上、關節疼痛、脈微細等症狀。

【寒傖】 ㄏㄢˊ ㄘㄤ
寒酸；粗俗。含有鄙視的意思。

13【寒痹】 ㄏㄢˊ ㄅㄧˋ
又稱痛痹。痹證類型的一種。臨床表現為：四肢酸痛，且疼痛程度較為激烈，過寒冷痛更增加，得熱痛即降低。係風寒溼等外邪中的寒邪偏勝，使氣血凝滯不通所致。

【寒暄】 ㄏㄢˊ ㄒㄩㄢ
指冬季和夏季。今多泛指賓主相見時互道天氣寒暖的交際應酬語。

【寒微】 ㄏㄢˊ ㄨㄟˊ
家世貧賤。

14【寒漠】 ㄏㄢˊ ㄇㄛˋ
(cold desert)①極區(包括北極地方、'南極洲'和'格陵蘭島')常年氣溫甚低,空氣穩定,故降水量(雪爲主)極稀;又因融雪和蒸發機會極少,長年累月,冰雪掩覆,植物極稀,甚或寸草不生,景象荒涼,故有寒漠之稱。②'亞洲'大陸內部沙漠(如'蒙古高原'的戈壁沙漠及'藏北高原'),因高度大且距海遙遠,氣候乾燥,加上冬季嚴寒,也稱寒漠。

【寒酸】 ㄏㄢˊ ㄙㄨㄢ
①形容貧窮書生的困窘情狀。②簡陋;不大方。

15【寒潮】 ㄏㄢˊ ㄔㄠˊ
(cold wave)當冷鋒通過時,在冷鋒之後,來自極地的冷氣流。即寒流。

【寒鴉】 ㄏㄢˊ ㄧㄚ
(*Corvus monedula daunricus*)又可稱之爲鷽、慈烏、燕烏、小白頸烏、小寒鴉兒和麥鴉等。是脊椎動物中屬於鳥綱(class Aves)、雀形目(order Passeriformes)、鴉科(family Corvidae)中的一種動物。分布於我國西北、東北各省及'西伯利亞',冬季遷徙至'華'南。在'臺灣'爲偶見的迷鳥。主要棲息於平地、草原、農田、海岸及稀疏的樹林中,喜群居。幼鳥背面黑色而有青色閃光,腹面灰黑色。成鳥背面黑色有紫綠色金屬閃光,腹面白色或灰白色。雌雄同色。雜食,食物包括昆蟲、果實及腐肉等。嘴大型,粗壯有力。

寒鴉圖

18【寒蟬】 ㄏㄢˊ ㄔㄢˊ
①蟬的一種。似蟬而較小,色青赤。②寒天的蟬。蟬到深秋天寒時不再鳴叫,因用以比喻對事有所顧忌而默不作聲。

21【寒露】 ㄏㄢˊ ㄌㄨˋ
①泛指霜露。②農曆二十四節氣之一。在國曆十月八日或九日。

9【寒食散】 ㄏㄢˊ ㄕˊ ㄙㄢˇ
即清寒散。古代方士、道家、道士煉製的一種內服散劑。用丹砂、雄黃、砒霜等製成。服此藥能致內熱,宜食寒涼食物,穿薄衣,故名。然根據記載,服此藥會引起併發症等多種不良後果。

11【寒帶氣候】 ㄏㄢˊ ㄉㄞˋ ㄑㄧˋ ㄏㄡˋ
(high-latitude climate)指緯度約在55°以外高緯度地區的氣候。其特徵爲:冬季長而嚴寒,夏季短而低溫,甚至全年氣溫極低,且降水量稀少。

15【寒潮爆發】 ㄏㄢˊ ㄔㄠˊ ㄅㄠˋ ㄈㄚ
當強烈的大陸北極氣團向南侵襲時,由於冷氣團氣溫直減率大,對流現象旺盛,因而將所經區域下層的熱量向高空輸送,致使地面氣溫急驟下降的現象。

寋

ㄐㄧㄢˇ chien^3 音謇
①擊磬聲。見"爾雅·釋樂"。②姓。'漢'有'寋祗'。見"萬姓統譜·八一"。

富

ㄈㄨˋ fu^4 音副
①財物豐足。如:富饒。②盛多。如:文章宏富。③少壯。如:年富力強。④財物。如:財富。⑤姓。'宋'有'富弼'。見"萬姓統譜·一一〇"。

10【富泰】 ㄈㄨˋ ㄊㄞˋ
富有而舒適。

11【富庶】 ㄈㄨˋ ㄕㄨˋ
財物豐盛,人民眾多。

12【富弼】 ㄈㄨˋ ㄅㄧˋ
(1004~1083)'北宋''河南'(今'河南''洛陽')人。字'彥國'。'仁宗'時,曾兩次出使'契丹',力拒割地,並上陳和戰的利害。'至和'二年(1055)爲相。'神宗'時,因爲反對'王安石'變法而罷相。封爲'韓國公'。

【富貴】 ㄈㄨˋ ㄍㄨㄟˋ
家財富足,地位顯貴。

14【富豪】 ㄈㄨˋ ㄏㄠˊ
有財有勢的人家。

19【富礦】 ㄈㄨˋ ㄎㄨㄤˋ
(high-grade ore)含有經濟礦物量多或品位高的礦石。

20【富贍】 ㄈㄨˋ ㄕㄢˋ
①資財豐足。②才學淵博。

【富饒】 ㄈㄨˋ ㄖㄠˊ
財物豐盛。

3【富士山】 ㄈㄨˋ ㄕˋ ㄕㄢ
(Fujiyama)'日本'第一高峰。位於'本州島'(Honshu Is.)中部。爲休火山,外形呈標準的火山錐體,高3,776公尺。上覆白雪,景致如畫,'日'人視爲「聖山」。

12【富貴衣】 ㄈㄨˋ ㄍㄨㄟˋ ㄧ
戲裝的一種。劇中窮人所穿,上綴雜色補釘的黑衣。大抵穿此衣的劇中人,雖貧困一時,終必富貴,故名。

6【富而好禮】 ㄈㄨˋ ㄦˊ ㄏㄠˋ ㄌㄧˇ
生活富足而言行有禮。

12【富貴在天】 ㄈㄨˋ ㄍㄨㄟˋ ㄗㄞˋ ㄊㄧㄢ
指富貴不可強求。

【富貴壽考】 ㄈㄨˋ ㄍㄨㄟˋ ㄕㄡˋ ㄎㄠˇ
富足、顯貴且長壽。通常用作對別人的祝辭。

【富貴不能淫】 ㄈㄨˋ ㄍㄨㄟˋ ㄅㄨˋ ㄋㄥˊ ㄧㄣˊ
財富和權位不能淫亂心志。形容節操堅貞。

【富貴草頭露】 ㄈㄨˋ ㄍㄨㄟˋ ㄘㄠˇ ㄊㄡˊ ㄌㄨˋ
形容富貴短暫而不易持久。

15【富潤屋德潤身】 ㄈㄨˋ ㄖㄨㄣˋ ㄨ ㄉㄜˊ ㄖㄨㄣˋ ㄕㄣ
錢財可以裝飾華屋,德行能夠潤澤人的生命。

寍 寧的俗體。

寔 ㄕˊ shih² 音食
1正。見"說文"。2實。見"字彙"。3助詞。相當於是。見"字彙"。

寓 ㄩˋ yü⁴ 音遇
1住所。如:公寓。2寄居。如:寄寓。3寄託。如:寓意。4接觸;專注。如:寓目。

4【寓公】 ㄩˋ ㄍㄨㄥ
1國家滅亡而寄居他國的諸侯。2泛稱有官吏身分而寄居他鄉的人。3指寄居他鄉、他國的有錢人。含譏諷之意。

5【寓目】 ㄩˋ ㄇㄨˋ
注目;觀看。

7【寓言】 ㄩˋ ㄧㄢˊ
有所寄託或比喻的言語或文章。

【寓形】 ㄩˋ ㄒㄧㄥˊ
寄託形體。

13【寓意】 ㄩˋ ㄧˋ
藉其他事物以寄託本意。

7【寓兵於農】 ㄩˋ ㄅㄧㄥ ㄩˊ ㄋㄨㄥˊ
兵農合一的政策。人民平時從事農耕,農暇則施以軍事訓練,一旦國家有事,人人可以從軍禦侮。

13【寓禁於征】 ㄩˋ ㄐㄧㄣˋ ㄩˊ ㄓㄥ
加重稅負,以期達成禁絕某種商業活動或消費行為的目的。

寐 ㄇㄟˋ mei⁴ 音妹
睡著。如:夙興夜寐。

寎 ㄅㄧㄥˋ ping⁴ 音病
1睡眠中容易驚醒的病症。見"說文"。2農曆三月的別名。見"爾雅·釋天"。

寖 ㄑㄧㄣˇ ch'in³ 音寢
本作寑。通作寢。1臥;睡。見"說文"。2止息。見"說文通訓定聲"。3沒有東西廂房的屋子。4逐漸。通寖。

寓 字的籀文。

10

寖 ㄐㄧㄣˋ chin⁴ 音浸
逐漸。如:儒學寖衰。

6【寖多】 ㄐㄧㄣˋ ㄉㄨㄛ
漸多。

11【寖淫】 ㄐㄧㄣˋ ㄧㄣˊ
逐漸浸染。

13【寖寖】 ㄐㄧㄣˋ ㄐㄧㄣˋ
逐漸。

寕 寧的俗體。

寗 甯的俗體。

寘 ㄓˋ chih⁴ 音智
1放置;安置。同置。如:寘懷。2塡塞。通窴。見"字彙補"。

寙 ㄩˇ yü³ 音羽
懶惰。

11

康 ㄎㄤ k'ang¹ 音康
1屋內空無一物。見"說文"。2泛指空虛。見"方言·一三"。

寧 ㄋㄧㄥˊ ning² 音凝
1情願。如:寧願。2平安。如:康寧。3豈;難道。4'南京市'的簡稱。因'清代'屬'江寧府'治,故名。5姓。'漢'有'寧城'。見"萬姓統譜·五五"。

12【寧貼】 ㄋㄧㄥˊ ㄊㄧㄝ
安定妥貼。

16【寧靜】 ㄋㄧㄥˊ ㄐㄧㄥˋ
安靜。

17【寧謐】 ㄋㄧㄥˊ ㄇㄧˋ
安靜;安定。

10【寧夏省】 ㄋㄧㄥˊ ㄒㄧㄚˋ ㄕㄥˇ
位於我國塞北地方。簡稱'寧'。境內除'西套平原'自古灌溉發達,是全省精華地外,皆屬高原地形,沙漠、鹽湖遍布,盛產毛皮及池鹽。以'銀川'為省會。

20【寧馨兒】 ㄋㄧㄥˊ ㄒㄧㄣ ㄦˊ
'晉''宋'人的口語。寧馨,即如此、這樣。寧馨兒,即這樣的孩兒。後用為小兒的美稱。

7【寧折不彎】 ㄋㄧㄥˊ ㄓㄜˊ ㄅㄨˋ ㄨㄢ
比喻寧可犧牲,也不投降。

10【寧缺勿濫】 ㄋㄧㄥˊ ㄑㄩㄝ ㄨˋ ㄌㄢˋ
與其多而不精,寧可從缺而不濫取。比喻重質不重量。

14【寧漢分裂】 ㄋㄧㄥˊ ㄏㄢˋ ㄈㄣ ㄌㄧㄝˋ
'民國'十六年三月,'中國國民黨'二屆三中全會在'漢口'召開,'俄'共顧問'鮑羅廷'與'共黨'分子,唆使'徐謙'在'武漢'成立所謂「中國國民黨中央執行委員暨國民政府委員臨時聯席會議」,執行所謂「最高職權」。四月初,'汪兆銘'抵'漢',與'鮑'共控'武漢'政權。針對'共黨'竊篡黨權,四月,'中國國民黨'中央監察委員'吳敬恆'、'蔡元培'等八人在'上海'開會,決定清除並懲辦'共黨'。此舉初名為「護黨」,後定名為「清黨」。十八日,'國民政府'依'國民黨'中央政治會議決定在'南京'辦公,由'蔣中正'與'胡漢民'等主之。直至八月,'寧'、'漢'各立'國民政府'與'中央黨部',史稱'寧''漢'分裂。由於東南各省及'四川'實行清黨,'武漢'陷於孤立。不久,'汪'亦發現'共黨'陰謀,遂與'中共'分離。九月,'寧''漢'合作,'國民政府'仍設'南京'。

16【寧靜致遠】 ㄋㄧㄥˊ ㄐㄧㄥˋ ㄓˋ ㄩㄢˇ
心靈澄靜,思慮高遠。

9【寧為玉碎不為瓦全】 ㄋㄧㄥˊ ㄨㄟˊ ㄩˋ ㄙㄨㄟˋ ㄅㄨˋ ㄨㄟˊ ㄨㄚˇ ㄑㄩㄢˊ
比喻寧可堅守節操而犧牲,不願委屈求全而苟活。

【寧為雞口毋為牛後】 ㄋㄧㄥˊ ㄨㄟˊ ㄐㄧ ㄎㄡˇ ㄨˊ ㄨㄟˊ ㄋㄧㄡˊ ㄏㄡˋ
比喻寧願在小天地裡自我作主,不願在大局面下聽人指揮。

寨 ㄓㄞˋ chai⁴ 音債
1柵欄;營壘。同砦。見"正字通"。2盜群的聚落。如:山寨。

5【寨主】 ㄓㄞˋ ㄓㄨˇ
山賊的首領。

寥 ㄌㄧㄠˊ liao² 音聊

①空虛曠遠。如:寥廓。②寂靜冷清。如:寂寥。③稀疏。如:寥如晨星。④天空。如:碧寥。

13【寥落】ㄌㄧㄠˊ ㄌㄨㄛˋ

①稀疏;稀少。②寂寥冷清。

14【寥寥】ㄌㄧㄠˊ ㄌㄧㄠˊ

①寂靜空虛的樣子。②稀疏;稀少。

【寥廓】ㄌㄧㄠˊ ㄎㄨㄛˋ

①寬廣空曠。②形容氣度恢宏。③渾沌虛靜的樣子。

15【寥窲】ㄌㄧㄠˊ ㄔㄠˊ

幽深的樣子。

9【寥若晨星】ㄌㄧㄠˊ ㄖㄨㄛˋ ㄔㄣˊ ㄒㄧㄥ

稀稀疏疏地像清晨時的星星。形容稀少的樣子。

寡 ㄍㄨㄚˇ kua³ 音剮

①少。如:寡言。②喪夫的。也稱喪夫的婦人。如:寡婦。③單獨的。如:孤男寡女。

2【寡人】ㄍㄨㄚˇ ㄖㄣˊ

寡德的人。古代王侯自稱的謙辭。

6【寡合】ㄍㄨㄚˇ ㄏㄜˊ

性格獨特,很難與人相合。

7【寡言】ㄍㄨㄚˇ ㄧㄢˊ

很少說話。

9【寡陋】ㄍㄨㄚˇ ㄌㄡˋ

學識粗淺,見聞貧乏。

11【寡婦】ㄍㄨㄚˇ ˙ㄈㄨ

①死了丈夫的婦人。②獨守空閨的婦人。

【寡欲】ㄍㄨㄚˇ ㄩˋ

欲望少。

18【寡斷】ㄍㄨㄚˇ ㄉㄨㄢˋ

沒有主見,缺乏決斷力。

4【寡不敵眾】ㄍㄨㄚˇ ㄅㄨˋ ㄉㄧˊ ㄓㄨㄥˋ

少數人抵拒不過多數人。

5【寡占市場】ㄍㄨㄚˇ ㄓㄢˋ ㄕˋ ㄔㄤˇ

(oligopoly market)一種產品只有少數幾家(二家以上)廠商在生產,每家廠商對市場價格與產量具有一定影響力的市場組織。其特性為:賣者的數目甚少,通常只有幾巨頭;少數廠商間有相互依存的關係;產品可能完全相同或類似;加入與退出非常困難;非價格競爭激烈等。

13【寡廉鮮恥】ㄍㄨㄚˇ ㄌㄧㄢˊ ㄒㄧㄢˇ ㄔˇ

沒有操守,不知廉恥。

實 ㄕˊ shih² 音食

①泛指草木所結的種子或果子。如:果實。②物資;器物。如:軍實。③眞相;事跡。如:史實。④指實際內容。與名相對。如:名實相符。⑤充滿;塡滿。如:充實。⑥不假;的確。如:眞實。⑦藉口。如:口實。

2【實力】ㄕˊ ㄌㄧˋ

實有的力量。多指物資、兵力或技能、學識而言。

5【實用】ㄕˊ ㄩㄥˋ

實際而有用。

6【實字】ㄕˊ ㄗˋ

(literal)電腦根源程式中的一類字符。包括字符常數與數值常數。其特徵為字符就表示其值,而不是變數的名稱,並且不因程式之編譯或執行而改變其值。

【實在】㊀ ㄕˊ ㄗㄞˋ

①實有。參實在論。②實際存在;眞實無假。

㊁ ㄕˊ ˙ㄗㄞ

可靠;牢固。

7【實沈】ㄕˊ ㄔㄣˊ

星次名。相當二十八宿的畢、觜、參、井四宿。自畢宿十二度至井宿十五度。以十二辰言,屬申;以分野言,當'晉';以節氣言,值立夏、小滿;以黃道十二宮言,相當於雙子宮;以星座言,相當於獵戶座。

8【實況】ㄕˊ ㄎㄨㄤˋ

實際狀況。

9【實相】ㄕˊ ㄒㄧㄤˋ

①眞相。②佛家語。指萬有的本體。即宇宙萬事萬物的眞相。為諸法實相的省稱。

10【實效】ㄕˊ ㄒㄧㄠˋ

實際的效益。

【實根】ㄕˊ ㄍㄣ

(real root)方程式的解為實數者。

11【實習】ㄕˊ ㄒㄧˊ

將所學的理論,實際加以試驗和練習。

12【實詞】ㄕˊ ㄘˊ

文法學名詞。凡本身能表示一種完整概念或實際意義的詞,稱為實詞。也稱實字。有名詞、動詞、形容詞、限制詞、指稱詞等。

【實惠】ㄕˊ ˙ㄏㄨㄟ

實際的好處、利益。

13【實業】ㄕˊ ㄧㄝˋ

工商農礦等經濟事業的總稱。

14【實際】ㄕˊ ㄐㄧˋ

實在的情形。

【實像】ㄕˊ ㄒㄧㄤˋ

(real image)當物體經面鏡或透鏡成像,若所成之像係由實際的光線會聚而成,稱為實像。例如幻燈機、放映機照射於銀幕上的像,便是實像。在成實像的位置,可使照像底片感光。

15【實數】ㄕˊ ㄕㄨˋ

(real number)所有可用十進位小數表示的數。包括正負,而可與數軸上的點成一一對應。將有理數擴充,使它完備化,而包含所有無理數,即得實數全體。與虛數相對。

【實踐】ㄕˊ ㄐㄧㄢˋ

①眞實地做到。②(practice)與理論相對。(1)根據理論,應用理論,以促進某種事態的實現。(2)不拘泥於理論的辯解,而注重實際行動的進行。

【實質】ㄕˊ ㄓˊ

①即實體。哲學名詞。與屬性相對。指事物之本體或宇宙間的個別眞有。②實際存在的物質。與形式相對。

16【實據】ㄕˊ ㄐㄩˋ

眞實的證據。

【實錄】 ㄕˊ ㄌㄨˋ
[1]眞實的紀錄。[2]史書的一體。專紀帝王一人的事跡。

【實學】 ㄕˊ ㄒㄩㄝˊ
[1]眞實的學識。[2]注重切身應用的學問。[3]關切時代問題而謀解決的學問。

23【實驗】 ㄕˊ ㄧㄢˋ
[1]實際的體驗。[2](experiment)科學上欲闡明某種現象或驗證某種假設、理論,用種種觀測的方法反覆試驗,稱爲實驗。

【實體】 ㄕˊ ㄊㄧˇ
[1](substance)與屬性相對。指事物之本體或宇宙間的個別眞有。比如在'笛卡兒'的形上學裡,心和物是兩種實體。[2]實際存在的事物。

6【實在論】 ㄕˊ ㄗㄞˋ ㄌㄨㄣˋ
(realism)[1]與唯名論相對。一種本體論的哲學見解,認爲抽象名詞(如:數字)或通詞(如:美、善等)所代表的抽象性質或關係一共相,是眞實的存有。[2]與觀念論相對。認爲我們所知覺的外在世界或物理世界,是眞實存在的,並不僅是觀念的集合。

11【實帳戶】 ㄕˊ ㄓㄤˋ ㄏㄨˋ
(real account)也稱永久性帳戶。即資產、負債及業主權益各類帳戶。因此等帳戶於每期結帳後仍有餘額,表示財物、權利及義務仍然存在,並於下期繼續營運,故名。

23【實驗式】 ㄕˊ ㄧㄢˋ ㄕˋ
(empirical formula)表示物質組成的最簡單化學式。它能表明分子所含原子的種類和原子數比。

【實體法】 ㄕˊ ㄊㄧˇ ㄈㄚˇ
與程序法相對而言。指規定權利義務關係的法律。如"民法"、"公司法"、"票據法"、"海商法"、"保險法"、"刑法"等。

5【實用升限】 ㄕˊ ㄩㄥˋ ㄕㄥ ㄒㄧㄢˋ
(service ceiling)標準大氣情況下,飛機之上升速率低於額定上升速率時,其距海平面之高度稱爲實用升限。'英''美'兩國之額定上升速率爲每分鐘100呎。通常軍用飛機較講求實用升限。

【實用主義】 ㄕˊ ㄩㄥˋ ㄓㄨˇ ㄧˋ
(pragmatism)又稱實效論。一種哲學學派或主張。認爲一個理論的意義,要由採納該理論所能產生的效果來決定。有的實用主義者甚至認爲一個命題的意義就是該命題所衍生出來的邏輯論結。現代的實用主義是'美國'哲學家'皮爾士'(Charles S. Peirce)和'詹姆士'(William James)所倡導。有人也將'杜威'歸入此一學派(雖然他強調自己是個實驗主義者)。當代的許多'美國'哲學家將分析哲學的技術與實用主義的傳統融合,形成一股新的哲學趨勢。

6【實地考試】 ㄕˊ ㄉㄧˋ ㄎㄠˇ ㄕˋ
考試方式之一種。指由應試者根據主試者的問題及所定時間,使用特定機械用具作現場操作或表現,以測定其是否具有某種能力或技能及其熟練之程度,應試者所完成的作品,再由主試者考評其成績。

【實至名歸】 ㄕˊ ㄓˋ ㄇㄧㄥˊ ㄍㄨㄟ
有眞才實學,也獲得了應有的美譽。

7【實作智商】 ㄕˊ ㄗㄨㄛˋ ㄓˋ ㄕㄤ
(performance IQ)係由非文字爲主之實作測驗所得的智力商數。

8【實況錄影】 ㄕˊ ㄎㄨㄤˋ ㄌㄨˋ ㄧㄥˇ
(live-on-tape)與現場實況立即播出相對。即先將現場表演實況錄影下來,然後擇期原樣播出。

【實事求是】 ㄕˊ ㄕˋ ㄑㄧㄡˊ ㄕˋ
確確實實地做事,力求眞正的效果。

【實物投資】 ㄕˊ ㄨˋ ㄊㄡˊ ㄗ
(physical investment)可以增加生產能量、創造就業機會的投資。包括資本財的購置、各項建築及存貨等三個項目的增加。

【實物所得】 ㄕˊ ㄨˋ ㄙㄨㄛˇ ㄉㄜˊ
(income in kind)指所得之獲取爲金錢以外之財物而言。例如我國軍公教人員所領的實物配給、機會中獎的獎品等均是。實物所得亦係所得,故應依法納稅,惟目前軍公教人員所領的食物配給可以免納所得稅,是爲例外。

11【實現投資】 ㄕˊ ㄒㄧㄢˋ ㄊㄡˊ ㄗ
(realized investment)又稱事後的或實際的投資。國民所得水準發生變化之後,實際發生的投資。實現投資等於計畫投資與非意願存貨變動之和。

【實現儲蓄】 ㄕˊ ㄒㄧㄢˋ ㄔㄨˇ ㄒㄩˋ
(realized saving)又稱事後的或實際的儲蓄。國民所得水準發生變化之後,實際發生的儲蓄。

12【實報實銷】 ㄕˊ ㄅㄠˋ ㄕˊ ㄒㄧㄠ
將實在的花費,開列於帳單上,向上級報銷。

13【實業計畫】 ㄕˊ ㄧㄝˋ ㄐㄧˋ ㄏㄨㄚˋ
國父 '孫中山'先生所著"建國方略"中之物質建設。原著爲'英'文,名爲"*The International Development of China*",直譯爲"國際共同開發中國計畫書"。'民國'八年八月起分期譯成'中'文,刊於"建設"雜誌,全書於十年雙十節在'廣州'正式出版,通稱"實業計畫"。內容以六大計畫爲主:第一計畫以北方大港爲中心,開發我國北部富源。第二計畫以東方大港爲中心,開發我國中部富源。第三計畫以南方大港爲中心,開發我國南部富源。第四計畫爲全國鐵路系統建設計畫。第五計畫爲民生工業計畫。第六計畫爲開發礦產計畫。

14【實際皮重】 ㄕˊ ㄐㄧˋ ㄆㄧˊ ㄓㄨㄥˋ
(actual tare; real tare; ac-

tual tare weight)即將貨物包裝材料逐件秤量加算所得的總重量。包裝貨物按淨重交易時,如約定皮重的計算方法須按實際皮重爲準,則其淨重爲毛重減去實際皮重。

【實際全損】ㄕˊ ㄐㄧˋ ㄑㄩㄢˊ ㄙㄨㄣˇ
(actual total loss)指意外事故發生所致保險標的完全毀損滅失。在海上保險中,保險標的有下列情事之一者,即得視爲實際全損:一、保險標的已全部毀損滅失。二、保險標的已失去原有形體,毫無使用價值。如食糖或菸草爲海水浸溼,成爲泥漿或腐爛霉臭而爲廢物。三、被保險人對保險標的的所有權,業被剝奪而永難歸復。如船貨爲敵人或海盜劫奪等是。失蹤的船舶,經四個月仍無消息者,推定爲沉沒,並得視爲實際全損。

【實際利率】ㄕˊ ㄐㄧˋ ㄌㄧˋ ㄌㄩˋ
(effective rate)債券發行時的市場利率。參名義利率。

15【實質工資】ㄕˊ ㄓˊ ㄍㄨㄥ ㄗ
(real wage)即貨幣工資的購買力。指貨幣工資所能購買到的財貨或勞務的數量,等於貨幣工資除以物價水準。

【實質利率】ㄕˊ ㄓˊ ㄌㄧˋ ㄌㄩˋ
(real rate of interest)以財貨與勞務爲測度的利率。即本利與本金分別所能購買的財貨與勞務的比率減去一。例如可購買100單位財貨與勞務價值的本金借出,一年後收回可購買105單位財貨與勞務的本利,則實質利率等於5%。亦即以名目利率除以物價上漲率。

【實質所得】ㄕˊ ㄓˊ ㄙㄨㄛˇ ㄉㄜˊ
(real income)以實物表示的所得,或貨幣所得所能購買到的財貨與勞務。將貨幣所得除以物價指數,即可得到實質所得。

【實質違建】ㄕˊ ㄓˊ ㄨㄟˊ ㄐㄧㄢˋ
與程序違建相對而言。指未依"建築法"及"實施都市計畫以外地區建築物管理辦法"之規定,申領建築執照,而擅自爲建築行爲,無法於規定期限內補領建築執照,或未取得土地使用權,而擅自在他人土地上興工建造者而言。由於實質違建無法補領建築執照,此與程序違建之可能補領者不同,故眞正構成違章建築之問題者,當僅限於實質違建。

16【實蕃有徒】ㄕˊ ㄈㄢˊ ㄧㄡˇ ㄊㄨˊ
指同類的人很多。也作寔繁有徒。

19【實證主義】ㄕˊ ㄓㄥˋ ㄓㄨˇ ㄧˋ
(positivism)又名實證論。一種哲學主張,認爲知識必須建立在感官經驗之上。有的實證主義者甚至認爲知識就是感官經驗的報導描述。近代的實證主義乃'法國'哲學家'孔德'所創。

23【實驗主義】ㄕˊ ㄧㄢˋ ㄓㄨˇ ㄧˋ
(experimentalism)一種哲學主張,認爲任何一種想法都必須付諸實驗,才能決定它的可靠性和眞確性。'美國'哲學家'杜威'認爲自己是個實驗主義者。

【實驗劇場】ㄕˊ ㄧㄢˋ ㄐㄩˋ ㄔㄤˇ
(experimental theatre)以實驗方法尋求、開拓戲劇藝術的一種劇場活動。富於創造性、詮釋性。就傳統與現代、現實與超現實加以抉擇或糅合,表達現代的社會生活及思想。

【實驗學校】ㄕˊ ㄧㄢˋ ㄒㄩㄝˊ ㄒㄧㄠˋ
(laboratory school)設立之目的在於進行有關教育之各項實驗工作的學校。

【實體證據】ㄕˊ ㄊㄧˇ ㄓㄥˋ ㄐㄩˋ
(physical evidence)審計證據之一。亦即實際觀察或盤點資產的本身。此爲資產實際存在的最佳證據。例如實際觀察汽車、房屋、辦公設備等。但吾人應瞭解實際觀察固然提供某些資產存在的證據,但通常需要其他各類證據的補充,方可決定這些資產的所有權、成本和情況。

15【實際成本法】ㄕˊ ㄐㄧˋ ㄔㄥˊ ㄅㄣˇ ㄈㄚˇ
(actual costing)係指產品的直接原料、直接人工及製造費用均按實際發生的成本計算者。

19【實證經濟學】ㄕˊ ㄓㄥˋ ㄐㄧㄥ ㄐㄧˋ ㄒㄩㄝˊ
(positive economics)也稱唯眞經濟學。以客觀的態度,研究經濟現象的事實,就事論事,只剖述事理的正確或錯誤,不作任何是非好壞的主觀價值判斷。

5【實用科技衛星】ㄕˊ ㄩㄥˋ ㄎㄜ ㄐㄧˋ ㄨㄟˋ ㄒㄧㄥ
(ATS)西元1974年'美國電話電報公司'發射的一枚同步人造衛星。用於直接播送高品質的彩色電視訊號,以提供教育、醫藥和電信等服務。

6【實地考察旅行】ㄕˊ ㄉㄧˋ ㄎㄠˇ ㄔㄚˊ ㄌㄩˇ ㄒㄧㄥˊ
(field trip)爲增進實際經驗,組成考察團到特定場所(如博物館、藝術館、歷史古蹟、國家公園、各種製造場或其他公私機構)實地觀察的一種學習方式。

11【實現的成長率】ㄕˊ ㄒㄧㄢˋ ˙ㄉㄜ ㄔㄥˊ ㄓㄤˇ ㄌㄩˋ
(realized growth rate)在開放經濟下,自發的經濟成長率不再能夠確實反映經濟福利的變動,而須經貿易條件變動的調整,化爲實現的成長率之後,才足以代表成長後福利水準的變化。

15【實質重複課稅】ㄕˊ ㄓˊ ㄔㄨㄥˊ ㄈㄨˋ ㄎㄜˋ ㄕㄨㄟˋ
(the real double taxation)指實質上具有重複課稅的現象。包括客體的重複及主體的重複。前者乃同一課稅權者,透過不同的租稅主體,對同一租稅客體課稅;

後者乃不同課稅權者,對同一租稅主體及同一租稅客體課稅而言。

【實質現金餘額】 ㄕˊ ㄓˋ ㄒㄧㄢˋ ㄐㄧㄣ ㄩˊ ㄜˊ

(real cash balance)名目貨幣餘額經物價水準平減,即以實際購買力表示的貨幣餘額。

【實質資源移轉】 ㄕˊ ㄓˋ ㄗ ㄩㄢˊ ㄧˊ ㄓㄨㄢˇ

(real resources transfer)消費性財貨或生產性資源由讓與國移轉到受讓國的行爲。國際間如果發生實質資源的移轉,則如同國內生產要素增長一樣,將會使得一國及國際的需求與供給曲線同時發生改變,其所產生的經濟後果與金融購買力的移轉不同。

【實質課稅原則】 ㄕˊ ㄓˋ ㄎㄜˋ ㄕㄨㄟˋ ㄩㄢˊ ㄗㄜˊ

(tax according to the reality) 指租稅課徵時,對於事實的認定上,如發生法律形式、名義,或外觀與眞實的事實有所不同時,應以不拘形式上的事實,而以事實上存在的眞實加以課稅之謂。例如自用住宅土地出售時,其土地增值稅可適用優惠稅率,至於是否自用,應以事實來加以判斷,而非以在該地是否有營業登記爲憑。

23【實驗應力分析】 ㄕˊ ㄧㄢˋ ㄧㄥˋ ㄌㄧˋ ㄈㄣ ㄒㄧ

(experimental stress analysis)工程設計時,常須準確地掌握結構物於荷重下之應力或應變分布的資料,是項資料雖可經由材料力學、有限元素法等理論解析而得,然均限於單純的幾何形狀或多項假設,與實際工程結構物有出入。因此,結構或力學模型的荷重實驗有其特別價值,稱之爲實驗應力分析。內容包括應變計、偏光彈性、疊紋、全像攝影和聲波法等。

寠 ㄐㄩˋ chü^{4} 音巨

[1]簡陋而不合禮制的房屋。見"說文"。[2]貧而簡陋。通窶。見"玉篇"。

寞 ㄇㄛˋ mo^{4} 音莫

冷清;沈靜。

寣 ㄏㄨˋ hu^{4} 音戶

[1]夢中驚醒。見"說文"。[2]睡不久即醒。

寢 ㄑㄧㄣˇ ch'in^{3}

[1]臥;睡。如:廢寢忘食。[2]臥室。如:正寢。[3]古代帝王的墳墓所在地。如:陵寢。[4]事情停止進行或打消計畫。如:寢兵。[5]容貌醜陋。如:貌寢。

7【寢兵】 ㄑㄧㄣˇ ㄅㄧㄥ

息兵;停止戰爭。

10【寢疾】 ㄑㄧㄣˇ ㄐㄧˊ

臥病。

4【寢不安席】 ㄑㄧㄣˇ ㄅㄨˋ ㄢ ㄒㄧˊ

形容心緒不寧,無法安睡。

9【寢苫枕塊】 ㄑㄧㄣˇ ㄕㄢ ㄓㄣˋ ㄎㄨㄞˋ

睡在茅草編的墊子上而頭枕土塊。形容子女居父母之喪時,能守禮盡哀。

寤 ㄨˋ wu^{4} 音誤

[1]從睡眠中醒過來。見"說文"。[2]覺悟;理解。通悟。[3]會面;相遇。通晤。[4]倒逆;不順。

12【寤寐】 ㄨˋ ㄇㄟˋ

[1]清醒時和睡眠時。即日夜。[2]睡夢。

察 ㄔㄚˊ ch'a^{2} 音查

[1]反覆詳審;仔細觀看。如:考察。[2]選拔薦舉。如:察舉。[3]知曉;明瞭。如:覺察。[4]姓。三國有'察戰'。見"萬姓統譜·一一七"。

13【察照】 ㄔㄚˊ ㄓㄠˋ

查知;知悉。

20【察覺】 ㄔㄚˊ ㄐㄩㄝˊ

由觀察而發現。

7【察言觀色】 ㄔㄚˊ ㄧㄢˊ ㄍㄨㄢ ㄙㄜˋ

觀察人的言語神色而推知他的心意。

8【察往知來】 ㄔㄚˊ ㄨㄤˇ ㄓ ㄌㄞˊ

考察以前發生的事跡,可以瞭解未來的趨勢。

9【察哈爾省】 ㄔㄚˊ ㄏㄚ ㄦˇ ㄕㄥˇ

位於我國塞北地方。簡稱'察'。境內除南部的'桑乾盆地'外,皆屬高原地形。盆地內夏季有農業;中部爲草原氣候,畜牧業發達,尤以馬最著名,因係由'張家口'輸出到北方各省,俗稱「口馬」;北部是沙漠遊牧區。以'張垣'爲省會。

10【察納雅言】 ㄔㄚˊ ㄋㄚˋ ㄧㄚˇ ㄧㄢˊ

仔細審察並接受正直的言論。

14【察察爲明】 ㄔㄚˊ ㄔㄚˊ ㄨㄟˊ ㄇㄧㄥˊ

[1]明察事理,洞燭機先。[2]僅嚴格辨析小處,而忽略了全局。

6【察合台汗國】 ㄔㄚˊ ㄏㄜˊ ㄊㄞˊ ㄏㄢˊ ㄍㄨㄛˊ

'蒙古''成吉思汗'西征後,以'西遼'('葱嶺'東西之地)故地封次子'察合台',後逐步擴張,領有今'新疆'大部、'俄'屬'中亞'南部、'阿富汗'及'印度'北部。十四世紀初分裂爲二,西國於中葉爲'帖木兒'所滅,東國於'明'末爲回教'和卓'所奪。

12

寮 ㄌㄧㄠˊ liao^{2} 音聊

[1]職位相等的官員。通僚。如:同寮。[2]小屋。如:工寮。

11【寮國】 ㄌㄧㄠˊ ㄍㄨㄛˊ

(Laos)'東南亞'地區唯一內陸國。位於'中南半島'北部。地勢自西北傾向東南,面積23.6萬方公里,其中山地及高原占80%,有「印度支那屋脊」之稱。人口622.0萬(2005年),首都'永珍'(Vientiane)。'湄公河'流貫全國,為對外主要水道。地處熱帶季風氣候區,然灌溉不盛,年僅一穫,山區盛行火耕。北部山區產柚,礦產不豐。西元1975年淪陷鐵幕。

寬 ㄎㄨㄢ k'uan¹ ①廣闊。如:寬敞。②鬆弛;舒緩。如:衣帶漸寬。③仁厚。如:御眾以寬。④原宥;饒恕。如:寬宥。⑤解開;脫下。如:寬衣。⑥姓。'明'有'寬徹'。見"萬姓統譜·二五"。

9【寬宥】 ㄎㄨㄢ ㄧㄡˋ
寬恕;原諒。

【寬厚】 ㄎㄨㄢ ㄏㄡˋ
寬大仁厚。

【寬限】 ㄎㄨㄢ ㄒㄧㄢˋ
放寬限期,加以延長。

10【寬恕】 ㄎㄨㄢ ㄕㄨˋ
寬容饒恕。

11【寬假】 ㄎㄨㄢ ㄐㄧㄚˇ
寬容原諒。

12【寬貸】 ㄎㄨㄢ ㄉㄞˋ
寬恕;赦免。

15【寬慰】 ㄎㄨㄢ ㄨㄟˋ
安慰。

3【寬大爲懷】 ㄎㄨㄢ ㄉㄚˋ ㄨㄟˊ ㄏㄨㄞˊ
胸懷寬宏,不苛求他人。

10【寬容條款】 ㄎㄨㄢ ㄖㄨㄥˊ ㄊㄧㄠˊ ㄎㄨㄢˇ
(allowance clause)有些貨物因其性質特殊,在買賣契約中就其品質、重量或數量,約定允許有若干出入的條款。例如憑類似樣品交易,而賣方未必能完全按該樣品交貨時,即應約定寬容條款,保留相當的品質差異容許範圍,以求買方的諒解;又如大宗物資的交易,其交貨數量不易與買賣契約所訂數量完全一致。因此,在訂約時,可約定容許交貨數量有若干的過與不足或增減。

11【寬猛相濟】 ㄎㄨㄢ ㄇㄥˇ ㄒㄧㄤ ㄐㄧˋ
恩威並重、寬厚與嚴厲相輔相成的政治藝術。

20【寬籌窄用】 ㄎㄨㄢ ㄔㄡˊ ㄓㄞˇ ㄩㄥˋ
充分準備資金,節約使用。

審 ㄕㄣˇ shên³ 音沈 ①確知;詳細的瞭解。見"說文"。②細察;推究。如:審核。③詳細;周密。如:審密。④小心;慎重。如:審謹。⑤鞫訊;訊問。如:審訊。⑥果眞。⑦姓。'漢'有'審食其'。見"通志·氏族略五"。

7【審判】 ㄕㄣˇ ㄆㄢˋ
判斷是非。

9【審計】 ㄕㄣˇ ㄐㄧˋ
(audit)會計師審核企業的財務報表。包括會計紀錄和財務報表附件憑證的嚴格稽查。主要是透過研討和評估企業內部控制制度,經由檢視文據、監督盤點資產、查詢企業內(外)部人士及運用其他審計程序,期蒐集必須的證據,藉以決定財務報表是否允當地、合理地和完整地提供有關企業財務狀況和被查期間一切活動的全貌。此亦即一般所稱之商業審計(business audit)。其對象多是以營利爲目的的企業。

【審度】 ㄕㄣˇ ㄉㄨㄛˋ
詳細考量。

10【審訊】 ㄕㄣˇ ㄒㄩㄣˋ
審問案件。

11【審視】 ㄕㄣˇ ㄕˋ
詳細觀察。

【審問】 ㄕㄣˇ ㄨㄣˋ
詳細的查究訊問。

13【審愼】 ㄕㄣˇ ㄕㄣˋ
謹愼。

14【審察】 ㄕㄣˇ ㄔㄚˊ
愼審明察。

16【審諦】 ㄕㄣˇ ㄉㄧˋ
細察。

20【審議】 ㄕㄣˇ ㄧˋ
審察議論。

9【審計權】 ㄕㄣˇ ㄐㄧˋ ㄑㄩㄢˊ
'監察院'之所屬機關'審計部'對於'行政院'依法於會計年度結束後四個月內所提出之決算有審核權,是爲審計權。按國家財政之收支,在事前應有預算,預算案應由'行政院'提出,於'立法院'審議通過;在事後應有決算,決算應送請'監察院''審計部'審核,審計長應於'行政院'提出決算後三個月內,依法完成其審核,並提出審核報告於'立法院'。

3【審己度人】 ㄕㄣˇ ㄐㄧˇ ㄉㄨㄛˋ ㄖㄣˊ
審查自己的行爲、用心,也考慮別人的處境、立場。

6【審曲面勢】 ㄕㄣˇ ㄑㄩ ㄇㄧㄢˋ ㄕˋ
審查器物的曲直及向背之勢。

9【審計人員】 ㄕㄣˇ ㄐㄧˋ ㄖㄣˊ ㄩㄢˊ
在審計機關從事審計專業工作的人員。包括'審計部'各業務廳、室人員,以及派駐地方審計處、室人員。其中除副審計長由審計長任命外,審計官、審計、協審、稽察及稽察員,均得經相當職等考試及格,始取得任用資格,且非有法定原因不得停職、免職或轉職。

【審計系統】 ㄕㄣˇ ㄐㄧˋ ㄒㄧˋ ㄊㄨㄥˇ
指主管財務審計與財物稽察之機關。在中央設'審計部',屬於'監察院',乃審計系統之最高機關;在各省(市)設置審計處,縣(市)設審計室,負責監督預算之執行、核定收支命令、審核財務收支、審定決算、審核財務效能、核定財務責任。全國審計人員統由'審計部'任免,構成其單獨之人事系統。

【審計風險】 ㄕㄣˇ ㄐㄧˋ ㄈㄥ ㄒㄧㄢˇ
(audit risk)會計師審核時,未能發現存在於財務報表中重大缺陷或缺點的風險。

【審計報告】 ㄕㄣˇ ㄐㄧˋ ㄅㄠˋ ㄍㄠˋ
(audit reports)會計師審核企業財務報表的最終產品。內敘述會計師對於委託人財務報表的意見。若是標準報告,通常由範圍段及意見段所組成;若爲非標準報告,則多在範圍段及意見段間,加一段或多段之中間段(或稱說明段)。

【審計程式】ㄕㄣˇ ㄐㄧˋ ㄔㄥˊ ㄕˋ (audit program)審計任務中,將執行的各項特定審計程序列成一詳細清單與說明,稱爲審計程式。是提供指派審計工作、排定工作日程、查明尚待完成工作等的根據。

【審計程序】ㄕㄣˇ ㄐㄧˋ ㄔㄥˊ ㄒㄩˋ (auditing procedures)審計人員稽查時所實施的詳細步驟或行動。例如盤點手存現金、函證應收帳款、監督實地盤點存貨等。

【審計職權】ㄕㄣˇ ㄐㄧˋ ㄓˊ ㄑㄩㄢˊ 審計機關依法行使之職權。我國“審計法”規定之審計職權如下:一、監督預算之執行;二、核定收支命令;三、審核財務收支,審定決算;四、稽察財物及財政上之不法或不忠於職務之行爲;五、考核財務效能;六、核定財務責任;七、其他依法律應行辦理之審計事項。

【審計證據】ㄕㄣˇ ㄐㄧˋ ㄓㄥˋ ㄐㄩˋ (audit evidence)審計人員爲對財務報表表示意見,而基於其專業判斷所蒐集的資料。與法律上所稱的證據不盡相同。

10【審時度勢】ㄕㄣˇ ㄕˊ ㄉㄨㄛˋ ㄕˋ 審察時機,衡量形勢。

11【審情度理】ㄕㄣˇ ㄑㄧㄥˊ ㄉㄨㄛˋ ㄌㄧˇ 審察人情,考慮事理。

9【審計工作底稿】ㄕㄣˇ ㄐㄧˋ ㄍㄨㄥ ㄗㄨㄛˋ ㄉㄧˇ ㄍㄠˇ (audit working papers)指會計師所做工作之一切書面紀錄所採用的方法、所遵循的程序,以及所達成的結論。審計工作底稿中所包含的一切資料,構成了會計師工作和他所下結論的主要證據。

寫 ㊀ ㄒㄧㄝˇ *hsieh*³ 1書寫;抄錄。2描摩。如:寫生。3敘述。如:寫實。4宣洩;抒發。如:寫憂。

㊁ ㄒㄧㄝˋ *hsieh*⁴ 音瀉 舍車解馬。同卸。見“集韻”。

5【寫本】ㄒㄧㄝˇ ㄅㄣˇ 手抄的書本。也叫鈔本、抄本。參抄本。

【寫生】ㄒㄧㄝˇ ㄕㄥ 畫家作畫時,對外在物象描寫所採取之一種態度和技法。爲繪畫者最基本的訓練。自然萬物並非任何東西皆可入畫,畫家在觀察生活周遭事物的同時,必須作有選擇性的取捨,再以人生的體驗,研究自然之理,分析事物之結構,再作寫生的創作,確確實實地刻畫物體的形象與精神。

10【寫眞】ㄒㄧㄝˇ ㄓㄣ 指畫肖像畫的傳眞。人的面貌五官紋理部位,各自不同,但也有雷同之處,然在不同時間中,每個人的氣色殊異,寫眞畫除了對人體外形忠實描寫之外,更重要的就是氣色的傳神。

13【寫意】ㄒㄧㄝˇ ㄧˋ 1與工筆並稱‘中國’繪畫的兩大表現技法。寫意畫要求通過物象作簡練的筆墨表現,主要在傳達物象的形神,表達畫家的心懷意度。此一畫法深得‘中國’文人畫家的青睞,作畫時快速下筆、運筆、收筆,比工筆畫的過程簡化許多,故畫家必然是胸有成竹,方可下筆落墨。2逍遙自在,不受拘束。3宣洩心意。

【寫照】ㄒㄧㄝˇ ㄓㄠˋ 1畫像。同寫眞。2泛指描寫事物形象而能充分表現其特徵、意態者。

14【寫實】ㄒㄧㄝˇ ㄕˊ 依據實際狀態忠實描繪,絲毫不加修飾。

【寫境】ㄒㄧㄝˇ ㄐㄧㄥˋ 寫實的境界。

2【寫入保護】ㄒㄧㄝˇ ㄖㄨˋ ㄅㄠˇ ㄏㄨˋ (write protection)電腦系統爲保護資料之正確性,限制或不允許隨意更改資料檔、記錄媒體或記憶儲存體等之措施。可以用硬體或軟體控制的方式實現。

14【寫實主義】ㄒㄧㄝˇ ㄕˊ ㄓㄨˇ ㄧˋ (realism)也作現實主義。認爲藝術的目的在切實、客觀而完整地描繪人生,亦即刻劃事物的實存外貌,強調具體、準確的細節描述,而非作者經驗的詮釋。其起源與十八世紀小說的興起相關,但直到十九世紀、二十世紀初,受科學的發展、哲學理性主義的興起與反抗浪漫主義運動的影響,才形成一個文學流派。代表作家有‘福祿貝爾’、‘托爾斯泰’、‘馬克吐溫’等。

13

寰 ㄏㄨㄢˊ *huan*² 音還 1古代帝王京城周圍千里以內的地方。見“字彙”。2廣大的領域。如:人寰。3宇宙;天下。如:聲振寰宇。4圍繞。通環。

6【寰宇】ㄏㄨㄢˊ ㄩˇ 指整個國境。同天下。

11【寰區】ㄏㄨㄢˊ ㄑㄩ 全國;天下。

寯 ㄐㄩㄣˋ *chün*⁴ 音俊 1聚集。見“廣雅·釋詁”。2才智出眾的人。通俊。見“玉篇”。

14

寱 ㄧˋ *i*⁴ 音意 夢話。也作囈。見“說文”。

16

寵 ㄔㄨㄥˇ *ch'ung*³ 1尊榮。如:榮寵。2愛幸。如:寵愛。3嬖妾;被愛幸的。如:納寵。4姓。五代有‘寵令圖’。見“萬姓統譜·六九”。

8【寵物】ㄔㄨㄥˇ ㄨˋ

特別偏愛的東西或生物。

【寵兒】 ㄔㄨㄥˇ ㄦˊ
①受寵愛的孩子。同驕子。②泛指一般得寵的人。

13【寵遇】 ㄔㄨㄥˇ ㄩˋ
優厚的待遇。

8【寵命優渥】 ㄔㄨㄥˇ ㄇㄧㄥˋ ㄧㄡ ㄨㄛˋ
所受恩寵極爲優厚。

10【寵辱不驚】 ㄔㄨㄥˇ ㄖㄨˋ ㄅㄨˋ ㄐㄧㄥ
不爲榮辱所動。形容心境寧靜淡泊。

【寵辱偕忘】 ㄔㄨㄥˇ ㄖㄨˋ ㄐㄧㄝ ㄨㄤˋ
榮寵和屈辱都不放在心上。形容胸懷曠達。

寳 寶的俗體。

17

寶 ㄅㄠˇ *pao*^{3} 音保
①珍貴的物品。如：珠寶。②銀錢貨幣。如：元寶。③帝王的印璽。'秦始皇'稱帝、后的印爲璽，'唐'改稱寶。④對帝王事物的尊稱。如：寶位。⑤對一般人的尊稱。如：寶號。⑥珍惜；妥藏。如：寶愛。⑦傻憨。如：寶裡寶氣。

5【寶石】 ㄅㄠˇ ㄕˊ
(gemstone)任何礦物、岩石或天然生成的物質，經琢磨後，具有引人稱意的色彩或相當的硬度，可作爲飾物者。

7【寶貝】 ㄅㄠˇ ㄅㄟˋ
①指珍貴奇異之物。②指所寵愛的人。

8【寶卷】 ㄅㄠˇ ㄐㄩㄢˋ
俗文學的一種。由'唐代'變文和'宋代'僧侶說經演變而來。形式略如變文，用散文講述、用韻文歌唱。

【寶典】 ㄅㄠˇ ㄉㄧㄢˇ
①非常珍貴的書籍。②佛法如珍寶，佛家經典因被美稱爲寶典。

9【寶相】 ㄅㄠˇ ㄒㄧㄤˋ
莊嚴的佛像。

【寶剎】 ㄅㄠˇ ㄔㄚˋ
①指佛塔。②指佛寺。

12【寶筏】 ㄅㄠˇ ㄈㄚˊ
①喻佛法。以其能普渡眾生出生死海，如可載人到達彼岸的筏。②借指解人迷惑的思想或學說。

16【寶器】 ㄅㄠˇ ㄑㄧˋ
①貴重的器物。古代多指鐘鼎等傳國的器物而言。②比喻國祚、帝位。

17【寶螺】 ㄅㄠˇ ㄌㄨㄛˊ
(*Cypraea*)屬於軟體動物門、腹足綱(class Gastropoda)、中腹足目(Mcsogastropoda)、寶螺科(family Cypraeidae)的動物。殼橢卵形，背部鼓起，殼口邊緣有鋸齒，捲入內面，成細長之隙。通常棲息於海濱的岩礁間。黑星寶螺 (*Cypraea ligris*)在我國古代用作貨幣。

寶螺圖

18【寶藏】 ㊀ ㄅㄠˇ ㄗㄤˋ
①泛指礦產。②珍藏的寶物。
㊁ ㄅㄠˇ ㄘㄤˊ
珍藏。

5【寶石婚】 ㄅㄠˇ ㄕˊ ㄏㄨㄣ
西洋人稱結婚四十五週年。

9【寶相花】 ㄅㄠˇ ㄒㄧㄤˋ ㄏㄨㄚ
'中國'傳統裝飾圖案的一種。係將花朵(以荷花最多)的自然形態加以圖案化，作爲裝飾之用。常應用於我國織錦和瓷器上。

11【寶瓶宮】 ㄅㄠˇ ㄆㄧㄥˊ ㄍㄨㄥ
(Aquarius)黃道十二宮的第十一宮。位於黃經300°～330°。每年1月20日前後，太陽進入此宮，節氣爲大寒。二千年前，原在寶瓶座，故名。但由於歲差的緣故，現已移至摩羯座。

【寶瓶座】 ㄅㄠˇ ㄆㄧㄥˊ ㄗㄨㄛˋ
(Aquarius; Aqr)黃道十二星座之一。位於赤經20時38分至23時56分；赤緯＋03.3度至－24.9度之間。相當於我國星座女宿、虛宿、天壘城、危宿、司命、蓋屋、墳墓、哭、泣、虛梁、壘壁陣、羽林軍、鈇鉞等。

2【寶刀未老】 ㄅㄠˇ ㄉㄠ ㄨㄟˋ ㄌㄠˇ
比喻年齡雖老而精力或技藝並未衰退。

12【寶婺星沈】 ㄅㄠˇ ㄨˋ ㄒㄧㄥ ㄔㄣˊ
悼輓婦女去世的詞語。婺是星宿名，即女宿，故用爲婦女的代稱。

18

寱 夢的或體。

寸部

寸 ㄘㄨㄣˋ *ts'un*^{4}
①長度單位。古以十分爲寸，十寸爲尺。今標準制一公寸等於十公分。②寸口脈所分的三個部位之一。參寸關尺。③形容極少、極小或極短。如：寸土。④姓。'明'有'寸居敬'。見"萬姓統譜·一〇〇"。

3【寸土】 ㄘㄨㄣˋ ㄊㄨˇ
指極小的一塊土地。

【寸口】 ㄘㄨㄣˋ ㄎㄡˇ
'中'醫切診部位。指兩手撓骨內側橈動脈的診脈部位。又稱氣口、脈口。屬手太陰肺經的動脈，因爲肺的經脈起於中焦脾胃，脾胃爲臟腑氣血營養的主要來源，所以全身臟腑經脈氣血的情況可從寸口脈上表現出來，以爲診斷全身性疾病的依據。

4【寸心】 ㄘㄨㄣˋ ㄒㄧㄣ
①心。心之體積不大，故稱。②心意。

7【寸步】ㄘㄨㄣˋ ㄅㄨˋ
極小的步伐。

8【寸長】ㄘㄨㄣˋ ㄔㄤˊ
比喩微才薄技。

10【寸衷】ㄘㄨㄣˋ ㄓㄨㄥ
心意。

11【寸陰】ㄘㄨㄣˋ ㄧㄣ
比喩極短的時間。

12【寸楮】ㄘㄨㄣˋ ㄔㄨˇ
短箋。今也用以稱書信。

【寸進】ㄘㄨㄣˋ ㄐㄧㄣˋ
形容些微的進步。

14【寸管】ㄘㄨㄣˋ ㄍㄨㄢˇ
短短的筆桿。指毛筆。

【寸箋】ㄘㄨㄣˋ ㄐㄧㄢ
短信。

【寸腿】ㄘㄨㄣˋ ㄊㄨㄟˇ
國術腿擊法。以腳尖踢敵人迎面骨,爲十二路彈腿所常用。

17【寸縷】ㄘㄨㄣˋ ㄌㄩˇ
極少的布帛。

10【寸草心】ㄘㄨㄣˋ ㄘㄠˇ ㄒㄧㄣ
指子女微小的孝心。

19【寸關尺】ㄘㄨㄣˋ ㄍㄨㄢ ㄔˇ
寸口脈所分的三個部位之總稱。橈骨莖突處爲關,關前爲寸,關後爲尺。寸關尺三部的動脈分別爲寸脈、關脈、尺脈。臨床上以左手寸脈候心、關脈候肝、尺脈候腎;右手寸脈候腎、關脈候脾胃、尺脈候命門。必須結合浮、中、沈等不同的切按方法,多方比較以求脈象的正確診斷。

3【寸土必爭】ㄘㄨㄣˋ ㄊㄨˇ ㄅㄧˋ ㄓㄥ
形容競爭非常激烈。

10【寸草不留】ㄘㄨㄣˋ ㄘㄠˇ ㄅㄨˋ ㄌㄧㄡˊ
連小草都未留下來。形容災劫極爲慘重。

【寸草春暉】ㄘㄨㄣˋ ㄘㄠˇ ㄔㄨㄣ ㄏㄨㄟ
比喩父母恩澤浩大,爲人子女實難報答於萬一。

11【寸陰尺璧】ㄘㄨㄣˋ ㄧㄣ ㄔˇ ㄅㄧˋ
比喩時光寶貴。

【寸陰是競】ㄘㄨㄣˋ ㄧㄣ ㄕˋ ㄐㄧㄥˋ
極爲珍惜善用每一分時光。

12【寸量銖稱】ㄘㄨㄣˋ ㄌㄧㄤˊ ㄓㄨ ㄔㄥ
用寸量長度,用銖稱重量。比喩吹毛求疵,斤斤計較。

8【寸金難買寸光陰】ㄘㄨㄣˋ ㄐㄧㄣ ㄋㄢˊ ㄇㄞˇ ㄘㄨㄣˋ ㄍㄨㄤ ㄧㄣ
形容光陰寶貴,不可浪費。

2

对 對的俗體。

3

寺 ㄙˋ szŭ^4, ssŭ^4 音嗣
①官署;官舍。如:'大理寺'。②古代皇宮內供使令的太監。如:寺人。③供奉佛像處。也指佛門比丘所居的地方。如:佛寺。

2【寺人】ㄙˋ ㄖㄣˊ
①內侍的通稱。'東漢'以後專指宦官。②官名。"周禮"天官之屬。掌管王宮女侍之戒令,教導女侍出入宮廷之禮儀,並率之參加弔祭典禮或接待賓客等事。

4

寿 壽的俗體。

寽 ㄌㄩˋ lü^4 音律
用五指捋東西。通作捋。見"說文"。

5

尀 ㄆㄛˇ p'o^3 音叵
不可。同叵。見"正字通"。

6

封 ㄈㄥ fêng^1 音風
①帝王把爵位及土地賜給臣子。如:封侯。②疆域;疆界。如:封域。③帝王築壇祭天。如:封禪。④堆土爲冢墓。⑤大。如:封豕。⑥密閉。如:封條。⑦量名。信函一件爲一封。⑧姓。'唐'有'封敖'。見"萬姓統譜·二"。

8【封泥】ㄈㄥ ㄋㄧˊ
我國古代的信札,多寫在簡素上,爲防止拆看,在繩端相結處,用黏泥封緊,並蓋上印章,稱爲封泥。也稱泥封。

【封事】ㄈㄥ ㄕˋ
密封的奏章。古代臣下上奏機密之事,用皂囊封緘,以防洩密。

9【封建】ㄈㄥ ㄐㄧㄢˋ
天子將王畿以外的土地,連同爵位,分封給諸侯;諸侯在封地之內,建立邦國,稱爲封建。'周代'封建,爵分公、侯、伯、子、男五等,地則公侯百里,伯七十里,子、男五十里。及'秦',廢封建而置郡縣。'漢'以後皆行郡縣制度,但亦仍有封侯建國之事,只是政權收歸中央,與'周'之封建已有不同。

【封面】ㄈㄥ ㄇㄧㄢˋ
①書籍的表頁。②'浙江''海寧'地方習俗,人死入棺後,用紅綢蓋面。

13【封號】ㄈㄥ ㄏㄠˋ
封賜的稱號。

14【封誥】ㄈㄥ ㄍㄠˋ
皇帝用誥命封賜爵號。也稱誥封。

16【封禪】ㄈㄥ ㄕㄢˋ
古代帝王祭天地的典禮。古人以'泰山'爲高,所以在'泰山'上堆土爲壇祭天,以報天之功,稱爲封;在'泰山'下的小山'梁父山'上闢場祭地,以報地之功,稱爲禪。

17【封齋】ㄈㄥ ㄓㄞ
伊斯蘭教五功之一。以'回'曆九月爲齋月,教徒每日由晨至昏禁食、禁慾及一切娛樂。封齋期以八月二十九或三十日見月開始,至九月二十九或三十日見月爲止。其用意在考驗教徒對飢渴等的忍耐,並由親身體驗貧人所受的痛苦中產生憐憫與同情心。

18【封題】 ㄈㄥ ㄊㄧˊ
將書札封好後，在封套的表面題字。

【封鎖】 ㄈㄥ ㄙㄨㄛˇ
1(blockade)一國以兵力阻斷他國的交通。分陸地封鎖、港灣封鎖二種。2封閉；阻絕。

11【封閉性】 ㄈㄥ ㄅㄧˋ ㄒㄧㄥˋ
(closeness)運算的封閉性，指的運算後的結果還在原集合內。例如正整數的加法有封閉性，減法無封閉性。實數子集的封閉性是實數集上基本的位相性質，也就是說任意實數子集上的點的序列，如果收斂，則其極限若仍恆在此子集中，則稱此子集是封閉的。例如閉區間〔0，1〕是封閉的，但開區間(0，1)則否。因$1, \frac{1}{2}, \frac{1}{3}, \frac{1}{4}$，……$\frac{1}{n}$，……收斂到0，但(0，1)不含0。

3【封山刊石】 ㄈㄥ ㄕㄢ ㄎㄢ ㄕˊ
封禪並刻石紀功。參封禪。

7【封豕長蛇】 ㄈㄥ ㄕˇ ㄔㄤˊ ㄕㄜˊ
大豬和長蛇。比喻極其貪婪凶暴的人。

8【封妻廕子】 ㄈㄥ ㄑㄧ ㄧㄣˋ ㄗˇ
稱人富貴顯達後，妻可加封，子可襲爵，同受恩澤。

【封金掛印】 ㄈㄥ ㄐㄧㄣ ㄍㄨㄚˋ ㄧㄣˋ
指辭官離去。'漢'末，'關羽'被'曹操'所俘，'操'希望'羽'爲己所用，賞賜金銀甚豐，又表奏朝廷，封'羽'爲'漢''壽亭侯'。後'羽'獲義兄'劉備'信息，堅辭'操'，不許，乃封金掛印，留書而別。見"三國演義·二六"。

9【封神演義】 ㄈㄥ ㄕㄣˊ ㄧㄢˇ ㄧˋ
'明''許仲琳'撰，'李雲翔'修訂，一說'陸西星'撰，一百回。又名"封神榜"。敘述'武王'伐'紂'，'姜太公'封神的故事。主要以"武王伐紂書"平話本爲根據，再參考古書及民間流傳的故事敷衍而成。

【封面故事】 ㄈㄥ ㄇㄧㄢˋ ㄍㄨˋ ㄕˋ
(cover story)新聞事件的一種處理方式。新聞雜誌爲吸引更多的讀者注意，按期擇定一個重點，以多於一般新聞事件的篇幅，作詳細報導，並採用與內容相配合的圖片或照片作封面。'美國''時代雜誌'(*Time*)首先推出。

11【封閉組織】 ㄈㄥ ㄅㄧˋ ㄗㄨˇ ㄓ
認爲組織與外界環境之間，是相互隔絕的，外界環境的變動，對組織並不發生影響，故組織的型態、內部的架構、員額編制等，可由法制規定，並可保持不變。

【封閉經濟】 ㄈㄥ ㄅㄧˋ ㄐㄧㄥ ㄐㄧˋ
(closed economy)若一個社會沒有對外貿易關係(即只包括私人部門與公共部門)，則其經濟活動爲一封閉經濟。

19【封疆建藩】 ㄈㄥ ㄐㄧㄤ ㄐㄧㄢˋ ㄈㄢˊ
以土地分封諸侯，作爲屏藩，來保衛王室。

11【封閉含水層】 ㄈㄥ ㄅㄧˋ ㄏㄢˊ ㄕㄨㄟˇ ㄘㄥˊ
(confined aquifer)爲不透水層所包圍的含水層。參含水層。

【封閉式次常式】 ㄈㄥ ㄅㄧˋ ㄕˋ ㄘˋ ㄔㄤˊ ㄕˋ
(closed subroutine)電腦程式單元的一種。封閉式次常式在一程式中可被呼叫多次，但只需一分機器碼即可。

【封閉系統人口成長】 ㄈㄥ ㄅㄧˋ ㄒㄧˋ ㄊㄨㄥˇ ㄖㄣˊ ㄎㄡˇ ㄔㄥˊ ㄓㄤˇ
指一地區的人口成長，主要是受出生和死亡的影響，受移入和遷出的影響很小，甚至完全沒有。與開放系統人口成長相對。

7

將
將的俗體。

尃
ㄈㄨ *fu*[1] 音敷
散布。今通作敷。

尅
剋的或體。

射
一 ㄕㄜˋ *shê*[4] 音社
1用弓發箭使中遠處目標的技藝。爲古代六藝之一。見"說文"。2用彈力或壓力激物使達遠處。如：發射。3逐取；尋求。如：射利。4猜測；猜度。如：射覆。5姓。'漢'有'射咸'。見"通志·氏族略四"。
二 ㄧˋ *i*[4] 音亦
厭倦。通斁。見"爾雅·釋詁"。
三 ㄧㄝˋ *yeh*[4] 音夜
參僕射。
四 ㄕˊ *shih*[2] 音食
用箭射目標。

4【射日】 ㄕㄜˋ ㄖˋ
古代神話。相傳'堯'時十個太陽同時出現，人民無法維生，於是'后羿'射落九個，爲民除害。

【射手】 ㄕㄜˋ ㄕㄡˇ
長於射箭的人。今也稱槍械射擊手。

12【射策】 ㄕㄜˋ ㄘㄜˋ
古代考試方法之一。先由主考官命題在簡策上，分甲、乙科，列置案前，不使顯露，由應試者隨意抽取作答。

【射程】 ㄕㄜˋ ㄔㄥˊ
(range)槍彈、砲彈、火箭、飛彈等自發射地點至目標物間之最大距離。

13【射極】 ㄕㄜˋ ㄐㄧˊ
(emitter)電晶體的三個連接端之一。通常因其可以發射載子而命名。

14【射精】 ㄕㄜˋ ㄐㄧㄥ
(ejaculation)雄性在性交中，一個突然而激劇地排出精液的動作。在射精當時會產生性的快感，在射精後，陰莖即開始消退，不能勃起。

15【射影】 ㄕㄜˋ ㄧㄥˇ
1陰謀中傷他人。2(projection)將空間的點、線、面、體等上的各點，依一定法則投射到平面上所形成的相對幾何圖形，稱爲點、線、面、體等的平面射影。例如將地球的經、緯線投射於平面,則可將球面的地圖,繪於一平面上;平面上的地圖就是球面上地圖的射影。射影幾何是專門研究射影的幾何性質的幾何學。

5【射出件】 ㄕㄜˋ ㄔㄨ ㄐㄧㄢˋ
(ejectors)又稱退出件或退件器。工件與定位件精密裝配,經刀具切削產生熱膨脹,用手不易將工件取出時,裝置一機構將工件自鑽模或夾具中頂出,以便拆卸,此構件稱射出件。

12【射距角】 ㄕㄜˋ ㄐㄩˋ ㄐㄧㄠˇ
(range angle)又稱投下角(dropping angle)。在炸彈投下的剎那,從飛機到目標的連線與飛機到地面的垂直線之間的夾角。

16【射頻波】 ㄕㄜˋ ㄆㄧㄣˊ ㄅㄛ
(radio frequency wave)波長自數千公尺至0.3公尺,頻率範圍自幾個赫(Hz)到10^9赫的電磁波。爲無線電廣播及電視廣播系統常使用之電磁波頻率,故又稱無線電波。

19【射鵰手】 ㄕㄜˋ ㄉㄧㄠ ㄕㄡˇ
善於射鵰的人。引申指技藝出眾的能手。

5【射出成形】 ㄕㄜˋ ㄔㄨ ㄔㄥˊ ㄒㄧㄥˊ
(injection molding)也稱射出模製。一種能大量生產近乎直接成形製品的低成本技術。普遍使用於塑膠工業,亦可用於陶瓷胚體之製作。如將陶瓷粉末與熱塑性或熱固型樹脂混合後,經預熱爲流動粒狀物,射到模具中予以塑性固化,然後再加熱以去除添加的塑膠物,則可得到陶瓷胚體。

15【射影幾何】 ㄕㄜˋ ㄧㄥˇ ㄐㄧˇ ㄏㄜˊ
(projective geometry)研究在中心射影或平行射影下不變的幾何圖像之性質的一支數學,和'歐'氏幾何一樣,分爲解析和綜合的兩種。

13【射極隨耦器】 ㄕㄜˋ ㄐㄧˊ ㄙㄨㄟˊ ㄡˇ ㄑㄧˋ
(emitter follower)即電晶體的共集極組態。因射極之輸出信號與基極輸入信號同相,且振幅大小隨輸入而變,並無放大作用。

【射極耦合邏輯】 ㄕㄜˋ ㄐㄧˊ ㄡˇ ㄏㄜˊ ㄌㄨㄛˊ ㄐㄧˊ
(emitter coupled logic; ECL)又名電流模式邏輯。是種雙載子型的數位積體電路,爲非飽和型,

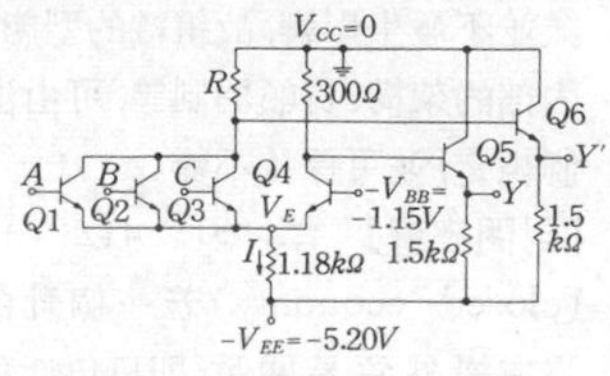

射極耦合邏輯的或/反或閘圖

有別於飽和型的TTL。是目前電晶體邏輯電路中最快的,因此適合高速處理之電腦的電路。但其耗電較大且較昂貴。如圖所示爲ECL的或/反或閘。輸入爲A, B, C,輸出爲Y及Y'。

8

專 ㄓㄨㄢ chuan¹ 音磚
[1]笏;手版。見"說文·專·段注"。[2]紡織所用的紡塼。同塼、磚。見"說文"。[3]單獨;獨自。如:專權。[4]純一;誠篤。如:專誠。[5]獨占。如:專利。[6]姓。'漢'有'專俊'。見"萬姓統譜·二八"。

1【專一】 ㄓㄨㄢ ㄧ
[1]心不二用。[2]同心同德。

2【專人】 ㄓㄨㄢ ㄖㄣˊ
負有專責的人;專門人員。

4【專心】 ㄓㄨㄢ ㄒㄧㄣ
一心一意;全神貫注。

5【專司】 ㄓㄨㄢ ㄙ
專門掌管某種事務。

6【專任】 ㄓㄨㄢ ㄖㄣˋ
專在某一機關任職,而屬正式編制內的一員。與兼任相對。

7【專攻】 ㄓㄨㄢ ㄍㄨㄥ
專門研究某種學術,或專門從事某種工作。

【專利】 ㄓㄨㄢ ㄌㄧˋ
[1]獨占其利。[2]對於利用自然法則產生新穎的技術思想之創作者,給予一定期間得獨占地實施該技術思想之權能,稱爲專利。

8【專長】 ㄓㄨㄢ ㄔㄤˊ
特別專精於某事。

【專門】 ㄓㄨㄢ ㄇㄣˊ
專精某一學術或技藝。

【專制】 ㄓㄨㄢ ㄓˋ
[1]只憑己意行事。[2]專制政治的簡稱。參專制政治。

【專使】 ㄓㄨㄢ ㄕˇ
國與國之間爲特定事件而派遣的使節。

【專征】 ㄓㄨㄢ ㄓㄥ
指將帥不必請命,可以全權調度、征伐。

9【專美】 ㄓㄨㄢ ㄇㄟˇ
獨擅美名。

10【專家】 ㄓㄨㄢ ㄐㄧㄚ
擅長某種學藝的人。

【專案】 ㄓㄨㄢ ㄢˋ
專門處理的案件。

【專差】 ㄓㄨㄢ ㄔㄞ
因傳遞重要公文而特別派遣的差役。

11【專訪】 ㄓㄨㄢ ㄈㄤˇ
(exclusive interview)傳播媒體訪問新聞當事人或有關人物,所獲得的題材爲同業所缺漏者,稱爲專訪。

12【專程】 ㄓㄨㄢ ㄔㄥˊ
特地爲某一件事走一趟。

13【專業】 ㄓㄨㄢ ㄧㄝˋ
專門研究或專精於某種學問、事業。

15【專賣】 ㄓㄨㄢ ㄇㄞˋ
政府獨占某項商品的生產與銷售。如我國歷史上有鹽鐵專賣,現代則有菸酒專賣。即獨占。

16【專擅】 ㄓㄨㄢ ㄕㄢˋ
專攬事權,獨斷獨行。

【專橫】 ㄓㄨㄢ ㄏㄥˋ

獨斷獨行，任意妄爲。

19【專寵】 ㄓㄨㄢ ㄔㄨㄥˇ

獨獲帝王的寵愛。

21【專欄】 ㄓㄨㄢ ㄌㄢˊ

(column)定期在報刊出現的署名文章。專欄依性質不同而可分爲許多種類，如：時事專欄、生活專欄、影劇專欄等。

22【專權】 ㄓㄨㄢ ㄑㄩㄢˊ

獨攬大權。

7【專利法】 ㄓㄨㄢ ㄌㄧˋ ㄈㄚˇ

爲規定新發明專利權、新型專利權以及新式樣專利權之申請、審查、實施及保護之法律。依"專利法"之規定，凡新發明具有產業上利用價值者，得申請新發明專利權；凡對於物品之形狀構造或裝置首先創作合於實用之新型者，得申請新型專利權；凡對於物品之形狀、花紋或色彩，首先創作適於美感之新式樣者，得申請新式樣專利權。專利權之申請向專利局爲之。專利權爲無體財產權之一種，得爲讓與或繼承之標的。爲鼓勵創新發明、保障專利權人權益，"專利法"規定，侵害專利權者，除應負損害賠償責任外，尙須依其行爲是僞造、仿造有專利權之發明品或故意販賣、陳列、輸入有專利權之發明品……等情節之輕重，另負不同刑度之刑事責任。"專利法"有強烈的國際化傾向。

2【專人採訪】 ㄓㄨㄢ ㄖㄣˊ ㄘㄞˇ ㄈㄤˇ

(pool coverage)與集體採訪相對。由報刊指定一位採訪記者，或一個工作小組，專門報導一則重要的新聞事件，稱爲專人採訪。

3【專才專業】 ㄓㄨㄢ ㄘㄞˊ ㄓㄨㄢ ㄧㄝˋ

具有何種專才的人，應使其擔任與其專才相合的專業工作；任何一種專業工作，應由具有該種專業工作之專才的人來擔任，以期做到人與事的密切配合。

4【專心致志】 ㄓㄨㄢ ㄒㄧㄣ ㄓˋ ㄓˋ

不分心；專心一志。

【專戶存款】 ㄓㄨㄢ ㄏㄨˋ ㄘㄨㄣˊ ㄎㄨㄢˇ

參加集中支付之機關，如有特種基金或其他款項，依中央各機關專戶存管款項收支管理辦法，應於代庫銀行開立專戶存管之款。

5【專用電腦】 ㄓㄨㄢ ㄩㄥˋ ㄉㄧㄢˋ ㄋㄠˇ

(dedicated computer)專門適合特定用途的電腦。

【專用語言】 ㄓㄨㄢ ㄩㄥˋ ㄩˇ ㄧㄢˊ

(special-purpose language)專爲某些特定應用而設計發展之電腦程式語言。如GPSS爲模擬應用方面之語言、COGO爲土木工程應用方面之語言等。

6【專任教師】 ㄓㄨㄢ ㄖㄣˋ ㄐㄧㄠˋ ㄕ

(full-time faculty)接受某校聘任，專司教學與研究工作，而不得兼任其他職務或受聘於其他機構的教師。

7【專利文獻】 ㄓㄨㄢ ㄌㄧˋ ㄨㄣˊ ㄒㄧㄢˋ

(patent literature)專利係依據法律，保護發明者之權利，並透過其運用而促進工業發展與獎勵發明，因此專利文獻可謂附隨權利之資料。專利文獻的類型概可分爲下列三種：一、專利說明書：由發明家提出，說明其發明的目的、構成、效果及權利所及之技術範圍，經審查通過後發行，內容最爲完整。二、專利公報：定期將獲准的專利，分類整理後，公布於專利公報上，多以摘要形式出版。三、檢索專利文獻的工具書：專利的分類表上有系統的組織及索引的一致排列次序，可用來檢索專利公報，進而獲得專利說明書上詳細的資料。

8【專制政治】 ㄓㄨㄢ ㄓˋ ㄓㄥˋ ㄓˋ

簡稱專制。亦即所謂君主獨裁。此種制度，在過去即人類政治史上甚爲普遍的傳統君主專制。如今，只有'沙烏地阿拉伯'、'約旦'、'摩納哥'、'阿富汗'等少數國家之政治屬之。其政治權力集中在君主及皇族之手，政府主要官員大多由貴族出任；眞正的政黨並不存在；一般人民對政治參與，旣無能力，也乏興趣；少數西化的知識分子渴望分享權力而不可得。但隨著現代化的進展，這類政權也許需作基本上的改變，否則終將爲歷史的洪流所淹沒。

10【專案組織】 ㄓㄨㄢ ㄢˋ ㄗㄨˇ ㄓ

(project organization)適應性組織結構的一種。指以一項專案爲設立組織的目的，在原功能部門之外，有一專案經理負責此專案的執行，並在一定時間、成本或品質的條件下，從原功能部門中調派最佳的人才來完成此一特定的、複雜的任務，等此一任務完成後即自行解散而歸返原功能部門。

【專案職權】 ㄓㄨㄢ ㄢˋ ㄓˊ ㄑㄩㄢˊ

(project authority)指專案經理人對被指派從事專案工作同仁從事專案工作的職權。專案工作同仁一般均係另隸屬於原服務單位，因專案工作而調屬於專案經理指揮督導。

【專恣自是】 ㄓㄨㄢ ㄗˋ ㄗˋ ㄕˋ

專橫放肆，自以爲是。

13【專業銀行】 ㄓㄨㄢ ㄧㄝˋ ㄧㄣˊ ㄏㄤˊ

爲便利專業信用的供給，經中央主管機關指定或許可設立的銀行。專業銀行的主要特質，在其可發行金融債券而未必以收受存款爲其資金來源，同時在授信方面，又指定其專業信用的範圍及任務。可分工業銀行、農業銀行、輸出入銀行、中小企業銀行、不動產信用銀行及國民銀行等六種。

【專業雜誌】 ㄓㄨㄢ ㄧㄝˋ ㄗㄚˊ ㄓˋ

(professional magazine)某一行業的人，或其相關專業的讀者群所出版的一種雜誌。特色爲設計精良，但發行量不大。

15【專賣憑證】 ㄓㄨㄢ ㄇㄞˋ ㄆㄧㄥˊ ㄓㄥˋ
由'公賣局'或經'公賣局'許可而印製的一種標誌或圖記。菸酒產品擁有專賣憑證,代表該產品由'公賣局'產銷或進口;未貼專賣憑證的菸類及酒類,在我國不得販賣、持有或轉讓。

18【專斷自爲】 ㄓㄨㄢ ㄉㄨㄢˋ ㄗˋ ㄨㄟˊ
行事獨自決斷,不採納他人的意見。

5【專用漁業權】 ㄓㄨㄢ ㄩㄥˋ ㄩˊ ㄧㄝˋ ㄑㄩㄢˊ
指利用特定水面爲漁場,供具入漁權人入漁,以經營漁業之權。

7【專利權獨占】 ㄓㄨㄢ ㄌㄧˋ ㄑㄩㄢˊ ㄉㄨˊ ㄓㄢˋ
(patent monopoly)現代各國政府爲鼓勵企業從事研究創新,對於特殊的研究創新成果給予專利權,使該廠商具有獨家生產專利品的權利,因而形成獨占。

13【專業生產區】 ㄓㄨㄢ ㄧㄝˋ ㄕㄥ ㄔㄢˇ ㄑㄩ
按自然及技術因素,再配合經濟及人力資源的需要,而形成以生產某一特定產業的農業區域。其目的在便於加強公共設施的投資與輔導農民採用現代化的共同經營方式,藉以提高農業經營效率,進而增加農民收益。

【專業性銀行】 ㄓㄨㄢ ㄧㄝˋ ㄒㄧㄥˋ ㄧㄣˊ ㄏㄤˊ
(special banks)以從事專門特定業務爲主的銀行,如土地銀行、農民銀行與進出口銀行等。其性質與功能和一般商業銀行相近,但有法定的特種業務對象,故可視爲特種的商業銀行。

21【專屬採訪範圍】 ㄓㄨㄢ ㄕㄨˇ ㄘㄞˇ ㄈㄤˇ ㄈㄢˋ ㄨㄟˊ
(beat; run)記者經指派而負責的一個採訪範圍。如法院、市政府等,其他記者不得逾越。

【專屬經濟海區】 ㄓㄨㄢ ㄕㄨˇ ㄐㄧㄥ ㄐㄧˋ ㄏㄞˇ ㄑㄩ
指領海以外並鄰接領海的一個區域。其寬度從測量領海寬度的基線量起,不應超過二百海里。我國所訂的專屬經濟海區爲二百海里。

18【專題選粹資訊服務】 ㄓㄨㄢ ㄊㄧˊ ㄒㄩㄢˇ ㄘㄨㄟˋ ㄗ ㄒㄩㄣˋ ㄈㄨˊ ㄨˋ
(selective dissemination of information; SDI)針對讀者的個別興趣,從新資料中濾選出與其興趣相關的資訊,主動且適時地提供給讀者。這種資訊服務通常先徵求固定而明確的服務對象,再建立讀者興趣檔(interest profile),此檔記載每位服務對象的興趣主題、相關的術語、可閱讀之語文等基本資料。隨後,即依據讀者興趣檔濾選個別服務對象所需之資訊。專題選粹資訊服務的目的在於節省讀者檢索資料的時間,增加收集資料的廣泛性;特點在於所提供資訊的新穎性及服務的主動性,同時根據讀者的回饋意見,提供影印原文等後續服務或修正興趣檔。

8【專門職業及技術人員考試】 ㄓㄨㄢ ㄇㄣˊ ㄓˊ ㄧㄝˋ ㄐㄧˊ ㄐㄧˋ ㄕㄨˋ ㄖㄣˊ ㄩㄢˊ ㄎㄠˇ ㄕˋ
經考試及格者可取得專門職業執業資格之考試。專門職業及技術人員考試之等別,分高等考試與普通考試,其應考資格,分別與公務人員考試之高等及普通考試之應考資格相當。

尉 ㊀ ㄨㄟˋ *wei*^{4} 音畏
①官名。'春秋'時'晉'三軍皆有尉。'秦''漢'以後,有太尉,掌軍事;有廷尉,掌刑獄;各郡有都尉,各縣有縣尉,掌治安。②最基層軍官之職階。分爲上、中、少三級。尉級軍官的工作性質相當於行政機關的基層幹部。③安慰。通慰。如:尉心。

㊁ ㄩˋ *yü*^{4} 音鬱
姓。'北齊'有'尉景'。見"北齊書·尉景傳"。

18【尉繚】 ㄨㄟˋ ㄌㄧㄠˊ
'戰國'時兵家。一說爲'齊'人,或說爲'魏'人。著有"尉繚子"。

將 ㊀ ㄐㄧㄤ *chiang*^{1} 音漿
①扶助;攙扶。如:扶將。②進步。③奉養。④欲;要。⑤快要。⑥把。⑦或。如:將信將疑。⑧送行。如:將迎。⑨拿;取。如:將酒來。⑩以;用。⑪惟獨。

㊁ ㄐㄧㄤˋ *chiang*^{4} 音醬
①高級軍官。今校級以上的軍官職階也稱將,分爲上、中、少三級,上將又分爲特級、一級及二級三等,即俗稱五星、四星及三星上將。②統率軍隊。

㊂ ㄑㄧㄤ *ch'iang*^{1} 音鏘
願;請。見"字彙"。

10【將息】 ㄐㄧㄤ ㄒㄧˊ
調養休息。

12【將就】 ㄐㄧㄤ ㄐㄧㄡˋ
勉強遷就。

15【將養】 ㄐㄧㄤ ㄧㄤˇ
①扶養;奉養。②慫恿;助長其勢。

5【將功贖罪】 ㄐㄧㄤ ㄍㄨㄥ ㄕㄨˊ ㄗㄨㄟˋ
建立功勞以抵消先前所犯的罪過。

9【將計就計】 ㄐㄧㄤ ㄐㄧˋ ㄐㄧㄡˋ ㄐㄧˋ
利用他人所使用的計策來還治其身。

【將相之器】 ㄐㄧㄤˋ ㄒㄧㄤˋ ㄓ ㄑㄧˋ
指足以擔當國家重任的才幹。

【將信將疑】 ㄐㄧㄤ ㄒㄧㄣˋ ㄐㄧㄤ ㄧˊ
想要相信,又覺懷疑,很難斷定眞假。

13【將話搭話】 ㄐㄧㄤ ㄏㄨㄚˋ ㄉㄚ ㄏㄨㄚˋ
與人談天時,隨著對方的話題,說些相似或相關的話。

16【將錯就錯】 ㄐㄧㄤ ㄘㄨㄛˋ ㄐㄧㄡˋ ㄘㄨㄛˋ
遷就已成的錯誤而繼續行事。

8【將來給付之訴】 ㄐㄧㄤ ㄌㄞˊ ㄐㄧˇ

ㄈㄨˋ ㄓ ㄙㄨˋ

於履行期未到前,預先起訴,請求被告於履行期到來之時給付之訴。將來給付之訴非被告有到期不履行之虞者,不得提起。即依債務人之言行(如債務人明示到期不履行、否認原告之請求)、給付義務之目的、性質(如在分期之給付,過去均未按期履行)爲判斷,可預料將來履行期屆至時,有不適時履行之虞。無到期不履行之虞,而提起將來給付之訴者,爲不備訴訟要件,法院應以訴訟判決駁回原告之訴。

9

尊 ㄗㄨㄣ tsun¹ 音樽

①盛酒器。侈口、高頸、高圈足、中體鼓突,有似牛、馬、羊、鳥、象等各種形式。盛行於'殷商'和'西周','東周'以後少見。②高。如:天尊地卑。③敬重。如:敬老尊賢。④對別人父親的尊稱。如:令尊。⑤對人的敬稱。如:尊駕。⑥量詞。如銅像一座或大礮一門叫一尊。⑦姓。'明'有'尊德'。見"萬姓統譜·二三"。

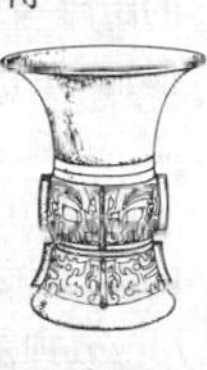
尊圖

8【尊者】ㄗㄨㄣ ㄓㄜˇ
①父兄或長輩。②地位崇高的人。③對和尚的尊稱。

【尊卑】ㄗㄨㄣ ㄅㄟ
尊貴和卑下。

10【尊容】ㄗㄨㄣ ㄖㄨㄥˊ
①尊稱他人的容貌。②用來譏諷他人容貌的醜陋或可憎。③稱佛、菩薩等尊貴的容貌。

【尊翁】ㄗㄨㄣ ㄨㄥ
尊稱別人父親的用語。

12【尊尊】ㄗㄨㄣ ㄗㄨㄣ
尊敬尊長。

13【尊萱】ㄗㄨㄣ ㄒㄩㄢ
稱別人母親的敬語。常用於書信中。

14【尊榮】ㄗㄨㄣ ㄖㄨㄥˊ
尊貴榮顯。

15【尊駕】ㄗㄨㄣ ㄐㄧㄚˋ
本爲對帝王的尊稱。不敢直稱天子,故以其車乘代稱。後泛用爲對他人的敬稱。

【尊閫】ㄗㄨㄣ ㄎㄨㄣˇ
尊稱他人之妻的敬語。

19【尊寵】ㄗㄨㄣ ㄔㄨㄥˇ
尊榮寵信。

15【尊德性】ㄗㄨㄣ ㄉㄜˊ ㄒㄧㄥˋ
重視道德心性的修養。與道問學相對。

4【尊王攘夷】ㄗㄨㄣ ㄨㄤˊ ㄖㄤˊ ㄧˊ
尊崇王室,排拒夷狄。爲"春秋"大義之一,亦爲'春秋'時諸侯盟主的主要事業。

10【尊師重道】ㄗㄨㄣ ㄕ ㄓㄨㄥˋ ㄉㄠˋ
尊敬老師,重視道術。

15【尊賢容眾】ㄗㄨㄣ ㄒㄧㄢˊ ㄖㄨㄥˊ ㄓㄨㄥˋ
尊敬賢人,包涵平庸的眾人。

尋 ㊀ ㄒㄩㄣˊ hsün² 音循

①找;探求。如:找尋。②探訪;訪問。如:尋友。③古代長度單位。八尺爲一尋。④接續。如:戰亂相尋。⑤依附;寄託。⑥平常。如:尋常。⑦俄頃;隨即。⑧姓。'晉'有'尋曾'。見"萬姓統譜·六五"。

㊁ ㄒㄩㄝˊ hsüeh² 音學
眼睛環視有所尋找。如:尋溜。

㊂ ㄒㄧㄣˊ hsin²
乞求。如:尋死。

8【尋芳】ㄒㄩㄣˊ ㄈㄤ
①出遊賞花。②指狎妓。

9【尋思】ㄒㄩㄣˊ ㄙ
探索思考。

【尋幽】ㄒㄩㄣˊ ㄧㄡ
①尋訪幽美的風景。②探究深奧的義理。

10【尋根】ㄒㄩㄣˊ ㄍㄣ
①找尋事物的根源。②找尋祖籍所在或祖先的譜系。

11【尋常】ㄒㄩㄣˊ ㄔㄤˊ
平常。

【尋覓】ㄒㄩㄣˊ ㄇㄧˋ
尋找;探求。

19【尋繹】ㄒㄩㄣˊ ㄧˋ
①探索紬繹;推究。②推移;更替。

25【尋釁】ㄒㄩㄣˊ ㄒㄧㄣˋ
故意尋求事端。即挑釁。

12【尋短見】ㄒㄩㄣˊ ㄉㄨㄢˇ ㄐㄧㄢˋ
自殺。

6【尋死覓活】ㄒㄧㄣˊ ㄙˇ ㄇㄧˋ ㄏㄨㄛˊ
意圖自殺。

【尋行數墨】ㄒㄩㄣˊ ㄏㄤˊ ㄕㄨˇ ㄇㄛˋ
拘泥文字或只會背誦文句,而不明義理。

8【尋花問柳】ㄒㄩㄣˊ ㄏㄨㄚ ㄨㄣˋ ㄌㄧㄡˇ
①指遊賞春天的美景。②指嫖妓。

9【尋幽陟遠】ㄒㄩㄣˊ ㄧㄡ ㄓˋ ㄩㄢˇ
尋訪幽靜僻遠之景。

【尋幽訪勝】ㄒㄩㄣˊ ㄧㄡ ㄈㄤˇ ㄕㄥˋ
尋訪幽境勝景。

10【尋根究柢】ㄒㄩㄣˊ ㄍㄣ ㄐㄧㄡˋ ㄉㄧˇ
追究根源。

11【尋章摘句】ㄒㄩㄣˊ ㄓㄤ ㄓㄞ ㄐㄩˋ
指讀書只重章句的推求,而不窮究所含的義理。

13【尋瑕索瘢】ㄒㄩㄣˊ ㄒㄧㄚˊ ㄙㄨㄛˇ ㄅㄢ
比喻吹毛求疵,百般挑剔。

尌 ㄕㄨˋ shu⁴ 音樹

樹立;建立。通作樹。

11

對 ㄉㄨㄟˋ tui⁴ 音隊

①回答;答問。如:應對。②相向。如:對月相思。③匹敵。如:對手。④比較;核校。如:校對。⑤成雙。如:擇對。⑥文體的一種。⑦正確。⑧一半。如:對折。⑨(para)用於化合物名稱之字首,於苯之衍生物中,表取代基在1,4位置。

3【對子】ㄉㄨㄟˋ ˙ㄗ
對聯的俗稱。參對聯。

4【對比】 ㄉㄨㄟˋ ㄅㄧˇ
(contrast)用兩種不同的觀念或事物,互相比較對照,如黑與白、大與小,而使其特徵更加明顯的修辭技巧或法則。

【對手】 ㄉㄨㄟˋ ㄕㄡˇ
1比賽技藝的雙方,互稱對方爲對手。2指彼此才智、實力相當的人。

5【對立】 ㄉㄨㄟˋ ㄌㄧˋ
1彼此面對面的站著。2兩種人、事、物相互反對、排斥、比較、抵抗的現象或情勢。

【對句】 ㄉㄨㄟˋ ㄐㄩˋ
1對仗的句子;偶對的句子。2聯語中,上句稱出句,下句稱對句。

【對付】 ㄉㄨㄟˋ ㄈㄨˋ
1應付。2將就。

【對白】 ㄉㄨㄟˋ ㄅㄞˊ
戲劇中腳色相互間的對話。爲劇本臺詞的主要部分。

【對仗】 ㄉㄨㄟˋ ㄓㄤˋ
修辭學辭格的一種。指字句的排偶或駢儷。也稱對偶。如紅花與綠葉相對。

7【對局】 ㄉㄨㄟˋ ㄐㄩˊ
二人相對下棋。

【對抗】 ㄉㄨㄟˋ ㄎㄤˋ
1對立而相抗衡。2抵抗。

9【對流】 ㄉㄨㄟˋ ㄌㄧㄡˊ
(convection)流體物質傳播熱的過程除了熱傳導以外,更有效的過程是利用它能流動的特性以傳播熱量。高溫的流體流向低溫處以傳播熱的過程稱爲對流。如果流體從高溫處流向低溫處是透過抽氣機或泵浦來達成者,稱爲強迫對流;如果流體的對流傳熱是由於溫度不同導致流體本身密度差異,由密度差異產生壓力差,驅使流體流動者,稱爲自然對流。對流與傳導最大的不同是:對流時,熱介質有實際的長程流動,而傳導時,熱介質並不移動,只有能量的傳播。

【對峙】 ㄉㄨㄟˋ ㄓˋ
相對峙立。

11【對偶】 ㄉㄨㄟˋ ㄡˇ
1男女相配成偶。也作對耦。2詩文中句法,前後相對成偶。又稱對仗。3(contraposition)將一個假言命題之假設與終結或條件句之前件與後件均加以否定,並互相對調,即得原命題之對偶。如:「若甲案通過,則乙案也會通過」之對偶爲「若乙案不通過,則甲案也不通過」。又將定言命題中的全稱肯定命題或偏稱否定命題之主詞與賓詞均加一「非」字,並互相對調,即得原命題之對偶。如:「所有的A都是B」之對偶爲「所有的非B都是非A」;「有A不是B」之對偶爲「有非B不是非A」。

12【對開】 ㄉㄨㄟˋ ㄎㄞ
(folio)長寬爲17×22吋的紙張,俗稱對開。

【對等】 ㄉㄨㄟˋ ㄉㄥˇ
同等;沒有高下優劣的分別。

【對策】 ㄉㄨㄟˋ ㄘㄜˋ
1古代考試取士,把問題寫在簡策上,令應考的人對答,稱爲對策。2對付事情的策略、計謀。

【對象】 ㄉㄨㄟˋ ㄒㄧㄤˋ
(object)與主體相對。一般指心靈活動所指向的客體。有時泛指人類一切活動所指向的事物。

13【對照】 ㄉㄨㄟˋ ㄓㄠˋ
1用相反對比的方法,以加強或襯托主題的特性。2相對比照。

【對路】 ㄉㄨㄟˋ ㄌㄨˋ
正合需要;正合口味。

14【對稱】 ㄉㄨㄟˋ ㄔㄣˋ
(symmetry)就某一物體或圖樣的中央,假想一縱線或橫線,其左右或上下的形式完全相同,則稱爲對稱。最初是日常生活中的概念,例如:人的面部的形狀從鼻中央分開是左右對稱的。後來這個概念在各學科中的應用日益廣泛。

15【對數】 ㄉㄨㄟˋ ㄕㄨˋ
(logarithm)正數N的對數係指將N表成某數b的乘冪時的指數。顯然此一指數隨b而變,故談對數須先確定底數b的值。對數的概念源自乘除、乘方、開方的簡化,但本身也有理論的重要性。此概念歸功於十七世紀初的'納比爾'(Napier),但他的做法不是用指數。通常無形容詞的對數指常用對數,這是基於實際計算的需要而以10爲底。設$N=10^u$,則$logN=u$,故$log10=1$,$log100=2$,$log1=0$,$log\frac{1}{10}=-1$。若數按對數標尺定於直線上時,10的乘冪間的距離相等,即1至10的距離等於10至100的距離。N亦稱爲u的反對數,可以用$antilogu$記之,例如$antilog2=100$。若底數不是10,而$N=b^u$,則$u=log_bN$,同理以b爲底的反對數記做$antilog_bu$。理論上用的底數爲$e=2.71828\cdots\cdots$,是$\left(1+\frac{1}{n}\right)^n$的極限,此稱自然對數,常以$ln$表示之。故常數$e$常稱爲自然對數的底。就像三角理論要用弧度制一樣,使用自然對數可以使公式簡單。例如:$ln\frac{1+x}{1-x}=2\left(x+\frac{x^3}{3}+\frac{x^5}{5}+\cdots\right)$ $|x|<1$。實際上,現代的常用對數表也是從自然對數算來的,利用換底公式$logN=(loge)\,lnN$。對任意底數,下列對數律均成立:
$log(A\cdot B)=logA+logB$,
$log(A/B)=logA-logB$,
$logA^n=nlogA$,
$log\sqrt[n]{A}=\frac{1}{n}logA$;
但是$log(A+B)$沒有簡單的表示法。負數的對數可以用複數來定義。

【對質】 ㄉㄨㄟˋ ㄓˋ
數人共犯一案,當豫審時令各犯罪嫌疑人及證人互相質問應答,以證其是否同謀,稱爲對質。兩造相對質詢,也叫對質。

16【對頭】 ㊀ ㄉㄨㄟˋ ㄊㄡˊ
對象；配偶。
㊁ ㄉㄨㄟˋ ˙ㄊㄡ
仇敵。

17【對應】 ㄉㄨㄟˋ ㄧㄥˋ
(homologous;corresponding)
①代數學中，數與坐標的對應，函數與曲線的對應。②幾何學中，相似多邊形或相似多面體，其相似部位稱爲對應部分或相當部分。③比例中，其第一項與第三項、第二項與第四項爲對應項。

【對聯】 ㄉㄨㄟˋ ㄌㄧㄢˊ
對仗的聯句。上下聯除句數須相同外，尙須平仄協調，對偶工整。通常上聯末字用仄聲，下聯末字用平聲。視其使用情況，又可分爲楹聯、壽聯、輓聯、春聯等。

18【對壘】 ㄉㄨㄟˋ ㄌㄟˇ
兩軍作戰，各築營壘防禦，故稱雙方相持爲對壘。今用以稱各種比賽。

5【對生葉】 ㄉㄨㄟˋ ㄕㄥ ㄧㄝˋ
(opposite leaves)
葉序的一種。莖上每一節處長出兩枚成對的葉子。如薄荷、仙草等具對生葉。

對生葉圖

7【對局論】 ㄉㄨㄟˋ ㄐㄩˊ ㄌㄨㄣˋ
(theory of games)一種競賽的數學理論。競賽中，參加者只有部分的控制。在這些情況下，每位參加者想決定一個最好的遊戲方法。此理論的發明一般歸功於'諾衣曼'(John von Neumann)，曾應用於經濟及軍事戰略。對局設想爲決定遊戲進行的一套規則，參加者均稱爲遊戲者，對局的進行就是遊戲者的一系列的部署。這些部署必須遵守對局的規則，分成定命的部署及隨機部署兩種。前者的決定在於個人的自由選擇，而後者則由擲骰子等所做的機率決定。對局的一局就是從開始到結束的完全演出，其結果爲每位遊戲者的支付。最基本的概念就是遊戲者的策略。這是一組指示，確定遊戲者在每一種可能的狀況下如何決定部署。選定了策略之後，遊戲者就沒有任何個人部署了。一般而言，有許多策略可供選擇，在定命的部署的對局中，每一遊戲者一旦選定了一個策略，則此對局的結果就決定了。若是重複下好幾局，則遊戲者可以採用混合策略，在每一局開始之前，擲骰子決定要用那一種策略。最佳遊戲理論討論最佳的策略，對遊戲者只有兩人時，理論較完整，稱兩造對局(two-person game)。對局論的基本定理說，若遊戲者的一方採用大中取小原理，另一方採用小中取大原理，則兩人的期望支付將會相等。對局論亦可推廣到無限或連續變動的策略，多造對局由於可以產生合縱連橫而使情況變得很複雜。

【對位法】 ㄉㄨㄟˋ ㄨㄟˋ ㄈㄚˇ
(counter point)作曲技巧的一種。又稱對譜法。其方法是在一個既有的曲調上方或下方，依從法則作成另一曲調與之配合。其既有的曲調名爲固定曲調或主題，配成的曲調稱爲對位。主題與對位之關係，是同樣重要，各顯秀麗，並無主從之分。

9【對流雨】 ㄉㄨㄟˋ ㄌㄧㄡˊ ㄩˇ
(convective rain)太陽輻射強烈使地面大氣產生旺盛的對流作用，含溼氣流因而上升至相當高度，因絕熱冷卻使水氣凝結，終至興雲而降雨。這種雨多屬陣雨或雷雨，雨勢大而雨時短、雨區小。盛行於熱帶及溫帶夏季，偶可降雹暴。

【對流層】 ㄉㄨㄟˋ ㄌㄧㄡˊ ㄘㄥˊ
(troposphere)地球上大氣垂直分層中，最接近地面的一層。高度可達18公里，氣溫隨高度而降低，風速則隨高度而增大。水汽含量集中在底部，向上迅速減少。天氣現象幾乎都在這一層發生，和人類生活有最密切的關係。

11【對偶句】 ㄉㄨㄟˋ ㄡˇ ㄐㄩˋ
兩句字數相同，而詞性兩相對稱的句子。常用於舊體詩文中，以表現相反或相關的意思。如「錦上添花」與「雪中送炭」即對偶句。

14【對稱軸】 ㄉㄨㄟˋ ㄔㄣˋ ㄓㄡˊ
(axis of symmetry)兩點、線、面、體對於某一定直線具有對稱關係時，此直線稱爲對稱軸。

15【對數表】 ㄉㄨㄟˋ ㄕㄨˋ ㄅㄧㄠˇ
(table of logarithm)詳列各種眞數之常用對數或自然對數值的表。

4【對比效果】 ㄉㄨㄟˋ ㄅㄧˇ ㄒㄧㄠˋ ㄍㄨㄛˇ
口試時主試者易發生的一種偏差。指主試者對前後兩個應試者的成績，常會發生優劣的對比作用，且其對比效果特別大。如前一應試者在口試時表現突出(或極差)，則對後一應試者之平常水準的表現，由於對比效果，乃認爲很差(或很好)。

【對牛彈琴】 ㄉㄨㄟˋ ㄋㄧㄡˊ ㄊㄢˊ ㄑㄧㄣˊ
比喻對愚蠢不明事理的人講道理，徒費口舌。

6【對向水準】 ㄉㄨㄟˋ ㄒㄧㄤˋ ㄕㄨㄟˇ ㄓㄨㄣˇ
(reciprocal leveling)水準測量中，前後視距離取成相等，常爲消除視準軸誤差、地球弧面差及大氣折光差等的必要步驟，然遇河流、湖泊或狹谷等之阻隔時，上述要求則甚難達成，需用對向水準測量法施測始能消除此項誤差。其法係以兩架同精度的水準儀分別置於兩岸，另分置二水準尺與二水準儀分別等距，即可按一般水準測法施測，而得兩點間的平均高差。

7【對沖交易】ㄉㄨㄟˋ ㄔㄨㄥ ㄐㄧㄠ ㄧˋ
(hedging)又稱對沖買賣、避險交易，或音譯為海京。指市場參與者(主要指避險者)在現貨市場買入或賣出某一種商品，而在期貨市場賣出或買入同等數量的同一種商品的交易。其主要目的為減低商品價格漲跌的風險。對沖交易乃基於現貨市場與期貨市場的價格漲跌方向一致的理論而來。因此，在現貨市場的虧損可從期貨市場上獲得彌補；反之，在現貨市場上的獲利也可補貼在期貨市場上的虧損。對沖交易可分為賣出對沖與買入對沖兩種。

【對角規則】ㄉㄨㄟˋ ㄐㄧㄠˇ ㄍㄨㄟ ㄗㄜˊ
(diagonal rule)週期表中各元素的電負度，往往與相鄰右下角元素的電負度相近，例如鋰與鎂相近、鈹與硼相近、鋁與矽相近，這種現象稱為對角規則。

10【對症下藥】ㄉㄨㄟˋ ㄓㄥˋ ㄒㄧㄚˋ ㄧㄠˋ
針對症狀開藥方。比喻針對問題作適切的處置。

11【對偶定理】ㄉㄨㄟˋ ㄡˇ ㄉㄧㄥˋ ㄌㄧˇ
(dual theorem)將原定理的順序與意義反轉所成的定理，稱對偶定理。例如在射影幾何中，將點和超平面對調即得對偶定理。

【對偶基因】ㄉㄨㄟˋ ㄡˇ ㄐㄧ ㄧㄣ
(allele)指控制生物任何一種遺傳性狀的一對基因。位於某對染色體的一定位置。

14【對稱函數】ㄉㄨㄟˋ ㄔㄣˋ ㄏㄢˊ ㄕㄨˋ
(symmetric function)一函數於其自變數的任何排列下，其值不變，稱為對稱函數。例如 $f(x,y)=x^2+xy+y^2$ 即是 x、y 的對稱函數，以符號表示為 $f(x,y)=f(y,x)$。

15【對數坐標】ㄉㄨㄟˋ ㄕㄨˋ ㄗㄨㄛˋ ㄅㄧㄠ
(logarithmic coordinates)將正實數標在直線上，使兩點之間之距離為其對數之差。這種對數標尺的作法如下：首先擇一點 I 定為1，其次決定單位長。將實數 x 標在距離 I 為 $logx$ 的點上。如圖㈠所示。平面上的對數坐標係將 x 軸、y 軸均使用對數標尺而成。在此坐標下，$y=ax^n$ 的對數圖形為一直線，如圖㈡。若將一軸用對數標尺，另一軸用均勻標尺，則得半對數坐標圖形。例如若將 x 軸用均勻標尺，則 $y=k\cdot b^x$ 的半對數圖形成一直線。

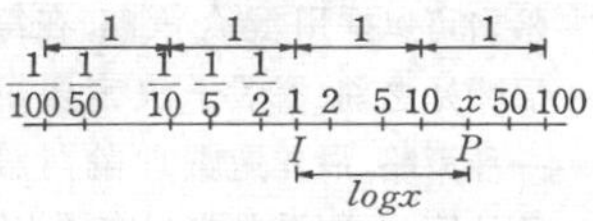

對數坐標圖㈠

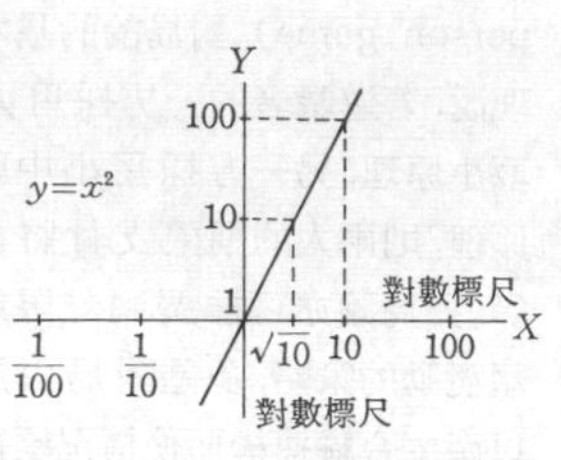

對數坐標圖㈡

【對數函數】ㄉㄨㄟˋ ㄕㄨˋ ㄏㄢˊ ㄕㄨˋ
(logarithmic function) $log_b x$ 定義在 $x>0$ 的範圍，其圖形稱為對數曲線。若 $b>1$，則此為增函數，如圖。因 $log_b x=-log_{\frac{1}{b}} x$，故若

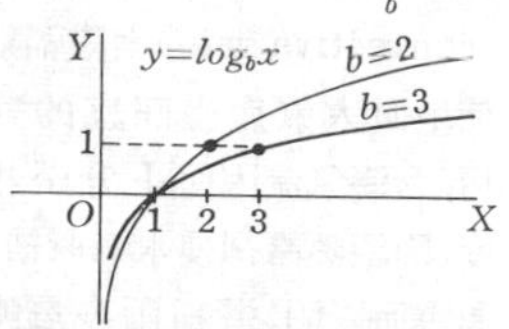

對數函數圖

$b<1$，則為減函數。自然對數函數 $ln\,x$ 可以定義為 $\int_1^x \frac{dt}{t}$，由此可得 $ln(1+x)=x-\frac{x^2}{2}+\frac{x^3}{3}-$……對 $|x|<1$ 均成立。

16【對頭冤家】ㄉㄨㄟˋ ·ㄊㄡ ㄩㄢ ·ㄐㄧㄚ
指仇敵。

18【對轉科目】ㄉㄨㄟˋ ㄓㄨㄢˇ ㄎㄜ ㄇㄨˋ
銀行辦理信託、代理、保證及簽發信用狀等業務，常同時發生或有資產及或有負債，故會計上必需設置若干對轉科目，俾於交易發生時，以某一或有資產科目與另一或有負債科目對轉，其金額及餘額一定相等，但借貸則相反。

19【對簿公堂】ㄉㄨㄟˋ ㄅㄨˋ ㄍㄨㄥ ㄊㄤˊ
原告被告一起在法庭上接受審問。

15【對數放大器】ㄉㄨㄟˋ ㄕㄨˋ ㄈㄤˋ ㄉㄚˋ ㄑㄧˋ
(logarithmic amplifier)一種放大器之結構。其輸出信號為輸入信號之對應對數值，輸入一輸出間具有對數轉換關係的電路。

5【對外貿易乘數】ㄉㄨㄟˋ ㄨㄞˋ ㄇㄠˋ ㄧˋ ㄔㄥˊ ㄕㄨˋ
(foreign trade multiplier)在開放經濟下，均衡國民所得水準為：$Y=(C_o+I_o+G_o+X_o-M_o)/(1-c-v+m)$，$C_o$、$I_o$、$G_o$、$X_o$ 及 M_o 分別代表自發性消費、投資、政府開支、出口及進口，c 代表邊際消費傾向，v 代表邊際投資傾向，m 代表邊際進口傾向，則將上式之均衡國民所得水準對有效需求的各個自發性開支項目微分，得到：

$$\frac{2Y}{2C_o}=\frac{2Y}{2I_o}=\frac{2Y}{2G_o}=\frac{2Y}{2X_o}=-\frac{2Y}{2M_o}=\frac{1}{1-c-v+m}=\frac{1}{s-v+m},$$

s 代表邊際儲蓄傾向，$\frac{1}{s-v+m}$ 即為對外貿易乘數。以其表示在開放經濟下，自發性開支項目變動引起國民所得變量呈倍數的變動，故又稱開放經濟乘數。

9【對流熱傳遞係數】ㄉㄨㄟˋ ㄌㄧㄡˊ ㄖㄜˋ ㄔㄨㄢˊ ㄉㄧˋ ㄒㄧˋ ㄕㄨˋ

(convection heat-transfer coefficient)在'牛頓'冷卻定律中，表示熱傳遞速率與溫差間之關係的比例常數。一般均以 h 表之。有時亦稱薄膜導度(film conductance)，因它與壁面流體靜止層的傳導過程有關。

13

導 ㄉㄠˇ *tao*³ 音島 讀音 ㄉㄠˋ *tao*⁴ 音到

1引領；指引。如：領導。2開發；疏通。如：疏導。

4【導引】 ㄉㄠˇ ㄧㄣˇ
1以呼吸吐納為主，有時配合適當的肢體動作，以求健身強身的一種養生術。如五禽戲、易筋經、八段錦、外丹功等是。2在前面引路。3(guidance)使飛彈或其他空中載具抵達預定目的地之靈活操縱方法。藉姿態控制與路徑控制兩種控制階段完成。一般所稱之導引包括其全部設計在內，即感應器具、電腦，以及能將已經計算之導引指揮信號轉變為空中載具反應信號所必須之伺服系統。導引階段可依飛行路徑分：始程、中程與終程。飛彈與太空船常用之導引系統計有：乘波(beam-riding)、歸向(homing)、無線電(radio)及慣性(inertial)四種。

5【導卡】 ㄉㄠˇ ㄎㄚˇ
卡片目錄中，用以指引卡片的排列次序或做進一步說明的卡片。通常有特殊的標籤或特別凸起的指示，或以不同顏色顯示各種不同意義。

10【導套】 ㄉㄠˇ ㄊㄠˋ
(bushing)鑽模的主要構件。其功用為引導鑽頭、鉸刀、螺紋攻等刀具順利而正確地進入工件欲鑽切之位置，避免一般目視進刀的困難和錯誤。為防止長期使用被刀具和切屑磨損，多用高耐磨鋼材製成。以其用途可分成固定套、更換套、滑動套等。

導套圖

【導納】 ㄉㄠˇ ㄋㄚˋ
(admittance)交流電流流入電路時的難易程度。為阻抗的倒數，以 Y 表示，單位為姆歐。其大小等於交流電流被端電壓來除的商值，若以相量表示，則為電導與電納之和。

【導師】 ㄉㄠˇ ㄕ
1指在學校中負責教導與管理學生的人。2引導人入於佛道的聖者。為佛、菩薩的通稱。

11【導帶】 ㄉㄠˇ ㄉㄞˋ
(conduction band)在原子結構的外圍部分，其晶體之電子能階為數甚多且相鄰甚近，此種能階緊密排在一起而形成所謂能帶。由於電子在其中的束縛能較小，可以因外加電場而脫離束縛，具有導電作用，故在外圍可以存在電子而具有導電之能帶區，稱為導帶。

12【導堤】 ㄉㄠˇ ㄊㄧˊ
自海岸伸入深海的一種堤防建築。多造於含沙量較多之海灣口或內河入海之港口，具有刷深航道、防止淤沙阻塞航道等功用。

【導程】 ㄉㄠˇ ㄔㄥˊ
(lead)一個螺旋線每迴轉一周所行進之距離。

13【導遊】 ㄉㄠˇ ㄧㄡˊ
帶領觀光旅客遊覽參觀名勝古蹟或展覽場所等，提供歷史知識、解答問題及做必要的服務者。

14【導演】 ㄉㄠˇ ㄧㄢˇ
(director)戲劇、電影等藝術表演工作的一種職務。主要工作為根據劇本構思，擬訂處理方案，組織並指導排練或拍攝的過程，結合演員和其他幕後相關人員的創作經驗，將劇本的內容表現為具體的舞臺或銀幕形象。

【導管】 ㄉㄠˇ ㄍㄨㄢˇ
(vessel)位於木質部。為管狀的細胞，無細胞核，亦無細胞質，其上、下細胞相接處的細胞壁消失，連接成細長的管子，具有毛細作用，可以輸送水分；其側壁具有多數壁孔，此乃由於管壁部分加厚並木質化而形成，有種種不同的花紋，如環紋、螺紋、梯紋等。

15【導論】 ㄉㄠˇ ㄌㄨㄣˋ
引論；導言。論文或書籍起首用以說明重要內容的概括論述。

【導播】 ㄉㄠˇ ㄅㄛˋ
(program director; PD)在電視節目攝製時，直接指揮工作人員與演藝人員者，稱為導播。

【導線】 ㄉㄠˇ ㄒㄧㄢˋ
(traverse)已知長度及方向，且能作為平面控制作用的測線。通常由導線點聯結而成，係一精密測量，且為一骨幹測量，用以控制附近之細部或地形測量。依形狀可分為展開導線、閉合導線、附合導線及導線網；依使用儀器可分為捲尺導線、羅盤儀導線、平板儀導線及經緯儀導線；依量距方法可分為量距導線、視距導線及光波測距儀導線。

23【導體】 ㄉㄠˇ ㄊㄧˇ
(conductor)容易傳導電荷使其自一處移至另一處的物體。如金屬之銀、銅、鋁、鐵等。由於構成導體之原子外圍的電子容易脫離原子的束縛，成為可以在原子間自由活動的電子(稱自由電子或導電電子)，且每立方公分就含有 10^{22} 個之多，因此導體在受到電壓作用時，自由電子的移動便形成電流而導電。

4【導火線】 ㄉㄠˇ ㄏㄨㄛˇ ㄒㄧㄢˋ
1燃發爆竹或火藥的引線。2比喻引發事件的直接原因。

【導水管】 ㄉㄠˇ ㄕㄨㄟˇ ㄍㄨㄢˇ
(aqueduct)將淡水從合適的水

源引至用水地區的人造管道。分爲壓力式與重力式兩種。在流量小或地形不利等情況下常用壓力管道;輸送量大或地形條件優越者,則採用明渠或重力式。

5【導出量】 ㄉㄠˇ ㄔㄨ ㄌㄧㄤˋ
(derived quantity)基本量之組合,並予以定義之量。如頻率、力、壓力等。

10【導航員】 ㄉㄠˇ ㄏㄤˊ ㄩㄢˊ
負責將飛機導引至投落區或目標的空勤人員。通常由有經驗的導航人士擔任。

12【導程角】 ㄉㄠˇ ㄔㄥˊ ㄐㄧㄠˇ
(lead angle)螺旋齒輪齒交線之切線與旋轉平面間的銳角。爲螺旋角的餘角。

13【導電度】 ㄉㄠˇ ㄉㄧㄢˋ ㄉㄨˋ
(conductivity)物質傳遞電流的難易程度。

17【導螺桿】 ㄉㄠˇ ㄌㄨㄛˊ ㄍㄢˇ
(lead screw)一種精密之機械螺桿。能趨動精確之螺帽,使得螺桿之轉動能控制螺帽之定位。

4【導引飛彈】 ㄉㄠˇ ㄧㄣˇ ㄈㄟ ㄉㄢˋ
(guided missile)簡稱飛彈。爲一攜有毀滅性彈頭之可自行推進,並能接受導引或指揮對準一預定目標飛行的空中或太空載具。可依發射地點與目標物所在地點之關係分爲面對面、面對空、面對水下、空對空、空對面、空對水下、水下對水下、水下對面、水下對空等九大類,而所謂面又可分地(面)與水(面)兩種。

5【導出單位】 ㄉㄠˇ ㄔㄨ ㄉㄢ ㄨㄟˋ
(derived unit)導出量之單位。如赫、牛頓、帕斯卡等。

14【導誘服從】 ㄉㄠˇ ㄧㄡˋ ㄈㄨˊ ㄘㄨㄥˊ
(induced compliance)研究認知失調引發影響的方法之一。首先刻意製造受試者認知與行爲上之不調和,從而引導受試者接受實驗者之意向,以觀察、探究所產生的後果。

【導磁係數】 ㄉㄠˇ ㄘˊ ㄒㄧˋ ㄕㄨˋ
(permeability)物質通過磁力線的能力。該係數等於磁感應(B)與磁化力(H)的比值。符號爲μ。

小部

小 ㄒㄧㄠˇ *hsiao*³ 音曉
[1]細微。與大相對。如:小不忍則亂大謀。[2]狹窄;狹隘。如:小心眼。[3]短暫。如:小住。[4]年幼。如:小時了了,大未必佳。[5]輕視;覺得小。如:登'泰山'而小天下。[6]自稱的謙詞。如:小弟。[7]指品德不好的人。如:群小。[8]表示程度不深。如:牛刀小試。

2【小二】 ㄒㄧㄠˇ ㄦˋ
舊時指旅舍飯店或茶樓酒肆的僕役。

【小人】 ㄒㄧㄠˇ ㄖㄣˊ
[1]小民;百姓。[2]見識淺薄,沒有才德的人。與君子相對。[3]身材矮小的人。[4]自己的謙稱。

4【小屯】 ㄒㄧㄠˇ ㄊㄨㄣˊ
位於'河南省''安陽縣'西北。爲'商代'後期'盤庚'所遷的都城所在。又稱'殷'墟。考古學家在此作了大規模發掘,除發現大量卜骨、陶器、石器、青銅器等外,並發現到王宮、宗廟、祭壇等基址。

【小月】 ㄒㄧㄠˇ ㄩㄝˋ
[1]農曆指二十九日的月分,國曆指三十日的月分。[2]工商業稱生意不好,交易清淡的月分。[3]俗稱流產。

5【小可】 ㄒㄧㄠˇ ㄎㄜˇ
[1]自稱的謙詞。用在對平輩或晚輩時。[2]輕微;尋常。[3]尚可;差強人意。

【小令】 ㄒㄧㄠˇ ㄌㄧㄥˋ
[1]短調的詞。通常指五十八字以內的詞。[2]散曲體式的一種。單詞隻曲,體裁短小。與散套相對。[3]'元''明'之際民間流行的小調俗曲。又稱小曲。

6【小成】 ㄒㄧㄠˇ ㄔㄥˊ
小有成就。

【小名】 ㄒㄧㄠˇ ㄇㄧㄥˊ
[1]乳名;奶名。[2]謙稱自己的名字。

7【小序】 ㄒㄧㄠˇ ㄒㄩˋ
[1]指"詩"小序。別於大序而言。[2]詩文前的序言。大致敘述著作的動機、內容和目的。

【小抄】 ㄒㄧㄠˇ ㄔㄠ
一種作弊的方法。把答案寫在紙上或隱密處,以便考試時能偸看而照著抄寫作答。

【小我】 ㄒㄧㄠˇ ㄨㄛˇ
自我;個人。與大我相對。

9【小品】 ㄒㄧㄠˇ ㄆㄧㄣˇ
[1]佛教的經典,詳細的叫大品,簡單的叫小品。[2]雋永而洗鍊的短篇文章。如雜感、隨筆、短評之類。

10【小酌】 ㄒㄧㄠˇ ㄓㄨㄛˊ
[1]小飮;略飮。[2]非正式的請客喝酒。

【小氣】 ㄒㄧㄠˇ ˙ㄑㄧ
[1]度量狹小。[2]形式不大方。[3]吝嗇。

【小乘】 ㄒㄧㄠˇ ㄕㄥˋ
佛家語。梵語 Hinayāna 的意譯。指原始的'印度'部派佛教,於大乘教盛行後被貶稱爲小乘。小乘保持早期的佛教教理,只信奉"阿含經"等佛典,注重渡己的佛法,以自我解脫,求證阿羅漢果爲目標。

【小鬼】 ㄒㄧㄠˇ ㄍㄨㄟˇ
[1]俗稱陰間地位低下的鬼卒。[2]對小孩子親暱或不客氣的稱呼。

11【小淨】 ㄒㄧㄠˇ ㄐㄧㄥˋ
[1]'崑'曲腳色名。性質與副淨相似,也常與丑腳相混。如"臨川夢"中的'張不痴'、"桃谿雪"中的'李伯青'。[2]伊斯蘭教拜功條件之一。凡教徒在每次禮拜時,如遇嘔吐、暈眩、睡眠、流血、流膿、入廁、

下氣等之後，須依其規定程序洗淨身體局部有關之部位，是爲小淨。

【小產】 ㄒㄧㄠˇ ㄔㄢˇ

婦女懷胎未足月而流產。

【小康】 ㄒㄧㄠˇ ㄎㄤ

1古代儒者以五帝時長治久安、天下爲公的社會爲大同，以'禹'、'湯'、'文'、'武'時政教修明的社會爲小康。2略有資產、衣食不缺的家境。

【小雪】 ㄒㄧㄠˇ ㄒㄩㄝˇ

農曆二十四節氣之一。在國曆十一月二十二日或二十三日。

【小麥】 ㄒㄧㄠˇ ㄇㄞˋ

(wheat; *Triticum aestivum* L.)禾本科，一年生或二年生草本。稈叢生。高約1公尺，爲中空的圓柱形，節部隆起，葉互生，廣披針形，其基部有葉舌，鞘長。五、六月間開花，穗狀花序長6~10公分，小穗無柄，著生於花穗中軸的兩側，廣卵形，由2~6朵小花所組成，外稃先端常具芒，穎果廣橢圓形。是世界上分布最廣、栽培面積最大的糧食作物。

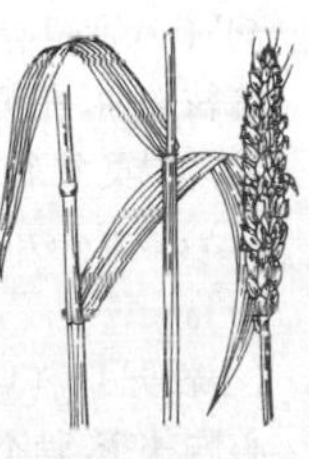
小麥圖

12【小寒】 ㄒㄧㄠˇ ㄏㄢˊ

1輕寒。2農曆二十四節氣之一。在國曆一月六日或七日。

【小費】 ㄒㄧㄠˇ ㄈㄟˋ

(tip)顧客任意付給服務人員，犒賞他們提供服務的一種報酬。法律上，顧客並無支付小費的義務，純爲個人習慣或道義上的行爲。

【小雅】 ㄒㄧㄠˇ ㄧㄚˇ

"詩經"中的一部分。共七十四篇，大多爲'西周'後期和'東周'初期的作品。一部分是宴會詩，一部分則是描述'周'室和西北戎狄部族及東方諸侯各國之間的征伐戰爭，但較多爲批評朝政缺失和反映喪亂的詩。

【小暑】 ㄒㄧㄠˇ ㄕㄨˇ

農曆二十四節氣之一。在國曆七月七日或八日。

【小喬】 ㄒㄧㄠˇ ㄑㄧㄠˊ

三國'吳'美女。'東漢'太尉'喬玄'的次女，與長姊'大喬'，並有國色，世稱二'喬'。後'大喬'歸'孫策'，'小喬'歸'周瑜'。

13【小道】 ㄒㄧㄠˇ ㄉㄠˋ

1小路；小徑。2指農圃醫卜等的技藝。3道士的自稱。

【小鼓】 ㄒㄧㄠˇ ㄍㄨˇ

打擊樂器。1(snare drum)底面有張緊的響絃，雙槌敲擊，產生清脆明亮的音質，爲重要的節奏樂器(如圖)。2由羯鼓改製而成。僅一面蒙皮，其聲清脆。又名單皮鼓、脆鼓。

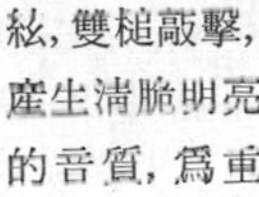
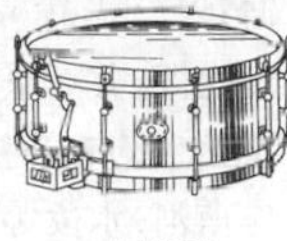
小鼓圖

【小楷】 ㄒㄧㄠˇ ㄎㄞˇ

書體之一。爲字形小而方正的楷書體。始創於'魏''晉'時'鍾繇'、'王羲之'等人。

【小號】 ㄒㄧㄠˇ ㄏㄠˋ

1衡量東西的大小長短，尺寸短小的叫小號，尺寸長大的叫大號。2商人謙稱自己的店鋪。3(trumpet)銅管樂器。音色明朗，音量宏大，極富英雄氣概，爲銅管樂的高音樂器。

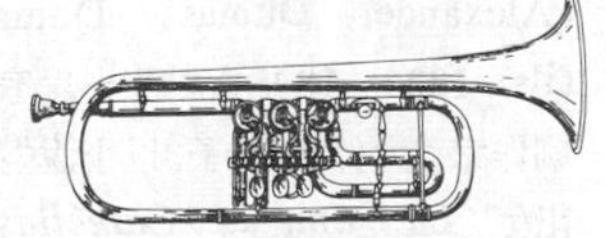
小號圖

【小圓】 ㄒㄧㄠˇ ㄩㄢˊ

(small circle)與大圓圈線同是構成地理網線的基礎。凡平面不通過球心而剖分球體，與球面交切所形成的圓圈均屬小圓。

【小腸】 ㄒㄧㄠˇ ㄔㄤˊ

(small intestine)上接胃部、下連大腸之細長而捲曲的消化道。爲完成消化作用及吸收營養的主要場所。可分爲十二指腸、空腸、迴腸三部分。小腸液富含黏液和許多消化酶，能將消化後的營養物吸收，使之進入血液和淋巴；又因小腸會蠕動，利用其排空作用的性質，可將消化後的渣滓漸漸推送至大腸，而排出肛門。

【小腦】 ㄒㄧㄠˇ ㄋㄠˇ

(cerebellum)位於大腦的後下方，其功能爲維持身體的平衡，調和全身各部的運動。小腦若有疾病，則身體失去重心，運動不能隨意自如。如飲酒過度時，酒精傷害小腦而酒醉，便會導致步行失常。

14【小滿】 ㄒㄧㄠˇ ㄇㄢˇ

1農曆二十四節氣之一。在國曆五月二十一日或二十二日。2古指官吏任滿三年。

【小說】 ㄒㄧㄠˇ ㄕㄨㄛ

1淺薄瑣碎的言談。2文體的一種。與散文、詩歌相對。有短篇、中篇、長篇之別。

【小舞】 ㄒㄧㄠˇ ㄨˇ

'周代'國學中，年幼者所學習的舞。由樂師教導。有"帗舞"、"羽舞"、"皇舞"、"旄舞"、"干舞"、"人舞"。

15【小潮】 ㄒㄧㄠˇ ㄔㄠˊ

(neap tide)海水滿潮與乾潮間的水位差在每一月內的上下弦後一至三日最小，此時的潮汐稱爲小潮。

【小調】 ㄒㄧㄠˇ ㄉㄧㄠˋ

1民歌的一種。也稱小曲。曲調活潑流暢，富於多樣的變化。2(minor key)依照小音階構成的樂曲。小音階的特點爲主音與上方三度音、六度音均是小三度、小六度音程。小調的色彩常有婉轉的東方氣質。

【小廝】 ㄒㄧㄠˇ ㄙ

年輕的僮僕。

【小樣】 ㄒㄧㄠˇ ㄧㄤˋ
(case proof)稿件排檢完成，第一次打出的樣子，稱爲小樣，通常爲條稿形式。

【小數】 ㄒㄧㄠˇ ㄕㄨˋ
(decimal)分數以10或10的乘冪爲分母的便利記法，叫小數。如：$\frac{3}{10}=0.3$；$\frac{234}{1000}=0.234$；$\frac{234}{1000}$也可作$\frac{2}{10}+\frac{3}{10^2}+\frac{4}{10^3}$。

【小篆】 ㄒㄧㄠˇ ㄓㄨㄢˋ
書體名。'秦代'通行的文字。也稱'秦'篆。在籀文的基礎上發展而成，形體較簡化。

16【小鴓】 ㄒㄧㄠˇ ㄅㄧˋ
(arctic yellow willow warbler; *Acanthopneuste borealis borealis*) 又名鴓、子鴓、北寒帶柳鶯、極鶯。爲脊椎動物中屬於鳥綱(class Aves)、雀形目(order Passeriformes)、鶯科(family Sylviidae)的一種。分布於'西伯利亞'東部，多季南徙經我國'華'北至東南各省，爲'臺灣'常見的多候鳥。體長約12公分，雄者較大；

小鴓圖

嘴細長，腿細短，適於在樹枝間跳躍或棲息。體背面暗橄欖綠色，腹面爲黃白色。主食昆蟲。

16【小器】 ㄒㄧㄠˇ ㄑㄧˋ
①小型的器具。②器量狹小；氣度不恢宏。③吝嗇。也作小氣。

【小學】 ㄒㄧㄠˇ ㄒㄩㄝˊ
①'周朝'學制。與大學相對。兒童八歲入小學，學六藝。②指研究文字形體、聲韻、意義的學問。③實施初等教育的學校。今稱國民小學。共六年，入學年齡爲六足歲。

17【小醜】 ㄒㄧㄠˇ ㄔㄡˇ
稱小人、盜匪等。

【小殮】 ㄒㄧㄠˇ ㄌㄧㄢˋ
指辦喪事時爲死者更衣。也作小斂。

2【小九天】 ㄒㄧㄠˇ ㄐㄧㄡˇ ㄊㄧㄢ
拳術名。流行於東北。簡要實用，曾爲東北軍採用以訓練士兵。

4【小心眼】 ㄒㄧㄠˇ ㄒㄧㄣ ㄧㄢˇ
心胸狹小。

【小五義】 ㄒㄧㄠˇ ㄨˇ ㄧˋ
作者不詳，一百二十四回。以三俠五義的下一代'徐良'、'艾虎'等爲主，敘述其奔走江湖、鋤惡抑奸的故事。

【小犬座】 ㄒㄧㄠˇ ㄑㄩㄢˇ ㄗㄨㄛˋ
(Canis Minor;CMi) 赤道帶星座之一。位於赤經7時07分至8時12分；赤緯−0.04度至−13.3度之間。其α星('中'名南河三)是淡黃色的1等星。相當於我國星座南河、水位等。

5【小白臉】 ㄒㄧㄠˇ ㄅㄞˊ ㄌㄧㄢˇ
俗稱美少年。含輕蔑之意。

6【小字本】 ㄒㄧㄠˇ ㄗˋ ㄅㄣˇ
'宋''元'刊本書籍有大字本與小字本兩種。小字本大約每行二十三、四字到二十六、七字以上。較爲罕見。爲藏書家所珍重。

【小年夜】 ㄒㄧㄠˇ ㄋㄧㄢˊ ㄧㄝˋ
①指除夕的前一天，即農曆十二月的倒數第二天晚上。也稱小除夕。②指農曆十二月二十四日的晚上。

【小仲馬】 ㄒㄧㄠˇ ㄓㄨㄥˋ ㄇㄚˇ
(Alexander Dumas; Dumas fils, 1824～1895)'法國'小說家、劇作家。'大仲馬'之子。以小說"茶花女"(*La Dame aux Camélias*)聞名於世，後又改編爲劇本演出。尚有"半上流社會"(*Le Demi-Monde*)、"私生子"(*Le Filsnaturel*)等劇作。對於當時社會的道德、風習有細膩的描寫，也揭露許多社會問題，提出深刻的批判。

小仲馬像

【小行星】 ㄒㄧㄠˇ ㄒㄧㄥˊ ㄒㄧㄥ
(minor planets; asteroids)太陽系中繞日運行的小天體。已正式編號的約有3,000顆，大多分布在火星與木星之間，沿橢圓形軌道繞太陽運轉，形成一條小行星帶，其中較大的有穀神星、灶神星、智神星、愛神星等。

8【小夜曲】 ㄒㄧㄠˇ ㄧㄝˋ ㄑㄩˇ
(serenade)黃昏在室外演奏的樂曲。由輕快簡短的樂句組成，多用吉他或曼陀林伴奏，流行於'西班牙'、'義大利'等國。後來有關戀愛的抒情獨奏或獨唱曲也都用此名。此名由黃昏(sera)引申而來，與夜曲有別，故譯爲小夜曲。'歐洲'十八世紀有一種類似組曲的管絃樂曲，在黃昏的園遊會中演奏，如'莫札特'所作的"嬉遊曲"(*Divertimento*)，也稱爲"小夜曲"。

【小性兒】 ㄒㄧㄠˇ ㄒㄧㄥˋㄦ
心胸狹窄，動不動就發脾氣。

【小花臉】 ㄒㄧㄠˇ ㄏㄨㄚ ㄌㄧㄢˇ
戲劇腳色名。丑的俗稱。也稱三花臉。戲中勾豆腐臉。與大花臉相對。如"群英會"中的'蔣幹'。

【小周天】 ㄒㄧㄠˇ ㄓㄡ ㄊㄧㄢ
練內功者以內息從丹田發動，經任、督二脈各穴，再回丹田，稱小周天。

9【小型報】 ㄒㄧㄠˇ ㄒㄧㄥˊ ㄅㄠˋ
(tabloid)篇幅較一般對開報紙小一半的報刊。'歐''美'早期報紙，因內容貧乏，所以篇幅也小。現代的小型報，則爲'英'人'北岩勳爵'(Lord Northcliffe)的一項重大貢獻，目的在方便讀者閱讀，故縮小篇幅，多加頁數，內容通俗化。

10【小除夕】 ㄒㄧㄠˇ ㄔㄨˊ ㄒㄧˋ
除夕的前一天晚上。又稱小年夜，簡稱小除。

【小氣候】 ㄒㄧㄠˇ ㄑㄧˋ ㄏㄡˋ

(microclimate) 或稱微氣候。鄰接地面薄層大氣的氣候。爲小區域內環境要素之一,與周遭的大氣候有別。都市氣候、植物群落氣候、山坡社區氣候、農場氣候等均屬小氣候。與人的生活環境及植物的生長環境息息相關。

11【小陰脣】 ㄒㄧㄠˇ ㄧㄣ ㄔㄨㄣˊ
(labia minora)位於大陰脣的內側的一對黏膜皺襞。上端圍擁陰核,形成陰核包皮,下端會合於處女膜。左右小陰脣之間,圍以空隙,叫做陰道前庭。小陰脣的知覺極銳敏,幾乎不亞於陰核,受刺激極易引起性興奮。

12【小朝廷】 ㄒㄧㄠˇ ㄔㄠˊ ㄊㄧㄥˊ
1指規模同於朝廷的藩鎮。2稱爲人附庸的弱小國家。3指偏安一隅,不能有效統治全國的政權。

【小提琴】 ㄒㄧㄠˇ ㄊㄧˊ ㄑㄧㄣˊ
(violin)一譯梵啞鈴。常簡稱提琴。絃樂器的一種。木製,分琴頸和琴身兩部分,琴頸部分附有指板,琴身部分由面板、底板等構成,內裝有音梁及撐有音柱。演奏時,將琴身挾於下頷與左鎖骨之間,以左手執琴頸按絃,右手持弓拉奏。小提琴因具完美的表現力量,故在西方音樂占有重要地位。感情的表現可由溫柔的抒情,變爲強烈而有戲劇性的興奮。

小提琴圖

【小提單】 ㄒㄧㄠˇ ㄊㄧˊ ㄉㄢ
(delivery order; D/O)又稱提貨單、分提單。船公司交給受貨人憑以向船上或倉庫提領貨物的憑證與通知。在實務上,受貨人提貨時,須將提單向船公司換取小提單,然後到海關辦理報關手續,而後憑小提單向船上或倉庫提領貨物。此外,如貨物已運到而提單尚未到手時,受貨人也可請銀行簽發擔保提貨書,憑以向船公司換取小提單。等到提單到手時,即可向船公司交出提單換回擔保提貨書,以解除銀行的擔保責任。

【小登科】 ㄒㄧㄠˇ ㄉㄥ ㄎㄜ
俗稱娶妻。

【小陽春】 ㄒㄧㄠˇ ㄧㄤˊ ㄔㄨㄣ
指農曆十月。

【小崽子】 ㄒㄧㄠˇ ㄗㄞˇ ˙ㄗ
罵年輕人的話。就是小畜生。

14【小說家】 ㄒㄧㄠˇ ㄕㄨㄛ ㄐㄧㄚ
1古代學派之一。指以故事形式表達學說的一派。2今指小說作家。

【小夥子】 ㄒㄧㄠˇ ㄏㄨㄛˇ ˙ㄗ
稱年輕力壯的男子。

【小熊座】 ㄒㄧㄠˇ ㄒㄩㄥˊ ㄗㄨㄛˋ
(Ursa Minor; UMi)包含北天極的星座。位於赤經0時00分至24時00分;赤緯+65.4度至+90度之間。其α星('中'名勾陳一)是三合星,又是變星,亮度爲1.96～2.05星等。現距天極51分,故被視爲北極星;但由於歲差的緣故,自西元2102年以後,將漸漸遠離天極。到14000年後,天琴座α星('中'名織女一)將會移到北天極,成爲新的北極星。相當於我國星座勾陳、帝、太子、天床、庶子、后宮等。

17【小聰明】 ㄒㄧㄠˇ ㄘㄨㄥ ˙ㄇㄧㄥ
小智巧。

【小戴記】 ㄒㄧㄠˇ ㄉㄞˋ ㄐㄧˋ
即'戴聖'所編的"禮記"。參禮記。

20【小蘇打】 ㄒㄧㄠˇ ㄙㄨ ㄉㄚˇ
(sodium bicarbonate)即碳酸氫鈉。參碳酸氫鈉。

2【小人懷土】 ㄒㄧㄠˇ ㄖㄣˊ ㄏㄨㄞˊ ㄊㄨˇ
小人一心渴望居處的安樂。

【小人懷惠】 ㄒㄧㄠˇ ㄖㄣˊ ㄏㄨㄞˊ ㄏㄨㄟˋ
小人一心渴望別人的恩惠。

3【小山樂府】 ㄒㄧㄠˇ ㄕㄢ ㄩㄝˋ ㄈㄨˇ
'元''張可久'撰,六卷。收小令約七百五十首,套數八套,大多爲抒寫個人悠閑生活及酬贈、詠物之作,穠麗工整。

4【小心翼翼】 ㄒㄧㄠˇ ㄒㄧㄣ ㄧˋ ㄧˋ
謹愼或恭敬的樣子。

5【小巧玲瓏】 ㄒㄧㄠˇ ㄑㄧㄠˇ ㄌㄧㄥˊ ㄌㄨㄥˊ
精細輕巧的樣子。

8【小姑獨處】 ㄒㄧㄠˇ ㄍㄨ ㄉㄨˊ ㄔㄨˇ
指女子尙未出嫁。

9【小便淋瀝】 ㄒㄧㄠˇ ㄅㄧㄢˋ ㄌㄧㄣˊ ㄌㄧˋ
排尿次數多而量少,有小便不順暢,滴瀝不盡感覺的症狀。是尿道感染、尿道結石、乳糜尿、前列腺炎等多種疾病的症狀。

10【小家子氣】 ㄒㄧㄠˇ ㄐㄧㄚ ˙ㄗ ˙ㄑㄧ
氣度狹小;舉止侷促不大方。

【小家碧玉】 ㄒㄧㄠˇ ㄐㄧㄚ ㄅㄧˋ ㄩˋ
平民家的少女。'碧玉'原爲人名,"樂府詩集·碧玉歌"三首中,二首皆以「碧玉小家女」起句。

【小針美容】 ㄒㄧㄠˇ ㄓㄣ ㄇㄟˇ ㄖㄨㄥˊ
(silicon injection)用液態矽化物或石蠟注入人體皮下組織的一種美容法。多用於隆鼻、隆乳、豐頰等,但因化合物會與組織結合,進而形成肉芽瘤,破壞正常組織,產生紅腫、發熱,甚至潰瘍等不良副作用,所以宜避免使用。

11【小麥胚芽】 ㄒㄧㄠˇ ㄇㄞˋ ㄆㄟ ㄧㄚˊ
(wheat germ)小麥顆粒會發芽的部分。可作爲人類的食物或動物飼料。含豐富的蛋白質、維他命B群、維他命E,及高量的鐵、鈣、磷、銅、鎂、錳等礦物質。因含脂肪量高,且多爲不飽和脂肪酸,所以存放時容器應緊密封好或置於冰箱中冷藏,避免油脂氧化而變味。

【小鳥依人】 ㄒㄧㄠˇ ㄋㄧㄠˇ ㄧ ㄖㄣˊ
形容女子或小孩嬌小柔順的樣子。

12【小裡小氣】 ㄒㄧㄠˇ ˙ㄌㄧ ㄒㄧㄠˇ ㄑㄧˋ

形容人吝嗇或氣象不宏大。

16【小頭銳面】 ㄒㄧㄠˇ ㄊㄡˊ ㄖㄨㄟˋ ㄇㄧㄢˋ

形容刁鑽刻薄的容貌。

【小興安嶺】 ㄒㄧㄠˇ ㄒㄧㄥ ㄢ ㄌㄧㄥˇ

位於我國東北，略呈西北─東南走向，斜列於'黑龍江省'。高度約在600～1,000公尺，較'大興安嶺'低、短、狹，森林廣布；其結構多古老的變質岩及花崗岩，含有金礦脈。

18【小題大作】 ㄒㄧㄠˇ ㄊㄧˊ ㄉㄚˋ ㄗㄨㄛˋ

1'明''清'科舉考試以四書文句命題的叫小題，以五經文句命題的叫大題。用作五經文句的章法來做四書文句，叫小題大作。2對小題目的寫作，加以擴大發揮，做廣泛深入的論述。3比喻把小事擴大當大事處理，或把小事故意誇張渲染成大事。

7【小巫見大巫】 ㄒㄧㄠˇ ㄨ ㄐㄧㄢˋ ㄉㄚˋ ㄨ

比喻相形見絀。

8【小兒痲痺症】 ㄒㄧㄠˇ ㄦˊ ㄇㄚˊ ㄅㄧˋ ㄓㄥˋ

(poliomyelitis)由濾過性病毒感染神經原，侵襲脊髓後角部而引起的病症。都由食物傳染。輕微者感染後有低熱，大多幸而無礙，少部分嚴重患者，病毒侵入中樞神經系統，使肢體疼痛，造成運動肌肉痲痺萎縮。多見於下肢。預防的方法除了改善衛生外，可注射'沙克'疫苗，但以口服'沙賓'疫苗較佳。

16【小選舉區制】 ㄒㄧㄠˇ ㄒㄩㄢˇ ㄐㄩˇ ㄑㄩ ㄓˋ

(small electoral district)在選舉制度上，採用地域代表制的國家，將全國分為若干選舉區，而每一選舉區只能選出議員一名者，稱為小選舉區制。

9【小型陸橋運輸】 ㄒㄧㄠˇ ㄒㄧㄥˊ ㄌㄨˋ ㄑㄧㄠˊ ㄩㄣˋ ㄕㄨ

(mini-landbridge service; ML B)也稱迷你陸橋運輸。為海運與橫越大陸鐵路的聯合作業，用以節省海運繞道路程的一種運輸方式。即貨物先以貨櫃運輸由遠東運至'美國'西岸卸下，於辦妥保稅運輸通關手續後轉交火車運至東岸港區的貨櫃集散站或集散場。至於正式進口報關手續及運到進口商倉庫的內陸運輸則由進口商自理。以圖示如下：'臺灣'託運人→海洋運送人→'美國'西岸→'美國'國內運送人→東岸貨櫃基地→'美國'國內運送人→買方。

【小型開放經濟】 ㄒㄧㄠˇ ㄒㄧㄥˊ ㄎㄞ ㄈㄤˋ ㄐㄧㄥ ㄐㄧˋ

(small open economy)即進、出口活動不會對貿易對手國的有效需求產生顯著的影響，亦不致使貿易對手國的國民所得水準因而發生變動的小型經濟社會。

【小型積體電路】 ㄒㄧㄠˇ ㄒㄧㄥˊ ㄐㄧ ㄊㄧˇ ㄉㄧㄢˋ ㄌㄨˋ

(small-scale integration circuit; SSI)每個晶片上不超過12個邏輯閘(大約100個元件)的積體電路。

2【小人之交甘若醴】 ㄒㄧㄠˇ ㄖㄣˊ ㄓ ㄐㄧㄠ ㄍㄢ ㄖㄨㄛˋ ㄌㄧˇ

小人之間的交情往往甜如蜜，卻不長久。

4【小不忍則亂大謀】 ㄒㄧㄠˇ ㄅㄨˋ ㄖㄣˇ ㄗㄜˊ ㄌㄨㄢˋ ㄉㄚˋ ㄇㄡˊ

小事不忍耐，便會敗壞大事。

9【小信號放大電路】 ㄒㄧㄠˇ ㄒㄧㄣˋ ㄏㄠˋ ㄈㄤˋ ㄉㄚˋ ㄉㄧㄢˋ ㄌㄨˋ

(small signal amplifier)將來自轉換器的微小信號加以放大的電路。

2【小人道長君子道消】 ㄒㄧㄠˇ ㄖㄣˊ ㄉㄠˋ ㄓㄤˇ ㄐㄩㄣ ㄗˇ ㄉㄠˋ ㄒㄧㄠ

小人之道擴張，君子之道消退。指邪惡滋長，正義消失。

10【小時了了大未必佳】 ㄒㄧㄠˇ ㄕˊ ㄌㄧㄠˇ ㄌㄧㄠˇ ㄉㄚˋ ㄨㄟˋ ㄅㄧˋ ㄐㄧㄚ

年少時聰明穎慧，長大後不一定有成就。

1

尐 ㄐㄧㄝˊ chieh² 音節

小。如：尐雛。

少 ㊀ ㄕㄠˇ shao³

1不多。如：粥少僧多。2不足；欠缺。3輕視；議論別人的短處。4略微。如：少息。

㊁ ㄕㄠˋ shao⁴ 音哨

1年幼；年小。如：少壯。2副貳。輔佐的身分。如：少師。3姓。'漢'有'少年唯'。見"萬姓統譜·一〇三"。

4【少火】 ㄕㄠˋ ㄏㄨㄛˇ

指人體內正常所具有生氣的熱能。與壯火相對。為維持人體正常生理機能所必須的要素。

6【少艾】 ㄕㄠˋ ㄞˋ

年輕貌美的女子。

8【少府】 ㄕㄠˋ ㄈㄨˇ

1官署名。'秦'置，九卿之一，掌山海地澤的賦稅。2古代弓名。3古代縣尉的別稱。4人體穴位名。屬手少陰心經，在手小指第三節後骨縫凹陷處。

【少東】 ㄕㄠˋ ㄉㄨㄥ

指年輕的老闆或老闆的兒子。

9【少保】 ㄕㄠˋ ㄅㄠˇ

官名。'周'制與少師、少傅合稱三孤。位次於三公，與三公共同輔佐天子。

10【少師】 ㄕㄠˋ ㄕ

參少保。

11【少商】 ㄕㄠˋ ㄕㄤ

1琴的第七弦音。2人體穴位名。在手大指端內側。屬手太陰肺經。是肺脈的起點。

【少康】 ㄕㄠˋ ㄎㄤ

'夏代'君主。'禹'的七世孫，'相'的兒子。'相'被'寒浞'的兒子'澆'殺害，'相'妻逃到'有仍'，生下'少康'。'少康'長大以後，糾合'夏'的餘眾，消滅'寒浞'，中興'夏朝'，在位二十二年崩。

【少陰】ㄕㄠˋ ㄧㄣ
①"易經"中四象之一。其數為八。②經脈名。有陰氣減弱的意思。位於太陰、厥陰之間,所以又有少陰為樞之稱。依"素問·陰陽離合論"的說法即本經在兩個陰經之間,而有樞紐的效應。

12【少陽】ㄕㄠˋ ㄧㄤˊ
①"易經"中四象之一。其數為七。②經脈名。有陽氣減弱的意思。位於半表半裡,介於太陽和陽明之間,所以又有少陽為樞之稱。③指太子。④東方極遠的地方。

【少傅】ㄕㄠˋ ㄈㄨˋ
參少保。

13【少腹】ㄕㄠˋ ㄈㄨˋ
即小腹。'中'醫稱人體臍以下的部位為少腹。但也有人稱肚臍的兩旁為少腹。

8【少林寺】ㄕㄠˋ ㄌㄧㄣˊ ㄙˋ
在'河南''登封'西北'少室山'北麓。'北魏''孝文帝''太和'十九年(495)建。

【少林派】ㄕㄠˋ ㄌㄧㄣˊ ㄆㄞˋ
指'少林寺'所流傳的武術。

【少林拳】ㄕㄠˋ ㄌㄧㄣˊ ㄑㄩㄢˊ
傳自'少林寺'或與'少林寺'有關的拳術之總稱。又分南北兩支,北'少林'為'嵩山''少林寺',南'少林'為'福建''莆田''少林寺',另有'嶺南''少林'。'少林'善武,最早記載為'唐朝'初年。至於'少林'武術的由來,一般傳說為'達摩祖師',唯據近人考證,'達摩'並不會武術,故'少林寺'之拳法,可能是出家和尚所帶入。

4【少不更事】ㄕㄠˋ ㄅㄨˋ ㄍㄥ ㄕˋ
年紀輕,經歷的事不多。

6【少安毋躁】ㄕㄠˇ ㄢ ㄨˊ ㄗㄠˋ
稍微冷靜而不要急躁。

【少年老成】ㄕㄠˋ ㄋㄧㄢˊ ㄌㄠˇ ㄔㄥˊ
人雖年輕而做事老練、言行穩重。

7【少見多怪】ㄕㄠˇ ㄐㄧㄢˋ ㄉㄨㄛ ㄍㄨㄞˋ
譏人見識淺薄。

11【少康中興】ㄕㄠˋ ㄎㄤ ㄓㄨㄥ ㄒㄧㄥ
根據舊史記載:'夏''太康'迷於畋獵,為東方'有窮氏''后羿'所逐。'后羿'先後立'仲康'、'相'為傀儡,自攬政權,但也只顧個人享樂,為部下'寒浞'所弒。'浞'復謀害'相'而奪'夏'政,'相'遺腹子'少康'出奔'有虞'(今'河南''虞城'),後得'夏'遺臣'伯靡'之助,聚'夏'餘眾,攻滅'寒浞',歷盡數十年的艱苦,終於中興'夏朝'。

15【少數股權】ㄕㄠˇ ㄕㄨˋ ㄍㄨˇ ㄑㄩㄢˊ
(minority interest)指母子公司編製合併報表時,聯屬公司以外的投資者所持有的子公司的股份權益。

【少數族群】ㄕㄠˇ ㄕㄨˋ ㄗㄨˊ ㄑㄩㄣˊ
(ethnic minority)與社會主流團體有不同語言、國籍或文化模式的團體或種族。通常在社會上會遭受不平等的待遇與歧視。

【少數載體】ㄕㄠˇ ㄕㄨˋ ㄗㄞˋ ㄊㄧˇ
(minority carrier)半導體中數目較少的載體。如N型半導體中之電洞及P型半導體中之電子均為少數載體。

11【少習若天性】ㄕㄠˋ ㄒㄧˊ ㄖㄨㄛˋ ㄊㄧㄢ ㄒㄧㄥˋ
年少時養成的習性,往往根深柢固,有如天性使然。

6【少年中國學會】ㄕㄠˋ ㄋㄧㄢˊ ㄓㄨㄥ ㄍㄨㄛˊ ㄒㄩㄝˊ ㄏㄨㄟˋ
其前身為'留日學生救國團'。'民國'七年七月,'曾琦'、'王光祈'、'李大釗'等七人發起,八年七月舉行成立大會。宗旨是本科學的精神為社會的活動,以創造'中華民國'。會員信條為奮鬥、實踐、堅忍、簡樸。出版"少年中國"、"少年世界"、"星期日"三刊物。其後會員爭辯是否參加政治活動,創始人員分道揚鑣,會員各行其是。

15【少數載體儲存】ㄕㄠˇ ㄕㄨˋ ㄗㄞˋ ㄊㄧˇ ㄔㄨˇ ㄘㄨㄣˊ
(storage of minority)當一半導體接面在順偏時,越過接面之少數載體相當多,當突然變反偏時,這些少數載體不會馬上消失,造成儲存,此即元件在開關時之延遲原因。

7【少壯不努力老大徒傷悲】ㄕㄠˋ ㄓㄨㄤˋ ㄅㄨˋ ㄋㄨˇ ㄌㄧˋ ㄌㄠˇ ㄉㄚˋ ㄊㄨˊ ㄕㄤ ㄅㄟ
年輕時不努力奮鬥,年老時終將一事無成,徒自悲傷。

2

尔 尒的或體。

尒 ㄦˇ ěrh³ 音邇
①助詞。用於句末,表示結束。見"說文"。②汝;你。通爾。見"正字通"。

3

尗 菽的本字。

尖 ㄐㄧㄢ chien¹ 音肩
①銳利。如:尖刀。②物之末端。如:山尖。③音調細而高。④形容語言刻薄。⑤最好;最前端。如:頂尖。⑥旅途中稍作休息、飲食。如:打尖。⑦敏銳。如:耳朵尖。

14【尖端】ㄐㄧㄢ ㄉㄨㄢ
①尖銳的末端。②比喻事物最先進的部分。如:尖端科技。

15【尖銳】ㄐㄧㄢ ㄖㄨㄟˋ
尖細銳利。

10【尖峰時間】ㄐㄧㄢ ㄈㄥ ㄕˊ ㄐㄧㄢ
指電力、電訊、交通等的使用頻率到達最高點或極限的時間。

【尖峰體驗】ㄐㄧㄢ ㄈㄥ ㄊㄧˇ ㄧㄢˋ
(peak experience)自我實現者於日常中,顯示充滿喜悅、自信、隨心所欲、知覺清晰、思考敏捷、表裡一致等高度的心智和情緒體驗。

14【尖酸刻薄】ㄐㄧㄢ ㄙㄨㄢ ㄎㄜˋ ㄅㄛˊ
言辭尖銳刁鑽，極不厚道。

16【尖嘴猴腮】ㄐㄧㄢ ㄗㄨㄟˇ ㄏㄡˊ ㄙㄞ
脣吻尖翹，腮頰如猴。小說劇曲中，常用來形容小人的嘴臉。

【尖擔兩頭脫】ㄐㄧㄢ ㄉㄢˋ ㄌㄧㄤˇ ㄊㄡˊ ㄊㄨㄛ
比喻兩頭落空，一無所得。

5

尙 ㄕㄤˋ *shang*^{4} 音上
1尊崇；注重。如：尙勇。2增加；超越。如：無以尙之。3自誇；自大。4久遠。如：尙古。5又；且。如：尙且。6庶幾；相近。如：尙合心意。7姓。'漢'有'尙長'。見"萬姓統譜·一〇六"。

4【尙方】ㄕㄤˋ ㄈㄤ
官署名。也作上方。'秦'置，'漢'沿之，掌製造皇帝所使用之刀劍器物。有令，有丞。'漢'末分爲中、左、右三尙方。'魏''晉'因之，'唐'去方字，有中、左、右三尙署。'宋'廢。

8【尙武】ㄕㄤˋ ㄨˇ
崇尙武事。

10【尙書】ㄕㄤˋ ㄕㄨ
十三經之一。彙編'唐'、'虞'、'夏'、'商'、'西周'史料而成，相傳曾經'孔子'編選。原本百篇，亡於'秦'火。'漢'有今古文之分。"今文尙書"二十九篇，爲'濟南''伏生'所口授，以當時通行之隸書寫定，故稱今文。"古文尙書"爲'漢景帝'時'魯恭王'於'孔子'故宅壁中所發現，字體爲蝌蚪文，故稱古文；'孔安國'取與"今文尙書"相校，多於今文十六篇，並爲之作傳，然此十六篇不久亡佚。'東晉''元帝'時，'梅賾'奏上"古文尙書"五十八篇及'孔'傳；'唐''孔穎達'撰"五經義疏"、'陸德明'撰"經典釋文"，皆據'梅'本。'清''閻若璩'"古文尙書疏證"始證其僞。

15【尙齒】ㄕㄤˋ ㄔˇ
尊崇年長的人。

4【尙比亞】ㄕㄤˋ ㄅㄧˇ ㄧㄚˋ
(Zambia)位於'非洲'中南部的內陸國。面積75.2萬方公里，人口1,126萬(2005年)，首都'路沙卡'(Lusaka)。主產玉米、菸草、花生、棉花、家畜和銅、鉛、錫礦，有紡織、水泥和鋼鐵製造業。

5【尙可喜】ㄕㄤˋ ㄎㄜˇ ㄒㄧˇ
(1604～1676)'遼東'(今'遼寧''遼陽')人。先仕'明'，後降'清'，從'清'軍入關，以功封'平南王'，鎭'廣州'。'康熙'十二年(1673)，'清'廷撤藩，'吳三桂'起兵反'清'，'可喜'之子'之信'響應，'可喜'憂急而死。

4【尙友古人】ㄕㄤˋ ㄧㄡˇ ㄍㄨˇ ㄖㄣˊ
與古人爲友。

13【尙節不屈】ㄕㄤˋ ㄐㄧㄝˊ ㄅㄨˋ ㄑㄩ
崇尙節操，不肯屈服。

9

尞 一 ㄌㄧㄠˋ *liao*^{4} 音料
焚柴祭天。見"說文"。
二 ㄌㄧㄠˊ *liao*^{2} 音聊
姓。'隋'有'尞允'。見"萬姓統譜·三〇"。

10

尠 尟的俗體。

尟 ㄒㄧㄢˇ *hsien*^{3} 音險
少。也作尠。見"廣韻"。

尢部

尢 尪的本字。

尣 尢的或體。

1

尤 ㄧㄡˊ *yu*^{2} 音由
1特別；突出。如：尤物。2過錯；罪愆。如：言寡尤。3責怪；歸咎。如：怨天尤人。4更加；格外。如：尤其。5姓。'宋'有'尤袤'。見"萬姓統譜·六二"。

8【尤拉】ㄧㄡˊ ㄌㄚ
(Leonhard Euler, 1707～1783)'瑞士'數學家及物理學家。在幾何、微積分及數論上都有決定性的貢獻。西元1720年入'巴塞爾大學'讀神學，後改讀數學。1727年開始撰述有關數學、物理方面的論文。1741年應'普'王'腓特烈大帝'(Frederick Ⅱ)之聘至'柏林'任職顧問二十五年，寫了兩百餘篇論文及三部著作。1772年時眼睛已瞎，但仍孜孜不息在腦裡計算，提出月亮運作的第二條理論來。

【尤物】ㄧㄡˊ ㄨˋ
1指絕色美女。2特別珍奇的物品。

10【尤悔】ㄧㄡˊ ㄏㄨㄟˇ
過失和後悔。

11【尤袤】ㄧㄡˊ ㄇㄠˋ
(1127～1194)'南宋''無錫'(今'江蘇''無錫')人。字'延之'，號'遂初居士'。'紹興'進士，官至禮部尙書兼侍讀。長於詩，與'楊萬里'、'范成大'、'陸游'齊名。後人輯有"梁溪遺稿"。

7【尤利西斯】ㄧㄡˊ ㄌㄧˋ ㄒㄧ ㄙ
(Ulysses)'希臘'神話中的英雄'奧德修斯'，'羅馬'稱爲'尤利西斯'。參奧德修斯。

8【尤拉公式】ㄧㄡˊ ㄌㄚ ㄍㄨㄥ ㄕˋ
(Euler equation)'瑞士'數學家'尤拉'所建立的三角函數與指數函數間的關係式。即 $e^{\pm ix}=cosx\pm isinx$。有時亦指'尤拉'定理中的公式。

【尤拉定理】ㄧㄡˊ ㄌㄚ ㄉㄧㄥˋ ㄌㄧˇ
(Euler theorem)1代數學上數論的定理稱爲'尤拉'ϕ定理。設$\phi(m)$爲小於m，而與m互質的整數的個數，且若a與m互質，則$a^{\phi(m)}-1$可以m除盡。2立體幾何學上的定理稱爲'尤拉'多面體定理(Euler's polyherod theorem)。凸多面體的稜數加2,等於其頂數與面數之和。設任意多面體的稜數爲E,頂數爲V,面數爲F,則$E+2=V+F$。此定理對凹多面體亦成立。

12【尤雲殢雨】 ㄧㄡˊ ㄩㄣˊ ㄊㄧˋ ㄩˇ
沈浸於男女歡合中。雲雨比喻男女的交合。

3

尥 ㄌㄧㄠˋ *liao*4 音料
1行走時足脛相交。見"說文"。2牲口用後腿鉤物或踢人。見"正字通"。

4

尨 一 ㄆㄤˊ *p'ang*2 音旁 又讀 ㄇㄤˊ *mang*2 音茫
1多毛的狗。見"說文"。2顏色駁雜。也泛指駁雜。如:尨雜。3眉、髮斑白。如:尨眉皓髮。4龐大的樣子。通龐。如:尨然大物。
二 ㄇㄥˊ *mêng*2 音蒙
參尨茸。

10【尨茸】 ㄇㄥˊ ㄖㄨㄥˊ
毛多而亂的樣子。

尪 ㄨㄤ *wang*1 音汪
也作尢、尫、尩。1一腳跛曲的人。見"說文"。2佝僂;短小。見"玉篇"。3瘦弱;羸弱。如:尪弱。

尬 ㄍㄚˋ *ka*4 又讀 ㄐㄧㄝˋ *chieh*4 音介
參尷尬。

尩
尪的或體。

5

尫 ㄗㄨㄛˇ *tso*3, *tsuo*3 音左 又讀 ㄗㄨㄛˋ *tso*4, *tsuo*4 音坐
行走不正。見"說文"。

尳
跛的本字。

9

就 ㄐㄧㄡˋ *chiu*4 音鷲
1達致;完成。如:功成名就。2湊近;歸向。如:水流溼,火就燥。3從事。如:就職。4依照。5留;留任。如:謹於去就。6立刻;即時。7即;縱。如:就令。

4【就木】 ㄐㄧㄡˋ ㄇㄨˋ
進入棺木。即死亡。

5【就正】 ㄐㄧㄡˋ ㄓㄥˋ
1請人指正、教導。2回歸正道。

11【就教】 ㄐㄧㄡˋ ㄐㄧㄠˋ
1從人受學。2向人請教。

12【就裡】 ㄐㄧㄡˋ ㄌㄧˇ
內情。

13【就義】 ㄐㄧㄡˋ ㄧˋ
1歸向正義。2爲正義而死。

【就道】 ㄐㄧㄡˋ ㄉㄠˋ
啟程;上路。

【就業】 ㄐㄧㄡˋ ㄧㄝˋ
(employment)在一定工資水準下,勞動者不僅有工作的意願,且實際獲得固定的工作機會。

14【就緒】 ㄐㄧㄡˋ ㄒㄩˋ
事已理出頭緒,安排妥當。

15【就養】 一 ㄐㄧㄡˋ ㄧㄤˋ
奉養父母。
二 ㄐㄧㄡˋ ㄧㄤˇ
年老無依的人,由公家妥善照料其生活。

【就範】 ㄐㄧㄡˋ ㄈㄢˋ
屈服;不反抗。

6【就地正法】 ㄐㄧㄡˋ ㄉㄧˋ ㄓㄥˋ ㄈㄚˇ
在犯人的犯罪所在地執行死刑。

【就地取材】 ㄐㄧㄡˋ ㄉㄧˋ ㄑㄩˇ ㄘㄞˊ
就當地所有,取用所需要的材料。

【就地審計】 ㄐㄧㄡˋ ㄉㄧˋ ㄕㄣˇ ㄐㄧˋ
政府審計方式之一。指審計機關派員在被審機關所在辦公處所辦理審計事務。普通公務機關編送會計報告,因特殊情形,經審計機關同意免附送原始憑證審核者,審計機關均派員前往各該機關就地辦理審計事務。若以商業審計言,即是赴委託人處所進行審計工作。

8【就事論事】 ㄐㄧㄡˋ ㄕˋ ㄌㄨㄣˋ ㄕˋ
針對事情的本身來討論,不牽涉到不相干的部分。

13【就業安全】 ㄐㄧㄡˋ ㄧㄝˋ ㄢ ㄑㄩㄢˊ
(employment security) 使國民在就業方面得到充分的保障,而沒有失業的恐懼與危險。即一個具有工作能力而願意工作的人如果失業,政府就業服務機構即積極爲其尋找工作,同時政府爲保障其失業期間的生活,辦有失業保險,使失業者領得比工資略低的失業保險金;如果缺乏技術不能就業,或因技術革新而失業,可參加職業訓練,而重新就業。因此,各國就業安全制度包括的範圍,不外就業服務、職業訓練、失業保險三大業務,相互爲用,密切配合。'國際就業安全協會'於西元1913年組成,我國分會成立於'民國'五十四年八月一日。

【就業服務】 ㄐㄧㄡˋ ㄧㄝˋ ㄈㄨˊ ㄨˋ
(employment service) 指政府爲便利人力的供應者和需要者相互配合,以達成人人有事做,事事有人做的社會福利服務。目前我國包括三省市在內,共有七個國民就業輔導機構,共設三十七個就業服務站。

【就源扣繳法】 ㄐㄧㄡˋ ㄩㄢˊ ㄎㄡˋ ㄐㄧㄠˇ ㄈㄚˇ
(tax with held at sources)所得稅課徵方式之一。乃就所得發生的源泉扣繳應納稅款。'英國'人稱爲隨賺隨繳制。其優點爲從源泉控制,可以防止逃漏,且稽徵簡便;缺點則爲只有某些納稅人須提早繳納稅款,且其適用最普遍的對象乃爲眾多的薪資所得者,有欠公平。

尰 ㄓㄨㄥˋ *chung*4 音眾
足部腫大。也作尰。見"廣韻"。

10

尲 尷的本字。

尳 ㄍㄨˇ *ku*³ 音骨
膝骨的疾病。見"說文"。

14

尷 ㄍㄢ *kan*¹ 音乾 又讀 ㄐㄧㄢ *chien*¹ 音監
參尷尬。

7【尷尬】 ㄍㄢ ㄍㄚˋ
①行爲不正,鬼鬼祟祟。②左右爲難,處境窘困。③難爲情;不好意思。

尸部

尸 ㄕ *shih*¹ 音詩
①古代祭祀,以年幼晚輩坐在位上,象徵祖先、神靈,受人祭拜,稱爲尸。後世用神主、畫像代替。②主持其事。③占職位而不做事。如:尸位。④死屍。同屍。⑤陳屍示眾。如:尸於市朝。⑥姓。'戰國'有'尸佼'。見"史記·孟子荀卿列傳"。

3【尸子】 ㄕ ㄗˇ
①'戰國''魯'人,一說'晉'人。名'佼'。曾爲'秦'相'商鞅'的賓客,'商鞅'被殺,'佼'逃入'蜀'。著有"尸子"。②'戰國''魯''尸佼'撰,二十卷。"漢書·藝文志"列入雜家。'元''明'時,書已亡佚。'清''章宗源'、'汪繼培'、'孫星衍'都有輯本。

13【尸解】 ㄕ ㄐㄧㄝˇ
指學道求仙的人死後,靈魂超脫形骸,成仙而去。

16【尸諫】 ㄕ ㄐㄧㄢˋ
指以死諫人。

18【尸蟲】 ㄕ ㄔㄨㄥˊ
道教稱人體內有三尸蟲,居腹中,伺候人的罪孽,每在庚申日,乘人昏睡,升天向'天帝'稟報,因此人多譴過,疾癘而死。

7【尸坐齋立】 ㄕ ㄗㄨㄛˋ ㄓㄞ ㄌㄧˋ
端坐肅立。形容恭敬嚴肅的樣子。古時祭祀時,晚輩端坐象徵祖先爲[尸];祭祀前潔淨身心,以示恭敬爲[齋]。

【尸位素餐】 ㄕ ㄨㄟˋ ㄙㄨˋ ㄘㄢ
居位受祿,不理政事。

1

尺 ㊀ ㄔˇ *ch'ih*³ 音齒
①長度單位。古制以十寸爲尺,十尺爲丈。今標準制一公尺等於一百公分。②度量長短的用具。如:皮尺。③一尺長的。如:尺牘。④短小的。如:尺幅。⑤寸口脈所分的三個部位之一。參寸關尺。
㊁ ㄔㄜˇ *ch'ê*³ 音扯
我國舊時樂譜記音符號之一。用這套符號寫成的樂譜稱工尺譜。
㊂ ㄔˊ *ch'ih*² 音遲
參尺寸㊂。

2【尺八】 ㄔˇ ㄅㄚ
古代吹奏樂器名。也稱簫管、豎笛。竹製,有六指孔,另一孔蒙竹膜,豎吹,長約一尺八寸,故稱尺八。'唐代'頗爲流行,'宋'後漸少使用。'日本''奈良正倉院'藏有我國'唐代'尺八。'福建'南曲中的洞簫,也稱尺八,較一般簫短而粗,也許是古代尺八的遺制。

3【尺寸】 ㊀ ㄔˇ ㄘㄨㄣˋ
①稀少;微小。②法度;節度。③指尺脈和寸脈。參寸關尺。
㊁ ㄔˇ ·ㄘㄨㄣ
①㊀②的又讀。②衣服的尺碼大小。③(dimensions)某些幾何形體的基本長度,可據以算出其體積或面積,或決定其形狀者。例如長方體或長方平行體的長、寬、高。

9【尺度】 ㄔˇ ㄉㄨˋ
①計量長度的定制。②標準;範圍。

10【尺素】 ㄔˇ ㄙㄨˋ
指書信。古人寫信用的生絹叫素,長約一尺,故稱。

15【尺碼】 ㄔˇ ㄇㄚˇ
(size)製衣業爲了快速、簡便,以達到大量生產的目標,將顧客的身材儘可能的歸類而予以標準化,所產生的同款式服裝之各類規格,稱爲尺碼。尺碼與尺寸的含義不同,後者是指衣服各部位的長短量度,而尺碼爲整件衣服大小的歸類。一般帽子、鞋子、手套、襪子等,直接以長度單位(如$7\frac{1}{2}$、8、$8\frac{1}{2}$'英'吋……)標示;衣服類則以號碼(如11、13、15……)、字母(如XL、L、M、S)或長度單位(領圍14、$14\frac{1}{2}$、15'英'吋……)等標示。尺碼規格的產生通常是依據某一地區消費者的體型資料加以統計分析而來,其分類標準則隨國家、人種、性別及年齡等不同的體型特徵,而各有適用的系統。

16【尺澤】 ㄔˇ ㄗㄜˊ
人體穴位名。位於手肘關節橫紋的中央動脈應手處。爲肺脈匯注之處,屬手太陰肺經。主治肩胛神經痛、半身不遂、支氣管炎、小兒驚風。

18【尺璧】 ㄔˇ ㄅㄧˋ
直徑一尺的大璧。極爲珍奇寶貴。

19【尺牘】 ㄔˇ ㄉㄨˊ
尺一牘的省稱。'漢'時詔書寫在一尺一寸長的木板上,故稱詔書爲尺一牘。後來省作尺牘,用以泛指書信。

20【尺蠖蛾】 ㄔˇ ㄏㄨㄛˋ ㄜˊ
(geometer)屬於昆蟲綱、鱗翅目(order Lepidoptera)、尺蠖蛾科(family Geometridae)的動物。體小型至中型。四翅大,飛翔力不強。靜止時,翅向左右平伸。雌者翅退化,或完全缺如。幼蟲體細長,行動時,後方體節靠近前方,身體呈一環狀,然後再將前端

尺蠖蛾圖

向前伸，此種動作有如以尺量物狀，故名尺蠖。約有2,000種。

3【尺寸千里】 ㄔˇ ㄘㄨㄣˋ ㄑㄧㄢ ㄌㄧˇ
千里遼闊的景物，聚縮在尺寸之間。

10【尺蚓穿堤】 ㄔˇ ㄧㄣˇ ㄔㄨㄢ ㄊㄧˊ
一尺長的蚯蚓可以穿毀堤岸。比喻小小的禍根足以釀成大災。

12【尺幅千里】 ㄔˇ ㄈㄨˊ ㄑㄧㄢ ㄌㄧˇ
畫幅雖小，而氣勢廣闊。也用以形容文章富於變化，言少意多。

【尺短寸長】 ㄔˇ ㄉㄨㄢˇ ㄘㄨㄣˋ ㄔㄤˊ
尺雖然比較長，有時卻嫌它短；寸雖然比較短，有時卻顯得長。比喻人或事物隨著情況的變化而各有不同的長短優劣。

2

尼

㊀ ㄋㄧˊ ni² 音泥
梵語比丘尼(bhikṣuṇī)的略稱，尼(ṇi)是梵文陰性的字尾。稱信佛而出家的女子。

㊁ ㄋㄧˇ ni³ 音你
親近。通昵。見"字彙"。

4【尼日】 ㄋㄧˊ ㄖˋ
(Niger) 位於'非洲'中西部的內陸國。面積126.7萬方公里，人口1,167萬 (2005年)，首都'尼阿美' (Niamey)。北部為'撒哈拉沙漠'；西南部'尼日河流域'熱帶莽原遍布，人口集中，依畜牧為生。

【尼父】 ㄋㄧˊ ㄈㄨˇ
對'孔子'的尊稱。

8【尼采】 ㄋㄧˊ ㄘㄞˇ
(Friedrich Nietzsche,1844～1900)'德國'哲學家。是個傳統文明的批判者，哲學思想以極端爲準繩，強調絕對對立；認爲人生最高目的在於成爲[超人]，超越於善惡之外，開創自己的價值。主要著作有"超善惡論"(*Jenseits von Gut und Böse*)、"道德起源論"(*Zur Genealogie der Moral*)等。

尼采像

【尼姑】 ㄋㄧˊ ㄍㄨ
梵語稱女子出家受具足戒者爲比丘尼，俗稱爲尼姑。

16【尼龍】 ㄋㄧˊ ㄌㄨㄥˊ
(nylon)也稱耐龍。爲聚醯胺纖維的總稱。有時也指聚醯胺樹脂。是一種有醯胺結合 CONH 的高分子化合物。通常製成纖維及成形材料，爲'美國''杜邦公司'在西元1935年製成，今已廣泛運用於製造各種織品、室內裝飾品、刷子、手術縫線等。

5【尼古丁】 ㄋㄧˊ ㄍㄨˇ ㄉㄧㄥ
(nicotine)分子式爲 $C_{10}H_{14}N_2$。爲菸草的主要成分，是一種有毒的生物鹼，可做成農業殺蟲劑。對動物體的主要作用在於影響神經節，具先興奮後痲痺的作用。吸入過量，能導致血管損害、誘發肺癌等其他病症。

8【尼泊爾】 ㄋㄧˊ ㄅㄛˊ ㄦˇ
(Nepal) 位於'喜馬拉雅山'南麓的王國。面積14.7萬方公里，人口2,768萬 (2005年)，首都'加德滿都' (Kāthmāndu)。地勢高寒，世界最高峰'聖母峰'位於其北側。中部丘陵土質肥沃，為精華區。南部大多為平原。居民以放牧牛、羊為主。

【尼姑庵】 ㄋㄧˊ ㄍㄨ ㄢ
出家女子唸佛修行的處所。

14【尼赫魯】 ㄋㄧˊ ㄏㄜˋ ㄌㄨˇ
(Jawaharlal Nehru,1889～1964)'印度'政治家。出生於'婆羅門'貴族家庭。父爲律師，早年留學'英國''劍橋'學習科學，後習法律。西元1919年起任'國大黨'(National Congress Party)全國委員會委員；1920年參加'甘地'領導的不合作運動，次年12月入獄；1929年任'國大黨'全國委員會主席，其後曾多次當選該黨主席。自1947年8月'印度'獨立後，任第一任內閣總理至1964年逝世爲止。

尼赫魯像

19【尼羅河】 ㄋㄧˊ ㄌㄨㄛˊ ㄏㄜˊ
(Nile R.)世界最長河川。源於'盧安達'附近的'盧維隆沙'(Luvironzer)，北經'烏干達'、'蘇丹'、'衣索比亞'，在'埃及''開羅'附近沖積成三角洲，分流注入'地中海'。全長6,690公里。中、下游多急湍和瀑布，每年6～10月間的定期氾濫，將沙漠變成河谷綠洲，'埃及'古文明發祥於此。西元1970年建築'亞斯文水壩' (Aswan Dam)，除供蓄水灌溉外，並解除了水患。

5【尼加拉瓜】 ㄋㄧˊ ㄐㄧㄚ ㄌㄚ ㄍㄨㄚ
(Nicaragua) 位於'中美洲'的國家。東濱'加勒比海'，西臨'太平洋'。面積13.0萬方公里，人口546.0萬 (2005年)，首都'馬拿瓜' (Managua)。

【尼布楚條約】 ㄋㄧˊ ㄅㄨˋ ㄔㄨˇ ㄊㄧㄠˊ ㄩㄝ
'俄'自十五世紀末期脫離'蒙古'統治後開始東進，占領'西伯利亞'。'清'初侵入'黑龍江'北岸，築'雅克薩城'、'尼布楚城'。'聖祖''康熙'二十四年(1685)遣都統'彭春'率軍克復'雅克薩'。二十八年，'清'廷接受'荷蘭'人斡旋，與'俄'會於'尼布楚'，約定兩國以'外興安嶺'及'額爾古納河'爲界，'清'棄'尼布楚'以西之地與'俄'。

6【尼安德塔人】 ㄋㄧˊ ㄢ ㄉㄜˊ ㄊㄚˇ ㄖㄣˊ
(Neanderthal Man) 西元1856

年'德國''尼安德塔河谷'谷地洞穴內,所出土的一個頭骨化石。是世界上第一個被認知的化石人。⌊尼安德塔人⌉短小粗悍,頭骨上有很粗大的眶上脊及低垮的頭額等原始特徵,但卻具有相當大的腦容量,有的甚至超出現代人腦容量的平均數。大多數學者已接受其形態上、文化上與⌊智人⌉種的相近關係而將之納入⌊智人⌉種範疇,但給與⌊尼安德塔智人⌉亞種單位,以示與由之發展出來的⌊現代智人⌉有所區別。

尻 ㄎㄠ k'ao^1 臀部;脊椎骨的末端。見"說文"。

3

尽 盡的俗體。

4

局 ㄐㄩˊ chü^2 音菊 [1]侷促;迫促。也作侷。見"說文"。[2]狹小。如:局室。[3]催逼。[4]部分。如:局部。[5]官署名。如:'教育局'。[6]商店。如:書局。[7]棋盤。如:棋局。[8]量詞。下完一盤棋叫一局。[9]形勢。如:時局。[10]人的器量。如:器局。[11]聚會遊宴。如:飯局。[12]設圈套害人。也指害人的圈套。如:騙局。

5【局本】ㄐㄩˊ ㄅㄣˇ
也叫局板。'清''同治'年間,'曾國藩'在'江寧'創辦'金陵書局',刊印經史。其後'江蘇'、'江西'、'浙江'、'福建'、'廣東'、'湖南'、'湖北'等省都仿效實施。各局所刊印的書籍稱爲局本。

9【局面】ㄐㄩˊ ㄇㄧㄢˋ
[1]指事態、情勢。[2]事情的排場。

【局促】ㄐㄩˊ ㄘㄨˋ
[1]窘迫;拘束。[2]狹隘;緊迫。

11【局部】ㄐㄩˊ ㄅㄨˋ
整體中的一部分。

13【局勢】ㄐㄩˊ ㄕˋ
情勢;狀況。

4【局內人】ㄐㄩˊ ㄋㄟˋ ㄖㄣˊ
通常指參與謀畫,或與某事有關係的人。與局外人相對。

5【局外人】ㄐㄩˊ ㄨㄞˋ ㄖㄣˊ
不參與其事或與某事沒有關係的人。

4【局天蹐地】ㄐㄩˊ ㄊㄧㄢ ㄐㄧˊ ㄉㄧˋ
畏縮恐懼,不敢伸張的樣子。

11【局部的均衡穩定】ㄐㄩˊ ㄅㄨˋ ˙ㄉㄜ ㄐㄩㄣ ㄏㄥˊ ㄨㄣˇ ㄉㄧㄥˋ
(local equilibrium stability)均衡狀態受到小干擾時仍會回到原來的均衡點,但受到大干擾時則否。

屁 ㄆㄧˋ p'i^4 音闢 由肛門排出的臭氣。因腸胃道異常醱酵而產生。

尿 ㊀ ㄋㄧㄠˋ niao^4 音溺 [1]動物排泄的小便。爲血液經腎臟之作用而分離出來的廢料,透明而有臭味,具酸性反應,內含水、尿酸、食鹽、磷酸鈉等。[2]排泄小便。

㊁ ㄙㄨㄟ sui^1 音綏
同㊀[1]。

10【尿素】ㄋㄧㄠˋ ㄙㄨˋ
(urea)一種無色的晶體。分子式$CO(NH_2)_2$,熔點132°C。是由氨和二氧化碳在高壓下加熱反應而製得。由於易溶於水而爲植物所吸收,且不會造成殘留物影響土質,所以是一種很好的肥料。

13【尿道】ㄋㄧㄠˋ ㄉㄠˋ
(urethra)爲排泄器官。膀胱中的尿液可經由尿道排至外界。雄者的尿道兼有排出精子的作用。

14【尿酸】ㄋㄧㄠˋ ㄙㄨㄢ
(uric acid)無臭、無味的白色結晶。化學式$C_5H_4N_4O_3$,溶於熱濃硫酸,不太溶於水,不溶於乙醇和乙醚。加熱時會分解。人類及其他動物體內之嘌呤的新陳代謝的最終產物,均以尿酸之鹽類(尿酸鹽,urate)排出體外。

5【尿布疹】ㄋㄧㄠˋ ㄅㄨˋ ㄓㄣˇ
(nappy rash)指嬰兒尿布因尿中分解出一種化學物質—氨,刺激皮膚所產生的疹子。預防方法是勤換尿布,保持臀部通風、乾淨,嚴重時可塗氧化鋅藥膏。

8【尿毒症】ㄋㄧㄠˋ ㄉㄨˊ ㄓㄥˋ
(uremia)因腎臟機能衰弱,尿液不能充分排出,致尿中之體內各種代謝廢物,尤其是含氮化合物,滯留在血中,引起身體中毒的一種病症。通常的症狀有頭痛、腸胃道功能失常,特別是嘔吐、昏迷和痙攣,以及可能併發腎臟機能的失調。治療方法則先採食物療法,如限制蛋白質的攝取。若仍不見效,則可採用人工透析(腹膜透析及血液透析)和腎臟移植等方法。

10【尿素樹脂】ㄋㄧㄠˋ ㄙㄨˋ ㄕㄨˋ ㄓ
(urea resin)也稱尿醛樹脂。由尿素與甲醛在酸性或鹼性條件下,加溫反應得到之樹脂。其在觸媒(如氯化銨、硫酸胺或酸性鹽類等)作用下,經交連而得到硬質、不易溶解之熱固性塑膠,最大用途是當做木材之黏合劑,亦可用於層板、成型材料、塗料等。耐水性、耐老化性、耐裂性不如酚樹脂,最高使用溫度爲75°C。

13【尿道下裂】ㄋㄧㄠˋ ㄉㄠˋ ㄒㄧㄚˋ ㄌㄧㄝˋ
(hypospadias)指尿道口位於陰莖底部(正常者位於陰莖前端),小便時尿液由陰莖下流出的疾病。需施行手術將陰莖改直,並改造尿道,以免影響性行爲。

尾 ㊀ ㄨㄟˇ wei^3 音偉 [1]動物脊椎末梢突出的部分。[2]最後的部分。如:年尾。[3]追隨。如:尾擊。[4]殘餘的。如:尾數。[5]鳥獸交配。如:孳尾。[6]量詞。魚一條叫一尾。[7]星宿名。二十八宿之一。參尾宿。[8]姓。'漢'有'尾敦'。見"萬姓統譜·七四"。

㈢ ㄧˇ *i*³ 音蟻

㈠[1]的語音。

11【尾宿】 ㄨㄟˇ ㄒㄧㄡˋ

星宿名。二十八宿之一。東方蒼龍七宿的第六宿。主要有九星，皆屬天蠍座，依次為天蠍座μ_1、ε、ζ、η、θ、ι_1、κ、λ、υ。此外，神宮、天江、傅說、魚、龜等星，也都歸入尾宿。

15【尾閭】 ㄨㄟˇ ㄌㄩˊ

[1]傳說中眾水歸宿的地方。後引申為事物的歸向。[2]脊椎末端三角形的骨頭名。

16【尾隨】 ㄨㄟˇ ㄙㄨㄟˊ

跟在後面。

17【尾翼】 ㄨㄟˇ ㄧˋ

(empennage)飛機尾部。又稱機尾總成。包括水平安定面、直尾翅及其上的操縱面—方向舵和升降舵。尾翼可增加飛機的飛行穩定，並可控制飛機做俯仰及偏航的動作。

【尾聲】 ㄨㄟˇ ㄕㄥ

[1]指我國戲曲或散曲中套曲的最後一段。[2](epilogue;coda)本指樂曲或歌劇終場時所奏的樂曲。凡大樂曲的結尾，常將曲中素材連續出現，使全曲結束得更圓滿，稱為尾聲。[3]文學作品的終結部分。或比喻事情快要完結。

3【尾大不掉】 ㄨㄟˇ ㄉㄚˋ ㄅㄨˋ ㄉㄧㄠˋ

尾巴過大，很難搖動。比喻部屬的權勢過大，長官無法指揮調度。

5【尾生之信】 ㄨㄟˇ ㄕㄥ ㄓ ㄒㄧㄣˋ

譏諷人不知變通。‘尾生’與女子約在橋下相見，女子不來而大水暴至，‘尾生’抱橋柱而淹死。見“莊子·盜跖”。

5

屄 ㄅㄧ *pi*¹ 音逼

女人的生殖器。見“正字通”。

㞐 居的古字。

屆 ㄐㄧㄝˋ *chieh*⁴ 音介

[1]極限；界限。見“說文”。[2]至；到達。如：無遠弗屆。[3]量詞。一回、一次叫一屆。

10【屆時】 ㄐㄧㄝˋ ㄕˊ

到達預期的時間。

居 ㈠ ㄐㄩ *chü*¹ 音拘

[1]蹲。也作踞。見“說文”。[2]坐下。見“字彙”。[3]住；居住。通尻。如：穴居野處。[4]住宅。如：新居。[5]停止；止息。如：變動不居。[6]囤積；儲存。如：奇貨可居。[7]處於；位於。如：居高臨下。[8]任；當。如：居官。[9]占；相當。如：居多。[10]姓。如：‘居股’。見“漢書·景武昭宣元成功臣表”。

㈡ ㄐㄧ *chi*¹ 音基

助詞。表疑問。如：何居？

3【居士】 ㄐㄩ ㄕˋ

[1]指有學問、有德行而不做官的人。[2]在家信佛的人。

4【居心】 ㄐㄩ ㄒㄧㄣ

存心；安心。

【居止】 ㄐㄩ ㄓˇ

[1]居住；居處。[2]舉止；行動。

5【居正】 ㄐㄩ ㄓㄥˋ

(1876～1951)‘湖北’‘廣濟’人。名‘之駿’，字‘覺生’，號‘嶽崧’、‘梅川居士’。留學‘日本’‘法政大學’、‘日本大學’法律部，加入‘同盟會’。歸國後，參加辛亥‘武昌’起義。‘民國’成立，首任‘內務部’次長，當選‘參議院’議員。二次革命後，在‘日本’助國父成立‘中華革命黨’。曾任‘國民政府’‘司法院’副院長、院長。隨政府來‘臺’後，致力蒐集革命史料。著有“清黨實錄”、“辛亥劄記”、“居覺生先生全集”等。

7【居里】 ㄐㄩ ㄌㄧˇ

[1](Pierre Curie, 1859～1906)‘法國’物理學家、‘巴黎大學’物理教授。其早期的主要貢獻為發現晶體的壓電現象、確定鐵磁物質的轉變溫度(稱為‘居里’溫度，Curie temperature)，及建立‘居里’定律。後來與其夫人(即‘居里’夫人)共同研究放射性現象，西元1902年成功地從瀝青鈾礦(pitchblende)分析出氯化鐳(radium chloride)。與‘白克瑞爾’(Becquerel)及‘居里’夫人共同獲得1903年的‘諾貝爾’物理學獎。[2](curie)代號為Ci。放射度併用單位。等於三百七十億貝克勒。

8【居奇】 ㄐㄩ ㄑㄧˊ

囤積貨物，待時出售，以謀取暴利。

【居易】 ㄐㄩ ㄧˋ

居心平易；安於平淡。

【居所】 ㄐㄩ ㄙㄨㄛˇ

因一時之目的，暫時所居住之處所。居所與住所之區別在於有無「久住之意思」。因此，學生住宿、病人住院、囚犯在監，縱居多年，仍為居所，而非住所。住所無可考，或在我國無住所之情形，居所並可擬制視為住所。當事人因特定行為選定居所者，關於其行為，視為住所。例如，因在某地經商，遂在該地選定居所，此時，就其所為之商業行為，法律上即擬制視該選定之居所為住所。在國際私法上，「居所地法」常得代替「住所地法」，地位頗為重要。此外，居所並得作為行使或保全票據上權利應為行為之處所、決定人事訴訟、刑事及少年事件訴訟管轄法院之標準等等。

11【居常】 ㄐㄩ ㄔㄤˊ

[1]平時。[2]依循常法。

12【居喪】 ㄐㄩ ㄙㄤ

在守喪期中。

【居間】 ㄐㄩ ㄐㄧㄢ

[1]處於兩者中間。[2]居中調解。[3]指當事人約定，一方為他方報告訂約之機會，或為訂約之媒介，他方給付報酬之契約。居間契約通常為有償契約，其報酬除契約另有訂定或另有習慣外，由契約當事人雙方平均負擔。但如因婚姻

居間而約定報酬者,其約定無效(“民法”第五百七十三條)。惟若當事人如仍爲報酬之給付,因係履行道德上之義務,故不得請求返還(“民法”第一百八十條第一款)。當事人之一方指定居間人不得以其姓名或商號告知相對人者,居間人有不告知之義務,此即爲隱名居間。居間人應就該方當事人由契約所生之義務,自己負履行之責,並得爲其受領給付。居間關係,因當事人之死亡、破產、喪失行爲能力或契約之終止而消滅。

【居然】 ㄐㄩ ㄖㄢˊ
①安然。②顯然;確實。③竟然。出於料想之外的意思。

21【居攝】 ㄐㄩ ㄕㄜˋ
暫居皇帝之位代理政事。

7【居里點】 ㄐㄩ ㄌㄧˇ ㄉㄧㄢˇ
(Curie point)鐵磁性材料的溫度升高至導磁係數接近於1之點。即‘居里’溫度。

12【居間商】 ㄐㄩ ㄐㄧㄢ ㄕㄤ
(broker)又稱經紀人,俗稱掮客。指接受他人的委託,介於買賣雙方當事人之間,促成交易的成立,以賺取報酬(佣金)的商人。居間商不一定有營業處所,通常不以自己名義直接經營業務,僅報告買賣雙方訂約的機會,或作交易的中間人。其營業範圍除商品買賣外,尙有保險、交易所等各種業務,例如保險經紀人、證券經紀人等是。居間商有權向契約當事人雙方收取報酬。居間商隨時爲買賣雙方媒介交易機會,但與買賣雙方無契約關係的存在,也無期間的限制,這是與代理商不同之處。

3【居下訕上】 ㄐㄩ ㄒㄧㄚˋ ㄕㄢˋ ㄕㄤˋ
居下位而毀謗長上。

4【居心叵測】 ㄐㄩ ㄒㄧㄣ ㄆㄛˇ ㄘㄜˋ
存心奸險詭詐,不可以揣測。

【居仁由義】 ㄐㄩ ㄖㄣˊ ㄧㄡˊ ㄧˋ
心存仁道,行事合義。

5【居必擇鄉】 ㄐㄩ ㄅㄧˋ ㄗㄜˊ ㄒㄧㄤ
居住的地方必須謹愼選擇。

6【居安思危】 ㄐㄩ ㄢ ㄙ ㄨㄟˊ
在安全的時候,考慮未來可能發生的危險。

7【居里夫人】 ㄐㄩ ㄌㄧˇ ㄈㄨ ㄖㄣˊ
(Madame Curie, 1867~1934)‘法國’科學家。生於‘波蘭’。與‘居里’結婚後,全力研究放射性現象,發現釙和瀝青鈾礦也有輻射能。於西元1903年與‘居里’及‘白克瑞爾’同獲‘諾貝爾’物理學獎。1906年‘居里’因車禍去世後,她於1909年受委爲‘巴黎大學’首位女教授,翌年分解出鐳,而於1911年獲‘諾貝爾’化學獎。

居里夫人像

【居里溫度】 ㄐㄩ ㄌㄧˇ ㄨㄣ ㄉㄨˋ
(Curie temperature)鐵磁性材料之導磁係數常隨溫度上升而降低,因此溫度對磁性材料有相當重要的影響。當把鐵磁性材料的溫度升高,而使相對導磁係數降低至接近於1時之溫度(即與眞空的導磁係數相似時的溫度),稱爲‘居里’溫度或‘居里’點。

【居住密度】 ㄐㄩ ㄓㄨˋ ㄇㄧˋ ㄉㄨˋ
(residential density)住宅區內平均每單位面積的人口數。

10【居高臨下】 ㄐㄩ ㄍㄠ ㄌㄧㄣˊ ㄒㄧㄚˋ
①處在地勢高的地方,俯瞰下面。②比喻處在有利的地位,可以控制一切。

屜
屜的或體。

届
屆的俗體。

屈
㊀ ㄑㄩ ch'ü¹ 音詘
①彎曲。如:屈曲。②順服。如:寧死不屈。③制服;折服。如:不戰而屈。④降低身分。如:屈己以從人。⑤冤枉。如:冤屈。⑥姓。‘春秋’‘楚’有‘屈瑕’。見“通志·氏族略三”。

㊁ ㄐㄩㄝˊ chüeh² 音掘
①竭盡;窮盡。②不順從。通倔。如:屈強。③突出。通崛。如:屈起。

7【屈折】 ㄑㄩ ㄓㄜˊ
彎曲;挫折。

10【屈辱】 ㄑㄩ ㄖㄨˋ
受到委屈和侮辱。

【屈原】 ㄑㄩ ㄩㄢˊ
(前343~前277?)‘戰國’‘楚’人。名‘平’,字‘原’;又名‘正則’,字‘靈均’。‘楚懷王’時,做過左徒、‘三閭’大夫。後因遭毀謗而被流放,投‘汨羅江’而死。著有“離騷”等二十五篇。

11【屈從】 ㄑㄩ ㄘㄨㄥˊ
在威脅或壓力下,勉強服從。

12【屈就】 ㄑㄩ ㄐㄧㄡˋ
屈身就任。

15【屈膝】 ㄑㄩ ㄒㄧ
下跪。引申爲服從。

5【屈打成招】 ㄑㄩ ㄉㄚˇ ㄔㄥˊ ㄓㄠ
用刑逼供,使人招認不實的罪狀。

9【屈指可數】 ㄑㄩ ㄓˇ ㄎㄜˇ ㄕㄨˇ
彎曲手指可以計算出來的數目。即數目不多的意思。

12【屈尊降貴】 ㄑㄩ ㄗㄨㄣ ㄐㄧㄤˋ ㄍㄨㄟˋ
尊貴者自我謙下以待人。

13【屈意承歡】 ㄑㄩ ㄧˋ ㄔㄥˊ ㄏㄨㄢ
委屈心意,以博歡心。

10【屈家嶺文化】 ㄑㄩ ㄐㄧㄚ ㄌㄧㄥˇ ㄨㄣˊ ㄏㄨㄚˋ
約爲西元前3070~前2635年新石器時代文化。遺址在‘湖北省’‘京山縣’‘屈家嶺’,故名。陶器以鼎、豆、碗、杯、盤及彩繪蛋殼杯等爲主,並出現大量彩陶紡輪;石器有錛、斧、刀、鐮、鏃、矛等。遺址中發現大量稻穀遺留,知其農業發達。

6

屏 或作屛。㊀ ㄆㄧㄥˊ p'ing² 音萍

①宮門內當門的小牆。②遮蔽物。如：屏風。③遮蔽；屏障。如：屏藩。④裱成條幅的字畫。如：屏條。

㊁ ㄅㄧㄥˇ ping³ 音丙

①排除；摒棄。通摒。如：屏棄。②抑制。如：屏氣。③退避；隱藏。如：屏居。

㊂ ㄅㄧㄥ ping¹ 音兵

參屏營。

8【屏東】 ㄆㄧㄥˊ ㄉㄨㄥ

'臺灣省'最南的一縣。設縣治於'屏東市'。

9【屏風】 ㄆㄧㄥˊ ㄈㄥ

①即水葵。也稱荇。②藥草名。即防風。也稱銅芸、茴草。③室內用以擋風或遮蔽、隔間的家具。

10【屏除】 ㄅㄧㄥˇ ㄔㄨˊ

排除；放棄。

【屏氣】 ㄅㄧㄥˇ ㄑㄧˋ

抑制呼吸，不敢發出聲音。恭敬畏懼的樣子。

【屏息】 ㄅㄧㄥˇ ㄒㄧˊ

①同屏氣。②佛家語。阻止；隔絕。如：屏息外緣，勿生一念。

11【屏棄】 ㄅㄧㄥˇ ㄑㄧˋ

廢棄。

【屏條】 ㄆㄧㄥˊ ㄊㄧㄠˊ

書畫裱裝的一種形式。尺寸有大有小，通常約在133公分左右。或稱一堂，即一套之意。題材有人物、山水、花鳥、走獸等。或按春、夏、秋、冬分幅四條連貫成一套；或按十二個月分幅十二條成一套，但絕無單數者。一堂屏條要求裱的長短、寬窄、材料都一樣，一般都用一色式裝裱。

13【屏當】 ㄅㄧㄥˇ ㄉㄤˋ

收拾；清理。

14【屏障】 ㄆㄧㄥˊ ㄓㄤˋ

①遮蔽；護衛。②屏風。

15【屏蔽】 ㄆㄧㄥˊ ㄅㄧˋ

遮蔽；護衛。

17【屏營】 ㄅㄧㄥ ㄧㄥˊ

恐慌失措的樣子。

19【屏藩】 ㄆㄧㄥˊ ㄈㄢˊ

遮蔽保護。

9【屏柵線】 ㄆㄧㄥˊ ㄓㄚˋ ㄒㄧㄢˋ

(screen line)交通調查時劃分研究區爲數個面積大約相等之假想線。在屏柵線上設調查站所得交通車輛數資料，可用以檢核起訖調查所得交通資料之正確性。

10【屏氣凝神】 ㄅㄧㄥˇ ㄑㄧˋ ㄋㄧㄥˊ ㄕㄣˊ

專心一意的樣子。

15【屏蔽效應】 ㄆㄧㄥˊ ㄅㄧˋ ㄒㄧㄠˋ ㄧㄥˋ

(shielding effect)能將電或磁場的強度降低之效果。通常用來使一線路或系統免於受外界之訊號干擾。這種效應是利用電力線或磁力線會中止於導體之現象。

屎 ㊀ ㄕˇ shih³ 音矢

①糞便。②稱眼、耳、鼻中的分泌物。③嘲諷別人所做事物拙劣不通。

㊁ ㄒㄧ hsi¹ 音希

參殿屎。

屋 ㄨ wu¹ 音烏

①房舍。②泛指覆蓋物。同幄。

10【屋脊】 ㄨ ㄐㄧˇ

房屋的大梁。後多指屋頂兩斜面相交隆起的部分。

14【屋漏】 ㄨ ㄌㄡˋ

①古代稱房屋的西北隅。②屋頂破裂而漏水。

3【屋大維】 ㄨ ㄉㄚˋ ㄨㄟˊ

(Gaius Octavius, 前63～後14)'羅馬帝國'第一任皇帝。'凱撒'的外甥、養子。初與'安東尼'(Antony)、'雷比達'(Lepidus)組成第二次三頭政治，又先後擊敗他們，以執政的名義統治全帝國。西元前27年，'元老院'奉以'奧古斯都'的稱號，後世即以此稱之。前23年，改行帝制，並發動對外戰爭，侵占'西班牙'西北部及'多瑙河'沿岸一帶；又大興土木、獎勵文化、羅致文人，造成和平繁榮景象。

【屋下架屋】 ㄨ ㄒㄧㄚˋ ㄐㄧㄚˋ ㄨ

比喻重複。

9【屋面天溝】 ㄨ ㄇㄧㄢˋ ㄊㄧㄢ ㄍㄡ

(valley)建築物屋頂排除雨水的V形溝。一般是以銅、鉛、白鐵等金屬皮爲建材，在屋頂上依其坡度築置而成。兩旁宜釘上一道3公分見方小角材，作爲溝邊兼瓦座之用。

【屋面坡度】 ㄨ ㄇㄧㄢˋ ㄆㄛ ㄉㄨˋ

(pitch)屋頂平臺的表面與水平的差，係按垂直投影面對水平投影面的比量得，並用垂直投影面吋數，與其每呎水平投影面表示，此比率稱爲屋面坡度。又稱斜度或傾度。

【屋面蓋板】 ㄨ ㄇㄧㄢˋ ㄍㄞˋ ㄅㄢˇ

(shingles)有木蓋板、瀝青蓋板、石綿蓋板及金屬蓋板四類。最佳的木蓋板由扁柏、杉木和紅木製成，其標準長度爲40～60cm。瀝青蓋板由重石綿氈和浸潤或塗以瀝青的粗氈製成，並以碎石板或其他材料浸於瀝青塗料內構成露出面，最常用的形狀爲20×30cm。石綿蓋板由石綿纖維和'波特蘭'水泥壓製而成。金屬蓋板由鍍鋅或鍍鉛錫鐵皮製成。

14【屋漏更逢連夜雨】 ㄨ ㄌㄡˋ ㄍㄥˋ ㄈㄥˊ ㄌㄧㄢˊ ㄧㄝˋ ㄩˇ

比喻禍不單行。

屍 ㄕ shih¹ 音尸

死人的軀體。見"說文"。

10【屍骨未寒】 ㄕ ㄍㄨˇ ㄨㄟˋ ㄏㄢˊ

人死後體溫尚未全消。形容纔死不久。

16【屍橫遍野】 ㄕ ㄏㄥˊ ㄅㄧㄢˋ ㄧㄝˇ

形容死亡之多。通常用以形容饑荒之嚴重或戰爭之慘烈。

屌 ㄉㄧㄠˇ tiao³

男人的生殖器。見"字彙"。

屑 或誤作屓。㊀ ㄒㄧㄝˋ hsieh⁴ 音懈

睡覺時發出鼻息聲。即打鼾。見"說文"。

㊁ ㄒㄧˋ hsi⁴ 音細

參㬮屑。

屑 屑的本字。

7

屖 ㄒㄧ hsi¹ 音西

①止息;停留。也作栖、棲。見"玉篇"。②堅固。也作犀。

展 ㄓㄢˇ chan³ 音輾

①轉動。同輾。如:展轉。②舒張;張開。如:展眉。③放寬;延長。如:展期。④陳列。如:展示。⑤察看;省視。如:展望。⑥姓。'春秋''魯'有'展禽'。見"通志·氏族略四"。

5【展示】 ㄓㄢˇ ㄕˋ

陳列出來供人觀看。

8【展性】 ㄓㄢˇ ㄒㄧㄥˋ

(malleability)材料受壓力作用於破裂前產生之最大永久變形的性質。展性愈大愈能壓成薄片。一般金屬都具有很好的展性。金屬元素中展性最佳的是金。

9【展眉】 ㄓㄢˇ ㄇㄟˊ

展開眉頭。形容心情開朗喜悅。

【展限】 ㄓㄢˇ ㄒㄧㄢˋ

放寬限期。

10【展翅】 ㄓㄢˇ ㄔˋ

張開雙翅而起飛。

11【展望】 ㄓㄢˇ ㄨㄤˋ

對事情發展的觀察與預測。

【展現】 ㄓㄢˇ ㄒㄧㄢˋ

展示;顯露。

12【展期】 ㄓㄢˇ ㄑㄧˊ

延緩日期。

14【展墓】 ㄓㄢˇ ㄇㄨˋ

省視祖先的墳墓。

15【展緩】 ㄓㄢˇ ㄏㄨㄢˇ

延期。

16【展劑】 ㄓㄢˇ ㄐㄧˋ

又稱展著劑。爲輔助劑之一。其作用係在增強藥劑的溼潤性、擴散性及滲透性,使藥液與作物組織接觸後形成一層薄膜,覆蓋在作物組織的表面,並增強藥液滲透,以增強藥效。常用的展劑有油類、肥皂、酪素、獸膠、亞硫酸液等。

8【展弦比】 ㄓㄢˇ ㄒㄧㄢˊ ㄅㄧˇ

(aspect ratio)飛機機翼之長寬比,即翼展與平均弦長之比。機翼爲長方形者,展弦比爲翼展與弦長之比;機翼非長方形,即弦長非爲常數者,展弦比可用其面積除以翼展計算之。適當之展弦比可提高升力與阻力比,通常飛機之展弦比約爲4至10之間,速度越大展弦比越小。

11【展眼舒眉】 ㄓㄢˇ ㄧㄢˇ ㄕㄨ ㄇㄟˊ

張開雙眼,舒展眉頭。形容人歡欣喜悅的樣子。

5【展示型分類廣告】 ㄓㄢˇ ㄕˋ ㄒㄧㄥˊ ㄈㄣ ㄌㄟˋ ㄍㄨㄤˇ ㄍㄠˋ

(display classified advertising)指有較大字體、插圖,以及其他特別裝飾的分類廣告。其文字內容所占的版面,較普通分類廣告爲大。

屑 ㄒㄧㄝˋ hsieh⁴ 音泄

①擊碎。②碎末。如:紙屑。③細小;煩碎。如:瑣屑。④輕忽。⑤顧惜;介意。如:不屑。

屓 ㊀ ㄒㄧˋ hsi⁴ 音戲

屭的或體。

㊁ ㄒㄧㄝˋ hsieh⁴ 音懈

屑的訛字。

屐 ㄐㄧ chi¹ 音雞

①木底鞋子。如:木屐。②鞋子的通稱。如:草屐。

屔 ㄋㄧˊ ni² 音泥

四方高聳、中央窪下的山丘。見"說文"。

8

屠 或作屠。㊀ ㄊㄨˊ t'u² 音徒

①宰殺。如:屠羊。②宰殺牲畜的人。如:狗屠。③姓。'春秋''晉'有'屠蒯'。見"通志·氏族略四"。

㊁ ㄔㄨˊ ch'u² 音除

參休屠㊁。

8【屠毒】 ㄊㄨˊ ㄉㄨˊ

殘害;毒害。

20【屠蘇】 ㄊㄨˊ ㄙㄨ

①草名。即闊葉草。見"通雅"。②庵;平房。③酒名。又作酴酥、屠酥。④古代一種寬簷帽。可以遮蔽陽光。

8【屠門大嚼】 ㄊㄨˊ ㄇㄣˊ ㄉㄚˋ ㄐㄧㄠˊ

比喻對渴望而無法得到的東西,藉幻想以得到滿足,聊以自慰。屠門,肉鋪。

10【屠格涅夫】 ㄊㄨˊ ㄍㄜˊ ㄋㄧㄝˋ ㄈㄨ

(Ivan Sergeyevich Turgenev, 1818～1883)

屠格涅夫像

'俄國'作家。出身貴族。早年寫帶有'拜倫'意味的詩,其後創作小說,有"獵人日記"(*Sportsman's Sketches*)、"羅亭"(*Rudin*)、"貴族之家"(*Home of the Gentry*)和"父與子"(*Fathers and Sons*)等。他善於描繪當時'俄國'鄉間人民的生活狀況,用語精鍊,所刻劃的人物形象鮮明,對'俄國'文學的發展有相當大的影響。

屙 ㄜ o¹, ê¹ 音痾

排洩糞便。見"玉篇"。

屝 ㄈㄟˋ fei⁴ 音肺

草鞋。見"字彙"。

屜 ㄊㄧˋ t'i⁴ 音替

本作屟,也作屉。①古時鞋的襯底。見"集韻"。②襯在馬鞍下的墊子。見"字彙"。③器物的隔層。如:抽屜。

9

屡 屢的俗體。

屟 屧的本字。

屬 屬的俗體。

11

屢 ㄌㄩˇ lü³ 音旅
累次；頻繁。如：屢試不爽。

8【屢空】 ㄌㄩˇ ㄎㄨㄥˋ
經常貧乏而一無所有。後亦泛指貧窮。

4【屢仆屢起】 ㄌㄩˇ ㄆㄨ ㄌㄩˇ ㄑㄧˇ
屢次仆倒又屢次站起。比喻堅毅不屈，奮進不已。

7【屢見不鮮】 ㄌㄩˇ ㄐㄧㄢˋ ㄅㄨˋ ㄒㄧㄢ
經常看到，不覺得稀奇。

13【屢試不爽】 ㄌㄩˇ ㄕˋ ㄅㄨˋ ㄕㄨㄤˇ
屢次試驗，結果都相同。

屣 ㄒㄧˇ hsi³ 音洗
1鞋子。見"玉篇"。2鞋子還沒穿正就拖著走。見"集韻"。

㞞 ㄙㄨㄥˊ sung² 精液的俗稱。

12

𡳐 ㄉㄧㄢˋ tien⁴ 音奠
1儲備。見"說文"。2等待。見"廣韻"。3預付定金。見"新方言·釋言"。

層 ㄘㄥˊ ts'êng² 音嶒
1重疊。如：層巒。2高。如：層霄。3量詞。計算重疊物或房屋的層數。如：更上一層樓。

6【層次】 ㄘㄥˊ ㄘˋ
事理的層面次序。

【層合】 ㄘㄥˊ ㄏㄜˊ
(laminating) 又稱積層法。一種塑膠紙或木材加工方法。即將數層物料浸於樹脂，再加熱加壓使樹脂反應黏合硬化即得成品。例如三夾板、印刷電路板之製造等。

8【層板】 ㄘㄥˊ ㄅㄢˇ
(laminate)即利用層合法所得到強度大的材料。

9【層流】 ㄘㄥˊ ㄌㄧㄡˊ
(laminar flow)指流體質點流動時之流線形狀不變並保持均勻之分離狀態，且其各層 (layers) 間為完全無擾動之滑行流動。例如流體在圓管內流動，其任一質點之瞬間速度必沿管之軸向，且在軸心處為最大，而隨離開軸心之距離而減小，至管壁處為零，此即為層流現象。

【層面】 ㄘㄥˊ ㄇㄧㄢˋ
1指某一階層或方面。如：文化層面。2(bedding plane; stratification plane) 地層中層與層的分界面。

10【層峰】 ㄘㄥˊ ㄈㄥ
1重疊的山峰。2指官場上最高的領導人。

11【層理】 ㄘㄥˊ ㄌㄧˇ
(bedding)沈積岩在沈積時因岩性、粒度或組成物的不同，而成明顯的層狀構造，稱為層理。

12【層雲】 ㄘㄥˊ ㄩㄣˊ
(stratus)主要雲形之一。灰色或灰白色，成塊、成片或成層，皆有陰暗部分。排列如圓塊或滾軸狀，均無纖維結構，有時各雲併合接連，有時呈分離狀態。層雲通常由小水滴組成，最常見的層雲為霧狀，底部甚低，可掩沒小丘或建築物，甚至及地。層雲甚薄時可生日月華，自層雲產生降水均為毛毛雨、冰晶或霙(米雪)。

14【層遞】 ㄘㄥˊ ㄉㄧˋ
修辭格的一種。凡要說的有兩個以上的事物，這些事物又有大小輕重等比例，而且比例又有一定秩序，於是說話行文時，依序層層遞進，叫作層遞。可分單式、複式兩大類。單式層遞之例如"禮記·中庸"：「天命之謂性，率性之謂道，修道之謂教。」複式層遞之例如"管子·治國"：「民富，則安鄉重家；安鄉重家，則敬上畏罪；敬上畏罪，則易治也。民貧，則危鄉輕家；危鄉輕家，則敢陵上犯禁；陵上犯禁，則難治也。」

5【層出不窮】 ㄘㄥˊ ㄔㄨ ㄅㄨˋ ㄑㄩㄥˊ
一再發生，沒有終止的時候。也用以比喻事物變化無窮。

屧 ㄒㄧㄝˋ hsieh⁴ 音屑
也作屟。1鞋子的木製襯底。也指木屐或鞋子。見"字彙"。2踩；踏。

履 ㄌㄩˇ lü³ 音旅 又讀 ㄌㄧˇ li³ 音里
1鞋子。如：草履。2踩；踐踏。如：如履薄冰。3經過；經歷。如：履歷。4實行。如：履約。5蒞臨。如：履新。6"易"卦名。六十四卦之一。兌下乾上。7姓。'漢'有'履中'。見'萬姓統譜·七四'"。

履卦圖

6【履行】 ㄌㄩˇ ㄒㄧㄥˊ
實行；實踐。

13【履新】 ㄌㄩˇ ㄒㄧㄣ
1新官赴任。2就任新職。

16【履歷】 ㄌㄩˇ ㄌㄧˋ
1走過的地方。2生平的經歷。

17【履薄】 ㄌㄩˇ ㄅㄛˊ
踏在薄冰上。比喻戒慎小心。

12【履絲曳縞】 ㄌㄩˇ ㄙ ㄧˋ ㄍㄠˇ
穿著綢緞的鞋子和衣服。形容服裝華麗。

【履舄交錯】 ㄌㄩˇ ㄒㄧˋ ㄐㄧㄠ ㄘㄨㄛˋ
鞋子零亂地堆在地上。形容賓客眾多。

16【履險如夷】 ㄌㄩˇ ㄒㄧㄢˇ ㄖㄨˊ ㄧˊ
走過險阻像走平地一樣的安全無事。比喻安然度過險境。

17【履霜堅冰至】 ㄌㄩˇ ㄕㄨㄤ ㄐㄧㄢ ㄅㄧㄥ ㄓˋ
踏在寒霜上，即預知冰雪將至。比喻見微知著或防微杜漸。

9【履約保證金】 ㄌㄩˇ ㄩㄝ ㄅㄠˇ ㄓㄥˋ ㄐㄧㄣ
(performance bond) 指買賣當事人訂約時，為防止訂約後拒絕履約或無力履約，一方要求他方提供的保證金。屆時，他方若拒絕履約或無力履約時，一方得沒收其保證金，以補償其損失。例如買方於標購大批貨物時，當防止賣方(得標商)於訂約後不交貨、交貨品質不符、數量不足或遲延交貨等不履約或違約情事，乃要求賣方提供履約保證金，屆時賣方如不履約或違約，則買方可沒收該履約保證金。同樣，賣方於標售貨物時，爲防止買方(得標商)於訂約後不付款或遲延提貨等不履約或違約情事，也得要求買方提供履約保證金，屆時如買方違約或不履約，賣方即得沒收保證金。履約保證金可以現金、公債、定存單等形式提供，也可以由銀行出具的擔保信用狀或保證函形式提供，更可以保證公司所簽發的確實保證函方式提供。

14

屨 ㄐㄩˋ chü⁴ 音巨
1鞋子。2踐履。

15

屪 ㄌㄧㄠˊ liao² 音聊
男人的生殖器。見"字彙"。

屩 ㄐㄩㄝˊ chüeh² 音決
草鞋。見"廣韻"。

18

屬 一 ㄓㄨˇ chu³ 音主
1連接；連續。如：前後相屬。2聚集；結集。3佩帶；附著。如：屬和。4託咐；叮嚀。通囑。如：屬託。
二 ㄕㄨˇ shu³ 音署
1歸於。如：隸屬。2類別；等類。如：金屬。3 (genus) 生物分類上的階層之一。科的下面常包含若干屬，例如人科中有天南人猿屬、人屬等。4 (group) 化學元素週期表中性質相似的元素排在同一直行，叫做一屬。共分八屬，每屬又分A、B兩族，因此週期表共有十六族，分別以IA、IB、ⅡA、ⅡB……表示。

4【屬文】 ㄓㄨˇ ㄨㄣˊ
將文字連綴成文章。即作文。

【屬心】 ㄕㄨˇ ㄒㄧㄣ
歸心；誠心歸附。

【屬引】 ㄓㄨˇ ㄧㄣˇ
形容聲音連綿不斷。

5【屬目】 ㄓㄨˇ ㄇㄨˋ
1注視。2歸心；爲眾心所歸向。3注意；留意。

6【屬吏】 一 ㄕㄨˇ ㄌㄧˋ
所統屬的官吏。
二 ㄓㄨˇ ㄌㄧˋ
交給主管的官吏去辦理。

【屬地】 一 ㄓㄨˇ ㄉㄧˋ
接連地面。
二 ㄕㄨˇ ㄉㄧˋ
一個國家在領土以外，行使統治權力的土地。

8【屬性】 ㄕㄨˇ ㄒㄧㄥˋ
(attribute)與實體或主體相對。爲實體所不可或缺的性質。比如在'笛卡兒'的哲學裡，心的屬性是思維，而物的屬性是廣延—占有空間。

13【屬意】 ㄓㄨˇ ㄧˋ
1歸心；中意。2注意；留心。

14【屬對】 ㄓㄨˇ ㄉㄨㄟˋ
作對句、對聯。

2【屬人法】 ㄕㄨˇ ㄖㄣˊ ㄈㄚˇ
起源於十三世紀'義大利'後註釋學派關於人之法則的理論。有本國法與住所地法之分。前者爲個人國籍所屬國家之法律；後者則爲個人住所所在地之國家之法律。於國際私法理論創見之初，個人之屬人法大抵均取決於住所，迨"拿破崙法典"制定之後，個人之屬人法乃有依國籍而定之原則。現今各國立法例，採住所地法主義者，大抵屬接受移民之國家，如'英''美'。而'歐'陸各國則多採本國法主義。由於屬人法有此二主義之互相對立，遂使準據法之適用有所歧異，因此乃有「反致理論」之產生，以使判決達到一致之目標。

6【屬地法】 ㄕㄨˇ ㄉㄧˋ ㄈㄚˇ
法律所支配的範圍，依土地而定的，稱屬地法。例如無論那一國人，凡居於'中國'都從'中國'法。

19【屬辭比事】 ㄓㄨˇ ㄘˊ ㄅㄧˋ ㄕˋ
連綴文辭，排列事實。泛指撰文記事。

21

屭 ㄒㄧˋ hsi⁴ 音細
參屭屓。

18【屭屓】 ㄒㄧˋ ㄅㄟˋ
1壯盛的樣子。2憤怒的樣子。

屮部

屮 一 ㄔㄜˋ ch'ê⁴ 音徹
草木初生。見"說文"。
二 ㄘㄠˇ ts'ao³ 音草
艸的古文。即今之草字。

屮 ㄗㄨㄛˇ tso³, tsuo³ 音左
左手。見"說文"。

1

屯 一 ㄓㄨㄣ chun¹ 音肫
1艱難；困頓。如：屯邅。2吝嗇。3"易"卦名。六十四卦之一。震下坎上。4姓。'漢'有'屯莫'。見"通志·氏族略四"。

屯卦圖

二 ㄊㄨㄣˊ t'un² 音飩
1聚集。如：屯積。2駐紮。如：屯戍。
三 ㄔㄨㄣˊ ch'un² 音純
參屯留。

4【屯厄】 ㄓㄨㄣ ㄜˋ
困頓艱難。

5【屯田】 ㄊㄨㄣˊ ㄊㄧㄢˊ
1派遣守邊軍隊或募集人民墾種

荒地,徵取收成以爲軍餉。[2]官名。主管戶口墾田。

7【屯兵】ㄊㄨㄣˊ ㄅㄧㄥ
[1]派駐士兵。[2]屯田的軍隊。

10【屯留】ㄔㄨㄣˊ ㄌㄧㄡˊ
縣名。屬'山西省'。在省境東南,'摩訶嶺'東北。

11【屯紮】ㄊㄨㄣˊ ㄓㄚˊ
軍隊駐守某地。

12【屯掌】ㄊㄨㄣˊ ㄓㄤˇ
國術掌法。覆掌,掌外緣朝前,以外緣掌跟擊敵。

14【屯聚】ㄊㄨㄣˊ ㄐㄩˋ
聚集。

15【屯駐】ㄊㄨㄣˊ ㄓㄨˋ
駐守。

16【屯墾】ㄊㄨㄣˊ ㄎㄣˇ
屯駐邊境,開墾荒地。同屯田。

【屯積】ㄊㄨㄣˊ ㄐㄧ
積存。同囤積。

17【屯蹇】ㄓㄨㄣ ㄐㄧㄢˇ
艱難挫折。

18【屯糧】ㄊㄨㄣˊ ㄌㄧㄤˊ
囤積糧食。

19【屯難】ㄓㄨㄣ ㄋㄢˋ
困頓艱難。引申有災亂禍害之意。

22【屯邅】ㄓㄨㄣ ㄓㄢ
困頓挫折。

12【屯街塞巷】ㄊㄨㄣˊ ㄐㄧㄝ ㄙㄜˋ ㄒㄧㄤˋ
形容人潮眾多。

屮 之的本字。

3

屰 ㊀ ㄋㄧˋ ni^4 音逆
[1]不順。通逆。見"說文"。[2]戟類兵器的一種。見"字彙"。
㊁ ㄆㄛˋ $p'o^4$ 音魄
初現的月光。霸的古文。見"集韻"。

6

㞕 ㄋㄧㄝˋ $nieh^4$ 音臬
高險。見"說文"。

山部

山 ㄕㄢ $shan^1$ 音刪
[1]陸地上隆起的部分。多由地殼收縮、板塊運動或因橫積壓力使地面褶曲而成,也有因堆積或火山作用而成。[2]墳墓。[3]高大。如:山牆。[4]姓。'晉'有'山濤'。見"萬姓統譜·二六"。

2【山人】ㄕㄢ ㄖㄣˊ
[1]古代掌管山林的官吏。[2]住在山裡的人。多指隱士。[3]以相、命、卜、星爲業之人的雅號。

3【山川】ㄕㄢ ㄔㄨㄢ
[1]山和河。[2]山神和水神。

7【山谷】ㄕㄢ ㄍㄨˇ
(valley)兩山之間所夾的地區。大多因河流侵蝕及褶皺作用造成,但也可能由斷層作用造成。

8【山河】ㄕㄢ ㄏㄜˊ
山和河。多用指國土。

【山長】ㄕㄢ ㄓㄤˇ
[1]'唐'、五代以來在書院擔任主講及主持院務的學者。[2]山林隱士的自稱。

【山東】ㄕㄢ ㄉㄨㄥ
[1]'崤山'以東。即'戰國'時六國之地。[2]'太行山'以東。[3]'華山'以東。

【山坳】ㄕㄢ ㄠ
山中低窪的地方。

【山阿】ㄕㄢ ㄜ
山中低凹而曲折的地方。

【山門】ㄕㄢ ㄇㄣˊ
[1]寺院的外門。引申指寺院。[2]墓園的門庭。

【山呼】ㄕㄢ ㄏㄨ
古時臣民祝頌天子,高呼萬歲。參嵩呼。

9【山洪】ㄕㄢ ㄏㄨㄥˊ
大雨來襲時,山中暴發的洪水。

【山胞】ㄕㄢ ㄅㄠ
指'臺灣'的高山族。參高山族。

10【山茶】ㄕㄢ ㄔㄚˊ
(common camellia; *Camellia japonica* Linn.)又名千葉紅、石榴茶、曼陀羅樹、一捻紅、包株花。常綠灌木或小喬木。葉互生。具葉柄,革質,呈卵形或橢圓形,兩端尖,細鋸齒緣,葉面富有光澤。春季,開無柄花於枝端,萼片5枚,花瓣紅色、淡紅、紅白或白色。雄蕊多枚,單體;雌蕊1枚。蒴果暗褐、皮厚、球形,含種子2~3粒。植物可供觀賞,木材供雕刻和製造器具。種子可榨椿油,又可食用。分布於'日本'、'韓國'及我國'山東省'。

山茶圖

【山峰】ㄕㄢ ㄈㄥ
山頂。也泛指山。

11【山陵】ㄕㄢ ㄌㄧㄥˊ
[1]山嶽和丘陵。[2]帝王的墳墓。[3]帝王的代稱。

【山崩】ㄕㄢ ㄅㄥ
(landslide)位在斜坡上的岩石,由於風化侵蝕,使其結構鬆散,再受到重力作用或地震的擾動,發生快速的下坡滑動現象。

12【山嵐】ㄕㄢ ㄌㄢˊ
山間的雲氣。

【山結】ㄕㄢ ㄐㄧㄝˊ
(mountain knot)數條褶曲山脈相交會處,因其盤結擠壓而隆起,地勢高聳,稱爲山結。我國'帕米爾高原'就是山結,有「世界屋脊」之稱。

13【山腰】ㄕㄢ ㄧㄠ
半山處;山的中間部分。

14【山歌】ㄕㄢ ㄍㄜ
山野的民歌。

17【山牆】ㄕㄢ ㄑㄧㄤˊ
(gable)指斜屋頂建築物兩側面

牆上頂端的三角部分。其型似山，故稱。

19【山麓】 ㄕㄢ ㄌㄨˋ
山腳。

22【山巒】 ㄕㄢ ㄌㄨㄢˊ
山的頂峰。

【山巔】 ㄕㄢ ㄉㄧㄢ
山的最高處。

4【山水詩】 ㄕㄢ ㄕㄨㄟˇ ㄕ
以山水爲題材的詩歌作品。盛行於'魏''晉'六朝。'晉''陶淵明'、'宋''謝靈運'、'齊''謝朓'爲主要作家。

6【山西省】 ㄕㄢ ㄒㄧ ㄕㄥˇ
位於'太行山'以西。簡稱'晉'。西界'黃河'，北界'外長城'，東倚'太行山'，南有'中條山'，省界極爲分明，素有〔表裡山河〕之稱。境內多1,000公尺以上的高原，屬'黃土高原'的東部；地表黃土雖肥沃，但雨量少，且冬季長而寒冷，農業不盛；河谷及盆地區爲精華所在。煤礦儲量居全國首位；西南隅'解池'產池鹽，稱〔河東鹽〕。以'太原'爲省會。

【山地戰】 ㄕㄢ ㄉㄧˋ ㄓㄢˋ
在山地進行的作戰。山地地形險阻，視界、觀測受阻，交通不便，補給困難，人員易患高山病，作戰部隊要有良好訓練才能獲勝。

8【山東省】 ㄕㄢ ㄉㄨㄥ ㄕㄥˇ
位於我國東部地方。簡稱'魯'。東部突出於'渤海'、'黃海'間，以丘陵爲主體，產柞蠶絲、水果、雜糧；西部及'膠萊地塹'爲平原地帶，農業盛。'山東半島'海岸曲折，多良港與島嶼，富漁鹽之利；且與'遼東半島'成犄角之勢，交通、軍事地位重要。以'濟南'爲省會。

10【山海經】 ㄕㄢ ㄏㄞˇ ㄐㄧㄥ
作者不詳，約成於'戰國''秦''漢'間。今本十八篇。記述古代傳說中山川、道里、部族、物產等，保留許多古代的神話。

【山海關】 ㄕㄢ ㄏㄞˇ ㄍㄨㄢ
位於'河北省'東北隅'臨榆縣'。東臨'渤海'，西接'燕山'，故名。爲'明'將'徐達'所建，是'萬里長城'的起點，城樓上有〔天下第一關〕巨匾。軍事地位極重要。

12【山椒魚】 ㄕㄢ ㄐㄧㄠ ㄩˊ
(hynobiid)爲兩生類中屬於有尾目(order Urodela)、山椒魚科(family Hynobiidae)的動物。爲有尾目中較原始的種類，幼時有外鰓，成長後消失。與其他兩生類一樣，皮膚光滑、無鱗，可行呼吸作用。'臺灣'有'楚南氏'山椒魚及'臺灣'山椒魚兩種，前者分布於'玉山'附近海拔3,000公尺處；後者分布於高山地帶海拔2,000公尺處。'阿里山'山椒魚爲本種之別名。

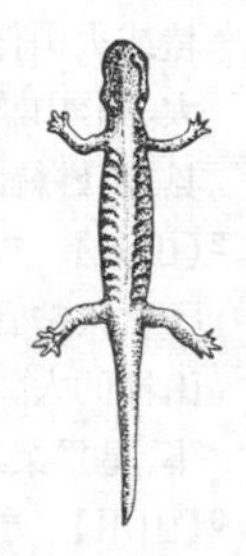
山椒魚圖

3【山下洞人】 ㄕㄢ ㄒㄧㄚˋ ㄉㄨㄥˋ ㄖㄣˊ
'琉球''伊江島''山下町'第一洞穴出土的更新世晚期化石人。其年代距今約三萬二千年前。標本爲一個約八歲小孩的遺骨，屬於〔現代智人〕。

7【山走石泣】 ㄕㄢ ㄗㄡˇ ㄕˊ ㄑㄧˋ
比喻暴政將亡，大家都迫不及待地奔散而去，連山石也要逃開。

8【山東半島】 ㄕㄢ ㄉㄨㄥ ㄅㄢˋ ㄉㄠˇ
位於我國北部，突出於'黃海'中。是我國第一大半島。地多丘陵，最高峰'嶗山'1,130公尺，位於'青島'東北方。海岸線爲岩岸地形，灣澳棋布，良港甚多，如'蓬萊'、'威海衛'、'青島'。

【山明水秀】 ㄕㄢ ㄇㄧㄥˊ ㄕㄨㄟˇ ㄒㄧㄡˋ
形容風景明媚秀麗。

【山肴野蔌】 ㄕㄢ ㄧㄠˊ ㄧㄝˇ ㄙㄨˋ
山野出產的食品。

【山姆叔叔】 ㄕㄢ ㄇㄨˇ ㄕㄨ ·ㄕㄨ
(Uncle Sam)'美國'人諢名。也譯稱'山姆'大叔。此一諢名大約源自西元1812年'紐約州'東部的'特洛埃'(Troy)鎮，原因可能是U.S.二字母常常出現在政府的軍需品上，因誰稱這些物品爲〔山姆叔叔〕。另一原因可能是在'特洛埃'這一帶有這麼一位稱作'山姆'叔叔的人，而他又跟軍需供應有關。

【山牧季移】 ㄕㄢ ㄇㄨˋ ㄐㄧˋ ㄧˊ
(transhumance)高山區的山坡，春來即草色青青，在森林線以上的草原牧草要到夏季才繁茂，牧民便於春初驅牲畜上山，盤旋而上沿途吃草；待夏末秋初，高山天氣變冷，草先轉枯，牧民便驅牲畜次第下山過冬。這種沿著山地，形成垂直方向移動的畜牧方式，稱爲山牧季移。如我國'蒙古'、'新疆'山地、'青康藏高原'均屬此畜牧方式。

【山岳冰河】 ㄕㄢ ㄩㄝˋ ㄅㄧㄥ ㄏㄜˊ
(mountain glacier)高山地帶如氣溫甚低，且有豐富的降水，則地面常年積雪，孕育成冰斗，雪冰自此順著山谷外流而形成的冰河，稱爲山岳冰河。冰河流到低處，氣溫升高，冰乃開始融化而損耗，故其長度有限，視當地氣候條件而定。

9【山珍海味】 ㄕㄢ ㄓㄣ ㄏㄞˇ ㄨㄟˋ
深山大海所產的珍貴食品。也作山珍海錯。

【山枯海泣】 ㄕㄢ ㄎㄨ ㄏㄞˇ ㄑㄧˋ
形容哀傷、感人之深。

【山重水複】 ㄕㄢ ㄔㄨㄥˊ ㄕㄨㄟˇ ㄈㄨˋ
山巒重疊，水道迂迴。

10【山高水長】 ㄕㄢ ㄍㄠ ㄕㄨㄟˇ ㄔㄤˊ
如山之高、水之長。比喻人品節高超。

11【山陰道上】 ㄕㄢ ㄧㄣ ㄉㄠˋ ㄕㄤˋ
本指景物繁多，令人目不暇給。今泛指人忙於接應。

12【山陽聞笛】 ㄕㄢ ㄧㄤˊ ㄨㄣˊ ㄉㄧˊ
指思念已故好友。'晉''向秀'與'嵇

康'、'呂安'為好友，並曾與'呂安'隱居於'山陽'，而'嵇康'與'呂安'先亡，一日，'向秀'經故宅，聞鄰人吹笛，不禁追思故友。見"晉書·向秀傳"。

13【山溜穿石】ㄕㄢ ㄌㄧㄡˋ ㄔㄨㄢ ㄕˊ

山中流水可以穿透石頭。比喻堅定有恆，終可成功。

【山盟海誓】ㄕㄢ ㄇㄥˊ ㄏㄞˇ ㄕˋ

形容誓約如高山大海，堅定不變。

15【山窮水盡】ㄕㄢ ㄑㄩㄥˊ ㄕㄨㄟˇ ㄐㄧㄣˋ

比喻陷於絕境，窮困至極。

17【山環水抱】ㄕㄢ ㄏㄨㄢˊ ㄕㄨㄟˇ ㄅㄠˋ

山水環繞。形容風景明秀。

4【山不轉路轉】ㄕㄢ ㄅㄨˋ ㄓㄨㄢˇ ㄌㄨˋ ㄓㄨㄢˇ

比喻遭遇困難時，總有解決的方法。

6【山地保留地】ㄕㄢ ㄉㄧˋ ㄅㄠˇ ㄌㄧㄡˊ ㄉㄧˋ

(aboriginal reserve)為保護山地人民生計及推行山地行政所保留的國有土地，'臺灣省政府'於'民國'三十七年明定"臺灣省各縣山地保留地辦法"，內中規定有限制使用山地保留地的對象。因山地保留地原屬國有，故山地人民僅能使用而無處分權。

8【山雨欲來風滿樓】ㄕㄢ ㄩˇ ㄩˋ ㄌㄞˊ ㄈㄥ ㄇㄢˇ ㄌㄡˊ

比喻事故將要發生前的徵兆。

2

岃 ㄌㄧˋ li^4 音力
參崱岃。

3

㞤 岊的本字。

岂 豈的俗體。

屺 ㄑㄧˇ $ch'i^3$ 音起
草木不生的山。見"說文"。

岜 屺的訛字。

屼 ㄨˋ wu^4 音兀
參屹屼。

屹 ㄧˋ i^4 音意
①山勢雄偉高聳的樣子。見"正字通"。②堅定不動搖。如：屹立。

5【屹立】ㄧˋ ㄌㄧˋ

高聳直立，堅定不移。

6【屹屼】ㄧˋ ㄨˋ

山嶺光禿峭拔的樣子。也作屹岦。

12【屹然】ㄧˋ ㄖㄢˊ

山勢高聳獨立的樣子。也用來比喻人的特立挺拔。

岁 歲的俗體。

4

岊 ㄐㄧㄝˊ $chieh^2$ 音結
①山中曲折高險的地方。見"說文"。②山高的樣子。見"字彙"。

岍 ㄑㄧㄢ $ch'ien^1$ 音牽
或作汧。山名。在'陝西省''隴縣'西南。是'隴山山脈'的支脈。

岏 ㄨㄢˊ wan^2 音丸
參巑岏。

岈 ㄒㄧㄚ $hsia^1$ 音蝦
山深的樣子。同谺。見"字彙"。

岐 ㄑㄧˊ $ch'i^2$ 音奇
①山名。在'陝西省''岐山縣'東北。因峰形如柱，又稱'天柱山'。②分岔的。通歧。如：岐路。③姓。'黃帝'時有'岐伯'。見"萬姓統譜·五"。

8【岐周】ㄑㄧˊ ㄓㄡ

指'西周'。'周'初建國於'岐山'，故稱。

12【岐黃】ㄑㄧˊ ㄏㄨㄤˊ

指醫術、醫理。'岐伯'與'黃帝'為醫家始祖，故稱。

17【岐嶷】ㄑㄧˊ ㄋㄧˋ

形容小孩聰明的樣子。也作歧嶷。

岅 坂的或體。

岆 嶸的或體。

岉 ㄨˋ wu^4 音勿
參崛岉。

岌 ㄐㄧˊ chi^2 音及
①山高峻的樣子。見"說文新附考"。②危險不安的樣子。見"字彙"。

7【岌岌可危】ㄐㄧˊ ㄐㄧˊ ㄎㄜˇ ㄨㄟˊ

危險的樣子。

岋 ㄜˋ o^4, $\hat{e}^4$ 音鄂
動搖的樣子。見"集韻"。

岻 ㄔˊ $ch'ih^2$ 音遲
山名。在今'山東省''益都縣'境。見"集韻"。

岇 ㄤˋ ang^4 音盎
山名。在今'浙江省''嵊縣'境。見"字彙"。

岑 ㄘㄣˊ $ts'\hat{e}n^2$ 音涔
①小而高的山。見"說文"。②姓。'唐'有'岑參'。見"萬姓統譜·六五"。

11【岑寂】ㄘㄣˊ ㄐㄧˋ

高而寂靜。

【岑參】ㄘㄣˊ ㄕㄣ

(715～770)'唐代''南陽'(今'河南''新野'北)人。官至'嘉州'刺史，所以世稱'岑嘉州'。他善長於描繪塞上的風光和戰爭的景象，為盛'唐'邊塞詩人的代表。著有"岑嘉州集"。

9【岑春煊】ㄘㄣˊ ㄔㄨㄣ ㄒㄩㄢ

(1861～1933)'廣西''桂林'人。原名'春澤'，字'雲階'，署'炯堂老人'。'清'末舉人，官至'四川'、兩'廣'、'雲''貴'總督。'民國'肇建後，任'福建'宣撫使。護國軍討'袁'之役，任兩'廣'護國軍都司令部都司令、軍務院撫軍副長。軍政府改組，任主席總裁。其後通電去職，不問政事。著有"樂齋漫筆"。

岭 ㄑㄧㄢˊ $ch'ien^2$ 音黔
山名。見"集韻"。

岎 ㊀ ㄈㄣ *fên*^{1} 音分
參岎崟。
㊁ ㄔㄚˋ *ch'a*^{4} 音姹
山脈分歧的地方。也作岔。見"正字通"。

11【岎崟】 ㄈㄣ ㄧㄣˊ
山勢高峻的樣子。

岕 ㄐㄧㄝˋ *chieh*^{4} 音介
兩山之間。多用作地名。如'浙江''長興'山區有'羅岕'、'山字岕'等地。

岕 ㄐㄧㄝˋ *chieh*^{4} 音介
山名。見"集韻"。

岔 ㊀ ㄔㄚˋ *ch'a*^{4} 音詫
①山脈分歧的地方。見"正字通"。②道路分歧的地方。如:三岔路口。③意外的事故。如:出了岔子。④轉變;移開。如:把話岔開。
㊁ ㄔㄚˊ *ch'a*^{2} 音查
陶瓷器的碎片。通碴。

3【岔子】 ㄔㄚˋ ·ㄗ
意外。

6【岔曲】 ㄔㄚˋ ㄑㄩˇ
北方曲藝名。流行於'清''乾隆'以後。多半是小令的形式,也有散套形式。採取問答體,只能坐唱,不能串演。曲調有別韻、蕩韻、琴腔兒等多種,內容大多以抒情寫景或滑稽嘲弄爲主。唱時用八角鼓伴奏,故又稱八角鼓曲。

10【岔氣】 ㄔㄚˋ ㄑㄧˋ
氣不順暢。

13【岔道】 ㄔㄚˋ ㄉㄠˋ
分岔的路;歧路。

18【岔斷】 ㄔㄚˋ ㄉㄨㄢˋ
①談話時故意插入他話打斷原來的話題。②(interrupt)將執行中之電腦程式暫時停止,以便進行特定處理。被停止執行之程式可在該特定處理結束後,由停止點繼續執行。

【岔斷申請】 ㄔㄚˋ ㄉㄨㄢˋ ㄕㄣ ㄑㄧㄥˇ
(interrupt request)電腦系統之周邊設備對中央處理機所發出之岔斷信號。

【岔斷認可】 ㄔㄚˋ ㄉㄨㄢˋ ㄖㄣˋ ㄎㄜˇ
(interrupt acknowledge)電腦中央處理機收到外界之岔斷申請信號後,表示同意而發出之信號。

【岔斷優先序】 ㄔㄚˋ ㄉㄨㄢˋ ㄧㄡ ㄒㄧㄢ ㄒㄩˋ
(interrupt priority)電腦對同時發生之岔斷申請所安排之處理的先後順序。

【岔斷服務常式】 ㄔㄚˋ ㄉㄨㄢˋ ㄈㄨˊ ㄨˋ ㄔㄤˊ ㄕˋ
(interrupt service routine)處理岔斷申請的電腦程式。當電腦收到並認可岔斷申請後,便將原執行之程式暫停,而移轉至岔斷服務常式進行處理。

5

岡 ㄍㄤ *kang*^{1} 音剛 又讀 ㄍㄤˇ *kang*^{3} 音港
①山脊。如:高岡。②小山。如:岡巒。

22【岡巒】 ㄍㄤ ㄌㄨㄢˊ
小山。

8【岡底斯山】 ㄍㄤ ㄉㄧˇ ㄙ ㄕㄢ
位於'西藏地方'的南境,與'喜馬拉雅山脈'平行。外人稱爲「外喜馬拉雅山」。平均高度超過5,000公尺,主峰'岡底斯山'高6,714公尺。

岮 ㄊㄨㄛˊ *t'o*^{2}, *t'uo*^{2} 音陀
參岮岮。

岤 ㄒㄩㄝˋ *hsüeh*^{4} 音穴
山的洞穴。通穴。見"正字通"。

岠 ㄐㄩˋ *chü*^{4} 音巨
大山。見"玉篇"。

岢 ㄎㄜˇ *k'o*^{3}, *k'ê*^{3} 音可
參岢嵐。

12【岢嵐】 ㄎㄜˇ ㄌㄢˊ
①山名。在'山西省''岢嵐縣'北。②縣名。屬'山西省'。

岪 ㄈㄨˊ *fu*^{2} 音佛
山勢曲折的樣子。同峬。見"說文"。

岷 ㄇㄧㄣˊ *min*^{2} 音民
山名。在'四川省''松潘縣'北。又稱'汶山'、'沃焦山'。

岵 ㄏㄨˋ *hu*^{4} 音戶
山有草木。見"說文"。

岧 ㄊㄧㄠˊ *t'iao*^{2} 音條
參岧嶢。

15【岧嶢】 ㄊㄧㄠˊ ㄧㄠˊ
山勢高峻的樣子。也作岧嶤。

岹 岧的或體。

岸 ㄢˋ *an*^{4} 音暗
①水邊高地。如:河岸。②雄偉。如:偉岸。③嚴肅。如:道貌岸然。④高傲。如:傲岸。

12【岸然】 ㄢˋ ㄖㄢˊ
嚴肅的樣子。

岯 ㄆㄟ *p'ei*^{1} 音胚
重疊的山嶺。見"廣韻"。

岩 ㄧㄢˊ *yen*^{2} 音言
巖的俗體。

5【岩石】 ㄧㄢˊ ㄕˊ
(rocks)組成地殼的主要物質。一般多爲數種礦物的集合體,如花崗岩是由長石、石英及雲母所組成,稱爲複成岩;但也有由一種礦物組成者,如大理石全由方解石組成,稱爲單成岩。岩石依其成因,可分爲火成岩、沉積岩及變質岩三大類。

8【岩坡】 ㄧㄢˊ ㄆㄛ
(rock slope)岩盤與空氣交界的垂直或傾斜邊界表面。傾角小於90°時稱爲岩石斜坡,等於90°時稱爲岩石直立坡,大於90°時稱爲岩石倒懸坡。

【岩岸】 ㄧㄢˊ ㄢˋ
(rocky coast)沿海多山、海崖、岬角及灣澳等海蝕地形,且多逼臨海岸者,稱岩岸。岩岸曲折,水深灣闊,每多良港。我國沿海自'甬江'口以南多岩岸。

10【岩脈】 ㄧㄢˊ ㄇㄛˋ
(dike)岩漿以脈狀貫入圍岩，而成扁平狀火成岩侵入岩體。

14【岩漠】 ㄧㄢˊ ㄇㄛˋ
(rock desert;hamada)也稱石漠。指岩床裸露的沙漠。在風力吹蝕作用強盛的漠地，細小的沙粒全被捲走，於是形成岩面裸露的沙漠。與石礫遍地的礫漠有別，但都屬石質沙漠。

15【岩漿】 ㄧㄢˊ ㄐㄧㄤ
(magma)地球內部呈熔融狀態的物質。以矽酸鹽類爲主，並含有易揮發性物質與氣體。岩漿在地殼深部形成，當其順著地殼裂縫上升至地殼淺部或表面，因溫度、壓力的降低，揮發性物質與氣體散失，再經冷卻、固化即形成火成岩。

【岩盤】 ㄧㄢˊ ㄆㄢˊ
(bedrock)厚度、範圍皆相當大的自然岩石。或爲一完整體，或存在有節理、斷層、層面、劈理面等斷裂面。

5【岩石圈】 ㄧㄢˊ ㄕˊ ㄑㄩㄢ
(lithosphere)即陸圈。自然界四大圈之一。爲地球表層堅硬的部分，是由地殼及地函最上部的固體部分組成，厚度約100公里。在岩石圈以下的地函具有可塑性，岩石圈可在其上非常緩慢地移動。

【岩石學】 ㄧㄢˊ ㄕˊ ㄒㄩㄝˊ
(petrology)研究組成地殼之岩石的種類、成因、組織、構造及其礦物成分的科學。

【岩石力學】 ㄧㄢˊ ㄕˊ ㄌㄧˋ ㄒㄩㄝˊ
(rock mechanics)研究岩石之理論與其行爲的科學。爲力學之分支。主要探討岩石在其周遭力場中的反應問題。研究範疇包括岩石力學原理、岩石材料之力學性質、環境影響因素、野外觀測技術、補強岩石之力學性質、在土木工程上之應用(邊坡、基礎、隧道、地下工程)、在採礦工程上之應用(明坑採礦、建材)及在地質學上之應用(構造地質、活動斷層)。

【岩石材料】 ㄧㄢˊ ㄕˊ ㄘㄞˊ ㄌㄧㄠˋ
(rock material; intact rock)不含地質構造及自然斷裂面的岩石，尤指在試驗室中進行抗張試驗、單壓試驗及一般物理性質試驗用試體大小之岩石。

8【岩坡崩坍】 ㄧㄢˊ ㄆㄛ ㄅㄥ ㄊㄢ
(rock slope failure)由於岩坡之抗剪強度低至安全係數小於1所引致的岩石坍方。其崩坍速度通常遠大於土坡崩坍。可分爲四類：一、圓弧形崩坍：易發生於高度破碎之岩坡；二、平面滑動：易發生於岩石與地表的傾斜大致相同者；三、楔形滑動：由二相交之節理而與岩坡面形成的楔形岩塊，因水或裂面岩石風化而生的滑動；四、翻倒破壞：具柱形構造的硬岩由近乎垂直之斷裂面分離，易於翻倒。

15【岩層變位】 ㄧㄢˊ ㄘㄥˊ ㄅㄧㄢˋ ㄨㄟˋ
(dislocation; displacement)岩層由於地殼變動受外力的作用而使其原來的排列相關位置改變。最常見的岩層變位是斷層和褶曲。而斷層和褶曲也常會伴生出現，因一條褶曲山脈(如'臺灣''中央山脈')生成時，其側旁常會有斷層發生，這都是岩層變位。

【岩漿活動】 ㄧㄢˊ ㄐㄧㄤ ㄏㄨㄛˊ ㄉㄨㄥˋ
(magmatic activity)地球的內部充滿著岩漿，當岩漿由原來的位置移動到別的地方時，即稱爲岩漿活動。主要有兩種形式：一、湧出地表；二、由地殼深處移至較淺處。

岨 ㊀ ㄑㄩ ch'ü1 音趄
戴土的石山。同砠。見"說文"。
㊁ ㄗㄨˇ tsu3 音祖
險阻。通阻。見"正字通"。

岬 ㄐㄧㄚˇ chia3 音甲
①山旁。②(cape; promontory)指陸地向海中突出的部分。常被波浪侵蝕成尖角形，所以也稱角或岬角。有屏護鄰近海岸的作用。如'臺灣'北部沿海的'富貴角'及'野柳岬'等是。

岫 ㄒㄧㄡˋ hsiu4 音袖
①山洞；巖穴。見"說文"。②山谷；峰巒。如：遠岫。

12【岫雲】 ㄒㄧㄡˋ ㄩㄣˊ
山中的雲。

岟 ㄧㄤˇ yang3 音養
①山腳。見"廣韻"。②深遠。

岝 ㄗㄜˊ tsê2 音則
參岝崿。

12【岝峉】 ㄗㄜˊ ㄜˊ
山勢高低不平的樣子。

【岝崿】 ㄗㄜˊ ㄜˋ
①高峻的樣子。也作岝咢、岞崿。②山名。在今'江蘇省''吳縣'西南。

岞 岝的或體。

岥 ㄆㄛ p'o1 音坡
參岥岮。

8【岥岮】 ㄆㄛ ㄊㄨㄛˊ
傾斜的樣子。也作陂陀、陂陁。

岣 ㄍㄡˇ kou3 音苟
參岣嶁。

14【岣嶁】 ㄍㄡˇ ㄌㄡˇ
山巔。

岭 ㄌㄧㄥˊ ling2 音零
山深邃的樣子。見"廣韻"。

岳 ㄩㄝˋ yüeh4 音越
①高大的山。同嶽。見"集韻"。②對妻子父親的簡稱。如：家岳。③姓。'宋'有'岳飛'。見"萬姓統譜·一一四"。

9【岳飛】 ㄩㄝˋ ㄈㄟ
(1103～1142)'南宋''湯陰'(今'河南''湯陰')人。字'鵬舉'。事母至孝，家貧力學。以「敢戰士」應募，隸留守'宗澤'部下，'高宗'手書「精忠岳飛」四字，製旗賜與。累官至

岳飛像

太尉，加少保；大破'金'兵，進駐'朱仙鎮'。時宰相'秦檜'主和，乃一日降十二金字牌召還，誣以罪名，下獄死。後追封'鄂王'，諡'武穆'，改諡'忠武'。有"岳武穆集"。

10【岳家軍】ㄩㄝˋ ㄐㄧㄚ ㄐㄩㄣ
指'南宋''岳飛'所統率的部隊。

4【岳氏連拳】ㄩㄝˋ ㄕˋ ㄌㄧㄢˊ ㄑㄩㄢˊ
北派拳術。原名'岳'氏散手。相傳'岳飛'所傳。'清代'流行於'北京'、'直隸'等地。

岱 ㄉㄞˋ *tai*⁴ 音代
山名。即'泰山'。見"說文"。

8【岱宗】ㄉㄞˋ ㄗㄨㄥ
指'泰山'。'泰山'別稱'岱'，爲四岳之首，故名。

6

峦 巒的俗體。

峐 ㄍㄞ *kai*¹ 音該
無草木的山。見"爾雅·釋山"。

峙 ㄓˋ *chih*⁴ 音志
[1]山勢聳立。如：峙立。[2]儲備。通庤。如：峙積。

5【峙立】ㄓˋ ㄌㄧˋ
山勢高聳直立的樣子。

10【峙峪人】ㄓˋ ㄩˋ ㄖㄣˊ
西元1963年我國'山西省''朔縣'西北'峙峪'遺址出土的化石人。化石標本僅枕骨一塊，但伴隨出土的有製作精細的細小石器等萬餘件，燒石、燒骨若干，以及動物骨、齒等化石一大批。根據碳十四的測定，其年代距今約二萬八千年前，演化階段屬早期的[現代智人]。

峘 ㄏㄨㄢˊ *huan*² 音桓
大小兩山相並而小山高於大山。見"爾雅·釋山"。

峌 ㄉㄧㄝˊ *tieh*² 音跌
參峌嵲。

13【峌嵲】ㄉㄧㄝˊ ㄋㄧㄝˋ
高聳的樣子。也作峌峴。

峛 ㄌㄧˇ *li*³ 音李
參峛崺。

12【峛崺】ㄌㄧˇ ㄧˇ
曲折綿延的樣子。也作邐迤。

峚 ㄇㄧˋ *mi*⁴ 音密
古山名。在'陝西''商縣'境。也稱'密山'。

峝 ㄉㄨㄥˋ *tung*⁴ 音洞
我國'廣西'、'貴州'一帶，'苗'人、'僮'人聚居的地區。也作侗、峒。

10【峝家】ㄉㄨㄥˋ ㄐㄧㄚ
我國少數民族之一。散居在'廣西'、'貴州'等省，多居山洞中，營農耕兼事漁獵生活。人口未詳。

峒 ㊀ ㄊㄨㄥˊ *t'ung*² 音同
參崆峒㊀。

㊁ ㄉㄨㄥˋ *tung*⁴ 音洞
峝的或體。

峣 ㄧㄤˊ *yang*² 音羊
參崆峣。

峋 ㄒㄩㄣˊ *hsün*² 音旬
參嶙峋。

峥 崢的俗體。

峞 ㄎㄨㄟˇ *k'uei*³ 音跬
參峞巍。

21【峞巍】ㄎㄨㄟˇ ㄨㄟˊ
高峻的樣子。

峗 ㄨㄟˊ *wei*² 音危
高峻。見"字彙"。

峉 ㄜˊ *o*², *ê*² 音額
山高大的樣子。見"集韻"。

峇 ㄎㄜ *k'o*¹, *k'ê*¹ 音科
[1]山洞。見"字彙"。[2]山的形態。見"集韻"。

峜 ㄐㄧˋ *chi*⁴ 音計
參六峜。

峊 ㄈㄨˋ *fu*⁴ 音副
土山。也作𠂤、阜。見"集韻"。

7

峾 ㄧㄣˊ *yin*² 音銀
參峾淪。

11【峾淪】ㄧㄣˊ ㄌㄨㄣˊ
水流迴旋的樣子。

峷 ㄕㄣ *shên*¹ 音深
山神名。見"正字通"。

峮 ㄑㄩㄣ *ch'ün*¹ 音逡
參峮嶙。

15【峮嶙】ㄑㄩㄣ ㄌㄧㄣˊ
峰巒連綿的樣子。也作峮嶙。

峬 ㄅㄨ *pu*¹ 音逋
參峬峭。

10【峬峭】ㄅㄨ ㄑㄧㄠˋ
形貌美好的樣子。也作俌峭。

峿 ㄨˊ *wu*² 音吾
山名。在'山東省''安邱縣'西南。

崁 ㄎㄢˇ *k'an*³ 音砍
也作嵌。參赤嵌樓。

𡸵 ㊀ ㄎㄥ *k'êng*¹ 音坑
谷名。也作'硎'。參硎谷。

㊁ ㄒㄧㄥˊ *hsing*² 音刑
山脈中斷的地方。通陘。如：山𡸵。

峽 ㄒㄧㄚˊ *hsia*² 音俠
兩山之間。如：山峽。

7【峽谷】ㄒㄧㄚˊ ㄍㄨˇ
(canyon; gorge)河川切割岩層(如石灰岩、砂岩、火山熔岩等)所造成的兩側谷壁陡峻的深谷。主要是河流集中全力在岩床上強烈下蝕，不斷進行加深作用，終成谷壁峻峭的狹長深谷。'美國'西部'科羅拉多高原'上的'大峽谷'(Grand Canyon)，爲'科羅拉多河'切割而成，長度展延達320公里，一般谷深在一千公尺，有些地方深達一千六百公尺以上。'臺灣'東部的'太魯閣峽谷'，是被'立霧溪'深切該區的結晶石灰岩所形成的。

25【峽灣】ㄒㄧㄚˊ ㄨㄢ
(fjord; fiord)昔日飽受冰河侵蝕

的山谷，後因海面上升，爲海水侵入而形成的海灣，兩岸陡峻狹長，特稱峽灣。北'歐'的'挪威'海岸、'英國'的'蘇格蘭'海岸均是標準的峽灣地形。

峭 ㄑㄧㄠˋ ch'iao⁴ 音俏
1陡直險峻。如：峭峻。2嚴峻；苛刻。如：峭薄。3寒冷刺人。如：春寒料峭。

8【峭直】 ㄑㄧㄠˋ ㄓˊ
嚴峻剛直。

【峭拔】 ㄑㄧㄠˋ ㄅㄚˊ
1特立高聳的樣子。2形容性情孤高特出。3形容書畫筆力遒勁絕俗。

16【峭壁】 ㄑㄧㄠˋ ㄅㄧˋ
陡立峻削的崖壁。

峔 ㄇㄤˇ mang³ 音莽
參嵣峔。

峴 ㄒㄧㄢˋ hsien⁴ 音現
1山小而險。見"集韻"。2山名。⑴在今'湖北省''襄陽縣'南。名'峴首山'。⑵在'浙江省''吳興縣'南。原名'顯山'。

峞 ㄉㄨㄟˋ tui⁴ 音對
參嶒峞。

峪 ㄩˋ yü⁴ 音欲
山谷。見"集韻"。

峻 ㄐㄩㄣˋ chün⁴ 音俊
1高峭。如：群山峻秀。2崇高偉大。如：峻節。3嚴酷；苛刻。如：峻刻。

7【峻坂】 ㄐㄩㄣˋ ㄅㄢˇ
陡峭的山坡。

8【峻法】 ㄐㄩㄣˋ ㄈㄚˇ
嚴酷的法令。

【峻直】 ㄐㄩㄣˋ ㄓˊ
嚴肅正直。

【峻拒】 ㄐㄩㄣˋ ㄐㄩˋ
嚴厲的拒絕。

10【峻峭】 ㄐㄩㄣˋ ㄑㄧㄠˋ
1山勢高聳陡直。2比喻人品高尚。

12【峻詞】 ㄐㄩㄣˋ ㄘˊ
嚴正的言詞。

13【峻節】 ㄐㄩㄣˋ ㄐㄧㄝˊ
高尚的節操。

15【峻德】 ㄐㄩㄣˋ ㄉㄜˊ
大德。

峩 峨的或體。

峨 ㄜˊ o², ê² 音鵝
也作峩。1山勢高峻。如：嵯峨。2高峻；突出。如：峨然不群。

10【峨峨】 ㄜˊ ㄜˊ
1山嶺高聳的樣子。2容儀盛壯的樣子。3美好的樣子。同娥娥。

9【峨眉山】 ㄜˊ ㄇㄟˊ ㄕㄢ
也作'峨嵋山'。位於'四川省'西南部'峨眉縣'西南方。高3,099公尺，是'四川盆地'內部的最高峰。沿山上下佛寺甚多，是我國著名的佛教聖地。

9【峨冠博帶】 ㄜˊ ㄍㄨㄢ ㄅㄛˊ ㄉㄞˋ
高冠闊帶。爲古代儒生的裝束。今泛指衣著莊嚴考究。

峯 峰的或體。

峰 ㄈㄥ fêng¹ 音風
也作峯。山頂。

22【峰巒】 ㄈㄥ ㄌㄨㄢˊ
迂迴綿亙的山峰。

6【峰至峰】 ㄈㄥ ㄓˋ ㄈㄥ
(peak-to-peak; P-P)週期波形中，正方向之最大峰值與負方向之最大峰值間的代數差。

9【峰度係數】 ㄈㄥ ㄉㄨˋ ㄒㄧˋ ㄕㄨˋ
(coefficient of kurtosis)度量一頻度(或機率)分布之尖峰的程度。以$m_4 \div m_2^2$來度量，但m_r是$(x_i-\bar{x})^r$的平均，$\bar{x}$是x_i之平均。

10【峰迴路轉】 ㄈㄥ ㄏㄨㄟˊ ㄌㄨˋ ㄓㄨㄢˇ
山路迂迴曲折。

峳 ㄧㄡˊ yu² 音由
參峳峳。

10【峳峳】 ㄧㄡˊ ㄧㄡˊ
古神話中怪獸名。羊目牛尾，似馬而有四角。

峆 ㄏㄢ han¹ 音酣
大谷。見"廣韻"。

島 ㄉㄠˇ tao³ 音擣
四周全部被水環繞，而比大陸爲小的一塊陸地。海洋中的島，因大小不同而有各種名稱，較小的島稱嶼，島嶼聚集成群稱爲群島或列島，島嶼環列成弧狀稱島弧。

6【島夷】 ㄉㄠˇ ㄧˊ
海島上未開化的民族。

8【島弧】 ㄉㄠˇ ㄏㄨˊ
(island arc)島嶼排列成一弧線者。在西'太平洋'，斜繞'亞洲'大陸的島嶼，由北而南，有'千島群島'、'日本群島'、'琉球群島'、'臺灣'、'菲律賓群島'等，均各成島弧，連串排列在'亞洲'東側，有如花綵，故稱花綵列島。島弧大致位居地殼不穩定地帶，所以常是斷層帶、地震帶和火山帶。

9【島洲】 ㄉㄠˇ ㄓㄡ
指'澳洲'。世界七大洲('歐洲'、'亞洲'、'非洲'、'北美洲'、'南美洲'、'澳洲'和'南極洲')中最小的一洲，面積770萬方公里。雖名爲洲，實係位居'太平洋'與'印度洋'之間的大島嶼，故稱。

峱 ㄋㄠˊ nao² 音撓
1犬。見"玉篇"。2山名。在今'山東省''臨淄縣'南。

8

崈 崇的或體。

崇 ㄔㄨㄥˊ ch'ung² 音蟲
1高。如：崇山。2尊尚；愛重。如：崇尚。3積聚；增長。4終；盡。通終。如：崇朝。

8【崇尚】 ㄔㄨㄥˊ ㄕㄤˋ
尊崇；提倡。

9【崇拜】 ㄔㄨㄥˊ ㄅㄞˋ
1尊崇拜授。如上尊號、封爵位等。2非常敬佩。

10【崇高】 ㄔㄨㄥˊ ㄍㄠ

高尚；至高。

13【崇敬】　ㄔㄨㄥˊ　ㄐㄧㄥˋ

崇拜尊敬。

6【崇她社】　ㄔㄨㄥˊ　ㄊㄚ　ㄕㄜˋ

(Zonta)一個由女實業家及職業婦女所組成的國際性社團。西元1919年成立於'美國'。以增進社會福利、注重婦女各方面的進步，並促使世人互相了解、幫助、和平相處爲宗旨。目前在全世界各地有二萬多名會員。

8【崇明島】　ㄔㄨㄥˊ　ㄇㄧㄥˊ　ㄉㄠˇ

位於'長江'出海口處。地屬'江蘇省''崇明縣'。爲我國第三大島，僅次於'臺灣'、'海南'二島；盛產稻、棉。

3【崇山峻嶺】　ㄔㄨㄥˊ　ㄕㄢ　ㄐㄩㄣˋ　ㄌㄧㄥˇ

高聳峻峭的山嶺。

4【崇文總目】　ㄔㄨㄥˊ　ㄨㄣˊ　ㄗㄨㄥˇ　ㄇㄨˋ

'宋''王堯臣'等奉敕撰，六十六卷。以'宋代''昭文'、'史館'、'集賢'、'祕閣'四館所藏書，校正條目，定其存廢，凡著錄三萬六百六十九卷，分類編目，並加敘釋。其後全本不行。'清'修"四庫全書"，以'明''范欽''天一閣'藏本，補入"永樂大典"引用者，編成十二卷。'嘉慶'中'錢侗'等又有"輯釋"五卷、"補遺"一卷、"附錄"一卷。

5【崇本抑末】　ㄔㄨㄥˊ　ㄅㄣˇ　ㄧˋ　ㄇㄛˋ

重視根本，抑制枝末。

9【崇洋媚外】　ㄔㄨㄥˊ　ㄧㄤˊ　ㄇㄟˋ　ㄨㄞˋ

對外國盲目崇拜、卑屈討好的心態或行爲。

15【崇德報功】　ㄔㄨㄥˊ　ㄉㄜˊ　ㄅㄠˋ　ㄍㄨㄥ

尊重有德者，報答有功者。

【崇德辨惑】　ㄔㄨㄥˊ　ㄉㄜˊ　ㄅㄧㄢˋ　ㄏㄨㄛˋ

崇尚道德，明辨是非。

崆　㊀ ㄎㄨㄥ　k'ung¹　音空

參崆峒。

㊁ ㄑㄧㄤ　ch'iang¹　音腔

參崆峴。

9【崆峒】　㊀ ㄎㄨㄥ　ㄊㄨㄥˊ

1山名。⑴在'河南省''臨汝縣'西南。⑵在'甘肅省''平涼縣'西。⑶在'甘肅省''高臺縣'西。⑷在'甘肅省''岷縣'東北。⑸在'江西省''贛縣'南。⑹在'四川省''平武縣'西。2群島名。在'山東省''煙臺市'東北部'芝罘灣'的外海中，爲'煙臺港'的天然屏障。3'洛陽'的代稱。古人以爲北極星居天之中，'洛陽'居地之中，斗極下爲崆峒，因以崆峒指'洛陽'。

㊁ ㄎㄨㄥ　ㄉㄨㄥˋ

山洞。

【崆峴】　ㄑㄧㄤ　ㄧㄤˊ

山石高峻的樣子。

崞　ㄍㄨㄛ　ko¹, kuo¹　音郭

1山名。⑴在'山西省''渾源縣'西北。⑵在'山西省''崞縣'西南。2縣名。屬'山西省'。

崒　ㄗㄨˊ　tsu²　音卒

同崪。1高聳；險峻。如：崒兀。2突然。通猝。

崨　ㄎㄨㄟˋ　k'uei⁴　音愧

參崨急。

9【崨急】　ㄎㄨㄟˋ　ㄐㄧˊ

筋骨堅緊的樣子。

崨　ㄐㄧㄝˊ　chieh²　音捷

山高的樣子。見"正字通"。

崝　ㄔㄥˊ　ch'êng²　音成

1高峻。見"方言·六"。2幽深。如：俯視崝嶸。

崋　ㄏㄨㄚˋ　hua⁴　音化

山名。通作'華'。參華山。

崠　ㄉㄨㄥ　tung¹　音東

1山名。見"集韻"。2山脊。見"集韻"。

崌　ㄐㄩ　chü¹　音居

山名。'北江'所出。見"集韻"。

崫

崛的或體。

崛　ㄐㄩㄝˊ　chüeh²　音絕

1山小而高聳。見"說文"。2特起；突起。如：崛起。

7【崛岉】　ㄐㄩㄝˊ　ㄨˋ

高聳的樣子。

10【崛起】　ㄐㄩㄝˊ　ㄑㄧˇ

突起；特起。

15【崛𡾊】　ㄐㄩㄝˊ　ㄨㄟˊ

山名。在今'山西省''陽曲縣'西北。

崚　ㄌㄥˊ　lêng²　音稜

參崚嶒。

15【崚嶒】　ㄌㄥˊ　ㄘㄥˊ

1高峻重疊的樣子。如：絕壁崚嶒。2性情剛直的樣子。如：風骨崚嶒。

崌　ㄐㄩ　chü¹　音居

參崌嵎。

12【崌嵎】　ㄐㄩ　ㄩˊ

高峻的山崖。

崧　ㄙㄨㄥ　sung¹　音松

山大而高。見"爾雅·釋山"。

5【崧生嶽降】　ㄙㄨㄥ　ㄕㄥ　ㄩㄝˋ　ㄐㄧㄤˋ

得高山神靈之氣而生。稱人稟賦獨厚。後用以頌美權貴。

崎　㊀ ㄑㄧ　ch'i¹　音七

參崎嶇。

㊁ ㄑㄧˊ　ch'i²　音祈

1彎曲的河岸。見"廣韻"。2傾側的樣子。如：傾崎。

14【崎嶇】　ㄑㄧ　ㄑㄩ

1山路高低不平的樣子。2比喻艱困的處境。

崍　ㄌㄞˊ　lai²　音來

山名。即'邛崍山'。在今'西康省''榮經縣'西。爲'邛水'發源地。

崖　ㄧㄞˊ　yai²　音睚

1一種陡削的坡地。一般係因侵蝕作用所造成，有時構造作用(如斷層)也可形成崖，即斷層崖。2水岸。通涯。如：渚崖。3泛指邊際。如：不見其崖。

11【崖略】　ㄧㄞˊ　ㄌㄩㄝˋ

大略；大要。

14【崖墓】　ㄧㄞˊ　ㄇㄨˋ

一種古代埋葬習俗。即將死者葬

在懸崖陡壁上。有兩種葬式，一是將棺木葬在崖壁的天然洞穴或人工開鑿的洞穴中；一是在崖壁上釘以木樁，架棺其上。我國'四川'、'雲南'、'廣西'、'浙江'、'福建'、'臺灣'及'東南亞'均有發現。

16【崖錐堆積】 ㄧㄞˊ ㄓㄨㄟ ㄉㄨㄟ ㄐㄧ
(talus deposit; talus)懸崖的岩石碎塊落於其下之自然斜坡上，與土壤混合所形成一不甚緊密而易透水的崩積層。

㟅 ㄓㄢˇ chan³ 音盞
險峻的樣子。也作嶘。見"玉篇"。

崡 ㄏㄢˊ han² 音函
谷名。即'函谷'。參函谷關。

崦 ㄧㄢ yen¹ 音淹 又讀 ㄧㄢˇ yen³ 音掩
1山。如：西崦。2量詞。地一塊或一片叫一崦。

崗 ㊀ ㄍㄤ kang¹ 音剛
岡的俗體。
㊁ ㄍㄤˇ kang³ 音港
1㊀的又讀。2警衛值勤的處所。如：崗哨。

7【崗位】 ㄍㄤˇ ㄨㄟˋ
警衛值勤時駐守的地方。引申指職位。

崑 ㄎㄨㄣ k'un¹ 音昆
高。也作崐。如：崑山卑澤。

6【崑曲】 ㄎㄨㄣ ㄑㄩˇ
也稱'崑'腔。最初是'崑山'一帶民間流行的南戲清唱腔調。'明世宗''嘉靖'末年，'蘇州''崑山'('江蘇''崑山')人'魏良輔'以'崑山'腔爲基礎，吸收'弋陽'、'海鹽'諸腔的音樂及北曲的唱法，翻造新聲，由於曲調柔美，流行全國各地。

11【崑崙】 ㄎㄨㄣ ㄌㄨㄣˊ
1古代西戎國名。2'唐''宋'時，稱今'南洋'諸島及'中南半島'南部一帶之居民爲'崑崙'。即現在之'馬來'人種。3道教語。指腦。

【崑崙山】 ㄎㄨㄣ ㄌㄨㄣˊ ㄕㄢ
橫亙於'新疆省''塔里木盆地'南緣。平均高度在5,000公尺以上；最高峰'公格爾山'，高7,719公尺；'穆斯塔格山'高7,546公尺，被稱爲[冰川之父]。

3【崑山片玉】 ㄎㄨㄣ ㄕㄢ ㄆㄧㄢˋ ㄩˋ
比喻難得的人才。

崐
崑的或體。

崮 ㄍㄨˋ ku⁴ 音固
同崓。1四面陡峭而平頂的山。多用作山名。如'山東省''長清縣'東南有'崮山'。2堡壘。通固。如：島崓。

崓
崮的或體。

崢 ㄓㄥ chêng¹ 音爭 又讀 ㄔㄥˊ ch'êng² 音成
高峻。

17【崢嶸】 ㄓㄥ ㄖㄨㄥˊ
1山勢高峻的樣子。2深險的樣子。3寒氣凜冽。4特出；傑出。

崤 ㄧㄠˊ yao² 音堯
參崤山。

3【崤山】 ㄧㄠˊ ㄕㄢ
山名。也作'殽山'、'崤陵'。在今'河南省''洛寧縣'北。

崰
嵫的或體。

嵫 ㄗ tzŭ¹ 音姿
參嵫嶷。

17【嵫嶷】 ㄗ ㄋㄧˋ
參差不齊的樣子。也作崰嶷。

崩 ㄅㄥ pêng¹ 音繃
1倒塌。如：山崩。2敗壞。如：禮壞樂崩。3古稱帝王死亡。如：崩殂。

4【崩中】 ㄅㄥ ㄓㄨㄥˋ
即血崩。參血崩。

7【崩坍】 ㄅㄥ ㄊㄢ
倒塌。

【崩步】 ㄅㄥ ㄅㄨˋ
國術步法。後腳發勁前進，前腳以同步幅前進。

10【崩拳】 ㄅㄥ ㄑㄩㄢˊ
國術拳法。自下斜上，以拳背向前翻擊。

14【崩漏】 ㄅㄥ ㄌㄡˋ
婦女不在行經期間，不正常的子宮出血，或持續出血、淋瀝不斷的病症。

15【崩潰】 ㄅㄥ ㄎㄨㄟˋ
1崩毀潰散。2(breakdown)指半導體元件中，p-n 接面由於外加的反向偏壓超過其結構的負荷，形成反向大量電流導通而破壞接面，無法恢復原接面特性。

【崩潰電壓】 ㄅㄥ ㄎㄨㄟˋ ㄉㄧㄢˋ ㄧㄚ
(breakdown voltage)使絕緣體或介質破壞，由絕緣性轉變成傳導性的電壓。

7【崩坍地滑動】 ㄅㄥ ㄊㄢ ㄉㄧˋ ㄏㄨㄚˊ ㄉㄨㄥˋ
(slides in colluvium)分爲兩類：一、崖錐堆積之滑動：由於強烈侵蝕致使岩塊及岩屑堆積於懸崖之下，形成疏鬆之傾斜地層，後經風化、大雨或地下水位上升、坡趾挖除等引致新的滑動。二、古老崩坍地之復活：大規模之古老崩坍地，表面爲林區，由於坡趾沖失、地震、大雨或人工開挖，皆可能引致其再滑動多次，而規模不整。

15【崩潰二極體】 ㄅㄥ ㄎㄨㄟˋ ㄦˋ ㄐㄧˊ ㄊㄧˇ
(breakdown diode)被設計在崩潰區工作而具適當消耗功率的二極體。通常用於作參考電壓或定電壓源之用。此類二極體產生崩潰作用係由於反向偏壓過大，致使二極體進入崩潰區。

崣 ㄨㄟˇ wei³ 音委
參崣移。

14【崣移】 ㄨㄟˇ ㄧˊ
蜿蜒曲折的樣子。也作委蛇。

崔 ㄘㄨㄟ ts'ui¹ 音催
1高大。見"說文"。2姓。'春秋''齊'有'崔杼'。見"萬姓統譜·一七"。

9【崔述】 ㄘㄨㄟ ㄕㄨˋ
(1740～1816)'清代''河北''大名'

人。字'武承',號'東壁'。曾任知縣。初研究'宋''元'理學,後致力於史學,敢於疑古,於古史多所創見,對古籍的考證、辨僞不遺餘力。所著"考信錄"等三十餘種,合稱爲"崔東壁遺書"。

10【崔豹】 ㄘㄨㄟ ㄅㄠˋ

'晉朝'人。字'正能',一作'正熊'。'惠帝'時官至太傅。著有"古今注"一書。

21【崔巍】 ㄘㄨㄟ ㄨㄟˊ

山勢高峻的樣子。

峴 𡹴的或體。

崥 ㊀ ㄆㄧˊ *p'i*^{2} 音鼙

參崥崹。

㊁ ㄅㄧˋ *pi*^{4} 音必

山腳。如:峽崥。

12【崥崹】 ㄆㄧˊ ㄊㄧˊ

山勢漸平的樣子。

崏 ㄇㄧㄣˊ *min*^{2} 音民

山名。同'岷'。見"正字通"。

崟 ㄧㄣˊ *yin*^{2} 音吟

山勢高峻的樣子。同崯。見"說文"。

崙 ㄌㄨㄣˊ *lun*^{2} 音輪

參崑崙山。

崘 崙的或體。

9

嵒 ㊀ ㄧㄢˊ *yen*^{2} 音岩

同嵓。①山巖。見"說文"。②高峻的樣子。如:岑嵒。③古地名。'春秋'時,'宋'、'鄭'之間有隙地,名'嵒'。在今'河南省''杞縣'、'通許縣'和'陳留縣'之間。

㊁ ㄧˋ *i*^{4} 音異

同㊀③。

峉 ㄜˊ *o*^{2}, *ê*^{2} 音額

參峇峉。

崹 ㄊㄧˊ *t'i*^{2} 音啼

參崥崹。

嵃 ㄧㄢˇ *yen*^{3} 音眼

險峻的樣子。如:嵃峭。

崺 ㄧˇ *i*^{3} 音以

參峛崺。

崷 ㄑㄧㄡˊ *ch'iu*^{2} 音酋

參崷崒。

11【崷崒】 ㄑㄧㄡˊ ㄗㄨˊ

山勢高峻的樣子。也作嵱崪。

嵫 ㄗ *tzŭ*^{1} 音茲

山名。在今'山東省''滋陽縣'西'蜀山湖'東側。又叫'嵫陽山'。

嵁 ㄎㄢ *k'an*^{1} 音刊

①山高的樣子。見"集韻"。②泛指高、深。如:大山嵁巖。

嵌 ㊀ ㄑㄧㄢ *ch'ien*^{1} 音簽 又讀 ㄑㄧㄢˋ *ch'ien*^{4} 音欠

①山勢開展的樣子。見"廣韻"。②深陷的洞穴。如:山嵌。③把東西塡入空隙。如:嵌鑲。

㊁ ㄎㄢˋ *k'an*^{4} 音看

㊀③的又讀。

㊂ ㄎㄢˇ *k'an*^{3} 音坎

參赤嵌樓。

8【嵌花】 ㄑㄧㄢ ㄏㄨㄚ

在藝品表面嵌入圖紋作爲裝飾的方法。先於物品表面刻下圖紋的凹槽,然後將嵌鑲材料嵌入即成。此法多見於木工、金工及漆工藝方面。

12【嵌畫】 ㄑㄧㄢ ㄏㄨㄚˋ

(mosaic)牆壁裝飾的一種形式。即把有色的石材、大理石、著色及金色玻璃等的嵌片,依據草稿的圖形和色彩,黏貼在水泥壁上。嵌畫的歷史最久,從古代起直到十三世紀時不斷地使用。'拜占庭'教堂即以嵌畫作爲主要的裝飾。

【嵌絲玻璃】 ㄑㄧㄢ ㄙ ㄅㄛ ㄌㄧˊ

(wire glass)中央有一層鋁絲網的玻璃。有平的、波形、凸凹花紋等多種,具有耐火及不易擊碎的特性,透光度比淨片減少10%。適用於工廠、貨棧及玻璃天棚等處。

14【嵌銅條磨石子】 ㄑㄧㄢ ㄊㄨㄥˊ ㄊㄧㄠˊ ㄇㄛˊ ㄕˊ ˙ㄗ

(terrazzo with bronze stripe)大面積地坪磨石子,加銅條將地坪分成數格,以防止乾縮裂紋的無限延長。

嵋 ㄇㄟˊ *mei*^{2} 音眉

也作眉。參峨眉山。

嵓 ㄢˋ *an*^{4} 音岸

①廣厚。見"玉篇"。②不恭。見"集韻"。

嵗 歲的俗體。

崴 ㄨㄟ *wei*^{1} 音威

參崴嵬。

13【崴嵬】 ㄨㄟ ㄨㄟˊ

錯落不平的樣子。

19【崴㠢】 ㄨㄟ ㄏㄨㄞˊ

高而不平的樣子。

崼 ㊀ ㄕˋ *shih*^{4} 音是

山。見"集韻"。

㊁ ㄉㄧㄝˊ *tieh*^{2} 音碟

參崼嵲。

13【崼嵲】 ㄉㄧㄝˊ ㄋㄧㄝˋ

參差不齊的樣子。

崱 ㄗㄜˋ *tsê*^{4} 音仄

參崱屴。

5【崱屴】 ㄗㄜˋ ㄌㄧˋ

①高峻的山嶺。②陡峭的樣子。③高聳的樣子。

崵 ㄧㄤˊ *yang*^{2} 音陽

即'首陽山'。見"說文"。

嵎 ㄩˊ *yü*^{2} 音魚

①山的彎曲處。見"字彙"。②邊側。通隅。如:西南嵎。

6【嵎夷】 ㄩˊ ㄧˊ

地名。也作'嵎銕'。①我國東方的邊地。在今'河北'、'山東'一帶。②'朝鮮'的古稱。

嵑 ㊀ ㄐㄧㄝˊ *chieh*^{2} 音潔

①山巒聳立的樣子。見"正字通"。②頂端圓形的石碑。通碣。

㊁ ㄎㄜˇ *k'o*^{3}, *k'ê*^{3} 音可

山石高峻的樣子。

崽 ㄗㄞˇ *tsai*^{3} 音宰

①小孩兒。見"方言·一○"。②罵人時稱對方爲兔崽子。俗又稱替外國人跑腿的人爲西崽

或細崽。

嵔 ㄨㄟˇ wei^{3} 音偉
山勢高下盤曲的樣子。也作⿰山畏。見"字彙"。

⿰山畏 嵔的或體。

崿 ㄜˋ o^{4}, ê^{4} 音餓
山崖。見"集韻"。

嵒 喦的或體。

嵕 ㄗㄨㄥ tsung^{1} 音宗
數峰相聚的高山。同嵏。見"正字通"。

嵙 ㄎㄜ k'o^{1}, k'ê^{1} 音科
帽形的山。'臺灣省''臺中縣'有'頭嵙山',即以山形似帽而得名。

嵐 ㄌㄢˊ lan^{2} 音藍
山中的霧氣。見"集韻"。

⿰山弇 崦的或體。

嵛 崳的或體。

崳 ㄩˊ yü^{2} 音俞
山名。①在'湖南省''零陵縣'南。②在'福建省''霞浦縣'東南海中。

嵂 ㄌㄩˋ lü^{4} 音律
參嵂崒。

11【嵂崒】 ㄌㄩˋ ㄗㄨˊ
高峻的樣子。

嵇 ㄐㄧ chi^{1} 音機
姓。三國'魏'有'嵇康'。見"萬姓統譜·一四"。

11【嵇康】 ㄐㄧ ㄎㄤ
(223～262) 三國'魏''譙郡''銍縣'(今'安徽''亳縣')人。字'叔夜'。娶'魏'宗室'長樂公主',賜中散大夫。性格曠達,好'老''莊'之學。有"嵇中散集"。

【嵇紹】 ㄐㄧ ㄕㄠˋ
(253～304) '晉''譙郡''銍縣'(今'安徽''亳縣')人。字'延祖'。官侍中。八王之亂時,隨'惠帝'戰於'蕩陰',兵敗,百官侍衛潰散奔逃,'紹'以身保護'惠帝',終爲亂兵所殺,血濺帝衣。亂平後,帝以衣上爲'嵇'侍中血,而不洗去。

10

嵱 ㄩㄥˇ yung^{3} 音永
參嵱嵷。

14【嵱嵷】 ㄩㄥˇ ㄗㄨㄥˇ
山峰起伏眾多的樣子。

嵩 ㄙㄨㄥ sung^{1} 音松
①高大。如:嵩高。②山名。參嵩山。

3【嵩山】 ㄙㄨㄥ ㄕㄢ
位於'河南省'中部。高2,000公尺,爲我國五嶽之一,稱「中嶽」。山上名剎'少林寺'是著名的佛教禪院。

8【嵩呼】 ㄙㄨㄥ ㄏㄨ
祝頌帝王呼聲。也作山呼。

17【嵩嶽並峙】 ㄙㄨㄥ ㄩㄝˋ ㄅㄧㄥˋ ㄓˋ
高山並立,氣象宏偉的樣子。

嵣 ㄉㄤˋ tang^{4} 音蕩
參嵣⿰山芒。

10【嵣⿰山芒】 ㄉㄤˋ ㄇㄤˊ
山石廣大的樣子。

嵰 ㄑㄧㄢˇ ch'ien^{3} 音遣
山勢高險。見"廣韻"。

嵯 ㄘㄨㄛˊ ts'o^{2}, ts'uo^{2} 音痤
參嵯峨。

10【嵯峨】 ㄘㄨㄛˊ ㄜˊ
山勢高峻的樣子。

嵮 ㊀ ㄊㄧㄢˊ t'ien^{2} 音田
用土塡塞。通塡、寘。見"正字通"。
㊁ ㄉㄧㄢ tien^{1} 音顚
巓的或體。

嵊 ㄕㄥˋ shêng^{4} 音盛
①山名。在'浙江''省嵊縣'東。②縣名。在'浙江省'。因'嵊山'而得名。

嵥 ㄐㄧㄝˊ chieh^{2} 音傑
聳立的樣子。如:嵥峙。

⿱山叟 ㄙㄡˇ sou^{3} 音叟
參⿱山叟崮。

11【⿱山叟崮】 ㄙㄡˇ ㄍㄨˋ
山名。在今'山東省''蒙陰縣'西南。

嵲 ㄋㄧㄝˋ nieh^{4} 音聶
參嵽嵲。

嵬 ㄨㄟˊ wei^{2} 音危
①山高大的樣子。如:嵬峨。②怪誕;狂妄。如:嵬說。

嵞 ㄊㄨˊ t'u^{2} 音塗
山名。即'塗山'。參塗山。

11

嶅 也作⿱山敖、嶴。㊀ ㄠˊ ao^{2} 音敖
①山多小石。也指多小石的山。②山名。在今'山東省''新泰縣'東南。
㊁ ㄠˋ ao^{4} 音傲
①山高的樣子。見"集韻"。②動搖的樣了。見"古今韻會舉要"。

嶂 ㄓㄤˋ chang^{4} 音障
①高險的山。見"集韻"。②連緜如屏障的山峰。如:重巒疊嶂。

嵼 ㄔㄢˇ ch'an^{3} 音產
參嶘嵼。

嶀 ㄊㄨ t'u^{1} 音禿
山名。在'浙江省''嵊縣'北。

嶍 ㄒㄧˊ hsi^{2} 音習
山名。在'雲南省''峨山縣'東北。

嵺 ㄌㄧㄠˊ liao^{2} 音聊
同寥。①山聳立的樣子。見"正字通"。②廣遠;空曠。如:嵺廓。

⿱山敖 嶅的或體。

嶄 ㊀ ㄓㄢˇ chan^{3} 音斬
①高峻的樣子。如:嶄絕。②突出;特別。如:嶄新。
㊁ ㄔㄢˊ ch'an^{2} 音潺
同㊀①。

12【嶄然】 ㄓㄢˇ ㄖㄢˊ
①高峻出眾的樣子。②完全的;非常的。如:嶄然一新。

13【嶄新】 ㄓㄢˇ ㄒㄧㄣ
極新;最新。原作斬新。

21【嶄露頭角】 ㄓㄢˇ ㄌㄨˋ ㄊㄡˊ ㄐㄧㄠˇ

比喻才能出眾。

嶇 ㄑㄩ *ch'ü*[1] 音區
[1]山路不平。見"增韻"。[2]山勢高峻。見"古今韻會舉要"。

嶆 ㄘㄠˊ *ts'ao*[2] 音曹
山名。見"玉篇"。

嵹 ㄐㄧㄤˋ *chiang*[4] 音絳
參嵹臺。

14【嵹臺】 ㄐㄧㄤˋ ㄊㄞˊ
即'西傾山'。又名'西疆山'。在今'青海省'東境'黃河'東岸。

嶛 ㄌㄧㄠˊ *liao*[2] 音聊
山名。見"玉篇"。

嵽 ㄉㄧㄝˊ *tieh*[2] 音垤
參嵽嵲。

13【嵽嵲】 ㄉㄧㄝˊ ㄋㄧㄝˋ
高峻的山。也作嵽嵲。

嶉 ㄗㄨㄟˇ *tsui*[3] 音嶉
參嶉嵬。

11【嶉嵬】 ㄗㄨㄟˇ ㄨㄟˇ
高大險峻的樣子。

嶁 ㄌㄡˇ *lou*[3] 音塿
山巔。同婁。見"集韻"。

嶉 ㄗㄨㄟ *tsui*[1] 音朘
高的樣子。見"廣韻"。

嶈 ㄑㄧㄤ *ch'iang*[1] 音鏘
山高的樣子。見"集韻"。

嵾 ㄘㄣ *ts'ên*[1] 音參
也作參。參參差[1]。

嵾 嵾的或體。

嵾

嶋 ㄧˊ *i*[2] 音移
山。見"集韻"。

嵸 ㄗㄨㄥ *tsung*[1] 音宗
參嵱嵸。

島 島的本字。

12

嶞 ㄉㄨㄛˋ *to*[4], *tuo*[4] 音墮
[1]狹長的小山。見"說文"。[2]狹長的。如：嶞山喬嶽。

嶟 ㄗㄨㄣ *tsun*[1] 音尊
山高的樣子。也指尖銳的山。見"集韻"。

嶙 ㄌㄧㄣˊ *lin*[2] 音鄰
參嶙峋。

9【嶙峋】 ㄌㄧㄣˊ ㄒㄩㄣˊ
[1]山石重疊高聳的樣子。[2]比喻剛直不屈的性格。

嶒 ㄘㄥˊ *ts'êng*[2] 音層
參崚嶒。

嶗 ㄌㄠˊ *lao*[2] 音勞
山名。也作'勞'。參勞山。

嶢 ㄧㄠˊ *yao*[2] 音堯
高聳。見"方言·六"。

嶜 ㄑㄧㄣˊ *ch'in*[2] 音琴
山高峻的樣子。見"集韻"。

嶡 [一] ㄐㄩㄝˊ *chüeh*[2] 音厥
一種在四足中央加橫木的俎器。見"集韻"。
[二] ㄍㄨㄟˋ *kuei*[4] 音貴
山峰崛起的樣子。見"字彙"。

嶝 ㄉㄥˋ *têng*[4] 音磴
登山的小路。見"字彙"。

嶚 ㄌㄧㄠˊ *liao*[2] 音聊
高險。也作嶛。見"字彙"。

嶛 嶚的或體。

嶬 ㄨㄟˊ *wei*[2] 音圍
參崛嶬。

嶔 ㄑㄧㄣ *ch'in*[1] 音欽
參嶔崎。

11【嶔崎】 ㄑㄧㄣ ㄑㄧˊ
[1]山勢高險的樣子。[2]比喻人品高潔。

【嶔崎磊落】 ㄑㄧㄣ ㄑㄧˊ ㄌㄟˇ ㄌㄨㄛˋ
山勢高峻而多石。比喻人格高尚不凡。

嶓 ㄅㄛ *po*[1] 音波
參嶓冢山。

10【嶓冢山】 ㄅㄛ ㄓㄨㄥˇ ㄕㄢ
[1]在'陝西省''寧強縣'北，爲'東漢水'的發源地。也稱'嶓山'。[2]在'甘肅省''天水縣'西南，爲'西漢水'的發源地。也稱'兌山'。

嶠 ㄐㄧㄠˋ *chiao*[4] 音轎
[1]尖而高的山。見"爾雅·釋山"。[2]山路。見"廣韻"。

嶕 ㄐㄧㄠ *chiao*[1] 音焦
[1]高峻。見"廣雅·釋訓"。[2]江海中的礁石。同礁。如：亂嶕。

嶕 [一] ㄐㄧˊ *chi*[2] 音集
山名。爲'秦嶺山脈'之一。見"廣韻"。
[二] ㄐㄧㄝˊ *chieh*[2] 音潔
同嶕。見"正字通"。

7【嶕岌】 ㄐㄧㄝˊ ㄐㄧˊ
高大的樣子。

嶕 ㄐㄧㄝˊ *chieh*[2] 音潔
山勢高險的樣子。也作崨、嶕。見"集韻"。

13

嶬 ㄧˊ *i*[2] 音宜
山峰。見"字彙"。

嶱 ㄎㄜˇ *k'o*[3], *k'ê*[3] 音渴
山石高峻的樣子。見"正字通"。

嶩 ㄋㄠˊ *nao*[2] 音撓
山名。也作'猱'。見"玉篇"。

嶧 ㄧˋ *i*[4] 音亦
[1]眾山相連的樣子。見"爾雅·釋山"。[2]山名。在'山東省''鄒縣'東南。[3]縣名。屬'山東省'。因'嶧山'而得名。

3【嶧山刻石】 ㄧˋ ㄕㄢ ㄎㄜˋ ㄕˊ
又名'嶧山碑'。'秦始皇'二十八年(西元前219年)東巡時登'嶧山'所刻，用以頌揚'秦'的功德，後又有'秦'二世的詔辭。原石已亡，'宋''淳化'四年，'鄭文寶'取其師'徐鉉'摹本重刻，存於今'陝西省'舊'西安府學'內。

嶵 嶵的本字。

嶵 ㄗㄨㄟˋ *tsuh*[4] 音罪
山高的樣子。同嶵。也作辠。見"集韻"。

嶫 ㄧㄝˋ *yeh*[4] 音業
山高大的樣子。或作嶪。見"集韻"。

嶰 ㄒㄧㄝˋ *hsieh*[4] 音懈
山間的溝壑。如：幽嶰。

⿰山雋 峻的或體。

嶭 ㄜˋ o⁴, ê⁴ 音厄
參巀嶭。

嶮 ㄒㄧㄢˇ hsien³ 音險
1高峻的樣子。見"集韻"。2險阻。同險。如：嶮阨。

20【嶮巇】ㄒㄧㄢˇ ㄒㄧ
同險巇。1形容山勢險峻。2比喻人世的艱險。

⿰山會 ㄍㄨㄟˋ kuei⁴ 音貴
參⿰山會⿰山兌。

10【⿰山會⿰山兌】ㄍㄨㄟˋ ㄌㄨㄟˋ
寬大相連的樣子。

嶨 ㄒㄩㄝˊ hsüeh² 音學
山多大石。見"說文"。

嶴 ㄠˋ ao⁴ 音奧
山坳近水的地方。本作隩。今多作地名。如'浙江省''永嘉縣'有'霓嶴'、'樂清縣'有'窯嶴'。

14

嶸 ㄖㄨㄥˊ jung² 音榮 又讀 ㄏㄨㄥˊ hung² 音宏
參崢嶸。

嶼 ㄩˇ yü³ 音雨
突出水面的陸地。大的稱島，小的稱嶼。如：島嶼緜邈。

嶷 ㊀ ㄧˊ i² 音疑
參九嶷。
㊁ ㄋㄧˋ ni⁴ 音逆
峻茂的樣子。見"正字通"。

17【嶷嶷】ㄋㄧˋ ㄋㄧˋ
1形容品德高尚。2形容體態壯偉。

嶻 巀的俗體。

⿱山對 ⿰山對的或體。

⿰山對 ㄉㄨㄟˋ tui⁴ 音對
殿宇高麗。見"正字通"。

嶾 ㄧㄣˇ yin³ 音隱
參嶾嶙。

15【嶾嶙】ㄧㄣˇ ㄌㄧㄣˊ
山高峻的樣子。同隱嶙。

嶺 ㄌㄧㄥˇ ling³ 音領
1山峰。如：崇山峻嶺。2山脈。如：'大庾嶺'。3五嶺的簡稱。如：'嶺'南。

9【嶺南】ㄌㄧㄥˇ ㄋㄢˊ
1泛指'五嶺'以南的地區。2'唐代'十道之一。'貞觀'元年置，治所在'廣州'，轄七十三州，一都護府，三百一十四縣，約當今兩'廣'地區。

嶽 ㄩㄝˋ yüeh⁴ 音越
1高大的山。同岳。如：五嶽。2姓。'明'有'嶽崇'。見"萬姓統譜・一一四"。

9【嶽降】ㄩㄝˋ ㄐㄧㄤˋ
本指嶽神降生。後用爲頌人家門顯貴、子孫賢德的祝詞。

【嶽峙淵渟】ㄩㄝˋ ㄓˋ ㄩㄢ ㄊㄧㄥˊ
山高水深。比喻人品高潔。

15

⿱山畾 ⿰山畾的或體。

⿰山畾 ㄌㄟˇ lei³ 音磊
參⿰山畾峞。

9【⿰山畾峞】ㄌㄟˇ ㄎㄨㄟˇ
山勢高低不平的樣子。

巀 ㄗㄚˊ tsa² 音雜
參巀嶭。

16【巀嶭】ㄗㄚˊ ㄜˋ
高峻的樣子。也作嶻嶭。

⿱山頟 峉的或體。

16

巃 ㄌㄨㄥˊ lung² 音聾
參巃嵸。

14【巃嵸】ㄌㄨㄥˊ ㄗㄨㄥ
也作巃嵷。1山勢險峻的樣子。2雲氣聚集的樣子。3樹木叢集的樣子。

⿱山褱 ㄏㄨㄞˊ huai² 音懷
參崴⿱山褱。

17

⿰山蹇 ㄐㄧㄢˇ chien³ 音蹇
參⿰山蹇嵼。

14【⿰山蹇嵼】ㄐㄧㄢˇ ㄔㄢˇ
山嶺屈曲的樣子。

巆 ㄏㄨㄥˊ hung² 音洪
大聲。也作⿱𤇾言。見"集韻"。

巇 ㄒㄧ hsi¹ 音希
1山嶺險峻相對。見"字彙"。2縫隙。通隙。如：巇隙。

16【巇險】ㄒㄧ ㄒㄧㄢˇ
艱險不平順。

巊 ㄧㄥˇ ying³ 音影
山名。見"字彙"。

巉 ㄔㄢˊ ch'an² 音讒
1山勢高險。如：巉險。2高險的。如：巉巖。

9【巉削】ㄔㄢˊ ㄒㄧㄠ
山高而尖，有如刀削。1形容山勢高峻陡峭。2比喻言語或文章尖刻。

18

巏 ㄑㄩㄢˊ ch'üan² 音權
參巏務。

14【巏務】ㄑㄩㄢˊ ㄨˋ
山名。也稱'宣務山'、'虛無山'。在今'河北省''堯山縣'北。

巍 ㄨㄟˊ wei² 音危
高；高大的樣子。如：巍峨。

10【巍峨】ㄨㄟˊ ㄜˊ
1高大的樣子。同嵬峩。2酒醉將傾倒的樣子。

12【巍然】ㄨㄟˊ ㄖㄢˊ
高大的樣子。

21【巍巍】ㄨㄟˊ ㄨㄟˊ
高大的樣子。

【巍巍蕩蕩】ㄨㄟˊ ㄨㄟˊ ㄉㄤˋ ㄉㄤˋ
崇高廣大的樣子。多用以形容王者功業的隆盛和恩澤的浩大。

巋 ㄎㄨㄟ k'uei¹ 音虧
1高峻的樣子。見"集韻"。2屹立不搖。如：巋然獨存。

12【巋然獨存】ㄎㄨㄟ ㄖㄢˊ ㄉㄨˊ ㄘㄨㄣˊ
堅固獨存，屹立不搖。

19

巒 ㄌㄨㄢˊ *luan*² 音鑾
1小而銳峭的山。見"說文"。2圓形的山峰。見"六書故"。3迂迴連緜的山峰。見"正字通"。4山的泛稱。

巙 ㄇㄧˇ *mi*³ 音米
山名。見"集韻"。

嶭 ㄋㄧㄝˋ *nieh*⁴ 音孽
參揭嶭。

巔 ㄉㄧㄢ *tien*¹ 音顚
1山頂。2墜落。如:巔越。

10【巔峰】 ㄉㄧㄢ ㄈㄥ
山頂。比喩事物的最高狀態。

巑 ㄘㄨㄢˊ *ts'uan*² 音攢
高。見"廣雅·釋詁"。

7【巑岏】 ㄘㄨㄢˊ ㄨㄢˊ
峻峭的山峰。

20

巘 ㄧㄢˇ *yen*³ 音掩
1山峰。見"廣韻"。2形狀上大下小,如兩甗相累的山。

巖 ㄧㄢˊ *yen*² 音嚴
同岩。1高峻的山崖。如:千巖萬壑。2石洞;石窟。如:巖穴。3高險的。如:巖牆。

9【巖洞】 ㄧㄢˊ ㄉㄨㄥˋ
山洞。

17【巖壑】 ㄧㄢˊ ㄏㄨㄛˋ
高山深谷。

5【巖穴之士】 ㄧㄢˊ ㄒㄩㄝˋ ㄓ ㄕˋ
指隱士。

8【巖居穴處】 ㄧㄢˊ ㄐㄩ ㄒㄩㄝˋ ㄔㄨˇ
隱居在深山洞穴中。

21

巊 ㄧㄚˋ *ya*⁴ 音軋
山脈中斷的樣子。見"廣韻"。

巚 ㄧㄢˊ *yen*² 音言
甗形的山。見"集韻"。

巛 部

巛 一 ㄔㄨㄢ *ch'uan*¹ 音穿
川的本字。
二 ㄕㄨㄣˋ *shun*⁴ 音舜
鬊的古文。

〈 ㄑㄩㄢˇ *ch'üan*³ 音犬
田中的小水溝。甽的古文。見"說文"。

巜 一 ㄎㄨㄞˋ *k'uai*⁴ 音快
田間略大於〈的水溝。通作澮。見"說文"。
二 ㄍㄨㄞˋ *kuai*⁴ 音怪
水流聲。見"說文"。

巛 坤的古文。

川 ㄔㄨㄢ *ch'uan*¹ 音穿
1河流。如:河川。2平原。如:平川廣野。3'四川省'的省稱。4一種烹飪的方法。食物在滾水中一煮即撈起。如:川丸子。

6【川朴】 ㄔㄨㄢ ㄆㄛˋ
'中'藥名。木蘭科植物厚朴的乾燥莖皮和根皮。以產於'四川省'的爲最佳,故名。性溫,味苦、辛。有解痙、健胃作用。

7【川貝】 ㄔㄨㄢ ㄅㄟˋ
'中'藥名。係百合科植物川貝母的乾燥鱗莖。性微寒,味苦甘。功能爲潤肺、化燥痰、散瘍腫毒、除熱毒。

【川芎】 ㄔㄨㄢ ㄒㄩㄥ
'中'藥名。爲傘形科植物芎藭的乾燥根莖。以產於'四川省'的最佳,故名。性溫,味辛,能活血行氣、祛風止痛,用以治療產後瘀滯腹痛以及跌打損傷、瘡瘍腫痛、風溼痺痛等症。

11【川連】 ㄔㄨㄢ ㄌㄧㄢˊ
'中'藥名。主產於'四川省',故名。爲毛茛科植物黃連及其同屬種植物的根莖。性寒,味苦,能清熱燥溼,瀉火解毒。用以治療熱病高燒、口渴煩燥、失眠、心煩、吐血、衄血及皮膚瘡瘍等症。

【川堂】 ㄔㄨㄢ ㄊㄤˊ
(hallway; lobby)指建築物入口處的穿越等待空間。

13【川資】 ㄔㄨㄢ ㄗ
旅費。

3【川上之歎】 ㄔㄨㄢ ㄕㄤˋ ㄓ ㄊㄢˋ
時光如流水的感歎。

9【川流不息】 ㄔㄨㄢ ㄌㄧㄡˊ ㄅㄨˋ ㄒㄧˊ
河水不停地奔流。比喩事物連續不斷。

11【川深魚藏】 ㄔㄨㄢ ㄕㄣ ㄩˊ ㄘㄤˊ
比喩德厚之人,人人爭相歸附。

14【川端康成】 ㄔㄨㄢ ㄉㄨㄢ ㄎㄤ ㄔㄥˊ
(1899~1972)'日本'小說家。幼年父母雙亡,所經歷的孤獨生活後來都融入作品中。作品富印象色彩,用語樸素精練,意象新穎,注重抒情和主觀感覺的刻劃。內容包括鄉土傳統、佛教哲學,較富宿命的消極思想。作品有"千羽鶴"(*Sembazuru*)、"山之音"(*Yama no oto*)、"美麗與哀愁"(*Utsukushisa to Kanashimi to*)等。

川端康成像

1

巛 災的本字。

3

巟 ㄏㄨㄤ *huang*¹ 音荒
1水面廣闊。見"說文"。2泛指廣大。通作荒。見"廣雅·釋詁"。3及;至。見"玉篇"。

州 ㄓㄡ *chou*¹ 音周
1水中的陸地。同洲。見"說文"。2古代行政區域名。如:州郡。3姓。'漢'有'州輔'。見"萬姓統譜·六三”。

8【州牧】 ㄓㄡ ㄇㄨˋ

官名。古九州的首長稱伯,又稱牧。即州長。

4

巠 ㊀ ㄐㄧㄥ ching[1] 音經

水脈。也用以形容水流廣大的樣子。見“說文”。

㊁ ㄒㄧㄥˊ hsing[2] 音形

古地名。見“集韻”。

8

巢 ㄔㄠˊ ch'ao[2] 音朝

①鳥窩。見“說文”。②野獸昆蟲的居處。③盜賊藏身的地方。如:賊巢。④姓。‘漢’有‘巢堪’。見“萬姓統譜·三一”。

5【巢穴】 ㄔㄠˊ ㄒㄩㄝˋ

鳥獸棲息的地方。也用以比喻盜賊藏身的處所。

12【巢湖】 ㄔㄠˊ ㄏㄨˊ

又名‘灢湖’、‘焦湖’。在‘安徽省’‘巢縣’、‘合肥’、‘廬江’、‘舒城’四縣之間。泛期‘江’水倒灌入湖,可供蓄水、灌溉之用。航運便利。

4【巢氏諸病源候論】 ㄔㄠˊ ㄕˋ ㄓㄨ ㄅㄧㄥˋ ㄩㄢˊ ㄏㄡˋ ㄌㄨㄣˋ

‘隋’‘巢元方’等人奉詔所撰,計五十卷,分六十七門、一千七百二十論。書中只論病源,不記載方藥。‘隋代’以前各家研究病源學說的成果盡收此書。

12

巤 ㄌㄧㄝˋ lieh[4] 音獵

①動物頸項上的硬毛。也作鬣。見“說文”。②老鼠毛。見“廣韻”。

工部

工 ㄍㄨㄥ *kung*¹ 音公

①精巧。如:工拙。②擅長。如:工於心計。③從事勞動生產的人。如:工匠。④工作。如:手工。⑤量詞。工人工作一天叫一工。⑥姓。‘漢’有‘工里彈’。見“萬姓統譜·一”。

2【工力】 ㄍㄨㄥ ㄌㄧˋ

①工作的人力。②工夫和學力。指後天的努力。

4【工夫】 ㊀ ㄍㄨㄥ ㄈㄨ

①工程所須的人力。②指工力、造詣。

㊁ ㄍㄨㄥ ˙ㄈㄨ

①指時間。②指我國的武術。

5【工巧】 ㄍㄨㄥ ㄑㄧㄠˇ

①精巧。②善於巧飾詐僞。

【工本】 ㄍㄨㄥ ㄅㄣˇ

製造物品時所需要的人工費用和原料成本。

6【工件】 ㄍㄨㄥ ㄐㄧㄢˋ

(job)電腦匯集數個任務,並予以運轉,稱爲工件。

8【工具】 ㄍㄨㄥ ㄐㄩˋ

從事勞動生產所用的器具。後用指爲達到目的必須借助的事物。

10【工時】 ㄍㄨㄥ ㄕˊ

(working hour)指受僱勞工從事工作的時間。即計算工資的單位。因時代進步,一方面工時日益縮短,一方面工時內容又較前複雜,有:一、法定工時,又稱正常工時。二、實際工時,即正常工時外再加延長工時。三、休假給資,如例假日、國定紀念日、特別休假等工資照給。女工、童工又有特別工時的規定。

12【工筆】 ㄍㄨㄥ ㄅㄧˇ

一種雙鉤填彩的技法。與寫意相對。畫工筆畫基本上必須具備寫生、剪裁、白描、著色四個步驟。寫生是通過對現實事物形象的觀察,忠實地描寫下來的草稿;剪裁則是就寫生的稿子,去蕪存精,再造自然;白描是畫家把剪裁之後的畫,以變化的線條呈現其形象;白描之後的著色,要求細膩鮮明。

【工程】 ㄍㄨㄥ ㄔㄥˊ

指有一定計畫的工作進程。

13【工資】 ㄍㄨㄥ ㄗ

指勞動的價格。一方面是勞工勞動的報酬,另一方面則是雇主僱用勞工的必需費用。其支付方法,分計時或計件;支付工具,則分現金或實物。

【工業】 ㄍㄨㄥ ㄧㄝˋ

利用人力或機器把自然資源製造成各種物品,以營求利益的事業。

【工會】 ㄍㄨㄥ ㄏㄨㄟˋ

勞工爲維持或增進其權益而自動結合組成的團體。由於勞工立場、身分的不同,其組成的工會分職業、產業、僱傭、材料、勞動及婦女等類型。依其業類及組織型態,分產業工會及職業工會兩種。前者以生產工人中製造業從業職工爲組織骨幹;後者則係從事各該職業工人,依其業類分別組織。此外,有橫與縱的組織。橫的組織爲同一產業及職業工會所共同組織的縣市、省市及全國性的總工會;縱的組織爲同一業類的產業或職業工會所共同組成的省聯合會及全國聯合會。

15【工廠】 ㄍㄨㄥ ㄔㄤˇ

集合勞工、機械、原料、動力,以從事工業品生產的場所。

16【工頭】 ㄍㄨㄥ ㄊㄡˊ

工人的領班。

【工整】 ㄍㄨㄥ ㄓㄥˇ

精巧端齊。

19【工藝】 ㄍㄨㄥ ㄧˋ

①手工技藝。②(industrial arts)國中、高中課程名稱。屬陶冶教育的一環。以傳授工業的觀念、知識、產品、技能等工業文化爲主。

4【工夫茶】 ㄍㄨㄥ ㄈㄨ ㄔㄚˊ

‘閩’南、‘潮州’及‘臺灣’等地,根據‘陸羽’“茶經”烹茶法所泡煮的茶。也作功夫茶。

【工尺譜】 ㄍㄨㄥ ㄔㄜˇ ㄆㄨˇ

我國傳統記譜法。因用工、尺等字記譜而得名。廣泛地運用在民間的歌曲、曲藝、戲曲、器樂上。高低的符號以上(do)、尺(re)、工(mi)、凡(fa)、六(sol)、五(la)、乙(si)表示,節拍的符號則以板眼表示。現在‘崑’曲、國樂、國劇仍保留許多工尺譜。

工尺譜圖

7【工作區】 ㄍㄨㄥ ㄗㄨㄛˋ ㄑㄩ

(working space)電腦主記憶體內,被執行中之程式用來暫時存放資料的部分。

【工作圖】 ㄍㄨㄥ ㄗㄨㄛˋ ㄊㄨˊ

(working drawing; product drawing)將製作機械有關之尺寸、加工法、材質等事項及細節,全部明晰表達之圖樣。又稱製造用圖。工作圖通常須依正確比例以儀器繪製。

【工作檔】 ㄍㄨㄥ ㄗㄨㄛˋ ㄉㄤˇ

(work file) ①電腦系統儲存程式執行過程中所需要之資料,但不需長期保存的資料檔。②電腦處理外在排序過程中,存放中間結果的暫時資料檔。

【工作點】 ㄍㄨㄥ ㄗㄨㄛˋ ㄉㄧㄢˇ

(operating point)在元件操作中,負載線與靜態特性曲線之交點。通常指電晶體之工作點。如圖所示,電晶體基極

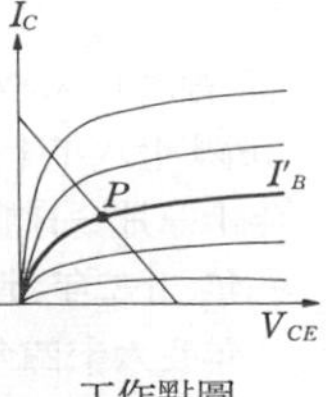

工作點圖

電流爲 I'_B 之特性曲線與負載線之接點 P, 即爲工作點。

【工作權】ㄍㄨㄥ ㄗㄨㄛˋ ㄑㄩㄢˊ
人民有工作能力者,可請求國家給予工作機會的權利。"憲法"第十五條:「人民之生存權、工作權及財產權應予保障。」

8【工具書】ㄍㄨㄥ ㄐㄩˋ ㄕㄨ
非供閱讀而專供査考資料的書。

【工具機】ㄍㄨㄥ ㄐㄩˋ ㄐㄧ
(machine tools)通常依狹義的解釋,係指將金屬工件經由切削、研磨等加工方法切除不要的部分,而作出所需形狀、尺寸精度、粗糙度等之機器。但依國際標準組織所予之定義則爲:「無論製出胚料或成品有無產生切屑,將固體材料(金屬、木材、塑膠、大理石等)由一動力源推動,以物理的、化學的或其他方法成形之非手提機械。」

12【工程師】ㄍㄨㄥ ㄔㄥˊ ㄕ
規劃及主持工程的專家。

13【工資率】ㄍㄨㄥ ㄗ ㄌㄩˋ
(wage rate)每單位時間的勞動報酬。

【工業化】ㄍㄨㄥ ㄧㄝˋ ㄏㄨㄚˋ
1指工業革命以後,機械、化學、電力、電子、核子動力等大規模綜合運用於工業生產。工業化不僅推行於工業本身,且逐漸推行於農業、礦業、交通、商業等方面。2指一個國家或地區由無工業發展到有工業的過程。

【工業區】ㄍㄨㄥ ㄧㄝˋ ㄑㄩ
工業設施與活動所集中的地區。

【工業港】ㄍㄨㄥ ㄧㄝˋ ㄍㄤˇ
建於工業區附近,以便運輸的港口。

【工會法】ㄍㄨㄥ ㄏㄨㄟˋ ㄈㄚˇ
'民國'十八年十月廿一日公布,同年十一月一日施行。曾於廿年、廿一年、廿二年、卅二年、卅六年、卅八年及六十四年修正。全文計六十一條,內有總則、設立、會員、職員、會議、經費、監督、保護、解散、聯合組織、基層組織、罰則及附則等十三章。其主要內容爲:一、政府行政及教育事業、軍火工業員工,不得組織工會;二、發起組織工會採事前登記制;三、年齡十六歲以上男女,有加入其從事產業或職業工會的權利與義務;四、工會分產業工會、職業工會及聯合會三種;五、產業工會以同一產業爲組織範圍,職業工會以同一區域爲組織區域;六、規定國家有重大變故時,全國性工會得補選理監事。

2【工力悉敵】ㄍㄨㄥ ㄌㄧˋ ㄒㄧ ㄉㄧˊ
能力相當,不分上下。

7【工作人力】ㄍㄨㄥ ㄗㄨㄛˋ ㄖㄣˊ ㄌㄧˋ
一個組織中能眞正工作的人力。通常從現有工作人力減去缺勤率,即爲工作人力。如某組織某月分,現有工作人力爲一百人,但該月分缺勤率爲百分之三,則眞正的工作人力爲九十七人。

【工作分析】ㄍㄨㄥ ㄗㄨㄛˋ ㄈㄣ ㄒㄧ
(job analysis)或稱職業分析、工作研究。爲工作的一種程序或方法,用以作有系統的發現和工作有關的各種事實。係將各項工作的任務、責任、性質及人員所需的條件等,加以調査或分析研究,做成書面紀錄,以爲人事管理的依據。

【工作效率】ㄍㄨㄥ ㄗㄨㄛˋ ㄒㄧㄠˋ ㄌㄩˋ
各組織員工之投入與產出間、努力與效果間的比例。凡投入少而產出多,或努力小而效果大者,係具有高效率。各組織實施分層負責、推行工作簡化、建立管理資訊系統等措施,目的均在提高工作效率。

【工作深度】ㄍㄨㄥ ㄗㄨㄛˋ ㄕㄣ ㄉㄨˋ
(working depth)一個輪齒之齒冠嵌入相配齒間時,其齒冠間之深度稱爲工作深度。

【工作規則】ㄍㄨㄥ ㄗㄨㄛˋ ㄍㄨㄟ ㄗㄜˊ
指雇主依其事業性質而訂定的內部管理規章。用以規範其所僱用勞工的工作紀律或勞動條件。屬於勞動契約的一部分,勞工只有訂約或不訂約的自由,勞工受僱即視爲承認該項工作規則,因而發生法律上的拘束力。但工作規則的內容,不能違反法令的強制或禁止規定、有關該事業適用的團體協約,並經主管機關核備及公開揭示。依"勞動基準法"規定,僱用勞工在卅人以上的事業單位,即應訂立工作規則。

【工作規範】ㄍㄨㄥ ㄗㄨㄛˋ ㄍㄨㄟ ㄈㄢˋ
(job specification)工作分析的主要文件內容之一。指將完成一項工作所需人員的一切資格與條件,予以具體列出。

【工作評價】ㄍㄨㄥ ㄗㄨㄛˋ ㄆㄧㄥˊ ㄐㄧㄚˋ
(job evaluation)又稱工作分等、工作品評。是對組織中所有的工作,按其事務繁簡、責任大小、擔任人員的條件及其他有關因素,分爲若干等級,再詳定其應得的報酬。常用之法有等級法(ranking method)、分類法(classification method)、因素比較法(factor comparison method)及點數評價法(point evaluation method)。

【工作發展】ㄍㄨㄥ ㄗㄨㄛˋ ㄈㄚ ㄓㄢˇ
(job development)係指就工作方面的予以改善,以期獲得激勵效果。如工作豐富(滋潤)化、工作擴大、工作升遷、輪調等。

【工作滿足】ㄍㄨㄥ ㄗㄨㄛˋ ㄇㄢˇ ㄗㄨˊ
(job satisfaction)工作同仁自工作本身所獲得的滿足感。與因工作而獲得由物質報償的滿足不同。

【工作說明】ㄍㄨㄥ ㄗㄨㄛˋ ㄕㄨㄛ ㄇㄧㄥˊ
(job description)工作分析的主要文件內容之一。指將有關一項工作的性質、內容、任務、職權、職責及作業方法等有關因素，作詳細說明。而用以記載說明此內容的文件即工作說明書。

【工作標準】ㄍㄨㄥ ㄗㄨㄛˋ ㄅㄧㄠ ㄓㄨㄣˇ
員工在工作上應行達到之要求。工作標準多由主管人員洽商員工後訂定，又分工作數量、工作素質、工作時間、工作態度等方面之標準；工作標準究應從那些方面訂定，應視工作的需要性而定。

【工作衡量】ㄍㄨㄥ ㄗㄨㄛˋ ㄏㄥˊ ㄌㄧㄤˊ
政府機關各項工作計畫之實施，須藉工作衡量法將工作績效以數量表現出來，進而分析比較其成果。工作衡量技術的應用，須先鑑定和選擇工作衡量的階層，次為選擇衡量該一階層的適當單位，根據所選定的工作單位，登記編報該一階層的工作數量，然後將該工作數量，與其所需的人員時間，或其包括人員時間在內的一切費用、成本關聯起來。

【工作薪資】ㄍㄨㄥ ㄗㄨㄛˋ ㄒㄧㄣ ㄗ
員工之薪資。以其所任工作之繁簡、責任之重輕及所需資格之高低(合稱職責程度)為基礎，凡所任職務之職責程度高者，支付高薪資；所任職務之職責程度低者，支付低薪資。

【工作簡化】ㄍㄨㄥ ㄗㄨㄛˋ ㄐㄧㄢˇ ㄏㄨㄚˋ
(work simplification)我國政府為求便民及不浪費人力而推行的一個運動。其目標為：一、清除工作進程中浪費時間與人力的不必要手續。二、減少因工作中斷與停留所引起的時間浪費。三、使每一工作程序皆趨於確定而有規律，無須摸索或嘗試。

8【工具主義】ㄍㄨㄥ ㄐㄩˋ ㄓㄨˇ ㄧˋ
(instrumentalism)指‘美國’哲學家‘詹姆士’(William James)及‘杜威’等人所主張的有關觀念思想及知識之性質的學說。強調觀念、思想及知識都是用來解決生活問題及科學研究的工具，能幫助我們適應環境及求生存的觀念、思想及知識就是有用的工具。

12【工程契約】ㄍㄨㄥ ㄔㄥˊ ㄑㄧˋ ㄩㄝ
(contract; agreement) 約定起造人與承造人雙方權利義務的一種法律行為。工程契約必須記載起造人名稱(簡稱甲方)、承造人名稱(簡稱乙方)、工程名稱、工程地點、工程範圍、工程總價及結算辦法、付款方式、工程開工及完工期限、工程設計圖、施工說明書、工程價款詳細表(包括單價分析)、逾期損失賠償、保固責任、解除契約時當事人的權利及義務等，並由雙方當事人及保證人簽章後生效。

【工程塑膠】ㄍㄨㄥ ㄔㄥˊ ㄙㄨˋ ㄐㄧㄠ
(engineering plastics) 具有耐腐蝕、耐候性、耐高溫或低溫、抗磨損性、強硬與堅韌等優良性質之塑膠的總稱。其可取代一些金屬、陶瓷等材料，用途甚廣。這些優良性質源自於其分子之高結晶度與強分子間之吸引力。例如耐龍、聚丙烯、酚樹脂、尿素樹脂等。

13【工資指數】ㄍㄨㄥ ㄗ ㄓˇ ㄕㄨˋ
(index number of wages)為明瞭勞動者的工資變動，以某時工資為基期，表示各時工資對於基本百分比的指數，稱為工資指數。其必須以物價指數或生活費指數而修正，如此修正的結果而求出的數值，即為實質工資指數，也就是工資購買力指數。其公式如下：

$\frac{\text{工資指數}}{\text{生活費指數}} \times 100 =$ 實質工資指數。

【工資結構】ㄍㄨㄥ ㄗ ㄐㄧㄝˊ ㄍㄡˋ
(wage structure) 在自由經濟社會中，工資有趨於一致化的傾向，但並不表示所有行業的勞工都是相同的工資水準，仍有其差別性。

【工資鐵律】ㄍㄨㄥ ㄗ ㄊㄧㄝˇ ㄌㄩˋ
(iron law of wage)‘英國’經濟學者‘李嘉圖’認為，由於勞動者之間的相互競爭，長期間工資率僅能維持於最低生活費的水準。其後‘德國’學者‘拉薩爾’(F. Lassalle)稱之為工資鐵律。

【工業民主】ㄍㄨㄥ ㄧㄝˋ ㄇㄧㄣˊ ㄓㄨˇ
指在同一工廠中的從業人員，不論是資方或勞方，各有平等管理及享受利益的權利和機會，使其工廠成為民有、民治、民享的組織。其方法是就企業經營有關事項，賦予員工同意權、異議權、建議權等不同層次的參與權。

【工業用地】ㄍㄨㄥ ㄧㄝˋ ㄩㄥˋ ㄉㄧˋ
(industrial land)指依法核定之工業區土地及政府核准供工業或工廠使用之土地。至於所謂依法核定之工業區土地，係指依“區域計畫法”或“都市計畫法”劃定之工業區，或依“獎勵投資條例”編定之工業用地而言。工業用地課徵地價稅時可適用優惠稅率以資激勵工業發展。

【工業安全】ㄍㄨㄥ ㄧㄝˋ ㄢ ㄑㄩㄢˊ
(industrial safety)指為避免引起工作傷害和財產損失等意外事故的防範措施。

【工業印刷】ㄍㄨㄥ ㄧㄝˋ ㄧㄣˋ ㄕㄨㄚ
印刷用於工業生產的部分。如電路版印刷之於電子工業、磁磚印刷之於建材工業、紡織品印刷之於紡織工業等。

【工業革命】ㄍㄨㄥ ㄧㄝˋ ㄍㄜˊ ㄇㄧㄥˋ
(Industrial Revolution)十八世

紀中葉以後,‘歐’‘美’因紡織機器及蒸汽機等的發明,所導致的生產技術大革新。又稱產業革命。首先發生於‘英國’,後傳至‘法國’、‘美國’、‘德國’、‘義大利’、‘俄國’等。它以機械化及動力化代替人力,同時也使工廠制度、大量生產、工人群衆及商業組織次第出現,運輸工具也大爲改善,奠定了近代西方文化的經濟生活基礎。

【工業酒精】 ㄍㄨㄥ ㄧㄝˋ ㄐㄧㄡˇ ㄐㄧㄥ

(industrial alcohol)工業上使用之酒精。其成分爲95%之乙醇、5%之水與少量之變性添加物(如甲醇)。

【工業設計】 ㄍㄨㄥ ㄧㄝˋ ㄕㄜˋ ㄐㄧˋ

(industrial design)設計出能以機器來大量生產爲原則的工業產品,使產品的機能、美觀、經濟性更能提高。如家電、日常用具、家具、機器等的設計。產品設計與之最大的不同是,產品設計不一定能以機器大量生產。

【工業園區】 ㄍㄨㄥ ㄧㄝˋ ㄩㄢˊ ㄑㄩ

(industrial park)爲工業及其相關商業用途而特別劃定的土地使用分區。通常以園區爲單元作整體性的發展,並沒有管理部門,可提供一、廠房統籌設計;二、一般公共設施;三、他項服務。常位於都市外圍之主要運輸幹道沿線,以解決土地獲得及交通便利等問題。

【工業衛生】 ㄍㄨㄥ ㄧㄝˋ ㄨㄟˋ ㄕㄥ

(industrial hygiene)泛論如何防止可能損及勞工健康和安寧的各種化學性和物理性危害之衛生醫學觀念。

14**【工團主義】** ㄍㄨㄥ ㄊㄨㄢˊ ㄓㄨˇ ㄧˋ

(syndicalism)起源於十九世紀‘法國’的一種社會革命主張。力主勞工以直接行動(如罷工、怠工或破壞工廠等手段)推翻資產階級的政府與經濟組織,然後由勞工團體管理一切產業。西元1900~1914年盛行於南‘歐’。

19**【工藝作物】** ㄍㄨㄥ ㄧˋ ㄗㄨㄛˋ ㄨˋ

農藝作物之一。又稱特用作物。依其用途有纖維用(如棉、蔴)、油料用(如落花生、胡蔴)、糖料用(如甘蔗)、嗜好料用(如茶、菸草)、藥用(如薄荷、當歸)、香料用(如香水)等之分。

22**【工讀計畫】** ㄍㄨㄥ ㄉㄨˊ ㄐㄧˋ ㄏㄨㄚˋ

(work-study program)大專院校提供學生有酬勞性的工作,使能一面讀書、一面工作,以支持其教育或生活費。

2**【工人無祖國】** ㄍㄨㄥ ㄖㄣˊ ㄨˊ ㄗㄨˇ ㄍㄨㄛˊ

‘馬克斯’和‘恩格斯’在“共產主義宣言”中所提出的口號。強調階級意識超越國家民族意識,各國無產階級,尤其是工人要聯合起來,打倒資產階級,以求得解放。

6**【工字型鋼樁】** ㄍㄨㄥ ㄗˋ ㄒㄧㄥˊ ㄍㄤ ㄓㄨㄤ

(structural steel pile)鋼塊經熱爐、軋壓機加工而成橫截面爲工字型的鋼樁。又稱*H*型鋼樁。材質強度、貫穿力均大,具施工迅速及高承載力的優點,惟易受腐蝕,需做防蝕處理。

【工件排程器】 ㄍㄨㄥ ㄐㄧㄢˋ ㄆㄞˊ ㄔㄥˊ ㄑㄧˋ

(job scheduler)電腦作業系統中調度工件執行的程式。其主要工作爲:記錄進入作業系統之各工件的狀況;安排工件被執行的順序;調度執行中的工件,使系統有較高之效率。

7**【工作抽樣法】** ㄍㄨㄥ ㄗㄨㄛˋ ㄔㄡ ㄧㄤˋ ㄈㄚˇ

總體預測人力方法之一。指對組織現有人力的工作情形(如正在工作、人在而未工作、人不在等)作抽樣調查,再根據公式計算人力已予運用的百分率,運用百分率極高者,表示人力不夠,運用百分率低者,表示人力過剩。

【工作時間法】 ㄍㄨㄥ ㄗㄨㄛˋ ㄕˊ ㄐㄧㄢ ㄈㄚˇ

(working-hours method)折舊方法的一種。係假定固定資產的效益隨工作而消失,使用時應先估計資產可使用的總時數,以之除可折舊成本,求得每小時工作應提列的折舊費用。每期折舊費用則視工作時數的多寡而定。

【工作評價制】 ㄍㄨㄥ ㄗㄨㄛˋ ㄆㄧㄥˊ ㄐㄧㄚˋ ㄓˋ

人事體制的一種。對各組織業務之性質及程度,均作較精細的區分,其所交錯而成的架構較爲細密,並以各組織的工作爲對象,根據評價標準,分別列入架構,以爲運作人事管理之基礎。生產事業機構多適用之。

【工作程序圖】 ㄍㄨㄥ ㄗㄨㄛˋ ㄔㄥˊ ㄒㄩˋ ㄊㄨˊ

(procedure chart)記載一件工作操作程序的表格。包括工作項目、順序、地點、所用設備等內容。

【工作試算表】 ㄍㄨㄥ ㄗㄨㄛˋ ㄕˋ ㄙㄨㄢˋ ㄅㄧㄠˇ

(working trial balance)審計工作底稿的一種。是一分列有當年度和上年度總分類帳各科目餘額,並且設有備供審計人員調整、重分類和決算餘額的多欄式表格。工作試算表爲整套審計工作底稿的中樞,是控制和彙總所有附屬工作底稿的主要報表。

【工作標準法】 ㄍㄨㄥ ㄗㄨㄛˋ ㄅㄧㄠ ㄓㄨㄣˇ ㄈㄚˇ

考績方法的一種。指對員工言行及工作上應行達到之要求先訂定標準,再以此標準作衡量員工考績成績優劣之依據。凡員工實有績效超過工作標準者爲優等,達到工作標準者爲中等,未達工作標準者爲劣等。

【工作擴大化】 ㄍㄨㄥ ㄗㄨㄛˋ ㄎㄨㄛˋ ㄉㄚˋ ㄏㄨㄚˋ

(job enlargement)即增加工作人員執行任務的範圍和多樣性。可視爲工作豐富化的一種變異方式,用以紓解工作人員因專業化所引起的厭惡感、挫折感和冷漠感,使員工從工作中獲得更大的滿足感。工作擴大化通常有二種途徑:一、縱向工作裝載(vertical job loading):增加更多的責任、權力、授權。二、橫向工作裝載(horizontal job loading):增加屬於同階層責任的工作內容及目前包含在工作職位中的權力。

【工作豐富化】 ㄍㄨㄥ ㄗㄨㄛˋ ㄈㄥ ㄈㄨˋ ㄏㄨㄚˋ
(job enrichment)也稱工作滋潤化。即重新設計一個工作職位,將可以提升工作者心理參與感的任務或活動納入,包括重新安排工作任務和製程、加入新任務、增加任務的變化性,以及增加與別人接觸的機會,使之有成就感,並肯定其工作的價值與重要性,使員工能從工作獲得較高層次的需要滿足。

12**【工程心理學】** ㄍㄨㄥ ㄔㄥˊ ㄒㄧㄣ ㄌㄧˇ ㄒㄩㄝˊ
(engineering psychology)心理學派的一支。專研工具與機器之設計,以期安全、舒適和著效,使人與機器間的關係更諧和。

【工程地質學】 ㄍㄨㄥ ㄔㄥˊ ㄉㄧˋ ㄓˊ ㄒㄩㄝˊ
(engineering geology)研究以地質學的理論及方法應用於工程的科學。

【工程受益費】 ㄍㄨㄥ ㄔㄥˊ ㄕㄡˋ ㄧˋ ㄈㄟˋ
(benefit assessment)土地私有制度中,有些必須由政府推行的土地改良(如建築道路、堤防、溝渠等)工程實施後,提高了鄰近土地之利用價值,導致地價上漲,於此情形,各國多向受益的土地持有人徵收受益費,以抵補政府改良土地所支出的工程費用。此亦爲實行土地漲價歸公的一種方法。

13**【工資基金說】** ㄍㄨㄥ ㄗ ㄐㄧ ㄐㄧㄣ ㄕㄨㄛ
(wages fund theory)'英國'古典經濟學家'馬爾薩斯'提出的工資理論。認爲同一地區、同一時期的勞動工資的總額一定,個人平均工資的高低決定於勞動者人數的多少,因此要得到高工資,就必須抑制勞動人口的增加。此一定不變的工資總額,稱爲工資基金。

【工業心理學】 ㄍㄨㄥ ㄧㄝˋ ㄒㄧㄣ ㄌㄧˇ ㄒㄩㄝˊ
(industrial psychology)心理學派的一支。專研工作情境中之有關行爲,力求工作環境之改善、勞資雙方之協調,且關注員工之士氣、選拔、訓練與升遷等。

6**【工件控制語言】** ㄍㄨㄥ ㄐㄧㄢˋ ㄎㄨㄥˋ ㄓˋ ㄩˇ ㄧㄢˊ
(job control language;JCL)電腦系統中描述並控制工件的語言。工件控制語言是一種問題導向的語言,但與一般高階程式語言不同;主要功能爲對作業系統描述需求,並指示執行的步驟。

7**【工作評價因素】** ㄍㄨㄥ ㄗㄨㄛˋ ㄆㄧㄥˊ ㄐㄧㄚˋ ㄧㄣ ㄙㄨˋ
評定一種工作對組織貢獻價值或程度高低時所需考慮的因素。包括四種:一、知能因素:指操作或處理工作所需具備之知識、技能、經驗。二、責任因素:指操作或處理工作時,對他人安全、財物與業務及對所屬監督的責任。三、體能因素:指操作或處理工作時所需耗費之心力、體力。四、工作環境因素:指操作或處理工作時工作場所的舒適性及工作本身所具有之危險性。

【工作評價標準】 ㄍㄨㄥ ㄗㄨㄛˋ ㄆㄧㄥˊ ㄐㄧㄚˋ ㄅㄧㄠ ㄓㄨㄣˇ
辦理各組織工作之評價時所依據的標準。包括:一、因素程度及配分表:將工作評價因素的內容區分爲若干程度,對每一程度內容作簡要敘述,並視其程度高低配以適當分數,製作成表格,以便辦理工作評價。二、評價分數換算職等表:將評價分數自最低分數至最高分數區分爲若干段落,每一段落設爲一個職等,並製作成表格,以便對各種工作依其評價所得分數核列職等。

【工作樣本測驗】 ㄍㄨㄥ ㄗㄨㄛˋ ㄧㄤˋ ㄅㄣˇ ㄘㄜˋ ㄧㄢˋ
(work sample test)廠方要求應徵者實際操作工作樣本以評估其性向的測驗。

【工作應力設計】 ㄍㄨㄥ ㄗㄨㄛˋ ㄧㄥˋ ㄌㄧˋ ㄕㄜˋ ㄐㄧˋ
(working stress design)鋼筋混凝土結構物設計方法之一。基本上是假定應力與應變之關係爲直線,梁斷面受撓曲後仍爲平面,混凝土不承受張應力,鋼筋與混凝土間握裹良好,最大纖維應力不超過容許應力的彈性理論設計法。此法目前已漸被強度設計法所取代。

15**【工廠交貨條件】** ㄍㄨㄥ ㄔㄤˇ ㄐㄧㄠ ㄏㄨㄛˋ ㄊㄧㄠˊ ㄐㄧㄢˋ
(ex works;EXW)貿易條件的一種。以此條件交易時,賣方必須在約定的時間,將貨物按照習慣包裝妥當,放置在賣方工廠的通常交貨地點,俾供買方處置。自此以後,該貨物的一切風險及費用即歸買方負擔。因此,由賣方工廠外運的搬運費、費用及風險,均由買方負擔。這種貿易條件,除非買方在出口國設有代理,否則甚少用於國際間的交易。工廠交貨條件,根據貨物的放置地方不同,可分爲 ex works (用於鐵工廠等)、ex mill (用於造紙工廠等)、ex factory (用於一般工廠)、ex plantation(農場交貨條件)等。

7【工作時間研究法】 ㄍㄨㄥ ㄗㄨㄛˋ ㄕˊ ㄐㄧㄢ ㄧㄢˊ ㄐㄧㄡˋ ㄈㄚˇ
個體預測人力方法之一種。指先測定處理一件工作所需的時間，再根據工作量計算所需總時間，而後求出所需人力。凡屬操作性、處理工作方法程序固定、所需時間可以測定、工作量可以計算之工作可適用之。

【工作目的部門劃分】 ㄍㄨㄥ ㄗㄨㄛˋ ㄇㄨˋ ㄉㄧˋ ㄅㄨˋ ㄇㄣˊ ㄏㄨㄚˋ ㄈㄣ
(departmentation by objective)企業組織依據其工作目的而劃分部門。主要有依產品別、地區別、客戶別劃分部門。

【工作程序部門劃分】 ㄍㄨㄥ ㄗㄨㄛˋ ㄔㄥˊ ㄒㄩˋ ㄅㄨˋ ㄇㄣˊ ㄏㄨㄚˋ ㄈㄣ
(departmentation by process)企業組織依據工作的程序劃分其部門。例如依據企業的業務機能(生產、財務、人事、行銷、會計)劃分部門；依據製造程序(加工、製造、材料、包裝)劃分部門。

11【工欲善其事必先利其器】 ㄍㄨㄥ ㄩˋ ㄕㄢˋ ㄑㄧˊ ㄕˋ ㄅㄧˋ ㄒㄧㄢ ㄌㄧˋ ㄑㄧˊ ㄑㄧˋ
要想工作完善，必須先有優良的器具。

2

巨 ㄐㄩˋ chü[4] 音拒
①大。如：巨富。②很多。如：巨額。③姓。‘漢’有‘巨武’。見“萬姓統譜‧七六”。

2【巨人】 ㄐㄩˋ ㄖㄣˊ
①體型龐大的人。②偉人。③(Meganthropus)西元1941年於‘爪哇’‘吉蒂斯’(Djetis)地層發現一個人科動物的下顎骨殘片化石，由於體大且形態上與同地點所出土的⌊爪哇人⌉有若干差異，年代又較古老，故學者名以新屬新種⌊巨人⌉。但近來學者都認為這一化石標本的體質特徵並不超出人屬的範圍，而多將之併入⌊直立人⌉，因此⌊巨人⌉一詞已失去其獨立分類項目的意義，而只代表該化石而已。

3【巨子】 ㄐㄩˋ ㄗˇ
同鉅子。①‘戰國’時墨家的首領。②學術或事業上有重大成就而特具影響力的人。

6【巨匠】 ㄐㄩˋ ㄐㄧㄤˋ
藝術成就不凡的人。

9【巨室】 ㄐㄩˋ ㄕˋ
①大宅。②世家望族。

【巨星】 ㄐㄩˋ ㄒㄧㄥ
指演技絕佳或知名度極高的演藝人員。

10【巨浸】 ㄐㄩˋ ㄐㄧㄣˋ
①洪水。②大湖。

13【巨猿】 ㄐㄩˋ ㄩㄢˊ
(*Gigantopithecus*)猿科成員中已絕滅的一屬。西元1935年‘荷蘭’古生物學家‘孔尼華’在‘香港’‘中’藥鋪中發現數顆巨大的靈長類牙齒，命名⌊步氏巨猿⌉(*Gigantopithecus blacki*)。1955～1958年我國‘廣西省’的洞穴中陸續出土一千多顆同類的牙齒及三個下顎骨，由地層資料推測其年代為更新世中期，即約七十五萬至五十萬年前，1968年‘印度’‘畢拉斯山’區也發現巨猿牙齒與一個下顎骨，但小得多，取名為⌊畢拉斯波巨猿⌉(*Gigantopithecus bilaspurensis*)，其年代較早，約九百萬至五百萬年前的上新世。目前學者相信，上新世的⌊畢拉斯波巨猿⌉往體型大的方向特化，成為⌊步氏巨猿⌉；到了更新世中期，或因糧食不足，或因生存競爭而致絕滅。⌊步氏巨猿⌉是所有靈長類(包括現生種及化石種)中體型最大的成員。

16【巨頭】 ㄐㄩˋ ㄊㄡˊ
首腦；重要領導人物。

17【巨擘】 ㄐㄩˋ ㄅㄛˋ
大拇指。比喻傑出的人物。

24【巨靈】 ㄐㄩˋ ㄌㄧㄥˊ
①河神。②古代神話中的矮人。

2【巨人症】 ㄐㄩˋ ㄖㄣˊ ㄓㄥˋ
(gigantism)腦下垂體生長激素分泌過多所引起的一種病症。其症狀為身長過高、手足巨大、血糖過高、容易感染等。此病須在孩提成長時期發病才會生成，成年以後發生生長激素分泌過多者，則產生肢端肥大症。

4【巨火口】 ㄐㄩˋ ㄏㄨㄛˇ ㄎㄡˇ
(caldera)火山噴發口沿周邊陷落所形成巨大而邊陡的環形窪地。如‘美國’‘奧勒岡州’的‘火口湖’直徑8.8公里，深610公尺，積水成湖，環繞火口的環狀堆積物高150～600公尺，是一個著名的巨火口。

9【巨指令】 ㄐㄩˋ ㄓˇ ㄌㄧㄥˋ
(macroinstruction)為了完成較複雜的工作而按照特定順序排列的數個指令。

19【巨蟹宮】 ㄐㄩˋ ㄒㄧㄝˋ ㄍㄨㄥ
(Cancer)黃道十二宮的第四宮。位於黃經90～120°。每年6月22日前後，太陽進入此宮，節氣為夏至。二千年前夏至點(黃經90°)原在巨蟹座，但由於歲差的緣故，現已移至雙子座中。

【巨蟹座】 ㄐㄩˋ ㄒㄧㄝˋ ㄗㄨㄛˋ
(Cancer; Cnc)黃道十二星座之一。位於赤經7時55分至9時22分；赤緯＋0.67度至＋33.2度。二千年前夏至點即在此座內(現已移至雙子座)。相當於我國星座水位、爟、鬼宿、積尸等。

11【巨組譯器】 ㄐㄩˋ ㄗㄨˇ ㄧˋ ㄑㄧˋ
(macroassembler)具有巨指令處理能力的組合語言編譯器。

【巨細靡遺】 ㄐㄩˋ ㄒㄧˋ ㄇㄧˇ ㄧˊ
無論大小事物，都沒有遺漏和疏忽。

4【巨分子化合物】 ㄐㄩˋ ㄈㄣ ㄗˇ ㄏㄨㄚˋ ㄏㄜˊ ㄨˋ

(macromolecular compound)物質之組成分子,其分子量高達數萬甚至數十萬以上,這種物質叫做巨分子或高分子化合物。通常是由一種或數種小分子重複連接而成,所以又稱爲聚合物。如澱粉、蛋白質等。

巧 ㄑㄧㄠˇ ch'iao³ 音悄
①技能;才藝。如:技巧。②善;美好。如:巧笑。③聰敏靈活。如:巧思。④欺騙。⑤虛僞的。如:花言巧語。⑥恰好。如:湊巧。

2【巧人】 ㄑㄧㄠˇ ㄖㄣˊ
(*Homo habilis*) 西元1964年'英國'人類學家'李凱'(L. S. B. Leakey)等人將他們在東'非''奧爾杜伐峽谷'所發現的人科化石給予新種的名稱⌊巧人⌉。原意爲代表人屬演化線上最古老的成員(距今約二百萬年前),而大約與其同時代生存的南猿化石則成爲人科演化線的旁支,而與古老的人屬失去嗣續的關係。

6【巧舌】 ㄑㄧㄠˇ ㄕㄜˊ
舌頭靈巧。多用來比喻花言巧語。

7【巧妙】 ㄑㄧㄠˇ ㄇㄧㄠˋ
精巧美妙。

【巧佞】 ㄑㄧㄠˇ ㄋㄧㄥˋ
巧言邪佞。即用悅耳動聽而不實在的言辭去諂諛他人。

9【巧思】 ㄑㄧㄠˇ ㄙ
靈巧的構想。

10【巧笑】 ㄑㄧㄠˇ ㄒㄧㄠˋ
美好的笑容。

11【巧婦】 ㄑㄧㄠˇ ㄈㄨˋ
①聰明而有技藝的婦女。②鳥名。即鷦鷯。也叫巧雀、巧女。見"本草綱目·禽部·巧婦鳥"。

12【巧詐】 ㄑㄧㄠˇ ㄓㄚˋ
奸巧詐僞。

7【巧克力】 ㄑㄧㄠˇ ㄎㄜˋ ㄌㄧˋ
(chocolate)用可可樹的種子研磨成粉(不去油脂)後,加糖製成的食品。如糖果類的巧克力板、巧克力球;巧克力奶或蛋糕上的巧克力等。

8【巧固球】 ㄑㄧㄠˇ ㄍㄨˋ ㄑㄧㄡˊ
球類運動之一。比賽時用皮革或橡膠製成之球,擊置於球場兩邊端線中央之反彈網,反彈回場之球未被對方接住,即得一分。一次比賽分三局,每局十五分鐘。正式比賽分單網每隊六人及雙網每對九人兩種。該項運動創始於'歐洲',西元1971年'國際巧固球聯盟'成立於'瑞士''日內瓦',1978年正式引進我國。

7【巧言令色】 ㄑㄧㄠˇ ㄧㄢˊ ㄌㄧㄥˋ ㄙㄜˋ
虛詐而動聽的言辭和諂媚阿諛的表情。

8【巧取豪奪】 ㄑㄧㄠˇ ㄑㄩˇ ㄏㄠˊ ㄉㄨㄛˊ
詐取強奪。

【巧拙有素】 ㄑㄧㄠˇ ㄓㄨㄛˊ ㄧㄡˇ ㄙㄨˋ
靈巧與樸拙乃出自天賦,難以強求。

14【巧奪天工】 ㄑㄧㄠˇ ㄉㄨㄛˊ ㄊㄧㄢ ㄍㄨㄥ
人工的精巧,勝過天然的美妙。

11【巧婦難爲無米之炊】 ㄑㄧㄠˇ ㄈㄨˋ ㄋㄢˊ ㄨㄟˊ ㄨˊ ㄇㄧˇ ㄓ ㄔㄨㄟ
比喻再靈巧的人,也不能無中生有。

左 ㄗㄨㄛˇ tso³, tsuo³ 音佐
①幫助。佐的本字。見"說文通訓定聲"。②方位。與右相對。如:左側。③東方。古人習慣以坐北朝南爲標準,東方在左邊,故云。如:'江'左。④尊位。古人乘車,尊位居左。如:虛左以待。⑤偏袒。如:左袒。⑥降職。如:左遷。⑦邪惡不正。如:旁門左道。⑧違背。如:意見相左。⑨差錯。⑩思想急進。如:左傾。⑪姓。'漢'有'左雄'。見"萬姓統譜·八四"。

8【左券】 ㄗㄨㄛˇ ㄑㄩㄢˋ
契約的左片,由債權人收執。古代契約分割爲左右兩片,由雙方各執一片,以爲憑據。後常用執左券比喻對事情很有把握。

【左拉】 ㄗㄨㄛˇ ㄌㄚ
(Émile Zola, 1840~1902)'法國'小說家。代表作"盧貢—馬卡爾家史"(*Les Rougon-Macquart*),包括"酒店"(*L'assommoir*)、"娜娜"(*Nana*)、"崩潰"(*La Débâcle*)等20部長篇小說,描寫'拿破崙三世'時代一個家族五代成員的不同遭遇,暴露現實的下層社會。"實驗小說論"(*Le roman expérimental*)一書提出自然主義的創作原則。他是自然主義的創始者,在'歐洲'文藝界發生很大的影響。

左拉像

9【左降】 ㄗㄨㄛˇ ㄐㄧㄤˋ
貶官降職。

【左思】 ㄗㄨㄛˇ ㄙ
(?~306)'西晉''臨淄'(今'山東''臨淄')人。字'太沖'。官祕書郎。貌醜口訥,而博學能文,其"三都賦",構思十年,豪貴之家,競相傳寫,'洛陽'爲之紙貴。有"左太沖集"。

10【左袒】 ㄗㄨㄛˇ ㄊㄢˇ
①露出左臂。②偏袒。

11【左衽】 ㄗㄨㄛˇ ㄖㄣˋ
胡人的服裝,衣服前襟向左邊開口。比喻夷狄。

13【左慈】 ㄗㄨㄛˇ ㄘˊ
'東漢'末方士。字'元放'。'廬江'(今'安徽''廬江')人。習道術,傳金丹術給'葛玄',開金丹道派。

【左傳】 ㄗㄨㄛˇ ㄓㄨㄢˋ
"春秋左氏傳"的簡稱。十三經之一。相傳爲'春秋'時代'魯'人'左丘明'撰。記'魯隱公'元年(前722)至'魯哀公'二十七年(前468),凡二百五十五年之各國史事,以事實解釋"春秋"之微言大義。與"公羊傳"、"穀梁傳"合稱"春秋"三傳。

【左傾】 ㄗㄨㄛˇ ㄑㄧㄥ
指思想或行動傾向於偏激急進。

15【左靠】 ㄗㄨㄛˇ ㄎㄠˋ
(left justify)電腦在儲存或顯示資料時，將資料以靠左邊預先設定的位置爲準而對齊，稱爲左靠。

17【左翼】 ㄗㄨㄛˇ ㄧˋ
與右翼相對。①作戰時左邊的部隊。②與左派(The Leftists)、右派(The Rightists)兩詞關係密切。左派、右派兩詞源出於'法國'大革命時期。當時的'國民會議'中，激進的或革命的代表們聚坐在議場的左邊；而保守分子則聚坐在議場的右邊，時人乃以左、右派稱之。此後在使用上：一、在黨內而言，左翼(左派)的主張較爲激進，右翼(右派)的主張較爲保守。二、在黨外而言，左翼常指主張改變現狀的政黨，如'社會黨'等，或主張、態度傾向於上述政黨的人士；右翼常指主張維持現狀的政黨，或態度傾向於此類政黨的人士。

19【左證】 ㄗㄨㄛˇ ㄓㄥˋ
證據；證明。也作佐證。

23【左驗】 ㄗㄨㄛˇ ㄧㄢˋ
①證據。②指證人。

5【左右手】 ㄗㄨㄛˇ ㄧㄡˋ ㄕㄡˇ
比喻得力的助手。

【左右袒】 ㄗㄨㄛˇ ㄧㄡˋ ㄊㄢˇ
指偏袒一方。

【左丘明】 ㄗㄨㄛˇ ㄑㄧㄡ ㄇㄧㄥˊ
'春秋''魯國'人。一說古史官有左右之分，'左丘明'爲左史，故以官名爲姓；或謂'左丘'爲複姓，以地名爲姓。因失明，後人稱爲盲'左'。曾爲"春秋"作傳，書名"左氏春秋"，'東漢'學者改稱"春秋左氏傳"；又作"國語"。

6【左光斗】 ㄗㄨㄛˇ ㄍㄨㄤ ㄉㄡˇ
(1575～1625)'明''桐城'(今'安徽''桐城')人。字'遺直'，號'浮左'，又號'滄嶼'。'萬曆'進士。剛直敢言，因與左副都御史'楊璉'彈劾'魏忠賢'，反爲'忠賢'所誣，二人同死獄中。

8【左宗棠】 ㄗㄨㄛˇ ㄗㄨㄥ ㄊㄤˊ
(1812～1885)'清''湖南''湘陰'人。字'季高'。'道光'舉人。'咸豐'初，'洪''楊'軍起，以四品京堂統軍，轉戰'浙江'、'福建'等省，後又平'陝''甘'，定'天山'南北路。累官總督、東閣大學士，封'恪靖侯'。諡'文襄'。著有"盾鼻餘瀋"。

左宗棠像

11【左旋糖】 ㄗㄨㄛˇ ㄒㄩㄢˊ ㄊㄤˊ
(levulose)果糖是葡萄糖的同分異構物，因具有左旋光性，所以又稱左旋糖。參果糖。

12【左舜生】 ㄗㄨㄛˇ ㄕㄨㄣˋ ㄕㄥ
(1893～1969)'湖南''長沙'人。名'學訓'，字'舜生'，號'仲平'。早年入'震旦大學'習'法'文，後赴'法'留學。加入'中國青年黨'，爲主要領袖之一。曾任'農林部'長。大陸陷'共'，自'滬'遷'臺'，旋赴'香港'，曾任教職，並走訪'日'、'美'，蒐集近代史料。著有"萬竹樓隨筆"、"中國近代史話"、"文藝史話"及"左舜生全集"等。

左舜生像

14【左撇子】 ㄗㄨㄛˇ ㄆㄧㄝˇ ˙ㄗ
習慣用左手作事的人。

18【左鎮人】 ㄗㄨㄛˇ ㄓㄣˋ ㄖㄣˊ
我國'臺灣'地區迄今所發現唯一的化石人。標本有頭骨片三件，牙齒二顆，是西元1970年代陸續採自'臺南縣''左鎮鄉''菜寮溪'的河床，故名。體質上屬於「現代智人」。氟素測驗法測得其年代距今約二萬至三萬年前。

4【左支右絀】 ㄗㄨㄛˇ ㄓ ㄧㄡˋ ㄔㄨˋ
本指射箭時左臂撐弓、屈右臂扣絃之法。後轉以形容人能力或財力不足，顧此失彼而窮於應付。

5【左右爲難】 ㄗㄨㄛˇ ㄧㄡˋ ㄨㄟˋ ㄋㄢˊ
兩方面各有利弊，難以下決定。

【左右逢源】 ㄗㄨㄛˇ ㄧㄡˋ ㄈㄥˊ ㄩㄢˊ
本指研究學問有獨到的心得，可以取之不竭，用之不盡。後比喻順心如意、得心應手。

【左右補闕】 ㄗㄨㄛˇ ㄧㄡˋ ㄅㄨˇ ㄑㄩㄝ
官名。'唐''武后''垂拱'中置，掌規諫皇帝，薦舉人才。分隸於'門下'、'中書'兩省。'門下省'又稱'左省'，'中書省'又稱'右省'；故隸於'門下'者稱左補闕，隸於'中書'者稱右補闕。'宋'改左右補闕爲左右司諫。

【左右開弓】 ㄗㄨㄛˇ ㄧㄡˋ ㄎㄞ ㄍㄨㄥ
①形容左右手同時動作或兩方面同時進行。②八段錦的一項。

9【左思右想】 ㄗㄨㄛˇ ㄙ ㄧㄡˋ ㄒㄧㄤˇ
反覆思量。

12【左提右挈】 ㄗㄨㄛˇ ㄊㄧˊ ㄧㄡˋ ㄑㄧㄝˋ
①相互扶持。②照顧提攜。

14【左輔右弼】 ㄗㄨㄛˇ ㄈㄨˇ ㄧㄡˋ ㄅㄧˋ
指帝王左右的輔佐大臣。引申爲輔助。

15【左輪手槍】 ㄗㄨㄛˇ ㄌㄨㄣˊ ㄕㄡˇ ㄑㄧㄤ
(revolver)使用左輪旋轉式裝彈的一種手槍。一般用38口徑的子彈，一次可裝5～6發，亦可發射瓦斯彈。

21【左顧右盼】 ㄗㄨㄛˇ ㄍㄨˋ ㄧㄡˋ ㄆㄢˋ
左右張望。

13【左傳紀事本末】 ㄗㄨㄛˇ ㄓㄨㄢˋ ㄐㄧˋ ㄕˋ ㄅㄣˇ ㄇㄛˋ
'清''高士奇'撰，五十四卷。以"左傳"所記重要事件，按國別分類編排，並雜採諸子史傳的類似記載，以爲補充參訂。

4

巫 ㄨ wu^1 音烏　讀音 ㄨˊ wu^2 音無

1以歌舞降神的人；爲人求神賜福的人。如：巫婆。2藉鬼神之術替人治病的人。如：巫醫。3姓。'漢'有'巫捷'。見"萬姓統譜・一三"。

3【巫山】　ㄨ ㄕㄢ

位於'四川省'東端。爲'川''鄂'二省的省界。廣義的'巫山山脈'亦泛指'湖北省''宜昌縣'以西的'黃陵廟'背斜、'黃牛山'等山地；山勢呈南北走向，爲'長江'切穿，形成著名的'長江'三峽；山上雲霧變幻莫測，久以「巫山雲」著稱。

11【巫術】　ㄨ ㄕㄨˋ

巫師所施行的法術。藉祭儀舉行符咒的活動，以求控制自然或產生特殊的超自然效果。

14【巫覡】　ㄨ ㄒㄧˊ

巫師的通稱。

18【巫醫】　ㄨ ㄧ

1巫師和醫師。2古代用巫術替人治病的人。

23【巫蠱】　ㄨ ㄍㄨˇ

使用邪術害人。

3【巫山雲雨】　ㄨ ㄕㄢ ㄩㄣˊ ㄩˇ

比喻男女歡會。

23【巫蠱之禍】　ㄨ ㄍㄨˇ ㄓ ㄏㄨㄛˋ

'漢武帝'晚年迷信神仙方士，'征和'二年(前91)，帝身體不適，佞臣'江充'素與太子('戾')有隙，乃誣告爲太子埋木偶(蠱)咒詛所致，太子被迫，殺'充'而反，'武帝'命丞相'劉屈氂'率兵平亂，太子兵敗自殺，皇后'衛'氏亦因此自盡，是爲巫蠱之禍。

7

差 一 ㄔㄚ $ch'a^1$ 音叉

1四1的讀音。2略微。如：差強人意。3區別。如：差異。4二數相減所得的餘數。

二 ㄘ $tz'\breve{u}^1$ 音雌

1等級。如：等差。2制定等級。3前後相排列。如：差次。

三 ㄔㄞ $ch'ai^1$ 音釵

1派遣。如：差使。2選擇。3受派遣的人。如：欽差。4受派遣去辦理的事務。如：銷差。5受派遣去辦事。如：出差。

四 ㄔㄚˋ $ch'a^4$ 音詫

1錯誤。如：差錯。2不好。如：文筆太差。3欠缺；不足。

五 ㄘㄨㄛ $ts'o^1, ts'uo^1$ 音磋

淘洗。見"集韻"。

六 ㄔㄞˋ $ch'ai^4$ 音瘥

病癒。通瘥。

4【差分】　ㄔㄚ ㄈㄣ

1古代算學。九章算術之一。田賦高低比例的計算法。2參差分學。

5【差可】　ㄔㄚ ㄎㄜˇ

尚可；略可。

6【差池】　一 ㄘ ㄔˊ

參差不齊的樣子。

二 ㄔㄚˋ ㄔˊ

錯誤。

7【差忒】　ㄔㄚˋ ㄊㄜˋ

差錯；失誤。

【差役】　ㄔㄞ ㄧˋ

1政府分派給人民的勞役。2舊時在官府做徵糧、緝盜、拘禁罪犯及其他雜務的人員。

8【差使】　ㄔㄞ ㄕˇ

1派遣；差遣。2被委派的事務。同差事。

11【差排】　ㄔㄚ ㄆㄞˊ

(dislocation)結晶固體的一種不完整形式(屬線缺陷)。是圍著一中心線產生格子變形的缺陷，爲金屬晶體內成列或成面的原子所發生的錯誤排列。在空間晶格中，滑動成扭面而形成滑動平面，在滑動平面上，已受滑移區域和未滑移區域之間的界線即形成差排。差排有兩種，一爲刃狀差排，另一爲螺旋差排。理論上使單晶發生滑動所需之臨界剪應力(τ_{max})約爲材料剛性係數μ的2π分之一，即$\tau_m=\frac{\mu}{2\pi}$，但實際上，使結晶發生滑動只需要理論上所求臨界剪應力之10^3～10^4分之一即可。爲了說明此一鉅大的差異而有所謂差排理論產生，認爲結晶並非完美，而是有差排一缺陷存在，致使材料強度減少。

12【差距】　ㄔㄚ ㄐㄩˋ

差別距離。

14【差遣】　ㄔㄞ ㄑㄧㄢˇ

1派遣。2官府額外加派的勞役。3'宋代'稱正官之外另任他職爲差遣。

16【差錯】　ㄔㄚˋ ㄘㄨㄛˋ

1交互錯雜。2錯誤。

4【差分商】　ㄔㄚ ㄈㄣ ㄕㄤ

(quotient of difference, increment ratio)函數$y=f(x)$於x由x_0變至x_1時，y則由$y_0=f(x_0)$變至$y_1=f(x_1)$。$\Delta x=x_1-x_0$爲x之增量或差分，$\Delta y=y_1-y_0$爲y之增量或差分。$\Delta y/\Delta x$則爲其差分商。

【差分學】　ㄔㄚ ㄈㄣ ㄒㄩㄝˊ

(calculus of finite differences)對於數列y_n(n爲整數，或更限定$n\geq 0$)，此數列之(右)差分爲數列$z=\Delta y$，即$z_n=y_{n+1}-y_n$，此乃相對應於微導D者，於是排列數列(k階)爲${}_nP_k=n(n-1)\cdots\cdots(n-k+1)$，相對應於乘冪函數$x^k$，差分公式$\Delta p_k=k$乘$p_{k-1}$，相對應於$Dx^k=k\cdot x^{k-1}$，此式在$k=0$時固然成立，(${}_np_0=1$)在$k$爲負整數時亦成立，只需令${}_np_{-l}=\frac{1}{n(n+1)\cdots\cdots(n+l-1)}$即可，又差分公式$\Delta\cdot r^n=(r-1)\cdot r^n$乃與$Da^x=(lna)a^x$相當，和分$\sum_{n=a}^{b-1}g(n)$與(定)積分$\int_a^b g(x)dx$亦相當。事實上，差和分法基本定理謂：若$g=\Delta f$，則$\sum_{a\leq n<b}g(n)=f(b)-f(a)$，

乃與微積分學基本定理相當，後者謂：若$Df=g$，則$\int_a^b g(x)dx=f(b)-f(a)$，故差分、和分相對應於微分、積分乃離散與連續之對照。在近似計算中恆用前者逼近後者，如函數f、g均定義於區間〔a, b〕上，可將整個區間分爲很多的有限等分，令$x_n=a+n(b-a)/k$，$y_n=f(x_n)$，則差分商$(y_1-y_0)/(x_1-x_0)$在$k\to\infty$時之極限爲f在a之導數，而$\left(\frac{b-a}{k}\right)$乘和分$\sum_1^k y_n$則趨近$\int_a^b f(x)dx$。

10【差旅費】 ㄔㄞ ㄌㄩˇ ㄈㄟˋ

各組織對因公出差員工所支給之費用。包括車費、膳費、宿費及雜費。差旅費標準多按職務之職等高低及出差地區生活費用之高低分別規定。

11【差速器】 ㄔㄚ ㄙㄨˋ ㄑㄧˋ

(differential)利用齒輪結合，使車輛在轉彎時左右輪產生差速作用之裝置。

【差異閾】 ㄔㄚ ㄧˋ ㄩˋ

(difference threshold)感覺歷程中，個體所能確切察覺之兩刺激強度的最小差異量。

【差動法】 ㄔㄚ ㄉㄨㄥˋ ㄈㄚˇ

(differential method)以一儀器測量一物時，因環境變化（如溫度、壓力、溼度等）及人爲誤差影響，每次測出之值有所差異，求其平均差或變化曲線的方法，稱爲差動法。

7【差別訂價】 ㄔㄚ ㄅㄧㄝˊ ㄉㄧㄥˋ ㄐㄧㄚˋ

(discriminatory pricing; differential pricing)針對不同的所得對象、時間、地點、產品型式，收取不同價格的一種產品訂價方法。高爾夫球場會員及非會員之不同收費即是一例。

【差別寡占】 ㄔㄚ ㄅㄧㄝˊ ㄍㄨㄚˇ ㄓㄢˋ

(differential oligopoly)與純粹寡占相對。是寡占市場中的一種型態。指寡占者所生產的產品雖相同，但在式樣、品質、設計及包裝上卻有差別。如汽車、家用電氣、清潔劑等產業。

【差別關稅】 ㄔㄚ ㄅㄧㄝˊ ㄍㄨㄢ ㄕㄨㄟˋ

(differential duties)一國政府爲達到某種目的，對於同種的進口貨物，定高低各種不同的稅率，按一定標準，分別課以不同稅率的關稅。至於其標準，則依進口方法的不同（海運、陸運或空運）、原產地的差別、船舶國旗的異同、直接進口或間接進口，以及與他國通商條約上的關係如何而定。但此標準只是平時所稱的差別關稅，更有一種差別關稅，例如他國以其他方法對我國有所不利時，則以報復手段增其稅率，這種報復則可能引起關稅戰爭。

11【差強人意】 ㄔㄚ ㄑㄧㄤˊ ㄖㄣˊ ㄧˋ

還能使人滿意。也作差彊人意。

【差異行爲】 ㄔㄚ ㄧˋ ㄒㄧㄥˊ ㄨㄟˊ

(deviant behavior)違反或超越社會規範，爲社會所不認可的行爲。基本上有四大類型：一、差異行動：指必須用具體行動才能完成的差異行爲（如自殺、犯罪）。二、差異習性：指社會不認可的習慣或嗜好（如賭博）。三、差異心理：指心理或精神不正常者。四、差異文化：指與社會正規文化不同的文化。

4【差分方程式】 ㄔㄚ ㄈㄣ ㄈㄤ ㄔㄥˊ ㄕˋ

(difference equations)統稱含有未知數列之差分數列。常係數線性差分方程式k階者，恆可書爲：$f(n+k)+c_1f(n+k-1)+\cdots\cdots+c_kf(n)=g(n)$之形。依疊合原理，此數列$f$之通解乃一特別解與補助解之和，補助解即是令$g$爲0時之通解。

11【差動放大器】 ㄔㄚ ㄉㄨㄥˋ ㄈㄤˋ ㄉㄚˋ ㄑㄧˋ

(differential amplifier)放大電路的一種。其兩輸入端爲兩特性完全相同的電晶體並聯而成，祇會將兩輸入端的差值信號加以放大。通常這一類放大器具有高的共模斥拒比與輸入阻抗。如圖所示爲有定電流源的差動放大器。

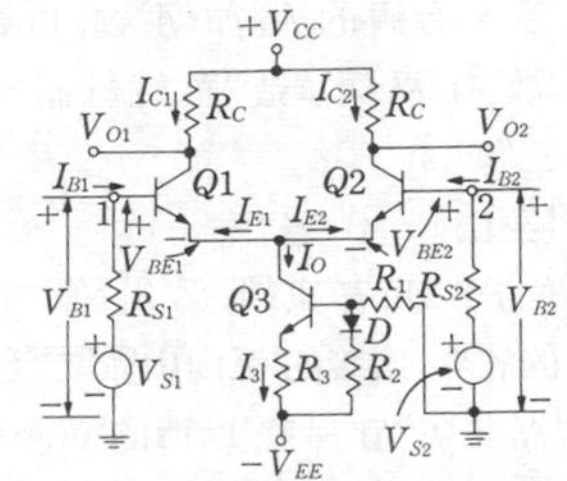

差動放大器圖

12【差等地租論】 ㄔㄚ ㄉㄥˇ ㄉㄧˋ ㄗㄨ ㄌㄨㄣˋ

(theory of differential rent)主張地租的產生，是由於不同土地之生產力的差異所致。不同土地的生產力差異愈大，地租也就愈高。

18【差額計件制】 ㄔㄚ ㄜˊ ㄐㄧˋ ㄐㄧㄢˋ ㄓˋ

對員工完成一件工作的標準薪資額，分爲高薪資額與低薪資額兩種；對某數量內的工作件數，每件按高薪資額計算，超過某數量部分的工作件數，每件按低薪資額計算，以防止因高產量而影響品質。

7【差別工資制度】 ㄔㄚ ㄅㄧㄝˊ ㄍㄨㄥ ㄗ ㄓˋ ㄉㄨˋ

(differential wage system; Taylor differential wage plan)又稱差別計件工資率制度。爲'泰勒'(F. W. Taylor)所訂的獎勵工資制度。凡能達成或超過規定工作標準者，給予較高的計件工資率；未達標準者，按一般計件工資率給予工資。

5【差以毫釐失之千里】 ㄔㄚ ㄧˇ ㄏㄠˊ ㄌㄧˊ ㄕ ㄓ ㄑㄧㄢ ㄌㄧˇ

由於開始時細微之偏差，而造成往後極大的錯誤。

10

巰 ㄑㄧㄡˊ ch'iu² 音求
參巰基。

11【巰基】ㄑㄧㄡˊ ㄐㄧ
(sulfhydryl group)指由氫和硫兩種原子組成的官能基。也稱氫硫基。

己部

己 ㄐㄧˇ chi³ 音幾
①天干的第六位。②自身的代稱。如：捨己從人。

5【己立立人己達達人】ㄐㄧˇ ㄌㄧˋ ㄌㄧˋ ㄖㄣˊ ㄐㄧˇ ㄉㄚˊ ㄉㄚˊ ㄖㄣˊ
自己想站得住，也要使他人能夠站得住；自己想行道於世，也要使他人能夠行道於世。即推己及人。

8【己所不欲勿施於人】ㄐㄧˇ ㄙㄨㄛˇ ㄅㄨˋ ㄩˋ ㄨˋ ㄕ ㄩˊ ㄖㄣˊ
自己不喜歡的事物，不要給與或對待別人。

已 ㄧˇ i³ 音以
①停止。如：雞鳴不已。②副詞。⑴表示過去。如：已經。⑵表示過了一會。如：已而。⑶表示過甚。如：已甚。③助詞。用在語尾。⑴表肯定。同矣。⑵表疑問。同呢、嗎。⑶表感歎。同啊。④通以。如：已上。

10【已耗成本】ㄧˇ ㄏㄠˋ ㄔㄥˊ ㄅㄣˇ
(expired cost)指一項成本業已產生預期的經濟效益者。亦即應轉爲費用。

13【已裝提單】ㄧˇ ㄓㄨㄤ ㄊㄧˊ ㄉㄢ
(shipped bill of lading; shipped on board bill of lading; on board bill of lading) 又稱裝運提單。是表明貨物已裝上船舶上的提單。在形式上可分二種：一、在提單上的開頭以「SHIPPED ON BOARD in apparent good order and condition…」或者「RECEIVED ON BOARD in apparent good order and condition…」的字樣，表明貨物已由船公司裝上船，或已在船上收到貨物。二、由船公司在待裝提單加上「已裝上船」(on board) 批註，並註明裝船日期，使其成爲已裝提單。信用狀中如果要求海洋提單時，通常多規定受益人必須提示已裝提單。

14【已認股本】ㄧˇ ㄖㄣˋ ㄍㄨˇ ㄅㄣˇ
(subscribed stock) 公司發行新股票，業經認股人認購，股款尙未收足，股票亦未發行者稱之。於認購時按股票面值貸記已認股本，俟股款收足並發給股票後再轉入股本帳戶。

12【已開發國家】ㄧˇ ㄎㄞ ㄈㄚ ㄍㄨㄛˊ ㄐㄧㄚ
(developed country) 相對於未開發國家而言。凡個人平均所得已超過某一水準，產業結構已轉變爲以工商業爲主，而金融、財政制度均已相當健全的國家，稱爲已開發國家。如'美國'、'英國'、'法國'、'西德'、'日本'等皆是。

巳 ㄙˋ szŭ⁴, ssŭ⁴ 音似
①胎兒。見"說文通訓定聲"。②地支名。爲十二地支的第六位。③時辰名。指上午九時至十一時。④生肖名。指蛇。

1

巴 ㄅㄚ pa¹ 音八
①急切盼望。如：巴不得。②靠近。如：前不巴村，後不巴店。③黏結的東西。如：泥巴。④下顎。如：下巴。⑤攀援。如：巴山度嶺。⑥助詞。用在語尾。如：尾巴。⑦(bar)代號爲bar。壓力的併用單位。等於十萬帕斯卡的壓力。⑧姓。'漢'有'巴茂'。見"萬姓統譜·三六"。

6【巴西】ㄅㄚ ㄒㄧ
(Brazil)'南美洲'面積最大、人口最多、資源最富、唯一操'葡萄牙'語的國家。面積851.1萬方公里，人口18,611.0萬 (2005年)，首都'巴西利亞'。東南部'巴西高原'占全國面積之半。東南沿海平原溫和溼潤，爲農牧精華區，咖啡、蔗糖產量居世界之冠，香蕉、黃豆、玉米、棉花和水稻產量亦豐。赤道橫過西北部'亞馬孫河流域'，雨林遍布。鐵砂、鋁土和鑽石儲量豐富，紡織、化學、水泥、電子和鋼鐵工業極盛。

8【巴東】ㄅㄚ ㄉㄨㄥ
郡名。'東漢''劉璋'置。包括今'四川省''奉節'、'雲陽'、'巫山'等縣。

【巴林】ㄅㄚ ㄌㄧㄣˊ
(Bahrain) 位於'波斯灣''巴林群島'上的島國。由8個大小島嶼組成，以'巴林島'最大。面積620方公里，人口68.8萬 (2005年)，首都'麥納瑪' (Manama)。西元1932年發現豐富石油蘊藏後，石油開採已取代其他生產，成為國家主要富源。

11【巴望】ㄅㄚ ㄨㄤˋ
盼望；期待。

12【巴結】ㄅㄚ ㄐㄧㄝˊ
①努力；盡力設法。②奉承；討好別人。

14【巴赫】ㄅㄚ ㄏㄜˋ
(Johann Sebastian Bach, 1685~1750)'德國'音樂家及作曲家。出生於'埃森納'(Eisenach)。十五歲起先後任職於教堂及貴族宮廷之中，從事管風琴演奏。自西元1723年到逝世，擔任'來比錫''聖湯馬斯學院'的音樂指揮及教師。'巴赫'一生不但精於風琴演奏，

巴赫像

而且勤奮作曲，聲樂作品以宗教爲主要內容，有"馬太受難曲"(*St. Matthew Passion*)、"約翰受難曲"(*St. John Passion*)及兩百多首淸唱劇；器樂的方面則有"平均律鋼琴曲集"(*The Well-Tempered Clavier*)、"勃蘭登堡協奏曲"(*Brandenburg Concertos*)等。他在風琴演奏、樂器理論、對位法上都有突出的成就，被譽爲音樂之父。

15【巴黎】ㄅㄚ ㄌㄧˊ
(Paris)'法國'首都。位於'巴黎盆地'中央，跨'塞納河'兩岸。為全國最大都市、最大工業中心及經濟、文化、交通的總樞紐，國際重要鐵路線、航空線皆輻輳於此。'羅浮宮'(Louvre Museum)、'凡爾賽宮'(Versailles Palace)、'凱旋門'(Triumphal Arch)及'鐵塔'聞名世界，有「藝術之都」之稱。人口214.2萬(2004年)。

4【巴比妥】ㄅㄚ ㄅㄧˇ ㄊㄨㄛˇ
(barbital)白色結晶或粉狀。化學式 $CO(NHCO)_2C(C_2H_5)_2$，分子量184，熔點187～192°C，可溶於熱水、酒精、丙酮、醚等。由二乙基酯或二乙基丙二酸與脲合成，用作醫藥中之鎮靜劑。

【巴不得】ㄅㄚ ㄅㄨˋ ㄉㄜˊ
非常盼望。

7【巴克萊】ㄅㄚ ㄎㄜˋ ㄌㄞˊ
(George Berkeley,1685～1753)'英國'經驗主義哲學家。認爲一般所謂事物存在，無非是它們被知覺之意；事物的眞象就是被經驗到的感覺內容。因此在他的系統裡，只有兩種存有：心靈和心靈的內容。前者包括無限心靈(上帝)和有限心靈(人)，後者就是存在心靈中的觀念。重要著作包括"視覺新論"(*An Essay Toward a New Theory of Vision*)、"人類知識原理"(*A Treatise Concerning the Principles of Human Knowledge*)和"希拉斯與非羅奴斯對話錄三篇"(*Three Dialogues Between Hylas and Philonous*)等。

【巴貝多】ㄅㄚ ㄅㄟˋ ㄉㄨㄛ
(Barbados)'西印度群島''小安地列斯群島'(Lesser Antilles)中的島國。面積430方公里，人口27.9萬(2005年)，首都'橋鎮'(Bridgetown)。氣候溫暖，景色秀麗，為觀光勝地。主產蔗糖，並輸出糖蜜及甜酒。

8【巴拉圭】ㄅㄚ ㄌㄚ ㄍㄨㄟ
(Paraguay)位於'南美洲'中部的內陸國。面積40.6萬方公里，人口634.0萬(2005年)，首都'亞松森'(Asunción)。'巴拉圭河'流貫中央，向南經'阿根廷'可直通'大西洋'。主要輸出為肉類、棉花和木材。

9【巴枯寧】ㄅㄚ ㄎㄨ ㄋㄧㄥˊ
(Mikhail Aleksandrovich Bakunin,1814～1876)'俄國'無政府主義者。西元1849年在'歐洲'參加暴動被捕，引渡回'俄'後判終身監禁，後由'西伯利亞'逃往'英國'。1864年於'義大利'組織'國際社會民主主義同盟'，與'馬克斯'的第一國際合作，不久因革命手段不同而反目，被逐出第一國際，後死於'瑞士'。所著"神與國家"(*God and State*)一書於逝世後才出版。

巴枯寧像

【巴哈馬】ㄅㄚ ㄏㄚ ㄇㄚˇ
(The Bahamas)羅列於'美國''弗羅里達半島'(Florida Pen.)與'大安地列斯群島'(Greater Antilles)間的島國。由大小不同的珊瑚礁組成，中部的'瓦特林島'(Watling I.)爲西元1492年'哥倫布'最早登陸'美洲'之處。1973年脫離'英國'獨立。面積1.4萬方公里，人口30萬(2005年)，首都'拿索'(Nassau)。土壤貧瘠，農耕不盛。觀光業為主要收入。

10【巴格達】ㄅㄚ ㄍㄜˊ ㄉㄚˊ
(Baghdād)'伊拉克'首都。位居全國中央，'底格里斯河'及'狄牙拉河'(Diyala R.)匯流處。當全國水、陸、空交通要衝，'歐'、'亞'、'非'三洲國際航空要站，古'阿拉伯'人往來東西貿易的中心。現為全國經濟、文化中心及進出口貨物最大集散地。人口575萬(2003年)。

【巴納德】ㄅㄚ ㄋㄚˋ ㄉㄜˊ
(Thomas John Barnardo,1845～1905)出生於'愛爾蘭'的'英國'醫生、社會改革者、慈善家。西元1866年赴'倫敦'習醫，有志於來'華'傳教。1870年在'倫敦''史塔尼'(Stepney)區成立第一所「巴納德兒童之家」(Dr. Barnardo's Homes)，收容孤苦兒童。後相繼設了九十所以上的兒童之家。

巴納德像

【巴拿馬】ㄅㄚ ㄋㄚˊ ㄇㄚˇ
(Panama)位於'中美洲'南部的國家。北臨'加勒比海'，南濱'太平洋'。面積7.8萬方公里，人口304.0萬(2005年)，首都'巴拿馬市'。國土東西狹長，'巴拿馬運河'縱貫中央，大洋交通及軍事地位極重要。

11【巴陶第】ㄅㄚ ㄊㄠˊ ㄉㄧˋ
(Frédéric-Auguste Bartholdi, 1834～1904)'法國'雕刻家。'美國''紐約港'內的自由女神像即由其設計，於西元1886年獻給'美國'政府，上書「自由照亮全世界」。然而，其最佳的傑作卻是矗立在'法國'東部'比爾福'的「比爾福石獅子」(Lion of Belfort)。

12【巴斯卡】ㄅㄚ ㄙ ㄎㄚˇ
(Blaise Pascal, 1623～1662)'法

國'數學家、物理學家、哲學家與散文家。早年熱中於數學研究,提出圓錐曲線內接六邊形三對邊的交點共線的定理,以及水銀柱測大氣壓的實驗等科學發現。十八歲起因過度耗用腦力,健康受損,終其一生飽受病痛。二十五歲以後開始把精神放到宗教方面,西元1654年入'皇家港修院'(Convent of Port-Royal),極力駁斥無神論,認爲宗教信仰全係內心的事,此種觀念對'盧梭'、'柏格森'(Henri Bergson)和存在主義哲學家有相當影響。

巴斯卡像

【巴斯德】 ㄅㄚ ㄙ ㄉㄜˊ

(Louis Pasteur, 1822～1895)'法國'化學家、微生物學家。早年研究酒類發酵問題,發現了高溫殺菌法;並研究蠶及家畜的傳染病,挽救了當時'法國'的養蠶事業。晚年致力於狂犬病研究,對後來的治療方法有重大影響。西元1882年成爲'法蘭西學院'的會員,1888年出任'巴斯德研究所'第一任所長。爲近代微生物學的奠基者。

巴斯德像

3【巴士海峽】 ㄅㄚ ㄕˋ ㄏㄞˇ ㄒㄧㄚˊ

(Bashi Chan.)位於'臺灣'和'菲律賓群島'之間的海域。面積7.5萬方公里。其南端的'巴丹群島'(Batan Is.)和'巴布顏群島'(Babuyan Is.)均屬'菲律賓'。

4【巴夫洛夫】 ㄅㄚ ㄈㄨ ㄌㄨㄛˋ ㄈㄨ

(Ivan Petrovich Pavlov, 1849～1936)'蘇俄'生理學家。以研究交替反射作用著名於世。西元1897年出版了"消化腺的功能"(*The Work of the Digestive Glands*)一書,而於1904年獲'諾貝爾'生理學獎。另著有"制約的反射"(*Lectures on Conditioned Reflexes*)。

【巴比合金】 ㄅㄚ ㄅㄧˇ ㄏㄜˊ ㄐㄧㄣ

(Babbitt metal)爲一錫基(或鉛基)白合金。多爲頸軸承內襯用材料。其性柔軟,一旦軸頸與軸承間夾有雜質微粒時,能嵌入軟質的'巴比'合金中,防止傷害軸頸部。

6【巴西利亞】 ㄅㄚ ㄒㄧ ㄌㄧˋ ㄧㄚˋ

(Brasília)'巴西'首都。位於'巴西高原'中央。'巴西'政府為促進內陸開發,於西元1960年自'里約'遷都於此。其興建完全依照都市計畫。人口220萬(2004年)。

10【巴納形式】 ㄅㄚ ㄋㄚˋ ㄒㄧㄥˊ ㄕˋ

(Backus-Naur form; BNF)又稱'巴'氏正規形式(Backus normal form)。計算機科學內常用的一種描述規則。即利用符號關係以說明並描述一種語言之語法規則。如十進位數表示法之'巴納'形式爲:

＜十進位數＞∷=＜個位數＞|＜數字串＞＜個位數＞

＜數字串＞∷=＜個位數＞|＜數字串＞＜個位數＞

＜個位數＞∷=0|1|2|3|4|5|6|7|8|9

11【巴理昂袍】 ㄅㄚ ㄌㄧˇ ㄤˊ ㄆㄠˊ

(pallium)廣義泛指古'羅馬'人所披用的大型四角形布塊;狹義指當代末期普及各階層,由長方形布塊披掛而成的簡單外衣。乃源自古'希臘'的袍服。西元一世紀時,由哲學家及學者們開始穿用;到了三世紀時,神父及教會神職人員亦隨之穿用;四世紀時普及於一般百姓間,形成約5.5公尺×1.8公尺的羊毛或麻製長方型布塊,再披掛於奇通衣外的衣物;五世紀時逐漸消失,僅神職人員仍繼續穿用;現今天主教教宗及大主教服飾上的Y字形肩帶,即由其衍生而來。

巴理昂袍圖

【巴基斯坦】 ㄅㄚ ㄐㄧ ㄙ ㄊㄢˇ

(Pakistan)位於'印度半島'西北部的國家。面積80.4萬方公里,人口16,242萬(2005年),首都'伊斯蘭馬巴德'(Islāmābād)。西部'蘇里曼山'(Sulaiman Mts.)為畜牧區,東部'印度河'沖積平原為主要農業區。因居西部山地背風位置,氣候乾燥,沙漠廣布。

【巴勒斯坦】 ㄅㄚ ㄌㄜˋ ㄙ ㄊㄢˇ

(Palestine)位在'亞洲'西部,爲'紅海'及東'非'大裂谷的延長部分,由'死海'沿'約旦河'谷北上,是一片陷落地帶。本區在"舊約"所記載的年代,分由'猶太'人所建的'以色列'和'猶大'兩王國所統治,兩千餘年前相繼亡國,族人四散流亡,當地被'阿拉伯'人所占。自西元1948年5月'以色列'在本區宣布立國以來,曾引發數次'阿'、'以'大戰,迄今仍爲西'亞'動亂的根源。

【巴蛇吞象】 ㄅㄚ ㄕㄜˊ ㄊㄨㄣ ㄒㄧㄤˋ

傳說'巴'地所產的巨蛇,可以吞下大象。後用以比喻人心貪婪。

13【巴塞隆納】 ㄅㄚ ㄙㄜˋ ㄌㄨㄥˊ ㄋㄚˋ

(Barcelona)'西班牙'第一大港、第二大城、最大工業中心及棉、毛紡織業中心。位於'伊比利半島'東北,濱'地中海'。有鐵路北通'法國',為交通樞紐。人口157.8萬(2004年)。

14【巴爾札克】 ㄅㄚ ㄦˇ ㄓㄚˊ ㄎㄜˋ

(Honoré de Balzac,1799～1850)'法國'寫實主義小說家。爲'歐洲'寫實小說的創立者。傑作"人間喜劇"(*La Comédie humaine*)包

括97部小說，以豐富的想像力與透視現實的觀察力，生動地反映十九世紀上半期‘法國’的社會風貌，創造出許多突出的典型人物。其作品風格深深影響‘法國’的寫實主義及自然主義作家。

【巴爾陶克】 ㄅㄚ ㄦˇ ㄊㄠˊ ㄎㄜˋ

(Béla Bartók, 1881～1945)‘匈牙利’鋼琴家、作曲家。以研究民歌及使用現代樂語而名聞於世。所蒐集的‘匈牙利’、‘羅馬尼亞’、‘斯拉夫’民歌，總數約爲七千首。作品有舞劇、歌劇、絃樂與敲擊樂合奏曲、鋼琴與敲擊樂合奏曲。

巴爾陶克像

15【巴黎和會】 ㄅㄚ ㄌㄧˊ ㄏㄜˊ ㄏㄨㄟˋ

一次大戰後，戰勝各國爲商討有關善後問題，於西元1919～1920年在‘巴黎’‘凡爾賽宮’召開的會議。共有32國參加，其中由‘英’、‘美’、‘法’、‘日’、‘義’五強組成一理事會指導和會工作的進行。會中通過組織‘國際聯盟’的提案，且簽訂對‘德’、‘奧’等國的和約。

【巴黎畫派】 ㄅㄚ ㄌㄧˊ ㄏㄨㄚˋ ㄆㄞˋ

(école de Paris)從第一次世界大戰前到第二次世界大戰之間，對活躍於‘巴黎’之外國畫家的總稱。他們之間雖沒有共同的思想和主張，然而繪畫具有共通的特色，均強調個性和離鄉背井所引起的哀愁和憂鬱感。代表畫家有‘莫迪里亞尼’(Modigliani)、‘巴斯珊’(Pascin)、‘史丁’(Soutine)和‘藤田嗣治’等。

4【巴比松畫派】 ㄅㄚ ㄅㄧˇ ㄙㄨㄥ ㄏㄨㄚˋ ㄆㄞˋ

(Barbizon school)十九世紀中期，‘巴黎’郊外‘楓丹白露森林’內之‘巴比松’小村莊的一群畫家，以寫實手法描繪出鄉村景色和農民的生活。這一群農村畫家在美術史上稱爲‘巴比松’畫派，又稱‘楓丹白露’畫派。代表畫家有‘米勒’和‘柯洛’(Corot)等。

【巴比倫帝國】 ㄅㄚ ㄅㄧˇ ㄌㄨㄣˊ ㄉㄧˋ ㄍㄨㄛˊ

(Babylonian Empire)上古建立於西‘亞’的帝國之一。約西元前1830年間，由‘阿摩利’(Amorites)人建立於‘兩河流域’(今‘伊拉克’)，以‘巴比倫’(今‘巴格達’市南方)爲中心。約西元前1750年‘漢摩拉比王’(Hammurapi)在位時，編纂世界最古的法典—“漢摩拉比法典”(*Code of Hammurapi*)，國勢亦達頂盛。約於西元前1531年，因外族入侵而滅亡。

9【巴洛克音樂】 ㄅㄚ ㄌㄨㄛˋ ㄎㄜˋ ㄧㄣ ㄩㄝˋ

(baroque music)文藝復興以後，西元1600～1750年間發展出來的一種音樂。音樂史上稱這時期爲巴洛克音樂時代。巴洛克音樂的特點是：結構上具備主要曲調與低音和絃兩部分，運用獨奏與齊奏交替出現的對比效果。重要作家有‘義大利’的‘蒙臺威爾第’(Monteverdi)、‘韋發第’；‘德國’的‘巴赫’和‘韓德爾’則爲巴洛克晚期集大成的代表人物。

【巴洛克藝術】 ㄅㄚ ㄌㄨㄛˋ ㄎㄜˋ ㄧˋ ㄕㄨˋ

(baroque art)繼文藝復興美術末期之後，於西元十六世紀後期產生於‘義大利’，而在十七世紀和十八世紀初間流行於整個‘歐洲’的一種美術風格。‘英’文的baroque，是源自於‘葡萄牙’文的barroco，其意爲扭曲不規則的眞珠。與文藝復興的均衡、端正而富有理想美的藝術較之，巴洛克藝術是講究激昂與動態的表現，故在建築上強調曲線裝飾，雕刻上重視扭曲的姿勢與動感，繪畫上注重明暗與斜線的構圖等，而於視覺上造出強烈的刺激與反應。

10【巴拿馬運河】 ㄅㄚ ㄋㄚˊ ㄇㄚˇ ㄩㄣˋ ㄏㄜˊ

(Panama Canal)貫穿‘巴拿馬’中部的運河。初爲‘法’人設計興建，西元1904年由‘美國’投資開鑿，而完成於1914年。係一閘門式運河，最窄處91公尺，最深處12公尺。船隻可由‘大西洋’的‘加勒比海’直通‘太平洋’的‘巴拿馬灣’。

12【巴斯卡定理】 ㄅㄚ ㄙ ㄎㄚˇ ㄉㄧㄥˋ ㄌㄧˇ

(Pascal's theorem)圓錐曲線的內接六邊形，其三雙對邊相交於三點，此三點爲共線點，稱做‘巴斯卡’定理。如圖*ABCDEF*爲圓錐曲線內接六邊形，其三雙對邊相交之三點爲P、Q、R，而PQR爲一直線，稱‘巴斯卡’線。

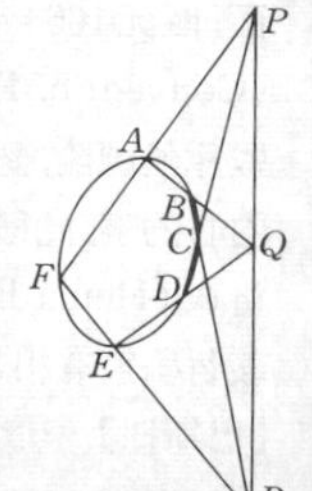

巴斯卡定理圖

【巴斯卡原理】 ㄅㄚ ㄙ ㄎㄚˇ ㄩㄢˊ ㄌㄧˇ

(Pascal's principle)密閉於容器內的液體，某一部分受到壓力時，此壓力會強度不變地傳至液體內各部分，這種現象稱爲‘巴斯卡’原理。液壓機、挖土機、汽車修理廠內所用之起重機等，都是利用此原理做成，能夠以很小的力量舉起很重的物體或產生很大力量。

14【巴爾福宣言】 ㄅㄚ ㄦˇ ㄈㄨˊ ㄒㄩㄢ ㄧㄢˊ

(*Balfour Declaration*)西元1917年11月‘英國’外相‘巴爾福’(Arthur James Balfour)發表宣言，贊同‘猶太’人在‘巴勒斯坦’建立民族之家，並將盡全力協助此一目的之達成。

【巴爾幹山脈】 ㄅㄚ ㄦˇ ㄍㄢˋ ㄕㄢ ㄇㄛˋ

(Balkan Mts.)‘外西凡阿爾卑斯山脈’(Transylvanian Alps)向

南伸展所形成的一支東西向山脈。橫亙於'保加利亞'中部。北爲'多瑙河'下游平原,和'羅馬尼亞'共有;南方爲'馬里乍河'(Maritsa R.)谷地,全在'保加利亞'境內。此山使'保國'的精華區分爲南北兩塊,南北間的交通亦受阻礙,頗爲不利。

【巴爾幹半島】ㄅㄚ ㄦˇ ㄍㄢˋ ㄅㄢˋ ㄉㄠˇ
(Balkan Pen.)南'歐'最大半島。因'保加利亞'和'南斯拉夫'境內的'巴爾幹山脈'而得名。形狀北寬南狹,爲'歐'、'亞'兩洲間的橋梁,扼'黑海'通'地中海'的咽喉。半島上民族複雜,政治紛歧,經濟落後。有'保加利亞'、'南斯拉夫'、'阿爾巴尼亞'、'希臘'四國和'土耳其'的'歐'土部分。

18【巴顏喀喇山】ㄅㄚ ㄧㄢˊ ㄎㄚˋ ㄌㄚˇ ㄕㄢ
橫亙於'青海省'南部。略呈西北—東南走向。一般高度在4,500～5,000公尺。是'長江'、'黃河'的源流地,黃土分布的南界,夏季季風的止境,'蒙'胞畜牧區的最南界。

11【巴勒斯坦問題】ㄅㄚ ㄌㄜˋ ㄙ ㄊㄢˇ ㄨㄣˋ ㄊㄧˊ
(Palestine Issue)'巴勒斯坦'爲中東濱'地中海'的一塊土地,原由'英國'管轄,居民爲'阿拉伯'人與'猶太'人。'以色列'於西元1948年建國後,'阿拉伯'人被迫遷居鄰近的'阿拉伯'國家成爲難民。其中有些矢志復國,採取恐怖主義爲手段,引起不少國際問題,即所謂'巴勒斯坦'問題。

5【巴布亞紐幾內亞】ㄅㄚ ㄅㄨˋ ㄧㄚˋ ㄋㄧㄡˇ ㄐㄧ ㄋㄟˋ ㄧㄚˋ
(Papua New Guinea) 位於'太平洋''新幾內亞島'(New Guinea Is.)東部的國家。西元1975年,由'澳'屬'巴布亞'及'新幾內亞'兩區獨立而組成。面積46.2萬方公里,人口550.0萬(2005年),首都'摩爾斯貝港'(Port Moresby)。

10【巴特威士濾波器】ㄅㄚ ㄊㄜˋ ㄨㄟ ㄕˋ ㄌㄩˋ ㄅㄛ ㄑㄧˋ
(Butterworth filter)通常一理想化低通濾波器可以用$\frac{Av(S)}{Av_0}=\frac{1}{P_n(S)}$的關係加以近似描述,其中$P_n(S)$代表由極點所組成的多項式,如此多項式具有'巴特威士'多項式的形式,則此濾波器稱爲'巴特威士'濾波器。

13【巴瑞托最適條件】ㄅㄚ ㄖㄨㄟˋ ㄊㄨㄛ ㄗㄨㄟˋ ㄕˋ ㄊㄧㄠˊ ㄐㄧㄢˋ
(Pareto optimum conditions)使社會福利水準達到最大的條件。當任何消費者對任何兩種產品消費的邊際替代率均相等,且等於此兩種產品生產的邊際轉換率;且任何生產者對任何兩種生產要素的邊際技術替代率均相等時,即實現了'巴瑞托'最適條件。

11【巴勒斯坦解放組織】ㄅㄚ ㄌㄜˋ ㄙ ㄊㄢˇ ㄐㄧㄝˇ ㄈㄤˋ ㄗㄨˇ ㄓ
(Palestine Liberation Organization; PLO)西元1964年在'阿拉伯'國家支持下,由'巴勒斯坦'反'以色列'游擊團體聯合組成。目的在爭取'巴勒斯坦'的解放,進而建立'巴勒斯坦國'。簡稱'巴解'。原基地在'約旦',後遷'黎巴嫩'。'巴解'若干成員主張恐怖主義。1974年,其領導人'阿拉法特'(Yasir Arafat)曾應邀出席'聯合國'辯論'巴勒斯坦'問題,取得國際的默認。

2

㠯 以的本字。

4

巵 卮的俗體。

6

巷 ㄒㄧㄤˋ *hsiang*4 音項
小街道。如:巷弄。

9【巷陌】ㄒㄧㄤˋ ㄇㄛˋ
泛指街巷。

16【巷戰】ㄒㄧㄤˋ ㄓㄢˋ
在都市或建築物集中處進行的作戰方式。通常爲短兵相接,需使用近戰武器,如刺刀、輕武器等。

20【巷議】ㄒㄧㄤˋ ㄧˋ
街巷中眾人的議論。引申指無依據的傳聞。

巹 ㄐㄧㄣˇ *chin*3 音錦
俗作丞、卺。1屈己從人。見"說文"。2古代婚禮所用的酒器。用一瓠剖爲二瓢而成。也用以指婚禮。如:合巹。

9

巽 ㄒㄩㄣˋ *hsün*4 音遜 又讀 ㄙㄨㄣˋ *sun*4
1"易"卦名。(1)八卦之一。(2)六十四卦之一。下巽上巽。2謙讓。通遜。如:謙巽。

巽卦圖(1) 巽卦圖(2)

17【巽懦】ㄒㄩㄣˋ ㄋㄨㄛˋ
恭順柔弱。

巾部

巾 ㄐㄧㄣ *chin*1 音斤
擦拭或包裹覆蓋用的布。如:浴巾。

7【巾車】ㄐㄧㄣ ㄔㄜ
有帷幔的車。

14【巾幗】ㄐㄧㄣ ㄍㄨㄛˊ
1婦女的頭巾與髮飾。2女子的代稱。

17【巾櫛】ㄐㄧㄣ ㄐㄧㄝˊ
手巾和髮梳。後也泛稱盥洗用具。

15【巾箱本】ㄐㄧㄣ ㄒㄧㄤ ㄅㄣˇ

板形極小，可以裝入小箱子的書籍。

14【巾幗丈夫】 ㄐㄧㄣ ㄍㄨㄛˊ ㄓㄤˋ ㄈㄨ

具有男子氣概的女子。

【巾幗英雄】 ㄐㄧㄣ ㄍㄨㄛˊ ㄧㄥ ㄒㄩㄥˊ

女英雄。

【巾幗鬚眉】 ㄐㄧㄣ ㄍㄨㄛˊ ㄒㄩ ㄇㄟˊ

具有男子氣概的女子。

1

币 匝的或體。

市 ㄈㄨˊ *fu*² 音拂

古代官服上的革製蔽膝。即韍。也作紱、紼。見"說文"。

2

市 ㄕˋ *shih*⁴ 音恃

1聚集貨物，做買賣的場所。如：花市。2做買賣。如：日中爲市。3購買。如：沽酒市脯。4招來；招惹。如：市怨。5城鎮。6指凡人口密集，在政治、經濟、文化等各方面都有特殊需要，非普通行政區域所能適應，且公共設施完備，具備都市建設的型態者，乃使之脫離普通行政區域，另成單獨之行政或自治區域者。有直轄市、省轄市、縣轄市之別。7姓。'漢'有'市佩'。見"萬姓統譜·七四"。

4【市井】 ㄕˋ ㄐㄧㄥˇ

1民間買賣的地方。古代沒有正式的市場，人們早晨汲水，順便將貨物拿到井邊交易。2商人的代稱。

【市尺】 ㄕˋ ㄔˇ

市用制長度單位。1市尺等於0.3公尺。

【市升】 ㄕˋ ㄕㄥ

市用制容量單位。即公升。

【市斤】 ㄕˋ ㄐㄧㄣ

市用制重量單位。一公斤的二分之一。

8【市虎】 ㄕˋ ㄏㄨˇ

指疾駛於街道上的汽、機車。

9【市面】 ㄕˋ ㄇㄧㄢˋ

指商業交易的情況。

10【市恩】 ㄕˋ ㄣ

施惠於人以博取好感。

12【市場】 ㄕˋ ㄔㄤˇ

(market)集合供需雙方，以決定財貨價格與交易量的場所。市場規模有大有小，小者如地區性的菜市場，大者如全國性的農產品市場或世界性的石油市場。

【市集】 ㄕˋ ㄐㄧˊ

定期聚集的臨時交易場所。

13【市義】 ㄕˋ ㄧˋ

博取義名，收買民心。

【市肆】 ㄕˋ ㄙˋ

市中的商店。

15【市儈】 ㄕˋ ㄎㄨㄞˋ

1介紹雙方買賣而從中獲取利潤的人。又稱牙儈。2巧詐多端、唯利是圖的商人。

17【市聲】 ㄕˋ ㄕㄥ

街市中的喧鬧聲。

5【市用制】 ㄕˋ ㄩㄥˋ ㄓˋ

'民國'十八年頒布度量衡法，對於民間原用的度量衡，暫設爲輔制，稱市用制。長度以公尺的1/3爲市尺，簡稱尺；重量以公斤的1/2爲市斤，簡稱斤；容量以公升爲市升，簡稱升。

8【市易法】 ㄕˋ ㄧˋ ㄈㄚˇ

'宋神宗'時'王安石'所創理財新法。'熙寧'五年(1072)，於京師置'市易務'，凡運至京師因價賤不售之貨物，可由'市易務'稍增其價收購，俟物稀價昂則稍抑其價出售。目的在抑制豪商巨賈牟利，使四方貨運暢通於京師，民生富而國用足。並許不欲售貨之商旅，得估其貨價作抵，向'市易務'賒貸財貨，以平抑物價。

4【市井小民】 ㄕˋ ㄐㄧㄥˇ ㄒㄧㄠˇ ㄇㄧㄣˊ

指一般老百姓。

6【市地重劃】 ㄕˋ ㄉㄧˋ ㄔㄨㄥˊ ㄏㄨㄚˋ

(urban land replotting)有系統地開發市街和公共設施，以謀求都市之健全發展及造福住民的一種土地重劃措施。通常係依據"都市計畫法"和"實施都市平均地權條例"二種法律執行。

12【市場失衡】 ㄕˋ ㄔㄤˇ ㄕ ㄏㄥˊ

(market disequilibrium)市場的需求不等於供給的情況。即需求價格不等於供給價格，需求量不等於供給量。

【市場失靈】 ㄕˋ ㄔㄤˇ ㄕ ㄌㄧㄥˊ

(market failure)自由市場經濟的價格機能，無法反應生產與消費活動所產生的外部經濟與外部不經濟，也無法有效反應公共財貨的供需，致使資源在私人財貨與公共財貨之間的分派失當，導致過於重視私人財貨而忽視公共財貨的情況。

【市場均衡】 ㄕˋ ㄔㄤˇ ㄐㄩㄣ ㄏㄥˊ

(market equilibrium)市場上任何一種財貨或勞務的需求與供給達到平衡(相等)的狀態。亦即任何一種財貨或勞務的市場，需求曲線與供給曲線兩者相交之處的情況，此時需求價格等於供給價格，需求量等於供給量。

【市場利率】 ㄕˋ ㄔㄤˇ ㄌㄧˋ ㄌㄩˋ

(market rate of interest)又稱貨幣利率或名目利率。以貨幣而非財貨、勞務爲測度的單位。即不考慮本利購買力的高低，是一般人心目中存在的利率觀念。

【市場定位】 ㄕˋ ㄔㄤˇ ㄉㄧㄥˋ ㄨㄟˋ

(market positioning)指以不同角度或特定層面(如購買人的所得、教育程度、信仰等，以及產品的特性)來選擇某一目標市場，發展此一市場的潛力，使銷售增加，以達成同業中領導的地位。

【市場法則】ㄕˋ ㄔㄤˇ ㄈㄚˇ ㄗㄜˊ
(law of market)即'賽依'法則。參賽依法則。

【市場供給】ㄕˋ ㄔㄤˇ ㄍㄨㄥ ㄐㄧˇ
(market supply)將一種財貨或勞務的所有個別供給者,在該財貨或勞務的各個不同價格下供給的數量加總,可得到該財貨或勞務的市場供給。

【市場研究】ㄕˋ ㄔㄤˇ ㄧㄢˊ ㄐㄧㄡˋ
(market research)指企業對於所銷售的商品或所提供的勞務與銷售有關問題的一切資料,作有系統的蒐集、記錄、研究與分析。目的在針對市場情況與產品性質選擇或設計最有利的銷售途徑,以滿足顧客需要,並降低推銷成本。市場研究的內容包括市場調查、市場分析、銷售預測等項業務。

【市場時間】ㄕˋ ㄔㄤˇ ㄕˊ ㄐㄧㄢ
(market time)指在一段非常短的時間內,供給完全固定,價格只受需求的影響。如早晨的果菜市場、正在拍賣的商品交易。

【市場區隔】ㄕˋ ㄔㄤˇ ㄑㄩ ㄍㄜˊ
(market segmentation) 也稱市場分化(market differentiation)。西元1956年由'史密斯'(W. R. Smith)首先提出。承認市場具有異質性(heterogeneity),可從中發掘其差異及相關因素,藉以將一個廣泛而錯綜複雜的市場,區隔出若干個較屬同質性的小市場,再從這些小區隔中選擇出目標市場,針對不同的市場需要,提供不同的產品與服務,運用最低的營銷費用達到最大的行銷效能。市場區隔的主要依據有人文因素、社會經濟因素及心理因素。

【市場測定】ㄕˋ ㄔㄤˇ ㄘㄜˋ ㄉㄧㄥˋ
(market testing) 又稱市場試銷。在產品正式大量上市之前,先作小量的試驗,以便瞭解市場的大小、消費者及經銷商對於處理、使用或再購的各種情形。

【市場結構】ㄕˋ ㄔㄤˇ ㄐㄧㄝˊ ㄍㄡˋ
(market structure)買賣雙方組成的市場形態。其異同是視買賣雙方競爭程度的大小而定。就賣方而言,市場結構可區分爲完全競爭市場、純獨占市場、壟斷性競爭市場及寡占市場等形態。

【市場經濟】ㄕˋ ㄔㄤˇ ㄐㄧㄥ ㄐㄧˋ
(market economy)一切的經濟活動均由市場價格機能的反應來決定。即由市場價格來引導一切的經濟活動,基本形態如資本主義經濟制度。其特點爲:財產與生產工具私有、個人以自利爲動機及自由競爭。

【市場需求】ㄕˋ ㄔㄤˇ ㄒㄩ ㄑㄧㄡˊ
(market demand)將所有個別需求者對某一種財貨或勞務,在其各個價格下的需求量加總,即得到該財貨或勞務的市場需求。

【市場潛力】ㄕˋ ㄔㄤˇ ㄑㄧㄢˊ ㄌㄧˋ
(market potential)市場研究項目之一。求出商品在一定期間內,在市場上尚能開發的最大可能銷售量。

【市場占有率】ㄕˋ ㄔㄤˇ ㄓㄢˋ ㄧㄡˇ ㄌㄩˋ
(market share)某一企業的商品銷售量,在其所屬行業的整體總銷售量中所占的比例。影響市場占有率,有內在可控制的因素,如商品的品質、銷售方法、價格、廣告活動等;有外在不可控制的因素,如競爭對象企業的活動等。

【市場區隔策略】ㄕˋ ㄔㄤˇ ㄑㄩ ㄍㄜˊ ㄘㄜˋ ㄌㄩㄝˋ
(market segmentation strategy) 也稱市場分化策略。指針對每一個分化市場的特定需要,而擬定不同的行銷策略,並提供其所需產品,利用產品與價格的差異,使每個市場能夠獲得較優勢的地位與較大的行銷利益。

【市場集中策略】ㄕˋ ㄔㄤˇ ㄐㄧˊ ㄓㄨㄥ ㄘㄜˋ ㄌㄩㄝˋ
(market concentration strategy) 與市場分化策略相反。集中力量於一個特殊的市場。專門爭取整個市場中某一類或某幾類顧客或某一地區全部顧客,以集中力量經營該特定市場。

【市場分化人文因素】ㄕˋ ㄔㄤˇ ㄈㄣ ㄏㄨㄚˋ ㄖㄣˊ ㄨㄣˊ ㄧㄣ ㄙㄨˋ
(market differentiation demographic variables) 又稱社會經濟因素。係市場分化的主要依據。主要包括年齡、性別、教育、職業、家庭、人口等因素。

【市場分化心理因素】ㄕˋ ㄔㄤˇ ㄈㄣ ㄏㄨㄚˋ ㄒㄧㄣ ㄌㄧˇ ㄧㄣ ㄙㄨˋ
(market differentiation psychological variables) 係就個別購買者行爲爲分化市場的參考因素。主要包括購買者性格(例如保守或進取)及購買者行爲(例如使用程度、使用目的等)。

布 ㄅㄨˋ pu^4 音部
①麻、苧、葛、棉、毛等織物的總名。如:布匹。②陳列;安置。如:布置。③宣告。如:公布。④施予。如:布施。⑤流傳;散播。如:名聲遠布。⑥推行。如:布政。⑦古代錢幣的一種(見圖)。如:泉布。⑧姓。'明'有'布自雲'。見"萬姓統譜·九五"。

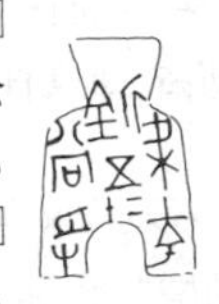

布圖

2【布丁】ㄅㄨˋ ㄉㄧㄥ
(pudding)一種'英國'式食物。以麵粉加上牛奶和百果、雞蛋、油、糖等原料烘烤而成。

6【布衣】ㄅㄨˋ ㄧ
指平民、普通百姓。古代平民百姓,除年老時可以穿絲製衣服外,大都穿麻製的衣服,故稱。

7【布局】ㄅㄨˋ ㄐㄩˊ

①安排。多指詩文的結構次序。②下棋落子。

【布告】　ㄅㄨˋ　ㄍㄠˋ

①公告；對大眾宣告。②張貼於公開場所宣告大眾的文書。

9【布施】　ㄅㄨˋ　ㄕ

①施捨財物。②梵語檀那，爲六波羅蜜之一。分三種：一爲財施，就是施捨財物救濟窮人；二爲法施，就是說法以度人；三爲無畏施，就是以無畏施於人，救人災難。

10【布朗】　ㄅㄨˋ　ㄌㄤˇ

①(Karl Ferdinand Braun, 1850～1918)'德國'物理學家。於西元1897年發明示波器(oscilloscope)，爲電視管及雷達指示器的先驅。此外還發明晶體整流器。尤以陰極線管及波輪導的研究最爲著名。1909年獲'諾貝爾'物理學獎。②(Wernher von Braun, 1912～1977)'德國'火箭工程師。在火箭工程、太空探測方面有傑出表現。二次大戰後，投誠'美國'，是'美國'陸軍彈道武器計畫負責人，1958年發射'美國'第一枚人造衛星「探險家一號」(Explorer I)。

【布氣】　ㄅㄨˋ　ㄑㄧˋ

道教氣功術。即以自己的氣吐布於他人。

11【布婚】　ㄅㄨˋ　ㄏㄨㄣ

西俗稱結婚二週年。

12【布景】　ㄅㄨˋ　ㄐㄧㄥˇ

①舞臺美術組成部分之一。配合劇情以景片、布幕、平臺等，運用平面繪畫、立體造形、光影技巧等藝術處理所呈現的特定環境。②畫家按篇幅廣狹以配置風景。

【布菜】　ㄅㄨˋ　ㄘㄞˋ

在筵席上分菜敬客。

13【布道】　ㄅㄨˋ　ㄉㄠˋ

傳教。

【布雷】　ㄅㄨˋ　ㄌㄟˊ

布置地雷、水雷。

【布達】　ㄅㄨˋ　ㄉㄚˊ

下達人事命令。

【布農】　ㄅㄨˋ　ㄋㄨㄥˊ

'臺灣'原住民的一族。又稱'武崙'、'蒲嫩'(Bunun)、'高山番'。分布在'南投縣''仁愛'、'信義'，'高雄縣''三民'、'桃源'，'臺東縣''海端'、'延平'，'花蓮縣''萬榮'、'卓溪'等地。人口約3.2萬。營農耕生活，兼事漁獵。信仰泛靈。

【布署】　ㄅㄨˋ　ㄕㄨˇ

布置安排。

【布置】　ㄅㄨˋ　ㄓˋ

陳列安排。

15【布穀】　ㄅㄨˋ　ㄍㄨˇ

即杜鵑。參杜鵑。

【布線】　ㄅㄨˋ　ㄒㄧㄢˋ

在各地布置工作人員，以蒐集情報。

7【布克曼】　ㄅㄨˋ　ㄎㄜˋ　ㄇㄢˋ

(Frank N. D. Buchman, 1878～1961)'美國'宗教領袖、世界道德重整運動(Buchmanism)的倡導人。西元1938年在'華盛頓特區'的'憲法廳'，發起世界性的道德重整運動(Moral Re-Armament; MRA)，訓練了許多領導人才，採取戲劇演出、開音樂會和播放電影等方式，四處鼓吹；且認爲現代人有必要在品德和目標上加以提昇，熱愛家庭、家鄉和人類。曾榮獲'希臘'、'法國'、'西德'和我國等八個國家的贈勳。

【布克諾】　ㄅㄨˋ　ㄎㄜˋ　ㄋㄨㄛˋ

(Eduard Buchner, 1860～1917)'德國'生化學家。發現糖的發酵並非由於酵菌的關係，而是由於酵母中不同酵素的接觸所引起。西元1907年獲'諾貝爾'化學獎。

8【布拉格】　ㄅㄨˋ　ㄌㄚ　ㄍㄜˊ

(Sir William Henry Bragg, 1862～1942)'英國'物理學家。爲固體物理學的先驅。與其子'威廉·勞倫斯·布拉格'(William Lawrence Bragg)研究X射線譜，提出晶體衍射理論，建立了'布拉格'公式，並改進X射線分光計。父子因於西元1915年獲得'諾貝爾'物理學獎。

9【布政使】　ㄅㄨˋ　ㄓㄥˋ　ㄕˇ

官名。'明'置，爲一省的最高行政長官。中期以後，總督巡撫權位高於布政使。'清'沿置，爲總督巡撫的屬官，掌管一省的民政。俗稱藩臺、藩司。

11【布袋戲】　ㄅㄨˋ　ㄉㄞˋ　ㄒㄧˋ

一種用硬頭布身偶套在指掌上演出的木偶戲。即掌中戲。

13【布雷東】　ㄅㄨˋ　ㄌㄟˊ　ㄉㄨㄥ

(André Breton, 1896～1966)'法國'詩人、小說家和批評家。達達主義運動創始人之一，又創立超現實主義。西元1924年發表"超現實主義第一次宣言"(*Manifeste du surréalisme*)，1930年發表"超現實主義第二次宣言"(*Second Manifeste du surréalisme*)，是超現實主義美學的發言人。

【布瑞頓】　ㄅㄨˋ　ㄖㄨㄟˋ　ㄉㄨㄣˋ

(Benjamin Britten, 1913～1976)'英國'鋼琴家、作曲家。代表作品有歌劇"彼德歌林"(*Peter Grimes*)、"畢里布德"(*Billy Budd*)、交響曲"春"(*Spring*)、"戰爭安魂曲"(*War Requiem*)、鋼琴協奏曲、小提琴協奏曲、人聲與管絃樂"我們的狩獵祖先們"(*Our Hunting Fathers*)等。

布瑞頓像

15【布魯斯】　ㄅㄨˋ　ㄌㄨˇ　ㄙ

(blues)第一次世界大戰以前，'英國'的宮廷舞蹈之一。是一種節奏非常緩慢的舞蹈。夜總會、舞廳、家庭舞會非常流行。動作自由，按照四分之四節拍移動腳步即可，俗稱慢四步。

21【布蘭廷】　ㄅㄨˋ　ㄌㄢˊ　ㄊㄧㄥˊ

(Karl Hjalmar Branting, 1860～1925)'瑞典'政治家。早年在

‘斯德哥爾摩’及‘烏普沙拉大學’(Uppsala University)攻讀科學。西元1889年‘社會民主黨’成立,他爲黨的指導者。1896年選入國會,1907年爲該黨黨魁。1920年‘社會民主黨’首次組閣,於1921～1923年、1924～1925年兩度出任總理。由於以和平方式調停解決與‘芬蘭’在‘愛蘭島’(Aland Islands)的主權紛爭,1921年獲‘諾貝爾’和平獎。

5【布立基曼】ㄅㄨˋ ㄌㄧˋ ㄐㄧ ㄇㄢˋ (Percy Williams Bridgman, 1882～1961)‘美國’實驗物理學家。西元1908年獲‘哈佛學院’博士學位。以研究物質在高溫高壓下的狀態而榮獲1946年‘諾貝爾’物理學獎。著有“高壓力物理”(*The Physics of High Pressure*)、“現代物理的邏輯”(*The Logic of Modern Physics*)、“物質理論的本質”(*The Nature of Physical Theory*)等權威論文。

6【布衣之交】ㄅㄨˋ ㄧ ㄓ ㄐㄧㄠ 指貧賤時所結交的朋友。

【布衣卿相】ㄅㄨˋ ㄧ ㄑㄧㄥ ㄒㄧㄤˋ 從平民而任官至卿相。

8【布拉姆斯】ㄅㄨˋ ㄌㄚ ㄇㄨˇ ㄙ (Johannes Brahms, 1833～1897)‘德國’作曲家。西元1850年代以創作鋼琴曲爲主,1860年代轉向管絃樂創作。主要作品有鋼琴曲“韓德爾主題變奏曲”(*Variations on a Theme by Haydn*)、小提琴協奏曲一首、鋼琴協奏曲二首,以及“德國安魂曲”(*Ein Deutsches Requiem*)等。1870年代以後從事大型管絃樂曲寫作,有交響曲四首。1887年以後全力創作室內樂及歌曲。

布拉姆斯像

【布林代數】ㄅㄨˋ ㄌㄧㄣˊ ㄉㄞˋ ㄕㄨˋ (Boolean algebra)由‘英國’數學家‘布爾’(Boole George)所提出,對雙值變量(即眞與假)進行邏輯運算的代數。其基本運算包括:或、及、反。

【布林常數】ㄅㄨˋ ㄌㄧㄣˊ ㄔㄤˊ ㄕㄨˋ (Boolean constant)‘布林’代數中所使用的常數。即邏輯常數。僅有眞與假二值。

【布林運算】ㄅㄨˋ ㄌㄧㄣˊ ㄩㄣˋ ㄙㄨㄢˋ (Boolean operation)又稱邏輯運算。依照‘布林’代數之規則所進行之運算。其基本運算包括:或、及、反。

【布林變數】ㄅㄨˋ ㄌㄧㄣˊ ㄅㄧㄢˋ ㄕㄨˋ (Boolean variable)又稱邏輯變數。電腦程式中,‘布林’代數或‘布林’運算中所使用的變數。‘布林’變數所能代表之值爲邏輯値眞或假。

【布帛菽粟】ㄅㄨˋ ㄅㄛˊ ㄕㄨˊ ㄙㄨˋ 指日常生活所不可缺少的物品。

10【布朗運動】ㄅㄨˋ ㄌㄤˇ ㄩㄣˋ ㄉㄨㄥˋ (Brownian motion)懸浮於流體中的微小懸浮粒,如膠液中的小膠粒、空氣中的小煙粒等,若用顯微鏡觀察,均可見這些懸浮粒持續不斷地作長短不等的折線隨機運動,這種運動首由‘英國’人‘布朗’(Robert Brown)於西元1827年發現,故稱‘布朗’運動。‘布朗’運動的現象是物質由原子或分子組成的一項證據。流體中的組成分子不斷的在作熱運動,眾多分子同時作用於懸浮粒所產生的平均效果,使得懸浮粒作不規則的隨機運動現象。因此‘布朗’運動亦可視爲懸浮粒子的熱運動。

11【布袋和尚】ㄅㄨˋ ㄉㄞˋ ㄏㄜˊ ㄕㄤˋ (?～916)五代‘梁’時‘明州’‘奉化縣’禪宗的遊方和尙。身世不詳,因常以杖荷布袋,四處化緣,時號‘長汀子布袋師’,又稱‘布袋和尙’。‘貞明’二年(916),圓寂於‘岳林寺’。死時有偈云:「‘彌勒’眞‘彌勒’,分身千百億,時時示時人,時人不自識。」後世遂以他爲‘彌勒菩薩’的化身。

12【布裙荊釵】ㄅㄨˋ ㄑㄩㄣˊ ㄐㄧㄥ ㄔㄞ 用麤布做裙子,用荊枝做頭釵。形容貧家女子樸實的裝扮。

【布萊德雷】ㄅㄨˋ ㄌㄞˊ ㄉㄜˊ ㄌㄟˊ [1](Francis Herbert Bradley, 1846～1924)‘英國’的哲學家。畢業於‘牛津大學’,受到‘康德’和‘黑格爾’的影響,採取客觀、批評的觀念論,與‘波桑開’(Neo-Hegelian Bernard Bosanquet)同爲唯心論的代表人物。著有“論理學原理”(*In the Principles of Logic*)、“現象與實存”(*Appearance and Reality: A Metaphysical Essay*)、“眞理與實存論”(*Essays on Truth and Reality*)等書。[2](Omar Nelson Bradley, 1893～1981)‘美國’陸軍五星上將。第二次世界大戰時,在‘歐洲’統帥‘美國’最大的陸軍130萬人。西元1948～1949年爲陸軍參謀長,1948～1953年任參謀首長聯席會議主席。

13【布達拉宮】ㄅㄨˋ ㄉㄚˊ ㄌㄚ ㄍㄨㄥ ‘西藏’佛教中心的建築群。原建於西元七世紀,後焚燬於兵亂,現存的建築則是1645～1693年陸續完成的。共十三層,高110公尺,聳立在‘拉薩河’中游‘紅山’上,依山勢蜿蜒到山頂。兩側刷白土的叫白宮,五世‘達賴’(1617～1682)時所建;中間是刷紅土的紅宮,五世‘達賴’死後才修建的;當中五世‘達賴’的靈塔殿,高14.85公尺,三層塔身用119,082兩黃金打造而成。‘布達拉宮’以大幅壁畫聞名,主要由鳥瞰全局的大場面方式來表現佛教和歷史故事，色彩絢爛，生動活潑。爲歷代'達賴'駐錫所，藏有許多經典、文物及藝術品，可算是'西藏'的綜合博物館。

14【布爾喬亞】 ㄅㄨˋ ㄦˇ ㄑㄧㄠˊ ㄧㄚˋ
(bourgeois)源自'法'文。指介乎上等和工人階級的階層。包括商人、售貨員及事業人士。即今所謂中產階級。

15【布魯特斯】 ㄅㄨˋ ㄌㄨˇ ㄊㄜˋ ㄙ
(Marcus Junius Brutus, 前85～前42)'羅馬'政客及學者。西元前49年曾參與'龐貝'的元老院軍隊對抗'凱撒'，翌年'龐貝'死後獲赦。前46年受委爲'高盧'行政長官。前44年爲'羅馬'執政官，因反對'凱撒'的獨裁，而參與暗殺'凱撒'的行動。'莎士比亞'把此事跡具體而生動地寫成"凱撒大帝"(*Julius Caesar*)一劇。

【布魯塞爾】 ㄅㄨˋ ㄌㄨˇ ㄙㄜˋ ㄦˇ
(Brussels)'比利時'首都及經濟、文化、交通中心，也是國際航空樞紐。位居全國中央，有運河通'須耳德河'(Schelde R.)。市街華美整潔，有「小巴黎」之稱。審判廳規模世界第一。機械、紡織、化學工業盛。位於其南方8公里處的'滑鐵盧'為著名古戰場。人口99.2萬(2003年)。

6【布吉那法索】 ㄅㄨˋ ㄐㄧˊ ㄋㄚˋ ㄈㄚˇ ㄙㄨㄛˇ
(Burkina Faso) 西'非'內陸國。舊稱'上伏塔'(Upper Volta)，西元1984年改今名。面積27.4萬方公里，人口1,392萬(2005年)，首都'瓦加杜古'(Ouagadougou)。全境為高原，氣候乾燥，僅夏季有雨。主產玉米、稻米、花生和家畜。

14【布爾什維克】 ㄅㄨˋ ㄦˇ ㄕˊ ㄨㄟˊ ㄎㄜˋ
(Bolshevik)'俄'語音譯，意爲多數派。西元1903年由'俄國''社會民主黨'中的火花派分裂而出，與少數派的'孟什維克'對稱，'列寧'爲其首領。於1917年十月革命中取得政權，翌年改名爲'蘇俄共產黨'。

15【布魯氏桿菌病】 ㄅㄨˋ ㄌㄨˇ ㄕˋ ㄍㄢˇ ㄐㄩㄣˋ ㄅㄧㄥˋ
(brucellosis)受布魯氏球桿菌感染而引起的疾病。此菌存於家畜間，人類多因直接接觸而感染，如飲用汙染的牛奶。感染後會在各處形成粟粒肉芽腫，頗似肉樣瘤及結核病。其發熱情形，多爲間歇性，稱爲波狀熱。死亡率約2.5%。

8【布宜諾斯艾利斯】 ㄅㄨˋ ㄧˊ ㄋㄨㄛˋ ㄙ ㄞˋ ㄌㄧˋ ㄙ
(Buenos Aires)'阿根廷'首都、最大城、主要商港、工業中心及南半球第一大城。位於'拉布拉他河'(La Plata R.)口。肉類加工業鼎盛。人口277.6萬(2001年)。

矴 ㄉㄧㄥ *ting*[1] 音丁
參補矴。

3

帆 ㊀ ㄈㄢˊ *fan*[2] 音凡
1掛在船桅上，藉風力使船前進的篷。多用布製成，也有用竹篾編成的。如：揚帆而去。2指帆船。如：歸帆。
㊁ ㄈㄢ *fan*[1] 音番
參帆布。

5【帆布】 ㄈㄢ ㄅㄨˋ
用麻、棉等織成的粗布。質地堅厚、牢固耐用，可製船篷、帳棚等。

师 師的俗體。

4

帇 ㄅㄧˋ *pi*[4] 音敝
1破衣。今通作敝。見"說文"。2敗壞。見"爾雅·釋詁"。

帊 ㄆㄚˋ *p'a*[4] 音怕
也作帕。1用帛兩幅或三幅所拼成的大巾。也泛指大巾。2頭巾。

帉 ㄈㄣ *fên*[1] 音芬
大巾。用以包頭或拭物。也作帉。見"說文"。

希 ㄒㄧ *hsi*[1] 音稀
1少。通稀。如：希奇。2稀疏。如：鼓聲希歇。3迎合。如：希世。4向慕；盼望。如：希冀。5姓。'宋'有'希昔'。見"萬姓統譜·六"。

5【希世】 ㄒㄧ ㄕˋ
1迎合世俗；阿附世俗。2世上所少有。

6【希旨】 ㄒㄧ ㄓˇ
迎合在上者的意旨。

8【希拉】 ㄒㄧ ㄌㄚ
(Hera)'希臘'神話中人名。'羅馬'神話中作'朱諾'(Juno)。'宙斯'的妻子，'克魯諾斯'(Cronus)和'李爾'(Rhea)的女兒。爲婦女和生產的守護神。在古典神話中，她被描述成一個善妒的女人，常監視'宙斯'的戀愛事跡，迫害他的情婦，並對他其他的兒女採取報復的手段，尤其是'赫拉克勒斯'(Heracles)、'佘爾莉'(Semele)和'李杜'(Leto)。西方古典文學中有關她的敘述非常多。

16【希冀】 ㄒㄧ ㄐㄧˋ
希求；期望。

19【希臘】 ㄒㄧ ㄌㄚˋ
(Greece)位於'巴爾幹半島'南端的古國。由破碎的半島和無數小島組成。面積13.2萬方公里，人口1,067.0萬(2005年)，首都'雅典'。'班都斯山'(Pindus Mts.)縱貫島中央，支脈沒入東南海中形成無數小島。海岸曲折多灣澳，航運發達。西側沿海有狹小平原，東側多盆地，北部平原爲主要農業區，糧食不足。山區多牧羊。夏乾熱，多溫潤。河流短小，富水力。近年在'沙索斯島'(Thasos Is.)外發現石油。爲西洋文明發源地，名勝古蹟甚多，觀光業盛。

7【希伯來】 ㄒㄧ ㄅㄛˊ ㄌㄞˊ
(Hebrews)古代'閃族'的一支。

最早活動於‘阿拉伯’沙漠一帶，後移入‘肥沃月灣’。根據“聖經”的記載，其中一族由‘亞伯拉罕’率領進入‘迦邪’(今‘巴勒斯坦’)；其後人又進入‘埃及’，因不堪‘埃及’人苛虐，由‘摩西’帶引回到‘迦邪’建國。西元70年‘耶路撒冷’城毀圮後，‘猶太’人取代‘希伯來’人、‘以色列’人二詞，成爲通用的稱呼。參猶太[1]。

9【希威鳥】 ㄒㄧ ㄨㄟ ㄋㄧㄠˇ
(kiwi)產於‘紐西蘭’。屬無翼鳥目(order Apterygiformes)。共有三種。翅退化，僅留痕跡，故不會飛翔。大小約如雞，灰棕色；羽毛無副羽(aftershaft)，頗柔軟。眼小，白晝不能視物；居森林中，日間於穴中睡眠，夜間活動，覓食昆蟲及其幼蟲。喙長而可曲，鼻孔位於喙的頂端。卵白色、大型，重450公分，產於穴中，由雄者孵卵，約80天孵出。

希威鳥圖

【希律王】 ㄒㄧ ㄌㄩˋ ㄨㄤˊ
(Hero I the Great, 前73～前4)‘羅馬’人轄下的‘猶太’之王。因“新約聖經”把他刻劃成一暴君而著名。出身富裕家庭，西元前47年受‘羅馬’人委任爲‘加利利’地區的總督。西元前37年受封爲‘猶太’之王，轄區由於‘奧古斯都大帝’的贊助而大大擴展；任內除大興土木外，並極力保護‘巴勒斯坦’地區以外的‘猶太’人。晚年神志不清，並以殘虐聞名，逝世前曾下令殺害‘伯利恆’地區所有的嬰兒。

10【希特勒】 ㄒㄧ ㄊㄜˋ ㄌㄜˋ
(Adolf Hitler, 1889～1945)‘德國’‘納粹黨’魁。他利用世界經濟恐慌，爭取中下階層及農民的支持，於西元1933年出任總理，以獨裁手段進行恐怖統治，製造‘日耳曼’人的優越心理，迫害‘猶太’人，致力於經濟與軍事的建設，合併‘奧地利’，入侵‘捷克’、‘波蘭’，終於挑起二次世界大戰。於侵‘俄’戰爭失敗投降前自殺。

希特勒像

5【希世之珍】 ㄒㄧ ㄕˋ ㄓ ㄓㄣ
世上少有的珍寶。

6【希旨承歡】 ㄒㄧ ㄓˇ ㄔㄥˊ ㄏㄨㄢ
順從父母，使其喜歡。

9【希柏克效應】 ㄒㄧ ㄅㄛˊ ㄎㄜˋ ㄒㄧㄠˋ ㄧㄥˋ
(Seebeck effect)不同成分之電導體接面中，若兩者之溫度不同，即會因溫度差而產生熱電動勢或電流之效應。

19【希臘化美術】 ㄒㄧ ㄌㄚˋ ㄏㄨㄚˋ ㄇㄟˇ ㄕㄨˋ
(Hellenistic art)指‘亞歷山大大帝’逝世，直到‘奧古斯都大帝’的約三百年間(前336～後30)，‘希臘’文化傳播到的‘地中海’地域之美術。此期的美術特色是，‘希臘’古典期所見之優雅、高尚、理想美的寫實風格消失，代之而起的是激昂感情之描寫，誇張的肌肉表現；在題材方面也擴大到生死、悲哀、異民族等，令人產生悲劇之美感。代表作有“勝利女神像”(*Nike*)與“瀕死的高盧人”(*Dying Gaul*)等。

【希臘化時代】 ㄒㄧ ㄌㄚˋ ㄏㄨㄚˋ ㄕˊ ㄉㄞˋ
(Hellenistic Age,前323～前30)指‘馬其頓’國王‘亞歷山大’(Alexander)去世後至‘羅馬’征服東‘地中海’之間的三百年。在此期間，帝國在政治上雖處分裂，但在中、西‘亞’或‘埃及’，‘希臘’語文都可暢行無阻，‘希臘’文學、神學與哲學亦受崇拜，即西‘亞’、‘波斯’、‘埃及’等文化已與‘希臘’文化融和，故稱‘希臘’化時代。

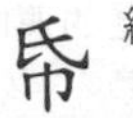
帋 紙的或體。

帍 ㄏㄨˋ *hu*^{4} 音戶
參帍裱。

13【帍裱】 ㄏㄨˋ ㄅㄧㄠˇ
古代婦女圍頸的領巾。

5

帘 ㄌㄧㄢˊ *lien*^{2} 音廉
[1]酒家、茶館用來招攬客人的旗幟。如：酒帘。[2]遮擋門窗的布幔。如：窗帘。

帚 ㄓㄡˇ *chou*^{3} 音肘
掃除塵埃或穢物的用具。也作箒。如：掃帚。

帓 ㄇㄛˋ *mo*^{4} 音末
[1]巾帕。見“玉篇”。[2]用巾帕纏束。

帗 ㄈㄨˊ *fu*^{2} 音弗
[1]用五彩繒帛所製成的舞具。在祭祀社稷時，舞者持以跳舞。見“正字通”。[2]古代祭服上的蔽膝。通韍。

帖 [一] ㄊㄧㄝˋ *t'ieh*^{4} 音餮
[1]寫在布帛上的詩文信札。[2]摹刻在石上或木上的前人墨蹟。[3]名冊；名簿。如：軍帖。[4]門聯；對聯。如：楹帖。[5]藥劑的單位名。如：一帖藥。[6]姓。‘明’有‘帖晏’。見“萬姓統譜·一二四”。
[二] ㄊㄧㄝˇ *t'ieh*^{3} 音鐵
[1]簡短的書柬。如：請帖。[2]憑證。如：券帖。
[三] ㄊㄧㄝ *t'ieh*^{1} 音貼
[1]順服。如：帖伏。[2]安穩；適切。如：妥帖。[3]垂下。如：俯首帖耳。[4]典押。如：帖田賣舍。[5]同[一][5]。

帙 ㄓˋ *chih*^{4} 音秩
[1]書套；書函。見“說文”。[2]卷冊；書卷的編次。如：篇帙。[3]書籍。[4]量詞。書一函爲一帙。

帔 ㄆㄟˋ *p'ei*^{4} 音佩
[1]裙子。見“說文”。[2]披肩。見“釋名·釋衣服”。

帕 ㄆㄚˋ *p'a*^{4} 音怕

1舊時用來束髮的頭巾。如：首帕。2小巾；佩巾。

12【帕斯卡】 ㄆㄚˋ ㄙ ㄎㄚˇ

(pascal) 代號爲 Pa。度量衡導出單位中之壓力單位。一帕斯卡爲每平方公尺的面積，均勻承受一牛頓垂直力時的壓力或應力。應力同此單位。

6【帕米爾高原】 ㄆㄚˋ ㄇㄧˇ ㄦˇ ㄍㄠ ㄩㄢˊ

「帕米爾」'波斯'語意爲「世界屋脊」。介在'中'、'蘇'、'阿富汗'、'巴基斯坦'四國之間。'天山'、'崑崙山'、'喜馬拉雅山'、'興都庫什山'、'蘇里曼山'皆集結於此，平均高度超過4,000公尺。其西的'噴赤河'，爲我國國土的最西界。

15【帕德瑞夫斯基】 ㄆㄚˋ ㄉㄜˊ ㄖㄨㄟˋ ㄈㄨ ㄙ ㄐㄧ

(Ignacy Paderewski, 1860～1941)'波蘭'傑出的鋼琴演奏家。第一次大戰期間，曾任'波蘭'首屆總統；第二次大戰期間，曾任流亡政府主席。

5【帕司卡程式語言】 ㄆㄚˋ ㄙ ㄎㄚˇ ㄔㄥˊ ㄕˋ ㄩˇ ㄧㄢˊ

(PASCAL) 電腦高階程式語言的一種。於西元1968年由'瑞士'的'渥斯'(Niklaus Wirth)所設計發展。是適合於一般性應用的結構化程式語言，近年來廣受歡迎，使用者日益增多，已成爲主要的電腦程式語言之一。帕司卡程式語言的主要特點爲具有：一、資料型態處理功能；二、動態記憶體處理功能；三、區段結構化的程式架構等。

帑 ㊀ ㄊㄤˇ *t'ang*^{3} 音倘

1貯藏財幣的府庫。見"說文"。2公款；國家的錢財。如：愛惜公帑。

㊁ ㄋㄨˊ *nu*^{2} 音奴

通孥。1兒子。如：妻帑。2妻與子。如：罪及其帑。

帵 ㄩㄢ *yüan*^{1} 音冤

古代兒童在木觚上學字時用的拭布。見"說文"。

帛 ㄅㄛˊ *po*^{2} 音博

1絲織物的總稱。如：布帛。2姓。'漢'有'帛敞'。見"萬姓統譜·一二二"。

10【帛書】 ㄅㄛˊ ㄕㄨ

在縑帛上書寫。

【帛琉】 ㄅㄛˊ ㄌㄧㄡˊ

(Palau) 位於西'太平洋'的群島國，面積458方公里，人口2.03萬(2005年)，首都柯洛 (Koror)。原為'美國'託管地，1994年10月1日獨立。主產椰乾、椰油、漁產、手工藝品。1994年加入'聯合國'，為'南太平洋論壇'會員國。

6

帝 ㄉㄧˋ *ti*^{4} 音地

1天神。如：天帝。2君主時代對國家元首的稱號。

8【帝制】 ㄉㄧˋ ㄓˋ

1天子的儀仗體制。2君主政體。

13【帝雉】 ㄉㄧˋ ㄓˋ

(mikado pheasant) 屬於鳥綱、雞形目(order Galliformes)、雉科 (family Phasianidae)。爲'臺灣'特產種，分布於'臺北'、'新竹'、'臺中'、'臺南'及'花蓮'等地2,000～3,000公尺的高山中。雄者身體深藍黑色，眼的周圍裸出、血紅色，腳黑綠色，尾甚長；雌者欖褐色，腹面黑、白斑雜生，腳褐色而帶紅。每年二至六月爲生殖季節，以乾草或枯葉築巢於大樹下的地面，每巢產卵2～8枚，雌者孵卵28天後，幼鳥即破殼而出。由於人們的濫加捕殺，目前已瀕臨絕種。

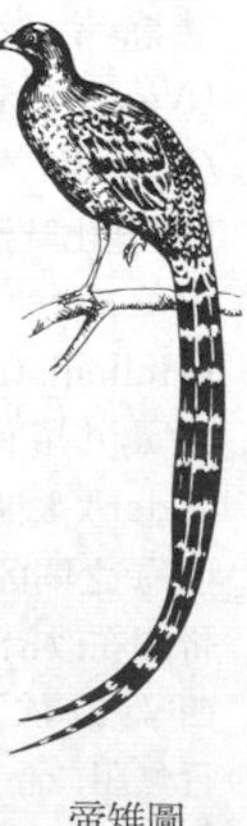

帝雉圖

20【帝嚳】 ㄉㄧˋ ㄎㄨˋ

古代五帝之一。'黃帝'曾孫，'顓頊'族子，代'顓頊'而王天下，號'高辛氏'，在位七十五年。

11【帝國主義】 ㄉㄧˋ ㄍㄨㄛˊ ㄓㄨˇ ㄧˋ

一個國家或國家集團運用政治、經濟、軍事、文化上的優越勢力，去從事擴張侵略政策，以獲取利益，稱爲帝國主義。

帟 ㄧˋ *i*^{4} 音異

一種平頂的小帳幕。多張掛在靈柩或座席上，以防止塵埃。

帣 ㄐㄩㄢˋ *chüan*^{4} 音眷

1囊袋。見"說文"。2斂起衣袖。

㡆 ㄏㄨㄤ *huang*^{1} 音荒

漂湅絲帛的工作。或作幌。見"說文"。

帡 ㄆㄧㄥˊ *p'ing*^{2} 音瓶

或作帲。1覆蓋。見"集韻"。2帳幕。

帞 帕的俗體。

帢 ㄑㄧㄚˋ *ch'ia*^{4} 音恰

古代便帽的一種。由縑帛縫製而成，狀如弁而缺四角。相傳爲'魏武帝'所製。

㠿 ㊀ ㄗ *tzŭ*^{1} 音滋

布名。見"集韻"。

㊁ ㄘˇ *tz'ŭ*^{3} 音此

巾帕。見"五音集韻"。

帤 ㄖㄨˊ *ju*^{2} 音如

1大巾。也指破布、破巾。見"說文"。2附於弓幹正中的薄木。用以調節弓的強弱。見"正字通"。

帠 ㄧˋ *i*^{4} 音藝

方法。見"集韻"。

帥 ㊀ ㄕㄨㄞˋ *shuai*^{4} 音率

1佩巾。見"說文"。2帶領；領導。如：帥師。3軍中的最高指揮官。如：統帥。4泛指居於主導地位的人、事、物。5遵循。通述。6優美；漂亮。7姓。'晉'有'帥昺'。見"廣韻"。
[二] ㄕㄨㄛˋ *shuo*⁴ 音朔
[一][1]、[2]、[3]、[4]、[5]、[7]的讀音。
[三] ㄕㄨㄟˋ *shui*⁴ 音稅
帨的本字。

7

席 ㄒㄧˊ *hsi*² 音習
[1]鋪墊在坐位或床鋪上的物品。如:'人甲'席。[2]坐位。如:入席。[3]職位。如:教席。[4]酒筵。如:酒席。[5]帆。[6]姓。'宋'有'席平'。見"萬姓統譜·一二二"。

6【席地】 ㄒㄧˊ ㄉㄧˋ
[1]鋪席於地,坐臥在席上。[2]坐臥在地上。

11【席勒】 ㄒㄧˊ ㄌㄜˋ
(Friedrich von Schiller, 1759～1805)'德國'詩人、劇作家。少時即富詩才,但主要成就在古典戲劇,是'德國'最偉大的古典劇作家。青年時代的作品"強盜"(*Die Räuber*)可稱浪漫主義的代表作。西元1794年結識'歌德'後,又發表"唐卡羅斯"(*Don Carlos*)、"華倫斯坦"(*Wallenstein*)、"威廉泰爾"(*Wilhelm Tell*)等傑作。此外,也受'康德'的啟發寫下一系列美學論文,認爲藝術是自由精神在現象中的體現,且和人類的遊戲本能有密切的關係。

【席捲】 ㄒㄧˊ ㄐㄩㄢˇ
比喻全部占有。

3【席上珍】 ㄒㄧˊ ㄕㄤˋ ㄓㄣ
席上的珍品美味。

14【席夢斯】 ㄒㄧˊ ㄇㄥˋ ㄙ
(simmons)原爲一種著名的彈簧床廠牌名,後用以代稱西式彈簧床。

4【席不暇暖】 ㄒㄧˊ ㄅㄨˋ ㄒㄧㄚˊ ㄋㄨㄢˇ
形容事情忙碌或事態倉促,沒有時間久坐。

18【席豐履厚】 ㄒㄧˊ ㄈㄥ ㄌㄩˇ ㄏㄡˋ
比喻優裕的處境或生活。

4【席氏排序法】 ㄒㄧˊ ㄕˋ ㄆㄞˊ ㄒㄩˋ ㄈㄚˇ
(Shell sort)電腦處理資料排序方法之一。由'席耳'(D. L. Shell)所創。此方法之原理與互換排序法類似,將順序不合之相鄰資料項互換而進行排序;其不同點爲:所比較的資料項不一定相鄰,而取相距爲一定值*d*之二資料項相比較,若順序不合則予以互換。*d*值隨著排序之進行而改變,初值爲資料項數之半,以*d*值爲距排序之後,將*d*值減半再重覆進行。此種排序方法之處理速度較快。

帬 裙的本字。

帩 ㄑㄧㄠˋ *ch'iao*⁴ 音俏
束髮用的布巾。如:帩頭。

帨 ㄕㄨㄟˋ *shui*⁴ 音稅
佩巾,手帕。本作帥。見"說文"。

悔 娒的或體。

帮 幫的俗體。

師 ㄕ *shih*¹ 音獅
[1]古代軍隊以二千五百人爲師。今爲陸軍的戰術單位。低於軍,高於營,通常統馭三個旅及砲兵、工兵、支援等指揮部;師長官階爲少將。[2]軍隊。如:出師。[3]教師;教誨指導學生的人。如:尊師重道。[4]古代掌有專職的官員。如:樂師。[5]有專門知識、技藝的人。如:工程師。[6]效法;學習。如:師法。[7]"易"卦名。六十四卦之一。坎下坤上。[8]姓。'宋'有'師邕'。見"萬姓統譜·四"。

師卦圖

4【師心】 ㄕ ㄒㄧㄣ
以自己內心的想法爲師,不拘守成法。

5【師古】 ㄕ ㄍㄨˇ
效法古人。

8【師法】 ㄕ ㄈㄚˇ
[1]效法;取法。[2]老師所傳授的學問或技藝。

【師表】 ㄕ ㄅㄧㄠˇ
表率;學習的模範。

【師承】 ㄕ ㄔㄥˊ
一脈相承的師法。

10【師旅】 ㄕ ㄌㄩˇ
[1]軍隊的通稱。[2]指戰爭。

【師徒】 ㄕ ㄊㄨˊ
[1]兵卒;士卒。[2]師生。

13【師道】 ㄕ ㄉㄠˋ
[1]老師所傳授的道術。[2]從師問學之道。

【師資】 ㄕ ㄗ
[1]指老師。[2]老師的資格。[3]值得效法、學習或警惕的人和事。

【師爺】 [一] ㄕ ㄧㄝˊ
[1]徒弟稱師傅的父親。[2]徒弟稱師傅的師傅。
[二] ㄕ ˙ㄧㄝ
[1]舊時稱地方官署中掌理文書、訴訟、刑罰等事務的人。[2]舊時稱替地主或商人管帳的人。

15【師範】 ㄕ ㄈㄢˋ
[1]模範。[2]效法;學習。[3]教師。

19【師曠】 ㄕ ㄎㄨㄤˋ
'春秋''晉國'的樂師。字'子野'。生而目盲,能辨音以知吉凶。善彈琴,援琴一奏,有玄鶴二八來集,再奏而列,三奏引頸而鳴,舒翼而舞。'明''清'琴譜中,以"陽春"、"白雪"、"玄默"等琴曲爲'師曠'所作。

4【師心自用】 ㄕ ㄒㄧㄣ ㄗˋ ㄩㄥˋ
固執己見,自以爲是。

5【師出有名】 ㄕ ㄔㄨ ㄧㄡˇ ㄇㄧㄥˊ
出兵聲討他國,有名分、理由。今指行事有理由、根據。

6【師老無功】 ㄕ ㄌㄠˇ ㄨˊ ㄍㄨㄥ
軍隊久戰疲困,無法建功。比喻心力疲憊,無力完成某事。

13【師資訓練】 ㄕ ㄗ ㄒㄩㄣˋ ㄌㄧㄢˋ
(teacher training)養成教育專業人員所施予的訓練。包括職前訓練與在職進修兩種方式。職前訓練是在大學部接受四至五年的一般課程與專業訓練；在職進修則是在職教師於夜間或暑期到師資訓練機構（大學或院校）進行有關專業的學習。

20【師嚴道尊】 ㄕ ㄧㄢˊ ㄉㄠˋ ㄗㄨㄣ
老師受尊敬，道術才能被尊崇。

8

帶 ㄉㄞˋ *tai*[4] 音代
1繫衣服的條狀物。如：腰帶。2泛指一切條狀物。如：緞帶。3區域。如：寒帶。4穿著；佩掛。如：帶甲。5率領。如：帶兵。6含；含有。如：帶著微笑。7圍繞。如：環山帶河。8牽連。如：帶累。9拉扯。如：往懷裡一帶。10連著；附著。如：帶葉的水果。11順便捎著。如：帶個口信。12(zone)球面被兩平行平面所截，夾於其間的區域。

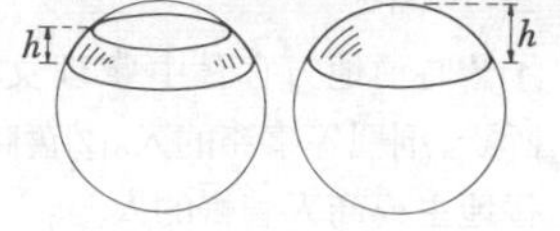

雙底帶圖　　單底帶圖

如圖所示，若其中之一平面爲切平面，則此帶僅有一底（另一底爲零），否則有兩底。其高爲兩平面的距離。此帶的面積爲 $2\pi rh$，此處 r 爲球的半徑。13姓。'戰國'時'秦'有'帶佗'。見"萬姓統譜・九七"。

10【帶挈】 ㄉㄞˋ ㄑㄧㄝˋ
提攜。

15【帶厲山河】 ㄉㄞˋ ㄌㄧˋ ㄕㄢ ㄏㄜˊ
縱使'黃河'細如衣帶，'泰山'小如磨刀石，而封國永存，爵祿永保。'漢高祖'分封諸侯時的誓辭。

11【帶通放大器】 ㄉㄞˋ ㄊㄨㄥ ㄈㄤˋ ㄉㄚˋ ㄑㄧˋ
(band pass amplifier)以調諧方式，將某一頻率寬度的信號調變給予放大，其餘頻率成分的信號不予通過的裝置。例如在電視機電路裡，通常有色信號帶通放大電路，可以將 3.58±0.5MHz 間的色彩信號加以放大。

常 ㄔㄤˊ *ch'ang*[2] 音長
1裳的本字。見"說文"。2不變。如：動靜有常。3法典；倫常；定則。如：五常。4時時。如：常來。5平凡的。如：平常。6古代的長度名。八尺爲尋，二尋爲常。7姓。'唐'有'常建'。見"萬姓統譜・五一"。

3【常川】 ㄔㄤˊ ㄔㄨㄢ
連續不斷。

6【常式】 ㄔㄤˊ ㄕˋ
(routine)具有特定功能，可被呼叫的電腦程式模組。常式可由一個或若干程式單元所組成，並可存放於程式館中以方便呼叫。

9【常度】 ㄔㄤˊ ㄉㄨˋ
1一定的法度、規則。2日常的態度。

【常軌】 ㄔㄤˊ ㄍㄨㄟˇ
平常應走的道路或應遵行的法則。

11【常理】 ㄔㄤˊ ㄌㄧˇ
1普通的道理。2永恆不變的道理。

【常規】 ㄔㄤˊ ㄍㄨㄟ
1一定的規則。2平常所應遵行的規則。

14【常態】 ㄔㄤˊ ㄊㄞˋ
1一定的姿態或態度。2正常的狀態。與變態相對。

15【常模】 ㄔㄤˊ ㄇㄛˊ
(norm)指某測驗之標準化樣本實得分數的平均值及各分數的分配情形。常模的建立，係就該測驗所擬實際應用的全體對象中，抽取適當人選爲標準化樣本，將樣本受測所得成績經統計分析處理而得，爲解釋測驗的主要依據。

【常數】 ㄔㄤˊ ㄕㄨˋ
1一定的數目。2不變的法則。3(constant)(1)凡數的值，一定不變的稱常數。與變數相對。(2)在一個邏輯系統中，意義或指業已確定不變的表詞。依'中'文習慣，此義以用常詞較妥。

19【常識】 ㄔㄤˊ ㄕˋ
一般人所具有的基本知識。對專門學識而言。

9【常流河】 ㄔㄤˊ ㄌㄧㄡˊ ㄏㄜˊ
(perennial stream)河流水源足，流水常年不斷，即使十分乾旱時期，河道中依然流水潺潺，終年不涸，是地表最普遍的河流。

12【常備役】 ㄔㄤˊ ㄅㄟˋ ㄧˋ
兵役的一種。軍隊中的常備人員，通常由志願服役者充任，如我國各軍事院校的畢業生均服常備役。

13【常遇春】 ㄔㄤˊ ㄩˋ ㄔㄨㄣ
(1330～1369)'明''懷遠'(今'安徽''懷遠')人。字'伯仁'。貌奇偉而有勇力，輔佐'太祖'轉戰'江'南，所向有功。後帥師北征，攻克'元'都，底定天下。累官至左副將軍，進中書、平章軍國重事，封'鄂國公'，死後又追封'開平王'。

5【常用對數】 ㄔㄤˊ ㄩㄥˋ ㄉㄨㄟˋ ㄕㄨˋ
(common logarithm)即以10爲底的對數。爲'英國'數學家'布立格茲'(Henry Briggs)所發明，故又稱'布立格茲'對數。通常記爲 log，以別於以 e 爲底的自然對數(記爲 ln)。由於 $log10^k=k$，故由對數之首數，即可知其位數。

6【常州詞派】 ㄔㄤˊ ㄓㄡ ㄘˊ ㄆㄞˋ
'清'詞流派之一。由'常州'人'張惠言'開創，經'周濟'大力發展而成。此派論詞專主寄託，認爲詞中均有微言大義。唯因過分追索微言大義，不免時有穿鑿的解釋，而其自撰作品，意旨也較爲隱晦。

13【常置號誌】 ㄔㄤˊ ㄓˋ ㄏㄠˋ ㄓˋ
(fixed signal)常設於固定處所，藉臂木位置更動或色燈顯示，以指示列車或車輛行駛條件的號誌機。依其用途，有進站號誌(home signal)、出發號誌(starting sig-

nal)、閉塞號誌(block signal)、掩護號誌(protecting signal)、遠距號誌(distance signal)、引導號誌(call-on signal)、調車號誌(shunting signal)等分別。

14**【常態分布】** ㄔㄤˊ ㄊㄞˋ ㄈㄣ ㄅㄨˋ
(distribution) 最重要的一種連續機率分布。其機率密度函數爲：$\frac{1}{a\sqrt{2\pi}}e^{-\frac{1}{2}(\frac{x-u}{a})^2}$；式中$u$和$a$分別是常態分布的平均數和標準差，爲決定此類密度函數的參數。

【常態分班】 ㄔㄤˊ ㄊㄞˋ ㄈㄣ ㄅㄢ
不按學生學習能力之高低來劃分的一種編班方式。目前我國中、小學，除少部分正式採學科能力分班外，大都採行這種編班方式。

【常態曲線】 ㄔㄤˊ ㄊㄞˋ ㄑㄩ ㄒㄧㄢˋ
(normal curve)一左右對稱的鐘形曲線。該曲線係根據理論繪製而成，顯示測驗結果呈常態分配。

11**【常設仲裁法庭】** ㄔㄤˊ ㄕㄜˋ ㄓㄨㄥˋ ㄘㄞˊ ㄈㄚˇ ㄊㄧㄥˊ
(Permanent Court of Arbitration) 又稱'常設公斷法庭'。依據西元1899～1907年"海牙和平解決國際爭端公約"而設立，1913年設址於'荷蘭''海牙''和平宮'。其成立宗旨在提供各國依循仲裁解決國際爭端之途徑。仲裁員名單由各締約國選提，每國至多四名，任期六年，可得連任。至於締約國間之爭端，則由上述仲裁員名單中選定仲裁員組成仲裁法庭仲裁之。

【常設國際法院】 ㄔㄤˊ ㄕㄜˋ ㄍㄨㄛˊ ㄐㄧˋ ㄈㄚˇ ㄩㄢˋ
(Permanent Court of International Justice)依據"國際聯盟盟約"第十四條之規定，'國際聯盟理事會'於西元1920年2月間，組成法學家委員會，籌擬設立'常設國際法院'，1920年12月13日'國際聯盟大會'通過"常設國際法院規約"後正式成立。'常設國際法院'並非'國際聯盟'之附屬機關，但一般認爲係屬'國際聯盟'體系下之司法組織。法院之管轄權包括：一、對於當事國提出之案件及條約規定事項進行審判；二、對於'理事會'及'大會'所提之問題，發表諮詢意見。

13**【常微分方程式】** ㄔㄤˊ ㄨㄟˊ ㄈㄣ ㄈㄤ ㄔㄥˊ ㄕˋ
(ordinary differential equation) 一方程式內含有一自變數的若干因變數及其諸階導函數。例如含y、z兩因變數的一階常微分方程式可記爲$f(x, y, y^1, z, z^1) = 0$。

14**【常態分配評分】** ㄔㄤˊ ㄊㄞˋ ㄈㄣ ㄆㄟˋ ㄆㄧㄥˊ ㄈㄣ
(grading on the curve)教師依學生間成績之相對程度與常態分配比例而評分。其結果是多數學生得丙等，乙、丁等次之，僅有少數分別得甲、戊兩等。

帵 ㄨㄢ *wan*¹ 音剜
參帵子。

3**【帵子】** ㄨㄢ ˙ㄗ
剪裁衣服剩下來的零頭布。

帳 ㄓㄤˋ *chang*⁴ 音障
1帷幕。如：蚊帳。2記載出入財物的清單或簿冊。如：帳簿。

9**【帳面價值】** ㄓㄤˋ ㄇㄧㄢˋ ㄐㄧㄚˋ ㄓˊ
(book value) 企業帳列的資產或負債加減其相關評價科目所得的金額即爲其帳面價值。如固定資產的成本減除累計折舊後的餘額，即爲固定資產的帳面價值。

帾 ㄉㄨˇ *tu*³ 音賭
或作𢄢。1旗幟。見"集韻"。2標記。見"廣韻"。

帺 ㄑㄧˊ *ch'i*² 音琪
蒼綠色的絲織品。也作祺。見"集韻"。

帴 一 ㄘㄢˊ *ts'an*² 音殘
婦女的脅衣。即兜肚。見"說文"。
二 ㄐㄧㄢˇ *chien*³ 音剪
1裙子。見"說文"。2背負或包裹小兒用的布巾。即褓。見"集韻"。3狹窄。

幓
幓的俗體。

帢 ㄑㄧㄚˋ *ch'ia*⁴ 音恰
古時的一種便帽。或作帢。見"玉篇"。

帷 ㄨㄟˊ *wei*² 音惟
1圍在四周的布幕。見"說文"。2用帷幕作爲障蔽。

12**【帷幄】** ㄨㄟˊ ㄨㄛˋ
帳幕。

14**【帷幔】** ㄨㄟˊ ㄇㄢˋ
布簾；帳幕。

17**【帷薄】** ㄨㄟˊ ㄅㄛˊ
分隔內外的帳幔或竹簾。

14**【帷幕牆】** ㄨㄟˊ ㄇㄨˋ ㄑㄧㄤˊ
(curtain walls) 僅能承受牆本身的重量及地震力、風力，而不能支承梁重或樓版重量的牆壁。適用於高樓建築物的外牆。依材料分類有一、玻璃帷幕牆：完全看不見橫框及豎框，具有完全透視感的效果。二、鋁帷幕牆：價廉，惟耐久性較差。三、不銹鋼帷幕牆：耐蝕、耐久、耐磨且具華麗感，惟造價較貴。四、銅帷幕牆：較不銹鋼更具耐久、耐磨，造價高昂。五、預鑄混凝土帷幕牆：穩重結實、價廉，但容易龜裂。

17**【帷薄不修】** ㄨㄟˊ ㄅㄛˊ ㄅㄨˋ ㄒㄧㄡ
比喻家中不整肅，男女淫亂。

9

帊 ㄅㄚˇ *pa*³ 音靶
反手敲擊。見"說文"。

幝
褌的或體。

幅 ㄈㄨˊ *fu*² 音福
1布帛的寬度。見"說文"。

2地面或書畫的廣狹。如：幅員。3量詞。計算平面的單位。如：一幅畫。

3【幅巾】 ㄈㄨˊ ㄐㄧㄣ
頭巾。

9【幅度】 ㄈㄨˊ ㄉㄨˋ
振動或變更的大小程度。

10【幅員】 ㄈㄨˊ ㄩㄢˊ
疆域。

幃 ㄨㄟˊ wei² 音韋
1袋子；香囊。見"說文"。2帷帳。通帷。

幄 ㄨㄛˋ wo⁴ 音握
形同房屋的大帳幕。見"廣韻"。

帽 ㄇㄠˋ mao⁴ 音冒
戴在頭上的遮蔽物。如：草帽。

幀 ㄓㄥˋ chêng⁴ 音證
1畫幅。見"正字通"。2量詞。畫一幅、相片一張叫一幀。

10

幏 ㄐㄧㄚˋ chia⁴ 音駕
'漢代'西南少數民族所產的一種布。見"正字通"。

㡊 幏的古文。

幎 ㄇㄧˋ mi⁴ 音密
同冪。1帳幕。見"說文"。2覆蓋。

㡘 ㄌㄧㄢˊ lien² 音廉
布製門簾。見"說文·㡘·段注"。

㡃 幌的或體。

幌 ㄏㄨㄤˇ huang³ 音謊
1帷幔。見"玉篇"。2搖動。如：幌來幌去。

3【幌子】 ㄏㄨㄤˇ ·ㄗ
1酒店的布招。2顯露於外的標誌或痕跡。3用以遮掩眞正目的的表面名義。

幐 ㄊㄥˊ t'êng² 音騰
袋子；香囊。見"說文"。

幋 ㄆㄢˊ p'an² 音盤
1覆蓋衣服的大巾。見"說文"。2束衣的大帶。通鞶。

11

幣 ㄅㄧˋ pi⁴ 音敝
1絲帛的總名。見"說文"。2古代用以祭祀、聘享的禮物。指車馬玉帛等。3交易買賣的媒介物。

幕 一 ㄇㄨˋ mu⁴ 音暮
1用以遮蔽的布篷或帷帳。見"說文"。2(act)戲劇作品或戲劇演出中的段落。多按劇情發展的時間、地點及事件的變化、轉換而劃分。又可分爲若干場或景(scene)。3遮蓋在上面。如：幕天席地。4(screen)電視、雷達、終端機或示波器顯示影像的平面。它可把電子束的能量轉換爲可見光，以供使用者觀測。
二 ㄇㄛˋ mo⁴ 音莫
沙漠。通漠。

8【幕府】 ㄇㄨˋ ㄈㄨˇ
1將帥的府署。軍旅出征，無固定住所，常以帳幕爲府署。2地方軍政首長的衙署。3舊時軍中或官署聘用的文書人員。

9【幕後】 ㄇㄨˋ ㄏㄡˋ
舞臺上布幕的後面。引申指事物的背後。

14【幕僚】 ㄇㄨˋ ㄌㄧㄠˊ
幕府中的僚屬。佐理軍政等事務。

4【幕天席地】 ㄇㄨˋ ㄊㄧㄢ ㄒㄧˊ ㄉㄧˋ
以天爲帳幕，以地爲臥席。比喻胸襟曠達，志氣高遠。

8【幕府時代】 ㄇㄨˋ ㄈㄨˇ ㄕˊ ㄉㄞˋ
'日本'於西元1192～1867年間由武家當政，造成諸侯割據局面的時代。九世紀間'日本'天皇大權旁落，1192年'源賴朝'建立'鎌倉幕府'，天皇淪爲掌權武家的傀儡，進入所謂的幕府時代。後經'足利尊氏'的'室町幕府'、'德川家康'的'江戶幕府'，至1867年，'德川慶喜'在討幕聲中還政天皇，結束了幕府時代。

14【幕僚單位】 ㄇㄨˋ ㄌㄧㄠˊ ㄉㄢ ㄨㄟˋ
一個組織內主管支援性、輔助性、研究性、審議性工作的單位。其設置目的在向首長及業務單位提供建議與服務，以協助首長及業務單位順利完成任務。可分爲一、處理一般性質幕僚工作的一般幕僚，如祕書、祕書室。二、處理專業性工作的專業幕僚，如人事、主計、事務等單位。三、處理首長個人事務的個人幕僚，如機要祕書、私人祕書。

幛 ㄓㄤˋ chang⁴ 音障
在布帛上題字，用作慶弔的禮物。如：壽幛。

幘 ㄗㄜˊ tsê² 音責
束髮的布巾。如：冠幘。

幖 ㄅㄧㄠ piao¹ 音標
1標識。見"說文"。2酒店的旗號。見"正字通"。

㡜 ㄌㄡˊ lou² 音樓
參㡜篼。

17【㡜篼】 ㄌㄡˊ ㄌㄡ
餵馬用的布袋。也叫㡜囊、㡜篼。見"方言·五"。

幔 ㄇㄢˋ man⁴ 音慢
帳幕；簾幕。見"說文"。

9【幔城】 ㄇㄢˋ ㄔㄥˊ
張幔爲城。

幙 一 ㄇㄨˋ mu⁴ 音暮
幕的或體。
二 ㄇㄛˊ mo² 音磨
模範。通模。如：幙式。

幗 ㄍㄨㄛˊ ko², kuo² 音國
婦女的髮飾。如：巾幗。

幓 一 ㄕㄢ shan¹ 音衫
旌旗的垂帶。也指旌旗的正幅。見"集韻"。
二 ㄑㄧㄠ ch'iao¹ 音敲
束髮的布巾。也作幧、帩。見"字彙補"。

徽 ㄏㄨㄟ hui¹ 音灰
古時用以標示記號的一種

布帛。通作徽。見"說文"。

12

幢 ㄔㄨㄤˊ *ch'uang²* 音牀
1古代一種飾有羽毛的旗幟。見"說文新附"。2古代軍隊編制的單位名稱。百人爲一幢。3量詞。俗稱房屋或樓房一座爲一幢。

15【幢幢】 ㄔㄨㄤˊ ㄔㄨㄤˊ
1搖曳不定的樣子。2形容旗幟羽飾繁多。

幟 ㄓˋ *chih⁴* 音志
1旌旗的總稱。如:軍幟。2標記。如:表幟。

幩 ㄈㄣˊ *fên²* 音汾
或作幩。馬飾的一種。由絲帛製成,纏在馬銜上,用以扇汗。見"說文"。

幜 ㄐㄧㄥˇ *ching³* 音景
1帛。見"玉篇"。2禦塵的帛製外衣。見"正字通"。

幝 ㄔㄢˇ *ch'an³* 音闡
1車子破敗的樣子。見"說文"。2布巾破敝的樣子。見"說文·幝·段注"。

幞 ㄆㄨˊ *p'u²* 音樸
頭巾。見"集韻"。

幡 ㄈㄢ *fan¹* 音翻
1用以擦拭幼童習字的木牘。見"說文"。2旗幟。通旛。如:幡幟。3變動;遷改。通翻。如:幡然改悟。

12【幡然】 ㄈㄢ ㄖㄢˊ
忽然改變的樣子。

幠 ㄏㄨ *hu¹* 音呼
1覆蓋。見"說文"。2巨大。見"爾雅·釋詁"。3傲慢。

13

幦 ㄇㄧˋ *mi⁴* 音覓
蓋在車軾上以遮蔽風塵的帷幔。通常用漆布或犬、鹿、虎等皮製成。見"廣雅·釋器"。

幧 ㄘㄠ *ts'ao¹* 音操
束髮的頭巾。如:幧頭。

幨 一 ㄔㄢ *ch'an¹* 音攙
帷帳。如:幨帷。
二 ㄔㄢˋ *ch'an⁴* 音懺
衣襟。

14

幫 ㄅㄤ *pang¹* 音邦
俗作幇、帮。1用布帛在鞋兩旁加邊。也稱鞋的兩旁。如:鞋幫。2泛稱中空器物的旁邊部分。如:桶幫。3從旁協助。如:幫忙。4同夥或同行。如:茶幫。5結夥成派。如:幫派。6成群的。如:一幫旅客。7靠攏。如:幫近。

4【幫凶】 ㄅㄤ ㄒㄩㄥ
幫助做壞事的人。

【幫手】 ㄅㄤ ㄕㄡˇ
助手。

10【幫浦】 ㄅㄤ ㄆㄨˇ
(pump)利用外界提供的能量轉變爲機械能,以提高液體之壓力高差,達到推動流體或升舉液體之目的的裝置。

12【幫閒】 ㄅㄤ ㄒㄧㄢˊ
指受富人豢養,侍候他們消閒作樂,或助他們爲非作歹的行爲或人。

【幫腔】 ㄅㄤ ㄑㄧㄤ
1和聲的一種。戲曲或民謠的演唱中,主唱者在句尾延聲,旁觀者可以幫助他吆喝吟唱,以增加熱鬧的場面和氣氛,稱作幫腔。2指從旁附和別人行事或發言。

13【幫傭】 ㄅㄤ ㄩㄥ
1受僱替人做事。2傭工。

【幫會】 ㄅㄤ ㄏㄨㄟˋ
民間祕密結社的總稱。

16【幫辦】 ㄅㄤ ㄅㄢˋ
協助主官處理公務的副手。

【幫嘴】 ㄅㄤ ㄗㄨㄟˇ
助人爭辯。

21【幫襯】 ㄅㄤ ㄔㄣˋ
幫助;幫忙。

[illegible] 歸的或體。

幬 一 ㄔㄡˊ *ch'ou²* 音酬
1床帳。見"說文"。2車帷。
二 ㄉㄠˋ *tao⁴* 音道
覆蓋。如:天無私幬。

幪 本作幏。一 ㄇㄥˊ *mêng²* 音蒙
1覆蓋用的布巾。見"說文"。2覆蓋。
二 ㄇㄥˇ *mêng³* 音懵
茂盛的樣子。見"集韻"。

15

幮 ㄔㄨˊ *ch'u²* 音廚
廚形的帷帳。見"字林"。

幭 ㄇㄧㄝˋ *mieh⁴* 音滅
1覆蓋用的布巾。見"說文"。2蓋在車軾上的皮帛。見"正字通"。

16

幰 ㄒㄧㄢˇ *hsien³* 音顯
車前的布幔。見"說文"。

干部

干 ㄍㄢ *kan¹* 音甘
1盾牌。如:干戚。2觸犯;牴觸。如:干犯。3參預;涉及。如:干預。4求取。如:干求。5河畔;江岸。如:江干。6天干。也通作幹。如:干支。7姓。'東晉'有'干寶'。見"萬姓統譜·二五"。

4【干支】 ㄍㄢ ㄓ
參天干、地支。

【干戈】 ㄍㄢ ㄍㄜ
1兵器的總稱。2比喻戰爭。

5【干犯】 ㄍㄢ ㄈㄢˋ
冒犯;侵犯。

7【干求】 ㄍㄢ ㄑㄧㄡˊ
請求。

【干貝】 ㄍㄢ ㄅㄟˋ
具有雙殼的軟體動物,有一或二

條閉殼肌。閉殼肌大者具有經濟價值，例如製成干貝(亦稱乾貝)，爲國人甚爲喜愛的美味食品。市售的干貝是牛角江珧蛤(*Atrina pinnata japonica*)、白海扇蛤(*Pecten albicans*)及蝦夷海扇蛤(*Pecten yessoensis*)三者的閉殼肌製成。干貝含有琥珀酸、肝糖、貝他因(betaine，一種胺基酸)等成分。曬乾製成的干貝77.6%是蛋白質，經過加工處理後分解出麩酸，這就是干貝與味精一樣美味的原因。

9【干政】 ㄍㄢ ㄓㄥˋ
干涉政治。

【干城】 ㄍㄢ ㄔㄥˊ
盾和城牆。引申指禦敵保土的人。

【干係】 ㄍㄢ ㄒㄧˋ
關係。

10【干涉】 ㄍㄢ ㄕㄜˋ
1強行過問他人的事。2有所牽連；有關係。3(intervention)指一國使用強制手段，干預他國之內政或外交事務，旨在迫使他國反其意志而採取另種行爲。西元1956年'蘇俄'入侵'匈牙利'，即爲武力干涉，一般均認爲其違反國際法。'聯合國大會'於1965年通過第二一三一號決議，禁止一切干涉他國之行爲，包括經濟、政治及任何其他旨在獲取利益之措施。4(interference)⑴兩個或兩個以上的波在同一介質或同一空間中相遇時，由於波的重疊原理，在重疊區形成合成波的現象，稱爲波的干涉。如果兩波頻率相同，振幅相等，且有一定的相差，則合成波會形成固定的干涉圖樣。如水波的干涉是常見的現象。利用光的干涉，可以精確的進行微小長度測量，以及檢查表面的平滑程度等；利用電磁波的干涉，可作成定向發射的天線；利用聲波的干涉，可以測量液體或氣體中的聲速和聲的吸收，進而研究這些介質的力學和分子性質。⑵漸開線齒輪的接觸點若超過作用線和基圓的切點之外，就不再是共軛曲線的接觸傳動，轉速比會變動，甚至會產生齒尖切入齒腹而卡住不動的現象。這種不正常的接觸現象，統稱爲干涉。

11【干將】 ㄍㄢ ㄐㄧㄤ
古代善鑄劍的人。也指劍名。相傳'楚王'命'干將'鑄造寶劍，三年成雌雄二劍，雄名干將，雌名莫邪。'莫邪'爲'干將'妻。見"搜神記"。一說'干將'爲'吳'人，爲'吳王''闔閭'鑄劍。見"吳越春秋"。

12【干祿】 ㄍㄢ ㄌㄨˋ
1求官職。2求福分。

【干越】 ㄍㄢ ㄩㄝˋ
指'春秋'時'吳國'與'越國'。'干'即'邗國'，後爲'吳國'兼併，因此也指'吳國'。

13【干預】 ㄍㄢ ㄩˋ
干涉。

16【干謁】 ㄍㄢ ㄧㄝˋ
有所求而請見他人。

17【干闌】 ㄍㄢ ㄌㄢˊ
建築在木樁上以防潮溼的高架式房屋。廣布於'華'南及'東南亞'。由考古資料而知，最早發現於'浙江''河姆渡'文化、較晚的'良渚'文化。'臺灣'晚近'平埔族'的住屋及高山族的會所、穀倉等皆爲干闌式，'南洋群島'土著亦多住此屋。

18【干擾】 ㄍㄢ ㄖㄠˇ
擾亂。

19【干礙】 ㄍㄢ ㄞˋ
1妨礙。2關係。

21【干譽】 ㄍㄢ ㄩˋ
追求美好的名譽。

18【干擾素】 ㄍㄢ ㄖㄠˇ ㄙㄨˋ
(interferon)一種抗病毒的蛋白質。可由病毒、毒素、某些寄生蟲、藥品等產生；亦可自人體細胞，尤其脾臟之巨噬細胞與淋巴細胞產生。其速度遠比抗體快，因此也更有效。此種蛋白質仍在研究製造中，被認爲可藉以控制癌細胞之擴散。

4【干戈擾攘】 ㄍㄢ ㄍㄜ ㄖㄠˇ ㄖㄤˇ
形容戰亂紛擾不止。

1

开 ㄐㄧㄢ chien[1] 音堅
或作幵。平坦。見"說文"。

2

平 ㄆㄧㄥˊ p'ing[2] 音瓶
1沒高低坑窪的現象。如：平坦。2普通；不特出。如：平凡。3敉平；征服。如：平定。4平聲的簡稱。參平聲。

4【平反】 ㄆㄧㄥˊ ㄈㄢˇ
糾正原來錯誤的判決。

【平允】 ㄆㄧㄥˊ ㄩㄣˇ
1公平允當。2性情平易。

【平手】 ㄆㄧㄥˊ ㄕㄡˇ
實力相等，不分勝敗。

【平升】 ㄆㄧㄥˊ ㄕㄥ
(inflate)價格指數小於1時，稱爲平升指數(inflator)，將名目變數除以平升指數，即爲平升。可得到較名目變數值爲大的實質變數值。

5【平生】 ㄆㄧㄥˊ ㄕㄥ
1終身；一生。2平時；往常。

【平白】 ㄆㄧㄥˊ ㄅㄞˊ
無緣無故。

7【平車】 ㄆㄧㄥˊ ㄔㄜ
(lock-stitch machine)能形成鎖縫針目的針車類。鎖縫針目即由車針牽引的上線與梭子放送的下線，在被縫布料厚度的中間相互交鎖，而於成品正、反兩面形成針針相連的直線節狀針趾。

8【平表】 ㄆㄧㄥˊ ㄅㄧㄠˇ
(parallel cousin)父之兄弟之子女，或母之姐妹之子女皆爲平表。與交表相對。我國所稱的堂兄弟姐妹及姨表兄弟姐妹，均爲平表。

【平居】 ㄆㄧㄥˊ ㄐㄩ
平時；平常居家的時候。

【平昔】ㄆㄧㄥˊ ㄒㄧˊ
往日；往時。
【平林】ㄆㄧㄥˊ ㄌㄧㄣˊ
平地上的樹林。
【平板】ㄆㄧㄥˊ ㄅㄢˇ
(plane table)用以測繪地形、地物及地貌的測量儀器。主要構件爲有一望遠鏡構造之照準儀或具兩覘板的測斜儀(旁附直尺)、一塊精製的繪圖板及三腳架，另附件有求心器、方筐羅針等可供測繪一線的方向及圖上定點之用。
【平抬】ㄆㄧㄥˊ ㄊㄞˊ
行文中爲表尊敬，一行未完即換接下一行書寫的格式。
【平明】ㄆㄧㄥˊ ㄇㄧㄥˊ
①天剛亮；破曉時分。②公正明察。
【平易】ㄆㄧㄥˊ ㄧˋ
①平和簡易。⑴指性情、態度和藹可親，容易相處。⑵指語言淺近通俗。②指地勢平坦開闊。
9【平流】ㄆㄧㄥˊ ㄌㄧㄡˊ
(advection)空氣或水等流體作水平的流動現象。
【平面】ㄆㄧㄥˊ ㄇㄧㄢˋ
(plane)不在同一直線上的三點可決定一平面，且平面上任意兩點所決定的直線完全在此平面上。向量(A, B, C)爲此平面的法向量，(x_0, y_0, z_0)爲平面上一點，則其方程式爲$A(x-x_0)+B(y-y_0)+C(z-z_0)=0$。
10【平素】ㄆㄧㄥˊ ㄙㄨˋ
①平生。②往日；昔日。
【平原】ㄆㄧㄥˊ ㄩㄢˊ
①遼闊平坦的土地。②(plain)一片廣闊平坦的陸地。一般局部起伏在150公尺以下，高度也在150公尺以下。平原按成因可分爲沈積平原和侵蝕平原兩大類：我國的‘松遼平原’、‘黃淮平原’，都是沈積平原；‘北美洲’‘加拿大’東部平原則是由冰河侵蝕所成的。
【平息】ㄆㄧㄥˊ ㄒㄧˊ
平定止息。
11【平淡】ㄆㄧㄥˊ ㄉㄢˋ
也作平澹。①平常無味。②質樸自然。③平和淡泊，不慕榮利。
【平庸】ㄆㄧㄥˊ ㄩㄥ
平常；平凡。
【平野】ㄆㄧㄥˊ ㄧㄝˇ
平坦空曠的郊野。
【平移】ㄆㄧㄥˊ ㄧˊ
指攝影機的前部或後部裝置向兩旁移動。是組合式相機爲攝取適當鏡頭所作的運動之一。此運動並不改變膠片平面或鏡頭平面及物體的角度，變化的是影像的位置。鏡頭向左或向右平移，則影像在膠片上的移動方向正好相反。
12【平減】ㄆㄧㄥˊ ㄐㄧㄢˇ
(deflate)價格指數大於1時，稱爲平減指數(deflator)，將名目變數除以平減指數，即爲平減。可得到較名目變數值爲小的實質變數值。
【平等】ㄆㄧㄥˊ ㄉㄥˇ
①指人與人之間有同樣的權利和機會。②佛家語。指六道眾生本具佛性，無二無別；萬法生滅無常，理同一義。佛家認爲凡生命皆應平等，興同體的悲懷，互爲慈愛。
13【平話】ㄆㄧㄥˊ ㄏㄨㄚˋ
‘唐’‘宋’以來，民間說話人講述的歷史故事或短篇小說。也稱評話。
14【平實】ㄆㄧㄥˊ ㄕˊ
平正踏實。
【平臺】ㄆㄧㄥˊ ㄊㄞˊ
①高出地面，如壇形而上平，可以遠望的建築物。②(landing)⑴建築物一樓室內延伸至室外之地坪臺面。⑵指兩段樓梯間平坦無踏步的地方。作爲連接梯段及休息之用。平臺的深度普通與樓梯的寬度相同。
15【平調】ㄆㄧㄥˊ ㄉㄧㄠˋ
對經已任用之人員，由原有職務調至地位或層次相當，或職責程度相當，或所支薪給幅度相當之他職。員工的平調有其必要，且須經一定程序辦理。
【平劇】ㄆㄧㄥˊ ㄐㄩˋ
戲曲劇種。即‘京’戲。又叫‘京’劇，今稱國劇。‘清代’以‘北京’最爲盛行，故稱‘京’戲；‘民國’改‘北京’爲‘北平’，而改稱‘平’劇。‘平’劇腔調雖多，而以西皮與二黃爲主體，故也稱皮黃戲。
16【平靜】ㄆㄧㄥˊ ㄐㄧㄥˋ
祥和安定。
【平頭】ㄆㄧㄥˊ ㄊㄡˊ
①俗稱不帶零頭的整數。②舊詩八病之一。指五言詩上下句開頭二字的聲調相同。③古稱光頭。④近代男子髮型的一種。將髮剪短，使頭頂部分齊平。
【平衡】ㄆㄧㄥˊ ㄏㄥˊ
(equilibrium)①一力學系統受到數力的作用，若其合力爲零，且各力對任一點之力矩和亦爲零時，稱此力學系統處於平衡狀態。②一平衡物體經一些微小的位移後，依照物體質心的升高、下降及不變，可分類爲不穩平衡、穩定平衡及隨遇平衡。③一物系雖在變化中，但其成分、溫度、壓力等仍維持不變，稱爲處於平衡狀態。例如當一杯水在空氣中是平衡狀態時，其蒸發的水分子數與進入水中的水分子數相等。④指平衡器官提供有關身體重心的訊息，以使人體保持直立的姿勢。⑤‘瑞士’心理學家‘皮亞傑’(J. Piaget)認知發展論的基本觀念之一。個體內部既有之認知結構足以適應外在環境需求的現象。
17【平聲】ㄆㄧㄥˊ ㄕㄥ
‘漢’語聲調之一。今國語的平聲，分爲陰平和陽平兩個調子。
【平縫】ㄆㄧㄥˊ ㄈㄥˊ
(flush joint)灰砂漿縫與磚面平齊的一種磚縫修飾方式。常用於室內，也用

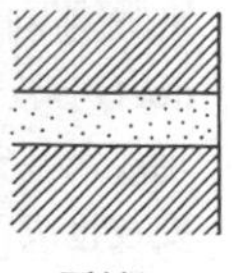
平縫圖

在砌面磚。

19【平疇】 ㄆㄧㄥˊ ㄔㄡˊ
廣大平坦的田野。

【平穩】 ㄆㄧㄥˊ ㄨㄣˇ
平靜穩定。

20【平壤】 ㄆㄧㄥˊ ㄖㄤˇ
(P'yŏngyang) ‘北韓’首都、最大城及經濟、文化、交通中心。位於‘大同江’ (Taedong R.) 中游北岸。附近產煤、鐵，為‘朝鮮半島’ (Korea Pen.) 最大工業區，鋼鐵、軍火、化學及紡織業均甚發達。人口345萬 (2005年)。

25【平糶】 ㄆㄧㄥˊ ㄊㄧㄠˋ
官府於荒年米貴時，平價出售存糧。

4【平水韻】 ㄆㄧㄥˊ ㄕㄨㄟˇ ㄩㄣˋ
‘宋’‘劉淵’增修“壬子新刊禮部韻略”，將‘宋’以前韻書所分二百零六韻併爲一百零七韻；‘金’‘王文郁’“新刊平水禮部韻略”又將上聲「迥」、「拯」二韻合併，得一百零六韻，爲‘元’以來近體詩押韻的依據，沿用至今。‘劉’氏爲‘平水’人，故稱‘平水’韻。

5【平凹版】 ㄆㄧㄥˊ ㄠ ㄅㄢˇ
印紋部分略低於版表平面約萬分之三吋的平版印刷版。印得的墨層較厚，色彩較飽和。但因製版較費時，工業先進國家已少使用。

【平凸版】 ㄆㄧㄥˊ ㄊㄨˊ ㄅㄢˇ
印紋部分略高出於版表平面約千分之十二吋的平版印刷版。又稱乾平版。印刷時可不用水，特點在於能耐大量印刷。

6【平安夜】 ㄆㄧㄥˊ ㄢ ㄧㄝˋ
(*Still Nacht; Heilige Nacht*) 歌曲名。‘摩爾’ (Josef Mohr) 作詞，‘葛路伯’ (Franz Gruber) 作曲。西元1818年12月24日耶誕夜於‘奧地利’的‘奧本多夫’(Oberndorf)小教堂首次演唱，隨即風行，現成爲基督教世界重要聖歌，平安夜也成了耶誕夜的代稱。

【平交道】 ㄆㄧㄥˊ ㄐㄧㄠ ㄉㄠˋ
鐵路與道路於同一平面上之交叉點。爲便於行人、車輛通過鐵路軌道，兩軌間留有輪緣槽外鋪設木或混凝土版，並於附近設有警告標誌等。

【平行尺】 ㄆㄧㄥˊ ㄒㄧㄥˊ ㄔˇ
(parallel rule) 製圖器具之一。爲畫水平線的定規，及畫垂直線與斜線時歸正三角板的基線。可按所欲繪製之水平線平行移動，通常與製圖板之長向平行，兩端可沿固定於垂直方向之線上移動。

7【平均律】 ㄆㄧㄥˊ ㄐㄩㄣ ㄌㄩˋ
(equal temperament) 即將八度音平分成十二個半音。此樂制自十七世紀後，成爲西方音樂的主幹，‘巴赫’爲證明其優越性，特編有一套“平均律鋼琴曲集”(*The Well-Tempered Clavichord*)。

【平均數】 ㄆㄧㄥˊ ㄐㄩㄣ ㄕㄨˋ
(mean; average)有相加平均數及相乘平均數。前者係將n個同種而不同的數相加的和，以n除之所得。後者係將n個同種而不同的數相乘的積，求其n次方根所得。更廣義言之，在一堆數據的處理中，其代表數即爲平均，上述二者即爲算術平均數、幾何平均數。其他如調和平均數、中位數、眾數，也都有使用價值。調和平均數指倒數之算術平均的倒數，即$[\frac{1}{n}\Sigma 1/X_i]^{-1}$；中位數即諸$X_i$依大小順序排列時的中間項；眾數乃其數最多的項。

8【平拉窗】 ㄆㄧㄥˊ ㄌㄚ ㄔㄨㄤ
(horizontal sliding window) 窗扇可以在窗框內向左右推拉的窗。上窗框做有溝槽，下框置有軌條；窗扇上帽頭做成邊槽，下帽頭裝有滾承，以利窗扇輕快地在窗框內左右滑動。

平拉窗圖

【平版畫】 ㄆㄧㄥˊ ㄅㄢˇ ㄏㄨㄚˋ
(planographic prints) 在沒有凹凸面的平版，利用油脂類顏料(如油墨、藥墨或蠟筆等)作畫，再經一些化學反應過程，則描繪部便具潑水的親油性，此時只要全版畫披上一層水，再施以油墨，因水油不相容，故只在描繪部沾上油墨，最後覆蓋紙張印製即可完成。又可分爲石版畫、毛玻璃版畫、雕刻石版畫、照相平版畫(以鋅和鋁板爲主)等。

【平版橋】 ㄆㄧㄥˊ ㄅㄢˇ ㄑㄧㄠˊ
(flat slab bridge)用鋼筋混凝土橋面版爲平版結構，直接剛結於鋼筋混凝土柱的橋梁。屬特殊的鋼筋混凝土結構，除版之邊緣外，不用桁梁，載重可直接傳至柱。平版橋適用於公路及鐵路橋，若爲多孔、長跨距時尤爲經濟，其厚度恆較他型橋梁爲小，故當橋下空間受限時，平版橋極爲適用。

9【平流層】 ㄆㄧㄥˊ ㄌㄧㄡˊ ㄘㄥˊ
(stratosphere) 自對流層頂向上，至離地約50公里之間的大氣圈。其底部的氣溫幾無垂直方向的變化，或稍漸增高，故昔稱同溫層。延伸至20公里後，高度每增加一公里，氣溫約升高5°C，直至47公里時約等於0°C。此層含有別層所少有的臭氧，能吸收太陽的短波輻射，轉變成熱能，這也是氣溫往上升高的主要原因。平流層內無雲，但有貝母雲及夜光雲，是臭氧所形成。因空氣已無對流作用，故不產生風暴等氣象，加上空氣流動爲水平方向，故最適於航空。

【平流霧】 ㄆㄧㄥˊ ㄌㄧㄡˊ ㄨˋ
(advection fog) 含溼氣流平流流經較冷的海面時，水氣凝結成霧，此種海霧稱爲平流霧。每年冬季，‘歐洲’‘北海’之上常有濃密的平流霧，籠罩於‘英’、‘法’沿海及‘英吉利海峽’一帶。

【平面版】 ㄆㄧㄥˊ ㄇㄧㄢˋ ㄅㄢˇ
印紋部分與非印紋部分均在版表平面上,既不凸起也不低下的平版印刷版。製版甚爲簡易。如蛋白版、委安版、PS版等。

10【平埔族】 ㄆㄧㄥˊ ㄆㄨˇ ㄗㄨˊ
'臺灣'平原、丘陵的先住民。營農耕兼事漁獵生活。後漸'漢'化,今日純'平埔族'爲數甚少,又稱平地山胞。大抵十九世紀末以前遷'臺'的'漢族''臺灣'省民,有不少含有'平埔族'的血統,其中姓'潘'、'陳'、'劉'、'戴'、'李'、'王'、'錢'、'斛'、'蠻'、'林'的部分就是'平埔族'所改的'漢'姓。'臺灣'舊地名中,有「社」字的,都是'平埔族'的部落。

【平原君】 ㄆㄧㄥˊ ㄩㄢˊ ㄐㄩㄣ
(?～前251)'戰國'四公子之一。'趙武靈王'子,'惠文王'之弟。名'勝'。封於'東武城',號'平原君'。曾三任'趙'相,有食客三千人。

11【平假名】 ㄆㄧㄥˊ ㄐㄧㄚˇ ㄇㄧㄥˊ
'日本'文字的草體字母。爲常用書寫字體之一,字形根據'中國'草書而假借其音。爲僧'空海'所創。

12【平等權】 ㄆㄧㄥˊ ㄉㄥˇ ㄑㄩㄢˊ
我國"憲法"規定,'中華民國'人民,無分男女、宗教、種族、階級、黨派,在法律上一律平等。所謂男女平等,指男女均享有平等的私權與公權。宗教平等,指在法律上不問信仰任何宗教,均予以同一待遇。種族平等,即'漢族'、'滿族'及其他種族享有平等法律地位。階級平等,指勞資階級於法律上、經濟上之平等。黨派平等有兩個意義:一爲政黨平等,即政黨與國家分離,任何政黨均不得享受任何優待或特權,亦不受任何歧視或壓迫。二爲黨員平等,即任何人不問其屬於那一個政黨,均不得在公權上享受特別優待或歧視。此外,上述所謂男女、宗教、種族等,係例示規定而非列舉規定,例如法律不能因人民之生理殘缺而差別待遇;人民不僅對立法機關可主張平等權,對行政、司法機關也可主張之。

13【平滑肌】 ㄆㄧㄥˊ ㄏㄨㄚˊ ㄐㄧ
(smooth muscle)肌肉組織的一種。爲脊椎動物構成內臟及血管壁的不隨意肌。肌纖維不呈現橫紋。肌細胞的特性是一細胞僅具一細胞核,細胞的形狀細長如紡錘狀,由不隨意肌纖維所組成。

【平準法】 ㄆㄧㄥˊ ㄓㄨㄣˇ ㄈㄚˇ
'漢武帝'時實行的國營貿易法。'元封'元年(前110),於京師置平準官,負責收購各地貨物,貴則賣之,賤則買之,既可獲利,又可穩定物價。

16【平衡木】 ㄆㄧㄥˊ ㄏㄥˊ ㄇㄨˋ
女子體操項目之一。所用器械是由長5公尺、寬10公分的橫木,架在高約120公分的腳架上所組成。在橫木上可表演坐立、跑步、轉體、倒立、跳躍、翻騰或舞蹈等動作。動作力求平衡協調。

【平衡稅】 ㄆㄧㄥˊ ㄏㄥˊ ㄕㄨㄟˋ
(countervailing duty)指進口貨物在輸出或產製國家之製造、生產、外銷運輸過程,直接或間接領受輸出國之獎金或補貼,致危害進口國之產業者,除對該進口貨物徵收關稅外,得另徵適當之平衡稅,通常以不超過領受獎金及補貼金額爲原則。

【平衡覺】 ㄆㄧㄥˊ ㄏㄥˊ ㄐㄩㄝˊ
(sensation of equilibrium)人體能夠保持平衡,主要是大腦中平衡中樞的作用。但平衡中樞需依賴來自視覺、脊髓、前庭器官系統的訊息以執行其功能。視覺可以提供個人與環境間關係的訊息;脊髓神經把人體各部位關係的位覺傳入中樞;前庭器官系統則由含有淋巴液的三個半規管、耳壺、球狀囊等所構成,可以辨別身體的運動速率及方向,將這些訊息傳入中樞。此外,小腦可以控制人體的姿勢,使身體運動協調、順暢,有助於平衡的維持。

17【平壓塔】 ㄆㄧㄥˊ ㄧㄚ ㄊㄚˇ
(surge tank)爲緩和流場內的驟變而設置之塔形水工結構物。水力發電廠的平壓塔通常是在靠近電廠處以一直立管附接於壓力鋼管,作爲壓力鋼管中水槌的緩衝襯墊,否則渦輪閘門若驟予關閉,將產生水槌現象。平壓塔不僅可作減速期間的消能作用,且當開始正常運轉或應急需立即開啟閘門時,能提供一現成的蓄水量,使渦輪得以即時汲水。

19【平穩桿】 ㄆㄧㄥˊ ㄨㄣˇ ㄍㄢˇ
(stabilizer bar)安裝於左右前輪,防止車輛轉彎時左右搖動之裝置。

4【平方公尺】 ㄆㄧㄥˊ ㄈㄤ ㄍㄨㄥ ㄔˇ
代號爲m^2。面積單位。爲每邊長一公尺的正方形面積。

【平心靜氣】 ㄆㄧㄥˊ ㄒㄧㄣ ㄐㄧㄥˋ ㄑㄧˋ
心境平和,態度冷靜。

【平太陽日】 ㄆㄧㄥˊ ㄊㄞˋ ㄧㄤˊ ㄖˋ
(mean solar day)由於地球繞太陽公轉的過程中,在近日點或遠日點時自轉的速度不同,致使每日的時間長度不一,難以直接計算時日,故取全年時間的總和,以全年日數來平均,稱爲平太陽日,也稱平均太陽日。即現通行一天的時間。

【平分秋色】 ㄆㄧㄥˊ ㄈㄣ ㄑㄧㄡ ㄙㄜˋ
原指天地無私,四時平分。後引申爲雙方勢均力敵。

5【平旦之氣】 ㄆㄧㄥˊ ㄉㄢˋ ㄓ ㄑㄧˋ
指清晨時,無私慾雜念,精神清明的狀況。

6【平地波瀾】 ㄆㄧㄥˊ ㄉㄧˋ ㄅㄛ ㄌㄢˊ
指意外的變故。

【平地風波】 ㄆㄧㄥˊ ㄉㄧˋ ㄈㄥ ㄅㄛ
無緣無故起風浪。比喻突然發生意外的變故。

【平光塗裝】 ㄆㄧㄥˊ ㄍㄨㄤ ㄊㄨˊ

ㄓㄨㄤ
(flatting finish)在漆料中摻入平光劑,使乾凝後的塗膜減光,稱爲平光塗裝。

【平行公理】 ㄆㄧㄥˊ ㄒㄧㄥˊ ㄍㄨㄥ ㄌㄧˇ
(parallel postulate of Euclidean geometry)即下列著名的平面幾何公理:過不在已知直線上的一點,恰好可做一條直線平行於此直線。在很長的一段時間內,許多人認爲它不是公理,應該是定理,即可以由別的公理推導而來,但是都失敗了,卻因此誕生了非'歐'幾何學。

【平行流動】 ㄆㄧㄥˊ ㄒㄧㄥˊ ㄌㄧㄡˊ ㄉㄨㄥˋ
(horizontal mobility)個人在職業或居住地區的變動,並未帶來個人社會地位升高或降低的流動現象。

【平行處理】 ㄆㄧㄥˊ ㄒㄧㄥˊ ㄔㄨˇ ㄌㄧˇ
(parallel processing)電腦系統內同時進行多項作業處理,或使用多個處理裝置同時運算或處理的作業方式。

【平行溝通】 ㄆㄧㄥˊ ㄒㄧㄥˊ ㄍㄡ ㄊㄨㄥ
組織內之主管或員工,與其他無監督關係之單位主管或員工間有所洽商時,所用之溝通途徑。平行溝通途徑主要在彌補下行或上行溝通時需按層級進行的缺點,並可縮短所需時間。

【平行電腦】 ㄆㄧㄥˊ ㄒㄧㄥˊ ㄉㄧㄢˋ ㄋㄠˇ
(parallel computer)可以平行地執行多個指令或運算處理的電腦。此類電腦通常具有多個運算處理單元,可同時獨立操作,或使用其他技術使指令執行時間相重疊,以得到快速運算的結果。

【平行傳送】 ㄆㄧㄥˊ ㄒㄧㄥˊ ㄔㄨㄢˊ ㄙㄨㄥˋ
(parallel transmission)數據通信中,將組成訊息的字符或信號的每一數元同時傳送的方式。

【平行傳播】 ㄆㄧㄥˊ ㄒㄧㄥˊ ㄔㄨㄢˊ ㄅㄛˋ
(horizontal communication)傳播理論所擬設的一個傳播系統,通常用來描述正式組織中平等位置的傳播現象。亦即訊息在一個層級中作對應、相互傳輸。

7【平均地權】 ㄆㄧㄥˊ ㄐㄩㄣ ㄉㄧˋ ㄑㄩㄢˊ
我國"憲法"有關國民經濟之基本國策,係以民生主義爲基本原則,以平均地權和節制資本爲方法。"憲法"關於平均地權規定:'中華民國'領土內之土地屬於國民全體。人民依法取得之土地所有權,應受法律之保障與限制。私有土地應照價納稅,政府並得照價收買。附著於土地之礦及經濟上可供公眾利用之天然力,屬於國家所有,不因人民取得土地所有權而受影響。土地價值非因施以勞力資本而增加者,應由國家徵收土地增值稅,歸人民共享之。國家對於土地之分配與整理,應以扶植自耕農及自行使用土地人爲原則,並規定其適當經營之面積。此外,"平均地權條例"關於規定地價、照價徵稅、照價收買、漲價歸公、土地使用等有詳細之規定。

【平均收入】 ㄆㄧㄥˊ ㄐㄩㄣ ㄕㄡ ㄖㄨˋ
(average revenue)平均一單位產品銷售所得到的收入。其值等於總收入除以銷售量。由於總收入等於價格乘以銷售量,所以可知平均收入等於價格。

【平均產出】 ㄆㄧㄥˊ ㄐㄩㄣ ㄔㄢˇ ㄔㄨ
(average product)總產出水準與可變投入要素數量之間的產出一投入比率。即總產出除以可變生產要素投入數量所得到的值。

【平均稅率】 ㄆㄧㄥˊ ㄐㄩㄣ ㄕㄨㄟˋ ㄌㄩˋ
(average tax rate)指稅收與稅基之間的比值。如以Y代表所得,T代表租稅,t代表稅率,則平均稅率可以公式$t=T/Y$表示之。就比例稅率言,平均稅率等於邊際稅率;就累進稅率言,平均稅率小於邊際稅率;就逆進稅率言,平均稅率大於邊際稅率。

【平均電流】 ㄆㄧㄥˊ ㄐㄩㄣ ㄉㄧㄢˋ ㄌㄧㄡˊ
(average current)電流在一週期裡的平均值。

【平步青雲】 ㄆㄧㄥˊ ㄅㄨˋ ㄑㄧㄥ ㄩㄣˊ
地位突然升高。

8【平板玻璃】 ㄆㄧㄥˊ ㄅㄢˇ ㄅㄛ ㄌㄧˊ
(plate glass)一種透明、平坦且相當薄的玻璃。具有平面的磨光面,且由任何角度透過它觀視物體,均不起變形。

【平明之治】 ㄆㄧㄥˊ ㄇㄧㄥˊ ㄓ ㄓˋ
公正明察的政治。

【平易近人】 ㄆㄧㄥˊ ㄧˋ ㄐㄧㄣˋ ㄖㄣˊ
態度和藹,令人易於接近。

【平版印刷】 ㄆㄧㄥˊ ㄅㄢˇ ㄧㄣˋ ㄕㄨㄚ
利用水與脂肪不相混合之原理印刷的方法。一般均包含平面版、平凹版、平凸版在內。普遍屬於間接印刷。

10【平起平坐】 ㄆㄧㄥˊ ㄑㄧˇ ㄆㄧㄥˊ ㄗㄨㄛˋ
居於平等的地位,行平等的禮節。

【平時考核】 ㄆㄧㄥˊ ㄕˊ ㄎㄠˇ ㄏㄜˊ
各組織對員工之平時工作及言行,隨時予以考核,其有優良或不良之事跡者,並予以記錄,必要時得予以平時的獎勵或懲處。平時獎勵有嘉獎、記功、記大功等;平時懲處有申誡、記過、記大過等。

【平時封鎖】 ㄆㄧㄥˊ ㄕˊ ㄈㄥ ㄙㄨㄛˇ
(pacific blockade)國際間平時報復的一種手段。目的在截阻侵權國船舶出入本國港口,以促使侵權國對其侵權行爲作妥善解決。平時封鎖應具兩要件：一、封鎖開始時，時間與被封鎖區域應告知被封鎖國。二、平時封鎖必須是一種有效的封鎖。而實行封鎖的國家，對於被封鎖國的船舶，可以加以拿捕和扣押，可是不能加以處罰或沒收。平時封鎖解除後，必須將船舶歸還原主，可是不必給予賠償。

14【平臺階段】ㄆㄧㄥˊ ㄊㄞˊ ㄐㄧㄝ ㄉㄨㄢˋ

俗稱梯田。即在坡地上每隔適當距離，沿等高方向，將坡面築成連續的水平或微斜的階段狀耕地。是最古老的水土保持方法。在有深厚土壤的坡地或栽培短期勤耕作物時，必須應用。

16【平頭正臉】ㄆㄧㄥˊ ㄊㄡˊ ㄓㄥˋ ㄌㄧㄢˇ

相貌端正的樣子。

【平頭百姓】ㄆㄧㄥˊ ㄊㄡˊ ㄅㄞˇ ㄒㄧㄥˋ

平常百姓。

【平衡負載】ㄆㄧㄥˊ ㄏㄥˊ ㄈㄨˋ ㄗㄞˋ

(ballanced load)三個相等阻抗連成△形或Y形，稱爲平衡負載。

6【平地一聲雷】ㄆㄧㄥˊ ㄉㄧˋ ㄧ ㄕㄥ ㄌㄟˊ

平地突發雷聲。比喻聲名突然而起。

【平地起風波】ㄆㄧㄥˊ ㄉㄧˋ ㄑㄧˇ ㄈㄥ ㄅㄛ

突然發生事端、變故。

【平行六面體】ㄆㄧㄥˊ ㄒㄧㄥˊ ㄌㄧㄡˋ ㄇㄧㄢˋ ㄊㄧˇ

(parallelepiped)以平行四邊形爲底的四邊角柱體。

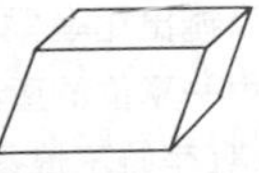
平行六面體圖

【平行加法器】ㄆㄧㄥˊ ㄒㄧㄥˊ ㄐㄧㄚ ㄈㄚˇ ㄑㄧˋ

(parallel adder)加法器的一種。可同時將加數與被加數的各個數元相加得到和。

【平行線支票】ㄆㄧㄥˊ ㄒㄧㄥˊ ㄒㄧㄢˋ ㄓ ㄆㄧㄠˋ

在支票正面畫平行線二道，付款人僅得對金融業者支付票據金額之支票。所謂金融業者乃指經'財政部'核准辦理支票存款業務之銀行、信用合作社、農會及漁會。平行線支票又稱畫線支票，可分爲普通平行線及特定平行線支票。前者乃其正面畫平行線二道之支票；後者乃平行線內記載經'財政部'核准辦理支票業務之銀行、信用合作社、農會及漁會名稱之支票，此時，付款人僅得對該特定金融業者支付票據金額。

7【平均入滲率】ㄆㄧㄥˊ ㄐㄩㄣ ㄖㄨˋ ㄕㄣˋ ㄌㄩˋ

(average intake rate)地表水入滲土壤時，將累積的入滲水深除以其對應的入滲時距所得的值。

【平均海平面】ㄆㄧㄥˊ ㄐㄩㄣ ㄏㄞˇ ㄆㄧㄥˊ ㄇㄧㄢˋ

(mean sea level)海面的平均水平。用以計算陸地高度和海洋深度的標準。因爲有潮汐現象的海洋，海面的高低經常變化，故平均海平面係把各地長期觀測的數據加以計算而得的結果。此零高度基準也稱水準面(datum plane)。'臺灣'的高度計算是以'基隆'的平均海平面爲基準。

【平均值定理】ㄆㄧㄥˊ ㄐㄩㄣ ㄓˊ ㄉㄧㄥˋ ㄌㄧˇ

(mean value theorem)①就微分學觀點，令$f(x)$在$[a,b]$上連續，在(a,b)上可微。則在(a,b)中必有一點c，使$f'(c)=\dfrac{f(b)-f(a)}{b-a}$，或$f(b)=f(a)+f'(c)(b-a)$。其幾何意義爲：連結$P(a,f(a))$、$Q(b,f(b))$兩點的弦，必可找到弓形弧上一點$R$，使過$R(c,f(c))$的切線與之平行。此乃微分學中最重要的定理，爲'泰勒'定理的特例。②就積分學觀點，公式$\int_a^b f(x)\,dx=(b-a)f(c)$，其中$a\leqq c\leqq b$，一個簡單的充分條件爲$f$在$[a,b]$上連續。此處$f(c)$稱爲函數從$a$至$b$的平均值。實用上，此一定理可用以估計積分值。此公式亦稱爲第一平均律。

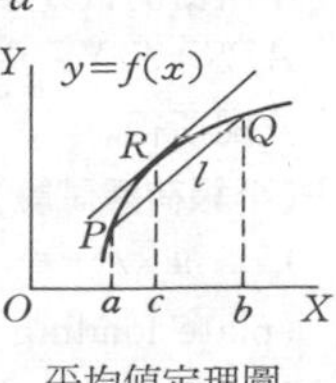

平均值定理圖

【平均總成本】ㄆㄧㄥˊ ㄐㄩㄣ ㄗㄨㄥˇ ㄔㄥˊ ㄅㄣˇ

(average total cost)平均生產一單位產出所需的總成本。平均總成本等於總成本除以產量，又等於平均固定成本與平均可變成本之和。

9【平面掩埋法】ㄆㄧㄥˊ ㄇㄧㄢˋ ㄧㄢˇ ㄇㄞˊ ㄈㄚˇ

(area method)將垃圾鋪平後加以壓實、覆土的掩埋法。適用於起伏或可填高的地形，其覆土可取自掩埋場表面土層或旁邊山脊。

13【平準保險費】ㄆㄧㄥˊ ㄓㄨㄣˇ ㄅㄠˇ ㄒㄧㄢˇ ㄈㄟˋ

(level premium)利用保險數學計算，將後期所應增加負擔的保險費，提前於早期分攤繳納；並由保險公司將早期所多收的保險費，提存作爲準備，予以保管及運用，以彌補後期的短缺。故被保險人每期所負擔的保險費，同一水準而始終不變，並不受年齡增加的影響。此可解決人壽保險中，若按自然保險費率計算，年老者將負擔高額保險費的困難。

【平準基金制】ㄆㄧㄥˊ ㄓㄨㄣˇ ㄐㄧ ㄐㄧㄣ ㄓˋ

先規定產品價格的合理波動範圍，即訂價格的上限及下限，當價格高出規定的上限時，政府自超限數額中提取若干百分比作爲基金；而當價格低於下限時，則由基金提撥適當金額補貼生產者。目前採此制的有稻米、砂糖及黃豆。

16【平衡三相制】ㄆㄧㄥˊ ㄏㄥˊ ㄙㄢ ㄒㄧㄤˋ ㄓˋ

(balanced three-phase system)每一相之阻抗均相等的三相系統。

【平衡變壓器】ㄆㄧㄥˊ ㄏㄥˊ ㄅㄧㄢˋ ㄧㄚ ㄑㄧˋ

(balanced transformer)利用電磁交連方式,使其輸入與輸出信號間的阻抗,能夠匹配或轉換,以產生平衡關係的變壓器。

7【平均可變成本】ㄆㄧㄥˊ ㄐㄩㄣ ㄎㄜˇ ㄅㄧㄢˋ ㄔㄥˊ ㄅㄣˇ

(average variable cost)平均生產一單位產出所需的可變成本。平均可變成本等於可變總成本除以產量。

【平均出廠品質】ㄆㄧㄥˊ ㄐㄩㄣ ㄔㄨ ㄔㄤˇ ㄆㄧㄣˇ ㄓˋ

(average outgoing quality)或稱平均產出品質(*AOQ*)。係產品經由實施抽驗計畫後,所獲得的品質。

【平均存取時間】ㄆㄧㄥˊ ㄐㄩㄣ ㄘㄨㄣˊ ㄑㄩˇ ㄕˊ ㄐㄧㄢ

(average access time)電腦內資料存取所需之時間的平均值。

【平均收入產出】ㄆㄧㄥˊ ㄐㄩㄣ ㄕㄡ ㄖㄨˋ ㄔㄢˇ ㄔㄨ

(average revenue product)平均每一單位生產要素的產出收入。平均收入產出等於平均實物產出乘以產品價格。

【平均自由時間】ㄆㄧㄥˊ ㄐㄩㄣ ㄗˋ ㄧㄡˊ ㄕˊ ㄐㄧㄢ

(mean free time)自由電子在兩次碰撞間之平均時間。

【平均自由路程】ㄆㄧㄥˊ ㄐㄩㄣ ㄗˋ ㄧㄡˊ ㄌㄨˋ ㄔㄥˊ

(mean free path)一氣體分子在沒有碰撞情形下自由運動的平均距離。此路程和密度有關,故和氣體壓力也有關。氣體愈稀薄則平均自由路程愈大,因分子與分子之平均間隔距離較遠。

【平均抽樣件數】ㄆㄧㄥˊ ㄐㄩㄣ ㄔㄡ ㄧㄤˋ ㄐㄧㄢˋ ㄕㄨˋ

(average sampling number)雙次或多次抽驗計畫的實施,受送驗批品質的影響而獲得的實際平均抽樣的件數。

【平均固定成本】ㄆㄧㄥˊ ㄐㄩㄣ ㄍㄨˋ ㄉㄧㄥˋ ㄔㄥˊ ㄅㄣˇ

(average fixed cost)平均生產一單位產出所需的固定成本。平均固定成本等於固定總成本除以產量。

【平均消費傾向】ㄆㄧㄥˊ ㄐㄩㄣ ㄒㄧㄠ ㄈㄟˋ ㄑㄧㄥ ㄒㄧㄤˋ

(average propensity to consume; APC)在任何可支配所得水準下,消費支出總額在可支配所得總額中所占的百分比。以公式表示: $APC=C/Y$, C表消費支出, Y表可支配所得。

【平均進口傾向】ㄆㄧㄥˊ ㄐㄩㄣ ㄐㄧㄣˋ ㄎㄡˇ ㄑㄧㄥ ㄒㄧㄤˋ

(average propensity to import; API)指進口占國民所得的比例。即$API=M/Y$, M表進口, Y表所得。

【平均暴露頻率】ㄆㄧㄥˊ ㄐㄩㄣ ㄆㄨˋ ㄌㄨˋ ㄆㄧㄣˊ ㄌㄩˋ

(average frequency)指一普通住戶或消費者,在一特定時間內,接觸所有媒體上某一廣告之宣傳訊息的次數。

【平均儲蓄傾向】ㄆㄧㄥˊ ㄐㄩㄣ ㄔㄨˊ ㄒㄩˋ ㄑㄧㄥ ㄒㄧㄤˋ

(average prospensity to save; APS)在任何可支配所得水準下,儲蓄總額在可支配所得總額中所占的百分比。以公式表示: $APS=S/Y$, S表儲蓄, Y表可支配所得。

12【平鈑荷重試驗】ㄆㄧㄥˊ ㄅㄢˇ ㄏㄜˋ ㄓㄨㄥˋ ㄕˋ ㄧㄢˋ

(plate loading test)在一塊平置地表之鋼板上加荷重,以現場試驗土壤承載力的一種試驗。

16【平衡預算乘數】ㄆㄧㄥˊ ㄏㄥˊ ㄩˋ ㄙㄨㄢˋ ㄔㄥˊ ㄕㄨˋ

(balanced budget multiplier)又稱預算的乘數。政府一方面爲保持預算的平衡,一方面爲穩定經濟,將財政支出與租稅作等額的增減,則國民所得的增減與財政支出相等。亦即財政支出與租稅同時增加一元,國民所得亦增加一元,所得的變動對財政支出變動的比率,即爲平衡預算乘數,通常等於一。

7【平均無故障時間】ㄆㄧㄥˊ ㄐㄩㄣ ㄨˊ ㄍㄨˋ ㄓㄤˋ ㄕˊ ㄐㄧㄢ

(mean-time-between-failure; MTBF)電腦系統連續兩次發生故障的平均時間間隔。可將長期之運轉時間內機器運作時間除以故障次數而得,是電腦系統可靠度的參考標準。

6【平行輸入/輸出界面】ㄆㄧㄥˊ ㄒㄧㄥˊ ㄕㄨ ㄖㄨˋ ㄕㄨ ㄔㄨ ㄐㄧㄝˋ ㄇㄧㄢˋ

(parallel input/output interface)電腦內提供中央處理機(或周邊處理機)與輸入或輸出周邊設備之間,平行傳送資料的電子電路。

7【平均資本產出比率】ㄆㄧㄥˊ ㄐㄩㄣ ㄗ ㄅㄣˇ ㄔㄢˇ ㄔㄨ ㄅㄧˇ ㄌㄩˋ

(average capital-output ratio; ACOR)一個社會全部的實質資本存量與其實質產出總額的相對比率。表示平均生產一單位的產出所需的資本量。例如平均資本產出比率爲3:1,表示平均生產一單位的產出需三單位的資本。

10【平時不燒香臨時抱佛腳】ㄆㄧㄥˊ ㄕˊ ㄅㄨˋ ㄕㄠ ㄒㄧㄤ ㄌㄧㄣˊ ㄕˊ ㄅㄠˋ ㄈㄛˊ ㄐㄧㄠˇ

指平時不努力,緊急之時,才窮於應付的窘狀。

3

并 或作幷。㈠ ㄅㄧㄥˋ *ping*[4] 音並

1合在一起。如:兼并。2兼有;齊備。

㈡ ㄅㄧㄥ *ping*[1] 音兵

古州名。1'虞舜'時十二州之一。包括今'河北''保定'、'正定'及'山西''太原'、'大同'等地。2'西漢'時指今塞北、'山西'及'河北'一帶地方。3'唐'時專指'山西''太原府'。

2【并力】 ㄅㄧㄥˋ ㄌㄧˋ

合力。

7【并呑】 ㄅㄧㄥˋ ㄊㄨㄣ

兼并侵呑。

幵 幵的或體。

年 ㄋㄧㄢˊ *nien*[2] 音黏

1五穀成熟。見"說文"。2根據地球公轉運動而制定的時間單位。即太陽在周年視行中連續兩次通過天球上某一參考點所需的時間長度。但由於參考點的不同,而有回歸年、恆星年、近點年、交點年的分別。現行的陽曆是按回歸年(365.2422平太陽日)而制定的。在農曆中則以每十二(平年)或十三(閏年)個朔望月作爲一年,而非直接以地球公轉運動來決定一年的長度。3壽命;年齡。如:享年。4指新年。如:年禧。5姓。'明'有'年富'。見"萬姓統譜·二八"。

3【年下】 ㄋㄧㄢˊ ·ㄒㄧㄚ

快過年的時候。

4【年友】 ㄋㄧㄢˊ ㄧㄡˇ

同年登科的人。

5【年刊】 ㄋㄧㄢˊ ㄎㄢ

每年出版一次的出版品。也稱年報、年鑑。

【年兄】 ㄋㄧㄢˊ ㄒㄩㄥ

同年登科者相互的稱呼。

7【年利】 ㄋㄧㄢˊ ㄌㄧˋ

1按年計算的利息。2一年的利息。

8【年夜】 ㄋㄧㄢˊ ㄧㄝˋ

農曆除夕。

【年表】 ㄋㄧㄢˊ ㄅㄧㄠˇ

史書的一種體裁。按年代次序,以記載史事、人物、事跡。

【年事】 ㄋㄧㄢˊ ㄕˋ

1年齡與資歷。2年歲;年紀。

【年金】 ㄋㄧㄢˊ ㄐㄧㄣ

1對有功的人或退休的人,按年支付的定額酬勞。2(annuity)指一系列連續定期收受或支付的相同金額,且每期的金額均按複利計算者。一般分爲普通年金、到期年金及遞延年金等多種。

9【年度】 ㄋㄧㄢˊ ㄉㄨˋ

每年開始和終了的期限。以便處理事務,結算經費。

11【年貨】 ㄋㄧㄢˊ ㄏㄨㄛˋ

過年所需的物品。

12【年華】 ㄋㄧㄢˊ ㄏㄨㄚˊ

1歲月;時光。2年紀。

10【年資】 ㄋㄧㄢˊ ㄗ

1個人在機關團體中任職的時間與資歷。2按年計算的薪資。

16【年輪】 ㄋㄧㄢˊ ㄌㄨㄣˊ

(annual ring)樹木的橫斷面上出現許多同心的環紋,是爲年輪。生長在溫帶地區的樹木,由於一年四季分明,形成層的細胞在乾燥、寒冷的秋冬季節,分裂能力減弱,新生的木質部細胞小而壁厚,顏色較淺,稱爲晚材。在多雨、溫暖的春、夏季,分裂能力增高,新生的木質部細胞大而壁薄,顏色也較深,稱爲早材。由於每年季節的更換,就形成樹幹橫斷面上晚材和早材相間的環紋。

【年齒】 ㄋㄧㄢˊ ㄔˇ

年紀;年齡。

16【年頭】 ㄋㄧㄢˊ ㄊㄡˊ

1年。2一年開始的時候。3年齡。4時代的情況。5指農事收成。

17【年邁】 ㄋㄧㄢˊ ㄇㄞˋ

年老。

18【年釐】 ㄋㄧㄢˊ ㄒㄧ

新年幸福。也作年禧。

19【年譜】 ㄋㄧㄢˊ ㄆㄨˇ

傳記的一種。以編年法記載一個人的生平事跡。

【年關】 ㄋㄧㄢˊ ㄍㄨㄢ

指年底。俗例於農曆年底淸償債務,不能拖欠,過年如過關。

22【年鑑】 ㄋㄧㄢˊ ㄐㄧㄢˋ

(yearbook)彙錄一年內各種大事及統計之類的表格,以供人查閱參考的書。

5【年功俸】 ㄋㄧㄢˊ ㄍㄨㄥ ㄈㄥˋ

也稱年功薪。政府公務人員受職級限制,已領該職等最高薪俸,無級可升,爲獎勵其服務年資,所增加的特別支給,稱年功俸。

7【年均溫】 ㄋㄧㄢˊ ㄐㄩㄣ ㄨㄣ

(mean annual temperature)若把一地全年各月的月均溫加以平均,所得的平均值,稱爲該地某年的年均溫。若把一地歷年的年均溫累加後,平均所得的平均值,即爲該地的年均溫。一般係指後者而言,因其能眞正表示該地長期氣溫的平均狀況。

8【年雨量】 ㄋㄧㄢˊ ㄩˇ ㄌㄧㄤˋ

(annual rainfall)一地全年降雨的總量,稱爲該地某年的年雨量。通常以公釐或公分計之。

13【年溫差】 ㄋㄧㄢˊ ㄨㄣ ㄔㄚ

(annual temperature range)也稱年較差。一年中最暖月月均溫與最冷月月均溫的差數。一般,年溫差在低緯地區小而高緯地區大;沿海地區小而大陸內部大。我國的最暖月通常爲七月,最冷月爲一月,此二月的月均溫差數,即爲年溫差。

17【年薪制】 ㄋㄧㄢˊ ㄒㄧㄣ ㄓˋ

指薪資表上所定之薪資額,係按年支付之數額,如年薪三十萬元。雖爲年薪制,但支付薪資的期間仍爲每二星期或每月支付一次,西方國家多採用之。

19【年羹堯】 ㄋㄧㄢˊ ㄍㄥ ㄧㄠˊ

(?～1725)‘清’‘廣寧’(今‘遼寧’‘北鎮’)人。字‘亮工’,號‘雙峰’。‘康熙’進士,累官至‘川’‘陝’總督撫遠大將軍。定‘川’邊,征‘西藏’,平‘青海’,以功封一等公。後因功高而驕,爲‘雍正’所疑忌,內外群臣又劾以大逆諸罪九十二款,下獄賜死。

8【年金現值】 ㄋㄧㄢˊ ㄐㄧㄣ ㄒㄧㄢˋ ㄓˊ

(present value of an annuity) 指年金各期收受或支付的金額,按複利折算至第一期期初時現值的和。

【年金終值】 ㄋㄧㄢˊ ㄐㄧㄣ ㄓㄨㄥ ㄓˊ

(amount of an annuity)指年金各期收受或支付的金額,按複利計算至最後一期期末時的總和。

10【年高德劭】 ㄋㄧㄢˊ ㄍㄠ ㄉㄜˊ ㄕㄠˋ

年紀大,德行高。

【年級常模】 ㄋㄧㄢˊ ㄐㄧˊ ㄔㄤˊ ㄇㄛˊ

(grade norm)在取樣上具代表性之某年級學生在某標準化測驗所得的平均分數值。年級常模並不局限於測驗成績,其他如身高、體重也可建立。

11【年終獎金】 ㄋㄧㄢˊ ㄓㄨㄥ ㄐㄧㄤˇ ㄐㄧㄣ

年底加發的獎金。

12【年湮代遠】 ㄋㄧㄢˊ ㄧㄣ ㄉㄞˋ ㄩㄢˇ

時代過去久遠,年數已記不清楚。

13【年資晉升】 ㄋㄧㄢˊ ㄗ ㄐㄧㄣˋ ㄕㄥ

對一個員工的升調,完全以年資爲準,凡任原職年資愈久者,遇有高職務出缺時,則優先予以升調。憑年資的晉升,優點爲可使人事更爲安定,缺點爲促使員工趨於保守而少進取。

20【年齡中數】 ㄋㄧㄢˊ ㄌㄧㄥˊ ㄓㄨㄥ ㄕㄨˋ

(median age) 指社會人口的中間年齡。即以該年齡爲中間數,可將社會人口分成兩半。年齡中數的增加,可顯出社會的老化現象。例如年齡中數爲三十歲,即指該社會裡有一半人口高於三十歲,另外一半低於三十歲。

【年齡常模】 ㄋㄧㄢˊ ㄌㄧㄥˊ ㄔㄤˊ ㄇㄛˊ

(age norm) 某特定年齡之兒童在某一特性上的代表性成績或表現。

【年齡量表】 ㄋㄧㄢˊ ㄌㄧㄥˊ ㄌㄧㄤˊ ㄅㄧㄠˇ

(age scale) 智力測驗的一種。該測驗之試題依難易度編排,測驗結果之顯示以年齡爲單位而非根據分數。

5【年平均雨量】 ㄋㄧㄢˊ ㄆㄧㄥˊ ㄐㄩㄣ ㄩˇ ㄌㄧㄤˋ

(mean annual rainfall) 一地歷年之年雨量的平均值,稱爲年平均雨量。累計年數愈多,愈能顯示該地降雨的一般特性。

15【年數合計法】 ㄋㄧㄢˊ ㄕㄨˋ ㄏㄜˊ ㄐㄧˋ ㄈㄚˇ

(sum-of-the-years' digit method) 計算固定資產折舊的一種方法。其法以估計耐用年數的各數字之和爲分母(如耐用年限爲四年,分母即爲10),而以耐用年限的各個數字按相反的順序爲分子,作爲每年的折舊率,再以每年折舊率乘應折舊的成本,求得每年的折舊費用。例如一機器的成本爲10,000元,無殘值,估計耐用年限爲四年,則第一年的折舊爲$\$4,000(\$10,000\times\frac{4}{10})$,第二年折舊費用爲$\$3,000(\$10,000\times\frac{3}{10})$。

9【年度平衡預算】 ㄋㄧㄢˊ ㄉㄨˋ ㄆㄧㄥˊ ㄏㄥˊ ㄩˋ ㄙㄨㄢˋ

(annually balanced budget)又稱連續平衡預算。是將家庭理財的觀念應用於政府理財,此種預算觀念由最早消極的量入爲出,轉變到積極的量出爲入。指政府估計每年收入多少,就開支多少;或估計須開支多少,就收入多少,只求每年預算平衡。

【年度風雲人物】 ㄋㄧㄢˊ ㄉㄨˋ ㄈㄥ ㄩㄣˊ ㄖㄣˊ ㄨˋ

(man of the year)‘美國’“時代雜誌”(*Time*)於每年年終時,必選出一個封面人物故事。入選的人物,須在過去一年中對世局發生重大影響或貢獻者。西元1982年以個人電腦爲﹝年度風雲機器﹞(machine of the year),則爲一例外。

10【年級同等分數】 ㄋㄧㄢˊ ㄐㄧˊ ㄊㄨㄥˊ ㄉㄥˇ ㄈㄣ ㄕㄨˋ

(grade-equivalent score)以年級代表分數以評定學生的學習成就。例如,某生受試某標準化成就測驗後,其原始分數被轉換爲年級同等分數,若此分數爲五年級兩個月,意即該生的成就一如一般在學五年級兩個月後的平均成就。此分數多被採用於能力編班。

20【年齡結構分析】 ㄋㄧㄢˊ ㄌㄧㄥˊ ㄐㄧㄝˊ ㄍㄡˋ ㄈㄣ ㄒㄧ

對組織現有人力之年齡的分析,包括各層級職務人員及各類別人員的年齡結構分析,如發現低層級職務人員的年齡高於高層級職務人員的年齡,或需用體力工作之人員年齡高於不需體力工作之人員年齡,均屬不合理。

5

幷 并的或體。

幸 ㄒㄧㄥˋ hsing4 音杏

1吉利;好運氣。如:幸運。2非分的獲得,或不當免而免。如:僥幸。3希望。如:幸勿見怪。4帝王親臨。如:臨幸。5寵愛的。如:幸臣。6姓。‘唐’有‘幸南容’。見“萬姓統譜·八七”。

13【幸運】 ㄒㄧㄥˋ ㄩㄣˋ

好的運氣。

【幸福】 ㄒㄧㄥˋ ㄈㄨˊ

生活愉快而美滿。

17【幸虧】 ㄒㄧㄥˋ ㄎㄨㄟ
幸好。多指危急中因故而得脫免。

7【幸災樂禍】 ㄒㄧㄥˋ ㄗㄞ ㄌㄜˋ ㄏㄨㄛˋ
對他人遭遇災禍，不但不同情，反而感到高興。

10

幹 ㊀ ㄍㄢˋ kan⁴ 音淦
本作榦。①草木的莖。如：樹幹。②事物的主體。如：基幹。③能任事的人。如：幹部。④辦事；做。如：肯幹。⑤才能。如：才幹。⑥指殺死人。
㊁ ㄏㄢˊ han² 音韓
井上木欄。通韓。如：井幹。

3【幹才】 ㄍㄢˋ ㄘㄞˊ
①辦事的才能。②有辦事才能的人。

9【幹勁】 ㄍㄢˋ ㄐㄧㄣˋ
做事的熱誠與活力。

15【幹練】 ㄍㄢˋ ㄌㄧㄢˋ
辦事能力強而富有經驗。

【幹線】 ㄍㄢˋ ㄒㄧㄢˋ
全國鐵路網中，運輸量較大的主要路線。由其旁出之運輸量較小的路線，則稱爲支線。

9【幹活兒】 ㄍㄢˋ ㄏㄨㄛˊㄦ
做事；做工。

幺部

幺 么的或體。

1

幻 ㄏㄨㄢˋ huan⁴ 音患
①詐惑。見"說文"。②變化。如：幻化。③虛而不實的。如：幻影。

4【幻化】 ㄏㄨㄢˋ ㄏㄨㄚˋ
①變化。②佛家語。指一切諸法，空無實性，多云如幻如化。幻，指幻術家所現出的幻景；化，指有神通力者以神通所變化的人、物，二者都是空而非實，所以用來譬喻法空。

11【幻術】 ㄏㄨㄢˋ ㄕㄨˋ
使人產生幻覺的方術。

12【幻象】 ㄏㄨㄢˋ ㄒㄧㄤˋ
虛幻不實的景象。

13【幻滅】 ㄏㄨㄢˋ ㄇㄧㄝˋ
佛家認爲世間一切現象，不能久住，幻生幻滅，生本無生，滅亦無滅，所以稱幻滅。

【幻想】 ㄏㄨㄢˋ ㄒㄧㄤˇ
(fantasy)個體爲塡補未達成之願望而虛構於思維成就的心理歷程。

14【幻境】 ㄏㄨㄢˋ ㄐㄧㄥˋ
①虛幻不實的情境。②比喻世事變化無常。

20【幻覺】 ㄏㄨㄢˋ ㄐㄩㄝˊ
(hallucination)個體於尙無實質刺激之情境下所產生的感覺經驗。

23【幻變】 ㄏㄨㄢˋ ㄅㄧㄢˋ
變化。

13【幻想曲】 ㄏㄨㄢˋ ㄒㄧㄤˇ ㄑㄩˇ
(fantasia) 自由創作的器樂小品。沒有一定的形式，全憑作者想像作成。如'莫札特'的"D小調幻想曲"、'佛漢·威廉士'(Ralph Vaughan Williams)的"泰理斯主題幻想曲"(*Fantasia on a Theme by Tallis*)、"青衫袖幻想曲"(*Fantasia on Greensleeves*)等皆是著名作品。

20【幻覺畫】 ㄏㄨㄢˋ ㄐㄩㄝˊ ㄏㄨㄚˋ
(illusion)在二次元的畫面上，令人產生三次元立體感或空間感的寫實性繪畫。又稱錯覺畫。從文藝復興起直到十九世紀末印象派的繪畫均屬之。

16【幻燈捲片】 ㄏㄨㄢˋ ㄉㄥ ㄐㄩㄢˇ ㄆㄧㄢˋ
(filmstrip)以35糎米攝影用之正片成捲拍攝沖印而成的透明放映型資料。有單、雙幅之分，雙幅的軟片因採橫向拍攝，故其面積約爲以縱向拍攝之單幅的兩倍。

【幻燈單片】 ㄏㄨㄢˋ ㄉㄥ ㄉㄢ ㄆㄧㄢˋ
以攝影所用之正片或清玻璃製作而成之透明放映型資料。與捲片的主要不同處在於將攝製好的成捲膠片之各片幅分別切割，並予裝框而成。

2

幼 ㄧㄡˋ yu⁴ 音又
①年紀小。如：幼童。②小孩。如：扶老攜幼。③撫愛幼兒。如：幼吾幼以及人之幼。④初生不久的。如：幼芽。⑤知識淺薄。如：幼稚。

13【幼稚】 ㄧㄡˋ ㄓˋ
也作幼穉。①年紀幼小。也指孩童。②知識和經驗不足。

8【幼兒教育】 ㄧㄡˋ ㄦˊ ㄐㄧㄠˋ ㄩˋ
(early childhood education)指托兒所、幼稚園與小學一至三年級階段的教育。

12【幼發拉底河】 ㄧㄡˋ ㄈㄚ ㄌㄚ ㄉㄧˇ ㄏㄜˊ
(Euphrates R.)西'亞'地區最長的河川。源於'土耳其''安那托力亞高原'(Anatolia Plateau)中部，經'敘利亞'，於'伊拉克''庫爾納'(al-Qurnah)與'底格里斯河'會合後稱'阿拉伯河'(Shatt al-'Arab)，注入'波斯灣'。全長2,750公里。水源靠雨雪供應，'希特'(Hit)以下可行汽船。中、下游自古即以灌溉著名，爲西'亞'文化發祥地之一。

13【幼稚工業論】 ㄧㄡˋ ㄓˋ ㄍㄨㄥ ㄧㄝˋ ㄌㄨㄣˋ
(infant-industry argument)保護貿易論之一。主張爲了使本國的幼稚工業能有生存、發展的機會，應以關稅或配額手段，暫時保護其免於受到外國高效率產業的競爭,直到其發展至具有生產技術效率與經濟規模而能與外國產業競爭爲止。

16【幼學故事瓊林】 ㄧㄡˋ ㄒㄩㄝˊ ㄍㄨˋ ㄕˋ ㄑㄩㄥˊ ㄌㄧㄣˊ
又名"幼學瓊林"。編綴故實,分門歸類,爲舊日的啟蒙教材。

4【幼少年人壽保險】 ㄧㄡˋ ㄕㄠˋ ㄋㄧㄢˊ ㄖㄣˊ ㄕㄡˋ ㄅㄠˇ ㄒㄧㄢˇ
(juvenile insurance)普通人壽保險,以十四歲以下未成年人爲被保險人而訂立之死亡保險契約無效。幼少年人壽保險則爲承保子女自出生次日起至年滿十四歲(或十五歲)以前之保險。其所以不受限制者,乃將其保險金額限制甚小,藉以防止道德危險發生。要保人通常即爲其父母,如父母早期死亡,則可免繳保險費,保險契約仍然有效。

3

丝 ㊀ ㄧㄡ yu¹ 音幽
細微;微小。見"說文"。
㊁ ㄗ tzŭ¹ 音茲
茲的古文。見"集韻"。

6

幽 ㄧㄡ yu¹ 音憂
①隱微。如:幽險。②昏暗。如:幽暗。③深遠。如:幽思。④僻靜。如:幽寂。⑤清勝;雅致。如:幽賞。⑥囚禁。如:幽禁。⑦地府;冥間。如:幽冥。

2【幽人】 ㄧㄡ ㄖㄣˊ
隱士。

8【幽居】 ㄧㄡ ㄐㄩ
①隱居。②幽靜的居處。

【幽門】 ㄧㄡ ㄇㄣˊ
(pylorus)胃通往小腸的開口部分。幽門因幽門肌平時緊張收縮,幾乎都保持收縮狀態,當食物到達胃部,致使胃伸張的神經信號發出,而食物也會引起胃室黏膜分泌胃泌激素,因此引起幽門推送作用,同時舒緩了幽門肌,加速胃的排空,促進食物的消化。

【幽明】 ㄧㄡ ㄇㄧㄥˊ
①幽暗與明亮。指有形與無形的物象。②指天地。③晝夜;陰陽。④善惡;賢愚。⑤雌雄。⑥人鬼的界域。如:幽明之隔。

9【幽室】 ㄧㄡ ㄕˋ
道教語。指腎。

【幽美】 ㄧㄡ ㄇㄟˇ
幽靜而引人深思之美。

【幽昧】 ㄧㄡ ㄇㄟˋ
昏暗。

【幽眇】 ㄧㄡ ㄇㄧㄠˇ
精深微妙。

【幽思】 ㊀ ㄧㄡ ㄙ
沉思;深思。
㊁ ㄧㄡ ㄙˋ
鬱結的情懷思慮。

【幽咽】 ㄧㄡ ㄧㄝˋ
低沈而細微的聲音。①形容流水聲。②形容哭泣聲。

【幽幽】 ㄧㄡ ㄧㄡ
①深遠的樣子。②深暗的樣子。

【幽香】 ㄧㄡ ㄒㄧㄤ
隱微清淡的香氣。

10【幽浮】 ㄧㄡ ㄈㄨˊ
(UFO)指不明的飛行物體。爲'英'語 unidentified flying object 三字第一個字母結合起來的音譯。

【幽冥】 ㄧㄡ ㄇㄧㄥˊ
①幽深昏暗。②指地獄或陰間。

11【幽情】 ㄧㄡ ㄑㄧㄥˊ
①高雅的情致。②鬱結的情感。

12【幽雅】 ㄧㄡ ㄧㄚˇ
幽靜雅致。

13【幽會】 ㄧㄡ ㄏㄨㄟˋ
①清雅的聚會。②男女隱祕的約會。

【幽微】 ㄧㄡ ㄨㄟˊ
深遠而隱微。

14【幽夢】 ㄧㄡ ㄇㄥˋ
隱隱約約的夢境。

15【幽僻】 ㄧㄡ ㄆㄧˋ
幽靜隱僻。

16【幽靜】 ㄧㄡ ㄐㄧㄥˋ
幽雅清靜。

【幽默】 ㄧㄡ ㄇㄛˋ
①寂靜無聲。②(humor)指有趣而意味深長的事件或狀況,也指能透視人性中有趣、可笑,或荒誕的事物而善意地表達出來的能力。

17【幽隱】 ㄧㄡ ㄧㄣˇ
①幽深隱蔽。多指道理深奧或情事難明。②潛藏。多指隱逸之士。

【幽壑】 ㄧㄡ ㄏㄨㄛˋ
深谷。

18【幽邃】 ㄧㄡ ㄙㄨㄟˋ
深遠。

【幽邈】 ㄧㄡ ㄇㄧㄠˇ
深遠。

19【幽懷】 ㄧㄡ ㄏㄨㄞˊ
高雅幽深的情懷。

24【幽靈】 ㄧㄡ ㄌㄧㄥˊ
①死人的靈魂。②泛指鬼神。

14【幽閨記】 ㄧㄡ ㄍㄨㄟ ㄐㄧˋ
戲曲名。'元''施惠'撰。'元'末'明'初五大傳奇之一。記'蔣世隆'及其妹'瑞蓮',與丞相'海牙'子'興福'、'王'尙書女'瑞蘭',生當'金''元'戰亂之時,幾經離合,終於互結爲夫婦的故事。因劇中有"拜月"一折,所以又稱"拜月亭"。

16【幽默感】 ㄧㄡ ㄇㄛˋ ㄍㄢˇ
(humor)一種感覺滑稽、可笑、不相稱的情緒反應。

8【幽明永隔】 ㄧㄡ ㄇㄧㄥˊ ㄩㄥˇ ㄍㄜˊ
生死永遠隔絕。

【幽明異路】 ㄧㄡ ㄇㄧㄥˊ ㄧˋ ㄌㄨˋ
①比喻人鬼界域隔絕。②比喻邪正不同道。

9

幾 ㊀ ㄐㄧ chi¹ 音機
①隱微;細微。見"說文"。②事情的朕兆。如:見幾而作。③將近;接近。如:幾乎。

㊂ ㄐㄧˇ chi^{3} 音己
①問數量多少的疑問詞。如:幾個。②數詞。表示不定的數目。如:幾十人。③何;甚麼。如:幾時。

7【幾希】 ㄐㄧ ㄒㄧ
①不多;很少。②不遠;不少。

【幾何】 ㄐㄧˇ ㄏㄜˊ
多少。

11【幾許】 ㄐㄧˇ ㄒㄩˇ
多少;若干。疑問指稱詞。

13【幾微】 ㄐㄧ ㄨㄟˊ
①預兆。②細微。

16【幾諫】 ㄐㄧ ㄐㄧㄢˋ
用和悅的顏色、委婉的言語來勸諫父母尊長。

4【幾內亞】 ㄐㄧ ㄋㄟˋ ㄧㄚˋ
(Guinea) 位於西'非'的國家。西濱'大西洋'。面積24.6萬方公里,人口947.0萬 (2005年),首都'柯那克里' (Conakry)。沿海平原低平,東部高原為'尼日河' (Niger R.) 及'塞內加爾河' (Senegal R.) 發源地。主產香蕉、咖啡、鐵和鑽石,鋁土產量居世界第三。

7【幾何學】 ㄐㄧˇ ㄏㄜˊ ㄒㄩㄝˊ
(geometry) 依照物體的形狀、大小及位置而研究其原理的科學。2,500年前,'希臘'人'泰利斯'已經發明這種原理。

【幾何光學】 ㄐㄧˇ ㄏㄜˊ ㄍㄨㄤ ㄒㄩㄝˊ
(geometric optics) 在討論光的一些現象,例如物體的影子,光的反射、折射,面鏡或透鏡的成像等,都可用光線的概念來討論。這部分的光學就稱幾何光學,或稱線光學。

【幾何原本】 ㄐㄧˇ ㄏㄜˊ ㄩㄢˊ ㄅㄣˇ
即'歐幾里得''幾何原理'的譯本,十五卷。前六卷為'明''徐光啟'、'利瑪竇'所譯;後九卷為'偉力亞力'、'李善蘭'所譯。是我國第一部介紹西洋數學的著作。

【幾何級數】 ㄐㄧˇ ㄏㄜˊ ㄐㄧˊ ㄕㄨˋ
即等比級數。參等比級數。

4【幾內亞比索】 ㄐㄧ ㄋㄟˋ ㄧㄚˋ ㄅㄧˇ ㄙㄨㄛˇ
(Guinea-Bissau) 位於西'非'的國家。西南濱'大西洋'。西元1973年脫離'葡萄牙'獨立。面積3.6萬方公里,人口142萬 (2005年),首都'比索' (Bissau)。主產花生、木材和蜜蠟。

7【幾何平均數】 ㄐㄧˇ ㄏㄜˊ ㄆㄧㄥˊ ㄐㄩㄣ ㄕㄨˋ
(geometric mean) 二數乘積平方根,稱為二數的幾何平均數。例如:a、b二數其幾何平均數$G=\sqrt{ab}$。又若有n數各為x_1、x_2、……x_n,其幾何平均數$G=\sqrt[n]{x_1x_2\cdots\cdots x_n}$;其幾何平均數之對數則為$\log G=\frac{1}{n}\sum_{j=1}^{n}\log x_j$,即對數之算術平均。

【幾何異構物】 ㄐㄧˇ ㄏㄜˊ ㄧˋ ㄍㄡˋ ㄨˋ
(geometric isomer) 分子於空間因排列不同產生之異構物。其發生於具有雙鍵之化合物,可分為順式與反式幾何異構物。

11

𢇍 繼的或體。

广 部

广 ㄧㄢˇ yen^{3} 音儼
①靠著崖巖而築的房屋。見"說文"。②泛指小屋。③棟頭。見"增韻"。

2

庀 ㄆㄧˇ p'i^{3} 音仳
①具備。見"玉篇"。②治理。

広 廣的俗體。

庂 ㄗㄜˋ tsê^{4} 音仄
參庂慝。

15【庂慝】 ㄗㄜˋ ㄊㄜˋ
農曆月初月亮出現於東方。

3

庄 ㊀ ㄆㄥˊ p'êng^{2} 音彭
平。見"五音集韻"。
㊁ ㄓㄨㄤ chuang^{1} 音莊
莊的俗體。

4

庒 莊的俗體。

庉 ㄊㄨㄣˊ t'un^{2} 音豚
①樓牆。見"說文"。②屋舍。見"廣雅·釋室"。

庌 ㄧㄚˇ ya^{3} 音雅
堂下四周的小屋、小棚。見"說文"。

庋 ㊀ ㄐㄧˇ chi^{3} 音己
①閣;收藏物品的櫥架。見"玉篇"。②放置;收藏。如:庋藏。
㊁ ㄍㄨㄟˇ kuei^{3} 音詭
①同㊀。②祭祀時把犧牲埋藏在地下。同庪。

18【庋藏】 ㄐㄧˇ ㄘㄤˊ
收藏。

庇 ㄅㄧˋ pi^{4} 音必
遮蔽;保護。見"說文"。

7【庇佑】 ㄅㄧˋ ㄧㄡˋ
庇護保佑。

12【庇短】 ㄅㄧˋ ㄉㄨㄢˇ
掩蓋短處。

15【庇蔭】 ㄅㄧˋ ㄧㄣˋ
覆蓋;保護。

21【庇護】 ㄅㄧˋ ㄏㄨˋ
①保護。②(asylum) 國家對於逃入本國權利範圍內之外國人,同意授予保護。③(Pius)'羅馬'教皇的名號之一。最早的'庇護一世'(Saint Pius I)原為奴隸,約於西元140～155年當教皇。於任內極力抨擊諾斯替教(Gnosticism)和馬歇耐特教派(Marcionites)。

最近以庇護爲名是‘庇護十二世’(Pius Ⅻ),原爲‘教廷’的國務卿,於1939年接替已故的‘庇護十一世’(Pius Ⅺ)爲教皇。在任內,極力想防止第二次世界大戰的發生,大戰發生後,更設法減低人類所受的災難,並反對天主教與共產黨合作。他是一多產作家,對有關國際結構、宗教儀式的改革以及“聖經”的研究等問題,發表過不少重要演說。

【庇護權】 ㄅㄧˋ ㄏㄨˋ ㄑㄩㄢˊ
(right of asylum)政治犯逃往他國駐外大使館、公使館或軍艦內,該他國有予以庇護不許逮捕的權利,叫庇護權。西元1968年,‘國際法學會’通過“布宜諾斯艾利斯宣言”,將庇護分爲外交庇護與領土庇護兩大類。

7【庇里牛斯山】 ㄅㄧˋ ㄌㄧˇ ㄋㄧㄡˊ ㄙ ㄕㄢ
(Pyrenees Mts.)‘法國’和‘西班牙’間的界山。山勢東高西低,長435公里,高約2,000公尺,有兩條橫山公路聯絡兩國。旅遊業盛;礦藏豐富,有鐵、鉛、銀、鈷等。東段南麓有小國‘安道爾’。

床 ㄔㄨㄤˊ ch'uang² 音幢
本作牀。[1]供人坐臥的器具。見“玉篇”。[2]安放器物的地方。如:琴床。[3]底部。如:河床。

11【床第】 ㄔㄨㄤˊ ㄗˇ
床席。

16【床頭人】 ㄔㄨㄤˊ ㄊㄡˊ ㄖㄣˊ
指妻子。

3【床上安床】 ㄔㄨㄤˊ ㄕㄤˋ ㄢ ㄔㄨㄤˊ
比喻重複。

11【床第之私】 ㄔㄨㄤˊ ㄗˇ ㄓ ㄙ
指男女閨中之私事。

16【床頭金盡】 ㄔㄨㄤˊ ㄊㄡˊ ㄐㄧㄣ ㄐㄧㄣˋ
比喻陷入窮困。今多用以指因冶遊浪蕩而花盡資財。

序 ㄒㄩˋ hsü⁴ 音壻
[1]分隔正堂東西夾室的牆壁。也指建築物的東西廂。見“說文”。[2]‘殷’時對學校的稱呼。如:庠序。[3]次第。如:長幼有序。[4]依次第排列、處理或敘述。如:序事。[5]文體名。⑴概略敘述作品內容旨趣的文字。如:序跋。⑵贈別或祝壽的文字。如:贈序。

6【序列】 ㄒㄩˋ ㄌㄧㄝˋ
[1]依次排列。[2](sequence)又作敘列。原指一群事物作有秩序的排列,其第n元素若記爲S_n,則可用(S_n)表示此序列。通常所指的序列爲無限數列,亦即自N(或Z_+)到R之映射;此地N指自然數系$N=\{1,2,3,4\cdots\cdots\}$,而$Z_+=\{0,1,2,3\cdots\cdots\}$,$R=$實數系。序列之第$n$項即映射對$n$之像。

【序曲】 ㄒㄩˋ ㄑㄩˇ
(overture)又稱開場曲。是歌劇或神劇開場前,由管絃樂隊所演奏的大樂曲;‘莫札特’所作的歌劇,皆有序曲。也有音樂會內演奏的序曲,而非用爲歌劇的開場,例如‘貝多芬’所作的“柯利奧蘭序曲”(*Coriolanus*);‘布拉姆斯’的“大學慶典序曲”(*Academic Festival*)等。

11【序連】 ㄒㄩˋ ㄌㄧㄢˊ
(concatenation)電腦執行程式時,將兩個或更多之字符串依序連接成爲單一之字符串的過程。

14【序幕】 ㄒㄩˋ ㄇㄨˋ
[1]事件的開端。[2](prologue)指戲劇中第一幕以前的一場戲,用以介紹戲劇的背景,或即將展開的劇情,或預示全劇的主題。

15【序數】 ㄒㄩˋ ㄕㄨˋ
(ordinal number)用來記次第的數。如第一、第二、第三、……等,以別於基數。在集合論中,無窮集合的基數和序數才有很大的區別。

【序齒】 ㄒㄩˋ ㄔˇ
按照年齡的大小以排定先後的次序。

6【序列回憶】 ㄒㄩˋ ㄌㄧㄝˋ ㄏㄨㄟˊ ㄧˋ
(serial recall)測量記憶的主要方法之一。受試者學習一組材料後,必須依原材料組織的順序依次回憶。

10【序時帳簿】 ㄒㄩˋ ㄕˊ ㄓㄤˋ ㄅㄨˋ
以事項發生之時序爲主而爲記錄之簿籍。分普通序時帳簿及特種序時帳簿。

15【序數效用】 ㄒㄩˋ ㄕㄨˋ ㄒㄧㄠˋ ㄩㄥˋ
(ordinal utility)消費者由各種物品消費所得到的效用(或滿足感),可以序數的比較大小次序表示出來。

6【序列位置效應】 ㄒㄩˋ ㄌㄧㄝˋ ㄨㄟˋ ㄓˋ ㄒㄧㄠˋ ㄧㄥˋ
(serial position effect)學習材料經系列安排後,其記憶保存通常以位於系列首末兩端之材料較佳。

【序列強記學習】 ㄒㄩˋ ㄌㄧㄝˋ ㄑㄧㄤˇ ㄐㄧˋ ㄒㄩㄝˊ ㄒㄧˊ
(serial rote learning)學習材料經系列安排而彼此殊少關係,因以強記方式學習的歷程。

应 應的俗體。

庈 ㄑㄧㄣˊ ch'in² 音琴
人名用字。‘春秋’時‘魯’有‘費庈父’。見“左傳·隱二年”。

5

庚 ㄍㄥ kêng¹ 音耕
[1]天干的第七位。[2]年齡。如:貴庚。

3【庚子事變】 ㄍㄥ ㄗˇ ㄕˋ ㄅㄧㄢˋ
‘清’‘光緒’年間‘義和團’與‘清’軍聯合對抗八國聯軍的軍事行動。歲次庚子,故稱。戊戌政變後,因各國不肯引渡變法首腦人物‘康有爲’與‘梁啟超’,民間入教莠民亦倚教士勢力魚肉鄉民,朝野充滿仇外心理。‘義和團’以扶‘清’滅洋爲號召,殺教士,毀教堂。‘日本’使館書記官及'德國'公使先後被殺。'光緒'二十六年(1900)五月,'英'、'美'、'俄'、'日'、'德'、'義'、'奧'、'法'八國聯軍攻陷'大沽'砲臺,以營救使節爲名,直逼'北京'。'慈禧太后'命'義和團'會合'清'軍圍攻各國使館,不下;七月聯軍攻陷'北京','慈禧太后'偕'德宗'出奔'西安'(今'陝西''長安')。

庙 廟的俗體。

店 ㄉㄧㄢˋ *tien*^{4} 音墊
①賣貨物的商號。如:雜貨店。②旅舍。如:客店。

16【店頭廣告】 ㄉㄧㄢˋ ㄊㄡˊ ㄍㄨㄤˇ ㄍㄠˋ
(point of purchase display; POP)出現於商店內外的種種廣告。使用的方式可分立式、掛式、櫃臺用式、牆壁用式四種。如看板、廣告燈、陳列櫃、吊牌、價格牌、玻璃窗上的小貼紙等均屬之。

废 廢的俗體。

庖 ㄆㄠˊ *p'ao*^{2} 音袍
①廚房。如:庖廚。②廚師。如:庖丁。

2【庖丁】 ㄆㄠˊ ㄉㄧㄥ
①'戰國''梁惠王'時善宰牛的廚師,名'丁'。②廚師。

15【庖廚】 ㄆㄠˊ ㄔㄨˊ
廚房;烹調食物的場所。

2【庖丁解牛】 ㄆㄠˊ ㄉㄧㄥ ㄐㄧㄝˇ ㄋㄧㄡˊ
指'梁惠王'時的廚夫善宰牛。本喻善於保養自然的天性,雖處在複雜的社會中,也能悠游自得,而不致被斫傷。後世則用以比喻技術神奇巧妙,或做事爽快俐落。

府 ㄈㄨˇ *fu*^{3} 音斧
①古代國家儲藏文書或財物的地方。如:府庫。②官署。如:官府。③尊稱別人的住宅。如:府上。④古代行政區域名。'漢'稱郡;'唐'稱州(僅建都之地稱府);'宋'時大郡多升爲府;'元'以路領府,以府領州,州領縣。

4【府尹】 ㄈㄨˇ ㄧㄣˇ
官名。'漢'於京師置京兆尹,爲長官。'唐'將京都、陪都所在地及皇帝所曾駐幸之州皆升爲府;共九府,各置府尹一人,從三品,掌宣導教化、巡視屬縣、觀察風俗、審訊囚徒等。'宋'以後改置知府。

10【府庫】 ㄈㄨˇ ㄎㄨˋ
官府收藏財物、器械的庫房。

11【府第】 ㄈㄨˇ ㄉㄧˋ
原指貴官或富豪的雄偉住宅。今泛指一般住宅。

7【府兵制】 ㄈㄨˇ ㄅㄧㄥ ㄓˋ
'西魏''宇文泰'時'蘇綽'所創。將全國分爲百府,每府由一郎將主之,分屬二十四軍;每軍由一開府主之,每二開府隸一大將軍,每二大將軍屬一柱國大將軍。分民戶爲九等,選六等以上人家材力丁壯爲兵,三丁取一。兵與民分籍,可免賦稅。府兵平時耕稼,有事徵發。

底 ㊀ ㄉㄧˇ *ti*^{3} 音抵
①最下面的部分。如:深不見底。②器物下端承托所容物品的部分。如:鞋底。③文書的原稿。如:底本。④盡頭;末尾。如:年底。⑤事務的內情。如:底細。⑥主見;主意。⑦停滯。如:底滯。⑧甚麼。如:干卿底事?。⑨引致;到達。⑩底的誤字。如:靡所底止。⑪(base)如算術記數的底;代數對數的底;幾何圖形的底面、底邊等是。

㊁ ·ㄉㄜ ·*tê* 音的
同的。①介詞。表示所屬的意思。如:他底文章。②詞尾。用在形容詞或副詞之後。如:慢慢底跑。

3【底子】 ㄉㄧˇ ·ㄗ
①基礎。②草稿。③根據。④底細;隱私。

4【底片】 ㄉㄧˇ ㄆㄧㄢˋ
(negative; film)攝影時所用的感光材料。經曝光後,再沖洗加工,可得到被攝體的負像,再以之複印正像。

8【底定】 ㄉㄧˇ ㄉㄧㄥˋ
平定。

11【底細】 ㄉㄧˇ ㄒㄧˋ
事情的原委;詳細的內情。

14【底漆】 ㄉㄧˇ ㄑㄧ
(below paint)敷塗於構造物表面的第一層漆。有膠固、填塞孔縫及增強與中塗層或上塗層面漆黏結作用等功能。

15【底層】 ㄉㄧˇ ㄘㄥˊ
(base course)路面中,在表面積之下,路基或次底層之中的一層。具有將荷重分布至路基、排水及減低冰凍等功用。

17【底薪】 ㄉㄧˇ ㄒㄧㄣ
基本的薪水。

18【底艌】 ㄉㄧˇ ㄋㄢ
通貫戰艦內底的大木。即龍骨。

20【底蘊】 ㄉㄧˇ ㄩㄣˋ
①底細;詳細的內情。②蘊藏在心裡的見識。

10【底特律】 ㄉㄧˇ ㄊㄜˋ ㄌㄩˋ
(Detroit)'美國''密西根州'(Michigan State)最大城及馳名世界的汽車自動化生產中心。位於該州東南。有飛機、電子機械、鋁質產品、橡膠製品、紙、化學原料、計算機和製藥工業。人口91.1萬(2003年)。

12【底棲動物】 ㄉㄧˇ ㄑㄧ ㄉㄨㄥˋ ㄨˋ
(benthos)水中的動物有的棲息水底,稱爲底棲動物。

10【底格里斯河】 ㄉㄧˇ ㄍㄜˊ ㄌㄧˇ ㄙ ㄏㄜˊ
(Tigris R.)西'亞'河川。源於'土耳其'東部山區,東南流至'伊拉克''庫爾納'(al-Qurnah)和'幼發拉底河'會合後,注入'波斯灣'。全長1,851公里。河中多沙洲,船行困難;'摩蘇爾'(Mosul)以下48公里處始可行江輪。和'幼發拉底河'共同沖積成的肥沃平原爲西'亞'文化發祥地。

6

庠 ㄒㄧㄤˊ *hsiang*^{2} 音祥
'周'時學校的稱呼。也是奉養老人的處所。見"說文"。

7【庠序】 ㄒㄧㄤˊ ㄒㄩˋ
①古代地方政府所設立的學校。'周'稱庠,'殷'稱序。後泛指學校。②威儀肅穆的樣子。

庰 ㄅㄧㄥˋ *ping*^{4} 音併
或作屏。①遮蔽。見"說文"。②儲藏。見"廣雅·釋詁"。

庍 斥的本字。

庤 ㄓˋ *chih*^{4} 音志
儲存備用。見"玉篇"。

度 ㊀ ㄉㄨˋ *tu*^{4} 音杜
①法制。如:法度。②限度。如:揮霍無度。③量長短的標準或單位量。如:度量衡。④儀態。如:風度。⑤器量;胸懷。如:雍容大度。⑥量詞。次;回。如:一度。⑦過。通渡。如:度日。⑧救濟。如:普度眾生。⑨傳授。⑩代號爲「°」。角度的併用單位。等於圓周上截取1/360圓弧所張圓心角的角量。⑪(dimension)也稱維。用以表空間爲線、面、體的詞。線、面、體所占空間各爲一、二、三度空間,今以用維爲佳。
㊁ ㄉㄨㄛˋ *to*^{4}, *tuo*^{4} 音惰
①測量。如:量度。②揣測。如:忖度。

4【度支】 ㄉㄨˋ ㄓ
①計畫;支配。即量入爲出之意。②官名。主管全國財稅之審計與支配,故名。'漢'有計相,管財政。'魏'置度支尚書寺。'晉''南北朝'置度支尚書。'隋'改爲民部。'唐'避'太宗'諱,又改爲戶部;下有度支郎中、員外郎。'宋'於'神宗'前,戶部無職掌;別設戶部使、度支使及鹽鐵使,總領全國財政,稱三司。'神宗''元豐'三年(1080)罷三司,權歸戶部。

5【度外】 ㄉㄨˋ ㄨㄞˋ
①心思計慮之外。②法度規則之外。

6【度曲】 ㄉㄨˋ ㄑㄩˇ
①作曲。②依曲調而歌唱。

12【度越】 ㄉㄨˋ ㄩㄝˋ
超過。

【度量】 ㄉㄨˋ ㄌㄧㄤˋ
①測量長短大小的工具。②人的胸襟、器度。③(measure)用一數表示某類幾何事物,或其他數學事物的大小。例如長度、面積、體積、角度等。任何特定的度量值與度量單位的選擇有關,選定之後,一物的度量可想爲它所含有的度量單位總數。例如平面圖形的面積就是它所含的單位正方形數。分析學有一支測度論,專門討論具有較複雜的邊界的集合的度量,是普通度量概念的推廣。

【度量衡】 ㄉㄨˋ ㄌㄧㄤˋ ㄏㄥˊ
度爲計長短的器具,量爲計容積的器具,衡爲計輕重的器具。

4【度日如年】 ㄉㄨˋ ㄖˋ ㄖㄨˊ ㄋㄧㄢˊ
形容日子不好過。

8【度長絜大】 ㄉㄨㄛˋ ㄔㄤˊ ㄒㄧㄝˊ ㄉㄚˋ
比較長短大小。

12【度量衡法】 ㄉㄨˋ ㄌㄧㄤˋ ㄏㄥˊ ㄈㄚˇ
'民國'十八年公布,'民國'四十三、四十四及七十三年曾經修正。主要目的在建立度量衡標準,確保其正確實施。規定度量衡標準的基本單位,以'國際度量衡公會'所制定者爲準:長度以公尺爲單位,重(質)量以公斤爲單位,時間以秒爲單位,溫度以克耳文爲單位,電流以安培爲單位,光強度以燭光爲單位,物質量以莫耳爲單位。

【度量衡學】 ㄉㄨˋ ㄌㄧㄤˋ ㄏㄥˊ ㄒㄩㄝˊ
(metrology)研討某量與作爲基準之量比較,而以數值或符號表示之基本方法的科學。

庢 ㄓˋ *chih*^{4} 音窒
阻礙。俗作厔。如:庢礙。

庛 ㄘˋ *tz'ŭ*^{4} 音次
耒下端分歧的部分。見"集韻"。

庣 ㄊㄧㄠ *t'iao*^{1} 音挑
不滿的樣子。見"廣韻"。

庥 ㄒㄧㄡ *hsiu*^{1} 音休
①休息。同休。見"說文"。②庇蔭。見"爾雅·釋言"。③美好。如:庥命。

7

庫 ㊀ ㄎㄨˋ *k'u*^{4} 音袴
①收藏甲兵戰車的房舍。見"說文"。②貯存物品的房舍。如:倉庫。
㊁ ㄕㄜˋ *shê*^{4} 音社
姓。俗作'厙'。'漢'有'庫鈞'。見"後漢書·竇融傳"。

6【庫存】 ㄎㄨˋ ㄘㄨㄣˊ
倉庫中存有的錢或物資。

8【庫侖】 ㄎㄨˋ ㄌㄨㄣˊ
①(Charles Augustin de Coulomb, 1736～1806)'法國'物理學家。主要以'庫侖'定律著名。西元1781年被選入'法國國家學會'。發明扭秤(torsion balance),以測量磁與電的引力或斥力,後人遂名電量單位爲庫侖。②(coulomb)代號爲C。度量衡導出單位中之電量單位。一庫侖爲每秒以一安培的恆定電流所傳送的電量。

9【庫柏】 ㄎㄨˋ ㄅㄛˊ
(James Fenimore Cooper,1789～1851)'美國'最重要的長篇小說作家。以善於刻劃西部邊疆地區所發生的故事著稱。第一本重要著作"偵探"(*The Spy*)完成於西元1821年。此後所寫"拓荒者"(*The Pioneers*)、"最後的摩希

庫柏像

根人”(*The Last of the Mohicans*)、“大草原”(*The Prairie*)、“先導者”(*The Pathfinder*)和“殺鹿者”(*The Deerslayer*)，以描寫一位高貴的野蠻人‘納第·邦普’(Natty Bumppo)周遭所發生的故事爲主要內容，統稱爲“皮襪故事集”(*Leatherstocking*)。

10【庫倫】 ㄎㄨˋ ㄌㄨㄣˊ
位於‘蒙古地方’的中部，濱‘土拉河’北岸。‘蒙’語意爲市場。有數條公路通往各主要城市，並有鐵路經過且直通‘蘇俄’；附近有煤產，工業發達，是‘蒙古地方’政治、交通中心及最大的工業城市。

18【庫藏】 ㄎㄨˋ ㄗㄤˋ
1 府庫。2 府庫中所儲存的財物。

【庫侖計】 ㄎㄨˋ ㄌㄨㄣˊ ㄐㄧˋ
(coulometer)利用通電時電極變化之重量來測定流過電解系統電量之儀器。常用之庫侖計有銀庫侖計、銅庫侖計、氣態庫侖計等。

14【庫爾貝】 ㄎㄨˋ ㄦˇ ㄅㄟˋ
(Gustave Courbet,1819～1877)‘法國’寫實主義美術大師。他認爲當代的藝術家應該表現當代，而歷史畫應是過去的藝術家所表現的，幻想畫亦是屬於未來藝術家所要表現的。所以他把日常生活所見的景物、靜物及社會忠實地描繪下來。代表作有“採石工人”(*The Stone Breakers*)、“在奧南的葬禮”(*The Burial at Ornans*)、“畫室裡的畫家”(*Painter in His Studio*)等。

6【庫存常式】 ㄎㄨˋ ㄘㄨㄣˊ ㄔㄤˊ ㄕˋ
(library routine)存放於程式館中的常用程式。可供電腦使用者呼叫，以節省重複設計編寫的工作。

8【庫侖定律】 ㄎㄨˋ ㄌㄨㄣˊ ㄉㄧㄥˋ ㄌㄩˋ
(Coulomb's law)荷有電量爲q_1及q_2的兩個帶電體間的靜電作用力F，與其所帶電量的乘積成正比，與兩者間的距離r的平方成反比，方向係沿二電荷的連線上。以數學式表示爲：$F=k\frac{q_1\cdot q_2}{r^2}$，此即‘庫侖’定律。如$q_1$、$q_2$爲同性電，則力$F$係相排斥；如$q_1$、$q_2$爲異性電，則力$F$係相吸引。$k$爲一常數，如電量$q$的單位爲庫侖，則在眞空中$k=8.98742\times10^9 \frac{\text{牛頓－公尺}^2}{\text{庫侖}^2}\approx9.0\times10^9 \frac{\text{牛頓－公尺}^2}{\text{庫侖}^2}$。

【庫拉交易圈】 ㄎㄨˋ ㄌㄚ ㄐㄧㄠ ㄧˋ ㄑㄩㄢ
(kula ring)指‘新幾內亞’東端的‘超布連島’(Trobriand Island)人和鄰島居民間的貿易範圍。庫拉是貿易的象徵物品，代表聲望與財富，由兩種物品構成：一是由紅貝殼串成的項鍊，以順時鐘的方向，在島嶼之間進行交換；另一爲白貝殼做成的手鐲，與前者反方向而行交換。交換時有公開的儀式及禁忌，一個年輕人多半由父親及舅舅那兒得到巫術知識及用以作爲庫拉交換的飾物。這種交換是一代傳一代的，所以合夥人之間的關係也是代代相傳。

庯 ㄅㄨ *pu*[1] 音逋
房屋上平的樣子。見“廣韻”。

庮 ㄧㄡˊ *yu*[2] 音由
1 老屋朽木。見“說文”。2 朽木的臭味。也泛指惡臭。如：一薰一庮。

庨 ㄒㄧㄠ *hsiao*[1] 音哮
1 深遠而空曠的樣子。2 高峻深遠的樣子。

庪 ㄍㄨㄟˇ *kuei*[3] 音詭
祭祀時把犧牲埋藏在地下。同庋。見“集韻”。

庬 一 ㄇㄤˊ *mang*[2] 音忙
豐厚。本作厖。見“玉篇”。

二 ㄇㄥˇ *mêng*[3] 音懵
參庬澒。

15【庬澒】 ㄇㄥˇ ㄏㄨㄥˋ
混沌未分的樣子。

座 ㄗㄨㄛˋ *tso*[4], *tsuo*[4] 音坐
1 坐位。如：入座。2 對長官的敬稱。如：鈞座。3 器物的托架。如：瓶座。4 量詞。如：一座山。

16【座艙】 ㄗㄨㄛˋ ㄘㄤ
(cockpit)飛機機身上一露天或有蓋之空間。供飛行中駕駛員安坐工作之用。即駕駛艙。

5【座右銘】 ㄗㄨㄛˋ ㄧㄡˋ ㄇㄧㄥˊ
放在座位右方，用來警惕、勉勵自己的格言。

16【座艙通話記錄器】 ㄗㄨㄛˋ ㄘㄤ ㄊㄨㄥ ㄏㄨㄚˋ ㄐㄧˋ ㄌㄨˋ ㄑㄧˋ
(cockpit voice recorder)現代民航機規定必須攜帶的記錄器之一。係在一捲能自動洗除以前錄音之磁帶上，錄下座艙內外最近三十分鐘內所有通話，一旦有事故發生，可據以瞭解當時之情況。

庭 一 ㄊㄧㄥˊ *t'ing*[2] 音亭
1 廳堂。見“說文通訓定聲”。2 院子；廳堂臺階前的空地。如：庭院。3 朝廷。4 官員處理公務的地方。如：法庭。

二 ㄊㄧㄥˋ *t'ing*[4]
參大相逕庭。

6【庭宇】 ㄊㄧㄥˊ ㄩˇ
庭院與屋宇。引申爲境界、範圍。

10【庭訓】 ㄊㄧㄥˊ ㄒㄩㄣˋ
指父親的教誨。

【庭除】 ㄊㄧㄥˊ ㄔㄨˊ
泛指庭院。

5【庭外和解】 ㄊㄧㄥˊ ㄨㄞˋ ㄏㄜˊ ㄐㄧㄝˇ
又稱訴訟外和解。係指當事人雙方在訴訟前或訴訟時，私下進行和解，自訂契約。此一契約雖具法律和解效力，但如一方不履行契約，他方不能立即聲請強制執行，必須再打官司，經法官判決後，才具備執行功效。此與庭內和解有

別，意即庭內和解與確定判決具有相同之功效，不需再經訴訟，即可取得強制執行之名義。

8

康 ㄎㄤ k'ang¹ 音穅

[1]平安；無疾病。如：康寧。[2]安樂。如：康樂。[3]廣大。通廣。如：康莊。[4]空虛。通空。[5]'西康省'的簡稱。[6]姓。'漢'有'康衡'。見"萬姓統譜·五二"。

8【康定】 ㄎㄤ ㄉㄧㄥˋ
縣名。昔名'打箭爐'。位於'西康省'東境'大雪山'東麓，地控'長江流域'進入'青康藏高原'的門戶。爲'西康省'省會、貨物集散地及貿易中心。

14【康銅】 ㄎㄤ ㄊㄨㄥˊ
(constantan)泛指一切由40～45%鎳、55～60%銅組成之合金。用於製造熱電偶。

15【康樂】 ㄎㄤ ㄌㄜˋ
安樂。

【康德】 ㄎㄤ ㄉㄜˊ
(Immanuel Kant, 1724～1804)'德國'啟蒙運動時代的哲學家。其哲學思想以人爲中心，將形上學和倫理學、知識論與宗教、理性與信仰總括爲一個體系討論。在知識論、倫理學和美學三方面的卓見，對後世尤其是'德國'的'康德'主義和唯心論有極大的影響。一生著作甚多，以"純粹理性批判"(*Kritik der reinen Vernunft*)、"實踐理性批判"(*Kritik der practischen Vernunft*)、"鑑賞力批評"(*Kritik der Urthielskraft*)爲三大傳世巨構。

康德像

24【康衢】 ㄎㄤ ㄑㄩˊ
四通八達的大路。

2【康乃馨】 ㄎㄤ ㄋㄞˇ ㄒㄧㄣ
多年生草本植物。參香石竹。

6【康有爲】 ㄎㄤ ㄧㄡˇ ㄨㄟˊ
(1858～1927)'廣東''南海'人。字'長素'，後改字'更生'，晚年又字'更甡'。治經以今文爲宗，尤好言"公羊"三世、"禮運"大同之說，旁採當時流行的西洋學術思想，自成一家言。'光緒'二十四年(1898)以工部主事輔'德宗'推行新政，後失敗亡命，組織'保皇黨'。'民國'成立後，謀復辟，未成。著有"孔子改制考"、"新學僞經考"、"大同書"等多種。

康有爲像

8【康拉德】 ㄎㄤ ㄌㄚ ㄉㄜˊ
(Joseph Conrad, 1857～1924)'英國'小說家。原籍'波蘭'，出生於'蘇俄'的'烏克蘭'。西元1874年開始當水手，於二十歲時才開始學'英'文，二十七歲時成爲船長，直到三十七歲退休才開始寫小說，翌年出版了處女作"歐邁爾的荒唐行徑"(*Almayer's Folly*)，接著又出版了"金大爺"(*Lord Jim*)、"青春"(*Youth*)、"颱風"(*Typhoon*)、"機緣"(*Chance*)、"密探"(*The Secret Agent*)、"勝利"(*Victory*)和"黑暗的心"(*Heart of Darkness*)等長、中篇，以及許多短篇小說集。其作品多以海洋爲題材，擅長刻劃心理變化，文體極佳，是'英國'二十世紀初期的大文豪。

【康明思】 ㄎㄤ ㄇㄧㄥˊ ㄙ
(Edward Estlin Cummings, 1894～1962)'美國'詩人。是一超現代主義者，詩特別重視視覺感官的效果，應用爵士音樂的節奏和方言，甚至把他本人的名字小寫爲 e. e. cummings。是現代詩人中幾位成功的詩試驗者之一。著有"艾咪"(*Eimi*)、"不謝"(*No Thanks*)、"湯姆"(*Tom*)等。

12【康普頓】 ㄎㄤ ㄆㄨˇ ㄉㄨㄣˋ
(Arthur Holly Compton, 1892～1962)'美國'物理學家。曾獲'普林斯頓大學'博士學位。於西元1923年解釋他所發現的'康普頓'效應，1927年與'英國'物理學家'威爾遜'(Charles T. R. Wilson)同獲'諾貝爾'物理學獎。在二次世界大戰期間主持冶金的原子計畫(metallurgical atomic project)，首度成功的完成了核子的連鎖反應，爲'曼哈坦'計畫的一部分，並於計畫中製成第一顆原子彈。1945～1953年間，曾任'聖路易''華盛頓大學'校長。

11【康莊大道】 ㄎㄤ ㄓㄨㄤ ㄉㄚˋ ㄉㄠˋ
四通八達的大路。

2【康丁斯基】 ㄎㄤ ㄉㄧㄥ ㄙ ㄐㄧ
(Wassily Kandinsky, 1866～1944)二十世紀抽象畫畫家。生於'俄國''莫斯科'，逝世於'法國''勒伊'(Neuilly-sur-Seine)。早年學法律，後到'德國''慕尼黑'學習藝術，曾旅行'歐洲'與'非洲'北部，後回到'慕尼黑'參加反分離派的'新藝術家協會'(Neue Künstlervereinigung)舉辦的美展。西元1911年組織藍騎士，同時出版了談論抽象藝術的"論藝術的精神"(*Concerning the Spiritual in Art*)一書，而於1912年創作出第一張抽象繪畫。他主張使用色彩與抽象形固有的性質，來表現藝術家內在的世界。晚年受構成主義影響，轉向幾何抽象畫的創作。代表作有"和緩的躍動"(*Temperate Impetus*)等。

14【康熙字典】 ㄎㄤ ㄒㄧ ㄗˋ ㄉㄧㄢˇ
'清''康熙'間'張玉書'等奉敕撰，四十二卷。據'明''梅膺祚'"字彙"、'張自烈'"正字通"而修訂增補。收字四萬七千零三十五，附古文一千九百九十五，分二百一十四個部首排列。每字注其音義，大致皆引古書爲證；後附重文、別體、俗書、訛字。"補遺"一卷，專收冷僻字；"備考"一卷，專收有音無義或音義全無的字。收字既多，引證又詳博，爲'清代'最佳字書，但引書錯誤亦復不少，故'清''王引之'有"字典考證"、'日'人'渡部溫'亦作"訂正康熙字典"。

12【康普頓效應】 ㄎㄤ ㄆㄨˇ ㄉㄨㄣˋ ㄒㄧㄠˋ ㄧㄥˋ
(Compton effect) 西元1923年'美國'科學家'康普頓'發現用單頻率的X-射線入射於較輕的元素(如碳等晶體)，散射後的X-射線變成含有兩種波長，除原入射波長λ_0外，尚有一波長較長的X-射線，其波長λ'與散射角θ滿足下式的關係：$\lambda'-\lambda_0=\frac{h}{m_0c}(1-cos\theta)$，此效應即稱'康普頓'效應。'康普頓'採用光子與電子散射之概念理論性的導出散射光波長與散射角的正確關係。此效應對光子的存在是一個有力的證明。

庸 ㄩㄥ yung¹ 音雍 又讀 ㄩㄥˊ yung² 音傭
1用。如：無庸置疑。2功勞。如：酬庸。3日常；平凡。如：庸碌。4副詞。用同豈、何。如：庸敢。5被僱用的人。同傭。6'隋''唐'時代替力役的賦稅。

2【庸人】 ㄩㄥ ㄖㄣˊ
平凡的人。

3【庸才】 ㄩㄥ ㄘㄞˊ
才能平凡的人。

6【庸劣】 ㄩㄥ ㄌㄧㄝˋ
平庸低劣。

18【庸醫】 ㄩㄥ ㄧ
醫術不高明的醫生。

2【庸人自擾】 ㄩㄥ ㄖㄣˊ ㄗˋ ㄖㄠˇ
原本無事，自尋煩惱。

11【庸庸碌碌】 ㄩㄥ ㄩㄥ ㄌㄨˋ ㄌㄨˋ
形容平凡無奇。

庱 ㄔㄥ ch'êng¹ 音撐
參庱亭。

9【庱亭】 ㄔㄥ ㄊㄧㄥˊ
古地名。在今'江蘇省''丹陽縣'東。據說三國時'孫權'曾射虎於此地。

庶 ㄕㄨˋ shu⁴ 音恕
1眾多。如：庶物。2百姓；平民。如：黎庶。3旁支；旁系。和嫡相對。如：庶子。4相近；差不多。如：庶幾。

2【庶人】 ㄕㄨˋ ㄖㄣˊ
平民；百姓。

3【庶子】 ㄕㄨˋ ㄗˇ
妾所生的兒子。

5【庶民】 ㄕㄨˋ ㄇㄧㄣˊ
百姓；眾民。

【庶母】 ㄕㄨˋ ㄇㄨˇ
父親的妾。別於嫡母而言。

【庶出】 ㄕㄨˋ ㄔㄨ
指非嫡母所生的子女。

8【庶物】 ㄕㄨˋ ㄨˋ
萬物；眾物。

9【庶政】 ㄕㄨˋ ㄓㄥˋ
各種政事。

11【庶羞】 ㄕㄨˋ ㄒㄧㄡ
各種美味的食物。

【庶務】 ㄕㄨˋ ㄨˋ
眾多事務；雜事。

12【庶幾】 ㄕㄨˋ ㄐㄧ
1將近；差不多。2也許；或者可以。表示希望或推測。

庻 庶的俗體。

庹 一 ㄊㄨㄛˇ t'o³, t'uo³ 音妥
長度單位名。成人兩臂左右伸開的長度。見"字彙補"。
二 ㄊㄨㄛˊ t'o², t'uo² 音駝
姓。'明'有'庹五常'。見"萬姓統譜·三五"。

庴 ㄐㄧˊ chi² 音疾
古縣名。或作厝。'漢'屬'清河郡'。'後漢'改名'甘陵'。故城在今'山東省''清平縣'南。

庲 ㄌㄞˊ lai² 音來
房舍。見"廣雅·釋宮"。

庵 ㄢ an¹ 音安
1圓形的草房。見"釋名·釋宮室"。2泛指小房屋。如：茅庵。3小寺廟。多指尼姑所居處。如：尼姑庵。

庾 ㄩˇ yü³ 音羽
1沒有覆蓋的穀倉。如：倉庾。2量名。十六斗爲一庾。3姓。'晉'有'庾亮'。見"萬姓統譜·七八"。

9【庾信】 ㄩˇ ㄒㄧㄣˋ
(513～581)'南北朝''新野'(今'河南''新野')人，字'子山'。擅長詩文辭賦，作品綺麗。初仕'梁'，後出使'西魏'，被留。'西魏'亡，仕'北周'，官至驃騎大將軍、開府儀同三司，世稱'庾開府'。他雖顯赫，卻常有鄉土之思，作品風格轉爲蒼涼沈鬱。有"庾子山集"。

庳 一 ㄅㄧˋ pi⁴ 音婢
1兩邊高而中間低的房舍。見"說文"。2房屋低矮。
二 ㄅㄟ pei¹ 音卑
低下。通卑。如：崇庳。

9

[illegible] 度的本字。

廊 ㄌㄤˊ lang² 音郎
或作廊。1堂東西兩邊的廂房。如：廊廡。2屋前簷下的部分。如：廊簷。3殿堂；君臣議政的地方。如：廊廟。

15【廊廟】 ㄌㄤˊ ㄇㄧㄠˋ
古代君臣議論政事的地方。後用以指朝廷。

【廊廡】 ㄌㄤˊ ㄨˇ
堂前廊屋。引申指學術、文章的範圍、境界。

19【廊簷】 ㄌㄤˊ ㄧㄢˊ
房屋前面伸出的部分。即屋簷。

7【廊形街】 ㄌㄤˊ ㄒㄧㄥˊ ㄐㄧㄝ
(arcade)通常垂直貫穿於兩平行街道間，且沿其兩側沒有店鋪的有頂人行通道。

15【廊廟器】 ㄌㄤˊ ㄇㄧㄠˋ ㄑㄧˋ
比喻能擔任朝廷重要職位的人才。

廄 或作廐。廏的俗體。

廏 ㄐㄧㄡˋ chiu⁴ 音救
或作廄。馬棚；馬房。也泛指牲舍。見"說文"。

8【廏肥】 ㄐㄧㄡˋ ㄈㄟˊ
指家畜的排泄物、褥草和少量飼料殘物等的混合物。可作肥料。

廂 ㄒㄧㄤ hsiang¹ 音香
①正屋兩旁的側房。如：廂房。②邊；旁邊。如：一廂情願。③戲院特別隔開的座位。如：包廂。

8【廂房】 ㄒㄧㄤ ㄈㄤˊ
正房左右側的房屋。

廁 ㊀ ㄘˋ tz'ŭ⁴ 音次
①便所。②雜置；參加。如：廁身其間。
㊁ ㄘㄜˋ ts'ê⁴ 音側
①同㊀①。②側；插。如：廁足。
㊂ ㄙˋ szŭ⁴, ssŭ⁴ 音四
茅廁之廁的讀音。

廅 寓的或體。

廇 廟的古文。

10

廉 ㄌㄧㄢˊ lien² 音連
①堂的側邊。如：堂廉。②稜角；鋒利。如：廉隅。③逼仄；狹窄。④不貪；不苟取。如：廉潔。⑤儉約；便宜。如：廉價。⑥考察；查察。如：廉訪。⑦姓。'漢'有'廉范'。見"萬姓統譜·六七"。

8【廉直】 ㄌㄧㄢˊ ㄓˊ
廉潔正直。

【廉明】 ㄌㄧㄢˊ ㄇㄧㄥˊ
廉潔明察。

10【廉能】 ㄌㄧㄢˊ ㄋㄥˊ
廉潔而有才能。

12【廉隅】 ㄌㄧㄢˊ ㄩˊ
稜角。比喻人的品行方正，志節堅定。

14【廉頗】 ㄌㄧㄢˊ ㄆㄛ
'戰國''趙'名將。'惠文王'時任上卿，屢敗'齊'、'魏'等國。'長平'之役，'頗'堅壁固守，'趙'中'秦'反間計，以'趙括'代之，'趙'遂大敗。'孝成王'時，領兵破'燕'，封'信平君'。'悼襄王'時，因罪奔'魏'，由'魏'至'楚'，病死'壽春'。

15【廉潔】 ㄌㄧㄢˊ ㄐㄧㄝˊ
方正清白，不貪汙。

【廉價】 ㄌㄧㄢˊ ㄐㄧㄚˋ
便宜的價格。

廅 ㄜˋ o⁴, ê⁴ 音厄
①藏。見"集韻"。②山旁的洞穴。同㕒。見"正字通"。

廌 ㄓˋ chih⁴ 音豸
參解廌。

廈 ㄕㄚˋ sha⁴ 音煞 讀音 ㄒㄧㄚˋ hsia⁴ 音夏
①房屋。如：高樓大廈。②東西廂房。如：廈房。

8【廈門】 ㄒㄧㄚˋ ㄇㄣˊ
省轄市。位於'福建省''漳江'口外'廈門島'的西南岸。港埠灣闊水深，有鐵路通往'長江流域'，且地當海運要衝，爲'閩'省最大商港及'華'僑出入的主要門戶。

廋 ㄙㄡ sou¹ 音搜
①隱藏；藏匿。如：廋伏。②彎曲之處。如：山廋。③索求；搜索。通搜。如：廋索。

廆 ㊀ ㄏㄨㄟˋ hui⁴ 音匯
癖好。見"集韻"。
㊁ ㄍㄨㄟ kuei¹ 音歸
山名。今名'谷口山'。在'河南省''洛陽縣'西南。

廇 ㄌㄧㄡˋ liu⁴ 音霤
或作廇。中庭。見"說文"。

11

廓 ㄎㄨㄛˋ k'o⁴, k'uo⁴ 音闊
①大；廣闊。如：寥廓。②空虛。③開拓。如：廓土。④外部；外周。如：輪廓。

11【廓清】 ㄎㄨㄛˋ ㄑㄧㄥ
徹底掃蕩肅清。

12【廓然】 ㄎㄨㄛˋ ㄖㄢˊ
①憂傷的樣子。②空虛的樣子。③廣大的樣子。④清明的樣子。

13【廓落】 ㄎㄨㄛˋ ㄌㄨㄛˋ
①廣大的樣子。②空虛寂寞的樣子。③寬宏豁達的樣子。④鬆散的樣子。

12【廓然大公】 ㄎㄨㄛˋ ㄖㄢˊ ㄉㄚˋ ㄍㄨㄥ
心胸寬宏，公正無私。

廘 ㄌㄨˋ lu⁴ 音鹿
穀倉。見"玉篇"。

廖 ㄌㄧㄠˋ liao⁴ 音料
姓。'漢'有'廖扶'。見"萬姓統譜·一〇三"。

6【廖仲愷】 ㄌㄧㄠˋ ㄓㄨㄥˋ ㄎㄞˇ
(1878～1925)祖籍'廣東''惠陽'，生長於'美國'。原名'恩煦'。留學'日本'，攻讀政治經濟，加入'同盟會'。'民國'肇建後，任'廣東'財政部副部長。後隨'孫中山'先生南下護法，歷任'廣州'革命政府財政部長兼'廣東省'財政廳長、'中國國民黨'中央常委、工人部長、'廣東'省長等職，後以遇刺殉難。著有"平均地權"、"答胡適之論井田"等。譯有"全民政治"。

廖仲愷像

廒 ㄠˊ ao² 音敖
糧倉。見"篇韻"。

廜 ㄊㄨˊ t'u² 音徒
或作廜。①草房。見"廣雅·釋宮"。②平頂屋。或作瘏。見"集韻"。

廑 ㄐㄧㄣˇ chin³ 音僅 又讀 ㄐㄧㄣˋ chin⁴ 音覲
①小屋。見"集韻"。②纔；只。通僅。見"字彙"。③勤勉；殷勤。

廗 ㄉㄞˋ tai⁴ 音帶
邪祟。見"玉篇"。

廎 ㄑㄧㄥˇ ch'ing³ 音頃
小廳堂。本作高。見"說文"。

廕 ㄧㄣˋ yin⁴ 音印
1祖先的恩澤及於子孫。如：廕生。2泛指庇護。

5【廕生】 ㄧㄣˋ ㄕㄥ
'清代'稱藉祖先功勞或官職而進入國子監讀書的學生。

廔 ㄌㄡˊ lou² 音樓
1房屋門窗通明的樣子。見"說文"。2屋脊。見"玉篇"。

廙 ㄧˋ i⁴ 音異
1可以任意搬動的帳篷。見"說文"。2恭敬。通翼。見"廣韻"。

12

廚 ㄔㄨˊ ch'u² 音除
俗作厨、㕑。1烹調飲食的處所。如：庖廚。2櫃子。通櫥。

15【廚餘】 ㄔㄨˊ ㄩˊ
(food wastes)經廚房處理、烹飪及食用後殘餘之肉類、水果、蔬菜等物。具易腐敗及含水量高之特性。

10【廚頭灶腦】 ㄔㄨˊ ㄊㄡˊ ㄗㄠˋ ㄋㄠˇ
指廚房中的雜事。

廝 ㄙ szŭ¹, ssŭ¹ 音私
1下役；析薪養馬的人。如：小廝。2對人輕侮的稱呼。如：那廝。3互相。如：廝守。

6【廝守】 ㄙ ㄕㄡˇ
相守。

7【廝役】 ㄙ ㄧˋ
供人使役的人。

8【廝併】 ㄙ ㄅㄧㄥˋ
死力相拚。

11【廝混】 ㄙ ㄏㄨㄣˋ
雜混在一起。

【廝殺】 ㄙ ㄕㄚ
彼此相殺。

15【廝鬧】 ㄙ ㄋㄠˋ
相互戲弄、胡鬧。

廣 ㄍㄨㄤˇ kuang³ 音獷
1闊大。如：廣博。2推廣；擴充。3寬度。如：地廣四丈。4寬慰。如：賦詩自廣。5'廣東省'的簡稱。6姓。'宋'有'廣漢'。見"萬姓統譜・八六"。

7【廣告】 ㄍㄨㄤˇ ㄍㄠˋ
指在行銷過程中，透過媒體向顧客傳播訊息以達成行銷目標的行爲。

8【廣居】 ㄍㄨㄤˇ ㄐㄩ
1廣大的居室。2喻仁道。

10【廣被】 ㄍㄨㄤˇ ㄅㄟˋ
廣泛地覆蓋。

【廣島】 ㄍㄨㄤˇ ㄉㄠˇ
(Hiroshima)'日本'重要海軍基地，位於'本州'(Honshu I.)西南，臨'瀨戶內海'。港闊水深，可泊巨輪。西元1945年8月6日，'美'軍於此投擲第一顆原子彈。現為'廣島縣'首府，汽車、造船、機械及釀酒業均極發達。人口115.6萬(2005年)。

11【廣袤】 ㄍㄨㄤˇ ㄇㄠˋ
指土地的面積。東西爲廣，南北爲袤。

12【廣雅】 ㄍㄨㄤˇ ㄧㄚˇ
三國'魏''張揖'撰，本分三卷，'唐'以後析爲十卷。博采"三倉"、"方言"、"說文"及'漢'儒諸經箋注，彙成一書，以補"爾雅"之不足。因避'隋煬帝''楊廣'諱，又名"博雅"。爲研究古代詞彙和訓詁的重要資料。

13【廣義】 ㄍㄨㄤˇ ㄧˋ
1就原有的意義加以推廣闡發。2與狹義相對。指定義的適用範圍大者。

14【廣漠】 ㄍㄨㄤˇ ㄇㄛˋ
廣闊空曠。

15【廣播】 ㄍㄨㄤˇ ㄅㄛˋ
指發射廣播或電視訊號，以供受眾收聽或收視。

19【廣韻】 ㄍㄨㄤˇ ㄩㄣˋ
全名"大宋重修廣韻"。'宋''陳彭年'、'邱雍'等奉敕依據"切韻"增訂而成，五卷。收字兩萬六千一百九十四，字下各注反切、義訓，依韻排列。平聲字多，分上下二卷，其餘上、去、入各一卷。爲研究中古語音最重要的資料。

6【廣州市】 ㄍㄨㄤˇ ㄓㄡ ㄕˋ
直轄市。簡稱'穗'，古稱'番禺'，又名'五羊城'或'羊城'。位於'珠江三角洲'的頂點。自古即爲我國對外貿易中心。現爲'廣東省'省會，因當'珠江'水運中心，並有鐵路通往'武''漢'三鎮及'九龍'，工商業盛，爲'嶺'南最大交通、經濟、文化中心、最大商埠及'華'僑出入的門戶。因是國民革命思想的策源地，市內名勝甚多。

【廣西省】 ㄍㄨㄤˇ ㄒㄧ ㄕㄥˇ
位於我國西南部。簡稱'桂'。境內山丘遍布，石灰岩地形相當發達，農業發展受限，但山水風景，獨具特色，尤以'桂林'、'陽朔'一帶最馳名，有「'桂林'山水甲天下，'陽朔'山水甲'桂林'」之諺。'西江'水系布及全省，富航行之利，都市發展以水陸交通爲據點；山區產木材、香料和藥材。以'桂林'爲省會。

7【廣告力】 ㄍㄨㄤˇ ㄍㄠˋ ㄌㄧˋ
(life)也稱促銷力。指廣告或促銷活動足以誘使受眾發生預期活動的能力。其效果由受眾不斷重複接觸廣告而發生的反應程度來衡量。

8【廣東省】 ㄍㄨㄤˇ ㄉㄨㄥ ㄕㄥˇ
我國最南的省分。簡稱'粵'。因居'南嶺'以南，通稱'嶺'南。境內多丘陵，平原以各河谷地及'珠江三角洲'爲主，農業很盛；但因人口眾多，仍無法自給自足，迫使人口大量外移，是我國著名的僑鄉。以'廣州市'爲省會。

11【廣陵散】 ㄍㄨㄤˇ ㄌㄧㄥˊ ㄙㄢˇ
琴曲名。也稱"廣陵止息"。'漢'、'魏'時相和'楚'調但曲(沒有歌唱的純器樂曲)之一，可合奏，或獨奏。現存曲譜包括開指、小序、大序、正聲、亂聲、後序等四十五段，是篇幅最長的琴曲之一。三國'魏''嵇康'善鼓琴，爲'司馬昭'所害，臨

刑索琴彈"廣陵散",感歎說:「昔'袁孝尼'嘗從吾學"廣陵散",吾每靳固之,"廣陵散"於今絕矣。」後人因稱絕學、絕響爲廣陵散。

12【廣寒宮】 ㄍㄨㄤˇ ㄏㄢˊ ㄍㄨㄥ
相傳爲月亮裡的宮殿。也用以稱月亮。

15【廣播網】 ㄍㄨㄤˇ ㄅㄛˋ ㄨㄤˇ
(network)向全國廣播節目的全國性廣播公司或電視公司,其分臺或附屬臺,遍布各地,有如網狀,故名。

7【廣告看板】 ㄍㄨㄤˇ ㄍㄠˋ ㄎㄢˋ ㄅㄢˇ
(billboard)戶外廣告的一種。可容24張或30張全開的海報。

【廣角鏡頭】 ㄍㄨㄤˇ ㄐㄧㄠˇ ㄐㄧㄥˋ ㄊㄡˊ
焦距比一般鏡頭短,但其視角涵蓋能力(約60~180°)卻較一般標準鏡頭(約50°)寬廣的特殊鏡頭。常用來拍攝寬廣的場面或高大的景物。但因焦距短,球面曲率大,拍攝出來的影像常會變形,近景尤其顯著。

12【廣開言路】 ㄍㄨㄤˇ ㄎㄞ ㄧㄢˊ ㄌㄨˋ
開放言論,博採意見。

23【廣體客機】 ㄍㄨㄤˇ ㄊㄧˇ ㄎㄜˋ ㄐㄧ
(wide-body aircraft)一種巨無霸型民航客機。其旅客機艙具有足夠寬度(均不少於4.72公尺或15.5呎),得順機身縱向設置二通行道,而將座位平行分列成三區。如'美國''波音公司'(The Boeing Company)767客機即爲其狹小者。

5【廣田三原則】 ㄍㄨㄤˇ ㄊㄧㄢˊ ㄙㄢ ㄩㄢˊ ㄗㄜˊ
'民國'二十四年八月,'日本'外務省大臣'廣田弘毅',商得陸軍、海軍兩省之同意,決定對'華'的新政策。要點有三:一、'中''日'親善;二、尊重'滿洲國'的存在;三、共同防'共'。十月,'日本'內閣正式通過。

7【廣告成本效率】 ㄍㄨㄤˇ ㄍㄠˋ ㄔㄥˊ ㄅㄣˇ ㄒㄧㄠˋ ㄌㄩˋ
(cost efficiency)指依某項廣告媒體所擁有的實際或潛在受眾,及在該媒體刊、播廣告的成本,測定該媒體所產生的效率。通常以每千人(或千戶)的成本表示。

【廣告傳播五步驟】 ㄍㄨㄤˇ ㄍㄠˋ ㄔㄨㄢˊ ㄅㄛˋ ㄨˇ ㄅㄨˋ ㄗㄡˋ
(AIDBA)指消費者從接受廣告訊息或訴求,到最後採取行動所經歷的過程。即開始注意(attention)→發生興趣(interest)→產生慾望(desire)→產生信仰(belief)→採取行動(action)等五個步驟。

廟 ㄇㄧㄠˋ *miao*^{4} 音妙
古作庿,俗作庙。①祭祀祖先的屋宇。如:太廟。②供奉神佛的屋宇。如:寺廟。③王宮的前殿;朝廷議政的地方。如:廊廟。

9【廟祝】 ㄇㄧㄠˋ ㄓㄨˋ
管理神廟的人。

11【廟堂】 ㄇㄧㄠˋ ㄊㄤˊ
①宗廟。②朝廷。

13【廟號】 ㄇㄧㄠˋ ㄏㄠˋ
帝王死後,升祀於太廟所尊立的名號。如'清''乾隆'皇帝的廟號是'高宗'。

【廟會】 ㄇㄧㄠˋ ㄏㄨㄟˋ
寺廟內或附近的定期市集。

16【廟諱】 ㄇㄧㄠˋ ㄏㄨㄟˋ
已死帝王的名諱。

18【廟謨】 ㄇㄧㄠˋ ㄇㄛˊ
朝廷的謀略。

20【廟議】 ㄇㄧㄠˋ ㄧˋ
①朝廷的謀議。②有關宗廟禮制的論議。

廢 ㄈㄟˋ *fei*^{4} 音肺
①罷除;捨棄。如:廢業。②毀壞;敗壞。如:興廢存亡。③毀壞無用的。如:廢墟。④荒怠。如:曠廢。⑤殘疾。如:廢疾。

4【廢水】 ㄈㄟˋ ㄕㄨㄟˇ
廢棄的水。

6【廢弛】 ㄈㄟˋ ㄕˇ
荒廢敗壞。

9【廢約】 ㄈㄟˋ ㄩㄝ
①廢止契約。②已被廢棄的條約。

10【廢除】 ㄈㄟˋ ㄔㄨˊ
廢止;取消。

11【廢棄】 ㄈㄟˋ ㄑㄧˋ
捨棄;拋棄。

15【廢墟】 ㄈㄟˋ ㄒㄩ
荒廢的城鎮或建築。

8【廢兩改元】 ㄈㄟˋ ㄌㄧㄤˇ ㄍㄞˇ ㄩㄢˊ
'國民政府'的幣制改革政策。'民國'創建,銀兩、銀元照舊並行。'民國'二十一年,'財政部'著手研究幣制本位的改革,七月成立廢兩改元研究會。次年三月公布實施細則,十日由'上海'開始施行,所有交易改用'中央鑄幣廠'所造的新銀元爲計算單位,半年內完成幣制統一。

14【廢寢忘食】 ㄈㄟˋ ㄑㄧㄣˇ ㄨㄤˋ ㄕˊ
忘了吃飯睡覺。形容人非常專心於某一事務。

11【廢棄物交換】 ㄈㄟˋ ㄑㄧˋ ㄨˋ ㄐㄧㄠ ㄏㄨㄢˋ
(waste exchange)將工業廢棄物、副產品、剩餘物或不合規定的物品,由一個工廠搬運到另一工廠,作爲其生產原料的活動。

4【廢水高級處理】 ㄈㄟˋ ㄕㄨㄟˇ ㄍㄠ ㄐㄧˊ ㄔㄨˇ ㄌㄧˇ
(advanced waste water treatment)指處理廢水時,採用物理、化學、生物等組合之處理方式,儘可能除去廢水汙染物,達到廢水重用及回收再利用等目的。

廠 ㄔㄤˇ *ch'ang*^{3} 音敞
①有頂無壁的房屋。如:茅廠。②工人製造器物的場所。如:工廠。③'明代'的特務機構。如:東廠。

11【廠商】 ㄔㄤˇ ㄕㄤ
(firm)將生產及行政相結合的企業組織。可能只擁有一家或一家以上的工廠。廠商在以前可能只是一間規模很小的店鋪，現代大規模的公司組織則日漸普遍。

14【廠獄】 ㄔㄤˇ ㄩˋ
'明代'東廠西廠囚禁犯人的牢獄。

11【廠商均衡】 ㄔㄤˇ ㄕㄤ ㄐㄩㄣ ㄏㄥˊ
(firm equilibrium)當廠商決定一種價格與產量的組合，使其達到利潤最大或損失最少時，價格與產量的組合即達均衡，不再變動。

廛 ㄔㄢˊ ch'an² 音纏
①古稱可以供一家居住的二畝半房地爲一廛。見"說文"。②泛指民宅、房舍。如：民廛。③商店；店鋪。如：廛肆。

廞 ㊀ ㄑㄧㄣ ch'in¹ 音欽
①陳列。②興作。
㊁ ㄧㄣˇ yin³ 音引
淤塞。
㊂ ㄑㄧㄢ ch'ien¹ 音鉛
深陷，凹下。同嵌。

廡 ㄨˇ wu³ 音舞
①堂下周圍的房子。如：東廡。②泛指房屋。③酒器。④草木繁盛。如：蕃廡。

13【廡殿】 ㄨˇ ㄉㄧㄢˋ
我國古典建築屋頂型式的一種。前後左右成四坡結構。

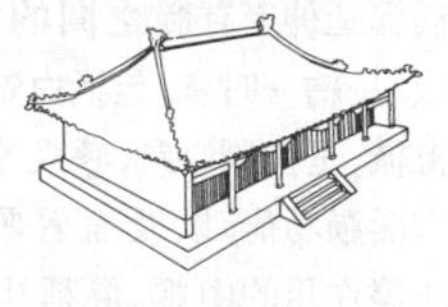
廡殿圖

13

廪 廩的訛字。

廩 ㄌㄧㄣˇ lin³ 音凜
本作亩。①糧倉。見"說文"。②糧食。如：廩食。③積聚。④危懼。通懍。如：廩然。⑤寒冷。通凜。如：廩秋。

5【廩生】 ㄌㄧㄣˇ ㄕㄥ
'明''清'時接受政府廩米的生員。

廦 ㄅㄧˋ pi⁴ 音必
①牆垣。見"說文"。②屋舍；居室。見"廣韻"。

廚 僅的或體。

廧 ㄑㄧㄤˊ ch'iang² 音牆
①牆垣。同牆。見"玉篇"。②屏藩。

廫 ㄧㄠˊ yao² 音遙
座席。見"廣韻"。

廨 ㄒㄧㄝˋ hsieh⁴ 音懈
官署、官舍的通稱。見"玉篇"。

廥 ㄎㄨㄞˋ k'uai⁴ 音儈
①積藏芻草的房舍。見"說文"。②糧倉。

15

廬 廛的俗體。

廫 寥的古文。

16

龐 ㄆㄤˊ p'ang² 音旁
①高屋。見"說文"。②巨大。如：龐然大物。③俗稱面貌。如：臉龐。④雜亂。如：龐雜。⑤充實的樣子。如：四牡龐龐。⑥姓。三國'蜀'有'龐統'。見"萬姓統譜·三"。

10【龐涓】 ㄆㄤˊ ㄐㄩㄢ
'戰國''魏'將。與'孫臏'同學兵法於'鬼谷子'，事'魏惠王'，自以爲才能不及'孫臏'，乃陰謀構陷'臏'，召'臏'入'魏'而斷其足。'臏'亡入'齊'，'齊'將'田忌'拜爲軍師。後與'涓'戰於'馬陵'，'涓'大敗，自刎而死。

12【龐然】 ㄆㄤˊ ㄖㄢˊ
很大的樣子。

18【龐雜】 ㄆㄤˊ ㄗㄚˊ
雜亂。

7【龐貝城】 ㄆㄤˊ ㄅㄟˋ ㄔㄥˊ
(Pompeii)位於'義大利''那不勒斯'(Naples)以東的廢墟。原爲古'羅馬'時代近海山丘上的一座小城，西元79年8月24日，全爲'維蘇威火山'(Mt. Vesuvius)突然噴發的火山灰掩埋。18世紀起開始長期挖掘，今日爲旅遊觀光勝地。

11【龐畢度】 ㄆㄤˊ ㄅㄧˋ ㄉㄨˋ
(Georges Pompidou, 1911～1974)'法國'政治家。於西元1962～1968年任總理，並於1969年至其逝世時任'法國'第五共和總統。第二次世界大戰以前曾任教職，1944年後，數度擔任'戴高樂'的祕書和助理。1958年協助'戴高樂'起草第五共和的憲法以及擬訂促使'法國'經濟復甦的計畫；1961年被派赴'阿爾及利亞'斡旋軍事停火成功；1968年5月的工潮和學生運動發生後，投身與工人、學生談判，終於簽訂"格勒涅爾協定"(*Grenelle Agreement*)。次年'戴高樂'辭職後，獲選爲總統，繼承'戴高樂'主義，擴大'歐洲共同體'(EC)，努力確保'法國'在國際上的領導權。

9【龐眉皓髮】 ㄆㄤˊ ㄇㄟˊ ㄏㄠˋ ㄈㄚˇ
老人眉髮花白的樣子。

廬 ㄌㄨˊ lu² 音盧
①田間小屋。如：廬舍。②泛指房舍。③居住；寄居。

3【廬山】 ㄌㄨˊ ㄕㄢ
位於'江西省'北部，'九江'南方，聳峙在'長江'與'鄱陽湖'之間。高1,500公尺，雲霧瀰漫，有「不識'廬山'眞面目」之語。其中以'五老峰'最著名，峰下有'白鹿洞書院'；山中心的'牯嶺'，高1,150公尺，是著名的避暑勝地，有「夏都」之稱。

8【廬舍】 ㄌㄨˊ ㄕㄜˋ
①田家的屋舍。②建在墓旁的簡陋屋舍。③供旅行者休息的館舍。④軍隊臨時駐紮的地方。

14【廬墓】 ㄌㄨˊ ㄇㄨˋ
①古代於父母或師長之喪時，在

墓旁搭建簡陋屋舍居住。②屋舍和墳墓。

3【廬山眞面目】 ㄌㄨˊ ㄕㄢ ㄓㄣ ㄇㄧㄢˋ ㄇㄨˋ
比喻事物的眞相或人的本來面目。

17

廮 ㄧㄥˇ *ying*³ 音郢
安止。見"說文"。

廯 ㄒㄧㄢˇ *hsien*³ 音顯
積儲穀麥的倉廩。見"廣雅·釋宮"。

18

廰 廳的俗體。

廱 ㄩㄥ *yung*¹ 音雍
①天子的學舍。如：辟廱。②阻塞。通壅。③和樂。如：廱和。

8【廱河】 ㄩㄥ ㄏㄜˊ
壅塞的河流。也作壅河。

21【廱廱】 ㄩㄥ ㄩㄥ
音聲和諧的樣子。也作雍雍。

22

廳 ㄊㄧㄥ *t'ing*¹ 音汀
①古代官府辦公的地方。見"集韻"。②私宅的堂屋。如：廳堂。③古代地方行政區域名。'清代'官制，府下有廳，廳又分直隸廳、散廳二種。④今官署名。如省政府之下設民政廳、財政廳等。又'國防部'下的次級機關也叫廳。

廴 部

廴 ㄧㄣˇ *yin*³ 音引
長行。見"說文"。

3

廵 巡的訛字。

4

延 ㄔㄢ *ch'an*¹ 音攙
安步；慢行。見"說文"。

廷 ㄊㄧㄥˊ *t'ing*² 音亭
①君臣議政的處所。如：廷論。②地方官吏辦事的處所。如：縣廷。③庭院；院子。通庭。如：趨廷。

7【廷杖】 ㄊㄧㄥˊ ㄓㄤˋ
古代帝王在朝廷上當眾杖打大臣的刑罰。

11【廷尉】 ㄊㄧㄥˊ ㄨㄟˋ
官名。'秦'置，九卿之一，掌司法。'漢'承之，'景帝'時改爲大理，'武帝'時復稱廷尉。'北齊'至'清'，皆稱大理寺卿。

14【廷對】 ㄊㄧㄥˊ ㄉㄨㄟˋ
①在朝廷上回答皇帝的問詢。②指科舉時代的殿試。

11【廷得耳效應】 ㄊㄧㄥˊ ㄉㄜˊ ㄦˇ ㄒㄧㄠˋ ㄧㄥˋ
(Tyndall effect) 當一束強光照射並通過氣態或液態膠體溶液時，膠體粒子會將光線向各方向散射而成一明亮的光帶，這種現象稱爲'廷得耳'效應。且因眞溶液無此效應，所以應用這種方法，可區別膠體溶液和眞溶液。

5

廸 迪的俗體。

廹 迫的俗體。

延 ㄧㄢˊ *yen*² 音言
①引申；引長。如：延年。②引進；召請。如：延聘。③姓。'漢'有'延篤'。見"萬姓統譜·二八"。

6【延安】 ㄧㄢˊ ㄢ
縣名。在'陝西省'北部'延水'南岸。爲'陝北高原'的經濟、交通中心，附近蘊藏有油頁岩。

【延吉】 ㄧㄢˊ ㄐㄧˊ
省轄市。位於'松江省'南部，濱'圖們江'支流'哈爾巴通河'。地控'長白山'及'穆稜窩集嶺'間盆地的中心，並有鐵路通過，爲農林礦產的集散中心。且地近'韓國'，是我國國防重地及'中''韓'貿易市場。

8【延宕】 ㄧㄢˊ ㄉㄤˋ
延遲耽擱。

【延性】 ㄧㄢˊ ㄒㄧㄥˋ
(ductility) 材料受拉力作用於斷裂前產生之最大永久變形的性質。延性愈大，愈能拉長成綿狀或絲狀。一般金屬都具有很好的延性。金屬元素中延性最佳的是金。

【延長】 ㄧㄢˊ ㄔㄤˊ
加長；拉長。

10【延時】 ㄧㄢˊ ㄕˊ
(dead time; delay) 指輸入訊號變化，輸出訊號不立即引起變化的情形。或指輸入訊號變化後，經一段時間輸出訊號才變化，此時間稱爲延時。

12【延期】 ㄧㄢˊ ㄑㄧˊ
展緩或延長期限。

13【延禍】 ㄧㄢˊ ㄏㄨㄛˋ
招來禍殃。

【延聘】 ㄧㄢˊ ㄆㄧㄣˋ
聘請。

【延腦】 ㄧㄢˊ ㄋㄠˇ
(medulla oblongata) 又名延髓。由橋腦延伸至脊髓之間的構造。錐狀，長約一吋多，包括白質及網狀組織。是控制心跳、呼吸等內臟器官活動功能，以及血管收縮和嘔吐等作用的中樞。俗稱生命中樞。

14【延滯】 ㄧㄢˊ ㄓˋ
耽誤；拖延。

【延誤】 ㄧㄢˊ ㄨˋ
延遲耽誤。

21【延譽】 ㄧㄢˊ ㄩˋ
傳揚聲譽。

【延續】 ㄧㄢˊ ㄒㄩˋ
繼續。

24【延攬】 ㄧㄢˊ ㄌㄢˇ
招納；招致。

14【延滯費】 ㄧㄢˊ ㄓˋ ㄈㄟˋ
(demurrage) 在航程傭船,貨物在裝(卸)貨港裝(卸)貨的延誤,使船舶在裝(卸)貨港的碇泊期間超過約定裝卸期間時,傭船人(貨主)得依其超過的時間及約定的付費標準,向船方支付費用,稱爲延滯費。而在貨櫃運輸,滿櫃貨物卸船後,貨主未於約定的免費期內至貨櫃集散場提領貨櫃時,所加收的費用,也稱爲延滯費。免費期各船公司規定不同,一般爲五天,不包括星期六、日及假期,該費用是採累進計算。

6【延年益壽】 ㄧㄢˊ ㄋㄧㄢˊ ㄧˋ ㄕㄡˋ
延長壽命。

10【延時曲線】 ㄧㄢˊ ㄕˊ ㄑㄩ ㄒㄧㄢˋ
(duration curve)爲表示一物理量在某一期間內相等或超過的次數或頻率所作的繪圖曲線。

10【延遲電路】 ㄧㄢˊ ㄔˊ ㄉㄧㄢˋ ㄌㄨˋ
(delay circuit)以電子電路所組成而具有把輸入信號延遲某一時刻才傳送至輸出端的裝置。

【延頸企踵】 ㄧㄢˊ ㄐㄧㄥˇ ㄑㄧˋ ㄓㄨㄥˇ
伸長脖子,踮起腳跟。形容熱切期待的樣子。

17【延壓收款】 ㄧㄢˊ ㄧㄚ ㄕㄡ ㄎㄨㄢˇ
(lapping)現金舞弊方式之一。又稱挪東補西。主要運用現金收入遲延記帳方式以掩飾虧空。例如向顧客甲收到的現金占爲己有,然後收自某乙的款項,記入某甲的帳戶,爾後收到某丙的款項,作爲某乙款項的收到。

5【延平郡王祠】 ㄧㄢˊ ㄆㄧㄥˊ ㄐㄩㄣˋ ㄨㄤˊ ㄘˊ
供奉‘鄭成功’的祠堂。‘明’‘鄭成功’受‘桂王’封爲‘延平郡王’,死後,‘臺灣’人民建‘開山廟’祭拜。‘清’‘光緒’元年(1875)‘沈葆楨’爲巡‘臺’使者,請建‘延平郡王祠’於今‘臺南市’,配祀生母、妃子及文武諸臣。

7【延伸型封面】 ㄧㄢˊ ㄕㄣ ㄒㄧㄥˊ ㄈㄥ ㄇㄧㄢˋ
超過各頁邊緣的封面。藉擴大版面以增加吸引力,爲廣告所習用。

16【延遲正反器】 ㄧㄢˊ ㄔˊ ㄓㄥˋ ㄈㄢˇ ㄑㄧˋ
(delay flip-flop; D flip-flop; DFF) 正反器的一種。其輸出信號比輸入信號延遲一段時間,故稱。具有D與T兩個輸入端,當D有1的信號輸入時,必須等T有時脈輸入,D的信號才會由Q端輸出。其眞值表如下:

延遲正反器符號圖

眞值表

D	Q_{n+1}
1	1
0	0

,其符號如圖所示。

6

建 ㄐㄧㄢˋ *chien*4 音見
①設立;設置。如:建國。②進言。如:建議。③建築。如:建屋。④姓。‘漢’有‘建居’。見“萬姓統譜·一〇〇”。

5【建白】 ㄐㄧㄢˋ ㄅㄞˊ
陳述意見;建議。

7【建言】 ㄐㄧㄢˋ ㄧㄢˊ
①格言。②陳述己見。

11【建設】 ㄐㄧㄢˋ ㄕㄜˋ
設置;興建。

15【建窯】 ㄐㄧㄢˋ ㄧㄠˊ
窯址在今‘福建省’‘建陽縣’‘水吉鎮’。於‘宋代’曾燒造大量吃茶用的黑釉茶盞(‘建’盞)。其次,‘福建’、‘廣東’、‘浙江’等省分亦發現不少燒造與‘建窯’相似作品的瓷窯。從窯址出土有「供御」、「進琖」等刻銘作品得知,‘宋’時‘建窯’黑釉盞也爲宮廷所喜愛。

16【建樹】 ㄐㄧㄢˋ ㄕㄨˋ
建設;樹立。

【建築】 ㄐㄧㄢˋ ㄓㄨˊ
指築造屋舍、道路、橋梁等工程。

17【建儲】 ㄐㄧㄢˋ ㄔㄨˊ
選立繼位太子。

20【建議】 ㄐㄧㄢˋ ㄧˋ
提出意見和主張。

6【建安體】 ㄐㄧㄢˋ ㄢ ㄊㄧˇ
指‘漢’末‘獻帝’‘建安’年間,‘曹’氏父子及‘建安’七子的作品風格。上承樂府民歌,反映當時社會現象,富情感,重氣質。

11【建造縫】 ㄐㄧㄢˋ ㄗㄠˋ ㄈㄥˋ
(construction joint)混凝土結構物施工時,若不能連續灌注完成,而須於施工期中作多次停止,以配合工作時間、模板進度及混凝土輸送等所成的暫停部位。又稱施工縫。

15【建蔽率】 ㄐㄧㄢˋ ㄅㄧˋ ㄌㄩˋ
(building coverage) 建築物之建築面積與基地面積之比。

16【建築線】 ㄐㄧㄢˋ ㄓㄨˊ ㄒㄧㄢˋ
(building line)道路用地界限與建築用地界限重合的部分。依據我國“建築法”與“都市計劃法”,建築線指建築改良物使用建築用地的境界線,建築改良物的任何部分均不得超越建築線;並規定未經指定建築線的土地不能取得建築執照。

6【建安七子】 ㄐㄧㄢˋ ㄢ ㄑㄧ ㄗˇ
指‘東漢’末‘獻帝’‘建安’時期‘孔融’、‘陳琳’、‘王粲’、‘徐幹’、‘阮瑀’、‘應瑒’和‘劉楨’七位文學家。

11【建教合作】 ㄐㄧㄢˋ ㄐㄧㄠˋ ㄏㄜˊ ㄗㄨㄛˋ
由組織與有關學校或訓練機構合作,培養組織所需用之人力。建教合作的推行,通常須雙方訂立合約,由組織補助費用,由學校或訓練機構負責培育,結業後由組織錄用。

【建國大綱】 ㄐㄧㄢˋ ㄍㄨㄛˊ ㄉㄚˋ ㄍㄤ
原名“國民政府建國大綱”。係國父 ‘孫中山’先生於‘民國’十三年四月十二日手訂頒布。全文共二十五條,明白規定建國的依據、目標和程序,爲'國民政府'建設國家的基本準則。

【建國方略】 ㄐㄧㄢˋ ㄍㄨㄛˊ ㄈㄤ ㄌㄩㄝˋ

國父 '孫中山'先生重要遺教之一,內容包括"孫文學說"("心理建設")、"實業計畫"("物質建設")、"民權初步"("社會建設")三部著作。"民權初步"成書最早,於'民國'六年二月出版;"孫文學說"於'民國'八年五月出版;"實業計畫"原著爲'英'文,'中'譯本於'民國'十年十月出版。

16【建築法規】 ㄐㄧㄢˋ ㄓㄨˊ ㄈㄚˇ ㄍㄨㄟ

(building codes)規定建築物在施工、建造、重建、維護及修理時所須遵循的建材使用、最低空間與尺度要求及營建方法等的法令。我國建築立法的目標在於實施建築管理,以維護公共安全、公共衛生、公共交通及增進市容觀瞻等。

【建築面積】 ㄐㄧㄢˋ ㄓㄨˊ ㄇㄧㄢˋ ㄐㄧ

(building area) 建築物外牆中心線或其代替柱中心線以內之最大水平投影面積。

【建築執照】 ㄐㄧㄢˋ ㄓㄨˊ ㄓˊ ㄓㄠˋ

(building permit) 政府爲管理都市土地及建築的使用,管制建築物的建造、使用、拆除而發給的執照。依"建築法"規定,建築執照分建造、雜項、使用及拆除四種。其中建造乃指新建、增建、改建及修建。

【建築管理】 ㄐㄧㄢˋ ㄓㄨˊ ㄍㄨㄢˇ ㄌㄧˇ

(building regulation) 政府以法規爲本,對全部或部分建築物的施工、拆除或使用加以管理。其對象包括建築物、建築物與環境的關係,如相鄰建築物的共同壁、建築物與道路距離等。各省市依"建築法"分別擬定建築管理規則,以做爲執行建築管理的依據。其目的在維護公共安全、公共交通、公共衛生及美化市容觀瞻。

【建築物容積】 ㄐㄧㄢˋ ㄓㄨˊ ㄨˋ ㄖㄨㄥˊ ㄐㄧ

(building bulk) ①一建築物樓地板面積的總和。即建築物各層樓地板面積相加所得的和。②一建築物所占的空間數量。即建築物的水平投影面積與其高度的乘積。

【建築使用許可】 ㄐㄧㄢˋ ㄓㄨˊ ㄕˇ ㄩㄥˋ ㄒㄩˇ ㄎㄜˇ

(building use permit) 新建築物在使用前或原有建築物在改變使用時,向所屬直轄市、縣市局主管建築機關申請使用許可,並領取使用執照的過程。爲地方政府管制都市計劃地區中之建築物所使用的方式之一。

【建築容積管制】 ㄐㄧㄢˋ ㄓㄨˊ ㄖㄨㄥˊ ㄐㄧ ㄍㄨㄢˇ ㄓˋ

(building bulk control)以規定建築物的容積、高度、朝向、位置等要求,控制土地發展之密度和環境品質的管制方式。

8【建炎以來繫年要錄】 ㄐㄧㄢˋ ㄧㄢˊ ㄧˇ ㄌㄞˊ ㄒㄧˋ ㄋㄧㄢˊ ㄧㄠˋ ㄌㄨˋ

'南宋''李心傳'撰,二百卷。記'南宋''高宗'一朝三十六年間事跡,體例仿"資治通鑑"。爲'宋'人野史中最有參考價值的一部。

廼 迺的俗體。

廻 迴的俗體。

10

疍 ㄉㄢˋ tan^4 音但
原作蜑。參疍民。

5【疍民】 ㄉㄢˋ ㄇㄧㄣˊ

我國少數民族之一。也稱'疍戶'、'蜑戶'、'疍人'。散居'閩''粵'沿海一帶。營漁撈生活。信仰泛靈。人口約一百餘萬。

廾部

廾 ㄍㄨㄥˇ kung^3 音拱
竦手。兩手捧物。今作拱。見"說文"。

1

廿 ㄋㄧㄢˋ nien^4 音念
數目名。即二十。見"說文"。

2【廿二史劄記】 ㄋㄧㄢˋ ㄦˋ ㄕˇ ㄓㄚˊ ㄐㄧˋ

'清''趙翼'撰,三十六卷。採歸納法,區分史事,以類相從,比附參證,俾得一代之特徵。

2

弁 ㊀ ㄅㄧㄢˋ pien^4 音卞
①冠名。如:皮弁。②冠於篇卷前頭的。如:弁言。③低級的武官。如:武弁。④躁急。通卞。如:弁急。⑤姓。'明'有'弁志中'。見"萬姓統譜·一〇二"。
㊁ ㄆㄢˊ p'an^2 音盤
歡樂。見"字彙"。

7【弁言】 ㄅㄧㄢˋ ㄧㄢˊ

序文;引言。

11【弁冕】 ㄅㄧㄢˋ ㄇㄧㄢˇ

①古代的禮帽。②比喻首領或魁首。

3

异 ㄧˋ i^4 音異
①推舉。見"說文"。②不同。通異。

弃 棄的古文。

4

弄 ㊀ ㄋㄨㄥˋ nung^4
①玩耍;嬉戲。見"說文"。

2欺侮;侮慢。如:愚弄。3演奏。如:弄笛。4玩賞。如:弄月。5設法取得。如:弄錢。6作;做。如:弄飯。7攪擾。如:弄得人心不安。8追究;探察。如:弄明白。

㊁ ㄌㄨㄥˋ lung⁴

1㊀的讀音。2小巷。同衖。

㊂ ㄋㄡˋ nou⁴

㊀6、7的又讀。

㊃ ㄋㄥˋ nêng⁴

㊀4、6的又讀。

5【弄瓦】 ㄋㄨㄥˋ ㄨㄚˇ

指生女孩。古人生下女孩,則讓她睡在地上,使玩弄紡織梭,希望她將來學習女紅。

10【弄鬼】 ㄋㄨㄥˋ ㄍㄨㄟˇ

耍花樣。

15【弄潮】 ㄋㄨㄥˋ ㄔㄠˊ

游水;戲水。

【弄璋】 ㄋㄨㄥˋ ㄓㄤ

指生男孩。古人生下男孩,則讓他睡在床上,玩弄玉器,希望他將來飛黃騰達。

22【弄權】 ㄋㄨㄥˋ ㄑㄩㄢˊ

超越職分而玩弄權力。

5【弄巧成拙】 ㄋㄨㄥˋ ㄑㄧㄠˇ ㄔㄥˊ ㄓㄨㄛˊ

本想取巧,反而敗事。

11【弄假成眞】 ㄋㄨㄥˋ ㄐㄧㄚˇ ㄔㄥˊ ㄓㄣ

原是假意戲作,結果竟成事實。

弅 ㄈㄣˊ fên² 音焚

高高隆起的樣子。見"集韻"。

5

弆 ㄐㄩˇ chü³ 音舉

密藏。見"廣韻"。

6

弈 ㄧˋ i⁴ 音易

圍棋。也指下棋。如:弈棋。

弇 ㄧㄢˇ yen³ 音演

1覆蓋;掩蔽。見"說文"。2狹窄。

11

弊 ㊀ ㄅㄧˋ pi⁴ 音敝

1作假。如:舞弊。2害處。如:利弊。3破敗;破舊。通敝。如:弊衣。4困乏。如:疲弊。5蒙蔽。通蔽。

㊁ ㄅㄧㄝˊ pieh² 音別

紥弊撥。

10【弊病】 ㄅㄧˋ ㄅㄧㄥˋ

缺失;毛病。

14【弊端】 ㄅㄧˋ ㄉㄨㄢ

毛病缺失的所在。

【弊撒】 ㄅㄧㄝˊ ㄕㄚˇ

雜揉;混雜。

20【弊竇】 ㄅㄧˋ ㄉㄡˋ

發生弊病的所在。

7【弊車羸馬】 ㄅㄧˋ ㄐㄩ ㄌㄟˊ ㄇㄚˇ

破車瘦馬。比喻居官清廉,家境貧寒。

8【弊帚千金】 ㄅㄧˋ ㄓㄡˇ ㄑㄧㄢ ㄐㄧㄣ

1比喻珍惜自己的東西。2比喻沒有自知之明。

12【弊絕風清】 ㄅㄧˋ ㄐㄩㄝˊ ㄈㄥ ㄑㄧㄥ

弊端根絕,風氣清明。稱揚吏治的良善。

弋部

弋 ㄧˋ i⁴ 音翼

1小木樁。通杙。見"說文"。2用繩繫箭而射。如:弋獵。3黑色。通黓。

12【弋陽腔】 ㄧˋ ㄧㄤˊ ㄑㄧㄤ

戲曲腔調名。簡稱'弋腔'。'明'四大聲腔之一。起源於'元''明'間的'江西''弋陽縣',後流傳於'北京'、'南京'、'湖南'、'廣東'、'福建'等地,成爲影響深廣的地方戲曲。其樂器有金鼓鐃鈸等打擊樂器,而無絃樂,演唱時隨腔按拍,唱詞尾段或尾句由後場幫腔。後來與民間曲調合流,演變爲高腔。

1

弌 一的古文。

2

弍 二的古文。

3

弎 三的古文。

式 ㄕˋ shih⁴ 音識

1法則;模範。如:法式。2儀節。如:閱兵式。3模樣;樣子。如:式樣。4效法。如:古訓是式。5助詞。用於句首。如:式微式微。6用來表示諸數的一定關係法則的,叫做式。如:方程式。

13【式微】 ㄕˋ ㄨㄟˊ

衰落。

15【式樣】 ㄕˋ ㄧㄤˋ

款式;模樣。

10

弑 ㄕˋ shih⁴ 音識

1下位的人殺長上。如:臣弑其君。2泛指殺。如:君臣相弑。

10【弑逆】 ㄕˋ ㄋㄧˋ

臣子殺害君父。

弓部

弓 ㄍㄨㄥ kung¹ 音宮

1射箭的器具(見圖)。如:弓箭。2製造弓的匠人。如:良弓之子。3彎曲。如:弓腰。4古代測量土地面積的單位。五尺爲一弓。5姓。'漢'有'弓林'。見"萬姓統譜·一"。

弓圖

6【弓式】 ㄍㄨㄥ ㄕˋ
國術架式。又稱弓箭步或登山式。一腳向前或向旁跨一步屈膝，另腳在後挺直，成前弓後箭的樣式。

15【弓鞋】 ㄍㄨㄥ ㄒㄧㄝˊ
古代婦女所穿的弓形鞋子。

1

弔 ㄉㄧㄠˋ $tiao^4$ 音釣
①慰問喪家或遭遇不幸的人。見"說文"。②祭奠死者。如：弔祭。③哀傷；憐憫。④善良；良好。如：昊天不弔。⑤提取。如：弔卷。⑥求取。如：弔名。⑦懸掛。如：弔起。⑧古時錢一千叫一弔。

5【弔古】 ㄉㄧㄠˋ ㄍㄨˇ
憑弔古蹟。

10【弔唁】 ㄉㄧㄠˋ ㄧㄢˋ
悼祭死者並慰問其家人。

11【弔祭】 ㄉㄧㄠˋ ㄐㄧˋ
哀悼祭拜。

15【弔慰】 ㄉㄧㄠˋ ㄨㄟˋ
哀悼死者，安慰死者的家屬。

【弔儀】 ㄉㄧㄠˋ ㄧˊ
弔喪所送的禮金。

5【弔民伐罪】 ㄉㄧㄠˋ ㄇㄧㄣˊ ㄈㄚ ㄗㄨㄟˋ
討伐有罪的人，以撫慰民眾。

6【弔死問疾】 ㄉㄧㄠˋ ㄙˇ ㄨㄣˋ ㄐㄧˊ
弔祭死者，慰問生病的人。引申為關懷百姓疾苦。

引 ㄧㄣˇ yin^3 音蚓
①開弓；張弓。見"說文"。②牽；拉。如：牽引。③延長；伸長。如：引頸。④領導；指導。如：指引。⑤徵引；引用。如：引經據典。⑥推薦。如：汲引。⑦退卻；離去。如：引退。⑧承認。如：引咎。⑨託辭；推託。如：引疾。⑩長度單位。古代以十丈為一引，今標準制一公引等於一百公尺。⑪重量單位。'元代'有茶引，'明''清'有鹽引，每引規定斤數，歷代不同。⑫文體名。即序。⑬歌曲。如：曲引。⑭樂調的一種。⑮柩車的繩索。如：執引。

3【引子】 ㄧㄣˇ ˙ㄗ
①'中'藥方劑中，起調和作用的藥。即藥引。為主藥以外的副藥。②南北曲套數中專用為首曲的曲牌。都是屬於散板的曲子。如'高明''琵琶記·高堂稱慶'首曲"瑞鶴仙"即是正宮的引子。後來'平'劇則常用吟誦體的韻文念白作引子。也泛稱一般音樂的引、序、前奏等。③古典小說開端部分。或用詩詞，或用韻文，或述說一個小故事以引出正文。又稱楔子。

4【引文】 ㄧㄣˇ ㄨㄣˊ
引述書籍、文件或規章法令上的文句。

5【引申】 ㄧㄣˇ ㄕㄣ
伸展；延伸。由本義推廣到其他意義。

8【引咎】 ㄧㄣˇ ㄐㄧㄡˋ
承認罪過。

10【引退】 ㄧㄣˇ ㄊㄨㄟˋ
①引兵退卻。②自請辭去職位。

【引薦】 ㄧㄣˇ ㄐㄧㄢˋ
引領推薦。

11【引得】 ㄧㄣˇ ㄉㄜˊ
(index)'英'文索引的音譯。參索引②。

12【引渡】 ㄧㄣˇ ㄉㄨˋ
(extradition)指一個國家將在它領域外犯罪或受科刑，而現在居留在它領域內的自然人，經其他關係國的請求，交於該請求國追訴或處罰。

14【引誘】 ㄧㄣˇ ㄧㄡˋ
引導誘掖，使之趨向正道。今多用為誘惑別人做壞事。

【引領】 ㄧㄣˇ ㄌㄧㄥˇ
①伸長脖子遠望。比喻盼望的殷切。②帶領。

15【引數】 ㄧㄣˇ ㄕㄨˋ
(argument)電腦程式中由呼叫程式傳遞至被呼叫程式的參數。如符傳程式中之敘述 *CALL SUB*1 (*X*, *Y*)，其中*X*與*Y*皆為引數。其功能在於將資料由呼叫程式傳送至被呼叫程式，或將資料由被呼叫程式傳送回呼叫程式，也可同時具有上述兩種功能。

【引線】 ㄧㄣˇ ㄒㄧㄢˋ
①從中引介。②用以點燃炸藥的火藥線。

16【引導】 ㄧㄣˇ ㄉㄠˇ
帶領；領導。

17【引擎】 ㄧㄣˇ ㄑㄧㄥˊ
(engine)變換某一種形態的能(主要是熱能)，以成為機械動作的機器。有內燃機、外燃機、噴射引擎、原子能引擎等。

19【引證】 ㄧㄣˇ ㄓㄥˋ
援引事例或著作以為例證。

4【引水費】 ㄧㄣˇ ㄕㄨㄟˇ ㄈㄟˋ
(pilotage)船舶雇請引水人以引領船舶所需的費用。通常係依船舶噸位及次數計收。

15【引數列】 ㄧㄣˇ ㄕㄨˋ ㄌㄧㄝˋ
(argument list)電腦程式中由呼叫程式傳遞給被呼叫程式的所有參數(引數)，合稱為引數列。

2【引力模式】 ㄧㄣˇ ㄌㄧˋ ㄇㄛˊ ㄕˋ
(gravity model)導源於'牛頓'引力定律，用以計算地區相互作用力的模式。如有兩個地區 i 和 j，則兩地的相互作用力等於兩地的質量(mass，例如人口)乘積除以兩地的距離(distance)。公式為：$I_{ij}=\frac{m_i m_j}{d_{ij}}$。

【引人入勝】 ㄧㄣˇ ㄖㄣˊ ㄖㄨˋ ㄕㄥˋ
引導人進入美妙的境地。

4【引火燒身】 ㄧㄣˇ ㄏㄨㄛˇ ㄕㄠ ㄕㄣ
比喻自己去招惹麻煩禍害。

5【引古證今】 ㄧㄣˇ ㄍㄨˇ ㄓㄥˋ ㄐㄧㄣ
援引古今事例以為證明。

【引申存款】 ㄧㄣˇ ㄕㄣ ㄘㄨㄣˊ ㄎㄨㄢˇ
(derivative deposits)與原始存款相對。銀行對顧客放款或投資購買有價證券，貸款者或有價證券出售者資金回流至銀行體系所創造的存款。

【引申需求】 ㄧㄣˇ ㄕㄣ ㄒㄩ ㄑㄧㄡˊ

(derived demand)對生產要素的需求。因爲要素的需求，乃是基於對此生產要素所用以生產之財貨與勞務的需求引申而來。如因對稻米的需求而產生對土地的需求。

【引用索引】 ㄧㄣˇ ㄩㄥˋ ㄙㄨㄛˇ ㄧㄣˇ
(citation index)文獻檢索作業中最常用的一種手法。即由一篇與所檢索主題相關的文獻著手，找尋此文獻所引用的其他文獻，及引用該文獻的其他文獻，如此可以追溯以往研究類似主題的文獻，又能發現更新的研究論著。

7【引車賣漿】 ㄧㄣˇ ㄔㄜ ㄇㄞˋ ㄐㄧㄤ
指做小買賣的市井小民。

10【引狼入室】 ㄧㄣˇ ㄌㄤˊ ㄖㄨˋ ㄕˋ
比喻自招禍患。

12【引喻失義】 ㄧㄣˇ ㄩˋ ㄕ ㄧˋ
所引用的事例不恰當。

13【引經據典】 ㄧㄣˇ ㄐㄧㄥ ㄐㄩˋ ㄉㄧㄢˇ
引用經籍、典故作爲依據。

16【引頸就戮】 ㄧㄣˇ ㄐㄧㄥˇ ㄐㄧㄡˋ ㄌㄨˋ
伸著脖子就死。形容毫不畏懼。

2

弘 ㄏㄨㄥˊ hung² 音宏
1大；廣大。如：弘多。2擴大。如：人能弘道。3姓。'宋'有'弘宏'。見"萬姓統譜·五七"。

8【弘法】 ㄏㄨㄥˊ ㄈㄚˇ
1(774～835)'日本'留學'唐朝'的僧侶，'日本'佛教眞言宗之開宗祖師。名'空海'，法號'遍照金剛'，'讚岐國'人，死後'醍醐天皇'追封'弘法大師'。擅長書法與'中國'文學。著有"文鏡祕府論"、"文筆眼心抄"，專論'中國''南朝'至中'唐'以前的駢體文學，是今日研究駢文理論的重要資料。2弘揚佛法。

12【弘揚】 ㄏㄨㄥˊ ㄧㄤˊ
1推廣發揚。2大爲顯揚。

13【弘道】 ㄏㄨㄥˊ ㄉㄠˋ
1弘揚大道。2大道。

14【弘廓】 ㄏㄨㄥˊ ㄎㄨㄛˋ
1寬大；廣大。2擴大。

15【弘毅】 ㄏㄨㄥˊ ㄧˋ
心胸寬大，意志堅定。

【弘奬】 ㄏㄨㄥˊ ㄐㄧㄤˇ
大力奬勵。

17【弘濟】 ㄏㄨㄥˊ ㄐㄧˋ
大力救助。

8【弘明集】 ㄏㄨㄥˊ ㄇㄧㄥˊ ㄐㄧˊ
'梁''釋僧祐'編，十四卷。輯錄'東漢'迄'梁'佛學論著、書啟而成書。

弗 ㄈㄨˊ fu² 音拂
1不。如：弗豫。2憂悶。通佛。如：弗鬱。

9【弗洛伊德】 ㄈㄨˊ ㄌㄨㄛˋ ㄧ ㄉㄜˊ
(Sigmund Freud, 1856～1939)'奧地利'內科醫師、神經學者及精神分析學派的創始人。他以自由聯想方式推展其精神分析方法，寫下"夢的分析"(*Die Traumdeutung*)一書，認爲夢是受到抑制願望的強求表現，實爲精神病的初型。其他著作有"圖騰與禁忌"(*Totem and Taboo*)、"自我的分析"(*The Analysis of the Ego*)等。

弗洛伊德像

3

弛 ㄕˇ shih³ 音始 又讀 ㄔˊ ch'ih² 音遲
1放鬆弓弦。見"說文"。2解除；緩和。如：弛禁。3鬆懈；懈怠。如：弛惰。4捨棄；忘卻。如：弛廢。5毀壞。6減退。如：色衰而愛弛。

10【弛紊】 ㄕˇ ㄨㄣˋ
散亂。

15【弛廢】 ㄕˇ ㄈㄟˋ
敗壞荒廢。

17【弛縱】 ㄕˇ ㄗㄨㄥˋ
放縱。

弟 ㄊㄨㄟˊ t'ui² 音頹
參弟靡。

19【弟靡】 ㄊㄨㄟˊ ㄇㄧˇ
困窮的樣子。

4

弟 ㊀ ㄉㄧˋ ti⁴ 音地
1次第；次序。通作第。見"說文"。2指同輩後生者。如：兄弟。3門人；學生。如：弟子。4和易。如：凱弟君子。
㊁ ㄊㄧˋ t'i⁴ 音替
善事兄長。通悌。

3【弟子】 ㄉㄧˋ ㄗˇ
1年幼的人。泛指子弟。2門人；學生。3'元'末稱妓女。4戲劇演員。'唐玄宗''開元'二年(714)置左右教坊，選樂工數百人，自教法曲於梨園，稱爲皇帝梨園弟子，後世遂稱伶人爲弟子。

弝 ㄅㄚˋ pa⁴ 音霸
1弓中央供握持的部分。見"廣韻"。2器物的柄。今通作把。

弞 ㄕㄣˇ shên³ 音審
微笑。見"廣韻"。

5

弦 ㄒㄧㄢˊ hsien² 音賢
1弓弦。見"說文"。2樂器上發聲的絲線。如：五弦琴。3彈奏弦樂器。4半圓的月亮。如：下弦。5指直角三角形中的斜邊。6圓周上任二點的連線。7姓。'春秋''鄭'有'弦高'。見"萬姓統譜·二八"。

4【弦月】 ㄒㄧㄢˊ ㄩㄝˋ
狀如弓弦的月，在每月上旬及下旬出現。

7【弦吹】 ㄒㄧㄢˊ ㄔㄨㄟ
1弦樂及管樂。2泛指音樂或演奏。

10【弦索】 ㄒㄧㄢˊ ㄙㄨㄛˇ
1各種絲弦樂器的總稱。2以絲弦樂器伴奏的戲曲、曲藝。

【弦脈】 ㄒㄧㄢˊ ㄇㄛˋ
'中'醫脈象之一。脈形如按琴瑟之弦，挺直而長的感覺。此脈多見於高血壓、肝膽疾病，以及痰飲、血積等疾病。

5【弦外之音】 ㄒㄧㄢˊ ㄨㄞˋ ㄓ ㄧㄣ
言外之意。

14【弦歌不輟】 ㄒㄧㄢˊ ㄍㄜ ㄅㄨˋ ㄔㄨㄛˋ
①樂歌不停。②比喻講習不休。③比喻文教風氣極盛。

弨 ㄔㄠ ch'ao^1 音超
①弓弦鬆開。見"說文"。②弓。

弢 ㄊㄠ t'ao^1 音滔
①弓套。見"說文"。②隱藏。

弛 弛的或體。

弥 彌的或體。

弣 ㄈㄨˇ fu^3 音撫
①弓中央手所握持的部分，弝的中間一節。見"釋名·釋兵器"。②器物的柄。見"廣雅·釋器"。

弤 ㄉㄧˇ ti^3 音抵
塗成朱紅色的弓。見"正字通"。

弧 ㄏㄨˊ hu^2 音胡
①木製的弓。見"說文"。②彎曲的。如：弧形。③(arc)一般曲線，尤其指圓周上的任何一截，都稱爲弧。

9【弧度】 ㄏㄨˊ ㄉㄨˋ
(radian) 測量角度的一種單位。若一圓心角所對弧的長度等於圓的半徑時，該圓心角的大小爲一弧度。一弧度約等於57.29578度，也就是說一度約等於0.017453弧度。一半角等於π弧度，一周角等於2π弧度。

15【弧彈性】 ㄏㄨˊ ㄊㄢˊ ㄒㄧㄥˋ
(arc elasticity)在計算需求價格彈性時，價格與需求量的資料以變化前與變化後的平均值代入，所得到的彈性。在價格與需求量變化很大的情況下，弧彈性的計算將遠較點彈性準確。

弩 ㄋㄨˇ nu^3 音努
①用機械發射的弓(如圖)。如：弩張劍拔。②書法筆畫名稱。指直豎。通努。

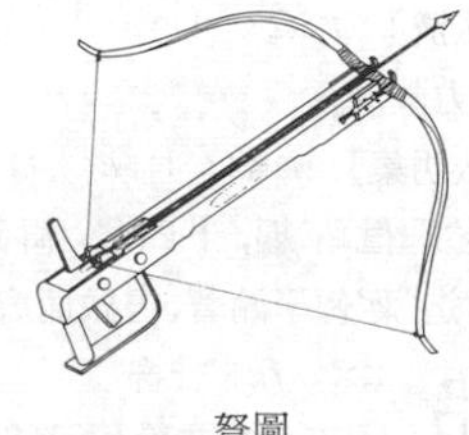

弩圖

6

弯 彎的俗體。

弮 ㄑㄩㄢ ch'üan^1 音圈
弩弓。

弭 ㄇㄧˇ mi^3 音米
①弓末。見"字彙"。②止息。如：弭謗。③安定；順服。如：望風弭從。④姓。'漢'有'弭彊'。見"萬姓統譜·七四"。

7【弭兵】 ㄇㄧˇ ㄅㄧㄥ
息兵；停戰。

11【弭患】 ㄇㄧˇ ㄏㄨㄢˋ
消除災患。

13【弭亂】 ㄇㄧˇ ㄌㄨㄢˋ
消除禍患戰亂。

7【弭兵之盟】 ㄇㄧˇ ㄅㄧㄥ ㄓ ㄇㄥˊ
'春秋'時代由'宋'人倡議的國際和平運動。當時'晉'、'楚'兩國長期抗衡，介於其間的小國飽受戰禍之苦，尤以'宋'、'鄭'兩國受害最深，亟望和平。'周簡王'七年(前579)'宋'大夫'華元'遊說'晉'、'楚'訂立罷兵盟約，爲時三年'楚'即背約。'周靈王'二十六年(前546)，'宋'大夫'向戌'繼續提倡弭兵之議，由'晉'、'楚'共同主持，加盟者另有'宋'、'魯'、'衛'、'曹'、'鄭'、'許'、'陳'、'蔡'等國。

7

弱 ㄖㄨㄛˋ jo^4, juo^4 音若
①衰微。強的反義詞。如：柔弱。②年少。如：弱齡。③喪失。④不足；略少。如：二分之一弱。

9【弱冠】 ㄖㄨㄛˋ ㄍㄨㄢˋ
古代男子二十歲時舉行加冠之禮，以表示成人。後用以指年少。

13【弱歲】 ㄖㄨㄛˋ ㄙㄨㄟˋ
指少年。

17【弱點】 ㄖㄨㄛˋ ㄉㄧㄢˇ
事物不堅強完備，容易被攻破的地方。

20【弱齡】 ㄖㄨㄛˋ ㄌㄧㄥˊ
指少年。

7【弱作用】 ㄖㄨㄛˋ ㄗㄨㄛˋ ㄩㄥˋ
(weak interaction)在β-衰變及某些基本粒子如帶電派介子、K介子的衰變反應中，科學家發現其反應時間比強作用之反應時間長，約大10^{14}倍，這表示反應所牽涉之力必非常微弱，此非常微弱的交互作用就稱弱作用。除了光子以外所有其他的粒子都受弱作用之影響，但如有強作用、電磁作用存在，弱作用效應會被蓋過而顯示不出來。微中子及反微中子不能與其他粒子有其他的作用，故所有牽涉到微中子及反微中子的原子核反應或粒子反應均屬弱作用。在弱作用的反應中最大的特色是：一、我國物理學家'楊振寧'、'李政道'所發現的宇稱性不守恆。二、物質與反物質對稱性的破壞。三、弱作用力非常微弱，約爲強作用的10^{-14}倍。

4【弱不勝衣】 ㄖㄨㄛˋ ㄅㄨˋ ㄕㄥ ㄧ
瘦弱得連衣服的重量都似乎承受不起。形容身體極度虛弱。

【弱不禁風】 ㄖㄨㄛˋ ㄅㄨˋ ㄐㄧㄣ ㄈㄥ
形容體質虛弱，經不起風吹。

6【弱肉強食】 ㄖㄨㄛˋ ㄖㄡˋ ㄑㄧㄤˊ ㄕˊ

比喻弱者被強者欺凌。

13【弱電解質】 ㄖㄨㄛˋ ㄉㄧㄢˋ ㄐㄧㄝˇ ㄓˊ
(weak electrolyte) 溶解在水中,只有部分游離成離子的化合物,稱爲弱電解質。如醋酸、碳酸等。

弳 ㄐㄧㄥˋ *ching*^{4} 音敬
(radian)代號爲rad。平面角單位。一弳等於自圓周上截取一段與圓半徑等長之圓弧,所張圓心角的角量。實用上平面角以度爲單位。一度等於自圓周上截取1/360圓弧所張圓心角的角量。

弰 ㄕㄠ *shao*^{1} 音燒
弓的末端。

8

弶 ㄐㄧㄤˋ *chiang*^{4} 音絳
①張網在路上。見"玉篇"。②用弓和網捕鳥獸。見"集韻"。

弾 彈的俗體。

張 ㊀ ㄓㄤ *chang*^{1} 音章
①開弓;拉緊弓弦。見"說文"。②緊。如:一張一弛。③展開;擴大。如:一張一翕。④布置;陳設。如:張樂設飲。⑤望;看。如:東張西望。⑥單位名詞。如:牛皮九張。⑦星宿名。二十八宿之一。參張宿。⑧姓。'漢'有'張良'。見"萬姓統譜·三七"。
㊁ ㄓㄤˋ *chang*^{4} 音帳
①帳幕。如:張飲。②膨脹。通脹。如:腹張。

2【張力】 ㄓㄤ ㄌㄧˋ
(tension) ①物體受到方向相反之兩力的作用時,會沿著外力的作用方向發生伸長形變,同時其內部各部分會產生反抗形變的相互拉引的力,稱爲張力。②液體表面有維持最小表面積的力,此表面上單位長度的作用力稱爲表面張力。

5【張本】 ㄓㄤ ㄅㄣˇ
①樣本或依據的資料。②爲將來預留餘地。

【張目】 ㄓㄤ ㄇㄨˋ
①睜大眼睛。②助長聲勢。

6【張弛】 ㄓㄤ ㄕˇ
比喻事物的興廢成敗。

【張旭】 ㄓㄤ ㄒㄩˋ
'唐''吳'(今'江蘇''吳縣')人,字'伯高'。曾任左率府長史。工書法,尤善草書,每醉後呼叫狂走而下筆,或以頭濡墨而書,人稱'張顛',或稱草聖。又工詩,長於七絕。著有"桃花溪"。

7【張良】 ㄓㄤ ㄌㄧㄤˊ
(?～前189)字'子房'。其祖先五世相'韓','秦'滅'韓',他曾在'博浪沙'椎擊'始皇',誤中副車,乃改姓名,逃亡'下邳'。得'圯上老人'授"太公兵法",後助'劉邦'滅'項羽',定天下,封'留侯'。

【張巡】 ㄓㄤ ㄒㄩㄣˊ
(709～757)'唐''鄧州''南陽'(今'河南''南陽')人。'開元'末進士。'安祿山'反,'巡'與'許遠'合守'睢陽城',詔拜御史中丞。後糧盡城陷,不屈而死。

8【張炎】 ㄓㄤ ㄧㄢˊ
(1248～?)'南宋''臨安'(今'浙江''杭州市')人,字'叔夏',號'玉田'、'樂笑翁'。'宋'亡,浪遊於'江'南一帶。其詞音律諧婉,悲怨淒愴,寄託家國之痛,詞集名"山中白雲詞"。又曾研究詞的格律、技巧、風格,著有"詞源"。

【張芝】 ㄓㄤ ㄓ
(?～192?)'東漢'書法家。字'伯英'。'敦煌''酒泉'人。品德高超,號'張有道'。與弟'張昶'並工草書,尤善章草。相傳臨池寫字,池水盡黑。三國'魏'書法家'韋誕'稱他爲草聖,'晉''王羲之'也頗爲推崇。

【張果】 ㄓㄤ ㄍㄨㄛˇ
又稱'張果老'。道教八仙之一。'唐代'人。隱居'中條山',往來'汾'、'晉'間,曾爲'武后'、'玄宗'召見,賜號'通玄先生'。當時傳說他常乘一白驢,實即紙所變成。

【張岱】 ㄓㄤ ㄉㄞˋ
(1597～1689?)祖籍'山陰'(今'浙江''紹興'),移居'杭州'。字'宗子',號'陶庵'。'明'亡後,入山隱居,著書立說。擅長史學和散文,爲晚'明'小品大家之一。著有"琅嬛文集"、"陶庵夢憶"等。

9【張垣】 ㄓㄤ ㄩㄢˊ
省轄市。舊名'張家口'。位於'察哈爾省'南部。地控'長城'出入要衝,又是鐵公路交會點,爲交通軍事重地、'漢''蒙'交易中心。現爲'察哈爾省'省會。

【張飛】 ㄓㄤ ㄈㄟ
(?～221)'涿郡'(今'河北''涿縣')人,字'益德'(一作'翼德')。力大威猛,勇敢善戰,號稱萬人敵。仕'蜀漢',官至車騎將軍,封'西鄉侯'。後隨'劉備'伐'吳',臨行,爲部下所殺。

【張皇】 ㄓㄤ ㄏㄨㄤˊ
①發展;擴充。②惶恐;慌亂。同張惶。

【張禹】 ㄓㄤ ㄩˇ
(?～前5)'西漢''軹'(今'河南''濟陰')人,字'子文'。從'施讎'學"易",從'王陽'、'庸生'學"論語",後應試爲博士,'元帝'時授太子"論語",升光祿大夫。'成帝'時爲相,封'安昌侯'。曾混合"魯論"與"齊論"爲"張侯論",是今傳"論語"的原本。

11【張宿】 ㄓㄤ ㄒㄧㄡˋ
星宿名。二十八宿之一。南方朱雀七宿的第五宿。主要有六星,皆屬長蛇座。依次爲長蛇座υ_1、λ、μ、GC13839、κ、φ_1。此外,天廟星亦歸入張宿。

12【張揚】 ㄓㄤ ㄧㄤˊ
擴大宣揚。

13【張載】 ㄓㄤ ㄗㄞˋ
①'西晉''安平'(今'河北''安平')人,字'孟陽'。歷官中書侍郎,領著作,後稱病告歸。與弟'協'、'亢'俱

有文名，時稱三‘張’。其詩注重形式，雕琢辭藻。有“張孟陽集”。②(1020～1077)‘北宋’‘陝西’‘郿縣’‘橫渠鎮’人，字‘子厚’，世稱‘橫渠先生’。其學以氣爲宇宙本體，萬物由氣之聚散變化而生，並以天地爲人類的父母，君主是天地的嫡長子，而與百姓同爲一家人。因他是‘關’中人，所以他的學派稱‘關’派，是‘宋代’理學四大門派之一。有“張子全書”。

張載像

15【張魯】　ㄓㄤ ㄌㄨˇ
‘東漢’五斗米道的代表人物之一。‘沛國’‘豐’(今‘江蘇’‘豐縣’)人。字‘公祺’。‘張陵’之孫。道教徒尊之爲‘系師’。治理‘蜀漢’，政教合一，頗稱清平，百姓依之而居。降‘操’後，入‘關’中，任鎭南將軍。

【張儀】　ㄓㄤ ㄧˊ
(?～前309)‘戰國’‘魏’人。相‘秦惠王’，以連橫之策遊說六國，破壞六國合縱的圍堵戰略。‘惠王’死，六國又合縱抗‘秦’，‘儀’乃離開‘秦國’，出爲‘魏’相，一年後卒。

16【張澹】　ㄓㄤ ㄉㄢˋ
(919～972)‘南陽’(今‘河南’‘南陽’)人，字‘成文’。‘後晉’‘開運’初登進士第，仕‘後周’爲右司員外郎、知制誥。入‘宋’加祠部郎中，後權點檢三司事。好學有才藻，曾參與修撰“五代史”。

【張機】　ㄓㄤ ㄐㄧ
‘東漢’‘涅陽’(今‘河南’‘鎭平’南)人，字‘仲景’。嘗舉孝廉。‘建安’中，官至‘長沙’太守。著有“傷寒論”、“金匱玉函要略”。

【張遼】　ㄓㄤ ㄌㄧㄠˊ
(171～221)‘馬邑’(今‘山西’‘朔縣’)人，字‘文遠’。原爲‘呂布’將，後降‘曹操’，拜中郎將。鎭‘合肥’時，以八百人破‘孫權’十萬兵，拜征東大將軍。‘文帝’時，封‘晉陽侯’。

【張勳】　ㄓㄤ ㄒㄩㄣ
(1854～1923)‘江西’‘奉新’人，原名‘和’，字‘少軒’，號‘松壽’。行伍出身，先後參加‘中’‘法’、‘中’‘日’甲午戰役。後隸‘袁世凱’麾下，助編北洋軍。‘民國’成立，歷任‘江蘇’都督、‘長江’巡閱使、‘安徽’督軍。五年，迫‘黎元洪’解散國會，擁立遜帝‘溥儀’在‘京’復辟，旋爲‘段祺瑞’等討平，遁入‘荷蘭’使館，此後不問政事。

張勳像

【張衡】　ㄓㄤ ㄏㄥˊ
(78～139)‘東漢’‘西鄂’(今‘河南’‘南陽’南)人，字‘平子’。善屬文，又精通天文、曆算，創製用水力推動的渾天儀及候風地動儀。‘明’人輯有“張河間集”。

19【張羅】　ㄓㄤ ㄌㄨㄛˊ
①設置。②料理；籌備。

20【張騫】　ㄓㄤ ㄑㄧㄢ
(?～前114)‘西漢’‘成固’(今‘陝西’‘城固’)人，字‘子文’。‘武帝’‘建元’二年應徵出使‘月支’，經‘匈奴’，被拘留十多年後逃回。後以軍功封‘博望侯’。‘元鼎’二年以中郎將出使‘烏孫’，並遣副使至‘大宛’、‘康居’、‘大夏’等國，自此西北各國始通於‘漢’。

【張籍】　ㄓㄤ ㄐㄧˊ
(767?～830?)‘唐’‘吳郡’(今‘江蘇’‘吳縣’)人，寓居‘和州’‘烏江’(今‘安徽’‘和縣’)，字‘文昌’。歷任水部員外郎、國子司業等職。工詩，長於樂府，與‘白居易’、‘孟郊’所作歌詞，有名於時，稱‘元和’體。有“張司業集”。

【張繼】　ㄓㄤ ㄐㄧˋ
①(715?～780?)‘唐’‘襄州’(今‘湖北’‘襄陽’)人，字‘懿孫’。‘天寶’進士。官至檢校祠部郎中。博覽有識，好談論；詩情爽激，以“楓橋夜泊”一詩最著名。著有“張祠部詩集”。②(1882～1947)‘河北’‘滄縣’人，字‘溥泉’。‘清’末留學‘日本’，加入‘同盟會’，致力革命。‘民國’成立，曾任‘參議院’議長、‘國民政府’委員、‘國史館’館長等職。著有“張溥泉先生全集”。

2【張九齡】　ㄓㄤ ㄐㄧㄡˇ ㄌㄧㄥˊ
(673～740)‘唐’‘曲江’(今‘廣東’‘曲江’)人，字‘子壽’，一名‘博物’。官至中書侍郎、同中書門下平章事。能詩，詞采華豔，格調剛健。有“曲江集”。

3【張三丰】　ㄓㄤ ㄙㄢ ㄈㄥ
①又作‘張三峰’。‘宋’‘武當’道士，道號‘洞玄眞人’。以拳術名於當時，其法傳於後，稱內家拳，又稱‘武當’派。②‘明’道士。‘懿州’(今‘遼寧’‘黑山’)人，名‘全一’，一名‘君寶’，號‘三丰’。因不修邊幅，又稱‘張邋遢’。傳說能數日不食而不飢，並預知未來的事。

【張大千】　ㄓㄤ ㄉㄚˋ ㄑㄧㄢ
(1899～1983)‘四川’‘內江’人，名‘爰’，字‘季爰’，別號‘大千居士’。其畫專學‘石濤’，並旁涉‘八大山人’及‘元’‘明’各家，擅長山水、花卉，以潑墨畫荷聞名。

張大千像

4【張之洞】　ㄓㄤ ㄓ ㄉㄨㄥˋ
(1833～1909)‘清’‘南皮’(今‘河北’‘南皮’)人，字‘孝達’，一字‘香濤’，號‘壺公’、‘無競居士’。‘同治’進士。歷任兩‘廣’、‘湖廣’、兩‘江’總督。‘光緒’末，官至‘體仁閣’大學士，授軍機大臣。卒諡‘文襄’。提倡洋

張之洞像

務，主張‘中’學爲體，西學爲用。著有“廣雅堂集”、“勸學篇”、“書目答問”等。

【張天師】 ㄓㄤ ㄊㄧㄢ ㄕ
道士‘張陵’子孫的封號。‘元世祖’時，賜‘張陵’裔孫以天師名號，‘明太祖’時改封爲眞人，‘清高宗’時革去眞人封號，但後世仍俗稱‘張天師’。

5【張玉書】 ㄓㄤ ㄩˋ ㄕㄨ
(1642～1711)‘清’‘丹徒’(今‘江蘇’‘鎭江’)人，字‘素存’，號‘潤甫’。‘順治’進士，官至‘文華殿’大學士兼戶部尙書。所爲古文辭，雍容典雅，堪稱一代大手筆。著有“文貞集”。

【張可久】 ㄓㄤ ㄎㄜˇ ㄐㄧㄡˇ
‘元’‘慶元’(今‘浙江’‘慶元’)人，字‘小山’。曾任‘桐廬’典史。生性好遊山水，專力於散曲之作，其數量爲‘元’人散曲創作之冠。題材廣泛，文詞淸麗，有曲壇宗匠之譽。有“小山樂府”行世。

【張世傑】 ㄓㄤ ㄕˋ ㄐㄧㄝˊ
(?～1279)‘南宋’‘范陽’(今‘河北’‘涿縣’)人。累官至‘黃州’、‘武定’諸軍都統制。當‘元’軍南下，‘世傑’輒轉隨從‘帝昺’退駐‘厓山’(今‘廣東’‘新會’南)，封‘越國公’。‘元’將‘張弘範’破‘厓山’，‘陸秀夫’背‘帝昺’跳海自殺，‘世傑’率十餘艦走海上，欲求立‘趙’氏後代，遇大風，舟覆溺死。

6【張守節】 ㄓㄤ ㄕㄡˇ ㄐㄧㄝˊ
‘唐’人。年里不詳。官諸王侍讀率府長史。著有“史記正義”。

【張老師】 ㄓㄤ ㄌㄠˇ ㄕ
隸屬‘救國團’的青少年輔導機構。成立於‘民國’五十八年十一月十一日。針對青少年身心發展的需要、生活上的困擾，通過電話、信箱的協談、諮詢，推展預防性的、多元性的服務。

【張自忠】 ㄓㄤ ㄗˋ ㄓㄨㄥ
(1891～1940)‘山東’‘臨淸’人，字‘藎忱’。以學生從軍，由排長升到師長。九一八事變後，在‘喜峰口’殲滅‘日’軍甚眾。歷任‘冀’‘察’政務委員會委員，兼‘察哈爾’省政府主席、‘天津’市長。抗戰軍興，初任第五十九軍軍長，後升任軍團長、集團軍總司令，在‘湖北’‘宜城’‘南瓜店’陣亡。

張自忠像

7【張君房】 ㄓㄤ ㄐㄩㄣ ㄈㄤˊ
‘北宋’‘景德’進士。‘安陸’(今‘湖北’)人。‘宋’“道藏”的總修校者。曾任尙書度支員外郎、集賢校理等職。奉命主持校正“祕閣道書”，撮取其精要，編輯“大宋天宮寶藏”四千五百六十五卷、“雲笈七籤”一百二十二卷。

【張君勱】 ㄓㄤ ㄐㄩㄣ ㄇㄞˋ
(1887～1969)‘江蘇’‘寶山’人，名‘嘉森’，字‘士林’，號‘立齋’。‘日本’‘早稻田大學’政治學學士、‘德國’‘柏林大學’研究。回國後，創編多種報刊雜誌，任教各大學。抗戰軍興，任國家參政會參政員。勝利後，組‘中國民主社會黨’，任主席。大陸淪陷後在世界各地講學。著有“國憲論”、“明日之中國文化”等。

張君勱像

【張邦昌】 ㄓㄤ ㄅㄤ ㄔㄤ
(1081～1127)‘宋’‘東光’(今‘河北’‘東光’)人，字‘子能’。以進士累官太宰。‘靖康’時，‘金’人陷‘汴京’，‘邦昌’受‘金’冊封爲‘楚’帝。‘金’兵退，避位。‘建炎’元年(1127)被貶到‘潭州’，爲‘高宗’賜死。

【張作霖】 ㄓㄤ ㄗㄨㄛˋ ㄌㄧㄣˊ
(1875～1928)‘奉天’‘海城’人，字‘雨亭’。‘清’末歷任管帶、統領。‘民國’肇建後，初任陸軍師長，後官至東三省巡閱使，爲‘奉’系領袖。兩次‘直’‘奉’戰爭，先敗後勝。北伐軍興，自稱陸海軍大元帥，以抗國民革命軍。後因軍事失利，逃返關外，爲‘日’軍炸死於‘皇姑屯’。

張作霖像

【張伯苓】 ㄓㄤ ㄅㄛˊ ㄌㄧㄥˊ
(1876～1951)‘河北’‘天津’人，原名‘壽春’，字‘伯苓’，以字行。‘天津水師學堂’畢業。應聘主持‘嚴氏家塾’。與‘嚴修’赴‘日’，考察教育制度。逐步擴大‘嚴館’，嗣後成爲‘南開大學’。抗戰期間，任國民參政會副議長。行憲後，任‘考試院’院長。

張伯苓像

【張伯倫】 ㄓㄤ ㄅㄛˊ ㄌㄨㄣˊ
(Neville Chamberlain, 1869～1940)‘英國’政治家。少時從事商工活動，後轉入政界，於西元1915年任‘伯明罕市’市長，1918年進入國會，此後歷任內閣要職，於1937～1940年出任首相。1938年9月三度赴‘德國’，斡旋平息戰爭，9月30日因與‘希特勒’簽訂代表姑息主義的“慕尼黑協定”(*Munich Pact*)而聞名於世。1940年5月10日正當‘德’軍進占‘荷蘭’與‘比利時’時，辭去首相職位。有人說他採取姑息政策是爲了爭取時間以便重整軍備，尤其是鞏固空軍的力量。

張伯倫像

【張伯端】 ㄓㄤ ㄅㄛˊ ㄉㄨㄢ

(984～1082)‘宋’‘台州’‘天台’(今屬‘浙江’)人,字‘平叔’,號‘紫陽’。道教全眞派南五祖中的初祖。力習儒學,久不第,遂改學玄道。後遇‘海蟾祖師’,傳授金丹藥物火候之祕,修煉成眞,被尊爲‘紫陽眞人’。主內丹修煉,撰有“悟眞篇”,爲道教南宗金丹道的基礎。

8【張宗昌】 ㄓㄤ ㄗㄨㄥ ㄔㄤ
(1881～1932)‘山東’‘掖縣’人,字‘效坤’。出身行伍。‘民國’肇建後,所部由‘馮國璋’收編,任‘馮’之侍從武官。護法戰起,改屬‘直’系,由‘吳佩孚’指揮。其後投奔‘奉’系,任巡署高等顧問、旅長、‘山東’督辦兼省長。北伐結束,亡命‘日本’。九一八事變後返國,在‘濟南’被刺而死。

【張宗演】 ㄓㄤ ㄗㄨㄥ ㄧㄢˇ
(?～1292)‘元代’道士。‘信州’‘貴溪’(今屬‘江西’)人,字‘世傳’,號‘簡齊’。爲第三十六代天師。‘至元’十三年(1276)‘元世祖’召見,賜宴,命總領‘江’南道教,賜銀印。‘至元’十八年、二十五年‘世祖’又兩次召見,命取其祖天師所傳玉印、寶劍觀看,大加贊歎。

【張居正】 ㄓㄤ ㄐㄩ ㄓㄥˋ
(1525～1582)‘明’‘江陵’(今‘湖北’‘江陵’)人,字‘叔大’,號‘太岳’。‘穆宗’時入閣,‘神宗’時爲相。推動革新,整頓吏治,清丈土地,行一條鞭法。爲相十年,海內稱治。著有“太岳集”、“帝鑑圖說”等。

【張果老】 ㄓㄤ ㄍㄨㄛˇ ㄌㄠˇ
八仙之一。參張果。

9【張若虛】 ㄓㄤ ㄖㄨㄛˋ ㄒㄩ
‘唐’‘揚州’(今‘江蘇’‘江都’)人。曾官‘兗州’兵曹。工詩,與‘賀知章’、‘張旭’、‘包融’齊名,號‘吳’中四士。今存詩二首,而以“春江花月夜”一詩最著稱。

10【張留孫】 ㄓㄤ ㄌㄧㄡˊ ㄙㄨㄣ
‘元’‘信州’‘貴溪’(今屬‘江西’)人。字‘師漢’。‘至元’十三年(1276)隨天師‘張宗演’入朝,‘世祖’曾命稱天師,固辭,因此號上卿,爲玄教宗師。在朝以祈福禳災、講經論道復興道教。其門徒頗眾,多能繼領‘集賢院’,爲道門的領袖。

11【張國燾】 ㄓㄤ ㄍㄨㄛˊ ㄊㄠˊ
(1897～1979)‘江西’‘吉永’人,一名‘特立’,字‘愷陰’,號‘凱音’。早年入‘北京大學’理學院,五四運動起,爲學生領袖之一。傾向社會主義,與‘陳獨秀’、‘李大釗’同爲‘中國共產黨’的創始及領導人。‘民國’二十七年,公開聲明脫離‘共黨’。三十年,任‘國民參政會’參政員。晚年移居‘加拿大’,後病逝。

12【張惠言】 ㄓㄤ ㄏㄨㄟˋ ㄧㄢˊ
(1761～1802)‘清’‘江蘇’‘武進’人,字‘皋文’。‘嘉慶’進士,官‘翰林院’編修。治經學,尤深於“易”;工詞,有溫柔含蓄之情,爲‘常州’詞派創始人。又擅長古文,與‘惲敬’同爲‘陽湖’派之首。著有“茗柯文編”、“茗柯詞”等。

13【張道陵】 ㄓㄤ ㄉㄠˋ ㄌㄧㄥˊ
‘東漢’‘沛國’‘豐’(今‘江蘇’‘豐縣’)人,原名‘陵’。天師道創始者。以符水禁咒法術治病,從學的人獻出五斗米,世稱五斗米道。子‘衡’、孫‘魯’傳奉其道。

【張道藩】 ㄓㄤ ㄉㄠˋ ㄈㄢˊ
(1897～1968)‘貴州’‘貴陽’人,字‘衡之’。‘倫敦大學’美術部畢業,又入‘巴黎最高美術學院’深造,歸國後,歷任黨政要職。大陸淪陷,隨政府來‘臺’,任‘中國廣播公司’、‘中華日報’董事長、‘立法院’長。著有“近代歐洲繪畫”、“我們需要的文藝政策”等。

張道藩像

15【張蔭麟】 ㄓㄤ ㄧㄣˋ ㄌㄧㄣˊ
(1906～1942)‘廣東’‘東莞’人,字‘素癡’。‘國立清華大學’畢業,‘美國’‘史丹福大學’文學碩士。歷任‘清華大學’、‘浙江大學’、‘西南聯合大學’教授。專精史學,對於‘宋’史研究尤深。著有“中國史綱”、“張蔭麟先生文集”。

19【張懷瓘】 ㄓㄤ ㄏㄨㄞˊ ㄍㄨㄢˋ
‘唐’書法家。‘海陵’人。初任‘鄂州’司馬,‘開元’時爲‘翰林院’供奉。工書法,眞、行、小篆、八分各種書體均擅長。著有“書斷”三卷、“評書藥石論”一卷及“古今大篆書祖”、“書估”、“書議”等。

20【張獻忠】 ㄓㄤ ㄒㄧㄢˋ ㄓㄨㄥ
(1606～1646)‘明’‘延安府’(今‘陝西’‘膚施’)人,字‘秉吾’,號‘敬軒’。‘崇禎’三年在‘米脂’起兵反‘明’,號‘八大王’,與‘李自成’到處流竄。所過之處,殺戮甚重。攻陷‘成都’後,自立爲‘大西國王’。後爲‘清’軍所殺。

3【張三李四】 ㄓㄤ ㄙㄢ ㄌㄧˇ ㄙˋ
假設的姓名,如同某甲某乙。

【張口結舌】 ㄓㄤ ㄎㄡˇ ㄐㄧㄝˊ ㄕㄜˊ
張大嘴巴卻說不出話來。形容緊張或驚懼時的樣子。

4【張牙舞爪】 ㄓㄤ ㄧㄚˊ ㄨˇ ㄓㄠˇ
張口露牙,揮動手爪。原指猛獸發怒的樣子。亦以比喻人姿態兇惡。

5【張生煮海】 ㄓㄤ ㄕㄥ ㄓㄨˇ ㄏㄞˇ
劇曲名。‘元’‘李好古’撰。一本四折,演‘潮州’青年‘張羽’與‘東海’龍王的三女兒‘瓊蓮’相戀,相約中秋在‘沙門島’成婚,但龍王反對,放水淹島,‘張羽’得仙女之助,把海水煮沸,水位下降,龍王乃答應親事。

9【張冠李戴】 ㄓㄤ ㄍㄨㄢ ㄌㄧˇ ㄉㄞˋ
比喻名實不符,或弄錯對象,或冒名頂替。

11【張猛龍碑】 ㄓㄤ ㄇㄥˇ ㄌㄨㄥˊ ㄅㄟ
‘北魏’碑刻名。全名“魏魯郡太守張府君清頌之碑”。‘正光’三年(522)立,在‘山東省’‘曲阜縣’‘孔廟’內,由‘王盆生’爲文,記‘魯郡’太守‘張猛龍’興辦學校、郡人立碑之事跡。書體爲正書，勁健有力；碑陰有'爰考伯'等以正書題名，落筆特別奔放雄肆，開'唐''歐陽詢'、'虞世南'風氣之先。

12【張惶失措】 ㄓㄤ ㄏㄨㄤˊ ㄕ ㄘㄨㄛˋ
驚慌得不知怎麼辦。

16【張燈結彩】 ㄓㄤ ㄉㄥ ㄐㄧㄝˊ ㄘㄞˇ
喜慶時，張掛燈籠彩帶。也作張燈結綵。

【張勳復辟】 ㄓㄤ ㄒㄩㄣ ㄈㄨˋ ㄅㄧˋ
又稱丁巳復辟。'民國'六年六月，'黎元洪'總統電令'張勳'入京調停督軍團叛變。'張'旋迫'黎'解散國會。七月一日，在'京'擁護遜帝'溥儀'復辟，'康有爲'等復辟派亦祕密活動。四日，'段祺瑞'在'天津'南郊'馬廠'誓師討伐'張勳'。十二日攻入'北京'，'張'敗逃。次日，'溥儀'二度宣布退位。

4【張公吃酒李公醉】 ㄓㄤ ㄍㄨㄥ ㄔ ㄐㄧㄡˇ ㄌㄧˇ ㄍㄨㄥ ㄗㄨㄟˋ
1比喻一方取得實益，一方徒負虛名。2比喻代人受過或累及無辜。

強 ㊀ ㄑㄧㄤˊ ch'iang² 音牆
1壯健有力。如：強壯。2盛；大。如：強盛。3橫暴。如：豪強。4勝過；優越。5有餘；略多。如：三分之一強。6姓。'宋'有'強至'。見"萬姓統譜·五二"。
㊁ ㄑㄧㄤˇ ch'iang³ 音襁
1勉力；勉強。如：強詞奪理。2假裝。3逼迫。如：強制執行。
㊂ ㄐㄧㄤˋ chiang⁴ 音匠
固執；不柔順。如：倔強。

4【強化】 ㄑㄧㄤˊ ㄏㄨㄚˋ
1加強。2(consolidation)學習後之短時期內，重組或統整其習得材料，使保存於長期記憶的歷程。

5【強半】 ㄑㄧㄤˊ ㄅㄢˋ
大半。

8【強直】 ㄑㄧㄤˊ ㄓˊ
1剛強而正直。2(rigor)又稱強直性收縮。筋肉，特別是脊椎動物的骨骼肌，由於各種原因而引起持續性收縮，產生硬化的狀態。生理學上肌肉的強直包括死強直、水強直及熱強直(或稱熱僵)，以及因破傷風而引起的反射性強直等不同類型。

9【強迫】 ㄑㄧㄤˇ ㄆㄛˋ
用勢力逼迫。

10【強記】 ㊀ ㄑㄧㄤˊ ㄐㄧˋ
記憶力很強。
㊁ ㄑㄧㄤˇ ㄐㄧˋ
勉強記憶；硬記。

【強悍】 ㄑㄧㄤˊ ㄏㄢˋ
強橫兇暴。

【強烈】 ㄑㄧㄤˊ ㄌㄧㄝˋ
1剛強猛烈。2威力或氣勢盛大。

11【強梁】 ㄑㄧㄤˊ ㄌㄧㄤˊ
同彊梁。1橫暴不法。2橫暴不法的人。3古代傳說中會食鬼的神。

【強梗】 ㄑㄧㄤˊ ㄍㄥˇ
頑強不順從。

12【強項】 ㄑㄧㄤˊ ㄒㄧㄤˋ
剛強不肯屈服。

【強飯】 ㄑㄧㄤˇ ㄈㄢˋ
努力進食。勉勵他人保重身體。

13【強虜】 ㄑㄧㄤˊ ㄌㄨˇ
橫暴的敵人。

15【強毅】 ㄑㄧㄤˊ ㄧˋ
剛強堅定。

【強調】 ㄑㄧㄤˊ ㄉㄧㄠˋ
特別加強某一方面的說法，以使人重視或信從。

【強暴】 ㄑㄧㄤˊ ㄅㄠˋ
1強橫兇暴。2用暴力施加於人。常指強姦。

16【強嘴】 ㄐㄧㄤˋ ㄗㄨㄟˇ
頂嘴；強辯。

18【強顏】 ㊀ ㄐㄧㄤˋ ㄧㄢˊ
指厚著臉皮，不知羞恥。
㊁ ㄑㄧㄤˇ ㄧㄢˊ
勉強作笑臉。

22【強權】 ㄑㄧㄤˊ ㄑㄩㄢˊ
1仗恃強大國力侵略或壓迫他國的國家。2以強力壓迫人民的政權。

4【強化法】 ㄑㄧㄤˊ ㄏㄨㄚˋ ㄈㄚˇ
(intensification) 加強黑白軟片正、負片上影像的密度和反差的方法。當攝影者用錯了底片速度，使得稀弱、曝光不足的負片印出平淡的照片時，即可用化學藥劑進行強化。強化時其所增強的有效密度與影像本身成正比，即光亮區的強化程度比陰影區高，因而負片的整體反差也增加了。

7【強作用】 ㄑㄧㄤˊ ㄗㄨㄛˋ ㄩㄥˋ
(strong interaction) 原子核由核成子結合而成，核成子間強大的引力作用就是一種強作用。強作用所牽涉的力極強，比電磁力大 137 倍，比弱作用力大 10^{14} 倍。所有基本粒子中的強子(包括重子與介子)都能透過強作用的過程發生反應。強作用過程所牽涉到的反應時間極短，約爲 10^{-23} 秒左右。粒子在如此短的作用時間裡，就能發生交互作用的反應(即有明顯的反應結果)，這表示所牽涉的力甚大。

8【強制罪】 ㄑㄧㄤˇ ㄓˋ ㄗㄨㄟˋ
行爲人以強暴、脅迫之方法，使他人行無義務之事，或妨害他人行使權利所構成之犯罪。本罪旨在保護個人意思決定之自由及依其意思決定而作爲或不作爲之行動自由，亦即個人有不行無義務之事的自由及個人行使權利有不受妨害之自由。成立本罪者，依"刑法"第三百零四條第一項之規定，應處三年以下有期徒刑、拘役或三百元以下罰金。

2【強力貨幣】 ㄑㄧㄤˊ ㄌㄧˋ ㄏㄨㄛˋ ㄅㄧˋ
(high-powered money)又稱貨幣基礎。商業銀行可以通貨作爲存款準備，進而創造活期存款貨幣，故通貨又稱強力貨幣。

7【強作解人】 ㄑㄧㄤˇ ㄗㄨㄛˋ ㄐㄧㄝˇ ㄖㄣˊ
對自己不懂的事，勉強作解釋。

8【強弩之末】ㄑㄧㄤˊ ㄋㄨˇ ㄓ ㄇㄛˋ
比喻原本強勁，到後來力量衰竭，不起作用。強也作彊。

【強制保險】ㄑㄧㄤˊ ㄓˋ ㄅㄠˇ ㄒㄧㄢˇ
(compulsory insurance)由政府或公共團體制訂法律，強制其人民或團體構成員有參加義務之保險。社會保險多數皆爲強制保險。

【強制執行】ㄑㄧㄤˊ ㄓˋ ㄓˊ ㄒㄧㄥˊ
基於債權人之聲請，以國家之強制力，實現債權人對於債務人之私法上給付請求權之非訟程序，稱爲強制執行。其依執行效果，可分爲終局執行與保全執行；依執行對象，可分爲對人執行與對物執行；依執行方法，可分爲直接執行、間接執行與代替執行；依執行目的，可分爲金錢執行與非金錢執行。強制執行，應依執行名義爲之，由債權人聲請，但假扣押、假處分及假執行之裁判之執行，得由執行法院依職權爲之。強制執行開始後，債務人死亡者，應對其遺產續行之；除法律別有規定外，不停止執行，如有法定事由，如提起再審或異議之訴，法院於必要情形或依聲請定相當並確實之擔保，得爲停止強制執行之裁定。

9【強度設計】ㄑㄧㄤˊ ㄉㄨˋ ㄕㄜˋ ㄐㄧˋ
(ultimate strength design)現行規範中，最重要的鋼筋混凝土結構設計法。考慮混凝土應力與應變之非線性關係，兼顧超載現象，其要求設計構材須能承受由載重因素和使用載重計算所得設計需要強度(滿極限強度)，即以構材的有效強度不低於設計需要強度爲準，基於考慮到安全之因數而其有效強度(即可用極限強度)等於斷面理論強度(滿極根強度)與折減係數的積。各種構件設計之載重因素與折減係數可由規範中查得。

【強迫教育】ㄑㄧㄤˇ ㄆㄛˋ ㄐㄧㄠˋ ㄩˋ
(compulsory education)又稱義務教育。爲政府所規定並強制實施的國民教育。政府通常以罰款或監禁方式以制裁違反強迫教育的成人，以保障兒童受教的權利。

【強迫對流】ㄑㄧㄤˇ ㄆㄛˋ ㄉㄨㄟˋ ㄌㄧㄡˊ
(forced convection)在一對流過程中，若存有驅使流體流動之外力(如風扇)，則稱此種對流現象爲強迫對流。如風扇吹動空氣經過高溫平板即爲一例。

【強迫儲蓄】ㄑㄧㄤˇ ㄆㄛˋ ㄔㄨˇ ㄒㄩˋ
(forced saving)如果通貨膨脹是由政府有意或無意的貨幣供給量過多所致，個人貨幣所得的購買力將因通貨膨脹而降低，消費因此減少，部分原先可用於消費的資源因而移轉到政府方面，用於公共投資，形成強迫儲蓄。

10【強凌眾暴】ㄑㄧㄤˊ ㄌㄧㄥˊ ㄓㄨㄥˋ ㄅㄠˋ
強凌弱，眾暴寡的省文。即力量強大的欺凌弱小的，人數多的虐待人數少的。

【強恕而行】ㄑㄧㄤˇ ㄕㄨˋ ㄦˊ ㄒㄧㄥˊ
勉力實踐恕道。

12【強詞奪理】ㄑㄧㄤˇ ㄘˊ ㄉㄨㄛˊ ㄌㄧˇ
本無道理而強作辯說。

【強聒不舍】ㄑㄧㄤˇ ㄍㄨㄚ ㄅㄨˋ ㄕㄜˇ
別人不欲聽，仍大聲談論而不休止。

13【強電解質】ㄑㄧㄤˊ ㄉㄧㄢˋ ㄐㄧㄝˇ ㄓˊ
(strong electrolyte)溶解在水中，能完全游離或大部分游離成離子的化合物，稱爲強電解質。如鹽酸、氫氧化鈉、食鹽等。

【強幹弱枝】ㄑㄧㄤˊ ㄍㄢˋ ㄖㄨㄛˋ ㄓ
比喻增強中央權力，削弱地方力量。

8【強制分配法】ㄑㄧㄤˇ ㄓˋ ㄈㄣ ㄆㄟˋ ㄈㄚˇ
考績方法之一種。指員工之言行及工作成績，係由主管以強制分配方法來定其成績等次者。如有員工一百人，強制規定列甲等丁等者各爲二十人，列乙等丙等者各爲三十人。此種方法優點爲可杜絕考績浮濫，但不爲主管歡迎。

9【強迫型人格】ㄑㄧㄤˇ ㄆㄛˋ ㄒㄧㄥˊ ㄖㄣˊ ㄍㄜˊ
(compulsive personality)一種性格失常。患者抱持完美主義，往往固執、冷漠、缺乏同情心，且過分注重小節、不顧大局、堅持他人得以自己之方式行事。

4【強中自有強中手】ㄑㄧㄤˊ ㄓㄨㄥ ㄗˋ ㄧㄡˇ ㄑㄧㄤˊ ㄓㄨㄥ ㄕㄡˇ
即人上有人、天外有天之意。多用以勸人不可妄自尊大。

11【強將手下無弱兵】ㄑㄧㄤˊ ㄐㄧㄤˋ ㄕㄡˇ ㄒㄧㄚˋ ㄨˊ ㄖㄨㄛˋ ㄅㄧㄥ
比喻才能強者其部下不會有弱者。

弸 ㈠ ㄅㄥ pêng^1 音崩
①弓強勁的樣子。見"說文"。②強勁的弓。③充滿。
㈡ ㄆㄥ p'êng^1 音烹
參弸彋。

16【弸彋】ㄆㄥ ㄏㄨㄥˊ
①弓聲。②風吹帷帳的樣子。

弲 ㄩㄢ yüan^1 音淵
指弓兩端至中央之間的部位。見"釋名·釋兵"。

9

弻 弼的本字。

弼 ㄅㄧˋ pi^4 音必
①古代矯正弓的器具。見"洪武正韻"。②輔佐；矯正。如：輔弼。

6【弼匡】 ㄅㄧˋ ㄎㄨㄤ
輔佐匡正。

强 強的俗體。

10

彀 ㄍㄡˋ *kou*^{4} 音遘
①拉滿弓。見"說文"。②能射箭的。③比喻事物的範圍、程式。如:入吾彀中。④滿足。通夠。

11

彆 ㄅㄧㄝˋ *pieh*^{4}
①指弓的末梢不正。見"集韻"。②拗反不順。如:彆扭。③悶;煩悶。如:彆氣。

7【彆扭】 ㄅㄧㄝˋ ˙ㄋㄧㄡ
不順;不正常。

彄 ㄎㄡ *k'ou*^{1} 音摳
①弓弩兩端鉤弦的部分。見"說文"。②筆管。見"說文義證"。③指環之類的飾物。

彈 ㄅㄧˋ *pi*^{4} 音畢
射。如:彈日。

12

彍 ㄎㄨㄛˋ *k'o*^{4}, *k'uo*^{4} 音廓
拉滿的弓。或作彉。見"說文"。

彈 ㊀ ㄉㄢˋ *tan*^{4} 音憚
①發射彈丸的器具。②可用彈弓發射的圓形小球。如:彈丸。③內裝火藥,可以殺人毀物的東西。如:砲彈。
㊁ ㄊㄢˊ *t'an*^{2} 音檀
①射出。也指伸、縮東西使發出力量。如:彈棉花。②敲擊;撥弄。如:彈奏。③揮;拂。如:彈冠。④糾劾;檢舉。如:彈劾。

2【彈力】 ㄊㄢˊ ㄌㄧˋ
①彈射的力量;躍起的力量。②(restoring force)物體受外力作用產生形變,當形變發生時,物體內部任何相鄰近的兩部分,彼此都會有力的交互作用產生以反抗物體的形變,此種力量稱爲彈力,或稱恢復力。

3【彈丸】 ㄉㄢˋ ㄨㄢˊ
①打彈弓時所用的小圓球形的丸。②比喻地方狹小。

7【彈床】 ㄊㄢˊ ㄔㄨㄤˊ
體操項目之一。舊稱彈簧床。爲在特製的彈簧墊上跳躍的一種運動。以直立彈躍爲主,亦可由背部、腹部、臀部、膝部著床,做各種彈躍、空翻、轉體動作,或做體勢變化與連續性的跳躍動作。第一屆世界彈床比賽於西元1963年在'英國''倫敦'舉行。

8【彈劾】 ㄊㄢˊ ㄏㄜˊ
彈劾權爲監察制度之一環。我國監察制度始於'秦''漢'之御史,用以輔助丞相,專司監察政治及行政之得失。至'唐''宋'主糾劾官邪。降至'明代',竟由糾劾百官之失職及監督軍旅事務,而擴展到風俗習慣、學術思想等,迨至前'清',仍仿'明'制。'民國'初年,曾設'肅政廳',以獨立行使監察權。'國民政府'成立後,依照國父'孫中山'先生五權憲法主張,設立'監察院',獨立行使監察權。西方彈劾制度則肇始於十四世紀'英國'議會對貴族之檢控其不法,後爲近代各國所仿效,用作議會監督政府大員的手段。我國現制的彈劾權,由'監察院'行使。其彈劾對象,除民選之各級議會議員不受彈劾外,上自總統,下至胥吏的一切公職人員。其彈劾原因,限於違法失職的行爲。至於彈劾案之審理,若彈劾總統、副總統者,權屬'國民大會';若彈劾其他公職人員者,則歸'司法院'之'公務員懲戒委員會'審理。

【彈性】 ㄊㄢˊ ㄒㄧㄥˋ
①處理事務靈活有變化。②(elasticity)⑴當物體受到外力作用時會產生形變,但當外力去除後,物體又回復成原來的形狀與大小,此種性質稱爲彈性。⑵指一經濟變數隨另一經濟變數變動而變動的敏感程度。如需求的價格彈性,即指需求量隨價格而變動的敏感程度。若需求量變動的百分比大於價格變動的百分比,即彈性係數的值大於一,則稱其富於彈性;反之,則稱爲缺乏彈性。

9【彈指】 ㄊㄢˊ ㄓˇ
彈擊指頭。以手作拳,屈食指,以大拇指捻彈作聲。佛家有四種意思:⑴表示歡喜;⑵表示許諾;⑶表示警覺,警示;⑷表示時間,用以形容極短的時間,爲一彈指的略語。

12【彈詞】 ㄊㄢˊ ㄘˊ
民間說唱藝術的一種。將故事編成韻語,以三弦、琵琶等伴奏,自彈自唱,故名。通常由一至三人表演,唱詞多爲七字句。起於'宋''元',至'明''清'而大盛。

13【彈道】 ㄉㄢˋ ㄉㄠˋ
(ballistic trajectory)各種射體在無推力作用後,僅受重力及空氣阻力作用之飛行軌跡。槍炮彈之彈道自離其槍炮口之點起算;炸彈者自離其飛機之點起算;彈道飛彈者係自其推進劑燒完或停止供應之點起算。

14【彈幕】 ㄉㄢˋ ㄇㄨˋ
爲阻礙敵軍通過防禦線或任務地區所發射的火力。可構成一面火力網,封殺彈幕區內的敵軍。在'金門''馬祖'前線,我國軍以各式武器編組成各種彈幕,使前線固若金湯。

【彈腿】 ㄊㄢˊ ㄊㄨㄟˇ
流行於'中國'北方的基礎拳術。訓練踢技和腳步的運用。有十路、十二路、十四路之別。因流傳甚廣,有潭腿、譚腿多種名稱。

17【彈壓】 ㄊㄢˊ ㄧㄚ
用武力強制壓服。

18【彈簧】 ㄊㄢˊ ㄏㄨㄤˊ
利用金屬之復原力將振動能予以

吸收的一種彈性體。具有高度的彈性能。

19【彈藥】 ㄉㄢˋ ㄧㄠˋ
裝有爆藥、煙火劑、核生化物質、推進劑等的爆炸裝置。訓練彈及宣傳彈則未裝有爆藥。

13【彈塗魚】 ㄊㄢˊ ㄊㄨˊ ㄩˊ
(mudskipper)屬硬骨魚綱、鱸目(order Perciformes)、鰕虎科(family Gobiidae)。六種，產於'亞洲'、'非洲'和'澳洲'等熱帶淺海、河口鹹淡水相混處或沼澤地

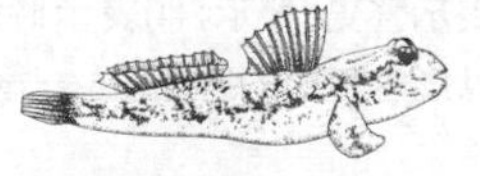

彈塗魚圖

帶。眼大、突出、可轉動；故能擴大視線範圍，有利其眼看到食物或敵人的全景，此爲其適應陸地生活的特徵之一。彈塗魚可離水活動，出水時，鰓室中海綿狀的囊充滿水，可使其鰓在陸地時保持潮溼，他們能留在陸地很長的時間。利用鰭走路，其胸鰭有力，似陸棲動物的肢。食物爲軟體動物及甲殼類。

【彈道學】 ㄉㄢˋ ㄉㄠˋ ㄒㄩㄝˊ
(ballistics)研究各種射體包括槍彈、炮彈、炸彈、火箭及導引飛彈等之運動及一般狀態的科學。主要分爲：一、內彈道學(interior ballistics)：爲研究發射藥之燃燒、高壓氣體之產生，及彈體在槍炮膛管內之運動情形；二、外彈道學(exterior ballistics)：爲研究射體在飛行中之運動及行爲情形；三、終端彈道學(terminal ballistics)：爲研究射體在其彈道終端或在目標物上作用之情形。

15【彈震病】 ㄊㄢˊ ㄓㄣˋ ㄅㄧㄥˋ
(shell shock) 由戰爭期間所累積之情緒、心理緊張，引發自我失控與記憶、語言、視覺等能力喪失的症狀。

3【彈弓效應】 ㄉㄢˋ ㄍㄨㄥ ㄒㄧㄠˋ ㄧㄥˋ
(slingshot effect)太空船駛近一行星時，受該行星的重力影響會獲得一加速度，若太空船不進入該行星的軌道，則此加速度所產生的速度和太空船原有速度的合成速度，會使太空船快速以弧形路線繞行星而過，此即太空彈弓效應。太空科學家和工程學家即利用此種重力形成的弧形軌道，使太空船可繞過一個接一個的行星而駛近另一個行星，以達到探測的目的。

8【彈性曲線】 ㄊㄢˊ ㄒㄧㄥˋ ㄑㄩ ㄒㄧㄢˋ
(elastic curve)結構構件承受引致彎曲的荷重後，立面所成的曲線。其與中立面原位置間的縱坐標代表因彎曲而產生的變位。

【彈性限度】 ㄊㄢˊ ㄒㄧㄥˋ ㄒㄧㄢˋ ㄉㄨˋ
(elastic limit)一彈性物體受拉力作用時，長度會伸長；如果張應力不大，則張應力與張應變之間成正比例關係，而能遵守'虎克'定律。如果應力增大至某一值以上，則'虎克'定律不再適用，且當外力去除後，物體並不能完全恢復其原有形狀，而會保持若干形變，此應力的極限值，稱爲彈性限度。

【彈性係數】 ㄊㄢˊ ㄒㄧㄥˋ ㄒㄧˋ ㄕㄨˋ
(modulus of elasticity)當物體受到外力作用時，會產生形變。由經驗知，在外力不超過物體之彈性限度時，其應力與應變的比值爲一常數，此常數稱爲彈性係數。不一樣的應力會有不同的應變，說明長度的變化時，使用'楊'氏彈性係數；物體受力偏傾時，要用切變彈性係數；如爲體積的變化，則應用體彈性係數。

【彈性後效】 ㄊㄢˊ ㄒㄧㄥˋ ㄏㄡˋ ㄒㄧㄠˋ
(elastic after-effect) 材料於承受不超過其彈性限度的應力後，回復原狀所需的時間滯延。又稱彈性滯延(elastic lag)。其時間之長短與材料結構的均質情形有關，通常結構均勻者幾乎沒有顯示時間滯延。

【彈性疲乏】 ㄊㄢˊ ㄒㄧㄥˋ ㄆㄧˊ ㄈㄚˊ
(elastic fatigue) 物體受外力作用會產生形變，當外力在彈性限度內時，外力除去後物體通常會恢復原狀。但如果發生形變的時間甚久，則即使在彈性限度內，外力除去後物體仍不能恢復原狀，這種現象稱爲彈性疲乏。

【彈性碰撞】 ㄊㄢˊ ㄒㄧㄥˋ ㄆㄥˋ ㄓㄨㄤˋ
(elastic collision) 兩物體相碰撞，如碰撞前後，系統機械能滿足守恆定律，即碰撞前之機械能總和等於碰撞後的機械能總和，此種碰撞便稱爲彈性碰撞。

【彈性鋪面】 ㄊㄢˊ ㄒㄧㄥˋ ㄆㄨ ㄇㄧㄢˋ
(resilient flooring)可作爲樓板和牆表面之各種彈性的材料。包括地氈、軟木、橡膠和瀝青等，用特殊的水泥可將這些材料黏在木、混凝土或粉飾的表面上。油地氈、軟木地氈、橡膠鋪面可作爲木或混凝土的鋪面；軟木板可作爲牆鋪面及樓板鋪面；瀝青磚、重瀝鋪料和輕瀝青鋪料均可鋪成瀝青地面。

12【彈無虛發】 ㄉㄢˋ ㄨˊ ㄒㄩ ㄈㄚ
每一彈都打中目標。

13【彈道飛彈】 ㄉㄢˋ ㄉㄠˋ ㄈㄟ ㄉㄢˋ
(ballistic missile) 一種經特別設計，在其彈道初期之上升部分被導引，但經過大氣，其彈道後期之飛行由於已無推力作用，也無導引作用，而變爲自由落體的飛彈。如洲際彈道飛彈即屬之。

18【彈簧常數】 ㄊㄢˊ ㄏㄨㄤˊ ㄔㄤˊ ㄕㄨˋ
(spring constant) 使彈簧端點

產生一個單位之變形量所需之力，稱爲彈簧常數。即$F=-k\cdot x$，式中F爲所施之外力，x爲變形量，k爲彈簧常數。

8【彈性工作時間】 ㄊㄢˊ ㄒㄧㄥˋ ㄍㄨㄥ ㄗㄨㄛˋ ㄕˊ ㄐㄧㄢ

(flexible work schedule) 也稱自由工作時間制。首創於'西德'。凡實施此制的受僱者，可選擇自認爲最適當的時間上班，但在核心時，即上午十時至下午四時，須在工作崗位上，並須在規定每日工作八小時，每週四十小時或四十四小時做完。此制有其優點，但適用對象與範圍有限，尚難普遍實行。

【彈性製造系統】 ㄊㄢˊ ㄒㄧㄥˋ ㄓˋ ㄗㄠˋ ㄒㄧˋ ㄊㄨㄥˇ

(flexible manufacturing system; FMS) 適應多樣少量工件而規劃組合的生產系統。其組成是由數值控制工具機、自動裝配單元及自動搬運裝置等彈性加工模組(FMM)組成，並由中央電腦控制。可隨各種不同工件需要，不需重新規劃生產線即可在同一生產系統上生產。

13

彊 ㊀ ㄑㄧㄤˊ ch'iang² 音牆

①弓強勁有力。通作強。見"說文"。②強健；雄盛。如：彊幹弱枝。③剛強橫暴。如：彊梁。④姓。'漢'有'彊華'。見"萬姓統譜·五二"。

㊁ ㄑㄧㄤˇ ch'iang³ 音襁

勉力；勉強。通作強。如：彊求。

彋 ㄏㄨㄥˊ hung² 音宏

參弸彋。

14

彌 ㄇㄧˊ mi² 音迷

①充滿；遍及。如：彌山遍野。②久遠。如：彌久。③縫合；塡補。如：彌補。④益；更加。如：仰之彌高，鑽之彌堅。⑤姓。'春秋'有'彌牟'。見"萬姓統譜·五"。

4【彌月】 ㄇㄧˊ ㄩㄝˋ

①胎兒足月出生。②嬰兒出生後滿一個月。③整月。

9【彌封】 ㄇㄧˊ ㄈㄥ

密封試卷上編號或應考人姓名，以求閱卷公平的措施。

10【彌留】 ㄇㄧˊ ㄌㄧㄡˊ

本指久病不癒，後指病重將死之時。

11【彌勒】 ㄇㄧˊ ㄌㄜˋ

①佛名。梵語 Maitreya，義譯爲'慈'氏，即'慈'姓，字'阿逸多'(Ajita)，義爲無能勝，最勝。生於'南天竺''婆羅門'家，'釋迦佛'懸記其將來繼承佛位，位'華林園'龍華樹下，三會說法，廣度一切人天。即未來佛也。②(John Stuart Mill, 1806～1873)'英國'哲學家、社會思想家、經濟學家和邏輯家。'詹姆士·彌勒'(James Mill)之子。受其父與'邊沁'的影響甚深，是個徹底的經驗主義和功利主義者。在邏輯和知識論上，主張一切知識都得自歸納法，因此所有的眞理—包括數學眞理—都是根據經驗所做出的概括推廣。他綜合前人，尤其是'培根'，有關歸納法的研究成果，整理出五個尋求因果關係的方法，稱爲'彌勒'五法。在倫理學上，他將'邊沁'所倡導的功利主義加以普及化；並且極力鼓吹民主與自由，特別強調思想言論自由的功能與價值。他的重要著作有"邏輯系統"(*A System of Logic*)、"政治經濟原理"(*Principle of Political Economy*)、"論自由"(*On Liberty*)和"功利主義"(*Utilitarianism*)。

彌勒像

12【彌補】 ㄇㄧˊ ㄅㄨˇ

補足。

14【彌漫】 ㄇㄧˊ ㄇㄢˋ

①水勢很大的樣子。②滿布。

【彌綸】 ㄇㄧˊ ㄌㄨㄣˊ

①包羅。②彌補縫合。

15【彌撒】 ㄇㄧˊ ㄙㄚ

(mass; missa) 天主教徒爲紀念'耶穌'爲世人救贖而犧牲所舉行的晚餐禮。晚餐禮的酒即'耶穌'的寶血，麵包即'耶穌'的聖身。教宗、主教和神父每天都舉行彌撒祭，一般教徒則於禮拜天到教堂去參加彌撒祭。

17【彌縫】 ㄇㄧˊ ㄈㄥˊ

①彌補縫合。②掩蓋缺失。

【彌賽亞】 ㄇㄧˊ ㄙㄞˋ ㄧㄚˋ

(Messiah) '猶太'民族的領袖與解放者，也是'猶太'教所指的救世主。基督教興起後，以彌賽亞稱'耶穌'。

4【彌天大罪】 ㄇㄧˊ ㄊㄧㄢ ㄉㄚˋ ㄗㄨㄟˋ

形容極大的罪過。

11【彌勒五法】 ㄇㄧˊ ㄌㄜˋ ㄨˇ ㄈㄚˇ

(Mill's methods) '英國'哲學家'彌勒'所創的五個方法，是用以建立事件或現象之間的因果關係之歸納法。這五個方法分別是：契合法、差異法、契合差異聯用法、共變法和剩餘法。

15

彍 ㄎㄨㄛˋ k'o⁴, k'uo⁴ 音廓

①拉滿的弓。同彉。見"說文"。②迅疾。

18【彍騎】 ㄎㄨㄛˋ ㄐㄧˋ

'唐玄宗'時的宿衛兵。

19

彎 ㄨㄢ wan¹ 音灣

①開弓。如：彎弓。②曲折。如：彎曲。③曲折的地方。如：拐個彎。

10【彎矩】 ㄨㄢ ㄐㄩˇ

(bending moment) 一構件在其

任何斷面上的彎矩等於該斷面在其中心軸處所受力矩的代數和。此定義需假設所有的外力都作用於同一平面上，任何斷面的內抵抗力矩等於該斷面上的內應力對其中心軸所產生的力矩和，作用在任何斷面的外彎矩和內彎矩的大小相同、方向相反。彎矩是造成梁的撓曲應力及撓度的主要原因。梁在一長度內剪力爲零的情況被稱爲純彎曲，此範圍內彎矩爲一常數。

20

彏 ㄐㄩㄝˊ chüeh[2] 音絕
急速張弓。見"說文"。

彐 部

彐 ㄐㄧˋ chi[4] 音計
本作彑。豕頭。見"說文"。

彑 彐的本字。

2

归 歸的俗體。

3

当 當的俗體。

5

彔 ㄌㄨˋ lu[4] 音祿
刻木歷歷可數的樣子。見"說文"。

6

彖 ㄊㄨㄢˋ t'uan[4] 音褖
1 豕在行走。見"說文"。2 "易經"中統論卦義的文字爲彖辭。3 "易經"中解釋彖辭的文字爲彖傳。

13【彖傳】 ㄊㄨㄢˋ ㄓㄨㄢˋ
"易經"中解釋彖辭的文字，相傳爲'孔子'所作。

19【彖辭】 ㄊㄨㄢˋ ㄘˊ
"易經"的卦辭。論斷全卦意義的文字。也稱卦辭。相傳爲'文王'所作。

8

彗 ㄏㄨㄟˋ hui[4] 音慧
1 掃帚。一作篲。見"說文"。2 星名。因尾長如彗而得名。也稱孛星或掃帚星。

9【彗星】 ㄏㄨㄟˋ ㄒㄧㄥ
(comet) 環繞或接近太陽運行的一種雲霧狀天體。我國古代稱之爲孛星、蓬星或妖星，俗名掃帚星。分爲週期彗星和非週期彗星兩類。前者屬於太陽系的一部分，沿橢圓軌道繞太陽運行；後者大多來自其他恆星，軌道爲拋物線或雙曲線，當通過近日點後，就一去不回。彗星距日尙遠時，只是一團冷而黑暗的物質；當它接近太陽時，因受陽光的映照以及固體物質蒸發擴散的作用，會產生彗頭和彗尾，同時發出亮光。彗頭和彗尾的體積和亮度隨著彗星與太陽距離的遠近而變化。

9

彘 ㄓˋ chih[4] 音滯
1 豬。見"說文"。2 地名。在今'山西''霍縣'東北。3 水名。源出今'山西''霍縣'南'石鼻谷'，注入'汾水'。

10

彙 彚的或體。

彚 ㄏㄨㄟˋ hui[4] 音匯
1 刺蝟。見"說文"。2 相同的物類。如：品彚。3 聚集。如：彚編。4 盛；繁盛。

15【彚編報告】 ㄏㄨㄟˋ ㄅㄧㄢ ㄅㄠˋ ㄍㄠˋ
總會計對總預算內編有附屬單位預算之特種基金，包括營業部分及非營業部分之會計報告，按綜合彚編方式所編製之總會計報告。

13

彛 彝的俗體。

彜 彝的俗體。

15

彝 ㄧˊ i[2] 音夷
1 古代宗廟祭祀的禮器。多係盛酒器。見"說文"。2 常；不變。如：彝訓。3 常道；常法。如：典彝。4 族名。即'倮儸'。

彝圖

10【彝訓】 ㄧˊ ㄒㄩㄣˋ
合於常道、常法的教訓。

【彝倫】 ㄧˊ ㄌㄨㄣˊ
倫常；常道。

16【彝器】 ㄧˊ ㄑㄧˋ
古代青銅祭器。如鐘鼎尊俎之類。

彞 彝的或體。

23

彠 矱的或體。

彡 部

彡 一 ㄕㄢ shan[1] 音衫
1 用毛筆畫成的花紋。見"說文"。2 毛長。見"廣韻"。
二 ㄒㄧㄢ hsien[1] 音先
用帶毛的獸皮作爲裝飾。見"集韻"。

4

彣 ㄨㄣˊ wên² 音文
有文彩的樣子。見"說文"。

形 ㄒㄧㄥˊ hsing² 音邢
或作形。①物體的外表。②容貌。③身體。如:形影不離。④表現;顯露。如:形於顏色。⑤對照;比較。如:相形見絀。⑥數學上以點、線、面及體積表示數的量叫形。如橢圓形、球形、圓錐形、三角形等是。

4【形心】ㄒㄧㄥˊ ㄒㄧㄣ
(centroid) 一點的坐標等於一幾何圖形(弧、平面或曲面一部分,或立體)上各點坐標的平均值時,此點叫做該幾何圖形的形心。形心的位置與所選的坐標無關,但均須由積分的平均值加以決定。形心即均勻密度時的重心。

6【形式】ㄒㄧㄥˊ ㄕˋ
(form) ①與質料相對。實體的本質結構或樣型。②要獲得經驗之前所必備的先驗元素。即使感覺內容成為有意義的知覺與判斷的先驗因素。③指作家利用文學的類型,以表達思想與感情的各類文體。④為使藝術的內涵表達出來,將繪畫上的色彩、線條與形狀做有組織性的安排;在音樂上是指將音及節奏做有秩序性的組織。這種藝術知覺要素(視覺要素、聽覺要素)及其組織,叫做形式。

10【形容】ㄒㄧㄥˊ ㄖㄨㄥˊ
①形體、容貌。②描繪、刻劃。

11【形符】ㄒㄧㄥˊ ㄈㄨˊ
代表字形的符號。與聲符、意符相對。如江字,水為形符,也兼意符,工為聲符。

12【形象】ㄒㄧㄥˊ ㄒㄧㄤˋ
人、物形體的狀貌。

13【形勢】ㄒㄧㄥˊ ㄕˋ
①地形高下的情況。②地位處境的強弱盛衰實況。③軍事的陣勢狀況。

【形跡】ㄒㄧㄥˊ ㄐㄧ
指容貌言行的跡象。

【形解】ㄒㄧㄥˊ ㄐㄧㄝˇ
道教以為修仙者死去,靈魂超脫形體,升天成仙。即尸解。

16【形骸】ㄒㄧㄥˊ ㄏㄞˊ
形體骨骸。指人的軀體。

17【形聲】ㄒㄧㄥˊ ㄕㄥ
六書之一。即文字的結構中,有一部分代表形類的,另一部分代表聲音的。如松字,木為形,公為聲;江字,水為形,工為聲。

18【形蹤】ㄒㄧㄥˊ ㄗㄨㄥ
①去處;下落。②即形跡。

23【形變】ㄒㄧㄥˊ ㄅㄧㄢˋ
(deformation) 物體受外力作用時,各部分的相對位置會略有移動,而引起形狀的改變,或體積大小的變動,這種改變稱為形變。

【形體】ㄒㄧㄥˊ ㄊㄧˇ
①人的肉體。同形骸。②物體的形狀、體貌。

3【形上學】ㄒㄧㄥˊ ㄕㄤˋ ㄒㄩㄝˊ
(metaphysics) 又名形而上學或玄學。有時稱為本體論或第一哲學。哲學的一支。研究事物或事態的真實本質或根本原理的學科。包括宇宙論和存有論。其研究對象不是現象界的事物與原理,而是本體界的存有、本質和結構。

6【形成層】ㄒㄧㄥˊ ㄔㄥˊ ㄘㄥˊ
(cambium) 植物專行細胞分裂的組織,稱為分生組織。雙子葉植物的莖或根內,位於木質部和韌皮部之間的分生組織。形成層的細胞經分裂和分化以後,可使根或莖的直徑加粗。

【形成權】ㄒㄧㄥˊ ㄔㄥˊ ㄑㄩㄢˊ
依權利人一方之意思表示,而發生一定法律效果之權利。形成權在未行使前,原法律關係維持不變,必待形成權行使後,原法律關係始發生、變更或消滅。舉例言之,凡錯誤之意思表示、被詐欺脅迫而為之意思表示、傳達錯誤之意思表示等,於除斥期間屆滿前,固得撤銷之,但未為撤銷前,該意思表示仍然有效;但若撤銷權人為撤銷之意思表示,則不待他方同意,即可使原法律行為溯及既往,歸於無效。又如無代理權人以代理人之名義所為之法律行為,非經本人承認,對於本人不生效力,但如本人承認,不待他方同意,該法律行為即對本人發生效力。形成權之行使,有時以判決方式為之,例如共有物之裁判分割,因分割判決之確定,不待登記,各共有人各自對原共有物之特定部分,依判決內容,單獨取得所有權。又如裁判離婚,凡夫妻之一方有"民法"第一千零五十二條所列情形之一(例如重婚、通姦、不治之惡疾等)者,他方得訴請法院判決離婚,夫妻婚姻關係因准許離婚之判決確定而當然消滅,上述兩種判決,均屬於形成判決。

【形而下】ㄒㄧㄥˊ ㄦˊ ㄒㄧㄚˋ
(physical; phenomenal) 與形而上相對。指物理界或現象界的事物或事態,是經驗學科的研究領域。

【形而上】ㄒㄧㄥˊ ㄦˊ ㄕㄤˋ
(metaphysical; noumenal) 與形而下相對。指超經驗界或本體界的事物或事態,是形上學的領域。

10【形容詞】ㄒㄧㄥˊ ㄖㄨㄥˊ ㄘˊ
文法學名詞。實詞的一種。形容事物形態、性質的詞。常附加在名詞之上。如「高山峻嶺」的「高」、「峻」。

12【形象化】ㄒㄧㄥˊ ㄒㄧㄤˋ ㄏㄨㄚˋ
把抽象的事物當作具體的事物來描述。

13【形意拳】ㄒㄧㄥˊ ㄧˋ ㄑㄩㄢˊ
北派拳術。源於'山西',目前有'山西'、'河南'、'河北'三派。以陰陽五行生剋為理論基礎,取鳥獸龍蛇之形爲進退攻守的方法。

6【形式主義】 ㄒㄧㄥˊ ㄕˋ ㄓㄨˇ ㄧˋ

(formalism) 1數學思想的一個派別,由'德國'數學家'希爾伯特'(David Hilbert) 於二十世紀初期所提出,旨在解答知識論中邏輯表達的困難。他認爲數學領域裡的數論、分析以及集合論,皆爲可藉形式理論來理解的知識,雖然按其特質看來,每個學門均有其特定的內容。形式主義者認爲,數理思想的基本物是數學符號,而非繫在這些物體的意義。2作品的描繪,純粹從色彩的配合、外觀的造形及美感的組織著手,而非重視內容的獨特或個人思想的表現者,稱爲形式主義。

【形如槁木】 ㄒㄧㄥˊ ㄖㄨˊ ㄍㄠˇ ㄇㄨˋ

軀體有如枯樹。本指虛靜無欲。今多形容人的外形瘦弱。

7【形形色色】 ㄒㄧㄥˊ ㄒㄧㄥˊ ㄙㄜˋ ㄙㄜˋ

各色各樣;品類眾多。

10【形格勢禁】 ㄒㄧㄥˊ ㄍㄜˊ ㄕˋ ㄐㄧㄣˋ

在形勢上受到牽制。

12【形單影隻】 ㄒㄧㄥˊ ㄉㄢ ㄧㄥˇ ㄓ

形容孤單無依。

15【形諸筆墨】 ㄒㄧㄥˊ ㄓㄨ ㄅㄧˇ ㄇㄛˋ

藉筆墨表達思想感情。

【形影相弔】 ㄒㄧㄥˊ ㄧㄥˇ ㄒㄧㄤ ㄉㄧㄠˋ

比喻孤單。

【形銷骨立】 ㄒㄧㄥˊ ㄒㄧㄠ ㄍㄨˇ ㄌㄧˋ

形容身體極度消瘦。

6【形式運思期】 ㄒㄧㄥˊ ㄕˋ ㄩㄣˋ ㄙ ㄑㄧˊ

(formal operations period)'瑞士'心理學家'皮亞傑'(J. Piaget)認知發展論的最後階段。孩童於十一歲以後,抽象性、邏輯性之觀念與概念成爲思考、推理的主要依據,且於思考、推理過程中,能提出各種假設,小心驗證,以求客觀與周密。

12【形象互動論】 ㄒㄧㄥˊ ㄒㄧㄤˋ ㄏㄨˋ ㄉㄨㄥˋ ㄌㄨㄣˋ

(symbolic interactionism)認定社會是由使用共同符號形象而互動的人所組成的一種社會學理論。因此,互動爲一連串對符號形象使用的瞭解與解釋的過程。代表人物爲'美國''米德'(George H. Mead)與'布魯默'(Herbert Blumer)。

6【形式重複課稅】 ㄒㄧㄥˊ ㄕˋ ㄔㄨㄥˊ ㄈㄨˋ ㄎㄜˋ ㄕㄨㄟˋ

(formal double taxation)國家行使課稅權,將各種租稅課徵於同一租稅主體及同一稅源而言。例如對某人(租稅主體)的所得(稅源),在其所得獲取之時課徵所得稅,而在其所得支用之時又課徵消費稅。

彤

ㄊㄨㄥˊ *t'ung*² 音童

赤色。如:彤雲。

12【彤雲】 ㄊㄨㄥˊ ㄩㄣˊ

紅色的雲霞。

14【彤管流芳】 ㄊㄨㄥˊ ㄍㄨㄢˇ ㄌㄧㄡˊ ㄈㄤ

讚美婦女有文才。用於弔喪的題辭。彤管,古代女史用來記載宮中政令或后妃功過的紅管筆。

【彤管揚輝】 ㄊㄨㄥˊ ㄍㄨㄢˇ ㄧㄤˊ ㄏㄨㄟ

稱頌婦女有文彩。用於弔喪的題辭。

6

彥

ㄧㄢˋ *yen*⁴ 音諺

1才德出眾的人。如:俊彥。2姓。'宋'有'彥若'。見"萬姓統譜·一〇二"。

7

彧

ㄩˋ *yü*⁴ 音郁

1水流動的樣子。本作𣽅。見"說文"。2有文彩的樣子。通䚜。見"廣雅·釋詁"。

8

彬

ㄅㄧㄣ *pin*¹ 音斌

1文質兼備。見"說文"。2文彩。3姓。'唐'有'彬霽'。見"萬姓統譜·一九"。

11【彬彬有禮】 ㄅㄧㄣ ㄅㄧㄣ ㄧㄡˇ ㄌㄧˇ

有修養有禮貌的樣子。

【彬彬君子】 ㄅㄧㄣ ㄅㄧㄣ ㄐㄩㄣ ㄗˇ

文質兼備的人。

彩

ㄘㄞˇ *ts'ai*³ 音采

1鮮明的顏色。如:五彩繽紛。2贊美聲。如:喝彩。

9【彩度】 ㄘㄞˇ ㄉㄨˋ

(chroma)指色彩的飽和狀態,亦即色彩的鮮明或混濁程度。爲色彩三要素之一。又稱色度、純度或飽和度。具體而言,是指某色中是否含有黑色或白色成分,其黑、白含量愈重,彩度愈低,即飽和度愈低;反之,則彩度高,飽和度高。若不含黑、白色,則爲純粹色,如正黃、正藍等皆是飽和的色彩,稱爲純色。

11【彩票】 ㄘㄞˇ ㄆㄧㄠˋ

一種具有賭博意味的票券。

【彩排】 ㄘㄞˇ ㄆㄞˊ

(rehearsal) 戲劇正式演出之前,結合全部演出條件所作的總排練。

【彩陶】 ㄘㄞˇ ㄊㄠˊ

'中國'新石器時代的彩繪陶器,爲'仰韶'文化的代表性作品。多使用泥條盤築法或圈泥法成形,並於修整過的器表飾以黑、紅等幾何紋樣或動物圖紋。

13【彩塑】 ㄘㄞˇ ㄙㄨˋ

'中國'傳統泥塑技法之一。即以黏土摻和棉花纖維製成初坯,陰乾後,上粉底再加彩繪即成。'敦煌''莫高窟'菩薩塑像、'太原''晉祠'的宮女、'無錫''惠山'泥人,均爲彩塑傳世的名作。

16【彩頭】 ㄘㄞˇ ㄊㄡˊ

①競賽的獎賞。②好運的徵兆。

6【彩色印刷】ㄘㄞˇ ㄙㄜˋ ㄧㄣˋ ㄕㄨㄚ
概指利用洋紅、黃、青減色三原色印墨，印刷兩色以上印刷品的方法。也有加印特別色者。

【彩色複製】ㄘㄞˇ ㄙㄜˋ ㄈㄨˋ ㄓˋ
將彩色原稿經過分色、修整、製版，印刷爲彩色印刷品的過程。

11【彩陶文化】ㄘㄞˇ ㄊㄠˊ ㄨㄣˊ ㄏㄨㄚˋ
我國新石器文化主流之一。最先在'河南省''澠池縣'的'仰韶村'發現，故又稱'仰韶'文化。出土物有大批紅黑白相間的彩陶及石器、骨器。已有某種程度的聚落及政治組織，並有粟稷種植及豬狗飼養。分布以'關'中、'晉'南、'豫'西爲中心，西及'洮河流域'，東至'河南'中部，南抵'漢水'中游，北達'河套'一帶。

14【彩鳳隨鴉】ㄘㄞˇ ㄈㄥˋ ㄙㄨㄟˊ ㄧㄚ
比喻女子嫁給才貌不如自己的人。

彫

ㄉㄧㄠ tiao¹ 音貂
①刻鏤。同雕。如：彫琢。②修飾。如：彫章鏤句。③凋殘；零落。通凋。如：彫敝。

9

彭

ㄆㄥˊ p'êng² 音朋
①鼓聲。見"說文"。②姓。'漢'有'彭越'。見"萬姓統譜・五四"。

3【彭尸】ㄆㄥˊ ㄕ
即三尸。道家認爲人體內有三尸蟲，上尸名彭倨，喜愛寶物；中尸名彭質，喜好五味；下尸名彭矯，喜好色欲，均於人體有害，因此合稱三尸。也稱三彭。

4【彭巴】ㄆㄥˊ ㄅㄚ
(La Pampa)草原植物區的一種植物群落，相當於'北美'的溼草原。特指'南美''阿根廷'和'巴拉圭'境內'巴拉那'—'巴拉圭河'谷地南部的一片溫帶草原，當地人稱爲⌊彭巴⌉，即無樹茂草原之意。土壤深厚肥沃，氣候溫和溼潤，宜農宜牧。

9【彭祖】ㄆㄥˊ ㄗㄨˇ
古代傳說中人物。姓'籛'名'鏗'("楚辭・天問"作'彭鏗')，'顓頊'的玄孫，相傳活了八百多年。後世因以'彭祖'爲長壽者的代稱。

21【彭蠡】ㄆㄥˊ ㄌㄧˇ
即今'鄱陽湖'。也作'彭麗'。

4【彭公案】ㄆㄥˊ ㄍㄨㄥ ㄢˋ
題'貪夢道人'撰，一百回。以'彭朋'出巡查案爲中心的公案小說。

15【彭德懷】ㄆㄥˊ ㄉㄜˊ ㄏㄨㄞˊ
(1898～1974)'湖南''湘潭'人，原名'得華'，號'石穿'，化名'宗清'。'湖南陸軍講武堂'第一期畢業，參加北伐，升任團長。'民國'十七年，加入'中國共產黨'，改編所部爲⌊紅五軍⌉，任軍長。抗戰軍興，'共'軍改編爲國民革命軍第八路軍，任副指揮。後改稱第十八集團軍，任副總司令。'中共'政權成立後，任黨政軍要職。曾率軍參加'韓'戰。文化大革命起，被囚並遭毒打。

彭德懷像

11

彰

ㄓㄤ chang¹ 音章
①顯揚；明著。如：表彰。②姓。'漢'有'彰章'。見"萬姓統譜・五二"。

4【彰化】ㄓㄤ ㄏㄨㄚˋ
縣名。原名'半線'。位於'臺灣島'西部中央。設縣治於'彰化市'。

8【彰明昭著】ㄓㄤ ㄇㄧㄥˊ ㄓㄠ ㄓㄨˋ
明白顯著。

彯

ㄆㄧㄠ p'iao¹ 音飄
①飄捲。通飄。如：彯沙捲石。②輕捷的樣子。通嫖。如：彯搖。

12

影

ㄧㄥˇ ying³ 音穎
①光照射到不透明或半透明物體時，由於光的直進性及物體吸收光能量所產生的明暗對比，在物體的另一方產生具有物體輪廓的陰暗形象，稱爲影。②像；圖像。如：攝影。③日晷。④隱藏。⑤臨摹；摹搨。如：影寫。

2【影人】ㄧㄥˇ ㄖㄣˊ
①皮影戲的道具。用紙或皮剪成人物的形象。②電影演員。

8【影青】ㄧㄥˇ ㄑㄧㄥ
又稱青白瓷。我國白瓷的一種。由於積釉處微閃青或湖水藍如影子般，故稱。主要的窯場分布在'江西省''景德鎮'和'華'南各地，尤以'北宋'末期的作品最爲精緻。

10【影射】ㄧㄥˇ ㄕㄜˋ
借此說彼，隱指某人某事。

12【影象】ㄧㄥˇ ㄒㄧㄤˋ
也作影像。①物的陰影。②在鏡面上反映出來的物體形象。③(image)指實物透過攝影機而顯示在影片或錄影帶上的畫面。

14【影碟】ㄧㄥˇ ㄉㄧㄝˊ
(videodisc)一種放影媒體。其形似唱片，質地大都爲塑膠，亦有少數以特殊金屬製成。放影的裝置與電唱機放音的裝置相似，放影時，與錄影帶同樣會產生影像於電視螢幕上，畫面清晰度與音響效果均較錄影帶爲佳，惟不能如錄影帶般自行錄製節目是其缺點。

17【影戲】ㄧㄥˇ ㄒㄧˋ
①又稱影子戲。用紙或皮剪成人物形象，利用燈光映於帷幕上表演的戲劇。②電影的俗稱。

21【影響】ㄧㄥˇ ㄒㄧㄤˇ
①如影隨形，如響應聲。比喻感應迅捷。②兩事牽連而有關係。

13

戫 ㄩˋ yü4 音郁
有文彩的樣子。通作彧、郁。見"說文"。

19

彲 ㄔ ch'ih1 音痴
獸名。同螭。見"廣韻"。

彳部

彳 ㄔˋ ch'ih4 音敕
小步走。如:彳亍。

3【彳亍】 ㄔˋ ㄔㄨˋ
小步走;欲行又止的樣子。

2

行 ㄉㄧㄥ ting1 音丁
參彾行。

3

彴 ㄓㄨㄛˊ cho2, chuo2 音灼
①獨木橋。見"廣雅·釋室"。②渡水用的踏腳石。見"玉篇"。

4

彷 ㊀ ㄆㄤˊ p'ang2 音旁
徘徊不前,茫然失據的樣子。如:彷徨。
㊁ ㄈㄤˇ fang3 音訪
近似;相似。如:彷彿。

8【彷彿】 ㄈㄤˇ ㄈㄨˊ
大概相似。也作仿佛、髣髴。

9【彷徉】 ㄆㄤˊ ㄧㄤˊ
同仿佯。①徘徊不進。②周遊翺翔。

12【彷徨】 ㄆㄤˊ ㄏㄨㄤˊ
①徘徊不前,心意未決的樣子。也作仿偟、徬徨。②翺翔、盤旋的樣子。

役 ㄧˋ i4 音疫
①防衛;戍守。見"說文"。②事件。一般多指戰事而言。如:戰役。③爲國家所盡的義務。如:兵役。④差遣;使喚。如:役使。⑤供差遣的人。如:僕役。

8【役使】 ㄧˋ ㄕˇ
差遣;使喚。

彶 ㄐㄧˊ chi2 音急
急行。見"說文"。

彸 ㄓㄨㄥ chung1 音中
參征彸。

5

往 ㄨㄤˇ wang3 音枉
①至;前去。如:往返。②從前;過去。如:往事。③以後。如:自今以往。④朝;向。如:往前走。

4【往日】 ㄨㄤˇ ㄖˋ
過去的時日。

5【往生】 ㄨㄤˇ ㄕㄥ
佛徒由於修念佛三昧而出離娑婆世界到'彌陀''如來'的極樂淨土叫往,化生在彼土七寶蓮華中叫生。

8【往事】 ㄨㄤˇ ㄕˋ
過去的事。

【往往】 ㄨㄤˇ ㄨㄤˇ
①常常。②處處。

10【往哲】 ㄨㄤˇ ㄓㄜˊ
古代的賢哲。

12【往復泵】 ㄨㄤˇ ㄈㄨˋ ㄅㄥˋ
(reciprocating pump)藉著其內活塞之結構,作左右往復之運動以達到提高流體壓力高差目的之泵。依活塞之形狀可分爲隔膜泵、柱塞泵與盤塞泵;依其中水缸數目可分爲單缸、雙缸與三缸往復泵。其最大缺點是具有升沈現象,然此缺點可藉空氣室與增加效數予以彌補。

【往復運動】 ㄨㄤˇ ㄈㄨˋ ㄩㄣˋ ㄉㄨㄥˋ
(reciprocating motion)機件的運動循環中,其運動路線是沿直線或曲線前進並逆行的,即爲往復運動。如汽缸內活塞之運動。

征 ㄓㄥ chêng1 音爭
①遠行。如:征車。②發兵討伐。如:征伐。③爭取。如:上下交征利。④徵收稅賦。如:征斂。⑤姓。'宋'有'征集'。見"萬姓統譜·五四"。

4【征夫】 ㄓㄥ ㄈㄨ
①遠行的人。②在外服勞役或服兵役的人。

6【征戍】 ㄓㄥ ㄕㄨˋ
遠行防守邊疆。

【征伐】 ㄓㄥ ㄈㄚ
出兵討伐。

7【征彸】 ㄓㄥ ㄓㄨㄥ
驚懼的樣子。

8【征服】 ㄓㄥ ㄈㄨˊ
①以強力使順服。②(conquest)交戰國在戰時,以擴張國家主權之意思,使用武力占領敵國領土之一部或全部。自從西元1928年"巴黎非戰公約"禁止使用武力作爲推行國家政策之工具後,征服已非取得領土主權之合法方法。"聯合國憲章"第二條第四項規定,禁止會員國使用威脅或武力侵害任何國家之領土完整,即重申斯旨。

10【征討】 ㄓㄥ ㄊㄠˇ
出兵討伐。

【征旆】 ㄓㄥ ㄆㄟˋ
古代官吏遠行時所持的旗幟。

11【征途】 ㄓㄥ ㄊㄨˊ
行程;旅途。

12【征程】 ㄓㄥ ㄔㄥˊ
①征戰的路程。②行程。

14【征塵】 ㄓㄥ ㄔㄣˊ
旅途中的風塵。

【征榷】 ㄓㄥ ㄑㄩㄝˋ
課稅和專賣。

17【征斂】 ㄓㄥ ㄌㄧㄢˋ
征收賦稅。

彿 ㄈㄨˊ fu2 音拂
參彷彿。

径 徑的俗體。

徂 ㄘㄨˊ ts'u2 音殂
①往;前往。如:自西徂東。

②已往；過去。如：徂歲。③死；去世。通殂。如：徂歿。

13【徂落】 ㄘㄨˊ ㄌㄨㄛˋ

①凋零；衰落。②指死亡。

徃 往的俗體。

彼 ㄅㄧˇ pi^3 音比

稱代詞。①他。如：知己知彼。②那；那個。與此相對。如：彼岸。

8【彼岸】 ㄅㄧˇ ㄢˋ

佛家語。梵語波羅(pāra)的義譯。脫離此岸塵世的煩惱，而得渡涅槃的彼岸。意謂生死如海，成佛爲彼岸。

11【彼得】 ㄅㄧˇ ㄉㄜˊ

(St. Peter)'耶穌'十二門徒的領袖，'聖安得烈'的兄弟。本名'西門'(Simon)，是'加利利'海上的漁夫，受'耶穌'之召而爲使徒，並蒙賜名爲'彼得'(Peter)，意即磐石。'耶穌'受難時，他在場，曾三次否認爲基督的門徒。'耶穌'復活後，他是第一位見證者，因而爲十二門徒之長。後赴'小亞細亞'傳教，並於西元55年抵達'羅馬'，曾在'羅馬'皇帝'尼祿'朝廷斥責術士'西門‧栴格士'(Simon Magus)，約於67年爲'尼祿'所殺。"聖經"的寫作曾受其影響。後人在其'羅馬'的安葬地後面建立了一座'聖彼得大教堂'。1968年'羅馬'教宗曾爲其遺跡舉行證實大禮。

6【彼此彼此】 ㄅㄧˇ ㄘˇ ㄅㄧˇ ㄘˇ

指二者相等或相同。

11【彼得大帝】 ㄅㄧˇ ㄉㄜˊ ㄉㄚˋ ㄉㄧˋ

(Peter I the Great, 1672～1725)即'俄'皇'彼得一世'。西元1689年取得大權後，即設法向'巴爾幹半島'及'黑海'發展；1695年與'土耳其''鄂圖曼大帝'發生戰爭；1700～1721年與'瑞典'發生北方戰爭(Great Northern War)。最大的成就是向'歐洲'發展，1697～1698年在巡視西'歐'以後，於1703年把國都遷赴'波羅的海'東岸的'聖彼得堡'，並極力引進西方的技術，擴大皇權。

【彼得原理】 ㄅㄧˇ ㄉㄜˊ ㄩㄢˊ ㄌㄧˇ

(Peter's principle)'彼得'(Peter)認爲大多數的人都想追求職位的晉升，直到他無法勝任的職位爲止，而不是追求到他可以勝任愉快的職位爲止。

祇 ㄉㄧ ti^1 音低

參祇徊。

9【祇徊】 ㄉㄧ ㄏㄨㄟˊ

徘徊不進。

彾 ㊀ ㄌㄧㄥˊ $ling^2$ 音伶

參彾行。

㊁ ㄌㄧㄥˇ $ling^3$ 音領

雨後溼滑的小徑。見"玉篇"。

5【彾行】 ㄌㄧㄥˊ ㄌㄧㄥ

孤獨而行的樣子。同伶仃。

10【彾傳】 ㄌㄧㄥˊ ㄆㄧㄥˊ

孤獨行走的樣子。

6

徉 ㄧㄤˊ $yang^2$ 音羊

參彷徉。

律 ㄌㄩˋ $lü^4$ 音慮

①均布；劃一。如：一律住校。②法制；法則。如：律令。③記載法律條文的書籍。④約束。如：律己甚嚴。⑤古代校正樂音的儀器。如：律呂。⑥音樂腔調、節拍。如：音律。⑦古代詩體名。如：律詩。⑧姓。'漢'有'律子公'。見"萬姓統譜‧一一五"。

3【律己】 ㄌㄩˋ ㄐㄧˇ

約束自己。

5【律令】 ㄌㄩˋ ㄌㄧㄥˋ

①法令；國家頒布的法律條令。②道家符咒末句多作急急如律令。律令，雷部鬼神名，善走。一說律令是'漢代'公務的常語，是說符咒到了，就要奉行。

7【律呂】 ㄌㄩˋ ㄌㄩˇ

①六律六呂的合稱，即十二律。'黃帝'時'伶倫'截竹爲筒，以筒的長短分別聲音的清濁、高下，樂器的音即依此爲準，分陰陽各六，陽爲律，陰爲呂，合稱十二律。②泛指音律、樂律、聲律。

8【律宗】 ㄌㄩˋ ㄗㄨㄥ

佛家戒律本通於各宗，但到'唐代''南山''道宣律師'宏揚"四分律"，才在'中國'正式建立了律宗，而成爲佛教的一派。時人亦稱爲'南山'宗。本源出於佛大弟子'優波離尊者'，嚴持淨戒。

【律例】 ㄌㄩˋ ㄌㄧˋ

刑法的正文條款及其成例。律指法律的本文，例指補充律文不足而設的條例或例案。

10【律師】 ㄌㄩˋ ㄕ

①佛教出家人中，精通藏經中律藏，同時能身體力行的比丘。如'唐代''南山''道宣律師'，近人'弘一律師'。②指道士。③自由業之一種。在民事訴訟程序中，得代理當事人起訴、代理當事人應訴；在刑事訴訟中，得依法爲被告辯護。律師在司法制度中，與推事、檢察官之職務雖然不同，但其在透過攻擊防禦、獨立審判，以求達到司法公正之目的則一。近代由於法學逐漸發達，事先預防糾紛之發生，重於事後糾紛之解決，因此律師提供諮詢之功能，日益重要。律師工作，事涉社會正義，其接受事件委託後，應忠實蒐求證據，探求案情，非有正當理由，不得終止其契約，對於委託人、法院、檢察機關或司法警察機關，不得有矇蔽或欺誘之行爲，以遵守職業道德。

13【律詩】 ㄌㄩˋ ㄕ

近體詩的一種。以其平仄、押韻、句數、對仗等都有一定的格律，故名。分五言及七言兩種，均爲八句。兩句一聯，依次稱爲首聯、頷聯、頸聯、尾聯。中間二聯必須對仗。偶數句均須叶韻，通常叶平韻；三、五、七句不入韻，首句則叶韻與否均可。通常五律首句多半不叶韻，七律首句則多半叶韻。另有一種體式相同而超過十句以上的，則稱爲「排律」。

15【律賦】 ㄌㄩˋ ㄈㄨˋ
賦的一種。‘唐’‘宋’科舉考試所用。對仗工整、音律諧協，押韻有嚴格規定。一般於題目之外，另出數字（通常爲八字）爲韻腳，如‘蘇軾’“濁醪有妙理賦”即以「神聖功用無捷於酒」爲韻。

7【律呂正義】 ㄌㄩˋ ㄌㄩˇ ㄓㄥˋ ㄧˋ
分上、下、續、後四編。前三編，‘清’‘康熙’五十二年(1713)官修，上編二卷爲“正律審音”；下編二卷爲“和聲定樂”；續編一卷爲“協韻度曲”，介紹外國的五線譜及音階唱名。後編，‘乾隆’十一年(1746)官修，詳載‘清代’宮廷音樂的樂譜、舞譜及樂器。

【律呂新書】 ㄌㄩˋ ㄌㄩˇ ㄒㄧㄣ ㄕㄨ
‘宋’‘蔡元定’撰，二卷。上卷爲“律呂本原”，十三篇，下卷爲“律呂辨證”，十篇。書中主要在討論旋宮（調高的轉換）的問題，提出十八律的理論。

12【律勞卑事件】ㄌㄩˋ ㄌㄠˊ ㄅㄟ ㄕˋ ㄐㄧㄢˋ
‘清宣宗’‘道光’十四年(1834)，‘英’政府廢止‘東印度公司’對‘華’貿易的專利權，遣首任商務監督‘律勞卑’(William John Lord Napier)抵‘粵’。‘律勞卑’要求兩‘廣’總督‘盧坤’以平等禮儀接見，‘盧坤’令其依舊由行商代稟。‘律勞卑’乃公開聲斥‘盧坤’剛愎無知，‘盧坤’下令斷絕‘英’人貿易，‘律勞卑’召兵艦擊毀‘虎門’砲臺。經‘中’‘英’商人調停，‘律勞卑’退駐‘澳門’，恢復通商，是爲‘律勞卑’事件。

待 ㊀ ㄉㄞˋ *tai*^{4} 音殆
①等候。如：枕戈待旦。②接待；照顧。如：待人接物。③將要；打算。
㊁ ㄉㄞ *tai*^{1} 音呆
逗留；遲延。如：再待一會兒。

6【待字】 ㄉㄞˋ ㄗˋ
指女子未許嫁。古代女子成年許嫁後始命字。

8【待制】 ㄉㄞˋ ㄓˋ
①等候詔令。②官名。‘唐太宗’時，命京官五品以上輪值於中書、門下兩省，以備咨詢。‘高宗’時，命‘弘文館’學士每日一人待制於‘武德殿’西門。‘代宗’時，待制成爲正式官稱，以‘集賢殿’爲待制之所，每日輪值二人，備顧問。至‘宋’，各殿閣多有待制之官，如‘龍圖閣’待制、‘天章閣’待制之類，掌管殿閣所藏文物，位在直學士之下。‘元’於‘翰林院’置待制。‘明’沿之。‘清’廢。

【待命】 ㄉㄞˋ ㄇㄧㄥˋ
等候命令。

12【待詔】 ㄉㄞˋ ㄓㄠˋ
①等待任職的詔令。②官名。‘唐玄宗’始置翰林待詔之官，掌批答四方表疏，並應和詩文，位望崇高。③‘宋代’民間對各種工匠的尊稱。

13【待遇】 ㄉㄞˋ ㄩˋ
①接待；對待。②薪俸；工作的報酬。

【待罪】 ㄉㄞˋ ㄗㄨㄟˋ
①舊時官吏謙稱在職。②等待被治罪。

【待裝提單】ㄉㄞˋ ㄓㄨㄤ ㄊㄧˊ ㄉㄢ
(received-for-shipment bill of lading; received B/L)又稱備運提單。爲船公司或其代理人已收到託運人所託運貨物，但在該貨物尚未裝上船舶之前所簽發的提單。這種提單上開頭有 Received for shipment in apparent goods order…等字樣，表明已經收到託運貨物，但尚未裝上船舶。一般而言，待裝提單不適於押匯。等到貨物裝上船舶之後，船公司可在待裝提單上加註 on board 字樣，註明裝船日期，並由其簽字，使其成爲已裝船單。

15【待價而沽】 ㄉㄞˋ ㄐㄧㄚˋ ㄦˊ ㄍㄨ
①等待好價錢而出售。②比喻有才學的人，等待時機出來做官。

6【待交換票據】 ㄉㄞˋ ㄐㄧㄠ ㄏㄨㄢˋ ㄆㄧㄠˋ ㄐㄩˋ
(checks for clearing)銀行客戶存入次日到期的票據，或於交換時間過後存入而須留待次日提出交換的票據。

很 ㄏㄣˇ *hên*^{3} 音狠
①違逆；不順從。見“說文”。②乖戾；凶暴。如：很戾。③甚；非常。如：很好。

徆 ㄊㄨㄥˇ *t'ung*^{3} 音統
小巷。同衕。見“字彙補”。

徊 ㄏㄨㄞˊ *huai*^{2} 音懷 又讀 ㄏㄨㄟˊ *hui*^{2} 音回
徘徊。

徇 ㊀ ㄒㄩㄣˋ *hsün*^{4} 音殉
①向眾人宣示。如：徇行。②奪取；攻打。如：徇地。③順從。④爲達到某種目的而犧牲生命。通殉。如：徇節。
㊁ ㄒㄩㄣˊ *hsün*^{2} 音旬
①遍匝。見“爾雅·釋言”。②營求。如：徇私。

7【徇私】 ㄒㄩㄣˊ ㄙ
違背公義而營求私利；爲了私情而枉法偏袒。

11【徇情】 ㊀ ㄒㄩㄣˊ ㄑㄧㄥˊ
爲了私情而枉法偏袒。
㊁ ㄒㄩㄣˋ ㄑㄧㄥˊ
爲愛情而犧牲生命。也作殉情。

後 ㄏㄡˋ *hou*^{4} 音后
①位置在後。與前相對。如：後院。②時間較晚。與先相對。如：後到。③子孫。如：不孝有三，無後爲大。④落後。如：永不後人。⑤姓。‘唐’有‘後亂’。見“萬姓統譜·八八”。

4【後方】 ㄏㄡˋ ㄈㄤ
①後面。②戰爭時沒有與敵人交戰的地區。

【後天】 ㄏㄡˋ ㄊㄧㄢ
①指人出生後所受環境或人爲的

影響。與先天相對。[2]明天的次一天。

5【後生】ㄏㄡˋ ㄕㄥ
[1]後代子孫。[2]後輩；後進。[3]少年人；年輕人。

6【後伐】ㄏㄡˋ ㄈㄚˊ
傘伐造林的最後步驟。即在傘伐造林的主伐後，爲促進幼樹之生長及發育，而漸次移除新林上方母樹的伐採。後伐多分次施行，以使新林漸次脫離母樹的庇蔭及保護，終至取代之。

7【後身】ㄏㄡˋ ㄕㄣ
[1]下一世之身。即佛家所說的轉世投胎。[2]衣服的後部。

8【後事】ㄏㄡˋ ㄕˋ
[1]將來的事。[2]死後的事。也用以指喪事。

【後拉】ㄏㄡˋ ㄌㄚ
(dolly out) 電視節目或電影攝製時的一種運鏡技術。參前推。

【後昆】ㄏㄡˋ ㄎㄨㄣ
後代；子孫。

【後果】ㄏㄡˋ ㄍㄨㄛˇ
結果。

【後周】ㄏㄡˋ ㄓㄡ
朝代名。[1]‘南北朝’時‘北朝’之一。即‘宇文覺’所建的‘北周’。參北周。[2](951～960)五代之一。‘郭威’篡‘後漢’所建，國號‘周’，都‘汴’(今‘河南’‘開封’)，史稱‘後周’。傳至‘世宗’，文治武功皆盛，爲五代中最有治績的君主。據有今‘河南’、‘山東’、‘陝西’、‘甘肅’、‘湖北’諸省，及‘河北’南部、‘安徽’北部等地。傳至‘恭帝’，爲禁軍領袖‘趙匡胤’發動‘陳橋’兵變所篡。共三世，三主，十年。

9【後勁】ㄏㄡˋ ㄐㄧㄣˋ
[1]全軍殿後的精銳部隊。[2]發作較遲的力量。

【後盾】ㄏㄡˋ ㄉㄨㄣˋ
在後方翼護的工具。引申指在背後或暗中支持的勢力或力量。

10【後唐】ㄏㄡˋ ㄊㄤˊ
(923～936)五代之一。‘李存勗’滅‘後梁’所建，國號‘唐’，都‘洛陽’(今‘河南’‘洛陽’)，史稱‘後唐’。疆域在五代中最爲廣大。傳至‘明宗’，政治清明。後因內亂，導致‘契丹’入侵，爲‘後晉’所滅。共二世，四主，十四年。

【後晉】ㄏㄡˋ ㄐㄧㄣˋ
(936～946)五代之一。‘沙陀’人‘石敬瑭’滅‘後唐’所建，國號‘晉’，都‘汴’(今‘河南’‘開封’)，史稱‘後晉’、‘石晉’。‘石敬瑭’割讓‘燕’‘雲’十六州以結援‘契丹’，並自稱「兒皇帝」，北方國防重地盡失。傳子‘出帝’，爲‘契丹’所滅。共二世，二主，十一年。

11【後梁】ㄏㄡˋ ㄌㄧㄤˊ
[1](555～587)‘南朝’‘梁’‘侯景’叛亂時，‘西魏’立‘武帝’孫‘蕭詧’爲傀儡皇帝的政權。都‘江陵’(今‘湖北’‘江陵’)，史稱‘後梁’、‘西梁’。後爲‘隋’所滅。共三世，三主，三十三年。[2](907～923)五代之一。‘朱全忠’篡‘唐’所建，國號‘梁’，都‘汴’(今‘河南’‘開封’)，史稱‘後梁’。據有今‘河南’、‘山東’及‘河北’、‘陝西’、‘湖北’的一部分。‘全忠’死後，諸子爭位，自相殘殺，後爲‘後唐’所滅。共二世，二主，十七年。

【後患】ㄏㄡˋ ㄏㄨㄢˋ
將來的禍患。

12【後進】ㄏㄡˋ ㄐㄧㄣˋ
後輩；晚輩。

13【後裔】ㄏㄡˋ ㄧˋ
後代子孫。

【後勤】ㄏㄡˋ ㄑㄧㄣˊ
後方勤務。包括軍品之設計、發展、獲得、儲存、輸送、分配、保養、後送、報廢和部隊之運輸、醫療，及各種勤務之獲得或供給。

【後嗣】ㄏㄡˋ ㄙˋ
後代子孫。

【後路】ㄏㄡˋ ㄌㄨˋ
[1]行軍時，走在最後的部隊。[2]後面的道路。[3]退身轉圜的餘地。

【後腦】ㄏㄡˋ ㄋㄠˇ
[1](rhombencephalon) 俗稱菱腦。指脊椎動物原始腦之三部分的後部。[2](metencephalon) 後腦前部包括小腦及橋腦爲主之構造的腦組織。[3](tritocerebrum) 指節肢動物(如昆蟲)之腦的後節部分。

14【後漢】ㄏㄡˋ ㄏㄢˋ
朝代名。[1]即‘劉秀’滅‘新莽’所建的‘東漢’。參東漢。[2](947～950)五代之一。‘河東’節度使‘劉知遠’乘‘契丹’滅‘後晉’，引兵北退之際，入據‘開封’稱帝，國號‘漢’，史稱‘後漢’。領有‘河’北諸鎮。‘隱帝’繼位，任用嬖倖，爲‘郭威’乘兵變所篡。共二世，二主，四年。

【後臺】ㄏㄡˋ ㄊㄞˊ
[1]舞臺後面供演員準備、休息的地方。[2]指背後支持的力量。

【後像】ㄏㄡˋ ㄒㄧㄤˋ
(after-image) 眼睛視網膜接受光線刺激後，即使光線刺激消失，但影像乃短暫存留在人的視野中的現象。

15【後衛】ㄏㄡˋ ㄨㄟˋ
[1]前進或撤退部隊的最後單位。即保護部隊後方，不使其遭受敵人攻擊之警戒部隊。撤退時，以後衛部隊武力抵抗，或進行破壞橋梁、道路等行動。[2]球類比賽時，在後方負責防守、阻止敵隊進入禁區投籃或射門的球員。

16【後學】ㄏㄡˋ ㄒㄩㄝˊ
後進的學者。通常用來作爲自謙之辭。

18【後轉】ㄏㄡˋ ㄓㄨㄢˇ
(backward shifting) 租稅轉嫁方式之一。即納稅人於繳納租稅後，無法向前轉嫁，乃向後移轉給生產因素所有者負擔。例如紡紗業者將其稅負轉嫁給棉花生產者即是。

20【後繼】ㄏㄡˋ ㄐㄧˋ
繼起的。

23【後驗】 ㄏㄡˋ ㄧㄢˋ
(a posteriori)也稱經驗(的)。與先驗相對。從經驗中得來,而非與生俱來。

2【後七子】 ㄏㄡˋ ㄑㄧ ㄗˇ
指'明''嘉靖'、'萬曆'間,文壇上提倡擬古的'李攀龍'、'王世貞'、'謝榛'、'宗臣'、'梁有譽'、'徐中行'、'吳國倫'等七人。

6【後臼齒】 ㄏㄡˋ ㄐㄧㄡˋ ㄔˇ
(molars)又稱大臼齒,簡稱臼齒。位於前臼齒後方,脊椎動物多用以磨碎食物。人類上下頷各有6枚,其齒冠的咀嚼面廣大。在齒肉內插入分歧的齒根,上頷的第一和第二後臼齒,特別分爲3個齒根;下頷的第一和第二後臼齒,則各有前後兩齒根,上下頷第三後臼齒的齒根,經常癒合成圓錐狀。以大小而論,第一後臼齒最大,第三最小,且發生特別晚,稱爲智齒。參齒①。

10【後座力】 ㄏㄡˋ ㄗㄨㄛˋ ㄌㄧˋ
槍枝或火砲發射後,因彈丸及熱氣體前進的作用,而形成槍體或砲體向後的強烈運動。無後座力砲則利用砲後的複氣孔消除砲體的後座力。

11【後視圖】 ㄏㄡˋ ㄕˋ ㄊㄨˊ
(back view; back elevation; rear view; rear elevation) 以正投影原理描述一物體時,自物體正後方觀察,所投射至後方直立投影面上的視圖。與前視圖相對。參正投影。

【後掠角】 ㄏㄡˋ ㄌㄩㄝˋ ㄐㄧㄠˇ
(sweepback angle) 機翼、水平尾翼或其他翼形面之向後作傾斜狀,機翼之前緣或後緣之向後作傾斜狀,此種傾斜之量,以機翼上某一參考線與飛機對稱面之垂直線間所形成之角度表示之,稱後掠角。通常係取0.25弦點之連線或機翼前緣作參考線。

14【後漢書】 ㄏㄡˋ ㄏㄢˋ ㄕㄨ
二十五史之一。'南朝''宋''范曄'撰。'曄'撰此書,僅完成紀十卷,列傳八十卷,即獲罪被殺;後'南朝''梁''劉昭'爲之作注,取'晉''司馬彪'"續漢書"中之八志析爲三十卷以補之,'宋'人遂合刻之爲一百二十卷。此書擷前人之長,體大思密,持論公允,遂成正史。

16【後燃器】 ㄏㄡˋ ㄖㄢˊ ㄑㄧˋ
(afterburner)一裝在飛機噴射發動機尾管內或連接在尾管上之輔助燃燒室。已燃燒過燃油排氣中未燒完之熱氧,在此室內再度燃燒另一注燃油,以增高衝出尾管排氣之溫度與密度,使推力增大。

19【後醱酵】 ㄏㄡˋ ㄆㄛ ㄒㄧㄠˋ
堆肥築床後,經一段時間,堆肥的溫度將再上升,尤其是在密閉農舍內,其上升溫度更快。此種堆肥在農舍內經自然及人工溫度上升的現象,稱爲後醱酵。

4【後天免疫】 ㄏㄡˋ ㄊㄧㄢ ㄇㄧㄢˇ ㄧˋ
(acquired immunity)動物或人類因爲以往身體和病原體有過接觸的經歷,第二次感染時,身體的免疫系統可產生抗體以消滅病原體,這種能力稱爲後天免疫。又分自動及被動免疫。

5【後生可畏】 ㄏㄡˋ ㄕㄥ ㄎㄜˇ ㄨㄟˋ
年輕人有無窮的發展潛能,可以超越前輩,因此是可敬畏的。

6【後向整合】 ㄏㄡˋ ㄒㄧㄤˋ ㄓㄥˇ ㄏㄜˊ
(backward integration) 指企業組織爲增加對產品或服務的供應系統的控制權或所有權所作的整合。例如控制或購買原料或零件供應廠商。

8【後來居上】 ㄏㄡˋ ㄌㄞˊ ㄐㄩ ㄕㄤˋ
①譏刺用人沒有原則,使新進的人位居舊人之上。②指後來者超越先來者。

10【後起之秀】 ㄏㄡˋ ㄑㄧˇ ㄓ ㄒㄧㄡˋ
後進年輕的優秀人才。

11【後部工件】 ㄏㄡˋ ㄅㄨˋ ㄍㄨㄥ ㄐㄧㄢˋ
(background job) 電腦分時作業系統中優先序較低的工件。通常是非交談式的工件或整批工件,當優先序高的工件不使用處理機時才被執行。

【後部處理】 ㄏㄡˋ ㄅㄨˋ ㄔㄨˇ ㄌㄧˇ
(background processing) 電腦分時作業系統中,當優先序高的程式、工件不使用系統資源時,對優先序低的程式、工件進行執行或處理,稱爲後部處理。

12【後進先出】 ㄏㄡˋ ㄐㄧㄣˋ ㄒㄧㄢ ㄔㄨ
(last-in-first-out) ①爲決定銷貨成本及存貨的一種成本流動的假定。當一種商品分次購入,每次價格不同時,不論實際售出的商品係於何次購入,均假定後購入者先售出。故銷貨成本也按其價格計算。②電腦程式中處理資料的一種方式。指最後放入隊列的單位在處理時將最先被取出。例如堆疊就遵循後進先出的法則。

【後備系統】 ㄏㄡˋ ㄅㄟˋ ㄒㄧˋ ㄊㄨㄥˇ
(backup system) 又稱後援系統。在硬體或軟體發生故障或異常狀況時可立即進行更替,接續操作,以維持正常運轉的系統。

【後備軍人】 ㄏㄡˋ ㄅㄟˋ ㄐㄩㄣ ㄖㄣˊ
常備軍隊之後備人員。通常由曾服過兵役者平日在鄉擔任,在國家總動員時則奉召入營。按我國"兵役法"規定,後備軍人有接受動員召集、臨時召集和教育召集的義務。

13【後置作業】 ㄏㄡˋ ㄓˋ ㄗㄨㄛˋ ㄧㄝˋ
(post production) 指廣播、電視節目錄製之後的一切後續工作。如剪接、過帶、配音等。

【後置記法】 ㄏㄡˋ ㄓˋ ㄐㄧˋ ㄈㄚˇ
(postfix notation) 表示運算式的一種方法。即將運算資料表示在前,運算符號則表示於運算資料之後。如運算式 $(A+B)\times(C$

－A) 以後置記法則爲 $AB+CA－×$。

15【後熟作用】 ㄏㄡˋ ㄕㄡˊ ㄗㄨㄛˋ ㄩㄥˋ

指種子在採收後,須經過一段時間的休眠,使種子裡發酸,胚才能成熟而具發芽之力,此種作用稱爲後熟作用。

21【後續節目】 ㄏㄡˋ ㄒㄩˋ ㄐㄧㄝˊ ㄇㄨˋ

(back-to-back) 緊接前一節目的廣播或電視節目。目的在接收上一節目的受眾,使其成爲本節目的受眾。

【後顧之憂】 ㄏㄡˋ ㄍㄨˋ ㄓ ㄧㄡ

日後或背後尙有足以憂慮之事。

11【後組合索引】 ㄏㄡˋ ㄗㄨˇ ㄏㄜˊ ㄙㄨㄛˇ ㄧㄣˇ

(post-coordinate index) 索引者編製索引時,根據文獻的內容,擇用合適的索引用語。但如文獻中探討的是複合性概念,則索引者將其概念解析爲數個單元性概念,再針對每個單元性概念,分別賦予一適切的索引用語。爾後,檢索者如欲查尋有關一複合性概念的文獻時,則亦需將其分析成數個單元性概念,每個單元性概念用一個檢索用語表現,將這些檢索用語做適當的組合,進而檢索出所需的文獻。此種索引不受既定的分類表或主題標目表的限制,在檢索時,才適切地組合檢索用語。

14【後漢書集解】 ㄏㄡˋ ㄏㄢˋ ㄕㄨ ㄐㄧˊ ㄐㄧㄝˇ

‘清’‘王先謙’撰,一百二十卷。以‘清’“惠棟”“後漢書補注”爲主,博採‘唐’以迄‘清’的注釋,爲注“後漢書”諸家中最完備的一部。

12【後期印象主義】 ㄏㄡˋ ㄑㄧˊ ㄧㄣˋ ㄒㄧㄤˋ ㄓㄨˇ ㄧˋ

(post-impressionism)十九世紀末葉,有一批經過印象派洗禮的畫家,反對印象派的瞬間色彩描繪和無秩序性之構圖,而想建立強烈牢固的畫面。有‘塞尙’的恆常自然形象的把握;有‘高更’的富有裝飾性和象徵意義的繪畫;有‘梵谷’的充滿感情的奔放筆觸和強烈色彩等,都是有固定的形和強烈的色彩。這一批從印象派出發,而最後反對印象派的繪畫運動,就稱爲後期印象主義。

【後進先出存貨準備】 ㄏㄡˋ ㄐㄧㄣˋ ㄒㄧㄢ ㄔㄨ ㄘㄨㄣˊ ㄏㄨㄛˋ ㄓㄨㄣˇ ㄅㄟˋ

(lifo reserve) 當企業帳上採用先進先出法或平均法計價存貨,而編製報表採用後進先出法時,期末須將兩種不同方法的存貨差額調整銷貨成本,使期末存貨改爲後進先出法的存貨。此帳上存貨與後進先出法存貨的差額,即一般所稱後進先出存貨準備。

22【後彎勞動供給曲線】 ㄏㄡˋ ㄨㄢ ㄌㄠˊ ㄉㄨㄥˋ ㄍㄨㄥ ㄐㄧˇ ㄑㄩ ㄒㄧㄢˋ

(backward-bending labor supply curve) 一般而言,工資提高將使勞動供給量增加。但工資提高至某一水準後,若繼續提高工資將反而使勞動供給量減少,而形成一種後彎的勞動供給曲線。

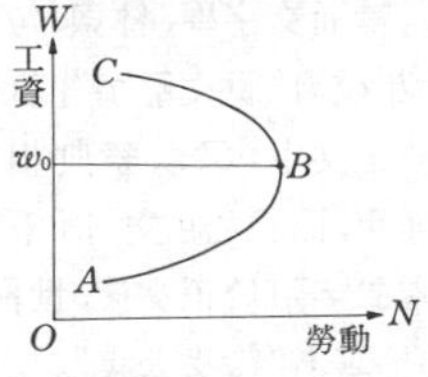

後彎勞動供給曲線圖

圖中所示當工資達 W_o 水準時,若再提高工資,將增加勞動供給者對休閒的偏好程度,使勞動供給量減少,形成後彎的勞動供給曲線。

4【後天免疫不全症候群】 ㄏㄡˋ ㄊㄧㄢ ㄇㄧㄢˇ ㄧˋ ㄅㄨˋ ㄑㄩㄢˊ ㄓㄥˋ ㄏㄡˋ ㄑㄩㄣˊ

(acquired immune deficiency syndrome; AIDS) 爲西元1981年以後始受注意的嚴重疾病。是由人類T型淋巴球病毒第三型(HTLV-Ⅲ)所引起,此病毒會攻擊人類的淋巴球,特別是和細胞免疫有關的 T_4 淋巴球,使得病人細胞免疫力完全喪失,而造成致命性的感染,如肺囊原蟲肺炎、‘卡波西’氏惡性肉瘤(Kaposi's sarcoma)。多由異常性行爲(特別是男性同性戀者)、血管路徑(輸血或施打毒品)傳染。治療方法尙待醫學界研究。

7

徒 ㄊㄨˊ t'u² 音塗

1步行。如:徒步。2步兵。3服勞役的人。如:胥徒。4學生。如:門徒。5同類的人。如:黨徒。6僅;只。如:徒善不足以爲政。

4【徒手】 ㄊㄨˊ ㄕㄡˇ

空手。

6【徒刑】 ㄊㄨˊ ㄒㄧㄥˊ

刑罰名。分有期、無期兩種,皆監禁於監獄而罰令服法定的勞役。屬於自由刑之一種,乃剝奪犯人自由之刑罰。

7【徒步】 ㄊㄨˊ ㄅㄨˋ

1步行。2百姓。古代百姓無車,出門多徒步。

11【徒眾】 ㄊㄨˊ ㄓㄨㄥˋ

部下。

12【徒然】 ㄊㄨˊ ㄖㄢˊ

1僅僅如此。2偶然;毫無來由。3枉然;努力而無效益。

13【徒跣】 ㄊㄨˊ ㄒㄧㄢˇ

光腳步行。

17【徒隸】 ㄊㄨˊ ㄌㄧˋ

服勞役的犯人。

8【徒呼負負】 ㄊㄨˊ ㄏㄨ ㄈㄨˋ ㄈㄨˋ

只有歎息慚愧而無能爲力。負負,非常慚愧的意思。

10【徒託空言】 ㄊㄨˊ ㄊㄨㄛ ㄎㄨㄥ ㄧㄢˊ

祇說空話而不去做。

12【徒勞無功】 ㄊㄨˊ ㄌㄠˊ ㄨˊ ㄍㄨㄥ

白費氣力而沒有成效。

【徒費脣舌】　ㄊㄨˊ　ㄈㄟˋ　ㄔㄨㄣˊ　ㄕㄜˊ
白費口舌，無濟於事。

徑　ㄐㄧㄥˋ　*ching*4　音竟
①小路。如：花徑。②直；直接。如：徑行辦理。③通過圓心到圓周的直線。如：半徑。

10【徑庭】　ㄐㄧㄥˋ　ㄊㄧㄥˊ
比喻二者相距很遠或不同。

13【徑節】　ㄐㄧㄥˋ　ㄐㄧㄝˊ
(diametral pitch) 齒輪每一'英'吋節徑內含有的齒數。

17【徑賽】　ㄐㄧㄥˋ　ㄙㄞˋ
運動會陸上競技時，在運動場周圍跑道上所舉行，以時間之多寡決定勝負的比賽。包括短距離、中距離、長距離賽跑及跨欄、接力等項目。

6【徑向流輪機】　ㄐㄧㄥˋ　ㄒㄧㄤˋ　ㄌㄧㄡˊ　ㄌㄨㄣˊ　ㄐㄧ
(radial flow turbine)按工作流體之流動方向分類，工作流體進入渦輪機後，其流動方向與渦輪機軸成直角之渦輪機，稱為徑向流輪機。

⿰彳夆　ㄈㄥ　*fêng*1　音峰
差使。見"說文"。

徐　ㄒㄩˊ　*hsü*2
①安穩地行走。見"說文"。②緩慢地。如：清風徐來。③姓。'漢'有'徐樂'。見"萬姓統譜·七"。

7【徐冷】　ㄒㄩˊ　ㄌㄥˇ
(annealing) 或稱退火。即玻璃、陶瓷或金屬於加工前，先加熱再慢慢冷卻，以調整其結晶組織或消除內部殘餘應力與氣體，達到增加延展性之熱處理。

11【徐陵】　ㄒㄩˊ　ㄌㄧㄥˊ
(507～583)'南朝''東海''郯'(今'山東''郯城')人，字'孝穆'。歷仕'梁'、'陳'二朝。其詩輕靡綺豔，為當時宮體詩重要作家之一。駢文結構精密，與'庾信'齊名，時稱'徐''庾'體。有"徐孝穆集"，又編有"玉臺新詠"。

12【徐渭】　ㄒㄩˊ　ㄨㄟˋ
(1521～1593)'明''山陰'(今'浙江''紹興')人，初字'文清'，後改字'文長'，號'天池'，晚號'青藤'。以諸生擔任總督'胡宗憲'的幕僚，討倭賊有功。後'宗憲'因事入獄，'渭'一度發狂，屢次自殺不遂，乃浪遊以終。'渭'才氣橫溢，詩文不落窠臼，善草書，工寫花草竹石。著有"徐文長集"。

13【徐福】　ㄒㄩˊ　ㄈㄨˊ
'秦'方士。也作'徐市'。'齊'人。曾上書'始皇'，言海上有'蓬萊'、'方丈'、'瀛洲'三仙山，'始皇'乃遣'福'率童男女數千人，入海求仙，而一去不返。

【徐達】　ㄒㄩˊ　ㄉㄚˊ
(1332～1385)'明''濠'(今'安徽''鳳陽')人，字'天德'。初為'郭子興'部將，後歸'太祖'，從'太祖'征略四方，屢建戰功。累官中書右丞，封'魏國公'，死後追封'中山王'。

【徐鉉】　ㄒㄩˊ　ㄒㄩㄢˋ
(916～991) 五代'揚州''廣陵'(今'江蘇''江都')人，字'鼎臣'。初仕'吳'，又仕'南唐'，後歸'宋'，累官散騎常侍。與弟'鍇'齊名，世稱大'徐'。精通文字學，曾與'句中正'、'葛湍'校訂"說文解字"，新補十九字於正文中；又以經典相承及時俗通用，而為"說文"所不載者四百零二字附於正文後，世稱大'徐'本。另著有"徐文公集"。

17【徐鍇】　ㄒㄩˊ　ㄎㄞˇ
(920～974) 五代'揚州''廣陵'(今'江蘇''江都')人，字'楚金'。與兄'鉉'齊名，世稱小'徐'。仕'南唐'，累官內史舍人，因'鉉'奉使入'宋'，憂懼而卒。精通小學，擅文章。著有"說文解字繫傳"、"說文解字篆韻譜"。

5【徐世昌】　ㄒㄩˊ　ㄕˋ　ㄔㄤ
(1855～1939) '天津市'人，字'菊人'，號'東海'、'弢齋'。'光緒'進士。官至侍郎、尚書、軍機大臣、東三省總督、'奉天'巡撫等。'民國'後任國務卿。七年，被選為'北京'政府大總統，倡言和平統一。第一次'直''奉'戰爭後，通電辭職，寓居'天津'，以詩畫自娛。著有"退耕堂政書"、"水竹邨人集"等，輯有"清儒學案"、"東三省政略"等。

徐世昌像

6【徐光啟】　ㄒㄩˊ　ㄍㄨㄤ　ㄑㄧˇ
(1562～1633)'明''上海'人，字'子先'，號'玄扈'。官至禮部尚書，兼東閣大學士，入參機務。早年嘗從'義'人'利瑪竇'學習天文、算學、火器等西方近代科學，並與之合譯"幾何原本"前六卷，是我國最早介紹西方科學知識的人物之一。著有"農政全書"六十卷。

7【徐宏祖】　ㄒㄩˊ　ㄏㄨㄥˊ　ㄗㄨˇ
(1586～1641)'明''江陰'(今'江蘇''江陰')人，字'振之'，號'霞客'。少時博覽古今史籍及輿地志。壯年遨遊四方，足跡幾遍全國，曾西行數千里求'河'源。著有"徐霞客遊記"。

【徐志摩】　ㄒㄩˊ　ㄓˋ　ㄇㄛˊ
(1896～1931) '浙江''海寧'人，原名'章垿'，字'又申'，號'志摩'。初肄業'北京大學'，後遊學'英''美'。曾任教於'北京大學'、'光華大學'、'復旦大學'等校。工新體詩及語體散文，風格瑰麗濃豔。後死於飛機失事。著有"志摩的詩"、"翡冷翠的一夜"等多種，合編為"徐志摩全集"。

徐志摩像

11【徐庾體】　ㄒㄩˊ　ㄩˇ　ㄊㄧˇ
'南北朝'時，'徐摛'、'徐陵'及'庾肩吾'、'庾信'二父子同在東宮，恩寵無比，又皆負有盛才，作品傳誦一時，世稱'徐''庾'體。其風格大體浮豔綺靡。

12【徐悲鴻】 ㄒㄩˊ ㄅㄟ ㄏㄨㄥˊ

(1894~1953)'江蘇''宜興'人，原名'壽康'。'法國''巴黎國立美術學校'畢業。歸國後，任教各大學與藝術學院。以改良國畫、發揚'中國'藝術爲終生事業。擅長國畫和油畫，尤以畫馬馳名'中'外。畫集有"悲鴻繪集"、"悲鴻素描"等。論文有"美與藝"、"中國畫改良論"等。

徐悲鴻像

16【徐錫麟】 ㄒㄩˊ ㄒㄧˊ ㄌㄧㄣˊ

(1873~1907)'浙江''紹興'人，字'伯蓀'。早年曾任'山陰縣'學堂堂長。庚子拳變起，矢志排'滿'救國。曾遊學'日本'，歸國後，與'蔡元培'等創組'光復會'，並創立'大通學堂'，成爲革命重鎮。後赴'安徽'，以道員候用，獲巡撫'恩銘'倚重。因策劃起義'安慶'，事前倉促刺殺'恩銘'，旋遭捕獲，慷慨就義。

10【徐娘半老】 ㄒㄩˊ ㄋㄧㄤˊ ㄅㄢˋ ㄌㄠˇ

指中年婦女。含有輕薄之意，通常與[風韻猶存]連用。'徐'娘，指'南朝''梁元帝'的妃子'徐昭佩'。

17【徐霞客遊記】 ㄒㄩˊ ㄒㄧㄚˊ ㄎㄜˋ ㄧㄡˊ ㄐㄧˋ

'明''徐宏祖'撰。今傳有'楊名時'編訂手抄本，十二卷；近人'丁文江'重編本，二十卷，後有附圖。歷記所遊之地的山川勝跡、風俗文物，爲研究'明代'地理民俗的重要資料。

8

徛 ㄐㄧˋ chi^4 音寄

1放在水中，供人渡水的踏腳石。見"說文"。2站立。見"廣韻"。

徠 一 ㄌㄞˊ lai^2 音來

來的古文。

二 ㄌㄞˋ lai^4 音賴

慰勞。通勑。如：勞徠。

徜 ㄔㄤˊ $ch'ang^2$ 音常

參徜徉。

9【徜徉】 ㄔㄤˊ ㄧㄤˊ

欲行又止的樣子。也作倘佯。

得 一 ㄉㄜˊ $tê^2$ 音德

1有所求而獲取。如：得利。2貪心；貪求無厭。如：血氣既衰，戒之在得。3可；可以。如：不得喧嘩。4得意；滿意。如：揚揚自得。5投契；契合。如：相得益彰。6好了；罷了。如：得了。

二 ㄉㄟˇ tei^3

必須；應當。

三 ˙ㄉㄜ $·tê$

1介詞。用以引進副詞。如：跑得快。2副詞。(1)表示可能。如：要大家配合，方纔行得。(2)用在形容詞後，表示狀態。如：高得出奇。

四 ㄉㄞˇ tai^3 音歹

遭受。如：得了苦頭。

2【得力】 ㄉㄜˊ ㄌㄧˋ

1得到助力。2合用；有用。

4【得手】 ㄉㄜˊ ㄕㄡˇ

1即得心應手。形容順利。2比喻達成目的。

5【得失】 ㄉㄜˊ ㄕ

指事情的成敗、損益或優劣等。

7【得志】 ㄉㄜˊ ㄓˋ

實現其志願，或得其所欲。

8【得空】 ㄉㄜˊ ㄎㄨㄥˋ

有空。

【得所】 ㄉㄜˊ ㄙㄨㄛˇ

1得到適宜的處所。2如願。

9【得計】 ㄉㄜˊ ㄐㄧˋ

1如願。2合算。

【得度】 ㄉㄜˊ ㄉㄨˋ

佛家語。凡人超越生死而到涅槃，如由此岸度到彼岸，所以稱爲得度。又出家落髮爲沙彌，也稱得度。

【得便】 ㄉㄜˊ ㄅㄧㄢˋ

遇到便利的機會。

10【得時】 ㄉㄜˊ ㄕˊ

適合時宜；契合時機。

11【得逞】 ㄉㄜˊ ㄔㄥˇ

如願。

12【得間】 ㄉㄜˊ ㄐㄧㄢˋ

有隙可乘；得到機會。

13【得意】 ㄉㄜˊ ㄧˋ

意有所得。1領會其旨趣。2稱心如意。

【得道】 ㄉㄜˊ ㄉㄠˋ

1行事符合道義。2修鍊有得。

【得勢】 ㄉㄜˊ ㄕˋ

得到權勢。

【得罪】 ㄉㄜˊ ㄗㄨㄟˋ

1犯罪；獲罪。2冒犯。

15【得標】 ㄉㄜˊ ㄅㄧㄠ

1贏得比賽的錦標。2取得標的物或工程承包權。

23【得體】 ㄉㄜˊ ㄊㄧˇ

1舉止行動恰如其分。2文章內容切合題旨。

3【得寸進尺】 ㄉㄜˊ ㄘㄨㄣˋ ㄐㄧㄣˋ ㄔˇ

比喻貪得無饜。

4【得心應手】 ㄉㄜˊ ㄒㄧㄣ ㄧㄥˋ ㄕㄡˇ

形容技藝純熟，心手相應。

【得天獨厚】 ㄉㄜˊ ㄊㄧㄢ ㄉㄨˊ ㄏㄡˋ

具有特殊優越的條件。

【得不償失】 ㄉㄜˊ ㄅㄨˋ ㄔㄤˊ ㄕ

所得到的不能補償所失去的。比喻不合算、划不來。

5【得失參半】 ㄉㄜˊ ㄕ ㄘㄢ ㄅㄢˋ

利弊相等。

8【得兔忘蹄】 ㄉㄜˊ ㄊㄨˋ ㄨㄤˋ ㄊㄧˊ

捉到兔子後，忘記捕兔的器具。比喻達到目的便忘了工具或手段。

11【得魚忘筌】 ㄉㄜˊ ㄩˊ ㄨㄤˋ ㄑㄩㄢˊ

捕到魚後，忘記捕魚的器具。比喻達到目的便忘了工具或手段。

13【得意忘言】 ㄉㄜˊ ㄧˋ ㄨㄤˋ ㄧㄢˊ

會得本意而捨棄言說。今多用指彼此有默契。

【得意忘形】 ㄉㄜˊ ㄧˋ ㄨㄤˋ ㄒㄧㄥˊ

因高興而失去常態。

【得過且過】 ㄉㄜˊ ㄍㄨㄛˋ ㄑㄧㄝˇ ㄍㄨㄛˋ
敷衍了事，苟且度日。

19【得隴望蜀】 ㄉㄜˊ ㄌㄨㄥˇ ㄨㄤˋ ㄕㄨˇ
比喻貪得無饜，不知滿足。

20【得饒人處且饒人】 ㄉㄜˊ ㄖㄠˊ ㄖㄣˊ ㄔㄨˋ ㄑㄧㄝˇ ㄖㄠˊ ㄖㄣˊ
勸人做事不要做得太絕，必須寬大為懷。

徙 ㄒㄧˇ *hsi*^{3} 音洗
①遷移；改變。見"說文"。②貶官；謫戍。如：徙邊。

10【徙倚】 ㄒㄧˇ ㄧˇ
徘徊。

從 ㊀ ㄘㄨㄥˊ *ts'ung*^{2} 音淙
①依順：取法。如：擇善而從。②跟隨。如：隨從。③遵循某種原則。如：一切從簡。④辦理。如：從事。⑤參與。如：從軍。⑥自；由。如：從家裡來。
㊁ ㄗㄨㄥˋ *tsung*^{4} 音縱
①隨侍的人。如：侍從。②副貳。古代職官品階有正有從。③附和的；同黨附和的人。如：從犯。④稍次於至親的同宗親屬。如：從兄弟。
㊂ ㄗㄨㄥ *tsung*^{1} 音宗
①直。通作縱。如：從橫。②蹤跡。通蹤。如：從跡。
㊃ ㄘㄨㄥ *ts'ung*^{1} 音匆
參從容。

5【從犯】 ㄗㄨㄥˋ ㄈㄢˋ
幫助他人犯罪之人，稱為從犯。雖他人不知幫助之情者，亦同。又稱幫助犯。"刑法"上之幫助犯，須主觀上有幫助之意思，對正犯資以助力，但客觀上並未參與犯罪構成要件之行為始足稱之，若就構成要件之行為，已參與實施，縱然主觀上係以幫助之意思，仍然為共同正犯。從犯之幫助行為，雖兼賅積極消極兩種在內，然必有以物質上或精神上之助力予正犯，俾便其實施犯罪時，始得稱之，若於他人實施犯罪之際，僅以消極態度不加阻止，並無助成正犯犯罪之意思，及便利其實施犯罪之行為者，即不構成幫助行為。從犯之處罰，得按正犯之刑減輕，至於是否減輕，由法院定之。

6【從刑】 ㄗㄨㄥˋ ㄒㄧㄥˊ
指附隨於主刑而存在之刑。從刑不得單獨宣告，有褫奪公權及沒收二種。褫奪公權是褫奪下列資格：為公務員之資格、公職候選人之資格、行使選舉、罷免、創制、複決四權之資格；沒收者，沒收違禁物、供犯罪所用或供犯罪預備之物、因犯罪所得之物。

【從戎】 ㄘㄨㄥˊ ㄖㄨㄥˊ
從軍。

7【從良】 ㄘㄨㄥˊ ㄌㄧㄤˊ
①指娼妓嫁人或改行。②指奴婢恢復自由身。

【從祀】 ㄘㄨㄥˊ ㄙˋ
陪祀；附祀。

8【從事】 ㄘㄨㄥˊ ㄕˋ
任職；服務；做事；致力於某種事務。

【從物】 ㄗㄨㄥˋ ㄨˋ
非主物之成分，常助主物之效用，而同屬於一人者，為從物。但交易上有特別習慣者，依其習慣。申言之，具有主要而獨立效用之物為主物，僅有次要且附屬效用之物則為從物。例如汽車與備胎、書本與書套、鎖與鑰匙、手錶與錶帶，前者均為主物，後者均為從物。但交易上有特別習慣時，如裝米之米袋、裝酒之酒桶，通常不視為從物。從物不限於動產，即不動產亦可能屬之。如農舍得為農場之從物、車庫得為汽車之從物是。主物之處分及於從物("民法"第六十八條第二項)。此所謂處分，包括債權行為及物權行為。亦即除當事人以特約加以排除外，就主物行為之物權行為及債權行為，其效力均及於從物。

9【從軍】 ㄘㄨㄥˊ ㄐㄩㄣ
加入軍隊。

【從政】 ㄘㄨㄥˊ ㄓㄥˋ
①執政。②擔任公職。

【從風】 ㄘㄨㄥˊ ㄈㄥ
①隨風；順風。②比喻附從的迅速。

【從俗】 ㄘㄨㄥˊ ㄙㄨˊ
①順從習俗。②迎合世俗。

10【從容】 ㄘㄨㄥ ㄖㄨㄥˊ
①悠閒舒緩的樣子。②舉動。③寬裕。

11【從衆】 ㄘㄨㄥˊ ㄓㄨㄥˋ
(conformity) 個體對所屬團體之價值、規範、行為標準與團員之壓力所表現的認同與遵從行為。

18【從簡】 ㄘㄨㄥˊ ㄐㄧㄢˇ
就簡。指對事物權宜其輕重而予簡化。

22【從權】 ㄘㄨㄥˊ ㄑㄩㄢˊ
根據實際情況而變通行事，不拘泥常道。

11【從動件】 ㄘㄨㄥˊ ㄉㄨㄥˋ ㄐㄧㄢˋ
(follower) 當原動件開始運動後，會將運動依次傳送至其他相互連接或接觸的機件，這類後動的機件都稱為從動件。

12【從量稅】 ㄘㄨㄥˊ ㄌㄧㄤˋ ㄕㄨㄟˋ
(specific duty; specific commodity taxes) 關稅課徵的方式之一。係按商品的重量、數量、長度、容積為基礎而課徵的租稅。其主要優點為稽徵手續簡便，且於輸入品價格變動時，可發生適度保護力量；缺點則為不適用於藝術品及珍貴物品。

15【從價稅】 ㄘㄨㄥˊ ㄐㄧㄚˋ、ㄕㄨㄟˋ
(ad valorem duty)關稅課徵的方式之一。係按進口商品的價值為基礎而課徵的租稅。其優點為可適應物價漲跌，及適用於高價值物品；缺點則為核價難期客觀，稽徵手續較從量稅繁複。

1【從一而終】 ㄘㄨㄥˊ ㄧ ㄦˊ ㄓㄨㄥ
婦女於丈夫死後不再改嫁。

4【從井救人】 ㄘㄨㄥˊ ㄐㄧㄥˇ ㄐㄧㄡˋ

ㄖㄣˊ
比喻對已有害而無益於人的行為。

【從中作梗】 ㄘㄨㄥˊ ㄓㄨㄥ ㄗㄨㄛˋ ㄍㄥˇ
從中破壞、阻礙。

8【從長計議】 ㄘㄨㄥˊ ㄔㄤˊ ㄐㄧˋ ㄧˋ
再作長時間、慎重的商議。

10【從容中道】 ㄘㄨㄥ ㄖㄨㄥˊ ㄓㄨㄥˋ ㄉㄠˋ
言行自然而合於正道。

【從容就義】 ㄘㄨㄥ ㄖㄨㄥˊ ㄐㄧㄡˋ ㄧˋ
為正義而安然赴死。

【從根剷除】 ㄘㄨㄥˊ ㄍㄣ ㄔㄢˇ ㄔㄨˊ
比喻徹底消除。

12【從善如流】 ㄘㄨㄥˊ ㄕㄢˋ ㄖㄨˊ ㄌㄧㄡˊ
形容樂於接受勸告。

【從量補貼】 ㄘㄨㄥˊ ㄌㄧㄤˋ ㄅㄨˇ ㄊㄧㄝ
(specific subsidy) 不論產品價格的大小，對每一單位的產品均給予一固定數量的補貼。

15【從價補貼】 ㄘㄨㄥˊ ㄐㄧㄚˋ ㄅㄨˇ ㄊㄧㄝ
(ad valorem subsidy) 根據產品價格的大小，給予一定比例的補貼。

16【從諫如流】 ㄘㄨㄥˊ ㄐㄧㄢˋ ㄖㄨˊ ㄌㄧㄡˊ
指帝王聽從臣下的勸諫，有如水往低處流一般自然。

21【從屬損失】 ㄘㄨㄥˊ ㄕㄨˇ ㄙㄨㄣˇ ㄕ
(consequential loss) 因危險事故發生使財產直接遭受損失，因而引起的間接損失。通常保險所承保者，皆為危險事故發生所致之直接損失，間接損失應在不保之列。但現今若干保單規定，其間接發生之從屬損失，可以批單或附加保單方式，由保險人負補償之責。火災保險方面，其從屬損失保險之種類頗多，如營業中斷保險、租金及租賃價值保險、額外費用保險等皆是。

4【從心所欲不踰矩】 ㄘㄨㄥˊ ㄒㄧㄣ ㄙㄨㄛˇ ㄩˋ ㄅㄨˋ ㄩˊ ㄐㄩˇ
依照心意去做而不致於踰越規矩。

御 ㊀ ㄩˋ yü^4 音遇
①馭馬駕車。如：御車。②駕馭車馬的人。如：良御。③治理；統治。如：百官御事。④進奉；侍候。如：御食於母。⑤古時凡與天子有關的事物，加御字以表崇敬。如：御駕。
㊁ ㄧㄚˋ ya^4 音迓
迎接。見"字彙"。

5【御用】 ㄩˋ ㄩㄥˋ
①帝王所專用的。②統治者所驅使利用的。

6【御宇】 ㄩˋ ㄩˇ
統治天下。

9【御風】 ㄩˋ ㄈㄥ
乘風而行。

13【御極】 ㄩˋ ㄐㄧˊ
皇帝即位。

15【御駕】 ㄩˋ ㄐㄧㄚˋ
帝王的車駕。亦以代稱帝王。

20【御寶】 ㄩˋ ㄅㄠˇ
皇帝的璽印。

4【御夫座】 ㄩˋ ㄈㄨ ㄗㄨㄛˋ
(Auriga; Aur) 北天星座之一。位於赤經4時38分至7時31分；赤緯＋27.9度至＋56.2度。大部分都在銀河內。其α星('中'名五車二)亮度0.08星等，呈金黃色，是全天第七亮的恆星。相當於'中國'星座五車、柱、天潢、咸池、八穀、座旗等。

5【御史臺】 ㄩˋ ㄕˇ ㄊㄞˊ
官署名。'漢'御史所居之府署。置有御史大夫、御史中丞、侍御史等官，專司彈劾之職。初名'御史府'，又稱'御史大夫寺'，又稱'憲臺'，與丞相府並稱「兩府」。'東漢'以後，始改稱'御史臺'，又稱'蘭臺寺'。'唐''武后'時，改為'肅政臺'，不久復舊。'明太祖''洪武'十五年(1382)改為'都察院'，以左都御史為長官。

8【御林軍】 ㄩˋ ㄌㄧㄣˊ ㄐㄩㄣ
保衛皇室的禁衛軍。

徘 ㄆㄞˊ p'ai^2 音排
參徘徊。

9【徘徊】 ㄆㄞˊ ㄏㄨㄞˊ
往來不進的樣子。也作俳佪。

9

假 ㊀ ㄐㄧㄚˇ chia^3 音胛
到；至。見"說文"。
㊁ ㄒㄧㄚˊ hsia^2 音匣
遠。通遐。

徥 ㄕˋ shih^4 音是
行走的樣子。見"說文"。

復 ㊀ ㄈㄨˋ fu^4 音富
①回。如：無往不復。②報復；回報。如：復仇。③告白；回答。如：答復。④因襲。⑤消除。⑥免去人民的徭役或賦稅。⑦重複。通複。如：復道。⑧再；又。如：復發。⑨"易"卦名。六十四卦之一。震下坤上。⑩姓。'周'有'復塗禎'。見"萬姓統譜·一一二"。

復卦圖

㊁ ㄈㄡˋ fou^4
同㊀⑧。

5【復古】 ㄈㄨˋ ㄍㄨˇ
恢復古代的制度或習俗。

【復旦】 ㄈㄨˋ ㄉㄢˋ
夜盡復明。

7【復位】 ㄈㄨˋ ㄨㄟˋ
①回到原來的座位。②恢復本有的地位。

9【復活】 ㄈㄨˋ ㄏㄨㄛˊ
①死而復生。②沈寂的事又活躍起來。

【復查】 ㄈㄨˋ ㄔㄚˊ
再次檢查。

【復述】 ㄈㄨˋ ㄕㄨˋ
重說一次。

10【復書】 ㄈㄨˋ ㄕㄨ

回信。

【復員】 ㄈㄨˋ ㄩㄢˊ

將動員作戰召集入營的後備軍人遣回原工作崗位的行動。

12【復甦】 ㄈㄨˋ ㄙㄨ

1指人或事物從死亡或衰退中回復原有的生機。也作復蘇。2(recovery)經濟循環中的一個階段。經濟活動至此開始擴張,人們對於未來逐漸恢復信心與樂觀,投資與消費活動逐漸增加,就業、產出、所得與價格水準的水平回升。

13【復辟】 ㄈㄨˋ ㄅㄧˋ

指已退位的國君,重新掌權,恢復君位。

【復聖】 ㄈㄨˋ ㄕㄥˋ

'孔子'弟子'顏回'的稱號。'元文宗''至順'二年(1331),加封'顏回'爲'兗國復聖公';'明世宗''嘉靖'年間,罷其封爵,但稱'復聖'。

16【復興】 ㄈㄨˋ ㄒㄧㄥ

從衰敗中再度興盛起來。

18【復職】 ㄈㄨˋ ㄓˊ

對原屬停職之員工,予以恢復其執行職務。如公務人員因涉案而停職後,未受撤職或休職之懲戒處分或科刑之判決者,應許其復職,並補發停職期內俸給。

23【復讎】 ㄈㄨˋ ㄔㄡˊ

報仇。

12【復硬性】 ㄈㄨˋ ㄧㄥˋ ㄒㄧㄥˋ

(thixotropy) 土壤性質之一。即土壤經過攪動,減低了強度,但經過短時間的靜置,強度又可逐漸恢復而變硬。

徨 ㄏㄨㄤˊ *huang*² 音皇

參彷徨。

徧 遍的或體。

循 ㄒㄩㄣˊ *hsün*² 音旬

1行走。見"說文"。2依照;遵守。如:循禮。3因襲;承繼。如:因循。

6【循吏】 ㄒㄩㄣˊ ㄌㄧˋ

奉公守法的官吏。

7【循良】 ㄒㄩㄣˊ ㄌㄧㄤˊ

遵守法度,任事勤奮。

【循序】 ㄒㄩㄣˊ ㄒㄩˋ

依照次序。

8【循例】 ㄒㄩㄣˊ ㄌㄧˋ

依照慣例。

17【循環】 ㄒㄩㄣˊ ㄏㄨㄢˊ

往復迴旋;周而復始。

【循環制】 ㄒㄩㄣˊ ㄏㄨㄢˊ ㄓˋ

運動競賽制度之一。凡參加比賽的隊伍或個人,都能循環相遇,有互相比賽的機會;各相遇一次者,稱爲單循環,兩次者爲雙循環,多次者爲多循環。一般循環賽指單循環而言。惟比賽場次多、時間拖延過長。

6【循名責實】 ㄒㄩㄣˊ ㄇㄧㄥˊ ㄗㄜˊ ㄕˊ

依據名位要求實際的績效;考察是否名實相符。

11【循規蹈矩】 ㄒㄩㄣˊ ㄍㄨㄟ ㄉㄠˋ ㄐㄩˇ

比喻人的行爲能遵守禮儀法度。

12【循循善誘】 ㄒㄩㄣˊ ㄒㄩㄣˊ ㄕㄢˋ ㄧㄡˋ

按照次序,善加誘導。

17【循環小數】 ㄒㄩㄣˊ ㄏㄨㄢˊ ㄒㄧㄠˇ ㄕㄨˋ

(repeating decimal; circulating decimal)若分數p/q是最簡分數,且q不爲十之乘方的因數,則展開爲小數時,將爲無盡小數,且有一再循環的現象。如:$\frac{83}{220}=0.37727272\cdots=0.37\overline{72}$或$0.37\dot{7}\dot{2}$,其中72或$\dot{7}\dot{2}$是循環節。化循環小數爲分數,如:$0.\overline{72}=\frac{72}{99}$,$0.37\overline{72}=0.37+0.00\overline{72}=\frac{37}{100}+\frac{72}{9900}=\frac{83}{220}$。

【循環系統】 ㄒㄩㄣˊ ㄏㄨㄢˊ ㄒㄧˋ ㄊㄨㄥˇ

(circulatory system)構成動物血液或體液在體內循環,以行使呼吸、供應營養、排泄,以及內分泌調節作用等功能的一系列器官組織。包括由心臟、動靜脈、微血管及淋巴組織等所組成的構造。脊椎動物屬於閉鎖循環系統;昆蟲、蚌類等無脊椎動物,則屬於開放循環系統。

【循環論證】 ㄒㄩㄣˊ ㄏㄨㄢˊ ㄌㄨㄣˋ ㄓㄥˋ

(circular argument)一種謬誤。爲要證明某一個命題,卻假定該一命題或與之具有同一意義的其他命題作爲前提,加以證明。

【循環竊取】 ㄒㄩㄣˊ ㄏㄨㄢˊ ㄑㄧㄝˋ ㄑㄩˇ

(cycle stealing)電腦系統內,可允許輸入或輸出硬體設備直接對主記憶體存取資料所應用的一種方法。原理是利用中央處理機執行指令而不對主記憶體存取資料的空檔,由外接輸入或輸出設備趁機利用。

【循環性失業】 ㄒㄩㄣˊ ㄏㄨㄢˊ ㄒㄧㄥˋ ㄕ ㄧㄝˋ

(cyclical unemployment)因經濟不景氣,有效需求不足而產生緊縮缺口所引起的失業,是經濟社會最重要、最需避免的失業。經濟學上所指的失業主要針對此而言。

【循環性失衡】 ㄒㄩㄣˊ ㄏㄨㄢˊ ㄒㄧㄥˋ ㄕ ㄏㄥˊ

(cyclical disequilibrium) 由於國際間各國經濟循環所處的階段不同,而肇致的國際收支失衡。這種失衡通常是短暫,可自動改正的。

【循環信用狀】 ㄒㄩㄣˊ ㄏㄨㄢˊ ㄒㄧㄣˋ ㄩㄥˋ ㄓㄨㄤˋ

(revolving L/C) 此項信用狀規定在一定期限內及一定金額內,可以自動循環更新,出口商可得循環使用。

【循環效果片】 ㄒㄩㄣˊ ㄏㄨㄢˊ ㄒㄧㄠˋ ㄍㄨㄛˇ ㄆㄧㄢˋ

(loop)頭尾相接的一種影片或錄

影帶。可連續循環放映。

【循環冗餘核對】 ㄒㄩㄣˊ ㄏㄨㄢˊ ㄖㄨㄥˇ ㄩˊ ㄏㄜˊ ㄉㄨㄟˋ

(cyclic redundancy check; CRC) 電腦傳遞數元串時檢驗錯誤的一種方法。它利用二進位制的多項式除法所得的餘數，做爲核對錯誤的依據。

10

徬 ㊀ ㄅㄤˋ *pang*⁴ 音鎊

依附。見"廣韻"。

㊁ ㄆㄤˊ *p'ang*² 音旁

近側。通傍。見"集韻"。

12【徬徨】 ㄆㄤˊ ㄏㄨㄤˊ

徘徊不進。

⿰彳屑 ㄒㄧㄝˋ *hsieh*⁴ 音屑

參徶⿰彳屑。

微 ㄨㄟˊ *wei*² 音薇 又讀 ㄨㄟ *wei*¹ 音威

[1]細；少。如：微雨。[2]隱祕；暗中。如：微行。[3]幽深；精妙。如：微旨。[4]衰敗；衰弱。如：衰微。[5]卑賤。如：寒微。[6]稍；略。如：微笑。[7]非；不是。[8]無；沒有。[9](micro)代號爲μ。國際通用分數譯音，爲10^{-6}。[10]姓。'春秋''晉'有'微彪'。見"萬姓統譜·六"。

3【微子】 ㄨㄟˊ ㄗˇ

(corpuscle) 指較原子更小的物質。原子的原子量甚重的，它的原子質點必甚密，團結力失平衡，原子解散，成極纖小的質，叫做微子。

4【微分】 ㄨㄟˊ ㄈㄣ

(differentiation)將一函數$f(x)$變換成它的導函數$D_x f(x)$的運算。反複做時，稱爲逐次微分。

6【微旨】 ㄨㄟˊ ㄓˇ

深奧精妙的意旨。

【微行】 ㄨㄟˊ ㄒㄧㄥˊ

[1]小路。[2]便裝出行，使人不易察覺其尊貴的身分。[3]指修道者微妙的道行。

7【微言】 ㄨㄟˊ ㄧㄢˊ

[1]精微的言論；含義深奧的言論。[2]密謀。

【微妙】 ㄨㄟˊ ㄇㄧㄠˋ

精微奧妙。

8【微波】 ㄨㄟˊ ㄅㄛ

[1]微小的波紋。[2](microwave)波長介於0.3～10^{-3}公尺之間，頻率範圍自10^{9}～3×10^{11}赫的電磁波。多用在雷達及通訊系統上。

【微服】 ㄨㄟˊ ㄈㄨˊ

爲了隱藏身分而改穿平常人的衣服，使他人不認識。

9【微指】 ㄨㄟˊ ㄓˇ

[1]暗中指示。[2]深奧精妙的意旨。同微旨。

【微胞】 ㄨㄟˊ ㄅㄠ

(micelle) 適當調整界面活性劑的濃度，並加以攪拌，則各界面活性劑分子的非極性基部分會互相吸引，而極性部分則朝外，形成圓球狀懸浮於溶劑中，稱爲微胞。

10【微恙】 ㄨㄟˊ ㄧㄤˋ

小病。

【微脈】 ㄨㄟˊ ㄇㄛˋ

脈象的一種。指脈來不明顯，極細而柔，按之似有若無。爲氣血虛弱所引起。常見於休克、虛脫、慢性虛弱性疾病的脈象。

12【微詞】 ㄨㄟˊ ㄘˊ

不明白說出別人的過失，只是用委婉的言詞作暗示性的批評。同微辭。

15【微碼】 ㄨㄟˊ ㄇㄚˇ

(microcode) [1]微電腦指令經過編譯後產生的代碼。[2]一組微指令。

17【微薄】 ㄨㄟˊ ㄅㄛˊ

菲薄；簡陋。

4【微中子】 ㄨㄟˊ ㄓㄨㄥ ㄗˇ

(neutrino)在β-衰變的反應$n\to p+\beta^{-}+\bar{v}$中可偵測到貝他粒子及原子核。以上式爲例，中子n、質子p及貝他粒子β^{-}均可偵測出來，結果發現如果要求反應前後線動量、角動量及能量守恆，則必定尙有一顆未被偵測到的粒子存在。西元1933年'義大利'科學家'費密'(E. Fermi)建立貝他衰變的理論，他稱此顆粒子爲微中子(實際上應是反微中子)。微中子不帶電，自旋1/2，質量爲零，與原子核作用的機會極微小。

【微分法】 ㄨㄟˊ ㄈㄣ ㄈㄚˇ

(differential calculus) 即微分學。㈠單變數微分法。對於函數$f:I\to R$(其中I爲一開區間)及I之一點a，當x與a相近(因而x亦在I中時)，$x-a=\Delta x$稱爲自變數之差分，即$f(x)-f(a)=\Delta y$稱做因變數之差分。於是，當Δx趨近零時，差分商$\frac{\Delta y}{\Delta x}$之極限若存在，則稱$f$在$a$處可微，且微分商，或導數(differential quotient, or derivative)爲此極限$\frac{dy}{dx}=\lim_{\Delta x\to 0}[f(a+\Delta x)-f(a)]/\Delta x$或亦記做$f'(a)$、$Df(a)$等等。$f$稱爲可微，若$f$於$I$之各點均可微，且此時$a_1\to f'(a)$之對應稱爲$f$之導函數(derived function)，記做f'或Df，或dy/dx $(y=f(x))$。較重要之定理如下：$1°\ D(f+g)=Df+Dg$，$D(\alpha f)=\alpha Df$(當α爲實數)，$2°\ D(f\cdot g)=fDg+(Df)g$，$3°$ 若$h=f\circ g$爲f,g之合成，則$Dh=((Df)\circ g)\cdot(D)g$，此稱爲連鎖規則；'萊布尼茲'氏則採用$y=g(x)$，$z=f(y)$，$\frac{dy}{dx}=g'(x)$，$\frac{dz}{dy}=f'(y)$之記法，因此而得$\frac{dz}{dx}=h'(x)=f'(y)g'(x)=\frac{dz}{dy}\cdot\frac{dy}{dx}$之結果。由此可得微分商之解釋。㈡多變數微分法。多變數微分法以偏導函數爲之。例如兩變數函數$f(x,y)$，對x的偏導函數$\frac{\partial f}{\partial x}(a,b)$定義爲

$$\lim_{\Delta x\to 0}\frac{f(a+\Delta x,b)-f(a,b)}{\Delta x},$$

即暫時假定y爲固定的方法。同

理可定義$\frac{\partial f}{\partial y}$,則有$f(x+h,y+k)=f(x,y)+\frac{\partial f}{\partial x}(x+\theta h,y+\theta k)\cdot h+\frac{\partial f}{\partial y}(x+\theta h,y+\theta k)\cdot k$,係平均值定理的推廣。

5【微生物】 ㄨㄟˊ ㄕㄥ ㄨˋ
(microorganism; microbe) 包括病毒、細菌、眞菌、單細胞藻類及原生動物等,個體微小,要用顯微鏡才能觀察到,生物學上通常將此等生物合稱爲微生物。

6【微血管】 ㄨㄟˊ ㄒㄧㄝˇ ㄍㄨㄢˇ
(capillaries)連於小動脈與小靜脈間的微細血管。呈網狀密布全身,管壁甚薄,僅由一層上皮細胞所組成,可容氣體和小分子物質進出,以便於交換管內外的物質,行使營養供應及廢物排除的功能。微血管之直徑爲7～9微米,僅夠紅血球及其他血球擠過去,因直徑小,故與血液接觸面積最大,爲主要的物質交換場所。

9【微流器】 ㄨㄟˊ ㄌㄧㄡˊ ㄑㄧˋ
(galvanometer) 一種測量電流的儀器。藉測量由電流所產生之電磁或電動力所推動之機械運動來判定電流的讀值。通常可測量很小的電流。

【微指令】 ㄨㄟˊ ㄓˇ ㄌㄧㄥˋ
(microinstruction) 微程式中的指令。爲將電腦指令分解爲更基本的步驟,以實現電腦指令的功能。電腦的指令可由一組微指令模擬其執行之過程。

11【微規劃】 ㄨㄟˊ ㄍㄨㄟ ㄏㄨㄚˋ
(microprogramming)將電腦指令轉換爲一串基本的運算步驟(微指令),以便電腦硬體能夠依序執行,此種轉換過程稱爲微規劃。

【微細篩】 ㄨㄟˊ ㄒㄧˋ ㄕㄞ
一種用以汙泥脫水及處理工業用水的篩網,用不鏽鋼網或尼龍網製成。每平方公分約12,400孔,孔徑僅20～40μ,在水中可截留極細的懸浮物。

12【微程式】 ㄨㄟˊ ㄔㄥˊ ㄕˋ
(microprogram) 由一系列微指令所構成的程式。微程式通常儲存於電腦內特別的僅讀記憶體中,用來定義電腦指令,模擬電腦指令執行之過程。

13【微電腦】 ㄨㄟˊ ㄉㄧㄢˋ ㄋㄠˇ
(microcomputer) 又稱微算機。由微處理機、輸入/輸出界面、主記憶體、輔助記憶體、終端機等組合成的電腦系統。和小型電腦(minicomputer)相比較,微電腦的體積和記憶容量較小,價格較低,速度也較慢。

4【微不足道】ㄨㄟˊ ㄅㄨˋ ㄗㄨˊ ㄉㄠˋ
細小輕微,不值得談論。

【微分電路】ㄨㄟˊ ㄈㄣ ㄉㄧㄢˋ ㄌㄨˋ
(differential circuit) 由電阻與電容所製成的電路(如圖所示)。其中因爲電容的作用,有如數學上的微分作用,可以將輸入信號隨時間的變率,呈現於輸出端上,故稱微分電路;又其作用可以把低頻信號的部分過濾衰減,故又稱高通濾波器。

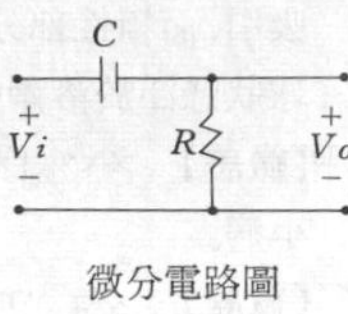

微分電路圖

5【微乎其微】 ㄨㄟˊ ㄏㄨ ㄑㄧˊ ㄨㄟˊ
非常細微。

【微生態學】ㄨㄟˊ ㄕㄥ ㄊㄞˋ ㄒㄩㄝˊ
(microecology) 研究小環境與生存於其間之生物之關係的學問。

7【微言大義】 ㄨㄟˊ ㄧㄢˊ ㄉㄚˋ ㄧˋ
精微的言論,公正的義理。

【微妙玄通】 ㄨㄟˊ ㄇㄧㄠˋ ㄒㄩㄢˊ ㄊㄨㄥ
精奧通達。

8【微波加熱】 ㄨㄟˊ ㄅㄛ ㄐㄧㄚ ㄖㄜˋ
(microwave heating)應用電磁管送出高頻率的電磁波照射食品,使食品內的極性分子(如水、蛋白質等)產生向電場方向排列的傾向,當分子移動,彼此碰撞、摩擦生熱,而達到加熱的目的。微波對皮膚、神經有傷害,須注意避開。微波加熱的用途甚廣,如乾燥、防黴、防菌(麵包、果醬等的殺菌)、解凍、調理食品的處理、殺菁、果汁的濃縮等。盛裝的容器,不能用錫罐、鐵罐、鋁箔等金屬薄膜,因微波無法穿透,達不到加熱的效果。

11【微粒物質】 ㄨㄟˊ ㄌㄧˋ ㄨˋ ㄓˊ
(particulate matter) 以固態或液態顆粒存在,其粒徑小於500微米的擴散物質。包括落塵、飛灰、煙、霧、靄、水滴、油煙、薰煙、浮游塵等。

【微處理機】 ㄨㄟˊ ㄔㄨˇ ㄌㄧˇ ㄐㄧ
(microprocessor)將電腦的中央處理單元製作於一積體電路晶片內,可接受並執行指令,稱之爲微處理機。

13【微微居里】 ㄨㄟˊ ㄨㄟˊ ㄐㄩ ㄌㄧˇ
(micro micro curies; $\mu\mu$Ci) 居里爲量度放射性之單位。10^{-12}居里稱爲微微居里。一居里相當於一克鐳每秒分裂之次數(即3.7×10^{10}次)。

4【微分方程式】ㄨㄟˊ ㄈㄣ ㄈㄤ ㄔㄥˊ ㄕˋ
(differential equation) 由函數$f(x)$ 及其高階導數形成的多項式方程式,係數爲自變數的已知函數。如 $f+3xf'+(sinx)f''=0$,這種稱爲常微分方程式。若所考慮的函數不只一個變數,則稱爲偏微分方程式;若所考慮的單變數函數不只一個,則爲常微分方程組。微分方程式是數學分析中,描述自然界的動態變化(如傳遞、運動、消長等現象)最重要的方式。例如考慮彈簧的振動:由'虎克'定律,應力與應變成正比,但方向相反,故$F=-kx$,而$F=ma$,故得$m\frac{d^2}{dt^2}x(t)+kx(t)=0$。

【微分幾何學】 ㄨㄟˊ ㄈㄣ ㄐㄧˇ ㄏㄜˊ ㄒㄩㄝˊ
(differential geometry) 應用微分與積分的計算來討論曲線或曲面有關問題,稱爲微分幾何學。經常使用張量的計算,並爲理論物理學尤其是相對性理論的主要數學工具。

5【微生物食品】 ㄨㄟˊ ㄕㄥ ㄨˋ ㄕˊ ㄆㄧㄣˇ
(bio-foods) 又稱單細胞蛋白 (single cell protein; SCP)。爲包括酵母、細菌、黴菌、微小藻類、擔子菌、原生動物之微生物蛋白質資源的總稱。可當飼料或食品使用,以解決糧食不足問題。其可利用廉價原料,如糖蜜、石油、廢紙漿液,或二次加工品如甲醇、醋酸、酒精,甚至農林水產廢棄物等作爲能量來源,大量生產。是一種最有希望的代替糧食。其中尤以酵母最爲重要,雖含硫胺基酸較少,但極富有營養價值。

8【微波電漿法】 ㄨㄟˊ ㄅㄛ ㄉㄧㄢˋ ㄐㄧㄤ ㄈㄚˇ
(microwave plasma) 以微波能量激動氣體以產生電漿,再利用高能量的電漿氣體摧毀分子之化學鍵的固體廢棄物處理法。

10【微浮游生物】 ㄨㄟˊ ㄈㄨˊ ㄧㄡˊ ㄕㄥ ㄨˋ
(nannoplankton) 在顯微鏡下才看得見的浮游生物。

16【微積分學基本定理】 ㄨㄟˊ ㄐㄧ ㄈㄣ ㄒㄩㄝˊ ㄐㄧ ㄅㄣˇ ㄉㄧㄥˋ ㄌㄧˇ
(fundamental theorem of calculus) 設 $G'(x)=f(x)$ 對所有 $a<x<b$ 均成立,且 $G(x)$ 在 $[a, b]$ 上連續,則 $\int_c^d f(u)du=G(d)-G(c)$ 對所有 $a\leq c<d\leq b$ 均成立。其次,令 $f(x)$ 爲在區間 $[a, b]$ 連續的函數,令 $F(x)=\int_a^x f(u)du, a\leq x\leq b$,則 $F'(x)=f(x)$,對所有 $a<x<b$ 均成立。在'牛頓'和'萊布尼茲'之前,積分和微分的概念已經逐漸形成,但並沒有明確地連結起來,直到'牛頓'和'萊布尼茲'才發現此一積分與微分的互逆關係,故被視爲微積分的發明者。

徯 ㄒㄧ *hsi*[1] 音希
[1]等待。見"說文"。[2]小徑。通蹊。如:徯徑。

徭 ㄧㄠˊ *yao*[2] 音搖
勞役。如:徭役。

7【徭役】 ㄧㄠˊ ㄧˋ
人民應國家徵召所服的勞役。

11

⿰彳章 ㄓㄤ *chang*[1] 音章
參⿰彳章徨。

12【⿰彳章徨】 ㄓㄤ ㄏㄨㄤˊ
行走匆遽的樣子。

徶 ㄅㄧㄝˊ *pieh*[2] 音別
參徶⿰彳屑。

13【徶⿰彳屑】 ㄅㄧㄝˊ ㄒㄧㄝˋ
衣服飄動的樣子。

徹 ㄔㄜˋ *ch'ê*[4] 音撤
[1]通;透。如:徹底。[2]明白。[3]'周代'十取其一的田賦。

8【徹底】 ㄔㄜˋ ㄉㄧˇ
通透到底。

10【徹悟】 ㄔㄜˋ ㄨˋ
透徹領悟。

【徹骨】 ㄔㄜˋ ㄍㄨˇ
透入骨中。比喻極深刻。

3【徹上徹下】 ㄔㄜˋ ㄕㄤˋ ㄔㄜˋ ㄒㄧㄚˋ
通貫上下。

16【徹頭徹尾】 ㄔㄜˋ ㄊㄡˊ ㄔㄜˋ ㄨㄟˇ
從頭到尾;自始至終。

⿰彳悉 ㄒㄧ *hsi*[1] 音悉
小聲。同偲。見"正字通"。

13【⿰彳悉⿰彳屑】 ㄒㄧ ㄒㄧㄝˋ
搖動的樣子。

12

徲 ㄔˊ *ch'ih*[2] 音遲
[1]久。見"說文"。[2]往來。

德 ㄉㄜˊ *tê*[2] 音得
[1]萬物稟受自自然的質性。[2]恩惠。如:恩德。[3]操守;行爲。

3【德士】 ㄉㄜˊ ㄕˋ
(tex) 代號爲tex。線密度的併用單位。等於每公尺百萬分之一公斤。

7【德育】 ㄉㄜˊ ㄩˋ
道德教育的簡稱。就施教的立場而言,德育乃是依據道德規範,運用各種教導的方法,培養受教者具有善良品格和行爲的教育活動。就受教的立場而言,乃是從學習的過程中,獲得明確的道德意識,能夠判別一切行爲的正邪善惡,進而表現良好品德的一種教育活動。

9【德音】 ㄉㄜˊ ㄧㄣ
[1]有德者所發的言辭。[2]美好的聲譽。[3]對別人音訊的敬稱。

【德政】 ㄉㄜˊ ㄓㄥˋ
有益於全國人民的良好政治措施或績效。

10【德配】 ㄉㄜˊ ㄆㄟˋ
[1]德行可與天地或前賢相匹配。[2]尊稱別人的妻子。

11【德望】 ㄉㄜˊ ㄨㄤˋ
德行和名望。

【德國】 ㄉㄜˊ ㄍㄨㄛˊ
(Germany) 位於'歐洲'心臟地帶的國家。二次大戰後分裂為二:'東德' (German Democratic Republic) 為'蘇俄'占領,首都'東柏林' (Berlin E.);'西德' (Federal Republic of Germany) 為'美'、'英'、'法'占領,首都'波昂'。1990年10月3日,'東德'加盟'西德',完成和平統一,結束長達半世紀的對峙。面積36.7萬方公里,人口8,243.0萬 (2005年),首都'柏林'。全境地勢南高北低,河川與運河串聯成完整的水運網。冬寒夏涼,雨量適中。盛產麥類、馬鈴薯、甜菜、水果和蔬菜。林相優美，畜產盛。‘魯爾區’為‘歐洲’最大煤田，與‘薩克森’(Saxony)煤田提供廉價能源，而為工業重鎮，輕、重工業均盛。

14【德爾】ㄉㄜˊ ㄦˇ (Sir Henry Hallett Dale, 1875～1968)‘英國’生理學家。西元1909年畢業於‘劍橋大學’醫科。1914年提煉出一種有機化合物acetylcholine($C_7H_{17}O_3N$)，後因與‘德國’藥物學家‘羅威’(Otto Loewi)共同發現神經衝動的化學傳送現象，而於1936年同獲‘諾貝爾’醫學獎。曾於1928～1942年，任國家醫學研究所所長，二次大戰時曾爲政府內閣科學顧問委員會的主席。於1932年受封爲爵士。

德爾像

【德維】ㄉㄜˊ ㄨㄟˊ (Humphry Davy, 1778～1829)‘英國’化學家。是‘英國’最偉大的科學家之一。於西元1807年分解出鈉和鉀，並於1810和1813年確定氯和碘的基本特質，1815年發明礦工用的安全燈。著有“化學和哲學研究”(*Researches, Chemical and Philosophical*)、“化學元素”(*Elements of Chemical Philosophy*)等。

16【德澤】ㄉㄜˊ ㄗㄜˊ 德惠恩澤。

4【德化窯】ㄉㄜˊ ㄏㄨㄚˋ ㄧㄠˊ 我國著名瓷窯之一。址在‘福建省’‘德化縣’。釉色有如白玉一般，海外讚爲象牙白或天鵝絨白。除乳白色外，有帶牙黃和粉黃色的。所製佛像最爲傑出，也有貼花、印花和堆花。‘清代’時盛產青花瓷。

5【德布西】ㄉㄜˊ ㄅㄨˋ ㄒㄧ (Achille-Claude Debussy, 1862～1918)‘法國’音樂家、印象派創始人。代表作有歌劇“貝利亞與梅麗桑”(*Pelléas et Mélisande*)，交響詩“牧神午後”(*Prélude à l'après-midi d'un faune*)、“海”(*La Mer*)等。

德布西像

8【德來敦】ㄉㄜˊ ㄌㄞˊ ㄉㄨㄣ (John Dryden, 1631～1700)‘英國’詩人兼戲劇家。影響力籠罩十七世紀後期，史稱‘德來敦’時代。其批評文章如“論戲劇詩”(*An Essay of Dramatic Poesy*)及一些序文，爲他博得‘英國’文學之父及‘英國’散文之父的美譽，西元1670～1688年爲桂冠詩人。著有諷刺詩“押沙龍與阿基多弗”(*Absalom and Achitophel*)和“雌鹿與豹”(*The Hind and the Panther*)等；戲劇以“愛情至上”(*All For Love*)爲最著名。

9【德洛涅】ㄉㄜˊ ㄌㄨㄛˋ ㄋㄧㄝˋ (Robert Delaunay, 1885～1941)‘法國’立體派畫家。首次把充滿活力的純色帶進立體畫，以致形成了奧菲斯運動(the Orphic movement)。他對抽象畫的發展影響深遠；其奧菲斯風格(Orphism)於西元1910年出現後，對‘慕尼黑’一群稱爲〖藍騎士〗的表現主義者造成立即的影響。兩年後，他著名的一系列名爲“彩色圓盤”(*Colour Disks*)和“窗”(*Windows*)的畫，激起了一個相關風格〖同時主義〗(Synchronism)的產生，同時也是‘美國’第一個抽象畫運動的發展。1921年以後，他在‘巴黎’的住處成爲達達主義者的聚會場所；但是他自己卻繼續畫能表達奧菲斯理論的作品。1937年爲‘巴黎’世界博覽會繪製廣達九千平方‘英’尺(828平方公尺)的巨幅壁畫而舉世聞名。

12【德黑蘭】ㄉㄜˊ ㄏㄟ ㄌㄢˊ (Tehrān)‘伊朗’首都及軍事、交通中心。位於北部‘艾布士山’(Elburz Mt.)南麓。為一海拔1,000多公尺的綠洲城，控南北通道，沙漠商隊必經。人口1,100萬(2005年)。

6【德伏亞克】ㄉㄜˊ ㄈㄨˊ ㄧㄚˋ ㄎㄜˋ (Antonín Dvořák, 1841～1904)‘捷克’作曲家。作品旋律多取材民謠，極具‘波西米亞’地方色彩。其交響曲“新世界”(*From the New World*)、弦樂四重奏“美國”則融合‘美國’黑人靈歌於其中，甚受樂界推重。作品有交響曲九首，交響詩五首，小提琴協奏曲、大提琴協奏曲、鋼琴協奏曲各一首，管絃樂“斯拉夫狂想曲”(*Slavonic Rhapsodies*)三首、“斯拉夫舞曲”(*Slavonic Dances*)二套及室內樂多種。

德伏亞克像

7【德言容功】ㄉㄜˊ ㄧㄢˊ ㄖㄨㄥˊ ㄍㄨㄥ 婦人的四德，即婦德、婦言、婦容、婦功。

10【德高望重】ㄉㄜˊ ㄍㄠ ㄨㄤˋ ㄓㄨㄥˋ 品德好，聲望高。

11【德國痲疹】ㄉㄜˊ ㄍㄨㄛˊ ㄇㄚˊ ㄓㄣˇ 感染濾過性病毒而引起的一種疾病。即風疹。

【德國體操】ㄉㄜˊ ㄍㄨㄛˊ ㄊㄧˇ ㄘㄠ (Deutsches turnen)‘德國’所發展體操體系的總稱。其中尤以‘楊’氏(F. L. Jahn)繼承大教育家‘顧茲·姆斯’(J. F. Guts Muths)的理想，集古‘希臘’及‘德國’體操的大成，積極推展體操運動影響最鉅。時值‘法國’‘拿破崙’縱橫全‘歐’，‘楊’氏爲提振國運，創立具國防上基本體能訓練的體操，以訓練國民保衛國家，寓教育於體操教學之中。

14【德爾飛法】 ㄉㄜˊ ㄦˇ ㄈㄟ ㄈㄚˇ
(Delphi method)一種團體預測未來發展的方法。係以一系列的問卷向專家們詢問，根據專家們的意見再擬定下回的問卷，並將上回的統計結果送給這些專家參考，如此反覆進行，直到大多數的專家對該問題的看法趨於一致，獲得一個令人滿意的預測結果爲止。常用於長期預測方面。

17【德薄能鮮】 ㄉㄜˊ ㄅㄛˊ ㄋㄥˊ ㄒㄧㄢˇ
德行淺薄，能力不強。通常用以自謙。

8【德拉克洛瓦】 ㄉㄜˊ ㄌㄚ ㄎㄜˋ ㄌㄨㄛˋ ㄨㄚˇ
(Eugène Delacroix, 1798～1863)‘法國’浪漫主義藝術大師。以亮麗的色彩描繪出主觀的個性與感情，並藉歷史故事或歷史事件的題材主張其政治思想等。代表作有“巧斯島屠殺記”(*The Massacre at Chios*)、“薩旦納帕路斯之死”(*Death of Sardanapalus*)、“蕭邦肖像”(*The Portrait of Chopin*)及“自由女神領導民眾”(*Liberty leading the People*)等油畫。

【德拉維底族】 ㄉㄜˊ ㄌㄚ ㄨㄟˊ ㄉㄧˇ ㄗㄨˊ
(Dravidians)‘印度’土著民族的主幹。散居於‘印度’南方及‘斯里蘭卡’南部。膚色棕黑，身材粗短，頭形略長，臉鼻部比起‘印度’北方的人略顯平闊。多從事農耕。其‘德拉維底’語可分成卅一種之多。

18【德謨克拉西】 ㄉㄜˊ ㄇㄛˊ ㄎㄜˋ ㄌㄚ ㄒㄧ
(democracy)‘英’文「民主」的音譯。又譯作德先生。常與代表科學的「賽先生」(science)並稱，爲五四運動時流行的詞彙。

徵 ㊀ ㄓㄥ chêng[1] 音爭
①召集。如：徵召。②求；招。如：徵稿。③收取。如：徵收。④證驗。如：無徵不信。⑤預兆；現象。如：吉徵。
㊁ ㄓˇ chih[3] 音止
五音之一。

4【徵文】 ㄓㄥ ㄨㄣˊ
①取證於古代文獻的記載。②徵求他人的文章著作。

【徵引】 ㄓㄥ ㄧㄣˇ
①引證；引用他人的文字或語言。②徵求賢才，加以推薦。

5【徵召】 ㄓㄥ ㄓㄠˋ
徵求召集。

6【徵收】 ㄓㄥ ㄕㄡ
①政府出價收買私有財產。②收取捐稅或財物。

【徵兆】 ㄓㄥ ㄓㄠˋ
事情發生以前所顯示的跡象。

7【徵求】 ㄓㄥ ㄑㄧㄡˊ
①徵收。指政府課徵稅捐。②尋求。

【徵兵】 ㄓㄥ ㄅㄧㄥ
(draft)自國家總人力中，遴選人員強制服行兵役的一種兵源獲得方式。我國規定及齡男子合乎徵兵條件者，皆有服兵役之義務。

9【徵信】 ㄓㄥ ㄒㄧㄣˋ
①考察求證。②信用調查。③表示誠信。如：徵信錄。

11【徵逐】 ㄓㄥ ㄓㄨˊ
招呼追隨。指朋友間往來密切。

12【徵答】 ㄓㄥ ㄉㄚˊ
徵求答案。

13【徵詢】 ㄓㄥ ㄒㄩㄣˊ
指定事情的範圍或提出具體的問題向他人詢求意見。

【徵辟】 ㄓㄥ ㄅㄧˋ
朝廷對人才的徵召。

14【徵實】 ㄓㄥ ㄕˊ
①尋求實證。②徵收實物。

15【徵調】 ㊀ ㄓㄥ ㄉㄧㄠˋ
徵集、調遣軍隊或物資。
㊁ ㄓˇ ㄉㄧㄠˋ
五聲(宮、商、角、徵、羽)調式的一種。

14【徵歌選舞】 ㄓㄥ ㄍㄜ ㄒㄩㄢˇ ㄨˇ
召選伎樂以表演歌舞。後亦泛指縱情歌舞聲色。

15【徵課會計】 ㄓㄥ ㄎㄜˋ ㄎㄨㄞˋ ㄐㄧˋ
徵收機關關於稅賦捐費等收入之課徵、查定、收納、處理之會計。

13

徼 ㊀ ㄐㄧㄠˋ chiao[4] 音叫
①巡察。如：巡徼。②邊界。如：邊徼。③小徑。④微妙。
㊁ ㄐㄧㄠˇ chiao[3] 音絞
參徼幸㊁。
㊂ ㄧㄠ yao[1] 音邀
求得。通邀。如：徼功。
㊃ ㄐㄧㄠ chiao[1] 音嬌
①同㊂。②抄襲。

5【徼外】 ㄐㄧㄠˋ ㄨㄞˋ
境外。

8【徼幸】 ㊀ ㄐㄧㄠˇ ㄒㄧㄥˋ
指不該得到的利益，而意外獲得；或當有不幸的災禍，而居然避免。也作徼倖、儌倖、僥倖。
㊁ ㄧㄠ ㄒㄧㄥˋ
貪求非分的利益。

14

⿰彳甹 傳的或體。

⿰彳歰 ㄙㄚˋ sa[4] 音薩
走路的樣子。見“說文”。

徾 ㄇㄟˊ mei[2] 音煤
參徾徾。

17【徾徾】 ㄇㄟˊ ㄇㄟˊ
相隨的樣子。

徽 ㄏㄨㄟ hui[1] 音灰
①美善的。如：徽音。②繩子。③標誌；符號。如：校徽。

11【徽章】 ㄏㄨㄟ ㄓㄤ
古代指旌旗一類的東西，作爲標誌之用。今指佩帶在身上的證章。

13【徽號】 ㄏㄨㄟ ㄏㄠˋ
①標幟。②尊榮而美好的稱號。君

主時代，多用來頌讚帝、后。

15【徽調】 ㄏㄨㄟ ㄉㄧㄠˋ

戲曲腔調名。源於'漢'正調，盛行於'安徽''桐城'、'休寧'一帶。主要腔調爲吹腔、二'簧'、西皮、高腔、'崑'腔。'清''乾隆'時傳入'北京'。後與'漢'正調融合而成'平'劇。

15

㣀 ㄅㄠˋ pao⁴ 音豹

超越。見"集韻"。

16

𢖍 ㄌㄨㄥˋ lung⁴ 音衖

行路不正。見"玉篇"。

17

𢖬 ㄒㄧㄤ hsiang¹ 音香

參𢖬徉。

9【𢖬徉】 ㄒㄧㄤ ㄧㄤˊ

徘徊逍遙。同徜徉。

20

𢖺 ㄑㄩㄝˋ ch'üeh⁴ 音卻

去；往。見"廣韻"。

心部

心 ㄒㄧㄣ *hsin*¹ 音新
①心臟。②正當中的地方。如:圓心。③古人以心臟爲思維器官,因以爲思想、意念、感情的通稱。如:心理。④蕊;嫩芽。⑤星宿名。二十八宿之一。參心宿。

2【心力】 ㄒㄧㄣ ㄌㄧˋ
智慮和能力。

4【心火】 ㄒㄧㄣ ㄏㄨㄛˇ
①指內心的激動或煩惱。②指心熱火旺的病證,乃心臟本經的虛火上揚,主要症狀有舌生瘡、心煩、失眠等。

5【心田】 ㄒㄧㄣ ㄊㄧㄢˊ
①指心。佛家認爲心如田地,藏有善惡的種子,隨緣滋生。②內心的思緒、願望。

【心包】 ㄒㄧㄣ ㄅㄠ
即心包絡的簡稱。爲心臟的外膜,也是氣血通行的道路,若有外邪侵犯心臟,心包首先受到影響。

6【心地】 ㄒㄧㄣ ㄌㄧˋ
①內心的思緒、願望。②佛家倡萬法唯心之旨,心能造一切,滅一切,故形容衆生心如大地,能滋生萬物;隨緣生一切諸法,故稱心地。

【心曲】 ㄒㄧㄣ ㄑㄩ
①內心深處。②深藏於心的委曲或難以吐露的情懷。

【心肌】 ㄒㄧㄣ ㄐㄧ
(cardiac muscle; heart muscle)構成心臟的肌肉。脊椎動物的心肌,在形態上屬於一種橫紋肌,具單細胞核,肌原纖維少,但肌漿多,各細胞具分枝,互相構成網狀,有益傳導及一致之收縮,但不能隨意活動,乃藉由自主神經來支配收縮之快慢。軟體動物的心肌,有平滑肌、斜紋肌或橫紋肌;節肢動物則普遍是橫紋肌,亦有斜紋肌,少分枝。

【心向】 ㄒㄧㄣ ㄒㄧㄤˋ
(set)個體基於舊經驗,以固定方式反應刺激的心理傾向。

【心血】 ㄒㄧㄣ ㄒㄧㄝˇ
心力;心思。

【心印】 ㄒㄧㄣ ㄧㄣˋ
佛家語。不藉語言文字而直接以心相印證,頓悟成佛。爲心心相印的省語。

7【心君】 ㄒㄧㄣ ㄐㄩㄣ
指心。古人以心爲人身的主宰,故稱。

【心材】 ㄒㄧㄣ ㄘㄞˊ
(heartwood)接近樹心部分的木材。爲樹幹強度的主體,收縮彎翹小,對蛀蝕的抵抗力大。顏色暗且質地乾硬。

【心坎】 ㄒㄧㄣ ㄎㄢˇ
內心深處。

【心折】 ㄒㄧㄣ ㄓㄜˊ
①心碎;內心非常痛苦。②衷心傾服。

【心肝】 ㄒㄧㄣ ㄍㄢ
①指心。屬偏義複詞。②指誠意、良心、眞情或記性。③暱稱所親愛的人。

8【心法】 ㄒㄧㄣ ㄈㄚˇ
①師徒傳授心得的方法。②佛家語。⑴在經典文字以外,以心相傳的佛法。⑵指所有的心識活動。包括目、耳、鼻、舌、身、意、末那、阿賴耶等八識及其所作善、惡、煩惱等種種細密的心態。

【心性】 ㄒㄧㄣ ㄒㄧㄥˋ
①心和性。佛家與儒家指人的心思、念慮爲心,心的光明本性爲性。②佛家語。不變的心體。③泛指性格、性情。

【心事】 ㄒㄧㄣ ㄕˋ
心中的思念、期待或愁悶。

【心房】 ㄒㄧㄣ ㄈㄤˊ
(atrium)心臟內面分四室,上面兩個稱爲心房,下面兩個稱爲心室。心房與靜脈相連,接受流回心臟之血液,並將之送入心室。左右心房各有瓣膜與心室相銜接,以防心室血液逆流。

9【心室】 ㄒㄧㄣ ㄕˋ
(ventricle)脊椎動物心臟下方接受心房流入之血液的腔室。血液由此再輸於動脈。魚類、兩生類只有一個心室,爬蟲類以上具有兩個心室,但爬蟲類左右心室分隔不完全,血液可以互通。心室肌較心房肌厚,左心室壁肌較右心室者爲厚。介於兩心室間的分隔構造稱爲心隔。

【心音】 ㄒㄧㄣ ㄧㄣ
(heart sound)脊椎動物心搏時,心肌收縮、瓣膜關閉和血流沖擊振動所產生的聲音。可用聽診器在胸壁的適當部位直接聽到,也可用儀器描記成心音曲線及心音圖。心臟收縮和舒張時所發出的聲音,主要分爲二種:第一心音,又稱縮聲,音低濁而長,爲心室收縮時所發生;第二心音,又稱舒聲,音高淸而短促,主要是因半月瓣閉鎖時所發生。另有第三心音,易發生於年輕人,是發自心室壁伸張爲主的振動;第四心音,稱爲心房音,主要是因心房收縮的振動而產生。

【心神】 ㄒㄧㄣ ㄕㄣˊ
①心思與精力。②心情與精神。

【心思】 ㊀ ㄒㄧㄣ ㄙ
智力;思考的能力。
㊁ ㄒㄧㄣ ˙ㄙ
①意思;想法。②情趣。

10【心病】 ㄒㄧㄣ ㄅㄧㄥˋ
①憂慮成病。②人的短處或隱私。③心臟病。

【心胸】 ㄒㄧㄣ ㄒㄩㄥ
①志氣與抱負。②指內心。

11【心宿】 ㄒㄧㄣ ㄒㄧㄡˋ
星宿名。二十八宿之一。東方蒼龍七宿的第五宿。主要有三星,皆屬天蠍座。心宿一即天蠍座 σ,心宿二即α，心宿三即τ。此外，積卒星也歸入心宿。

【心旌】 ㄒㄧㄣ ㄐㄧㄥ
形容心中不安，如旌旗搖曳不定。後亦以指心情、心意。

【心悸】 ㄒㄧㄣ ㄐㄧˋ
1心中驚恐。2(palpitation)病徵的一種。指病人主觀上感覺心跳速度加快、跳動強度加重。病人經常陳述爲心慌、緊張或瀕死的感覺。

【心理】 ㄒㄧㄣ ㄌㄧˇ
指內心的意識、感情等精神狀態。

【心眼】 ㄒㄧㄣ ㄧㄢˇ
1指見識與眼力。2泛指氣度與胸襟。3佛家語。心靈如同眼眸，能洞察領悟諸法，故稱心眼。

【心絃】 ㄒㄧㄣ ㄒㄧㄢˊ
指心。也作心弦。人心受刺激而產生感情，就像琴絃被彈撥而發出聲音，故稱。

【心術】 ㄒㄧㄣ ㄕㄨˋ
1思想；心思。2運用心思的方法。

【心得】 ㄒㄧㄣ ㄉㄜˊ
心中領悟所得。

12【心喪】 ㄒㄧㄣ ㄙㄤ
弟子以喪父之禮爲師守喪，不穿喪服，只在心中悼念。

【心虛】 ㄒㄧㄣ ㄒㄩ
因理虧而心感畏怯。

【心智】 ㄒㄧㄣ ㄓˋ
智力；才智。

【心焦】 ㄒㄧㄣ ㄐㄧㄠ
心中煩躁苦惱。

【心扉】 ㄒㄧㄣ ㄈㄟ
指心。人的心如門扉一樣，愉快時開啟，鬱悶時關闔，故稱。

13【心痺】 ㄒㄧㄣ ㄅㄧˋ
五臟痺證之一。主要症狀爲心悸、呼吸不暢、咽乾、常歎氣、煩躁不安、容易驚恐等。多由思慮過度、心血虛損，又感染外邪引起。

【心跡】 ㄒㄧㄣ ㄐㄧ
存心。

【心腸】 1 ㄒㄧㄣ ㄔㄤˊ
心意；心地。
2 ㄒㄧㄣ ˙ㄔㄤ
心情；情趣。

【心腹】 ㄒㄧㄣ ㄈㄨˋ
1身心。2衷情；忠誠。3指知心、親信的人。

【心經】 ㄒㄧㄣ ㄐㄧㄥ
1"般若波羅密多心經"的簡稱。又稱"般若心經"。以心名經，言其至爲重要，如同人之有心。歷代有七種譯本，最早的是'姚秦''鳩摩羅什'所譯，通行的是'唐''玄奘'的譯本。2'宋''眞德秀'撰，一卷。彙集聖賢論心格言，而以諸儒議論爲之註，大旨以正心爲本。

【心解】 ㄒㄧㄣ ㄐㄧㄝˇ
心裡領會。

【心傳】 ㄒㄧㄣ ㄔㄨㄢˊ
1指道統的傳授。2老師將學問傳授給弟子。

【心猿】 ㄒㄧㄣ ㄩㄢˊ
佛家語。指人心思浮躁，有如猿猴。

14【心窩】 ㄒㄧㄣ ㄨㄛ
1心中。2胸部的中央。

【心膂】 ㄒㄧㄣ ㄌㄩˇ
1比喻親信的人。2心力。

【心境】 ㄒㄧㄣ ㄐㄧㄥˋ
1心情。2意境。

【心領】 ㄒㄧㄣ ㄌㄧㄥˇ
1心中有所領悟。2婉謝他人好意的用語。表示雖未接受而心中已經領受其情意。

【心算】 ㄒㄧㄣ ㄙㄨㄢˋ
1心中策劃。2(mental arithmetic)核數的時候，不藉他物而專恃心中的計算，叫做心算。無論筆算、珠算，皆以心算爲基礎。我國有各種歌訣，如九九表等，頗能輔助心算。普通人的心算只能核計較簡的數字，經過特殊訓練後可做較繁雜而快速的心算。

【心態】 ㄒㄧㄣ ㄊㄞˋ
心理狀態。

【心緒】 ㄒㄧㄣ ㄒㄩˋ
心情；思緒。

15【心潮】 ㄒㄧㄣ ㄔㄠˊ
心中的思慮或情緒，像海潮般起伏不定。

【心醉】 ㄒㄧㄣ ㄗㄨㄟˋ
比喻非常愛慕、仰慕。

【心儀】 ㄒㄧㄣ ㄧˊ
1心中歸向。2指仰慕、欽佩。

16【心機】 ㄒㄧㄣ ㄐㄧ
心思計謀。

【心戰】 ㄒㄧㄣ ㄓㄢˋ
(psychological warfare) 利用傳播媒體所進行的心理戰。旨在透過宣傳，影響敵方心理、士氣，以達到利於我方政治與軍事之目標。

【心學】 ㄒㄧㄣ ㄒㄩㄝˊ
1涵養心性的學問。2'宋''明'理學中的一個流派。繼承'孟子'心性之學，強調心爲宇宙的本體。'陸九淵'、'王守仁'是代表人物。

17【心齋】 ㄒㄧㄣ ㄓㄞ
排除一切思慮雜念，使心虛靜。

【心聲】 ㄒㄧㄣ ㄕㄥ
1指語言。2指人心中的意願、情懷。

【心虧】 ㄒㄧㄣ ㄎㄨㄟ
違背良心，覺得虧欠。

19【心願】 ㄒㄧㄣ ㄩㄢˋ
願望。

【心藥】 ㄒㄧㄣ ㄧㄠˋ
指去除心病的方法、事物。

22【心臟】 ㄒㄧㄣ ㄗㄤˋ
(heart) 動物循環系統的動力器官。人類心臟是一具有四房室的肌肉器官，形狀和大小與緊握的

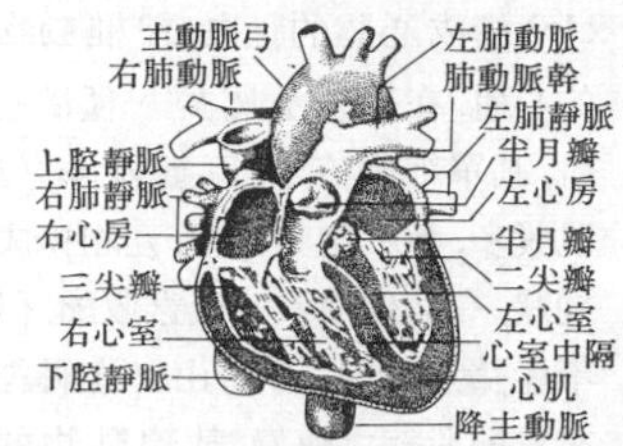

心臟圖

拳頭相似。位於心腔內，大約2/3位於身體正中線左側。心臟由外向內分三層，即心包膜、心肌層和心內膜。其功能是輸送血液循環全身。

24【心靈】ㄒㄧㄣ ㄌㄧㄥˊ
①指心。因其作用最爲靈妙，故稱。②(mind)(1)與物質相對。形上的精神實體。哲學上的心物二元論通常肯定心靈和物質兩種實體存在。(2)與軀體相對。指個別的自我中，具有意識、知覺、想像、感情和意志等作用的主體。

3【心下痞】ㄒㄧㄣ ㄒㄧㄚˋ ㄆㄧˇ
指食物阻滯在胃脘部，按之軟而不痛。痞是胸腹間氣機阻塞不舒服的一種自覺症狀。急慢性腸胃炎、消化不良常可出現心下痞的症狀。

【心下滿】ㄒㄧㄣ ㄒㄧㄚˋ ㄇㄢˇ
指胃脘間有悶脹氣滿，兼有氣逆向上的感覺。是由於中脘受損、運化失常，以致水飲停於中焦所出現的自覺症狀。

7【心即理】ㄒㄧㄣ ㄐㄧˊ ㄌㄧˇ
'宋''陸九淵'的學說。此說直承'孟子'而來，認爲理是天地的主宰，人一生下來，便稟賦此理而爲心，故心即理。

【心身症】ㄒㄧㄣ ㄕㄣ ㄓㄥˋ
(psychosomatic disease) 因心理和情緒的影響，而引起身體不適的症狀。譬如緊張時往往引起頭痛和腹痛等。

11【心理學】ㄒㄧㄣ ㄌㄧˇ ㄒㄩㄝˊ
(psychology) 專事研究個體之行爲及其認知歷程的一門科學。

12【心絞痛】ㄒㄧㄣ ㄐㄧㄠˇ ㄊㄨㄥˋ
(angina pectoris) 常發生於中老年人的一種心臟病。吸菸、高血壓、高血脂肪、肥胖、糖尿病等均會增加其發病率。病人常因運動或情緒激動而引起胸部壓逼感、流冷汗，甚至有瀕死的感覺，休息後症狀可改善。治療方針除儘量減低發病率外，亦可用藥物治療，如發作前舌下含甘油片，平常服用心臟血管擴張劑、鎮定劑等。

13【心電圖】ㄒㄧㄣ ㄉㄧㄢˋ ㄊㄨˊ
(electrocardiogram) 利用心動電流描記器，由皮膚表面記錄心臟之傳導情形的圖形。此圖在臨

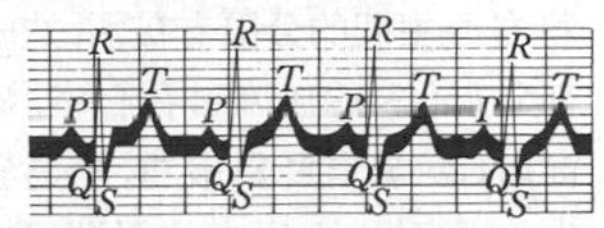

心電圖

床上具有重大意義，由此可研判心臟肌的活動情形和心臟的健康狀況。如圖爲正常心電圖，P波表心房收縮，QRS表心室收縮，T波表心室舒張。

【心腹事】ㄒㄧㄣ ㄈㄨˋ ㄕˋ
心內事。

【心腹話】ㄒㄧㄣ ㄈㄨˋ ㄏㄨㄚˋ
內心的話；眞心的話。

16【心頭火】ㄒㄧㄣ ㄊㄡˊ ㄏㄨㄛˇ
心中的怒氣。

【心頭肉】ㄒㄧㄣ ㄊㄡˊ ㄖㄡˋ
比喻極疼愛的人或物。

17【心膽寒】ㄒㄧㄣ ㄉㄢˇ ㄏㄢˊ
形容極度恐懼。

19【心瓣膜】ㄒㄧㄣ ㄅㄢˋ ㄇㄛˋ
(cardiac valve)控制心臟血液流向的瓣膜。用以阻止血液逆流。心臟內共有四組瓣膜，即扼在右房室口的三尖瓣、扼在左房室口的二尖瓣，以及肺動脈瓣、主動脈瓣，後二者位於右心室、左心室出口處。

22【心囊炎】ㄒㄧㄣ ㄋㄤˊ ㄧㄢˊ
(pericarditis) 心臟外層(即心包)發炎的病症。可因感染猩紅熱、痲疹等傳染病及白血病、壞血病而引起。最明顯的症狀是呼吸急迫、脈搏加快。

【心臟病】ㄒㄧㄣ ㄗㄤˋ ㄅㄧㄥˋ
(cardiac diseases) 心臟諸病的總稱。有心臟內膜炎、心囊炎、心臟痙攣、瓣膜閉鎖不全及心律不整等病症。

2【心力交瘁】ㄒㄧㄣ ㄌㄧˋ ㄐㄧㄠ ㄘㄨㄟˋ
精神與體力都極度疲弊。

3【心口如一】ㄒㄧㄣ ㄎㄡˇ ㄖㄨˊ ㄧ
心意與言論完全一致。

4【心心相印】ㄒㄧㄣ ㄒㄧㄣ ㄒㄧㄤ ㄧㄣˋ
①不藉言語外力，以心互相印證。②指兩人意氣相投或情意相合。

【心不在焉】ㄒㄧㄣ ㄅㄨˋ ㄗㄞˋ ㄧㄢ
心神不專注。

【心中有數】ㄒㄧㄣ ㄓㄨㄥ ㄧㄡˇ ㄕㄨˋ
心裡明白狀況或知道如何處理。

【心內膜炎】ㄒㄧㄣ ㄋㄟˋ ㄇㄛˋ ㄧㄢˊ
(endocarditis) 即心臟內膜發炎。多因風溼性及細菌性感染所引起。前者原因尚不明，主要侵犯瓣膜，尤以二尖瓣爲最；後者包括急性及亞急性兩種。急性細菌性心內膜炎常是敗血症之合併症，臨床上3～6星期內死亡；亞急性細菌性心內膜炎在抗生素未發明前，也幾乎100%死亡，惟時間較長。

【心手相應】ㄒㄧㄣ ㄕㄡˇ ㄒㄧㄤ ㄧㄥˋ
心和手相配合，運用自如。形容技藝純熟。

5【心平氣和】ㄒㄧㄣ ㄆㄧㄥˊ ㄑㄧˋ ㄏㄜˊ
形容態度溫和。

【心甘情願】ㄒㄧㄣ ㄍㄢ ㄑㄧㄥˊ ㄩㄢˋ
自己甘願，不是被逼迫的。

6【心安理得】ㄒㄧㄣ ㄢ ㄌㄧˇ ㄉㄜˊ
自信言行合乎道理，心中感到安適平和。

【心灰意冷】ㄒㄧㄣ ㄏㄨㄟ ㄧˋ ㄌㄥˇ
心情沮喪，意志消沈。

【心存魏闕】ㄒㄧㄣ ㄘㄨㄣˊ ㄨㄟˋ ㄑㄩㄝˋ
心中繫念朝廷。引申爲追慕榮華之心。魏闕，古代宮門外的闕門，引申爲朝廷。

【心有餘悸】ㄒㄧㄣ ㄧㄡˇ ㄩˊ ㄐㄧˋ
可怕的事雖已過去，心中猶存恐怖驚懼。

【心如止水】ㄒㄧㄣ ㄖㄨˊ ㄓˇ ㄕㄨㄟˇ
心境安寧如靜止的水。

【心如死灰】ㄒㄧㄣ ㄖㄨˊ ㄙˇ ㄏㄨㄟ
形容極度灰心失望。

【心如鐵石】ㄒㄧㄣ ㄖㄨˊ ㄊㄧㄝˇ ㄕˊ
①形容意志堅定。②形容心地冷酷。

【心肌梗塞】ㄒㄧㄣ ㄐㄧ ㄍㄥˇ ㄙㄜˋ
(myocardial infarction)冠狀動脈內腔產生血液阻塞,導致該局部心肌壞死的一種病症。心肌梗塞時的疼痛至爲劇烈,非狹心症所能比。病發作時易致人休克,患者臉色蒼白、冒冷汗,有時伴隨噁心和嘔吐,往往經過劇烈發作後很快死亡。爲現今社會死亡率極高的一種病症。

【心血來潮】ㄒㄧㄣ ㄒㄧㄝˇ ㄌㄞˊ ㄔㄠˊ
意念突然萌生。

8【心直口快】ㄒㄧㄣ ㄓˊ ㄎㄡˇ ㄎㄨㄞˋ
個性直爽,說話不拐彎抹角。

【心拙口夯】ㄒㄧㄣ ㄓㄨㄛˊ ㄎㄡˇ ㄏㄤ
心思與口才都笨拙遲鈍。

【心明眼亮】ㄒㄧㄣ ㄇㄧㄥˊ ㄧㄢˇ ㄌㄧㄤˋ
①形容心思敏銳,見解透徹。②完全公開,毫無隱瞞。

【心花怒放】ㄒㄧㄣ ㄏㄨㄚ ㄋㄨˋ ㄈㄤˋ
形容極爲快活。

【心服口服】ㄒㄧㄣ ㄈㄨˊ ㄎㄡˇ ㄈㄨˊ
誠心服從。

【心物合一】ㄒㄧㄣ ㄨˋ ㄏㄜˊ ㄧ
心靈與外物相合爲一。

【心物問題】ㄒㄧㄣ ㄨˋ ㄨㄣˋ ㄊㄧˊ
(mind-body problem) 又稱心物關係問題。從哲學的觀點,探索個體心靈與軀體之本質與關係的問題。心物一元論與心物二元論就是對心物問題嘗試提出解決方案的哲學理論。

【心房缺損】ㄒㄧㄣ ㄈㄤˊ ㄑㄩㄝ ㄙㄨㄣˇ
(atrium defect)心臟左心房和右心房間的分隔有破洞,左心房的充氧血流到右心房內,因此造成肺循環血壓增高,時間久了會造成心臟衰竭。治療方法是開刀將破洞補好。病因不明,多是先天性。

9【心室缺損】ㄒㄧㄣ ㄕˋ ㄑㄩㄝ ㄙㄨㄣˇ
(ventricle defect)心臟左心室和右心室間的分隔有破洞,造成部分左心室的血流到右心室,病況比心房缺損更爲嚴重,容易發生心臟衰竭。治療方法是開刀把破洞補好。病因多不明,多是先天性。

【心神喪失】ㄒㄧㄣ ㄕㄣˊ ㄙㄤˋ ㄕ
指患有嚴重的精神障礙症者,對於外界事物全然缺乏知覺及判斷作用,而無自由決定意思之能力。此與精神耗弱之知覺及判斷能力並非完全喪失者不同。心神喪失得爲禁治產宣告之原因,心神喪失之人無犯罪能力,不具任何刑責,但須遣送到適當處所加以監護、治療。

【心律不整】ㄒㄧㄣ ㄌㄩˋ ㄅㄨˋ ㄓㄥˇ
(arrhythmia) 指正常的心跳規律發生紊亂。一般可用心電圖來確定,但患者也常同時出現脈搏失常。發生原因甚多,如心臟病、甲狀腺機能障礙等。症狀爲心悸、胸部不適、眩暈、昏迷,但也有毫無自覺的案例。

【心狠手辣】ㄒㄧㄣ ㄏㄣˇ ㄕㄡˇ ㄌㄚˋ
存心險惡,手段殘忍。

10【心浮氣躁】ㄒㄧㄣ ㄈㄨˊ ㄑㄧˋ ㄗㄠˋ
形容情緒很不穩定。

【心高氣傲】ㄒㄧㄣ ㄍㄠ ㄑㄧˋ ㄠˋ
心志高傲。

【心悅誠服】ㄒㄧㄣ ㄩㄝˋ ㄔㄥˊ ㄈㄨˊ
衷心喜悅,眞誠信服。

11【心理手術】ㄒㄧㄣ ㄌㄧˇ ㄕㄡˇ ㄕㄨˋ
(psychosurgery) 治療心理異常所進行的大腦手術。主要是切開大腦前葉與視丘間的神經通道,可消減心理病患之焦慮、緊張,以減低其侵略、殘暴的傾向,但也往往造成患者記憶受損或冷漠、內向等不良心理反應。

【心理年齡】ㄒㄧㄣ ㄌㄧˇ ㄋㄧㄢˊ ㄌㄧㄥˊ
指依個人智力發展之程度所評定的一種年齡。也稱智力年齡。

【心理抗阻】ㄒㄧㄣ ㄌㄧˇ ㄎㄤˋ ㄗㄨˇ
(psychological reactance)個體遭受被控制之威脅時,即刻強調選擇自由的抗阻心態。

【心理治療】ㄒㄧㄣ ㄌㄧˇ ㄓˋ ㄌㄧㄠˊ
(psychotherapy) 以引導、暗示、重組、勸說、諮商等方法,改善個體之心理、情緒異常狀態的歷程。

【心理契約】ㄒㄧㄣ ㄌㄧˇ ㄑㄧˋ ㄩㄝ
(psychology contract) 企業對於企業同仁的期望及企業同仁對於企業的期望,雖非一致,但必須有相當的調和,方能發揮企業組織的功能。此雙方間的期望即構成心理上的契約。

【心理建設】ㄒㄧㄣ ㄌㄧˇ ㄐㄧㄢˋ ㄕㄜˋ
①樹立健康積極的觀念、意志。②又名"孫文學說"。'民國'七年國父作於'上海',爲"建國方略"的一部分。創「知難行易」說,旨在破除國人畏難不行的錯誤心理,鼓勵力行實踐的革命精神。

【心理遲滯】ㄒㄧㄣ ㄌㄧˇ ㄔˊ ㄓˋ
(mental retardation)因遺傳素質或發展障礙而使個體智力低於常人。惟此名詞之歸類極爲籠統,遲滯並非低能,其中亦有程度的差別。在有利的環境中,心理遲滯者經長期訓練與教育,仍可學得一技之長或履行自我照顧的功能。

【心堅石穿】ㄒㄧㄣ ㄐㄧㄢ ㄕˊ ㄔㄨㄢ
比喻意志堅決,則可克服任何艱難。

12【心寒膽戰】ㄒㄧㄣ ㄏㄢˊ ㄉㄢˇ ㄓㄢˋ
形容極度恐懼。

【心無二用】ㄒㄧㄣ ㄨˊ ㄦˋ ㄩㄥˋ
心力專注於一事。

【心無旁騖】ㄒㄧㄣ ㄨˊ ㄆㄤˊ ㄨˋ
專心一意，沒有其他念頭。

13【心慌意亂】ㄒㄧㄣ ㄏㄨㄤ ㄧˋ ㄌㄨㄢˋ
心意慌張紛亂。

【心照不宣】ㄒㄧㄣ ㄓㄠˋ ㄅㄨˋ ㄒㄩㄢ
彼此心裡明白，不必用言語表達出來。

【心路歷程】ㄒㄧㄣ ㄌㄨˋ ㄌㄧˋ ㄔㄥˊ
指思想、感情在認知或價值判斷方面所經歷之矛盾、調適的過程。

【心亂如麻】ㄒㄧㄣ ㄌㄨㄢˋ ㄖㄨˊ ㄇㄚˊ
形容心思極度紛亂。

【心腹之患】ㄒㄧㄣ ㄈㄨˋ ㄓ ㄏㄨㄢˋ
比喻潛伏在內部的嚴重禍患。

【心猿意馬】ㄒㄧㄣ ㄩㄢˊ ㄧˋ ㄇㄚˇ
心意像猿、馬一般跳躍奔馳，難以控制。比喻心意不定。

14【心滿意足】ㄒㄧㄣ ㄇㄢˇ ㄧˋ ㄗㄨˊ
非常滿足。

【心領神會】ㄒㄧㄣ ㄌㄧㄥˇ ㄕㄣˊ ㄏㄨㄟˋ
了解入微，體會深刻。

【心緒如麻】ㄒㄧㄣ ㄒㄩˋ ㄖㄨˊ ㄇㄚˊ
心思如麻草般紛亂。

15【心澄神淨】ㄒㄧㄣ ㄔㄥˊ ㄕㄣˊ ㄐㄧㄥˋ
內心澄澈明淨。

【心廣體胖】ㄒㄧㄣ ㄍㄨㄤˇ ㄊㄧˇ ㄆㄢˊ
內心坦蕩，身體安泰。

16【心凝形釋】ㄒㄧㄣ ㄋㄧㄥˊ ㄒㄧㄥˊ ㄕˋ
心神專注，渾然忘我。

17【心膽俱裂】ㄒㄧㄣ ㄉㄢˇ ㄐㄩˋ ㄌㄧㄝˋ
形容極度的驚恐或傷痛。

19【心懷叵測】ㄒㄧㄣ ㄏㄨㄞˊ ㄆㄛˇ ㄘㄜˋ
心懷險惡，難以測度。

【心懷鬼胎】ㄒㄧㄣ ㄏㄨㄞˊ ㄍㄨㄟˇ ㄊㄞ
內心藏著壞念頭。

【心曠神怡】ㄒㄧㄣ ㄎㄨㄤˋ ㄕㄣˊ ㄧˊ
心情開朗，精神愉快。

22【心臟地區】ㄒㄧㄣ ㄗㄤˋ ㄉㄧˋ ㄑㄩ
(heartland)與邊緣地區相對。指東'歐'地區。強調陸權的'英'人'麥金德'(H. J. Mackinder)以為東'歐'是'歐'、'亞'、'非'大陸的心臟地區，控制了東'歐'，即控制了三洲大陸，亦即控制了全球。

【心臟形線】ㄒㄧㄣ ㄗㄤˋ ㄒㄧㄥˊ ㄒㄧㄢˋ
(cardioid) 即心臟線。圓外擺線的動圓徑與其定圓徑相等，則動圓周上一定點形成的軌跡，叫做心臟形線。其方程式為$(x^2+y^2-2cx)^2=4c^2(x^2+y^2)$或$r=2c(1-\cos\theta)$。

【心臟麻痺】ㄒㄧㄣ ㄗㄤˋ ㄇㄚˊ ㄅㄧˋ
(cardioplegia) 俗稱激劇的心臟搏動停止。如心臟的正常跳動紊亂，再招致心房的顫動，則引起心搏停止而死亡。

23【心驚肉跳】ㄒㄧㄣ ㄐㄧㄥ ㄖㄡˋ ㄊㄧㄠˋ
形容心神極度不寧。

【心驚膽戰】ㄒㄧㄣ ㄐㄧㄥ ㄉㄢˇ ㄓㄢˋ
形容極度驚恐。

24【心靈感應】ㄒㄧㄣ ㄌㄧㄥˊ ㄍㄢˇ ㄧㄥˋ
(telepathy) 一種超感知覺 (extrasensory perception)。人與人之間的思想可以不經言行或其他媒介而直接相互傳遞的歷程。

6【心因性健忘】ㄒㄧㄣ ㄧㄣ ㄒㄧㄥˋ ㄐㄧㄢˋ ㄨㄤˋ
(psychogenic amnesia) 個體突然喪失應有之記憶而無法以普通之遺忘解釋的神經異常症狀。

7【心身性異常】ㄒㄧㄣ ㄕㄣ ㄒㄧㄥˋ ㄧˋ ㄔㄤˊ
(somatoform disorder) 又稱心因性身體異常(psychosomatic disorder)。由焦慮、壓力等心理衝突所導致的生理功能異常症狀。

11【心理分析法】ㄒㄧㄣ ㄌㄧˇ ㄈㄣ ㄒㄧ ㄈㄚˇ
(psychoanalysis) 心理治療法之一。由'奧地利'心理學家'弗洛依德'所創。係活用夢之分析、自由聯想、轉移、闡釋等四種基本方法，將壓抑於患者潛意識中之動機或情緒引回意識裡，使面對現實環境，重新認識自己之價值、能力和缺短，以恢復統整之人格。

【心理物理學】ㄒㄧㄣ ㄌㄧˇ ㄨˋ ㄌㄧˇ ㄒㄩㄝˊ
(psychophysics) 一門專研物理刺激與心理反應之關係的科學。

【心理病理學】ㄒㄧㄣ ㄌㄧˇ ㄅㄧㄥˋ ㄌㄧˇ ㄒㄩㄝˊ
(psychopathology) 一門專研心理異常之症狀及其成因的科學。

【心理測量學】ㄒㄧㄣ ㄌㄧˇ ㄘㄜˋ ㄌㄧㄤˊ ㄒㄩㄝˊ
(psychometrics) 研究如何有效測量個人之智力、性向、興趣、態度與人格的學術。

【心理語言學】ㄒㄧㄣ ㄌㄧˇ ㄩˇ ㄧㄢˊ ㄒㄩㄝˊ
(psycholinguistics) 一門研究思考與行為反應有關之語言問題的科學。

22【心臟衰竭症】ㄒㄧㄣ ㄗㄤˋ ㄕㄨㄞ ㄐㄧㄝˊ ㄓㄥˋ
(cardiac failure; heart failure) 指心臟無力壓縮足夠血液的複雜性疾症。並不等於心臟瓣膜症、冠狀動脈硬化及不整脈等症，因為即使有這些心臟病，心臟可能還有餘力推出血液循環周身，以完成其心臟病的代償性。不過任何一種心臟病的患者，都可能因心臟的勉強工作，終於發展出心臟衰竭。除心臟病症外，高血壓、貧血、肥胖、甲狀腺機能亢進、慢性肺疾，都有導致心臟衰竭的可能。其症狀為腳水腫、肝腫大、頸靜脈怒張、呼吸急促、起坐性呼吸、運動性氣喘等。

6【心有餘力不足】ㄒㄧㄣ ㄧㄡˇ ㄩˊ ㄌㄧˋ ㄅㄨˋ ㄗㄨˊ
心裡很想完成某件事而能力不

足。

11【心理危險因素】 ㄒㄧㄣ ㄌㄧˇ ㄨㄟˊ ㄒㄧㄢˇ ㄧㄣ ㄙㄨˋ
(morale hazard)因個人行爲不注意或不關心,以致構成引起或增加損失發生機會的條件。如在屋內吸菸時,任意拋棄菸蒂,即有增加火災發生的可能;或在火災發生時,怠於施救,任其損失擴大等皆是。

16【心導管檢查術】 ㄒㄧㄣ ㄉㄠˇ ㄍㄨㄢˇ ㄐㄧㄢˇ ㄔㄚˊ ㄕㄨˋ
(cardio-catheterization)近年來逐漸普及的心臟病侵襲性檢查方法。將一條合成的塑膠軟管,依大血管的徑路插到心臟中,以測定左右心房、心室中的壓力及血液含量,而對心臟病的種類、嚴重程度做出正確的診斷。另外可從心導管打入檢查試劑,作冠狀動脈血管攝影。此檢查方法爲心臟病患最重要的檢查項目之一,也是做心臟手術前的重要參考。

6【心有靈犀一點通】 ㄒㄧㄣ ㄧㄡˇ ㄌㄧㄥˊ ㄒㄧ ㄧ ㄉㄧㄢˇ ㄊㄨㄥ
比喩心靈契合,相互感應。

16【心頭小鹿撞個不停】 ㄒㄧㄣ ㄊㄡˊ ㄒㄧㄠˇ ㄌㄨˋ ㄓㄨㄤˋ ˙ㄍㄜ ㄅㄨˋ ㄊㄧㄥˊ
比喩緊張害怕而心跳加速。

1

必 ㄅㄧˋ *pi*^{4} 音畢
一定;果決。如:信賞必罰。

9【必要】 ㄅㄧˋ ㄧㄠˋ
一定要;絕不可少。

10【必修】 ㄅㄧˋ ㄒㄧㄡ
指爲完成普通教育或專業教育課程而必須修習者。與選修相對。我國的大專院校,在目前除設有一些共同必修科目供全校學生共習外,各系、所、科都分別設有若干必修科目,供本系、所、科的所有學生修習。其中有一科不及格,即不能畢業。

12【必然】 ㄅㄧˋ ㄖㄢˊ
一定如此。

5【必必剝剝】 ㄅㄧˋ ㄅㄧˋ ㄅㄛ ㄅㄛ
形容火燒乾物的爆裂聲。

9【必要條件】 ㄅㄧˋ ㄧㄠˋ ㄊㄧㄠˊ ㄐㄧㄢˋ
(necessary condition)與充分條件相對。假如一個事態甲若不存在,則另一事態乙也就不存在;或者一個命題甲若不成立,則另一命題乙也就不成立;那麼甲就是乙的必要條件。

10【必恭必敬】 ㄅㄧˋ ㄍㄨㄥ ㄅㄧˋ ㄐㄧㄥˋ
非常恭敬。

14【必需胺基酸】 ㄅㄧˋ ㄒㄩ ㄢ ㄐㄧ ㄙㄨㄢ
(essential amino acids)人體內不能合成而必須自食物中攝取的胺基酸。有纈胺酸、白胺酸、異白胺酸、酥胺酸、甲硫胺酸、離胺酸、苯丙胺酸、色胺酸等8種。

2

忉 ㄉㄠ *tao*^{1} 音刀
憂傷。見"廣韻"。

8【忉怛】 ㄉㄠ ㄉㄚˊ
①悲傷。②嘮叨。

忈 ㄧˋ *i*^{4} 音意
懲處;懲治。見"說文"。

3

忘 ㊀ ㄨㄤˋ *wang*^{4} 音旺
①不記得。見"說文"。②輕忽;捨棄。見"集韻"。
㊁ ㄨㄤˊ *wang*^{2} 音亡
①㊀的讀音。②參王八。

2【忘八】 ㄨㄤˊ ˙ㄅㄚ
罵人無恥的話。也作王八。'元''明'以後,在戲曲小說中,多用指無賴漢。

5【忘本】 ㄨㄤˋ ㄅㄣˇ
忘記根本。

7【忘言】 ㄨㄤˋ ㄧㄢˊ
指心知其意,不必用語言表達。

【忘形】 ㄨㄤˋ ㄒㄧㄥˊ
①超越自我,擺脫形體的羈絆。②興奮過度而忘記自己的本分。③指知友相交,不拘形跡。

【忘我】 ㄨㄤˋ ㄨㄛˇ
①超越自我。②忘卻自我。

11【忘情】 ㄨㄤˋ ㄑㄧㄥˊ
對於喜怒哀樂之情淡然若忘,漠然不動於心。

16【忘機】 ㄨㄤˋ ㄐㄧ
沒有爭名奪利或巧詐虛僞的心機。

19【忘懷】 ㄨㄤˋ ㄏㄨㄞˊ
忘記;不在意。

15【忘憂物】 ㄨㄤˋ ㄧㄡ ㄨˋ
可藉以忘記憂愁的東西。指酒或萱草。

6【忘年之交】 ㄨㄤˋ ㄋㄧㄢˊ ㄓ ㄐㄧㄠ
不拘年齡、輩分而交往的朋友。

10【忘恩負義】 ㄨㄤˋ ㄣ ㄈㄨˋ ㄧˋ
忘記別人對自己的恩德而做出對不起別人的事情。

忙 ㄇㄤˊ *mang*^{2} 音芒
①急迫;驚惶。見"集韻"。②不閒暇;事務繁多。見"篇海"。③趕緊;立即。如:忙躲進房裡。④做事;工作。如:事已忙完。

12【忙裡偷閒】 ㄇㄤˊ ㄌㄧˇ ㄊㄡ ㄒㄧㄢˊ
在忙碌之中抽空休息。

忓 ㊀ ㄍㄢ *kan*^{1} 音干
干擾;觸犯。見"字彙"。
㊁ ㄏㄢˋ *han*^{4} 音漢
好;善。見"廣雅·釋詁"。

忖 ㄘㄨㄣˇ *ts'un*^{3} 音刌
推測;估量。見"說文新附"。

9【忖度】 ㄘㄨㄣˇ ㄉㄨㄛˋ
思量;揣測。

忚 ㄒㄧ *hsi*^{1} 音西
傲慢欺人的樣子。見"廣韻"。

忕 ㊀ ㄕˋ *shih*^{4} 音逝
一作忲。①習慣;熟習。見"說文"。②苛察。
㊁ ㄊㄞˋ *t'ai*^{4} 音泰

奢侈；驕奢。如：侈忲無度。

忔 ㊀ ㄑㄧˋ ch'i⁴ 音氣
欣喜。見"廣雅·釋詁"。
㊁ ㄧˋ i⁴ 音藝
心無所欲。

忏 ㄑㄧㄢˇ ch'ien³ 音淺
發怒。見"集韻"。

忒 ㄊㄜˋ t'ê⁴ 音特
①更改；變動。見"說文"。②差失；錯誤。見"廣雅·釋詁"。③過分；特別。如：忒短。

忑 ㄊㄜˋ t'ê⁴ 音特
參忐忑。

志 ㄓˋ chih⁴ 音智
①情意。見"廣雅·釋詁"。②願望；意向。如：少有大志。③專意；立意。如：志學。④記識事物。也作誌、識。如：志怪小說。⑤記事的書籍或文章。也作誌。如：方志。

6【志行】 ㄓˋ ㄒㄧㄥˋ
志向品行。

8【志怪】 ㄓˋ ㄍㄨㄞˋ
①記載鬼神、怪異的事情。②指六朝專記神仙鬼怪的小說。

【志事】 ㄓˋ ㄕˋ
志向及事業。

10【志氣】 ㄓˋ ㄑㄧˋ
①指意志與精神。②指奮發向上的決心和勇氣。

【志乘】 ㄓˋ ㄕㄥˋ
史書。

11【志略】 ㄓˋ ㄌㄩㄝˋ
①志氣才略。②記載大略。

13【志業】 ㄓˋ ㄧㄝˋ
志向與功業。

【志節】 ㄓˋ ㄐㄧㄝˊ
志氣與節操。

15【志趣】 ㄓˋ ㄑㄩˋ
志願；志向。

3【志大才疏】 ㄓˋ ㄉㄚˋ ㄘㄞˊ ㄕㄨ
志向遠大而才能疏陋。

6【志同道合】 ㄓˋ ㄊㄨㄥˊ ㄉㄠˋ ㄏㄜˊ
志趣相同，目標一致。

11【志得意滿】 ㄓˋ ㄉㄜˊ ㄧˋ ㄇㄢˇ
形容得意而滿足的樣子。

16【志學之年】 ㄓˋ ㄒㄩㄝˊ ㄓ ㄋㄧㄢˊ
指十五歲。

忌 ㄐㄧˋ chi⁴ 音寄
①妒嫉；怨恨。如：忌恨。②畏懼；害怕。如：忌憚。③禁戒；避諱。如：忌諱。④親人喪亡的日子或月分。如：忌辰。

3【忌口】 ㄐㄧˋ ㄎㄡˇ
因病或其他原因而不吃某些食物。

4【忌日】 ㄐㄧˋ ㄖˋ
①父母親逝世的日子。禁忌飲酒作樂，故稱。後凡祖先的生日和死日、皇帝和皇后的死日，都叫忌日。②指不吉利、不利行事的日子。

6【忌地】 ㄐㄧˋ ㄉㄧˋ
指在同一土壤連年栽培同一作物，其收穫量漸次減少，品質漸低的現象。是由土壤中的害蟲及微生物所引起，或由於根分泌一種有毒的物質蓄積而成。豌豆、番茄、桃、柑橘等均有忌地現象，但忌地並不限於同一種作物。

7【忌克】 ㄐㄧˋ ㄎㄜˋ
嫉妒別人而想勝過他。

【忌辰】 ㄐㄧˋ ㄔㄣˊ
即忌日。

8【忌刻】 ㄐㄧˋ ㄎㄜˋ
①嫉妒他人的才能，而想超過他。也作忌克。②指性善猜忌而待人刻薄。

15【忌憚】 ㄐㄧˋ ㄉㄢˋ
有所顧忌而不敢胡作非爲。

16【忌諱】 ㄐㄧˋ ㄏㄨㄟˋ
①帝王的忌日和名諱。②指對某事有所顧忌而避開不做、不說。

忍 ㄖㄣˇ jên³ 音荏
①包容；承受。如：忍尤含垢。②抑止；克制。如：忍笑。③殘酷。如：殘忍。

4【忍尤含垢】 ㄖㄣˇ ㄧㄡˊ ㄏㄢˊ ㄍㄡˋ
忍受怨尤和恥辱。

9【忍俊不禁】 ㄖㄣˇ ㄐㄩㄣˋ ㄅㄨˋ ㄐㄧㄣ
忍不住而笑出來。

10【忍辱負重】 ㄖㄣˇ ㄖㄨˋ ㄈㄨˋ ㄓㄨㄥˋ
忍受恥辱，擔負重任。

【忍辱偷生】 ㄖㄣˇ ㄖㄨˋ ㄊㄡ ㄕㄥ
忍受恥辱，苟且生存。

【忍氣吞聲】 ㄖㄣˇ ㄑㄧˋ ㄊㄨㄣ ㄕㄥ
忍受欺壓，不敢反抗。

12【忍無可忍】 ㄖㄣˇ ㄨˊ ㄎㄜˇ ㄖㄣˇ
忍讓到極致，無法再忍。

15【忍慾利息說】 ㄖㄣˇ ㄩˋ ㄌㄧˋ ㄒㄧˊ ㄕㄨㄛ
(abstinence theory of interest)'英國'古典學派學者'辛尼爾'(N. W. Senior)認爲利息是忍慾的報酬。忍慾表示爲了累積資本而抑制目前的享受，心理上必感痛苦，利息即是對這種痛苦的補償。

忐 ㄊㄢˇ t'an³ 音坦
參忐忑。

7【忐忑】 ㄊㄢˇ ㄊㄜˋ
心神不寧。

4

忞 ㄇㄧㄣˊ min² 音民
自強努力。見"說文"。

忭 ㄅㄧㄢˋ pien⁴ 音變
喜樂。見"集韻"。

13【忭頌】 ㄅㄧㄢˋ ㄙㄨㄥˋ
歡樂地祝頌。

21【忭懽】 ㄅㄧㄢˋ ㄏㄨㄢ
喜悅歡欣。

【忭躍】 ㄅㄧㄢˋ ㄩㄝˋ
欣喜踴躍。

忼 ㄎㄤ k'ang¹ 音康 又讀 ㄎㄤˇ k'ang³
①意氣奮發，心情激動。同慷。如：忼慨。②極高處。通亢。

12【忼慨】 ㄎㄤ ㄎㄞˇ
意氣激昂或情緒激動。同慷慨。

忱 ㄔㄣˊ ch'ên² 音晨
眞誠；懇切。見"說文"。

忨 ㄨㄢˋ wan⁴ 音腕
貪愛；偷安。通翫、玩。見

"說文"。

忳 ㊀ ㄊㄨㄣˊ t'un² 音豚
[1]愚笨。見"集韻"。[2]憂傷苦悶。見"玉篇"。
㊁ ㄓㄨㄣ chun¹ 音諄
[1]再三地教導曉諭。見"集韻"。[2]誠懇的樣子。見"集韻"。

忦 ㄑㄧㄚ ch'ia¹ 音掐
參𢘓忦。

快 ㄎㄨㄞˋ k'uai⁴ 音膾
[1]喜悅;歡暢。見"說文"。[2]放縱;豪爽。如:快人快語。[3]敏捷;迅速。如:快手快腳。[4]銳利。如:這刀很快。[5]將要。如:快放假了。[6]役卒。如:捕快。

2【快人】 ㄎㄨㄞˋ ㄖㄣˊ
爽快的人。

4【快手】 ㄎㄨㄞˋ ㄕㄡˇ
[1]做事敏捷的人。[2]過去官署中的捕快、士卒。

8【快事】 ㄎㄨㄞˋ ㄕˋ
令人痛快的事。

【快板】 ㄎㄨㄞˋ ㄅㄢˇ
[1]我國戲曲節拍的一種。節奏緊促,字多腔少,爲速度較快的一拍子曲,比流水板還快,用以表現激昂急切的情緒。[2]曲藝的一種。也稱順口溜、練子嘴。表演的人手擊竹板,以快速的節奏念誦唱詞。'北平'、'天津'等地的快板和快板書是由數來寶發展成的。[3](allegro)'義'文,原意爲愉快活潑。在樂曲中,它不僅表明速度,也說明曲子快活生動的性格。這種速度,介於最急速(presto)與行板(andante)之間。在這速度中,尚可分出非常地快(allegro assai)和活躍地快(allegro vivace)兩種,名稱只是一種比一種快,但實際上仍要看樂曲的性質如何,才可決定。

【快拍】 ㄎㄨㄞˋ ㄆㄞ
(overcrank)拍攝電視或電影時,拍攝速度加快,待以常速放映時,即會產生慢動作的效果。

【快門】 ㄎㄨㄞˋ ㄇㄣˊ
(shutter)照相機上利用開閉的快慢,以控制底片曝光時間的裝置。由可動金屬薄片構成。有焦點平面式及葉片式快門二種。前者廣泛用於大型、系統化相機,有較高的快門速度(可高達1/2000秒或1/3000秒)。後者又稱鏡頭快門,在閃光同步及曝光精確度上優於前者。

12【快報】 ㄎㄨㄞˋ ㄅㄠˋ
迅速發布最新消息的報導。

13【快意】 ㄎㄨㄞˋ ㄧˋ
[1]適合心意。[2]任意而爲。

【快感】 ㄎㄨㄞˋ ㄍㄢˇ
快意的感覺。

【快艇】 ㄎㄨㄞˋ ㄊㄧㄥˇ
快速的小艇。

15【快慰】 ㄎㄨㄞˋ ㄨㄟˋ
心裡快樂且覺得安慰。

16【快嘴】 ㄎㄨㄞˋ ㄗㄨㄟˇ
多話而不能保守祕密的人。

8【快門線】 ㄎㄨㄞˋ ㄇㄣˊ ㄒㄧㄢˋ
簡稱快線。照相機的附件之一。柔韌的管套造型,貫穿一支細鋼索,鋼索一端是頂針,一端是彈簧桿。使用時將管套一端的螺絲頭旋入快門或快門鈕的螺絲孔內,按動彈簧桿,頂針便同時頂開快門。快門線可防止按快門時因震動而使影像模糊的缺點,適用於低速攝影或長時間曝光攝影。

2【快人快語】 ㄎㄨㄞˋ ㄖㄣˊ ㄎㄨㄞˋ ㄩˇ
性情爽快的人所說的明快爽直的話。

8【快取記憶】 ㄎㄨㄞˋ ㄑㄩˇ ㄐㄧˋ ㄧˋ
(cache memory)電腦內中央處理機與主記憶體之間的記憶儲存體。其容量通常不大,但存取速度極快,可用來存放程式執行中預期立刻需要的指令或資料,以改進記憶體之有效傳輸效率,並提高電腦運算處理之效率。

10【快馬加鞭】 ㄎㄨㄞˋ ㄇㄚˇ ㄐㄧㄚ ㄅㄧㄢ
比喻快上加快。

15【快樂主義】 ㄎㄨㄞˋ ㄌㄜˋ ㄓㄨˇ ㄧˋ
(hedonism)又稱快樂論。一種倫理學理論。主張快樂或快樂意識本身(而且只有它)具有內在價值。

2【快刀斬亂麻】 ㄎㄨㄞˋ ㄉㄠ ㄓㄢˇ ㄌㄨㄢˋ ㄇㄚˊ
比喻用直截了當的手段,迅速處理紛雜糾葛的事情。

忮 ㄓˋ chih⁴ 音志
猜忌;妒恨。見"說文"。

7【忮求】 ㄓˋ ㄑㄧㄡˊ
嫉害貪求。

8【忮刻】 ㄓˋ ㄎㄜˋ
忌恨。

忸 ㊀ ㄋㄩˋ nü⁴ 音恧
㊁[1]的讀音。
㊁ ㄋㄧㄡˇ niu³ 音紐
[1]慚愧;難爲情。也作恧。見"集韻"。[2]慣習。通狃。

8【忸怩】 ㄋㄧㄡˇ ㄋㄧˊ
[1]羞慚的樣子。[2]故作姿態的樣子。

怀 ㊀ ㄏㄨㄞˊ huai² 音懷
懷的俗體。
㊁ ㄈㄨˋ fu⁴ 音富
怒;生氣。見"字彙補"。

忲 ㄊㄞˋ t'ai⁴ 音泰
驕泰。如:心奓體忲。

忕 ㄕˋ shih⁴ 音士
習慣。同忕。見"集韻"。

忡 ㄔㄨㄥ ch'ung¹ 音沖
憂煩不安。見"說文"。

8【忡怔】 ㄔㄨㄥ ㄓㄥ
心神不寧的樣子;憂懼的樣子。

忷 恟的或體。

忤 ㄨˇ wu³ 音午
違逆;不和順。本作啎。見"集韻"。

10【忤逆】 ㄨˇ ㄋㄧˋ
[1]違背;逆犯。[2]指子女不孝順父母。

忣 急的或體。

忺 ㄒㄧㄢ hsien^1 音先
愜意;適意。如:情忺。

忯 ㄑㄧˊ ch'i^2 音其
愛。見"字彙"。

忻 ㄒㄧㄣ hsin^1 音欣
1開啟。見"說文"。2喜悅。如:忻喜。

㤋 ㄈㄣ fên^1 音紛
紛亂。通紛。如:㤋然。

忪 ㄓㄨㄥ chung^1 音忠
驚懼的樣子。如:怔忪。

忝 ㄊㄧㄢˇ t'ien^3 音殄
羞愧;愧對。今多用作自謙之詞。如:忝爲人師。

㤅 ㄞˋ ai^4 音愛
仁惠。今通作愛。見"說文"。

忠 ㄓㄨㄥ chung^1 音鐘
1眞誠無私。如:忠厚。2竭盡心力。如:忠人之事。3姓。'漢'有'忠譚'。見"萬姓統譜·一"。

7【忠良】ㄓㄨㄥ ㄌㄧㄤˊ
1忠誠良善。2忠誠良善的人。

【忠告】ㄓㄨㄥ ㄍㄠˋ
眞誠規勸。

9【忠厚】ㄓㄨㄥ ㄏㄡˋ
忠誠敦厚。

10【忠悃】ㄓㄨㄥ ㄎㄨㄣˇ
忠厚誠懇。

【忠烈】ㄓㄨㄥ ㄌㄧㄝˋ
忠義壯烈。

【忠恕】ㄓㄨㄥ ㄕㄨˋ
忠誠盡責,寬容他人。

13【忠義】ㄓㄨㄥ ㄧˋ
竭盡忠誠,秉持正義。

14【忠實】ㄓㄨㄥ ㄕˊ
忠厚誠實。

18【忠鯁】ㄓㄨㄥ ㄍㄥˇ
忠誠正直。

10【忠烈祠】ㄓㄨㄥ ㄌㄧㄝˋ ㄘˊ
供奉烈士的祠廟。

4【忠心耿耿】ㄓㄨㄥ ㄒㄧㄣ ㄍㄥˇ ㄍㄥˇ
形容極忠誠。

7【忠言逆耳】ㄓㄨㄥ ㄧㄢˊ ㄋㄧˋ ㄦˇ
忠直的勸諫,聽起來總不順耳。

【忠肝義膽】ㄓㄨㄥ ㄍㄢ ㄧˋ ㄉㄢˇ
比喻忠貞而有血性。

忥 ㄒㄧˋ hsi^4 音戲
1痴呆。見"說文"。2安靜。見"集韻"。3憩息。見"集韻"。4欣喜。

忽 ㄏㄨ hu^1 音呼
1疏略;不在意。如:輕忽。2迅速;突然。如:忽喜忽憂。3慣用分數名。爲10^{-5}。4姓。'元'有'忽辛'。見"萬姓統譜·一一六"。

8【忽忽】ㄏㄨ ㄏㄨ
1時間快速消逝的樣子。2迷惘、失意的樣子。3模糊、縹緲的樣子。4漫不經心的樣子。

11【忽視】ㄏㄨ ㄕˋ
不重視;輕視。

【忽略】ㄏㄨ ㄌㄩㄝˋ
不經心;不重視。

13【忽雷】ㄏㄨ ㄌㄟˊ
古代彈撥樂器。流行於'唐代',有大、小忽雷二種。有人認爲它是'唐代''南詔樂'、"林邑樂"中的龍首琵琶。形似琵琶,龍首,細身長柄,無品,梨形音箱,蒙蟒皮,兩軸,兩弦,有馬。

忽雷圖

念 ㄋㄧㄢˋ nien^4 音唸
1懷想;愛戀。見"說文"。2心思;想法。如:理念。3口誦;誦讀。今作唸。如:念經。4佛家語。一瞬間,指極短的時間。5二十。或寫作廿。6姓。'南北朝'有'念賢'。見"萬姓統譜·一一〇"。

5【念叨】ㄋㄧㄢˋ ˙ㄉㄠ
1話中提到。有惦念的意思。2嘮叨。

【念白】ㄋㄧㄢˋ ㄅㄞˊ
戲劇中的說白。

7【念佛】ㄋㄧㄢˋ ㄈㄛˊ
誦佛經或佛號。今多指念佛名號。

10【念珠】ㄋㄧㄢˋ ㄓㄨ
佛教徒念佛、念咒時,用來計算誦讀次數用的珠串。又稱佛珠或數珠。念珠一串,通常由一百零八顆珠子所組成,又叫百八丸。也有五十四顆、二十七顆、十四顆等。

16【念頭】ㄋㄧㄢˋ ˙ㄊㄡ
1內心忽然興起的想法。2泛指想法、打算。

18【念舊】ㄋㄧㄢˋ ㄐㄧㄡˋ
懷念故舊。

8【念念有詞】ㄋㄧㄢˋ ㄋㄧㄢˋ ㄧㄡˇ ㄘˊ
口中喃喃有詞。

10【念茲在茲】ㄋㄧㄢˋ ㄗ ㄗㄞˋ ㄗ
念念不忘。

忿 ㄈㄣˋ fên^4 音憤
1憤怒;怨恨。見"說文"。2凶狠;殘暴。如:忿戾。

8【忿戾】ㄈㄣˋ ㄌㄧˋ
凶狠乖戾,蠻不講理。

9【忿恨】ㄈㄣˋ ㄏㄣˋ
怨恨。

【忿怒】ㄈㄣˋ ㄋㄨˋ
忿恨怨怒。

10【忿恚】ㄈㄣˋ ㄏㄨㄟˋ
懷恨。

14【忿疐】ㄈㄣˋ ㄓˋ
恨怒。

18【忿懣】ㄈㄣˋ ㄇㄣˋ
憤恨而鬱悶。

8【忿忿不平】ㄈㄣˋ ㄈㄣˋ ㄅㄨˋ ㄆㄧㄥˊ
怨恨不平。

忩 匆的俗體。

忦 ㄒㄧㄝˋ hsieh^4 音蟹
無憂無愁的樣子。同恝。見"正字通"。

5

怭 ㄅㄧˋ pi^4 音必
侮慢。見"玉篇"。

怦 ㄆㄥ p'êng^1 音烹
心急;心加速跳動。見"廣韻"。

8【怦怦】ㄆㄥ ㄆㄥ

①忠厚恭謹的樣子。②心受外物影響而急速跳動的樣子。

12【怦然】ㄆㄥ ㄖㄢˊ
心動的樣子。

怔 ㊀ ㄓㄥ chêng^{1} 音征
害怕;惶懼。見"玉篇"。
㊁ ㄌㄥˋ lêng^{4} 音愣
發呆;愣住。如:發怔。

7【怔忡】ㄓㄥ ㄔㄨㄥ
①心跳不安的樣子。②心臟劇烈跳動的一種症狀。心跳時往往上至心胸,下達臍腹,且多爲持續性的發作。與心悸大致相同,但病情較爲嚴重。

【怔忪】ㄓㄥ ㄓㄨㄥ
①驚惶恐懼。②急遽行走的樣子。

怫 ㊀ ㄈㄨˊ fu^{2} 音扶
①鬱悶不快。見"說文"。②忿恨。如:怫鬱。
㊁ ㄈㄟˋ fei^{4} 音費
憤懣;嗔怒。如:怫然作色。

29【怫鬱】ㄈㄨˊ ㄩˋ
忿恨鬱結。

12【怫然作色】ㄈㄟˋ ㄖㄢˊ ㄗㄨㄛˋ ㄙㄜˋ
因生氣而改變臉色。

怋 ㊀ ㄏㄨㄣ hun^{1} 音昏
惛亂喧囂。同惛。如:怋怓。
㊁ ㄇㄣˊ mên^{2} 音門
沈悶。見"玉篇"。

怲 ㄅㄧㄥˇ ping^{3} 音丙
憂愁。見"廣韻"。

怯 ㄑㄩㄝˋ ch'üeh^{4} 音卻 讀音 ㄑㄧㄝˋ ch'ieh^{4} 音慊
①害怕;膽小。見"說文"。②軟弱;虛弱。

10【怯弱】ㄑㄩㄝˋ ㄖㄨㄛˋ
①膽小;懦弱。②身體虛弱。

【怯陣】ㄑㄩㄝˋ ㄓㄣˋ
臨陣膽怯。

12【怯場】ㄑㄩㄝˋ ㄔㄤˇ
臨場害怕驚慌。

17【怯懦】ㄑㄩㄝˋ ㄋㄨㄛˋ
膽小軟弱。

5【怯生生】ㄑㄩㄝˋ ㄕㄥ ˙ㄕㄥ
瘦弱可憐的樣子。

怩 ㄋㄧˊ ni^{2} 音尼
參忸怩。

怙 ㄏㄨˋ hu^{4} 音戶
①仗恃;依靠。見"說文"。②指父親。見"正字通"。

9【怙恃】ㄏㄨˋ ㄕˋ
①憑藉;依恃。②指父母。

12【怙惡不悛】ㄏㄨˋ ㄜˋ ㄅㄨˋ ㄑㄩㄢ
仗恃惡勢力胡作非爲,不知悔改。

怵 ㄔㄨˋ ch'u^{4} 音觸
①戒懼;害怕。見"說文"。②悲傷。見"字彙"。③利誘。通訹。見"集韻"。

11【怵惕】ㄔㄨˋ ㄊㄧˋ
①驚懼;驚恐。②由於恐懼害怕而引起心跳不安的自覺症狀。

5【怵目驚心】ㄔㄨˋ ㄇㄨˋ ㄐㄧㄥ ㄒㄧㄣ
驚心動目。形容驚懼或悲傷。

怊 ㄔㄠ ch'ao^{1} 音超
①悲哀。見"說文新附"。②悵恨失意的樣子。如:怊悵。

怴 ㄒㄩˋ hsü^{4} 音恤
①瘋狂。見"廣韻"。②生氣的樣子。見"集韻"。

体 ㄅㄣˋ pên^{4} 音笨
愚笨。見"集韻"。

㤝 ㄔㄨㄥ ch'ung^{1} 音充
心動。見"廣韻"。

怖 ㄅㄨˋ pu^{4} 音布
驚恐;驚嚇。見"說文"。

21【怖懼】ㄅㄨˋ ㄐㄩˋ
惶恐驚懼。

怪 ㄍㄨㄞˋ kuai^{4} 音夬
①奇異;與眾不同。見"說文"。②妖精鬼物。如:妖怪。③責備;埋怨。如:責怪。④甚;很。如:怪可憐的。

15【怪僻】ㄍㄨㄞˋ ㄆㄧˋ
①不平常;與眾不同。②性情怪異,與眾難合。

18【怪癖】ㄍㄨㄞˋ ㄆㄧˇ
怪異的習性或嗜好。

2【怪力亂神】ㄍㄨㄞˋ ㄌㄧˋ ㄌㄨㄢˋ ㄕㄣˊ
指怪異荒誕、好勇鬥力、悖亂常理、迷信鬼神的事。

15【怪誕不經】ㄍㄨㄞˋ ㄉㄢˋ ㄅㄨˋ ㄐㄧㄥ
怪異荒唐,不合常理。

怚 ㊀ ㄐㄩˋ chü^{4} 音巨
驕傲自滿。見"說文"。
㊁ ㄘㄨ ts'u^{1} 音區
①粗暴。通粗。見"集韻"。②劇烈。見"方言·一二"。
㊂ ㄑㄩ ch'ü^{1} 音區
嫉妒。見"集韻"。

怛 ㄉㄚˊ ta^{2} 音達
①悲傷。如:哀怛。②驚愕。如:怛然。③憂勞的樣子。如:勞心怛怛。

12【怛惻】ㄉㄚˊ ㄘㄜˋ
悲痛。

怗 ㊀ ㄊㄧㄝ t'ieh^{1} 音貼
①順服。如:怗服。②靜。
㊁ ㄓㄢ chan^{1} 音詹
參怗懘。

18【怗懘】ㄓㄢ ㄔˋ
聲音不和諧。

怞 ㊀ ㄔㄡˊ ch'ou^{2} 音愁
心有所恨。見"說文"。
㊁ ㄧㄡˊ yu^{2} 音由
憂心的樣子。見"集韻"。

怏 ㊀ ㄧㄤˋ yang^{4} 音樣
①不服氣。見"說文"。②不樂意;抑鬱。如:怏悒。
㊁ ㄧㄤ yang^{1} 音央
參怏然㊁。

8【怏怏】ㄧㄤˋ ㄧㄤˋ
心中不快樂、不滿意的樣子。

12【怏然】㊀ ㄧㄤˋ ㄖㄢˊ
不快樂的樣子。
㊁ ㄧㄤ ㄖㄢˊ
自大的樣子。

怳 ㄏㄨㄤˇ huang^{3} 音謊
①發狂的樣子。見"說文"。②失意的樣子。通恍。③昏聵不明的樣子。

8【怳忽】ㄏㄨㄤˇ ㄏㄨ

1心神迷亂不定。2形貌模糊不清。

12【恍然】 ㄏㄨㄤˇ ㄖㄢˊ

1忽然。2失意的樣子。

13【恍愴】 ㄏㄨㄤˇ ㄔㄨㄤˋ

失意悵惘的樣子。

怞 一 ㄓㄨˊ *chu*² 音竹

憂心。見"玉篇"。

二 ㄉㄨㄛˋ *to*⁴, *tuo*⁴ 音惰

恐怖。見"集韻"。

恦 ㄙˋ *szŭ*⁴, *ssŭ*⁴ 音四

1欣喜。見"玉篇"。2歎息。通呬。見"字彙"。

怓 ㄋㄠˊ *nao*² 音撓

心亂。見"說文"。

怡 ㄧˊ *i*² 音移

1和悅。見"說文"。2欣喜和樂。見"爾雅·釋詁"。

12【怡然】 ㄧˊ ㄖㄢˊ

和樂、喜悅的樣子。

11【怡情悅性】 ㄧˊ ㄑㄧㄥˊ ㄩㄝˋ ㄒㄧㄥˋ

使心情和樂舒暢。

性 ㄒㄧㄥˋ *hsing*⁴ 音姓

1人類的秉賦。見"說文"。2事物的本質。見"廣雅·釋詁"。3佛家語。指不變的本體，萬象的本源。4性情；脾氣。如：急性。5凡與生物的肉慾有關的。如：性慾。

6【性向】 ㄒㄧㄥˋ ㄒㄧㄤˋ

(aptitude)個體學習新技巧或知識的能力。係一種可預測未來受訓成效的潛能，而非現階段所擁有的某些技術、本領或知識。

8【性命】 ㄒㄧㄥˋ ㄇㄧㄥˋ

1生命的本質。2指人的生命。

9【性相】 ㄒㄧㄥˋ ㄒㄧㄤˋ

佛家語。指本體和現象。

10【性病】 ㄒㄧㄥˋ ㄅㄧㄥˋ

(venereal disease; VD)又名花柳病。男女生殖器傳染病的總稱。大多因與性病帶菌者性接觸所引起，包括螺旋菌引起的梅毒和球菌引起的淋病、下疳、第四性病(鼠蹊淋巴肉芽腫)。常見的性病症狀有尿道發炎、性器官糜爛，會破壞生育能力，或引起失明、痴呆，並可遺傳到下一代。感染方式不僅由於性交，若接觸到患者所使用的物品，也會感染。

【性起】 ㄒㄧㄥˋ ㄑㄧˇ

脾氣發作。

【性格】 ㄒㄧㄥˋ ㄍㄜˊ

1指性情與品格。2由個人的性情、品格所呈現出不同的格調。

【性能】 ㄒㄧㄥˋ ㄋㄥˊ

事物的性質及其所具有的功能。

11【性情】 一 ㄒㄧㄥˋ ㄑㄧㄥˊ

1稟性和氣質。2天理和人欲。

二 ㄒㄧㄥˋ ˙ㄑㄧㄥ

個性、脾氣。

12【性善】 ㄒㄧㄥˋ ㄕㄢˋ

'戰國'時代'孟子'的學說。認爲人天生有仁義禮智四端，故善。

【性惡】 ㄒㄧㄥˋ ㄜˋ

'戰國'時代'荀子'的學說。認爲人天生有欲，因而有惡，必須以禮義刑罰來約束整治，才能改惡向善。

13【性感】 ㄒㄧㄥˋ ㄍㄢˇ

富有性的誘惑力。

15【性質】 ㄒㄧㄥˋ ㄓˋ

指人的本性、素質。今多指事物的特性。

24【性靈】 ㄒㄧㄥˋ ㄌㄧㄥˊ

1指性情。2謂聰明慧黠。

4【性比率】 ㄒㄧㄥˋ ㄅㄧˇ ㄌㄩˋ

(sex ratio) 人口中每百位女性與男性人數之比率。如初生嬰兒的性比率是105，即表示其性別分配是每生100個女嬰就有105個男嬰出生。

6【性早熟】 ㄒㄧㄥˋ ㄗㄠˇ ㄕㄡˊ

(puberty praecox) 個體由於分泌腺失衡，致其發展提早進入青春期的現象。

9【性革命】 ㄒㄧㄥˋ ㄍㄜˊ ㄇㄧㄥˋ

(sex revolution) 泛稱西元1960年代，'美國'社會對性態度由保守而開放，性道德約束力大減的改變現象。

11【性理學】 ㄒㄧㄥˋ ㄌㄧˇ ㄒㄩㄝˊ

探究性命、理氣之學。也稱理學或道學。

【性教育】 ㄒㄧㄥˋ ㄐㄧㄠˋ ㄩˋ

(sex education) 從男女兩性的生物事實，探討生殖的過程與問題，使人了解並控制性衝動與性行爲的教育。

16【性激素】 ㄒㄧㄥˋ ㄐㄧ ㄙㄨˋ

(sex hormone) 又譯性荷爾蒙。爲生殖腺分泌之類固醇激素。在哺乳類，由睪丸和卵巢所分泌。前者分泌雄性激素，稱睪丸素；後者主要分泌雌性激素(即動情素)和助孕素。其主要功能在於刺激性器官和第二性徵的發育，並保持性慾及生殖。性激素也可由哺乳類之腎上腺皮質分泌。

【性器期】 ㄒㄧㄥˋ ㄑㄧˋ ㄑㄧˊ

(phallic stage) '奧地利'心理學家'弗洛依德'分析人格發展的第三階段。孩童自三歲至五、六歲期間，藉玩弄或刺激性器以滿足其快感。

23【性變態】 ㄒㄧㄥˋ ㄅㄧㄢˋ ㄊㄞˋ

(psychosexual disorder) 一種性格失常。患者通常具有性功能不良、性行爲對象不當、性行爲取代或反社會性行爲等症狀。

24【性靈派】 ㄒㄧㄥˋ ㄌㄧㄥˊ ㄆㄞˋ

'清代'以'袁枚'爲主的詩派。主張詩歌應該抒發作者的感情，表現作者的個性；反對擬古與雕琢。

6【性向測驗】 ㄒㄧㄥˋ ㄒㄧㄤˋ ㄘㄜˋ ㄧㄢˋ

測量各人之性向個別差異的測驗。其設計有綜合性向測驗及特殊性向測驗兩種。前者指在一個測驗中又分爲若干分測驗，可分別測量各種不同性向者；後者係爲某特種性向所舉行的測驗，如機械性向測驗、文書性向測驗。

7【性別主義】 ㄒㄧㄥˋ ㄅㄧㄝˊ ㄓㄨˇ ㄧˋ

(sexism) 對性別差異所產生的歧視或偏見。通常指社會對女性

的不平等待遇。

【性別認同】 ㄒㄧㄥˋ ㄅㄧㄝˊ ㄖㄣˋ ㄊㄨㄥˊ
(sexual identification)男、女孩各自取其性別應有之興趣、態度與行爲的歷程。

8【性命交關】 ㄒㄧㄥˋ ㄇㄧㄥˋ ㄐㄧㄠ ㄍㄨㄢ
本指與生命有密切關係之事。引申爲事關重大。

9【性染色體】 ㄒㄧㄥˋ ㄖㄢˇ ㄙㄜˋ ㄊㄧˇ
(sex chromosome) 雌雄異體的生物，細胞內的染色體其中一對兩者不一樣者，稱爲性染色體。和性別的決定有關。其他的染色體則雌雄皆相同，稱爲普通染色體。

10【性格失常】 ㄒㄧㄥˋ ㄍㄜˊ ㄕ ㄔㄤˊ
(character disorders)又稱人格失常 (personality disorders)。一種人格結構上的失常症狀。患者具有不成熟、反社會及缺乏社會責任等行爲特徵，如酗酒、吸毒，以及一些異常的性行爲。

【性能係數】 ㄒㄧㄥˋ ㄋㄥˊ ㄒㄧˋ ㄕㄨˋ
(coefficient of performance; COP) 冷凍效果(即吸入之熱量 Q_{in})與循環之淨功 $W_{net\ in}$ 的比值。即 $COP=\frac{Q_{in}}{W_{net\ in}}$。冷凍機之性能通常以性能係數表示。

17【性聯遺傳】 ㄒㄧㄥˋ ㄌㄧㄢˊ ㄧˊ ㄔㄨㄢˊ
(sex linkage) 遺傳性狀的基因位於 X 染色體上，Y 染色體上則無該性狀的基因；若該基因爲隱性，在女性的兩個 X 染色體上均具有時才會表現；而在男性，只要 X 染色體上有該隱性基因存在，性狀便會表現出來。

6【性交中斷法】 ㄒㄧㄥˋ ㄐㄧㄠ ㄓㄨㄥ ㄉㄨㄢˋ ㄈㄚˇ
指性交過程中，男方於快射精時將陰莖拔出而射精於陰道外的避孕法。此法有時很難控制，加上射精前有可能精子會流入陰道內，因此效果不佳。

9【性相近習相遠】 ㄒㄧㄥˋ ㄒㄧㄤ ㄐㄧㄣˋ ㄒㄧˊ ㄒㄧㄤ ㄩㄢˇ
人性原本相近，但因環境習染的不同，遂有極大的差距。

怢 ㊀ ㄊㄨˊ *t'u*[2] 音突
疏忽。
㊁ ㄊㄧㄝˇ *t'ieh*[3] 音鐵
戰慄發抖。如：怢慄。

怍 ㄗㄨㄛˋ *tso*[4], *tsuo*[4] 音做
①慚愧。如：愧怍。②色變。

怐 ㄎㄡˋ *k'ou*[4] 音寇
參怐愗。

13【怐愗】 ㄎㄡˋ ㄇㄠˋ
愚昧無知的樣子。

怮 ㄧㄡ *yu*[1] 音幽
①憂愁的樣子。見"說文"。②含怒不言。見"廣韻"。

怕 ㄆㄚˋ *p'a*[4] 音帕
①畏懼。②表示疑慮或猜測的語詞。有也許的意思。如：只怕過不了關。

怜 ㊀ ㄌㄧㄥˊ *ling*[2] 音靈
靈慧；機智。也作憐。見"集韻"。
㊁ ㄌㄧㄢˊ *lien*[2] 音憐
愛惜。同憐。見"集韻"。

怫 ㊀ ㄈㄨˊ *fu*[2] 音扶
鬱悶。同怫。見"玉篇"。
㊁ ㄅㄧˋ *pi*[4] 音必
輔佐。通弼。見"玉篇"。

怊 ㄑㄧㄠ *ch'iao*[1] 音敲
參怊怞。

7【怊怞】 ㄑㄧㄠ ㄑㄧㄚ
情意隱藏的樣子。

怷 ㄓㄨˊ *chu*[2] 音築
①密。②初生苗長。見"正字通"。

思 ㊀ ㄙ *szŭ*[1], *ssŭ*[1] 音絲
①謀慮；思考。②慕；念。如：相思。③情緒。如：情思。
㊁ ㄙˋ *szŭ*[4], *ssŭ*[4] 音四
㊀③的讀音。
㊂ ㄙㄞ *sai*[1] 音腮
多鬚的樣子。通鬛。見"集韻"。

6【思忖】 ㄙ ㄘㄨㄣˇ
思考衡量。

【思考】 ㄙ ㄎㄠˇ
思索考慮。

9【思致】 ㄙ ㄓˋ
思考的能力或意趣。

10【思索】 ㄙ ㄙㄨㄛˇ
深思探求。

11【思理】 ㄙ ㄌㄧˇ
思辨的能力；思辨的理路。

12【思量】 ㊀ ㄙ ㄌㄧㄤˋ
智謀與器度。
㊁ ㄙ ㄌㄧㄤˊ
①思考；斟酌。②想念。

13【思想】 ㄙ ㄒㄧㄤˇ
①(thinking)狹義的指一個人使用習得的概念，以達成某一目標所做的心智活動。如釐定經濟政策、解決數學問題。廣義的指一切有意識的心智活動。如反省、推理、懷疑、盼望。②(thought)指上述心智活動的結果。如：國父思想、政治思想。

【思路】 ㄙ ㄌㄨˋ
思考的理路、脈絡。

14【思緒】 ㄙ ㄒㄩˋ
思路；思考的頭緒。

15【思潮】 ㄙ ㄔㄠˊ
①同一時代或地區的思想主流、趨勢。②如潮水般洶湧起伏的思慮。

【思慮】 ㄙ ㄌㄩˋ
思想；考慮。

【思慕】 ㄙ ㄇㄨˋ
想念愛慕。

16【思辨】 ㄙ ㄅㄧㄢˋ
①思考辨別。②(speculation)指純粹的思考。即不假感官的考察，僅賴純粹思維而產生認識的一種方式。'德國'哲學家'斐希特'、'謝林'、'黑格爾'即主張摒棄經驗的知識，而採用純粹思考來建立哲學，後人稱之爲思辨哲學。

27【思鱸】 ㄙ ㄌㄨˊ
思念'吳'地所產的鱸魚。'晉''張翰'

在'洛陽'爲官,因秋風起而思念家鄉'吳'中的鱸魚膾,遂歸。見"晉書·文苑傳·張翰"。後比喻思鄉或辭官歸隱。

13【思想戰】ㄙ ㄒㄧㄤˋ ㄓㄢˋ
(idealogical warfare)以瓦解敵方的政治信仰爲目的的一種作戰方式。可從政治教條、經濟理論及社會結構等層面進行。

【思過半】ㄙ ㄍㄨㄛˋ ㄅㄢˋ
指體悟深刻,獲益良多。

【思想三律】ㄙ ㄒㄧㄤˋ ㄙㄢ ㄌㄩˋ
(three laws of thought) 即同一律、矛盾律和排中律的總稱。傳統邏輯家認爲思想三律是邏輯學的基礎根據。

6【思而不學則殆】ㄙ ㄦˊ ㄅㄨˋ ㄒㄩㄝˊ ㄗㄜˊ ㄉㄞˋ
只是憑空思考,卻不去讀書學習,就會因無所印證而猶疑不定。

怒 ㄋㄨˋ nu⁴ 音傉
1生氣;憤慨。見"說文"。2譴責。見"廣雅·釋詁"。3奮揚;猛烈。如:怒馬奔騰。

4【怒火】ㄋㄨˋ ㄏㄨㄛˇ
強烈的怒氣。

6【怒江】ㄋㄨˋ ㄐㄧㄤ
又名'潞江'。源於'青''康''藏'界上的'唐古喇山'南麓,東南流入'雲南省',再轉南奔流於'怒山'與'高黎貢山'間,折入'緬甸'境內,稱'薩爾溫江'。水流湍急,無航利;流域森林廣布。

【怒色】ㄋㄨˋ ㄙㄜˋ
憤怒的表情。

8【怒放】ㄋㄨˋ ㄈㄤˋ
形容花朵盛開。

13【怒號】ㄋㄨˋ ㄏㄠˊ
猛烈地號叫。多形容野獸、狂風等所發巨大而猛烈的聲音。

15【怒潮】ㄋㄨˋ ㄔㄠˊ
洶湧澎湃的潮水。

17【怒濤】ㄋㄨˋ ㄊㄠ
洶湧澎湃的波浪。

4【怒不可遏】ㄋㄨˋ ㄅㄨˋ ㄎㄜˇ ㄜˋ
形容極度憤怒。

5【怒目切齒】ㄋㄨˋ ㄇㄨˋ ㄑㄧㄝ ㄔˇ
張目咬牙。形容盛怒的樣子。

10【怒氣衝天】ㄋㄨˋ ㄑㄧˋ ㄔㄨㄥ ㄊㄧㄢ
形容極憤怒。

15【怒髮衝冠】ㄋㄨˋ ㄈㄚˇ ㄔㄨㄥ ㄍㄨㄢ
形容極憤怒。

怠 ㄉㄞˋ tai⁴ 音待
1輕蔑;不重視。見"說文"。2鬆懈;懶惰。見"爾雅·釋言"。3疲倦。

3【怠工】ㄉㄞˋ ㄍㄨㄥ
一群被僱者故意怠惰工作,或者浪費雇主的原料,企圖維持或改善勞動條件而行的一種爭議手段。

8【怠忽】ㄉㄞˋ ㄏㄨ
懈怠疏忽。

12【怠惰】ㄉㄞˋ ㄉㄨㄛˋ
懈怠懶惰。

14【怠慢】ㄉㄞˋ ㄇㄢˋ
1懈怠散漫。2態度輕率而不恭敬。

15【怠緩】ㄉㄞˋ ㄏㄨㄢˇ
懈怠散漫。

怎 ㄗㄣˇ tsên³ 又讀 ㄗㄜˇ tsê³
如何。見"正字通"。

5【怎生】ㄗㄣˇ ㄕㄥ
1怎麼;怎樣;如何。2務必;務須;無論如何。

8【怎的】ㄗㄣˇ ·ㄉㄜ
1怎樣;如何。2爲什麼;做什麼。

怱 匆的俗體。

怨 ㄩㄢˋ yüan⁴ 音院 又讀 ㄩㄢ yüan¹ 音冤
1仇恨。見"說文"。2責怪;心懷不滿。如:怨天尤人。

4【怨尤】ㄩㄢˋ ㄧㄡˊ
怨恨責怪;心裡不滿。

8【怨毒】ㄩㄢˋ ㄉㄨˊ
仇恨;憎惡。

9【怨咨】ㄩㄢˋ ㄗ
埋怨嗟歎。

10【怨悔】ㄩㄢˋ ㄏㄨㄟˇ
埋怨悔恨。

11【怨望】ㄩㄢˋ ㄨㄤˋ
怨恨不滿,有所期盼。

【怨偶】ㄩㄢˋ ㄡˇ
也作怨耦。1感情不和睦的夫妻。2指勢力均衡而相敵對的雙方。

13【怨嗟】ㄩㄢˋ ㄐㄧㄝ
怨恨嗟嘆。

15【怨誹】ㄩㄢˋ ㄈㄟˇ
怨恨指責。

【怨慕】ㄩㄢˋ ㄇㄨˋ
怨恨而又思慕。

17【怨謗】ㄩㄢˋ ㄅㄤˋ
怨恨指責。

18【怨懟】ㄩㄢˋ ㄉㄨㄟˋ
怨恨不滿。

4【怨天尤人】ㄩㄢˋ ㄊㄧㄢ ㄧㄡˊ ㄖㄣˊ
埋怨上天,責怪別人。

17【怨聲載道】ㄩㄢˋ ㄕㄥ ㄗㄞˋ ㄉㄠˋ
形容怨恨的人很多。

急 ㄐㄧˊ chi² 音及
1褊狹。見"說文"。2緊縮。3迫切;緊要。見"增韻"。4迅速。見"廣韻"。5危難;困窘。見"字彙"。6急躁。

4【急切】ㄐㄧˊ ㄑㄧㄝˋ
緊急迫切。

9【急流】ㄐㄧˊ ㄌㄧㄡˊ
1急速的水流。2(rapid)或稱湍流。河床上坡度較大、水流湍急且斷續分布的地方。係河床突然變陡或一系列硬岩層凸出在河道中間而形成。其落差較瀑布爲小。我國'黃河'上的'龍門'急湍、'長江'三峽、'多瑙河''鐵門峽'的急流均屬之。3海岸邊沖刷作用極大的海流。往往能破壞海岸的建築物,或把泥沙帶走。是海岸工程研究上的重要課題。

【急促】ㄐㄧˊ ㄘㄨˋ
緊急迫切。

11【急務】ㄐㄧˊ ㄨˋ
緊急的事務。

12【急湍】ㄐㄧˊ ㄊㄨㄢ

急速的水流。

【急進】 ㄐㄧˊ ㄐㄧㄣˋ

1疾速前進。2急於升遷。3急於改革。

15【急劇】 ㄐㄧˊ ㄐㄩˋ

急速。

17【急遽】 ㄐㄧˊ ㄐㄩˋ

急迫。

19【急難】 ㄐㄧˊ ㄋㄢˋ

1危急患難。2急人之難。即熱心救助災難中的人。

20【急躁】 ㄐㄧˊ ㄗㄠˋ

心急不安，舉動浮躁。

22【急灘】 ㄐㄧˊ ㄊㄢ

因岩石露出而湍急的河段。

3【急口令】 ㄐㄧˊ ㄎㄡˇ ㄌㄧㄥˋ

參繞口令。

6【急先鋒】 ㄐㄧˊ ㄒㄧㄢ ㄈㄥ

比喻搶在前頭做事的人。

【急行軍】 ㄐㄧˊ ㄒㄧㄥˊ ㄐㄩㄣ

增快速度或增長時間之行軍。用以應付緊急軍情的需要，迅速奔赴戰場，加入戰爭。

8【急性子】 ㄐㄧˊ ㄒㄧㄥˋ ˙ㄗ

急躁的性情。

12【急診處】 ㄐㄧˊ ㄓㄣˇ ㄔㄨˋ

(emergency room)設有全套緊急設備，供臨時送達之危急病人緊急救護的地方。通常附屬於醫院，全天候提供服務，有別於門診處。

【急就章】 ㄐㄧˊ ㄐㄧㄡˋ ㄓㄤ

比喻匆促成事。

【急就篇】 ㄐㄧˊ ㄐㄧㄡˋ ㄆㄧㄢ

'漢''史游'撰，四卷。今本三十四章。大抵以七字句爲主，按姓名、衣服、飲食、器用等分類編成韻語，以教學童識字。取篇首「急就」二字命名。

23【急驚風】 ㄐㄧˊ ㄐㄧㄥ ㄈㄥ

由於外感六淫或突然受到驚恐或痰積食滯而引起的病症。主要症狀爲：發病迅速、高燒、昏迷抽搐、身體向後反弓攣縮、口吐白沫、痰聲漉漉等。一般急性熱病有這些症狀的都屬急驚風，其中且包括中樞神經的急性感染，如今之流行性腦膜炎及腦炎等。

4【急中生智】 ㄐㄧˊ ㄓㄨㄥ ㄕㄥ ㄓˋ

緊急中想出好計策。

【急公好義】 ㄐㄧˊ ㄍㄨㄥ ㄏㄠˋ ㄧˋ

熱心公益，主持正義。

5【急功近利】 ㄐㄧˊ ㄍㄨㄥ ㄐㄧㄣˋ ㄌㄧˋ

急於求功獲利。

6【急回機構】 ㄐㄧˊ ㄏㄨㄟˊ ㄐㄧ ㄍㄡˋ

(quick-return mechanism) 連桿組中原動件作等角速度運動，從動件作往復變角速度運動，當從動件回程時間比前進時間短時，此機構爲急回機構。

【急如星火】 ㄐㄧˊ ㄖㄨˊ ㄒㄧㄥ ㄏㄨㄛˇ

形容情勢十分急迫。

9【急流勇退】 ㄐㄧˊ ㄌㄧㄡˊ ㄩㄥˇ ㄊㄨㄟˋ

比喻在順利得意時，勇於見機引退。

12【急景凋年】 ㄐㄧˊ ㄐㄧㄥˇ ㄉㄧㄠ ㄋㄧㄢˊ

時光急逝，年歲將盡。

14【急管繁絃】 ㄐㄧˊ ㄍㄨㄢˇ ㄈㄢˊ ㄒㄧㄢˊ

形容樂曲演奏緊湊而熱鬧。

15【急徵暴賦】 ㄐㄧˊ ㄓㄥ ㄅㄠˋ ㄈㄨˋ

以強迫催逼的手段徵收百姓無法負擔的稅賦。

18【急轉直下】 ㄐㄧˊ ㄓㄨㄢˇ ㄓˊ ㄒㄧㄚˋ

形容事況突然而迅速的轉變。

8【急性胃腸炎】 ㄐㄧˊ ㄒㄧㄥˋ ㄨㄟˋ ㄔㄤˊ ㄧㄢˊ

(acute gastroenteritis) 急性消化道疾病的一種。指胃發炎或小腸、大腸的炎性疾病。病人常有嘔吐、噁心、腹內絞痛、腹瀉、發燒、白血球增加等現象。病因很多，可能由食物中毒、寄生蟲的刺激，或其他非感染性的病因所引起。採對因療法。若無法找出病因給予對症性的維持療法，過了急性期，病人亦可逐漸恢復。

9【急急如律令】 ㄐㄧˊ ㄐㄧˊ ㄖㄨˊ ㄌㄩˋ ㄌㄧㄥˋ

'漢代'公文常用「如律令」作爲下行命令文的結尾語；'後漢'末年道教加以仿效，在召神拘鬼的符咒末句加「急急如律令」一語，表示該符咒如同法律命令，必須急急執行，用以命令諸神驅逐惡鬼妖魔。

23【急驚風碰上慢郎中】 ㄐㄧˊ ㄐㄧㄥ ㄈㄥ ㄆㄥˋ ㄕㄤˋ ㄇㄢˋ ㄌㄤˊ ㄓㄨㄥ

比喻緊急的事，卻遇上慢性子的人。

怤 ㄈㄨ *fu*[1] 音夫

1想念。見"說文"。2喜悅。如：怤愉。

怹 ㄊㄢ *t'an*[1] 音坍

北方語。他的敬稱。

6

恋 戀的俗體。

恎 ㊀ ㄉㄨㄛˊ *to*[2], *tuo*[2] 音奪

思慮；忖度。見"集韻"。

㊁ ㄔㄚ *ch'a*[1] 音差

參恎懫。

14【恎懫】 ㄔㄚ ㄔˋ

失意的樣子。也作侘傺。

恔 ㊀ ㄐㄧㄠˇ *chiao*[3] 音皎

慧黠。見"說文"。

㊁ ㄒㄧㄠˋ *hsiao*[4] 音孝

愉快；滿意。見"方言·三"。

恲 ㄆㄥ *p'êng*[1] 音抨

或作怦。1慷慨。見"集韻"。2顯露。

恇 ㄎㄨㄤ *k'uang*[1] 音匡

1恐懼；膽怯。見"說文"。2料到。

恞 ㄧˊ *i*[2] 音夷

怡悅。通作怡。見"爾雅·釋言"。

恬 ㄊㄧㄢˊ *t'ien*[2] 音甜

1安適。見"說文"。2寧靜。見"方言·一三"。

10【恬退】 ㄊㄧㄢˊ ㄊㄨㄟˋ
淡泊名利，謙虛退讓。

11【恬淡】 ㄊㄧㄢˊ ㄉㄢˋ
清靜淡泊。

12【恬然】 ㄊㄧㄢˊ ㄖㄢˊ
安閒自得的樣子。

14【恬漠】 ㄊㄧㄢˊ ㄇㄛˋ
內心寧靜淡泊。

【恬熙】 ㄊㄧㄢˊ ㄒㄧ
平靜安樂。

15【恬適】 ㄊㄧㄢˊ ㄕˋ
恬靜淡泊，安適自得。

16【恬澹】 ㄊㄧㄢˊ ㄉㄢˋ
恬淡。

【恬靜】 ㄊㄧㄢˊ ㄐㄧㄥˋ
閒適安靜。

4【恬不知恥】 ㄊㄧㄢˊ ㄅㄨˋ ㄓ ㄔˇ
安於所作的壞事，不以爲恥。

恜 ㄔˋ *ch'ih*4 音赤
警惕。同侙。見"集韻"。

恃 ㄕˋ *shih*4 音侍
①依賴；憑藉。見"說文"。②指母親。見"正字通"。

3【恃才傲物】 ㄕˋ ㄘㄞˊ ㄠˋ ㄨˋ
依仗才能而藐視別人。

13【恃勢凌人】 ㄕˋ ㄕˋ ㄌㄧㄥˊ ㄖㄣˊ
倚仗權勢欺凌他人。

恨 ㄏㄣˋ *hên*4
①怨恨；仇視。見"說文"。②後悔；遺憾。如：抱恨終生。

8【恨事】 ㄏㄣˋ ㄕˋ
使人感覺遺憾的事。

21【恨鐵不成鋼】 ㄏㄣˋ ㄊㄧㄝˇ ㄅㄨˋ ㄔㄥˊ ㄍㄤ
比喻期望的深厚、督促的嚴格。

恒 恆的俗體。

恉 ㄓˇ *chih*3 音指
旨意。通作旨、指。見"說文"。

恓 ㄒㄧ *hsi*1 音西
參恓惶。

12【恓惶】 ㄒㄧ ㄏㄨㄤˊ
①驚慌、煩擾的樣子。②倉促、急迫的樣子。

恅 ㄌㄠˇ *lao*3 音老
參悼恅。

恊 協的或體。

㤜 ㄒㄩˋ *hsü*4 音序
①憤怒。見"廣雅·釋詁"。②狂。見"集韻"。

恢 ㄏㄨㄟ *hui*1 音灰
①廣大；寬大。見"說文"。②擴大；擴張。見"增韻"。

5【恢弘】 ㄏㄨㄟ ㄏㄨㄥˊ
也作恢宏。①發揚；擴大。②廣闊。

8【恢奇】 ㄏㄨㄟ ㄑㄧˊ
雄偉傑出。

9【恢恢】 ㄏㄨㄟ ㄏㄨㄟ
寬廣的樣子。

13【恢詭】 ㄏㄨㄟ ㄍㄨㄟˇ
壯偉奇特，變幻莫測。同恢恑。

14【恢廓】 ㄏㄨㄟ ㄎㄨㄛˋ
①寬大；廣大。②擴張；發揚。

恆 ㊀ ㄏㄥˊ *hêng*2 音衡
①經常；長久。見"說文"。②平常；普通。③"易"卦名。六十四卦之一。巽下震上。④姓。'漢'有'恆裴'。見"萬姓統譜·五七"。

恆卦圖

㊁ ㄍㄥˋ *kêng*4 音亙
上弦月漸圓滿。見"字彙"。

3【恆山】 ㄏㄥˊ ㄕㄢ
呈震旦走向斜列於'山西省'北部。主峰'恆山'，高2,219公尺，爲我國五嶽之一，稱北嶽。

4【恆心】 ㄏㄥˊ ㄒㄧㄣ
持久不變的心。

8【恆河】 ㄏㄥˊ ㄏㄜˊ
(Ganges R.) 源於'喜馬拉雅山'南麓及'德干高原'(The Deccan)北側。自'德里'(Delhi)東流，在'達卡'(Dacca)以西會'布拉馬普得拉河'(Brahmaputra R.)，沖積成廣大的三角洲，注入'孟加拉灣'(Bay of Bengal)。全長2,510公里，跨北回歸線兩側，氣候溼熱多雨，是'印度'和'孟加拉'的農業精華區。

9【恆星】 ㄏㄥˊ ㄒㄧㄥ
(star) 由於內部產生核子反應，而能發光發熱的天體。恆星也有自轉和公轉，並非固定不動，但因短時間內，很難察覺它的位置有變化，故名。肉眼可見的恆星約6,500顆，但在銀河系內，約有1,000億顆恆星，而銀河系以外的其他星系則有幾百萬個，所以宇宙中恆星的數量幾乎無限。恆星的種類，按亮度的變化分變星、耀星、新星和超新星等；按光度分超巨星、巨星和矮星等；按顏色分紅色、黃色、白色和藍色星等。

11【恆產】 ㄏㄥˊ ㄔㄢˇ
可以長久持有的產業。多指土地、房屋等不動產。

8【恆定性】 ㄏㄥˊ ㄉㄧㄥˋ ㄒㄧㄥˋ
(homeostasis)指生物體(生物細胞)或生物系在內、外環境不斷變化情況下，仍能保持型態與生理狀態於一定範圍的特性。對於一個個體而言，得以保持並維持個體生存性質，就是恆定性。'堪農'氏(W. B. Cannon)稱此爲生命的一般原理，'巴納'氏(C. Bernard)稱此爲內部恆定作用。

9【恆星日】 ㄏㄥˊ ㄒㄧㄥ ㄖˋ
(sidereal day) 某恆星連續兩次通過同一子午圈所需的時間。約等於平太陽時23時56分4.1秒。一恆星日分爲24恆星時。

【恆星月】 ㄏㄥˊ ㄒㄧㄥ ㄩㄝˋ
(sidereal month)以某恆星之視位爲參考點，所測得之月球繞地球公轉一周所需的時間長度。一恆星月平均爲27日7時43分12秒，即27.32166日。

【恆星時】 ㄏㄥˊ ㄒㄧㄥ ㄕˊ
(sidereal time)以春分點之周日運動爲基準的一種時間計量系統。當春分點連續兩次上中天之時間間隔即一個恆星日，一恆星日等分爲24恆星時，一恆星時等分爲60恆星分,一恆星分等分爲60恆星秒。春分點時角即地方恆星時,一恆星時約等於59分50秒太陽時。

12【恆等式】 ㄏㄥˊ ㄉㄥˇ ㄕˋ
(identity; identical equation)又稱恆方程式。代數算式之一。等號左右兩邊所含文字,以任何數代入而恆相等。如 $a+a=2a$。

8【恆河沙數】 ㄏㄥˊ ㄏㄜˊ ㄕㄚ ㄕㄨˋ
佛家語。'印度''恆河'沙的數量。比喻數量極多,無法計算。

11【恆常所得】 ㄏㄥˊ ㄔㄤˊ ㄙㄨㄛˇ ㄉㄜˊ
(permanent income) 個人考慮自己目前各種情況後,預期未來自己所可能長期平均取得的所得折現值。

13【恆溫退火】 ㄏㄥˊ ㄨㄣ ㄊㄨㄟˋ ㄏㄨㄛˇ
(isothermal annealing) 指將熱處理材料置於恆溫槽內以進行退火。

恠 怪的俗體。

恍 ㄏㄨㄤˇ *huang*³ 音謊
①忽然覺悟的樣子。如:恍然大悟。②彷彿;好像。如:恍如隔世。③失意或迷糊不清的樣子。如:恍忽。

8【恍忽】 ㄏㄨㄤˇ ㄏㄨ
①隱約模糊,不可辨認。②神智意識模糊。

12【恍然】 ㄏㄨㄤˇ ㄖㄢˊ
①忽然覺悟。②好像;彷彿。

6【恍如隔世】 ㄏㄨㄤˇ ㄖㄨˊ ㄍㄜˊ ㄕˋ
形容人事景物變遷很大。

9【恍恍惚惚】 ㄏㄨㄤˇ ㄏㄨㄤˇ ㄏㄨ ㄏㄨ
心神渙散不清。

12【恍然大悟】 ㄏㄨㄤˇ ㄖㄢˊ ㄉㄚˋ ㄨˋ
忽然完全明白。

怈 ㄧˋ *i*⁴ 音意
①習慣。見"說文"。②明白。見"玉篇"。

恫 ㊀ ㄊㄨㄥ *t'ung*¹ 音通
①痛苦。見"說文"。②呻吟。見"說文"。
㊁ ㄉㄨㄥˋ *tung*⁴ 音洞
恐懼。如:恫嚇。

17【恫嚇】 ㄉㄨㄥˋ ㄏㄜˋ
恐嚇。

16【恫瘝在抱】 ㄊㄨㄥ ㄍㄨㄢ ㄗㄞˋ ㄅㄠˋ
對民眾的痛苦,視同身受。恫瘝,疾苦;病痛。

恛 ㄏㄨㄟˊ *hui*² 音回
①昏亂的樣子。見"集韻"。②惶恐不安的樣子。如:恛惶。

恡 吝的俗體。

恌 ㊀ ㄊㄧㄠ *t'iao*¹ 音挑
輕薄;苟且。同佻。如:恌薄。
㊁ ㄧㄠˊ *yao*² 音搖
憂悸。同愮。見"廣韻"。

恈 ㄇㄡˊ *mou*² 音謀
貪愛。見"玉篇"。

恂 ㄒㄩㄣˊ *hsün*² 音旬
①信心;誠信。見"說文"。②通達。③恭順。見"增韻"。④恐懼。⑤循序。通循。如:恂恂善誘。⑥巨大。⑦匆遽。⑧嚴峻。見"集韻"。⑨轉動眼睛。通瞬。

恟 ㄒㄩㄥ *hsiung*¹ 音胸
恐懼不安。見"廣韻"。

9【恟恟】 ㄒㄩㄥ ㄒㄩㄥ
紛擾不安的樣子。

恀 ㄔˇ *ch'ih*³ 音侈
依賴;仗恃。見"爾雅·釋言"。

恑 ㄍㄨㄟˇ *kuei*³ 音詭
①後悔。見"廣韻"。②變詐;怪異。通詭。如:恢恑。

恪 ㄎㄜˋ *k'o*⁴, *k'ê*⁴ 音客 又讀 ㄑㄩㄝˋ *ch'üeh*⁴ 音確
恭敬。見"說文"。

6【恪守】 ㄎㄜˋ ㄕㄡˇ
恭敬遵守。

16【恪遵】 ㄎㄜˋ ㄗㄨㄣ
誠敬遵守。

恤 ㄒㄩˋ *hsü*⁴ 音卹
①憂慮。見"說文"。②憐憫;顧惜。如:體恤。③救濟。如:恤災。④安置;撫養。如:恤孤養老。

8【恤孤】 ㄒㄩˋ ㄍㄨ
撫養孤兒。

11【恤貧】 ㄒㄩˋ ㄆㄧㄣˊ
救濟貧苦的人。

恰 ㄑㄧㄚˋ *ch'ia*⁴ 音洽
①適合;正好。見"正字通"。②卻。

9【恰恰】 ㄑㄧㄚˋ ㄑㄧㄚˋ
(cha-cha) 起源於'拉丁美洲'的一種交際舞。舞法與曼波舞及倫巴舞相似。最適合於四分之四拍子,但節奏可以變快與變慢,每兩小節有「恰恰恰」的伴奏聲。動作輕鬆活潑,腰臀略帶扭動。

10【恰值】 ㄑㄧㄚˋ ㄓˊ
正逢;適逢。

13【恰當】 ㄑㄧㄚˋ ㄉㄤˋ
適當。

23【恰纔】 ㄑㄧㄚˋ ㄘㄞˊ
剛剛;剛纔。

6【恰如其分】 ㄑㄧㄚˋ ㄖㄨˊ ㄑㄧˊ ㄈㄣˋ
恰到好處;正合分際。

7【恰克圖條約】 ㄑㄧㄚˋ ㄎㄜˋ ㄊㄨˊ ㄊㄧㄠˊ ㄩㄝ
'清世宗''雍正'五年(1727),'中''俄'兩國在'蒙古''恰克圖'訂約:劃定'外蒙'與'西伯利亞'疆界,西起'薩彥嶺',東至'額爾古納河',以北歸'俄',以南屬'清';開'恰克圖'爲商埠,確定兩國在'恰克圖'的通商章程。

恙 ㄧㄤˋ *yang*⁴ 音樣
①憂慮。見"說文"。②災禍;疾病。見"廣韻"。

18【恙蟲】 ㄧㄤˋ ㄔㄨㄥˊ
(chigger; *Trombicula*) 屬節肢動物門、蛛形綱(class Arachnida)、蟎目(order Acarina)、前氣門亞目(suborder Prostigmata)。成體以植物液汁爲食,產

卵於地面或是矮小的植物上。幼蟲接觸到人的皮膚，即附著在上面並注入唾液以消化寄主組織，因而引起皮膚癢。生長於東方的一種恙蟲（*Trombicula ukamushi*），會傳播立克次體而引起恙蟲病，症狀類似斑疹傷寒。

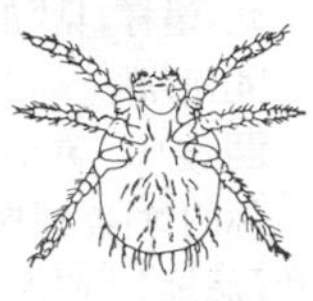

恙蟲圖

恣 ㊀ ㄗˋ *tzŭ*^{4} 音自 又讀 ㄗ *tzŭ*^{1} 音姿
任憑；放縱。見"說文"。
㊁ ㄘ *tz'ŭ*^{1} 音雌
參恣睢。

11【恣情】 ㄗˋ ㄑㄧㄥˊ
放縱感情；放縱情欲。

【恣欲】 ㄗˋ ㄩˋ
縱欲。

13【恣意】 ㄗˋ ㄧˋ
放縱心意；任意而行。

【恣肆】 ㄗˋ ㄙˋ
①放縱無所忌憚。②形容文章書畫氣勢豪邁。

【恣睢】 ㄘ ㄙㄨㄟ
①毫無拘束的樣子。②狂妄橫暴的樣子。

16【恣橫】 ㄗˋ ㄏㄥˋ
驕縱強橫。

17【恣縱】 ㄗˋ ㄗㄨㄥˋ
任意行事，不自拘束。

13【恣睢自用】 ㄘ ㄙㄨㄟ ㄗˋ ㄩㄥˋ
驕縱自專。

恝 ㄐㄧㄚˊ *chia*^{2} 音夾
沒有憂愁的樣子。見"集韻"。

恚 ㄏㄨㄟˋ *hui*^{4} 音慧
怨；發怒。見"說文"。

9【恚恨】 ㄏㄨㄟˋ ㄏㄣˋ
怨恨。

15【恚憤】 ㄏㄨㄟˋ ㄈㄣˋ
憤恨。

19【恚礙】 ㄏㄨㄟˋ ㄞˋ
生氣難過。

恥 ㄔˇ *ch'ih*^{3} 音齒
①羞辱。見"說文"。②以爲可恥。如：恥惡衣惡食。

恭 ㄍㄨㄥ *kung*^{1} 音弓
①肅敬；有禮。見"說文"。②順從。③奉持。如：恭行天罰。④奉承；稱頌。

10【恭候】 ㄍㄨㄥ ㄏㄡˋ
恭敬地等候。書信中或接待賓客時的客套語。

12【恭喜】 ㄍㄨㄥ ㄒㄧˇ
向人表示慶賀的話。

【恭賀】 ㄍㄨㄥ ㄏㄜˋ
恭敬地祝賀。祝賀人的客套語。

13【恭敬】 ㄍㄨㄥ ㄐㄧㄥˋ
謹慎而有禮貌。

14【恭維】 ㄍㄨㄥ ㄨㄟˊ
也作恭惟。①用言辭奉承或讚頌他人。②恭敬地想。用於書牘中對親友尊長的祝福語之前。如：恭維福履增綏。

18【恭謹】 ㄍㄨㄥ ㄐㄧㄣˇ
恭敬謹慎。

13【恭敬不如從命】 ㄍㄨㄥ ㄐㄧㄥˋ ㄅㄨˋ ㄖㄨˊ ㄘㄨㄥˊ ㄇㄧㄥˋ
遵從命令是最恭敬的表示。表示原本不敢接受，最後勉強接受別人美意的客套語。

恐 ㄎㄨㄥˇ *k'ung*^{3} 音孔
①懼怕。見"說文"。②威脅；恫嚇。如：恐嚇。③表示疑慮之詞。有也許、可能的意思。如：恐非如此。

8【恐怖】 ㄎㄨㄥˇ ㄅㄨˋ
非常畏懼；非常害怕。

【恐怕】 ㄎㄨㄥˇ ㄆㄚˋ
①恐懼；害怕。②可能；或許。表示疑慮、猜度之詞。

13【恐慌】 ㄎㄨㄥˇ ㄏㄨㄤ
憂懼而慌張。

16【恐龍】 ㄎㄨㄥˇ ㄌㄨㄥˊ
(dinosaur) 指繁盛於中生代（距今22,500萬至6,500萬年前）而在中生代末期絕跡的爬蟲。有些種類個體極大，爲地球上有史以來最大的動物；但早期原始的恐龍則個體小型。可分兩目：一爲似爬蟲的蜥龍目(Saurischia)，另一爲似鳥類的鳥龍目(order Ornithischia)。兩者主要差異，在其構成腰帶之恥骨、坐骨及胯骨的組成有別。恐龍在中生代末突然滅跡，至今尚無合理解釋。一般認爲在中生代白堊紀開始的造山運動爲一主要因素，地球上形成許多山脈後，恐龍的生活空間減少；同時，地球的氣候亦隨之改變，因而影響植物生長，草食性恐龍乃因缺少食物而漸滅絕，而肉食性恐龍可能以草食性恐龍爲食，於是亦趨絕跡。

17【恐嚇】 ㄎㄨㄥˇ ㄏㄜˋ
脅迫他人，使其服從。

21【恐懼】 ㄎㄨㄥˇ ㄐㄩˋ
(phobia) 對不具明顯危險的事物產生懼怕的心理失常狀態。例如懼高症、懼曠症等。

17【恐嚇罪】 ㄎㄨㄥˇ ㄏㄜˋ ㄗㄨㄟˋ
行爲人意圖爲自己或第三人不法之所有，以恐嚇爲手段使人將本人或第三人之物交付，或得到財產上不法之利益或使第三人得之者所構成之犯罪。本罪兼具侵害財產及妨害自由之性質，故其所保護者除財產法益外，尚包括個人之意思決定自由。成立本罪者，依"刑法"第三四六條之規定，應處六月以上五年以下有期徒刑，得併科一千元以下罰金。

8【恐怖主義】 ㄎㄨㄥˇ ㄅㄨˋ ㄓㄨˇ ㄧˋ
(terrorism) 指有計畫、有組織的利用暗殺、爆炸、綁架等暴力恐怖手段強行達到政治目標的一種意識形態。

【恐怖平衡】 ㄎㄨㄥˇ ㄅㄨˋ ㄆㄧㄥˊ ㄏㄥˊ
(balance of terror) 二次世界大戰後，'美''蘇'強權由於懼怕一方獨霸之局面，競相發展核子武器；且恐核子武器之造成毀滅，雙方均避免將衝突擴大為戰爭而導致使用核子武器,此種因懼怕毀滅而形成的和平態勢,稱為恐怖平衡。

恧 ㄋㄩˋ nü⁴ 音朒
慚愧;羞慚。見"說文"。

恩 ㄣ ên¹ 音蒽
[1]德惠。見"說文"。[2]情愛;寵愛。見"廣韻"。

4【恩公】ㄣ ㄍㄨㄥ
對恩人的敬稱。

8【恩典】ㄣ ㄉㄧㄢˇ
本指帝王給予臣民的恩惠。後泛稱恩惠。

9【恩怨】ㄣ ㄩㄢˋ
恩情與怨恨。

13【恩愛】ㄣ ㄞˋ
[1]指君臣間的情誼。[2]指夫妻間深切的感情。

15【恩德】ㄣ ㄉㄜˊ
[1]恩惠。[2]佛家語。施恩於他人的美德。為'如來'三德之一。另二德是智德(能破一切無明,而證無上道)、斷德(斷一切煩惱,入無上涅槃)。智德與斷德是自利之德,恩德是利人之德。

16【恩澤】ㄣ ㄗㄜˊ
恩惠。指恩惠如雨露般滋潤草木。

19【恩寵】ㄣ ㄔㄨㄥˇ
帝王給予臣下的恩惠和寵愛。

10【恩格斯】ㄣ ㄍㄜˊ ㄙ
(Friedrich Engels, 1820~1895)'德國'社會主義哲學家。'馬克斯'建立現代共產主義理論的最親密伙伴。為'共產主義者同盟'的成員。曾與'馬克斯'合著"德意志意識形態"(*Die deutsche Ideologie*),共同起草"共產黨宣言",並於他去世後整理發表其遺著"資本論"第二、三卷,又著"家庭、私有制和國家的起源"(*Der Ursprung der Familie, des Privateigenthums und des Staats*)。

恩格斯像

6【恩同再造】ㄣ ㄊㄨㄥˊ ㄗㄞˋ ㄗㄠˋ
救人性命,使得重生,此種恩惠有如再造其生命。後多用以形容恩惠很大。

9【恩威並用】ㄣ ㄨㄟ ㄅㄧㄥˋ ㄩㄥˋ
恩德與威權交替施用。

11【恩將仇報】ㄣ ㄐㄧㄤ ㄔㄡˊ ㄅㄠˋ
以對待仇人的方式回報他人的恩惠。

18【恩斷義絕】ㄣ ㄉㄨㄢˋ ㄧˋ ㄐㄩㄝˊ
恩情道義都已斷絕。

10【恩格爾曲線】ㄣ ㄍㄜˊ ㄦˇ ㄑㄩ ㄒㄧㄢˋ
(Engel curve; EC) 表示個人所得與某種物品開支之間關係的曲線。正常財貨與高級財貨的'恩

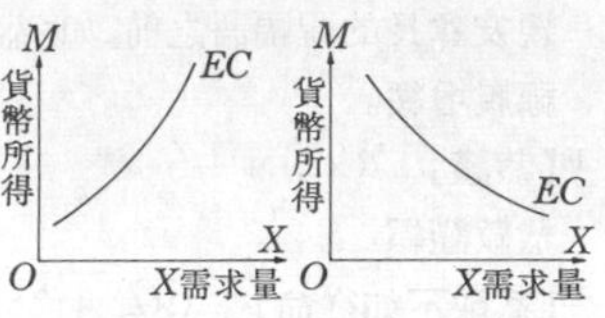

恩格爾曲線圖(1) 恩格爾曲線圖(2)

級財貨的'恩格爾'曲線斜率為負,如圖(2)。
格爾'曲線斜率為正,如圖(1);低

【恩格爾法則】ㄣ ㄍㄜˊ ㄦˇ ㄈㄚˇ ㄗㄜˊ
(Engel's laws) 十九世紀'德國'統計學家'恩格爾'(E. Engel)發現消費開支與所得之間的關係,當家庭所得增加,其用之於糧食開支的比例會減少。

恕 ㄕㄨˋ shu⁴ 音樹
[1]以自己的想法去推想別人的想法。如:忠恕。[2]寬宥;原諒。如:恕罪。

13【恕道】ㄕㄨˋ ㄉㄠˋ
諒解並寬待他人的處世精神。

【恕罪】ㄕㄨˋ ㄗㄨㄟˋ
原諒罪過。

恁 (一) ㄖㄣˋ jên⁴ 音任
[1]思念。見"廣韻"。[2]如此;這樣。見"正字通"。[3]這;那。[4]何;誰。
(二) ㄋㄧㄣˊ nin² 音您
你的尊稱。通您。

6【恁地】ㄖㄣˋ ㄉㄧˋ
也作恁的。[1]如此;這般。[2]怎樣;如何。

14【恁麼】ㄖㄣˋ ˙ㄇㄜ
[1]這麼。[2]什麼。

息 ㄒㄧˊ hsi² 音習
[1]呼吸;喘氣。見"說文"。[2]休息。[3]停止。如:息兵。[4]熄滅。[5]生長;繁殖。[6]兒子;子嗣。如:晚有兒息。[7]利錢。如:放款生息。[8]音訊。如:信息。[9]腫瘤;贅肉。如:息肉。

6【息肉】ㄒㄧˊ ㄖㄡˋ
(polyp)指長在皮上(包括皮膚和內臟壁)多餘的新生物,其結構和所長部位的組織完全相同。生長原因至今不明,但有遺傳性和非遺傳性之分,遺傳性的多半長很多,不易切除。息肉會病變致癌,尤以長在消化道者,最易受摩擦刺激而生病變。

8【息肩】ㄒㄧˊ ㄐㄧㄢ
[1]卸下擔子,使肩得到休息。比喻卸除責任。[2]棲息;立足。

9【息怒】ㄒㄧˊ ㄋㄨˋ
平息忿怒。

15【息影】ㄒㄧˊ ㄧㄥˇ
[1]指隱居。[2]指演員退出演藝圈。

6【息交絕遊】ㄒㄧˊ ㄐㄧㄠ ㄐㄩㄝˊ ㄧㄡˊ
斷絕交遊。

8【息事寧人】ㄒㄧˊ ㄕˋ ㄋㄧㄥˊ ㄖㄣˊ
[1]指為政者不求多事,使人民得到安寧。[2]平息紛爭,使大家得到安寧。

10【息息相關】ㄒㄧˊ ㄒㄧˊ ㄒㄧㄤ ㄍㄨㄢ
比喻關係極為密切。

㤉 ㄑㄧㄚˋ ch'ia⁴ 音恰
合攏。見"集韻"。

悢 ㊀ ㄌㄧㄤˋ *liang*⁴ 音亮
1悲傷；惆悵。見"廣雅·釋詁"。2眷念。
㊁ ㄌㄤˇ *lang*³ 音朗
失意；不得志。

悙 ㄏㄥ *hêng*¹ 音亨
㥄悙。

悋 吝的或體。

悌 ㄊㄧˋ *t'i*⁴ 音替
1敬愛兄長。通作弟。2和樂平易。如：愷悌。

悈 ㊀ ㄐㄧㄝˋ *chieh*⁴ 音戒
警戒。見"說文"。
㊁ ㄐㄧˊ *chi*² 音極
褊狹；急狹。見"爾雅·釋言"。

悖 ㊀ ㄅㄟˋ *pei*⁴ 音備
1謬誤。2違逆。3掩蔽。
㊁ ㄅㄛˊ *po*² 音勃
興盛；蓬勃。通勃。

10【悖逆】 ㄅㄟˋ ㄋㄧˋ
違逆。

14【悖慢】 ㄅㄟˋ ㄇㄢˋ
違逆傲慢。

15【悖德】 ㄅㄟˋ ㄉㄜˊ
違反道德。

18【悖謬】 ㄅㄟˋ ㄇㄧㄡˋ
乖戾荒謬。多指言行失當。

2【悖入悖出】 ㄅㄟˋ ㄖㄨˋ ㄅㄟˋ ㄔㄨ
以不正當方法得來的財物，也會以相同的方式喪失。

8【悖法亂紀】 ㄅㄟˋ ㄈㄚˇ ㄌㄨㄢˋ ㄐㄧˋ
違反法令，混亂紀律。

17【悖禮犯義】 ㄅㄟˋ ㄌㄧˇ ㄈㄢˋ ㄧˋ
違反禮法，侵犯道義。

悟 ㄨˋ *wu*⁴ 音誤
1覺察；了解；領會。見"說文"。2啟發他人。如：感悟。3由睡眠中醒來。通寤。

8【悟性】 ㄨˋ ㄒㄧㄥˋ
1(understanding)與感性相對。指人類的理性能力，包括利用概念，運用範疇，以從事思考、分析與判斷的能力。2佛家語。指能夠生起覺悟的本具心性。

13【悟道】 ㄨˋ ㄉㄠˋ
通過實踐了悟某種道理。

16【悟禪】 ㄨˋ ㄔㄢˊ
參悟禪機。

10【悟眞篇】 ㄨˋ ㄓㄣ ㄆㄧㄢ
原名"金液還丹悟眞篇"或"通元祕要悟眞篇"。'宋''張伯端'撰。專記道教內丹修煉的法術，爲道教南宗的重要著述。其體裁以詩詞爲主，凡七言四韻十六首；絕句六十四首；五言一首；又添以"西江月"十二首及雜言三十二首，集爲一卷。此書的中心思想以眞鉛眞汞爲主，將"周易參同契"內丹化的口訣，續予發揮，爲道教煉內丹之說。

悚 ㊀ ㄙㄨㄥˇ *sung*³ 音聳
害怕；恐懼。同竦。見"集韻"。
㊁ ㄙㄨㄥˊ *sung*²
譏笑人懦弱。

10【悚息】 ㄙㄨㄥˇ ㄒㄧˊ
因惶恐而喘氣。

12【悚然】 ㄙㄨㄥˇ ㄖㄢˊ
恐懼的樣子。

13【悚慄】 ㄙㄨㄥˇ ㄌㄧˋ
因懼怕而戰慄。

21【悚懼】 ㄙㄨㄥˇ ㄐㄩˋ
驚恐畏懼。

悂 ㄆㄧ *p'i*¹ 音批
錯誤。同誰。見"集韻"。

悀 ㄩㄥˇ *yung*³ 音勇
1忿怒。見"玉篇"。2心喜。見"集韻"。3滿。見"方言·六"。

悄 ㊀ ㄑㄧㄠˇ *ch'iao*³ 音巧
1憂愁的樣子。見"說文"。2寂靜的樣子。見"字彙"。3小聲的。如：悄聲說話。
㊁ ㄑㄧㄠˋ *ch'iao*⁴ 音俏
急。見"集韻"。

12【悄然】 ㄑㄧㄠˇ ㄖㄢˊ
1憂愁的樣子。2寂靜的樣子。

13【悄愴】 ㄑㄧㄠˇ ㄔㄨㄤˋ
1悲傷。2清寂。

悗 ㄇㄤˊ *mang*² 音茫
驚惶失措的樣子。見"字彙"。

悍 ㄏㄢˋ *han*⁴ 音汗
1勇猛；勇敢。見"說文"。2兇殘；蠻橫。3猛烈。如：悍藥。

12【悍然】 ㄏㄢˋ ㄖㄢˊ
強硬、兇暴的樣子。

悝 ㊀ ㄎㄨㄟ *k'uei*¹ 音虧
嘲笑。見"說文"。
㊁ ㄌㄧˇ *li*³ 音里
1憂愁。見"爾雅·釋詁"。2悲傷。見"玉篇"。3疾病。見"玉篇"。

悒 ㄧˋ *i*⁴ 音益
憂鬱不安。見"說文"。

8【悒快】 ㄧˋ ㄧㄤˋ
憂鬱不樂。

10【悒悒】 ㄧˋ ㄧˋ
憂悶不快樂的樣子。

21【悒鬱】 ㄧˋ ㄩˋ
心中鬱悶不樂。

悞 誤的或體。

悃 ㄎㄨㄣˇ *k'un*³ 音綑
誠懇忠厚。見"說文"。

12【悃款】 ㄎㄨㄣˇ ㄎㄨㄢˇ
誠懇忠厚的樣子。

悁 ㊀ ㄐㄩㄢˋ *chüan*⁴ 音絹
心急；急躁。見"集韻"。
㊁ ㄐㄩㄢ *chüan*¹ 音娟
1忿怒。見"說文"。2憂愁。見"說文"。

8【悁忿】 ㄐㄩㄢ ㄈㄣˋ
忿怒。

10【悁悁】 ㄐㄩㄢ ㄐㄩㄢ
1憂悶的樣子。2忿怒的樣子。

悕 ㄒㄧ *hsi*¹ 音希
1思念。見"玉篇"。2悲傷。見"正字通"。

悅 ㄩㄝˋ *yüeh*⁴ 音閱
1欣喜；快樂。見"爾雅·釋詁"。2喜歡。見"廣雅·釋詁"。3順服；悅服。見"爾雅·釋詁"。4姓。五代有'悅綰'。見"萬姓統譜·

一一八”。

5【悅目】 ㄩㄝˋ ㄇㄨˋ

顏色好看而使人產生愉快的感覺。

6【悅耳】 ㄩㄝˋ ㄦˇ

聲音好聽而使人產生愉快的感覺。

16【悅懌】 ㄩㄝˋ ㄧˋ

喜悅。

悛 ㊀ ㄑㄩㄢ ch'üan[1] 音圈

停止;悔改。見“說文”。

㊁ ㄒㄩㄣ hsün[1] 音熏

恭敬誠信。同恂。見“廣雅·釋詁”。

7【悛改】 ㄑㄩㄢ ㄍㄞˇ

悔改。

9【悛革】 ㄑㄩㄢ ㄍㄜˊ

改過。

10【悛悔】 ㄑㄩㄢ ㄏㄨㄟˇ

悔悟;改過。

悔 ㄏㄨㄟˇ hui[3] 音毀

事後惱恨。

4【悔尤】 ㄏㄨㄟˇ ㄧㄡˊ

懊悔與過錯。

7【悔改】 ㄏㄨㄟˇ ㄍㄞˇ

後悔並改正。

9【悔恨】 ㄏㄨㄟˇ ㄏㄣˋ

後悔遺憾。

10【悔悟】 ㄏㄨㄟˇ ㄨˋ

後悔覺悟。

12【悔棋】 ㄏㄨㄟˇ ㄑㄧˊ

落子後覺得不妥而想取消重下。

13【悔過】 ㄏㄨㄟˇ ㄍㄨㄛˋ

悔改;悔悟。

【悔過書】 ㄏㄨㄟˇ ㄍㄨㄛˋ ㄕㄨ

表示悔改的書面文字。

4【悔不當初】 ㄏㄨㄟˇ ㄅㄨˋ ㄉㄤ ㄔㄨ

懊悔原先不該如此。

悧 俐的或體。

悗 ㊀ ㄇㄢˊ man[2] 音蠻

困惑;迷惑。見“集韻”。

㊁ ㄇㄣˇ mên[3]

廢忘。見“集韻”。

悇 ㄩˋ yü[4] 音預

憂愁的樣子。如:悇憛。

悪 惡的俗體。

悊 ㄓㄜˊ chê[2] 音折

[1]恭敬。見“說文”。[2]明智。通哲。

恿 ㄩㄥˇ yung[3] 音勇

[1]勇的古文。[2]參慫恿。

悘 ㊀ ㄧ i[1] 音壹

審察。見“集韻”。

㊁ ㄧˋ i[4] 音義

恭敬。見“集韻”。

患 ㄏㄨㄢˋ huan[4] 音宦

[1]憂慮;發愁。見“說文”。[2]厭煩。[3]災禍。如:內憂外患。[4]生病。如:患病。

11【患得患失】 ㄏㄨㄢˋ ㄉㄜˊ ㄏㄨㄢˋ ㄕ

未得之前怕得不到,既得之後又怕失去。形容得失之心很重。

19【患難與共】 ㄏㄨㄢˋ ㄋㄢˋ ㄩˇ ㄍㄨㄥˋ

共同承當憂患和災難。

8【患者中心治療法】 ㄏㄨㄢˋ ㄓㄜˇ ㄓㄨㄥ ㄒㄧㄣ ㄓˋ ㄌㄧㄠˊ ㄈㄚˇ

(client-centered therapy)心理治療法之一。由‘美國’心理學家‘羅傑斯’(Carl Rogers)所創。首先安排一充滿自由、安全氣氛之晤談,使生活適應有困難者於治療者衷心接受且友善之態度下,盡情傾吐壓抑已久之鬱結或痛苦經驗,以增進自我認識,領悟自己問題之癥結,進而自求解決。

悉 ㄒㄧ hsi[1] 音析

[1]詳盡。見“說文”。[2]全部;皆。如:悉數。[3]知道;明白。如:熟悉。

2【悉力】 ㄒㄧ ㄌㄧˋ

全力。

4【悉心】 ㄒㄧ ㄒㄧㄣ

盡心;全心全意。

15【悉數】 ㊀ ㄒㄧ ㄕㄨˇ

一一說出來。

㊁ ㄒㄧ ㄕㄨˋ

全數。

10【悉索敝賦】 ㄒㄧ ㄙㄨㄛˇ ㄅㄧˋ ㄈㄨˋ

竭盡全國兵力。古依田賦出兵車、甲士,故稱﹁兵﹂爲﹁賦﹂。今泛指盡其所有以相供應。

悤 匆的本字。

悠 ㄧㄡ yu[1] 音優

[1]憂愁。見“說文”。[2]思;憂思。見“爾雅·釋詁”。[3]久遠。見“爾雅·釋詁”。[4]飄浮飛揚的樣子。如:悠揚。[5]閒適的樣子。如:悠閒。

11【悠悠】 ㄧㄡ ㄧㄡ

[1]憂心的樣子。[2]長遠的樣子。[3]安閒的樣子。[4]周遍流行的樣子。[5]平凡的樣子。

12【悠揚】 ㄧㄡ ㄧㄤˊ

[1]飄忽飛揚的樣子。[2]太陽西下的樣子。也作悠陽。

【悠閒】 ㄧㄡ ㄒㄧㄢˊ

安適而閒暇的樣子。

【悠然】 ㄧㄡ ㄖㄢˊ

悠閒自得的樣子。

13【悠隔】 ㄧㄡ ㄍㄜˊ

遠隔。

9【悠哉悠哉】 ㄧㄡ ㄗㄞ ㄧㄡ ㄗㄞ

[1]憂思長遠的樣子。[2]安閒自得的樣子。

11【悠悠忽忽】 ㄧㄡ ㄧㄡ ㄏㄨ ㄏㄨ

輕忽飄蕩。有迷惑之意。

⿱作心 作的或體。

您 ㄋㄧㄣˊ nin[2]

你的敬稱。

⿱卵心 ㄌㄨㄢˇ luan[3] 音卵

參⿱卵心子。

3【⿱卵心子】 ㄌㄨㄢˇ ˙ㄗ

對胖子的戲稱。

悆 ㄩˋ yü[4] 音預

[1]忘記。見“說文”。[2]喜悅。通愉。見“說文”。

悐 ㄊㄧˋ t'i[4] 音惕

[1]勞。見“廣韻”。[2]戒懼。同惕。見“集韻”。

⿱狂心 ㄍㄨㄤˋ kuang[4] 音逛

[1]錯誤。見“說文”。[2]詐

騙。見"玉篇"。

8

悹 ㄍㄨㄢˋ kuan⁴ 音灌 又讀 ㄍㄨㄢ kuan¹ 音官
憂愁。見"說文"。

惌 ㄩㄢ yüan¹ 音冤
①怨恨。見"集韻"。②小孔的樣子。見"正字通"。③冤枉。如:惌曲。

惉 ㄓㄢ chan¹ 音詹
聲音不和諧。如:惉懘。

悰 ㄘㄨㄥˊ ts'ung² 音從
①歡樂。見"說文"。②謀慮。見"廣韻"。

悺 悹的或體。

惋 ㄨㄢˋ wan⁴ 音腕
①驚歎。見"集韻"。②怨恨。如:悲惋。③痛惜。如:惋傷。

11【惋惜】 ㄨㄢˋ ㄒㄧˊ
歎惜。

15【惋歎】 ㄨㄢˋ ㄊㄢˋ
歎惜。

悾 ㊀ ㄎㄨㄥ k'ung¹ 音箜
①誠懇的樣子。見"集韻"。②無能的樣子。
㊁ ㄎㄨㄥˇ k'ung³ 音孔
參悾憁。

14【悾憁】 ㄎㄨㄥˇ ㄗㄨㄥˇ
①不得志的樣子。②急迫忙碌的樣子。

惇 ㄉㄨㄣ tun¹ 音敦
①敦厚;篤實。見"說文"。②誠信。見"方言·七"。③崇尚;重視。如:惇信明義。④勖勉。如:惇誨。

11【惇惇】 ㄉㄨㄣ ㄉㄨㄣ
仁厚的樣子。

悴 ㄘㄨㄟˋ ts'ui⁴ 音萃
①憂傷。如:愁悴。②衰弱。如:悴薄。③枯槁;乾萎。如:萎悴。

惦 ㄉㄧㄢˋ tien⁴ 音店
思念;掛念。

8【惦念】 ㄉㄧㄢˋ ㄋㄧㄢˋ
掛念;想念。

10【惦記】 ㄉㄧㄢˋ ·ㄐㄧ
想念;思念。

惓 ㊀ ㄑㄩㄢˊ ch'üan² 音權
參惓惓。
㊁ ㄐㄩㄢˋ chüan⁴ 音倦
①疲憊。通倦。見"集韻"。②危急;病危。

11【惓惓】 ㄑㄩㄢˊ ㄑㄩㄢˊ
懇切忠謹的樣子。

惮 憚的俗體。

惔 ㊀ ㄊㄢˊ t'an² 音談
內心憂愁悲苦。見"說文"。
㊁ ㄉㄢˋ tan⁴ 音淡
安靜淡泊。如:恬惔。

悽 ㄑㄧ ch'i¹ 音妻
①悲痛;哀傷。見"說文"。②寒冷。

4【悽切】 ㄑㄧ ㄑㄧㄝˋ
形容非常悲傷。

8【悽戾】 ㄑㄧ ㄌㄧˋ
哀傷悲切。

11【悽涼】 ㄑㄧ ㄌㄧㄤˊ
悲苦寂寞。

【悽惋】 ㄑㄧ ㄨㄢˋ
哀傷悲恨。

【悽惘】 ㄑㄧ ㄨㄤˇ
悲傷悵惘。

12【悽惻】 ㄑㄧ ㄘㄜˋ
傷痛。

【悽惶】 ㄑㄧ ㄏㄨㄤˊ
悲傷恐懼。

【悽然】 ㄑㄧ ㄖㄢˊ
悲傷的樣子。

13【悽愴】 ㄑㄧ ㄔㄨㄤˋ
哀傷。

【悽楚】 ㄑㄧ ㄔㄨˇ
悲傷痛苦。

14【悽慘】 ㄑㄧ ㄘㄢˇ
悲傷慘痛。

15【悽厲】 ㄑㄧ ㄌㄧˋ
悲傷哀痛。

11【悽悽惶惶】 ㄑㄧ ㄑㄧ ㄏㄨㄤˊ ㄏㄨㄤˊ
①悲傷害怕的樣子。②匆忙的樣子。

情 ㄑㄧㄥˊ ch'ing² 音晴
①心之所感。如:七情六欲。②事物的性質。如:物情。③實際。如:聲聞過情。④情致;趣味。

4【情分】 ㄑㄧㄥˊ ㄈㄣˋ
彼此之間的感情。

5【情由】 ㄑㄧㄥˊ ㄧㄡˊ
事情的狀況和原因。

8【情狀】 ㄑㄧㄥˊ ㄓㄨㄤˋ
實際的狀況。

9【情致】 ㄑㄧㄥˊ ㄓˋ
情趣和風致。

【情面】 ㄑㄧㄥˊ ㄇㄧㄢˋ
①交情和面子。②體面。

【情急】 ㄑㄧㄥˊ ㄐㄧˊ
被突如其來的驚懼所激而表現的應急心態或反應。

【情侶】 ㄑㄧㄥˊ ㄌㄩˇ
戀愛中的男女。

11【情理】 ㄑㄧㄥˊ ㄌㄧˇ
①人情和事理。②風致和道理。

【情欲】 ㄑㄧㄥˊ ㄩˋ
人情所貪想的。

【情僞】 ㄑㄧㄥˊ ㄨㄟˋ
①眞實與虛假。②作假、舞弊的事實。

12【情報】 ㄑㄧㄥˊ ㄅㄠˋ
①有關敵方最新情勢的報告。②泛指對各種消息和情況的最新報導。

【情景】 ㄑㄧㄥˊ ㄐㄧㄥˇ
①內心感情與外界景物。②情形;狀況。

13【情意】 ㄑㄧㄥˊ ㄧˋ
感情,心意。

【情痴】 ㄑㄧㄥˊ ㄔ
指用情深似痴呆的人。

【情愫】 ㄑㄧㄥˊ ㄙㄨˋ
眞情;眞心。同情素。

【情勢】 ㄑㄧㄥˊ ㄕˋ
事情發展的趨勢。

【情感】 ㄑㄧㄥˊ ㄍㄢˇ
感情;內心受刺激而產生的情緒。

【情節】 ㄑㄧㄥˊ ㄐㄧㄝˊ

①事情的原委經過或內容眞相。②心志節操。③(plot)小說和戲劇的全盤構造。包含故事內容,且同時爲構成意義類型因素的總結構。一般包括開場、中段、結尾。具有統一性,將事件貫穿,並加以組織。

14【情實】 ㄑㄧㄥˊ ㄕˊ
①眞實的情況。②眞心實意。

【情境】 ㄑㄧㄥˊ ㄐㄧㄥˋ
一種客觀處境或主觀心境。

【情態】 ㄑㄧㄥˊ ㄊㄞˋ
①事物的情況狀態。②神情姿態。

【情緒】 ㄑㄧㄥˊ ㄒㄩˋ
①纏綿的情意。②心情;心境。

15【情誼】 ㄑㄧㄥˊ ㄧˋ
交情;情義。

【情調】 ㄑㄧㄥˊ ㄉㄧㄠˋ
情趣格調。

【情趣】 ㊀ ㄑㄧㄥˊ ㄑㄩ
志向。
㊁ ㄑㄧㄥˊ ㄑㄩˋ
意味。

16【情操】 ㄑㄧㄥˊ ㄘㄠ
(sentiment) 以思想爲主導的情緒反應。常與思想、態度、判斷、理想等相伴合。

19【情韻】 ㄑㄧㄥˊ ㄩㄣˋ
情趣韻味。

【情懷】 ㄑㄧㄥˊ ㄏㄨㄞˊ
心情;情緒。

【情願】 ㄑㄧㄥˊ ㄩㄢˋ
①志向;意趣。②甘心願意。

20【情竇】 ㄑㄧㄥˊ ㄉㄡˋ
指男女情愛交感的管道。

4【情不自禁】 ㄑㄧㄥˊ ㄅㄨˋ ㄗˋ ㄐㄧㄣ
感情衝動,無法自制。

6【情有可原】 ㄑㄧㄥˊ ㄧㄡˇ ㄎㄜˇ ㄩㄢˊ
衡量其實情,尙有可原諒的地方。

【情同手足】 ㄑㄧㄥˊ ㄊㄨㄥˊ ㄕㄡˇ ㄗㄨˊ
感情深厚有如同胞兄弟。

7【情投意合】 ㄑㄧㄥˊ ㄊㄡˊ ㄧˋ ㄏㄜˊ
感情融洽,心意相合。

13【情感教育】 ㄑㄧㄥˊ ㄍㄢˇ ㄐㄧㄠˋ ㄩˋ
(affective education)偏重感情、情緒、情操與態度的教育。

【情感資訊】 ㄑㄧㄥˊ ㄍㄢˇ ㄗ ㄒㄩㄣˋ
(affective information)與認知資訊相對。訴諸感性,或以激發、抒解情感爲目的的資訊。

16【情隨事遷】 ㄑㄧㄥˊ ㄙㄨㄟˊ ㄕˋ ㄑㄧㄢ
指感受隨著外在事物而變遷。

13【情勢變更原則】 ㄑㄧㄥˊ ㄕˋ ㄅㄧㄢˋ ㄍㄥ ㄩㄢˊ ㄗㄜˊ
(clausula rebus sic stantibus)條約締結時存在之情況,於締約之後發生基本改變而非當事國所預料者,原則上不得援引作爲終止或退出條約之理由,除非:一、此種情況之存在構成當事國承受條約拘束之必要根據。二、該項改變之影響將根本變動依條約尙待履行之義務的範圍(見"維也納條約法公約"第六十二條)。

14【情境依賴學習】 ㄑㄧㄥˊ ㄐㄧㄥˋ ㄧ ㄌㄞˋ ㄒㄩㄝˊ ㄒㄧˊ
(state-dependent learning) 個體於某一情境內進行學習後,若再回到該學習情境內,則記憶可獲致指引,效果優於另一新情境內之學習。

13【情感性精神分裂症】 ㄑㄧㄥˊ ㄍㄢˇ ㄒㄧㄥˋ ㄐㄧㄥ ㄕㄣˊ ㄈㄣ ㄌㄧㄝˋ ㄓㄥˋ
(affective schizophrenia) 精神病的一種。患者情緒起伏極不穩定,或過度激動、興奮,或過度憂鬱、沮喪,呈現躁鬱性之極端變化。

悻 ㄒㄧㄥˋ *hsing*[4] 音幸
①固執任性;不隨和。如:悻直。②怨怒。如:悻然。

11【悻悻然】 ㄒㄧㄥˋ ㄒㄧㄥˋ ㄖㄢˊ
怨怒的樣子。

悵 ㄔㄤˋ *ch'ang*[4] 音暢
①懊惱。見"說文"。②失意。見"廣韻"。

11【悵悵】 ㄔㄤˋ ㄔㄤˋ
失意或懊惱的樣子。

【悵惘】 ㄔㄤˋ ㄨㄤˇ
失意茫然的樣子。

12【悵然】 ㄔㄤˋ ㄖㄢˊ
失意的樣子。

悷 ㄊㄨㄟˋ *t'ui*[4] 音退
①舒緩。見"廣雅·釋詁"。②忘記。見"廣雅·釋詁"。

惤 ㄐㄧㄢ *chien*[1] 音堅
'漢代'縣名。屬'東萊郡'。見"字彙補"。

惐 ㄩˋ *yü*[4] 音域
參惻惐。

惏 ㄌㄧㄥˊ *ling*[2] 音陵
①哀憐。見"方言·一"。②驚懼。

惜 ㄒㄧˊ *hsi*[2] 音昔
①悲傷;哀痛。見"說文"。②愛憐;珍視。見"增韻"。③吝嗇;捨不得。如:吝惜。④害怕;擔心。

11【惜陰】 ㄒㄧˊ ㄧㄣ
愛惜光陰。

13【惜福】 ㄒㄧˊ ㄈㄨˊ
珍惜目前擁有的福澤,不作過分的揮霍享用。

15【惜墨如金】 ㄒㄧˊ ㄇㄛˋ ㄖㄨˊ ㄐㄧㄣ
比喻不輕易下筆。

惏 ㊀ ㄌㄢˊ *lan*[2] 音嵐
貪婪。同婪。如:貪惏無饜。
㊁ ㄌㄧㄣˊ *lin*[2] 音林
①悲傷悽慘的樣子。如:惏悷。②寒冷的樣子。如:惏慄。

惙 ㄔㄨㄛˋ *ch'o*[4], *ch'uo*[4] 音綽
①憂傷。見"說文"。②疲倦。見"廣韻"。

惝 ㄊㄤˇ *t'ang*[3] 音躺 又讀 ㄔㄤˇ *ch'ang*[3] 音敞
①失意;悵恨。同惝。見"玉篇"。②模糊不清。如:惝恍。③寬大;廣闊。通敞。如:弘惝。

惘 ㄨㄤˇ *wang*[3] 音網
失意;神志恍惚。見"集韻"。

12【惘然】 ㄨㄤˇ ㄖㄢˊ
茫然失意的樣子。

惃　ㄎㄨㄣ k'un¹ 音昆　又讀 ㄍㄨㄣˇ kun³ 音滾
紊亂。見"廣韻"。

悃　ㄍㄨㄛˇ ko³, kuo³ 音果
果敢。通作果。見"廣韻"。

惕　ㄊㄧˋ t'i⁴ 音替
戒愼；憂懼。見"說文"。

15【惕厲】 ㄊㄧˋ ㄌㄧˋ
心存戒愼。

悼　ㄉㄠˋ tao⁴ 音到
1懼怕；顫抖。見"說文"。2憂傷；悲痛。見"方言·一"。3追念；感懷。如：悼亡。4指年幼的人。如：悼齔。

3【悼亡】 ㄉㄠˋ ㄨㄤˊ
1追念死者。2'晉''潘岳'妻死，作"悼亡詩"三首。後人因以稱追念亡妻，又引申指喪妻。

8【悼念】 ㄉㄠˋ ㄋㄧㄢˋ
對死者的懷念。

惆　怙的或體。

惀　ㄊㄧㄢˇ t'ien³ 音腆
慚愧；難爲情。見"說文"。

惨　慘的俗體。

悱　ㄈㄟˇ fei³ 音匪
1心裡略有所悟，想說卻無法恰當說出來。如：不悱不發。2憂傷。如：悱惻。

12【悱惻】 ㄈㄟˇ ㄘㄜˋ
憂思鬱結。

惆　ㄔㄡˊ ch'ou² 音愁
失意；惱恨。見"說文"。

11【惆惋】 ㄔㄡˊ ㄨㄢˇ
惆悵惋惜。

【惆悵】 ㄔㄡˊ ㄔㄤˋ
1失意。2感傷；懊惱。

悸　ㄐㄧˋ chi⁴ 音季
1恚怒。見"廣雅·釋詁"。2驚懼。如：心悸。3病名。即怔忡病。

10【悸病】 ㄐㄧˋ ㄅㄧㄥˋ
自己感到心跳、不安的病症。一般多呈陣發性，因情緒波動、勞累過度或心血不足、心陽虛弱而引起。

11【悸動】 ㄐㄧˋ ㄉㄨㄥˋ
因驚懼而心跳加快。

13【悸慄】 ㄐㄧˋ ㄌㄧˋ
因驚懼而顫動。

惚　ㄏㄨ hu¹ 音呼
參恍恍惚惚。

惟　ㄨㄟˊ wei² 音維
1思量；考慮。見"說文"。2是；爲。3與；和。4通唯。(1)僅；獨。(2)由於；爲了。(3)助詞。無義。(4)希望。5姓。'宋'有'惟官方'。見"萬姓統譜·五"。

1【惟一】 ㄨㄟˊ ㄧ
1專一。2獨一。也作唯一。

10【惟恐】 ㄨㄟˊ ㄎㄨㄥˇ
只怕。也作唯恐。

7【惟利人】 ㄨㄟˊ ㄌㄧˋ ㄖㄣˊ
(rational-economic man)'謝恩'(E. H. Schein)所提出組織對員工看法的一種。認爲經濟是刺激員工最重要的誘因，經濟誘因可由組織控制，組織可經由設計，有效控制員工，以求組織目標的達成。組織認爲員工是惟利人，則應採用一套能適應惟利人的管理策略，如以金錢收買員工的效力與服從，或用獎勵及分紅來鼓勵高生產力的人，促使員工間相互競爭，以提高工作效率。

惛　ㄏㄨㄣ hun¹ 音昏
也作惽。1迷糊不清。見"說文"。2煩悶；苦惱。通悶。見"集韻"。3靜默專一。4喧嘩；爭吵。如：惛怓。

11【惛惛】 ㄏㄨㄣ ㄏㄨㄣ
1沈靜專注。2昏暗不明。3煩悶。

悷　ㄌㄧˋ li⁴ 音麗
悲傷悽慘的樣子。如：悽悷。

惀　一 ㄌㄨㄣˊ lun² 音倫
心想通達事理的樣子。見"說文"。
二 ㄌㄨㄣˋ lun⁴ 音論
憤懣不平。見"集韻"。

惢　一 ㄙㄨㄛˇ so³, suo³ 音瑣
心多疑。見"說文"。
二 ㄖㄨㄟˇ jui³ 音蕊
花蕊。同蕊。見"字彙"。

惠　ㄏㄨㄟˋ hui⁴ 音慧
1仁愛；善良。見"說文"。2柔順；賢淑。見"爾雅·釋詁"。3施恩；賞賜。見"廣雅·釋言"。4溫和；和諧。如：惠風。5恩澤。如：施惠。6聰慧。通慧。如：夙惠。

9【惠風】 ㄏㄨㄟˋ ㄈㄥ
1和風。2比喻仁愛、德澤。

12【惠棟】 ㄏㄨㄟˋ ㄉㄨㄥˋ
(1697～1758)'清''江蘇''吳縣'人。字'定宇'，號'松崖'。自幼篤志向學，家多藏書，日夜講誦。博通經史，對"易"鑽研尤深。著有"九經古義"、"易漢學"、"古文尚書考"等書。

12【惠然】 ㄏㄨㄟˋ ㄖㄢˊ
仁慈和順的樣子。

15【惠賜】 ㄏㄨㄟˋ ㄙˋ
尊稱他人的賞賜或贈送。

16【惠澤】 ㄏㄨㄟˋ ㄗㄜˊ
恩澤；德澤。

17【惠臨】 ㄏㄨㄟˋ ㄌㄧㄣˊ
尊稱他人的來訪。

21【惠顧】 ㄏㄨㄟˋ ㄍㄨˋ
關懷照顧。今多敬稱顧客光臨。

10【惠特曼】 ㄏㄨㄟˋ ㄊㄜˋ ㄇㄢˋ
(Walt Whitman, 1819～1892)'美國'詩人。原爲熱烈的民主主義者。詩作的形式、內容均脫離傳統獨具一格，主要傳達他對種族、社會的樂觀感情。他以熱情、坦率、不受拘束的格律建立了自由詩的風格。詩作集爲"草葉集"(*Leaves of Grass*)。

6【惠而不費】 ㄏㄨㄟˋ ㄦˊ ㄅㄨˋ ㄈㄟˋ
施加恩惠給別人，而自己所費不很多。

12【惠斯登電橋】 ㄏㄨㄟˋ ㄙ ㄉㄥ ㄉㄧㄢˋ ㄑㄧㄠˊ
(Wheatstone bridge)也稱電阻

電橋。一種將待測電阻與標準電阻作直接比較的測量電路。如圖,當電流計G之讀數爲零時,電路處於均衡狀態,待測電阻爲

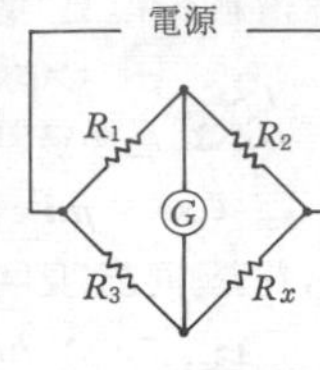

惠斯登電橋圖

$R_x=\frac{R_3R_2}{R_1}$。

惡　㊀ ㄜˋ $o^4, \hat{e}^4$ 音萼
1不善;罪過。見"說文"。2凶暴;兇橫。如:惡眉惡眼。3醜陋。4粗劣。如:惡衣惡食。
㊁ ㄨˋ wu^4 音誤
1嫌厭;嫉恨。見"集韻"。2恥辱。見"集韻"。3畏懼。
㊂ ㄨ wu^1 音烏
1疑問稱代詞。何處;哪兒。2疑問副詞。如何;怎麼。3歎詞。表示驚訝。
㊃ ㄜˇ $o^3, \hat{e}^3$ 音噁
嫌厭;想吐。也作噁。如:惡心。

4【惡少】 ㄜˋ ㄕㄠˋ
品行不良的少年。

【惡化】 ㄜˋ ㄏㄨㄚˋ
事情逐漸顯現險惡衰敗的現象。

6【惡地】 ㄜˋ ㄉㄧˋ
(badlands)在泥岩區,如果地面逕流甚速,常造成嚴重的坡面侵蝕,構成坡度甚陡且崎嶇不平的地面,稱爲惡地。表土無法形成,草木難生。本詞原指'美國'南達科他州'(South Dakota)和'內布拉斯加州'(Nebraska)的此種崎嶇地,即劣地之意。'臺灣'南部的'月世界'也是此種地形。

【惡劣】 ㄜˋ ㄌㄧㄝˋ
1不好的;不善良的。2不利的。

【惡行】 ㄜˋ ㄒㄧㄥˊ
不良的行爲。

8【惡毒】 ㄜˋ ㄉㄨˊ
凶惡狠毒。

10【惡疾】 ㄜˋ ㄐㄧˊ
難治的疾病。

【惡臭】 ㄜˋ ㄔㄡˋ
難聞的氣味。

【惡徒】 ㄜˋ ㄊㄨˊ
壞人。

11【惡習】 ㄜˋ ㄒㄧˊ
不良的習性。

12【惡報】 ㄜˋ ㄅㄠˋ
佛家語。種惡因而得來的報應。

【惡棍】 ㄜˋ ㄍㄨㄣˋ
惡徒;壞人。

13【惡意】 ㄜˋ ㄧˋ
1不良的居心。2與善意相對。法律上善意指不知情,惡意指知情。

【惡歲】 ㄜˋ ㄙㄨㄟˋ
荒年。

【惡業】 ㄜˋ ㄧㄝˋ
1不正當的行業。2佛家語。出於身、口、意三者的壞事、壞話、壞心等。

14【惡漢】 ㄜˋ ㄏㄢˋ
惡徒;行爲惡劣的男子。

17【惡聲】 ㄜˋ ㄕㄥ
1邪僻的聲音。2辱罵的聲音。3不悅耳的聲音。4不祥的聲音。

21【惡魔】 ㄜˋ ㄇㄛˊ
1凶惡的魔鬼。2比喻無惡不作的壞人。3佛家語。通稱擾人修行的惡人、惡事、惡神。

【惡霸】 ㄜˋ ㄅㄚˋ
在地方上作惡稱雄的人。

【惡露】 ㄜˋ ㄌㄨˋ
(lochia)婦女產後由於子宮內胎盤及卵膜的剝離,會有一連串的分泌物自陰道流出,此分泌物即稱爲惡露。最初3、4天主要是帶血的,呈紅色,量多;第五天開始血液減少、黏液增加,呈褐色,量減少;到第七天則變爲帶黃色的分泌物。通常約需10～14天的分泌期。

7【惡作劇】 ㄜˋ ㄗㄨㄛˋ ㄐㄩˋ
故意戲弄,令人難堪。

6【惡衣惡食】 ㄜˋ ㄧ ㄜˋ ㄕˊ
粗劣的衣服和食物。

8【惡性循環】 ㄜˋ ㄒㄧㄥˋ ㄒㄩㄣˊ ㄏㄨㄢˊ
不良事物,互爲因果,使情況愈變愈壞。

11【惡貫滿盈】 ㄜˋ ㄍㄨㄢˋ ㄇㄢˇ ㄧㄥˊ
形容罪惡已累積到極點。

12【惡紫奪朱】 ㄨˋ ㄗˇ ㄉㄨㄛˊ ㄓㄨ
厭惡紫色取代紅色。紫爲雜色,朱爲正色。紫奪朱,比喻邪惡勝過正義。

13【惡意占有】 ㄜˋ ㄧˋ ㄓㄢˋ ㄧㄡˇ
指占有人明知其爲無權的占有。與善意占有相對。參善意占有。

17【惡聲必反】 ㄜˋ ㄕㄥ ㄅㄧˋ ㄈㄢˇ
以粗話還報粗話。

8【惡性通貨膨脹】 ㄜˋ ㄒㄧㄥˋ ㄊㄨㄥ ㄏㄨㄛˋ ㄆㄥˊ ㄓㄤˋ
(hyperinflation)指每年物價水準的上漲率在兩位數字(即10%)以上者。

2【惡人自有惡人磨】 ㄜˋ ㄖㄣˊ ㄗˋ ㄧㄡˇ ㄜˋ ㄖㄣˊ ㄇㄛˊ
惡人自然有更惡的人來壓制他。

惑　ㄏㄨㄛˋ ho^4, huo^4 音或
1迷亂。見"說文"。2懷疑。見"字彙"。

10【惑疾】 ㄏㄨㄛˋ ㄐㄧˊ
精神迷惑失常的疾病。

11【惑術】 ㄏㄨㄛˋ ㄕㄨˋ
迷惑人的法術。

13【惑溺】 ㄏㄨㄛˋ ㄋㄧˋ
迷惑沈溺。

【惑亂】 ㄏㄨㄛˋ ㄌㄨㄢˋ
迷亂。

惎　ㄐㄧˋ chi^4 音忌
1毒害。見"說文"。2憎惡。如:惎恨。3教誨。如:惎悔。

10【惎悔】 ㄐㄧˋ ㄏㄨㄟˇ
教人悔改。

悳　ㄉㄜˊ $t\hat{e}^2$ 音德
道德;修道有得於心。今通作德。見"說文"。

悳　悳的或體。

惄　ㄋㄧˋ ni^4 音匿
1飢餓。見"說文"。2憂愁

失意。見"說文"。3悲啼;哭泣。見"方言·一"。4心神不安的樣子。

悲 ㄅㄟ pei[1] 音碑
1哀傷;傷痛。見"說文"。2憐憫。如:悲憐。3懷念。如:遊子悲故鄉。4淒厲;淒涼。如:悲音。

4【悲切】 ㄅㄟ ㄑㄧㄝˋ
非常悲痛。

7【悲壯】 ㄅㄟ ㄓㄨㄤˋ
心緒哀傷,意氣激昂。

11【悲涼】 ㄅㄟ ㄌㄧㄤˊ
悲哀淒涼。

【悲戚】 ㄅㄟ ㄑㄧ
悲哀憂傷。

13【悲愴】 ㄅㄟ ㄔㄨㄤˋ
悲痛哀傷。

14【悲慘】 ㄅㄟ ㄘㄢˇ
悲傷悽慘。

【悲慟】 ㄅㄟ ㄊㄨㄥˋ
哀傷悲痛。

【悲酸】 ㄅㄟ ㄙㄨㄢ
悲哀辛酸。

15【悲憤】 ㄅㄟ ㄈㄣˋ
悲哀憤怒。

【悲憫】 ㄅㄟ ㄇㄧㄣˇ
悲傷憐憫。

【悲劇】 ㄅㄟ ㄐㄩˋ
1泛指悲慘不幸的事。2(tragedy)戲劇的一種類型。在西方戲劇史上,多指用雄渾的詩語對於那些無法避免命運捉弄的人,在面對悲慘的命運時卻能表現出莊嚴與堅毅所作的描繪。悲劇一詞源自'希臘'文,古'希臘'的悲劇大都取材於神話、傳說和史詩。

25【悲觀】 ㄅㄟ ㄍㄨㄢ
1佛家語。常懷救苦救難的心來觀察眾生。2(pessimism)個體認爲現實世界是晦暗的,並預期發展結果亦將是可悲的心理歷程。與樂觀相對。

12【悲喜劇】 ㄅㄟ ㄒㄧˇ ㄐㄩˋ
(tragi-comedy)戲劇的一種類型。採用悲劇的結構而以喜劇結尾。即十九世紀時通稱的通俗劇(melodrama)。在西元前五世紀即已存在,而盛行於十六世紀末至十七世紀前半期。內容通常是描繪一個善惡分明的世界,主角受到邪惡力量的威脅迫害,結局則是好人得到救償而壞人受到懲罰。

15【悲憤詩】 ㄅㄟ ㄈㄣˋ ㄕ
'東漢''蔡琰'所作的敘事詩。'琰'爲'蔡邕'之女,於'漢'末'董卓'之亂時被胡騎所擄,在'匈奴'十二年,生二子,後爲'曹操'贖回,改嫁同邑'董'氏。'琰'自傷離亂,乃作"悲憤詩"以抒懷抱。共有二篇,一爲五言體,一爲'楚'辭體。

4【悲天憫人】 ㄅㄟ ㄊㄧㄢ ㄇㄧㄣˇ ㄖㄣˊ
敬畏天道而悲其不彰,關懷世人而憫其困苦。指憂念時艱。

【悲不自勝】 ㄅㄟ ㄅㄨˋ ㄗˋ ㄕㄥ
形容極其悲傷。

22【悲歡離合】 ㄅㄟ ㄏㄨㄢ ㄌㄧˊ ㄏㄜˊ
悲傷、歡樂、離散、聚合。形容人世的遭遇無常。

悶 一 ㄇㄣˋ mên[4] 音懣
1憂鬱;心煩。見"說文"。2渾噩;愚昧。
二 ㄇㄣ mên[1]
1封閉;不通氣。2靜默無聲。

13【悶葫蘆】 ㄇㄣˋ ㄏㄨˊ ·ㄌㄨ
猜不透的;難解的。

惻 怛的或體。

惄 ㄐㄧㄡˋ chiu[4] 音舊
怨讎。見"說文"。

恩 通的俗體。

9

愙 恪的或體。

意 ㄧˋ i[4] 音憶
1心志;心思。指心靈的種種活動。見"說文"。2意義;見解。如:創發新意。3意趣;情味。如:古意盎然。4料想;猜測。如:意度。5佛家語。六根或八識之一。參意根、意識3。6國名。也譯作'義'。即'義大利'的簡稱。7姓。'明'有'意秀'。見"萬姓統譜·九三"。

3【意下】 ㄧˋ ㄒㄧㄚˋ
1心中。2意思;看法。

5【意外】 ㄧˋ ㄨㄞˋ
1意料之外。2突然發生的不幸事件。

6【意旨】 ㄧˋ ㄓˇ
心意。

【意向】 ㄧˋ ㄒㄧㄤˋ
心意的趨向。

7【意志】 ㄧˋ ㄓˋ
1志向;志願。2(will; volition)個體選擇、決意、堅持、行動等的心理力量。

【意見】 ㄧˋ ㄐㄧㄢˋ
(opinion)通常指依據個人的觀點所做的判斷或所持的信仰,不一定有堅強的理由或論據。

8【意味】 ㄧˋ ㄨㄟˋ
1意境、趣味。2指寓有某種含意。3體會。

【意念】 ㄧˋ ㄋㄧㄢˋ
想法;觀念。

10【意根】 ㄧˋ ㄍㄣ
佛家語。六根之一。即記憶、推理、判斷之心意識活動的精神功能主體。

【意氣】 ㄧˋ ㄑㄧˋ
1意態與氣概。如:意氣自如。2情誼。3志趣。如:意氣相投。4情緒;血氣。如:意氣用事。

11【意淫】 ㄧˋ ㄧㄣˊ
對某一對象起淫念,但未有實際的行爲。

12【意象】 ㄧˋ ㄒㄧㄤˋ
1心境和容貌。2心中呈現的形象。指概念化的外象。3(image)就文學言,指文學的表現,達成心象的圖畫效果,且具有暗示或象徵的功能。就繪畫言,指所表現塑造的形象或景象，融合了藝術家主觀的意識與情感，成為主客觀統一的造型或意境。

13【意會】ㄧˋ ㄏㄨㄟˋ
①與心意相合。②以心意領會。

14【意境】ㄧˋ ㄐㄧㄥˋ
藝術品內容思想所呈現的境界層次。

【意圖】ㄧˋ ㄊㄨˊ
企圖；心中圖謀。

【意態】ㄧˋ ㄊㄞˋ
神情姿態。

【意緒】ㄧˋ ㄒㄩˋ
①心緒；心情。②思想的頭緒、脈絡。

15【意趣】ㄧˋ ㄑㄩˋ
意念與旨趣。

16【意謂】ㄧˋ ㄨㄟˋ
意指；以為。

【意興】ㄧˋ ㄒㄧㄥˋ
意味興致。

19【意識】ㄧˋ ㄕˋ
①意向與見解。②人類心靈的醒覺狀態，或在此狀態下的心靈活動及心靈內容。③佛家語。八識之第六識。是意根對外界各方面有所感受時產生的識，指綜合感覺所形成的知覺、思維、判斷等精神活動。以整個世界（諸法）為對象，所以又名法識。

20【意譯】ㄧˋ ㄧˋ
敘述大意的翻譯法。

4【意中人】ㄧˋ ㄓㄨㄥ ㄖㄣˊ
①想念的人。②愛慕的人。

7【意見段】ㄧˋ ㄐㄧㄢˋ ㄉㄨㄢˋ
(opinion paragraph) 審計報告的最後一段。主要在說明會計師根據這次審核所表示的意見。簡言之，係在說明會計師對於財務報表所負責任的程度。

5【意外保險】ㄧˋ ㄨㄞˋ ㄅㄠˇ ㄒㄧㄢˇ
(casualty insurance) 為海上保險、火災保險與人壽保險以外，所有其他對於身體傷病及財產損失之各種保險的總稱。

6【意在言外】ㄧˋ ㄗㄞˋ ㄧㄢˊ ㄨㄞˋ
語意含蓄，不在言語、字面上表現，須由聽者或讀者自己深入去體會。

【意在筆先】ㄧˋ ㄗㄞˋ ㄅㄧˇ ㄒㄧㄢ
在下筆之前先行構思。

7【意見領袖】ㄧˋ ㄐㄧㄢˋ ㄌㄧㄥˇ ㄒㄧㄡˋ
(opinion leader) 意見能引起大眾響應的人。即對大眾意見的形成具有強烈影響力的人。

8【意定代理】ㄧˋ ㄉㄧㄥˋ ㄉㄞˋ ㄌㄧˇ
指代理權基於本人之意思表示而生的代理。與法定代理相對。參法定代理。

【意到筆隨】ㄧˋ ㄉㄠˋ ㄅㄧˇ ㄙㄨㄟˊ
形容思路敏銳，下筆得心應手。

9【意思表示】ㄧˋ ㄙ ㄅㄧㄠˇ ㄕˋ
法律事實之一種。凡行為人為發生特定之私法效果，表示其意思，並由法律賦予應有之法律效果者均屬之。法律事實種類甚多，凡意思通知、觀念通知、意思表示、感情表示、住所之設定及廢止、無因管理、無主物先占、遺失物之拾得、埋藏物之發見、附合、混合、加工、侵權行為等均屬之，意思表示只是其中最重要之一種。通說認為意思表示須具備：一、效果意思：當事人意欲發生一定法律效果之意思。二、表示意思：係基於內部效果意思有意識地指揮其行為，表示於外部之意思。三、表示行為：係行為人基於表示意思，為一定之作為或不作為，俾相對人客觀上得推斷其意思表示之行為。

【意思實現】ㄧˋ ㄙ ㄕˊ ㄒㄧㄢˋ
指承諾無須通知，而有可認為承諾之事實時，其契約即為成立。例如甲寄西裝料給乙，言明如欲購買者，不必回音，俟數日後再來收錢云云；數日後甲果到乙處收帳，見乙已將西裝料裁製為西裝，乙應給付西裝料錢，蓋乙將西裝料裁製為西裝之行為可認為承諾事實，雙方契約已經成立。

10【意氣用事】ㄧˋ ㄑㄧˋ ㄩㄥˋ ㄕˋ
憑情感衝動而做事。

【意氣相投】ㄧˋ ㄑㄧˋ ㄒㄧㄤ ㄊㄡˊ
性情相合。

【意氣風發】ㄧˋ ㄑㄧˋ ㄈㄥ ㄈㄚ
神情氣概昂揚豪邁的樣子。

【意氣揚揚】ㄧˋ ㄑㄧˋ ㄧㄤˊ ㄧㄤˊ
得意的樣子。

16【意興闌珊】ㄧˋ ㄒㄧㄥˋ ㄌㄢˊ ㄕㄢ
提不起興致的樣子。

19【意識形態】ㄧˋ ㄕˋ ㄒㄧㄥˊ ㄊㄞˋ
(ideology) 泛指某一社群或集團所信持（或堅持）的一套基本思想或根本價值主張。

7【意志自由論】ㄧˋ ㄓˋ ㄗˋ ㄧㄡˊ ㄌㄨㄣˋ
(free-will doctrine) 主張人有能力按照自己的意志做選擇和下決定，不受外力的強制。與決定論相對。

【意見自由市場】ㄧˋ ㄐㄧㄢˋ ㄗˋ ㄧㄡˊ ㄕˋ ㄔㄤˇ
(free marketplace of ideas) 意見猶如商品，應公開陳列，供人自由取捨，傳播媒體即是此一「商品」的陳列市場。'英國'倡導新聞自由的先驅'米爾頓'(John Milton)、'洛克'(John Locke) 先後提出此主張。

愃

㊀ ㄒㄩㄢˇ *hsüan*^{3} 音選
心胸寬大、無牽無掛的樣子。見"說文"。
㊁ ㄒㄩㄢ *hsüan*^{1} 音宣
①愉快。見"字彙"。②忘記。通諼。見"說文通訓定聲"。

愔

ㄧㄣ *yin*^{1} 音因
參愔愔。

12【愔愔】ㄧㄣ ㄧㄣ
①和悅的樣子。②深靜的樣子。

惲

ㄩㄣˋ *yün*^{4} 音運
①厚重。見"說文"。②姓。'明'有'惲巍'。見"萬姓統譜・八〇"。

愜 ㄑㄧㄝˋ ch'ieh⁴ 音妾
①快意；稱心。見"說文"。②恰當；切合。如：詞愜事當。

13【愜意】 ㄑㄧㄝˋ ㄧˋ
心滿意足。

【愜當】 ㄑㄧㄝˋ ㄉㄤˋ
適切；恰當。

慨 ㄎㄞˇ k'ai³ 音楷 又讀 ㄎㄞˋ k'ai⁴ 音愾
或作嘅。①歎息。如：慨歎。②激昂。如：憤慨。

愊 ㄅㄧˋ pi⁴ 音碧
①至誠。見"集韻"。②鬱結。③迫促。

16【愊憶】 ㄅㄧˋ ㄧˋ
內心憤懣鬱結。

惽 惛的或體。

愇 ㄨㄟˇ wei³ 音偉
①是。同韙。見"說文"。②恨。見"集韻"。

㥛 ㊀ ㄐㄧˊ chi² 音極
①急性。見"說文"。②口吃。
㊁ ㄎㄜˋ k'o⁴, k'ê⁴ 音客
仁愛。見"集韻"。

㥔 ㄨˊ wu² 音無
①安撫。見"說文"。②憐愛。見"集韻"。

愖 ㊀ ㄔㄣˊ ch'ên² 音忱
誠信。同忱。見"集韻"。
㊁ ㄉㄢ tan¹ 音單
逸樂。也作媅。見"集韻"。

惵 ㄉㄧㄝˊ tieh² 音碟
恐懼。如：惵息。

愅 ㄍㄜˊ ko², kê² 音革
改變；變更。如：愅詭。

惰 ㄉㄨㄛˋ to⁴, tuo⁴ 音舵
懈怠；不恭敬。見"說文"。

15【惰輪】 ㄉㄨㄛˋ ㄌㄨㄣˊ
(idler)在單式輪系中，除首末兩輪外，介於其中間之輪均稱爲惰輪。其功用有二：一爲改變從動輪之旋轉方向；二爲減少兩齒輪直接傳動時原動輪與從動輪之大小。

8【惰性電極】 ㄉㄨㄛˋ ㄒㄧㄥˋ ㄉㄧㄢˋ ㄐㄧˊ
(inert electrode)僅充當傳遞電子的任務而沒有直接參與化學反應的電極，稱爲惰性電極。例如碳棒電極。

愐 ㄇㄧㄢˇ mien³ 音免
①勉；努力。見"說文"。②思念。見"廣韻"。

愞 懦的或體。

惻 ㄘㄜˋ ts'ê⁴ 音側
①悲傷；哀痛。見"說文"。②同情；心有不忍。如：惻隱之心。

8【惻怛】 ㄘㄜˋ ㄉㄚˊ
憂傷；悲痛。

11【惻惐】 ㄘㄜˋ ㄩˋ
悲傷。也作惻淢。

12【惻然】 ㄘㄜˋ ㄖㄢˊ
①悲傷的樣子。②憐憫的樣子。

17【惻隱之心】 ㄘㄜˋ ㄧㄣˇ ㄓ ㄒㄧㄣ
見人遭逢不幸而生的哀痛憐憫之心。

愓 ㊀ ㄉㄤˋ tang⁴ 音蕩
放蕩。見"說文"。
㊁ ㄕㄤ shang¹ 音商
參愓愓。

12【愓愓】 ㄕㄤ ㄕㄤ
走路身直而步快的樣子。

愠 慍的或體。

惺 ㄒㄧㄥ hsing¹ 音星 又讀 ㄒㄧㄥˇ hsing³ 音醒
①領悟。如：惺悟。②清醒。

7【惺忪】 ㄒㄧㄥ ㄓㄨㄥ
①搖動不定的樣子。②清醒；甦醒。

12【惺惺】 ㄒㄧㄥ ㄒㄧㄥ
①清醒；機靈。②聰明機警的人。

14【惺憁】 ㄒㄧㄥ ㄙㄨㄥ
①鶯啼聲。②警覺。

16【惺憽】 ㄒㄧㄥ ㄙㄨㄥ
聰慧。

12【惺惺忪忪】 ㄒㄧㄥ ㄒㄧㄥ ㄓㄨㄥ ㄓㄨㄥ
朦朧不明的樣子。

【惺惺作態】 ㄒㄧㄥ ㄒㄧㄥ ㄗㄨㄛˋ ㄊㄞˋ
裝模作樣；刻意賣弄。

【惺惺相惜】 ㄒㄧㄥ ㄒㄧㄥ ㄒㄧㄤ ㄒㄧˊ
聰慧的人彼此憐惜。比喻同類相憐。

愒 ㊀ ㄑㄧˋ ch'i⁴ 音氣
休息。同憩。見"說文・愒・段注"。
㊁ ㄎㄞˋ k'ai⁴ 音愾
①急。見"廣韻"。②曠廢。如：翫歲愒日。
㊂ ㄏㄜˋ ho⁴, hê⁴ 音赫
恐嚇。

4【愒日】 ㄎㄞˋ ㄖˋ
浪費光陰。

愕 ㄜˋ o⁴, ê⁴ 音厄
驚奇；震懼。見"廣韻"。

愲 ㄨㄟˋ wei⁴ 音胃
喟然歎息。

愣 ㊀ ㄌㄥˋ lêng⁴ 音楞
①痴呆；傻氣。如：傻愣愣地。②率意而行，不加顧慮。如：愣說。
㊁ ㄌㄥ lêng¹
譏笑人初次經辦某事，不明細情，而顯現痴呆的樣子。

16【愣頭愣腦】 ㄌㄥˋ ㄊㄡˊ ㄌㄥˋ ㄋㄠˇ
①鹵莽的樣子。②痴呆的樣子。

惴 ㄓㄨㄟˋ chui⁴ 音贅
①憂懼。見"說文"。②蠕動的樣子。

11【惴惕】 ㄓㄨㄟˋ ㄊㄧˋ
恐懼戒愼。

12【惴惴】 ㄓㄨㄟˋ ㄓㄨㄟˋ
憂懼不安的樣子。

13【惴慄】 ㄓㄨㄟˋ ㄌㄧˋ
憂懼戰慄。

惾 ㄗㄨㄥ tsung¹ 音宗
壅塞。

惱 ㄋㄠˇ nao³ 音腦
①憤恨；動氣。見"廣韻"。②挑逗；撩起煩惱。如：春色惱人。

2【惱人】ㄋㄠˇ ㄖㄣˊ
撩人煩惱。
4【惱火】ㄋㄠˇ ㄏㄨㄛˇ
①撩動平靜的情緒。②發脾氣。
9【惱怒】ㄋㄠˇ ㄋㄨˋ
生氣。
11【惱羞成怒】ㄋㄠˇ ㄒㄧㄡ ㄔㄥˊ ㄋㄨˋ
因羞愧而發怒。

愎 ㄅㄧˋ *pi*^{4} 音閉
執拗；固執任性。如：剛愎。

惸 ㄑㄩㄥˊ *ch'iung*^{2} 音瓊
①憂思。見"集韻"。②無兄弟。也泛指孤苦無依。通煢。
16【惸獨】ㄑㄩㄥˊ ㄉㄨˊ
無依無靠的人。

愀 ㄑㄧㄠˇ *ch'iao*^{3} 音巧 又讀 ㄐㄧㄡˇ *chiu*^{3} 音久
①容色改變。如：愀然作色。②憂傷。如：愀愴。
12【愀然】ㄑㄧㄠˇ ㄖㄢˊ
①臉色突然轉變的樣子。②憂愁恐懼的樣子。
13【愀愴】ㄑㄧㄠˇ ㄔㄨㄤˋ
憂傷。

惶 ㄏㄨㄤˊ *huang*^{2} 音皇
①憂懼；驚恐。見"說文"。②匆遽。見"字彙"。
10【惶恐】ㄏㄨㄤˊ ㄎㄨㄥˇ
憂懼。
12【惶惑】ㄏㄨㄤˊ ㄏㄨㄛˋ
惶恐迷惑。
17【惶遽】ㄏㄨㄤˊ ㄐㄩˋ
驚恐慌忙。

惼 ㄅㄧㄢˇ *pien*^{3} 音扁
心胸狹窄。

愉 ㄩˊ *yü*^{2} 音瑜
①歡悅。見"集韻"。②和顏悅色。見"集韻"。

慈 ㄘˊ *tz'ŭ*^{2} 音詞
①仁愛；篤愛。如：仁慈。②父母撫愛子女。也指父母對子女的愛心。如：敬長慈幼。③母親的代稱。如：慈命難違。④姓。'漢'有'慈仁'。見"萬姓統譜·五"。
8【慈制】ㄘˊ ㄓˋ
指居母喪。
12【慈悲】㈠ㄘˊ ㄅㄟ
佛家語。與人歡樂爲慈，解人苦難爲悲。
㈡ㄘˊ ·ㄅㄟ
慈愛悲憫。
14【慈誨】ㄘˊ ㄏㄨㄟˋ
①母親的教誨。②尊長的教誨。
17【慈闈】ㄘˊ ㄨㄟˊ
母親所居的內室。用以尊稱母親或身爲天下之母的皇后。也作慈幃。
18【慈顏】ㄘˊ ㄧㄢˊ
慈祥的容顏。多指母親而言。
10【慈恩宗】ㄘˊ ㄣ ㄗㄨㄥ
佛教宗派之一。又名唯識宗或法相宗。簡稱相宗。在古'印度'爲瑜伽行宗。在'中國'爲'玄奘'及其弟子'窺基'所創，因兩人住'慈恩寺'，故名。主張以三相（依他起相、遍計所執相、圓成實相）解釋宇宙萬有，因此又稱三相宗。以爲世界一切現象，都是「識」的作用。主要經典爲"華嚴經"、"解深密經"、"瑜伽師地論"、"成唯識論"。
12【慈善家】ㄘˊ ㄕㄢˋ ㄐㄧㄚ
熱心慈善事業的人。
9【慈眉善目】ㄘˊ ㄇㄟˊ ㄕㄢˋ ㄇㄨˋ
面容慈祥和善。
10【慈烏反哺】ㄘˊ ㄨ ㄈㄢˇ ㄅㄨˇ
相傳慈烏有孝心，能反哺其母。因比喻人子長大成人後，能報答親恩。
【慈航普渡】ㄘˊ ㄏㄤˊ ㄆㄨˇ ㄉㄨˋ
指佛教以慈悲救渡眾生脫離苦海，如同舟航渡人。
12【慈善事業】ㄘˊ ㄕㄢˋ ㄕˋ ㄧㄝˋ
指救助貧窮、照顧孤兒、保護殘障、賑濟災荒等的公益事業。
【慈悲爲懷】ㄘˊ ㄅㄟ ㄨㄟˊ ㄏㄨㄞˊ
心存慈愛悲憫。
16【慈禧太后】ㄘˊ ㄒㄧ ㄊㄞˋ ㄏㄡˋ
（1835～1908）又稱'西太后'。'清文宗'妃，'穆宗'母。姓'那拉'氏。'穆宗'立，上尊號爲'慈禧'。爲人剛果，有才思，有權略，'穆宗'、'德宗'兩朝垂簾聽政，達四十七年。晚年反對維新，囚禁'德宗'，殺六君子，並利用'義和團'對外宣戰，引來八國聯軍，簽訂"辛丑條約"，使'中國'瀕臨被瓜分的邊緣。

慈禧太后像

惷 ㄔㄨㄣˇ *ch'un*^{3} 音蠢
通蠢。①動亂；騷動。見"說文"。②愚笨；魯鈍。

愍 ㄇㄧㄣˇ *min*^{3} 音閔
①憂傷；悲痛。見"說文"。②憐恤。③禍害。④強悍。通暋。

想 ㄒㄧㄤˇ *hsiang*^{3} 音享
①思索；考慮。見"說文"。②猜度；推測。如：想必如此。③懷念；仰慕。如：想家。④念頭；意念。如：出塵之想。
14【想像】ㄒㄧㄤˇ ㄒㄧㄤˋ
①想見其形像。②個人對現實環境中不存在之事物予以設想的歷程。
16【想頭】ㄒㄧㄤˇ ㄊㄡˊ
①希望。②念頭；想法。
13【想當然】ㄒㄧㄤˇ ㄉㄤ ㄖㄢˊ
不一定眞有其事，但推測必定會是這樣的。引申指憑空想像，異想天開。
14【想像力】ㄒㄧㄤˇ ㄒㄧㄤˋ ㄌㄧˋ
聯想力的一種。基於舊觀念，推想獲得新觀念的能力。
2【想入非非】ㄒㄧㄤˇ ㄖㄨˋ ㄈㄟ ㄈㄟ
①佛家語。似存不存，似盡非盡。②諷刺人胡思亂想，不切實際。
6【想吃冷豬肉】ㄒㄧㄤˇ ㄔ ㄌㄥˇ ㄓㄨ ㄖㄡˋ
希望死後也能配享'孔'廟。常用以譏諷古代的道學先生。冷豬肉，指祭'孔'所用豬隻的肉。

愗 ㄇㄠˋ *mao*^{4} 音帽 又讀 ㄇㄡˋ *mou*^{4} 音瞀

1愚昧。見"廣雅·釋詁"。2鄙吝。同霿:見"集韻"。

感 ㊀ ㄍㄢˇ kan^3 音敢

1動人心。指人的心靈接觸到外在事物所產生的反應。見"說文"。2感應;影響;接觸。如:感化。3思念;意念;情緒。如:百感交集。4感激;感謝。

㊁ ㄏㄢˋ han^4 音憾

恨。通憾。見"集韻"。

4【感化】 ㄍㄢˇ ㄏㄨㄚˋ

用言語或行爲去感動、轉化他人。

5【感召】 ㄍㄢˇ ㄓㄠˋ

受感動而挺身效力。

7【感抗】 ㄍㄢˇ ㄎㄤˋ

(inductive reactance)在電路裡電感對交流電的阻力。單位爲歐姆,符號爲 X_L。可表示爲 $X_L=2\pi fL$,其中 f 爲交流電的頻率,以赫爲單位,L 爲電感量,以亨利爲單位。

8【感官】 ㄍㄢˇ ㄍㄨㄢ

(sense organ) 主司人體各種感覺的器官。如眼、耳、鼻、舌等。

【感性】 ㄍㄢˇ ㄒㄧㄥˋ

(sensibility) 1指感覺作用的性能。凡爲對象所觸發而引起觀念者,稱爲感性。2指感情與情緒的性能。3與悟性、知性、理性相對。指人的心靈接受感官經驗的能力或作用。

【感受】 ㄍㄢˇ ㄕㄡˋ

1(feeling) (1)感官經驗。(2)對物質或社會環境的情緒反應。2感染;傳染。如:感受風寒。

【感佩】 ㄍㄢˇ ㄆㄟˋ

1感激之情,不能忘懷。2感動欽佩。

【感念】 ㄍㄢˇ ㄋㄧㄢˋ

感激懷念。

9【感染】 ㄍㄢˇ ㄖㄢˇ

1(infection)指病原體與生物體接觸後,侵入並存在於生物體內的過程或狀態。2因他人之感應而受到影響。

【感度】 ㄍㄢˇ ㄉㄨˋ

(sensibility) 或稱靈敏度。即指某種分析方法或分析儀器對待測物料成分濃度之反應。常以所能偵檢之最小物料成分濃度表示。

【感冒】 ㄍㄢˇ ㄇㄠˋ

(cold; common cold) 俗稱傷風。一種呼吸系統的病毒性感染疾病。其症狀以呼吸道黏膜炎、鼻塞、流鼻涕、打噴嚏、咳嗽、喉嚨痛等最爲常見。沒有特別有效的治療方法,病人應多休息,多喝開水。現有疫苗可以預防,但尚未普及應用。

10【感悟】 ㄍㄢˇ ㄨˋ

因感動而覺悟。

11【感情】 ㄍㄢˇ ㄑㄧㄥˊ

1觸動情感。2交情;情分。

【感通】 ㄍㄢˇ ㄊㄨㄥ

有所感受而相通應。

【感動】 ㄍㄢˇ ㄉㄨㄥˋ

1觸動情意。2感激。

12【感慨】 ㄍㄢˇ ㄎㄞˋ

有所感觸而慨歎。

【感發】 ㄍㄢˇ ㄈㄚ

因感動而有所激發。

【感喟】 ㄍㄢˇ ㄎㄨㄟˋ

即感歎。

13【感想】 ㄍㄢˇ ㄒㄧㄤˇ

受外物之觸發而引起的思想。

【感傷】 ㄍㄢˇ ㄕㄤ

心有感觸而悲傷。

15【感歎】 ㄍㄢˇ ㄊㄢˋ

心有所感而喟歎。

16【感激】 ㄍㄢˇ ㄐㄧ

1感奮激動。2衷心感謝。

【感興】 ㄍㄢˇ ㄒㄧㄥˋ

因有所感觸而興起某種情懷。

17【感應】 ㄍㄢˇ ㄧㄥˋ

1彼此感動影響。2佛家語。眾生以精誠感動佛菩薩,而佛菩薩自然會回應眾生。3(induction)由於甲物具有某種物理性質或發生某種性質變化,而使乙物產生物理性質的變化,稱爲感應。如:磁感應、靜電感應、電磁感應、互感應、自感應等。

【感戴】 ㄍㄢˇ ㄉㄞˋ

感激愛戴。

19【感懷】 ㄍㄢˇ ㄏㄨㄞˊ

有感於心。

20【感覺】 ㄍㄢˇ ㄐㄩㄝˊ

(sensation) 動物體上的感覺受器,在環境刺激強度達刺激閾時,引起動作電位,經由傳入神經送達中樞(在有意識作用的高等動物即爲大腦皮質),以引起認知、判斷作用的反應。如對顏色、空間、化學性質或壓力大小等的判斷與認知。

【感觸】 ㄍㄢˇ ㄔㄨˋ

接觸外界事物而引發內心的感情。

4【感化院】 ㄍㄢˇ ㄏㄨㄚˋ ㄩㄢˋ

少年事件,經審理後,認應付感化教育者,應令入感化教育處所,施以感化教育,此之感化處所,一般稱爲感化院。

6【感光片】 ㄍㄢˇ ㄍㄨㄤ ㄆㄧㄢˋ

(film) 攝影時所用的感光材料。也音譯爲菲林。俗稱底片。早期感光片多以玻璃片塗上感光乳劑而成,故稱乾板、硬片。後改以塑膠片代替,故又稱軟片、膠片。感光片上塗有以鹵化銀爲主的乳劑層,遇光能起光化學反應,完成攝影的初步要求。

【感光度】 ㄍㄢˇ ㄍㄨㄤ ㄉㄨˋ

感光片上的乳劑因配方不同或加工程序有異,對光線感應的速度也產生了快慢之分。軟片快慢的標示一般以'美國標準局'(America Standard Association) 所定的速率爲準,如 ASA 64、ASA 100、ASA 400等,數字愈大,片速愈快。另'英國'爲 WESTON 制,'德國'爲 DIN 制,雖然標示不同,但彼此可以互換,如 ASA100,即 WESTON 80,亦即 DIN 21。

【感光紙】 ㄍㄢˇ ㄍㄨㄤ ㄓˇ

也稱印相紙。塗有溴化銀或氯化銀晶體，用以放大或印相的防水紙材。感光片經曝光、顯影而成負片，負片再印放至感光紙上，成為照片。感光紙質有厚薄、粗細、光面、綢紋與粉面等之分，可按不同的攝影主體選用，可以改善畫面效果並強調氣氛。

10【感悟力】 ㄍㄢˇ ㄨˋ ㄌㄧˋ
心中感受領悟的能力。

12【感測器】 ㄍㄢˇ ㄘㄜˋ ㄑㄧˋ
(sensor)檢知被測物所含資訊的裝置。又稱察覺器。具體而言，感測器為代替人類五種感覺(視覺、聽覺、嗅覺、味覺、觸覺)功能的設備，而且可檢出人類所無法感覺的現象，如檢出紅外線、電磁波等。

2【感人肺腑】 ㄍㄢˇ ㄖㄣˊ ㄈㄟˋ ㄈㄨˇ
形容感人深刻。

4【感化教育】 ㄍㄢˇ ㄏㄨㄚˋ ㄐㄧㄠˋ ㄩˋ
針對不良少年或犯罪少年而實施之特殊教育。感化教育由少年法庭以裁定方式諭知，主由適當之少年感化教育機構執行。感化教育之執行，須考慮少年肇事性質及學業程度，期間不得逾三年。

6【感光乳劑】 ㄍㄢˇ ㄍㄨㄤ ㄖㄨˇ ㄐㄧˋ
塗在軟片和印相紙上，可形成一層感光膜的乳狀藥劑。通常由鹵化銀、明膠及若干輔助劑(如防腐劑、堅膜劑)等組成。軟片曝光時，乳劑感受光線的刺激，會引起光化學反應。

【感同身受】 ㄍㄢˇ ㄊㄨㄥˊ ㄕㄣ ㄕㄡˋ
①感激對方，如同親身受到恩惠一樣。為代人致謝的用語。②同情對方的遭遇，如同親身遭遇一樣。

8【感性訴求】 ㄍㄢˇ ㄒㄧㄥˋ ㄙㄨˋ ㄑㄧㄡˊ
(emotional appeal)廣告訴求方法之一。把產品的便益性和人們的歡樂、悲傷、憤怒、憐憫等情感上的變化做連結，加以訴求，期能從感情上產生對產品的必要性。

11【感情用事】 ㄍㄢˇ ㄑㄧㄥˊ ㄩㄥˋ ㄕˋ
憑感情的衝動做事。

16【感激涕零】 ㄍㄢˇ ㄐㄧ ㄊㄧˋ ㄌㄧㄥˊ
衷心感謝而落淚。

17【感應電流】 ㄍㄢˇ ㄧㄥˋ ㄉㄧㄢˋ ㄌㄧㄡˊ
(induced current)‘英國’物理學家‘法拉第’(Faraday)實驗發現：使一磁鐵在圈數甚多的線圈中，與線圈做相對的運動；或以一通有電流的另一線圈代替磁鐵，與原線圈做相對運動；或通電流的線圈雖不動，但其電流有變化，都可使原線圈因感應而產生一暫時的電流，這種電流稱為感應電流。實際上只要迴路或線圈所在處的磁場有了變動，即可產生感應電流。

【感應電荷】 ㄍㄢˇ ㄧㄥˋ ㄉㄧㄢˋ ㄏㄜˋ
(induced charge)因物體周圍有一電場而使物體內部產生了靜電荷。

【感應電壓】 ㄍㄢˇ ㄧㄥˋ ㄉㄧㄢˋ ㄧㄚ
(induced voltage)①當導體在磁場內作運動時，其兩端所產生的電壓。②兩導體互相靠近，其中之一因電流的流動而產生交變磁場時，在第二根導體所產生的電壓。

20【感覺水平】 ㄍㄢˇ ㄐㄩㄝˊ ㄕㄨㄟˇ ㄆㄧㄥˊ
(sensation level)引發個體之感覺經驗的最低刺激強度。

【感覺神經】 ㄍㄢˇ ㄐㄩㄝˊ ㄕㄣˊ ㄐㄧㄥ
(sensory nerve)又稱傳入神經或向心神經。一端分布於受器上，他端連於聯絡神經中樞神經的脊髓或腦。當受器接受刺激後傳到腦，便引起感覺，或傳至脊髓而引起反射作用。

17【感應電動勢】 ㄍㄢˇ ㄧㄥˋ ㄉㄧㄢˋ ㄉㄨㄥˋ ㄕˋ
(induced electromotive force)線圈受磁場變動的影響，會產生感應電流。電路有電流，則必須有一電動勢存在，這種能使電路有感應電流流動的電動勢，稱為感應電動勢。感應電動勢的產生，乃因導線與磁場間有相對運動，或磁場發生變化時，會驅動導線中的正電荷往一端堆積，而負電荷往另一端堆積，直到其所建立之電場對電荷之靜電力，和磁場的驅動作用力相平衡時為止。因此在堆積的正負電荷間，就形成了一電位差，此便是感應電動勢。此電動勢的大小可應用‘法拉第’定律求得，但須注意一要點，即感應電流是由感應電動勢所生；但有感應電動勢形成，卻未必有感應電流，因為導線如不成為一封閉的迴路，則電流無法流通。

【感應電動機】 ㄍㄢˇ ㄧㄥˋ ㄉㄧㄢˋ ㄉㄨㄥˋ ㄐㄧ
(induction motor)交流電動機的一種。其一次繞組與電源相連接而在多相二次繞組或鼠籠式二次繞組裡感應出電流。通常均以定子視為一次繞組，而二次繞組則視為轉子。流入磁極(即一次繞組)的電源電流，在一次繞組處產生一旋轉磁場，而在二次繞組處感應出電流使之轉動。轉子旋轉的速度稍慢於同步速度，兩者間之差稱為轉差。當機械負載增加時，轉差會隨之增加。

20【感覺動作期】 ㄍㄢˇ ㄐㄩㄝˊ ㄉㄨㄥˋ ㄗㄨㄛˋ ㄑㄧˊ
(sensorimotor period)‘瑞士’心理學家‘皮亞傑’(J. Piaget)認知發展論的第一階段。嬰兒自出生至兩足歲期間，對外界的認知，係經由感官的覺識與直接動作經驗而獲得。

8【感性購買動機】 ㄍㄢˇ ㄒㄧㄥˋ ㄍㄡˋ ㄇㄞˇ ㄉㄨㄥˋ ㄐㄧ
(emotional purchasing mo-

tive）指由情感性的因素，如個人的安全感、好奇心、虛榮心、自我、舒適、高興等而引起的購買動機。

愚 ㄩˊ *yü*^{2} 音魚
①笨。見“說文”。②欺騙；玩弄。如：愚弄。③使蒙昧無知。如：愚民政策。④自稱的謙詞。如：愚見。

5【愚民】ㄩˊ ㄇㄧㄣˊ
①愚昧無知的人民。②愚弄百姓，使無所知。

6【愚妄】ㄩˊ ㄨㄤˋ
無知而狂妄。

7【愚弄】ㄩˊ ㄋㄨㄥˋ
欺騙玩弄。

【愚見】ㄩˊ ㄐㄧㄢˋ
表達自己主張時所用的謙詞。

8【愚直】ㄩˊ ㄓˊ
正直而昧於事理。

【愚忠】ㄩˊ ㄓㄨㄥ
①對長上盡忠的自謙之詞。②昧於事理的忠心。

9【愚陋】ㄩˊ ㄌㄡˋ
愚昧鄙陋。

【愚昧】ㄩˊ ㄇㄟˋ
愚蠢無知；不明事理。

12【愚鈍】ㄩˊ ㄉㄨㄣˋ
愚昧遲鈍。多用爲自謙之詞。

13【愚意】ㄩˊ ㄧˋ
表達自己意見時所用的謙詞。

【愚頑】ㄩˊ ㄨㄢˊ
愚昧而頑固。

14【愚蒙】ㄩˊ ㄇㄥˊ
愚昧無知。

15【愚魯】ㄩˊ ㄌㄨˇ
愚昧魯鈍。

17【愚懦】ㄩˊ ㄋㄨㄛˋ
愚昧懦弱。

【愚騃】ㄩˊ ㄞˊ
愚蠢痴呆。

21【愚蠢】ㄩˊ ㄔㄨㄣˇ
不聰明。

28【愚戇】ㄩˊ ㄓㄨㄤˋ
愚笨魯鈍。

4【愚夫愚婦】ㄩˊ ㄈㄨ ㄩˊ ㄈㄨˋ
泛指一般夫婦。也指平民。義同匹夫匹婦。

【愚公移山】ㄩˊ ㄍㄨㄥ ㄧˊ ㄕㄢ
我國古代神話。‘愚公’年九十，擬移去屋前‘太行’與‘王屋’二山，因毅力堅定，終於感動上蒼，命‘夸蛾氏’將山移去。見“列子·湯問”。後用以比喻有志竟成、人定勝天。

8【愚者千慮必有一得】ㄩˊ ㄓㄜˇ ㄑㄧㄢ ㄌㄩˋ ㄅㄧˋ ㄧㄡˇ ㄧ ㄉㄜˊ
即使愚人，經過多次考慮，也會有一點可取的意見。常用作向人建議時的自謙之辭。

惹 ㄖㄜˇ *jê*^{3} 音喏
①招引；牽扯。如：惹是生非。②沾染。

4【惹火】ㄖㄜˇ ㄏㄨㄛˇ
①引起怒火。②形容行爲或衣著具挑逗性。

【惹不起】ㄖㄜˇ ㄅㄨˋ ㄑㄧˇ
①不敢招惹；得罪不起。②無法造成；不會引起。

9【惹是生非】ㄖㄜˇ ㄕˋ ㄕㄥ ㄈㄟ
引起糾紛；製造糾紛。今多作惹事生非。

13【惹禍招殃】ㄖㄜˇ ㄏㄨㄛˋ ㄓㄠ ㄧㄤ
引起禍患，招來災殃。

愛 ㄞˋ *ai*^{4} 音艾
①愛護；加惠。見“說文”。②喜歡；愛好。如：喜愛。③親慕之情。④珍惜。⑤稱別人的女兒。通嬡。如：令愛。⑥姓。‘北宋’‘金’有‘愛申’。見“萬姓統譜·九九”。

15【愛慕】ㄞˋ ㄇㄨˋ
①愛戀思慕。②敬愛仰慕。

17【愛戴】ㄞˋ ㄉㄞˋ
敬愛擁戴。

9【愛迪生】ㄞˋ ㄉㄧˊ ㄕㄥ
(Thomas Alva Edison, 1847～1931)‘美國’發明家。只受過三個月學校教育，曾做過火車販報童，靠勤奮自修，工讀之餘研習印刷、電機及器械裝置。發明留聲機；改進白熱燈、電話、早期的攝影機與放映機；並制定了照明系統；發現‘愛迪生’效應(Edison effect)，即電子發射現象，爲後來眞空管的發展奠下基礎。一生發明所申請的專利在一千種以上。

愛迪生像

10【愛倫·坡】ㄞˋ ㄌㄨㄣˊ ㄆㄛ
(Edgar Allan Poe, 1809～1849)‘美國’詩人、小說家。提倡爲藝術而藝術。作品色彩陰暗，充滿恐怖氣氛，對‘法國’的頹廢派和唯美派影響很大。小說有“烏雪爾一家的衰落”(*The Fall of the House of Usher*)、“詭異集”(*Tales of the Grotesque and Arabesque*)等，設想怪誕，情節離奇；詩歌有“鐘”(*The Bells*)、“安拉貝·李”(*Annabel Lee*)和“烏鴉”(*The Raven*)等。

愛倫·坡像

12【愛琴海】ㄞˋ ㄑㄧㄣˊ ㄏㄞˇ
(Aegean Sea) 位於‘希臘’和‘土耳其’之間的海灣。東北經‘達達尼爾海峽’可通‘黑海’。面積17.9萬方公里。海中有‘希臘’島群散布，自古即稱「多島海」。島嶼多屬火山島及大理石島，以‘克里特島’(Crete Is.)最大。

14【愛爾蘭】ㄞˋ ㄦˇ ㄌㄢˊ
(Ireland) 位於‘不列顛群島’(The British Isles) 西側的國家。居‘愛爾蘭島’中、南部。面積7萬方公里，人口401.5萬(2005年)，首都‘都柏林’(Dublin)。低丘廣布，土壤貧瘠，居民以畜牧為生。近年，為爭取‘北愛爾蘭’(N. Ireland)以求全島統一，與‘英國’交惡。

16【愛默生】ㄞˋ ㄇㄛˋ ㄕㄥ
(Ralph Waldo Emerson, 1803～1882)‘美國’思想家、散文家、詩

人。曾任牧師，後離開教會，至'歐洲'遊歷，回來後提出超越論的主張，成爲'波士頓'地區文學圈的領袖。他藉著演講宣揚理想主義與接近自然的思想，產生很大的影響。演講詞輯爲"散文集"(*Essays*) 出版，名聲因之遠播'歐洲'。其他著作有"自然"(*Nature*)及詩選等。

愛默生像

17【愛彌爾】 ㄞˋ ㄇㄧˊ ㄦˇ
(*Émile*) '法國''盧梭'著。以小說形式提出其教育主張，描寫'愛彌爾'一生受教育的歷程。書中提倡自然教育，排斥傳統與文明，期望教育人們在道德與智能上成爲一個自愛自主的自然人。此書包含了'盧梭'的全部思想，也因其自然宗教的理論觸犯當局，被迫流亡八年。其教育理論對後世影響極大，而文體優美也使此書在文學史上占極重要的地位。

2【愛人以德】 ㄞˋ ㄖㄣˊ ㄧˇ ㄉㄜˊ
本於道德原則來愛護別人。

5【愛民如子】 ㄞˋ ㄇㄧㄣˊ ㄖㄨˊ ㄗˇ
撫愛百姓如對待親生子女一般。

6【愛因斯坦】 ㄞˋ ㄧㄣ ㄙ ㄊㄢˇ
(Albert Einstein, 1879～1955) '美國''猶'裔物理學家。生於'德國'。西元1905年發表有關物理學上質能符值性、'布朗'運動理論與光能理論的論文，其中包含量子及相對論的觀念，受到舉世注目。其後一般相對論得到證實，對二十世紀理論物理學的發展產生長遠的影響。1921年因在光電定理及理論物理上的貢獻，獲頒'諾貝爾'物理學獎。後爲逃避'納粹'政權，移居'美國'。晚年於'普林斯頓研究院'從事物理理論的整合研究工作。

愛因斯坦像

7【愛克思光】 ㄞˋ ㄎㄜˋ ㄙ ㄍㄨㄤ
(X-ray) 又稱愛克思射線。西元1895年'德國'人'倫琴'(Röntgen)因操作陰極射線管而發現。係由高能量電子(通常爲數萬電子伏特之能量)撞擊金屬靶所產生的短波長電磁波。其波長介於 10^{-9} $\sim 6\times10^{-12}$ 公尺之間，頻率範圍在 $3\times10^{17}\sim5\times10^{19}$ 赫之間。*X*-射線光譜有連續光譜及特性光譜兩種。特性光譜是原子內層電子作能階躍遷所放出來的，連續光譜是入射電子在原子核附近，因加速作用所放出來的電磁波。*X*-射線能使空氣分子游離，使照像底片感光，對人體細胞組織有破壞效果，在醫學上可用於治療癌症，更由於其穿透性強，大量用於醫學檢驗照像上；在物理學上則常用作研究晶體結構的工具。

8【愛河永浴】 ㄞˋ ㄏㄜˊ ㄩㄥˇ ㄩˋ
祝新婚夫妻永遠相愛的賀詞。

【愛的教育】 ㄞˋ ˙ㄉㄜ ㄐㄧㄠˋ ㄩˋ
1一種以愛爲教學活動之指導準繩的教育。透過這種教育，教師可激發學生自尊、自愛的心理，使奮發向上，收到教育的最大效果。2(*Cuore*; *The Heart of a Boy*)'義大利'作家'亞米契斯' (Edmondo De Amicis) 著。西元1886年出版，今至少有25種語文的譯本。內容係透過一位小學生的口吻，以日記的方式，描寫學校與家庭的日常生活，包括師友之情及父母子女的天倫之愛。文字優美感人，爲一部優秀的兒童文學作品。

9【愛屋及烏】 ㄞˋ ㄨ ㄐㄧˊ ㄨ
因愛其人，推及與他有關係的人或物。

11【愛理不理】 ㄞˋ ㄌㄧˇ ㄅㄨˋ ㄌㄧˇ
懶得理睬的樣子。

【愛莫能助】 ㄞˋ ㄇㄛˋ ㄋㄥˊ ㄓㄨˋ
雖然同情，卻無力予以幫助。

15【愛憎矛盾】 ㄞˋ ㄗㄥ ㄇㄠˊ ㄉㄨㄣˋ
(ambivalence) 個體對某人或某事物同時具有喜愛和憎惡的情緒反應。

12【愛斯基摩人】 ㄞˋ ㄙ ㄐㄧ ㄇㄛˊ ㄖㄣˊ
(The Eskimos) 人口約4萬，屬類'蒙古'人種，臉寬而頭長。其語言和文化都相當保守，活動範圍很廣；常年住在雪屋中，皮船、木架皮舟爲水上交通工具，以狗拉雪橇，以魚叉、弓箭爲主要武器。其經濟與季節的變換緊密相關，動物爲主要的食物來源；工藝技術代表了對環境探測的適應能力，藝術活動則強烈表現出功利主義。通常都是少數家族組成一班隊，而無政治組織。信仰薩滿教。

6【愛因斯坦關係式】 ㄞˋ ㄧㄣ ㄙ ㄊㄢˇ ㄍㄨㄢ ㄒㄧˋ ㄕˋ
(Einstein relationship) 統計熱力學中，描述電子與電洞的擴散常數(D)與其遷移率(μ)之間的物理關係。表爲：$\frac{D_p}{\mu_p}=\frac{D_n}{\mu_n}=V_T$，其中下標 p 代表電洞，n 代表電子，V_T 爲溫度等效電壓。

16【愛默生獎勵薪資制】 ㄞˋ ㄇㄛˋ ㄕㄥ ㄐㄧㄤˇ ㄌㄧˋ ㄒㄧㄣ ㄗ ㄓˋ
(Emerson efficiency bonus plan) 凡員工之工作效率在67%以下者，給予計時薪資；工作效率在68%～100%之間者，給予較少的獎勵薪資；工作效率超過100%者，給予較多的獎勵薪資。此制適用於對工作效率可以認定的工作，爲'愛默生'(Emerson)所設計，故名。

愁

ㄔㄡˊ ch'ou² 音綢
1憂慮；憂傷。見"說文"。2慘淡。如：愁紅慘綠。

9【愁城】 ㄔㄡˊ ㄔㄥˊ
比喻愁苦的環境。

14【愁緒】 ㄔㄡˊ ㄒㄩˋ
憂愁的情緒。

12【愁雲慘霧】 ㄔㄡˊ ㄩㄣˊ ㄘㄢˇ ㄨˋ
形容氣氛或環境的慘淡。

13【愁腸百結】 ㄔㄡˊ ㄔㄤˊ ㄅㄞˇ ㄐㄧㄝˊ
形容憂愁鬱積，無從排解。

愈 ㄩˋ yü^4 音御
1勝過；較好。見"廣雅·釋言"。2醫治；消除。如：以學愈愚。3痊癒；病轉好。通癒。4更加；越發。如：愈來愈好。5姓。'宋'有'愈植'。見"萬姓統譜·七八"。

10【愈挫愈奮】 ㄩˋ ㄘㄨㄛˋ ㄩˋ ㄈㄣˋ
愈遭挫折愈是奮發。

14【愈演愈熾】 ㄩˋ ㄧㄢˇ ㄩˋ ㄔˋ
事態愈來愈趨熾烈。

愆 ㄑㄧㄢ ch'ien^1 音牽
1過失；罪過。見"說文"。2錯過；過期。如：愆期。3喪失。4惡疾。如：愆痾。

4【愆尤】 ㄑㄧㄢ ㄧㄡˊ
過失；罪咎。

7【愆忒】 ㄑㄧㄢ ㄊㄜˋ
罪過；差錯。

12【愆期】 ㄑㄧㄢ ㄑㄧˊ
誤期。

10

慂 ㄩㄥˇ yung^3 音勇
從旁鼓動別人。同恿。如：慫慂。

㥷 ㄧˋ i^4 音易
深邃。

慉 ㄒㄩˋ hsü^4 音旭
1興起。見"說文"。2養育。見"正字通"。3積聚；蓄積。通蓄。

慊 一 ㄑㄧㄢˋ ch'ien^4 音欠
1恨；不滿意。如：慊慊。2貧困。
二 ㄑㄧㄝˋ ch'ieh^4 音妾
滿意。通愜。
三 ㄒㄧㄢˊ hsien^2 音嫌
嫌疑。通作嫌。如：避慊。

愫 ㄙㄨˋ su^4 音素
眞情。如：情愫。

愵 ㄋㄧˋ ni^4 音逆
憂思。通惄。見"說文"。

慄 ㄌㄧˋ li^4 音栗
通作栗。1恐懼。見"爾雅·釋詁"。2因恐懼或寒冷而肢體顫動。見"廣雅·釋言"。

8【慄冽】 ㄌㄧˋ ㄌㄧㄝˋ
寒冷的樣子。也作栗烈。

13【慄慄】 ㄌㄧˋ ㄌㄧˋ
1恐懼的樣子。2寒冷的樣子。

慎 ㄕㄣˋ shên^4 音腎
1小心。見"說文"。2千萬。警戒叮嚀之詞。3姓。'戰國'有'慎到'。見"萬姓統譜·九九"。

3【慎子】 ㄕㄣˋ ㄗˇ
'戰國''慎到'撰，四十二篇，今存七篇。

8【慎到】 ㄕㄣˋ ㄉㄠˋ
'戰國''趙'人。'齊宣王'、'湣王'時，與'鄒衍'、'淳于髡'等皆爲'稷下'學士。著有"十二論"，今存"慎子"，僅爲其部分著述。主張萬物齊一平等，循平等的自然立法，再用威勢執法使國家平治，是吸收道家思想的法家先驅，其重勢學說爲'韓非'所繼承。

【慎始】 ㄕㄣˋ ㄕˇ
凡事一開始，就應特別謹慎。

11【慎終】 ㄕㄣˋ ㄓㄨㄥ
1慎重辦理喪事而能合於禮節。2事情快終了時，仍能保持戒慎。

16【慎獨】 ㄕㄣˋ ㄉㄨˊ
獨處而爲人所不知時，也能謹慎不苟。是儒家修養心性的工夫。

8【慎始敬終】 ㄕㄣˋ ㄕˇ ㄐㄧㄥˋ ㄓㄨㄥ
自始至終都謹慎而不敢輕忽。

9【慎思明辨】 ㄕㄣˋ ㄙ ㄇㄧㄥˊ ㄅㄧㄢˋ
思考謹慎，辨事明確。

【慎重其事】 ㄕㄣˋ ㄓㄨㄥˋ ㄑㄧˊ ㄕˋ
處理事情的態度謹慎持重。

11【慎終追遠】 ㄕㄣˋ ㄓㄨㄥ ㄓㄨㄟ ㄩㄢˇ
謹慎辦好父母的喪事，依禮追祭久遠的祖先。表示不忘根本。

16【慎謀能斷】 ㄕㄣˋ ㄇㄡˊ ㄋㄥˊ ㄉㄨㄢˋ
事先謀畫謹慎，臨事能當機立斷。

愶 ㄒㄧㄝˊ hsieh^2 音脅
恐嚇；威迫。通作脅。見"廣韻"。

慅 一 ㄙㄠ sao^1 音騷
心意動亂不安。通作騷。見"說文"。
二 ㄘㄠˇ ts'ao^3 音草
憂愁。見"玉篇"。

慌 一 ㄏㄨㄤ huang^1 音荒
1急迫。如：慌張。2恐懼不安。如：恐慌。
二 ·ㄏㄨㄤ ·huang 又讀 ·ㄏㄥ ·hêng
難以忍受。如：悶得慌。
三 ㄏㄨㄤˇ huang^3 音恍
神智散亂，模糊不清。同恍。見"集韻"。

11【慌張】 ㄏㄨㄤ ㄓㄤ
急促而忙亂的樣子。

13【慌亂】 ㄏㄨㄤ ㄌㄨㄢˋ
慌張忙亂。

愰 ㄏㄨㄤˋ huang^4 音晃
心思靈明。見"玉篇"。

愲 ㄍㄨˇ ku^3 音古
心亂。見"廣韻"。

愺 ㄘㄠˇ ts'ao^3 音草
參愺恅。

9【愺恅】 ㄘㄠˇ ㄌㄠˇ
1心亂。2寂靜。同嘈嘐。

慌 慌的或體。

慍 ㄩㄣˋ yün^4 音韻
1怨恨。見"說文"。2惱怒。見"玉篇"。

愷 ㄎㄞˇ k'ai^3 音凱
1和樂。見"說文"。2戰勝時所奏的樂歌。同凱。見"正字通"。

4【愷切】 ㄎㄞˇ ㄑㄧㄝˋ
切實；切中事理。即剴切。

10【愷悌】 ㄎㄞˇ ㄊㄧˋ
和樂平易。也作愷弟、豈弟。

慆 ㄊㄠ t'ao¹ 音滔
①喜悅。見"說文"。②放縱。③隱藏。④懷疑。⑤久長。

愾 ㊀ ㄒㄧˋ hsi⁴ 音系
長歎。見"說文"。
㊁ ㄎㄞˋ k'ai⁴ 音慨
①悲憤激昂。如:愾憤。②同㊀。

慅 ㄔㄠˇ ch'ao³ 音炒
性情不寬和。見"集韻"。

愮 ㄧㄠˊ yao² 音搖
①憂思無處投告。見"爾雅·釋訓"。②悖亂。見"方言·一〇"。

愯 ㄙㄨㄥˇ sung³ 音竦
恐懼。同悚。見"說文"。

愧 ㄎㄨㄟˋ k'uei⁴ 音餽
羞慚;罪咎。見"集韻"。

6【愧汗】 ㄎㄨㄟˋ ㄏㄢˋ
因羞慚而冒汗。

8【愧疚】 ㄎㄨㄟˋ ㄐㄧㄡˋ
慚愧、歉疚。

【愧怍】 ㄎㄨㄟˋ ㄗㄨㄛˋ
內心愧疚。

10【愧恧】 ㄎㄨㄟˋ ㄋㄩˋ
羞愧;慚愧。

11【愧赧】 ㄎㄨㄟˋ ㄋㄢˇ
因慚愧而臉紅。也形容極爲慚愧。

4【愧天怍人】 ㄎㄨㄟˋ ㄊㄧㄢ ㄗㄨㄛˋ ㄖㄣˊ
上愧對於天,下愧對於人。

8【愧怍無地】 ㄎㄨㄟˋ ㄗㄨㄛˋ ㄨˊ ㄉㄧˋ
慚愧得無地自容。

愴 ㄔㄨㄤˋ ch'uang⁴ 音創
①悲傷。如:悽愴。②寒冷。通滄。如:愴愴涼涼。③失意不得志的樣子。如:愴怳。

12【愴然】 ㄔㄨㄤˋ ㄖㄢˊ
悲傷的樣子。

愬 ㄙㄨˋ su⁴ 音訴
①恐慌;驚懼。見"廣韻"。②告訴。同訴。見"集韻"。③向著。通遡。如:愬皓月而長歎。

愨 ㄑㄩㄝˋ ch'üeh⁴ 音確
①謹愼;肅敬。見"說文"。②樸實。③遲緩。

慦 愨的俗體。

愿 ㄩㄢˋ yüan⁴ 音願
①謹厚;善良。見"說文"。②心願。通願。如:許下心愿。

愻 ㄙㄨㄣˋ sun⁴
順。通作遜。見"說文"。

慁 ㄏㄨㄣˋ hun⁴ 音混
也作慖。①打擾;使憂慮。見"說文"。②混亂。如:慁亂。

㥯 ㄧㄣˇ yin³ 音隱
①謹愼。見"說文"。②憂病。見"集韻"。

態 ㄊㄞˋ t'ai⁴ 音太
①意態。見"說文"。②形態;容貌。

9【態度】 ㄊㄞˋ ㄉㄨˋ
①(attitude) 指個體對任何事物所特有之協調一致、有組織及習慣性的內在心理反應。該複雜的心理歷程係由對事物所引發的各種思想、感情及行爲傾向所匯集而成。②人言行舉止所表現的神情。

慇 ㄧㄣ yin¹ 音殷
①悲痛。見"說文"。②懇切;周到。見"廣韻"。

14【慇慇】 ㄧㄣ ㄧㄣ
深切;懇切。

17【慇懃】 ㄧㄣ ㄑㄧㄣˊ
情意眞誠懇切。也作殷勤。

11

慶 ㄑㄧㄥˋ ch'ing⁴ 音罄
①祝賀;賀喜。見"說文"。②可祝賀的事;喜慶。如:八十大慶。③獎賞。如:慶賞。④福;幸福。如:積善之家必有餘慶。

5【慶生】 ㄑㄧㄥˋ ㄕㄥ
慶祝生日。

8【慶幸】 ㄑㄧㄥˋ ㄒㄧㄥˋ
値得慶賀欣幸。

【慶典】 ㄑㄧㄥˋ ㄉㄧㄢˇ
慶祝的典禮。

12【慶雲】 ㄑㄧㄥˋ ㄩㄣˊ
①象徵祥瑞的五色雲氣。也作景雲、卿雲。②比喩高位或父母長輩。

慞 ㄓㄤ chang¹ 音章
慌張驚恐的樣子。如:慞惶。

慷 ㄎㄤ k'ang¹ 音康 又讀 ㄎㄤˇ k'ang³
意氣激昂。也作忼。見"集韻"。

12【慷慨】 ㄎㄤ ㄎㄞˇ
①意氣激昂;情緒激動。②悲歎。③大方;不吝嗇。

【慷慨赴義】 ㄎㄤ ㄎㄞˇ ㄈㄨˋ ㄧˋ
意氣激昂地爲正義而犧牲。

【慷慨解囊】 ㄎㄤ ㄎㄞˇ ㄐㄧㄝˇ ㄋㄤˊ
毫不吝嗇地捐出錢財。

【慷慨激昂】 ㄎㄤ ㄎㄞˇ ㄐㄧ ㄤˊ
意氣奮激,情緒高昂。

慵 ㄩㄥ yung¹ 音雍 又讀 ㄩㄥˊ yung²
懶;閑散。見"廣韻"。

19【慵懶】 ㄩㄥ ㄌㄢˇ
懶散;怠惰。

慴 ㄓㄜˊ chê² 音折
恐懼。通懾。見"說文"。

6【慴伏】 ㄓㄜˊ ㄈㄨˊ
因畏懼而屈服。

憀 ㄌㄧㄠˊ liao² 音聊
①了然明白的樣子。見"說文"。②聲音清亮。如:憀亮。③通聊。⑴依賴。如:憀賴。⑵姑且。如:憀且。

慠 傲的或體。

慚 ㄘㄢˊ ts'an² 音蠶
羞愧。同慙。見"說文"。

8【慚怍】 ㄘㄢˊ ㄗㄨㄛˋ
羞愧。

10【慚悚】 ㄘㄢˊ ㄙㄨㄥˇ
慚愧恐懼。

【慚恚】 ㄘㄢˊ ㄏㄨㄟˋ
慚愧忿恨。

【慚恧】 ㄘㄢˊ ㄋㄩˋ
羞愧。

11【慚赧】 ㄘㄢˊ ㄋㄢˇ
因羞愧而臉紅。
12【慚惶】 ㄘㄢˊ ㄏㄨㄤˊ
羞愧不安。
13【慚愧】 ㄘㄢˊ ㄎㄨㄟˋ
羞愧。
15【慚德】 ㄘㄢˊ ㄉㄜˊ
慚愧德行不如古人。

慱 ㄊㄨㄢˊ *t'uan*² 音團
憂勞的樣子。如:勞心慱慱。

慝 ㄋㄧˋ *ni*⁴ 音匿
慚愧。或作惄。見"集韻"。

慪 ㄡˋ *ou*⁴ 音漚
①吝惜。見"玉篇"。②惹人生氣。也作嘔。如:慪氣。

慳 ㄑㄧㄢ *ch'ien*¹ 音牽
①吝嗇。見"廣韻"。②簡約。③艱困;乖舛。如:命慳。
7【慳吝】 ㄑㄧㄢ ㄌㄧㄣˋ
吝嗇。

慒 ㄘㄨㄥˊ *ts'ung*² 音叢
①謀慮。見"說文"。②亂。見"玉篇"。

慓 ㄆㄧㄠˋ *p'iao*⁴ 音票
輕快;矯健。見"說文"。
10【慓悍】 ㄆㄧㄠˋ ㄏㄢˋ
輕疾勇猛。

慬 ㊀ ㄑㄧㄣˊ *ch'in*² 音勤
①憂哀。見"廣韻"。②勇敢。見"正字通"。
㊁ ㄐㄧㄣˇ *chin*³ 音僅
誠懇。見"廣韻"。

慲 ㄇㄢˊ *man*² 音瞞
糊塗;不明事理。見"說文"。

慽 慼的或體。

慣 ㄍㄨㄢˋ *kuan*⁴ 音灌
①習以為常;積久成性的。見"廣韻"。②放任;縱容。如:嬌生慣養。
8【慣性】 ㄍㄨㄢˋ ㄒㄧㄥˋ
(inertia)任何物體在不受外力作用時,恆有保持它原來的狀態,即靜者恆靜,動者恆沿一直線作等速度運動的特性,此種特性就是物體所具有的慣性。物體受外力作用時,亦顯示有反抗速度變化的慣性。受同一力之作用,質量愈大者,速度愈不容易變化,即其加速度愈小,故慣性愈大,因此慣性係以質量來量度。
【慣例】 ㄍㄨㄢˋ ㄌㄧˋ
已沿用成習慣的舊例。
10【慣家】 ㄍㄨㄢˋ ㄐㄧㄚ
熟手;行家。
23【慣竊】 ㄍㄨㄢˋ ㄑㄧㄝˋ
經常作案的竊賊。
8【慣性定律】 ㄍㄨㄢˋ ㄒㄧㄥˋ ㄉㄧㄥˋ ㄌㄩˋ
(law of inertia)即'牛頓'第一運動定律。參牛頓第一運動定律。
【慣性導引】 ㄍㄨㄢˋ ㄒㄧㄥˋ ㄉㄠˇ ㄧㄣˇ
(inertial guidance)利用裝設於飛彈或其他空中載具內部的陀螺儀、加速儀和計算機自動量測其在空間的位置和加速度,使與預期飛行航路校核,再由內部發出修正信號,以指揮其循正確航路飛向目標的導引方法。

慺 ㄌㄡˊ *lou*² 音樓
①喜悅。見"廣韻"。②恭謹誠懇的樣子。如:慺誠。

慢 ㄇㄢˋ *man*⁴ 音漫
①怠惰。見"說文"。②倨傲。見"廣韻"。③廢弛。④遲緩。如:慢手慢腳。⑤禮貌不周。如:慢待。
8【慢性】 ㄇㄢˋ ㄒㄧㄥˋ
①性情遲緩。也作慢性子。②做事態度不積極。③長期累積、逐漸進展的。
【慢板】 ㄇㄢˋ ㄅㄢˇ
(adagio)音樂進行的速度介於行板(andante)及極緩板(largo)之間,稱慢板。通常奏鳴曲或交響曲的第二樂章,使用慢板的形式。
12【慢跑】 ㄇㄢˋ ㄆㄠˇ
緩緩奔跑。
7【慢吞吞】 ㄇㄢˋ ㄊㄨㄣ ·ㄊㄨㄣ
緩慢的樣子。
8【慢性病】 ㄇㄢˋ ㄒㄧㄥˋ ㄅㄧㄥˋ
(chronic disease)病情的發展緩慢,需經長久才能治癒的病。例如慢性腎臟病、結核菌或梅毒菌感染的疾病、發炎、氣喘、慢性帶菌病等均是。
11【慢動作】 ㄇㄢˋ ㄉㄨㄥˋ ㄗㄨㄛˋ
(slow motion)動作很慢的一種影像。通常用快拍的技巧達成。
【慢條斯理】 ㄇㄢˋ ㄊㄧㄠˊ ㄙ ㄌㄧˇ
從容不迫的樣子;慢吞吞的樣子。
18【慢藏誨盜】 ㄇㄢˋ ㄘㄤˊ ㄏㄨㄟˋ ㄉㄠˋ
財物收藏不謹慎,就會引起他人偷盜的念頭。
3【慢工出細活】 ㄇㄢˋ ㄍㄨㄥ ㄔㄨ ㄒㄧˋ ㄏㄨㄛˊ
從容仔細地工作,才能製出精緻的成品。

慔 ㄇㄛˋ *mo*⁴ 音莫
勉力。見"字彙"。

慛 ㄘㄨㄟˊ *ts'ui*²
憂傷。見"廣韻"。

慘 ㄘㄢˇ *ts'an*³ 音憯
①狠毒;暴虐。如:慘虐。②悲痛;憂傷。如:慘惻。③暗淡;淒涼。通黲。如:慘淡。
5【慘白】 ㄘㄢˇ ㄅㄞˊ
灰暗的白色。
8【慘怛】 ㄘㄢˇ ㄉㄚˊ
悽慘哀痛。
10【慘烈】 ㄘㄢˇ ㄌㄧㄝˋ
①嚴寒。②景象淒厲。③苛重。指賦斂而言。④悲慘壯烈。
11【慘淡】 ㄘㄢˇ ㄉㄢˋ
形容景象淒涼蕭索。
12【慘惻】 ㄘㄢˇ ㄘㄜˋ
悽慘哀傷。
【慘跌】 ㄘㄢˇ ㄉㄧㄝˊ
價格劇烈下跌。
13【慘慄】 ㄘㄢˇ ㄌㄧˋ
①極其悲痛。②酷寒。

14【慘境】　ㄘㄢˇ　ㄐㄧㄥˋ
悽慘的境地。
15【慘劇】　ㄘㄢˇ　ㄐㄩˋ
悲慘事件。
16【慘澹】　ㄘㄢˇ　ㄉㄢˋ
1同慘淡。2辛苦地；用心地。
23【慘變】　ㄘㄢˇ　ㄅㄧㄢˋ
慘痛的變故。
4【慘不忍睹】　ㄘㄢˇ　ㄅㄨˋ　ㄖㄣˇ　ㄉㄨˇ
情況悽慘，令人不忍心觀看。
12【慘無人道】　ㄘㄢˇ　ㄨˊ　ㄖㄣˊ　ㄉㄠˋ
殘忍狠毒，毫無人性。
【慘絕人寰】　ㄘㄢˇ　ㄐㄩㄝˊ　ㄖㄣˊ　ㄏㄨㄢˊ
悽慘情況爲世間所未有。
14【慘綠少年】　ㄘㄢˇ　ㄌㄩˋ　ㄕㄠˋ　ㄋㄧㄢˊ
本指穿淡綠色衣服的少年。後稱喜歡打扮，穿著入時的年輕人。
16【慘澹經營】　ㄘㄢˇ　ㄉㄢˋ　ㄐㄧㄥ　ㄧㄥˊ
本指作畫前，先用淺淡顏色勾勒輪廓。引申指辛苦地籌劃布置。

慟　ㄊㄨㄥˋ　*t'ung*⁴　音痛
1大哭；痛哭。見"說文新附"。2極端悲痛。見"廣韻"。

慯　ㄕㄤ　*shang*¹　音傷
憂思。見"說文"。

慥　ㄗㄠˋ　*tsao*⁴　音造　又讀　ㄘㄠˋ　*ts'ao*⁴
1篤實。見"字彙"。2言行相顧的樣子。見"字彙"。3突然；猝然。如：慥然。

憏　ㄔˋ　*ch'ih*⁴　音翅
參侘憏。

憁　㊀　ㄗㄨㄥˇ　*tsung*³　音總
參憁恫。
㊁　ㄙㄨㄥ　*sung*¹　音松
參惺憁。
9【憁恫】　ㄗㄨㄥˇ　ㄉㄨㄥˋ
也作憁恫。1不得志的樣子。2鑽營；奔競。

憋　ㄅㄧㄝ　*pieh*¹　音鼈
1急躁。見"廣韻"。2勉強忍住。如：憋氣。
10【憋氣】　ㄅㄧㄝ　ㄑㄧˋ
忍住呼吸。
19【憋懯】　ㄅㄧㄝ　ㄈㄨ
急性。也作憋怤。

慧　ㄏㄨㄟˋ　*hui*⁴　音惠
1聰敏；心巧。見"廣韻"。2狡黠。見"增韻"。
10【慧根】　ㄏㄨㄟˋ　ㄍㄣ
佛家語。佛慧能通徹一切眾生心識，解結破惑，從而生一切出世功德，以至成道，故稱慧根。
【慧能】　ㄏㄨㄟˋ　ㄋㄥˊ
1智慧的功能。2(638～713)'唐'高僧。我國禪宗第六祖，俗姓'盧'，故也稱'盧'行者。原籍'河南''范陽'，後遷居'南海''新州'。幼喪父，家貧，賣柴養母，後聞人唸"金剛經"，遂立志學佛，投'黃梅''弘忍'門下，得衣缽，至'嶺'南開展以頓悟爲主的禪宗。其弟子集其語錄編爲"六祖大師法寶壇經"。諡'大鑒禪師'。
11【慧眼】　ㄏㄨㄟˋ　ㄧㄢˇ
1敏銳精準的眼力。2佛家語。指具有照見諸法皆空的智慧。
14【慧遠】　ㄏㄨㄟˋ　ㄩㄢˇ
(334～416)'晉'高僧。俗姓'賈'，'雁門''樓煩'人。弱冠時，從'道安'出家，通達大乘奧旨。後居'廬山''東林寺'，創'白蓮社'，倡念佛，後世奉爲蓮宗初祖。
18【慧黠】　ㄏㄨㄟˋ　ㄒㄧㄚˊ
聰明有機智。

惷　ㄔㄨㄥ　*ch'ung*¹　音衝
愚笨。如：惷愚。

憇　憩的俗體。

慤　愨的俗體。

慹　㊀　ㄓˊ　*chih*²　音執
畏懼。見"說文"。
㊁　ㄓㄜˊ　*chê*²　音慴
不動。通蟄。如：慹伏。

慙　慚的或體。

慝　㊀　ㄊㄜˋ　*t'ê*⁴　音忒
1邪惡。如：邪慝。2更改。3災害。
㊁　ㄋㄧˋ　*ni*⁴　音匿
隱情飾非。見"集韻"。

慰　ㄨㄟˋ　*wei*⁴　音味
1安慰；使心安定舒泰。見"說文"。2心安。如：快慰。
9【慰勉】　ㄨㄟˋ　ㄇㄧㄢˇ
安慰勉勵。
10【慰留】　ㄨㄟˋ　ㄌㄧㄡˊ
撫慰挽留。
18【慰藉】　ㄨㄟˋ　ㄐㄧㄝˋ
安慰；慰問。

慸　ㄔㄞˋ　*ch'ai*⁴　音蠆
參慸葪。
13【慸葪】　ㄔㄞˋ　ㄐㄧㄝˋ
鯁刺。比喻想不通或心懷嫌隙。

慼　ㄑㄧ　*ch'i*¹　音戚
1畏懼。見"廣韻"。2憂愁；悲傷。如：慼容。

憂　ㄧㄡ　*yu*¹　音幽
1愁。見"玉篇"。2災患。如：憂患。3遭父母之喪。如：丁憂。
9【憂思】　ㄧㄡ　ㄙ
1憂愁的思慮。2憂愁的心理。
11【憂戚】　ㄧㄡ　ㄑㄧ
憂愁悲慼。
【憂患】　ㄧㄡ　ㄏㄨㄢˋ
禍患；災難。
【憂國】　ㄧㄡ　ㄍㄨㄛˊ
爲國事憂心。
13【憂愁】　ㄧㄡ　ㄔㄡˊ
憂悒愁苦。
【憂傷】　ㄧㄡ　ㄕㄤ
憂愁悲傷。
15【憂憤】　ㄧㄡ　ㄈㄣˋ
憂傷憤慨。
【憂慮】　ㄧㄡ　ㄌㄩˋ
憂愁顧慮。
18【憂懣】　ㄧㄡ　ㄇㄣˋ
憂愁煩悶。也作憂滿。
21【憂懼】　ㄧㄡ　ㄐㄩˋ
憂慮恐懼。

29【憂鬱】 ㄧㄡ ㄩˋ
憂愁鬱悶。
【憂鬱症】 ㄧㄡ ㄩˋ ㄓㄥˋ
(hypochondriasis) 神經病的一種。患者過分關心身體之健康，總以爲自己染有重病。
4【憂心如焚】 ㄧㄡ ㄒㄧㄣ ㄖㄨˊ ㄈㄣˊ
憂愁焦慮，如火在心頭燃燒。
【憂心忡忡】 ㄧㄡ ㄒㄧㄣ ㄔㄨㄥ ㄔㄨㄥ
非常憂愁煩悶的樣子。
【憂心悄悄】 ㄧㄡ ㄒㄧㄣ ㄑㄧㄠˇ ㄑㄧㄠˇ
內心憂愁的樣子。
9【憂思百結】 ㄧㄡ ㄙ ㄅㄞˇ ㄐㄧㄝˊ
愁思糾結，無法理出頭緒。
11【憂國憂民】 ㄧㄡ ㄍㄨㄛˊ ㄧㄡ ㄇㄧㄣˊ
爲國家人民而憂勞。
【憂患意識】 ㄧㄡ ㄏㄨㄢˋ ㄧˋ ㄕˋ
一種戒愼恐懼、防患未然的心態。今多指對國家民族的關懷。
【憂患餘生】 ㄧㄡ ㄏㄨㄢˋ ㄩˊ ㄕㄥ
歷經憂愁患難，而幸能保存的生命。
12【憂勞興國】 ㄧㄡ ㄌㄠˊ ㄒㄧㄥ ㄍㄨㄛˊ
憂心勞苦以振興國家。
24【憂讒畏譏】 ㄧㄡ ㄔㄢˊ ㄨㄟˋ ㄐㄧ
擔心他人毀謗，畏懼他人譏諷。
13【憂道不憂貧】 ㄧㄡ ㄉㄠˋ ㄅㄨˋ ㄧㄡ ㄆㄧㄣˊ
憂慮眞理不明，而不憂慮處境貧困。

慮 ㄌㄩˋ lü⁴ 音律
1思量；謀劃。見"說文"。2心思；意念。見"爾雅·釋詁"。3憂愁。如：憂慮。
8【慮周行果】 ㄌㄩˋ ㄓㄡ ㄒㄧㄥˊ ㄍㄨㄛˇ
考慮周詳，行事果斷。

慕 ㄇㄨˋ mu⁴ 音木
1敬仰思戀。見"集韻"。2喜好；嚮往。如：慕古。
6【慕名】 ㄇㄨˋ ㄇㄧㄥˊ
1貪好美名。2仰慕他人的盛名。
13【慕義】 ㄇㄨˋ ㄧˋ
嚮往正義。
5【慕尼黑】 ㄇㄨˋ ㄋㄧˊ ㄏㄟ
(Munich) '德國'南部最大城、果蔬集散地及軍火工業、啤酒生產中心。濱'多瑙河'支流'伊薩爾河' (Isar R.)。有十餘條鐵路交會於此，為重要的交通樞紐。附近林景優美，旅遊業盛。十六世紀起，以行政、藝術中心聞名。人口126.5萬（2003年）。

慾 ㄩˋ yü⁴ 音玉
慾望；嗜好。本作欲。見"廣韻"。
2【慾力】 ㄩˋ ㄌㄧˋ
(libido) '奧地利'心理學家'弗洛依德'指稱人類天賦之性慾的本能。係一切行爲反應的原動力。
8【慾念】 ㄩˋ ㄋㄧㄢˋ
慾望；想滿足慾望的念頭。
10【慾海】 ㄩˋ ㄏㄞˇ
如海般深廣的慾望。
11【慾望】 ㄩˋ ㄨㄤˋ
慾念願望。
17【慾壑難塡】 ㄩˋ ㄏㄨㄛˋ ㄋㄢˊ ㄊㄧㄢˊ
指人的慾望深如山谷，難以塡滿。

慜 ㄇㄧㄣˇ min³ 音敏
1聰明。通敏。見"廣韻"。2憐恤。通憫。見"字彙"。

慫 ㄙㄨㄥˇ sung³ 音竦
1驚慌。見"說文"。2勸誘。見"廣雅·釋詁"。
11【慫恿】 ㄙㄨㄥˇ ㄩㄥˇ
鼓動他人行事。也作慫慂。

12

憲 ㄒㄧㄢˋ hsien⁴ 音現
1法令；法式。見"爾雅·釋詁"。2效法。如：憲章'文''武'。3憲法的簡稱。如：行憲紀念日。4舊稱上司、上官。如：憲臺。
5【憲令】 ㄒㄧㄢˋ ㄌㄧㄥˋ
法令。
7【憲兵】 ㄒㄧㄢˋ ㄅㄧㄥ
軍中兵科之一。負責管制現役軍人之行爲，藉以促進其對軍法、命令及規則之遵守與實施，並負責管制交通、防治犯罪。
8【憲法】 ㄒㄧㄢˋ ㄈㄚˇ
爲國家的根本大法，國家的組織法。就其實質意義而言，是規定國家領土的範圍，國民的要件及其地位，統治權的組織、權限及其行使方式的根本法律。就其形式意義而言，指以憲法法典的形式特別制定、公布的法律。就其近代意義而言，是近代立憲主義的產物，其目的乃在於限制政府的權力而保障人民的權利和自由。此外，尙包括動態的政治意義。憲法就其制定、發展、變遷或修改的過程言之，實爲當時政治力量的反映；因此，憲法可謂是現實的政治力量之均衡點。我國"憲法"於'民國'三十六年一月一日公布，同年十二月二十五日施行，共十四章、一百七十五條。
【憲治】 ㄒㄧㄢˋ ㄓˋ
舊時提點刑獄的治所。
9【憲政】 ㄒㄧㄢˋ ㄓㄥˋ
即立憲之政治。國家機關的組織、職權、相互間的關係及人民的權利義務等，完全依據憲法的規定而運作，稱爲憲政。
11【憲章】 ㄒㄧㄢˋ ㄓㄤ
1效法；遵行。2典章制度。

憝 ㄉㄨㄟˋ tui⁴ 音隊
也作懟。1怨恨。見"說文"。2惡；亂。如：憝國。3凶惡的人。如：元惡大憝。

憧 ㄔㄨㄥ ch'ung¹ 音沖
1心意不定。見"說文"。2愚笨。通惷。見"集韻"。3對事物的幻想。如：憧憬。
15【憧憬】 ㄔㄨㄥ ㄐㄧㄥˇ
對某事的美好想像。

懚 憝的或體。

憱 ㄘㄨˋ ts'u⁴ 音促
1悲戚。見"字彙"。2不悅

的樣子。

憐 ㄌㄧㄢˊ lien² 音蓮
①哀憫；同情。見"說文"。②愛惜；喜愛。見"爾雅·釋詁"。

9【憐恤】 ㄌㄧㄢˊ ㄒㄩˋ
哀憐體諒。

15【憐憫】 ㄌㄧㄢˊ ㄇㄧㄣˇ
哀憐；同情。

9【憐香惜玉】 ㄌㄧㄢˊ ㄒㄧㄤ ㄒㄧˊ ㄩˋ
比喻男子對女子的愛惜、呵護。也作惜玉憐香。

憎 ㄗㄥ tsêng¹ 音增
厭惡。見"說文"。

9【憎恨】 ㄗㄥ ㄏㄣˋ
厭惡氣恨。

12【憎惡】 ㄗㄥ ㄨˋ
厭惡。

憦 ㄌㄠˋ lao⁴ 音澇
悔恨。如：懊憦。

憢 ㄒㄧㄠ hsiao¹ 音消
①害怕。同嘵。見"集韻"。②勇急。通驍。如：憢悍。

憓 ㄏㄨㄟˋ hui⁴ 音惠
順從；順服。見"集韻"。

憘 ㊀ ㄒㄧ hsi¹ 音嘻
歎詞。通嘻。見"正字通"。
㊁ ㄒㄧˇ hsi³ 音璽
喜的古文。

憉 ㄆㄥˊ p'êng² 音彭
參憉悙。

10【憉悙】 ㄆㄥˊ ㄏㄥ
自大、自負的樣子。

憟 ㄙㄨˋ su⁴ 音素
仰承長上的臉色。見"玉篇"。

憤 ㄈㄣˋ fên⁴ 音奮
或作憒。①鬱積未發。如：不憤不啟。②發怒；生氣。如：憤怒。

9【憤怒】 ㄈㄣˋ ㄋㄨˋ
發怒；生氣。

10【憤恚】 ㄈㄣˋ ㄏㄨㄟˋ
憤怒痛恨。

11【憤惋】 ㄈㄣˋ ㄨㄢˇ
憤怒惋惜。

【憤悱】 ㄈㄣˋ ㄈㄟˇ
冥思苦想而言語不能表達。

12【憤慨】 ㄈㄣˋ ㄎㄞˋ
憤怒激動。

18【憤懣】 ㄈㄣˋ ㄇㄣˋ
氣憤鬱悶。

5【憤世嫉俗】 ㄈㄣˋ ㄕˋ ㄐㄧˊ ㄙㄨˊ
憤恨人世的不公，嫉惡俗尚的不良。也作憤世疾俗。

憛 ㊀ ㄊㄢˋ t'an⁴ 音探
憂思。見"集韻"。
㊁ ㄧㄢ yen¹ 音淹
貪愛；貪欲。如：憛悇。

憯 ㄘㄢˇ ts'an³ 音慘
①慘痛。如：憯惻。②憂傷。如：憯悽。③殘酷。通慘。如：憯酷。

憰 ㄐㄩㄝˊ chüeh² 音抉
權詐。如：憰怪。

憕 ㊀ ㄔㄥˊ ch'êng² 音澄
平正。見"說文"。
㊁ ㄓㄥˋ chêng⁴ 音正
內心平靜的樣子。見"集韻"。

憭 ㊀ ㄌㄧㄠˇ liao³ 音瞭
①聰慧。見"說文"。②明白。見"廣韻"。
㊁ ㄌㄧㄠˊ liao² 音聊
聲音清澈響亮。通嘹。如：憭亮。

憜 ㄉㄨㄛˋ to⁴, tuo⁴ 音跺
①不敬。見"說文"。②懶惰。惰的或體。見"集韻"。

憋 ㄔㄤˇ ch'ang³ 音敞
失意的樣子。如：憋惘。

憬 ㄐㄧㄥˇ ching³ 音井
①覺悟。見"說文"。②遠行的樣子。見"集韻"。

10【憬悟】 ㄐㄧㄥˇ ㄨˋ
覺悟。

12【憬然】 ㄐㄧㄥˇ ㄖㄢˊ
覺悟的樣子。

【憬然赴目】 ㄐㄧㄥˇ ㄖㄢˊ ㄈㄨˋ ㄇㄨˋ
過去的情景再度呈現眼前。

憫 ㄇㄧㄣˇ min³ 音敏
本作閔。①憂鬱；憤懣。見"集韻"。②哀憐；憐恤。見"字彙"。

9【憫恤】 ㄇㄧㄣˇ ㄒㄩˋ
同情體諒。

12【憫然】 ㄇㄧㄣˇ ㄖㄢˊ
同情、哀憐的樣子。

憪 也作憪。㊀ ㄒㄧㄢˊ hsien² 音閑
閒適愉悅。見"說文"。
㊁ ㄒㄧㄢˋ hsien⁴ 音限
寬大。見"廣韻"。

愣 愣的本字。

憒 ㄎㄨㄟˋ k'uei⁴ 音潰
心思昏亂。見"說文"。

9【憒眊】 ㄎㄨㄟˋ ㄇㄠˋ
昏昧糊塗。

13【憒亂】 ㄎㄨㄟˋ ㄌㄨㄢˋ
煩亂。

憚 ㄉㄢˋ tan⁴ 音但
①畏難。見"說文"。②懼怕。如：肆無忌憚。

8【憚服】 ㄉㄢˋ ㄈㄨˊ
畏服。

憫 ㄌㄧˊ li² 音離
參憫他。

6【憫他】 ㄌㄧˊ ㄊㄧ
欺謾的言語。

憣 ㄈㄢ fan¹ 音番
①心意變動。見"正字通"。②改易。同翻。

憡 ㄘㄜˋ ts'ê⁴ 音策
輕微作痛。見"玉篇"。

憮 ㄨˇ wu³ 音五
①愛。見"字彙"。②茫然失意。如：憮然。③嫵媚。通嫵。

憍 ㄐㄧㄠ chiao¹ 音嬌
驕傲。通作驕。見"集韻"。

憔 ㄑㄧㄠˊ ch'iao² 音橋
參憔悴。

11【憔悴】 ㄑㄧㄠˊ ㄘㄨㄟˋ
也作顦顇。①瘦弱委靡的樣子。②受苦；受折磨。③憂患；煩惱。

憑 ㄆㄧㄥˊ p'ing² 音平
①依靠；仰賴。如：憑藉。②根據。如：憑準。③聽任；隨便。

4【憑弔】 ㄆㄧㄥˊ ㄉㄧㄠˋ

就當前的景象,追思往昔。

5【憑仗】ㄆㄧㄥˊ ㄓㄤˋ
仰仗;依賴。

9【憑信】ㄆㄧㄥˊ ㄒㄧㄣˋ
依賴、相信。

11【憑陵】ㄆㄧㄥˊ ㄌㄧㄥˊ
憑仗權勢欺凌他人。也作憑凌。

【憑眺】ㄆㄧㄥˊ ㄊㄧㄠˋ
憑高遠望。

12【憑單】ㄆㄧㄥˊ ㄉㄢ
作爲憑證的單據。

13【憑準】ㄆㄧㄥˊ ㄓㄨㄣˇ
可作爲依據的準則。

16【憑據】ㄆㄧㄥˊ ㄐㄩˋ
憑證;證據。

18【憑藉】ㄆㄧㄥˊ ㄐㄧㄝˋ
依靠;倚賴。

19【憑證】ㄆㄧㄥˊ ㄓㄥˋ
憑據;證明。

8【憑空臆造】ㄆㄧㄥˊ ㄎㄨㄥ ㄧˋ ㄗㄠˋ
指毫無根據,隨意揑造。

11【憑規格買賣】ㄆㄧㄥˊ ㄍㄨㄟ ㄍㄜˊ ㄇㄞˇ ㄇㄞˋ
(sale by grade) 憑說明買賣的一種。在農產品或工礦產品中,某些產品,例如食米、橡膠、水泥、玻璃板、鋼板或廢鐵等,大都有政府或工業團體訂定的品質標準規格,以規格作爲決定買賣標的物品質的買賣,即爲憑規格買賣。買賣這種商品時,不必以實物表示其品質或作詳細的說明,只須以公認的規格等級或規格號碼即可決定品質。憑規格買賣時,在訂約前,一、對於各該規格的內容及標準,須有徹底的了解;二、應明瞭各該規格的適用年度,規格標準因年度的不同而略有差異。

12【憑牌記買賣】ㄆㄧㄥˊ ㄆㄞˊ ㄐㄧˋ ㄇㄞˇ ㄇㄞˋ
(sale by brand or trade mark) 憑說明買賣的一種。買賣標的物的品質,依牌記(包括品牌及商標)爲準而成交者,稱爲憑牌記買賣。以此種方式交易者,其商標或品牌限於享譽盛名,品質穩定性高,堪爲一般人所信賴者。憑牌記買賣,不須提供貨樣,但應明白標示其品種、類型、規格及生產年度等。品牌或商標一旦約定,賣方即應依約交付相同品牌或商標的商品。

14【憑說明買賣】ㄆㄧㄥˊ ㄕㄨㄛ ㄇㄧㄥˊ ㄇㄞˇ ㄇㄞˋ
(sale by description) 商品無法以實物表示或不需以實物表示其品質時,賣方可以說明或描述方式表示所買賣商品的品質。這種憑說明或描述而成立的買賣,稱爲憑說明買賣。

15【憑樣品買賣】ㄆㄧㄥˊ ㄧㄤˋ ㄆㄧㄣˇ ㄇㄞˇ ㄇㄞˋ
(sale by sample) 指以一個或數個足以代表買賣標的物品質的實物作爲品質標準而締結的買賣契約。此足以代表買賣標的物品質的實物即樣品。依此方式進行交易,賣方日後所交正貨的品質,必須與樣品相同,否則買方可拒絕領受或解除契約,也可提出損害賠償要求或要求減價。憑樣品買賣又可分爲憑賣方樣品品質爲準(quality as per seller's sample)及憑買方樣品品質爲準(quality as per buyer's sample)兩種,其中以前者對賣方較爲有利。

6【憑收據付款信用狀】ㄆㄧㄥˊ ㄕㄡ ㄐㄩˋ ㄈㄨˋ ㄎㄨㄢˇ ㄒㄧㄣˋ ㄩㄥˋ ㄓㄨㄤˋ
(payment on receipt credit) 即開狀銀行授權出口地銀行,對於特定的出口商(受益人),於一定金額內,憑出口商所提示的規定單證及出口商所出具的領款收據,即可支付貨款的一種信用狀。即出口商支取信用狀款項時,不必簽發匯票,而以收據代替。由於出口商憑收據即可兌款,自可免除一般匯票發票人應負的責任—即無票據追索權的問題發生,對於出口商較有利。此外,收據印花稅低於匯票印花稅時,使用這種信用狀可減輕稅負。

12【憑單證付款信用狀】ㄆㄧㄥˊ ㄉㄢ ㄓㄥˋ ㄈㄨˋ ㄎㄨㄢˇ ㄒㄧㄣˋ ㄩㄥˋ ㄓㄨㄤˋ
(payment against documents credit) 即受益人僅憑信用狀所規定的單證,而不需另外簽發匯票或單據,即可請求銀行按商業發票所示金額付款的信用狀。'歐洲'的某些國家規定匯票須按票面金額大小貼印花稅票,爲避免印花稅的負擔,某些銀行開出的信用狀,往往免除受益人簽發匯票,僅憑規定的單證即可兌領信用狀款。我國開往'歐洲'大陸國家的信用狀,爲減輕出口商的印花稅負,即常常開出這種信用狀或開出憑收據付款信用狀。

憩 ㄑㄧˋ ch'i^4 音氣
休息。同愒。也作憇。見"集韻"。

0【憩流】ㄑㄧˋ ㄌㄧㄡˊ
(slack water) 指地球表面每天兩次潮汐中高潮與低潮間的潮流。又稱平潮。

10【憩息】ㄑㄧˋ ㄒㄧˊ
休息。

憙 ㄒㄧˇ hsi^3 音喜
1喜悅。見"說文"。2喜愛。

憨 ㄏㄢ han^1 音酣
1痴呆;傻氣。見"玉篇"。2愚魯耿直。見"集韻"。

8【憨直】ㄏㄢ ㄓˊ
愚魯耿直。

9【憨厚】ㄏㄢ ㄏㄡˋ
老實忠厚。

13【憨痴】ㄏㄢ ㄔ
愚痴。

憖 一 ㄧㄣˋ yin^4 音印
1肯;願意。見"說文"。2敬謹。見"說文"。3損傷。見"方言‧一"。

㊁ ㄒㄧㄣˋ *hsin*^{4} 音信
笑的樣子。見"集韻"。

⿱單心 憚的或體。

憊 ㄅㄟˋ *pei*^{4} 音備
疲倦。如:疲憊。

6【憊色】 ㄅㄟˋ ㄙㄜˋ
疲困的臉色。

19【憊懶】 ㄅㄟˋ ㄌㄢˇ
疲憊慵懶。

13

應 ㊀ ㄧㄥ *ying*^{1} 音英
①當;該。見"說文"。②姓。'東漢'有'應劭'。見"萬姓統譜·五七"。
㊁ ㄧㄥˋ *ying*^{4} 音映
①回答。見"集韻"。②相和;兩相感應。見"廣韻"。③適合。如:應時。④接受;允許。如:應命。⑤對付。如:應變。⑥供給。如:供應。

2【應力】 ㄧㄥˋ ㄌㄧˋ
(stress) 一截面積為A的棒,如在其兩端以大小相等、方向相反的兩拉力(稱為張力)或兩推力(稱為壓力)F垂直作用於其上,則棒內每單位面積上所受的內力,稱為應力,單位為牛頓/公尺^2。以S表示即為:$S=F/A$。如應力是由張力產生,且垂直作用於面積上,特稱為張應力;如為壓力所產生,且垂直作用於面積上,則稱為壓應力。此外,另有平行作用於單位面積上的內力,稱為切應力。

5【應市】 ㄧㄥˋ ㄕˋ
供應市場需求。

【應世】 ㄧㄥˋ ㄕˋ
順應時世的變化。

【應付】 ㊀ ㄧㄥ ㄈㄨˋ
應該付給。
㊁ ㄧㄥˋ ㄈㄨˋ
設法對付。

【應卯】 ㄧㄥˋ ㄇㄠˇ
指古代吏役按卯時到衙,聽候點名。引申為照例行事或敷衍了事。

7【應劭】 ㄧㄥ ㄕㄠˋ
'東漢''汝南''南頓'(今'河南''項城'北)人。'靈帝'時舉孝廉,拜'泰山'太守,拒'黃巾'有功。'獻帝'遷都於'許'時,典章湮沒,'劭'乃著"漢官禮儀故事"。又撰有"風俗通"、"中漢集序"等書。

8【應承】 ㄧㄥˋ ㄔㄥˊ
答允;承諾。

【應制】 ㄧㄥˋ ㄓˋ
'唐''宋'人稱奉皇帝之命作詩文。

【應命】 ㄧㄥˋ ㄇㄧㄥˋ
聽從命令。

10【應時】 ㄧㄥˋ ㄕˊ
①順應時勢的變化。②順應季節、時令。③即時;隨時。

11【應接】 ㄧㄥˋ ㄐㄧㄝ
①應酬接待。②彼此相呼應、照應。

12【應景】 ㄧㄥˋ ㄐㄧㄥˇ
①適應節令的需要。②聊為點綴。

13【應瑒】 ㄧㄥ ㄧㄤˊ
(?～217) '漢'末'汝南'(今'河南''汝南')人。字'德璉'。'曹操'徵召為丞相掾屬,後為五官中郎將文學。傳世之作不多,後人取與其弟'璩'(字'休璉')之作合輯為"應德璉休璉集"。

【應酬】 ㄧㄥˋ ㄔㄡˊ
往來交際。

【應聘】 ㄧㄥˋ ㄆㄧㄣˋ
接受聘請。

14【應對】 ㄧㄥˋ ㄉㄨㄟˋ
回答別人的問話。

15【應徵】 ㄧㄥˋ ㄓㄥ
①接受徵召。②參與徵選。

16【應戰】 ㄧㄥˋ ㄓㄢˋ
接受對方的挑戰。

17【應聲】 ㄧㄥˋ ㄕㄥ
①隨聲。②回聲。③應和的聲音。

20【應鐘】 ㄧㄥˋ ㄓㄨㄥ
也作應鍾。古代樂律名。古樂律有十二,陰陽各六,陰律第三叫應鐘。

23【應變】 ㄧㄥˋ ㄅㄧㄢˋ
①應付意外或變化。②(strain) 當物體受外力作用時,物體外形或體積即會發生改變,量度變形程度的量稱為應變。應變的大小,常用物體每單位長度,或每單位體積的變化量來表示。如果應變是由伸張拉力所引起,稱為張應變;由壓力所產生,稱為壓應變;由切向拉力所產生,稱為切應變。另外,均勻的物體,當其各表面受到垂直的壓力時,體積將縮小,此種應變稱為體應變。

【應驗】 ㄧㄥˋ ㄧㄢˋ
有了效驗;得到證明。

5【應用文】 ㄧㄥˋ ㄩㄥˋ ㄨㄣˊ
個人與個人之間,或機關與機關之間,或個人與機關團體之間,互相往來所使用的特定形式文書。

13【應酬話】 ㄧㄥˋ ㄔㄡˊ ㄏㄨㄚˋ
與人往來交際所說的客套話。

17【應聲蟲】 ㄧㄥˋ ㄕㄥ ㄔㄨㄥˊ
指沒有主見隨聲附和的人。

20【應繼分】 ㄧㄥ ㄐㄧˋ ㄈㄣˋ
係於共同繼承時,各繼承人就共同繼承財產上所有權利義務之比例。應繼分由法律所規定者,稱為法定應繼分;由被繼承人所指定者,稱為指定應繼分。被繼承人對於法定繼承人("民法·繼承"編修正時,已刪除指定繼承人之規定)之應繼分,得以遺囑指定之,而優先於法定應繼分之適用,但不得有害於繼承人之特留分,否則特留分被侵害之繼承人得行使扣減權。關於應繼分之指定,被繼承人得以遺囑委託第三人代為指定。又被繼承人或受託之第三人也得為一部分之指定,未指定之部分,則適用法定應繼分之規定。

23【應變能】 ㄧㄥˋ ㄅㄧㄢˋ ㄋㄥˊ
(strain energy) 當彈性體受力產生變形時,力將對彈性體作功,此功將變換成位能,儲存於彈性體內,該位能即為應變能。倘若慢慢地移去此作用力，儲存之能量會恢復功之形式，將此彈性體恢復原狀。故彈性體之作用如一彈簧，當載重時可儲存能量，當卸重時即可釋放能量而恢復原狀。

【應變規】 ㄧㄥˋ ㄅㄧㄢˋ ㄍㄨㄟ
(strain gage) 由導線電阻之變化以量度小量之應變或延伸之感測器。一般用來偵測力量與轉矩。

2【應力集中】 ㄧㄥˋ ㄌㄧˋ ㄐㄧˊ ㄓㄨㄥ
(stress concentration) 機件形狀上的突然變化(如缺口、轉角、圓洞等現象)，使得基本的應力方程式無法用以描述該處附近的應力狀態。此種突然變化所造成的提升應力僅發生於該處局部區域，稱爲應力集中。

5【應用程式】 ㄧㄥˋ ㄩㄥˋ ㄔㄥˊ ㄕˋ
(application program) 電腦使用者爲其工作之需要或解決特定問題所設計、開發的程式。

【應用數學】 ㄧㄥˋ ㄩㄥˋ ㄕㄨˋ ㄒㄩㄝˊ
(applied mathematics) 與純數學相對。係用以解決物理、工程學一切問題之數學的總稱。不若純數學嚴正，對於極限、連續等觀念，經常加入直觀的因素。

【應付匯率】 ㄧㄥ ㄈㄨˋ ㄏㄨㄟˋ ㄌㄩˋ
(rate of giving account) 指在外匯市場上，以對一單位的外國貨幣應付若干單位的本國貨幣方式表示的匯率。又稱支付匯率(giving quotation)、直接匯率(direct rate)、國幣匯率(rate in home money)。匯率以應付匯率表示時，如匯率上升，則表示本國貨幣貶值；如匯率下跌，則表示本國貨幣升值。

6【應有盡有】 ㄧㄥ ㄧㄡˇ ㄐㄧㄣˋ ㄧㄡˇ
應該有的全都具備。

【應收匯率】 ㄧㄥ ㄕㄡ ㄏㄨㄟˋ ㄌㄩˋ
(rate of receiving account)又稱收入匯率 (receiving quotation)、間接匯率(indirect rate)。指在外匯市場上，以一單位的本國貨幣可交換若干單位的外國貨幣方式表示的匯率。匯率以應收匯率方式表示時，如匯率上升，則表示本國貨幣升值；如匯率下跌，則表示本國貨幣貶值。

11【應接不暇】 ㄧㄥˋ ㄐㄧㄝ ㄅㄨˋ ㄒㄧㄚˊ
不及接受或應付。形容所面對的事物之繁多。

13【應運而生】 ㄧㄥˋ ㄩㄣˋ ㄦˊ ㄕㄥ
順應時勢的需要而產生。

14【應對如流】 ㄧㄥˋ ㄉㄨㄟˋ ㄖㄨˊ ㄌㄧㄡˊ
應答流利順暢。

23【應變硬化】 ㄧㄥˋ ㄅㄧㄢˋ ㄧㄥˋ ㄏㄨㄚˋ
(strain hardening) 冷加工時，起初塑性變形甚易，而後越來越困難，這是因爲金屬強度隨加工量的增加而逐漸增強的緣故，此現象稱爲應變硬化。

5【應用社會學】 ㄧㄥˋ ㄩㄥˋ ㄕㄜˋ ㄏㄨㄟˋ ㄒㄩㄝˊ
(applied sociology)社會學的一支。指應用社會學知識研究某一特定對象的學科。通常用以促進社會改革或變遷。

2【應力消除退火】 ㄧㄥˋ ㄌㄧˋ ㄒㄧㄠ ㄔㄨˊ ㄊㄨㄟˋ ㄏㄨㄛˇ
(stress-relief annealing) 又稱次臨界退火。經由加熱方式以去除因過度塑性加工所產生之殘留應力的一種退火熱處理方式。對鋼材而言，其加熱溫度約在500～680°C。

【應力集中因數】 ㄧㄥˋ ㄌㄧˋ ㄐㄧˊ ㄓㄨㄥ ㄧㄣ ㄕㄨˋ
(stress concentration factor) 桿件受力斷面突然改變之處，其應力會較其他部位集中；此局部應力之最大值和平均單位應力之比，稱爲應力集中因數。

【應力-應變曲線】 ㄧㄥˋ ㄌㄧˋ ㄧㄥˋ ㄅㄧㄢˋ ㄑㄩ ㄒㄧㄢˋ
(stress-strain curves) 材料受到外力時，其外力與應變之關係圖。一般又分工程應力－應變圖、眞應力－應變圖。工程應力＝F/A_0，工程應變＝$\Delta l/l_0$；眞應力＝F/A，眞應變＝$\Delta l/l$。其中A_0、l_0表示材料未受力前之截面積及長度，F 表外力，Δl 表伸長量，A、l 表受力過程中當時的截面積與長度。

5【應付票據折價】 ㄧㄥ ㄈㄨˋ ㄆㄧㄠˋ ㄐㄩˋ ㄓㄜˊ ㄐㄧㄚˋ
(discount on notes payable) 包含於應付票據面值內的未來利息費用。在資產負債表上應列爲應付票據的減項，於利息實際發生後再轉爲利息費用。例如企業以自己的不附息票據向銀行貼現，其所得現金少於票據面值，其差額即爲應付票據折價。

10【應益課稅原則】 ㄧㄥ ㄧˋ ㄎㄜˋ ㄕㄨㄟˋ ㄩㄢˊ ㄗㄜˊ
(principle of benefit to receive)指根據納稅人所享受國家或地方公共團體利益之大小，而課以不同的租稅。此說是以利益說或租稅交換說爲根據。

6【應收帳款週轉率】 ㄧㄥ ㄕㄡ ㄓㄤˋ ㄎㄨㄢˇ ㄓㄡ ㄓㄨㄢˇ ㄌㄩˋ
(accounts receivable turnover) 特定期間內賒銷淨額對平均應收帳款的比率。亦即平均應收帳款週轉次數。係用以衡量應收帳款變爲現金的速度，可藉之了解應收帳款餘額之是否正常及企業對應收帳款催收的效率。一般言之，應收帳款週轉次數愈高愈佳，因爲次數愈高，代表其變現的速度快，投資可減少，流動性高，償債能力增強，呆帳減少。

23【應變片與實驗應力分析】 ㄧㄥˋ ㄅㄧㄢˋ ㄆㄧㄢˋ ㄩˇ ㄕˊ ㄧㄢˋ ㄧㄥˋ ㄌㄧˋ ㄈㄣ ㄒㄧ
(strain gage and experimental stress analysis)應變片貼於物體

表面上,可測出物體在該點產生的應變,爲測量應變最簡單實用的方法。應變片分機械式、光學式與電阻式三種,以電阻式的性能最佳。因物體內產生的應力乃推導出的量,難以直接測度,故力學實驗大都先設法測出物體產生的應變,再由應變推算應力。實驗應力分析法除上述應變片外,尚有脆性皮膜法、全像攝影法、光彈性法、疊紋法等。

憶 ㄧˋ *i*[4] 音意
1想念。見"廣韻"。2記住。見"洪武正韻"。3回想。如:回憶。

18【憶斷考績法】 ㄧˋ ㄉㄨㄢˋ ㄎㄠˇ ㄐㄧ ㄈㄚˇ
考績方法之一。指員工之言行及工作成績,係由主管作綜合的判斷而評定者。此種方法雖最爲簡便易行,但亦最不易確實。

懍 ㄌㄧㄣˇ *lin*[3] 音廩
1畏懼的樣子。見"廣韻"。2敬肅嚴正的樣子。見"廣雅·釋詁"。3寒冷。通凜。如:懍慄。

13【懍慄】 ㄌㄧㄣˇ ㄌㄧˋ
因寒冷而發抖。

16【懍懍】 ㄌㄧㄣˇ ㄌㄧㄣˇ
1畏懼的樣子。2嚴正的樣子。

懷 懷的俗體。

憾 ㄏㄢˋ *han*[4] 音汗
1怨恨。見"廣韻"。2心感不足。如:遺憾。

8【憾事】 ㄏㄢˋ ㄕˋ
內心感到缺憾不足的事。

懅 ㄑㄩˊ *ch'ü*[2] 音渠
羞愧;惶恐。

憴 ㄕㄥˊ *shêng*[2] 音繩
戒愼。

懆 ㄘㄠˇ *ts'ao*[3] 音草
憂愁不安。見"說文"。

憹 一 ㄋㄠˊ *nao*[2] 音鐃
煩悶。如:懊憹。
二 ㄋㄨㄥˊ *nung*[2] 音農
心亂。見"集韻"。

懂 ㄉㄨㄥˇ *tung*[3] 音董
了解;明白。如:懂事。

憽 ㄙㄨㄥ *sung*[1] 音松
參惺憽。

懌 ㄧˋ *i*[4] 音亦
喜悅。見"說文新附"。

懁 ㄒㄩㄢ *hsüan*[1] 音宣
性情急躁。見"說文"。

憺 ㄉㄢˋ *tan*[4] 音但
1安靜恬淡的樣子。見"說文"。2畏懼。通憚。如:憺畏。3憂愁。

懈 ㄒㄧㄝˋ *hsieh*[4] 音謝
懈怠;鬆弛。見"說文"。

9【懈怠】 ㄒㄧㄝˋ ㄉㄞˋ
鬆懈怠惰。

憿 一 ㄐㄧㄠ *chiao*[1] 音交
僥倖。僥的本字。見"說文"。
二 ㄐㄧ *chi*[1] 音激
疾速。見"集韻"。

懊 ㄠˋ *ao*[4] 音傲
悔恨。見"集韻"。

12【懊惱】 ㄠˋ ㄋㄠˇ
悔恨煩惱。

【懊喪】 ㄠˋ ㄙㄤˋ
悔恨頹喪。

憸 ㄒㄧㄢ *hsien*[1] 音先
1諂佞。見"說文"。2奸邪。

㦎 ㄆㄧ *p'i*[1] 音劈
急速;倉猝。見"廣韻"。

懃 ㄑㄧㄣˊ *ch'in*[2] 音芹
情意誠懇。也作勤。

17【懃懃懇懇】 ㄑㄧㄣˊ ㄑㄧㄣˊ ㄎㄣˇ ㄎㄣˇ
殷勤誠懇的樣子。也作勤勤懇懇。

懋 ㄇㄠˋ *mao*[4] 音茂 又讀 ㄇㄡˋ *mou*[4] 音霧
1勉勵。見"說文"。2盛大;盛美。通茂。如:懋績。3交易。通貿。如:懋遷。

15【懋遷】 ㄇㄠˋ ㄑㄧㄢ
貿易;交易。

17【懋績】 ㄇㄠˋ ㄐㄧ
偉大的功績。

15【懋遷有無】 ㄇㄠˋ ㄑㄧㄢ ㄧㄡˇ ㄨˊ
流通商品。

【懋德懿行】 ㄇㄠˋ ㄉㄜˊ ㄧˋ ㄒㄧㄥˋ
盛大而美好的德行。

憼 ㄐㄧㄥˇ *ching*[3] 音景
1內心的敬意。見"說文"。2戒備。通儆。見"字彙補"。

懇 ㄎㄣˇ *k'ên*[3] 音肯
1誠懇;眞誠。見'玄應"一切經音義"。2請求。見"正字通"。

7【懇求】 ㄎㄣˇ ㄑㄧㄡˊ
1誠懇地請求。2(supplication)低權勢者向高權勢者哀歎其纖弱無依,以博取同情、提升權勢的行爲歷程。

12【懇款】 ㄎㄣˇ ㄎㄨㄢˇ
眞誠懇切。也作懇悃。

15【懇談】 ㄎㄣˇ ㄊㄢˊ
懇切深入地交談。

【懇摯】 ㄎㄣˇ ㄓˋ
誠懇眞摯。

14

懑 一 ㄇㄣˋ *mên*[4] 音悶
憂鬱;煩悶。如:憤懑。
二 ㄇㄣˊ *mên*[2] 音門
同們。

懘 ㄔˋ *ch'ih*[4] 音赤
不和諧;不協調。見"廣韻"。

懧 懦的或體。

懠 ㄑㄧˊ *ch'i*[2] 音齊
震怒。見"集韻"。

懡 ㄇㄛˇ *mo*[3] 音抹
參懡㦬。

22【懡㦬】 ㄇㄛˇ ㄌㄨㄛˇ
1羞慚。2稀少。

懦 ㄋㄨㄛˋ *no*[4], *nuo*[4] 音糯
柔弱;怯弱。見"說文繫傳"。

4【懦夫】 ㄋㄨㄛˋ ㄈㄨ
沒有膽量和魄力的男子。也泛指

一般膽小的人。

8【懦怯】 ㄋㄨㄛˋ ㄑㄩㄝˋ

軟弱膽怯。

10【懦弱】 ㄋㄨㄛˋ ㄖㄨㄛˋ

軟弱;膽小怕事。

懥 ㄓˋ chih⁴ 音致

或作懫。懫恨。如:忿懥。

懤 ㄔㄡˊ ch'ou² 音儔

憂愁。見"廣韻"。

懙 ⿱與心的或體。

懝 ㊀ ㄞˋ ai⁴ 音礙

①痴呆。見"說文"。②惶恐。見"說文"。

㊁ ㄋㄧˇ ni³ 音擬

擬度。同擬。見"集韻"。

㊂ ㄋㄧˋ ni⁴ 音匿

小孩有智慧。通嶷。見"集韻"。

懨 ㄧㄢ yen¹ 音煙

也作懕。①安詳;滿足。見"說文"。②精神不振的樣子。通殗。如:病懨懨。

17【懨懨】 ㄧㄢ ㄧㄢ

也作懕懕、猒猒。①安詳的樣子。②精神不振的樣子。

懞 ㊀ ㄇㄥˊ mêng² 音蒙

敦厚篤實。如:敦懞。

㊁ ㄇㄥˇ mêng³ 音猛

昏昧不明;糊塗。同懵。如:懞懂。

懜 懵的或體。

⿰忄蒦 ㄏㄨㄛˋ ho⁴, huo⁴ 音穫

①驚懼。見"廣雅·釋詁"。②心動。見"廣韻"。③憂愁。見"集韻"。

⿰忄冡 懞的俗體。

⿱與心 ㄩˇ yü³ 音雨 又讀 ㄩˊ yü² 音余

或作懙。①行步輕快。見"說文"。②恭敬。見"廣韻"。

懕 懨的或體。

懟 ㄉㄨㄟˋ tui⁴ 音隊

①怨恨。如:怨懟。②凶狠。

⿱貍心 ㄇㄞˊ mai² 音埋

慧黠。見"方言·一"。

⿱貌心 ㄇㄠˋ mao⁴ 音貿 又讀 ㄇㄧㄠˇ miao³ 音藐

同懋。①美麗。見"集韻"。②淩駕;超過。③遙遠渺茫。通邈。

15

懬 ㄎㄨㄤˇ k'uang³

①寬闊;廣大。見"說文"。②怨恨。見"廣韻"。③曠缺。通曠。

懭 ㄎㄨㄤˇ k'uang³

①恨。見"集韻"。②強悍。見"集韻"。

懩 ㄧㄤˇ yang³ 音仰

心想逞能。通癢。見"集韻"。

懴 懺的俗體。

懮 ㄧㄡˇ yu³ 音有

①憂思。見"正字通"。②傷痛的樣子。見"正字通"。

懪 ㄅㄛˊ po² 音薄

煩悶。見"正字通"。

懱 ㄇㄧㄝˋ mieh⁴ 音蔑

①輕視侮辱。見"說文"。②小。見"廣雅·釋詁"。

懰 ㄌㄧㄡˊ liu² 音留

①美好。見"正字通"。②憂傷。

懫 ㄓˋ chih⁴ 音致

①停止。見"廣雅·釋詁"。②忿怒暴躁而不講理。

懯 ㄈㄨ fu¹ 音敷

參憋懯。

懲 ㄔㄥˊ ch'êng² 音成

①警戒;戒止。見"正字通"。②處罰。如:懲罰。

7【懲戒】 ㄔㄥˊ ㄐㄧㄝˋ

①責罰。②拿以前的過失作爲警惕。

8【懲治】 ㄔㄥˊ ㄓˋ

懲罰處治其罪過。

14【懲罰】 ㄔㄥˊ ㄈㄚˊ

責罰以示警戒。

7【懲戒權】 ㄔㄥˊ ㄐㄧㄝˋ ㄑㄩㄢˊ

'司法院"公務人員懲戒委員會'依據"公務員懲戒法"對於違法、廢弛職務或其他失職行爲之公務員行使之制裁權。

1【懲一警百】 ㄔㄥˊ ㄧ ㄐㄧㄥˇ ㄅㄞˇ

責罰一人以警戒眾人。也作懲一儆百。

7【懲戒責任】 ㄔㄥˊ ㄐㄧㄝˋ ㄗㄜˊ ㄖㄣˋ

公務員因違法或廢弛職務或其他失職行爲,經移送'公務人員懲戒委員會'依"公務員懲戒法"予以懲戒處分,稱爲懲戒責任。

【懲戒處分】 ㄔㄥˊ ㄐㄧㄝˋ ㄔㄨˇ ㄈㄣˋ

由'公務人員懲戒委員會'對移付懲戒之違法、廢弛職務或其他失職行爲之公務員,依其情節輕重所議決之處分。懲戒處分分撤職、休職、降級、減俸、記過、申誡六種。原移送機關或受懲戒處分人對經議決之處分如有不服,得於限期內移請或聲請再審議,如經再審議認爲無理由者,應爲駁回之議決;如認爲有理由者,應撤銷原議決,更爲議決。

8【懲忿窒慾】 ㄔㄥˊ ㄈㄣˋ ㄓˋ ㄩˋ

息止忿怒,窒塞情慾。

9【懲前毖後】 ㄔㄥˊ ㄑㄧㄢˊ ㄅㄧˋ ㄏㄡˋ

受創於前而戒愼於後。指記取教訓不再犯錯。

16

懷 ㄏㄨㄞˊ huai² 音淮

①思念。見"說文"。②心中。如:耿耿於懷。③存有。如:不懷好意。④胸前。如:懷抱幼子。⑤感戴。如:懷仁歸德。⑥安撫。如:懷遠人。

3【懷土】 ㄏㄨㄞˊ ㄊㄨˇ

①安於所處之地。②懷念鄉土。

5【懷古】 ㄏㄨㄞˊ ㄍㄨˇ

懷念古人古事。

【懷孕】 ㄏㄨㄞˊ ㄩㄣˋ

(pregnancy; gestation)又稱妊娠、受胎或受孕。一般以雌性有胎盤脊椎動物交配後,卵受精著床於子宮的狀態,稱爲懷孕。懷孕期的長短因種而異,人平均約40週。

8【懷抱】ㄏㄨㄞˊ ㄅㄠˋ
1抱在懷裡。2內心的抱負或意見。

9【懷春】ㄏㄨㄞˊ ㄔㄨㄣ
指女子對交友、婚嫁的企望。

【懷柔】ㄏㄨㄞˊ ㄖㄡˊ
以恩德籠絡安撫。

10【懷素】ㄏㄨㄞˊ ㄙㄨˋ
1(624~713)'唐''南陽'(今'河南''南陽')人。俗姓'范'。爲'玄奘'弟子。鑽研律部,別立東塔律宗,和相部律宗、南山律宗鼎立爲三。著有論、疏六十餘卷。2(737~799)'唐''長沙'(今'湖南''長沙')人。俗姓'錢',字'藏眞'。善草書,以狂草出名,繼承'張旭'筆法,世稱顚'張'狂'素'。有草書"四十二章經"及字帖"自敍"、"千字文"等傳世。

12【懷貳】ㄏㄨㄞˊ ㄦˋ
懷有貳心;意圖謀反。

13【懷想】ㄏㄨㄞˊ ㄒㄧㄤˇ
思念。

16【懷錶】ㄏㄨㄞˊ ㄅㄧㄠˇ
舊式放在懷中的錶。

18【懷璧】ㄏㄨㄞˊ ㄅㄧˋ
懷藏璧玉。比喻懷才。

【懷舊】ㄏㄨㄞˊ ㄐㄧㄡˋ
念舊;思念從前。

4【懷心腿】ㄏㄨㄞˊ ㄒㄧㄣ ㄊㄨㄟˇ
國術腿擊法。與敵人貼身而立時,提起腳跟,自懷中捲出,蹬擊敵人心窩。

10【懷鬼胎】ㄏㄨㄞˊ ㄍㄨㄟˇ ㄊㄞ
心中懷有不可告人的隱情或壞主意。

14【懷疑論】ㄏㄨㄞˊ ㄧˊ ㄌㄨㄣˋ
(skepticism; scepticism)又稱懷疑主義。一種知識論的見解或學說。主張人類無法獲得確然性、絕對性的知識,甚或主張人類無法獲得任何準確的知識;或者主張人類即使可能獲得知識,亦無法知悉的確如此。

15【懷德海】ㄏㄨㄞˊ ㄉㄜˊ ㄏㄞˇ
(Alfred North Whitehead, 1861~1947)'英國'哲學家。曾在'倫敦大學'擔任應用數學及力學教授。西元1924年轉到'哈佛大學'講授哲學。與'羅素'、'穆爾'(G. E. More)、'維根斯坦'諸人同爲現代'英國'哲學實在論的代表。曾與'羅素'合撰"數學原理"(*Principia Mathematica*),爲現代邏輯的創建者之一。在哲學上,他以豐富的科學知識爲基礎,發展出一套玄妙的機體哲學。重要著作有"自然知識原理之探究"(*An Enquiry Concerning the Principles of Natural Knowledge*)、"科學與現代世界"(*Science and the Modern World*)、"歷程與實在"(*Process and Reality*)、"思想模式"(*Modes of Thought*)等。

3【懷才不遇】ㄏㄨㄞˊ ㄘㄞˊ ㄅㄨˋ ㄩˋ
懷有才學,卻不得重用。

【懷山襄陵】ㄏㄨㄞˊ ㄕㄢ ㄒㄧㄤ ㄌㄧㄥˊ
形容水勢浩大,氾濫山陵之上。

4【懷文抱質】ㄏㄨㄞˊ ㄨㄣˊ ㄅㄠˋ ㄓˊ
本性淳樸,又有才華。

7【懷利相接】ㄏㄨㄞˊ ㄌㄧˋ ㄒㄧㄤ ㄐㄧㄝ
懷著利害之心相交往。

13【懷鉛握槧】ㄏㄨㄞˊ ㄑㄧㄢ ㄨㄛˋ ㄑㄧㄢˋ
經常攜帶筆簡,以備記述。形容好學。

15【懷瑾握瑜】ㄏㄨㄞˊ ㄐㄧㄣˇ ㄨㄛˋ ㄩˊ
比喻人有美德和才能。

【懷憂喪志】ㄏㄨㄞˊ ㄧㄡ ㄙㄤˋ ㄓˋ
心懷憂慼,沮喪失志。

20【懷寶迷邦】ㄏㄨㄞˊ ㄅㄠˇ ㄇㄧˊ ㄅㄤ
比喻懷藏才德而不願作官。

【懷寶遯世】ㄏㄨㄞˊ ㄅㄠˇ ㄉㄨㄣˋ ㄕˋ
比喻懷藏才德,而遠離世俗。

懶 ㄌㄢˇ lan^3 音覽
怠惰;懈怠。同嬾。見"說文"。

9【懶洋洋】ㄌㄢˇ ㄧㄤˊ ㄧㄤˊ
倦怠沒有精神的樣子。

懶 懶的俗體。

懵 ㊀ ㄇㄥˇ mêng^3 音猛
參懵懂。
㊁ ㄇㄥˊ mêng^2 音蒙
不明事理。如:懵然無知。

16【懵懂】ㄇㄥˇ ㄉㄨㄥˇ
糊塗;無知。

19【懵懵】ㄇㄥˊ ㄇㄥˊ
1茫昧無知的樣子。2幽闇的樣子。

懻 ㄐㄧˋ chi^4 音冀
強直。見"玉篇"。

懸 ㄒㄩㄢˊ hsüan^2 音玄
本作縣。1繫掛。見"正字通"。2遙遠;隔絕。如:懸絕。3虛無;憑空。如:懸想。

3【懸山】ㄒㄩㄢˊ ㄕㄢ
我國古典建築屋頂型式的一種。又稱挑山。爲兩山屋頂用桁伸至山牆以外的結構。

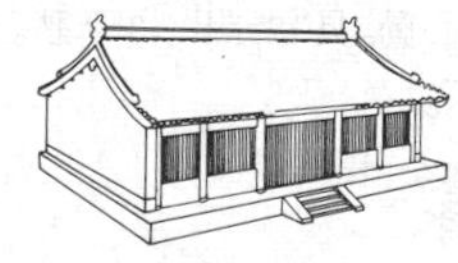
懸山圖

7【懸肘】ㄒㄩㄢˊ ㄓㄡˇ
書法運筆法之一。運筆時手肘懸空不著几案。

8【懸空】ㄒㄩㄢˊ ㄎㄨㄥ
懸於空中。比喻不切實際。

【懸河】ㄒㄩㄢˊ ㄏㄜˊ
瀑布。

【懸弧】 ㄒㄩㄢˊ ㄏㄨˊ
①掛弓於門左，以示家中生男孩。後遂用以指生男孩。②指男子生日。

【懸念】 ㄒㄩㄢˊ ㄋㄧㄢˋ
掛念。

9【懸首】 ㄒㄩㄢˊ ㄕㄡˇ
殺人而懸掛其首級以警示民眾。

10【懸案】 ㄒㄩㄢˊ ㄢˋ
長久未能解決的案件或事情。

【懸殊】 ㄒㄩㄢˊ ㄕㄨ
差異很大。

11【懸梁】 ㄒㄩㄢˊ ㄌㄧㄤˊ
①把頭髮繫在屋梁上，迫使自己不能入睡。指苦學。②上吊自殺。

【懸望】 ㄒㄩㄢˊ ㄨㄤˋ
掛念。

【懸掛】 ㄒㄩㄢˊ ㄍㄨㄚˋ
①將東西繫掛在空中。②掛念。

【懸崖】 ㄒㄩㄢˊ ㄧㄞˊ
(cliff) 在短距離內，地面有相當大的落差，稱爲懸崖。通常由河流的侵蝕或斷層造成。崖頂的岩石有時容易鬆動滑落，造成山崩。

12【懸壺】 ㄒㄩㄢˊ ㄏㄨˊ
行醫；賣藥。相傳'東漢'時有一賣藥老翁，懸壺於街頭，罷市後則跳入壺中。見"後漢書·方術傳·費長房"。

【懸飲】 ㄒㄩㄢˊ ㄧㄣˇ
'中'醫稱水飲留置在脇肋部位的現象。以上不在胸中，下不及腹中，故名。臨床症狀爲脇下脹滿不舒服，或咳嗽、吐痰時兩脇牽引疼痛。嚴重時牽引到鎖骨上窩，伴有噁心欲嘔、呼吸短促、頭痛等症狀。

【懸腕】 ㄒㄩㄢˊ ㄨㄢˋ
書法運筆法之一。寫字時手腕懸空，不接觸桌面。

【懸絕】 ㄒㄩㄢˊ ㄐㄩㄝˊ
迥異；相差太遠。

13【懸想】 ㄒㄩㄢˊ ㄒㄧㄤˇ
①掛念；懸念。②猜想；憑空想像。

【懸隔】 ㄒㄩㄢˊ ㄍㄜˊ
相隔遙遠。

14【懸疑】 ㄒㄩㄢˊ ㄧˊ
①存疑。②令人難以猜測的故事情節或表現手法。

【懸榻】 ㄒㄩㄢˊ ㄊㄚˋ
指禮遇賢士。'東漢''陳蕃'任太守時，專設一榻以接待'徐稺'，既去，便將此榻懸掛不用。見"後漢書·徐稺傳"。

15【懸賞】 ㄒㄩㄢˊ ㄕㄤˇ
開列賞格，向大眾徵求事物。

【懸慮】 ㄒㄩㄢˊ ㄌㄩˋ
懸念掛慮。

17【懸臂】 ㄒㄩㄢˊ ㄅㄧˋ
(cantilever) 也稱伸臂。指梁、版等水平構造體延伸至柱、牆等垂直支撐體外的挑出結構部分。房屋建築中最常見於雨庇、陽臺的設計。

18【懸瀑】 ㄒㄩㄢˊ ㄆㄨˋ
瀑布。

10【懸浮液】 ㄒㄩㄢˊ ㄈㄨˊ ㄧㄝˋ
(suspension) 溶質粒子不均勻地分散於溶劑中，很明顯地可看出兩種相的存在。此種溶質和溶劑可以很清楚分辨的溶液，稱爲懸浮液。

12【懸韌帶】 ㄒㄩㄢˊ ㄖㄣˋ ㄉㄞˋ
(suspensory ligament) 位於眼球內晶體的周圍，邊緣連於睫體上。可與睫體的肌肉共同調節晶體的凸度，當睫狀肌寬舒時，懸韌帶便呈緊張，此時對晶體的拉力增加，晶體乃變扁平。反之，當睫狀肌收縮時，懸韌帶便鬆弛，對晶體的拉力減少，晶體便凸出。

13【懸雍垂】 ㄒㄩㄢˊ ㄩㄥ ㄔㄨㄟˊ
(uvula) 俗稱小舌，又名蒂垂。位於口腔內軟腭後端中央的一個軟性指狀突起。爲口腔與咽頭的分界。

17【懸臂橋】 ㄒㄩㄢˊ ㄅㄧˋ ㄑㄧㄠˊ
(cantilever bridge) 利用在連續橋力矩反曲點處插入適當鉸接，使靜不定式結構變爲靜定式結構之原理所設計的橋梁。其構造包括錨臂梁、懸臂梁、懸跨梁三部分。懸臂梁長度通常採取跨距之 1/6～2/5。懸臂橋的懸臂梁端及懸跨梁端支承之構造雖較複雜，不易施工，但經濟、美觀，且有設計較連續橋簡單、梁斷面可較小使靜重減輕而梁下空間增大、不受地基不良之限制、彎矩可用懸臂之長短調整、懸跨梁可用預力或預鑄等優點。

19【懸鏈線】 ㄒㄩㄢˊ ㄌㄧㄢˋ ㄒㄧㄢˋ
(catenary) 又名懸鎖曲線、垂曲線。其線形如鐵索兩端定於二點，因地心吸力而彎下。其方程式爲 $y=\frac{a}{2}(e^{\frac{x}{a}}+e^{-\frac{x}{a}})=a\cosh(x/a)$。

6【懸而未決】 ㄒㄩㄢˊ ㄦˊ ㄨㄟˋ ㄐㄩㄝˊ
虛懸延宕，未能解決。

10【懸針垂露】 ㄒㄩㄢˊ ㄓㄣ ㄔㄨㄟˊ ㄌㄨˋ
懸針與垂露皆爲書法豎劃之法。豎劃時，運筆至下端出鋒，如針懸者，稱爲懸針；運筆至最末端不出鋒，而作頓筆向上圍收，微呈露珠狀，稱爲垂露。兩者皆起於篆書之法。據傳'漢代'書家'曹喜'善作懸針垂露書，頗受'章帝'愛重。

11【懸梁刺股】 ㄒㄩㄢˊ ㄌㄧㄤˊ ㄘˋ ㄍㄨˇ
形容晨夕不休，刻苦自學。懸梁指'孫敬'好學事，見"太平御覽·三六三"；刺股指'蘇秦'讀書事，見"戰國策·秦策一"。

【懸崖勒馬】 ㄒㄩㄢˊ ㄧㄞˊ ㄌㄜˋ ㄇㄚˇ
在陡峭的山崖邊勒住韁繩，使馬停止前進。比喻人面臨險境，忽然悔悟，終免墮落。

10【懸浮固體物】 ㄒㄩㄢˊ ㄈㄨˊ ㄍㄨˋ ㄊㄧˇ ㄨˋ
(suspended solids) 指自然存在或經攪拌、流動而懸浮於水、廢水或其他液體中的不溶解固體物。可爲有機固體物或無機顆粒。

憩 憩的或體。

17

懹 ㄖㄤˋ jang⁴ 音讓
畏懼。見"方言·七"。

懺 ㄔㄢˋ ch'an⁴
[1]自陳懊悔。梵語懺摩的省稱。[2]僧、道替人禮禱懺悔。[3]後世佛教徒爲改悔自己的罪惡過失而撰寫的懺悔文字。如:"大悲懺"。

8【懺法】 ㄔㄢˋ ㄈㄚˇ
[1]佛家四眾弟子爲懺悔自己或家人今生或前生之罪愆,而制定的禮儀法式。[2]道教拜懺的方法與儀式。世傳有"懺法大觀",收錄多種派別的懺法凡三十二種。

10【懺悔】 ㄔㄢˋ ㄏㄨㄟˇ
佛家語。陳明以往惡行是懺,改過自新爲悔。是梵語懺摩的音義合譯。

18

懾 ㄓㄜˊ chê² 音哲 又讀 ㄕㄜˋ shê⁴ 音攝
[1]喪氣。見"說文"。[2]恐懼。如:懾服。[3]威脅。

8【懾服】 ㄓㄜˊ ㄈㄨˊ
因畏懼而屈服。同慴伏。

懼 ㄐㄩˋ chü⁴ 音具
[1]內心害怕。見"說文"。[2]驚惶失措的樣子。通瞿。見"方言·一三"。[3]威嚇;恐嚇。如:吾懼君以兵。

4【懼內】 ㄐㄩˋ ㄋㄟˋ
指丈夫畏懼妻子。

10【懼高症】 ㄐㄩˋ ㄍㄠ ㄓㄥˋ
(acrophobia)個體置身高處時所產生之異常恐懼反應。表現出不敢往下看、雙腳發軟無力與顫抖、暈眩等反應。

19【懼曠症】 ㄐㄩˋ ㄎㄨㄤˋ ㄓㄥˋ
(agoraphobia)一種病態恐懼症候。患者極度懼怕獨處、孤單或置身空曠地方、公共場合,總覺失所憑依、毫無安全感,深恐一旦發生事端得不到協助,因此病情嚴重者往往經年累月足不出戶。

懽 [一] ㄏㄨㄢ huan¹ 音歡
歡喜。同歡。如:懽娛。
[二] ㄍㄨㄢˋ kuan⁴ 音灌
參懽懽。

21【懽懽】 ㄍㄨㄢˋ ㄍㄨㄢˋ
憂懼無處可訴。

㦗 [一] ㄊㄨㄥˊ t'ung² 音佟
憂愁。見"字彙"。
[二] ㄔㄨㄥ ch'ung¹ 音沖
憂煩。同忡。見"正字通"。

㦗 ㄕㄨㄤ shuang¹ 音雙
[1]恐懼。也作慫。見"集韻"。[2]聳立。

懿 ㄧˋ i⁴ 音意 又讀 ㄧˊ i² 音移
[1]美好的。見"說文"。[2]與皇后、皇太后有關事物的敬稱。如:懿旨。[3]深的。如:懿筐。

6【懿行】 ㄧˋ ㄒㄧㄥˋ
善行;美好的德行。

7【懿言】 ㄧˋ ㄧㄢˊ
美言;善言。

15【懿範】 ㄧˋ ㄈㄢˋ
美好的典範。多用以稱譽婦女的品德。

19

戀 ㄌㄧㄢˋ lien⁴ 音練
[1]男女相愛。如:戀愛。[2]想念;思慕。如:遊子戀故鄉。

12【戀棧】 ㄌㄧㄢˋ ㄓㄢˋ
貪戀;捨不得放下。

4【戀父情結】 ㄌㄧㄢˋ ㄈㄨˋ ㄑㄧㄥˊ ㄐㄧㄝˊ
(Electra complex)'奧地利'心理學家'弗洛依德'所提出的概念。係女童於性器期時,依戀父親、排拒母親的人格發展特徵。

5【戀母情結】 ㄌㄧㄢˋ ㄇㄨˇ ㄑㄧㄥˊ ㄐㄧㄝˊ
(Oedipus complex)'奧地利'心理學家'弗洛依德'所提出的概念。係男童於性器期時,依戀母親、排拒父親的人格發展特徵。

㦬 ㄌㄨㄛˇ lo³, luo³ 音裸
參㦬㦬。

戁 ㄋㄢˇ nan³ 音赧
[1]敬重。見"說文"。[2]恐懼。[3]面慙。通赧。見"小爾雅·廣義"。[4]搖動的樣子。見"爾雅·釋詁"。

20

戃 ㄊㄤˇ t'ang³ 音躺
參戃慌。

13【戃慌】 ㄊㄤˇ ㄏㄨㄤˇ
恍忽無依的樣子。

戄 ㄐㄩㄝˊ chüeh² 音決
[1]驚惶。見"集韻"。[2]肅敬的樣子。如:戄然易容。

21

戇 戇的俗體。

24

戇 ㄓㄨㄤˋ chuang⁴ 音壯 又讀 ㄍㄤˋ kang⁴ 音槓
愚魯剛直。見"說文"。

8【戇直】 ㄓㄨㄤˋ ㄓˊ
剛直而近於愚魯。

戅 ㄏㄨㄥˇ hung³ 音嗊
心神恍惚。見"集韻"。

戈部

戈 ㄍㄜ ko¹, kê¹ 音哥
[1]古代的一種兵器。即平頭戟。見"說文"。[2]戰爭的代稱。如:息戈。[3]姓。'宋'有'戈彥'。見"萬姓統譜·三五"。

戈圖

12【戈登】 ㄍㄜ ㄉㄥ

(Charles George Gordon, 1833～1885)一譯‘哥頓’。畢業於‘英國海軍學校’,曾隨八國聯軍來‘華’。西元1863年在‘英國’駐‘華’公使‘布魯斯’(Frederick William Adophus Bruce)的指使下,接替‘美國’‘白齊文’統領的常勝軍,助‘清’軍作戰,擊敗‘太平天國’。1874年奉派‘非洲’。1885年,奉命宣撫‘埃及’,後被‘蘇丹’‘馬赫迪·穆罕默德’起義軍擊斃於‘喀土木’。

16【戈壁】ㄍㄜ ㄅㄧˋ
‘滿’語,意即沙漠。因其廣漠無垠,浩瀚如海,古稱「瀚海」。戈壁的表面散布著薄層的礫石,有沙丘之處,不及面積的五分之一,主要是一片廣大而完整的準平原面。

4【戈比諾】ㄍㄜ ㄅㄧˇ ㄋㄨㄛˋ
(Joseph-Arthur comte de Gobineau, 1816～1882)‘法國’外交家、作家、人種學專家及社會思想家。提倡種族主義(racism)。著有“人類不平等論”(*L'Essai sur l'inégalité des races humaines*),謂白種人在智能與精神特徵上比黃種人和黑人優越,而‘亞利安’人又爲白種人中之精英。該書在‘德國’大受注意,對‘華格納’和‘尼采’產生很大影響,並激起‘戈比’主義(Gobinism)運動。

1

戉 ㄩㄝˋ *yüeh*^{4} 音越
古代儀仗所操持的兵器。即大斧。也作鉞。如:斧戉。

戊 ㄨˋ *wu*^{4} 音務
[1]天干的第五位。五方屬中央,五行屬土。[2]計算等第的第五等。

6【戊戌政變】ㄨˋ ㄒㄩ ㄓㄥˋ ㄅㄧㄢˋ
‘清德宗’親政後,有感於國難日殷,外患日亟,非徹底革新不足以圖強,乃於‘光緒’二十四年(1898)起用‘康有爲’、‘梁啟超’,銳意變法,爲守舊派所忌,譖於‘慈禧’,‘慈禧’幽禁‘德宗’於‘瀛臺’,殺‘康廣仁’、‘楊銳’、‘林旭’、‘劉光第’、‘譚嗣同’及‘楊深秀’等六君子,朝臣贊成新政而遭禁錮、謫戍或降革者數十人,‘康’‘梁’逃亡海外,新政悉罷。是年歲次戊戌,史稱戊戌政變。

2

戎 ㄖㄨㄥˊ *jung*^{2} 音容
[1]兵器的總稱。見“說文”。[2]戰事;軍事。如:戎機。[3]兵車。如:小戎。[4]軍隊。如:投筆從戎。[5]巨大。如:戎弓。[6]古代稱我國西部的種族。如:西戎。

6【戎行】ㄖㄨㄥˊ ㄏㄤˊ
軍隊;行伍。

7【戎車】ㄖㄨㄥˊ ㄔㄜ
[1]兵車。[2]泛指軍隊。

【戎狄】ㄖㄨㄥˊ ㄉㄧˊ
西戎與北狄。皆古代邊地的少數民族。

9【戎政】ㄖㄨㄥˊ ㄓㄥˋ
軍政。

10【戎馬】ㄖㄨㄥˊ ㄇㄚˇ
軍馬;戰馬。借指軍事、戰爭。

13【戎裝】ㄖㄨㄥˊ ㄓㄨㄤ
軍服。同戎服。

14【戎幕】ㄖㄨㄥˊ ㄇㄨˋ
軍府;將帥的府署。

16【戎機】ㄖㄨㄥˊ ㄐㄧ
[1]軍事機宜。[2]指戰爭。

10【戎馬餘生】ㄖㄨㄥˊ ㄇㄚˇ ㄩˊ ㄕㄥ
歷經征戰而平安存活。

戏 戲的俗體。

戍 ㄕㄨˋ *shu*^{4} 音恕
[1]防守邊疆。見“說文”。[2]邊防的營壘、城堡。

6【戍守】ㄕㄨˋ ㄕㄡˇ
守衛;駐守。

13【戍鼓】ㄕㄨˋ ㄍㄨˇ
守邊軍士所擊的鼓聲。

15【戍樓】ㄕㄨˋ ㄌㄡˊ
邊地用以瞭望警戒的樓臺。

【戍衛】ㄕㄨˋ ㄨㄟˋ
戍守;守衛。

19【戍邊】ㄕㄨˋ ㄅㄧㄢ
防守邊境。

成 ㄔㄥˊ *ch'êng*^{2} 音承
或作成。[1]完成。見“說文”。[2]成爲。如:修煉成仙。[3]平服;平定。[4]重;層。如:九成之臺。[5]完整。如:成數。[6]音樂一章。如:簫韶九成。[7]田方十里。如:有田一成。[8]量詞。十分之一叫一成。[9]可以。如:不成。[10]姓。‘漢’有‘成封’。見“萬姓統譜·五三”。

2【成人】ㄔㄥˊ ㄖㄣˊ
[1]成年的人。[2]指德術兼備的人。

4【成文】ㄔㄥˊ ㄨㄣˊ
[1]已完成的文章。[2]以文字明文規定者。與不成文相對。[3]形成文采。[4]成樣兒。

【成日】ㄔㄥˊ ㄖˋ
整天;終日。

【成分】ㄔㄥˊ ㄈㄣˋ
(component)混合物中之任何一種物質,或一系統的組成分子。例如尿酸鹽是人類腎結石的主要成分。

5【成本】ㄔㄥˊ ㄅㄣˇ
(cost)生產一定量財貨之貨幣費用。按考慮時間之長短,可分爲長期成本與短期成本;按是否隨產量之變動而變化,可分爲固定成本及可變成本。

6【成交】ㄔㄥˊ ㄐㄧㄠ
完成交易。

【成年】ㄔㄥˊ ㄋㄧㄢˊ
我國“民法”規定,凡男女年滿二十歲爲成年。達此年齡,除因心神喪失或精神耗弱而被宣告禁治產者外,法律上始具有完全行爲能力。

【成全】ㄔㄥˊ ㄑㄩㄢˊ
[1]圓滿無缺。[2]助人完成願望。

7【成材】ㄔㄥˊ ㄘㄞˊ
[1]可造就的人才。[2]造就人才。[3]才情得到造就、發揮。[4]林業上稱

木材在地面伐採點以上,至連皮直徑 7 公分間的幹材爲成材。

【成見】 ㄔㄥˊ ㄐㄧㄢˋ
心中預先存有的主觀看法。

【成佛】 ㄔㄥˊ ㄈㄛˊ
學佛得證正果。

8【成長】 ㄔㄥˊ ㄓㄤˇ
①長大;從幼稚到成熟。②進展;發展。

【成果】 ㄔㄥˊ ㄍㄨㄛˇ
成績和效果。

【成服】 ㄔㄥˊ ㄈㄨˊ
古代喪禮於大斂後,親屬各依服制,穿著應穿的喪服。

【成周】 ㄔㄥˊ ㄓㄡ
'周公'東征後所營建的東都'雒邑'。後'平王'東遷,以爲國都。'戰國'時改稱'洛陽','漢'時置縣。故城在今'河南省''洛陽縣'東北。

【成例】 ㄔㄥˊ ㄌㄧˋ
慣例;已有的規矩。

【成命】 ㄔㄥˊ ㄇㄧㄥˋ
①已定的天命。②已發布的命令。③既定的方針策略。

10【成家】 ㄔㄥˊ ㄐㄧㄚ
①成立家室。即娶妻。②持家;興家。③指學術、文章或技藝自成一派。

【成效】 ㄔㄥˊ ㄒㄧㄠˋ
成績功效。

11【成規】 ㄔㄥˊ ㄍㄨㄟ
①製成法度。②舊有的規章制度。③既定的計畫。同成命。

【成都】 ㄔㄥˊ ㄉㄨ
省轄市。簡稱'蓉'。位於'四川省'西北部'成都平原'的中央。自古即爲我國西南部的政治中心,名勝古蹟甚多。現爲'四川省'省會及農業中心,也是鐵路的交會點,有「小北平」之稱。

12【成就】 ㄔㄥˊ ㄐㄧㄡˋ
①完成。②(achievement)經由學習或經驗而獲得的知識與技能。

14【成語】 ㄔㄥˊ ㄩˇ
在語言歷史中形成而流傳下來的固定詞組,作句子成分用。由四個字組成的較多。結構多樣,來源不一。有些可從字面解釋,如萬紫千紅、乘風破浪等;有些要知道來源才能明白其意義,如臥薪嘗膽、破釜沈舟等。

【成說】 ㄔㄥˊ ㄕㄨㄛ
①達成約誓、協定。②已成定論的學說。③寫定的書。

15【成熟】 ㄔㄥˊ ㄕㄡˊ
①五穀瓜果長到已可採收的程度。②指事機發展到可以圓滿收效的程度或已具備所需要的條件。③個體之身心於適當環境下依序自然成長的歷程。

【成數】 ㄔㄥˊ ㄕㄨˋ
整數。

17【成績】 ㄔㄥˊ ㄐㄧ
①結果和功效。②教師依一定標準評鑑學生學習的質與量而給予的分數值或等第符號。

19【成藥】 ㄔㄥˊ ㄧㄠˋ
指原料藥經加工調製,不用其原名稱,摻入之麻醉藥品、具毒藥品不超過中央衛生主管機關所規定之限量;作用緩和,無積蓄性,耐久儲存,使用簡便,並明示效能、用量、用法及許可證字號;使用不待醫師指示,即供治療疾病之用的藥物。

4【成文法】 ㄔㄥˊ ㄨㄣˊ ㄈㄚˇ
也稱制定法。國家機關依一定立法程序制定頒布的法律。如我國的"憲法"、"民法"、"刑法"、"民事訴訟法"、"刑事訴訟法"、行政法規等都是。

5【成玄英】 ㄔㄥˊ ㄒㄩㄢˊ ㄧㄥ
'唐'初道士和道教學者。'陝州'('河南''陝縣')人。字'子實'。隱居'東海'(今'江蘇'北部)。'貞觀'五年(631)召至京師,加號'西華法師'。曾注"老子",名"道德眞經義疏";又注"莊子",名"南華眞經注疏",共三十卷;大旨較重文字訓詁,除道教思想外,並雜有佛教思想。

6【成年禮】 ㄔㄥˊ ㄋㄧㄢˊ ㄌㄧˇ
(puberty rite)屬於一種生命禮儀。此儀式表示一個人或一群人從孩童轉變爲成人時,所得到社會認定的一種轉變。舉行成年禮的時間通常在女孩初經來臨或男孩生理成熟時。

8【成長率】 ㄔㄥˊ ㄓㄤˇ ㄌㄩˋ
(growth rate)指經濟變數在一定期間(如一年)較上一期增加的比率。最常用者如經濟成長率,指實質國民生產毛額較上期增加的比率;出口成長率,指出口值較上期增加的比率等皆是。

10【成氣候】 ㄔㄥˊ ㄑㄧˋ ˙ㄏㄡ
①指時機成熟。②指人地位穩固或名望顯達。

12【成就感】 ㄔㄥˊ ㄐㄧㄡˋ ㄍㄢˇ
個人在心理上有著某種成就的感覺。依據行爲科學的說法,員工是希望自已有成就的,但欲員工有成就,須先給予機會;因此分層負責的實施、提高職責、擴大工作範圍等,都是使員工在工作上有所成就的機會。

17【成績單】 ㄔㄥˊ ㄐㄧ ㄉㄢ
(report card)記載學生各學期各學科學業成績、操行、體育與出缺席率等,以通知學生及其家長的單卡。

2【成人之美】 ㄔㄥˊ ㄖㄣˊ ㄓ ㄇㄟˇ
①助人爲善。②成全他人的好事。

【成人教育】 ㄔㄥˊ ㄖㄣˊ ㄐㄧㄠˋ ㄩˋ
(adult education)爲增益成人之智能或補救其失學缺憾、滿足其求知慾所設置的教育措施。通常由正規學校設立推廣教育部門,專門負責有關事宜。至於教學課程與方法,則儘量配合成人學習的方便,並有修習學分與無學分之區別。

3【成土作用】 ㄔㄥˊ ㄊㄨˇ ㄗㄨㄛˋ ㄩㄥˋ
(pedogenic process; soil forming process)岩石風化發育成爲

土壤的過程,稱爲成土作用。包括所有足以影響土壤生成和發育的物理、化學和生物作用;也包括所有足以影響母岩風化和土壤剖面內部轉換的物理、化學和生物作用。土壤生成的過程非常複雜,可以經由增添、淋溶、洗出及洗入等四種作用,將各種物質加入土中或由一處搬運至他處,使土壤產生混合的現象。

【成己成人】ㄔㄥˊ ㄐㄧˇ ㄔㄥˊ ㄖㄣˊ
完成自己的德慧,並助人完成德慧。

【成己成物】ㄔㄥˊ ㄐㄧˇ ㄔㄥˊ ㄨˋ
完成自己的德行修養,進而使萬物各遂其生。

【成千上萬】ㄔㄥˊ ㄑㄧㄢ ㄕㄤˋ ㄨㄢˋ
形容很多。也作成千成萬、成千累萬。

4【成文憲法】ㄔㄥˊ ㄨㄣˊ ㄒㄧㄢˋ ㄈㄚˇ
憲法依其關於國家組織之事項是否以有系統的獨立法典形式制定,可分爲成文法典與不成文法典。所謂成文憲法,乃關於國家組織之事項,以統一性、綜合件之獨立法典規定之,"美國憲法"、"法國第三共和憲法"、"中華民國憲法"及其他多數國家之憲法均屬成文憲法。至於不成文憲法,則關於國家之基本組織事項,並無單獨、統一之法典,而是散見於單行法規、習慣或判例中,例如"英國憲法"是。成文憲法主要優點是一、條文規定明確,適用較少疑義。二、條文規定周詳,人民權利義務易得明確保障。其缺點則是修改程序繁瑣,不易與社會與時俱進。不成文憲法之優點及缺點,適與成文憲法相反。

【成仁取義】ㄔㄥˊ ㄖㄣˊ ㄑㄩˇ ㄧˋ
爲仁義而犧牲生命。也用以指爲國犧牲生命。

5【成本中心】ㄔㄥˊ ㄅㄣˇ ㄓㄨㄥ ㄒㄧㄣ
(cost center) 指對成本的發生負控制責任的部門。即以成本爲主要規劃和控制資料的責任中心。透過實際成本與預算的比較可衡量其績效。

【成本函數】ㄔㄥˊ ㄅㄣˇ ㄏㄢˊ ㄕㄨˋ
(cost function) 產出與成本之間一種相互依存聯變的關係。以數學公式表示爲:$C-f(Q)$, C代表成本, Q代表產出。

【成本控制】ㄔㄥˊ ㄅㄣˇ ㄎㄨㄥˋ ㄓˋ
(cost control) 依據準確的成本計算產品的售價與利潤,對成本加以控制的程序。其完成有賴於完善的成本會計。主要的成本控制法有三:歷史成本控制法、預定成本控制法、標準成本控制法。

【成本會計】ㄔㄥˊ ㄅㄣˇ ㄎㄨㄞˋ ㄐㄧˋ
(cost accounting) 爲會計的一環。其主要的工作爲:一、記錄、計算企業產品及各項作業的成本,以供編製財務報表之用。二、蒐集、分析、解釋各種成本資料以供企業管理人員使用。

6【成吉思汗】ㄔㄥˊ ㄐㄧˊ ㄙ ㄏㄢˊ
參元太祖。

【成年累月】ㄔㄥˊ ㄋㄧㄢˊ ㄌㄟˇ ㄩㄝˋ
形容時日極爲長久。

【成竹在胸】ㄔㄥˊ ㄓㄨˊ ㄗㄞˋ ㄒㄩㄥ
比喻心中已有定見。也作胸有成竹。

8【成長策略】ㄔㄥˊ ㄓㄤˇ ㄘㄜˋ ㄌㄩㄝˋ
(growth strategy) 指廠商爲求發展,以一項不斷增加的成長率擴大其經營規模的計畫。

【成事不說】ㄔㄥˊ ㄕˋ ㄅㄨˋ ㄕㄨㄛ
既成之事,不再議論。

【成事在天】ㄔㄥˊ ㄕˋ ㄗㄞˋ ㄊㄧㄢ
事情的成敗決定在先天條件與客觀環境的限制。

9【成型畫布】ㄔㄥˊ ㄒㄧㄥˊ ㄏㄨㄚˋ ㄅㄨˋ
(shaped canvas) 平常的油畫布都是長方形或正方形的,可是現代的畫布爲了配合畫面的幾何抽象,故意釘成與畫面幾何抽象造形一樣的形狀,如半圓形、三角形、V字形等,這種畫布稱爲成型畫布。由硬邊藝術家'史帖拉'(Stella)所開創。

11【成康之治】ㄔㄥˊ ㄎㄤ ㄓ ㄓˋ
'西周''成王'初立,年幼,由叔'周公''旦'攝政,'周公'平定東方'管''蔡'之亂,又分封諸侯、制禮作樂,'周朝'基業乃告穩固。'成王'在位三十七年,'康王'在位二十六年,期間國家安定,刑措四十年,史稱「成康之治」。

【成堆生產】ㄔㄥˊ ㄉㄨㄟ ㄕㄥ ㄔㄢˇ
(block production)種類相近的產品,可以混合成一堆或一批,按照製造順序,依次由一個或多個工場,於規定的時間內完成工作。例如成衣廠將各種尺碼的上衣,混合成一堆,依序按時完成。

【成敗利鈍】ㄔㄥˊ ㄅㄞˋ ㄌㄧˋ ㄉㄨㄣˋ
事情的得失或順逆。

12【成就動機】ㄔㄥˊ ㄐㄧㄡˋ ㄉㄨㄥˋ ㄐㄧ
(achievement motive) 個體潛心從事某工作,並期能圓滿達成目標或使命的一種內在推動力量。

【成就測驗】ㄔㄥˊ ㄐㄧㄡˋ ㄘㄜˋ ㄧㄢˋ
測量各人經由教育或訓練後,在學識、經驗、技能方面之個別差異的測驗。在設計上又有綜合成就測驗與特殊成就測驗之分,前者係一測驗同時可測量出各種學識、經驗與技能者,後者則爲測驗特定學識、經驗與技能者。

15【成德達材】ㄔㄥˊ ㄉㄜˊ ㄉㄚˊ ㄘㄞˊ
成就其德行,通達其才情。

8【成長力分析】ㄔㄥˊ ㄓㄤˇ ㄌㄧˋ ㄈㄣ ㄒㄧ
(growth analysis) 對於企業未來發展與成長的趨勢分析。於財務報表分析中主要有銷貨收入成長率以及淨利成長率分析。

【成長極理論】ㄔㄥˊ ㄓㄤˇ ㄐㄧˊ ㄌㄧˇ ㄌㄨㄣˋ
(theory of growth pole) 區域開發的一種理論。由'法國'區域經濟學家'畢路'(Frencis Perrowx)提出,後經地理學家和區域計畫者的修正,演化爲成長中心理論(theory of growth center)。他們認爲要開發一個落後地區,因資金有限,不宜全面的謀求百廢俱興,而應採重點開發,選擇一個或幾個具有發展潛力的核心,加強其開發建設,並透過相關工業的連鎖關係,推動整個腹地工商業的發展。在此開發過程中,會出現核心與外圍(或稱邊陲)的分立現象,當核心繁榮起步時,外圍的勞工、企業家、資本、原料等都流入核心,以求最佳報酬,使核心愈來愈富,外圍愈來愈貧,稱爲反吸作用(backwash effects),又稱極化作用(polarization)。待核心擴大後,需要外圍供應更多糧食、原料,農村生產立見興旺。核心又將機械、肥料和農技新知輸入農村,農業生產增加,農民收入提高,核心貨暢其流,工業以核心地價高漲,交通擁擠,便在外圍設立分廠,形成工業分散,政府更在這些適當地區投資興建基本設施及教育、衛生等機構,於是嘉惠外圍更爲鉅大,這便稱爲傳布作用(spread effects),又稱潤下作用(trickle down)。

5【成本-效益分析】ㄔㄥˊ ㄅㄣˇ ㄒㄧㄠˋ ㄧˋ ㄈㄣ ㄒㄧ
(cost-benefit analysis) 面對各種不同的計畫方案時,評估各個計畫可能產生的所有預期成本與效益的折現值,而後決定採行的優先次序。通常對於效益與成本的差距或效益與成本之比率愈大的計畫,應愈優先採行。

【成本市價孰低法】ㄔㄥˊ ㄅㄣˇ ㄕˋ ㄐㄧㄚˋ ㄕㄨˊ ㄉㄧ ㄈㄚˇ
(lower of cost or market method) 乃存貨及投資的一種評價方法。係於期末以存貨當日之市價與成本比較,取其較低者爲存貨價值,故當市價較低時,須將存貨成本減少,承認存貨跌價損失。

【成本加成訂價法】ㄔㄥˊ ㄅㄣˇ ㄐㄧㄚ ㄔㄥˊ ㄉㄧㄥˋ ㄐㄧㄚˋ ㄈㄚˇ
(cost-plus pricing)依據產品的成本加上一固定的百分比後作爲產品價格的一種訂價方法。例如產品單位成本爲200元,加上二成的毛利,則價格訂爲240元。

3【成也蕭何敗也蕭何】ㄔㄥˊ ㄧㄝˇ ㄒㄧㄠ ㄏㄜˊ ㄅㄞˋ ㄧㄝˇ ㄒㄧㄠ ㄏㄜˊ
比喻成功和失敗均出一人之手。

8【成事不足敗事有餘】ㄔㄥˊ ㄕˋ ㄅㄨˋ ㄗㄨˊ ㄅㄞˋ ㄕˋ ㄧㄡˇ ㄩˊ
沒有把事情辦好的能力,倒有壞事的可能。

9【成則爲王敗則爲寇】ㄔㄥˊ ㄗㄜˊ ㄨㄟˊ ㄨㄤˊ ㄅㄞˋ ㄗㄜˊ ㄨㄟˊ ㄎㄡˋ
成功便成爲君王,失敗便淪爲賊寇。比喻以成敗論英雄。

5【成本推動的通貨膨脹】ㄔㄥˊ ㄅㄣˇ ㄊㄨㄟ ㄉㄨㄥˋ ˙ㄉㄜ ㄊㄨㄥ ㄏㄨㄛˋ ㄆㄥˊ ㄓㄤˋ
(cost-push inflation) 由於生產要素價格的增加大於其生產力的增加或原料價格的上升而導致的通貨膨脹。近代工資與利潤的提高被認爲是推動成本上升的主因,故通常以工資推動與利潤推動爲成本推動之通貨膨脹的代表。

戌 ㄒㄩ *hsü*^{1} 音須
1十二地支的第十一位。2十二時辰之一。指下午七時至九時。3方位之一。指西北。

3

戒 ㄐㄧㄝˋ *chieh*^{4} 音介
1警告;警惕。見"說文"。2防備;準備。見"方言·一三"。3禁絕;革除。如:戒菸。4宗教信仰中防禁身心過失的各種規範。如:齋戒。

2【戒刀】ㄐㄧㄝˋ ㄉㄠ
僧人所佩的刀。

4【戒心】ㄐㄧㄝˋ ㄒㄧㄣ
警戒之心。

【戒尺】ㄐㄧㄝˋ ㄔˇ
從前塾師懲罰學生所用的竹板或木尺。

9【戒律】ㄐㄧㄝˋ ㄌㄩˋ
修行者身心所守的行爲規範。佛教有五戒、十戒、二百五十戒等類。梵名毗奈耶。道教也有五戒、十戒、一百八十戒等類。

10【戒除】ㄐㄧㄝˋ ㄔㄨˊ
革除。

12【戒備】ㄐㄧㄝˋ ㄅㄟˋ
警戒防備。

13【戒愼】ㄐㄧㄝˋ ㄕㄣˋ
警惕謹愼。

20【戒嚴】ㄐㄧㄝˋ ㄧㄢˊ
國家在戰爭狀態或遇非常災變,爲維持國境治安,乃於全國或特定區施以兵力戒備,稱爲戒嚴。宣告戒嚴時,可以發生兩種結果:一、民政機關的職權移歸於軍政機關行使。二、人民的自由權利須受相當限制。

21【戒懼】ㄐㄧㄝˋ ㄐㄩˋ
戒愼恐懼。

8【戒定慧】ㄐㄧㄝˋ ㄉㄧㄥˋ ㄏㄨㄟˋ
指持戒、禪定和智慧。爲佛家三無漏學。

20【戒嚴權】ㄐㄧㄝˋ ㄧㄢˊ ㄑㄩㄢˊ
國家於戰爭或叛亂發生時,總統依"戒嚴法"之規定,對全國或某一地區施以兵力戒備,以維國家安寧之權。戒嚴地區分兩種:一、警戒地區:即直接受到戰爭或叛亂之影響,而應警戒之地區;二、接戰地區:即作戰時,應採取攻守之地區。總統發布戒嚴,須經'行政院'會議議決,'立法院'通過或追認;'立法院'必要時,得移請總統解嚴。

成 成的或體。

我 ㄨㄛˇ wo^3 讀音 ㄜˇ $o^3, \hat{e}^3$
1自稱。2自己;自己的。如:操之在我。3固執己見;自以爲是。如:毋我。

6【我行我素】 ㄨㄛˇ ㄒㄧㄥˊ ㄨㄛˇ ㄙㄨˋ
依自己本分行事。後多指完全按自己的心意行事,不顧及其他。

7【我見猶憐】 ㄨㄛˇ ㄐㄧㄢˋ ㄧㄡˊ ㄌㄧㄢˊ
形容美麗的女子,任何人見到都不免動心。

8【我武維揚】 ㄨㄛˇ ㄨˇ ㄨㄟˊ ㄧㄤˊ
自稱威武盛大。

9【我思故我在】 ㄨㄛˇ ㄙ ㄍㄨˋ ㄨㄛˇ ㄗㄞˋ
(cogito ergo sum; I think, therefore I am)'法國'哲學家'笛卡兒'的名言。他認爲外在世界中一切物體的存在都是可疑的,我們雖然看到或摸到這些物體,但有可能是在做夢,夢中看到的物體不一定確實存在;也有可能受萬能魔鬼的欺騙,使我們看到實際上並不存在的物體。但是自己的存在是無可懷疑的,因爲不管是在夢中,或是受魔鬼欺騙,自我現在確實正在思想,既然自我正在思想,則自我也必定是存在的;這裡所謂的「自我」乃是指自我的心靈,而非指肉體。

17【我雖不殺伯仁伯仁由我而死】
ㄨㄛˇ ㄙㄨㄟ ㄅㄨˋ ㄕㄚ ㄅㄛˊ ㄖㄣˊ ㄅㄛˊ ㄖㄣˊ ㄧㄡˊ ㄨㄛˇ ㄦˊ ㄙˇ
比喻自己雖無意傷害某人,某人卻間接受到傷害。有悔憾之意。

4

或 一 ㄩˋ $y\ddot{u}^4$ 音玉
邦國。國的本字,也作域。見"說文"。

二 ㄏㄨㄛˋ ho^4, huo^4 音惑
1稱代詞。有人;有的。2副詞。也許。3連詞。表示二者居其一。

2【或人】 ㄏㄨㄛˋ ㄖㄣˊ
有人;某人。

13【或閘】 ㄏㄨㄛˋ ㄓㄚˊ
(OR gate)具有執行或運算功能的電子裝置。其眞值表爲:

輸	入	輸 出
P	Q	Γ OR Q
0	0	0
0	1	1
1	0	1
1	1	1

23【或體】 ㄏㄨㄛˋ ㄊㄧˇ
指音義完全相同而形體不同的字。其間並無正俗字的分別。如禩是祀的或體字,婿是壻的或體字。

13【或運算】 ㄏㄨㄛˋ ㄩㄣˋ ㄙㄨㄢˋ
(OR operation)'布林'代數中的一種基本邏輯運算。又稱邏輯加法。其運算法則爲:設P與Q均爲邏輯敘述,若P與Q至少有一爲眞,則P與Q經或運算之結果爲眞,如P與Q均爲假,則或運算之結果爲假。或運算的表示方法有$P+Q$、$P \vee Q$等,其眞值表(以T代表眞,以F代表假)爲:

輸	入	OR
P	Q	運算
F	F	F
F	T	T
T	F	T
T	T	T

6【或有公費】 ㄏㄨㄛˋ ㄧㄡˇ ㄍㄨㄥ ㄈㄟˋ
(contingent fees)若會計師公費的收取,以所簽發的審計報告是否被第三者接受爲取決的條件時,該項公費即被稱爲或有公費。

【或有事項】 ㄏㄨㄛˋ ㄧㄡˇ ㄕˋ ㄒㄧㄤˋ
(contingencies)基於現存的狀態或情況,企業可能獲得利益或損失,惟尙不確定,須俟未來一種或多種事項的發生或不發生方可決定。屆時將證實一項資產的取得或一筆負債的減少,或爲一項資產的損失或一筆負債的發生。前者稱爲或有利益;後者稱爲或有損失。或有利益基於穩健原則,未確定前不得入帳;或有損失則視情況先行入帳,或僅予揭露,或不作處理。

【或有負債】 ㄏㄨㄛˋ ㄧㄡˇ ㄈㄨˋ ㄓㄞˋ
(contingent liability)指由於資產負債表日以前的情況,使企業可能發生負債,但負債之是否發生,尙待未來事項而定。例如將顧客的票據貼現,即有或有負債,因負債之是否發生,須視票據到期時顧客是否依約付款而定。

【或有損失】 ㄏㄨㄛˋ ㄧㄡˇ ㄙㄨㄣˇ ㄕ
(lose contingency)基於現存的情況或狀態,企業可能發生損失,但須視未來某種事項的發生或不發生始能確定,此種損失稱爲或有損失。當損失確定時,將使企業資產減少或負債增加。關於或有損失的會計處理則視眞正損失發生的可能性而定,若未來成爲眞正損失的可能性甚大,且金額可合理加以估計時,應先依估計數入帳,否則僅於財務報表附註中加以揭露;若發生的可能性極微,則可不予處理。

戓 ㄎㄢ $k'an^1$ 音堪
殺。見"說文"。

戔 一 ㄘㄢˊ $ts'an^2$ 音殘
傷害。同殘。見"說文"。

二 ㄐㄧㄢ $chien^1$ 音箋
參戔戔。

8【戔戔】 ㄐㄧㄢ ㄐㄧㄢ
1細少的樣子。2積聚的樣子。3眾多的樣子。

【戔戔之數】 ㄐㄧㄢ ㄐㄧㄢ ㄓ ㄕㄨˋ
形容數目很少。

戕 ㄑㄧㄤˊ $ch'iang^2$ 音牆
1殺害;殘殺。如:戕害。2狂暴的。如:戕風。

10【戕害】 ㄑㄧㄤˊ ㄏㄞˋ

殘害;殺害。

13【戕賊】 ㄑㄧㄤˊ ㄗㄟˊ
殘害。

戋 ㄐㄧㄢ chien[1] 音尖
1斷絕。通殲。見"說文"。2一種臿類農具。通銛。見"說文通訓定聲"。

5

战 戰的俗體。

6

戙 ㄊㄨㄥˊ t'ung[2] 音同
1船杈木。篙船用具。見"玉篇"。2繫船纜的木樁。見"廣韻"。

7

戚 一ㄑㄧ ch'i[1] 音七
1古代兵器的一種。即大斧頭。見"說文"。2悲傷。如:憂戚。3親屬。如:皇親國戚。4姓。'漢'有'戚鰓'。見"萬姓統譜·一二三"。

戚圖

二ㄘㄨˋ ts'u[4] 音促
1急切。如:戚速。2逼迫。見"集韻"。

11【戚族】 ㄑㄧ ㄗㄨˊ
親戚族人。

【戚戚】 ㄑㄧ ㄑㄧ
1親近。2憂懼的樣子。3心動的樣子。

20【戚黨】 ㄑㄧ ㄉㄤˇ
親戚族黨。

【戚繼光】 ㄑㄧ ㄐㄧˋ ㄍㄨㄤ
(1528～1587)'明''山東''蓬萊'人。字'元敬',號'南塘',晚號'孟諸'。善練兵,紀律極嚴。'嘉靖'中,任'浙江'參將,平倭寇。後鎮守'薊門',邊境平靖無事。由總兵累官太子太保。著有"紀效新書"、"練兵實紀"等書。

戛 ㄐㄧㄚˊ chia[2] 音夾
俗作戞。1兵器名。(1)戟。見"說文"。(2)長矛。見"字彙"。2打擊。如:戛擊。

11【戛戛】 ㄐㄧㄚˊ ㄐㄧㄚˊ
1狀聲詞。物相撞擊的聲音。2困難費力的樣子。3特立的樣子。

12【戛然】 ㄐㄧㄚˊ ㄖㄢˊ
狀聲詞。1鳥鳴聲。2金石相擊聲。

17【戛擊】 ㄐㄧㄚˊ ㄐㄧˊ
敲擊。

5【戛玉敲金】 ㄐㄧㄚˊ ㄩˋ ㄑㄧㄠ ㄐㄧㄣ
形容清脆悅耳。

11【戛戛獨造】 ㄐㄧㄚˊ ㄐㄧㄚˊ ㄉㄨˊ ㄗㄠˋ
特立獨行,別樹一格。

8

戟 ㄐㄧˇ chi[3] 音己
俗作戟。1古兵器。合戈矛爲一體,頭部有歧出的尖端,可直刺,也可橫擊。見"說文"。2用食指和中指指點。如:戟指。3刺激。如:戟喉癢肺。

戟圖

戞 戛的俗體。

戦 戟的俗體。

9

戠 一ㄕˋ shih[4] 音識
黏土。見"集韻"。
二ㄓˊ chih[2] 音職
兵器名。見"說文通訓定聲"。

戡 ㄎㄢ k'an[1] 音堪
1刺殺。見"說文"。2平定。如:戡亂。

13【戡亂】 ㄎㄢ ㄌㄨㄢˋ
平定亂事。

戣 ㄎㄨㄟˊ k'uei[2] 音葵
古兵器名。即三隅戟。見"正字通"。

戢 ㄐㄧˊ chi[2] 音輯
1收藏兵器。見"說文"。2平息。見"廣韻"。3收斂。如:戢翼。4聚集。通輯。

17【戢翼】 ㄐㄧˊ ㄧˋ
1收斂翅膀,停止飛翔。2比喻歸隱不仕。

戥 ㄉㄥˇ têng[3] 音等
1用以稱量金、銀、藥材等物的小桿秤。2用戥子稱一稱。

戤 ㄍㄞˋ kai[4] 音蓋
1質押;典當。見"字彙補"。2依;靠。3商場上稱仿冒圖利的不法行爲。

10

戟 ㄍㄜˊ ko[2],kê[2] 音革
參戟褥。

14【戟褥】 ㄍㄜˊ ㄋㄜˋ
草生長。

截 ㄐㄧㄝˊ chieh[2] 音節
1切斷;割斷。見"說文"。2界限分明;不相混淆。如:截然有別。3攔阻;擋住。如:攔截。4量詞。一段一段的東西。如:斷成三截。

4【截止】 ㄐㄧㄝˊ ㄓˇ
停止。

12【截距】 ㄐㄧㄝˊ ㄐㄩˋ
(intercept) 在平面直角坐標系中,特指曲線和坐標軸的交點。與x軸相交之點爲x截距,與y軸相交之點爲y截距。以(a,o)、(o,b)爲x、y截距的直線爲$\frac{x}{a}+\frac{y}{b}=1$。在空間坐標系中,$x$、$y$、$z$三軸上的截距爲曲線或曲面與三軸的交點。

【截然】 ㄐㄧㄝˊ ㄖㄢˊ
界限分明的樣子。

17【截獲】 ㄐㄧㄝˊ ㄏㄨㄛˋ
攔截到犯人或違法的物資。

18【截斷】 ㄐㄧㄝˊ ㄉㄨㄢˋ

切斷;隔斷。

4【截止區】 ㄐㄧㄝˊ ㄓˇ ㄑㄩ
(cut-off region) 對於一典型的單接合電晶體,有外加電源時,當射極電壓未達到激發之射極電壓V_p,則射極電流祇有反向飽和電流I_{co},在其特性曲線上,此區域稱爲截止區。同樣地,對於一雙極性接面電晶體而言,當基極電流不夠,使電晶體之集極一射極間沒有電流導通,在其特性曲線的區域,亦稱爲截止區。

8【截波器】 ㄐㄧㄝˊ ㄅㄛ ㄑㄧˋ
(chopper)係利用各種半導體元件組合而成的裝置,將輸入之正弦狀電壓信號,切割成特定的電壓波形者,稱爲截波器。在調頻接收機中,用於檢波級之前,以保持信號爲一固定值,消去波幅雜波。亦可用作保護機器,限制電壓爲額定值。

9【截洩溝】 ㄐㄧㄝˊ ㄒㄧㄝˋ ㄍㄡ
爲截洩上方逕流、控制溝壑沖蝕,並避免損壞農地和構造物,而沿近似等高方向,橫跨被保護土地或保護物上方所構築的溝渠。

10【截拳道】 ㄐㄧㄝˊ ㄑㄩㄢˊ ㄉㄠˋ
拳術名。近人'李小龍'創。不拘一定招式,而以靈活、快速達到制敵效果。

12【截距式】 ㄐㄧㄝˊ ㄐㄩˋ ㄕˋ
(intercept form)通過x軸上一定點(a,o)及y軸上一定點(o,b)的直線,一般用方程式$\frac{x}{a}+\frac{y}{b}=1$表示,稱爲直線的截距式。

4【截止頻率】 ㄐㄧㄝˊ ㄓˇ ㄆㄧㄣˊ ㄌㄩˋ
(cut-off frequency)一個電路或系統其增益因頻率變化而變化,當增益爲原有值之$\frac{1}{\sqrt{2}}(-3dB)$時的頻率稱爲截止頻率。截止頻率愈高之電晶體,其頻率特性也愈好。

8【截長補短】 ㄐㄧㄝˊ ㄔㄤˊ ㄅㄨˇ ㄉㄨㄢˇ
裁取多餘的部分以補不足的地方。也作絕長補短。

戬 戩的俗體。

戩 ㄐㄧㄢˇ chien³ 音剪
1消滅;剪除。通剪。見"說文"。2福祉;吉祥。見"爾雅·釋詁"。

戧 一 ㄑㄧㄤ ch'iang¹ 音槍
1逆;不順。如:戧風而行。2衝突;決裂。
二 ㄑㄧㄤˋ ch'iang⁴
1支持;支撐。2塡補。在飾物上預留空隙,以鑲嵌金銀,增加美觀。如:戧金。
三 ㄔㄨㄤ ch'uang¹ 音窗
受傷。同創。見"玉篇"。

8【戧金】 ㄑㄧㄤˋ ㄐㄧㄣ
雕漆器的裝飾方法之一。又名鏤金。製作時,大多用朱、黑二色爲地子漆,在表面淺刻細鉤紋飾,然後在刻痕中施以金彩或以漆膠黏金箔。雕刻紋飾時,運刀要流暢圓熟,紋飾才生動。

14【戧銀】 ㄑㄧㄤˋ ㄧㄣˊ
雕漆器的裝飾方法之一。製作時,大多用朱、黑二色爲地子漆,在表面淺刻細鉤紋飾,然後在刻痕中施以銀彩或以漆膠黏銀箔。雕刻紋飾時,運刀要流暢圓熟,紋飾才生動。

11

戭 ㄧㄣˇ yin³ 音引
長槍。見"說文"。

𢨀 ㄕㄨㄤˋ shuang⁴
停泊時固定船舶的用具。見"廣韻"。

戮 ㄌㄨˋ lu⁴ 音路
1殺。見"說文"。2羞辱。通僇。見"廣雅·釋詁"。3并力;共同出力。通勠。見"集韻"。

戲 戲的俗體。

𢧢 截的本字。

12

戰 ㄓㄢˋ chan⁴ 音站
1爭鬥;打仗。見"說文"。2競賽;比較優劣。如:筆戰。3抖動。通顫。如:戰抖。

4【戰火】 ㄓㄢˋ ㄏㄨㄛˇ
指戰爭。

5【戰史】 ㄓㄢˋ ㄕˇ
記載戰爭歷史的書籍。

7【戰車】 ㄓㄢˋ ㄔㄜ
(tank) 全履帶的裝甲車輛。俗稱坦克車。上裝有火砲與自動武器,裝甲防護力強,可發揮越野之衝擊力。4～15噸爲輕坦克,15～45噸爲中型坦克,45噸以上爲重坦克。

8【戰況】 ㄓㄢˋ ㄎㄨㄤˋ
戰爭的情況。

【戰果】 ㄓㄢˋ ㄍㄨㄛˇ
1戰爭所得的成果。2泛指一切工作、競賽等活動的成果。

【戰爭】 ㄓㄢˋ ㄓㄥ
1泛指打仗、作戰。2兩個以上國家,爲實現本國的政策,依國際法規定者所作的武力鬥爭。

9【戰俘】 ㄓㄢˋ ㄈㄨˊ
(prisoner of war)依照國際法,戰鬥員分爲合法戰鬥員與非法戰鬥員。合法戰鬥員在戰爭或武裝衝突時,因遂行戰鬥被俘,不論爲出於投降、傷病或遇難,均可享受戰俘待遇,亦即依照國際法享有特別之權利與義務。例如對於戰俘得以拘禁,但拘禁國應維持其生活與健康。西元1949年"日內瓦戰俘待遇公約"(*Geneva Convention relative to the Treatment of Prisoners of War*)第四條列舉交戰國之武裝部隊,以及國民兵與志願軍等正規武裝人員計八類得爲享受戰俘待遇之人員。

11【戰國】　ㄓㄢˋ　ㄍㄨㄛˊ
(前403～前221或前480～前221)‘東周’後期。其始起年代有二說:一、‘周威烈王’二十三年(前403)三家分‘晉’之年;二、‘周敬王’四十年(前480)銜接‘春秋’時代之年。二說皆迄於‘秦’滅六國之年(前221)。是時,‘周’室已淪爲小國,封建制度完全崩潰;軍國主義盛行,‘秦’、‘齊’、‘楚’、‘燕’、‘韓’、‘趙’、‘魏’七雄僭號稱王,彼此兼併,戰爭規模龐大而慘烈。後‘秦孝公’用‘商鞅’變法圖強,‘秦王’‘政’進而對六國離間分化,終於先後併滅六國,統一天下。

【戰略】　ㄓㄢˋ　ㄌㄩㄝˋ
1對已發生或可能發生的戰爭做全面的籌謀與指導。是依據敵對雙方軍事、政治、經濟、社會、地理等因素,並參照戰爭開始以後各方面、各階段之間的關係,所做的軍事力量的妥當準備和運用。2泛指一般工作、競賽等活動中的總方針、計畫、部署等。

【戰術】　ㄓㄢˋ　ㄕㄨˋ
1部隊所採行的作戰方式。戰術講究在特定戰役中指揮作戰之術,而戰略則著重一國或整體作戰的謀略。2泛指各種競賽或經營所採用的方法。

12【戰報】　ㄓㄢˋ　ㄅㄠˋ
報告戰爭情況的文字。

【戰備】　ㄓㄢˋ　ㄅㄟˋ
軍事設備。

13【戰禍】　ㄓㄢˋ　ㄏㄨㄛˋ
戰爭所造成的禍害。

【戰慄】　ㄓㄢˋ　ㄌㄧˋ
恐懼而發抖。

15【戰線】　ㄓㄢˋ　ㄒㄧㄢˋ
交戰地帶。引申爲立場。

17【戰績】　ㄓㄢˋ　ㄐㄧ
戰果;戰功。

7【戰利品】　ㄓㄢˋ　ㄌㄧˋ　ㄆㄧㄣˇ
戰爭時從敵方所獲得的軍實,包括俘虜、器械、糧草等。

10【戰鬥機】　ㄓㄢˋ　ㄉㄡˋ　ㄐㄧ
配備有武器,並具有快速飛航及大爬升力的軍機。具靈活的操作性能,能在空中殲滅敵機,如‘美’製F16機。

11【戰國策】　ㄓㄢˋ　ㄍㄨㄛˊ　ㄘㄜˋ
‘漢’‘劉向’輯,簡稱“國策”,又名“短長書”,三十三篇。按照‘戰國’時‘東’、‘西周’、‘秦’、‘齊’、‘楚’、‘趙’、‘魏’、‘韓’、‘燕’、‘宋’、‘衛’、‘中山’等十二國的次序,記載謀臣策士的論辯、建言。是研究‘戰國’歷史的重要典籍。近年‘長沙’‘馬王堆’三號‘漢’墓出土的帛書中,有一部類似今本“國策”,可供參考。

16【戰戰兢兢】　ㄓㄢˋ　ㄓㄢˋ　ㄐㄧㄥ　ㄐㄧㄥ
謹愼恐懼的樣子。

13

戴　ㄉㄞˋ　*tai*⁴　音帶
1以頭頂物。見“集韻”。2將衣物套在頭上或手上。如:戴手套。3感激;感恩。如:感戴。4擁護。如:擁戴。5姓。‘漢’有‘戴德’。見“萬姓統譜·九九”。

11【戴笠】　ㄉㄞˋ　ㄌㄧˋ
(1897～1946)‘浙江’‘江山’人。字‘雨農’。‘黃埔軍校’第六期騎兵科畢業。先後經歷北伐、討逆、剿‘共’、抗戰諸役,長期負責情報工作。抗戰勝利後,‘美國’政府頒贈司令級勳章。後於‘南京’附近因飛機失事而罹難。

戴笠像

12【戴勝】　ㄉㄞˋ　ㄕㄥˋ
(hoopoes; *Upupa epops*)爲脊椎動物中屬於鳥綱(class Aves)、佛法僧目(order Coraciiformes)、戴勝科(family Upupidae)的一種,爲本科中唯一的種類。產於‘歐洲’中南部、‘非洲’及‘東南亞’。體長約30公分,頭部紅褐色,頭頂有長而先端黑色的直立羽冠,翼及尾呈黑白條紋,嘴長而向下彎。以昆蟲或小型無脊椎動物爲食。

戴勝圖

13【戴聖】　ㄉㄞˋ　ㄕㄥˋ
‘漢’‘梁’人。字‘次君’。‘宣帝’時爲博士,曾參加論定五經同異於‘石渠閣’。官至‘九江’太守。與叔父‘德’同從‘后蒼’學禮,世稱‘小戴’。傳“禮記”四十九篇,名“小戴禮記”。

15【戴震】　ㄉㄞˋ　ㄓㄣˋ
(1723～1777)‘清’‘安徽’‘休寧’人。字‘東原’。長於考辨,精研禮經制度名物,善觀天象,對於‘漢’儒傳注及“說文”等書,尤多心得。‘乾隆’時參與編纂“四庫全書”,積勞成疾而卒。著有“考工記圖”、“孟子字義疏證”、“聲韻考”、“方言疏證”等。

【戴德】　ㄉㄞˋ　ㄉㄜˊ
‘漢’‘梁’人。字‘延君’。曾任‘信都王’太傅,與姪‘聖’同受禮於‘后蒼’,世稱‘大戴’。傳“禮記”八十五篇,名“大戴禮記”。

17【戴鵀】　ㄉㄞˋ　ㄖㄣˊ
鳥名。也稱戴勝。見“爾雅·釋鳥·鵖鴔戴鵀·注”。

6【戴安娜】　ㄉㄞˋ　ㄢ　ㄋㄚˋ
(Diana)‘羅馬’神話中的處女守護神、狩獵女神及月亮女神。‘宙斯’之女,‘阿波羅’的雙胞妹妹。在‘希臘’神話裡作‘塞勒涅’。

【戴名世】　ㄉㄞˋ　ㄇㄧㄥˊ　ㄕˋ
(1653～1713)‘清’‘桐城’人。字‘田有’,號‘褐夫’,別號‘憂庵’。‘康熙’進士,任‘翰林院’編修。年少有文才,研究‘明’史甚力。後因所著“南山集”中仍用‘明’‘永曆’年號,並將‘南明’比作三國的‘蜀漢’,遂以大逆罪被殺,著述盡被毀禁。此案牽連數百人，是'清代'有名的文字獄之一。

7【戴君仁】 ㄉㄞˋ ㄐㄩㄣ ㄖㄣˊ
(1901～1978) '浙江''鄞縣'人。字'靜山'。'北京大學''中國'文學系畢業。曾任'輔仁大學'、'臺灣大學'、'東海大學'、'東吳大學'教授。著有"談易"、"春秋辨例"、"梅園論學集"等。

8【戴叔倫】 ㄉㄞˋ ㄕㄨˊ ㄌㄨㄣˊ
(732～789) '唐''金壇'(今'江蘇''金壇')人。字'幼公'。'貞元'進士，曾任'撫州'刺史，獄無繫囚；後遷'容管'經略使，安撫外族，威名遠播。晚年曾上表自請爲道士。著有"戴叔倫詩集"。

10【戴高樂】 ㄉㄞˋ ㄍㄠ ㄌㄜˋ
(Charles-André-Marie-Joseph de Gaulle, 1890～1970) '法國'將軍和政治家。第二次世界大戰時領導'法國'地下組織抗拒'德國''納粹'政權，西元1945～1946年任'法國'臨時總統，1959年就任'法國'第五共和首任總統。在外交上採取脫離'美國'的獨立立場，企圖在'歐洲'建立以'法國'爲盟主的'歐洲經濟共同體'(EEC)，成爲'美''蘇'之外的第三勢力，世稱'戴高樂'主義。

戴高樂像

13【戴傳賢】 ㄉㄞˋ ㄔㄨㄢˊ ㄒㄧㄢˊ
(1890～1949) '四川''廣漢'人。字'季陶'，筆名'天仇'，晚號'孝園'。早年赴'日'留學，加入'同盟會'。歸國後，撰文於"上海日報"、"天鐸報"、"民國日報"等宣揚革命學說。'民國'肇建後，隨'孫中山'先生處理機要事務。後任'考試院'院長二十年。著有"禮制通議"、"日本論"等。

戴傳賢像

【戴奧辛】 ㄉㄞˋ ㄠˋ ㄒㄧㄣ
(dioxin) 學名爲四氯二苯基異位二氧芑之芳香族化合物。有三個核之結構，包括二個苯環中間由一對氧原子連接。有75種不同之同分異構物，其中2、3、7、8之四氯戴奧辛是目前人類所知最毒化學劑之一。

4【戴天履地】 ㄉㄞˋ ㄊㄧㄢ ㄌㄩˇ ㄉㄧˋ
頭戴天，腳踏地。指生於世間。

7【戴克里先】 ㄉㄞˋ ㄎㄜˋ ㄌㄧˇ ㄒㄧㄢ
(Gaius Aurelius Valerius Diocletianus, 245～316) '羅馬'皇帝。自幼入軍籍，屢建奇勳，以禁衛軍統領被擁立爲帝。爲加強統治採取了下列的措施：分帝國爲四部分，由二正帝及二副帝共同管理，實行東方式的君主專制，整頓稅制與幣制、頒布限定物量條令、改革軍隊制度。西元305年退位，隱居於故鄉'薩羅那'(Salona)以終。

9【戴盆望天】 ㄉㄞˋ ㄆㄣˊ ㄨㄤˋ ㄊㄧㄢ
1比喻兩件事不能同時施行。2比喻行動與目的相反。

10【戴高帽子】 ㄉㄞˋ ㄍㄠ ㄇㄠˋ ˙ㄗ
說誇讚的話使人高興。

11【戴笠乘車】 ㄉㄞˋ ㄌㄧˋ ㄔㄥˊ ㄔㄜ
比喻友情始終如一，不因環境變遷而改變。戴笠，比喻貧賤；乘車，比喻富貴。

13【戴圓履方】 ㄉㄞˋ ㄩㄢˊ ㄌㄩˇ ㄈㄤ
頭頂著天，足踏著地。指處身於天地之間。

【戴罪立功】 ㄉㄞˋ ㄗㄨㄟˋ ㄌㄧˋ ㄍㄨㄥ
身負罪名，暫時不受處罰，藉立功以贖罪。

14【戴綠帽子】 ㄉㄞˋ ㄌㄩˋ ㄇㄠˋ ˙ㄗ
俗稱妻子與人通姦。古代娼家男子頭裹綠巾，故稱。也作戴綠頭巾。

13【戴奧尼索斯】 ㄉㄞˋ ㄠˋ ㄋㄧˊ ㄙㄨㄛˇ ㄙ
(Dionysus) '希臘'神話神名。爲酒神、狂歡之神與戲劇之神。是天帝'宙斯'與'賽彌妮'(Semele)之子。'羅馬'人稱他爲'巴克斯'(Bacchus)。古代'希臘'人每年定期在節日裡演戲競賽，用以紀念他，這節日就叫做酒神節(Dionysia)。

14【戴維寧定理】 ㄉㄞˋ ㄨㄟˊ ㄋㄧㄥˊ ㄉㄧㄥˋ ㄌㄧˇ
(Thevenin's theorem) 當一阻抗 Z' 連接到已串接電壓 E 和另一阻抗 Z 之任一雙端網路時，流經 Z' 的電流必等於電壓 E 除以 Z 和 Z' 的和。另一種敘述爲一電路之任二端必爲此兩端之等效阻抗與斷路電壓之串聯組合。

戲

㊀ ㄒㄧˋ hsi^4 音系
俗作戲。1角力；比賽力氣的大小。2合動作、口白、音樂以搬演故事的藝術。如：歌仔戲。3玩耍；嬉遊。如：遊戲水。4詼諧；開玩笑。如：戲謔。5愚弄；欺弄。如：戲弄。

㊁ ㄏㄨ hu^1 音呼
歎辭。通呼。見"廣韻"。

㊂ ㄏㄨㄟ hui^1 音麾
用來指揮軍隊的旗幟。見"說文·戲·段注"。

3【戲子】 ㄒㄧˋ ˙ㄗ
舊時稱戲劇演員。含有輕蔑之意。

4【戲文】 ㄒㄧˋ ㄨㄣˊ
我國最早的代言體戲劇。即南戲。

6【戲曲】 ㄒㄧˋ ㄑㄩˇ
以歌舞、動作、對白來表演故事的舞臺藝術。以歌唱爲主，故稱。

7【戲言】 ㄒㄧˋ ㄧㄢˊ
1戲謔的話。2開玩笑地說。

【戲弄】 ㄒㄧˋ ㄋㄨㄥˋ
玩弄。

8【戲法】 ㄒㄧˋ ㄈㄚˇ
1魔術。2指變詐的小手段。

【戲狎】 ㄒㄧˋ ㄒㄧㄚˊ
嬉戲玩弄。

15【戲劇】 ㄒㄧˋ ㄐㄩˋ
(drama)指由演員在舞臺上透過對白、動作表達故事情節的藝術活動。多由古代的祭典儀式、歌舞、技藝演變而來，揉合文學、音樂、美術等而發展成綜合藝術。依本質可分悲劇、喜劇與通俗劇。

16【戲謔】 ㄒㄧˋ ㄋㄩㄝˋ
以言語戲弄人；開玩笑。

15【戲劇化】 ㄒㄧˋ ㄐㄩˋ ㄏㄨㄚˋ
採用戲劇的方式處理，或形容事情的演變有如戲劇一般，令人覺得新奇多變或詼諧有趣。

14【戲綵娛親】 ㄒㄧˋ ㄘㄞˇ ㄩˊ ㄑㄧㄣ
原指'老萊子'七十歲時，仍穿著綵衣嬉戲以娛樂其父母。後用來形容人子侍奉父母的孝順。

14

戳 ㄔㄨㄛ ch'o¹, ch'uo¹
[1]用槍刺人。見"篇海類編"。[2]用尖銳物刺擊。[3]用指頭用力指點。[4]刺激。[5]印章。如：戳記。

10【戳記】 ㄔㄨㄛ ㄐㄧˋ
圖章的俗稱。

13【戳腳】 ㄔㄨㄛ ㄐㄧㄠˇ
[1]流行於北方的拳術。善用腳技，拳趟有文武各九趟。[2]國術腿擊法。腳尖內扣翹起，以腳盤外緣割掃敵人的迎面骨。

18

戵 ㄑㄩˊ ch'ü² 音衢
一種戟類的兵器。見"集韻"。

戶部

戶 ㄏㄨˋ hu⁴ 音護
[1]單扇的門。見"說文"。[2]住家；人家。如：挨家挨戶。[3]姓。'漢'有'戶僔'。見"萬姓統譜・七八"。

20【戶籍】 ㄏㄨˋ ㄐㄧˊ
政府登錄人民戶口事項的簿冊。

9【戶限為穿】 ㄏㄨˋ ㄒㄧㄢˋ ㄨㄟˊ ㄔㄨㄢ
門檻被踏穿。形容進出的人極多。

15【戶樞不蠹】 ㄏㄨˋ ㄕㄨ ㄅㄨˋ ㄉㄨˋ
門軸經常轉動所以不會被蟲蛀蝕。

戶的俗體。

1

戹 ㄜˋ o⁴, ê⁴ 音厄
[1]險隘。通作阨、阸。見"說文"。[2]困苦；災難。通作厄。如：戹運。

3

戺 ㄕˋ shih⁴ 音士
[1]門的樞軸。見"爾雅・釋宮"。[2]堂前階石的兩側。

4

戽 ㄏㄨˋ hu⁴ 音戶
[1]引水到田裡灌溉的器具。見"廣韻"。[2]汲水灌田。如：戽水。

4【戽斗】 ㄏㄨˋ ㄉㄡˇ
汲水灌溉田地的器具。

房 ㄈㄤˊ fang² 音防
[1]古代堂中間叫正室，左右叫房。後世泛稱居室中的一間。如：書房。[2]屋舍。指整棟房屋。如：房契。[3]官員辦事的地方。如：巡捕房。[4]物體內部分成隔間狀的各個部分。如：蜂房。[5]家族的分支。如：大房。[6]妻室。如：房累。[7]星宿名。二十八宿之一。參房宿。[8]姓。'唐'有'房玄齡'。見"萬姓統譜・五〇"。

4【房水】 ㄈㄤˊ ㄕㄨㄟˇ
(aqueous humours)由睫狀體分泌出的清澈液體。含有養分，能供給角膜及水晶體，同時亦為維持眼睛屈光的一重要介質。參眼[1]。

8【房事】 ㄈㄤˊ ㄕˋ
指男女交媾之事。

【房東】 ㄈㄤˊ ㄉㄨㄥ
房屋的主人。

9【房客】 ㄈㄤˊ ㄎㄜˋ
租屋居住的人。

【房契】 ㄈㄤˊ ㄑㄧˋ
房屋所有權的證明文件。

11【房宿】 ㄈㄤˊ ㄒㄧㄡˋ
星宿名。二十八宿之一。東方蒼龍七宿的第四宿。主要有四星，皆屬天蝎座。房宿一即天蝎座π，房宿二即ρ，房宿三即δ，房宿四即β。此外，鉤鈐、鍵閉、罰、西咸、東咸、日、從等星，也都歸入房宿。

4【房中術】 ㄈㄤˊ ㄓㄨㄥ ㄕㄨˋ
道教修煉方術。古代道士、方士房中節欲、養生保氣之道。亦稱男女合氣之術、黃赤之道。淵源於'戰國'方術，'漢''張陵'創教，將此列為修煉術，或以補救傷損，或以攻治疾病，或以采陰益陽，或以增年延壽，大要在於還精補腦，有益養生。但'寇謙之'修整道教，則極力排除這種方法。

【房中樂】 ㄈㄤˊ ㄓㄨㄥ ㄩㄝˋ
古代宮廷音樂的一種。起源於'周代'。大型的房中樂用於殿堂，讌享賓客時用之，設有鐘磬樂懸(有關鐘、磬樂器數量和設置方位的等級規定)。小型的房中樂用於後宮，歌頌后妃之德。從'周代'開始即採用民間鄉樂以充實房中樂的內容，如"周南"、"召南"等民間詩歌配上弦歌而作為房中樂。

5【房玄齡】 ㄈㄤˊ ㄒㄩㄢˊ ㄌㄧㄥˊ
(578～648)'唐''臨淄'(今'山東''臨淄')人。字'喬'。"舊唐書・房玄齡傳"謂名'喬'，字'玄齡'。十八歲舉進士。累官尚書左僕射，居相位十五年。

9【房屋稅】 ㄈㄤˊ ㄨ ㄕㄨㄟˋ
(house tax)係以附著於土地的房屋及有關增加其使用價值的建

築物爲對象，根據客觀標準所課徵的財產稅。往年房屋稅是每年課徵兩次，自'民國'七十四年起，改爲每年課徵一次，其稅率因房屋用途爲住家或非住家而有別。

【房屋現値】ㄈㄤˊ ㄨ ㄒㄧㄢˋ ㄓˊ
(the current value of the building)房屋現值爲課徵房屋稅之依據，原則上房屋現值應由納稅義務人於房屋建築完成之日起三十日內自行申報，主管稽徵機關則依據納稅義務人所申報之現值核課房屋稅，否則照'不動產評價委員會'評定之房屋標準價格，核計房屋現值課稅。

16【房謀杜斷】ㄈㄤˊ ㄇㄡˊ ㄉㄨˋ ㄉㄨㄢˋ
'唐太宗'的宰相'房玄齡'長於計謀，'杜如晦'善於決斷，史家稱爲'房'謀'杜'斷。

戾　ㄌㄧˋ li^4 音麗
1曲折。見"說文"。2罪惡。見"爾雅·釋詁"。3違背。4禍患。如：災戾。5暴虐；凶猛。如：暴戾。6強烈，強勁。7到達。

10【戾氣】ㄌㄧˋ ㄑㄧˋ
暴戾之氣。

所　ㄙㄨㄛˇ so^3, suo^3 音鎖
1處所。見"集韻"。2計算房屋的單位名稱。如：一所別墅。3助詞。(1)表示指示或兼代的作用。(2)與⌊爲⌉或⌊被⌉合用，表示被動。4副詞。表示假設的意思。5約略計數之詞。6姓。'漢'有'所忠'。見"萬姓統譜·七六"。

2【所入】ㄙㄨㄛˇ ㄖㄨˋ
'美國全國政府會計委員會'解釋爲：增加資產而不增加負債，亦非支出的收回；或者是負債的註銷而無其他相當負債的增加或資產的減少。我國"預算法"謂爲除去重複收帳部分及退還部分之收入。

5【所生】ㄙㄨㄛˇ ㄕㄥ
指父母。

6【所有】ㄙㄨㄛˇ ㄧㄡˇ
1指權利的歸屬。2指擁有的物品。3全部。

5【所以然】ㄙㄨㄛˇ ㄧˇ ㄖㄢˊ
事物的緣由。

6【所有物】ㄙㄨㄛˇ ㄧㄡˇ ㄨˋ
係所有權人於法令限制範圍內，得自由使用、收益、處分並得排除他人干涉之物。所有物爲所有權之客體。其成分及其天然孳息於分離後，除法律另有規定外，仍屬於其物之所有人。

【所有權】ㄙㄨㄛˇ ㄧㄡˇ ㄑㄩㄢˊ
乃一般的支配所有物，並具有完全性與絕對性之物權。可分爲不動產所有權與動產所有權，不動產所有權如依法律行爲而取得、設定、喪失及變更者，非訂立書面契約並經登記，不生效力。其因繼承、強制執行、公用徵收或法院之判決(形成判決)，於登記前已取得不動產物權者，非經登記，不得處分其物權。動產所有權之移轉則須將動產爲交付，始生效力。所有權人，於法令限制之範圍內，得自由使用、收益、處分其所有物，並排除他人之干涉。對於無權占有或侵奪其所有物者，得請求返還之。對於妨害其所有權者，得請求除去之。有妨害其所有權之虞者，得請求防止之。

11【所得稅】ㄙㄨㄛˇ ㄉㄜˊ ㄕㄨㄟˋ
(income tax)政府對個人所得或工商營利事業之盈利所課徵之稅。爲國稅之一種。多採累進制。十八世紀末初創於'英國'，後各國相繼採行。我國所得稅現分個人綜合所得稅與營利事業所得稅兩種。

19【所羅門】ㄙㄨㄛˇ ㄌㄨㄛˊ ㄇㄣˊ
(Solomon，前993～前930)古代'以色列'國王。'大衛王'之子，被稱爲'以色列'最偉大的國王。任內除與鄰邦擴充貿易外，並四處建立殖民據點，重組'以色列'的十二部落，將國土劃爲十二行政區。其事跡及留傳的格言、訓誡主要見於"舊約聖經"。

6【所向披靡】ㄙㄨㄛˇ ㄒㄧㄤˋ ㄆㄧ ㄇㄧˇ
所到之處，敵人紛紛潰退。形容勢力強大，無可與敵。

11【所得方法】ㄙㄨㄛˇ ㄉㄜˊ ㄈㄤ ㄈㄚˇ
(the income approach)主張以貨幣政策或財政政策改變一國的國民所得水準，來調整國際收支。只要進口需求所得彈性或邊際進口傾向夠大，則變動一國的國民所得水準，可以有效調整國際收支。

【所得政策】ㄙㄨㄛˇ ㄉㄜˊ ㄓㄥˋ ㄘㄜˋ
(income policy)其內涵爲：對整個經濟的工資或其他形式的所得與物價制定一定的目標；對於工會和廠商的工資與價格決策，訂定詳細的指導綱領，以期整體的經濟目標能夠達成；確立誘導機能，使廠商與工會遵循指導綱領。

【所得效果】ㄙㄨㄛˇ ㄉㄜˊ ㄒㄧㄠˋ ㄍㄨㄛˇ
(income effect)當一種產品的價格下跌(或上升)時，需求者的貨幣所得雖不變，但其實質所得增加(或減少)，即其貨幣所得的購買力增加(或減少)，對該產品的需求量隨之增加(或減少)的一種由價格變動所造成的效果。

【所得課稅】ㄙㄨㄛˇ ㄉㄜˊ ㄎㄜˋ ㄕㄨㄟˋ
(tax on income)指對獲取的所得課稅而言，如對工資、地租、利息、利潤課稅。我國現行稅目中的綜合所得稅、營利事業所得稅均屬之。另土地增值亦屬所得，故有學者主張將土地增值稅亦歸屬所得課稅。所得課稅之稅負通常由原始繳納者負擔，故不生轉嫁問題。

【所得重分配論】 ㄙㄨㄛˇ ㄉㄜˊ ㄔㄨㄥˊ ㄈㄣ ㄆㄟˋ ㄌㄨㄣˋ

(income-redistribution argument)限制貿易論之一。自由貿易導致一國的所得重分配，個人與社會福利可能因而遭致不利的影響，故應限制貿易，以矯正不利的所得重分配後果。

【所得消費曲線】 ㄙㄨㄛˇ ㄉㄜˊ ㄒㄧㄠ ㄈㄟˋ ㄑㄩ ㄒㄧㄢˋ

(income-consumption curve; ICC)兩種產品的相對價格不變，在不同的貨幣所得水準下，所形

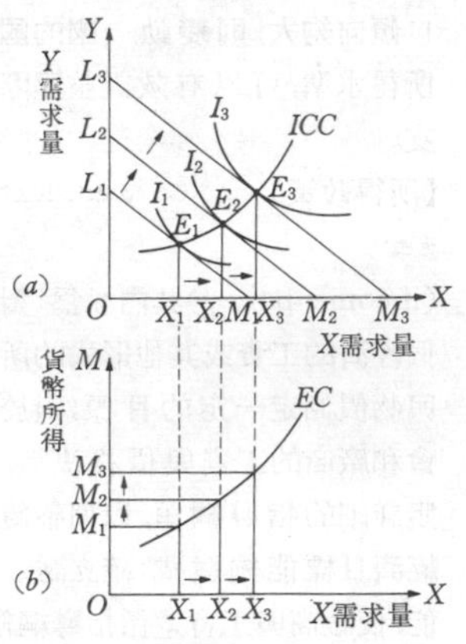

所得消費曲線圖

成的消費者均衡點的軌跡，由所得消費曲線可以導出‘恩格爾’曲線。圖(a)所示爲貨幣所得增加，使預算線平行向外移($L_1M_1 \to L_2M_2 \to L_3M_3$)，而與更高滿足水準的無異曲線相切，連接消費者均衡點 E_1、E_2、E_3 即得所得消費曲線。圖(b)表示由所得消費曲線導出的‘恩格爾’曲線。

6【所有權絕對原則】 ㄙㄨㄛˇ ㄧㄡˇ ㄑㄩㄢˊ ㄐㄩㄝˊ ㄉㄨㄟˋ ㄩㄢˊ ㄗㄜˊ

主張私人所有權爲天賦人權之一，國家、政府及私人均不得以法律、命令或其他行爲干預的原則，稱爲所有權絕對原則。與契約自由原則、過失責任主義同爲“拿破崙法典”以來市民法的三大原則。近代由於法學思想由個人自由放任主義走向協同發展主義，所有權絕對原則亦蛻變爲所有權社會化原則，換言之，所有人雖得自由使用收益處分其所有物，並排除他人之干涉，但應受法令之限制。所謂法令之限制有二：一爲公法之限制，二爲私法之限制。前者例如國家爲國防設備、交通事業、公用事業、水利事業、公共衛生、政府機關、地方自治機關及其他公共建築、教育學術及慈善事業、國營事業等公共事業之需要，得依“土地法”之規定徵收私有土地，但徵收之範圍，以其事業所必需者爲限。後者例如依“民法”第七百七十四條至第八百條相鄰地關係之規定，土地所有人對他人之干涉，有依法容忍之義務，但若有損害，得請求損害賠償。

5

扂 ㄉㄧㄢˋ tien⁴ 音店

門閂。見“集韻”。

扁 ㊁ ㄅㄧㄢˇ pien³ 音貶

①懸掛門牆上方，題有大字的橫牌。同匾。見“說文”。②寬而薄的形狀。如：扁平。

㊂ ㄆㄧㄢ p'ien¹ 音偏

①小。如：扁舟。②喜悅自得的樣子。通翩。如：扁扁。

6【扁舟】 ㄆㄧㄢ ㄓㄡ

小船。

7【扁豆】 ㄅㄧㄢˇ ㄉㄡˋ

(hyacinth bean; *Dolichos lablab* L.)又名鵲豆、藊豆、膨皮豆。一年生草質爬藤。葉互生，具長柄，三出複葉，小葉卵三角形或菱形。夏秋間開花，由葉腋伸出長花軸，花紫色或白色，蝶形花冠，花萼鐘形，淺4裂。莢果新月形，內含黑色或白色種子。植物供觀賞，莢果可供食用，種子或全株供藥用。分布於‘亞’、‘非’兩洲熱帶地區。

扁豆圖

9【扁食】 ㄅㄧㄢˇ ㄕˊ

餛飩、水餃、鍋貼之類食物的統稱。

15【扁椿】 ㄅㄧㄢˇ ㄓㄨㄤ

國術腿擊法。又名軋腳。腳趾外展，腳向前蹬出，以腳底內側近跟處踹擊敵人的迎面骨。

16【扁擔】 ㄅㄧㄢˇ ˙ㄉㄢ

挑貨物的扁平棍子。

19【扁鵲】 ㄅㄧㄢˇ ㄑㄩㄝˋ

‘戰國’‘鄭’(今‘河北’‘任邱’北)人。姓‘秦’，名‘越人’。因家於‘盧’，又稱爲‘盧’醫。首創以診脈法治病，醫術精良。“漢書·藝文志”載有“扁鵲內經”九卷、“外經”十二卷，皆亡佚不傳。

5【扁平足】 ㄅㄧㄢˇ ㄆㄧㄥˊ ㄗㄨˊ

(flat feet)指足底平貼地面，沒有足底弓。幼兒在能夠站立的最初一、二年時間，足底是平的，但到16歲左右，便能形成明顯的足底弓。扁平足易疲勞、疼痛，輕微者一、二個月可自癒，嚴重者則須矯正足形。

10【扁桃腺】 ㄅㄧㄢˇ ㄊㄠˊ ㄒㄧㄢˋ

(tonsilla; tonsil)位於口蓋、咽頭部的一種上皮凹陷並圍繞著淋巴小節的集合體。爲哺乳類所特有。其狀似扁桃，故名。兩生類也有類似的淋巴體構造，生於第一鰓囊壁，由於位置不一，故有口蓋扁桃腺及咽頭扁桃腺等名稱。

【扁桃腺炎】 ㄅㄧㄢˇ ㄊㄠˊ ㄒㄧㄢˋ ㄧㄢˊ

(tonsillitis)扁桃體受病毒或細菌感染的發炎現象。常見於兒童，潛伏期爲三～五天；在初期極易傳染，症狀爲喉痛、發高燒。一般只要多喝開水、服止痛藥即可改善。

7【扁形動物門】 ㄅㄧㄢˇ ㄒㄧㄥˊ

ㄌㄨㄥˋ ㄨˋ ㄇㄣˊ
(phylum Platyhelminthes)爲無脊椎動物中的一門。包括渦蟲、吸蟲及條蟲三大類。本門動物體呈兩側對稱，背腹扁平，俗稱扁蟲(flatworm)，係無體腔(即體壁與腸壁間沒有空腔)的動物。消化管有口，但無肛門，不消化的食物仍由口排出。通常爲雌雄同體。渦蟲類皆自由生活於水中或溼地，吸蟲及條蟲皆行寄生，而條蟲因爲沒有消化管，故寄生於寄主的腸中，由體表吸收寄主腸內的養分。吸蟲與條蟲有很多種類寄生人體，故與人類的關係至爲密切。

扃 ㄐㄩㄥ *chiung*^{1} 音坰 又讀 ㄐㄩㄥˇ *chiung*^{3} 音炯
①裝置在門戶外面的橫栓。見"說文"。②門戶。③關閉。如：扃門。

20【扃鐍】 ㄐㄩㄥ ㄐㄩㄝˊ
加在門窗或箱篋上的鎖。

6

扆 ㄧˇ *i*^{3} 音乙
①戶牖之間畫有斧形的屏風。如：扆帷。②姓。'明'有'扆昭'。見"萬姓統譜·七四"。

扇 ㊀ ㄕㄢˋ *shan*^{4} 音善
①門扉。見"說文"。②搖動生風的用具。可作取涼、拂塵之用。見"方言·五"。③量詞。計算門、窗、屏風等的單位詞。如：一扇門。④指板片形狀的東西。⑤閹割。通騸。
㊁ ㄕㄢ *shan*^{1} 音山
①搖動扇子。通搧。如：扇風。②從旁挑撥。如：扇動。③熾盛。如：驕扇。

2【扇入】 ㄕㄢˋ ㄖㄨˋ
(fan-in)一個邏輯閘電路裝置在正常運作的情形下，其輸入端最多能連接之信號源的個數。

5【扇出】 ㄕㄢˋ ㄔㄨ
(fan-out)一個邏輯閘電路裝置在正常運作的情形下，其輸出端最多能夠驅動的標準負載數。如常見之 TTL 邏輯線路之扇出爲10，其輸出端最多可連接到另外10個邏輯閘之輸入端。

7【扇步】 ㄕㄢˋ ㄅㄨˋ
(winder)轉折樓梯限於空間，於平臺轉角處作成二端闊狹不同之踏面，稱爲扇步。又稱斜級。公用房屋中，爲避免扇步破壞樓梯的安全性，不得採用，故只用於住宅或通往閣樓間的樓梯及螺旋梯。

【扇形論】 ㄕㄢˋ ㄒㄧㄥˊ ㄌㄨㄣˋ
(sector model)都市發展理論之一。爲'美國''霍伊特'(Homer Hoyt)修正同心圓論所提出。'霍'氏同意都市的擴張是由一中心地帶向外延伸，但速度並不均等，有些成扇形，有些成半圓形，且範圍也不一致。如圖：1爲商業中心地帶，2爲過渡地帶(即批發及輕工業區)，3爲勞工住宅區，4爲中等住宅區，5爲高級或通勤者住宅區。

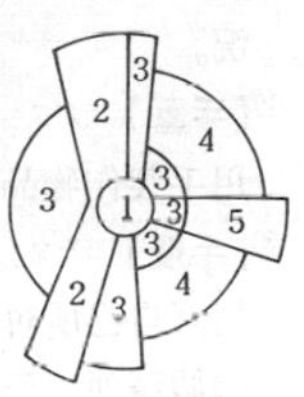

扇形論圖

8【扇枕溫席】 ㄕㄢˋ ㄓㄣˇ ㄨㄣ ㄒㄧˊ
'東漢''黃香'事親至孝，夏則扇床枕，冬則以身溫席。後用以比喻孝順父母。

扅 ㄧˊ *i*^{2} 音移
參扊扅。

7

扈 ㄏㄨˋ *hu*^{4} 音戶
①侍從；隨從。見"字彙"。②山低而大。見"正字通"。③姓。'漢'有'扈育'。見"萬姓統譜·七八"。

11【扈從】 ㄏㄨˋ ㄗㄨㄥˋ
隨從皇帝出巡。

8

扊 ㄧㄢˇ *yen*^{3} 音掩
參扊扅。

10【扊扅】 ㄧㄢˇ ㄧˊ
門閂。

扉 ㄈㄟ *fei*^{1} 音非
門扇。如：門扉。

9【扉頁】 ㄈㄟ ㄧㄝˋ
書籍封面後的第一頁。

手部

手 ㄕㄡˇ *shou*^{3} 音首
①人體上肢五指和掌的部分。如：手紋。②手臂的總稱。如：左右手。③親自。如：手自抄寫。④擔任某種工作或參加某種行動的人。如：水手。⑤擅長某種技藝的人。如：射手。

3【手下】 ㄕㄡˇ ㄒㄧㄚˋ
①部下；屬下；受管轄的人。②下手的時候。③手邊，手頭。

【手工】 ㄕㄡˇ ㄍㄨㄥ
①手藝。②做手藝的工人。③手藝成品。

【手刃】 ㄕㄡˇ ㄖㄣˋ
①親手刺殺。②持刀。

4【手爪】 ㄕㄡˇ ㄓㄠˇ
手指及爪甲。比喻手藝。

5【手民】 ㄕㄡˇ ㄇㄧㄣˊ
①排字工人。②古稱木匠。

【手令】 ㄕㄡˇ ㄌㄧㄥˋ
親手所寫的命令。

7【手足】 ㄕㄡˇ ㄗㄨˊ
①比喻兄弟。②比喻關係親密、和好。

8【手法】 ㄕㄡˇ ㄈㄚˇ
處理事物的方法和技巧。

【手泐】 ㄕㄡˇ ㄌㄜˋ
親手寫的。給晚輩書信的結尾用語。

【手卷】 ㄕㄡˇ ㄐㄩㄢˋ
橫幅的長卷。適於用手展閱，故名。是書畫裝裱中最複雜的一種形式。通常包括包首、天頭、引首、隔水、畫芯或書芯、邊、拖尾等部分。便於存放，觀賞時亦不受空間的限制。歷來畫家經營長構圖的繪畫，常作成此一形式，故也是我國繪畫形式中較爲特殊者。

【手斧】ㄕㄡˇ ㄈㄨˇ
(hand axe)舊石器時代早期的石器。狀如梨形或心形。

9【手相】ㄕㄡˇ ㄒㄧㄤˋ
指手的形狀、紋路、血色、軟硬等狀況。命相家常據以判斷一個人的個性及命運。

10【手氣】ㄕㄡˇ ㄑㄧˋ
賭博時的運氣。

【手紋】ㄕㄡˇ ㄨㄣˊ
手掌皮膚的紋理。

11【手淫】ㄕㄡˇ ㄧㄣˊ
(masturbation)指經由性交以外途徑撫弄性器官，以達到性高潮。所謂性交以外途徑，包括手或身體其他器官之接觸，或使用器械，或單純的性幻想。

【手球】ㄕㄡˇ ㄑㄧㄡˊ
綜合籃球、足球、橄欖球精華的一種球類運動。以手代足，利用傳球、接球、運球、擲球等動作，將球擲入對方球門得分，以決定勝負。分十一人制與七人制兩種，列入‘奧運’競賽的是七人制手球。

12【手腕】ㄕㄡˇ ㄨㄢˋ
①小臂下端和手掌相連的部分。②手段；辦事能力。

13【手勢】ㄕㄡˇ ㄕˋ
①用手作出各種的姿勢，以表達意思。②彈琴所用的指法。

【手搏】ㄕㄡˇ ㄅㄛˊ
空手搏鬥。

【手跡】ㄕㄡˇ ㄐㄧ
親手所寫的筆跡。

【手腳】ㄕㄡˇ ㄐㄧㄠˇ
①動作。如：手腳俐落。②不正當的手法或計謀。

14【手語】ㄕㄡˇ ㄩˇ
使用手勢的示意方法。

【手緊】ㄕㄡˇ ㄐㄧㄣˇ
謂人吝於財物。與手鬆相對。

【手槍】ㄕㄡˇ ㄑㄧㄤ
一種單手握持、操作的短管武器。

【手銬】ㄕㄡˇ ㄎㄠˋ
套在犯人手上的刑具。

15【手談】ㄕㄡˇ ㄊㄢˊ
指下圍棋。俗稱打牌。

16【手澤】ㄕㄡˇ ㄗㄜˊ
手汗。引申指前人或祖先撫摸過或使用過的東西。即所遺留下來的器物或文字。

【手頭】ㄕㄡˇ ㄊㄡˊ
①手邊。②手中所有。指經濟狀況。

19【手藝】ㄕㄡˇ ㄧˋ
用手製作物品的技能。

20【手癢】ㄕㄡˇ ㄧㄤˇ
指對自已所專精或喜愛的技藝，因觀摩他人而忍不住躍躍欲試。

21【手續】ㄕㄡˇ ㄒㄩˋ
辦事的程序和方法。

3【手工業】ㄕㄡˇ ㄍㄨㄥ ㄧㄝˋ
以手工爲主，利用簡單工具從事生產的工業。

【手巾蛇】ㄕㄡˇ ㄐㄧㄣ ㄕㄜˊ
(Taiwan umbrella snake; 100-segmented snake; *Bungarus multicinctus*)屬爬蟲綱、有鱗目(order Squamata)、蛇亞目(suborder Ophidia)、蝙蝠蛇科(family Elapidae)。亦名雨傘蛇、雨傘節、百節蛇。頭部不若一般毒蛇扁闊，體白色而有黑色闊橫斑，但黑斑不向腹面連續，故腹面爲白色無斑紋。毒牙爲溝牙，毒性甚強，爲神經毒，被噬後數小時即可致命。爲‘臺灣’所產毒蛇之一。

手巾蛇圖

7【手把子】ㄕㄡˇ ㄅㄚˇ ˙ㄗ
指用錢的奢或儉。

9【手風琴】ㄕㄡˇ ㄈㄥ ㄑㄧㄣˊ
(accordion)一輕便鍵盤樂器。裝置略同風琴，而形體較小。可掛於身上，雙手執持，拉動風鞴，並以手指按鍵發音。

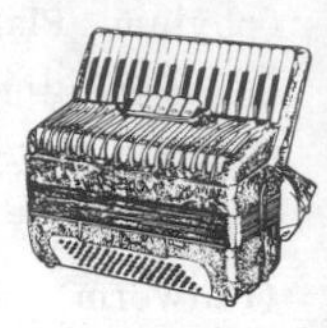

手風琴圖

14【手榴彈】ㄕㄡˇ ㄌㄧㄡˊ ㄉㄢˋ
一種投擲性的爆炸彈或化學彈。以其炸裂之碎片或化學品傷人。可用手或以擲彈器架在步槍、卡賓槍上發射。

4【手不釋卷】ㄕㄡˇ ㄅㄨˋ ㄕˋ ㄐㄩㄢˋ
形容人好學勤讀。

6【手忙腳亂】ㄕㄡˇ ㄇㄤˊ ㄐㄧㄠˇ ㄌㄨㄢˋ
形容慌張沒有條理。

7【手足重繭】ㄕㄡˇ ㄗㄨˊ ㄔㄨㄥˊ ㄐㄧㄢˇ
手掌與腳趾都結了厚皮。形容工作辛苦。

【手足胼胝】ㄕㄡˇ ㄗㄨˊ ㄆㄧㄢˊ ㄓ
手腳因操勞過度而生厚繭。形容非常勞苦。

【手足無措】ㄕㄡˇ ㄗㄨˊ ㄨˊ ㄘㄨㄛˋ
手腳無處安置。形容沒有主意，不知如何是好。

【手肘生胝】ㄕㄡˇ ㄓㄡˇ ㄕㄥ ㄓ
伏案讀書以致肘部生繭。形容努力不懈。

8【手帕姊妹】ㄕㄡˇ ㄆㄚˋ ㄐㄧㄝˇ ㄇㄟˋ
指妓女間結爲姊妹。

12【手揮目送】ㄕㄡˇ ㄏㄨㄟ ㄇㄨˋ ㄙㄨㄥˋ
手揮琴絃，目送飛雁。形容行爲灑脫，意趣自得。後人因其有手眼並用之意，故用以比喻做事兩面兼顧或語帶雙關。

【手無寸鐵】ㄕㄡˇ ㄨˊ ㄘㄨㄣˋ ㄊㄧㄝˇ
徒手；手上沒有任何武器。

14【手舞足蹈】ㄕㄡˇ ㄨˇ ㄗㄨˊ ㄉㄠˇ
形容歡喜忘形的樣子。

21【手續費收入】 ㄕㄡˇ ㄒㄩˋ ㄈㄟˋ ㄕㄡ ㄖㄨˋ
(commission received)銀行辦理各項非資金性業務(例如承兌、保證、代理收付、代放款、押匯、簽發信用狀、保管等業務)所發生的各項手續費性質的收入。

9【手段-目的分析】 ㄕㄡˇ ㄉㄨㄢˋ ㄇㄨˋ ㄉㄧˋ ㄈㄣ ㄒㄧ
(means-end analysis)解決問題時,個體針對其考慮中之行動能否達成目的而進行的分析與判斷。

12【手無縛雞之力】 ㄕㄡˇ ㄨˊ ㄈㄨˊ ㄐㄧ ㄓ ㄌㄧˋ
形容柔弱無力。

才

ㄘㄞˊ *ts'ai*² 音財
①僅;只。如:出生才一個月。②剛剛;方纔。如:剛才。③材質;資質。通材。如:才質。④能力。通材。如:才幹。⑤有才能的人。如:唯才是用。⑥裁度。⑦姓。'明'有'才寬'。見"萬姓統譜·一七"。

3【才子】 ㄘㄞˊ ㄗˇ
指才德兼備或才華洋溢的男子。

【才女】 ㄘㄞˊ ㄋㄩˇ
指才德兼備或才華洋溢的女子。

4【才分】 ㄘㄞˊ ㄈㄣˋ
天分;天資。

8【才具】 ㄘㄞˊ ㄐㄩˋ
才能。

9【才俊】 ㄘㄞˊ ㄐㄩㄣˋ
才能卓越出眾的人。

10【才能】 ㄘㄞˊ ㄋㄥˊ
①才智和能力。②才能夠。

【才氣】 ㄘㄞˊ ㄑㄧˋ
才能;能力。

11【才情】 ㄘㄞˊ ㄑㄧㄥˊ
才華;才思。

【才略】 ㄘㄞˊ ㄌㄩㄝˋ
才能和謀略。

12【才華】 ㄘㄞˊ ㄏㄨㄚˊ
表現於外的才能。

【才媛】 ㄘㄞˊ ㄩㄢˋ
才女。

【才智】 ㄘㄞˊ ㄓˋ
才能和智慧。

13【才幹】 ㄘㄞˊ ㄍㄢˋ
才能。

15【才調】 ㄘㄞˊ ㄉㄧㄠˋ
才情;才氣。

16【才器】 ㄘㄞˊ ㄑㄧˋ
才能器度。

【才學】 ㄘㄞˊ ㄒㄩㄝˊ
才能和學識。

21【才辯】 ㄘㄞˊ ㄅㄧㄢˋ
才能出眾而又善於論辯。

16【才積噸】 ㄘㄞˊ ㄐㄧ ㄉㄨㄣˋ
(measurement ton)又稱體積噸或尺碼噸。是以貨物的體積作爲計算運費的單位。凡是輕量貨物,例如紡織品、電子產品,多按體積噸計收運費。船公司公布的運費表中註明M者,即表示將按體積噸計算運費之意。以前多以40立方呎爲1體積噸,現在各國改採公制,而以1立方公尺爲1體積噸。

3【才子佳人】 ㄘㄞˊ ㄗˇ ㄐㄧㄚ ㄖㄣˊ
才華出眾的男子和姿容美好的女子。

10【才高八斗】 ㄘㄞˊ ㄍㄠ ㄅㄚ ㄉㄡˇ
形容才學高深廣博,超絕眾人。'南朝''宋''謝靈運'曾讚美'曹植',以爲天下文人之才共一石,而'植'獨占八斗。見"南史·謝靈運傳"。

11【才疏意廣】 ㄘㄞˊ ㄕㄨ ㄧˋ ㄍㄨㄤˇ
才能不足,志向卻很大。多指不自量力。

【才疏學淺】 ㄘㄞˊ ㄕㄨ ㄒㄩㄝˊ ㄑㄧㄢˇ
才能疏略,學識淺薄。常用爲自謙之詞。

14【才貌雙全】 ㄘㄞˊ ㄇㄠˋ ㄕㄨㄤ ㄑㄩㄢˊ
才華和美貌兼有。

扌

手的或體。用於字的左偏旁。

1

扎

㊀ ㄓㄚ *cha*¹ 音渣
①刺。如:扎一針。②鑽進;投入。③寬廣。④張開;伸開。
㊁ ㄓㄚˊ *cha*² 音札
①拔。見"集韻"。②手寫。③書信。同札。如:信扎。④勉強支持,奮力抵抗。如:掙扎。⑤束縛;捆紮。通紮。如:扎縛。⑥建立;駐紮。如:扎寨。
㊂ ㄓㄚˇ *cha*³ 音眨
停止。如:扎住。

4【扎手】 ㄓㄚ ㄕㄡˇ
①棘手。多指不容易處理的事或難以應付的人。②使手受冷而有刺痛的感覺。③張開手。

14【扎實】 ㄓㄚ ㄕˊ
穩固堅實。

2

打

㊀ ㄉㄚˇ *ta*³
①拍擊;敲擊。如:打球。②攻擊;毆鬥。如:打架。③某些動作或作爲的代稱。如:打哈欠。④從,由。如:打心底佩服。
㊁ ㄉㄚˊ *ta*² 音達
(dozen)物品以十二件爲一組的單位。通常稱一打即指十二個。

2【打七】 ㄉㄚˇ ㄑㄧ
①指修行佛道者,以七天時間參禪或念佛,求在限定的短時間內得到參悟。②信佛的人在'地藏王'誕生日,請僧尼唸經七天。

5【打本】 ㄉㄚˇ ㄅㄣˇ
即拓本。參拓本。

【打包】 ㄉㄚˇ ㄅㄠ
①包捆行李、貨物。②行腳僧人所背的包裹。泛指長途旅行。

【打仗】 ㄉㄚˇ ㄓㄤˋ
作戰。

6【打尖】 ㄉㄚˇ ㄐㄧㄢ
旅客在途中休息或飲食。

7【打更】 ㄉㄚˇ ㄐㄧㄥ
舊時值夜巡守的人,每隔一段時間,一面打鑼、敲梆子,一面報時。

【打劫】 ㄉㄚˇ ㄐㄧㄝˊ

①搶奪財物。②圍棋欲提敵子叫打;敵欲他處投子以應,使不能提叫劫。又作打結。

【打坐】 ㄉㄚˇ ㄗㄨㄛˋ
原指僧道盤腿閉目而坐,使心入定。後閉目聚神而坐,也隨稱打坐。

【打住】 ㄉㄚˇ ㄓㄨˋ
停止;停住。

【打岔】 ㄉㄚˇ ㄔㄚˋ
①別人正在交談或工作時,中途插入,打斷了原有的話題或使別人工作暫停。②將話題引開,使與本題無關。

8【打底】 ㄉㄚˇ ㄉㄧˇ
①打好基礎。②飲酒前先吃些食物。

【打呼】 ㄉㄚˇ ㄏㄨ
睡覺時發出鼾聲。

【打併】 ㄉㄚˇ ㄅㄧㄥˋ
收拾;準備。

9【打盹】 ㄉㄚˇ ㄉㄨㄣˇ
打瞌睡;閉目小睡。

【打胎】 ㄉㄚˇ ㄊㄞ
墮胎。

10【打酒】 ㄉㄚˇ ㄐㄧㄡˇ
買酒;取酒。

【打烊】 ㄉㄚˇ ㄧㄤˊ
商店夜晚收市,停止營業。

【打氣】 ㄉㄚˇ ㄑㄧˋ
①將空氣注入皮球、輪胎等。②鼓勵他人努力求進。

11【打探】 ㄉㄚˇ ㄊㄢˋ
暗中訪求消息。

12【打發】 ㄉㄚˇ ㄈㄚ
①派遣。②應付。

【打量】 ㄉㄚˇ ㄌㄧㄤˋ
①觀察;仔細看。②估計;預料。

13【打嗝】 ㄉㄚˇ ㄍㄜˊ
人因噎氣或吃得太飽,食道裡的空氣逆衝上來,通過咽喉而發出聲響的現象。

14【打歌】 ㄉㄚˇ ㄍㄜ
歌星爲了使歌曲流行而藉傳播媒體反覆地演唱或播送。

【打緊】 ㄉㄚˇ ㄐㄧㄣˇ
要緊。

【打算】 ㄉㄚˇ ㄙㄨㄢˋ
①計畫;預備。②計算。

15【打趣】 ㄉㄚˇ ㄑㄩˋ
取笑。

【打樣】 ㄉㄚˇ ㄧㄤˋ
①建築或製造器具時先繪圖樣的工作。②在正式印刷以前,將照相或製版成果製成樣張,以供校對及改正之用。③同打烊。

【打撈】 ㄉㄚˇ ㄌㄠ
從水中撈取東西。

【打賭】 ㄉㄚˇ ㄉㄨˇ
兩人因看法不同而互賭輸贏。

【打噎】 ㄉㄚˇ ㄧㄝ
咽喉受梗塞而氣逆。

17【打點】 ㄉㄚˇ ㄉㄧㄢˇ
①安排;收拾。②賄賂;託人關照。

【打鼾】 ㄉㄚˇ ㄏㄢ
睡覺時,喉頭之呼吸道被鬆弛狀態的會厭部分阻塞,呼吸時氣體經過喉頭震動會厭所造成的聲音。

19【打醮】 ㄉㄚˇ ㄐㄧㄠˋ
道教設壇作法事,爲人祈福消災。

23【打攪】 ㄉㄚˇ ㄐㄧㄠˇ
①擾亂。同打擾。②客人接受款待,告別時向主人所說的客套話。③有事需他人勞神時所說的客套話。

4【打天下】 ㄉㄚˇ ㄊㄧㄢ ·ㄒㄧㄚ
①指奪取政權。②比喻開創事業。

【打牙祭】 ㄉㄚˇ ㄧㄚˊ ㄐㄧˋ
俗稱偶而享用一餐豐盛的菜肴。

5【打主意】 ㄉㄚˇ ㄓㄨˇ ㄧˋ
①設法行事。②決定心意。

【打卡機】 ㄉㄚˇ ㄎㄚˇ ㄐㄧ
(card punch)可在卡片上打孔以表示資料訊息的裝置。

6【打交道】 ㄉㄚˇ ㄐㄧㄠ ㄉㄠˋ
交際往來。

【打地鋪】 ㄉㄚˇ ㄉㄧˋ ㄆㄨˋ
把鋪蓋鋪在地上睡覺。

8【打官司】 ㄉㄚˇ ㄍㄨㄢ ·ㄙ
訴訟。

【打官腔】 ㄉㄚˇ ㄍㄨㄢ ㄑㄧㄤ
用冠冕堂皇的話訓人或應付人。

【打油詩】 ㄉㄚˇ ㄧㄡˊ ㄕ
俚俗諧謔而不一定合於格律的詩。

【打招呼】 ㄉㄚˇ ㄓㄠ ·ㄏㄨ
①向相識的人寒暄致意。②指處理事務前,預先請託有關的人給予協助。

【打抽豐】 ㄉㄚˇ ㄔㄡ ㄈㄥ
也作打秋風。①窮困的人向親友或略有關係的人乞取財物。②藉故濫發請帖,收禮斂財。

9【打哆嗦】 ㄉㄚˇ ㄉㄨㄛ ·ㄙㄨㄛ
身體因寒冷或恐懼而顫抖。

【打哈哈】 ㄉㄚˇ ㄏㄚ ·ㄏㄚ
①開玩笑。②嘻笑;大笑。③敷衍。

【打秋風】 ㄉㄚˇ ㄑㄧㄡ ㄈㄥ
參打抽豐。

11【打通關】 ㄉㄚˇ ㄊㄨㄥ ㄍㄨㄢ
宴會時,一個人依次與同席所有的人猜拳飲酒,或向他們敬酒乾杯。

【打眼色】 ㄉㄚˇ ㄧㄢˇ ㄙㄜˋ
以眼神傳達意思。

12【打游擊】 ㄉㄚˇ ㄧㄡˊ ㄐㄧˊ
①從事游擊戰。②指飲食、住宿或工作沒有固定的處所。

【打補釘】 ㄉㄚˇ ㄅㄨˇ ㄉㄧㄥ
舊指修補鞋底。今指補綴衣服。

【打悶棍】 ㄉㄚˇ ㄇㄣˋ ㄍㄨㄣˋ
①用棍子擊倒人以劫取財物。②暗中設計陷害他人。

13【打圓場】 ㄉㄚˇ ㄩㄢˊ ㄔㄤˇ
調解;撮合。

【打飽咯】 ㄉㄚˇ ㄅㄠˇ ㄍㄜˊ
吃得太飽,胃氣上衝而發出聲音。

14【打算盤】 ㄉㄚˇ ㄙㄨㄢˋ ·ㄆㄢ
比喻精打細算、斤斤計較。

16【打擂臺】 ㄉㄚˇ ㄌㄟˋ ㄊㄞˊ
①設臺比試武藝,優勝者得獲賞金或禮品。②泛指較量技藝。

17【打擊率】 ㄉㄚˇ ㄐㄧˊ ㄌㄩˋ
棒、壘球打擊球員的安打數除以

其打擊次數,即為該球員的打擊率。

18【打擺子】 ㄉㄚˇ ㄅㄞˇ ˙ㄗ
俗稱瘧疾病發作。忽冷忽熱,故稱。

19【打邊鼓】 ㄉㄚˇ ㄅㄧㄢ ㄍㄨˇ
從旁應和鼓動,助長人意。又作敲邊鼓。

2【打入冷宮】 ㄉㄚˇ ㄖㄨˋ ㄌㄥˇ ㄍㄨㄥ
舊時皇后嬪妃失寵,被發落到皇帝不常到的宮室幽居獨處。比喻將原來喜愛的人或事冷落在一邊。

4【打水漂兒】 ㄉㄚˇ ㄕㄨㄟˇ ㄆㄧㄠㄦ
①投擲石片,使在水面跳掠而過,引起一連串水花的遊戲。②比喻虛擲。

6【打成一片】 ㄉㄚˇ ㄔㄥˊ ㄧ ㄆㄧㄢˋ
①把不同的事物融合為一體,不分彼此。②形容感情融洽沒有隔閡。

8【打抱不平】 ㄉㄚˇ ㄅㄠˋ ㄅㄨˋ ㄆㄧㄥˊ
看到被壓迫、欺侮等不平之事,自動出來幫助弱者。

【打狗欺主】 ㄉㄚˇ ㄍㄡˇ ㄑㄧ ㄓㄨˇ
比喻羞辱他人的屬下,就等於羞辱主人。

9【打拱作揖】 ㄉㄚˇ ㄍㄨㄥˇ ㄗㄨㄛˋ ㄧ
拱手行禮。

10【打家劫舍】 ㄉㄚˇ ㄐㄧㄚ ㄐㄧㄝˊ ㄕㄜˋ
侵入民家搶奪財物。

【打馬虎眼】 ㄉㄚˇ ㄇㄚˇ ˙ㄏㄨ ㄧㄢˇ
故意裝作糊塗的樣子,企圖蒙騙別人,以達賴帳或取利的目的。

【打退堂鼓】 ㄉㄚˇ ㄊㄨㄟˋ ㄊㄤˊ ㄍㄨˇ
古時縣官退堂,擊鼓為號。俗因以比喻中途退縮。

【打草驚蛇】 ㄉㄚˇ ㄘㄠˇ ㄐㄧㄥ ㄕㄜˊ
①事情相關連,甲已受懲戒,使乙也感到恐慌。②比喻輕舉妄動,使敵人有所戒備。

【打躬作揖】 ㄉㄚˇ ㄍㄨㄥ ㄗㄨㄛˋ ㄧ
鞠躬長揖。形容恭敬的樣子。

【打個照面】 ㄉㄚˇ ˙ㄍㄜ ㄓㄠˋ ㄇㄧㄢˋ
①二人迎面相見。②二人作短暫的會見。

11【打情罵俏】 ㄉㄚˇ ㄑㄧㄥˊ ㄇㄚˋ ㄑㄧㄠˋ
男女假意打罵以調情。

【打通關節】 ㄉㄚˇ ㄊㄨㄥ ㄍㄨㄢ ㄐㄧㄝˊ
透過請託以化除阻力。

13【打落水狗】 ㄉㄚˇ ㄌㄨㄛˋ ㄕㄨㄟˇ ㄍㄡˇ
比喻乘機打擊失勢的人。

16【打諢說笑】 ㄉㄚˇ ㄏㄨㄣˋ ㄕㄨㄛ ㄒㄧㄠˋ
用詼諧的話互相戲謔。也作打閧說笑。

21【打鐵趁熱】 ㄉㄚˇ ㄊㄧㄝˇ ㄔㄣˋ ㄖㄜˋ
比喻趁著好時機加緊進行。

16【打鴨子上架】 ㄉㄚˇ ㄧㄚ ˙ㄗ ㄕㄤˋ ㄐㄧㄚˋ
比喻強迫人做非其意願的工作。

13【打腫臉充胖子】 ㄉㄚˇ ㄓㄨㄥˇ ㄌㄧㄢˇ ㄔㄨㄥ ㄆㄤˋ ˙ㄗ
比喻愛慕虛榮,不惜吃虧以勉強撐場面。

10【打破砂鍋問到底】 ㄉㄚˇ ㄆㄛˋ ㄕㄚ ㄍㄨㄛ ㄨㄣˋ ㄉㄠˋ ㄉㄧˇ
窮究不已,詢問徹底。問,通璺,指器物上的裂痕。

12【打開天窗說亮話】 ㄉㄚˇ ㄎㄞ ㄊㄧㄢ ㄔㄨㄤ ㄕㄨㄛ ㄌㄧㄤˋ ㄏㄨㄚˋ
直接了當說真話。

13【打落牙齒和血吞】 ㄉㄚˇ ㄌㄨㄛˋ ㄧㄚˊ ㄔˇ ㄏㄨㄛˋ ㄒㄧㄝˇ ㄊㄨㄣ
比喻遭受欺侮而能堅忍。

扐 ㄌㄜˋ *lê*^{4} 音勒
①古代卜筮者利用蓍草占吉凶,有剩餘的蓍草則夾在指間,稱為扐。見"說文"。②指數目之餘。即餘數。見"玉篇"。③勒索脅迫。通勒。

扑 ㄆㄨ *p'u*^{1} 音撲
①杖;鞭子。笞罰的用具。見"正字通"。②擊打。如:扑擊。

扔 ㊀ ㄖㄥ *jêng*^{1} 又讀 ㄖㄥˇ *jêng*^{3}
①拋棄。如:扔掉。②投擲。如:扔球。
㊁ ㄖㄥˊ *jêng*^{2} 音仍
拉;牽引。見"廣雅·釋詁"。
㊂ ㄖㄥˋ *jêng*^{4}
①同㊀。②摧毀。見"字彙補"。

扒 ㊀ ㄅㄚ *pa*^{1} 音八
①攀援。如:用手扒住。②剝開;用強力脫除。如:扒皮。
㊁ ㄆㄚˊ *p'a*^{2} 音爬
①撥動。如:扒柴。②爬行。如:扒沙。③用手或爪子挖掘。如:扒土。④偷竊。如:扒手。

4【扒手】 ㄆㄚˊ ㄕㄡˇ
摸取他人身上財物的小偷。

6【扒灰】 ㄆㄚˊ ㄏㄨㄟ
公公姦汙兒媳的隱語。扒行灰上則汙膝,而汙膝與汙媳諧音。

3

扞 ㄏㄢˋ *han*^{4} 音翰
也作捍。①衛護;抵禦。見"廣韻"。②觸犯。如:觸扞法網。③堅固。如:扞格不通。④勇猛。通悍。如:扞將。

8【扞拒】 ㄏㄢˋ ㄐㄩˋ
抗拒;抵禦。

10【扞格】 ㄏㄢˋ ㄍㄜˊ
牴觸;不相適合。

15【扞蔽】 ㄏㄢˋ ㄅㄧˋ
屏障;屏藩。

扜 ㄩ *yü*^{1} 音迂
①指揮。見"說文"。②持;拿。見"玉篇"。③張開。如:扜弓。

扛 ㊀ ㄍㄤ *kang*^{1} 音岡
①兩手高舉物體。如:扛鼎。②多人共同抬舉物體。
㊁ ㄎㄤˊ *k'ang*^{2}

①用肩膀荷負物體。如:扛槍。②用言語頂撞。

13【扛鼎】 ㄍㄤˊ ㄉㄧㄥˇ

把鼎扛舉起來。形容力氣極大。

扤 ㄨˋ wu^{4} 音兀

①搖動。見"說文"。②不安。見"方言·九"。

扡 ㊀ ㄉㄨㄛˋ to^{4}, tuo^{4} 音舵

隨著物體的紋理加以剖析。見"集韻"。

㊁ ㄊㄨㄛ t'o^{1}, t'uo^{1} 音佗

拖曳。同拕、拖。見"集韻"。

㊂ ㄧˇ i^{3} 音迤

①加。見"廣韻"。②離。見"廣韻"。

扠 ㊀ ㄔㄚ ch'a^{1} 音叉

①交叉。如:扠手。②用叉刺取。通叉。如:扠魚。③捕取魚鱉的用具。通杈。如:魚扠。④打;交手;較量。見"集韻"。

㊁ ㄓㄚˇ cha^{3}

①長度名。表拇指和食指張開的長度。②伸張拇指與食指來度量物體的長度。

扣 ㄎㄡˋ k'ou^{4} 音寇

①強行留下。如:扣留。②減去;除去。如:扣除。③連結。如:扣上門。④結子。如:打一個死扣兒。⑤碰撞;敲擊。如:扣門。⑥密合。如:扣緊題旨。⑦詢問。如:扣問。

8【扣押】 ㄎㄡˋ ㄧㄚ

通常用於"刑事訴訟法",有別於"民事訴訟法"保全程序之假扣押。依"刑事訴訟法"第一百三十三條之規定:「可爲證據或得沒收之物得扣押之。對於應扣押物之所有人、持有人或保管人,得命其提出或交付。」又依"刑事訴訟法"第一百三十六條規定:「扣押,除由檢察官或推事親自實施外,得命司法警察或司法警察官執行。命司法警察或司法警察官執行扣押者,應於交與之搜索票內,記載其事由。」

19【扣關】 ㄎㄡˋ ㄍㄨㄢ

①敲叩關門,表示求見。②攻擊城門。也作叩關。③泛指敲門。

20【扣籃】 ㄎㄡˋ ㄌㄢˊ

又稱灌籃。指籃球賽中,在籃下躍起,將球自上而下投入籃網中。

10【扣除額】 ㄎㄡˋ ㄔㄨˊ ㄜˊ

(deductions)可分爲列舉扣除額及標準扣除額。列舉扣除額指納稅義務人之稅捐、捐贈、保險費、醫藥及生育費、災害損失、財產交易損失合於一定條件者,得逐一列舉自總所得額中扣除;標準扣除額指不採用列舉扣除額者,得自總所得中減除一定百分比免納所得稅。

2【扣人心弦】 ㄎㄡˋ ㄖㄣˊ ㄒㄧㄣ ㄒㄧㄢˊ

形容音樂或詩文生動感人。

14【扣槃捫燭】 ㄎㄡˋ ㄆㄢˊ ㄇㄣˊ ㄓㄨˊ

盲人敲盤摸燭,誤以爲是太陽。比喻不經體驗,不能獲得眞知。

扢 ㊀ ㄍㄨˇ ku^{3} 音古

摩;擦拭。見"廣韻"。

㊁ ㄒㄧˋ hsi^{4} 音細

①奮力起舞的樣子。見"集韻"。②喜悅的樣子。見"集韻"。

扦 ㄑㄧㄢ ch'ien^{1} 音千

①插。如:扦花。②用以通物或挑、剔東西的細棒。如:鐵扦。

12【扦插】 ㄑㄧㄢ ㄔㄚ

植物繁殖法之一。又稱插木。即將植物的營養器官,如枝、根、葉等的一部分,從母株剪下,插於土中,使之生根成爲新的獨立個體。

扚 ㊀ ㄉㄧㄠˇ tiao^{3} 音屌

疾擊。見"說文"。

㊁ ㄩㄝ yüeh^{1} 音約

手指的節文。見"集韻"。

托 ㄊㄨㄛ t'o^{1}, t'uo^{1} 音拖

①用手承受著物體。如:托腮。②承受物體的器具。如:茶托。③推。如:用力往上一托。④襯托。如:烘雲托月。⑤藉故。如:推托。⑥寄托。如:托身。⑦交付;請求別人代替做事。如:托付。⑧倚仗。如:托福。

3【托大】 ㄊㄨㄛ ㄉㄚˋ

①抬高自己的身分。②疏忽大意。

8【托孤】 ㄊㄨㄛ ㄍㄨ

臨終時,將子女托付給他人。

11【托球】 ㄊㄨㄛ ㄑㄧㄡˊ

排球比賽主要動作之一。亦稱舉球。即向上傳球,使本隊攻擊手達到扣球得分目的的動作。通常以雙臂上舉,以手指觸球的動作爲標準。

【托缽】 ㄊㄨㄛ ㄅㄛ

僧尼乞求食物。缽,比丘的食器。今僧家沿門化緣,或爲救濟貧困而向施主化淨財,也可稱托缽。

13【托運】 ㄊㄨㄛ ㄩㄣˋ

委託運送貨物。

【托福】 ㄊㄨㄛ ㄈㄨˊ

(Test of English as a Foreign Language; TOEFL)'美國教育測驗服務社'爲'美國'各大學或研究所評鑑外國學生'英'文能力的一種測驗。包括聽力與文字測驗兩種。

14【托夢】 ㄊㄨㄛ ㄇㄥˋ

神鬼現身夢中,指示人禍福吉凶或報恩復仇。

16【托賴】 ㄊㄨㄛ ㄌㄞˋ

依託仰賴。

11【托勒密】 ㄊㄨㄛ ㄌㄜˋ ㄇㄧˋ

①(Ptolemaic dynasty)'埃及'朝代名。起於西元前323年'托勒密一世'(Ptolemy I Soter)即位,迄至前30年'克麗奧佩屈拉'之子'托勒密十五'(Ptolemy XV Caesar)被弒,共15代,293年。除統治'埃及'外,尙曾統轄'賽普勒斯'、'巴勒斯坦'、'腓尼基'、'昔蘭尼加'(Cyrenaica)和'敘利亞'的部分土地。②(Ptolemy of Alexandria, 100?~170)'埃及'著名數學家、天文學家兼地理學家。著有"天論"(*Almagest*),倡天動說,認爲地球居宇宙中央,恆靜不動,而日月星辰繞行。此外,又有

“地論”(*Geography*)和“光學”(*Optics*)等書。

14【托辣斯】 ㄊㄨㄛ ㄌㄚˋ ㄙ

(trust)聯合經營的一種方式。又名信託。西元1880年起源於‘美國’。是由同業或相關企業，以獨占市場增加利潤爲目的，將股權委託同一公司代爲經營。參加托辣斯的企業，需簽定股權信託契約，將其所有股票轉讓於托辣斯公司，而由該公司另行發行新股票，稱爲「信託股票」，以爲交換，而取得集中經營的大權。參加托辣斯的企業，在經營方面受到控制，喪失其獨立自主的權利。

4【托巴主義】 ㄊㄨㄛ ㄅㄚ ㄓㄨˇ ㄧˋ

(Tobar Doctrine)西元1907年‘厄瓜多’外長‘托巴’爲鼓勵推行民主憲政，主張各國不應承認經由革命而成立的政府，除非該政府經由選舉而獲得人民的支持。1907、1923年，‘中美洲’五國曾兩度訂約揭櫫該項原則。

7【托里拆利】 ㄊㄨㄛ ㄌㄧˇ ㄔㄞ ㄌㄧˋ

(Evangelista Torricelli, 1608～1647)‘義大利’物理學家及數學家。西元1641年繼‘伽利略’(Galileo Galilei)爲‘佛羅倫斯學院’(Florentine Academy)數學教授。最大的成就爲研究大氣壓力，指出吸取唧筒所吸出的水絕不高於33呎以上。另外也發明氣壓計，改良顯微鏡，制定數種物理學及數學上的定理。

托里拆利像

13【托塔天王】 ㄊㄨㄛ ㄊㄚˇ ㄊㄧㄢ ㄨㄤˊ

佛教四天王之一。即北方‘多聞天王’。梵名‘毗沙門’，爲護法天神，兼掌施福之神。佛令捧托古佛舍利塔，所以俗稱‘托塔天王’。

14【托爾斯泰】 ㄊㄨㄛ ㄦˇ ㄙ ㄊㄞˋ

(Leo Tolstoy, 1828～1910)‘俄國’小說家、思想家。出身貴族。一生提倡人道主義，反對政府與權威，致力於農民生活的改善。於改奉基督教後，積極傳布他的道德與社會思想，強調藝術的宗教、倫理與社會的功能。曾創作不少優秀的小說，以“戰爭與和平”(*War and Peace*)、“安娜卡列尼娜”(*Anna Karenina*)二部巨構最爲重要，筆調淳樸，長於人物性格與風俗的描繪。晚年力作“復活”(*Resurrection*)，表現出強烈的宗教情操。

托爾斯泰像

12【托斯卡尼尼】 ㄊㄨㄛ ㄙ ㄎㄚˇ ㄋㄧˊ ㄋㄧˊ

(Arturo Toscanini, 1867～1957)‘義大利’音樂家、指揮家。出生於‘義大利’的‘巴爾馬’，有驚人的記憶力。長期在‘歐洲’各地演出。西元1928年僑居‘美國’。其指揮強調忠於原作，手法簡練，層次嚴密，是一位具有完美表現力的指揮家。1957年腦溢血死於‘紐約’近郊。

托斯卡尼尼像

执

執的俗體。

4

抖

ㄉㄡˇ *tou*^{3} 音斗

[1]顫動。如：發抖。[2]振奮。如：抖擻。[3]振動。如：抖去泥土。[4]俗稱得志。

18【抖擻】 ㄉㄡˇ ㄙㄡˇ

[1]抖動；振動。[2]振奮。

抃

ㄅㄧㄢˋ *pien*^{4} 音卞

[1]鼓掌；兩手相拍。見“集韻”。[2]徒手搏鬥。如：抃牛。

12【抃掌】 ㄅㄧㄢˋ ㄓㄤˇ

鼓掌。

14【抃踊】 ㄅㄧㄢˋ ㄩㄥˇ

鼓掌跳躍。形容極高興。

㧍

㈠ ㄈㄤˇ *fang*^{3} 音仿

拂拭。

㈡ ㄆㄥˊ *p'êng*^{2} 音朋

笞打。同搒。見“集韻”。

抗

ㄎㄤˋ *k'ang*^{4} 音亢

[1]捍衛；抵禦。見“說文”。[2]違反；不接受。如：抗命。[3]舉起。見“廣雅·釋詁”。[4]嚴正剛直的樣子。如：抗顏。[5]相對敵；平等相待。如：分庭抗禮。[6]高。如：抗言。[7]姓。‘漢’有‘抗徐’。見“萬姓統譜·一〇六”。

7【抗言】 ㄎㄤˋ ㄧㄢˊ

高聲談論。

【抗志】 ㄎㄤˋ ㄓˋ

志向高尚，堅定不動搖。

【抗告】 ㄎㄤˋ ㄍㄠˋ

當事人不服法院的裁定，而向其直接上級法院聲明不服，請求廢棄或變更該裁定之行爲。

8【抗直】 ㄎㄤˋ ㄓˊ

剛正率直。同伉直、亢直。

【抗拒】 ㄎㄤˋ ㄐㄩˋ

[1]抵抗拒絕；排斥不接受。[2](resistance)進行精神分析治療時，患者經常採取各種策略以避免討論令其不快之題材的過程。

10【抗原】 ㄎㄤˋ ㄩㄢˊ

(antigen)可以激起生物產生細胞性或血液性免疫反應的物質。通常爲體外異物。

12【抗稅】 ㄎㄤˋ ㄕㄨㄟˋ

拒絕繳納賦稅。

13【抗節】 ㄎㄤˋ ㄐㄧㄝˊ

堅守節操，不受脅迫。

15【抗暴】 ㄎㄤˋ ㄅㄠˋ

反抗暴力。

16【抗戰】 ㄎㄤˋ ㄓㄢˋ

[1]爲維護國家獨立、民族生存，對外來侵略者的抵抗戰爭。[2]指‘民

國'二十六年至三十四年抵抗'日本'侵略的八年抗戰。

【抗衡】 ㄎㄤˋ ㄏㄥˊ
相互對抗，不相上下。

17【抗禮】 ㄎㄤˋ ㄌㄧˇ
行平等的禮節。比喻地位平等。

18【抗顏】 ㄎㄤˋ ㄧㄢˊ
臉色嚴正不屈服。

20【抗議】 ㄎㄤˋ ㄧˋ
對某事提出駁斥或反對的意見。

23【抗體】 ㄎㄤˋ ㄊㄧˇ
(antibody)指有機體因微生物及其毒素、異蛋白等抗原物質的侵入，造成刺激所產生的特異性球蛋白。免疫系產生的抗體，在血清或細胞中能與相應的抗原結合，使之喪失毒性，得以保護機體，行其正常功能。醫學上，疾病預防與治療所採用的自動免疫和被動免疫法，就是抗原抗體原理的應用。

5【抗生素】 ㄎㄤˋ ㄕㄥ ㄙㄨˋ
(antibiotics)由微生物或黴菌類所產生或人工合成的一種化學物質。其稀釋液具有抑制細菌、微生物生長或消滅此等生物的作用，因此抗生素可用以醫治細菌等微生物性的傳染病。已發現的抗生素種類不勝枚舉，最先由'英國'醫學家'佛萊明'(A. Fleming)於西元1929年自青黴中提煉出青黴素，此後陸續發現的有鏈黴素、氯黴素、金黴素及土黴素。抗生素可促進高等動、植物的生長，各國已廣用於家畜及蔬菜的生產與栽培。惟多數的抗生素對高等生物也有毒性，使用太多可能產生副作用，不利於健康。

6【抗血清】 ㄎㄤˋ ㄒㄧㄝˇ ㄑㄧㄥ
(antiserum)具有抵抗疾病能力的血清。又稱免疫血清。通常是將毒素或細菌注入動物體內，取其血液中的免疫物質製成。如白喉血清、毒蛇血清等。

8【抗毒素】 ㄎㄤˋ ㄉㄨˊ ㄙㄨˋ
(antitoxin)身體因應微生物毒素之侵入而產生之對付某一特定毒素的機體。抗毒素可結合毒素，通常具有中和毒素的作用。

9【抗流圈】 ㄎㄤˋ ㄌㄧㄡˊ ㄑㄩㄢ
(choke coil)也稱阻抗圈。用以限制交流電，但可使直流電通過的電感器。

11【抗剪角】 ㄎㄤˋ ㄐㄧㄢˇ ㄐㄧㄠˇ
(angle of shearing resistance)土壤內土粒之內摩擦角。依據'庫侖'(Coulomb)氏之研究，土壤之剪力強度係來自土粒間之內摩擦角 ϕ 和凝聚力 c。亦即 $\tau f=c+\sigma tan\phi$，式中 τf 表土壤之抗剪強度，σ 表正應力。

15【抗震劑】 ㄎㄤˋ ㄓㄣˋ ㄐㄧˋ
(antiknocking material; antiknock agent)加入油料中以減少引擎燃燒時產生爆震現象之物質。例如四乙基鉛等。

16【抗凝劑】 ㄎㄤˋ ㄋㄧㄥˊ ㄐㄧˋ
(anticoagulant)加入血液中，具有防止血液凝結之有機碳水化合物。例如肝凝脂。

19【抗藥性】 ㄎㄤˋ ㄧㄠˋ ㄒㄧㄥˋ
(drug resistance)生物對藥物的抵抗性。指原某對藥或化學藥品敏感的生物，經屢用非致死濃度處理相當時期後，此生物本身或其後代會對該藥產生抵抗力，這種抗拒藥物的性質，稱爲抗藥性。如某些葡萄球菌之對青黴素，有些蚊蠅之對DDT等。微生物對抗生素的抵抗性更爲嚴重，曾經使用不當，日後必須加重劑量才可防治，有的甚至非改用他種抗生素不足以消滅。

21【抗辯權】 ㄎㄤˋ ㄅㄧㄢˋ ㄑㄩㄢˊ
權利人行使權利時，其相對義務人於具備一定之法律事由時，得拒絕權利人之請求，使其權利不獲實現之權利。抗辯權之作用主要在於防禦，而不在於攻擊，因而必待權利人之請求，始得對之行使抗辯權。抗辯權之行使，有時足以使權利之行使永被排除，有時僅能於一定期間內阻止權利之行使；前者稱爲滅卻性之抗辯權，後者稱爲延緩性之抗辯權。

3【抗G裝置】 ㄎㄤˋ G ㄓㄨㄤ ㄓˋ
(anti-gravity device)對抗高G力(指受到數倍以上重力加速度所產生的力)以保護人體的一種裝置。飛機做飛行動作時，常產生超出人體所能忍受的加速度，故設計此種裝置以護體。如抗G衣等。

5【抗世嫉俗】 ㄎㄤˋ ㄕˋ ㄐㄧˊ ㄙㄨˊ
對世俗不滿、痛惡。

8【抗拉強度】 ㄎㄤˋ ㄌㄚ ㄑㄧㄤˊ ㄉㄨˋ
(tensile strength)又稱最終強度。指物質斷裂前可承受之最大力量。

10【抗氧化劑】 ㄎㄤˋ ㄧㄤˇ ㄏㄨㄚˋ ㄐㄧˋ
(antioxidant)用來防止有機物質與空氣中之氧氣反應或對光、熱之氧化作用而加入之物質。其可防止材料之劣化、酸敗與變性，而達到長期貯藏與使用之目的。例如加入橡膠或塑膠中之多酚類、次苯基二胺類、硫雙酚類化合物，以及加入食物中之丁基甲酚、丁基羥基苯甲醚等。

17【抗壓構件】 ㄎㄤˋ ㄧㄚ ㄍㄡˋ ㄐㄧㄢˋ
(compression member)以承受壓應力爲主之結構物構件。柱子及部分桁架中之構件均爲抗壓構件之典型實例。

19【抗懷千古】 ㄎㄤˋ ㄏㄨㄞˊ ㄑㄧㄢ ㄍㄨˇ
心志高尚，可以和古人媲美。

7【抗利尿激素】 ㄎㄤˋ ㄌㄧˋ ㄋㄧㄠˋ ㄐㄧ ㄙㄨˋ
(antidiuretic hormone; ADH)一種由下視丘產生的荷爾蒙。由腦下腺後葉貯藏並分泌至血液中，可直接作用於腎小管壁細胞，增進其在尿液形成過程中，水分的再吸收作用，遂達到控制血液中水分的排出量,並濃縮尿液。抗利尿激素也有促進血管收縮,以升高血壓的作用,故又稱血管升壓素。

抌 ㄔㄣˊ ch'ên² 音沈
推擊人的腰部。如:批抌。

扰 ㊀ ㄉㄢˇ tan³ 音膽
1深擊。見"說文"。2手搏。見"集韻"。
㊁ ㄕㄣˋ shên⁴ 音甚
推。見"方言·一〇"。
㊂ ㄧㄡˊ yu² 音由
取出臼中已舂的穀物。通揄。見"廣韻"。

抆 ㄨㄣˋ wên⁴ 音問
擦拭。見"集韻"。

9【抆拭】 ㄨㄣˋ ㄕˋ
擦拭。

抎 ㊀ ㄩㄣˇ yün³ 音隕
1亡失;墜落。2發聲。
㊁ ㄕㄢˋ shan⁴ 音擅
擅的俗體。

抏 ㄨㄢˊ wan² 音丸
1摧挫;消耗。2遊戲。通玩。

扶 ㄈㄨˊ fu² 音符
1助。如:濟弱扶傾。2攙扶。如:扶老攜幼。3手放在物體上以支持身體。如:扶杖。4旁出的。如:扶枝。5姓。'漢'有'扶嘉'。見"萬姓統譜·一三"。

4【扶手】 ㄈㄨˊ ㄕㄡˇ
1牽扶著手。2可以讓手扶靠的東西。如樓梯的欄干。

5【扶正】 ㄈㄨˊ ㄓㄥˋ
1把歪的扶直。2舊指把妾升為正妻。

6【扶乩】 ㄈㄨˊ ㄐㄧ
舊時術士請神占卜的一種法術。也作扶箕。

9【扶持】 ㄈㄨˊ ㄔˊ
1攙扶。2扶助;幫助。

10【扶病】 ㄈㄨˊ ㄅㄧㄥˋ
帶病;有病強起。

【扶桑】 ㄈㄨˊ ㄙㄤ
1神話中'東海'的神木名。2'日本'的代稱。3(China rose; *Hibiscus rosa-sinensis*)灌木。葉卵形;花單生,下垂,小苞片6~7條,萼鐘形,花冠漏斗形,栽培品種的花瓣由單瓣至重瓣;顏色有紅、深紅、黃或橘色等。原產熱帶'亞洲'。常栽培作綠籬和供觀賞。又名朱槿或佛桑。

扶桑圖

11【扶掖】 ㄈㄨˊ ㄧㄝˋ
1攙扶;扶持。2扶助;幫助。

【扶疏】 ㄈㄨˊ ㄕㄨ
1枝葉繁盛的樣子。2飛舞的樣子。

12【扶植】 ㄈㄨˊ ㄓˊ
扶助培植。

13【扶搖】 ㄈㄨˊ ㄧㄠˊ
1由下而上的旋風。2傳說中的神木名。

15【扶醉】 ㄈㄨˊ ㄗㄨㄟˋ
1扶持酒醉的人。2酒醉後腳步不穩的樣子。

17【扶翼】 ㄈㄨˊ ㄧˋ
輔助;輔佐。

20【扶櫬】 ㄈㄨˊ ㄔㄣˋ
護送棺木。

【扶蘇】 ㄈㄨˊ ㄙㄨ
'秦始皇'長子。'始皇'坑埋儒生,'扶蘇'力諫,'始皇'怒,使出監'蒙恬'軍於'朔方'。'始皇'崩,'趙高'矯詔賜死。

22【扶欄】 ㄈㄨˊ ㄌㄧㄡˊ
藤名。緣木而生,味辛辣,可食。見"廣韻"。

24【扶靈】 ㄈㄨˊ ㄌㄧㄥˊ
護送棺木。

6【扶老攜幼】 ㄈㄨˊ ㄌㄠˇ ㄒㄧ ㄧㄡˋ
扶著老人,牽著小孩。表示眾人同行。

【扶危定傾】 ㄈㄨˊ ㄨㄟˊ ㄉㄧㄥˋ ㄑㄧㄥ
扶持危難不穩的國家或社會,助其安定。

【扶危濟困】 ㄈㄨˊ ㄨㄟˊ ㄐㄧˋ ㄎㄨㄣˋ
幫助危急窮困者。

13【扶搖直上】 ㄈㄨˊ ㄧㄠˊ ㄓˊ ㄕㄤˋ
旋風疾速直上。形容事業發展迅速或仕途得意。

19【扶顛持危】 ㄈㄨˊ ㄉㄧㄢ ㄔˊ ㄨㄟˊ
救助顛覆危殆者。

15【扶養親屬寬減額】 ㄈㄨˊ ㄧㄤˇ ㄑㄧㄣ ㄕㄨˇ ㄎㄨㄢ ㄐㄧㄢˇ ㄜˊ
(exemptions for dependents)即納稅義務人所扶養之親屬合於一定條件者,每人每年得減除一定數額免納所得稅。扶養親屬寬減額訂立之目的,在於考慮到納稅義務人個人之家庭狀況,俾符合量能課稅之精神。

抪 ㊀ ㄆㄛ p'o¹ 音潑
1拂拭。見"說文"。2擊打。見"集韻"。
㊁ ㄅㄚˊ pa² 音拔
扯動。見"集韻"。

扽 ㄉㄨㄣˋ tun⁴ 音頓
1牽拉。見"廣雅·釋詁"。2撼動。見"字彙"。

抉 ㄐㄩㄝˊ chüeh² 音決
1挖出。見"說文"。2撬開。如:抉關。3挑選。如:抉擇。4揭發。5刺戮。

10【抉剔】 ㄐㄩㄝˊ ㄊㄧ
挑選剔出。

13【抉微】 ㄐㄩㄝˊ ㄨㄟˊ
闡揚精微的含意。

16【抉擇】 ㄐㄩㄝˊ ㄗㄜˊ
選取;選擇。

技 ㄐㄧˋ chi⁴ 音記
才藝;技藝。見"廣韻"。

5【技巧】 ㄐㄧˋ ㄑㄧㄠˇ
1熟練而巧妙的技術。2智變詐偽。

10【技倆】 ㄐㄧˋ ㄌㄧㄤˇ
手段;技能。同伎倆。多用於貶義。

11【技術】 ㄐㄧˋ ㄕㄨˋ

技能;方法。

17【技擊】 ㄐㄧˋ ㄐㄧˊ

武術。

19【技藝】 ㄐㄧˋ ㄧˋ

技術才藝。

20【技癢】 ㄐㄧˋ ㄧㄤˇ

專長某種技藝的人急欲有所表現。

10【技能檢定】 ㄐㄧˋ ㄋㄥˊ ㄐㄧㄢˇ ㄉㄧㄥˋ

測驗技術人員的技術與能力之專精程度的考試。其測驗方式以技能操作爲主,學科測驗爲輔。凡合格者,依其職類發給證書。各國辦理技能檢定,有兩種方式:一、由各行業公會或工會辦理,通過檢定才成爲會員,並領有會員證,始能受僱工作。'歐''美'各國多採此方式。二、由政府主管機關主辦全國性各職類技能檢定。'日''韓'二國採此方式,我國亦然,乃由'行政院''勞工委員會職業訓練局'掌理此項業務。

【技能競賽】 ㄐㄧˋ ㄋㄥˊ ㄐㄧㄥˋ ㄙㄞˋ

(vocational training competition)西元1947年由'西班牙''職業青年團'發起舉辦技能競賽大會,其後各國陸續參加,而成爲國際技能競賽組織。我國於'民國'五十九年十一月十七日成爲會員國,從此每年均派選手參加;六十五年五月十二日正式成立'國際技能競賽中華民國委員會',每年辦理全國技能競賽一次。

11【技術人員】 ㄐㄧˋ ㄕㄨˋ ㄖㄣˊ ㄩㄢˊ

在各機關從事技術工作之人員。技術範圍極爲廣泛,包括農、工、醫各方面,如各機關之技正、技士、技佐、工程師、工程員、醫師、護士等均屬之。依現制規定,技術人員之進用,除考試外,亦得憑學經歷進用。

【技術犯規】 ㄐㄧˋ ㄕㄨˋ ㄈㄢˋ ㄍㄨㄟ

任何比賽均需雙方隊職員合作,重視運動風度與精神。籃球比賽時,故意違反上述合作精神及運動道德者,即爲技術犯規。犯規者如係球員,判對方罰球二次;如係場外其他人員,判對方罰球一次,不論中否,再由對方擲中線界外球。

【技術合作】 ㄐㄧˋ ㄕㄨˋ ㄏㄜˊ ㄗㄨㄛˋ

一方提供知識技術,一方提供資源與人力,彼此合作生產。

【技術指導】 ㄐㄧˋ ㄕㄨˋ ㄓˇ ㄉㄠˇ

(technical director; TD)指錄製或播出節目時,主要配合導播需求,兼顧執行畫面選擇,領導各個工程技術人員者。

【技術效率】 ㄐㄧˋ ㄕㄨˋ ㄒㄧㄠˋ ㄌㄩˋ

(technical efficiency)一定的生產要素投入,獲得最大數量的產出;或是一定的產出,使用最小數量的生產要素投入,這表示生產達到了最大的技術效率。

【技術環境】 ㄐㄧˋ ㄕㄨˋ ㄏㄨㄢˊ ㄐㄧㄥˋ

環境系統組織之次級組織之一。指組織員工應用(或不應用)工具或機械,所加予一事物(或人)的行動,使該事物(或人)發生某種變化的一切措施。組織對輸入環境,經由技術環境而轉變爲輸出環境。

【技術性失業】 ㄐㄧˋ ㄕㄨˋ ㄒㄧㄥˋ ㄕ ㄧㄝˋ

(technological unemployment)當生產技術改變,原有的生產技術不能適應新的產業結構需要時所發生的失業現象。這是與產業結構有關的失業,亦可歸併爲結構性失業。

【技術差距理論】 ㄐㄧˋ ㄕㄨˋ ㄔㄚ ㄐㄩˋ ㄌㄧˇ ㄌㄨㄣˋ

(technological gap theory)國際貿易發生論之一。又稱創新與模倣理論(innovation and imitation theory)。其理論要旨爲:當一國創新某種產品成功後,產生技術領先差距,並出口其技術領先的產品;而當其創新的技術爲外國所模倣時,外國即可自行生產,減少進口,最後甚至模倣的國家反而出口該產品至原先創新的國家。至此,創新利潤完全消失,但在一動態的經濟社會中,科技發達的國家是不斷會有產品再創新、再出口出現的。

扭

ㄋㄧㄡˇ *niu*³ 音紐

1緊抓;揪住。如:扭打。2擰轉。如:扭斷。3違抗。4爭執。5行走時身體搖擺作態。如:扭捏。

10【扭矩】 ㄋㄧㄡˇ ㄐㄩˇ

(torque)一種能使物體產生旋轉效果的力量。對單一質點的扭矩定義爲:作用在該質點上諸力的合力對一個特定原點造成的力矩。工程力學中,扭矩通常表示一扭轉的力扭或力偶,用來扭轉一個有固定端的物體。

12【扭筋】 ㄋㄧㄡˇ ㄐㄧㄣ

因用力過猛,導致筋肉受傷。

18【扭轉】 ㄋㄧㄡˇ ㄓㄨㄢˇ

轉變方向;改變情勢。

6【扭曲法】 ㄋㄧㄡˇ ㄑㄩ ㄈㄚˇ

(distortion)矯正平行線或垂直線因傾斜角度拍攝而扭曲的方法。此外,也可用來改善照片中人物高矮胖瘦的比例,甚至可以製造誇張效果。扭曲效果可經由傾斜放大機及負片製成。

17【扭應力】 ㄋㄧㄡˇ ㄧㄥˋ ㄌㄧˋ

(torsional stress)加一扭矩或扭轉載重於一結構物時,在其體內任一點造成的剪應力。圓桿件受扭時,假設扭轉前爲平面的斷面扭轉後仍爲平面,原半徑仍爲直線,則其扭應力爲 $S_s=\frac{TC}{J}$,式中 S_s 爲所求單位應力,C 爲桿心至該點距離,J 爲斷面之極慣性矩。此外,非圓形斷面在受扭後會引起翹曲，故其應力需由彈性力學或應用實驗方法或近似公式求得。

7【扭扭捏捏】 ㄋㄧㄡˇ ㄋㄧㄡˇ ㄋㄧㄝ ㄋㄧㄝ
走路時身體擺動的樣子。後多用以形容人嬌羞或裝腔作勢的樣子。

18【扭轉乾坤】 ㄋㄧㄡˇ ㄓㄨㄢˇ ㄑㄧㄢˊ ㄎㄨㄣ
改變時局。

10【扭矩變速器】 ㄋㄧㄡˇ ㄐㄩˇ ㄅㄧㄢˋ ㄙㄨˋ ㄑㄧˋ
(fluid torque converter)以主動軸與一泵之動葉輪聯成一體，被動軸與輪機之動葉輪聯成一體，並使用適當黏性之油(礦物油)爲媒質，利用其動能以傳達動力之裝置。

把 ㊀ ㄅㄚˇ pa^3 音靶
①握；執持。見"說文"。②看守。如：把門。③柄；器物可執握的地方。如：刀把。④抱持幼兒使排屎尿。如：把尿。⑤給與。⑥結盟。如：把兄弟。⑦被。表被動的意思。如：把別人取走了。⑧將。如：把門關上。⑨量詞。(1)有柄物體的單位。如：一把傘。(2)握滿一手的數量。如：一把米。(3)一捆；一束。如：一把葱。(4)同副。如：一把能手。⑩約計之詞。如：個把小時。⑪姓。'明'有'把宗'。見"萬姓統譜·八五"。
㊁ ㄅㄞˇ pai^3 音擺
同㊀⑧。
㊂ ㄅㄚˋ pa^4 音霸
同㊀③。
㊃ ㄆㄚˊ $p'a^2$ 音爬
①搔。如：把搔。②通琶。

4【把手】 ㄅㄚˇ ㄕㄡˇ
①執手；握手。②器物上供手執持的部分。

6【把式】 ㄅㄚˇ ˙ㄕ
①指武藝。也作把勢。②指專精一藝的人。如稱善於駕車的人爲車把式。③虛張聲勢以恫嚇人。

8【把玩】 ㄅㄚˇ ㄨㄢˋ
玩賞。

9【把柄】 ㄅㄚˇ ㄅㄧㄥˇ
①器物的柄。②可作交涉或要挾的憑證。③言語議論的根據。

【把持】 ㄅㄚˇ ㄔˊ
①執持；掌握。②專攬；控制。

【把風】 ㄅㄚˇ ㄈㄥ
從事不法勾當時，留人在外把守，以便通風報信。

10【把酒】 ㄅㄚˇ ㄐㄧㄡˇ
①手持酒杯。②勸酒；敬酒。

11【把晤】 ㄅㄚˇ ㄨˋ
會面。

12【把握】 ㄅㄚˇ ㄨㄛˋ
①掌握。②對事情有成功的信心。③攜手；握手。

13【把勢】 ㄅㄚˇ ㄕˋ
①我國北方對武術的俗稱。也作把式。②內行；行家。③虛張聲勢以恫嚇人。④妓院的舊稱。

【把盞】 ㄅㄚˇ ㄓㄢˇ
手持酒杯。

17【把臂】 ㄅㄚˇ ㄅㄧˋ
①握住人的手臂，表示親密。②證據。

【把戲】 ㄅㄚˇ ㄒㄧˋ
①江湖賣藝人所表演的技藝。②比喻手段或計策。

5【把兄弟】 ㄅㄚˇ ㄒㄩㄥ ㄉㄧˋ
異姓的結拜兄弟。

批 ㊀ ㄆㄧ $p'i^1$ 音劈
①用手背擊打。見"說文"。②觸。如：批逆鱗。③評判。如：批評。④公文末尾簽注意見或裁斷。如：批示。⑤排除。⑥把數量多的人、物分成好幾部分或好幾次。如：一批貨物。
㊁ ㄆㄧˊ $p'i^2$ 音琵
通琵。

7【批判】 ㄆㄧ ㄆㄢˋ
①批示判斷。②批評。指是非的判斷。

12【批評】 ㄆㄧ ㄆㄧㄥˊ
分析評論。

【批發】 ㄆㄧ ㄈㄚ
①批示。②指貨物大宗出售。

14【批駁】 ㄆㄧ ㄅㄛˊ
批示駁斥。

15【批閱】 ㄆㄧ ㄩㄝˋ
①翻閱。②閱覽後加以改正或評論。

16【批頰】 ㄆㄧ ㄐㄧㄚˊ
打耳光。

17【批點】 ㄆㄧ ㄉㄧㄢˇ
①評析文章並加以圈點。②褒貶人物。

【批購】 ㄆㄧ ㄍㄡˋ
大量購買。

18【批覆】 ㄆㄧ ㄈㄨˋ
批示答覆。

2【批八字】 ㄆㄧ ㄅㄚ ㄗˋ
依據人出生的年、月、日、時之干支，推算其一生的吉凶禍福。

9【批流年】 ㄆㄧ ㄌㄧㄡˊ ㄋㄧㄢˊ
推排八字以卜算一年的吉凶。

10【批逆鱗】 ㄆㄧ ㄋㄧˋ ㄌㄧㄣˊ
比喻觸怒強者。傳說龍喉下有逆鱗徑尺，人去碰它，必遭殺害。

4【批亢擣虛】 ㄆㄧ ㄎㄤˋ ㄉㄠˇ ㄒㄩ
抓住要害，乘虛而入。

10【批郤導窾】 ㄆㄧ ㄒㄧˋ ㄉㄠˇ ㄎㄨㄢˇ
批開骨節銜接之處。比喻處理事情能從關鍵處下手。

抒 ㄕㄨ shu^1 音舒
①挹注。見"說文"。②汲取。見'玄應'"一切經音義"。③發舒；解除。如：抒難。

11【抒情】 ㄕㄨ ㄑㄧㄥˊ
表達情感。

13【抒意】 ㄕㄨ ㄧˋ
抒發情意。

19【抒懷】 ㄕㄨ ㄏㄨㄞˊ
表達內心的想法。

11【抒情調】 ㄕㄨ ㄑㄧㄥˊ ㄉㄧㄠˋ
(aria)又稱詠歎調。是歌劇、聖劇等大型作品裡主要角色的獨唱曲，由器樂伴奏，曲調以華麗取勝，完整而帶有抒情或戲劇性氣氛。在抒情調出現之前，常用宣敘調作爲引子。

扼 ㄜˋ o⁴, ê⁴ 音厄

1握持。見"說文"。2掐住。見"洪武正韻"。3據守。如：扼險。4加在牛馬頸上的曲木。通軛。如：衡扼。

7【扼吭】 ㄜˋ ㄏㄤˊ

1控制要害。2氣逆於喉。

9【扼要】 ㄜˋ ㄧㄠˋ

1據守險要的地方。2發言行文能把握要點。

11【扼殺】 ㄜˋ ㄕㄚ

阻斷；斷絕。

12【扼腕】 ㄜˋ ㄨㄢˋ

用手握腕。表示失意、惋惜、憤怒或振奮。

【扼喉撫背】 ㄜˋ ㄏㄡˊ ㄈㄨˇ ㄅㄟˋ

比喻據守要衝，制敵死命。

扳 ㊀ ㄅㄢ pan¹ 音班

1扭轉。如：力扳眾議。2用力拉扯，使物體倒下或轉動。如：扳倒。

㊁ ㄆㄢ p'an¹ 音攀

攀附。同攀。如：扳鞍上馬。

4【扳手】 ㄅㄢ ㄕㄡˇ

用以旋緊或旋鬆螺栓、螺絲帽的工具。

15【扳談】 ㄆㄢ ㄊㄢˊ

找機會與人談話。即攀談。

【扳價】 ㄅㄢ ㄐㄧㄚˋ

抬高價錢，不肯降低。

抔 ㄆㄡˊ p'ou² 音裒

1雙手捧物。見"廣韻"。2引取。見"集韻"。

找 ㄓㄠˇ chao³ 音沼

1尋覓。2補不足。3退回。如：找錢。4惹引；招惹。如：找麻煩。

8【找門路】 ㄓㄠˇ ㄇㄣˊ ㄌㄨˋ

尋求進身或解決問題的途徑。

11【找麻煩】 ㄓㄠˇ ㄇㄚˊ ㄈㄢˊ

故意惹事。

14【找臺階】 ㄓㄠˇ ㄊㄞˊ ㄐㄧㄝ

爲顧全體面而找尋罷休的機會或藉口。

【找碴兒】 ㄓㄠˇ ㄔㄚˊ ㄦ

找人麻煩。

扯 ㄔㄜˇ ch'ê³ 音撦

1拉開。如：扯裂。2牽引。如：拉拉扯扯。3張掛。如：扯帆。4依仗。如：扯大。

5【扯平】 ㄔㄜˇ ㄆㄧㄥˊ

1拉平。2平均。3彼此不吃虧。

【扯白】 ㄔㄜˇ ㄅㄞˊ

胡說；講無聊的話。

11【扯淡】 ㄔㄜˇ ㄉㄢˋ

胡說；講無聊的話。

17【扯謊】 ㄔㄜˇ ㄏㄨㄤˇ

說謊。

9【扯後腿】 ㄔㄜˇ ㄏㄡˋ ㄊㄨㄟˇ

比喻從旁或暗地裡阻撓、破壞。

扣 ㄍㄨˇ ku³ 音古

1攪亂；使渾濁。見"正字通"。2挖掘。見"廣雅·釋言"。

报 報的俗體。

抐 ㄋㄨㄣˋ nun⁴ 音嫩

納物水中。見"廣韻"。

抄 ㄔㄠ ch'ao¹ 音鈔

1叉取；用湯匙取物。本作鈔。見"集韻"。2拿起。如：抄起一根棍子。3掠取；搶奪。如：抄奪。4搜索；沒收。如：抄家。5不由正道而斜行超前。如：抄捷徑。6交叉；合攏。如：兩手一抄。7謄寫。如：抄錄。8古代的容量單位。十撮爲一抄。9把菜蔬置滾水中燙得半熟。10姓。'明'有'抄思'。見"萬姓統譜·三一"。

4【抄手】 ㄔㄠ ㄕㄡˇ

1兩手交叉置於胸前或袖管中。表示悠閒或怠慢的姿態。2著手。3指廚師。4'四川'人稱餛飩爲抄手。

5【抄本】 ㄔㄠ ㄅㄣˇ

又稱鈔本、寫本。即手寫本。包括照原本抄寫的書本及作者創作的手稿。

10【抄家】 ㄔㄠ ㄐㄧㄚ

沒收家產。

11【抄掠】 ㄔㄠ ㄌㄩㄝˋ

劫奪掠取。

22【抄襲】 ㄔㄠ ㄒㄧˊ

1又稱剽竊。有二義：一、盜竊他人的思想或抄襲他人的著作，但將竊得的思想或著作視爲自己首創者。二、引用他人的著述而不標出其來源者。2軍隊繞道前進，襲擊敵人。

8【抄近路】 ㄔㄠ ㄐㄧㄣˋ ㄌㄨˋ

走近路。

抈 ㄩㄝˋ yüeh⁴ 音月

1斷折。見"說文"。2動搖。通扤。

投 ㊀ ㄊㄡˊ t'ou² 音頭

1拋擲。見"說文"。2放逐；遠徙。如：投諸四裔。3進入；納入。如：自投羅網。4呈遞。如：投書。5贈送。如：投桃報李。6迎合；相合。如：情投意合。7振動。如：投袂而起。8等到。如：投老。9依託。如：投靠。10姓。'漢'有'投調'。見"萬姓統譜·六三"。

㊁ ㄉㄡˋ tou⁴ 音豆

停留。見"集韻"。

4【投戈】 ㄊㄡˊ ㄍㄜ

放下兵器。即休戰。

【投止】 ㄊㄡˊ ㄓˇ

投奔人家，暫求安身。

【投手】 ㄊㄡˊ ㄕㄡˇ

棒、壘球比賽防守隊中，被指定向攻隊擊球員投球的防守球員。投手的好壞，爲全隊勝負的重要關鍵。

5【投石】 ㄊㄡˊ ㄕˊ

(bola)一種狩獵用的石球。即將兩、三個石球綁在繩端，用手旋轉繩索，朝野獸扔去，石球不停地旋轉，將獸腿纏住。晚近的'南美'人、'愛斯基摩'人及我國西南原始民族都曾使用過。

6【投老】 ㄊㄡˊ ㄌㄠˇ

1到老；臨老。2告老。

【投合】 ㄊㄡˊ ㄏㄜˊ

①意氣相合。②迎合;應和。

7【投身】　ㄊㄡˊ　ㄕㄣ

置身;加入。

8【投注】　ㄊㄡˊ　ㄓㄨˋ

投入貫注。

【投刺】　ㄊㄡˊ　ㄘˋ

①呈遞名片以進謁。②拋棄名帖。表示棄官歸隱。

【投奔】　ㄊㄡˊ　ㄅㄣˋ

奔向某一目標以求依附。

9【投軍】　ㄊㄡˊ　ㄐㄩㄣ

從軍。

【投袂】　ㄊㄡˊ　ㄇㄟˋ

振動衣袖。形容發怒奮起的樣子。

【投契】　ㄊㄡˊ　ㄑㄧˋ

情意相合。

【投胎】　ㄊㄡˊ　ㄊㄞ

靈魂轉生人世。

【投保】　ㄊㄡˊ　ㄅㄠˇ

參加保險。

10【投案】　ㄊㄡˊ　ㄢˋ

指對於已發覺之犯罪,主動向刑事偵查或審判機關申告自己犯罪事實,表明願意接受偵查或審判之行爲。此與自首不同,自首限於未發覺之犯罪,主動申告自己之犯罪行爲,而自願接受偵查或審判,法律規定必須減輕其刑,投案則否。

【投效】　ㄊㄡˊ　ㄒㄧㄠˋ

投身;請求效力。

11【投宿】　ㄊㄡˊ　ㄙㄨˋ

進入旅舍或民家住宿。

12【投壺】　ㄊㄡˊ　ㄏㄨˊ

古代燕飲時的一種遊戲。賓主各持六矢,輪流投矢於壺中,中多的人勝利,中少的人罰酒。

13【投誠】　ㄊㄡˊ　ㄔㄥˊ

①表達誠意。②誠心歸服。

【投資】　ㄊㄡˊ　ㄗ

(investment)凡能增加生產設備,提高生產能量的經濟活動,均稱爲投資。對個人而言,購買有價證券以獲取利益,亦得稱爲投資。

15【投標】　ㄊㄡˊ　ㄅㄧㄠ

(tender)對於公開標購(或標售)貨物的招標(invitation to tender; invitation to bid),賣方(或買方),即投標商,將其願意出售(或購買)的價格塡入投標單,密封後,在規定時間前送達買方(或賣方),即招標商的一種報價(要約)行爲。在標購招標的場合,由報價最低的賣方(投標商)取得出售貨物的資格,此賣方稱爲得標商。在標售招標的場合,由出價最高的買方(投標商)取得承購貨物的資格,此買方也稱爲得標商。按投標一詞,其'英'文有二:一爲 tender, 一爲 bid。在我國或'美國',二者並無差別,但在'英國',前者指標購招標,後者指標售招標。就一般商場習慣而言,'英國'的用法似較易於理解。

【投影】　ㄊㄡˊ　ㄧㄥˇ

(projection)以光線或視線投射一物體,將其外部之頂點、輪廓、極限或內部構造之影像,投射到一平面上,即稱對該物體作投影。其在該平面上呈現的圖形,稱爲該物體之投影或視圖。

【投靠】　ㄊㄡˊ　ㄎㄠˋ

前往依附他人。

【投緣】　ㄊㄡˊ　ㄩㄢˊ

雙方情意投合,相處融洽。

16【投親】　ㄊㄡˊ　ㄑㄧㄣ

依靠親戚。

【投機】　ㄊㄡˊ　ㄐㄧ

①迎合時機,以博取利益或地位。今經濟學上指不以正常的經營方式,而利用市場隨時出現的意外機會,從事買賣行爲以獲取額外利益。如證券市場的買空賣空、市場缺貨時的囤積居奇等是。②佛家語。指徹悟而合於佛祖心機。俗因用以泛稱見解一致、氣味相合。

19【投繯】　ㄊㄡˊ　ㄏㄨㄢˊ

上吊自殺。

9【投保薪資】　ㄊㄡˊ　ㄅㄠˇ　ㄒㄧㄣ　ㄗ

(insured salary)指要保人爲被保險人向保險人投保時申報的薪資而言。此項投保薪資爲計算保險費與現金給付的基數,保險費率乘投保薪資爲保險費,給付標準乘投保薪資則爲給付金額。爲計算簡便起見,須制定投保薪資分級表,視生活費用按期調整。我國勞工保險投保薪資等級於七十五年十月起分爲廿五級,第一級爲4,500元,第廿五級爲15,600元。爲保障被保險人權益,投保單位如有將投保薪資以多報少,而使被保險人有所損失,應由投保單位賠償。

10【投桃報李】　ㄊㄡˊ　ㄊㄠˊ　ㄅㄠˋ　ㄌㄧˇ

比喻互相贈答,禮尙往來。

【投針問題】　ㄊㄡˊ　ㄓㄣ　ㄨㄣˋ　ㄊㄧˊ

(Buffon's needle problem)歷史上著名的幾何或然率問題。係十八世紀中葉'法國''布風'(Buffon)伯爵提出的。設平面上畫有間隔爲 b 的平行線,將長爲 a 的針任意投置其上,如此試驗多次,問針壓在平行線上的或然率。若以針的傾角和中點與平行線的距離做參數,則可以面積比求出答案爲 $2a/\pi b$。現在常用電腦和亂數發生器來模擬,反過來可以估算 π 值,但絕非求 π 之近似值的好方法。

投針問題圖

【投射作用】　ㄊㄡˊ　ㄕㄜˋ　ㄗㄨㄛˋ　ㄩㄥˋ

(projection)防衛機構之一。個體將其不良特質影射至他人身上,以減輕內疚、維護自尊的心理歷程。

【投射測驗】　ㄊㄡˊ　ㄕㄜˋ　ㄘㄜˋ　ㄧㄢˋ

(projective test)一種人格測驗。藉墨漬或圖畫要求受試者解釋其意義或編述故事,以便受試者於不知不覺中投射其心理問題於墨漬或圖畫之中。

12【投閒置散】ㄊㄡˊ ㄒㄧㄢˊ ㄓˋ ㄙㄢˇ
安置在不重要的職位上。

【投筆從戎】ㄊㄡˊ ㄅㄧˇ ㄘㄨㄥˊ ㄖㄨㄥˊ
放下筆桿,從軍報國。

13【投資中心】ㄊㄡˊ ㄗ ㄓㄨㄥ ㄒㄧㄣ
(investment center)不但擔負成本及收入控制責任,且擔負投資資金控制責任的組織單位。

【投資扣抵】ㄊㄡˊ ㄗ ㄎㄡˋ ㄉㄧˇ
(investment credit)指對合於規定之投資給予以一定比率抵稅權的獎勵措施。例如"獎勵投資條例"第十條規定,基於政策需要,'行政院'得准生產事業在不超過當年度投資生產設備金額5~20%限度內,抵減當年度應納營利事業所得稅額。

【投鼠忌器】ㄊㄡˊ ㄕㄨˇ ㄐㄧˋ ㄑㄧˋ
打老鼠而怕誤損旁邊器物。比喻行事有所顧忌而不能放手去做。

16【投機危險】ㄊㄡˊ ㄐㄧ ㄨㄟˊ ㄒㄧㄢˇ
(speculative risk)指意外事故的發生,其結果有損失的可能,也有獲利的機會。如價格變動對企業存貨所致的結果,價格下跌固將受損,價格上漲則可獲利。

【投機取巧】ㄊㄡˊ ㄐㄧ ㄑㄩˇ ㄑㄧㄠˇ
迎合時機,巧詐欺騙以博取利益。

18【投鞭斷流】ㄊㄡˊ ㄅㄧㄢ ㄉㄨㄢˋ ㄌㄧㄡˊ
抛擲馬鞭在河水中,足以截斷流水。形容軍隊眾多。

13【投資的改變】ㄊㄡˊ ㄗ ·ㄉㄜ ㄍㄞˇ ㄅㄧㄢˋ
(changes in investment)假定利率水準不變,其他影響投資的因素改變,則將使投資的邊際效率改變,整條投資邊際效率曲線發生移動。即表示在相同利率水準之下,投資量將增加或減少。圖中 *MEI* 為原來的投資邊際效率曲線,如由於人口增加,向外移至 *MEI'* 的位置,則在任一利率水準下,投資量均將增加。反之,若向內移至 *MEI''* 的位置,則在任一利率水準下,投資量均將減少。

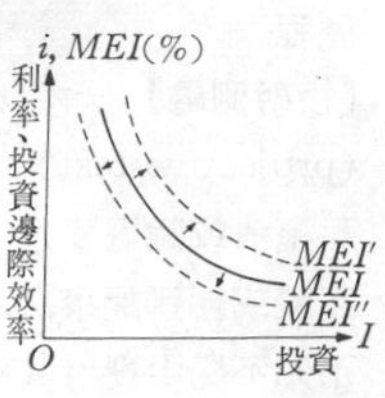

投資的改變圖

【投資報酬率】ㄊㄡˊ ㄗ ㄅㄠˋ ㄔㄡˊ ㄌㄩˋ
(rate of return on investment)指以自有或向他人借得的資金進行投資,投資生產的總收入扣除不包括投資資金利息在內的所有成本,其剩餘與投資資金的相對比率。

【投資量的改變】ㄊㄡˊ ㄗ ㄌㄧㄤˋ ·ㄉㄜ ㄍㄞˇ ㄅㄧㄢˋ
(changes in the amount invested)假定除利率外,其他影響投資的因素不發生改變,投資將隨利率的改變而改變。二者乃成減函數關係的變化。

【投資稅額扣抵】ㄊㄡˊ ㄗ ㄕㄨㄟˋ ㄜˊ ㄎㄡˋ ㄉㄧˇ
(investment tax credit)指個人原始認股或應募合於'行政院'規定標準之工礦業或事業,因創立或擴充而發行之記名股票,得於其取得後繼續持有之第三年度,憑各該工礦業或事業之證明書,以其取得股票價款15%內,抵減該年度應納綜合所得稅額。

【投資的邊際效率】ㄊㄡˊ ㄗ ·ㄉㄜ ㄅㄧㄢ ㄐㄧˋ ㄒㄧㄠˋ ㄌㄩˋ
(marginal efficiency of investment; MEI)以自有或向他人借得的資金進行投資,預期經過某一段時間後,投資生產的總收入扣除不包括投資資金利息在內的所有成本,其剩餘與投資資金的相對比率,稱為預期的投資報酬率。一般廠商所關心的是最後一單位投資的報酬,故又稱為投資的邊際效率,表示不扣除利息成本,額外一單位資金投資的預期報酬。

16【投機動機貨幣需求】ㄊㄡˊ ㄐㄧ ㄉㄨㄥˋ ㄐㄧ ㄏㄨㄛˋ ㄅㄧˋ ㄒㄩ ㄑㄧㄡˊ
(speculative motive money demand)經濟情況經常會有波動,市場隨時可能出現有利的交易機會,為圖利用這種有利的交易機會而保有貨幣,即為投機動機的貨幣需求。

㧗 㧗的俗體。

㧞 拗的俗體。

㧗 拋的俗體。

扱 ㄒㄧ hsi[1] 音吸
[1]斂取;收取。見"說文"。[2]到達。如:扱地。

扸 拯的或體。

扻 ㄐㄧㄝˊ chieh[2] 音節
[1]梳理頭髮。見"集韻"。[2]梳子。同櫛。見"集韻"。

拍 ㊀ ㄒㄧ hsi[1] 音吸
析的俗體。
㊁ ㄓㄜˊ chê[2] 音折
折的或體。

抵 ㄓˇ chih[3] 音紙
[1]側擊。見"說文"。[2]病;憂患。

12【抵掌】ㄓˇ ㄓㄤˇ
擊掌;鼓掌。

抑 ㄧˋ i[4] 音意
[1]壓制;按捺。如:抑遏。[2]貶損。如:褒善抑惡。[3]低下。如:抑揚。[4]憂悶。如:抑鬱。[5]連詞。⑴表示轉折。相當於但是。⑵表示選擇。相當於或、或是。[6]助詞。用在句首。[7]歎詞。

8【抑制】ㄧˋ ㄓˋ
壓制;強制。

13【抑遏】ㄧˋ ㄜˋ
壓制;阻止。

29【抑鬱】ㄧˋ ㄩˋ
憂悶而不舒暢。

8【抑制劑】 ㄧˋ ㄓˋ ㄐㄧˋ
(inhibitor)於自由基鏈鎖聚合反應中,能與自由基反應且產生之產物無法再與單體反應者。例如二苯基胺、三苯基甲基自由基等。

9【抑威餌敵】 ㄧˋ ㄨㄟ ㄦˇ ㄉㄧˊ
隱藏軍隊的威勢以誘騙敵人。

11【抑強扶弱】 ㄧˋ ㄑㄧㄤˊ ㄈㄨˊ ㄖㄨㄛˋ
壓制豪強,扶助弱小。

扲 於的俗體。

折 ㊀ ㄓㄜˊ chê² 音哲
[1]截斷。見"說文"。[2]判斷;審理。如:折獄。[3]彎曲。如:曲折。[4]服。如:心折。[5]挫敗。如:百折不撓。[6]堵塞。如:折口。[7]喪失;損失。如:損兵折將。[8]換算;抵償。如:折合。[9]減除。如:折扣。[10]摺疊。如:折紙遊戲。[11]書法筆法之一。筆鋒欲左先右,欲右先左,欲上先下,欲下先上。[12]'元''明'雜劇中,每一段落叫一折。[13]姓。'宋'有'折御勳'。見"萬姓統譜·一一八"。
㊁ ㄓㄜ chê¹ 音遮
[1]翻轉。如:折跟斗。[2]傾出。
㊂ ㄕㄜˊ shê² 音舌
虧損。如:折本。

4【折中】 ㄓㄜˊ ㄓㄨㄥ
調節過與不及,使其適中。也作折衷。

5【折本】 ㊀ ㄕㄜˊ ㄅㄣˇ
虧損本錢;賠本。
㊁ ㄓㄜˊ ㄅㄣˇ
'清代'大臣朝見皇帝時所上的奏本。

6【折扣】 ㄓㄜˊ ㄎㄡˋ
(discount)於貨物定價中減除一定的比例以示優待,稱為折扣。

【折回】 ㄓㄜˊ ㄏㄨㄟˊ
中途轉回。

【折合】 ㄓㄜˊ ㄏㄜˊ
不同的貨幣或度量衡單位間的換算。

8【折枝】 ㄓㄜˊ ㄓ
折取草木枝莖。比喻容易的事。

【折返】 ㄓㄜˊ ㄈㄢˇ
半途轉回。

【折服】 ㄓㄜˊ ㄈㄨˊ
信服;屈服。

10【折衷】 ㄓㄜˊ ㄓㄨㄥ
參折中。

【折辱】 ㄓㄜˊ ㄖㄨˇ
侮辱。

【折耗】 ㄕㄜˊ ㄏㄠˋ
[1]折損;消耗。[2](depletion)也稱耗竭。指將天然資源的成本減去估計殘值後的數額,於開採期間予以分攤的一種程序。每期折耗通常均按生產量法計提。

11【折梯】 ㄓㄜˊ ㄊㄧ
(change stair) 又稱轉折梯、曲尺樓梯。自樓下起步至中間平臺,轉90°角直上樓面的樓梯。平臺處若因樓層高可改設扇步。

直角梯臺

折梯圖

13【折福】 ㄓㄜˊ ㄈㄨˊ
減損福分。

【折損】 ㄓㄜˊ ㄙㄨㄣˇ
減少;虧損。

【折節】 ㄓㄜˊ ㄐㄧㄝˊ
[1]委屈自己,居於人下。[2]改變平日的志節行為。

【折腰】 ㄓㄜˊ ㄧㄠ
[1]彎腰。[2]鞠躬拜謁。比喻屈身事人。

【折煞】 ㄓㄜˊ ㄕㄚˋ
折損;折磨。

14【折獄】 ㄓㄜˊ ㄩˋ
審理訟案。

15【折箭】 ㄓㄜˊ ㄐㄧㄢˋ
立誓時把箭折斷以示果決。

【折線】 ㄓㄜˊ ㄒㄧㄢˋ
(broken line)若干不同方向的直線相接而成的線,稱折線。如圖一,A稱起點,F稱終點,B、C、D、E稱頂點,各線段稱邊。如起點和終點一致如圖二時,則稱為封閉折線。

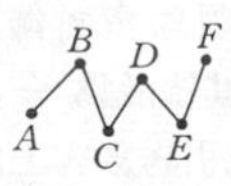

折線圖一

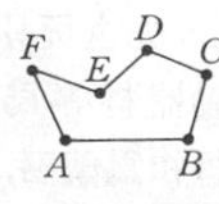

折線圖二

【折價】 ㄓㄜˊ ㄐㄧㄚˋ
[1]降價。[2]換算成市價。

【折衝】 ㄓㄜˊ ㄔㄨㄥ
[1]使敵人的戰車往後方撤退。即擊退敵軍。[2]泛指協調、談判。

16【折磨】 ㄓㄜˊ ㄇㄛˊ
挫折磨難。指精神或身體所受的打擊。

18【折舊】 ㄓㄜˊ ㄐㄧㄡˋ
(depreciation)固定資產中除土地外,廠房、機器設備等均會隨著使用時間而逐漸老化,因此在取得這些資產時,應估計其使用年限,在使用年限中的每年年末以一種有系統而合理的方法予以攤銷,以便財務報表上能顯示出合理的利潤及該資產的合理帳面價值,此 攤銷程序稱為折舊。

20【折騰】 ㄓㄜ ㄊㄥˊ
阻撓;磨難。

20【折變】 ㄓㄜˊ ㄅㄧㄢˋ
'宋代'所繳賦稅以實物為原則,但政府亦可要求繳納等值物品或現金,稱為折變。如以錢折絹,以絹折草,以草折錢等。此項措施被人民視為苛政。

8【折枝花】 ㄓㄜˊ ㄓ ㄏㄨㄚ
花鳥畫的一種形式。盛行於'南宋'宮廷畫院。'南宋'繪畫追求突出描寫對象的個性、特徵,並簡化造型,亦即掌握意象的表現,其取景花卉時,常只攝取花卉中最具特色、最富於美感的片段,作傳神的特寫,故在畫面上常是呈現折枝斷取的形態。以'李嵩'、'吳炳'、'李安忠'、'林椿'為代表。

10【折衷制】 ㄓㄜˊ ㄓㄨㄥ ㄓˋ
指有關各機關之考選業務,歸由具有獨立性之考選機關主管;而考選以外之人事管理業務,則分別歸由各機關內部所設置之人事機構主管。此制爲部分'歐''美'國家所採用。

【折衷說】 ㄓㄜˊ ㄓㄨㄥ ㄕㄨㄛ
(the theory of compromise)調和利益說與義務說兩種極端課稅理論的新學說。此說認爲國家之所以有權向人民課徵租稅，一則因人民享受國家的各種利益，二則因人民是國家的組成分子，爲維護國家機能的正常運作，乃有納稅的義務。此說立論較中肯，故爲通說。

【折射光】 ㄓㄜˊ ㄕㄜˋ ㄍㄨㄤ
(refracted light)光自一介質入射於另一介質時，會在二介質的境界面產生偏折，這種偏折進入另一介質的光，稱爲折射光。

【折射率】 ㄓㄜˊ ㄕㄜˋ ㄌㄩˋ
(index of refraction)光自第一介質射入第二介質時，在兩介質的境界面會產生折射，入射角 i 的正弦($\sin i$)與折射角 r 的正弦($\sin r$)之比值，稱爲第二介質對第一介質的折射率，如以 n_{12} 表示，則爲：$n_{12}=\frac{\sin i}{\sin r}$。折射率的值與入射角無關，但與兩介質的性質及光的顏色(波長)有關。由理論推知，折射率相等於光波在兩介質中速度之比，故可寫成：

$$n_{12}=\frac{\sin i}{\sin r}=\frac{v_1(\text{光在第一介質的速度})}{v_2(\text{光在第二介質的速度})}。$$

產生折射時，光波的頻率並未改變，由波速 v、頻率 f 及波長 λ 三者之關係：$v=f\cdot\lambda$，代入上折射率公式中的 v，並消去頻率 f，又可得如下之關係式：

$$n_{12}=\frac{\sin i}{\sin r}=\frac{v_1}{v_2}=\frac{\lambda_1(\text{光在第一介質中傳播時之波長})}{\lambda_2(\text{光在第二介質中傳播時之波長})}。$$

若光所入射的第一種介質爲眞空時，各種物質對眞空的折射率，稱爲絕對折射率，如以 n 表示，有：

$$n=\frac{\sin i}{\sin r}=\frac{c(\text{光在眞空中的速度})}{v(\text{光在介質中的速度})}=\frac{\lambda_c(\text{光在眞空中的波長})}{\lambda(\text{光在介質中的波長})}。$$

因光在空氣中的速度，甚接近於光在眞空中的速度，故在一般光學計算中，介質對空氣的折射率，可視爲等於絕對折射率。二介質的折射率比亦稱爲相對折射率。即 $n_{12}=n_2/n_1$。

15【折價券】 ㄓㄜˊ ㄐㄧㄚˋ ㄑㄩㄢˋ
(coupon)又稱兌換印花。爲促銷方法之一。通常印在報紙或雜誌的一角，消費者塡答必要項目，或和指定的標籤包裝盒等一起寄回，即可獲得如樣品、兌換券、招待券或抽獎券等贈品。

【折衝府】 ㄓㄜˊ ㄔㄨㄥ ㄈㄨˇ
'唐代'兵區名。'隋''唐'兵制大抵沿襲'北周'的府兵而稍加改革。改兵府爲折衝府，並增至六百三十四府，每府置折衝都尉一人爲長官，左右果毅都尉各一人爲之副，下設別將、長史、兵曹、參軍各一人，校尉五或六人。

18【折舊率】 ㄓㄜˊ ㄐㄧㄡˋ ㄌㄩˋ
(depreciation rate)固定資產每期折舊的比率。此項比率乘資產可折舊成本即得折舊費用。折舊率因折舊方法的不同而異，有每期皆同者，亦有不同者。

6【折扣商店】 ㄓㄜˊ ㄎㄡˋ ㄕㄤ ㄉㄧㄢˋ
(discount store)又稱廉價商店。爲第二次大戰後，'美國'新興的一種大規模零售組織。由於採取薄利多銷的政策，頗受低收入階級的歡迎，其營運量可與超級市場分庭抗禮，並威脅百貨商店。銷售商品以家庭電器用具、家具、五金、兒童玩具、廉價珠寶首飾、運動器材等爲主。其特徵爲：一、以折扣爲號召，頗能引誘顧客上門；二、以現金交易爲原則，倒帳情形減少；三、進貨則以賒欠方式爲主，利息支出少；四、店址通常設在行人流量大的地點，但不選擇繁華的商業地區，也不特別講求陳列和裝潢，可節省營業費用；五、不嚴格要求所售商品品質及廠牌。

15【折衝尊俎】 ㄓㄜˊ ㄔㄨㄥ ㄗㄨㄣ ㄗㄨˇ
比喻不用武力而能在宴會談判中制勝對方。也作折衝樽俎。

扮 ㄅㄢˋ *pan*⁴ 音半
1裝飾。見"廣韻"。2飾演。如：扮演。

9【扮相】 ㄅㄢˋ ㄒㄧㄤˋ
裝扮成的劇中人物相貌。

14【扮演】 ㄅㄢˋ ㄧㄢˇ
裝扮表演。

10【扮鬼臉】 ㄅㄢˋ ㄍㄨㄟˇ ㄌㄧㄢˇ
故意擠眉弄眼，張鼻吐舌，裝出奇怪可笑的面貌。表示譏笑、反抗或無奈。

抓 ㊀ ㄓㄨㄚ *chua*¹ 讀音 ㄓㄠ *chao*¹ 音招
1用指甲輕刮。見"廣雅·釋詁"。2用手取物。如：抓一把米。3捕捉。如：抓賭。4執持；把握。如：抓住機會。
㊁ ㄔㄨㄚˇ *ch'ua*³
參抓子兒。

8【抓周】 ㄓㄨㄚ ㄓㄡ
舊俗嬰兒滿周歲時，父母在竹篩裡放置代表各種行業的小物品，如紙筆、算盤、秤尺等，讓嬰兒任意抓取一件，以預測他未來的志向和前途。也作抓週。

15【抓瞎】 ㄓㄨㄚ ㄒㄧㄚ
遇事倉皇失措。

17【抓舉】 ㄓㄨㄚ ㄐㄩˇ
1抓取舉起。2'國際舉重總會'認可舉重比賽兩項規定動作之一。雙手握槓，以一連貫的動作將槓鈴自地面舉過頭頂，兩臂並完全伸直。抓舉時兩腿可劈分或曲蹲作勢。

19【抓藥】 ㄓㄨㄚ ㄧㄠˋ
到'中'藥店買藥。

3【抓大頭】 ㄓㄨㄚ ㄉㄚˋ ㄊㄡˊ
指眾人聚食，以抓鬮方式決定出錢多寡。

【抓子兒】 ㄔㄨㄚˇ ㄗㄜ˙ㄦ
女孩把果核或石子在手中反覆擲接的遊戲。

6【抓耳撓腮】 ㄓㄨㄚ ㄦˇ ㄋㄠˊ ㄙㄞ
形容焦急不安或過度欣喜的樣子。也作抓耳搔腮。

承 ㄔㄥˊ *ch'êng*² 音丞
1雙手捧著。見"說文"。2尊奉。如：承天之命。3受納。如：承蒙。4順從；迎合。如：承歡膝下。5繼續。如：承先啟後。6擔當。如：承辦。7回答。如：應承。8姓。'明'有'承廣'。見"萬姓統譜·五七"。

5【承平】 ㄔㄥˊ ㄆㄧㄥˊ
太平；治平相承。

【承乏】 ㄔㄥˊ ㄈㄚˊ
承擔某一職位的謙詞。

7【承兌】 ㄔㄥˊ ㄉㄨㄟˋ
(acceptance)匯票付款人爲承諾發票人付款委託所爲之附屬票據行爲。通常由付款人在匯票正面簽章並書明「承兌」字樣，或不書明「承兌」，而僅簽章。承兌之後，付款人就成爲承兌人，在法律上負有到期付款的絕對責任。

10【承祧】 ㄔㄥˊ ㄊㄧㄠ
承繼奉祀宗廟。

13【承當】 ㄔㄥˊ ㄉㄤ
擔當。

15【承德】 ㄔㄥˊ ㄉㄜˊ
舊名'熱河'。位於'熱河省'西南部，濱'熱河'西岸。有鐵路在此交會，南控'古北口'及'喜峰口'，交通軍事地位重要。現爲'熱河省'省會；境內名勝古蹟甚多，以'清''康熙'年間所建的'避暑山莊'('熱河行宮')最著名。

16【承諾】 ㄔㄥˊ ㄋㄨㄛˋ
1應允；許諾。2乃要約受領人回復要約，表示同意之意思表示。承諾以與要約結合而使契約成立爲目的，其本身並非一獨立之法律行爲，而僅爲契約成立之一要素。承諾須於要約有效期間內爲之。於此承諾期限內，如係對話之承諾，則於要約人所了解時發生效力。如爲非對話之承諾，則以承諾之通知達到要約人時始發生效力。承諾之通知，按其傳達方法，依通常情形在相當期間內可到達而遲到者，要約人應向相對人發遲到之通知。如怠於爲此項通知，其承諾視爲未遲到。遲到之承諾視爲新要約。將要約擴張、限制或變更而爲承諾者，視爲拒絕原要約而爲新要約。要約一經承諾，契約即已成立。

【承擔】 ㄔㄥˊ ㄉㄢ
擔任；擔當。

22【承襲】 ㄔㄥˊ ㄒㄧˊ
繼承；沿襲。

【承歡】 ㄔㄥˊ ㄏㄨㄢ
迎合人意，博取歡心。多指侍奉父母或君主而言。

24【承攬】 ㄔㄥˊ ㄌㄢˇ
1承擔總攬其事。2當事人約定，一方爲他方完成一定之工作，他方俟工作完成，給付報酬之契約。承攬重在勞務之結果，未生結果前自不得請求報酬。承攬人完成工作時，應使其具備約定之品質，及無減少或減失價値或不適於通常或約定使用之瑕疵，否則，定作人得定相當期間請其修補，其拒絕修補時，定作人得解除契約或減少價金。如因可歸責於承攬人之事由，致工作發生瑕疵者，定作人並得請求損害賠償。承攬之工作爲建築物或其他土地上之工作物，或爲此等工作物之重大修繕者，承攬人就承攬關係所生之債權，對於其工作所附之定作人之不動產有抵押權("民法"第五一三條)。此項法定抵押權由於未經登記，因此如有爭執時，應由承攬人提起確認之訴，證明其存在。

5【承包商】 ㄔㄥˊ ㄅㄠ ㄕㄤ
(contractor)接受起造人的訂造及設計者的督導，擔任工程的實際施工事務者。應按契約具備相當的施工機械設備，擔任購備建材，僱用並指導作業的職工，負有按照設計圖總施工，在契約所定的工程價款及約定期限內完成全部工程的職責。

13【承載力】 ㄔㄥˊ ㄗㄞˋ ㄌㄧˋ
(bearing capacity)土層能承受結構物所施加的荷重。

6【承先啟後】 ㄔㄥˊ ㄒㄧㄢ ㄑㄧˇ ㄏㄡˋ
繼承前人，開啟後世。

7【承兌交單】 ㄔㄥˊ ㄉㄨㄟˋ ㄐㄧㄠ ㄉㄢ
(documents against acceptance; D/A)託收付款方式的一種。即賣方依約交運貨物後，簽發以買方爲付款人的遠期匯票，附上商業發票、運送單證及其他有關單證，送請銀行委託其轉寄買方所在地銀行，請其代向買方收取貨款，但要求銀行必須於買方在匯票上完成承兌後，才可將上述單證交給買方提貨，而買方則於匯票到期時才支付票款。這種付款方式因不必先付款即可提貨轉售，對買方很有利；但對賣方而言，除非買方信用良好，否則買方於承兌、領單、提貨後，有可能因市場或其他因素而拒絕付款，對賣方十分不利。

8【承受水體】 ㄔㄥˊ ㄕㄡˋ ㄕㄨㄟˇ ㄊㄧˇ
(receiving body)指承受排水的河川、湖泊、水庫、海洋等。

22【承歡膝下】 ㄔㄥˊ ㄏㄨㄢ ㄒㄧ ㄒㄧㄚˋ
在父母的身邊，使父母歡悅。

5

抭 ㄧㄠˇ *yao*³ 音咬
清除臼中的穀物。同舀。見"說文"。

拕 拖的或體。

拉 ㈠ ㄌㄚ la^{1} 音啦
①摧折。見"說文"。②牽挽。如:拉車。③排洩。如:拉尿。④拖延。如:拉場。
㈡ ㄌㄚˊ la^{2} 音剌
①刺劃。②不整潔。如:拉遢。
㈢ ㄌㄚˇ la^{3}
疏忽。如:拉忽。

4【拉夫】 ㄌㄚ ㄈㄨ
①強拉人民充軍或服勞役。②強邀人作事。

8【拉拔】 ㄌㄚ ㄅㄚˊ
①提攜;提拔。②養育。

【拉門】 ㄌㄚ ㄇㄣˊ
(sliding door)與牆壁呈平行方向滑出或滑入的門。拉門有單扇、雙扇及多扇之分;有靠牆及推入

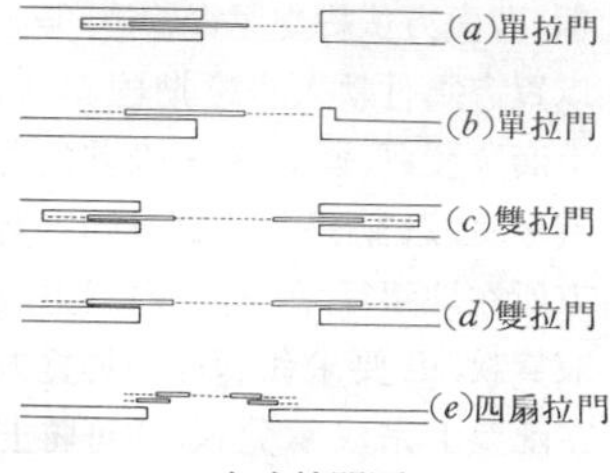

各式拉門圖

牆內之分。為使拉門運行方便,有用吊輪隱入門框上緣者,或門檻上設門軌而門扇下裝滑輪者,或二法兼用,推拉更為便利。開啟時占地較小為其優點。

9【拉風】 ㄌㄚ ㄈㄥ
出風頭。

10【拉倒】 ㄌㄚ ㄉㄠˇ
算了;罷了。

11【拉球】 ㄌㄚ ㄑㄧㄡˊ
桌球及網球擊球技巧之一。即在球拍觸球的一瞬間,將球拍向上拉,使球產生強勁的上旋性。此種球往返回擊均很接近端線,技術較差者,回擊時常會使球掛網或出界而失分。

12【拉稀】 ㄌㄚ ㄒㄧ
①拉肚子。②力竭失敗。

14【拉遢】 ㄌㄚˊ ˙ㄊㄚ
骯髒雜亂。又作邋遢。

【拉製】 ㄌㄚ ㄓˋ
(drawing)將直徑較大的線材通過一抽拉模具,並用力向外抽拉,材料的直徑因而變小,長度則增長,此種加工法稱為拉製。

17【拉鍊】 ㄌㄚ ㄌㄧㄢˋ
以含金屬或尼龍齒狀物的二條布帶並列,以拉動拉頭方式來扣合的一種扣合物。有多種造型及長度,約可分為三類:一、開尾型:即夾克類外套所用能兩邊分開者。二、封尾型:末端以金屬片併合固定者。三、隱型:運用於印花或具刺繡圖案的高級布料上,車縫後幾乎不見開口的存在。鍊齒的構造方式有螺旋尼龍式和單齒並列式二種。

18【拉薩】 ㄌㄚ ㄙㄚˋ
位於'西藏地方'東南部,濱'拉薩河'北岸。為'西藏地方'最大的政治、宗教、文化、經濟、交通中心;北郊的'布達拉宮'是'西藏'政教領袖達賴活佛駐錫之地。

19【拉攏】 ㄌㄚ ㄌㄨㄥˇ
聯絡;牽合。

2【拉丁文】 ㄌㄚ ㄉㄧㄥ ㄨㄣˊ
(Latin)屬於古'義大利'語族的'印''歐'語文。原為'羅馬'及其附近居民所使用,後因'羅馬帝國'勢力擴張到西'歐'、南'歐'、'非洲'濱'地中海'岸,遂傳入該地。為今'羅曼'語文(Romance language),包括'法'語、'義大利'語、'葡萄牙'語、'西班牙'語和'羅馬尼亞'語等的祖先。中世紀及近代曾廣泛應用於西方的學術及文學上,今在醫學及動植物學上的應用仍極廣泛。

【拉丁族】 ㄌㄚ ㄉㄧㄥ ㄗㄨˊ
(Latin race)本指西元前200年~100年間居住在古'羅馬''拉丁姆'(Latium)地區的人,後則泛稱'義大利'、'法蘭西'、'西班牙'、'葡萄牙'及'南美洲'某些國家的人民。

8【拉姆濟】 ㄌㄚ ㄇㄨˇ ㄐㄧˋ
(William Ramsay,1852~1916)'英國'化學家。西元1894~1898年間與'英'物理學家'雷利'(Lord Rayleigh)及化學家'特列弗茲'(Morris W. Travers)合作,發現氦、氖、氬、氪、氙和氡等元素,並確定了它們在元素週期表中的位置,因此榮獲1904年的'諾貝爾'化學獎。主要著作有"無機化學系統"(*A System of Inorganic Chemistry*)、"大氣中的氣體"(*The Gases of the Atmosphere*)與"現代化學"(*Modern Chemistry*)等多種。

拉姆濟像

9【拉洋片】 ㄌㄚ ㄧㄤˊ ㄆㄧㄢ
民間遊藝的一種。大木箱中置畫片,以繩索或其他裝置轉動之,供人由箱壁嵌有凸透鏡的圓孔觀賞。也作拉大片。

【拉威爾】 ㄌㄚ ㄨㄟ ㄦˇ
(Maurice Ravel, 1875~1937)'法國'作曲家。作品大都以自然景物、世態風俗或神話故事為題材。重要的作品有歌劇"西班牙風光"(*L'Heure espagnole*),管絃樂"鵝媽媽組曲"、"西班牙狂想曲"、"波麗露舞曲"(*Bolero*)、"左手鋼琴協奏曲",小提琴曲"吉卜賽"(*Tzigane*)等。又將'穆梭斯基'所作"展覽會之畫"(*Pictures from an Exhibition*),改編為管絃樂曲,深受世人讚美。

10【拉馬丁】 ㄌㄚ ㄇㄚˇ ㄉㄧㄥ
(Alphonse de Lamartine, 1790~1869)'法國'詩人、政治家及重要的浪漫主義者。出身貴族。西元1803年入'伯來'(Belley)地區的'耶穌會學院'受教育。後即四處旅行、寫詩。1820年出版"沈思集"

(*Méditations poétiques*)而聲名大噪。“新沈思集”及“詩與宗教的和諧”(*Harmonies poétiques et religieuses*)等作品出版後，聲望更隆，詩中充滿浪漫情調和宗教色彩。1833年進入國會，主張社會改革。另著有“吉倫特派的歷史”(*Histoire des Girondins*)及小說“葛萊齊拉”(*Graziella*)等。

12【拉斐爾】ㄌㄚ ㄈㄟˇ ㄦˇ
(Raphael Sanzio, 1483～1520)‘義大利’文藝復興時期的三巨匠之一。生於‘義大利’的‘烏爾畢諾’(Urbino)。他的繪畫以思想的表現及慈愛美麗的聖母像著稱。代表作品有“雅典學院”(*School of Athens*)、“聖餐禮的辯論”(*Disputation Concerning the Blessed Sacrament*)等壁畫，及“大公的聖母像”(*Madonna del Granduca*)和“席斯汀聖母像”(*Sistine Madonna*)等油畫名作。

【拉絲法】ㄌㄚ ㄙ ㄈㄚˇ
常見的金屬工藝加工法之一。即將金屬條穿過鑽有大小不同洞孔的鋼板，在孔的一端用力拉出，使成粗細不同的金屬絲。拉成之絲可廣泛應用在金屬工藝上。

13【拉塞福】ㄌㄚ ㄙㄜˋ ㄈㄨˊ
(Ernest Rutherford, 1871～1937)‘英國’化學及物理學家。出生於‘紐西蘭’。曾任‘加拿大’‘麥久爾大學’及‘英國’‘曼徹斯特’、‘維多利亞大學’教授。以研究放射現象著名。西元1908年得‘諾貝爾’化學獎。1925年任‘英國皇家學會’院長。其對科學思想的影響可與‘法拉第’和‘牛頓’比擬。

拉塞福像

14【拉瑪猿】ㄌㄚ ㄇㄚˇ ㄩㄢˊ
(*Ramapithecus*)爲一屬名。係指生存於中新世至上新世期間(約自一千四百萬至八百萬年前)的古猿。其蹤跡遍及西‘歐’、東‘非’、‘印度’，我國‘雲南’也有發現。早先學者由其化石材料的特徵所示，將它歸入人科之中。然自西元1980～1981年，‘雲南’‘祿豐’出土包括有完整臉部的頭骨化石之後，學者得以進行更確切的比較研究，因而承認拉瑪猿的臉和上頜與‘亞洲’的猩猩相像，而不是如原來所推想的與南猿的特徵相似。故目前大多數學者認爲拉瑪猿是中新世的古猿，而不是人科動物。

16【拉鋸戰】ㄌㄚ ㄐㄩˋ ㄓㄢˋ
敵對雙方之兵力勢均力敵，在戰場上耗時地爭戰，好比兩人拉鋸一般你來我往，不易分出勝負。

2【拉丁美洲】ㄌㄚ ㄉㄧㄥ ㄇㄟˇ ㄓㄡ
(Latin America)指通行‘拉丁’語系的‘中美’及‘南美洲’。自十六世紀以來，此區的移民多來自‘西班牙’和‘葡萄牙’爲主的‘拉丁’民族，故稱。

4【拉毛粉飾】ㄌㄚ ㄇㄠˊ ㄈㄣˇ ㄕˋ
(stucco)用水泥和成的外用灰漿。可黏在圬工牆上，如要附貼在木牆上，須先於牆上釘上金屬網，再將拉毛粉飾粉上。

【拉氏定律】ㄌㄚ ㄕˋ ㄉㄧㄥˋ ㄌㄩˋ
(Laplace's law)載有電流之導體在任一點所產生的磁場強度，與電流強度及導線投影長度成正比，而與導線之距離平方成反比。

8【拉拉雜雜】ㄌㄚ ㄌㄚ ㄗㄚˊ ㄗㄚˊ
1不整潔的樣子。2雜亂無序的樣子。

10【拉格勒夫】ㄌㄚ ㄍㄜˊ ㄌㄜˋ ㄈㄨ
(Selma Lagerlöf, 1858～1940)‘瑞典’女小說家。其作品內容多取材於‘瑞典’民間故事和英雄傳說。寫有長篇小說“古斯泰·貝林的故事”(*Gösta Berlings Saga*)、“耶路撒冷”(*Jerusalem*)，三部曲“呂溫斯葛爾特的指環”(*Löwensköldska ringen*)、“卡洛特·呂溫斯葛爾特”(*Charlotte Löwensköld*)和“安娜·斯維爾特”(*Anna Svärd*)等。西元1909年爲‘瑞典’贏得第一個‘諾貝爾’文學獎，也是第一位獲得此項榮譽的女性。

【拉格蘭吉】ㄌㄚ ㄍㄜˊ ㄌㄢˊ ㄐㄧˊ
(Joseph-Louis Lagrange, 1736～1813)‘法國’數學家及力學家。出生於‘義大利’。對於變分學、數論、行列式、微分方程式、有限微差分、方程式論和橢圓函數等，都有專研和著述，尤精於解析學。西元1761年時，已是當時公認最偉大的數學家。1764年以一篇有關論月的天平動的論文獲得‘巴黎科學院’頒發的獎金。1776～1786年之間任職於‘柏林’的科學院。1786年移居‘巴黎’，1788年出版“解析力學”(*Mécanique Analytique*)，綜論‘牛頓’以來所有力學上的問題。

4【拉午耳定律】ㄌㄚ ㄨˇ ㄦˇ ㄉㄧㄥˋ ㄌㄩˋ
(Raoult's law)西元1886年，‘拉午耳’發現溶液中各成分的蒸氣壓，等於各成分的蒸氣壓與溶液中該成分莫耳分率之乘積，此即‘拉午耳’定律。

7【拉佛爾曲線】ㄌㄚ ㄈㄛˊ ㄦˇ ㄑㄩ ㄒㄧㄢˋ
(Laffer curve)表示稅率與稅收關係的一條曲線。當現行稅率大於能使稅收達到最大的最適稅率時，會使人民工作意願降低，工作時間減少，可課稅所得減少，致使稅收反而減少。在此情況下，應降

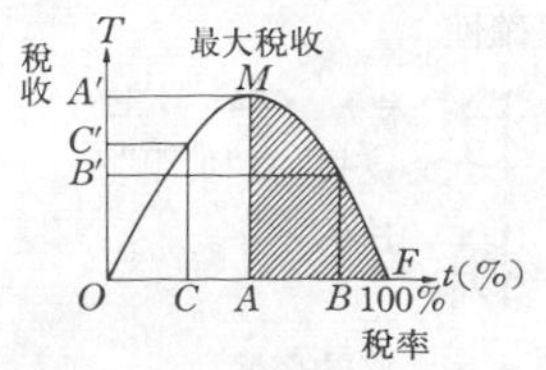

拉佛爾曲線圖

低稅率,才能對勞動供給、投資與政府稅收產生有利的後果。但是,若現行稅率未超過最適稅率,即降低稅率,將會導致稅收減少、政府預算赤字擴大,以及助長通貨膨脹等不利的反效果。如圖中*OMF*曲線即'拉佛爾'曲線,*A*點爲最適稅率,能使稅收達到最大*M*。

14【拉赫曼尼諾夫】 ㄌㄚ ㄏㄜˋ ㄇㄢˋ ㄋㄧˊ ㄋㄨㄛˋ ㄈㄨ

(Sergey Rachmaninoff,1873～1943)'俄國'近代鋼琴家及作曲家。繼承'柴可夫斯基'的浪漫樂風,作品常充滿哀傷及優美的旋律。有交響曲三首、歌曲九十餘首。最重要的作品是鋼琴曲"前奏曲集"、協奏曲四首及"帕格尼尼主題狂想曲"(*Rhapsody on a Theme by Paganini*)等。

13【拉塞福原子模型】 ㄌㄚ ㄙㄜˋ ㄈㄨˊ ㄩㄢˊ ㄗˇ ㄇㄛˊ ㄒㄧㄥˊ

(Rutherford's atomic model)發現電子的'英國'人'湯木生'(J. J. Thomson)認爲,原子是一顆帶正電的粒子,裡頭嵌著一些帶負電的電子。後來他的學生'拉塞福'爲了解釋α-粒子散射角的現象,建立另一種原子模型。'拉塞福'認爲原子所有的正電電荷及大部分的質量都集中在一個稱爲原子核的小體積中,電子則散布於原子核外。這種有核的原子模型即稱爲'拉塞福'原子模型。根據此模型,'拉塞福'計算出散射粒子的角分布,並由'拉塞福'的學生'蓋革'(H. Geiger)及'馬斯登'(E. Marsden)以實驗證明其正確性。

拄 ㄓㄨˇ *chu*³ 音主
支撐。見"集韻"。

拚 拚的本字。

拡 擴的俗體。

拯 ㄅㄧˇ *pi*³ 音筆
同擇。1推擊。見"方言·一〇"。2擊刺。見"廣韻"。

拌 一 ㄅㄢˋ *pan*⁴ 音半
攪動調勻。如:涼拌。

二 ㄆㄢˋ *p'an*⁴ 音判
捐棄;犧牲。見"廣雅·釋詁"。

6【拌合】 ㄅㄢˋ ㄏㄜˊ
攪拌均勻。

16【拌嘴】 ㄅㄢˋ ㄗㄨㄟˇ
爭吵;口角。

抨 ㄆㄥ *p'êng*¹ 音烹
1彈動。見"說文"。2彈劾。如:抨擊。

抹 一 ㄇㄛˇ *mo*³
1塗。如:抹灰。2擦。3勾銷;塗去。如:抹撥。4緊貼他物摩擦或拉割。5彈奏弦樂的指法之一。即順手下撥。如:輕攏慢撚抹復挑。6彎曲。如:抹著腰。

二 ㄇㄛˋ *mo*⁴ 音末
1同一1。2緊貼。如:抹胸。3轉;繞。如:拐彎抹角。

14【抹撥】 ㄇㄛˇ ㄙㄚˋ
勾銷;磨滅。也作抹煞。

9【抹眉手】 ㄇㄛˇ ㄇㄟˊ ㄕㄡˇ
國術招式。又名燕子掠水。併食、中二指,向敵人眼中橫劃。

1【抹一鼻子灰】 ㄇㄛˇ ㄧ ㄅㄧˊ ·ㄗ ㄏㄨㄟ
比喻本想討好,反招沒趣。

拒 ㄐㄩˋ *chü*⁴ 音巨
1違抗;不接受。如:拒絕。2抵禦。如:拒敵。

10【拒馬】 ㄐㄩˋ ㄇㄚˇ
用鐵絲纏繞鐵架而成的障礙物。置於要道或入口,以阻止行人或車馬通過。

【拒捕】 ㄐㄩˋ ㄅㄨˇ
抗拒被捕。

6【拒收水準】 ㄐㄩˋ ㄕㄡ ㄕㄨㄟˇ ㄓㄨㄣˇ
(lot tolerance percent defective; LTPD; reject quality level; RQL)指在賣方的送驗批中,買方認爲應予拒收的最低不良率。只要賣方的送驗批不良率超過此最低限,產品被接收的機率便很小。

8【拒虎進狼】 ㄐㄩˋ ㄏㄨˇ ㄐㄧㄣˋ ㄌㄤˊ
抵拒老虎,卻招來狼。比喻顧此失彼。

12【拒絕證書】 ㄐㄩˋ ㄐㄩㄝˊ ㄓㄥˋ ㄕㄨ
(protest)票據經執票人請求承兌或付款而被拒絕時,由當地法院公證處作成的正式文件。拒絕證書的對象爲付款人或承兌人,其副本應寄交各第二債務人,即發票人與背書人。經付款銀行拒絕付款所填具的支票退票理由單,可代替拒絕證書。

16【拒諫飾非】 ㄐㄩˋ ㄐㄧㄢˋ ㄕˋ ㄈㄟ
拒絕規勸,掩飾錯誤。

12【拒絕往來戶】 ㄐㄩˋ ㄐㄩㄝˊ ㄨㄤˇ ㄌㄞˊ ㄏㄨˋ
支票存款戶於一年內開發空頭支票三次未經註銷者,或雖不足三次,但因使用票據涉及犯罪,經判決確定者,各銀行及信用合作社等應予拒絕支票存款及授信往來。簡稱拒絕往來。

拂 一 ㄈㄨˊ *fu*² 音服
1振動;甩動。如:拂衣。2抹拭;撣去塵埃。也泛指除去。如:拂拭。3撣塵或驅蚊的工具。即拂塵。4掠過。如:清風拂面。5違背。如:拂逆。

二 ㄅㄧˋ *pi*⁴ 音必
輔助。通弼。見"集韻"。

6【拂衣】 ㄈㄨˊ ㄧ
1振動衣裳。表示激動、喜悅等情緒。2指歸隱。

8【拂戾】 ㄈㄨˊ ㄌㄧˋ
違逆;不和順。

9【拂拭】 ㄈㄨˊ ㄕˋ
除去塵埃汙穢。

10【拂袖】 ㄈㄨˊ ㄒㄧㄡˋ
1衣袖拂動。2甩動衣袖。表示氣

憤或不高興。

【拂逆】 ㄈㄨˊ ㄋㄧˋ
違背;不順從。

14【拂塵】 ㄈㄨˊ ㄔㄣˊ
①拂去塵埃。②洗塵;接風。③拂去塵埃及驅蚊蠅等的器具。也稱拂子。如圖。

拂塵圖

16【拂曉】 ㄈㄨˊ ㄒㄧㄠˇ
黎明。

抿 ㄇㄧㄣˇ *min*³ 音敏
①輕輕接觸或合上。如:抿著嘴笑。②用小刷子蘸水或油梳理頭髮。

抾 ㄑㄧ *ch'i*¹ 音欺
①捧持;用雙手把取。見"玉篇"。②用雙手捕捉。見"廣韻"。

抳 ㊀ ㄋㄧˇ *ni*³ 音你
①停止。見"廣雅·釋詁"。②用手指物。見"集韻"。
㊁ ㄋㄧˊ *ni*² 音尼
研磨。見"集韻"。

拑 ㄑㄧㄢˊ *ch'ien*² 音前
①脅持;夾持。見"說文"。②閉;合。如:拑口。③用橫木銜馬口,使不能食。同箝。

8【拑制】 ㄑㄧㄢˊ ㄓˋ
脅持控制。

抴 ㄧˋ *i*⁴ 音意　又讀 ㄧㄝˋ *yeh*⁴ 音夜
①拖拉;牽引。同曳、拽。如:抴車。②船旁板。俗作栧。

招 ㊀ ㄓㄠ *chao*¹ 音昭
①用手示意使人前來。見"說文"。②泛指引致、徵求。如:招標。③認罪。如:招供。④姓。'漢'有'招猛'。見"通志·氏族略四"。
㊁ ㄑㄧㄠˊ *ch'iao*² 音橋
揭舉;舉起。通撟。見"集韻"。
㊂ ㄕㄠˊ *shao*² 音韶
古樂名。通"韶"。見"字彙"。

6【招安】 ㄓㄠ ㄢ
招降盜賊。

【招式】 ㄓㄠ ㄕˋ
國術的攻防動作。一般分為踢、打、摔、拿四大類。

8【招供】 ㄓㄠ ㄍㄨㄥ
坦承罪狀。

9【招架】 ㄓㄠ ㄐㄧㄚˋ
①抵擋。②承認。

【招致】 ㄓㄠ ㄓˋ
招引;招來。

【招降】 ㄓㄠ ㄒㄧㄤˊ
號召他人歸降。

10【招展】 ㄓㄠ ㄓㄢˇ
①飄搖;飄揚。②招搖以引人注意。

11【招眼】 ㄓㄠ ㄧㄢˇ
引人注目。

【招徠】 ㄓㄠ ㄌㄞˊ
招致;招攬。

13【招搖】 ㄓㄠ ㄧㄠˊ
①逍遙;遨遊。②行事張揚,惹人注目。③搖動的樣子。

【招惹】 ㄓㄠ ·ㄖㄜ
逗引;牽扯。

【招募】 ㄓㄠ ㄇㄨˋ
招集;募集。

14【招認】 ㄓㄠ ㄖㄣˋ
承認罪過。

【招魂】 ㄓㄠ ㄏㄨㄣˊ
招喚死者的靈魂。喪禮儀式之一。

15【招標】 ㄓㄠ ㄅㄧㄠ
(bid; invitation)指起造人將欲興建的工程圖表、說明書、估價單(稱為標單)等予以公告或發出通知,招請合格的營造業者,將願意承造的價格填於標單,於規定時間內寄往指定地點(稱為投標),起造人在指定的時間當眾開封,發表各廠商的報價(稱為開標),以報價最低者為承造人(稱為決標)的過程。

【招撫】 ㄓㄠ ㄈㄨˇ
招降安撫。

【招數】 ㄓㄠ ㄕㄨˋ
武術招式的總稱。

16【招親】 ㄓㄠ ㄑㄧㄣ
①招納男子來家為女婿。今稱招贅。②不經父母、媒妁,在某種場合中私下結婚。

18【招贅】 ㄓㄠ ㄓㄨㄟˋ
招納男子來家為女婿。

22【招權】 ㄓㄠ ㄑㄩㄢˊ
攬權;弄權。

24【招攬】 ㄓㄠ ㄌㄢˇ
①招引;邀集。②招惹。

8【招物議】 ㄓㄠ ㄨˋ ㄧˋ
招惹別人的議論。

9【招風耳】 ㄓㄠ ㄈㄥ ㄦˇ
輪廓大且外揚的耳朵。

14【招魂旛】 ㄓㄠ ㄏㄨㄣˊ ㄈㄢ
死者靈前所立的旗旛。陰陽家以為死者靈魂游蕩在四野,故以旗識之,招之使歸。

7【招災惹禍】 ㄓㄠ ㄗㄞ ㄖㄜˇ ㄏㄨㄛˋ
招來禍害。

【招兵買馬】 ㄓㄠ ㄅㄧㄥ ㄇㄞˇ ㄇㄚˇ
①招集兵馬,充實軍事力量。②比喻招攬人才,籌組事業或進行活動。

10【招財進寶】 ㄓㄠ ㄘㄞˊ ㄐㄧㄣˋ ㄅㄠˇ
祝賀他人生意興隆、財寶廣進的頌詞。

13【招搖撞騙】 ㄓㄠ ㄧㄠˊ ㄓㄨㄤˋ ㄆㄧㄢˋ
假借名義或聲勢,騙取財物。

22【招權納賄】 ㄓㄠ ㄑㄩㄢˊ ㄋㄚˋ ㄏㄨㄟˋ
攬權受賄。

24【招攬成本】 ㄓㄠ ㄌㄢˇ ㄔㄥˊ ㄅㄣˇ
(acquisition cost)保險人招攬業務的費用。包括代理人及經紀人的佣金、公司所支出有關招攬工作的各種費用等。

抜 拔的俗體。

拋 ㄆㄠ *p'ao*¹ 音脬
俗作抛。①丟棄。如:拋開。②投擲。如:拋磚引玉。

6【拋光】 ㄆㄠ ㄍㄨㄤ
磨光寶石的一種方法。又稱搽光。將一包紮有棉織品、法蘭絨、袈裟布或羚羊皮的木盤裝在車床上,藉動力使木盤轉動，以磨光寶石。磨動時，可撒些浮石拋光粉以助磨光。

9【拋卻】 ㄆㄠ ㄑㄩㄝˋ

丟棄。

10【拋荒】 ㄆㄠ ㄏㄨㄤ

田地廢棄不耕種。

11【拋棄】 ㄆㄠ ㄑㄧˋ

[1]丟掉。[2]指權利主體消滅權利客體對其歸屬關係之法律行爲。拋棄之法律行爲須具備主觀要件及客觀要件，換言之，權利主體主觀上須有消滅權利之意思，客觀上須放棄動產占有或塗銷不動產物權登記之行爲。

【拋售】 ㄆㄠ ㄕㄡˋ

低價大量賣出。

12【拋補】 ㄆㄠ ㄅㄨˇ

(cover)有時又稱對沖(hedge)。國際間的投資者、套利者、借貸者及進、出口商希望藉助外匯市場以消除或減少外匯風險的行爲。即買進現貨外匯，同時賣出期貨外匯；或賣出現貨外匯，同時亦買進期貨外匯。具體而言，拋補是對外國通貨，既非處於淨資產，亦非處於淨負債的地位。

17【拋錨】 ㄆㄠ ㄇㄠˊ

[1]將錨放入水中，使船停泊。[2]車輛故障，無法行駛。

18【拋擲】 ㄆㄠ ㄓˊ

[1]扔。[2]棄之不顧。

8【拋物面】 ㄆㄠ ㄨˋ ㄇㄧㄢˋ

(paraboloid)拋物旋轉面係將拋物線以其軸爲轉軸旋轉而得。其方程式爲$\frac{x^2}{a^2}+\frac{y^2}{a^2}=2cz(c>0)$。更有橢圓拋物面，其方程式爲$\frac{x^2}{a^2}+\frac{y^2}{b^2}=2cz$，其圖形如圖(一)；雙曲拋物面的方程式爲$\frac{x^2}{a^2}-\frac{y^2}{b^2}=2cz(c>0)$，其圖形如圖(二)：與$xy$平面平行的截面，截得相似雙曲線，而與其他坐標平面平行的截面，截得拋物線。原點爲曲面的鞍點，既是居於其上的拋物線的

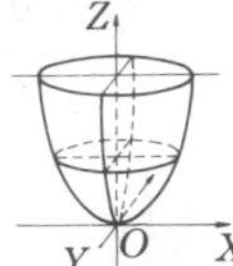

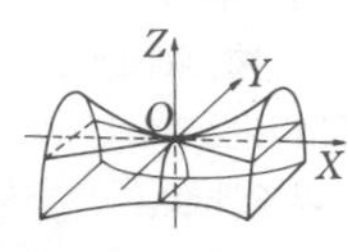

(一)橢圓拋物面圖　(二)雙曲拋物面圖

極小點(xz平面截線)，亦是居於其下的拋物線的極大點(yz平面截線)。拋物面係二次曲面之一。雙曲拋物面和單葉雙曲面一樣，是雙直紋曲面，即存在兩相異直線族，族中每一直線均在曲面上，且每一族均能掃過曲面全部。

【拋物線】 ㄆㄠ ㄨˋ ㄒㄧㄢˋ

(parabola)圓錐曲線或二次曲線的一種。用一平面截圓錐，使平面與母線平行所產生的截口，或由一動點在平面上運動，使它至一定點之距離，等於它至一定直線距離所形成的軌跡，都叫拋物線。其標準形式爲$y^2=4px$。

18【拋繡球】 ㄆㄠ ㄒㄧㄡˋ ㄑㄧㄡˊ

古代女子公開擇偶的一種方式。女子自高處拋下繡球，接獲繡球的男子，就是該女子結婚的對象。

4【拋戈棄甲】 ㄆㄠ ㄍㄜ ㄑㄧˋ ㄐㄧㄚˇ

拋棄武器盔甲。形容戰敗狼狽逃走的樣子。

6【拋在腦後】 ㄆㄠ ㄗㄞˋ ㄋㄠˇ ㄏㄡˋ

忘記；不理會。

16【拋頭露面】 ㄆㄠ ㄊㄡˊ ㄌㄨˋ ㄇㄧㄢˋ

舊時謂婦女不肯守於閨房中，在外露面。今指公開露面。多含貶義。

【拋磚引玉】 ㄆㄠ ㄓㄨㄢ ㄧㄣˇ ㄩˋ

自己拿出無價值的東西，引別人拿出貴重的東西。自謙之詞。

23【拋體運動】 ㄆㄠ ㄊㄧˇ ㄩㄣˋ ㄉㄨㄥˋ

(projectile motion)在地面上將物體拋射出去，由於受到地球(萬有)引力之作用，物體向地心有一重力加速度g，使得拋射後的物體，成爲拋體運動。由於拋射初速度方向之不同，拋體運動的軌跡可成爲鉛直於地面的直線，或爲一拋物線。

拓

(一) ㄓˊ chih^2 音直

拾取。同摭。見"說文"。

(二) ㄊㄨㄛˋ t'o^4, t'uo^4 音柝

[1]擴充；推展。如：開拓。[2]開闢；開墾。如：拓荒。

(三) ㄊㄚˋ t'a^4 音沓

用紙摹印金石器物上的圖紋或文字。通搨。如：拓本。

4【拓片】 ㄊㄚˋ ㄆㄧㄢˋ

摹印有金石器物上文字的紙片。

5【拓本】 ㄊㄚˋ ㄅㄣˇ

也叫搨本、打本、墨本。將紙覆在金石器物的銘刻上，鋪氈捶擊，使紙張與銘刻圖文密合，然後用綿包蘸墨打印出來。

6【拓地】 ㄊㄨㄛˋ ㄉㄧˋ

擴張領土。

【拓印】 ㄊㄚˋ ㄧㄣˋ

將金石銘刻用紙、墨摹印下來。

10【拓展】 ㄊㄨㄛˋ ㄓㄢˇ

擴充發展。

【拓荒】 ㄊㄨㄛˋ ㄏㄨㄤ

開闢荒地。

12【拓殖】 ㄊㄨㄛˋ ㄓˊ

開墾荒地，以便移民。

13【拓落】 ㄊㄨㄛˋ ㄌㄨㄛˋ

[1]不得意的樣子。[2]廣闊的樣子。

19【拓邊】 ㄊㄨㄛˋ ㄅㄧㄢ

開拓邊地。

12【拓跋珪】 ㄊㄨㄛˋ ㄅㄚˊ ㄍㄨㄟ

(371～409)'後魏'開國主'道武帝'。'鮮卑'人。遷都'平城'，力行'漢'化。曾討平'劉顯'等部落，伐'燕'，圍'中山'，破'慕容寶'，武功頗盛。在位二十二年，爲子'紹'所弒。

16【拓樸學】 ㄊㄨㄛˋ ㄆㄨˊ ㄒㄩㄝˊ

(topology)研究位置形相之學。即位相幾何學。

抪

(一) ㄅㄨˋ pu^4 音布

[1]撫持；摸。見"說文"。[2]擊。見"集韻"。

(二) ㄅㄨ pu^1 音逋

[1]散布。通敷。見"廣韻"。[2]同(一)[2]。

拔 ㄅㄚˊ pa^2 音跋
①抽出；拉出。見"說文"。②推選；擢升。如：選拔。③特出；出眾。如：出類拔萃。④攻取；攻下。如：連拔數城。⑤動搖；改變。如：牢不可拔。

8【拔河】ㄅㄚˊ ㄏㄜˊ
分人數相等的兩組各執繩索一端，同時出力，以決勝負的體育活動。

9【拔俗】ㄅㄚˊ ㄙㄨˊ
超越凡俗。

11【拔都】ㄅㄚˊ ㄉㄨ
'元太祖'孫，'朮赤'子。'元太宗'時率師西征，平'欽察'及'俄羅斯'，進攻'波蘭'、'匈牙利'，全'歐'震動。後設營於'窩瓦河'畔的'薩萊'，統轄'鄂畢河'以西及'俄羅斯'地，稱'欽察汗國'或'金帳汗國'。

13【拔腳】ㄅㄚˊ ㄐㄧㄠˇ
邁開腳步。比喻擺脫或抽身離開。

17【拔舉】ㄅㄚˊ ㄐㄩˇ
提拔推舉。

【拔擢】ㄅㄚˊ ㄓㄨㄛˊ
提拔；選拔。

8【拔虎鬚】ㄅㄚˊ ㄏㄨˇ ㄒㄩ
比喻觸犯勢強權大的人。

2【拔刀相助】ㄅㄚˊ ㄉㄠ ㄒㄧㄤ ㄓㄨˋ
打抱不平，仗義相助。

3【拔山倒海】ㄅㄚˊ ㄕㄢ ㄉㄠˇ ㄏㄞˇ
極言聲勢浩大。也作排山倒海。

【拔山蓋世】ㄅㄚˊ ㄕㄢ ㄍㄞˋ ㄕˋ
形容力量非常強大，勇氣壓倒世人。

【拔山舉鼎】ㄅㄚˊ ㄕㄢ ㄐㄩˇ ㄉㄧㄥˇ
形容力氣強大驚人。

4【拔火罐兒】ㄅㄚˊ ㄏㄨㄛˇ ㄍㄨㄢˋㄦ
也稱火拔子。一種用鐵皮或陶土製成、狀似煙囪的短筒，可罩在爐灶口上，使爐火燃燒得更加旺盛。

5【拔本塞原】ㄅㄚˊ ㄅㄣˇ ㄙㄜˋ ㄩㄢˊ
①遺棄本原。②正本清源。

6【拔宅上昇】ㄅㄚˊ ㄓㄞˊ ㄕㄤˋ ㄕㄥ
因修道而全家昇天成仙。也作拔宅飛昇。最有名的是'許遜'成道時，舉家拔宅飛昇而去。

【拔地擎天】ㄅㄚˊ ㄉㄧˋ ㄑㄧㄥˊ ㄊㄧㄢ
聳立地面，高達天空。比喻超絕群倫。

9【拔染印花】ㄅㄚˊ ㄖㄢˇ ㄧㄣˋ ㄏㄨㄚ
一般印花均在白色或淺色布料上進行，而欲在深色織物上印出細緻或精確圖案時，則須先褪色，再行上色。其方法可分為三類：一、印花時，在圖案區域，印上一種化學還原劑，使原布料上的色澤遭破壞而顯出白色來。二、印上化學還原劑與可耐該還原劑之同種異構染料混合色糊，可獲得有色拔染圖案。三、利用甕染料不被還原劑破壞的特性，將色糊與還原劑混合，印在圖案上，還原劑將底色破壞，而單純地顯出所印的顏色。

拇 ㄇㄨˇ mu^3 音母
手、腳的大指。見"說文"。

抯 ㄓㄚ cha^1 音渣
挹取；用五指抓取。也作摣、揸。見"說文"。

担 ㊀ ㄐㄧㄝˊ chieh^2 音節
高舉。同揭。見"集韻"。
㊁ ㄉㄢˇ tan^3 音膽
①擊。見"廣雅·釋詁"。②拂。見"玉篇"。
㊂ ㄉㄢ tan^1 音單
肩負；負擔。同擔。如：担當。
㊃ ㄉㄢˋ tan^4 音旦
肩負的事物。同擔。如：担子。

押 ㊀ ㄧㄚ ya^1 音鴨
①拘留；拘管。見"集韻"。②監督。如：押運。③用物品抵借金錢。如：抵押。④詩賦用韻。如：押韻。⑤壓制；擱置。通壓。
㊁ ㄧㄚˊ ya^2 音牙
在文件或字畫上簽名或畫記號。見"古今韻會舉要"。

8【押金】ㄧㄚ ㄐㄧㄣ
作為抵押的錢。

10【押租】ㄧㄚ ㄗㄨ
指租賃房屋、土地等不動產之際，由承租人交付與出租人的金錢。目的在擔保支付租金或損害賠償債務的履行。承租人如無債務不履行情事，於契約效力終止時，出租人應歸還其押租；如有債務未履行時，則出租人得就押租受償。押租的數額，可由當事人雙方約定。

13【押運】ㄧㄚ ㄩㄣˋ
監督運送。

【押匯】ㄧㄚ ㄏㄨㄟˋ
(negotiation)又稱讓購。即商人以正在運送中的貨物做擔保，向銀行商請作匯票貼現的融資。這種押匯業務涉及兩地的匯款關係，所以是匯兌業務的一種。當兩地間商人買賣貨物時，賣方在貨物交運以後，即向買方或其代理人簽發匯票，連同提單在內的單證向銀行申請貼現融資，於一定時間後，由銀行向買方或其代理人收回票款。銀行承做押匯業務，除了賣方所簽發的匯票以外，還必須以附有運送貨物的全套文件為前提，所以押匯匯票又稱跟單匯票。押匯以地域來區分，有在一國之內兩埠之間進行的國內押匯，與協助國際貿易運轉的國外押匯兩種。以方式來區分，有一、出口押匯(銀行對出口商融資)，即出口商以出口貨物做擔保，商請銀行承購他對國外進口商或其代理人所簽發的匯票的押匯。二、進口押匯(銀行對進口商融資)，即銀行應進口商的要求，採用委託購買證的方式，通知出口商所在地的分行或同業，代為承做某出口商的出口押匯，或採用商業信用狀的方式，以便利出口商向當地銀行商做押匯。以商業信用狀的有無來區分，有憑信用狀押匯與不憑信用狀押匯兩種。後者即託收項下的押匯。在我國外匯實務上，所謂押匯多指憑信用狀押匯而言。

【押解】 ㄧㄚ ㄐㄧㄝˋ
①拘送罪犯或俘虜。②押運。

19【押韻】 ㄧㄚ ㄩㄣˋ
作韻文時,某些句子的最後一個字須使用韻母相同或可相通的字,以使文句更具節奏美。也稱叶韻。

13【押匯銀行】 ㄧㄚ ㄏㄨㄟˋ ㄧㄣˊ ㄏㄤˊ
(negotiating bank)又稱讓購銀行。在信用狀交易,押匯銀行是指應信用狀受益人(通常多爲出口商)的請求,承購或貼現該受益人憑讓購信用狀所簽發匯票及(或)單證的銀行。在讓購信用狀之下,如未限定押匯銀行,則受益人可以自由選擇適當的往來銀行做爲押匯銀行。押匯銀行買入或貼入匯票及(或)單證後,即成爲善意的執票人或單證持有人,對開狀銀行享有付款請求權,並對受益人享有追索權或追償權。

14【押寨夫人】 ㄧㄚ ㄓㄞˋ ㄈㄨ ㄖㄣˊ
舊稱強盜首領的妻子。

15【押標保證金】 ㄧㄚ ㄅㄧㄠ ㄅㄠˇ ㄓㄥˋ ㄐㄧㄣ
(bid bond; tender bond)又稱投標保證金。即投標商因投標而向招標商所繳交的保證金。投標商得標後拒絕簽約或拒絕繳交履約保證金時,招標商即可沒收該項保證金。未得標者,該項保證金於開標後無息退還投標商,至於押標金可以現金、定存單、公債、銀行保證函、銀行擔保信用狀或確定保證函方式繳交。

抻 ㄕㄣˋ shên⁴ 音甚 又讀 ㄔㄣ ch'ên¹ 音瞋
輾壓使物體加長。見"集韻"。

拐 ㄍㄨㄞˇ kuai³ 音枴
或作抝、拐。①手杖。通枴。如:拐杖。②瘸腿走路。③轉彎;彎……個彎。④誘騙。通詿。如:

7【拐肘】 ㄍㄨㄞˇ ㄓㄡˇ
國術的擊法。以肘尖自內向外橫出擊敵。

11【拐帶】 ㄍㄨㄞˇ ㄉㄞˋ
誘騙人口。

3【拐子馬】 ㄍㄨㄞˇ ㄗˇ ㄇㄚˇ
①'北宋'時左右翼披重甲的騎兵。②'金'軍的鐵騎。三人一組,用皮索聯貫在一起。

22【拐彎抹角】 ㄍㄨㄞˇ ㄨㄢ ㄇㄛˇ ㄐㄧㄠˇ
①比喻說話不乾脆。②比喻做事不乾淨俐落。

抽 ㄔㄡ ch'ou¹ 音瘳
①拉出;拔出。見"廣雅·釋詁"。②從全部中取出一部分。如:抽獎。③推舉;拔擢。④吸。如:抽一口冷氣。⑤打。如:抽打。

7【抽身】 ㄔㄡ ㄕㄣ
脫身離去。

8【抽泣】 ㄔㄡ ㄑㄧˋ
哽咽地哭泣。

9【抽咽】 ㄔㄡ ㄧㄝˋ
氣不暢而一哽一頓的低聲哭泣。

10【抽紗】 ㄔㄡ ㄕㄚ
刺繡技法的一種。用棉布或麻布爲材料,根據設計圖樣,將有花部分的經紗或緯紗抽去,然後加以連綴,形成透空的花樣。我國'廣東''汕頭'以產抽紗品聞名。

11【抽球】 ㄔㄡ ㄑㄧㄡˊ
桌球及網球擊球技巧之一。即擊球時不僅用力,且球拍自下向上與球產生摩擦的力量,使球以自轉方向前進。此種球多自桌(地)面彈起較高,且距網較近,爲攻擊對方有利的一種方式,多半可以一擊得分。

12【抽筋】 ㄔㄡ ㄐㄧㄣ
①(convulsion)肌肉不隨意收縮的狀態。爲一種疾病現象,例如全身性的肌肉收縮出現在癲癇的病人;臉部或小腿亦會出現局部性的抽筋,此種抽筋較無生命威脅。②剔除肉食的筋絡。③泛指酷刑。

【抽象】 ㄔㄡ ㄒㄧㄤˋ
①(abstract)與具體或具象相對。指無形無狀,不可由感官覺知的項目。尤指事物之性質或事物間的關係等。②(abstraction)也稱抽離。從事物中抽取其部分,而加以獨立處理的活動或程序。

15【抽樣】 ㄔㄡ ㄧㄤˋ
(sampling)從一大群項目中選取樣本,同時運用樣本的特性去推論關於全部母體項目特性的程序。抽樣的基本假定是樣本爲母體的代表,亦即本質上樣本和母體具有相同的特性。

16【抽頭】 ㄔㄡ ㄊㄡˊ
①提供賭博的場地及用具者,向贏者抽取部分利益。②抽身;脫身。

19【抽繹】 ㄔㄡ ㄧˋ
整理出頭緒。

8【抽版消息】 ㄔㄡ ㄅㄢˇ ㄒㄧㄠ ㄒㄧˊ
(fudge)報紙開印後,報社又有最新消息,則令印刷部暫停,將消息以簡要方式製成框形,嵌入原有版面大小同樣的位置,新嵌入者即稱爲抽版消息。

12【抽筋拔骨】 ㄔㄡ ㄐㄧㄣ ㄅㄚˊ ㄍㄨˊ
①古代酷刑之一。②比喻非常勉強而不樂意。

【抽絲剝繭】 ㄔㄡ ㄙ ㄅㄛ ㄐㄧㄢˇ
層層分析以尋出來龍去脈。

【抽象推理】 ㄔㄡ ㄒㄧㄤˋ ㄊㄨㄟ ㄌㄧˇ
(abstract reasoning)個體對概念或符號間之關係,進行認知反應的歷程。

【抽象藝術】 ㄔㄡ ㄒㄧㄤˋ ㄧˋ ㄕㄨˋ
(abstract art)①不是描寫自然對象,而純粹以抽象的點、線、面或立體造形和色彩等來表現的視覺藝術。②二十世紀初葉所產生的一種視覺藝術的傾向。或從自然形象開始,將之分析和整理成抽象形象,如'德洛內'(Delaunay)的抽象繪畫;或使用幾何抽象的造形和色彩,來構成理性的空間和秩序的幾何抽象藝術，如'蒙特利安'的藝術；或使用有機圖形和主觀的色彩，表現出個人內在的感覺或感情，如'康丁斯基'的繪畫等。幾何抽象又可稱之爲冷性抽象，有機抽象又可稱之爲熱性抽象。抽象藝術可說是二十世紀美術中最大的藝術傾向，其發展一直延續到現在。

15【抽樣調查】ㄔㄡ ㄧㄤˋ ㄉㄧㄠˋ ㄔㄚˊ
(sampling survey)也稱選樣調查或抽查。係就某事象的全部範圍中抽去一部分分子加以調查，而以所得的結果，作爲研究全體某種性質的依據。因抽查祇須查及部分事實，故所需人力財力較少，而調查項目則可較多。通常爲各方舉辦的抽查，有物價調查、家計調查及勞動力調查等多種。

【抽樣檢驗】ㄔㄡ ㄧㄤˋ ㄐㄧㄢˇ ㄧㄢˋ
(sampling inspection)簡單檢驗抽樣法，乃是隨機抽出 n 件產品，若不合格者件數 $\leq c$，則接受此批成品。若不良率爲 p，則接受率爲 $L(p)\equiv\sum_{d\leq C}p^{d}(1-p)^{n-d}$；以顧客之立場，必須先決定顧客涉險率 β，這就是 $L(p)$ 之上界，當 $p\geq p_1$, p_1 是可以接受的不良率(acceptable quality level; AQL)。另外一方面，廠家也有涉險率 α，此即：「明明 $p<p_1$，而不被接受之機率 $1-L(p)$」一通常取爲5～10%(例如'美國' $MIL-STD-105D$ 的規格是 $AQL=4\%$，且 $n=50$ 時，令 $c=5$)。有時也採用兩次檢驗法，即先抽樣 n_1 件，若不良品件數 $\leq c_1$，則接受之；若超過 c_1'，則拒斥之；介乎其間，則另繼續抽取 n_2 件，兩次共有的不良件若 $\leq c_2$，則接受之(亦可設計多次的檢驗法)。以前述 $MIL-STD-105D$ 爲例，$c_1=3$, $c_1'=c_2=7$。

17【抽薪止沸】ㄔㄡ ㄒㄧㄣ ㄓˇ ㄈㄟˋ
比喻從根本上解決問題，或消除禍害的根本原因。

14【抽蓄式發電】ㄔㄡ ㄒㄩˋ ㄕˋ ㄈㄚ ㄉㄧㄢˋ
(pumped storage power generating)一可節省能源的發電方式。將已完成發電使命的水不排放到溪流去，而貯存於山下的蓄水池中，於深夜用電量少的時段以發電機當作電動機將池水回抽，在第二天用電量增加時再讓水沖下來發電。

12【抽象表現主義】ㄔㄡ ㄒㄧㄤˋ ㄅㄧㄠˇ ㄒㄧㄢˋ ㄓㄨˇ ㄧˋ
(abstract expressionism)盛行於西元1940年代末期和1950年代的一種抽象繪畫表現運動。此一名稱由'美國'藝評家'格林柏格'(Greenberg)首先使用，用來界定'美國'在二次大戰後所產生的抽象繪畫的表現；不過就廣義來說，亦可包括同時期'歐洲'的抒情抽象(lyrical abstraction)繪畫的運動。它跟戰前抽象繪畫的不同是，後者重視理性的表現；而前者是追求超現實主義似的來自潛意識的自動記述，以及從表現的行爲或動作中，宣洩出內在的感覺和感情。因此，抽象表現主義者的畫布很大，以便讓畫家的作畫行爲自由揮舞，而造成無畫面中心，全面由色點或色線所占滿。又稱爲行動繪畫(action painting)。主要的畫家有'托貝'(Tobey)、'帕洛克'(Pollock)、'庫寧'(De Kooning)、'克萊恩'(Franz Kline)等。

拈 ㊀ ㄋㄧㄢˊ *nien*² 音年
①用手指夾持東西。也泛指拿取、執持。見"玉篇"。②把東西放在手掌上估量輕重。如：拈斤播兩。
㊁ ㄋㄧㄢˇ *nien*³ 音捻
用手指搓弄東西。通捻。如：拈燈心。

9【拈香】ㄋㄧㄢˊ ㄒㄧㄤ
撮香焚燒以祭拜。

8【拈花惹草】ㄋㄧㄢˊ ㄏㄨㄚ ㄖㄜˇ ㄘㄠˇ
指男子到處留情，勾搭婦女。

【拈花微笑】ㄋㄧㄢˊ ㄏㄨㄚ ㄨㄟˊ ㄒㄧㄠˋ
'釋迦牟尼'傳法給'迦葉'尊者「以心印心」的第一個公案。'釋迦佛'在'印度''靈鷲山'的說法大會上，手上拈著一朵花，向與會群眾展示，眾人愕然不知反應，惟獨佛的大弟子'迦葉'見狀欣然微笑。'佛陀'便說：「我有佛法的眞正奧祕、入於寂滅境界的玄妙心法。眞理的本來面目是沒有形態可說，而微妙的法門則是不能以文字形容的；這是佛教正法之外的特別承傳，現在就囑託給你大'迦葉'作爲繼承人！」見"聯燈會要·釋迦牟尼佛"。'迦葉'的微笑，即象徵他已在語言文字外領會到'佛陀'的眞正含義，也展示了'迦葉'本身的悟道層次與佛心合一，即所謂「以心印心」。

14【拈酸吃醋】ㄋㄧㄢˊ ㄙㄨㄢ ㄔ ㄘㄨˋ
即吃醋。

抰 ㊀ ㄧㄤˇ *yang*³ 音仰
駕車時用馬頸帶打馬。見"說文"。
㊁ ㄧㄤ *yang*¹ 音央
擊打。見"集韻"。

拙 ㄓㄨㄛˊ *cho*², *chuo*² 音酌
①愚笨；遲鈍。見"說文"。②鄙陋。常用作自謙之詞。如：拙見。

10【拙荊】ㄓㄨㄛˊ ㄐㄧㄥ
謙稱自己的妻子。

16【拙樸】ㄓㄨㄛˊ ㄆㄨˊ
質樸實在。也作拙朴。

【拙嘴笨腮】ㄓㄨㄛˊ ㄗㄨㄟˇ ㄅㄣˋ ㄙㄞ
形容不善言談，口才不好。

拟 擬的俗體。

拚 ㊀ ㄆㄢˋ p'an⁴ 音判 又讀 ㄆㄢ p'an¹ 音潘
捨棄。如：拚命。
㊁ ㄈㄢ fan¹ 音翻
翻飛。通翻。見"集韻"。
㊂ ㄈㄣˋ fên⁴ 音奮
掃除。通坌。見"集韻"。

抬 ㄊㄞˊ t'ai² 音臺
本作擡。①舉起。見"廣韻"。②舉薦；拔擢。如：抬舉。③提高。如：哄抬。

13【抬摃】 ㄊㄞˊ ㄍㄤˋ
各執一詞，互相爭辯。

16【抬頭】 ㄊㄞˊ ㄊㄡˊ
①把頭仰起。②行文中，遇尊稱時另起一行或空一字書寫。③指人事漸趨佳境或貨價轉高。④'英'文title的音譯。指支票支付時，寫上收款人的戶名。現也普遍用在收據及統一發票上。

17【抬舉】 ㄊㄞˊ ㄐㄩˇ
①高舉。②薦拔；提拔。③扶養；培育。

16【抬頭紋】 ㄊㄞˊ ㄊㄡˊ ㄨㄣˊ
額頭上的皺紋。

19【抬轎子】 ㄊㄞˊ ㄐㄧㄠˋ ·ㄗ
①指賭博時串通作弊。②指助人取得權勢地位。

拖 ㄊㄨㄛ t'o¹, t'uo¹ 音脫
本作拕。①牽引。見"集韻"。②下垂。如：拖著兩條辮子。③延遲；延誤。如：拖欠。

6【拖曳】 ㄊㄨㄛ ㄧˋ
拖拉；牽引。

8【拖沓】 ㄊㄨㄛ ㄊㄚˋ
不俐落；不爽快。

11【拖累】 ㄊㄨㄛ ㄌㄟˋ
連累他人。

16【拖機】 ㄊㄨㄛ ㄐㄧ
(tug)①用以在飛行中拖曳滑翔機、拖靶或其他無動力器材之飛機。②在太空中可長期使用的自給推進系統。能將所攜帶之酬載、人造衛星、太空飛行器及其他供需品等，放置於預定之太空位置或軌道上。

2【拖刀計】 ㄊㄨㄛ ㄉㄠ ㄐㄧˋ
先詐敗逃跑，再反身乘間殺敵的一種刀法。常見於小說戲曲中。

8【拖油瓶】 ㄊㄨㄛ ㄧㄡˊ ㄆㄧㄥˊ
俗稱婦人再嫁時一起帶過去的前夫兒女。

2【拖人下水】 ㄊㄨㄛ ㄖㄣˊ ㄒㄧㄚˋ ㄕㄨㄟˇ
自己做壞事，把別人也牽連進去。

8【拖泥帶水】 ㄊㄨㄛ ㄋㄧˊ ㄉㄞˋ ㄕㄨㄟˇ
比喻說話不乾脆、做事不俐落或文章不簡潔。

6【拖吊式子車收集系統】 ㄊㄨㄛ ㄉㄧㄠˋ ㄕˋ ㄗˇ ㄔㄜ ㄕㄡ ㄐㄧˊ ㄒㄧˋ ㄊㄨㄥˇ
(hauled container collection system)將大型垃圾箱(子車)放置於適當地點供民眾丟棄垃圾，再定期拖運到垃圾處理場(廠)傾卸的垃圾收集方式。

抶 ㄔˋ ch'ih⁴ 音叱
用竹板或鞭子打人。如：抶背。

拃 ㄗㄚˊ tsa² 音拶
壓。拶的俗體。通搾。

抱 ㄅㄠˋ pao⁴ 音暴
①摟持；攬在懷裡。如：擁抱。②懷藏；持守。如：抱憾。③纏繞；圍繞。如：環山抱水。④扶養；撫育。如：一手抱大。⑤胸懷；志趣。如：懷抱。⑥指兩臂合圍的長度或所能抱起的東西。如：一抱之內。⑦姓。'南北朝'有'抱嶷'。見"萬姓統譜·一〇四"。

8【抱屈】 ㄅㄠˋ ㄑㄩ
心裡感到委屈不平。

9【抱怨】 ㄅㄠˋ ㄩㄢˋ
心中懷著怨恨。

【抱負】 ㄅㄠˋ ㄈㄨˋ
①手抱肩負。②指所懷抱的志願或志向。

14【抱歉】 ㄅㄠˋ ㄑㄧㄢˋ
自覺對不起人而心有不安。

15【抱鞋】 ㄅㄠˋ ㄒㄧㄝˊ
國術練腿法之一。一腳屈膝提起，以同側手抱住膝脛骨，另側手握住腳板，盡量朝上，使膝內側緊貼胸上部。

4【抱不平】 ㄅㄠˋ ㄅㄨˋ ㄆㄧㄥˊ
挺身為不公平的事主持公道。

6【抱朴子】 ㄅㄠˋ ㄆㄨˊ ㄗˇ
'東晉''葛洪'撰。內篇二十卷，論神仙、吐納、符籙、煉丹、剋治之術；外篇五十卷，論時政得失、人事臧否。

7【抱佛腳】 ㄅㄠˋ ㄈㄛˊ ㄐㄧㄠˇ
比喻事前不準備，臨時窮著急。

9【抱柱信】 ㄅㄠˋ ㄓㄨˋ ㄒㄧㄣˋ
指對信約的堅守。從'尾生'抱柱而死的故事衍變而來。參尾生之信。

【抱恨終天】 ㄅㄠˋ ㄏㄣˋ ㄓㄨㄥ ㄊㄧㄢ
懷著憾恨，到死都未消解。

【抱炭希涼】 ㄅㄠˋ ㄊㄢˋ ㄒㄧ ㄌㄧㄤˊ
比喻行動與心願相違。

12【抱殘守缺】 ㄅㄠˋ ㄘㄢˊ ㄕㄡˇ ㄑㄩㄝ
指好古者保守古籍遺文，雖殘缺而不忍拋棄。後亦泛指守舊而不肯接納新事物。

16【抱頭鼠竄】 ㄅㄠˋ ㄊㄡˊ ㄕㄨˇ ㄘㄨㄢˋ
形容狼狽逃避的樣子。

17【抱薪救火】 ㄅㄠˋ ㄒㄧㄣ ㄐㄧㄡˋ ㄏㄨㄛˇ
比喻原想除害，卻因做法不當，反使禍害更為嚴重。

18【抱甕灌圃】 ㄅㄠˋ ㄨㄥˋ ㄍㄨㄢˋ ㄆㄨˇ
抱甕以灌溉園圃。比喻自安於淳樸的生活。

19【抱關擊柝】 ㄅㄠˋ ㄍㄨㄢ ㄐㄧˊ ㄊㄨㄛˋ
守城門和巡夜打更的人。比喻低賤的職位。

披 ㄆㄧ p'i¹ 音批 又讀 ㄆㄟ p'ei¹ 音胚
①剖開；劈開。如：披肝瀝膽。②分散；散開。如：披雲見日。③翻開；

翻閱。如:披讀。④把衣物搭在肩背上。也泛指穿、戴。如:披衣。

5【披甲】 ㄆㄧ ㄐㄧㄚˇ
①穿著鎧甲。②'清代'八旗兵的別稱。

8【披卷】 ㄆㄧ ㄐㄩㄢˋ
翻開書卷。指閱讀。

【披拂】 ㄆㄧ ㄈㄨˊ
①飄動。②分開。

9【披風】 ㄆㄧ ㄈㄥ
又稱斗篷。自肩部起寬鬆下垂,外觀呈鐘形而罩覆住軀幹及手臂的無袖式外衣。衣襬寬度及長度不一,有短小迷你的波蕾若式披風,亦有長及地面的觀劇披風等,有時且做有縫隙可供手臂伸出。在西元前三千年的古'埃及'婦女浮雕像中便已出現此式服裝。

11【披掛】 ㄆㄧ ㄍㄨㄚˋ
穿戴盔甲。後泛指戰爭或競賽時所穿的服裝。

15【披翫】 ㄆㄧ ㄨㄢˋ
觀覽賞玩。

16【披頭】 ㄆㄧ ㄊㄡˊ
(Beatles)西元1960年代風靡世界的'英國'搖滾合唱團。由'哈里生'(George Harrison)、'史塔'(Ringo Starr)、'麥卡西'(Paul McCartney)及'藍儂'(John Lennon)組織而成。四人出身'利物浦'(Liverpool)工人家庭,組成合唱團後,聲名一時大噪,出售唱片及舉行演唱會,為'英國'賺入大量外匯,'英'女皇曾封以騎士名號。演唱歌曲,以搖滾樂為主,節奏強烈而極富抒情韻味。該團於1971年解散。樂團成員雖為男性,但皆長髮披肩,故'中'文譯名兼具音義。

18【披襟】 ㄆㄧ ㄐㄧㄣ
敞開衣襟。①形容舒暢胸懷。②表明心跡;推誠相待。

19【披瀝】 ㄆㄧ ㄌㄧˋ
即披肝瀝膽。

【披離】 ㄆㄧ ㄌㄧˊ
散亂的樣子。

【披靡】 ㄆㄧ ㄇㄧˇ
①草木隨風傾倒散亂的樣子。②形容軍隊潰敗的樣子。

21【披露】 ㄆㄧ ㄌㄨˋ
①公布;發表。②暴露;被發覺。

22【披讀】 ㄆㄧ ㄉㄨˊ
翻開書卷誦讀。

4【披水板】 ㄆㄧ ㄕㄨㄟˇ ㄅㄢˇ
(flashing)在結構物接合處為防止透水所加封的板條、蓋片或木瓦等。通常屋頂、煙囪之砌溝處較易透水,多以鍍錫鐵片及銅片、鋁片或鋅片等作為披水板材料,以防漏水。

5【披布腹心】 ㄆㄧ ㄅㄨˋ ㄈㄨˋ ㄒㄧㄣ
揭露內心的話。

7【披沙揀金】 ㄆㄧ ㄕㄚ ㄐㄧㄢˇ ㄐㄧㄣ
撥開沙子,選取金子。比喻從多數中仔細地選取精英。

【披肝瀝膽】 ㄆㄧ ㄍㄢ ㄌㄧˋ ㄉㄢˇ
剖開胸腹,披露肝膽。表示竭誠相待。

9【披星戴月】 ㄆㄧ ㄒㄧㄥ ㄉㄞˋ ㄩㄝˋ
也作披星帶月。①夜間趕路,勞苦奔波。②早出晚歸,辛勞工作。

10【披荊斬棘】 ㄆㄧ ㄐㄧㄥ ㄓㄢˇ ㄐㄧˊ
斬除叢生多刺的雜草雜木,以開墾荒地。比喻掃除障礙,克服困難。

11【披麻帶孝】 ㄆㄧ ㄇㄚˊ ㄉㄞˋ ㄒㄧㄠˋ
指子女為父母服喪。

【披堅執銳】 ㄆㄧ ㄐㄧㄢ ㄓˊ ㄖㄨㄟˋ
身穿堅固的鎧甲,手執銳利的武器。形容軍人全副武裝,準備參加作戰。

14【披褐懷玉】 ㄆㄧ ㄏㄜˊ ㄏㄨㄞˊ ㄩˋ
比喻內懷高才宏識,卻外露平庸淺陋的模樣。

15【披髮左衽】 ㄆㄧ ㄈㄚˇ ㄗㄨㄛˇ ㄖㄣˋ
披散頭髮,衣襟開在左邊,都是夷狄的習俗。比喻被夷狄征服。

16【披頭散髮】 ㄆㄧ ㄊㄡˊ ㄙㄢˋ ㄈㄚˇ
頭髮散亂不整齊的樣子。

6【披羊皮的狼】 ㄆㄧ ㄧㄤˊ ㄆㄧˊ ˙ㄉㄜ ㄌㄤˊ
形容偽善的人。

拘

㊀ ㄐㄩ *chü*^{1} 音居
①逮捕;囚禁。見"廣韻"。②約束;限制。如:拘謹。③迂闊;不知變通。如:拘儒。

㊁ ㄐㄩˊ *chü*^{2} 音局
同㊀②。

7【拘忌】 ㄐㄩ ㄐㄧˋ
拘束顧忌。

【拘役】 ㄐㄩ ㄧˋ
主刑的一種,亦為自由刑的一種。為一日以上、不滿兩個月之剝奪自由的刑罰。拘役與拘留不同,拘役係刑罰,拘留係行政罰。

8【拘泥】 ㄐㄩ ㄋㄧˋ
固執拘束而不知變通。

【拘拘】 ㄐㄩ ㄐㄩ
①肌肉收縮伸不直的樣子。②拘泥的樣子。

10【拘捕】 ㄐㄩ ㄅㄨˇ
逮捕。

【拘留】 ㄐㄩ ㄌㄧㄡˊ
①拘禁;扣留。②違警罰主罰的一種。期間為四小時以上、七日以下,遇有加重時,合計不得逾十四日。暫時拘留不必服勞役。

11【拘牽】 ㄐㄩ ㄑㄧㄢ
拘束牽制。

【拘票】 ㄐㄩ ㄆㄧㄠˋ
法院或檢察官拘提犯人所發的公文書。也稱提票。

13【拘禁】 ㄐㄩ ㄐㄧㄣˋ
監禁犯人。

14【拘管】 ㄐㄩ ㄍㄨㄢˇ
拘留管束。

17【拘縻】 ㄐㄩ ㄇㄧˊ
束縛。也作拘糜。

【拘禮】 ㄐㄩ ㄌㄧˇ
受禮俗的約束。

【拘檢】 ㄐㄩ ㄐㄧㄢˇ
約束檢點。

18【拘謹】 ㄐㄩ ㄐㄧㄣˇ
拘束謹慎。

23【拘攣】 ㄐㄩ ㄌㄨㄢˊ

①即痙攣。②拘束。

10【拘留所】 ㄐㄩ ㄌㄧㄡˊ ㄙㄨㄛˇ
於一定期間內拘束違警行為人行動自由之處所。依"違警罰法"之規定，違警行為情節重大者，得處四小時以上、七日以下之拘留；或罰鍰逾期不完納而易處拘留者，應於裁決後在拘留所內執行之。拘留所通常附設於各縣市警察局及其分局，其管理則依'內政部'所定之"拘留所管理規則"。

拗　㊀ ㄠˇ ao^3 音襖
拉斷；折斷。見"廣韻"。
㊁ ㄠˋ ao^4 音傲 又讀 ㄧㄠˋ yao^4 音耀 語音 ㄋㄧㄡˋ niu^4
①違逆不順。見"集韻"。②指作近體詩時平仄不依格律。如：拗句。
㊂ ㄩˋ yü^4 音玉
抑制。見"集韻"。

3【拗口】 ㄠˋ ㄎㄡˇ
唸起來不順口。

5【拗句】 ㄠˋ ㄐㄩˋ
近體詩每句平仄都有規定，若不依常格，平處用仄，仄處用平，則稱為拗句。

7【拗折】 ㊀ ㄠˇ ㄓㄜˊ
折斷；扭斷。
㊁ ㄠˋ ㄓㄜˊ
形容詩文曲折不順或不合格律。

8【拗性】 ㄠˋ ㄒㄧㄥˋ
固執的性格。

3【拗口令】 ㄠˋ ㄎㄡˇ ㄌㄧㄥˋ
參繞口令。

抝　拗的俗體。

拊　ㄈㄨˇ fu^3 音撫
①撫摸；撫慰。見"說文"。②拍打；擊打。見"廣雅·釋詁"。③古代打擊樂器名。用於宮廷雅樂。又名搏拊、拊鼓。皮質，形如鼓，內裝米糠。演奏時用手拍擊，以為音樂的節拍。

4【拊心】 ㄈㄨˇ ㄒㄧㄣ
搥打胸膛。表示悲憤至極。

【拊手】 ㄈㄨˇ ㄕㄡˇ
拍掌。表示欣喜。

12【拊掌】 ㄈㄨˇ ㄓㄤˇ
拍手；鼓掌。也作撫掌。

13【拊愛】 ㄈㄨˇ ㄞˋ
體恤愛護。

17【拊翼】 ㄈㄨˇ ㄧˋ
拍擊翅膀。比喻即將奮起。

18【拊髀】 ㄈㄨˇ ㄅㄧˋ
用手拍股。表示興奮或悲憤。

17【拊膺切齒】 ㄈㄨˇ ㄧㄥ ㄑㄧㄝˋ ㄔˇ
搥胸咬牙。極度憤怒的樣子。

拍　ㄆㄞ p'ai^1 讀音 ㄆㄛˋ p'o^4 音破
①用手輕打。也泛指打擊。見"廣雅·釋詁"。②樂曲的節奏。如：節拍。③歌板。如：拍板。④俗稱攝影或發電報。如：拍照。⑤(beat)同方向進行的兩個聲波，若其頻率相差不多時，由於干涉的作用，會使聽到的聲音，時而增強、時而減弱，彼此交互成極有規律的變化，這種現象稱為拍。每秒所生的拍數等於兩頻率之差。⑥(peta)代號為P。國際通用倍數譯音，為10^{15}，或稱千兆。

4【拍片】 ㄆㄞ ㄆㄧㄢˋ
攝製影片。

8【拍板】 ㄆㄞ ㄅㄢˇ
①打擊樂器。也稱紅牙板、檀板、綽板，簡稱板。'唐''宋'以來由九塊或六塊長方形木板組成，以兩手合擊發聲。現今以三塊長方形紫檀木或黃楊木板組成，前面兩塊木板為一組，用細絃捆住，後面為單塊木板，擊奏時，以左手持後板使與前兩塊相碰發音。常用於戲曲伴奏及器樂合奏，由鼓手兼操。見附圖。②交易場中，拍賣貨物時，所使用的木板。拍打此木板，表示成交。③也稱場記板。節目拍攝外景時用的一塊小木板。上面詳記所拍節目場次、鏡號等，以便於事後剪接及同步配音等工作。

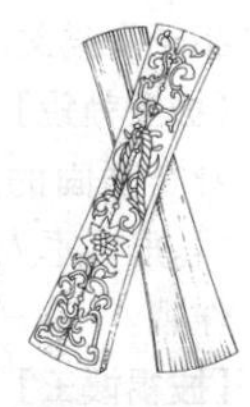
拍板圖

10【拍馬】 ㄆㄞ ㄇㄚˇ
迎合別人以博取歡心。

12【拍掌】 ㄆㄞ ㄓㄤˇ
國術掌法。以掌心拍擊敵人。攻擊點為脅下或下襠。

15【拍賣】 ㄆㄞ ㄇㄞˋ
將拍賣物以公開競爭出價之方式，選擇其中出價最高者，以該出價作為價金，訂立買賣契約之競爭買賣。拍賣之原因，有出於法律之規定者，有出於出賣人之意思者，前者稱為法定拍賣，後者稱為意定拍賣。拍賣亦可分為強制拍賣及任意拍賣，前者為執行機關就查封之標的物，即執行債務人之不動產或動產，為就其賣得的價金分配於債權人所為之拍賣，是強制執行程序中換價方法的一種執行行為。後者為私人所為之拍賣，或是出賣人自己出賣，或是出賣人委託他人拍賣。

10【拍胸脯】 ㄆㄞ ㄒㄩㄥ ㄆㄨˊ
形容甘願擔保負責的氣概。

13【拍節機】 ㄆㄞ ㄐㄧㄝˊ ㄐㄧ
(metronome)計算音樂標準速度的工具。西元1816年'奧'人'梅智爾'(Maelzel)所創製，故又稱'梅'氏拍節機。例如M.M.♩=90，意為'梅'氏拍節機的小錘應指在90的位置上，每分鐘擺動90個四分音符，即每分鐘90拍。

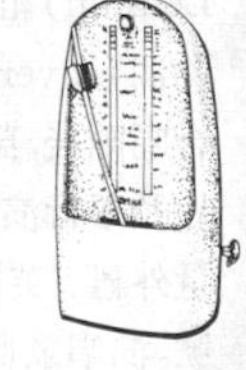
拍節機圖

10【拍案叫絕】 ㄆㄞ ㄢˋ ㄐㄧㄠˋ ㄐㄩㄝˊ
拍著桌子叫好。表示非常讚美或驚奇。

【拍案驚奇】 ㄆㄞ ㄢˋ ㄐㄧㄥ ㄑㄧˊ
'明''凌濛初'撰，初、二刻各四十篇，合稱"二拍"。除二刻卷四十"宋公明鬧元宵雜劇"外，其餘皆'凌'氏所擬作話本。為現存'明'人短篇小說之重要資料。

抵 ㊀ ㄉㄧˇ ti^3 音底
①排擠。見"說文"。②抗拒。如:抵抗。③抵償;相值。如:抵押。④至;到。如:抵達。⑤觸犯。如:抵觸。
㊁ ㄉㄧˊ ti^2 音敵
①同㊀②。②同㊀③。
㊂ ㄓˇ $chih^3$ 音紙
拍擊。通抵。見"集韻"。

5【抵充】 ㄉㄧˇ ㄔㄨㄥ
清償抵充乃對於同　債權人負擔數宗債務,而其給付之種類相同,如清償人所提出之給付不足清償全部債額時,決定其應充償何宗債務之謂。例如甲先後欠乙新'臺'幣四千元、六千元、八千元三宗債務,而甲僅提出五千元時,則該五千元究應充償何宗債務爲是即是。清償抵充之方法,有以下三種:一、約定抵充:債務人所提出之給付應如何抵充,依契約自由原則,當事人得自由約定。二、指定抵充:若當事人無約定抵充,則清償人有權指定抵充。三、法定抵充:當事人既未約定抵充,清償人又無指定抵充時,即應依法律規定之順序抵充。法定抵充可分兩點說明:⑴同性質債務之抵充順序:若債務均爲原本、利息或費用時,債務已屆清償期者,儘先抵充;債務均已屆清償期或均未屆清償期者,以債之擔保最少者,儘先抵充;擔保相等者,以債務人因清償而獲益最多者,儘先抵充;獲益相等者,以先到期之債務,儘先抵充;獲益及清償期均相等者,各按比例,抵充其一部。⑵異性質債務之抵充順序:清償人所提出之給付,應先抵充費用,次充利息,次充原本。

6【抵死】 ㄉㄧˇ ㄙˇ
①觸犯死罪。②竭力;堅持。③分外;格外。④總是;老是。

8【抵法】 ㄉㄧˇ ㄈㄚˇ
接受法律制裁。

【抵押】 ㄉㄧˇ ㄧㄚ
債務人或第三人不移轉占有而提供不動產作爲債權人債權之擔保,於清償期屆至,不獲清償時,債權人得就抵押物賣得之價金優先受償之擔保制度。

【抵制】 ㄉㄧˇ ㄓˋ
①阻止;不使侵入。②(boycott)國際法上,抵制係指由私人或政府或國際組織,個別或聯合採取旨在孤立被抵制國之經濟及社會的各種措施。私人抵制,如西元1931～1933年我國百姓因'滿洲'事件,抵制'日本'貿易。國家抵制,如1951年'伊朗'將'英伊石油公司'收歸國有而遭'英國'抵制。國際組織抵制,如'羅德西亞'(Rhodesia)於1966年片面宣布獨立之後,'聯合國安理會'依"憲章"第四十一條之規定,對其採取抵制措施。

【抵命】 ㄉㄧˇ ㄇㄧㄥˋ
償命。

12【抵換】 ㄉㄧˇ ㄏㄨㄢˋ
一物換一物。

13【抵罪】 ㄉㄧˇ ㄗㄨㄟˋ
抵償罪責;接受應有的懲處。

15【抵敵】 ㄉㄧˇ ㄉㄧˊ
①抵抗敵人。②抵抗;敵對。

【抵銷】 ㄉㄧˇ ㄒㄧㄠ
①相抵銷去。也作抵消。②債務人對債權人有給付種類相同之債權,基於單方意思表示,而使債權債務同歸消滅之行爲。抵銷權之行使,必須具備以下三條件:一、須二人互負之債務、互有之債權均爲應該履行且可以強制履行者。二、須雙方債務之給付種類相同。三、須雙方債務均屆清償期。但債務人願拋棄其期限利益而爲期前清償者,不在此限,蓋此於債權人無害。債務以得抵銷爲原則,以不得抵銷爲例外,所謂不得抵銷之債務主要包括:一、不作爲債務、勞務債務。二、禁止扣押之債之債務。三、因故意侵權行爲負擔之債務。四、被扣押之債權之債務人嗣後取得之債權。五、約定向第三人爲給付之債務。抵銷權行使後,雙方債務均歸消滅。

16【抵賴】 ㄉㄧˇ ㄌㄞˋ
拒不承認。

17【抵償】 ㄉㄧˇ ㄔㄤˊ
付出代價以賠償。

8【抵押權】 ㄉㄧˇ ㄧㄚ ㄑㄩㄢˊ
對於債務人或第三人不移轉占有而供擔保之不動產,得就其賣得價金受清償的權利。抵押權所擔保者爲原債權、利息、遲延利息及實行抵押權之費用。不動產所有人設定抵押權後,於同一不動產上得設定地上權及其他權利,或將該不動產讓與他人,其抵押權並不因此而受影響。因此,所有人於其不動產上設定抵押權後,復設定典權者,抵押權自不因此而受影響,抵押權人屆期未受清償而實行抵押權拍賣抵押物時,因有典權存在無人應買,或出價不足清償抵押債權者,執行法院得除去典權負擔,重行估價拍賣,並於發給權利移轉證書時,依職權通知地政機關塗銷其典權之登記。抵押權因抵押物滅失而消滅,但因滅失得受之賠償金應按各抵押權人之次序分配之,此即其物上代位性。

7【抵足而眠】 ㄉㄧˇ ㄗㄨˊ ㄦˊ ㄇㄧㄢˊ
好友同床共眠。形容友情親密。

12【抵掌而談】 ㄓˇ ㄓㄤˇ ㄦˊ ㄊㄢˊ
形容交談歡暢。

13【抵瑕蹈隙】 ㄉㄧˇ ㄒㄧㄚˊ ㄉㄠˋ ㄒㄧˋ
指摘或攻擊他人的缺點或短處。

15【抵銷科目】 ㄉㄧˇ ㄒㄧㄠ ㄎㄜ ㄇㄨˋ
(contra account)評價科目的一種。在財務報表上列爲資產或負債科目的減項,備抵壞帳及累計折舊均屬之。

8【抵押權之實行】 ㄉㄧˇ ㄧㄚ ㄑㄩㄢˊ ㄓ ㄕˊ ㄒㄧㄥˊ
債權已屆清償期而未受清償,抵

押權人得就抵押物以拍賣或拍賣以外之方法優先取償。抵押權實行之方法如下:一、拍賣抵押物:“民法”第八百七十三條第一項:⌊抵押權人於債權已屆清償期而未受清償者,得聲請法院拍賣抵押物,就其賣得價金而受清償。⌉拍賣屬於非訟事件,由拍賣物所在地之法院管轄。拍賣價金,按各抵押權人之次序分配之,其次序相同者,平均分配之。二、拍賣以外之方法:“民法”第八百七十八條規定:⌊抵押權人於債權清償期屆滿後,爲受清償,得訂立契約,取得抵押物之所有權,或用拍賣以外之方法處分抵押物,但有害於其他抵押權人之利益者,不在此限。⌉即明示抵押權之實行,得以拍賣以外之方法爲之。

拎 ㄌㄧㄥ *ling*¹
用手提物。見“玉篇”。

拆 ㄔㄞ *ch'ai*¹ 音釵 讀音 ㄔㄜˋ *ch'ê*⁴ 音徹
1裂開;分裂。也作坼。見“集韻”。2拆散;打開。如:拆卸。3毀壞。如:拆毀。

6【拆字】 ㄔㄞ ㄗˋ
古代一種占卜法。術士令求占者任舉一字,即以所舉字的構造,加以分合增減,隨機附會人事,而測知或解釋吉凶禍福。

9【拆穿】 ㄔㄞ ㄔㄨㄢ
揭穿眞相。

11【拆貨】 ㄔㄞ ㄏㄨㄛˋ
指從破舊屋舍拆下的待售磚瓦、木材等。

12【拆款】 ㄔㄞ ㄎㄨㄢˇ
(call loans)指各銀行同業斟酌本身資金多餘或不足程度,透過銀行同業拆款中心,向其他銀行同業拆出或拆入資金款項。是銀行間調節短期資金的一種極短期放款,也可供‘中央銀行’作爲判斷銀根鬆緊的參考。

14【拆臺】 ㄔㄞ ㄊㄞˊ
1故意製造糾紛,從中破壞。2對雙方合作事項,中途故意退出,使不能成功。

【拆夥】 ㄔㄞ ㄏㄨㄛˇ
拆散本來合作經營的事業。

5【拆白黨】 ㄔㄞ ㄅㄞˊ ㄉㄤˇ
‘上海’話稱詐騙他人財物的團體。

21【拆爛汙】 ㄔㄞ ㄌㄢˋ ㄨ
指辦事不負責任,弄得不可收拾。

8【拆放同業】 ㄔㄞ ㄈㄤˋ ㄊㄨㄥˊ ㄧㄝˋ
(call loans to bank)指銀行貸放與同業的短期款項,會計上屬於銀行的流動資產。拆放同業應透過銀行同業拆款中心撮合辦理,利率也應在該中心所規定的上、下範圍內,由借貸雙方協議按日計息。

9【拆穿西洋鏡】 ㄔㄞ ㄔㄨㄢ ㄒㄧ ㄧㄤˊ ㄐㄧㄥˋ
揭露騙局的眞相。

扼
扼的本字。

拸
㊀ ㄓㄣˇ *chên*³ 音軫
糾纏旋轉。見“廣韻”。
㊁ ㄒㄧㄢˇ *hsien*³ 音顯
揩。見“廣雅·釋詁”。

拏 ㄋㄚˊ *na*² 音拿
1執持。俗作拿。見“正字通”。2拘捕。如:拏捕。3仗恃;裝腔。

4【拏手】 ㄋㄚˊ ㄕㄡˇ
專長。也作拿手。

拜 ㄅㄞˋ *pai*⁴ 音敗
1古代向人俯首至手以致敬的禮節。見“說文”。2恭敬。多用爲敬語。如:拜訪。3授官;任官。如:拜相。4結盟;結拜。如:拜盟。

3【拜上】 ㄅㄞˋ ㄕㄤˋ
1書信的敬詞。2代人傳話致意的敬詞。常見於‘元’‘明’小說中。

4【拜斗】 ㄅㄞˋ ㄉㄡˇ
1道教語。禮拜北斗星以祈消災解厄,保命延生。又稱禮斗、朝斗、祭斗。2‘杭州’每年六月一日至六日在廟內焚黃色之燭稱作拜斗。

【拜手】 ㄅㄞˋ ㄕㄡˇ
古時敬禮的一種。雙膝跪地、拱手,然後屈上身而俯首至手,與地面平行。

6【拜年】 ㄅㄞˋ ㄋㄧㄢˊ
向人行禮以慶賀新年。

7【拜把】 ㄅㄞˋ ㄅㄚˇ
結拜。

【拜見】 ㄅㄞˋ ㄐㄧㄢˋ
恭敬地進見。

【拜別】 ㄅㄞˋ ㄅㄧㄝˊ
告別的敬詞。

8【拜帖】 ㄅㄞˋ ㄊㄧㄝˇ
舊時拜訪時所用的名片。

【拜服】 ㄅㄞˋ ㄈㄨˊ
敬服。

【拜命】 ㄅㄞˋ ㄇㄧㄥˋ
1拜謝關注。2敬受君命。多指拜官任職。

10【拜師】 ㄅㄞˋ ㄕ
1拜人爲師。2初見老師時行禮。

【拜倫】 ㄅㄞˋ ㄌㄨㄣˊ
(George Gordon Byron,1788～1824)‘英國’詩人。大半生都在‘歐’陸旅行,以驚人的才華寫出不少動人的抒情詩,去世時年僅三十六歲。作品富於變化,充分表現出情感豐富而反抗現實的性情,幾乎爲浪漫主義的化身,在當時及後世均受到廣泛的喜愛,並且造成深遠的影響。他的代表作品有“哈羅德遊記”(*Childe Harold's Pilgrimage*)、“海盜”(*The Corsair*),以及“唐璜”(*Don Juan*)等等。

11【拜堂】 ㄅㄞˋ ㄊㄤˊ
舊式婚禮的儀式之一。新娘在堂上拜見舅姑及新郎新娘行交拜禮。

13【拜節】 ㄅㄞˋ ㄐㄧㄝˊ
賀節。

【拜會】 ㄅㄞˋ ㄏㄨㄟˋ
拜訪;拜見。

14【拜爾】 ㄅㄞˋ ㄦˇ

(Adolph von Baeyer, 1835～1917)'德國'化學家。西元1905年'諾貝爾'化學獎得主。一生成就非凡,尤以研究酞族染料(phthalein dyes)、尿酸衍化物、游離鹽及聚乙炔最爲突出。1880年合成人造靛青成功,1883年發表其組合程式。

【拜領】 ㄅㄞˋ ㄌㄧㄥˇ
接受他人贈送禮物的敬詞。

18【拜禱】 ㄅㄞˋ ㄉㄠˇ
跪拜祈禱。

【拜覆】 ㄅㄞˋ ㄈㄨˋ
回信或問候的敬詞。

19【拜辭】 ㄅㄞˋ ㄘˊ
告辭的敬詞。

4【拜火教】 ㄅㄞˋ ㄏㄨㄛˇ ㄐㄧㄠˋ
即祆教。參祆教。

【拜月亭】 ㄅㄞˋ ㄩㄝˋ ㄊㄧㄥˊ
'元代'傳奇名。即"幽閨記"。

6【拜耳法】 ㄅㄞˋ ㄦˇ ㄈㄚˇ
(Bayer process)煉鋁方法之一。其操作要領爲將壓碎水礬土礦石置於氫氧化鈉金屬溶液中蒸煮,將氧化鋁溶出成爲鋁酸鈉,並將懸浮於液內之雜質濾出,再加入接種劑於溶液中,鋁就會以氫氧化鋁狀態沈澱而析出。若再加以還原,則可還原成爲金屬鋁材。

8【拜金主義】 ㄅㄞˋ ㄐㄧㄣ ㄓㄨˇ ㄧˋ
一味崇拜金錢,以金錢爲萬能的觀念。

10【拜恩私室】 ㄅㄞˋ ㄣ ㄙ ㄕˋ
拜謝權貴的提拔。比喻趨炎附勢的人,只知私人恩情,不知國家公義。也作拜恩私第。

5【拜占庭帝國】 ㄅㄞˋ ㄓㄢˋ ㄊㄧㄥˊ ㄉㄧˋ ㄍㄨㄛˊ
(Byzantine Empire)指五世紀以後的'東羅馬帝國'。西元395年'東羅馬帝國'以舊名'拜占庭'的'君士坦丁堡'爲都,至五世紀以後,'巴爾幹半島'爲蠻族侵占,'東羅馬帝國'的轄地只剩下西'亞'、'埃及'等地,無論地理、人種、語言、文化、宗教、政治都已不能算是'歐洲'國家,故史家稱之爲'拜占庭帝國',以別於古'羅馬帝國'。爲'歐洲'黑暗時代的文明堡壘。六世紀'查士丁尼'(Justinian)在位時爲其全盛期,1453年亡於'土耳其'。

【拜占庭藝術】 ㄅㄞˋ ㄓㄢˋ ㄊㄧㄥˊ ㄧˋ ㄕㄨˋ
(Byzantine art)西元第四世紀到第十五世紀約千年間,以'東羅馬帝國'首都'拜占庭'爲中心所發展出來的基督教美術。'拜占庭'教堂的特色是有圓屋頂的集中式教堂,繪畫以裝飾在教堂的嵌畫及描繪聖母或基督的聖像爲代表。因重視基督教義的傳達,與西'歐'的美術相較,作風較爲保守。

10【拜倒石榴裙下】 ㄅㄞˋ ㄉㄠˇ ㄕˊ ㄌㄧㄡˊ ㄑㄩㄣˊ ㄒㄧㄚˋ
形容傾心愛慕女子,願爲她所驅使。

6

挛 攣的俗體。

拳 ㄑㄩㄢˊ ch'üan² 音權
[1]彎曲手指;緊握手。見"說文"。[2]徒手的技擊。如:拳術。[3]力氣。如:拳勇過人。[4]屈曲。如:拳曲。

4【拳心】 ㄑㄩㄢˊ ㄒㄧㄣ
握拳時,四指指尖與手掌接觸之處。

6【拳曲】 ㄑㄩㄢˊ ㄑㄩ
彎曲;屈曲。

9【拳勇】 ㄑㄩㄢˊ ㄩㄥˇ
武勇;勇力。

【拳面】 ㄑㄩㄢˊ ㄇㄧㄢˋ
握拳時,四指第三節的背面。攻擊時,常以此與敵接觸。

【拳背】 ㄑㄩㄢˊ ㄅㄟˋ
握拳時,手掌背面部分。

10【拳拳】 ㄑㄩㄢˊ ㄑㄩㄢˊ
[1]奉持不使失去的樣子。[2]忠謹、懇切的樣子。

11【拳訣】 ㄑㄩㄢˊ ㄐㄩㄝˊ
表示拳派技法要領的歌訣。

【拳眼】 ㄑㄩㄢˊ ㄧㄢˇ
握拳時,拇指與食指所圈的部分。

【拳術】 ㄑㄩㄢˊ ㄕㄨˋ
徒手的武術。

13【拳腳】 ㄑㄩㄢˊ ㄐㄧㄠˇ
指武術。今泛指一切搏技。

15【拳輪】 ㄑㄩㄢˊ ㄌㄨㄣˊ
握拳時,小指所圈的部分。

17【拳擊】 ㄑㄩㄢˊ ㄐㄧˊ
用拳頭打擊對方的一種運動。比賽時,雙方均帶規定拳套,在規定高度四邊圍繩的比賽臺上,運用直擊、鈎擊、連擊、閃躲反擊、格開、肘擋等各種攻防技術,達到克敵制勝的目的。西元1980年'國際奧會'公布,依體重分爲十二級比賽。

挈 ㄑㄧㄝˋ ch'ieh⁴ 音妾
[1]提起;舉起。如:提綱挈領。[2]握持。[3]提攜;帶領。如:提挈。

14【挈領】 ㄑㄧㄝˋ ㄌㄧㄥˇ
[1]提起衣領。比喻掌握要點。[2]執持脖子。意指引頸受戮。

拲 ㄍㄨㄥˇ kung³ 音拱
雙手同戴上刑具。見"說文"。

按 ㄢˋ an⁴ 音案
[1]往下壓抑。如:按鈴。[2]抑止;停止。如:按兵不動。[3]撫住。如:按劍。[4]依照。如:按圖索驥。[5]查驗;審查。如:按察。[6]打擊。如:按鼓。[7]姓。'元'有'按攤'。見"萬姓統譜·一〇一"。

8【按劾】 ㄢˋ ㄏㄜˊ
審查彈劾。

10【按脈】 ㄢˋ ㄇㄛˋ
即脈診。參脈診。

11【按捺】 ㄢˋ ㄋㄚˋ
壓抑;制止。

【按問】 ㄢˋ ㄨㄣˋ
審問查究。

13【按照】ㄢˋ ㄓㄠˋ
依照。

14【按語】ㄢˋ ㄩˇ
附加的說明、考證或評論的文字。

15【按摩】ㄢˋ ㄇㄛˊ
(massage)又稱推拿。以手或上肢應用按、摩、推、拿、揉、掐、滾等手法,協助病人作被動運動的醫療法。可調和氣血、疏通經絡、改善局部血液循環及促進新陳代謝。

【按劍】ㄢˋ ㄐㄧㄢˋ
以手撫劍。

7【按兵不動】ㄢˋ ㄅㄧㄥ ㄅㄨˋ ㄉㄨㄥˋ
①軍隊停止前進或攻擊。②比喻將事情擱置下來。

【按兵束甲】ㄢˋ ㄅㄧㄥ ㄕㄨˋ ㄐㄧㄚˇ
停止軍隊不動,收起盔甲。

11【按部就班】ㄢˋ ㄅㄨˋ ㄐㄧㄡˋ ㄅㄢ
①指安排文義,組織章句。②指作事有層次,循序漸進。

13【按鈴申告】ㄢˋ ㄌㄧㄥˊ ㄕㄣ ㄍㄠˋ
各地方法院檢察處門口設置申告鈴,供被害人或申告人按鈴申告,由值日檢察官開庭並製作筆錄,只要是合法告訴,檢察官即予受理,並開始偵察,傳訊被告,以決定是否提起公訴。

14【按圖索驥】ㄢˋ ㄊㄨˊ ㄙㄨㄛˇ ㄐㄧˋ
按照圖形以尋求駿馬。①比喻做事拘泥成規,不知變通。②泛指循線索以求事物。

挓 ㄓㄚ cha^1 音渣
參挓挲。

10【挓挲】ㄓㄚ ˙ㄕㄚ
張開的樣子。

挖 ㄨㄚ wa^1 音蛙
掏取;掘取。見"字彙補"。

7【挖角】ㄨㄚ ㄐㄧㄠˇ
爭取其他組織單位中的高手來投效我方。

9【挖苦】ㄨㄚ ㄎㄨˇ
用刻薄尖酸的言辭,使對方難堪。

8【挖泥機】ㄨㄚ ㄋㄧˊ ㄐㄧ
(dredger)河流、港灣和排水工程中用以挖泥的機器。常裝置於浮船上作水面下的挖掘。依挖掘方式可分:一、鏟斗挖泥機:供疏浚渠漕或挖掘大排水溝;二、升降挖泥機:用以挖除河床沙石;三、水利挖泥機:挖掘河床並將泥土吸出。

6【挖肉補瘡】ㄨㄚ ㄖㄡˋ ㄅㄨˇ ㄔㄨㄤ
挖好肉來補潰瘡。比喻移東補西,暫時救急,不顧後患。

8【挖空心思】ㄨㄚ ㄎㄨㄥ ㄒㄧㄣ ㄙ
想盡一切辦法。

挍 ㊀ ㄐㄧㄠˋ chiao^4 音教
同校。①度量;計算。見"廣雅·釋詁"。②較量;計較而報復。如:犯而不挍。
㊁ ㄐㄧㄠ chiao^1 音交
亂。見"集韻"。

拼 ㄆㄧㄣ p'in^1 音姘
或作拚。①湊合在一起。如:七拼八湊。②貼近。如:緊拼在身上。③捨棄;犧牲。通拚。

9【拼音】ㄆㄧㄣ ㄧㄣ
①連綴音素使成複合音。②依標音文字讀出音來。

12【拼湊】ㄆㄧㄣ ㄘㄡˋ
將零星的東西聚合在一起。

14【拼圖】ㄆㄧㄣ ㄊㄨˊ
將分散的模型拼合成完整圖形。

12【拼貼法】ㄆㄧㄣ ㄊㄧㄝ ㄈㄚˇ
(collage)把紙、布、木頭、沙粒或其他材料,直接黏貼在畫面上的技法。由立體派畫家開創,達達主義畫家也採用此法,後來'羅森伯格'(Rauschenberg)更把它發展爲結合繪畫。

13【拼裝車】ㄆㄧㄣ ㄓㄨㄤ ㄔㄜ
以舊零件組合而成的車子。

拭 ㄕˋ shih^4 音市
揩;擦。見"增韻"。

5【拭目以待】ㄕˋ ㄇㄨˋ ㄧˇ ㄉㄞˋ
擦亮眼睛,等待觀看。表示期望殷切。

持 ㄔˊ ch'ih^2 音池
①拿著;握住。見"說文"。②保守;堅守。如:持之以恆。③抵拒;對抗。如:相持不下。④治理;掌管。如:持家。⑤支柱;扶持。如:治亂持危。⑥制約;挾制。如:挾持。

5【持平】ㄔˊ ㄆㄧㄥˊ
執守公正而不偏倚任何一方。

7【持戒】ㄔˊ ㄐㄧㄝˋ
持守戒律。

8【持法】ㄔˊ ㄈㄚˇ
主持法令的執行。

9【持重】ㄔˊ ㄓㄨㄥˋ
慎重而不輕浮。

10【持家】ㄔˊ ㄐㄧㄚ
①主持家事;料理家務。②保守家業。

11【持球】ㄔˊ ㄑㄧㄡˊ
排球比賽重要規則之一。球在球員手中、手臂或腰部以上部位,短暫停留的現象,稱爲持球。判持球時,如本隊發球即失球,如對方發球即失分(由對方得分)。

13【持節】ㄔˊ ㄐㄧㄝˊ
①持守節操。②奉命出使。

15【持論】ㄔˊ ㄌㄨㄣˋ
立論;發表自己的主張。

8【持兩端】ㄔˊ ㄌㄧㄤˇ ㄉㄨㄢ
懷二心;觀望投機。

6【持有成本】ㄔˊ ㄧㄡˇ ㄔㄥˊ ㄅㄣˇ
(carrying cost)保持現有存貨所需的成本。包括倉儲、存貨資金利息、存貨耗損及其他因繼續持有該項存貨所花費或負擔的成本。

【持危扶傾】ㄔˊ ㄨㄟ ㄈㄨˊ ㄑㄧㄥ
挽救國家的危難。

9【持盈保泰】ㄔˊ ㄧㄥˊ ㄅㄠˇ ㄊㄞˋ
保持既有的成就和安泰。

8【持其志勿暴其氣】ㄔˊ ㄑㄧˊ ㄓˋ ㄨˋ ㄅㄠˋ ㄑㄧˊ ㄑㄧˋ
堅定心志,勿意氣用事。

挂 ㄍㄨㄚˋ kua^4 音卦
①懸掛。通掛。見"玉篇"。②鉤取。見"集韻"。③登記。如:挂名。④困阻;妨礙。通絓。如:挂閡。

拫 ㄏㄣˊ hên² 音痕
①牽引。②排斥。

拮 ㄐㄧㄝˊ chieh² 音結
參拮据。

7【拮抗】 ㄐㄧㄝˊ ㄎㄤˋ
反抗。

11【拮据】 ㄐㄧㄝˊ ㄐㄩ
①指鳥築巢時，口足勞苦。②比喻境況窘迫。

7【拮抗肌】 ㄐㄧㄝˊ ㄎㄤˋ ㄐㄧ
(antagonistic muscle)又稱頡頏肌。乃功能互補之兩塊肌肉，其中之一稱為屈肌，其收縮引起肢體之屈曲，另一稱為伸肌，其收縮引起肢體之伸展。二肌肉不能同時收縮，其中之一收縮時，另一必定放鬆。四肢之肌肉多為拮抗肌。

指 ㄓˇ chih³ 音旨
①手指。見"說文"。②用手指點。如：指天誓日。③指出；表明。如：指標。④指向；趨向。如：指南針。⑤指揮。如：頤指氣使。⑥豎立。如：令人髮指。⑦意旨。通恉。如：指意。

4【指引】 ㄓˇ ㄧㄣˇ
指點方向，以為導引。

5【指令】 ㄓˇ ㄌㄧㄥˋ
①上級對下級的指使、命令。②(instruction)可控制電腦執行各種運算或處理的一組字符或數元。

6【指印】 ㄓˇ ㄧㄣˋ
印在紙上的指紋痕跡。舊時常代替圖章作證明之用。

8【指事】 ㄓˇ ㄕˋ
六書之一。也稱象事、處事。以抽象的符號來表示抽象概念。指事分兩種：一種是純抽象符號，如丄、丅(上、下)；一種是在象形文上加指示部位的符號，如本、末。

【指使】 ㄓˇ ㄕˇ
指揮使喚。

9【指要】 ㄓˇ ㄧㄠˋ
主旨；要旨。

【指南】 ㄓˇ ㄋㄢˊ
①指向南方。②比喻導引、指標。古代以朝南為正向。

10【指書】 ㄓˇ ㄕㄨ
以手指蘸墨寫字。

【指紋】 ㄓˇ ㄨㄣˊ
指人手指尖第一節上面的凸紋。人的指紋自出生即定形，即使成長過程中紋痕會變粗，紋距會加大，但其形態特徵至死不變。指紋人人不同，有觸物留痕的特性，因此在身分鑑別上具有絕對的證明力，可運用到犯罪鑑識工作上。

11【指望】 ㄓˇ ㄨㄤˋ
期望；希望。

【指陳】 ㄓˇ ㄔㄣˊ
指示陳述。

12【指畫】 ㄓˇ ㄏㄨㄚˋ
指點規劃。

【指揮】 ㄓˇ ㄏㄨㄟ
(commanding)傳統的管理機能之一。為管理主管的重要職能。係指如何領導其同仁，有效達成目標。

14【指摘】 ㄓˇ ㄓㄜˊ
指出錯誤；挑出缺點。

15【指麾】 ㄓˇ ㄏㄨㄟ
指揮。

【指標】 ㄓˇ ㄅㄧㄠ
①任何可測量或觀察的現象，用以標示另一不能直接測量或無法測量的現象、情形或屬性，稱之為指標或指數。②(index)⑴電腦指標暫存器內所存的內容。用來配合執行指令時的定址處理。⑵電腦程式中，配合陣列或表格資料所使用，表示陣列或表格中一特定資料項的符號。經由指標之使用，可對陣列或表格中的某一資料進行運算或處理。⑶電腦系統內配合索引順序檔存取數據的標示。指標可記錄數據所存放的區域或位置，使數據存取之效率提高。

【指數】 ㄓˇ ㄕㄨˋ
(exponent; index)①代數式中原數右肩上的數字，表示其自乘的次數。②電腦之數字表示法中，浮點數內表示底數乘冪的部分。③表示各物平均之相對變動的量數。如某區米價今年較去年上升20%，雞蛋上升25%，機車上升15%，則此三物品平均較去年上升20%，這上升的百分數就是指數。故指數之制定需有基準。

16【指導】 ㄓˇ ㄉㄠˇ
(directing)為管理機能(management functions)的一項機能。指管理主管如何激勵、領導其屬員及如何與其屬員作有效溝通。

17【指壓】 ㄓˇ ㄧㄚ
用手指在穴位處緊按揉壓的治療方法。有舒筋活絡、開竅止痛、疏通瘀滯、益氣安神等效果。

【指點】 ㄓˇ ㄉㄧㄢˇ
①指示開導。②指責。也作指指點點。

18【指歸】 ㄓˇ ㄍㄨㄟ
意旨的歸向。即意向、要旨。

19【指證】 ㄓˇ ㄓㄥˋ
作證。

21【指顧】 ㄓˇ ㄍㄨˋ
①手指目視。②一指手、一回顧。形容時間很短。

5【指示劑】 ㄓˇ ㄕˋ ㄐㄧˋ
(indicator)利用顏色之變化來指示某些物質之存在、濃度或化學反應變化程度的有機化合物。例如酸鹼指示劑中的酚酞、甲基藍等。

【指令週】 ㄓˇ ㄌㄧㄥˋ ㄓㄡ
(instruction cycle)電腦執行處理一指令所需之時間。

【指令集】 ㄓˇ ㄌㄧㄥˋ ㄐㄧˊ
(instruction set)電腦所能執行處理之全部指令。

9【指南車】 ㄓˇ ㄋㄢˊ ㄔㄜ
古代用以分辨方向的一種車子。也稱司南車。相傳為'黃帝'所發明。

14【指稱詞】 ㄓˇ ㄔㄥ ㄘˊ
實詞的一種。指稱或稱代人、事、物的詞。分三身指稱詞、特指指稱詞、疑問指稱詞等類。如我、這、誰等。

15【指標種】 ㄓˇ ㄅㄧㄠ ㄓㄨㄥˇ
(indication species)能藉其存在之頻度、活力等,以顯示周遭環境之某一特別性質的生物種。

【指標器】 ㄓˇ ㄅㄧㄠ ㄑㄧˋ
(pointer)①電腦指令的一部分。它含有下一項存取資料的位址。②電腦程式中,串列資料結構內指示資料項之間順序性的部分。

【指數律】 ㄓˇ ㄕㄨˋ ㄌㄩˋ
(exponential law; index law)數學基本定理的一種。包括乘除與乘冪的計算。即: $a^m \cdot a^n = a^{m+n}$, $a^m \div a^n = a^{m-n}$, $(a^m)^n = a^{mn}$, $(ab)^n = a^n b^n$。

4【指天畫地】 ㄓˇ ㄊㄧㄢ ㄏㄨㄚˋ ㄉㄧˋ
形容講話時動作誇張或肆無忌憚的樣子。

【指天說地】 ㄓˇ ㄊㄧㄢ ㄕㄨㄛ ㄉㄧˋ
形容無所不談。

【指天誓日】 ㄓˇ ㄊㄧㄢ ㄕˋ ㄖˋ
指著天日發誓。形容很鄭重的自我表白。

【指不勝屈】 ㄓˇ ㄅㄨˋ ㄕㄥ ㄑㄩ
形容多得數不完。

【指日可待】 ㄓˇ ㄖˋ ㄎㄜˇ ㄉㄞˋ
在短時間內就可完成。

【指日高陞】 ㄓˇ ㄖˋ ㄍㄠ ㄕㄥ
預祝人立即升官之頌詞。

【指手畫腳】 ㄓˇ ㄕㄡˇ ㄏㄨㄚˋ ㄐㄧㄠˇ
手腳比畫舞動。形容說話時放肆無忌或得意忘形的樣子。

5【指示馬力】 ㄓˇ ㄕˋ ㄇㄚˇ ㄌㄧˋ
(indicator horsepower)引擎運轉時,汽缸內之氣體壓力作用於活塞面上所產生的馬力。指示馬力可由示功器測定汽缸內瞬時壓力與瞬時容積之關係曲線,配合同時測量引擎之轉速而求得。

【指示證劵】 ㄓˇ ㄕˋ ㄓㄥˋ ㄑㄩㄢˋ
指示他人將金錢、有價證劵或其他代替物給付第三人之證劵。例如甲發行證劵,指示乙將金錢、有價證劵或其他代替物給付於丙,而將證劵交付予丙時,謂之發行指示證劵。甲稱爲指示人,乙稱爲被指示人,丙稱爲證劵領取人。被指示人向領取人承擔所指示之給付者,有依證劵內容而爲給付之義務。指示證劵與指定證劵不同,指示證劵必有三人之關係,而指定證劵則可以只有二面關係,亦可以有三面關係,證劵上記載特定權利人之姓名,並附以「或其指定人」字樣,且指定方法通常須以背書並交付之方法爲之。

【指令位址】 ㄓˇ ㄌㄧㄥˋ ㄨㄟˋ ㄓˇ
(instruction address)電腦之主記憶體內,存放一指令之位置,其位址稱爲指令位址。

【指令格式】 ㄓˇ ㄌㄧㄥˋ ㄍㄜˊ ㄕˋ
(instruction format)電腦指令內容的安排方式。

【指令提取】 ㄓˇ ㄌㄧㄥˋ ㄊㄧˊ ㄑㄩˇ
(instruction fetch)電腦將所要執行處理之電腦指令,自主記憶體取出,存入指令暫存器之過程。

7【指皂爲白】 ㄓˇ ㄗㄠˋ ㄨㄟˊ ㄅㄞˊ
指黑色爲白色。比喻顛倒是非。

8【指定作業】 ㄓˇ ㄉㄧㄥˋ ㄗㄨㄛˋ ㄧㄝˋ
由教師指定學生在課內或課後完成的練習或預習。

【指定敘述】 ㄓˇ ㄉㄧㄥˋ ㄒㄩˋ ㄕㄨˋ
(assignment statement)電腦高階程式語言中的一類敘述。其功能是將資料或數值指定給一特定的資料名稱或變數,如符傳程式中 $X=A+B*C$ 就是一指定敘述。

10【指桑罵槐】 ㄓˇ ㄙㄤ ㄇㄚˋ ㄏㄨㄞˊ
表面上罵這個,實際上是罵另外一個。

11【指鹿爲馬】 ㄓˇ ㄌㄨˋ ㄨㄟˊ ㄇㄚˇ
比喻顛倒是非。

12【指揮若定】 ㄓˇ ㄏㄨㄟ ㄖㄨㄛˋ ㄉㄧㄥˋ
指揮調度,從容鎮定。

13【指腹爲婚】 ㄓˇ ㄈㄨˋ ㄨㄟˊ ㄏㄨㄣ
爲腹中胎兒預訂婚約。

15【指標定址】 ㄓˇ ㄅㄧㄠ ㄉㄧㄥˋ ㄓˇ
(index addressing)電腦指令定址方式的一種。指執行指令時,運算元的位址是由指令中位址部分的內容與某一暫存器(指標暫存器)的內容相加而得。

【指標變數】 ㄓˇ ㄅㄧㄠ ㄅㄧㄢˋ ㄕㄨˋ
(pointer variable)電腦程式中的一類變數。此類變數用來代表一指標,其所存放之內容是其一資料所在的位址,故稱爲指標變數。

【指數函數】 ㄓˇ ㄕㄨˋ ㄏㄢˊ ㄕㄨˋ
(exponential function)以變數爲指數的函數。例如 $y=a^x$ 即是。自然指數函數記做 exp,以 $e=2.7182818=\sum_{0}^{\infty}\frac{1}{n!}=\lim_{n\to\infty}\left(1+\frac{1}{n}\right)^n$ 爲底。

5【指令計數器】 ㄓˇ ㄌㄧㄥˋ ㄐㄧˋ ㄕㄨˋ ㄑㄧˋ
(instruction counter)電腦中央處理單元內用來指示下一個被執行之指令所在位址的計數暫存器。又稱指令位址暫存器。一般情況下,指令被提取後,指令計數器之內容就被加上1,以指示下一指令所在之位址。

【指令暫存器】 ㄓˇ ㄌㄧㄥˋ ㄓㄢˋ ㄘㄨㄣˊ ㄑㄧˋ
(instruction register)電腦中央處理單元內的暫存器。用來存放提取即將被執行處理之指令。

8【指定監護人】 ㄓˇ ㄉㄧㄥˋ ㄐㄧㄢ ㄏㄨˋ ㄖㄣˊ
監護人之一種。即未成年人或禁治產人後死之父或母以遺囑所指定之監護人。在未成年人之監護,以指定監護人爲第一順序之監護人,無指定監護人時,才有法定監護人。至於禁治產人之監護，則以法定監護人爲第一順序之監護人，無法定監護人時，才有指定監護人。

【指定繼承人】 ㄓˇ ㄉㄧㄥˋ ㄐㄧˋ ㄔㄥˊ ㄖㄣˊ

(designated heir)繼承人之一種。有別於法定繼承人。依"民法"第一千一百四十三條規定：「無直系血親卑親屬者，得以遺囑就其財產之全部或一部指定繼承人。但以不違反關於特留分之規定爲限。」"民法·繼承"編於'民國'七十四年修正時，已將此制度刪除。

15【指標化位址】 ㄓˇ ㄅㄧㄠ ㄏㄨㄚˋ ㄨㄟˋ ㄓˇ

(indexed address) 電腦程式執行時，經由指標定址方式所得到的位址。指標化位址是將指令中位址部分的內容，與指標暫存器的內容相加之後而得到。

【指標暫存器】 ㄓˇ ㄅㄧㄠ ㄓㄢˋ ㄘㄨㄣˊ ㄑㄧˋ

(index register) 電腦內暫存器之一種。其所存內容爲一指標，以供執行指令時對資料定址之用。指標暫存器也可作爲計數器，用來控制迴路執行的次數。

【指數放大器】 ㄓˇ ㄕㄨˋ ㄈㄤˋ ㄉㄚˋ ㄑㄧˋ

(exponential amplifier)具有將輸入信號轉換成相對應指數值之作用的電子電路。即反對數放大器。

12【指揮監督系統】 ㄓˇ ㄏㄨㄟ ㄐㄧㄢ ㄉㄨ ㄒㄧˋ ㄊㄨㄥˇ

一個組織內上、下層級單位及人員間，權力及責任關係的流向。權力的流向是由上而下，責任的流向是由下而上。首長、一級單位主管、二級單位主管、經辦人員間，構成一指揮監督的系統。

5【指令位址暫存器】 ㄓˇ ㄌㄧㄥˋ ㄨㄟˋ ㄓˇ ㄓㄢˋ ㄘㄨㄣˊ ㄑㄧˋ

(instruction address register) 電腦內存放下一個將被執行之指令所在位址的暫存器。又稱指令計數器。

12【指著和尚罵禿驢】 ㄓˇ ·ㄓㄜ ㄏㄜˊ ㄕㄤˋ ㄇㄚˋ ㄊㄨ ㄌㄩˊ

當著和尚罵禿驢。比喻迂迴罵人。

捛 ㄓㄣˋ *chên*⁴ 音震

1賑濟。通作振、賑。見"說文"。2用乾布壓在溼物上將水吸乾。如：捛拭。

拪 遷的古文。

拷 ㄎㄠˇ *k'ao*³ 音考

用刑具逼供。見"玉篇"。

5【拷打】 ㄎㄠˇ ㄉㄚˇ

用刑具打人逼供。

7【拷貝】 ㄎㄠˇ ㄅㄟˋ

(copy)1原件的複製、模仿或抄寫。今用影印機複印也稱拷貝。複印或影印的文件資料稱爲拷貝品。2指從原膠卷複製的影片。

10【拷邊】 ㄎㄠˇ ㄅㄧㄢ

縫紉作業的一種。將裁剪好的裁片毛邊以拷克車作包邊針目，可

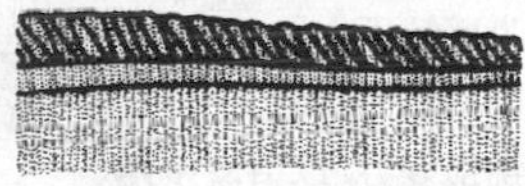

拷邊圖

加強布邊結構，而不致脫紗呈鬆散狀。

7【拷克車】 ㄎㄠˇ ㄎㄜˋ ㄔㄜ

(overlock machine)能形成繞邊針目或包邊針目的針車類。有單針、雙針、二線、三線、四線或五線等各種機型。用針根數與用線錠數愈多，其針趾結構愈複雜也愈牢固。可用以繞縫布邊防止織物鬆散，亦可縫合裁片，對講求縫跡具彈性的針織類服飾最合宜。

拱 ㄍㄨㄥˇ *kung*³ 音鞏

1抱拳示敬。如：打拱作揖。2兩手合圍。如：拱把。3環繞。如：眾星拱月。4隆起。如：拱起。5(arch)由兩側或兩端支撐，具有結構功能的曲形構造物。由

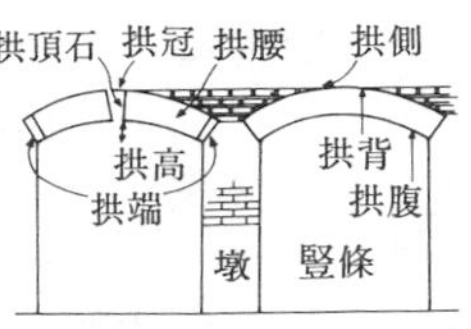

拱的結構圖

於拱上每塊磚互擠產生很大壓力，拱頂上方向下垂直重量小於橫向壓力所產生的向上摩擦力，因此每塊磚都會穩住不動，而此種橫向壓力依次向左右傳至兩側拱臺以達牆身。常用於橋梁、隧道及門窗開口部分。6姓。'明'有'拱北'。見"萬姓統譜·六九"。

4【拱手】 ㄍㄨㄥˇ ㄕㄡˇ

1雙手在胸前相合，表示敬禮。2形容閒適、輕鬆。

7【拱辰】 ㄍㄨㄥˇ ㄔㄣˊ

眾星環繞北極星。比喻四方歸服。

8【拱花】 ㄍㄨㄥˇ ㄏㄨㄚ

我國傳統雕板印刷術的一種。在木板上刻山水、花鳥、草木、蟲魚等花紋，然後壓印在紙上，使花紋凸出。

15【拱衛】 ㄍㄨㄥˇ ㄨㄟˋ

環繞保衛。

16【拱橋】 ㄍㄨㄥˇ ㄑㄧㄠˊ

(arch bridge)以拱爲主梁的橋梁。與吊橋同爲跨度較長的古老橋梁結構。但拱橋主要係受壓力作用，故多以混凝土建造。一般分爲固定拱、單鉸拱、兩鉸拱及三鉸拱四種結構類型。

18【拱璧】 ㄍㄨㄥˇ ㄅㄧˋ

1大的璧玉。2泛指寶物。

㧠 ㄒㄧㄝˊ *hsieh*² 音脅

摧折。或作搚。見"說文"。

挃 ㄓˋ *chih*⁴ 音至

1收割禾稻的聲音。見"說文"。2碰撞。見"字彙"。

拚 一 ㄈㄢ *fan*¹ 音番

飛動。同翻。見"集韻"。

二 ㄆㄢ *p'an*¹ 音潘

捨棄。拌的俗字。也作拚。如：拚命。

⿰扌㐬 梳的俗體。

挀 拍的或體。

拵 ㈠ ㄘㄨㄣˊ ts'un² 音存
遮擁;圍繞。
㈡ ㄘㄨㄣˋ ts'un⁴ 音寸
插。見"集韻"。

挎 ㄎㄨ k'u¹ 音枯
①挖空。見"廣韻"。②用手指深入執持。見"集韻"。

拯 ㄓㄥˇ chêng³ 音整
援救。見"廣韻"。

挡 擋的俗體。

拽 ㈠ ㄧㄝˋ yeh⁴ 音夜
①拖;拉。抴的或體。如:拽倒。②捆縛;收拾。
㈡ ㄓㄨㄞˋ chuai⁴
牽引。如:把門拽上。
㈢ ㄓㄨㄞ chuai¹
①扔;擲。②手臂傷痛,不能活動。

挏 ㄉㄨㄥˋ tung⁴ 音動
推引;攪動。見"說文"。

⿰扌此 ㈠ ㄗˇ tzŭ³ 音紫
捕捉。見"說文"。
㈡ ㄓˇ chih³ 音紙
側擊。同抵。見"集韻"。

拶 ㈠ ㄗㄚˊ tsa² 音雜
相擠迫;逼迫。見"廣韻"。
㈡ ㄗㄢˇ tsan³ 音趲
①刑具名。夾手指的夾棍。見"正字通"。②用拶夾手指。如:拶指。
9【拶指】 ㄗㄢˇ ㄓˇ
舊時酷刑。用繩聯小木棍五根,夾犯人手指,緊收繩子使其疼痛。

挑 ㈠ ㄊㄧㄠ t'iao¹ 音祧
①剔去;挖出。如:挑挖。②揀選。如:挑三揀四。③用肩擔物。如:挑水。
㈡ ㄊㄧㄠˇ t'iao³ 音窕
①彈奏絃樂器的一種指法。反手回撥。也泛指撥動琴弦的動作。②慫恿;誘導。如:挑逗。③撥動;引起。如:挑戰。
㈢ ㄊㄠ t'ao¹ 音滔
參挑達。
7【挑弄】 ㄊㄧㄠˇ ㄋㄨㄥˋ
戲弄。
10【挑剔】 ㄊㄧㄠ ㄊㄧ
①撥動。②挑取好的,剔去壞的。③苛求毛病。
【挑唆】 ㄊㄧㄠˇ ㄙㄨㄛ
挑撥是非,使人發生嫌疑,引起爭執。
11【挑逗】 ㄊㄧㄠˇ ㄉㄡˋ
用言語、動作去引誘人。
【挑眼】 ㄊㄧㄠ ㄧㄢˇ
故意找別人的毛病。
【挑動】 ㄊㄧㄠˇ ㄉㄨㄥˋ
激起;惹起。
12【挑掌】 ㄊㄧㄠ ㄓㄤˇ
國術掌法。立掌向上,以挑開敵人的攻擊。
13【挑達】 ㄊㄠ ㄊㄚˋ
①往來自由的樣子。②輕薄的樣子。
15【挑撥】 ㄊㄧㄠˇ ㄅㄛ
①挑動;撥動。②搬弄是非,使雙方感情不合。
25【挑釁】 ㄊㄧㄠˇ ㄒㄧㄣˋ
挑撥雙方,以引發爭端。
3【挑大梁】 ㄊㄧㄠ ㄉㄚˋ ㄌㄧㄤˊ
比喻擔負重大責任。
【挑三揀四】 ㄊㄧㄠ ㄙㄢ ㄐㄧㄢˇ ㄙˋ
嚴苛地挑選。
15【挑撥離間】 ㄊㄧㄠˇ ㄅㄛ ㄌㄧˊ ㄐㄧㄢˋ
搬弄是非,使彼此對立、不團結。
16【挑燈夜戰】 ㄊㄧㄠˇ ㄉㄥ ㄧㄝˋ ㄓㄢˋ
形容徹夜工作不懈。

括 ㄍㄨㄚ kua¹ 音瓜 又讀 ㄎㄨㄛˋ k'o⁴, k'uo⁴ 音闊
①捆紮。如:括髮。②約束。如:檢括。③包容;包羅。如:概括。
22【括囊】 ㄍㄨㄚ ㄋㄤˊ
①包羅於內。②緊閉袋口。比喻謹慎,不輕易說話。
6【括地志】 ㄍㄨㄚ ㄉㄧˋ ㄓˋ
又名"坤元錄"。'唐''蕭德言'、'顧胤'等撰,五百五十卷,序略五卷。原書已佚,'清''王謨'、'孫星衍'輯有佚本。是研究'唐代'地理的參考書。
9【括約肌】 ㄍㄨㄚ ㄩㄝ ㄐㄧ
(sphincter)動物體內某些孔口周圍的肌肉。當肌肉收縮時孔便關閉,舒張時孔便打開。例如胃和十二指腸交接處的幽門,有幽門括約肌;肛門周圍有肛門括約肌。

拲 ㄍㄨㄥˇ kung³ 音拱
抱持。同珙。見"說文"。

拸 ㈠ ㄔˇ ch'ih³ 音恥
離棄。同搋。見"集韻"。
㈡ ㄧˊ i² 音移
加。見"廣雅•釋詁"。

挣 掙的俗體。

挌 ㄍㄜˊ ko², kê² 音格
①搏擊。②堅硬。通垎。

拴 ㄕㄨㄢ shuan¹ 音閂
①繫掛;縛結。如:拴住。②門閂。通閂。

拾 ㈠ ㄕˊ shih² 音十
①撿起;掇取。見"說文"。②收集;整理。如:拾掇。③數名。十的大寫。
㈡ ㄕㄜˋ shê⁴ 音涉
登;躡足而上。通陟、涉。見"集韻"。
㈢ ㄕ shih¹ 音失
參拾翻。
10【拾級】 ㄕㄜˋ ㄐㄧˊ
順著臺階而登。
11【拾掇】 ㄕˊ ㄉㄨㄛˊ
①揀拾;掇取。②收拾;整理。
【拾得】 ㄕˊ ㄉㄜˊ
'唐'詩僧。原是孤兒,被'天台'(今'浙江''天台')'國清寺'僧'豐干'收養爲僧,因名'拾得'。與'寒山'相友善,世常以兩人並稱。其詩類似佛偈,偏於說理,附於"寒山集"後。
16【拾遺】 ㄕˊ ㄧˊ
①拾取他人遺物以爲己有。②補正缺失。③官名。'唐''武則天'置,掌諷諫,以匡正君主的過失。分左

拾遺與右拾遺，左屬'門下省'，右屬'中書省'。'宋太宗'時，改爲左右正言。'元'不置。'明'初隨置隨罷。

18【拾翻】 ㄕ ·ㄈㄢ
翻檢東西而弄亂了原有的次序。

2【拾人牙慧】 ㄕˊ ㄖㄣˊ ㄧㄚˊ ㄏㄨㄟˋ
比喻自己沒有主見，只知拾取別人的言論、主張以爲己用。

【拾人涕唾】 ㄕˊ ㄖㄣˊ ㄊㄧˋ ㄊㄨㄛˋ
比喻抄襲他人的意見。

8【拾金不昧】 ㄕˊ ㄐㄧㄣ ㄅㄨˋ ㄇㄟˋ
拾得他人遺金，但不據爲己有。

振 ㄅㄛˊ *po*² 音博
裂；撕裂。如：振瓜瓠。

挐 ㊀ ㄖㄨˊ *ju*² 音如
1牽引。見"說文"。2糾纏。3紛亂。4船槳。見"字彙補"。
㊁ ㄋㄚˊ *na*² 音拿
執持。通拏、拿。見"字彙"。

拝 拜的或體。

拿 ㄋㄚˊ *na*² 音拏
1執持；握住。本作拏。見"正字通"。2拘捕。如：捉拿。3依恃；故作姿態。如：拿腔做勢。4介詞。把；以；用。

4【拿手】 ㄋㄚˊ ㄕㄡˇ
1擅長。2把握。3把柄。

10【拿捏】 ㄋㄚˊ ㄋㄧㄝ
1故意爲難。2故作拘謹、矜持的樣子。3今多用以指謹審事情的分寸。

12【拿喬】 ㄋㄚˊ ㄑㄧㄠˊ
故作姿態以提高身分或爲難別人。也作拿翹。

18【拿翹】 ㄋㄚˊ ㄑㄧㄠˊ
同拿喬。

10【拿破崙】 ㄋㄚˊ ㄆㄛˋ ㄌㄨㄣˊ
(Napoleon Bonaparte, 1769～1821)'法國'將領、皇帝。世稱'拿破崙一世'。爲傑出的軍事家，先後擊敗'義大利'、'埃及'、'奧地利'，以武力稱霸'歐洲'。因戰功爲'法'人擁護，西元1804年稱帝，改共和政府爲帝國。在位期間文治武功均有成就，且完成"拿破崙法典"(*Code Napoléon*)，保留了'法國'大革命的成果與精神。後遠征'俄國'失利，1814年退位，被放逐到'厄爾巴島'(Elba)，次年潛回'巴黎'統兵再戰，又於'滑鐵盧'(Waterloo)一役爲'英''奧'聯軍大敗，被放逐到'聖赫勒拿島'(St. Helena Is.)，抑鬱而終。

拿破崙像

4【拿手好戲】 ㄋㄚˊ ㄕㄡˇ ㄏㄠˇ ㄒㄧˋ
最擅長的技藝。

10【拿破崙法典】 ㄋㄚˊ ㄆㄛˋ ㄌㄨㄣˊ ㄈㄚˇ ㄉㄧㄢˇ
(*Code Napoléon*)'拿破崙一世'於西元1804年頒布"法國民法典"，至1810年陸續完成"民事訴訟法"、"商法"、"刑事訴訟法"及"刑法"，統稱"拿破崙法典"。全書共2,281條，主要闡揚自由平等精神，承認貴族、平民在法律上享同等權利。對後世各國立法有重大影響。

7

挲 ㄙㄨㄛ *so*¹, *suo*¹ 音娑
用手撫摩。也作挱。

捖 ㄨㄢˊ *wan*² 音完
刮摩。見"廣韻"。

捞 ㄌㄠˊ *lao*² 音牢
1關閉。見"字彙"。2撈取。通撈。

挱 ㊀ ㄙㄨㄛ *so*¹, *suo*¹ 音娑
用手撫摩。同挲。如：摩挱。
㊁ ·ㄕㄚ ·*sha*
參挓挱。
㊂ ·ㄙㄚ ·*sa*
參摩挱㊂。

挵 弄的或體。

挬 ㄅㄛˊ *po*² 音勃
拔取。見"廣韻"。

捄 ㊀ ㄐㄩ *chü*¹ 音拘
1盛土於籠筐中。見"說文"。2捊；用手引物使聚在一起。見"說文"。
㊁ ㄑㄧㄡˊ *ch'iu*² 音求
長的樣子。見"正字通"。
㊂ ㄐㄧㄡˋ *chiu*⁴ 音救
拯救。通救。見"字彙"。

揤 ㄐㄧˊ *chi*² 音即
或作揤。1執持。見"說文"。2揩拭。見"玉篇"。

挪 ㄋㄨㄛˊ *no*², *nuo*² 音儺
1兩手互相切摩。見"玉篇"。2移動；移用。如：挪動。

5【挪用】 ㄋㄨㄛˊ ㄩㄥˋ
移作他用。多指錢財而言。

9【挪威】 ㄋㄨㄛˊ ㄨㄟ
(Norway)位於'斯堪的那維亞半島'西側的國家。面積32.4萬方公里，人口459.0萬(2005年)，首都'奧斯陸'(Oslo)。國土南北狹長，有1/3處於北極圈內，'基阿連山'縱貫全境。地勢由東向西傾斜，多高山、冰河，海岸曲折多灣澳。河流流量足，水力居'歐洲'之冠。受北'大西洋'暖流影響，海岸終年不凍，漁產居世界首位。擁有龐大商船隊爲外國服務，爲世界著名海運國。盛產石油及天然氣。

11【挪動】 ㄋㄨㄛˊ ㄉㄨㄥˋ
搬動；移動。

【挪移】 ㄋㄨㄛˊ ㄧˊ
1借用；挪用。2移動。

捃 ㄐㄩㄣˋ *chün*⁴ 音郡
拾取。見"集韻"。

14【捃摭】 ㄐㄩㄣˋ ㄓˊ
拾取；蒐集。

捕 ㄅㄨˇ *pu*³ 音補
1擒捉。見"廣韻"。2捕役的簡稱。如：神捕。3姓。'漢'有'捕巡'。見"萬姓統譜·九五"。

4【捕手】 ㄅㄨˇ ㄕㄡˇ
1官署捉拿犯人的差役。2棒、壘球比賽之防守隊中，與投手配合，專接投手的投球及負本壘守備之

責的隊員。當對方打擊者揮棒落空，或未揮棒時，捕手必須接牢投球，否則漏接失誤可能導致失分。

7【捕快】 ㄅㄨˇ ㄎㄨㄞˋ
官府捉拿罪犯的差役。

19【捕蠅草】 ㄅㄨˇ ㄧㄥˊ ㄘㄠˇ
(Venus's flytrap; *Dionaea muscipula*)多年生草本。捕蟲器由葉變形而成，該葉沿中線可以對折，葉緣有齒，對折後，兩邊的齒狀毛互相嵌合，可將飛臨其上的昆蟲困於其中，然後，由葉面所分泌的紅色漿液將之消化分解，約需費時十天始能消化完畢，捕蟲器再行張開。捕蟲器在捕捉三或四次昆蟲後，該葉即死亡。

捕蠅草圖

9【捕風捉影】 ㄅㄨˇ ㄈㄥ ㄓㄨㄛ ㄧㄥˇ
比喻做事不實在或無事生非。

捂 ㄨˇ wu³ 音武
①違逆。牾的訛體。或作啎。如：捂逆。②牴觸。或作牾。③相對。④用手掩住。或作摀。

捓 一 ㄧㄝˊ yeh² 音爺
同揶。參揶揄。
二 ㄩˊ yü² 音余
參胥捓。

挶 ㄐㄩˊ chü² 音菊
①張手如戟以持物。見"說文"。②搬運泥土的器具。

挕 ㄋㄧㄝˋ nieh⁴ 音聶
拈取。俗作捻。見"說文"。

捅 ㄊㄨㄥˇ t'ung³ 音桶
①用手或棍、棒等戳刺。如：捅破。②揭露。如：捅出內情。

13【捅窟窿】 ㄊㄨㄥˇ ㄎㄨ ˙ㄌㄨㄥ
借債的俗語。

15【捅樓子】 ㄊㄨㄥˇ ㄌㄡˊ ˙ㄗ
惹禍。

挾 一 ㄒㄧㄝˊ hsieh² 音協
又讀 ㄒㄧㄚˊ hsia² 音俠
①夾在腋下。如：挾'泰山'以超'北海'。②仗恃；依賴；憑靠。③脅迫；牽制。如：挾天子以令諸侯。④懷抱；擁有。如：挾藏。
二 ㄐㄧㄚˊ chia² 音夾
①周遍；通達。通浹、帀。如：挾日。②夾取。通夾。如：挾取。

9【挾恨】 ㄒㄧㄝˊ ㄏㄣˋ
懷恨在心。也作挾嫌、挾怨。

【挾持】 ㄒㄧㄝˊ ㄔˊ
①控制、脅迫他人。②指懷抱、抱負。

11【挾帶】 ㄐㄧㄚˊ ㄉㄞˋ
私藏。也作夾帶。

3【挾山超海】 ㄒㄧㄝˊ ㄕㄢ ㄔㄠ ㄏㄞˇ
挾'泰山'以超越'北海'。比喻不可能的事。

振 一 ㄓㄣˋ chên⁴ 音震
①拯救；賑濟。通賑。見"說文"。②舉起。如：振拔。③搖動；抖動。如：振衣。④奮起。如：振奮。⑤震動；激烈的動盪。通震。如：威振天下。⑥整理；整頓。如：振旅。⑦姓。'宋'有'振紀'。見"萬姓統譜・九九"。
二 ㄓㄣ chên¹ 音眞
參振振一。

7【振作】 ㄓㄣˋ ㄗㄨㄛˋ
奮發興起。

10【振振】 一 ㄓㄣ ㄓㄣ
①仁厚誠實的樣子。②隆盛威武的樣子。
二 ㄓㄣˋ ㄓㄣˋ
鳥群飛的樣子。

11【振動】 ㄓㄣˋ ㄉㄨㄥˋ
①以兩手相擊而拜。爲古代九拜之一。②震動；騷動。③(vibration)細繩上繫一重物的單擺，將擺垂偏移一小角度，放手使其擺動，則擺垂將以原來靜止平衡的位置，在同一路徑上作有規則的週期性來回運動。又如傳播連續週期波的介質，介質中任一點的運動情形，也是會繞著原來靜止平衡的位置，在同一路徑上作規則的往復運動。像這樣物體做週期性往返重複的運動，便是振動。彈簧下懸掛重物，並使其作上下的運動，此屬簡諧運動。另外，當電感、電容(線圈)組成的電路，電容器上所充之電，如經線圈放電，則電路上會形成有規則來回變動的電流，對電容器及線圈交互充放電，產生電的振動，同時對空間也輻射出電磁波，使電場與磁場隨著電流的變動而改變，這種物理量(例如電場、磁場)隨著時間作有規則的變動，也是一種振動。

12【振幅】 ㄓㄣˋ ㄈㄨˊ
(amplitude)物體或介質作振動時，距平衡位置最大的位移。

17【振盪】 ㄓㄣˋ ㄉㄤˋ
(oscillation)指一物理量(或信號)的大小比某一參考值或大或小不停交互地改變。

【振臂】 ㄓㄣˋ ㄅㄧˋ
揮動手臂。表示號召或激勵。

21【振鐸】 ㄓㄣˋ ㄉㄨㄛˊ
①古時搖鈴以向民眾宣布政令。②指擔任教職。

17【振盪器】 ㄓㄣˋ ㄉㄤˋ ㄑㄧˋ
(oscillator)產生連續或不連續性之波形的電路或裝置。振盪器產生的波形可能爲正弦波、脈波或其他特殊波形。以電晶體振盪器最爲常見。由放大電路、正回授電路及諧振電路組成。諧振電路決定振盪器的頻率，其種類可分爲LC振盪器、RC振盪器及晶體振盪器。

5【振古鑠今】 ㄓㄣˋ ㄍㄨˇ ㄕㄨㄛˋ ㄐㄧㄣ
形容盛舉震動古今，照耀千秋。

10【振衰起敝】 ㄓㄣˋ ㄕㄨㄞ ㄑㄧˇ ㄅㄧˋ
挽救衰頹疲敝，使其振作。

【振振有辭】 ㄓㄣˋ ㄓㄣˋ ㄧㄡˇ ㄘˊ
形容理直氣壯，滔滔不絕的樣子。

11【振動遮斷】 ㄓㄣˋ ㄉㄨㄥˋ ㄓㄜ ㄉㄨㄢˋ
(vibration isolation)利用彈性支持或設置不同材質以抵消振動

的方法。

22【振聾發聵】ㄓㄣˋ ㄌㄨㄥˊ ㄈㄚ ㄎㄨㄟˋ
比喻驚醒蒙昧無知的人。

捎 ㊀ㄕㄠ shao^{1} 音梢
[1]選擇。見"廣雅·釋詁"。[2]掠；拂。見"增韻"。[3]芟除；消滅。見"廣韻"。[4]寄物；順便帶物。如：捎來信息。
㊁ㄕㄠˋ shao^{4} 音哨
[1]灑水。如：捎水。[2]雨向某方灑落。[3]窺伺。[4]退卻。[5]褪色。如：捎色。

捍 ㊀ㄏㄢˋ han^{4} 音翰
[1]保衛；抵禦。同扞。見"集韻"。[2]兇暴。通悍。如：刁捍。
㊁ㄍㄢˇ kan^{3} 音趕
碾壓。通擀。如：捍麵。

15【捍衛】ㄏㄢˋ ㄨㄟˋ
保護；防衛。同扞衛。

捏 ㄋㄧㄝ nieh^{1}
[1]用手捻聚。見"玉篇"。[2]握持。如：捏著。[3]虛構；牽合附會。如：捏報。

11【捏造】ㄋㄧㄝ ㄗㄠˋ
編造；假造。

20【捏麵人】ㄋㄧㄝ ㄇㄧㄢˋ ㄖㄣˊ
流傳於我國民間的一種捏塑技藝。又稱麵塑。係以麵粉摻和糯米粉及防腐劑，經煮熟加色爲材料。捏塑題材多採民間流傳故事的人物，其他如龍、麒麟之類，亦爲常見的作品。

4【捏手捏腳】ㄋㄧㄝ ㄕㄡˇ ㄋㄧㄝ ㄐㄧㄠˇ
走動時輕手輕腳，不敢發出聲音的樣子。也作躡手躡腳。

挸 ㄐㄧㄢˇ chien^{3} 音繭
擦拭。見"廣雅·釋詁"。

挹 ㄧˋ i^{4} 音邑
[1]酌取。見"說文"。[2]拱手作揖。通揖。見"正字通"。[3]謙卑退讓。通抑。如：挹退。

8【挹注】ㄧˋ ㄓㄨˋ
本指舀取大器皿中的水倒入小器皿中。後用以比喻取有餘補不足。

捉 ㄓㄨㄛ cho^{1}, chuo^{1} 音桌
[1]追捕；逮住。見"廣韻"。[2]握持。[3]戲弄。如：捉弄。

2【捉刀】ㄓㄨㄛ ㄉㄠ
[1]持刀。指執刀的衛士。[2]'魏武帝'自認體貌不揚，使'崔季珪'代爲接見'匈奴'使者，而自己捉刀立床頭。後暗中派人問'匈奴'使者，'魏王'長得怎樣？使者答稱：「床頭捉刀人，此乃英雄也。」見"世說新語·容止"。後世因指請人冒名頂替爲捉刀。

7【捉弄】ㄓㄨㄛ ㄋㄨㄥˋ
戲弄。

14【捉摸】ㄓㄨㄛ ㄇㄛ
推想；揣測。

10【捉迷藏】ㄓㄨㄛ ㄇㄧˊ ㄘㄤˊ
用巾布蒙住眼睛而去摸索捉人的遊戲。

18【捉襟見肘】ㄓㄨㄛ ㄐㄧㄣ ㄐㄧㄢˋ ㄓㄡˇ
[1]衣服不能遮蔽身體。形容生活貧窮。[2]比喻辦事能力不強，照顧不周到。

捆 ㊀ㄎㄨㄣˇ k'un^{3} 音綑
[1]編織。見"玉篇"。[2]團結。通梱。[3]用繩束縛住。通綑。[4]量詞。物一束叫一捆。
㊁ㄏㄨㄣˊ hun^{2} 音魂
用手推物。同掍。見"集韻"。

捐 ㄐㄩㄢ chüan^{1} 音鵑
[1]捨棄。見"說文"。[2]獻出。如：捐款。[3]賦稅。如：房捐。[4]納錢得官。如：捐官。

8【捐官】ㄐㄩㄢ ㄍㄨㄢ
捐納錢財而得官。

11【捐棄】ㄐㄩㄢ ㄑㄧˋ
拋棄；捨棄。

13【捐貲】ㄐㄩㄢ ㄗ
捐獻財物。

16【捐輸】ㄐㄩㄢ ㄕㄨ
舊指對官家捐獻財物。今泛指捐獻。

【捐館】ㄐㄩㄢ ㄍㄨㄢˇ
捨棄館舍。指死亡。

18【捐軀】ㄐㄩㄢ ㄑㄩ
犧牲生命。

19【捐贈資本】ㄐㄩㄢ ㄗㄥˋ ㄗ ㄅㄣˇ
(donated capital)公司接受他人捐贈資產，視爲他人捐贈的資本，於收到時應按資產的公平市價借記資產、貸記捐贈資本。在資產負債表上，捐贈資本爲資本公積的一部分。

捌 ㊀ㄅㄚ pa^{1} 音八
[1]農具名。即無齒杷。見"說文新附"。[2]打破。通扒。[3]數目字八的大寫。
㊁ㄅㄧㄝˊ pieh^{2} 音別
別的俗體。

捋 ㊀ㄌㄜˋ lê^{4} 音勒
[1]把東西握住然後向別的部位移動。[2]將套著的東西取下。[3]撫摩。
㊁ㄌㄨㄛ lo^{1}, luo^{1}
㊀[1]、[2]的又讀。
㊂ㄌㄩˇ lü^{3} 音屢
[1]同㊀[3]。[2]低劣。

8【捋虎鬚】ㄌㄜˋ ㄏㄨˇ ㄒㄩ
摸老虎嘴邊的鬚。比喻做危險的事。

17【捋臂捲袖】ㄌㄜˋ ㄅㄧˋ ㄐㄩㄢˇ ㄒㄧㄡˋ
形容奮起振作的樣子。

捊 ㄆㄡˊ p'ou^{2}
引而使聚集。見"玉篇"。

挼 ㊀ㄖㄨㄛˊ jo^{2}, juo^{2} 讀音 ㄋㄨㄛˊ no^{2}, nuo^{2} 音挪
兩手相互摩擦、揉搓。見"說文"。
㊁ㄙㄨㄟ sui^{1} 音雖
祭食。見"集韻"。

挩 ㊀ㄊㄨㄛ t'o^{1}, t'uo^{1} 音脫
[1]解脫。通脫。見"說文"。[2]脫誤；遺漏。見"廣韻"。
㊁ㄕㄨㄟˋ shui^{4} 音稅
擦；拭。見"正字通"。

挫 ㄘㄨㄛˋ ts'o^{4}, ts'uo^{4} 音措
[1]摧折；折斷。見"說文"。[2]損傷；失利。如：挫折。[3]屈辱。

如:挫辱。

7【挫折】 ㄘㄨㄛˋ ㄓㄜˊ
(frustration)指個體有目的從事活動時,由於能力限制或環境阻礙、干擾,致使動機不能獲得滿足。也指個體動機遭遇阻擾後所引發的情緒狀態或心理感受。

10【挫骨揚灰】 ㄘㄨㄛˋ ㄍㄨˇ ㄧㄤˊ ㄏㄨㄟ
折斷骨頭,揚撒骨灰。形容死得很慘。

挨 ㊀ ㄞ *ai*¹ 音哀
①從後推擊;打。見“說文”。②靠著;迫近。③摩擦;擁擠。④拖延;等待。如:挨磨。⑤受。如:挨罵。⑥依照次序。如:挨家挨戶。
㊁ ㄞˊ *ai*²
㊀②、④、⑤的又讀。

6【挨次】 ㄞ ㄘˋ
依次;按照順序。

3【挨三頂五】 ㄞ ㄙㄢ ㄉㄧㄥˇ ㄨˇ
接連不斷。

8【挨肩擦膀】 ㄞ ㄐㄧㄢ ㄘㄚ ㄅㄤˇ
①形容人多擁擠的樣子。②形容親暱的樣子。

捘 ㄗㄨㄣˋ *tsun*⁴ 音鱒
①推;擠。見“說文”。②按。見“廣雅·釋詁”。③掐。見“字彙”。

挴 ㄇㄟˇ *mei*³ 音每
①貪求。見“方言·一三”。②慚愧。見“方言·二”。

挺 ㄊㄧㄥˇ *t'ing*³ 音艇
①拔。見“說文”。②直立。見“集韻”。③離群獨出。如:挺身而出。④特出的。⑤量詞。用於直長的物品。如:一挺機槍。⑥副詞。很;甚。如:挺專心。

8【挺拔】 ㄊㄧㄥˇ ㄅㄚˊ
①直立而高聳。②傑出;高出於眾。

17【挺舉】 ㄊㄧㄥˇ ㄐㄩˇ
‘國際舉重總會’認可舉重比賽兩項規定動作之一。其動作分爲兩部分:一、上膊,雙手握槓,以一連貫的動作將槓鈴自地面舉至胸際,反手停支於胸上鎖骨與雙肩之上,雙腳順勢下蹲。二、上挺,曲伸雙腿,順勢借力伸臂將槓鈴高舉頭頂,並保持臂、腿直挺,兩足立於一直線不動之姿勢。

捙 插的俗體。

捁 ㄐㄧㄠˇ *chiao*³ 音絞
擾亂。同攪。見“正字通”。

挽 ㄨㄢˇ *wan*³ 音晚
①牽引;拉扯。見“廣韻”。②捲起;打結。通綰。如:挽袖。③哀悼死者。通輓。如:挽歌。

10【挽留】 ㄨㄢˇ ㄌㄧㄡˊ
把人留住,不讓離去。

11【挽救】 ㄨㄢˇ ㄐㄧㄡˋ
挽回補救。

捔 ㊀ ㄐㄩㄝˊ *chüeh*² 音覺
①捉住獸角而搏鬥。通作角。見“集韻”。②競比力氣。③晦暗。
㊁ ㄓㄨㄛˊ *cho*², *chuo*² 音浞
刺取。

[illegible] 括的本字。

捈 ㄊㄨˊ *t'u*² 音徒
①牽引。見“說文”。②抒發。見“廣雅·釋詁”。

8

[illegible] 擊的或體。

掔 ㄑㄧㄢ *ch'ien*¹ 音千
①堅固。見“說文”。②牽引。通牽。③引卻;除去。見“字彙”。

捾 ㄨㄛˋ *wo*⁴ 音臥
用手掏取。見“說文”。

捥 ㊀ ㄨㄢˋ *wan*⁴ 音腕
腕的或體。
㊁ ㄨㄢˇ *wan*³ 音宛
取得。見“集韻”。

控 ㄎㄨㄥˋ *k'ung*⁴ 音鞚
①拉弓;開弓。見“說文”。②操縱;控制。如:控御。③投訴;走告。如:控告。④彎曲。如:控身。

7【控告】 ㄎㄨㄥˋ ㄍㄠˋ
①上告;投訴。②向法院提出告訴。

8【控制】 ㄎㄨㄥˋ ㄓˋ
(control)管理活動的一種。衡量實際工作成果,以之與原訂計畫、目標或標準相比較,校正其偏差部分,以確保各項業務,均能按既定計畫進行,以達成功境界。控制包括五項基本步驟:一、標準的建立;二、績效的衡量;三、績效的回饋;四、績效與標準的比較;五、差異的糾正。

12【控訴】 ㄎㄨㄥˋ ㄙㄨˋ
①向法院提出告訴。同控告。②向社會大眾指責某事的不公、某人的不是。

【控馭】 ㄎㄨㄥˋ ㄩˋ
駕馭;控制。也作控御。

8【控油器】 ㄎㄨㄥˋ ㄧㄡˊ ㄑㄧˋ
(fuel control unit)控制發動機燃油補給之裝置。當燃油與空氣進入內燃燒引擎之汽缸或燃燒室後,經混合、壓縮、點火產生動力,其燃油與空氣的混合比必須經控油系統配合調節以獲得最大推力。控油器一般包含空氣流量計及化油器。

【控制卡】 ㄎㄨㄥˋ ㄓˋ ㄎㄚˇ
(control card)輸入電腦系統之卡片中,含有控制作業處理或控制程式執行等命令之卡片。

【控制室】 ㄎㄨㄥˋ ㄓˋ ㄕˋ
(control room)具備各種機器及通話系統以控制節目製作及播出的房間。可分主控、副控兩種,前者用於播送節目,後者用於製作節目。

【控制器】 ㄎㄨㄥˋ ㄓˋ ㄑㄧˋ
(controller)①能夠將傳送機傳送過來之信號與定點比較,並送出適當之信號到最後控制元件(如控制閥),以便改變操縱變數之裝置。例如空氣控制器。控制器

之構造與原理雖然不同,但其產生之作用卻是相同的,即爲比例作用、積分作用與微分作用之組合。商業上之控制器有比例控制器、比例積分控制器與比例積分微分控制器。②電腦系統內連接於中央處理單元與周邊設備之間的裝置。可控制資料之接收、傳送及周邊設備之操作。

【控制縫】 ㄎㄨㄥˋ ㄓˋ ㄈㄥˋ
(control joint)又稱收縮縫。使混凝土結構物於凝縮和因溫度降低而收縮時,不致產生不規則之龜裂所預留的安全縫隙。通常用木材、橡膠、塑膠或金屬條等置於模板中,模板在混凝土凝固而除去後,即在混凝土面形成細小之淺凹槽。一般高3~6公尺的牆,控制縫之間距約爲與牆等高之尺度,長且寬的混凝土地版則約每4.5~7.5公尺宜設一控制縫。

【控弦引矢】 ㄎㄨㄥˋ ㄒㄧㄢˊ ㄧㄣˇ ㄕˇ
拉弓射箭。

【控制字符】 ㄎㄨㄥˋ ㄓˋ ㄗˋ ㄈㄨˊ
(control character)具有特定之意義,可用來啟動、修改或結束一控制器操作的字符。

【控制區段】 ㄎㄨㄥˋ ㄓˋ ㄑㄩ ㄉㄨㄢˋ
(control block)電腦執行程式時,用來存放控制訊息的一段記憶儲存體。

【控制敘述】 ㄎㄨㄥˋ ㄓˋ ㄒㄩˋ ㄕㄨˋ
(control statement)電腦程式運轉時,可以改變執行順序或停止程式執行之敘述。

【控制程式】 ㄎㄨㄥˋ ㄓˋ ㄔㄥˊ ㄕˋ
(control program)具備執行輸入和輸出運作、載入程式、檢測錯誤、與操作員聯繫等功能的電腦程式。

掊

㊀ ㄆㄡˊ p'ou² 音抔
①用手捧起。通抔。如:掊土。②聚斂;搜刮。如:掊斂。
㊁ ㄆㄡˇ p'ou³ 音剖
擊破。見"集韻"。

7【掊克】 ㄆㄡˊ ㄎㄜˋ
徵收苛捐雜稅,搜刮民財。也指搜刮民財的人。

4【掊斗折衡】 ㄆㄡˇ ㄉㄡˇ ㄓㄜˊ ㄏㄥˊ
毀壞斗秤。道家以爲這是使人平和不爭、相互信任的方法。

接

ㄐㄧㄝ chieh¹ 音皆
①相交;接觸。見"說文"。②相待。如:接待。③會合;會見。如:接見。④連續;繼承。如:接續。⑤承受。如:接受。⑥靠近。如:接近。⑦迎。如:接引。⑧姓。'漢'有'接昕'。見"通志·氏族略五"。

4【接手】 ㊀ ㄐㄧㄝ ㄕㄡˇ
接替前人的工作。
㊁ ㄐㄧㄝ ˙ㄕㄡ
①俗稱暫時擱置物品的桌几等。②從旁接應的人。

6【接地】 ㄐㄧㄝ ㄉㄧˋ
①(ground)電路中的電壓基準點。此點可以和地連接,也可以不連接,若將其與地連接並不會影響電路的整體工作。②(grounding)防止靜電電荷積集,以免產生火花的方法之一。通常是在機件的金屬外殼連接一導線到良導體上,而此良導體又能經由銅棒或銅管與地面充分接觸。

8【接武】 ㄐㄧㄝ ㄨˇ
①指足跡前後相接。形容步行徐緩。②泛指人、事的前後相接。

【接芽】 ㄐㄧㄝ ㄧㄚˊ
指芽接中所用的接穗。通常不帶木質。

9【接洽】 ㄐㄧㄝ ㄒㄧㄚˊ
與人商量事情。

【接面】 ㄐㄧㄝ ㄇㄧㄢˋ
(junction)半導體材料中,將p型與n型半導體形成直接接觸,其連接之平面就稱接面。

【接風】 ㄐㄧㄝ ㄈㄥ
設宴接待遠來的親友。

10【接席】 ㄐㄧㄝ ㄒㄧˊ
坐席相連接。形容情誼深厚。

11【接淅】 ㄐㄧㄝ ㄒㄧ
撈出已經淘洗未及炊煮的米。形容行色匆忙。

12【接棒】 ㄐㄧㄝ ㄅㄤˋ
接力賽跑時,接跑人在規定地點接過同隊跑者傳交的棒子。引申爲工作任務的新舊交接。

【接掌】 ㄐㄧㄝ ㄓㄤˇ
接管。

14【接種】 ㄐㄧㄝ ㄓㄨㄥˇ
①注射免疫疫苗。②將植物的枝葉移種到另一種植物的主幹上,繁殖出新種植物。③(inoculation)在白鑄鐵或斑鑄鐵熔液內加入 C_a-S_i、S_i-F_e 或 S_i-N_i 等接種劑,使石墨微細且均一之處理方法。

15【接談】 ㄐㄧㄝ ㄊㄢˊ
與人商談。

【接駕】 ㄐㄧㄝ ㄐㄧㄚˋ
迎接尊貴者光臨。

16【接頭】 ㄐㄧㄝ ㄊㄡˊ
①接洽商談。②線路或機件互相接連的地方。③(coupling)用以連接管徑相同之直管。係利用內徑上之螺紋接合。

【接踵】 ㄐㄧㄝ ㄓㄨㄥˇ
一個接著一個。

17【接濟】 ㄐㄧㄝ ㄐㄧˋ
支援;濟助。

【接應】 ㄐㄧㄝ ㄧㄥˋ
應援;前往支援。

【接輿】 ㄐㄧㄝ ㄩˊ
'春秋'時'楚國'高士。'皇甫謐'"高士傳"以爲姓'陸',名'通',字'接輿'。佯狂避世,曾唱著歌勸'孔子'歸隱。

【接穗】 ㄐㄧㄝ ㄙㄨㄟˋ
指果樹或花木行接木法繁殖時,所欲繁殖之植物的枝、芽。即接木時上部所用的枝、芽。

【接縫】 ㄐㄧㄝ ㄈㄥˊ
①(joint)磚與磚間被砂漿隔離

的部分。水平者稱爲橫縫(horizontal joint);垂直向者稱爲豎縫(vertical joint)。②(seaming)將兩塊板或零件利用多次彎曲相互連在一起的加工法。

20【接壤】 ㄐㄧㄝ ㄖㄤˇ
兩國或兩地境域相接。

【接觸比】 ㄐㄧㄝ ㄔㄨˋ ㄅㄧˇ
(contact ratio)指兩相嚙合之一對輪齒,其接觸長度除以法節所得之值。

【接觸法】 ㄐㄧㄝ ㄔㄨˋ ㄈㄚˇ
(contact process)製造硫酸的方法。將硫磺或硫化礦置於燒礦爐,經氧化得到二氧化硫,以之與空氣混合,並通過含有五氧化二釩觸媒,進一步氧化生成三氧化硫,再以水或硫酸溶液吸收即可。

2【接二連三】 ㄐㄧㄝ ㄦˋ ㄌㄧㄢˊ ㄙㄢ
一個接著一個;接連不斷。

【接力賽跑】 ㄐㄧㄝ ㄌㄧˋ ㄙㄞˋ ㄆㄠˇ
徑賽項目之一。以四人爲一隊,依序在規定接力區域內,以最快速度傳遞接棒,並以最短時間跑完規定距離。'奧林匹克運動會'中,以400公尺和1,600公尺接力爲正式競賽項目。

6【接印照片】 ㄐㄧㄝ ㄧㄣˋ ㄓㄠˋ ㄆㄧㄢˋ
(contact print)不經放大、縮小,直接以接觸曝光法印於相紙上的照片。是編輯從攝影記者處取得所需照片最簡便的方法。

9【接面電容】 ㄐㄧㄝ ㄇㄧㄢˋ ㄉㄧㄢˋ ㄖㄨㄥˊ
(junction capacitance)在半導體材料*p-n*接面處,當外加反向電壓形成空乏區及電荷分布區,即有電容效應,其等效電容值稱爲接面電容。

14【接駁運輸】 ㄐㄧㄝ ㄅㄛˊ ㄩㄣˋ ㄕㄨ
公路路線因故局部不通時,以其他運輸工具辦理連接運送客貨的權宜方式。

15【接線邏輯】 ㄐㄧㄝ ㄒㄧㄢˋ ㄌㄨㄛˊ ㄐㄧˊ
(wired logic)指將某些邏輯閘的輸出連接,令其執行額外邏輯而不必另加硬體。

20【接觸巫術】 ㄐㄧㄝ ㄔㄨˋ ㄨ ㄕㄨˋ
(contagious magic)交感巫術的一種。認爲必須使物體相互接觸才會發生持久影響力的巫術。例如頭髮或衣服均與人身接觸,所以若取得某人之頭髮、衣服,便可對他施以巫術。

8【接受權力論】 ㄐㄧㄝ ㄕㄡˋ ㄑㄩㄢˊ ㄌㄧˋ ㄌㄨㄣˋ
(acceptance theory of authority)認爲企業管理主管的權力,係來自其屬員接受其指揮領導,此乃一種由下而上所產生的權力。與傳統權力論由上而下所產生的權力不同。

20【接觸穩定法】 ㄐㄧㄝ ㄔㄨˋ ㄨㄣˇ ㄉㄧㄥˋ ㄈㄚˇ
(contact stabilization process)廢水處理法的一種。即增加活性汙泥的濃度,降低有機負荷,經過接觸曝氣槽及穩定再曝氣槽的雙重曝氣,以提高有機物去除力。

9【接面場效電晶體】 ㄐㄧㄝ ㄇㄧㄢˋ ㄔㄤˇ ㄒㄧㄠˋ ㄉㄧㄢˋ ㄐㄧㄥ ㄊㄧˇ
(junction field-effect transistor; JFET)場效電晶體之一。其閘極金屬係與半導體通道直接接觸而不透過半導體氧化層。參場效電晶體。

8【接受機執照費制度】 ㄐㄧㄝ ㄕㄡˋ ㄐㄧ ㄓˊ ㄓㄠˋ ㄈㄟˋ ㄓˋ ㄉㄨˋ
(receivers-fee system)部分國家的廣播電視法有規定,凡裝有廣播電視接收機(指電視機和收音機)的用戶,須與播映公司訂立契約,直接繳納執照費。'日本'廣播公司即以此爲唯一經濟來源。

掠 ㄌㄩㄝˋ *lüeh*^{4} 音略
①奪取。見"廣韻"。②捶擊;拷問。見"廣韻"。③拂過。見"增韻"。④梳理。⑤書法筆法之一。指長撇。

9【掠美】 ㄌㄩㄝˋ ㄇㄟˇ
奪取他人的優點或成就,以爲己有。

14【掠奪】 ㄌㄩㄝˋ ㄉㄨㄛˊ
搶劫;強取。

捽 ㈠ ㄗㄨˊ *tsu*^{2} 音卒
①揪髮。見"說文"。②敵對;揪打。如:捽搏。
㈡ ㄗㄨㄛˊ *tso*^{2}, *tsuo*^{2} 音昨
拔取。如:捽草。

掂 ㄉㄧㄢ *tien*^{1} 音顛
①把物品托在手掌上估計輕重。見"字彙"。②計較;比較。如:掂斤播兩。③跌斷。如:掂折。

4【掂斤播兩】 ㄉㄧㄢ ㄐㄧㄣ ㄅㄛˋ ㄌㄧㄤˇ
計較輕重。比喻計較瑣事或比較優劣。

掖 ㈠ ㄧㄝˋ *yeh*^{4} 音夜 讀音 ㄧˋ *i*^{4} 音亦
①以手持挾人臂。引申爲扶持、幫助。見"說文"。②胳肢窩。今作腋。如:肘掖。③兩旁。如:掖庭。④宮中旁舍。宮掖的省稱。
㈡ ㄧㄝ *yeh*^{1} 音噎
①塞;藏。②倒捲。

探 ㈠ ㄊㄢˋ *t'an*^{4} 音炭
①摸取。見"爾雅·釋詁"。②訪問;看望。如:探親。③伺察;試測。如:探刺。④伸出。如:向窗外探頭。
㈡ ㄊㄢ *t'an*^{1} 音貪
①試。如:探湯。②㈠④的又讀。

3【探子】 ㄊㄢˋ ˙ㄗ
偵探敵情的人。

4【探戈】 ㄊㄢˋ ㄍㄜ
(tango)早期'西班牙'的土風舞。西元1910年由'阿根廷'傳入'美國'。今日流行的探戈舞大致分爲兩個系統,一爲較柔美瀟灑的'美國'式,一爲威武高貴的'英國'式。音樂節奏分四分之二、四分之四兩種,輕快有力。

8【探花】 ㄊㄢˋ ㄏㄨㄚ

1看花；賞花。2‘宋’‘元’‘明’‘清’四朝稱殿試一甲第三名。

10【探原】 ㄊㄢˋ ㄩㄢˊ
探求根源。也作探源。

11【探勘】 ㄊㄢˋ ㄎㄢ
探測勘查。

12【探湯】 ㄊㄢ ㄊㄤ
伸手入熱水。

【探測】 ㄊㄢˋ ㄘㄜˋ
探察測量。

【探棒】 ㄊㄢˋ ㄅㄤˋ
(probe)由金屬製成之尖形或鉤形的信號線(通常爲同軸電纜線)。一端用來連接測試儀器，另一端接上待測樣品或電路。

16【探險】 ㄊㄢˋ ㄒㄧㄢˇ
冒險探察。多指前往人跡罕至的地方，觀察了解。

5【探本窮源】 ㄊㄢˋ ㄅㄣˇ ㄑㄩㄥˊ ㄩㄢˊ
探究源本。

9【探幽訪勝】 ㄊㄢˋ ㄧㄡ ㄈㄤˇ ㄕㄥˋ
尋訪幽境勝景。

10【探原竟委】 ㄊㄢˋ ㄩㄢˊ ㄐㄧㄥˋ ㄨㄟˇ
探究事理的始末因果。

16【探頭探腦】ㄊㄢˋ ㄊㄡˊ ㄊㄢˋ ㄋㄠˇ
形容窺探時鬼鬼祟祟的樣子。

18【探賾索隱】 ㄊㄢˋ ㄗㄜˊ ㄙㄨㄛˇ ㄧㄣˇ
探求幽深隱微的道理。

22【探囊取物】 ㄊㄢˋ ㄋㄤˊ ㄑㄩˇ ㄨˋ
伸手至袋中取物。比喻毫不費力。

29【探驪得珠】 ㄊㄢˋ ㄌㄧˊ ㄉㄜˊ ㄓㄨ
古代傳說深淵中有驪龍，其頷下有千金之珠，得之不易。後世用來比喻詩文中肯，能得命題的精蘊。

捬 撫的或體。

挤 擠的俗體。

捲 一 ㄐㄩㄢˇ chüan³
1收起；把東西收轉成圓筒形。見“說文”。2彎轉成圓筒形的東西。如：蛋捲。3量詞。筒狀物一束稱一捲。如：一捲白紙。
二 ㄑㄩㄢˊ ch'üan² 音拳
拳頭。引申有權勢之意。通拳。

2【捲入】 ㄐㄩㄢˇ ㄖㄨˋ
被牽連涉入。

8【捲門】 ㄐㄩㄢˇ ㄇㄣˊ
(rolling door)開閉時門扇可繞捲的門。係用人工或電力操作，或用平衡門重的彈簧捲住門上的滾軸。可用木板條或聯鎖金屬片條製成。有鐵捲門、不鏽鋼捲門、鋁捲門等。開閉方式有上下拉式、橫拉式及水平拉式三種。

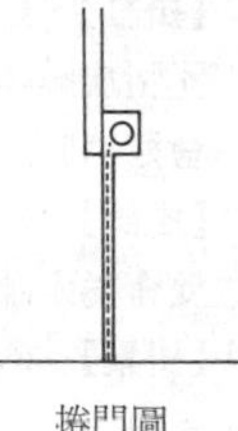
捲門圖

10【捲逃】 ㄐㄩㄢˇ ㄊㄠˊ
帶著財物逃走。

15【捲鋪蓋】 ㄐㄩㄢˇ ㄆㄨ ·ㄍㄞ
比喻退職解聘。

3【捲土重來】 ㄐㄩㄢˇ ㄊㄨˇ ㄔㄨㄥˊ ㄌㄞˊ
失敗後，傾其所有，再謀恢復。

掽 碰的本字。

掞 一 ㄕㄢˋ shan⁴ 音善
鋪張；舒展。見“集韻”。
二 ㄧㄢˇ yen³ 音眼
銳利。通剡。見“集韻”。
三 ㄧㄢˋ yen⁴ 音豔
1同一。2光照。

捧 ㄆㄥˇ p'êng³
1兩手承托；抱著。見“廣韻”。2奉承；擁戴。如：捧場。3扶持；簇擁。如：捧擁。

12【捧場】 ㄆㄥˇ ㄔㄤˇ
到場以表示支持、肯定。

13【捧腹】 ㄆㄥˇ ㄈㄨˋ
指大笑。

捷 ㄐㄧㄝˊ chieh² 音傑
1戰利品。見“說文”。2勝利。見“爾雅·釋詁”。3快速；敏疾。見“廣雅·釋言”。

7【捷克】 ㄐㄧㄝˊ ㄎㄜˋ
(Czechoslovakia)中‘歐’內陸國。面積7.8萬方公里，人口1,024.0萬(2005年)，‘布拉格’(Prague)為其首都。領土東西狹長，東部山地為林牧區；中部河谷有農業以及煤、鐵礦藏；西部‘波希米盆地’(Bohemian Basin)農業發達，爲精華區。‘易北河’、‘多瑙河’可通外海。寒暑均劇，西部較溫和。糧食不足，以工礦立國，二次大戰後成爲共產世界軍火供應中心。

8【捷泳】 ㄐㄧㄝˊ ㄩㄥˇ
泳姿的一種。俗稱自由式。游泳時身體平直俯臥於水中幾近水平面狀態，面部浸於水中，換氣時頭部向左或右轉動，使嘴露出水面吸氣。利用兩臂輪流划水，兩腿上下打動而前進。是一種速度最快、姿勢最美的泳姿。在自由式各種距離比賽項目中，捷泳幾乎成爲唯一的姿勢，因此常被人認爲捷泳即自由式。

10【捷徑】 ㄐㄧㄝˊ ㄐㄧㄥˋ
比較近的路。引申爲比較快速的方法或途徑。

12【捷報】 ㄐㄧㄝˊ ㄅㄠˋ
1戰勝的消息。2指科舉考試考中的喜報。

13【捷運】 ㄐㄧㄝˊ ㄩㄣˋ
(rapid transit)大眾運輸的一種。行駛速率高，有專用路面。例如地下電車即是捷運之一。

7【捷足先登】 ㄐㄧㄝˊ ㄗㄨˊ ㄒㄧㄢ ㄉㄥ
行動敏捷的人，遇事總占上風，能先達到目的。

㧼 ㄅㄧㄠˇ piao³ 音表
分與。見“集韻”。

掭 ㄊㄧㄢˋ t'ien⁴ 音瑱
1撥燈火用的小木棍。也作㮇。見“廣韻”。2撥動。3用筆在硯上勻蘸墨汁。

掃 一 ㄙㄠˇ sao³ 音嫂
1掃除汙穢。見“集韻”。2除去；消滅。如：掃蕩。3盡舉所有。如：掃數。4塗抹；畫。如：掃眉。5掠過。如：用眼睛一掃。6打消；敗壞。如：掃興。

三 ㄙㄠˋ sao⁴ 音臊

參掃帚。

8【掃帚】 ㄙㄠˋ ㄓㄡˇ

掃地的用具。也作掃箒。

9【掃眉】 ㄙㄠˋ ㄇㄟˊ

畫眉。

【掃星】 ㄙㄠˋ ㄒㄧㄥ

彗星的一種。因彗星的尾部狀如掃帚，故名。也稱掃帚星。

11【掃視】 ㄙㄠˋ ㄕˋ

目光快速看一遍。

12【掃掌】 ㄙㄠˋ ㄓㄤˇ

國術掌法。覆掌由內向外橫掃。

14【掃塵】 ㄙㄠˋ ㄔㄣˊ

1掃除塵垢。2比喻平定亂事。

【掃墓】 ㄙㄠˋ ㄇㄨˋ

到墳上清掃雜草穢物，以祭拜祖先。

15【掃數】 ㄙㄠˋ ㄕㄨˋ

所有的數目。即全數。

16【掃蕩】 ㄙㄠˇ ㄉㄤˋ

完全消滅；全部清除。

【掃興】 ㄙㄠˇ ㄒㄧㄥˋ

創滅興致；破壞氣氛。

8【掃帚星】 ㄙㄠˋ ㄓㄡˇ ㄒㄧㄥ

1參掃星。2比喻帶來霉運的人。

18【掃蹚腿】 ㄙㄠˇ ㄊㄤ ㄊㄨㄟˇ

國術腿擊法。深蹲，一腳伸直，腳尖內扣，貼地掃出，使敵人傾跌。可前掃、後掃。

9【掃眉才子】 ㄙㄠˇ ㄇㄟˊ ㄘㄞˊ ㄗˇ

指有文學修養的女子。女子畫眉，故稱。

掁 ㄔㄥˊ ch'êng² 音成

碰撞；衝突。見"廣韻"。

掛 ㄍㄨㄚˋ kua⁴ 音卦

也作挂。1懸垂。見"集韻"。2牽繫。如：牽掛。3登記。如：掛號。

4【掛心】 ㄍㄨㄚˋ ㄒㄧㄣ

繫念於心。

【掛手】 ㄍㄨㄚˋ ㄕㄡˇ

國術手法。握拳或組掌往上豎起，將敵人攻擊上部之手格開。

5【掛失】 ㄍㄨㄚˋ ㄕ

遺失票據或證件時，向有關機構辦理聲明遺失，宣告該證件無效。

6【掛名】 ㄍㄨㄚˋ ㄇㄧㄥˊ

有名無實。

9【掛冠】 ㄍㄨㄚˋ ㄍㄨㄢ

指辭去官職。

【掛紅】 ㄍㄨㄚˋ ㄏㄨㄥˊ

1指店鋪開張，懸掛紅綵。2指宴會賭酒時，勝的陪輸的飲酒。

【掛帥】 ㄍㄨㄚˋ ㄕㄨㄞˋ

受命爲元帥。引申爲居首、爲先。

11【掛累】 ㄍㄨㄚˋ ㄌㄟˋ

牽連。

【掛彩】 ㄍㄨㄚˋ ㄘㄞˇ

1遇有喜慶之事時，懸掛紅色彩綢。2指受傷流血。

12【掛軸】 ㄍㄨㄚˋ ㄓㄡˊ

裝裱書畫的一種形式。適於懸掛在牆上，是由早期的壁畫演變來的。一般掛軸是由圈檔、隔水、天地頭、包首、軸頭、天地杆、驚燕、簽條及畫心或書心組合而成，而在裝裱時又可依畫心或書心的長短，決定採用一色式、二色式、三色式的裱裝方式。

【掛鉤】 ㄍㄨㄚˋ ㄍㄡ

比喻與某人或某團體搭上關係。

【掛牌】 ㄍㄨㄚˋ ㄆㄞˊ

1掛招牌正式開業。2俗指本身沒有執照，向他人租借使用。

13【掛號】 ㄍㄨㄚˋ ㄏㄠˋ

1到醫院看病或銀行領錢時，先行登記編號。2寄發信件或包裹時，在郵局辦理登記，由郵局發給編號收條，以防遺失。

14【掛漏】 ㄍㄨㄚˋ ㄌㄡˋ

遺漏。

15【掛劈】 ㄍㄨㄚˋ ㄆㄧ

國術手法。一手上掛，一手下劈，兩手合用。

【掛慮】 ㄍㄨㄚˋ ㄌㄩˋ

掛念；擔心。

【掛賬】 ㄍㄨㄚˋ ㄓㄤˋ

欠賬；賒賬。

【掛齒】 ㄍㄨㄚˋ ㄔˇ

懸掛在口頭上。指經常提及或談起。

19【掛礙】 ㄍㄨㄚˋ ㄞˋ

牽連受阻礙。

6【掛耳拳】 ㄍㄨㄚˋ ㄦˇ ㄑㄩㄢˊ

國術拳法。握拳時，拇指指尖頂在食指側，關節突出以擊敵之太陽穴。

9【掛面腿】 ㄍㄨㄚˋ ㄇㄧㄢˋ ㄊㄨㄟˇ

國術腿擊法。一腳支持身體，一腳伸直斜外上舉至最高，再內擺以腳底擊敵人臉部或打落敵人的兵器。

1【掛一漏萬】 ㄍㄨㄚˋ ㄧ ㄌㄡˋ ㄨㄢˋ

考慮事情僅及一端，多所遺漏。

5【掛失止付】 ㄍㄨㄚˋ ㄕ ㄓˇ ㄈㄨˋ

支票如有遺失或被盜，票據權利人得依"票據法"的規定爲止付的通知，向付款銀行辦理掛失止付手續。經止付的金額，應由發票人支票存款帳內轉到「其他應付款—掛失止付備付款」帳內；如占有票據人提示請求付款，則以「已經止付」理由，以退票處理。

12【掛牌匯率】 ㄍㄨㄚˋ ㄆㄞˊ ㄏㄨㄟˋ ㄌㄩˋ

(foreign exchange listed rate)指外匯銀行對顧客公告的外匯買賣價格。

6【掛羊頭賣狗肉】 ㄍㄨㄚˋ ㄧㄤˊ ㄊㄡˊ ㄇㄞˋ ㄍㄡˇ ㄖㄡˋ

比喻表面和事實不符合。有狡詐欺騙的意味。

掝 ㄒㄧㄢˊ hsien² 音賢 又讀 ㄐㄧㄢ chien¹ 音尖

舊縣名。屬'東萊郡'。本作'㮰'，也作'㭠'。故城在今'山東省''黃縣'西南二十五里。見"字彙"。

掗 ㄧㄚˋ ya⁴ 音訝

1強迫。2把持。3用力壓。4搖動；揮動。5推開；打開。

掝 ㄏㄨㄛˋ ho⁴, huo⁴ 音或 又讀 ㄒㄩˋ hsü⁴ 音絮

裂開。見"廣雅·釋詁"。

据　㊀ ㄐㄩ chü¹ 音居
參拮据。

㊁ ㄐㄩˋ chü⁴ 音據
①依據。通據。如:据法守正。②傲慢。通倨。如:据慢。

掘　ㄐㄩㄝˊ chüeh² 音決
①挖取。見"集韻"。②竭盡。③禿。如:掘筆。

掫　ㄗㄡ tsou¹ 音鄒
①打更巡夜。見"說文"。②封閉。通掫。

措　ㄘㄨㄛˋ ts'o⁴, ts'uo⁴ 音錯
①安置。見"說文"。②施與。見"增韻"。③廢棄。如:學之弗能弗措。④處置;安排。如:籌措。⑤投注。如:措意。

9【措施】　ㄘㄨㄛˋ ㄕ
措置設施。

13【措置】　ㄘㄨㄛˋ ㄓˋ
處理,安置。

4【措手不及】　ㄘㄨㄛˋ ㄕㄡˇ ㄅㄨˋ ㄐㄧˊ
事出突然,來不及應付。

掎　ㄐㄧˇ chi³ 音擠
①從旁捉住。見"說文"。②牽制。如:掎掣。③發射。④倚靠;支撐。⑤引出;摘取。如:掎摭。

7【掎角】　ㄐㄧˇ ㄐㄧㄠˇ
在軍事上,兵分兩面以牽制、襲擊敵人。

掇　ㄉㄨㄛˊ to², tuo² 音奪
①拾取。見"說文"。②掠奪。如:燒掇。③搬移。④唆使。如:攛掇。⑤削除。如:掇皮。

9【掇拾】　ㄉㄨㄛˊ ㄕˊ
採取;拾取。

捯　ㄉㄠˊ tao²
①不順;艱難。②修飾;整理。

捱　ㄞˊ ai² 音皚
①抗拒;忍受。如:捱餓。②延遲;拖延。如:捱得了幾時?③通挨。(1)靠近;靠著。如:捱枕而泣。(2)依次。如:捱次瀏覽。

8【捱肩擦背】　ㄞˊ ㄐㄧㄢ ㄘㄚ ㄅㄟˋ
形容人群擁擠的樣子。

捺　ㄋㄚˋ na⁴ 音吶
①用手重按。見"廣韻"。②壓抑。如:捺著性子。③書法筆法之一。指向右斜下的筆畫。又名磔。

掩　ㄧㄢˇ yen³ 音眼
①收斂;止息。見"說文"。②遮蔽。③關閉。如:掩戶。④隱匿;悄悄。如:大軍掩至。

3【掩口】　ㄧㄢˇ ㄎㄡˇ
①以手遮口。②沈默。

8【掩泣】　ㄧㄢˇ ㄑㄧˋ
遮掩著臉哭泣。

9【掩映】　ㄧㄢˇ ㄧㄥˋ
隱隱約約,互相映照。

13【掩飾】　ㄧㄢˇ ㄕˋ
遮掩文飾。

14【掩蓋】　ㄧㄢˇ ㄍㄞˋ
①遮蔽;遮蓋。②(overshadowing)一組複合刺激經古典制約後,其中僅一刺激變成制約刺激,足以引起行為反應,其餘刺激則無此功能的現象。

【掩鼻】　ㄧㄢˇ ㄅㄧˊ
用手遮蓋著鼻子。厭惡聞到臭氣的表示。

21【掩護】　ㄧㄢˇ ㄏㄨˋ
指利用一項軍事行動壓制或牽制敵軍,以求有利於我方另一軍事行動之進行。

23【掩體】　ㄧㄢˇ ㄊㄧˇ
戰爭時用來掩護人員、裝備的防禦工事。

2【掩人耳目】　ㄧㄢˇ ㄖㄣˊ ㄦˇ ㄇㄨˋ
比喻欺騙蒙蔽他人。

6【掩耳盜鈴】　ㄧㄢˇ ㄦˇ ㄉㄠˋ ㄌㄧㄥˊ
比喻欺騙自己。

10【掩埋單體】　ㄧㄢˇ ㄇㄞˊ ㄉㄢ ㄊㄧˇ
(cell)掩埋區每日所完成之經壓實及覆土的廢棄物單元。

14【掩旗息鼓】　ㄧㄢˇ ㄑㄧˊ ㄒㄧˊ ㄍㄨˇ
①比喻隱藏行蹤,不敢張揚。②比喻遭遇失敗而退縮消沈。

21【掩護射擊】　ㄧㄢˇ ㄏㄨˋ ㄕㄜˋ ㄐㄧˊ
為了遮掩保護己方行動,而向敵方發射槍砲。

掾　ㄓㄨㄛˊ cho², chuo² 音卓
①刺木。見"玉篇"。②推;擊。見"廣韻"。

掆　ㄍㄤ kang¹ 音岡
①兩手相對舉物。也作扛。見"匡謬正俗·六"。②頂件。

掍　㊀ ㄏㄨㄣˋ hun⁴ 音圂
混同。見"說文"。

㊁ ㄍㄨㄣˇ kun³ 音滾
包合;縫合。通作滾。如:掍邊。

捫　ㄇㄣˊ mên² 音門
①撫摸。見"說文"。②捉捏;摸索。如:捫舌。

6【捫舌】　ㄇㄣˊ ㄕㄜˊ
捏住舌頭,使不能說話。

13【捫搎】　ㄇㄣˊ ㄙㄨㄣ
摸索;撫摸。

4【捫心自問】　ㄇㄣˊ ㄒㄧㄣ ㄗˋ ㄨㄣˋ
撫摸著胸口自問。比喻自我反省、檢討。

15【捫蝨新話】　ㄇㄣˊ ㄕ ㄒㄧㄣ ㄏㄨㄚˋ
'宋'陳善撰。分四十八類,考訂經史詩文,記載各類雜事。

揚　剔的或體。

掉　ㄉㄧㄠˋ tiao⁴ 音弔
①搖轉;搖動。見"說文"。②鼓動。③回轉。如:掉頭。④顫抖。⑤拋棄。⑥落下。如:掉眼淚。⑦遺失。如:掉了證件。⑧用在動詞後,表示動作完成。如:賣掉。

5【掉包】　ㄉㄧㄠˋ ㄅㄠ
暗中掉換。

16【掉頭】　ㄉㄧㄠˋ ㄊㄡˊ
①搖頭。②轉身不顧而去。③回頭。④斷頭。

10【掉書袋】　ㄉㄧㄠˋ ㄕㄨ ㄉㄞˋ
譏刺人喜歡賣弄學問。

5【掉以輕心】　ㄉㄧㄠˋ ㄧˇ ㄑㄧㄥ ㄒㄧㄣ
輕視;粗心大意。

7【掉弄玄虛】　ㄉㄧㄠˋ ㄋㄨㄥˋ ㄒㄩㄢˊ ㄒㄩ

賣弄玄妙的道理或虛無的言辭。

⿰扌畀 畀的或體。

捵 ㄔㄣ ch'ên[1] 音琛
1用手拉長東西。見"集韻"。2扯。3挺出。如:捵著肚子。4撐。5輕手輕腳。

20【捵麵】 ㄔㄣ ㄇㄧㄢˋ
拉長麵條。

掯 ㄎㄣˋ k'ên[4]
壓抑;脅迫。如:掯勒。

⿰扌沓 ㄊㄚˋ t'a[4] 音踏
1縫衣時套在手指以防刺傷的皮圈。見"說文"。2皮製的射韝。見"說文"。

授 ㄕㄡˋ shou[4] 音受
付與;給予。見"說文"。

9【授首】 ㄕㄡˋ ㄕㄡˇ
被殺。

12【授勛】 ㄕㄡˋ ㄒㄩㄣ
頒發勛章,以資獎賞。

13【授意】 ㄕㄡˋ ㄧˋ
把心意告訴別人,讓別人照著去做。

【授業】 ㄕㄡˋ ㄧㄝˋ
1傳授學業。2授給產業。

14【授旗】 ㄕㄡˋ ㄑㄧˊ
上級授與隊旗或國旗之儀式。含有交付重任之意。

22【授權】 ㄕㄡˋ ㄑㄩㄢˊ
(delegation of authority)指企業機構內,上級主管爲提高工作效率,將其決策權分授給部屬的行爲。此項行爲包括三項基本步驟:一、對部屬分派工作目標或職責;二、對部屬授與決策職權;三、激起部屬負責的義務。

2【授人口實】 ㄕㄡˋ ㄖㄣˊ ㄎㄡˇ ㄕˊ
做事有缺失,成爲別人詬病的話柄。

【授人以柄】 ㄕㄡˋ ㄖㄣˊ ㄧˇ ㄅㄧㄥˇ
把刀劍的柄給與他人。比喻大權旁落。

8【授受不親】 ㄕㄡˋ ㄕㄡˋ ㄅㄨˋ ㄑㄧㄣ
不能親手給予和接受。古代男女有別,無論任何東西,都不能親手給予和接受。

9【授信業務】 ㄕㄡˋ ㄒㄧㄣˋ ㄧㄝˋ ㄨˋ
(credit extension)銀行授予他人信用的業務。此種信用的授予,發端於銀行,銀行處於主動地位,故又稱自動業務。授信業務包括放款、保證及票據的貼現、承兌及簽發信用狀等。

22【授權原則】 ㄕㄡˋ ㄑㄩㄢˊ ㄩㄢˊ ㄗㄜˊ
(principle of delegation)授予部屬爲實施其工作所需權力應遵循的原則。一般有五項原則:一、完整授權程序;二、職權明確;三、決策完整;四、預期成果達成;五、責任不隨授權而免除。

掙 一 ㄓㄥ chêng[1] 音爭
1用力支持。見"正字通"。2用力擺脫。如:掙脫。3修飾;擦拭。如:把臉掙得光瑩。
二 ㄓㄥˋ chêng[4] 音證
謀取;爭取。如:掙面子。

15【掙闔】 一 ㄓㄥ ㄓㄞˋ
掙扎。
二 ㄓㄥˋ ㄓㄞˋ
爭取。

16【掙錢】 ㄓㄥˋ ㄑㄧㄢˊ
努力賺錢。

採 ㄘㄞˇ ts'ai[3] 音彩
1摘取。見"廣韻"。2發掘。如:採礦。3擇取;蒐集。如:採訪。

4【採手】 ㄘㄞˇ ㄕㄡˇ
國術手法。抓住敵手向外帶出。

6【採光】 ㄘㄞˇ ㄍㄨㄤ
指攝影、建築時,注意光線的來源及選擇。

9【採風】 ㄘㄞˇ ㄈㄥ
1蒐集民歌。2蒐集介紹某地民情風俗。

【採信】 ㄘㄞˇ ㄒㄧㄣˋ
採納相信。

12【採補】 ㄘㄞˇ ㄅㄨˇ
道教語。指採取他人的精血,補益自己的身體。

【採集】 ㄘㄞˇ ㄐㄧˊ
1蒐集。2(gathering)指原始民族在森林裡採集果實及其他食用植物,以維持其生存的行爲。此經濟型態稱爲採集經濟。採集經濟除供給當地居民主要口糧外,並供應國外某種特殊的產物。現存採集民族已不多,如赤道雨林區的'匹美人'(Pygmies)、'亞洲'的'矮黑人'(Negritos)、'南美''亞馬孫河流域'的'印第安人'(Indians)、南'非'的'布希曼人'(Bushmen)及'澳洲'土著。

14【採摭】 ㄘㄞˇ ㄓˊ
採集選取。

16【採擇】 ㄘㄞˇ ㄗㄜˊ
採取選擇。

17【採購】 ㄘㄞˇ ㄍㄡˋ
選購。

18【採擷】 ㄘㄞˇ ㄒㄧㄝˊ
摘取;選取。

10【採茶歌】 ㄘㄞˇ ㄔㄚˊ ㄍㄜ
山歌的一種。原爲採茶時所唱,主要流行於'福建'、'廣東'、'臺灣'一帶,多用客家語或'閩'南語歌唱。歌詞多七言四句,且多即興創作。

9【採風問俗】 ㄘㄞˇ ㄈㄥ ㄨㄣˋ ㄙㄨˊ
探訪民情風俗。

17【採薪之憂】 ㄘㄞˇ ㄒㄧㄣ ㄓ ㄧㄡ
因採薪勞累而生病。用爲自稱有病的託辭。本作釆薪之憂。

掺 摻的俗體。

排 一 ㄆㄞˊ p'ai[2] 音牌
1擠。見"說文"。2推開。見"廣雅·釋詁"。3擯斥。如:排斥。4調解;解除。如:排難解紛。5演練。如:排戲。6編次。如:編排。7一行;一列。8陸軍之基本戰術單位。爲連以下之單位,一般由兩個或兩個以上的班或組編成,組成人數約三、四十人。由排長統率全排,其編制官階多爲中尉。

㊂ ㄆㄞˇ p'ai³

參排子車。

4【排比】 ㄆㄞˊ ㄅㄧˋ

①修辭格的一種。用結構相似的句法，接二連三地表出同範圍、同性質的意象。如"孟子‧公孫丑上"「詖辭知其所蔽，淫辭知其所陷，邪辭知其所離，遁辭知其所窮」屬之。②依照次序安排，使其相互並列。

5【排外】 ㄆㄞˊ ㄨㄞˋ

排斥其他人或外國人。

【排斥】 ㄆㄞˊ ㄔˋ

①排擠斥退。②(incompatibility)指生物體對抗外來物，產生免疫反應的一連串變化。負責人體防衛系統的白血球、淋巴球，一接觸到不認識的細胞或物質，會馬上發出訊號，引發連鎖反應，產生抗體或「殺手細胞」，消滅入侵的陌生物體。

6【排列】 ㄆㄞˊ ㄌㄧㄝˋ

①排成行列。②依順序陳列。③陳列的順序。④(permutation)將不同的物體，排列於編定號碼的空位中之方法的總數，稱爲排列。例如有紅、白、黑三種球，排列於編號爲1及2的空位的方法，如下表：

1	紅	白	白	黑	黑	紅
2	白	紅	黑	白	紅	黑

共有六種排列。若有n個不同的物體數，排列於r個按序編號的空位時，則有 $nPr=\frac{n!}{(n-r)!}$ 種排列，其中 $n \geqslant r$。

【排行】 ㄆㄞˊ ㄏㄤˊ

①排列成行。②兄弟姊妹按照長幼排成的次序。

7【排序】 ㄆㄞˊ ㄒㄩˋ

(sort)電腦程式將一組資料依照一特定之順序排列的過程。

8【排泄】 ㄆㄞˊ ㄒㄧㄝˋ

(excretion)生物將物質代謝後產生於體內的有害廢物，藉由特定器官排出代謝系統以外的過程。如肺臟排泄碳酸氣、皮膚排泄汗液、肝臟及中腸具解毒作用，以及水、含氮有害物和鹽分可藉由腎原(元)排出等等。植物方面，如草酸的排出及鈣鹽的排除等。

【排版】 ㄆㄞˊ ㄅㄢˇ

(composition)按文字原稿取字，排成印刷所需格式的版面。現有活字排版、普通打字排版、照相打字排版及電腦排版等方式。

9【排架】 ㄆㄞˊ ㄐㄧㄚˋ

(shelving)將館藏資料，依照某種邏輯(如分類號、登錄號)方式，有次序地排列於架上。

10【排班】 ㄆㄞˊ ㄅㄢ

依班次、等第排列。

11【排球】 ㄆㄞˊ ㄑㄧㄡˊ

球類運動之一。在規定的球場上，中間懸掛球網，每隊球員六人在場的兩邊，將球攻擊過網落在對方場地，使對方無法防禦救球即可得分，不過網或打球出界爲失分。以先得十五分即勝一局。

12【排場】 ㄆㄞˊ ˙ㄔㄤ

①鋪設的場面。②身分。③舞臺上表演的戲劇情節。

【排悶】 ㄆㄞˊ ㄇㄣˋ

排除心中的煩悶。

【排程】 ㄆㄞˊ ㄔㄥˊ

(scheduling)指對已經決定如何生產的工作，在製造前預先將工作分派於生產機器上，並安排其工作順序及工作時間(開工及完工時間)的方法。通常有集中安排、分散安排、半集中安排等三種方式。

13【排解】 ㄆㄞˊ ㄐㄧㄝˇ

調解；解決。

14【排演】 ㄆㄞˊ ㄧㄢˇ

也稱排練。戲劇演出前的主要準備工作。一般分初排、連排、總排和彩排等階段。包括演員與各工作人員在導演指導下分析、研究劇本，運用適當手法塑造人物形象、表達劇情，呈現導演的藝術構思，完成演出等過程。

【排遣】 ㄆㄞˊ ㄑㄧㄢˇ

①化解煩悶。②打發、消磨時間。同消遣。

15【排練】 ㄆㄞˊ ㄌㄧㄢˋ

表演前的練習。

17【排擊】 ㄆㄞˊ ㄐㄧˊ

①排斥打擊。②擊打。

【排擠】 ㄆㄞˊ ㄐㄧˇ

排斥。

【排戲】 ㄆㄞˊ ㄒㄧˋ

戲上演前的練習。

18【排簫】 ㄆㄞˊ ㄒㄧㄠ

①古代吹奏樂器。簡稱簫。由若干長短不同的竹管編排而成，分有底、無底兩種，以蠟蜜封底的叫底簫，無蠟蜜封底的叫洞簫。‘漢’、‘唐’壁畫常見吹奏排簫的形象，‘宋’以後，民間失傳，只用於宮廷雅樂。②我國樂徽。‘民國’二十二年政府公布，規定以古樂器排簫圖案爲樂徽，並改十六管爲十二管，以符合近代十二律樂制。

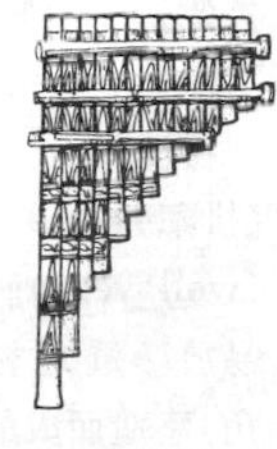

排簫圖

21【排闥】 ㄆㄞˊ ㄊㄚˋ

推門。

25【排灣】 ㄆㄞˊ ㄨㄢ

‘臺灣’原住民的一族。又稱‘派宛’(Paiwan)。分布在‘屏東縣’中、北部，南至‘恆春’，東至‘臺東縣’西南境全部山地。人口約5.3萬。營農耕生活，間或從事漁獵。

3【排子車】 ㄆㄞˇ ˙ㄗ ㄔㄜ

用人力推挽，以載運器物的車子。

4【排中律】 ㄆㄞˊ ㄓㄨㄥ ㄌㄩˋ

(law of excluded middle)傳統邏輯中的思想三律之一。排中律斷言：要麼一個語句成立，否則就是它的否定句成立。有時寫做：「A或非A」，其中A是語句，非A

是A的否定句。

6【排列法】 ㄆㄞˊ ㄌㄧㄝˋ ㄈㄚˇ
簡薦委制辦理職務列等時所常用的方法。係將各組織法規所訂的職稱，依其所需資格高低及所任職責繁簡，根據整個的判斷，逕行列入適當的職等。

【排行榜】 ㄆㄞˊ ㄏㄤˊ ㄅㄤˇ
依調查、統計的結果，公布成績次第的名單。

8【排泥閥】 ㄆㄞˊ ㄋㄧˊ ㄈㄚˊ
(blow-off valve)又稱沖洗閥。設置於排泥管以控制導送配水管線之沖洗的閘閥。作用在防止管線因損壞或長久使用後泥沙沈積於管線低處而致水質不良。若排泥管爲單隻，除管上設排泥閥外，排泥管前後的水管上宜設二主閥控制排除兩側泥水。若水管上僅有一個主閥，則水管前後亦應設二排泥管及二排泥閥控制沖洗。

10【排氣井】 ㄆㄞˊ ㄑㄧˋ ㄐㄧㄥˇ
(well vent)使用較周圍土壤更易於滲透之材料(如碎石或廢磚角)建造而成的井。具通風效果，用以排除垃圾埋堆所產生的氣體。

12【排程器】 ㄆㄞˊ ㄔㄥˊ ㄑㄧˋ
(scheduler)作業系統中，安排作業執行處理先後順序的程式。其主要功能爲：對輸入工件之處理排定先後順序；對執行中之工件安排所需系統資源之使用先後順序等。

3【排山倒海】 ㄆㄞˊ ㄕㄢ ㄉㄠˇ ㄏㄞˇ
形容聲勢浩大。

4【排水噸位】 ㄆㄞˊ ㄕㄨㄟˇ ㄉㄨㄣˋ ㄨㄟˋ
(displacement tonnage)船舶於某吃水位時，其水面以下部分船體積所排擠之水的重量。其計算公式爲：排水量噸位＝(最高載重線船長×最高載重線船寬×最高載重線吃水)/35(海水密度)或36(淡水密度)×船型係數。

7【排汽歧管】 ㄆㄞˊ ㄑㄧˋ ㄑㄧˊ ㄍㄨㄢˇ
(exhaust manifold)連接汽缸蓋排氣口與排氣管將引擎汽缸內廢氣排出的管子。

【排汽衝程】 ㄆㄞˊ ㄑㄧˋ ㄔㄨㄥ ㄔㄥˊ
(exhaust stroke)將燃燒後的廢氣排出汽缸之衝程。當動力衝程完成後，排汽門打開，廢氣受到活塞的推擠而由排汽門排出。

【排序程式】 ㄆㄞˊ ㄒㄩˋ ㄔㄥˊ ㄕˋ
(sort program)可將資料依照所指定的順序予以排序之電腦程式。

8【排泄系統】 ㄆㄞˊ ㄒㄧㄝˋ ㄒㄧˋ ㄊㄨㄥˇ
由腎臟、皮膚(汗腺)、肺臟、腸等器官所組成。排泄之物質包括尿、汗、二氧化碳、水、消化後的廢物及一些代謝廢物。

12【排雲御氣】 ㄆㄞˊ ㄩㄣˊ ㄩˋ ㄑㄧˋ
高入雲霄，駕馭風力。

17【排擠效果】 ㄆㄞˊ ㄐㄧˇ ㄒㄧㄠˋ ㄍㄨㄛˇ
(crowding-out effect)如果政府自金融市場取得開支以增加所需的資金，則將使民間可用資金減少，所以政府的開支雖增加，民間的開支卻將減少；或是政府的投資增加，卻可能減少了民間的投資機會，因而抵銷部分財政政策的擴張效果。

19【排難解紛】 ㄆㄞˊ ㄋㄢˋ ㄐㄧㄝˇ ㄈㄣ
排除困難，調解糾紛。

掬 ㄐㄩˊ chü² 音局
本作匊。①兩手捧取。②量詞。一捧爲一掬。如：一掬落英。

掤 ㄅㄧㄥ ping¹ 音冰
箭筒的蓋子。見"說文"。

㨉 ㊀ ㄓㄠˋ chao⁴ 音兆
刺。見"集韻"。
㊁ ㄊㄧㄠˊ t'iao² 音迢
撥動。同挑。見"集韻"。

捼 ㊀ ㄋㄨㄛˊ no², nuo² 音挪
語音 ㄖㄨㄛˊ jo², juo²
按摩。同挼。見"廣韻"。
㊁ ㄨㄟˇ wei³ 音偉
捫。見"集韻"。

掏 ㄊㄠ t'ao¹ 音滔
用手取出東西。見"集韻"。

13【掏腰包】 ㄊㄠ ㄧㄠ ㄅㄠ
從衣袋或錢包裡拿出錢來。比喻花錢、破費。

㧾 ㄏㄨ hu¹ 音忽
①推擊。見"廣雅·釋詁"。②去塵。見"集韻"。

掐 ㄑㄧㄚ ch'ia¹
①用手指捏按。見"玉篇"。②用指甲刺入。③用指甲摘取或折斷。④屈指。如：掐指一算。⑤比喻數量微少。如：沒半掐。

9【掐指一算】 ㄑㄧㄚ ㄓˇ ㄧ ㄙㄨㄢˋ
用拇指輕按其他四指，計算數目或推測禍福吉凶。也作掐算。

12【掐絲琺瑯】 ㄑㄧㄚ ㄙ ㄈㄚˋ ㄌㄤˊ
原是琺瑯器的製作方法之一，後遂成爲琺瑯器類別之一。製作時，先以金屬絲盤成花紋後，或膠，或銲在金屬胎上，再依所需色彩塗填各色琺瑯釉料，入爐加熱後，打磨使釉料與金屬絲平齊，若較低陷，則再填琺瑯料，入爐再加熱。我國製掐絲琺瑯的金屬絲起先是用金屬銲劑銲著於器胎表面，入爐加熱後銲劑常流入琺瑯釉料中；到了'清朝'盛世，改用植物性膠將金屬絲黏在器胎上，在塗填琺瑯釉料之前，加銀粉撒在紋飾上，用火一烤即可固定。

16【掐頭去尾】 ㄑㄧㄚ ㄊㄡˊ ㄑㄩˋ ㄨㄟˇ
比喻去掉不重要的部分。

推 ㄊㄨㄟ t'ui¹
①用手在物體上加力，使其順力移動。如：推車。②遷移；移動。如：寒暑相推。③布施；施予。如：推食解衣。④擴充；推展。如：推廣。⑤選擇；薦舉。如：推舉。⑥辭讓；拒絕。如：推讓。⑦尋究；演算；尋繹。如：推算。⑧尊重；崇敬。如：推戴。

2【推力】 ㄊㄨㄟ ㄌㄧˋ

(thrust)加於飛機、火箭、導引飛彈或其他物體上以推動其前進的力。

3【推下】 ㄊㄨㄟ ㄒㄧㄚˋ

(push)電腦程式內對堆疊的一種操作。堆疊是一種先進後出的資料結構。將資料項存入堆疊頂端,使其他堆疊內的資料項向內順移。最後推入之資料項會最先被取出。

4【推手】 ㄊㄨㄟ ㄕㄡˇ

太極拳的對練方式。目的在訓練發勁、化勁。分爲定式與自由式兩種;定式推手又有單推手與雙推手之分。

6【推光】 ㄊㄨㄟ ㄍㄨㄤ

工藝品表面處理法的一種。常用於漆工。先在物品表面塗布漆液,乾後打磨,磨後再塗,如此反覆多次,最後以極光潤的材料(如細絨布等)在漆面推過,使生極佳的光澤。

7【推步】 ㄊㄨㄟ ㄅㄨˋ

推算測量星辰、節候的變化。指天文、曆法的研究。

8【推定】 ㄊㄨㄟ ㄉㄧㄥˋ

推測斷定。

【推事】 ㄊㄨㄟ ㄕˋ

①推論事理。②官名。'宋代'大理寺設置左右推事,審理訴訟案件。今稱從事推查事理、發現事實,而爲裁判工作之司法人員。推事職司審判工作,應遵守審判獨立之原則,此與檢察官職司偵查及起訴等工作,應遵循檢察一體之原則者不同。地方法院審判案件,以推事一人獨任行之,但案件重大者,得以三人之合議行之;高等法院審判案件,以推事三人之合議行之,但得以推事一人行準備及調查證據程序;最高法院審判案件,以推事五人或三人之合議行之。依"憲法"規定,法官(推事)須超出黨派,依據法律獨立審判,不受干涉。

【推服】 ㄊㄨㄟ ㄈㄨˊ

推重佩服。

9【推衍】 ㄊㄨㄟ ㄧㄢˇ

推廣引申。

10【推託】 ㄊㄨㄟ ㄊㄨㄛ

①推舉屬託。②藉故拒絕、推辭。

【推原】 ㄊㄨㄟ ㄩㄢˊ

推求原因或根原。

【推恩】 ㄊㄨㄟ ㄣ

擴大恩澤,使之普及。

【推拿】 ㄊㄨㄟ ㄋㄚˊ

即按摩。古稱按蹻。是醫生用自己的手或上肢協助病人進行運動,以促進氣血循環通暢的一種醫療方法。具有調和氣血、疏通經絡、促進新陳代謝、提高抗病能力及改善局部血液循環不良和營養狀態等作用。常用的手法有按、摩、推、拿、揉、掐、搓、搖、滾、抖等。應用於關節炎、神經痛、軟組織損傷及其他慢性疾病。

11【推許】 ㄊㄨㄟ ㄒㄩˇ

推崇讚許。

【推理】 ㄊㄨㄟ ㄌㄧˇ

(reasoning)①一種思考活動。以某一意識內容做爲理由根據,導引出另外之意識內容的心靈活動。②推論之別名。

【推問】 ㄊㄨㄟ ㄨㄣˋ

推究審問。

12【推測】 ㄊㄨㄟ ㄘㄜˋ

推想;猜測。

【推尊】 ㄊㄨㄟ ㄗㄨㄣ

推舉尊崇。

【推掌】 ㄊㄨㄟ ㄓㄤˇ

國術掌法。五指尖上豎,掌心向外,朝前推出。著力點或在掌心或在掌跟。

【推進】 ㄊㄨㄟ ㄐㄧㄣˋ

推動事物,使其前進。

13【推誠】 ㄊㄨㄟ ㄔㄥˊ

以誠心待人。

【推想】 ㄊㄨㄟ ㄒㄧㄤˇ

推測;猜想。

14【推敲】 ㄊㄨㄟ ㄑㄧㄠ

①指寫作詩文時斟酌字句,反復琢磨。②泛指反復斟酌考慮。

【推算】 ㄊㄨㄟ ㄙㄨㄢˋ

①推演計算。②推測估計。

15【推諉】 ㄊㄨㄟ ㄨㄟˇ

推卸責任或過錯。也作推委。

【推論】 ㄊㄨㄟ ㄌㄨㄣˋ

①推求探討。②(inference)(1)由前提導出結論的過程。又稱推理。(2)指推理之中所含有的邏輯結構。

【推廣】 ㄊㄨㄟ ㄍㄨㄤˇ

擴充;擴大。

17【推轂】 ㄊㄨㄟ ㄍㄨˇ

推動車輪的軸,使車前進。①比喻推舉人才。②比喻協助他人成就事業。

【推戴】 ㄊㄨㄟ ㄉㄞˋ

推崇擁戴。

【推薦】 ㄊㄨㄟ ㄐㄧㄢˋ

推舉;薦舉。

18【推斷】 ㄊㄨㄟ ㄉㄨㄢˋ

推想判斷。

19【推辭】 ㄊㄨㄟ ㄘˊ

拒絕;不肯接受。

24【推讓】 ㄊㄨㄟ ㄖㄤˋ

推辭謙讓。

13【推鉛球】 ㄊㄨㄟ ㄑㄧㄢ ㄑㄧㄡˊ

田賽擲部項目之一。利用直徑2.135公尺的投擲圈,以滑步產生向前力量,加以單手伸臂的力量,將鉛球向前上方推出,以獲得最遠距離的運動。

2【推力係數】 ㄊㄨㄟ ㄌㄧˋ ㄒㄧˋ ㄕㄨˋ

(thrust coefficient; Ct)飛機螺旋槳發動機之推力T與空氣密度ρ、螺旋槳每分鐘轉數平方n^2、螺旋槳直徑四次方D^4乘積之比。即$Ct=T/\rho n^2D^4$。

【推力增益】 ㄊㄨㄟ ㄌㄧˋ ㄗㄥ ㄧˋ

(thrust augmentation)指藉任何方法如後燃、注水等以增加噴射發動機的推力。增加推力的裝置稱爲推力增益器(thrust augmenter),如後燃器即爲一種。

3【推三阻四】 ㄊㄨㄟ ㄙㄢ ㄗㄨˇ ㄙˋ
用各種藉口推諉拒絕。

【推己及人】 ㄊㄨㄟ ㄐㄧˇ ㄐㄧˊ ㄖㄣˊ
由自己而推想到別人，即設身處地爲別人著想。

4【推心置腹】 ㄊㄨㄟ ㄒㄧㄣ ㄓˋ ㄈㄨˋ
形容以眞誠對待別人。

5【推本溯源】 ㄊㄨㄟ ㄅㄣˇ ㄙㄨˋ ㄩㄢˊ
推求事情或道理的本源。

8【推定全損】 ㄊㄨㄟ ㄉㄧㄥˋ ㄑㄩㄢˊ ㄙㄨㄣˇ
(constructive total loss)或稱解釋全損。海上保險標的(船舶、貨物或運費)毀損滅失雖未構成實際全損，但已達某一程度，被保險人可按全損請求補償。通常有下列情事之一者，得視爲推定全損：一、被保險人對其船貨的所有權，因危險事故發生而被剝奪，以致船貨收回似無希望，或收回的費用將超過所能收回的價值。二、被保險船舶受損，其所需施救及修理費用將超過該船的價值。三、被保險貨物受損，其所需整理續運費用，將超過該項貨物的價值。就被保險人而言，由於推定全損情形發生，可經委付而取得實際全損的利益。

【推波助瀾】 ㄊㄨㄟ ㄅㄛ ㄓㄨˋ ㄌㄢˊ
水勢洶湧。比喻推動事物的發展或助長別人的聲勢。

9【推食解衣】 ㄊㄨㄟ ㄕˊ ㄐㄧㄝˇ ㄧ
把自己的食物及衣服分給別人共享。比喻施恩於人。

11【推乾就溼】 ㄊㄨㄟ ㄍㄢ ㄐㄧㄡˋ ㄕ
晚上睡覺時，把乾燥的地方讓給幼兒睡，自己睡在溼的地方。形容父母撫育兒女的辛勞和愛心。

【推陳出新】 ㄊㄨㄟ ㄔㄣˊ ㄔㄨ ㄒㄧㄣ
本指稻穀收割時，把穀倉的陳米清除，換儲新米。引申指一切事物的除舊更新。

12【推進功率】 ㄊㄨㄟ ㄐㄧㄣˋ ㄍㄨㄥ ㄌㄩˋ
(thrust power)每秒推力所作的功。

15【推廣教育】 ㄊㄨㄟ ㄍㄨㄤˇ ㄐㄧㄠˋ ㄩˋ
(extention education)也稱繼續教育。大學院校開設課程，供成人自我充實或修習學位。所修課程或計學分或不計學分，其中不計學分的課程多非學術性課程。

【推廣組合】 ㄊㄨㄟ ㄍㄨㄤˇ ㄗㄨˇ ㄏㄜˊ
(sales promotion mix)推廣活動的組合，通常分爲廣告、人員推銷及促銷三種。如何組合此三種策略以使推廣組合的效果發揮至最大，係行銷管理的主要工作之一。

掜 ㊀ ㄋㄧˇ *ni*³ 音擬
模擬；仿擬。見"集韻"。
㊁ ㄋㄧˋ *ni*⁴ 音逆
握持；拳曲。見"集韻"。
㊂ ㄋㄧㄝˋ *nieh*⁴ 音涅
[1]捻聚。通捏。見"字彙"。[2]姓。'明'有'掜大倫'。見"奇姓通·一〇"。

挻 ㊀ ㄔㄢ *ch'an*¹ 音攙
[1]長。見"說文"。[2]延伸；牽連。如：相挻爲亂。
㊁ ㄕㄢ *shan*¹ 音山
揉和。也作埏。見"字彙"。
㊂ ㄧㄢˊ *yen*² 音炎
篡取。見"方言·一"。

捭 ㄅㄞˇ *pai*³ 音擺
[1]兩手向外旁擊。見"說文"。[2]開。見"廣雅·釋詁"。

捪 ㄇㄧㄣˊ *min*² 音民
撫摩。同揢。見"廣韻"。

捦 擒的或體。

捨 ㄕㄜˇ *shê*³
[1]放棄；丟開。見"說文"。[2]施與；布施。如：施捨。[3]姓。'明'有'捨敬'。見"江陰縣志"。

7【捨身】 ㄕㄜˇ ㄕㄣ
捨棄生命。同捨命。

5【捨去法】 ㄕㄜˇ ㄑㄩˋ ㄈㄚˇ
(rounding off)或稱捨整法。表示某種數量觀念的一個數，因爲實際上不可能也沒必要做到眞正準確的程度，應依實際上的需要決定略去其尾數。取一個數的近似值時，通常按指定所取的位數或單位決定。共有四種捨去法：一、四捨五入法；二、標準法：這是四捨五入法的修改，即如果是5，則依指定的最後一位是偶或奇來決定捨去或進1；三、進一法：即只要尾數不是0就進1；四、去尾法：即把尾數棄去。捨去法處理的數目必有誤差，稱爲捨去誤差，此誤差會在連續運算下累積起來，在電腦計算時更形嚴重，因此必須考慮特別的算則來避免。

3【捨己爲人】 ㄕㄜˇ ㄐㄧˇ ㄨㄟˋ ㄖㄣˊ
犧牲自己而爲他人著想。

5【捨本逐末】 ㄕㄜˇ ㄅㄣˇ ㄓㄨˊ ㄇㄛˋ
原指棄農重商。後引申爲不顧根本，只重細節。

【捨生取義】 ㄕㄜˇ ㄕㄥ ㄑㄩˇ ㄧˋ
爲正義而犧牲生命。

8【捨近求遠】 ㄕㄜˇ ㄐㄧㄣˋ ㄑㄧㄡˊ ㄩㄢˇ
捨棄鄰近的而追求遙遠的。比喻追求不實際的東西或做事不得要領。

12【捨短取長】 ㄕㄜˇ ㄉㄨㄢˇ ㄑㄩˇ ㄔㄤˊ
捨棄其缺點而取其優點。

捻 ㊀ ㄋㄧㄢˇ *nien*³ 音碾
[1]用手指搓物。如：捻鬍子。[2]用手指搓成的條狀物。如：藥捻。
㊁ ㄋㄧㄝ *nieh*¹ 音捏
[1]按。見"集韻"。[2]捏。見"集韻"。

3【捻子】 ㄋㄧㄢˇ ·ㄗ
[1]搓成長條的東西。[2]'清代''漢族'的民間結社。

13【捻亂】 ㄋㄧㄢˇ ㄌㄨㄢˋ
'清代''淮'北鄉民常於農隙捻紙燃脂，爲龍戲以驅疫疾，其後聚眾爲寇，號[捻子]。'太平軍'起，'安徽'

北部捻匪起而響應;'太平天國'亡後,餘部'賴文光'、'陳得才'等與捻會合,勢力大盛。'同治'四年(1865),'清'將'僧格林沁'率軍追剿,敗死於'曹州'(今'山東''菏澤');'清'復遣'曾國藩'督師進討,期年無功,'曾國藩'薦兩'江'總督'李鴻章'自代。時捻匪分爲東西兩股,'同治'六年,'李鴻章'平東捻;次年,'李鴻章'與'陝''甘'總督共同剿平西捻。捻亂雖平,'清'末國勢愈衰。

14【捻鼻】 ㄋㄧㄝ ㄅㄧˊ
捏鼻。比喻輕視、厭惡。

捩 ㄌㄧㄝˋ lieh⁴ 音列
[1]扭轉;拗折。見"玉篇"。[2]彈琵琶用的撥子。見"廣韻"。[3]機器發動、撥轉的關鍵。如:機捩。

掄 [一] ㄌㄨㄣˊ lun² 音倫
[1]選拔;選擇。見"說文"。[2]有秩序,有條理。通倫。見"廣雅·釋言"。
[二] ㄌㄨㄣ lun¹
[1]揮動。如:掄拳。[2]任意浪擲。[3]屈指計算。如:掄指。

3【掄才】 ㄌㄨㄣˊ ㄘㄞˊ
選拔人才。

掮 ㄑㄧㄢˊ ch'ien² 音黔
用肩膀扛物。如:掮行李。

9【掮客】 ㄑㄧㄢˊ ㄎㄜˋ
居中介紹買賣以抽取佣金的人。

掀 ㄒㄧㄢ hsien¹ 音先
[1]用手高舉或揭開。見"說文"。[2]翻開;翻倒。如:掀出底牌。[3]滾騰;鼓盪。如:掀騰。

15【掀髯】 ㄒㄧㄢ ㄖㄢˊ
手撫鬍鬚。多用以形容歡笑的樣子。

4【掀天動地】 ㄒㄧㄢ ㄊㄧㄢ ㄉㄨㄥˋ ㄉㄧˋ
形容聲勢浩大。

【掀天斡地】 ㄒㄧㄢ ㄊㄧㄢ ㄨㄛˋ ㄉㄧˋ
翻天覆地。形容聲勢浩大,氣勢雄偉。

9【掀風播浪】 ㄒㄧㄢ ㄈㄥ ㄅㄛˋ ㄌㄤˋ
掀起風浪。

15【掀髯吮毫】 ㄒㄧㄢ ㄖㄢˊ ㄕㄨㄣˇ ㄏㄠˊ
撲鬍子,吮毛筆。形容寫字作畫時得意豪邁的樣子。

掌 ㄓㄤˇ chang³ 音仉
[1]手心。見"說文"。[2]動物的腳心部分。如:熊掌。[3]主持;主管。如:掌理。[4]用掌擊拍。如:掌嘴。[5]忍住;支撐。如:掌不住笑了。

8【掌法】 ㄓㄤˇ ㄈㄚˇ
國術動作中,掌的攻守方法。一般組掌,五指併攏伸直,也有拇指與四指分開,各派不盡相同。

9【掌故】 ㄓㄤˇ ㄍㄨˋ
[1]國家的典章制度或鄉里的人物事跡。[2]'漢代'官名。爲太常的屬官,秩百石,管理禮樂典章。

11【掌理】 ㄓㄤˇ ㄌㄧˇ
管理。

【掌舵】 ㄓㄤˇ ㄉㄨㄛˋ
[1]指舵手。[2]指領導人。

16【掌嘴】 ㄓㄤˇ ㄗㄨㄟˇ
打嘴巴。

18【掌櫃】 ㄓㄤˇ ㄍㄨㄟˋ
指店鋪中總管一切事務的人。

4【掌中戲】 ㄓㄤˇ ㄓㄨㄥ ㄒㄧˋ
木偶戲的一種。因木偶戲裝像布袋,也稱布袋戲。戲偶的內部中空,表演的人用手伸入木偶內,以食指撐住木偶的頭部,拇指和另三指分作木偶的左右手表演。'臺灣'早期的掌中戲唱南管聲腔,'清'末流行北管亂彈腔,後又加入'平'劇聲腔。

3【掌上明珠】 ㄓㄤˇ ㄕㄤˋ ㄇㄧㄥˊ ㄓㄨ
比喻親愛的人。今多專指父母疼愛的女兒。

掣 ㄔㄜˋ ch'ê⁴ 音徹
[1]牽引。見"爾雅·釋訓"。[2]抽;拔。如:掣筆。

7【掣肘】 ㄔㄜˋ ㄓㄡˇ
牽引手肘。比喻阻礙他人行事。

13【掣電轟雷】 ㄔㄜˋ ㄉㄧㄢˋ ㄏㄨㄥ ㄌㄟˊ
形容動作快如閃電,聲音大如響雷。

掰 ㄅㄞ pai¹
用兩手把東西分開。

12【掰開】 ㄅㄞ ㄎㄞ
以兩手分物。

掱 ㄕㄡˇ shou³ 音手
竊賊。

9

搜 搜的本字。

揎 ㄒㄩㄢ hsüan¹ 音宣
[1]挽袖出臂。見"六書故"。[2]徒手擊人。[3]數落;揭發他人的缺點。如:排揎。

10【揎拳捋袖】 ㄒㄩㄢ ㄑㄩㄢˊ ㄌㄜˋ ㄒㄧㄡˋ
捲袖露臂。形容將要打架的樣子。

揢 ㄎㄜˊ k'o², k'ê² 音咳
[1]用手握物。見"廣韻"。[2]卡住,不能進出或上下。[3]故意刁難。

揬 ㄊㄨˊ t'u² 音突
衝突。見"玉篇"。

揥 ㄊㄧˋ t'i⁴ 音替
用象骨做成的髮梳。如今之篦、梳。見"正字通"。

揞 ㄢˇ an³ 音俺
[1]用手覆物。見"廣韻"。[2]按;斂。[3]亂放。

揮 ㄏㄨㄟ hui¹ 音灰
[1]振動;搖撼。見"說文"。[2]舉起;舞動。[3]發散;發揚。[4]發令;指示。如:揮軍北上。

10【揮涕】 ㄏㄨㄟ ㄊㄧˋ
揮灑淚水。同揮淚。

【揮拳】 ㄏㄨㄟ ㄑㄩㄢˊ
揮動拳頭;動手。

11【揮毫】 ㄏㄨㄟ ㄏㄠˊ
手執毛筆寫字或作畫。

12【揮發】 ㄏㄨㄟ ㄈㄚ
(volatilization)又稱汽化。參汽化。

16【揮麈】 ㄏㄨㄟ ㄓㄨˇ
揮動麈尾。'晉代'文人清談,每手執麈尾以助談興。後人因稱談論爲揮麈。

【揮霍】 ㄏㄨㄟ ㄏㄨㄛˋ
[1]動作輕快的樣子。[2]任意浪費財物。[3]不受拘束,灑脫的樣子。

【揮翰】 ㄏㄨㄟ ㄏㄢˋ
運筆書寫。

22【揮灑】 ㄏㄨㄟ ㄙㄚˇ
[1]形容寫字作畫時運筆自如。[2]瀟灑;灑脫。

4【揮戈反日】 ㄏㄨㄟ ㄍㄜ ㄈㄢˇ ㄖˋ
古神話中,'魯陽公'揮戈,落日因之返行。見"淮南子·覽冥訓"。後用以比喻人力勝天。

6【揮汗成雨】 ㄏㄨㄟ ㄏㄢˋ ㄔㄥˊ ㄩˇ
形容人多。

【揮汗如雨】 ㄏㄨㄟ ㄏㄢˋ ㄖㄨˊ ㄩˇ
形容天熱多汗。

8【揮金如土】 ㄏㄨㄟ ㄐㄧㄣ ㄖㄨˊ ㄊㄨˇ
形容揮霍無度,過分浪費。

22【揮灑自如】 ㄏㄨㄟ ㄙㄚˇ ㄗˋ ㄖㄨˊ
揮毫灑墨,流利自然。多指寫字或作畫技巧非常純熟。

11【揮淚斬馬謖】 ㄏㄨㄟ ㄌㄟˋ ㄓㄢˇ ㄇㄚˇ ㄙㄨˋ
三國時,'蜀漢'大將'馬謖'不聽'諸葛亮'的軍令,擅改戰略,以致軍事要地'街亭'失守。'馬謖'素爲'諸葛亮'所賞識,又有八十歲老母待養;'諸葛亮'爲申軍令,仍揮淚斬之。見"三國演義·九六"。後指忍痛依法嚴懲自己素所賞識的人。

12【揮發性記憶器】 ㄏㄨㄟ ㄈㄚ ㄒㄧㄥˋ ㄐㄧˋ ㄧˋ ㄑㄧˋ
(volatile memory)記憶器的一類。資訊存在記憶中時,必須保持某一定值的電壓或電流,當電源切斷之後,資訊即刻消失。一般之半導體記憶器中,只有 *ROM* 爲不揮發性。

揨 ㄔㄥˊ *ch'êng*^{2} 音棖
[1]撞。見"玉篇"。[2]刺。見"玉篇"。

揯 ㄍㄥˋ *kêng*^{4} 音亙
拉緊。見"說文"。

撝 ㄏㄨㄟ *hui*^{1} 音揮
或作撝。[1]分裂。見"說文"。[2]指揮。見"集韻"。[3]揮動。如:撝戈。

揃 ㄐㄧㄢˇ *chien*^{3} 音剪
[1]按摩頰旁。見"說文·揃·段注"。[2]通剪。(1)剪下;分割。(2)消滅。見"字彙"。

揍 ㊀ ㄗㄡˋ *tsou*^{4} 音奏
[1]打。[2]摔壞。
㊁ ㄘㄡˋ *ts'ou*^{4} 音湊
[1]事物的條理。通腠。[2]湊集。通湊。

插 ㄔㄚ *ch'a*^{1} 音叉
[1]刺入;將東西直著放入空隙。見"說文"。[2]栽植。如:插秧。[3]參與。如:插手。

4【插手】 ㄔㄚ ㄕㄡˇ
參與其事。

6【插曲】 ㄔㄚ ㄑㄩˇ
[1](interlude)(1)歌劇中,幕與幕之間所奏的樂曲。又稱間奏曲。(2)或譯作插戲或間戲。十五、六世紀間流行於'英國',本係穿插於幕與幕間、娛樂間及宴飲間的短劇,後來發展成一種獨立的形式,有助於促成戲劇的通俗化及寫實喜劇的發展。[2]比喻意外發生的有趣事件。

7【插足】 ㄔㄚ ㄗㄨˊ
參加;進入。

10【插座】 ㄔㄚ ㄗㄨㄛˋ
接受插頭、接通電源的裝置。

11【插敘】 ㄔㄚ ㄒㄩˋ
在敘述某一件事情中間,插入敘述另外一件事。

12【插畫】 ㄔㄚ ㄏㄨㄚˋ
附在書籍報刊文字中的圖畫。有的印在正文中間,有的整頁插印,對正文內容有補充說明的作用。也稱插圖。

13【插話】 ㄔㄚ ㄏㄨㄚˋ
不等別人把話說完,從中插入自己的話。也稱插嘴。

15【插播】 ㄔㄚ ㄅㄛˋ
(spot)也稱插報。電視、廣播於正常播出時,因臨時需要,將重要消息或廣告插入播報,以爭取時效或增加受眾的注意。

16【插頭】 ㄔㄚ ㄊㄡˊ
電器接通電源的部分。

17【插穗】 ㄔㄚ ㄙㄨㄟˋ
插木繁殖法所用的枝條、葉片或根。

15【插播詞】 ㄔㄚ ㄅㄛˋ ㄘˊ
(announcement)指兩個廣播、電視節目播映中間,由播音員所播報的廣告或其他報告事項。

2【插入排序】 ㄔㄚ ㄖㄨˋ ㄆㄞˊ ㄒㄩˋ
(insertion sort)電腦程式將一組資料依照特定之規則順序排列的一種方法。其原理爲:每次取一資料項,將其插入所應在之位置,重複此過程直到所有資料項處理完畢。

9【插科打諢】 ㄔㄚ ㄎㄜ ㄉㄚˇ ㄏㄨㄣˋ
演戲時,插入滑稽幽默的動作或言語,以引人發笑。

10【插翅難飛】 ㄔㄚ ㄔˋ ㄋㄢˊ ㄈㄟ
即使插上翅膀,也無法飛走。比喻處境艱險。

揳 ㊀ ㄒㄧㄝˋ *hsieh*^{4} 音屑
估量;約計。通絜。見"字彙"。
㊁ ㄒㄧㄝ *hsieh*^{1} 音歇
捶打。
㊂ ㄐㄧㄚˊ *chia*^{2} 音夾
打擊。通戛。見"集韻"。

揵 ㊀ ㄑㄧㄢˊ *ch'ien*^{2} 音前
[1]舉起。見"廣韻"。[2]豎立。[3]用肩扛物。通掮。見"字彙"。
㊁ ㄐㄧㄢˇ *chien*^{3} 音簡
通楗。[1]堵塞;關閉。見"正字通"。[2]指擋水的柱樁。見"正字通"。

摡 或作摡。㊀ ㄍㄞˋ *kai*^{4} 音蓋
洗滌。見"說文"。
㊁ ㄒㄧˋ *hsi*^{4} 音細

取得。見"廣雅·釋詁"。

揀 ㄐㄧㄢˇ chien[3] 音束
也作揀,通作檢。[1]選取。見"廣雅·釋詁"。[2]拾取。

7【揀佛燒香】 ㄐㄧㄢˇ ㄈㄛˊ ㄕㄠ ㄒㄧㄤ
擇佛點香禮拜。比喻厚此薄彼。

14【揀精揀肥】 ㄐㄧㄢˇ ㄐㄧㄥ ㄐㄧㄢˇ ㄈㄟˊ
專挑選最精美的。形容挑剔得厲害。

揠 ㄧㄚˋ ya[4] 音軋
拔起。見"說文"。

9【揠苗助長】 ㄧㄚˋ ㄇㄧㄠˊ ㄓㄨˋ ㄓㄤˇ
拔高秧苗,希望助它生長。比喻做事急求速成,不但無益,反而有害。

揊 ㄆㄧˋ p'i[4] 音僻
[1]敲擊聲。見"廣韻"。[2]分裂;擠破。通副、擗。如:揊痤。

揦 ㄌㄚˊ la[2] 音邋
用手把東西分開。也作攋。見"集韻"。

揙 ㄅㄧㄥˋ ping[4] 音併
或作摒。[1]排除;拔去。見"廣雅·釋詁"。[2]收拾;整理。如:揙擋。

11【揙棄】 ㄅㄧㄥˋ ㄑㄧˋ
排除;捨棄。

16【揙擋】 ㄅㄧㄥˋ ㄉㄤˋ
收拾;處理。也作摒當、屛當。

握 ㄨㄛˋ wo[4] 音渥
[1]用手掌執持或抓緊。見"說文"。[2]曲指成拳。[3]綜攬管理。如:掌握。

8【握固】 ㄨㄛˋ ㄍㄨˋ
道教語。養生修煉中導引按摩時的一種方法。偃臥瞑目,閉氣不息,握拳牢固,以大指掐中指中節,四指齊收於手心。這是固精明目、留年還魂之法,如能終日握之,邪氣百毒不得入。

10【握拳】 ㄨㄛˋ ㄑㄩㄢˊ
國術基本拳法。四指緊捲於掌心中,大拇指第一節橫壓於食指第二節上。

8【握股公司】 ㄨㄛˋ ㄍㄨˇ ㄍㄨㄥ ㄙ
(holding company)聯合經營的一種方式。又稱控股公司。係以資本雄厚的轉投資方式,收購其所希望控制的公司股票,達到可以發揮決策權的程度(不一定達到1/2),進行其控制經營權的目的。其目的與性質和托辣斯相仿,但其組織形態不同。握股公司不直接參與公司經營,股票被控制的公司仍可保持其獨立性。

揟 ㄒㄩ hsü[1] 音虛
濾除水中的雜質。見"說文"。

揕 ㄓㄣˋ chên[4] 音振
[1]擊;刺。見"集韻"。[2]投擲。

揶 ㄧㄝˊ yeh[2] 音爺
參揶揄。

12【揶揄】 ㄧㄝˊ ㄩˊ
嘲弄。也作揶揄。

揲 [一] ㄕㄜˊ shê[2] 音舌
用某數爲單位來計算。見"集韻"。
[二] ㄉㄧㄝˊ tieh[2] 音疊
摺疊。如:揲衣。

揤 ㄍㄜˊ ko[2], kê[2] 音隔
更改。見"玉篇"。

揸 ㄓㄚ cha[1] 音扎
用手指撮取物。

揩 ㄎㄞ k'ai[1] 音開
擦拭。見"玉篇"。

8【揩油】 ㄎㄞ ㄧㄡˊ
'蘇''滬'俗語。比喻舞弊取利或占便宜。

揉 ㄖㄡˊ jou[2] 音柔
[1]用手按摩。見"廣韻"。[2]用手揉搓。如:揉麵團。

6【揉合】 ㄖㄡˊ ㄏㄜˊ
將兩種事物雜合起來。

揆 ㄎㄨㄟˊ k'uei[2] 音睽 又讀 ㄎㄨㄟˇ k'uei[3] 音跬
[1]測度;估量。見"說文"。[2]裁處;管理。如:揆度百事。[3]官員。如:百揆。[4]尺度;道理。

9【揆度】 ㄎㄨㄟˊ ㄉㄨㄛˋ
衡量;揣度。

11【揆情度理】 ㄎㄨㄟˊ ㄑㄧㄥˊ ㄉㄨㄛˋ ㄌㄧˇ
審察人情,揣度事理。

揓 ㄓˋ chih[4] 音至
[1]刺。見"說文"。[2]到達。見"正字通"。

揘 ㄨㄞ wai[1] 音歪
參蹬揘。

揈 ㄖㄨㄢˊ juan[2] 音堧
沾染。也作擩。見"說文"。
揵的俗體。

掾 ㄩㄢˋ yüan[4] 音院
[1]衣服的邊緣。見"說文"。[2]佐助。見"說文通訓定聲"。[3]古代屬官的通稱。如:掾屬。

提 [一] ㄊㄧˊ t'i[2] 音啼
[1]懸持。見"說文"。[2]向上拉。如:提拔。[3]統領。如:提督。[4]取出。如:提貨。[5]標舉。如:提議。[6]挪移。如:提前。[7]振作。如:提起精神。
[二] ㄕˊ shih[2] 音實
鳥群飛的樣子。通翨。見"廣韻"。
[三] ㄉㄧ ti[1] 音低
擲打。通擿。見"正字通"。

5【提示】 ㄊㄧˊ ㄕˋ
[1]揭示。[2]提醒。

6【提存】 ㄊㄧˊ ㄘㄨㄣˊ
清償人將給付物提交於提存所或法院指定之其他處所,以代清償而使債務歸於消滅之行爲。債權人受領遲延,或不能確知孰爲債權人而難爲給付者,清償人得將其給付物爲債權人提存之。其應於清償地之提存所,或該地之初級法院所指定之提存所,或選任保管提存物之人爲之。給付物如不適於提存,或有毀損、滅失之虞,或提存需費過鉅,清償人得聲請清償地之初級法院拍賣,而提存其價金。給付物有市價者,法院

得許可淸償人照市價出賣，而提存其價金。提存拍賣及出賣之費用，由債權人負擔。債務人之債務，因提存而消滅，債權人得隨時收取提存物。債權人關於提存物之權利，自提存後十年間不行使而消滅，其提存物屬於國庫。

【提名】 ㄊㄧˊ ㄇㄧㄥˊ
凡選舉或任命公職時，經由各政黨或人民團體遴選一人或數人爲候選人，稱爲提名。提名的目的，主要使票源不致分散，增加獲勝機會；此外，也使擔任公職者具適當能力與興趣，此爲現代政黨的一項主要功能。

7【提防】 ㄊㄧˊ ㄈㄤˊ
小心防備。

8【提取】 ㄊㄧˊ ㄑㄩˇ
① (retrieval) 個體自記憶中回憶習得材料的歷程。②(fetch)電腦內由記憶體將資料或指令取出的過程。

【提拔】 ㄊㄧˊ ㄅㄚˊ
①薦舉別人任事。②提醒。

9【提神】 ㄊㄧˊ ㄕㄣˊ
①留意。②振作精神。

【提要】 ㄊㄧˊ ㄧㄠˋ
①摘出要點。②一篇文章或一本書的綱領和要旨。

10【提案】 ㄊㄧˊ ㄢˋ
在會議中以書面提出的議案。

【提挈】 ㄊㄧˊ ㄑㄧㄝˋ
①攜帶。②提拔；照顧。③揭示。④率領；帶領。

11【提票】 ㄊㄧˊ ㄆㄧㄠˋ
檢察官所簽發的一種文書。能將被羈押的被告自監禁單位提出訊問。若無提票，則不能擅自讓被羈押的被告離開，以維安全。

12【提詞】 ㄊㄧˊ ㄘˊ
指演出舞臺劇時，在舞臺角落隱蔽處提示演員臺詞。也指提示臺詞的人。

【提琴】 ㄊㄧˊ ㄑㄧㄣˊ
①古代拉弦樂器。木製或椰殼製的琴筒，貼薄桐木的面板，設兩軸、兩弦，不設千斤，用竹弓馬尾拉奏。'明''嘉靖'年間'魏良輔'用來伴奏'崑山'腔，'明''淸'相沿，用來伴奏'崑'曲，也用於絲竹合奏。②西洋弦樂器。參小提琴、大提琴。

提琴圖

【提單】 ㄊㄧˊ ㄉㄢ
(bill of lading; B/L)運送人對於託運人塡發的提貨憑單。受貨人即據此以提取貨物。提單爲一物權證券，通常若當事人之間無特別的規定，得任意以之抵押或買賣。

【提腕】 ㄊㄧˊ ㄨㄢˋ
執筆法之一。即運筆時手肘著案而虛提手腕。

13【提煉】 ㄊㄧˊ ㄌㄧㄢˋ
將不純的物質，或用火鍛煉，或用化學、物理方法，提取所需要的成分。

【提督】 ㄊㄧˊ ㄉㄨ
①提示督導。②官名。'明'京師三大營各設提督，爲統帥，選勳臣充任。文臣任巡撫，有時也兼提督軍務之名。'萬曆'以後，權漸重，遂爲各地總兵以上之武官名。'淸'於重要各省設提督，節制各鎭總兵，爲地方軍職最高長官。其未設提督者，由巡撫兼任。此外沿江及沿海重地設水軍，其最高長官亦稱提督。

15【提審】 ㄊㄧˊ ㄕㄣˇ
保障人身自由的一種法制。人民被法院以外之任何機關逮捕拘禁時，法院有在一定時間內提審之權。被捕之人或他人(一般爲被捕之人所指定之親友)亦得依"憲法"、"提審法"之規定，聲請該管法院提審。

【提調】 ㄊㄧˊ ㄉㄧㄠˋ
指揮調度。

【提撕】 ㄊㄧˊ ㄒㄧ
①拉扯。②提醒；振作。

【提撥】 ㄊㄧˊ ㄅㄛ
①提醒。②提取撥付。

16【提親】 ㄊㄧˊ ㄑㄧㄣ
說親。指議談婚嫁之事。

【提醒】 ㄊㄧˊ ㄒㄧㄥˇ
從旁促人注意或加以指點。

21【提攜】 ㄊㄧˊ ㄒㄧ
①牽引扶持。②提拔栽培。

8【提取週】 ㄊㄧˊ ㄑㄩˇ ㄓㄡ
(fetch cycle)電腦內由記憶體將資料或指令取出所需要的時間。

11【提貨單】 ㄊㄧˊ ㄏㄨㄛˋ ㄉㄢ
(delivery order; D/O)又稱小提單。貨物運抵目的港後，收貨人尙未收到提單正本，可持經由背書或銀行保證之單據付淸運費，而向船方或倉棧取貨的先行提貨通知書。

14【提稱語】 ㄊㄧˊ ㄔㄥ ㄩˇ
書信用語。寫在稱謂之下，含有請對方讀信之意。如「膝下」、「函丈」等。

4【提心弔膽】 ㄊㄧˊ ㄒㄧㄣ ㄉㄧㄠˋ ㄉㄢˇ
心神驚懼不安。

8【提供曲線】 ㄊㄧˊ ㄍㄨㄥ ㄑㄩ ㄒㄧㄢˋ
(offer curve)以各種可能的貿易條件與貿易無異曲線圖相切，其切點所形成的軌跡。表示在不同的貿易條件下，一國爲達到一定的福利水準，所願意以出口品換取進口品數量的軌跡。圖中OT_1、OT_2、OT_3表示不同的貿易條件，I_1、I_2、I_3表示不同的貿易無異曲線，連接其切點A、B、C所形成的軌跡即爲提供曲線。

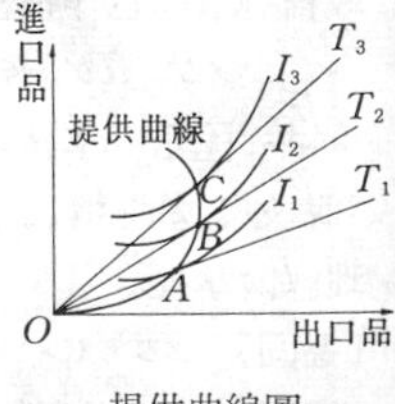

提供曲線圖

10【提案制度】 ㄊㄧˊ ㄢˋ ㄓˋ ㄉㄨˋ
(suggestion system)企業爲鼓

勵創新建議所建立的制度。規定凡就本職範圍外提出有效建議，而能獲得具體改善成果者，可依成果比例獲得定額的獎金。

14【提綱挈領】ㄊㄧˊ ㄍㄤ ㄑㄧㄝˋ ㄌㄧㄥˇ
比喻把握要領。

揚 ㄧㄤˊ *yang*^{2} 音陽
①高舉。見“小爾雅·廣言”。②顯示；宣明。見“增韻”。③稱頌；讚美。如：頌揚。④傳播。如：揚名。⑤激盪；飛濺。如：揚波。⑥飄動。如：飛揚。

7【揚言】ㄧㄤˊ ㄧㄢˊ
①誇大其辭；言語誇張不實。②對外宣揚，使眾人皆知。

8【揚長】ㄧㄤˊ ㄔㄤˊ
旁若無人，大搖大擺的樣子。

12【揚揚】ㄧㄤˊ ㄧㄤˊ
得意的樣子。

【揚雄】ㄧㄤˊ ㄒㄩㄥˊ
(前58～後18)‘漢’‘蜀郡’‘成都’(今‘四川’‘成都’)人。字‘子雲’。‘成帝’時為給事黃門郎；‘王莽’時，校書‘天祿閣’，後官大夫。以辭賦著稱。曾仿“論語”作“法言”，仿“易經”作“太玄”，仿“倉頡篇”作“訓纂篇”，並蒐集各地方言作“方言”。‘明’人輯有“揚侍郎集”。

14【揚塵】ㄧㄤˊ ㄔㄣˊ
揚起塵土。①比喻發動戰爭。②比喻時勢變易快速。

17【揚聲】ㄧㄤˊ ㄕㄥ
①高聲；大聲。②振起名聲。③故意對外宣揚。

6【揚州八怪】ㄧㄤˊ ㄓㄡ ㄅㄚ ㄍㄨㄞˋ
指‘清’‘雍正’、‘乾隆’間流寓‘揚州’的八位畫家。即‘金農’、‘羅聘’、‘鄭燮’、‘李方膺’、‘汪士慎’、‘高翔’、‘黃慎’、‘李鱓’等八人。皆豪放不羈，且畫風獨創，不拘舊法。

9【揚眉吐氣】ㄧㄤˊ ㄇㄟˊ ㄊㄨˇ ㄑㄧˋ
形容人經長久困頓，一旦得志，心情暢快舒展的樣子。

11【揚清激濁】ㄧㄤˊ ㄑㄧㄥ ㄐㄧ ㄓㄨㄛˊ
比喻獎善斥惡。也作激濁揚清。

12【揚湯止沸】ㄧㄤˊ ㄊㄤ ㄓˇ ㄈㄟˋ
撥動沸水的表面，使停止沸騰。比喻僅能救急，而無法根本解決問題。

13【揚葩振藻】ㄧㄤˊ ㄆㄚ ㄓㄣˋ ㄗㄠˇ
形容文采飛揚煥發的樣子。

6【揚州十日記】ㄧㄤˊ ㄓㄡ ㄕˊ ㄖˋ ㄐㄧˋ
‘清’‘王秀楚’撰，一卷。記‘清’兵攻陷‘揚州’，殘酷殺戮的實況。

揾 搵的俗體。

揖 ㊀ㄧ *i*^{1} 音一
①拱手行禮。見“六書故”。②謙讓退讓。如：揖讓。③挹取。通挹。如：平揖江瀨。
㊁ㄐㄧˋ *chi*^{4} 音記
聚集。通緝。見“集韻”。

24【揖讓】ㄧ ㄖㄤˋ
①古代賓主相見的禮儀。引申為謙讓。②禪讓。

揭 ㊀ㄐㄧㄝ *chieh*^{1} 音接
①高舉。見“說文”。②掀起；拉開。如：揭露。
㊁ㄑㄧˋ *ch'i*^{4} 音憩
撩起衣服的下襬涉水。見“爾雅·釋水”。

5【揭示】ㄐㄧㄝ ㄕˋ
揭舉事由以告示大眾。

9【揭穿】ㄐㄧㄝ ㄔㄨㄢ
將眞相挑舉出來。

12【揭發】ㄐㄧㄝ ㄈㄚ
披露舉發。

【揭短】ㄐㄧㄝ ㄉㄨㄢˇ
舉發他人的短處。

16【揭曉】ㄐㄧㄝ ㄒㄧㄠˇ
公開內情，使人明白。

19【揭櫫】ㄐㄧㄝ ㄓㄨ
公開；標舉。也作楬櫫。

21【揭露】ㄐㄧㄝ ㄌㄨˋ
使隱蔽的事物顯露出來。

22【揭嶭】ㄐㄧㄝ ㄋㄧㄝˋ
極高的樣子。也作揭巘、揭孽。

8【揭底牌】ㄐㄧㄝ ㄉㄧˇ ㄆㄞˊ
舉發眞相、內幕。

12【揭傒斯】ㄐㄧㄝ ㄒㄧ ㄙ
(1274～1344)‘元’‘龍興’‘富州’(今‘江西’‘豐城’)人。字‘曼碩’。官至翰林侍講學士。曾參與修纂“遼史”、“金史”、“宋史”，詩文風格婉麗。著有“揭文安公全集”。

15【揭瘡疤】ㄐㄧㄝ ㄔㄨㄤ ㄅㄚ
舉發他人的缺失。

9【揭竿而起】ㄐㄧㄝ ㄍㄢ ㄦˊ ㄑㄧˇ
豎竿為旗而起義。引申為起兵反抗暴政。

掿 ㄋㄨㄛˋ *no*^{4}, *nuo*^{4} 音諾
也作搦。①握持。②捏緊。③挑惹。

揌 ㄙㄞ *sai*^{1} 音鰓
①動。見“廣雅·釋詁”。②塡塞。通塞。

描 ㄇㄧㄠˊ *miao*^{2} 音苗
摹繪。見“六書故”。

8【描金】ㄇㄧㄠˊ ㄐㄧㄣ
把金銀粉漆在器物上，以為裝飾。

9【描紅】ㄇㄧㄠˊ ㄏㄨㄥˊ
剛開始學寫字的人，用毛筆在印就的紅字上描寫。

14【描漆】ㄇㄧㄠˊ ㄑㄧ
彩繪漆器。先以朱或黑色漆打底，而後於地子漆上以色漆彩繪紋飾、山水、花鳥、人物、亭臺、樓閣等。我國早在‘商代’晚期即出現彩繪漆器，‘戰國’時期‘楚國’描漆器名聞遐邇，‘明’‘天順’年間，漆工‘楊塤’所作描漆作品，頗受當時人的喜愛與重視。

19【描繪】ㄇㄧㄠˊ ㄏㄨㄟˋ
①照樣臨摹；仔細摹畫。②用文字描寫刻劃。

揹 ㄅㄟ *pei*^{1} 音碑
馱在背上。也作背。

揣 ㄔㄨㄞˇ *ch'uai*^{3} 音歂
①度量。見“說文”。②猜測；試探。見“方言·一三”。③懷藏。如：揣在懷裡。

9【揣度】ㄔㄨㄞˇ ㄉㄨㄛˋ
推測；估計。

12【揣測】 ㄔㄨㄞˇ ㄘㄜˋ
推測。

15【揣摩】 ㄔㄨㄞˇ ㄇㄛˊ
1悉心探求事物的眞相或含意。2忖度、估量或玩賞而加以仿效。

援 ㄩㄢˊ yüan² 音園
1牽引。見"說文"。2幫助。如:援助。3拿;持。如:援筆疾書。4進用。如:援用賢德。5攀附。如:下不援上。

4【援引】 ㄩㄢˊ ㄧㄣˇ
1引證。2牽引;攀附。3推舉;引薦。

【援手】 ㄩㄢˊ ㄕㄡˇ
本指牽其手而救助之。今泛指救助。

8【援例】 ㄩㄢˊ ㄌㄧˋ
引用成例。

11【援救】 ㄩㄢˊ ㄐㄧㄡˋ
救助。

16【援據】 ㄩㄢˊ ㄐㄩˋ
援引證據。

5【援古證今】 ㄩㄢˊ ㄍㄨˇ ㄓㄥˋ ㄐㄧㄣ
1引用古今事例,以驗證得失。2引用古代事例,以印證當代事務。

12【援筆成文】 ㄩㄢˊ ㄅㄧˇ ㄔㄥˊ ㄨㄣˊ
提筆作文,一揮而就。形容文思敏捷。

揈 一 ㄏㄨㄥ hung¹ 音轟
1敲擊聲。見"廣韻"。2揮動。見"集韻"。
二 ㄐㄩˊ chü² 音局
兩手捧取。同掬。見"古今韻會舉要"。

捶 ㄔㄨㄟˊ ch'ui² 音垂
1用木杖打人。見"說文"。2舂擊,搗擊。見"廣雅·釋詁"。

13【捶楚】 ㄔㄨㄟˊ ㄔㄨˇ
用木杖或荊條抽打人。也作棰楚、箠楚。

10【捶胸頓足】 ㄔㄨㄟˊ ㄒㄩㄥ ㄉㄨㄣˋ ㄗㄨˊ
形容懊惱悲痛的樣子。

⿰扌科 犐的訛字。

揪 ㄐㄧㄡ chiu¹ 音啾
抓住;扭住。揫的俗字。

14【揪腿】 ㄐㄧㄡ ㄊㄨㄟˇ
國術腿擊法。又名掛腿。腳尖內扣翹起,以腳踝內側由外向裡掃敵人的後跟。

揔 ㄗㄨㄥˇ tsung³ 音總
1聚束。同總。也作摠、捴。見"集韻"。2也作傯。參倥傯。

換 ㄏㄨㄢˋ huan⁴ 音患
1對調;互易。見"說文"。2更改。如:物換星移。

4【換文】 ㄏㄨㄢˋ ㄨㄣˊ
交換外交文書。有解釋、通知等意義。通常由雙方在事先約定的日期同日發出。一般用來補充正式條約,或確定關於處理某一特殊問題已達成的協議。

5【換出】 ㄏㄨㄢˋ ㄔㄨ
(swap out)電腦分時作業系統中,將使用者之作業由主記憶體移出存放於輔助儲存體的過程。

7【換步】 ㄏㄨㄢˋ ㄅㄨˋ
國術步法。原地躍起,雙腳互換位置。

8【換帖】 ㄏㄨㄢˋ ㄊㄧㄝˇ
1交換名帖。指朋友結拜爲兄弟。2舊時訂婚禮儀之一。男方派人備羊、酒、首飾爲禮,送帖至女方,女方回贈筆硯,附上答帖,故稱。

10【換班】 ㄏㄨㄢˋ ㄅㄢ
1輪流替換執勤。2調換值班。

【換氣】 ㄏㄨㄢˋ ㄑㄧˋ
更換氣息。即呼吸。

12【換進】 ㄏㄨㄢˋ ㄐㄧㄣˋ
(swap in)電腦分時作業系統中,將使用者之作業由輔助儲存體移入主記憶體,以便執行處理的過程。

13【換匯】 ㄏㄨㄢˋ ㄏㄨㄟˋ
(swap)一種短期性的外匯金融交易。係同時進行買入及賣出某一等額的貨幣,但其買入及賣出交易各爲不同的期日。換言之,換匯交易通常涉及即期對遠期或遠期對遠期的操作,亦即在某一特定期間內將二種貨幣交換使用。例如:銀行在'臺'幣資金過剩時,即可運用'臺'幣向另一銀行買入即期'美'元,同時並賣予該銀行遠期'美'元外匯;屆期付出'美'元並收回'臺'幣。換匯交易通常是爲謀求利潤從事套利,或爲迴避風險軋平外匯部位而辦理。

16【換頭】 ㄏㄨㄢˋ ㄊㄡˊ
雙調詞中,上下片首句之句法有別者。南北曲之套數中,若連用二支以上相同之小令,而首句句法稍有變動,則後者稱爲前腔換頭或么篇換頭。

6【換向器】 ㄏㄨㄢˋ ㄒㄧㄤˋ ㄑㄧˋ
(commutator)存在於電動機上並與繞組相連接的部分。由鋼片組成並與電刷接觸,以將交流轉換成直流。

14【換算因數】 ㄏㄨㄢˋ ㄙㄨㄢˋ ㄧㄣ ㄕㄨˋ
(conversion factor)將一物理量以不同單位系統表示時,其值間之比值。例如長度一公尺以公分表示則乘以100。

12【換湯不換藥】 ㄏㄨㄢˋ ㄊㄤ ㄅㄨˋ ㄏㄨㄢˋ ㄧㄠˋ
比喻形態雖變而本質未變。

揝 一 ㄗㄨㄢˋ tsuan⁴ 音賺
緊握。也作攥。
二 ㄗㄢˇ tsan³ 音攢
1手動。也作撍。見"集韻"。2聚積。通攢。如:揝錢。

揑 ㄋㄧㄝ nieh¹
1捏的俗體。2姓。'明'有'揑經'。見"萬姓統譜·一一八"。

揘 ㄏㄥˊ hêng² 音衡
撞擊。見"集韻"。

揜 ㄧㄢˇ yen³ 音掩
1罩取;捕取。2遮蓋;掩藏。如:瑕不揜瑜。3蹈襲;繼承。

揗 ㄒㄩㄣˊ hsün² 音循 又讀 ㄕㄨㄣˇ shun³ 音吮
按摩;撫慰。見"廣韻"。

揄 ㄩˊ yü² 音余
1拉；引。見"說文"。2拔；抽。3揚起；宣揚。如：揄揚大義。

12【揄揚】 ㄩˊ ㄧㄤˊ
揚起；宣揚。

揅 ㄧㄢˊ yen² 音妍
或作揅。1撫摩。見"說文"。2研究；探討。通研。如：揅經。

揱 ㄒㄧㄠ hsiao¹ 音消 又讀 ㄕㄨㄛˋ shuo⁴ 音朔
1人臂細長美好的樣子。見"說文"。2泛指細長美好。見"集韻"。

揧 腕的或體。

揫 揪的或體。

10

搴 ㄑㄧㄢ ch'ien¹ 音千
拔起。見"廣韻"。

14【搴旗】 ㄑㄧㄢ ㄑㄧˊ
拔取敵方的旗幟。指戰勝。

搳 一 ㄒㄧㄚˊ hsia² 音轄
用指搔癢。見"說文"。
二 ㄏㄨㄚˊ hua² 音划
參搳拳。

10【搳拳】 ㄏㄨㄚˊ ㄑㄩㄢˊ
酒席間勸酒的一種遊戲。方式很多，通常以兩人相對伸手，各猜雙方所出手指的總數，猜對者爲勝。也作划拳、豁拳。

搸 擯的俗體。

搾 ㄓㄚˋ cha⁴ 音炸
擠壓。本作榨。如：搾汁。

搲 ㄨㄚ wa¹ 音蛙
抓持。見"集韻"。

搒 ㄅㄥˋ pêng⁴ 音蹦
1笞打。見"廣韻"。2撐船。見"集韻"。

11【搒掠】 ㄅㄥˋ ㄌㄩㄝˋ
笞打拷問。同榜掠。

搞 一 ㄑㄧㄠ ch'iao¹ 音敲
橫擲。見"集韻"。
二 ㄍㄠˇ kao³ 音稿
做；弄。同攪。如：搞什麼。

搪 ㄊㄤˊ t'ang² 音唐
1抵擋；招架。如：搪不住。2敷衍；應付。如：搪塞。3均勻塗抹。如：搪瓷。

9【搪突】 ㄊㄤˊ ㄊㄨˊ
冒昧；衝犯。也作搪揬、唐突。

11【搪瓷】 ㄊㄤˊ ㄘˊ
(porcelain enamel)又稱琺瑯。由長石、黏土、鈉鹽與矽酸鹽混合且磨成粉末狀之混合物。將其塗抹於金屬表面且加熱超過426°C，則生成玻璃狀，且能與金屬表面緊密地結合。其質地堅硬具光澤性，耐強鹼、強酸、溶劑腐蝕，且易清洗、耐磨損，廣用於家庭用具及工業金屬設備之表面。也可在表面彩繪，燒製後成爲優美實用的藝術品。

13【搪塞】 ㄊㄤˊ ㄙㄜˋ
敷衍；應付。

搐 一 ㄔㄨˋ ch'u⁴ 音觸
筋肉抽縮發痛。如：抽搐。
二 ㄔㄡ ch'ou¹ 音抽
參搐風。

9【搐風】 ㄔㄡ ㄈㄥ
小兒驚風之一。發作時肘臂伸縮抽動。是高熱厲害引起痙攣以致抽搐。

搉 ㄑㄩㄝˋ ch'üeh⁴ 音確
1敲打。見"說文"。2引述。如：揚搉古今。3專。通榷。4商討。如：商搉。

搛 ㄐㄧㄢ chien¹ 音兼
夾取。見"字彙"。

搓 ㄘㄨㄛ ts'o¹, ts'uo¹ 音蹉
1把東西放在兩掌中轉摩揉動，或用一手把東西按在平板上揉動。見"正字通"。2兩手掌互相摩擦。如：搓手頓腳。3把東西放在手掌上運轉。

11【搓球】 ㄘㄨㄛ ㄑㄧㄡˊ
桌球防守性打法之一。即將對方削過來的球再回削過去。此種擊球技巧，使球加速向後方旋轉，甚至停頓不前，令對方不易抽球反擊。

15【搓熟的湯糰】 ㄘㄨㄛ ㄕㄡˊ ˙ㄉㄜ ㄊㄤ ㄊㄨㄢˊ
比喻柔順服貼，任憑處置。

搠 ㄕㄨㄛˋ shuo⁴ 音朔
1刺；戳。2捉。3掉換。

搤 ㄜˋ o⁴, ê⁴ 音厄
把握住；握緊。見"正字通"。

搆 ㄍㄡˋ kou⁴ 音夠
1交接。通構。2伸長手臂取東西。

搮 ㄙㄨㄛˇ so³, suo³ 音索
求；探取。通作索。

搟 ㄒㄧㄢˇ hsien³ 音險
以手掂物估計重量。同攇。見"集韻"。

搏 ㄅㄛˊ po² 音博
1鬥；擊打。見"廣雅·釋詁"。2取。如：搏取功名。

18【搏髀】 ㄅㄛˊ ㄅㄧˋ
用手拍擊大腿。1應和歌曲打節拍的動作。2表示歡樂或嘆惋。

搦 ㄋㄨㄛˋ no⁴, nuo⁴ 音諾
1壓抑。見"說文"。2握持。見"集韻"。3挑；惹。如：搦戰。

14【搦管】 ㄋㄨㄛˋ ㄍㄨㄢˇ
握筆；手執筆管。指寫作文章。

16【搦翰】 ㄋㄨㄛˋ ㄏㄢˋ
握筆。指寫作文章。

【搦戰】 ㄋㄨㄛˋ ㄓㄢˋ
挑戰。

搷 一 ㄍㄤ kang¹ 音岡
兩手合舉或多人共抬。同扛。如：搷鼎。
二 ㄎㄤˊ k'ang²
負荷。同扛。
三 ㄍㄤˋ kang⁴ 音槓
參抬搷。

搹 ㄜˋ o⁴, ê⁴ 音厄
握持。同扼。見"說文"。

搕 一 ㄜˋ o⁴, ê⁴ 音厄
用手覆蓋。見"廣韻"。

㊁ ㄎㄜˋ *k'o*^{4}, *k'ê*^{4} 音克
1取。見"集韻"。2打。見"字彙"。

搌 ㄓㄢˇ *chan*^{3} 音展
1縛束。見"廣韻"。2揩拭。見"集韻"。

搘 ㄓ *chih*^{1} 音支
支撐;撐持。通作支。

搷 ㄊㄧㄢˊ *t'ien*^{2} 音填
1播揚。見"方言·一二"。2牽引。見"集韻"。3急擊。

搚 協的或體。

搡 ㄙㄤˇ *sang*^{3} 音嗓
急擊。見"集韻"。

搢 ㄐㄧㄣˋ *chin*^{4} 音進
1插。見"廣雅·釋詁"。2搖動;振動。

11【搢紳】 ㄐㄧㄣˋ ㄕㄣ
指士大夫。插笏於大帶間,故稱。

搣 ㄇㄧㄝˋ *mieh*^{4} 音滅
1按摩頰旁。見"說文"。2拔。見"廣韻"。

搔 ㄙㄠ *sao*^{1} 音騷
1抓;用指甲輕輕摳扒。見"說文"。2擾亂。通騷。如:搔亂。

8【搔到癢處】 ㄙㄠ ㄉㄠˋ ㄧㄤˇ ㄔㄨˋ
比喻正合心意,十分痛快。

9【搔首弄姿】 ㄙㄠ ㄕㄡˇ ㄋㄨㄥˋ ㄗ
形容女子故作姿態以媚人。

【搔首踟躕】 ㄙㄠ ㄕㄡˇ ㄔˊ ㄔㄨˊ
猶疑不決的樣子。

搎 ㄙㄨㄣ *sun*^{1} 音孫
參搎搎。

搨 ㊀ ㄊㄚˋ *t'a*^{4} 音踏
1在金石器物上,蒙以白紙,輕捶紙面,使花紋或文字的凹處下陷,再用墨輕撲在凸起處,使圖文顯現在紙上。也作拓。2把紙覆在書畫上描摹。如:搨書。3垂下。如:搨翼。

㊁ ㄊㄚ *t'a*^{1} 音他
汗水溼透衣服。

5【搨本】 ㄊㄚˋ ㄅㄣˇ
1用紙墨從鑄刻的器物上,捶印出其文字或圖畫的墨本。2書畫真跡的影摹本。

㨪 ㄏㄨㄤˋ *huang*^{4}
搖動;擺動。如:搖㨪。

㨛 ㄕㄢˇ *shan*^{3} 音閃
動作疾速。見"集韻"。

搰 ㊀ ㄏㄨˊ *hu*^{2} 音胡
挖掘。見"說文"。

㊁ ㄎㄨ *k'u*^{1} 音枯
參搰搰。

13【搰搰】 ㄎㄨ ㄎㄨ
用力的樣子。也作榾榾。

損 ㄙㄨㄣˇ *sun*^{3} 音筍
1減少。見"說文"。2傷害。見"正字通"。3貶抑。見"字彙"。4失去;消耗。見"字彙"。5嘲諷;以言語傷人。如:損人。6"易"卦名。六十四卦之一,兌下艮上。

損卦圖

5【損失】 ㄙㄨㄣˇ ㄕ
損毀喪失。

10【損益】 ㄙㄨㄣˇ ㄧˋ
1事情的損害或利益。2商業上的虧損或盈餘。3數目的減少或增多。

【損耗】 ㄙㄨㄣˇ ㄏㄠˋ
消耗損失。

【損益表】 ㄙㄨㄣˇ ㄧˋ ㄅㄧㄠˇ
(income statement)企業基本財務報表之一。係用以說明企業在特定期間經營的結果。其內容包括營業收入、營業成本、營業費用、營業外收入及費用、非常損益及所得稅等。各項收入減去各項費用而得當期經營的結果,若收入大於費用,所得的差額稱爲淨利或純益;若費用大於收入,所產生的差額則稱爲淨損或純損。損益表爲提供評估企業獲利能力的主要資料。

11【損陰騭】 ㄙㄨㄣˇ ㄧㄣ ㄓˋ
多行不義,有損子孫福祿。

5【損失機率】 ㄙㄨㄣˇ ㄕ ㄐㄧ ㄌㄩˋ
(probability of loss)在一定期間內,一定數量危險單位所可能遭受損失的次數或程度,可經由長期經驗證實,予以正確的測定,而以百分率或分數表示者。損失機率包括損失頻率與損失額度。

【損失頻率】 ㄙㄨㄣˇ ㄕ ㄆㄧㄣˊ ㄌㄩˋ
(loss frequency)又稱危險發生率。指在某一定期間內,一定數量危險單位所可能遭受損失的次數。其計算公式如下:

$$損失頻率=\frac{理賠次數}{保險單位數}。$$

【損失額度】 ㄙㄨㄣˇ ㄕ ㄜˊ ㄉㄨˋ
(loss severity)又稱平均損失率。在某一定期間內,一定數量危險單位所可能遭受損失的嚴重程度。其計算公式如下:

$$損失額度=\frac{損失總額}{理賠次數}。$$

7【損兵折將】 ㄙㄨㄣˇ ㄅㄧㄥ ㄓㄜˊ ㄐㄧㄤˋ
形容作戰失敗,傷亡慘重。

10【損害賠償】 ㄙㄨㄣˇ ㄏㄞˋ ㄆㄟˊ ㄔㄤˊ
塡補因侵權行爲及債務不履行,致他人權益遭受侵害所生之損失,稱爲損害賠償。損害賠償之方法有二:一爲恢復原狀,即回復損害發生前的原狀,此爲現行"民法"所採的基本原則;一爲金錢賠償,即以金錢塡補其損害,以法律另有規定或契約另有訂定者爲限。

【損耗因數】 ㄙㄨㄣˇ ㄏㄠˋ ㄧㄣ ㄕㄨˋ
(dissipation factor)介質的介質常數與其導電係數的比值。符號爲D。該因數的倒數爲儲存因數,亦即品質因數(Q)。

【損益平衡點】 ㄙㄨㄣˇ ㄧˋ ㄆㄧㄥˊ ㄏㄥˊ ㄉㄧㄢˇ
(break-even point)指收入總額等於成本總額時的銷貨收入或銷售數量。

5【損失補償原則】 ㄙㄨㄣˇ ㄕ ㄅㄨˇ ㄔㄤˊ ㄩㄢˊ ㄗㄜˊ
(principle of indemnity)又稱

損害塡補原則。即任何保險所爲的補償，以限於損失範圍爲原則。無論財產或人身方面所發生的損失，皆應由獲得補償而繼續維持其原有利益，並不能因保險而取得經濟上的新利益。

10【損益兩平分析】ㄙㄨㄣˇ ㄧˋ ㄌㄧㄤˇ ㄆㄧㄥˊ ㄈㄣ ㄒㄧ
(break-even analysis)又稱損益平衡分析。指對廠商的產銷量要到達多少數量才能達到不賺不賠損益兩平之狀況的分析。此時的銷貨量稱爲損益兩平銷貨量，若以金額表示則稱爲損益兩平銷貨額。其基本公式爲：

$BEP_Q=\frac{TFC}{P-UVC}$，$BEP\$=\frac{TFC}{1-\frac{UVC}{p}}$。式中 BEP_Q 爲損益兩平銷貨量，$BEP\$$ 爲損益兩平銷貨額，p 爲產品單價，UVC 爲單位變動成本，TFC 爲總固定成本。

摁 ㄣˋ ên4
輕按。如：摁鈴。

搭 ㊀ ㄉㄚ ta1 音褡
[1]架構；支架起來。如：搭建。[2]披。[3]乘坐。[4]參加；湊上。如：搭夥。[5]牽連；拉上關係。如：勾搭。[6]手指往下壓；印下。如：搭上手印。
㊁ ㄊㄚˋ t'a4 音搨
搨印；描摹。通搨。見"集韻"。

10【搭訕】ㄉㄚ ㄕㄢˋ
藉機交談。

【搭配】ㄉㄚ ㄆㄟˋ
配合。

11【搭救】ㄉㄚ ㄐㄧㄡˋ
拯救。

12【搭腔】ㄉㄚ ㄑㄧㄤ
接腔說話。

13【搭話】ㄉㄚ ㄏㄨㄚˋ
與人交談。

14【搭夥】ㄉㄚ ㄏㄨㄛˇ
合夥。

15【搭線】ㄉㄚ ㄒㄧㄢˋ
[1]結線。[2]介紹；撮合。

16【搭橋】ㄉㄚ ㄑㄧㄠˊ
國術腰力訓練法。腳開立，屈腰向後彎下，以手沾地，形如拱橋。

17【搭檔】ㄉㄚ ㄉㄤˇ
[1]兩人合夥。[2]夥伴。

16【搭錯線】ㄉㄚ ㄘㄨㄛˋ ㄒㄧㄢˋ
意思傳達錯誤或理解錯誤。

搽 ㄔㄚˊ ch'a2 音茶 又讀 ㄘㄚ ts'a1 音擦
敷；塗抹。如：搽粉。

摆 擺的俗體。

搵 ㄨㄣˋ wên4 音問
俗作揾。[1]把東西按入水中。見"說文"。[2]用手指按住。如：搵鈴。[3]擦拭。如：搵淚。[4]貼近。

揺 搖的俗體。

搯 ㄊㄠ t'ao1 音滔
[1]挖取。見"說文"。[2]敲擊。如：搯膺。

搊 ㄔㄡ ch'ou1 音抽
[1]揪住。見"廣雅·釋言"。[2]扶持。見"集韻"。[3]用手指撥弄琴弦。見"六書故"。[4]抽；拉緊。[5]逗弄。如：搊趣。

搩 ㊀ ㄓㄜˊ chê2 音折
用手量長短。也作拃。見"集韻"。
㊁ ㄐㄧㄝˊ chieh2 音傑
強暴。見"廣韻"。

搖 ㄧㄠˊ yao2 音姚
[1]擺動。見"說文"。[2]飄揚；上升。見"方言·一二"。

6【搖光】ㄧㄠˊ ㄍㄨㄤ
星名。北斗七星之末。也作瑤光。即大熊座 η，西名 Alkaid，又名 Benetnasch，意爲長女。亮度1.91等。

【搖曳】ㄧㄠˊ ㄧˋ
[1]搖動；搖擺。[2]逍遙自在。

12【搖窗】ㄧㄠˊ ㄔㄨㄤ
(pivoted window)又名旋轉窗或迴轉窗。分兩類，一、橫軸搖窗：在窗扇兩邊梃之中心處裝設樞栓，做爲旋轉軸，窗扇依此軸做上下旋轉者(如圖a)。二、豎軸搖窗：在窗扇上下兩帽頭之中心處裝設樞栓，做爲旋轉軸，窗扇依此軸做左右旋轉者(如圖b)。搖窗的最大目的爲換氣，故多裝置於門窗上緣。

(a)橫軸搖窗圖 (b)豎軸搖窗圖

13【搖落】ㄧㄠˊ ㄌㄨㄛˋ
凋謝；凋落。

17【搖臂】ㄧㄠˊ ㄅㄧˋ
(oscillating arm)四連桿組中，只能作搖擺運動的桿件。或稱搖桿(rocker)。

20【搖籃】ㄧㄠˊ ㄌㄢˊ
[1]用藤或竹編的籃形小兒臥具。[2]比喻事物的發源地。

14【搖滾樂】ㄧㄠˊ ㄍㄨㄣˇ ㄩㄝˋ
(rock and roll music; rock music)爵士音樂的一種。節拍非常誇張，通常用電吉他及敲擊樂器伴奏演出。

16【搖錢樹】ㄧㄠˊ ㄑㄧㄢˊ ㄕㄨˋ
[1]傳說中一種會結錢的樹。錢搖落後，又可再生。[2]比喻藉以生財的人。多指妓女。

20【搖籃頭】ㄧㄠˊ ㄌㄢˊ ㄊㄡˊ
於頭頂上長出斑塊的輕微皮膚病。常見於初生嬰兒。最好的治療方法是用脫脂棉沾礦物油或嬰兒油擦拭以除去斑塊，切忌用肥皂及水洗頭。

6【搖曳生姿】ㄧㄠˊ ㄧˋ ㄕㄥ ㄗ
形容擺動搖蕩，姿態美妙。

7【搖尾乞憐】ㄧㄠˊ ㄨㄟˇ ㄑㄧˇ ㄌㄧㄢˊ
本指狗搖動尾巴，向人乞食。比喻人卑躬屈膝，乞求他人憐憫。

11【搖脣鼓舌】ㄧㄠˊ ㄔㄨㄣˊ ㄍㄨˇ ㄕㄜˊ

指人賣弄口才以進行遊說或煽動。

13【搖搖晃晃】 ㄧㄠˊ ㄧㄠˊ ㄏㄨㄤˋ ㄏㄨㄤˋ

搖動不定的樣子。

【搖搖欲墜】 ㄧㄠˊ ㄧㄠˊ ㄩˋ ㄓㄨㄟˋ

搖動得很厲害，快要倒下來的樣子。

【搖搖擺擺】 ㄧㄠˊ ㄧㄠˊ ㄅㄞˇ ㄅㄞˇ

搖擺不定的樣子。

14【搖旗吶喊】 ㄧㄠˊ ㄑㄧˊ ㄋㄚˋ ㄏㄢˇ

本謂作戰時揮動軍旗，大聲喊叫，以助聲威。後用以比喻助人威勢。

搚 ㄋㄚˋ *na*⁴ 音納

1打。也作抐。見"集韻"。2用長針扎縫堅厚的物體。如：搚鞋底。

携 攜的俗體。

搜 ㄙㄡ *sou*¹ 音蒐

本作叟。1尋找；追索。見"說文"。2眾多；聚集。見"說文"。

9【搜括】 ㄙㄡ ㄍㄨㄚ

1搜求；網羅。2徵收；掠取財物。

10【搜索】 ㄙㄡ ㄙㄨㄛˇ

1搜求。2指法院或檢察官為防止被告藏匿證據物件及可以沒收之物件起見，簽發搜索票，對於被告之身體、物件、住宅或其他處所，而為搜尋探索之強制處分。此外，對於第三人之身體、物件及住宅或其他處所，以有相當理由可信為被告或應扣押之物存在時為限，也可進行搜索。

【搜捕】 ㄙㄡ ㄅㄨˇ

搜索緝捕。

12【搜尋】 ㄙㄡ ㄒㄩㄣˊ

找尋；尋覓。

19【搜羅】 ㄙㄡ ㄌㄨㄛˊ

多方搜求羅致。

9【搜神記】 ㄙㄡ ㄕㄣˊ ㄐㄧˋ

'東晉''干寶'撰，二十卷。書中多記神異之事，保留不少民間傳說。在六朝志怪小說中占有重要的地位。

10【搜索票】 ㄙㄡ ㄙㄨㄛˇ ㄆㄧㄠˋ

凡警方辦案必須展開搜索時，得向法院聲請，由檢察官、審判長或推事簽發搜索文件，方可實施搜查，此種搜索文件稱為搜索票。

12【搜尋週】 ㄙㄡ ㄒㄩㄣˊ ㄓㄡ

(search cycle) 電腦程式在搜尋過程中，對於一資料項之處理所需的時間。搜尋週包括將一資料項取出所需之時間，與進行比較以確定其是否合於所需的時間。

10【搜索枯腸】 ㄙㄡ ㄙㄨㄛˇ ㄎㄨ ㄔㄤˊ

形容竭力思索。

搗 ㄉㄠˇ *tao*³ 音島

1捶打；舂擊。如：搗碎。2攪擾。如：搗亂。

10【搗鬼】 ㄉㄠˇ ㄍㄨㄟˇ

暗中做手腳、耍花樣、玩詭計。

11【搗蛋】 ㄉㄠˇ ㄉㄢˋ

有意和他人為難。

13【搗碎】 ㄉㄠˇ ㄙㄨㄟˋ

捶打使物碎爛。

【搗亂】 ㄉㄠˇ ㄌㄨㄢˋ

用不正當的手段或非法的行動來擾亂秩序、破壞安定、妨礙進行。

18【搗擺磨石子】 ㄉㄠˇ ㄅㄞˇ ㄇㄛˊ ㄕˊ ·ㄗ

(precast terrazzo) 指預鑄之高級磨石子板。其內部可用鋼線或鋼條加強，常用於牆面臺度或廁所中作隔板，也可用以鋪地。

摀 ㄨˇ *wu*³ 音午

掩蓋；密閉。如：摀嘴。

14【摀蓋】 ㄨˇ ㄍㄞˋ

遮蓋；掩飾。

搥 ㄔㄨㄟˊ *ch'ui*² 音垂

擊打；敲擊。通捶。見"字彙"。

10【搥胸搤腕】 ㄔㄨㄟˊ ㄒㄩㄥ ㄜˋ ㄨㄢˋ

搥打胸膛，握緊手腕。形容憤怒的樣子。

【搥胸頓足】 ㄔㄨㄟˊ ㄒㄩㄥ ㄉㄨㄣˋ ㄗㄨˊ

以手搥胸，以腳跺地。形容悲痛至極的樣子。

搋 批的本字。

搯 或作擂。一 ㄔㄡ *ch'ou*¹ 音抽

抽引。同抽。見"說文"。

二 ㄌㄧㄡˋ *liu*⁴ 音六

用杵擣土。見"集韻"。

搶 一 ㄑㄧㄤ *ch'iang*¹ 音槍

1碰；觸。如：搶地。2逆；迎著。如：搶風。

二 ㄑㄧㄤˇ *ch'iang*³ 音襁

1奪取。見"字彙"。2競爭。如：搶先。

三 ㄔㄨㄤˇ *ch'uang*³ 音闖

一2的又讀。

四 ㄔㄥˊ *ch'êng*² 音誠

參搶攘。

五 ㄔㄥ *ch'êng*¹ 音撐

參攙搶。

5【搶白】 ㄑㄧㄤˇ ㄅㄞˊ

用言語指責。

9【搶背】 ㄑㄧㄤˇ ㄅㄟˋ

國劇武功的一種。身體向前斜撲，以左肩背著地，就勢翻滾。是生活中遭受踢打而撲地動作的舞蹈化。

16【搶親】 ㄑㄧㄤˇ ㄑㄧㄣ

1男方因家貧或其他原因，糾結眾人將未婚妻搶到家裡來成親。2搶奪女子，逼迫成親。

20【搶攘】 ㄔㄥˊ ㄖㄤˇ

紊亂的樣子。

22【搶灘】 ㄑㄧㄤˇ ㄊㄢ

冒敵人砲火射擊之危險，將船艦停靠在灘岸，以卸運物資或軍隊的行動。

4【搶水河】 ㄑㄧㄤˇ ㄕㄨㄟˇ ㄏㄜˊ

(capture stream) 又稱襲奪河。河川發生襲奪時，低位河將相鄰的高位河水襲奪而來，此低位河稱為搶水河。

【搶水灣】 ㄑㄧㄤˇ ㄕㄨㄟˇ ㄨㄢ

(elbow of capture) 又稱襲奪灣。河流被襲奪而改向流注他河，其轉折的地方每成近似直角的彎

曲，稱爲搶水灣。如'西康省''大渡河'的東折、'臺灣省'東部'秀姑巒溪'的東折，均形成搶水灣。

19【搶鏡頭】 ㄑㄧㄤˇ ㄐㄧㄥˋ ㄊㄡˊ
[1]搶先拍取精彩鏡頭。[2]照相時搶占最顯眼的位置。比喻出風頭、受注目。

搇 撳的或體。

搬 ㄅㄢ *pan*¹ 音班
[1]遷移；挪動。見"字彙"。[2]扮演；演唱。如：搬演。[3]挑撥；引逗。如：搬弄。

7【搬弄】 ㄅㄢ ㄋㄨㄥˋ
挑撥。

14【搬演】 ㄅㄢ ㄧㄢˇ
扮演；飾演戲劇中的角色。

【搬腿】 ㄅㄢ ㄊㄨㄟˇ
國術腿法訓練的一種。頭部和腳尖儘量接近爲基本要求。分有吻鞋、臥鞋、抱鞋、端鞋、蹬鞋五種練法。

0【搬有運無】 ㄅㄢ ㄧㄡˇ ㄩㄣˋ ㄨˊ
搬運物資，供應缺乏的人。指做生意。

10【搬磚砸腳】 ㄅㄢ ㄓㄨㄢ ㄗㄚˊ ㄐㄧㄠˇ
比喻自作自受。

搧 ㄕㄢ *shan*¹ 音山
[1]用手掌擊打。見"集韻"。[2]搖動扇子。如：搧涼。[3]挑撥鼓動。如：搧動。

9【搧風】 ㄕㄢ ㄈㄥ
搖扇生風。比喻從旁挑撥。

11【搧動】 ㄕㄢ ㄉㄨㄥˋ
[1]搖動扇類的東西。同扇動。[2]從旁鼓動、挑撥。同煽動。

搋 ㊀ ㄔˇ *ch'ih*³ 音齒
分；析。見"集韻"。
㊁ ㄔㄨㄞ *ch'uai*¹
[1]用力揉。[2]藏物於懷中。

搿 ㄍㄜˊ *ko*², *kê*² 音隔
兩手合抱物體。

搫 ㄆㄢˊ *p'an*² 音盤
[1]除去。見"廣雅·釋詁"。[2]手不正。見"玉篇"。

11

摩 ㊀ ㄇㄛˊ *mo*² 音膜
[1]用手搓擦東西。[2]兩物靠近相搓擦。如：剛柔相摩。[3]互相研究切磋。如：觀摩。[4]預測；猜度。如：揣摩。[5]磨損。如：摩頂放踵。
㊁ ㄇㄚ *ma*¹ 音媽
參摩挲㊂。

6【摩西】 ㄇㄛˊ ㄒㄧ
(Moses, 前14～前13世紀)'以色列'先知。"舊約聖經·出埃及記"上記載，他率領'希伯來'人脫離法老王的壓迫，至'紅海'時，海水爲之分離，讓'摩西'率族人逃離'埃及'，然後復合淹沒法老王的追兵。後在'西奈山'受領十誡，建立治理'希伯來'人的法律。

10【摩挲】 ㊀ ㄇㄛˊ ㄙㄨㄛ
用手撫摩。也作摩娑、摩挱。
㊂ ㄇㄚ ·ㄙㄚ
用手撫摩衣服使平貼。

【摩根】 ㄇㄛˊ ㄍㄣ
[1](John Pierpont Morgan, 1837～1913)'美國'財政專家及工業家。西元1871年爲'紐約''德列克瑟·摩根公司'(Drexel, Morgan and Company)的股東，1895年重組'摩根公司'(J. P. Morgan and Company)，一躍而爲世界最有勢力的銀行業及鐵路領袖之一。1901年創立世界最大的'美國鋼鐵公司'(United States Steel Corporation)。他也是著名的藝術收藏家，曾捐助許多藝術品給'大都會藝術博物館'。[2](Thomas Hunt Morgan, 1866～1945)'美國'遺傳學家及胚胎學家。以對果蠅的實驗與研究及建立遺傳的染色體理論而聞名。1904年任教於'哥倫比亞大學'，並從事實驗，具體證實'孟德爾'遺傳學說的可靠性，並提供了細胞分析的基礎。他與'史圖提溫特'(A. H. Sturtevant)、'布立基'(C. B. Bridges)及'墨勒'(H. J. Muller)合著的"孟德爾遺傳的機構"(*The Mechanism of Mendelian Heredity*)一書，影響深遠。1933年獲得'諾貝爾'醫學獎。

摩根像

12【摩登】 ㄇㄛˊ ㄉㄥ
(modern)現代的、新式的、時髦的。多用以形容人的言行、思想及穿著等。

14【摩爾】 ㄇㄛˊ ㄦˇ
(Thomas More, 1478～1535)'英國'人文主義者及政治家。曾出使'荷蘭'和'比利時'等國，並在這些國家完成其傑作"烏托邦"(*Utopia*)。其在'倫敦'的住宅即爲'英國'文藝復興學術的中心。西元1521年受封爲爵士，且於數年內變成'亨利八世'的重臣。1529年受命爲上議院議長，任內極力反對新教，又因不肯出席'布琳恩'(Anne Boleyn)王后的加冕禮而觸怒'英'王。1535年被提審，因不承認'亨利八世'是'英國'國教的領袖而被殺。

17【摩擦】 ㄇㄛˊ ㄘㄚ
[1](friction)兩物體互相接觸發生相對運動時，會在沿接觸面方向產生相互作用力以阻礙相對運動，此現象稱爲摩擦。[2]人際間的小爭執、小衝突。

4【摩天樓】 ㄇㄛˊ ㄊㄧㄢ ㄌㄡˊ
(skyscraper)指高聳的大樓。原作爲大都會的商場，今也有當辦公廳及住宅使用。早期(十九世紀中期)的建築爲四、五十公尺高，至二十世紀急增至300餘公尺，七十年代初'紐約'的'世貿中心'更高達412公尺，有110層。目前則以'芝加哥'的'薛爾斯大廈'的443.3公尺爲世界之最。

5【摩尼教】 ㄇㄛˊ ㄋㄧˊ ㄐㄧㄠˋ
(Manichaeism) 西元三世紀'波斯'先知'摩尼'所創。教義揉合了佛教、祆教、基督教和'波斯'人的二元觀，主善、惡二力相戰之說。四世紀後向外傳布，西傳至'法國'，傳入我國則於'唐代'，直至十三世紀時'馬可波羅'仍在我國發現其組織。

8【摩門教】 ㄇㄛˊ ㄇㄣˊ ㄐㄧㄠˋ
(Mormonism) '美國'一獨立教派。實際名稱爲'耶穌'基督末世聖徒教會(Church of Jesus Christ of Latter-day Saints)。爲'史密斯' (Joseph Smith) 於西元1830年所創。宗"摩門經" (*Book of Mormon*)，以後世的教會俱已背棄眞正的信仰，而主張恢復原始教會。今教徒多居'美國'，而以'猶他州'爲最多。

9【摩洛哥】 ㄇㄛˊ ㄌㄨㄛˋ ㄍㄜ
(Morocco) 位於'非洲'西北部的國家。北濱'地中海'，西臨'大西洋'。面積44.6萬方公里，人口3,273.0萬 (2005年)，首都'拉巴特'(Rabat)。'亞特拉斯山'(Atlas Mts.)斜貫全境，產硫磺、鐵、鉛及豐富的磷灰石等。沿海平原主產小麥、玉米、葡萄、橄欖和家畜。西北部屬'地中海'型氣候，東南近'撒哈拉沙漠'，爲熱帶型氣候。紡織、水泥和造紙業發達。

10【摩納哥】 ㄇㄛˊ ㄋㄚˋ ㄍㄜ
(Monaco) 位於'法國'東南'地中海'岸的'法國'保護國。長3.5公里，最窄處不足200公尺。面積1.95方公里，居民人數甚少變動，現約3.3萬，首都'蒙地卡羅' (Monte Carlo)。夏熱冬暖，陽光充足；背山面海，風景優美，觀光業盛。旅遊、賭場的收入及菸草、郵票的輸出為主要財源。

12【摩訶末】 ㄇㄛˊ ㄏㄜ ㄇㄛˋ
'穆罕默德'的另一譯音。參穆罕默德。

14【摩爾人】 ㄇㄛˊ ㄦˇ ㄖㄣˊ
(Moors) '非洲'北部的民族。爲'阿拉伯'人及'巴巴利'人的混合種。曾渡海入'西班牙'，而於西元1238年建立'格拉那達'王朝。1492年爲'西班牙'所滅，遂移居'阿爾及耳'、'摩洛哥'及'突尼斯'等地。

【摩爾斯】 ㄇㄛˊ ㄦˇ ㄙ
(Samuel Finley Breese Morse, 1791～1872) '美國'電報機發明者。父爲名地理學家兼牧師'摩爾斯'(Jedidiah Morse)。西元1826年於'紐約'創立'國家設計學院' (National Academy of Design)，至1845年一直是該院的院長。1838年設計完成'摩爾斯'電碼(Morse code)。其第一條電報線鋪設在'巴爾的摩'與'華盛頓'之間，專利權至1854年才獲得最高法院批准。

15【摩羯宮】 ㄇㄛˊ ㄐㄧㄝˊ ㄍㄨㄥ
(Capricornus)黃道十二宮的第十宮。位於黃經270°～300°。每年12月22日前後，太陽進入此宮，節氣爲冬至。二千年前，冬至點(黃經270°)原在摩羯座，故名。但由於歲差的緣故，現已移至人馬座。

【摩羯座】 ㄇㄛˊ ㄐㄧㄝˊ ㄗㄨㄛˋ
(Capricornus; Cap) 黃道十二星座之一。位於赤經20時07分至21時59分；赤緯－0.86度至27.7度間。相當於我國星座牛宿、羅堰、天田、周、鄭、秦、越、齊、趙、代、楚、韓、魏、燕、晉、天壘城、壘壁陣、哭等。

17【摩擦力】 ㄇㄛˊ ㄘㄚ ㄌㄧˋ
(frictional force)任何物體對另一物體作相對運動，或有相對運動的趨勢時，則在兩接觸面間，有一阻止其相對運動之作用力，此力稱爲摩擦力或摩擦。摩擦力產生之原因，主要是由於兩接觸面間凹凸不平的結果。如靜止物體受外力作用，有作運動的趨勢所生成的摩擦力，稱爲靜摩擦力；在做相對運動時之摩擦力，則稱爲動摩擦力。靜摩擦與動摩擦，又合稱滑動摩擦。另外車子的行進，是使用車輪的滾動，其摩擦阻力很小，稱爲滾動摩擦。

8【摩肩接踵】 ㄇㄛˊ ㄐㄧㄢ ㄐㄧㄝ ㄓㄨㄥˇ
肩膀相摩擦，腳跟相連接。形容人多擁擠。

10【摩拳擦掌】 ㄇㄛˊ ㄑㄩㄢˊ ㄘㄚ ㄓㄤˇ
1形容準備動武的樣子。2形容情緒振奮或激動的樣子。

11【摩頂放踵】 ㄇㄛˊ ㄉㄧㄥˇ ㄈㄤˇ ㄓㄨㄥˇ
從頭頂到腳跟都摩傷。形容積極救世，不辭勞苦。

17【摩擦阻流】 ㄇㄛˊ ㄘㄚ ㄗㄨˇ ㄌㄧㄡˊ
(friction chocking)若一流體流動之管路截面積、入口之流速、質量流率、熱力狀態及管路的摩擦係數爲已知，則當此流管長度超過其最大値時，有阻流現象發生，因其純爲摩擦引起，故稱爲摩擦阻流。

【摩擦係數】 ㄇㄛˊ ㄘㄚ ㄒㄧˋ ㄕㄨˋ
(coefficient of friction)摩擦係數分靜、動兩種。靜摩擦係數爲極限(最大靜)摩擦力F'與對應法線反力N之比值，即 $\mu_s=F'/N$；動摩擦係數爲滑動摩擦力F與對應法線反力N之比值，即$\mu_k=F/N$。

【摩擦高差】 ㄇㄛˊ ㄘㄚ ㄍㄠ ㄔㄚ
(friction head)流體流動時，每單位體積流體之摩擦損耗。又稱高差損失或摩擦損失。

【摩擦馬力】 ㄇㄛˊ ㄘㄚ ㄇㄚˇ ㄌㄧˋ
(frictional horsepower)引擎的內部及其他傳動系統內因摩擦而損失之馬力。

【摩擦性失業】 ㄇㄛˊ ㄘㄚ ㄒㄧㄥˋ ㄕ ㄧㄝˋ
(frictional unemployment) 也稱異動性失業。指原有的職業或工作移轉至另一職業或工作的失業現象。這種暫時過渡性的失業現象爲害不大，而且任何國家都經常存在。爲解決此類失業，宜加強就業市場組織、強化就業輔導功能、實施職業指導，使其調整人力的供應與需要，促使勞工職業方面或地域方面的流動。

擎 撇的本字。

摮 ㄠˊ ao² 音敖
攻擊；打擊。見"字彙"。

摯 ㄓˋ chih⁴ 音至
1握持。見"說文"。2眞誠。如：懇摯。3兇猛。通鷙。4古時初次見面所送的禮物。通贄。

4【摯友】 ㄓˋ ㄧㄡˇ
交情深厚的朋友。

摰 ㄋㄧㄝˋ nieh⁴ 音孽
危殆。同隉。見"集韻"。

摍 ㄙㄨˋ su⁴ 音素
抽取。見"說文"。

摘 一 ㄓㄜˊ chê² 音折
1採取果實。見"說文"。引申泛指選取。如：摘要。2指斥。如：指摘。3借貸。如：東摘西借。4檢舉。如：摘奸發伏。5脫卸。如：摘下帽子。

二 ㄓㄞ chai¹ 音齋
一1、3、5的語音。

4【摘心】 ㄓㄞ ㄒㄧㄣ
作物在生育期間的一種處理。即摘除生長點。將生長中的枝梢頂端摘去，可防止陡長，亦可使葉片寬厚增大；在開花時摘心，可促進著果；在果實成長中摘心，可促進果實發育，使蒴果的熟度一致，充實子實。

8【摘芽】 ㄓㄞ ㄧㄚˊ
園藝修剪管理方法之一。即除去枝條上葉腋處的芽，其目的在使枝條向上生長，不發生側枝。

9【摘要】 ㄓㄞ ㄧㄠˋ
(abstract)1文章或講演辭的主要精華或要點。2自全體結構中取其主要架構。

13【摘遍】 ㄓㄞ ㄅㄧㄢˋ
詞調的一種。從一曲多遍的大曲或法曲舞樂中，選取其中聲音悅耳，而可單獨傳唱的一遍（即一段），作爲單支曲子，用來填詞歌唱。如"霓裳中序第一"摘自法曲"霓裳"、"薄媚摘遍"摘自大曲"薄媚"。

15【摘調】 ㄓㄞ ㄉㄧㄠˋ
'元'曲小令曲調的一種。由套數中選取最好聽的一支曲子，單獨配上歌詞來唱。由於與尋常的小令來源不同，故別稱摘調。

6【摘奸發伏】 ㄓㄜˊ ㄐㄧㄢ ㄈㄚ ㄈㄨˊ
揭發奸人和隱伏的犯罪事實。

摛 ㄔ ch'ih¹ 音痴
1舒展；鋪陳。見"說文"。2傳布。如：英名遠摛。

摭 ㄓˊ chih² 音直
拾取。見"廣韻"。

9【摭拾】 ㄓˊ ㄕˊ
拾取。

摝 ㄌㄨˋ lu⁴ 音祿
振；搖動。見"字彙"。

摔 率的或體。

摔 ㄕㄨㄞ shuai¹ 音衰
1用力下扔。2跌倒。如：摔跤。3抽打。

7【摔角】 ㄕㄨㄞ ㄐㄧㄠˇ
我國固有的徒手搏鬥技巧。主要在運用方法使對手失去重心而跌倒。其淵源甚古，近代所流傳者分'蒙古'角與內地角兩大系。

12【摔掌】 ㄕㄨㄞ ㄓㄤˇ
國術掌法。以掌背下擊。

13【摔跤】 ㄕㄨㄞ ㄐㄧㄠ
1跌倒。2參摔角。

12【摔筋斗】 ㄕㄨㄞ ㄐㄧㄣ ㄉㄡˇ
跌倒；摔跤。也作摔觔斗。

13【摔跟頭】 ㄕㄨㄞ ㄍㄣ ˙ㄊㄡ
跌倒；摔跤。

撇 一 ㄆㄧㄝ p'ieh¹ 音瞥
1遺棄；拋棄。如：撇下。2舀出湯水上面的漂浮物。

二 ㄆㄧㄝˇ p'ieh³
1投擲。如：撇手榴彈。2書法筆法之一。指從右向左下方的斜筆畫。3斜出；斜垂。如：撇著嘴。

11【撇清】 ㄆㄧㄝ ㄑㄧㄥ
掩飾自己的過失而故作清白。

16【撇嘴】 ㄆㄧㄝˇ ㄗㄨㄟˇ
把嘴角下垂。1表示輕視的樣子。2小孩將哭的樣子。

摴 ㄕㄨ shu¹ 音書
參摴蒱。

14【摴蒱】 ㄕㄨ ㄆㄨˊ
1動物名。即海蛇。又稱水母、石鏡。見"本草綱目·鱗部·海蛇"。2古時博戲的一種。即擲骰。後世用以泛稱賭博。也作樗蒱。

摏 舂的俗體。

摫 ㄍㄨㄟ kuei¹ 音規
裁衣。見"字彙"。

摺 一 ㄓㄜˊ chê² 音折
1折疊。見"廣韻"。2曲折。

二 ㄓㄜˇ chê³ 音者
摺疊的痕跡。

8【摺板】 ㄓㄜˊ ㄅㄢˇ
(folded plate)由一系列薄板構件依其邊緣相互連繫成波浪形或折線形的橫斷面結構。由於斷面之有效慣性矩頗大，常用於長跨度的屋頂。摺板結構中之載重傳遞作用有二：一、橫方向平板於折緣間之作用，有如單向連續板；二、長跨向平板摺折成之構造。作用有如大梁，負擔由橫向板作用傳遞而來之載重。

10【摺扇】 ㄓㄜˊ ㄕㄢˋ
扇子的一種。以竹、木或象牙等製成扇骨，以韌紙或綾帛製成扇面。用時展開，不用時可摺疊收藏。

摎 ㄐㄧㄡ chiu¹ 音糾
1絞殺。見"說文"。2纏繞。見"正字通"。

摙 ㄌㄧㄢˇ lien³ 音臉
擔運。見"字彙"。

摲 ㄕㄢˋ *shan*^{4} 音善
也作塹。1割除。2掃蕩。

摶 ㄊㄨㄢˊ *t'uan*^{2} 音團
1用手把東西捏成一團。見"說文"。2凝結。3憑藉。

摳 ㄎㄡ *k'ou*^{1} 音彄
1提起;揭起。見"說文"。2用手指挖。見"正字通"。3深入追究。

6【摳衣】 ㄎㄡ ㄧ
提起衣服的下裳而行,以示敬意。

4【摳心挖肚】 ㄎㄡ ㄒㄧㄣ ㄨㄚ ㄉㄨˋ
形容苦思的樣子。

𢳆 ㄆㄧˋ *p'i*^{4} 音闢
用手擠破。

𢷎 拜的或體。

摼 一 ㄎㄥ *k'êng*^{1} 音坑
1擣頭。見"說文"。2撞擊。見"玉篇"。
二 ㄑㄧㄢ *ch'ien*^{1} 音牽
牽引。通牽。見"集韻"。

摽 一 ㄆㄧㄠˇ *p'iao*^{3} 音殍
1墜落。見"爾雅·釋詁"。2輕拍胸口。見"廣韻"。
二 ㄅㄧㄠ *piao*^{1} 音標
1揮手令人走開。2高舉。3拋棄。
三 ㄅㄧㄠˋ *piao*^{4} 音鰾
1捆緊。2牽連;親近。

擓 扟的本字。

摕 ㄉㄧˋ *ti*^{4} 音弟
撮取。見"說文"。

摦 ㄏㄨㄚˋ *hua*^{4} 音話
寬;廣大。見"字彙"。

撤 ㄔㄜˋ *ch'ê*^{4} 音徹
1消滅。見"廣雅·釋詁"。2除去。見"集韻"。

15【撤銷】 ㄔㄜˋ ㄒㄧㄠ
撤回取消。

18【撤職】 ㄔㄜˋ ㄓˊ
懲戒處分的一種。指除撤其現職外,並於一定期間停止任用,其期間至少爲一年。

15【撤銷權】 ㄔㄜˋ ㄒㄧㄠ ㄑㄩㄢˊ
形成權之一種。其行使之目的,在使法律行爲溯及既往,淪於無效。撤銷權有除斥期間之適用,逾一定期間不行使者,即生失權之效果。撤銷權之行使,有以意思表示爲之者即可,有須聲請法院爲之者。前者,如對於因被詐欺或被脅迫,或因錯誤所爲之意思表示,表意人僅以意思表示爲撤銷即足;後者,如對於暴利行爲之撤銷、債務人詐害債權行爲之撤銷,均須向法院聲請始得撤銷。就"破產法"而言,債務人在破產宣告前所爲之無償或有償行爲,有損害於債權人之權利,依"民法"之規定得撤銷者,破產管理人應聲請法院撤銷之。如債務人係於破產宣告六個月前,對於現有債務提供擔保,或對於未到期之債務爲清償者,破產管理人僅以意思表示即得撤銷之。

摵 ㄙㄜˋ *sê*^{4} 音色
1選取。見"說文新附"。2凋零的樣子。見"正字通"。

撦 ㄔㄜˇ *ch'ê*^{3} 音扯
或作撦。同扯。1撕裂。2綻開;吐露。

摚 ㄊㄤˊ *t'ang*^{2} 音堂
距;支拄。見"集韻"。

摜 ㄍㄨㄢˋ *kuan*^{4} 音慣
1披戴。見"玉篇"。2拋擲;扔掉。

13【摜碎】 ㄍㄨㄢˋ ㄙㄨㄟˋ
摔碎。

摣 ㄓㄚ *cha*^{1} 音渣
抓取。見"方言·十"。

摢 ㄏㄨˋ *hu*^{4} 音戶
遮遲。見"集韻"。

擄 擄的俗體。

摅 擄的俗體。

摟 一 ㄌㄡˊ *lou*^{2} 音樓
1強加牽合。見"說文"。2牽扯擁抱。
二 ㄌㄡˇ *lou*^{3} 音簍
抱持。見"正字通"。
三 ㄌㄡ *lou*^{1}
1提起。如:摟起衣服。2聚斂;搜括。如:摟錢。3包攬。如:摟事。4迎。如:摟頭一棒。5扒攏。

4【摟手】 ㄌㄡˇ ㄕㄡˇ
國術手法。敵人攻我下路時,我手由內向外撥開,順勢抓住敵手。

摸 一 ㄇㄛ *mo*^{1} 又讀 ㄇㄠ *mao*^{1} 音貓
1撫摩。見"廣韻"。2掏取;探取。3抓。
二 ㄇㄛˊ *mo*^{2} 音摩
仿效。通摹。如:摸寫。

10【摸索】 ㄇㄛ ·ㄙㄨㄛ
1暗中探求。2今指人做事不得門徑。

12【摸稜】 ㄇㄛ ㄌㄥˊ
不表示明確態度。也作模稜。

【摸象】 ㄇㄛ ㄒㄧㄤˋ
瞎子摸象,不得全貌。比喻見識狹窄。

【摸黑兒】 ㄇㄛ ㄏㄜㄦ
在黑暗中走路或做事。

摑 ㄍㄨㄛˊ *ko*^{2}, *kuo*^{2} 音國
用手掌批打面頰。

6【摑耳光】 ㄍㄨㄛˊ ㄦˇ ㄍㄨㄤ
以手掌打人面頰。含有侮辱對方之意。

摞 ㄌㄨㄛˊ *lo*^{2}, *luo*^{2} 音羅
整理。見"廣韻"。

撂 ㄌㄧㄠˋ *liao*^{4} 音料
1撇開。如:撂下。2安置。3推。如:撂倒。

12【撂開】 ㄌㄧㄠˋ ㄎㄞ
分開;撇開。

𢮆 ㄌㄨˇ *lu*^{3} 音魯
1強取。見"廣雅·釋詁"。2搖動。見"廣韻"。

摧 ㄘㄨㄟ *ts'ui*^{1} 音崔
1毀壞;破壞。如:摧毀。2折斷。如:摧折。3挫敗。如:摧敗。

7【摧折】 ㄘㄨㄟ ㄓㄜˊ

[1]折斷。[2]打擊。

12【摧殘】ㄘㄨㄟ ㄘㄢˊ

[1]摧折破壞。[2]挫辱；傷害。

13【摧毀】ㄘㄨㄟ ㄏㄨㄟˇ

摧折毀壞。

16【摧頹】ㄘㄨㄟ ㄊㄨㄟˊ

[1]衰敗；廢壞。[2]老邁衰病。[3]蹉跎失意。[4]疲乏的樣子。

9【摧眉折腰】ㄘㄨㄟ ㄇㄟˊ ㄓㄜˊ ㄧㄠ

低眉彎腰。形容卑屈的樣子。

【摧枯拉朽】ㄘㄨㄟ ㄎㄨ ㄌㄚ ㄒㄧㄡˇ

拉斷腐朽的東西。比喻極容易。

11【摧陷廓清】ㄘㄨㄟ ㄒㄧㄢˋ ㄎㄨㄛˋ ㄑㄧㄥ

[1]完全清除敵人勢力。[2]掃除積習已久的壞風氣。

摋 (一) ㄙㄚˋ *sa*^{4} 音薩

[1]側手攻擊。見"正字通"。[2]通殺。如：抹摋。

(二) ㄕㄚ *sha*^{1} 音殺

參弊摋。

摷 (一) ㄐㄧㄠˇ *chiao*^{3} 音剿

拘打。見"說文"。

(二) ㄓㄠ *chao*^{1} 音招

掠取。見"廣雅·釋詁"。

摻 (一) ㄕㄢˇ *shan*^{3} 音閃

握持。見"集韻"。

(二) ㄕㄢ *shan*^{1} 音山

纖細。通纖。見"方言·二"。

(三) ㄙㄣ *sên*^{1} 音森

眾多的樣子。通槮。

(四) ㄘㄢˋ *ts'an*^{4} 音燦

鼓曲名。通參。見"古今韻會舉要"。

(五) ㄔㄢ *ch'an*^{1} 音攙

攙和；混入。

18【摻雜】ㄔㄢ ㄗㄚˊ

[1]把多種不同的東西混合在一起。[2](doping)在本質半導體材料裡，藉由各種技術，加入三價或五價的雜質原子，使其具有p型或n型半導體，稱爲摻雜。

摓 ㄈㄥˊ *fêng*^{2} 音逢

[1]以針線縫衣。同縫。見"集韻"。[2]大。通豐。如：摓衣。[3]用手將物分成兩組，再分別數算。

摿 搖的或體。

摖 ㄑㄧˋ *ch'i*^{4} 音砌

挑取。見"廣韻"。

摠 ㄗㄨㄥˇ *tsung*^{3} 音總

同總。俗作揔、捴。[1]統領；率領。見"玉篇"。[2]聚束。見"廣韻"。[3]秉持。見"六書故"。

揞 ㄧㄣ *yin*^{1} 音因

參揞揞。

14【揞揞】ㄧㄣ ㄧㄣ

搖動不定。也作搖搖、摿摿、。

摐 ㄔㄨㄤ *ch'uang*^{1} 音窗

撞擊；敲打。如：摐鼓。

摹 ㄇㄛˊ *mo*^{2} 音模

[1]規謀。見"說文"。[2]仿效；依原式仿作。如：摹寫。[3]描述。如：描摹。

5【摹本】ㄇㄛˊ ㄅㄣˇ

摹寫或翻刻的版本。

6【摹仿】ㄇㄛˊ ㄈㄤˇ

仿效。也作模仿。

8【摹帖】ㄇㄛˊ ㄊㄧㄝˇ

習字方法之一。即覆薄紙於帖上，映照帖字之筆畫一一摹寫。

15【摹寫】ㄇㄛˊ ㄒㄧㄝˇ

也作模寫。[1]照原樣抄寫。[2]模擬；仿效。

17【摹擬】ㄇㄛˊ ㄋㄧˇ

[1]模仿。也作模擬。[2]藝術家最基本的素養。係通過各種媒介，將主觀觀照下的客觀世界（包括具體的物象和活動的人生等）加以選擇、組織，而以一個新的秩序重現，使欣賞者產生信服或共鳴的情緒。

【摹擬客廳式訪問】ㄇㄛˊ ㄋㄧˇ ㄎㄜˋ ㄊㄧㄥ ㄕˋ ㄈㄤˇ ㄨㄣˋ

(living-room interview)訪問方式的一種。受訪者被安排於酷似家庭的環境下接受訪問、答覆問題。

㩃 搴的本字。

撞 ㄓㄨㄤˋ *chuang*^{4} 音狀 讀音 ㄔㄨㄤˊ *ch'uang*^{2} 音床

[1]衝擊；打擊。見"說文"。[2]碰觸。如：碰撞。[3]衝突。如：頂撞。

11【撞球】ㄓㄨㄤˋ ㄑㄧㄡˊ

俗稱打彈子。即置象牙球於長方形桌上，用木桿擊動一球，使此球衝擊他球的遊戲。撞球種類很多，主要分有球袋及無球袋兩大類。細分則有'法'式撞球（或稱爲開侖，carom）、'英'式撞球、司諾克(snooker)和落袋撞球（pocket billiards）等。

17【撞擊】ㄓㄨㄤˋ ㄐㄧˊ

(bombardment)在原子及原子核物理中，將一束粒子導引向某一標靶，使發生碰撞，稱爲粒子與靶的撞擊。

19【撞騙】ㄓㄨㄤˋ ㄆㄧㄢˋ

到處行騙。

4【撞太歲】ㄓㄨㄤˋ ㄊㄞˋ ㄙㄨㄟˋ

[1]俗指碰運氣。舊時迷信太歲有凶有吉，遇凶得禍，遇吉得福，全憑運氣。[2]指與官府勾結，詐人財物的騙子。

撙 ㄗㄨㄣˇ *tsun*^{3}

[1]節省。如：撙節。[2]握持；控制。

13【撙節】ㄗㄨㄣˇ ㄐㄧㄝˊ

[1]約束；抑制。[2]節省；節約。

撈 ㄌㄠ *lao*^{1} 讀音 ㄌㄠˊ *lao*^{2} 音牢

[1]從水中尋取東西。見"集韻"。[2]尋取；獲得。見"廣韻"。

5【撈本】ㄌㄠ ㄅㄣˇ

賺回本錢。比喻取得報償。

11【撈救】ㄌㄠ ㄐㄧㄡˋ

撈救與救助通稱爲海難救助，前者謂海難程度較重，其船舶或貨載已離海員之占有，行將沉沒漂流之際而被救濟；後者謂海難程度較輕，其船舶或貨載未離海員之占有，由第三人協助海員致獲救濟。船長於不甚危害其船舶、海員、旅客之範圍內,對於淹沒或其他危難之人,應盡力助救,對於船舶或船舶上所有財物施以救助或撈救而有效果者,得按其效果請求相當之報酬。

1【撈一票】 ㄌㄠ ㄧ ㄆㄧㄠˋ
大賺一筆錢。

4【撈什子】 ㄌㄠ ㄕˊ ˙ㄗ
俗稱所憎惡的東西。也作勞什子。

撎 ㄧˋ i^{4} 音意
跪而舉首作揖。古代女子肅拜之禮。見"說文"。

撏 ㄒㄩㄣˊ $hsün^{2}$ 音尋
①摘取。見"方言・一"。②拉扯;拔取。如:撏毛搗鬢。

撓 ㊀ ㄋㄠˊ nao^{2} 音鐃
①擾亂。見"說文"。②屈服。見"集韻"。③曲;彎。④搔癢。如:撓癢。⑤攪動;攪拌。
㊁ ㄋㄠ nao^{1}
①捉住。②離;逃。

8【撓性】 ㄋㄠˊ ㄒㄧㄥˋ
(flexibility)即柔軟性。指聚合體中分子鍵可以自由轉動之難易性質。其受主鍵之結構,側鏈之極性、大小與結構而變。撓性愈大之聚合體,其玻璃轉變溫度愈低,故可加工溫度範圍愈大。加入塑化劑或稀釋劑於聚合體中,可增加其撓性與可加工性。

撌 ㄈㄟˋ fei^{4} 音費
擊倒。見"集韻"。

撖 ㊀ ㄑㄧㄢˇ $ch'ien^{3}$ 音淺
危。見"玉篇"。
㊁ ㄎㄢ $k'an^{1}$ 音堪
掛。見"廣韻"。

撢 ㊀ ㄊㄢˋ $t'an^{4}$ 音探
探尋。同探。見"說文"。
㊁ ㄉㄢˇ tan^{3} 音膽
①拂除灰塵。如:撢去塵土。②刷子;毛帚。如:雞毛撢子。

撰 ㄓㄨㄢˋ $chuan^{4}$ 音饌
①著述。見"正字通"。②編輯。如:撰集。

撕 ㊀ ㄙ $szŭ^{1}$, $ssŭ^{1}$ 音絲
用手扯裂或扯碎東西。見"集韻"。
㊁ ㄒㄧ hsi^{1} 音西
參提撕。

11【撕票】 ㄙ ㄆㄧㄠˋ
綁匪殺害擄掠的人質。

14【撕腿】 ㄙ ㄊㄨㄟˇ
國術練腿方法的一種。由助手幫助把腿向上舉至近頭部位。

10【撕破臉】 ㄙ ㄆㄛˋ ㄌㄧㄢˇ
比喻感情破裂,不顧對方情面。

撗 ㊀ ㄍㄨㄤˋ $kuang^{4}$ 音逛
充滿;擴充。同擴。見"集韻"。
㊁ ㄏㄨㄤˊ $huang^{2}$ 音黃
參撗目。

5【撗目】 ㄏㄨㄤˊ ㄇㄨˋ
草名。一名縷草。見"集韻"。

撠 ㄐㄧˇ chi^{3} 音擠
①拘持;握持。見"集韻"。②搏擊。③接觸。

撒 ㊀ ㄙㄚˇ sa^{3} 音灑
散播;散布。見"集韻"。
㊁ ㄙㄚ sa^{1}
①放開。②施展。如:撒嬌。③排泄。如:撒尿。

4【撒手】 ㄙㄚ ㄕㄡˇ
放開手。①指不管事。②指人去世。

5【撒旦】 ㄙㄚ ㄉㄢˋ
(Satan)字源自'希伯來'文的shatan,和'英'文的魔鬼(devil)同義。指'猶太'教和基督教信仰中邪惡的精靈及上帝的仇敵。時與上帝對抗,誘惑人類違背上帝的旨意,以墮入地獄受苦。

11【撒野】 ㄙㄚ ㄧㄝˇ
放肆;胡鬧。

13【撒痴】 ㄙㄚ ㄔ
裝痴;撒嬌。

15【撒潑】 ㄙㄚ ㄆㄛ
凶悍蠻橫;任性胡鬧。

【撒播】 ㄙㄚˇ ㄅㄛˋ
將種子均勻撒布於圃地或苗床,而後覆蓋一層表土,再輕輕鎮壓,使種子埋入土中的播種方法。

【撒嬌】 ㄙㄚ ㄐㄧㄠ
仗著寵愛,故作嬌態。

16【撒賴】 ㄙㄚ ㄌㄞˋ
刁蠻不講理。

17【撒謊】 ㄙㄚ ㄏㄨㄤˇ
說謊。

4【撒手鐧】 ㄙㄚ ㄕㄡˇ ㄐㄧㄢˋ
比喻最後一著最猛、最有效的手段或對策。

【撒水裝置】 ㄙㄚˇ ㄕㄨㄟˇ ㄓㄨㄤ ㄓˋ
(sprinkler)屋內救火設備的一種。有多種型式。均於撒水頭(sprinkler head)之出水口處以可熔融金屬或白蠟塡塞封口,遇火災,熱度一升高,即自動熔解,使水由給水管噴出,且撒水頭出口處有擋板裝置,可使水均勻撒布,以灌救火場。

【撒手塵寰】 ㄙㄚ ㄕㄡˇ ㄔㄣˊ ㄏㄨㄢˊ
離開人間。指去世。

7【撒豆成兵】 ㄙㄚˇ ㄉㄡˋ ㄔㄥˊ ㄅㄧㄥ
古代小說中常見的一種法術。散布豆類即能成爲軍隊。

15【撒潑放刁】 ㄙㄚ ㄆㄛ ㄈㄤˋ ㄉㄧㄠ
蠻橫粗野。

9【撒哈拉沙漠】 ㄙㄚ ㄏㄚ ㄌㄚ ㄕㄚ ㄇㄛˋ
(Sahara Desert)世界最大沙漠區。自'非洲'西北'亞特拉斯山'(Atlas Mts.)及'西'屬'撒哈拉'(Spanish Sahara)的'大西洋'岸,向東延伸至'紅海'沿岸。面積770萬方公里,占'非洲'1/4。全境爲一起伏甚大的盆地,沙礫遍布,乾燥而日夜溫差大。產石油及天然氣。

撅 ㊀ ㄐㄩㄝ $chüeh^{1}$
①翹起。如:撅嘴。②倔強。
㊁ ㄍㄨㄟˋ $kuei^{4}$ 音貴
提起衣裳下襬。見"字彙"。

撜 ㊀ ㄓㄥˇ $chêng^{3}$ 音整
援救。同抍、拯。如:撜溺。
㊁ ㄔㄥˊ $ch'êng^{2}$ 音成

接觸。

撥　ㄅㄛ po¹ 音玻

1治；治理。見"說文"。2分開；挑動。如：撥雲見日。3彈弄絃樂器。也指撥絃的器具。如：撥絃。4發放；分出。如：撥出一筆錢。5排除；推開。如：撥冗。6量詞。一批叫一撥。

4【撥冗】　ㄅㄛ ㄖㄨㄥˇ

排除繁瑣的事務，抽出空閒的時間。

7【撥弄】　ㄅㄛ ㄋㄨㄥˋ

1用手指撥動撫弄。2挑撥作弄。

16【撥頭】　ㄅㄛ ㄊㄡˊ

'唐代'的舞劇名。也稱"缽頭"。源出'西域'。演胡人爲虎所噬，其子上山欲殺虎；山路有八處曲折，故樂曲分爲八疊，舞者披髮素衣，面作啼妝。

7【撥弄是非】　ㄅㄛ ㄋㄨㄥˋ ㄕˋ ㄈㄟ

挑撥是非，使雙方不和。

10【撥草尋蛇】　ㄅㄛ ㄘㄠˇ ㄒㄩㄣˊ ㄕㄜˊ

比喻存心找差錯。

12【撥雲見日】　ㄅㄛ ㄩㄣˊ ㄐㄧㄢˋ ㄖˋ

撥開烏雲，重見天日。

13【撥亂反正】　ㄅㄛ ㄌㄨㄢˋ ㄈㄢˇ ㄓㄥˋ

治理亂世，使復歸正道。

撩　一 ㄌㄧㄠˊ liao² 音遼

1整理。見"說文"。2撥弄。見"字彙"。3挑逗。如：撩人情思。4雜亂。如：撩亂。

二 ㄌㄧㄠ liao¹

掀起；揭起。如：撩衣。

2【撩人】　ㄌㄧㄠˊ ㄖㄣˊ

逗引人。

10【撩起】　ㄌㄧㄠ ㄑㄧˇ

揭起；掀起。

13【撩亂】　ㄌㄧㄠˊ ㄌㄨㄢˋ

紛亂。

15【撩撥】　ㄌㄧㄠˊ ㄅㄛ

挑引招惹。

11【撩陰拳】　ㄌㄧㄠ ㄧㄣ ㄑㄩㄢˊ

國術拳法。以立拳或反背拳撩打敵人下襠。

【撩陰掌】　ㄌㄧㄠ ㄧㄣ ㄓㄤˇ

國術掌法。以掌攻擊敵人下襠。

【撩陰腳】　ㄌㄧㄠ ㄧㄣ ㄐㄧㄠˇ

國術腿擊法。以腳背彈擊敵人下襠。

13【撩蜂剔蠍】　ㄌㄧㄠˊ ㄈㄥ ㄊㄧ ㄒㄧㄝ

比喻觸怒惡人，自惹禍害。

撱　ㄊㄨㄛˇ t'o³, t'uo³ 音妥

1狹長。見"字彙"。2掠取。見"字彙"。

撐　ㄔㄥ ch'êng¹ 音瞠

也作牚、撑。1支持。如：撐門面。2用竹篙頂觸河底使船前進。如：撐船。3裝滿；鼓脹。如：撐滿肚子。4張開；綳緊。如：撐傘。

9【撐持】　ㄔㄥ ㄔˊ

支持。

12【撐掌】　ㄔㄥ ㄓㄤˇ

國術掌法。指尖向上，以掌外緣攻擊敵人。

13【撐腰】　ㄔㄥ ㄧㄠ

支持；協助。

8【撐刺拳】　ㄔㄥ ㄘˋ ㄑㄩㄢˊ

國術拳法。又稱指路拳。以陰拳向斜上方擊出，消解敵人擊我之手，順式擊敵人面部。

12【撐場面】　ㄔㄥ ㄔㄤˇ ·ㄇㄧㄢ

1裝點表面。2支撐場面。

4【撐天拄地】　ㄔㄥ ㄊㄧㄢ ㄓㄨˇ ㄉㄧˋ

支撐天地。比喻擔負重大責任。

9【撐竿跳高】　ㄔㄥ ㄍㄢ ㄊㄧㄠˋ ㄍㄠ

田賽項目之一。藉助跑的速度，用細長的撐竿插入木穴而躍身過橫竿，以比賽高度的運動。動作分爲助跑、插竿、起跳、空中動作（包括擺振引體、倒立轉身）、推竿落地等五部分。撐竿質料，由木竿、竹竿、金屬竿演變至玻璃纖維竿，技術成績也因而逐漸進步。

撑　撐的俗體。

撮　一 ㄘㄨㄛˋ ts'o⁴, ts'uo⁴ 音錯　又讀ㄘㄨㄛ ts'o¹, ts'uo¹ 音搓

1容量單位。古時以三指取黍，所取之量爲撮；或以升的萬分之一爲撮。今標準制一公撮爲公升的千分之一。2聚合；收攏。如：撮口。3牽合；湊聚。如：撮合良緣。4唆使。如：撮弄。

二 ㄗㄨㄛˇ tso³, tsuo³ 音左

毛髮一小叢。如：一撮頭髮。

三 ㄗㄨㄛˊ tso², tsuo² 音昨

挽。見"集韻"。

四 ㄗㄨㄟˋ tsui⁴ 音最

參會撮。

6【撮合】　ㄘㄨㄛˋ ㄏㄜˊ

從中拉攏說合。

9【撮述】　ㄘㄨㄛˋ ㄕㄨˋ

敘述重點。

撋　ㄖㄨㄢˊ juan²

1兩手揉摩。見"集韻"。2順從遷就；溫柔體貼。

撶　ㄏㄨㄚˊ hua² 音華

撥動。也作划。

撊　ㄒㄧㄢˋ hsien⁴ 音現

1兇猛。2防止。

擜　擜的或體。

撌　ㄎㄨㄟˋ k'uei⁴ 音潰

1欄檻。見"字彙"。2排除；排去。

撣　一 ㄉㄢˇ tan³ 音膽

1懸持。見"說文"。2拂去塵土。如：撣灰。

二 ㄕㄢˋ shan⁴ 音善

1傳位；讓位。通禪。如：撣讓。2族名。參撣族。

三 ㄊㄢˊ t'an² 音壇

古國名。在我國西南。見"後漢書·南蠻西南夷傳"。

四 ㄔㄢˊ ch'an² 音蟬

參撣援。

11【撣族】　ㄕㄢˋ ㄗㄨˊ

族名。散居'緬甸'東北、'泰國'西北、'越南'西部及我國'雲南'邊境。自稱'景頗'，與'泰國'人所稱的'泰'人有同源關係。'越南'西部的稱'老撾'，'雲南'的稱'擺夷'。

12【撣援】　ㄔㄢˊ ㄩㄢˊ

牽引。也作嬋媛。

撲　ㄆㄨ p'u¹ 音扑
①擊打;拍打。如:撲打。②拂拭。見"廣韻"。③用以拂拭或拍打的用具。如:粉撲。④直衝。如:花香撲鼻。

7【撲克】　ㄆㄨ ㄎㄜ
(poker)流行於'歐''美'的紙牌戲。只有四種花式:黑桃(spade)、梅花(club)、紅心(heart)、方塊(diamond)。黑桃和梅花爲黑色,紅心和方塊爲紅色。每種花式從A到K共13張,合計共52張,另附丑角牌2張。每張牌的左上角及右下角附有小小的指數(index),以示其種類及等級。專供娛樂及占卜。其起源至今仍無定論,一說起於'埃及',一說源於'印度',再隨流浪的'吉普賽'人傳遍世界各地。

13【撲滅】　ㄆㄨ ㄇㄧㄝˋ
消滅。

【撲嗤】　ㄆㄨ ㄔ
狀聲詞。形容忍耐不住突然發出的笑聲。

14【撲滿】　ㄆㄨ ㄇㄢˇ
積錢器。有入孔無出孔,錢滿則撲破取出,故稱。

【撲鼻】　ㄆㄨ ㄅㄧˊ
直衝鼻孔。

15【撲蔌】　ㄆㄨ ㄙㄨˋ
鳥類飛行的聲音。

17【撲簌簌】　ㄆㄨ ㄙㄨˋ ㄙㄨˋ
急速落下的樣子。

7【撲克面孔】　ㄆㄨ ·ㄎㄜ ㄇㄧㄢˋ ㄎㄨㄥˇ
形容冷漠、陰森的面孔。撲克,即撲克牌。

10【撲朔迷離】ㄆㄨ ㄕㄨㄛˋ ㄇㄧˊ ㄌㄧˊ
本指不能分辨兔子的雌雄。後多用以形容事情錯綜複雜,不易明辨眞相。

摋　ㄕㄞ shai¹ 音篩
散失。見"集韻"。

攪
攪的俗體。

攪
攪的俗體。

撳　ㄑㄧㄣˋ ch'in⁴ 音沁
用手按住。也作搇。如:撳鈴。

播　ㄅㄛˋ po⁴ 音擘
①布種;下種。見"說文"。②分散;散布。見"說文"。③宣揚。④挑撥。如:播弄。⑤逃亡;遷移。如:播遷。

7【播弄】　ㄅㄛˋ ㄋㄨㄥˋ
挑撥作弄。

12【播越】　ㄅㄛˋ ㄩㄝˋ
離散;流離失所。

【播揚】　ㄅㄛˋ ㄧㄤˊ
散播宣揚。

14【播種】　ㄅㄛˋ ㄓㄨㄥˇ
作物繁殖方法之一。即把作物的種子散播在經整地作畦的土地上,使其發芽生長,以達栽培作物的目的。

15【播遷】　ㄅㄛˋ ㄑㄧㄢ
流離遷移。

撜　ㄉㄥˋ têng⁴
猛力拉線或繩子一類的東西。

摻　㊀ ㄔㄢ ch'an¹ 音攙
㊁ ㄕㄢ shan¹ 音山
㊂ ㄕㄢˇ shan³ 音閃
㊃ ㄘㄢˋ ts'an⁴ 音燦
㊄ ㄙㄣ sên¹ 音森
摻的俗體。
㊅ ㄘㄠ ts'ao¹
操的俗體。

搭　ㄉㄚ ta¹ 音搭
擊打。也作搭。見"廣韻"。

撬　㊀ ㄑㄧㄠ ch'iao¹ 音敲
舉起;抬起。見"集韻"。
㊁ ㄑㄧㄠˋ ch'iao⁴ 音俏
以物撥開或挑開。如:撬開門板。

撫　ㄈㄨˇ fu³ 音府
①安慰;慰勉。見"說文"。②摩挲。見"正字通"。③按住;握住。見"正字通"。④據有。如:撫有天下。⑤調弄;彈奏。如:撫琴。⑥拍打。通拊。如:撫掌。

8【撫孤】　ㄈㄨˇ ㄍㄨ
撫養孤兒;救濟孤兒。

【撫卹】　ㄈㄨˇ ㄒㄩˋ
撫慰救濟。

12【撫掌】　ㄈㄨˇ ㄓㄤˇ
拍手;鼓掌。也作拊掌。

【撫順】　ㄈㄨˇ ㄕㄨㄣˋ
位於'遼寧省'東北部,濱臨'渾河'。現有鐵路通過。盛產煤礦,是著名的產煤地;煤層上並覆有油頁岩,爲一工礦中心,素有「煤都」之稱。

【撫循】　ㄈㄨˇ ㄒㄩㄣˊ
撫慰。也作拊循。

16【撫輯】　ㄈㄨˇ ㄐㄧˊ
安撫。

8【撫卹金】　ㄈㄨˇ ㄒㄩˋ ㄐㄧㄣ
各組織對在職亡故員工之遺族,給予撫卹金,以維護遺族之生計。如依"公務人員撫卹法"之規定,公務人員在職病故或意外死亡,或因公死亡者,給予遺族撫卹金。撫卹金可分爲一、一次撫卹金:由遺族一次領訖,其金額多依任職年資及亡故時所支月俸額,按月俸之個數計算。二、年撫卹金:由遺族按年具領,其金額亦依任職年資及亡故時所支月俸額,按月俸之個數計算。領取年撫卹金之期間,病故或意外死亡者爲十年,因公死亡者爲十五年,冒險犯難或戰地殉職者爲二十年。公務人員因公死亡者,遺族撫卹金有增給之規定。領撫卹金,應憑銓敍機關製發之撫卹金證書。撫卹金之支給機關,在中央者爲'銓敍部',在省市者爲省市財政廳局,在縣市者爲縣市政府。

15【撫慰金】　ㄈㄨˇ ㄨㄟˋ ㄐㄧㄣ
選領月退休金公務人員死亡時,對其遺族給予撫慰金,包括:一、補發餘額:即原選領月退休金人員,於死亡時所已領之月退休金數額,未達原應領之一次退休金數額者,其餘額補發由遺族具領。

二、另給一次撫慰金：即原選領月退休金人員死亡時，不論有無補發餘額，均另發給其遺族一年月俸額之撫慰金。

4【撫心自問】ㄈㄨˇ ㄒㄧㄣ ㄗˋ ㄨㄣˋ
自我反省。

【撫今追昔】ㄈㄨˇ ㄐㄧㄣ ㄓㄨㄟ ㄒㄧˊ
面對目前的情景，而回想到往事。

8【撫卹金權利之保障與變更】
ㄈㄨˇ ㄒㄩˋ ㄐㄧㄣ ㄑㄩㄢˊ ㄌㄧˋ ㄓ ㄅㄠˇ ㄓㄤˋ ㄩˇ ㄅㄧㄢˋ ㄍㄥ
遺族撫卹金權利之特別保障，以及遇有特定事故時之權利變更。如依"公務人員撫卹法"規定，遺族領受撫卹金之權利及未經遺族具領之撫卹金，不得扣押、讓與或供擔保，此即爲撫卹金權利之保障。請領撫卹金之權利，自撫卹事故發生之次月起，經過五年不行使而消滅，此即爲撫卹金權利之消滅。遺族受褫奪公權終身、犯內亂外患罪經判決確定、喪失'中華民國'國籍等情事之一者，喪失其領受撫卹金之權利，此即爲撫卹金權利之喪失。遺族受褫奪公權尙未復權者，停止其領受撫卹金之權利，至其原因消滅時再行恢復，此即爲撫卹金權利之停止及恢復。

撚 ㄋㄧㄢˇ nien³ 音碾
1執持。見"說文"。2用手指捏搓。如：撚紙捻兒。3用手搓成的條狀物。4彈琵琶手法之一。如：輕攏慢撚抹復挑。5驅逐。通攆。如：撚出去。

14【撚酸】ㄋㄧㄢˇ ㄙㄨㄢ
撚妒；吃醋。

撧 ㄐㄩㄝ chüeh¹ 音噘
1折斷。如：撧葱。2對暈倒的人所施行的各種按摩或活動肢體等急救方法。

撟 一 ㄐㄧㄠˇ chiao³ 音矯
1舉起；抬起。如：撟首。2剛強的樣子。3矯正。通矯。如：撟枉過正。4假託；欺詐。通矯。如：撟命。

二 ㄐㄧㄠˋ chiao⁴ 音叫
同一1。

13

擊 ㄐㄧˊ chi² 音及
1打；敲打。見"說文"。2攻打。如：突擊。3接觸。如：目擊。4碰撞。

9【擊柝】ㄐㄧˊ ㄊㄨㄛˋ
敲打梆子以巡夜。即打更。

13【擊節】ㄐㄧˊ ㄐㄧㄝˊ
配合音樂敲打節拍。表示讚賞或得意。

15【擊劍】ㄐㄧˊ ㄐㄧㄢˋ
1用劍擊刺。2又稱西洋劍。本爲古代'巴比倫'、'波斯'、'埃及'、'羅馬'時代的戰爭武器，今爲現代化的運動項目。分鈍劍、銳劍及軍刀三種。比賽時，需戴上面罩、手套及護胸等護具，以刺擊對方之有效部位爲得分標準。

20【擊壤歌】ㄐㄧˊ ㄖㄤˇ ㄍㄜ
傳爲'唐堯'時代一位老人所作的歌。他一邊擊壤，一邊唱道：「日出而作，日入而息，鑿井而飲，耕田而食，帝力于我何有哉！」見"古詩源"。

13【擊楫中流】ㄐㄧˊ ㄐㄧˊ ㄓㄨㄥ ㄌㄧㄡˊ
在江中敲擊船槳。形容人激昂慷慨，懷有匡復天下的大志。也作擊楫渡江。'東晉''祖逖'渡江北伐，船到江心，擊楫發誓說：「'祖逖'不能清中原而復濟者，有如大江。」見"晉書·祖逖傳"。

擘 ㄅㄛˋ po⁴ 音播
1剖分。見"說文"。2大拇指。

14【擘劃】ㄅㄛˋ ㄏㄨㄚˋ
規劃；謀劃。

6【擘肌分理】ㄅㄛˋ ㄐㄧ ㄈㄣ ㄌㄧˇ
比喻分析極爲精細。

擡 ㄙㄞ sai¹ 音腮
堵塞。同塞。

擅 ㄕㄢˋ shan⁴ 音善
1以己意專斷獨行。如：擅權。2專精。如：擅長。3通禪。如：'堯''舜'擅讓。

6【擅名】ㄕㄢˋ ㄇㄧㄥˊ
揚名；獨享盛名。

7【擅改】ㄕㄢˋ ㄍㄞˇ
以己意妄加更改。

8【擅長】ㄕㄢˋ ㄔㄤˊ
專精。

12【擅場】ㄕㄢˋ ㄔㄤˇ
壓倒全場。

18【擅斷】ㄕㄢˋ ㄉㄨㄢˋ
專斷獨行。

22【擅權】ㄕㄢˋ ㄑㄩㄢˊ
專權。

7【擅作威福】ㄕㄢˋ ㄗㄨㄛˋ ㄨㄟ ㄈㄨˊ
專攬職權，作威作福。

擁 一 ㄩㄥˇ yung³ 音永
1抱。見"說文"。2持。見"廣雅·釋詁"。3保護；支持。見"字彙"。4占有。如：擁有。5圍裹；圍繞。如：擁被而眠。6聚集。如：擁兵自衛。7壅塞。通壅。如：擁滯。

二 ㄩㄥ yung¹ 音雍
1一的又讀。2遮蓋。見"集韻"。3很多人一齊向前。通湧。如：一擁而上。

17【擁戴】ㄩㄥˇ ㄉㄞˋ
擁護推戴。

21【擁護】ㄩㄥˇ ㄏㄨˋ
擁戴支持。

擓 ㄎㄨㄞ k'uai¹
擦拭。也作擓。見"集韻"。

擂 一 ㄌㄟˊ lei² 音雷
1把東西研碎。見"玉篇"。2敲打。見"正字通"。

二 ㄌㄟˋ lei⁴ 音類
1一2的又讀。2自高處滾動而下用以拒敵的木石。通礌。如：擂木。

13【擂鼓】ㄌㄟˊ ㄍㄨˇ
敲鼓。

14【擂臺】ㄌㄟˋ ㄊㄞˊ

比武的臺子。

擈 ㄆㄛˋ p'o⁴ 音破
參擈攥。

18【擈攥】 ㄆㄛˋ ㄅㄛˊ
射中物體的聲音。

擇 拎的或體。

撻 ㄊㄚˋ t'a⁴ 音榻
用鞭杖打人。見"正字通"。

6【撻伐】 ㄊㄚˋ ㄈㄚ
1征伐。2抨擊。

擗 ㄆㄧˋ p'i⁴ 音闢
1搥胸。見"廣韻"。2分剖。同擘。見"集韻"。

擀 ㄍㄢˇ kan³ 音桿
用手或棍棒軋物使伸展。如:擀麵。

20【擀麵】 ㄍㄢˇ ㄇㄧㄢˋ
用圓木棍把麵糰壓平,用以作水餃皮等食物。

撼 ㄏㄢˋ han⁴ 音憾
本作撼。1動搖。如:撼天震地。2打動;感動。如:撼動。

擋 一 ㄉㄤˇ tang³ 音黨
1阻攔。如:阻擋。2抵拒。如:抵擋。3遮蔽。如:擋風。4遮蔽用的器具。如:爐擋。
二 ㄉㄤˋ tang⁴ 音蕩
參摒擋。

8【擋板】 ㄉㄤˇ ㄅㄢˇ
(baffle)一種可改變或調整流體流動之設計。由水平、穿孔之金屬片製造,可達到使流體均勻分散,或使霧沫不致被上升氣體挾帶出去之目的。用於蒸餾塔、蒸發器與熱交換器中。

15【擋駕】 ㄉㄤˇ ㄐㄧㄚˋ
阻住對方或其坐車。

3【擋土牆】 ㄉㄤˇ ㄊㄨˇ ㄑㄧㄤˊ
(retaining wall)用來支撐疏鬆物質,使其堆置角度大於靜止角度之混凝土結構物。可分爲簡單梯形斷面、垂直受壓斷面、土壓力加重結構重量之斷面及懸臂式斷面四種形式。設計良好的擋土牆受水平側壓時不應有滑動現象,受土壓力矩時亦不應有傾覆現象。

15【擋箭牌】 ㄉㄤˇ ㄐㄧㄢˋ ㄆㄞˊ
本指擋箭的盾牌。後用以稱掩護自己或阻擋別人的手段、藉口。

據 ㄐㄩˋ chü⁴ 音巨
1倚靠;依憑。見"說文"。2占有。如:占據。3憑證;證明文件。如:借據。

17【據點】 ㄐㄩˋ ㄉㄧㄢˇ
1軍隊所據守的地點。2泛指根據地。

13【據亂世】 ㄐㄩˋ ㄌㄨㄢˋ ㄕˋ
"公羊"學派解釋"春秋"的理論。指戡定動亂,以建立治平法度的階段。參三世2。

6【據地自雄】 ㄐㄩˋ ㄉㄧˋ ㄗˋ ㄒㄩㄥˊ
占有土地,稱霸一方。

11【據理力爭】 ㄐㄩˋ ㄌㄧˇ ㄌㄧˋ ㄓㄥ
根據事理,全力爭辯。

擄 ㄌㄨˇ lu³ 音魯 又讀 ㄌㄨㄛˇ lo³, luo³ 音裸
1劫取人口或財物。見"廣韻"。2舞弊斂財。3捋取。

11【擄掠】 ㄌㄨˇ ㄌㄩㄝˋ
用武力搶奪財物或人口。

擻 揭的或體。

擖 一 ㄐㄧㄚˊ chia² 音夾
1刮。見"說文"。2撻打。見"說文"。3搔抓。見"廣雅·釋詁"。4折斷。見"廣雅·釋詁"。
二 ㄧㄝˋ yeh⁴ 音葉
箕舌。同揲。見"集韻"。

操 一 ㄘㄠ ts'ao¹
1拿;執持。見"說文"。2掌握。如:穩操勝劵。3人所執持的志節。如:節操。4駕馭。如:操舟。5從事。如:操副業。6使用。如:操心。7體力的鍛鍊或軍事演習。如:體操。8古琴曲名。
二 ㄘㄠˋ ts'ao⁴ 音糙
一3、8的又讀。

2【操刀】 ㄘㄠ ㄉㄠ
持刀;拿刀。

4【操心】 ㄘㄠ ㄒㄧㄣ
1費心;用心。2存心;持心。

【操戈】 ㄘㄠ ㄍㄜ
1執持干戈。2泛指相互敵對、攻擊。

6【操守】 ㄘㄠ ㄕㄡˇ
品德志節。

【操舟】 ㄘㄠ ㄓㄡ
駕船。

7【操作】 ㄘㄠ ㄗㄨㄛˋ
1勞動;工作。2控制;操縱。

9【操神】 ㄘㄠ ㄕㄣˊ
勞神;消耗精神。

【操持】 ㄘㄠ ㄔˊ
1執持。2操守。3經營;管理。

12【操勞】 ㄘㄠ ㄌㄠˊ
1辛苦的勞動。2指身心勞苦。

【操觚】 ㄘㄠ ㄍㄨ
執簡。指寫作文章。

14【操演】 ㄘㄠ ㄧㄢˇ
練習。

15【操練】 ㄘㄠ ㄌㄧㄢˋ
練習。

17【操縱】 ㄘㄠ ㄗㄨㄥˋ
1駕駛交通工具或運轉機器。2駕馭;支配;把持。

7【操作員】 ㄘㄠ ㄗㄨㄛˋ ㄩㄢˊ
泛稱操作及保養機械的人員。

【操作線】 ㄘㄠ ㄗㄨㄛˋ ㄒㄧㄢˋ
(operating line)行使質量傳送之級式或連續接觸式分離裝置中,代表任何位置某成分於兩相中之濃度的曲線。可由對此成分所做之物料結算而得到此操作線。

17【操縱面】 ㄘㄠ ㄗㄨㄥˋ ㄇㄧㄢˋ
(control surface)爲控制飛機能在空中繞其三互相垂直軸線作運動而設計的操縱裝置。主要包括副翼、升降舵、方向舵及其配平片。可用以操縱飛機作側滾、俯仰、偏航等動作。

6【操危慮患】 ㄘㄠ ㄨㄟˊ ㄌㄩˋ ㄏㄨㄢˋ
時時憂慮著危險、患難的到來。指

戒愼恐懼，不敢怠忽。

7【操作式制約】 ㄘㄠ ㄗㄨㄛˋ ㄕˋ ㄓˋ ㄩㄝ
(operant conditioning)又稱工具式制約(instrumental conditioning)。一種基本的學習歷程。個體於學習過程中，自然產生正面成效或消除負面後果之反應，立即予以認可、讚賞，則可逐漸強化而達致所預期之行爲反應。

撾 ㄓㄨㄚ chua¹ 音抓
1打。見"集韻"。2擊鼓。見"字彙"。3通抓。如：撾耳撓腮。

擏 ㊀ ㄑㄧㄥˊ ch'ing² 音情
1高舉。同擎。見"集韻"。2矯正弓弩的器具。通檠、儆。見"正字通"。
㊁ ㄐㄧㄥˇ ching³ 音景
懲戒。通儆。見"集韻"。

擇 ㄗㄜˊ tsê² 音責 語音 ㄓㄞˊ chai²
1挑選。見"說文"。2區別；分別。3敗德的。通殬。

6【擇吉】 ㄗㄜˊ ㄐㄧˊ
選擇吉日。

【擇伐林】 ㄗㄜˊ ㄈㄚ ㄌㄧㄣˊ
用擇伐造林法所建造之林相。擇伐林必是異齡林，此爲其特色，如採連年擇伐，則擇伐林即是全齡林，惟實際上不易做到。

12【擇善固執】 ㄗㄜˊ ㄕㄢˋ ㄍㄨˋ ㄓˊ
擇取善道而固守不移。

6【擇伐天然造林】 ㄗㄜˊ ㄈㄚ ㄊㄧㄢ ㄖㄢˊ ㄗㄠˋ ㄌㄧㄣˊ
在全輪伐期內，擇伐造林地上的林木，而由留置跡地四周的母樹行天然上方下種的造林方法。有單株擇伐、群狀擇伐與帶狀擇伐等別。

擐 ㊀ ㄏㄨㄢˋ huan⁴ 音患
穿；穿著。如：擐甲。
㊁ ㄒㄩㄢ hsüan¹ 音宣
捋起。通揎、擐。如：擐衣。

擉 ㄔㄨˋ ch'u⁴ 音觸
刺取龜鱉。見"集韻"。

擕 攜的俗體。

⿰扌歈 揄的或體。

⿰扌筮 揲的或體。

擔 ㊀ ㄉㄢ tan¹ 音單
1用肩膀挑東西。如：擔水。2承受，負責。如：擔任。
㊁ ㄉㄢˋ tan⁴ 音旦
1挑東西的挑子。2量詞。(1)舊制以一百斤爲一擔，也稱一石。今以一百市斤爲一市擔，一百公斤爲一公擔。(2)一挑物品爲一擔。3比喻重大的責任。如：家庭重擔。

3【擔子】 ㄉㄢˋ ˙ㄗ
1肩上挑著的東西。2比喻肩負的責任。3指肩輿、轎子。同檐子。

9【擔架】 ㄉㄢ ㄐㄧㄚˋ
軍隊或醫院救護用的一種簡便軟床。

【擔負】 ㄉㄢ ㄈㄨˋ
1肩挑、背負。2承當。3責任的分量。

【擔保】 ㄉㄢ ㄅㄠˇ
擔保者擔保債權人之債權可獲得履行。可分人保(保證)及物保，人保指當事人約定一方於他方之債務人不履行債務時，由其代負履行責任之契約。物保又可分爲抵押權、質權、留置權。抵押權是指債權人對於債務人或第三人不移轉占有而供擔保之不動產，得就其賣得價金交清償之權。由於因應經濟發展需要，依"海商法"、"民用航空法"及"動產擔保交易法"之規定，船舶、航空器及'行政院'所公布之動產擔保交易標的物品類表所列動產，均得爲抵押權之標的，設定抵押權。質權可分動產質權及權利質權，前者指債權人因擔保債權，占有由債務人或第三人移交之動產，得就其賣得價金，受清償之權；後者指債權人與債務人或第三人以可讓與之債權及其他權利爲標的，設定之質權。留置權指債權人占有屬於其債務人之動產，而且一、債權已至清償期；二、債權之發生與該動產有牽連之關係；三、其動產非因侵權行爲而占有時，於未受清償前，得留置該動產，以迫使債務人清償，或就留置物依法定程序拍賣價金優先受償。

【擔待】 ㄉㄢ ㄉㄞˋ
1擔負；承當。2寬容；原諒。

11【擔荷】 ㄉㄢ ㄏㄜˋ
1用肩膀挑東西。2擔負責任。

13【擔當】 ㄉㄢ ㄉㄤ
肩負起責任。

14【擔綱】 ㄉㄢ ㄍㄤ
在劇中擔任主角。

23【擔驚】 ㄉㄢ ㄐㄧㄥ
受驚。

9【擔保放款】 ㄉㄢ ㄅㄠˇ ㄈㄤˋ ㄎㄨㄢˇ
銀行放款的借款人或其關係人，凡提供下列各款之一爲擔保者，稱爲擔保放款。一、不動產或動產抵押權；二、動產或權利質權；三、借款人營業交易所發生的應收票據；四、各級政府公庫主管機構、銀行或經政府核准設立的信用保證機構(如中小企業信用保證基金)的保證；五、借款人爲股份有限公司時，其所爲的反面承諾。

【擔保物權】 ㄉㄢ ㄅㄠˇ ㄨˋ ㄑㄩㄢˊ
以確保債權履行爲目的，而直接支配他人財產之物權。如抵押權、質權、留置權等均屬之。擔保物權並非以標的物本身之使用、收益爲目的，而係專以就標的物賣得價金受債權之清償爲目的。有別於典權、地上權、永佃權、地役權等用益物權。在強制執行程序上，擔保物權之債權人，有優先受償之權，而在破產程序上，則有別除權，得不依破產程序行使其權利。擔保物權，係債權之從權利，隨債權之移轉，而當然移轉，不得單獨作爲讓與之標的物。

13【擔當付款人】 ㄉㄢ ㄉㄤ ㄈㄨˋ ㄎㄨㄢˇ ㄖㄣˊ

發票人於付款人外記載一人,代付款人實際付款者。擔當付款人雖非票據債務人,但因能代付款人實際付款,因此匯票、本票上若有擔當付款人之記載者,則付款之提示應向此人爲之,擔當付款人如拒絕付款,與付款人拒絕付款有同一效力。擔當付款人只於匯票及本票有之,支票無擔當付款人之必要。

攃 ㄙㄚˋ *sa*⁴ 音薩 又讀 ㄗㄚˊ *tsa*² 音雜

1和雜;和攪。見"廣韻"。2破聲。見"集韻"。3執持。見"集韻"。

攜 攜的俗體。

撽 ㄑㄧㄠˋ *ch'iao*⁴ 音竅

從旁擊打。也作擊。見"集韻"。

擾 擾的俗體。

擒 ㄑㄧㄣˊ *ch'in*² 音琴

捕捉。如:擒獲。

10【擒拿術】 ㄑㄧㄣˊ ㄋㄚˊ ㄕㄨˋ

鎖拿敵人的傳統武術。有分筋、錯骨、點穴、閉氣等方法。練者須熟悉全身骨骼關節順逆及周身穴道,且手指須有一定力道,方能制人而不受制。

13【擒賊擒王】 ㄑㄧㄣˊ ㄗㄟˊ ㄑㄧㄣˊ ㄨㄤˊ

即擒賊先擒王。比喻做事要先抓住要點。

撿 ㄐㄧㄢˇ *chien*³ 音簡

1查驗。見"廣雅·釋詁"。2挑選。3拾取。如:撿貝殼。4不勞而獲;徼幸得到。如:撿回一條命來。

9【撿便宜】 ㄐㄧㄢˇ ㄆㄧㄢˊ ㄧˊ

1徼幸獲得利益。2指看時機購買過時或淸倉的廉價品。

擓 ㄍㄨㄟˋ *kuei*⁴ 音桂

收集。見"集韻"。

擎 ㄑㄧㄥˊ *ch'ing*² 音情

1高舉。見"廣雅·釋詁"。2執持。見"集韻"。3承受。

擊 撽的或體。

14

擥 攬的本字。

擧 舉的或體。

擰 一 ㄋㄧㄥˊ *ning*² 音寧

1絞。如:擰乾溼毛巾。2用手指夾住輕輕扭轉。

二 ㄋㄧㄥˇ *ning*³

1用力扭轉。如:把螺絲釘擰緊。2弄僵;弄錯。如:話說擰了。

三 ㄋㄧㄥˋ *ning*⁴ 音佞

倔強;固執。如:他的性子眞擰。

擯 ㄅㄧㄣˋ *pin*⁴ 音鬢

1排斥。見"廣韻"。2棄絕。見"集韻"。3導引賓客。通儐。見"正字通"。

5【擯斥】 ㄅㄧㄣˋ ㄔˋ

排斥;棄而不用。

10【擯除】 ㄅㄧㄣˋ ㄔㄨˊ

排斥;排除。

11【擯棄】 ㄅㄧㄣˋ ㄑㄧˋ

排斥;丟棄。

擦 ㄘㄚ *ts'a*¹ 音搽

1急摩。見"篇海類編"。2塗抹。如:擦胭脂。3揩拭。如:擦桌子。4用鉋子刮刨。5貼近。如:擦身而過。

擠 ㄐㄧˇ *chi*³ 音己

1排斥。見"說文"。2緊緊挨靠在一起。如:擁擠。3用力插入。如:擠不進去。4壓榨。如:擠牛奶。5攢。如:擠眉弄眼。

14【擠製】 ㄐㄧˇ ㄓˋ

(extrusion)可分冷擠與熱擠兩種。冷擠係以衝模對常溫材料施加壓力,使材料塑性流動延伸成形。熱擠係將材料加熱至再結晶溫度以上,置於壓力缸內施加壓力,材料經由模孔產生塑性流動變形。

9【擠眉弄眼】 ㄐㄧˇ ㄇㄟˊ ㄋㄨㄥˋ ㄧㄢˇ

1攢弄眉眼,以表達情意。2形容詭詐的樣子。

㩌 ㄏㄠˊ *hao*² 音豪

比較斤兩的多少。見"集韻"。

擩 ㄖㄨˋ *ju*⁴ 音入

1沾染。今通作濡。如:耳擩目染。2摩挲。通攔。如:擩嚌。

擢 ㄓㄨㄛˊ *cho*², *chuo*² 音濁

1拔;抽出。見"說文"。2選拔。如:擢用。3特出。如:擢世。

4【擢升】 ㄓㄨㄛˊ ㄕㄥ

升遷。

擣 ㄉㄠˇ *tao*³ 音島

也作搗。1搥擊;用手捶打。見"說文"。2攻擊。3擾亂。如:擣鬼。

擡 抬的本字。

𢹿 擥的或體。

擬 ㄋㄧˇ *ni*³ 音你

1揣度。見"說文"。2模仿。如:擬古。3計劃;打算。如:擬定。4起草。如:擬稿。5類似。如:比擬。

8【擬制】 ㄋㄧˇ ㄓˋ

將一定之行爲事實視爲性質不同之另一行爲事實,或視爲另一行爲事實所具之法律效果者,稱爲擬制。擬制在法律條文上多以「視爲」之用語出現,當在立法政策上,有將性質不同之二行爲事實作相同處理之必要時,立法者常運用擬制規定,以使二者發生同等之法律效力。經擬制後之行爲事實,任何人不得舉證加以推翻。

20【擬議】 ㄋㄧˇ ㄧˋ

1事前的揣度議論。引申有設計、籌劃的意思。2擬定或提議的事。

2【擬人化】 ㄋㄧˇ ㄖㄣˊ ㄏㄨㄚˋ

①修辭法的一種。將動植物、概念或無生命的物品賦予人形、人格或人的感性。②(animism)對無生命之事物或自然現象,賦予生機、感情、精神等特質的歷程。

8【擬制血親】 ㄋㄧˇ ㄓˋ ㄒㄧㄝˇ ㄑㄧㄣ
又稱法定血親。指本無天然血親之連繫,而法律擬制其有血親存在而言。例如養父母與養子女、養子女與養子女之間,均為擬制血親。

擫 ㄧㄝˋ *yeh*⁴ 音葉
用手指按壓。也作擪。見"說文"。

23【擫擶】 ㄧㄝˋ ㄋㄧㄝˋ
用手執持。擶,也作攝、搩,通作捻。

擱 ㄍㄜ *ko*¹, *kê*¹ 音歌
①承受。②放置。③加入。④停頓。如:耽擱。⑤容納。

9【擱柵】 ㄍㄜ ㄓㄚˋ
(joist)緊密排列支承樓地板或天花板的梁。

11【擱淺】 ㄍㄜ ㄑㄧㄢˇ
①指船艦困在礁石或沙灘上,不能航行。②比喻事情遇到阻礙而中途停頓。

13【擱置】 ㄍㄜ ㄓˋ
①放置。②停止;中止。

擟 摶的或體。

擭 ㊀ ㄨㄛˋ *wo*⁴ 音握
①握住;捉取。見"說文"。②分散;遍布。見"說文"。
㊁ ㄏㄨㄛˋ *ho*⁴, *huo*⁴ 音獲
設於陷阱的捕獸機檻。

擮 拜的本字。

擤 ㄒㄧㄥˇ *hsing*³ 音醒
用手捏鼻排出鼻涕。

擈 ㄆㄨ *p'u*¹ 音撲
稠密;聚集。也作撲。如:擈生。

擨 ㄧㄝˊ *yeh*² 音揶
也作揶。參揶揄。

擪 擫的或體。

15

擿 ㊀ ㄓˊ *chih*² 音擲
投擲。也作擲。見"說文"。
㊁ ㄊㄧˋ *t'i*⁴ 音剔
①撥開。如:擿巢探卵。②揭發。如:擿奸發伏。③擊;敲打。如:擿鼓。

6【擿奸發伏】 ㄊㄧˋ ㄐㄧㄢ ㄈㄚ ㄈㄨˊ
揭露邪惡隱伏的事情。

擴 ㄎㄨㄛˋ *k'o*⁴, *k'uo*⁴ 音闊
張大;推廣。見"集韻"。

12【擴散】 ㄎㄨㄛˋ ㄙㄢˋ
(diffusion)能自由作熱運動的粒子系統(如氣體、固體中的自由電子等),如果其空間分布並非均勻的,則由於有密度差(或濃度差)而導致粒子由高密度處輸運至低密度處的過程,稱為擴散。

【擴散器】 ㄎㄨㄛˋ ㄙㄢˋ ㄑㄧˋ
(diffuser)噴射發動機中具有擴散形之導管或室。內部可附設導葉,用以使注入之流體(如空氣)減低速度並增高壓力。多裝設在壓縮器、後燃器之上流處,風洞中有時亦有此項裝置。

3【擴大會議】 ㄎㄨㄛˋ ㄉㄚˋ ㄏㄨㄟˋ ㄧˋ
'民國'十九年七月,'中國國民黨'中的改組派(以'汪兆銘'為首)及'西山'會議派,與發動中原大戰的將領'閻錫山'、'馮玉祥'、'李宗仁'等,在'北平'召開中央擴大會議,發表宣言,詆毀'南京'中央及'蔣'主席。八月,擴大會議在'北平'成立,'汪'任主席。九月一日,成立｢國民政府｣,'閻'為主席,另有委員七人:'閻錫山'、'唐紹儀'、'汪兆銘'、'李宗仁'、'馮玉祥'、'謝持'、'張學良',惟'張'拒絕接受。九日,'閻'就職,旋返'山西',會議結束。

11【擴張路徑】 ㄎㄨㄛˋ ㄓㄤ ㄌㄨˋ ㄐㄧㄥˋ
(expansion path; EP)在兩種生產要素的相對價格不變下,連接各等產量曲線與等成本線相切之點所形成的軌跡。表示在要素相對價格不變下,產出或成本開支之變動所引起生產要素雇用

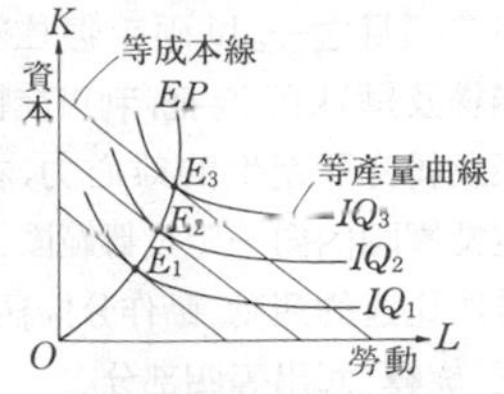

擴張路徑圖

組合比率的改變情形。如圖中連接等成本線與等產量曲線切線 E_1、E_2、E_3 的曲線即為擴張路徑 EP。

12【擴散思考】 ㄎㄨㄛˋ ㄙㄢˋ ㄙ ㄎㄠˇ
(divergent thinking)智力結構中思考運用的一環。係就已有之事實資料加以擴張,而為某問題尋求各種不同解決方法的思考方式。

【擴散電流】 ㄎㄨㄛˋ ㄙㄢˋ ㄉㄧㄢˋ ㄌㄧㄡˊ
(diffusion current)在半導材料中,由於空間所分布的導電載子具有濃度差異,藉由此濃度梯度而迫使導電載子由濃度高處向濃度低的方向流動,所形成的電流,稱為擴散電流。

11【擴張性貨幣政策】 ㄎㄨㄛˋ ㄓㄤ ㄒㄧㄥˋ ㄏㄨㄛˋ ㄅㄧˋ ㄓㄥˋ ㄘㄜˋ
(expansionary monetary policy)使貨幣供給量增加、利率水準降低的貨幣政策。其方法有:降低再貼現率、降低存款法定準備率,或進行買進公債的公開市場操作。

擵 摩的或體。

擲 ㄓˊ *chih*² 音直
①把東西拋出去。也作擿。見"廣韻"。②拋棄。③跳躍。

15【擲標槍】 ㄓˊ ㄅㄧㄠ ㄑㄧㄤ

田賽項目之一。以一手持標槍握把,藉助跑的衝力將標槍向正前方投擲,以獲得最遠距離的運動。動作共分握槍、助跑、交叉跨步、擲出等四部分。

19【擲鏈球】 ㄓˊ ㄌㄧㄢˋ ㄑㄧㄡˊ
田賽項目之一。以兩手握住繫有鋼絲及鏈球的握把,利用旋轉擺振及轉身所產生的離心力,在規定投擲圈內向一定投擲範圍投擲鏈球比遠的運動。動作分握柄、旋擺、旋轉、擲出等四部分。

21【擲鐵餅】 ㄓˊ ㄊㄧㄝˇ ㄅㄧㄥˇ
田賽項目之一。以一手握持鐵餅,以手臂為半徑,利用轉身所產生的離心力,將鐵餅向正前方投擲,以獲得最遠距離的運動。動作可分持餅、預備擺振、旋轉、擲出等四部分。

6【擲地有聲】 ㄓˊ ㄉㄧˋ ㄧㄡˇ ㄕㄥ
本用來形容語言文章的優美。後也用來稱讚人才華高超。

攆 ㄋㄧㄢˇ nien³ 音碾
①驅逐。②追逐。

攅 攢的俗體。

⿰扌翬 ㄏㄨㄟ hui¹ 音揮
奮發。同揮。見“集韻”。

擷 ㄒㄧㄝˊ hsieh² 音協　又讀 ㄐㄧㄝˊ chieh² 音結
①用衣襟兜東西。同襭。見“說文”。②摘取。如:採擷。

8【擷取】 ㄒㄧㄝˊ ㄑㄩˇ
摘取;採取。

9【擷英抉微】 ㄒㄧㄝˊ ㄧㄥ ㄐㄩㄝˊ ㄨㄟˊ
摘取菁華,探究奧義。

擾 ㄖㄠˇ jao³
①攪亂。如:擾亂。②混亂。如:紛擾。③馴服。如:擾馴鳥獸。④安撫。如:安擾邦國。

5【擾民】 ㄖㄠˇ ㄇㄧㄣˊ
①教化人民;安撫人民。②攪亂人民的生活。

9【擾流】 ㄖㄠˇ ㄌㄧㄡˊ
(turbulent flow)又稱紊流、亂流。指流體流動時,其中任意兩相近質點之流線互為交錯不相平行之流動狀況。此時將有漩渦產生。

20【擾攘】 ㄖㄠˇ ㄖㄤˇ
紛亂;混亂。

0【擾流片】 ㄖㄠˇ ㄌㄧㄡˊ ㄆㄧㄢˋ
(spoiler)突出於機翼面,用以擾亂順暢的氣流,使昇力減小、阻力增大的小片。又稱空中煞車面。擾流片通常均鉸接並覆蓋於襟翼上面,不用時隨襟翼一起動作,需用時則可單獨活動。

攄 ㄕㄨ shu¹ 音舒
①發表;舒展。如:攄懷。②騰躍。如:攄騰。

13【攄誠】 ㄕㄨ ㄔㄥˊ
坦誠相待;表達誠心。

19【攄懷】 ㄕㄨ ㄏㄨㄞˊ
發抒情懷。

⿰扌暴 ㄅㄛˊ po² 音博
①打;擊。見“廣雅・釋詁”。②扑擊聲。見“字彙”。

擻 ㊀ ㄙㄡˇ sou³ 音叟
參抖擻。
㊁ ㄙㄡˋ sou⁴ 音嗽
振動;抖去。見“正字通”。

攂 ㊀ ㄌㄟˋ lei⁴ 音類
把木石從高坡滾下,用以阻殺敵人。通礌。
㊁ ㄌㄟˊ lei² 音雷
也作擂、擂。①研物使碎。見“集韻”。②急速地擊鼓。如:攂鼓。

⿰扌蔑 ㄇㄧㄝˋ mieh⁴ 音蔑
打;擊。見“廣雅・釋詁”。

攃 ㊀ ㄙㄚˋ sa⁴ 音薩
①狀聲詞。見“廣韻”。②撒;放。通鎩。見“集韻”。
㊁ ㄘㄚˋ ts'a⁴
①同㊀①。②摩擦。

擺 ㄅㄞˇ pai³ 音百
①搖動。如:擺動。②陳設;安置。如:擺布。③裝出;故意顯露。如:擺闊。④能左右搖動的懸錘。如:鐘擺。

5【擺平】 ㄅㄞˇ ㄆㄧㄥˊ
①將東西放整齊。比喻將困難解決或修理對方一頓,使騷擾結束。②指豪飲醉倒在地。

【擺布】 ㄅㄞˇ ㄅㄨˋ
①安排;處置。②捉弄。

6【擺夷】 ㄅㄞˇ ㄧˊ
我國少數民族之一。也稱‘傣’(Thai; Tai)。分布在‘雲南省’西南部各縣及‘西康省’‘鹽邊’等縣。人口約839,800(1982年)。營農耕生活。信仰小乘佛教。

7【擺弄】 ㊀ ㄅㄞˇ ㄋㄨㄥˋ
搖動;捉弄。
㊁ ㄅㄞˇ ˙ㄋㄨㄥ
胃不舒服。

12【擺渡】 ㄅㄞˇ ˙ㄉㄨ
用船橫渡過河。

15【擺線】 ㄅㄞˇ ㄒㄧㄢˋ
(cycloid)超越曲線之一。即當一個圓在定直線上滾動時,圓周上某一定點的軌跡。又叫旋輪線或圓滾線。其參數方程式為$x=a(\theta-sin\theta)$, $y=a(1-cos\theta)$。考慮無摩擦的滑動,則依倒置的擺線軌道滑降的物體,可在最短時間內滑降。此外,若使單擺振動遵循倒置的擺線,則可使其週期眞正具有與振幅無關的等時性。

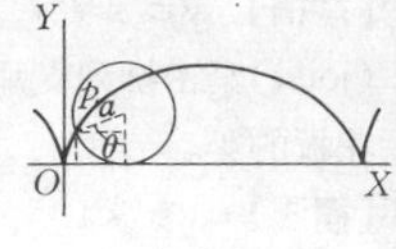

擺線圖

17【擺闊】 ㄅㄞˇ ㄎㄨㄛˋ
炫耀自己的富有。

9【擺架子】 ㄅㄞˇ ㄐㄧㄚˋ ˙ㄗ
裝出驕傲自大的姿態。

15【擺樣子】 ㄅㄞˇ ㄧㄤˋ ˙ㄗ
①指只有好看的外表,沒有實際的用處。②故作姿態給別人看。

【擺蓮腿】 ㄅㄞˇ ㄌㄧㄢˊ ㄊㄨㄟˇ
國術腿擊法。一腳支持身體,一腳伸直上舉,由內向外擺出,以腳板外側攻擊敵人面部或打落敵人的兵器。

19【擺譜兒】 ㄅㄞˇ ㄆㄨˇㄦ
'北平'話。指故意裝出體面或了不起的氣派，顯示自己的身分比別人高貴。

2【擺了一道】 ㄅㄞˇ ·ㄌㄜ ㄧ ㄉㄠˋ
俗指被人陷害或出賣。

8【擺空架子】 ㄅㄞˇ ㄎㄨㄥ ㄐㄧㄚˋ ·ㄗ
外表裝出不可一世的樣子，實際上空無所有。

16【擺龍門陣】 ㄅㄞˇ ㄌㄨㄥˊ ㄇㄣˊ ㄓㄣˋ
指聊天。

擸 ㊀ ㄌㄧㄝˋ *lieh*⁴ 音獵
攬；持。見"字彙"。
㊁ ㄌㄚˋ *la*⁴ 音臘
折斷。見"廣韻"。

擷 擷的或體。

擽 ㄌㄩㄝˋ *lueh*⁴ 音略
1擊打。見"集韻"。2衝擊。通掠。3堅固的樣子。

攀 ㄆㄢ *p'an*¹ 音潘
也作扳。1兩手援物往上爬。見"正字通"。2牽扯；拉扯。如：攀交情。3依附。如：攀附。4挽留。如：攀留。

8【攀附】 ㄆㄢ ㄈㄨˋ
1依附他物而往上爬。2依附權貴以求仕進。

12【攀援】 ㄆㄢ ㄩㄢˊ
1依附他物而上升。2依附權貴以求仕進。3挽留。

15【攀談】 ㄆㄢ ㄊㄢˊ
與人談話。

【攀緣】 ㄆㄢ ㄩㄢˊ
1依附他物而上升。2依附權貴以求仕進。3省稱緣。心隨外境而轉移，紛馳不息，恰如猴子攀木枝，搖曳不定，故佛家稱之為攀緣。

16【攀親】 ㄆㄢ ㄑㄧㄣ
1拉攏親戚關係。2和權貴富豪結為姻親。

【攀龍附鳳】 ㄆㄢ ㄌㄨㄥˊ ㄈㄨˋ ㄈㄥˋ
1依附君主以建功立業。2依附權貴，以求仕進顯達。3依附聖哲而成就德業。

19【攀藤附葛】 ㄆㄢ ㄊㄥˊ ㄈㄨˋ ㄍㄜˊ
比喻攀附權勢以求升遷。

16

攐 ㄑㄧㄢ *ch'ien*¹ 音千
用手提起長袍的下襬。通作褰。如：攐裳。

攇 ㄒㄧㄢˇ *hsien*³ 音險
用手纏束物體。見"廣韻"。

攏 ㊀ ㄌㄨㄥˇ *lung*³ 音壟
1聚集；匯合。如：收攏。2依傍；靠近。3梳理。如：攏髮。4約束；捆束。
㊁ ㄌㄨㄥˊ *lung*² 音龍
一種彈奏弦樂器的指法。用手指按弦，或輕或重，形成音的高低起伏。如：輕攏慢撚。

17【攏總】 ㄌㄨㄥˇ ㄗㄨㄥˇ
總計；合計。

㩎 ㄋㄧㄠˇ *niao*³ 音鳥
摘取。也作擾。見"集韻"。

攍 ㄧㄥˊ *ying*² 音盈
擔負。也作㨕。見"字彙"。

攈 捃的或體。

攉 ㊀ ㄏㄨㄛˋ *ho*⁴, *huo*⁴ 音霍
1手反覆揮動。見"集韻"。2挑剔；選擇。如：挑三攉四。
㊁ ㄑㄩㄝˋ *ch'üeh*⁴ 音確
獨占利益。通榷。見"正字通"。

攋 ㄌㄞˋ *lai*⁴ 音賴
毀壞。見"方言·一三"。

攎 ㄌㄨˊ *lu*² 音盧
1拏持。見"說文"。2張大。見"方言·一三"。3收斂。見"廣韻"。

攌 ㄏㄨㄢˋ *huan*⁴ 音換
1木柵。見"集韻"。2拘繫。見"正字通"。

擕 攜的或體。

㩭 攬的或體。

17

舉 ㄩˊ *yü*² 音魚
舉起。見"說文"。

攓 ㄑㄧㄢ *ch'ien*¹ 音千
也作揵、搴。1拔取。2用手提起衣裳的下襬。通攐。如：攓衣。

攘 ㊀ ㄖㄤˊ *jang*² 音禳
1推讓；退讓。今通作讓。見"說文"。2退斥。如：尊王攘夷。3侵略。如：攘地。4盜竊；如：攘善。5僭越。6退卻。如：攘避。7祭神以祓除不祥。通禳。
㊁ ㄖㄤˇ *jang*³ 音嚷
擾亂。如：擾攘。

9【攘袂】 ㄖㄤˊ ㄇㄟˋ
捲起衣袖，露出手臂。形容人奮起的樣子。又作攘袖。

14【攘奪】 ㄖㄤˊ ㄉㄨㄛˊ
劫奪；奪取。

17【攘臂】 ㄖㄤˊ ㄅㄧˋ
捲起袖子，露出手臂。形容人振奮激昂的樣子。

20【攘攘】 ㄖㄤˇ ㄖㄤˇ
1紛亂的樣子。2繁盛、眾多的樣子。

5【攘外安內】 ㄖㄤˊ ㄨㄞˋ ㄢ ㄋㄟˋ
抵抗外侮，安定內部。

攗 ㄇㄟˊ *mei*² 音眉
麥。見"廣韻"。

攖 ㄧㄥ *ying*¹ 音英
1觸犯。如：攖鋒。2干擾；擾亂。3縈繞。通嬰。見"字彙"。

攔 ㄌㄢˊ *lan*² 音闌
1阻攔；擋住。見"玉篇"。2欄干。通闌、欄。見"廣韻"。

7【攔劫】 ㄌㄢˊ ㄐㄧㄝˊ
攔住搶劫。

13【攔腰】 ㄌㄢˊ ㄧㄠ
在中間橫截。

14【攔截】 ㄌㄢˊ ㄐㄧㄝˊ
迎面阻擋，截斷去路。

9【攔砂壩】 ㄌㄢˊ ㄕㄚ ㄅㄚˋ
(check dam) 爲阻止山溪因河床陡峻易被流水沖蝕的水工結構物。

13【攔腰拳】 ㄌㄢˊ ㄧㄠ ㄑㄩㄢˊ
國術拳法。握陰拳,自外向內掃擊敵人腰部。

攕 ㄒㄧㄢ *hsien*¹ 音仙
1手纖細柔美的樣子。通作摻、纖。如:玉手攕攕。2木楔。通櫼。

攙 一 ㄔㄢˊ *ch'an*² 音蟬
刺入。古作鑱、劖。
二 ㄔㄢ *ch'an*¹ 音襜
1扶住;牽挽。見"字彙"。2混雜。如:攙合。3搶;爭。如:攙先。

7【攙扶】 ㄔㄢ ㄈㄨˊ
扶持;牽挽。

13【攙搶】 ㄔㄢ ㄔㄥ
二星名。彗星的別稱。同欃槍。

18

攛 ㄘㄨㄢ *ts'uan*¹ 音氽
1拋;擲。2捏緊。如:攛拳攏袖。3毫無準備,匆促做事。

10【攛唆】 ㄘㄨㄢ ㄙㄨㄛ
教唆;唆使。

11【攛梭】 ㄘㄨㄢ ㄙㄨㄛ
持梭紡織。比喻往來不息。

【攛掇】 ㄘㄨㄢ ˙ㄉㄨㄛ
唆使他人做事。

攈 捃的或體。

攝 一 ㄕㄜˋ *shê*⁴ 音射
1持。如:攝弓。2仗恃。3保持;維持。如:攝生。4暫時代理。如:攝政。5整理。如:攝衣。6收;收斂。7召引。如:攝魂。
二 ㄋㄧㄝˋ *nieh*⁴ 音聶
安;平治。見"集韻"。
三 ㄓㄜˊ *chê*² 音懾
威嚇;使害怕。通懾。如:攝服。

5【攝生】 ㄕㄜˋ ㄕㄥ
1保養生命。2維持生命。

8【攝取】 ㄕㄜˋ ㄑㄩˇ
吸取;吸收。

9【攝度】 ㄕㄜˋ ㄉㄨˋ
(degree Celsius)代號爲 °C。度量衡導出單位中之'攝'氏溫度單位。表示'攝'氏溫度時,'攝'度爲代替克耳文的特別名稱。

【攝政】 ㄕㄜˋ ㄓㄥˋ
代替君主處理政務。

【攝食】 ㄕㄜˋ ㄕˊ
取食。

11【攝動】 ㄕㄜˋ ㄉㄨㄥˋ
(perturbation)一個天體繞另一天體作規則運動時,因受到別的天體吸引或其他因素的影響,致產生軌道上的偏離。例如月球繞地球運行時受到太陽及其他行星所吸引,而導致月球軌道的變化。

14【攝魂】 ㄕㄜˋ ㄏㄨㄣˊ
召引魂魄。

15【攝影】 ㄕㄜˋ ㄧㄥˇ
(photography)用照相機攝取人物的影像。

【攝篆】 ㄕㄜˋ ㄓㄨㄢˋ
代理某種官職。古代印信都使用篆文,故稱。

21【攝護腺】 ㄕㄜˋ ㄏㄨˋ ㄒㄧㄢˋ
雄性生殖系統的附屬腺。即前列腺。

6【攝西阿斯】 ㄕㄜˋ ㄒㄧ ㄚ ㄙ
(Anders Celsius, 1701～1744)'瑞典'天文學家。生於'瑞典'東部的'烏普沙拉'(Uppsala)。西元1730～1744年任'烏普沙拉大學'天文學教授, 1740年創設'烏普沙拉天文臺'。'攝'氏溫度計的溫標係他於1742年製定。著有"太陽至地球間的距離新論"(*A Dissertation on a New Method of Determining the Distance from the Sun to the Earth*)和"在高盧地區測定地球的形狀"(*Disquisition on Observations Made in Gaul for Determining the Shape of the Earth*)等。

攝西阿斯像

4【攝氏溫度計】 ㄕㄜˋ ㄕˋ ㄨㄣ ㄉㄨˋ ㄐㄧˋ
(Celsius' thermometer) 以冰點爲0°、沸點爲100°所刻劃而成的百分度溫度計。其測得的溫度略號爲°C。爲'瑞典'人'攝西阿斯'所創。與'華'氏溫度的換算公式爲:$°C=\frac{5}{9}(°F-32°)$。

攜 ㄒㄧ *hsi*¹ 音希 語音 ㄒㄧㄝˊ *hsieh*² 音協
俗作擕、携、攜。1帶領;牽引。見"說文"。2離棄。見"集韻"。

4【攜手】 ㄒㄧ ㄕㄡˇ
牽手;拉手。形容親愛、合作。

12【攜貳】 ㄒㄧ ㄦˋ
離心;不相親附。

10【攜家帶眷】 ㄒㄧ ㄐㄧㄚ ㄉㄞˋ ㄐㄩㄢˋ
1全家出動。2形容有家庭負擔。

𢹬 擁的本字。

㩳 ㄙㄨㄥˇ *sung*³ 音聳
1挺立。如:㩳身。2推。

19

攣 ㄌㄩㄢˊ *lüan*² 音孿 又讀 ㄌㄧㄢˋ *lien*⁴ 音戀
1互相牽繫。見"說文"。2手足彎曲而不能伸直的疾病。見"集韻"。3筋肉抽動或收縮。如:攣縮。

17【攣縮】 ㄌㄩㄢˊ ㄙㄨㄛ
(twitch)肌肉受刺激所引起的急速收縮。在刺激開始時肌肉並不縮短,但過一會兒即收縮到最短程度,而後逐漸恢復到原來的程度。整個收縮過程,分爲潛伏期、收縮期及恢復期,爲時相當短促,約0.2秒。人體內甚少發生此種情形。

攡 ㄔ *ch'ih*¹ 音螭
舒張。同摛。見"集韻"。

攟 捃的或體。

攠 ㄇㄧˊ *mi*² 音迷
1鐘受錘擊的部位。見"集韻"。2毀壞；消滅。

攦 ㄌㄧˋ *li*⁴ 音麗
1截斷。2揮動。3擺脫。4顯露。

攧 ㄉㄧㄢ *tien*¹ 音顛
1摔倒；跌落。2頓；用力觸地。如：攧腳。

攤 ㄊㄢ *t'an*¹ 音貪
1鋪開；擺開。2分擔；分配。如：分攤。3遭遇；惹上。4量詞。流體靜止一處叫一攤。如：一攤水。

9【攤派】 ㄊㄢ ㄆㄞˋ
分派。

10【攤破】 ㄊㄢ ㄆㄛˋ
詞調由於樂曲節拍的變動而引起句法或協韻等變化，致使曲度延長或縮短，因而增減字數，形成新的詞調。其中增加字數的稱爲攤破。如"攤破醜奴兒"是由"醜奴兒"攤破而成，其上下片末尾較原調各增[二、三、三]三個短句。

12【攤牌】 ㄊㄢ ㄆㄞˊ
攤開手中的牌，以決定勝負。比喻事情到最後關頭，把主張、實力、慾望和目的等坦白向對方揭露、明示。

15【攤銷】 ㄊㄢ ㄒㄧㄠ
(amortization)將無形資產的成本，於使用年限內逐年分攤爲費用的程序。

17【攤還】 ㄊㄢ ㄏㄨㄢˊ
分期償還。

攌 ㄍㄨㄢ *kuan*¹ 音官
相關。見"正字通"。

[illegible] [illegible]的或體。

攞 ㄌㄨㄛ *lo*¹, *luo*¹ 音囉
1揀擇。見"集韻"。2提攏。3裂開。見"字彙"。

攢 ㊀ ㄘㄨㄢˊ *ts'uan*²
1簇聚。見"洪武正韻"。2聚木成屋形，以暫停棺柩。見"正字通"。
㊁ ㄗㄢˇ *tsan*³
1積蓄；儲蓄。如：攢財。2趕。通趲。

9【攢眉】 ㄘㄨㄢˊ ㄇㄟˊ
皺著眉頭。不愉快的樣子。

14【攢聚】 ㄘㄨㄢˊ ㄐㄩˋ
積聚；聚集。

16【攢錢】 ㊀ ㄗㄢˇ ㄑㄧㄢˊ
積蓄金錢。
㊁ ㄘㄨㄢˊ ㄑㄧㄢˊ
湊合、聚集金錢。

18【攢蹙】 ㄘㄨㄢˊ ㄘㄨˋ
聚集。

9【攢眉苦臉】 ㄘㄨㄢˊ ㄇㄟˊ ㄎㄨˇ ㄌㄧㄢˇ
形容憂愁焦慮的表情。

20

攩 ㄉㄤˇ *tang*³ 音黨
1朋群。今通作黨。見"說文"。2抵拒；阻擋。通擋。3搥擊。

攫 ㄐㄩㄝˊ *chüeh*² 音絕
本作攫。1鳥獸用爪捕取獵物。2奪取；爭取。

8【攫取】 ㄐㄩㄝˊ ㄑㄩˇ
奪取。

攪 ㊀ ㄐㄧㄠˇ *chiao*³ 音絞
1打擾；擾亂。見"說文"。2混合；拌合。如：攪拌。
㊁ ㄍㄠˇ *kao*³ 音縞
做；弄。同搞。如：亂攪。

7【攪局】 ㄐㄧㄠˇ ㄐㄩˊ
搗亂。

8【攪拌】 ㄐㄧㄠˇ ㄅㄢˋ
攪動物品，使之均勻。

【攪和】 ㄐㄧㄠˇ ·ㄏㄜ
攪拌調和。

13【攪亂】 ㄐㄧㄠˇ ㄌㄨㄢˋ
擾亂；搗亂。

2【攪七捻三】 ㄍㄠˇ ㄑㄧ ㄋㄧㄢˇ ㄙㄢ
1形容夾纏不淸。2亂搞男女關係。

[illegible] ㄋㄧㄝˋ *nieh*⁴ 音聶
參擫[illegible]。

攥 ㄗㄨㄢˋ *tsuan*⁴ 音賺
用手握住。見"字彙"。

21

欛 ㄅㄚˋ *pa*⁴ 音霸
柄。同把。見"正字通"。

攬 ㄌㄢˇ *lan*³ 音覽
也作擥、擪。1把持。如：總攬權綱。2採擷；挹取。如：攬秀。3拉攏。如：延攬。

22【攬權】 ㄌㄢˇ ㄑㄩㄢˊ
把持權勢。

攭 ㄌㄧˋ *li*⁴ 音利
分別；分判。也作劙。見"洪武正韻"。

22

攮 ㄋㄤˇ *nang*³ 音囊
1推。2刺。3造；作。4罵人之詞。義同肏。

支 部

支 ㄓ *chih*¹ 音之

[1]竹枝。見"說文"。引申泛指草木的枝條。[2]維持;撐持。如:支撐。[3]一源分出;一本旁出。多用來形容事物非主要的部分。如:支庶。[4]分散;殘缺。如:支離。[5]分給;給付。如:支付。[6]分派;差遣。如:支使。[7]量詞。綿紗一束稱一支。[8]地支的簡稱。如:干支。[9]四肢。通肢。

5【支付】 ㄓ ㄈㄨˋ

支出;付給。

7【支那】 ㄓ ㄋㄚˋ

(Cina; China)舊說[秦]字的音轉,爲古代外國對'中國'的稱呼。Cina 爲梵語,也譯作震旦、振旦、眞旦,爲智巧之義。

【支吾】 ㊀ ㄓ ㄨˊ

同枝梧。[1]抗拒;牴觸。[2]勉強撐持,應付。

㊁ ㄓ ˙ㄨ

用牽強、含混的語言應付或搪塞他人。

8【支拄】 ㄓ ㄓㄨˇ

支撐;支持。

9【支流】 ㄓ ㄌㄧㄡˊ

[1]由大河分出的小河流。[2]學術團體或社會組織的支派。

【支派】 ㄓ ㄆㄞˋ

分支流派。

【支柱】 ㄓ ㄓㄨˋ

[1](strut)短的小柱子。爲一受壓之結構構件。其載重、分析方法均與柱相同,唯柱通常位於垂直位置,且是相當大的受壓構件;而支柱乃小柱,在結構中不限於垂直位置。[2]指機關團體的主要人物。

10【支配】 ㄓ ㄆㄟˋ

[1]分配。[2]調度;指揮。

11【支庶】 ㄓ ㄕㄨˋ

旁支;庶系。與嫡系相對。

【支票】 ㄓ ㄆㄧㄠˋ

(check)發票人委託銀錢業於見票時立即支付一定金額給特定人或執票人的一種票據。客戶將款項存入銀行,領取支票簿後,即可隨時簽發支票,委託銀行付款。關係人有三:一爲發票人,二爲付款人(即銀錢業者),三爲受款人。發票人如開出支票自行取款,則發票人同時也是受款人。

13【支遁】 ㄓ ㄉㄨㄣˋ

(314～366)'東晉'高僧。'河東''林慮'(今'河南''林縣')人,一說'陳留'(今'河南''陳留')人。本姓'關',字'道林'。曾先後隱居'支硎山'、'餘杭山'。精通"莊子"及"維摩經"。世稱'林公'、'支公',別稱'支硎'。

14【支領】 ㄓ ㄌㄧㄥˇ

領取。

15【支撐】 ㄓ ㄔㄥ

勉強支持。

【支線】 ㄓ ㄒㄧㄢˋ

鐵路、公路等由幹線分出的路線。

17【支應】 ㄓ ㄧㄥˋ

[1]供應的食物。[2]聽候差遣。[3]應付;搪塞。[4]管理錢銀支出。

19【支離】 ㄓ ㄌㄧˊ

[1]殘缺不全。[2]分散。[3]散亂;毫無條理。

10【支配權】 ㄓ ㄆㄟˋ ㄑㄩㄢˊ

權利人得直接支配權利客體之權利。例如物權之主體,不論爲所有權人、地上權人、永佃權人或典權人,均對於[物]有直接支配之權利。債權契約之債權人只取得請求債務人履行契約之權利,在債務人履行債務前,對於交易之標的物,尙無支配權,必待債務人爲物之交付或移轉後,債權人才取得物權人之身分,對於交易標的物才取得直接支配之權利。舉例言之,甲乙雙方訂立買賣契約,以一筆土地爲標的物,甲(買受人)在訂立契約後、土地移轉前,只有債權人身分,只能對乙爲人的請求,對於該筆土地並無支配權,必待該筆土地移轉爲甲所有後,甲之身分才由債權人變成物權人(所有權人),對該筆土地始有直接支配之權利。

【支氣管】 ㄓ ㄑㄧˋ ㄍㄨㄢˇ

(bronchi)氣管的下端分成左右兩主支氣管,每一主支氣管的分枝進入肺臟,即成爲次支氣管,可再分爲小支氣管,更可再分爲肺泡管,最後終止於肺泡。支氣管與其分枝管子完成空氣進出肺臟之通道,肺泡有大而壁薄的表面積,在此血液與空氣交換氣體。

4【支支吾吾】 ㄓ ㄓ ㄨˊ ㄨˊ

言語搪塞敷衍。也作枝枝梧梧。

5【支用課稅】 ㄓ ㄩㄥˋ ㄎㄜˋ ㄕㄨㄟˋ

(expenditure taxation)指對支用行爲課稅而言。如我國現行稅目中的貨物稅、營業稅均係對支用行爲課稅。支用課稅係支用者負擔稅課,廠商納稅後,通常將稅負加入貨價,轉嫁給消費者負擔,且對個別支用行爲課稅。係屬客體稅,並不考慮個人的主觀情事。

10【支氣管炎】 ㄓ ㄑㄧˋ ㄍㄨㄢˇ ㄧㄢˊ

(bronchiolitis)支氣管之炎性反應。可分急性及慢性兩種:急性支氣管炎大都爲微生物感染所引起,幼兒較易罹患,治療方面視同肺炎。慢性支氣管炎爲慢性阻塞性肺病的一種,成年人較易罹患,係支氣管長期處於發炎狀況,導致換氣不足、二氧化碳豬積、酸中毒及呼吸道分泌物增加,甚至導致次發性細菌感染,治療上應予支氣管擴張劑、化痰劑、低濃度氧氣,並避免誘發因素如抽煙等。

11【支票存款】 ㄓ ㄆㄧㄠˋ ㄘㄨㄣˊ ㄎㄨㄢˇ

(checking account deposits)指由銀行存戶隨時用送款簿存入及簽發支票提取之不計利息的存

款。

5【支出保留數】ㄓ ㄔㄨ ㄅㄠˇ ㄌㄧㄡˊ ㄕㄨˋ

指基金之負擔乃基於定單、契約或其他估計應付之款項,依照法令之規定,終須支付之義務,故於簽訂合約或發出購貨訂單時,須將是項經費撥出留存,以便將來之支付。

11【支票付款人】ㄓ ㄆㄧㄠˋ ㄈㄨˋ ㄎㄨㄢˇ ㄖㄣˊ

指受發票人委託付款之銀錢業者、信用合作者或經'財政部'核准辦理支票存款業務之農、漁會。一般自然人或法人不得爲支票付款人。

【支票之提示期限】ㄓ ㄆㄧㄠˋ ㄓ ㄊㄧˊ ㄕˋ ㄑㄧˊ ㄒㄧㄢˋ

支票之執票人應於下列期限爲付款之提示:一、發票地與付款地在同一省(市)區內者,發票日後七天。二、發票地與付款地不在同一省(市)區內者,發票日後十五日內。三、發票地在國外、付款地在國內者,發票日後二個月內。執票人不於上述期間內提示,或不於拒絕付款日或其後五日內請求作成拒絕證書者,對於發票人以外之前手喪失追索權,且發票人亦得撤銷其對付款人之付款委託。

2

攰 ㄍㄨㄟˋ *kuei*^{4} 音桂

極度疲倦。同敁。見"集韻"。

6

敊 ㄓ *chih*^{1} 音支

多。見"集韻"。

敁 ㊀ ㄑㄧ *ch'i*^{1} 音欺

不正。同攲。見"字彙"。

㊁ ㄍㄨㄟˋ *kuei*^{4} 音桂

極度疲倦。同攰。見"集韻"。

8

攲 ㄑㄧ *ch'i*^{1} 音欺

也作敧。[1]用筷子夾取東西。見"廣韻"。[2]傾斜。如:攲斜。

11【攲斜】ㄑㄧ ㄒㄧㄝˊ

傾斜。

12

攳 ㄒㄩㄣˊ *hsün*^{2} 音尋

長。見"集韻"。

攴部

攴 ㄆㄨ *p'u*^{1} 音扑

輕輕敲擊。見"說文"。

攵 攴的或體。

2

攷 ㄎㄠˇ *k'ao*^{3} 音考

[1]敲擊。見"說文"。[2]考校;考核。通作考。

收 ㄕㄡ *shou*^{1}

[1]捕捉;拘捕。見"說文"。[2]收穫;收成。如:春耕秋收。[3]接受;取回。如:收回。[4]收拾;結束。如:收工。[5]容納。如:收羅人才。

2【收入】ㄕㄡ ㄖㄨˋ

(revenue)會計上所稱之收入,係指因生產或交付商品、提供勞務或其他活動,而使資產增加或負債減少,同時使業主權益增加者。可分爲營業收入及營業外收入兩類。

4【收心】ㄕㄡ ㄒㄧㄣ

收斂心神;集中注意力。

7【收束】ㄕㄡ ㄕㄨˋ

[1]約束。[2]結束。

【收尾】ㄕㄡ ㄨㄟˇ

結尾;結局。

8【收押】ㄕㄡ ㄧㄚ

拘留;監禁。

10【收益】ㄕㄡ ㄧˋ

獲得的利益。

11【收執】ㄕㄡ ㄓˊ

[1]拘捕。[2]收取保存。多指單據而言。

12【收割】ㄕㄡ ㄍㄜ

割取作物。

【收場】ㄕㄡ ㄔㄤˇ

結局;結果。

15【收養】ㄕㄡ ㄧㄤˇ

當事人雙方以發生親子身分關係爲目的之契約。其收養者爲養父或養母,被收養者爲養子或養女。收養之形式要件有二:一、應以書面爲之,但被收養者未滿七歲而無法定代理人者,不在此限。二、應聲請法院認可。收養有下列情形之一者,法院應不予認可:(1)收養有無效或得撤銷之原因者;(2)有事實足認收養於養子女不利者;(3)成年人被收養時,依其情形足認收養於其本生父母不利者。收養之實質要件有:一、須有收養之合意;二、須相差二十歲以上;三、有配偶者收養子女時,應與其配偶共同爲之;四、有配偶者被收養時,應得其配偶之同意;五、一人不得同時爲二人之養子女;六、親屬間收養須輩分相當;七、被收養人未成年者應由其法定代理人代爲或經其法定代理人同意。收養之效力有二:一、養子女與養父母之關係,除法律另有規定外,與婚生子女同;二、在收養期間,養子女與本生父母之權利義務應該停止,故養子女於收養期間對本生父母不負扶養義務。

【收播】ㄕㄡ ㄅㄛˋ

(sign-off)與開播相對。指每天電視正式關機前,螢光幕打出的臺名、呼號等,爲節目播映完畢的訊號。

17【收斂】ㄕㄡ ㄌㄧㄢˇ

[1]收聚;收藏。[2]約束;檢點。[3]把屍體裝進棺木中。也作收殮。[4](convergence)如果(x_n)爲一數列,a爲一數,而當n漸漸大時,

x_n 與 a 漸漸接近，只要 n 夠大，x_n 可與 a 任意地接近，則稱「此數列趨近 a」、「此數列 (x_n) 收斂於 a」，並以 $\lim_{n\to\infty} x_n = a$ 表示。若此數列不收斂於任何數，則稱爲發散。數列收斂之充分必要條件爲：對任意小之正數 ε，必有一足碼 l，使得每當 n 與 m 超過 l 時，x_n 與 x_m 之差小於 ε。收斂之數列當然有界，但有界數列不必收斂。對一級數 $\sum y_n$，其部分和數列爲 $x_n = y_1 + y_2 + \cdots\cdots y_n$，當數列 x_n 收斂時，稱級數 $\sum y_n$ 收斂，且以 $\sum_{n=1}^{\infty} y_n$ 記此極限 $\lim x_n = a$ 稱爲級數之和 $S = \sum_{n=1}^{\infty} y_n$。換言之，此即對任意之正數 ε，必有足碼 l，使得當 n 夠大，超過 l 時，$\sum_{j=1}^{n} y_j$ 與 S 之差小於 ε。以上所述數列、級數之外也可討論函數之收斂 $\lim_{x\to u} f(x)$、微積分之收斂 $\int_a^b f(x)dx = \lim_{\varepsilon\to 0}\int_a^{b-\varepsilon} f(x)dx$ 等等。例如 $\int_0^\infty \frac{1}{1+x^2}dx = \pi/2$，因爲當 t 夠大（夠接近 ∞）時，$\int_0^t \frac{1}{1+x^2}dx = tan^{-1} t$ 必與 $\pi/2$ 甚爲接近。

【收縮】 ㄕㄡ ㄙㄨㄛ
縮小範圍或體積。

18**【收藏】** ㄕㄡ ㄘㄤˊ
收集、貯藏。

23**【收驚】** ㄕㄡ ㄐㄧㄥ
持小兒衣物，以儀式或符咒治其受到驚嚇的民俗療法。

24**【收攬】** ㄕㄡ ㄌㄢˇ
用手段支配、籠絡他人。

10**【收益權】** ㄕㄡ ㄧˋ ㄑㄩㄢˊ
指收取所有物之天然孳息（如採摘已有果樹之果實）及法定孳息（如收取貸款之利息）之權。原則上所有權人有收益權，得收取天然孳息和法定孳息；但法律另有規定者，不在此限，例如自落於鄰地之果實視爲屬於鄰地、善意占有人之使用收益權、承租人對於租賃物之使用收益權、夫對妻原有財產之使用收益之權、父母對未成年子女特有財產之使用收益權，以及地上權人、永佃權人、典權人、質權人、留置權人之使用收益權。

11**【收視率】** ㄕㄡ ㄕˋ ㄌㄩˋ
收視某一項電視節目的人數比率。將一段時間內，間歇所得的一連串收視率予以平均計算，所得者爲平均收視率。

17**【收縮帶】** ㄕㄡ ㄙㄨㄛ ㄉㄞˋ
(shrinkage strip)施工當中暫時不澆灌混凝土，待凝縮穩定後始行灌鑄的帶縫。可消除建造中因凝縮而產生之應力，並減少龜裂現象。常用於巨大結構、薄壁或樓版，近年來長型高層樓房常以之替代伸展縫，另高樓垂直載重顯明不均勻者亦多使用之。

2**【收入關稅】** ㄕㄡ ㄖㄨˋ ㄍㄨㄢ ㄕㄨㄟˋ
(revenue tariffs)以取得收入爲目的所課徵的關稅。

4**【收支配合】** ㄕㄡ ㄓ ㄆㄟˋ ㄏㄜˊ
政府會計關於收支配合之觀念，與普通企業會計迥然不同。因政府會計目的非在計算損益，其重點乃在顯示資源之來蹤去跡，故所有支出，不論購得資產於本期耗用與否，概與本期收入相配合，藉此決定基金之餘額。又政府機關之財政以量出爲入爲原則，政府爲民服務，從事各項活動，爲了支應所需支出，必須先取得收入，方可促其成，此種收入自非爲投入成本費用而後產生者；且政府之支出因不得超逾立法機關核定之數，故每有支出保留數之設，是以政府會計之收支配合觀念，其與收入互相配合之支出尙包括支出保留數，藉以決定未支用與未保留之基金餘額。

6**【收回成命】** ㄕㄡ ㄏㄨㄟˊ ㄔㄥˊ ㄇㄧㄥˋ
撤銷已經發布的命令。

10**【收益支出】** ㄕㄡ ㄧˋ ㄓ ㄔㄨ
(revenue expenditure)凡一項支出的經濟效益僅及於支出當年者，稱爲收益支出。此項支出發生時，應即列爲當年費用。例如機器設備經常保養的支出即屬收益支出。如支出的經濟效益及於數年者則稱爲資本支出，應列爲資產。

17**【收斂級數】** ㄕㄡ ㄌㄧㄢˋ ㄐㄧˊ ㄕㄨˋ
(convergent series)無限級數的一種。級數的項數增加到無限大而其和趨近於一定數值者，稱爲收斂級數。

4**【收文籃演習】** ㄕㄡ ㄨㄣˊ ㄌㄢˊ ㄧㄢˇ ㄒㄧˊ
用以衡量主管行政才能的方法。演習前，在收文籃內放置有若干主管職務須予處理的問題，演習時，由指導人說明假想組織的情況，包括組織、人員、財務等，而後由參加演習者在既定時間內就收文籃內問題提出答案。

6**【收回期限法】** ㄕㄡ ㄏㄨㄟˊ ㄑㄧˊ ㄒㄧㄢˋ ㄈㄚˇ
(payback period)爲評估資本支出計畫的一種方法。係計算原始投資收回所需要的期限。

10**【收益力分析】** ㄕㄡ ㄧˋ ㄌㄧˋ ㄈㄣ ㄒㄧ
(profitability analysis)以財務報表爲基礎分析某一企業的收益能力。一般分淨值收益力、營業淨利率及生產力等三項分析。

【收益實現原則】 ㄕㄡ ㄧˋ ㄕˊ ㄒㄧㄢˋ ㄩㄢˊ ㄗㄜˊ
(revenue recognition principle)爲會計上決定收入應於何時承認的準則。理論上，收入係經由獲利程序累積而得，例如製造業的獲利程序自將原料投入生產開始，經產品完成、銷售、收到現金爲止。在此獲利程序中究應於何時承認收入，依據收益實現原則，當獲利程序完成或大部分完成,且有交易發生時,收入始爲實現。一般均係於銷貨發生或勞務提供完畢時始承認收入,但亦有若干例外,分別在生產期間、生產完成及收到貨款時承認收入。

3

改 ㄍㄞˇ *kai*³
變更;修正。見"說文"。

3【改口】ㄍㄞˇ ㄎㄡˇ
①臨時改變說法及語氣。②改變一向對某人的稱呼。

4【改元】ㄍㄞˇ ㄩㄢˊ
皇帝更改年號紀元。亦指更換朝代。

6【改任】ㄍㄞˇ ㄖㄣˋ
經已依法任用之人員,因服務機關人事制度改變,改按新人事制度予以任用。如原實施簡薦委任制度機關的現職人員,於實施職位分類時,均須按職位分類制的規定予以改任。

【改行】㊀ ㄍㄞˇ ㄒㄧㄥˊ
改變行爲、作風。
㊁ ㄍㄞˇ ㄏㄤˊ
改變職業。

9【改革】ㄍㄞˇ ㄍㄜˊ
改變;革新。

10【改容】ㄍㄞˇ ㄖㄨㄥˊ
改變臉色。

11【改造】ㄍㄞˇ ㄗㄠˋ
去舊創新。

【改組】ㄍㄞˇ ㄗㄨˇ
更動原有的組織;重新分組。

13【改道】ㄍㄞˇ ㄉㄠˋ
①改變行走的路線。②比喻改變方法或制度。

【改歲】ㄍㄞˇ ㄙㄨㄟˋ
新年。由舊歲進入新歲。

14【改圖】ㄍㄞˇ ㄊㄨˊ
變更計畫。

18【改轍】ㄍㄞˇ ㄓㄜˊ
①車輛改變原來行駛的路徑。②比喻改變方法或制度。

25【改觀】ㄍㄞˇ ㄍㄨㄢ
①改變本來的外貌。指面目一新。②改變原來的觀感。

5【改正朔】ㄍㄞˇ ㄓㄥ ㄕㄨㄛˋ
古時每一朝代更替時都要更改曆法,改變歲首的月分。引申爲改朝換代。

6【改向河】ㄍㄞˇ ㄒㄧㄤˋ ㄏㄜˊ
(diverted stream)河流搶水發生後,被搶河流的上游改向流入搶水河,稱爲改向河。

11【改組派】ㄍㄞˇ ㄗㄨˇ ㄆㄞˋ
'民國'十七年十一月,'汪兆銘'、'陳公博'、'顧孟餘'、'甘乃光'等十餘人在'上海'成立'國民黨黨務改組同志會',以恢復十三年'中國國民黨'改組精神之旗幟,人稱改組派。'汪'等因涉案'廣州''共'禍,'中國國民黨'通過書面警告'汪兆銘',並開除'顧孟餘'黨籍三年,'陳公博'、'甘乃光'永除黨籍。改組派與'南京'政府至此完全決裂。直至九一八事變後,再度與'國民政府'合作。抗戰軍興,與'日'妥協,成立'汪'僞政權。

14【改誤碼】ㄍㄞˇ ㄨˋ ㄇㄚˇ
(error correcting code)資料系統在資料傳輸時,可用來自動檢查錯誤並加以修正的冗餘碼。如'漢明'碼即爲一種改誤碼。

3【改土歸流】ㄍㄞˇ ㄊㄨˇ ㄍㄨㄟ ㄌㄧㄡˊ
西南'雲''貴''黔'等省山區,自'元''明'以至'清'初皆設有土司統治,但居於深山的生'苗'仍時生叛亂。'雍正'四年(1726),'世宗'從'雲''貴'總督'鄂爾泰'之議,廢除世襲土司,改派流官治理,將原爲'苗'人自治的地區變爲朝廷直接派官統治的領土。'鄂爾泰'經營五年,招撫'黔'邊生'苗'二千餘寨,開闢'苗'疆數千里,並平定'雲南''瀾滄江'以東'苗'區,'廣西'土司亦皆納印歸附。

5【改正分錄】ㄍㄞˇ ㄓㄥˋ ㄈㄣ ㄌㄨˋ
(correcting entry)分錄於過帳後始發現科目或金額記載錯誤時,須作一分錄將之改正,此種爲改正錯誤而作的分錄,即爲改正分錄。例如收到利息500元,誤記爲租金收入,則改正分錄爲借記租金收入、貸記利息收入。

【改正估計】ㄍㄞˇ ㄓㄥˋ ㄍㄨ ㄐㄧˋ
(amendment of the estimate)指應辦暫繳之營利事業或執行業務者,於辦理預估暫繳後,如因情況變更,預計本年度所得額將大於其前所預估之所得額達1/3以上時,應於十二月三十一日前向該管稽徵機關提出改正,並補繳暫繳稅額。

7【改邪歸正】ㄍㄞˇ ㄒㄧㄝˊ ㄍㄨㄟ ㄓㄥˋ
改去從前不好的行爲,歸入正道。

8【改弦更張】ㄍㄞˇ ㄒㄧㄢˊ ㄍㄥ ㄓㄤ
調整樂器弦索的鬆緊。比喻改變辦法或制度。

【改弦易轍】ㄍㄞˇ ㄒㄧㄢˊ ㄧˋ ㄓㄜˊ
改變樂器弦線的鬆緊,變換車子行駛的路線。比喻改變辦法或制度。

13【改過遷善】ㄍㄞˇ ㄍㄨㄛˋ ㄑㄧㄢ ㄕㄢˋ
改去不當的行爲,往好的方面努力。同改過向善。

16【改頭換面】ㄍㄞˇ ㄊㄡˊ ㄏㄨㄢˋ ㄇㄧㄢˋ
改變舊有的面貌。

攻 ㄍㄨㄥ *kung*¹ 音工
①進擊。如:攻城略地。②責人過失。如:攻訐。③琢磨。如:攻玉。④治療。如:攻砭。⑤研習;致力。如:術業有專攻。

4【攻心】ㄍㄨㄥ ㄒㄧㄣ
利用心理戰術攻擊敵方,使其軍心渙散。

6【攻伐】ㄍㄨㄥ ㄈㄚ
用武力攻擊。

7【攻角】ㄍㄨㄥ ㄐㄧㄠˇ
(angle of attack)又稱衝角。飛機機翼弦線與未經擾亂之相對氣流方向間所成的銳角。在適當範圍內,飛機之升力與阻力隨攻角之增加而增大,但超過此一範圍,升力會突降而造成失速。

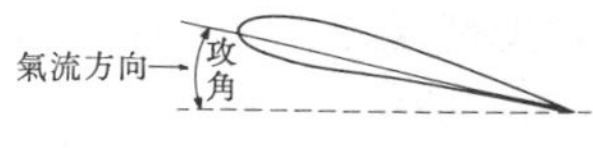

攻角圖

10【攻訐】 ㄍㄨㄥ ㄐㄧㄝˊ
舉發他人的過失而加以攻擊。

11【攻堅】 ㄍㄨㄥ ㄐㄧㄢ
攻擊強敵或堅城。

13【攻勢】 ㄍㄨㄥ ㄕˋ
進攻的情勢或聲勢。

16【攻錯】 ㄍㄨㄥ ㄘㄨㄛˋ
琢磨玉石。比喻借鏡他人的長處,以糾正自己的短處。

22【攻讀】 ㄍㄨㄥ ㄉㄨˊ
研習;勤讀。

8【攻其無備】 ㄍㄨㄥ ㄑㄧˊ ㄨˊ ㄅㄟˋ
乘敵人沒有防備時加以攻擊。又作攻其不備。

9【攻城掠地】 ㄍㄨㄥ ㄔㄥˊ ㄌㄩㄝˋ ㄉㄧˋ
攻擊敵人的城池,占領其土地。

13【攻勢花費】 ㄍㄨㄥ ㄕˋ ㄏㄨㄚ ㄈㄟˋ
(offensive spending) 指爲擴展銷售而大量購買廣告版面、時間,或採用其他有利行銷方法而支出的花費。

⿰也攴 ㄕ shih1 音師
散布。通作施。見“說文”。

攸 ㄧㄡ yu1 音優
1水順流的樣子。見“說文”。2久遠;長遠。通悠。3助詞。(1)相當於所。如:君子有攸往。(2)相當於是。如:九州攸同。4姓。‘明’有‘攸承’。見“萬姓統譜·六三”。

4

放 ㊀ ㄈㄤˋ fang4
1逐出;驅逐。見“說文”。2開釋;放出。如:放生。3不加約束。如:放任。4開展。如:放大。5寬解。如:放心。6分發;散發。如:發放。7外出。如:放洋。8安置。如:放在桌上。
㊁ ㄈㄤˇ fang3 音紡
1仿效。通倣。見“集韻”。2依據。如:放於利而行。3至。如:放於四海。

2【放刁】 ㄈㄤˋ ㄉㄧㄠ
耍無賴。

3【放工】 ㄈㄤˋ ㄍㄨㄥ
下班;放假。

4【放心】 ㄈㄤˋ ㄒㄧㄣ
1亡失的心;放失的心。2安心;不必掛慮。3開拓胸懷。

【放水】 ㄈㄤˋ ㄕㄨㄟˇ
1洩放水流。2故意放鬆,使人得利。如比賽時故意輸給對方。

【放手】 ㄈㄤˋ ㄕㄡˇ
1鬆開手。2沒有拘束顧忌。3放棄;拋開。

5【放生】 ㄈㄤˋ ㄕㄥ
把被捕的動物,放還山林水澤,使自由生活。佛教徒認爲是一種功德。

6【放任】 ㄈㄤˋ ㄖㄣˋ
順其自然,不加拘束。

【放行】 ㄈㄤˋ ㄒㄧㄥˊ
准許通過。

7【放言】 ㄈㄤˋ ㄧㄢˊ
1放棄言談。指不議論世事。2暢談;言談狂放不拘。

8【放宕】 ㄈㄤˋ ㄉㄤˋ
恣意放縱,不加檢束。

【放牧】 ㄈㄤˋ ㄇㄨˋ
指置牛、羊、豬、馬等牲畜於寬廣的牧地上,任其自由擇食的飼育方式。

9【放洋】 ㄈㄤˋ ㄧㄤˊ
1船舶駛向海洋。2指出國留學。

10【放浪】 ㄈㄤˋ ㄌㄤˋ
1放蕩不受束縛。2漫遊。

【放恣】 ㄈㄤˋ ㄗˋ
放縱不受拘束。

【放哨】 ㄈㄤˋ ㄕㄠˋ
軍隊或從事祕密工作的團體,派人在緊要的地方守望,一有緊急消息,即刻回報。

【放射】 ㄈㄤˋ ㄕㄜˋ
由內向外發放、射出。

11【放情】 ㄈㄤˋ ㄑㄧㄥˊ
恣意;縱情。

【放棄】 ㄈㄤˋ ㄑㄧˋ
捨棄;拋棄。

【放逐】 ㄈㄤˋ ㄓㄨˊ
流放驅逐。

【放假】 ㄈㄤˋ ㄐㄧㄚˋ
學校或機關團體,停止上課、工作。

12【放款】 ㄈㄤˋ ㄎㄨㄢˇ
(loans)也稱貸款。銀行利用自有資金、原始存款或其信用創造資金,貸與資金需要者,以購取利息的一種授信業務。是銀行運用資金的主要途徑。放款有擔保與無擔保之分;並有短期、中期與長期之別。

【放晴】 ㄈㄤˋ ㄑㄧㄥˊ
雨後太陽重現,天氣晴朗。

13【放肆】 ㄈㄤˋ ㄙˋ
言語行動不守規矩和禮節。

【放飼】 ㄈㄤˋ ㄙˋ
把牛、羊、馬等牲畜放到空曠的草地上吃草。

14【放歌】 ㄈㄤˋ ㄍㄜ
高聲歌唱。

【放榜】 ㄈㄤˋ ㄅㄤˇ
公布錄取名單。

【放賑】 ㄈㄤˋ ㄓㄣˋ
發放錢財糧食,救濟貧苦或受災的人民。

15【放誕】 ㄈㄤˋ ㄉㄢˋ
放縱狂妄。

16【放蕩】 ㄈㄤˋ ㄉㄤˋ
行爲隨便,不加檢束。

17【放黜】 ㄈㄤˋ ㄔㄨˋ
放逐;斥退。

【放膽】 ㄈㄤˋ ㄉㄢˇ
放大膽量,無所顧忌。

【放縱】 ㄈㄤˋ ㄗㄨㄥˋ
放任,不加約束。

19【放懷】 ㄈㄤˋ ㄏㄨㄞˊ

①放心。②放開胸懷，縱情任性。

3【放大率】 ㄈㄤˋ ㄉㄚˋ ㄌㄩˋ

(magnification) 利用面鏡或透鏡成像時，像之高度 h' 與物之高度 h 之比值，稱爲該鏡之放大率。如以 m 表示，則 $m=\frac{h'}{h}$。由光線作圖法所得圖形中，此比值等於像距 q 與物距 p 之比，即

$$m=\frac{h'}{h}=\frac{q}{p}。$$

【放大器】 ㄈㄤˋ ㄉㄚˋ ㄑㄧˋ

(amplifier) 由電源處吸取功率，而將輸入信號或功率放大的裝置。放大元件可爲眞空管、電晶體、電磁或其他裝置。

4【放水燈】 ㄈㄤˋ ㄕㄨㄟˇ ㄉㄥ

指農曆七月十五日中元節作蓮花燈放於水上。今俗以紙糊成小屋，內置燈火，浮於河中，以普渡水中的孤魂。

7【放冷箭】 ㄈㄤˋ ㄌㄥˇ ㄐㄧㄢˋ

比喻暗中傷人。

9【放流水】 ㄈㄤˋ ㄌㄧㄡˊ ㄕㄨㄟˇ

(effluent water) 指即將排入承受水體之市鎮汙水、工礦、農業及事業廢水。

【放洩閥】 ㄈㄤˋ ㄒㄧㄝˋ ㄈㄚˊ

(relief valve) 油壓控制閥的一種。油壓回路內之壓力超過某一定值時，此控制閥可洩放回路內之油，而維持固定壓力。可作爲安全閥。

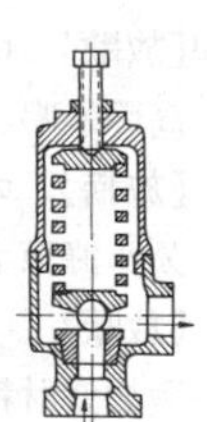

放洩閥圖

10【放射性】 ㄈㄤˋ ㄕㄜˋ ㄒㄧㄥˋ

(radioactivity)不穩定的原子核放射出 α 粒子(阿伐粒子)、β 粒子(貝他粒子)或 γ-射線(加瑪射線，即高能量光子)的現象，稱爲放射性。一物體(一堆原子)之放射性強度依時間作指數函數衰減。

【放射線】 ㄈㄤˋ ㄕㄜˋ ㄒㄧㄢˋ

(radiation) 又稱輻射線。一放射性物體所放出之 α 粒子束、β 粒子束或 γ-射線束，稱爲放射線。

16【放燄口】 ㄈㄤˋ ㄧㄢˋ ㄎㄡˇ

比丘夜間爲超渡亡魂，施食餓鬼，誦經作法，廣施功德，稱爲放燄口。

17【放鴿子】 ㄈㄤˋ ㄍㄜ ˙ㄗ

俗指中途將人棄之不顧。

2【放刁撒潑】 ㄈㄤˋ ㄉㄧㄠ ㄙㄚ ㄆㄛ

耍無賴；不講理。

10【放浪不羈】 ㄈㄤˋ ㄌㄤˋ ㄅㄨˋ ㄐㄧ

言行放縱，不自檢束。

【放浪形骸】 ㄈㄤˋ ㄌㄤˋ ㄒㄧㄥˊ ㄏㄞˊ

行爲放縱，不受禮法的拘束。

【放馬後砲】 ㄈㄤˋ ㄇㄚˇ ㄏㄡˋ ㄆㄠˋ

比喻事情發生後，纔加以批評、建議。

【放射化學】 ㄈㄤˋ ㄕㄜˋ ㄏㄨㄚˋ ㄒㄩㄝˊ

(radiochemistry) 化學之分支。爲探討放射性物質於工業、生物學及醫藥上之應用及其作用與特性的科學。

13【放電加工】 ㄈㄤˋ ㄉㄧㄢˋ ㄐㄧㄚ ㄍㄨㄥ

(electrical discharge machining)又稱火花加工或電氣腐蝕加工。乃是在電極(刀具)和被加工物間浸有絕緣液體，且通以電壓，同時使之徐徐接近，由於電極與被加工物表面並非是完全平滑面，故當接近至某一程度，其電場強度足以引起絕緣油的局部電離，經間隙而產生火花放電。此火花的溫度將被加工材料熔化或蒸發，同時在放電點局部有高壓力的生成，使熔融或蒸發的材料急速除去。

15【放熱反應】 ㄈㄤˋ ㄖㄜˋ ㄈㄢˇ ㄧㄥˋ

(exothermic reaction) 化學反應發生時，如果生成物的總熱含量小於反應物的總熱含量，將會放出熱量，使得反應系統的溫度升高，這種反應稱爲放熱反應。例如鹽酸和氫氧化鈉作用，便是一種放熱反應。

【放僻邪侈】 ㄈㄤˋ ㄆㄧˋ ㄒㄧㄝˊ ㄔˇ

放蕩邪僻，胡作非爲。

9【放流水標準】 ㄈㄤˋ ㄌㄧㄡˊ ㄕㄨㄟˇ ㄅㄧㄠ ㄓㄨㄣˇ

(effluent standard)指市鎮汙水、工礦、農業及事業廢水排入河川、湖泊、海洋等水體時的水質標準。

10【放射性衰變】 ㄈㄤˋ ㄕㄜˋ ㄒㄧㄥˋ ㄕㄨㄞ ㄅㄧㄢˋ

(radioactive disintegration; radioactive decay) 放射性原子核放射出 α 粒子或 β 粒子的過程。它是原子核轉變的一種，也是一種原子核反應。假設一放射性物質原含有 N_0 個放射性原子核，由於發生衰變，經過 t 秒鐘後只剩下 N 個尚未發生衰變(其餘的 N_0-N 個已轉變爲它種原子核)，N 與 N_0 的關係可用數學式表示爲 $N=N_0e^{-\lambda t}$，即原來放射性原子核的數目以指數函數的關係衰減，且衰減的原因係轉變成另一種原子核，故稱衰變。$N=N_0e^{-\lambda t}$ 之等效數學含義是在任何瞬間，原子核的衰變率與當時所剩未衰變的原子核數目成比例。隨著 N 的減少，衰變率跟著減少，放射線強度也隨著減弱，這也是稱爲衰變的另一理由。

17【放縱式教育】 ㄈㄤˋ ㄗㄨㄥˋ ㄕˋ ㄐㄧㄠˋ ㄩˋ

(permissive education) 在學校或家庭裡給予青少年充分自由以自我導引的教育措施。

10【放射性同位素】 ㄈㄤˋ ㄕㄜˋ ㄒㄧㄥˋ ㄊㄨㄥˊ ㄨㄟˋ ㄙㄨˋ

(radioisotope) 具有放射性之天然或人工製造(可置於原子爐施以中子撞擊而得)之元素同位素。可應用於醫藥上之治療，作爲生物及工業上之示蹤劑及聚合反應之引發劑等。

3【放下屠刀立地成佛】 ㄈㄤˋ ㄒㄧㄚˋ

ㄊㄨˊ ㄉㄠ ㄌㄧˋ ㄉㄧˋ ㄔㄥˊ ㄈㄛˊ
一旦停止爲惡，立刻能修得正果。後常用來勸勉人改過自新、棄惡向善。

攲 ㄑㄧㄣˊ *ch'in²* 音琴
執持。也作鈙。見"集韻"。

攽 ㊀ ㄅㄧㄣ *pin¹* 音彬
①分開。見"說文"。②減少。見"廣雅·釋詁"。
㊁ ㄅㄢ *pan¹* 音班
發給。同頒。見"說文通訓定聲"。

5

敃 ㊀ ㄇㄧㄣˇ *min³* 音敏
強。見"說文"。
㊁ ㄈㄣ *fên¹* 音紛
紛亂的樣子。通紛。見"集韻"。

政 ㊀ ㄓㄥˋ *chêng⁴* 音正
①國家的一切行政事務。如：財政。②法規制度。如：道之以政。③官名。古代管理某種政務的人。如：學政。④指正。通正。如：斧政。
㊁ ㄓㄥ *chêng¹* 音征
征伐。如：諸侯力政。

3【政工】 ㄓㄥˋ ㄍㄨㄥ
軍隊中政治工作或政治工作人員的簡稱。

5【政令】 ㄓㄥˋ ㄌㄧㄥˋ
國家的行政命令。

7【政局】 ㄓㄥˋ ㄐㄩˊ
政治發展演變的局勢。

【政見】 ㄓㄥˋ ㄐㄧㄢˋ
對政治措施的意見或主張。

8【政治】 ㄓㄥˋ ㄓˋ
政治至今仍無一公認之界說。但歸納之，可分下列三型：一、政府型界說：認爲政治現象即國家或政府的活動。對內而言，國家的政府（權力化組織）依法行使主權，對其人民與領土從事統治的活動；對外而言，則指一個國家在國際社會中與其他國家發生關係而形成的各種活動。二、權力型界說：認爲政治現象即是人際關係中的權力現象，亦即以力爲中心的社會關係。三、價值分配型界說：認爲任何社會都有個政治系統，替社會作權威性的價值分配。若就其本質而言，政治是一個社會裡的成員（包括個體及團體），於公共事務中，爭取、分配及維護價值與利益的制度及行爲。由於各社會的資源和價值有限，而且各個體及團體對於價值與利益的看法不同，必然會產生爭執、競爭與衝突，以及對公眾衝突的管理等現象。

【政府】 ㄓㄥˋ ㄈㄨˇ
①'唐''宋'時稱宰相處理政務的所在。'唐'稱'政事堂'，'宋'沿'唐'制，或稱'都堂'。②國家之首腦中樞。與人民、領土、主權同爲構成國家之要素。所謂政府，係指在一國之內，從國民之中依據某種規則而任用的一群人；他們配合制度而形成結構，被賦予公共權力，爲社會制定與執行權威性政策或法律，以履行爲民服務的功能（爲民創造利益、維護利益、分配利益）。有廣狹二義：廣義的政府，可包括立法、行政、司法等機關在內，如泛稱'中國'政府、'美國'政府。狹義的政府，則僅指行政機關而言，如政府施政報告、政府對議會負責。

【政制】 ㄓㄥˋ ㄓˋ
政治制度。

9【政客】 ㄓㄥˋ ㄎㄜˋ
(politician) 政客一詞導源於古'希臘'，意爲獻身於政治事業之人。今則凡一切積極從事政治活動的人，如各種公職之競選者、助選的經理人員、政黨的組織分子，乃至以政治遊說爲職業者，皆稱爲政客。

【政要】 ㄓㄥˋ ㄧㄠˋ
①施政的要領。②政治活動中的重要人物。

11【政教】 ㄓㄥˋ ㄐㄧㄠˋ
①政治教化。②政治與宗教。

【政略】 ㄓㄥˋ ㄌㄩㄝˋ
施政的策略及計畫。

12【政策】 ㄓㄥˋ ㄘㄜˋ
指某一團體組織，小如社團，大如國家政府以及國際組織，爲某目標價值與實踐而設計之計畫。其爲決策過程之產物，是行動或活動的指引或指示，大都爲目標取向（或明示，或隱含）。政策不只包含目標，且常常包括如何達到一定目標所採取的行動路線，即各種執行政策的實際措施。而公共政策是指政府對公私行動所採取的指引。

14【政綱】 ㄓㄥˋ ㄍㄤ
政策之綱領。政黨政治之下的政黨，爲號召人民支持信任，均有其公諸於世的政綱。政綱是一個政黨所致力實現的最高目標和理想，例如'中國國民黨'的政綱係奠基於三民主義；其所致力實現的目標，就是實現國父的三民主義，使國家變成一個民有、民治和民享的國家。簡言之，政綱係發乎主義，成乎政策，故主義、政綱與政策既三位一體，且先後有序。

15【政論】 ㄓㄥˋ ㄌㄨㄣˋ
對時事或政府措施的評論。

17【政聲】 ㄓㄥˋ ㄕㄥ
官吏施政的聲譽。

20【政黨】 ㄓㄥˋ ㄉㄤˇ
一群政治主張相同的人所結合之政治團體。

22【政權】 ㄓㄥˋ ㄑㄩㄢˊ
行政權力。可分特定涵義與通俗涵義：一、依'中山'先生之民權主義及五權憲法之昭示，政權之特定涵義指選舉、罷免、創制、複決四權，係人民監督政府之權。政權與政府之治權有別而相對。二、西方一般憲法學上所稱之政權，係指掌理政權或行使政治上之權力而言，故其內容與我國五權憲法中之五種治權的整個概念相當,或與行政之概念相當。

23【政變】 ㄓㄥˋ ㄅㄧㄢˋ

不依傳統或憲法規定,且通常在武力或武力威脅下所造成政府制度或最高權力人物之突然的、決定性的變化者,稱爲政變。如'清''光緒'二十四年(1898)的戊戌政變。在現代則政局不穩定的'中南美洲'及'非洲'國家,即常發生政變。

【政體】 ㄓㄥˋ ㄊㄧˇ

指國家之統治形態而言。即國家之政治性格。以統治權之行使爲分類之標準:由統治權總攬者自已直接行使該權力者,爲直接政體;由統治權總攬者委由他人行使該權力者,爲間接政體;統治權總攬者不受法律之限制,以獨斷行使該權力者,爲專制政體;統治權總攬者在行使該權力時受到憲法之限制者,爲限制政體,當今西方國家之限制政體爲立憲民主政體,特質爲權力分立。

8【政治犯】 ㄓㄥˋ ㄓˋ ㄈㄢˋ

(political offense) 國際法將政治犯分爲純粹政治犯 (purely political offense)與相對政治犯(relative political offense)。所謂純粹政治犯,係以國家爲對象,危害國家之存在、福祉與安全之犯罪。申言之,純粹政治犯傷害國家政治組織,違反憲法暨主權,妨害國家基本法律秩序及權力分配;所謂相對政治犯是純粹政治犯之擴大適用,亦即犯純粹政治犯,同時觸犯普通犯罪,或基於意識形態之動機而犯普通犯罪,例如謀殺政治領袖或在革命中殺害人民。在國際引渡實踐上,政治犯通常不予引渡。

【政治學】 ㄓㄥˋ ㄓˋ ㄒㄩㄝˊ

以國家體制、政治制度與人類政治行爲爲研究對象的科學。通常包括政治理論、政治制度、政黨、輿論和國際關係等。也有人主張應包括公共行政、公法、政治歷史學、政治心理學、政治社會學、公共政策學、政治行爲和比較政治等學門。

【政事堂】 ㄓㄥˋ ㄕˋ ㄊㄤˊ

'唐''宋'兩代宰相辦公的處所。'唐'初,宰相議事於'門下省'的'政事堂','武后''光宅'元年(684),'裴炎'爲相,遷'政事堂'於'中書省'。'開元'中,'張說'爲相,又改'政事堂'爲'中書門下'。'宋'承'唐'制,也有'政事堂',又稱'都堂'。

11【政務官】 ㄓㄥˋ ㄨˋ ㄍㄨㄢ

以制訂政策爲主要任務之公務員。政務官在組織體系上多居於機關首長或副首長地位,其進用有一定程序,但無任用資格的限制,職務除定有任期外,並無保障。

15【政論家】 ㄓㄥˋ ㄌㄨㄣˋ ㄐㄧㄚ

政治評論的專家。

8【政治文化】 ㄓㄥˋ ㄓˋ ㄨㄣˊ ㄏㄨㄚˋ

(political culture) 政治體系成員所共同具有的政治信仰與態度。是維持該體系結構的必要條件。內容有政治價值、認同與規範。

【政治作戰】 ㄓㄥˋ ㄓˋ ㄗㄨㄛˋ ㄓㄢˋ

(political warfare) 指以政治號召爲手段,向敵人發動心理作戰;或以政治宣傳來防止敵方對我方的滲透或顛覆。

【政治制度】 ㄓㄥˋ ㄓˋ ㄓˋ ㄉㄨˋ

政治權力者在管理眾人之事時,爲設政施治、齊民使眾,而建立或因之形成具有必然性、人爲性、強制性、調適性的社會生活之共同規範及人群行動之一致準繩。其內容或可概分爲國體制度、政體制度、中央政治制度及地方政治制度等。

【政治哲學】 ㄓㄥˋ ㄓˋ ㄓㄜˊ ㄒㄩㄝˊ

包括兩大成分:一、規範的政治理論:爲思想家個人思維的產物,其目的在闡揚與剖析其政治價值。這類思想家很關心道德哲學與社會倫理的基本問題。傳統的政治理論實可視爲道德哲學與社會倫理的一部分。規範的政治理論家探討的主要問題爲:⑴人生的目的爲何?⑵國家的目的爲何?⑶個人對國家有何義務?⑷國家對個人有何義務?二、意識型態的分析:若干有關人生、社會與政治等的觀點,組合成一套信仰系統,受到接受與支持者的衷誠擁護,視爲行動的指導原則與價值的準則,即爲意識型態。諸如'法西斯'主義、共產主義。

【政治參與】 ㄓㄥˋ ㄓˋ ㄘㄢ ㄩˋ

即參政。凡行使選舉權,參加政黨活動與利益團體活動等,皆是政治參與的方式。

【政治漫畫】 ㄓㄥˋ ㄓˋ ㄇㄢˋ ㄏㄨㄚˋ

含政治訊息的漫畫。由專家負責繪製,對現實政治有所譏評。通常刊載於報刊評論版。有人以「非文字的社論」稱之。

【政府市場】 ㄓㄥˋ ㄈㄨˇ ㄕˋ ㄔㄤˇ

(government purchasing market) 以政府機構爲顧客的銷售市場。其分類有三:一般市場之延伸市場、政府占重要地位之市場、特別政府市場。

【政府預算】 ㄓㄥˋ ㄈㄨˇ ㄩˋ ㄙㄨㄢˋ

爲政府的需求與財源計畫。即政府送請議會通過之財政計畫。乃未來一定期間所需支出之估計與財務支應方法之建議,爲政府機關在財務期間可以支用經費之授權及提供籌措財源之方法。

【政府會計】 ㄓㄥˋ ㄈㄨˇ ㄎㄨㄞˋ ㄐㄧˋ

會計學之一分支。以政府機構爲對象,依據法律規章,針對其業務實況,研究設計其會計制度,用以記錄其財務事項,彙總報告其財務情形,進而予以分析解釋,以提供決策參考之應用。

【政府審計】 ㄓㄥˋ ㄈㄨˇ ㄕㄣˇ ㄐㄧˋ

(government audit) 由政府特設獨立之審計機構，依據政府有關法令、核定之預算、會計制度及一般公認會計原則等，就各級政府機構所提供之會計報告、會計紀錄帳冊與原始憑證等，用有系統有組織之方法，進行全部或一部之審查，以鑑定各項事實，確定其執行人員之財務責任，並考核財務效能，對於不法不當之財務行爲執行糾正、剔除、繳還或賠償，並對於一切缺點建議改善，以發揮政府財務監督之功能。

【政府機關】 ㄓㄥˋ ㄈㄨˇ ㄐㄧ ㄍㄨㄢ
組織的一種。凡由政府所設置並以推行公務爲其主要任務的組織均屬之。如總統府、五院、各部會、省市縣政府、鄉鎭區公所。

10**【政躬康泰】** ㄓㄥˋ ㄍㄨㄥ ㄎㄤ ㄊㄞˋ
祝國家元首(也指一般長官)身體健康安適的敬詞。

11**【政教合一】** ㄓㄥˋ ㄐㄧㄠˋ ㄏㄜˊ ㄧ
相對於政教分離而言。指政治(國家政權)與教會(教權)相結合之關係。兩者結合之關係有下列三種情況：一、典型之模式即爲政治團體與宗教團體兩者合　之祭政一致制度，古代國家皆具此類形式。二、就西方世界而言，迄'羅馬'時代，因基督教入侵，致國家與教會產生對立；此際皇帝掌握政權，教皇掌握教權，最初因教會獲得'君士坦丁大帝'之承認，並將教會隸屬於國家之內，遂確立政權優於教權的國家教會制度。三、十一世紀起由於皇帝權力衰微，教皇之權力漸增，致教會凌駕於國家之上而形成教會國家制度，此時不論教權或政權均隸屬於教會，教皇對皇帝擁有監督權與懲戒權，皇帝應依教皇之意思行使統治權，如有不從，教皇可解除人民對皇帝之服從義務。此種局面，直至十五世紀，各地封建諸侯勢力日增，君主以主權論及君權神授說來對抗教皇之所謂君權係由教皇間接授與之理論，繼以宗教革命奠定信教自由之基礎，而導致後來之政教分離。

【政務委員】 ㄓㄥˋ ㄨˋ ㄨㄟˇ ㄩㄢˊ
'行政院'官員的職稱。可分兼管部會政務委員及不兼管部會政務委員兩種。前者得參加'行政院'會議，提出議案或表決議案，又可以各部會首長的資格，處理所管部的行政事務；後者僅得參加'行政院'會議，提出議案或表決議案。兩者均由'行政院'院長提請總統任命。

【政通人和】 ㄓㄥˋ ㄊㄨㄥ ㄖㄣˊ ㄏㄜˊ
政事通達，人心和順。

12**【政策保險】** ㄓㄥˋ ㄘㄜˋ ㄅㄠˇ ㄒㄧㄢˇ
(insurance based on government policy)依據政府政策所舉辦的保險。如輸出保險爲擴展貿易政策的保險，農業保險爲農業經濟政策的保險等是。

20**【政黨政治】** ㄓㄥˋ ㄉㄤˇ ㄓㄥˋ ㄓˋ
指一國之內同時允許有兩個以上的政黨，各以政見爭取選民，由多數黨執政，少數黨在野監督，彼此交相更迭的一種政黨運作制度。

8**【政治地理學】** ㄓㄥˋ ㄓˋ ㄉㄧˋ ㄌㄧˇ ㄒㄩㄝˊ
(political geography)現代地理學的主要部分之一。係探討人類爲了行使政治機能而在空間組成之結構的科學。中心問題是政治，特別是政體與政治演變的過程與地表景觀的相互作用。

【政治性報紙】 ㄓㄥˋ ㄓˋ ㄒㄧㄥˋ ㄅㄠˋ ㄓˇ
(political newspaper) 報紙類型的一種。內容側重政治宣傳，發行量有限，常須官方資助始能生存。

【政府電視制度】 ㄓㄥˋ ㄈㄨˇ ㄉㄧㄢˋ ㄕˋ ㄓˋ ㄉㄨˋ
(government television) 電視制度的一種。電視事業大致分公營和商營兩種，在公營體制中，純由政府出資者，稱爲政府電視制度。

【政府會計年度】 ㄓㄥˋ ㄈㄨˇ ㄎㄨㄞˋ ㄐㄧˋ ㄋㄧㄢˊ ㄉㄨˋ
政府機關編製預算及處理會計事務所規定之一段期間。通常爲一年。我國政府會計年度於每年七月一日開始，至次年六月三十日終了，以次年之'中華民國'紀元年次爲其年度名稱。

【政府內部服務基金】 ㄓㄥˋ ㄈㄨˇ ㄋㄟˋ ㄅㄨˋ ㄈㄨˊ ㄨˋ ㄐㄧ ㄐㄧㄣ
由政府機關所建立，以之對其他基金或政府機關提供集中服務，期能增進財物之管理，達於經濟有效之目的。

【政府財務聯綜組織】 ㄓㄥˋ ㄈㄨˇ ㄘㄞˊ ㄨˋ ㄌㄧㄢˊ ㄗㄨㄥˋ ㄗㄨˇ ㄓ
政府所有財務收支，必須透過行政、主計、公庫與審計四個組織系統辦理。行政系統職司收支命令之發布；主計系統掌理預算、決算、會計；公庫系統執行庫款之出納及公有財物之保管；審計系統辦理財務審計與財物稽查。四個系統依法各司其事，互相制衡，以防弊於未然；相互聯繫，相輔相成，以發揮財務之績效。

【政治經濟及匯兌危險】 ㄓㄥˋ ㄓˋ ㄐㄧㄥ ㄐㄧˋ ㄐㄧˊ ㄏㄨㄟˋ ㄉㄨㄟˋ ㄨㄟˊ ㄒㄧㄢˇ
(political, economic and transfer risk) 通常簡稱爲政治危險。係輸出保險所承保的動態危險。指輸出廠商由於政治、經濟及匯兌等各方面原因可能引起損失的危險。如輸入目的地實施輸入管制或外匯管制、發生戰爭或內亂、罷工或抵制外貨、變更外匯法令或調整匯率，以及輸出地對輸出貨物的限制或禁止等皆是。

㪅

更的本字。

故　ㄍㄨˋ *ku*⁴ 音固
①原因。如：緣故。②事理；事情。如：事故。③災變；禍害。如：王室多故。④死亡。如：物故。⑤成例。⑥舊的。如：故居。⑦副詞。⑴本來；原本。⑵特意；存心。如：明知故犯。⑶依然；仍且。⑷必然。⑧連詞。所以。如：'由'也退，故進之。

2【故人】　ㄍㄨˋ ㄖㄣˊ
①老朋友；舊時相識的人。②前妻或前夫。③已死的人。

3【故土】　ㄍㄨˋ ㄊㄨˇ
故鄉。

6【故交】　ㄍㄨˋ ㄐㄧㄠ
老朋友。

【故老】　ㄍㄨˋ ㄌㄠˇ
年紀大、見識多的人。

7【故里】　ㄍㄨˋ ㄌㄧˇ
故鄉。

【故步】　ㄍㄨˋ ㄅㄨˋ
①原來走路的步伐。②指舊有的行事方法。

10【故宮】　ㄍㄨˋ ㄍㄨㄥ
①舊時的宮殿。②指'元''明''清'時的舊宮，在'北平''紫禁城''神武門'內。

【故書】　ㄍㄨˋ ㄕㄨ
古書；舊書。

11【故都】　ㄍㄨˋ ㄉㄨ
以前的國都。

【故常】　ㄍㄨˋ ㄔㄤˊ
常規；先例。

【故國】　ㄍㄨˋ ㄍㄨㄛˊ
①歷史悠久的國家。②祖國。③故鄉。

13【故意】　ㄍㄨˋ ㄧˋ
①舊交、老友的深厚情意。②存心；有意；特意。③行爲人對於構成犯罪的事實，明知並有意使其發生或預見其發生，而其發生不違反其本意，均稱爲故意。前者爲直接故意，後者稱爲間接故意。因故意而成立的犯罪，稱故意犯。"刑法"以處罰故意犯爲原則，以處罰過失犯爲例外。

【故園】　ㄍㄨˋ ㄩㄢˊ
①往日所居住的家園。②故鄉。

14【故實】　ㄍㄨˋ ㄕˊ
①以往的事蹟。②典故；掌故。

【故障】　ㄍㄨˋ ㄓㄤˋ
①意外事故所形成的障礙。②機械發生毛病。

18【故轍】　ㄍㄨˋ ㄔㄜˋ
舊的車跡。比喻舊規。

【故舊】　ㄍㄨˋ ㄐㄧㄡˋ
故交；老朋友。

7【故弄玄虛】　ㄍㄨˋ ㄋㄨㄥˋ ㄒㄩㄢˊ ㄒㄩ
故意施展手段，使人不明就裡。

【故步自封】　ㄍㄨˋ ㄅㄨˋ ㄗˋ ㄈㄥ
比喻墨守成規，不求進取。

13【故意責任】　ㄍㄨˋ ㄧˋ ㄗㄜˊ ㄖㄣˋ
古典學派與新古典學派均視故意爲責任形態，將故意與過失一併在責任領域內加以探討，因此所謂故意即故意責任之謂。今日"刑法"理論認爲故意具雙重作用，一方面在構成要件加以討論，一方面則在責任領域予以探討，因此有構成要件故意及故意責任之分。前者指行爲人對於客觀不法構成要件之認識與實現法定構成要件之決意；後者則指因構成要件故意所導致之故意責任。要言之，前者係主觀之不法構成要件要素，後者則屬責任形態。

14【故態復萌】　ㄍㄨˋ ㄊㄞˋ ㄈㄨˋ ㄇㄥˊ
舊有的習性再度出現。

10【故宮博物院】　ㄍㄨˋ ㄍㄨㄥ ㄅㄛˊ ㄨˋ ㄩㄢˋ
我國中央政府所設的機構。收藏'清'宮原有的各種器物、書畫、圖書文獻，並定期公開展覽。原在'北平'，今在'臺北市''外雙溪'。

敁　ㄉㄧㄢ *tien*¹ 音顛
參敁敪。

12【敁敪】　ㄉㄧㄢ ㄉㄨㄛˊ
①用手估量斤兩。②忖度；揣摩。

敂　叩的或體。

6

效　ㄒㄧㄠˋ *hsiao*⁴ 音笑
①摹倣。見"說文"。②授予；致送。③盡力。如：效忠。④功用；徵驗。如：效率。⑤考校。

2【效力】　ㄒㄧㄠˋ ㄌㄧˋ
①盡力；奉獻力量。②功能；效果。

4【效尤】　ㄒㄧㄠˋ ㄧㄡˊ
仿效他人的過錯。

5【效用】　ㄒㄧㄠˋ ㄩㄥˋ
(utility)消費者使用或持有某種財貨，心理上所感覺到的滿足程度。可分爲總效用與邊際效用，前者係對全部財貨所感到的滿足程度；後者乃該財貨增加一單位時，總效用的增加量。

6【效死】　ㄒㄧㄠˋ ㄙˇ
竭盡心力，不惜犧牲性命。

8【效果】　ㄒㄧㄠˋ ㄍㄨㄛˇ
①效力；結果。②指舞臺上由人工造成的音響，如風雨聲、槍砲聲等。③指法律事實適用法律所引導之法律效果。凡足以發生法律關係之事實，例如侵權行爲、債務不履行、法律行爲、自然事實(出生、死亡等)等適用法律之規定，利用三段論之推論方法可獲致一定結果，此一結果即法律效果。

【效命】　ㄒㄧㄠˋ ㄇㄧㄥˋ
捨命報效。

9【效度】　ㄒㄧㄠˋ ㄉㄨˋ
(validity) 一測驗達成其評量目的的程度。包括預測效度、內容效度、同時效度和構想效度。

10【效能】　ㄒㄧㄠˋ ㄋㄥˊ
(effectiveness)又稱效果、成效。指行事方針正確，即能獲致良好成果。

11【效率】　ㄒㄧㄠˋ ㄌㄩˋ
①個體所費能量與所收效果之比率。若消耗之能量少，而產生的效果大，則效率高；反之，則效率低。②(efficiency)欲使熱機或機械作功(稱爲輸出的功或能)，則必

須對它作功或輸入能量，輸入的功與輸出的功之比值，稱爲該熱機或機械的效率。

12【效勞】ㄒㄧㄠˋ ㄌㄠˊ
盡力；出力。

17【效應】ㄒㄧㄠˋ ㄧㄥˋ
效果反應。

23【效驗】ㄒㄧㄠˋ ㄧㄢˋ
①效果和徵驗。②有效；應驗。

24【效顰】ㄒㄧㄠˋ ㄆㄧㄣˊ
比喻人無其材質，勉強摹倣，而弄巧成拙。

8【效果律】ㄒㄧㄠˋ ㄍㄨㄛˇ ㄌㄩˋ
(law of effect)'美國'心理學家'桑代克'(E. L. Thorndike)的學習三定律之一。個體於理想行爲反應後，隨即獲致獎勵，則學習效果較佳；反之，則不易產生學習效果。

17【效應器】ㄒㄧㄠˋ ㄧㄥˋ ㄑㄧˋ
(effector; effecter)又稱作用器、受動器或反應器。爲傳出衝動而完成反射活動的構造，也是接受運動神經或交感神經興奮引起的構造。如肌肉、腺體均屬之。

2【效力未定】ㄒㄧㄠˋ ㄌㄧˋ ㄨㄟˋ ㄉㄧㄥˋ
效力未定乃法律行爲有效或無效尚未確定，必須經承認或拒絕使之確定之意。效力未定之原因主要有無權代理及無權處分。例如"民法"第一百七十條「無代理權人以代理人之名義所爲之法律行爲，非經本人承認，對於本人，不生效力。」「前項情形，法律行爲之相對人，得定相當期限，催告本人確答是否承認，如本人逾期未爲確答者，視爲拒絕承認。」又一百十八條第一項「無權利人就權利標的物所爲之處分，經有權利人之承諾，始生效力。」均屬之。效力未定行爲之承認或拒絕，應以意思表示爲之；經承認或拒絕者，視爲自始有效或自始無效。

11【效率獎金】ㄒㄧㄠˋ ㄌㄩˋ ㄐㄧㄤˇ ㄐㄧㄣ
員工除支領計時薪資外，另視工作效率的高低所支領的獎金。效率獎金，有依個別員工的效率分別計算支領者，有依團體的效率爲準計算，再由團體轉分配員工支領者。

2【效力未定行爲】ㄒㄧㄠˋ ㄌㄧˋ ㄨㄟˋ ㄉㄧㄥˋ ㄒㄧㄥˊ ㄨㄟˊ
指效力發生與否尚未確定，必須有他人承認或拒絕承認之行爲介入始能確定其效力之法律行爲。如無權處分行爲、無權代理行爲、限制行爲能力人未得法定代理人允許所訂立之契約。效力未定之法律行爲經第三人同意後，溯及於爲法律行爲時，成爲確定有效之法律行爲；經第三人拒絕後，自始成爲無效之法律行爲。此種同意或拒絕之補助行爲的介入並無一定期間之限制，故效力未定狀態可能長期存續，並不因一定期間之經過而使法律行爲確定有效。法律爲補救此種久懸不決之法律狀態，促使其效力早日歸於確定，設有規定。如限制行爲能力人未得允許所訂立之契約，其相對人有催告權及撤回權；無權代理人所爲法律行爲之相對人也有催告權及撤回權，惟對於無權處分之相對人則無催告權或撤回權之規定。

敉 ㄇㄧˇ *mi*^{3} 音米
平定；戡平。見"說文"。

5【敉平】ㄇㄧˇ ㄆㄧㄥˊ
平定。

敊 ㈠ ㄔㄨˋ *ch'u*^{4} 音觸
生病的樣子。見"集韻"。
㈡ ㄕㄡˋ *shou*^{4} 音受
收穫。見"集韻"。

𢼸 ㄨㄟˊ *wei*^{2} 音微
細小。今通作微。見"說文"。

敆 ㄍㄜˊ *ko*^{2}, *kê*^{2} 音格
會合。見"說文"。

⿰火攵 ㄒㄧㄢˋ *hsien*^{4} 音現
散。見"玉篇"。

7

敝 ㄅㄧˋ *pi*^{4} 音幣
①壞；破舊。如：敝衣。②敗；戰敗。③疲倦；疲勞。如：敝於奔命。

14【敝屣】ㄅㄧˋ ㄒㄧˇ
破鞋。比喻廢棄無用的東西。

7【敝車羸馬】ㄅㄧˋ ㄔㄜ ㄌㄟˊ ㄇㄚˇ
破舊的車，瘦弱的馬。

8【敝帚千金】ㄅㄧˋ ㄓㄡˇ ㄑㄧㄢ ㄐㄧㄣ
比喻自己的東西即使破舊，也非常珍愛。

【敝帚自珍】ㄅㄧˋ ㄓㄡˇ ㄗˋ ㄓㄣ
比喻自己的東西即使破舊，也非常珍愛。

14【敝屣尊榮】ㄅㄧˋ ㄒㄧˇ ㄗㄨㄣ ㄖㄨㄥˊ
把富貴榮華看得像破鞋一樣的輕賤。

教 勃的或體。

救 ㄐㄧㄡˋ *chiu*^{4} 音就
①阻止；勸阻。見"說文"。②救護；援助。如：搶救。③姓。'漢'有'救義'。見"萬姓統譜·一一〇"。

5【救主】ㄐㄧㄡˋ ㄓㄨˇ
①泛指宗教的開教者及重要人物。如佛教的'佛陀'或菩薩、祆教的'邵西安玆'(Saoshyans)等。②(the Saviour)基督教徒對'耶穌基督'的尊稱。也稱救世主。

7【救助】ㄐㄧㄡˋ ㄓㄨˋ
①救濟幫助。②參撈救。

9【救星】ㄐㄧㄡˋ ㄒㄧㄥ
援救者。

【救急】ㄐㄧㄡˋ ㄐㄧˊ
援助急難。

14【救弊】ㄐㄧㄡˋ ㄅㄧˋ
匡正弊害。

17【救濟】ㄐㄧㄡˋ ㄐㄧˋ
援救幫助。

19【救藥】 ㄐㄧㄡˋ ㄧㄠˋ
①治療。②挽救；補救。

21【救護】 ㄐㄧㄡˋ ㄏㄨˋ
①救助保護。②古代每逢日蝕或月蝕，由欽天監事先行奏聞，分行各省皆擊鼓行禮的風俗。③搶救醫治傷患。

4【救火栓】 ㄐㄧㄡˋ ㄏㄨㄛˇ ㄕㄨㄢ
在街道旁設置的消防用供水設備。

5【救世軍】 ㄐㄧㄡˋ ㄕˋ ㄐㄩㄣ
(The Salvation Army)基督教美以美教派所組織的慈善團體。西元1865年'英'人'威廉·布斯'(William Booth)首創於'倫敦東區'，以傳教、救濟貧困為宗旨，內部制度完全仿效軍隊。今在世界近70個國家設立分部，推動三千餘個社會慈善機構、醫院和學校團體。

【救生衣】 ㄐㄧㄡˋ ㄕㄥ ㄧ
飛機或船上為應付意外危險所設置的吹氣式塑膠衣物。穿在身上能使落水者具有足夠浮力露出水面。

【救生員】 ㄐㄧㄡˋ ㄕㄥ ㄩㄢˊ
受過救生訓練，在游泳池或海濱擔任浴場救生工作的人。

【救生筏】 ㄐㄧㄡˋ ㄕㄥ ㄈㄚˊ
船上所預備在緊急時救生用的小筏。

2【救人一命勝造七級浮屠】 ㄐㄧㄡˋ ㄖㄣˊ ㄧ ㄇㄧㄥˋ ㄕㄥˋ ㄗㄠˋ ㄑㄧ ㄐㄧˊ ㄈㄨˊ ㄊㄨˊ
指救人活命，功德無量。

敖 ㈠ ㄠˊ ao^2 音遨
①出遊。見"說文"。②喧鬧；嘈雜。③焦灼；煎熬。通熬。④古地名。在今'河南省''鄭縣'。⑤姓。'宋'有'敖陶孫'。見"萬姓統譜·三三"。

㈡ ㄠˋ ao^4 音奧
驕傲。通傲。如：敖慢。

敔 ㄩˇ yü^3 音宇
古代打擊樂器。木質，形如伏虎，背有鋸齒二十七。演奏時，用一支一端破成細條的竹筒，逆刮鋸齒，以示樂曲終結。

敔圖

敕 ㄔˋ ch'ih^4 音飭
也作勅。①告誡。見"說文"。②帝王的詔命。見"洪武正韻"。③整飭。如：敕正。④鞭笞。如：箠敕。

8【敕命】 ㄔˋ ㄇㄧㄥˋ
①皇帝的命令。②'明''清'時朝廷頒賜六品以下官職所用的詔令。

教 ㈠ ㄐㄧㄠˋ chiao^4 音較
①禮儀；規矩。如：禮教。②宗教。如：佛教。③訓誨；訓導。如：管教。④使；讓。⑤姓。'明'有'教輔直'。見"萬姓統譜·一〇四"。

㈡ ㄐㄧㄠ chiao^1 音交
傳授學業。如：教書。

3【教士】 ㄐㄧㄠˋ ㄕˋ
①受過訓練的兵士。②基督教的傳教師。

4【教化】 ㄐㄧㄠˋ ㄏㄨㄚˋ
①政教風俗。②教導感化。

5【教主】 ㄐㄧㄠˋ ㄓㄨˇ
宗教的創始人或地位最高的人。

7【教坊】 ㄐㄧㄠˋ ㄈㄤ
古代傳習、管理宮廷音樂的機構。'唐高宗'於禁中置內教坊，其官隸屬太常；'武后'時改為雲韶府；'玄宗''開元'二年(714)，乃更置教坊於'蓬萊宮'側，以教俗樂。'宋'、'元'、'明'、'清'各代皆設有教坊，至'雍正'始廢。

【教育】 ㄐㄧㄠˋ ㄩˋ
①父母對子女的養育與教誨。②現代教育分廣、狹二義：就廣義而言，指有計畫地影響他人的一切活動，目的在增加受教育者的知識和能力，培養正確的態度及價值觀念。就狹義而言，指國家藉由學校等教育機構，有計畫、有目的在控制的環境中，指導學生學習，以達到預定目標的活動。

8【教宗】 ㄐㄧㄠˋ ㄗㄨㄥ
(pope)也作教皇。'羅馬'天主教會的領袖。'拉丁'文papa源自'希臘'文pappas，義為父親。本為教會中的一個頭銜，西元三～五世紀時係對一般主教或神父的尊稱，約至九世紀時成為'羅馬'主教之專稱。

9【教派】 ㄐㄧㄠˋ ㄆㄞˋ
宗教的派別。

10【教案】 ㄐㄧㄠˋ ㄢˋ
①教師在上課前，根據教材和教學目標，設計教學過程、分配教學時間、預訂成績評量等所編寫成的案卷。②'清代'基督教在我國傳教，與國人所起的爭訟案件。

【教席】 ㄐㄧㄠˋ ㄒㄧˊ
教書的職位。多用以尊稱教師。

【教唆】 ㄐㄧㄠˋ ㄙㄨㄛ
慫恿、誘使他人作惡。

11【教授】 ㄐㄧㄠˋ ㄕㄡˋ
①教導傳授。②官名。'宋'以後，諸州、府學校置教授之職，教導學生經術。③大學教師的職稱。依"大學法"規定，在大學院校內，教師的職等分助教、講師、副教授、教授四等。

【教條】 ㄐㄧㄠˋ ㄊㄧㄠˊ
①教育的綱目及條例。②宗教信徒必須遵守的信條。③泛指僵化而強迫他人遵守的主義或規約等。

13【教會】 ㄐㄧㄠˋ ㄏㄨㄟˋ
信奉同一教義者所組成的宗教社團。

14【教誨】 ㄐㄧㄠˋ ㄏㄨㄟˋ
教導訓誨。

15【教練】 ㄐㄧㄠˋ ㄌㄧㄢˋ
①軍事教導訓練。分基本教練和戰鬥教練兩種。②泛稱各種運動的技巧指導、訓練人員。

16【教澤】 ㄐㄧㄠˋ ㄗㄜˊ
教化的恩澤。

18【教鞭】ㄐㄧㄠˋ ㄅㄧㄢ
教師在教學時所執以指示的長條形工具。多爲木製、竹製或藤製。今亦有用金屬或塑膠製者。

7【教育家】ㄐㄧㄠˋ ㄩˋ ㄐㄧㄚ
(educator)泛指從事教學或教育行政工作的專業人員。

8【教門拳】ㄐㄧㄠˋ ㄇㄣˊ ㄑㄩㄢˊ
指彈腿、六路短打、十路查拳。

5【教外別傳】ㄐㄧㄠˋ ㄨㄞˋ ㄅㄧㄝˊ ㄔㄨㄢˊ
指在傳統佛經教法之外，另傳心法。此爲禪宗特色之一。

7【教育保險】ㄐㄧㄠˋ ㄩˋ ㄅㄠˇ ㄒㄧㄢˇ
(educational insurance)要保人與保險人約定在子女到達某一教育階段或一定年齡時，由保險人給付一定金額的保險。人壽保險中的幼少年壽險保單，通常即由父母爲其子女投保，供作大學教育的儲蓄計畫。

【教育電視】ㄐㄧㄠˋ ㄩˋ ㄉㄧㄢˋ ㄕˋ
(educational television)專門爲教育而編製的電視節目。其內容包括幼兒教育節目、各級補習教育節目、成人推廣教育節目、一般大眾文教節目，以及各種科技專輯等。教育電視不穿插商業廣告，但接受公私企業的資助或支持。

10【教師助理】ㄐㄧㄠˋ ㄕ ㄓㄨˋ ㄌㄧˇ
(teacher aide)在小學或幼稚園裡協助教師處理教學、紀律及日常事務的人員。

11【教條主義】ㄐㄧㄠˋ ㄊㄧㄠˊ ㄓㄨˇ ㄧˋ
一種處事或論學的態度。持此態度者欠缺批判的精神，沒有印證經驗的傾向，而一味依從某些觀念或說法行事立論，拒絕接受實際經驗的批判。

16【教學相長】ㄐㄧㄠˋ ㄒㄩㄝˊ ㄒㄧㄤ ㄓㄤˇ
教與學互相促進。

【教學評鑑】ㄐㄧㄠ ㄒㄩㄝˊ ㄆㄧㄥˊ ㄐㄧㄢˋ
一種針對教學成果所作的評鑑。單就學生的學習而言，俗稱成績考查，範圍包括德、智、體、群、美等五方面；內容除知識、技能、行爲和習慣外，兼及態度、理想、情感和興趣等學習成果。評鑑方法有觀察、記錄、評判、口試、筆試、量表、表演和作品評量等。所得結果，除作爲改進教材、教法的依據外，並得按時報告學生家長，使家庭教育與學校教育互相配合，以收步調一致之效。若就教師的教學效果而言，可評量教師的教學準備、專業知能、講解與分析能力、教學目標、評量標準、應答能力、接受批評、課外協助、公平待人等教學品質。

【教學醫院】ㄐㄧㄠ ㄒㄩㄝˊ ㄧ ㄩㄢˋ
(teaching hospital)附屬於醫學院並供醫學院從事教學與訓練醫學、藥學、護理人才的醫院。

【教學證書】ㄐㄧㄠ ㄒㄩㄝˊ ㄓㄥˋ ㄕㄨ
(teaching certificate)教育行政機構所頒授的一種證書。證明持有者已具備教授某專業課程應有的學歷、經驗與有關資歷等。

7【教育廣播電臺】ㄐㄧㄠˋ ㄩˋ ㄍㄨㄤˇ ㄅㄛˋ ㄉㄧㄢˋ ㄊㄞˊ
(educational radio station)由公私立大學或教育機構所設立，專爲教育大眾而廣播的電臺。

敗 ㄅㄞˋ pai^4 音拜
①毀壞。見"說文"。②腐爛；變味。③戰爭失利；事不成功。如：失敗。④衰落；凋落。如：家敗人亡。⑤凶年。

5【敗北】ㄅㄞˋ ㄅㄟˇ
①戰敗逃亡。②泛指競賽失敗。

6【敗式】ㄅㄞˋ ㄕˋ
國術架式。又稱塌機式。後腳彎曲，前腳伸直，後腳承載七分體重，前腳承載三分。

12【敗絮】ㄅㄞˋ ㄒㄩˋ
①破舊的棉絮。也指破舊的棉被。②比喻敗壞無用的東西。

【敗筆】ㄅㄞˋ ㄅㄧˇ
①用壞了的筆。②書法、繪畫或詩文中的瑕疵。

16【敗興】ㄅㄞˋ ㄒㄧㄥˋ
掃興；破壞了興致。

17【敗績】ㄅㄞˋ ㄐㄧ
①軍隊作戰大敗。②事業失敗。③行陣自亂。

19【敗類】ㄅㄞˋ ㄌㄟˋ
①對群體有害的人。②指品德低下、行爲無恥的人。

6【敗血症】ㄅㄞˋ ㄒㄧㄝˇ ㄓㄥˋ
(sepsis)即膿毒病。或稱敗血作用。爲病原菌(包括葡萄球菌、鏈球菌、肺炎球菌、肺炎桿菌、大腸菌、流行性感冒病毒等)由患處進入血液或淋巴組織，並轉移至全身其他器官組織繁生，而破壞血球及身體組織細胞的一種疾病。常見的症狀是發燒、熱、惡寒、引起皮下出血和心臟衰竭等。這種病很容易一發難以控制而致死，現在可正確使用抗生素來治療控制。

10【敗家子】ㄅㄞˋ ㄐㄧㄚ ㄗˇ
不務正業、傾家蕩產的子弟。

8【敗法亂紀】ㄅㄞˋ ㄈㄚˇ ㄌㄨㄢˋ ㄐㄧˋ
破壞、擾亂國家的法規紀律。

10【敗家喪身】ㄅㄞˋ ㄐㄧㄚ ㄙㄤˋ ㄕㄣ
敗壞家業，喪失自己的生命。

15【敗德亂行】ㄅㄞˋ ㄉㄜˊ ㄌㄨㄢˋ ㄒㄧㄥˋ
敗壞道德、品行。

19【敗壞門楣】ㄅㄞˋ ㄏㄨㄞˋ ㄇㄣˊ ㄇㄟˊ
敗壞家庭的名譽。

敍 敘的本字。

敘 ㄒㄩˋ $hsü^4$ 音序
也作敍。①順序；排定次第。見"說文"。②按次授職或獎勵。如：銓敍。③陳述；敍談。如：申敍。④在書籍前，記述全書要點或撰寫經過的一段文字。也作序。

如:"說文解字敘"。

5【敘用】 ㄒㄩˋ ㄩㄥˋ
官吏依次進用。

8【敘事】 ㄒㄩˋ ㄕˋ
敘述事實。

9【敘述】 ㄒㄩˋ ㄕㄨˋ
①陳述;說明。②文學創作的基本手法之一。指作者對人物、事件和環境作概括的說明和記載。③(statement) 依照電腦語言之規則,表示一運算或處理步驟的語句或式子,稱爲一敘述。敘述是組成電腦程式之基本單位。

18【敘舊】 ㄒㄩˋ ㄐㄧㄡˋ
談論往事。

7【敘利亞】 ㄒㄩˋ ㄌㄧˋ ㄧㄚˋ
(Syria) 位於'阿拉伯半島'北部的國家。西元1936年獨立。面積18.5萬方公里, 人口1,845.0萬(2005年), 首都'大馬士革'。境內沙丘連綿, 地勢高亢, 東北部'幼發拉底河'附近較平坦, '地中海'岸有狹小平原。氣候高溫乾燥,僅沿海冬季有雨。農牧並重。居陸、海交通要衝,'大馬士革'和'阿勒坡' (Aleppo) 為大漠隊商路線集中的名城。

8【敘事曲】 ㄒㄩˋ ㄕˋ ㄑㄩˇ
(ballade) ①最早指遊吟詩人吟唱時伴以舞蹈的一種歌曲。十四、十五世紀後爲獨唱曲的總稱。十九世紀後,則指鋼琴伴奏的敘事性獨唱曲,並逐漸發展成爲器樂曲。②指十四、十五世紀盛行於'法國'的一種詩體。體製略有差異,最通行的一種分成三節,每節八或十行,最後附有四行或五行的煞尾(envoi)。

【敘事畫】 ㄒㄩˋ ㄕˋ ㄏㄨㄚˋ
(narrative painting) 以寫實的手法描繪出文學或故事中的某一情節,讓欣賞者知道已經發生之事或即將發生之事的一種繪畫。

【敘事詩】 ㄒㄩˋ ㄕˋ ㄕ
敘述故事的詩歌。如"孔雀東南飛"、"木蘭辭"。

9【敘述語】 ㄒㄩˋ ㄕㄨˋ ㄩˇ
(descriptor) 擷取索引典的標目,以表現文獻中涉及的主題內容。係採字彙控制的原理,使索引者對相同之主題予以相同之標目,便於同類資料依相同標目聚集一起,而檢索者亦可經查閱索引典,覓得恰當之敘述語以查尋所有相關資料。

【敘述函數】 ㄒㄩˋ ㄕㄨˋ ㄏㄢˊ ㄕㄨˋ
(statement function) 符傳(FORTRAN)電腦語言程式中,以單一敘述定義一個只在該程式單元內使用之函數。

【敘述標號】 ㄒㄩˋ ㄕㄨˋ ㄅㄧㄠ ㄏㄠˋ
(statement label) 依據電腦程式語言之規則,對一敘述指定一名稱,供參考、引用及識別之依據,此一名稱即稱爲敘述標號。

【敘述編號】 ㄒㄩˋ ㄕㄨˋ ㄅㄧㄢ ㄏㄠˋ
(statement number)符傳(FORTRAN) 電腦語言規定程式中之敘述標號必須由數字所組成,故符傳程式中之敘述標號稱爲敘述編號。

【敘述經濟學】 ㄒㄩˋ ㄕㄨˋ ㄐㄧㄥ ㄐㄧˋ ㄒㄩㄝˊ
(descriptive economics)觀察經濟現象,以敘述經濟事實、闡釋經濟事象之歷程。例如經濟發展史之類屬之。

敎 教的本字。

敓 ㄉㄨㄛˊ to^2, tuo^2 音奪
強取。今通作奪。見"說文"。

敏 ㄇㄧㄣˇ min^3 音閔
①快速。見"說文"。②聰明。見"廣韻"。③勤勉。

13【敏感性】 ㄇㄧㄣˇ ㄍㄢˇ ㄒㄧㄥˋ
(sensitivity) 指一種敏感的性質或狀態。通常用以指稱對刺激有異常的反應或反應非常強烈而快速。例如某種藥物在很低的濃度即可殺死某種病菌,則該種病菌對於該種藥物具有敏感性。

【敏感性訓練】 ㄇㄧㄣˇ ㄍㄢˇ ㄒㄧㄥˋ ㄒㄩㄣˋ ㄌㄧㄢˋ
(sensitivity training)係一項實驗訓練的方法,使參加人員更能瞭解其本人及他人的感受,增進對他人感受的敏感度。一般係由一小群人於暫時與外界隔離的環境中作充分的自我認識,經由各人充分的自我發掘而瞭解他人。

啟 ㄑㄧˇ $ch'i^3$ 音起
也作啓。①開導。如:啟蒙。②開拓;開創。如:啟業。③打開。如:開啟。④陳述。如:啟事。⑤開始;出動。如:啟程。⑥姓。'南北朝'有'啟倫'。見"萬姓統譜·七九"。

5【啟示】 ㄑㄧˇ ㄕˋ
①指經某些事物的引發而有所領悟。② (revelation) 指人經由神祕的透視、歷史事件或靈智經歷所獲知的神之旨意或眞理。基督徒認爲"聖經"的記載即神的自我顯現,而啟示的過程在'耶穌'降臨人間傳達福音達到頂點。

6【啟行】 ㄑㄧˇ ㄒㄧㄥˊ
動身上路。

7【啟沃】 ㄑㄧˇ ㄨㄛˋ
指竭智盡忠地以治國之道開導帝王。後也用作對一般人的開導培植。

8【啟事】 ㄑㄧˇ ㄕˋ
①陳述事情的原委。②指陳述事情原委的書函。③指廣告及公告。

9【啟迪】 ㄑㄧˇ ㄉㄧˊ
啟發引導。

10【啟航】 ㄑㄧˇ ㄏㄤˊ
①飛機或輪船第一次航行。②出發。

12【啟發】 ㄑㄧˇ ㄈㄚ
①開導人心,使之明白事理。②闡揚;發揮。

13【啟碇】 ㄑㄧˇ ㄉㄧㄥˋ
開船。

14【啟蒙】ㄑㄧˇ ㄇㄥˊ
開導蒙昧，使之明白。後泛指教導初學者。
15【啟齒】ㄑㄧˇ ㄔˇ
①開口發言。②展顏發笑。
12【啟發劑】ㄑㄧˇ ㄈㄚ ㄐㄧˋ
(initiator)能產生自由基，使自由基鏈鎖聚合反應進行之物質或電磁波。例如一般之有機氧化物、過氧化物、偶氮化合物等。因其會被消耗，故不稱為觸媒。
8【啟明復旦】ㄑㄧˇ ㄇㄧㄥˊ ㄈㄨˋ ㄉㄢˋ
金星出現，便是夜盡又將天明時。比喻光明即將降臨。
【啟始效應】ㄑㄧˇ ㄕˇ ㄒㄧㄠˋ ㄧㄥˋ
(primacy effect)學習一連串材料後，呈現於首端之材料有較佳之記憶效果的現象。
14【啟蒙運動】ㄑㄧˇ ㄇㄥˊ ㄩㄣˋ ㄉㄨㄥˋ
(Enlightenment)西元十七世紀後半葉到十八世紀，在'英'、'法'、'德'等國產生的以經驗論為基準的思想運動。該運動特別強調理性、科學方法，並認為人能鞭策自己、改造社會。就'法國'而言，啟蒙思想家'伏爾泰'、'孟德斯鳩'、'盧梭'、'狄德羅'等，以經驗的理性對當時的教會權威、封建王權及社會的不平等，提出批評和改革的主張，成為'法國'革命的思想母胎；而其政治哲學，大致與'英國'的'培根'、'洛克'和'休姆'之經驗論下的自然法思想和社會契約說一脈相通，主張君主立憲政治或民主政治。在'德國'較缺乏政治的實踐面，而以哲學或宗教運動推展。

8

敦 ㊀ ㄉㄨㄣ tun¹ 音蹲
①篤厚。如：敦樸。②誠懇。如：敦請。③督促；勉勵。④重視。如：敦本。⑤修治。如：敦品。⑥姓。'明'有'敦鐸'。見"萬姓統譜·二三"。
㊁ ㄉㄨㄣˋ tun⁴ 音頓
①直立。如：敦杖。②不開通的樣子。
㊂ ㄉㄨㄟ tui¹ 音堆
①催迫。②孤獨的樣子。③治理。
㊃ ㄉㄨㄟˋ tui⁴ 音對
①盛食器。圓腹，三足或無足，器蓋上下對稱，形似卵或圓球，四耳或無耳。其制盛行於'春秋'晚期和'戰國'時代，在禮器系統中代替晚'商'、'西周'以來簋的地位。'宋'人將斂口、有蓋、兩耳或有方座之簋名為敦；'清代''陳介祺'辨證其誤，'容庚'且認為敦的本字是錞，傳世的有'陳侯'午'錞。②怨恨。通憝。

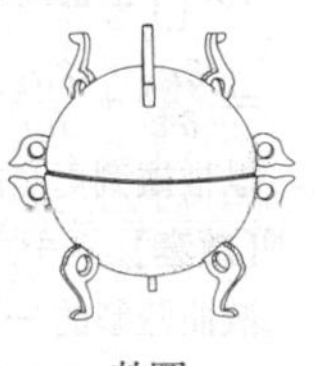
敦圖

㊄ ㄉㄧㄠ tiao¹ 音雕
雕刻。通彫。
9【敦厚】ㄉㄨㄣ ㄏㄡˋ
淳樸寬厚。
【敦促】ㄉㄨㄣ ㄘㄨˋ
誠懇地促請。
10【敦倫】ㄉㄨㄣ ㄌㄨㄣˊ
①使人倫的情誼更加親睦。②指夫妻交媾。
13【敦煌】ㄉㄨㄣ ㄏㄨㄤˊ
縣名。位於'甘肅省''河西走廊'西端。其西的'玉門關'和'陽關'自古即為'甘''新'二省的交通要道。因有'黨河'的水源，農業頗盛。城東南的'千佛洞'('莫高窟')有壁畫、塑像，富藏經典、文獻史料，為我國佛教文化及藝術的寶庫。
【敦睦】ㄉㄨㄣ ㄇㄨˋ
敦厚和睦。
15【敦請】ㄉㄨㄣ ㄑㄧㄥˇ
誠懇地邀請。
9【敦品力學】ㄉㄨㄣ ㄆㄧㄣˇ ㄌㄧˋ ㄒㄩㄝˊ
修養品德，努力向學。
13【敦睦邦交】ㄉㄨㄣ ㄇㄨˋ ㄅㄤ ㄐㄧㄠ
促進與他國的和睦關係。
16【敦親睦鄰】ㄉㄨㄣ ㄑㄧㄣ ㄇㄨˋ ㄌㄧㄣˊ
厚待親人，和睦鄰居。
4【敦巴頓橡樹園會議】ㄉㄨㄣ ㄅㄚ ㄉㄨㄣˋ ㄒㄧㄤˋ ㄕㄨˋ ㄩㄢˊ ㄏㄨㄟˋ ㄧˋ
(Dumbarton Oaks Conference)二次世界大戰期間，同盟國領袖倡議組織'聯合國'，以替代原有之'國際聯盟'。西元1944年8月21日至10月7日，'中'、'美'、'英'、'蘇'四國代表分兩階段，在'華盛頓'之'敦巴頓橡樹園'召開會議，商討'聯合國'之籌設問題，通過"敦巴頓國際組織建議案"，為日後成立'聯合國'之基礎。該案嗣經'金山'會議納入"聯合國憲章"。

敢 ㄍㄢˇ kan³ 音感
①奮勇。見"廣雅·釋詁"。②表示冒昧的意思。如：敢問。③豈敢、不敢的省詞。④大約；也許。
11【敢情】ㄍㄢˇ ˙ㄑㄧㄥ
①大概；莫非。②自然；當然。
6【敢死隊】ㄍㄢˇ ㄙˇ ㄉㄨㄟˋ
深入敵陣，勇於犧牲的作戰隊伍。二次世界大戰時'日本'的神風特攻隊就是敢死隊，他們的任務是駕駛零式戰鬥機攜帶炸彈撞擊'美'軍戰艦。

散 散的訛字。

散 ㊀ ㄙㄢˋ san⁴
①分離；分解。②分布；分與。如：散播。③消失；湮沒。如：散失。④排遣。如：散悶。⑤罷休。
㊁ ㄙㄢˇ san³ 音傘
①自己不加檢點。見"廣韻"。②閒冗。見"增韻"。③粉狀的藥物。見"正字通"。④琴曲名。如："廣陵散"。⑤解體。⑥鬆開。如：鬆散。⑦零碎的。如：一點散錢。⑧姓。'明'有'散惟聰'。見"萬姓統譜·八一"。
3【散工】㊁ ㄙㄢˇ ㄍㄨㄥ
零工。

[二] ㄙㄢˋ ㄍㄨㄥ
指一天工作結束。

4【散文】 ㄙㄢˇ ㄨㄣˊ
文體的一種。不對偶、不押韻、不以故事情節爲主，但講究修辭藝術的文章。古時與韻文相對，現代與詩歌、小說、戲劇相對。

【散心】 ㄙㄢˋ ㄒㄧㄣ
[1]排遣煩悶的心情。[2]散亂之心。

【散手】 ㄙㄢˋ ㄕㄡˇ
國術練習時，將拳套招式一招招拆散，選其實用者，練習應敵。此拆散的招式稱散手。

5【散布】 ㄙㄢˋ ㄅㄨˋ
分散傳布。

【散仙】 ㄙㄢˇ ㄒㄧㄢ
[1]道家稱在天宮未授職務的仙人。[2]比喻逍遙自在、無任何拘束的人。

6【散光】 ㄙㄢˇ ㄍㄨㄤ
(astigmatism)又稱亂視。因角膜產生曲凸不平，致一平面的光線分由不同點的曲凸處散集於不同焦點上的平面(無法集中於一點)，因此一物看起來有數種層面的像。此種眼疾，應配散光透鏡加以矯正。

【散曲】 ㄙㄢˇ ㄑㄩˇ
指南北曲中，沒有科介(動作表情)、賓白(說白對話)的曲子。包括小令及散套。與劇曲相對。

7【散兵】 [一] ㄙㄢˇ ㄅㄧㄥ
[1]員額外的兵士。指非正式編制而在軍中服役的人員。[2]訓練或作戰時，依命令成一線散開之徒步兵。突遭敵人砲火攻擊時，散兵運動方式可避免較大傷亡。

[二] ㄙㄢˋ ㄅㄧㄥ
因戰鬥而與原編制失散的兵士。

9【散客】 ㄙㄢˇ ㄎㄜˋ
(foreign independent travelers; FIT)指從事國外旅行的個人旅客或少數同行的旅客。

【散度】 ㄙㄢˇ ㄉㄨˋ
(divergence)一向量場u於某點p處之散度，記成 $div\ u(p)$，是一商式之極限。取包含p點之良好封閉曲面$\partial\Omega$，其包含之範圍爲Ω，作u對$\partial\Omega$之通量爲分子，以Ω之體積爲分母，並使Ω收縮到p點。於是在三維空間中，$div\ u(p)= lim\left\{\int u\cdot\partial\Omega \div |\Omega|\right\}, \lim_{\Omega\to p}\frac{\int u\cdot\partial\Omega}{|\Omega|} = \frac{\partial u_1}{\partial x}+\frac{\partial u_2}{\partial y}+\frac{\partial u_3}{\partial z}$。此概念可以推廣到更高維的空間。

10【散套】 ㄙㄢˋ ㄊㄠˋ
散曲體製的一種。指抒情或寫景的套曲。取同宮調或同管色的曲牌若干支連貫而成。有南曲散套、北曲散套、南北合套等。各套獨立，不相聯貫，與劇情聯貫的劇套相對稱。

【散脈】 ㄙㄢˋ ㄇㄛˋ
脈象的一種。脈來浮而散亂無力不齊，輕按有分散零亂不均的感覺，重按則觸不到脈搏跳動。多由於氣血喪亡、元氣耗失所致。見於疾病的垂危階段。

12【散場】 ㄙㄢˋ ㄔㄤˇ
指集會或表演結束。

14【散漫】 [一] ㄙㄢˋ ㄇㄢˋ
分布雜亂的樣子。

[二] ㄙㄢˇ ㄇㄢˋ
任意；隨便；不受約束。

【散夥】 ㄙㄢˋ ㄏㄨㄛˇ
[1]解散團體組織。[2]取消合夥關係。

15【散髮】 ㄙㄢˋ ㄈㄚˇ
脫下帽子，披散頭髮。指遁世隱居。

16【散劑】 ㄙㄢˇ ㄐㄧˋ
(powders)也稱粉劑。即兩種以上的藥物，按處方分量混和成的均勻狀粉末。可供內服或外用。'中'醫學上用的散劑，分粗末和細末，粗末供煎服，細末供直接內服或外用。現'中'西藥散劑內服者多置膠囊內，食用甚爲方便。

【散館】 ㄙㄢˋ ㄍㄨㄢˇ
'清代'於'翰林院'設'庶常館'(又稱'教習館')，新科進士經朝考後選爲庶吉士，在館肄業三年，經考試成績優良者留館，授以編修、檢討之職；其餘分發各部任給事中、御史或主事，或外放爲州縣官，稱爲散館。

4【散文詩】 ㄙㄢˇ ㄨㄣˊ ㄕ
(prose poetry)散文的一種特別形式。特點爲節奏悠揚、多應用譬喻和意象。首由'伯特恩'(Jacques Bertrand)引入'法國'文學，其詩集"夜晚的加斯拔特"(*Gaspard de la nuit*)在當時並未引起注意，直至十九世紀末始對象徵主義詩人發生影響；後經'波德萊'(Charles Baudelaire)、'馬拉美'(Stéphane Mallarmé)和'藍波'(Arthur Rimbaud)等人加以應用而告確立。

【散氏盤】 ㄙㄢˇ ㄕˋ ㄆㄢˊ
傳世器。附耳，腹飾夔紋，足飾饕餮紋。器內底鑄長銘十九行三百五十七字，是'夨國'以田邑交給'散國'的盟誓紀錄，乃關於'周代'封疆最具體、最詳盡的文獻。由於田邑有圖，在交割典禮上有天子的史正作見證，故對於了解封建時代土地所有權的性質，本器是一件重要的史料。今存'臺北''故宮博物院'。

散氏盤圖

7【散兵壕】 ㄙㄢˇ ㄅㄧㄥ ㄏㄠˊ
作戰時，用爲步槍或其他輕兵器之射擊場所的戰壕。壕內戰鬥人員和武器都不直接暴露在敵人砲火之下。

15【散熱片】 ㄙㄢˋ ㄖㄜˋ ㄆㄧㄢˋ
(fin)爲擴大冷卻或傳熱面積所延伸出來之表面。其形式有：(1)長方形散熱片；(2)圓柱管外裝置具長方形剖面之散熱片；(3)具梯形剖面之長形散熱片；(4)具拋物線剖面之長形散熱片；(5)具長方形剖面之圓周散熱片；(6)圓柱形突針散熱片。如圖所示。

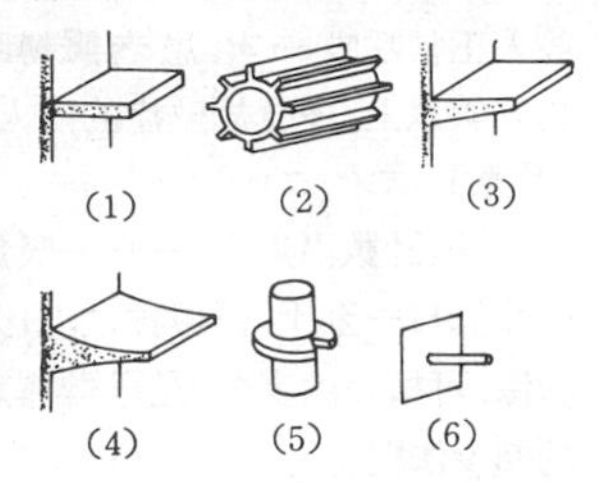

散熱片圖

【散熱器】 ㄙㄢˋ ㄖㄜˋ ㄑㄧˋ
(radiator)使冷卻水通過其中芯管，並使空氣流過芯管周圍散熱片而使冷卻水冷卻之機件。俗稱水箱。

5【散布強化】 ㄙㄢˋ ㄅㄨˋ ㄑㄧㄤˊ ㄏㄨㄚˋ
(dispersion strengthening)由其他非析出方法所形成第二相的存在而造成的強化作用。其造成強化的第二相並非析出物，而是由固溶體析出以外的方式形成，如由於內部氧化而在基地中形成的氧化物顆粒。高溫結構材料TD-鎳與TD-鎳鉻齊，由於ThO_2(氧化物顆粒)粒子的散佈，而造成強化效果，這些材料在高溫下仍具有很高強度，而能適用於氣渦輪引擎中最熱一段的高溫。

12【散散落落】 ㄙㄢˇ ㄙㄢˇ ㄌㄨㄛˋ ㄌㄨㄛˋ
分散零落的樣子。

13【散裝貨船】 ㄙㄢˇ ㄓㄨㄤ ㄏㄨㄛˋ ㄔㄨㄢˊ
(bulk cargo carrier)不定期航業的主要船舶。係無包裝及大宗貨物(如有定向性及季節性流動之農產品、礦砂、燃料煤、粗工業品等)之運輸的專用船舶。

【散裝貨櫃】 ㄙㄢˇ ㄓㄨㄤ ㄏㄨㄛˋ ㄍㄨㄟˋ
(bulk cargo container)貨櫃的一種。用以裝載礦砂、穀物、肥料、廢鐵、廢鋼等散裝貨物。

敧 ㊀ ㄐㄧ chi¹ 音基
用筷夾物。見"集韻"。
㊁ ㄑㄧˇ ch'i³ 音起
不正。如：敧傾。

敪 ㄉㄨㄛˊ to², tuo² 音奪
參敁敪。

敹 敕的訛字。

敞 ㄔㄤˇ ch'ang³ 音廠
①寬廣。如：寬敞。②張開。如：敞開大門。③豁達。如：敞快。

5【敞田】 ㄔㄤˇ ㄊㄧㄢˊ
(openfield)'歐洲'傳統田地景觀的一種。田地四周敞開，其間沒有籬笆，除村落旁的樹林外，盡是一望無際的田野。通常居民集居成大聚落，村的中央是突出的教堂、鐘樓。敞田常分成三段，每段三年休耕一次，村農每家在三段耕地內均有一塊，故地權相當破碎。近年因商業性混合農業發達，敞田制日見減少，但其農村景觀仍保留至今。

敤 ㄎㄜˇ k'o³, k'ê³ 音可 又讀 ㄎㄜˋ k'o⁴, k'ê⁴ 音課
①研治。見"說文"。②椎；擊。見"廣雅·釋詁"。

敜 ㄋㄧㄝˋ nieh⁴ 音孽
①塡塞；封閉。見"說文"。②按壓。見"集韻"。

9

敯 本作敃，或作暋。
㊀ ㄇㄧㄣˇ min³ 音敏
強悍；勇往直前。見"集韻"。
㊁ ㄏㄨㄣ hun¹ 音昏
鬱悶。見"集韻"。

敃 敯的俗體。

敭 揚的古文。

敬 ㄐㄧㄥˋ ching⁴ 音竟
①恭肅。見"說文"。②愼重。見"廣韻"。③尊重。如：敬仰。④珍惜。如：敬時愛日。⑤姓。'漢'有'敬韶'。見"萬姓統譜·一〇八"。

9【敬畏】 ㄐㄧㄥˋ ㄨㄟˋ
敬重畏懼。

13【敬業】 ㄐㄧㄥˋ ㄧㄝˋ
①專心致意於學業。②敬重自己的工作。

4【敬天法祖】 ㄐㄧㄥˋ ㄊㄧㄢ ㄈㄚˇ ㄗㄨˇ
尊敬上天，效法祖先。

6【敬而遠之】 ㄐㄧㄥˋ ㄦˊ ㄩㄢˋ ㄓ
①指尊敬鬼神卻不宜接近。②敷衍他人，既不親近，也不得罪。

8【敬始愼終】 ㄐㄧㄥˋ ㄕˇ ㄕㄣˋ ㄓㄨㄥ
從開始到結束，無不嚴肅謹愼。

11【敬陪末座】 ㄐㄧㄥˋ ㄆㄟˊ ㄇㄛˋ ㄗㄨㄛˋ
①指在宴會中，因輩分或地位最低，坐在最末的座次。②指在競賽中，名次居於最後。

13【敬業樂群】 ㄐㄧㄥˋ ㄧㄝˋ ㄧㄠˋ ㄑㄩㄣˊ
專心於學業，並和朋友和睦相處。

17【敬謝不敏】 ㄐㄧㄥˋ ㄒㄧㄝˋ ㄅㄨˋ ㄇㄧㄣˇ
對他人表示拒絕的委婉之辭。

10

敲 ㄑㄧㄠ ch'iao¹ 音蹺
擊打。如：敲門。

5【敲打】 ㄑㄧㄠ ㄉㄚˇ
敲擊叩打。

12【敲詐】 ㄑㄧㄠ ㄓㄚˋ
用恐嚇、欺騙的手段，勒索他人的財物。

6【敲竹槓】 ㄑㄧㄠ ㄓㄨˊ ㄍㄤˋ
①藉故向人強取或騙取錢財。②強迫人請客。

8【敲門磚】 ㄑㄧㄠ ㄇㄣˊ ㄓㄨㄢ
比喻爲達到某種目的所使用的手段。

19【敲邊鼓】 ㄑㄧㄠ ㄅㄧㄢ ㄍㄨˇ
從旁鼓動，以促成其事。

6【敲冰求火】 ㄑㄧㄠ ㄅㄧㄥ ㄑㄧㄡˊ ㄏㄨㄛˇ
比喻徒勞無功。

17【敲擊樂器】 ㄑㄧㄠ ㄐㄧˊ ㄩㄝˋ ㄑㄧˋ

(percussion instrument) 由敲打膜、板或金屬的彈性體而發音的樂器。分旋律的(如木琴、鋼管琴、鐵琴等)與節奏的(如鼓、鑼、三角鐵等)兩種。

敳 ㄞˊ ai² 音皚
痴呆。通獃。

11

敵 ㄉㄧˊ ti² 音狄
1寇仇。見"說文"。2抵拒。如:萬夫莫敵。3相當;對等。如:勢均力敵。

4【敵手】 ㄉㄧˊ ㄕㄡˇ
指能力相當的人。即對手。

11【敵視】 ㄉㄧˊ ㄕˋ
當敵人看待;仇視。

【敵情】 ㄉㄧˊ ㄑㄧㄥˊ
敵方的情況。

13【敵意】 ㄉㄧˊ ㄧˋ
指對他人或團體所懷之不快、不滿或憤恨的混合情感與態度。

15【敵樓】 ㄉㄧˊ ㄌㄡˊ
建在城牆上面,用以瞭望敵情的樓臺。

敷 ㄈㄨ fu¹ 音膚
本作敷。1施布;散布。見"說文"。2普遍。如:敷施。3展開。如:敷榮。4分。如:敷治。5布置。如:敷設。6陳述。如:敷陳。7塗抹。如:敷藥。8足夠。如:入不敷出。9和樂。如:敷愉。10表面;淺薄。通膚。如:敷淺。

9【敷衍】 ㄈㄨ ㄧㄢˇ
1傳布;散播。2鋪陳引申。也作敷演。3表面上應付。

11【敷設】 ㄈㄨ ㄕㄜˋ
布置陳設。

4【敷天之憤】 ㄈㄨ ㄊㄧㄢ ㄓ ㄈㄣˋ
天下人共同的憤怒。

6【敷地計畫】 ㄈㄨ ㄉㄧˋ ㄐㄧˋ ㄏㄨㄚˋ
(site planning)一基地內建築物及道路之配置規劃。

9【敷衍了事】 ㄈㄨ ㄧㄢˇ ㄌㄧㄠˇ ㄕˋ
做事不切實。

敺 一 ㄑㄩ ch'ü¹ 音驅
驅的古文。
二 ㄡ ou¹ 音歐
打;擊。通毆。如:敺打。

敶 一 ㄔㄣˊ ch'ên² 音陳
通作陳。1陳列。見"說文"。2抒發。
二 ㄓㄣˋ chên⁴ 音陣
軍隊的行列。陣的古字。

敹 ㄌㄧㄠˊ liao² 音聊
1選擇。見"說文"。2粗略縫綴。

數 一 ㄕㄨˋ shu⁴ 音術
1計算事物多少的詞語。如:數量。2幾個。表示不確定的數量。如:數口之家。3算術。古代六藝之一。今也作爲數學的省稱。4命運。如:劫數。5技藝。通術。如:弈之爲數,小數也。6方法;步驟。7道理。如:禮數。
二 ㄕㄨˇ shu³ 音署
1計算。見"說文"。2責備。見"廣雅·釋詁"。
三 ㄕㄨㄛˋ shuo⁴ 音朔
屢次;多次。如:數見不鮮。
四 ㄘㄨˋ ts'u⁴ 音促
細密。如:數罟。
五 ㄙㄨˋ su⁴ 音速
快速。通速。如:遲數。

4【數元】 ㄕㄨˋ ㄩㄢˊ
(binary digit; bit)又譯作位元。爲數位電腦中用以表示資料之最小單位。其值爲0或1。

6【數列】 ㄕㄨˋ ㄌㄧㄝˋ
(sequence) 序列最常見的一種。本義爲將一組數依序排列。數學上,定義於整數區 I 上的(數值)函數叫數列。I 可爲{1, 2, 3……}(或{0, 1, 2, 3, ……}),或者{1, 2, 3, ……n},通常指前者,即無限數列。若 I 爲正負整數與0,則得雙向數列。

8【數奇】 ㄕㄨˋ ㄐㄧ
命運不好。指遭遇不順當。

10【數脈】 ㄕㄨˋ ㄇㄛˋ
脈象的一種。即脈搏急速跳動,一般人正常呼吸一次,患者脈搏跳動五次以上。多見於熱症的病人。

【數息】 ㄕㄨˇ ㄒㄧˊ
佛家語。計數出入息(一呼一吸爲一息)。自一至十,循環數之,日久功深,可攝心除妄念。是學習禪定的初步法門。

11【數基】 ㄕㄨˋ ㄐㄧ
(radix) 記數系統中作爲基底的數。如十進位記數法中,以10爲數基;二進位記數法中,以2爲數基等。

【數術】 ㄕㄨˋ ㄕㄨˋ
同術數。

13【數落】 ㄕㄨˇ ㄌㄨㄛˋ
1逐項指責他人的過錯。2訴說心中的不平。

16【數學】 ㄕㄨˋ ㄒㄩㄝˊ
(mathematics) 數、空間及這些概念之許多推廣的研究。是人類智慧的創造物。數學有兩方面,顯示了數學家亦師亦匠的雙重角色。其一是純粹的或抽象的數學,就是爲數學而數學;在當代之數學文化的引導下,找尋創新而有意義的關係。另一是應用數學,關心於發展數學工具,以便解決物理、化學、天文等許多知識領域內所產生的問題。應用數學問題常常引發純數學的抽象研究,亦即純數學理論常在多年以後以完全料不到的方式找到應用。這兩方面第一次最明顯地同時出現於'牛頓'的萬有引力及星體運動理論上。數學有三個主要分支:幾何、代數和分析,其中幾何是討論空間,代數討論數及其抽象形式,分析討論連續和極限。

4【數元串】 ㄕㄨˋ ㄩㄢˊ ㄔㄨㄢˋ
(bit string) 由一組數元所構成的串列。電腦內的資料即以數元串之形式儲存。

【數元組】 ㄕㄨˋ ㄩㄢˊ ㄗㄨˇ
(byte) 由若干數元所組成,可以

表示一字符,運算處理時視爲一基本單元,稱爲數元組。通常電腦以八數元構成一數元組,並作爲表示記憶儲存容量之單位。

8【數來寶】 ㄕㄨˇ ㄌㄞˊ ㄅㄠˇ
民間曲藝的一種。由一人或兩人說唱,用竹板或繫以銅鈴的牛髀骨打拍。常用的句式爲可以斷開的[三、三]六字句和[四、三]七字句。換韻自由,兩句、四句或六句即可換韻。流行在北方各地,最初藝人沿街說唱,都是見景生情,即興編詞;後來以民間傳說和歷史故事爲主,逐漸演變爲快板書。

1【數一數二】 ㄕㄨˇ ㄧ ㄕㄨˇ ㄦˋ
不是第一就是第二。指最出色的人或物。

6【數字低音】 ㄕㄨˋ ㄗˋ ㄉㄧ ㄧㄣ
(figured bass) 在十七和十八世紀因爲五線譜還未普遍印製,得來不易,所以作者往往在旋律之下只譜出低音以作爲提供伴奏者(多爲鍵盤樂器)之伴奏。而伴奏者則必須自己將和弦塡在旋律與低音之間,也可以用即興伴奏的手法把自己想的副旋律加入。作者爲了要提示或要求某一些低音用特殊和聲(和弦)效果時,用'阿拉伯'數字注於低音之下,這種數字則成爲專用伴奏的術語,稱之爲數字低音。

7【數位訊號】 ㄕㄨˋ ㄨㄟˋ ㄒㄩㄣˋ ㄏㄠˋ
(digital signal) 1具有開/閉、高/低或正/負兩個狀態的訊號。如電報發報機、正反器等所產生的訊號。2指按照抽樣率,從一連續變化的訊號上量取其數值,並以有限位之數字表示之。

【數位資料】 ㄕㄨˋ ㄨㄟˋ ㄗ ㄌㄧㄠˋ
(digital data) 以不連續之形式所表示的資料。通常是以編碼的方式表達。

【數位電路】 ㄕㄨˋ ㄨㄟˋ ㄉㄧㄢˋ ㄌㄨˋ
(digital circuit) 應用二進制數字系統而建立,使其可以執行'布林'代數運算或處理算術運算功能的電子電路。

【數位電腦】 ㄕㄨˋ ㄨㄟˋ ㄉㄧㄢˋ ㄋㄠˇ
(digital computer) 以處理數位信號或資料爲主的電腦。通常所稱的電腦均屬此類。

8【數典忘祖】 ㄕㄨˇ ㄉㄧㄢˇ ㄨㄤˋ ㄗㄨˇ
比喩忘本。

【數往知來】 ㄕㄨˇ ㄨㄤˇ ㄓ ㄌㄞˊ
追溯旣往,預測將來。

10【數值分析】 ㄕㄨˋ ㄓˊ ㄈㄣ ㄒㄧ
(numerical analysis) 各種數學近似解之方法的一般研究。由於電腦日益精進普及,此領域頗有進展。爲電腦應用的主要對象之一。

【數值控制】 ㄕㄨˋ ㄓˊ ㄎㄨㄥˋ ㄓˋ
(numerical control; NC)'美國''電工協會'(EIA)之定義爲:一種直接寫出某點位置之數値資料來控制機件動作的系統;此系統能自動解譯這些資料,或將其轉換爲數目、符號、字母來控制程序操作。

11【數理邏輯】 ㄕㄨˋ ㄌㄧˇ ㄌㄨㄛˊ ㄐㄧˊ
(mathematical logic) 又稱符號邏輯。二十世紀所發展開拓的現代邏輯。其特點是廣用數學的方法,注重系統內部的嚴格闡釋。例如對邏輯系統的獨立性、一致性及完備性之研究,均屬數理邏輯的範圍。包括四個主要領域:證明論(proof theory)、模型論(model theory)、集合論(set theory)及遞歸函數論(recursivefunction theory)。

16【數據通信】 ㄕㄨˋ ㄐㄩˋ ㄊㄨㄥ ㄒㄧㄣˋ
(data communication) 又稱資料通信。係將資料或訊息以二進位編碼之形式,依特定協議,經通信線路,由一處傳至另一處的通信方式。

【數學規劃】 ㄕㄨˋ ㄒㄩㄝˊ ㄍㄨㄟ ㄏㄨㄚˋ
(mathematical programming) 求多變數函數之極值的理論及技術。變數常有變動限制,而以等式或不等式的形式出現,此類問題多屬作業研究的領域;變數及限制條件的數目很大,故常需電腦協助解答。共分成線性規劃及動態規劃兩類。

【數學歸納法】 ㄕㄨˋ ㄒㄩㄝˊ ㄍㄨㄟ ㄋㄚˋ ㄈㄚˇ
(mathematical induction)數學上證明命題的一種方法。欲證明命題$P(n)$對一切自然數n成立,只須證明一、此命題對$n=1$成立;二、若命題對某m成立,則對$m+1$也必成立,此種證明方法叫做數學歸納法。此本係演繹法之一型,現今常稱爲遞迴法,與整數數列有關之定義亦常用遞迴法。

4【數元串列傳輸】 ㄕㄨˋ ㄩㄢˊ ㄔㄨㄢˋ ㄌㄧㄝˋ ㄔㄨㄢˊ ㄕㄨ
(bit serial transmission) 傳送信號資料的一種方式。即將表示資料的數元依固定之時序信號一個接一個地傳送。

7【數位影像處理】 ㄕㄨˋ ㄨㄟˋ ㄧㄥˇ ㄒㄧㄤˋ ㄔㄨˇ ㄌㄧˇ
(digital image processing) 使用電腦對影像信號所進行之一系列數字分析與處理,以得到所需之資料或訊息,稱爲數位影像處理。如對拍得之相片進行之分析、識別、加工等處理。

【數位積體電路】 ㄕㄨˋ ㄨㄟˋ ㄐㄧ ㄊㄧˇ ㄉㄧㄢˋ ㄌㄨˋ
(digital integrated circuit; digital IC)可進行二進位邏輯動作的積體電路。如邏輯閘電路、記憶電路等皆是。可分爲雙載子或單載子型,而雙載子型又可分爲飽和型與非飽和型。

4【數元組串列傳輸】 ㄕㄨˋ ㄩㄢˊ ㄗㄨˇ ㄔㄨㄢˋ ㄌㄧㄝˋ ㄔㄨㄢˊ ㄕㄨ
(byte serial transmission)傳送信號資料的一種方式。即依照固定之時序信號，將資料或訊息以數元組爲單位，一個接著一個地依序傳送。數元組中之各數元可用順序或平行方式傳送。

7【數位類比轉換器】 ㄕㄨˋ ㄨㄟˋ ㄌㄟˋ ㄅㄧˇ ㄓㄨㄢˇ ㄏㄨㄢˋ ㄑㄧˋ
(digital-to-analog converter; DAC)可將數位信號或數位資料轉換爲類比信號或類比資料之電子裝置。

敻 ㄒㄩㄥˋ *hsiung*⁴ 音詗
遠；久。見"廣雅·釋詁"。

12【敻絕】 ㄒㄩㄥˋ ㄐㄩㄝˊ
迥絕；絕遠。

12

整 ㄓㄥˇ *chêng*³ 音拯
①齊一。見"說文"。②治理；端正。如：整頓。③完備；全部。如：整體。

2【整人】 ㄓㄥˇ ㄖㄣˊ
設計使別人受害、痛苦。

6【整地】 ㄓㄥˇ ㄉㄧˋ
指在播種前或定植前，先將土地深耕，除去有礙栽培之物，整理爲適宜的狀態，以利播種或栽培幼苗的工作。包括耕鋤、碎土、作畦和鎮壓等。

【整合】 ㄓㄥˇ ㄏㄜˊ
①全面性的組合。② (integration)功能論主要概念之一。指社會體系各部門相互影響所造成的和諧性。爲一無衝突、無矛盾的狀態。③(conformity) 兩岩層間沒有發生沈積的間斷，故其上下岩層之走向和傾斜相同，如此則稱該岩層與其上下岩層爲整合關係。

7【整形】 ㄓㄥˇ ㄒㄧㄥˊ
整治外表容貌。今指以醫學技術彌補人外觀上的缺憾，而達到美容的目的。

8【整枝】 ㄓㄥˇ ㄓ
即調整引導植物生長的形狀、大小和方向的物理技巧。其目的在使植物維持一定形狀，以供生產或觀賞。最常應用於果園管理與造園。

9【整流】 ㄓㄥˇ ㄌㄧㄡˊ
(rectification) 將電能由交流變成直流之步驟。

10【整容】 ㄓㄥˇ ㄖㄨㄥˊ
修飾儀容。

11【整理】 ㄓㄥˇ ㄌㄧˇ
整頓治理。

12【整肅】 ㄓㄥˇ ㄙㄨˋ
①整齊嚴肅。②整頓肅清。

【整飭】 ㄓㄥˇ ㄔˋ
①整治使有規律。②嚴謹的樣子。③整齊完備。

13【整頓】 ㄓㄥˇ ㄉㄨㄣˋ
①將散亂的事物，治理得很有條理。②整齊而有秩序。

15【整數】 ㄓㄥˇ ㄕㄨˋ
①(integer) 一數爲1或1的倍數者，稱爲整數。否則爲分數或小數。整數有正負的分別，正整數又稱爲自然數，負整數的絕對值均爲正整數。②沒有零頭的數目。

【整編】 ㄓㄥˇ ㄅㄧㄢ
將軍隊整理改編。

23【整體】 ㄓㄥˇ ㄊㄧˇ
全體。

9【整流罩】 ㄓㄥˇ ㄌㄧㄡˊ ㄓㄠˋ
(cowling) 飛機發動機或某一組成件或某一部分之上方或周圍的可活動外罩。用以保護所罩蓋之機件，並引導與調節冷卻空氣氣流形成流線型而使阻力減小。

11【整理伐】 ㄓㄥˇ ㄌㄧˇ ㄈㄚ
間伐的一種。對超逾幼齡期林木所施行的伐採。即自主要冠層中移除無用樹種、不良形狀或生育不良的林木，以期改良其組織及性質。

6【整色軟片】 ㄓㄥˇ ㄙㄜˋ ㄖㄨㄢˇ ㄆㄧㄢˋ
又稱正色片。只對波長較短的各色光(即光譜紫色端附近的光，如紫外、紫、藍、綠、黃等)起感應，而對紅色光不起感應的軟片。若用整色軟片拍攝黃、綠色的景物，最能表現出與人眼感受相同的明暗層次。

7【整形外科】 ㄓㄥˇ ㄒㄧㄥˊ ㄨㄞˋ ㄎㄜ
(plastic surgery)外科學中的一門分科。又稱形成外科。以皮膚移植作爲中心課題，但是並不只限於皮膚缺陷的修補而已，也包含研究如何使傷口復原得最快、最好。整形外科又分顏面外傷、顏面畸形、美容外科及手外科等項目。

【整批工件】 ㄓㄥˇ ㄆㄧ ㄍㄨㄥ ㄐㄧㄢˋ
(batched job) 集合數個工件一次輸入電腦系統進行處理，稱爲整批工件。

【整批處理】 ㄓㄥˇ ㄆㄧ ㄔㄨˇ ㄌㄧˇ
(batch processing)電腦系統作業處理方式中，將資料或工件、任務等集中在一起，一次全部輸入電腦系統進行處理的方式。

9【整軍經武】 ㄓㄥˇ ㄐㄩㄣ ㄐㄧㄥ ㄨˇ
編練軍隊，從事征戰。

13【整裝/分拆】 ㄓㄥˇ ㄓㄨㄤ ㄈㄣ ㄔㄞ
(CY/CFS)爲貨櫃場至貨櫃貨物集散站(container yard to container freight station)的簡稱。即貨主負責裝櫃，船方負責拆櫃的一種貨櫃託運及交貨方式。託運人將空櫃拖到貨主倉庫，由託運人自行負責報關、裝櫃、封櫃，運到船公司在出口地的貨櫃場，交給船公司運到進口地的貨櫃貨物集散站，然後由船公司拆櫃取出貨物交付收貨人。'歐洲'航線的船公司稱這種託運交貨方式爲FCL/LCL(full container load/less than container load)。

【整裝/整拆】 ㄓㄥˇ ㄓㄨㄤ ㄓㄥˇ ㄔㄞ
(CY/CY) 爲貨櫃場至貨櫃場(container yard to container

yard)的簡稱。即裝櫃拆櫃均由貨方負責的一種貨櫃託運及交貨方式。託運人將空櫃拖到貨主倉庫,由託運人自行負責報關、裝櫃、封櫃,運到船公司在出口地的貨櫃場,交給船公司運到進口地的貨櫃場,然後由收貨人自行負責將運到的整櫃貨櫃拖到其自有倉庫拆櫃報關點貨,並將空櫃交還船方儲存場,所有貨物堆積、包裝、理貨點數均由貨方負責。'歐洲'航線的船公司稱此種託運交貨方式爲 FCL/FCL (full container load/full container load)。

15【整廠輸出】 ㄓㄥˇ ㄔㄤˇ ㄕㄨ ㄔㄨ
(plant export)又稱整廠設備輸出(package plant export)。指包括規劃、廠房設計、技術設計、細部設計、機械供應、建造安裝、試車開工與售後保養等多層面,結合工業科技與設備製造的輸出。依據'經濟部''整廠設備輸出策進小組'解釋,整廠設備爲經過系統工程設計、生產產品或提供勞務的完整設施。其範圍包括:一、整體規劃、工程設計、廠房建築、動力供應;二、機械設備的製造供應、安裝、試車;三、技術訓練與經營管理。此外,並具有下列特性:一、高度技術性與高附加經濟價值;二、帶動本國相關工業發展、改善工業結構、促進工業升級;三、不受輸入國進口配額限制;四、促進國與國間經濟合作關係。整廠設備輸出國,爲配合整廠輸出長期融資的需要,均設有輸出入銀行或由輸出保險機構承擔這種特殊輸出的政治及商業風險。

23【整體規劃】 ㄓㄥˇ ㄊㄧˇ ㄍㄨㄟ ㄏㄨㄚˋ
(integrated planning)組織中的主管人員運用整體系統管理之原理,針對企業生產、銷售、財務、開發等機能,將各項資源加以綜合計畫,並分就短、中、長程逐步推展業務,以利營運控制而達成企業目標的方法與技術。

9【整流二極體】 ㄓㄥˇ ㄌㄧㄡˊ ㄦˋ ㄐㄧˊ ㄊㄧˇ
(rectifier diode)二極體以其功能來分類可分爲整流二極體、檢波二極體及穩壓二極體。其中用來做整流用的稱爲整流二極體。

23【整體式構造】 ㄓㄥˇ ㄊㄧˇ ㄕˋ ㄍㄡˋ ㄗㄠˋ
(monolithic construction)建築物構造形式的一種。依建築物的造型,以鋼骨、鋼筋等材料組合成骨架,然後搗灌混凝土等可塑性材料,整體塑建成堅固的結構體。如鋼筋混凝土結構、鋼骨鋼筋混凝土結構。由於該結構的材料均勻一致,且一體成型,故無肢材接合的弱點,節點的剛域大,具有足夠的剛性,同時斷面也較經濟。

【整體圖書館系統】 ㄓㄥˇ ㄊㄧˇ ㄊㄨˊ ㄕㄨ ㄍㄨㄢˇ ㄒㄧˋ ㄊㄨㄥˇ
(integrated library system)指能執行採購、編目、流通及資訊檢索等各項作業的圖書館自動化系統。每項作業皆使用同一整合性資料庫來運作,如此可簡化資料輸入的工作、減除資料的重複及減少貯存空間與成本,並增進資料的安全性及一致性。簡言之,採購圖書資料時,即將所有書目資料全部輸入,以後編目、流通、參考諮詢等自動化作業時均不斷地再度使用,可增減資料項目,省去一些基本資料重複地按鍵輸入。

6【整存零付儲蓄存款】 ㄓㄥˇ ㄘㄨㄣˊ ㄌㄧㄥˊ ㄈㄨˋ ㄔㄨˊ ㄒㄩˋ ㄘㄨㄣˊ ㄎㄨㄢˇ
(annuity savings deposits)由銀行存戶約定年限及數額,將本金一次存入,再分期勻支本息的儲蓄存款。

【整存整付儲蓄存款】 ㄓㄥˇ ㄘㄨㄣˊ ㄓㄥˇ ㄈㄨˋ ㄔㄨˊ ㄒㄩˋ ㄘㄨㄣˊ ㄎㄨㄢˇ
(time savings deposits)由銀行存戶約定年限及數額,將本金一次存入,到期本息一併提取的儲蓄存款。

【整合成長行銷策略】 ㄓㄥˇ ㄏㄜˊ ㄔㄥˊ ㄓㄤˇ ㄒㄧㄥˊ ㄒㄧㄠ ㄘㄜˋ ㄌㄩㄝˋ
(integrating-growth marketing strategy)研究分析企業組織目前的行銷核心體系中,有無進一步發展延伸機會的策略。所謂行銷核心體系係指提供產品與服務的主要機構,主要有企業本身、最後市場、中間商、供應商、競爭者。

散 散的古文。

敿 ㄐㄧㄠˇ *chiao*³ 音狡
連繫。見"說文"。

13

斃 ㄅㄧˋ *pi*⁴ 音必
仆;跌。引申指死亡。如:斃命。

斁 ㊀ ㄧˋ *i*⁴ 音亦
①解除。見"說文"。②厭惡。見"字彙"。
㊁ ㄉㄨˋ *tu*⁴ 音妒
①敗壞。如:隳斁。②節度。通度。

斀 ㄓㄨㄛˊ *cho*², *chuo*² 音濁
古時去勢的一種酷刑。即宮刑。通作椓。見"正字通"。

斂 俗作歛。㊀ ㄌㄧㄢˋ *lien*⁴ 音練
①收。見"說文"。②替死者更衣入棺。今通作殮。見"正字通"。③積聚。如:斂財。④退縮。如:斂步。⑤束鎖;緊蹙。如:斂眉。⑥端正;整飭。如:斂容。⑦減;不及。⑧姓。'晉'有'斂憲'。見"萬姓統譜·八九"。
㊁ ㄌㄧㄢˇ *lien*³ 音臉
①同㊀③。②同㊀④。

9【斂袂】 ㄌㄧㄢˋ ㄇㄟˋ
整理衣袖。表示肅敬愼重。

【斂衽】 ㄌㄧㄢˋ ㄖㄣˋ
整理衣襟。表示肅敬。

10【斂容】 ㄌㄧㄢˋ ㄖㄨㄥˊ

整飭儀容,使表情莊重嚴肅。

【斂財】 ㄌㄧㄢˋ ㄘㄞˊ
聚集財富。

13【斂跡】 ㄌㄧㄢˋ ㄐㄧ
①檢束舉動,不敢恣縱。②藏身;隱退。

15

斄 ㈠ ㄌㄧˊ li^{2} 音釐
①彎曲的硬毛。見"說文"。②長毛牛。通犛。見"字彙"。
㈡ ㄊㄞ t'ai^{1} 音胎
古地名。本作'邰'。'舜'時封'后稷''斄'於此。故地在今'陝西省''武功縣'南。

16

斅 ㈠ ㄒㄧㄠˋ hsiao^{4} 音效
①教導。②效驗。
㈡ ㄒㄩㄝˊ hsüeh^{2} 音學
學的古文。

文部

文 ㈠ ㄨㄣˊ wên^{2} 音聞
①事物交錯形成的現象。如:天文。②花紋。如:五色成文。③刺劃。如:文身。④記錄語言情意的符號。如:文字。⑤典籍。如:行有餘力,則以學文。⑥集合字句而成的篇章。如:詩文。⑦禮樂制度。如:文物。⑧法令條文。如:舞文弄法。⑨禮儀。如:繁文縟節。⑩指外觀的美。與質相對。如:文質彬彬。⑪非軍事武力的。與武相對。如:文官。⑫高雅的;有修養的。如:溫文有禮。⑬柔和的;緩慢的。如:文火。⑭錢幣的單位。如:一文不值。⑮姓。'春秋'有'文種'。見"萬姓統譜·二〇"。
㈡ ㄨㄣˋ wên^{4} 音問
掩飾。見"廣雅·釋詁"。

3【文才】 ㄨㄣˊ ㄘㄞˊ
文學才華。

4【文火】 ㄨㄣˊ ㄏㄨㄛˇ
小而緩的火力。

【文丑】 ㄨㄣˊ ㄔㄡˇ
戲劇腳色名。丑的一種。扮演小官、從者、卜者等。與武丑相對。

【文化】 ㄨㄣˊ ㄏㄨㄚˋ
①人類爲了生存和理想所創造出來的文物和制度。如爲獵取食物所發明的工具、爲群體的利益而制定的法律規章等。②文治和教化。

5【文石】 ㄨㄣˊ ㄕˊ
①有紋理的石頭。②瑪瑙的別稱。③(aragonite)也稱霰石。爲一種斜方晶系結晶的天然產碳酸鈣($CaCO_3$)。常呈柱狀或纖維狀結晶,透明或半透明,顏色有白、灰、黃綠及紫色等,可作圖章或裝飾品用。硬度3.5～4,比重2.9～3,不穩定,年代一久會變成方解石。

【文旦】 ㄨㄣˊ ㄉㄢˋ
(*Citrus grandis* Osbeck var. *wentanyu* Hort.)也稱香欒、文旦柚。柚的一種。產於'福建省''漳州''長泰縣',舊由'文'姓小旦所栽種,因而得名。現'臺灣省'各地均有栽培,向以'臺南縣''麻豆鎮'所產最著名。果實香甜微酸可食。

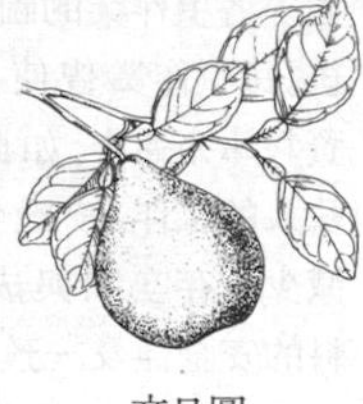
文旦圖

6【文件】 ㄨㄣˊ ㄐㄧㄢˋ
政府、機關團體發布的公文、函件等。

7【文言】 ㈠ ㄨㄣˊ ㄧㄢˊ
①"易"十翼之一。解釋乾、坤二卦的義理。②文言文的簡稱。與語體相對。
㈡ ㄨㄣˋ ㄧㄢˊ
修飾言辭。

【文告】 ㄨㄣˊ ㄍㄠˋ
泛稱政府各機關的公文布告。

【文身】 ㄨㄣˊ ㄕㄣ
(tattoo)也作紋身。在人類皮膚上留下永久性的圖案或花紋。一般都以針刺皮膚,再擦上如鍋煙之類不易消失的顏料。從人類學的觀點來看,原始民族有文身的風俗,其目的在區別族氏、作圖騰標誌或美化身體。大抵社會地位愈高的人,文身的範圍愈大。海洋民族普遍崇尚,我國古代東南沿海的'百越'民族,乃至近世'臺灣'的'排灣'、'阿美族'都有文身之俗。

8【文法】 ㄨㄣˊ ㄈㄚˇ
①法令條文。②作文的法則。③文詞、文句形成的規律。

【文盲】 ㄨㄣˊ ㄇㄤˊ
不識字的人。多指成年而不具備閱讀能力的人。

【文明】 ㄨㄣˊ ㄇㄧㄥˊ
①文采光明;文德顯耀。②人類文化活動結果的總稱。包括物質與精神創造的一切成果。

【文采】 ㄨㄣˊ ㄘㄞˇ
①鮮豔美麗的色彩。②文辭;才華。

【文物】 ㄨㄣˊ ㄨˋ
①典章制度的通稱。②前人所遺留下來具有歷史、藝術價值的古物。

9【文思】 ㄨㄣˊ ㄙ
①功業和道德。②作文的思路。

【文苑】 ㄨㄣˊ ㄩㄢˋ
①指文人薈聚的地方。②彙刻的詩文。

【文風】 ㄨㄣˊ ㄈㄥ
①指作家個人作品的風格。②指一時代的文學風氣或思潮。

10【文案】 ㄨㄣˊ ㄢˋ
①文書;公文。②舊時官署中負責文書檔案的幕僚人員。③(copy)也稱廣告文詞。指廣告中以文字表達的部分。一篇完整的文案通常包含標題、副標題、本文、口號、廣告主名稱、地址及電話等。

【文書】 ㄨㄣˊ ㄕㄨ

①文章典籍。②公文、契約、書信等文件的總稱。③文章與書法。

【文弱】 ㄨㄣˊ ㄖㄨㄛˋ
文雅柔弱。形容讀書人的氣質。

【文氣】 ㄨㄣˊ ㄑㄧˋ
文章的氣勢。就文章的組織結構而言,是爲辭氣;就作者爲文的才華而言,是爲才氣。

11【文理】 ㄨㄣˊ ㄌㄧˇ
①文章的條理。②文詞所含的道理。③花紋。也作紋理。

【文教】 ㄨㄣˊ ㄐㄧㄠˋ
①指用以教化人民的典章制度。②文化教育的簡稱。

12【文雅】 ㄨㄣˊ ㄧㄚˇ
①指禮樂藝文。②氣質高雅。

【文場】 ㄨㄣˊ ㄔㄤˊ
①文壇。②科舉取士的考場。③戲曲樂隊管弦樂器部分。與鑼鼓的武場相對。常用樂器有京胡、板胡、二胡、墜胡、月琴、三弦、琵琶、揚琴、笛、笙、海笛、鎖吶等。除了唱腔伴奏外,並演奏器樂曲牌、過門等過場音樂。

【文蛤】 ㄨㄣˊ ㄍㄜˊ
(*Meretrix*)爲軟體動物門、斧足綱中的動物。俗稱蚶仔或粉蟯。棲息在沿海淺灘含沙率50～90%之處。經濟價值甚高,國人廣爲養殖。

13【文運】 ㄨㄣˊ ㄩㄣˋ
文學興衰及發展的情形。

【文飾】 ㊀ ㄨㄣˊ ㄕˋ
修飾。
㊁ ㄨㄣˋ ㄕˋ
掩飾。

14【文豪】 ㄨㄣˊ ㄏㄠˊ
大文學家。

【文種】 ㄨㄣˊ ㄓㄨㄥˇ
‘春秋’時‘越國’大夫。字‘會’。本‘楚國’‘郢’(今‘湖北’‘江陵’西北)人。與‘范蠡’同事‘句踐’,‘句踐’滅‘吳’,‘種’出計最多。‘范蠡’知‘句踐’生性猜忌,勸‘種’引退,不聽,後爲‘句踐’賜死。

15【文廟】 ㄨㄣˊ ㄇㄧㄠˋ
即‘孔子廟’。祭祀‘孔子’的地方。‘唐’‘開元’二十七年,封‘孔子’爲‘文宣王’,其廟稱‘文宣王廟’。‘明’‘永樂’以後,皆稱‘文廟’。‘民國’三年,‘禮制館’規定依最古的稱法,改爲‘孔子廟’。

【文數】 ㄨㄣˊ ㄕㄨˋ
(alphanumeric)電腦程式內使用的字符,其組成包含字母(如 $A, B, \cdots\cdots, Z$)、數字(0,1,2,……,9)與其他符號(如標點、算術運算符號),即稱爲文數。

【文稿】 ㄨㄣˊ ㄍㄠˇ
(text)數據通信所傳送之訊息,除去控制字符以外的部分,稱爲文稿。

16【文憑】 ㄨㄣˊ ㄆㄧㄥˊ
學歷證書。通常指教育單位、學校等所發的畢業證書。

【文靜】 ㄨㄣˊ ㄐㄧㄥˋ
溫文沈靜。多用於形容人的氣質風度。

【文壇】 ㄨㄣˊ ㄊㄢˊ
文人集會的地方。引申爲文學界。

【文學】 ㄨㄣˊ ㄒㄩㄝˊ
①指學術與典籍的研究。②用語言文字來表達思想、情感和想像的藝術。也稱文藝。包含詩歌、散文、小說和戲劇等。

17【文戲】 ㄨㄣˊ ㄒㄧˋ
注重唱、白、做工,而不表演武打的戲。與武戲相對。

19【文藝】 ㄨㄣˊ ㄧˋ
①文學和藝術的簡稱。包括文學、美術、音樂、舞蹈、建築、雕塑等。②參文學②。

20【文獻】 ㄨㄣˊ ㄒㄧㄢˋ
指有價值的圖書文物及熟悉掌故的人。

23【文體】 ㄨㄣˊ ㄊㄧˇ
①文雅而有節度的體態。②文章的體裁。

2【文人畫】 ㄨㄣˊ ㄖㄣˊ ㄏㄨㄚˋ
泛指我國古代文人、士大夫的繪畫。有別於民間和宮廷畫院的繪畫。文人畫重視畫家的人品、學問,故言畫中必有書卷氣,方爲上好之畫,且講究筆墨情趣而脫略形式,強調神韻而鄙視技巧。文人畫自‘明’末‘董其昌’大力提倡之後已流於形式,作品內容多趨於空洞,成爲文人玩弄筆墨的遊戲。

4【文天祥】 ㄨㄣˊ ㄊㄧㄢ ㄒㄧㄤˊ
(1236～1283)‘南宋’‘廬陵’(今‘江西’‘吉安’)人。字‘宋瑞’、‘履善’,號‘文山’。二十歲中進士,官至右丞相。‘元’兵南下時,一再起兵抵抗,後兵敗被執,送‘燕京’監禁三年,不屈就義,作“正氣歌”以見志。著有“文山先生集”。

文天祥像

【文氏圖】 ㄨㄣˊ ㄕˋ ㄊㄨˊ
(Venn diagram)用以表示集合的關係及運算的模式圖。如右圖集合A、B的交集和聯集。

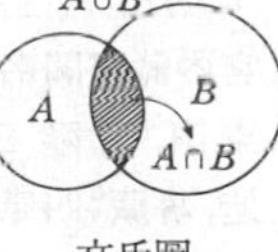

文氏圖

【文氏管】 ㄨㄣˊ ㄕˋ ㄍㄨㄢˇ
(Venturi tube)爲一具有收縮狹口之短管。當平行置於流體中時,可使通過狹口處之流體速度增大而壓力降低。飛機上利用此管與動靜壓管結合以測量空速,並利用狹口處氣壓降低時之吸力作用以運轉陀螺儀等眞空儀器。

6【文字交】 ㄨㄣˊ ㄗˋ ㄐㄧㄠ
因詩文來往而結交的朋友。

【文字獄】 ㄨㄣˊ ㄗˋ ㄩˋ
藉文辭的不當含意而科罪的冤獄。如‘漢’‘楊惲’因“報孫會宗書”、‘明’‘高啟’因“上梁文”而被處死刑。‘清’‘康熙’、‘雍正’、‘乾隆’三朝爲箝制‘漢’人反‘清’思想,大興文字獄,株連最廣。

【文字學】 ㄨㄣˊ ㄗˋ ㄒㄩㄝˊ

研究文字起源、構造及演變等的學科。

【文曲星】 ㄨㄣˊ ㄑㄩ ㄒㄧㄥ
傳說掌管文運的星宿。亦用以指文官或著名的文人。

7【文抄公】 ㄨㄣˊ ㄔㄠ ㄍㄨㄥ
譏稱抄襲別人文章，自己沒有創見的人。

8【文武膏】 ㄨㄣˊ ㄨˇ ㄍㄠ
‘中’藥名。取桑椹二斗，用紗布絞取汁液，在石器中熬成膏，或加白蜜煉成稠狀。可治瘰癧(淋巴腺結核)。因桑椹別名文武實，故稱。

【文明人】 ㄨㄣˊ ㄇㄧㄥˊ ㄖㄣˊ
指受過教育，已經脫離蠻荒社會，而過著文明生活的人。與野蠻人相對。

【文明戲】 ㄨㄣˊ ㄇㄧㄥˊ ㄒㄧˋ
五四初期稱話劇、舞臺劇爲文明戲。也稱新戲。與傳統的地方戲、‘平’劇相對。

11【文淵閣】 ㄨㄣˊ ㄩㄢ ㄍㄜˊ
1‘明代’宮內藏書館名。2‘清代’宮內藏書閣名。在‘北平’‘紫禁城’東南，‘乾隆’三十九年(1774)建造，專藏“四庫全書”正本。

15【文稿檔】 ㄨㄣˊ ㄍㄠˇ ㄉㄤˇ
(text file) 又稱本文檔。由控制字符以外的字符所組成，可以直接列印或顯示的資料檔。

【文徵明】 ㄨㄣˊ ㄓㄥ ㄇㄧㄥˊ
(1470～1559)‘明’‘長洲’(今‘江蘇’‘吳縣’)人。初名‘壁’，以字行，後更字‘徵仲’，號‘衡山居士’。詩、文、書、畫皆清遠有致。與‘唐寅’、‘祝允明’、‘徐禎卿’合稱‘吳’中四才子。‘正德’末授‘翰林院’待詔，三年後辭歸。著有“甫田集”。

16【文學史】 ㄨㄣˊ ㄒㄩㄝˊ ㄕˇ
文學演化的歷史。

17【文謅謅】 ㄨㄣˊ ㄗㄡ ㄗㄡ
舉止文雅、舒徐安詳的樣子。一般多用以形容文士言行的文雅。也作文縐縐。

4【文心雕龍】 ㄨㄣˊ ㄒㄧㄣ ㄉㄧㄠ ㄌㄨㄥˊ
‘南朝’‘梁’‘劉勰’撰，十卷，共五十篇。論述各體文學作品的特徵及歷史演變，探討創作方法和批評原則，體系十分完整。是我國文學批評的偉大著作。

【文不對題】 ㄨㄣˊ ㄅㄨˋ ㄉㄨㄟˋ ㄊㄧˊ
文章的內容和題目的意思不相符合。

【文化交流】 ㄨㄣˊ ㄏㄨㄚˋ ㄐㄧㄠ ㄌㄧㄡˊ
不同文化的相互交往溝通。

【文化依賴】 ㄨㄣˊ ㄏㄨㄚˋ ㄧ ㄌㄞˋ
(cultural dependence) 已開發國家的資訊，大量流向開發中國家，使典章、文化、政治、經濟及科技產品等均受影響，並產生依賴性的需求，稱爲文化依賴。

【文化資產】 ㄨㄣˊ ㄏㄨㄚˋ ㄗ ㄔㄢˇ
(cultural assets) 指具有歷史、文化、藝術價值之有形及無形資產。包括古物、古蹟、民族藝術、民俗及有關文物、自然文化景觀等。各國爲保存及維護其文化資產，多訂定有關保存法令。

【文化落後】 ㄨㄣˊ ㄏㄨㄚˋ ㄌㄨㄛˋ ㄏㄡˋ
(cultural lag) 一社會或地區的文化水平遠不及其他社會或地區的文化水平。

【文化震盪】 ㄨㄣˊ ㄏㄨㄚˋ ㄓㄣˋ ㄉㄤˋ
(cultural shock)個人初次遭遇另一文化時，感受不安與不知所措的心理反應。該反應之起因，係個人原來所處的文化與新文化差異很大，因而初次面對時，頓感驚異，甚至不敢相信其所見所聞。

【文化遺產】 ㄨㄣˊ ㄏㄨㄚˋ ㄧˊ ㄔㄢˇ
歷代人類文化活動累積下來的成果。包括文學、藝術、宗教、道德、法律、風俗習慣各方面。

5【文史通義】 ㄨㄣˊ ㄕˇ ㄊㄨㄥ ㄧˋ
‘清’‘章學誠’撰，九卷。內篇六卷，泛論文史；外篇三卷，多爲序、跋、書信、雜說等。是研究我國文學、史學的重要著作。

【文以載道】 ㄨㄣˊ ㄧˇ ㄗㄞˋ ㄉㄠˋ
藉寫作文章來表達道理、思想。道，指儒家思想。

6【文成公主】 ㄨㄣˊ ㄔㄥˊ ㄍㄨㄥ ㄓㄨˇ
(?～680)‘唐’宗室女。‘貞觀’十五年(641)嫁‘吐蕃’贊普‘棄宗弄贊’，促進了‘漢’‘藏’兩族的文化交流和親密關係。

【文曲光沈】 ㄨㄣˊ ㄑㄩ ㄍㄨㄤ ㄔㄣˊ
文曲星殞落。悼文人去世之輓辭。

7【文君新寡】 ㄨㄣˊ ㄐㄩㄣ ㄒㄧㄣ ㄍㄨㄚˇ
指丈夫死去不久的年輕婦女。‘文君’，‘漢朝’女子‘卓文君’，爲‘臨邛’財主‘卓王孫’的女兒，丈夫死去不久，因傾慕‘司馬相如’的才華，改嫁‘司馬相如’。

8【文定之喜】 ㄨㄣˊ ㄉㄧㄥˋ ㄓ ㄒㄧˇ
本指‘周文王’與‘太姒’定婚。後泛指定婚之喜。

【文武雙全】 ㄨㄣˊ ㄨˇ ㄕㄨㄤ ㄑㄩㄢˊ
文才武略都具備。

【文昌帝君】 ㄨㄣˊ ㄔㄤ ㄉㄧˋ ㄐㄩㄣ
文昌，亦稱文星，乃我國古代對斗魁(魁星)之上六星的總稱。星相家認爲它是吉星，主大貴。後被道教尊爲主宰功名、祿位的神。‘元仁宗’‘延祐’三年(1316)，封‘梓潼神’爲‘輔元開化文昌司祿宏仁帝君’，文昌與梓潼遂合爲一，稱‘文昌帝君’。舊時士人多崇祀之，以爲可保功名。

【文采風流】 ㄨㄣˊ ㄘㄞˇ ㄈㄥ ㄌㄧㄡˊ
指優雅的舉止，瀟灑的風度。

【文物制度】 ㄨㄣˊ ㄨˋ ㄓˋ ㄉㄨˋ
典章制度。

【文房四寶】 ㄨㄣˊ ㄈㄤˊ ㄙˋ ㄅㄠˇ
指筆、墨、紙、硯。

9【文恬武嬉】 ㄨㄣˊ ㄊㄧㄢˊ ㄨˇ ㄒㄧ
指文武官員習於安逸，只知享樂。

【文苑英華】 ㄨㄣˊ ㄩㄢˋ ㄧㄥ ㄏㄨㄚˊ
‘宋’‘太平興國’間‘李昉’等奉敕撰，

一千卷。輯錄‘南朝’‘梁’至‘唐代’作者二千二百多人，詩文近二萬篇。其時代接續“昭明文選”，保存相當多的詩文資料，‘清’人編“全唐詩”、“全唐文”多取材於此。

【文風不動】ㄨㄣˊ ㄈㄥ ㄅㄨˋ ㄉㄨㄥˋ
絲毫不動搖。

10【文殊師利】ㄨㄣˊ ㄕㄨ ㄕ ㄌㄧˋ
也譯作‘曼殊室利’。義爲濡首、妙德、妙吉祥。文殊，是妙的意思；師利，含有頭、德、吉祥等意義。‘文殊師利’與‘普賢’常侍於‘釋迦’左右，手持劍，坐獅子，在佛門中是象徵智慧的菩薩。

11【文情並茂】ㄨㄣˊ ㄑㄧㄥˊ ㄅㄧㄥˋ ㄇㄠˋ
文章的情思和文采都很美好。

【文理解釋】ㄨㄣˊ ㄌㄧˇ ㄐㄧㄝˇ ㄕˋ
即依據法律條文之文義或字義而爲解釋。又稱文義解釋。法諺有所謂「文字之解釋爲先」，即文理解釋優先於論理解釋，必也文理解釋上無法爲合理之說明時，始得採用論理解釋。

【文從字順】ㄨㄣˊ ㄘㄨㄥˊ ㄗˋ ㄕㄨㄣˋ
文章字句通順。

12【文景之治】ㄨㄣˊ ㄐㄧㄥˇ ㄓ ㄓˋ
‘漢文帝’崇尚道家無爲之治，爲政務在寬和，輕徭薄賦，以德化民，於是吏安其職，民樂其業，蓄積日增，戶口滋息，有刑措之風。子‘景帝’繼立，母‘竇太后’好道家之說，‘景帝’深受影響，恪守‘文帝’遺業，蔚爲我國史上少有之四十年盛世，史稱「文景之治」。

13【文義證券】ㄨㄣˊ ㄧˋ ㄓㄥˋ ㄑㄩㄢˋ
證券之內容依其是否以證券上所載之文義爲準，可分爲文義證券與非文義證券。證券之內容，當一律以證券上所記載之文義爲準，縱該項記載與實質關係不符，亦不許當事人以票據以外之證明方法加以變更或補充，稱爲證券之文義性。換言之，依證券之文義性，證券債權人固不得據證券上未記載之事項，向證券債務人行使權利，證券債務人對於證券債權人於證券文義以外之主張，亦得加以抗辯。票據有文義性，是典型之文義證券。

【文過飾非】ㄨㄣˊ ㄍㄨㄛˋ ㄕˋ ㄈㄟ
用動聽虛僞的言辭來掩飾過錯。

15【文稿編排】ㄨㄣˊ ㄍㄠˇ ㄅㄧㄢ ㄆㄞˊ
(text formatting)電腦使用者將文稿檔之內容，依照適當之格式編排，以便輸出(列印或顯示)的處理過程。又稱本文編排。

【文質彬彬】ㄨㄣˊ ㄓˊ ㄅㄧㄣ ㄅㄧㄣ
指文采與實質調適和諧。

16【文學批評】ㄨㄣˊ ㄒㄩㄝˊ ㄆㄧ ㄆㄧㄥˊ
(literary criticism)對文藝作品的評價。其範圍包括描述、鑑賞、分析和論斷；或由文學理論和文學史知識的角度綜觀，或純由文學理論評斷。

【文學革命】ㄨㄣˊ ㄒㄩㄝˊ ㄍㄜˊ ㄇㄧㄥˋ
對舊有文學的形式、內容、表現等不滿，進而提出新的理想，集合志同道合者，運用方法，來達成改革更新的目標，塑造具有新形式、新內容、新表現的作品，稱爲文學革命。如‘唐’、‘宋’的古文運動、‘民國’的新文學運動等皆是。

19【文藝復興】ㄨㄣˊ ㄧˋ ㄈㄨˋ ㄒㄧㄥ
(Renaissance)‘歐洲’於西元十四至十六世紀在文學藝術上的復興運動。始於‘義大利’的‘弗羅倫斯’，而後幾乎傳遍全‘歐’。其內容十分廣泛，主要成就在人文主義的建立，繪畫、雕刻、建築等藝術創作的繁榮，天文、物理、醫學、技藝及科學方法的新發現，以及方言文學的發達等方面。該運動具有古典文化的再度顯現和新文化的產生雙重意義，於文化思想上在各個國家發展出不同特徵的成果。

20【文獻通考】ㄨㄣˊ ㄒㄧㄢˋ ㄊㄨㄥ ㄎㄠˇ
‘元’‘馬端臨’撰，三百四十八卷。分二十四門，總考古今典制，尤於‘宋代’制度最詳，多爲“宋史”各志所未備。

4【文化人類學】ㄨㄣˊ ㄏㄨㄚˋ ㄖㄣˊ ㄌㄟˋ ㄒㄩㄝˊ
(cultural anthropology)研究人類文化的科學。包括整個人類文化的起源、成長、變化的過程及比較各民族的文化異同，藉以發現文化的普遍性及個別文化的模式。

【文化大革命】ㄨㄣˊ ㄏㄨㄚˋ ㄉㄚˋ ㄍㄜˊ ㄇㄧㄥˋ
全稱爲無產階級文化大革命，簡稱文革。‘民國’五十五年起，‘中共’政權在大陸上以文化革命爲名，展開長期激烈的權力鬥爭。係導因於‘劉少奇’得勢與‘毛澤東’失勢，‘彭眞’集團借古諷今，藉“燕山夜話”、“三家村札記”等文字影射‘毛澤東’專橫暴戾、大失人心。‘毛澤東’、‘江青’初結合‘林彪’，鬥垮‘劉’、‘彭’；繼則‘毛’、‘江’與‘林彪’衝突，‘林’造反計畫洩露，逃亡喪生；而爲‘毛’、‘江’奪權賣命的所謂革命小將，到處破壞我國文化古蹟，凌辱批鬥知識階層，是我國人民與文化的浩劫。六十五年，‘毛’死，‘華國鋒’繼任總理，在‘葉劍英’、‘鄧小平’幕後策動下，清算以‘江青’爲首的四人幫(尚有‘王洪文’、‘姚文元’、‘張春橋’)，文革至此落幕。

【文化決定論】ㄨㄣˊ ㄏㄨㄚˋ ㄐㄩㄝˊ ㄉㄧㄥˋ ㄌㄨㄣˋ
(cultural determinism)主張文化對人類行爲具有決定性影響力的理論。認爲任何一種帶有動機的人類行爲，很少能與文化所規範的行爲分離，實質上是受文化影響的。

【文化相對論】ㄨㄣˊ ㄏㄨㄚˋ ㄒㄧㄤ ㄉㄨㄟˋ ㄌㄨㄣˋ

(cultural relativism)認爲每一種文化均有其相對價值,不可以外來者的眼光加以評價,而應互相尊重的一種觀點。與文化中心主義相對。

14【文摘式雜誌】ㄨㄣˊ ㄓㄞ ㄕˋ ㄗㄚˊ ㄓˋ

(digest magazine) 雜誌類型的一種。其特點是:自其他出版物上擇取文章,或將篇幅較長的作品濃縮,或就某一題目提供各個角度的論點摘要,再彙集出版。"讀者文摘"(*Reader's Digest*)便是典型的文摘式雜誌。

15【文窮而後工】ㄨㄣˊ ㄑㄩㄥˊ ㄦˊ ㄏㄡˋ ㄍㄨㄥ

指作家經歷人生的困窮,才能寫出生動感人的作品。

【文稿編輯器】ㄨㄣˊ ㄍㄠˇ ㄅㄧㄢ ㄐㄧˊ ㄑㄧˋ

(text editor)電腦系統中,可用來產生或修改文稿檔的程式。又稱本文編輯器。

4【文化中心主義】ㄨㄣˊ ㄏㄨㄚˋ ㄓㄨㄥ ㄒㄧㄣ ㄓㄨˇ ㄧˋ

(ethnocentrism) 以本身文化標準來衡量其他文化優劣的心態與傾向。通常認定本身文化優於其他文化。

【文化公平測驗】ㄨㄣˊ ㄏㄨㄚˋ ㄍㄨㄥ ㄆㄧㄥˊ ㄘㄜˋ ㄧㄢˋ

(culture-fair test)內容之編製、試題之選擇與計分方式,均透過精心設計,力求評量結果不致受文化背景、環境因素所左右或影響的測驗。

【文化帝國主義】ㄨㄣˊ ㄏㄨㄚˋ ㄉㄧˋ ㄍㄨㄛˊ ㄓㄨˇ ㄧˋ

(cultural imperialism) 全球的傳播媒體,集中於少數先進工業化國家,這些國家且透過傳播媒體,將大量的西方文化與消費價值向開發中國家傾銷,以保持他們在全球政治、經濟、文化上的優勢地位,這種行爲被稱爲文化帝國主義。

6【文字處理系統】ㄨㄣˊ ㄗˋ ㄔㄨˇ ㄌㄧˇ ㄒㄧˋ ㄊㄨㄥˇ

(word processing system)能夠處理文稿資料的電腦系統。其功能包括文稿處理之輸入、排版、編輯、分頁、分段、列印等。

【文字聯想測驗】ㄨㄣˊ ㄗˋ ㄌㄧㄢˊ ㄒㄧㄤˇ ㄘㄜˋ ㄧㄢˋ

(word-association test)投射法人格測驗之一。主試者給予受試者一連串之刺激字,要求其說出最先想到之反應字,以便從中推斷出個體所思或欲迴避之問題及其人格特質。

10【文起八代之衰】ㄨㄣˊ ㄑㄧˇ ㄅㄚ ㄉㄞˋ ㄓ ㄕㄨㄞ

所作文章能振作起八代以來衰弊的文風。係'蘇軾'對'韓愈'文章的贊頌。八代指'東漢'、'魏'、'晉'、'宋'、'齊'、'梁'、'陳'、'隋'。

19【文藝復興藝術】ㄨㄣˊ ㄧˋ ㄈㄨˋ ㄒㄧㄥ ㄧˋ ㄕㄨˋ

(Renaissance art)從十四世紀末葉到十六世紀後半葉在'歐洲'發生的一種藝術革新運動。原爲古'希臘'、'羅馬'之藝術和文化的再生,後也有創新的活動。在美術上,使用透視圖法和解剖學等原理,很科學地表現出均衡、端正和理想美的寫實作品。著名的藝術家有'達文西'、'米開蘭基羅'與'拉斐爾'等。

2

齐 齊的俗體。

3

夲 舉的俗體。

4

斉 齊的俗體。

6

斎 齋的俗體。

8

斌 ㄅㄧㄣ *pin*¹ 音賓

文質兼備的樣子。同彬。見"玉篇"。

斑 ㄅㄢ *pan*¹ 音班

1雜色的細點或條紋。見"說文"。2雜色;顏色夾雜。如:斑鬢。3鮮明美麗的樣子。如:斑斕。4一小部分。如:可見一斑。

5【斑白】ㄅㄢ ㄅㄞˊ

半黑半白的頭髮。指老人。也作班白、頒白。

10【斑馬】ㄅㄢ ㄇㄚˇ

(zebra) 屬於哺乳綱、奇蹄目(order Perissodactyla)、馬科(family Equidae)、馬屬(genus *Equus*)。共三種。外形似馬,肩高120~140公分,體表有明顯的條紋,可藉條紋以區別不同的種。喜群居,通常由一雄者、數個雌者與他們的幼兒生活一起,有時由這種小群再聚合成大群。亦常與羚羊形成混合群,後者可藉斑馬的

斑馬圖

注意力而獲得保護。斑馬群爲了尋找適當的草類食物常作長距離遷移。分布於'非洲'東部、中部及南部,喜居於平地、草原與若干山區。

【斑剝】ㄅㄢ ㄅㄛ

剝落而形成雜色斑點。

12【斑斑】ㄅㄢ ㄅㄢ

1斑痕眾多的樣子。2文采明顯

的樣子。

13【斑鳩】ㄅㄢ ㄐㄧㄡ

(collared dove; *Streptopelia decaocto*) 屬於鳥綱、鴿形目(order Columbiformes)、鳩鴿科(family Columbidae)。中等大小,長約28公分。背面淡褐色,腹面灰白色;尾色深,但近先端一半則為白色。頸背有半圈黑色細白邊的花紋。食物為小型種子。

斑鳩圖

14【斑駁】ㄅㄢ ㄅㄛˊ

色彩相雜不純的樣子。

21【斑爛】ㄅㄢ ㄌㄢˊ

文采美麗鮮明的樣子。

10【斑馬線】ㄅㄢ ㄇㄚˇ ㄒㄧㄢˋ

交通頻繁之都會區,為便利行人穿越馬路,特指定道路專用地段,畫上斑馬線紋,令車輛注意慢行、行人優先通行的交通標線。

17【斑點派】ㄅㄢ ㄉㄧㄢˇ ㄆㄞˋ

(Tachisme)西元1950年代初期,‘法國’藝評家‘葉斯添’(Estienne)形容以不規則之色點或斑點揮灑而成的畫。此派繪畫乍看之下並無結構可言,然而在偶然及任意之下,有很多變化及突破窠臼之可能。此種技法與‘美國’行動繪畫(action painting)的主張類似,且幾乎是同時產生。與二次世界大戰前之抽象繪畫最大的不同是,斑點畫家追求完全的自動和本能,排除腹稿和形式上的營造,不刻意再現或表達什麼,只是藉揮灑斑點宣洩戲劇化的情緒或心靈狀態。代表畫家有‘馬裘’(Mathieu)、‘杜布菲’(Dubuffet)、‘沃爾斯’(Wols)、‘阿勒’(Francois Arnal)和‘佛特里埃’(Jean Fautrier)等。

10【斑疹傷寒】ㄅㄢ ㄓㄣˇ ㄕㄤ ㄏㄢˊ

(typhus) 由斑疹傷寒病原體—立克次體—感染而引起的一種病症。嚴重發燒、頭昏、精神狂亂、頭痛及發紅黑色斑疹為其症狀特徵。

斐 ㊀ ㄈㄟˇ fei³ 音匪

文采華麗的樣子。如:斐然成章。

㊁ ㄈㄟ fei¹ 音非

姓。‘春秋’‘晉’有‘斐豹’。見“通志·氏族略五”。

17【斐濟】ㄈㄟˇ ㄐㄧˋ

(Fiji) 位於‘太平洋’西南部的島國。西元1970年脫離‘英國’獨立。約由840個小島組成,面積1.8萬方公里,人口89萬(2005年),首都‘蘇瓦’(Suva)。居民從事漁業和農耕,主要輸出為水果和糖。

7【斐希特】ㄈㄟˇ ㄒㄧ ㄊㄜˋ

(Johann Gottlieb Fichte, 1762～1814)‘德國’哲學家。‘柏林大學’的創建者,首任校長。為‘德國’超越理想主義的代表人物之一。初宗‘斯賓諾沙’哲學,後轉而研究‘康德’哲學,成為‘康德’哲學—尤其是其實踐理性的大力闡釋者,使‘德國’成為‘歐洲’的哲學中心。著有“一切啟示的批判嘗試”(*Versuch einer Kritik aller Offenbarung*)、“致德意志國民書”(*Reden an die deutsche Nation*)等。

斐希特像

8【斐林試液】ㄈㄟˇ ㄌㄧㄣˊ ㄕˋ ㄧㄝˋ

(Fehling's solution) 由硫酸銅溶液和酒石酸鉀鈉的鹼性(氫氧化鈉)溶液混合而成的試液。遇到醛類時,試液中的氫氧化銅會被還原成紅色的氧化亞銅沈澱,因此可用以檢驗醛基的存在。

12【斐然成章】ㄈㄟˇ ㄖㄢˊ ㄔㄥˊ ㄓㄤ

形容文采華美可觀。

9【斐迪南一世】ㄈㄟˇ ㄉㄧˊ ㄋㄢˊ ㄧ ㄕˋ

1 (Ferdinand I, 1503～1564)‘腓力一世’(Philip I the Handsome)的幼子。生於‘西班牙’。西元1521年與‘波希米亞’及‘匈牙利’王‘路易二世’(Louis II)之妹‘安妮’(Anne)結婚。1526年為‘波希米亞’及‘匈牙利’王。1555年繼其兄‘查理五世’為‘德’王,承諾新教在‘德國’的地位。2 (Maximilian Karl Leopold Mavia Ferdinand I, 1861～1948)‘保加利亞’國王。1887年膺選為‘保加利亞’君主。1908年宣布‘保加利亞’為獨立國,不受‘鄂圖曼帝國’的控制,並晉位為王。1911年大力支持組織‘巴爾幹同盟’(Balkan League),因而導致‘巴爾幹’戰爭。

【斐迪南二世】ㄈㄟˇ ㄉㄧˊ ㄋㄢˊ ㄦˋ ㄕˋ

(Ferdinand II, 1578～1637)‘斐迪南一世’之孫。西元1617年即‘波希米亞’王位,1618年即位為‘匈牙利’王,1619年被舉為‘神聖羅馬帝國’皇帝。因少時受天主教教育,即帝位後,抑制並驅逐基督教傳教士,導致三十年戰爭(Thirty Years' War)。

【斐迪南七世】ㄈㄟˇ ㄉㄧˊ ㄋㄢˊ ㄑㄧ ㄕˋ

(Ferdinand VII, 1784～1833)‘西班牙’國王。於西元1808年3月即位,5月因與‘拿破崙’在‘貝玉恩’(Bayonne)會面而被迫流亡‘法國’。1814年返國即位,推行專制統治,時‘西班牙’在‘拉丁美洲’的大部分殖民地紛紛獨立。死後,一反傳統,由女兒‘伊薩伯拉二世’(Isabella II)繼位。

【斐迪南三世】ㄈㄟˇ ㄉㄧˊ ㄋㄢˊ ㄙㄢ ㄕˋ

(Ferdinand III, 1608～1657)‘斐迪南二世’的長子。西元1625年即位為‘匈牙利’王,1627年即位為

'波希米亞'王,並於1637年就位爲'神聖羅馬帝國'皇帝。至1657年逝世止,一生以三十年戰爭(Thirty Years' War)爲起伏。他在本國境內雖不准有宗教自由,卻願與其他新教國家妥協,於1648年簽訂"西發里亞和約"(*Peace of Westphalia*),終止了'歐洲'的三十年戰爭,並同意'匈牙利'境內新教較大的自由。

【斐迪南五世】 ㄈㄟˇ ㄉㄧˊ ㄋㄢˊ ㄨˇ ㄕˋ
(Ferdinand V of Castile; Ferdinand II of Aragon, 1452～1516)。'亞拉岡'(Aragon)王'約翰二世'(John II)之子。西元1468年其父指派他爲'西西里'王,爲日後繼承'亞拉岡'王位鋪路。1469年娶'卡斯提爾'(Castile)女王'伊薩伯拉一世'。1479年即'亞拉岡'王位。1492年滅'格拉那達'(Granada),驅逐'摩爾'人,'西班牙半島'上,除'葡萄牙'外,都被他統一。

9

斒 ㄅㄢ *pan*¹ 音斑
文采交錯;文采鮮明。通斑。見"正字通"。

14

斔 ㄩˇ *yü*³ 音宇
容量名。古代以六斛四斗爲斔。見"字彙"。

17

斕 ㄌㄢˊ *lan*² 音蘭
文采鮮明的樣子。見"集韻"。

19

斖 亹的或體。

斗部

斗 ㄉㄡˇ *tou*³ 音陡
1量器的一種。可容十升。也用作量名。2打酒的器具。如圖。3形狀像斗的器物。如:漏斗。4形容斗般大小。如:斗室。5險峭;峻絕。通陡。如:斗絕。6忽然;猝然。7指紋的一種。凡旋轉成圓形的叫斗。8星宿名。參斗宿。9姓。'宋'有'斗蓋'。見"萬姓統譜·八八"。

斗圖

3**【斗山】** ㄉㄡˇ ㄕㄢ
北斗和'泰山'。比喻世所景仰的人。

9**【斗室】** ㄉㄡˇ ㄕˋ
比喻狹小的房間或屋子。

【斗姥】 ㄉㄡˇ ㄇㄨˇ
道教信奉的女神。傳說爲北斗眾星之母,故名。道教宮觀常建'斗姥'室、'斗姥'閣,其像爲三目四首,左右各出四臂。

11**【斗宿】** ㄉㄡˇ ㄒㄧㄡˋ
星宿名。1二十八宿之一。北方玄武七星之首。俗稱南斗。主要有六星,皆屬人馬座,依次爲人馬座φ、λ、μ、σ、τ、ζ。此外,建、天辨、鱉、天雞、天籥、狗國、天淵、狗、農丈人等星,也都歸入斗宿。2指北斗七星。

【斗笠】 ㄉㄡˇ ㄌㄧˋ
用竹皮等物編成防止日曬、雨淋的帽子。

13**【斗筲】** ㄉㄡˇ ㄕㄠ
量器名。1比喻小的容器。2比喻才識淺短、器量狹小的人。

17**【斗篷】** ㄉㄡˇ ㄆㄥˊ
禦寒的外套。沒有袖子,其形如斗,故名。

【斗膽】 ㄉㄡˇ ㄉㄢˇ
比喻人膽量大、有勇氣。

13**【斗運機】** ㄉㄡˇ ㄩㄣˋ ㄐㄧ
(bucket conveyor)水平移動或稍微傾斜之斗式運輸機。適於小顆粒固體之運輸。

18**【斗轉參橫】** ㄉㄡˇ ㄓㄨㄢˇ ㄕㄣ ㄏㄥˊ
北斗轉向,參宿橫斜。即天快亮時。

6

料 ㄌㄧㄠˋ *liao*⁴ 音廖
1猜度;估計。見"廣韻"。2古代職官俸祿外另加發的物品。見"增韻"。3安排;照顧。如:照料。4可供製造或使用者。如:原料。5量詞。凡集合多數物品而成一個計算單位的爲一料。如:藥丸一料。

4**【料中】** ㄌㄧㄠˋ ㄓㄨㄥˋ
猜到。

10**【料峭】** ㄌㄧㄠˋ ㄑㄧㄠˋ
寒風吹襲,令人寒冷發抖的樣子。

11**【料理】** ㄌㄧㄠˋ ㄌㄧˇ
1處理;安排。2修理。3逗引。4'日本'稱烹飪。

16**【料錢】** ㄌㄧㄠˋ ㄑㄧㄢˊ
'唐''宋'時,官吏在正式俸祿外,有時另外給予食料或准許折換現錢,稱爲料錢。

8**【料事如神】** ㄌㄧㄠˋ ㄕˋ ㄖㄨˊ ㄕㄣˊ
形容料度事情極爲準確。

斛 ㄏㄨˊ *hu*² 音胡
古代量器的一種。同斛。見"正字通"。

斝 斚的或體。

7

斞 斗的俗體。

斜 一 ㄒㄧㄝˊ *hsieh*² 音諧 又讀 ㄒㄧㄚˊ *hsia*² 音俠
不正;偏於一方。如:傾斜。
二 ㄧㄝˊ *yeh*² 音耶
參斜谷。

7【斜谷】 ㄧㄝˊ ㄍㄨˇ
'褒斜谷'的北口。在'陝西省''郿縣'西南十八公里。

【斜角】 ㄒㄧㄝˊ ㄐㄧㄠˇ
(oblique angle)不成直角的角。即鈍角或銳角。

11【斜率】 ㄒㄧㄝˊ ㄌㄩˋ
(slope)在直角坐標內,直線方程式爲$y=mx+b$,m稱爲該直線的斜率,相當於此直線與橫軸交角θ的正切,即$m=tan\,\theta$。曲線在曲線上一點P的斜率,即爲通過該點所作切線的斜率。

【斜視】 ㄒㄧㄝˊ ㄕˋ
(strabismus)一種眼睛的異常狀態。以內斜和外斜最常見。由於屈光不正或腦神經分支受損,使眼肌失去平衡或痲痺而引起。可用配眼鏡、開刀或物理治療等方式加以矯正。

13【斜暉】 ㄒㄧㄝˊ ㄏㄨㄟ
夕陽。

14【斜截式】 ㄒㄧㄝˊ ㄐㄧㄝˊ ㄕˋ
(slope-intercept form)已知直線之斜率爲m,而其y軸上之截距爲b,則直線方程式(即斜截式)爲$y=mx+b$。但$m=\infty$時(即平行於y軸之直線)並無斜截式。

15【斜齒輪】 ㄒㄧㄝˊ ㄔˇ ㄌㄨㄣˊ
(bevel gear)連接相交軸之圓錐形齒輪,其節面均爲截圓錐形者。

斜齒輪圖

7【斜角坐標】 ㄒㄧㄝˊ ㄐㄧㄠˇ ㄗㄨㄛˋ ㄅㄧㄠ
(oblique coordinates)兩軸交角不爲直角的坐標系。與直角坐標相對。

8【斜坡掩埋法】 ㄒㄧㄝˊ ㄆㄛ ㄧㄢˇ ㄇㄞˊ ㄈㄚˇ
(ramp method)覆土採自掩埋區斜坡底部的一種垃圾平面掩埋法。

11【斜球面三角形的解法】 ㄒㄧㄝˊ ㄑㄧㄡˊ ㄇㄧㄢˋ ㄙㄢ ㄐㄧㄠˇ ㄒㄧㄥˊ ˙ㄉㄜ ㄐㄧㄝˇ ㄈㄚˇ
(solution of oblique spherical triangle)球面三角形的主要要素爲其三角與三邊,解球面三角形的意義是:已知其中一部分,決定其餘的部分。附圖爲一典型斜球面三角形。下列條件足以決定球面三角形:⑴兩邊夾角,⑵兩角夾邊,⑶三邊,⑷三角,⑸兩邊及對角,⑹兩角及對邊。其三內角的和在180°和540°之間,⑸和⑹的解可能不唯一。球面三角形及其極三角形的要素之間的關係,對於球面三角形的解法有幫助。亦即球面三角形的角(邊)等於在極三角形中與此角(邊)相對的邊(角)的補邊(角)。因此解了其中一個就相當於解了另一個。例如,如果已知條件是其中三個角,那就相當於已知條件是它的極三角形的三個邊。⑴可單用餘弦定律或前者加上半角公式解之。⑵直接單由餘弦定律或前者加上半邊公式解之。而且解⑴和⑵時,可用'納'氏比擬幫助解答。⑶用半角公式。⑷用半邊公式。⑸、⑹先用正弦公式求出另一要素,再應用'納'氏比擬求出其餘要素。此外,⑴和⑵、⑶和⑷、⑸和⑹恰好在極三角形變換下互爲對偶,故可從一種情形換爲另一種情形而解之。此問題首次有系統的解法係'維塔'(Viète)在十六世紀後半提出的。

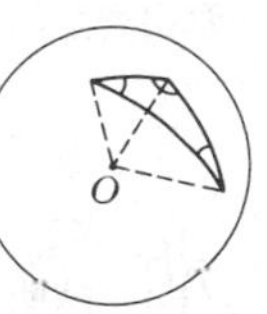

斜球面三角形的解法圖

斛
㊀ ㄏㄨˊ hu2 音胡
①量器名。容十斗。見"說文"。②姓。'宋'有'斛纖善'。見"萬姓統譜·一一二"。
㊁ ㄐㄧㄠˋ chiao4 音較
較量;校覈。通斠。

8

斝
ㄐㄧㄚˇ chia3 音胛
酒器。形似爵而大,三足,兩柱,一鋬,圓口,平底,無流及尾。盛行於'殷商','西周'間有之,未見於'東周'。今所稱之斝,其名定自'宋'人,近人或以爲即"禮"經之⌊散⌉。早期出土遺物三足間有煙痕,學者以爲可能作溫酒器用。

斝圖

斞
ㄩˇ yü3 音庾
量名。一斞六斗的容量。通作庾。見"字彙"。

9

斢
ㄊㄧㄠ t'iao1 音祧
古代的一種農具。即大鋤頭。通銚。見"說文"。

斟
ㄓㄣ chên1 音珍
①挹取;注入。見"說文"。②羹汁;飲料。③審度;考慮。如:斟酌損益。④調和;調理。⑤姓。'漢'有'斟尙'。見"萬姓統譜·六五"。

10【斟酒】 ㄓㄣ ㄐㄧㄡˇ
倒酒。

【斟酌】 ㄓㄣ ㄓㄨㄛˊ
把酒倒入酒杯。引申爲考慮可否而決定取捨。

【斟酌損益】 ㄓㄣ ㄓㄨㄛˊ ㄙㄨㄣˇ ㄧˋ
權衡事情而加以增減。

10

斠
ㄐㄧㄠˋ chiao4 音較
①量豆穀時用以平斗斛的木棒。見"說文"。②校正。通校。

斡
㊀ ㄨㄛˋ wo4 音臥
轉動;旋轉。見"廣雅·釋詁"。
㊁ ㄍㄨㄢˇ kuan3 音管
主領;掌管。通管。見"正字通"。

11【斡旋】 ㄨㄛˋ ㄒㄩㄢˊ
①扭轉局勢，調解糾紛。②(good offices)由一國或數國或國際組織，介入其他國家間之爭端，以尋求爭端之解決。斡旋可分技術性斡旋與政治性斡旋。前者包括邀請當事國參與會談、主辦會議、提供交通與通訊，以及在兩國斷交時，在一國之內代表他國之利益；後者包括呼籲和平、停戰與談判。

13

斞 ㄐㄩ *chü*^{1} 音拘
舀取。見"說文"。

斤部

斤 ㊀ ㄐㄧㄣ *chin*^{1} 音津
①斧頭。見"說文"。②重量單位。舊制以十六兩為一斤。標準制則以一千公克為一公斤。
㊁ ㄐㄧㄣˋ *chin*^{4} 音浸
参斤斤㊁。

4【斤斤】 ㊀ ㄐㄧㄣˋ ㄐㄧㄣˋ
明察的樣子。
㊁ ㄐㄧㄣ ㄐㄧㄣ
苛細瑣碎。

【斤斤計較】 ㄐㄧㄣ ㄐㄧㄣ ㄐㄧˋ ㄐㄧㄠˋ
雖極細微之事亦必計較。形容人過於拘謹或過分計較。

1

斥 ㄔˋ *ch'ih*^{4} 音赤
①開拓；擴大。見"小爾雅·廣詁"。②排除；擯棄。見"正字通"。③責備；指責。見"正字通"。④探測；偵察。如：斥候。⑤鹽鹹地。如：斥澤。⑥眾多；普遍。如：盜賊充斥。⑦細；小。通尺。

10【斥候】 ㄔˋ ㄏㄡˋ
偵察敵情。也指偵察敵情的人。

11【斥逐】 ㄔˋ ㄓㄨˊ
擯斥驅逐。

12【斥堠】 ㄔˋ ㄏㄡˋ
①用來觀望或警戒的碉堡。②偵探敵情的人員。也作斥候。

13【斥資】 ㄔˋ ㄗ
拿出資金。

4

斨 ㄑㄧㄤ *ch'iang*^{1} 音羌
納柄孔呈方形的斧頭。如：斧斨。

斧 ㄈㄨˇ *fu*^{3} 音甫
①砍伐樹木的鐵器。見"說文"。②兵器或刑具。如：斧鉞。③用斧斫物。④修改；修飾。如：斧正。

13【斧鉞】 ㄈㄨˇ ㄩㄝˋ
①兵器名。斧頭和大斧。②泛指刑具。

28【斧鑿】 ㄈㄨˇ ㄗㄠˊ
用斧頭鑿刻木石。也指斧斤雕鑿的痕跡。

3【斧刃腳】 ㄈㄨˇ ㄖㄣˋ ㄐㄧㄠˇ
國術腿擊法。腳盤內扣，以腳盤外緣攻擊敵人之迎面骨或小腹。

13【斧鉞湯鑊】 ㄈㄨˇ ㄩㄝˋ ㄊㄤ ㄏㄨㄛˋ
古時用以斬人和烹人的刑具。指殺戮之刑。

5

斫 ㄓㄨㄛˊ *cho*^{2}, *chuo*^{2} 音灼
①大鋤。見"爾雅·釋器·斫·義疏"。②擊；用刀斧砍劈。如：斫斬。

斪 ㄑㄩˊ *ch'ü*^{2} 音渠
用刀斧砍劈。即斫。見"字彙"。

7

断 斷的俗體。

斬 ㄓㄢˇ *chan*^{3} 音展
①砍斷；殺戮。見"說文"。②斷絕；終了。見"廣雅·釋詁"。③喪服不縫緝衣邊和下襬。如：斬衰。

10【斬衰】 ㄓㄢˇ ㄘㄨㄟ
古時五種喪服中最重的一種。用最粗的生麻布製成，而且不縫衣邊，表示對至親之喪的哀痛。兒子和未嫁女對父母、媳婦對公婆、父已亡之嫡長孫對祖父母、妻對夫，都穿著斬衰。

17【斬獲】 ㄓㄢˇ ㄏㄨㄛˋ
作戰時斬敵首、虜敵兵。引申指收穫。

22【斬鼲】 ㄓㄢˇ ㄏㄨˊ
鼠名。黑身，白腰，手有長白毛，似握版之狀。與蝘蜓之屬相類。見"說文"。

5【斬石子】 ㄓㄢˇ ㄕˊ ·ㄗ
(hammered finish of stone)將水泥或白水泥和雲石子按比例拌合均勻，粉刷構造物面層約10公厘厚，待乾燥後以石斧鑿成精緻毛面。由於狀似天然石料，故又稱斬假石。多用於建築物及附屬構造之表面裝飾處理。

4【斬木為兵】 ㄓㄢˇ ㄇㄨˋ ㄨㄟˊ ㄅㄧㄥ
砍伐樹木以製兵器。

10【斬草除根】 ㄓㄢˇ ㄘㄠˇ ㄔㄨˊ ㄍㄣ
比喻消滅淨盡，不留後患。

【斬釘截鐵】 ㄓㄢˇ ㄉㄧㄥ ㄐㄧㄝˊ ㄊㄧㄝˇ
比喻果斷堅定。

11【斬將搴旗】 ㄓㄢˇ ㄐㄧㄤˋ ㄑㄧㄢ ㄑㄧˊ
斬殺敵人將領，拔取敵人旗幟。形容作戰勇猛或戰果輝煌。

8

斯 ㄙ *szŭ*^{1}, *ssŭ*^{1} 音私
①劈開；剖開。見"說文"。②離開；距離。見"爾雅·釋言"。③稱代詞。此；這。④連詞。則；乃。⑤助詞。用於句中或句末。⑥姓。'漢'有'斯從'。見"萬姓統譜·五"。

4【斯文】 ㄙ ㄨㄣˊ
①指禮樂教化。②指儒者或文人。③文雅；有氣質風度。

12【斯須】ㄙ ㄒㄩ
暫時;片刻。

4【斯巴達】ㄙ ㄅㄚ ㄉㄚˊ
(Sparta)上古‘希臘’著名城邦之一。建於西元前800年左右,位於今‘巴爾幹半島’南端。‘斯巴達’人實行軍事獨裁統治,社會經濟採集體主義,有階級畫分,是歷史上最早的極權政治,爲‘希臘’城邦走向民主政治發展的一個例外。

7【斯克魯】ㄙ ㄎㄜˋ ㄌㄨˇ
(scruples)‘英’‘美’藥衡單位。一斯克魯爲一磅的1/288。

8【斯坦因】ㄙ ㄊㄢˇ ㄧㄣ
(Mark Aurel Stein, 1862~1943)‘英國’考古家、探險家,原爲‘匈牙利’人。西元1900~1916年間三次從西北潛入我國‘新疆’、‘甘肅’,劫走大批‘敦煌石窟’所藏的古代寫經、繪畫及版畫中的精品。現藏‘倫敦’‘不列顛博物館’。著有“古代和闐”(*Ancient Khotan*)、“塞林提亞”(*Serindia*)、“亞洲腹地”(*Innermost Asia*)等書。

斯坦因像

4【斯文掃地】ㄙ ㄨㄣˊ ㄙㄠˇ ㄉㄧˋ
指讀書人的風度教養敗壞無餘。

【斯文敗類】ㄙ ㄨㄣˊ ㄅㄞˋ ㄌㄟˋ
指品行低劣的讀書人。

【斯比量表】ㄙ ㄅㄧˇ ㄌㄧㄤˊ ㄅㄧㄠˇ
(Stanford-Binet intelligence scale)一種廣被採用的個別智力測驗。西元1916年由‘美國’‘史丹佛大學’(Stanford University)教授‘推孟’(L. M. Termon)修訂‘比’‘西’量表(Binet-Simon scale)而成。總計90道題,適用三歲至十三歲之孩童,並建立智商之計算法以表示智能之高低。

7【斯里蘭卡】ㄙ ㄌㄧˇ ㄌㄢˊ ㄎㄚˇ
(Sri Lanka)位於‘印度半島’南端的島國。舊稱‘錫蘭’(Ceylon)。西元1948年獨立,1972年改稱今名。面積6.5萬方公里,人口2,006.0萬(2005年),首都‘可倫坡’(Colombo)。中央為山地,四周為平原,河川自中央向外輻射。地近赤道,氣候炎熱,西南部面迎西南季風,雨水充沛,農業較盛。以農為主,尤其是熱帶栽培業。輸出以茶為主。

8【斯拉夫族】ㄙ ㄌㄚ ㄈㄨ ㄗㄨˊ
(Slavs)‘印歐族’的一支。有三個分支:一是‘東斯拉夫’人,有‘俄羅斯’人、‘烏克蘭’人、‘白俄羅斯’人;二是‘西斯拉夫’人,有‘波蘭’人、‘捷克’人、‘斯洛伐克’人、‘卡舒布’人、‘盧日支’人;三是‘南斯拉夫’人,有‘保加利亞’人、‘塞爾維亞’人、‘克羅地亞’人、‘斯洛文尼亞’人、‘馬其頓’人、‘黑山’人、‘波斯尼亞’人。多信奉東正教,少數信仰天主教。

【斯坦因人】ㄙ ㄊㄢˇ ㄧㄣ ㄖㄣˊ
(Steinheim Skull)西元1933年‘德國’西南部‘斯坦因村’所出土的一個頭骨化石。該頭骨的形態特徵介於⌊直立人⌉及⌊尼安德塔人⌉的中間型。其年代距今約二十萬至二十五萬年前。

【斯坦貝克】ㄙ ㄊㄢˇ ㄅㄟˋ ㄎㄜˋ
(John Ernst Steinbeck,1902~1968)‘美國’小說家。生於‘加利福尼亞州’,年輕時曾從事多種勞力的工作,所以對一般民眾生活有深入認識。早期作品有“人與鼠”(*Of Mice and Men*)、“憤怒的葡萄”(*The Grapes of Wrath*)等,描寫農民、流浪者的艱苦生活;後期則有“丕平四世的短命王朝”(*Short Reign of Pippin IV*)、“我們不滿的冬天”(*The Winter of Our Discontent*)等。於西元1962年獲得‘諾貝爾’文學獎。

斯坦貝克像

【斯陀夫人】ㄙ ㄊㄨㄛˊ ㄈㄨ ㄖㄣˊ
(Harriet (Elizabeth) Beecher Stowe,1811~1896)‘美國’小說家。生於牧師家庭,曾當教師。西元1852年發表“黑奴籲天錄”(*Uncle Tom's Cabin*, 或譯爲“湯姆叔叔的小屋”),流露出對黑人痛苦生活的同情,因而引起黑奴解放運動。

斯陀夫人像

【斯芬克斯】ㄙ ㄈㄣ ㄎㄜˋ ㄙ
(Sphinx)‘希臘’神話中的人面獅身女怪。據說是‘厄托斯’(Orthus)和‘泰芬’(Typhon)之女,能發出人的聲音。住在‘底伯斯’(Thebes)近郊。喜叫路人猜謎,猜錯的便遭殺害。後因謎底被‘伊迪帕斯’(Oedipus)道破,跳崖自殺。現‘埃及’金字塔邊還留有石刻像,獅身、頭狀似法老,用以象徵國王的威權。

9【斯威夫特】ㄙ ㄨㄟ ㄈㄨ ㄊㄜˋ
(Jonathan Swift, 1667~1745)‘英國’詩人、最偉大的諷喻作家。生於‘愛爾蘭’貧家,曾就讀‘三一學院’。西元1720年起參與‘愛爾蘭’人反‘英國’統治運動。著有“一個謙遜的建議”(*A Modest Proposal*)及“格列佛遊記”(*Gulliver's Travels*),反映不合理的社會現象,文字質樸,爲‘英國’文學不朽名著。

斯威夫特像

12【斯湯達爾】ㄙ ㄊㄤ ㄉㄚˊ ㄦˇ
(Stendhal, 1783~1842)‘法國’小說家。本名‘亨利·培爾’(Henri Beyle)。善於對書中人物作細膩深刻的心理分析,但作品結構鬆

斯湯達爾像

散，文字缺乏藝術價值。作品多寫實手法寫成的浪漫故事，在浪漫主義盛行的當時並不受人注意，直到死後五十年寫實主義流行，才造成相當的影響，成爲寫實主義的先驅。代表作爲"紅與黑"(*Le Rouge et le noir*)、"巴蒙修道院"(*La Chartreuse de Parme*)。

14【斯賓諾沙】 ㄙ ㄅㄧㄣ ㄋㄨㄛˋ ㄕㄚ
(Benedict de Spinoza, 1632～1677)'荷蘭'哲學家。生於'阿姆斯特丹'的'猶太'家庭。少時受'猶太'法典及經院哲學的教育，繼而懷疑過去的哲學與宗教，於是傾心研究'笛卡兒'及'白魯諾'(Giordano Bruno)等人的哲學。其哲學系統自'笛卡兒'的哲學蛻變發展而成，但主張純粹的一元論。最重要的著作爲"倫理學"(*Ethica*)，以幾何學的演證方式闡釋萬物皆爲神(自然)的展現，強調人無意志自由，宇宙的一切皆依循一種必然的規律發展和演變。

6【斯多噶學派】 ㄙ ㄉㄨㄛ ㄍㄜˊ ㄒㄩㄝˊ ㄆㄞˋ
(Stoic School)'希臘'化時代哲學家'芝諾'於西元前300年左右所創的哲學派別。主張克制私慾，強調自然律和理性，具宿命觀之消極的特點。所倡的平等、人道、和平主義，對當時的混亂世局頗具鎭撫作用。與'伊比鳩魯'學派同爲當時最著名且影響深遠的哲學派別。

25【斯灣斯孔人】 ㄙ ㄨㄢ ㄙ ㄎㄨㄥˇ ㄖㄣˊ
(Swanscombe Skull) 指'英國''泰晤士河'下游河岸'斯灣斯孔'附近出土的頭骨化石。包括同一個體的左右頂骨及枕骨。以氟素測驗法測得的年代約二十萬年前。此頭骨的形態具有現代型的特徵，遂以最古老的「智人」聞名，但也有學者認爲與「斯坦因人」極爲類似，而同屬「尼安德塔人」。

6【斯多考夫斯基】 ㄙ ㄉㄨㄛ ㄎㄠˇ ㄈㄨ ㄙ ㄐㄧ
(Leopold Stokowski, 1882～1977)'美國'指揮家。生於'倫敦'。畢業於'牛津大學'，曾在'倫敦'當風琴師和指揮。西元1909～1912年任'俄亥俄州''辛辛那提'交響樂團團長。1915年入籍'美國'，1912～1938年任'費城'交響樂團指揮，極力提倡現代音樂。後自組'美國青年交響樂團'到'南美'巡迴演出。又曾任'國家廣播公司'樂團、'紐約'、'紐約愛樂'、'休斯頓'等交響樂團指揮。1962年創立'美國交響樂團'，重視音感效果，頗受喜愛。

12【斯堪的那維亞半島】 ㄙ ㄎㄢ ㄉㄧˋ ㄋㄚˋ ㄨㄟˊ ㄧㄚˋ ㄅㄢˋ ㄉㄠˇ
(Scandinavian Pen.)'歐洲'最大半島。位於'波羅的海'、'挪威海'(Norwegian Sea)與'北海'之間。面積75萬方公里，包括'瑞典'、'挪威'和'芬蘭'西北部。

斮
ㄓㄨㄛˊ cho², chuo² 音灼
1刪去魚鱗。見"爾雅·釋器"。2斬；砍斷。見"字彙"。

9

新
ㄒㄧㄣ hsin¹ 音辛
1舊的對稱。見"正字通"。2剛開始。如：新生。3更新；改進。如：日日新。4(9～23)'王莽'篡'西漢'所建的朝代。'莽'即位後大事改革，立意良好，然計畫不周，推行失當，加以四夷寇邊，民不聊生，終爲'漢'宗室'劉縯'、'劉秀'兄弟所亡。共十五年。5姓。'漢'有'新臣'。見"萬姓統譜·一九"。

4【新月】 ㄒㄧㄣ ㄩㄝˋ
1農曆月初的上弦月。2新滿的月。

5【新正】 ㄒㄧㄣ ㄓㄥ
新年的第一個月。通常指農曆正月。

【新民】 ㄒㄧㄣ ㄇㄧㄣˊ
革除人民舊染的不良習性，使其向善。

【新生】 ㄒㄧㄣ ㄕㄥ
1初生。2科舉時代稱新進學的生員。3新入學的學生。4新的生活。

6【新竹】 ㄒㄧㄣ ㄓㄨˊ
1省轄市。位於'臺灣島'西北部沿海。爲'臺灣'西北部文化及工業城市，水泥、玻璃、化學工業很盛，'新竹科學工業園區'尤爲有名。因當東北季風之衝，多強風，號稱「風城」。2縣名。原名'竹塹'。位於'臺灣島'西北部。縣治設於'竹北鄉'。

7【新序】 ㄒㄧㄣ ㄒㄩˋ
'漢''劉向'撰，三十卷。今本爲'宋''曾鞏'所校定，十卷。採集'舜'以至'漢代'史事，分類編纂。所記與"左傳"、"戰國策"、"史記"等頗有出入。

【新秀】 ㄒㄧㄣ ㄒㄧㄡˋ
新進的優秀人才。

8【新知】 ㄒㄧㄣ ㄓ
1新的知識。2新結交的朋友。

9【新政】 ㄒㄧㄣ ㄓㄥˋ
1順應時代潮流而革新的政治。2(the New Deal)'美國''羅斯福'總統於西元1933年就職後，爲解決經濟大恐慌而實行的一連串具有長期性的社會與經濟改革計畫。第一期新政(1933～35)重點在救濟及復興經濟。第二期新政(1935～39)以社會安全爲主，予以工人社會安全和保障小農利益爲重點。此措施不僅解決了經濟大恐慌，而且由於建立社會福利制度，貧苦人民因而獲得利益，也使'美國'社會更趨健全。

【新星】 ㄒㄧㄣ ㄒㄧㄥ

[1]新露頭角的人。[2](nova)爆發變星的一種。一個光度較暗而使人忽略其存在的星體，由於發生爆炸，光度突然增強一萬倍甚至一百萬倍，亮度增加7～16等，像顆新產生的亮星，故名。由於星體在爆炸後，又會漸漸回復到原來的光度，好像從天空中消失，因此古人稱之爲客星。據估計，銀河系中每年會產生30～50顆新星。

10【新書】ㄒㄧㄣ ㄕㄨ

'漢''賈誼'撰，十卷。"漢書·藝文志"作五十八篇，今本五十六篇。其中多有後人截取"史記"、"漢書·賈誼傳"的文章編次而成，顯非原書。其思想以儒家仁義之道爲本，並據以議論政治。

11【新教】ㄒㄧㄣ ㄐㄧㄠˋ

即基督新教。參基督教。

12【新貴】ㄒㄧㄣ ㄍㄨㄟˋ

新任要職的人；新掌權勢的人。

13【新詩】ㄒㄧㄣ ㄕ

[1]剛寫成的詩。[2]指五四運動後興起的白話詩。與文言的舊詩相對。形式不拘，格律自由。五四初期也稱爲白由詩、白話詩，今或稱現代詩。

14【新語】ㄒㄧㄣ ㄩˇ

'漢''陸賈'撰，二卷。融合儒、道思想，綜論'漢'得天下及古代成敗興衰之理，旨在崇王道、黜霸業。

【新聞】ㄒㄧㄣ ㄨㄣˊ

[1]最近聽說的事。[2]新的見聞；新的知識。[3]少有的新鮮事。[4]任何足以引起閱聽人興趣，或者可能形成影響的觀念或事件，經由媒體中的專業人員，透過新聞價值的考慮、選擇後，及時地在媒介上刊播出來的內容，通常都可概稱爲新聞。

【新綠】ㄒㄧㄣ ㄌㄩˋ

[1]嫩綠色。[2]指新長出綠葉的草木。

15【新潮】ㄒㄧㄣ ㄔㄠˊ

[1]新近流行的思想或事物。[2]追逐流行事物的觀念或行爲。

【新銳】ㄒㄧㄣ ㄖㄨㄟˋ

新進的優秀人才。

16【新禧】ㄒㄧㄣ ㄒㄧ

祝賀他人新年如意的吉利話。又作新釐。

【新穎】ㄒㄧㄣ ㄧㄥˇ

[1]草木剛長出的芽。[2]新奇脫俗。

22【新歡】ㄒㄧㄣ ㄏㄨㄢ

指新結識的愛人。

4【新文學】ㄒㄧㄣ ㄨㄣˊ ㄒㄩㄝˊ

指五四運動後的白話文學。主要包括詩歌、小說、散文、戲劇。

【新文藝】ㄒㄧㄣ ㄨㄣˊ ㄧˋ

[1]即新文學。[2]新的文學和藝術。

【新元史】ㄒㄧㄣ ㄩㄢˊ ㄕˇ

二十五史之一。'民國''柯劭忞'撰，二百五十七卷。參考'宋'、'元'以來典籍及西人著作七十多種，以訂補'明''宋濂'等所修之"元史"。

【新月丘】ㄒㄧㄣ ㄩㄝˋ ㄑㄧㄡ

(barchane)沙丘的一種形式。一種對風向作橫列而形如新月的沙丘。兩尖端向後彎，迎風坡比較和緩，坡面向上彎(凸坡)；背風坡甚陡，坡面向下彎(凹坡)。新月丘每成群、成行出現，風吹過時且不斷移動，遠處瞭望，彷彿海上波濤的起伏，故又稱沙海。

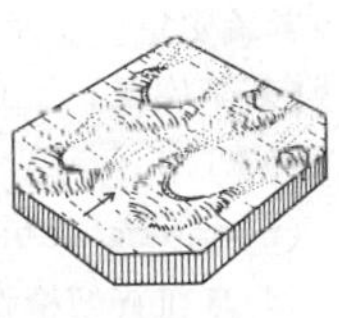

新月丘圖

【新月派】ㄒㄧㄣ ㄩㄝˋ ㄆㄞˋ

指"新月月刊"主要作家所形成的新詩詩派。"新月月刊"創於'民國'十七年，至二十二年停刊。其主要作家如'徐志摩'、'聞一多'、'胡適'、'葉公超'等，作品都相當重視格律。

5【新加坡】ㄒㄧㄣ ㄐㄧㄚ ㄆㄛ

(Singapore)位於'馬來半島'(Malay Pen.)南端的國家。包括'新加坡島'和附近54個小島。扼'麻六甲海峽'咽喉，當'歐'、'亞'、'非'、'澳'四洲大洋航線要衝。有鐵、公路北通半島。面積647方公里，人口443萬(2005年)，首都'新加坡市'。出口、轉口貿易極盛，'馬來半島'及'印尼'所產橡膠、錫，均以本埠為總集散地，為'南洋'最大商港。煉油、造船和機械工業均盛。糧食悉賴進口。

9【新紀元】ㄒㄧㄣ ㄐㄧˋ ㄩㄢˊ

比喻事物的新階段。也有新紀錄的意思。

10【新唐書】ㄒㄧㄣ ㄊㄤˊ ㄕㄨ

二十五史之一。'宋''歐陽脩'、'宋祁'等奉敕撰，二百二十五卷。'脩'撰本紀、志、表；'祁'撰列傳。比'劉昫'"舊唐書"事件加詳而文字較省。

12【新報業】ㄒㄧㄣ ㄅㄠˋ ㄧㄝˋ

(New Journalism)繼黨派報業後的一個發展時期。此一名詞由'英國'文學家'安諾德'(Matthew Arnold)所創。意指報紙形式與內容的革新，趨向於企業化經營。依據報業史權威'莫特'(Frank Luther Mott)博士的分析，此種報業的特色有六：一、確立新聞報導的政策；二、爭取獨家新聞；三、鼓吹自由思想；四、增加篇幅以滿足讀者的需要；五採用插圖，力求版面的美觀；六、採用推銷技術，增加發行量，增拓廣告來源。新報業帶來的另一現象是誇張內幕的黃色新聞充斥。

13【新達達】ㄒㄧㄣ ㄉㄚˊ ㄉㄚˊ

(Neo-Dada)萌芽於西元1950年代，而於1960～1971年成爲世界美術之共同思想的現代美術運動。該運動可謂達達的餘灰復燃，不過達達是對既存美學和社會秩序做一種挑戰，而新達達則是把此挑戰建立成秩序。新達達的藝術表現方式相當豐碩，或於不同之現成物中找尋其調和關係，而造就另一新的意義或作品，如集合藝術；或對日常生活之偶發性行爲、環境狀況加以批判和分析，如偶發藝術。代表藝術家有'杜象'、'羅遜柏格'(Rauschenberg)、'金霍茲'(Kienholz)、'克萊因'(Yves Klein)等。

14【新臺幣】 ㄒㄧㄣ ㄊㄞˊ ㄅㄧˋ
'民國'三十八年'臺灣'地區所發行的新貨幣。由於三十七、三十八年大陸經濟惡化，'臺'幣受到國幣的影響也大幅貶值。'臺灣省政府'乃於三十八年六月十五日發行新'臺'幣，以(舊)'臺'幣肆萬元折新'臺'幣一元。目前爲'中華民國''臺灣'地區通用之貨幣。

【新聞稿】 ㄒㄧㄣ ㄨㄣˊ ㄍㄠˇ
(news release)指公私機構向社會大眾或傳播媒體提供該機構的新聞稿件。通常由公共關係人員負責撰寫。

15【新樂府】 ㄒㄧㄣ ㄩㄝˋ ㄈㄨˇ
從古樂府演變革新的新體詩。濫觴於初'唐'，經盛'唐''李白'、'杜甫'而有長足進展，至中'唐''白居易'、'元稹'的新樂府運動，名稱遂告確定。大致以因事立題爲主，亦有借古題以寄託新意者；精神上承繼樂府的寫實和諷諭，但已不必配樂，故稱。

【新德里】 ㄒㄧㄣ ㄉㄜˊ ㄌㄧˇ
(New Delhi) '印度'首都。位於'德干高原' (The Deccan) 北側。與西北方的'德里' (Delhi) 已合為一城，共扼'恆河平原'西端入口，地勢高而險要。人口1,280萬(2001年)。

19【新疆省】 ㄒㄧㄣ ㄐㄧㄤ ㄕㄥˇ
位於我國西部。簡稱'新'，古稱'西域'。爲我國面積最大的一省。四周高山圍繞，'天山'橫亙中央，南爲'塔里木盆地'，北爲'準噶爾盆地'。境內氣候乾燥，除山地外，沙漠遍布，其中'塔克拉馬干沙漠'是全國面積最大最荒涼的沙漠，東部的'婼羌'是乾燥中心；河流多屬內陸河。經濟活動以畜牧爲主，只有山麓綠洲及'天山山脈'西部的'伊犁縱谷'、東部的'哈密盆地'、'吐魯番窪地'有農業；富煤、石油、鈾、玉石礦產。以'迪化'爲省會。

【新藝術】 ㄒㄧㄣ ㄧˋ ㄕㄨˋ
(Art Nouveau) 在十九世紀末到二十世紀初，風行於整個西'歐'的一種裝飾藝術風格。極力反對西'歐'文化的理性主義，而刻意使用動植物等的曲線來裝飾建築、工藝品和平面設計等。在繪畫和版畫上，也使用柔和的色調和曲線的造形來表現。在'德國'，稱此種裝飾風格爲﹂年輕風格﹃(jugendstil)，在'奧地利'稱爲﹂分離派風格﹃(sezessionstil)，在'義大利'稱爲﹂自由風格﹃(style liberty)，在'西班牙'稱爲﹂現代主義者﹃(modernista)。

4【新五代史】 ㄒㄧㄣ ㄨˇ ㄉㄞˋ ㄕˇ
二十五史之一。'宋''歐陽脩'撰，七十四卷。述事簡約，文辭典雅，然其論史重褒貶而疏於考證。

5【新平橡膠】 ㄒㄧㄣ ㄆㄧㄥˊ ㄒㄧㄤˋ ㄐㄧㄠ
(neoprene rubber) 即紐普韌橡膠。參紐普韌橡膠。

【新民叢報】 ㄒㄧㄣ ㄇㄧㄣˊ ㄘㄨㄥˊ ㄅㄠˋ
'清'末報刊。'光緒'二十八年(1902)正月，'梁啟超'於'日本''橫濱'創刊，每月出兩期，鼓吹保皇思想。與革命黨的"民報"針鋒相對。至'光緒'三十三年六月停刊，共出九十六期。

【新生訓練】 ㄒㄧㄣ ㄕㄥ ㄒㄩㄣˋ ㄌㄧㄢˋ
(freshman orientation)爲協助新入學學生瞭解新環境、增進其適應能力，而在正式開學前舉行的訓練計畫。

8【新近效應】 ㄒㄧㄣ ㄐㄧㄣˋ ㄒㄧㄠˋ ㄧㄥˋ
(recency effect) 學習一連串材料後，呈現於末端之材料有較佳記憶效果的現象。

9【新亭對泣】 ㄒㄧㄣ ㄊㄧㄥˊ ㄉㄨㄟˋ ㄑㄧˋ
指國土淪亡的傷痛。'東晉'諸名士，每逢暇日，常遊宴'新亭'，感傷國破家亡，相對哭泣。見"世說新語·言語"。

【新約全書】 ㄒㄧㄣ ㄩㄝ ㄑㄩㄢˊ ㄕㄨ
(*New Testament*) "聖經"中記載'耶穌'生平、思想及其使徒行誼的部分，是'耶穌'死後其門徒於西元一、二世紀時寫成，因別於'猶太'教徒所信奉的"舊約全書"，而名"新約全書"。原用'希臘'文書寫，共27卷。

11【新陳代謝】 ㄒㄧㄣ ㄔㄣˊ ㄉㄞˋ ㄒㄧㄝˋ
1指事物除舊更新的現象。2(metabolism) 簡稱代謝或代謝作用。指維持生物生長、生殖、運動等活動過程中之生化作用的總稱。包括同化作用及異化作用：前者在於合成新體質或修補組織細胞；後者在於分解大分子產生代謝物，並釋出能量供生物活動。

【新婚燕爾】 ㄒㄧㄣ ㄏㄨㄣ ㄧㄢˋ ㄦˇ
指新婚時期的恩愛甜蜜。

12【新發於硎】 ㄒㄧㄣ ㄈㄚ ㄩˊ ㄒㄧㄥˊ
刀刃剛剛磨利。比喻銳利風發，充滿幹勁。

14【新聞自由】 ㄒㄧㄣ ㄨㄣˊ ㄗˋ ㄧㄡˊ
(freedom of press) 民權的一種。是言論、講學、著作及出版自由的一種形式。隨著大眾傳播工具的興起與多元化，新聞自由是民主政治的表徵。新聞包括報紙、雜誌、無線電、電視、電影等，其設立、採訪、編輯、評論、印刷、數量、銷售、經營，應得到法律充分的保障，不受政府的箝制、約束或行政命令的管理。新聞自由的精神在於反映公意、幫助民意機構監督行政部門及立法部門。其形式多表現於批評性與多元化。

【新聞特寫】 ㄒㄧㄣ ㄨㄣˊ ㄊㄜˋ

ㄒㄧㄝˇ

(feature)與純新聞相對。是新聞報導的一種特殊型式，文字結構不必嚴守成規，內容則須兼顧事實、事實背景與事實意義。撰寫時允許署名，故也稱署名新聞。

【新聞媒體】 ㄒㄧㄣ ㄨㄣˊ ㄇㄟˊ ㄊㄧˇ

傳播新聞的工具。包括報紙、雜誌、廣播、電視等。

【新聞管制】 ㄒㄧㄣ ㄨㄣˊ ㄍㄨㄢˇ ㄓˋ

指政府或有關當局對新聞報導所採取的抑制行動，或在發布新聞時所作某種程度的保留行爲。

【新聞線索】 ㄒㄧㄣ ㄨㄣˊ ㄒㄧㄢˋ ㄙㄨㄛˇ

(news hint)報刊新聞採訪人員發掘題材的一種憑藉。通常由消息靈通的人士提供。

【新聞價值】 ㄒㄧㄣ ㄨㄣˊ ㄐㄧㄚˋ ㄓˊ

(news value)指新聞是否爲傳播媒體採用的標準。衡量的標準包括時宜性、接近性、影響性與人情味等。

【新聞導言】 ㄒㄧㄣ ㄨㄣˊ ㄉㄠˇ ㄧㄢˊ

(lead)也稱引語。指一則新聞報導的第一個段落。通常新聞報導的文字分成若干段，而以第一段最爲重要，是整則新聞精華所在，故稱導言。

21**【新鶯出谷】** ㄒㄧㄣ ㄧㄥ ㄔㄨ ㄍㄨˇ

初啼的黃鶯飛出山谷，其聲流轉。比喻聲調清麗宛轉。

4**【新文化運動】** ㄒㄧㄣ ㄨㄣˊ ㄏㄨㄚˋ ㄩㄣˋ ㄉㄨㄥˋ

‘民國’五年至十二年間，‘蔡元培’、‘陳獨秀’、‘胡適’等知識分子所推動的文化革新運動。以民主、科學精神爲基礎，全盤檢討‘中國’傳統文化，並建立現代的文學、藝術、哲學、史學思想與方法，也提出農村、勞工、女權、迷信等社會問題，而圖謀加以解決。

5**【新民叢報體】** ㄒㄧㄣ ㄇㄧㄣˊ ㄘㄨㄥˊ ㄅㄠˋ ㄊㄧˇ

指‘梁啟超’在“新民叢報”所發表文章的風格。文字務求平易暢達，時雜以俚語、韻語及外國語法，縱筆而爲，不加檢束，筆鋒常帶感情。

【新古典主義】 ㄒㄧㄣ ㄍㄨˇ ㄉㄧㄢˇ ㄓㄨˇ ㄧˋ

(Neo-Classicism)指1770～1830年間流行於西‘歐’的一種美術風格。該風格係對巴洛克和洛可可藝術的反動，且受美術史家‘溫克曼’(Winckelmann)所著“古代藝術”一書的影響，使藝術家對古‘羅馬’、‘希臘’藝術發生熱潮而興起的。以均衡、端正、簡潔、嚴謹的形式，表現富於愛國、道德和民族思想等主題，故題材大多取自古代歷史和神話故事，以激起民眾的愛國和道德情操。代表藝術家有‘大衛’和‘安格爾’(Ingres)等。

【新石器時代】 ㄒㄧㄣ ㄕˊ ㄑㄧˋ ㄕˊ ㄉㄞˋ

(neolithic age)介於石器時代後期與銅器時代之前的年代。此期約始於七、八千年以前，人類已進入農牧業社會，普遍使用磨製石器及燒製陶器。本年代的結束因地而異，我國新石器文化以‘仰韶’文化、‘馬家窯’文化、‘龍山’文化等較爲重要。

【新生兒黃疸】 ㄒㄧㄣ ㄕㄥ ㄦˊ ㄏㄨㄤˊ ㄉㄢˇ

(icterus neonatorum)又稱生理性黃疸。新生兒肝臟尚未成熟，不能產生足夠的酵素來處理膽紅素，因而膽紅素無法溶於膽汁中排出，致使血中膽紅素升高，皮膚及眼睛變黃，一般新生兒出生後二、三天皮膚開始變黃，第四、五天最厲害，約一星期到十天就消退。

6**【新印象主義】** ㄒㄧㄣ ㄧㄣˋ ㄒㄧㄤˋ ㄓㄨˇ ㄧˋ

(Neo-Impressionism)十九世紀末葉，繼印象派之後的現代繪畫運動。將印象派的理論和手法，更理性、更客觀性地發展下去。喜以同大小、有規則之色點並置，使產生視覺混色的色彩分割法來描繪自然風景。因其畫面布滿同大小的色點，故又稱點描主義。代表畫家有‘秀拉’和‘希涅克’(Signac)等。

8**【新表現主義】** ㄒㄧㄣ ㄅㄧㄠˇ ㄒㄧㄢˋ ㄓㄨˇ ㄧˋ

(Neo-Expressionism)西元1980年代，西方藝術家爲反對60年代或70年代之極端理性的最低限藝術、觀念藝術或超寫實主義，遂以自由奔放之色彩及粗獷之筆法描繪出內在之思想、卑俗之題材和神話等富有個性與感情性的具象繪畫。與二十世紀初表現主義之強烈注重內在個性與思想表現的藝術有些類似，故稱新表現主義。

【新近健忘症】 ㄒㄧㄣ ㄐㄧㄣˋ ㄐㄧㄢˋ ㄨㄤˋ ㄓㄥˋ

(anterograde amnesia)個體由於疾病、酒精中毒或腦部受傷等生理因素，導致對新近發生之事物無法記憶的症候。患者雖喪失學習、記憶新事物之能力，但仍保存往昔既有之記憶。

11**【新造形主義】** ㄒㄧㄣ ㄗㄠˋ ㄒㄧㄥˊ ㄓㄨˇ ㄧˋ

(Neo-Plasticism)‘蒙特利安’主張的藝術理論及其所創的詞彙。‘蒙’氏認爲幾何抽象不是從自然形象之分析或簡化而來(如立體主義)，而是純粹的造形而來；宇宙是由兩種相反要素的對立與維持均衡，如陰與陽、實與虛、正與反等。故以垂直線與水平線、有彩色與無彩色、實與虛之空間等造形要素，來表達上述宇宙之精神。該理論與主張常見於其主辦的刊物“新造形主義”(*Le Neo-plastisme*)中。

14**【新聞性雜誌】** ㄒㄧㄣ ㄨㄣˊ ㄒㄧㄥˋ ㄗㄚˊ ㄓˋ

(newsmagazine)以新聞爲主要

內容的一種雜誌。刊期多爲一星期一次，因出版間隔較長，有更充分的時間深入探討新聞事件的事實、背景與意義，配合印刷精良的圖片，可收良好效果。

16【新學僞經考】 ㄒㄧㄣ ㄒㄩㄝˊ ㄨㄟˋ ㄐㄧㄥ ㄎㄠˇ

'清''康有爲'撰，十四卷。其立論以古文經書乃'劉歆'所僞造。'劉歆'爲'新朝''王莽'之臣，故稱其所倡導的古文經學爲'新'學。

11

斲 ㄓㄨㄛˊ *cho*², *chuo*² 音擢

俗作斵。①斫削；砍去。見"說文"。②傷害；破壞。如：斲傷。③雕飾。如：斲輪。

12【斲喪】 ㄓㄨㄛˊ ㄙㄤˋ

①砍削破壞。②指傷害身心。

16【斲雕爲樸】 ㄓㄨㄛˊ ㄉㄧㄠ ㄨㄟˊ ㄆㄨˊ

去除浮華，回復樸實。

斳 ㄑㄧㄣˊ *ch'in*² 音勤

菜名。同芹。見"集韻"。

13

斵 斲的俗體。

斶 ㄔㄨˋ *ch'u*⁴ 音觸

人名。也作歜。'戰國'有'顏斶'。見"正字通"。

14

斷 ㄉㄨㄢˋ *tuan*⁴ 音段

①截開；折斷。見"說文"。②隔絕；中止。如：斷絕。③判定；裁決。如：斷案。④絕對；堅定不疑。如：斷無此理。

4【斷手】 ㄉㄨㄢˋ ㄕㄡˇ

①截斷手。古代酷刑之一。②結束；完畢。

5【斷奶】 ㄉㄨㄢˋ ㄋㄞˇ

嬰兒停止吃母乳。

6【斷交】 ㄉㄨㄢˋ ㄐㄧㄠ

①斷絕來往。②斷絕邦交。

8【斷炊】 ㄉㄨㄢˋ ㄔㄨㄟ

沒有柴米可作飯。形容貧窮。

【斷命】 ㄉㄨㄢˋ ㄇㄧㄥˋ

死亡。

10【斷袖】 ㄉㄨㄢˋ ㄒㄧㄡˋ

指男子同性戀。

【斷送】 ㄉㄨㄢˋ ㄙㄨㄥˋ

①喪失而無法挽回。②打發。③陪嫁。④作弄；逗引。

【斷根】 ㄉㄨㄢˋ ㄍㄣ

根除。

【斷氣】 ㄉㄨㄢˋ ㄑㄧˋ

指死亡。

12【斷然】 ㄉㄨㄢˋ ㄖㄢˊ

①絕對。②決斷；果斷。

13【斷路】 ㄉㄨㄢˋ ㄌㄨˋ

(open circuit)一完整電路中，有中斷的現象。

【斷腸】 ㄉㄨㄢˋ ㄔㄤˊ

形容極度的悲傷或思念。

14【斷魂】 ㄉㄨㄢˋ ㄏㄨㄣˊ

形容傷心至極。

【斷獄】 ㄉㄨㄢˋ ㄩˋ

審判訴訟案件。

15【斷層】 ㄉㄨㄢˋ ㄘㄥˊ

(fault)岩層經地殼變動發生變形破裂，在斷裂面兩側或其上下的岩層發生相對的移動，稱爲斷層。此一斷裂面稱爲斷層面，位於斷層面下方的岩層稱爲下盤；斷層面上方的岩層稱爲上盤。斷層可依斷層面上盤及下盤的相對移動方向而區分爲二大類：一、平移斷層(也稱橫移斷層)：斷層面兩側的岩層作相對之水平移動者(如圖一)；二、傾移斷層：斷層面上下的岩層作相對之上下移動者。依上盤及下盤相對移動的方向又可將傾移斷層分爲三類：⑴正斷層：上盤沿斷層面下降者(如圖二)；⑵逆斷層：上盤沿斷層面與下盤作相對之上昇移動者(如圖三)；⑶逆衝斷層：逆斷層的斷層面低平，其與水平面交角小於45°者(如圖四)。

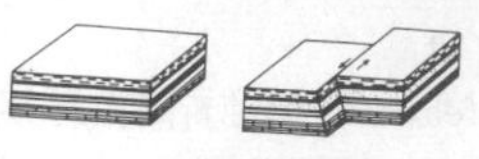

一、平移斷層圖

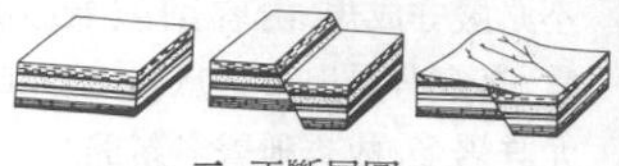

二、正斷層圖

三、逆斷層圖

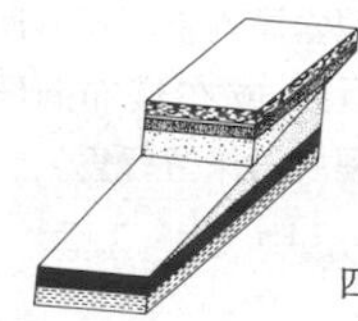

四、逆衝斷層圖

17【斷鴻】 ㄉㄨㄢˋ ㄏㄨㄥˊ

離群的孤雁。

【斷點】 ㄉㄨㄢˋ ㄉㄧㄢˇ

(breakpoint)電腦程式正常執行時被中斷之位址。斷點可由程式內之指令設定，亦可於程式執行時由外界(如借助除錯器)設定。

5【斷代史】 ㄉㄨㄢˋ ㄉㄞˋ ㄕˇ

記載某一朝代的史書。與通史相對。

15【斷層崖】 ㄉㄨㄢˋ ㄘㄥˊ ㄧㄞˊ

(fault scarp)地層發生斷層之後，位居上方的岩塊對位居下方的岩塊所形成陡削的崖，稱斷層崖，慣稱斷崖。'臺灣''蘇澳'、'花蓮'間的'清水斷崖'是一大斷層崖，崖頂最高處高達二千公尺。

16【斷頭河】 ㄉㄨㄢˋ ㄊㄡˊ ㄏㄜˊ

(beheaded stream)河流襲奪發生後，被搶河流的上游因被掠奪改向流入搶水河，剩餘的下游因上游河段被切斷，稱爲斷頭河。這種河流常因流量銳減、搬運力減弱而盛行堆積。

8【斷雨殘雲】 ㄉㄨㄢˋ ㄩˇ ㄘㄢˊ ㄩㄣˊ

指恩愛中斷。

9【斷垣殘壁】 ㄉㄨㄢˋ ㄩㄢˊ ㄘㄢˊ ㄅㄧˋ

形容建築物已破舊或遭毀壞。

【斷面模數】 ㄉㄨㄢˋ ㄇㄧㄢˋ ㄇㄛˊ

ㄕㄨˋ
(section modulus) 結構構件(梁、柱等)之斷面對中性軸之慣性矩與其最外纖維至中性軸相距最大距離的比值。其大小與構材斷面之尺寸和形狀有關。依材料力學,一承受側向荷重的構材若產生彎矩,則在此構材內發生的最大纖維應力值與彎矩成正比,且與斷面模數成反比。

11**【斷章取義】** ㄉㄨㄢˋ ㄓㄤ ㄑㄩˇ ㄧˋ
指不顧作者本意,僅取全書中的一段或一句,加以曲解。

【斷梗飄萍】 ㄉㄨㄢˋ ㄍㄥˇ ㄆㄧㄠ ㄆㄧㄥˊ
斷枝與飄游的浮萍。比喻飄泊不定。

【斷脰決腹】 ㄉㄨㄢˋ ㄉㄡˋ ㄐㄩㄝˊ ㄈㄨˋ
割斷脖子,破開肚子。形容壯烈犧牲。

15**【斷髮文身】** ㄉㄨㄢˋ ㄈㄚˇ ㄨㄣˊ ㄕㄣ
剪短頭髮,身繪花紋。爲我國古代東南地區種族的風俗。

【斷線風箏】 ㄉㄨㄢˋ ㄒㄧㄢˋ ㄈㄥ ㄓㄥ
比喻一去不還,毫無音信。

16**【斷頭將軍】** ㄉㄨㄢˋ ㄊㄡˊ ㄐㄧㄤ ㄐㄩㄣ
比喻寧死不降的將軍。三國'張飛'破'巴郡',俘其太守'嚴顏',斥其不降,'顏'答以「我州但有斷頭將軍,無有降將軍也。」見"三國志·蜀志·張飛傳"。

18**【斷簡殘編】** ㄉㄨㄢˋ ㄐㄧㄢˇ ㄘㄢˊ ㄅㄧㄢ
殘缺不全的文字或書籍。

21**【斷鶴續鳧】** ㄉㄨㄢˋ ㄏㄜˋ ㄒㄩˋ ㄈㄨˊ
截短鶴的腳,補長鴨的腳。比喻違反自然。

【斷爛朝報】 ㄉㄨㄢˋ ㄌㄢˋ ㄔㄠˊ ㄅㄠˋ
殘缺不全的政府公報。譏古籍簡略殘缺。

21

斸 ㄓㄨˊ *chu*² 音竹
或作钃、欘、劚。[1]類似鋤頭的一種農具。見"說文"。[2]斫削。見"說文"。

方部

方 ㄈㄤ *fang*¹ 音芳
[1]指竹木編成的排筏或兩船相連。見"說文"。[2]相連;合併。[3]周遍。如:方行天下。[4]既正且直的四邊形、體。如:方格。[5]正直;端正。如:清廉方正。[6]方位;方面。如:四方。[7]地方;處所。如:遊必有方。[8]大地。如:戴圓履方。[9]世俗,人間。如:方外。[10]道術;方法。如:方略。[11]醫方;藥方。[12]木版。古時用以寫字。如:方策。[13]比較;評論。如:'子貢'方人。[14]正;値。如:方今。[15]且;將。如:方且。[16]乃;才。如:方始。[17]數學上指數自乘的積。如:平方。[18]姓。'漢'有'方儲'。見"萬姓統譜·四九"。

3**【方寸】** ㄈㄤ ㄘㄨㄣˋ
[1]一立方寸的體積。比喻很小。[2]指心。

【方士】 ㄈㄤ ㄕˋ
[1]通曉方術之士。指古代求仙、煉丹,自言可使人長生不死的人。後也泛稱醫士、卜卦、占星、相術等人。[2]'周朝'官名。掌理王子弟、公、卿、大夫采地的獄訟。

【方丈】 ㄈㄤ ㄓㄤˋ
[1]一丈平方。[2]傳說海中仙山名。[3]本是佛寺首席和尙起居之所。後指住持寺院的比丘。[4]道教觀主的住室。

【方巾】 ㄈㄤ ㄐㄧㄣ
指'明代'文人所戴的方形軟帽。

【方山】 ㄈㄤ ㄕㄢ
(mesa) 一種陡崖而頂部由水平層次之硬岩覆蓋的孤立高地。爲蝕餘地形。多發現於乾燥地區,'美國'西部尤多見。'南京'附近的'方山',頂部有兩層玄武岩,其下爲礫石層,是一塊孤立的桌形臺地。

5**【方正】** ㄈㄤ ㄓㄥˋ
[1]端莊正直。[2]'漢代'朝廷選用人才所設科目之一。

【方外】 ㄈㄤ ㄨㄞˋ
[1]世外;世俗之外。佛門中人修出世道行以求了脫生死,不介入名利聲色之務,故稱佛門爲方外。[2]指邊遠地區或國境以外。

6**【方式】** ㄈㄤ ㄕˋ
方法和規格式樣。

7**【方言】** ㄈㄤ ㄧㄢˊ
[1]僅通行於某一地域的語言。如'吳'語、'閩'南語、客家語、'粵'語等是。[2]'漢''揚雄'撰,原十五卷,今本十三卷。以義爲類,蒐集古今各地同義語詞,分別注明通行範圍。取材或自古代典籍,或經直接調查,特重時間與地域的因素,可察見'漢代'語言分布的情形,爲研究古'漢'語的珍貴資料。

【方志】 ㄈㄤ ㄓˋ
記載各地方人物、地理、名勝、風俗、物產等特徵及沿革的書。如省志、府志、縣志等。

【方技】 ㄈㄤ ㄐㄧˋ
也作方伎。[1]指古代醫、卜、星、相等方術。[2]指醫藥方面的書籍。

【方位】 ㄈㄤ ㄨㄟˋ
方向與位置。

8**【方波】** ㄈㄤ ㄅㄛ
(square wave) 任二同一信號準位之時間長度相同的週期波,稱爲方波。如圖所示,t_1與t_3之時間相同,t_2與t_4亦相同。

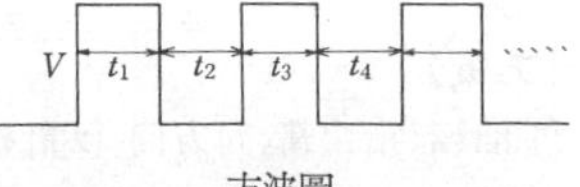

方波圖

9**【方苞】** ㄈㄤ ㄅㄠ

(1668～1749)'清''桐城'(今'安徽''桐城')人,字'靈皋',號'望溪'。提倡古文義法,力求行文雅潔,爲'桐城'派創始人。有"望溪文集"。

【方便】 ㄈㄤ ㄅㄧㄢˋ
1便利。2利用適當的時機行事。3指因人施教,誘導他領悟佛家眞義。

10【方家】 ㄈㄤ ㄐㄧㄚ
1道術修養精深的人。2指飽學或專精一藝的著名人物。3指醫生。因能開處方治病,故名。

【方案】 ㄈㄤ ㄢˋ
處理事務的方法與計畫。

【方陣】 ㄈㄤ ㄓㄣˋ
1古代步兵的一種戰鬥隊形。多用於攻擊。有別於用以防守的圓陣。2(square matrix)矩陣所含各元素之行數與列數相等者,稱爲方陣。

【方針】 ㄈㄤ ㄓㄣ
方向與目標。

11【方略】 ㄈㄤ ㄌㄩㄝˋ
方法與策略。

【方術】 ㄈㄤ ㄕㄨˋ
1道術。2我國古代方士所行之術。指天文、曆算、占驗、星相、醫藥(包括巫醫)、卜筮、堪輿、遁甲、神仙、房中等。

12【方隅】 ㄈㄤ ㄩˊ
指邊疆。

【方筆】 ㄈㄤ ㄅㄧˇ
書法筆畫有棱角者爲方筆,無棱角者爲圓筆。'清代'人'康有爲'在"廣藝舟雙楫·綴法"中言:方筆大多頓筆書之,頓筆則字體結構剛拓,字字皆雄強有力,且有凝重沈實之態。書體中之隸書主用方筆,'唐代''歐陽詢'、'顏眞卿'等書法家皆用方筆,故書風極有陽剛之氣。

【方策】 ㄈㄤ ㄘㄜˋ
1簡牘。指書籍。同方冊。2計畫;策略。

【方程】 ㄈㄤ ㄔㄥˊ
古九章算術之一。相當於今之解多元一次聯立方程式。在九章算術中,呈矩形的排列稱方,諸物間的關係及其計算的程序稱程。求解時,已知其法則是求一物必須有一程,二物必須有二程,三物必須有三程,即須程數和物數相同,各程並行排列成方,故名。今引申爲所有含變數的條件等式,亦稱方程式。

15【方廣】 ㄈㄤ ㄍㄨㄤˇ
梵語 Vaipulya 的義譯,音譯毘佛略。1大乘經的通名。2十二部經之一。參十二部經。

18【方彝】 ㄈㄤ ㄧˊ
盛酒器。古書記載無「方彝」之名,'清代'金石家始創此專稱。其形體四方直壁,下連方圈足,上有屋頂形蓋。始見於'殷墟'時期,大約止於'西周'中期,'春秋'前期尙有個別存留。

【方鎭】 ㄈㄤ ㄓㄣˋ
古代掌握兵權,管理一方的高級軍事長官。如'晉'時持節都督。'唐'以後則專指節度使、觀察使及'嶺南'經略使等。也稱藩鎭。

21【方響】 ㄈㄤ ㄒㄧㄤˇ
古代打擊樂器。始創於'南北朝''梁'時。由大小相同的十六枚鋼片組成,分兩層懸掛在架上,用小鐵錘敲擊,由於鋼片的厚薄不同,所發出的聲音高低不同。是'隋''唐'燕樂常用的打擊樂器,後世用於宮廷雅樂中。

方響圖

5【方以智】 ㄈㄤ ㄧˇ ㄓˋ
(1611～1671)'明'末'桐城'(今'安徽''桐城')人,字'密之',號'鹿起'。'崇禎'進士,官翰林院檢討。'桂王'時,拜禮部侍郎、東閣大學士。'桂王'亡,出家爲僧,名'弘智',字'愚者',一字'無可',別號'藥地'。著有"通雅"、"物理小識"等書。

6【方向角】 ㄈㄤ ㄒㄧㄤˋ ㄐㄧㄠˇ
(bearing)標定方向之系統中,由子午線北方及南方向東或向西起算的水平角。故任一測線與子午線間所夾的角,其方向角之值恆小於90°。例如 N80°E 即表示一測線方向爲北偏東80°。但子午線有眞(地理)子午線及磁子午線之分,故方向角亦有眞方向角與磁方向角之別。

【方向舵】 ㄈㄤ ㄒㄧㄤˋ ㄉㄨㄛˋ
(rudder)連接於飛機垂直安定面上,可用以操縱飛機在水平面內之偏航運動的活動操縱面。方向舵自其中間位置移動後,其弦線與飛機對稱面間所成之銳角稱爲方向舵角。船隻也有方向舵,惟較笨重。

7【方孝孺】 ㄈㄤ ㄒㄧㄠˋ ㄖㄨˊ
(1357～1402)'明''寧海'(今'浙江''寧海')人,字'希直',一字'希古',學者稱'正學先生'。'惠帝'時官侍講學士。'成祖'即位,召使草詔,不屈被殺,宗親連坐死者凡十族。'福王'時追諡'文正'。有"遜志齋集"。

【方位角】 ㄈㄤ ㄨㄟˋ ㄐㄧㄠˇ
(azimuth)係從一點的指北方向線沿順時針方向量至目標點方向線之水平夾角。其值0～360°。我國規定方位角係自子午線之北端起量,以眞子午線起算者稱眞方位角;以磁子午線起算者稱磁方位角;另於測量時以坐標縱線起算者稱坐標方位角。

8【方法論】 ㄈㄤ ㄈㄚˇ ㄌㄨㄣˋ
(methodology)也稱方法學。研究某一學科之成立原理或探討某一問題之解決步驟的理論。

【方東美】 ㄈㄤ ㄉㄨㄥ ㄇㄟˇ
(1899～1977)'安徽''桐城'人,名'珣',以字行。'美國''威斯康辛大學'哲學博士。返國後,任教各大學,並致力寫作。來'臺'後,任教'臺大'、'輔大'。著有"方東美先生全集"。

方東美像

12【方程式】 ㄈㄤ ㄔㄥˊ ㄕˋ
(equation)[1]表示各種數量間關係的等式。式中變數對於任何數位均能成立的,叫做恆等(方程)式;其附有條件始能成立的,叫做條件方程式。方程式的種類很多,如代數方程式、三角方程式、對數方程式、指數方程式、微分方程式、積分方程式等。在物理學上則依其內涵而有運動方程式、狀態方程式等。[2]表示各種化學變化之數學式。此式並能表示參與反應各種物質間的質量關係。

13【方塊字】 ㄈㄤ ㄎㄨㄞˋ ㄗˋ
指'漢'字。'漢'字呈四方形,故稱。

【方塊圖】 ㄈㄤ ㄎㄨㄞˋ ㄊㄨˊ
(block diagram)使用適當的幾何圖形配合簡明的註解,表示一系統或設備之主要構成單元、各單元之功能及彼此間之關係的圖形。

【方鉛礦】 ㄈㄤ ㄑㄧㄢ ㄎㄨㄤˋ
(galena)鉛的主要礦物。多與銀伴隨產出。化學成分為PbS。硬度2.5,比重7.5。結晶為等軸晶系正方狀,有三組解理各平行於立方體之一面,故常破裂成小立方體,此為其特徵。

【方解石】 ㄈㄤ ㄐㄧㄝˇ ㄕˊ
(calcite)碳酸鹽礦物的一種。為石灰岩及大理岩的主要成分。化學成分為$CaCO_3$。屬六方晶系,多呈菱面體,硬度3,比重2.71~2.72。遇冷稀鹽酸立即起泡,可藉此與白雲石區別。

17【方聲洞】 ㄈㄤ ㄕㄥ ㄉㄨㄥˋ
(1886~1911)'福建''侯官'人,字'子明'。留學'日本',專攻醫術,並加入'同盟會'。'民國'前一年回國,參與'廣州'三二九之役,力戰成仁。

6【方向餘弦】 ㄈㄤ ㄒㄧㄤˋ ㄩˊ ㄒㄧㄢˊ
(direction cosines)通過一組'笛卡兒'坐標軸系原點的直線,其方向可由它與三軸正方向的夾角來表示,此三角稱為方向角(direction angles),其值在0~180°間。三方向角的餘弦稱為方向餘弦,三方向餘弦的平方和為1。

7【方言文學】 ㄈㄤ ㄧㄢˊ ㄨㄣˊ ㄒㄩㄝˊ
用方言創作的文學。

【方形螺紋】 ㄈㄤ ㄒㄧㄥˊ ㄌㄨㄛˊ ㄨㄣˊ
(square thread)牙形為方形的螺紋。其深度為$p/2$或$7/16p$(p為螺距)。優點為效率較任何一種螺紋高,可傳達較大動力。

8【方底圓蓋】 ㄈㄤ ㄉㄧˇ ㄩㄢˊ ㄍㄞˋ
比喻彼此不相合。

【方枘圓鑿】 ㄈㄤ ㄖㄨㄟˋ ㄩㄢˊ ㄗㄠˊ
方的榫頭和圓的洞孔。比喻互不相容。

9【方面大耳】 ㄈㄤ ㄇㄧㄢˋ ㄉㄚˋ ㄦˇ
面孔方正,耳朵碩大。形容人的福相。

【方面大員】 ㄈㄤ ㄇㄧㄢˋ ㄉㄚˋ ㄩㄢˊ
指居一地方任將帥或首長的大官,如總督、巡撫、省主席等。

11【方趾圓顱】 ㄈㄤ ㄓˇ ㄩㄢˊ ㄌㄨˊ
指人類。因人的腳掌呈方形,頭顱呈圓形,故稱。

14【方領矩步】 ㄈㄤ ㄌㄧㄥˇ ㄐㄩˇ ㄅㄨˋ
[1]形容儀態端莊,行為規矩。[2]指儒生。

16【方興未艾】 ㄈㄤ ㄒㄧㄥ ㄨㄟˋ ㄞˋ
正當蓬勃興盛,尚未止息。

5【方田均稅法】 ㄈㄤ ㄊㄧㄢˊ ㄐㄩㄣ ㄕㄨㄟˋ ㄈㄚˇ
'宋神宗''熙寧'五年(1072)'王安石'所創的理財新法。每年九月由州縣官遣吏丈量土地,以東西南北各千步為一方,並按土地肥瘠分為五等稅則以均田賦,消除豪強隱匿田賦之弊。

13【方塊式收集】 ㄈㄤ ㄎㄨㄞˋ ㄕˋ ㄕㄡ ㄐㄧˊ
(block collection)垃圾車按定線、定點、定時原則行駛,當住戶聽到音樂鈴聲後,再拿出垃圾交由清潔隊員倒入車內的收集方式。

12【方程式的圖形】 ㄈㄤ ㄔㄥˊ ㄕˋ ˙ㄉㄜ ㄊㄨˊ ㄒㄧㄥˊ
(graph of equation)平面(或空間中)坐標滿足某二元(或三元)方程式之所有點所成的集合。例如圖(一)為 $y=x^2-1$ 的圖形,點$(0,-1)$、$(1,0)$、$(-2,3)$即在圖形上(圖中x軸和y軸上的單位長度不同)。又如$\frac{x}{a}+\frac{y}{b}=1$之圖形為過$(a,0)$及$(0,b)$兩點的直線。一般三變數方程式的圖形為一曲

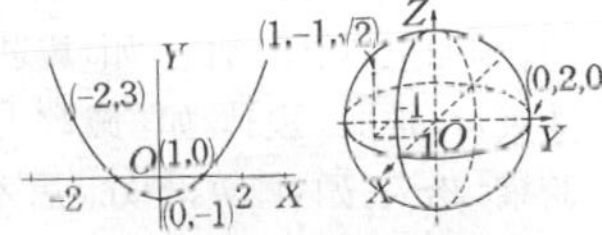

方程式圖形圖(一)　方程式圖形圖(二)

面。例如方程式$x^2+y^2+z^2=4$的圖形為中心在原點、半徑為2的球,如圖(二),其中點$(0,2,0)$及$(1,-1,\sqrt{2})$在圖形上。又線性方程式$ax+by+cz+d=0$的圖形為平面。

2

㫃 ㄧㄢˇ yen³ 音眼
旌旗飄揚的樣子。見"說文"。

4

斻 ㄏㄤˊ hang² 音航
也作航。[1]雙併的船隻。即方舟。見"說文"。[2]用船渡水。

於 [一] ㄩˊ yü² 音魚
[1]介詞。通于。(1)在。如:生於斯,長於斯。(2)向。如:問道於

盲。⑶對。如：不戚戚於貧賤。⑷自。如：出於幽谷。⑸到。如：遷於喬木。⑹比。如：苛政猛於虎。⑺被。如：奴役於人。②助詞。用於句首，無義。③姓。'漢'有'於授'。見"萬姓統譜·八"。

㊁ ㄨ wu^1 音烏
歎詞。如：於戲。

5【於乎】 ㄨ ㄏㄨ
歎詞。同嗚呼、於戲。

7【於邑】 ㄨ ㄧˋ
愁悶；鬱悒。

12【於菟】 ㄨ ㄊㄨˊ
①老虎。②古地名。在今'湖北省''雲夢縣'西十里。

㫄 旁的本字。

5

施 ㊀ ㄕ $shih^1$ 音詩
①散布；流布。如：雲行雨施。②加上；給予；加惠。如：施恩。③實行；推展；發揮。如：施政。④誇耀；誇大。如：施勞。⑤姓。'唐'有'施肩吾'。見"萬姓統譜·四"。

㊁ ㄧˋ i^4 音易
連續；延及。見"字彙"。

5【施主】 ㄕ ㄓㄨˇ
指對佛、法、僧三寶行布施的信眾。即檀越。梵語爲陀那鉢底。

9【施施】 ㄕ ㄕ
①慢慢前進的樣子。②喜悅自得的樣子。

11【施琅】 ㄕ ㄌㄤˊ
(1621～1696)'清''晉江'(今'福建''晉江')人，字'尊侯'，號'琢公'。原爲'明''鄭芝龍'部將，後降'清'，任水師提督，滅'臺灣''鄭'氏，封'靖海侯'。著有"靖海紀事"。

【施捨】 ㄕ ㄕㄜˇ
把財物送給他人。

17【施禮】 ㄕ ㄌㄧˇ
行禮。

23【施體】 ㄕ ㄊㄧˇ
(donor) 在四價的矽等純半導體中加入五價元素(如磷、砷等)，而成爲N型半導體，其載子爲電子。所加入的五價元素，即爲施體，即捐贈電子者。

4【施公案】 ㄕ ㄍㄨㄥ ㄢˋ
'清'人所撰小說，作者不詳，九十七回。以'康熙'時'施世綸'爲'泰州'知州以至漕運總督所經歷的案件演述而成。

7【施利曼】 ㄕ ㄌㄧˋ ㄇㄢˋ
(Heinrich Schliemann, 1822～1890)'德國'考古學家。爲'特洛伊'(Troy)、'麥錫尼'(Mycenae)和'泰林治'(Tiryns)城的發掘者，可稱爲史前'希臘'的現代發現者。

8【施肩吾】 ㄕ ㄐㄧㄢ ㄨˊ
中'唐'道士。'睦州''分水'(今'浙江''桐廬'西北)人，字'希聖'，號'東齋'，世稱'華陽眞人'。有詩名，登進士第，常有慕道之意。'穆宗''長慶'年間，入'洪州''西山'(今'浙江''新建'西)修道。撰有"西山群仙會眞記"、"黃帝陰符經解"、"鍾呂傳道集"等，又"西山集"詩一卷，編於"全唐詩"中。

9【施耐庵】 ㄕ ㄋㄞˋ ㄢ
(1296?～1370?)'元'末'明'初'東都'(今'河南''洛陽')人，一說'錢塘'人，名'子安'。曾出仕'錢塘'兩年，因與當政者不合，棄官歸家，閉門著述。著有"水滸傳"等書。

【施虐狂】 ㄕ ㄋㄩㄝˋ ㄎㄨㄤˊ
(sadism)將痛苦加諸他人而獲致性滿足的傾向與行爲。部分施虐狂者從事眞正之暴力行爲(如謀殺或傷害他人)，以得到性滿足；大部分有此傾向者，係由色情書刊或幻想性替代經驗獲致滿足。與受虐狂相對。

11【施培曼】 ㄕ ㄆㄟˊ ㄇㄢˋ
(Hans Spemann, 1869～1941)'德國'動物學家。一生致力於水蜥(newt)早期發育的研究，因發現胚胎的誘導作用(embryonic induction)，而於西元1935年獲頒'諾貝爾'醫學獎。撰有"胚胎成長與誘導作用"(*Embryonic Development and Induction*)一書，係其研究成果之發表。

3【施工程序】 ㄕ ㄍㄨㄥ ㄔㄥˊ ㄒㄩˋ
(operation process)規定產品上各項零件之製造、加工、裝配等工作的施工順序。亦可稱爲工作流程。

9【施洗約翰】 ㄕ ㄒㄧˇ ㄩㄝ ㄏㄢˋ
(John the Baptist)"聖經"中預報'耶穌'來臨並以水爲祂施洗禮的'猶太'先知。有關其行誼可見"新約"四大福音、"使徒行傳"以及'猶太'史家'約瑟法斯'(Flavius Josephus)的"猶太古物鈎沈錄"(*The Antiquities of the Jews*)。

斿 ㊀ ㄧㄡˊ yu^2 音由
同游。①旌旗的下垂飾物；旗幅邊緣附著的飄帶。見"說文"。②浮游；飄盪不定。如：斿俠。

㊁ ㄌㄧㄡˊ liu^2 音留
古代帝王、諸侯冠冕前後所垂的玉串。通旒。見"正字通"。

斾 旆的俗體。

6

旁 ㊀ ㄆㄤˊ $p'ang^2$ 音龐
①廣泛；普遍。如：旁徵博引。②側；邊。如：路旁。③別的；另外。如：旁人。④偏頗；不正。

㊁ ㄅㄤˋ $pang^4$ 音棒
靠近；依靠。通傍。如：依山旁水。

4【旁心】 ㄆㄤˊ ㄒㄧㄣ
(excenter of triangle)在三角形外，切於三角形之一邊及另二邊延長線的圓，其圓心稱爲旁心。即一內角與兩外角平分線的交點。

旁心圖

【旁午】 ㄅㄤˋ ㄨˇ
交錯；紛雜。

5【旁白】　ㄆㄤˊ ㄅㄞˊ
[1](aside)劇情進展中角色在一旁直接向觀眾品評對手的言行或表達本人內心的活動，而假設同臺其他角色不知情。'英國'文藝復興時代的戲劇即大量使用此一技巧。[2](commentary over)電視節目中只聽到聲音，而不見出聲者的一種播音。由播音員在幕後講述節目內容，多用於紀錄片節目。

7【旁系】　ㄆㄤˊ ㄒㄧˋ
(collaterality)也作傍系。對直系而言。指任一包含至少一個同胞連繫的親屬關係。如自己與兄弟、伯叔間即為旁系系統。

13【旁路】　ㄆㄤˊ ㄌㄨˋ
(bypassing)指將電容器加在高阻抗路徑的邊上，以減少流過高阻抗元件的高頻電流。

15【旁魄】　ㄆㄤˊ ㄅㄛˊ
廣被充滿的樣子。也作磅礴。

18【旁轉】　ㄆㄤˊ ㄓㄨㄢˇ
(deviated shifting)租稅轉嫁方式之一。租稅的負擔，如不能順利前轉，亦無法向後逆轉，則發生向旁衝擊的力量，將所繳納租稅移轉給旁者(與交易有關的第三者)，稱為旁轉。如紡織業者無法將稅負轉嫁給成衣業者，則向旁移轉給印染業者。

19【旁證】　ㄆㄤˊ ㄓㄥˋ
主要、直接證據以外的次要、間接證據。

【旁騖】　ㄆㄤˊ ㄨˋ
馬離開正道，胡亂奔馳。比喻用心不專或不安於本分的工作。

22【旁聽】　ㄆㄤˊ ㄊㄧㄥ
依法進入公開會議場所聆聽，或沒有正式選修某課程，而取得教師同意，前往聽講，均謂之。

11【旁通比】　ㄆㄤˊ ㄊㄨㄥ ㄅㄧˇ
(by-pass ratio)在設有旁路之渦輪噴射發動機或渦輪風扇發動機中，其通過旁通管路中之氣流流量與通過軸心通路中之氣流流量之比。即冷氣流流量與熱氣流流量之比。

6【旁行斜上】　ㄆㄤˊ ㄒㄧㄥˊ ㄒㄧㄝˊ ㄕㄤˋ
[1]指用表格形式排列的系表、譜牒等。如"史記"有"十二諸侯年表"。[2]指西洋文字。

7【旁系血親】　ㄆㄤˊ ㄒㄧˋ ㄒㄧㄝˇ ㄑㄧㄣ
非直系血親而與己身出於同源之血親。例如同源於父母之兄弟姊妹、同源於祖父母之伯叔姑，均係自己之旁系血親。同父母所生者，稱為同胞血親屬；同父異母或同母異父所生者，稱為半同胞血親屬，二者均屬旁系血親。

【旁系姻親】　ㄆㄤˊ ㄒㄧˋ ㄧㄣ ㄑㄧㄣ
旁系姻親計有三種情形：一、旁系血親之配偶，如兄弟之妻。二、配偶之旁系血親，如妻之兄弟姊妹。三、配偶之旁系血親之配偶，如妻之伯叔母、妻之兄弟之妻。

8【旁門左道】　ㄆㄤˊ ㄇㄣˊ ㄗㄨㄛˇ ㄉㄠˋ
[1]指非正道。[2]比喻不循正途。

9【旁若無人】　ㄆㄤˊ ㄖㄨㄛˋ ㄨˊ ㄖㄣˊ
雖身邊有人，卻不覺其存在。[1]形容從容自得，不在意他人。[2]形容態度傲慢，目中無人。

14【旁敲側擊】　ㄆㄤˊ ㄑㄧㄠ ㄘㄜˋ ㄐㄧˊ
不正面提出問題，而以迂迴的方式探測對方的想法。

15【旁徵博引】　ㄆㄤˊ ㄓㄥ ㄅㄛˊ ㄧㄣˇ
多方徵引求證。

旆　ㄆㄟˋ　*p'ei*4　音沛
[1]旐旗末端燕尾形的垂旒飄帶。[2]旌旗的總稱。

旄　[一] ㄇㄠˊ　*mao*2　音毛
[1]古代用犛牛尾裝飾竿首的旗幟。用在儀仗之列。[2]犛牛尾。通氂。
[二] ㄇㄠˋ　*mao*4　音帽
九十歲的老人。通耄。

13【旄節】　ㄇㄠˊ ㄐㄧㄝˊ
古代使臣執以示信的符節。以竹為之，上加旄牛尾為飾。

旃　ㄓㄢ　*chan*1　音沾
[1]用整幅赤色綢布製成的曲柄旗。見"說文"。[2]毛織品。通氈。如：旃裘。[3]助詞。之焉二字的合讀。如：勉旃勉旃。

旅　ㄌㄩˇ　*lü*3　音呂
[1]軍隊編制的單位。古以五百或兩千人為一旅，'民'初陸軍步兵以兩團為一旅，今為陸軍之戰術單位。高於營，低於師，通常統轄三個營，旅長為上校或少將。[2]軍隊的通稱。如：師旅。[3]眾多；眾人。[4]客處；寄居。如：羈旅海外。[5]野生；不播種而生。如：旅穀。[6]"易"卦名。六十四卦之一。艮下離上。[7]姓。'漢'有'旅卿'。見"萬姓統譜·七六"。

旅卦圖

6【旅次】　ㄌㄩˇ ㄘˋ
[1]旅途中住宿的地方。[2]自起點至終點達成一次交通目的的單向車輛交通。為交通調查所用的單位。

9【旅思】　ㄌㄩˇ ㄙ
客途中所引起的愁緒。

12【旅順】　ㄌㄩˇ ㄕㄨㄣˋ
省轄市。位於'遼寧省''遼東半島'南端。為一海港都市，港灣丘陵環抱，口狹內廣，形勢險灣；且面對'渤海海峽'，扼'渤海'門戶，為東北最重要的軍港。

16【旅館】　ㄌㄩˇ ㄍㄨㄢˇ
以營利為目的，提供住宿、餐飲及其他有關服務的公共設施。依其設立及經營型態，可分為城市旅館及度假旅館兩種。

6【旅行社】　ㄌㄩˇ ㄒㄧㄥˊ ㄕㄜˋ
(travel service)經營旅行業務之公司、行號的通稱。可分為旅行代理業及遊程經營業兩種。參旅行代理業、遊程經營業。

3【旅大租約】　ㄌㄩˇ ㄉㄚˋ ㄗㄨ ㄩㄝ
'清''光緒'二十三年(1897)，'德'軍奪據'膠州灣'，'俄'佯稱助'清'抗'德'，遣軍艦駛入'旅順港'。次年,“中德膠澳租借條約”簽訂,‘俄’亦強迫‘清’廷與之訂立“旅大租借條約”,‘旅順’、‘大連’租期各二十五年,允‘俄’興築‘南滿鐵路’。‘俄’且在‘遼東’租界地設‘關東省’,以‘旅順’爲首府,派任總督,視同所屬領土。東北從此進入多事之秋。

6【旅行支票】 ㄌㄩˇ ㄒㄧㄥˊ ㄓ ㄆㄧㄠˋ
(traveler's check; TC) 爲避免旅行時攜帶現金之不便及危險,由‘美國運通公司’(American Express Co.)於西元1881年所創始的支付工具。持票人得於旅行中在銀行、餐旅館、商店等兌現或購物或付款,一如現金之使用。萬一失竊時,可在就近的出賣公司分支機構報案掛失,並獲得如數補發。

【旅行領隊】 ㄌㄩˇ ㄒㄧㄥˊ ㄌㄧㄥˇ ㄉㄨㄟˋ
(tour conductor)遊程經營業派遣在旅行團體擔任服務工作的人員。其任務自旅行出發至旅行結束爲止,沿途照料旅行有關的一切事宜,例如代辦沿途各國機場港口的入出境手續,安排住宿、膳食、運輸工具、參觀節目、擔任翻譯等。

【旅行代理業】 ㄌㄩˇ ㄒㄧㄥˊ ㄉㄞˋ ㄌㄧˇ ㄧㄝˋ
(travel agent; travel agency)指個人或公司接受一家或一家以上的運輸業、旅館業或遊程經營業等之授權,代理旅行銷售及其相關服務的一種旅行業。即旅行代理業代理運輸業、旅館業或遊程經營業等從事銷售及收取價款,而給予旅行消費者約定履行服務之機、船、車票或住宿憑證,或代理授權之業者與旅行消費者簽約,提供旅行服務。旅行消費者可經由旅行代理業之服務而省去與有關業者通訊或接洽等瑣碎手續。

【旅行信用狀】 ㄌㄩˇ ㄒㄧㄥˊ ㄒㄧㄣˋ ㄩㄥˋ ㄓㄨㄤˋ
(traveler's letter of credit)銀行爲便利顧客於旅行途中能隨時取得所需現金而開發的信用狀。使用時可憑狀簽發匯票前往開狀銀行指定的通匯銀行兌款,但兌款時必須呈驗開狀銀行所發之[簽字式樣證明書],以證明其簽字無誤。近年來由於旅行支票的普遍使用,旅行信用狀已少見使用。旅行信用狀爲無跟單信用狀(clean credit),與商業信用狀之供清償貨款用的跟單信用狀不同。

【旅行傷害保險】 ㄌㄩˇ ㄒㄧㄥˊ ㄕㄤ ㄏㄞˋ ㄅㄠˇ ㄒㄧㄢˇ
(travel accident insurance)旅行途中因意外事故所致傷害的保險。在旅遊業及保險業發達國家,旅行前可隨時購買旅行保險票(travel ticket policy)。

旂 ㄑㄧˊ *ch'i*² 音祈
1古代畫有交龍,上繫眾鈴,用以指揮群眾的旗子。2旗的通稱。

7

旎 ㄋㄧˇ *ni*³ 音擬
參旖旎。

11【旎旎】 ㄋㄧˇ ㄋㄧˇ
柔媚的樣子。

旋 ㊀ ㄒㄩㄢˊ *hsüan*² 音玄
1轉動。如:旋乾轉坤。2返;歸。如:凱旋。3隨即;立刻。如:旋即。4曲折;深邃。
㊁ ㄒㄩㄢˋ *hsüan*⁴ 音炫
1急速回捲。如:旋風。2溫酒。

9【旋泵】 ㄒㄩㄢˊ ㄅㄥˋ
(rotary pump) 藉著馬達使其內齒輪、滑葉、螺旋等結構轉動之泵。適用於黏狀而不含固體粒子之流體的輸送。

【旋律】 ㄒㄩㄢˊ ㄌㄩˋ
(melody)或稱曲調。指高低不同而有關係的一組樂音。旋律是音樂的基本要素,音樂的內容、風格、體裁、民族特性等,都可由旋律中表現出來。

13【旋塞】 ㄒㄩㄢˊ ㄙㄞ
(plug cock)用以全開或完全阻斷流體流動之控制閥。其主要結構爲閥中具有可旋轉與供流體流動之通道,若此通道與管線平行則全開,若與管線垂直則全閉。

16【旋踵】 ㄒㄩㄢˊ ㄓㄨㄥˇ
旋轉腳跟。1比喻時間短暫。2後退;退縮。

17【旋壓】 ㄒㄩㄢˊ ㄧㄚ
(spinning)將胚料與模具一起迴轉,利用旋彎桿或軋輥將毛胚向模具壓緊,使其受加壓及迴轉而成形的方法。

9【旋風葉】 ㄒㄩㄢˊ ㄈㄥ ㄧㄝˋ
古書裝訂形式的一種。其說有二:⑴以素卷爲底,另以同高的紙葉兩面書寫,以每葉右邊無字空條處,逐葉向左鱗次相錯地黏裱在首葉迤左的卷底上,展卷時各葉疊積如鱗狀,收卷則書葉朝同方向迴轉,宛如旋風。也叫龍鱗裝。如圖⑴。⑵以卷子摺疊成冊,首尾用褾紙黏連,翻閱時宛轉如旋風。如圖⑵。

旋風葉圖⑴

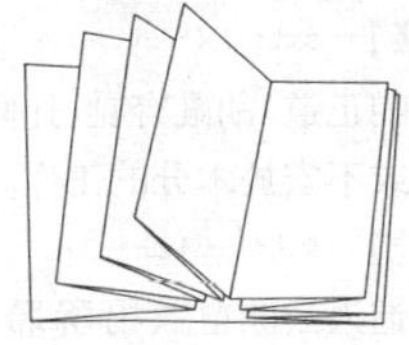
旋風葉圖⑵

【旋風腿】 ㄒㄩㄢˋ ㄈㄥ ㄊㄨㄟˇ
國術腿擊法。合擺蓮、掛面二腿法,跳起行之。

17【旋翼機】 ㄒㄩㄢˊ ㄧˋ ㄐㄧ
(autogyro) 螺旋槳飛機上加裝

二繞近乎垂直軸線轉動之旋翼所構成的飛機。飛行時由螺旋槳使飛機前進,如此可使氣流自旋翼下方流過旋翼,使之旋轉並產生升力。與直升機最大的不同在於旋翼機的旋翼本身無動力,爲直升機的早期產品。

旋翼機圖

18【旋轉門】 ㄒㄩㄢˊ ㄓㄨㄢˇ ㄇㄣˊ

(revolving door)適於控制進出量、空調空間使用的一種門。由四片垂直門作十字形相交而連結於垂直軸,依此軸而轉動,門扇通常由圓形外壁包圍。

【旋轉流】 ㄒㄩㄢˊ ㄓㄨㄢˇ ㄌㄧㄡˊ

(rotary current)潮流的方向隨時間變化而逐漸轉換,成爲一週期性迴轉運動者。一般旋轉流的週期與潮汐的週期相同。

12【旋渦星系】 ㄒㄩㄢˊ ㄨㄛ ㄒㄧㄥ ㄒㄧˋ

(spiral galaxy) 規則星系的一種。外形呈旋渦狀,核心爲凸透鏡狀,從核球邊緣延伸出兩條或兩條以上的旋臂,像旋渦般圍繞核心。是已發現的星系中最多的一種,銀河系即屬此類。最接近銀河系的旋渦星系爲仙女座星系,距離約250萬光年。

18【旋轉曲面】 ㄒㄩㄢˊ ㄓㄨㄢˇ ㄑㄩ ㄇㄧㄢˋ

(surface of revolution)又稱迴轉面。平面中有一曲線Γ及直線L,將Γ繞L轉一週,得到一個曲面,叫旋轉曲面;L爲其軸,過L之平面和此旋轉曲面相交得子午曲線。我們先設平面爲xz面,取L爲z軸,曲線Γ爲$f(x,z)=0$,那麼,旋轉曲面的方程式就是$f(\pm\sqrt{x^2+y^2}, z)=0$。例如圓$(x-2)^2+z^2=1$的旋轉曲面是輪胎面:$(\sqrt{x^2+y^2}-2)^2+z^2=1$。

【旋轉乾坤】 ㄒㄩㄢˊ ㄓㄨㄢˇ ㄑㄧㄢˊ ㄎㄨㄣ

轉動天地。形容力量極大,足以扭轉局勢。

【旋轉型開關】 ㄒㄩㄢˊ ㄓㄨㄢˇ ㄒㄧㄥˊ ㄎㄞ ㄍㄨㄢ

(rotary switch) 利用轉軸以選擇、接通或切斷電路的一種開關。

【旋轉生物圓板法】 ㄒㄩㄢˊ ㄓㄨㄢˇ ㄕㄥ ㄨˋ ㄩㄢˊ ㄅㄢˇ ㄈㄚˇ

(rotating biological contactor process)利用附著於緊密間隔之塑膠圓板表面上之微生物群,以去除廢水中之有機性汙染物質的喜氣性生物處理法。該圓板繞著水平橫軸且交替地在廢水及空氣中轉動,故稱。

【旋轉爐式燃燒裝置】 ㄒㄩㄢˊ ㄓㄨㄢˇ ㄌㄨˊ ㄕˋ ㄖㄢˊ ㄕㄠ ㄓㄨㄤ ㄓˋ

(rotary kiln)略爲傾斜的一種圓筒形垃圾焚化爐。將垃圾由頂部倒入後緩慢旋轉,進行乾燥、燃燒,而由底部排出灰渣。

旊 瓬的訛字。

𣃘 旃的俗體。

旌 ㄐㄧㄥ ching[1] 音精

1古代用羽毛、緞帶或鈴裝飾而成的旗子。2泛指旗幟。如:旌旗。3表彰。如:旌善。4識別。如:旌別。

8【旌表】 ㄐㄧㄥ ㄅㄧㄠˇ

表彰;表揚。由'漢'至'清',對於貞節孝義的人,官府爲立牌坊、懸匾額,以資表揚。

13【旌節】 ㄐㄧㄥ ㄐㄧㄝˊ

1古時大臣出使所執的符節。2旌旗與符節。'唐代'節度使有雙旌雙節,旌以專賞,節以專罰。

14【旌旗】 ㄐㄧㄥ ㄑㄧˊ

旗幟的總稱。

族 ㄗㄨˊ tsu[2] 音足

1有血緣關係的親屬。也泛指同姓的人。如:宗族。2品類;類別。如:水族。3眾多;聚集。4古代的一種酷刑。一人犯罪,親族也連帶遭受誅戮。

13【族群】 ㄗㄨˊ ㄑㄩㄣˊ

1(population)生活在同一時間和空間中的同種生物。2(ethnic group)在一個較大的文化單位之下,認爲自己是特別的一個實體,並且和此文化單位的其他人有所區分的一群人。同一族群的人皆有自我認同感,且有某些特質顯示他們和其他族群之間的差距,包括語言(方言)、傳統和風俗習慣、衣著食物和生活型態、地理區域、宗教等。

19【族譜】 ㄗㄨˊ ㄆㄨˇ

記錄家族譜系的書。

【族類】 ㄗㄨˊ ㄌㄟˋ

1指同族的人。2指同一種類。

13【族群生態學】 ㄗㄨˊ ㄑㄩㄣˊ ㄕㄥ ㄊㄞˋ ㄒㄩㄝˊ

(population ecology)研究同種的一群生物或關係極爲密切的少數幾種生物群體與環境間相互之關係的學問。

旍 ㊀ ㄐㄧㄥ ching[1] 音精

旌的或體。

㊁ ㄑㄧˊ ch'i[2] 音旗

旂的或體。

旉 敷的古文。

8

旑 旖的俗體。

旒 ㄌㄧㄡˊ liu[2] 音留

1旌旗下垂的飾物。通游、斿。2古代禮冠前後的垂玉。通瑬。

11【旒冕】 ㄌㄧㄡˊ ㄇㄧㄢˇ

前後有垂玉的禮冠。也指尊貴的人。

旐 ㄓㄠˋ chao[4] 音趙

1旗幅上畫有龜與蛇的旗

子。長八尺，黑色，四斿。2出殯時爲棺柩引路的旗子。

9

旓 ㄕㄠ shao¹ 音梢
旗上的飄帶。見"玉篇"。

10

旘 旗的或體。

旗 ㄑㄧˊ ch'i² 音祈
1用布帛製成的一種標幟。上畫各種圖案，作爲識別或傳遞號令之用。2'清代'軍制名。如：八旗。3'清代''蒙古'和'青海'的行政區域名。相當於內地的縣。4姓。'漢'有'旗光'。見"萬姓統譜·五"。

2【旗人】 ㄑㄧˊ ㄖㄣˊ
1泛稱'滿洲'人。2'明'末'女眞族'將部落分爲八旗，兼有軍事、行政、生產等功能，後則專爲軍籍制度。'女眞族'入主中原以後，又將'蒙'、'漢族'編爲'蒙古'八旗及'漢族'八旗，合稱二十四旗。凡被編入的人都稱旗人。

10【旗袍】 ㄑㄧˊ ㄆㄠˊ
具有'中國'風味的婦女服裝。乃仿自'滿族'旗人的服飾。一般式樣爲圓形領圍上接直領片，右開大襟，緊腰身，衣長至膝下，衣襬兩側開衩。有長短袖之分。'民國'十八年'國民政府'訂爲國民禮服。

旗袍圖

11【旗魚】 ㄑㄧˊ ㄩˊ
(spear fish)屬於硬骨魚綱、鱸目(order Perciformes)、正旗魚科(family Istiophoridae)的魚類。爲大型海魚，分布甚廣。背鰭兩枚，尾鰭大型、深分叉，胸鰭呈鐮刀狀。其中紅肉旗魚(*Kajikia mitsukurii*)重逾100公斤，味美。立翅旗魚(*Malina malina*)爲旗魚中最大者，長達丈餘，重逾 500 公斤。

15【旗標】 ㄑㄧˊ ㄅㄧㄠ
(flag)電腦系統內用來指示某種狀態或情況之字符或數元的泛稱。

20【旗艦】 ㄑㄧˊ ㄐㄧㄢˋ
(flagship)駐有海軍將官或其他單位指揮官之軍艦。艦桅上懸有軍階或身分旗。

12【旗開得勝】 ㄑㄧˊ ㄎㄞ ㄉㄜˊ ㄕㄥˋ
才出兵作戰，就打勝仗。今指出賽即獲勝。

13【旗鼓相當】 ㄑㄧˊ ㄍㄨˇ ㄒㄧㄤ ㄉㄤ
本指兩軍對陣，勢均力敵。後比喻雙方聲勢均等，不相上下。

旖 ㄧˇ i³ 音倚
參旖旎。

11【旖旎】 ㄧˇ ㄋㄧˇ
本指旗幟隨風飄搖的樣子。引申爲輕盈柔美、阿娜多姿或繁盛的樣子。

12

旚 幟的或體。

旜 ㄏㄨㄤˇ huang³ 音謊
酒家的招牌、標幟。見"篇海類編"。

13

旛 ㄆㄧㄠ p'iao¹ 音飄
旌旗飄搖。見"說文"。

14

旝 幢的或體。

旞 幟的或體。

旟 ㄈㄢ fan¹ 音翻
通作幡。1幅長下垂的旗子。見"說文"。2旌旗的通名。見"廣韻"。

15

旜 旃的或體。

旞 ㄙㄨㄟˋ sui⁴ 音遂
用五彩羽毛裝飾的旗幟。見"說文"。

旝 ㄎㄨㄞˋ k'uai⁴ 音塊
1發射石頭的車子。見"說文"。2用整幅帛製成的旗子。古時將帥執以施號令。

16

旟 ㄩˊ yü² 音余
1行軍時所舉，幅上繪有鳥隼的旗子。見"說文"。2飛揚。見"正字通"。

无部

无 ㄨˊ wu² 音吳
無的古字。

6【无妄之災】 ㄨˊ ㄨㄤˋ ㄓ ㄗㄞ
無法預測的災難。

旡 ㄐㄧˋ chi⁴ 音計
飲食時氣逆而呼吸困難。見"說文"。

5

既 或作旣。㊀ ㄐㄧˋ chi⁴ 音計
1盡；完畢。見"廣雅·釋詁"。2已經。如：既然。
㊁ ㄒㄧˋ hsi⁴ 音系
俸米。通餼。如：既廩。

13【既遂犯】 ㄐㄧˋ ㄙㄨㄟˋ ㄈㄢˋ
相對於未遂犯而言。指犯罪行爲已經完成的人。

8【既往不咎】 ㄐㄧˋ ㄨㄤˇ ㄅㄨˋ ㄐㄧㄡˋ
過去的錯誤，不再加以追究或責罰。

【既來之則安之】 ㄐㄧˋ ㄌㄞˊ ㄓ ㄗㄜˊ ㄢ ㄓ
1已經來歸附的人，則加以安撫並給予安適的生活。2接受已經發生的事實。

7

旣 既的或體。

9

旤 禍的古文。

日 部

日 ㊀ ㄖˋ jih⁴

1太陽。2白晝。與夜相對。如：夜以繼日。3一晝夜的時間。即二十四小時，俗稱一天。4每天；天天。如：日日新。5光陰；時間。如：曠日經久。

㊁ ㄇㄧˋ mi⁴ 音密

人名用字。'西漢'有'金日磾'。

3【日夕】 ㄖˋ ㄒㄧˋ

1黃昏。2日夜。

4【日元】 ㄖˋ ㄩㄢˊ

(Japan Yuan) 日本貨幣名稱及單位。

5【日本】 ㄖˋ ㄅㄣˇ

(Japan) 位於'太平洋'與'日本海'之間的島國。面積37.3萬方公里，人口12,742萬 (2005年)，首都'東京'。由'本州'(Honshu)、'四國'(Shikoku)、'九州'(Kyushu)、'北海道'(Hokkaido) 及附近三千多個小島組成。地形破碎，林地占全國面積2/3，多火山、地震。河短流急，中、上游富水力，下游沖積成平原。海岸線長而曲折，又有'瀨戶內海'，良港多。黑潮、親潮在此相會，氣候溫溼多雨，夏秋多颱風，稻作、漁撈、溫帶水果種植極盛。工礦原料悉賴進口，故海上交通為經濟命脈，鋼鐵、機械、造船、電器、紡織、電子、鐘錶、汽車及高科技精密工業等均十分發達，工廠集結於'東京'至'九州'一帶。

8【日夜】 ㄖˋ ㄧㄝˋ

白天和夜晚。

【日者】 ㄖˋ ㄓㄜˇ

1古代專司占候卜筮的人。2往昔；從前。

【日昃】 ㄖˋ ㄗㄜˋ

日過中午開始偏西的時候。約下午二時左右。也作日仄。

10【日珥】 ㄖˋ ㄦˇ

(prominences) 太陽邊緣，色球上層紅色火焰狀的氣體。由光譜分析得知此種氣體為氫、氦、游離鈣及一些金屬元素等所組成。其高度可達150萬公里，形狀千變萬化；盛衰週期與太陽黑子週期相似；活動強烈時，地球磁場及極光均受影響。至於日珥的成因，至今仍不清楚。

11【日晡】 ㄖˋ ㄅㄨ

約當下午三時到五時。也作日餔。

【日冕】 ㄖˋ ㄇㄧㄢˇ

(corona) 太陽最外圍的大氣層。密度極小，可高出光球數百萬公里以上。其形狀不規則，呈多角形或卵形，與太陽黑子的盛衰有密切關係，日全蝕時可見。

12【日華】 ㄖˋ ㄏㄨㄚˊ

道教語。即太陽的光燄。

【日晷】 ㄖˋ ㄍㄨㄟˇ

(sundial) 古代利用日影測定時刻的儀器。由晷盤與圭表或晷針組合而成。晷盤邊緣有刻度，藉日光將圭表或晷針投影在晷盤的刻

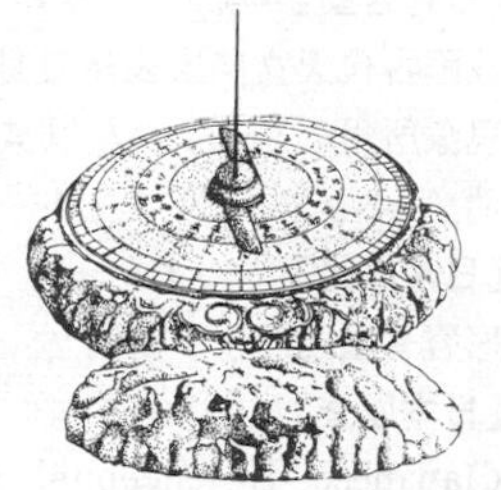

赤道式日晷圖

度上，可讀得當地的視太陽時。日晷的種類頗多，按盤面安裝的方向分為赤道日晷、地平日晷、立晷和斜晷等。

【日結】 ㄖˋ ㄐㄧㄝˊ

指銀行每日覆核及檢算帳目、編製日報表的手續。

13【日新】 ㄖˋ ㄒㄧㄣ

天天更新；一天比一天進步。

【日暈】 ㄖˋ ㄩㄣˋ

(halo) 大氣光象的一種。即大氣中浮懸的冰晶(卷雲類)，受陽光照射而形成環、弧、柱或亮斑的光象。陽光經冰晶折射而生的暈，呈七彩顏色；陽光因冰晶表面反射而生的暈，則只呈現白色。

14【日誌】 ㄖˋ ㄓˋ

1機關團體每日記要事的紀錄。2(log) 電腦系統將其運轉及處理作業的過程記錄下來，以提供操作、管理與維護等參考的資料。

【日精】 ㄖˋ ㄐㄧㄥ

太陽的精華。

【日蝕】 ㄖˋ ㄕˊ

(solar eclipse) 地球上所看到月球掩蔽太陽的現象。也作日食。當月球運行到日、地之間，日、月、地三者成一直線，日光被月球所阻擋，即會發生日蝕。有日全食、日偏蝕、日環蝕之分。

15【日課】 ㄖˋ ㄎㄜˋ

每天的課程；每天固定要做的事。

16【日燄】 ㄖˋ ㄧㄢˋ

(solar flares) 又稱太陽閃光、耀斑，俗稱太陽爆炸。指太陽表面接近黑子群之某一區域發生強烈的爆炸，氫阿爾發 (Hα) 及電離鈣的光度突然增強，並釋放大量能量的現象。肉眼不易看見，利用分光儀在紅色氫光譜線上則易於觀察。

4【日內瓦】 ㄖˋ ㄋㄟˋ ㄨㄚˇ

(Geneva) '國際聯盟'總部及'聯合國''歐洲'總部所在地。濱'瑞士''日內瓦湖'西南岸，'隆河'(Rhone R.) 出湖處。背山依水，風景優美，為著名遊覽勝地。精密儀器、鐘錶、珠寶、化妝品和印刷工業盛，金融

發達，並有許多文教機構。人口18.5萬（2004年）。

6【日光片】 ㄖˋ ㄍㄨㄤ ㄆㄧㄢˋ
彩色反轉軟片的一種。適於日間攝影，也可配合閃光燈、藍色鎂光燈或炭精燈使用。對某些軟片畫面色調可能略爲偏藍，可加套粉紅濾鏡消除之。適用色溫在5,500°K～6,500°K間。

【日全蝕】 ㄖˋ ㄑㄩㄢˊ ㄕˊ
(total solar eclipse) 日蝕現象的一種。日蝕時，月球本影投射的地方，稱爲全蝕帶；在全蝕帶區域內，觀測者完全看不見太陽，稱爲日全蝕。對於某一固定地點來說，平均300多年才能看到一次。

7【日均溫】 ㄖˋ ㄐㄩㄣ ㄨㄣ
(mean daily temperature)一地每日最高和最低氣溫的平均值。

8【日知錄】 ㄖˋ ㄓ ㄌㄨˋ
'清''顧炎武'撰，三十二卷。是'顧'氏平日讀書心得的札記。取義於"論語"「日知其所亡，月無忘其所能」，故名。全書按史學、吏治、財賦、輿地、藝文等分類編入，闡述其源流，引證極爲謹嚴，爲歷來學者所重視。

11【日偏蝕】 ㄖˋ ㄆㄧㄢ ㄕˊ
(partial solar eclipse)日蝕現象的一種。日蝕時，全蝕帶外半影區內，觀測者看到太陽局部被月球所遮掩，稱爲日偏蝕。對於某一固定地點來說，平均每三年就可看到一次。

12【日喀則】 ㄖˋ ㄎㄚˋ ㄗㄜˊ
位於'西藏地方'的東南部，'雅魯藏布江'與'年楚河'匯流處。爲'後藏'的政教中心。附近手工業頗盛，且平原較廣，農牧業盛。

【日結表】 ㄖˋ ㄐㄧㄝˊ ㄅㄧㄠˇ
基於借貸平衡原理，彙計總分類帳各科目每日借貸金額及餘額，以驗證當日記帳是否無誤的一種報表。該表兼具試算及業務報告的雙重作用。

13【日溫差】 ㄖˋ ㄨㄣ ㄔㄚ
(daily temperature range) 一地每日最高和最低氣溫的差數。一般而言，內陸及沙漠地區的日溫差特大。

17【日環蝕】 ㄖˋ ㄏㄨㄢˊ ㄕˊ
(annular solar eclipse) 日蝕現象的一種。日蝕時，由於月球離地球較遠，月球本影達不到地球，而只有僞本影（本影的延伸部分）掃過地面，這時在僞本影區域內的觀測者，可看到月球的黑影完全在日面之內，四周邊緣剩下一圈光環，稱爲日環蝕。

【日薪制】 ㄖˋ ㄒㄧㄣ ㄓˋ
薪資表上所定的薪資額，係按日支付的數額。雖爲日薪制，也有規定每二星期或每月結算一次者。對臨時性工人的工資，多採用日薪制給付。

3【日上三竿】 ㄖˋ ㄕㄤˋ ㄙㄢ ㄍㄢ
太陽離地有三根竹竿高。指時間已經不早。

4【日不暇給】 ㄖˋ ㄅㄨˋ ㄒㄧㄚˊ ㄐㄧˇ
事務繁多而時間不足使用。

【日中爲市】 ㄖˋ ㄓㄨㄥ ㄨㄟˊ ㄕˋ
傳說上古人民約定在中午聚成市集，進行交易。

【日中則昃】 ㄖˋ ㄓㄨㄥ ㄗㄜˊ ㄗㄜˋ
太陽升到中天，就逐漸西下。比喻盛極必衰。

【日月如梭】 ㄖˋ ㄩㄝˋ ㄖㄨˊ ㄙㄨㄛ
形容時間過得很快。

【日月合璧】 ㄖˋ ㄩㄝˋ ㄏㄜˊ ㄅㄧˋ
我國古代天文學家表示日月合宿現象所用的術語。古人以其爲祥瑞。

【日月無光】 ㄖˋ ㄩㄝˋ ㄨˊ ㄍㄨㄤ
形容昏暗陰晦。

5【日本腦炎】 ㄖˋ ㄅㄣˇ ㄋㄠˇ ㄧㄢˊ
(Japanese B encephalitis)由病毒所引起的中樞神經系統感染性疾病。被帶有病毒的三斑家蚊咬上才會發病，多發生於幼童及學童。症狀爲突然發高燒、頭痛、嘔吐、抽筋、昏迷等。約有10%～20%會死亡，幸而不死的也會有嚴重後遺症。'臺灣'每年都於夏季流行，目前已有相當有效的預防疫苗。

6【日耳曼族】 ㄖˋ ㄦˇ ㄇㄢˋ ㄗㄨˊ
(Germans)分布在北'歐'及'波羅的海'、'北海'南岸。自稱'德意志'人 (Deutschen)，'羅馬'人稱之'日耳曼'人，視爲蠻族。從事游獵生活。由於不斷地擴張，依地域分有'東哥德'人 (East Goths)、'西哥德'人 (West Goths)、'汪達爾'人 (Vandals)、'哲彼提'人 (Gepidae)、'勃艮第'人 (Burgundians)、'倫巴德'人(Lombards)、'法蘭克'人 (Franks)、'盎格魯'人 (Angles) 及'薩克遜'人 (Saxons)。後因東方的北'匈奴'入侵，向中'歐'、西'歐'大遷移，成爲'德國'、'奧地利'、'盧森堡'、'荷蘭'、'英國'、'瑞典'、'丹麥'、'挪威'等國的祖先。

【日行一善】 ㄖˋ ㄒㄧㄥˊ ㄧ ㄕㄢˋ
每天做一件好事。

8【日居月諸】 ㄖˋ ㄐㄩ ㄩㄝˋ ㄓㄨ
指太陽和月亮交替升沈。後用以感歎光陰的流逝。

【日征月邁】 ㄖˋ ㄓㄥ ㄩㄝˋ ㄇㄞˋ
指時光不停地流逝。

9【日省月試】 ㄖˋ ㄒㄧㄥˇ ㄩㄝˋ ㄕˋ
按時考核測試。

【日俄戰爭】 ㄖˋ ㄜˋ ㄓㄢˋ ㄓㄥ
'清''光緒'年間'日''俄'兩國爲爭取東北及'朝鮮'之利益所引發的戰爭。庚子拳亂始起，'俄'即出兵進占東北，其後拒絕履行"東三省撤兵條約"，影響'日本'在東北及'朝鮮'的利益。時'日'與'英'已訂立同盟，乃轉而與'俄'談判，未果，'日'海軍乃於'光緒'二十九年(1904)突襲在'旅順'的'俄'艦，'清'廷劃'遼河'以東爲戰區。三十一年，'日'破'俄'陸軍於'遼陽'、'奉天'及'旅順'，殲滅'俄''遼東'艦隊及'波羅的海'艦隊;其後在'美國'總統'羅斯福'(T. Roosevelt)斡旋下簽訂"樸資茅斯和約"。

10【日起有功】 ㄖˋ ㄑㄧˇ ㄧㄡˇ ㄍㄨㄥ
每天都有成績。

11【日理萬機】 ㄖˋ ㄌㄧˇ ㄨㄢˋ ㄐㄧ
每日處理很多中樞要務。專指帝王或一國領袖治理國家而言。也作日理萬幾。

12【日就月將】 ㄖˋ ㄐㄧㄡˋ ㄩㄝˋ ㄐㄧㄤ
每日都有成就,每月都有進步。

【日程控制】 ㄖˋ ㄔㄥˊ ㄎㄨㄥˋ ㄓˋ
(schedule control) 控制工作進度的工具。企業機構為有效控制日程,必須充分了解一項工作在整個計畫的地位,以及與其他多項工作的關聯。控制日程的工具,自簡單的甘特圖表、里程碑排程圖表,而至複雜的網路分析與控制圖,如要徑法、計畫評核術等。

13【日新又新】 ㄖˋ ㄒㄧㄣ ㄧㄡˋ ㄒㄧㄣ
每天更新,不斷地進步。

【日新月異】 ㄖˋ ㄒㄧㄣ ㄩㄝˋ ㄧˋ
天天更新,月月有異。形容變化和進步的快速。

【日暈主雨】 ㄖˋ ㄩㄣˋ ㄓㄨˇ ㄩˇ
太陽周圍有微黃光氣,即是將要下雨的徵兆。

15【日暮途窮】 ㄖˋ ㄇㄨˋ ㄊㄨˊ ㄑㄩㄥˊ
太陽將落而前進無路。①比喻力盡計窮。②比喻窮困潦倒。

16【日積月累】 ㄖˋ ㄐㄧ ㄩㄝˋ ㄌㄟˇ
長久持續的積累。

17【日薄西山】 ㄖˋ ㄅㄛˊ ㄒㄧ ㄕㄢ
比喻人年老力衰,接近死亡。

【日薄崦嵫】 ㄖˋ ㄅㄛˊ ㄧㄢ ㄗ
比喻人年老力衰,接近死亡。'崦嵫',神話中日沈之山。

3【日久見人心】 ㄖˋ ㄐㄧㄡˇ ㄐㄧㄢˋ ㄖㄣˊ ㄒㄧㄣ
時間久了,自然能看出心地的好壞。

8【日夜噪音量】 ㄖˋ ㄧㄝˋ ㄗㄠˋ ㄧㄣ ㄌㄧㄤˋ
(day-night sound level; Ldn) 夜間(22:00～7:00)均能音量(Ln)加上10dB後,再與白天(7:00～22:00)均能音量(Ld)相加所求得的能量平均值。

【日知其所亡】 ㄖˋ ㄓ ㄑㄧˊ ㄙㄨㄛˇ ㄨˊ
每天學會自己以前所不知道的新知識。

4【日內瓦紅十字公約】 ㄖˋ ㄋㄟˋ ㄨㄚˇ ㄏㄨㄥˊ ㄕˊ ㄗˋ ㄍㄨㄥ ㄩㄝ
(Geneva Red Cross Conventions) 西元1949年為改善在武裝衝突中之不人道行為,有七十個國家在'瑞士'倡導下,於'日內瓦'召開外交會議,制訂下列四項國際公約:一、"日內瓦改善陸上傷病員兵境遇公約";二、"日內瓦改善海上軍中傷者病者及遇難人員境遇公約";三、"日內瓦戰俘待遇公約";四、"日內瓦戰時保護平民公約"。上述四項公約禁止謀殺、殘害、細菌試驗、殘酷處置、虐待人質及不經法院審理而處罰等不人道行為。

1

旦 ㄉㄢˋ *tan*^{4} 音但
①天剛亮的時候。也泛指早晨。見"玉篇"。②天;日。如:旦旦而伐之。③戲劇中扮演女子的角色。如:花旦。

3【旦夕】 ㄉㄢˋ ㄒㄧˋ
①早與晚;從早到晚。②比喻時間短暫。

5【旦本】 ㄉㄢˋ ㄅㄣˇ
'元'雜劇正旦所唱的劇本。如'關漢卿'"竇娥冤"全本都是正旦'竇娥'一人所唱,其他腳色只說不唱。

【旦旦】 ㄉㄢˋ ㄉㄢˋ
①天天。②明亮的樣子。③誠懇的樣子。通怛怛。

15【旦暮】 ㄉㄢˋ ㄇㄨˋ
同旦夕。

旧 舊的俗體。

2

旨 ㄓˇ *chih*^{3} 音指
①甘美;美味。如:旨酒。②意義。如:言近旨遠。③命令;意見。如:聖旨。

10【旨酒】 ㄓˇ ㄐㄧㄡˇ
美酒。

13【旨意】 ㄓˇ ㄧˋ
宗旨;意義。

15【旨趣】 ㄓˇ ㄑㄩˋ
宗旨;意趣。

早 ㄗㄠˇ *tsao*^{3} 音澡
①天明時分。見"說文"。②初時;剛開始。如:早春。③提前;預先。如:早到。④從前;昔日。如:早年。⑤姓。'晉'有'早衍'。見"萬姓統譜·八四"。

4【早夭】 ㄗㄠˇ ㄧㄠ
早死;夭折。

6【早世】 ㄗㄠˇ ㄕˋ
早年逝世。

11【早產】 ㄗㄠˇ ㄔㄢˇ
(prematurity) 懷孕未足月而分娩。即婦女自懷孕停經算起滿二十八週而不足三十六週。早產的嬰兒若特別照顧,仍可以生長,體重多在1,500～2,500公克之間。

【早晚】 ㄗㄠˇ ㄨㄢˇ
①早晨與晚上。②時間的先後快慢。③不久;隨時。④時候。⑤何時;何日。⑥多久。⑦那得;那有。⑧何曾。

15【早熟】 ㄗㄠˇ ㄕㄡˊ
①指農作物的果實較快或提早成熟。②(premature)(1)人的身體或智能比一般人顯著地提早發展。身體方面的早熟,常是青春期提早到來;而智能方面的早熟,常被視為天才。(2)就兒童的生長與發展而言,某一年齡的兒童表現出超過其年齡的思想或行為,則該兒童在某一方面為早熟。

5【早占勿藥】 ㄗㄠˇ ㄓㄢ ㄨˋ ㄧㄠˋ
祝人早日病癒之語。勿藥,不需服

藥即病癒。

6【早老性痴呆人格】 ㄗㄠˇ ㄌㄠˇ ㄒㄧㄥˋ ㄔ ㄉㄞ ㄖㄣˊ ㄍㄜˊ
(schizoid personality) 一種性格失常。患者待人冰冷、疏遠，對於他人之獎評或感觸均無動於衷。

叶 協的或體。

旯 ㄌㄚˊ *la*² 音揦
參旮旯。

旬 ㄒㄩㄣˊ *hsün*² 音巡
①十天。見“說文”。②十年。如：年過七旬。③十。如：旬月。

6【旬休】 ㄒㄩㄣˊ ㄒㄧㄡ
‘唐’‘宋’時官吏每十天休息一天，稱爲旬休。

旮 ㊀ ㄒㄩˋ *hsü*⁴ 音序
旭的俗體。
㊁ ㄍㄚ *ka*¹
參旮旯。

6【旮旯】 ㄍㄚ ㄌㄚˊ
房子黑暗的角落。也作旯旮。

旭 ㄒㄩˋ *hsü*⁴ 音緒
①晨曦光明的樣子。見“說文”。②初升的太陽。見“集韻”。

3

旱 ㄏㄢˋ *han*⁴ 音漢
①久不雨。見“說文”。②陸地的。如：旱路。③乾枯的。如：旱田。

10【旱海】 ㄏㄢˋ ㄏㄞˇ
指‘甘肅省’‘環縣’以北和‘寧夏省’‘靈武縣’東南一帶的沙漠。

11【旱船舞】 ㄏㄢˋ ㄔㄨㄢˊ ㄨˇ
民俗舞蹈之一。用竹紮成船形，糊上彩紙，舞者把船套在腰間，手握船邊搖晃，形同浮在水面，一人在船外戲弄。

12【旱菸袋】 ㄏㄢˋ ㄧㄢ ㄉㄞˋ
老式菸具。竹製長菸管前端有銅質盛菸絲的斗，菸管中無水，故名。與水菸筒對稱。

16【旱鴨子】 ㄏㄢˋ ㄧㄚ ˙ㄗ
戲稱不會游泳的人。

旰 ㄍㄢˋ *kan*⁴ 音幹
晚；遲。見“說文”。

9【旰食宵衣】 ㄍㄢˋ ㄕˊ ㄒㄧㄠ ㄧ
很晚才吃飯，天沒亮就起床更衣。形容勤於政事。

旴 ㄒㄩ *hsü*¹ 音虛
太陽剛出。見“字彙”。

时 時的俗體。

旳 ㄉㄧˋ *ti*⁴ 音遞
①光明；顯著。的的本字。見“說文”。②婦人擦胭脂。見“釋名·釋首飾”。

4

旾 春的古文。

昔 ㄒㄧˊ *hsi*² 音席
①古時；從前。如：昔日。②久遠。③夜晚。通夕。④姓。‘漢’有‘昔登’。見“萬姓統譜·一二二”。

昉 ㄈㄤˇ *fang*³ 音仿
①天剛亮。見“說文新附”。②開始。見“字彙”。

旻 ㄇㄧㄣˊ *min*² 音民
①秋天。見“說文”。②泛指天空。如：高旻。

4【旻天】 ㄇㄧㄣˊ ㄊㄧㄢ
①指秋天。②天的統稱。

旼 ㄇㄧㄣˊ *min*² 音民
①和樂。見“廣韻”。②秋天。也作旻。見“說文通訓定聲”。

旺 ㄨㄤˋ *wang*⁴ 音望
①火勢熾烈。②泛指興隆繁盛。③姓。‘明’有‘旺斌’。見“萬姓統譜·一〇六”。

8【旺季】 ㄨㄤˋ ㄐㄧˋ
①指供銷量大的季節。②指某種活動的旺盛季節。

昊 ㄏㄠˋ *hao*⁴ 音皓
元氣博大的樣子。多用以指天。如：昊天。

4【昊天】 ㄏㄠˋ ㄊㄧㄢ
①泛指天。②指元氣博大的春天或夏天。③指東方或西方的天空。

【昊天罔極】 ㄏㄠˋ ㄊㄧㄢ ㄨㄤˇ ㄐㄧˊ
天是無窮無盡的。比喻父母之恩，永遠報答不盡。

旽 ㄊㄨㄣ *t'un*¹ 音吞
太陽將出。同暾。見“玉篇”。

昆 ㄎㄨㄣ *k'un*¹ 音坤
①同。見“說文”。②兄。如：昆弟。③後嗣；子孫。如：後昆。④蟲的總名。通蚰。如：昆蟲。⑤姓。‘周’有‘昆辨’。見“萬姓統譜·二三”。

5【昆布】 ㄎㄨㄣ ㄅㄨˋ
(kelp)屬褐藻類。體大型，大昆布(*Macrocystis*)可長達65公尺。食用的昆布(俗稱海帶)，屬名*Laminaria*，長1～3公尺，爲碘的重要來源。體分附著器、柄及葉狀部，以附著器附於海底；柄可存活數年；葉狀部每年死亡，再由柄和葉狀部之間的細胞重新長出。自昆布類可提出藻酸(algin)，供作食品(如冰淇淋)添加劑。

昆布圖

6【昆仲】 ㄎㄨㄣ ㄓㄨㄥˋ
對別人兄弟的敬稱。

7【昆弟】 ㄎㄨㄣ ㄉㄧˋ
兄弟。

8【昆明】 ㄎㄨㄣ ㄇㄧㄥˊ
省轄市。位於‘雲南省’中部，‘滇池’北岸。爲‘雲南省’省會，以及交通、文化、經濟中心。氣候溫和，四時如春。有機械、冶金、紡織等工業。

【昆季】 ㄎㄨㄣ ㄐㄧˋ
兄弟。

18【昆蟲】 ㄎㄨㄣ ㄔㄨㄥˊ
(insect)屬於節肢動物門(phylum Arthropoda)、昆蟲綱(class Insecta)中的動物。體分頭、胸、腹三部。其中頭部有一對觸角、一對複眼及單眼，左右第二小顎癒合而成下唇，由上唇、大顎、第一小顎及下唇構成口器。胸部有三節，各節有一對步足，中胸及後胸各有一對翅，有些種類後翅退化成平衡棍(如蚊、蠅)，也有的種類在發生的過程中兩對翅皆退化(如跳蚤)。昆蟲中較原始的一類爲無翅亞綱，皆無翅，如衣魚。腹部通常由11個體節構成，無附肢，末節有生殖孔。

7【昆吾劍】 ㄎㄨㄣ ㄨˊ ㄐㄧㄢˋ

1古劍器。2流傳於北方的劍術。

12【昆陽之戰】 ㄎㄨㄣ ㄧㄤˊ ㄓ ㄓㄢˋ

'新朝'末年，群雄並起，'漢'宗室'劉縯'、'劉秀'兄弟擁立'更始皇帝'。'王莽'司空'王邑'、納言大將軍'嚴尤'、秩宗大將軍'陳茂'等擁兵四十二萬，與'劉秀'戰於'昆陽'(今'河南''葉縣')，'莽'兵大潰，'王邑'、'嚴尤'、'陳茂'僅以身免，是爲'昆陽'之戰。

昄 ㄅㄢˇ pan³ 音版

盛大。見"說文"。

昃 ㄗㄜˋ tsê⁴ 音仄

日過午，太陽偏西。

昌 ㄔㄤ ch'ang¹ 音娼

1美好；正當。如：昌言。2興盛；壯盛。如：昌盛。3生長。也指生物。4姓。'漢'有'昌容'。見"萬姓統譜・五二"。

16【昌熾】 ㄔㄤ ㄔˋ

昌盛；興旺。

4【昌化石】 ㄔㄤ ㄏㄨㄚˋ ㄕˊ

'浙江省''昌化縣''玉石洞'所產的刻石。其中色澤紅點如硃砂者稱雞血凍，用以刻製印章，極爲珍貴。

明 ㄇㄧㄥˊ ming² 音鳴

1光亮。如：照明。2清晰；顯明。如：明白。3目力；視力。如：失明。4聰慧；睿智。如：英明。5白晝。如：晦明。6陽世。如：幽明。7(1368～1644)'朱元璋'滅'元'所建的朝代。都'應天府'(今'南京市')。'成祖'時，遷都'順天府'(今'北平市')。傳至'思宗'，爲'清'所滅，共十二世，十六主，二百七十七年。8姓。'晉'有'明預'。見"萬姓統譜・五三"。

5【明示】 ㄇㄧㄥˊ ㄕˋ

意思表示以其表示之方法爲區別標準，可分爲明示與默示，前者指直接以言詞、文字明白地爲意思表示；後者指以使人間接推知之方法爲意思表示，例如未明白表示願買報紙，但付了價金，逕行取走報紙。依"民法"第一百五十三條第一項：「當事人互相表示意思一致者，無論其爲明示或默示，契約即爲成立。」因此原則上意思表示得以明示或默示之方法爲之，且有相同的法律效力。但法律亦有規定意思表示須以明示方法爲之者，例如"民法"第六百四十九條：「運送人交與託運人之提單或其他文件上，有免除或限制運送人責任之記載者，除能證明託運人對於其責任之免除或限制明示同意外，不生效力。」以昭示鄭重。

【明史】 ㄇㄧㄥˊ ㄕˇ

二十五史之一。'清''張廷玉'等撰，三百三十六卷。大抵係據'康熙'年間'徐元文'、'王鴻緒'所修"明史稿"加以刪削而成。由於修撰歷時長久，屢經修改，而參與修史諸人又皆一時之選，故爲'唐'以後所修諸史中體例最爲完密者。但史料抉擇及詮釋，亦有所偏頗。

6【明妃】 ㄇㄧㄥˊ ㄈㄟ

參王昭君。

7【明快】 ㄇㄧㄥˊ ㄎㄨㄞˋ

明白果斷。

8【明版】 ㄇㄧㄥˊ ㄅㄢˇ

'明代'刊印的書籍。'明代'官方與民間刊印書籍的風氣很盛，一般多有錯誤脫漏或任意刪節的缺點，不爲藏書家所珍重。但也有少數可媲美'宋'版，如'無錫''華'氏、'安'氏的銅活字印本，以及'吳興''閔'氏、'凌'氏的套板，都非常精美。

9【明度】 ㄇㄧㄥˊ ㄉㄨˋ

(lightness; value)色彩三要素之一。指色彩的明亮與暗度而言。如黃色較明，是爲明度高的顏色；青色較暗，是爲明度低的顏色。

【明勁】 ㄇㄧㄥˊ ㄐㄧㄣˋ

力氣及方向可以清楚得知的勁道。

10【明哲】 ㄇㄧㄥˊ ㄓㄜˊ

靈明而有智慧。

11【明理】 ㄇㄧㄥˊ ㄌㄧˇ

明白事理。

【明堂】 ㄇㄧㄥˊ ㄊㄤˊ

1天子宣布政令的廟堂。凡朝廷重大典禮(如祭祀、選士、朝會、慶賞等)都在此舉行。2指墓前地氣聚合的地方。3墓前的祭臺。4鼻的別名。5人體穴位之一。位於頭項部正中線，入後髮際約七分半處。

【明晦】 ㄇㄧㄥˊ ㄏㄨㄟˋ

1晝夜；日夜。2明暗。

12【明喻】 ㄇㄧㄥˊ ㄩˋ

(simile)修辭格的一種。直說明言的一種譬喻。在文言裡，前有如、似、若等字指明；在白話裡，前有正像、好比等字指明，有時後附一般、一樣、樣的、似的等字。如「有女如玉」、「問君能有幾多愁，恰似一江春水向東流」便是。在'英'文中，明喻常用 as 或like 來表達。例如：人生如舞臺(Life is like a stage)。

【明媚】 ㄇㄧㄥˊ ㄇㄟˋ

鮮明悅目。

13【明道】 ㄇㄧㄥˊ ㄉㄠˋ

1明曉道理。2大道。

【明經】 ㄇㄧㄥˊ ㄐㄧㄥ

1通曉經術。2舊時科舉科目名。'隋煬帝'始置，'唐'因之，試以經義，又有五經、三經、二經、學究一經、三禮、三傳、史科等名目。'宋神宗'時改以經義策論試進士，明經遂廢。3'明''清'對貢生的敬稱。

14【明察】ㄇㄧㄥˊ ㄔㄚˊ
①看得清楚。②請人鑒察的敬語。

【明誨】ㄇㄧㄥˊ ㄏㄨㄟˋ
敬稱別人的教導。

【明睿】ㄇㄧㄥˊ ㄖㄨㄟˋ
明智通達。

15【明駝】ㄇㄧㄥˊ ㄊㄨㄛˊ
指駱駝。

【明德】ㄇㄧㄥˊ ㄉㄜˊ
天賦靈明的德性。

16【明燈】ㄇㄧㄥˊ ㄉㄥ
明亮的燈光。比喻正確的指引。

【明器】ㄇㄧㄥˊ ㄑㄧˋ
①古代稱陪葬的器物。②古代帝王賜給諸侯的宗廟寶器或祭器。

20【明礬】ㄇㄧㄥˊ ㄈㄢˊ
(alum)一種含鉀、鋁的硫酸鹽。通常呈無色透明的塊狀或粒狀，可作化工原料或淨水之用。

4【明太祖】ㄇㄧㄥˊ ㄊㄞˋ ㄗㄨˇ
(1328～1398)即‘明’開國皇帝‘朱元璋’。‘濠州’‘鍾離’(今‘安徽’‘鳳陽’)人。少曾爲僧，後投於‘郭子興’之下，‘子興’死後，受諸將擁戴，稱‘吳國公’。繼而削平群雄，滅‘元’而即帝位。建都‘南京’，國號‘明’，年號‘洪武’。即位後，實行諸多改革，又罷‘中書省’，廢丞相，並首創八股取士。

明太祖像

5【明石人】ㄇㄧㄥˊ ㄕˊ ㄖㄣˊ
‘日本’境內首次出現的化石人。西元1931年於‘本州’‘兵庫縣’‘明石市’‘八木海岸’高約10公尺的斷崖上，發現人類左盆骨殘片化石，初步鑑定屬於「尼安德塔人」以前的人類，標本原藏‘早稻田大學’，於1945年‘東京’大空襲時被炸毀。

【明史稿】ㄇㄧㄥˊ ㄕˇ ㄍㄠˇ
‘清’‘王鴻緒’等撰，三百一十卷。‘張廷玉’等所修“明史”，即以此爲藍本。

6【明成祖】ㄇㄧㄥˊ ㄔㄥˊ ㄗㄨˇ
(1360～1424)‘明太祖’第四子‘朱棣’。初封‘燕王’。‘太祖’崩，起兵攻‘惠帝’，奪取帝位，改元‘永樂’，遷都‘燕京’。在位期間，整頓內政，北伐‘韃靼’、‘瓦剌’，討‘安南’，平‘西南蠻’，禦倭寇，並派‘鄭和’六次下西洋，宣揚國威。

明成祖像

11【明眼人】ㄇㄧㄥˊ ㄧㄢˇ ㄖㄣˊ
有見識的人。

13【明暗法】ㄇㄧㄥˊ ㄢˋ ㄈㄚˇ
(chiaroscuro)①畫面上物體立體感表現方法之一。先畫輪廓後，亮的地方畫亮，陰影或暗的地方則畫暗一些，依序做出明暗的調子，即能表現出物體的立體感。自從文藝復興期以來，西洋畫家就以此技法爲表現物體立體感主要方法之一。②指畫中明亮與陰暗部分取得均衡的安排法。

4【明心見性】ㄇㄧㄥˊ ㄒㄧㄣ ㄐㄧㄢˋ ㄒㄧㄥˋ
本是佛教禪宗的主要修養方法。指了悟自心本性，便能成佛。‘宋’‘明’理學家如‘陸九淵’、‘王陽明’借指一切道理都存於心中，不假外求，只要通過內省的功夫，就可以認識眞理。

【明日黃花】ㄇㄧㄥˊ ㄖˋ ㄏㄨㄤˊ ㄏㄨㄚ
重陽節後的菊花。比喻過時的事物，或懷才而遲暮不遇。

5【明示保證】ㄇㄧㄥˊ ㄕˋ ㄅㄠˇ ㄓㄥˋ
(express warranty)要保人或被保險人對保險人所爲的擔保事項，以條款方式明白記載於保險單中。

【明正典刑】ㄇㄧㄥˊ ㄓㄥˋ ㄉㄧㄢˇ ㄒㄧㄥˊ
①依法公開處置。②將犯人依法處死。

【明目張膽】ㄇㄧㄥˊ ㄇㄨˋ ㄓㄤ ㄉㄢˇ
原指有膽識，無所畏避。今多指公然作惡而無所避忌。

6【明式家具】ㄇㄧㄥˊ ㄕˋ ㄐㄧㄚ ㄐㄩˋ
‘中國’木器家具的製造型式之一。‘明’‘清’以來，家具格式有‘蘇’作(‘蘇州’製造)、‘廣’作(‘廣東’製造)等數種。基本上，‘明’式家具就是‘蘇’式家具，在當時是相當具有代表性的型式，多用紫檀、花梨、紅木、鸂鶒、鐵梨等質地堅硬、紋理細緻、色澤光潤的木料製成。特點乃型式大方、結構合理、雕飾繁簡合宜。‘明’式家具的製作時間從‘明代’中葉至‘清代’初期，約從西元十五世紀至十七世紀止。

【明刑弼教】ㄇㄧㄥˊ ㄒㄧㄥˊ ㄅㄧˋ ㄐㄧㄠˋ
彰明刑法以輔助教化。

8【明治天皇】ㄇㄧㄥˊ ㄓˋ ㄊㄧㄢ ㄏㄨㄤˊ
(1852～1912)‘日本’皇帝。名‘睦仁’。‘孝明天皇’次子。於西元1867年十六歲即位，翌年起，開始力修內政，昌明吏治，廢幕府，改藩爲縣，頒布“帝國憲法”，成立國會，制定皇室財產及‘華族’制度，公布“教育敕語”、“軍人敕諭”，使天皇成爲神聖不可犯的偶像，死後葬於‘京都’‘伏見’‘桃山陵’。

明治天皇像

【明治維新】ㄇㄧㄥˊ ㄓˋ ㄨㄟˊ ㄒㄧㄣ
‘日本’近代的一種政治改革。西元1868年‘日本’‘明治天皇’廢止‘江戶’幕府的幕藩體制；1871年全國改藩爲縣，並革新地租制度，從而樹立中央集權的天皇制統一國家。

【明知故犯】ㄇㄧㄥˊ ㄓ ㄍㄨˋ ㄈㄢˋ
明知不可，卻故意違犯。

10【明珠暗投】ㄇㄧㄥˊ ㄓㄨ ㄢˋ ㄊㄡˊ
將明珠投到黑暗的路上。以其突然而至，必引起驚恐戒懼，而不會受到珍愛。比喻懷才不遇或誤投其主。

【明恥教戰】ㄇㄧㄥˊ ㄔˇ ㄐㄧㄠˋ ㄓㄢˋ
啟發士兵的知恥之心，並教導他們勇於作戰。

【明哲保身】ㄇㄧㄥˊ ㄓㄜˊ ㄅㄠˇ ㄕㄣ
指人能洞察事理，趨吉避凶，以保全自身。

11【明章之治】ㄇㄧㄥˊ ㄓㄤ ㄓ ㄓˋ
'東漢''明帝'秉承'光武帝'遺教，尊崇儒術，親至太學講經；又為宗室、大臣、功臣及外戚子孫別立學舍，選高能博學者為經師以授其業；禁止外戚干政；政治清明。子'章帝'繼立，詔會諸儒於'白虎觀'，考群經之異同；東祀'泰山'，親祠'孔子'於'闕里'；為政務從寬厚，輕徭薄賦，勸課農桑，民生富裕；蔚為'明'、'章'二朝三十多年的治世。

【明視距離】ㄇㄧㄥˊ ㄕˋ ㄐㄩˋ ㄌㄧˊ
(distance of most distinct vision)對於近處微小的物體，吾人的眼睛能不甚費力即可明晰看清的距離。在物理學計算上通常取25公分為明視距離。

【明眸皓齒】ㄇㄧㄥˊ ㄇㄡˊ ㄏㄠˋ ㄔˇ
明亮的眼睛和雪白的牙齒。形容女子的貌美。也指美女。

12【明媒正娶】ㄇㄧㄥˊ ㄇㄟˊ ㄓㄥˋ ㄑㄩˇ
有媒人介紹並舉行正式儀式的正常婚姻。

13【明道致用】ㄇㄧㄥˊ ㄉㄠˋ ㄓˋ ㄩㄥˋ
明察大道，並加以實踐運用。

14【明察秋毫】ㄇㄧㄥˊ ㄔㄚˊ ㄑㄧㄡ ㄏㄠˊ
眼力能看清秋天走獸新長的細毛。比喻觀察入微。

16【明儒學案】ㄇㄧㄥˊ ㄖㄨˊ ㄒㄩㄝˊ ㄢˋ
'清''黃宗羲'撰，六十二卷。分辨'明代'學術宗派的分合傳承，各立學案。每案皆先列學者小傳，次錄其文集、語錄的精要語。為研究'明代'學術史必備的參考資料。

17【明禮尚義】ㄇㄧㄥˊ ㄌㄧˇ ㄕㄤˋ ㄧˋ
明曉禮儀，崇尚正義。

19【明鏡高懸】ㄇㄧㄥˊ ㄐㄧㄥˋ ㄍㄠ ㄒㄩㄢˊ
比喻官吏清廉，斷案公正。參秦鏡高懸。

23【明顯成本】ㄇㄧㄥˊ ㄒㄧㄢˇ ㄔㄥˊ ㄅㄣˇ
(explicit cost)又稱會計成本(accounting cost)。指從事任何財貨或勞務生產時所需的成本。如僱用他人擁有的生產要素或中間投入所需負擔的代價、一切設備折舊和租稅等費用。

【明體達用】ㄇㄧㄥˊ ㄊㄧˇ ㄉㄚˊ ㄩㄥˋ
掌握原則，能夠靈活運用。

28【明豔照人】ㄇㄧㄥˊ ㄧㄢˋ ㄓㄠˋ ㄖㄣˊ
明亮豔麗，耀人眼目。常形容女子或景色的美麗。

6【明夷待訪錄】ㄇㄧㄥˊ ㄧˊ ㄉㄞˋ ㄈㄤˇ ㄌㄨˋ
'清''黃宗羲'撰，一卷，二十一篇。取"周易""明夷"卦為名。書中論治國的方法，提倡民貴君輕的民主思想。

11【明細分類帳】ㄇㄧㄥˊ ㄒㄧˋ ㄈㄣ ㄌㄟˋ ㄓㄤˋ
(subsidiary ledger)總分類帳中，每科目的餘額係代表該科目的總額，例如應收帳款餘額100,000元，為所有賒銷顧客所欠帳款之和，至於每一顧客所欠的金額則無法得知，在此種情形下，可另設一以顧客為單位的帳簿，分別記載每一顧客往來的資料及其所欠的餘額，以輔助總分類帳的不足，此種帳簿即稱為明細分類帳。一般常見的明細分類帳有應收帳款、應付帳款及存貨等。

5【明尼蘇達多相人格測驗】ㄇㄧㄥˊ ㄋㄧˊ ㄙㄨ ㄉㄚˊ ㄉㄨㄛ ㄒㄧㄤ ㄖㄣˊ ㄍㄜˊ ㄘㄜˋ ㄧㄢˋ
(Minnesota multiphasic personality inventory；MMPI)自陳法人格測驗之一。西元1943年由'美國''明尼蘇達大學'(University of Minnesota)教授'郝茲威'(S. R. Hathaway)與'莫鏗利'(J. C. Mckinley)二氏編製完成。題目多達550個，按性質區分為26類，且包括9個基本量表，可測得多方面之人格特質，信度與效度也高於一般人格測驗。

昀
ㄩㄣˊ yün^2 音勻
日光。見"集韻"。

易
ㄧˋ i^4 音異
①蜥蜴。見"說文"。②改變。如：改易。③交換；交易。如：以貨易貨。④書名。"周易"的簡稱。⑤簡單。如：知難行易。⑥和悅。如：平易近人。⑦平和坦然。如：君子居易以俟命。⑧輕侮。⑨姓。'晉'有'易雄'。見"萬姓統譜·一二一"。

8【易姓】ㄧˋ ㄒㄧㄥˋ
①改朝換代。②改換姓氏。

11【易理】ㄧˋ ㄌㄧˇ
"易經"的道理。

17【易簀】ㄧˋ ㄗㄜˊ
更換竹席。指病重將死。

18【易轍】ㄧˋ ㄓㄜˊ
更換行車路線。比喻改變行事的方法。

2【易卜生】ㄧˋ ㄅㄨˇ ㄕㄥ
(Henrik Ibsen, 1828～1906)'挪威'詩人、劇作家。為現代寫實劇的創始人。早期劇作偏向浪漫主義色彩，旅居國外的二十多年間創作許多傑出的寫實劇，如"社會棟梁"(*Pillars of Society*)、"傀儡家庭"(*A Doll's House*)、"國民公敵"(*An Enemy of the People*)等，強烈而深刻地批判社會問題，頗獲世界聲望，對近代戲劇的發展產生很大影響。

易卜生像

5【易北河】 ㄧˋ ㄅㄟˇ ㄏㄜˊ
(Elbe R.)'德國'中部的水運動脈。源於'捷克'西部,匯合'波希米盆地'(Bohemia Basin)內各河,流入'德'境,西北注入'北海',全長1,100公里,大海輪可直抵'漢堡'。爲中、南、北'歐'間往來的天然孔道,號稱「易北河走廊」。沿岸農、工業發達,要港有'德勒斯登'(Dresden)、'漢堡'、'馬德堡'(Magdeburg)及'土高'(Torgau)。

12【易筋經】 ㄧˋ ㄐㄧㄣ ㄐㄧㄥ
我國古代的健身術。能改變筋骨力氣。

3【易子而食】 ㄧˋ ㄗˇ ㄦˊ ㄕˊ
交換子女來煮食充飢。形容戰亂或天災的嚴重。

【易子而教】 ㄧˋ ㄗˇ ㄦˊ ㄐㄧㄠˋ
彼此交換子女以施教。

5【易以訓誡】 ㄧˋ ㄧˇ ㄒㄩㄣˋ ㄐㄧㄝˋ
受拘役或罰金之宣告,而犯罪動機在公益或道義上顯可宥恕者,得易以訓誡。被告僅須受拘役或罰金之宣告,至於所犯之罪的最重本刑縱較拘役或罰金爲重,則在所不問。是否易以訓誡,裁判官有自由裁量權;訓誡之方式,由檢察官斟酌情形,以言詞或書面爲之。易以訓誡執行完畢者,其所受拘役或罰金之宣告以已執行論。

6【易如反掌】 ㄧˋ ㄖㄨˊ ㄈㄢˇ ㄓㄤˇ
如同把手掌翻過來一樣容易。形容事情極爲容易。

8【易事難說】 ㄧˋ ㄕˋ ㄋㄢˊ ㄩㄝˋ
容易事奉,而難以取悅。

【易服勞役】 ㄧˋ ㄈㄨˊ ㄌㄠˊ ㄧˋ
罰金應於裁判確定後兩個月內完納,期滿不完納者,強制執行,其無力完納者,易服勞役。如要件具備,裁判官並無自由裁量權,必得易服勞役。其折算標準依"戡亂時期罰金罰鍰提高標準條例"第二條之規定,乃就其原定數額提高十倍折算。易服勞役之期限不得逾六個月,如罰金總額折算逾六個月者,以罰金總額與六個月之日數比例折算。易服勞役完畢者,其所宣告之罰金刑以已執行論。

9【易科罰金】 ㄧˋ ㄎㄜ ㄈㄚˊ ㄐㄧㄣ
犯最重本刑爲三年以下有期徒刑以下之刑之罪,而受六個月以下有期徒刑或拘役之宣告,因身體、教育、職業或家庭之關係,執行顯有困難者,得易科罰金。是否易科罰金由裁判官自由裁量。易科標準依"戡亂時期罰金罰鍰提高標準條例"第二條之規定,提高爲原定數額十倍折算一日。易科罰金執行完畢者,其所受宣告之刑以已執行論。但被告雖受罰金之執行,本質上仍爲有期徒刑或拘役之執行,故仍有成立累犯之可能。

11【易貨貿易】 ㄧˋ ㄏㄨㄛˋ ㄇㄠˋ ㄧˋ
(barter trade)指同額不同貨品的直接交換,其間沒有貨幣的移轉或交流。即一方出售貨品,換回他方貨品的交易,所以又稱爲以貨易貨貿易。例如'美國'甲公司與'波蘭'乙公司訂立爲期兩年的契約,據此,甲公司每年裝運十萬噸的磷酸鹽至'波蘭',以交換乙公司每年五萬噸的液體硫磺,就是易貨貿易。

【易逢巴圖塔】 ㄧˋ ㄈㄥˊ ㄅㄚ ㄊㄨˊ ㄊㄚˇ
(Ibn Baṭṭūṭah, 1304~1368?)中世紀'阿拉伯'旅行家。自西元1325年開始出遊,25年內走了大約120,700公里,曾到過東'非'沿岸、'巴勒斯坦'、'敘利亞'、'拜占庭'、'小亞細亞'、'南俄羅斯'、'美索不達米亞'、'波斯'、'印度'、'錫蘭'、'馬爾代夫島'(Maldive Is.)、'馬來亞'、'蘇門答臘',以及'中國'等地。1349年在北'非'略事休息之後,又再出遊至'西班牙'南部的'格拉那達'(Granada)、西'非'和中'非'西岸。曾奉'印度''德里'蘇丹之命到'中國'來。其著名遊記"里克拉"(Riḥlah),即爲各地風土人情的寫眞,直到十九世紀中期才漸受重視。

昒 ㄏㄨ hu¹ 音忽
天將亮而還不十分亮的時候。一作曶。見"說文"。

昇 ㄕㄥ shêng¹ 音升
1太陽升起。見"廣韻"。2登進;上進。也作升。如:擢昇。3姓。'宋'有'昇元中'。見"萬姓統譜·五七"。

4【昇天】 ㄕㄥ ㄊㄧㄢ
又作升天。1飛昇登天。2諱稱人死。

12【昇華】 ㄕㄥ ㄏㄨㄚˊ
(sublimation) 1防衛機構的一種。係將不爲社會所接受的動機或慾望改以較高境界表達,而符合社會標準。2固態晶體溫度在三態點以下時,吸熱會直接轉變成氣態的相變過程。單位質量之物體昇華所需的熱量稱爲昇華熱。

5【昇平世】 ㄕㄥ ㄆㄧㄥˊ ㄕˋ
"公羊"學派解釋"春秋"的理論。指進升於平治之世的階段。參三世2。

昂 ㄤˊ ang² 音卬
1仰起;高舉。見"廣韻"。2高。如:左昂右低。

12【昂揚】 ㄤˊ ㄧㄤˊ
激昂奮發。

【昂貴】 ㄤˊ ㄍㄨㄟˋ
物價貴,不便宜。

【昂然】 ㄤˊ ㄖㄢˊ
1神采飛揚的樣子。2高傲不屈的樣子。

18【昂藏】 ㄤˊ ㄘㄤˊ
1山石高聳的樣子。2形容人的器宇軒昂。

昕 ㄒㄧㄣ hsin¹ 音新
1清早;太陽將出的時候。見"說文"。2鮮明;明亮。

3【昕夕】 ㄒㄧㄣ ㄒㄧˋ
朝夕。

昈 ㄏㄨˋ *hu*^{4} 音戶
[1]明白。[2]有光彩的樣子。

旹 時的古文。

曶 昒的或體。

昏 ㄏㄨㄣ *hun*^{1} 音婚
[1]天將黑的時候。見“說文”。[2]目不明。如：老眼昏花。[3]愚昧糊塗。如：昏庸。[4]混亂。[5]失去知覺。如：昏迷。[6]結婚。通婚。

8【昏花】ㄏㄨㄣ ㄏㄨㄚ
眼睛發花，視力模糊。

9【昏昧】ㄏㄨㄣ ㄇㄟˋ
糊塗無知。

10【昏迷】ㄏㄨㄣ ㄇㄧˊ
[1]糊塗而不明事理。[2]失去知覺，神志不清。

【昏眩】ㄏㄨㄣ ㄒㄩㄢˋ
昏花迷亂。

11【昏庸】ㄏㄨㄣ ㄩㄥ
糊塗愚昧。

12【昏黃】ㄏㄨㄣ ㄏㄨㄤˊ
暗淡的黃色。多用以形容暮色或微弱的燈光。

17【昏聵】ㄏㄨㄣ ㄎㄨㄟˋ
愚昧不明。

4【昏天黑地】ㄏㄨㄣ ㄊㄧㄢ ㄏㄟ ㄉㄧˋ
[1]天地昏暗，不辨方向。[2]形容政治黑暗。

8【昏定晨省】ㄏㄨㄣ ㄉㄧㄥˋ ㄔㄣˊ ㄒㄧㄥˇ
晚上整理床席，早晨探視問安。是古時子女早晚向父母請安的禮節。

5

昶 ㄔㄤˇ *ch'ang*^{3} 音敞
[1]白晝的時間長。見“說文新附”。[2]舒暢。通暢。見“廣韻”。

春 ㄔㄨㄣ *ch'un*^{1} 音椿
[1]農曆的正月至三月。[2]東方。[3]年歲。如：二十春。[4]比喻生意、生機。如：妙手回春。[5]酒。見“正字通”。

4【春分】ㄔㄨㄣ ㄈㄣ
[1](vernal equinox)一年中太陽射線直射赤道的時刻。就北半球言，介於冬至和夏至之間，地球在其公轉軌道的位置，於每年三月二十一日或前後，地軸均不傾向太陽，故太陽直射赤道，各地晝夜平分。[2]農曆二十四節氣之一。在國曆三月二十一日或前後。

6【春色】ㄔㄨㄣ ㄙㄜˋ
[1]春天的景色。[2]形容臉上的喜氣。

7【春作】ㄔㄨㄣ ㄗㄨㄛˋ
春耕。

9【春秋】ㄔㄨㄣ ㄑㄧㄡ
[1]一年；四季。[2]指年齡。如：春秋已高。[3]古時編年體史書的通稱。[4]‘春秋’‘魯國’史書名。[5]‘孔子’撰。以‘魯國’爲中心，記‘魯隱公’元年至‘魯哀公’十四年，凡二百四十二年的各國史事，爲我國最早的編年史書。[6](前722～前481)‘東周’前期。因‘孔子’作“春秋”而得名。起自‘魯隱公’元年(‘周平王’四十九年)，終於‘魯哀公’十四年(‘周敬王’三十九年)。是時，‘周’室衰微，諸侯爭霸，封建及宗法制度均遭破壞，戎狄亦乘機而起。

【春信】ㄔㄨㄣ ㄒㄧㄣˋ
春的消息。

10【春酒】ㄔㄨㄣ ㄐㄧㄡˇ
[1]酒名。冬製春熟的酒。一說春製冬熟的酒。[2]俗稱新年所喝的酒。

11【春祭】ㄔㄨㄣ ㄐㄧˋ
古代天子、諸侯在春日祭祀宗廟。

13【春試】ㄔㄨㄣ ㄕˋ
指科舉時代的會試。自‘宋’至‘清’，由禮部主持的會試都在春天二月舉行，故名。

【春暉】ㄔㄨㄣ ㄏㄨㄟ
[1]春陽；春天溫和的陽光。[2]比喻母親養育子女的恩情。

【春節】ㄔㄨㄣ ㄐㄧㄝˊ
[1]春季；春天的節序。[2]古以立春後爲春節。‘民國’改用陽曆，以農曆元旦爲春節。

16【春霖】ㄔㄨㄣ ㄌㄧㄣˊ
春雨。

17【春聯】ㄔㄨㄣ ㄌㄧㄢˊ
農曆新年用紅紙寫吉利話的對聯。貼於大門的兩邊，又叫門聯。

5【春申君】ㄔㄨㄣ ㄕㄣ ㄐㄩㄣ
(?～前238)‘戰國’四公子之一。‘楚’相‘黃歇’的封號。‘頃襄王’時任左徒，有口辯，出使於‘秦’，止‘秦’之攻；‘考烈王’即位，任令尹，曾救‘趙’卻‘秦’，攻滅‘魯國’。爲‘楚’相二十五年，食客三千人。

4【春化處理】ㄔㄨㄣ ㄏㄨㄚˋ ㄔㄨˇ ㄌㄧˇ
也稱催花處理。指在播種或栽植前，對作物的種子或球根等施以特種溫度的處理，以縮短作物的生育期，提早開花結果。

6【春光外洩】ㄔㄨㄣ ㄍㄨㄤ ㄨㄞˋ ㄒㄧㄝˋ
美麗的春景顯露在外。後用以比喻男女戀情被人所知。

【春光明媚】ㄔㄨㄣ ㄍㄨㄤ ㄇㄧㄥˊ ㄇㄟˋ
春天景象亮麗可愛。

【春色惱人】ㄔㄨㄣ ㄙㄜˋ ㄋㄠˇ ㄖㄣˊ
[1]形容春天景色迷人。[2]比喻難耐女色的誘惑。

【春色無邊】ㄔㄨㄣ ㄙㄜˋ ㄨˊ ㄅㄧㄢ
形容春天的美景無限。

8【春祈秋報】ㄔㄨㄣ ㄑㄧˊ ㄑㄧㄡ ㄅㄠˋ
春天祈求豐年，秋天報答神功。指社祭。

【春和景明】ㄔㄨㄣ ㄏㄜˊ ㄐㄧㄥˇ ㄇㄧㄥˊ
春天氣候溫和晴朗。

9【春秋三傳】ㄔㄨㄣ ㄑㄧㄡ ㄙㄢ ㄓㄨㄢˋ
指“左傳”、“公羊傳”、“穀梁傳”。

【春秋大刀】ㄔㄨㄣ ㄑㄧㄡ ㄉㄚˋ ㄉㄠ
又名青龍刀。長柄，刀身寬長厚重。以‘關雲長’之「青龍偃月刀」最爲有名,故亦稱'關王'刀。

【春秋大義】 ㄔㄨㄣ ㄑㄧㄡ ㄉㄚˋ ㄧˋ
"春秋"經所顯示的原則和道理。

【春秋斧鉞】 ㄔㄨㄣ ㄑㄧㄡ ㄈㄨˇ ㄩㄝˋ
指"春秋"經嚴厲的褒貶筆法,比斧鉞刑罰還有威力。

【春秋筆法】 ㄔㄨㄣ ㄑㄧㄡ ㄅㄧˇ ㄈㄚˇ
指寓含褒貶及大義的言論。

【春秋鼎盛】 ㄔㄨㄣ ㄑㄧㄡ ㄉㄧㄥˇ ㄕㄥˋ
正當壯盛之年。

【春秋繁露】 ㄔㄨㄣ ㄑㄧㄡ ㄈㄢˊ ㄌㄨˋ
'漢''董仲舒'撰,十七卷。用"公羊"學說及陰陽五行來解釋"春秋",以自然附會人事,建立天人感應說,使帝王權力有理論上的依據。後人多懷疑此書非'董'氏所作。

【春風化雨】 ㄔㄨㄣ ㄈㄥ ㄏㄨㄚˋ ㄩˇ
和煦的春風和化生萬物的及時雨。比喻師教的溫煦及時。

【春風得意】 ㄔㄨㄣ ㄈㄥ ㄉㄜˊ ㄧˋ
指在官場、考場或其他方面如願以償。

12【春華秋實】 ㄔㄨㄣ ㄏㄨㄚ ㄑㄧㄡ ㄕˊ
春天的花朵和秋天的果實。比喻人的文采和品德。

14【春誦夏弦】 ㄔㄨㄣ ㄙㄨㄥˋ ㄒㄧㄚˋ ㄒㄧㄢˊ
春天誦讀詩書,夏天學習奏樂。泛指學習詩歌。

【春夢無痕】 ㄔㄨㄣ ㄇㄥˋ ㄨˊ ㄏㄣˊ
比喻世事變幻無常,不留痕跡。

21【春露秋霜】 ㄔㄨㄣ ㄌㄨˋ ㄑㄧㄡ ㄕㄨㄤ
[1]指對祖先的歲時祭祀。[2]春露滋潤,秋霜肅殺。比喻恩澤與威嚴。

6【春江花月夜】 ㄔㄨㄣ ㄐㄧㄤ ㄏㄨㄚ ㄩㄝˋ ㄧㄝˋ
樂府'吳'聲歌曲。原曲詞調俱亡。'隋煬帝'及'唐''張若虛'均曾擬題而作,有"春江花月夜詩"傳世。

10【春宵一刻值千金】 ㄔㄨㄣ ㄒㄧㄠ ㄧ ㄎㄜˋ ㄓˊ ㄑㄧㄢ ㄐㄧㄣ
形容歡樂時辰非常珍貴。

昬 昏的或體。

昼 晝的俗體。

昚 慎的古文。

昱 ㄩˋ *yü*^{4} 音育
[1]明亮。見"說文"。[2]明日;明天。如:昱日。

昡 ㄒㄩㄢˋ *hsüan*^{4} 音眩
[1]日光。見"集韻"。[2]迷惑。也作眩、炫。

昧 ㄇㄟˋ *mei*^{4} 音妹
[1]昏暗。見"說文"。[2]愚蠢。如:愚昧。[3]目不明;看不清楚。[4]欺騙;蒙蔽。如:昧心。[5](mega)代號爲M。國際通用倍數譯音,爲10^6,或稱百萬。

5【昧旦】 ㄇㄟˋ ㄉㄢˋ
天將明而未明的時候。即黎明。

6【昧死】 ㄇㄟˋ ㄙˇ
冒昧而不避死罪。'秦''漢'時群臣上書帝王常用的謙辭。

11【昧理】 ㄇㄟˋ ㄌㄧˇ
不明白道理。

【昧爽】 ㄇㄟˋ ㄕㄨㄤˇ
天將亮而未亮時。

昩 ㄇㄛˋ *mo*^{4} 音末
正午日光不亮。見"廣韻"。

昰 是的本字。

昲 ㄈㄟˋ *fei*^{4} 音費
曬乾物品。見"方言・一〇"。

昺 ㄅㄧㄥˇ *ping*^{3} 音丙
光明;顯著。也作昞、炳。

昞 昺的或體。

昵 ㄋㄧˋ *ni*^{4} 音匿
親暱。如:昵友。

是 ㄕˋ *shih*^{4} 音市
[1]正確。非的反義詞。如:是非不分。[2]認爲正確。如:是其所是。[3]此;這個。如:是乃仁術也。[4]爲。如:問今是何世。[5]雖然。[6]只。[7]凡是;所有。[8]助詞。無義。如:馬首是瞻。

8【是非曲直】 ㄕˋ ㄈㄟ ㄑㄩ ㄓˊ
指事情的是或不是。

9【是是非非】 ㄕˋ ㄕˋ ㄈㄟ ㄈㄟ
[1]判別事情的是非。[2]形容事情錯綜複雜,難以明辨是非。

昭 ㄓㄠ *chao*^{1} 音招
[1]光明。見"說文"。[2]顯著;顯明。如:昭彰。[3]醒覺。如:昭蘇。[4]明白;表白。如:昭大信於天下。[5]姓。'戰國'有'昭奚恤'。見"萬姓統譜・三〇"。

5【昭代】 ㄓㄠ ㄉㄞˋ
政教清明的時代。古代官吏贊頌本朝之稱。

11【昭雪】 ㄓㄠ ㄒㄩㄝˇ
洗清冤枉,使是非大白於世。

14【昭彰】 ㄓㄠ ㄓㄤ
明顯;顯著。也作昭章。

16【昭穆】 ㄓㄠ ㄇㄨˋ
即左昭右穆。古代宗法制度,重視人倫尊卑次序,故死後宗廟或墓地都依輩分高低排列:始祖居中,其兩側依左昭右穆的順序分列後代的祖先。後引申泛指家族的輩分。

8【昭披耶河】 ㄓㄠ ㄆㄧ ㄧㄝ ㄏㄜˊ
(Chao Phraya R.)縱貫'泰國'的河川。舊譯'湄南河'(Menam R.)。源於'泰國'北部山地,南流注入'暹羅灣'(G. of Siam)。全長1,200公里,海輪可抵'曼谷'。灌溉、航行均便;水量季節變化大,易氾濫。

【昭明文選】 ㄓㄠ ㄇㄧㄥˊ ㄨㄣˊ ㄒㄩㄢˇ
'梁''昭明太子'編,三十卷。選錄先'秦'至'梁'的各體詩文,分三十八類,是現存最早的詩文總集。

【昭明太子】 ㄓㄠ ㄇㄧㄥˊ ㄊㄞˋ ㄗˇ
即'蕭統'。參蕭統。

9【昭宣之治】 ㄓㄠ ㄒㄩㄢ ㄓ ㄓˋ
'西漢''昭帝'時'霍光'輔政,輕徭薄賦,寧邊息民,'武帝'時代耗用幾盡的國力日漸恢復。'宣帝'繼位後,仍委政於‘霍光’,‘光’死始親政。‘宣帝’因遭巫蠱之禍,自幼流落民間,深知民間疾苦及吏治得失,故親政後勵精圖治,信用賢臣良吏,務使久於其任;好‘申’‘韓’之術,多任用文法之吏,然亦兼用儒臣以濟其偏,故政治不迂緩、不慘酷,與‘昭帝’時代並爲‘文’‘景’以後‘漢朝’的盛世,史稱‘昭’‘宣’之治。

昜 ㄧㄤˊ *yang*² 音陽
雲開見日。對侌而言。通作陽。見“說文”。

昦 ㄏㄠˋ *hao*⁴ 音皓
元氣博大。同昊。見“說文”。

映 ㄧㄥˋ *ying*⁴ 音應
照射。如:照映。

10【映射】 ㄧㄥˋ ㄕㄜˋ
(mapping)參函數。

11【映雪】 ㄧㄥˋ ㄒㄩㄝˇ
夜間藉著雪光讀書。指刻苦求學。

13【映照】 ㄧㄥˋ ㄓㄠˋ
照射。

21【映襯】 ㄧㄥˋ ㄔㄣˋ
修辭格的一種。將兩種不同的,尤其是相反的事實或觀念,互相並列、對照,使語氣增強、語義更明顯的修辭法。例如“詩·小雅·采薇”:「昔我往矣,楊柳依依;今我來思,雨雪霏霏。」藉季節變遷、人事變化的對比,把征人久役於外的寂寞悲傷表露無遺。映襯又分反襯、對襯和雙襯三種。

14【映像管】 ㄧㄥˋ ㄒㄧㄤˋ ㄍㄨㄢˇ
(picture tube)又稱陰極射線管(CRT)。主要功用在於將影像信號變換成明暗不同的圖像。其結構大致包括垂直偏向與水平偏向電路、電子鎗等。

昷 昷的俗體。

𣅜 昢的或體。

昢 ㄆㄛˋ *p'o*⁴ 音迫
日月始出,光線微弱的樣子。見“字彙”。

昪 ㄅㄧㄢˋ *pien*⁴ 音變
1喜樂。通忭。見“說文”。2陽光明亮。見“玉篇”。

星 ㄒㄧㄥ *hsing*¹ 音興
1宇宙中天體的泛稱。包括恆星、行星、衛星及流星。一般則稱天空中太陽、月球以外的發亮光點爲星。2二十八宿之一。參星宿2。3細碎;細碎的。如:一星半點。4古代婦女面上裝飾的花點。5秤桿上記數的識點。6兩以下的單位。銀子一錢叫一星。7姓。‘晉’有‘星重’。見“萬姓統譜·五五”。

6【星色】 ㄒㄧㄥ ㄙㄜˋ
(color of stars) 恆星的顏色。恆星因其表面溫度不同而有不同的顏色:藍色星(O、B型)溫度最高,達 35,000～15,000°K,藍白色星(A型)約 10,000°K,白色星(F型)爲 7,500°K,黃色星(G型)約 6,000°K,橙色星(K型)約 4,500°K,紅色星(M型)爲 3,000～2,000°K。

7【星辰】 ㄒㄧㄥ ㄔㄣˊ
1眾星的總稱。2歲月;光陰。

【星系】 ㄒㄧㄥ ㄒㄧˋ
(galaxies) 由幾十億至幾千億顆恆星和星際物質組成的龐大天體系統。包括恆星、星團、星雲、星塵、氣體等。現已知的星系有五億以上。太陽所在的星系稱爲銀河系,其他的稱爲河外星系。按照形態來分,星系大致可分爲橢圓星系、旋渦星系、棒旋星系、透鏡星系和不規則星系五類。

8【星夜】 ㄒㄧㄥ ㄧㄝˋ
有星光的夜晚。

9【星紀】 ㄒㄧㄥ ㄐㄧˋ
相當於二十八宿的斗、牛、女三宿。自斗宿十二度至女宿七度。以十二辰言,屬丑;以分野言,當‘吳’、‘越’;以節氣言,值大雪、冬至;以黃道十二宮言,相當於摩羯宮;以星座言,相當於人馬、摩羯、寶瓶三座。

10【星座】 ㄒㄧㄥ ㄗㄨㄛˋ
(constellation) 人們爲了便於認識星體,將肉眼可見的恆星按照它們在天球上的視位置分爲若干區域,並連結成各種想像的圖形,稱爲星座。現在世界通行的星座區分法,是‘國際天文學聯合會’於西元 1928 年所頒行,分全天爲 88 個星座,各有其名稱及邊界。大致來說,北天星座的命名多與‘巴比倫’、‘希臘’神話有關,南天星座則多與航海有關。我國古代對星空的劃分,主要分爲三垣和二十八宿。

11【星宿】 ㄒㄧㄥ ㄒㄧㄡˋ
1泛稱我國星座或星星。2二十八宿之一。南方朱雀七宿的第四宿。主要有七星,皆屬長蛇座,依次爲長蛇座 α、τ_1、τ_2、ι、27、26、GC13148。此外,天相、天稷、軒轅、內平等星也歸入星宿。

12【星雲】 ㄒㄧㄥ ㄩㄣˊ
(nebula) 指在太陽系以外、銀河系中由星際空間的氣體及塵埃匯聚而成的雲氣狀天體。形狀不規則。若其中有亮星照耀,則成爲可見的亮星雲,如獵戶座大星雲;否則爲暗星雲,暗星雲有時由於背景亮星雲的襯托而被發現,如獵戶座馬頭暗星雲。此外,某些河外星系由於其外觀類似星雲,有時也會被人視爲星雲,例如仙女座星系,從前即習稱爲仙女座大星雲。

【星等】 ㄒㄧㄥ ㄉㄥˇ
(magnitude) 按照星體的相對亮度而分成的等級。數值越小的亮度越大。自二千多年以前,‘希臘’天文學家‘喜帕卡斯’(Hipparchus) 將肉眼可見的星按感覺的亮度分爲六等,一直爲後世沿用;近代天文學家發現,一等星的亮度爲六等星的100倍,因而算出每等之間亮度的比率，並擴展爲一個系統化的標準。即一等星比二等星亮2.512倍，二等星比三等星亮2.512倍，依次類推。目前用最大的天文望遠鏡可看到18等星，用照相的方法可拍到23.5等星。

【星象】 ㄒㄧㄥ ㄒㄧㄤˋ
星宿運行和明暗變化等現象。古代術數家都用來推測禍福、解釋吉凶。

14【星際】 ㄒㄧㄥ ㄐㄧˋ
星球與星球之間。

【星團】 ㄒㄧㄥ ㄊㄨㄢˊ
(star cluster) 許多恆星結成小集團，叫做星團。同一星團中的恆星彼此間有力學的關係，並且有共同的物理特性。依其結構主要可分爲兩種：一、疏散星團，由千百顆恆星集聚而成，組織散漫，用望遠鏡或肉眼觀察可個別分辨出，如金牛座的昴宿星團。二、球狀星團，組織緊密，群星集中，像一個大球，如武仙座球狀星團。

【星圖】 ㄒㄧㄥ ㄊㄨˊ
(star map；star atlas)表示恆星在天球上的視位置及亮度的圖。星圖是依各恆星的赤經、赤緯及亮度，分南北天及赤道各部分繪製而成，然後合併各部分而成爲全天星圖。

7【星形線】 ㄒㄧㄥ ㄒㄧㄥˊ ㄒㄧㄢˋ
(asteroid) 動圓半徑等於定圓半徑 1/4 的圓內擺線。方程式爲$x\frac{2}{3}+y\frac{1}{3}=R\frac{2}{3}$；其參數方程式爲 $x=4r\cos^3\varphi=R\cos^3\varphi$，$y=4r\sin^3\varphi=R\sin^3\varphi$，式中$R$爲大圓半徑，$r$爲小圓半徑。

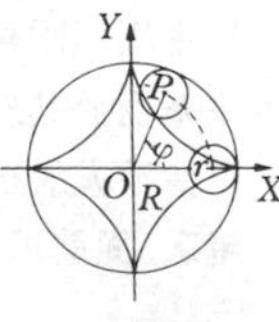

星形線圖

【星位角】 ㄒㄧㄥ ㄨㄟˋ ㄐㄧㄠˇ
(parallactic angle) 又稱極頂夾角。通過天體及兩極之大圈與通過天體之垂直圈所形成的夾角。

11【星接法】 ㄒㄧㄥ ㄐㄧㄝ ㄈㄚˇ
(star connection) 取出三相交流電力的接線法之一。又稱Y接法。如圖所示。參三相交流。

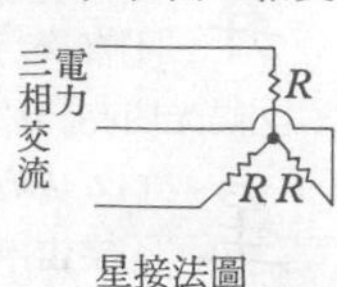

星接法圖

12【星象學】 ㄒㄧㄥ ㄒㄧㄤˋ ㄒㄩㄝˊ
(astrometry)又稱天體測量學或位置天文學。是一門測量天體之位置、視行、距離、大小等的科學。

3【星子假說】 ㄒㄧㄥ ㄗˇ ㄐㄧㄚˇ ㄕㄨㄛ
(planetesimal hypothesis)有關太陽系起源的一種假說。舊稱微星假說(pint-size star hypothesis)。由'美國'地質學家'詹柏麟'(T.C. Chamberlin)於西元1900年提出，後由天文學家'莫耳頓'(F.R. Moulton)加以修訂。他們認爲當初有一星球經過太陽附近，造成劇烈的日珥活動，而噴出許多氣體物質，在太陽周圍逐漸結成固態質點，稱爲星子，然後再因重力作用聚合成行星或衛星。

4【星火燎原】 ㄒㄧㄥ ㄏㄨㄛˇ ㄌㄧㄠˊ ㄩㄢˊ
比喻細小的事情足以釀成大禍。

11【星移斗轉】 ㄒㄧㄥ ㄧˊ ㄉㄡˇ ㄓㄨㄢˇ
眾星與北斗星的位置已經轉變。①比喻一夜將盡。②比喻光陰流轉。

12【星雲假說】 ㄒㄧㄥ ㄩㄣˊ ㄐㄧㄚˇ ㄕㄨㄛ
(nebular hypothesis)有關太陽系起源的一種假說。認爲太陽系的一切天體均由同一原始星雲逐漸凝聚而成。由'德國'哲學家'康德'於西元1755年提出，'法'人'拉普拉斯'(Laplace)於1796年加以修訂，謂星雲自高溫冷縮，發生旋轉變扁，因離心力而產生行星。

14【星際戰爭】 ㄒㄧㄥ ㄐㄧˋ ㄓㄢˋ ㄓㄥ
(star war)在太空中利用雷射光電等尖端科技武器，擊潰敵國衛星或洲際飛彈等的戰爭方式。

19【星羅棋布】 ㄒㄧㄥ ㄌㄨㄛˊ ㄑㄧˊ ㄅㄨˋ
繁星散列夜空，棋子分布棋盤。比喻布列繁密。

昳 ㊀ ㄉㄧㄝˊ tieh^2 音蝶
午後日偏斜。見"說文"。
㊁ ㄧˋ i^4 音亦
美好；明豔。

19【昳麗】 ㄧˋ ㄌㄧˋ
明豔美麗。

昨 ㄗㄨㄛˊ tso^2, tsuo^2 音筰
①隔日；今天的前一天。見"廣韻"。②往昔。見"正字通"。

昫 ㄒㄩˇ hsü^3 音許
日光溫暖。通煦。見"說文"。

昴 ㄇㄠˇ mao^3 音卯
星宿名。二十八宿之一。參昴宿。

11【昴宿】 ㄇㄠˇ ㄒㄧㄡˋ
二十八宿之一。西方白虎的第四宿。主要有七星，皆屬金牛座，依次爲金牛座第17、19(q)、21、20、23、25(η)、27號星。由於七星聚在一起，俗稱七姊妹星團 (Seven Sisters)，又名昴星團(Pleiades)。星團中有六顆星肉眼可見，亮度2.87～4.31等。其實昴星團由數百顆恆星所組成，距地球約400光年。此外，天阿、月、天陰、芻藁、天苑、卷舌、天讒、礪石等星也都歸入昴宿。

昝 ㄗㄢˇ tsan^3 音攢
姓。'晉'有'昝堅'。見"晉書·桓溫傳"。

6

晋 晉的俗體。

晉 ㄐㄧㄣˋ chin^4 音進
①進。見"說文"。②"易"卦名。六十四卦之一。坤下離上。③'周'侯國名。'周成王'封其弟'叔虞'於'唐'，南臨'晉水'，

晉卦圖

‘叔虞’子‘燮父’因改國號爲‘晉’。據有今‘山西省’大部與‘河北省’西南一帶，跨‘黃河’兩岸。後爲‘韓’、‘趙’、‘魏’三家所瓜分。④朝代。⑴(265～420)‘司馬昭’滅‘蜀’，子‘司馬炎’簒‘魏’、滅‘吳’所建。分爲‘西晉’與‘東晉’。參西晉、東晉。⑵五代之一。‘石敬瑭’滅‘後唐’所建。即‘後晉’。參後晉。⑤‘山西省’的簡稱。⑥姓。‘漢’有‘晉賓’。見“萬姓統譜·九九”。

10【晉書】ㄐㄧㄣˋ ㄕㄨ
二十五史之一。‘唐’‘房玄齡’等撰，一百三十卷。此書與其他各史最大的不同是於紀、表、志、傳之外另創載記。載記的體裁爲本紀及列傳的混合體，記載王室以外諸國；以所記諸國既非正統，又非中國政令所及，故稱爲載記，以別於正統王朝的本紀及諸侯的世家。

4【晉文公】ㄐㄧㄣˋ ㄨㄣˊ ㄍㄨㄥ
(?～前628)‘春秋’‘晉國’國君。名‘重耳’。‘獻公’的兒子。‘獻公’晚年，寵愛‘驪姬’，殺世子‘申生’，‘重耳’出亡，在外十九年，直至‘周襄王’十六年(前636)，獲‘秦穆公’之助回國即位。其後平定‘周’王子‘帶’之亂，並救‘宋’敗‘楚’，成爲諸侯霸主。在位九年。

【晉元帝】ㄐㄧㄣˋ ㄩㄢˊ ㄉㄧˋ
(276～322)即‘司馬睿’。字‘景文’。‘司馬懿’的曾孫。襲封‘琅邪王’。曾任‘安東’將軍，鎮守‘建鄴’。‘建武’元年(317)，‘愍帝’被弒，次年，‘王導’等擁立他即位，偏安‘江’左，史稱‘東晉’。後因‘王敦’反叛，憂憤而死。

10【晉乘楚杌】ㄐㄧㄣˋ ㄕㄥˋ ㄔㄨˇ ㄨˋ
指各種不同的史書。“乘”，‘晉國’的史書；“檮杌”，‘楚國’的史書。

晏 ㄧㄢˋ yen^4 音燕
①清朗。見“說文”。②晚；遲。見“小爾雅·廣言”。③安和。如：海內晏然。④姓。‘春秋’‘齊’有‘晏嬰’。見“史記·管晏傳”。

6【晏如】ㄧㄢˋ ㄖㄨˊ
安然；平安無事。

10【晏殊】ㄧㄢˋ ㄕㄨ
(991～1055)‘北宋’‘臨川’(今‘江西’‘臨川’)人，字‘同叔’。‘仁宗’時任集賢殿學士、同平章事兼樞密使。喜獎拔人才，一時名士如‘范仲淹’、‘歐陽脩’、‘王安石’等皆出其門下。長於詞，多反映宴遊悠閒生活，婉約清麗。有“珠玉詞”、“蘿軒外集”傳世。

12【晏然】ㄧㄢˋ ㄖㄢˊ
安然；安閒無事的樣子。

15【晏駕】ㄧㄢˋ ㄐㄧㄚˋ
車駕晚出。古人對帝王去世的諱稱。

17【晏嬰】ㄧㄢˋ ㄧㄥ
(?～前500)‘春秋’‘齊’‘夷維’(今‘山東’‘高密’)人。字‘仲’，諡‘平’，史稱‘晏平仲’。繼其父‘弱’(‘桓子’)爲‘齊’卿，後又爲‘景公’之相，以節儉力行、足智多謀而顯名於當時。後人輯其行誼及諫諍‘齊’君的言論成“晏子春秋”一書。

12【晏幾道】ㄧㄢˋ ㄐㄧ ㄉㄠˋ
(1030～1106)‘北宋’‘臨川’(今‘江西’‘臨川’)人。字‘叔原’，號‘小山’。‘晏殊’幼子，詞家稱‘殊’爲大‘晏’，‘幾道’爲小‘晏’。官‘潁昌府’‘許田鎮’監及‘開封府’推官。其詞婉約清麗，工於言情，與其父齊名。有“小山詞”傳世。

3【晏子春秋】ㄧㄢˋ ㄗˇ ㄔㄨㄣ ㄑㄧㄡ
舊題‘春秋’‘齊’‘晏嬰’撰，一名“晏子”。今本八卷，二百十五章，乃‘戰國’人蒐集‘晏嬰’言行及傳說而成。

晈 皎的或體。

晐 ㄍㄞ kai^1 音該
①日光普照。見“說文”。②兼備。通作該。如：晐備。

時 ㄕˊ shih^2 音實
①季節。見“說文”。②計算時間的單位。從前依照地支的順序把一日分爲十二時。今則一日分二十四時，一時爲六十分鐘。③光陰；歲月。如：時不我予。④時機。如：時不可失。⑤適合時宜。如：‘孔子’，聖之時者也。⑥常常。如：學而時習之。⑦伺；等候。⑧姓。‘明’末有‘時大彬’。見“揚州畫舫錄·新城北錄中”。

3【時下】ㄕˊ ㄒㄧㄚˋ
現在；目前。

4【時文】ㄕˊ ㄨㄣˊ
①當時的文明。指禮樂制度而言。②科舉應試的文體。如八股文爲‘明’‘清’時文。

【時中】ㄕˊ ㄓㄨㄥ
隨時服膺中庸之道，無過與不及。

5【時令】ㄕˊ ㄌㄧㄥˋ
①古代按照時節所頒布的政令。②歲時節令。

7【時序】ㄕˊ ㄒㄩˋ
①季節的順序。②時間的先後。③指歲月。

【時局】ㄕˊ ㄐㄩˊ
當時國家社會的情勢。

【時角】ㄕˊ ㄐㄧㄠˇ
(hour angle)指通過某天體及兩極之大圈與子午圈所成的夾角。由子午圈向西量度爲正值。時角是時角坐標中之一要素，可以之與赤緯定某天體的位置。

8【時刻】ㄕˊ ㄎㄜˋ
①時間。②時常。

【時雨】ㄕˊ ㄩˇ
①應時而下的雨。②比喻教化的實行。

【時尚】ㄕˊ ㄕㄤˋ
一時的風氣。

9【時限】ㄕˊ ㄒㄧㄢˋ
限定的時間或日期。

【時俗】ㄕˊ ㄙㄨˊ
當時的風俗。

10【時病】ㄕˊ ㄅㄧㄥˋ
又稱時令病。指因季節變化而發生的疾病。如春季的春溫、風溫、傷風；夏季的泄瀉、痢疾、中暑；秋季的溼溫、秋燥;冬季的傷寒、冬溫等。

【時效】 ㄕˊ ㄒㄧㄠˋ
指事物在一定時間內具有的效力。

【時差】 ㄕˊ ㄔㄚ
(equation of time) ①視太陽時與平太陽時相較的差數。由於太陽在黃道上視行的速度不均勻,因此一年中各季的時差不同,自+14.4分~-16.3分之間,但會有四次時差爲零。②地球上兩據點間的時刻差。地球在運行軌道上自轉並環繞太陽,因此在某一瞬間地球上各地點之深夜、白晝、黎明或日沒等各不相同。由於地球每小時自轉15°,故自經線零度起每向東增加15°(東經15°),即加1小時;相反地,每向西增加15°即減1小時。惟時差的境界線,由於國境線、都市或島嶼的所在地而與經度線不一定相同,故或有偏差。

11【時羞】 ㄕˊ ㄒㄧㄡ
應時的食物。也作時饈。

【時區】 ㄕˊ ㄑㄩ
(time zone)依零度的'格林威治'經線(本初經線)爲中央經線,向東、向西各涵蓋7.5°,共15°,構成一個時區,其時間依其中央經線爲準。其他時區的中央經線即爲15°倍數的經線。全世界共有二十四個標準時區。各時區的界線可能通過一個城市或一個島嶼,爲了避免行政區域的分割造成混亂,時區的界線並不完全與經線一致,有部分呈不規則的折線。

【時圈】 ㄕˊ ㄑㄩㄢ
(hour circle)通過天體及天球南北極的大圈。其與子午圈所成的夾角,隨時間而變。

12【時祺】 ㄕˊ ㄑㄧˊ
時時平安吉祥。書信結尾用語。

14【時弊】 ㄕˊ ㄅㄧˋ
當代的弊病。

【時髦】 ㄕˊ ㄇㄠˊ
①當代的才俊之士。②(smart)流行的;漂亮的。③新奇而流行的事物。

15【時調】 ㄕˊ ㄉㄧㄠˋ
①當代流行的民間小曲。也泛指流行一時的戲曲。②當時的風氣習俗。

16【時機】 ㄕˊ ㄐㄧ
時宜;機會。

17【時艱】 ㄕˊ ㄐㄧㄢ
時局的艱難。

【時鮮】 ㄕˊ ㄒㄧㄢ
①應時的美味佳肴。②源自'法'語primeur,指提前供應市場的蔬菜和生果。近代科學可培育出早熟的蔬果,提前上市以獲取利潤。

11【時務報】 ㄕˊ ㄨˋ ㄅㄠˋ
'清'末報刊。'光緒'二十二年(1896)七月創刊於'上海',由'梁啟超'主編,十日一期,鼓吹變法圖存。'光緒'二十四年發行第96期後,改名"昌言報",由'汪康年'主編,至同年十一月第10期停刊。

12【時間比】 ㄕˊ ㄐㄧㄢ ㄅㄧˇ
(time ratio)急回機構中,從動件前進與回程時間的比值。可說明急回的程度。

4【時不我予】 ㄕˊ ㄅㄨˋ ㄨㄛˇ ㄩˇ
時光不會因我而停留。勸人把握時間,利用機會。

7【時序脈波】 ㄕˊ ㄒㄩˋ ㄇㄛˋ ㄅㄛ
(clock pulse)脈波振盪器所產生等間隔的脈波。

8【時空收斂】 ㄕˊ ㄎㄨㄥ ㄕㄡ ㄌㄧㄢˋ
(time-space convergence)指兩地之間因運輸改善,不但運費降低,且旅運時間縮短,使距離障礙大爲減少,彼此接觸更爲容易。

【時雨春風】 ㄕˊ ㄩˇ ㄔㄨㄣ ㄈㄥ
應時而下的雨和春天溫柔的風。比喻教化之善而及時。

【時來運轉】 ㄕˊ ㄌㄞˊ ㄩㄣˋ ㄓㄨㄢˇ
時機到來,運氣轉好。指由逆境轉入順境。

9【時段等級】 ㄕˊ ㄉㄨㄢˋ ㄉㄥˇ ㄐㄧˊ
(class of time)廣播或電視播映時間中,某一時段的價值。此一價值可由該時段的廣告價格反映出來。

10【時效硬化】 ㄕˊ ㄒㄧㄠˋ ㄧㄥˋ ㄏㄨㄚˋ
(age hardening)材料強化處理的一種。又稱析出硬化。處理過程中,藉析出之前形成一眾多微小質點,而使其達到硬化作用。一般處理溫度爲150~300°C左右,但時間要長,有時達數天以上。鋁合金即靠此種方式強化。

12【時間延遲】 ㄕˊ ㄐㄧㄢ ㄧㄢˊ ㄔˊ
(time delay)控制系統由接受命令至產生反應間所需的時間。

【時間研究】 ㄕˊ ㄐㄧㄢ ㄧㄢˊ ㄐㄧㄡˋ
(time study)係動作時間內研究的一部分。進行工作分析,確定完成某項工作所需的最經濟有效的動作要素後,再進行測量各項動作所需的正常時間,並經若干修正後,將此項時間作爲工作標準時間。

【時間常數】 ㄕˊ ㄐㄧㄢ ㄔㄤˊ ㄕㄨˋ
(time constant)①電阻、電容串聯組成之電路中,電容器兩端電壓從零到達外加直流電壓63.2%所需的秒數。其值等於電阻器之歐姆數乘電容器之法拉數。②電阻、電感串聯組成之電路中,外加直流電壓後,流過電感器之電流從零到達穩定值的63.2%所需的秒數。其值等於電感器之亨利數除以電阻器的歐姆數。

【時間預算】 ㄕˊ ㄐㄧㄢ ㄩˋ ㄙㄨㄢˋ
(time budget) 估計執行審計程式中每一步驟所需要的時間。

【時間截分】 ㄕˊ ㄐㄧㄢ ㄐㄧㄝˊ ㄈㄣ
(time slice)應用分時處理技術,將電腦運作時間分割爲很短的時間間隔,以分配給使用者作業。

13【時過境遷】 ㄕˊ ㄍㄨㄛˋ ㄐㄧㄥˋ ㄑㄧㄢ
時間過去,情況已經改變。

15【時窮節見】 ㄕˊ ㄑㄩㄥˊ ㄐㄧㄝˊ ㄒㄧㄢˋ
時勢艱困,節操才能顯現出來。

20【時鐘信號】 ㄕˊ ㄓㄨㄥ ㄒㄧㄣˋ ㄏㄠˋ
(clock signal) 由晶體裝置週期性發出的電子脈波。可當作定時信號用,以使電腦內各部分同步。因其爲脈波之形式,故又稱爲時鐘脈波。

11【時基產生器】 ㄕˊ ㄐㄧ ㄔㄢˇ ㄕㄥ ㄑㄧˋ
(time base generator)爲一供應時間性變化的電壓或電流輸出波形的裝置。可用在示波器一組偏向板上,以及雷達和電視之指示器上。

12【時間率噪音量】 ㄕˊ ㄐㄧㄢ ㄌㄩˋ ㄗㄠˋ ㄧㄣ ㄌㄧㄤˋ
(percentile level)指在任意測定時段內,其音量分布在某個百分比以上的音量值。如百分之五十之時間率噪音量即爲該測定時段內百分之五十之噪音值高於此數值,以L_{50}表示。

【時間偏好說利息理論】 ㄕˊ ㄐㄧㄢ ㄆㄧㄢ ㄏㄠˋ ㄕㄨㄛ ㄌㄧˋ ㄒㄧˊ ㄌㄧˇ ㄌㄨㄣˋ
(time preference theory of interest) 以時間偏好程度決定利率水準高低的理論。利息是對人們減少目前消費的補償,利率高低視人們對現貨(present goods)與未來財貨(future goods)消費的時間偏好程度而定。如果人們對現貨消費的時間偏好愈強,則要求利率愈高;對現貨消費的時間偏好愈弱,則要求的利率愈低。

晅 ㄒㄩㄢ hsüan1 音宣
也作暅。①太陽的光暈。見"集韻"。②曬乾。見"正字通"。

晒 曬的或體。

晊 ㄓˇ chih3 音止
①盛大。見"爾雅·釋詁"。②明亮。見"集韻"。

晟 ㄔㄥˊ ch'êng2 音成
也作晠。①光明。見"說文新附"。②熾;盛。見"正字通"。

晇 ㄒㄩ hsü1 音虛
太陽剛出的樣子。也作盱。見"字彙"。

晃 ㊀ ㄏㄨㄤˇ huang3 音恍
①光亮。見"說文"。②強光照耀。③形影閃動,一瞥而逝。
㊁ ㄏㄨㄤˋ huang4
搖擺不定。如:搖晃。

16【晃蕩】 ㊀ ㄏㄨㄤˇ ㄉㄤˋ
光線閃耀未定。
㊁ ㄏㄨㄤˋ ㄉㄤˋ
①空曠的樣子。②搖動不定。

晁 本作鼂。㊀ ㄔㄠˊ ch'ao2 音潮
姓。'漢'有'晁錯'。見"漢書·景帝紀"。
㊁ ㄓㄠ chao1 音招
早晨。通朝。

4【晁公武】 ㄔㄠˊ ㄍㄨㄥ ㄨˇ
'南宋''山東''鉅野'人。字'子止',祖居'開封''昭德坊',人稱'昭德先生'。'紹興'進士,官至'敷文閣'直學士。其家世代藏書,到'公武'時,藏書已達二萬四千五百多卷。著有"郡齋讀書志"、"昭德文集"、"昭德易訓詁傳"等書。

晌 ㄕㄤˇ shang3 音賞
①正午;午時。見"篇海"。②片時;片刻。如:一晌貪歡。③計算土地面積的單位。

4【晌午】 ㄕㄤˇ ·ㄏㄨㄛ
正午。

7

晝 ㄓㄡˋ chou4 音宙
從日出到日落的時間。見"說文"。

14【晝寢】 ㄓㄡˋ ㄑㄧㄣˇ
白天睡覺。

6【晝伏夜動】 ㄓㄡˋ ㄈㄨˊ ㄧㄝˋ ㄉㄨㄥˋ
白天隱藏不露,夜裡出來活動。本指老鼠,後也用來形容白天不敢露面,晚上出來活動的人。

晢 ㄓㄜˊ chê2 音折
①光明;明亮。見"說文"。②明顯。如:昭晢。

11【晢晢】 ㄓㄜˊ ㄓㄜˊ
光明的樣子。

晥 皖的或體。

晜 ㄎㄨㄣ k'un1 音昆
兄。本作罤。通作昆。

㫲 ㄅㄛˊ po2 音勃
昏暗不明。見"字彙"。

晡 ㄅㄨ pu1 音逋
①下午三時至五時。見"玉篇"。②傍晚;黃昏。如:朝晡。

3【晡夕】 ㄅㄨ ㄒㄧˋ
傍晚;黃昏。

晤 ㄨˋ wu4 音誤
①明白;聰明。通悟。見"說文"。②見面;相遇。見"正字通"。

9【晤面】 ㄨˋ ㄇㄧㄢˋ
見面。

晣 晢的或體。

晨 ㄔㄣˊ ch'ên2 音辰
①星名。即二十八宿中的房星。見"說文"。②早上;天剛亮時。見"爾雅·釋詁"。③報曉。如:牝雞司晨。

20【晨曦】 ㄔㄣˊ ㄒㄧ
早晨的陽光。

8【晨昏定省】 ㄔㄣˊ ㄏㄨㄣ ㄉㄧㄥˋ ㄒㄧㄥˇ
指子女早晚侍候、探望父母的生活起居。

【晨昏朦影】 ㄔㄣˊ ㄏㄨㄣ ㄇㄥˊ ㄧㄥˇ
(twilight)又稱曙光暮光。乃日出前或日沒後所見地平上的微光。由地球外圍大氣中所含浮懸物質反射日光所生成。以太陽中心在地平下六度爲民用曙暮光;在地平下十二度爲航海曙暮光;在地平下十八度爲天文曙暮光。

11【晨鳥銜星】 ㄔㄣˊ ㄋㄧㄠˇ ㄒㄧㄢˊ ㄒㄧㄥ

ㄒㄧㄥ
(Early Bird Satellite)西元1965年'美國'發射的人造通訊衛星。負責直接轉播北'美'與'歐洲'間的電訊及電視用實況聯播,爲新聞報導與國際傳播開一新紀元。

晛 ㄒㄧㄢˋ *hsien*⁴ 音現
1太陽出現。見"說文"。2太陽的熱氣。見"正字通"。3明亮的樣子。見"字彙"。

晞 ㄒㄧ *hsi*¹ 音希
1乾。見"說文"。2曝曬。見"方言‧七"。3天剛亮。見"正字通"。

13【晞勢】 ㄒㄧ ㄕˋ
(potential evapotranspiration)流域土壤充分供應植物需用水分時之晞蒸量。

14【晞蒸】 ㄒㄧ ㄓㄥ
(evapotranspiration)又稱蒸發蒸散。在任何規定時段內,一地面面積由於植物葉蒸,或由於水面、溼土、雪等水分之蒸發,或由於空中及截留等產生之水損失的總和。

15【晞髮】 ㄒㄧ ㄈㄚˇ
曬乾頭髮。

【晞暵】 ㄒㄧ ㄏㄢˋ
(evaporation)又稱蒸發。指水或冰化爲水氣的過程。也指在特殊時段內水或冰蒸發之量。晞暵會造成水的大量損失,在乾旱地區更爲嚴重。

晙 ㄐㄩㄣˋ *chün*⁴ 音俊
1光明。見"說文新附"。2早晨。見"爾雅‧釋詁"。

晦 ㄏㄨㄟˋ *hui*⁴ 音會
1農曆每月的最後一天。見"說文"。2昏暗。如:晦冥。3隱藏。如:晦跡。4惡劣的。如:晦氣。

10【晦朔】 ㄏㄨㄟˋ ㄕㄨㄛˋ
1農曆每月的最後一日和初一。2旦夕;早晚。

【晦氣】 ㄏㄨㄟˋ ㄑㄧˋ
壞運氣;倒楣。

晧 皓的古字。

晚 ㄨㄢˇ *wan*³ 音挽
1日暮。見"說文"。2夜間。3後。如:晚輩。4遲。5將盡。6老。如:晚年。7對長輩自稱晚生,簡稱晚。

8【晚近】 ㄨㄢˇ ㄐㄧㄣˋ
最近;近代。

10【晚娘】 ㄨㄢˇ ㄋㄧㄤˊ
後母;繼母。

12【晚景】 ㄨㄢˇ ㄐㄧㄥˇ
1黃昏的景色。2比喻人老年時的情況。

【晚進】 ㄨㄢˇ ㄐㄧㄣˋ
後輩;新進的人。

13【晚運】 ㄨㄢˇ ㄩㄣˋ
晚年的機運。

【晚節】 ㄨㄢˇ ㄐㄧㄝˊ
1晚年;老年。2末世;一代的末期。3晚年的操守。

14【晚境】 ㄨㄢˇ ㄐㄧㄥˋ
年老時的境況。

9【晚香玉】 ㄨㄢˇ ㄒㄧㄤ ㄩˋ
(tuberose;*Polianthes tuberosa* L.)又名月下香、夜來香。多年生草本。具地下莖,肥厚,連於根部。葉叢生,線形,花莖長,呈總狀花序。夏秋開白色花,有香氣,入夜香濃。是很普遍的觀賞花卉。原產於'墨西哥',今各地多有栽培。

晚香玉圖

12【晚發展者】 ㄨㄢˇ ㄈㄚ ㄓㄢˇ ㄓㄜˇ
(late bloomer)又稱潛伏成就者(latent achiever)。指成就較晚才達到巔峰的人。

8

普 ㄆㄨˇ *p'u*³ 音浦
1博大;廣大。通溥。見"廣韻"。2周遍。如:普遍。3平常的。如:普通。

4【普及】 ㄆㄨˇ ㄐㄧˊ
1普遍;遍及於全體。2(distribution)也稱周延。一個命題所論及的,若涵蓋某一語詞所指謂的事物之全部,則該語詞在該命題中是普及的;反之,該語詞在該命題中就不普及。依此界說,在傳統邏輯裡的四種定言命題中,全稱命題的主詞是普及的,特稱命題的主詞則否;否定命題的賓詞是普及的,肯定命題的賓詞則否。

9【普查】 ㄆㄨˇ ㄔㄚˊ
(census)也稱普遍調查或全體調查。是對某一定事項的全體分子,一一加以調查的一種方法。目的在徹底瞭解其成員全部特質。普查因查及一事之全體,故結果極爲正確完備。惟以所需耗費的人力與財力甚鉅,故除了國家基本國勢調查及範圍狹小的全體調查外,多不輕易採用。各國舉辦的普查,有人口普查、工商普查、漁農普查及金融交通普查等多種。

13【普遍】 ㄆㄨˇ ㄆㄧㄢˋ
1普及;周遍。2普通;常見。

15【普賢】 ㄆㄨˇ ㄒㄧㄢˊ
佛教四大菩薩之一。也譯作'遍吉'。佛殿多以'普賢'列'釋迦牟尼'右邊,而以'文殊菩薩'居左側,爲佛門二聖。'普賢'騎白象,行願廣大;'文殊'騎獅子,智慧甚深。

17【普濟】 ㄆㄨˇ ㄐㄧˋ
普遍救濟世人。

4【普及本】 ㄆㄨˇ ㄐㄧˊ ㄅㄣˇ
出版書籍時,另以較小字體或較小開數印刷,或以簡易方式裝訂,廉價出售,以求普及大眾者。

5【普立茲】 ㄆㄨˇ ㄌㄧˋ ㄗ
(Joseph Pulitzer, 1847~1911)'美國'報業大王。生於'匈牙利'。西元1883年收買'紐約市'的"世界報"(*World*),並且於1887年開始創辦姐妹報"世界晚報"(*Evening World*),這兩種報紙在其經營下蒸蒸日上，與另一報業大王'赫斯特'(William R. Hearst)競爭，奠立社會新聞的基石。逝世後，後人依其遺囑在'哥倫比亞大學'設立'新聞學院'，並創立'普立茲'獎。

普立茲像

7【普希金】ㄆㄨˇ ㄒㄧ ㄐㄧㄣ
(Aleksandr Pushkin ,1799～1837)'俄國'作家。被譽爲'俄國'的詩聖、近代'俄國'文學的創始者。作品涵蓋各種文學體裁，而以詩歌的成就最大，爲'俄國'第一位浪漫主義詩人。他以諧和自然的筆調結合音韻、節奏及意象，冷靜地刻劃深刻的感情，留下深廣的影響。作品極多，最重要的爲敍事詩"奧尼金"(*Eugene Onegin*)以及戲劇"果杜諾夫"(*Boris Godunov*)。

8【普陀山】ㄆㄨˇ ㄊㄨㄛˊ ㄕㄢ
位於'浙江''舟山群島'上，'舟山島'以東，地屬'定海縣'。山上多佛寺，是我國著名的佛教勝地。

9【普洱茶】ㄆㄨˇ ㄦˇ ㄔㄚˊ
我國名茶之一。出產於'雲南省''普洱山'，性溫味厚。

【普契尼】ㄆㄨˇ ㄑㄧˋ ㄋㄧˊ
(Giacomo Puccini,1858～1924)又譯作'浦契尼'。'義大利'歌劇作家。重要歌劇作品有"馬儂·雷斯考"(*Manon Lescaut*)、"波西米亞人"(*La Bohème*)、"蝴蝶夫人"(*Madama Butterfly*)、"托斯卡"(*Tosca*)，以及取材於我國故事的"杜蘭多公主"(*Turandot*)等。

普契尼像

11【普通股】ㄆㄨˇ ㄊㄨㄥ ㄍㄨˇ
(common stock)公司股票的一種。其股東爲公司的基本股東，在股東會中具有表決、選舉及被選舉權；對公司的盈餘及清算時的剩餘財產具有分享權；公司增發新股時具有優先認股權。如公司僅有一種股票，即爲普通股；另外發行的他種股票稱爲特別股，其股東在某些權利方面較普通股爲優先，但在某些方面則受到限制。

13【普遍性】ㄆㄨˇ ㄆㄧㄢˋ ㄒㄧㄥˋ
指一定範圍內之事物所共同具備的性質。與特殊性相對。

15【普魯東】ㄆㄨˇ ㄌㄨˇ ㄉㄨㄥ
(Pierre-Joseph Proudhon,1809～1865)'法國'哲學家和無政府主義者。西元1848年在'巴黎'創辦"人民的代表"(*Le Représentant du Peuple*)報，同年當選爲'國民議會'(Constituent Assembly)代表。1849～1852年因撰文批評'路易·拿破崙'(Louis Napoleon)而被捕入獄。在獄中完成"一位革命者的道白"(*Confessions d'un révolutionnaire*)一書，造成大轟動。出獄後，於1858年發表鉅著"革命及教會的正義"(*De la Justice dans la Révolution et dans l'église*)，因內容又被判刑三年，而逃亡'比利時'。1863年遇赦歸國，兩年後在病床上完成"論勞工階級的政治能力"(*De la capacité politique des classes ouvrières*)一書。自稱社會主義者，後人則稱之「無政府主義之父」。無政府主義由他創始後，經'巴枯寧'和'克魯泡特金'的闡述而告大備。

19【普羅猿】ㄆㄨˇ ㄌㄨㄛˊ ㄩㄢˊ
(*Proconsul*)猿科下的一屬，也有學者歸入森林猿屬內，而成爲其下的一個亞屬。其化石材料主要爲頭骨、顎骨及牙齒，出自'肯亞''維多利亞湖'之'魯新伽島'(Rusnga Is.)的中新世地層(約二千二百萬至一千五百萬年前)。研究者認爲普羅猿可能是現在黑猩猩的祖先。

4【普天同慶】ㄆㄨˇ ㄊㄧㄢ ㄊㄨㄥˊ ㄑㄧㄥˋ
全天下的人都歡欣慶祝。

5【普立茲獎】ㄆㄨˇ ㄌㄧˋ ㄗ ㄐㄧㄤˇ
(The Pulitzer Prizes)'美國''哥倫比亞大學'爲紀念'美國'報業名人'普立茲'(Joseph Pulitzer)所設立的一個新聞獎。有十四項獎別，每年定期頒發獎牌及獎金。

8【普法戰爭】ㄆㄨˇ ㄈㄚˋ ㄓㄢˋ ㄓㄥ
(Franco-Prussian War)爲'日耳曼'統一過程中最後一仗。西元1870年'普'相'俾斯麥'利用'西班牙'王位問題，激怒並誘使'法國'向'普'宣戰。九月間'色當'(Sedan)一役，'法'軍大敗，'法'皇'拿破崙三世'被俘，1871年'法國'投降。此役使'普魯士'完成'日耳曼'的統一，成立'德意志帝國'。五月間簽訂和約，'法'割'亞爾薩斯'、'洛林'與'德'，並賠款五十億'法'郎。

9【普度衆生】ㄆㄨˇ ㄉㄨˋ ㄓㄨㄥˋ ㄕㄥ
佛法普遍解救生類，使脫離生死和煩惱的苦海。度，也作渡。

11【普通水泥】ㄆㄨˇ ㄊㄨㄥ ㄕㄨㄟˇ ㄋㄧˊ
(normal Portland cement)'波特蘭'水泥的第一類型。將黏土質及石灰質依正確比例混合後，放入爐內烘燒至熔融程度，再將燒成的材料加石膏，經磨研機研磨爲粉末即成。

【普通公債】ㄆㄨˇ ㄊㄨㄥ ㄍㄨㄥ ㄓㄞˋ
政府債務之一。政府機關憑藉其信用向人民、銀行賒借款項，由普通基金或特別所入基金之一般賦稅或其他所入支應之債務。

【普通考試】ㄆㄨˇ ㄊㄨㄥ ㄎㄠˇ ㄕˋ
經考試及格者可取得普通文官任用資格的考試。依現制規定，凡高級中等學校畢業,或經普通檢定考試及格者得應試。參加普通考試及格,可取得委任職公務人員任用資格。

【普通年金】 ㄆㄨˇ ㄊㄨㄥ ㄋㄧㄢˊ ㄐㄧㄣ

(ordinary annuity)於每期期末收受或支付一定金額共若干期者。

【普通決議】 ㄆㄨˇ ㄊㄨㄥ ㄐㄩㄝˊ ㄧˋ

股份有限公司股東會之決議,可分爲特別決議與普通決議。其中有代表已發行股份總數過半數股東之出席,以出席股東表決權過半數之同意所爲之決議,稱爲普通決議。其出席股東之定數,係指股份數而非股東數,故如一股東持有過半數以上已發行股份,即得爲普通決議。股東會之決議,除“公司法”另有規定外,應以普通決議爲之。

【普通基金】 ㄆㄨˇ ㄊㄨㄥ ㄐㄧ ㄐㄧㄣ

將基金所獲財源用以支應政府機關對公民一般服務所需者。即其所入之非支配於法令或契約所特定用途者。又凡不屬於其他基金支應之任何財務事項,均歸入此類基金。

【普通經費】 ㄆㄨˇ ㄊㄨㄥ ㄐㄧㄥ ㄈㄟˋ

政府各機關依法定預算之用途與條件得支用之金額。亦即用於一般用途之經費。

【普通選舉】 ㄆㄨˇ ㄊㄨㄥ ㄒㄩㄢˇ ㄐㄩˇ

(universal suffrage) 凡一國公民除年齡、居住之積極條件,以及被法院判定宣告禁治產或褫奪公權之消極條件外,均可取得選舉權,而無財產、教育、性別、種族、階級等限制者,稱爲普通選舉。與限制選舉相對。

12【普普藝術】 ㄆㄨˇ ㄆㄨˇ ㄧˋ ㄕㄨˋ

(pop art)西元1950年代後期至1960年代,在‘倫敦’及‘美國’所產生的現代美術運動。爲大眾藝術(popular art)的簡稱。題材取自新聞、雜誌、圖片、廣告、電影、電視等大眾傳播媒體常看到的事物或人物,以及漢堡、玉米湯罐頭、可口可樂、汽車等的日常用品。換言之,凡是今日生活所常接觸到的大眾文化都成爲表現的主題。普普藝術是爲反抗抽象表現主義支配畫壇將近二十年而起的,所以追求大家能了解的具象,以通俗的畫法,把日常所看到的事物再度介紹給觀眾,或以諷刺、幽默的新手法呈現給觀眾等。代表者有‘李奇登斯坦’(Lichtenstein)、‘沃霍爾’(Andy Warhol)、‘歐登柏格’(Oldenburg)、‘漢彌頓’(Hamilton)、‘霍克尼’(Hockney)、‘瓊斯’(Allen Jones)等。

19【普羅文學】 ㄆㄨˇ ㄌㄨㄛˊ ㄨㄣˊ ㄒㄩㄝˊ

(proletarian literature) 文學的一種類型。流行於二十世紀三十年代的‘美國’。特色爲以同情的筆調描寫勞工階級的生活及痛苦。這類作品社會意義較大,但有的藝術成就較低。以‘俄國’的‘高爾基’(Maxim Gorki,)、‘美國’的‘史坦貝克’(John Steinbeck)爲代表作家。

7【普利斯特利】 ㄆㄨˇ ㄌㄧˋ ㄙ ㄊㄜˋ ㄌㄧˋ

(Joseph Priestley, 1733～1804)‘英國’科學家、教育家及政治理論家。在科學、宗教、政治等方面,對‘歐洲’及‘北美洲’都有相當的影響。是氧氣的發現者之一。西元1767年出版“電的歷史及現狀”(*The History and Present State of Electricity*)一書,1772年出版“視覺、光、顏色的歷史及現狀”(*The History and Present State of Discoveries Relating to Vision, Light, and Colours*),對電學及光學有相當大的貢獻。在政治理論方面,始終相信人類之所以能進步,全是政治、宗教的自由,以及科學的應用使然。

8【普林運銷制】 ㄆㄨˇ ㄌㄧㄣˊ ㄩㄣˋ ㄒㄧㄠ ㄓˋ

共同運銷的一種。即社員將產品委託合作社,由合作社將屬於不同生產者的同級與同質的產品混合在一起,分別於不同時期內出售。運銷業務如加工、分級和銷售等均由社方辦理,並不徵求每個社員的意見;各生產者所得產品的售價則是根據產品於不同時期售得的平均價格。

【普阿松分布】 ㄆㄨˇ ㄚˋ ㄙㄨㄥ ㄈㄣ ㄅㄨˋ

(Poisson distribution) 隨機變數 x 只取非負整數值,且機率爲 $p(x=n)=e^{-\lambda}\lambda^{n}/n!$。此地 λ 爲率(rate),且 $\lambda>0$。

11【普通日記簿】 ㄆㄨˇ ㄊㄨㄥ ㄖˋ ㄐㄧˋ ㄅㄨˋ

(general journal)日記簿爲企業記載其交易的序時帳簿。每一交易發生後,應先記入日記簿,其內容包括:日期、借貸會計科目、借貸金額、摘要等。若企業同時使用多本日記簿,則增加的日記簿爲分別記載某一類交易的特種日記簿(如專門記載現金支出交易的現金支出簿);凡不能記入特種日記簿的交易均記入原有的日記簿,並稱此日記簿爲普通日記簿。

【普通殺人罪】 ㄆㄨˇ ㄊㄨㄥ ㄕㄚ ㄖㄣˊ ㄗㄨㄟˋ

故意不法剝奪他人生命法益之罪。有別於殺害直系血親尊親屬之加重殺人罪,亦異於當場激於義憤而殺人及殺甫生子女罪。普通殺人罪之被害人須是行爲時尚生存之他人,並須有殺害行爲,至於殺害手段並無限制,僅作爲量刑之標準。本罪爲結果犯,以發生死亡之結果爲要件,其未發生死亡之結果者,則爲未遂。

【普通傷害罪】 ㄆㄨˇ ㄊㄨㄥ ㄕㄤ ㄏㄞˋ ㄗㄨㄟˋ
以輕傷之故意,傷害他人之身體或健康,致生傷害之結果者。本罪之行爲客體爲人之身體或健康,因此未出生之胎兒、屍體、遺髮等均非人之身體,不在本罪保護之列;義目、義肢、義足雖屬身體之一部,但對其毀壞,必同時造成身體之傷害方屬本罪,否則仍只成立毀損罪。本罪與重傷罪不同,後者須有重傷害之故意,苟具有此等故意,則雖僅生輕傷之結果,亦只成立重傷未遂罪,而非本罪。

6【普列式索引法】 ㄆㄨˇ ㄌㄧㄝˋ ㄕˋ ㄙㄨㄛˇ ㄧㄣˇ ㄈㄚˇ
(preserved context indexing system; PRECIS)用以取代'英國'國家書目所使用的鏈式索引。由'奧斯汀'(Derek Austin)等人於西元1971年首創,以相互關連的操作元將各觀念連結,來保存每一個款目的原始意義。索引者找出觀念,並決定其先後次序,然後以電腦排出所希望的形式。此索引法並未和其他分類法連結,在書本、期刊及論文索引中均可使用,且不限於'英'文。

11【普通公務會計】 ㄆㄨˇ ㄊㄨㄥ ㄍㄨㄥ ㄨˋ ㄎㄨㄞˋ ㄐㄧˋ
一般公務機關之會計。又可分爲公務歲計會計、公務出納會計、公務財物會計。

【普通事故保險】 ㄆㄨˇ ㄊㄨㄥ ㄕˋ ㄍㄨˋ ㄅㄠˇ ㄒㄧㄢˇ
我國勞工保險分普通事故保險與職業災害保險兩類。所謂普通事故乃指非因執行職務而發生之事故,包括生育、傷病、醫療、殘廢、老年、死亡、失業七種。

【普通信託資金】 ㄆㄨˇ ㄊㄨㄥ ㄒㄧㄣˋ ㄊㄨㄛ ㄗ ㄐㄧㄣ
委託人將資金委託信託公司在約定期間內代爲管理運用,由信託公司發給不得轉讓的記名信託憑證,而於到期時提領委託本金及信託收益的信託資金。

【普通基金預算】 ㄆㄨˇ ㄊㄨㄥ ㄐㄧ ㄐㄧㄣ ㄩˋ ㄙㄨㄢˋ
政府以所獲財源用以支應政府的一般行政,以及對人民提供一般服務之所需的預算。政府之總預算與單位預算中,除屬特種基金之預算外,均爲普通基金預算。

【普通輸出保險】 ㄆㄨˇ ㄊㄨㄥ ㄕㄨ ㄔㄨ ㄅㄠˇ ㄒㄧㄢˇ
(general export insurance)輸出廠商辦理外銷業務,以輸入廠商承諾所開的信用狀爲基礎,但仍顧慮政治危險或信用危險事故發生,以致信用狀不能獲得,外銷貨物無法於指定裝船日或一定期間內輸出或送達,因而無法收取貨款,其所遭受的損失,由保險人負責補償的保險。此外,在信用危險方面,如與輸出廠商簽約對方爲外國各級政府,因其自行毀約或請求變更契約條件,以致輸出廠商遭受損失時,保險人亦應負補償之責。

19【普羅列塔利亞】 ㄆㄨˇ ㄌㄨㄛˊ ㄌㄧㄝˋ ㄊㄚˇ ㄌㄧˋ ㄧㄚˋ
(prolétariat)'法'文的譯音,源自'拉丁'文的proletarii。簡稱普羅。原指最下層的社會,貧窮而沒有土地的自由人。現代則指經濟和社會環境裡的工業界勞工,甚至包括農莊上的工人,也就是勞動階級。

11【普通平行線支票】 ㄆㄨˇ ㄊㄨㄥ ㄆㄧㄥˊ ㄒㄧㄥˊ ㄒㄧㄢˋ ㄓ ㄆㄧㄠˋ
支票之發票人、背書人或執票人在支票正面畫平行線二道者,或於其線內記載銀行等特定金融業者或其他同義之文字者,稱爲普通平行線支票。普通平行線支票,非對金融業者不能付款,故執票人如非金融業者,必須將支票委託金融業者代爲提示,否則付款人得拒絕付款。

【普通公務單位會計之一致規定】 ㄆㄨˇ ㄊㄨㄥ ㄍㄨㄥ ㄨˋ ㄉㄢ ㄨㄟˋ ㄎㄨㄞˋ ㄐㄧˋ ㄓ ㄧ ㄓˋ ㄍㄨㄟ ㄉㄧㄥˋ
我國"會計法"規定:凡性質相同或類似之機關或基金,其會計制度應爲一致之規定。中央政府各普通公務機關以其會計事項相同,其會計處理應使其一致,對於互有關係之會計科目,應使之相合。行政院主計處爲期達到上述目的,乃對普通公務單位之會計制度爲一致之規定。依一致規定普通公務單位會計或其分會計,均分爲歲入、經費兩類,各設置其科目、報表、簿籍、憑證以處理。經費類關於財產之處理,另設置財產統制帳簿;無歲入預算而有少數收入之機關,亦得將其歲入部分併入經費類會計以處理之。

晳

ㄒㄧ *hsi*[1] 音析
1明白;明辨。如:明晳。2白。如:白晳。

晚

ㄨㄢˇ *wan*[3] 音碗
日落時光;天色將晚。見"集韻"。

景

㊀ ㄐㄧㄥˇ *ching*[3] 音警
1日光。見"說文"。2光明。見"字彙"。3景象;風物。如:良辰美景。4境遇;情況。如:晚景。5大;高。如:景福。6仰慕。如:景仰。7姓。'戰國''楚'有'景差'。見"通志·氏族略四"。
㊁ ㄧㄥˇ *ying*[3] 音影
同影。見"集韻"。

6【景仰】 ㄐㄧㄥˇ ㄧㄤˇ
仰慕;仰望。

【景行】 ㄐㄧㄥˇ ㄒㄧㄥˋ
偉大光明的德行。

8【景表】 ㄐㄧㄥˇ ㄅㄧㄠˇ
古代用來測量日影,以決定方位或時刻的圭表。

【景附】 ㄧㄥˇ ㄈㄨˋ
如影附形。比喻歸附、依附。

9【景致】 ㄐㄧㄥˇ ㄓˋ
風景;景色。

10【景差】 ㄐㄧㄥˇ ㄘㄨㄛ
'戰國''楚'公族大夫。善辭賦，作品已亡佚。"楚辭"所收"大招"或題'景差'作，不足信。

【景氣】 ㄐㄧㄥˇ ㄑㄧˋ
1景象；風景。2 (economic boom)指經濟成長的快速狀況。一般指市場消費力強，物價波動率較低而穩定。但在自由經濟結構中，過分的景氣、追求高度成長，常會帶來通貨膨脹，因而不得不用緊縮信用、提高利息加以壓抑，否則成長就會遲滯。

11【景深】 ㄐㄧㄥˇ ㄕㄣ
(depth of field)景物在軟片中可以清晰地感光的深度。即當鏡頭對準被攝物時，在該物之前後能照得很清楚的距離。景深與光圈大小、焦距長短成反比，與被攝體遠近成正比。

【景教】 ㄐㄧㄥˇ ㄐㄧㄠˋ
(Nestorianism) 基督教的支派。爲五世紀時'東羅馬''君士坦丁堡'主教'聶斯托里' (Nestorius, ?～451)所創。主張'耶穌'有神人二重性格。因與正統派的神人合一論衝突，被斥爲異端，而遭放逐。後在'波斯'傳教，於'唐'初傳入我國，曾立「大秦景教流行中國碑」以記盛況；'武宗'時被禁，至'元朝'再興。

【景從】 ㄧㄥˇ ㄘㄨㄥˊ
如影隨形。比喻緊緊跟隨。

15【景慕】 ㄐㄧㄥˇ ㄇㄨˋ
仰慕。

25【景觀】 ㄐㄧㄥˇ ㄍㄨㄢ
(landscape)景域的外觀。即地表的空間或外貌。包括自然存在的自然景觀(如山林、河谷等)、人力形成的人文景觀(如聚落、都市、道路、港口、農礦工場等)，以及自然和人文景觀之間的漸移型景觀。此外，也依地表不同的特殊性加以歸類，如沙漠景觀、森林景觀、高山景觀、農業景觀等。

10【景泰藍】 ㄐㄧㄥˇ ㄊㄞˋ ㄌㄢˊ
(cloisonné) 一種在銅胎或銀胎上鑲琺瑯的工藝品。也稱銅胎掐絲琺瑯。創始於外國，其後傳至我國。'明代宗''景泰'年間大量製造，流行於'北京'，當時以藍釉最爲出色，故習稱「景泰藍」。其製作程序分打胎、掐絲、點藍、燒藍、磨光、鍍金等。

15【景德鎭】 ㄐㄧㄥˇ ㄉㄜˊ ㄓㄣˋ
又名'浮梁'。位於'江西'東北隅'昌江'上游。屬'浮梁縣'地。以出產瓷器馳名。

6【景行行止】 ㄐㄧㄥˇ ㄒㄧㄥˊ ㄒㄧㄥˊ ㄓˇ
偉大光明的德行，值得效法學習。

8【景岳全書】 ㄐㄧㄥˇ ㄩㄝˋ ㄑㄩㄢˊ ㄕㄨ
'明''張介賓'撰，共六十四卷。內容包括醫論、診斷、本草、方劑等。

10【景氣過熱】 ㄐㄧㄥˇ ㄑㄧˋ ㄍㄨㄛˋ ㄖㄜˋ
指各項經濟指標比正常繁榮時爲高，亦指社會有效需求遠超過社會總供給，導致物價膨脹、利率水準上漲、證券價格攀升之現象。

15【景德鎭窯】 ㄐㄧㄥˇ ㄉㄜˊ ㄓㄣˋ ㄧㄠˊ
窯址位於'江西省'東北部'昌江'南岸，有'中國'瓷都之稱。'唐代'時稱爲'昌南鎭'，五代時開始燒製青瓷和白瓷，至'宋代'則燒造所謂影青的青白瓷器，'元代'以青花、釉裡紅和卵白釉瓷最爲著名，'明代'初期以來則由朝廷於該地設置御窯廠，燒造宮廷使用的瓷器。'清'末至'民國'初窯業一度沒落，但現代仍被指定爲特別市，生產日用陶瓷和倣古裝飾器皿。

【景德傳燈錄】 ㄐㄧㄥˇ ㄉㄜˊ ㄔㄨㄢˊ ㄉㄥ ㄌㄨˋ
'宋''釋道原'撰，三十卷。記禪宗各家語錄及事蹟，爲研究禪宗史的重要資料。

10【景氣對策信號】 ㄐㄧㄥˇ ㄑㄧˋ ㄉㄨㄟˋ ㄘㄜˋ ㄒㄧㄣˋ ㄏㄠˋ
一組類似交通管制信號的標誌，用來對當時景氣情況發出不同信號，以供政府採取因應對策及廠商調整投資計畫的參考。我國是以紅燈表示景氣過熱、紅黃燈表示尙穩、綠燈表示穩定、黃藍燈表示景氣趨衰、藍燈表示衰退。

晾 ㄌㄧㄤˋ *liang*⁴ 音亮
在日光下曬衣物。見"字彙補"。

晬 ㄗㄨㄟˋ *tsui*⁴ 音醉
周年。見"說文新附"。

晴 ㄑㄧㄥˊ *ch'ing*² 音情
天空無雲，天氣清朗。見"廣韻"。

4【晴天霹靂】 ㄑㄧㄥˊ ㄊㄧㄢ ㄆㄧ ㄌㄧˋ
晴天中的雷響。比喻突然發生、令人震驚的事。

【晴天汙水量】 ㄑㄧㄥˊ ㄊㄧㄢ ㄨ ㄕㄨㄟˇ ㄌㄧㄤˋ
(dry weather flow) 指不下雨時的一般汙水及地下滲水量。與由暴雨逕流造成的雨天汙水量相對。通常由家庭汙水量、工業廢水及地下滲水估計取得，可作爲下水道容量設計之主要依據，尤其是汙水管及合流制下水道的設計。

暑 ㄕㄨˇ *shu*³ 音鼠
或作暑。1炎熱。見"說文"。2盛夏；熱天。如：寒來暑往。3節氣名。如：大暑。4六淫之一。爲夏天的主氣。人在炎熱的環境中若不能適應，就會感受暑邪而致病。有頭痛、口渴、身熱心煩、自汗、脈象快而大等症狀。

13【暑溽】 ㄕㄨˇ ㄖㄨˋ
指夏天悶熱而潮溼的氣候。

8【暑雨祁寒】 ㄕㄨˇ ㄩˇ ㄑㄧˊ ㄏㄢˊ
夏天多雨，多天嚴寒。

睹 ㄕㄨˋ *shu*⁴ 音樹 又讀ㄉㄨˇ *tu*³ 音賭
或作睹。天明。同曙。見"說文"。

𣇰 ㄌㄧㄣˊ *lin*² 音林
參佛𣇰。

啉 ㄌㄧㄣˊ *lin*[2] 音林
參啉啉。

12【啉啉】 ㄌㄧㄣˊ ㄌㄧㄣˊ
求知的樣子。

晰 ㄒㄧ *hsi*[1] 音吸
明白；清楚。也作晢。見"正字通"。

晻 ㊀ ㄢˇ *an*[3] 又讀 ㄢˋ *an*[4] 音暗
①昏暗不明。通暗。見"說文"。②遮蔽。通掩。如：晻翳。
㊁ ㄧㄢˇ *yen*[3] 音掩
①日光漸暗。見"廣韻"。②相同。

晶 ㄐㄧㄥ *ching*[1] 音精
①晴朗；清明。②光亮；閃閃發光。如：晶瑩。③水晶的簡稱。

4【晶片】 ㄐㄧㄥ ㄆㄧㄢˋ
(wafer) 用來製造積體電路的薄單晶片。通常是利用長晶技術抽出單晶條，然後切成一片片，再將表面磨光即成。

【晶化】 ㄐㄧㄥ ㄏㄨㄚˋ
(crystallization) 由冷卻熔化物質、溶液，或者由蒸發溶液，或者由凝結蒸氣而形成結晶的過程。

7【晶形】 ㄐㄧㄥ ㄒㄧㄥˊ
(crystal form)結晶的幾何形狀。結晶形成時，若不遭干擾，則終將爲數組依對稱方式出現的晶面所合抱，形成一固定的幾何形體。

【晶系】 ㄐㄧㄥ ㄒㄧˋ
(crystal system) 礦物結晶可依其對稱性、晶軸在空間相交的方式及結晶面區分爲六大晶系：等軸晶系、六方晶系、正方晶系、斜方晶系、單斜晶系和三斜晶系。

9【晶洞】 ㄐㄧㄥ ㄉㄨㄥˋ
(geode)岩石中的空洞大小不一，洞的邊緣布滿向洞心生長的結晶礦物，形成晶洞。

【晶界】 ㄐㄧㄥ ㄐㄧㄝˋ
(grain boundary) 指金屬內晶粒與晶粒間的粒界。在此粒界上的原子與兩邊晶粒保持平衡。

10【晶格】 ㄐㄧㄥ ㄍㄜˊ
(lattice) 空間的一種幾何構架。金屬的晶格即是其原子有規律的排列。

11【晶粒】 ㄐㄧㄥ ㄌㄧˋ
(crystal grains)各種液態金屬遇冷先形成晶軸後，若再繼續凝固時，液態內之原子即逐漸附著於各晶軸之上，於是結成晶核(crystal nucleus)，稱爲微晶；再由微晶結合發展成爲較大顆粒，稱爲晶粒。其大小約0.01～0.1mm，多半爲不規則的多角形。

14【晶種】 ㄐㄧㄥ ㄓㄨㄥˇ
(seed)在過飽和溶液中加入一些微小的晶體(通常爲溶質，但有時也可以是其他物質)，則過飽和溶液將會析出晶體而成爲飽和溶液，該加入之晶體便稱爲晶種。

15【晶瑩】 ㄐㄧㄥ ㄧㄥˊ
明亮清澈。

23【晶體】 ㄐㄧㄥ ㄊㄧˇ
①(lens)又稱水晶體。眼球內一雙凸的盤狀構造，將眼球內腔分隔爲眼前房和眼後房，透明而具有彈性，周圍並有懸韌帶支持。②(crystals)固體中的粒子作規則性排列而呈特定的幾何形狀者。例如食鹽晶體爲正立方體形狀。

4【晶化智力】 ㄐㄧㄥ ㄏㄨㄚˋ ㄓˋ ㄌㄧˋ
(crystallized intelligence) '美國' '伊里諾大學' 教授 '卡特爾' (Raymond Cattell)分析智能所提出的概念之一。指經由學習歷程而獲得的經驗、知識與技能。

10【晶格常數】 ㄐㄧㄥ ㄍㄜˊ ㄔㄤˊ ㄕㄨˋ
(lattice constant) 晶格單胞的一邊長度。

23【晶體振盪器】 ㄐㄧㄥ ㄊㄧˇ ㄓㄣˋ ㄉㄤˋ ㄑㄧˋ
(crystal oscillator)利用石英晶體與外加電子元件組合而成的振盪器。石英晶體在相對兩面有電位差時，將會產生應力施加於內部的電荷；若晶體切割與放置適當，一旦被激發，將會產生變形而建立一電力一機械式的振盪系統，其振盪頻率視晶體之大小、晶面的方向等而定。

昪 曼的或體。

晷 ㄍㄨㄟˇ *kuei*[3] 音軌
①日影。見"說文"。②測定時間的儀器。見"玉篇"。③月影。④光陰。如：寸晷惟寶。

晲 ㄧˇ *i*[3] 音以
日落。見"玉篇"。

晆 ㄨㄤˇ *wang*[3] 音往
光亮盛美。見"說文"。

昝 昔的本字。

智 ㄓˋ *chih*[4] 音志
①見識；才識。見"說文"。②聰明。如：智慧。③計謀；策略。如：鬥智。④姓。'漢'有'智晰'。見"萬姓統譜·九三"。

2【智力】 ㄓˋ ㄌㄧˋ
①智謀，才能。②(intelligence)個體有目的行動、合理思維、有效學習及適應環境等能力的綜合性心理特質。③佛家語。⑴智慧的力量。"大智度論" 以爲佛有十種智力，稱爲十力。⑵智慧與神通力。

【智人】 ㄓˋ ㄖㄣˊ
①佛家語。有智慧的人。②(*Homo sapiens*)人屬中最晚出現的一種。又稱「眞人」、「智慧人」。「智人」出現的年代已有二十五萬年之久，期間在體質上有快速的進化，因此早晚期的成員顯現極大的體質差異。學者將早期的「智人」稱爲「尼安德塔智人」(*Homo sapiens neanderthalensis*)，晚期的「智人」稱爲「現代智人」(*Homo sapiens sapiens*)。後者在形態上已完全是現代人的模樣，分布於舊大陸各角落，且開始往新大陸移民。

7【智育】 ㄓˋ ㄩˋ
以啟發智力、增進知識爲目的的教育。著重以文字爲主的學習。

【智利】 ㄓˋ ㄌㄧˋ
(Chile) 位於‘南美洲’西南部‘安地斯山’西側坡的國家。西濱‘太平洋’。國土南北狹長,面積75.6萬方公里,人口1,598.0萬(2005年),首都‘聖地牙哥’(Santiago)。銅產居世界第三,其他輸出尚有硝石、煤、鐵、鋁、石油及麥、糖。

10【智能】 ㄓˋ ㄋㄥˊ
①聰明和才能。②(intellect)指個體能完成各種較高層次之認知活動的能力。

11【智商】 ㄓˋ ㄕㄤ
(intelligence quotient; IQ)用以表達智力高低的指數。係個體之心理年齡與實足年齡的比值。

15【智慧】 ㄓˋ ㄏㄨㄟˋ
①理解、領悟及運用知識的能力。②佛家指破除迷惑證得眞理的能力。爲梵文般若(prajñā)的意譯。③‘唐’時旅居我國的‘印度’僧。姓‘喬答摩’,‘北天竺’‘迦華試國’人。於‘建中’二年(781)到‘廣州’,次年到‘長安’。譯有“大乘理趣六波羅蜜多經”等佛書。

【智慮】 ㄓˋ ㄌㄩˋ
智慧與思慮。

【智齒】 ㄓˋ ㄔˇ
(wisdom tooth)智慧齒的簡稱。一般是在18~24歲間長出。如照齒列計算又稱第三臼齒。此乃退化的牙齒,有的人沒有牙胚,所以不會長;有的人雖有,卻因方向不正、位置不夠,也無法看到全貌。

16【智謀】 ㄓˋ ㄇㄡˊ
智慧和計謀。

19【智顗】 ㄓˋ ㄧˇ
(538~597)‘隋代’高僧。本姓‘陳’,字‘德安’。‘荊州’(今‘湖北’‘江陵’、‘公安’)人。十八歲出家,二十歲受具足戒,後入‘天台’,研佛九年,因稱‘天台大師’;‘煬帝’爲‘晉王’時賜號智者,故也稱‘智者大師’。其融合南北佛教的特色,主張「止」「觀」並重,提出「一念三千」「三諦圓融」等佛學理論,是‘天台’宗的集大成者。曾口述“法華玄義”、“法華文句”、“摩訶止觀”等,由弟子‘灌頂’編成。

6【智多星】 ㄓˋ ㄉㄨㄛ ㄒㄧㄥ
指善出主意的人。

22【智囊團】 ㄓˋ ㄋㄤˊ ㄊㄨㄢˊ
指政府或企業機構所聘請的專家學者。這些人足智多謀,可以協助其主持人制定政策或企劃業務。

2【智力測驗】 ㄓˋ ㄌㄧˋ ㄘㄜˋ ㄧㄢˋ
(intelligence test)要求受試者解答問題以評鑑其智力的評量工具。

10【智能不足】 ㄓˋ ㄋㄥˊ ㄅㄨˋ ㄗㄨˊ
(mental retardation)個體發展期間,所表現之心智功能遠低於平均智能,且於兒童時期即顯示適應行爲有缺陷者。

13【智圓行方】 ㄓˋ ㄩㄢˊ ㄒㄧㄥˊ ㄈㄤ
知識通達,行爲方正。圓,也作員。

15【智慧財產權】 ㄓˋ ㄏㄨㄟˋ ㄘㄞˊ ㄔㄢˇ ㄑㄩㄢˊ
指商標權、專利權及著作權等智慧性權利。因其是創作人憑藉自己的智慧所設計創造的成品,因此法律上制定智慧財產權以保護創作人所應享有的權利,並杜絕抄襲之風。

8【智者千慮必有一失】 ㄓˋ ㄓㄜˇ ㄑㄧㄢ ㄌㄩˋ ㄅㄧˋ ㄧㄡˇ ㄧ ㄕ
即使聰明人經過深思熟慮,也往往會有差失。

9

晵 啓的或體。

暄 ㄒㄩㄢ hsüan1 音宣
①暮春。見“玉篇”。②溫暖。通煊、煖。見“廣韻”。

暗 ㄢˋ an4 音闇
①太陽無光。見“說文”。②陰翳;幽隱。如:柳暗花明。③愚昧;不明事理。如:暗昧無知。④祕密;不讓人知道的。如:暗號。⑤姓。‘元’有‘暗伯’。見“萬姓統譜·一〇一”。

5【暗示】 ㄢˋ ㄕˋ
用間接的、含蓄的言語、動作,向人示意。

6【暗地】 ㄢˋ ㄉㄧˋ
暗中;私底下。

8【暗花】 ㄢˋ ㄏㄨㄚ
陶瓷的一種裝飾技法。於釉下器坯飾以線刻或印花紋飾。由於紋飾較淺,若隱若現,故稱暗花。‘明’‘清’時期的青瓷、白瓷經常可以看到這類作品。

【暗房】 ㄢˋ ㄈㄤˊ
①產房。②沒有光線的房子。③(dark room)沖洗照片的房間。在處理曝光後的軟片時,不能有光線,否則會繼續曝光,故須於暗房中進行,但仍點一盞黃或紅色過濾的小安全燈。暗房工作之步驟:一、將軟片放入顯影槽內;二、顯影;三、停顯;四、定影;五、水沖洗;六、晾乾,然後把已顯影軟片用放大機曬印在放大紙上。

9【暗流】 ㄢˋ ㄌㄧㄡˊ
①(under-flow)河床沖積層之下的流路。這種河川表面上雖然是條乾谷,但因爲暗流,對乾燥地區具有實質意義,若方法適當,可將暗流之水引上地表,以供灌溉之用。②比喻潛伏的勢力。

【暗勁】 ㄢˋ ㄐㄧㄣˋ
力氣及方向不能從表面觀察得知的勁道。

10【暗記】 ㄢˋ ㄐㄧˋ
①私下默記。②祕密的記號。同暗號。

11【暗淡】 ㄢˋ ㄉㄢˋ
不明亮;不鮮明。也作暗澹。

【暗袋】 ㄢˋ ㄉㄞˋ
以數層黑布縫製而成的布袋,可完全隔開光源,攜帶方便,且一端附有拉鏈,可作爲纏沖底片、裁切軟片遮光之用,形同活動暗房。

13【暗溝】 ㄢˋ ㄍㄡ

在地中疏通穢水的溝道。

【暗號】ㄢˋ ㄏㄠˋ

①祕密的記號。②口令;祕密的口號。

14【暗算】ㄢˋ ㄙㄨㄢˋ

①私下計算。②暗中設計害人。

15【暗潮】ㄢˋ ㄔㄠˊ

①潛伏的潮流。②指在暗中發展,尚未顯露的事態。

【暗樁】ㄢˋ ㄓㄨㄤ

①設立於隱蔽處以破壞舟車的木樁。②暗中設置的機關或人手。

【暗碼】ㄢˋ ㄇㄚˇ

①密碼。電報、電訊所用的祕密號碼。②商場或商店為不使他人辨識而用來標示貨物價格的祕密符號。③(password)電腦系統中為保護資料或程式之安全、防止不正當使用等管理需求而設定的一組字符。使用者必須提供暗碼,經核驗無誤後才可使用。

【暗箭】ㄢˋ ㄐㄧㄢˋ

①暗地裡放的箭。②比喻暗中傷害他人。

【暗盤】ㄢˋ ㄆㄢˊ

①不公開的價目。②暗中決定、溝通。

16【暗器】ㄢˋ ㄑㄧˋ

趁人不備,突然施放的兵器。

17【暗礁】ㄢˋ ㄐㄧㄠ

不露出水面的礁石。

9【暗度陳倉】ㄢˋ ㄉㄨˋ ㄔㄣˊ ㄘㄤ

①指'漢高祖'用'韓信'計謀偷襲'陳倉'而平定三'秦'的史事。見"史記·淮陰侯列傳"。②比喻暗中行事或男女私通。

12【暗無天日】ㄢˋ ㄨˊ ㄊㄧㄢ ㄖˋ

比喻社會黑暗混亂,沒有公理正義。

暈 ㊀ ㄩㄣˋ *yün*^{4} 音運

①太陽和月亮周圍的光圈。見"玉篇"。②光體、色澤四周模糊的部分。如:燈暈。③頭腦昏亂難受的感覺。如:頭暈眼花。

㊁ ㄩㄣ *yün*^{1}

①昏倒。如:暈厥。②頭腦不清,行動盲亂。

㊂ ㄧㄣˋ *yin*^{4} 音印

皮膚受傷淤血成紫色,稱為血暈。

16【暈頭轉向】ㄩㄣ ㄊㄡˊ ㄓㄨㄢˋ ㄒㄧㄤˋ

頭腦昏亂,迷失方向。

暉 ㄏㄨㄟ *hui*^{1} 音輝

①太陽光。如:落日餘暉。②光彩照耀。通輝。

9【暉映】ㄏㄨㄟ ㄧㄥˋ

光彩照耀。

暆 ㄧˊ *i*^{2} 音移

①日徐行貌。見"說文"。②日斜。見"正字通"。

暕 ㊀ ㄐㄧㄢˋ *chien*^{4} 音諫

陰雨後放晴。見"集韻"。

㊁ ㄌㄢˊ *lan*^{2} 音闌

陰乾。見"集韻"。

暐 ㄨㄟˇ *wei*^{3} 音偉

①日光。見"玉篇"。②光盛的樣子。見"集韻"。

暌 ㄎㄨㄟˊ *k'uei*^{2} 音葵

隔離;分離。如:暌違。

13【暌違】ㄎㄨㄟˊ ㄨㄟˊ

離別;分手。

【暌隔】ㄎㄨㄟˊ ㄍㄜˊ

分離;分隔。

19【暌離】ㄎㄨㄟˊ ㄌㄧˊ

分離;分手。

⿰日耎 暖的或體。

暇 ㄒㄧㄚˋ *hsia*^{4} 音夏 又讀 ㄒㄧㄚˊ *hsia*^{2} 音霞

①空閒。如:課餘之暇。②閒散;悠閒。

暘 ㄧㄤˊ *yang*^{2} 音陽

①日出。見"說文"。②天晴。見"玉篇"。

暒 晴的或體。

暍 ㄏㄜˋ *ho*^{4}, *hê*^{4} 音賀 又讀 ㄧㄝˋ *yeh*^{4} 音夜

①中暑。見"說文"。②熱。見"廣韻"。

暎 映的俗體。

⿱日男 曼的俗體。

⿱日爰 ㄏㄨㄢˇ *huan*^{3} 音緩

①光明。見"玉篇"。②姓。'晉'有'⿱日爰清'。見"字彙"。

暖 ㊀ ㄋㄨㄢˇ *nuan*^{3} 音渜

①溫和;不冷不熱。見"集韻"。②把冷的東西弄熱。如:暖酒。

㊁ ㄒㄩㄢ *hsüan*^{1} 音宣

參暖姝。

6【暖色】ㄋㄨㄢˇ ㄙㄜˋ

(warm colour)由自然環境得來的視覺經驗,紅、橙、黃等色彩予人前進、突出的興奮感而覺得溫暖,因而稱為暖色。與寒色相對。

8【暖房】ㄋㄨㄢˇ ㄈㄤˊ

①溫暖的房間。②遷居新屋的前一天,鄰里攜帶酒食來祝賀、飲宴。③舊俗,結婚前一天,女方到男方家送禮、飲宴。

9【暖流】ㄋㄨㄢˇ ㄌㄧㄡˊ

①溫泉。②溫暖的氣流。引申指溫暖的人情。③(warm current)洋流環流系統中,一股由低緯流向中高緯的洋流。以其水溫較所經地區水溫為高,故稱。北'太平洋'的黑潮、北'大西洋'的灣流等均屬暖流性質的洋流。

【暖姝】ㄒㄩㄢ ㄕㄨ

自滿自得、沾沾自喜的樣子。

14【暖壽】ㄋㄨㄢˇ ㄕㄡˋ

在生日前一天設宴祝賀。

15【暖鋒】ㄋㄨㄢˇ ㄈㄥ

(warm front)暖空氣滑上冷空氣之上方所形成的鋒面。可形成層雲類,帶來降水,且雨區大、雨時長,然雨勢較弱。

6【暖色調】ㄋㄨㄢˇ ㄙㄜˋ ㄉㄧㄠˋ

(warm-color tone)在色相環中,靠近紅色,令人有暖感的色彩稱為暖色;而用暖色為主的色彩來構成畫面者,稱為暖色調。

睺 ㄏㄡˊ hou^2 音侯
人名。'隋'有'周羅睺'。見"字彙補"。

10

普 普的本字。

暨 ㄐㄧˋ chi^4 音既
或作曁。①太陽初現,只見其一部分。見"說文"。②與;及。見"爾雅·釋詁"。③至;到。見"玉篇"。

暝 ㊀ ㄇㄧㄥˊ $ming^2$ 音冥
晦暗;幽暗。同冥。如:暝曚。
㊁ ㄇㄧㄥˋ $ming^4$ 音命
夜;天黑。如:暝色。

6【暝色】 ㄇㄧㄥˋ ㄙㄜˋ
夜色。

暠 ㄍㄠˇ kao^3 音槁
潔白明亮的樣子。見"集韻"。

暢 ㄔㄤˋ $ch'ang^4$ 音唱
①通達。如:文筆流暢。②舒適。如:酣暢。③痛快;盡情地。如:暢談。④姓。'唐'有'暢璀'。見"舊唐書·暢璀傳"。

13【暢遂】 ㄔㄤˋ ㄙㄨㄟˋ
生長繁盛快速。

8【暢所欲言】 ㄔㄤˋ ㄙㄨㄛˇ ㄩˋ ㄧㄢˊ
通暢無阻地表達自己的意見。

㬎 ㄒㄧㄢˇ $hsien^3$ 音顯
明著。通作顯。

暤 皞的本字。

暡 ㄨㄥˇ $wêng^3$ 音蓊
昏暗不明亮。

11

暫 ㄓㄢˋ $chan^4$ 音站 讀音 ㄗㄢˋ $tsan^4$ 音贊
①不久;短時間。見"說文"。②倉卒;突然。見"廣雅·釋詁"。

6【暫存器】 ㄓㄢˋ ㄘㄨㄣˊ ㄑㄧˋ
(register) 電腦中央處理單元內用來暫時存放資料以供運算或處理的記憶裝置。

9【暫保單】 ㄓㄢˋ ㄅㄠˇ ㄉㄢ
(binder, binding slip)又稱臨時保險書。保險契約訂立時,保險人對要保人所作成的臨時書據,即正式保險單簽發前之臨時保險憑證。其有效期間通常爲三十天,並於正式保單交付時自動失效。

10【暫時硬水】 ㄓㄢˋ ㄕˊ ㄧㄥˋ ㄕㄨㄟˇ
(temporary hard water)含有鈣或鎂之酸式碳酸鹽(即碳酸氫鈣或碳酸氫鎂)的水。可用加熱法使生成碳酸鈣或碳酸鎂沈澱而加以軟化。

11【暫停敘述】 ㄓㄢˋ ㄊㄧㄥˊ ㄒㄩˋ ㄕㄨˋ
(PAUSE statement) 電腦程式語言符傳 (FORTRAN) 中控制程式執行的敘述。可使程式執行暫停,等候使用者或操作員下達命令後繼續執行。

14【暫態現象】 ㄓㄢˋ ㄊㄞˋ ㄒㄧㄢˋ ㄒㄧㄤˋ
(transient phenomena)電路或系統從一個穩定狀態變化成另一個穩定狀態時,通常其電壓或電流有一極短的過渡期間(如圖所示),此期間之長短決定時間常數,即其使用的頻率,而且可能產生種種不同的現象,此種現象稱爲暫態現象。其中 t_1:由穩定狀態 V_1 要變化成穩定狀態 V_2 的開始時間,t_2:眞正變成穩定狀態 V_2 的時間,$t_1-t_2=$過渡期間。暫態現象依電路之特性(所含有的 R、L、C)而不同。

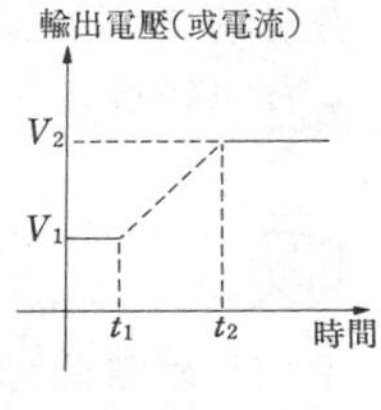

輸出電壓(或電流)
V_2
V_1
t_1 t_2 時間

暫態現象圖

10【暫時儲存體】 ㄓㄢˋ ㄕˊ ㄔㄨˊ ㄘㄨㄣˊ ㄊㄧˇ
(temporary storage) 電腦程式執行中,用來保存運算處理之中間結果或部分結果所使用的記憶儲存體。

12【暫棲地水位】 ㄓㄢˋ ㄑㄧ ㄉㄧˋ ㄕㄨㄟˇ ㄨㄟˋ
(perched water table)由於透水性較低之土層(如黏土層等)的阻隔,致使水無法下達正常地水位,而暫時棲止於地表,稱爲暫棲地水位。

暬 ㄒㄧㄝˋ $hsieh^4$ 音屑
①狎近;輕慢。通褻。見"說文"。②昏暗。見"篇海類編"。

暱 ㄋㄧˋ ni^4 音匿
①親近。同昵。見"說文"。②私下。

14【暱稱】 ㄋㄧˋ ㄔㄥ
親暱的稱呼。

暩 ㄆㄧㄠˋ $p'iao^4$ 音票
曝曬。見"廣雅·釋詁"。

暵 ㄏㄢˋ han^4 音漢
①曬乾。見"說文"。②乾旱;旱熱。見"玉篇"。

暴 ㊀ ㄆㄨˋ $p'u^4$ 音曝
①曬。曝的本字。見"說文"。②顯現出來。如:暴露。
㊁ ㄅㄠˋ pao^4 音豹
①強烈;劇烈。見"正字通"。②兇惡;兇狠。如:暴徒。③突然;意外。如:暴得大名。④急驟。如:暴雨。⑤徒手搏鬥。如:暴虎馮河。⑥欺侮。如:眾暴寡。⑦糟蹋;不愛惜。如:暴殄天物。

2【暴力】 ㄅㄠˋ ㄌㄧˋ
(violence)即武力之表現。係相對於和平方法而言。暴力一詞,於政治學上隨研究壓力團體在政治上所占之重要性而常見。研究壓力團體者認爲壓力團體爲欲發揮其政治壓力,不惜使用各種方法以達到其目的。自近代政治學者將政治釋爲團體間之衝突 (group conflict) 後,認爲壓力團體有時不惜於使用和平方法之外,訴之於武力,以施展其政治壓力。因此，製造暴力即爲此等壓力團體僅次於發動內戰、政變所使用之武力，包括街頭暴動、投擲炸彈、暗殺等。

3【暴尸】 ㄆㄨˋ ㄕ
暴露屍體，不加收殮。

7【暴投】 ㄅㄠˋ ㄊㄡˊ
棒、壘球比賽用語。投手投球過高、過低或偏左、偏右，致使捕手無法將球接住，使對方跑壘員有機可進壘或跑回本壘得分的情形。

【暴利】 ㄅㄠˋ ㄌㄧˋ
過高的利潤。

8【暴雨】 ㄅㄠˋ ㄩˇ
(storm rainfall) 超過某一特定雨量強度的降雨。

【暴戾】 ㄅㄠˋ ㄌㄧˋ
兇暴殘忍，違背常道。

9【暴政】 ㄅㄠˋ ㄓㄥˋ
暴虐的政治。

【暴虐】 ㄅㄠˋ ㄋㄩㄝˋ
1殘暴酷虐。2施暴；侵侮。

【暴風】 ㄅㄠˋ ㄈㄥ
強烈的大風。

10【暴骨】 ㄆㄨˋ ㄍㄨˇ
屍骨暴露於郊野。

11【暴動】 ㄅㄠˋ ㄉㄨㄥˋ
聚集眾人，用暴力作殺人、放火、搶劫、占領公署等違法行爲，而引起社會混亂的行動。政治性的暴動，在"刑法"上則構成內亂罪。

14【暴漲】 ㄅㄠˋ ㄓㄤˇ
突然升高。

17【暴斃】 ㄅㄠˋ ㄅㄧˋ
突然死亡。

【暴斂】 ㄅㄠˋ ㄌㄧㄢˋ
強行刮徵財稅。

20【暴躁】 ㄅㄠˋ ㄗㄠˋ
粗暴急躁。

12【暴發戶】 ㄅㄠˋ ㄈㄚ ㄏㄨˋ
指突然發財或得勢的人家。

7【暴利行爲】 ㄅㄠˋ ㄌㄧˋ ㄒㄧㄥˊ ㄨㄟˊ
乘他人之急迫、輕率或無經驗，使其爲財產上之給付，或爲給付之約定，依當時情形顯失公平之法律行爲。暴利行爲的成立，在主觀要件方面，須暴利行爲人對於他人之急迫、輕率或無經驗之利用有所認識；在客觀要件方面，須法律行爲使相對人爲財產上之給付或爲給付之約定，而依當時情形顯失公平。對於暴利行爲，利害關係人得聲請法院撤銷(包括負擔行爲和處分行爲)或減輕其給付，但必須於爲該法律行爲後一年內爲之。暴利行爲在性質上僅適用於財產上之給付行爲，不及於身分行爲。暴利行爲人如使用詐術或已達脅迫程度時，相對人得以意思表示逕行撤銷該暴利行爲；又暴利行爲如有違反強行規定或違背公序良俗，則爲當然無效，無待撤銷。

8【暴虎馮河】 ㄅㄠˋ ㄏㄨˇ ㄆㄧㄥˊ ㄏㄜˊ
空手與猛虎搏鬥，不靠舟船而渡河。比喻人有勇無謀，作無謂的冒險。

9【暴殄天物】 ㄅㄠˋ ㄊㄧㄢˇ ㄊㄧㄢ ㄨˋ
1任意滅絕天生萬物。2浪費物品，不加愛惜。

12【暴飲暴食】 ㄅㄠˋ ㄧㄣˇ ㄅㄠˋ ㄕˊ
大吃大喝，沒有節制。

13【暴跳如雷】 ㄅㄠˋ ㄊㄧㄠˋ ㄖㄨˊ ㄌㄟˊ
形容盛怒的樣子。

21【暴露深度】 ㄆㄨˋ ㄌㄨˋ ㄕㄣ ㄉㄨˋ
(depth of exposure) 指印刷媒體廣告篇幅的大小或廣告影片的持續時間。廣告重複出現的頻率愈高，愈能使受眾察知其存在或意義。

暰 ㄇㄤˇ mang³ 音莽
或作暰。太陽暗淡無光。見"玉篇"。

暯 ㄇㄛˋ mo⁴ 音莫
1幽暗深遠。見"集韻"。2虛無。見"字彙"。

暩 ㄐㄧˋ chi⁴ 音祭 又讀 ㄍㄨㄟˋ kuei⁴ 音桂
光。見"字彙"。

暰 ㄘㄨㄥ ts'ung¹ 音忽
電光。見"玉篇"。

暮 ㄇㄨˋ mu⁴ 音慕
本作莫。1黃昏；傍晚。見"玉篇"。2夜間。3遲；晚；衰老。如：暮氣沈沈。

6【暮年】 ㄇㄨˋ ㄋㄧㄢˊ
老年；晚年。

9【暮春】 ㄇㄨˋ ㄔㄨㄣ
指農曆三月。

【暮秋】 ㄇㄨˋ ㄑㄧㄡ
指農曆九月。

10【暮氣】 ㄇㄨˋ ㄑㄧˋ
1日落時迷茫的景象。2比喻志氣衰竭、精神委靡。

13【暮歲】 ㄇㄨˋ ㄙㄨㄟˋ
1歲末；年終。2指老年。

24【暮靄】 ㄇㄨˋ ㄞˇ
黃昏時的雲氣。

13【暮鼓晨鐘】 ㄇㄨˋ ㄍㄨˇ ㄔㄣˊ ㄓㄨㄥ
晚間的鼓聲，晨間的鐘聲。爲佛寺早晚課所敲擊。引申指警世的言論。

12

晉 晉的本字。

曆 ㄌㄧˋ li⁴ 音歷
古作厤，通作歷。1推算日月星辰的運行以定歲時的方法。如：曆法。2記載年月歲時的書籍。3氣數；氣運。4年代。

4【曆元】 ㄌㄧˋ ㄩㄢˊ
曆法的起算點。我國古代曆法以冬至爲一回歸年的開始，朔日爲一月的開始，夜半爲一日的開始，甲子是干支紀日的開始，所以古人通常取冬至、朔日同在甲子日的夜半者作爲曆元。

8【曆法】 ㄌㄧˋ ㄈㄚˇ
(calendar) 依據日、月、地球三體運轉的週期,制定年、月、日的計時法則。由於年、月、日三者的長度並不成完整的倍數,曆學家在此種不齊一中尋求一種比較整齊的計算方式,用以調合年、月、日三者的回復而順應天象。世界上主要的曆法有陽曆、陰曆、陰陽合曆等。

6【曆年制】 ㄌㄧˋ ㄋㄧㄢˊ ㄓˋ
目前我國一般工商企業所採行的會計年度。自每年一月一日起至同年十二月三十一日止;又分上、下兩期,上期以六月三十日爲結算期,下期以十二月三十一日爲結算期。

曈 ㄊㄨㄥˊ t'ung² 音同
參曈曨。

20【曈曨】 ㄊㄨㄥˊ ㄌㄨㄥˊ
逐漸顯著、明亮的樣子。

暾 ㄊㄨㄣ t'un¹ 音吞
1太陽剛出來的樣子。見"廣韻"。2明亮;旺盛。

曇 ㄊㄢˊ t'an² 音談
1天空遮蔽日光的雲氣。2梵語 dharma 的譯音。爲曇摩的省稱。意指佛法。

8【曇花】 ㄊㄢˊ ㄏㄨㄚ
(Dutchman's pipe; *Epiphyllum oxypetalum*)
多年生灌木狀多肉草本植物。莖木質無刺,多分枝,老莖圓柱狀,其餘扁平,且邊緣波狀,綠色,外形如葉,中肋肥厚,兩面均凸起。花單生,大型,長達30cm,純白色,夜間開放,唯花期甚短,僅數小時而已。原產於'美洲',我國各地均有栽培,供觀賞。

曇花圖

19【曇霧】 ㄊㄢˊ ㄨˋ
(haze)肉眼無法識別之固體微粒懸浮於大氣中,使大氣呈汙濁昏暗的狀態。能見度低於2公里。

8【曇花一現】 ㄊㄢˊ ㄏㄨㄚ ㄧ ㄒㄧㄢˋ
比喻事物難得一見或偶見即逝。

曀 ㄧˋ i⁴ 音懿
1天色陰沈。見"說文"。2泛指事物晦暗不明。

曃 ㄉㄞˋ tai⁴ 音代
參曖曃。

曉 ㄒㄧㄠˇ hsiao³ 音小
1天明;天將亮的時候。見"說文"。2知道;明白。見"方言·一"。3告知;告諭。見"廣雅·釋詁"。

4【曉月殘星】 ㄒㄧㄠˇ ㄩㄝˋ ㄘㄢˊ ㄒㄧㄥ
殘餘的月色與星光。形容黎明的景色。

5【曉以大義】 ㄒㄧㄠˇ ㄧˇ ㄉㄚˋ ㄧˋ
以正大光明的道理開導他人。

6【曉行夜宿】 ㄒㄧㄠˇ ㄒㄧㄥˊ ㄧㄝˋ ㄙㄨˋ
天一亮就上路,到夜晚才休息。形容急忙趕路的樣子。

暿 ㄒㄧˇ hsi³ 音喜
1熾熱。同熹。見"集韻"。2盛貌。見"集韻"。

曊 ㄈㄟ fei¹ 音非
1曬乾物。見"集韻"。2照耀;曝曬。

曋 ㄕㄣˇ shên³ 音審
太陽所經過之處。見"字彙補"。

暸 ㄌㄧㄠˊ liao² 音聊
明白。見"集韻"。

曄 ㄧㄝˋ yeh⁴ 音葉
同曅。1光明燦爛。見"說文"。2繁盛的樣子。如:曄然。

曌 ㄓㄠˋ chao⁴ 音照
'唐''武則天'自造新字,以此爲名。同照。見"正字通"。

曏 或作曏。一 ㄕㄤˇ shang³ 音賞
不久;一會兒。同晌。見"說文"。
二 ㄒㄧㄤˋ hsiang⁴ 音向
1從前;往日。2明白。3對著。通向。

暹 ㄒㄧㄢ hsien¹ 音先
旭日初升。見"集韻"。

暤 皞的俗體。

13

曐 星的古文。

曑 ㄕㄣ shên¹ 音申
星宿名。同參。見"說文"。

曙 ㄕㄨˋ shu⁴ 音樹
或作曙。日出;天剛亮的時候。見"類篇"。

6【曙光】 ㄕㄨˋ ㄍㄨㄤ
1曉光;黎明時的陽光。2比喻希望。

【曙色】 ㄕㄨˋ ㄙㄜˋ
黎明時的天色。

曖 ㄞˋ ai⁴ 音愛
1昏暗不明。如:曖然。2隱翳;遮蔽。

9【曖昧】 ㄞˋ ㄇㄟˋ
1幽暗不明。2模糊不清。3指陰私不可告人的事情。

16【曖曃】 ㄞˋ ㄉㄞˋ
昏暗的樣子。

17【曖曖】 ㄞˋ ㄞˋ
昏暗模糊的樣子。

曬 一 ㄕㄞˋ shai⁴ 音曬
曬的俗體。
二 ㄕㄚˋ sha⁴ 音煞
極;甚。通煞。

曒 ㄐㄧㄠˇ chiao³ 音繳 又讀 ㄏㄠˇ hao³ 音好
光明。見"玉篇"。

14

曜 ㄧㄠˋ yao⁴ 音耀
1日光。見"集韻"。2明亮;光明。3日、月、星的總稱。

曚 ㄇㄥˊ mêng² 音蒙
天將亮而未亮的時候。見"字彙"。

9【曚昧】 ㄇㄥˊ ㄇㄟˋ
1天地混沌未開的狀況。2愚昧

無知的樣子。

20【曚曨】 ㄇㄥˊ ㄌㄨㄥˊ

[1]日光不明的樣子。[2]模糊不清的樣子。

 暴的本字。

㬣 ㄉㄨㄟˋ *tui*4 音隊

茂盛的樣子。見"集韻"。

曛 ㄒㄩㄣ *hsün*1 音熏

[1]黃昏時候。見"玉篇"。[2]落日的餘暉。見"集韻"。

3【曛夕】 ㄒㄩㄣ ㄒㄧˋ

落日餘暉。

15

曆 暴的古文。

曠 ㄎㄨㄤˋ *k'uang*4 音礦

[1]明朗。見"說文"。[2]空闊;寬廣。見"正字通"。[3]閒置空缺而不用。[4]豁達。如:器宇宏曠。[5]荒廢;耽誤。如:曠職。[6]男子無妻室。如:曠夫。[7]間隔,間斷。如:曠日彌久。[8]超絕無倫。如:曠世奇才。

5【曠世】 ㄎㄨㄤˋ ㄕˋ

[1]絕世;舉世無雙。[2]隔世。指歷時久遠。

【曠代】 ㄎㄨㄤˋ ㄉㄞˋ

同曠世。

11【曠野】 ㄎㄨㄤˋ ㄧㄝˇ

空闊的原野。

13【曠達】 ㄎㄨㄤˋ ㄉㄚˊ

心胸開闊,追遙自適,不受俗務、俗見的拘束。

14【曠遠】 ㄎㄨㄤˋ ㄩㄢˇ

[1]時間長久遙遠。[2]指土地廣闊。

15【曠廢】 ㄎㄨㄤˋ ㄈㄟˋ

荒廢。

18【曠職】 ㄎㄨㄤˋ ㄓˊ

[1]荒廢職務。[2]保留職位的空缺。[3]指機關人員未經請假或許可而擅自離開職守。

4【曠夫怨女】 ㄎㄨㄤˋ ㄈㄨ ㄩㄢˋ ㄋㄩˇ

沒有配偶的適婚男女。

【曠日持久】 ㄎㄨㄤˋ ㄖˋ ㄔˊ ㄐㄧㄡˇ

荒廢時日,歷時過久。

【曠日費時】 ㄎㄨㄤˋ ㄖˋ ㄈㄟˋ ㄕˊ

虛度光陰,浪費時間。

5【曠古絕今】 ㄎㄨㄤˋ ㄍㄨˇ ㄐㄩㄝˊ ㄐㄧㄣ

古今皆未曾有。

10【曠時廢業】 ㄎㄨㄤˋ ㄕˊ ㄈㄟˋ ㄧㄝˋ

浪費時間,荒廢事業。

11【曠野傾倒】 ㄎㄨㄤˋ ㄧㄝˇ ㄑㄧㄥ ㄉㄠˋ

(open dumping)指未經任何處理的垃圾傾棄。易滋生病媒、臭氣,危害環境衛生;並可能發生燃燒,形成空氣汙染;其滲出水更易造成河川汙染。

曝 ㄆㄨˋ *p'u*4 音瀑

在陽光下曬。本作暴。見"集韻"。

6【曝光】 ㄆㄨˋ ㄍㄨㄤ

[1](exposure)攝影時光線經鏡頭快門,射入軟片上的感光乳劑層膜,使感光材料產生潛在的變化。曝光的效果,由光線強度乘以曝光時間來決定,即$E=I\times T$;光線強度由被攝物的亮度及光圈大小決定;時間則由快門的快慢來決定。[2]祕密被公開或被發現。

10【曝氣】 ㄆㄨˋ ㄑㄧˋ

(aeration)藉將水噴灑於空氣中或在水中通入空氣等方法,使水與空氣充分接觸而相互移轉的作用。自來水工程即常藉曝氣作用除去臭味、減輕金屬腐蝕,以達淨水的目的。

21【曝露式進水建築】 ㄆㄨˋ ㄌㄨˋ ㄕˋ ㄐㄧㄣˋ ㄕㄨㄟˇ ㄐㄧㄢˋ ㄓㄨˊ

(exposed intake)上部露出水面,可容人進入檢修,用於河、湖及蓄水庫進水的水工結構物。可分為岸邊式及進水塔。河流洪水位與枯水位相差不大,河岸地勢適宜者採用岸邊式進水建築;湖、蓄水庫或河道寬廣,兩岸坡度平坦,豐枯水期水位變化甚大者適合採用進水塔。

曡 疊的本字。

疊 疊的本字。

曟 晨的本字。

16

曨 ㄌㄨㄥˊ *lung*2 音龍

日出的樣子。見"字彙"。

曦 ㄒㄧ *hsi*1 音西

日光。如:晨曦。

曣 ㄧㄢˋ *yen*4 音晏

日出天氣晴朗。見"正字通"。

17

曩 ㄋㄤˇ *nang*3 音攮

[1]昔日;從前。見"說文"。[2]長久。見"爾雅·釋詁"。

8【曩者】 ㄋㄤˇ ㄓㄜˇ

從前;昔日。

19

曬 ㄕㄞˋ *shai*4

把東西放在陽光下曝乾。俗作晒。見"說文"。

14【曬圖】 ㄕㄞˋ ㄊㄨˊ

(blue printing)將繪製在描圖紙上之原圖覆於感光紙上,以日照或曬圖機強光曝光後,再經顯像液或顯像劑之顯影作用而複製成與原圖完全相同之圖形的複製作業。

20

曭 ㄊㄤˇ *t'ang*3 音儻

昏暗不明。見"廣韻"。

曮 ㄧㄢˇ *yen*3 音儼

太陽的運行。見"玉篇"。

曰部

曰 ㄩㄝ yüeh¹ 音約
1說。2稱爲;叫做。

2

曳 ㄧˋ i⁴ 音意 語音 ㄧㄝˋ yeh⁴ 音葉
1引;拖拉。如:曳引。2搖晃不定。如:搖曳。

5【曳白】 ㄧˋ ㄅㄞˊ
1考試交白卷。2科舉考試,謄寫試卷時跳頁。

6【曳光彈】 ㄧˋ ㄍㄨㄤ ㄉㄢˋ
(tracer)能在飛行中產生燃燒物的彈藥。可供射擊觀測、發送信號等用途。

曲 一 ㄑㄩ ch'ü¹ 音屈
1竹編的養蠶用具。即蠶箔。見"說文"。2彎的;不直的。如:曲線。3委婉。如:曲意承歡。4角落;鄉里小地方。如:鄉曲之士。
二 ㄑㄩˇ ch'ü³ 音取
樂曲;歌曲。

3【曲士】 ㄑㄩ ㄕˋ
鄉曲之士。指見聞不廣、知識淺陋的人。

4【曲尺】 ㄑㄩ ㄔˇ
(square)也稱長角尺。木工、泥工常用以測定直角及短距尺寸。

6【曲池】 ㄑㄩ ㄔˊ
人體穴位之一。位於彎曲手臂時,肘窩橈側橫紋頭至肱骨外上髁的中點。屬手陽明大腸經。

7【曲折】 ㄑㄩ ㄓㄜˊ
1彎曲轉折。2事情演變發展的過程。也指隱情。3曲意順從他人。

8【曲直】 ㄑㄩ ㄓˊ
比喻是非善惡。

【曲阜】 ㄑㄩ ㄈㄨˋ
位於'山東省'西南部。是至聖先師'孔子'的故里,城北有'孔子'廟及'孔林'。

9【曲流】 ㄑㄩ ㄌㄧㄡˊ
(meander)河流在地面上發育成的蜿蜒迴旋之河道。通常指河道彎曲而呈圓滑的正弦曲線狀者。河流在上游常繞山而行,所造成的曲流稱掘鑿曲流 (intrenched meander);而在中、下游氾濫平原上,由於沈積旺盛,河道自由彎曲,稱自由曲流(free meander)。

【曲度】 ㄑㄩ ㄉㄨˋ
(curve) 鐵路路線方向或坡度變化處,爲使路線圓滑而插入之中心角與曲線起點間的距離,稱爲曲度彎道或曲線半徑;於彎道上任取20公尺之弦,其相當之中心角度,即爲該彎道的曲度。就鐵路而言,丘陵區之曲度彎道不得小於300公尺,曲度不得大於4度;山岳區之曲度彎道不得小於200公尺,曲度不得大於6度。

【曲面】 ㄑㄩ ㄇㄧㄢˋ
(curved surface)相對於平面而言。在數學上常見的曲面爲二次曲面,如拋物面、橢圓面、圓柱面等。曲面上的點通常可用兩個坐標加以描述。

10【曲破】 ㄑㄩˇ ㄆㄛˋ
'唐''宋'樂舞稱大曲的第三段爲破,單獨演唱此段則稱曲破。其節奏緊促,歌舞並陳。

11【曲率】 ㄑㄩ ㄌㄩˋ
(curvature) 曲線或曲面上一定點處之彎曲程度。對函數$y=f(x)$的曲線的某一定點而言,爲該定點兩鄰點切線的方向角(t_1及t_2)之差Δt與兩鄰點間之弧長Δs的比值之極限(如圖),故O點處的曲率爲$K=\lim\limits_{\Delta s\to 0}\frac{\Delta t}{\Delta s}=\frac{dt}{ds}=\frac{y''}{(1+y'^2)^{3/2}}$。曲率的倒數稱爲曲率半徑。曲面的曲率較爲複雜,係由過該點的曲面上之曲線的曲率共同決定。

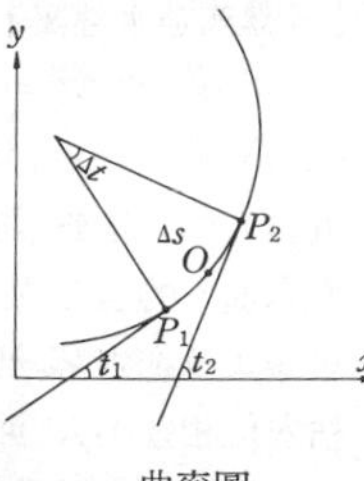

曲率圖

【曲笛】 ㄑㄩˇ ㄉㄧˊ
一種吹奏樂器。用以伴奏'崑'曲,音色圓潤。較梆笛長而音低四度。

12【曲筆】 ㄑㄩ ㄅㄧˇ
1史家編史,或有所阿諛,或有所忌諱,不能據實直書。2曲解法令條文而定判決。

【曲牌】 ㄑㄩˇ ㄆㄞˊ
泛稱'元''明'以來南北曲及各種小曲之曲調。每一曲牌代表不同的曲譜,故作曲時,無論句式、叶韻等,均須依據曲牌之規定填寫。部分曲調是由詞牌發展而來,故曲牌中也有與詞牌同名的。

13【曲解】 ㄑㄩ ㄐㄧㄝˇ
不正確的解釋。指見解有偏差或隨意附會。

14【曲說】 ㄑㄩ ㄕㄨㄛ
指片面的言論或偏執的見解。

16【曲澤】 ㄑㄩ ㄗㄜˊ
經穴之一。位於肘橫紋中點,肱二頭肌肌腱尺側緣凹陷處。以屈肘取穴,此穴屬手厥陰心包絡經,主治中暑、四肢抽搐、肘背痛等。

【曲學】 一 ㄑㄩ ㄒㄩㄝˊ
1鄉曲的學術。指淺陋的言論。2背離或歪曲自己所學。
二 ㄑㄩˇ ㄒㄩㄝˊ
研究歷代戲曲的學問。

12【曲棍球】 ㄑㄩ ㄍㄨㄣˋ ㄑㄧㄡˊ
(hockey)用一端彎曲如杓狀的木棍,使球進入球門以決勝負的團隊運動。約在二千五百年前,即有'希臘'、'羅馬'、'波斯'人玩此種遊戲,但有組織、有規則的遊戲方式,則始行於'英國'。

15【曲線板】 ㄑㄩ ㄒㄧㄢˋ ㄅㄢˇ
(rigid irregular curves)又稱'法蘭西'曲線板、雲形板。外形由各小段相異之不規則曲線連接組成，係用以繪製不規則曲線的工具。通常一組可分爲十二片、二十五片或五十片。

9【曲突徙薪】 ㄑㄩ ㄊㄨˊ ㄒㄧˇ ㄒㄧㄣ
比喻防患未然。傳說'齊'人'淳于髡'見鄰人在直立的爐灶煙囪旁堆積木柴，便勸他改建彎曲的煙囪，同時把木柴搬到遠處，以免發生火災，鄰人不聽，果然發生火災。見"淮南子·說山訓·淳于髡之告失火者·注"。

【曲流地形】 ㄑㄩ ㄌㄧㄡˊ ㄉㄧˋ ㄒㄧㄥˊ
(landforms of meander) 由曲流發育而成的各種地形之統稱。如基蝕坡、滑走坡、牛軛湖、河階等。

10【曲高和寡】 ㄑㄩˇ ㄍㄠ ㄏㄜˋ ㄍㄨㄚˇ
曲調高古，能應和的人少。比喻知音難求，才高難爲人所知。

【曲徑通幽】 ㄑㄩ ㄐㄧㄥˋ ㄊㄨㄥ ㄧㄡ
曲折小路，通向景致幽雅處。

11【曲率半徑】 ㄑㄩ ㄌㄩˋ ㄅㄢˋ ㄐㄧㄥˋ
(radius of curvature) 平面曲線上一定點之曲率的倒數。以此半徑作一圓通過曲線上的定點，則稱爲曲率圓；曲率圓的中心稱爲曲率中心；包含曲率圓的平面，則稱爲曲率平面。

14【曲盡其妙】 ㄑㄩ ㄐㄧㄣˋ ㄑㄧˊ ㄇㄧㄠˋ
曲折周盡地將其中的妙處表現出來。

16【曲學阿世】 ㄑㄩ ㄒㄩㄝˊ ㄜ ㄕˋ
歪曲所學以迎合世俗。

9【曲面的法線】 ㄑㄩ ㄇㄧㄢˋ ·ㄉㄜ ㄈㄚˇ ㄒㄧㄢˋ
(normal to surface) 令P爲曲面上一點，過P點且與P點之切平面垂直的直線爲法線，其方向向量爲$\left(\frac{\partial f}{\partial x}, \frac{\partial f}{\partial y}, -1\right)$；如果曲面不以函數形式表示，而以 $F(x, y, z)=0$ 表示，則法線向量爲$\left(\frac{\partial F}{\partial x}, \frac{\partial F}{\partial y}, \frac{\partial F}{\partial z}\right)$。故過 $P(x_0, y_0, z_0)$的切平面方程式爲 $a(x-x_0)+b(y-y_0)+c(z-z_0)=0$，其中$(a,b,c)$爲法線的方向向量。

15【曲線的切線】 ㄑㄩ ㄒㄧㄢˋ ·ㄉㄜ ㄑㄧㄝ ㄒㄧㄢˋ
(tangent line to curve) 令P爲平面曲線C上一點，直觀地說，在P點的切線是過P點剛接觸到C而非割過C的直線。其幾何定義則爲：令P坐標爲(a, b)，另一動點Q的坐標爲(x, y)，考慮過P、Q兩點的直線l，令Q點向P移動，則l繞P而旋轉，當Q以P爲極限時，l亦接近一極限位置，則此位置爲過P點的切線，P稱爲切點，切線方程式爲 $y-b=m(x-a)$，其中$m=\lim\limits_{\substack{x\to a\\ y\to b}}\frac{y-b}{x-a}$。若平面曲線是函數 $y=f(x)$ 的圖形，則斜率 $m=f'(a)$。若曲線以參數方程式 $x=f(t)$、$y=g(t)$ 表示，則割線斜率 $(y-b)/(x-a)$ 可以表成 $(g(t)-g(t_0))/(f(t)-f(t_0))=[(g(t)-g(t_0))/(t-t_0)]\div[(f(t)-f(t_0))/(t-t_0)]$(其中 $b=g(t_0)$, $a=f(t_0)$)，故 $m=\frac{dy}{dx}=\frac{dy}{dt}\div\frac{dx}{dt}$。空間曲線的切線定義和平面曲線一樣定爲割線的極限。若曲線以參數式 $x=f(t)$、$y=g(t)$、$z=h(t)$表示，則三函數的導數與切線的方向餘弦成正比，即$\frac{dx}{dt}=K\cos\alpha$, $\frac{dy}{dt}=K\cos\beta$, $\frac{dz}{dt}=K\cos\gamma$，若參數使用弧長$S$代替，則$K=1$。

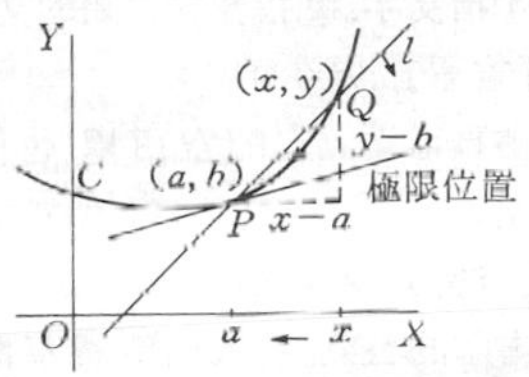

曲線的切線圖

9【曲面的切平面】 ㄑㄩ ㄇㄧㄢˋ ·ㄉㄜ ㄑㄧㄝ ㄆㄧㄥˊ ㄇㄧㄢˋ
(tangent plane to surface) 令P爲曲面S上一點，即過P點的切平面恰好和S接觸於一點P而非割過S。若曲面爲 $z=f(x,y)$ 的圖形，令P點坐標爲$(x_0, y_0, f(x_0, y_0))$，則平面方程式爲$(x-x_0)\frac{\partial f}{\partial x}+(y-y_0)\frac{\partial f}{\partial y}-(z-f(x_0,y_0))=0$。

3

更 ㊀ ㄍㄥ kêng[1] 音庚
[1]改換；改變。見"說文"。[2]經歷；經過。見"玉篇"。[3]'秦代'的徭役名。[4]㊁的讀音。

㊁ ㄐㄧㄥ ching[1] 音經
古代夜間報時的名稱。一夜分五更，自晚上七時到次日晨五時，每二小時爲一更。

㊂ ㄍㄥˋ kêng[4] 音亙
[1]又；再。見"正字通"。[2]愈加。如：更好。

5【更正】 ㄍㄥ ㄓㄥˋ
指會計上紀錄有錯誤時不能採用訂正方式，而須填製傳票做出分錄並記入帳冊，將錯誤的紀錄沖銷的程序。

【更生】 ㄍㄥ ㄕㄥ
[1]復活；死而復生。[2]菊花的別名。

6【更休】 ㄍㄥ ㄒㄧㄡ
輪流休息。

8【更始】 ㄍㄥ ㄕˇ
重新開始。

9【更迭】 ㄍㄥ ㄉㄧㄝˊ
交替；輪流。

12【更番】 ㄍㄥ ㄈㄢ
依次輪流替換。

13【更新】 ㄍㄥ ㄒㄧㄣ
革新；改過自新。

【更鼓】 ㄐㄧㄥ ㄍㄨˇ
夜間報更的鼓聲。

14【更漏】 ㄐㄧㄥ ㄌㄡˋ
[1]古代計時所用漏刻的別名。依漏刻以定時報更，故名。[2]稱夜晚的時刻。

【更端】 ㄍㄥ ㄉㄨㄢ
另外一件事。
【更遞】 ㄍㄥ ㄉㄧˋ
輪流交替。
6【更衣室】 ㄍㄥ ㄧ ㄕˋ
1換衣休息之處。2指廁所。
【更年期】 ㄍㄥ ㄋㄧㄢˊ ㄑㄧˊ
(climacteric) 指男女性機能進入衰退的時期。女性爲自停經前數月至其後的數年內(約44～52歲),期間因性激素及卵巢機能衰退,月經週期漸次延長且不規則,有些婦女特別有頭暈、目眩、冷熱無常、顏面潮紅、易躁且激動或失眠等症狀發生,是爲更年期障礙。在男性,通常約50歲左右,出現易倦、肌肉僵硬、腰骨酸痛等現象,一般較不明顯。
3【更上層樓】 ㄍㄥˋ ㄕㄤˋ ㄘㄥˊ ㄌㄡˊ
比喻比過去更進步。
9【更相爲命】 ㄍㄥ ㄒㄧㄤ ㄨㄟˋ ㄇㄧㄥˋ
互相倚賴過活。
14【更僕難數】 ㄍㄥ ㄆㄨˊ ㄋㄢˊ ㄕㄨˇ
比喻事物繁多,難以盡述。

4

曶 ㄏㄨ hu¹ 音忽
1氣出迅疾的樣子。見"說文"。2古代大臣上朝時隨身攜帶的笏版。見"說文"。

5

曷 ㄏㄜˊ ho², hê² 音何
1何;爲什麼;哪裡。見"說文"。2何不。同盍。見"爾雅・釋言"。3豈;難道。

6

書 ㄕㄨ shu¹ 音舒
1記載;書寫。見"說文"。2文字的結構;字體。如:楷書。3有文字或圖畫的冊籍。如:書籍。4信函。如:家書。5書法。如:書家。6"尚書"的古稱。
4【書丹】 ㄕㄨ ㄉㄢ
古人刻碑,先將碑文用朱筆寫在石上。後也泛指書寫碑志墓銘。
5【書札】 ㄕㄨ ㄓㄚˊ
書信。
【書目】 ㄕㄨ ㄇㄨˋ
將同一作者所著或同一主題範圍或同一地區出版之圖書,彙集一處編錄而成的書單。書目中所錄各書彼此間大都具相關性,且來源不受限制,此亦爲異於目錄之處。
8【書法】 ㄕㄨ ㄈㄚˇ
1史學家撰述歷史的體例筆法。2書寫'漢'字的藝術。
【書帙】 ㄕㄨ ㄓˋ
1書套。2泛稱書籍。
9【書契】 ㄕㄨ ㄑㄧˋ
1指文字。2指契約之類的文件。
【書眉】 ㄕㄨ ㄇㄟˊ
書頁正文上方的空白處。也稱天頭。
【書香】 ㄕㄨ ㄒㄧㄤ
書本的香氣。古人把芸香草藏在書中避蠹,所以有香氣。後世遂以稱讀書的風氣或家風。
10【書根】 ㄕㄨ ㄍㄣ
我國線裝書籍的下端。因印書紙質較軟,排架時無法直立,皆重疊平放,故於書根書寫各冊起迄卷數,以便取閱。
【書院】 ㄕㄨ ㄩㄢˋ
1'唐代'中書省修書或侍講的機構。2'宋'以後私人或官府所立講學之所。
12【書評】 ㄕㄨ ㄆㄧㄥˊ
專爲某書所寫的評論文章。
13【書腦】 ㄕㄨ ㄋㄠˇ
書籍裝訂時打眼穿線的部分。即書脊。
15【書標】 ㄕㄨ ㄅㄧㄠ
圖書館員將館藏資料分類整理後,賦予每件資料一組號碼(包括分類號、著者號及部冊號等),且將之打印在規定格式的小紙上,黏貼於書背下端,供排架及尋檢圖書資料的依據。該張打印有書碼的小紙即爲書標。
17【書齋】 ㄕㄨ ㄓㄞ
書房。
19【書牘】 ㄕㄨ ㄉㄨˊ
書信簡札的總稱。包括書、啟、箋、移、牘、簡、札、帖等。
24【書蠹】 ㄕㄨ ㄉㄨˋ
1蛀書的蟲。也稱蠹魚。2比喻讀死書的人。
6【書名頁】 ㄕㄨ ㄇㄧㄥˊ ㄧㄝˋ
出版商每於圖書封面之後、本文之前,加插一頁,刊載書名、著者等有關資料,稱爲書名頁。依編目規則之規定,題名及著者敘述項以書名頁爲主要著錄來源,故圖書館編製目錄時,十分重視書名頁。
8【書卷氣】 ㄕㄨ ㄐㄩㄢˋ ㄑㄧˋ
形容讀書人溫文儒雅的氣質。
12【書集傳】 ㄕㄨ ㄐㄧˊ ㄓㄨㄢˋ
'宋''蔡沈'撰,六卷。參考眾說,融會貫通,將今、古文"尚書"傳注排在一起,以便比較,資料頗豐。'明''永樂'間所編"書傳大全",即以此爲藍本。
5【書目控制】 ㄕㄨ ㄇㄨˋ ㄎㄨㄥˋ ㄓˋ
(bibliographic control) 協助使用者檢索各種圖書資料之一連串運作的總稱。包括記錄所有出版品的完整書目資料、書目記述標準化、提供各項設備;經由編輯、發行聯合目錄、專題書目或書目服務中心提供書目資料。
【書目答問】 ㄕㄨ ㄇㄨˋ ㄉㄚˊ ㄨㄣˋ
'清''張之洞'撰,五卷。列舉國學重要書目二千二百餘種,按經、史、子、集、叢書五類,依時代先後次列,並注以當時通行版本。
8【書空咄咄】 ㄕㄨ ㄎㄨㄥ ㄉㄨㄛˋ ㄉㄨㄛˋ
比喻人在失意時的驚怪、無奈。'晉代''殷浩'被黜放後,成天用手指在空中虛寫「咄咄怪事」四字。見"世說新語・黜免"。

9【書面審核】ㄕㄨ ㄇㄧㄢˋ ㄕㄣˇ ㄏㄜˊ
(audit as writing statement)指納稅義務人申報書表齊全並符合規定標準者(例如申報之營利事業所得額已達該業所得額標準),稽徵機關得僅就其申報書表予以審核,不再調閱帳證以查核之謂。其主要優點乃節省徵納雙方的工作負荷。

【書香子弟】ㄕㄨ ㄒㄧㄤ ㄗˇ ㄉㄧˋ
世代讀書人家的子孫。

【書香世家】ㄕㄨ ㄒㄧㄤ ㄕˋ ㄐㄧㄚ
世代都是讀書人的家族。

5【書目性資料庫】ㄕㄨ ㄇㄨˋ ㄒㄧㄥˋ ㄗ ㄌㄧㄠˋ ㄎㄨˋ
(bibliographic data base)書目性資料庫所記錄的項目可大致分爲三部分:一、書目資料,如圖書則包括書名、著者、出版年、所用語文等;如期刊則包含篇名、著者、期刊名稱及其卷號、出版年等。二、摘要,對該文獻的內容作一簡要的敘述。三、文獻的主題,通常以敘述語、識別用語、類號或標題來顯示。

7

曹 ㄘㄠˊ *ts'ao*² 音槽
1訴訟中的原告和被告稱爲兩曹。見"說文"。2古代官署分職辦事的部門或官職。如:郡曹。3群;眾。4輩;儕。如:爾曹。5偶;對。6同;一齊。7姓。'春秋''魯'有'曹劌'。見"萬姓統譜·三二"。

5【曹丕】ㄘㄠˊ ㄆㄧ
(187~226)三國'魏文帝'。'沛國''譙'(今'安徽''亳縣')人,字'子桓'。'曹操'次子。篡'漢',即帝位,國號'魏'。喜愛文學,創作和理論都有成就。"典論"爲其精心之作,其中"論文"一篇,爲我國文學批評之祖。有"魏文帝集"。

11【曹參】ㄘㄠˊ ㄕㄣ
(?~前190)'西漢''沛'(今'江蘇''沛縣')人,字'敬伯'。與'蕭何'同佐'高祖'定天下,封'平陽侯'。'惠帝'時,繼'蕭何'爲相。

12【曹植】ㄘㄠˊ ㄓˊ
(192~232)三國'魏''沛國''譙'(今'安徽''亳縣')人,字'子建'。'曹操'第三子。封'陳王',謚'思',世稱'陳思王'。天資聰敏,早年頗受'曹操'寵愛,及'曹丕'、'丕'子'叡'相繼稱帝,備受猜忌,鬱悶而死。工詩,以五言爲主,感情深沈熱烈;又善辭賦,"洛神賦"尤其著名。有"曹子建集"。

16【曹霑】ㄘㄠˊ ㄓㄢ
(?~1763?)'清''漢'軍正白旗人,祖籍'豐潤'(今屬'河北'),世居'瀋陽'。字'夢阮',號'雪芹'、'芹圃'。祖先三代均爲'江寧'織造,家世顯赫;十餘歲時,家因罪被抄,遂陷困境。'霑'歷經家變,乃將一生見聞寫成小說"紅樓夢",爲我國古典小說中之傑作。

【曹操】ㄘㄠˊ ㄘㄠ
(155~220)三國'魏武帝'。'沛國''譙'(今'安徽''亳縣')人,字'孟德',小名'阿瞞'。有雄才,多權詐,能文學。'東漢'末年,討黃巾賊有功,勢力逐漸強大。後迎'獻帝'都'許',削平諸雄,進位丞相。死後,子'曹丕'稱帝,追尊他爲'武帝'。有"魏武帝集"。

曹操像

【曹錕】ㄘㄠˊ ㄎㄨㄣ
(1862~1938)'河北''天津'人,字'仲珊'。'北洋武備學堂'畢業,編入'袁世凱'之北洋新軍。'民國'肇建後歷任第三師長、'直隸'督軍兼省長、兩'湖'宣慰使,爲'直'系的領袖。'民國'十二年,因賄賂而當選大總統,爲國人所不齒,不久失勢去位。

3【曹大家】ㄘㄠˊ ㄉㄚˋ ㄍㄨ
即'班昭'。參班昭。

6【曹全碑】ㄘㄠˊ ㄑㄩㄢˊ ㄅㄟ
'漢'碑刻名。全名"郃陽令曹全碑"。因'曹全'字'景完',又稱"曹景完碑"。碑文記載'全'爲'西域'戊部司馬時與'疏勒'交戰事,以及鎮壓'張角'黃巾之亂的經過,爲門下'王敞'等所刊立。'明''萬曆'間出土於'陝西''郃陽縣''莘里村',習隸者多取爲範式。

11【曹國舅】ㄘㄠˊ ㄍㄨㄛˊ ㄐㄧㄡˋ
八仙之一。'曹彬'之子,美貌紺髮,不喜富貴,志慕清虛;後辭富貴,持一笊籬,化錢度日。因遇'呂洞賓',或說遇'鍾離權'、'呂洞賓',度化成仙。

勗 ㄒㄩˋ *hsü*⁴ 音旭
勉勵。本作勖。如:勗勉。

8

曾 ㊀ ㄗㄥ *tsêng*¹ 音增
1重。如:曾祖。2增加。通增。如:曾益其所不能。3助詞。相當於乃、豈、則。如:曾是以爲孝乎!4姓。'春秋''魯'有'曾參'。見"萬姓統譜·五七"。
㊁ ㄘㄥˊ *ts'êng*² 音層
1嘗。如:曾經。2重疊;一重重。通層。

11【曾參】ㄗㄥ ㄕㄣ
(前505~前435)'春秋''魯國''南武城'(今'山東''滋陽')人,字'子輿'。'曾點'之子,事親至孝。爲'孔子'弟子,其學傳於'子思',再傳於'孟子'。後世尊爲「宗聖」。

15【曾鞏】ㄗㄥ ㄍㄨㄥˇ
(1019~1083)'北宋''南豐'('江西''南豐')人,字'子固'。'嘉祐'進士,官至中書舍人。深於經術,行文簡潔穩重,爲'唐''宋'八大家之一。著有"元豐類稿"。

16【曾樸】ㄗㄥ ㄆㄨˊ
(1872~1935)'江蘇''常熟'人,字'孟樸',筆名'東亞病夫'。'光緒'舉人。性喜文學,通'法'文。曾創辦

'小說林書社'、'眞善美書局',發刊雜誌。所作小說"孽海花",描寫晚'清'政治及社會的變態,文筆生動,寓意深遠。

曾樸像

11【曾國藩】 ㄗㄥ ㄍㄨㄛˊ ㄈㄢˊ
(1811~1872)'清''湖南''湘鄉'人,字'伯涵',號'滌生'。'道光'進士。因率'湘'軍平定'太平天國',封'毅勇侯'。歷任'武英殿'大學士、'直隸'及兩'江'總督。爲學力主義理、詞章、經濟、考據四者不可或缺。卒諡'文正'。著有"曾文正公全集"。

曾國藩像

4【曾文水庫】 ㄗㄥ ㄨㄣˊ ㄕㄨㄟˇ ㄎㄨˋ
'臺灣'最大的水庫。位於'曾文溪'上游,自'嘉義縣''大埔'至'臺南縣''楠西'之間,在'楠西'以下穿山通往'烏山頭水庫'。

9【曾侯乙墓】 ㄗㄥ ㄏㄡˊ ㄧˇ ㄇㄨˋ
'戰國'早期之墓葬。發現於'湖北省''隨縣''擂鼓墩'。這座墓保存完好,槨室規模之大、文物數量之多及製作之精美,爲'戰國'時代難得僅見。墓中銅器上大多刻有「曾侯乙」銘文,故知爲'曾侯乙'墓。'曾國'未見載之古籍,然在'京山'、'安陸'、'新野'、'棗縣'均發現有'曾國'器物,加之'曾侯乙'墓的發現,推測'曾國'應曾建國於此。墓中所見編鐘、編磬、古筀、十絃琴、排簫、五絃樂器、竹笛、皮鼓等製造精美之樂器,對研究'中國'樂器發展史幫助甚大。

10【曾納效應】 ㄗㄥ ㄋㄚˋ ㄒㄧㄠˋ ㄧㄥˋ
(Zener effect)指二極體PN接面當反向偏壓增大時,接面處電場亦加大,若大到足以直接破壞共價鍵以產生大量之電子—電洞對時,則半導體中少數載體大量增加,於是造成甚大之反向電流的效應。

11【曾参殺人】 ㄗㄥ ㄕㄣ ㄕㄚ ㄖㄣˊ
比喩流言可畏。有與'曾参'同名姓者殺人,誤傳乃'曾参'所殺。'曾'母初不信,織布自若,經三人走告,'曾'母遂信,棄杼翻牆而逃。見"戰國策·秦策二"。

10【曾納二極體】 ㄗㄥ ㄋㄚˋ ㄦˋ ㄐㄧˊ ㄊㄧˇ
(Zener diode)二極體加上逆向電壓時,在一定電壓範圍內幾乎沒有電流,但超過某一電壓值時,電流急速增加,此種現象稱爲崩潰。二極體具有適當之功率散逸以便在崩潰區操作者,稱爲'曾納'二極體,又稱崩潰二極體或累增二極體。如圖所示爲其單向元件及雙向元件的符號與特性曲線。

	符號	特性曲線
單向元件	A K	I V_{A+}
雙向元件		I V

曾納二極體元件符號及特性曲線圖

【曾納電壓調整器】 ㄗㄥ ㄋㄚˋ ㄉㄧㄢˋ ㄧㄚ ㄊㄧㄠˊ ㄓㄥˇ ㄑㄧˋ
(Zener voltage regulator)使'曾納'二極體在崩潰區操作,其二端之電壓固定爲V_Z,則無論二極

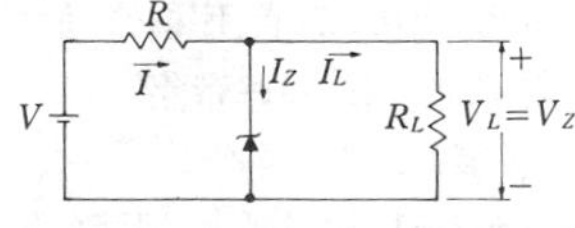

曾納電壓調整器圖

體如何變化,其電壓皆固定,而使負載電流受到壓抑的裝置。如圖所示。

替

ㄊㄧˋ $t'i^4$ 音剃
1廢置;廢棄。見"說文"。2代。見"廣韻"。3衰微;衰敗。見"正字通"。

5【替代】 ㄊㄧˋ ㄉㄞˋ
1代理;接替。2即替身。

7【替身】 ㄊㄧˋ ㄕㄣ
代替別人的人。與正身相對。

6【替死鬼】 ㄊㄧˋ ㄙˇ ㄍㄨㄟˇ
替別人受災禍的人。

21【替續器】 ㄊㄧˋ ㄒㄩˋ ㄑㄧˋ
(relay)控制器中用來放大輸出壓力信號的裝置。其作用原理爲:輸出壓力信號之變化帶動隔膜或伸縮囊,進而移動連接於膜或伸縮囊上之閥,而調整連通至控制閥之供應空氣的壓力。用於電流之放大則稱爲繼電器。

5【替代作用】 ㄊㄧˋ ㄉㄞˋ ㄗㄨㄛˋ ㄩㄥˋ
(displacement)防衛機構之一。個體將其認爲不被社會常規所接受之動機,導向符合社會標準,以較易成功之活動代替可能失敗之活動的心理歷程。

【替代效果】 ㄊㄧˋ ㄉㄞˋ ㄒㄧㄠˋ ㄍㄨㄛˇ
(substitution effect)某財貨價格下跌,足以引致消費者減少其他財貨之需要,藉以增加對該種財貨之需要的效果。

【替代財貨】 ㄊㄧˋ ㄉㄞˋ ㄘㄞˊ ㄏㄨㄛˋ
(substitution goods)一種產品的需求量與另一種產品的價格成增函數的關係,或能對消費者產生對等效用的兩種產品,則該兩種產品互爲替代品。例如牛肉與豬肉、米與麵、茶與咖啡等。

【替代學習】 ㄊㄧˋ ㄉㄞˋ ㄒㄩㄝˊ ㄒㄧˊ
(vicarious learning)經由觀察他人之行爲範例而得獲學習的歷程。

12【替換投資】 ㄊㄧˋ ㄏㄨㄢˋ ㄊㄡˊ ㄗ
(replacement investment)指產業只進行更換折舊資本的投資,而沒有淨投資的增加。

13【替罪羔羊】 ㄊㄧˋ ㄗㄨㄟˋ ㄍㄠ ㄧㄤˊ
比喩代人受過的人。'猶太'教每年

一次的祭禮中,大祭司手按羔羊頭,表示全民族的罪過已由此羊承擔,事後驅入曠野。也作代罪羔羊。

朁 ㄘㄢˇ ts'an³ 音慘
語氣詞。曾;乃。見"說文"。

9

會 ㊀ ㄏㄨㄟˋ hui⁴ 音繪
①匯合;聚合。見"說文"。②器物的蓋子。③剛巧;適逢。④相見。如:會客。⑤瞭解;領悟。如:體會。⑥可能;能夠。⑦應該。⑧支付。如:會帳。⑨姓。'漢'有'會栩'。見"萬姓統譜·九七"。
㊁ ㄏㄨㄟˇ hui³ 音悔
片刻;短暫的時間。如:一會兒。
㊂ ㄍㄨㄟˋ kuei⁴ 音貴
參會稽。
㊃ ㄎㄨㄞˋ k'uai⁴ 音快
①髮髻。通鬠。見"正字通"。②總。如:會計。③帽子上的縫。

3【會子】 ㄏㄨㄟˋ ㄗˇ
'宋代'紙幣。又稱官會。'宋代'紙幣初有交子、錢引,'高宗''紹興'三十年(1160),政府又發行會子。其票額有一貫(千文)、二貫、三貫三等,後又增發二百文、三百文及五百文。始行於'江''浙',嗣推行於兩'淮'、'湖''廣'各地。

4【會心】 ㄏㄨㄟˋ ㄒㄧㄣ
①了悟於心;心領神會。②知心。

【會元】 ㄏㄨㄟˋ ㄩㄢˊ
科舉時代,稱舉人會試中式的第一名。也稱會魁。

9【會計】 ㄎㄨㄞˋ ㄐㄧˋ
(accounting) 指管理財物及其出納等事。也指年終時的財物總決算。而現代所謂的會計,是依據系統的理論,遵循公認的原則,運用科學的方法,採取貨幣的單位,將經濟個體的經濟事項加以記錄、分類、整理、彙總報導,再將報導的資料予以分析與解釋,以協助資料使用者做審慎的判斷與決策。

【會要】 ㄏㄨㄟˋ ㄧㄠˋ
分門別類,記載一個朝代文物故實、典章制度的書。如'宋''王溥'的"唐會要"、"五代會要"等。

10【會師】 ㄏㄨㄟˋ ㄕ
不同路線的隊伍會合在一處。

11【會帳】 ㄏㄨㄟˋ ㄓㄤˋ
結帳付款。也作會賬、會鈔。

12【會診】 ㄏㄨㄟˋ ㄓㄣˇ
由多位醫師共同診斷病情。

【會報】 ㄏㄨㄟˋ ㄅㄠˋ
綜合報告。爲互有關係之機構在一定期間例行的會議。

13【會意】 ㄏㄨㄟˋ ㄧˋ
①六書之一。合兩個以上之字義,以成一字之義。②體悟;會心。

【會試】 ㄏㄨㄟˋ ㄕˋ
科舉時代由禮部主持的一種考試。參加者爲各省舉人。

【會盟】 ㄏㄨㄟˋ ㄇㄥˊ
諸侯聚會結盟。

14【會聚】 ㄏㄨㄟˋ ㄐㄩˋ
聚集;集合。

【會厭】 ㄏㄨㄟˋ ㄧㄢˋ
(epiglottis) 喉頭前上方的瓢狀軟骨。當吞嚥食物時,會厭即自動覆蓋在喉頭上,可防食物誤入氣管。

【會銜】 ㄏㄨㄟˋ ㄒㄧㄢˊ
會同簽銜。即公文由兩人以上共同具名簽署。

15【會撮】 ㄎㄨㄞˋ ㄗㄨㄟˋ
髮髻。

【會稽】 ㄍㄨㄟˋ ㄐㄧ
①山名。在'浙江省''紹興縣'東南三十里。②舊縣名。在'浙江省'。今與'山陰縣'合併爲'紹興縣'。③郡名。'秦'置,包括今'江蘇省'東南部及'浙江省'西部之地。

16【會戰】 ㄏㄨㄟˋ ㄓㄢˋ
兩軍交戰。

20【會黨】 ㄏㄨㄟˋ ㄉㄤˇ
民間幫會。

【會籍】 ㄏㄨㄟˋ ㄐㄧˊ
參加團體組織的會員資格。

6【會合井】 ㄏㄨㄟˋ ㄏㄜˊ ㄐㄧㄥˇ
(junction well)兩大型下水道相交,其交角小於30°～40°者,不論其爲汙水、雨水或合流下水道,均須設置會合井,以避免兩水流之沖擊,發生渦流,產生沈澱。常用的形式有喇叭口會合井與平頂會合井兩種。

9【會計師】 ㄎㄨㄞˋ ㄐㄧˋ ㄕ
(certified public accountant) 凡是經過'考試院'舉辦之會計師考試及格,取得會計師資格,領有會計師證書者,均得充任會計師。惟必須辦理登錄,加入會計師公會,始得執業。

6【會合週期】 ㄏㄨㄟˋ ㄏㄜˊ ㄓㄡ ㄑㄧˊ
(synodic period) 太陽、地球和一顆行星或月球之相對位置循環一次所歷的時間。對於行星來說,是指行星連續兩次會合所歷的時間;對於月球來說,即是朔望週期。

9【會計年度】 ㄎㄨㄞˋ ㄐㄧˋ ㄋㄧㄢˊ ㄉㄨˋ
(fiscal year)會計上將事業的存續期限劃分爲若干期間,以便定期結算並編製報表,此種期間稱爲會計期間。如會計期間爲一年,即爲會計年度。會計年度可採用曆年制,也可爲任何連續的十二個月。

【會計所得】 ㄎㄨㄞˋ ㄐㄧˋ ㄙㄨㄛˇ ㄉㄜˊ
(accounting income) 與課稅所得相對稱。財務會計之處理須依照一般公認會計原則,而企業申報所得稅須遵照稅法之規定,兩者對於每年收入及費用之認定常有不同,故稱依一般公認會計原則所產生之稅前淨利爲會計所得,依稅法而產生之稅前淨利爲課稅所得。

【會計政策】 ㄎㄨㄞˋ ㄐㄧˋ ㄓㄥˋ ㄘㄜˋ

(accounting policy)指各企業會計處理所採用的特定會計原則及程序。例如存貨計價方法、折舊方法及投資評價的方法等。企業應在財務報表中以附註方式揭露其重要會計政策。

【會計科目】ㄎㄨㄞˋ ㄐㄧˋ ㄎㄜ ㄇㄨˋ (accounting title)會計上將供爲交換標的物分爲資產、負債、業主權益、收益及費用五大類，每類再分爲若干項目(如現金、應收帳款、應付帳款等)，稱爲會計科目。也稱帳戶名稱。

【會計基礎】ㄎㄨㄞˋ ㄐㄧˋ ㄐㄧ ㄔㄨˇ (accounting basis)乃會計上對於收益及費用認定的基礎。亦爲入帳的準則。會計基礎一般區分爲權責發生基礎及現金基礎兩種。依權責發生基礎，只要收益已實現，費用已發生，不論有無現金收付，收益及費用均應入帳。依現金基礎，則收益及費用均於實際收付現金時始行入帳。由於現金基礎常不能公允說明企業的營業結果，企業一般採用權責發生基礎。

【會計循環】ㄎㄨㄞˋ ㄐㄧˋ ㄒㄩㄣˊ ㄏㄨㄢˊ (accounting cycle)企業每一會計期間的工作均始於交易的分錄，而止於財務報表的編成。如此同而復始，繼續不斷，故稱爲會計循環。每一循環的會計工作可概分爲分錄、過帳、試算、調整、結帳及編表等數個步驟。

【會計憑證】ㄎㄨㄞˋ ㄐㄧˋ ㄆㄧㄥˊ ㄓㄥˋ (accounting document)爲保證交易的眞實性，每一項交易必須有證明交易發生經過的書面憑證。另外，在分工制度下，爲增進工作效率，加強內部控制，企業各部門間亦有賴使用書面憑證作爲連繫，並確定責任，此等書面憑證即爲會計憑證。依“商業會計法”規定，會計憑證分爲原始憑證及記帳憑證兩種。

【會計期間假定】ㄎㄨㄞˋ ㄐㄧˋ ㄑㄧˊ ㄐㄧㄢ ㄐㄧㄚˇ ㄉㄧㄥˋ (accounting period assumption)企業眞正的結果必須於結束營業後才可確定，因屆時所有的交易均已完成。但爲配合企業及有關人士的需要，必須在企業繼續營業時提供有關的財務資訊，於是在會計上乃以人爲的方式將企業的經營劃分爲若干會計期間(通常爲一年)，以便分期計算損益。由於實際上企業經營係繼續不斷，每一會計期間終了時，甚多交易尙未完成，故銷貨發生的應收帳款中究有多少無法收回，並不確定，爲計算損益，僅能加以估計，因此每期損益的金額亦無法完全正確。

【會計原則之變更】ㄎㄨㄞˋ ㄐㄧˋ ㄩㄢˊ ㄗㄜˊ ㄓ ㄅㄧㄢˋ ㄍㄥ (changes in accounting principle) 指由原採用之一公認會計原則改用另一公認會計原則。所謂會計原則，包括原則、程序及應用方法等。關於會計原則變更的會計處理，在一般情況下應：一、計算會計原則變更的累積影響數(即假定原開始即採用新原則所追溯計算的保留盈餘與帳面期初保留盈餘的差額)，並列入變更當期損益表中非常損益與本期純益之間。二、揭露變更對當期非常損益前利益、本期純益及每股盈餘的影響數。三、附註說明改變的性質及理由。四、編製比較財務報表時，以前年度報表不變，惟應列示依新原則所計算的以前年度非常損益項目前利益、本期純益及每股盈餘等擬制的資料。

10

𣊘 𣋄的本字。

朅 ㄑㄧㄝˋ *ch'ieh⁴* 音竊
[1]離開。見“說文”。[2]威武強壯的樣子。見“字彙”。[3]何。通曷。見“正字通”。[4]何不。通盍。

𣋄 ㄧㄣˋ *yin⁴* 音胤
小鼓。擊以引樂。本作𣊘。見“正字通”。

12

朁 替的或體。

月部

月 ㄩㄝˋ *yüeh⁴* 音悅
[1]月球。[2]曆法的單位。一年分爲十二個月。⑴太陰曆以月相的一個週期爲一個月，稱爲朔望月，約 29.530588日。爲便於計算，分爲大小月，大月三十日，小月二十九日。⑵太陽曆的歲實爲365.24219日。有大小月之分，一、三、五、七、八、十、十二月各三十一日，二月平年二十八日，閏年二十九日；四、六、九、十一月各三十日。[3]姓。‘金’有‘月彥明’。見“萬姓統譜·一一六”。

4【月氏】ㄩㄝˋ ㄓ 古‘西域’國。也作‘月氐’、‘月支’。本居‘敦煌’、‘祁連’間，據有今‘甘肅省’中部西境及‘青海省’東境地。‘漢’初，爲‘匈奴’所破，西走，占居‘嬀水’以北之地，都‘薄羅城’，號‘大月氏’；後漸強盛，據有今‘印度’‘恆河流域’、‘克什米爾’、‘阿富汗’及‘葱嶺’東西之地。其餘東留未去者入‘祁連山’區，爲‘小月氏’，據有今‘甘肅省’‘張掖縣’及‘靑海省’‘西寧市’等地。

5【月旦】ㄩㄝˋ ㄉㄢˋ [1]農曆每月初一。[2]品評人物。‘東漢’‘汝南’‘許劭’與從兄‘靖’，好評論鄉黨人物，其評論每月更改，稱月旦評。見"後漢書·許劭傳"。後人省稱月旦。

7【月谷】 ㄩㄝˋ ㄍㄨˇ
(rille of the moon)月面上狹窄而彎曲的深溝或深谷。舊說是月面火山爆發後流出的熔岩;一說是月面受撞擊後的裂縫。

8【月事】 ㄩㄝˋ ㄕˋ
指女子的月經。也稱月信。

【月杪】 ㄩㄝˋ ㄇㄧㄠˇ
月底。

9【月軌】 ㄩㄝˋ ㄍㄨㄟˇ
(the moon's orbit)月球繞地球公轉的軌道。爲橢圓形,偏心率0.05,較地球繞日軌道的偏心率大3倍,所以月球與地球距離遠近相差很大,在近地點時只有356,400公里,遠地點時爲466,700公里。

【月相】 ㄩㄝˋ ㄒㄧㄤˋ
(phase of the moon)月球在公轉週期中所呈現的圓缺變化。由於月球本身不會發光,因此地球上的觀測者所看到的月球反光面會隨著月球、地球和太陽三者的相對位置而變化,以致產生不同的位相。

【月食】 ㄩㄝˋ ㄕˊ
1即月蝕。參月蝕。2月俸。

10【月海】 ㄩㄝˋ ㄏㄞˇ
(mare)月面上面積較大且較爲平坦的部分。約占可見月面的一半。自'義大利'天文學家'伽利略'稱之爲海,沿用至今。由於反照率低,所以顯得較爲深暗。面積較大的有風暴海、雨海、冷海、寧靜海、豐富海、澄海等。

11【月球】 ㄩㄝˋ ㄑㄧㄡˊ
(Moon) 俗稱月亮,舊稱太陰。是地球唯一的衛星。直徑爲3,476公里,體積約爲地球1/49,與地球平均距離爲384,400公里。月球本身不會發光,但能反映太陽光,故從地球上看,它是一明亮的天體。由於月球的自轉週期與公轉週期同爲27.3日,因此總以相同的一面向著地球。在公轉週期中,由於與太陽及地球的相對位置不斷改變,以致呈現不同的位相。在月球上,沒有水和空氣,也沒有生物,但科學家已從月岩中發現六種地球上尚未找到的新礦物。

12【月琴】 ㄩㄝˋ ㄑㄧㄣˊ
一種彈撥樂器。古代稱阮咸爲月琴。現代的月琴琴頸較阮咸爲短,音箱木製,形圓而扁,琴面、琴背都是薄桐木板,琴上設八個品位,張四條弦,一、二弦和三、四弦各爲一組,定同音,兩組間按五度關係定弦。常用於戲曲、曲藝、民歌的伴奏,也可以獨奏或合奏。現已有各種改良的月琴。

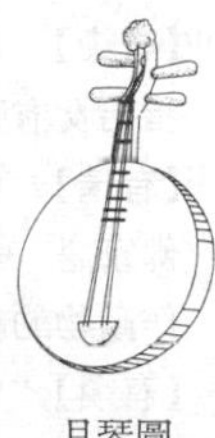
月琴圖

13【月經】 ㄩㄝˋ ㄐㄧㄥ
女性在具有生殖能力期間,一種週期性子宮出血的生理作用。約每隔四個星期發生一次。懷孕期間月經會停止。除人類外,猿猴、猩猩等高等哺乳類亦有月經週期的現象。

14【月臺】 ㄩㄝˋ ㄊㄞˊ
(platform)爲便利旅客上下車及裝卸貨物行李,於鄰近軌道處所構建的平臺。依其使用目的,有旅客月臺和貨物月臺兩種;依其平面形狀,有矩形、階梯形、鋸齒形及梳形月臺之分;依其配置,則有單面、島式、對向及端末月臺之別。

【月蝕】 ㄩㄝˋ ㄕˊ
(lunar eclipse) 也作月食。指望日時月球與太陽夾地球成一直線,月球沒入地影之中的現象。可分爲全蝕和偏蝕兩種:月球全部沒入地影時,爲月全蝕;月球一部分進入地影,則爲月偏蝕。根據統計,一百年中平均約發生月全蝕70次,月偏食84次。

【月算】 ㄩㄝˋ ㄙㄨㄢˋ
又稱月計損益制度。指銀行總、分行每月計算損益一次的制度。各項損益計算時期自每月一日起至每月末一日止(部分銀行係自上月廿一日起至本月廿日止)。其目的是爲轉正各科目每月分會計的損益數,以明瞭當月損益概況,而擬定下月營業方針,並奠定日後結算及決算的基礎。

7【月均溫】 ㄩㄝˋ ㄐㄩㄣ ㄨㄣ
(mean monthly temperature)一地全月日均溫的平均值。

17【月薪制】 ㄩㄝˋ ㄒㄧㄣ ㄓˋ
薪資表上所定之薪資額,係按月支付之數額。月薪制多按月支付,但亦有規定須每半個月支付一次者。東方國家多採用之。

3【月下老人】ㄩㄝˋ ㄒㄧㄚˋ ㄌㄠˇ ㄖㄣˊ
傳說中主管男女婚事的神。簡稱月老。後爲媒人的代稱。

5【月白風清】 ㄩㄝˋ ㄅㄞˊ ㄈㄥ ㄑㄧㄥ
月色潔白,和風清爽。形容月夜的美好。

9【月盈則虧】 ㄩㄝˋ ㄧㄥˊ ㄗㄜˊ ㄎㄨㄟ
月亮一圓滿,就會虧缺。比喻人事盛極必衰。

13【月暈而風】 ㄩㄝˋ ㄩㄣˋ ㄦˊ ㄈㄥ
月亮四周出現光圈,必會起風。

【月暈效應】ㄩㄝˋ ㄩㄣˋ ㄒㄧㄠˋ ㄧㄥˋ
(halo effect) 評判他人時,受評判者具有之某一或某些既知特質,往往左右其餘特質之評斷的傾向。例如一循規蹈矩的小孩,往往被認爲聰明伶俐、品學兼優。

7【月投保薪資】 ㄩㄝˋ ㄊㄡˊ ㄅㄠˇ ㄒㄧㄣ ㄗ
參加勞工保險時,憑作計算保險費率、保險費及保險費分擔數額依據之月薪資。依我國"勞工保險條例",月投保薪資係按勞工實支月薪資之多寡而分別規定。

13【月經前緊張】 ㄩㄝˋ ㄐㄧㄥ ㄑㄧㄢˊ ㄐㄧㄣˇ ㄓㄤ
(premenstrual tension)因雌激

素平衡的自然變化而引起的體液積聚,加上精神因素,所造成的煩躁不安、易怒等精神症狀。此外尚有乳房疼痛、背部與腹部不適、便祕、青春痘、體重微增等徵候。一般常在月經前十天內出現,月經開始後不久即消失。

【月經規則術】 ㄩㄝˋ ㄐㄧㄥ ㄍㄨㄟ ㄗㄜˊ ㄕㄨˋ
(menstrual regulation) 使用一特製的空針筒,前端接上一個塑膠吸頭,伸入子宮腔內,吸取胚胎和子宮內膜等,以促使月經恢復正常之手術。類似人工流產手術,然不須作局部或全身麻醉,但易感染。

12**【月無忘其所能】** ㄩㄝˋ ㄨˊ ㄨㄤˋ ㄑㄧˊ ㄙㄨㄛˇ ㄋㄥˊ
每月不要忘記所學得的知識。

13**【月經週期推算法】** ㄩㄝˋ ㄐㄧㄥ ㄓㄡ ㄑㄧˊ ㄊㄨㄟ ㄙㄨㄢˋ ㄈㄚˇ
一種自然避孕法。指婦女利用其月經週期的規律,計算出排卵和卵細胞可能受精的時間(即不安全期)。若婦女月經週期都是28天,則其不安全期就是週期的第十一天至第十八天,在此八天中應當避免性交。

2

有 ㊀ ㄧㄡˇ yu^3 音友
①無的反義詞。見"正字通"。②多;豐足。如:大有年。③域;州域。如:九有。④助詞。用作詞頭,無義。如:有'宋'。⑤姓。'春秋''魯'有'有若'。見"萬姓統譜·八八"。

㊁ ㄧㄡˋ yu^4 音右
通又。更加。見"集韻"。

3**【有子】** ㄧㄡˇ ㄗˇ
'春秋''魯'人。姓'有'名'若',字'子有'。'孔子'弟子,貌似'孔子',故相傳'孔子'死後,弟子思慕之餘,曾欲共推'有若'爲師。

4**【有日】** ㄧㄡˇ ㄖˋ
①多日;若干日。②不久。

5**【有司】** ㄧㄡˇ ㄙ
官吏。職有專司,故稱。

7**【有身】** ㄧㄡˇ ㄕㄣ
指懷孕。

8**【有宗】** ㄧㄡˇ ㄗㄨㄥ
佛教流派之一。即俱舍宗。參俱舍宗。

9**【有染】** ㄧㄡˇ ㄖㄢˇ
指男女有姦情。

11**【有情】** ㄧㄡˇ ㄑㄧㄥˊ
佛家語。一切動物皆有情識,因用作動物的總名。

【有頃】 ㄧㄡˇ ㄑㄧㄥˇ
片刻;不久。

12**【有喜】** ㄧㄡˇ ㄒㄧˇ
指懷孕。

14**【有漏】** ㄧㄡˇ ㄌㄡˋ
佛家指含有煩惱的事物。漏,煩惱的異名;三界中的一切都含有煩惱,故稱有漏。

15**【有數】** ㄧㄡˇ ㄕㄨˋ
①有節度。②有妙理。③有定命。④數量不多。⑤心中有盤算、有把握。⑥心中有數目。比喻內心明白。

【有緣】 ㄧㄡˇ ㄩㄢˊ
泛指人事的遇合,如有宿緣前定。

1**【有一手】** ㄧㄡˇ ㄧ ㄕㄡˇ
讚美人有才幹。

4**【有心人】** ㄧㄡˇ ㄒㄧㄣ ㄖㄣˊ
①有志之士。②心思深刻細密的人。

7**【有序集】** ㄧㄡˇ ㄒㄩˋ ㄐㄧˊ
(ordered set) 考慮集合A及定義在A上的關係,記爲x先於y。集合A稱爲線序的或全序的。如果此關係滿足下列性質:一、三一律:對任意 $x、y\in A$,x 先於 y,y 先於 x,x 等於 y,恰只有一個成立。二、遞移律:若x先於 y,y 先於z,則x先於z(此關係是通常實數的不等關係 $x<y$ 的推廣)。三、反對稱律:x先於y和y先於x不同時成立。若以點代表A的元素,則在此先於關係下,元素排成一列,此爲線序名稱之由來。如果集合A滿足反對稱律,遞移律,而不滿足三一律,則稱爲偏序的。如圖,偏序關係不能排成一列,但可排成多列,以連線段表示有先於關係。若A爲全序集,且任意A中非空子集皆有最先元素,稱A爲良序集。例如自然數集爲良序集,實數集則不是良序集。集合論有一個很重要的公理:任意集合均可以定義一個全序,使此集合爲良序集。又此處定義的次序,無論偏序或全序,都不容許任何元素有反歸性,稱爲嚴序。其實抽象數學中較常用含反歸性的次序關係,稱爲弱序。如 $A\subseteq B$和$A\subset B$,或$a\leq b$ 和 $a<b$ 之別。

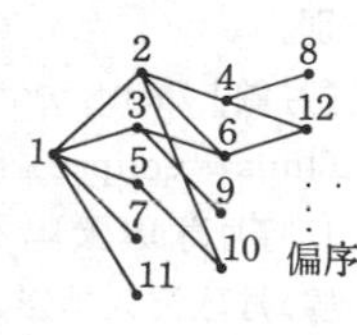

有序集圖

9**【有神論】** ㄧㄡˇ ㄕㄣˊ ㄌㄨㄣˋ
(theism) 一種宗教哲學理論。主張神的存在,並且以神爲創造世界或維繫世界的主宰力量。與無神論相對。

【有爲法】 ㄧㄡˇ ㄨㄟˊ ㄈㄚˇ
佛家認爲世間一切事物,都由因緣造作而生,並且都帶著目的性、功利性的色彩,故稱有爲;法,即一切事物。

10**【有效值】** ㄧㄡˇ ㄒㄧㄠˋ ㄓˊ
(effective value) 也稱均方根(rms)值。交流正弦波的有效值是其峰值的0.707倍。交流電在電阻中產生的熱量,恰等於和其有效值同樣大小的直流電所生的熱量。

11**【有理化】** ㄧㄡˇ ㄌㄧˇ ㄏㄨㄚˋ
(rationalization)使無理數或無理式變成有理數或有理式。通常是以其共軛的因數或因式乘它。例如 $\left(1-\frac{1}{\sqrt{a-b}}\right)\times\left(1+\frac{1}{\sqrt{a-b}}\right)$,

即可使之有理化而成爲$1-\frac{1}{a-b}$。

【有理根】 ㄧㄡˇ ㄌㄧˇ ㄍㄣ
(rational root)指方根爲有理數或方程式之根非無理數者。

【有理數】 ㄧㄡˇ ㄌㄧˇ ㄕㄨˋ
(rational number) 指實數可表爲整數之商而不含根號者。反之,稱爲無理數。例如整數與分數均爲有理數,但不循環無盡小數及$\sqrt{2}$、$tan30°$、2之對數等,均爲無理數。⌊有理⌉一詞顯係翻譯錯誤,rational 與⌊理性的⌉同形異義,此處之 rational 即⌊比數的⌉(兩整數之比的),irrational 則爲⌊非比數的⌉。

【有巢氏】 ㄧㄡˇ ㄔㄠˊ ㄕˋ
傳說遠古時代的帝王。教民構木爲巢、築室而居。

16【有機酸】 ㄧㄡˇ ㄐㄧ ㄙㄨㄢ
(carboxylic acid)分子中含有羧基(−COOH)的有機化合物。又稱羧酸。其水溶液呈弱酸性,常存於水果、蔬菜、脂肪中。

3【有才無命】 ㄧㄡˇ ㄘㄞˊ ㄨˊ ㄇㄧㄥˋ
有才能而沒有好命運。

【有口皆碑】 ㄧㄡˇ ㄎㄡˇ ㄐㄧㄝ ㄅㄟ
比喻眾口交相稱讚。

【有口無心】 ㄧㄡˇ ㄎㄡˇ ㄨˊ ㄒㄧㄣ
1有話直說,沒有心機。2隨口說說而沒放在心上。

【有口難言】 ㄧㄡˇ ㄎㄡˇ ㄋㄢˊ ㄧㄢˊ
形容受到冤屈,難以辯說。

4【有心錐線】 ㄧㄡˇ ㄒㄧㄣ ㄓㄨㄟ ㄒㄧㄢˋ
(central conic)又稱有心二次曲線。指有對稱中心的圓錐曲線。包括橢圓和雙曲線,但非拋物線和退化的二次曲線。

5【有目共睹】 ㄧㄡˇ ㄇㄨˋ ㄍㄨㄥˋ ㄉㄨˇ
指事實爲眾人所共見,絕無可疑之處。

6【有守有爲】 ㄧㄡˇ ㄕㄡˇ ㄧㄡˇ ㄨㄟˊ
有操守有作爲。

【有名契約】 ㄧㄡˇ ㄇㄧㄥˊ ㄑㄧˋ ㄩㄝ
契約以法律有無特別規定其名稱爲區別標準,可分爲有名契約與無名契約。前者法律有特別規定其名稱,"民法·債"編規定二十四種,即買賣、互易、交互計算、贈與、租賃、借貸(使用借貸及消費借貸)、僱傭、承攬、出版、委任、經理人及代辦商、居間、行紀、寄託、倉庫、運送營業(物品運送及旅客運送)、承攬運送、合夥、隱名合夥、指示證券、無記名證券、終身定期金、和解、保證。有名契約又稱模範契約或典型契約,當事人無特別約定者,得以法律之規定逕行補充契約之內容。無名契約指法律並無規定其名稱,由當事人自由約定之其他契約類型,例如金錢之兌換、土地之交換使用等是。由有名契約與無名契約合併而成之契約稱混合契約。

【有名無實】 ㄧㄡˇ ㄇㄧㄥˊ ㄨˊ ㄕˊ
有虛名而無實質。

【有色人種】 ㄧㄡˇ ㄙㄜˋ ㄖㄣˊ ㄓㄨㄥˇ
白種人稱其他膚色的人種。白人自以爲膚色正統,故此詞含有種族歧視的意味。

【有向直線】 ㄧㄡˇ ㄒㄧㄤˋ ㄓˊ ㄒㄧㄢˋ
(directed line)選定方向的直線。設P、Q爲此直線上兩點,則從P到Q的位移,依此方向與選定方向相同或相異而決定其符號爲正或負。

7【有形生產】 ㄧㄡˇ ㄒㄧㄥˊ ㄕㄥ ㄔㄢˇ
(physical production)指生產出來的產品爲有形的具體產品。例如工業、農業的生產。相對於服務業所提供的無形產品。

【有求必應】 ㄧㄡˇ ㄑㄧㄡˊ ㄅㄧˋ ㄧㄥˋ
只要有所要求,必使如願以償。多用以形容人的樂善好施或神明的仁慈靈驗。

【有志竟成】 ㄧㄡˇ ㄓˋ ㄐㄧㄥˋ ㄔㄥˊ
有志氣的人終必成功。爲讚美或勉勵人立志不懈之語。

8【有性生殖】 ㄧㄡˇ ㄒㄧㄥˋ ㄕㄥ ㄓˊ
(sexual reproduction)生物行有性生殖時,細胞必須經過減數分裂而形成配子,配子有雌雄之分,雌雄配子互相結合而成合子,再由合子發育爲新個體。有性生殖時,由於經過減數分裂及雌雄配子的結合,遺傳物質可以重新組合,形成的後代與新代間便會有差異,能適應與親代不同的環境。故有性生殖在演化上優於無性生殖。

【有兩下子】 ㄧㄡˇ ㄌㄧㄤˇ ㄒㄧㄚˋ ˙ㄗ
比喻有才能、有辦法。

【有枝有葉】 ㄧㄡˇ ㄓ ㄧㄡˇ ㄧㄝˋ
比喻敘事條理分明,有所依據。

【有板有眼】 ㄧㄡˇ ㄅㄢˇ ㄧㄡˇ ㄧㄢˇ
古典戲曲以板眼爲節奏,節奏整齊稱爲有板有眼。後用以比喻人言談或處事能夠條理分明,中規中矩。

9【有恃無恐】 ㄧㄡˇ ㄕˋ ㄨˊ ㄎㄨㄥˇ
有憑靠,無所顧忌。

【有限小數】 ㄧㄡˇ ㄒㄧㄢˋ ㄒㄧㄠˇ ㄕㄨˋ
(finite decimal numbers) 實數展開爲十進位小數時,只需要有限項的,稱爲有限小數。這一定是有理數,而且化爲既約分數 p/q 時,分母 q 的質因數必只是 2 或 5。

【有限公司】 ㄧㄡˇ ㄒㄧㄢˋ ㄍㄨㄥ ㄙ
由五人以上、二十一人以下之股東所組成,各股東就其出資額爲限,對公司負有限責任之公司。有限公司之股東須半數以上有'中華民國'國籍,在國內有住所,且其出資額合計須超過公司資本總額二分之一。其資本總額應由各股東全部繳足,不得分期繳款或向外招募。其股東之出資之全部或一部,轉讓於他人者,須得其他股東全體過半數之同意。

【有限花序】 ㄧㄡˇ ㄒㄧㄢˋ ㄏㄨㄚ

ㄒㄩˋ
(definite inflorescence) 植物花序的一種。其開花的順序始於花序軸頂端，再漸及於下方。例如聚繖花序。

【有限級數】ㄧㄡˇ ㄒㄧㄢˋ ㄐㄧˊ ㄕㄨˋ
(finite serics)與有限數列混用。即有限集合(通常爲1,2,3,……N)之上的函數 $a:a_1, a_2, \cdots\cdots a_N$。通常要求它具有一些簡單的性質，如等差、等比或調和等。

【有限責任】ㄧㄡˇ ㄒㄧㄢˋ ㄗㄜˊ ㄖㄣˋ
依法律及契約，債務人僅以一定限度內的財產爲履行的最高限度。例如有限公司股東對於公司的責任，以其出資額爲限；限定繼承人只以繼承所得的遺產償還被繼承人的債務。

【有限戰爭】ㄧㄡˇ ㄒㄧㄢˋ ㄓㄢˋ ㄓㄥ
(limited war) 戰爭的目的不在完全摧毀敵人或使其無條件投降，而在作戰火力、作戰人數、戰場等方面皆有限度的戰爭。由於核子武器的發展，大國都盡量避免全面戰爭，因此，發展有限戰爭的戰略與戰術遂成爲軍事思想的重點之一。

【有界函數】ㄧㄡˇ ㄐㄧㄝˋ ㄏㄢˊ ㄕㄨˋ
(bounded function)函數f之像集爲有界集者。換句話說，任何函數$f(x)$若有一常數M存在，可於定義此函數之數域內使$|f(x)|<M$，即爲有界函數。

【有段變速】ㄧㄡˇ ㄉㄨㄢˋ ㄅㄧㄢˋ ㄙㄨˋ
(finite stage speed variation) 依裝置於機器上不同齒數輪換嚙合，可獲得不同的速比，因搭配輪換嚙合的種類有限即成有段變速。機械式有段變速機構分成二類：一、塔輪變速機構；二、齒輪變速機構(細分爲六種：變換齒輪、移動惰輪、拉鍵、離合器、叢集齒輪、行星齒輪系)。

10【有容乃大】ㄧㄡˇ ㄖㄨㄥˊ ㄋㄞˇ ㄉㄚˋ
1能寬容才是大氣度。2能容忍才能成就大事業。

【有效水分】ㄧㄡˇ ㄒㄧㄠˋ ㄕㄨㄟˇ ㄈㄣˋ
(available moisture) 介於田間容水量與永久凋萎點間，能爲作物有效利用的土壤水分含量。

【有效位址】ㄧㄡˇ ㄒㄧㄠˋ ㄨㄟˋ ㄓˇ
(effective address) 電腦執行指令時，經由位址轉換處理之後所得到的位址。此乃運算處理所需資料所在的位址。

【有效雨量】ㄧㄡˇ ㄒㄧㄠˋ ㄩˇ ㄌㄧㄤˋ
(effective rainfall)即直接逕流。指暴雨量強度超過睎暵、吸收及土壤的入滲量時，將形成地面逕流的雨量。

【有效柱長】ㄧㄡˇ ㄒㄧㄠˋ ㄓㄨˋ ㄔㄤˊ
(effective length of column) 柱子受壓後反曲點間的距離。以KL表示，L爲柱長。如當柱子二端均爲固定點時，反曲點在距兩端點之$L/4$處，其有效長度即爲$L/2$。有效長度爲設計柱子時考慮其耐壓性以計算其細長比的重要依據。

【有效指令】ㄧㄡˇ ㄒㄧㄠˋ ㄓˇ ㄌㄧㄥˋ
(effective instruction) 電腦執行指令時，將一個指令經過邏輯或算術處理之後所得到的可執行指令。

【有效數字】ㄧㄡˇ ㄒㄧㄠˋ ㄕㄨˋ ㄗˋ
(significant figure) 在物理學、化學等科學上度量一個量時，用以表示該量精準度的數字。其表示的法則如下：一、大於1而有小數點的數，所有的數字均爲有效數字，例如5.02爲三位有效數字，5.020爲四位有效數字。二、無小數點的數，最後不爲0的數字後面的0，爲非有效數字，例如5050及50500均爲三位有效數字，但50500.則爲五位有效數字。三、小於1而有小數點的數，小數點後第一個不爲0的數字前的0，爲非有效數字，例如0.0053爲二位有效數字，而0.00530則爲三位有效數字。茲有一測得的長度表爲20.020公分，有五位有效數字，其精準度到0.001公分，小數點最後的0爲估計值，若表爲20公分，有一位有效數字，其精準度到公寸(即0.1公尺)，2已是估計值了。

【有效應力】ㄧㄡˇ ㄒㄧㄠˋ ㄧㄥˋ ㄌㄧˋ
(effective stress or pressure) 土壤內元素之總應力與孔隙壓力之差。有效應力被定義爲支配剪力強度或體積變化之應力。於飽和土壤中，孔隙壓力即等於孔隙水壓力；於不飽和土壤中，孔隙壓力即爲孔隙水壓力之一部分。

【有恥且格】ㄧㄡˇ ㄔˇ ㄑㄧㄝˇ ㄍㄜˊ
有羞恥心，且能改邪歸正。

【有氧舞蹈】ㄧㄡˇ ㄧㄤˇ ㄨˇ ㄉㄠˋ
有氧運動的一種。所謂有氧(aerobic)，原係來自'希臘'文，指在氧氣中存在、活動，即以運動增加氧氣的吸收量與消耗量。該運動由'美國'的'庫柏'博士(Dr. Kenneth Cooper)所創始，主要目的在強化人的心、肝、肺等內臟功能。近年來把舞蹈帶入這種運動中，受到普遍的歡迎。

11【有產階級】ㄧㄡˇ ㄔㄢˇ ㄐㄧㄝ ㄐㄧˊ
即資產階級。參資產階級。

【有教無類】ㄧㄡˇ ㄐㄧㄠˋ ㄨˊ ㄌㄟˋ
不分貴賤、智愚，一律加以教誨。

【有眼無珠】ㄧㄡˇ ㄧㄢˇ ㄨˊ ㄓㄨ
形容見識淺短。

【有條有理】ㄧㄡˇ ㄊㄧㄠˊ ㄧㄡˇ ㄌㄧˇ
形容條理分明。

12【有無相通】ㄧㄡˇ ㄨˊ ㄒㄧㄤ ㄊㄨㄥ
彼此以所有換取所無。

【有絲分裂】ㄧㄡˇ ㄙ ㄈㄣ ㄌㄧㄝˋ
(mitosis) 細胞分裂的方法。通常可分爲前期、中期、後期和末期。前期時，形成染色體、染色體複製、核膜及核仁消失、出現紡錘絲；中期時，染色體排列在赤道板上；後期時，複製的染色體分離，紡錘絲將複製的染色體分別向細胞的兩極牽引;末期時,細胞中央分爲二,產生核膜、核仁,染色體恢復爲染色質。動物的細胞在有絲分裂時,中心體亦複製爲二,各向細胞的兩極移動,紡錘絲的兩端則分別連於兩中心體上。所產生的子細胞,具有和原細胞數目相同的染色體。

【有備無患】 ㄧㄡˇ ㄅㄟˋ ㄨˊ ㄏㄨㄢˋ
事先有準備,就可避免禍患。

13【有源元件】 ㄧㄡˇ ㄩㄢˊ ㄩㄢˊ ㄐㄧㄢˋ
(active component)1在電路中提供增益,並使直流電流流過的元件。例如 SCR、電晶體、閘流體等。可經由整流、放大或交換等過程以改變輸入電訊號的基本特性。2依靠外加電源以從事放大、振盪、訊號控制等動態工作的元件。3輸出依功率源而非主輸入訊號改變的元件。

【有腳書廚】 ㄧㄡˇ ㄐㄧㄠˇ ㄕㄨ ㄔㄨˊ
形容博學強記的人。'宋''龔程'記問精確,鄉人以此稱之。見"中吳紀聞·有腳書廚"。

14【有隙可乘】 ㄧㄡˇ ㄒㄧˋ ㄎㄜˇ ㄔㄥˊ
有機會可以利用。

15【有線系統】 ㄧㄡˇ ㄒㄧㄢˋ ㄒㄧˋ ㄊㄨㄥˇ
(cable systems) 指以同軸電纜或光纖來傳遞訊號的傳播系統。訊號的發出與接收均有線路相接,屬點對點的傳播,不受地物影響或天候干擾,故能保持品質。

【有價證券】 ㄧㄡˇ ㄐㄧㄚˋ ㄓㄥˋ ㄑㄩㄢˋ
乃表彰具有財產價值的私權證券。其權利之發生、移轉或行使,須全部或一部依證券爲之。申言之,有價證券爲證券而非證書,其作用在於表彰私有財產權。有價證券須作成證券,始能發生;須交付或交付並背書,始能移轉;須提示證券,始能行使。有價證券種類甚多,諸如票據、提單、載貨證券、倉單等均是。

16【有頭有尾】 ㄧㄡˇ ㄊㄡˊ ㄧㄡˇ ㄨㄟˇ
有始有終。

【有頭無尾】 ㄧㄡˇ ㄊㄡˊ ㄨˊ ㄨㄟˇ
有始無終。

【有機化學】 ㄧㄡˇ ㄐㄧ ㄏㄨㄚˋ ㄒㄩㄝˊ
(organic chemistry) 研究含碳化合物的一門科學。

【有機肥料】 ㄧㄡˇ ㄐㄧ ㄈㄟˊ ㄌㄧㄠˋ
指成分以有機質型態爲主的肥料。依其成分可概分爲糞尿類、堆廄肥類、綠肥類、副產物和廢棄物類。其中尤以堆肥、廄肥與綠肥最具代表。

【有機物質】 ㄧㄡˇ ㄐㄧ ㄨˋ ㄓˊ
(organic matter)由生物衍生而來的物質。今泛指含碳的物質。

17【有聲有色】 ㄧㄡˇ ㄕㄥ ㄧㄡˇ ㄙㄜˋ
1形容事物形象鮮明,生動感人。2形容人經營某種事業,有模有樣,且日漸興盛、壯大。

【有聲書本】 ㄧㄡˇ ㄕㄥ ㄕㄨ ㄅㄣˇ
(talking book)爲盲者而特別設計的課本。係利用錄放音機將課本教材朗讀出來,以協助盲者閱讀。

【有償行爲】 ㄧㄡˇ ㄔㄤˊ ㄒㄧㄥˊ ㄨㄟˊ
當事人之一方爲財產上之給付,而取得他方對待給付的法律行爲。例如買賣、租賃、附利息之消費借貸等均屬之。對於買賣以外之有償行爲,準用關於買賣之規定。

【有償契約】 ㄧㄡˇ ㄔㄤˊ ㄑㄧˋ ㄩㄝ
乃當事人互爲對價給付的契約。如買賣、互易、租賃、僱傭、承攬、附利息之消費借貸等均屬之。有償契約與無償契約之區別標準,在於有無對價關係。其區別之實益在於前者得準用買賣之規定,後者則否;債權人撤銷權之行使,因債務人之行爲爲有償行爲或無償行爲而有不同;有償契約債務人之注意義務較無償契約爲重;不當得利第三人受領人,於該第三人係無償取得時,始負返還之責。

22【有權占有】 ㄧㄡˇ ㄑㄩㄢˊ ㄓㄢˋ ㄧㄡˇ
因法律行爲或法律規定適法之原因而取得之占有。反之,因不適法原因取得之占有,稱爲無權占有。例如基於租賃、借貸、所有權、地上權等而爲占有,稱爲有權占有。竊盜人對於贓物之占有、拾得人對於遺失物之占有,屬於無權占有。二者區別之實益在於留置權發生要件之占有,須非無權占有。無權占有人對於本權之人請求返還占有物時,有返還之義務。

【有權代理】 ㄧㄡˇ ㄑㄩㄢˊ ㄉㄞˋ ㄌㄧˇ
以代理人爲代理行爲時是否有代理權,可分爲有權代理與無權代理。前者指經本人授與代理權或依法律之規定有代理權;後者指本人既未授與代理權,法律亦無法定代理權之規定。有權代理之情形,代理人與相對人所爲之法律行爲對本人發生效力。

9【有限元素法】 ㄧㄡˇ ㄒㄧㄢˋ ㄩㄢˊ ㄙㄨˋ ㄈㄚˇ
(finite element method;FEM)將物體分割成很多塊有限小元素,小元素以集中節點的方式構成互相連接的網路(mesh)。藉分析小元素上的應力、應變,再轉換成物體的應力、應變。因爲必須作很多聯立方程式的運算,故需具有很強計算能力的電腦來運算。這種方法可分析工程上的應力、應變及熱傳的問題,並可將其變形及應力以圖形表現出來。

10【有害廢棄物】 ㄧㄡˇ ㄏㄞˋ ㄈㄟˋ ㄑㄧˋ ㄨˋ
(hazardous wastes) 指因其數量、濃度或物理、化學性質或傳染性質,足以使死亡率、罹病率顯著增加的廢棄物。或指因不當之處理、貯存、運輸,以致對人體健康或環境造成顯著或潛在性危害的廢棄物。

【有效保護率】ㄧㄡˇ ㄒㄧㄠˋ ㄅㄠˇ ㄏㄨˋ ㄌㄩˋ

(effective rate of protection; ERP)指關稅對某一產業的實質保護程度。它同時考慮對中間投入及最後產品關稅的課徵。可以被保護產業課徵關稅前後附加價值的變動,作爲有效保護率的計算。

16【有機化合物】ㄧㄡˇ ㄐㄧ ㄏㄨㄚˋ ㄏㄜˊ ㄨˋ

(organic compound) 統稱碳氫化合物及其衍生物。

【有機體組織】ㄧㄡˇ ㄐㄧ ㄊㄧˇ ㄗㄨˇ ㄓ

(organic structure of organization) 與機械式組織相對。指具備充分彈性,能如有機體生存、適應於變化環境的組織。組織的型式並不一定重視層級化的制度、規律與程序,管理上亦多透過互動與協調的方式,溝通爲多方向的,決策大部爲分權的,較強調創新、變化。

10【有效保護理論】ㄧㄡˇ ㄒㄧㄠˋ ㄅㄠˇ ㄏㄨˋ ㄌㄧˇ ㄌㄨㄣˋ

(effective protection theory) 又稱關稅結構理論。對中間投入和最後產品的課徵關稅,以及產品因關稅而受保護程度的高低作相關分析的理論。

11【有眼不識泰山】ㄧㄡˇ ㄧㄢˇ ㄅㄨˋ ㄕˋ ㄊㄞˋ ㄕㄢ

比喻見識短淺,不識崇高尊貴的人。古人以爲'泰山'是天下最高的山,故用以比喻德位至尊的人。

10【有追索權信用狀】ㄧㄡˇ ㄓㄨㄟ ㄙㄨㄛˇ ㄑㄩㄢˊ ㄒㄧㄣˋ ㄩㄥˋ ㄓㄨㄤˋ

(with recourse letter of credit) 與無追索權信用狀相對。即憑信用狀簽發的匯票遭到拒付時,執票人有權向其前手行使追索權的信用狀。信用狀上未載有無追索權或有追索權字樣時,該信用狀即視爲有追索權信用狀。

16【有機性心理異常】ㄧㄡˇ ㄐㄧ ㄒㄧㄥˋ ㄒㄧㄣ ㄌㄧˇ ㄧˋ ㄔㄤˊ

(organic mental disorder) 由大腦病理(或因年老,或因用藥過量,或因其他生理異常)所引起的智能與情緒功能異常現象。與功能性心理異常相對。

【有機性連帶責任】ㄧㄡˇ ㄐㄧ ㄒㄧㄥˋ ㄌㄧㄢˊ ㄉㄞˋ ㄗㄜˊ ㄖㄣˋ

(organic solidarity)'法國'社會學家'涂爾幹'(Émile Durkheim)研究社會分工時所提出的概念。認爲工業社會裡,人與人的關係是建立在互相依賴的基礎上,就像有機體的各單位相互依賴一樣。因工業化社會裡,個人在社會所擔任的職務角色較精細、專業化,範圍較窄,因此必須依賴別人的職務角色,故稱此種關係爲有機性連帶責任。參機械性連帶責任。

【有錢能使鬼推磨】ㄧㄡˇ ㄑㄧㄢˊ ㄋㄥˊ ㄕˇ ㄍㄨㄟˇ ㄊㄨㄟ ㄇㄛˋ

形容金錢萬能。

1【有一搭兒沒一搭兒】ㄧㄡˇ ㄧ ㄉㄚㄦ ㄇㄟˊ ㄧ ㄉㄚㄦ

①沒話找話說。②言詞或行事斷斷續續。

4

服 ㄈㄨˊ fu^2 音伏

①使用;利用。見"說文"。②穿戴衣物。③衣服。也指衣服以外的車馬、旌旗等器用。如:車服。④指喪服。如:遵禮成服。⑤吞食。如:服藥。⑥任用;從事。如:服役。⑦順從。如:天下咸服。⑧制服;折服。如:以德服人。⑨古代京畿以外之地。⑩古代以四馬駕車,中間兩馬叫服。⑪量詞。'中'藥一帖或一劑叫一服。⑫鳥名。即貓頭鷹。通鵩。見"正字通"。⑬姓。'東漢'有'服虔'。見"通志·氏族略四"。

6【服色】ㄈㄨˊ ㄙㄜˋ

①車馬服飾的顏色。②泛指服裝的樣式。

【服行】ㄈㄨˊ ㄒㄧㄥˊ

服膺實踐;信守力行。

10【服虔】ㄈㄨˊ ㄑㄧㄢˊ

'東漢''滎陽'(今'河南''滎陽')人。初名'重',又名'祇',後改名'虔',字'子慎'。舉孝廉,官至'九江'太守。著有"春秋左氏傳解"。

【服氣】ㄈㄨˊ ㄑㄧˋ

一作食氣。①我國古代一種呼吸養生之法。似吐納。②道教認爲通過呼吸可以服食日精月華。係修仙方法之一。

12【服貼】ㄈㄨˊ ㄊㄧㄝ

也作服帖。①順從。②妥適;順適。

17【服膺】ㄈㄨˊ ㄧㄥ

牢記於心並衷心信從。

11【服務費】ㄈㄨˊ ㄨˋ ㄈㄟˋ

(service charge) 顧客酬謝旅館或餐廳員工提供服務的費用。通常按照消費額之固定比率計算,並列入帳單中,顧客於付款時一併支付。

【服務業】ㄈㄨˊ ㄨˋ ㄧㄝˋ

專以勞務而不以商品買賣爲營業內容的行業。如旅館、理髮店等。

【服務水準】ㄈㄨˊ ㄨˋ ㄕㄨㄟˇ ㄓㄨㄣˇ

(service level) 指供應廠商決定儲存某一庫存數量以應顧客需要,使在前置時間內不缺貨的機率平均維持在某一水準(以機率表示),此機率即稱服務水準。而相當於此一水準所應保有的庫存數量稱爲(再)訂購點,亦即當庫存量等於或少於此一數量時,即應立即訂購補充庫存。

【服務市場】ㄈㄨˊ ㄨˋ ㄕˋ ㄔㄤˊ

(service market)係職業性服務業,提供服務以滿足消費者或購買者的需要。服務市場一般可分爲個人服務市場與工商服務市場兩種,前者爲消費者個人提供服務,後者乃提供工商業者需要之服務。

【服務常式】 ㄈㄨˊ ㄨˋ ㄔㄤˊ ㄕˋ
(service routine)電腦系統內對使用者提供服務的常式。服務常式通常具有特定而完整之功能,可直接使用或於程式中呼叫。

13【服飾規範】 ㄈㄨˊ ㄕˋ ㄍㄨㄟ ㄈㄢˋ
(dress code) 又稱衣著規範。學校爲求美觀大方,並避免奇裝異服,而對學生之衣著或裝扮有原則性的規定。該規範常因社會習俗或大眾穿著的改變而修改。

11【服務性新聞學】 ㄈㄨˊ ㄨˋ ㄒㄧㄥˋ ㄒㄧㄣ ㄨㄣˊ ㄒㄩㄝˊ
(service journalism) 著重多數人日常生活和感興趣之事物的一種新聞取向。報導材料的選擇趨向於以閱聽人認同者爲目標。

朋 ㄆㄥˊ p'êng² 音鵬
①鳳的古文。②友人;志趣相投的人。如:朋友。③成群;結黨。如:朋黨。④古代貨幣單位。以五貝爲一朋。一說二貝爲一朋。見"正字通"。⑤狀聲詞。如:風聲朋朋。⑥姓。'宋'有'朋水'。見"奇姓通·四"。

4【朋比】 ㄆㄥˊ ㄅㄧˋ
小人結黨徇私。

【朋分】 ㄆㄥˊ ㄈㄣ
①分散。②瓜分;共同分享。

16【朋儕】 ㄆㄥˊ ㄔㄞˊ
朋友。

【朋儔】 ㄆㄥˊ ㄔㄡˊ
朋友。

19【朋類】 ㄆㄥˊ ㄌㄟˋ
①朋友。②同僚;同事。

20【朋黨】 ㄆㄥˊ ㄉㄤˇ
泛稱黨派。以義相交爲朋,以利相結爲黨。

11【朋脫土】 ㄆㄥˊ ㄊㄨㄛ ㄊㄨˇ
(bentonite)主要由蒙脫石(montmorillonite)組成的一種黏土。遇水即具高度膨脹性。

4【朋比爲奸】 ㄆㄥˊ ㄅㄧˋ ㄨㄟˊ ㄐㄧㄢ
共同勾結做壞事。

朌 ㄅㄢ pan¹ 音班
頒;賜。同頒。見"正字通"。

5

朏 ㄈㄟˇ fei³ 音斐
①月初出時的光輝。見"說文"。②農曆每月初三的代稱。見"正字通"。③黎明。如:朏明。

朐 ㄑㄩˊ ch'ü² 音衢
古代車上夾在馬頸兩邊的曲木。通軥。見"字彙"。

朎 ㄌㄧㄥˊ ling² 音靈
參朎朧。

20【朎朧】 ㄌㄧㄥˊ ㄌㄨㄥˊ
月光。

6

朗 ㄌㄤˇ lang³
本作朖,或作朗。①明亮。見"說文"。②明達;清澈。如:朗悟。③高聲;響亮。如:朗誦。④姓。'明'有'朗清'。見"萬姓統譜·八六"。

10【朗格】 ㄌㄤˇ ㄍㄜˊ
(Friedrich Albert Lange,1828～1875)'德國'新'康德'學派哲學家。試圖證明唯物主義在哲理上的局限性,並對'康德'學說重加闡釋。著有"唯物論史"(*Geschichte des Materialismus und Kritik seiner Bedeutung in der Gegenwart*)。

14【朗暢】 ㄌㄤˇ ㄔㄤˋ
明白通順。

8【朗非羅】 ㄌㄤˇ ㄈㄟ ㄌㄨㄛˊ
(Henry Wadsworth Longfellow, 1807～1882)'美國'詩人、學者。曾長期旅居'歐洲',通曉數種'歐洲'語文,翻譯不少'歐洲'文學作品。爲最早恢復長篇敘事詩的詩人之一。詩作流暢柔和,反映'美國'人民獨立戰爭後的樂觀、勤勞,對'印第安'人與黑人寄予同情。代表作有"伊凡吉琳"(*Evangeline*)、"海爾華特之歌"(*The Song of Hiawatha*),並'英'譯'但丁'的"神曲"。

朗非羅像

5【朗目疏眉】 ㄌㄤˇ ㄇㄨˋ ㄕㄨ ㄇㄟˊ
形容面貌清秀。

朔 ㄕㄨㄛˋ shuo⁴ 音爍
①農曆每月初一。見"說文"。②北;北方的。如:朔風。

4【朔方】 ㄕㄨㄛˋ ㄈㄤ
北方。

5【朔北】 ㄕㄨㄛˋ ㄅㄟˇ
指北方邊塞之地。

9【朔風】 ㄕㄨㄛˋ ㄈㄥ
北風。

10【朔氣】 ㄕㄨㄛˋ ㄑㄧˋ
①即節氣。我國曆法,一年分二十四氣,月首之氣即朔氣。②北方冬日的寒氣。

11【朔望】 ㄕㄨㄛˋ ㄨㄤˋ
①農曆每月初一和十五。②古代每逢朔望日所舉行的朝謁之禮。

14【朔漠】 ㄕㄨㄛˋ ㄇㄛˋ
北方沙漠地帶。

11【朔望月】 ㄕㄨㄛˋ ㄨㄤˋ ㄩㄝˋ
(synodic month) 又稱太陰月。是以月相週期作爲基準的計月方式。指從朔到朔或從望到望所隔的時間。平均長度爲29日12時44分2.8秒,即29.530588日。

朕 ㄓㄣˋ chên⁴ 音鎮
①我。上古不論尊卑,都自稱朕;'秦始皇'起,只作皇帝專用的自稱。見"說文"。②縫隙。見"字彙"。③跡象;預兆。

6【朕兆】 ㄓㄣˋ ㄓㄠˋ
縫隙和龜坼。比喻事情發生前所顯現的跡象。

朒 ㄏㄨㄥˇ hung³
參朒朒。

10【朒朒】 ㄏㄨㄥˇ ㄏㄨㄥˇ
①月將明的樣子。②月不明的樣子。

朒 ㄋㄩˋ nü⁴ 音忸
1農曆每月初晚上出現於東方的月。形體呈收縮而不圓滿。2形容退縮不前或害羞的樣子。3古代算法名。指不足、虧缺。見"九章算術·七·盈不足·注"。

朓 ㄊㄧㄠˋ t'iao⁴ 音跳
1農曆每月末出現於西方的月。見"說文"。2月亮移動快速。見"廣雅·釋詁"。3古算法名。指盈餘。見"九章算術·七·盈不足·注"。

7

朗 朗的或體。

朚 ㊀ ㄏㄨㄤ huang¹ 音荒
明天。見"說文"。
㊁ ㄇㄤˊ mang² 音茫
急遽；慌忙。通忙。見"廣雅·釋詁"。

望 ㄨㄤˋ wang⁴ 音妄
1向遠處看。如：登高望遠。2拜候；訪問。如：探望。3企盼；敬仰。如：眾望所歸。4名聲。如：德高望重。5古稱祭祀山川。如：望于山川。6朝向。如：望前走。7稱農曆每月十五日。通望。如：朔望。

4【望月】 ㄨㄤˋ ㄩㄝˋ
1仰望月亮。2滿月。

9【望帝】 ㄨㄤˋ ㄉㄧˋ
杜鵑鳥的別稱。相傳古代'蜀國'君主'杜宇'號'望帝'，死後魂魄化爲杜鵑鳥。見"華陽國志·蜀志"。

11【望族】 ㄨㄤˋ ㄗㄨˊ
有聲望的世家豪族。

3【望子成龍】 ㄨㄤˋ ㄗˇ ㄔㄥˊ ㄌㄨㄥˊ
希望兒女能成材傑出。

4【望文生義】 ㄨㄤˋ ㄨㄣˊ ㄕㄥ ㄧˋ
訓釋文章，僅就字面加以曲解。

8【望門投止】 ㄨㄤˋ ㄇㄣˊ ㄊㄡˊ ㄓˇ
看見人家的大門，就前往投宿。形容逃亡者尋求避難之所的急迫。

9【望穿秋水】 ㄨㄤˋ ㄔㄨㄢ ㄑㄧㄡ ㄕㄨㄟˇ
望眼欲穿。形容殷切期盼的樣子。秋水，比喻眼睛。

【望洋興歎】 ㄨㄤˋ ㄧㄤˊ ㄒㄧㄥ ㄊㄢˋ
1比喻因眼界大開而驚歎。2指對能力不可企及的事物，仰視歎息。有無可奈何之意。

【望風而逃】 ㄨㄤˋ ㄈㄥ ㄦˊ ㄊㄠˊ
只聽見風聲便逃跑。比喻喪失信心，未見敵軍形影先潰敗逃散。

【望風披靡】 ㄨㄤˋ ㄈㄥ ㄆㄧ ㄇㄧˇ
形容軍隊喪失鬥志，潰不成軍。

【望風懷想】 ㄨㄤˋ ㄈㄥ ㄏㄨㄞˊ ㄒㄧㄤˇ
臨風遙望，懷念友人。

11【望梅止渴】 ㄨㄤˋ ㄇㄟˊ ㄓˇ ㄎㄜˇ
比喻用空想來安慰自己。'曹操'行軍迷路，三軍皆渴，'操'詐稱前有梅林，士卒因而滿口生津，遂度過乾渴危機。見"世說新語·假譎"。

【望眼欲穿】 ㄨㄤˋ ㄧㄢˇ ㄩˋ ㄔㄨㄢ
形容盼望的殷切。

13【望廈條約】 ㄨㄤˋ ㄒㄧㄚˋ ㄊㄧㄠˊ ㄩㄝ
'中''美'在'澳門''望廈村'所簽訂的"中美五口通商章程"。鴉片戰爭後，'美國'向'清'廷要求與'英國'享同等待遇，'道光'二十四年(1844)派駐'華'公使'顧盛'(Caleb Cushing)與'清'代表'耆英'在'望廈村'簽約，內容大致與"中英五口通商章程"相同，但有進一步之規定：一、'中''美'人民如涉訴訟，各歸本國審訊；'美'人與他國人民於'中國'境內發生爭端，則由'美'領事處理。二、'美'人得在通商口岸租地、建造教堂及殯葬地。三、十二年後可換約。四、可享最惠國待遇。

14【望塵莫及】 ㄨㄤˋ ㄔㄣˊ ㄇㄛˋ ㄐㄧˊ
只望見前面車馬揚起的塵土，而追趕不上。本指遲來一步，後用爲對人表示敬佩而自歎弗如之詞。

【望聞問切】 ㄨㄤˋ ㄨㄣˊ ㄨㄣˋ ㄑㄧㄝˋ
'中'醫診察病情時觀察病人的神色形態變化、聽病人聲音、詢問病人症狀、診察病人脈搏等四種方法。參四診。

朙 明的古文。

朖 朗的本字。

朘 ㄐㄩㄢ chüan¹ 音捐
退縮；減損。見"篇海"。

8

期 ㊀ ㄑㄧˊ ch'i² 音奇　又讀 ㄑㄧ ch'i¹ 音七
1約定；邀約。見"說文·期·段注"。2希望。如：期待。3限度。如：萬壽無期。4時；日。見"玉篇"。5約定的時間。如：過期。6(age)地質時間單位之最小者。
㊁ ㄐㄧ chi¹ 音基
一週年。通稘。見"集韻"。

4【期日】 ㄑㄧˊ ㄖˋ
指一定時期。亦即時間流程中不可分開的一點，只要時間不可分，其長短則非所問，例如某時、某日、某月、某年均是。

【期月】 ㄐㄧ ㄩㄝˋ
1滿一個月。2指一週年。

5【期刊】 ㄑㄧˊ ㄎㄢ
定期刊出，以號數或日期排列，並預定無限期發行的出版品。因有既定的編輯政策，故前後期內容多具相關性。至於傳布一般性新聞的報紙，以及主要與各會社團體之會議有關的紀錄、報告等出版品，均不適用此名詞。

6【期年】 ㄐㄧ ㄋㄧㄢˊ
一週年。

9【期限】 ㄑㄧˊ ㄒㄧㄢˋ
當事人以將來確定事實之到來，決定法律行爲效力發生或消滅的一種附款。期限與條件均非獨立之法律行爲，而係法律行爲之一部分。參法律條件及期限、附始期之法律行爲。

【期勉】 ㄑㄧˊ ㄇㄧㄢˇ
期望勉勵。

11【期貨】 ㄑㄧˊ ㄏㄨㄛˋ
議定價格後不即時交貨，而約定於未來一定時日交貨的商品。

12【期間】 ㄑㄧˊ ㄐㄧㄢ
指一期日至另一期日經過的時間。法律上的期間分爲三種：一、依法律規定者，稱爲法定期間。二、由法院或行政機關以命令規定者，稱爲命令期間，也稱裁定期間。三、由當事人兩造的任意協定而成立者，稱爲協定期間，也稱任意期間。

16【期頤】 ㄑㄧˊ ㄧˊ
稱一百歲的老人。

9【期待權】 ㄑㄧˊ ㄉㄞˋ ㄑㄩㄢˊ
權利發生要件事實中，僅發生一部分，其他一個或數個之事實尚未發生，法律對於將來權利人所與之保護，稱爲期待權。期待權係相對於既得權之概念。例如，附期限或條件之權利、繼承開始前法定繼承人之權利、期間經過前遺失物拾得人之權利、取得時效完成前之占有人之權利、由既存債權關係所生將來之債權(例如尚未屆清償期之利息、租金等請求權)，以及爲將來確實債權之擔保權(如最高額抵押權)。

11【期望值】 ㄑㄧˊ ㄨㄤˋ ㄓˊ
(expected value)又稱數學期望值或平均值。設隨機變數X爲離散的，則其期望值$E(X)=p_1x_1+p_2x_2+\cdots\cdots$，此處$p_i$爲$X$取$x_i$的機率，若$X$爲連續，則$E(X)=\int_{-\infty}^{\infty}xp(x)dx$。期望值的意義爲：若不斷重複實驗，則其所得值的平均愈來愈接近期望值。以愛國獎券爲例，期望值必小於券面值；亦即每月固定買獎券的顧客，絕大多數其所獲之獎金總值遠不及其買獎券之總值。

4【期中報表】 ㄑㄧˊ ㄓㄨㄥ ㄅㄠˋ ㄅㄧㄠˇ
(interim report)財務報表通常係指年度報表，對於每月、每季或每半年編製的財務報表則稱爲期中報表。

5【期功之親】 ㄐㄧ ㄍㄨㄥ ㄓ ㄑㄧㄣ
指親近的親屬。

9【期後事件】 ㄑㄧˊ ㄏㄡˋ ㄕˋ ㄐㄧㄢˋ
(subsequent event)決算日後、完成審計和簽發審計報告前之一段時間中所發生的事件或交易。

11【期望利潤】 ㄑㄧˊ ㄨㄤˋ ㄌㄧˋ ㄖㄨㄣˋ
(expected profit)又稱利潤期望值或利潤預期值。即廠商於分析銷售利潤或作投資可行性分析時，可能估計到該項銷售或投資的各個可能得到的利潤及其發生的主觀機遇率(subjective probability)，各利潤估計值與其相對應之機遇率的乘積的加總即爲該項銷售或投資的期望利潤。例如從事一投資賺100的機率是1/2，賺150的機率是1/3，賺210的機率是1/6，則該投資的期望利潤爲：100×1/2+150×1/3+210×1/6=135。宜特別注意機率之和應等於1。

【期望理論】 ㄑㄧˊ ㄨㄤˋ ㄌㄧˇ ㄌㄨㄣˋ
(expectancy theory)一種激勵理論。由'佛羅姆'(Victor Vroom)所提出。認爲人的激勵等於期望與價值感之乘積的函數。亦即員工個人所預期的結果會影響到個人的行爲表現。

【期貨市場】 ㄑㄧˊ ㄏㄨㄛˋ ㄕˋ ㄔㄤˇ
(futures market)指買賣期貨(futures; futures contract; futures goods)的市場。期貨市場以商品交易所爲舞臺，範圍有以一國爲限者，也有廣及全世界的。在期貨市場買賣商品時，買賣條件都是標準化的期貨合約，所以雙方都無商議的餘地；反之，則必須遵守商品交易所的規定。在期貨市場買賣期貨，很少發生實際交貨的情形。一般說來，買方買入某種商品的期貨，並不一定表示需要該項商品；賣方賣出某種商品的期貨，也不一定表示持有該項商品。其所以從事期貨買賣，主要是規避商品價格漲跌風險及投機。

【期貨交易】 ㄑㄧˊ ㄏㄨㄛˋ ㄐㄧㄠ ㄧˋ
(trading of futures commodity; futures trading)透過政府核准之商品交易所而進行之期貨合約(futures contract)的買賣。買賣雙方依據商品交易所的規定及方法，從事上市商品的買賣，個別約定於將來特定期間交付某特定商品或支付價款；但是可以在約定期間屆滿以前，做相反方向的買賣，了結原來的交易，而只結算其差額的交易。期貨交易具有下列特性：一、爲期貨合約的買賣。其主體是以避險業者及投機客爲主，而客體名義上是上市商品，實質上則爲期貨合約。二、在政府核准的商品交易所進行。合約的履行由交易所保證，未經商品交易所的期貨交易，並非這裡所指的期貨交易。三、憑標準買賣的交易。這標準就是期貨合約，也就是交易條款已經標準化的買賣合約。四、可以做相反的買賣，了結原先的交易而只結算其買賣差額。期貨合約雖有交貨條款的規定，但期貨交易因交貨而了結的情形不多，大部分都在未到期以前，以同品質、同量、同一交貨期的期貨，沖銷原先的期貨合約，從而結算其買賣差額。

【期貨折價】 ㄑㄧˊ ㄏㄨㄛˋ ㄓㄜˊ ㄐㄧㄚˋ
(forward discount)在外匯市場，就某種通貨而言，如果一單位此種通貨在期貨外匯市場所能換得的另一種通貨數量小於在現貨外匯市場所能換得的另一種通貨數量，則就現貨外匯市場而言，稱此種通貨以另一種通貨表示爲期貨折價。

【期貨拋補】 ㄑㄧˊ ㄏㄨㄛˋ ㄆㄠ ㄅㄨˇ (forward covering)國際間的投資者、套利者及進、出口商爲了消除或減少外匯風險,而在期貨外匯市場買進或賣出外匯的行爲。

【期貨溢價】 ㄑㄧˊ ㄏㄨㄛˋ ㄧˋ ㄐㄧㄚˋ (forward premium) 在外匯市場,就某種通貨而言,如果一單位此種通貨在期貨外匯市場所能換得的另一種通貨數量大於在現貨外匯市場所能換得的另一種通貨數量,則就現貨外匯市場而言,稱此種通貨以另一種通貨表示爲期貨溢價。

【期貨匯率】 ㄑㄧˊ ㄏㄨㄛˋ ㄏㄨㄟˋ ㄌㄩˋ (forward exchange rate)一國期貨外匯市場所決定的匯率。

12【期期艾艾】 ㄑㄧˊ ㄑㄧˊ ㄞˋ ㄞˋ 口吃的樣子。

5【期刊聯合目錄】 ㄑㄧˊ ㄎㄢ ㄌㄧㄢˊ ㄏㄜˊ ㄇㄨˋ ㄌㄨˋ 將數個圖書館館藏的期刊,所有同屬某一主題或同爲某一類型的資料集合而編成的一完整書目紀錄。

12【期間一致基礎】 ㄑㄧˊ ㄐㄧㄢ ㄧ ㄓˋ ㄐㄧ ㄔㄨˇ 爲彙總帳表登編的一種基礎。即其所登帳與編數之資料以屬同一期間者爲限。例如國庫支庫會計、分庫會計、總庫會計及國庫主管機關之統制會計,均本於款項繳庫之日爲該日之收入,國庫支票簽發之日爲該日之支出,均根據實際收支日期登編帳表,使帳表序時之起點趨於一致之基礎。

朞 期的或體。

朝 ㊀ ㄓㄠ chao¹ 音昭 ①早晨。見"廣韻"。②日;天。如:有朝一日。③姓。'春秋''蔡'有'朝吾'。見"左傳·昭一五年"。

㊁ ㄔㄠˊ ch'ao² 音潮 ①古時諸侯覲見天子、臣下覲見君主、子女問候父母、拜訪朋友,都叫朝。見"集韻"。②古代君臣處理政務的地方。如:朝廷。③朝代。指一個帝國從興起到滅亡的時期;或指一個帝王統治的時期。④對;向。如:仰面朝天。⑤教徒參拜。如:朝聖。

3【朝夕】 ㄓㄠ ㄒㄧˋ ①早晚。②天天;時時。③形容時間很短。

4【朝元】 ㄔㄠˊ ㄩㄢˊ 道教之教徒禮拜神仙。'唐'時指朝拜'玄元皇帝'('老子'),'宋'時則指朝拜'元始天尊'。

7【朝廷】 ㄔㄠˊ ㄊㄧㄥˊ ①天子接受朝見和處理政事的地方。②指天子或中央政府。

8【朝奉】 ㄔㄠˊ ㄈㄥˋ ①官名。'宋'文階官有朝奉大夫,正五品,又有朝奉郎,正六品。②對富翁的稱呼。③當鋪中的管事員。

10【朝班】 ㄔㄠˊ ㄅㄢ 朝廷官吏排列的位次。

【朝貢】 ㄔㄠˊ ㄍㄨㄥˋ 古代諸侯或屬國定時到京城拜見天子,並獻上地方特產。

【朝氣】 ㄓㄠ ㄑㄧˋ ①早晨清爽的空氣。②指振奮的精神。與暮氣相對。

11【朝野】 ㄔㄠˊ ㄧㄝˇ 朝廷與民間。今多用稱全國上下。

12【朝報】 ㊀ ㄔㄠˊ ㄅㄠˋ 舊時政府的公報。

㊁ ㄓㄠ ㄅㄠˋ 早晨宣告的事宜。

13【朝聘】 ㄔㄠˊ ㄆㄧㄣˋ 朝見及聘問。古代諸侯定期拜見天子或互相拜見叫朝,諸侯間派使者互相訪問叫聘。

【朝聖】 ㄔㄠˊ ㄕㄥˋ ①指遊覽古聖先賢的遺跡。②指教徒爲求福、還願、贖罪等而到教主誕生之地去朝拜。如回教規定教徒一生中至少要到'麥加'朝聖一次。

17【朝鮮】 ㄔㄠˊ ㄒㄧㄢˇ 位於'黃海'與'日本海'之間的古半島國。又稱'高麗'。'漢''唐'以來,或爲我國藩屬,或爲我國轄地。'中''日'甲午戰後,脫離我國自主;西元1910年爲'日本'所併吞。二次世界大戰後,依據"雅爾達密約",以北緯38度爲界線,分由'美'、'蘇'兩軍駐紮。1948年,線以南建立'大韓民國',線以北成立'朝鮮民主主義人民共和國'。

18【朝覲】 ㄔㄠˊ ㄐㄧㄣˇ ①謁見君王。②伊斯蘭教五功之一。指教徒在能力所及時,須赴'麥加'天房朝拜。爲五功中最後一項。朝覲期爲'回'曆十二月初旬,正朝日由初八至十二日。

20【朝曦】 ㄓㄠ ㄒㄧ 清晨的陽光。

21【朝露】 ㄓㄠ ㄌㄨˋ 清晨的露水。①比喻存在的時間短暫。②比喻清澈純淨。

4【朝天宮】 ㄔㄠˊ ㄊㄧㄢ ㄍㄨㄥ 道觀名。①在今'南京市'。五代'吳'王'楊溥'所建。原名'紫極宮',後改'祥符宮'、'天慶觀'等;'明''洪武'十年(1377)重建,改今名,爲當時舉行朝儀的演習場所。②在'臺灣省''雲林縣''北港'。也稱'媽祖宮'。祀奉'媽祖',東、西各祀'三界公'、'文昌帝君'。

17【朝鮮族】 ㄔㄠˊ ㄒㄧㄢˇ ㄗㄨˊ 我國東北地區少數民族之一。即'韓國'民族。大多於西元1910年'日本'併'朝鮮'時移入我國,主要聚居在'吉林省'的'延吉','黑龍江省'及'遼寧省'也有。人口176.39萬(1982年)。以營農耕爲主,多信仰佛教,少數信仰基督教。

3【朝三暮四】 ㄓㄠ ㄙㄢ ㄇㄨˋ ㄙˋ 本指事物名目改而實質未變,但愚者爲表相所惑而不察。後借喻反覆無常或變化多端。

4【朝不保夕】 ㄓㄠ ㄅㄨˋ ㄅㄠˇ ㄒㄧˋ
形容情況危急，難以自保。

5【朝生暮死】 ㄓㄠ ㄕㄥ ㄇㄨˋ ㄙˇ
比喻生命短促。

【朝令夕改】 ㄓㄠ ㄌㄧㄥˋ ㄒㄧˋ ㄍㄞˇ
形容政令無常。

10【朝秦暮楚】 ㄓㄠ ㄑㄧㄣˊ ㄇㄨˋ ㄔㄨˇ
‘戰國’時，‘蘇秦’倡合縱說，‘張儀’倡連橫說，當時一些小國，時而連橫事‘秦’，時而合縱事‘楚’，無法堅持立場。後以比喻反覆無常。

11【朝乾夕惕】 ㄓㄠ ㄑㄧㄢˊ ㄒㄧˋ ㄊㄧˋ
形容勤奮戒懼，日夜不懈。

12【朝朝暮暮】 ㄓㄠ ㄓㄠ ㄇㄨˋ ㄇㄨˋ
日日夜夜；時時刻刻。

【朝發夕至】 ㄓㄠ ㄈㄚ ㄒㄧˋ ㄓˋ
形容行程快速。

9

腡 ㄏㄨㄢ *huan*1 音歡
參鴅吺。

朡 ㄗㄨㄥ *tsung*1 音宗
船擱淺在沙上不能行駛。本作艐。見“集韻”。

10

朢 ㄨㄤˋ *wang*4 音妄
月滿。農曆每月十五日，日月相望，正是月圓之時，稱爲朢日。通作望。見“說文”。

12

朣 ㄊㄨㄥˊ *t'ung*2 音同
初升的月亮。見“集韻”。

14

朦 ㄇㄥˊ *mêng*2 音蒙
1模糊不清。如：朦朧。2蒙蔽；欺騙。如：朦騙。

20【朦朧】 ㄇㄥˊ ㄌㄨㄥˊ
1月色昏暗的樣子。2模糊不清。

16

朧 ㄌㄨㄥˊ *lung*2 音龍
月色昏暗不明。如：朧月。

木 部

木 ㄇㄨˋ mu^4 音目

1樹。木本植物的總名。2木料；木材。如：朽木不可雕也。3木製的器具。4八音之一。係用木材做成的樂器。如柷、敔。5質樸。如：木訥。6呆板；愚笨。如：木人。7姓。'晉'有'木華'。見"萬姓統譜·一一二"。

5【木主】 ㄇㄨˋ ㄓㄨˇ
木製的神主。即爲死者所立的木製牌位。

【木瓜】 ㄇㄨˋ ㄍㄨㄚ
(China quince; *Cydonia sinensis; Chaenomeles sinensis*)落葉灌木或小喬木。葉披針形，托葉線形；花單生，萼上面有綿毛，花瓣粉紅色，基部白色；果實爲梨果，深黃色，長橢圓狀卵形，以水煮沸後，取出對半剖開，曬乾供藥用，有強壯或舒筋之效。產於我國南部。

木瓜圖

6【木老】 ㄇㄨˋ ㄌㄠˇ
我國少數民族之一。舊作'犵狫'。散布於'廣西省'的'南丹'、'河池'及'貴州省'的'貴定'、'都勻'一帶山區。其俗與'仡佬'略同，掘地爲爐，厝火環臥，不施被席，死則男女群聚，俯尸而埋之，爲死者避壓。

【木耳】 ㄇㄨˋ ㄦˇ
(*Auricularia auricula*)擔子菌類。腐生於枯樹，當其菌絲體蔓延枯樹充分發育後，則產生富於膠質的耳狀子實體，徑約5～9公分，子實體內面平滑，暗褐色；外表密生短毛，淡褐色，供食用。

【木肌】 ㄇㄨˋ ㄐㄧ
(texture)指木材之組織構造。即材質緊密或疏鬆、色澤是否優美及外觀狀況等。

8【木版】 ㄇㄨˋ ㄅㄢˇ
用以刊印書籍的方形薄木。也作木板。多用梨木、棗木或黃楊木，取其質細而堅，經久耐用。

9【木星】 ㄇㄨˋ ㄒㄧㄥ
(Jupiter)太陽系九大行星之一。介於火星和土星之間。亮度僅次於金星，最亮時達 −2.4 等。赤道半徑約 71,400 公里，體積爲地球的1,316倍，質量是八大行星總和的2.5倍。木星是太陽系中自轉最快的行星，自轉週期約爲 9 時 50 分30秒，公轉週期爲 11.86 年，已發現的衛星有 16 顆。我國古代把周天分爲十二次，而以木星所在的位置紀年，因稱木星爲歲星。

10【木屐】 ㄇㄨˋ ㄐㄧ
用木做底的拖鞋。

11【木訥】 ㄇㄨˋ ㄋㄜˋ
質樸忠厚，不善辭令。

【木婚】 ㄇㄨˋ ㄏㄨㄣ
西俗稱結婚五週年。

【木魚】 ㄇㄨˋ ㄩˊ
1僧人所用的魚狀木製法器。一種是扁圓形，外作魚鱗狀，爲誦經禮佛時用；一種是挺直的長魚形，爲粥飯或集會眾僧時用，俗稱魚板。相傳魚晝夜常醒，刻木象形擊之，以警昏惰。2打擊樂器。源於僧人所用的魚狀木製法器。以桑木或椿木製成，用小木槌敲擊成聲。近年民族樂隊中，有按照五聲、七聲、十二律排列成套來使用的。3木製魚形的符信。4棕筍。即棕櫚的果實。也稱棕魚。

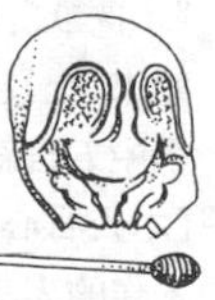
木魚圖

【木偶】 ㄇㄨˋ ㄡˇ
1木雕的偶像。2比喻無知或無用的人。

12【木琴】 ㄇㄨˋ ㄑㄧㄣˊ
具有音高的敲擊樂器。由若干長短不一的短木條排列成琴鍵形，用兩根小大槌子擊奏，發音清脆。

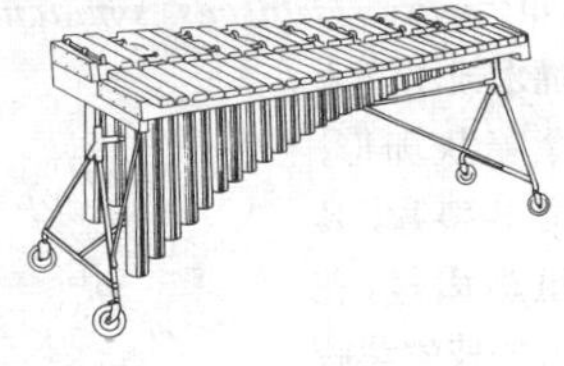
木琴圖

【木犀】 ㄇㄨˋ ㄒㄧ
(*Osmanthus fragrans*)又名桂花。常綠灌木。葉革質，橢圓形，網狀脈於葉背隆起；花白色，香味濃郁，多朵簇生葉腋；核果橢圓形，熟時紫黑色。產於我國西南部。栽培供作庭園樹，花可當香料。

木犀圖

【木棉】 ㄇㄨˋ ㄇㄧㄢˊ
(silk-cotton tree; *Bombax malabarica*)落葉大喬木。幼幹或老枝上有粗短的圓錐瘤刺。葉互生，掌狀複葉，小葉卵狀長橢圓形，有長柄。先花後葉，花肉質，黃紅色，萼杯狀，2裂，瓣倒卵形，5 片。果橢圓形，熟時 5 縱裂，種子多數，密被棉毛，一般作爲墊褥或枕頭的填充料。

木棉圖

【木筏】 ㄇㄨˋ ㄈㄚˊ
把木材編結成排，可在淺水域載人、運貨的器具。也稱木排。

14【木精】 ㄇㄨˋ ㄐㄧㄥ
(wood alcohol)即甲醇。參甲醇。

15【木樁】 ㄇㄨˋ ㄓㄨㄤ
(wood pile)木製的基樁。將除皮樹幹一端切成方形或尖形，或加上金屬尖端(稱帽靴)即成。一般長度爲6~8公尺。

【木槿】ㄇㄨˋ ㄐㄧㄣˇ
(althaea; *Hibiscus syriacus*)灌木或小喬木。葉菱狀卵形，有3裂片，具粗鋸齒緣；花著於枝端葉腋短梗上，總苞片6~8，披針形，花冠單瓣，有些栽培種爲重瓣，花瓣白色、紅色及紫色等，基部一般深紅色。栽培供觀賞，花可入藥供治痢。

木槿圖

16【木雕】ㄇㄨˋ ㄉㄧㄠ
雕刻木材的工藝。舉凡板狀和塊狀的木材均可施工。板狀者適於浮雕及鏤花；塊狀者適於圓雕及透空。我國傳統建築及家具上常出現精緻的木雕，尤以宮殿及寺廟中有不少傳世傑作。

21【木蘭】ㄇㄨˋ ㄌㄢˊ
(*Magnolia liliflora*)落葉灌木。小枝紫褐色。葉倒卵形或長橢圓形，全緣。花單生於枝頂，鐘形，花瓣6片，外面紫色，內面白色；聚生果淡褐色。原產於我國。花乾燥後稱辛夷，爲鎮痛藥，供治頭痛及鼻竇炎。

木蘭圖

【木鐸】ㄇㄨˋ ㄉㄨㄛˊ
1古代宣布政教法令時，用以引起眾人注意，裝有木舌的大鈴。2比喻宣揚政教、學說的人。

2【木乃伊】ㄇㄨˋ ㄋㄞˇ ㄧ
(mummy)古‘埃及’人以特殊方法保存的屍體。他們相信輪迴之說，認爲以香料殮屍，使屍體不腐敗，則當此人復活時，靈魂就可回到本體上。今凡屍體經特別處理，以避免或延後腐壞時間者，均可稱之。

4【木心板】ㄇㄨˋ ㄒㄧㄣ ㄅㄢˇ
(lumber core plywood)內層用密集木條膠併，上下兩面再以夾板膠合而成的合成木板。爲改良型木製建材，抗拉、壓應力較原木料高出數倍。

9【木活字】ㄇㄨˋ ㄏㄨㄛˊ ㄗˋ
古代活字印刷術的一種。先在木板上刻字，然後逐字分鋸，排入木框，行間用竹片隔開。自‘元’至‘明’‘清’，流行很廣。

11【木偶戲】ㄇㄨˋ ㄡˇ ㄒㄧˋ
用木偶表演故事的戲劇。我國主要有用手掌撐演的布袋木偶戲和用絲線提或木杖托的傀儡木偶戲。相傳起於‘周穆王’時工匠‘偃師’所造的⌊倡者⌉。‘漢代’開始有傀儡戲，原是喪家的樂舞，‘隋’‘唐’用以演故事。‘宋代’形式增多，有懸絲、杖頭、藥發等傀儡木偶。‘清代’‘閩’南流行布袋木偶戲，至今盛行於‘臺灣’。

15【木質部】ㄇㄨˋ ㄓˋ ㄅㄨˋ
(xylem)植物的維管束包括韌皮部和木質部。木質部包括導管、假導管和木質纖維，司水分的運輸，將水分自根部向上運輸至莖和葉。

21【木蘭辭】ㄇㄨˋ ㄌㄢˊ ㄘˊ
‘北朝’樂府民歌。也作“木蘭詩”、“木蘭歌”。敘述‘木蘭’代父從軍之始末。全長三百餘字，是‘北朝’文學中五言敘事詩之代表作。

2【木人石心】ㄇㄨˋ ㄖㄣˊ ㄕˊ ㄒㄧㄣ
木作的人，石造的心。比喻外物不足動其心。

3【木已成舟】ㄇㄨˋ ㄧˇ ㄔㄥˊ ㄓㄡ
木材已製成舟船。比喻事情已成定局，不能挽回或改變。

4【木牛流馬】ㄇㄨˋ ㄋㄧㄡˊ ㄌㄧㄡˊ ㄇㄚˇ
古代一種不勞人力而能自動運輸兵糧的器械。相傳創製於三國時代‘諸葛亮’。

5【木本水源】ㄇㄨˋ ㄅㄣˇ ㄕㄨㄟˇ ㄩㄢˊ
樹木的根本，流水的源頭。比喻事物的根本。

【木本植物】ㄇㄨˋ ㄅㄣˇ ㄓˊ ㄨˋ
(woody plant)植物中有的莖豎硬，支持力強，且可持續增高和加粗者，屬木本植物。日常所見的樹木均屬之。木本植物中，莖的主幹粗而明顯、外形高大者，稱爲喬木，如：桃、柳；若莖枝由基部叢生，無明顯主幹且較矮小者，稱爲灌木，如茶樹、杜鵑花等。

【木石心腸】ㄇㄨˋ ㄕˊ ㄒㄧㄣ ㄔㄤˊ
形容沒有知覺或麻木不仁。

8【木版水印】ㄇㄨˋ ㄅㄢˇ ㄕㄨㄟˇ ㄧㄣˋ
我國傳統雕板印刷術的一種。也稱木刻水印。係用水墨及顏料在木刻板上刷印。‘唐’‘宋’流行單色，‘明’末則發展成爲分板分色套印，用以印製繪畫、書法等藝術作品，色彩繽紛，精細傳神。現代版畫家也運用此法創作版畫。

16【木雕泥塑】ㄇㄨˋ ㄉㄧㄠ ㄋㄧˊ ㄙㄨˋ
形容神情呆滯。

7【木材含水量】ㄇㄨˋ ㄘㄞˊ ㄏㄢˊ ㄕㄨㄟˇ ㄌㄧㄤˋ
(moisture content in wood)木材內所含水量與其爐乾重量之百分比。公式爲：

含水量(%)=$\frac{w_1-w_2}{w_2}$×100%。

式中w_1爲乾燥前之木材重量(含有水分)，w_2爲絕對乾燥時之木材重量。木材含水量與產品品質關係甚大，一般建築及家具所用木材之含水量不得超過15%。

不 ㊀ ㄋㄧㄝˋ nieh4 音孽
樹木被砍伐後的殘餘部分。同櫱、糱。見“說文”。
㊁ ㄉㄨㄣ tun1 音墩
供切菜或斲木的木墊。見“觚賸‧奧觚上”。

1

未 ㄨㄟˋ wei^4 音味
[1]十二地支的第八位。[2]十二時辰之一。指下午一時至三時。[3]否定副詞。⑴不。如:未知。⑵不曾;還沒有。如:未卜先知。[4]助詞。表示疑問語氣。用與否同。如:寒梅著花未?

5【未央】 ㄨㄟˋ ㄧㄤ
[1]未半。[2]未盡;未完。[3]'漢代'宮名。故址在今'陝西省''長安縣'西北。

8【未果】 ㄨㄟˋ ㄍㄨㄛˇ
未完成;未實現。

11【未竟】 ㄨㄟˋ ㄐㄧㄥˋ
尚未完成;尚未終了。

12【未逮】 ㄨㄟˋ ㄉㄞˋ
[1]指智能或思慮所不及的地方。[2]不如;比不上。

【未幾】 ㄨㄟˋ ㄐㄧˇ
[1]不久。指時間短。[2]不多。指數目少。

13【未遂】 ㄨㄟˋ ㄙㄨㄟˋ
未成;未能達成心願。

【未遑】 ㄨㄟˋ ㄏㄨㄤˊ
來不及;沒有閒暇。

14【未嘗】 ㄨㄟˋ ㄔㄤˊ
不曾;從來沒有過。

17【未濟】 ㄨㄟˋ ㄐㄧˋ
[1]"易"卦名。六十四卦的最後一卦。其卦象,上卦為離,代表火,火氣上騰;下卦為坎,代表水,水氣下降;火水互不相干,故稱未濟。[2]渡河還未到岸。[3]還未成功。

未濟卦圖

3【未亡人】 ㄨㄟˋ ㄨㄤˊ ㄖㄣˊ
婦人喪夫,自稱未亡人。

8【未來學】 ㄨㄟˋ ㄌㄞˊ ㄒㄩㄝˊ
(futurology)一門由科技整合而成的新興學科。也稱未來研究。研究目標是以過去及現今為依據,探索科技、社會、文化發展的前景,以便在現代設計未來。

13【未遂犯】 ㄨㄟˋ ㄙㄨㄟˋ ㄈㄢˋ
係指行為人已著手於犯罪行為的實行,而未完成犯罪構成的要件,稱為未遂犯。

【未達帳】 ㄨㄟˋ ㄉㄚˊ ㄓㄤˋ
(outstanding items) 聯行間往來的帳項,常因兩地間郵遞的先後或手續上的稽延,以致一筆往來帳項,代理行已貸記或借記委託行帳,而委託行由於尚未接到收款或付款報單,未能同時借記或貸記代理行帳。此種一方已經記帳而他方尚未入帳的帳項,俗稱未達帳。

2【未卜先知】 ㄨㄟˋ ㄅㄨˇ ㄒㄧㄢ ㄓ
不曾占卜,即能預知未來。形容有先見之明。

5【未必故意】 ㄨㄟˋ ㄅㄧˋ ㄍㄨˋ ㄧˋ
行為人對犯罪結果無確定認識,但預見其可能發生一定結果,而以未必即發生之意思加以實行,終致發生該結果者,稱為未必故意。於未必故意之情形,行為人對構成犯罪事實雖無具體確定認識,但其預見結果之發生,且此結果之發生並不違背其本意,故仍應以故意犯罪論處行為人之罪責。

7【未足與議】 ㄨㄟˋ ㄗㄨˊ ㄩˇ ㄧˋ
不值得和他談論。

8【未定之天】 ㄨㄟˋ ㄉㄧㄥˋ ㄓ ㄊㄧㄢ
比喻事情的結局,還不能確定。

【未定係數】 ㄨㄟˋ ㄉㄧㄥˋ ㄒㄧˋ ㄕㄨˋ
(undetermined coefficient) 指尚待決定的係數。例如欲解微分方程式,則可以將 y 寫成 x 的冪級數 $y=a_0+a_1x+a_2x^2+\cdots\cdots+a_nx^n+\cdots\cdots$ 以求解,式中 $a_0, a_1, a_2, \cdots\cdots$ 等即為尚待決定的未定係數。尤其欲決定一單元多項式時,若其次數不大於 N,則由 $(N+1)$ 個不同的點 $x_0, x_1, \cdots\cdots x_N$ 處之函數值 $y_i=f(x_i)$,就可以唯一地確定此多項式。

【未雨綢繆】 ㄨㄟˋ ㄩˇ ㄔㄡˊ ㄇㄡˊ
本指天未下雨時,鴟鴞就取桑根修補鳥巢。後用以比喻事先準備或預防。

【未來主義】 ㄨㄟˋ ㄌㄞˊ ㄓㄨˇ ㄧˋ
(futurism)二十世紀初在'義大利'產生的一種急進的現代藝術運動。這一群藝術家認為,二十世紀未來的美是由火車頭、汽車或機器所帶來的速度美,於是用形態分解和時間空間之同時性並置描寫手法,來表現光、機器和物體的運動;且發表「未來派繪畫宣言」和「未來派技巧宣言」等,開啟了現代藝術運動發表宣言的首例。代表藝術家有'薄邱尼'(Boccioni)、'卡拉' (Carrà)、'塞維里尼'(Severini)和'巴拉'(Balla)等。

13【未達一間】 ㄨㄟˋ ㄉㄚˊ ㄧ ㄐㄧㄢˋ
只差一點點。比喻相差無幾。

4【未分配盈餘】 ㄨㄟˋ ㄈㄣ ㄆㄟˋ ㄧㄥˊ ㄩˊ
(undistributed earnings) 指保留於公司內未分配予股東之盈餘。公司之所以保留盈餘,或為準備將來擴充廠房及機器設備,或為平均股利分配,或為預防意外,或為減緩投資人稅負,原因不一而足;但亦有設法為股東規避綜合所得稅者,故稅法對未分配盈餘保留數設有限制。

12【未開發國家】 ㄨㄟˋ ㄎㄞ ㄈㄚ ㄍㄨㄛˊ ㄐㄧㄚ
(undeveloped country) 相對於已開發國家而言。凡一國產業仍以基本產業為主,每人平均所得甚低,工商業尚未發展,並缺少現代化的金融財政制度(如'孟加拉'、'中非共和國'等),稱為未開發國家。

13【未飽和溶液】 ㄨㄟˋ ㄅㄠˇ ㄏㄜˊ ㄖㄨㄥˊ ㄧㄝˋ
(unsaturated solution) 溶液中之溶劑所溶解的溶質未達最大量時,此種溶液稱為未飽和溶液。

14【未滿期保險費】 ㄨㄟˋ ㄇㄢˇ ㄑㄧˊ

ㄅㄠˇ ㄒㄧㄢˇ ㄈㄟˋ

(unearned premium) 又稱未經過保險費。爲簽單保險費中屬於尙未經過期間的保險費。例如要保人於六月一日繳付一年之保險費，其中七個月分屬於本年度，五個月分屬於下年度，在本年度年終結算時，其屬於下年度五個月分的保險費，應由保險人提存，視爲尙未實際收得的保險費。

6【未成年之行爲能力】ㄨㄟˋ ㄔㄥˊ ㄋㄧㄢˊ ㄓ ㄒㄧㄥˊ ㄨㄟˋ ㄋㄥˊ ㄌㄧˋ

未滿七歲之未成年人無行爲能力，其所爲之意思表示無效，應由其法定代理人（父母）代爲意思表示或代受意思表示。滿七歲之未成年人若已結婚，則有完全行爲能力，所爲之意思表示有效，但身分上之行爲（如夫妻財產制契約之訂立、變更或廢止及兩願離婚），均須法定代理人同意。滿七歲之未成年人若未結婚，僅有限制行爲能力，所爲意思表示及所受意思表示應得法定代理人之允許，未得法定代理人允許之單獨行爲無效；未得法定代理人允許所訂立之契約效力未定，須經法定代理人之承認始生效力；但所爲意思表示及所受意思表示若係純獲法律上之利益或依其年齡及身分而爲日常生活所必需者，不必事先得法定代理人之允許。

【未成年結婚之同意】ㄨㄟˋ ㄔㄥˊ ㄋㄧㄢˊ ㄐㄧㄝˊ ㄏㄨㄣ ㄓ ㄊㄨㄥˊ ㄧˋ

男滿十八歲、女滿十六歲即達結婚年齡，但未滿廿歲之男女結婚應得其法定代理人（即父母）之同意。此與結婚能力無關，非補充未成年人之能力，乃專爲保護未成年人而設。同意非要式行爲，同意權之行使，如父母爲親權人時，須共同爲之，但意思不一致時，由父行使之。未成年結婚，若未得法定代理人之同意，法定代理人得向法院請求撤銷之；但自知悉其事實之日起已逾六個月，或結婚後已逾一年或已懷胎者，不得請求撤銷。

【未成年人之侵權責任】ㄨㄟˋ ㄔㄥˊ ㄋㄧㄢˊ ㄖㄣˊ ㄓ ㄑㄧㄣ ㄑㄩㄢˊ ㄗㄜˊ ㄖㄣˋ

無行爲能力人或限制行爲能力人因故意或過失不法侵害他人之權利者，若行爲時無識別能力，不必負責。若行爲時有識別能力，則應與其法定代理人連帶負損害賠償責任；但法定代理人如能證明其監督並未疏懈，或縱加以相當之監督，而仍不免發生損害者，則由未成年人單獨負損害賠償之責。若未成年人行爲時無識別能力，其法定代理人也能舉證免責，而使被害人無法受損害賠償時，法院因被害人之聲請，得斟酌未成年人與被害人之經濟狀況，令未成年人爲全部或一部之損害賠償，此謂之衡平責任。

14【未滿期保險費準備金】ㄨㄟˋ ㄇㄢˇ ㄑㄧˊ ㄅㄠˇ ㄒㄧㄢˇ ㄈㄟˋ ㄓㄨㄣˇ ㄅㄟˋ ㄐㄧㄣ

(unearned premium reserves) 又稱未經過保險費準備金。主要適用於財產保險及一年期短期人身保險契約。由於契約期間常與營業年度不相一致，因此在第一營業年度結算時，其應屬於次一營業年度的一部分保險費，自應提存作爲準備，以爲將來發生損失時用作補償之需。

末 ㄇㄛˋ mo^4 音墨

①樹梢。見"說文"。②泛指東西的尖端。見"玉篇"。③最後；末尾。見"玉篇"。④微小。如：末節。⑤粉屑。如：粉末。⑥無；沒有。如：末由。⑦戲劇腳色名。通常扮演中年以上的男子。'宋'雜劇中有末泥（又名正末、戲頭）、副末；'元'雜劇中以末、旦爲正腳，傳奇則以生、旦爲正腳；'明''淸'的戲曲亦都有末。

4【末日】ㄇㄛˋ ㄖˋ

①最後一天。指人瀕臨死亡的時刻。②宗教家稱世界將要毀滅的那一天。

5【末世】ㄇㄛˋ ㄕˋ

①近於衰亡的時代。也稱末代。②指人生的晚年。

【末本】ㄇㄛˋ ㄅㄣˇ

'元'雜劇由正末或正旦獨唱，正末唱的劇本稱末本。如'馬致遠'的"漢宮秋"，全劇由正末扮'漢元帝'一人獨唱。

9【末流】ㄇㄛˋ ㄌㄧㄡˊ

①河流的下游。也用來比喻事勢後來發展的狀態。②指末世衰敗頹弊的習俗。同末俗。③後列；末列。④餘緒；遺業。

【末俗】ㄇㄛˋ ㄙㄨˊ

末世衰敗的習俗。

11【末梢】ㄇㄛˋ ㄕㄠ

①樹枝的末端。②物體的末尾。③事情的結局。

【末造】ㄇㄛˋ ㄗㄠˋ

末世；末年。

13【末葉】ㄇㄛˋ ㄧㄝˋ

①末世；末代。②後世子孫。

【末路】ㄇㄛˋ ㄌㄨˋ

①路途的最後一程。②朝代的末期或人的晚年。③末列；末位。④比喻窮困潦倒的境地。

16【末學】ㄇㄛˋ ㄒㄩㄝˊ

①膚淺無本的學術。②自稱的謙詞。同後學。

19【末藝】ㄇㄛˋ ㄧˋ

小技藝。

7【末那識】ㄇㄛˋ ㄋㄚˇ ㄕˋ

佛家八識中的第七識。又名我見識。梵語 manas 的音譯。末那，意譯爲思量，又譯爲意。此識爲二執（我執、法執）的根本。

13【末道小技】ㄇㄛˋ ㄉㄠˋ ㄒㄧㄠˇ ㄐㄧˋ

沒有價值的微小技藝。

11【末梢神經系統】ㄇㄛˋ ㄕㄠ ㄕㄣˊ ㄐㄧㄥ ㄒㄧˋ ㄊㄨㄥˇ

(peripheral nervous system)

又稱周邊神經系統。從腦和脊髓分出到全身的神經系統,包括12對腦神經及31對脊髓神經。即中樞神經系統外神經組織的總稱,包括各種神經、神經叢和神經節。中樞神經系統通過其中的傳入神經纖維和傳出神經纖維,分別與全身的受器和作用器相連。

札 ㄓㄚˊ *cha²* 音劄

①古代用來書寫的小木簡。見"說文"。②書信。見"廣韻"。③公文書。如:奏札。④死於非命。一般多指瘟疫而死者。⑤狀聲詞。

朮 ㊀ ㄕㄨˊ *shu²* 音叔

具黏性的稷。同秫。見"說文"。

㊁ ㄓㄨˊ *chu²* 音竹

植物名。即山薊。見"爾雅·釋草"。

本 ㄅㄣˇ *pên³* 音畚

①草木的根、幹。見"說文"。②事理的基礎或主體。如:君子務本。③根據。如:本著良心。④自己或自己方面的。如:本國。⑤今;此。如:本日。⑥原來的;本來的。如:本質。⑦母金;本錢。如:血本無歸。⑧書籍、字畫、碑帖及公文書。如:鈔本。⑨量詞。⑴草木一株。⑵書一冊。

3【本工】 ㄅㄣˇ ㄍㄨㄥ

戲曲演員按照本來所學的腳色行當演出。與反串相對。

【本土】 ㄅㄣˇ ㄊㄨˇ

本鄉;本地;本國。

4【本分】 ㄅㄣˇ ㄈㄣˋ

①正合其身分地位。②本身分內的。③安分守己。

5【本末】 ㄅㄣˇ ㄇㄛˋ

樹根與樹梢。①比喻事物的始末、原委。②比喻主次、先後、輕重、緩急。③古人多稱農業爲本,工商業爲末;也稱禮義爲本,法制爲末。

6【本刑】 ㄅㄣˇ ㄒㄧㄥˊ

即法定刑之意。例如「犯最重本刑爲三年以下有期徒刑以下刑之罪,而受六月以下有期徒刑或拘役之宣告,因身體、教育、職業或家庭之關係,執行顯有困難者,得以一元以上三元以下折算一日,易科罰金」("刑法"第四十一條),此之「本刑」即爲「法定刑」。殺人罪之本刑,依"刑法"第二百七十一條之規定,爲「死刑、無期徒刑或十年以上有期徒刑」。本刑旣爲法定刑,因此與法院審理後所宣判之宣告刑不同。

【本色】 ㄅㄣˇ ㄙㄜˋ

①本來面目。②本行;本業。③正色。指青、黃、赤、白、黑五色。與間色相對。④指曲文質樸自然,不用典故、不用儷辭的風格。⑤原來的顏色。⑥舊制稱繳納田賦、徵收實物。折算成銀錢則稱折色。

【本行】 ㊀ ㄅㄣˇ ㄏㄤˊ

①本身專精的行業。②稱自己服務的公司行號。

㊁ ㄅㄣˇ ㄒㄧㄥˋ

合乎道德的行爲。

7【本利】 ㄅㄣˇ ㄌㄧˋ

①最基本而重要的利益。②指本金和利息。

【本我】 ㄅㄣˇ ㄨㄛˇ

(id)'奧地利'心理學家'弗洛依德'分析人格結構所提出的概念之一。係個體與生俱來之人格原始基礎,行爲動機受唯樂原則支配,純在追求本能性慾念之立即滿足。

【本位】 ㄅㄣˇ ㄨㄟˋ

①自身原來的位置。②以自我爲主的。如:本位主義。③基本單位。如:金本位。

8【本性】 ㄅㄣˇ ㄒㄧㄥˋ

與生俱來的本質或性情。

【本事】 ㊀ ㄅㄣˇ ㄕˋ

①指農業。②眞實的事蹟。③詩、詞或戲劇等文藝作品中所指的故事原委。

㊁ ㄅㄣˇ ˙ㄕ

才力和技能。

【本金】 ㄅㄣˇ ㄐㄧㄣ

①借人以生利息的本錢。②經營工、商業所投下的資本。

10【本家】 ㄅㄣˇ ㄐㄧㄚ

①已嫁女子的娘家。②同宗同姓的人。

【本能】 ㄅㄣˇ ㄋㄥˊ

(instinct)個體與生俱來的行爲、能力。如鳥築巢、鼠掘洞。

11【本票】 ㄅㄣˇ ㄆㄧㄠˋ

發票人簽發一定之金額,於指定之到期日,由自己無條件支付與受款人或執票人之票據,稱爲本票。也稱期票。本票之簽發,須具法定應記載事項。見票即付之本票如不記載受款人,其金額須在五百元以上。本票發票人所負責任與匯票承兌人同,即於到期日依票面所載負付款之責。其到期日有定日付款、發票後定期付款、見票即付及見票後定期付款。執票人向本票發票人行使追索權時,得依"非訟事件法"聲請法院裁定後強制執行。

【本動】 ㄅㄣˇ ㄉㄨㄥˋ

(peculiar motion) 恆星的空間運動速度,除去因太陽運動所生的視運動速度,才是恆星的眞運動速度,稱爲本動。

12【本尊】 ㄅㄣˇ ㄗㄨㄣ

佛家語。①指本來未受外物感染的自性清淨心。②修行者在諸尊中,以某尊爲修行的觀想對象,而特別加倍尊崇。

14【本領】 ㄅㄣˇ ㄌㄧㄥˇ

技藝;才能。

15【本輪】 ㄅㄣˇ ㄌㄨㄣˊ

(epicycle)在古'希臘'天文學家'托勒密'的宇宙假說中,地球是靜止不動的中心,太陽和行星環繞地球運行。他認爲每顆行星的軌道各爲一小圓,稱爲本輪,本輪的圓心則以地球爲中心,作均勻的圓周運動,此一圓周稱爲均輪(deferent)。係用以解釋行星在天球上的順行和逆行現象。

【本質】 ㄅㄣˇ ㄓˋ
①本體;事物的本身。②事物的根本性質。

16【本錢】 ㄅㄣˇ ㄑㄧㄢˊ
①即本金。②商品的成本。

23【本體】 ㄅㄣˇ ㄊㄧˇ
①事物的本身。②(substance)與現象相對。指形成現象的根本實體。

8【本事方】 ㄅㄣˇ ㄕˋ ㄈㄤ
"類證普濟本事方"的簡稱。'宋''許叔微'撰,十卷。書中收輯作者平生使用過的處方,並記錄病患的個案實例,故稱。

10【本益比】 ㄅㄣˇ ㄧˋ ㄅㄧˇ
衡量股票價格高低的一種方法。計算方法是:每股市價除以每股預估稅後純益。

【本草學】 ㄅㄣˇ ㄘㄠˇ ㄒㄩㄝˊ
我國古代研究動、植、礦物等藥材的學問。

【本俸薪】 ㄅㄣˇ ㄈㄥˋ ㄒㄧㄣ
各機關對現任職員所支付之本俸或本薪。本俸薪通常按職等規定,每一職等均包括有若干級俸薪。當職員進用時,多自職務所列職等之最低級俸薪起支,而後再按年或按考績晉級支俸薪,直至該職等之最高本俸薪爲止。

14【本寧山】 ㄅㄣˇ ㄋㄧㄥˊ ㄕㄢ
(Pennine Chain)'英格蘭'(England)脊骨。自'蘇格蘭'(Scotland)邊境向南縱貫至中部的'得貝郡'(Derbyshire)。係由許多斷層構成的平緩臺地,有河谷橫切。南端深谷、洞穴極多,設有國家公園;北部西側'康布連山'(Cambrian Mts.)湖群與低山交錯,爲著名休閒娛樂區。山的北段及南端石灰岩廣布,中段則由頁岩和砂岩構成。四周山麓富煤礦,爲'英國'最大工業區所在。

23【本體論】 ㄅㄣˇ ㄊㄧˇ ㄌㄨㄣˋ
(ontology)又稱存有論或存在學。研究事物之終極本性或根本存在情狀的學科。狹義的形上學往往指稱本體論。

3【本土運動】 ㄅㄣˇ ㄊㄨˇ ㄩㄣˋ ㄉㄨㄥˋ
(nativistic movement)一個社會對涵化壓力的反應以重新肯定其原有文化的運動。在涵化狀況威脅土著文化的情境之下,本土運動不斷重見於人類歷史過程中。例如'北美洲''印地安'人鬼舞崇拜,認爲只要參加鬼舞儀式,就可脫離白人壓迫,已死親友、祖先會帶著被白人打光的野牛回來,傳統'印第安'人的生活、威望都將重現。

5【本立道生】 ㄅㄣˇ ㄌㄧˋ ㄉㄠˋ ㄕㄥ
根本確立,仁道便由此而發生。

【本末並舉】 ㄅㄣˇ ㄇㄛˋ ㄅㄧㄥˋ ㄐㄩˇ
根本和細節同時並進。

【本末倒置】 ㄅㄣˇ ㄇㄛˋ ㄉㄠˋ ㄓˋ
比喻先後順序顛倒,或輕重緩急失次。

6【本同末異】 ㄅㄣˇ ㄊㄨㄥˊ ㄇㄛˋ ㄧˋ
根源相同而發展出來的結果有異。

7【本初經線】 ㄅㄣˇ ㄔㄨ ㄐㄧㄥ ㄒㄧㄢˋ
(prime meridian)經度的度量所採行的一條參考經線。西元1884年國際經線會議制訂,以通過'英國''倫敦''格林威治皇家天文臺'的經線爲零度經線,稱爲本初經線或本初子午線。

【本位主義】 ㄅㄣˇ ㄨㄟˋ ㄓㄨˇ ㄧˋ
只站在本身或本單位的立場考慮問題,而不作整體設想的作風或觀念。

8【本性難移】 ㄅㄣˇ ㄒㄧㄥˋ ㄋㄢˊ ㄧˊ
天生的性格難以改變。

【本來面目】 ㄅㄣˇ ㄌㄞˊ ㄇㄧㄢˋ ㄇㄨˋ
①禪宗機鋒語。指衆生心性的本體。亦即佛性。②泛指事物原來的性狀。

【本固邦寧】 ㄅㄣˇ ㄍㄨˋ ㄅㄤ ㄋㄧㄥˊ
人民爲國家的根本,民心安固,國家自然安寧。

9【本星系群】 ㄅㄣˇ ㄒㄧㄥ ㄒㄧˋ ㄑㄩㄣˊ
(local group of galaxies)由銀河附近約二十個星系所組成的星系集團。通常包括以銀河系爲中心、半徑約300萬光年之空間中所有的星系:銀河系、仙女座星系、玉夫座星系、天爐座星系與大、小'麥哲倫'雲等。其中以仙女座星系最大。

10【本草綱目】 ㄅㄣˇ ㄘㄠˇ ㄍㄤ ㄇㄨˋ
'明''李時珍'撰,五十二卷。以每藥標正名爲綱,附釋名爲目,博採前代諸家"本草",刪除重複,增補缺漏,勘訂訛誤,歷經十三年才完成。共分十六綱、六十二目,收一千八百九十二種藥物,爲我國醫藥學重要文獻。

12【本期損益】 ㄅㄣˇ ㄑㄧˊ ㄙㄨㄣˇ ㄧˋ
(profit or loss-current period)每期結算時,將本期損益類各科目餘額,依其借貸過入本科目,所結出的純損(借餘時)或純益(貸餘時)。

15【本質狀態】 ㄅㄣˇ ㄓˋ ㄓㄨㄤˋ ㄊㄞˋ
(intrinsic condition)半導體材料如矽、鍺等,沒有加入任何雜質來增加內部之導電載子時,稱爲本質狀態。

6【本地信用狀】 ㄅㄣˇ ㄉㄧˋ ㄒㄧㄣˋ ㄩㄥˋ ㄓㄨㄤˋ
(local L/C)也稱第二信用狀(secondary credit)或補助信用狀(subsidiary credit)。當信用狀的受益人本身無法提供貨品出口,而需要由供應商供給時,爲保持原交易內容的祕密,且保留取得中間利潤的目的,得向通知銀行或其他國內的外匯銀行申請,提供其自國外買主所開來的原信用狀,據以開發以國內貨物供應商爲受益人的獨立信用狀。

【本地整批處理】 ㄅㄣˇ ㄉㄧˋ ㄓㄥˇ ㄆㄧ ㄔㄨˇ ㄌㄧˇ

(local batch processing) 電腦系統內作業處理方式的一種。指與主機直接連線的整批作業處理方式。與遠地整批處理相對。

11【本票之強制執行】 ㄅㄣˇ ㄆㄧㄠˋ ㄓ ㄑㄧㄤˊ ㄓˋ ㄓˊ ㄒㄧㄥˊ

本票之執票人向本票發票人行使追索權時,得聲請法院裁定後強制執行,稱爲本票之強制執行。本票之強制執行須注意兩點:一、執行名義之取得係以法院之「裁定」爲之,而非以「判決」爲之,因此較爲方便迅速。二、本票之強制執行得以裁定爲之者,只限於對發票人,對於發票人以外之票據債務人(例如保證人、背書人等),仍須進行實體訴訟,取得確定判決之執行名義,方得聲請強制執行。

2

朿 ㄘˋ tz'ŭ⁴ 音刺

草木的刺。見"說文"。

朾 ㊀ ㄔㄥˊ ch'êng² 音橙

1以此物撞彼物,衝之使出。見"說文"。2楔。見"類篇"。

㊁ ㄊㄧㄥ t'ing¹ 音廳

參虛朾。

㊂ ㄓㄥ chêng¹ 音爭

伐木聲。見"廣韻"。

㊃ ㄉㄥˇ têng³ 音等

擊。見"集韻"。

朼 ㄅㄧˇ pi³ 音筆

大木匙。古代祭祀時用來挑起鼎中之牲,以便放置在俎上。見"集韻"。

朽 ㄒㄧㄡˇ hsiu³ 音滫

1腐爛;敗壞。見"說文"。2衰老。如:老朽昏庸。

24【朽蠹】 ㄒㄧㄡˇ ㄉㄨˋ

1木腐生蟲。2朽木所生的蟲。

4【朽木糞土】 ㄒㄧㄡˇ ㄇㄨˋ ㄈㄣˋ ㄊㄨˇ

腐壞的木材和汙穢的泥土。比喻不堪造就的人。

【朽木糞牆】 ㄒㄧㄡˇ ㄇㄨˋ ㄈㄣˋ ㄑㄧㄤˊ

腐朽的木材和汙穢的土牆。比喻不堪造就的人。

【朽木不可雕】 ㄒㄧㄡˇ ㄇㄨˋ ㄅㄨˋ ㄎㄜˇ ㄉㄧㄠ

腐朽的木頭不能用來雕刻。比喻不堪造就。

10【朽索馭悍馬】 ㄒㄧㄡˇ ㄙㄨㄛˇ ㄩˋ ㄏㄢˋ ㄇㄚˇ

以腐朽的繩索駕馭兇悍的馬。比喻極危險。

朸 ㊀ ㄌㄧˋ li⁴ 音力

1樹木的年輪紋。見"說文"。2稜角。見"正字通"。

㊁ ㄐㄧˊ chi² 音極

'漢'侯國名。'漢文帝'時封'劉辟光'爲'朸侯'。見"史記·惠景間侯者年表"。

朴 ㊀ ㄆㄛˋ p'o⁴ 音破

1樹木的皮。見"說文"。2(hackberry; *Celtis*) 榆科 (Ulmaceae) 中的一屬。約有70種。大多爲喬木,少數爲灌木,常具落葉性。主產於北半球溫帶地區。葉基略歪,表面粗糙,有三條顯著的葉脈;小型核果呈圓形或卵形,單獨生於纖細的柄上。有些種類果實甜而可食。3碩大;壯大。

朴圖

㊁ ㄆㄨˊ p'u² 音樸

1質樸。通樸。如:朴質。2姓。今'韓國'多此姓。

8【朴直】 ㄆㄨˊ ㄓˊ

樸實正直。

【朴忠】 ㄆㄨˊ ㄓㄨㄥ

樸實忠厚。

10【朴素】 ㄆㄨˊ ㄙㄨˋ

樸質自然。

12【朴硝】 ㄆㄛˋ ㄒㄧㄠ

'中'藥名。硝,一作消,以易溶於水,又能消化諸物而得名。形似食鹽,故又稱鹽硝。味鹹苦,無毒,能潤燥軟堅、瀉熱通便,外用則可消熱消腫。

5【朴正熙】 ㄆㄨˊ ㄓㄥˋ ㄒㄧ

(1917~1979)'韓國''慶尚北道'人。西元1953年'韓'戰結束爲'韓'軍准將,次年赴'美國'受訓。1961年5月16日領導陸軍軍官發動政變,取得政權。1963年任'韓國'第三任總統。1979年10月26日被親信'中央情報部'長'金載圭'槍殺死亡。

朴正熙像

朻 ㄐㄧㄡ chiu¹ 音鳩

樹木向下彎曲。如:朻枝。

机 ㊀ ㄐㄧ chi¹ 音飢

木名。即榿木。見"說文·机·段注"。

㊁ ㄐㄧˇ chi³ 音擠

小桌子。通几。

朹 ㊀ ㄑㄧㄡˊ ch'iu² 音求

1木名。即檕梅。結紅色小果,可食。見"爾雅·釋木·朹檕梅·注"。2怨仇。見"方言·三"。

㊁ ㄍㄨㄟˇ kuei³ 音軌

簋的古文。

朳 ㄅㄚ pa¹ 音八

農具。無齒的耙。見"玉篇"。

朱 ㄓㄨ chu¹ 音諸

1赤心木。見"說文"。2大紅色。見"廣雅·釋器"。3姓。'宋'有'朱熹'。見"宋史·道學傳·朱熹"。

8【朱門】 ㄓㄨ ㄇㄣˊ

紅色的大門。古代王侯貴族宅第的大門都漆成紅色,以示尊貴。後泛指富貴人家。

9【朱耷】 ㄓㄨ ㄉㄚ

(1626~1705?)'清''南昌'(今'江西''南昌')人。'明''寧王''朱權'的後裔。譜名'統銮',以別號'八大山人'行世。曾落髮爲僧,後爲道士。

擅繪水墨花卉翎毛,筆法凝鍊而形象誇張;山水畫則意境冷寂,精密妙絕。

11【朱雀】　ㄓㄨ　ㄑㄩㄝˋ
1參朱鳥。2古代旌旗名。

【朱鳥】　ㄓㄨ　ㄋㄧㄠˇ
四象之一。二十八宿中南方七宿的總象。也作朱雀。古人把井、鬼、柳、星、張、翼、軫七宿想像爲天上的大鳥,其中井、鬼及柳宿前半象鳥首,柳宿後半及星、張二宿象身,翼、軫二宿象尾,又因南方屬火,朱爲深赤色,象火,故名。

15【朱德】　ㄓㄨ　ㄉㄜˊ
(1886～1976)'四川''儀隴'人,字'玉階'。'雲南講武堂'畢業。'民國'肇建後,曾赴'德'留學,加入'中國共產黨'。返國後,參加'南昌'暴動失敗,率殘部與'毛澤東'部會合於'江西''井崗山',成立紅四軍,任軍長。抗戰軍興,任第八路軍總指揮、第十八集團軍總司令。'中共'政權成立後,任黨政軍領袖。文化大革命起,備受攻擊。

朱德像

16【朱熹】　ㄓㄨ　ㄒㄧ
(1130～1200)'宋''婺源'(今'安徽''婺源')人,字'元晦',號'晦庵',學者稱'紫陽先生',亦稱'考亭先生'。'紹興'進士,官至'寶文閣'待制。論學以居敬窮理爲主,主張格物致知,反躬踐實,集'宋代'理學之大成。所注"四書"、'明''清'科舉奉爲準則。此外尙有"易本義"、"詩集傳"、"楚辭集注"、"朱文公集"等。

朱熹像

18【朱顏】　ㄓㄨ　ㄧㄢˊ
紅潤的容顏。

1【朱一貴】　ㄓㄨ　ㄧ　ㄍㄨㄟˋ
(?～1721)'明'末'福建''長泰'人。'明'亡後,移居'臺灣',以養鴨爲生,稱'鴨母王'。'康熙'六十年(1721),百姓因不堪知府'王珍'暴歛,群起謀變,以'一貴'姓'朱',乃託爲'明朝'後裔,自稱'中興王',後爲'清'水師提督'施世驃'所平。

4【朱之瑜】　ㄓㄨ　ㄓ　ㄩˊ
(1600～1682)'明''浙江''餘姚'人,字'魯璵',號'舜水'。'明'亡,曾赴'日本'、'安南'等地乞師圖恢復,不成,遂留居'日本',以經學教授'日'人,對'日本''漢'學影響極深,頗受'德川'幕府敬重。著有"舜水文集"。

6【朱自清】　ㄓㄨ　ㄗˋ　ㄑㄧㄥ
(1898～1948)'浙江''紹興'人,字'佩弦'。'北京大學'哲學系畢業。曾任'清華大學''中'文系教授、系主任。年輕時寫詩,後寫作散文,文筆清麗,有名於時。所著合編爲"朱自清全集"。

朱自清像

【朱印本】　ㄓㄨ　ㄧㄣˋ　ㄅㄣˇ
朱色印刷的書籍。古代於雕板初成時,照例用朱色或藍色印刷若干部,稱爲朱印本或藍印本。

【朱全忠】　ㄓㄨ　ㄑㄩㄢˊ　ㄓㄨㄥ
(852～912)五代'梁太祖'。本名'溫','碭山'(今'江蘇''碭山')人。曾從'黃巢'爲盜,後降'唐',賜名'全忠'。'天復'三年(903)封'梁王',次年,弒'唐昭宗',立太子'祝',於'天祐'四年(907)廢帝自立,國號'梁'。在位六年,爲其子'友珪'所弒。

10【朱家驊】　ㄓㄨ　ㄐㄧㄚ　ㄏㄨㄚˊ
(1893～1963)'浙江''吳興'人,字'騮先'。'德國''柏林大學'哲學博士。歷任'中山大學'校長、'中央大學'校長、'教育部'部長、'交通部'部長、'考試院'副院長、'行政院'副院長、'中央研究院'院長等職。

朱家驊像

11【朱理安】　ㄓㄨ　ㄌㄧˇ　ㄢ
(Julian the Apostate; Flavius Claudius Julianus, 331?～363)'羅馬'政治家及將軍。因企圖恢復'羅馬'原有的多神教傳統而著名。爲'君士坦丁大帝'的姪兒,小時在'小亞細亞'長大,接受嚴格的修道院教育;二十歲左右在'艾弗瑟斯'(Ephesus)及'雅典'受教育,受到新'柏拉圖'派哲學家的影響。西元351年即任「凱撒」(Caesar),後曾至'高盧'、'科倫'和'斯特拉斯堡'等地平定叛亂。於361年即位爲'羅馬'皇帝。即位後,公開宣布與基督教決裂,禁止基督徒在學校任教或當高級官職,並且下令恢復'羅馬'原有宗教及重建神廟,故被基督教會指稱爲叛教者。

【朱執信】　ㄓㄨ　ㄓˊ　ㄒㄧㄣˋ
(1885～1920)'廣東''番禺'人,原名'大符'。留學'日本''法政大學',加入'同盟會'。曾參加'廣州'新軍、'辛亥''黃花岡'及'廣州'光復諸役。二次革命後,參加討'袁'、護法運動,因招降'桂'軍於'虎門'被刺殉難,'孫中山'先生譽之爲「革命中的聖人」。著有"朱執信文鈔"、"朱執信選集"。

11【朱雀橋】　ㄓㄨ　ㄑㄩㄝˋ　ㄑㄧㄠˊ
六朝時'建康城''朱雀門'外橫跨在'秦淮河'上的古浮橋。即'朱雀桁'。'東晉'時,'王導'、'謝安'等巨室多居此橋附近之'烏衣巷',所以後來以'朱雀橋'和'烏衣巷'作爲豪門的代稱。

12【朱敦儒】　ㄓㄨ　ㄉㄨㄣ　ㄖㄨˊ
(1080?～1175?)'南宋''河南'(今'河南''洛陽')人,字'希眞',號'巖壑'。中年隨'宋'室南遷,官至兩'浙'東路提點刑獄。擅長詩詞,辭采清麗婉暢;南渡後所作,抒鄉國之思,寓興復之志,尤爲感人。有"樵歌"、"巖壑老人詩文集"。

13【朱載堉】 ㄓㄨ ㄗㄞˋ ㄩˋ
(1536～1610?)'明''鄭恭王''厚烷'的長子。字'伯勤',號'勾曲山人'。精研樂律、數學,著有"樂律全書"四十七卷,共十一種。其中"律呂精義"一種,考證詳確,斟酌前人樂律理論,提出自己的新見,是我國音樂史上頗具價值之作。

17【朱駿聲】 ㄓㄨ ㄐㄩㄣˋ ㄕㄥ
(1788～1858)'清''江蘇''吳縣'人,字'豐芑',號'允倩'。'嘉慶'舉人,官'黟縣'訓導。研究經學,精於曆算,尤長於"說文"。著述甚博,有"說文通訓定聲"、"詩傳箋補"、"天算瑣記"等書。

18【朱彝尊】 ㄓㄨ ㄧˊ ㄗㄨㄣ
(1629～1709)'清''浙江''秀水'人,字'錫鬯',號'竹垞'。'康熙'時舉博學鴻詞科,授檢討,纂修"明史"。擅長詩詞,詞風清麗,詩與'王士禎'齊名,時人尊爲南北兩大宗。著有"經義考"、"曝書亭集"等。

3【朱子語類】 ㄓㄨ ㄗˇ ㄩˇ ㄌㄟˋ
'宋''黎靖德'編,一百四十卷。輯錄'朱子'門人所記'朱子'言論成書。又名"朱子語錄"。

11【朱脣粉面】 ㄓㄨ ㄔㄨㄣˊ ㄈㄣˇ ㄇㄧㄢˋ
形容相貌美麗明豔。

【朱脣皓齒】 ㄓㄨ ㄔㄨㄣˊ ㄏㄠˋ ㄔˇ
脣紅齒白。形容美女。

【朱陸異同】 ㄓㄨ ㄌㄨˋ ㄧˋ ㄊㄨㄥˊ
'南宋'理學家'朱熹'與'陸九淵'曾會講於'鵝湖','朱'主敬,'陸'主靜;'朱'主道問學而尊德性,'陸'主尊德性而道問學;'朱'主即物窮理,'陸'主心即是理。二人主張甚不相同,後人遂各立門戶,形成理學的二大派別。

15【朱墨爛然】 ㄓㄨ ㄇㄛˋ ㄌㄢˋ ㄖㄢˊ
形容讀書勤奮精細,書上盡是眉批評點。

朵 ㄉㄨㄛˇ to³, tuo³ 音躲
1花朵。見"說文"。2量詞。3動。如:朵頤。4耳垂。通睡。引申指兩旁、兩側。如:朵殿。

16【朵頤】 ㄉㄨㄛˇ ㄧˊ
1動腮頰。吃東西的樣子。2比喻享有利祿名位。

朶 朵的俗體。

3

宎 ㄇㄤˊ mang² 音芒
房屋的棟梁。見"說文"。

来 來的俗體。

東 ㄕㄨˋ shu⁴ 音樹
1束縛;綑紮。見"說文"。2量詞。物品一紮或一綑。3收縮;限制。如:約束。4整理。如:束裝。5姓。'晉'有'束皙'。見"晉書·束皙傳"。

4【束手】 ㄕㄨˋ ㄕㄡˇ
1綑住雙手。比喻不抵抗、無計可施或事無可爲。2縮手;停手。

11【束帶】 ㄕㄨˋ ㄉㄞˋ
束起腰帶。指整飾衣冠,以示恭敬。

【束脩】 ㄕㄨˋ ㄒㄧㄡ
1十條一束的乾肉。古人常用爲初次拜見的禮物。後用以代稱敬師金或送給老師的酬金。2束帶修飾。引申爲自我整飭檢束。

13【束裝】 ㄕㄨˋ ㄓㄨㄤ
整理行裝。

15【束髮】 ㄕㄨˋ ㄈㄚˇ
束結頭髮爲髻。指男子十五以上、二十行冠禮以前的年紀。

16【束縛】 ㄕㄨˋ ㄈㄨˊ
以繩索綑綁。比喻限制、拘束。

4【束之高閣】 ㄕㄨˋ ㄓ ㄍㄠ ㄍㄜˊ
比喻棄置不用。

【束水攻沙】 ㄕㄨˋ ㄕㄨㄟˇ ㄍㄨㄥ ㄕㄚ
古代治河的一種方法。在寬淺的河道上築堤,束狹河道,使河水增加流速,沖刷泥沙,防止淤積。

【束手待斃】 ㄕㄨˋ ㄕㄡˇ ㄉㄞˋ ㄅㄧˋ
無計可施,坐待滅亡。

【束手就擒】 ㄕㄨˋ ㄕㄡˇ ㄐㄧㄡˋ ㄑㄧㄣˊ
無計可施而被擒。

【束手無策】 ㄕㄨˋ ㄕㄡˇ ㄨˊ ㄘㄜˋ
比喻遇事無法應付。

10【束書不觀】 ㄕㄨˋ ㄕㄨ ㄅㄨˋ ㄍㄨㄢ
棄置書籍而不讀。

【束馬懸車】 ㄕㄨˋ ㄇㄚˇ ㄒㄩㄢˊ ㄔㄜ
包裹馬腳,掛牢車子。形容路途險阻難行。

杘 ㄔ ch'ih¹ 音痴
一作柅。1收絲的器具。即籰柄。見"說文"。2欺詐。見"廣雅·釋詁"。

杆 ㊀ ㄍㄢˋ kan⁴ 音幹
木名。1柘木。通作榦。見"廣雅·釋木"。2檀木。見"玉篇"。
㊁ ㄍㄢ kan¹ 音干
1干的俗體。2長木棍。
㊂ ㄍㄢˇ kan³ 音趕
器物上像棍子樣細長的部分。同桿。如:筍杆。

杅 ㄩˊ yü² 音于
1浴盆。見"正字通"。2盛湯或飲水的器皿。通作盂。

杇 ㄨ wu¹ 音烏
1塗飾牆壁的工具。也稱槾。又作釫。見"說文"。2塗抹;粉刷。

村 ㄘㄨㄣ ts'un¹ 音皴
1聚落。也作邨。見"增韻"。2鄉以內之編組單位。其編組除地理環境、交通情況、人民生活習慣等因素外,並規定戶數標準:一、人口密集、交通方便地區之村里,其戶數以七百戶至一千四百戶爲原則,超過一千四百戶者,得依規定程序劃分爲二村里。二、交通方便但人口分散地區之村里,其戶數以五百戶至一千戶爲原則,超過一千戶者,得依規定程序劃分爲二村里。三、山區交通不便,須要徒步始能與村里聯繫

者,三百戶左右劃爲一村里。[3]兇狠;粗暴。[4]冒犯;用言語羞人。

13【村塢】 ㄘㄨㄣ ㄨˋ

村落;村莊。

15【村墟】 ㄘㄨㄣ ㄒㄩ

鄉村中交易買賣的場所。

杠 ㊀ㄍㄤ kang^1 音岡

[1]床前橫木。見"說文"。[2]旌旗的竿子。[3]車傘蓋的柄。[4]小橋。

㊁ㄍㄤˋ kang^4

槓的或體。

杜 ㄉㄨˋ tu^4 音渡

[1]木名。即甘棠。見"說文"。[2]閉塞;堵住。通敷。見"小爾雅·廣詁"。[3]姓。'春秋''魯'有'杜洩'。見"通志·氏族略二"。

3【杜口】 ㄉㄨˋ ㄎㄡˇ

閉口不說。

6【杜宇】 ㄉㄨˋ ㄩˇ

'周'末'蜀'帝名。又號'望帝'。相傳死後魂魄化爲鳥,名杜鵑,故後人又稱杜鵑鳥爲杜宇。

7【杜甫】 ㄉㄨˋ ㄈㄨˇ

(712~770)'唐'詩人。祖籍'杜陵'(今'陝西''長安'南),生於'洛陽'。字'子美'。曾官左拾遺、檢校工部員外郎,世稱'杜工部'。博覽群書,所作詩歌多反映社會動亂和民生疾苦,眞摯深刻,錘鍊功深,世稱「詩聖」、「詩史」。有"杜工部集"。

杜甫像

【杜佑】 ㄉㄨˋ ㄧㄡˋ

(735~812)'唐''京兆''萬年'(今'陝西''長安')人,字'君卿'。以父蔭補參軍,官至司徒,封'岐國公'。所撰"通典"爲我國記述歷代典章制度的鉅著。

8【杜門】 ㄉㄨˋ ㄇㄣˊ

閉門。

【杜牧】 ㄉㄨˋ ㄇㄨˋ

(803~852)'唐''京兆''萬年'(今'陝西''長安')人,字'牧之','杜佑'孫。官至中書舍人。長於近體詩,尤以七絕爲著,後人稱爲小'杜',以別於'杜甫'的老'杜'。有"樊川集"。

9【杜威】 ㄉㄨˋ ㄨㄟ

[1](Melvil Dewey, 1851~1931)'美國'圖書館學家。曾創辦"圖書雜誌",並發起組織'美國圖書館協會',尤以創「十進分類法」貢獻最著。[2](John Dewey, 1859~1952)'美國'實用主義哲學家兼教育家。西元1919年曾至我國講學。在哲學上倡導實用主義中之工具主義,謂經驗即生活,生活即應付環境;並認爲教育即生活,學校即社會;教學方法應根據「從做中學」的原理;主張哲學的研究須以解決人生實際問題爲目的。著有"學校與社會"(*The School and Society*)、"民主與教育"(*Democracy and Education*)、"經驗與自然"(*Experience and Nature*)、"哲學之重建"(*Reconstruction in Philosophy*)與"確然性之尋求"(*the Quest for Certainty*)等。

杜威像

11【杜康】 ㄉㄨˋ ㄎㄤ

'周'人。善於釀酒,傳說是首創釀酒之人。後用爲酒的代稱。

【杜勒】 ㄉㄨˋ ㄌㄜˋ

(Albrecht Dürer, 1471~1528)'德國'畫家。一般認爲是'德國'文藝復興時期最偉大的藝術家。初隨父學習金工,後隨'瓦格莫特'(M. Wohlgemuth)學繪畫木刻。西元1494~1495、1505~1507年兩度至'義大利'旅行,深受'曼坦那'(Mantegna)及其他文藝復興時代大畫家的影響。在藝術上提出「眞的藝術包含在自然之中,誰能發掘它,誰就能掌握它」的見解。代表作品有"四聖圖"(*Four Apostles*)、"死與騎士"(*Knight, Death and Devil*)等木板畫。

12【杜菲】 ㄉㄨˋ ㄈㄟ

(Raoul Dufy, 1877~1953)'法國'畫家。原爲潛意識的印象主義者,後受'馬蒂斯'(Matisse)豪放、靜穩、歡樂之手法的衝擊而改變印象派畫風。作品自西元1922年以後,喜於大色面上鉤繪輕巧的線條,頗似東方的草書,據說曾受到我國"芥子園畫譜"的影響。手法向來具有成人的知性,而又富有兒童般的天眞,後期作品尤爲單純化,優雅與精緻爲其特徵。

【杜絕】 ㄉㄨˋ ㄐㄩㄝˊ

禁絕;堵塞斷絕。

【杜象】 ㄉㄨˋ ㄒㄧㄤˋ

(Marcel Duchamp, 1887~1968)達達和超現實主義的藝術家。生於'法國',西元1904~1905年在'朱麗安藝術學院'習畫,後受兄弟的影響成爲立體派畫家。1912年創作了"下樓梯的裸女"(*Nude Descending a Staircase*),1916年展出以現成品爲藝術作品—"泉",引起騷動。1915年遷居'美國',1923年發表結合線、金屬箔與玻璃板之藝術創作"甚至,新娘被她的漢子剝得精光"(*The Bride Stripped Bare by Her Bachelors, Even*),成爲'美國'達達與超現實主義領袖。1923年後,雖然未實際從事創作,然而其現代藝術的思想,深深地影響了年輕一代的藝術家。

13【杜塞】 ㄉㄨˋ ㄙㄜˋ

堵塞;防止。

【杜預】 ㄉㄨˋ ㄩˋ

(222~284)'西晉''杜陵'(今'陝西''長安')人,字'元凱'。'泰始'中爲'河南'尹,後拜'鎭南'大將軍,以伐'吳'有功,封'當陽縣侯'。博學多聞,善用謀略,朝野號爲'杜武庫'。

酷嗜"左傳",自稱有"左傳"癖。著有"春秋左氏經傳集解"。

15【杜撰】 ㄉㄨˋ ㄓㄨㄢˋ

沒有事實根據而憑空捏造。

16【杜衡】 ㄉㄨˋ ㄏㄥˊ

(*Asarum blumei* Duch.)也作杜蘅。又名杜葵、馬蹄香、土鹵、土細辛。多年生草本。匍匐莖多節,每年長出一枚葉,柄長,呈卵心形。早春葉腋著生一朵紫褐色的花,花被3裂,雄蕊12枚,花柱6裂。供觀賞及藥用。產於我國'浙江省'。

杜衡圖

18【杜鵑】 ㄉㄨˋ ㄐㄩㄢ

(Japanese cuckoo; *Cuculus canorus*) 又稱大杜鵑、布穀、鳲鳩、喀咕、鵠鵴。爲脊椎動物中屬於鳥綱(class Aves)、鵑形目(order Cuculiformes)、杜鵑科(family Cuculidae)的一種。體長約35公分,爲樹鳥。在'日本'繁殖,多季遷徙至我國大陸南部,在'臺灣'爲迷鳥。上頷不能活動,外鼻孔圓形,周圍有短管狀突起。產卵於他鳥之巢中,並由該巢之鳥代爲孵卵及育幼。食物主爲昆蟲、蝸牛等小型無脊椎動物,亦食植物果實。

杜鵑圖

21【杜蘭】 ㄉㄨˋ ㄌㄢˊ

(William James Durant, 1885～1981)'美國'作家及哲學家。西元1917年獲'哥倫比亞大學'博士,1935年任'加州大學'哲學教授。以創作"哲學的故事"(*The Story of Philosophy*)而一舉成名。另有"哲學與社會問題"(*Philosophy and the Social Problem*),以及與妻合著的"文明的故事"(*The Story of Civilization*)等書。

4【杜月笙】 ㄉㄨˋ ㄩㄝˋ ㄕㄥ

(1888～1951)'上海市'人,名'鏞'。早年爲'清幫'領導人之一。國民革命軍北伐至'上海'時,襄助清黨有功。抗戰期間,策劃地下工作,轉運物資往後方。勝利後,當選'上海'參議會議員、'國民大會'代表。大陸淪陷,避居'香港'病逝。

杜月笙像

6【杜光庭】 ㄉㄨˋ ㄍㄨㄤ ㄊㄧㄥˊ

(850～933)'唐'末五代道士。'處州''縉雲'(今'浙江''縉雲')人,一作'長安'('陝西''西安')人。字'賓聖',號'東瀛子'。原爲儒生,應九經不第,入'天台山'修道。對道教經典、史實、儀則、應驗多所論述,詩文均佳。著有"道德經廣聖義"、"道門科範大全集"、"廣成集"、"洞天福地記"等。

8【杜拉鋁】 ㄉㄨˋ ㄌㄚ ㄌㄩˇ

(duralumin)'德國''威爾'(Alfred Wilm)在西元1911年所發明的時效硬化性合金。係於Al-Cu合金中添加少量Mg、Mn、Si等元素製成。含3.5～4.5% Cu,0.4～1.0% Mn,0.2～0.8% Mg,其他不純物 Fe＜1.0%,Si＜0.8%,Cr＜0.25%,Zn＜0.1%等成分。特性是重量輕,經淬火時效處理後具有高強度,尤其低溫下強度增大、成形性佳,可作爲飛機構造材料及車輛、鉚釘、自動切削之螺絲等。

【杜林機】 ㄉㄨˋ ㄌㄧㄣˊ ㄐㄧ

(Turing machine)由'英國'數學家'杜林'所提出的一種抽象機器。可作爲現代數位電腦的數學模型,以此模擬運算過程來研究其性質。

15【杜審言】 ㄉㄨˋ ㄕㄣˇ ㄧㄢˊ

(645?～708?)'唐'詩人。祖籍'襄陽'(今'湖北''襄陽'),後遷居'河南''鞏縣'。字'必簡'。爲'杜甫'祖父。官至'修文館'直學士。少與'李嶠'、'崔融'、'蘇味道'合稱⌊文章四友⌉。所作多五言律詩,格律謹嚴。有"杜審言集"。

【杜魯門】 ㄉㄨˋ ㄌㄨˇ ㄇㄣˊ

(Harry S. Truman,1884～1972)'美國'第三十三任總統。爲'民主黨'人。原爲副總統,西元1945年'羅斯福'總統去世後繼任爲總統,後又連任。任內推行圍堵共產黨政策,發表'杜魯門'主義,並於1950年加入'韓'戰。著有"杜魯門回憶錄"。

杜魯門像

18【杜鵑花】 ㄉㄨˋ ㄐㄩㄢ ㄏㄨㄚ

(rhododendron; azalea; *Rhododendron simsii* Planch.)含種類甚多,全世界約有800種。常綠或落葉灌木,葉互生,全緣,少有鋸齒。花有梗,通常頂生總狀花序或繖形花序狀,有時單生,花萼5深裂,花冠倒鐘形、漏斗形或筒形,5裂,花形美麗,色彩繁多。果實爲蒴果。主要分布於北半球溫帶地區,尤以'喜馬拉雅'地區、'亞洲'南部及'馬來西亞'高山最爲豐富。我國則盛產於'四川'、'雲南'及'西藏','臺灣'自生的杜鵑花種類有二十餘種。目前世界各地廣爲栽培。

杜鵑花圖

3【杜口結舌】 ㄉㄨˋ ㄎㄡˇ ㄐㄧㄝˊ ㄕㄜˊ

閉口不出聲。

8【杜門卻掃】 ㄉㄨˋ ㄇㄣˊ ㄑㄩㄝˋ

ㄙㄠˇ
閉門謝客,清靜自適。卻掃,不再掃路迎賓;一說退而灑掃。

15【杜魯門主義】 ㄉㄨˋ ㄌㄨˇ ㄇㄣˊ ㄓㄨˇ ㄧˋ
(Truman Doctrine)西元1946年'蘇俄'擬援助'希臘''共黨'奪取政權,又向'土耳其'政府要求共管'達達尼爾'及'博斯普魯斯海峽',充分顯露南進野心;'美國'總統'杜魯門'爰於1947年3月向國會要求撥款援助'希'、'土'兩國,並指出極權國家以直接和間接的侵略加諸自由地區,已然危害國際和平的基礎,'美國'的安全亦已受到影響,爲此,'美國'應負起阻止'蘇俄'和共產主義擴張的任務。此一政策,日後被稱爲'杜魯門'主義,是'美國'行圍堵政策之始。

9【杜威十進分類法】 ㄉㄨˋ ㄨㄟ ㄕˊ ㄐㄧㄣˋ ㄈㄣ ㄌㄟˋ ㄈㄚˇ
(Dewey decimal classification)'美國'圖書館學家'杜威'於西元1873年所創製,1876年正式出版,經過多次修正,現已出版至第十九版,另有節錄版第十一版同時出版者。此法將人類知識分爲十大類,再複分爲十小類、十細目等,另有七個複分助記表。除少數例外,原則上採用'阿拉伯'數字爲助記符號,頗爲便利,是目前通行的圖書分類法。

12【杜斯妥也夫斯基】 ㄉㄨˋ ㄙ ㄊㄨㄛˇ ㄧㄝˇ ㄈㄨ ㄙ ㄐㄧ
(Fyodor Dostoyevsky, 1821~1881)'俄國'小說家。曾因參加革命組織下獄,被流放至'西伯利亞',一生與貧窮、病魔搏鬥。作品多描寫窮苦、卑微、不幸人們心中的痛苦與矛盾,而其中複雜細膩的心靈探索及對人性深刻的同情,被稱爲偉大心理小說家。代表作有"白痴"(*The Idiot*)、"罪與罰"(*Crime and Punishment*)、"卡拉馬助夫兄弟們"(*The Brothers Karamazov*)等。

杜斯妥也夫斯基像

杞 ㄑㄧˇ *ch'i*³ 音起
[1]木名。(1)枸杞。見"說文"。(2)柳的一種。參杞柳。[2]姓。'春秋''齊'有'杞梁'。見"說苑·立節"。

9【杞柳】 ㄑㄧˇ ㄌㄧㄡˇ
(*Salix purpurea* var. *multinervis* Matsum)
落葉灌木。葉互生,披針形,先端鈍,細鋸齒緣。單性花,雌雄異株,成葇荑花序,紫綠色。枝條韌,可編製箱筐等器物。原產於我國的'江蘇'、'河南'。

杞柳圖

2【杞人憂天】 ㄑㄧˇ ㄖㄣˊ ㄧㄡ ㄊㄧㄢ
比喻不必要的憂慮。相傳古代'杞國'有人憂慮天墜地崩,身無所寄,竟至廢寢不食。見"列子·天瑞"。

𣏌 相的或體。

材 ㄘㄞˊ *ts'ai*² 音才
[1]木料。見"說文"。[2]原料。如:材料。[3]資質;才能。如:材質。[4]姓。'宋'有'材致'。見"萬姓統譜·一七"。

16【材積】 ㄘㄞˊ ㄐㄧ
木材的體積。

杒 ㄖㄣˋ *jên*⁴ 音刃
[1]木名。即桎杒。見"說文"。[2]阻止車輪轉動的木材。同軔。見"玉篇"。

杙 ㄧˋ *i*⁴ 音弋
[1]木名。見"說文"。[2]一頭削成尖小形的短木樁。[3]栓在木樁上。

杌 ㄨˋ *wu*⁴ 音兀
[1]樹木無枝。見"玉篇"。[2]搖動;不安的樣子。見"正字通"。[3]痴獃。[4]小凳子。

12【杌隉】 ㄨˋ ㄋㄧㄝˋ
不安的樣子。

杝 一 ㄌㄧˊ *li*² 音離
籬落;籬笆。見"說文"。
二 ㄧˊ *i*² 音移
木名。即椴木。形似白楊。一作椸。見"正字通"。
三 ㄔˇ *ch'ih*³ 音恥
順著木材的紋理劈開。見"正字通"。
四 ㄉㄨㄛˋ *to*⁴, *tuo*⁴ 音舵
船舵。通舵。

杕 一 ㄉㄧˋ *ti*⁴ 音弟
樹木單獨特立的樣子。見"說文·杕·段注"。
二 ㄉㄨㄛˋ *to*⁴, *tuo*⁴ 音舵
裝在船尾用來定航向的器具。通舵。見"集韻"。

杖 ㄓㄤˋ *chang*⁴ 音丈
[1]扶以助行的棍子。見"集韻"。[2]泛指一般棍棒。如:擀麵杖。[3]刑具。也指古代五刑之一。如:杖刑。[4]鞭打;拷打。[5]通仗。(1)執持。如:杖劍。(2)倚靠。如:倚杖。

12【杖期】 ㄓㄤˋ ㄐㄧ
指守喪一年且用杖的喪禮。

16【杖頭錢】 ㄓㄤˋ ㄊㄡˊ ㄑㄧㄢˊ
買酒的錢。'晉''阮籍'常以百錢掛杖頭,步行至酒店暢飲。見"晉書·阮籍傳"。

15【杖履相從】 ㄓㄤˋ ㄌㄩˇ ㄒㄧㄤ ㄘㄨㄥˊ
追隨在有德長者的左右。

杈 ㄔㄚˋ *ch'a*⁴ 音詫 讀音 ㄔㄚ *ch'a*¹ 音叉
[1]分岔的樹枝。也用以形容樹枝分岔的樣子。如:椏杈。[2]叉形的器具。可用以捕魚或稓取禾草。如圖。

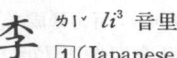

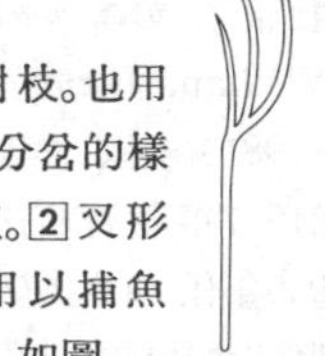
杈圖

李 ㄌㄧˇ *li*³ 音里
[1](Japanese plum; *Pru-*

nus salicina)亞喬木。葉長5～11公分，表面光亮，緣有密鋸齒；簇生2～3朵白色花；果實黃或淡紅色，呈卵球形，直徑4～7公分，先端常尖，基部凹陷有深溝；果皮有光澤，外被白色蠟粉；果核具皺紋。果實可食用，核仁含油可入藥。②古獄官。通理。見"字彙"。③姓。'唐'有'李世民'。見"新唐書·太宗紀"。

李圖

4【李比】 ㄌㄧˇ ㄅㄧˇ
(Fra Filippo Lippi,1406～1469)'義大利'文藝復興早期'弗羅倫斯'派畫家。西元1421年爲'卡摩爾'派(Carmelite)修士，在'弗羅倫斯'的'聖瑪麗亞'(Santa Maria)修院得以臨摩'馬薩丘'(Masaccio)的壁畫。1432年離開修院，曾至'帕度亞'(Padua)工作，1437年返回'弗羅倫斯'，曾受託爲修院及大教堂作壁畫。著名的作品如"聖母子"(*Madonna and Child*)和"聖母的加冕禮"(*Coronation of the Virgin*)俱作於此時。後來也曾經到'普拉托'(Prato)爲該市的大教堂作畫，完成"聖母崇拜天主圖"(*Virgin Adoring the Child*)，結構謹嚴，色彩鮮明，眞情流露，是文藝復興時代的經典之作。

5【李白】 ㄌㄧˇ ㄅㄞˊ
(701～762)'唐'詩人。祖籍'隴西''成紀'(今'甘肅''秦安'北)，後遷居'綿州''昌明縣'(今'四川''彰明')，字'太白'，號'青蓮居士'。曾供奉翰林三年。才氣磅礴，作品豪放飄逸，世稱「詩仙」，與'杜甫'齊名。有"李太白集"。

李白像

6【李冰】 ㄌㄧˇ ㄅㄧㄥ
'戰國''秦'人。'昭王'時爲'蜀郡'太守，以修築水利工程著名於世。曾經開鑿'灕堆'，分'岷江'爲內外二支，修建隄防水壩，淸除水患。今日'都江堰'即爲'李冰'所築。

8【李昉】 ㄌㄧˇ ㄈㄤˇ
(925～996)'深州''饒陽'(今'河北''饒陽')人，字'明遠'。五代時，曾仕'後漢'、'後周'，至'宋太宗'時，任中書侍郎平章事。奉勅主編"太平御覽"、"太平廣記"、"文苑英華"三部書，與"冊府元龜"合稱'北宋'四大書。

【李牧】 ㄌㄧˇ ㄇㄨˋ
(?～前229)'戰國'時'趙'名將。守'代'及'雁門'，'匈奴'十餘年不敢犯邊；又大破'秦'軍，封'武安君'。後'秦'欲攻'趙'，乃縱反間，言'牧'欲反，'牧'遂被誅。

10【李悝】 ㄌㄧˇ ㄎㄨㄟ
(前455?～前395?)'戰國'時'魏'人。事'魏文侯'爲相，獎勵耕作，以盡地利；儲糧備荒，創平糴法，使'魏'成爲'戰國'初期的強國之一。又匯集當時各國法律編成"法經"，是我國古代第一部較完整的法典，今已失傳。

【李益】 ㄌㄧˇ ㄧˋ
(748～827)'唐''姑臧'(今'甘肅''武威')人，字'君虞'。'大曆'進士。曾任祕書少監、集賢殿學士。擅長七絕，尤長於邊塞及閨怨詩。有"李君虞詩集"。

11【李密】 ㄌㄧˇ ㄇㄧˋ
①(224～287)'晉''犍爲郡''武陽縣'(今'四川''彭山')人，字'令伯'。父早亡，母再嫁，由祖母'劉'氏養育成人。'武帝'徵爲太子洗馬，乃上表陳情，以奉養祖母請辭，詞甚哀切，皇上准其所請。祖母死後，方出任官職。②(582～618)'隋''京兆'(今'陝西''長安')人，字'玄邃'，一字'法主'。少時好讀書，嘗乘黃牛，掛"漢書"於牛角上，且行且讀。後參加起義軍，擁眾數十萬，被推爲主，稱'魏公'。因兵敗投'唐'，後復叛被殺。

【李陵】 ㄌㄧˇ ㄌㄧㄥˊ
(?～前74)'漢''成紀'(今'甘肅''秦安'北)人，字'少卿'，'李廣'之孫。'武帝''天漢'二年(前99)，帶領步騎五千，深入胡地，與'匈奴'力戰，矢盡援絕而降。

12【李善】 ㄌㄧˇ ㄕㄢˋ
(630?～689)'唐''江都'(今'江蘇''江都')人，一說'江夏'(今'湖北''武昌')人。曾任'崇賢館'直學士、祕書郎、'經城'令，晚年以教授爲業。所注"文選"，流傳甚廣。

【李斯】 ㄌㄧˇ ㄙ
(?～前208)'戰國''楚''上蔡'(今'河南''上蔡')人，'荀子'弟子。入'秦'，說'秦王'併六國，拜爲客卿。'始皇'既定天下，以'斯'爲丞相。主張廢封建，立郡縣，且改籀文爲小篆。'始皇'死，與'趙高'矯詔殺害'扶蘇'，另立'胡亥'爲'秦二世'，後'趙高'誣譖'斯'與子'李由'通盜，被腰斬於'咸陽'。

【李賀】 ㄌㄧˇ ㄏㄜˋ
(791～817)'唐''昌谷'(今'河南''宜陽')人，字'長吉'。官至協律郎。以父名'晉肅'，避諱不應進士科考試。年少即工詩，尤長於樂府歌行，辭尚奇詭，有時流於晦澀。有"昌谷集"。

【李華】 ㄌㄧˇ ㄏㄨㄚˊ
(715～766)'唐''贊皇'(今'河北''贊皇')人，字'遐叔'。'開元'進士，'天寶'間官至監察御史，彈劾權臣，遭忌去官。擅長古文，文辭縣麗。有"李遐叔文集"。

13【李靖】 ㄌㄧˇ ㄐㄧㄥˋ
(571～649)'三原'(今'陝西''三原')人，字'藥師'。通書史，知兵法。初仕'隋'，後歸'唐'。平'吳'，破'突厥'，定'吐谷渾'，封'衛國公'。後人錄其論兵語爲"李衛公問對"。

【李煜】ㄌㄧˇ ㄩˋ
(937～978)五代‘南唐’後主。字‘重光’，號‘鍾隱’。即位之初，‘宋太祖’稱帝已三年，‘南唐’形勢岌岌可危，乃自貶國號爲‘江南’，遣使朝‘宋’。後國亡於‘宋’，被俘，卒於‘太宗’‘太平興國’二年(978)。長於詞，亡國後所作，多寓身世感慨。與父‘璟’詞，合刻“南唐二主詞”。

14【李漁】ㄌㄧˇ ㄩˊ
(1611～1679?)‘清’‘錢塘’(今‘浙江’‘杭縣’)人，字‘笠鴻’、‘謫凡’，號‘笠翁’。所著“閒情偶寄”一書，在戲劇理論上頗有建樹；在營造、園藝、飲食方面，也極富參考價值。又著有“笠翁十種曲”、“一家言全集”。

【李綱】ㄌㄧˇ ㄍㄤ
(1083～1140)‘宋’‘邵武’(今‘福建’‘邵武’)人，字‘伯紀’。‘政和’進士。‘靖康’時，‘金’人來侵，‘綱’力主戰議。‘高宗’南渡，召‘綱’爲相，整軍經武，力圖恢復，但‘高宗’意存偏安，故執政僅七十日而罷。著有“梁溪集”、“靖康傳信錄”等書。

15【李廣】ㄌㄧˇ ㄍㄨㄤˇ
(?～前119)‘西漢’‘成紀’(今‘甘肅’‘秦安’北)人。善騎射。‘武帝’時爲‘右北平’太守，與‘匈奴’七十餘戰，‘匈奴’稱爲「飛將軍」。後從‘衛青’擊‘匈奴’，因迷路受處分，自殺身亡。

【李賢】ㄌㄧˇ ㄒㄧㄢˊ
(651～684)‘唐高宗’第六子，字‘明允’。‘上元’初，立爲太子。‘武后’柄政，迫令自殺。‘睿宗’立，追贈皇太子，諡‘章懷’。曾招集諸儒共注‘范曄’‘後漢書’。

【李黎】ㄌㄧˇ ㄌㄧˊ
(John Lyly, 1554?～1606)‘英國’小說家兼劇作家。曾取材古典神話寫作甚多劇本。其聲望主要建立在“優非士”(*Euphues*)和“優非士與英國”(*Euphues and His England*)二書，文字多用頭韻、對偶、譬喻、夸飾，構成獨特的靡麗文體，對當時及後世影響頗大，因稱優非體(euphuism)。

16【李翺】ㄌㄧˇ ㄠˊ
(772～841)‘唐’‘隴西’‘成紀’(今‘甘肅’‘天水’)人，一說‘趙郡’(今‘河北’‘趙縣’)人，字‘習之’。‘貞元’進士，官至‘山南東道’節度使。曾從‘韓愈’學古文，辭致渾厚。所著“來南錄”，爲傳世最早的日記體文章。另有“李文公集”。

17【李膺】ㄌㄧˇ ㄧㄥ
(110～169)‘東漢’‘襄城’(今‘河南’‘襄城’)人，字‘元禮’。‘桓帝’時任司隸校尉，反對宦官專權。爲太學生推爲「天下楷模李元禮」，凡能受其賞識、接見者，均自認如登龍門，身價不同。‘靈帝’時與‘陳蕃’、‘竇武’共謀誅宦官、淸朝政，事敗而亡。

18【李贄】ㄌㄧˇ ㄓˋ
(1527～1602)‘明’末‘晉江’(今‘福建’‘晉江’)人，字‘卓吾’。‘嘉靖’舉人，‘萬曆’中官‘姚安’知府。因言論激烈，被彈劾死於獄中。曾評點“水滸傳”、“西遊記”等。著有“焚書”、“李溫陵集”等。

3【李大釗】ㄌㄧˇ ㄉㄚˋ ㄓㄠ
(1888～1927)‘河北’‘樂亭’人，字‘守常’。‘天津法政學堂’畢業，曾入‘日本’‘早稻田大學’攻讀政治、經濟。返國後，應聘任‘北大’圖書館主任，參與組織‘中國共產黨’，爲北方領導者。後爲‘張作霖’所捕，處死。

李大釗像

【李小龍】ㄌㄧˇ ㄒㄧㄠˇ ㄌㄨㄥˊ
(1940～1973)近代電影演員。生於‘美國’‘舊金山’。曾將‘中’西武術融會貫通，自創「截拳道」，開館授徒，並在銀幕中演出。爲第一位受到全球影迷崇拜的‘華’裔藝人。

4【李公麟】ㄌㄧˇ ㄍㄨㄥ ㄌㄧㄣˊ
(1049～1106)‘北宋’‘舒州’(今‘安徽’‘懷寧’)人，字‘伯時’，號‘龍眠山人’。‘元祐’進士，官至朝奉郎。擅畫人物鞍馬，運筆圓熟，神態生動。

6【李汝珍】ㄌㄧˇ ㄖㄨˇ ㄓㄣ
(1763?～1830?)‘清’‘大興’(今‘河北’‘大興’)人，字‘松石’。師事‘凌廷堪’，兼通經史百家、音韻，旁及雜藝。終生懷才不遇，晚年著小說以自遣，有“鏡花緣”一百回，又著有“音鑑”一書。

【李百藥】ㄌㄧˇ ㄅㄞˇ ㄧㄠˋ
(565～648)‘安平’(今‘河北’‘安平’)人，字‘重規’。初仕‘隋’，後歸‘唐’，累官宗正卿。性疏脫，有孝行，善詩能文。‘貞觀’時奉詔修史，據其父‘李德林’舊稿，博採他書，撰成“北齊書”。

【李光地】ㄌㄧˇ ㄍㄨㄤ ㄉㄧˋ
(1642～1718)‘清’‘福建’‘安溪’人，字‘晉卿’，號‘厚庵’。‘康熙’進士，官至‘文淵閣’大學士。學宗‘程’‘朱’。著有“周易通論”、“尚書解義”、“榕村全集”等書，又箋注“孝經”、“離騷”、“參同契”等。

【李光弼】ㄌㄧˇ ㄍㄨㄤ ㄅㄧˋ
(708～764)‘唐’‘柳城’(今‘河北’‘昌黎’西南)人。爲人嚴毅，用兵謀定後戰，曾平定‘安’‘史’之亂，中興戰功，推爲第一，封‘臨淮郡王’。

【李自成】ㄌㄧˇ ㄗˋ ㄔㄥˊ
(1606～1645)‘明’‘米脂’(今‘陝西’‘米脂’)人。初投‘闖王’‘高迎祥’爲將，蠻勇能戰；‘高迎祥’被殺，自任‘闖王’。‘崇禎’十六年(1643)稱帝，建國‘大順’。率眾攻陷京師。‘清’兵入關後，敗走自殺。

7【李秀成】ㄌㄧˇ ㄒㄧㄡˋ ㄔㄥˊ
(1823～1864)‘太平天國’名將。‘廣西’‘藤縣’人。驍勇善戰，封‘忠王’。曾與‘陳玉成’、‘李世賢’等軍，大破‘清’軍‘江南大營’。‘同治’初被俘處死。

8【李宗仁】ㄌㄧˇ ㄗㄨㄥ ㄖㄣˊ

(1891～1969)‘廣西’‘桂林’人,字‘德鄰’。‘廣西陸軍速成學堂’畢業,參加護國、護法之役。北伐軍興,任國民革命軍第七軍長,後升任集團軍總指揮。抗戰時,歷任戰區司令長官、‘安徽’省政府主席兼保安司令。抗戰勝利後,任‘軍委會’‘北平’行營主任。行憲後,當選副總統。‘民國’三十八年一月,代行總統職權,十二月赴‘美’不歸。其後返回大陸投‘共’,病逝‘北平’。

【李東陽】 ㄌㄧˇ ㄉㄨㄥ ㄧㄤˊ
(1447～1516)‘明’‘茶陵’(今‘湖南’‘茶陵’)人,字‘賓之’,號‘西涯’。‘天順’進士,歷仕‘英’、‘憲’、‘孝’、‘武’四朝,官至大學士。其詩典雅工麗,爲‘茶陵’詩派的領袖。著有“懷麓堂集”。

【李林甫】 ㄌㄧˇ ㄌㄧㄣˊ ㄈㄨˇ
(?～752)‘唐’宗室。小字‘哥奴’,號‘月堂’。‘玄宗’時爲相,結納宦官妃嬪,迎合‘玄宗’意旨,植黨營私,殘害異己,致使朝中無善類,‘唐’政敗壞。

【李抱忱】 ㄌㄧˇ ㄅㄠˋ ㄔㄣˊ
(1907～1979)‘北平市’人。‘美國’‘哥倫比亞大學’音樂教育博士。曾任‘重慶’‘國立音樂院’教務主任、‘美國’‘愛渥華大學’遠東語文系主任。作有“聞笛”、“汨羅江上”等樂曲,著有“山木齋隨筆”、“爐邊閒話”等書。

李抱忱像

【李叔同】 ㄌㄧˇ ㄕㄨˊ ㄊㄨㄥˊ
(1880～1942)近代佛教律宗大師。‘浙江’‘平湖’人。本名‘文濤’,字‘叔同’,別號‘息霜’。‘南洋公學’畢業,曾赴‘日本’‘東京’學習西洋繪畫和音樂。回國後,擔任教師。後在‘杭州’‘虎跑寺’出家,法名‘演音’,號‘弘一’。有“弘一大師律學遺著”等三十餘種。

李叔同像

【李延年】 ㄌㄧˇ ㄧㄢˊ ㄋㄧㄢˊ
‘漢武帝’時的音樂家。‘中山’人。善音律,父母兄弟多爲樂官。以‘李夫人’故,‘武帝’任爲‘樂府署’協律都尉。曾爲“漢郊祀歌”十九章配樂,又仿‘張騫’傳自‘西域’的“摩訶兜勒曲”,作“新聲二十八解”,用於軍中,稱爲橫吹曲。

10**【李時珍】** ㄌㄧˇ ㄕˊ ㄓㄣ
(1518～1593)‘明’‘蘄州’(今‘湖北’‘蘄春’)人,字‘東璧’,號‘瀕湖’。官‘楚王府’奉祠正。精醫學。著有“本草綱目”、“奇經八脈考”。

【李師師】 ㄌㄧˇ ㄕ ㄕ
‘宋’‘汴京’名妓。傳說幼年時曾爲尼,爲妓。與‘周邦彥’等時相往來,名動京師。‘徽宗’微行時宿其家,後入宮封‘瀛國夫人’。‘靖康’之亂,流落南方。

11**【李淳風】** ㄌㄧˇ ㄔㄨㄣˊ ㄈㄥ
(602～670)‘唐’‘岐州’‘雍’(今‘陝西’‘鳳翔’)人。精通天文曆算,‘太宗’時爲太史令。曾造渾天儀,撰“麟德曆”。長於占候吉凶,若合符契。著有“典章文物志”、“乙巳占”等書。

【李清照】 ㄌㄧˇ ㄑㄧㄥ ㄓㄠˋ
(1084～1151?)‘南宋’‘濟南’(今‘山東’‘濟南市’)人,號‘易安居士’。‘京東’提點刑獄‘李格非’之女,嫁‘趙明誠’爲妻,伉儷情篤,共同致力於金石書畫的蒐集整理,多幽閑情趣。‘金’兵入侵,流寓南方,‘明誠’病死,膝下空虛,境遇孤苦。‘清照’兼擅書畫詩文,尤工於詞,作品清遠俊逸,充滿淒苦之音,惜多散佚,後人輯爲“漱玉詞”一卷。

李清照像

【李商隱】 ㄌㄧˇ ㄕㄤ ㄧㄣˇ
(812～858?)‘唐’‘河內’(今‘河南’‘沁陽’)人,字‘義山’,號‘玉谿生’。‘開成’進士,官至‘工部’郎中。爲文瑰奇邁古,詩歌擅律、絕,綺麗綿密,而多感時傷事之作。有“李義山集”。

12**【李斯特】** ㄌㄧˇ ㄙ ㄊㄜˋ
(Franz Liszt,1811～1886)‘匈牙利’鋼琴家及浪漫派音樂大師。是交響詩的創始人。西元1843年曾爲‘威瑪’宮廷樂師。作品有交響詩十三首、交響曲二首、鋼琴協奏曲二首、高級練習曲十二首等。

李斯特像

【李陽冰】 ㄌㄧˇ ㄧㄤˊ ㄅㄧㄥ
‘唐’‘趙郡’(今‘河北’‘趙縣’)人,字‘少溫’。‘肅宗’時,曾爲‘縉雲’令、‘當塗’令。‘李白’晚年往投以終,‘白’歿後,編其詩集,並爲之作序。工篆書,勁利豪爽,爲後世學篆者所宗,有「筆虎」之譽。碑刻有“怡亭銘”、“般若臺題名”及“顏家廟碑額”等。

13**【李慈銘】** ㄌㄧˇ ㄘˊ ㄇㄧㄥˊ
(1830～1894)‘清’‘會稽’(今‘浙江’‘紹興’)人,字‘悉伯’,號‘蓴客’。‘光緒’進士,官至‘山西道’監察御史。詩文頗富盛名,著有“白華絳柎閣詩集”、“越縵堂日記”。

14**【李嘉圖】** ㄌㄧˇ ㄐㄧㄚ ㄊㄨˊ
(David Ricardo, 1772～1823)‘英國’經濟學家。西元1799年受‘亞當·斯密’“國富論”之啟迪,開始探索財經問題。1815年發表“低價玉米對證券利益的影響”(*Essay on the Influence of a Low Price of Corn on the Profits of Stock*),

李嘉圖像

提出古典經濟學理論。主要著作是"經濟及租稅之原理"(*On the Principles of Political Economy and Taxation*)。

【李夢陽】 ㄌㄧˇ ㄇㄥˋ ㄧㄤˊ
(1472~1529)'明''慶陽'(今'甘肅''慶陽')人,字'天賜',又字'獻吉',號'空同子'。'弘治'進士,官至'江西'提學副使。工詩文,以復古自命,倡言⌊文必秦漢,詩必盛唐⌉。著有"空同子集"。

15**【李德裕】** ㄌㄧˇ ㄉㄜˊ ㄩˋ
(787~849)'唐''贊皇'(今'河北''贊皇')人,字'文饒','李吉甫'之子。歷仕'憲'、'穆'、'敬'、'文'、'武'諸朝,因與'牛僧孺'等人結怨,而互分朋黨,史稱'牛''李'黨爭。'武宗'時拜相,消弭藩鎮之亂,封'衞國公'。'宣宗'立,爲'牛'黨所陷,貶'崖州'司戶,死於任所。著有"會昌一品集"、"次柳舊聞"等。

16**【李龜年】** ㄌㄧˇ ㄍㄨㄟ ㄋㄧㄢˊ
'唐'樂師。通音律,能撰曲,善歌唱,長於'羯'鼓。'開元'年間,與弟'彭年'、'鶴年'供職梨園。'安''史'亂後,流落'江'南,不知所終。

17**【李鴻章】** ㄌㄧˇ ㄏㄨㄥˊ ㄓㄤ
(1823~1901)'清''合肥'(今'安徽''合肥')人,字'少荃'。因平'太平天國'和捻軍之亂有功,累官至'直隸'總督、'文華殿'大學士。卒贈侯爵,諡'文忠'。

李鴻章像

19**【李攀龍】** ㄌㄧˇ ㄆㄢ ㄌㄨㄥˊ
(1514~1570)'明''歷城'(今'山東''歷城')人,字'于鱗',號'滄溟'。'嘉靖'進士,累官'河南'按察使。詩文與'王世貞'齊名。著有"滄溟集"。

21**【李鐵拐】** ㄌㄧˇ ㄊㄧㄝˇ ㄍㄨㄞˇ
也稱'鐵拐李'。傳說中的道教八仙之一。姓'李'名'玄',曾遇'太上老君'得道。神遊時,肉身誤爲徒弟火化,遊魂無所依歸,乃附一餓死者的屍身而起,蓬首垢面,袒腹跛足,並用水噴倚身之竹杖成鐵杖,故名。

5**【李代桃僵】** ㄌㄧˇ ㄉㄞˋ ㄊㄠˊ ㄐㄧㄤ
桃李聚生,蟲咬桃樹根,李樹以身相代而枯死。本以諷刺兄弟不能同甘共苦,不如桃李。後借喻以此代彼或代人受過。

13**【李頓調查團】** ㄌㄧˇ ㄉㄨㄣˋ ㄉㄧㄠˋ ㄔㄚˊ ㄊㄨㄢˊ
九一八事變後,我國向'國際聯盟'提出申訴,並請仲裁。'民國'二十年十二月,'國聯'決定由'英'、'法'、'美'、'德'、'義'五國委員組團調查,由'英''李頓'(Lord Lytton)爲團長,稱'李頓'調查團。次年先後抵達'日'、'中'兩國實地調查,並向'國聯'提出調查報告書。承認我國在東三省的主權,應使其自治,由'中'、'日'政府、東三省代表及中立國觀察員合組顧問委員會。我國允許改善東三省行政制度,但不同意設置顧問會議,'日本'拒絕接受。二十三年二月,'國聯'召開特別大會表決通過。次月,'日本'退出'國聯',致無法對'日'發生制裁,大損'國聯'威信。

17**【李賽育圖形法】** ㄌㄧˇ ㄙㄞˋ ㄩˋ ㄊㄨˊ ㄒㄧㄥˊ ㄈㄚˇ
(Lissajous diagram) 使用示波器的垂直偏向電路與水平偏向電路,將未知頻率之信號與已知頻率信號分別輸入而建立之圖形,可用以推算信號的頻率。運用此方式描繪圖形,稱爲'李賽育'圖形法。如圖所示數字爲橫軸信號與縱軸信號頻率比。

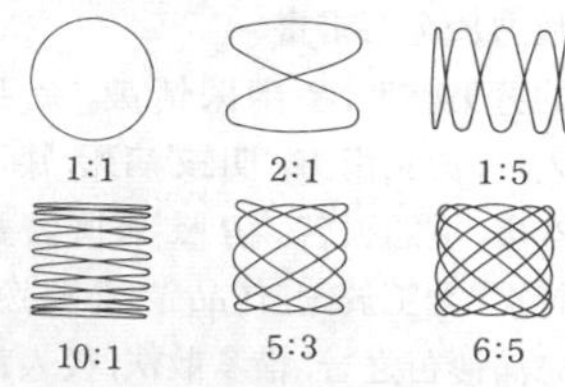

李賽育圖形法圖

杍 ㊀ ㄗˇ tzŭ^{3} 音紫
木匠。也作梓。見"廣韻"。
㊁ ㄌㄧˇ li^{3} 音理
李的古文。

杏 ㄒㄧㄥˋ hsing^{4} 音幸
(apricot; *Prunus armeniaca*) 喬木。葉卵形,先端漸尖,邊緣有圓鈍鋸齒;葉柄長3公分,近頂端有腺體2枚。先花後葉,花白色或略帶紅色,單生。果熟時爲球形核果,呈黃白色並帶紅暈,有溝,果肉多汁,果核平滑,不具皺紋。除供觀賞,果實可食用;種子即杏仁,可入藥,有潤肺止咳之效。

杏圖

8**【杏林】** ㄒㄧㄥˋ ㄌㄧㄣˊ
指醫師或醫學界。相傳三國'吳'人'董奉'隱居'廬山',免費爲人治病,只要求痊癒的人種植杏樹,數年後,有杏十多萬株,因'董奉'在此修煉成仙,故人稱⌊董仙杏林⌉。見"神仙傳"。

11**【杏眼】** ㄒㄧㄥˋ ㄧㄢˇ
比喻女子圓而大的眼睛。

16**【杏壇】** ㄒㄧㄥˋ ㄊㄢˊ
①指'孔子'聚徒講學的地點。在今'山東''曲阜''孔廟''大成殿'前。後泛稱講學之所或教育界。②指三國'吳''董奉'修煉成仙之處。'唐''宋'以後也用以稱道觀。參杏林。

17**【杏臉】** ㄒㄧㄥˋ ㄌㄧㄢˇ
形容女子臉色美豔。

杚 ㊀ ㄍㄨˇ ku^{3} 音骨
平坦。或作杚。見"說文"。
㊁ ㄍㄞˋ kai^{4} 音丐
平斗木。同槩。見"說文·杚·段注"。

杓 ㊀ ㄅㄧㄠ piao^{1} 音標
①料柄。見"說文"。②星名。指北斗星柄部的三顆星。③曳引;拉開。④攻擊。

㈢ ㄕㄠˊ shao² 音韶
舀水的器具。同勺。

杉 ㄕㄢ shan¹ 音衫　語音 ㄕㄚ sha¹ 音沙
(fir) 常綠針葉植物中的杉科(Taxodiaceae)，全世界有八屬十五種，大都分布在北半球地區。‘臺灣’自生的屬爲杉屬(*Cunninghamia*)及‘臺灣’杉屬(*Taiwania*)。兩屬的樹均呈金字塔形，前者的葉呈線狀披針形，下表面具白粉；後者葉有兩型，幼莖上者爲絲形，老莖上者呈鱗片狀。在‘臺灣’中部或北部1,300～2,600公尺山區常散生於紅檜或扁柏林中，一般巒大杉(*Cunninghamia konishii*)的分布較‘臺灣’杉(*Taiwania cryptomerioides*)低。值得一提的是‘臺灣’杉的屬名是以產地‘臺灣’而命名；樹宏偉優美，可在溫帶地區以種子繁殖或栽培供觀賞之用。

杉圖

条 條的俗體。

4

東 ㄉㄨㄥ tung¹ 音冬
①方位名。太陽升起的方向。見“正字通”。②主人的代稱。如：房東。③姓。‘漢’有‘東富’。見“萬姓統譜·一”。

2【東人】 ㄉㄨㄥ ㄖㄣˊ
①本指‘周代’東方諸侯國居民。後指‘陝西’以東的居民。②主人。也稱東家。

5【東加】 ㄉㄨㄥ ㄐㄧㄚ
(Tonga) 位於南‘太平洋’中部的島國。由150個小島組成，多屬火山島和珊瑚礁。西元1970年脫離‘英國’獨立。面積748方公里，人口11.2萬(2005年)，首都‘努瓜婁發’(Nuku'alofa)。主產玉米、甘藷、椰子和香蕉。

7【東床】 ㄉㄨㄥ ㄔㄨㄤˊ
指女婿。參東床坦腹。

【東吳】 ㄉㄨㄥ ㄨˊ
①指三國時‘吳’地，因地處‘江’東而得名。②三國‘孫吳’的代稱。③舊稱今‘江蘇省’‘吳縣’一帶。

8【東京】 ㄉㄨㄥ ㄐㄧㄥ
①‘後漢’都‘洛陽’，號爲‘東京’。見“帝王世紀”。②‘北宋’的首都。在今‘河南省’‘開封縣’。‘宋’有東、西、南三京，‘西京’即今‘河南省’‘洛陽縣’，‘南京’在今‘河南省’‘商邱縣’。③(Tōkyō)‘日本’首都、最大都市和經濟、文化、航空中心。舊稱‘江戶’(Edo)。位於‘本州島’(Honshu Is.)‘東京灣’內。西元1868年‘明治’(Meiji)維新時，遷都於此。為全球市區人口最多的都市，生活費用高昂，以‘横濱’(Yokohama)為外港。人口1,255.3萬(2005年)。

【東周】 ㄉㄨㄥ ㄓㄡ
(前770～前256) 史稱‘周幽王’被‘犬戎’所殺，子‘平王’東遷‘雒邑’(今‘河南’‘洛陽’)後的朝代。前期爲‘春秋’時代，王室衰微，諸侯相繼爭霸；後期爲‘戰國’時代，七雄相互兼併，封建制度漸趨崩潰。傳至‘赧王’，爲‘秦’所滅。共二十一世，二十五主，五百十五年。

9【東洋】 ㄉㄨㄥ ㄧㄤˊ
①泛指我國東方的大海。②‘清代’以來稱‘日本’。

【東胡】 ㄉㄨㄥ ㄏㄨˊ
我國歷史上的民族之一。因居‘匈奴’之東，故稱‘東胡’。約分布於今‘河北’、‘遼寧’、‘熱河’一帶。‘漢’初，爲‘匈奴’所破，分成‘鮮卑’、‘烏桓’兩支。另‘吐谷渾’、‘柔然’、‘奚’、‘契丹’等支均屬‘東胡’系的民族。

10【東家】 ㄉㄨㄥ ㄐㄧㄚ
①東鄰；東邊的鄰家。②主人。③雇主。

【東宮】 ㄉㄨㄥ ㄍㄨㄥ
①古代太子所居的宮室。②指太子。

【東海】 ㄉㄨㄥ ㄏㄞˇ
又稱‘東中國海’。是位於‘長江’口以南、‘臺灣海峽’北端以北、‘琉球群島’以西的緣海。全年有溫暖的‘臺灣’洋流北上，多季有‘中國’沿岸寒流南下，魚群密集，漁業發達。

【東晉】 ㄉㄨㄥ ㄐㄧㄣˋ
(317～420) ‘西晉’爲‘前趙’所滅，‘司馬睿’即位於‘建康’(今‘南京市’)後所建的朝代。‘東晉’前期，雖有‘祖逖’及‘桓溫’積極北伐，力圖光復中原，然以內部互相猜忌，終無所成；‘肥水’戰後，北方混亂，‘東晉’亦因內部不安而坐失良機。其後‘桓玄’、‘盧循’相繼爲亂，傳至‘恭帝’，爲‘劉裕’所篡。共四世，十一主，一百零四年。

11【東淨】 ㄉㄨㄥ ㄐㄧㄥˋ
指廁所。

13【東道】 ㄉㄨㄥ ㄉㄠˋ
①主人的代稱。‘春秋’時，‘鄭國’在‘秦國’之東，曾請求作爲‘秦’使往來的「東道主」。見“左傳·僖三〇年”。②設宴請客。

14【東漢】 ㄉㄨㄥ ㄏㄢˋ
(25～220) ‘劉秀’滅‘莽’復‘漢’所建的朝代。都‘洛陽’(今‘河南’‘洛陽’)，史稱‘東漢’、‘後漢’。‘光武帝’偃武修文，表彰節義；‘明’‘章’二帝秉承遺教，造成‘東漢’治世。‘和帝’以後，外戚宦官相互傾軋，‘桓’‘靈’二帝時宦官亂政尤烈。‘安帝’以後連年天災，黃巾亂起，群雄割據。至‘獻帝’時，終爲‘曹丕’所篡。共八世，十四主，一百九十六年。

15【東廠】 ㄉㄨㄥ ㄔㄤˇ
‘明代’刺探臣民隱事的特務機構。‘太祖’嚴禁宦官干預政事，稍有不法則加以嚴懲；故‘燕王’靖難之師起，宦官常以朝廷虛實相報。‘成祖’取得帝位後,重用宦官,設‘東廠’於‘北京’‘東安門’北,由嬖倖內官掌理,委以緝探及專掌詔獄之大權。

18【東魏】 ㄉㄨㄥ ㄨㄟˋ
(534～550)‘南北朝’時‘北朝’之一。‘北魏’‘孝武帝’謀誅‘高歡’不成,西奔‘關’中;‘高歡’另立‘孝靜帝’,遷都於‘鄴’(今‘河南’‘臨漳’),史稱‘東魏’。據有‘洛陽’以東‘北魏’領土。後爲‘高洋’所篡。共十七年。

19【東瀛】 ㄉㄨㄥ ㄧㄥˊ
①東海。②指‘日本’。

4【東方朔】 ㄉㄨㄥ ㄈㄤ ㄕㄨㄛˋ
(前154～前93)‘西漢’‘平原’‘厭次’(今‘山東’‘惠民’)人,字‘曼倩’。‘武帝’時待詔‘金馬門’,官至太中大夫。性詼諧滑稽,長於辭賦。著有“答客難”、“非有先生論”、“七諫”等。

【東王公】 ㄉㄨㄥ ㄨㄤˊ ㄍㄨㄥ
又稱‘東王父’、‘東木公’、‘木公’。‘漢朝’常與‘西王母’相配。原爲東方方位的神格化,其後道教化爲居‘東海’中的男仙領袖,稱爲‘東華帝君’。民間傳言,世人成仙升天,先謁‘金母’,後拜‘木公’。

8【東林黨】 ㄉㄨㄥ ㄌㄧㄣˊ ㄉㄤˇ
‘明神宗’‘萬曆’年間,‘顧憲成’講學於‘無錫’‘東林書院’,諷議朝政,部分朝臣相與應和,忌之者稱爲‘東林黨’。‘熹宗’時‘東林黨’人當政,非‘東林黨’盡遭斥逐,轉附宦官‘魏忠賢’以圖報復。‘魏忠賢’援引非‘東林黨’人,殺害‘東林黨’名賢‘楊漣’、‘左光斗’、‘魏大中’、‘高攀龍’、‘周昌期’等千餘人,並詔毀所有書院,榜示‘東林黨’人。直至‘崇禎’初年,‘魏忠賢’失勢自殺,黨禍始解。

【東非人】 ㄉㄨㄥ ㄈㄟ ㄖㄣˊ
(*Zinjanthropus*)‘英國’人類學家‘李凱’夫婦將他們在西元1959年從‘坦尚尼亞’‘奧爾杜伐峽谷’發現的完整人頭骨命名爲⌊鮑氏東非人⌉(*Zinjanthropus boisei*),以與南猿屬並立。但以後在更多材料的比較研究之下,確定這類化石與已建立屬名的南猿並未到分立的程度,故將之併入南猿,成爲⌊鮑氏南猿⌉(*Australopithecus boisei*)。由於這個頭骨非常完整(雖然缺少下顎骨),而且是東‘非’所發現的第一個化石人,因此許多人還是習慣性地以⌊東非人⌉指稱該化石。但此名詞已失去⌊屬⌉的單位意義。其生存年代距今約一百八十萬年前。

13【東道主】 ㄉㄨㄥ ㄉㄠˋ ㄓㄨˇ
參東道①。

16【東學黨】 ㄉㄨㄥ ㄒㄩㄝˊ ㄉㄤˇ
‘朝鮮’‘慶州’人‘崔濟愚’所創教黨。綜合儒、釋、道三家之說,以⌊興東學,排西教⌉爲宗旨。‘清’‘光緒’二十年(1894),‘東學黨’以⌊逐夷倭,除橫賊⌉爲號召,起兵作亂,‘朝鮮’政府告急於‘清’廷,‘清’廷發兵赴援,‘日本’亦出兵‘朝鮮’,乃釀成‘中’‘日’甲午之戰。

3【東山再起】 ㄉㄨㄥ ㄕㄢ ㄗㄞˋ ㄑㄧˇ
比喻退隱後再度出來做官或失敗後重新做起。‘東晉’‘謝安’初爲佐著作郎,因病辭官,隱居‘會稽’‘東山’,四十歲又出任‘桓溫’司馬,官至司徒。見“晉書·謝安傳”。

【東山高臥】 ㄉㄨㄥ ㄕㄢ ㄍㄠ ㄨㄛˋ
本指‘東晉’‘謝安’隱居‘會稽’‘東山’事。見“世說新語·排調”。後泛指隱居不仕。

4【東方大港】 ㄉㄨㄥ ㄈㄤ ㄉㄚˋ ㄍㄤˇ
國父在“實業計畫”中所擬議建設的海港。計畫中的東方大港分爲兩部:一、計畫港,位於‘杭州灣’中‘乍浦岬’與‘澉浦岬’之間。具有港水深、腹地大、資源富、交通便之優點。二、改良港,即改良‘上海港’,解決‘揚子江’口沙泥問題,使‘上海’永遠成爲世界商港,以與計畫港爭勝。

7【東床坦腹】 ㄉㄨㄥ ㄔㄨㄤˊ ㄊㄢˇ ㄈㄨˋ
‘晉代’‘郗鑒’派門生到‘王導’家選女婿,‘王導’諸子聞訊,都矜持做作,嚴裝以待,獨‘王羲之’坦腹高臥東廂床上,不加理會。門生回報,‘郗鑒’以爲佳婿,遂將女兒嫁給‘羲之’。見“晉書·王羲之傳”。

【東床嬌客】 ㄉㄨㄥ ㄔㄨㄤˊ ㄐㄧㄠ ㄎㄜˋ
指女婿。也作東床快婿。

【東扶西倒】 ㄉㄨㄥ ㄈㄨˊ ㄒㄧ ㄉㄠˇ
形容難以栽培或扶持。

【東扯西拽】 ㄉㄨㄥ ㄔㄜˇ ㄒㄧ ㄓㄨㄞˋ
形容言語雜亂無次。

8【東京回合】 ㄉㄨㄥ ㄐㄧㄥ ㄏㄨㄟˊ ㄏㄜˊ
(Tokyo Round)‘甘迺迪’回合貿易談判於西元1967年結束後,關稅大幅度降低。自1973年開始,各國又進行在‘東京’開幕而實際於‘日內瓦’舉行的‘東京’回合多邊貿易談判,以謀進一步降低關稅,並消除非關稅的貿易障礙,此次談判一直到1979年12月始告結束。

【東拉西扯】 ㄉㄨㄥ ㄌㄚ ㄒㄧ ㄔㄜˇ
形容語言文字任意湊合,雜亂無章。

【東奔西走】 ㄉㄨㄥ ㄅㄣ ㄒㄧ ㄗㄡˇ
形容四處奔忙。

9【東施效顰】 ㄉㄨㄥ ㄕ ㄒㄧㄠˋ ㄆㄧㄣˊ
比喻不善模仿,弄巧成拙。相傳古代美女‘西施’心痛時捧心皺眉的姿態很美,鄰居醜女學樣,結果醜得嚇人。見“莊子·天運”。

【東拼西湊】 ㄉㄨㄥ ㄆㄧㄣ ㄒㄧ ㄘㄡˋ
勉強拼湊;胡亂拼湊。

10【東倒西歪】 ㄉㄨㄥ ㄉㄠˇ ㄒㄧ ㄨㄞ
①搖晃不穩的樣子。②零亂傾斜的樣子。

11【東張西望】 ㄉㄨㄥ ㄓㄤ ㄒㄧ ㄨㄤˋ
到處張望的樣子。

12【東窗事發】 ㄉㄨㄥ ㄔㄨㄤ ㄕˋ ㄈㄚ
指陰謀或罪行敗露。相傳‘宋’‘秦

檜'與妻'王'氏在家中東窗下設計加害'岳飛'。不久'秦檜'暴斃，在地獄中向'王'氏派來的方士說：「可煩傳語夫人，東窗事發矣。」見"西湖遊覽志餘·佞倖盤荒"。

【東萊博議】 ㄉㄨㄥ ㄌㄞˊ ㄅㄛˊ ㄧˋ
'宋''呂祖謙'撰，"東萊左氏博議"的簡稱，二十五卷。以"左傳"史事爲題，發表議論，舊時常作爲初學議論文的範本。

14【東漢會要】 ㄉㄨㄥ ㄏㄢˋ ㄏㄨㄟˋ ㄧㄠˋ
'宋''徐天麟'撰，四十卷。以"後漢書"爲主，兼採其他史料，分十五類以次列'後漢'典章文物，頗便於考證。

18【東藏西躲】 ㄉㄨㄥ ㄘㄤˊ ㄒㄧ ㄉㄨㄛˇ
四處躲藏。

23【東鱗西爪】 ㄉㄨㄥ ㄌㄧㄣˊ ㄒㄧ ㄓㄠˇ
即一鱗半爪。比喻零星、殘缺。

26【東觀漢記】 ㄉㄨㄥ ㄍㄨㄢˋ ㄏㄢˋ ㄐㄧˋ
'東漢'官修史書。經'班固'、'劉珍'、'李尤'、'崔寔'、'盧植'、'蔡邕'等人先後編纂，原書一百四十三卷。以'章'、'和'以後，史臣皆於'東觀'修史，故稱"東觀漢記"。體例仿"史記"、"漢書"。今"四庫"著錄二十四卷，乃'清'人自"永樂大典"輯出，僅爲殘本。

【東籬樂府】 ㄉㄨㄥ ㄌㄧˊ ㄩㄝˋ ㄈㄨˇ
'元''馬致遠'撰。今傳有'任中敏'"散曲叢刊"本，一卷，收小令一百零四首，套數十七套，附錄殘套五篇。

6【東西南北人】 ㄉㄨㄥ ㄒㄧ ㄋㄢˊ ㄅㄟˇ ㄖㄣˊ
指居無定所的人。

8【東周列國志】 ㄉㄨㄥ ㄓㄡ ㄌㄧㄝˋ ㄍㄨㄛˊ ㄓˋ
'明''馮夢龍'改編'余邵魚'"列國志傳"爲"新列國志"，'清''蔡元放'加以評定，改成今名。一百零八回。演述'周幽王'被殺、'平王'東遷，以至'秦始皇'統一的故事。

14【東塾讀書記】 ㄉㄨㄥ ㄕㄨˊ ㄉㄨˊ ㄕㄨ ㄐㄧˋ
'清'、'陳澧'撰，二十五卷。分論經、史、子及文字訓詁。其中論史十卷尚未完成，故完稿僅十五卷。於'漢''宋'之學予以調和，無門戶之見。

3【東三省事宜條約】 ㄉㄨㄥ ㄙㄢ ㄕㄥˇ ㄕˋ ㄧˊ ㄊㄧㄠˊ ㄩㄝ
'日''俄'訂立"樸資茅斯條約"後，'日'方認爲所得不多，但無法多取於'俄'，乃轉向我國勒索。'光緒'三十一年(1905)，與'清'廷訂立"東三省事宜條約"：一、'清'廷承認'俄國'讓予'日本'的'滿洲'權利。二、東北增加商埠十六處。三、'安東'至'奉天'鐵路由'日本'經營十五年。四、'清'廷同意組織'中''日''木植公司'，合採'鴨綠江'右岸木材。從此'日本'勢力正式進入東北。

9【東南亞公約組織】 ㄉㄨㄥ ㄋㄢˊ ㄧㄚˋ ㄍㄨㄥ ㄩㄝ ㄗㄨˇ ㄓ
(Southeast Asia Treaty Organization; SEATO)'韓'戰後，'東南亞'各國爲阻遏共黨侵略所成立的防禦組織。西元1954年'美'邀請'英'、'法'、'澳'、'紐'、'菲'、'泰'、'巴基斯坦'七國在'馬尼拉'簽訂"東南亞防禦公約"，1956年成立'東南亞公約組織'，總部設在'泰國''曼谷'。

【東南亞國家協會】 ㄉㄨㄥ ㄋㄢˊ ㄧㄚˋ ㄍㄨㄛˊ ㄐㄧㄚ ㄒㄧㄝˊ ㄏㄨㄟˋ
(Association of Southeast Asian Nations; ASEAN) 於西元1967年8月8日在'曼谷'成立，其目的在加強區域內之經濟、社會、文化、教育及科技上之合作。目前計有'新加坡'、'馬來西亞'、'泰國'、'菲律賓'、'印尼'及'汶萊'六個會員國，每年舉行一次外長會議，決定協會之重要事項，另有常務委員會，由會員國指派有關首長參加。

4【東方航空公司協會】 ㄉㄨㄥ ㄈㄤ ㄏㄤˊ ㄎㄨㄥ ㄍㄨㄥ ㄙ ㄒㄧㄝˊ ㄏㄨㄟˋ
(Orient Airlines Association; OAA) 成立於西元1970年之東'亞'地區定期航空公司的國際組織。總部設在'菲律賓''馬尼拉·馬加帝'區。設立宗旨在促進該區的航空事業、協調會員意見及解決航空運輸的各問題，近年來更積極謀求會員間的共同利益及維護商業秩序。

杰 ㄐㄧㄝˊ *chieh*² 音桀
人名用字。見"玉篇"。

枓 ㊀ ㄓㄨˇ *chu*³ 音主
舀水的器具。即勺。見"說文"。
㊁ ㄉㄡˇ *tou*³ 音斗
參枓栱。

10【枓栱】 ㄉㄡˇ ㄍㄨㄥˇ
柱上支持棟梁的方木。也作斗拱。

枋 ㊀ ㄈㄤ *fang*¹ 音方
①木名。可作車。見"說文"。②築堤堰的大木樁。
㊁ ㄅㄧㄥˋ *ping*⁴ 音病
把柄；權柄。通柄。見"字彙"。

杭 ㄏㄤˊ *hang*² 音航
①渡水。通航。見"廣雅·釋詁"。②方舟。見"正字通"。③姓。'漢'有'杭徐'。見"萬姓統譜·五一"。

6【杭州】 ㄏㄤˊ ㄓㄡ
省轄市。位於'浙江省'北部，濱'錢塘江'下游北岸。'南宋'曾建都於此，現爲'浙江省'省會，有鐵路在此交會；以傳統手工業著名，並有紡織及化學等新式工業。南臨'吳山'，西臨'西湖'，有山水之勝，是遊憩名城。

5【杭世駿】 ㄏㄤˊ ㄕˋ ㄐㄩㄣˋ
(1695～1772)'清''仁和'(今'浙江''杭縣')人，字'大宗'，號'堇浦'(一作'堇甫')，又號'秦亭老民'。'乾隆'時舉博學鴻詞科，授編修，以直言切諫罷歸。晚年主講'揚州'、'粵東'書院。精通經史詞章之學，尤深於詩。著有"續禮記集說"、"三國志補注"、"道古堂詩文集"等。

枕 ㊀ ㄓㄣˇ *chên*³ 音診
①車後的橫木。通軫。見"方言·九"。②睡覺時墊在頭下的東西。俗稱枕頭。
㊁ ㄓㄣˋ *chên*⁴ 音振
①用頭枕物。如:枕戈待旦。②靠近。如:北枕大江。

13【枕塊】ㄓㄣˋ ㄎㄨㄞˋ
以土塊爲枕。表示人子居喪時的哀痛。

18【枕藉】ㄓㄣˋ ㄐㄧㄝˋ
也作枕籍。①縱橫相枕而臥。②沈浸。

【枕簟】ㄓㄣˇ ㄉㄧㄢˋ
①枕頭與竹席。②泛指寢具。

4【枕戈待旦】ㄓㄣˋ ㄍㄜ ㄉㄞˋ ㄉㄢˋ
枕著兵器,等待天明。形容殺敵心切,夙夜不懈。

5【枕石漱流】ㄓㄣˋ ㄕˊ ㄕㄡˋ ㄌㄧㄡˊ
以山石爲枕頭,用溪水漱口。比喻隱居山林。也誤作枕流漱石。

7【枕冷衾寒】ㄓㄣˇ ㄌㄥˇ ㄑㄧㄣ ㄏㄢˊ
形容獨眠無伴。

13【枕經藉史】ㄓㄣˋ ㄐㄧㄥ ㄐㄧㄝˋ ㄕˇ
以經書史書爲枕頭和席子。比喻沈浸於古書。

枉 ㄨㄤˇ *wang*³ 音網
①彎曲;不直。見"說文"。②邪惡;不善。如:舉直錯諸枉。③歪曲;違反。如:枉法。④委屈;冤屈。如:枉駕。⑤徒然;白費。如:枉用心機。

8【枉法】ㄨㄤˇ ㄈㄚˇ
以私意歪曲法令。

【枉屈】ㄨㄤˇ ㄑㄩ
①降低身分。②歪曲;違反。

12【枉然】ㄨㄤˇ ㄖㄢˊ
徒然;徒勞無功。

15【枉駕】ㄨㄤˇ ㄐㄧㄚˋ
屈尊相訪。對他人來訪的敬詞。義同枉顧。

3【枉己正人】ㄨㄤˇ ㄐㄧˇ ㄓㄥˋ ㄖㄣˊ
己身不正卻想匡正他人。

4【枉尺直尋】ㄨㄤˇ ㄔˇ ㄓˊ ㄒㄩㄣˊ
委屈一尺,就可以伸直八尺。比喻損失小而收益大。

8【枉法從私】ㄨㄤˇ ㄈㄚˇ ㄘㄨㄥˊ ㄙ
爲私欲而歪曲法令。

12【枉費心機】ㄨㄤˇ ㄈㄟˋ ㄒㄧㄣ ㄐㄧ
白費心思。

13【枉道事人】ㄨㄤˇ ㄉㄠˋ ㄕˋ ㄖㄣˊ
不依正道事奉人。

【枉道速禍】ㄨㄤˇ ㄉㄠˋ ㄙㄨˋ ㄏㄨㄛˋ
不循正道行事而招來災禍。

枅 ㄐㄧ *chi*¹ 音雞
或作枅。①柱上承棟的方木。見"說文"。②掛大秤的橫木。

杬 ㄩㄢˊ *yüan*² 音元
①木名。皮厚,剝下曬乾,可與各種乾果一起收藏,增加香味。見"文選·左思·吳都賦·綿杬杶櫨·善注"。②草名。通芫。汁可用以毒魚,故又名魚毒。見"爾雅·釋木·杬魚毒·義疏"。

枎 ㄈㄨˊ *fu*² 音扶
木名。見"管子·地員"。

枑 ㄏㄨˋ *hu*⁴ 音互
古時營寨周圍或官府門前所設的障礙物。用木頭交插製成,以遮阻人馬通行。也稱行馬。見"古今韻會舉要"。

柿 杮的俗體。

杶 ㄔㄨㄣ *ch'un*¹ 音春
木名。似樗,可做弓榦。也作櫄。見"書·禹貢·杶榦栝柏·蔡傳"。

枒 ㄧㄚˊ *ya*² 音牙
木名。同椰。見"正字通"。

枝 ㊀ ㄓ *chih*¹ 音之
①旁生於樹幹上的枝條。見"說文"。②泛指分支。③冗散;多餘。如:枝辭。④抵拒;支持。如:枝梧。⑤量名。多用以計量杆狀的物品。如:一枝筆。
㊁ ㄑㄧˊ *ch'i*² 音奇
歧出。如:枝指。

8【枝枒】ㄓ ㄧㄚˊ
枝條。

11【枝接】ㄓ ㄐㄧㄝ
接木方法之一。用具有兩芽以上的短枝作爲接穗。是最常見的接木法。

13【枝節】ㄓ ㄐㄧㄝˊ
①樹木的枝條節目。②比喻從事物本體衍生出來的小問題。

8【枝枝葉葉】ㄓ ㄓ ㄧㄝˋ ㄧㄝˋ
①比喻子孫繁衍。②比喻繁瑣細碎。

【枝枝節節】ㄓ ㄓ ㄐㄧㄝˊ ㄐㄧㄝˊ
比喻細碎繁雜。

19【枝辭蔓語】ㄓ ㄘˊ ㄇㄢˋ ㄩˇ
支離雜亂、無關要旨的言辭。

杻 ㊀ ㄋㄧㄡˇ *niu*³ 音紐
木名。即檍。似棣細葉,皮赤,材可製弓榦。見"正字通"。
㊁ ㄔㄡˇ *ch'ou*³ 音丑
刑具名。即手銬。古作杽。見"集韻"。

杷 ㊀ ㄆㄚˊ *p'a*² 音爬
①農具名。有齒,用來耙梳、聚攏,以推聚穀麥。見"說文"。②用手挖掘。如:杷土。③耙梳。
㊁ ㄅㄚˋ *pa*⁴ 音霸
柄。同欛。見"字彙"。

枇 ㄆㄧˊ *p'i*² 音皮
參枇杷。

8【枇杷】ㄆㄧˊ ㄆㄚˊ
(loquat; *Eriobotrya japonica*) 常綠小喬木。小枝密生鏽色絨毛,葉革質,基部漸狹成葉柄,先端急尖;花白色,聚成頂生圓錐花序;果黃色。我國、'日本'廣泛栽培。其葉經多次煮沸,取上層清液,加冰糖製枇杷膏,有鎮咳、治慢性支氣管炎之效。果可食。

枇杷圖

杮 ㄈㄟˋ *fei*⁴ 音肺
削下的木片。俗稱鉋花。見

"說文"。

林 ㄌㄧㄣˊ *lin*² 音臨

1叢生的樹木。見"說文"。2形容群聚眾多。如:林立。3姓。'漢'有'林閭'。見"萬姓統譜·六四"。

5【林立】 ㄌㄧㄣˊ ㄌㄧˋ

形容眾多。

【林白】 ㄌㄧㄣˊ ㄅㄞˊ

(Charles Augustus Lindbergh, 1902~1974)'美國'飛行員。西元1927年5月,從'美國''紐約'駕單翼飛機,以33.5小時飛渡'大西洋'3,600海里至'巴黎',寫下飛行史上第一次飛越'大西洋'的紀錄。

6【林衣】 ㄌㄧㄣˊ ㄧ

指具抗風性,可防治風害,居於被保護林外圍的林木。有自然林衣和特造林衣兩種。

8【林奈】 ㄌㄧㄣˊ ㄋㄞˋ

(Carolus Linnaeus, 1707~1778)'瑞典'著名的自然科學家。生於'瑞典''斯摩蘭州'(Småland)的'洛斯赫爾德'(Råshult)。壯年時游學'歐洲'各國,訪問著名植物學家,搜集大量植物標本,回國後任職於'烏普薩拉大學'(Uppsala University)。曾分自然界爲動、植、礦三大類,又遞分爲綱、目、屬、種,樹立了近代自然分類法的基礎。再者,建立二名法,把過去紊亂的植物名稱歸於統一,對植物分類研究的進展影響很大。著作以"自然系統"(*Systema Naturae*)、"植物種志"(*Species Plantarum*)爲最重要。

林奈像

【林肯】 ㄌㄧㄣˊ ㄎㄣˇ

(Abraham Lincoln, 1809~1865)'美國'第十六任總統。主張維護聯邦統一,解放黑奴。西元1860年以'共和黨'黨魁當選總統,當時南方各州相繼脫離聯邦,另外組織'美利堅聯盟國'(Confederate State of America),遂爆發南北戰爭。'林肯'的北軍獲得勝利,終於解除奴隸制度。然於1865年被刺遇害。

林肯像

9【林泉】 ㄌㄧㄣˊ ㄑㄩㄢˊ

林木泉石。指隱居處。

10【林班】 ㄌㄧㄣˊ ㄅㄢ

在森林中依天然地形線或人工線而分的森林區域。爲林地區劃的最小單位。區劃線上無立木。

【林紓】 ㄌㄧㄣˊ ㄕㄨ

(1852~1924)'福建''閩侯'人,原名'羣玉',字'琴南',號'畏廬',別署'冷紅生'、'蠡叟'。'光緒'舉人。任教於'京師大學堂'。曾翻譯'歐''美'等國名著小說一百七十餘種,能詩,工畫,並從事小說、戲曲創作。著有"畏廬文集"、"畏廬詩存"等。

林紓像

11【林逋】 ㄌㄧㄣˊ ㄅㄨ

(967~1028)'北宋''錢塘'(今'浙江''杭縣')人,字'君復'。恬淡好古,隱居'西湖''孤山'。工書畫,善爲詩。終身不娶,於所居處植梅養鶴以自娛,因有梅妻鶴子之稱。卒諡'和靖先生'。著有"和靖詩集"。

【林彪】 ㄌㄧㄣˊ ㄅㄧㄠ

(1907~1971)'湖北''黃岡'人,原名'毓容'。'黃埔軍校'畢業,加入'中國共產黨'。'南昌'暴動失敗後,竄隸'朱德'部。歷任軍長、軍團長、東路軍總指揮。'中共'政權成立後,任黨政軍要職,並經'中共'中央列爲'毛澤東'的接班人。後因策劃政變失敗,企圖逃往'蘇俄',於'蒙古'上空墜機死亡。

12【林森】 ㄌㄧㄣˊ ㄙㄣ

(1868~1943)'福建''閩侯'人,字'子超',署'青芝老人'。早歲獻身革命,辛亥'武昌'革命軍興,參加'九江'光復之役。'民國'成立,任臨時參議院議長。其後歷任'福建'省長、'立法院'長。'民國'二十一年起,任'國民政府'主席。後病逝'重慶'。

林森像

13【林業】 ㄌㄧㄣˊ ㄧㄝˋ

經營有關林木的事業。目的在促使生育森林,以繼續生產、經營和增加其利用價值。經營範圍包括培植、砍伐、運銷和加工等。

17【林檎】 ㄌㄧㄣˊ ㄑㄧㄣˊ

1(*Malus asiatica*)小喬木。葉片卵形,葉緣具細銳鋸齒,有柄;花紅色、4~7朵,生於小枝頂端,成繖形花序;果近球形,黃色或紅色,有肥厚的宿存萼。原產於我國大陸,後'日本'引進栽培。果實微甘帶酸,可食用。2即釋迦。參釋迦。

林檎圖

【林壑】 ㄌㄧㄣˊ ㄏㄨㄛˋ

山林和谿谷。指景致幽深處。

19【林藪】 ㄌㄧㄣˊ ㄙㄡˇ

1草木茂密的地方。2指隱居的地方。3比喻人物聚集的地方。

20【林鐘】 ㄌㄧㄣˊ ㄓㄨㄥ

也作林鍾。古代樂律名。古樂律有十二,陰陽各六,陰律第一叫林鐘。

6【林兆恩】 ㄌㄧㄣˊ ㄓㄠˋ ㄣ

'明''莆田'(今'福建''莆田')人。號'龍江',又號'子谷子'、'心隱子'。思想受'陽明'心學的影響,而致力於儒、釋、道三教的融會與闡揚，被尊爲'三教先生'。著作極多，後人彙編成"林子全集"四十卷。

7【林克機】 ㄌㄧㄣˊ ㄎㄜˋ ㄐㄧ
(Link trainer)'美國''林克航空公司'(Link Aviation, Inc.)所製之地面教練機。駕駛艙內設置有完整的控制儀表板、無線電通訊、電腦制動之飛行及發動機儀表，用以訓練飛行員及隨機人員儀表飛行、緊急應變措施或戰術任務之實習等。

9【林則徐】 ㄌㄧㄣˊ ㄗㄜˊ ㄒㄩˊ
(1785～1850)'清''侯官'(今'福建''閩侯')人，字'少穆'，一字'元撫'。'道光'時任兩'廣'總督，赴'廣州'查禁鴉片，並嚴設海防。'英國'發動鴉片戰爭，'則徐'屢挫入侵的'英'軍，惜被讒革職。'洪''楊'事起，授爲欽差大臣，行至'潮州'病卒。著有"政書"、"雲石山房詩集"。

11【林爽文】 ㄌㄧㄣˊ ㄕㄨㄤˇ ㄨㄣˊ
(?～1788)'清''臺灣'人，居'彰化'。'乾隆'時，組織'天地會'以圖反'清'。起事後，攻克'彰化'等地，建號'順天'，隨即爲'清'軍所平，被俘遇害。

14【林語堂】 ㄌㄧㄣˊ ㄩˇ ㄊㄤˊ
(1895～1976)'福建''龍溪'人。'上海''聖約翰大學'畢業，'美國''哈佛大學'碩士，'德國''萊比錫大學'博士。歷任'廈門大學'文學院院長、'南洋大學'校長、'國際筆會'總會副會長、'中國'分會會長。曾創辦"論語"、"人間世"、"宇宙風"等雜誌。文筆幽默動人，有「幽默大師」之稱。著譯甚豐，有"開明英文文法"、"吾國與吾民"、"生活的藝術"、"京華煙雲"、"無所不談合集"等，並編有"林語堂當代漢英辭典"。

林語堂像

17【林黛玉】 ㄌㄧㄣˊ ㄉㄞˋ ㄩˋ
小說"紅樓夢"中的人物。爲'賈母'的外孫女。聰慧機敏，多愁善感，自小體弱多病。母親死後，寄居外祖母家。她和'賈寶玉'眞誠相愛，終因家人反對，無法結合。在'賈寶玉'被騙與'薛寶釵'成婚的晚上，自焚詩稿，嘔血而死。

20【林覺民】 ㄌㄧㄣˊ ㄐㄩㄝˊ ㄇㄧㄣˊ
(1887～1911)'福建''閩侯'人，字'意洞'，號'抖飛'。在'日本'留學時加入'同盟會'，辛亥三月二十九日'廣州'之役，率領'福建省'同志數十人參加，被擒就義。遺文收在"血花集"裡。

24【林靈素】 ㄌㄧㄣˊ ㄌㄧㄥˊ ㄙㄨˋ
'北宋'末道士。'溫州'(今屬'浙江')人，字'通叟'，本名'靈噩'。'徽宗'崇信道教，以方術得寵幸，賜號'通眞達靈先生'。不久又加號'玄妙先生'、'金門羽客'、'沖和殿侍宸'等。'宣和'元年(1119)京城大水，'靈素'上城作法，有役夫舉梃襲擊，遂倉皇逃走。後因對皇太子無禮，太子入訴，被斥還故里而死。傳神霄道法，道教神霄派奉爲祖師之一。

8【林林總總】 ㄌㄧㄣˊ ㄌㄧㄣˊ ㄗㄨㄥˇ ㄗㄨㄥˇ
事物形色眾多的樣子。

【林姆斯基·高沙可夫】 ㄌㄧㄣˊ ㄇㄨˇ ㄙ ㄐㄧ ㄍㄠ ㄕㄚ ㄎㄜˇ ㄈㄨ
(Nikolay Rimsky-Korsakov, 1844～1908)'俄國'作曲家。是「五人樂團」重要成員，作品極具'俄國'民族特色。有交響曲五首、歌劇"五月之夜"(*La Nuit de Mai*)、"雪娘"(*Snegurochka*)等十五部，其中以交響組曲"天方夜譚"(*Scheherazade*)最爲著名。

林姆斯基·高沙可夫像

杼 ㄓㄨˋ *chu*⁴ 音注
①織布用的梭。見"說文"。②長。見"小爾雅·廣言"。

板 ㄅㄢˇ *pan*³ 音阪
①片狀的木材。同版。見"玉篇"。②築城牆時所用的夾板。③印書所用的版式。如：鏤板。④笞刑的刑具。⑤調節樂曲節拍的一種器具。也指樂曲的節拍。如：拍板。⑥固執；呆滯。如：古板。

3【板巾】 ㄅㄢˇ ㄐㄧㄣ
道士所戴的帽子。前面部分傾斜向下如屋簷，並有太極圖爲記識。俗稱瓦楞帽，但與一般平民的瓦楞帽稍有不同。

4【板心】 ㄅㄢˇ ㄒㄧㄣ
古書單面印刷，每葉中間一行空白，因位居板面中央，故稱板心，又叫中縫。也作版心。書葉對摺裝訂後，板心便在書籍開合的一邊。

5【板本】 ㄅㄢˇ ㄅㄣˇ
用木板雕字印刷的書籍。即刻本、印本。與寫本相對。也作版本。

8【板岩】 ㄅㄢˇ ㄧㄢˊ
(slate)黑灰色、質細且緻密的變質岩。通常由頁岩或泥岩經變質作用而形成。具有極平滑且距離極小的葉理，故可剝成薄片以供屋瓦或作黑板之用。

10【板書】 ㄅㄢˇ ㄕㄨ
①在黑板上寫字。②寫在黑板上的字。

11【板眼】 ㄅㄢˇ ㄧㄢˇ
①傳統音樂中，以板和眼的不同排列表示不同的節拍，稱爲板眼。不論一板或一眼都是一拍。每一小節中的強拍以鼓板敲擊，稱爲板；而弱拍或次強拍用鼓簽敲擊，稱爲眼。②比喻按照一定的程序做事，有條有理。

13【板鼓】 ㄅㄢˇ ㄍㄨˇ
打擊樂器。也稱單皮鼓、小鼓。一面蒙皮。鼓框用厚實而堅硬的木料製成，鼓面直徑約25厘米，中間部分稍突起，爲鼓心，直徑約5～

7厘米。演奏時，將鼓空懸在繫有繩子的木架上，用兩根鼓簽敲擊。在戲曲伴奏與器樂合奏中居指揮的地位。

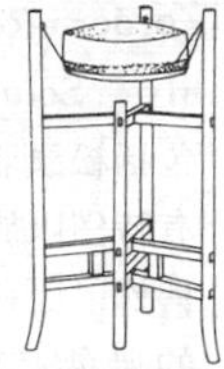
板鼓圖

【板塊】ㄅㄢˇ ㄎㄨㄞˋ
(plate) 由地殼及地函最上部的堅硬部分組成。厚約50～250公里，分爲海洋板塊及大陸板塊，兩者比重、組成、厚度都不同。地球外層的堅硬部分即由好幾塊板塊相互接觸在一起；這些板塊可以移動，改變相互的位置。由於板塊間相對運動而造成今日的許多地質現象，如造山運動、地震、火山等。

14【板滯】ㄅㄢˇ ㄓˋ
呆板凝滯；不靈活。

16【板蕩】ㄅㄢˇ ㄉㄤˋ
局勢混亂不安。

8【板狀滑動】ㄅㄢˇ ㄓㄨㄤˋ ㄏㄨㄚˊ ㄉㄨㄥˋ
(slab slide)側移式滑動的一種。發生於風化程度稍高之土坡，其滑動的土體以板狀整體滑動。

10【板起面孔】ㄅㄢˇ ㄑㄧˇ ㄇㄧㄢˋ ㄎㄨㄥˇ
裝出嚴肅或生氣的表情。

13【板塊構造學說】ㄅㄢˇ ㄎㄨㄞˋ ㄍㄡˋ ㄗㄠˋ ㄒㄩㄝˊ ㄕㄨㄛ
(plate tectonics)最新流行且廣爲人所接受的大地構造學說。認爲地球的岩石圈是由數個板塊所組成，各板塊相互作相對運動，且因板塊具剛強性，故板塊與板塊的邊緣相互作用時，板塊邊界常爲地震及構造活動帶。

杯
ㄅㄟ pei¹ 音卑
也作盃。1盛飲料的器具。也用作量詞。如：酒杯。2指杯形的東西。如：獎杯。

10【杯珓】ㄅㄟ ㄐㄧㄠˋ
一種卜具。通常以竹或木做成，形似蛤，有兩片，信徒擲以問神，以一正一反爲吉。簡稱杯。也作盃珓。

12【杯渡】ㄅㄟ ㄉㄨˋ
(?～426)'南朝''宋'時僧人。也作'杯度'、'盃渡'。姓名不詳，相傳神力奇異，嘗乘木杯渡水。後世遂以指僧人的道行。

13【杯葛】ㄅㄟ ㄍㄜˊ
(boycott)一種經濟絕交的行爲。通常分兩步驟：第一步杯葛(primary boycott)，只抵制製造商，並不累及已進貨的販賣商；第二步杯葛(secondary boycott)，除抵制某種貨物之製造商外，進而連已行進貨的販賣商，也在抵制之列。後來凡團體或國家採取一致的經濟或政治步調，抵制其他團體或國家的行爲或設施，以及類似的行動，都叫做杯葛或杯葛運動。

4【杯中物】ㄅㄟ ㄓㄨㄥ ㄨˋ
指酒。

3【杯弓蛇影】ㄅㄟ ㄍㄨㄥ ㄕㄜˊ ㄧㄥˇ
誤以杯中的弓影爲蛇而吃驚。比喻疑神疑鬼，自取其害。

4【杯水車薪】ㄅㄟ ㄕㄨㄟˇ ㄔㄜ ㄒㄧㄣ
用一杯的水，要去撲滅一車著火的木柴。比喻力量太小，無濟於事。

10【杯酒釋兵權】ㄅㄟ ㄐㄧㄡˇ ㄕˋ ㄅㄧㄥ ㄑㄩㄢˊ
指'宋太祖'藉飲宴勸使節度使'石守信'等解除兵權。見"宋史·石守信傳"。

杳
ㄧㄠˇ yao³ 音窈 又讀 ㄇㄧㄠˇ miao³ 音秒
1幽暗。見"說文"。2深遠。見"玉篇"。3空寂。見"字彙"。

8【杳杳】ㄧㄠˇ ㄧㄠˇ
深遠幽暗的樣子。

10【杳冥】ㄧㄠˇ ㄇㄧㄥˊ
1幽暗。2深遠難見的地方。

12【杳然】ㄧㄠˇ ㄖㄢˊ
1深遠的樣子。如：杳然深藏。2空寂的樣子。如：蹤跡杳然。

【杳無蹤跡】ㄧㄠˇ ㄨˊ ㄗㄨㄥ ㄐㄧ
毫無蹤影。

枏
柟的本字。

枘
㊀ ㄖㄨㄟˋ jui⁴ 音瑞
榫頭。見"集韻"。
㊁ ㄋㄣˋ nên⁴ 音嫩
草木始生。通嫩。見"集韻"。

28【枘鑿不入】ㄖㄨㄟˋ ㄗㄠˋ ㄅㄨˋ ㄖㄨˋ
比喻不相投合。

杪
ㄇㄧㄠˇ miao³ 音秒
1樹梢。見"說文"。2末尾；末端。如：歲杪。3微細。如：杪小。

杵
ㄔㄨˇ ch'u³ 音楚
1棒槌的一種。最初用來舂米，後來也用來擣練、捶衣、築牆或築堤。見"說文"。2兵器名。因形似杵而得名。如：降魔杵。3搗；砸。如：杵藥。4突刺；用手指頭戳點。

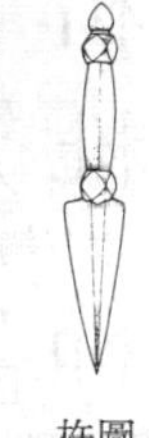
杵圖

秏
ㄇㄠˊ mao² 音毛
果樹名。即多桃。同楙。見"廣韻"。

构
ㄍㄡ kou¹ 音鉤
1樹名。即楮樹。通作構。見"篇海"。2彎曲。通勾。

极
ㄐㄧˊ chi² 音及
裝置在驢背上用以載物的木板。見"說文"。

枚
ㄇㄟˊ mei² 音梅
1樹幹；小枝條。見"說文"。2古代軍中用具的一種。狀如筷子，使士卒於行軍時銜在口裡，以防止喧嘩。3量詞。相當於個、件。如：桃子七十枚。4泛指一切之詞。相當於每、凡或一一。如：枚舉。5姓。'漢'有'枚乘'。見"萬姓統譜·一六"。

10【枚乘】ㄇㄟˊ ㄕㄥˋ
(?～前140)'西漢''淮陰'(今'江蘇''淮陰')人，字'叔'。初爲'吳王'

‘劉濞’郎中,‘濞’陰謀造反,‘乘’上書進諫,不聽,乃去而從‘梁孝王’游。‘武帝’時,以安車蒲輪徵其入京,死於途中。有賦九篇,大多亡佚,今存“七發”等三篇,近人輯有“枚叔集”。

【枚皐】 ㄇㄟˊ ㄍㄠ
‘西漢’‘淮陰’(今‘江蘇’‘淮陰’)人,字‘少孺’,‘枚乘’之子。‘武帝’時爲郎,曾奉使‘匈奴’。善辭賦,有賦一百二十篇,今多不傳。

杴 ㄒㄧㄢ *hsien*¹ 音先
一種形體像鍬的農具。見“玉篇”。

[illegible] 析的或體。

杹 ㄏㄨㄚˋ *hua*⁴ 音化
木名。木芙蓉的別名。見“本草綱目·木部·木芙蓉”。

枊 ㄤˋ *ang*⁴ 音盎
1 繫馬的柱子。見“說文”。2 斗栱。

析 ㄒㄧ *hsi*¹ 音西
1 剖分;劈開。見“說文”。2 離散;分散。如:分崩離析。3 姓。‘漢’有‘析國’。見“萬姓統譜·一二三”。

4【析木】 ㄒㄧ ㄇㄨˋ
星次名。相當二十八宿的尾、箕、斗三宿。自尾宿十度至斗宿十一度。以十二辰言,屬寅;以分野言,當‘燕’;以節氣言,值立冬、小雪;以黃道十二宮言,相當於人馬宮;以星座言,相當於天蝎、人馬二座。

11【析產】 ㄒㄧ ㄔㄢˇ
分財產。

【析理】 ㄒㄧ ㄌㄧˇ
分析道理。

13【析義】 ㄒㄧ ㄧˋ
解釋意義。

14【析疑】 ㄒㄧ ㄧˊ
解釋疑惑。

29【析爨】 ㄒㄧ ㄘㄨㄢˋ
指兄弟分產分居,各自炊食。

16【析骸以爨】 ㄒㄧ ㄏㄞˊ ㄧˇ ㄘㄨㄢˋ
支解人的骨骸以炊食。形容戰亂絕糧的慘狀。

枍 ㄧˋ *i*⁴ 音意
參枍栺。

10【枍栺】 ㄧˋ ㄧˋ
木名。見“集韻”。

枌 ㄈㄣˊ *fên*² 音焚
木名。即白榆。先生葉,後生莢。見“字彙”。

13【枌榆】 ㄈㄣˊ ㄩˊ
本指‘漢高祖’‘劉邦’的鄉里社名。後作爲故鄉的代稱。

松 ㄙㄨㄥ *sung*¹ 音鬆
1 (pine) 屬名 *Pinus*, 屬於松科 (family Pinaceae), 約有100種,爲常綠喬木。葉呈針狀,2~5個成一束(少數8個或單個)。雌雄球果長於同一株,雄球果由許多鱗片組成,每一鱗片內側有二個花粉囊;雌球果由數排呈螺旋排列的心皮組成,每心皮有二個胚珠。春天或早夏,花粉囊縱裂釋出花粉,花粉隨風散布。雌球果鱗片張開以受粉。受精後,果實約2~3年成熟。有些種類的果實,成熟時便裂開以釋出種子,有些則一直緊閉至腐爛裂開,或爲動物攝食。主要用爲建築或造紙的材料;亦爲松節油、松脂等的來源。種子可食。2 姓。‘隋’有‘松貫’。見“萬姓統譜·二”。

松圖

9【松香】 ㄙㄨㄥ ㄒㄧㄤ
(rosin) 又名松脂。有稜角的透明琥珀色固體。熔點100~150°C。不溶於水,可溶於酒精、苯、醚等。主要成分爲松香酸,爲製造肥皂、油墨、油漆等之原料。

13【松鼠】 ㄙㄨㄥ ㄕㄨˇ
(squirrel) 屬於哺乳綱、嚙齒目 (order Rodentia)、松鼠科(family Sciuridae)的動物。松鼠科包括松鼠亞科及鼯鼠亞科,松鼠有時僅限於稱松鼠亞科的動物。其尾蓬鬆,不能滑翔,而鼯鼠則能在樹枝間利用飛膜作滑翔運動。大多數松鼠樹棲,少數生活地面。日間活動,樹棲者行動敏捷,居於樹洞或用枝葉作成的巢中;地棲者居地穴中,行多眠或夏眠。主食植物,尤喜種子及堅果。

松鼠圖

17【松濤】 ㄙㄨㄥ ㄊㄠ
風吹松林所發出像浪濤般的聲音。

6【松江省】 ㄙㄨㄥ ㄐㄧㄤ ㄕㄥˇ
東北九省之一。境內山丘綿亙,富森林資源及煤礦;山丘間有廣大的河谷平原,農業發達。東南方與‘蘇俄’、‘韓國’兩國毗鄰,國防地位極重要。以‘牡丹江市’爲省會。

8【松花江】 ㄙㄨㄥ ㄏㄨㄚ ㄐㄧㄤ
位於我國東北地方。上游有二源:南源是源自‘長白山’‘天池’的‘松花江’,北源爲源自‘大’、‘小興安嶺’的‘嫩江’。兩源匯流後東流,納‘呼蘭河’、‘牡丹江’後在‘合江省’‘同江’附近注入‘黑龍江’。是‘黑龍江’最大的支流,有航行之利。

13【松煙墨】 ㄙㄨㄥ ㄧㄢ ㄇㄛˋ
用松枝燒成的煙煤所製的墨。

9【松柏後凋】 ㄙㄨㄥ ㄅㄛˊ ㄏㄡˋ ㄉㄧㄠ
比喻雖處亂世,仍堅貞不改其操守。

12【松喬之壽】 ㄙㄨㄥ ㄑㄧㄠˊ ㄓ ㄕㄡˋ
長如仙人的壽命。指長生不老。‘松’,指‘赤松子’;‘喬’,指‘王子喬’;皆古代仙人。

16【松遼平原】 ㄙㄨㄥ ㄌㄧㄠˊ ㄆㄧㄥˊ ㄩㄢˊ
又稱‘東北平原’。位於‘大’、‘小興

安嶺'與'長白山地'之間。主由'松花江'和'遼河'沖積而成，爲我國第一大平原。農業很盛。

21【松鶴遐齡】 ㄙㄨㄥ ㄏㄜˋ ㄒㄧㄚˊ ㄌㄧㄥˊ

祝人長壽的賀詞。

柔 ㄕㄨˋ *shu*⁴ 音豎

木名。即栩。同芧。見"說文"。

杲 ㄍㄠˇ *kao*³ 音稿

①光明；明亮。見"說文"。②高遠。見"玉篇"。③姓。'元'有'杲元啟'。見"正字通"。

果 ㄍㄨㄛˇ *ko*³, *kuo*³ 音裹

①植物所結的果實。見"說文"。②事情的結局。如：成果。③充盈；飽足。如：果腹。④堅決；有決斷。如：果敢。⑤確切；當眞。指事實與所預期的相同。如：果然。⑥姓。'明'有'果有'。見"萬姓統譜·八四"。

7【果決】 ㄍㄨㄛˇ ㄐㄩㄝˊ

果斷；果敢堅決。

10【果凍】 ㄍㄨㄛˇ ㄉㄨㄥˋ

(jelly)將水果榨汁，取其汁液，混以適當的糖酸比，經加熱濃縮冷卻後所得的產品。良好的果凍應保有原來水果的風味及顏色，且從容器移出後仍可保持固定的外形，不會流動，也不會太硬。

12【果報】 ㄍㄨㄛˇ ㄅㄠˋ

佛家語。夙世業因的結果，今得回報，稱爲果報。通常指今生善惡的報應而言。

【果敢】 ㄍㄨㄛˇ ㄍㄢˇ

果斷敢爲。

13【果腹】 ㄍㄨㄛˇ ㄈㄨˋ

塡飽肚子。

15【果毅】 ㄍㄨㄛˇ ㄧˋ

果決剛毅。

【果膠】 ㄍㄨㄛˇ ㄐㄧㄠ

(pectin)一種多醣結構的直鏈聚合物。可作爲膠化劑、安定劑及乳化劑。常存於水果、蔬菜的細胞壁中，與纖維物結合而存在。當果實成熟時，原果膠(protopectin)即分解成果膠，最後生成果膠酸(pectic acid)。因此過熟的果實由於果膠含量的降低，使細胞間的吸附減弱而變軟。

16【果糖】 ㄍㄨㄛˇ ㄊㄤˊ

(fructose)葡萄糖的同分異構物。分子式也是 $C_6H_{12}O_6$，爲一種六碳酮醣。103～105°C 時分解，具左旋光性，所以又稱左旋糖。常和葡萄糖共存於蜂蜜及果實汁液中，比葡萄糖甜度高。常用做糖尿病患者之甘味料。

18【果醬】 ㄍㄨㄛˇ ㄐㄧㄤˋ

(jam)將果實切碎，加糖或再添加果膠、酸味料、香料等，加熱濃縮至適當黏稠度而成膠凍狀者。一般含糖量約65～70%，pH值在2.8～3.3，若pH值在3.6以上，則難以成凍。

【果斷】 ㄍㄨㄛˇ ㄉㄨㄢˋ

當機立斷。

4【果戈里】 ㄍㄨㄛˇ ㄍㄜ ㄌㄧˇ

(Nikolay Vasilyevich Gogol, 1809～1852)'俄國'小說家、劇作家。以寫實的筆調深入地描繪平民的生活，用怪誕誇張的幽默嘲諷世俗，也表達對平凡卑微人物的關注與同情。作品充滿藝術的獨創力，開'俄國'寫實小說的先河。代表作有小說"外套"(*The Overcoat*)、"死靈魂"(*Dead Souls*)，戲劇"大巡按"(*The Inspector General*)等。

果戈里像

9【果香精】 ㄍㄨㄛˇ ㄒㄧㄤ ㄐㄧㄥ

(fruit essences)從各種果實中所提取出，具有特殊花果香的液體。果香精大多數爲飽和脂肪酸和一元醇所形成的低分子量酯類。如乙酸乙酯(香蕉香味)、丁酸乙酯(鳳梨香味)等。

4【果不其然】 ㄍㄨㄛˇ ㄅㄨˋ ㄑㄧˊ ㄖㄢˊ

果然如此。指事實與預料相同。

10【果核雕刻】 ㄍㄨㄛˇ ㄏㄜˊ ㄉㄧㄠ ㄎㄜˋ

即在果核上雕刻紋飾。常用的果核有橄欖核、梅核、烏欖核、桃核、櫻桃核和核桃殼。多用透雕方式，以求增加立體感。盛行於'明''淸'之際。

12【果報不爽】 ㄍㄨㄛˇ ㄅㄠˋ ㄅㄨˋ ㄕㄨㄤˇ

因果報應，絕無差誤。

苿 ㄏㄨㄚˊ *hua*² 音華

農具名。兩刃臿。見"說文"。

5

柒 ㄑㄧ *ch'i*¹ 音七

①水名。同'漆'。見"集韻"。②木名。同桼。即今之漆木。見"字彙"。③數目七的大寫。

染 ㄖㄢˇ *jan*³ 音冉

①在布帛上著色。見"說文"。②醮。如：染翰。③沾惹；感受。如：染病。④男女間發生不正當的關係。如：兩人有染。⑤姓。'晉'有'染閔'。見"萬姓統譜·八九"。

6【染汙】 ㄖㄢˇ ㄨ

①沾染汙穢。②傳染。

9【染指】 ㄖㄢˇ ㄓˇ

比喻沾取不該得的利益。

【染缸】 ㄖㄢˇ ㄍㄤ

存放染料或供染色之用的缸。

10【染料】 ㄖㄢˇ ㄌㄧㄠˋ

(dye)凡本身具有呈色團或助色團(如偶氮基、硫氫基、亞硝基、羰基、胺基、氫氧基等)，並能與織品或纖維結合，以達到人類色彩感覺目的之有機化合物。依化學結構可分爲酸性染料、鹼性染料；依染色性質可分爲直接染料、分散染料與活性染料等。

16【染翰】 ㄖㄢˇ ㄏㄢˋ

指作文或作書畫。

6【染色體】 ㄖㄢˇ ㄙㄜˋ ㄊㄧˇ

(chromosome) 細胞行有絲分裂或減數分裂時,核內的染色質便形成一條條的染色體。各種生物染色體的數目都有一定,例如人體的細胞有23對染色體。染色體常兩兩成對,凡大小、形狀相同的一對染色體,稱爲同源染色體。各染色體係由 DNA 和蛋白質組成,DNA 爲構成基因的物質,故染色體與遺傳有關。

14【染蒼染黃】 ㄖㄢˇ ㄘㄤ ㄖㄢˇ ㄏㄨㄤˊ

比喻教育及環境的感染力之大。

柬 ㄐㄧㄢˇ *chien*^{3} 音簡

①選擇;挑取。見"說文"。②書信;請帖;名片。通簡。如:書柬。

荣 榮的俗體。

某 ㄇㄡˇ *mou*^{3}

①指不定或一定卻不明說的人、地、事、物。如:某人。②自我的稱代詞。

枼 ㄧㄝˋ *yeh*^{4} 音葉

薄木片。見"說文"。

柠 楮的或體。

柁 ㊀ ㄉㄨㄛˋ *to*^{4}, *tuo*^{4} 音舵

裝在船尾以調度行船方向的木器。同舵。見"字彙"。

㊁ ㄊㄨㄛˊ *t'o*^{2}, *t'uo*^{2} 音駝

木葉落。見"集韻"。

柱 ㄓㄨˋ *chu*^{4} 音助

①(column; post)支持屋頂及各樓板的荷重,並將此荷重傳達於基礎的垂直構造物。或指支承梁或桁架,用以抵抗其壓力的垂直構造物。柱分柱腳、柱身及柱頭三部分。②支持;支撐。③(cylinder) 過平面上一曲線Γ之各點作垂線,則織成一柱面S,諸垂線叫母線,可以看做是動線,沿著Γ平行於原來位置移動所產生的面,就是柱面;若曲線Γ封閉,以兩個平行平面截柱面,則柱面與兩平面間的立體叫做柱體,或簡稱柱。

5【柱石】 ㄓㄨˋ ㄕˊ

柱子和礎石。比喻支撐的力量或人物。

13【柱塞】 ㄓㄨˋ ㄙㄞ

(plunger) 安裝於噴射泵柱塞鋼筒中,配合鋼筒作用將燃料加壓送出之裝置。

18【柱礎】 ㄓㄨˋ ㄔㄨˇ

同柱石。

7【柱坐標】 ㄓㄨˋ ㄗㄨㄛˋ ㄅㄧㄠ

(cylindrical coordinates) 坐標系之一種。用於立體空間。取平常之直角坐標系 $OXYZ$,任一點P先投影於XY坐標面上得點Q,採用Q點之極坐標(ρ,ϕ),連同P點之Z坐標即得立體空間之柱坐標(ρ,ϕ,Z),而與直角坐標(X,Y,Z)之間有如下關係:$X=\rho\cos\phi$, $Y=\rho\sin\phi$, $Z=Z$。

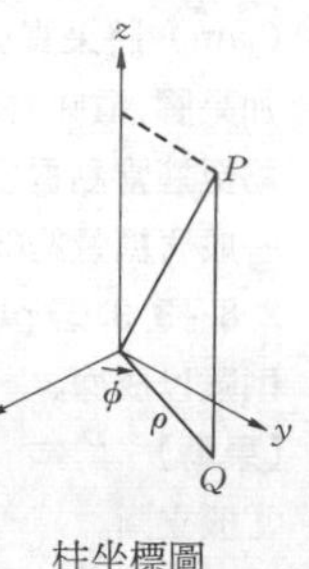

柱坐標圖

8【柱版式構造】 ㄓㄨˋ ㄅㄢˇ ㄕˋ ㄍㄡˋ ㄗㄠˋ

(column-slabbed construction) 架構式構造的一種。由預鑄的柱和版組合而成的結構。此構造方式施工簡捷、造價經濟,惟須具足夠的起重設備。

柿 ㄕˋ *shih*^{4} 音士

(persimmon; *Diospyros kaki*) 高達15公尺的喬木。葉倒卵形,下表面具柔毛;雌花單生葉脈;漿果形狀多變化,呈橙黃色或鮮黃色,花萼於果熟時仍留存而不脫落。全國均有栽培,果供食用,也可製柿餅。其宿存萼稱柿蒂,可入藥治夜尿症。

柿圖

柲 ㄅㄧˋ *pi*^{4} 音必

①戈、矛等兵器的柄。見"說文"。②護弓的器具。即弓檠。多用竹做成,形狀同弓;當弓不用時,裹襯在弓裡,以防弓的損傷變形。見"儀禮·既夕禮·有柲·注"。

柈 ㄆㄢˊ *p'an*^{2} 音盤

盤子。同盤、槃。見"正字通"。

枰 ㄆㄧㄥˊ *p'ing*^{2} 音平

①一人坐的小板床。見'慧琳'"一切經音義"。②木名。即平仲木。見"廣韻"。③棋盤。如:棋枰。

柰 ㄋㄞˋ *nai*^{4} 音耐

①果名。果實似林檎而大,有白、赤、青三色。見"本草綱目·果部·柰"。②如何;怎樣。俗作奈。如:柰何。③姓。'明'有'柰亨'。見"萬姓統譜·九七"。

枺 ㄇㄛˋ *mo*^{4} 音末

①木名。見"廣雅·釋木"。②柱子。

柜 ㊀ ㄐㄩˇ *chü*^{3} 音舉

①木名。通欅。見"正字通"。②規矩。通矩。見"字彙"。

㊁ ㄍㄨㄟˋ *kuei*^{4} 音櫃

櫃的俗體。

柯 ㄎㄜ *k'o*^{1}, *k'ê*^{1} 音苛

①斧柄。見"說文"。②草木的莖幹。③(*Lithocarpus*)殼斗科(Fagaceae)的一屬,全世界約257種。類似橡樹,常綠喬木或灌木。原產'亞洲'。葉互生;花單性同株,雌花長於雄花序的基部;堅果由一杯狀無刺的殼斗局部或全部包圍住。④姓。

柯圖

'漢'有'柯農'。見"萬姓統譜·三五"。

4【柯氏力】 ㄎㄜ ㄕˋ ㄌㄧˋ
(Coriolis force) 地球自轉運動而產生一種作用於地表上流動物體使其發生偏向的力。水流、氣流、洋流等的流動均受其影響,在北半球一律偏向右;南半球一律偏向左。

14【柯爾德】 ㄎㄜ ㄦˇ ㄉㄜˊ
(Alexander Calder, 1898～1976)'美國'現代雕刻家。以開拓者的精神打開了雕刻的新領域,作品充滿快活、幽默,爲粗獷與完美的結合。西元1932年首創活動雕刻,是由很多活動物體(object mobile),如鋼線和金屬板組合而成,或裝電動,或運用平衡原理,藉空氣的流動而轉動。1926年到'巴黎'學習木雕,1932年創造了抽象活動雕刻,使金屬冷性素材富有生命力,爲其作品一大特色。

9【柯南道爾】 ㄎㄜ ㄋㄢˊ ㄉㄠˋ ㄦˇ
(Arthur Conan Doyle, 1859～1930)'英國'醫生、小說家及偵探小說作家。西元1887年出版冒險故事"紅色研究"(*A Study in Scarlet*)。1891年在"斯特蘭德雜誌"(*Strand Magazine*)發表一連串以'福爾摩斯'爲主角的短篇偵探小說,從此聲名大噪。此外,還有短篇偵探故事集"福爾摩斯案件"(*The Casebook of Sherlock Holmes*)等。

柯南道爾像

4【柯氏適合度檢定法】 ㄎㄜ ㄕˋ ㄕˋ ㄏㄜˊ ㄉㄨˋ ㄐㄧㄢˇ ㄉㄧㄥˋ ㄈㄚˇ
(Kolmogorov test for goodness of fit)隨機地抽出樣本x_1、x_2、……x_n,可以作出它的經驗分布函數S,要考慮此母體的分布函數F與某一理論上的已知分布函數F^*是否相同,可用'柯'氏檢定。通常有三類:一是雙尾檢定$H_0:F(x)=F^*(x)(H_1:F\neq F^*)$;二是單尾檢定$H_0:F(x)\geq F^*(x)$;三是單尾檢定$H_0:F(x)\leq F^*(x)$,於是'柯'氏統計量取$T_1=sup|F^*(x)-S(x)|$,或$T_1^+=sup(F^*(x)-S(x))$,或$T_1^-=sup(S(x)-F^*(x))$,從而查表決定之。

柫　ㄈㄨˊ *fu*² 音拂
農具名。打穀的連枷。見"說文"。

柹　柿的或體。

柄　ㄅㄧㄥˇ *ping*³ 音丙 又讀 ㄅㄧㄥˋ *ping*⁴ 音併
①把手。見"說文"。②被人掌握的資料。如:笑柄。③權力。如:權柄。

11【柄國】 ㄅㄧㄥˇ ㄍㄨㄛˊ
執掌政權。

柅　㊀ ㄋㄧˇ *ni*³ 音你
①木名。果實如梨而小。見"說文"。②塞在車輪下面以阻止車輪滾動之木塊。見"字彙"。③遏止;阻塞。
㊁ ㄔˋ *ch'ih*⁴ 音刺
絡絲的工具。一作尿。見"說文"。

枿　ㄜˋ *o*⁴, *ê*⁴ 音鄂
或作枿。樹木砍伐後重新長出的新芽。同櫱。古作不。見"正字通"。

柑　ㄍㄢ *kan*¹ 音甘
(king orange; *Citrus nobilis* Lour.) 常綠小喬木或灌木。樹高可達3公尺餘。葉長卵形,互生,葉柄有小形之狹翼。初夏開白花,頂生或腋出,萼5裂,花瓣5枚,雄蕊多數,雌蕊1枚。果實扁球形,熟時深橙色,果肉味甘。原產於'中南半島',現今我國南部及'日本'等地均有栽植。

柑圖

栧　ㄧˋ *i*⁴ 音曳
①船槳。見"玉篇"。②矯正弓弩的器具。見"正字通"。③船舷。

枯　ㄎㄨ *k'u*¹ 音哭
①乾死;乾涸。見"說文"。②瘠瘦;憔悴。③空無一物。④寂寞;無聊。如:枯坐。

10【枯骨】 ㄎㄨ ㄍㄨˇ
①枯朽的骨骸。②喻指死人。

12【枯窘】 ㄎㄨ ㄐㄩㄥˇ
貧乏困窘。

【枯萎】 ㄎㄨ ㄨㄟ
草木乾枯而死。

14【枯竭】 ㄎㄨ ㄐㄧㄝˊ
完全乾枯。

【枯槁】 ㄎㄨ ㄍㄠˇ
①憔悴。②乾萎;枯萎。③乾涸。

15【枯瘠】 ㄎㄨ ㄐㄧˊ
憔悴乾瘦。

17【枯澀】 ㄎㄨ ㄙㄜˋ
枯燥呆板,不生動流利。多用以評論詩文。

【枯燥】 ㄎㄨ ㄗㄠˋ
①乾燥。②單調乏味。

4【枯木朽株】 ㄎㄨ ㄇㄨˋ ㄒㄧㄡˇ ㄓㄨ
①枯爛的樹木。②比喻老而無用的人。

【枯木逢春】 ㄎㄨ ㄇㄨˋ ㄈㄥˊ ㄔㄨㄣ
比喻絕望時獲得生機。

7【枯坐冥想】 ㄎㄨ ㄗㄨㄛˋ ㄇㄧㄥˊ ㄒㄧㄤˇ
靜坐深思。

12【枯萎係數】 ㄎㄨ ㄨㄟ ㄒㄧˋ ㄕㄨˋ
(wilting coefficient) 土中水分減少至植物根部無法取得水分時的土壤溼度。又稱永久枯萎百分比。

13【枯楊生稊】 ㄎㄨ ㄧㄤˊ ㄕㄥ ㄊㄧˊ
枯老的楊樹生出嫩芽。比喻老夫娶少妻或年老得子。

枊　柳的訛字。

枷 ㄐㄧㄚ *chia*¹ 音加

1打穀脫粒的一種農具。即連枷。也作耞。見"釋名·釋用器"。2刑具名。木製,套在犯人的脖子上。見"正字通"。3戴上枷鎖。如:枷上大枷。

18【枷鎖】 ㄐㄧㄚ ㄙㄨㄛˇ

古代的兩種刑具。即木枷和鐵鎖。今多引申爲束縛之意。

柹 柿的本字。

柩 ㄐㄧㄡˋ *chiu*⁴ 音舊

裝了屍體的棺材。

柸 ㄅㄟ *pei*¹ 音杯

飲食用的器具。同杯。

柘 ㄓㄜˋ *chê*⁴ 音蔗

(*Cudrania tricuspidata*)爲桑科(Moraceae)植物。落葉灌木或小喬木。枝具硬棘刺;葉卵形,有時先端三裂;聚花果近球形,橘紅色,可食用或釀酒;莖皮可造紙,木材爲黃色染料,葉可養蠶,根皮入藥,清熱源血。植株有刺,整排種植可當作綠籬。

柘圖

栂 ㄇㄨˇ *mu*³ 音母

(Japanese hemlock; *Tsuga sieboldii*) 喬木,幹直立,高達30公尺;樹皮灰紅褐色,幼枝淡黃褐色、無毛、有光澤。葉密生,排成二列,線形、扁平、凹頭,基部有短柄,上表面中肋凹下,下表面中肋兩側有白色氣孔帶。雌雄同株。球果於枝端下垂,橢圓形,熟時轉褐。主產於'日本'。木材供建築、土木和製作器具之用,也爲紙漿原料。樹皮可提製丹寧,供塗染魚網。

栂圖

查 ㊀ ㄔㄚˊ *ch'a*² 音茶

1木筏。本作査、楂,通作槎。見"正字通"。2考察;檢點。如:檢查。

㊁ ㄓㄚ *cha*¹ 音渣

1北方人自稱。同咱。2姓。五代有'查文徽'。見"萬姓統譜·三六"。

9【查封】 ㄔㄚˊ ㄈㄥ

有時也稱扣押。可分廣狹二義:廣義的查封,指以國家權力,對於特定的有體物或權利,禁止私人爲事實上或法律上處分的行爲而言;狹義的查封,是指執行機關,於金錢債權的強制執行開始時,對於債務人的財產,爲禁止其爲事實上或法律上處分的強制行爲而言。

10【查拳】 ㄓㄚ ㄑㄩㄢˊ

北派拳術。流行於'山東省'、'河北省'一帶。其練法最重奔馳進退。

【查核】 ㄔㄚˊ ㄏㄜˊ

檢查考核。

13【查禁】 ㄔㄚˊ ㄐㄧㄣˋ

檢查而禁止。

【查照】 ㄔㄚˊ ㄓㄠˋ

查明而依照辦理。公文用語,多用於平行文。

15【查德】 ㄔㄚˊ ㄉㄜˊ

(Chad) 位於'非洲'中北部的內陸國。面積128.4萬方公里,人口983.0萬 (2005年),首都'恩將納' (N'Djamena)。全境為一低淺盆地,北有沙漠,南為森林,'提伯斯提山' (Tibesti Mts.) 橫亙東北,西有'查德湖',湖水甚淺。主產棉花、花生、鹽、家畜和漁獲。

16【查辦】 ㄔㄚˊ ㄅㄢˋ

調查罪狀,依法懲罰。

19【查證】 ㄔㄚˊ ㄓㄥˋ

調查印證。

23【查驗】 ㄔㄚˊ ㄧㄢˋ

調查檢驗。

【查驗證】 ㄔㄚˊ ㄧㄢˋ ㄓㄥˋ

(certificate of examination)貨物稅應用照證之一。乃完稅貨物之查驗憑證。有大型及小型之分,其上載明課稅貨物名稱,視各類貨物容器包裝情形及查驗上之需要而分別貼用。大型查驗證並分別編訂號碼,查帳徵稅之查驗則另加印「查帳徵稅」字樣以爲識別。

11【查理定律】 ㄔㄚˊ ㄌㄧˇ ㄉㄧㄥˋ ㄌㄩˋ

(Charles's law) 一定量的氣體,在壓力一定時,其體積(V)與絕對溫度(T)成正比。即$V=kT$(k爲常數)。此定律在西元1787年爲'法國'的'查理'所發現。

【查理曼大帝】 ㄔㄚˊ ㄌㄧˇ ㄇㄢˋ ㄉㄚˋ ㄉㄧˋ

(Charlemagne; Charles the Great; Charles Ⅰ,742?～814)'法蘭克'王'丕平'(Pepin the Short)之子。於西元768年繼承王位。774年擊敗'倫巴底'人後兼併北'義大利',並於772～804年併吞'薩克森'。791～803年征服東方'亞威爾'、'邊特'各族,統一'日耳曼'各族,完成封建體制。其帝國版圖以'北海'、'易北河'、'巴伐利亞'、'卡林西亞'(Carinthia)、'倫巴底'、'地中海'、'庇里牛斯山'和'大西洋'爲邊界。799年教皇'里奧三世'(Pope Leo Ⅲ)在大遊行時受擊,並有被廢之虞,他出面干預,而於翌年受冊封爲'神聖羅馬帝國'皇帝。任內保護'拉丁'文化,融合基督教、'日耳曼'民族精神及古典文化等'歐洲'三大文化要素,形成中世紀'歐洲'各國發展的基礎,並擴展國外貿易。

3【查士丁尼法典】 ㄔㄚˊ ㄕˋ ㄉㄧㄥ ㄋㄧˊ ㄈㄚˇ ㄉㄧㄢˇ

(*Justinian Code*) '拜占庭帝國'皇帝'查士丁尼'(Justinian)於六世紀時編訂的法典。'查士丁尼'有感於歷來法令的龐雜,便邀集專家組成十人委員會,將過去法令做通盤整理，於西元 529 年完成，534 年修訂後公布。法典以‘拉丁’文寫成，全文共4,652條。

査 查的或體。

柤 ㊀ ㄓㄚ cha^1 音渣
①木欄；距馬。見“說文”。②山楂。同樝、楂。見“廣韻”。
㊁ ㄔㄚˊ ch'a^2 音查
阻遏。見“廣雅·釋宮”。
㊂ ㄗㄨˇ tsu^3 音阻
①祭祀用的行禮器。通俎。見“正字通”。②粗略。通粗。

柙 ㊀ ㄒㄧㄚˊ hsia^2 音狎
①關猛獸的牢籠。②檻送罪人。③藏物的小箱。同匣。
㊁ ㄐㄧㄚˊ chia^2 音夾
一種香木。見“正字通”。
㊂ ㄧㄚ ya^1 音壓
壓簾子的器具。

柛 ㄕㄣ shên^1 音申
樹木自然枯死。見“爾雅·釋木”。

𣏌 ㊀ ㄙˋ szŭ^4, ssŭ^4 音似
①臿。耕田用的犁刀。俗作耜。見“說文”。②鏟土的器具。即鍬。見“說文”。
㊁ ㄧˊ i^2 音飴
船中抒水器。見“廣雅·釋器”。

枵 ㄒㄧㄠ hsiao^1 音蕭
①樹木大而多竅穴的樣子。見“說文”。②空虛。指腹空、飢餓。見“正字通”。③空洞。指沒有內容。

13【枵腹從公】 ㄒㄧㄠ ㄈㄨˋ ㄘㄨㄥˊ ㄍㄨㄥ
餓著肚子辦理公事。比喻勤於職守。

枴 ㄍㄨㄞˇ kuai^3 音拐
①用以支撐人體的拄杖。見“廣韻”。②腿部走路不方便。如：枴腳。

柚 ㊀ ㄧㄡˋ yu^4 音又
(pomelo; *Citrus maxima; Citrus grandis*)常綠喬木。小枝扁平，具刺；葉橢圓狀卵形；柄具寬翅。果實極大，呈球形或梨形，果皮厚，外表平滑，淡黃色。可能原產‘馬來半島’及‘波利尼西亞’，現廣泛栽培於我國及‘東南亞’。爲亞熱帶主要果樹之一。

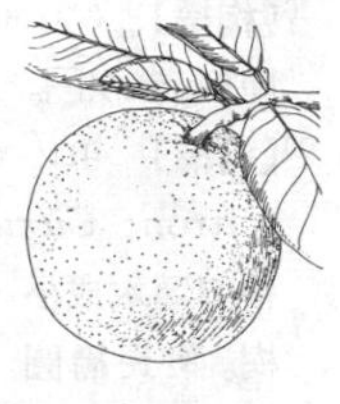
柚圖

㊁ ㄓㄨˊ chu^2 音逐
織布機上用來繞經紗的圓軸。通軸。見“字彙”。

柟 ㊀ ㄋㄢˊ nan^2 音南
木名。即楠木。本作枏。見“正字通”。
㊁ ㄖㄢˊ jan^2 音然
木名。即梅。見“廣韻”。

枳 ㊀ ㄓˇ chih^3 音只
(hardy orange; *Poncirus trifoliata; Citrus trifoliata*)一名枸橘。落葉小喬木。分枝有稜角，密生粗棘刺；複葉具三小葉；花有香氣，黃白色，先花後葉；果實橙黃色，具茸毛，帶香氣，但果肉少且酸。葉、花及果皮可提製芳香油。

枳圖

㊁ ㄐㄧˇ chi^3 音己
參枳椇。

12【枳椇】 ㄐㄧˇ ㄐㄩˇ
(Japanese raisin tree; *Hovenia dulcis*)
落葉喬木。葉卵形，邊緣有粗鋸齒，葉柄紅褐色；花綠色，多數，腋生或頂生；核果球形，有短梗，生於肥厚多汁、肉質紅色的棒狀軸上。產於我國、‘朝鮮半島’及‘日本’。喜生於陽光充足處。果梗可食。樹皮、木汁和葉均入藥，有利尿、治嘔吐之效。

枳椇圖

柍 ㊀ ㄧㄥ ying^1 音英
木名。即柍梅。見“說文”。
㊁ ㄧㄤ yang^1 音央
①打穀的器具。見“集韻”。②屋子中央。見“正字通”。

柷 ㄔㄨˋ ch'u^4 音觸 又讀 ㄓㄨˋ chu^4 音祝
古代打擊樂器。用於宮廷雅樂。木質，形如升，上寬下窄，中有椎柄連底，動之以撞其內壁發聲，表示音樂的起始。

柷圖

栅 柵的俗體。

柵 ㄓㄚˋ cha^4 音炸 又讀 ㄕㄢˋ shan^4 音訕
用竹或木條編成的籬笆。見“說文”。

13【柵極調變】 ㄓㄚˋ ㄐㄧˊ ㄊㄧㄠˊ ㄅㄧㄢˋ
(grid modulation) 高頻信號輸送至射頻放大器之眞空管，使其柵極混合載波加以調變，稱爲柵極調變。

柮 ㊀ ㄉㄨㄛˋ to^4, tuo^4 音惰
參榾柮。
㊁ ㄨˋ wu^4 音兀
無枝葉的樹。同杌。見“集韻”。

柶 ㄙˋ szŭ^4, ssŭ^4 音四
角製的禮器。形似匕。見“說文”。

枱 ㊀ ㄙˋ szŭ^4, ssŭ^4 音四
耒的下端。俗作耜。見“說文”。
㊁ ㄊㄞˊ t'ai^2 音臺
檯的俗體。

柂 ㊀ ㄧˊ i^2 音移
木名。即椸木。樹似白楊。

見"字彙"。

㊁ ㄉㄨㄛˋ to⁴, tuo⁴ 音舵

控制行船方向的木器。同舵、柁。見"集韻"。

柣 ㊀ ㄓˊ chih² 音直

門限。見"爾雅·釋宮"。

㊁ ㄉㄧㄝˊ tieh² 音迭

參桔柣。

柞 ㊀ ㄗㄨㄛˋ tso⁴, tsuo⁴ 音作

(*Xylosma*) 大風子科(Flacourtiaceae)之一屬。除'非洲'外,係原產熱帶或亞熱帶之常綠樹;葉互生,單葉;花小,腋生總狀花序,無花瓣;果小,具2～8粒種子。

柞圖

㊂ ㄗㄜˊ tsê² 音則

1砍伐。2狹窄。3大聲。

枹 ㄈㄨ fu¹ 音夫 又讀 ㄈㄨˊ fu² 音扶

鼓槌。同桴、鞄。見"說文"。

柀 ㄅㄧˇ pi³ 音彼

1木名。即杉。見"說文"。2離析;破裂。見"說文"。3耕耘。見"字彙補"。

枸 ㊀ ㄐㄩˇ chü³ 音矩

參枸櫞。

㊁ ㄍㄡˇ kou³ 音狗

參枸杞。

㊂ ㄍㄡ kou¹ 音鉤

參枸橘。

7【枸杞】 ㄍㄡˇ ㄑㄧˇ

(Chinese matrimony vine; *Lycium chinense*)灌木。枝彎曲下垂至匍匐,有棘刺。葉卵形或卵狀披針形,全緣。花腋生,萼鐘狀,花冠漏斗狀,淡紫色。漿果紅色或橘色,果實具滋補、明目之效,'中'藥稱爲枸杞子。

枸杞圖

16【枸橘】 ㄍㄡ ㄐㄩˊ

即枳。參枳㊀。

19【枸櫞】 ㄐㄩˇ ㄩㄢˊ

(citron; *Citrus medica*) 大型帶刺灌木或小樹。葉長橢圓形至卵狀橢圓形,邊緣有鋸齒,柄無翅;花成叢,花芽淡紫色;果黃色,橢圓形,表面粗糙或瘤狀突起,果皮厚,果肉少且酸。果皮可作健胃劑。

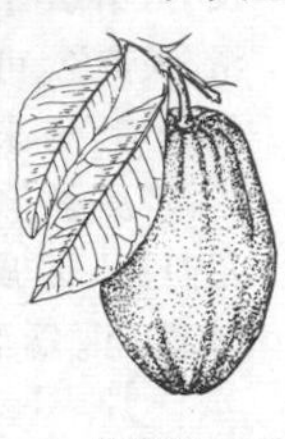
枸櫞圖

柳 柳的俗體。

柊 ㄓㄨㄥ chung¹ 音終

木名。見"廣韻"。

柎 ㊀ ㄈㄨ fu¹ 音夫

1器物的足部。見"說文"。2編木而成,用以渡水的工具。見"集韻"。3花房。見"正字通"。

㊁ ㄈㄨˇ fu³ 音甫

1樂器。用皮革做面,內實以糠,形似小鼓。見"集韻"。2弓把。見"正字通"。

柏 ㄅㄛˊ po² 音博 語音 ㄅㄞˇ pai³ 音擺

1(cypress; *Cupressus*) 柏科(Cupressaceae)植物的一屬。常綠喬木或灌木。葉很小,於老枝呈鱗狀,幼枝則爲線形;雄球穗小,雌球果呈球形,種鱗盾狀,木質,種子多數,於兩年內成熟。原產'北美'、'歐洲'及'亞洲'。2姓。'漢'有'柏直'。見"尚友錄·二一"。

柏圖

8【柏林】 ㄅㄛˊ ㄌㄧㄣˊ

(Berlin)'德國'首都。位於'易北河'以東。為中'歐'最大城,有化學、紡織工業。二次大戰後被分割為東、西兩城,'西柏林'隸屬'西德',屬自由土地,但為'東德'包圍;'東柏林'為'東德'首都。'東德'共黨於1961年建'柏林'圍牆,以防人民外逃。兩'德'統一後仍為一城。人口338.9萬(2002年)。

14【柏臺】 ㄅㄛˊ ㄊㄞˊ

'御史臺'。'漢代'御史府中列種柏樹,故稱。今也稱'監察院'爲柏臺。

2【柏力鳩】 ㄅㄛˊ ㄌㄧˋ ㄐㄧㄡ

(Pericles, 前495～前429)古'雅典'政治家。善於演說。於西元前461年到前429年執政了32年。對內施行民主政治,史家稱其執政期間爲'雅典'民主的黃金時代;對外拓展海上殖民地,建立'雅典'爲海上強權,與當時的陸上強權'斯巴達'訂立30年和約,自稱'雅典'爲'希臘'人的導師。在他領導下,古'雅典'的文化及國勢均達到巔峰狀態。

8【柏拉圖】 ㄅㄛˊ ㄌㄚ ㄊㄨˊ

(Plato,前427?～前347?)古'希臘'哲學家。'蘇格拉底'的學生,'亞里斯多德'的老師。輕視現象世界,崇尚理念,對方西哲學發展,尤其是觀念論與唯心論影響極深。於西元前387年創立'柏拉圖學院',提倡哲學教育,有計畫地培育訓練社會領袖人才。曾三次遠行至'埃及'、'西西里島',希望實踐其政治理想,但未成功,乃教學著書。著有35篇"對話錄"(*Dialogues*),其中以"理想國"(*The Republic*)最爲著名。

10【柏格森】 ㄅㄛˊ ㄍㄜˊ ㄙㄣ

(Henri Bergson, 1859～1941)'法國'哲學家。生於'巴黎',系出'猶太'。西元1900年任'法蘭西大學'哲學教授,並列名於學士院。其學說稱直覺哲學,企圖從時間本質上打破心物二元論,而建設一元的形上學;並且否定由'孔德'開始在'法國'流行的實證主義

哲學，主張只由科學的物質層次著手無法抵達生命的境界，而生命由於其「生命衝力」之緜延，卻能突破時空，走向永恆和無限。'柏格森'希望調和基督教所主張的創造說及科學所主張的進化論之間的衝突，而提出創化論。

11【柏梁臺】 ㄅㄛˊ ㄌㄧㄤˊ ㄊㄞˊ

臺名。'漢武帝'建。故址在今'陝西省''西安市'西北'長安'故城內。以香柏爲梁，故名。

【柏梁體】 ㄅㄛˊ ㄌㄧㄤˊ ㄊㄧˇ

詩體名。相傳'漢武帝'在'柏梁臺'上與群臣賦七言詩，人各一句，每句用韻。後世仿作，稱'柏梁'體。

6【柏列特圖】 ㄅㄛˊ ㄌㄧㄝˋ ㄊㄜˋ ㄊㄨˊ

(Pareto diagram) 又稱不良解析圖。即運用於工廠中分析不良原因的直方圖。西元1897年由'義大利'人'柏列特'(Vilfredo Pareto)所創，原是用於所得分配上之研究，後來才應用到工廠之分析。通常以橫軸表示不良原因，縱軸表示金額或百分比。其圖可以顯示出不良的因素及其影響，從中可以將少數的、重要的關鍵性因素找出並先行解決，如此其他次要的原因便可因連帶關係而降低重要性，甚至消失。

8【柏金森氏病】 ㄅㄛˊ ㄐㄧㄣ ㄙㄣ ㄕˋ ㄅㄧㄥˋ

(Parkinson's disease)西元1817年首先由'英國'醫師'柏金森'提出的一種退化性神經疾病。症狀爲手腳顫抖、肌肉僵硬，其後可能造成性格改變，如易怒、敏感和固執等。此病是一種日益惡化的疾病，藥物只能減輕其顫抖及僵硬等症狀，並不能根治。

【柏金森定律】 ㄅㄛˊ ㄐㄧㄣ ㄙㄣ ㄉㄧㄥˋ ㄌㄩˋ

(Parkinson's law) '柏金森'(C. N. Parkinson)教授對病態組織觀察研究所得的一種結論。於西元1957年發表的"柏金森定律—組織病態之研究"一文中提出。其大意爲：一公司或一機構冗員增加的原因係主管人員都希望增加部屬而不希望增加對手；開會時間的長短與議題之重要性成反比；委員會人數越多越接近無效率點；機關建築越華麗越近接關閉之途。

柹 柿的或體。

柢 ㊀ ㄉㄧˇ *ti*³ 音底

樹根。見"說文"。

㊁ ㄉㄧˋ *ti*⁴ 音帝

木根。一作梯。見"集韻"。

柳 ㄌㄧㄡˇ *liu*³ 音綹

1 (willow; osier; *Salix*) 楊柳科(Salicaceae)的一屬。全世界約有300種。一般爲喬木或灌木，有些高山種類近草本狀。大多原產於北半球溫帶及寒帶，除'澳洲'外有些可見於南半球。葉一般呈披針形；花極小，密生成下垂的葇荑花序。種子具毛，俗稱柳絮。雌雄異株，亦即雌花和雄花分別長於不同的個體上。'臺灣'常見栽培的種類如垂柳(*Salix babylonica*)，可供觀賞。2 星宿名。二十八宿之一。也稱鶉火。參柳宿。3 姓。'唐'有'柳宗元'。見"新唐書·柳宗元傳"。

柳圖

5【柳永】 ㄌㄧㄡˇ ㄩㄥˇ

'北宋''崇安'(今'福建''崇安')人，字'耆卿'。原名'三變'，字'景莊'。'景祐'進士，官屯田員外郎，故人稱'柳屯田'。一生潦倒，放浪不羈，長於詞，多描述城市風光、娼妓生活，尤工羈旅行役、長亭泣別之作。其詞多長調，用語通俗，流傳甚廣。有"樂章集"。

9【柳眉】 ㄌㄧㄡˇ ㄇㄟˊ

形容女子如柳葉般纖細柔美的眉毛。

11【柳宿】 ㄌㄧㄡˇ ㄒㄧㄡˋ

星宿名。二十八宿之一。南方朱雀七宿的第三宿。主要有八星，皆屬長蛇座，依次爲長蛇座δ、σ、η、ρ、ε、ζ、ω、θ。此外，酒旗星亦歸入柳宿。

【柳眼】 ㄌㄧㄡˇ ㄧㄢˇ

1 初生的柳芽。細長如眼，故稱。2 形容美人的眼睛。

12【柳絮】 ㄌㄧㄡˇ ㄒㄩˋ

柳花結實後，種子上帶有白色絨毛，隨風飄落，形如綿絮，俗稱柳絮。也作柳綿。

【柳絲】 ㄌㄧㄡˇ ㄙ

柳條。細長如絲，故稱。

13【柳腰】 ㄌㄧㄡˇ ㄧㄠ

形容女子腰細如柳條。

14【柳酸】 ㄌㄧㄡˇ ㄙㄨㄢ

(salicylic acid) 又稱水楊酸。一種白色的粉末或針狀結晶。化學式爲$C_6H_4(OH)(COOH)$，熔點約160°C。用於製造染料、香料及醫藥上之殺菌劑、鎮痛劑等。

17【柳營】 ㄌㄧㄡˇ ㄧㄥˊ

'西漢'大將軍'周亞夫'紮營於'細柳'，稱'細柳營'，簡稱'柳營'。後世借指紀律嚴明的軍營。

3【柳下惠】 ㄌㄧㄡˇ ㄒㄧㄚˋ ㄏㄨㄟˋ

'春秋'時'魯'大夫。名'獲'，字'禽'，一字'季'。爲'展無駭'之子。食采於'柳下'，死後私諡爲'惠'，故稱'柳下惠'。有賢名，'孟子'稱他爲「聖之和者」。

4【柳公權】 ㄌㄧㄡˇ ㄍㄨㄥ ㄑㄩㄢˊ

(778～865) '唐''華原'(今'陝西''耀縣')人，字'誠懸'。'元和'進士，官至太子太師。善書法，結體勁媚，自成一家，與'顏眞卿'並名，有'顏'筋'柳'骨之稱。傳世碑刻有"大道法師玄祕塔碑"、"金剛般若經"等。

6【柳江人】 ㄌㄧㄡˇ ㄐㄧㄤ ㄖㄣˊ

西元1958年我國'廣西省''柳江縣'

'通天岩'洞穴中發現的人類化石。包括一個完整的頭骨(但無下顎骨),多數脊椎骨、肋骨、髖骨及兩段股骨。頭骨上有略比現代人明顯的眶上脊,腦容量相當大(約1,480立方公分),門齒的舌面呈箕形。屬於早期的現代型⌊智人⌉,年代大約在十數萬年前的更新世晚期,比⌊上洞人⌉和⌊資陽人⌉早,也較原始。

8【柳宗元】 ㄌㄧㄡˇ ㄗㄨㄥ ㄩㄢˊ

(773～819)'唐''河東''解縣'(今'山西''解縣')人,字'子厚'。'德宗''貞元'九年(793)進士,官終'柳州'刺史。與'韓愈'同倡古文運動。所作散文峭拔矯健,寓言精短絕妙,山水遊記則刻劃入微、託意深遠。有"柳河東集"。

柳宗元像

13【柳葉刀】 ㄌㄧㄡˇ ㄧㄝˋ ㄉㄠ

單刀的一種。刀形細長略彎如柳,故名。

【柳葉掌】 ㄌㄧㄡˇ ㄧㄝˋ ㄓㄤˇ

國術掌法。四指併攏伸直,拇指貼於食指側,形如柳葉,故名。

9【柳眉倒豎】 ㄌㄧㄡˇ ㄇㄟˊ ㄉㄠˋ ㄕㄨˋ

形容女子生氣的樣子。

10【柳骨顏筋】 ㄌㄧㄡˇ ㄍㄨˇ ㄧㄢˊ ㄐㄧㄣ

'唐''柳公權'書法端嚴瘦勁,體勢妍媚;'顏眞卿'書法莊密挺秀,圓渾遒勁,世稱'柳'骨'顏'筋。也稱'顏'筋'柳'骨。

13【柳暗花明】 ㄌㄧㄡˇ ㄢˋ ㄏㄨㄚ ㄇㄧㄥˊ

①形容春天的美景。②比喻在絕望時忽逢生機。

梔 梔的或體。

柃 ㄌㄧㄥˊ *ling*^{2} 音靈

(*Eurya japonica*) 小喬木或灌木。全株光滑,葉橢圓或倒披針形,兩端漸窄,先端下凹,邊緣波狀鋸齒緣;花綠白色,具有強烈惡臭味;果球形。產於溫帶、東'亞'。

柃圖

柝 ㄊㄨㄛˋ *t'o*^{4}, *t'uo*^{4} 音拓

①剖開;裂開。見"說文"。②拓展;擴展。③守更巡夜者敲打的木梆子。見"字彙"。

柧 ㄍㄨ *ku*^{1} 音孤

①棱角。見"說文"。②八棱之木。見"玄應""一切經音義"。③鄉飲酒用的酒杯。同觚。見"類篇"。

架 ㄐㄧㄚˋ *chia*^{4} 音駕

①支承或擱置東西的器具。如:衣架。②搭設;構造。如:架橋。③捏造;搬弄。④攙扶。如:架著膀子。⑤量詞。用以計數有架的器物。

3【架子】 ㄐㄧㄚˋ ˙ㄗ

①放置東西的器具。②高傲自大的姿態。

8【架空】 ㄐㄧㄚˋ ㄎㄨㄥ

①高架在空中。多指高聳入雲的建築物。②沒有根據;憑空捏造。③今指給予空位而沒有實權。

14【架構式構造】 ㄐㄧㄚˋ ㄍㄡˋ ㄕˋ ㄍㄡˋ ㄗㄠˋ

(frame construction) 建築物構造形式的一種。又稱骨架結構(skeleton structure)。以木材、鋼骨或其他金屬材料將建築的柱、梁、屋架等拼接、組合成一完整骨架的構造。如木結構、鋼結構。該構造由於建築物荷重的外力是由構成骨架的肢材(如柱、梁)分別傳達至基礎,所以各肢材的組合方法及接合處的優劣,直接影響結構體的強度。

柔 ㄖㄡˊ *jou*^{2} 音揉

①軟的;弱的。見"廣雅·釋詁"。②順服。見"正字通"。③溫和。如:柔風。

4【柔日】 ㄖㄡˊ ㄖˋ

指干支紀日法中含有乙、丁、己、辛或癸的日子。

【柔化】 ㄖㄡˊ ㄏㄨㄚˋ

由強硬轉爲柔和。

10【柔荑】 ㄖㄡˊ ㄊㄧˊ

初生的白茅芽。柔軟而白嫩。用以比喻女子的玉手。

11【柔魚】 ㄖㄡˊ ㄩˊ

俗稱魷魚。頭大,體長圓錐形,長約十八公分,尾部有三角形肉鰭。腕五對,其中四對短而尖,各有二列吸盤;另一對特長,上有吸盤四列。肉富蛋白質,供食用。

12【柔然】 ㄖㄡˊ ㄖㄢˊ

種族名。又名'芮芮'或'蠕蠕'。爲'東胡'系的一支。'東晉'中葉時崛起,拓地西至'焉耆'(今'新疆''焉耆'),東至'朝鮮',北越沙漠,南鄰'北魏'。'南北朝'末年,爲'突厥'所滅。

13【柔道】 ㄖㄡˊ ㄉㄠˋ

'日本'人採我國摔角精華所發展出的一種武技運動。分五段十級比賽,穿著規定的柔道衣,以摔倒法、捉牢法、勒頸法、壓制法、關節法等各種技術,有效地制服對方爲優勝。西元1964年第十八屆'奧運會'在'東京'舉行時,'日本'提出列爲'奧運會'競賽項目。

【柔腸】 ㄖㄡˊ ㄔㄤˊ

柔弱的心腸。多指女性纏綿多愁的情懷。

14【柔遠】 ㄖㄡˊ ㄩㄢˇ

安撫遠方的人。

9【柔度法】 ㄖㄡˊ ㄉㄨˋ ㄈㄚˇ

(flexibility method) 又稱荷力法。與勁度法(位移法)同爲結構矩陣分析及有限元素法分析中的重要方法。用柔度法解超靜定結構時,係將作用力當作贅餘力(即未知數),以建立含有柔度矩陣之平衡方程式;經解得平衡聯立方程式,並配合各節點位移的一致性,而獲得各未知之贅餘力。依平衡關係和應力應變關係,可逐一算出全部結構各元素的應力與應變。

14【柔嫩劑】 ㄖㄡˊ ㄋㄣˋ ㄐㄧˋ
(tenderizer)食品添加物的一種。使用於肉類,可將肉類蛋白質的胜肽鏈切斷,使肉的質地變得較爲柔嫩。木瓜酵素、鳳梨酵素等均爲常用的柔嫩劑。

10【柔茹剛吐】 ㄖㄡˊ ㄖㄨˊ ㄍㄤ ㄊㄨˇ
吃軟吐硬。指欺善怕惡。

13【柔腸寸斷】 ㄖㄡˊ ㄔㄤˊ ㄘㄨㄣˋ ㄉㄨㄢˋ
形容非常悲痛。

【柔腸百轉】 ㄖㄡˊ ㄔㄤˊ ㄅㄞˇ ㄓㄨㄢˇ
憂愁悲傷在內心迴盪翻騰,久久不去。

臬 ㄒㄧˇ *hsi*³ 音喜
枲。見"說文"。

6

案 ㄢˋ *an*⁴ 音暗
1古人席地而坐,用以憑靠或進食的小桌。見"說文"。後亦泛指桌子。2盤盂等盛器。如:舉案齊眉。3事件。如:訟案。4通按。(1)依據;依照。如:案據。(2)查考;校對。如:案驗。(3)控制。如:案轡。

11【案情】 ㄢˋ ㄑㄧㄥˊ
案件的實情。

19【案牘】 ㄢˋ ㄉㄨˊ
指官府的公文書信。後也用指文字篇章。

23【案驗】 ㄢˋ ㄧㄢˋ
調查驗證。

19【案牘勞形】 ㄢˋ ㄉㄨˊ ㄌㄠˊ ㄒㄧㄥˊ
指公務煩雜以致勞累身體。

梁 梁的俗體。

染 染的俗體。

栾 欒的俗體。

桊 一 ㄐㄩㄢˋ *chüan*⁴ 音眷
牛鼻環。見"說文"。
二 ㄑㄩㄢ *ch'üan*¹ 音圈
曲木盂。見"集韻"。

栞 ㄎㄢ *k'an*¹ 音刊
斫木作記號。見"說文"。

桼 ㄑㄧˋ *ch'i*⁴ 音器
1鍥刻。通作契。見"說文"。2缺。見"廣雅·釋言"。

栽 ㄗㄞ *tsai*¹ 音災
1種植;培植。見"廣韻"。2移植栽種的幼苗。見"正字通"。3陷害。如:栽贓。

7【栽肘】 ㄗㄞ ㄓㄡˇ
國術肘擊法。曲肘上舉,以肘尖下擊敵之面或肩井。

11【栽培】 ㄗㄞ ㄆㄟˊ
1種植與培養。2培育人才;提拔人才。

21【栽贓】 ㄗㄞ ㄗㄤ
1把贓物放置他人處所,使人入罪。2泛指僞造證物以陷害他人。

13【栽跟頭】 ㄗㄞ ㄍㄣ ·ㄊㄡ
1跌倒。2出醜;丟臉。3挫折;失敗。

栗 ㄌㄧˋ *li*⁴ 音力
1(chestnut; *Castanea*)殼斗科(family Fagaceae)的一屬。約有12種。爲材質頗堅硬的落葉喬木或灌木。原產北溫帶地區。其堅果棕色,常1～7個聚於殼斗內,成熟時會開裂。較著名的種類如板栗(*Castanea mollissima*),種子可食,並能健胃;木材則可造船或當枕木。2發抖。通慄。如:戰栗。3極冷;酷寒。如:栗烈。

栗圖

10【栗烈】 ㄌㄧˋ ㄌㄧㄝˋ
酷寒。也作慄冽、凓冽。

13【栗碌】 ㄌㄧˋ ㄌㄨˋ
忙碌。

桉 ㄢˋ *an*⁴ 音案
1(eucalypt; *Eucalyptus*)桉屬或桉樹屬。爲桃金孃科之一屬。全世界約522種,150變種。一般爲常綠大喬木。葉形、色澤常因植株成熟與否而有顯著的差異。花通常腋生,繖形或頭狀花序。萼筒與下位子房癒合,萼片與花瓣癒合成蓋狀,小蕊多數,蒴果杯狀,常變硬或木質化,成熟時頂端蒴蓋開裂脫離蒴果。種子小而多。桉屬爲'澳洲'森林中重要樹種,可供提製精油、丹寧,也可栽種供觀賞。2案的或體。

桉圖

校 一 ㄐㄧㄠˋ *chiao*⁴ 音叫
1古代枷類刑具的總稱。見"說文"。2打獵時圍住野獸的木欄。3計算。4比試。如:校量。5訂正;覈對。如:校對。
二 ㄒㄧㄠˋ *hsiao*⁴ 音效
1教育學生的場所。2軍隊的營壘。後指軍隊之一部。3尉級以上、將級以下之中級軍官職階。分爲上、中、少三級。

4【校友】 ㄒㄧㄠˋ ㄧㄡˇ
(schoolmates; alumni)曾在同一學校唸書的學生或自同一學校畢業者。

5【校正】 ㄐㄧㄠˋ ㄓㄥˋ
校對改正。

8【校花】 ㄒㄧㄠˋ ㄏㄨㄚ
指校園中最美麗的女學生。

10【校訓】 ㄒㄧㄠˋ ㄒㄩㄣˋ
學校全體師生共同遵守的訓言。'民國'二十八年,'教育部'定「禮、義、廉、恥」爲全國各校共通的校訓。

11【校規】 ㄒㄧㄠˋ ㄍㄨㄟ

學校爲教育學生所制定的種種規則。對於學生在校的行爲,諸如上課、考試及其他活動,均有明確的規定,使學生知所遵循。

【校勘】 ㄐㄧㄠˋ ㄎㄢ

蒐集一書的不同版本,互相比較、核對,且別其同異、定其正誤。也稱校讎、讎校。

13【校準】 ㄐㄧㄠˋ ㄓㄨㄣˇ

(calibration)試驗和修正一模型或數學模式裡的數學參數值,使其所代表的整體情況能與事實相符合。

14【校對】 ㄐㄧㄠˋ ㄉㄨㄟˋ

比對原稿與篇籍,去誤存眞、刪非存是。

15【校樣】 ㄐㄧㄠˋ ㄧㄤˋ

(proof) 用來核對文字內容有無錯誤、圖片彩色是否正確的印刷樣張。

【校閱】 ㄐㄧㄠˋ ㄩㄝˋ

①查核。②軍事長官考察檢閱軍隊。③校勘書籍。

23【校讎】 ㄐㄧㄠˋ ㄔㄡˊ

同校勘。

4【校分部】 ㄒㄧㄠˋ ㄈㄣ ㄅㄨˋ

(extension center) 由校本部在校外地區所分設的教育場所。分部的設置,在於便利其他地區的學生就近上課,其修課視同在校本部進行。

8【校定本】 ㄐㄧㄠˋ ㄉㄧㄥˋ ㄅㄣˇ

經過校對、勘定的版本。

11【校勘學】 ㄐㄧㄠˋ ㄎㄢ ㄒㄩㄝˊ

詳細核對古書字句、篇章的異同,並訂正其訛誤的一種學術。也稱校讎學。

23【校驗和】 ㄐㄧㄠˋ ㄧㄢˋ ㄏㄜˊ

(check sum)將資料視爲二進位數,各位元全部相加之後所得之和。比較資料傳送之前、後的校驗和,便可獲知傳送過程是否有誤。

【校驗數元】 ㄐㄧㄠˋ ㄧㄢˋ ㄕㄨˋ ㄩㄢˊ

(check bit) 資料傳輸時,可用來檢查資料是否有誤的數元。

核

ㄏㄜˊ ho², hê² 音劾

①果實當中堅硬而包含著果仁的部分。②中心部分。如:核心組織。③眞實;詳察。通覈。

2【核力】 ㄏㄜˊ ㄌㄧˋ

(nuclear force) 核成子間的強作用力。最早由'日本'科學家'湯川秀樹'於西元1934年所提出。理論上,認爲核成子以極快的速度放出及吸收一種有質量的粒子(即介子,其收放時間約爲 10^{-23} 秒),兩相鄰核成子間相互交換此種粒子的效應就是核力。

4【核心】 ㄏㄜˊ ㄒㄧㄣ

中心;重心。

8【核果】 ㄏㄜˊ ㄍㄨㄛˇ

(drupe) 屬於果實中的肉果類。其外果皮薄,中果皮多肉、多汁,而內果皮堅硬如核。如梅、桃的果實。

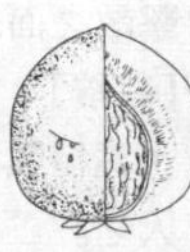

核果圖

9【核計】 ㄏㄜˊ ㄐㄧˋ

核對計算。

【核苷】 ㄏㄜˊ ㄍㄢ

(nucleoside) 一種由特殊五碳醣(戊醣)和雜環鹽基所構成的分子。爲構成核苷酸的主要成分之一。其中五碳醣主要是核糖核酸(RNA)中的核糖和去氧核糖核酸(DNA)中的去氧核糖,雜環鹽基多半爲有機鹼,如嘌呤、嘧啶等。

【核保】 ㄏㄜˊ ㄅㄠˇ

(underwriting) 保險人當要保人提出要保意願時,應作審愼考慮,以決定此項要保業務應接受或拒絕,以及以何種條件及費率承保等事項。爲保險人處理業務的第一步驟。

10【核能】 ㄏㄜˊ ㄋㄥˊ

(nuclear energy) 即原子能。參原子能。

14【核實】 ㄏㄜˊ ㄕˊ

查核事物的眞實情況。

【核酸】 ㄏㄜˊ ㄙㄨㄢ

(nucleic acid) 一種由許多核苷酸分子縮合而成的聚合物。如核糖核酸(RNA)、去氧核糖核酸(DNA)等。

【核對】 ㄏㄜˊ ㄉㄨㄟˋ

對照詳察。

【核算】 ㄏㄜˊ ㄙㄨㄢˋ

核對計算。

16【核糖】 ㄏㄜˊ ㄊㄤˊ

(ribose) 構成核糖核酸(RNA)分子中核苷部分的五碳醣。

【核雕】 ㄏㄜˊ ㄉㄧㄠ

利用桃核、橄欖核等果核的外形特點,雕刻出人物、走獸、山水、樓閣等造形的精緻工藝。果核體積小,質堅脆,必須技藝精細才能完成。

4【核反應】 ㄏㄜˊ ㄈㄢˇ ㄧㄥˋ

(nuclear reaction) 即原子核轉變的過程。常見的爲一粒子撞擊一原子核生成另一原子核及粒子。如 $^{14}_{7}$N(氮原子核)＋$^{4}_{2}$He(阿伐粒子;氦原子核)→$^{17}_{8}$O(氧原子核)＋$^{1}_{1}$H(質子;氫原子核)。有時反應前的原子核與反應後的原子核可相同,此種核反應稱爲核散射(nuclear scattering)。核反應須滿足電荷守恆、質量數守恆、質能守恆、動量守恆等定律。

【核分裂】 ㄏㄜˊ ㄈㄣ ㄌㄧㄝˋ

(nuclear fission) 原子核的質量數甚大時,可自然的或透過撞擊粒子的誘發,分裂成兩個質量數可相比擬的原子核及少數的快速粒子,此種現象稱爲核分裂。核分裂生成物質量總和小於分裂前總和。根據質能守恆,核分裂以動能形式及電磁波放出能量。

6【核成子】 ㄏㄜˊ ㄔㄥˊ ㄗˇ

(nucleon)又稱核子。指質子和中子。因質子、中子組成原子核,故稱核成子。核成子間以核力相互吸引,故能結成原子核。部分物理學家視質子和中子爲核成子的兩種不同荷電狀態。

9【核苷酸】 ㄏㄜˊ ㄍㄢ ㄙㄨㄢ

(nucleotide) 由核苷與磷酸(H_3PO_4) 所組成的分子。爲構成核酸的基本單位。參核苷、核酸。

14【核熔合】 ㄏㄜˊ ㄖㄨㄥˊ ㄏㄜˊ

(nuclear fusion) 適當情況下,兩個低質量數的原子核會結合在一起成爲一個新的原子核,這種原子核反應過程稱爲核熔合。如$^2_1H+^2_1H\rightarrow^1_1H+^3_1H$,在上式的反應中,氘原子核($^2_1H$)中的一個中子和另一個氘原子核熔合變成氚($^3_1H$)原子核。由於熔合後的質量比熔合前的質量和小,故會放出很大的能量。

【核對點】 ㄏㄜˊ ㄉㄨㄟˋ ㄉㄧㄢˇ

(checkpoint)電腦系統運作或程式執行之過程中,在某一特定之情況下,將電腦系統或程式之所有狀況記錄下來,以備需要重啟動或再執行時可根據記錄的資料啟動執行。每一次進行記錄,稱爲核對點。使用核對點之好處在於:執行時間很長之程式如設定核對點並作記錄,則若程式執行中因故未能順利結束,此時僅需由最後一次核對點記錄重新執行即可,不必由程式起點重新執行。

16【核糖體】 ㄏㄜˊ ㄊㄤˊ ㄊㄧˇ

(ribosome) 爲位於內質網上或散布於細胞質中的微小顆粒。要用電子顯微鏡才能觀察到。是細胞內合成蛋白質的處所。其組成成分爲核糖核酸和蛋白質。

3【核子醫學】 ㄏㄜˊ ㄗˇ ㄧ ㄒㄩㄝˊ

(nuclear medicine)將放射性同位素應用於身體功能之測定、病態之描述及疾病之治療的一門學問。包含範圍極廣,在功能測定及病態描述方面,最常見的爲肝膽系統、甲狀腺、骨骼系統及心肺功能的測定,不但可描繪器官組織的解剖形態,同時可進一步了解其動態的變化。在疾病治療方面,係將同位素附於病態器官所能代謝的物質上,由病態器官吸收,再利用其放射性破壞力破壞病變的組織;主要是針對惡性腫瘤之類的疾病。

4【核心產品】 ㄏㄜˊ ㄒㄧㄣ ㄔㄢˇ ㄆㄧㄣˇ

(core product)指賣方所提供給買方所尋求的主要效用與利益。例如婦女購買化妝品係購買它所能帶給她們的美化功能。

【核心課程】 ㄏㄜˊ ㄒㄧㄣ ㄎㄜˋ ㄔㄥˊ

(core curriculum) 指全校學生都須修習的基本人文、社會、數學與自然科學等課程。

9【核保人員】 ㄏㄜˊ ㄅㄠˇ ㄖㄣˊ ㄩㄢˊ

(underwriter) 保險公司中負責決定接受或拒絕,以及以何種條件、費率承受要保業務的人員。由公司內部業務人員辦理核保工作者,稱爲內勤核保人員;由代理人辦理核保工作者,稱爲外勤核保人員。

15【核課期間】 ㄏㄜˊ ㄎㄜˋ ㄑㄧˊ ㄐㄧㄢ

(the imposition prescription) 規定課稅事實在一定期間內,稅捐稽徵機關得予課徵,逾此期間,則不再有核課權。亦即納稅義務人如有短漏稅捐之行爲,在逾核課期間後,雖被稽徵機關查獲,亦無補稅或受罰之義務及顧慮。

16【核糖核酸】 ㄏㄜˊ ㄊㄤˊ ㄏㄜˊ ㄙㄨㄢ

(ribonucleic acid; RNA)是一種聚核苷酸分子,且分子中的核苷是由核糖及雜環鹽基所構成。存在於細胞質中,直接參與蛋白質的合成工作,且配合去氧核糖核酸(DNA)控制著遺傳因子,使生物體能世代相傳。

3【核子反應器】 ㄏㄜˊ ㄗˇ ㄈㄢˇ ㄧㄥˋ ㄑㄧˋ

(nuclear reactor) 用以進行核子分裂反應產生核能的裝置。其容量必須絕緣與耐熱,必要時尚須備有適當的冷卻。

【核子武器禁試條約】 ㄏㄜˊ ㄗˇ ㄨˇ ㄑㄧˋ ㄐㄧㄣˋ ㄕˋ ㄊㄧㄠˊ ㄩㄝ

(*Nuclear Test-Ban Treaty*) 全名爲"大氣中、太空及水中禁試核子武器條約",簡稱"局部禁試條約"。由'美'、'英'、'蘇'三國於西元1963年8月5日在'莫斯科'簽訂,同年10月10日生效。締約國間承允在下列地區不從事任何核子武器之試驗爆炸:一、在大氣中、大氣外(包括太空)或水中。二、在該國管轄或管制領土範圍內從事此種爆炸,而足以使放射性塵出現於其領土範圍以外之任何其他環境。我國已於同年8月22日在'華府'簽署該公約。

栚 ㄓㄣˋ *chên*⁴ 音陣

1架蠶箔的木頭。直的稱槌,橫的稱栚。見"說文"。2木名。即山礬。葉子可作染料。見"正字通"。

栟 ㄅㄧㄥ *ping*¹ 音兵

或作栟。參栟櫚。

19【栟櫚】 ㄅㄧㄥ ㄌㄩˊ

木名。高一、二丈,葉如蒲扇,葉下有毛如鬟。也作椶櫚。見"正字通"。

框 ㄎㄨㄤ *k'uang*¹ 音匡

1門檔;門窗的周邊,用來固定門窗。如:門框。2物的周邊。如:鏡框。

桋 一 ㄧˊ *i*² 音夷

木名。即赤栜。見"說文"。

二 ㄊㄧˊ *t'i*² 音題

木名。即女桑。樹小而枝長。見"字彙"。

栻 ㄕˋ *shih*⁴ 音式

1占卜的用具。見"廣雅·釋器"。2木名。見"廣韻"。

栨 一 ㄐㄧㄝˊ *chieh*² 音節

楶、榕的俗體。

㈢ ㄘˋ *tz'ŭ*[4] 音次
門戶上的橫梁。見"字彙"。

栩 ㄒㄩˇ *hsü*[3] 音煦
①木名。即柞櫟。也稱杼、橡。三、四月開黃花，八、九月結實。見"字彙"。②生動的樣子。如：栩栩如生。

10【栩栩如生】 ㄒㄩˇ ㄒㄩˇ ㄖㄨˊ ㄕㄥ
生動逼眞的樣子。

桂 ㄍㄨㄟˋ *kuei*[4] 音貴
①木名。見"正字通"。②桂花。即木犀。參木犀。③'廣西省'的簡稱。④姓。'漢'有'桂褒'。見"萬姓統譜·九六"。

4【桂王】 ㄍㄨㄟˋ ㄨㄤˊ
(?～1662) '明神宗'孫，名'由榔'。'崇禎'末年襲封爲'桂王'。'清'軍破'福州'，俘'唐王'，'瞿式耜'等擁立'桂王'於'廣東''肇慶'，改元'永曆'。後'清'軍入'滇'，'桂王'逃亡到'緬甸'，'永曆'十五年(1661)爲'吳三桂'所俘，次年，被縊殺於'昆明'。

7【桂系】 ㄍㄨㄟˋ ㄒㄧˋ
'民'初南方軍閥派系之一。以'廣西'爲地盤，初以'陸榮廷'爲領袖，稱爲舊'桂'系。'民國'五年，'陸'任兩'廣'巡閱使，勢盛。九年，'粵'軍回'粵'，'陸'退守'廣西'，陷於紛亂。十二年，'李宗仁'、'白崇禧'、'黃紹竑'等部崛起，爲新'桂'系，統一'廣西'，其後編入國民革命軍。十七年，北伐結束後，與中央時分時合。

8【桂林】 ㄍㄨㄟˋ ㄌㄧㄣˊ
①郡名。'秦'置，約在今'廣西省'及'廣東省'西南部。②省轄市。位於'廣西省'東北部，濱'桂江'上游西岸。地當鐵路要衝、'湘''桂'走廊的南口，是'桂'省與'長江流域'間往來的重鎭；現爲'廣西省'省會。附近石灰岩地形發達，風景奇特，有〔桂林山水甲天下〕之諺。

18【桂馥】 ㄍㄨㄟˋ ㄈㄨˋ
(1736～1806)'清''山東''曲阜'人。字'冬卉'。'乾隆'進士，任'雲南''永平縣'知縣。'馥'博涉群書，尤潛心小學，精通聲義，以四十年時間，完成"說文義證"五十卷。此外又著有"繆篆分韻"、"札樸"等書。

3【桂子蘭孫】 ㄍㄨㄟˋ ㄗˇ ㄌㄢˊ ㄙㄨㄣ
稱美他人子孫的讚詞。

9【桂冠詩人】 ㄍㄨㄟˋ ㄍㄨㄢ ㄕ ㄖㄣˊ
(poet laureate) 古'希臘'人曾用桂樹葉編成冠冕，頒予有名的英雄或詩人，以示尊崇，後來遂稱享有盛名的傑出詩人爲桂冠詩人。'英國'王室於西元 1616 年首次選拔'江生'(Ben Jonson)爲桂冠詩人，至今已推舉20人。每年由王室授予津貼，逢慶典時寫詩應景。

13【桂殿蘭宮】 ㄍㄨㄟˋ ㄉㄧㄢˋ ㄌㄢˊ ㄍㄨㄥ
形容壯麗的宮殿。

根 ㄍㄣ *kên*[1] 音跟
①(root) 由植物體主軸往下生長的部分，一般長於土內。主要功能是固持植物體於土中、吸收水分和養分及傳送所吸收的物質與養料。外觀上可分主根顯著的軸根系和主根及支根大小相若不易分辨的鬚根系。②物體的基部。如：牆根。③事物的本源、依據。如：根由。④徹底。如：根治。⑤量詞。一支稱一根。⑥方程式中未知數的解。若將重根計入，一元 n 次方程式有 n 個根。若將重根及無窮遠根計入，則二元 m 次及 n 次方程式聯立的根有 $m \cdot n$ 個。

5【根由】 ㄍㄣ ㄧㄡˊ
來歷；緣由。

6【根式】 ㄍㄣ ㄕˋ
(radical) 帶根號的代數式。如 $\sqrt{2x+3}-5x^2$。常與根數一詞混用。

8【根治】 ㄍㄣ ㄓˋ
①徹底查究辦理。②從根本上著手治療。

【根底】 ㄍㄣ ㄉㄧˇ
①來由。②基礎。

【根性】 ㄍㄣ ㄒㄧㄥˋ
天性。

9【根柢】 ㄍㄣ ㄉㄧˇ
①草木的根。②比喻事物的基礎。

【根苗】 ㄍㄣ ㄇㄧㄠˊ
本指植物的根和苗。後借指事物的根源、由來。

10【根荄】 ㄍㄣ ㄍㄞ
①草木的根。②指事物的根本。

11【根基】 ㄍㄣ ㄐㄧ
根本；基礎。

12【根軸】 ㄍㄣ ㄓㄡˊ
(radical axis) 由一動點至兩圓引切線均相等時，此動點的軌跡稱爲根軸。或稱等冪線。例如兩等圓的根軸爲過兩圓連心線且與之垂直的直線。若兩圓的方程式爲 $x^2+y^2+a_ix+b_iy+c_i=0$, $i=1$、2, 則根軸爲 $(a_1-a_2)x+(b_1-b_2)y+(c_1-c_2)=0$。

【根絕】 ㄍㄣ ㄐㄩㄝˊ
斷絕。

15【根蔕】 ㄍㄣ ㄉㄧˋ
①草木的根芽。②指事業的根基。

16【根器】 ㄍㄣ ㄑㄧˋ
指修道的秉賦。植物根能生長枝幹花葉，器能容物；所以佛家用根器比喻修道者能力的高下。

15【根瘤菌】 ㄍㄣ ㄌㄧㄡˊ ㄐㄩㄣˋ
(*Rhizobium*) 細菌的屬名，爲一種桿菌。此類細菌侵入豆科植物根部的組織，使根部產生腫大的根瘤。細菌在根瘤中行固氮作用，將大氣中的氮固定而形成氮的化合物，供植物利用。故爲共棲固氮。

11【根深柢固】 ㄍㄣ ㄕㄣ ㄉㄧˇ ㄍㄨˋ
根基深厚堅固。也作根深蒂固。

13【根源程式】 ㄍㄣ ㄩㄢˊ ㄔㄥˊ ㄕˋ
(source program) 使用任一電腦程式語言編寫而需經編(或組)譯器編譯的程式。經編譯後所得之結果稱爲目標程式。

【根源語言】 ㄍㄣ ㄩㄢˊ ㄩˇ ㄧㄢˊ
(source language) 一編譯器僅

能編譯用某一種電腦語言所編寫之程式,則此種電腦語言即爲此編譯器的根源語言。

桓 ㄏㄨㄢˊ *huan*^{2} 音環
①用橫木交於柱頭,作爲道路的標識。也稱華表、和表。見“說文”。②木名。葉似柳,皮黃白色。見“玉篇”。③大。④姓。‘晉’有‘桓溫’。見“晉書·桓溫傳”。

5【桓玄】ㄏㄨㄢˊ ㄒㄩㄢˊ
(369～404)‘東晉’‘譙國’‘龍亢’(今‘安徽’‘懷遠’西北)人,字‘敬道’,一名‘靈寶’。‘桓溫’之子。‘安帝’時爲‘江州’刺史,據‘江陵’,聲勢壯盛。‘元興’元年(402)舉兵反,入‘建康’,迫‘安帝’禪位,建號‘楚’,改元‘永始’。‘劉裕’起兵討伐,‘玄’兵敗被斬。

6【桓圭】ㄏㄨㄢˊ ㄍㄨㄟ
公爵所執用以表爵等的玉製手板。

7【桓沖】ㄏㄨㄢˊ ㄔㄨㄥ
(328～384)‘東晉’‘譙國’‘龍亢’(今‘安徽’‘懷遠’西北)人,字‘幼主’,小字‘買德郎’。‘桓溫’之弟。學識淵博,有軍事才幹。‘溫’卒,以‘沖’代其任,詔拜爲中軍將軍,盡忠王室,後改授車騎將軍、‘徐州’刺史。‘苻堅’內侵,‘沖’曾請遣精銳三千赴京都。後發病而卒。

10【桓桓】ㄏㄨㄢˊ ㄏㄨㄢˊ
威武的樣子。

13【桓溫】ㄏㄨㄢˊ ㄨㄣ
(312～373)‘東晉’‘譙國’‘龍亢’(今‘安徽’‘懷遠’西北)人,字‘元子’。初拜駙馬都尉,因征伐有功,官至大司馬,封‘南郡公’,加九錫,威勢顯赫。後廢帝‘奕’,立‘簡文帝’,陰謀篡位,事未成而卒。

15【桓寬】ㄏㄨㄢˊ ㄎㄨㄢ
‘西漢’‘汝南’(今屬‘河南’)人,字‘次公’。‘宣帝’時舉爲郎,官至‘廬江’太守丞。博通,善屬文,治“公羊春秋”。著有“鹽鐵論”。

19【桓譚】ㄏㄨㄢˊ ㄊㄢˊ
(前23?～後50)‘東漢’‘相’(今‘安徽’‘宿縣’西北)人,字‘君山’。好音樂,善鼓琴。熟習五經,精天文,又能文章。‘光武帝’時拜議郎給事中,因帝迷信讖緯,‘譚’極力反對,被貶爲‘六安’郡丞,卒於途中。著有“新論”。

桔 ㈠ ㄐㄧㄝˊ *chieh*^{2} 音節
參桔梗。
㈡ ㄐㄩˊ *chü*^{2} 音橘
(tangerine; *Citrus reticulata*) 小喬木。枝柔軟,常帶刺。葉披針形,長5～8厘米,葉柄細長;果實扁球形,橘黃色或深橘紅色,果皮疏鬆,極易和果肉分開。原產於‘東南亞’,現廣植世界各地,爲重要食用果樹之一。果皮可入藥,稱爲「陳皮」,有化痰和健胃之效。

桔圖

9【桔柣】ㄐㄧㄝˊ ㄉㄧㄝˊ
‘春秋’時‘鄭國’遠郊的城門名。見“左傳·莊二八年”。

11【桔梗】ㄐㄧㄝˊ ㄍㄥˇ
(balloon flower; *Platycodon grandiflorum*) 多年生草本。全株光滑,直立,莖上部分枝;葉卵形至卵狀披針形,有尖齒牙緣,下面有白粉;花單生於枝端附近葉腋;花冠淡藍或深藍、淡紫或白色。根爲優良的鎮咳祛痰藥。

桔梗圖

14【桔槔】ㄐㄧㄝˊ ㄍㄠ
井上汲水的器具。以繩懸橫木上,一端繫水桶,一端繫以重物,利用槓桿原理,以節省汲引之力。

栺 ㈠ ㄧˋ *i*^{4} 音詣
參柃栺。
㈡ ㄓ *chih*^{1} 音脂
參栺栭。
㈢ ㄓˇ *chih*^{3} 音旨
木名。見“集韻”。

10【栺栭】ㄓ ㄦˊ
①木名。見“廣韻”。②柱子。見“集韻”。

栜 ㄙㄜˋ *sê*^{4} 音色
木名。赤者稱梀,白者稱栜。見“爾雅·釋木”。

栖 棲的或體。

栳 ㄌㄠˇ *lao*^{3} 音老
參栲栳。

栲 ㄎㄠˇ *k'ao*^{3} 音考
木名。即山樗。也作杬。見“爾雅·釋木”。

10【栲栳】ㄎㄠˇ ㄌㄠˇ
也作⿱竹考⿱竹老。用竹篾或柳條編製成的盛物器具。

栮 ㄦˇ *êrh*^{3} 音耳
木耳。見“集韻”。

栱 ㄍㄨㄥˇ *kung*^{3} 音拱
柱子與橫梁間成弓形狀的承重結構。即大杙。見“正字通”。

桏 ㄑㄩㄥˊ *ch'iung*^{2} 音蛩
木名。即柜柳。見“廣韻”。

桎 ㄓˋ *chih*^{4} 音至
①刑具名。即腳鐐。見“說文”。②束縛;窒礙。見“集韻”。

11【桎梏】ㄓˋ ㄍㄨˋ
①古代用來加於犯人腳和手的木製刑具。後來演變爲腳鐐手銬。②指拘束人的事物。

梳 ㄕㄨ *shu*^{1} 音疏
①整理頭髮的用具。見“說文”。②整理頭髮。③比喻整理事物。

4【梳毛】ㄕㄨ ㄇㄠˊ
爲最優等的綿羊毛。其長度在5公分以上,供製毛線、織衣物之用。

栵 ㄌㄧㄝˋ *lieh*^{4} 音烈
①屋柱上承受梁的方木。也叫栭。見“說文”。②木名。即栭。見“正字通”。

栢 柏的俗體。

栭 ㄦˊ *êrh*^{2} 音而
①屋柱上承受梁的方木。即欂。又稱斗栱。見"說文"。②木名。即栵。樹似槲樕而卑小,子如細栗,'江'東人呼爲栭栗。見"正字通"。③菌類植物。芝的一種。見"正字通"。

栫 ㄐㄧㄢˋ *chien*^{4} 音薦
①用柴木阻水。見"說文"。②籬笆。見"廣雅·釋宮"。③圍。見"廣韻"。

栯 ㄩˋ *yü*^{4} 音郁
木名。葉子的形狀像梨而有赤色文理。見"山海經·中山經"。

桄 ㈠ ㄍㄨㄤˋ *kuang*^{4} 音逛
車、船、梯、床、几等器物上的横木。見'玄應'"一切經音義"。
㈡ ㄍㄨㄤ *kuang*^{1} 音光
參桄榔。

13【桄榔】 ㄍㄨㄤ ㄌㄤˊ
(sugar palm; *Arenga pinnata*) 又名砂糖椰子。常綠喬木,高10餘公尺。羽狀複葉甚大,由多枚線形小葉集生而成。花單性,雌雄同株,且多同生於一肉穗花序上。果實長橢圓形,花被宿存,肉穗花序的液汁含有糖分,可製糖。莖髓可製澱粉,苞毛可製船纜。分布於我國、'東南亞'及'澳洲'。

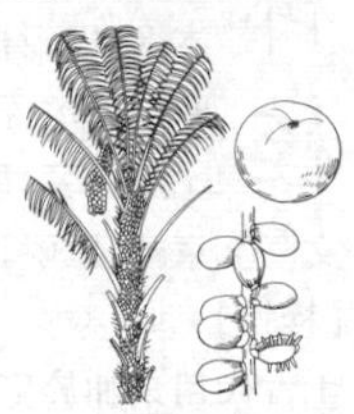
桄榔圖

栧 枻的或體。

桐 ㄊㄨㄥˊ *t'ung*^{2} 音同
①(princess tree; *Paulownia tomentosa*)落葉喬木,高達20米。葉片心形,長15厘米以上,具星狀毛;花冠淡紫色,內具暗斑點,花有香味;廣泛栽植於溫帶地區,爲速生樹種;材質優良,可供造小舟。②琴。桐木可製琴,所以爲琴的代稱。③'春秋'國名。在今'安徽省''桐城縣'北。

桐圖

9【桐城派】 ㄊㄨㄥˊ ㄔㄥˊ ㄆㄞˋ
'清代'古文運動的流派。由'方苞'所開創,經'劉大櫆'和'姚鼐'的發揚,聲勢大盛。因爲代表人物都是'安徽''桐城'人,故稱。主張學習先'秦'兩'漢'及'唐''宋'八大家古文,文章須有義法,要求語言雅潔,筆法清朗,故其作品以典雅簡鍊聞名。

桃 ㄊㄠˊ *t'ao*^{2} 音逃
(peach; *Prunus persica*) 落葉小喬木,高4～8米。葉卵狀披針形或矩圓狀披針形,邊緣具細密鋸齒。先花後葉;花粉紅色。核果卵球形,有溝、絨毛,果肉多汁,核表面有溝孔和皺紋。在溫帶地區是極重要的果樹;有許多栽培品種。果實可供食用外,種仁爲鎮咳祛痰藥;花可當利尿劑和瀉下劑。

桃圖

11【桃符】 ㄊㄠˊ ㄈㄨˊ
古代新年時懸掛門戶旁,上畫'神荼'、'鬱壘'二神像,用以驅鬼、避邪的桃木板。其後演變爲春聯。

13【桃園】 ㄊㄠˊ ㄩㄢˊ
位於'臺灣島'北部。縣治設於'桃園市'。

18【桃觴】 ㄊㄠˊ ㄕㄤ
稱祝壽的酒席。也作桃樽。相傳'麻姑'獻蟠桃爲'西王母'祝壽。後凡與祝壽有關的事物,都冠以桃字。

8【桃花扇】 ㄊㄠˊ ㄏㄨㄚ ㄕㄢˋ
戲曲名。'清''孔尚任'撰,四十四齣。演'南明''侯方域'與名妓'李香君'的愛情故事。

【桃花源】 ㄊㄠˊ ㄏㄨㄚ ㄩㄢˊ
指與世隔絕、安和樂利的理想世界。

【桃花運】 ㄊㄠˊ ㄏㄨㄚ ㄩㄣˋ
俗稱男女在愛情上走運,或男女間受對方垂青。

13【桃葉渡】 ㄊㄠˊ ㄧㄝˋ ㄉㄨˋ
在今'南京市''秦淮河'畔。相傳'晉''王獻之'在此送愛妾'桃葉',臨渡口作歌贈之,因而得名。

7【桃李成行】 ㄊㄠˊ ㄌㄧˇ ㄔㄥˊ ㄏㄤˊ
比喻所栽培的門生或所推薦的賢士眾多。

【桃李芬芳】 ㄊㄠˊ ㄌㄧˇ ㄈㄣ ㄈㄤ
比喻學生眾多而優秀。

【桃李滿門】 ㄊㄠˊ ㄌㄧˇ ㄇㄢˇ ㄇㄣˊ
比喻學生眾多。

9【桃紅柳綠】 ㄊㄠˊ ㄏㄨㄥˊ ㄌㄧㄡˇ ㄌㄩˋ
形容春天花木鮮茂的景色。

13【桃園結義】 ㄊㄠˊ ㄩㄢˊ ㄐㄧㄝˊ ㄧˋ
指結拜爲異姓兄弟。源自民間對'劉備'、'關羽'、'張飛'在桃園結拜的傳說。

【桃腮杏臉】 ㄊㄠˊ ㄙㄞ ㄒㄧㄥˋ ㄌㄧㄢˇ
形容女子白裡透紅的臉龐。

株 ㄓㄨ *chu*^{1} 音朱
①露出地面的樹根。見"說文繫傳"。②泛指草木。③量詞。樹木一棵,稱一株。④連累;牽連。如:株連。

6【株守】 ㄓㄨ ㄕㄡˇ
守株待兔的簡稱。比喻不知變通。

11【株連】 ㄓㄨ ㄌㄧㄢˊ
一人有罪而牽累他人。

栝 ㈠ ㄊㄧㄢˇ *t'ien*^{3} 音忝
撥火用的木棍。同㮇。見"說文"。
㈡ ㄍㄨㄚ *kua*^{1} 音括
①木名。即檜。見"廣韻"。②矯正

竹木彎曲的工具。如:檃栝。

栒

ㄒㄩㄣˊ *hsün*² 音荀

①鐘磬等架上的橫木。同簨。見“玉篇”。②木名。見“集韻”。

栘

ㄧˊ *i*² 音移

木名。即棠棣。見“說文”。

栴

ㄓㄢ *chan*¹ 音旃

參栴檀。

17【栴檀】 ㄓㄢ ㄊㄢˊ

香木名。即檀香。

桅

㊀ ㄨㄟˊ *wei*² 音危

用以支持帆桁、斜桁與帆的直立圓木。輪船則用以支持信號桁,如軍艦桅頂橫桁兩端,掛有由駕駛臺拍發之信號燈。

㊁ ㄍㄨㄟˇ *kuei*³ 音軌

短矛。同觤。見“廣韻”。

7【桅杆】 ㄨㄟˊ ㄍㄢ

帆船上掛帆的木桿。

[illegible]

ㄌㄩˇ *lü*³ 音呂

木名。可用來製箭桿。見“廣韻”。

栙

ㄒㄧㄤˊ *hsiang*² 音降

參栙欆。

22【栙欆】 ㄒㄧㄤˊ ㄕㄨㄤ

船帆未張。見“正字通”。

格

ㄍㄜˊ *ko*², *kê*² 音隔

①樹木枝條修長的樣子。見“說文”。②來;至。見“爾雅·釋言”。③感通。見“字彙”。④橫直線交互形成的方框。如:方格。⑤架子一層。⑥法式;式樣。如:格律。⑦窮究。如:格物致知。⑧品質或風味。如:風格。⑨被阻止或相抵而不順暢。如:格格不入。⑩改正。如:格非。⑪打擊;搏鬥;抗拒。如:格鬥。⑫文法用語。指某詞在句中所占的位置。如:主格、賓格。

5【格外】 ㄍㄜˊ ㄨㄞˋ

特別;超出常規。

【格令】 ㄍㄜˊ ㄌㄧㄥˋ

(grain) ‘英’‘美’質量單位。一格令爲0.0648公克、金衡一磅的1/5760、常衡一磅的1/7000。

6【格式】 ㄍㄜˊ ㄕˋ

①通指有關官署的制度組織及官員職權等法規。‘隋’‘唐’以後,分爲律、令、格、式,格指官吏治事的規則,式指現成的案例。②泛指規格樣式。

【格列】 ㄍㄜˊ ㄌㄧㄝˋ

(gray)代號爲Gy。度量衡導出單位中之吸收劑量單位。一格列爲放射線射入物質時,每公斤物質吸收一焦耳的能量。

7【格言】 ㄍㄜˊ ㄧㄢˊ

富有教育意義,可作爲準則,以砥礪品行的話。

【格床】 ㄍㄜˊ ㄔㄨㄤˊ

(grillage)用於柱下以擴展荷重,使荷重分布於一大面積上的木梁或鋼梁系統。木梁格床通常被用於暫時性之結構;或經防腐處理後以混凝土封閉,成爲永久性的基礎結構。鋼梁格床因包封於混凝土內,較一般鋼筋混凝土擴展基腳更能抵抗彎曲,可用以分配重柱荷重於較大之面積上。

【格局】 ㄍㄜˊ ㄐㄩˊ

文章或建築物的結構、形式和布局。

8【格林】 ㄍㄜˊ ㄌㄧㄣˊ

(Jacob Grimm, 1785~1863; and Wilhelm Grimm, 1786~1859) ‘格林’兄弟均爲‘德’語言學家,以編纂“格林童話”(*Grimm's Fairy Tales*)聞名於世。二人在英雄神話、史詩和古代宗教、法律方面都有相當成就;且將語言學建立成一門科學,貢獻尤大。哥哥‘雅各’撰有“德國語言史”(*Deutsche Grammatik*),建立了‘德’語中之變音及子音移轉律(稱爲‘格林’律, Grimm's law)。

【格物】 ㄍㄜˊ ㄨˋ

①窮究事物的道理。②矯正事物的枉曲。

9【格致】 ㄍㄜˊ ㄓˋ

①格物致知的省稱。②風格和情致。

【格律】 ㄍㄜˊ ㄌㄩˋ

韻文的格式和規律。包括聲調、用韻、對仗、結構等。

10【格鬥】 ㄍㄜˊ ㄉㄡˋ

搏鬥。

11【格殺】 ㄍㄜˊ ㄕㄚ

擊殺;打死。

13【格義】 ㄍㄜˊ ㄧˋ

‘魏’‘晉’時代解釋佛經的方法。佛教初入‘中國’,佛法不易傳布,當時高僧多使用‘老’‘莊’的名詞及涵義來解釋佛典,形成一種特殊風氣。

15【格調】 ㄍㄜˊ ㄉㄧㄠˋ

①詩文的格律聲調,或作家及作品的藝術風格。②人的品格。

7【格別烏】 ㄍㄜˊ ㄅㄧㄝˊ ㄨ

(GPU) 西元1920年代‘蘇俄’的特務組織。爲‘俄’語‘國家警察局’或‘國家政治保衛局’(Gosudarstvennoye Politicheskoye Upravleniye) 的縮寫。1922年成立,前身爲‘切卡’(Cheka), 1923年後改稱爲‘聯合警察局’, 1934年併入‘人民內政委員會’, 1946年‘人民內政委員會’改名爲‘內政部’。‘蘇俄’政府於1954年另設祕密警察機關‘國家安全委員會’(KGB, 全名作 Komitet Gosudarstvennoy Bezopasnosti), 其性質與‘美國’的‘中央情報局’相似。

11【格陵蘭】 ㄍㄜˊ ㄌㄧㄥˊ ㄌㄢˊ

(Greenland) 世界最大島。位於‘加拿大’東北。‘丹麥’屬地。面積217.5萬方公里,人口5.6萬(2003年),首府‘奴克’(Nuuk)。大多居北極圈內,85%地區終年為冰雪覆蓋,多大冰川。居民賴漁獵為生,礦產有冰晶石、煤、鉛和鋅。西北岸‘杜里’(Thule)有‘美’軍基地。

13【格雷碼】 ㄍㄜˊ ㄌㄟˊ ㄇㄚˇ

(Gray code) 又稱循環碼。為一種二進位的循環碼。相鄰兩數只有一個數元不同。十進位0至5

的二進碼和'格雷'碼舉例如下:

十進位數	二進碼	格雷碼
0	000	000
1	001	001
2	010	011
3	011	010
4	100	110
5	101	111

6【格式敘述】 ㄍㄜˊ ㄕˋ ㄒㄩˋ ㄕㄨˋ (format statement) 符傳(FORTRAN)電腦語言程式中,說明輸入或輸出資料之表示方法、位置安排等之敘述。

8【格於成例】 ㄍㄜˊ ㄩˊ ㄔㄥˊ ㄌㄧˋ 受制於成規慣例。

【格物致知】 ㄍㄜˊ ㄨˋ ㄓˋ ㄓ 窮究事物的道理,以充分增進自己的知識。

9【格致誠正】 ㄍㄜˊ ㄓˋ ㄔㄥˊ ㄓㄥˋ 即格物、致知、誠意、正心。是修身的基礎。

10【格格不入】 ㄍㄜˊ ㄍㄜˊ ㄅㄨˋ ㄖㄨˋ 抵牾而不相投合。

11【格殺勿論】 ㄍㄜˊ ㄕㄚ ㄨˋ ㄌㄨㄣˋ 當場擊殺,而不以殺人論罪。

13【格雷尼亞】 ㄍㄜˊ ㄌㄟˊ ㄋㄧˊ ㄧㄚˋ (Victor Grignard, 1871~1935) '法國'化學家。由於提出'格雷尼亞'反應的理論及其應用,而與另一'法國'化學家'薩巴堤'(Paul Sabatier)同獲西元1912年的'諾貝爾'化學獎。他的理論使有機人工製造品開拓了極廣闊的範圍。

【格瑞那達】 ㄍㄜˊ ㄖㄨㄟˋ ㄋㄚˋ ㄉㄚˊ (Grenada) '西印度群島''迎風群島'(Windward Isls.)中最南端的島國。西元1974年脫離'英國'獨立。面積340方公里,人口8.9萬(2005年),首都為'聖喬治'(St. George's)。境內多山,輸出以可可、香蕉為主。

7【格里納試劑】 ㄍㄜˊ ㄌㄧˇ ㄋㄚˋ ㄕˋ ㄐㄧˋ (Grignard reagent) 為'格里納'氏在西元1903年所發現的烴基鹵化鎂,一般以RMgX(R為烴基,X為鹵素)表示,可以合成很多有機化合物。例如: $CH_3CH_2Cl + CH_3MgCl \longrightarrow CH_3CH_2CH_3 + MgCl_2$。

【格利佛遊記】 ㄍㄜˊ ㄌㄧˋ ㄈㄛˊ ㄧㄡˊ ㄐㄧˋ (*Gulliver's Travels*) '英''斯威夫特'(Jonathan Swift)所著的諷刺小說。敘述主角'格利佛'由於沈船或其他原因漫遊'小人國'(Lilliput)、'大人國'(Brobdingnag)、飛行浮島'勒不特'(Laputa)、長生不老地及由'馬族'(Houyhnhnms)組成的烏托邦等地的故事。以明確有趣的內容對當時的'英國'政治及社會道德問題作尖銳猛烈的諷刺。

6【格列哥里曆】 ㄍㄜˊ ㄌㄧㄝˋ ㄍㄜ ㄌㄧˇ ㄌㄧˋ (Gregorian calendar) 即現今國際所通用的陽曆。由'羅馬'教皇'格列哥里十三世'於西元1582年修改"儒略曆"而成。其置閏法以西元紀年為準,凡可被4除盡的年為閏年,但逢百年的年分則只有能被400除盡的才是閏年(例如西元1800年不是閏年,西元2000年才是閏年),閏年比平年多一日,置於二月分。曆年的平均長度為365.2425日,比回歸年的長度僅多0.0003日,約3300年才會相差一日。我國自'商'到'清',都使用陰陽曆,'民國'成立後,才改以"格勒哥里曆"為國曆,但用'中華民國'國號紀年。

【格列哥里一世】 ㄍㄜˊ ㄌㄧㄝˋ ㄍㄜ ㄌㄧˇ ㄧ ㄕˋ (Gregory I, 540~604) 中世紀'羅馬'教皇制度的設計者、神學家和行政、社會和道德的改革者,素有西方教會兩大偉大教師之一的稱譽。本為貴族,約於西元572年出任'羅馬'行政長官,後於574年將其住家改為修道院,從此為傳教士,並於579年派赴'君士坦丁堡'為教皇的外交使節。590年出任教皇後,制定中央集權制度,並企圖革新'義大利'的教會。596年派遣'聖奧古斯丁'(St. Augustine)和另外四十位傳教士至'英國'東南部的'肯特'(Kent)傳教,'盎格魯·撒克遜'人遂逐漸信奉天主教;此外並教化'西哥德'人、'倫巴底族'。他所作的聖歌,對教會音樂貢獻深鉅。

【格列哥里十三世】 ㄍㄜˊ ㄌㄧㄝˋ ㄍㄜ ㄌㄧˇ ㄕˊ ㄙㄢ ㄕˋ (Gregory XIII, 1502~1586) 生於'波隆那'一個商賈之家,於西元1530年獲得'波隆那大學'民法和教會法學位。1572年即位為教皇。即位後即致力於各項改革,最為世人所知是修訂"儒略曆"(Julian calendar)為"格列哥里曆"(Gregorian calendar)。此外於1582年修正教會法,修建'義大利'皇宮(今為'義'國總統公館)及'聖彼得大教堂'裡的'格列哥里'禮拜堂,並實施教皇外交上的各種改革。也支持許多修會,尤其支持'耶穌'會,並恢復天主教在'德意志'和'荷蘭'的勢力。

8【格林威治標準時間】 ㄍㄜˊ ㄌㄧㄣˊ ㄨㄟ ㄓˋ ㄅㄧㄠ ㄓㄨㄣˇ ㄕˊ ㄐㄧㄢ (Greenwich Mean Time; GMT)'格林威治'為經線零度的'英國'國立天文臺所在地。由於地球每小時自轉15度,故自經線零度起,每向東增15度(東經15度)即加1小時作為當地的標準時間。相反地,每向西增加15度即減1小時。如'臺灣'的地理位置在東經119°18′3″至122°6′25″之間,比GMT快8小時,以"+8"表示其時差。

桥

橋的俗體。

柏 ㄐㄧㄡˋ *chiu*^{4} 音臼
木名。即烏桕。見"廣群芳譜·木譜·烏臼"。

栰 ㄈㄚˊ *fa*^{2} 音伐
1渡水用的竹木排。同筏。見"說文·橃·段注"。2海中大船。同橃。見"集韻"。

栓 ㄕㄨㄢ *shuan*^{1} 音閂
1拴物的木釘。見"玉篇"。2瓶塞。

桧 檜的俗體。

㭘 ㊀ ㄒㄧㄚˊ *hsia*^{2} 音狹
劍匣。見"說文"。
㊁ ㄏㄜˊ *ho*^{2}, *hê*^{2} 音河
參㭘棔。

12【㭘棔】 ㄏㄜˊ ㄏㄨㄣ
木名。俗作合歡，葉朝舒暮卷。見"集韻"。

桁 ㊀ ㄏㄥˊ *hêng*^{2} 音衡
架在屋梁上承椽的橫木。今稱檩子。見"玉篇"。
㊁ ㄏㄤˊ *hang*^{2} 音杭
1古代一種大型木械。加在重刑犯人的頸或足上。見"正字通"。2浮橋。通航。見"正字通"。
㊂ ㄏㄤˋ *hang*^{4} 音沆
衣架。見"正字通"。

9【桁架】 ㄏㄥˊ ㄐㄧㄚˋ
由許多排列於同一平面的三角形組成的一種載重構架。當載重施於諸桿件的交點上時，桿件將產生直接應力(如拉力或壓力)；載重如施於桿件的交點間時，桿件將產生撓應力。

桁架圖

桑 ㄙㄤ *sang*^{1}
1(white mulberry; *Morus alba*) 桑科中桑屬的一種。桑科是雙子葉植物，草本、木本至藤本各種性狀均有，植物體常具乳汁，花很小，單性，呈4數性。可供觀賞、提製橡膠、染料或供食用、入藥等，頗具經濟價值。桑屬落葉喬木，葉互生，常不規則分裂，雌花花被片於結果時變肉質，多數癒合成聚花果(桑椹)。桑是該屬的一種，我國各省均有栽培。葉可飼蠶，桑椹生食或釀酒、製果醬，其根部的皮稱桑白皮，可入藥，祛風溼，補肝腎。2採桑飼蠶。3姓。'西漢'有'桑弘羊'。見"漢書·霍光傳"。

桑圖

11【桑梓】 ㄙㄤ ㄗˇ
桑樹和梓樹。古代住宅旁多栽種桑、梓，故引申爲故鄉、鄉里的代稱。

5【桑代克】 ㄙㄤ ㄉㄞˋ ㄎㄜˋ
(Edward L. Thorndike, 1874～1949)'美國'心理學家、教育學家。爲動物實驗心理學的創始者。撰有"動物的智能"(*Animal Intelligence*)一書，爲實驗方法、比較心理學與學習理論的經典之作。此外還有"智力與社會測量理論概論"(*An Introduction to the Theory of Mental and Social Measurements*)、"教育心理學"(*Educational Psychology*) 等著作。

11【桑寄生】 ㄙㄤ ㄐㄧˋ ㄕㄥ
'中'藥名。北方用北寄生，爲桑寄生科植物槲寄生的乾燥枝葉；南方用廣寄生，爲桑寄生科植物桑寄生的乾燥根莖。性平，味苦。有補肝腎、治風溼痺痛、強筋骨、安胎等作用。

15【桑德堡】 ㄙㄤ ㄉㄜˊ ㄅㄠˇ
(Carl Sandburg, 1878～1967)'美國'詩人。他出身貧苦，經過種種奮鬥才完成大學教育，成爲記者，並獲'普立茲'獎。作品受'惠特曼'影響，善於運用淺顯的意象與口語禮讚工業與農業。代表作有"芝加哥詩集"(*Chicago Poems*)、"煙與鋼鐵"(*Smoke and Steel*)等。

12【桑間濮上】 ㄙㄤ ㄐㄧㄢ ㄆㄨˊ ㄕㄤˋ
'春秋''衛國'的'桑間'在'濮水'岸上，是男女談情說愛、對唱戀曲的地方；後借指男女幽會之處或淫風流行之地。

13【桑榆晚景】 ㄙㄤ ㄩˊ ㄨㄢˇ ㄐㄧㄥˇ
比喻晚年。

15【桑樞甕牖】 ㄙㄤ ㄕㄨ ㄨㄥˋ ㄧㄡˇ
形容住屋的破舊簡陋。引申爲貧寒之家。

桌 ㄓㄨㄛ *cho*^{1}, *chuo*^{1} 音捉
1几案；桌子。見"正字通"。2量詞。酒席一席叫一桌。

11【桌球】 ㄓㄨㄛ ㄑㄧㄡˊ
球類運動之一。在長9呎，寬5呎，高2呎6吋的球桌上，架上6吋高的球網，比賽雙方以球拍擊球過網到對方桌上，球出桌或不過網或由桌上反彈過網，均算失分。每局二十一分，分男女單打、雙打及混合雙打。

柴 ㊀ ㄔㄞˊ *ch'ai*^{2} 音豺
1小木材。見"說文"。2古代燒柴祭天的禮制。通祡。見"正字通"。3作燃料用的木枝。如：薪柴。4乾瘦的樣子。如：柴毀骨立。5姓。'唐'有'柴紹'。見"新唐書·柴紹傳"。
㊁ ㄓㄞˋ *chai*^{4} 音寨
柵欄。通寨、砦。見"正字通"。

8【柴油】 ㄔㄞˊ ㄧㄡˊ
(Diesel oil) 由原油精餾或餾餘物裂解得到之石油產品。可當做柴油引擎之動力原料，其閃點爲110～190°F，具易燃性，常用十六烷值表其效率。

【柴門】 ㄔㄞˊ ㄇㄣˊ
1木柴做的門。形容房屋簡陋。指貧寒人家。2閉門。

9【柴胡】 ㄔㄞˊ ㄏㄨˊ
'中'藥名。爲傘形科植物北柴胡或

狄葉柴胡等的根或全草。性平,味苦。可發汗、退熱,治肝氣鬱滯所致的脇痛和月經痛。

10【柴恩】 ㄔㄞˊ ㄣ
(Ernst Boris Chain, 1906～1979)'英國'生化學家。因與'福樓理'(H. W. Florey)、'佛來明'(A. Fleming)發現盤尼西林而獲'諾貝爾'醫學獎。

柴恩像

15【柴瘠】 ㄔㄞˊ ㄐㄧˊ
枯瘦。

8【柴油機】 ㄔㄞˊ ㄧㄡˊ ㄐㄧ
(Diesel engine) 亦稱'狄賽爾'引擎。'德國'機械工程師'狄賽爾'(Diesel)於西元1897年發明的一種以柴油、重油爲燃料的內燃機。即燃料在壓縮過程的末期,經高壓噴射嘴噴入汽缸霧化,與經壓縮後之灼熱空氣相遇而自行著火,並不需要火花點燃的一種動力發生機構。

4【柴氏效應】 ㄔㄞˊ ㄕˋ ㄒㄧㄠˋ ㄧㄥˋ
(Zeigarnik effect) 個體對中斷或未完成之工作,比之已完成之工作,有較佳記憶效果的現象。

13【柴電機車】 ㄔㄞˊ ㄉㄧㄢˋ ㄐㄧ ㄔㄜ
(Diesel electric locomotive)以柴油爲燃料、內燃機爲動力源來運轉發電機,再將所生電流輸至牽引馬達,使之帶動機車動輪的動力車。

5【柴可夫斯基】 ㄔㄞˊ ㄎㄜˇ ㄈㄨ ㄙ ㄐㄧ
(Peter Ilich Tchaikovsky, 1840～1893)'俄國'作曲家。作品富'俄羅斯'浪漫氣質。其舞劇"天鵝湖"(*Swan Lake*)、"睡美人"(*Sleeping Beauty*)及"胡桃鉗"(*Nutcracker*)等,結合音樂舞蹈之美,堪稱藝術之極致。此外有交響曲六首、鋼琴協奏曲、小提琴協奏曲及交響組曲等作品傳世。

柴可夫斯基像

桀 ㄐㄧㄝˊ *chieh*^{2} 音節

[1]兇暴。如:桀黠。[2]傑出的人。通傑。如:桀俊。[3]姓。'漢'有'桀龍'。見"正字通"。

4【桀犬吠堯】 ㄐㄧㄝˊ ㄑㄩㄢˇ ㄈㄟˋ ㄧㄠˊ
[1]比喻在下者不辨是非地忠於君上。[2]比喻壞人的爪牙攻擊好人。

21【桀驁不馴】 ㄐㄧㄝˊ ㄠˊ ㄅㄨˋ ㄒㄩㄣˊ
性情兇暴乖戾,不和順服從。

7

梁 ㄌㄧㄤˊ *liang*^{2} 音良

[1]橋。見"說文"。[2]攔水的隄堰。見"爾雅·釋宮"。[3]支承屋頂或各樓地板的荷重,並將此荷重傳達於柱或牆的主要水平構架。[4]物體隆起的部分。如:脊梁。[5]國名。⑴'周代'諸侯國、伯爵。'春秋'時爲'秦'所滅。今'陝西''韓城'南有古'少梁城',即其都。⑵即'戰國'時代的'魏國'。'魏惠王'爲'齊'所敗,遷都'大梁'(今'河南''開封'),故又稱'梁國'。[6]朝代名。⑴(502～557)'南北朝'時'南朝'之一。'蕭衍'篡'齊'所建,都'建康'(今'南京市'),盡有'齊'地。'武帝'在位,勤政愛民,惜晚年迷信佛法,政務廢弛。不久'侯景'叛亂,賴'陳霸先'討平。傳至'敬帝',終爲'陳霸先'所篡。共三世,四主,五十六年。⑵五代之一。即'朱全忠'篡'唐'所建'後梁'。參後梁[2]。[7]姓。'漢'有'梁鴻'。見"後漢書·逸民傳·梁鴻"。

9【梁柱】 ㄌㄧㄤˊ ㄓㄨˋ
(beam column) 指同時承受軸向應力和彎曲應力的結構構件。一般鋼柱除受到重力垂直載重外,尙承受由端部連接梁傳來之彎矩,因此也可視爲梁柱。理想化的桁架構件常只承受軸向力,但由於其節點仍無法製成一點,且構件之連接亦不能達到毫無摩擦的情形,所以會產生次彎矩,故嚴格而言,桁架構件亦均爲梁柱構件。

10【梁書】 ㄌㄧㄤˊ ㄕㄨ
二十五史之一。'唐''姚思廉'撰,五十六卷。記載'南朝''梁'一代史事。

17【梁鴻】 ㄌㄧㄤˊ ㄏㄨㄥˊ
'東漢''扶風''平陵'(今'陝西''咸陽'西北)人,字'伯鸞'。與妻'孟光'隱居'霸陵'山中,後遷'吳'地,爲人舂米維生。著書十餘篇,今不傳。

3【梁山伯】 ㄌㄧㄤˊ ㄕㄢ ㄅㄛˊ
[1]'東晉''會稽'(今'浙江''紹興')人,字'處仁'。民間相傳曾與女扮男裝的'祝英臺'同學三年而不知其爲女子。後來去拜訪'英臺',始知其爲女子,而已許嫁。求婚不得,憂愁病死。後人據此附會渲染,說'英臺'嫁'馬'氏,路過'山伯'墓,大爲悲慟。墓地裂,'英臺'躍入,與'山伯'同化爲蝴蝶。[2]大型蝴蝶的一種。俗傳大蝶必成雙,即'梁山伯'與'祝英臺'的靈魂。見"事物異名錄·昆蟲部·蝶"。

4【梁太祖】 ㄌㄧㄤˊ ㄊㄞˋ ㄗㄨˇ
(852～912) 五代'梁'開國主。'碭山'(今'江蘇''碭山'東)人。本名'朱溫'。曾從'黃巢'爲盜,後降'唐',賜名'全忠'。弒'唐昭宗'及'哀帝'篡位,國號'梁'。在位六年,爲其子'友珪'所弒。

7【梁甫吟】 ㄌㄧㄤˊ ㄈㄨˇ ㄧㄣˊ
樂府'楚'調曲名。也作"梁父吟"。是送葬時所唱的輓歌,相傳'諸葛亮'所作。'梁甫',山名,在'泰山'下。

【梁辰魚】 ㄌㄧㄤˊ ㄔㄣˊ ㄩˊ
(1521?～1594)'明''崑山'(今'江蘇''崑山')人,字'伯龍',號'少白'。工詩,通音律,擅戲曲,所著"浣紗記”，爲‘崑’曲之始。另有“遠遊稿”。

8【梁武帝】 ㄌㄧㄤˊ ㄨˇ ㄉㄧˋ

(464～549)‘南朝’‘梁’開國主。‘南蘭陵’(今‘江蘇’‘武進’)人。姓‘蕭’名‘衍’，字‘叔達’。‘天監’元年(502)廢‘齊和帝’自立，國號‘梁’。博學能文，崇信佛教，三次捨身‘同泰寺’。‘侯景’反，攻陷‘臺城’，憂憤而死。在位四十八年，諡‘武’。著作甚多，“隋書”著錄有文集二十六卷、詩賦集二十卷等。

9【梁紅玉】 ㄌㄧㄤˊ ㄏㄨㄥˊ ㄩˋ

‘宋’將‘韓世忠’妻。本‘京口’妓。‘建炎’四年(1130)，‘世忠’與‘金’‘兀朮’戰於‘黃天蕩’(今‘南京市’東北)，‘紅玉’親擊鼓助陣，士卒大奮，‘金’兵不得渡。後封‘安國夫人’。

11【梁啟超】 ㄌㄧㄤˊ ㄑㄧˇ ㄔㄠ

(1873～1929)‘廣東’‘新會’人，字‘卓如’，號‘任公’，別署‘飲冰室主人’。爲‘康有爲’受業門生。‘中’、‘日’甲午戰後，先後倡議維新變法、立憲保皇，曾主辦“時務報”、“清議報”及“新民叢報”等。‘民國’肇建，任司法總長、財政總長。其後專心致力於教育工作，曾任‘清華’等大學教授。著作很豐富，後人編有“飲冰室文集”。

梁啟超像

14【梁實秋】 ㄌㄧㄤˊ ㄕˊ ㄑㄧㄡ

(1902～1987)‘北平’人。原名‘治華’，以字行。‘清華大學’畢業，留學‘美國’‘科羅拉多大學’、‘哈佛大學’、‘哥倫比亞大學’，研究‘英國’文學。曾任‘暨南’、‘青島’、‘北京’、‘臺灣師範’等大學教授。著有“雅舍小品”、“秋室雜文”等書，譯有“莎士比亞全集”。

梁實秋像

【梁漱溟】 ㄌㄧㄤˊ ㄕㄨˋ ㄇㄧㄥˊ

(1893～1988)‘廣西’‘桂林’人，字‘壽銘’。平生未曾入校就學，以自學成名，初沉潛於‘印度’哲學，後自佛入儒，尊崇‘孔子’，強調以儒學爲中心的文化融合。曾任‘北京大學’哲學系教授。‘民國’十八年以後，在‘山東’、‘廣東’、‘河南’等地推廣鄉治教育，致力於鄉村之重建、固有文化之恢復。大陸淪陷後，屢遭迫害，始終不屈。著有“東西文化及其哲學”、“中國文化要義”等書。

梁漱溟像

3【梁上君子】 ㄌㄧㄤˊ ㄕㄤˋ ㄐㄩㄣ ㄗˇ

小偷的代稱。相傳‘東漢’時，有一年發生饑荒，小偷夜晚藏身‘陳寔’家的梁上，‘寔’故意教訓子孫說：「不善的人，未必本惡，只是積惡習成性才變壞的，譬如那梁上君子便是。」小偷感動，下來認罪。見“後漢書·陳寔傳”。

4【梁木其摧】 ㄌㄧㄤˊ ㄇㄨˋ ㄑㄧˊ ㄘㄨㄟ

悼賢哲逝世之辭。

梡

㊀ ㄏㄨㄣˋ hun⁴ 音溷

沒有剖開的薪木。見“說文”。

㊁ ㄏㄨㄢˊ huan² 音桓

①木名。產於‘蒼梧’，果實可食。見“廣韻”。②一束柴薪。見“廣韻”。③刮摩木薪。見“字彙補”。

㊂ ㄎㄨㄢˇ k'uan³ 音款

四足的案板。見“廣韻”。

桫

ㄙㄨㄛ so¹, suo¹ 音娑

參桫欏。

23【桫欏】 ㄙㄨㄛ ㄌㄨㄛˊ

(*Cyathea spinulosa*) 高大樹蕨類。葉叢生稈頂，葉柄及葉軸深棕色，有密刺，大型葉三回羽狀裂葉，小羽片上葉脈分叉；孢子囊堆生於脈上凸起的囊托上。分布於我國、‘尼泊爾’、‘印度’及‘日本’。

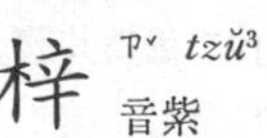

桫欏圖

梓

ㄗˇ tzŭ³ 音紫

①(Chinese catawba; *Catalpa ovata*) 喬木。屬紫葳科 (Bignoniaceae)。葉寬卵形，偶爾 3～5 裂；花爲黃色，內有黃淺紋和紫斑點。果實長約 30 公分，稱梓實，爲利尿劑，治急性腎炎有效。②木器。古代以梓爲木王，故以梓爲百木的代表，泛稱木器爲梓器。③指印刷刻版。如：付梓。④古代家宅旁多種梓木。引申指鄉里、故鄉。如：桑梓。

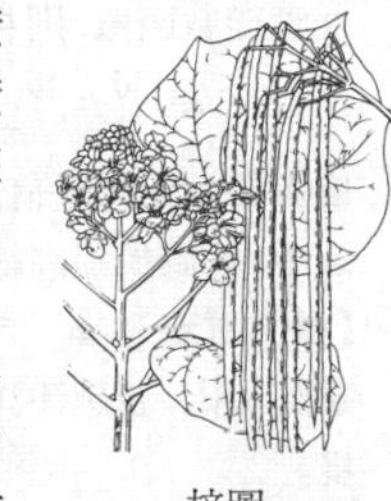
梓圖

桹

ㄌㄤˊ lang² 音郎

①高大的樹。見“說文”。②漁人結在船舷以驅魚入網的棒子。見“正字通”。

梯

ㄊㄧ t'i¹ 音踢

①登高用的器具。見“說文”。②事情發生的因由。如：禍梯。③像登梯一樣地攀升。如：梯天。④像樓梯般一層層高上去的。如：梯田。⑤私；近。通體。如：梯己。

5【梯田】 ㄊㄧ ㄊㄧㄢˊ

將長坡度切斷成數階段而呈階梯狀的耕地。其目的在遮斷水路，增加土地吸水量，使沿坡度而下的流水速度減低，以減緩表土的流失，防止土壤沖蝕。

6【梯次】 ㄊㄧ ㄘˋ

活動進行的期別次序。

7【梯形】 ㄊㄧ ㄒㄧㄥˊ

(trapezoid) 四邊形中有兩邊相平行，但長度不等者，稱爲梯形

（通常平行邊不等長者爲梯形，等長者爲平行四邊形，當然平行四邊形爲梯形之特例）。二平行邊爲梯形之底，其他二邊爲其腰。

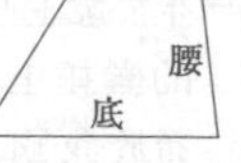

梯形圖

9【梯度】ㄊㄧ ㄉㄨˋ
(gradient)①一圖形上任一點的梯度爲經過此點所作此圖形切線的斜率。設 $f(x_1, x_2, \cdots, x_n)$ 爲 n 實變數函數，則梯度（向量）爲 $\text{grad}\, f=\left(\frac{\partial f}{\partial x_1}, \frac{\partial f}{\partial x_2}, \cdots, \frac{\partial f}{\partial x_n}\right)$。梯度與等值曲線垂直。故於等高線圖中，垂直於等高線之方向最陡。

3【梯山航海】ㄊㄧ ㄕㄢ ㄏㄤˊ ㄏㄞˇ
攀爬高山，渡越汪洋。比喻經歷險境。

7【梯形法則】ㄊㄧ ㄒㄧㄥˊ ㄈㄚˇ ㄗㄜˊ
(trapezoid rule) 求定積分的近似公式。即 $\int_a^b f(x)dx=\frac{b-a}{n}\left[\sum_{R=1}^{n-1} f\left(\frac{k(b-a)}{n}+a\right)+\frac{1}{2}(f(a)+f(b))\right]=h\left[\frac{1}{2}(y_0+y_n)+y_1+y_2+\cdots+y_{n-1}\right]$，其誤差小於 $K\cdot\left(\frac{b-a}{n}\right)^2\cdot M_2$。此處 M_2 爲 f'' 的極大值，K 爲常數。

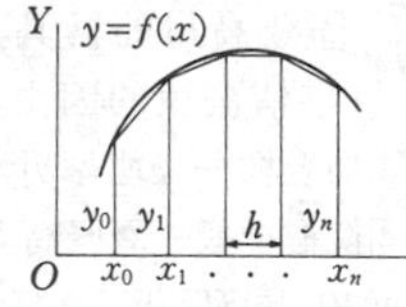

梯形法則圖

【梯形網路】ㄊㄧ ㄒㄧㄥˊ ㄨㄤˇ ㄌㄨˋ
(ladder network)由H、L、T或π型等電路以串聯方式組合在一起的網路。

梇 ㄌㄨㄥˋ *lung*^{4} 音衖
木名。見"說文"。

械 ㄒㄧㄝˋ *hsieh*^{4} 音懈 又讀 ㄐㄧㄝˋ *chieh*^{4} 音借
①桎梏。腳鐐手銬一類的刑具。見"說文"。②用桎梏拘禁犯人。如：械繫。③器具的總名。如：器械。

10【械鬥】ㄒㄧㄝˋ ㄉㄡˋ
眾人持器械毆鬥。

桲 ㄅㄛˊ *po*^{2} 音勃
①農具名。即用來打穀的連枷。見"玉篇"。②用來打擊的木棒。見"廣雅·釋器"。

梂 ㄑㄧㄡˊ *ch'iu*^{2} 音求
①鑿的柄。見"說文"。②櫟實。見"爾雅·釋木"。③木名。即山樝。見"本草綱目·果部·山樝"。

梫 ㄑㄧㄣ *ch'in*^{1} 音侵
木名。即木桂。葉細，高丈餘，四月開花。見"正字通"。

4【梫木】ㄑㄧㄣ ㄇㄨˋ
(lily-of-the valley bush; *Pieris polita*) 常綠灌木。葉簇生枝端，披針形、革質，先端有疏細鋸齒緣；花白色，排成總狀花序，簇生枝頂；蒴果球形。產於我國東南部。葉有劇毒，又名馬醉木。'臺灣'高山常見的同屬植物有'臺灣'馬醉木，其葉背面網狀脈很明顯，蒴果也較梫木大。

梫木圖

楖 或作櫛。㊀ ㄐㄧㄝˊ *chieh*^{2} 音節
①梳篦的總名。同櫛。見"周禮·考工記·序官·注"。②梳頭。通櫛。如：楖髮。
㊁ ㄐㄧˊ *chi*^{2} 音即
參楖栗。

10【楖栗】ㄐㄧˊ ㄌㄧˋ
木名。可製手杖，因也用以稱手杖。見"廣韻"。

桾 ㄐㄩㄣ *chün*^{1} 音君
參桾櫏。

19【桾櫏】ㄐㄩㄣ ㄑㄧㄢ
果樹名。果實卵形。見"玉篇"。

梪 ㄉㄡˋ *tou*^{4} 音豆
①木製的豆。古代禮器名。本作豆。見"說文"。②量名。四升。見"廣雅·釋器"。

梗 ㄍㄥˇ *kêng*^{3} 音鯁
①木名。也叫山枌榆。有刺。見"說文"。②有刺的草木。見"方言·三"。③草木的枝莖。如：桃梗。④剛強；正直。如：梗直。⑤阻塞。如：梗澀。⑥大概；大略。如：梗概。

8【梗直】ㄍㄥˇ ㄓˊ
剛強正直。

【梗阻】ㄍㄥˇ ㄗㄨˇ
阻塞；阻礙不通。

13【梗塞】ㄍㄥˇ ㄙㄞ
阻塞不通。

【梗概】ㄍㄥˇ ㄍㄞˋ
粗略；大概。

梧 ㊀ ㄨˊ *wu*^{2} 音吾
①木名。即梧桐。見"說文"。②支撐；抵拒。見"正字通"。
㊁ ㄨˋ *wu*^{4} 音誤
參魁梧。

10【梧桐】ㄨˊ ㄊㄨㄥˊ
(Chinese parasol tree; *Firmiana simplex*)落葉喬木。葉掌狀3～5裂，寬達30公分。花單性，無花瓣；萼片5，檸檬黃色，細長而平展或略反捲。果熟時5裂，各裂片呈舟狀，邊緣具種子。種子可供食用及榨油。原產於我國，'琉球'至'越南'皆有分布，'日本'廣泛栽培。

梧桐圖

【梧桐雨】ㄨˊ ㄊㄨㄥˊ ㄩˇ
雜劇名。全名"唐明皇秋夜梧桐雨"。'元''白樸'撰。演'唐玄宗'與'楊貴妃'的愛情故事。曲辭典麗整練，對白多用文言，刻劃深入，爲'元'劇名作。

13【梧鼠技窮】ㄨˊ ㄕㄨˇ ㄐㄧˋ ㄑㄩㄥˊ
比喻技雖多而不專精。

棟 ㊀ ㄘㄨˋ *ts'u*^{4} 音簇
短椽。見"說文"。

㊂ ㄙㄨˋ *su*^{4} 音夙
木名。也稱赤楝。見"爾雅·釋木"。

梛 椰的或體。

梮 ㄐㄩˊ *chü*^{2} 音菊
①抬物的器具。見"集韻"。②登山用的轎子。

梵 ㊀ ㄈㄢˋ *fan*^{4} 音泛
①梵語是古'印度'語,故'印度'傳來的事物,常加梵字以示區別。如:梵文、梵唄、梵鐘。②佛經用梵語寫成,故與佛學有關的事物,也常冠以梵字。如梵學指佛學、梵剎指佛寺。
㊁ ㄈㄥˊ *fêng*^{2} 音逢
風吹樹木的樣子。見"字彙"。

4【梵文】 ㄈㄢˋ ㄨㄣˊ
'印度'的古文字。

7【梵谷】 ㄈㄢˋ ㄍㄨˇ
(Vincent van Gogh, 1853～1800)後期印象派大師之一。生於'荷蘭',西元1886年至'巴黎',受印象派畫家的影響,不久脫離印象派風格。畢生深受間歇性精神病的折磨,由其用色主觀、鮮活,筆觸奔放似火,以宣洩個人強烈的感情可見一斑。'孟克'(Munch)和'德國'表現主義甚受他的影響。代表作有一系列的"自畫像"(*Self Portrait*)、"向日葵"(*Sunflowers*)和"有烏鴉的麥田"(*Crows over the Wheat Fields*)等。

9【梵音】 ㄈㄢˋ ㄧㄣ
佛家語。①指大梵天王的音聲。②佛門各種法會上詠唱的佛曲。也稱梵唄。內容多讚頌佛、法、僧三寶的功德與出世的思想。曲節清涼、莊嚴、深滿、抑揚。此種音韻來自'印度'梵語,故名。

【梵剎】 ㄈㄢˋ ㄔㄚˋ
梵語 brahmakṣetra 的音譯。梵爲清淨,剎爲土田。義爲佛土、佛國,引申爲伽藍、佛寺。

10【梵唄】 ㄈㄢˋ ㄅㄞˋ
即梵音。參梵音②。

14【梵語】 ㄈㄢˋ ㄩˇ
通行於西元前五世紀的古'印度'語。

13【梵蒂岡】 ㄈㄢˋ ㄉㄧˋ ㄍㄤ
(Vatican City State)天主教教廷所在地。位於'羅馬城'西北角,'臺伯河'(Tiber R.)附近的'梵蒂岡高地'。面積0.44方公里,人口921(2004年)。自成一國,永久中立。其行政由教宗任命組成的委員會治理,為全世界天主教精神所寄及行政總部。擁有自己的貿易市場、銀行、郵政、新聞、印刷及廣播電臺等。'聖彼得大教堂'及'梵蒂岡'宮殿為著名古蹟。

梐 ㄅㄧˋ *pi*^{4} 音陛
①以木條交叉做成的柵欄。②牢獄。見"廣雅·釋宮"。

桶 ㄊㄨㄥˇ *t'ung*^{3} 音統
①量器名。'秦''漢'時可容六斗的方斛。見"說文"。②圓柱形的容器。如:水桶。③(barrel)石油工業中用以量度液體體積之單位,相當於42'美'制加侖;於水泥工業則表示水淨重量之單位,例如'美國'爲376磅、'加拿大'爲350磅,'歐洲'則爲70公斤。

桱 ㊀ ㄐㄧㄥ *ching*^{1} 音經
床前的小桌。見"說文"。
㊁ ㄐㄧㄥˋ *ching*^{4} 音逕
①木名。似杉木而硬度較大。見"廣韻"。②織機上引經絲的用具。見"集韻"。

梜 ㊀ ㄐㄧㄝˊ *chieh*^{2} 音捷
①夾書的護板。見"說文"。②筷子。見"廣韻"。
㊁ ㄐㄧㄚˊ *chia*^{2} 音夾
用來護持容易散亂之物的木板。見"集韻"。

桭 ㄓㄣ *chên*^{1} 音眞
①廳堂兩楹的中間。見"廣韻"。②屋簷。見"正字通"。

桮 ㄅㄟ *pei*^{1} 音悲
①杯的本字。②姓。'漢'有'桮育'。見"漢書·律曆志"。

15【桮落】 ㄅㄟ ㄌㄨㄛˋ
以竹篾或柳條編成的一種籠子。用以盛碗筷杯碟。

桺 柳的本字。

梢 ㄕㄠ *shao*^{1} 音燒
①樹枝的末端。見"古今韻會舉要"。②船尾。通艄。見"字彙"。③泛指長形物體的末端。如:髮梢。

桿 ㄍㄢˇ *kan*^{3} 音趕
①棍狀的長條圓木。②棍狀的東西。③(rod; pole)'英'制長度單位。一鏈的1/4。

12【桿菌】 ㄍㄢˇ ㄐㄩㄣˋ
(rod)形狀呈桿狀的細菌,概稱爲桿菌。有的具鞭毛,有的沒有。爲細菌中種類最多的一類,大腸菌及破傷風菌等都是桿菌。

梩 ㄌㄧˊ *li*^{2} 音梨
①挖土的器具。同梠。見"說文"。②搬運泥土的器具。見"說文"。

梖 ㄅㄟˋ *pei*^{4} 音貝
參梖多。

6【梖多】 ㄅㄟˋ ㄉㄨㄛ
木名。產於'交趾'及'西域',葉可供書寫。見"集韻"。

梘 ㊀ ㄐㄧㄢˇ *chien*^{3} 音繭
竹木做成,用以引水的水槽。見"天工開物·乃粒·水利"。
㊁ ㄒㄧㄢˋ *hsien*^{4} 音現
棺蓋。見"集韻"。

梬 ㄧㄥˇ *ying*^{3} 音影
木名。即梗棗。果實似柿而小。見"說文·梬·段注"。

梱 ㄎㄨㄣˇ *k'un*^{3} 音捆
門橛。又叫閫、門限。古代於門中設二短橛爲限,二橛之中爲中門,供尊者出入;二橛之旁供卑者出入。也作閫。見"說文"。

桯 ㊀ ㄊㄧㄥ *t'ing*^{1} 音汀
床前的長几。見"說文"。
㊁ ㄧㄥˊ *ying*^{2} 音盈
屋柱。通楹。見"集韻"。

梠 ㄌㄩˇ lü^{3} 音呂
楣；屋簷椽端的橫板。也叫檐、櫋。見"說文"。

梣 ㄔㄣˊ ch'ên^{2} 音沈
(*Fraxinus chinensis*) 喬木，高達15米。小葉5～9枚形成複葉；葉長達20厘米。花著生於當年生枝上，大而疏鬆，花萼鐘狀，無花瓣，熟時結翅果。可作行道樹或護堤樹。因可放養白蠟蟲，故又稱白蠟樹。

梣圖

桴 ㄈㄨˊ fu^{2} 音扶
[1]屋棟；房屋的二梁。見"說文"。[2]鼓槌。通枹。[3]小竹排或小木排。可乘以渡水。見"字彙"。

桵 ㄖㄨㄟˊ jui^{2} 音甤
木名。即棫。叢生小木，有刺，果實可食。見"爾雅·釋木·棫白桵·注"。

梲 ㊀ ㄓㄨㄛˊ cho^{2}, chuo^{2} 音拙
[1]木杖。[2]屋梁上的短柱。通棳。
㊁ ㄖㄨㄟˋ jui^{4} 音銳
削尖使銳利。通銳。見"說文通訓定聲"。

梭 ㄙㄨㄛ so^{1}, suo^{1} 音唆
[1]織布機上用以牽引緯線左右往返的器具。呈橄欖形。見"正字通"。[2]像梭一樣快速頻繁往來。如：日月如梭。

梭圖

9【梭哈】 ㄙㄨㄛ ㄏㄚ
(show hand)用撲克牌賭博的一種方法。又譯作沙蟹，意即掀底牌。賭法是：各家先押下底注，然後由莊家自左側起，各家發一張覆蓋牌，餘為積牌，置於莊家面前。而後每一圈發一張亮開的牌，各人看牌型在每一圈中喊注、加注、跟注完畢後，再發下一張亮開的牌，如是五次發牌，有五次喊注的機會，因第一張是覆蓋的牌，只有自己知其大小，故可估計他人心理而喊注，且第二圈以後是由牌面最大者先喊注，其餘的人可以加注，也可棄權，惟棄權的人，要把新發的牌覆蓋於面前，且以後就不再發牌給他。發到第五張牌時，可以亮開，也可以不亮開，第五圈仍由牌面最大者喊注，其餘人仍可斟酌加注，但加注必須為前一家的兩倍以上，目的在約束各家慎重加注，最後揭開底牌，就確定勝負了。

19【梭羅人】 ㄙㄨㄛ ㄌㄨㄛˊ ㄖㄣˊ
(Solo Man) 指'爪哇''梭羅河'畔出土的一批更新世晚期的化石人。化石材料很豐富，包括十一個頭骨及二節腿骨。頭骨具有相當低斜的前額、粗大的眶上脊等⌊爪哇人⌉的特徵，但較進步。此外也具有若干'歐洲'⌊尼安德塔人⌉的特徵，但腦容量則小得多。近來人類學家認為⌊梭羅人⌉是⌊尼安德塔人⌉在'亞洲'的地方性成員，故將之歸入⌊尼安德塔智人⌉亞種。

梆 ㄅㄤ pang^{1} 音邦
古代用竹筒或挖空木頭做成的發聲器。用木槌敲打出聲，以巡更或聚眾。見"正字通"。

梆圖

9【梆胡】 ㄅㄤ ㄏㄨˊ
拉弦樂器。因琴筒上蒙木板，故又稱板胡。是梆子戲曲及北方曲藝主要的伴奏樂器。形狀像二胡，音箱用椰殼或木製，上蒙薄桐木板，弓桿較粗，音色高亢明亮。

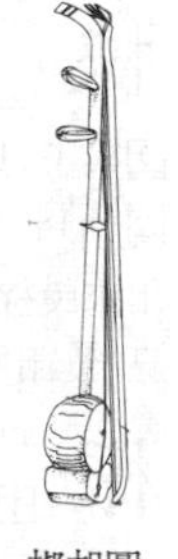
梆胡圖

11【梆笛】 ㄅㄤ ㄉㄧˊ
一種吹奏樂器。用來伴奏北方梆子戲曲，音色高亢、清脆。短於曲笛而高四度音。

3【梆子腔】 ㄅㄤ ·ㄗ ㄑㄧㄤ
戲曲腔調名。也稱'西秦'腔、'秦'腔。因使用梆子的樂器而得名。發源於西北，而盛行於北方，隨各地方言的不同，有'陝西'梆子、'直隸'梆子、'河南'梆子、'山東'梆子等區別。梆子腔是運用整齊句式和板式變化為主的音樂結構，為戲曲藝術形式上一次新的變革，對後來的皮'黃'腔影響很大。

梅 ㄇㄟˊ mei^{2} 音枚
[1](Japanese apricot; *Prunus mume*) 落葉喬木。小枝細長，枝端尖，綠色，無毛；葉卵形至橢圓形，邊緣有細密鋸齒；幼時兩面有短柔毛。花白色或淡紅色，有香味；核果近球形，兩邊扁，有溝，黃色或綠色，有短柔毛，味酸帶苦；核卵圓形，有蜂巢狀孔突。廣植於我國及'日本'。許多梅花品種為'日'人盆景重要素材，且為醃漬和製酒的好材料。在我國除果供食用外，尚入藥當收斂止痢、解熱鎮咳之用。根部及花部可活血解毒。[2]姓。'漢'有'梅福'。見"漢書·梅福傳"。

梅圖

8【梅毒】 ㄇㄟˊ ㄉㄨˊ
(syphilis)慢性性病的一種。病原體為螺旋菌之一，通常由生殖器官接觸而傳染。感染後性器官局部發生硬結，並漸次變為潰瘍。最後皮膚生橡皮腫、潰瘍、崩壞，可蔓延至手足、鼻頭，而使身體變畸形，終成廢疾以致死亡。如果懷孕，也可導致嬰兒心臟病及各種畸形。梅毒菌適應力強，幾可與人同生死，可用青黴素等抗生素治療。

【梅雨】 ㄇㄟˊ ㄩˇ

(plum rain)每年六、七月間，冷、暖氣團勢均力敵，二者之間所形成的溫帶氣旋在我國'長江'中、下游徘徊東移所成的雨帶，及'臺灣'五、六月間，冷鋒變成滯留鋒，徘徊在'臺灣'北部上空，所造成連續陰雨的天氣，均稱爲梅雨。

18**【梅賾】** ㄇㄟˊ ㄗㄜˊ
'晉''西平'(今'河南''西平')人，字'仲眞'。官'豫章'太守。曾得'孔安國''古文尚書傳'，後人疑爲僞造。

7**【梅里美】** ㄇㄟˊ ㄌㄧˇ ㄇㄟˇ
(Prosper Mérimée, 1803～1870)'法國'劇作家、歷史學家及短篇小說大師。精通'希臘'、'西班牙'、'英'、'俄'各國之語文。十九歲完成處女劇"克倫威爾"(*Cromwell*)，深受摯友'斯當達爾'(Stendhal)鼓勵，從此致力於創作。西元1844年入選爲'法國翰林院'院士，1853年爲'元老院'議員。'梅'氏早年以筆名'約瑟·列斯托倫治'(Joseph Lestrange)發表文章。重要作品有歷史小說"查理九世朝代史"(*La Chronique du temps de Charles IX*)、長篇小說"科倫巴"(*Colomba*)、傳奇故事"卡門"(*Carmen*)；最著名的是"給一位陌生少女的信"(*Lettres à une Inconnue*)。

梅里美像

8**【梅花餐】** ㄇㄟˊ ㄏㄨㄚ ㄘㄢ
由五菜一湯組成的一種餐飲設計。

10**【梅特涅】** ㄇㄟˊ ㄊㄜˋ ㄋㄧㄝˋ
(Klemens W. L. von Metternich, 1773～1859)'奧國'政治家及外交家。早年出使'德'、'法'等國，西元1809年出任外相後，採取保守的外交政策，極力維持'歐洲'強權的均勢。1813年協助組成反'拿破崙'大同盟，1814年至'英'協調組成'四國同盟'(Quadruple Alliance)，以維持'歐洲'和平，共同干涉革命運動。1829年出任首相後，其在國內的影響力即已開始衰退，晚年成爲鎮壓與保守的象徵。

12**【梅堯臣】** ㄇㄟˊ ㄧㄠˊ ㄔㄣˊ
(1002～1060)'北宋''宣城'(今'安徽''宣城')人，字'聖俞'。官至尚書都官員外郎。工詩，以深遠閒淡爲意。著有"宛陵集"、"唐載記"等書。

15**【梅德林】** ㄇㄟˊ ㄉㄜˊ ㄌㄧㄣˊ
(Maurice Maeterlinck, 1862～1949)'比利時'作家。早期作品充滿宿命論，以"溫室"(*Serres chaudes*)一詩成名，劇作以"佩列亞斯與梅莉桑德"(*Pelléas et Mélisande*)最著。後有"青鳥"(*L'Oiseau bleu*)等象徵主義作品，1911年獲得'諾貝爾'文學獎。

21**【梅蘭芳】** ㄇㄟˊ ㄌㄢˊ ㄈㄤ
(1894～1961)'江蘇''泰州'人，本名'瀾'，又名'鶴鳴'，藝名'蘭芳'，號'畹華'，別署'綴玉軒主人'。自幼學青衣，'民國'初年，在'上海'被選爲'伶界大王'。六年，赴'日'公演，爲國劇出國演出之創舉。其後又赴'美國'、'蘇俄'等國演出，使國劇宣揚於世界。著有"綴玉軒回憶錄"、"梅蘭芳文集"、"我的電影生活"等，錄有"梅蘭芳唱片選集"。

梅蘭芳像

8**【梅妻鶴子】** ㄇㄟˊ ㄑㄧ ㄏㄜˋ ㄗˇ
比喻隱士生活的恬淡高雅。'宋代'隱士'林逋'在'西湖''孤山'植梅養鶴爲伴。見"宋史·隱逸傳·林逋"。

【梅花三弄】 ㄇㄟˊ ㄏㄨㄚ ㄙㄢ ㄋㄨㄥˋ
[1]琴曲名。也稱"梅花引"。根據'晉''桓伊'所作笛曲改編而成，內容寫傲霜的梅花。全曲主調出現三次，即取泛音三段，異徽同絃，故稱三弄。[2]琵琶曲名。也稱"三落"。根據民間樂曲"三六"改編而成。分三段："寒山綠萼"(一弄)、"姍姍綠影"(二弄)、"三疊落梅"(三弄)，另加尾音"春光好"。

【梅花大鼓】 ㄇㄟˊ ㄏㄨㄚ ㄉㄚˋ ㄍㄨˇ
曲藝的一種。流行於'清'末'北京'、'天津'一帶，由一人站立擊鼓板演唱，三弦、四胡、琵琶、鼓、板等五個伴奏者環坐臺上，形如梅花五瓣，故名。也稱梅花調。屬於板腔體，基本句式爲七字句、十字句。

10**【梅納反應】** ㄇㄟˊ ㄋㄚˋ ㄈㄢˇ ㄧㄥˋ
(Maillard reaction)食物經加熱或長時間儲存，引起非酵素性褐變反應，導致食物顏色變深，風味改變之現象。'法國'化學家'梅納'博士，發現糖及胺基酸的游離胺基間發生化學反應，形成褐色物質。一旦反應發生，胺基酸即不能被利用，因而減低了食物的營養價值。

14**【梅爾維爾】** ㄇㄟˊ ㄦˇ ㄨㄟˊ ㄦˇ
(Herman Melville, 1819～1891)'美國'小說家。年輕時曾任捕鯨船員，奠下寫作海洋探險小說的基礎。所著"白鯨記"(*Moby Dick*)，爲其早年捕鯨生涯之寫照，始出版時並未受到重視，直到二十世紀二十年代才受到肯定，引起廣泛的討論。此外，尚有"泰比"(*Typee*)、"畢里巴特"(*Billy Budd*)等著作。

梅爾維爾像

梃 ㄊㄧㄥˇ *t'ing*^{3} 音挺
[1]木棒。如：梃擊。[2]量詞。條狀物一條爲一梃。

梏 ㊀ ㄍㄨˋ *ku*^{4} 音故
[1]手銬。見"說文"。[2]加梏於手。也泛指用器具把人套住。

㈡ ㄐㄩㄝˊ chüeh^{2} 音覺
正直。見"爾雅·釋詁"。

3【梏亡】 ㄍㄨˋ ㄨㄤˊ
拘束蒙蔽,使之消亡。

桷 ㄐㄩㄝˊ chüeh^{2} 音覺
①屋頂架瓦的方形木條。②平直如桷的樹枝。見"正字通"。

梹 檳的俗體。

桰 栝的本字。

梔 ㄓ chih^{1} 音支
木名。①即黃木。可製黃色染料。見"說文"。②桑樹的一種。見"爾雅·釋木"。

3【梔子】 ㄓ ·ㄗ
(cape jasmine; *Gardenia jasminoides* Ellis)又名黃梔子、黃梔、山黃梔、山梔、黃枝、山黃枝等。常綠灌木或小喬木。葉對生,革質,橢圓形或長橢圓披針形,頂端尖,基部銳,托葉鞘狀。花白色,大形,具芳香,枝端頂生,花萼及花冠5～8裂。果實長橢圓形黃紅色,外有縱稜5～8條。木材可製農器,果實可供提製黃色染料,也可作藥用。主要分布於我國、'中南半島'及'日本'。

梔子圖

梌 ㈠ ㄊㄨˊ t'u^{2} 音徒
木名。①楸。見"篇海類編"。②楓。見"畿輔通志·輿地·物產"。
㈡ ㄊㄨ t'u^{1} 音禿
尖銳。見"廣韻"。
㈢ ㄔㄚˊ ch'a^{2} 音茶
有刺的樹木。見"廣韻"。

梒 ㄏㄢˊ han^{2} 音含
參梒桃。

10【梒桃】 ㄏㄢˊ ㄊㄠˊ
櫻桃。見"玉篇"。

桼 ㄑㄧ ch'i^{1} 音七
①從桼木幹中流出來的樹脂。見"說文"。②木名。汁可作油漆,表皮白色,葉子似椿,花如槐,果實如牛李,木心黃。見"正字通"。③數目詞。通七。

棄 ㄑㄧˋ ch'i^{4} 音氣
①丟掉;廢置。見"說文"。②忘記。見"爾雅·釋詁"。③違背。

5【棄市】 ㄑㄧˋ ㄕˋ
指處死。古代官府爲儆戒群眾,多在市區人多的地方執行死刑,然後懸人頭,暴屍體。

【棄世】 ㄑㄧˋ ㄕˋ
①拋棄塵世。指遺世獨立。②離開人間。指死亡。

15【棄養】 ㄑㄧˋ ㄧㄤˋ
指父母死亡。人子當孝養其親,親死則人子不得孝養,故稱。

5【棄甲曳兵】 ㄑㄧˋ ㄐㄧㄚˇ ㄧˋ ㄅㄧㄥ
拋棄鎧甲、拖曳兵器而敗走。形容戰敗逃亡的情狀。

6【棄如敝屣】 ㄑㄧˋ ㄖㄨˊ ㄅㄧˋ ㄒㄧˇ
像破鞋般丟棄。形容極不珍惜。

8【棄宗弄贊】 ㄑㄧˋ ㄗㄨㄥ ㄋㄨㄥˋ ㄗㄢˋ
(617～650)'唐'時'吐蕃'國王。也稱'棄蘇農'。十三歲繼王位,性驍勇,多謀略。曾遣使到'長安'朝貢,'唐太宗'妻以'文成公主'。推行'漢'化,派人入'唐'學習詩書。

13【棄暗投明】 ㄑㄧˋ ㄢˋ ㄊㄡˊ ㄇㄧㄥˊ
脫離黑暗,投奔光明。

梨 ㄌㄧˊ li^{2} 音離
(pear; *Pyrus pyrifolia*)喬木。葉卵形,先端長尖,緣有刺芒狀鋸齒;花白色;果近球形,褐色,有淺色斑點,果實硬,萼片早落性,供食用,有解熱、健胃及止咳之功效。

梨圖

12【梨渦】 ㄌㄧˊ ㄨㄛ
本指'宋'妓'黎倩'的酒渦。後泛稱女子面頰上的酒渦。

【梨棗】 ㄌㄧˊ ㄗㄠˇ
指雕印書籍的木板。古代雕印書籍,多用梨木、棗木,取其質堅耐久。

13【梨園】 ㄌㄧˊ ㄩㄢˊ
'唐玄宗'時培養伶人的處所。故址一在'長安'(今'陝西''西安市')禁苑中,一在宮內'宜春院'。後世因稱戲班爲梨園。

8【梨花簡】 ㄌㄧˊ ㄏㄨㄚ ㄐㄧㄢˇ
演唱梨花大鼓者所執的半月形銅片。相擊發聲,以配合書詞板眼節奏。

【梨花大鼓】 ㄌㄧˊ ㄏㄨㄚ ㄉㄚˋ ㄍㄨˇ
曲藝名。大鼓的一種,發源於'山東'西北農村,由農歌發展而成,故又名'山東'大鼓。梨花本名梨鏵片,是農具的碎鐵片,農人唱歌時,用以相擊作爲拍板;後來改用銅片,並用三弦、二胡伴奏,演唱故事。本爲業餘演唱,後爲藝人傳習,盛行於'明'末'清'初,迄今有三百多年的歷史。

13【梨園弟子】 ㄌㄧˊ ㄩㄢˊ ㄉㄧˋ ㄗˇ
本'唐太宗'時對梨園舞樂藝人的總稱。後泛指戲劇演員。

梟 ㄒㄧㄠ hsiao^{1} 音消
①(owl)屬於鴞形目(order Strigiformes)的動物。俗稱貓頭鷹。晝伏夜出,爲夜猛禽,視覺、聽覺皆甚敏銳,瞬膜發達。巢築於樹洞中,或使用他鳥之棄巢。雌者體較雄者爲大。②舊傳梟食母,故借喻惡人或不孝的人。③斬首懸掛木上以示眾。通梟。如:梟首。④勇猛兇悍。通驍。如:梟勇。

梟圖

9【梟首】 ㄒㄧㄠ ㄕㄡˇ
斬首懸掛於木上以示眾。

11【梟將】 ㄒㄧㄠ ㄐㄧㄤˋ
勇猛兇悍的戰將。同驍將。
12【梟雄】 ㄒㄧㄠ ㄒㄩㄥˊ
①兇悍專橫的人。②勇健驍強的豪傑。
14【梟獍】 ㄒㄧㄠ ㄐㄧㄥˋ
比喻不孝或忘恩負義的人。相傳梟食母，獍食父。
18【梟騎】 ㄒㄧㄠ ㄐㄧˋ
勇猛的騎兵。

條 ㊀ ㄊㄧㄠˊ t'iao² 音迢
①小樹枝。見"說文"。②泛指細長的東西。如：紙條。③理路；次序。如：有條不紊。④通暢。如：條暢。⑤量詞。⑴計算細長物體的單位。如：一條繩子。⑵計算文書條款、項目的單位。如：約法十條。
㊁ ㄉㄧˊ ti² 音敵
參條狼氏。
5【條目】 ㄊㄧㄠˊ ㄇㄨˋ
按內容性質分條列出的細目。
6【條件】 ㄊㄧㄠˊ ㄐㄧㄢˋ
①每一條；每一項。②條款項目。③泛指具備的要項，或基本的要求。④法律行爲之效力的發生或消滅，繫於將來客觀上不確定事實之成否的法律行爲附款。可分爲停止條件及解除條件。附停止條件的法律行爲，於條件成就時，發生效力；附解除條件的法律行爲，於條件成就時，失其效力。
8【條例】 ㄊㄧㄠˊ ㄌㄧˋ
①著書的凡例、體例。②分條的規定、法規。③法律名稱之一種。依"中央法規標準法"第二條「法律得定名爲法、律、條例或通則」。例如"懲治叛亂條例"、"勞工保險條例"、"獎勵投資條例"等。
9【條約】 ㄊㄧㄠˊ ㄩㄝ
①列舉條款，具有約束力的文件。②指條件、規約。
10【條鬯】 ㄊㄧㄠˊ ㄔㄤˋ
通暢。
11【條理】 ㄊㄧㄠˊ ㄌㄧˇ
系統；脈絡。

【條貫】 ㄊㄧㄠˊ ㄍㄨㄢˋ
①條理；次序。②處理事務的程序。
12【條款】 ㄊㄧㄠˊ ㄎㄨㄢˇ
條約、合同、契約上分條訂定的事項。
【條幅】 ㄊㄧㄠˊ ㄈㄨˊ
書畫的掛軸。
13【條達】 ㄊㄧㄠˊ ㄉㄚˊ
暢通；暢達。
15【條播】 ㄊㄧㄠˊ ㄅㄛˋ
指在圃地或苗床上，每隔一定的間隔作成條狀淺溝，而後將種子播於溝內，再覆以表土的播種方法。因其間距一定，覆土略等，日後管理較方便。
10【條狼氏】 ㄉㄧˊ ㄌㄤˊ ㄕˋ
官名。"周禮"秋官之屬。職掌天子、公侯貴族出入時清道的工作。
13【條頓族】 ㄊㄧㄠˊ ㄉㄨㄣˋ ㄗㄨˊ
(Teutons) 古時'歐洲'北部各民族的總稱。爲'印歐族'的一支。今'德'、'英'、'美'各國爲其後裔。
6【條件收斂】 ㄊㄧㄠˊ ㄐㄧㄢˋ ㄕㄡ ㄌㄧㄢˋ
(conditional convergence) 將一收斂級數的各項取絕對值，所得級數若是發散，則原級數稱爲條件收斂。例如 $1-\frac{1}{2}+\frac{1}{3}-\frac{1}{4}+\cdots\cdots=log2$，但 $1+\frac{1}{2}+\frac{1}{3}+\cdots\cdots$ 則發散。將條件收斂的各項重排，則可能收斂至原極限，或收斂至另一極限或發散。例如 $1+\frac{1}{3}-\frac{1}{2}+\frac{1}{5}+\frac{1}{7}-\frac{1}{4}+\cdots\cdots=\frac{3}{2}log2$。又條件收斂級數的正項及負項部分均爲發散級數。
【條件利潤】 ㄊㄧㄠˊ ㄐㄧㄢˋ ㄌㄧˋ ㄖㄨㄣˋ
(conditional profit)分析銷售利潤時，於假定某項銷售數量下，所可獲得的利潤。
【條件敘述】 ㄊㄧㄠˊ ㄐㄧㄢˋ ㄒㄩˋ ㄕㄨˋ
(conditional statement)電腦程式中，含有多個運算或處理但僅能執行其中之一的敘述。究竟應執行那一個運算或處理，需根據特定的條件。
【條件跳越】 ㄊㄧㄠˊ ㄐㄧㄢˋ ㄊㄧㄠˋ ㄩㄝˋ
(conditional jump)電腦程式執行過程中，符合特定之條件才能進行之控制移轉，稱爲條件跳越。
【條件機率】 ㄊㄧㄠˊ ㄐㄧㄢˋ ㄐㄧ ㄌㄩˋ
(conditional probability)令A、B爲兩個隨機試驗的事件，$P(A|B)$表示在事件B發生的假設下時，事件A發生的機率，稱爲條件機率。例如擲兩個骰子，在第一子出現1的假設下，其和爲2的機率爲 1/6，雖然無任何假設的機率是 1/36。條件機率的公式爲 $P(A|B)=\frac{P(A\cap B)}{P(B)}$。
10【條紋雞魚】 ㄊㄧㄠˊ ㄨㄣˊ ㄐㄧ ㄩˊ
(three-lined theraponid; *Therapon theraps*)又名鯻。爲魚類中鱸目(order Perciformes)、條紋雞科(family Theraponidae)的一種。分布於'印度洋'、'太平洋'

條紋雞魚圖

沿岸。幼時體側有六條白色橫帶，漸長，則此橫帶逐漸間斷而成爲六列白點，以後各點前後相連，成爲四條白色縱帶，此亦可認爲成三條深褐色縱帶。體呈橢圓形，側高，頭大型，口斜裂能伸縮。
6【條件不等式】 ㄊㄧㄠˊ ㄐㄧㄢˋ ㄅㄨˋ ㄉㄥˇ ㄕˋ
(conditional inequality) 參絕對不等式。
9【條約的加入】 ㄊㄧㄠˊ ㄩㄝ ·ㄉㄜ ㄐㄧㄚ ㄖㄨˋ
(accession) 一國對其未參與談判或簽字的條約，表示承受該條約拘束之同意。近代許多多邊條約載有[加入條款],明定加入的條件及程序,以便利各國加入。

【條約的批准】 ㄊㄧㄠˊ ㄩㄝ ·ㄉㄜ ㄆㄧ ㄓㄨㄣˇ
(ratification) 一國同意承受條約拘束之國際行爲,爲締約程序之最後步驟。載有批准條款之條約,通常須俟存放批准書或互換批准書之後,始能生效。

【條約的保留】 ㄊㄧㄠˊ ㄩㄝ ·ㄉㄜ ㄅㄠˇ ㄌㄧㄡˊ
(reservation)一國於簽署、批准、接受或加入條約時所作之片面聲明。其目的在排除或變更條約之若干規定對該國適用之法律效果。一般而言,保留必須爲條約所不禁止,或與條約之目的與宗旨相符者,始生效力。

15【條碼掃描器】 ㄊㄧㄠˊ ㄇㄚˇ ㄙㄠˇ ㄇㄧㄠˊ ㄑㄧˋ
(bar-code scanner)可閱讀或辨識以條形碼記錄之資料的裝置。

6【條件移轉指令】 ㄊㄧㄠˊ ㄐㄧㄢˋ ㄧˊ ㄓㄨㄢˇ ㄓˇ ㄌㄧㄥˋ
(conditional transfer instruction)電腦指令集中,表示根據一特定條件是否成立來決定是否將程式之執行控制移轉的指令。又稱條件跳越指令。

8

棐 乘的本字。

棗 ㄗㄠˇ tsao^3 音早
①即酸棗。參酸棗。②棗木的果實。也叫棗子。見"小爾雅·廣物"。

8【棗泥】 ㄗㄠˇ ㄋㄧˊ
煮熟搗爛的棗製食物。

棘 ㄐㄧˊ chi^2 音急
①木名。即酸棗。見"說文·棘·義證"。②泛指有刺的植物。如:荊棘。③古兵器名。通戟。④緊急。通急。如:孔棘。

4【棘手】 ㄐㄧˊ ㄕㄡˇ
荆棘刺手。比喻事情很難處理。

14【棘蒬】 ㄐㄧˊ ㄩㄢ
草名。也作棘菀。略似麻黃,葉尖銳黃色,花赤色。也稱遠志。見"爾雅·釋草·葽繞棘蒬·注"。

17【棘闈】 ㄐㄧˊ ㄨㄟˊ
科舉時代的考場、試院。同棘院。鄉試貢院周圍牆上皆設棘刺,以防鬧事或作弊,故名。

5【棘皮動物門】 ㄐㄧˊ ㄆㄧˊ ㄉㄨㄥˋ ㄨˋ ㄇㄣˊ
(phylum Echinodermata)爲無脊椎動物中的一門。包括海星、海膽、海參等,體呈輻射對稱,但幼體時則爲兩側對稱;皮膚中有棘,故名棘皮。體壁中有骨片,有的種類如海膽,其骨片互相密接而成一硬殼,有的種類如海參,其骨片微小且散生。體內有水管系,爲水流的通道,管足即爲其水管系的一部分,當管足內充滿水時,便自體表伸出,爲棘皮動物的運動器官。本門動物皆海生。

棊 棋的本字。

棸 ㄗㄡ tsou^1 音鄒
①木名。見"集韻"。②姓。'晉'有'棸籌'。見"正字通"。

棕 ㄗㄨㄥ tsung^1 音宗
也作椶。①木名。見"字彙"。②深赭色。如:棕色。

15【棕編】 ㄗㄨㄥ ㄅㄧㄢ
以棕櫚爲材料的一種編織工藝。其藝品較草編堅實耐用,主要產品有箱子、涼帽、拖鞋、玩具等。

19【棕櫚】 ㄗㄨㄥ ㄌㄩˊ
(hemp palm; *Trachycarpus fortunei*) 高大喬木。莖顯著地覆著由老葉鞘殘存的黑色毛狀纖維。葉近圓形,掌狀深裂,裂片堅硬,有時先端下垂,葉柄細長,邊緣有細突齒。果實腎狀球形,深藍色。分布於我國'長江'以南各省、'日本''九州'。野生或栽培,其纖維可製繩索。

棕櫚圖

椗 ㄉㄧㄥˋ ting^4 音定
放在馬腳下,用以避溼的木器。即馬床。見"莊子·馬蹄·編之以皁棧·疏"。

棺 ㊀ ㄍㄨㄢ kuan^1 音官
收殮屍體的木器。見"說文"。
㊁ ㄍㄨㄢˋ kuan^4 音貫
用棺材殮屍。見"集韻"。

15【棺槨】 ㄍㄨㄢ ㄍㄨㄛˇ
盛屍體的棺木,內層叫棺,外層叫槨。也作棺椁。

椀 碗的或體。

椌 ㊀ ㄑㄧㄤ ch'iang^1 音腔
古代打擊樂器。即柷。見"說文"。
㊁ ㄎㄨㄥ k'ung^1 音空
製造器物的素材。見"廣韻"。

棓 ㊀ ㄅㄤˋ pang^4 音棒
①大杖。同棒。見"說文"。②農具名。即打穀的連枷。見"方言·五"。③用棒打擊。如:棓打。
㊁ ㄆㄡˇ p'ou^3 音剖
通往高處的踏板。見"正字通"。

椄 ㊀ ㄐㄧㄝ chieh^1 音接
移接花木。通作接。見"說文"。
㊁ ㄐㄧㄝˊ chieh^2 音捷
參椄槢。

15【椄槢】 ㄐㄧㄝˊ ㄒㄧˊ
銜接桎梏兩孔的木頭。

椁 槨的或體。

椋 ㄌㄧㄤˊ liang^2 音良
木名。葉像柿,兩葉相對,種子細圓,如牛李子,初生時青色,成熟後變黑,木質堅重,煮汁赤色。也稱即來。見"爾雅·釋木·椋即來·義疏"。

椊 ㊀ ㄗㄨㄛˊ tso², tsuo² 音昨
木柱的柱頭。見"集韻"。
㊁ ㄘㄨㄟˋ ts'ui⁴ 音翠
樹木朽壞。見"集韻"。

棜 ㄩˋ yü⁴ 音玉
禮器名。用以承放酒樽的長方形木盤，下有兩杠，無足。見"集韻"。

棬 ㄑㄩㄢ ch'üan¹ 音圈
屈木製成的盂。見"玉篇"。

椪 ㄆㄥˋ p'eng⁴ 音碰
參椪柑。

9【椪柑】 ㄆㄥˋ ㄍㄢ
即椪。參桔㊁。

棪 ㄧㄢˇ yen³ 音演
木名。果實紅色，像奈，可食。也稱櫨其。見"字彙"。

棒 ㄅㄤˋ pang⁴ 音蚌
①木棍。見"廣雅·釋器"。②用棒打擊。見"廣韻"。③讚美人技術高、能力強。如：他畫得眞棒。

11【棒球】 ㄅㄤˋ ㄑㄧㄡˊ
以棍擊球的一種球類運動。每隊參與比賽的球員有九人，兩隊對抗，輪流攻守。守隊有投手、捕手、一壘、二壘、三壘各一人，外野三人，游擊一人；攻隊則九人依次打擊。進占一、二、三壘跑回本壘爲一分。每場七局(或九局)，以得分多少決定勝負。

12【棒喝】 ㄅㄤˋ ㄏㄜˋ
本指禪宗祖師爲杜絕弟子的妄想或考驗其悟境，有時當頭一棒，有時大喝一聲。後用以比喻警醒他人的迷誤。

棲 ㄑㄧ ch'i¹ 音妻 又讀 ㄒㄧ hsi¹ 音西
也作栖。①禽鳥歇息。見"說文"。②居留；停息。③居留的處所。

4【棲止】 ㄑㄧ ㄓˇ
停留。

7【棲身】 ㄑㄧ ㄕㄣ
居住；寄身。

10【棲息】 ㄑㄧ ㄒㄧˊ
①隱居；遁隱。②停留休息；止息。

16【棲遲】 ㄑㄧ ㄔˊ
①遊息。②遺棄；委棄。③淹留。④飄泊失意。⑤拙劣；不當。

12【棲棲遑遑】 ㄑㄧ ㄑㄧ ㄏㄨㄤˊ ㄏㄨㄤˊ
奔波不定的樣子。也作栖栖皇皇。

棖 ㄔㄥˊ ch'êng² 音成
①杖；木棒。見"說文"。②豎立門兩旁的長木柱。用以防止車過觸門。也叫門楔。見"爾雅·釋宮"。③觸動；撥弄。

20【棖觸】 ㄔㄥˊ ㄔㄨˋ
①撥弄；觸動。②心受刺激而有所感。

棣 ㊀ ㄉㄧˋ ti⁴ 音弟
①木名。果實如櫻桃，可食。見"爾雅·釋木·常棣棣·注"。②弟弟。通弟。如：賢棣。
㊁ ㄊㄧˋ t'i⁴ 音替
通達。見"字彙補"。

12【棣棣】 ㄉㄧˋ ㄉㄧˋ
溫雅恬適的樣子。

9【棣美拂定理】 ㄉㄧˋ ㄇㄟˇ ㄈㄨˊ ㄉㄧㄥˋ ㄌㄧˇ
(De Moivre's theorem) $[r(\cos\theta+i\sin\theta)]^n=r^n(\cos n\theta+i\sin n\theta)$ 當 n 爲正整數時成立，這是'英國'數學家'棣美拂'在十八世紀上半葉提出的。當 n 爲分數時也成立，不過要注意這時有三角函數的多值性的困擾。它可以用以表示複數的 n 次根。

棟 ㄉㄨㄥˋ tung⁴ 音凍
①屋頂的正梁。②比喻重要的人或事物。如：國之棟梁。③量詞。計算獨立房屋的單位。

11【棟梁】 ㄉㄨㄥˋ ㄌㄧㄤˊ
也作棟樑。①房屋的正梁。是主撐屋頂的大材。②比喻能擔負重任的人才。

7【棟折榱崩】 ㄉㄨㄥˋ ㄓㄜˊ ㄘㄨㄟ ㄅㄥ
棟梁折斷，椽桷傾塌。比喻國家覆亡。

椏 ㄧㄚ ya¹ 音鴉
草木分枝的地方。見"玉篇"。

棫 ㄩˋ yü⁴ 音域
木名。即白桵。小木叢生，有刺，果實像耳璫，可吃。見"字彙"。

椐 ㄐㄩ chü¹ 音居
木名。即靈壽木。似竹有節，可做手杖、馬鞭。見"爾雅·釋木·椐樻·義疏"。

楮 ㄔㄨˇ ch'u³ 音楚
或作柠。同柠。①(paper mulberry; *Broussonetia papyrifera*) 落葉喬木。有乳汁。葉上表面有糙毛，下表面密生柔毛。雌花序頭狀，聚花果，成熟時紅色肉質，呈球形。莖皮爲造紙良好原料。也可栽植供觀賞。②紙的代稱。③紙幣。④冥錢。如：楮錢。

楮圖

棱 ㊀ ㄌㄥˊ lêng² 音稜
俗作楞。通作稜。①有四角的方木。見"說文"。②器物的尖角。如：棱角。③嚴峻；威猛。如：剛棱疾惡。
㊁ ㄔㄥ ch'êng¹ 音撐
'吳'人對酢柚的別稱。見"集韻"。

棋 ㊀ ㄑㄧˊ ch'i² 音旗
對弈所用的器具。也作棊、碁。見"說文"。
㊁ ㄐㄧ chi¹ 音基
根柢。通基。見"集韻"。

7【棋局】 ㄑㄧˊ ㄐㄩˊ
①棋盤。②下棋一次稱爲一局，因稱下棋之事爲棋局。

10【棋高一著】 ㄑㄧˊ ㄍㄠ ㄧ ㄓㄨㄛˊ
比喻技能高人一等。

11【棋逢敵手】 ㄑㄧˊ ㄈㄥˊ ㄉㄧˊ ㄕㄡˇ
比喻雙方技能不相上下。

15【棋盤式廣告】 ㄑㄧˊ ㄆㄢˊ ㄕˋ ㄍㄨㄤˇ ㄍㄠˋ
(checker board) 雜誌廣告的一

種布局。包含1/4頁或跨頁式的1/2頁,因這兩種方式均作對角排列,刊出的廣告有如西洋棋盤的一部分,故稱。如圖所示。

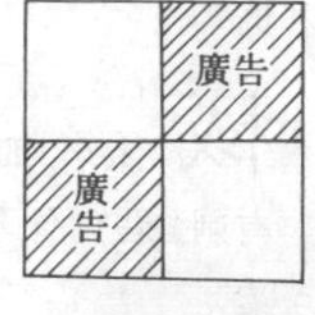

棋盤式廣告圖

棷 ㄗㄡ tsou¹ 音鄒
[1]木柴。見"說文"。[2]麻稈。通菆。見"說文通訓定聲"。

植 ㄓˊ chih² 音直
[1]用以頂門使關閉的直木。見"說文"。[2]草木。見"玉篇"。[3]栽種。見"字彙"。[4]樹立;建立。如:植黨。[5]豎起。如:植耳傾聽。

8【植物】 ㄓˊ ㄨˋ
(plants) 生物中之一群。爲百穀草木的總稱。細胞具有細胞壁,含葉綠素,通常能行光合作用,以獲得營養,然缺乏感覺神經系統,不能自由行動。

【植物人】 ㄓˊ ㄨˋ ㄖㄣˊ
指只能維持無意識或非自願性功能與肉體成長的病人。這種病人已完全失去心智能力,即無感覺及思考能力。

【植物油】 ㄓˊ ㄨˋ ㄧㄡˊ
(vegetable oil) 由植物的種子壓榨或萃取精製而得的油。食用植物油主要來自黃豆、棉花籽、花生、玉米、橄欖、椰子、芝麻、向日葵、紅花籽、可可豆、棕櫚等。植物油含多量的多元不飽和脂肪酸及維他命E。所含的植物固醇類具有降低血液中膽固醇的功用。

【植物群落】 ㄓˊ ㄨˋ ㄑㄩㄣˊ ㄌㄨㄛˋ
(plant community)同種或不同種的植物聚集並繁生,成爲一具特質及獨立性的植物區域。一般天然植物可分爲三大群落,一、森林:以樹木爲主,其他植物爲附;二、草原:以多年生或一年生的草類爲主;三、荒漠植物:地表僅有少數能克服環境障礙的植物。

20【植黨營私】 ㄓˊ ㄉㄤˇ ㄧㄥˊ ㄙ
樹立黨羽,圖謀私利。

棤 ㄘㄨㄛˋ ts'o⁴, ts'uo⁴ 音錯
粗糙的樹皮。見"爾雅·釋木"。

楚
楚的俗體。

森 ㄙㄣ sên¹
[1]樹木叢生的樣子。見"說文"。[2]眾多的樣子。如:森羅萬象。[3]幽暗深沉的樣子。如:陰森。[4]肅殺的樣子。如:森嚴。[5]高聳的樣子。如:森挺。

12【森森】 ㄙㄣ ㄙㄣ
[1]繁密的樣子。⑴指樹木。⑵指雨。⑶指武器。[2]矗立高聳的樣子。[3]羽毛豐滿修長的樣子。[4]形容寒冷顫慄的樣子。

【森然】 ㄙㄣ ㄖㄢˊ
[1]林木羅列眾多的樣子。後用以形容數量眾多。[2]陰森可怕的樣子。

20【森嚴】 ㄙㄣ ㄧㄢˊ
嚴肅;嚴密。

4【森巴舞】 ㄙㄣ ㄅㄚ ㄨˇ
(samba) 起源於'巴西'土著的舞蹈。西元1929年傳入'美國'而成爲社交舞。屬四分之四節拍,舞步略帶跳躍,膝關節極爲放鬆,身體隨著腳步前俯後仰,臀部略帶抖動。活潑熱情,富有'南美洲'的柔美風格。

8【森林帶】 ㄙㄣ ㄌㄧㄣˊ ㄉㄞˋ
林木自平地而高山有不同的樹種,其平面分布亦因緯度的高低而有所差異,此因海拔與緯度的高低而呈明顯的帶狀分布,即構成森林帶。在森林學上,前者稱爲垂直森林帶,後者稱爲水平森林帶。

19【森羅殿】 ㄙㄣ ㄌㄨㄛˊ ㄉㄧㄢˋ
陰曹地府。傳說爲'閻羅王'的住處。

8【森林古猿】 ㄙㄣ ㄌㄧㄣˊ ㄍㄨˇ ㄩㄢˊ
(*Dryopithecus*) 猿科中已絕滅的一屬。主要活躍在中新世(約一千二百萬至二千五百萬年前),其蹤跡遍及'亞'、'歐'、'非'各大洲,但化石材料仍只限於上、下顎骨及牙齒。森林古猿屬下包括相當多的種類,表示猿科動物在中新世期間有過很繁茂的分歧演化。它很可能是人類及黑猩猩、大猩猩等的共同祖先。

19【森羅萬有】 ㄙㄣ ㄌㄨㄛˊ ㄨㄢˋ ㄧㄡˇ
指宇宙間繁多有序的事物和現象。也作森羅萬象。

棽 ㄕㄣ shên¹ 音深
枝條繁茂的樣子。見"說文"。

棼 ㄈㄣˊ fên² 音墳
[1]樓閣的短梁。見"說文"。[2]雜亂。通紛。如:治絲益棼。

8【棼治】 ㄈㄣˊ ㄓˋ
治亂。

椅 ㊀ ㄧ i¹ 音衣
木名。[1]即梓。見"說文"。[2]梧桐。見"字彙"。
㊁ ㄧˇ i³ 音倚
有靠背的坐具。見"正字通"。

棳 ㄓㄨㄛˊ cho², chuo² 音濁
[1]木名。見"說文"。[2]梁上短柱。通棁。見"爾雅·釋宮"。

棶 ㄌㄞˊ lai² 音來
參棶椋。

12【棶椋】 ㄌㄞˊ ㄌㄧㄤˊ
木名。見"正字通"。

棧 ㄓㄢˋ chan⁴ 音站
[1]棚。見"說文"。[2]用竹木散材製成的車。見"說文"。[3]在懸崖上架木構成的道路。見"廣韻"。[4]留宿旅客或儲存貨物的房屋。如:客棧。[5]養牲畜的柵欄。如:馬棧。[6]在柵欄中加料飼養,使牲畜快速肥大。

8【棧房】 ㄓㄢˋ ㄈㄤˊ
堆放貨品的地方。即倉庫。

13【棧道】 ㄓㄢˋ ㄉㄠˋ
也稱閣道。[1]依傍懸崖架木而成的道路。[2]連接樓閣的通道。

3【棧山航海】 ㄓㄢˋ ㄕㄢ ㄏㄤˊ ㄏㄞˇ
指跋山涉水，經歷險阻。

⿰木奄 ㄧㄢ yen¹ 音淹
參⿰木奄⿰木斂。

21【⿰木奄⿰木斂】 ㄧㄢ ㄌㄧㄢˋ
木名。葉可作飲料。見"集韻"。

椓 ㄓㄨㄛˊ cho², chuo² 音濁
①敲擊；捶築。②古代酷刑的一種。即宮刑。③閹人。

椒 ㄐㄧㄠ chiao¹ 音交
①一般指胡椒科(Piperaceae)、胡椒屬的植物，爲蔓藤性，其未全熟的果實帶皮可磨成粉，即黑胡椒(black pepper)，若去皮磨成的粉則稱爲白胡椒(white pepper)。②山頂。見"正字通"。③姓。'漢'有'椒欽'。見"萬姓統譜·三〇"。

8【椒房】 ㄐㄧㄠ ㄈㄤˊ
'漢代'皇后所居宮殿名。以椒和泥塗壁，取其溫暖、芬芳、多子之意。後以泛指皇后所居住的宮殿，又借指皇后。

棡 ㄍㄤ kang¹ 音岡
①一種很高的樹。見"玉篇"。②二人相對舉物。通扛。

椇 ㄐㄩˇ chü³ 音舉
①果樹名。形似珊瑚，味道甜美。也叫白石李。見"字彙"。②'殷代'放祭品的禮器。見"字彙"。

棍 ㄍㄨㄣˋ kun⁴
①木棒。見"正字通"。②無賴；惡徒。如：惡棍。

棵 ㄎㄜ k'o¹, k'ê¹ 音科
量詞。植物一株叫一棵。

棹 一 ㄓㄠˋ chao⁴ 音趙
櫂的或體。
二 ㄓㄨㄛ cho¹, chuo¹ 音桌
桌的或體。

棌 ㄘㄞˇ ts'ai³ 音采
木名。即柞木。見"字彙"。

⿰木肴 ㄧㄠˊ yao² 音堯
參⿰木肴桃。

10【⿰木肴桃】 ㄧㄠˊ ㄊㄠˊ
木名。即梔子。

椔 ㄗ tzŭ¹ 音滋
直立枯死的樹木。見"爾雅·釋木"。

椮 槮的俗體。

棅 柄的或體。

棑 一 ㄆㄞˊ p'ai² 音牌
①渡水的木筏。見"集韻"。②盾牌。見"集韻"。
二 ㄅㄟˋ pei⁴ 音備
木名。見"集韻"。

椈 ㄐㄩˊ chü² 音菊
木名。即柏樹。見"爾雅·釋木"。

棚 ㄆㄥˊ p'êng² 音朋
①用竹、木等搭蓋的篷架。②'唐'時稱進士結成的朋黨。

椆 一 ㄔㄡˊ ch'ou² 音籌
木名。寒冬不凋。見"類篇"。
二 ㄓㄡˋ chou⁴ 音咒
船篙木。見"廣韻"。

⿰木咎 ㄐㄧㄡˋ chiu⁴ 音舅 又讀 ㄍㄠˇ kao³ 音槁
木名。①即山檟。見"廣雅·釋木"。②即烏桕。通桕。見"正字通"。

椎 ㄓㄨㄟ chui¹ 音追 又讀 ㄔㄨㄟˊ ch'ui² 音鎚
①捶擊東西的工具。同槌。見"說文"。②捶擊；捶打。③樸實。④脊椎骨。如：頸椎。

12【椎鈍】 ㄓㄨㄟ ㄉㄨㄣˋ
愚鈍。

15【椎魯】 ㄓㄨㄟ ㄌㄨˇ
愚鈍笨拙。

4【椎心泣血】 ㄓㄨㄟ ㄒㄧㄣ ㄑㄧˋ ㄒㄧㄝˇ
搥擊心胸而痛哭。形容極爲悲痛哀傷。

楰 ㄩˊ yü² 音俞
木名。楸的一種。大葉像桐葉而黑，山中人稱爲槓楸。也稱鼠梓。見"爾雅·釋木·楰鼠梓·義疏"。

棉 ㄇㄧㄢˊ mien² 音眠
①(levant cotton; *Gossypium herbaceum*)即草棉。一年生草本。有掌狀5裂的葉。果實卵圓形，熟時開裂，內有大型種子，具白色棉毛和短纖毛，可作紡織原料。②絲絮。通綿、緜。如：絲棉。

棉圖

椑 一 ㄆㄧˊ p'i² 音皮
①圓形的盛酒器。②斧柄。見"玉篇"。③橢圓。見"正字通"。
二 ㄅㄟ pei¹ 音卑
果木名。即澀柿。見"廣韻"。
三 ㄅㄧˋ pi⁴ 音必
最裡層的棺。見"正字通"。

梴 一 ㄔㄢ ch'an¹ 音攙
①長木。見"說文"。②古代的舂米機。通碾。見"方言·五"。
二 ㄧㄢˊ yen² 音筵
席位上的坐墊。通筵。

棔 ㄏㄨㄣ hun¹ 音昏
參枱棔。

⿰木奉 ⿱業木的古文。

棯 ㄖㄣˇ jên³ 音忍
果木名。棗屬。見"類篇"。

棙 一 ㄌㄧˋ li⁴ 音麗
①琵琶的撥子。見"集韻"。②機紐。見"正字通"。
二 ㄌㄧㄝˋ lieh⁴ 音烈
木名。見"集韻"。

棆 ㄊㄨㄣˊ t'un² 音屯
木名。梗屬，似豫章。見"爾雅·釋木·棆無疵·注"。

棠 ㄊㄤˊ t'ang² 音唐
①木名。即甘棠。子白，也稱白棠。見"正字通"。②姓。'周'有'棠無咎'。見"萬姓統譜·五二"。

12【棠棣競秀】 ㄊㄤˊ ㄉㄧˋ ㄐㄧㄥˋ ㄒㄧㄡˋ

讚人兄弟皆傑出優秀。

棐 ㄈㄟˇ fei³ 音匪
①輔弼。②涼薄。③木名。同榧。見"字彙補"。

棻 ㄈㄣ fên¹ 音分
①有香氣的樹木。見"說文"。②茂盛。通紛。

𣐊 ㄗㄨㄟˇ tsui³ 音嘴
①貯藏。見"說文"。②口;鳥喙。見"玉篇"。

棃 梨的或體。

棨 ㄑㄧˇ ch'i³ 音啟
古時一種木製的通行證。可憑此通過關津,出入宮門。見"說文"。

9

楶 ㄐㄧㄝˊ chieh² 音節
柱頭上的斗拱。安置在屋頂與柱頭之間,是一種斗形的托座。一名欂櫨。也作格。見"正字通"。

槩 或作槩。概的或體。

椶 㮴的本字。

楦 ㄒㄩㄢˋ hsüan⁴ 音眩
①木製的鞋模。也作楥。見"廣韻"。②用楦頭撐大。③將碎紙、乾草等塞入容器中。

㮧 ㄊㄨˊ t'u² 音突
承受門閂的設置。見"集韻"。

楴 ㄉㄧˋ ti⁴ 音帝
①笄簪之類的髮具。見"集韻"。②根柢。也作柢。見"集韻"。

楎 ㄏㄨㄣˊ hun² 音渾
①犁上的柄。見"說文"。②掛衣的架子。見"正字通"。

榔 ㄌㄤˊ lang² 音郎
或作榔。一種敲擊發聲的木棒。漁人多用以叩船爲聲,以驅魚入網。

16【榔頭】 ㄌㄤˊ ·ㄊㄡ
鐵鎚。

楟 ㄊㄧㄥˊ t'ing² 音亭
一種很小的梨。即棠梨。見"正字通"。

㯓 柝的本字。

椸 ㈠ ㄧˊ i² 音移
衣架。見"字彙"。
㈡ ㄧˋ i⁴ 音易
榻前的小几。見"方言·五"。

楢 ㄧㄡˊ yu² 音由
木名。質地堅韌,可用以製耎輪。見"說文·楢·段注"。

楼 樓的俗體。

榐 ㈠ ㄐㄧㄢ chien¹ 音尖
牋的古文。
㈡ ㄓㄢˋ chan⁴ 音戰
棧的或體。

椽 檖的本字。

楱 ㄘㄡˋ ts'ou⁴ 音湊
果樹名。橘類。形、味與橙、柚、枳、柑微別。見"正字通"。

椿 ㄔㄨㄣ ch'un¹ 音春
(Chinese cedar; *Toona sinensis* (Juss.) Roem.)又名香椿。落葉喬木,高達 20 公尺。葉互生,偶數羽狀複葉,長30~50公分,小葉卵形,或長橢圓形,先端尖銳,全緣或有淺鋸齒。夏季開花,大形圓錐花序頂生,花瓣白色,基部黃色,稍具臭味,花瓣、萼片及雄蕊各 5 枚,雌蕊 1 枚,蒴果長橢圓形,種子有翅,木材可製器具,嫩葉可食。原產於我國。一作櫄,又作櫄,或作杶。

椿圖

10【椿庭】 ㄔㄨㄣ ㄊㄧㄥˊ
指父親。"莊子·逍遙遊"載上古有大椿,以八千歲爲春,八千歲爲秋,後人以椿爲長壽之稱,並借以稱父;"論語·季氏"載'孔子'之子'鯉',趨庭受父訓。

13【椿萱】 ㄔㄨㄣ ㄒㄩㄢ
指父母。椿象徵長壽,借以稱父;萱使人忘憂,借以稱母。

格 楶的或體。

楔 ㄒㄧㄝˋ hsieh⁴ 音謝 又讀 ㄒㄧㄝ hsieh¹ 音歇
①插入木榫縫或空洞中,用以固定之上平下銳的木片。見"說文·櫼楔也·段注"。②門兩旁的木柱。見"字彙"。③木名。即櫻桃。見"字彙"。④(wedge)五平面包圍而成的下薄上厚的立體叫楔。又稱劈。

3【楔子】 ㄒㄧㄝˋ ·ㄗ
①木塞;塞住洞口的木塊。②古代小說前面的引子。③加在雜劇段落間的副場。'元'雜劇每本以四折爲原則,若劇情需要,可另加楔子,使其情節更爲完整。通常只用一、二曲子,加在篇首的當序幕用,插入各折間的作過場用。

7【楔形文字】 ㄒㄧㄝ ㄒㄧㄥˊ ㄨㄣˊ ㄗˋ
(Cuneiform writing)約西元前4,000年'蘇美人'所發明的文字。原爲一種刻於溼泥磚板上的象形文字,後經長期使用,漸由表形、表意演進爲表音,但未能發展出字母,字數約三百個。因筆畫作楔形、釘頭形或箭頭形,故也叫釘頭字或箭頭字。

楗 ㄐㄧㄢˋ chien⁴ 音建
①關門的木閂。也作鍵。見"說文"。②在河流決口處用埽料築成,並以石、泥、草等塡實的擋水柱樁。③閂上;關閉。如:楗門不出。

概 ㄍㄞˋ kai⁴ 音溉
或作槪。同槩。①古代量粟麥等穀物時,用以刮平斗斛的木器。俗名斗括子。見"說文"。②平;抑制;不使過量。③風度;節操。

如：節概。④大略；總括；類推。如：大概。⑤一律；一向。如：概不退換。⑥景象；狀況。如：勝概。⑦繫念；關切。如：不概於心。

8【概念】ㄍㄞˋ ㄋㄧㄢˋ
(concept) 存在於內心中的思考單元。是字詞所指稱的對象，特別是字詞所指稱的共相。

9【概括】ㄍㄞˋ ㄍㄨㄚ
①總括；含括。②(generalization)有時也稱爲推廣。經由個別例子的考察，以獲得普遍概念的活動或過程。

14【概算】ㄍㄞˋ ㄙㄨㄢˋ
①大概計算。②政府機關依其年度施政計畫初步估計之收支數額。

15【概論】ㄍㄞˋ ㄌㄨㄣˋ
總括其要旨而加以論述。

8【概念形成】ㄍㄞˋ ㄋㄧㄢˋ ㄒㄧㄥˊ ㄔㄥˊ
(concept formation)就某些事、物或主意之共有特性加以組合，而求得某種概念的歷程。

【概念索引法】ㄍㄞˋ ㄋㄧㄢˋ ㄙㄨㄛˇ ㄧㄣˇ ㄈㄚˇ
(concept indexing)指索引者先研判文獻的主題內容，再決定適切的索引用語以表達該主題。此索引用語並不一定出現於文獻本身，而是由索引者指定的，故又稱指定索引法 (assigned indexing)。

楝 ㄌㄧㄢˋ *lien*⁴ 音練
(China tree; *Melia azedarach*) 落葉喬木。葉兩回羽狀複葉；小葉多數，有鋸齒緣或裂片；花紫色，有香味；雄蕊筒紫色；漿果黃色，落葉後仍存於果梗上。原產於'亞洲'，歸化於熱帶'美洲'，全世界溫熱帶皆有栽培。木材供造小舟，果實入藥，作健胃劑。

楝圖

楅 ㄅㄧˋ *pi*⁴ 音必
①加在牛角上的橫木。見"說文"。②承箭的器具。兩端龍首，中央蛇身。見"字彙補"。

椲 ㊀ ㄨㄟˇ *wei*³ 音偉
木名。可以彎曲做成盂。見"說文"。
㊁ ㄏㄨㄟ *hui*¹ 音輝
釘在牆上的小木樁。也作楎。見"集韻"。

極 ㄐㄧˊ *chi*² 音及
①屋棟。見"說文"。②頂點；最高的位置。如：登峰造極。③至；達到最高的限度。如：極端。④指君位。如：登極。⑤窮盡；終了。如：極目。⑥邊遠的地區。如：四極。⑦疲困。如：人極馬倦。⑧射箭時套在手指上的指環。即扳指。如圖。⑨天文學名詞。(1)在球面上和一個大圓上各點角距離相等的兩點，叫做該大圓的極。(2)地球自轉軸同地球表面相交的兩點，稱爲地極。在北半球的稱北極，在南半球的稱南極。(3)地球自轉軸延長與天球相交的兩點，叫做天極。在北天球的稱北天極，在南天球的稱南天極。⑩數學名詞。(1)球的大圓之極，爲與圓平面成垂直的球徑之兩端。球軸交球面的點，也叫極。(2)極坐標的原點。(3)若於複數α之附近，函數f表示爲：$f(z)=a_n(z-\alpha)^{-n}+a_{n-1}(z-\alpha)^{-n+1}+\cdots\cdots+a_1(z-\alpha)^{-1}+g(z)$，其中$n$爲自然數，$a_n\neq 0$，$g(z)$爲全純函數，則$f$以$\alpha$爲$-n$階極點。(4)對二次錐線$\Gamma: ax^2+2bxy+cy^2+2dx+2ey+f=0$，一點$P(x_0, y_0)$之極線爲$L: ax_0x+b(x_0y+xy_0)+cy_0y+d(x_0+x)+e(y_0+y)+f=0$，而$L$之極爲$P$，自點$P$做直線割$\Gamma$於$R$、$S$點，而$(P、Q、R、S)$爲調和，則$Q$點之軌跡爲$L$。(二次曲面仿此)⑪物理學名詞。(1)磁鐵的一端。(2)電池的一極。

極圖

4【極化】ㄐㄧˊ ㄏㄨㄚˋ
(polarization) 電池中電極承受不可逆反應之現象。可分爲過電壓與濃度極化兩種，因皆會降低電流效率，故可加入去極劑予以避免。

5【極目】ㄐㄧˊ ㄇㄨˋ
窮盡目力。

6【極刑】ㄐㄧˊ ㄒㄧㄥˊ
①死刑。②重刑。③指殘酷的刑具。

【極光】ㄐㄧˊ ㄍㄨㄤ
(aurora)夜間在空中出現的一種極壯觀的有色光。這種現象係因太陽放電而發生。發生的高度約距地面80至1,000公里。發生於北半球者稱北極光；南半球者稱南極光。中、高緯度地區較易看見，低緯區不易察見。

9【極致】ㄐㄧˊ ㄓˋ
最高境界。

【極限】ㄐㄧˊ ㄒㄧㄢˋ
①最大的限度。②(limit)「收斂之標的」叫做極限。例如$\lim_{n\to\infty} n^{-1}=0$，$\lim_{x\to 0}\frac{\sin x}{x}=1$。0爲數列$n^{-1}$的極限(慣例，於此時不必指出「當$n$趨近無限大時」)，而1則爲「函數$\frac{\sin x}{x}$於$x$趨近0時的極限」。

【極星】ㄐㄧˊ ㄒㄧㄥ
(polaris; pole star) 指北極星。現今的極星，是小熊座α星。但由於歲差的緣故，極星會產生改變。在西元前3,000年時，極星是天龍座α星；西元7,000年，極星是仙王座α星；到西元14,000年時，天琴座α星(織女星)將會是新的極星。

【極品】ㄐㄧˊ ㄆㄧㄣˇ
最高的品級或品類。

12【極距】ㄐㄧˊ ㄐㄩˋ

(polar distance) 某天體與天極間之角距。亦即該天體赤緯的餘角。

16【極選】 ㄐㄧˊ ㄒㄩㄢˇ
入選之中最優異者。

17【極點】 ㄐㄧˊ ㄉㄧㄢˇ
1頂點；頂端。也指事物的最高度。2(pole)⑴若於複數α之附近，函數f表示爲：$f(z)=a_n(z-\alpha)^{-n}+a_{n-1}(z-\alpha)^{-n+1}+\cdots\cdots+a_1(z-\alpha)^{-1}+g(z)$，其中$n$爲自然數，$a_n\neq0$，$g(z)$爲全純函數，則$f$以$\alpha$爲－$n$階極點。⑵在下式的網路函數中：$H(s)=\dfrac{b_m(s-z_1)(s-z_2)\cdots\cdots(s-z_m)}{a_n(s-p_1)(s-p_2)\cdots\cdots(s-p_n)}$，當$s$爲$p_1$、$p_2$、……$p_n$任何一值時，均可使$H(s)$爲無窮大。因此，$p_1$、$p_2$、……$p_n$稱爲網路函數$H(s)$之極點。

7【極坐標】 ㄐㄧˊ ㄗㄨㄛˋ ㄅㄧㄠ
(polar coordinate in plane)在平面上，取一點O及一射線，分別稱爲極點與極軸，則任何一點P的坐標可以決定如下：以極軸爲始邊，OP爲終邊，決定角θ，令$r=OP$，爲極點至P的距離。θ稱爲P的輻角(見圖一)。極坐標和直角坐標相同的地方是，都以有序實數對來建立平面上的點和數

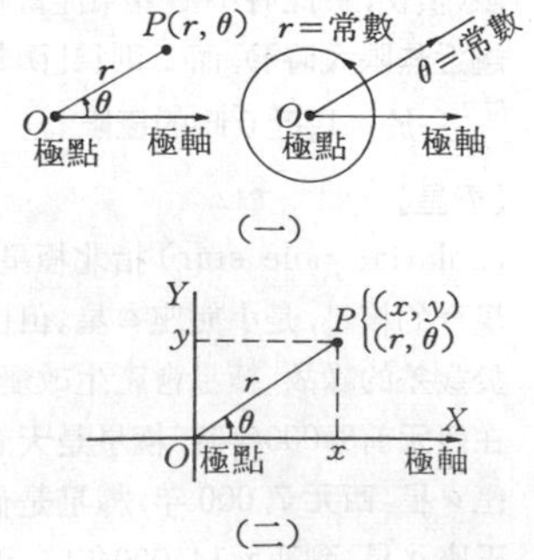

極坐標圖

的對應。但是在直角坐標時這種對應是一一對應，而在極坐標下，同一點卻可以有不同的坐標。例如極點的極坐標是$(0, \theta)$，θ可以爲任何角度；而極點以外的點則爲$(r_0, \theta_0+n\cdot360^\circ)$；$n$可以爲任意整數。此外更有一個很特別而令人困惑的規定，就是容許距離r爲負值，即若$r<0$，則(r, θ)對應$(-r, \theta+180^\circ)$的點。這個規定是爲配合與直角坐標的互換，將極點定爲$(0, 0)$，極軸定爲$(x, 0)$，$x\geq0$，則得極坐標(r, θ)與直角坐標(x, y)的互換關係如下(見圖二)：$x=r\cos\theta$，$y=r\sin\theta$，$r^2=x^2+y^2$，$\tan\theta=y/x$。例如四瓣玫瑰線的極坐標方程式爲$r=\sin2\theta$，所對應的直角坐標方程式爲$(x^2+y^2)^3=4x^2y^2$。但如果限制要$r>0$，則其對應的直角坐標方程式爲$(x^2+y^2)^{3/2}=2xy$，僅在一、三象限有圖形。極坐標在三維的推廣是球面坐標和柱面坐標。

19【極譜儀】 ㄐㄧˊ ㄆㄨˇ ㄧˊ
(polarograph)可以記錄電解質溶液中之外加電壓與對應電流變化之儀器。用於溶液中離子之定性與定量分析。

3【極口分辨】 ㄐㄧˊ ㄎㄡˇ ㄈㄣ ㄅㄧㄢˋ
竭力申明辯白。

4【極天際地】 ㄐㄧˊ ㄊㄧㄢ ㄐㄧˋ ㄉㄧˋ
窮極天地。形容極爲高大。

6【極地氣候】 ㄐㄧˊ ㄉㄧˋ ㄑㄧˋ ㄏㄡˋ
(polar climate) 位在極圈以內的極地區的氣候。通常指緯度65°至90°之間。可分爲兩型，一爲苔原氣候，最暖月均溫在0°C以上，可生長苔蘚植物；另一爲冰冠氣候，全年氣溫皆在冰點以下。此類氣候分布於北極區、'格陵蘭島'及'南極洲'。

8【極性溶劑】 ㄐㄧˊ ㄒㄧㄥˋ ㄖㄨㄥˊ ㄐㄧˋ
(polar solvent) 分子本身具有極性，可減弱離子化合物晶體中靜電力的溶劑，稱爲極性溶劑。例如水(H_2O)、甲醇(CH_3OH)、乙醇(C_2H_5OH)等。

9【極限速率】 ㄐㄧˊ ㄒㄧㄢˋ ㄙㄨˋ ㄌㄩˋ
(terminal speed) 空氣或其他環繞的流體對一落體的阻力相等於落體本身所受到的地心引力時，該落體所達到的恆速即爲極限速率。或稱端點速率。

15【極樂世界】 ㄐㄧˊ ㄌㄜˋ ㄕˋ ㄐㄧㄝˋ
指'阿彌陀佛'所居的國土，是修習淨土行的佛徒所往生的世界。即淨土宗所信仰的樂土。

19【極譜分析】 ㄐㄧˊ ㄆㄨˇ ㄈㄣ ㄒㄧ
(polarographic analysis) 電解槽由飽和甘汞電極與可還原或氧化之試料溶液組成，溶液中置以連續以毛細管滴下汞滴之滴汞極，藉外加直流電壓之連續變化，以記錄產生之對應電流，而定量與定性分析試料中之離子成分。

22【極權主義】 ㄐㄧˊ ㄑㄩㄢˊ ㄓㄨˇ ㄧˋ
(totalitarianism) 近代興起的一種專憑暴力統治的政治思想與制度。統治者的個人權力高於一切，根本抹搬人民的自由權利。最早起於'俄國'共產黨的無產階級專政。代表有：二次大戰前後'蘇俄''列寧'、'史達林'所領導的共產黨、'義大利''墨索里尼'的'法西斯'(Fascisti)、'德國''希特勒'的'納粹'(Nazi)政權等。

【極權社會】 ㄐㄧˊ ㄑㄩㄢˊ ㄕㄜˋ ㄏㄨㄟˋ
(totalitarian society)一種完全由政府控制的社會。人民的價值、意識型態、經濟及其他一切社會規範全受政府控制。

6【極地東風帶】 ㄐㄧˊ ㄉㄧˋ ㄉㄨㄥ ㄈㄥ ㄉㄞˋ
(polar easterlies)行星風系中的一個風帶。指氣流由極地高壓帶向極圈低壓帶吹送，所形成的一個行星風帶。因受地球之'科'氏力的影響而偏向，在北極區爲東北風，南極區爲東南風。

8【極性共價鍵】ㄐㄧˊ ㄒㄧㄥˋ ㄍㄨㄥˋ ㄐㄧㄚˋ ㄐㄧㄢˋ
(polar covalent bond) 當兩個不同的原子以共價鍵結合在一起構成分子時，鍵結的電子不會被兩個原子核相等地共用，使得此共價鍵的一端帶部分正電荷(δ^+)，而另一端帶部分負電荷(δ^-)，此種鍵結稱爲極性共價鍵。

11【極圈氣旋帶】ㄐㄧˊ ㄑㄩㄢ ㄑㄧˋ ㄒㄩㄢˊ ㄉㄞˋ
(polar cyclonic zone)位南、北極圈附近，由極地吹下的冷氣流和由副熱帶上吹的暖氣流交綏，產生氣旋，頻率很大，故天氣多變化。

7【極坐標方程式】ㄐㄧˊ ㄗㄨㄛˋ ㄅㄧㄠ ㄈㄤ ㄔㄥˊ ㄕˋ
(polar equation)即以r和θ的方程式表示曲線的圖形。直線的方程式爲 $r=P\sec(\theta-\alpha)$，P即法線式中的法線距，α爲法線傾角。極坐標方程式特別適合描述螺線、雙紐線。

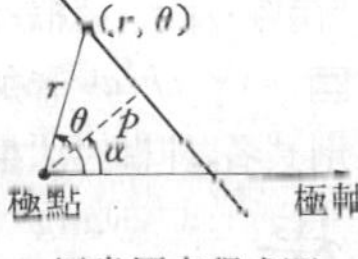

極坐標方程式圖

欲以萬有引力解釋行星的軌道爲橢圓時，也是用極坐標表示的橢圓方程式。

22【極權報業理論】ㄐㄧˊ ㄑㄩㄢˊ ㄅㄠˋ ㄧㄝˋ ㄌㄧˇ ㄌㄨㄣˋ
報業四種理論之一。十六世紀時產生於'英國'，當時出版事業爲政府獨占，人民如欲從事出版事業，必須獲得政府的特許或經官方委任，此項理論認爲出版物的內容必須對政府的一切活動表示支持。至'米爾頓'(John Milton)等人倡導言論、出版自由，此理論始漸被自由主義報業理論取代。

10【極高頻率多向導航】ㄐㄧˊ ㄍㄠ ㄆㄧㄣˊ ㄌㄩˋ ㄉㄨㄛ ㄒㄧㄤˋ ㄉㄠˇ ㄏㄤˊ
(very high frequency omnidirectional range; VOR)一種多向性導航無線電輔助設備。其地面臺發射固定的信號，由飛機接收機藉比較信號的相位差以確定本身在航路中之方位，俾據以修正應有之航向。

楃 ㄨㄛˋ *wo*^{4} 音握
木帳。指用布帛緊貼木板而做成的帳幕。同幄。見"說文"。

楈 ㄒㄩ *hsü*^{1} 音須
1木名。可製犁柄。見"集韻"。2犁。見"篇海類編"。

[illegible] 楈的或體。

楳 梅的或體。

椹 ㊀ ㄓㄣ *chên*^{1} 音貞
1砧板。見"字彙"。2擣衣石。見"正字通"。
㊁ ㄕㄣˋ *shên*^{4} 音甚
1桑葚。同葚。見"集韻"。2木上長出的菌類。見"博物志·異草木"。

椰 ㄧㄝˊ *yeh*^{2} 音爺
(coconut; *Cocos nucifera*)高大喬木。葉長達3～4公尺，羽狀全裂；果實倒卵形，長達20公分，稱爲堅果，構造奇特，中果皮厚而纖維質，內果皮骨質；種子一顆。大量栽植於熱帶低地，特別是濱海地區。是極重要的果樹，乾燥的胚乳(椰肉)可榨椰子油，是主要植物性油來源之一，中果皮之纖維(椰棕)可供製繩索，又胚乳內所含液汁可製糖或酒。此外可栽植作觀賞樹，較著名的地區如'佛羅里達'、'夏威夷'，便處處可見；'臺灣'屏東'地區也栽種不少，頗具南國情調。

椰圖

16【椰雕】ㄧㄝˊ ㄉㄧㄠ
以椰子殼爲材料的一種雕刻工藝。可雕出人物、走獸、樓閣等各種造形，刻工細致，風格古樸，再鑲以金屬或嵌以檀香木，則更具特色。我國'海南島'盛產椰子，舊時官吏即以椰雕成品進貢朝廷，稱爲⌊天南貢品⌉。

楠 ㄋㄢˊ *nan*^{2} 音南
(*Phoebe nanmu*; *Machilus nanmu*)喬木。葉革質，上面凹，下面隆，且被柔毛，花淡黃綠色，排成圓錐花序，腋生；果實卵形。主產於我國南部。爲良好建築和家具用材，木材也可入藥，治霍亂吐瀉。

楠圖

楪 ㊀ ㄧㄝˋ *yeh*^{4} 音葉
窗戶。見"玉篇"。
㊁ ㄉㄧㄝˊ *tieh*^{2} 音碟
盛食物的碟子。同碟。

楣 ㄇㄟˊ *mei*^{2} 音眉
1屋檐口椽端的橫板。見"說文"。2門上的橫木。3屋上的橫梁。俗稱二梁。也泛指房屋。

6【楣式結構】ㄇㄟˊ ㄕˋ ㄐㄧㄝˊ ㄍㄡˋ
(post and lintel system) 在牆垣或柱上架以橫梁的構造方式。又稱楣梁式結構或柱梁式結構。古'埃及'神廟多採用之。

楂 ㊀ ㄔㄚˊ *ch'a*^{2} 音察
水中浮木。即木筏。通槎。
㊁ ㄓㄚ *cha*^{1} 音渣
果名。也作樝、柤。見"康熙字典"。

楷 ㄎㄞˇ *k'ai*^{3} 音凱
1木名。見"說文"。2典範；法式。如：楷模。3書體的一種。

10【楷書】ㄎㄞˇ ㄕㄨ
書體名。也稱正書、眞書。由'漢'隸轉化而成，旣無草書漫無標準之缺失，且減省隸書之波磔形狀。以形體方正，筆畫平直，可作楷模，故名。首創於‘東漢’，通行至今。‘唐’以前，楷書也兼指八分書與隸書。

15【楷模】 ㄎㄞˇ ㄇㄛˊ
法式;模範。

楚 ㄔㄨˇ *ch'u*^{3} 音礎
①(*Vitex negundo*)又稱黃荊。灌木。枝四方形，密生灰白絨毛;掌狀複葉具小葉5片;開淡紫色花，結黑色果。生於山坡路旁、海邊。莖皮可造紙，花和枝葉可提取芳香油。②泛指叢林草莽。③刑杖。如:夏楚。④痛苦。如:痛楚。⑤整齊或華美的樣子。如:衣冠楚楚。⑥鄙賤粗俗。⑦‘周代’侯國。‘周成王’封‘熊繹’於‘楚’，都‘丹陽’(今‘河北’‘秭歸’)，‘周’人稱‘荊蠻’，後徙都於‘郢’(今‘湖北’‘江陵’)。‘春秋’‘莊王’、‘戰國’‘悼王’在位時，國勢強盛，疆域有今兩‘湖’、‘安徽’、‘江’‘浙’及‘河南’南部諸地，爲五霸與七雄之一。‘戰國’末，屢敗於‘秦’，至王‘負芻’爲‘秦’所滅。⑧姓。‘春秋’‘魯’有‘楚丘’。見“萬姓統譜·七六”。

楚圖

13【楚楚】 ㄔㄨˇ ㄔㄨˇ
①草木叢生茂密的樣子。②鮮明華美的樣子。③才能出眾的樣子。④悽苦的樣子。⑤嬌弱的樣子。

19【楚辭】 ㄔㄨˇ ㄘˊ
‘西漢’‘劉向’輯，十六篇。收錄‘屈原’、‘宋玉’、‘景差’及‘漢代’‘淮南小山’、‘東方朔’、‘王褒’、‘賈誼’、‘嚴忌’、‘劉向’等人的辭賦，爲騷體類文章的總集。

3【楚弓楚得】 ㄔㄨˇ ㄍㄨㄥ ㄔㄨˇ ㄉㄜˊ
比喻雖有所失，而利不外溢，無須追尋計較。

5【楚囚相對】 ㄔㄨˇ ㄑㄧㄡˊ ㄒㄧㄤ ㄉㄨㄟˋ
像囚犯一般相對哭泣，無計可施。

7【楚材晉用】 ㄔㄨˇ ㄘㄞˊ ㄐㄧㄣˋ ㄩㄥˋ
‘楚國’的人材爲‘晉國’所用。後稱引用他國的人材，或稱本國人材外流而爲他國所用。

8【楚河漢界】 ㄔㄨˇ ㄏㄜˊ ㄏㄢˋ ㄐㄧㄝˋ
指敵對兩方的界線。

13【楚楚可憐】 ㄔㄨˇ ㄔㄨˇ ㄎㄜˇ ㄌㄧㄢˊ
形容女子嬌弱可愛的樣子。

14【楚漢之爭】 ㄔㄨˇ ㄏㄢˋ ㄓ ㄓㄥ
‘項羽’與‘劉邦’的爭霸戰。西元前207年‘項羽’滅‘秦’，自立爲‘西楚霸王’，據‘梁’、‘楚’之地。以‘巴’、‘蜀’、‘漢中’封‘劉邦’爲‘漢王’，封‘秦’降將三人於‘關’中，以斷‘劉邦’東出之路。後‘劉邦’滅三‘秦’，趁‘齊’叛‘楚’而‘項羽’往伐之際攻入‘彭城’(今‘江蘇’‘銅山’)。‘項羽’回師救‘楚’，兩軍相拒於‘滎陽’(今‘河南’‘滎陽’)、‘成皋’(今‘河南’‘汜水’西北)間。‘劉邦’命‘韓信’引兵收服‘趙’、‘代’、‘燕’、‘齊’，以夾擊‘楚’後方，並誘降‘英布’，迫‘項羽’議和，以‘鴻溝’(今‘河南’‘廣武’、‘滎陽’間)爲界。‘項羽’引兵東歸時，‘劉邦’又背約追擊，召‘韓信’、‘彭越’合圍‘項羽’於‘垓下’(今‘安徽’‘靈壁’東南)，‘項羽’突圍南走，後自刎於‘烏江’(今‘安徽’‘和縣’東北)。

楺 ㄖㄡˇ *jou*^{3} 音糅
把直的木頭揉屈烤乾，使變成彎曲。見“玉篇”。

楙 ㄇㄠˋ *mao*^{4} 音茂 又讀 ㄇㄡˋ *mou*^{4}
①果樹名。即木瓜。見“爾雅·釋木”。②林木茂盛的樣子。也泛指美盛、旺盛。通茂。③貿易。通貿。

楘 ㄇㄠˊ *mao*^{2} 音毛
果樹名。即多桃。見“說文”。

楑 ㄍㄨㄟˋ *kuei*^{4} 音貴
①木名。見“說文”。②揆度。也作揆。見“說文”。

椷 ㊀ ㄐㄧㄢ *chien*^{1} 音緘
①木製的箱篋。見“說文”。②信封;信件。通緘。
㊁ ㄒㄧㄢˊ *hsien*^{2} 音咸
一種木製的杯盞。見“方言·五”。

楕 橢的或體。

楲 ㄨㄟ *wei*^{1} 音威
尿壺。見“說文通訓定聲”。

楆 ㊀ ㄖㄨㄢˇ *juan*^{3} 音軟
①果名。即梬棗。見“說文”。②草名。即紅藍。見“玉篇”。
㊁ ㄦˊ *êrh*^{2} 音而
木名。也作檽。見“集韻”。

椽 ㄔㄨㄢˊ *ch'uan*^{2} 音船
①承屋瓦的圓木。即榱。見“說文”。②量詞。房屋一間爲一椽。

椵 ㊀ ㄐㄧㄚˇ *chia*^{3} 音假
果樹名。柚屬。果實大如盂，皮厚二、三寸，中間像枳。見“爾雅·釋木·櫠椵·注”。
㊁ ㄐㄧㄚ *chia*^{1} 音加
刑具名。即枷。見“集韻”。

楊 ㄧㄤˊ *yang*^{2} 音羊
①(poplar; *Populus*)楊柳科(Salicaceae)的一屬。喬木。具軟而白的材質。廣布於北半球。葉互生，具長柄;花序柔軟下垂;種子長滿棉毛。容易栽種，且生長快速，可當行道樹。②姓。‘漢’有‘楊惲’。見“萬姓統譜·四一”。

楊圖

6【楊朱】 ㄧㄤˊ ㄓㄨ
‘戰國’‘衛’人。字‘子居’。又稱‘楊子’、‘陽子’、‘陽生’。著作不傳於後，言論主張散見於“孟子”、“淮南子”、“列子”諸書中。主爲我、重生、貴己，不拔一毛以利天下，與‘墨子’兼愛思想相對立。

8 **【楊枝】** ㄧㄤˊ ㄓ
梵語dantakāṣṭha音譯作憚哆家瑟詑，義爲楊枝，又譯爲齒木。將樹枝頭咬成細條，用以刷牙之器具。古代‘印度’禮請佛菩薩時，多用楊枝、淨水(香水)。又，民間相傳‘觀音菩薩’手持楊枝、淨水，以救渡眾生。

9 **【楊度】** ㄧㄤˊ ㄉㄨˋ
(1875～1931) ‘湖南’‘湘潭’人，字‘晳子’，署‘虎公’。早歲受業於‘王闓運’。留學‘日本’‘弘文速成師範學校’。‘民國’成立，曾任內閣統計局長、學部副大臣、‘參政院’參政、‘國史館’副館長。後組‘籌安會’，鼓吹帝制，爲「洪憲六君子」之一。‘袁世凱’死後，列名帝制禍首，遭通緝，匿居‘天津’、‘上海’等地。

【楊炯】 ㄧㄤˊ ㄐㄩㄥˇ
(650～692) ‘唐’‘華陰’(今‘陝西’‘華陰’)人。十二歲舉神童，授校書郎，爲‘崇文館’學士，後官‘盈川’令。擅長五律，多數作品未能盡脫‘齊’、‘梁’文風的影響。

【楊陓】 ㄧㄤˊ ㄩ
古代九澤之一。也作‘楊華’、‘楊紆’。又名‘具圃’。在今‘陝西省’‘隴縣’西。

10 **【楊桃】** ㄧㄤˊ ㄊㄠˊ
五斂子的別名。參五斂子。

【楊倞】 ㄧㄤˊ ㄌㄧㄤˋ
‘唐’人。“新唐書·藝文志”以爲乃‘文宗’時‘東川’節度使‘楊汝士’之子，則爲‘弘農’(今‘河南’‘靈寶’南)人。官大理評事，曾注“荀子”二十卷。

【楊修】 ㄧㄤˊ ㄒㄧㄡ
(175～219)‘東漢’‘弘農’‘華陰’(今‘陝西’‘華陰’)人，字‘德祖’。才思敏捷，能說善道。與‘曹植’相善，曾欲擁立‘植’爲太子，後遭‘曹操’殺害。今存有小賦五篇。

13 **【楊慎】** ㄧㄤˊ ㄕㄣˋ
(1488～1559)‘明’‘新都’(今‘四川’‘新都’)人，字‘用修’，號‘升庵’。‘正德’間殿試第一，授翰林修撰。‘世宗’時，因直言極諫，而被謫戍‘雲南’‘永昌’。‘愼’學識廣博，著作之富，爲‘明代’第一。有“升庵集”；其“丹鉛雜錄”、“續錄”、“餘錄”，由門人‘梁佐’哀合爲一編，刪除重複，定爲二十八類，稱“丹鉛總錄”。

【楊業】 ㄧㄤˊ ㄧㄝˋ
(?～986) ‘太原’(今‘山西’‘太原市’)人，本名‘貴重’，又名‘繼業’。初爲五代‘北漢’驍將，後歸‘宋’，爲‘代州’刺史，積功升‘雲州’觀察使。‘契丹’國母‘蕭’氏率眾南下，‘業’迎戰不敵，力竭被擒，不食三日死。

14 **【楊漣】** ㄧㄤˊ ㄌㄧㄢˊ
(1572～1625)‘明’‘應山’(今‘湖北’‘應山’)人，字‘文孺’，號‘大洪’。‘萬曆’進士。‘天啟’時，官至左副都御史，因上疏論‘魏忠賢’二十四大罪，爲‘忠賢’所構陷，死於獄中。

15 **【楊震】** ㄧㄤˊ ㄓㄣˋ
(?～124) ‘東漢’‘華陰’(今‘陝西’‘華陰’)人，字‘伯起’。通曉諸經，時稱‘關西孔子’。年五十始在州郡爲官，清廉自守。後爲太尉，忠直不被小人所容，終爲中官所譖，遣歸故鄉，憤而飲毒自殺。

【楊億】 ㄧㄤˊ ㄧˋ
(974～1020) ‘北宋’‘建州’(今‘福建’‘建甌’)人，字‘大年’。‘淳化’進士，官至‘翰林院’學士兼史館修撰。才思敏捷，以駢文著名。又曾與‘劉筠’、‘錢惟演’等人唱和，編成“西崑酬唱集”，時號「西崑體」。另著有“武夷新集”。

3 **【楊小樓】** ㄧㄤˊ ㄒㄧㄠˇ ㄌㄡˊ
(1878～1938) ‘安徽’‘石埭’人，一說‘懷寧’人，名‘嘉訓’。研習武生，以武戲文唱著稱。傳其藝者，世稱‘楊’派。

7 **【楊秀淸】** ㄧㄤˊ ㄒㄧㄡˋ ㄑㄧㄥ
(1820?～1856) ‘清’‘廣西’‘桂平’人，原名‘嗣龍’，因與‘洪秀全’約爲兄弟而改名。與‘洪’氏同起事，屢敗‘清’兵，封‘東王’，‘太平軍’號令皆出其手，權勢頗盛，世稱‘洪’‘楊’。後居功而驕，挾制‘天王’，壓制同僚，爲‘北王’‘韋昌輝’所殺。

9 **【楊柳枝】** ㄧㄤˊ ㄌㄧㄡˇ ㄓ
‘唐’民間歌舞名。‘漢’樂府橫吹曲有“折楊柳”，流行於民間，至‘唐’‘白居易’、‘劉禹錫’等加以創新，稱爲“楊柳枝”，並配上舞蹈。歌詞爲七言四句，詠柳抒懷，其後內容逐漸擴大。

11 **【楊國忠】** ㄧㄤˊ ㄍㄨㄛˊ ㄓㄨㄥ
(?～756) ‘唐’‘蒲州’‘永樂’(今‘山西’‘永濟’)人，本名‘釗’。‘楊貴妃’堂兄。‘玄宗’時，由御史升任宰相兼吏部尚書，專擅朝政，生活淫縱。‘安祿山’反，從‘玄宗’奔，途中爲‘陳玄禮’率軍士誅殺於‘馬嵬坡’。

12 **【楊貴妃】** ㄧㄤˊ ㄍㄨㄟˋ ㄈㄟ
(719～756) ‘唐’‘蒲州’‘永樂’(今‘山西’‘永濟’)人，小名‘玉環’。初爲‘壽王’‘瑁’妃，‘玄宗’召入宮，爲女官，號‘太眞’，後封爲貴妃。‘安祿山’反，隨‘玄宗’出奔，行至‘馬嵬坡’，軍士因貴妃與‘楊國忠’亂國，不肯前進，遂殺‘國忠’，並縊死貴妃。

13 **【楊萬里】** ㄧㄤˊ ㄨㄢˋ ㄌㄧˇ
(1127～1206) ‘南宋’‘吉水’(今‘江西’‘吉安’)人，字‘廷秀’，號‘誠齋’。‘紹興’進士，官至祕書監。其詩平易自然，有“誠齋集”。

15 **【楊蔭瀏】** ㄧㄤˊ ㄧㄣˋ ㄌㄧㄡˊ
(1899～1984) ‘江蘇’‘無錫’人。自幼喜愛音樂，遍學各種樂器及‘崑’曲。曾任‘哈佛燕京社’音樂研究員、‘國立音樂院’教授。研究古代樂譜，採訪民間音樂，頗有成績。著有“中國音樂史綱”及“中國古代音樂史稿”。

20 **【楊繼盛】** ㄧㄤˊ ㄐㄧˋ ㄕㄥˋ
(1516～1555)‘明’‘容城’(今‘河北’‘容城’)人，字‘仲芳’，號‘椒山’。‘嘉靖’進士。官兵部員外郎時，‘俺答’入寇，大將軍‘仇鸞’請開馬市以和,'繼盛'上疏反對,被貶爲'狄道'典吏。後'仇鸞'敗死,乃遷任兵部武選司。'嚴嵩'當國,'繼盛'上疏彈劾,被'嵩'陷害下獄而死。'穆宗'立,追諡'忠愍'。著有"楊忠愍集"。

[木冒] ㄇㄠˋ mao⁴ 音冒
門框上的橫木。即門楣。見"說文"。

榅 榲的俗體。

楫 ㄐㄧˊ chi² 音集
也作檝。1船槳。也指船隻。2划船。3聚集。通集、輯。

楛 一 ㄏㄨˋ hu⁴ 音護
木名。形似荊木而呈紅色。見"字彙"。
二 ㄎㄨˇ k'u³ 音苦
1同一。2粗劣。如:楛耕傷稼。

楬 一 ㄐㄧㄝˊ chieh² 音節
1可寫字以爲標示的小木樁。即杙。見"廣雅·釋室"。2用文字標注或表識。如:楬櫫。
二 ㄑㄧㄚˋ ch'ia⁴ 音恰
用來止樂的虎狀木製樂器。又名敔。見"字彙"。

19【楬櫫】ㄐㄧㄝˊ ㄓㄨ
樹立小木樁作爲標誌。有表明、標示的意思。也作揭櫫。

楉 ㄖㄨㄛˋ jo⁴, juo⁴ 音若
果名。見"集韻"。

楒 ㄙ szŭ¹, ssŭ¹ 音思
(*Limlia uraiana*) 常綠大喬木。葉長橢圓形,先端有尾尖,葉基常歪斜。雄花聚成葇荑花序。殼斗杯狀,包圍堅果近一半,有絹狀絨毛。堅果寬卵形,頂端突尖。分布於我國東南部。

楒圖

楨 ㄓㄣ chên¹ 音貞
1木名。即女楨。多天樹葉不凋。見"山海經·東山經·太山上多金玉楨木·注"。2築牆時豎立在兩邊的木柱。見"字彙"。3主幹;根本。如:基楨。

14【楨榦】ㄓㄣ ㄍㄢˋ
1比喻骨幹、根本。2比喻能承重任的賢才。

椳 ㄨㄟ wei¹ 音威
容納門樞的臼。見"說文"。

楇 ㄍㄨㄛ ko¹, kuo¹ 音鍋
器具名。1設在車上,用以盛裝車轂潤滑油膏。也作輠。見"說文"。2裝在紡車上,用以收絲。見"廣韻"。

枸 枸的或體。

楞 一 ㄌㄥˊ lêng² 音稜
1同棱。通作稜。(1)方角的木頭。見"集韻"。(2)器物鋒銳的角。如:楞角。2量詞。指少量。
二 ㄌㄥˋ lêng⁴ 音愣
1失神;發呆。通愣。2凶猛。

6【楞次定律】ㄌㄥˊ ㄘˋ ㄉㄧㄥˋ ㄌㄩˋ
(Lenz's law)'楞次'發現,由磁通量變化所產生的感應電動勢的正負兩極的方向,乃在使其所產生的感應電流產生反抗原有的磁通量變化的新磁場。即當通過迴路的磁通量增加時,感應電流所產生的磁場在阻止其磁通量的增加,反之亦然。

椯 一 ㄉㄨㄛˇ to³, tuo³ 音朵
馬鞭。見"說文"。
二 ㄔㄨㄞˇ ch'uai³ 音揣
忖度。通揣。見"說文"。

楥 一 ㄒㄩㄢˋ hsüan⁴ 音眩
1木質鞋模。同楦。見"說文"。2泛指塡塞物體中空部分的模型。見"正字通"。
二 ㄩㄢˊ yüan² 音元
1木名。即柜柳。見"爾雅·釋木"。2柵欄;籬笆。見"正字通"。

椶 棕的古文。

橊 榴的或體。

棰 一 ㄔㄨㄟˊ ch'ui² 音垂
也作捶。1杖擊;鞭打。見"集韻"。2木杖;鞭子。如:一尺之棰。
二 ㄉㄨㄛˇ to³, tuo³ 音朵
樹木叢生的樣子。見"集韻"。

13【棰楚】ㄔㄨㄟˊ ㄔㄨˇ
古代的杖刑。

椱 ㄈㄨˋ fu⁴ 音復
1織機中捲繒的軸。見"說文"。2鞋履。見"方言·四"。

楹 ㄧㄥˊ ying² 音盈
1堂前的直柱。見"說文"。2量詞。房屋一間稱爲一楹。

9【楹柱】ㄧㄥˊ ㄓㄨˋ
廳堂前的直柱。

17【楹聯】ㄧㄥˊ ㄌㄧㄢˊ
門旁或柱子上的對聯。

[木敂] ㄍㄡ kou¹ 音鉤
彎曲的樹枝。見"集韻"。

楸 ㄑㄧㄡ ch'iu¹ 音秋
1(*Catalpa bungei*)落葉喬木。葉對生,三角狀卵形。開白色花,內有紫色斑點,果實成熟會開裂,長達50公分;種子兩端長毛。花可提芳香油,葉有消腫的功效。2棋盤。

楸圖

楤 ㄙㄨㄥˇ sung³ 音聳
木名。參楤木。

4【楤木】ㄙㄨㄥˇ ㄇㄨˋ
(*Aralia chinensis*) 有刺灌木。葉2～3回羽狀複葉,小葉卵形至寬卵形,鋸齒緣,上面粗糙,下面有柔毛;花白色,排成繖形花序再聚成大型圓錐花序;果球形,熟時黑色。分

楤木圖

布於我國。根治胃癌，樹皮治糖尿病，根皮健胃、利尿。

楓 ㄈㄥ *fêng1* 音風 (sweet gum; *Liquidambar*) 落葉喬木。金縷梅科 (Hamamelidaceae) 的一屬。葉互生，掌葉狀裂。木材極佳，具樹膠，供藥用可解毒止痛，也能提製香料。其葉入秋轉變為紅、黃色，可供作行道樹及觀賞樹。

楓圖

椴 ㄉㄨㄢˋ *tuan4* 音段 ①木名。即柂。似白楊。見"爾雅·釋木·椴柂·注"。②草名。即木槿。見"爾雅·釋草"。

楩 ㄆㄧㄢˊ *p'ien2* 音駢 木名。似豫章。見"玉篇"。

楀 ㄩˇ *yü3* 音羽 木名。見"說文"。

楄 ㄆㄧㄢˊ *p'ien2* 音駢 ①短的方形木椽。即短椽。見"說文"。②木名。見"廣韻"。③底板；墊板。④匾額。通扁、匾。

楯 ㄕㄨㄣˇ *shun3* 音吮 ①欄杆的橫木。也泛指欄杆。②古代武器的一種。通盾。

榆 ㄩˊ *yü2* 音俞 (dwarf elm; *Ulmus pumila*) 落葉性小喬木。葉互生，基部不對稱；花小成簇；果實扁平。枝皮纖維可製繩或當造紙原料；嫩果可食或當飼料。木材能作家具，也可栽植供觀賞或當行道樹。

榆圖

8【榆林】ㄩˊ ㄌㄧㄣˊ
①位於'陝西省'北部，濱'榆林河'東岸，北倚'長城'。為'陝'北毛皮貿易中心。②位於'海南島'南部海岸。為一海港，灣闊水深，南控'南海'海域，為我國'南海'中的海軍基地。

16【榆錢】ㄩˊ ㄑㄧㄢˊ
榆莢樹的果實。形狀似錢，故名。

楘 ㄇㄨˋ *mu4* 音木 古代裝配在車軛上的一種環形箍。用纏革或銅製成。見"說文"。

㮓 ㄕㄠˋ *shao4* 音哨 用刀削木使尖。也作㨪。見"篇海類編"。

㮚 栗的古文。

業 ㊀ ㄧㄝˋ *yeh4* 音葉 ①古代樂器架上裝飾用的大版。見"說文"。②築牆用的長版。見"爾雅·釋器"。③古代書冊的板。見"禮記·曲禮·請業則起·注"。④事務；職業。⑤學業。⑥產業。⑦專習；從事。如：業農。⑧功烈；基業。如：千秋大業。⑨繼承；創始。⑩已經。如：業經。⑪佛家語。梵語 karma，音譯為羯磨。義為業、造作。主要指生命一切的活動現象，包括行為的、思想的、善的、惡的、非善非惡的一切行為造作。佛教以為在六道中生死輪迴，是由業定。

㊁ ㄋㄧㄝˋ *nieh4* 音聶 同㊀⑪。

2【業力】ㄧㄝˋ ㄌㄧˋ
①道業與能力。②佛家語。凡所作的事都叫做業，善業有生善果的效力，惡業有生惡果的效力，統稱為業力。

5【業主】ㄧㄝˋ ㄓㄨˇ
土地、房屋等產業的所有人。

10【業師】ㄧㄝˋ ㄕ
對人稱自己的老師。

12【業報】ㄧㄝˋ ㄅㄠˋ
佛家語。因善惡的業因而得到苦樂的果報。

14【業障】ㄧㄝˋ ㄓㄤˋ
①佛家語。指前生所作惡業造成今生的苦痛、障礙。②罵人的話。指他人為禍根、惡果。

15【業餘】ㄧㄝˋ ㄩˊ
①工作以外的空閒時間。②非職業性的。

5【業主權益】ㄧㄝˋ ㄓㄨˇ ㄑㄩㄢˊ ㄧˋ
(owner's equity) 企業的全部資產減除全部負債，其餘額屬於企業所有人，故稱業主權益或淨值。在股份有限公司，業主權益稱股東權益。

11【業務單位】ㄧㄝˋ ㄨˋ ㄉㄢ ㄨㄟˋ
一個組織內，主管與組織任務的完成具有直接貢獻之業務的單位。如稅務機關的主要任務為課稅，主管課稅查徵的單位，則為業務單位。由於各組織的任務多有不同，故各組織業務單位的工作亦常有不同。

【業務審計】ㄧㄝˋ ㄨˋ ㄕㄣˇ ㄐㄧˋ
(operational audit) 業務審計是以衡量企業或政府機構效率為目的，它的工作常集中於一個機構內某一部門或單位，考核的對象或許是會計、製造、市場行銷、人事或該機構業務上任何單元作業。由於所制訂的效率標準並不像一般公認會計原則那麼清楚明白，所以需要較財務遵行審計更多的主觀判斷。

14【業精於勤】ㄧㄝˋ ㄐㄧㄥ ㄩˊ ㄑㄧㄣˊ
學業因勤勉而精進。

5【業主權益說】ㄧㄝˋ ㄓㄨˇ ㄑㄩㄢˊ ㄧˋ ㄕㄨㄛ
係一種以自然人為主體之論點。即凡會計處理均以業主之利益為前提，業主個人的資產負債有時與其所營企業的資產負債相混合，有關業主一切收支活動均為其記載要項。

11【業務判斷法】ㄧㄝˋ ㄨˋ ㄆㄢˋ ㄉㄨㄢˋ ㄈㄚˇ
個體預測人力方法之一種。指根據工作分析人員、單位主管及有關員工的學識、經驗，就應行辦理之業務，運用最佳判斷，決定該種業務之所需人力。對不適合工作時間研究法預測的工作，可適用之。

5【業主權益變動表】 ㄧㄝˋ ㄓㄨˇ ㄑㄩㄢˊ ㄧˋ ㄅㄧㄢˋ ㄉㄨㄥˋ ㄅㄧㄠˇ
(statement of owner's equity) 爲說明企業在特定期間之業主權益內各項目變動情形的財務報表。其內容包括各項目，如股本、資本公積、保留盈餘等的期初餘額，本期增減的變動及期末餘額。在公司組織，本表稱爲股東權益變動表，而股東權益變動較少的公司可以保留盈餘表取代股東權益變動表。

11【業務上過失致死罪】 ㄧㄝˋ ㄨˋ ㄕㄤˋ ㄍㄨㄛˋ ㄕ ㄓˋ ㄙˇ ㄗㄨㄟˋ
從事業務之人於從事該特定業務活動時，因過失而致人於死者，稱爲業務上過失致死罪。從事業務之人，因反覆持續從事特定目的之社會活動，故應負較高之注意義務，因此，因業務過失行爲而造成之過失犯罪，自應較普通過失負擔較重之刑事責任，此即"刑法"第二百七十六條第二項較第一項刑責重之故。

楽 樂的俗體。

10

窠 松的或體。

稾 槁的或體。

槊 ㄕㄨㄛˋ *shuo*⁴ 音朔
1古代的一種兵器。即長矛。也作矟。2古代的一種博戲。

榮 ㄖㄨㄥˊ *jung*² 音容
1桐木。見"說文"。2草本植物所開的花。見"爾雅·釋草"。3繁盛。如：欣欣向榮。4光榮。辱的反義詞。如：榮譽。5'中'醫稱人體的營養作用或血液循環的功能。也指血液。6姓。'周'有'榮夷公'。見"通志·氏族略三"。

5【榮民】 ㄖㄨㄥˊ ㄇㄧㄣˊ
指退役軍人。

7【榮利】 ㄖㄨㄥˊ ㄌㄧˋ
功名利祿。

8【榮典】 ㄖㄨㄥˊ ㄉㄧㄢˇ
榮耀恩典。指上對下的提拔賞賜。

9【榮枯】 ㄖㄨㄥˊ ㄎㄨ
草木的茂盛與枯萎。比喻人的得志與失意。

12【榮華】 一 ㄖㄨㄥˊ ㄏㄨㄚ
草木的花。
二 ㄖㄨㄥˊ ㄏㄨㄚˊ
1比喻人或物正處於極盛之時。2指浮華的言辭。3指旺盛的血氣。

14【榮銜】 ㄖㄨㄥˊ ㄒㄧㄢˊ
光榮的頭銜。

17【榮膺】 ㄖㄨㄥˊ ㄧㄥ
榮任。任職的美稱。

19【榮寵】 ㄖㄨㄥˊ ㄔㄨㄥˇ
恩寵。

21【榮譽】 ㄖㄨㄥˊ ㄩˋ
美好的聲名。

23【榮顯】 ㄖㄨㄥˊ ㄒㄧㄢˇ
榮耀顯貴。

10【榮辱與共】 ㄖㄨㄥˊ ㄖㄨˋ ㄩˇ ㄍㄨㄥˋ
共同承擔榮耀和恥辱。

12【榮華富貴】 ㄖㄨㄥˊ ㄏㄨㄚˊ ㄈㄨˋ ㄍㄨㄟˋ
顯達又多財富。

21【榮譽名單】 ㄖㄨㄥˊ ㄩˋ ㄇㄧㄥˊ ㄉㄢ
(honorary roll) 又稱榮譽榜。學校於學期終了公布的優異學生名單。

【榮譽制度】 ㄖㄨㄥˊ ㄩˋ ㄓˋ ㄉㄨˋ
(honor system) 學校中實施由學生自律的一種制度。學生接受學校的信賴，不欺騙、不作弊，一旦有失誤行爲則由學生法庭自處。今泛稱無人監督的信實制度。

【榮譽學位】 ㄖㄨㄥˊ ㄩˋ ㄒㄩㄝˊ ㄨㄟˋ
(honorary degree) 無需經由一般進修學位規定，由大學或學院授予個人，以確認其特殊成就或表現的學位。通常頒授的榮譽學位爲博士學位，以顯示接受該學位者的顯赫成就。

穀 ㄍㄨˇ *ku*³ 音谷 又讀 ㄍㄡˋ *kou*⁴ 音夠
木名。即楮。皮可製紙。見"字彙"。

槖 橐的俗體。

榦 一 ㄍㄢˋ *kan*⁴ 音幹
1築牆時立在兩端的木頭。見"說文"。2樹的主幹。通作幹。如：枝榦。3本質。
二 ㄏㄢˊ *han*² 音韓
井口的柵欄。見"集韻"。

梓 梓的或體。

榕 ㄖㄨㄥˊ *jung*² 音容
(fig; *Ficus*) 桑科(Moraceae)之榕屬，全世界約有800種。有喬木、灌木及蔓藤。植物體有乳汁；葉厚或硬，常呈革質。種子生於一球形或梨形的肉質花托內，先端有一小開口，通稱隱頭果。榕屬植物種類多，用途也廣，有的果實可食用，如愛玉子可製愛玉、當飼料、提製天然橡膠；在熱帶或亞熱帶地區常栽種作街樹或供觀賞；'臺灣'高速公路中央安全島即密植黃金榕。又榕樹的氣根著地可長成粗壯的樹幹，'澎湖''通樑'大榕樹即是一大奇景。

榨 ㄓㄚˋ *cha*⁴ 音乍
1壓取汁液的工具。見"廣韻"。2擠壓。俗作搾。如：壓榨。

8【榨取】 ㄓㄚˋ ㄑㄩˇ
壓榨；搜括。

12【榨菜】 ㄓㄚˋ ㄘㄞˋ
將大頭菜或芥菜頭等加上鹽和辣椒粉等佐料，壓擠在缸或罐中所製成的醃菜。

榜 一 ㄆㄥˊ *p'êng*² 音彭
矯正弓弩的器具。見"說

文”。

三 ㄅㄥˋ *pêng*⁴ 音蹦

1舟船。見“爾雅·釋木”。2鞭笞。見“古今韻會舉要”。

三 ㄅㄤˇ *pang*³ 音綁

1揭示。2揭示考試錄取的名單。如:發榜。3表揚。如:標榜。4匾額。5模範。如:榜樣。

5【榜示】 ㄅㄤˇ ㄕˋ

張貼公告以告知民眾。也作牓示。

9【榜首】 ㄅㄤˇ ㄕㄡˇ

第一名的錄取者。

11【榜掠】 ㄅㄥˋ ㄌㄩㄝˋ

鞭打拷問。

【榜眼】 ㄅㄤˇ ㄧㄢˇ

科舉時代對殿試一甲第二名的美稱。‘北宋’初,二、三名皆稱榜眼,‘明’時始專稱第二名。

【榜笞】 ㄅㄥˋ ㄔ

鞭打。

15【榜樣】 ㄅㄤˇ ㄧㄤˋ

1模樣;形態。2模範;典範。

【榜箠】 ㄅㄥˋ ㄔㄨㄟˊ

刑杖。引申為拷打。也作榜棰。

㮾 或作榔。桹的俗體。

榠 一 ㄇㄧㄥˊ *ming*² 音明

參榠樝。

二 ㄇㄧㄥˇ *ming*³ 音茗

晚採的茶。見“集韻”。

15【榠樝】 ㄇㄧㄥˊ ㄓㄚ

果樹名。木、葉、花、實都像木瓜,但形狀較大而顏色黃。見“本草綱目·果部·榠樝”。

榱 ㄘㄨㄟ *ts'ui*¹ 音崔

屋椽。見“說文”。

槁 ㄍㄠˇ *kao*³ 音稿

木枯。本作槀。見“說文”。

4【槁木】 ㄍㄠˇ ㄇㄨˋ

枯死的樹木。

【槁木死灰】 ㄍㄠˇ ㄇㄨˋ ㄙˇ ㄏㄨㄟ

1比喻內心寂靜。2比喻意志消沈,毫無生趣。

榟 ㄊㄧˊ *t'i*² 音題

木梯。見“集韻”。

槉 ㄐㄧˊ *chi*² 音疾

柱上的方木。即枅。見“正字通”。

榶 ㄊㄤˊ *t'ang*² 音堂

木名。即棣。見“集韻”。

榷 ㄑㄩㄝˋ *ch'üeh*⁴ 音確

1獨木橋。見“廣雅·釋宮”。2專利;獨占專賣。如:榷酤。3商議;討論。如:商榷。

7【榷利】 ㄑㄩㄝˋ ㄌㄧˋ

專賣利益。

樒 ㄇㄧˋ *mi*⁴ 音密

香木名。形似槐。也作榓。見“集韻”。

槏 一 ㄑㄧㄢˇ *ch'ien*³ 音遣

1門扉;窗戶。見“說文”。2窗牖旁邊的柱子。見“廣韻”。

二 ㄌㄧㄢˊ *lien*² 音廉

狹窄。也作廉。見“集韻”。

三 ㄒㄧㄢˊ *hsien*² 音賢

稻的一種。也作稴。見“集韻”。

槎 ㄔㄚˊ *ch'a*² 音茶

1以傾斜的角度砍伐。見“說文”。2木筏。見“字彙”。

8【槎枒】 ㄔㄚˊ ㄧㄚˊ

1樹枝叉開的樣子。2參差不齊的樣子。

槊 ㄕㄨㄛˋ *shuo*⁴ 音朔

1柵欄。見“廣雅·釋宮”。2木名。見“集韻”。

楸 楸的或體。

榏 ㄧˋ *i*⁴ 音益

1舟名。因畫鷁首於船頭而得名。也作艗。見“玉篇”。2木名。即枍詣。見“丹鉛續錄·八”。

榛 ㄓㄣ *chên*¹ 音真

(*Corylus heterophylla*) 灌木或小喬木。葉圓卵形,基部心形,緣有不規則重鋸齒,果由鐘狀總苞圍住,可食用。

榛圖

8【榛狉】 ㄓㄣ ㄆㄧ

指草木叢生、野獸出沒的蠻荒之地。

11【榛莽】 ㄓㄣ ㄇㄤˇ

叢生的草木。

16【榛蕪】 ㄓㄣ ㄨˊ

1草木叢雜。形容荒蕪的景象。2自謙之詞。比喻微賤。

榡 ㄙㄨˋ *su*⁴ 音素

未經雕飾的器具。見“篇海類編”。

構 ㄍㄡˋ *kou*⁴ 音夠

1架屋。引申為建設、建立。如:架構。2房屋。如:華構。3聚結。如:構怨。4性交。如:交構。5講和;成就。如:構和。6設計陷害;挑撥離間。如:構陷。

6【構成】 ㄍㄡˋ ㄔㄥˊ

造成;組成。

7【構兵】 ㄍㄡˋ ㄅㄧㄥ

交兵;交戰。也作搆兵。

8【構和】 ㄍㄡˋ ㄏㄜˊ

講和;締結和約。也作搆和。

9【構思】 ㄍㄡˋ ㄙ

思考;運用心思。也作搆思。

【構怨】 ㄍㄡˋ ㄩㄢˋ

結怨;結仇。也作搆怨。

10【構扇】 ㄍㄡˋ ㄕㄢ

挑撥煽動。也作扇構。

11【構陷】 ㄍㄡˋ ㄒㄧㄢˋ

設置陷阱,陷人於罪。也作搆陷。

13【構亂】 ㄍㄡˋ ㄌㄨㄢˋ

圖謀叛亂。

19【構難】 ㄍㄡˋ ㄋㄢˋ

結成怨仇;造成禍害。

25【構釁】 ㄍㄡˋ ㄒㄧㄣˋ

造成釁隙;結成怨仇。

6【構成主義】 ㄍㄡˋ ㄔㄥˊ ㄓㄨˇ ㄧˋ

(constructivism)西元1910年到1920年代,於‘俄國’‘莫斯科’產生的一種抽象藝術運動。其特色為運用鐵絲、玻璃、金屬片等工業材料以創製抽象的立體造形。1919年分裂為主張生產主義立場和堅持純粹抽象造形兩大方向。1921

年後雖因政治因素而從'蘇俄'銷聲匿跡,卻影響'巴黎'和'德國'之設計和抽象藝術。現代抽象雕刻採用非傳統性原料或鎔銲類之工業技巧,即受其影響。

【構成要件】 ㄍㄡˋ ㄔㄥˊ ㄧㄠˋ ㄐㄧㄢˋ 指立法者就各種犯罪行爲之構成犯罪事實,經過類型化、抽象化或條文化而規定於"刑法"法規,以作爲可罰行爲之前提要件。換言之,亦即立法者將社會生活上之各種行爲情狀、事實或關係,認其具有"刑法"上之重要性,規定於"刑法"法規內,作爲具體行爲是否構成犯罪之法律要件。

9**【構架結構】** ㄍㄡˋ ㄐㄧㄚˋ ㄐㄧㄝˊ ㄍㄡˋ (framed structure)以三角形或矩形之方式結合,用以支撐荷重,並將荷重傳遞至支承或基礎的一組結構構件。分爲平面構架、空間立體構架及桁架等。

11**【構造學派】** ㄍㄡˋ ㄗㄠˋ ㄒㄩㄝˊ ㄆㄞˋ (structuralism)心理學派的一支。以心靈結構爲研究領域,主張以內省法分析個體之內心結構的主要構成部分。

13**【構想效度】** ㄍㄡˋ ㄒㄧㄤˇ ㄒㄧㄠˋ ㄉㄨˋ (construct validity)一測驗所得結果與理論構想之間的相關程度。若測驗結果可憑以解釋編製測驗時所假設的觀念或構想,則該測驗具有構想效度。

11**【構造地質學】** ㄍㄡˋ ㄗㄠˋ ㄉㄧˋ ㄓˊ ㄒㄩㄝˊ (structural geology)研究岩石的形狀、排列、結構及其形成原因的科學。

榤 桔的或體。

榡 ㄙㄨㄛˇ so³, suo³ 音索 1木名。同楝。也指樹梢。見"集韻"。2索求。通索。見"字彙補"。

榪 ㄇㄚˋ ma⁴ 音罵 1床頭橫木。見"玉篇"。2關定器物的木片。即楔。見"正字通"。

榧 ㄈㄟˇ fei³ 音匪 (*Torreya grandis*)常綠喬木。葉螺旋狀二列,先端有刺狀短尖;雌球穗成對生於葉腋;種子具淡紫紅色、假種皮。材質優良,可供橋梁及舟車之用;種子炒熟可食,也可榨油供工業用。

榧圖

樹 樹的俗體。

榑 ㄈㄨˊ fu² 音扶 參榑桑。

10**【榑桑】** ㄈㄨˊ ㄙㄤ 傳說中的神木。生於'崑崙山'東太陽所出的地方。也作扶桑。

槓 ㄍㄤˋ kang⁴ 俗作杠。1扛物的粗棍。2起重的桿。如:槓桿。3磨擦。4專橫自是,好與人爭。5用筆粗畫一道線。有刪除、去掉的意思。

11**【槓桿】** ㄍㄤˋ ㄍㄢˇ (lever)令一剛體棒以一固定點轉動,即構成一種簡單機械—槓桿。槓桿可分爲施力點、抗力點及支點三部分,並可分成三類:一、第一種槓桿:支點在施力點與抗力點之間,如圖(1),此種槓桿可省力(費時)或省時(費力)。二、第二種槓桿:抗力點在支點和施力點之間,如圖(2)之切草藥刀,可省力。三、第三種槓桿:施力點在抗力點和支點之間,如圖(3)之掃把掃地,費力但省時(作功快)。

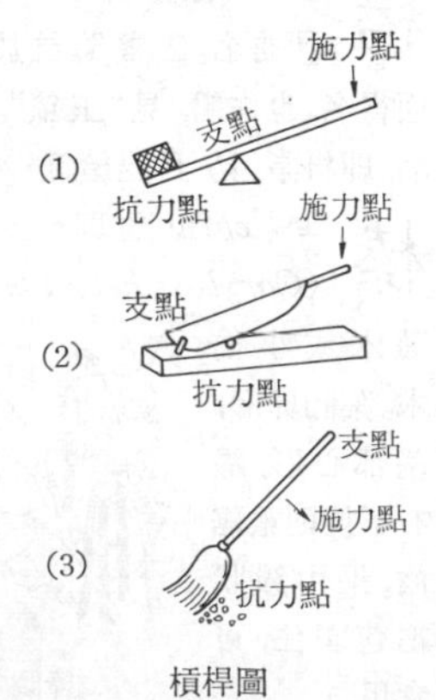

槓桿圖

槅 ㄍㄜˊ ko², kê² 音革 1大車的軛。見"說文"。2窗上的木造格子。如:窗槅。3櫥櫃裡的分層隔板。

榬 ㄩㄢˊ yüan² 音袁 1繅絲的器具。即篗。見"玉篇"。2懸掛鐘磬的木架。3姓。'漢'有'榬溫舒'。見"萬姓統譜·二三"。

榼 ㄎㄜˋ k'o⁴, k'ê⁴ 音客 也作榼。1酒器。也指盛水器。2刀劍的外套。

榰 ㄓ chih¹ 音之 1柱子的基腳。見"說文"。2支拄;支撐。

榐 ㊀ ㄓㄢˇ chan³ 音展 盞;小杯。見"顏氏家訓·書證"。

㊁ ㄓㄣˇ chên³ 音枕 木名。汁可製酒或染物。見"集韻"。

榍 ㄒㄧㄝˋ hsieh⁴ 音屑 門檻;門限。見"說文"。

槇 ㊀ ㄉㄧㄢ tien¹ 音顛 樹頂。也指樹木仆倒。見"說文"。

㊁ ㄓㄣˇ chên³ 音枕 木理堅密。見"廣韻"。

㊂ ㄓㄣ chên¹ 音眞 樹根交錯。見"集韻"。

㮄 ㄅㄟˋ pei⁴ 音備 木名。出'蜀'中。八月間吐穗,有如鹽狀,可食,味酸美。見"玉篇"。

樑 ㄑㄩㄥˊ ch'iung² 音窮 小艇。見"方言·九"。

榗 ㊀ ㄐㄧㄢˋ *chien*⁴ 音箭
木名。見"說文"。
㊁ ㄐㄧㄣˋ *chin*⁴ 音晉
鼓名。見"類篇"。

槈 ㄋㄡˋ *nou*⁴ 音耨
鋤草的農具。也作耨、鎒。見"說文"。

榰 ㄐㄧ *chi*¹ 音基
木名。似楓。見"集韻"。

榎 ㄐㄧㄚˇ *chia*³ 音甲
木名。同檟。通作夏。即山楸。古代學校取其枝條以施行體罰。如:榎楚。

榩 ㄑㄧㄢˊ *ch'ien*² 音錢
斫木用的椹板。也稱櫃。俗呼木趺。見"正字通"。

榻 ㄊㄚˋ *t'a*⁴ 音踏
①狹長的床。②套子。

14【榻榻米】 ㄊㄚˋ ㄊㄚˋ ㄇㄧˇ
也稱榻榻木。'日'式建築地板上鋪設的厚墊草蓆。

榯 ㄕˊ *shih*² 音時
樹木聳立。見"玉篇"。

榥 ㄏㄨㄤˇ *huang*³ 音謊
①讀書床。見"玉篇"。②窗格;帷屏。同櫎。見"字彙"。

榾 ㄍㄨˇ *ku*³ 音骨
木節;樹疙瘩。

9【榾柮】 ㄍㄨˇ ㄉㄨㄛˋ
斷木頭;樹疙瘩。

槕 桌的俗體。

槉 ㄐㄧˊ *chi*² 音及
木名。似松,有刺。見"玉篇"。

⿰木郢 ㄧㄥˇ *ying*³ 音影
參⿰木郢桐。

10【⿰木郢桐】 ㄧㄥˇ ㄊㄨㄥˊ
木名。生山谷間,形狀像青桐,皮可以漚絲,葉可治蟲毒。見"本草綱目·木部·罌子桐·附錄"。

榙 ㄉㄚˊ *ta*² 音達 又讀 ㄏㄜˊ *ho*², *hê*² 音何
參榙㯌。

18【榙㯌】 ㄉㄚˊ ㄊㄚˋ
果樹名。即柰。果實似李,九月熟。見"正字通"。

棞 ㄏㄨㄣˊ *hun*² 音魂
①未經剖分的完整木頭。見"說文"。②泛指完整未破的東西。見"說文·頑·段注"。

榲 ㄨㄣ *wên*¹ 音溫
①木名。即杉。見"集韻"。②樹根。見"集韻"。

11【榲桲】 ㄨㄣ ㄅㄛˊ
(common quince; *Cydonia oblonga*)小喬木。葉片近卵形,全緣,有短柄。花白色、大型單生,萼筒鐘狀。果梨形,熟時黃色,散發香氣,有宿存萼。我國西北各地均有栽培。果可食;種子可入藥,有鎮咳作用。

榲桲圖

榿 ㄑㄧ *ch'i*¹ 音欺 又讀 ㄎㄞˇ *k'ai*³ 音凱
木名。三年成材,'蜀'人取作柴薪。見"字彙"。

榽 ㄒㄧ *hsi*¹ 音西 又讀 ㄒㄧˊ *hsi*² 音席
參榽橀。

15【榽橀】 ㄒㄧ ㄒㄧ
木名。木大而葉細,似檀。也叫魄。見"字彙"。

槄 ㄊㄠ *t'ao*¹ 音饕 又讀 ㄊㄠˇ *t'ao*³ 音討
木名。即山楸。見"爾雅·釋木·槄山榎·注"。

⿰木畚 ㄅㄣˋ *pên*⁴ 音笨
舟、車的篷蓋。也作畚。見"集韻"。

樳 ㄒㄩㄣˊ *hsün*² 音旬
一種大木。可製鋤柄。見"說文"。

⿰木芻 ㄔㄡ *ch'ou*¹ 音抽
①套在牛鼻上用以繫繩的用具。見"玉篇"。②木板不正。見"廣韻"。

榤 ㄐㄧㄝˊ *chieh*² 音傑
雞所棲息的木樁。見"爾雅·釋宮"。

榣 ㄧㄠˊ *yao*² 音搖
①樹木搖動。見"說文"。②一種大木。見"山海經·西山經"。

榫 ㄙㄨㄣˇ *sun*³ 音筍
製造木器時,爲了使兩材接合而特製的凸凹處。俗作筍。

11【榫眼】 ㄙㄨㄣˇ ㄧㄢˇ
(mortise) 任何物體上的凹形槽或洞,用以承受榫頭的,叫榫眼或榫孔。舊稱卯眼。

16【榫頭】 ㄙㄨㄣˇ ㄊㄡˊ
(tenon) 木工(或金工)接合兩材的凸形構件。

榭 ㄒㄧㄝˋ *hsieh*⁴ 音謝
臺上蓋的高屋。用以講武、置軍器或遊觀憩息。

槔 ㄍㄠ *kao*¹ 音高
桔槔的省稱。或作槹、皋。參桔槔。

⿰木叟 本作榡。㊀ ㄙㄠ *sao*¹ 音騷
船的總名。今作艘。見"說文"。
㊁ ㄙㄡ *sou*¹ 音蒐
木名。似白楊。見"集韻"。

槌 ㊀ ㄔㄨㄟˊ *ch'ui*² 音垂
同椎。①敲擊的工具。見"正字通"。②敲擊。同搥。見"字彙"。
㊁ ㄓㄨㄟˋ *chui*⁴ 音墜
懸掛蠶箔的木柱。見"說文·槌·段注"。

槐 ㄏㄨㄞˊ *huai*² 音懷
①(Japanese pagoda tree; *Sophora japonica*)喬木。具羽狀複葉,下表面灰白色;莢果肉質呈串珠狀。花蕾可食;槐實、枝、葉及樹根、皮均可入藥。我國各地普遍栽培。②姓。'宋'有'槐

槐圖

京'。見"萬姓統譜·一五"。

4【槐月】 ㄏㄨㄞˊ ㄩㄝˋ
農曆四月的別稱。

榌 一 ㄆㄧˊ *p'i*^{2} 音皮
承瓦的連簷橫木。即梠。見"說文"。
二 ㄅㄧㄝˊ *pieh*^{2} 音別
反手擊。見"廣韻"。

榴 ㄌㄧㄡˊ *liu*^{2} 音留
或作橊。果樹名。即安石榴。參安石榴。

15【榴彈砲】 ㄌㄧㄡˊ ㄉㄢˋ ㄆㄠˋ
砲管長度為口徑的20至30倍的火砲。用中等速度以上揚的彈道投射彈丸。如我陸軍砲兵部隊所用的105榴彈砲。

槍 一 ㄑㄧㄤ *ch'iang*^{1} 音腔
1古代一種長柄而頭上尖銳可用來刺敵的兵器。如圖。2現代兵器。用火藥循槍管把子彈射出。又叫火銃。3削竹木插地。4衝撞;撞突。

槍圖

二 ㄔㄥ *ch'êng*^{1} 音撐
彗星。見"爾雅·釋天"。

4【槍手】 ㄑㄧㄤ ㄕㄡˇ
1持槍的士兵。2指冒名頂替的人。

8【槍法】 ㄑㄧㄤ ㄈㄚˇ
用槍的技術。

14【槍榴彈】 ㄑㄧㄤ ㄌㄧㄡˊ ㄉㄢˋ
(rifle grenade)由步槍或卡賓槍發射的榴彈或小型炸彈。通常須於槍枝上加裝發射器。可分為破片、戰防與發煙槍榴彈等多種。

8【槍林彈雨】 ㄑㄧㄤ ㄌㄧㄣˊ ㄉㄢˋ ㄩˇ
形容戰況猛烈。

榹 ㄙ *szŭ*^{1}, *ssŭ*^{1} 音思
木盤。見"說文"。

槑 梅的古文。

榘 矩的或體。

縢 ㄕㄥˋ *shêng*^{4} 音勝
織布機上的一種器具。專設以收掛經線。見"說文"。

槃 ㄆㄢˊ *p'an*^{2} 音盤
同盤。1古代盥洗用的木盤。見"說文"。2旋轉。如:槃旋。3盛大的樣子。如:槃槃大才。4歡樂。如:槃遊。

10【槃根錯節】 ㄆㄢˊ ㄍㄣ ㄘㄨㄛˋ ㄐㄧㄝˊ
彎曲的樹根,交錯的木節。比喻事情繁雜,難處理。也作盤根錯節。

11

槼 規的或體。

頴 ㄐㄩㄥˇ *chiung*^{3} 音窘
1足几。見"集韻"。2箱篋。見"集韻"。

槧 ㄑㄧㄢˋ *ch'ien*^{4} 音欠
1書寫文字的木版。見"說文"。2書的版本。如:'宋'槧。3書籍。4簡札;書信。如:寄槧。

5【槧本】 ㄑㄧㄢˋ ㄅㄣˇ
即刊本、刻本。

槷 ㄋㄧㄝˋ *nieh*^{4} 音臬
1門中央所立的短木。通闑。見"集韻"。2木楔。通楔。見"類篇"。3觀測日影的木杆。同臬。見"正字通"。4危險不安。通隉。見"正字通"。

樎 ㄙㄨˋ *su*^{4} 音宿
馬槽。見"方言·五"。

樑 梁的俗體。

樟 ㄓㄤ *chang*^{1} 音章
(camphor tree; *Cinnamomum camphora*) 喬木。枝和葉均有樟腦味。葉有離開基部的三出脈;開淡黃綠色小花,結紫黑色果。全株均可提製樟腦和油;枝

樟圖

葉及果可入藥,具強心鎮痙和殺蟲之功效;木材可供作櫥櫃家具及建築等材料。

13【樟腦】 ㄓㄤ ㄋㄠˇ
(camphor)一種極易破碎的白色半透明塊。分子式 $C_9H_{16}CO$, 熔點175°C, 於204°C時昇華。可由蒸餾樟樹木材或人工合成而得。用於醫藥、煙火、驅蛾、屍體保存劑、殺蟲劑等。

𣙙 棓的或體。

樀 ㄉㄧˊ *ti*^{2} 音敵
1屋簷。見"爾雅·釋宮"。2捲絲的器具。見"古今韻會舉要"。

榎 ㄜˇ *o*^{3}, *ê*^{3} 又讀 ㄜˊ *o*^{2}, *ê*^{2} 音鵝
參榎核。

16【榎核】 ㄜˇ ㄋㄨㄛˇ
樹枝細長柔弱的樣子。

槨 ㄍㄨㄛˇ *ko*^{3}, *kuo*^{3} 音果
古代的棺木有二重,外面的一重稱為槨。同椁。見"正字通"。

𣚗 ㄔㄢˇ *ch'an*^{3} 音產
果樹名。見"玉篇"。

樆 ㄌㄧˊ *li*^{2} 音離
果樹名。即山梨。見"爾雅·釋木"。

槺 ㄎㄤ *k'ang*^{1} 音康
參槺梁。

11【槺梁】 ㄎㄤ ㄌㄧㄤˊ
物體虛大中空的樣子。

樚 ㄌㄨˋ *lu*^{4} 音鹿
參樚櫨。

20【樚櫨】 ㄌㄨˋ ㄌㄨˊ
裝在井上用以汲水的圓轉木器。也作轆轤。

椑 ㄆㄧˊ *p'i*^{2} 音皮
參椑榹。

16【椑榹】 ㄆㄧˊ ㄙ
向下的樹枝。

梄 互的本字。

樣 ㊀ ㄧㄤˋ yang4 音漾
①形狀；程式。如：圖樣。②像貌。如：模樣。③品類。物品一種叫一樣。
㊁ ㄒㄧㄤˋ hsiang4 音象
栩木的果實。同橡。見"說文·樣·段注"。

4【樣片】 ㄧㄤˋ ㄆㄧㄢˋ
(pilot) 製作一套電視節目時，先試製一集作爲示範(電影則取已成影片中的一段)，稱爲樣片，提供評定或作廣告使用。

5【樣本】 ㄧㄤˋ ㄅㄣˇ
①依以製造成品的圖樣或樣式。②用以推銷或議價的樣品。③進行統計工作時，從母體中抽出的子集。

9【樣品】 ㄧㄤˋ ㄆㄧㄣˇ
(sample)又稱貨樣或樣本。即一個或數個足以代表買賣商品品質的現貨。遠隔兩地的買賣雙方，交易洽談多靠函電方式進行，賣方即使有現貨在手，買方也不易以實地檢視商品的方法了解品質。於是賣方從其擬出售的商品中，以抽樣方式，選出少量足以代表擬出售商品品質的現貨，寄給買方，憑以決定是否購買，因此樣品可供買方對於買賣商品的品質獲得了解，從而得判斷其價值。眞正的樣品必須自擬出售商品全體中抽出一部分，並能代表全體商品品質者。至於手頭尙無擬出售的商品，而臨時製成或自同等品質的同種商品抽出一部分，作爲樣品者，只能稱爲類似樣品。憑藉這種樣品交易時，因爲賣方將來所交付的正貨未必能符合該樣品，所以應在契約中加列容許若干出入的寬容條款，以取得買方的諒解。

11【樣張】 ㄧㄤˋ ㄓㄤ
在正式印刷以前，以印版試印在紙上的少數樣品。

9【樣品平均值管制圖】 ㄧㄤˋ ㄆㄧㄣˇ ㄆㄧㄥˊ ㄐㄩㄣ ㄓˊ ㄍㄨㄢˇ ㄓˋ ㄊㄨˊ
($\bar{X}$ chart; mean chart)爲計量值品管圖表的一種。管制產品樣本的平均值($\bar{X}$)，以顯示產品平均品質的可能變化。通常爲訂定一個可以容忍的誤差區間(tolerance)，在生產線上按某種抽樣方法取樣，計算所有樣本的平均數，以知是否在容忍區間內。此種方法不但可控制品質，也可測知生產程序的正常與否。

樗 ㄕㄨ shu1 音書
(tree-of-heaven; *Ailanthus altissima*)落葉喬木。樹皮平滑，有直的淺裂紋；具羽狀複葉，揉搓後有臭味，故又名臭椿。花白綠色，結橢圓形翅果。能耐煙霧及抗病蟲害，常被栽植作行道樹或庭園樹。

樗圖

6【樗朽】 ㄕㄨ ㄒㄧㄡˇ
比喩質劣無用。

12【樗散】 ㄕㄨ ㄙㄢˇ
散置不用的樗木。比喩不合世用。多用作自謙之詞。

19【樗櫟】 ㄕㄨ ㄌㄧˋ
樗樹和櫟木。都是無用的下材。比喩才能低下。多作爲自謙之詞。

槥 ㄏㄨㄟˋ hui4 音慧
粗陋的小棺材。見"說文"。

樁 ㄓㄨㄤ chuang1 音莊
①打入或埋置土中，以支持上部結構之垂直荷重或側向荷重的細長狀結構單元。②量詞。事情一件叫一樁。③賭博時的莊家。如：做樁。

槻 ㄍㄨㄟ kuei1 音規
(Japanese elaeocarpus; *Elaeocarpus japonicus*)又名薯豆。常綠喬木。葉橢圓形，頂端漸尖，邊緣有淺鋸齒，有長柄。花下垂，綠白色，有香味。核果橢圓形，熟時藍綠色。主產於我國大陸，'日本'也有。木材可製各種用具。

槻圖

槢 ㄒㄧˊ hsi2 音習
①堅木名。見"玉篇"。②楔子。即插補隙縫的木塊。

樛 ㄐㄧㄡ chiu1 音鳩
①樹枝向下彎曲。見"集韻"。②絞纏糾結。見"正字通"。

槤 ㄌㄧㄢˊ lien2 音連
樓閣邊相連的小屋。也叫簃。見"玉篇"。

檭 ㄏㄣˊ hên2 音痕
平斗斛的木器。見"玉篇"。

槫 ㄊㄨㄢˊ t'uan2 音團
①柩車。見"集韻"。②圓形。見"正字通"。

槷 ㄋㄧˋ ni4 音暱
木名。高百丈。見"正字通"。

樞 ㄕㄨ shu1 音書
①門戶的轉軸。見"說文"。②中心或重要的地方。③木名。即刺榆。見"集韻"。④星名。北斗的第一顆星。⑤(pin)可轉動的鋼結構接頭。因必須能轉動，故不能有原始張力；又因每一接合只有一個樞，故其直徑很大。

8【樞府】 ㄕㄨ ㄈㄨˇ
指決定國家機要政策的官府。如'宋朝'的'樞密院'。

9【樞要】 ㄕㄨ ㄧㄠˋ
①樞紐；中心；關鍵。②指一政權的行政中心或總機關。③指一政權行政中心的機要官職。

10【樞紐】 ㄕㄨ ㄋㄧㄡˇ
重要關鍵。

11【樞密】 ㄕㄨ ㄇㄧˋ
①重要而機密的事務。②官名。即

樞密使。參樞密使。

【樞務】 ㄕㄨ ㄨˋ

國家的重要政務。

16【樞機】 ㄕㄨ ㄐㄧ

戶樞和門閫。1比喻事物最重要的部分。2比喻朝廷的重要職位或機構。

8【樞府窯】 ㄕㄨ ㄈㄨˇ ㄧㄠˊ

'元代'在'景德鎮'燒造的一種卵白釉瓷器。屬官窯製品。

11【樞密使】 ㄕㄨ ㄇㄧˋ ㄕˇ

官名。'唐代宗''永泰'年間始置，初名內樞密使，由宦官擔任，負責呈遞奏章、傳送詔旨。五代'後梁'改名崇政使，改用士人。'後唐'復名樞密使，爲'樞密院'長官，掌軍事，權位日重。至'宋'，'樞密院'與'中書省'合稱⌊二府⌉；樞密使與中書門下平章事、參知政事並稱⌊宰執⌉，共掌軍國大政。'元'沿置，'明'廢。但'清代'仍尊稱軍機大臣爲樞密。

【樞密院】 ㄕㄨ ㄇㄧˋ ㄩㄢˋ

官署名。'後唐''莊宗'改'崇政院'爲'樞密院'、崇政使爲樞密使，掌軍事。'宋'沿之。首長稱樞密使或知樞密院事，副首長稱樞密副使或同知樞密院事。下有都承旨、副承旨、檢詳、編修官等屬。'元''樞密院'掌邊防、禁衛諸事，戰時別設'行樞密院'及分院，掌一方軍政。'明'廢。參樞密使。

【樞密特觸發電路】 ㄕㄨ ㄇㄧˋ ㄊㄜˋ ㄔㄨˋ ㄈㄚ ㄉㄧㄢˋ ㄌㄨˋ

(Schmitt trigger circuit) 如圖所示，爲一'樞密特'觸發電路（反相式）。此種觸發器最重要的功用是將一變化非常慢之輸入電壓轉換成一具有突變（不連續）波形的輸出。

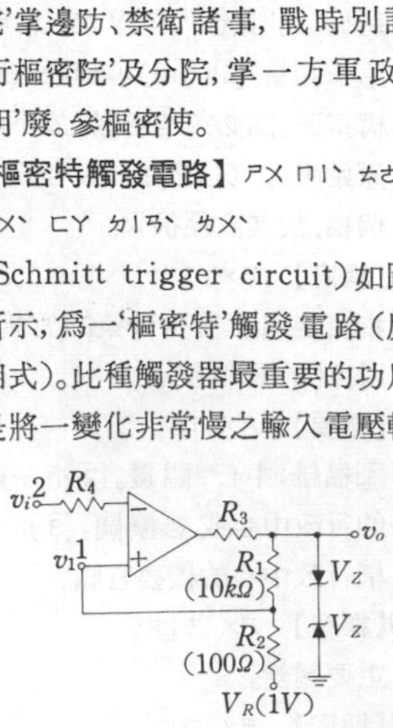

樞密特觸發電路圖

槽

ㄘㄠˊ ts'ao² 音曹

1牲畜的食器。也泛指廄舍。見"說文"。2貯水、油、酒等液體的器具。3水道；溝渠。如：河槽。4琵琶一類絃樂器上用來架絃，以便調出音階的格子。

12【槽湖】 ㄘㄠˊ ㄏㄨˊ

(trough lake) 山岳冰河侵蝕而成的U型冰河槽，當冰河消退後，在槽底內常有一些大而狹長的谷槽積水成湖，稱爲槽湖。

樕

ㄙㄨˋ su⁴ 音速

參樸樕。

標

ㄅㄧㄠ piao¹ 音飆

1樹梢；木末。後泛指一切枝末。與本相對。見"說文"。2表現於外。3表揚。如：標榜。4旌旗。5模範。如：標準。6記號；表記。如：標誌。7符號。如：音標。8書題。9目的。如：標的。10'清代'陸軍的編制三營爲一標。

5【標本】 ㄅㄧㄠ ㄅㄣˇ

1本末。'中'醫稱後起爲標，本原爲本。2採集動、植、礦物，保存其原狀，供參考研究的樣本。

5【標石】 ㄅㄧㄠ ㄕˊ

(mark stone) 實地測量時，須先將測站或測點標誌於地面上，作爲設置儀器或供觀測目標之點。欲爲永久標誌者如三角點、導線點、基線點，常用石柱、金屬柱、水泥柱等標石爲記。標石通常頂寬約10～17公分見方，高約60～90公分，露出地面部分四周刨平，頂面中央刻劃十字或三角形，中心示出測點位置。

8【標的】 ㄅㄧㄠ ㄉㄧˋ

1標準；準則。2箭靶子。3目標；努力的方向。

9【標度】 ㄅㄧㄠ ㄉㄨˋ

(scale division) 相鄰兩標度線所分割的部分。

【標致】 ㄅㄧㄠ ㄓˋ

1表現旨趣。2風範；文采。3形容女子容貌秀麗出眾。

【標竿】 ㄅㄧㄠ ㄍㄢ

1作爲標記的竹竿。引申爲目標或方向。2測量時標示目標的一種工具，長約2公尺，每20公分相間漆成紅、白二色，並在竿底裝鐵腳尖以便豎立。

10【標記】 ㄅㄧㄠ ㄐㄧˋ

1記號。2(label)用來辨識資料的符號。在電腦系統中具有多項用途：一、電腦程式中用來標明指令所在的位置，或儲存資料的一段記憶體位置；二、於資料檔前端記錄有關的訊息，以供辨識或資料處理之用。

【標高】 ㄅㄧㄠ ㄍㄠ

(altitude) 指某一點和一參考平面間的垂直距離。這參考平面通常選擇平均海水面爲基準，故某地的標高就是它和海平面間的垂直距離，與海拔的意義相同。

11【標售】 ㄅㄧㄠ ㄕㄡˋ

1標價出售。2招標出售。

13【標準】 ㄅㄧㄠ ㄓㄨㄣˇ

可作依據的法度程式。

【標會】 ㄅㄧㄠ ㄏㄨㄟˋ

民間的儲蓄互助會。定期開標，由付出最高利息者取得該期會款。

14【標榜】 ㄅㄧㄠ ㄅㄤˇ

1揭示；品評。2宣揚；誇獎。3書寫榜文。

15【標緻】 ㄅㄧㄠ ㄓˋ

形容女子秀麗出眾。

【標價】 ㄅㄧㄠ ㄐㄧㄚˋ

標明價格。

17【標舉】 ㄅㄧㄠ ㄐㄩˇ

1揭示；標明。2形容高超。

19【標簽】 ㄅㄧㄠ ㄑㄧㄢ

商品上標明價格、品牌等的標示物。

8【標的物】 ㄅㄧㄠ ㄉㄧˋ ㄨˋ

1作爲標誌、準則的物品。2射擊用的鵠的、靶子。3"民法"所謂之標的物通常係指狹義的物而言。

如"民法"規定標的物與價金同時交付者,其價金應於標的物之交付處所交付之,此之標的物即係指狹義的物。但有時係指權利標的、權利客體而言,即受權利主體支配的各種權利的對象或內容。如"民法"規定地上權、永佃權及典權均得爲抵押權之標的物;可讓與之債權及其他權利均得爲質權之標的物。此之標的物即指權利標的、權利客體。

13【標準水】 ㄅㄧㄠ ㄓㄨㄣˇ ㄕㄨㄟˇ
以人爲方式配製而成之純青與純黃的水溶液,各分十一色階,做爲測定世界各地海水實際顏色的準據,故稱之。一般稱爲'福雷爾'氏水色標準溶液。其中青色爲第一液,係以硫酸銅1克、氨液5克及水194克配製而成;黃色爲第二液,係以中性鉻酸鉀1克、水199克配製而成。

【標準化】 ㄅㄧㄠ ㄓㄨㄣˇ ㄏㄨㄚˋ
(standardization)1在科學管理中,對工業產品或材料、零件、組件的類型、性能、尺寸、規格等加以統一規定,使具有共同標準而利溝通應用。標準化依其涵蓋範圍,可分爲國際標準化、全國標準化和工廠標準化。2設X爲隨機變數或抽樣所得數據,其期望值或平均爲μ,標準差爲σ,則$Z=(X-\mu)/\sigma$,稱爲X之標準化,因爲Z之平均爲0,變異數爲1。

【標準軌】 ㄅㄧㄠ ㄓㄨㄣˇ ㄍㄨㄟˇ
鐵路兩軌道間的距離約在0.8公尺~1.8公尺之間。一般稱1.4公尺者爲標準軌。軌距在1.6公尺左右及以上者稱爲寬軌;在1公尺左右及以下者稱爲狹軌。'臺灣'地區軌距爲1.067公尺,屬狹軌。

【標準差】 ㄅㄧㄠ ㄓㄨㄣˇ ㄔㄚ
(standard deviation)統計學裡,表示一組數值相對於其平均的分散情形的度量。首先,考慮N個觀測值$a_1,a_2,a_3,\cdots\cdots a_N$,令平均爲$m$,則其標準差爲$\left[\frac{1}{N}\left\{(a_1-m)^2+(a_2-m)^2+\cdots\cdots+(a_N-m)^2\right\}\right]^{1/2}$。其次,考慮離散隨機變數,當它取值爲$x_1, x_2, x_3, \cdots\cdots$時的機率爲$p_1, p_2, p_3, \cdots\cdots$,則其標準差爲$[p_1(x_1-m)^2+p_2(x_2-m)^2+\cdots\cdots]^{1/2}$,此處$m$爲期望值$p_1x_1+p_2x_2+\cdots\cdots$。最後,考慮連續隨機變數,令其機率密度函數,或頻率函數爲$p(x)$,則其標準差爲$(x-m)^2p(x)$在隨機變數的變動範圍上的積分,m仍爲期望值,變異數則爲標準差的平方。

【標準時】 ㄅㄧㄠ ㄓㄨㄣˇ ㄕˊ
(standard time)配合各地經度的不同而制定的世界性計時標準。西元1884年在'美國''華盛頓特區'召開的國際會議決定以通過'英國''格林威治'的經線爲零度經線,此經線東西各七度半之內都以零度經線的時間爲準,稱爲零時區;由零度經線向東或向西每隔十五度爲一時區,共分爲二十四個時區,叫做標準時區。向東越過一個時區,時間快一小時;向西越過一時區,則慢一小時。各地方以其本時區的標準經線爲準的時間,稱爲標準時。我國以東經一百二十度經線爲準,稱爲東八時區或東經一百二十度標準時,即中原標準時。

【標準桿】 ㄅㄧㄠ ㄓㄨㄣˇ ㄍㄢˇ
(par)高爾夫球比賽時每洞的標準桿數。每一洞的標準桿數隨球道的長短和地形的變化而定,爲3~5桿不等。一般將超過500碼的球道訂爲5桿,300碼以內的訂爲3桿。

14【標稱值】 ㄅㄧㄠ ㄔㄥ ㄓˊ
(nominal value)標準器或量度儀器上所定用以稱呼之值。例如以公升爲單位之量度容器上,主標度線旁所附之1、2……等數字稱之。

13【標準大氣】 ㄅㄧㄠ ㄓㄨㄣˇ ㄉㄚˋ ㄑㄧˋ
(standard atmosphere)任一假設由理想氣體組成之大氣,具備一組任意選定之氣象條件,用爲比較飛機之性能、設計氣壓高度表、解決彈道問題等目的之標準者。'美國航空顧問委員會'選定之標準大氣爲:海平面氣壓爲29.92吋或760毫米(公厘)水銀柱,海平面溫度爲15°C或288.15°K,溫度與氣壓均按所謂標準溫度直減率與標準氣壓直減率之固定比率隨高度向上垂直遞減。

【標準分數】 ㄅㄧㄠ ㄓㄨㄣˇ ㄈㄣ ㄕㄨˋ
(standard score)原始分數與平均分數之差異值改以標準差爲單位表示的數值。常見的標準分數有Z分數、T分數、離差智商、標準九分數等。

【標準成本】 ㄅㄧㄠ ㄓㄨㄣˇ ㄔㄥˊ ㄅㄣˇ
(standard cost)根據未來的情況,應用科學的方法,預計在相當優良的工作效率下,製造一單位產品所應發生的各項成本。

【標準空氣】 ㄅㄧㄠ ㄓㄨㄣˇ ㄎㄨㄥ ㄑㄧˋ
(standard air)指溫度20°C,絕對壓力760 mmHg,相對溼度65%之溼空氣。

【標準狀態】 ㄅㄧㄠ ㄓㄨㄣˇ ㄓㄨㄤˋ ㄊㄞˋ
(standard condition)1指溫度爲0°C,壓力爲一大氣壓的一種狀況。2比較不同環境與同一環境下之量測結果,所定作爲標準的測定條件。3爲決定量測儀器之固有誤差所規定有關各影響量的條件。通常以各影響量之標準值及其容許公差或範圍的組合表示。

【標準音源】 ㄅㄧㄠ ㄓㄨㄣˇ ㄧㄣ ㄩㄢˊ

(standard sound source) 指安定度高,做爲測定音之基準的音源裝置。

【標準溶液】 ㄅㄧㄠ ㄓㄨㄣˇ ㄖㄨㄥˊ ㄧㄝˋ
(standard solution) 指正確濃度值已知之溶液。可用來滴定另外未知濃度之溶液。

【標準溫度】 ㄅㄧㄠ ㄓㄨㄣˇ ㄨㄣ ㄉㄨˋ
(standard temperature) ①在物理學中,指標準大氣之溫度,即0°C或273.15°K。②在氣象學中爲15°C或288.15°K。

【標準環境】 ㄅㄧㄠ ㄓㄨㄣˇ ㄏㄨㄢˊ ㄐㄧㄥˋ
(reference atmosphere)比較許多不同環境下之測定結果而決定可爲同性質測量之準據的環境。

【標準壓力】 ㄅㄧㄠ ㄓㄨㄣˇ ㄧㄚ ㄌㄧˋ
(standard pressure)①在物理學中,指標準大氣之壓力,即29.92吋水銀柱或1,013.25毫巴。②在氣象學中習慣上規定標準壓力爲1,000毫巴。

【標準鏡頭】 ㄅㄧㄠ ㄓㄨㄣˇ ㄐㄧㄥˋ ㄊㄡˊ
焦距與底片對角線長度大致相等的鏡頭。其特色爲可得到接近肉眼的遠近感,不但成影正確,且涵蓋角度(約爲50°)內的影像大小亦合透視比例,一般相機的基本鏡頭均屬之。其速率範圍從f2(35厘米相機)到f5.6(4×5'英'吋相機)。

【標新立異】 ㄅㄧㄠ ㄒㄧㄣ ㄌㄧˋ ㄧˋ
本指獨創新奇的見解。今多指言行不合常理。

17【標點符號】 ㄅㄧㄠ ㄉㄧㄢˇ ㄈㄨˊ ㄏㄠˋ
在文句中,用來表示停頓、語調、意義以及詞語性質和作用的符號。

18【標題音樂】 ㄅㄧㄠ ㄊㄧˊ ㄧㄣ ㄩㄝˋ
(program music)由標題給予聽者以提示,有時在說明或前言中有所描述的一種樂曲。與絕對音樂相對。是浪漫樂派所注重的音樂。'李斯特'、'白遼士'、'馬勒'等皆爲標題音樂著名作家。

19【標識放流】 ㄅㄧㄠ ㄓˋ ㄈㄤˋ ㄌㄧㄡˊ
爲調查漁業資源的洄游、活存率等,對海洋中的漁業生物體附以籤條後放流於海洋中,稱爲標識放流。可依捕獲率及捕獲地點等,推算出其洄游路徑及活存率。

13【標準子午線】 ㄅㄧㄠ ㄓㄨㄣˇ ㄗˇ ㄨˇ ㄒㄧㄢˋ
(standard meridian) 在24個時區內,被選爲代表某一時區的子午線,稱爲標準子午線。如'臺北市'位於東經121度32分,但以東經120度爲標準子午線。

【標準化測驗】 ㄅㄧㄠ ㄓㄨㄣˇ ㄏㄨㄚˋ ㄘㄜˋ ㄧㄢˋ
(standardized test) 由專家編製,有明確之測試目的與對象,有固定之測驗說明、測驗程序、評分標準,並有常模以協助解釋測驗結果的客觀測驗。

【標準生成熱】 ㄅㄧㄠ ㄓㄨㄣˇ ㄕㄥ ㄔㄥˊ ㄖㄜˋ
(standard heat of formation) 在25°C,一大氣壓下,一莫耳物質由它的組成元素互相化合而生成時的反應熱,稱爲該物質的標準生成熱。通常以符號 ΔH_f^0 表示。例如液態水的標準生成熱 $\Delta H_f^0=-68.32$ 仟卡/莫耳。

【標準燃燒熱】 ㄅㄧㄠ ㄓㄨㄣˇ ㄖㄢˊ ㄕㄠ ㄖㄜˋ
(standard heat of combustion) 在25°C,一大氣壓下,物質行燃燒反應,即與氧化合時,所放出的熱量,稱爲標準燃燒熱。通常以符號 ΔH_c^0 表示。例如氫的標準燃燒熱 $\Delta H_c^0=-68.32$ 仟卡/莫耳。

19【標識共用區】 ㄅㄧㄠ ㄓˋ ㄍㄨㄥˋ ㄩㄥˋ ㄑㄩ
(labeled common) 符傳電腦程式中所定義的共用區若賦予一名稱以供識別,則稱爲標識共用區。如下例: COMMON /L/ X,Y,Z所定義之共用區即標識的共用區,L爲此共用區的標識名稱。

13【標準酒精濃度】 ㄅㄧㄠ ㄓㄨㄣˇ ㄐㄧㄡˇ ㄐㄧㄥ ㄋㄨㄥˊ ㄉㄨˋ
(proof spirit) '英國'測定蒸餾酒中酒精含量的古老名詞。在'英國',100標準酒精濃度爲酒精飲料含57.10%酒精(以容積計)或相當於49.28%酒精(以重量計)。酒精含量低於該標準以低於標準酒精濃度(under proof)表示;若超過,則以高於標準酒精濃度(over proof)表示。而'美國'之100標準酒精濃度則爲在15.56°C時含50%酒精(以容積計)。因此200標準酒精濃度即爲無水酒精。國內外出售的白蘭地、威士忌、蘭姆酒的酒精含量在80至102標準酒精濃度之間,即含40%至51%酒精(以容積計)。

【標準常態分配】 ㄅㄧㄠ ㄓㄨㄣˇ ㄔㄤˊ ㄊㄞˋ ㄈㄣ ㄆㄟˋ
(standard normal distribution) 平均數爲0,標準差爲1的常態分配,稱爲標準常態分配。其公式爲 $f(x)=\frac{1}{\sqrt{2\pi}}e^{-\frac{x^2}{2}}$, $-\infty<x<\infty$。

【標準還原電位】 ㄅㄧㄠ ㄓㄨㄣˇ ㄏㄨㄢˊ ㄩㄢˊ ㄉㄧㄢˋ ㄨㄟˋ
(standard reduction potential) 在25°C時,以氫電極爲參考電極,且氫電極中氫氣壓力爲1atm,溶液之氫離子濃度爲1M,而待測電極附近離子溶液的濃度也是1M,如此所測得的還原電位,即爲該待測物質的標準還原電位,通常以 E° 表示。

【標準成本控制法】 ㄅㄧㄠ ㄓㄨㄣˇ ㄔㄥˊ ㄅㄣˇ ㄎㄨㄥˋ ㄓˋ ㄈㄚˇ
(standard cost control method) 爲最佳成本控制法。即應用科學方法對於企業的工作、產量、原料之品質及成本、人工之效率及成本，及各項間接成本，都依可達成之理想效率假定，各訂立一個標準及目標，作爲努力之方向，並爲衡量其效率的尺度。定期將實際數字與標準數字比較，供管理者衡量績效及改進的參考。其成效端賴各項成本標準的建立是否合理及權責劃分的是否明確。

【標準成本會計制度】 ㄅㄧㄠ ㄓㄨㄣˇ ㄔㄥˊ ㄅㄣˇ ㄎㄨㄞˋ ㄐㄧˋ ㄓˋ ㄉㄨˋ

(standard cost accounting system) 指產品的成本係先按標準成本計算，再與實際成本相比較，如有差異，則分析其原因，歸屬責任所在，並及時改進。爲控制成本、改善管理的重要制度。

槱 ㄧㄡˇ *yu*³ 音酉
積薪焚燒。見"說文"。

槸 ㄧˋ *i*⁴ 音藝
樹枝相磨擦。見"說文"。

橯 ㄌㄠˊ *lao*² 音牢
木名。見"廣韻"。

槿 ㄐㄧㄣˇ *chin*³ 音謹
參木槿。

8【槿花心】 ㄐㄧㄣˇ ㄏㄨㄚ ㄒㄧㄣ
形容人心無恆，容易改變。槿花朝開夕凋，故稱。

横 橫的俗體。

樠 ㄇㄢˊ *man*² 音瞞
①木名。即松心木。見"說文"。②樹脂滲出的樣子。見"正字通"。

樀 ㄉㄞˋ *tai*⁴ 音帶
槌。見"廣雅·釋器"。

桼 ㄑㄧ *ch'i*¹ 音七
一種木汁。可以漆物。同柒。見"集韻"。

蕽 農的古文。

檒 ㄏㄨㄚˋ *hua*⁴ 音化
形容鐘聲洪大震耳。也作摦。見"字彙"。

樋 ㄊㄨㄥ *t'ung*¹ 音通
木名。見"集韻"。

樉 ㄕㄨㄤˇ *shuang*³ 音爽
①木名。見"廣韻"。②樹木茂盛的樣子。見"集韻"。

樹 ㄔㄜˋ *ch'ê*⁴ 音徹
棗。見"廣韻"。

榼 ㄒㄧ *hsi*¹ 音西
參樸榼。

槭 ㊀ ㄘㄨˋ *ts'u*⁴ 音促
(maple; *Acer*)爲槭樹科(Aceraceae)中的一大屬。約200種。主爲喬木，偶有灌木；主產於北溫帶，大多爲落葉樹；早春或晚冬開花；葉對生，通常掌狀裂，偶有複葉；花單性；5數性爲主；果實爲成對具長翅的小堅果。常用作公園樹、行道樹，有些材質優良可供作建材、家具。有名的糖楓(*A. saccharum*)可製楓糖蜜和糖。

槭圖

㊁ ㄙㄜˋ *sê*⁴ 音色
樹葉隕落。見"字彙補"。

15【槭槭】 ㄙㄜˋ ㄙㄜˋ
風吹樹葉的聲音。

樄 ㄔㄣˊ *ch'ên*² 音陳
參樄椽。

13【樄椽】 ㄔㄣˊ ㄔㄨㄢˊ
營求；追逐。也作陳椽。

樘 ㊀ ㄔㄥ *ch'êng*¹ 音撐
支柱；斜柱。也作橕。見"說文"。
㊁ ㄊㄤˊ *t'ang*² 音堂
小車轅。見"集韻"。

樌 ㄍㄨㄢˋ *kuan*⁴ 音貫
樹木叢生。見"玉篇"。

樝 ㄓㄚ *cha*¹ 音渣
果名。似梨而酸。見"字彙"。

樄 ㄕㄣ *shên*¹ 音身
床前横木。見"方言·五"。

樓 ㄌㄡˊ *lou*² 音婁
①兩層以上的房屋。見"說文"。②可憑以望遠的高臺。如：譙樓。③姓。'漢'有'樓護'。見"漢書·游俠傳·樓護"。

21【樓蘭】 ㄌㄡˊ ㄌㄢˊ
'漢''西域'國名。位今'新疆省''羅布泊'西。'昭帝'時改名'鄯善'。

6【樓地板】 ㄌㄡˊ ㄉㄧˋ ㄅㄢˇ
(floor) 房屋內部的水平構造物。用以分隔建築物之垂直空間，其載重由梁柱或牆壁負擔，然後傳達至基礎。

槾 ㄇㄢˊ *man*² 音瞞
塗泥抹牆的工具。通鏝、墁。見"說文"。

槰 ㄇㄤˇ *mang*³ 音莽
或作檬。參槰果。

8【槰果】 ㄇㄤˇ ㄍㄨㄛˇ
(mango; *Mangifera indica*) 即芒果。常綠喬木。葉硬，革質，披針形；花淡粉紅色，小型，頂生，聚成圓錐花序；果熟時富香氣；形狀、大小和色澤隨品種而富變化；大多爲卵形，果皮綠色、紅色，熟時轉紅或黃，大型種子富纖維。果實味道佳美。

槰果圖

模 ㊀ ㄇㄛˊ *mo*² 音摩
①楷式；榜樣。如：模範。②仿效。如：模擬。③不分明；不清楚。如：模糊。
㊁ ㄇㄨˊ *mu*² 音模
①(die; mold) 具有特定形狀與設計之裝置。通常由鋼材製成，藉著衝擊、壓鑄等方式可直接在金屬或塑膠等材料上形成所欲之形狀，或藉擠壓方式將這些材料壓出成形。②相貌；形狀。如：模樣。

6【模式】 ㄇㄛˊ ㄕˋ
可做爲標準的樣式。

【模仿】 ㄇㄛˊ ㄈㄤˇ
①效法；仿效。②(emulation)經由硬體模擬之技術，使一電腦系統可以接受另一不同的電腦系統的資料，執行其程式並得到相同輸出結果的方式。

9【模型】 ㄇㄛˊ ㄒㄧㄥˊ
①仿照實物形像，依尺寸比例縮小的形體。②(model)能使一組句式或一個公設系統爲眞的解釋。例如：下列公設 $x\circ(y\circ z)=(x\circ y)\circ z$, $x\circ e=x$, $x\circ x^{-1}=e$ 中的「∘」、「e」、「−1」等符號若分別解釋爲加號、零、負號，則上面三個公設全部爲眞。因爲 $x+(y+z)=(x+y)+z$, $x+0=x$, $x+(-x)=0$ 皆爲眞。這個解釋就是原公設系統的模型。一組句式或公設系統可以沒有模型，也可以有多個模型或只有一個模型。

10【模矩】 ㄇㄛˊ ㄐㄩˇ
(modular)建築物之設計及構件組立時以基本組成尺寸單位組成，此基本尺寸單位稱爲模矩。

11【模組】 ㄇㄛˊ ㄗㄨˇ
(module)系統中功能完整的一個組成單位。如電路系統中具有特定功能的一組元件或電路板；電腦程式中可執行特定功能的一段程式。

14【模製】 ㄇㄨˊ ㄓˋ
(molding)塑膠成形常用之方法。即將物料加熱軟化或成流動狀，加壓使其流入鑄模中，再經硫化或冷卻硬化而得到固定形狀之塑膠加工方法。可分成模壓、移轉模製、射入模製(或稱射出成形)、旋轉模製與塡覆模製。

15【模數】 ㄇㄛˊ ㄕㄨˋ
①(modulus)又稱挺度(stiffness)。指物質產生單位應變所需之應力。其值愈大表示此物質愈不易變形。②(module)指每一輪齒占有節圓直徑的長度。

17【模擬】 ㄇㄛˊ ㄋㄧˇ
①模仿。也作摹擬。②(simulation)研究一個眞實系統或現象的普遍方法。通常具有下列特性：一、做出一個模型，即一套數學及邏輯的關係，代表系統中最重要的特性。二、以這些關係實施逐步的計算，模仿眞實系統在眞實時間下可能的動作。通常，眞實系統中有許多機會因素，因此模型常具有機率特性。複雜系統的模擬必須以程式指揮電腦執行逐步的計算(也有人與電腦合作，以模仿系統中的人的因素)。模擬的大優點是可以在多樣的條件下試驗一個系統，而對眞實系統而言，則太昂貴或完全不可能加以試驗。模擬法對那些用普通數學方法不能奏效的問題，或涉及機會因素的問題特別有用。在作業研究中有廣泛的使用，例子有一、商業公司的運轉；二、核子反應器的中子的擴散；三、人的解題行爲。

10【模特兒】 ㄇㄛˊ ㄊㄜˋ ㄦˊ
(model)指藝術家創作作品時作爲臨摹素材的人或物。今也指展示服裝以供廠商作廣告的人。

15【模糊圈】 ㄇㄛˊ ㄏㄨˊ ㄑㄩㄢ
光線透過鏡頭聚結影像時，因鏡頭磨製不夠精良，而在焦面上形成相互重疊的圓形光斑。模糊圈越小，相互重疊的部分越少，影像愈清楚。

【模範生】 ㄇㄛˊ ㄈㄢˋ ㄕㄥ
品學兼優的好學生。

17【模擬機】 ㄇㄛˊ ㄋㄧˇ ㄐㄧ
(simulator)能模擬某種裝備的實際情況，以供研究、工程設計、細部發展或人員訓練之用的裝備。如飛行模擬機即利用電子裝備模擬眞飛機之飛行動作。目前已進步到利用計算機模擬，在設計階段即可作許多複雜之試驗。

6【模式變數】 ㄇㄛˊ ㄕˋ ㄅㄧㄢˋ ㄕㄨˋ
(pattern variables)'美國'社會學家'派深思'(Talcott Parsons)行動論的主要概念之一。指人們互動前與互動過程中一系列可能影響互動性質和方向的因素。

7【模里西斯】 ㄇㄛˊ ㄌㄧˇ ㄒㄧ ㄙ
(Mauritius)位於'非洲'東方'印度洋'上的島國，距'馬達加斯加'東方724公里。西元1968年獨立。面積0.2萬方公里，人口123.0萬(2005年)，首都'路易士港'(Port Louis)。島上多山，並有肥沃的河谷及海岸平原。主產蔗糖，其他尚有稻米、椰油和香料。

13【模稜兩可】 ㄇㄛˊ ㄌㄥˊ ㄌㄧㄤˇ ㄎㄜˇ
比喻是非不決，遇事不加可否。

17【模擬考試】 ㄇㄛˊ ㄋㄧˇ ㄎㄠˇ ㄕˋ
(mock examination)在內容及方法上模仿正式考試而舉行的考試練習。其目的在使考生熟習正式考試。

【模擬巫術】 ㄇㄛˊ ㄋㄧˇ ㄨ ㄕㄨˋ
(imitative magic)交感巫術的一種。其運作的原則是相似的事物所生的影響。即根據相似律而產生的巫術。例如製一偶像代表敵人，毀此偶像即可擊敗敵人。

槵 ㄏㄨㄢˋ huan^4 音患
木名。皮、子可作洗濯之用。見"集韻"。

樻 ㄍㄨㄟˋ kuei^4 音貴
筐底。見"說文"。

樏 ㊀ ㄌㄟˊ lei^2 音雷
用以乘坐的登山器具。也作樏。見"玉篇"。
㊁ ㄌㄟˇ lei^3 音磊
食器。似盤，中有隔，可提攜。見"玉篇"。
㊂ ㄌㄨㄛˇ lo^3, luo^3 音裸
木名。果實有皮無殼。見"類篇"。

槝 櫓的或體。

樥 ㄆㄥˊ p'êng^2 音蓬
梁上的楣。見"篇海類編"。

樤 ㊀ ㄔㄚˊ ch'a^2 音茶
茶的或體。

㊂ ㄊㄨˊ *t'u*^{2} 音徒

①楸木的別名。見"廣韻"。②苦荼。同茶。見"集韻"。

榷 ㄘㄨㄟ *ts'ui*^{1} 音崔

木名。可作枴杖。見"廣韻"。

椴 ㄕㄚ *sha*^{1} 音殺

木名。似茱萸，出'淮'南。見"說文"。

橾 ㊀ ㄔㄠˊ *ch'ao*^{2} 音巢

①建於澤中供守望的草樓。見"說文"。②人建在樹上的住屋。通巢。如：民不橾居。

㊁ ㄐㄧㄠˇ *chiao*^{3} 音剿

斷絕。通剿。見"字彙"。

樦 ㄓㄨˋ *chu*^{4} 音柱

調琴弦的用具。見"篇海類編"。

槮 ㊀ ㄕㄣ *shên*^{1} 音深

樹木高長的樣子。見"說文"。

㊁ ㄙㄢˇ *san*^{3} 音傘

積柴水中以捕魚。同罧。見"爾雅·釋器"。

樒 ㄍㄡˇ *kou*^{3} 音苟

參樒乳。

8【樒乳】 ㄍㄡˇ ㄖㄨˇ

苦杞。見"字彙補"。

椨 ㄈㄨˊ *fu*^{2} 音扶

草木的子房。見"玉篇"。

槰 ㄆㄥˋ *p'êng*^{4} 音碰

草木茂盛的樣子。見"字彙"。

槲 ㄏㄨˊ *hu*^{2} 音斛

(daimyo oak; *Quercus dentata*)落葉喬木。葉倒卵形，邊緣有4～10對波狀裂片或鋸齒，下面有毛；殼斗杯狀，包圍堅果一半或更多，苞片反捲，紅棕色。分布於我國、'韓國'及'日本'。樹皮含鞣質，用以鞣皮；木材可供建築用。

槲圖

樟 橰的俗體。

樢 ㊀ ㄇㄨˋ *mu*^{4} 音木

鳥名。見"集韻"。

㊁ ㄋㄧㄠˇ *niao*^{3} 音鳥

草名。同蔦。見"說文"。

樢 ㄐㄧㄢ *chien*^{1} 音堅

參樢子。

3【樢子】 ㄐㄧㄢ ·ㄗ

古代一種博戲的賭注。又叫樗蒲采。

槐 ㄉㄡ *tou*^{1} 音兜

①木名。見"集韻"。②入土而無枝椏的樹根。見"正字通"。

樤 ㄊㄧㄠˊ *t'iao*^{2} 音條

①木名。或作條。見"集韻"。②小枝。見"篇海類編"。

樇 ㄒㄧㄡ *hsiu*^{1} 音修

①木名。見"集韻"。②木長。見"正字通"。

檜 瓴的或體。

槴 ㄏㄨˋ *hu*^{4} 音戶

①枕墊書籍的器具。見"集韻"。②捕魚的用具。見"集韻"。

樅 ㄘㄨㄥ *ts'ung*^{1} 音瑽

①(Japancse fir; *Abies firma*)屬松科(Pinaceae)。高可達45公尺。小枝有溝，具細毛；葉端圓形微凹，幼枝上的葉，先端則常爲二尖裂，葉上表面中肋下凹，下表面兩側有白色氣孔帶。雌雄同株。毬果圓柱形，綠褐色。'日本'特產。材質白軟，可作紙漿原料。②擊。如：樅鼓。③姓。'漢'有'樅公'。見"史記·高祖紀"。

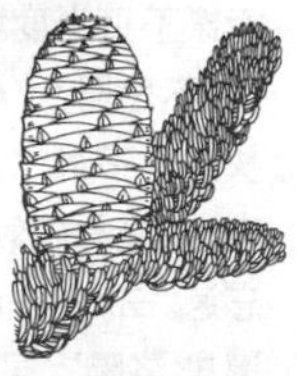
樅圖

檕 ㄧ *i*^{1} 音依

木名。即黟。見"集韻"。

槳 ㄐㄧㄤˇ *chiang*^{3} 音蔣

划船用具。見"正字通"。

樊 ㊀ ㄈㄢˊ *fan*^{2} 音煩

①籠子。②籬笆。③紛雜。④姓。'漢'有'樊噲'。見"萬姓統譜·二三"。

㊁ ㄆㄢˊ *p'an*^{2} 音盤

馬腹帶。通鞶。見"正字通"。

16【樊遲】 ㄈㄢˊ ㄔˊ

(前551～?) '春秋''魯'人，名'須'，字'子遲'。'孔子'弟子，仕於'季'氏。

【樊噲】 ㄈㄢˊ ㄎㄨㄞˋ

(?～前189) '沛'(今'江蘇''沛縣')人。初以屠狗爲業，後從'漢高祖'起兵，屢立戰功；'鴻門'宴上，又英勇解危。'高祖'即帝位，封'舞陽侯'，遷左丞相，卒諡'武'。

22【樊籠】 ㄈㄢˊ ㄌㄨㄥˊ

①囚禁鳥獸的圍柵和籠子。②比喻不自由的生活環境。

檞 槲的或體。

樂 ㊀ ㄩㄝˋ *yüeh*^{4} 音粵

①音樂。見"說文"。②樂器。③六經之一。④姓。'戰國''燕'有'樂毅'。見"史記·樂毅傳"。

㊁ ㄌㄜˋ *lê*^{4} 音勒

①喜悅；愉快。如：樂不可支。②樂意；喜歡。如：樂善好施。

㊂ ㄧㄠˋ *yao*^{4} 音耀

喜好；愛好。如：樂山樂水。

㊃ ㄌㄠˋ *lao*^{4} 音澇

地名。如'河北省'有'樂亭縣'、'山東省'有'樂陵縣'。

3【樂土】 ㄌㄜˋ ㄊㄨˇ

安樂幸福的好地方。

【樂工】 ㄩㄝˋ ㄍㄨㄥ

古稱從事音樂工作的人。也作樂師。

4【樂天】 ㄌㄜˋ ㄊㄧㄢ

順應天理，樂觀進取。

8【樂府】 ㄩㄝˋ ㄈㄨˇ

①古代掌理音樂的官署。本爲'秦'時'少府'的屬官，至'漢武帝'時擴大編制，大量採集民間歌謠入樂，於是'樂府'之職掌乃包括郊廟祭祀、朝會宴享之樂以及民間的音

樂。至‘哀帝’時裁撤。②詩體名。本指‘樂府’中用以合樂的詩歌。也用以稱‘魏’、‘晉’至‘唐代’可以入樂的詩歌及後人仿傚樂府古題的作品。

10【樂書】 ㄩㄝˋ ㄕㄨ
‘宋’‘陳暘’撰，二百卷。前九十五卷摘錄三“禮”、“詩”、“書”、“春秋”、“周易”、“孝經”、“論語”、“孟子”等書有關音樂的文字，並加以解釋；後一百零五卷則論述律呂本義、樂器、樂章及各地的音樂，並附圖說明。引徵浩博，辨論精審。

11【樂章】 ㄩㄝˋ ㄓㄤ
①樂書的篇章。常指能入樂的詩詞。②(movement)音樂的篇章。即奏鳴曲、交響曲等音樂中各種完整且相等獨立的章節。

【樂理】 ㄩㄝˋ ㄌㄧˇ
(theory of music)有兩類：一爲技術理論，包括樂理初步、和聲學、曲調作法、伴奏法、對位法、賦格法、曲式學、作曲法、聲樂法、管絃樂法、指揮法。二爲思想理論，包括欣賞法、音響學、樂律學、音樂美學、音樂哲學、音樂史等。

12【樂普】 ㄌㄜˋ ㄆㄨˇ
(loop)一種子宮內避孕器。其作用爲抑制受精卵著床，而達避孕效果。呈雙S形，裝置時可拉成長條狀，進子宮後又恢復成雙S狀，尾端尼龍線伸出於陰道內，可以隨時檢查。

13【樂意】 ㄌㄜˋ ㄧˋ
①使內心快樂。②願意。

【樂歲】 ㄌㄜˋ ㄙㄨㄟˋ
豐年。

【樂園】 ㄌㄜˋ ㄩㄢˊ
①快樂無憂的理想境界。②供人遊樂的地方。

15【樂毅】 ㄩㄝˋ ㄧˋ
‘戰國’‘魏’‘靈壽’(今‘河北’‘靈壽’)人。仕‘燕昭王’，爲上將軍。曾率‘燕’、‘趙’、‘楚’、‘韓’、‘魏’五國之兵伐‘齊’，下七十餘城，封‘昌國君’。‘燕惠王’立，中‘齊’‘田單’反間計，召‘毅’歸，乃奔‘趙’，‘趙’封‘望諸君’，後卒於‘趙’。

16【樂器】 ㄩㄝˋ ㄑㄧˋ
(instrument)奏樂所用的器具。大體可分三大類：一爲絃樂器，如琴、瑟、琵琶、胡琴、三絃、提琴等。二爲管樂器，如簫、笛、笙、喇叭、管風琴等。三爲敲擊樂器，如鐘、磬、鑼、鼓、鐃、鈸等。

19【樂譜】 ㄩㄝˋ ㄆㄨˇ
(notation)利用各種符號或文字，以表明聲音的高低、長短、強弱變化者，稱爲樂譜。可分兩類：一爲文字譜，包括‘英’文字母譜、數目字母譜及我國的宮商工尺譜。二爲圖表符號樂譜，近代通行的五線譜屬之。

25【樂觀】 ㄌㄜˋ ㄍㄨㄢ
(optimism)個體認爲現實世界是美好的，並預期發展結果也會是光明的心理歷程。與悲觀相對。

11【樂陶陶】 ㄌㄜˋ ㄊㄠˊ ㄊㄠˊ
和諧快樂的樣子。

4【樂天知命】 ㄌㄜˋ ㄊㄧㄢ ㄓ ㄇㄧㄥˋ
順承天命，安守本分。

【樂不可支】 ㄌㄜˋ ㄅㄨˋ ㄎㄜˇ ㄓ
非常快樂的樣子。

【樂不可極】 ㄌㄜˋ ㄅㄨˋ ㄎㄜˇ ㄐㄧˊ
行樂不可過度。

【樂不思蜀】 ㄌㄜˋ ㄅㄨˋ ㄙ ㄕㄨˇ
快樂得不再思念故土。比喻樂而忘本，沒有志氣。也用以比喻樂而忘返。三國‘蜀’亡，後主‘劉禪’被迫遷居‘洛陽’，‘司馬昭’安排‘蜀’伎以宴‘劉禪’，他日問‘禪’是否還思念‘蜀國’，答道：「此間樂，不思‘蜀’。」見“三國志·蜀志·後主傳·注”。

5【樂以忘憂】 ㄌㄜˋ ㄧˇ ㄨㄤˋ ㄧㄡ
自得樂趣而忘掉憂愁。

6【樂而不淫】 ㄌㄜˋ ㄦˊ ㄅㄨˋ ㄧㄣˊ
歡樂而不放縱。

8【樂府詩集】 ㄩㄝˋ ㄈㄨˇ ㄕ ㄐㄧˊ
‘宋’‘郭茂倩’編，一百卷，分十二類。輯錄‘漢’‘魏’到‘唐’五代的民間歌謠與文人擬作。全書各類有總序，每曲有題解，對各種曲調及歌辭的起源和發展都有精審的考訂。是研究歷代民歌的重要文獻。

【樂府羣玉】 ㄩㄝˋ ㄈㄨˇ ㄑㄩㄣˊ ㄩˋ
全名“類聚名賢樂府羣玉”。編者不詳，或以爲‘元’‘胡存善’輯，五卷。收小令六百二十七首，按作家編列，計知名者二十一家，失名者二家。全書有三百二十五首爲其他‘元’選本所無，其中如‘喬吉’“惺惺道人樂府”、‘張可久’“今樂府”，各在百首以上，原書散佚不存，賴此得以考見。

【樂府雜錄】 ㄩㄝˋ ㄈㄨˇ ㄗㄚˊ ㄌㄨˋ
‘唐’‘段安節’撰，一卷。又名“琵琶錄”。作者知音律，能自度曲。書中首列樂部，次列歌舞俳優、樂器、樂曲，末附“五音輪二十八調圖”，今圖已佚，僅存論說。是研究‘唐代’音樂、戲曲、舞蹈重要的參考書。

9【樂律全書】 ㄩㄝˋ ㄌㄩˋ ㄑㄩㄢˊ ㄕㄨ
‘明’‘朱載堉’撰，四十七卷。包括“律學新說”、“樂學新說”等十五種著作組成，是一部音樂方面的百科全書。其中“律呂新義”，發表他創造的新法密率(即十二平均律)，解決了歷代爭論不休的旋宮(調高的轉換)問題。

10【樂書要錄】 ㄩㄝˋ ㄕㄨ ㄧㄠˋ ㄌㄨˋ
‘唐’‘元萬頃’等撰，十卷。今存三卷：第五卷“辨音聲”、“論二變義”等十一目；第六卷“紀律呂”等四目；第七卷“律呂旋宮法”等三目。論述變聲的應用及旋宮(調高的轉換)的方法，頗爲詳盡。

12【樂善好施】 ㄌㄜˋ ㄕㄢˋ ㄏㄠˋ ㄕ
樂行善事，喜好施與。

13【樂道忘貧】 ㄌㄜˋ ㄉㄠˋ ㄨㄤˋ ㄆㄧㄣˊ
追求眞理而忘卻貧困。

【樂極生悲】ㄌㄜˋ ㄐㄧˊ ㄕㄥ ㄅㄟ
快樂到極點,轉而生出悲傷。比喻物極必反。

25【樂觀法則】ㄌㄜˋ ㄍㄨㄢ ㄈㄚˇ ㄗㄜˊ
(optimistic rule) 也稱'赫威斯'決策法則或極大值中的極大值法則(maximax)。即決策者先決定每一策略中的最大值,然後再選取其中最有利者,爲最樂觀情形下所能得到的結果。

12

橤 ㄖㄨㄟˇ *jui*³ 音蕊
1飄落的樣子。同縈。見"集韻"。2花蕊。同蕊。見"正字通"。

橐 ㄊㄨㄛˊ *t'o*², *t'uo*² 音駝
1盛物的袋子。見"說文"。2治鍊時用來鼓風吹火的風箱。如:橐籥。

10【橐皋】ㄊㄨㄛˊ ㄍㄨ
'春秋''吳'地。'魯哀公'曾會'吳子'於此,又稱'會吳城'。故址在今'安徽省''巢縣'西北'柘皋鎮'。

15【橐駝】ㄊㄨㄛˊ ㄊㄨㄛˊ
駱駝。

橲 一 ㄕˋ *shih*⁴ 音是
木名。見"集韻"。
二 ㄉㄧˊ *ti*² 音嫡
楠的或體。

橦 一 ㄊㄨㄥˊ *t'ung*² 音同
木名。花可以織布。見"廣韻"。
二 ㄔㄨㄤˊ *ch'uang*² 音床
旗竿;帳柱。見"字彙"。

樴 ㄓˊ *chih*² 音職
小木樁。見"爾雅·釋宮"。

橔 一 ㄉㄨㄣ *tun*¹ 音敦
桔萎。見"集韻"。
二 ㄊㄨㄟˊ *t'ui*² 音頹
橔的或體。

橠 ㄋㄨㄛˇ *no*³, *nuo*³
參榱橠。

橤 ㄖㄨㄟˇ *jui*³ 音蕊
1木名。見"集韻"。2橤的或體。

橏 ㄓㄢˇ *chan*³ 音展
1樹木的瘤節。見"廣韻"。2木名。見"集韻"。

樽 ㄗㄨㄣ *tsun*¹ 音尊
1盛酒器。本作尊,也作罇。如:有酒盈樽。2抑止;節省。通撙。如:樽節。

9【樽俎】ㄗㄨㄣ ㄗㄨˇ
古代盛酒肉的器具。借指宴會、宴席。

橂 ㄉㄧㄢˋ *tien*⁴ 音電
木材的紋路堅實而細密。見"集韻"。

橉 一 ㄌㄧㄣˋ *lin*⁴ 音吝
木名。質地堅硬,可作染料。也叫橉筋木。見"本草綱目·木部·橉木"。
二 ㄌㄧㄣˇ *lin*³ 音廩
門檻。見"字彙"。

橧 ㄗㄥ *tsêng*¹ 音增
1高樓。見"古今韻會舉要"。2堆聚柴薪而成的住處。

橯 ㄌㄠˋ *lao*⁴ 音澇
用以摩田的農具。也作耮。見"集韻"。

橩 ㄑㄩㄥˊ *ch'iung*² 音瓊
樗蒲戲所用的骰子。見"正字通"。

橒 ㄩㄣˊ *yün*² 音雲
1木名。見"廣韻"。2木紋。見"字彙"。

樲 ㄦˋ *êrh*⁴ 音二
酸棗的別名。見"說文"。

橁 ㄆㄚˊ *p'a*² 音琶
木名。即棠。見"篇海類編"。

橥
桔的或體。

槲 ㄏㄨˊ *hu*² 音胡
棗的一種。上銳下脹。本作壺。見"廣韻"。

橉 一 ㄎㄨㄢˇ *k'uan*³ 音款
斷木。同棵。見"集韻"。
二 ㄋㄨㄢˋ *nuan*⁴
杼聲匀齊。見"集韻"。

橁 ㄒㄩㄣˊ *hsün*² 音尋
木名。形似槐。見"廣韻"。

橈 一 ㄋㄠˊ *nao*² 音鐃
1曲木。見"說文"。2彎曲。3屈服。4枉屈。5削弱。
二 ㄖㄠˊ *jao*² 音饒
船槳。見"方言·九"。

橚 ㄙㄨˋ *su*⁴ 音肅
木名。即楸。見"集韻"。

樹 ㄕㄨˋ *shu*⁴ 音豎
1木本植物的總名。見"說文"。2栽植;培育。如:樹人。3建立;豎立。見"方言·七"。

2【樹人】ㄕㄨˋ ㄖㄣˊ
培養人才。

9【樹怨】ㄕㄨˋ ㄩㄢˋ
結下仇恨。

10【樹脂】ㄕㄨˋ ㄓ
(resin) 泛指一切天然產生或合成之有機高分子量(包括聚合體)化合物。可為固體、半固體或稠液狀,是合成橡膠、塑膠與合成橡膠加工前之原料。

12【樹蛙】ㄕㄨˋ ㄨㄚ
(tree frog)屬於兩生綱、無尾目(order Anura)、樹蛙科(family Hylidae)中動物的俗稱。主要為樹棲,也有的生活在水中,或在陸地上穴居。四肢細長,趾間有蹼,趾的先端膨大呈吸盤狀,以助攀樹。飛翔時伸出其肢以及趾間的蹼,其作用有似降落傘,使身體在林間下降。大多數種類將卵產在水中,有的將卵產在樹葉表面的積水中,也有的雌者將卵揹在背上。大者體長達14公分,產於'古巴'。共460種,主要分布於新大陸。

樹蛙圖

15【樹敵】ㄕㄨˋ ㄉㄧˊ
與人結怨。

16【樹勳】ㄕㄨˋ ㄒㄩㄣ

建立功勳。

20【樹黨】 ㄕㄨˋ ㄉㄤˇ
聚結眾人成爲黨派。多指培植私人勢力。

3【樹大招風】 ㄕㄨˋ ㄉㄚˋ ㄓㄠ ㄈㄥ
比喻名聲大、地位高的人,容易招致別人的嫉妒、打擊。

8【樹狀結構】 ㄕㄨˋ ㄓㄨㄤˋ ㄐㄧㄝˊ ㄍㄡˋ
(tree structure) 可以表示資料項之間層次性或分類關係的非線性資料結構。爲電腦資料儲存常用的結構之一。將資料項附加兩個或兩個以上之指標,與其他資料項相連結,若此結構中任一連

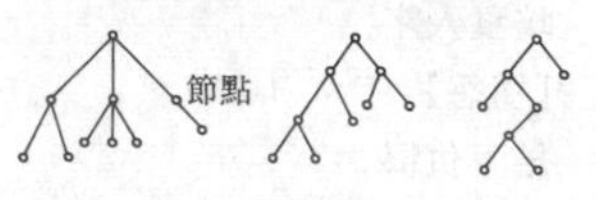

樹狀結構圖

結不產生一迴路或環狀之連結關係,則稱爲樹狀結構,如圖所示。圖中之「◦」爲節點,由資料項與指標構成。

15【樹德務滋】 ㄕㄨˋ ㄉㄜˊ ㄨˋ ㄗ
立德務求其多而廣泛。

10【樹倒猢猻散】 ㄕㄨˋ ㄉㄠˇ ㄏㄨˊ ㄙㄨㄣ ㄙㄢˋ
比喻以勢利結合在一起的人,一旦首領失敗,徒眾就隨著四散。

11【樹欲靜而風不止】 ㄕㄨˋ ㄩˋ ㄐㄧㄥˋ ㄦˊ ㄈㄥ ㄅㄨˋ ㄓˇ
比喻子女想孝養父母,而父母已去世。

10【樹高千丈葉落歸根】 ㄕㄨˋ ㄍㄠ ㄑㄧㄢ ㄓㄤˋ ㄧㄝˋ ㄌㄨㄛˋ ㄍㄨㄟ ㄍㄣ
比喻不忘本源,或終須返歸根本。

櫠 ㄈㄟˋ *fei*[4] 音廢
木名。見"說文"。

樾 ㄩㄝˋ *yüeh*[4] 音越
1樹木交會而成的樹蔭。見"玉篇"。2道旁樹木。

橄 ㄍㄢˇ *kan*[3] 音敢
參橄欖。

25【橄欖】 ㄍㄢˇ ㄌㄢˇ
(*Canarium album*) 常綠喬木。奇數羽狀複葉,小葉 9 ~15枚對生,革質,基部歪斜,頂端漸尖;花白色,成圓錐花序;核果卵狀橢圓形,青黃色,兩端尖。可作防風樹或行道樹,木材可當建材,根可治胃病,果可生食或醃製蜜餞。

橄欖圖

【橄欖油】 ㄍㄢˇ ㄌㄢˇ ㄧㄡˊ
(olive oil) 由洋橄欖的果肉及核仁榨取所得的不乾性油。呈淡黃色或帶綠黃色至褐色,主要成分爲油脂,多供食料及藥用,常用以塗抹皮膚,防止日曬或乾裂。

【橄欖球】 ㄍㄢˇ ㄌㄢˇ ㄑㄧㄡˊ
球類運動之一。因使用皮革或橡膠製形狀酷似橄欖的球而得名。是一種規模大、規則嚴的劇烈團隊運動。球員持球衝鋒而到達對方陣地端線稱爲「達陣」,可得四分,其餘比賽中踢球射門、對方犯規而射門可依規則得三分、二分不等。比賽分上下場,每場 40 分鐘。該項運動起源於'蘇格蘭',風行'歐''美',正式比賽有七人制及十五人制兩種。

橨 或作橨。㊀ ㄈㄣˊ *fên*[2] 音墳
木名。枰仲木的別名。見"廣韻"。
㊁ ㄈㄣˋ *fên*[4] 音憤
器物的足部。見"廣雅·釋器"。

橝 ㊀ ㄊㄢˊ *t'an*[2] 音潭
木名。木灰可作染料。見"廣韻"。
㊁ ㄒㄩㄣˊ *hsün*[2] 音尋
1盾上的竿子。見"集韻"。2長。通尋。

橏 榛的或體。

樨 ㄒㄧ *hsi*[1] 音西 又讀 ㄒㄩ *hsü*[1] 音需
也作犀。參木犀。

㯕 ㊀ ㄒㄧ *hsi*[1] 音西
參櫪㯕。
㊁ ㄙ *szŭ*[1], *ssŭ*[1] 音私
參榹㯕。

橫 ㊀ ㄏㄥˊ *hêng*[2] 音衡
1遮門的闌木。見"說文"。2直的反面。如:縱橫交錯。3橫列;橫放。4旁側。如:橫通。5充滿;充塞。如:逸氣橫生。6交錯。如:橫集。
㊁ ㄏㄥˋ *hêng*[4] 音絎
1放肆;專橫。如:橫逆。2意外的;冤枉的。如:橫禍。

6【橫亙】 ㄏㄥˊ ㄍㄣˋ
橫列;連綿不斷。

【橫死】 ㄏㄥˋ ㄙˇ
因意外或災禍而死。

【橫行】 ㊀ ㄏㄥˊ ㄒㄧㄥˊ
1縱橫奔馳,所向無阻。2遍行。形容周遊廣遍。
㊁ ㄏㄥˋ ㄒㄧㄥˊ
不依正道而行。
㊂ ㄏㄥˊ ㄏㄤˊ
行列。

7【橫吹】 ㄏㄥˊ ㄔㄨㄟ
1古代的一種樂器。即橫笛,也稱短簫。2古代的一種樂曲。即橫吹曲。用於軍中,以鼓角爲主要樂器。

8【橫空】 ㄏㄥˊ ㄎㄨㄥ
1飛越空中。2瀰漫於空中。

【橫波】 ㄏㄥˊ ㄅㄛ
(transversal wave) 波動的傳播方向與介質質點的振動方向互相垂直的波。也稱高低波。如水波、繩波、電磁波等。

【橫披】 ㄏㄥˊ ㄆㄧ
適於懸掛的橫幅。橫披的裝裱技法與立軸相近,所異者是立軸的楣面是黏在鑲料夾口上,而橫披的楣面是揿在腹背夾口上,其目的是爲使張掛橫披時,能緊貼壁面,平服美觀,而書芯或畫芯也必須豎短橫長,鑲裝的綾或絹邊必須上寬下窄,左右邊稱爲「耳」的,

尺寸必相同,這些條件互相配合,方得裝裱好。

10【橫痃】ㄏㄥˊ ㄒㄧㄢˊ
(bubo)一般指軟下疳性病性淋巴肉芽腫、中腹股溝淋巴結腫大化膿,特指發生在腹股溝淋巴腺腫大症。病多因炎症而起,常有壓痛,往往會潰爛而流膿。最常見的是腹股溝淋巴肉芽腫、軟性下疳和鼠疫性橫痃。也常發生在淋病、梅毒或'土拉倫斯'菌病者身上。

【橫拳】ㄏㄥˊ ㄑㄩㄢˊ
國術拳法。拳向左右橫擊而出。

【橫逆】ㄏㄥˋ ㄋㄧˋ
蠻橫無理。

【橫財】ㄏㄥˋ ㄘㄞˊ
指非法或僥倖獲得的錢財。

11【橫梗】ㄏㄥˊ ㄍㄥˇ
阻擋。

【橫笛】ㄏㄥˊ ㄉㄧˊ
(flute)吹奏樂器。中世紀笛子用木頭製造,有直吹和橫吹之別。到了十九世紀,在'德國'開始有以全金屬或銀打造的橫著吹奏的笛子。西元1847年,'德國''巴伐利亞'宮廷樂團的橫笛演奏大師'貝姆'(Boehm)將橫笛加以多次改良而成為目前橫笛的模範。

13【橫話】ㄏㄥˋ ㄏㄨㄚˋ
①蠻橫的話。②不吉祥的話。

【橫禍】ㄏㄥˋ ㄏㄨㄛˋ
意外的災禍。

【橫塘】ㄏㄥˊ ㄊㄤˊ
水塘名。在今'江蘇省''吳縣'西南十里。詞章家常用來泛指'江'南水鄉。

15【橫豎】ㄏㄥˊ ㄕㄨˋ
①橫與豎。②反正;無論如何。

【橫厲】ㄏㄥˊ ㄌㄧˋ
①縱橫凌厲。形容氣勢極盛。②橫渡。

20【橫議】ㄏㄥˋ ㄧˋ
任意發表議論。

25【橫蠻】ㄏㄥˋ ㄇㄢˊ
粗野不講理。

7【橫沙丘】ㄏㄥˊ ㄕㄚ ㄑㄧㄡ
(transverse dune)風積地形之一。在沙粒廣布,且沙量豐富之區,如果風力較弱,風向恆定,沙粒可堆積成與風向直交的沙丘,稱為橫沙丘。沙丘如波狀連續分布,可形成一片沙海。在'撒哈拉沙漠'地區則稱為耳格。

14【橫膈膜】ㄏㄥˊ ㄍㄜˊ ㄇㄛˊ
(diaphragm)哺乳動物中,將體腔分為胸腹兩腔的大型肌肉。為橫紋肌,是構成呼吸運動最重要的一種肌肉。吸氣時,收縮致其穹頂部分往下方移動,使胸部擴張;呼氣時,橫膈膜放鬆,凸出於胸腔內,使胸腔容積變小,壓迫肺而將空氣排出體外。

16【橫磨劍】ㄏㄥˊ ㄇㄛˊ ㄐㄧㄢˋ
鋒利的劍。比喻精銳的兵卒。

2【橫七豎八】ㄏㄥˊ ㄑㄧ ㄕㄨˋ ㄅㄚ
雜亂不齊的樣子。

0【橫式兼併】ㄏㄥˊ ㄕˋ ㄐㄧㄢ ㄅㄧㄥˋ
(horizontal merger)指將一產品生產過程中,相同生產階段的廠商,合併成為單一的廠商。

【橫向整合】ㄏㄥˊ ㄒㄧㄤˋ ㄓㄥˇ ㄏㄜˊ
(horizontal integration)係指一個企業增加其對競爭同業的控制或所有權。例如藉對股權的控制,吸收、併吞或控制另一家同業以擴大企業規模,作橫向發展。

【橫行霸道】ㄏㄥˋ ㄒㄧㄥˊ ㄅㄚˋ ㄉㄠˋ
蠻橫凶惡,不講道理。

8【橫的公平】ㄏㄥˊ ˙ㄉㄜ ㄍㄨㄥ ㄆㄧㄥˊ
(horizontal equity)指凡具有同等經濟能力者,即所得與財富一樣多的人,就必須繳納一樣多的稅。

9【橫眉豎目】ㄏㄥˊ ㄇㄟˊ ㄕㄨˋ ㄇㄨˋ
形容憤怒凶惡的表情。也作橫眉豎眼。

11【橫掃千軍】ㄏㄥˊ ㄙㄠˇ ㄑㄧㄢ ㄐㄩㄣ
形容大勝敵方,殺敵無數。

14【橫說豎說】ㄏㄥˊ ㄕㄨㄛ ㄕㄨˋ ㄕㄨㄛ
反復解說;諄諄勸告。

【橫槊賦詩】ㄏㄥˊ ㄕㄨㄛˋ ㄈㄨˋ ㄕ
橫執長矛而吟詩。形容豪氣縱橫,文才傑出的樣子。

15【橫線支票】ㄏㄥˊ ㄒㄧㄢˋ ㄓ ㄆㄧㄠˋ
(crossed check)也稱畫線支票。係發票人或持票人在支票左上角加畫兩道平行線者。須由金融業、信用合作社或經財政部核准辦理支票存款業務的農、漁會經收或代收,不能直接付現。具有防止遺失或冒領的作用。

【橫徵暴斂】ㄏㄥˊ ㄓㄥ ㄅㄠˋ ㄌㄧㄢˋ
恣意向人民徵收繁重的稅捐。

【橫衝直撞】ㄏㄥˊ ㄔㄨㄥ ㄓˊ ㄓㄨㄤˋ
①形容忙亂魯莽的樣子。②形容勇武敏捷,所向無敵的樣子。

14【橫截面研究法】ㄏㄥˊ ㄐㄧㄝˊ ㄇㄧㄢˋ ㄧㄢˊ ㄐㄧㄡˋ ㄈㄚˇ
(cross-sectional research)行為發展研究法之一。同時對不同年齡階段之個體進行研究,比較其行為發展和變化的情形,以探討發展歷程中某一或某些階段內之行為特徵。

10【橫剖面水準測量】ㄏㄥˊ ㄆㄡˇ ㄇㄧㄢˋ ㄕㄨㄟˇ ㄓㄨㄣˇ ㄘㄜˋ ㄌㄧㄤˊ
(cross-section leveling)路線測量中測量與道路中心線垂直方向地面變化點之高程的作業。依據此測量成果可畫出橫剖面圖,以作為計算土方之用。一般使用十字器、直角儀或稜鏡測出與中心線垂直方向,高程則用水準儀施測。

槔 ㄎㄨ k'u¹ 音枯
①木名。即杜槔。見"集韻"。②樹的枝葉向四面分布。見"廣韻"。

檵 ㄐㄧˇ chi³ 音戟
拘持。

橘 ㄐㄩˊ chü² 音局

1(tangor; *Citrus* × *nobilis*) 由桔和橙雜交育出的品種。小喬木。葉橢圓形,長約10公分;花白色,具香味;果皮厚,表面凹凸不平,果肉難剝離,味道甜美。皮乾燥稱陳皮,可鎮咳,爲芳香性健胃劑。(學名中×表此植物爲雜交種。)2古代紀月的名稱。月在乙爲橘月。見"爾雅·釋天"。

16【橘踰淮而爲枳】 ㄐㄩˊ ㄩˊ ㄏㄨㄞˊ ㄦˊ ㄨㄟˊ ㄓˇ

比喻因環境不同而發生不良的變化。

橛 ㄐㄩㄝˊ chüeh² 音掘

1小木樁;短木頭。見"說文"。2禾稼的殘根。3馬口所銜的橫木。見"正字通"。4量詞。稱一小段木頭爲一橛。

橙 ㄔㄥˊ ch'êng² 音澄

1(sweet orange; *Citrus sinensis*) 常綠小喬木。葉橢圓形,葉柄短,有狹翅。果實近球形,成熟時爲實心,果皮橙黃色,粗而不易剝落;果肉甜。廣植於熱帶及亞熱帶,爲極重要柑橘類果樹。栽培品種頗多。2顏色名。黃而略帶紅色。

橙圖

橃 ㊀ ㄈㄚˊ fa² 音筏

1海中大船。見"說文"。2木筏。通筏。見"說文·橃·段注"。

㊁ ㄈㄟˋ fei⁴ 音廢

木名。似柚。見"廣韻"。

橱 櫥的俗體。

檽 ㄦˊ êrh² 音而

木耳的別名。見"廣韻"。

橑 ㄌㄠˇ lao³ 音老

1屋椽。見"說文"。2柴薪。3古代車篷上彎曲如弓的骨架。通轑。見"正字通"。

橢 ㄊㄨㄛˇ t'o³, t'uo³ 音妥

1狹長或圓而長的器物。見"廣韻"。2狹長;長圓形。

13【橢圓】 ㄊㄨㄛˇ ㄩㄢˊ

(ellipse) 圓錐曲線或二次曲線的一種。斜截一圓柱的截口,呈橢圓形;一平面截圓錐,若平面與圓錐軸所成的銳角大於圓錐的半頂角時,其截口爲一橢圓形。在一平面作一固定長度的線,固定於兩定點,以筆鉤緊,移動該筆所得一封閉軌跡,即爲橢圓。在直角坐標系中,改變y軸與x軸的單位長度的比,亦可將圓變成橢圓,此種想法,有助於解決某類射影變換下不變的橢圓問題。如圖,F及F'兩定點爲橢圓的焦點,$OA=OA'=a$; $OB=OB'=b$。橢圓的標準方程式爲$\frac{x^2}{a^2}+\frac{y^2}{b^2}=1$, $(a\geqslant b>0)$, a爲長軸,b爲短軸。其面積等於πab。

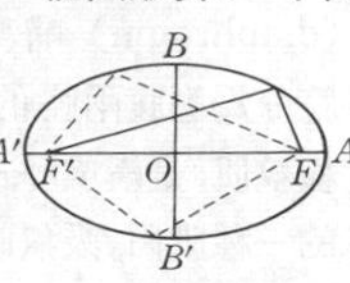

橢圓圖

【橢圓星系】 ㄊㄨㄛˇ ㄩㄢˊ ㄒㄧㄥ ㄒㄧˋ

(elliptical galaxy) 規則星系的一種。它的外形從球狀至凸透鏡狀,外圍沒有漩渦臂。在此種星系內,恆星向中心聚集,愈向邊緣愈稀疏,因此缺乏明確的邊界,內部也沒有固定的結構。

橕 ㄔㄥ ch'êng¹ 音撐

斜柱。見"字彙"。

樺 ㄏㄨㄚˋ hua⁴ 音化

(birch; *Betula platyphylla*) 喬木。樹皮白色,故又名白樺。葉形多變化,由三角形至卵狀菱形;果實具膜質翅,有果苞保護。木材供建築用,樹皮供人造纖維用。

樺圖

橌 ㄒㄧㄢˊ hsien² 音閑

木名。見"集韻"。

橺 ㄒㄧㄢˋ hsien⁴ 音限

樹木高大的樣子。見"說文"。

樻 ㄎㄨㄟˋ k'uei⁴ 音潰

木名。即椐。見"說文"。

橏 ㄓㄢˇ chan³ 音展 又讀 ㄕㄢˋ shan⁴ 音善

木名。可以製梳子。見"說文"。

樸 ㄆㄨˊ p'u² 音璞

1素材;未經加工成器的木材。見"說文"。2本眞;本性。3質樸;篤實。如:樸實。4附著;倚靠。5(Japanese hackberry; *Celtis sinensis*) 即榆科 (Ulmaceae) 中的朴樹。喬木。葉呈卵形至橢圓形;果實暗橘色。產於我國大陸南部,'臺灣'低海拔處常見。

樸圖

10【樸素】 ㄆㄨˊ ㄙㄨˋ

1質樸自然,不加文飾。2生活節儉。

14【樸實】 ㄆㄨˊ ㄕˊ

質樸而實在。

15【樸樕】 ㄆㄨˊ ㄙㄨˋ

1一種叢生小木。2比喻才質平庸。

16【樸學】 ㄆㄨˊ ㄒㄩㄝˊ

1指上古樸實的學術。2泛指經學。3指'清代''乾隆'、'嘉慶'年間的考據學。

橳 蕣的或體。

橎 ㄈㄢˊ fan² 音煩

木名。質地堅硬,不花而實。見"集韻"。

橁 ㄒㄩㄣˊ hsün² 音旬 又讀 ㄔㄨㄣ ch'un¹ 音春

杶木。見"說文"。

榙 榙的或體。

橇 ㄘㄨㄟˋ *ts'ui*⁴ 音粹 又讀 ㄑㄧㄠ *ch'iao*¹ 音蹺
在泥地或雪地上滑行的交通工具。如:雪橇。

橅 模的或體。

橪 ㄖㄢˇ *jan*³ 音染
果樹名。即酸小棗。見"說文"。

機 ㄐㄧ *chi*¹ 音基
1織布的器具。見"集韻"。2弓弩上用以發箭的裝置。如:機括。3比喻事物重要的關鍵。如:樞機。4事物發動之因。如:動機。5時宜;際會。如:時機。6細微的跡象;徵兆。如:機先。7巧詐。如:機心。

4【機心】 ㄐㄧ ㄒㄧㄣ
巧僞變詐的心。

5【機巧】 ㄐㄧ ㄑㄧㄠˇ
1機變巧詐。2靈巧。

6【機先】 ㄐㄧ ㄒㄧㄢ
事情發生之前的徵兆。

7【機車】 ㄐㄧ ㄔㄜ
1(locomotive)牽引列車行止的動力車輛。一般而言,具有利用率高、牽引力大、伸縮性強、運轉均勻、軸重適合、節省運轉費等性能,方可稱爲理想機車。依其用途,可分爲旅客機車、貨物機車、調車機車及客貨兩用機車等;依其動力,則可分爲蒸汽機車、電力機車、柴電機車及氣輪電力機車等。2指摩托車。

【機伶】 ㄐㄧ ˙ㄌㄧㄥ
1伶俐。也作機靈。2猛吃一驚。

8【機宜】 ㄐㄧ ㄧˊ
1依據時機變化而採取的適當處理方法。2佛家語。具有善的根機,並且適宜宏揚佛法者。

【機杼】 ㄐㄧ ㄓㄨˋ
1古代織布機上主發的機鈕和梭子。也作織布機的代稱。2織布。比喻詩文的巧思。

9【機要】 ㄐㄧ ㄧㄠˋ
1機密而重要的事。2精義和要點。

10【機栝】 ㄐㄧ ㄍㄨㄚ
1形容事物發動的迅速。2比喻權柄。3比喻心機。

【機能】 ㄐㄧ ㄋㄥˊ
功能。

11【機密】 ㄐㄧ ㄇㄧˋ
重要而祕密的事。

【機率】 ㄐㄧ ㄌㄩˋ
(probability)又稱槪率、或然率。自然界的許多現象,若就其各個單獨事件的發生結果來看,無法顯出一定的規律,但是如果累積足夠的數據,則可看出某一確定而可驗證的模式。例如投擲一個賭徒接受的公正骰子,則每次出現的點數無法預測,但於投擲數百次以後,則1至6點數的出現次數之比非常接近,約各佔1/6。傳統的機率理論稱爲'拉普拉斯'(Laplace)古典機率,即直接假設各種基本實驗的每一種出現可能的機會均相等。因此必須先計算事件中各種排列組合的總數,再求其比值爲該事件成功的機率,例如投擲兩個骰子其和爲7之事件的機率計算如下:兩個骰子共有(1,1),(1,2)…(1,6),(2,1),…(2,6),…(6,6)等36種出現方式,其中和爲7的出現方式爲(1,6),(2,5)…(6,1)共6種,故答案爲6/36=1/6。現代的機率理論則由抽象積分和測度的理論推演而來。機率爲重要的數學槪念,在物理學和保險業中應用最著,故小學課程中即已列入。

【機械】 ㄐㄧ ㄒㄧㄝˋ
1由機鈕主發,可以節省人力的器械。2機變;巧詐。3兵器的總稱。4呆板而沒有變化。

【機敏】 ㄐㄧ ㄇㄧㄣˇ
機警敏捷。

【機動】 ㄐㄧ ㄉㄨㄥˋ
1隨事機變化而採取高效率的因應行動。2指軍隊依狀況的變化而採取靈活快速的應變行動。按範圍分,則有戰役機動、戰略機動和戰術機動等。

12【機軸】 ㄐㄧ ㄓㄡˊ
弩牙和車軸。比喻重要的關鍵。

【機場】 ㄐㄧ ㄔㄤˇ
專供飛機起落、修護及旅客進出、休息的地方。

13【機運】 ㄐㄧ ㄩㄣˋ
機會及運氣。

【機遇】 ㄐㄧ ㄩˋ
機會和際遇。

14【機構】 ㄐㄧ ㄍㄡˋ
1具有一定目標、任務或功能的組織或體系。2(mechanisms)指生物功能發生的機序。又稱機轉。

15【機緣】 ㄐㄧ ㄩㄢˊ
時機;因緣。

10【機關】 ㄐㄧ ㄍㄨㄢ
1設計巧妙而能控制的機械。2樞紐;關鍵。3指國家統治系統內的結構部分,就某類法定事務,有權決定並表示國家意思於外部,而效果歸於國家之依法設置的組織體。國家統治機關包括政權機關、元首權機關及各種治權機關。

20【機警】 ㄐㄧ ㄐㄧㄥˇ
反應敏捷而警覺性高。

23【機變】 ㄐㄧ ㄅㄧㄢˋ
1靈巧多變的器械。2機巧變詐。3隨機應變。

11【機械化】 ㄐㄧ ㄒㄧㄝˋ ㄏㄨㄚˋ
1指農工業生產設施或軍事裝備,使用機械以提高效能。2指思想、言行或事物只呆板地依循一定的規律,而不知變通。

【機械波】 ㄐㄧ ㄒㄧㄝˋ ㄅㄛ
(mechanical wave)波動的傳播需要依靠物質的振動來達成者,稱爲機械波。即力學波。如水波、聲波、繩波等。電磁波如光波等,可不需藉介質的媒介在眞空中傳播，故不屬機械波。

【機械能】 ㄐㄧ ㄒㄧㄝˋ ㄋㄥˊ
(mechanical energy) 力學中所討論的動能與位能兩者的合稱。又稱力學能。

【機動學】 ㄐㄧ ㄉㄨㄥˋ ㄒㄩㄝˊ
(mechanism) 研究機械運動的科學。以機械作主要對象，研究運動時的位移、速度、加速度、急跳度、機件形狀及支配運動的法則等。

16【機器人】 ㄐㄧ ㄑㄧˋ ㄖㄣˊ
(robot) 一種能夠以程式規劃而在自動控制下完成操作的機械裝置。由機械手、抓舉器、控制器及感測器所組成。

【機器碼】 ㄐㄧ ㄑㄧˋ ㄇㄚˇ
(machine code) ①電腦內表示字符、數值、指令等資料的代碼。通常以二進位的形式表達。②電腦之指令代碼。任何程式被執行時，均需轉換成機器碼。

19【機關報】 ㄐㄧ ㄍㄨㄢ ㄅㄠˋ
(organ) 指專爲政治機構傳達訊息及作宣傳的報刊。如'蘇俄'的"眞理報"、"消息報"分別爲'最高蘇維埃政治局'與'蘇維埃'政權的機關報。

5【機巧運動】 ㄐㄧ ㄑㄧㄠˇ ㄩㄣˋ ㄉㄨㄥˋ
指有機巧性的徒手運動與器械運動。包括墊上運動、跳箱、跳馬、單槓、雙槓、吊環、高低槓、平衡木、彈床等富有機巧性的運動。

9【機要人員】 ㄐㄧ ㄧㄠˋ ㄖㄣˊ ㄩㄢˊ
在一個機關內以機要任用並擔任機要工作的人員。所稱機要工作係指機要祕書所擔任的工作及監印等工作。機要人員的任用可不需資格，但無保障，需隨機關首長進退，可隨時免職。爲免發生流弊，各機關對機要人員任用的人數定有限額。

10【機能主義】 ㄐㄧ ㄋㄥˊ ㄓㄨˇ ㄧˋ
(functionism) 二十世紀設計及建築界所追求的一種造形方向。主張工業設計或建築的造形，必須除去冗餘的裝飾，而由其使用的目的、機能及材料的性質等決定造形。常具有簡潔而合理的幾何造形。

11【機械效率】 ㄐㄧ ㄒㄧㄝˋ ㄒㄧㄠˋ ㄌㄩˋ
(mechanical efficiency)一個機械輸出的功或能和輸入的功或能的比值。可用來說明機械的能量或動力的利用程度。

【機動匯率】 ㄐㄧ ㄉㄨㄥˋ ㄏㄨㄟˋ ㄌㄩˋ
(floating exchange rate) 此詞係由前'中央研究院'院士'劉大中'博士所譯，原文爲floating rate，即一般所稱的浮動匯率。但我國所實施的機動匯率，實際上與一般的浮動匯率略有不同。浮動匯率是指匯率由外匯市場交易的供需來決定，是自由外匯買賣制度下的匯率制度，亦即匯率隨著市場供需，隨時都在變動。而我國所實施的機動匯率，每天只在一定幅度內變動，必要時，'中央銀行'還可進入外匯市場干預。因此，可說是一種管理式的浮動匯率。

【機動激勵】 ㄐㄧ ㄉㄨㄥˋ ㄐㄧ ㄌㄧˋ
激勵學說的一種。指主管對所屬的激勵須機動運用，不能一成不變。亦即主管在激勵屬員前，應先了解屬員目前最迫切的需要與願望，激勵時所用的方式須能適應屬員的需要與願望，如此方能發揮激勵的效果。

【機動藝術】 ㄐㄧ ㄉㄨㄥˋ ㄧˋ ㄕㄨˋ
(kinetic art)實際上會動的雕刻或立體造形等美術作品。第二次世界大戰前的構成主義或達達也有這一種實驗，不過在戰後的1950～1960年代才正式做爲探求的課題而展開。它所使用的材料或媒體是多方面的，動力亦包括聲音、光線、水、磁力、空氣或機器馬達等。造形以抽象造形爲多，運動所帶來的造形變化有固定的，如機器馬達所控制的機動雕刻；也有不固定或不能預期的造形變化，如空氣的吹動或聲音的震動所引起的造形變化等。代表藝術家有'柯爾達'(Alexander Calder)、'李基'(Rickey)、'修佛'(Schoeffer)、'索托'(Soto)等。

13【機會主義】 ㄐㄧ ㄏㄨㄟˋ ㄓㄨˇ ㄧˋ
(opportunism) 指不顧原則及後果，利用客觀情勢以獲取利益或達個人目的的做法、技巧或政策。

【機會成本】 ㄐㄧ ㄏㄨㄟˋ ㄔㄥˊ ㄅㄣˇ
(opportunity cost)指兩個方案選擇時，如放棄乙案選擇甲案，則採用乙案可獲得的利潤即爲甲案的機會成本。雖然機會成本並非實際發生的成本，亦不列入會計紀錄，但在作決策時，如此項成本可以合理估計，則須加以考慮，因其對決策可能具有重大的影響。

【機會教育】 ㄐㄧ ㄏㄨㄟˋ ㄐㄧㄠˋ ㄩˋ
因應時機的適時開導。

14【機構途徑】 ㄐㄧ ㄍㄡˋ ㄊㄨˊ ㄐㄧㄥˋ
(institutional approach) 研究行銷的途徑之一。由於行銷體系通常是由生產者、批發商、零售商所組成，研究這些機構的性質、演變及功能等稱之爲機構途徑。例如研究百貨公司歷年來的演變從而預測其將來的發展方向，對經營百貨公司可能有很大的幫助。

16【機器指令】 ㄐㄧ ㄑㄧˋ ㄓˇ ㄌㄧㄥˋ
(machine instruction) 即電腦之指令。是控制電腦執行特定運算功能的命令。

【機器教學】 ㄐㄧ ㄑㄧˋ ㄐㄧㄠ ㄒㄩㄝˊ
應用機器對受訓者提示教材(即一個問題)，接著要求受訓者提出反應，而後再由機器自動提示反應，使受訓者立即知道自己反應的正誤。如受訓者作正確反應時，則機器始提示次一教材，再由受訓者提供反應。

【機器語言】 ㄐㄧ ㄑㄧˋ ㄩˇ ㄧㄢˊ

(machine language) 電腦所直接瞭解的語言。通常是以二進位的形式由0與1所組成。機器語言在電腦程式語言的分類中是機器導向的低階程式語言之一種，隨機器型式之不同而有很大的差異。機器語言之特點包括：一、由機器語言所編寫的程式不需要經過編譯就可直接被機器接受並執行；二、以機器語言編寫程式較爲費時費力，且程式冗長，易於出錯，除錯及維護等工作困難；三、機器語言直接配合機器之硬體功能，編寫程式可充分發揮機器之特性，提高程式的效率；四、不同機器之機器語言差異很大，故程式轉移困難。

10【機能式管理】 ㄐㄧ ㄋㄥˊ ㄕˋ ㄍㄨㄢˇ ㄌㄧˇ

(functional management)權變理論學者認爲企業環境變化快的企業不能固執於一成不變的管理制度，應由強調效率與制度更改爲強調彈性與創新，管理制度亦應強調變化，不應墨守成規，管理上應重視行爲理論，此項重視環境適應的管理稱爲機能式管理。

11【機械式組織】 ㄐㄧ ㄒㄧㄝˋ ㄕˋ ㄗㄨˇ ㄓ

(mechanistic organization) 與有機體組織相對。指重視穩定性，依一定方式運作，結構如同一部精心設計的機器的組織。它具有明確的層級結構、工作及任務，強調制度、規律與程序。

【機械式管理】 ㄐㄧ ㄒㄧㄝˋ ㄕˋ ㄍㄨㄢˇ ㄌㄧˇ

(mechanistic management) 權變理論學者認爲古典理論對於組織與管理訂出一套管理原則，要求努力執行各項管理機能，強調效率、制度與工作規則程序。這項管理方式只能適合穩定變化少的企業環境，稱爲機械式管理。

12【機場交貨條件】 ㄐㄧ ㄔㄤˇ ㄐㄧㄠ ㄏㄨㄛˋ ㄊㄧㄠˊ ㄐㄧㄢˋ

(FOB airport ; FOA) 定型貿易條件的一種。依此條件，賣方在指定起飛機場將貨物交給航空運送人時，即已履行義務。本條件與海運的船上交貨條件不同，因爲航空器並無傳統海輪的船舶欄杆(ship's rail)，所以貨物交給起運機場的航空運送人時，即使尚未裝上飛機，也視爲已交貨，嗣後貨物有關風險及費用即歸買方負責。又在本條件下，除非買方另有相反的指示，賣方須以買方的風險及費用安排航空運輸事宜。這種由賣方安排運輸的工作，在海運的船上交貨條件，是屬於額外服務。

19【機關專戶存款】 ㄐㄧ ㄍㄨㄢ ㄓㄨㄢ ㄏㄨˋ ㄘㄨㄣˊ ㄎㄨㄢˇ

指政府機關除歲入以外其他依法令所定專戶存管之款項。包括一、依法律、條約、協定、設定基金之命令、契約或遺囑所定應專戶存管之特種基金；二、其他公款暨保管款項；三、未實施集中支付機關之經費款項。

22【機讀編目格式】 ㄐㄧ ㄉㄨˊ ㄅㄧㄢ ㄇㄨˋ ㄍㄜˊ ㄕˋ

(machine readable cataloging format; MARC format) 圖書館業務電腦化爲記載數據之需而設計的記錄格式。其最大特性在於採用固定長欄及變長欄混合形式來記載數據，有固定屬性的項目採固定長欄，如有無插圖；無固定屬性者則採變長欄的形式，如書名、作者等。每種圖書資料之紀錄，記載範圍以該圖書資料之編目的項目及一般認定共同需要的項目爲主。機讀編目格式之設計，一般是希望在各種機型電腦上均能適用，同時便於日後取用所需的數據。'國際圖書館協會聯盟'於西元1977年推出國際機讀編目格式(Universal Machine Readable Cataloging; UNIMARC)，作爲各國機讀編目資料交換與共享的標準格式，以達成國際間資料之交流。我國爲推展圖書館自動化，亦於1981年推出'中國'機讀編目格式，以便於電腦處理'中'文及其他語文之圖書資料，而達到資訊之交換與分享之要求。

11【機械件風化作用】 ㄐㄧ ㄒㄧㄝˋ ㄒㄧㄥˋ ㄈㄥ ㄏㄨㄚˋ ㄗㄨㄛˋ ㄩㄥˋ

岩石塊體因結晶增壓、熱脹冷縮等外力所引起的破裂或碎裂的變化現象。即物理性風化作用。

【機械性連帶責任】 ㄐㄧ ㄒㄧㄝˋ ㄒㄧㄥˋ ㄌㄧㄢˊ ㄉㄞˋ ㄗㄜˊ ㄖㄣˋ

(mechanic solidarity)'法國''涂爾幹'(Émile Durkheim)研究社會分工時所提出。他指出社會演進的結果是把社會內的職務工作加以細分、專業化，這就是社會分工的現象。工業化前的分工不清晰，因此人與人的關係是建立在單純的類似性(例如同宗、同鄉)，他稱這種關係爲機械性連帶責任。

【機械能守恆定律】 ㄐㄧ ㄒㄧㄝˋ ㄋㄥˊ ㄕㄡˇ ㄏㄥˊ ㄉㄧㄥˋ ㄌㄩˋ

(law of conservation of mechanical energy) 如不考慮摩擦阻力的作用，在一系統中，機械能的總和是不會改變的，恆保持一定值，此即爲機械能守恆定律。又稱機械能不滅定律。

13【機會成本遞增法則】 ㄐㄧ ㄏㄨㄟˋ ㄔㄥˊ ㄅㄣˇ ㄉㄧˋ ㄗㄥ ㄈㄚˇ ㄗㄜˊ

(law of increasing opportunity cost) 每額外增加一單位 X 產品的產量，所必須放棄的 Y 產品產量依次遞增的現象。

橡 ㄒㄧㄤˋ *hsiang*^{4} 音象

栩樹的果實。本作樣。見"說文·樣·段注"。

15【橡膠】 ㄒㄧㄤˋ ㄐㄧㄠ

(rubber) 又稱彈性物 (elastomer)。由橡膠樹所分泌的樹汁凝固而得。爲具有高度可逆伸張性且不易產生永久變形之聚合體，故須在其玻璃態轉成範圍以上溫度使用。其中構成分子較無規則性而呈無定形態，通常需加入碳黑、硫磺以產生硫化交連，避免永久變形並加強其機械性質。參硫化橡膠。

橋 ㄑㄧㄠˊ ch'iao² 音喬
①由一個或多個跨架的結構單位所組成，用以使公路、鐵路或徒步交通通過河流、窪地和稠密地區的土木工程結構物。通常用結構鋼、鋼筋混凝土、木結構、預力混凝土等建造。分爲固定式與可移動式兩種。依載重方式又可分爲桁架橋、梁橋、吊橋。②木名。形狀高大。見"尙書大傳·周傳"。③驕傲。通憍、驕。④姓。三國'魏'有'橋玄'。見"三國志·武帝紀"。

4【橋手】 ㄑㄧㄠˊ ㄕㄡˇ
南派拳術稱接敵之手爲橋手。

9【橋派】 ㄑㄧㄠˊ ㄆㄞˋ
(Die Brücke)'德國'表現主義的一支。西元1905年創立於'德萊斯登'(Dresden)，是'德國'最早的現代藝術運動。主張自我內在的原始性感情和思想的強烈表現，而爲了在形式上能做到這些效果，他們採用誇張、變形或簡潔的造形，再加上強烈的色彩來表達。畫派轉移到'柏林'後，於1913年結束。主要畫家有'克爾赫納'、'諾爾德'(Nolde)、'貝克'(Becker)、'羅特盧夫'(Schmidt-Rottluff)等。

12【橋牌】 ㄑㄧㄠˊ ㄆㄞˊ
(bridge) 撲克牌戲的一種。玩法乃四人分兩組對抗，每人各13張，分叫牌、打牌兩個階段。叫牌有單位制、計分制等方法，輸贏的計算以同組所贏得墩數(tricks)爲準。組友間運用規定叫牌術語，先作出定約墩數，並規定一種花色爲王牌，如不以某一花色爲王牌也可，此時稱無王牌(no trump)。打牌時，以大勝小，王牌最大。完成定約墩數者得分，否則罰分，滿百分爲一局，勝兩局爲一盤。

13【橋腦】 ㄑㄧㄠˊ ㄋㄠˇ
(pons varolii) 位於延腦上方，由白質及一些神經核所組成。內有一重要的網狀核爲呼吸調節中樞，具有控制呼吸的功能。第五到第八對腦神經核且位於橋腦上部，因此也具有控制頭面部感覺、顏面表情、平衡感、聽覺等功能。

14【橋臺】 ㄑㄧㄠˊ ㄊㄞˊ
(abutment) 連接橋梁及引道，用以支承橋梁上部結構載重及橋座背後土壤壓力的基座。一般爲鋼筋混凝土造。包括基礎、胸牆或橫牆、橋座、背橋及翼牆。

19【橋藝】 ㄑㄧㄠˊ ㄧˋ
指玩橋牌的技巧。

6【橋式整流器】 ㄑㄧㄠˊ ㄕˋ ㄓㄥˇ ㄌㄧㄡˊ ㄑㄧˋ
(bridge rectifier) 四個具有整流作用的二極體所組成之四邊形電橋電路，每一邊包含一特定導通方向的二極體，如此可以將輸入的交流電壓，變化成單一極性方向的電壓信號，而使輸出端其中之一的電壓永遠大於另一端，稱爲橋式整流器。其結構如圖所示。

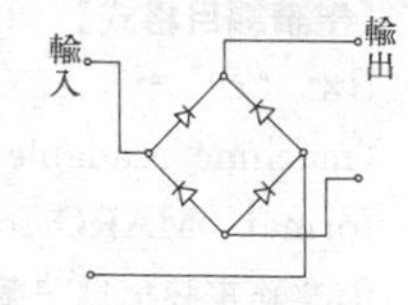

橋式整流器結構圖

11【橋接T型網路】 ㄑㄧㄠˊ ㄐㄧㄝ T ㄒㄧㄥˊ ㄨㄤˇ ㄌㄨˋ
(bridged-T network) 指T型網路中兩串聯分支的端點，再跨接第四個分支。如圖所示。

橋接T型網路圖

樵 ㄑㄧㄠˊ ch'iao² 音憔
①柴薪。見"字彙"。②砍柴。③指砍柴取薪的人。如：漁樵。

17【樵隱】 ㄑㄧㄠˊ ㄧㄣˇ
隱居山中打柴爲生的人。

槢 ㄒㄧˊ hsi² 音昔
木屐。見"集韻"。

機 ㊀ ㄐㄧㄢ chien¹ 音箋
一種小栗。見"廣韻"。
㊁ ㄐㄧㄢˋ chien⁴ 音箭
果名。即山梅。見"類篇"。

橰 槔的俗體。

棶 ㄌㄧˋ li⁴ 音力
木名。見"集韻"。

檿 橛的或體。

㯿 檗的或體。

13

橀 ㄌㄨㄛˊ lo², luo² 音羅
木名。可作箭幹。見"廣韻"。

檕 ㄐㄧˋ chi⁴ 音計
桔槔上的橫木。見"說文"。

櫜 ㄆㄠ p'ao¹ 音抛
囊袋張大的樣子。見"說文"。

檗 ㄅㄛˋ po⁴ 音擘
木名。即黃木。蘗的本字。見"說文·檗·段注"。

檍 ㄧˋ i⁴ 音意
木名。可用以製弓。見"正字通"。

檀 ㄊㄢˊ t'an² 音壇
①木名。即檀木。見"說文"。②淺紅色。③姓。'周'有'檀伯達'。見"萬姓統譜·二五"。

3【檀口】 ㄊㄢˊ ㄎㄡˇ
女子淺紅色的嘴唇。

9【檀郎】 ㄊㄢˊ ㄌㄤˊ
'晉'美男子'潘安'，小字'檀奴'。後世女子多以檀郎或檀奴稱其夫婿或所愛的男子。

【檀香】 ㄊㄢˊ ㄒㄧㄤ
(white sandalwood; *Santalum album*)小喬木。葉卵形至卵狀披針形;花下面粉白,圓錐花序較葉短,花黃色,開後轉紅;果實黑色。原產'印度'。栽培於熱帶地區。木材可製箱櫃,所含白檀油可調製香水。

檀香圖

【檀香扇】 ㄊㄢˊ ㄒㄧㄤ ㄕㄢˋ
以檀香木製成的一種折扇。花式繁多,常以精細的鏤雕爲主要裝飾,或裱以絹畫。由於具有獨特香味,深爲仕女所喜愛。

檁 ㄌㄧㄣˇ *lin*³ 音凜
屋上橫木。見"集韻"。

檨 ㄕㄜ *shê*¹ 音奢
果樹名。即芒果。見"清一統志·臺灣府"。

樿 ㄓㄢˇ *chan*³ 音展
木名。即椋。見"廣雅·釋木"。

檥 ㊀ ㄧˊ *i*² 音儀
榦;木柱。見"說文"。
㊁ ㄧˇ *i*³ 音蟻
移船靠岸。通艤。見"字彙"。

檤 ㄉㄠˋ *tao*⁴ 音道
木名。或作檮。見"集韻"。

檖 ㄙㄨㄟˋ *sui*⁴ 音遂
木名。即赤羅,實似梨而小,可食。見"字彙"。

檑 ㄌㄟˊ *lei*² 音雷
①木名。見"集韻"。②古代守城的武器。同礌。爲圓柱形木,自城上下拋擊敵,俗稱滾木。種類很多。見"武備志·軍資乘·守器式"。

橽 ㄊㄚˋ *t'a*⁴ 音踏
用來排水的器具。見"篇海類編"。

橿 ㄐㄧㄤ *chiang*¹ 音薑
①木名。檍的別名。一名萬年木。見"正字通"。②鋤柄。見"正字通"。

檦 ㄅㄧㄠˇ *piao*³ 音表
標誌。通標。見"正字通"。

檟 ㄐㄧㄚˇ *chia*³ 音甲
木名。①即山楸。古代學校取其枝條以施行體罰。同榎。②即茶樹。見"正字通"。

13【檟楚】 ㄐㄧㄚˇ ㄔㄨˇ
檟木及荊條。古代打人的刑具。

檉 ㄔㄥ *ch'êng*¹ 音撐
①木名。即河柳。見"說文"。②古地名。'春秋''宋'地,在今'河南省''淮陽縣'境。

9【檉柳】 ㄔㄥ ㄌㄧㄡˇ
(salt cedar; *Tamarix chinensis*) 小喬木。樹皮棕色至黑色。嫩枝纖細下垂。葉無柄。花粉紅色,生於當年的嫩枝上,排成總狀花序,春天開的多而密,夏天開的較疏。分布於東'亞',各地廣爲栽培,常作防風林;嫩枝及葉入藥,可治風溼。

檉柳圖

檊 ㄍㄢˋ *kan*⁴ 音幹
木名。即柘。一說即檀。見"集韻"。

檋 ㄐㄩˊ *chü*² 音局
一種登山用具。見"集韻"。

[木禁] ㄐㄧㄣˋ *chin*⁴ 音禁
竹或木做的籬笆。見"集韻"。

檣 ㄑㄧㄤˊ *ch'iang*² 音牆
①帆柱。即桅杆。見"字彙"。②指帆。也用以指船隻。

6【檣帆】 ㄑㄧㄤˊ ㄈㄢˊ
船上桅桿及風帆。也用以代指船隻。

[木桼] ㄑㄧ *ch'i*¹ 音七
木名。[木桼]栗屬。可作杖。見"說文·[木桼]·段注"。

𩙪 ㄈㄥ *fêng*¹ 音風
①風的古文。②風吹樹木的聲音。見"廣韻"。③木名。同楓。見"集韻"。

檔 ㄉㄤˇ *tang*³ 音黨 又讀 ㄉㄤˋ *tang*⁴ 音蕩
①器物上的橫木或邊框。見"篇海類編"。②存放公文案卷的櫥架。③計算演藝節目的單位。④(file)由一組資料紀錄所組成的集合。爲電腦系統內儲存資料的整體單位。構成檔的資料紀錄通常具有某些相關性。

10【檔案】 ㄉㄤˇ ㄢˋ
分類、登錄、編號而集中庋藏保管,以便於日後查閱的公文、資料、書信等。

12【檔期】 ㄉㄤˇ ㄑㄧˊ
指影片或表演的期限。

13【檔節】 ㄉㄤˇ ㄐㄧㄝˊ
(file section)可博(COBOL)程式中資料章節內一個節的名稱。檔節可用來說明程式所使用的資料檔,每一檔的說明自成一段。

[木豦] ㄑㄩˊ *ch'ü*² 音渠
籬笆。也作[木豦]。見"廣雅·釋宮"。

[木虜] 櫓的或體。

檝 楫的或體。

[木邪] ㄧㄝˊ *yeh*² 音爺
木名。樹皮可製涼蓆。見"集韻"。

檅 ㄙㄨㄟˋ *sui*⁴ 音歲
小棺材。見"玉篇"。

橾 ㊀ ㄙㄡˇ *sou*³ 音叟
車轂中空容軸的地方。見"說文"。
㊁ ㄑㄧㄠ *ch'iao*¹ 音敲
掘土的工具。同鍫、鍬。見"集韻"。

[木路] ㄌㄨˋ *lu*⁴ 音路
木名。即桐。見"玉篇"。

[木農] ㄋㄨㄥˊ *nung*² 音農
木名。見"集韻"。

楇 ㄓㄨㄚ chua¹ 音抓
1箠鞭。見"洪武正韻"。2竹管。

檆 檠的本字。

檧 一 ㄙㄨㄥ sung¹ 音松
小籠。見"廣韻"。
二 ㄙㄨㄥˇ sung³ 音聳
筷子筒。見"方言·五"。

檡 一 ㄕˋ shih⁴ 音釋
木名。即梬棗。見"廣韻"。
二 ㄗㄜˊ tsê² 音澤
木名。即檡棘。見"廣韻"。

檈 ㄒㄩㄢˊ hsüan² 音旋
圓的食案。見"說文"。

檌 ㄗㄨㄟˋ tsui⁴ 音罪
倒損。見"篇海類編"。

檒 ㄕㄨˇ shu³ 音蜀
木名。似柳而赤色,葉子較大。見"玉篇"。

檇 ㄔㄨㄢˊ ch'uan² 音船
木名。見"說文"。

櫛 ㄐㄧㄝˊ chieh² 音節
或作櫛。1梳篦的總名。見"說文"。2梳理頭髮。如:櫛沐。3剔除;清除。

4【櫛比鱗次】 ㄐㄧㄝˊ ㄅㄧˋ ㄌㄧㄣˊ ㄘˋ
形容整齊密布的樣子。

9【櫛風沐雨】 ㄐㄧㄝˊ ㄈㄥ ㄇㄨˋ ㄩˇ
用風來梳髮,用雨來洗頭。形容勞苦奔波,不避風雨。

檲 ㄐㄩㄢˋ chüan⁴ 音倦
木名。樹皮似絹,可以製衣。見"玉篇"。

檐 一 ㄧㄢˊ yen² 音炎
簷的本字。
二 ㄉㄢˋ tan⁴ 音蛋
舉;荷。通擔。見"正字通"。

檞 ㄐㄧㄝˇ chieh³ 音解
木名。即松樠。見"玉篇"。

檟 ㄍㄨㄥˋ kung⁴ 音貢
1小杯。同匵。見"說文"。2枝條修長的樹木。見"廣韻"。

檇 ㄗㄨㄟˋ tsui⁴ 音醉
以木擣物。見"說文"。

檓 ㄏㄨㄟˇ hui³ 音毀
木名。即大椒。今稱花椒。見"爾雅·釋木"。

檏 ㄉㄧㄝˊ tieh² 音跌
屋椽與瓦中間所鋪的竹、木條。見"集韻"。

檄 ㄒㄧˊ hsi² 音息
古代用於徵召、曉喻、討伐的官方文書。見"正字通"。

檪 櫟的俗體。

檎 ㄑㄧㄣˊ ch'in² 音琴
麥林檎。

檢 ㄐㄧㄢˇ chien³ 音儉
1古代在竹木簡牘上,加題署泥封,使其封閉不致洩露。見"廣韻"。2約束;禁止。3法度。4品行;節操。5考查;察驗。

8【檢定】 ㄐㄧㄢˇ ㄉㄧㄥˋ
檢驗核定。

9【檢疫】 ㄐㄧㄢˇ ㄧˋ
(quarantine)政府或某一地區的衛生機構,檢查出入管轄區域的旅客或動植物,以防止病原體傳播的方法和措施。通常在傳染病流行時,或旅客和動植物由疫區入境時,更需通過嚴格檢疫。檢疫所常設在海關或邊界的各種關卡。

10【檢校】 ㄐㄧㄢˇ ㄐㄧㄠˋ
檢查校核。

15【檢閱】 ㄐㄧㄢˇ ㄩㄝˋ
1查看。2官名。'宋'置,職屬史官,掌點校書籍。'明'屬'翰林院','清'屬'文淵閣'。3檢視軍隊訓練的成果。各種軍事訓練終結時,常由本部隊長舉行定期檢閱;而其他高級長官臨時下令檢閱,則稱臨時檢閱。

17【檢舉】 ㄐㄧㄢˇ ㄐㄩˇ
舉發他人的過失或罪行。

【檢點】 ㄐㄧㄢˇ ㄉㄧㄢˇ
1約束自己的言行。2官名。也作點檢。五代有殿前都檢點、副都檢點之名,掌侍衛護從,為禁軍正、副首領。'宋'初沿置,隸屬殿前司,不久即廢。'金'置殿前都點檢司,有都點檢及左、右副都點檢。'元'以後無此名。

19【檢覈】 ㄐㄧㄢˇ ㄏㄜˊ
即檢定考驗一定資格以求其實。檢覈制度多適用於專門職業及技術人員執業資格之取得,而以申請檢覈人具有一定之學歷、經歷,經認定具有專門學識經驗及執業能力後,賦與其執業資格。此制度之設,旨在補專技人員高普考試之不足,使眞正具有專門學識經驗者,均能在其所學範圍內執行業務。

23【檢驗】 ㄐㄧㄢˇ ㄧㄢˋ
檢查驗證。

7【檢車線】 ㄐㄧㄢˇ ㄔㄜ ㄒㄧㄢˋ
(car inspection and repair track)站場內,供檢車之用的側線。依其使用目的,有洗車線、修理線及檢查線之分;其中檢查、修理併為一線者,稱為檢修線。

9【檢查人】 ㄐㄧㄢˇ ㄔㄚˊ ㄖㄣˊ
以調查公司之設立程序或公司業務、財務狀況為主要目的而設置之股份有限公司法定的監督機關。檢查人之權限多以調查公司會計是否正確,發起人、董事或清算人等之執行職務是否適法為限,具有監督權之性質。此點與公司監察人不同,監察人之監察權及於公司執行業務是否適法以及是否適當。設置檢查人之目的,在利用檢查人係與董監事無關之第三人,其進行調查較監察人能發現眞相,可以補監察人監察之不足。

10【檢索點】 ㄐㄧㄢˇ ㄙㄨㄛˇ ㄉㄧㄢˇ
(access points) 或譯為檢索項。是圖書館圖書目錄或資訊檢索系統中,用以檢索資料的款目(entry),諸如著者、書名/篇名、主題、叢書名等等。

14【檢察官】 ㄐㄧㄢˇ ㄔㄚˊ ㄍㄨㄢ

偵查刑事被告犯罪證據並提起公訴的公務員。配置於各級法院，主要職權爲指揮司法警察實施偵查、提起公訴、實行公訴、協助自訴、擔當自訴及指揮刑事裁判之執行等。檢察官與推事系統不同，對於法院獨立行使其職權，在公訴案件中是原告，爲當事人之一造，地位與被告相同。在偵查告訴及執行刑罰程序上，則不屬於當事人的地位。又檢察官須服從監督長官（即首席檢察官或上級檢察官）之命令，以發揮檢察一體之作用。

10【檢索策略】 ㄐㄧㄢˇ ㄙㄨㄛˇ ㄘㄜˋ ㄌㄩㄝˋ

(search strategy) 使用線上資訊檢索系統時，檢索者先選定檢索用語，通常檢索用語來源有三：一是選自索引典中的敘述語(descriptor)及其相關之詞彙。二是參照讀者所列之詞彙。三是檢索者研判相關之詞彙。爾後，檢索者根據所選定檢索用語之相互間關係，以邏輯運算子(logical operators, 如 AND、OR、NOT 等)組合檢索用語，再加上各種語文限制、出版年代限制等條件，而形成所謂的檢索策略，依序將其鍵入終端機進行檢索作業。

19【檢覈考試】 ㄐㄧㄢˇ ㄏㄜˊ ㄎㄠˇ ㄕˋ

考試方法之一。應考者得就其學歷證件或著作送請考試機關審查，必要時得輔以筆試，審查通過者取得專門職等及技術人員的執業資格，或公職人員的候選人資格。

10【檢索抗辯權】 ㄐㄧㄢˇ ㄙㄨㄛˇ ㄎㄤˋ ㄅㄧㄢˋ ㄑㄩㄢˊ

又稱先訴抗辯權。乃保證人於債權人未就主債務人之財產強制執行而無效果前，對於債權人得拒絕清償之權利。其性質爲一種延期之抗辯，僅能暫時拒絕清償，並不能否認債權人之權利。此權得於審判上或審判外行使之。所謂強制執行無效果，主要包括執行結果不能或不足清償債務，或拍賣不成或主債務人財產之所在不明，或其財產在外國無從執行等情況。

檜 ㄎㄨㄞˋ *k'uai*⁴ 音快 又讀 ㄍㄨㄟˋ *kuei*⁴ 音桂

(*Juniperus chinensis*) 常綠喬木。幼樹葉爲刺狀，樹齡增長後由鱗形葉代替。球果近圓形，有白粉，熟時褐色。'臺灣'到處可見的庭園樹龍柏爲其變種。

檜圖

檃 ㄧㄣˇ *yin*³ 音隱

矯正曲木的工具。通作檼、隱。見"正字通"。

10【檃栝】 ㄧㄣˇ ㄍㄨㄚ

也作檃括、隱栝、檼栝。1矯正竹木使之平直或成其他形狀的工具。2剪裁或刪改原有文章的辭句、內容，使成爲另一種體裁，又能保存原作旨趣的手法。

⿱號木 ㄏㄠˋ *hao*⁴ 音浩

木名。見"字彙補"。

檠 ㄑㄧㄥˊ *ch'ing*² 音晴

同檄。1輔正弓弩的器具。見"正字通"。2燈架。見"正字通"。

14

檾 ㄑㄧㄥˇ *ch'ing*³ 音請

草名。麻屬。見"說文"。

㯻 ㄏㄨㄣˋ *hun*⁴ 音溷

囊袋。見"說文"。

檻 一 ㄏㄢˇ *han*³ 音喊

硬土。見"集韻"。

二 ㄒㄧㄢˋ *hsien*⁴ 音陷

大櫃。見"廣韻"。

轈 ㄐㄧㄠ *chiao*¹ 音焦

蒜束。見"廣韻"。

⿱與木 ㄩˋ *yü*⁴ 音豫

抬運食物的器具。見"廣韻"。

檸 ㄋㄧㄥˊ *ning*² 音寧

木名。皮可製藥。見"集韻"。

18【檸檬】 ㄋㄧㄥˊ ㄇㄥˊ

(lemon; *Citrus limon* Burm. f.) 常綠小喬木。葉互生，長橢圓形或橢圓狀卵形，先端微尖或鈍，具短柄，鋸齒緣。花單生或叢生於葉腋，外面粉紅色，裡面白色，花瓣5枚，雄蕊多數，雌蕊1枚。果實長卵橢圓形，前端有圓植突起，淡黃色，果肉黃色，酸性強，汁富含維生素C。原產於'印度'。

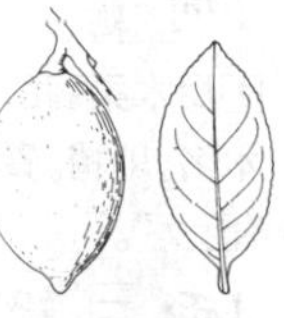

檸檬圖

【檸檬酸】 ㄋㄧㄥˊ ㄇㄥˊ ㄙㄨㄢ

(citric acid) 一種三元酸，存在於檸檬、柑橘等果實中，化學式 $C_3H_4(OH)(COOH)_3$。爲無色晶體，無結晶水時熔點153°C，易溶於水，且水溶液帶有令人愉快清涼之酸味，故常用於製造各種果汁汽水等飲料。

檳 ㄅㄧㄣ *pin*¹ 音賓

參檳榔。

13【檳榔】 ㄅㄧㄣ ㄌㄤˊ

(betel palm; *Areca catechu*) 高大喬木。葉羽狀全裂，裂片寬，柔軟，先端呈不規則齒裂；肉穗花序多分枝，上部著生雄花，下部生雌花；果橢圓形，熟時橙色至紅色，中果皮富纖維質。原產於'馬來西亞'，舊大陸熱帶廣植，果常和消石灰、荖葉等一起供嚼食；種子入藥，助消化，驅腸道寄生蟲。

檳榔圖

檫 ㄔㄚˊ ch'a² 音察
1木名。梓屬。見"集韻"。2形容草木搖動的聲音。見"五音篇海"。

櫅 ㄐㄧ chi¹ 音基
木名。可以做大車軸。見"說文"。

檺 ㄍㄠˇ kao³ 音稿
木名。見"字彙"。

檹 ㄧ i¹ 音依 又讀 ㄧˇ i³ 音椅
1樹木柔弱的樣子。見"說文"。2木名。即椅。質地細緻,可作琴。見"說文"。

檽 一 ㄋㄡˋ nou⁴ 音耨
木名。可作染料。見"集韻"。
二 ㄖㄨㄢˇ juan³ 音軟
木耳。同萮。見"集韻"。

⿰木魂 ㄏㄨㄣˊ hun² 音魂
木名。生'南海'。見"集韻"。

櫂 ㄓㄠˋ chao⁴ 音照
撥水使船前進的用具。也作棹。通濯。見"字彙"。

槕 櫂的或體。

檮 一 ㄊㄠˊ t'ao² 音桃
無知的樣子。如:檮昧。
二 ㄔㄡˊ ch'ou² 音愁
硬木。見"廣韻"。

7【檮杌】 ㄊㄠˊ ㄨˋ
1神話中的惡獸。2'春秋'時,'楚國'國史名。

⿰木盡 ㄐㄧㄣˇ chin³ 音緊
盂。見"集韻"。

櫭 ㄐㄧㄝˊ chieh² 音傑
或作橛。木釘。見"玉篇"。

檯 ㄊㄞˊ t'ai² 音臺
桌子。或作枱。如:櫃檯。

櫃 ㄍㄨㄟˋ kuei⁴ 音貴
木匣。見"說文"。

10【櫃員制度】 ㄍㄨㄟˋ ㄩㄢˊ ㄓˋ ㄉㄨˋ
(teller system) 又名兼辦出納制度或'杜勒斯'制度。係由營業各部門經辦人員兼辦現金收付工作,每日所需現款,事先向出納部門領取,於營業終了時,將收付差額交還出納部門彙總結帳。

⿰木緊 ㄐㄧㄣˇ chin³ 音緊
木理密緻。見"正字通"。

檻 一 ㄐㄧㄢˋ chien⁴ 音健
1關禽獸的籠子。見"說文"。2欄干。見"字彙"。
二 ㄎㄢˇ k'an³ 音坎
門框下邊的橫木。如:門檻。

檷 ㄋㄧˇ ni³ 音你
絡絲的工具。見"說文"。

櫈 凳的或體。

⿰木厭 ㄧㄢˇ yen³ 音掩
木名。即山桑。可用以製弓幹。也作檿。見"正字通"。

檬 ㄇㄥˊ mêng² 音蒙
木名。1似槐,葉黃。見"玉篇"。2即黃槐。見"集韻"。

⿰木槀 ㄍㄠˋ kao⁴ 音誥
木名。即苦木。見"廣韻"。

⿰木廉 ㄌㄧㄢˊ lien² 音廉
草木稀疏。見"集韻"。

樏 ㄕㄨㄛˋ shuo⁴ 音朔
參樏虜。

13【樏虜】 ㄕㄨㄛˋ ㄌㄨˇ
舊縣名。'新莽'時置。在今'安徽省''盱眙縣'東北。

檘 ㄅㄧˋ pi⁴ 音碧
靠壁的小柱。見"說文"。

檲 ㄊㄨㄢˊ t'uan² 音團
高大的樹木。見"集韻"。

檴 ㄏㄨㄛˋ ho⁴, huo⁴ 音或
木名。樹皮堅韌,可作繩索,木材可作杯器。見"爾雅·釋木·檴落·疏"。

⿰木遝 ㄊㄚˋ t'a⁴ 音踏
參榙⿰木遝。

檼 ㄧㄣˇ yin³ 音隱
1房屋的棟梁。見"廣雅·釋室"。2矯正曲木的器具。通櫽。見"集韻"。

櫡 或作櫡。一 ㄓㄨㄛˊ cho², chuo² 音灼
大鋤。也作鐯、䃴、楮。見"說文"。
二 ㄓㄨˋ chu⁴ 音助
筷子。同箸。見"集韻"。

椑 ㄅㄟ pei¹ 音卑
木名。似柹樹。見"篇海"。

櫄 杶的或體。

櫇 ㄆㄛˊ p'o² 音婆
參榠櫇。

檰 ㄇㄧㄢˊ mien² 音綿
木名。即杜仲。葉似柘。見"本草綱目·木部·杜仲"。

檵 ㄐㄧˋ chi⁴ 音計
即枸杞。見"說文"。

櫆 ㄎㄨㄟˊ k'uei² 音魁
參櫆師。

10【櫆師】 ㄎㄨㄟˊ ㄕ
北斗星的別名。俗稱魁星。

檏 ㄆㄨˇ pu³ 音卜
1木名。即檏棗。見"說文"。2樹木密生。見"集韻"。

檿 ⿰木厭的或體。

15

櫜 ㄍㄠ kao¹ 音高
1收藏兵甲弓矢的囊袋。見"說文"。2收藏。見"正字通"。

⿰木審 ㄕㄣˇ shên³ 音審
木名。汁可以釀酒。見"廣韻"。

⿰木寫 ㄒㄧㄝˇ hsieh³ 音寫
几案。見"方言·五"。

櫧 ㄓㄨ chu¹ 音諸
(ring-cupped oak; *Quercus glauca*; *Cyclobalanopsis glauca*)或作櫫。又名青剛櫟。常綠喬木。高達15公尺。葉長橢圓形,中部以上葉緣具鋸齒,幼葉下表面有銀白色毛,老時毛漸脫落而被白粉。殼

櫧圖

斗杯形,包圍堅果1/3,苞片合生成同心環。產於我國及'日本'。木材可栽培香菇,也可作建材。

櫥 ㄔㄨˊ ch'u² 音除
藏物的器具。同廚。

12【櫥窗】 ㄔㄨˊ ㄔㄨㄤ
陳列商品的窗櫃。

櫎 ㄏㄨㄤˋ huang⁴ 音晃
1 擱置物品的器具。見"說文"。2 帷屏之類。也指門窗。同榥。見"正字通"。

櫠 ㄈㄟˋ fei⁴ 音廢
果樹名。即椵。柚屬。果大如盂,皮厚二三寸,中似枳。見"爾雅·釋木"。

樁 ㄓㄨㄤ chuang¹ 音莊
挖掘。見"字彙補"。

櫕
欑的或體。

櫝 ㄉㄨˊ tu² 音獨
或作匵。1 木櫃;木匣。通韣。見"說文"。2 棺木。3 收藏。

櫏 ㄑㄧㄢ ch'ien¹ 音遷
參柖櫏。

㰖 ㄊㄢˋ t'an⁴ 音歎
木名。見"篇海"。

櫌 ㄧㄡ yu¹ 音憂
農具名。用以平土或搥土塊。也作耰。見"說文"。

𣠰 ㄌㄨㄛˇ lo³, luo³ 音裸
參𣠰椏。

12【𣠰椏】 ㄌㄨㄛˇ ㄧㄚ
樹木傾斜不正的樣子。

櫔 ㄌㄧˋ li⁴ 音厲
木名。果實像栗。見"玉篇"。

櫖 一 ㄌㄩˋ lü⁴ 音慮
蔓草名。即山櫐。似葛而粗大。見"篇海類編"。
二 ㄕㄨ shu¹ 音舒
惡木。見"正字通"。

樚 ㄌㄨˋ lu⁴ 音鹿
參樚心。

4【樚心】 ㄌㄨˋ ㄒㄧㄣ
柹名。見"字彙"。

櫚 ㄌㄩˊ lü² 音閭
(*Ormosia henryi*) 小喬木。羽狀複葉,由5～9枚小葉所組成,革質,下表面密生灰黃色短毛。花黃白色,萼鐘狀。莢果扁平,種子紅色。分布於我國大陸。木材可製器具,枝葉可入藥,有解毒之效。

櫚圖

櫙 ㄡ ou¹ 音歐
1 木名。即刺榆。見"爾雅·釋木·櫙莖·注"。2 枯死的樹木。見"集韻"。

櫢 ㄙㄡˇ sou³ 音叟
參櫢槈。

18【櫢槈】 ㄙㄡˇ ㄋㄡˋ
樹木茂盛的樣子。

櫑 ㄌㄟˊ lei² 音雷
酒器名。同罍、罍。見"說文"。

櫗 一 ㄇㄧㄝˋ mieh⁴ 音滅
木索。見"玉篇"。
二 ㄇㄟˋ mei⁴ 音妹
參櫗楔。

13【櫗楔】 ㄇㄟˋ ㄒㄧㄝˋ
樹木細小的樣子。

樥 ㄆㄥˊ p'êng² 音蓬
草木茂盛的樣子。見"集韻"。

櫼 一 ㄧㄝˋ yeh⁴ 音葉
蔓木名。即虎豆。纏林木而生。見"集韻"。
二 ㄌㄚˋ la⁴ 音臘
木名。樹可放蠟,煎汁爲油,可作蠟燭。見"正字通"。

𪲔 ㄌㄧˊ li² 音梨
木名。見"集韻"。

櫞 ㄩㄢˊ yüan² 音緣
參枸櫞。

櫓 ㄌㄨˇ lu³ 音魯
1 古兵器。即大盾。見"說文"。2 沒有頂蓋的望樓。3 大槳。

櫋 ㄇㄧㄢˊ mien² 音眠
屋檐板。本作櫋。見"說文"。

櫟 ㄌㄧˋ li⁴ 音歷
(oak; *Quercus*) 殼斗科 (Fagaceae) 的一屬。落葉或常綠喬木;葉互生,常具齒緣或羽裂,雄花序下垂,雌花成穗狀;堅果由一杯狀總苞圍住。因材質堅硬,是重要溫帶木材;有些種類樹皮可作染料和提製丹寧。

櫟圖

12【櫟散】 ㄌㄧˋ ㄙㄢˇ
比喻低劣無用之材。多用爲自謙之詞。

櫍 ㄓˋ chih⁴ 音至
1 器物的腳。見"說文新附"。2 古代刑具。用以承斧的墊座。通作質,或作鑕。見"廣韻"。

櫫 ㄓㄨ chu¹ 音朱
或作橥。作標誌用的小木樁。見"廣雅·釋宮"。

櫐 ㄌㄟˇ lei³ 音壘
藤。似葛而粗大。同藟、虆。見"爾雅·釋木"。

16

龒 ㄌㄨㄥˊ lung² 音龍
1 窗上的格子。也用以指整個窗戶。見"說文"。2 飼養禽獸的柵欄。通櫳。見"正字通"。

𣝯 ㄑㄧㄢ ch'ien¹ 音搴
木名。也作褰。見"集韻"。

櫬 ㄔㄣˋ ch'ên⁴ 音趁
1 棺材。見"說文"。2 木名。(1)梧桐。見"說文"。(2)木槿。見"爾雅·釋草"。

櫳 ㄌㄨㄥˊ lung² 音龍
1 飼養禽獸的柵欄。見"說文"。2 泛指房舍。如:房櫳。3 窗上的格子。也用以指整個窗戶。通

櫱。如：簾櫳。

櫰 ㊀ ㄏㄨㄞˊ *huai*² 音懷
木名。槐類。葉大而黑。見"爾雅·釋木"。
㊁ ㄍㄨㄟ *kuei*¹ 音歸
木名。狀如棠，圓葉赤實，實大如木瓜。見"正字通"。

櫔 ㄌㄧˋ *li*⁴ 音麗
①木名。見"說文"。②收絲器的柄。見"廣雅·釋器"。

櫜 ㄊㄨㄛˋ *t'o*⁴, *t'uo*⁴ 音拓
巡夜時所敲的梆子。通作柝。見"說文"。

櫴 ㄌㄞˋ *lai*⁴ 音賴
傾危。同攋。見"字彙補"。

櫲 ㄩˋ *yü*⁴ 音預
參櫲章。

11【櫲章】 ㄩˋ ㄓㄤ
木名。也作櫲樟。見"集韻"。

櫤 ㄌㄧㄠˊ *liao*² 音聊
①柏木。見"字彙"。②橑的俗體。

櫪 ㄌㄧˋ *li*⁴ 音歷
①絞指的刑具。見"說文"。②馬槽。③木名。通櫟。見"正字通"。

16【櫪槲】 ㄌㄧˋ ㄒㄧ
古時絞指的一種刑具。即拶指。也叫指枷。

櫨 ㄌㄨˊ *lu*² 音盧
①柱頂承托棟梁的短木。即欂櫨、斗拱。見"說文"。②木名。⑴即黃櫨。見"漢書·司馬相如傳·華楓枰櫨·注"。⑵即諸慮、山櫐。似葛而粗大。'江'東稱藤。也作慮、櫖。見"集韻"。

櫹 ㄒㄧㄠ *hsiao*¹ 音蕭
一種大木。

櫚 櫚的或體。

櫇 ㄆㄧㄣˊ *p'in*² 音貧
木名。即檳榔樹。見"說文通訓定聲"。

18【櫇櫇】 ㄆㄧㄣˊ ㄆㄛˊ
果名。也作櫇婆。見"字彙補"。

櫩 簷的或體。

櫱 ㄋㄧㄝˋ *nieh*⁴ 音孽
或作蘗。①樹木砍去後，在殘樁上旁生的枝條。也作㦣、枿。見"說文"。②姓。見"廣韻"。

17

欀 ㊀ ㄒㄧㄤ *hsiang*¹ 音香
木名。產於'交趾'，樹皮中物如木屑，可食。見"集韻"。
㊁ ㄖㄤˋ *jang*⁴ 音讓
行道樹。見"玉篇"。

櫗 ㄇㄟˊ *mei*² 音眉
水草名。即菱。見"集韻"。

櫺 ㄌㄧㄥˊ *ling*² 音靈
①欄干或窗上的木格子。如：窗櫺。②屋簷。見"字彙"。

櫸 ㄐㄩˇ *chü*³ 音舉
(*Zelkova sinica*) 喬木。小枝散生皮孔。葉卵形至卵狀橢圓形，邊緣具鋸齒；花小不顯著；堅果單生葉腋，近無柄，斜三角狀。產於我國。木材可作船舶、橋梁等材料。

櫸圖

欈 ㄒㄧ *hsi*¹ 音西
杓。見"玉篇"。

欂 ㄅㄛˊ *po*² 音博
參欂櫨。

20【欂櫨】 ㄅㄛˊ ㄌㄨˊ
柱上承托棟梁的短木。即斗拱。

櫻 ㄧㄥ *ying*¹ 音鶯
(oriental cherry; *Prunus serrulata*) 高達25公尺的喬木。葉平滑光亮，卵形或橢圓形，邊緣有微帶刺的鋸齒；花白色或粉紅色。核果球形，黑色。分布於我國大陸、'日本'、'韓國'。

櫻圖

10【櫻桃】 ㄧㄥ ㄊㄠˊ
(Chinese cherry; *Prunus pseudocerasus* Lindl.) 又名鶯桃、荊桃。落葉喬木，高可達8公尺。葉互生，廣卵形，先端漸尖，基部圓形，邊緣爲重鋸齒。春天花先葉而開放，花瓣5片，白色，具芳香。果實爲核果，紅色，味美適口，有調中、益氣、美顏之效。枝、葉、根、花也可供藥用。原產於我國。

櫻桃圖

【櫻桃小口】 ㄧㄥ ㄊㄠˊ ㄒㄧㄠˇ ㄎㄡˇ
小巧鮮紅的嘴。

欄 ㄌㄢˊ *lan*² 音蘭
①欄干。見"玉篇"。②養牲畜的圈檻。③畫在紙面的分格界線。④(column)俗稱批或段。即報刊一版中實際印刷所占的區域，由同樣高度的線條組成。國內一般'中'文報紙，通常將實際印刷面積平均分爲20欄。⑤(field)電腦程式內之記錄型資料可分爲數個欄位，乃是由一個或多個字符所組成，可代表特定之訊息，並於處理時可視爲一基本單元的資料項，而且可再細分爲更小的組成單位。

6【欄吋】 ㄌㄢˊ ㄘㄨㄣˋ
(column inch) 報紙版面容納字數的量度單位，同時也是廣告版面的計算標準。以國外報紙而言，一個欄吋就是一個標準欄，欄之寬與高皆爲一吋(等於十四瑪瑙行)。就國內一般報紙而言，一個欄吋俗稱爲⌊一批行⌉，欄之寬與高亦各爲一吋，可排八點的六號字九行，每行九個字，亦即一批行可排八十一字。

櫣 ㄌㄧㄢˋ *lien*⁴ 音斂
參棯櫣。

櫼 ㊀ ㄐㄧㄢ chien¹ 音尖
1木楔。見"說文"。2木籤。如:剔齒櫼。
㊁ ㄒㄧㄢ hsien¹ 音先
斗拱。見"集韻"。

櫾 ㊀ ㄧㄡˊ yu² 音尤
木名。出於'崐崘山',樹幹長大。見"說文"。
㊁ ㄧㄡˋ yu⁴ 音又
柚的或體。

欃 ㄔㄢˊ ch'an² 音讒
木名。即檀木。見"廣韻"。
14【欃槍】 ㄔㄢˊ ㄔㄥ
二星名。彗星的別稱。也作欃搶。

櫰 閂的或體。

櫽 檃的或體。

𣝋 ㄌㄠˋ lao⁴ 音澇
麻的一種。莖部粗大。見"廣韻"。

18

𣠳 ㄗㄚˊ tsa² 音雜
參𣠳鼫。
16【𣠳鼫】 ㄗㄚˊ ㄒㄩㄢˊ
海鳥名。即爰居。

𣡌 ㄔㄜˋ ch'ê⁴ 音徹
樹葉受風翻白的樣子。見"說文"。

𣡝 ㄌㄧㄡˊ liu² 音留
或作橊。參扶橊。

𣟨 ㄓㄠˋ chao⁴ 音趙
木頭燒剩下來的殘餘部分。見"集韻"。

欇 ㄕㄜˋ shê⁴ 音設
木名。1即虎櫐。也稱欇藤。見"爾雅·釋木"。2似白楊。見"集韻"。

欋 ㄑㄩˊ ch'ü² 音渠
1農具名。即四齒耙。見"釋名·釋道"。2樹根盤曲的樣子。見"正字通"。

𣠭 ㄓˇ chih³ 音止
木枝。見"字彙"。

𣡎 ㄌㄟˇ lei³ 音壘
參魁𣡎。

權 ㄑㄩㄢˊ ch'üan² 音拳
1秤錘。見"玉篇"。2衡量;稱量。如:權度。3勢力;利益。如:權威。4暫且;暫時代理。如:權攝。5兩頰。通顴。6姓。'漢'有'權翼'。見"萬姓統譜·二八"。

2【權力】 ㄑㄩㄢˊ ㄌㄧˋ
指一個人或許多人的行爲使另一個人或其他許多人的行爲發生改變的一種關係。換另一角度說,權力是一種能力,一個人(包括個人、集團、國家)擁有了這種能力,就能使另一個人做符合前者所希望的事情,以及防止另一個人做不符合前者所希望的事情。

7【權杖】 ㄑㄩㄢˊ ㄓㄤˋ
作爲權力象徵的手杖。

【權利】 ㄑㄩㄢˊ ㄌㄧˋ
1權勢和財物。2乃受法律保護,得享受特定利益之法律實力。權利人得依其意思行使其權利,並得以訴訟之方式實現其權利內容。申言之,權利乃一種法律地位,本此地位得向相對人爲特定之請求。權利與利益不同,以侵權行爲爲例,對於權利之侵害祇須故意或過失不法爲之即足;但對於利益,則須故意以背於善良風俗之方法加損害於他人者始構成。並非任何權利均可藉國家之公權力強制其實現,例如消滅時效期間經過後,經債務人抗辯之請求權無從受法律之保護;婚約不得強迫履行;對於夫妻同居之判決,不能處以過怠金以促其履行等均屬之。權利之行使,不得違反公共利益,或以損害他人爲主要目的,應依誠信原則爲之。

8【權宜】 ㄑㄩㄢˊ ㄧˊ
暫時的變通處置。

【權門】 ㄑㄩㄢˊ ㄇㄣˊ
有權勢的家族。

【權知】 ㄑㄩㄢˊ ㄓ
暫時代理某種職務。

9【權要】 ㄑㄩㄢˊ ㄧㄠˋ
1有權勢,居高位。2機要。

【權柄】 ㄑㄩㄢˊ ㄅㄧㄥˇ
權力。

【權威】 ㄑㄩㄢˊ ㄨㄟ
1權力與威勢。2指在某種事業或學術上,具有特殊成就或影響力的人。

【權重】 ㄑㄩㄢˊ ㄓㄨㄥˋ
(weight) 計算一值時,對各組成單元所指定之比例因數。如374=$3\times10^2+7\times10^1+4\times10^0$,則$10^2$、$10^1$、$10^0$ 等分別爲該數中各數位之權重。

10【權益】 ㄑㄩㄢˊ ㄧˋ
指人民依法享有的利益。

11【權責】 ㄑㄩㄢˊ ㄗㄜˊ
權力與責任。

【權術】 ㄑㄩㄢˊ ㄕㄨˋ
權謀機巧的手段、方法。

12【權貴】 ㄑㄩㄢˊ ㄍㄨㄟˋ
有權勢、居高位的人。

13【權勢】 ㄑㄩㄢˊ ㄕˋ
權力威勢。

16【權謀】 ㄑㄩㄢˊ ㄇㄡˊ
隨機應變的謀略。同權略。

【權衡】 ㄑㄩㄢˊ ㄏㄥˊ
1量物品輕重的器具。即秤。2衡量;比較。3權柄;權力。

17【權輿】 ㄑㄩㄢˊ ㄩˊ
1初始;起始。2萌芽。

23【權變】 ㄑㄩㄢˊ ㄅㄧㄢˋ
依據實際情勢所作的變通。

7【權利金】 ㄑㄩㄢˊ ㄌㄧˋ ㄐㄧㄣ
通常指占有人將其已擁有的權利讓渡他人,而從中取得的報酬或補償。

9【權威檔】 ㄑㄩㄢˊ ㄨㄟ ㄉㄤˇ
(authority files) 圖書館的編目組通常需準備三種權威檔:姓名、集叢及主題。姓名權威檔用以保持個人姓名及團體標目的一致性;集叢權威檔指示集叢應否打散編目、附加款目如何選擇等事宜;主題權威檔記錄主題的形式及其變遷。

2【權力精英】ㄑㄩㄢˊ ㄌㄧˋ ㄐㄧㄥ ㄧㄥ
(power elite) 社會中有權力並支配政策的一群人。他們的社會背景、教育、價值觀相類似,通常是高階層的政府官員、工商界領袖及高級將領。

7【權利主體】ㄑㄩㄢˊ ㄌㄧˋ ㄓㄨˇ ㄊㄧˇ
權利主體之意義有二:一爲就特定權利言其所歸屬者。如「某房屋所有權之主體是某甲」;一爲得爲權利人之資格或地位。一般所謂權利主體係指後者而言。“民法”上權利主體是所有之人,包括自然人和法人。自然人出生後死亡前均爲權利主體,而且胎兒以將來非死產者爲限,關於其個人利益之保護,視爲既已出生,也爲權利主體。法人成立後清算終結前爲權利主體。

【權利法案】ㄑㄩㄢˊ ㄌㄧˋ ㄈㄚˇ ㄢˋ
(*Bill of Rights*) 西元1689年由‘英國’國會通過,經‘威廉三世’簽署公布實行的法案。主要目的在限制王權、確立國會權力,並保護‘英國’國教。其中規定:一、國王未經國會同意不得徵稅、募兵;二、議員在國會中有言論自由,對外不負責任;三、國王不能否決國會通過的法律和法案;四、國王或其配偶不能信奉‘羅馬’公教(天主教),須隸屬於‘英國’國教。自此以後‘英國’專制王權結束,國會成爲最高立法機關。

【權利客體】ㄑㄩㄢˊ ㄌㄧˋ ㄎㄜˋ ㄊㄧˇ
指受權利主體支配之各種權利之對象或內容而言。又稱權利標的。權利客體因權利種類之不同而不同,如人格權之客體是權利人自己之人格,身分權之客體是一定身分關係之他人之人格,債權之客體是債務人一定之作爲或不作爲,物權之客體是各種之物,包括動產及不動產,準物權之客體是一定之權利,無體財產權則以精神智能之產物爲其客體,繼承權之客體是被繼承人之全體財產。

【權利保險】ㄑㄩㄢˊ ㄌㄧˋ ㄅㄠˇ ㄒㄧㄢˇ
(title insurance) 承保被保險人所有各種權利因發生瑕疵或被人侵占所受的損失,由保險人予以補償的保險。此種保險,以適用於不動產轉讓時較多。

【權利能力】ㄑㄩㄢˊ ㄌㄧˋ ㄋㄥˊ ㄌㄧˋ
法律上得享受權利並負擔義務之能力,稱爲權利能力。自然人之權利能力,始於出生,終於死亡。胎兒本無權利能力,但爲保護胎兒個人之利益計,關於其個人利益之保護,視爲既已出生。亦即胎兒於懷胎時即已取得權利能力,而以死產爲解除條件,溯及消滅其權利能力。準此,胎兒得爲遺產繼承人,於其生父被害致死時,有慰撫金請求權等等。在民事訴訟上,有權利能力者有當事人能力。胎兒爲當事人時,以其生母爲法定代理人。至於法人,解釋上應認爲自設立登記起,於法令限制內,有享受權利、負擔義務之能力。而外國自然人則於法令限制內有權利能力。如係外國法人,則於經認許後,於法令限制內與同種類之‘中國’法人有同一之權利能力。

【權利質權】ㄑㄩㄢˊ ㄌㄧˋ ㄓˋ ㄑㄩㄢˊ
以所有權以外可讓與之財產權爲標的之質權。權利質權之設定,若係以債權爲標的者,應以書面爲之,如有債權證書並應交付於債權人,並且應將設定質權之事由通知爲標的債權之債務人,對該債務人才生效力。質權以無記名證券爲標的者,其設定應交付證券於債權人,以其他有價證券爲標的者,並應依背書方法爲之。一般債權質權之實行,若標的物債權之清償期在先者,質權人得請求債務人提存其爲清償之給付物。如標的物債權之清償期在後者,質權人於清償期屆滿時,得直接向債務人請求給付。證券債權質權之實行,其所擔保之債權,縱未屆清償期,質權人仍得收取證券上應受之給付。如有預先通知證券債務人之必要並有通知之權利,債務人亦僅得向質權人爲給付。

8【權宜從眾】ㄑㄩㄢˊ ㄧˊ ㄘㄨㄥˊ ㄓㄨㄥˋ
(expedient conformity)個體限於團體壓力而於表面暫時從眾的行爲。由於其內心仍一本自我之判斷,一旦壓力解除,立即展現其眞正之意見或態度。

10【權能區分】ㄑㄩㄢˊ ㄋㄥˊ ㄑㄩ ㄈㄣ
國父 ‘孫中山’先生的政治學理。主張人民有權,政府有能。即人民具有四個政權:選舉、罷免、創制、複決;政府具有五個治權:行政、立法、司法、考試、監察。如此權能區分而平衡,才能建立人民與政府間的合理關係。

23【權變理論】ㄑㄩㄢˊ ㄅㄧㄢˋ ㄌㄧˇ ㄌㄨㄣˋ
(contingency theory)試圖瞭解組織如何在特定的環境及不同的條件下,設計及運作最適當的組織設計與管理方法的有系統的知識。管理與組織隨環境的不同而有所不同。

【權變組織】ㄑㄩㄢˊ ㄅㄧㄢˋ ㄗㄨˇ ㄓ
(contingency organization)一種組織結構彈性設計的觀念。認爲組織結構的設計應與組織的任務要求、技術或外在環境及組織成員的要求相一致,始能獲得組織的功效。

7【權利金所得】ㄑㄩㄢˊ ㄌㄧˋ ㄐㄧㄣ ㄙㄨㄛˇ ㄉㄜˊ
(income from royalties) 綜合所得稅制度下的一種所得。凡以專利權、商標權、著作權、祕密方法及各種特許權利，供他人使用而取得之所得均屬之。至於所得額之計算，係以全年權利金收入，減除必要損耗及費用後之餘額為準。

【權利請願書】ㄑㄩㄢˊ ㄌㄧˋ ㄑㄧㄥˇ ㄩㄢˋ ㄕㄨ

(*Petition of Right*)'英'王'查理一世'(Charles Ⅰ)企圖施行君主專制，與國會數度發生衝突，國會便於西元1628年強迫其簽署，以限制王權的文獻。內容如下：一、未經國會同意，國王不得向人民徵收稅捐；二、軍隊不得占住民房；三、平時不得宣布實施戒嚴法；四、未經法院判罪，政府不得拘捕或科罰人民。雖然'查理一世'僅暫時接受，但此文獻已成為日後'英'人爭取政權的重要憑藉。

8【權宜國籍船】ㄑㄩㄢˊ ㄧˊ ㄍㄨㄛˊ ㄐㄧˊ ㄔㄨㄢˊ

(flag of convenience ship) 本國航業經營者為減輕稅負、自由運用外匯、逃避徵用、自由處分船舶、僱用低待遇外國船員、便利國外造船、擴大航行貿易區域等利益，將其所經營的船舶懸掛對其有利的國家旗幟，不論其是否由本國國籍轉籍者，或直接登記為外國國籍者，均稱為權宜國籍船。權宜國籍船起源於二次大戰時，'美國'利用中立國籍從事戰爭物資運輸，援助'歐洲'對抗'德國'，以避免捲入戰爭漩渦。嗣因上述種種原因，各國商船紛紛登記權宜國籍，一般而言，多向'賴比瑞亞'、'巴拿馬'、'宏都拉斯'、'新加坡'等國辦理登記。

9【權威性人格】ㄑㄩㄢˊ ㄨㄟ ㄒㄧㄥˋ ㄖㄣˊ ㄍㄜˊ

自西元1950年'阿多諾'(T. W. Adorno)等人發表"權威性人格"一書後，權威性人格就成為學術界普遍流行的概念。人格概念，用以總括一切重要的心理規則；人格表示擁有比態度更持久、更深植於內心的先有傾向。一個有權威性人格的人，其表現於外的性格特徵有以下十種：一、喜歡把人排成上下關係；二、依賴性強；三、喜歡將人分為優秀的、低劣的兩種極端類型；四、對陌生人懷有戒心，不輕易信任別人；五、容易把價值窄化；六、對權力的追求和需要很強；七、是習俗主義者；八、缺乏想像力；九、喜歡對人採二分法；十、喜歡採用外在的標準來判斷人。

11【權責發生基礎】ㄑㄩㄢˊ ㄗㄜˊ ㄈㄚ ㄕㄥ ㄐㄧ ㄔㄨˇ

(accrual basis)為會計上認定收益及費用的一種基礎。也稱應計基礎。在此一基礎下，只要收益已實現，費用已發生，不論有無現金收付，均應將收益及費用入帳。例如今年銷貨一批，雖未收到現金，仍應列為今年之收益。反之，若今年收到客戶訂金若干，而尚未將貨物運交客戶，則仍不可列為今年之收益。

23【權變領導模式】ㄑㄩㄢˊ ㄅㄧㄢˋ ㄌㄧㄥˇ ㄉㄠˇ ㄇㄛˊ ㄕˋ

(contingency model of leadership)為'費德勒'(Fred E. Fiedler)所倡的一種領導模式。認為有效的領導，其方式並非一成不變，領導行為的效能受領導人與其屬員的關係、任務結構、領導人職權等三項情勢變數的影響。此三項變數可組合成八種情況，領導人須視情況採取權變措施，以求最有效的領導。

7【權利之瑕疵擔保】ㄑㄩㄢˊ ㄌㄧˋ ㄓ ㄒㄧㄚˊ ㄘ ㄉㄢ ㄅㄠˇ

"民法"僅規定出賣人、贈與人應負權利瑕疵擔保責任，亦即出賣人、贈與人就買賣標的、贈與標的之權利之瑕疵應負擔保責任。析言之：一、出賣人之權利瑕疵擔保責任：出賣人應擔保第三人就買賣之標的物，對於買受人不得主張任何權利。債權或其他權利之出賣人應擔保其權利確係存在。有價證券之出賣人並應擔保其證券未因公示催告而宣告為無效。權利瑕疵擔保之要件有四：㈠、須權利之瑕疵於買賣成立時存在。㈡、須買受人為善意。㈢、須權利之瑕疵於買賣成立後未能除去。㈣、須無免除出賣人權利瑕疵擔保責任之特約。符合上述要件，買受人得依關於債務不履行之規定，行使其權利。二、贈與人之權利瑕疵擔保責任：贈與之權利如有瑕疵，贈與人原則上不負擔保責任。但贈與人故意不告知其瑕疵或保證其無瑕疵者，對於受贈人因瑕疵所生之損害，負賠償之義務。其他有償契約之權利瑕疵擔保，可準用出賣人之權利瑕疵擔保責任。

【權利濫用之禁止】ㄑㄩㄢˊ ㄌㄧˋ ㄌㄢˋ ㄩㄥˋ ㄓ ㄐㄧㄣˋ ㄓˇ

權利之行使不得違反公共利益，或以損害他人為主要目的。權利人於法律限制內，雖得自由行使其權利，然基於權利社會化之基本內涵，自不得違反公共利益。又權利之行使應以保護自己之利益為限制，若專以損害他人利益為目的，則其權利之行使實為不法行為，自為法所不許，因此"民法"特別規定權利濫用之禁止，以杜流弊。

16【權衡性財政政策】ㄑㄩㄢˊ ㄏㄥˊ ㄒㄧㄥˋ ㄘㄞˊ ㄓㄥˋ ㄓㄥˋ ㄘㄜˋ

(discretionary fiscal policy)政府主動採取有意的開支與租稅措施，以達成消除經濟波動與促進經濟成長的目標。

欈

ㄗㄨㄟˋ *tsui*^{4} 音醉

用木擣物。也作檇。見"集韻"。

欆

ㄕㄨㄤ *shuang*^{1} 音雙

參栙欆。

19

欒 ㄌㄨㄢˊ luan² 音鸞
1(varnish tree; *Koelreuteria paniculata*) 落葉喬木。葉爲羽狀複葉,邊緣具鋸齒;開淡黃色花,中心紫色,結蒴果,腫脹,邊緣有膜質薄翅3片。花可作黃色染料。2果樹名。柚的別名。又稱朱欒。見"正字通"。3姓。'周'有'欒書'。見"萬姓統譜·二五"。

欒圖

欏 ㄌㄨㄛˊ lo², luo² 音螺
木名。可作箭幹。見"集韻"。

欐 一 ㄌㄧˋ li⁴ 音麗
梁棟的別名。見"廣韻"。
二 ㄌㄧˇ li³ 音里
小船。見"廣韻"。

橑 ㄌㄠˇ lao³ 音老
木名。見"廣韻"。

欑 ㄕㄨㄢ shuan¹ 音栓
直豎的木樁。見"集韻"。

欗 ㄐㄧㄢˇ chien³ 音繭
棧。見"集韻"。

櫟 ㄧㄠˋ yao⁴ 音耀
木名。也作櫟。見"類篇"。

欏 ㄌㄨㄛˊ lo², luo² 音羅
1木名。即欏木。見"玉篇"。2籬笆。見"廣雅·釋宮"。

櫼 ㄑㄧㄝˋ ch'ieh⁴ 音妾
盛飯的用具。即飯臿。見"廣韻"。

欑 ㄘㄨㄢˊ ts'uan² 音欑
1聚合細竹製成的杖。古多用作戈、矛等的柄。見"說文"。2叢木。見"說文"。

20

欓 一 ㄉㄤˇ tang³ 音黨
果木名。即茱萸。見"廣雅·釋木"。
二 ㄊㄤˇ t'ang³ 音躺
木桶。見"類篇"。

櫶 櫱的或體。

欔 ㄐㄩㄝˊ chüeh² 音掘
木名。即烏杷。也作烏階。可爲染料。見"爾雅·釋草"。

21

欛 ㄅㄚˋ pa⁴ 音霸
同杷。1器物的把柄。如:刀欛。2農具名。即耙。

欖 ㄌㄢˇ lan³ 音覽
參橄欖。

欘 ㄓㄨˇ chu³ 音主
1鋤的別名。見"說文"。2斧的曲柄。見"正字通"。3樹枝上曲。見"正字通"。

欚 ㄌㄧˇ li³ 音里
1大船。見"說文"。2小船。見"方言·九"。3羅網。見"廣雅·釋器"。

欕 櫓的或體。

欗 ㄌㄢˊ lan² 音闌
木名。桂類。見"集韻"。

欙 一 ㄌㄟˊ lei² 音雷
登山所乘的交通工具。也作樏。見"說文"。
二 ㄌㄨㄛˇ lo³, luo³ 音裸
木名。果實有皮無殼。見"集韻"。

欝 或作欎。鬱的俗體。

22

欒 ㄨㄢ wan¹ 音彎
彎曲的樹木。見"集韻"。

欜 ㄋㄤˊ nang² 音囊
1木名。見"集韻"。2盛物器。見"正字通"。

24

欞 ㄌㄧㄥˊ ling² 音零
1長木。見"玉篇"。2窗上的格子。同櫺。見"古今韻會舉要"。

欟 ㄧㄢˊ yen² 音鹽
木名。膠可作香料。見"玉篇"。

欠部

欠 ㄑㄧㄢˋ ch'ien⁴ 音歉
1張口舒氣。見"說文"。2缺少;不足。見"廣韻"。3虧負。如:欠債。4身體上部稍稍向前彎曲。如:欠身。

7【欠身】 ㄑㄧㄢˋ ㄕㄣ
身體稍向前傾。表示對人尊敬之意。

【欠伸】 ㄑㄧㄢˋ ㄕㄣ
打呵欠和伸懶腰。表示疲倦。也作欠申。

2

次 次的或體。

次 一 ㄘˋ tz'ŭ⁴ 音刺
1第二的。見"說文"。2副的。3品質較差的。如:次品。4順序。如:六親有次。5止宿的地方。如:旅次。6靠近;接連。7量詞。一回叫一次。8(degree)指乘的次數或乘冪而言。如:三次方,即一數自乘三次的意義;三次方程式,則爲一式內最高含有某變數的三次乘冪的意義。
二 ㄗ tzŭ¹ 音咨
參次且。

5【次且】 ㄗ ㄐㄩ
欲進不前的樣子。同趑趄、趦趄。

7【次序】 ㄘˋ ㄒㄩˋ
1先後的順序。2調節。

18【次蠹】 ㄘˋ ㄑㄧㄡ
蜘蛛。見"爾雅·釋蟲"。

19【次韻】 ㄘˋ ㄩㄣˋ
指依照別人詩詞的韻腳和順序而

寫作。也稱步韻。

4【次文化】 ㄘˋ ㄨㄣˊ ㄏㄨㄚˋ
(subculture) 在同一個社會中,與社會主流文化相異的文化。又稱副屬文化。如客家文化習俗與整個'臺灣'社會習俗比較,是一個次文化。

7【次序閥】 ㄘˋ ㄒㄩˋ ㄈㄚˊ
(sequence valve)油壓控制閥的一種。爲用於具兩個以上之分歧回路的回路中,控制其操作順序之自動閥。如圖,油由C流向D,

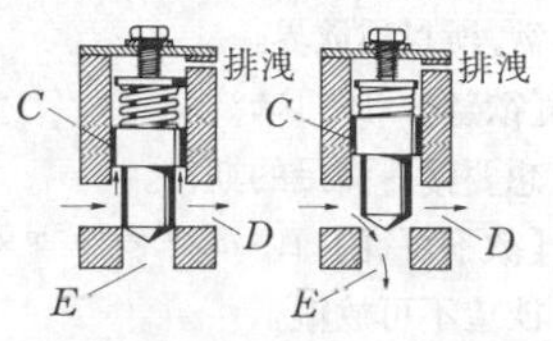

次序閥圖

使D側之油壓上升,俟此回路內之功將近終了時,由於壓力上升,使活塞上舉,油即由C流進E,繼而開始E回路內之操作功。

11【次常式】 ㄘˋ ㄔㄤˊ ㄕˋ
(subroutine) [1]符傳(FORTRAN)電腦語言中,被呼叫敘述所引用的程式單元。[2]由一組指令敘述所組成,可執行特定功能而爲其他電腦程式單元所呼叫的程式單元。

12【次程式】 ㄘˋ ㄔㄥˊ ㄕˋ
(subprogram) 電腦程式單元的一種。指具有完整的定義與功能,可以單獨編譯,但必須被其他程式單元呼叫方可執行的程式單元。

5【次生黃土】 ㄘˋ ㄕㄥ ㄏㄨㄤˊ ㄊㄨˇ
(secondary loess) 黃土直接來自沙漠或冰河外洗平原者,稱爲原生黃土。原生黃土受風或流水之搬運、淘選而後再次堆積者,稱爲次生黃土。我國'黃淮平原'的黃土,並非直接來自沙漠或冰河外洗平原,而係近代由'黃河'自'黃土高原'區侵蝕、搬運堆積而成,故爲次生黃土分布區。黃土內雜砂礫,富水平層理,有時出現有砂薑土的結塊存在。

9【次要性徵】 ㄘˋ ㄧㄠˋ ㄒㄧㄥˋ ㄓㄥ
(secondary sex characteristic) 除生殖腺外,雌雄動物所表現的其他與性別有關的特徵。皆受生殖腺產生的激素影響所致。

10【次級動機】 ㄘˋ ㄐㄧˊ ㄉㄨㄥˋ ㄐㄧ
(secondary motive) 又稱衍生性驅力(secondary drives)。個體經由學習歷程或與初級動機連結所引起的動機。如:成就、安全、親合、社會讚許等。

【次級團體】 ㄘˋ ㄐㄧˊ ㄊㄨㄢˊ ㄊㄧˇ
(secondary group)成員間之互動具功利性而類似商業型的社會團體。如公司。與初級團體相對。

12【次殖民地】 ㄘˋ ㄓˊ ㄇㄧㄣˊ ㄉㄧˋ
地位低於殖民地的國家或地區。國父 '孫中山'先生於'民國'十三年演講民族主義,以爲'中國'在不平等條約的束縛下,不只做一國的殖民地,而是做各國的殖民地;不只做一國的奴隸,而是做各國的奴隸,其實際的地位,還低於'印度'、'高麗'、'安南'等列強的殖民地。

10【次級增強物】 ㄘˋ ㄐㄧˊ ㄗㄥ ㄑㄧㄤˊ ㄨˋ
(secondary reinforcer)與初級增強物連結後而具有增強作用的一切刺激。如:獎狀、地位、金錢、名分等。

15【次標準體保險】 ㄘˋ ㄅㄧㄠ ㄓㄨㄣˇ ㄊㄧˇ ㄅㄠˇ ㄒㄧㄢˇ
(insurance for substandard or impaired risks) 又稱弱體保險。在人壽保險或健康保險中,被保險人健康狀況不良,或其職業危險性特大,不合於一般承保之標準,故稱次標準體保險。其保險費率的計算,乃就各項不利因素,由保險人蒐集有關統計資料,作成調整標準適用之。

7【次序相關係數檢定法】 ㄘˋ ㄒㄩˋ ㄒㄧㄤ ㄍㄨㄢ ㄒㄧˋ ㄕㄨˋ ㄐㄧㄢˇ ㄉㄧㄥˋ ㄈㄚˇ
(Spearman rank correlation coefficient) 兩主考官對n人之能力評定名字順序,其間之相關係數如何,這是'斯匹爾曼'(Spearman)引入之次序相關係數;記做 $r_s=1-n^{-1}(n^2-1)^{-1}\cdot 6\sum d^2$,其中$d$是兩官所評定的名次之差。

欢 歡的俗體。

4

欨 ㄏㄤ hang[1] 音夯
參欿欨。

欪 ㄆㄧ p'i[1] 音批
呼氣的聲音。見"集韻"。

欧 歐的俗體。

欥 ㄩˋ yü[4] 音玉
句首助詞。表示緊承上文的意思而作進一步的闡釋。見"說文"。

欲 ㄒㄧ hsi[1] 音兮
呻吟。同欷。見"玉篇"。

欽 ㄐㄧˋ chi[4] 音既
[1]希冀。見"說文"。[2]口吃。見"說文"。

欻 ㄒㄧˋ hsi[4] 音戲
急怒聲。見"玉篇"。

欣 ㄒㄧㄣ hsin[1] 音心
歡喜;喜悅。見"說文"。

12【欣然】 ㄒㄧㄣ ㄖㄢˊ
喜悅的樣子。

15【欣賞】 ㄒㄧㄣ ㄕㄤˇ
領略;玩賞。

【欣慕】 ㄒㄧㄣ ㄇㄨˋ
欣喜仰慕。

8【欣欣向榮】 ㄒㄧㄣ ㄒㄧㄣ ㄒㄧㄤˋ ㄖㄨㄥˊ
[1]草木滋生繁榮。[2]比喻事物興盛。

5

𣢧 ㄏㄜ ho^{1}, hê^{1} 音呵
①開口大笑。見"玉篇"。②呼氣。同呵。見"集韻"。

欫 ㄑㄩˋ ch'ü^{4} 音去
張口。見"字彙"。

欩 ㄔㄠ ch'ao^{1} 音超
健壯。見"廣韻"。

𣢏 呻的或體。

𣢥 ㄒㄧ hsi^{1} 音希
參𣣌𣢥。

欪 ㄔㄨˋ ch'u^{4} 音黜
①呵;呼氣。見"廣韻"。②喜悅。見"集韻"。

𣢾 ㄐㄩㄝˊ chüeh^{2} 音厥
撥動。見"字彙補"。

欨 ㄒㄩ hsü^{1} 音虛
①呵氣使暖。如:欨呵。②歡喜;喜悅。如:欨愉。

𣢳 ㄧㄡ yu^{1} 音幽
①憂愁的樣子。見"說文"。②鹿鳴聲。同呦。見"說文"。

𣢑 ㄜˋ o^{4}, ê^{4} 音厄
參𣢑歵。

15【𣢑歵】 ㄜˋ ㄗㄜˊ
談笑聲。

6

𣢰 ㄌㄤˊ lang^{2} 音郎
或作欴。參𣢰㰠。

8【𣢰㰠】 ㄌㄤˊ ㄏㄤ
貪得的樣子。

欬 ㊀ ㄎㄜˊ k'o^{2}, k'ê^{2} 音咳
讀音 ㄎㄞˋ k'ai^{4} 音慨
①咳嗽。見"說文"。②談笑聲。如:謦欬。
㊁ ㄏㄞ hai^{1} 音咍
歎詞。

12【欬唾成珠】 ㄎㄜˊ ㄊㄨㄛˋ ㄔㄥˊ ㄓㄨ
比喻言語珍貴或文字優美。

欮 ㄐㄩㄝˊ chüeh^{2} 音厥
氣不順。同瘚。見"說文"。

𣣃 ㄨㄚ wa^{1} 音蛙
①驚呼聲。見"玉篇"。②邪惡。見"廣韻"。

欯 ㄒㄧˊ hsi^{2} 音習
①欣喜;高興。見"說文"。②笑。見"廣韻"。

𣣏 ㄒㄩ hsü^{1} 音虛
喜樂。見"玉篇"。

𣣟 ㄗㄨˊ tsu^{2} 音足
憂傷的樣子。見"說文"。

欭 ㄧˋ i^{4} 音意
語未定的樣子。即噫。見"說文"。

12【欭歋】 ㄧˋ ㄧㄚˊ
狀聲詞。形容驢子的鳴聲。

𣢶 ㄗˋ tzŭ^{4} 音漬
①嘔吐。見"說文"。②嗟歎。見"玉篇"。

欱 ㄏㄜˋ ho^{4}, hê^{4} 音賀
①啜飲;吸吮。見"說文"。②吸收;容受。如:欱納。

𣣈 ㄒㄩㄣ hsün^{1} 音薰
①信。見"玉篇"。②呼吸不順。見"廣韻"。

㰪 ㄍㄨㄟˇ kuei^{3} 音詭
疲勞至極。見"集韻"。

欰 ㄒㄩˋ hsü^{4} 音恤
鳴叫。見"玉篇"。

7

欴 𣢰的或體。

欶 ㄕㄨㄛˋ shuo^{4} 音朔 又讀 ㄙㄨˋ su^{4} 音素
①吸吮。見"說文"。②著。見"字彙補"。

欵 款的俗體。

𣣌 ㄏㄜˋ ho^{4}, hê^{4} 音賀
氣息。見"廣雅·釋詁"。

9【𣣌𣢥】 ㄏㄜˋ ㄒㄧ
呼吸不順的病症。

𣣊 ㄩˋ yü^{4} 音育
驚辭。見"玉篇"。

欳 ㄎㄨㄞˋ k'uai^{4} 音塊
①長聲嘆息。也作喟、嘳。見"集韻"。②斷。見"集韻"。

欷 ㄒㄧ hsi^{1} 音希
悲泣;抽咽聲。見"玉篇"。

16【欷歔】 ㄒㄧ ㄒㄩ
①悲泣抽咽聲。②感歎聲。

欲 ㄩˋ yü^{4} 音浴
①想要;希望。如:從心所欲。②必要;應當。③將要;就要。如:山雨欲來。

9【欲界】 ㄩˋ ㄐㄧㄝˋ
佛家語。三界之一。指自四大洲上至忉利兜率諸天。此界天人沈迷於四欲,即情欲、色欲、食欲、淫欲,所以稱欲界。

11【欲望】 ㄩˋ ㄨㄤˋ
想要獲得滿足的期待。

4【欲不可從】 ㄩˋ ㄅㄨˋ ㄎㄜˇ ㄗㄨㄥˋ
欲望不可放縱。

8【欲取先予】 ㄩˋ ㄑㄩˇ ㄒㄧㄢ ㄩˇ
想取得別人的東西,必先給他一些利益。也作欲取先與。

10【欲哭無淚】 ㄩˋ ㄎㄨ ㄨˊ ㄌㄟˋ
想要哭,卻流不出眼淚來。形容悲痛到極點。

11【欲深谿壑】 ㄩˋ ㄕㄣ ㄒㄧ ㄏㄨㄛˋ
形容欲望之大,有如深谷。

【欲速不達】 ㄩˋ ㄙㄨˋ ㄅㄨˋ ㄉㄚˊ
希求速成,反而達不到目的。

14【欲蓋彌彰】 ㄩˋ ㄍㄞˋ ㄇㄧˊ ㄓㄤ
企圖掩飾眞相,反而使眞相更加顯露。用在不好的事物方面。

15【欲罷不能】 ㄩˋ ㄅㄚˋ ㄅㄨˋ ㄋㄥˊ
無法中止。

16【欲擒故縱】 ㄩˋ ㄑㄧㄣˊ ㄍㄨˋ ㄗㄨㄥˋ
對於企圖捕捉的對象,故意先行放縱,使其不備,再予逮捕。

17【欲壑難塡】 ㄩˋ ㄏㄨㄛˋ ㄋㄢˊ ㄊㄧㄢˊ
欲望如深谷,難以滿足。

欸 ㊀ ㄞˇ ai^{3} 音矮
參欸乃。
㊁ ㄟˋ ei^{4} 又讀 ㄞ ai^{1} 音唉
回答人問話的應諾聲。見"方言·一○"。

2【欸乃】 ㄞˇ ㄋㄞˇ
狀聲詞。形容行船搖櫓的聲音。

19【欸𩧲】 ㄞˇ ㄌㄨㄢˋ

馬緩慢行走。

歃 歃的俗體。

8

欶 ㄗㄨˊ tsu² 音卒
吮吸。見"玉篇"。

𣣋 ㄙˇ szŭ³, ssŭ³ 音死
香美。見"字彙補"。

欻 ㊀ ㄏㄨ hu¹ 音忽
忽的本字。見"玉篇"。
㊁ ㄒㄩˋ hsü⁴ 音絮
晃動。
㊂ ㄔㄨㄚ ch'ua¹
狀聲詞。

款 ㄎㄨㄢˇ k'uan³
1眞誠；眞摯。見"廣雅·釋詁"。2敲；叩打。見"廣雅·釋言"。3招待。如：款待。4緩；慢。如：款步前行。5空；不實的。6格式；樣式。如：款式。7條目。如：條款。8銅器或書畫前後的題識。如：落款。9錢財費用。如：款項。

5【款目】 ㄎㄨㄢˇ ㄇㄨˋ
(entry) 1目錄中一件作品的記錄。2書目記錄中的檢索項。經由此等檢索項，可以尋獲或查證資料。3在名稱索引中，一個標目及指引的類號或頁碼；或者標目及參照，合稱爲款目。4在分類法的主表或附表中，一段獨立的敘述，包括助記符號、標目及若干附註。

6【款式】 ㄎㄨㄢˇ ㄕˋ
式樣；格式。

【款曲】 ㄎㄨㄢˇ ㄑㄩ
1眞誠的情意。2殷勤應酬。

7【款步】 ㄎㄨㄢˇ ㄅㄨˋ
緩步；慢步。

9【款洽】 ㄎㄨㄢˇ ㄒㄧㄚˊ
眞誠；融洽。

11【款密】 ㄎㄨㄢˇ ㄇㄧˋ
誠懇親切。

12【款款】 ㄎㄨㄢˇ ㄎㄨㄢˇ
1忠實誠懇的樣子。2緩慢的樣子。3每一項；每一款。

13【款誠】 ㄎㄨㄢˇ ㄔㄥˊ
忠誠；眞摯。

19【款識】 ㄎㄨㄢˇ ㄓˋ
1鐘鼎彝器上所鑄刻的文字。2書畫上的題辭、署名、印章等。

𣢼 ㊀ ㄧㄚˇ ya³ 音啞
參歐致。
㊁ ㄧㄚ ya¹ 音鴉
呼吸不順。見"集韻"。

欺 ㄑㄧ ch'i¹ 音妻
1騙；詐。見"說文"。2凌壓；侮辱。如：欺壓。

4【欺心】 ㄑㄧ ㄒㄧㄣ
1欺騙自己。2不憑良心；起壞心思。

5【欺生】 ㄑㄧ ㄕㄥ
欺負外來人。

8【欺罔】 ㄑㄧ ㄨㄤˇ
欺騙蒙蔽。

9【欺哄】 ㄑㄧ ㄏㄨㄥˇ
欺騙；哄騙。

【欺負】 ㄑㄧ ㄈㄨˋ
1欺騙辜負。2欺侮；壓迫。

10【欺凌】 ㄑㄧ ㄌㄧㄥˊ
欺壓凌辱。

14【欺誑】 ㄑㄧ ㄎㄨㄤˊ
詐騙。

16【欺瞞】 ㄑㄧ ㄇㄢˊ
欺騙蒙蔽。

17【欺壓】 ㄑㄧ ㄧㄚ
欺侮脅迫。

19【欺騙】 ㄑㄧ ㄆㄧㄢˋ
用謊言使人上當。

【欺矇】 ㄑㄧ ㄇㄥˊ
掩飾實情，以欺騙他人。

3【欺下罔上】 ㄑㄧ ㄒㄧㄚˋ ㄨㄤˇ ㄕㄤˋ
對下欺壓，對上蒙騙。

5【欺世盜名】 ㄑㄧ ㄕˋ ㄉㄠˋ ㄇㄧㄥˊ
欺騙世人，以竊取名譽。

【欺世誣民】 ㄑㄧ ㄕˋ ㄨ ㄇㄧㄣˊ
欺騙世人。

11【欺軟怕硬】 ㄑㄧ ㄖㄨㄢˇ ㄆㄚˋ ㄧㄥˋ
欺負柔弱而畏懼強橫。

【欺貧重富】 ㄑㄧ ㄆㄧㄣˊ ㄓㄨㄥˋ ㄈㄨˋ
欺凌貧困而敬重富貴。

12【欺善怕惡】 ㄑㄧ ㄕㄢˋ ㄆㄚˋ ㄜˋ
欺負善人而懼怕惡人。

欹 ㊀ ㄧ i¹ 音衣
歎詞。通作猗。見"集韻"。
㊁ ㄑㄧ ch'i¹ 音欺
傾斜。通敧。見"集韻"。

𣦸 ㄘˋ tz'ŭ⁴ 音次
死而復生。見"說文"。

欽 ㊀ ㄑㄧㄣ ch'in¹ 音親
1因疲倦而張著口。見"說文"。2敬佩；恭敬。見"爾雅·釋詁"。3古時對君主行事的敬語。如：欽定。
㊁ ㄑㄧㄣˋ ch'in⁴ 音沁
按捺。今作撳。

8【欽佩】 ㄑㄧㄣ ㄆㄟˋ
崇敬佩服。

10【欽差】 ㄑㄧㄣ ㄔㄞ
皇帝特派的使臣。

15【欽慕】 ㄑㄧㄣ ㄇㄨˋ
敬佩仰慕。

16【欽遲】 ㄑㄧㄣ ㄓˋ
敬重；仰慕。

4【欽天監】 ㄑㄧㄣ ㄊㄧㄢ ㄐㄧㄢˋ
'明'、'清'兩代官署名。專掌天文、曆數、占候、推步之事。設監正監副，下有春、夏、中、秋、冬五官正。

14【欽察汗國】 ㄑㄧㄣ ㄔㄚˊ ㄏㄢˊ ㄍㄨㄛˊ
'蒙古''成吉思汗'西征後，封長子'朮赤'於今'西伯利亞'西部及'鹹海'、'裏海'以北，即'康里'和'欽察'舊壤，是爲'欽察汗國'。子'拔都'西征，領土大爲擴張，東至'葉尼塞河'以東，西抵'多瑙河'下游，南至'高加索山'。十五世紀末，爲'莫斯科大公國''伊凡三世'所滅。

𣣌 ㄉㄧㄢˋ tien⁴ 音店
呻吟。同唸。見"集韻"。

欿 ㊀ ㄊㄢ t'an¹ 音貪
貪得；貪婪。見"說文"。
㊁ ㄎㄢˇ k'an³ 音坎
1坑；窟窿。通坎。見"廣雅·釋水"。2不自滿的樣子。見"字彙"。

⿰𢆶欠 ㄒㄧˋ hsi⁴ 音細
流鼻涕。見"玉篇"。

⿰昏欠 ㄏㄨㄣ hun¹ 音昏
不能了悟。見"字彙"。

9

歆 ㄒㄧㄣ hsin¹ 音心
1神靈享用祭品時,吸取祭品的香氣。見"說文"。2欣慕;貪羨。如:歆羨。3悅服。通欣。如:歆從。

13【歆羨】 ㄒㄧㄣ ㄒㄧㄢˋ
羨慕;愛慕。同欣羨。

歏 ㄨㄣˋ wên⁴ 音問
氣逆。見"字彙"。

歃 ㄕㄚˋ sha⁴ 音霎
1啜飲。見"說文"。2用牲血塗口,以示信誓。如:歃血爲盟。

6【歃血】 ㄕㄚˋ ㄒㄧㄝˇ
古代會盟,雙方口含牲血,或以血塗口旁,表示信誓。

⿰匽欠 ㄧㄢˋ yen⁴ 音燕
用力大叫。見"廣韻"。

歅 ㄧㄣ yin¹ 音因
1人名用字。'春秋''秦穆公'時有'九方歅',善於相馬。見"集韻"。2凝滯。通湮。如:歅塞。

歁 ㄎㄢˇ k'an³ 音坎
1未吃飽。見"說文"。2貪婪;不滿足。見"廣雅·釋詁"。

歀 款的或體。

⿰陜欠 ㄒㄧㄚˋ hsia⁴ 音下
飲。見"集韻"。

歇 ㄒㄧㄝ hsieh¹ 音些
1休息。見"說文"。2停止。如:歇手。

3【歇山】 ㄒㄧㄝ ㄕㄢ
我國古典建築屋頂型式的一種。爲懸山與廡殿相交所成的結構。

歇山圖

4【歇手】 ㄒㄧㄝ ㄕㄡˇ
罷手;住手。

13【歇腳】 ㄒㄧㄝ ㄐㄧㄠˇ
休息;住宿。

9【歇後語】 ㄒㄧㄝ ㄏㄡˋ ㄩˇ
修辭法的一種。將本意隱藏不說,讓人根據已說的語句爲線索,推測其本意。如泥菩薩過江——自身難保。

12【歇斯底里】 ㄒㄧㄝ ㄙ ㄉㄧˇ ㄌㄧˇ
(hysteria) 1又稱癔病。爲一種精神障礙。常爲無法控制的情緒激動所引起,並有心悸、心搏過速、冒冷汗、臉色蒼白、血壓下降等生理症狀。2一種無意識及無法抑制之興奮狀態。

歂 ㄔㄨㄢˊ ch'uan² 音船
1呼吸急促。也作喘。見"說文"。2姓。"史記"有'歂師'。見"字彙補"。

歈 ㄩˊ yü² 音愉
1歌謠。2和悅。通愉。

⿰⿱身方欠 ㄐㄧㄠˋ chiao⁴ 音叫
聲調激切的'楚'歌。見"說文·⿰⿱身方欠·段注"。

10

歊 ㄒㄧㄠ hsiao¹ 音消
1氣出的樣子。見"字彙"。2熱氣。3熾熱的。如:歊陽。

⿰隺欠 塙的或體。

歉 ㄑㄧㄢˋ ch'ien⁴ 音欠
1食不飽。見"說文"。2收成不好。如:歉收。3內心懷有愧憾之情。如:抱歉。

8【歉疚】 ㄑㄧㄢˋ ㄐㄧㄡˋ
心裡感到慚愧遺憾。

13【歉意】 ㄑㄧㄢˋ ㄧˋ
心裡感到過意不去,對不起他人。

【歉歲】 ㄑㄧㄢˋ ㄙㄨㄟˋ
荒年。

歌 ㄍㄜ ko¹, kê¹ 音哥
1唱。見"說文"。2配合樂曲而可唱的詞句。如:歌曲。3古詩體製的一種。屬於能唱的韻文。如:"大風歌"。4頌揚。如:歌功頌德。

4【歌手】 ㄍㄜ ㄕㄡˇ
唱歌的藝人。

6【歌行】 ㄍㄜ ㄒㄧㄥˊ
古代詩歌的一種體裁。'漢'人稱歌或稱行,'唐'人沿用,但也有兼稱歌行的。其音節、格律、句法,均較律詩自由而多變化,風格也較疏宕奔放。'唐'以後的歌行則多用五、七言古體。

7【歌吹】 ㄍㄜ ㄔㄨㄟ
歌唱與奏樂。

【歌妓】 ㄍㄜ ㄐㄧˋ
歌女。

11【歌訣】 ㄍㄜ ㄐㄩㄝˊ
有韻律,又可詠歌或朗誦的口訣。

14【歌誦】 ㄍㄜ ㄙㄨㄥˋ
1拉長聲音誦讀、吟唱。2頌揚功德。同歌頌。

15【歌劇】 ㄍㄜ ㄐㄩˋ
(opera) 以音樂爲基本要素的一種戲劇。包括管絃樂伴奏的歌曲,如朗誦調、抒情調、合唱與管絃樂前奏曲和間奏曲。十六世紀末起於'義大利',當時的歌劇,大抵以歌唱爲重,後傳至'德'、'法',作家輩出,形式內容也日臻完備。

【歌德】 ㄍㄜ ㄉㄜˊ
(Johann Wolfgang von Goethe, 1749～1832) '德國'詩人、劇作家、思想家。早年爲狂飆(Sturm und Drang)期'德國'前浪漫主義派的領袖,寫下劇本"葛慈"(*Götz von Berlichingen*)、小說"少年維特的煩惱"(*Die Leiden des jungen Werthers*)。由'義大利'旅行回來後定居於'維瑪'(Weimar),與'赫得'(Johann Gottfried Herder)、'席勒'等人組成文藝集團,同時研究古典藝術、自然科學。其文學作品內容豐富,曾寫

歌德像

過不少藝術評論,在詩歌、戲劇、小說方面也有相當成就。晚年完成的代表作"浮士德"更使他成爲不朽的作家。

16【歌頭】 ㄍㄜ ㄊㄡˊ
'唐''宋'大曲歌徧的首章。後來常被單獨摘出,成爲詞調或曲牌中的一體。如:"六州歌頭"、"水調歌頭"。

17【歌謠】 ㄍㄜ ㄧㄠˊ
1可以唱的韻語。有樂曲伴奏的叫歌,無樂曲伴奏的叫謠。2今通稱民間流行的歌曲。

5【歌仔戲】 ㄍㄜ ㄗㄞˇ ㄒㄧˋ
'臺灣'最通行的民間戲劇。其曲調起源於'宜蘭'地區的山歌。'民國'初年有'結頭份'人歌仔'助'將山歌改編爲有劇情的歌詞,每節四句,每句七字,傳授門下,登臺演唱,稱爲歌仔戲。歌仔戲多以歷史故事爲題材,唱詞對白淺俗活潑,並富有彈性,能表現'臺灣'民間的生活與情趣。

【歌功頌德】 ㄍㄜ ㄍㄨㄥ ㄙㄨㄥˋ ㄉㄜˊ
頌揚功德。

14【歌舞昇平】 ㄍㄜ ㄨˇ ㄕㄥ ㄆㄧㄥˊ
1既歌且舞以慶祝太平盛世。2指繁華享樂的時代風氣。

𣤶 歐的或體。

歙 ㄒㄧㄝˊ hsieh² 音協
翕氣;閉氣。見"說文"。

𣤙 ㄏㄢˋ han⁴ 音汗
欲得。或作欲。見"集韻"。

𣤴 嗤的或體。

𣤹 ㄊㄚˋ t'a⁴ 音踏
參歖𣤹。

𣤺 ㄙㄨㄟˋ sui⁴ 音歲
問。見"玉篇"。

𣤻 ㄒㄧ hsi¹ 音西
歎息。見"集韻"。

𣤼 ㄧㄠˊ yao² 音遙
呼氣的樣子。見"說文"。

歍 ㄨ wu¹ 音烏
1作嘔;想吐。見"說文"。2歎聲。通烏、鳴。見"正字通"。

22【歍歠】 ㄨ ㄗㄨˇ
口吻相接。見"說文"。

𣤿 ㄧㄝˊ yeh² 音爺
嘲弄;互相戲謔。見"說文"。

11

㱂 ㄎㄤ k'ang¹ 音康
1腹部空虛。即飢餓。見"說文"。2五穀歉收。見"廣韻"。

歵 ㄗㄜˊ tsê² 音責
參欿歵。

𣦂 ㄌㄚˋ la⁴ 音臘
參𣦂歁。

13【𣦂歁】 ㄌㄚˋ ㄎㄢˇ
不滿。

歐 一 ㄡ ou¹ 音鷗
1讚頌。通謳。見"集韻"。2'歐洲'(Europe)的簡稱。3姓。'漢'有'歐寶'。見"萬姓統譜·六三"。

二 ㄡˇ ou³ 音嘔
嘔吐。也作嘔。見"說文"。

三 ㄑㄩ ch'ü¹ 音區
驅使。通毆。見"說文通訓定聲"。

4【歐文】 ㄡ ㄨㄣˊ
(Washington Irving, 1783～1859)'美國'早期著名的散文家及小說家。對'美國'後代的作家與作品有深刻的影響。代表作有"紐約史"(*Knickerbocker's History of New York*)、"克里恩札記"(*The Sketch Book of Geoffrey Crayon*)。

【歐化】 ㄡ ㄏㄨㄚˋ
文學藝術或生活習慣等,趨向'歐洲'潮流風尚。

8【歐姆】 ㄡ ㄇㄨˇ
1(Georg Simon Ohm, 1787～1854)'德國'物理學家。於西元1817年任'科隆''耶穌會學院'數學教授。1827年在所出版的小冊子"從數學角度研究電流"(*The Galvanic Circuit Investigated Mathematically*)中提出關於電阻的'歐姆'定律。1841年榮獲'倫敦皇家學會'的'哥必里'獎(Kopley medal),翌年且中選爲國外院士。2(ohm)電阻的基本單位。符號爲Ω。(1)長106.300公分,重14.451公克之均勻水銀柱於0°C時的電阻。(2)一安培的恆定電流通過某段導線其電位差爲一伏特時,該段導線所具的電阻爲一歐姆。

歐姆像

9【歐洲】 ㄡ ㄓㄡ
(Europe)位於'歐亞大陸'(Eurasia)西岸。面積1,024萬方公里。三面臨海,海岸線長而曲折,港灣島嶼特多。北大西洋'暖流經'英國'、'冰島',深入'北極海',漁業發達。多平原地形,僅'阿爾卑斯山'較高。大部分地區多溫夏涼,雨量適中,全境沒有沙漠。盛產煤、鐵和石油,科技經常保持領先。

11【歐麥】 ㄡ ㄇㄞˋ
(Omar, 581～644)伊斯蘭教第二位哈利發。曾創立許多重要的社會機構,政治作風公正、果敢,被譽爲「穆民之王子」。定'穆罕默德'出奔日爲回教紀元之始。後被刺身亡。

8【歐姆計】 ㄡ ㄇㄨˇ ㄐㄧˋ
(ohmmeter)一種專門用來測量電阻的儀表。若其標尺爲百萬歐姆,則稱爲高阻計。

9【歐威爾】 ㄡ ㄨㄟ ㄦˇ
(George Orwell, 1903～1950)'英國'作家。出生於'印度',八歲返國;在'緬甸'當警察時(1922～1927),因不滿'英國'殖民地政策,返'歐'後過清苦的寫作生活,漸傾向社會主義。'西班牙'內戰時他參加人民戰線，在‘卡達羅尼亞’負傷，作“卡達羅尼亞讚歌”(*Homage to Catalonia*)，後來又發表“動物農莊”(*Animal Farm*)諷刺‘史達林’主義，一舉成名。後患肺病入院療養，在西元 1949 年完成小說“1984”(*Nineteen Eighty-four*)，是諷刺專制集權的名作。

12【歐斯曼】 ㄡ ㄙ ㄇㄢˋ
(Osman, 575～655)伊斯蘭教第三位哈利發。在‘歐麥’遇刺後被推選為繼任者，在位期間自西元644～655年。娶‘穆罕默德’之女‘白爾葛葉’為妻。生前極力蒐集“古蘭經”文，遇刺時仍手握“古蘭經”。

【歐陽生】 ㄡ ㄧㄤˊ ㄕㄥ
‘西漢’‘千乘’(今‘山東’‘高苑’)人，名‘容’，字‘和伯’。師事‘伏生’，學今文“尚書”，為博士，後授‘兒寬’，‘寬’再授‘歐陽生’子，世世相傳，八世為博士，以傳業顯名，由是“尚書”世有‘歐陽’氏學，即今文“尚書”中的‘齊’學。

【歐陽脩】 ㄡ ㄧㄤˊ ㄒㄧㄡ
(1007～1072)‘北宋’‘廬陵’(今‘江西’‘吉安’)人，字‘永叔’，號‘醉翁’，晚更號‘六一居士’。曾任樞密副使、參知政事。早年得‘韓愈’文稿，遂倡導古文，主張明道致用。其古文平易綿邈，詩詞亦清新婉約。著有“歐陽文忠公集”、“新五代史”，又與‘宋祁’合纂“新唐書”。

歐陽脩像

【歐陽詢】 ㄡ ㄧㄤˊ ㄒㄩㄣˊ
(557～641)‘臨湘’(今‘湖南’‘長沙’)人，字‘信本’。仕‘隋’為太常博士，入‘唐’官至‘弘文館’學士。書法初學‘王羲之’，筆鋒遒勁，自成一家，因曾為太子率更令，時稱‘歐陽’率更體。傳世碑刻有“九成宮醴泉銘”、“皇甫誕碑”等。曾與‘令狐德棻’等撰“藝文類聚”百卷。

8【歐姆定律】 ㄡ ㄇㄨˇ ㄉㄧㄥˋ ㄌㄩˋ
(Ohm's law)‘歐姆’發現一般的金屬導體中，流動的電流 I 與其兩端所受的電位差(即電壓) V 成正比，即 $V \propto I$，或 $V = R \times I$，式中比例常數 R，為與物體的導電性質有關之常數，稱為電阻。上式就是‘歐姆’定律的表示式。若 V 為伏特，I 為安培，則 R 之單位為伏特/安培，稱為歐姆。

9【歐洲美元】 ㄡ ㄓㄡ ㄇㄟˇ ㄩㄢˊ
(Eurodollar)指以‘美’元表示而存於‘美國’境外的存款負債(deposit liabilities)。其內容包括外國銀行在‘美國’境外所收受的‘美’元存款，及‘美國’各種銀行海外分行在‘美國’國境外所收受的‘美’元存款。即凡是‘美國’境外的‘美’元存款，不管銀行的宗主國為何，一律稱之為‘歐洲’‘美’元。其所以冠上「歐洲」字樣，主要是這種‘美’元交易市場初期發生在‘歐洲’之故。而今其交易場所已不再局限於‘歐洲’，交易的存款，也擴展到其他通貨存款，例如‘歐洲’馬克(Euromarks)、‘歐洲’‘英’鎊(Eurosterling)、‘歐洲’‘日’圓(Euroyen)等存款，這些通貨，統稱之為「歐洲通貨」(Eurocurrencies)。‘歐洲’‘美’元市場發展原因，主要是由於西元1950年代初，東‘歐’國家懼怕‘美國’凍結其存放在‘美國’商業銀行的存款，而移轉存放在‘歐洲’銀行，‘歐洲’大陸各銀行乃將此項存款轉貸其本國銀行或外國銀行，因而逐漸擴大‘歐洲’‘美’元的交易規模。另外由於‘美國’對外收支長期逆差，使握有‘美’元者將其轉存入‘美國’境外的銀行。且依據‘美國聯邦準備體系’(Federal Reserve System)所訂定的規則Q (Regulation Q，為規定有關會員銀行存款利率之規則)，對於各銀行所付給的存款利息有最高利率限制的規定，‘歐洲’各國銀行則無此限制，因此其利率水準高於‘美國’時，就吸引了很多原存‘美國’的存款改存‘歐洲’。

【歐洲通貨】 ㄡ ㄓㄡ ㄊㄨㄥ ㄏㄨㄛˋ
(Eurocurrency)西‘歐’各國金融機構所接受本國通貨之外一切外幣存款的總稱。主要指‘美’元。

【歐風美雨】 ㄡ ㄈㄥ ㄇㄟˇ ㄩˇ
指‘歐’‘美’傳來的潮流風氣。

12【歐普藝術】 ㄡ ㄆㄨˇ ㄧˋ ㄕㄨˋ
(op art)「視覺的、光學的藝術」(optical art)之簡稱。產生於西元1950年代後半至1960年代之追求產生錯覺效果的幾何抽象繪畫藝術。使用補色或強烈色彩對比畫出幾何抽象繪畫，造成視覺的強烈刺激，引起眼睛的疲勞，而產生顫動、運動、前後空間的轉移或變形等的錯覺效果。代表畫家有‘瓦沙雷利’(Vasarely)、‘萊利’(Bridget Riley)、‘索托’(Soto)等。

【歐萊效應】 ㄡ ㄌㄞˊ ㄒㄧㄠˋ ㄧㄥˋ
(Early effect)隨集極電壓大小而調變基極有效寬度的特性。參基極寬度調變。

【歐幾里得】 ㄡ ㄐㄧ ㄌㄧˇ ㄉㄜˊ
(Euclid，前365?～前300)古‘希臘’數學家。著有“幾何原理”(*Elements*)一書，共十三卷，分別討論平面幾何、整數、數量和立體幾何，為二千多年來幾何學的基礎。此外著有“論證的事實”(*Data*)、“論除法”(*On Divisions*)等。

8【歐姆式接觸】 ㄡ ㄇㄨˇ ㄕˋ ㄐㄧㄝ ㄔㄨˋ
(Ohmic contact)若半導體與金屬之接面的接觸電壓與電流流動方向無關時，此種接觸稱為‘歐姆’式接觸。

9【歐洲理事會】 ㄡ ㄓㄡ ㄌㄧˇ ㄕˋ ㄏㄨㄟˋ
(The Council of Europe)西元1949年5月5日，依據‘英’、‘法’等十國在‘倫敦’簽署之“歐洲理事會規約"而成立的國際性組織。迄至1983年共有二十一個會員國。會址設於'法國'的'史特拉斯堡'(Strasbourg)。目的在透過會員國的團結努力,共同增進經濟暨社會的發展,實現會員國的共同理想,進而達成'歐洲'統合。主要機構有'部長會議'、'議會'。

【歐洲共同市場】 ㄡ ㄓㄡ ㄍㄨㄥˋ ㄊㄨㄥˊ ㄕˋ ㄔㄤˇ

(European Common Market)又稱'歐洲經濟共同體'(European Economic Community; EEC)。是由'西德'、'法國'、'義大利'、'比利時'、'荷蘭'、'盧森堡'等六國,根據西元1957年3月25日所簽訂的"羅馬條約"(*Treaty of Rome*),於1958年1月正式成立的經濟結合。1973年後,'英國'、'愛爾蘭'、'希臘'、'挪威'、'西班牙'、'葡萄牙'先後加入,目前共有十二個會員國。會址設於'比利時'首都'布魯塞爾'。此經濟結合體是以建立共同市場及逐漸調和各會員國的經濟政策爲手段,以促進各會員國間的經濟繁榮、提高各國國民水準、使各國關係更趨密切爲目的。其基本原則爲:一、廢除各會員國間的關稅及輸出入的數量限制,以及其他具有類似效果的貿易障礙;二、建立對外的共同關稅率與貿易政策;三、廢除各會員國間有關員工、勞務與資本流通的障礙;四、建立共同的農業政策;五、建立共同的運輸政策;六、建立確保共同市場不致發生惡性競爭的制度;七、實施有關調整各會員國的經濟政策與矯正國際收支不均衡的措施;八、在共同市場營運的必要範圍內,調整各會員國的國內法令;九、創設'歐洲'社會基金,以改善勞工就業機會並提高其生活水準;十、創立'歐洲'投資銀行,以促進新資源的開發和經濟繁榮;十一、促使各會員國海外屬地不論已否獨立均加入組織,以擴展貿易並促進經濟發展。

【歐洲美元市場】 ㄡ ㄓㄡ ㄇㄟˇ ㄩㄢˊ ㄕˋ ㄔㄤˇ

(Eurodollars market) 以銀行爲中介,從事'歐洲''美'元借貸的場所。

【歐洲通貨市場】 ㄡ ㄓㄡ ㄊㄨㄥ ㄏㄨㄛˋ ㄕˋ ㄔㄤˇ

(Eurocurrency market)以銀行爲中介,從事'歐洲'通貨借貸的場所。其資金交易的期限在一年以內。

【歐洲通貨單位】 ㄡ ㄓㄡ ㄊㄨㄥ ㄏㄨㄛˋ ㄉㄢ ㄨㄟˋ

(European Currency Unit; ECU) 爲一複合通貨,其性質類似特別提款權,爲'歐洲'貨幣制度的計帳單位;其價值爲'歐洲共同市場'會員國通貨(包括'英'鎊在內)的加權平均。每一'歐洲'貨幣制度會員國的通貨對'歐洲'通貨單位均有一平價,如果會員國的通貨相對於'歐洲'通貨單位的中心匯率偏離太遠(達允許範圍的75%),則會員國必須設法改正此一情勢。

【歐洲貨幣制度】 ㄡ ㄓㄡ ㄏㄨㄛˋ ㄅㄧˋ ㄓˋ ㄉㄨˋ

(European Monetary System; EMS) 西元1979年'歐洲共同市場'組成'歐洲貨幣制度',各會員國的通貨均有以'歐洲'通貨單位表示的平價,再根據平價決定任兩國之間的雙邊中心匯率,除'義大利'里拉外,允許會員國之間的匯率在中心匯率上下各2.25%的範圍內波動。

【歐洲債券市場】 ㄡ ㄓㄡ ㄓㄞˋ ㄑㄩㄢˋ ㄕˋ ㄔㄤˇ

(Eurobond market)從事'歐洲'債券買賣的場所。其資金交易的期限在一年以上。

12【歐幾里得空間】 ㄡ ㄐㄧ ㄌㄧˇ ㄉㄜˊ ㄎㄨㄥ ㄐㄧㄢ

(Euclidean space)簡稱'歐'氏空間。爲'歐幾里得'的公理及定義所能適用的空間。例如在此空間內,直線是一動點由甲移動至乙的最短路徑;同一平面上,平行線爲兩永不相交的直線,以及三角形三內角和爲180° 等。引入坐標系之後,'歐'氏空間可與R^n對應,n爲空間之維數。

9【歐洲式計費制度】 ㄡ ㄓㄡ ㄕˋ ㄐㄧˋ ㄈㄟˋ ㄓˋ ㄉㄨˋ

(European Plan; EP) 指房租與膳食費分別計算的旅館計費制度。創始於'歐洲'('英國'首先採用),故稱。目前一般旅館多採用之。

【歐洲煤鋼共同體】 ㄡ ㄓㄡ ㄇㄟˊ ㄍㄤ ㄍㄨㄥˋ ㄊㄨㄥˊ ㄊㄧˇ

(European Coal and Steel Community; ECSC) 西元1951年4月18日,'法國'、'西德'、'義大利'、'比利時'、'荷蘭'和'盧森堡'在'巴黎'簽訂"歐洲煤鋼共同體條約",1952年8月25日經各國批准後,在'盧森堡'正式成立。其宗旨在藉煤鐵共同市場的建立,以促進會員國之經濟成長,提高人民生活水準。迄至1982年,該共同體共有十個會員國。

【歐洲經濟共同體】 ㄡ ㄓㄡ ㄐㄧㄥ ㄐㄧˋ ㄍㄨㄥˋ ㄊㄨㄥˊ ㄊㄧˇ

(European Economic Community; EEC)也稱'歐洲共同市場'。參歐洲共同市場。

11【歐陸式計費制度】 ㄡ ㄌㄨˋ ㄕˋ ㄐㄧˋ ㄈㄟˋ ㄓˋ ㄉㄨˋ

(Continental Plan; CP) 指包括早餐的旅館計費制度。創始於'歐洲'大陸(不包括'英國'),故名。

8【歐拉氏運動方程式】 ㄡ ㄌㄚ ㄕˋ ㄩㄣˋ ㄉㄨㄥˋ ㄈㄤ ㄔㄥˊ ㄕˋ

(Euler's equation of motion) 當流體假設沒有黏性時,其流體動量方程式稱之。

9【歐洲自由貿易聯盟】 ㄡ ㄓㄡ ㄗˋ

ㄧㄡˊ ㄇㄠˋ ㄧˋ ㄌㄧㄢˊ ㄇㄥˊ (European Free Trade Association; EFTA) 西元1960年1月4日,'奧地利'、'挪威'、'葡萄牙'、'瑞典'、'瑞士'、'丹麥'及'英國'等七國簽署"斯德哥爾摩公約",1960年5月3日正式生效成立。後'丹麥'、'英國'退出,'冰島'加入,故迄至1982年止,計有六個會員國。其宗旨在促進會員國經濟之持續成長、充分就業、提高生產力及能源之合理使用,並確保各國財政之穩定。

【歐洲原子能共同體】ㄡ ㄓㄡ ㄩㄢˊ ㄗˇ ㄋㄥˊ ㄍㄨㄥˋ ㄊㄨㄥˊ ㄊㄧˇ (European Atomic Energy Community; Euratom) 依據西元1957年3月25日之"羅馬條約",於1958年1月1日正式成立。總部設於'比'京'布魯塞爾'。與'歐洲經濟共同體'、'歐洲煤鋼共同體'構成'歐洲共同體'(European Community; EC)。該組織之目標在藉共同推動原子能之開發、研究、生產及管理,以保障人民的健康生活,提高人民的生活水準。

歎 ㄊㄢˋ *t'an*⁴ 音炭 1吟詠;放聲高詠。見"說文"。2心中憂悶感傷而發出的聲音。通嘆。見"正字通"。3讚美。見"正字通"。

11【歎惋】 ㄊㄢˋ ㄨㄢˋ 嗟歎惋惜。

12【歎詞】 ㄊㄢˋ ㄘˊ 用來表示喜怒哀樂或讚同、否定等感情的詞。也稱感歎詞。如嗚呼、噫嘻等。

15【歎賞】 ㄊㄢˋ ㄕㄤˇ 讚賞。

9【歎爲觀止】 ㄊㄢˋ ㄨㄟˊ ㄍㄨㄢ ㄓˇ 讚歎所見到的事物美好到無以復加的地步。

歔 歔的俗體。

歑 ㄏㄨ *hu*¹ 音呼 徐吹氣息。也作呼。見"說文"。

㱃 飲的古文。

12

歘 欻的或體。

歗 嘯的或體。

歖 ㄒㄧ *hsi*¹ 音嘻 突然感到驚喜。見"說文"。

歕 ㄆㄣ *p'ên*¹ 音噴 又讀 ㄆㄣˋ *p'ên*⁴ 或作歕。1吹氣。見"說文"。2吐;噴。通噴。見"廣韻"。

㱇 ㄙ *szŭ*¹, *ssŭ*¹ 音斯 吆喝聲。見"集韻"。

歔 ㄒㄩ *hsü*¹ 音虛 1口鼻出氣。通噓。見"說文"。2悲泣聲。如:歔欷。

11【歔欷】 ㄒㄩ ㄒㄧ 同歔歔。

歙 ㊀ ㄒㄧˋ *hsi*⁴ 音戲 1攝鼻吸氣。見"說文"。2融洽;和諧。通翕。見"正字通"。㊁ ㄕㄜˋ *shê*⁴ 音攝 參歙縣。

12【歙硯】 ㄕㄜˋ ㄧㄢˋ 我國傳統重要石質硯材之一。產於'安徽省''歙縣',古代曾稱爲'歙州',因以名之。最初產於'龍尾山',故又名'龍尾'硯。'歙'硯的開採約始於'唐代',石質堅韌、細潤、不吸墨,而且發墨如油,不傷筆毫。'南唐'曾在'歙縣'設官採石,當時推崇'李廷珪'墨、'澄心堂'紙、'諸葛'氏筆、'龍尾'"歙'硯爲⌊文房四寶⌉。

16【歙縣】 ㄕㄜˋ ㄒㄧㄢˋ 古名'徽州'。位於'安徽省'南部、'新安江'支流'練江'東岸。地控'京贛鐵路'中點,並有'新安江'水運通'浙江省',爲'皖'南重鎮。'皖'南山地的茶產以此地爲集散中心,並利用松木製墨,聞名全國。由於當地多丘陵山地,農產不足,居民多出外經商,故有⌊無'徽'不成鎮⌉之諺。

歒 歒的或體。

13

𣤝 ㄙㄜˋ *sê*⁴ 音瑟 1悲戚。見"說文"。2恐懼。見"集韻"。

𣣹 ㄒㄧ *hsi*¹ 音犧 相視而笑。也作𧇩。見"集韻"。

歗 嗽的或體。

歠 歠的古文。

歜 ㄔㄨˋ *ch'u*⁴ 音觸 盛怒;氣盛。見"說文"。

歛 ㊀ ㄏㄢ *han*¹ 音酣 1給予。見"廣雅·釋詁"。2欲念。見"廣韻"。㊁ ㄌㄧㄢˋ *lien*⁴ 音練 斂的俗體。

14

歟 ㄩˊ *yü*² 音余 1和緩的氣息。見"說文"。2助詞。通作與。(1)用於句末。表示感歎、反問或疑問。(2)用於句中。

15

歠 ㄔㄨㄛˋ *ch'o*⁴, *ch'uo*⁴ 音啜 1飲;喝。通作啜。見"說文"。2指羹湯之類的流體食物。

17

𧇩 ㄒㄧ *hsi*¹ 音犧 相視而笑。同𣣹。見"類篇"。

𣤾 ㄔㄢˊ *ch'an*² 音讒 笑。見"集韻"。

18

⿰鼀欠 ㈠ ㄗㄨˊ *tsu*² 音足
參⿰馬欠⿰鼀欠。
㈡ ㄗㄚˊ *tsa*² 音雜
參⿰鼀欠歜。

14【⿰鼀欠歜】 ㄗㄚˊ ㄊㄚˋ
形容聲音。

歡 ㄏㄨㄢ *huan*¹ 音讙
1也作讙，通作懽、驩。⑴喜樂。見"說文"。⑵喜愛。也指所喜愛的人。如：新歡。2姓。'明'有'歡慨'。見"萬姓統譜·二五"。

7【歡忭】 ㄏㄨㄢ ㄅㄧㄢˋ
歡樂；欣喜。

【歡抃】 ㄏㄨㄢ ㄅㄧㄢˋ
因喜悅而鼓掌。

9【歡度】 ㄏㄨㄢ ㄉㄨˋ
愉快地度過。

11【歡晤】 ㄏㄨㄢ ㄨˋ
愉快地見面。

14【歡暢】 ㄏㄨㄢ ㄔㄤˋ
歡樂暢快。

16【歡謔】 ㄏㄨㄢ ㄋㄩㄝˋ
歡欣嬉樂。也作讙謔。

18【歡顏】 ㄏㄨㄢ ㄧㄢˊ
快樂的臉色。

20【歡騰】 ㄏㄨㄢ ㄊㄥˊ
歡呼跳躍。

12【歡喜錢】 ㄏㄨㄢ ㄒㄧˇ ㄑㄧㄢˊ
喜慶時所分發的賞錢。

4【歡天喜地】 ㄏㄨㄢ ㄊㄧㄢ ㄒㄧˇ ㄉㄧˋ
形容非常高興的樣子。

8【歡欣若狂】 ㄏㄨㄢ ㄒㄧㄣ ㄖㄨㄛˋ ㄎㄨㄤˊ
高興得就像發狂一樣。

【歡欣鼓舞】 ㄏㄨㄢ ㄒㄧㄣ ㄍㄨˇ ㄨˇ
高興得手舞足蹈。

12【歡喜冤家】 ㄏㄨㄢ ㄒㄧˇ ㄩㄢ ㄐㄧㄚ
指既恩愛又常鬧意氣的夫妻或戀人。

21

歜 ㄔㄨˊ *chu*² 音燭
吹氣。也作欶。見"類篇"。

歞 ㄎㄨㄣ *k'un*¹ 音昆
參歞干。

3【歞干】 ㄎㄨㄣ ㄍㄢ
不可知。見"說文"。

止部

止 ㄓˇ *chih*³ 音芷
1靜；停。見"廣韻"。2居住；棲息。如：居止。3阻止；禁止。如：止痛。4挽留；留住。5指行為舉動的合宜。6終極。如：歎為觀止。7僅；只。8指稱詞。相當於「之」。如：高山仰止。9佛家語。梵語 samādhi 的意譯，本是定的異名，音譯作三摩地、三昧。意思是息止浮動的心。'天台'宗修行止觀法門，在修行靜坐時，將心念停止於一處（臍下），稱為止。與觀相對。

5【止付】 ㄓˇ ㄈㄨˋ
票據喪失時，票據權利人指示付款人停止付款之行為。止付之要件：一、票據權利人之指示；二、票據尚未經付款人付款者；三、支票非經付款人保付者；四、票據非無存款又未經允許墊借者；五、票據未曾為止付通知而已失其效力者。票據權利人為止付通知後，應於五日內向付款人提出已為聲請公示催告之證明。經止付之金額，應由付款人留存，除依"票據法"規定提供擔保提存，或經占有票據之人及止付人之同意外，不得支付或由發票人另行動用。

8【止泊】 ㄓˇ ㄅㄛˊ
停息；歸宿。

【止念】 ㄓˇ ㄋㄧㄢˋ
即停止一切思念。學道之初，須安坐收心，所有計念，若枯體灰心，則萬病俱泯，是定觀的初階。

10【止息】 ㄓˇ ㄒㄧˊ
1休息；歇息。2停止；平息。

14【止境】 ㄓˇ ㄐㄧㄥˋ
終點；終止的境地。

25【止觀】 ㄓˇ ㄍㄨㄢ
佛家語。止，止息妄念，心定於一處；觀，照察萬物，反觀於自性。通過止與觀，即可悟入眞理而成佛。

6【止回閥】 ㄓˇ ㄏㄨㄟˊ ㄈㄚˊ
(check valve) 僅容許操作油往一方向流動而不容逆流之閥。又稱單向閥。

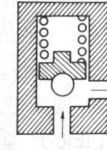

止回閥圖

4【止戈為武】 ㄓˇ ㄍㄜ ㄨㄟˊ ㄨˇ
合止、戈二字為武字。意指能平息戰事，才是眞正的武勇。

8【止於至善】 ㄓˇ ㄩˊ ㄓˋ ㄕㄢˋ
達到最完美的境界。

11【止推軸承】 ㄓˇ ㄊㄨㄟ ㄓㄡˊ ㄔㄥˊ
(thrust bearing) 為支持軸向負載而設計的軸承。常用的有墊塊止推軸承，滾珠、滾柱止推軸承。

4【止水式養殖法】 ㄓˇ ㄕㄨㄟˇ ㄕˋ ㄧㄤˇ ㄓˊ ㄈㄚˇ
為節省用水量，將地下水引入人造池塘中飼養魚類而不外流的方法。本省地下水資源有限，為節省用水量，養殖業人多採用此法，但應用此法較易泛池，故多備有水車打水以增加溶氧量。

17【止謗莫如自修】 ㄓˇ ㄅㄤˋ ㄇㄛˋ ㄖㄨˊ ㄗˋ ㄒㄧㄡ
止息毀謗最好的方法是自我修養。

𣥂 ㄊㄚˋ *t'a*⁴ 音撻
蹈；踏步。見"說文"。

1

正 ㈠ ㄓㄥˋ *chêng*⁴ 音政
1端整；平直。見"廣韻"。2合適。如：名正言順。3整飭。如：正衣冠。4指正。如：就正於人。5嫡子；嫡長。6主體的。與副相對。如：正宗。7與反相對。如：正面。8恰。如：正是。9剛剛。表示在持續中。如：會議正在進行。10(ortho)用於無機化合物名稱之首，表其中水合分子較多之酸或鹽類，以與偏(meta)字首之酸或鹽類區別。通常可省略，例如(正)磷酸。⑪姓。'漢'有'正鋗'。見"萬姓統譜·一〇八"。

㊂ ㄓㄥ chêng[1] 音征

①每年的第一個月稱正月。②箭靶的中心。如：正鵠。③收取；調用。通征。見"字彙補"。

4【正心】 ㄓㄥˋ ㄒㄧㄣ

①端正其心，使之歸向於道而不偏邪。②專心；心意集中。

【正比】 ㄓㄥˋ ㄅㄧˇ

①公正的比較。②又稱正變。若兩變量x與y之間，有$y=kx$的關係，k爲常數(稱爲比例常數)，則不論x、y如何變化，y/x恆有定值，稱爲y與x成正比，記做$y \propto x$。

【正切】 ㄓㄥˋ ㄑㄧㄝ

(tangent)參三角函數。

【正片】 ㄓㄥˋ ㄆㄧㄢˋ

一種可將底片上的負像畫面沖攝成和被攝體明暗色彩相同之正像畫面的感光材料。如幻燈片、電影片皆屬之。

5【正本】 ㄓㄥˋ ㄅㄣˇ

①端正根本。②書籍的正刻本或善本。與副本相對。③夠本；償本。④文件的原本。與副本相對。

【正旦】 ㄓㄥˋ ㄉㄢˋ

傳統戲劇腳色名。簡稱旦。在劇中扮演女主角，表演上著重唱工。'平'劇稱爲青衣。

【正史】 ㄓㄥˋ ㄕˇ

史書分類的一種。指依"史記"、"漢書"之體例所撰寫的紀傳體史書。'清''乾隆'四年(1739)定"史記"以下至"明史"等二十四史爲正史。參二十四史。

6【正交】 ㄓㄥˋ ㄐㄧㄠ

(orthogonal)垂直相交。即直交。

【正名】 ㄓㄥˋ ㄇㄧㄥˊ

①辨正名分。②'元'雜劇最後用兩句詩總括劇情，第一句稱題目，第二句稱正名。而正名句即是雜劇的總名。如'馬致遠'的"漢宮秋"最後以「沈黑江明妃青塚恨，破幽夢孤雁漢宮秋」結束劇情。

【正色】 ㄓㄥˋ ㄙㄜˋ

①嚴肅的臉色。②指青、赤、黃、白、黑五種純色。③本色。④眞正的美色。

【正印】 ㄓㄥˋ ㄧㄣˋ

'清代'府州縣官的別稱。以其官印皆方形，故稱。

7【正身】 ㄓㄥˋ ㄕㄣ

①修身；身心端正。②本人。與替身相對。

8【正宗】 ㄓㄥˋ ㄗㄨㄥ

①指初祖'達摩'所傳的禪宗。②泛稱嫡派。

【正法】 ㄓㄥˋ ㄈㄚˇ

①正當的法則；公正的法令。②依法處決死刑犯。③指佛法。

【正弦】 ㄓㄥˋ ㄒㄧㄢˊ

(sine)參三角函數。

【正果】 ㄓㄥˋ ㄍㄨㄛˇ

指學佛的人精修有得，而能證得佛果。因佛果有別於外道，故稱正果。

【正味】 ㄓㄥˋ ㄨㄟˋ

純正的滋味。

9【正室】 ㄓㄥˋ ㄕˋ

①嫡妻；正妻。與側室、侍妾有別。②正妻之子；嫡子。與庶子相對。

【正派】 ㄓㄥˋ ㄆㄞˋ

①品德端正，言行光明正大。與反派相對。②嫡系；嫡派。與庶孽相對。

【正音】 ㄓㄥˋ ㄧㄣ

①純正的樂音。②矯正錯誤的音讀。

【正軌】 ㄓㄥˋ ㄍㄨㄟˇ

正道；正途。

【正俗】 ㄓㄥˋ ㄙㄨˊ

端正風俗。

10【正容】 ㄓㄥˋ ㄖㄨㄥˊ

嚴肅容顏；端正儀容。

【正朔】 ㄓㄥ ㄕㄨㄛˋ

①一年的第一天。②指古代帝王新頒的曆法。

【正氣】 ㄓㄥˋ ㄑㄧˋ

①天地間至大至剛之氣。②正直的氣概。③即眞氣。又稱元氣。爲人體生命活動的動力，人體各種機能活動、抗病免疫能力都和它直接相關。

11【正視】 ㄓㄥˋ ㄕˋ

①注視。②嚴肅面對問題而不逃避。

【正規】 ㄓㄥˋ ㄍㄨㄟ

正式的規格；一定的準則。

【正常】 ㄓㄥˋ ㄔㄤˊ

合乎常理的；平常的。

【正統】 ㄓㄥˋ ㄊㄨㄥˇ

①君主時代，稱嫡系相傳而又統一全國的政治體系。②嫡系子孫。③嫡傳的學派或宗派。

【正貨】 ㄓㄥˋ ㄏㄨㄛˋ

(bulk) 在憑樣品買賣時，賣方爲履行契約而正式交付予買方的貨物。與樣品相對。

【正途】 ㄓㄥˋ ㄊㄨˊ

①正當的道路。②舊指文官由科舉出身，武官由行伍出身。

12【正割】 ㄓㄥˋ ㄍㄜ

(secant) 參三角函數。

【正牌】 ㄓㄥˋ ㄆㄞˊ

具備正式資格或條件的。

13【正義】 ㄓㄥˋ ㄧˋ

①正當的、公正的道理。②正確的意義。

【正道】 ㄓㄥˋ ㄉㄠˋ

①中正之道。②正當的途徑。③河道的主流。④指學佛者修行的正確途徑與方法。有別於不正確的引人走入歧途的邪道。

【正極】 ㄓㄥˋ ㄐㄧˊ

(positive electrode) 帶負電的電子或陰離子所流向的電極。正極可能是陽極也可能是陰極，例如在電解槽中的正極，陰離子會游向它，發生氧化，是爲陽極；而電化電池中的正極，電子流向它，使得附近陽離子發生還原，是爲陰極。

【正路】 ㄓㄥˋ ㄌㄨˋ
正當的道路。

【正業】 ㄓㄥˋ ㄧㄝˋ
①正課。②正當的職業。③佛家語。八正道之一。即身、口、意三者行爲清淨，遠離一切惡念惡行。淨土宗則以念佛往生爲正業。相反的，生惡行、作惡事便是非正業。

【正經】 ㄓㄥˋ ㄐㄧㄥ
①指儒家的經典。後統稱十三經爲正經，以別於諸子百家。②指"詩經"的正"風"、正"雅"。"周南"、"召南"爲正"風"；"文王"、"鹿鳴"爲正"雅"。③正當；正派。④即十二經。參十二經。

14【正蒙】 ㄓㄥˋ ㄇㄥˊ
'宋''張載'撰，九卷，門人'蘇昺'等分爲十七篇。旨在解釋宇宙進化之程序，進而發揚'孔''孟'之學。

15【正線】 ㄓㄥˋ ㄒㄧㄢˋ
(main line; main track) 鐵路車站內，供列車正常運轉之用的路線。依通過、到發之列車行駛方向，有上行正線與下行正線之分。一般而言，每一車站至少得配置上行、下行正線各一條，以利列車交會錯讓。此外，又有主正線、副正線、旅客正線及貨物正線之別。

【正德】 ㄓㄥˋ ㄉㄜˊ
①端正的德行。②端正德行。

16【正餐】 ㄓㄥˋ ㄘㄢ
指早餐、午餐、晚餐。

【正學】 ㄓㄥˋ ㄒㄩㄝˊ
合於正道的學術。

17【正聲】 ㄓㄥˋ ㄕㄥ
①中正無邪的詩篇或樂聲。②合於樂律的音樂。

18【正鵠】 ㄓㄥ ㄍㄨˇ
箭靶的中心。後用以泛指正確的目標。

20【正覺】 ㄓㄥˋ ㄐㄩㄝˊ
①與生俱來的善性。②佛陀以洞明宇宙人生本源眞諦，達到大徹大悟的境界爲正覺，所以成佛即稱爲正覺。

24【正鹽】 ㄓㄥˋ ㄧㄢˊ
(normal salt) 酸分子中所有可游離的氫全部被金屬元素或相當的原子團(如 NH_4^+)取代所成的鹽。例如氯化鈉(NaCl)、硝酸鉀(KNO_3)等。

1【正一道】 ㄓㄥˋ ㄧ ㄉㄠˋ
也稱正一派。道教符籙各派的總稱。'元'以後，與全眞道同爲道教的兩大派。原稱五斗米道，'東漢''順帝'時'張陵'所創。'宋徽宗'時授第三十八代天師'張與材'爲正一教主，'元朝'演爲正一派。主要奉持"正一經"，崇拜鬼神，畫符念咒，驅鬼降妖，祈福禳災。其道士多不出家，俗稱火居道士、俗家道士。

4【正反合】 ㄓㄥˋ ㄈㄢˇ ㄏㄜˊ
(thesis-antithesis-synthesis) '德國'哲學家'黑格爾'用以顯示思想發展及一般事物演進的三個階段：即一現象出(正)，必有另一現象與之對立(反)，然後此兩矛盾現象調和而成一新現象(合)，如此連鎖進行循環不已。

【正反器】 ㄓㄥˋ ㄈㄢˇ ㄑㄧˋ
(flip-flop) 二進制系統的記憶元件。是一種能輸出兩種不同穩定狀態的電路，即高電位或低電位狀態，通常稱爲1和0。由於它的雙穩定狀態特性，一個正反器恰可儲存一位元的二進位資料。

【正反應】 ㄓㄥˋ ㄈㄢˇ ㄧㄥˋ
(normal reaction) 在可逆反應中，反應物彼此間互相作用形成生成物的反應。

6【正字通】 ㄓㄥˋ ㄗˋ ㄊㄨㄥ
'明''張自烈'撰，或題'清''廖文英'撰，或題'張自烈'、'廖文英'合撰，十二卷。'清'人謂'文英'購得'自烈'原稿，署以己名。體例仿'明''梅膺祚'"字彙"，內容則有所增訂。徵引龐雜，字義解釋時有穿鑿附會。'清'"康熙字典"即以此書與"字彙"爲藍本。

7【正投影】 ㄓㄥˋ ㄊㄡˊ ㄧㄥˇ
(orthogonal projection; orthographic projection) 平行投影之一種。凡投射線彼此平行且垂直於投影面而得之投影，均稱爲正投影。如同觀察者位於投影面正前方無窮遠處，透過投影面觀

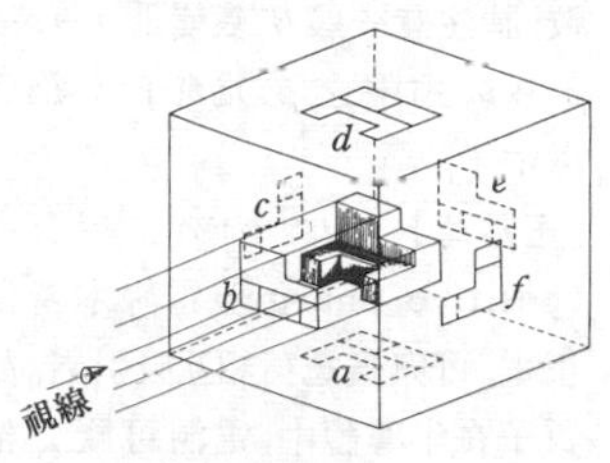

正投影圖

察物體所得之形像。如圖所示：a 爲仰視圖，b 爲前視圖，c 爲左視圖，d 爲俯視圖，e 爲後視圖，f 爲右側視圖。

8【正弦波】 ㄓㄥˋ ㄒㄧㄢˊ ㄅㄛ
(sine wave) 一種隨著時間或位置呈正弦變化的波形。

9【正相關】 ㄓㄥˋ ㄒㄧㄤ ㄍㄨㄢ
(positive correlation) 一變項升值則另一變項隨之升值的變項關係。

10【正時器】 ㄓㄥˋ ㄕˊ ㄑㄧˋ
(timer) 可隨引擎轉速增快而自動提早噴油之裝置。

11【正規軍】 ㄓㄥˋ ㄍㄨㄟ ㄐㄩㄣ
不論平時或戰時皆一貫維持的武裝部隊。爲保證戰爭發生時即有訓練精良的部隊可供派赴戰場，各國都有正規軍的設置。

【正常化】 ㄓㄥˋ ㄔㄤˊ ㄏㄨㄚˋ
使特殊、偏差、不合準則的事物，轉變爲合理、公正、有法度。

【正統派】 ㄓㄥˋ ㄊㄨㄥˇ ㄆㄞˋ
伊斯蘭教派之一。即蘇尼派。參蘇尼派。

13【正電子】 ㄓㄥˋ ㄉㄧㄢˋ ㄗˇ
(positron) 西元1932年'美國''安德遜'(C. D. Anderson)利用雲霧室觀察宇宙線，發現質量與

電子相同但卻帶正電荷的正電子。正電子是電子的反粒子,出現後會與電子發生互毀現象而消失。一部分人工放射性元素所發生的β^-衰變其實是正電子衰變,其反應式可寫爲$p\to n+\beta^++\nu$,式中之p爲質子,n爲中子,β^+爲正電子,ν爲微中子。爲方便比較,請注意一般β^-衰變爲$n\to p+\beta^-+\bar{\nu}$,式中之β^-爲電子,$\bar{\nu}$爲反微中子。

【正電荷】 ㄓㄥˋ ㄉㄧㄢˋ ㄏㄜˊ
(positive charge) 電荷本身帶正電,可與負電荷相互吸引者。如質子在半導體中,電洞可視爲帶正電之電荷。

【正當年】 ㄓㄥˋ ㄉㄤ ㄋㄧㄢˊ
正是有所作爲的年紀。

15**【正增強】** ㄓㄥˋ ㄗㄥ ㄑㄧㄤˊ
(positive reinforcement) 理想行爲產生後,立即提供個體滿意快活之經驗,以強化該行爲反應的歷程。

【正齒輪】 ㄓㄥˋ ㄔˇ ㄌㄨㄣˊ
(spur gear) 齒廓面元線與軸線平行的圓柱形齒輪。通常用於兩平行軸線間旋轉運動之傳動。

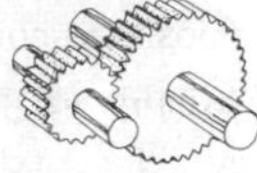
正齒輪圖

18**【正斷層】** ㄓㄥˋ ㄉㄨㄢˋ ㄘㄥˊ
(normal fault)地層受不均衡張力的作用變位而產生的斷層,沿斷層面作垂直位移,一部分地層上升,另一部分下降,上壁與下壁不相互重疊者,稱爲正斷層。

23**【正邏輯】** ㄓㄥˋ ㄌㄨㄛˊ ㄐㄧˊ
(positive logic) 在數位邏輯電路中,以高電位爲1、低電位爲0,稱爲正邏輯。反之,若高電位爲0,低電位爲1,則稱爲負邏輯。正邏輯在邏輯推理時較自然,但是用負邏輯來做電路較容易,兩者互有利弊。

4**【正心誠意】** ㄓㄥˋ ㄒㄧㄣ ㄔㄥˊ ㄧˋ
心志端正,意念誠實。本爲儒家內心修養的一種方法,引以形容態度至爲恭敬誠懇。

【正中下懷】 ㄓㄥˋ ㄓㄨㄥˋ ㄒㄧㄚˋ ㄏㄨㄞˊ
剛好合乎心意。

5**【正本清源】** ㄓㄥˋ ㄅㄣˇ ㄑㄧㄥ ㄩㄢˊ
從根源整頓清理。

6**【正字標記】** ㄓㄥˋ ㄗˋ ㄅㄧㄠ ㄐㄧˋ
凡在'中華民國'境內之廠商,其生產製造之產品,符合國家標準,經'中央標準局'審查合格後,准予在該產品上標明㊣字標記,以資識別。產品經審查合格准予使用正字標記後,表示該產品品質優良,值得信賴。故如未依法取得正字標記證明書而使用正字標記者,依"標準法"第八條之規定,以"刑法"上之詐欺論罪。

【正式背書】 ㄓㄥˋ ㄕˋ ㄅㄟˋ ㄕㄨ
又稱完全背書或記名背書。即由背書人在匯票背面或其黏單上記載被背書人之姓名或商號及背書之年、月、日,並由背書人簽名。

【正式教育】 ㄓㄥˋ ㄕˋ ㄐㄧㄠˋ ㄩˋ
(formal education)由政府設立或經正式立案的正規學校教育。

【正式組織】 ㄓㄥˋ ㄕˋ ㄗㄨˇ ㄓ
由組織法規所設置,並能在組織系統表中明確顯示出型態、結構及指揮監督關係的組織。

【正名定分】 ㄓㄥˋ ㄇㄧㄥˊ ㄉㄧㄥˋ ㄈㄣˋ
確定名分。

【正多面體】 ㄓㄥˋ ㄉㄨㄛ ㄇㄧㄢˋ ㄊㄧˇ
(regular polyhedron) 又稱'柏拉圖'多面體。多面體的各個面均爲相等的正多邊形,而其各個面的面角也相等的,稱爲正多面體。共有五種:一、正四面體:有四頂點,六稜;二、正六面體(即正立方體):有八頂點,十二稜;三、正八面體:有六頂點,十二稜;四、正十二面體:有二十頂點,三十稜;五、正二十面體:有十二頂點,三十稜。其中正四面體爲自對偶,六、八和十二、二十互爲對偶。列表如下:

	四	六	八	十二	二十
頂點數	4	8	6	20	12
稜　數	6	12	12	30	30
面　數	4	6	8	12	20
頂點＋面－稜數	2	2	2	2	2

7**【正言厲色】** ㄓㄥˋ ㄧㄢˊ ㄌㄧˋ ㄙㄜˋ
言語嚴正,表情莊肅。

8**【正弦定律】** ㄓㄥˋ ㄒㄧㄢˊ ㄉㄧㄥˋ ㄌㄩˋ
(law of sines) 任意三角形的邊與其對角的正弦成比例。若以a、b、c表三角形的三邊,A、B、C表其對角,則$\dfrac{a}{sinA}=\dfrac{b}{sinB}=\dfrac{c}{sinC}$,此法稱爲正弦定律。

11**【正常利潤】** ㄓㄥˋ ㄔㄤˊ ㄌㄧˋ ㄖㄨㄣˋ
(normal profit) 指總收入等於總成本(包括明顯成本及隱含成本)的情況。

【正常沸點】 ㄓㄥˋ ㄔㄤˊ ㄈㄟˋ ㄉㄧㄢˇ
(normal boiling point) 物質在一大氣壓力下發生沸騰之溫度。

【正常財貨】 ㄓㄥˋ ㄔㄤˊ ㄘㄞˊ ㄏㄨㄛˋ
(normal goods) 這類產品的需求量與貨幣所得成增函數關係:若產品價格不變,貨幣所得增加將引起該產品的需求增加,貨幣所得減少將引起該產品的需求減少。一般的生活必需品屬之。

【正常閉合】 ㄓㄥˋ ㄔㄤˊ ㄅㄧˋ ㄏㄜˊ
(normally closed) 一種開關或繼電器的設計。當它加入後,電路將爲閉合狀態,必須有外加激勵才能使它開路。

【正常開路】 ㄓㄥˋ ㄔㄤˊ ㄎㄞ ㄌㄨˋ
(normally open) 一種繼電器或開關的設計。當存在時,電路保持開路的狀態,只有當外加激勵時才可能閉合起來。

【正常損壞】 ㄓㄥˋ ㄔㄤˊ ㄙㄨㄣˇ ㄏㄨㄞˋ
(normal spoilage) 指在製造程序中無法避免的產品損壞。由於此種損壞在短期內不能控制，故正常損壞產品的成本應由良好產品分擔而非一種損失。

【正常餘額】 ㄓㄥˋ ㄔㄤˊ ㄩˊ ㄜˊ
(normal balance) 即一帳戶在正常情況下的餘額應爲借餘或貸餘。依據借貸法則，資產與費用的增加均記入借方，故其正常餘額均應爲借餘；負債、業主權益的增加係記入貸方，故此等帳戶的正常餘額均應爲貸餘。

13【正當防衛】 ㄓㄥˋ ㄉㄤˋ ㄈㄤˊ ㄨㄟˋ
指對於現時不法之侵害，爲防衛自己或他人之權利所作的反擊行爲。正當防衛在"民法"上不負損害賠償責任，但已逾越必要程度者，仍應負相當賠償之責。在"刑法"上則不罰。但防衛行爲過當者，得減輕或免除其刑。

15【正寫新聞】 ㄓㄥˋ ㄒㄧㄝˇ ㄒㄧㄣ ㄨㄣˊ
(straight news)也稱純新聞。與特寫相對。報刊新聞稿件撰寫的一種方式。除特殊情況外，新聞報導只提供事實，且須於導言中作扼要敘述。

18【正顏厲色】 ㄓㄥˋ ㄧㄢˊ ㄌㄧˋ ㄙㄜˋ
面容凝重，態度嚴肅。

【正襟危坐】 ㄓㄥˋ ㄐㄧㄣ ㄨㄟˊ ㄗㄨㄛˋ
整理衣襟，肅然端坐。

9【正負號數元】 ㄓㄥˋ ㄈㄨˋ ㄏㄠˋ ㄕㄨˋ ㄩㄢˊ
(sign bit) 以二進位表示法表示一數時，用來指示該數之値爲正或負的數元。通常以最左之數元爲正負號數元（0 代表正値，1 代表負値）。爲電腦處理負數所採用的方法。

11【正常化處理】 ㄓㄥˋ ㄔㄤˊ ㄏㄨㄚˋ ㄔㄨˇ ㄌㄧˇ
(normalizing) 鋼鐵加熱至沃斯田鐵區域，再以空冷(air cooling)的速度冷卻至室溫的一種處理方法。其組織則爲中波來鐵(medium pearlite)。

6【正式溝通途徑】 ㄓㄥˋ ㄕˋ ㄍㄡ ㄊㄨㄥ ㄊㄨˊ ㄐㄧㄥˋ
(formal communication channel) 正式組織徑路的溝通途徑。係循正式組織結構傳遞訊息，以達成溝通。其特色爲有一定徑路可循，層層節制，上下分明。惟受組織結構中權力結構的影響，容易失去訊息的眞義。

15【正德利用厚生】 ㄓㄥˋ ㄉㄜˊ ㄌㄧˋ ㄩㄥˋ ㄏㄡˋ ㄕㄥ
端正人民的品德，便利人民的器用，富厚人民的生計。

2

此 ㄘˇ tz'ŭ³ 音泚
①這；這個。與彼相對。如：厚此薄彼。②這般；這樣。如：如此可憐。③乃；則。如：有德此有人。

12【此番】 ㄘˇ ㄈㄢ
此次；這一次。

14【此際】 ㄘˇ ㄐㄧˋ
此時；此刻。

15【此輩】 ㄘˇ ㄅㄟˋ
這一些人；這一類人。

6【此地無銀三百兩】 ㄘˇ ㄉㄧˋ ㄨˊ ㄧㄣˊ ㄙㄢ ㄅㄞˇ ㄌㄧㄤˇ
比喻本想掩蓋隱瞞，卻使眞相更爲顯露。

3

步 ㄅㄨˋ pu⁴ 音部
①行走；走路。見"說文"。②一腳踏出叫跬，跬的一倍叫步。今多指一腳踏出的距離爲步。見"小爾雅·廣度"。③進行的程序。如：步驟。④量名。'周代'以八尺爲步，'秦代'以六尺爲步，後世營造尺以五尺爲步。⑤姓。'周'有'步叔乘'。見"萬姓統譜·九五"。

6【步伐】 ㄅㄨˋ ㄈㄚ
①古指軍隊的行進與擊刺。②今泛指行走的步子。

7【步足】 ㄅㄨˋ ㄗㄨˊ
(walking leg) 節肢動物的附肢中，專門用以行走者。

【步兵】 ㄅㄨˋ ㄅㄧㄥ
(infantry) 陸軍兵科的一種。可藉射擊、運動與敵人作戰，亦可用徒步或乘機動車輛作戰。常用的武器有刺刀、步槍、槍榴彈、機槍、迫擊砲等。

8【步武】 ㄅㄨˋ ㄨˇ
①指距離甚近。②足跡。③效法他人。

12【步測】 ㄅㄨˋ ㄘㄜˋ
以腳步爲單位的測量方法。

【步虛】 ㄅㄨˋ ㄒㄩ
道教音樂名。齋醮儀式中，將實字作虛聲曼詠，遶香爐而行，有上昇'玉京山'之意。其用以伴奏的樂器，迭有變化，初以鐘磬爲主，後也參用其他絲竹樂器；其歌辭稱爲步虛辭。

10【步搖】 ㄅㄨˋ ㄧㄠˊ
古代婦女首飾的一種。以金爲鳳，上有垂珠，插於髮上，行步則搖動，故名。

14【步槍】 ㄅㄨˋ ㄑㄧㄤ
(rifle) 或稱來福槍。係一種肩用武器，槍管有膛線。

15【步調】 ㄅㄨˋ ㄉㄧㄠˋ
①腳步的大小快慢。②比喻做事的步驟、方法、進度。

【步履】 ㄅㄨˋ ㄌㄩˇ
行走；行動。

19【步韻】 ㄅㄨˋ ㄩㄣˋ
依他人詩詞的韻腳及其順序作詩塡詞。

24【步驟】 ㄅㄨˋ ㄗㄡˋ
行走的緩急快慢。今指辦事的程序。

7【步步爲營】 ㄅㄨˋ ㄅㄨˋ ㄨㄟˊ ㄧㄥˊ
軍隊每前進一程，停下休息，便築營壘及防禦工事。比喻舉動謹慎，處處提防。

【步步蓮花】 ㄅㄨˋ ㄅㄨˋ ㄌㄧㄢˊ ㄏㄨㄚ
形容女子慢步行走的美妙姿態。‘南齊’‘東昏侯’‘蕭寶卷’在宮中鋪設金蓮花,叫貴妃‘潘玉兒’在花上行走,稱「步步生蓮花」。見“南史·齊廢帝東昏侯紀”。

10【步罡踏斗】 ㄅㄨˋ ㄍㄤ ㄊㄚˋ ㄉㄡˇ
道教法師設壇建醮時,禮拜星斗的步態和動作。能遣神召靈。因其步行轉折,宛如踏在罡星斗宿之上,故名。傳說此種步法由‘夏禹’所創,故又稱‘禹’步。

12【步進電動機】 ㄅㄨˋ ㄐㄧㄣˋ ㄉㄧㄢˋ ㄉㄨㄥˋ ㄐㄧ
(stepper motor) 每次轉動的角度固定而非連續運轉的電動機。

【步進伺服電動機】 ㄅㄨˋ ㄐㄧㄣˋ ㄙˋ ㄈㄨˊ ㄉㄧㄢˋ ㄉㄨㄥˋ ㄐㄧ
(step-servo motor)當受到適當直流電壓激勵時,即行一定角度旋轉的電動機。

4

武 ㄨˇ *wu*3 音舞
[1]完成戰功,收藏兵器。見“說文”。[2]勇猛;剛健。見“廣雅·釋詁”。[3]泛指一切軍事、鬥技、強力的事。如:文武。[4]不加深思的;不講理的。如:武斷。[5]半步。即三尺。[6]足跡。如:踵武。[7]姓。‘漢’有‘武臣’。見“元和姓纂·六”。

2【武丁】 ㄨˇ ㄉㄧㄥ
即‘殷高宗’。用‘傅說’爲相,勤修政事,國勢漸強。後伐‘鬼方’、‘大彭’、‘豕韋’,俱獲大勝,‘殷’於是復興。

4【武火】 ㄨˇ ㄏㄨㄛˇ
火力大而猛者。一般發散取汗藥物,宜用武火煎煮。

【武丑】 ㄨˇ ㄔㄡˇ
戲劇腳色名。丑的一種。扮演擅長武藝而性格機警、語言幽默的男性人物。俗稱開口跳。

5【武功】 ㄨˇ ㄍㄨㄥ
[1]戰功。[2]習練武術所積累的功力。[3]指武術。

6【武行】 ㄨˇ ㄏㄤˊ
‘平’劇中有武技的腳色。如武生、武旦、武丑、武淨等。

8【武松】 ㄨˇ ㄙㄨㄥ
“水滸傳”中的人物。綽號‘行者’。曾夜過‘景陽岡’,殺虎除害,並殺嫂‘潘金蓮’及其姦夫‘西門慶’,爲兄報仇。

【武昌】 ㄨˇ ㄔㄤ
位於‘湖北省’東部,濱‘長江’東岸。隔‘長江’、‘漢水’與‘漢口市’、‘漢陽’成鼎足之勢。是辛亥革命起義地。現爲‘湖北省’省會,爲一政治文化城,市區‘蛇山’上有‘黃鶴樓’古蹟。

10【武訓】 ㄨˇ ㄒㄩㄣˋ
[1]軍事訓練。[2](1838~1896)‘清’‘山東’‘堂邑’人。幼孤貧,自感失學痛苦,於是晝行乞,夜績麻,不娶妻,不妄費,以所得之錢,購地營建義塾數所,供貧苦失學者就讀。

11【武術】 ㄨˇ ㄕㄨˋ
[1]軍事。[2]搏鬥攻防的技術。

12【武場】 ㄨˇ ㄔㄤˇ
[1]戲曲樂隊打擊樂器的部分。與管絃樂器的文場相對。以鼓板爲領奏樂器,並配合不同類型的鼓、板、大鑼、小鑼、鐃鈸、星子構成主體。除配合身段表演外,還具有表現人物的思想情緒,烘托舞臺氣氛,諧調統一唱、唸、做、打等表演手段的作用。[2]‘平’劇中司鑼鼓者。[3]‘清代’考武科的場所。

【武備】 ㄨˇ ㄅㄟˋ
軍備;軍事方面的裝備與設施。

13【武聖】 ㄨˇ ㄕㄥˋ
指武術、武德最足以爲後世法者。一般指‘關羽’,也有尊‘黃帝’、‘墨子’、‘岳飛’爲武聖者。

【武裝】 ㄨˇ ㄓㄨㄤ
[1]戰鬥的裝備。[2]具有戰鬥性的心理準備。

15【武廟】 ㄨˇ ㄇㄧㄠˋ
民間對‘關帝廟’的俗稱。

【武德】 ㄨˇ ㄉㄜˊ
練武者應備的德行節操。

17【武戲】 ㄨˇ ㄒㄧˋ
武打的戲。注重武功的表演,多半描寫打鬥或戰爭的場面。與文戲相對。

18【武斷】 ㄨˇ ㄉㄨㄢˋ
不顧情理,只憑一己之見,強斷是非。

19【武藝】 ㄨˇ ㄧˋ
[1]指騎射擊刺等戰技。[2]兵器、拳腳技法的泛稱。

3【武士刀】 ㄨˇ ㄕˋ ㄉㄠ
舊時‘日本’武士使用的長刀。

【武士道】 ㄨˇ ㄕˋ ㄉㄠˋ
‘日本’封建時代武士所表現的精神與遵守的規律。特別重視效忠與服從,並以榮譽爲個人的第一生命。

5【武仙座】 ㄨˇ ㄒㄧㄢ ㄗㄨㄛˋ
(Hercules; Her)北天星座之一。位於赤經15時48分至18時58分;赤緯+03.8度至+51.3度之間。爲全天第五大星座。相當於我國星座七公、晉、河中、斗、天紀、天棓、斛、帝座、魏、女床、趙、中山、九河、河間、宦者、帛度、屠肆、宗、齊等。

9【武則天】 ㄨˇ ㄗㄜˊ ㄊㄧㄢ
(624~705)‘唐’‘文水’(今‘山西’‘文水’)人。名‘曌’。本爲‘太宗’才人,高宗’立爲后。‘高宗’死後,先後廢‘中宗’、‘睿宗’。‘天授’元年(690)改國號‘周’,爲我國歷史上唯一的女皇帝。富於權略,善於用人。‘神龍’元年(705),‘中宗’復位,同年十一月病死,諡‘則天皇后’。

武則天像

【武英殿】 ㄨˇ ㄧㄥ ㄉㄧㄢˋ
‘清’宮殿名。在‘北平’‘紫禁城’內。殿中珍藏書版,‘乾隆’時於此殿校刻十三經、二十二史。

13【武當山】 ㄨˇ ㄉㄤ ㄕㄢ

又名‘太和山’。在‘湖北’西北部。起自‘湖北’、‘陝西’兩省邊境，止於‘襄樊市’南，隔‘漢江’和‘大洪山’遙對。主峰‘武當山’，海拔1,612公尺，頗多勝景。相傳‘東漢’‘陰長生’、‘晉’‘謝允’、‘唐’‘呂洞賓’、五代‘宋’初‘陳摶’、‘明’‘張三丰’等皆修煉於此。‘明’‘永樂’十年(1412)曾於山上大規模營造宮觀，完成八宮、二觀、三十六庵堂、七十二岩廟等規模宏偉的建築群。此山又爲‘武當’派拳術的發源地。

【武當派】 ㄨˇ ㄉㄤ ㄆㄞˋ

拳術門派。相傳爲‘張三丰’所創，以練內家拳爲主。

8【武林舊事】 ㄨˇ ㄌㄧㄣˊ ㄐㄧㄡˋ ㄕˋ

‘南宋’‘周密’撰，十卷。記‘南宋’典章制度、‘杭州’山川風物，頗爲詳盡。‘杭州’有‘武林山’，故名。

【武昌起義】 ㄨˇ ㄔㄤ ㄑㄧˇ ㄧˋ

‘民國’前一年八月十九日(西元1911年10月10日)，國父‘孫中山’先生在‘武昌’發動的革命行動。此役推翻了‘滿清’政府，建立了‘中華民國’。

9【武英殿本】 ㄨˇ ㄧㄥ ㄉㄧㄢˋ ㄅㄣˇ

‘清’‘武英殿’刻本的簡稱。‘清’‘康熙’年間，在‘武英殿’設修書處，所刊印的書籍很精良。至‘乾隆’四年(1739)，詔刻十三經、二十二史，仍在‘武英殿’刻書處。所印各書，寫刻精善，紙質優良，墨色光潤，校勘詳審，爲藏書家所珍重，號稱善本。也稱殿本、殿板、內府本。

13【武經總要】 ㄨˇ ㄐㄧㄥ ㄗㄨㄥˇ ㄧㄠˋ

‘宋’‘曾公亮’等奉敕撰，四十卷。分前後二集，前集備列一代之制度，後集具述歷代之得失。

𣥄 旅的古文。

歧 ㄑㄧˊ *ch'i*² 音其

1腳上多生的腳趾。見“集韻”。2分岔的道路。通岐。如：歧路。3事物錯雜。如：紛歧。

7【歧見】 ㄑㄧˊ ㄐㄧㄢˋ

不同的意見。

11【歧視】 ㄑㄧˊ ㄕˋ

輕視；不公平的看待。

【歧異】 ㄑㄧˊ ㄧˋ

不一致；不相同。

【歧途】 ㄑㄧˊ ㄊㄨˊ

1分歧的道路。也作歧路。2比喻錯誤的道路。

12【歧黃】 ㄑㄧˊ ㄏㄨㄤˊ

參岐黃。

13【歧義】 ㄑㄧˊ ㄧˋ

(ambiguity) 指一個語句含有不只一個意義，在實際應用時，可能產生解釋上的分歧。

17【歧嶷】 ㄑㄧˊ ㄋㄧˋ

形容年幼就很聰明的樣子。

13【歧路亡羊】 ㄑㄧˊ ㄌㄨˋ ㄨㄤˊ ㄧㄤˊ

路多歧出，不容易找到走失的羊。比喻事理複雜多變，使人易入歧途，不容易找到眞理。

𣥂 ㄑㄧˊ *ch'i*² 音岐

歧路。見“字彙補”。

5

歪 一 ㄨㄞ *wai*¹

1傾斜；偏向一邊。見“正字通”。2不正當的。如：歪風。3粗劣的；欠佳的。如：歪詩。

二 ㄨㄞˇ *wai*³

扭傷。如：歪了腿。

6【歪曲】 ㄨㄞ ㄑㄩ

1不正；不直。2顛倒是非。

9【歪風】 ㄨㄞ ㄈㄥ

不正的風氣、潮流。

21【歪纏】 ㄨㄞ ㄔㄢˊ

無理糾纏。

13【歪腦筋】 ㄨㄞ ㄋㄠˇ ㄐㄧㄣ

比喻不正當、不合理的想法、打算、主意。

5【歪打正著】 ㄨㄞ ㄉㄚˇ ㄓㄥˋ ㄓㄠˊ

方向歪了，反而打中目標。比喻使用方法不恰當，反而收到滿意的效果。

歫 ㄐㄩˋ *chü*⁴ 音巨

1阻止；抵住。通拒。見“說文”。2至。見“玉篇”。3跳躍。通距。見“正字通”。

𣥬 ㄅㄧˋ *pi*⁴ 音閉

被。見“字彙”。

6

歬 前的本字。

歭 一 ㄔˊ *ch'ih*² 音馳

參歭躇。

二 ㄓˋ *chih*⁴ 音峙

儲備；積存。通峙。見“字彙”。

18【歭躇】 ㄔˊ ㄔㄨˊ

同踟躕。

𣥼 跟的或體。

7

𣦍 ㄊㄨˊ *t'u*² 音途

停止。見“集韻”。

8

𣦋 一 ㄔㄥ *ch'êng*¹ 音瞠

撐的古文。

二 ㄒㄧㄤˇ *hsiang*³ 音想

正。見“類篇”。

𣦌 剪的古文。

𣦆 ㄗㄨㄟˋ *tsui*⁴ 音醉

等待。見“廣雅·釋詁”。

𣦼 歸的籀文。

𣦂 ㄔㄨˋ *ch'u*⁴ 音俶

到達。見“說文”。

𣦈 ㄉㄚˊ *ta*² 音答

足趾重出。同踏。見“集韻”。

9

歲 ㄙㄨㄟˋ *sui*⁴ 音碎

1星名。木星爲歲星。見“說文”。2年。見“爾雅·釋文”。3年齡。4時間；光陰。如：歲月。5

穀成熟。指一年的收成。

2【歲入】 ㄙㄨㄟˋ ㄖㄨˋ
一會計年度之一切收入，其以前年度之結餘，視爲本年度之歲入。

4【歲月】 ㄙㄨㄟˋ ㄩㄝˋ
①即年月。指時間、光陰。②指短時間。

5【歲出】 ㄙㄨㄟˋ ㄔㄨ
一會計年度之一切費用，其預算預備金及以前年度之結欠，視爲本年度之歲出。

8【歲杪】 ㄙㄨㄟˋ ㄇㄧㄠˇ
歲末。

9【歲計】 ㄙㄨㄟˋ ㄐㄧˋ
①以一年爲期來計算。②指一年中的收入和支出。

【歲星】 ㄙㄨㄟˋ ㄒㄧㄥ
我國古代對木星的別稱。由於木星公轉週期爲11.86年，約十二年一周天，所以古人將一周天分爲十二星次，用木星所在之位置紀年，並稱木星爲歲星。

10【歲差】 ㄙㄨㄟˋ ㄔㄚ
(precession) 由於地球赤道的隆起部分受日月行星引力的影響，使地軸環繞黃道軸轉動，約25,800年運行一周，導致春分點以每年50.2秒的幅度向西移動，而天極和恆星位置也逐漸產生變化，這種現象稱爲歲差。由日月引力造成的變化，稱日月歲差；由行星引力而產生的，稱行星歲差。二者合稱總歲差。

【歲時】 ㄙㄨㄟˋ ㄕˊ
①一年和四季。②一年中的節令。

12【歲華】 ㄙㄨㄟˋ ㄏㄨㄚˊ
①歲月；年華。②美好的時光。

15【歲暮】 ㄙㄨㄟˋ ㄇㄨˋ
①歲末。指一年將盡的時候。②比喻晚年、老年。

17【歲闌】 ㄙㄨㄟˋ ㄌㄢˊ
歲暮；年尾。

2【歲入結存】 ㄙㄨㄟˋ ㄖㄨˋ ㄐㄧㄝˊ ㄘㄨㄣˊ
各機關依法在規定期間內得自行保管之零星歲入款，以及歲入類之預收、暫收、保管等款皆屬之。

【歲入預算】 ㄙㄨㄟˋ ㄖㄨˋ ㄩˋ ㄙㄨㄢˋ
政府財政收支計畫內，列示謀求財力資源的方法，按每一來源估計該期間內可能徵獲或收入之金額。又稱所入預算。

4【歲不我與】 ㄙㄨㄟˋ ㄅㄨˋ ㄨㄛˇ ㄩˇ
歲月不待人。感歎時光的易逝和一去不返。

【歲月不居】 ㄙㄨㄟˋ ㄩㄝˋ ㄅㄨˋ ㄐㄩ
光陰消逝，不稍停留。

5【歲出預算】 ㄙㄨㄟˋ ㄔㄨ ㄩˋ ㄙㄨㄢˋ
乃政府財政年度支出計畫的預算。規定在特定期間爲特定目的的支出細節，諸如支應的政事、支用的機關、支應的業務或計畫、支出的用途，各別規定支用的金額。又稱支出預算或經費預算。

8【歲定經費】 ㄙㄨㄟˋ ㄉㄧㄥˋ ㄐㄧㄥ ㄈㄟˋ
指以一會計年度爲限之經費。其預算稱之爲歲出。

9【歲計餘絀】 ㄙㄨㄟˋ ㄐㄧˋ ㄩˊ ㄔㄨˋ
當年度總預算及特別預算收支執行結果所發生之剩餘或虧絀數額。

10【歲時祭儀】 ㄙㄨㄟˋ ㄕˊ ㄐㄧˋ ㄧˊ
(calendrical rite) 配合一年中一定的時令或季節所舉行的有關超自然信仰的儀式。歲時祭儀與生產及生活方式有密切關係，並且具有加強團體感情的功能。

12【歲寒三友】 ㄙㄨㄟˋ ㄏㄢˊ ㄙㄢ ㄧㄡˇ
①指松、竹、梅。三者皆冬寒而不凋，故稱。②指山水、松竹、琴酒。以歲寒比喻濁世，而三者爲清高之物。

歱 踵的或體。

⿰止复 ㄅㄧˋ pi^{4} 音愎
止。見"玉篇"。

10

歰 ㄙㄜˋ sê^{4} 音色
①不潤滑；不流利。同澀。見"說文"。②口吃。見"方言·一〇"。

⿰止休 ㄒㄧㄡ hsiu^{1} 音休
止息。見"玉篇"。

11

⿰止責 ㄗㄜˊ tsê^{2} 音嘖
齊正。見"玉篇"。

12

歷 ㄌㄧˋ li^{4} 音力
①經過。見"說文"。②踰越；超過。③普遍；完全。如：歷觀。④稀疏。⑤分明；清晰。如：往事歷歷。⑥選擇；擇定。⑦記錄年月日或節氣的書。通曆。⑧馬廄。通櫪。見"正字通"。

7【歷劫】 ㄌㄧˋ ㄐㄧㄝˊ
①佛家語。指世界經歷多次成、住、壞、空的生滅過程。劫，爲宇宙在時間上的一成一毀，成到空是繼續不息的，故稱宇宙無窮的成毀爲歷劫。②泛指經歷種種艱辛。

12【歷程】 ㄌㄧˋ ㄔㄥˊ
過程。指事物連續變化或經歷的途程。

13【歷稔】 ㄌㄧˋ ㄖㄣˇ
連年。

15【歷練】 ㄌㄧˋ ㄌㄧㄢˋ
①經歷磨練。②經驗老到；老練。

16【歷歷】 ㄌㄧˋ ㄌㄧˋ
清楚分明的樣子。

【歷險】 ㄌㄧˋ ㄒㄧㄢˇ
經歷危險。

3【歷久常新】 ㄌㄧˋ ㄐㄧㄡˇ ㄔㄤˊ ㄒㄧㄣ
歷時長久仍不陳舊落伍。

5【歷史主義】 ㄌㄧˋ ㄕˇ ㄓㄨˇ ㄧˋ
(historicism) ①運用歷史的特定演進法則，說明或預測世界上種種事物的發生與演變。②主張法律和制度等是由於歷史上的因素演變而成，不是根據人類的理性而來。

【歷史哲學】ㄌㄧˋ ㄕˇ ㄓㄜˊ ㄒㄩㄝˊ
(philosophy of history)研究人類歷史演變之根本法則及人類如何瞭解歷史的學科。前者的研究稱爲歷史的形上學,後者的研究稱爲歷史的邏輯或歷史的知識論。十九世紀之前的歷史哲學偏重前者,本世紀的歷史哲學逐漸強調後者。

6【歷有年所】ㄌㄧˋ ㄧㄡˇ ㄋㄧㄢˊ ㄙㄨㄛˇ
經過多年。

14【歷盡滄桑】ㄌㄧˋ ㄐㄧㄣˋ ㄘㄤ ㄙㄤ
經歷種種的苦難與變遷。

16【歷歷不爽】ㄌㄧˋ ㄌㄧˋ ㄅㄨˋ ㄕㄨㄤˇ
清清楚楚,毫無差錯。

【歷歷落落】ㄌㄧˋ ㄌㄧˋ ㄌㄨㄛˋ ㄌㄨㄛˋ
參差不齊的樣子。

5【歷史成本控制法】ㄌㄧˋ ㄕˇ ㄔㄥˊ ㄅㄣˇ ㄎㄨㄥˋ ㄓˋ ㄈㄚˇ
(historical cost control method)根據過去有關成本的紀錄,作成各項成本的標準比較。與當前發生的實際成本作比較,此法較不能獲得精確控制。

【歷世眞仙體道通鑑】ㄌㄧˋ ㄕˋ ㄓㄣ ㄒㄧㄢ ㄊㄧˇ ㄉㄠˋ ㄊㄨㄥ ㄐㄧㄢˋ
簡稱“仙鑑”。‘元’道士‘趙道一’編,五十三卷。正編收神仙故事,止於兩‘宋’;續編五卷,兼及‘金’‘元’間七眞的事蹟。又有後集六卷,全屬女眞事蹟。爲‘金’‘元’以前最爲詳贍的仙傳資料。

嶟 蹲的或體。

𡸣 或作躇。踷的或體。

嶠 蹻的或體。

13

𣦢 ㄅㄧˋ *pi*⁴ 音壁
跛腳不能行走。也作躄。見“說文”。

14

𣦤 ㄍㄨㄟˋ *kuei*⁴ 音貴
傷。見“字彙補”。

歸 ㊀ ㄍㄨㄟ *kuei*¹ 音規
1女子出嫁。見“說文”。2返回;回來。見“集韻”。3嚮往;趨向。如:眾望所歸。4結局;歸宿。如:殊途同歸。5順服;依附。如:歸順。6歸屬。如:歸功。7珠算中一位數的除法。8姓。‘明’有‘歸有光’。見“明史·文苑傳·歸有光”。
㊁ ㄎㄨㄟˋ *k'uei*⁴ 音愧
1贈送。通饋。見“集韻”。2羞慚。通愧。見“說文通訓定聲”。

4【歸天】ㄍㄨㄟ ㄊㄧㄢ
指死亡。

【歸化】ㄍㄨㄟ ㄏㄨㄚˋ
1歸服而接受教化。2(naturalization) 指甲國人入乙國籍。有狹義與廣義之分:狹義的,指一個外國人或無國籍者依照法定程序,申請獲准而取得某國的國籍而言;廣義的,包括狹義的歸化,以及其他由於婚姻、認領、收養的關係而形成的歸化而言。由歸化而取得的國籍,或稱爲取得的國籍(acquired nationality)。現行“國籍法”對於外國人或無國籍人的歸化設有規定。

5【歸田】ㄍㄨㄟ ㄊㄧㄢˊ
1歸還公家所授的田地。2辭官歸隱;解職還鄉。

6【歸西】ㄍㄨㄟ ㄒㄧ
指死亡。

【歸老】ㄍㄨㄟ ㄌㄠˇ
年老退休,返鄉養老。

【歸向】ㄍㄨㄟ ㄒㄧㄤˋ
歸依。

8【歸宗】ㄍㄨㄟ ㄗㄨㄥ
1古代出嫁女子回歸娘家。2舊時稱出嗣異姓或別支的嗣子回歸本宗。現行“民法·親屬”編規定,養子女得請求終止收養關係,回復其本姓及其與生父母的關係。

【歸咎】ㄍㄨㄟ ㄐㄧㄡˋ
把罪過推給別人;怪罪。

【歸依】ㄍㄨㄟ ㄧ
指信仰歸投佛、法、僧三寶。也作皈依。

9【歸省】ㄍㄨㄟ ㄒㄧㄥˇ
返鄉探親。

10【歸案】ㄍㄨㄟ ㄢˋ
嫌犯就捕接受審訊。

【歸眞】ㄍㄨㄟ ㄓㄣ
1回返眞性。2佛家語。歸於眞如。即涅槃。俗稱人死後爲歸眞,本此。

【歸根】ㄍㄨㄟ ㄍㄣ
1事情的結局。2回歸到根本、自然。

【歸骨】ㄍㄨㄟ ㄍㄨˇ
埋葬屍骨。

【歸納】ㄍㄨㄟ ㄋㄚˋ
1(induction)與演繹相對。一般指由有限的事例推論出普遍原理的程序。但是歸納的特色在於結論所肯定的內容,超出前提所提供的內容,因此前提與結論之間只具有概然的關聯,不具有必然的關聯;而不全在於前提與結論到底是個別或普遍。2歸類。

11【歸宿】ㄍㄨㄟ ㄙㄨˋ
1結果;結局。2安身的地方。

12【歸結】ㄍㄨㄟ ㄐㄧㄝˊ
結束;結局。

【歸順】ㄍㄨㄟ ㄕㄨㄣˋ
歸附順從。多指投降。

13【歸誠】ㄍㄨㄟ ㄔㄥˊ
歸附投誠。

【歸零】ㄍㄨㄟ ㄌㄧㄥˊ
調整器械的表尺,使其回復零刻度或某一基準刻度。

【歸罪】ㄍㄨㄟ ㄗㄨㄟˋ
1把罪過推諉給別人。2承認自己的罪過。

【歸綏】ㄍㄨㄟ ㄙㄨㄟ
省轄市。位於‘綏遠省’東南部。由‘歸化’(‘蒙’城)、‘綏遠’(‘漢’城)二城合併而成。爲'綏遠省'農業及商業大城。現爲'綏遠省'省會,有鐵路通過,並有紡織、食品、機械等新式工業。

14【歸寧】 ㄍㄨㄟ ㄋㄧㄥˊ
1已嫁女子回娘家向父母請安。2泛指回家探視父母。

17【歸趨】 ㄍㄨㄟ ㄑㄩ
歸向;歸赴。

【歸隱】 ㄍㄨㄟ ㄧㄣˇ
歸鄉隱居。

21【歸屬】 ㄍㄨㄟ ㄕㄨˇ
歸向隸屬。

6【歸有光】 ㄍㄨㄟ ㄧㄡˇ ㄍㄨㄤ
(1506~1571)'明''崑山'(今'江蘇''崑山')人,字'熙甫',世稱'震川先生'。年近六十始中進士,任小吏。爲古文,取法'韓愈'、'歐陽脩',尤好"太史公書",得其神理。著有"震川集"。

【歸因論】 ㄍㄨㄟ ㄧㄣ ㄌㄨㄣˋ
(attribution theory)一種探究控制因素的論說。強調外界環境之影響和個人能力之表現,係事物成敗的導因。

10【歸骨所】 ㄍㄨㄟ ㄍㄨˇ ㄙㄨㄛˇ
葬身的處所。

18【歸謬法】 ㄍㄨㄟ ㄇㄧㄡˋ ㄈㄚˇ
(reductio ad absurdum)一種證明法。又名間接證法(indirect proof)。爲了證明某一命題成立,首先假定該命題的否定命題成立,由此演證推論出一個矛盾出來,於是否定該否定命題,因而肯定了原來待證的命題。

4【歸心似箭】 ㄍㄨㄟ ㄒㄧㄣ ㄙˋ ㄐㄧㄢˋ
回家的心願如飛箭般地急切。

5【歸正首丘】 ㄍㄨㄟ ㄓㄥˋ ㄕㄡˇ ㄑㄧㄡ
傳說狐死時,頭仍朝向巢穴所在的山丘。比喻人死後歸葬故鄉。

6【歸因誤差】 ㄍㄨㄟ ㄧㄣ ㄨˋ ㄔㄚ
(attribution error)解釋或判斷個體行爲導因時,由於忽視外在情境因素之重要性,過度強調個人特質之影響程度而導致的偏差或失誤。

【歸向導引】 ㄍㄨㄟ ㄒㄧㄤˋ ㄉㄠˇ ㄧㄣˇ
(homing guidance)飛彈導引系統的一種。具有此種系統之飛彈,係依據目標物的某種特性而從事追蹤。可分爲被動、主動與半主動三種。被動式爲飛彈利用發自目標物的輻射而予以追蹤;主動式爲飛彈本身攜有輻射源,經發射至目標物上,再利用其反射而追蹤;半主動式則爲飛彈利用第三者發射輻射能至目標物上,再利用其反射而追蹤。

8【歸返道山】 ㄍㄨㄟ ㄈㄢˇ ㄉㄠˋ ㄕㄢ
稱人逝世之辭。

10【歸眞反璞】 ㄍㄨㄟ ㄓㄣ ㄈㄢˇ ㄆㄨˊ
去除外表的裝飾,回復本質的眞樸。

【歸根結底】 ㄍㄨㄟ ㄍㄣ ㄐㄧㄝˊ ㄉㄧˇ
歸結到事物的根本。

【歸根結蒂】 ㄍㄨㄟ ㄍㄣ ㄐㄧㄝˊ ㄉㄧˋ
指回返到事物的根源所在。

歸 歸的俗體。

歹部

歹 一 ㄜˋ o^4, $\hat{e}^4$ 音厄
殘餘的骨頭。見"說文"。
二 ㄉㄞˇ tai^3 音逮
歺的誤字。1壞;不好。見"說文長箋"。2惡;狠。如:歹毒。

8【歹毒】 ㄉㄞˇ ㄉㄨˊ
狠毒。

歺 ㄉㄞˇ tai^3 音逮
不好;不善。如:好歺。

歺 ㄜˋ o^4, $\hat{e}^4$ 音厄
殘餘的骨頭。同歺、歹。見"正字通"。

歺 歺的或體。

1

歺 ㄓㄚˊ cha^2 音札
1夭折。見"集韻"。2厲疾。見"正字通"。

2

死 ㄙˇ $sz\breve{u}^3$, $ss\breve{u}^3$
1失去生命。與生相對。見"說文"。2已死的人。如:事死如事生。3不通的。如:死巷。4靜止的;不動的。如:死水。5表示極度。如:死力。

2【死力】 ㄙˇ ㄌㄧˋ
盡其所有的力量。

3【死士】 ㄙˇ ㄕˋ
敢死的人;不怕死的人。

4【死心】 ㄙˇ ㄒㄧㄣ
1求死的念頭。2斷絕某種欲念或希望。

【死友】 ㄙˇ ㄧㄡˇ
情誼深篤、至死不變的朋友。

5【死囚】 ㄙˇ ㄑㄧㄡˊ
死刑犯。

6【死守】 ㄙˇ ㄕㄡˇ
1堅守;盡力防守。2固執遵守。

8【死板】 ㄙˇ ㄅㄢˇ
呆滯;固執不知變通。

【死命】 ㄙˇ ㄇㄧㄥˋ
拚命;極力。

9【死巷】 ㄙˇ ㄒㄧㄤˋ
只有一頭可出入的巷子。

12【死結】 ㄙˇ ㄐㄧㄝˊ
(deadlock)電腦系統操作中,兩個或更多之程序彼此間互相等待另一方之特定操作完成,以致這些程序皆處於等待狀態而無法繼續執行操作的現象。爲電腦作業系統應避免之情況。

13【死當】 ㄙˇ ㄉㄤˋ
指成績不及格,而沒有補考的機會。

【死路】 ㄙˇ ㄌㄨˋ
走不通的路。比喻困境，或指毀滅的途徑。

【死節】 ㄙˇ ㄐㄧㄝˊ
爲守節而死。

16【死戰】 ㄙˇ ㄓㄢˋ
拚命作戰。

20【死黨】 ㄙˇ ㄉㄤˇ
1願爲同黨效忠盡力。2能盡死力互助的同黨。

3【死亡率】 ㄙˇ ㄨㄤˊ ㄌㄩˋ
(death rate)指某一地區在某一年度內，死亡人數和總人口數的千分比。即：

$$\frac{\text{一年死亡人數}}{\text{年中人口總數}} \times 1000 。$$

【死工夫】 ㄙˇ ㄍㄨㄥ ㄈㄨ
堅定切實的心力投注。

4【死火山】 ㄙˇ ㄏㄨㄛˇ ㄕㄢ
(extinct volcano)也稱熄火山。發生於久遠的地質年代，而自有文字記載以來，即未有噴發紀錄的火山。因爲年代久遠，火山原來形狀可能已剝蝕殆盡，不復辨認。如'法國''中央山地'的'多爾山'(Mont Dore)、我國東北的'長白山'、'臺灣'北部的'大屯山'等均屬之。

7【死角區】 ㄙˇ ㄐㄧㄠˇ ㄑㄩ
(dead space)武器、雷達或觀測員能力所不能及的距離及區域。因中間障礙物、彈道特性、武器火力能力等限制，而有死角區的產生。

14【死對頭】 ㄙˇ ㄉㄨㄟˋ ·ㄊㄡ
無法和解的仇敵。

15【死衚衕】 ㄙˇ ㄏㄨˊ ㄊㄨㄥˋ
死巷子。

3【死亡本能】 ㄙˇ ㄨㄤˊ ㄅㄣˇ ㄋㄥˊ
(death instinct)'奧地利'心理學家'弗洛依德'指稱人與生所具之攻擊、破壞的本能。

【死亡宣告】 ㄙˇ ㄨㄤˊ ㄒㄩㄢ ㄍㄠˋ
自然人失蹤達一定期間，由利害關係人或檢察官聲請法院爲死亡宣告，使之與眞實死亡生同等效果。死亡宣告之要件有四：一、須已失蹤；二、失蹤狀態繼續一定期間：一般人於普通狀況下失蹤滿七年，年滿八十歲以上者失蹤滿三年，因特別災難失蹤者於特別災難終了滿一年，得死亡宣告；三、須利害關係人或檢察官之聲請；四、須經法院以公示催告方式確定失蹤人是否生存，以及是否有人知悉失蹤人生死。失蹤人經法院死亡宣告後，推定死亡，且死亡時期推定各爲失蹤滿七年、三年、一年最後日終止之時。但若有反證，不待撤銷死亡宣告，即可推翻死亡宣告之推定。死亡宣告之效力僅及於失蹤人原住居所爲中心之私法上一切法律關係，失蹤人之公法關係或於其他地方生存所生之私法關係，不受死亡宣告之影響。

【死亡保險】 ㄙˇ ㄨㄤˊ ㄅㄠˇ ㄒㄧㄢˇ
(mortality insurance)以生命死亡爲保險事故，在事故發生時，由保險人負給付一定金額之保險。通常分爲終身保險與定期保險兩種。

【死亡給付】 ㄙˇ ㄨㄤˊ ㄐㄧˇ ㄈㄨˋ
(death benefit)被保險人因傷病所致死亡而給與其家屬的金額。通常給付金額包括喪葬費用(burial expense)及遺囑給付(dependent's benefit)兩種。喪葬費用通常皆爲一次給付，遺囑給付在理論上應能維持其子女成年或其配偶死亡或改嫁爲止。

【死乞白賴】 ㄙˇ ·ㄑㄧ ㄅㄞˊ ㄌㄞˋ
糾纏不休。

4【死心眼兒】 ㄙˇ ㄒㄧㄣ ㄧㄚˇㄦ
性情固執不通。

【死心塌地】 ㄙˇ ㄒㄧㄣ ㄊㄚ ㄉㄧˋ
一心一意，堅定不移。也作死心搭地。

【死不瞑目】 ㄙˇ ㄅㄨˋ ㄇㄧㄥˊ ㄇㄨˋ
懷有遺憾，死而不甘心。

5【死去活來】 ㄙˇ ㄑㄩˋ ㄏㄨㄛˊ ㄌㄞˊ
形容痛苦到極點。

【死生有命】 ㄙˇ ㄕㄥ ㄧㄡˇ ㄇㄧㄥˋ
人的生和死都是命中所註定。

【死皮賴臉】 ㄙˇ ㄆㄧˊ ㄌㄞˋ ㄌㄧㄢˇ
一意糾纏而不顧羞恥。

6【死灰復燃】 ㄙˇ ㄏㄨㄟ ㄈㄨˋ ㄖㄢˊ
已經熄滅的灰燼，重新燃燒起來。比喻失勢的人重新得勢。或指事情已平息而又發作。

【死有餘辜】 ㄙˇ ㄧㄡˇ ㄩˊ ㄍㄨ
罪惡深重，一死都不能抵罪。

8【死於非命】 ㄙˇ ㄩˊ ㄈㄟ ㄇㄧㄥˋ
死於意外或災禍。

【死拉活拽】 ㄙˇ ㄌㄚ ㄏㄨㄛˊ ㄓㄨㄞˋ
強力拉扯。

10【死氣沈沈】 ㄙˇ ㄑㄧˋ ㄔㄣˊ ㄔㄣˊ
衰敗或沒有生氣的樣子。

12【死裡求生】 ㄙˇ ㄌㄧˇ ㄑㄧㄡˊ ㄕㄥ
在絕境中尋求生路。

【死裡逃生】 ㄙˇ ㄌㄧˇ ㄊㄠˊ ㄕㄥ
從極危險中脫逃，保住生命。

【死無對證】 ㄙˇ ㄨˊ ㄉㄨㄟˋ ㄓㄥˋ
因人死而無從對質印證。

13【死傷相枕】 ㄙˇ ㄕㄤ ㄒㄧㄤ ㄓㄣˇ
形容死傷人數眾多。

10【死馬當活馬醫】 ㄙˇ ㄇㄚˇ ㄉㄤ ㄏㄨㄛˊ ㄇㄚˇ ㄧ
比喻對病重不可救治的人姑且試盡人事去救治。

12【死無葬身之地】 ㄙˇ ㄨˊ ㄗㄤˋ ㄕㄣ ㄓ ㄉㄧˋ
身死而沒有埋葬之處。

歽 ㊀ ㄒㄧㄡˇ hsiu[3] 音朽
腐爛。同朽。見"說文"。
㊁ ㄍㄨㄚˇ kua[3] 音寡
剮；刮。同咼。見"字彙補"。

𣦼 ㄘㄢˊ ts'an[2] 音殘
敗壞；破敗。見"說文"。

𣦻 𣦼的或體。

3

殀 ㄊㄧˋ t'i[4] 音替
喘息。見"玉篇"。

8【殀殃】 ㄊㄧˋ ㄍㄨㄟˋ

疲困到了極點。

4

⿰歹夬　ㄍㄨㄟˋ *kuei*4 音桂
參殀⿰歹夬。

⿰歹丑　ㄋㄧㄡˇ *niu*3 音紐
參⿰歹幼⿰歹丑。

⿰歹凶　凶的或體。

殁　歿的俗體。

歿　ㄇㄛˋ *mo*4 音墨
死亡。見“說文”。

歾　㊀ ㄇㄛˋ *mo*4 音歿
死；終。歿的本字。見“說文”。
㊁ ㄨㄣˇ *wên*3 音吻
割；斷。同刎。見“集韻”。

殀　ㄧㄠˇ *yao*3 音窈
1短命。通夭。如：殀折。2砍殺；殘害。見“字彙”。

14【殀壽】　ㄧㄠˇ ㄕㄡˋ
短命；早死。

5

殂　ㄘㄨˊ *ts'u*2 音徂
死亡。見“爾雅·釋詁”。

13【殂落】　ㄘㄨˊ ㄌㄨㄛˋ
1凋謝；凋落。2死亡的諱稱。多用於帝王。

殃　ㄧㄤ *yang*1 音央
1災禍。見“說文”。2殘害。如：殃民。

4【殃及池魚】　ㄧㄤ ㄐㄧˊ ㄔˊ ㄩˊ
比喻連累到無辜。

⿰歹囚　ㄑㄧㄡˊ *ch'iu*2 音囚
殘敗。見“玉篇”。

殆　ㄉㄞˋ *tai*4 音待
1危險。見“說文”。2竭盡。如：力殆。3將近；幾乎。如：死亡殆盡。

⿰歹乍　殂的或體。

⿰歹尔　殄的俗體。

⿰歹幼　ㄧㄡˇ *yu*3 音有
參⿰歹幼⿰歹丑。

8【⿰歹幼⿰歹丑】　ㄧㄡˇ ㄋㄧㄡˇ
快要死的樣子。

⿰歹尓　殄的俗體。

殄　ㄊㄧㄢˇ *t'ien*3 音忝
1竭盡。見“說文”。2浪費。如：暴殄天物。3消滅。如：殄滅。

13【殄滅】　ㄊㄧㄢˇ ㄇㄧㄝˋ
完全消滅。

【殄瘁】　ㄊㄧㄢˇ ㄘㄨㄟˋ
困窮貧病。

6

⿰歹米　ㄇㄧˇ *mi*3 音米
米半壞。見“字彙”。

⿰歹聿　ㄙˋ *szŭ*4, *ssŭ*4 音肆
1停棺；暫厝。見“釋名·釋喪制”。2埋棺的坑坎。

⿰歹艮　ㄇㄧㄢˇ *mien*3 音緬
矜誇。見“字彙”。

殊　ㄕㄨ *shu*1 音書
1處死。見“說文”。2異；不同。如：殊途同歸。3極；甚。如：殊爲可惜。4特別的；特出的。如：殊榮。

4【殊方】　ㄕㄨ ㄈㄤ
1不同的趣向或志趣。2異域。

6【殊死】　ㄕㄨ ㄙˇ
1斬首。古代刑罰的一種。2拚命；決死。

【殊色】　ㄕㄨ ㄙㄜˋ
1不同的顏色。2極美的色彩。3特別美麗的女子。同絕色。

8【殊典】　ㄕㄨ ㄉㄧㄢˇ
1不同的法則。2特殊的儀式。

9【殊相】　ㄕㄨ ㄒㄧㄤˋ
(particular)個別的事物或事項。與共相相對。

【殊致】　ㄕㄨ ㄓˋ
1不同的旨趣。2特殊的景致。

【殊俗】　ㄕㄨ ㄙㄨˊ
1不同的風俗。2特異的風俗。通常用以指遠方異國或蠻夷荒遠的地區。

11【殊域】　ㄕㄨ ㄩˋ
遠方；異域。

12【殊勝】　ㄕㄨ ㄕㄥˋ
絕佳；特異。多指景色而言。

13【殊遇】　ㄕㄨ ㄩˋ
特別優厚的待遇。多指皇帝對臣子或上司對下屬的恩寵。

14【殊榮】　ㄕㄨ ㄖㄨㄥˊ
特殊的榮耀。

16【殊勳】　ㄕㄨ ㄒㄩㄣ
特殊的功績。同殊功。

6【殊死戰】　ㄕㄨ ㄙˇ ㄓㄢˋ
拚死命作戰。

11【殊途同歸】　ㄕㄨ ㄊㄨˊ ㄊㄨㄥˊ ㄍㄨㄟ
比喻途徑雖然不同，但其目的、效果則相同。

殉　ㄒㄩㄣˋ *hsün*4 音訓
通作徇。1陪葬。如：殉葬。2爲理想或事物而犧牲生命。如：殉國。

6【殉名】　ㄒㄩㄣˋ ㄇㄧㄥˊ
爲名譽而犧牲生命。

10【殉財】　ㄒㄩㄣˋ ㄘㄞˊ
爲財利而犧牲生命。

11【殉情】　ㄒㄩㄣˋ ㄑㄧㄥˊ
爲愛情而死。

【殉教】　ㄒㄩㄣˋ ㄐㄧㄠˋ
爲宗教信仰而犧牲。

【殉國】　ㄒㄩㄣˋ ㄍㄨㄛˊ
1爲國犧牲生命。2保衛國家。

13【殉道】　ㄒㄩㄣˋ ㄉㄠˋ
爲眞理而犧牲生命。

【殉葬】　ㄒㄩㄣˋ ㄗㄤˋ
用人或器物陪葬。

【殉節】　ㄒㄩㄣˋ ㄐㄧㄝˊ
爲節義而犧牲生命。

18【殉職】　ㄒㄩㄣˋ ㄓˊ
爲職守而犧牲生命。

19【殉難】　ㄒㄩㄣˋ ㄋㄢˋ
爲國難而犧牲生命。

殈　ㄒㄩˋ *hsü*4 音序
鳥卵破裂而不能孵化。

㱟 ㄌㄨㄢˋ *luan*[4] 音亂
臨死時神志昏迷的樣子。見"字彙補"。

7

㱢 ㄌㄤˊ *lang*[2] 音狼
已死的生物。見"字彙"。

殏 ㄑㄧㄡˊ *ch'iu*[2] 音求
終;盡。見"爾雅·釋詁"。

殑 ㄑㄧㄥˊ *ch'ing*[2] 音晴
病困將死的樣子。見"玉篇"。

12【殑㱥】 ㄑㄧㄥˊ ㄌㄧㄥˊ
疲困的樣子。

殎 ㄑㄧㄚˋ *ch'ia*[4] 音恰
枯朽。見"玉篇"。

殍 ㄆㄧㄠˇ *p'iao*[3] 音莩
1餓死。見"玉篇"。2餓死的人。如:餓殍。

㱣 ㄊㄨㄟˇ *t'ui*[3] 音腿
不平。見"玉篇"。

8

殕 一 ㄈㄨˇ *fu*[3] 音甫
東西腐敗而生白黴。見"廣韻"。
二 ㄅㄛˊ *po*[2] 音勃
僵仆。同踣。見"集韻"。

𣨛 一 ㄗㄨˊ *tsu*[2] 音卒
古代稱大夫死亡。通作卒。見"說文"。
二 ㄘㄨˋ *ts'u*[4] 音促
暴死;突然死亡。見"篇海類編"。

𣨻 ㄇㄚˋ *ma*[4] 音罵
無。見"字彙"。

𣨶 ㄈㄥˇ *fêng*[3] 音唪
死亡。見"集韻"。

殔 ㄧˋ *i*[4] 音肄
瘞埋。見"說文"。

𣩘 ㄐㄩㄝˊ *chüeh*[2] 音決
屍體不腐化。見"玉篇"。

㱥 ㄌㄧㄥˊ *ling*[2] 音陵
參殑㱥。

殖 ㄓˊ *chih*[2] 音直
1栽種。見"集韻"。2樹立。見"廣雅·釋詁"。3蕃生;滋生。如:繁衍。4姓。'漢'有'殖廣'。見"萬姓統譜·一二三"。

5【殖民】 ㄓˊ ㄇㄧㄣˊ
把國內的人民移居到外國。

【殖民地】 ㄓˊ ㄇㄧㄣˊ ㄉㄧˋ
十七世紀以來,'歐洲'列強挾其工商之優勢及國力之強大,紛紛在海外,尤其是'亞''非'及'拉丁美洲'等較爲落後的地區,實施占領或劃爲勢力範圍,進而在各該地區進行拓殖移民的政策。此等被拓殖移民或被占領的地區,即稱爲殖民地。

【殖民主義】 ㄓˊ ㄇㄧㄣˊ ㄓㄨˇ ㄧˋ
(colonialism)指帝國主義者用武力或政治經濟侵略的方式,紛紛在海外,尤其在'亞'、'非'、'拉丁美洲'各地,占領土地或劃定勢力範圍,拓殖移民,造成殖民地,或加以剝削,使其無法獨立或進步,俾長期控制。

䓿 ㄑㄧ *ch'i*[1] 音欺
遺棄。見"說文"。

殘 ㄘㄢˊ *ts'an*[2] 音蠶
1傷害;殺害。如:殘殺。2兇惡。如:殘暴。3不完整的;剩餘的。如:殘羹。

5【殘本】 ㄘㄢˊ ㄅㄣˇ
殘缺不完整的書籍。

【殘生】 ㄘㄢˊ ㄕㄥ
1殘害生命。2殘餘的生命。指老年或憂患餘生。

【殘冬】 ㄘㄢˊ ㄉㄨㄥ
冬季將要過去的時候。

【殘丘】 ㄘㄢˊ ㄑㄧㄡ
(monadnock)準平原上侵蝕殘餘的孤立小山丘。因構成的岩層特別堅硬,抗蝕力特強,故仍能獨存於準平原之上。故凡地表有殘丘散布者,即爲地形發育已達老年期的象徵。

6【殘年】 ㄘㄢˊ ㄋㄧㄢˊ
1殘餘的歲月。指人的晚年。2歲暮。

7【殘局】 ㄘㄢˊ ㄐㄩˊ
1未下完的棋局。2殘餘的局面。多指變亂後殘破的局勢。

【殘忍】 ㄘㄢˊ ㄖㄣˇ
凶惡狠毒。

9【殘紅】 ㄘㄢˊ ㄏㄨㄥˊ
指落花。

10【殘值】 ㄘㄢˊ ㄓˊ
(residual value)固定資產成本中,預期於使用期限終了處分時可收回的部分。

11【殘殺】 ㄘㄢˊ ㄕㄚ
殺害。

13【殘照】 ㄘㄢˊ ㄓㄠˋ
夕陽。

14【殘酷】 ㄘㄢˊ ㄎㄨˋ
殘忍狠毒。

【殘障】 ㄘㄢˊ ㄓㄤˋ
(retardation)指人肢體、器官功能有殘缺、障礙,或心智功能有減弱的現象。

15【殘廢】 ㄘㄢˊ ㄈㄟˋ
人的肢體或器官部分受損害而失去功能。

【殘暴】 ㄘㄢˊ ㄅㄠˋ
殘忍凶狠。

【殘餘】 ㄘㄢˊ ㄩˊ
剩餘。

16【殘骸】 ㄘㄢˊ ㄏㄞˊ
殘餘的屍骨。

10【殘留氯】 ㄘㄢˊ ㄌㄧㄡˊ ㄌㄩˋ
(residual chlorine)氯爲殺菌劑的一種,常用於飲料、食品用具、包裝容器之消毒殺菌,所以也產生氯殘留的問題。殘留氯如超過百萬分之一,就會有氯的臭味,而降低食品的商品價值,所以氯的添加量應注意,避免殘留量過高。

3【殘山剩水】 ㄘㄢˊ ㄕㄢ ㄕㄥˋ ㄕㄨㄟˇ
1指山水景物被遮蔽,不能完全看見。2指國土分裂,山河不完整。

5【殘民以逞】 ㄘㄢˊ ㄇㄧㄣˊ ㄧˇ ㄔㄥˇ
殘害人民以滿足私欲。

6【殘而不廢】 ㄘㄢˊ ㄦˊ ㄅㄨˋ ㄈㄟˋ

讚美殘廢的人仍能有所作爲。

8【殘杯冷炙】 ㄘㄢˊ ㄅㄟ ㄌㄥˇ ㄓˋ
吃剩的酒菜。

【殘花敗柳】 ㄘㄢˊ ㄏㄨㄚ ㄅㄞˋ ㄌㄧㄡˇ
①指行爲淫蕩或被人蹂躪遺棄的女人。②指妓女。

9【殘垣斷壁】 ㄘㄢˊ ㄩㄢˊ ㄉㄨㄢˋ ㄅㄧˋ
形容破敗荒涼的景象。

10【殘留表土】 ㄘㄢˊ ㄌㄧㄡˊ ㄅㄧㄠˇ ㄊㄨˇ
(residual soil) 岩石風化成土壤後,仍停留在原地,未受侵蝕作用者。

13【殘賊仁義】 ㄘㄢˊ ㄗㄟˊ ㄖㄣˊ ㄧˋ
毁壞仁義。

14【殘膏剩馥】 ㄘㄢˊ ㄍㄠ ㄕㄥˋ ㄈㄨˋ
祖先的遺澤。

15【殘廢保險】 ㄘㄢˊ ㄈㄟˋ ㄅㄠˇ ㄒㄧㄢˇ
(disability insurance)被保險人因疾病或傷害成爲殘廢,以致喪失或減弱生計能力時,由保險人按殘廢程度給付一定金額的保險。此種保險,通常極少單獨採用,即附屬於傷害或健康保險內。

【殘餘損失】 ㄘㄢˊ ㄩˊ ㄙㄨㄣˇ ㄕ
(residual losses)在磁鐵芯裡,總損失減去渦流損失及磁滯損失所得之值。

【殘餘應力】 ㄘㄢˊ ㄩˊ ㄧㄥˋ ㄌㄧˋ
(residue stress)物體成型過程中常需經過加熱熔接或塑化手續,然後再徐冷而得成品,於徐冷過程中,常因物體形狀、厚薄不均勻,使各部位冷卻速度不同而產生不均勻之溫度分布,所引起殘留於物體中的熱應力。其可能使物體自行破裂。

21【殘響時間】 ㄘㄢˊ ㄒㄧㄤˇ ㄕˊ ㄐㄧㄢ
(reverberation time) 使聲壓(sound pressure)準位的均方值(即平方後再平均)在其聲源停止後,從穩態降低60分貝所需要的時間。

10【殘留沃斯田鐵】 ㄘㄢˊ ㄌㄧㄡˊ ㄨㄛˋ ㄙ ㄊㄧㄢˊ ㄊㄧㄝˇ
(retained austenite)含碳量在0.6%以上的高碳鋼,在rFe狀態時,如冷卻很快,則rFe變成αFe的變態有一部分會被阻止,所以常溫時,在麻田散鐵中還可以找到一部分未變態的rFe,這種殘留下來的沃斯田鐵組織稱爲殘留沃斯田鐵。若再冷至室溫以下,則可變態成麻田散鐵。

14【殘障就業安置】 ㄘㄢˊ ㄓㄤˋ ㄐㄧㄡˋ ㄧㄝˋ ㄢ ㄓˋ
指以職業重建、職業訓練、保障就業等方法,使殘障人員獲得適當職業,達到殘而不廢的目的。我國於'民國'六十九年公布"殘障福利法",僅規定僱用殘障人員超過百分之三予以獎勵,而無強制性保障。

19【殘邊帶發射法】 ㄘㄢˊ ㄅㄧㄢ ㄉㄞˋ ㄈㄚ ㄕㄜˋ ㄈㄚˇ
(vestigial-sideband transmission)同時利用正常邊帶(sideband) 與相對應之殘邊帶 (vestigial sideband)的信號發射法。此法可使部分邊帶頻率在輸送到天線之前先被濾掉,以減少影像調幅波所占的頻道寬度。

殗 ㈠ ㄧㄝˋ *yeh*^{4} 音葉
①生病。見"玉篇"。②重疊。如:重葩殗葉。
㈡ ㄧㄢ *yen*^{1} 音淹
死亡。見"集韻"。

[歹易] ㄧˋ *i*^{4} 音易
芟除草木。見"集韻"。

[歹芺] ㄧㄠ *yao*^{1} 音妖
草木之怪。有害於物。通祅。見"集韻"。

[歹委] ㄨㄟ *wei*^{1} 音威
①生病。見"說文"。②枯死。今作萎。見"廣韻"。

殙 ㈠ ㄏㄨㄣ *hun*^{1} 音昏
①昏迷;神智不清。見"說文"。②夭折。見"廣韻"。
㈢ ㄇㄣˋ *mên*^{4} 音悶
斷氣。見"篇海類編"。

9

殬 ㄉㄨˋ *tu*^{4} 音度
敗壞。見"字彙"。

[歹柬] ㄌㄢˋ *lan*^{4} 音爛
敗壞。見"字彙"。

殛 ㄐㄧˊ *chi*^{2} 音極
誅殺;擊殺。如:雷殛。

17【殛斃】 ㄐㄧˊ ㄅㄧˋ
誅殺;誅戮。

殜 ㄧㄝˋ *yeh*^{4} 音葉
病。見"玉篇"。

[歹彖] ㄏㄨㄟˋ *hui*^{4} 音惠
疲困至極。見"字彙"。

[歹𥁕] 殟的俗體。

10

[歹宰] ㄗㄞˇ *tsai*^{3} 音宰
絕滅。見"集韻"。

[歹高] ㄎㄠˇ *k'ao*^{3} 音考
乾枯。見"廣雅·釋詁"。

[歹差] ㄘㄨㄛˊ *ts'o*^{2}, *ts'uo*^{2} 音嵯
①輕微的流行性傳染病。同瘥。見"廣韻"。②未婚而夭。見"篇海類編"。

[歹益] ㄧˋ *i*^{4} 音易
①凋零;死亡。見"廣韻"。②手腳上的小病痛。見"廣韻"。

[歹秦] ㄓㄣ *chên*^{1} 音貞
①盡;竭。見"玉篇"。②死亡。見"集韻"。

殞 ㄩㄣˇ *yün*^{3} 音允
①死亡。如:殞身。②墜落。通隕。如:殞落。

7【殞沒】 ㄩㄣˇ ㄇㄛˋ
死亡。

8【殞命】 ㄩㄣˇ ㄇㄧㄥˋ
死亡。

13【殞滅】 ㄩㄣˇ ㄇㄧㄝˋ
死亡;消滅。

【殞落】 ㄩㄣˇ ㄌㄨㄛˋ
①墜落。②指死亡。

殟 ㊀ ㄨㄚˋ wa⁴ 音襪
1突然失去知覺。見"說文"。2心悶。見"廣韻"。
㊁ ㄨㄣ wên¹ 音溫
生病。見"廣韻"。

殪 ㄍㄞ kai¹ 音該
殺羊取出腹中的胎。見"說文"。

殠 ㄒㄧㄡˋ hsiu⁴ 音嗅
腐朽的氣味。見"說文"。

殨 ㄏㄨㄟˋ hui⁴ 音匯
參殨殘。

11【殨殘】 ㄏㄨㄟˋ ㄊㄨㄟˇ
不平的樣子。

11

殥 ㄧㄣˊ yin² 音寅
遠地。見"淮南子·墬形訓"。

殜 ㄌㄨˋ lu⁴ 音祿
參殜殘。

12【殜殘】 ㄌㄨˋ ㄨㄟ
'蜀'人埋鹿,待腐臭後食用。

殣 ㄐㄧㄣˇ chin³ 音僅 又讀 ㄐㄧㄣˋ chin⁴ 音近
1掩埋。也作墐。見"說文"。2餓死;餓死的人。見"字彙"。

殢 ㄊㄧˋ t'i⁴ 音替
1受困;陷溺。見"玉篇"。2滯留;留住。如:無計殢春。

8【殢雨尤雲】 ㄊㄧˋ ㄩˇ ㄧㄡˊ ㄩㄣˊ
形容男女情深意濃,恩愛纏綿。

殨 ㄍㄨㄢˋ kuan⁴ 音慣
竭盡;窮盡。見"篇海類編"。

殤 ㄕㄤ shang¹ 音商
1夭折;未成年而死。見"說文"。2無主之鬼。見"正字通"。

12

殧 ㊀ ㄘㄨˋ ts'u⁴ 音促
死亡。見"玉篇"。
㊁ ㄐㄧㄡˋ chiu⁴ 音就
殄滅。見"廣韻"。

殪 ㄧˋ i⁴ 音亦
1死亡。見"說文"。2滅亡。3射殺。4顛仆。見"正字通"。

殨 ㄏㄨㄟˋ hui⁴ 音會
腐爛。見"說文"。

殫 ㄉㄢ tan¹ 音單
窮盡。如:殫精竭慮。

2【殫力】 ㄉㄢ ㄌㄧˋ
竭力;盡力。

4【殫心】 ㄉㄢ ㄒㄧㄣ
盡心。

9【殫述】 ㄉㄢ ㄕㄨˋ
詳述。

7【殫見洽聞】 ㄉㄢ ㄐㄧㄢˋ ㄒㄧㄚˊ ㄨㄣˊ
見聞廣博。

9【殫思極慮】 ㄉㄢ ㄙ ㄐㄧˊ ㄌㄩˋ
窮盡思慮。

14【殫精極思】 ㄉㄢ ㄐㄧㄥ ㄐㄧˊ ㄙ
竭盡精神和心思。

【殫精竭慮】 ㄉㄢ ㄐㄧㄥ ㄐㄧㄝˊ ㄌㄩˋ
竭盡精力心思。

13

殭 ㄐㄧㄤ chiang¹ 音姜
死而不腐爛。同僵。見"玉篇"。

殬 ㄉㄨˋ tu⁴ 音妒
敗壞。見"說文"。

殮 ㄌㄧㄢˋ lien⁴ 音斂
爲死者更衣入棺。如:大殮。

14

殯 ㄅㄧㄣˋ pin⁴ 音臏
1停放已殮而待葬的靈柩。見"說文"。2埋葬;埋沒。

13【殯葬】 ㄅㄧㄣˋ ㄗㄤˋ
出殯埋葬。

17【殯殮】 ㄅㄧㄣˋ ㄌㄧㄢˋ
入殮和停柩。

殩 ㄉㄧㄠˋ tiao⁴ 音掉
牛羊死。見"字彙"。

15

殲 殲的俗體。

殰 ㄉㄨˊ tu² 音讀
流產。見"說文"。

16

殲 ㄌㄧˋ li⁴ 音歷
參殲蜥。

14【殲蜥】 ㄌㄧˋ ㄒㄧ
將死的樣子。

17

殲 ㄐㄧㄢ chien¹ 音尖
滅絕;殺盡。見"廣韻"。

13【殲滅】 ㄐㄧㄢ ㄇㄧㄝˋ
1消失。2完全消滅。

15【殲敵】 ㄐㄧㄢ ㄉㄧˊ
消滅敵人。

14【殲魁釋從】 ㄐㄧㄢ ㄎㄨㄟˊ ㄕˋ ㄗㄨㄥˊ
誅殺首惡,釋放附從的人。

殳部

殳 ㄕㄨ shu¹ 音殊
1古兵器名。用竹木做成,長一丈二尺,有棱而無刃。也作杸。見"說文"。2舞蹈時的道具。見"說文·殷·段注"。3戟柄。見"方言·九"。4姓。'舜'時有'殳戕'。見"通志·氏族略四"。

10【殳書】 ㄕㄨ ㄕㄨ
'秦代'八種書體之一。刻在兵器上,故名。今存'秦代'有銘文的兵器如相邦'呂不韋'戈。

4

殶 ㄓㄣˇ chên³ 音枕
1從下擊上。見"說文"。2禁止。見"廣韻"。

股 ㄅㄢ pan¹ 音般
頒布。班的古字。見"玉篇"。

5

投　ㄓㄨˋ *chu*⁴ 音注
下賭注。見"字彙補"。

段　ㄉㄨㄢˋ *tuan*⁴ 音斷
[1]椎擊。見"說文"。[2]布帛等織物的一截。後用以泛指事物、時間或長度的一部分。如:片段。[3]姓。'唐'有'段成式'。見"舊唐書·段成式傳"。

13【段落】　ㄉㄨㄢˋ　ㄌㄨㄛˋ
文章或事物結束停頓的地方。

15【段數】　ㄉㄨㄢˋ　ㄕㄨˋ
指技藝、功夫的等級標準。如珠算、柔道、圍棋等技藝,從初段至十段,分別鑑定選手功力的深淺。

3【段干木】　ㄉㄨㄢˋ　ㄍㄢ　ㄇㄨˋ
'戰國''芮城'(今'山西''芮城')人。隱居於'魏',堅守正道,不願出仕。與'卜子夏'、'田子方'並爲'魏文侯'師。'文侯'過其閭門,必伏軾致敬。

5【段玉裁】　ㄉㄨㄢˋ　ㄩˋ　ㄘㄞˊ
(1735～1815)'清''江蘇''金壇'人,字'若膺',號'茂堂'。'乾隆'舉人,官'巫山'知縣。師事'戴震',精通文字訓詁學和經學。所著"說文解字注",爲研究文字訓詁學的重要參考書。又作"六書音韻表",對於古韻分部,頗具創見。另有"古文尚書撰異"、"毛詩詁訓傳"、"經韻樓集"等書傳世。

12【段祺瑞】　ㄉㄨㄢˋ　ㄑㄧˊ　ㄖㄨㄟˋ
(1865～1936)'安徽''合肥'人,原名'啟瑞',字'芝泉',晚號'正道老人'。'天津武備學堂'畢業。辛亥'武昌'革命軍興,署'湖廣'總督,電請'清'帝退位。'民國'肇建後,任陸軍總長,曾兼代國務總理,爲'皖'系領袖。'直''皖'戰爭敗而辭職。十三年,又起爲臨時執政。十五年,被迫下野,從此不問政事。

段祺瑞像

6

毅　ㄏㄞˋ *hai*⁴ 音亥
參毅改。

7【毅改】　ㄏㄞˋ　ㄍㄞˇ
古代用以驅逐精魅的佩印。在正月卯日作成,又稱大剛卯。

殸　
殼的本字。

殷　㊀ ㄧㄣ *yin*¹ 音因
[1]盛大的音樂演奏。見"說文"。[2]繁盛;富厚。如;殷實。[3]深;深切。如:殷憂。[4]'商朝'的別稱。'商朝'前期經常遷都,'盤庚'遷'殷'(今'河南''安陽'西'小屯村')後,才安定下來,所以'商'又稱爲'殷'。[5]姓。'晉'有'殷羨'。見"萬姓統譜·二〇"。
㊁ ㄧㄣˇ *yin*³ 音隱
[1]雷聲。見"字彙"。[2]震動。如:殷天。
㊂ ㄧㄢ *yen*¹ 音煙
紅黑色。見"集韻"。

4【殷切】　ㄧㄣ　ㄑㄧㄝˋ
深摯懇切。

8【殷阜】　ㄧㄣ　ㄈㄨˋ
財物富足。同殷富。

10【殷殷】　㊀ ㄧㄣ　ㄧㄣ
[1]憂傷的樣子。[2]懇切的樣子。
㊁ ㄧㄣˇ　ㄧㄣˇ
[1]眾多繁盛的樣子。[2]雷聲。

11【殷商】　ㄧㄣ　ㄕㄤ
[1]'商朝'。'盤庚'遷都於'殷',故稱'殷商',又簡稱爲'殷'。[2]財物雄厚的商人。即富商。

【殷望】　ㄧㄣ　ㄨㄤˋ
深切的期望。

14【殷實】　ㄧㄣ　ㄕˊ
富足。

15【殷憂】　ㄧㄣ　ㄧㄡ
深憂。

22【殷鑒】　ㄧㄣ　ㄐㄧㄢˋ
'殷'滅'夏','殷'的子孫應以'夏'的覆亡爲鑒戒。後泛指可作鑒戒史事或先例。

15【殷墟文字】　ㄧㄣ　ㄒㄩ　ㄨㄣˊ　ㄗˋ
即甲骨文。因發現於'殷商'故墟,故名。

【殷憂啟聖】　ㄧㄣ　ㄧㄡ　ㄑㄧˇ　ㄕㄥˋ
能深憂遠慮的人,足以開啟聖明的智慧。

7

殼　
殼的俗體。

殸　㊀ ㄕㄥ *shêng*¹ 音笙
聲的古字。
㊁ ㄑㄧㄥˋ *ch'ing*⁴ 音慶
磬的籀文。

㲿　
敢的籀文。

殿　
殿的本字。

殹　ㄧ *i*¹ 音衣
擊中物品的聲音。也用以形容呻吟聲。見"說文"。

殺　㊀ ㄕㄚ *sha*¹ 音沙
[1]殺戮;殺害。見"說文"。[2]削減;消滅。如:殺人威風。[3]通煞。⑴極甚。如:嚇殺人。⑵收束。
㊁ ㄕㄞˋ *shai*⁴ 音曬
[1]等差。如:親親之殺。[2]衰敗;減退。如:隆殺。[3]剪裁。

5【殺生】　ㄕㄚ　ㄕㄥ
殺害動物。

6【殺伐】　ㄕㄚ　ㄈㄚ
[1]以武力征伐攻戰。[2]殘殺;誅戮。

8【殺青】　ㄕㄚ　ㄑㄧㄥ
[1]古指刮去竹簡上的青皮。以便書寫文字。[2]今稱影片拍攝完竣。

10【殺氣】　ㄕㄚ　ㄑㄧˋ
[1]陰森肅殺的寒氣。[2]殺伐的氣氛。[3]凶惡的氣勢。

11【殺掠】　ㄕㄚ　ㄌㄩㄝˋ
殺害人命,掠奪財物。

12【殺菁】　ㄕㄚ　ㄐㄧㄥ
(blanching)食品加工過程中,爲使組織軟化、收縮、脫氣、破壞酵素或去除不良氣味等而做的一種預熱處理。一般係浸於82°C～93°C的熱水中30秒～5分鐘。

【殺菌】　ㄕㄚ　ㄐㄩㄣˋ
消滅細菌。

15【殺戮】　ㄕㄚ　ㄌㄨˋ
殺害。

16【殺機】　ㄕㄚ　ㄐㄧ
1殺人的動機。2殺人的陷阱。

3【殺千刀】　ㄕㄚ　ㄑㄧㄢ　ㄉㄠ
罪過重大，應受千刀殺剮而死。罵人的話。

4【殺手鐧】　ㄕㄚ　ㄕㄡˇ　ㄐㄧㄢˋ
解決問題的最後手段或絕招。

8【殺狗記】　ㄕㄚ　ㄍㄡˇ　ㄐㄧˋ
戲曲名。又稱"殺狗勸夫"。'明''徐晒'撰，三十六齣。是'元'末'明'初五大傳奇之一。記'孫榮'親暱惡友而棄絕親弟，其妻設計勸悟的故事。

9【殺風景】　ㄕㄚ　ㄈㄥ　ㄐㄧㄥˇ
敗壞別人的雅興。

12【殺菌袋】　ㄕㄚ　ㄐㄩㄣˋ　ㄉㄞˋ
(retort pouch)以耐熱性塑膠薄膜及金屬箔，經耐熱性黏著劑接合成積層，做成袋狀或其他形狀的容器。不同於一般塑膠容器，可直接置於殺菌釜內從事高溫殺菌。殺菌袋包裝的食品有即食的特性，可直接放入熱水中加熱取食。常用於調理食品、調味料(如咖哩類、燉燒類)及速食飯等。

13【殺傷力】　ㄕㄚ　ㄕㄤ　ㄌㄧˋ
指武器對生物的傷害力。

1【殺一警百】　ㄕㄚ　ㄧ　ㄐㄧㄥˇ　ㄅㄞˇ
處罰一人以警戒大眾。

2【殺人如麻】　ㄕㄚ　ㄖㄣˊ　ㄖㄨˊ　ㄇㄚˊ
比喻殺人很多。

【殺人越貨】　ㄕㄚ　ㄖㄣˊ　ㄩㄝˋ　ㄏㄨㄛˋ
殺害人命，並搶奪其財物。

4【殺手衛星】　ㄕㄚ　ㄕㄡˇ　ㄨㄟˋ　ㄒㄧㄥ
(hunter-killer satellite)反衛星武器(antisatellite weapon)的一種。簡稱A-sat。專門設計用於摧毀敵人衛星的衛星武器。即於攔截其他衛星時，發射自動歸向飛彈，將目標衛星擊毀。但據情報，'美'、'蘇'兩超級強國將傾全力於殺手衛星上，裝置強力雷射與高能粒子束(particle-beam)武器的發展。

7【殺身成仁】　ㄕㄚ　ㄕㄣ　ㄔㄥˊ　ㄖㄣˊ
爲了正義或理想而犧牲生命。

10【殺氣騰騰】　ㄕㄚ　ㄑㄧˋ　ㄊㄥˊ　ㄊㄥˊ
形容殺伐的氣氛很盛。

15【殺敵致果】　ㄕㄚ　ㄉㄧˊ　ㄓˋ　ㄍㄨㄛˇ
勇敢殺敵，建立戰功。

18【殺雞取卵】　ㄕㄚ　ㄐㄧ　ㄑㄩˇ　ㄌㄨㄢˇ
比喻貪圖眼前的小利，而滅絕其根本。多用以指爲政者橫徵暴斂，斷絕人民的生機。

【殺雞警猴】　ㄕㄚ　ㄐㄧ　ㄐㄧㄥˇ　ㄏㄡˊ
比喻懲罰一個人，以警戒其他的人。

2【殺人不見血】　ㄕㄚ　ㄖㄣˊ　ㄅㄨˋ　ㄐㄧㄢˋ　ㄒㄧㄝˇ
用陰險殘狠的手段害人而不露一點痕跡。

【殺人不眨眼】　ㄕㄚ　ㄖㄣˊ　ㄅㄨˋ　ㄓㄚˇ　ㄧㄢˇ
形容人極其好殺而又殘忍狠毒。

18【殺雞焉用牛刀】　ㄕㄚ　ㄐㄧ　ㄧㄢ　ㄩㄥˋ　ㄋㄧㄡˊ　ㄉㄠ
比喻處理小事無須動用大才。

8

殼　ㄎㄜˊ　*k'o*², *k'ê*²　音咳　又讀㈠ㄑㄩㄝˋ　*ch'üeh*⁴　音確　㈡ㄑㄧㄠˋ　*ch'iao*⁴　音峭
本作㱿。也作殻、壳。1從上擊下，確然有聲。見"說文"。2物體外部堅固的表皮。如：蛋殼。

𣪘　ㄐㄧㄡˋ　*chiu*⁴　音救
1煣木使屈。見"說文"。2強擊。見"廣韻"。

殽　ㄧㄠˊ　*yao*²　音爻
1混合；雜亂。通淆。見"說文"。2葇肴。通肴。見"字彙"。3山名。通'崤'。參崤山。

20【殽饌】　ㄧㄠˊ　ㄓㄨㄢˋ
葇肴酒食。

9

𣪊　㱿的訛字。

殿　ㄉㄧㄢˋ　*tien*⁴　音電
1高大的宮室。後專稱帝王所居、朝會之所，或供奉神佛之處。如：宮殿。2行軍時在最後面的部隊。3末等；最後一名。4鎭守。通鎭。見"說文通訓定聲"。

5【殿本】　ㄉㄧㄢˋ　ㄅㄣˇ
'清'初於'武英殿'雕印的書籍。也稱殿版、內府本。

9【殿軍】　ㄉㄧㄢˋ　ㄐㄩㄣ
1行軍時走在最後面押鎭的部隊。2比賽時入選的最後一名。通常爲第四名。

【殿屎】　ㄉㄧㄢˋ　ㄒㄧ
呻吟。

【殿後】　ㄉㄧㄢˋ　ㄏㄡˋ
落在最後。

13【殿試】　ㄉㄧㄢˋ　ㄕˋ
科舉時代，皇帝在殿中親試貢士。也稱廷試。

毀　ㄏㄨㄟˇ　*hui*³　音悔
1損壞；敗壞。見"小爾雅·廣言"。2誹謗。如：毀譽。

9【毀約】　ㄏㄨㄟˇ　ㄩㄝ
破壞合約；不履行合約。

11【毀棄】　ㄏㄨㄟˇ　ㄑㄧˋ
指毀壞遺棄致喪失其物之效用。"刑法"第三百五十二條規定：「毀棄、損壞他人文書，或致令不堪用，足生損害於公眾或他人者，處三年以下有期徒刑、拘役或五百元以下罰金。」

15【毀瘠】　ㄏㄨㄟˇ　ㄐㄧˊ
居喪時過度哀傷而致身體消瘦。

17【毀謗】　ㄏㄨㄟˇ　ㄅㄤˋ
用不實的言辭攻擊他人。

21【毀譽】　ㄏㄨㄟˇ　ㄩˋ
非議與讚美。

10【毀家紓難】　ㄏㄨㄟˇ　ㄐㄧㄚ　ㄕㄨ　ㄋㄢˋ
傾盡家產，以解災難。

10

𣪠 ㄐㄧˋ *chi*^{4} 音計
①戕。見"廣韻"。②盡。見"廣韻"。

毃 ㄑㄧㄠ *ch'iao*^{1} 音敲
敲打;擊打。同敲。見"說文"。

毄 ㊀ ㄐㄧˊ *chi*^{2} 音集
也作毄。①兩種物體相擊撞。見"說文"。②戈戟一類的兵器。③擦拭;擦拂。
㊁ ㄐㄧˋ *chi*^{4} 音季
飼養。通繫。見"字彙補"。

11

毅 ㄧˋ *i*^{4} 音義
果斷;堅強。見"說文"。
2【毅力】 ㄧˋ ㄌㄧˋ
堅定的意志力。

毆 ㊀ ㄡ *ou*^{1} 音歐
打;捶擊。見"說文"。
㊁ ㄑㄩ *ch'ü*^{1} 音驅
馬奔馳。通驅。見"集韻"。

12

𣫍 ㊀ ㄊㄠˊ *t'ao*^{2} 音陶
鼓名。鞀的籀文。見"說文"。
㊁ ㄕㄠˊ *shao*^{2} 音韶
'舜'時的樂舞名。通"韶"。見"正字通"。

毇 ㄏㄨㄟˇ *hui*^{3} 音毀
①舂米。見"說文"。②稠粥。見"廣雅·釋器"。

毈 ㄉㄨㄢˋ *tuan*^{4} 音段
卵孵不成鳥。見"說文"。

13

㲉 ㄑㄩㄝˋ *ch'üeh*^{4} 音確
①鳥類的蛋。見"廣韻"。②殼。多指蛋殼、甲殼。見"集韻"。

14

毉 ㄧ *i*^{1} 音醫
①治病。同醫。見"集韻"。②木名。也稱烏文木。通鷖。見"古今注·草木·鷖木·注"。

19

毊 ㄒㄧㄠ *hsiao*^{1} 音囂
古代打擊樂器。即大磬。形如犂刀。見"爾雅·釋樂"。

毋部

毋 ㄨˊ *wu*^{2} 音無
①勿;莫。表示禁止。見"說文"。②不。表示否定。③沒有。通無。④姓。'唐'有'毋景'。見"通志·氏族略三"。
2【毋乃】 ㄨˊ ㄋㄞˇ
豈不。表示疑惑不決。也作無乃。
11【毋庸】 ㄨˊ ㄩㄥ
無須;不用。
14【毋寧】 ㄨˊ ㄋㄧㄥˊ
寧可;不如。也作無寧。
7【毋忘在莒】 ㄨˊ ㄨㄤˋ ㄗㄞˋ ㄐㄩˇ
勸人得志不要忘記困阨時。'春秋'時'齊'內亂,公子'小白'奔'莒',後入'齊'平亂,即君位,是爲'齊桓公'。於飲宴時,'鮑叔牙'勸'桓公'無忘其出奔在'莒'時的苦難。見"新序·雜事四"。
8【毋忝所生】 ㄨˊ ㄊㄧㄢˇ ㄙㄨㄛˇ ㄕㄥ
不要讓父母受到羞辱。所生,指父母。
11【毋庸諱言】 ㄨˊ ㄩㄥ ㄏㄨㄟˋ ㄧㄢˊ
無須避諱不談。

毌 ㄍㄨㄢˋ *kuan*^{4} 音貫
貫穿。貫的古字。見"說文"。

毋 毌的或體。

母 ㄇㄨˇ *mu*^{3} 音畝
①媽媽。②女性的尊長。如:伯母。③根源;來源。如:失敗爲成功之母。④雌性的。如:母牛。⑤大小成套東西中較大的部分。如:子母車。
8【母法】 ㄇㄨˇ ㄈㄚˇ
制定法律或命令所依據的法律。如"羅馬法"爲'歐洲'各國法律的母法,憲法爲刑法和民法的母法。
【母岩】 ㄇㄨˇ ㄧㄢˊ
(parent rock)風化而發育生成土壤的母物質,稱爲母岩。母岩風化後可逐漸產生土壤剖面的各化育層。母岩實係包括*C*層和*R*層。*R*層指土壤剖面最底部尚未經風化的底岩,而*C*層則爲*R*層之上已風化的岩石碎屑,但未化育成眞正的土壤。
9【母音】 ㄇㄨˇ ㄧㄣ
(vowel)指發音時,氣流通過口腔,不受脣、舌、齒、喉等器官阻礙而發出的音。如 e、i、o、ə、a 等屬之。與子音相對。也稱元音。
10【母校】 ㄇㄨˇ ㄒㄧㄠˋ
(alma mater)學生對其曾就讀或從其畢業之學校的稱呼。
12【母斑】 ㄇㄨˇ ㄅㄢ
(nevus)一種先天性疾病。病因尚不明,可能是胚胎在母體內發育的過程中,神經系統的色素細胞,轉移到皮膚基底層細胞時,發生不正常的變化。其臨床表現呈多樣性,如巨大黑色有毛髮的母斑、咖啡牛奶母斑、藍色母斑、附合性母斑,以及血管瘤、表皮痣、皮膚腺體母斑等。大多數母斑對生命無重大威脅。
13【母群】 ㄇㄨˇ ㄑㄩㄣˊ
(population)指於某特定時間、地點從事研究工作的群眾總體。
15【母儀】 ㄇㄨˇ ㄧˊ
母道的典範。同母範。
16【母錢】 ㄇㄨˇ ㄑㄧㄢˊ
①本錢;資本。②本金。與利息相對。
23【母體】 ㄇㄨˇ ㄊㄧˇ
①本體。②母親的身體。③(pop-

ulation)統計工作目的是瞭解某個群體的性質,此群體即爲母體。例如'蓋洛普民意測驗公司'在'美國'大選前要做抽樣,進行民意測驗,其母體就是全體選票。

4【母公司】ㄇㄨˇ ㄍㄨㄥ ㄙ
(parent company)投資公司持有被投資公司50%以上普通股股權,且能控制其營運政策,則投資公司稱爲母公司,被投資公司稱爲子公司。

19【母難日】ㄇㄨˇ ㄋㄢˋ ㄖˋ
生日。舊時以婦女生產極爲危險,因母親的受難而換來自己的誕生,故稱。

7【母系繼嗣】ㄇㄨˇ ㄒㄧˋ ㄐㄧˋ ㄙˋ
(matrilineal descent)以女性祖先爲始祖,以女性血緣線索傳遞而形成的組群原則。

8【母乳化牛乳】ㄇㄨˇ ㄖㄨˇ ㄏㄨㄚˋ ㄋㄧㄡˊ ㄖㄨˇ
(humanized milk)降低蛋白質含量,並恢復原來的脂肪含量,使其成分與母乳接近,便於嬰兒吸收利用的一種牛乳。市售嬰兒乳粉均經過母乳化處理。

2

每 ㄇㄟˇ mei^{3} 音美
[1]常;凡。見"增韻"。[2]各個;每次。[3]表多數之意。'元''明'小說代作「們」。如:你每。

7【每每】ㄇㄟˇ ㄇㄟˇ
常常;往往。

3【每下愈況】ㄇㄟˇ ㄒㄧㄚˋ ㄩˋ ㄎㄨㄤˋ
指檢驗豬的肥瘦,只須檢驗豬的後腿下節處,愈往下驗,狀況益顯明。見"莊子·知北遊"。後常以「每況愈下」指情況越來越壞。

8【每況愈下】ㄇㄟˇ ㄎㄨㄤˋ ㄩˋ ㄒㄧㄚˋ
參每下愈況。

【每股盈餘】ㄇㄟˇ ㄍㄨˇ ㄧㄥˊ ㄩˊ
(earnings per share)指每年普通股每股所得的盈餘。如公司僅有普通股,則以當年加權股數除當期淨利,即可求得每股盈餘。公司應將每股盈餘列於損益表上以供報表使用人參考。

【每股帳面價值】ㄇㄟˇ ㄍㄨˇ ㄓㄤˋ ㄇㄧㄢˋ ㄐㄧㄚˋ ㄓˊ
(book value per share)係就資產負債表中股東權益總額計算的每股權益。若公司僅有普通股,則將股東權益總額除以流通在外的股數,即得普通股每股帳面價值。若公司亦有特別股時,則應先將股東權益總額依情況分配於各種股份,然後再分別計算其每股帳面價值。

3

毐 ㄞˇ ai^{3} 音矮
品行不好的男子。見"說文"。

毑 姐的古文。

4

毒 ㄉㄨˊ tu^{2} 音獨
[1]有害的草。見"說文"。[2]泛指有害健康或生命之物。如:毒品。[3]下毒;以毒害人或物。如:毒害。[4]禍害;災害。如:荼毒生民。[5]兇殘。如:毒手。[6]強烈。如:毒暑。

4【毒手】ㄉㄨˊ ㄕㄡˇ
惡毒的手段。多指暗算人。

【毒化】ㄉㄨˊ ㄏㄨㄚˋ
[1]物質由無毒變成有毒。[2]以邪惡狠毒的思想或手段使人受到影響或傷害。

9【毒計】ㄉㄨˊ ㄐㄧˋ
惡毒的計謀。

【毒品】ㄉㄨˊ ㄆㄧㄣˇ
含有毒素的物品。一般多指嗎啡、海洛英、大麻菸和速賜康等。

10【毒素】ㄉㄨˊ ㄙㄨˋ
[1](toxins)一般是指細菌所產生的毒素。由菌體分泌至體外的稱外毒素,對熱不安定,以60°C加熱1小時即可破壞。破傷風、白喉菌等均含外毒素。存於細胞體內之毒素稱爲內毒素,對熱頗安定。[2]比喻對群眾心理有害的思想言論。

【毒氣】ㄉㄨˊ ㄑㄧˋ
一種具有毒性或刺激性效應的氣體。利用此類化學戰劑可以產生有效濃度的氣體,如糜爛性毒氣和神經性毒氣等。

14【毒辣】ㄉㄨˊ ㄌㄚˋ
狠毒;殘酷。

【毒餌】ㄉㄨˊ ㄦˇ
有毒的誘引物。

5【毒他作用】ㄉㄨˊ ㄊㄚ ㄗㄨㄛˋ ㄩㄥˋ
(allelopathy)指某種植物產生之化學物質經釋放於環境中,對其他植物產生直接或間接危害的作用。

11【毒蛇猛獸】ㄉㄨˊ ㄕㄜˊ ㄇㄥˇ ㄕㄡˋ
有毒的蛇類與凶猛的獸類。用來比喻凶惡狠毒的人、事、物。

8

毓 ㄩˋ $yü^{4}$ 音育
同育。[1]生育;養育。見"說文"。[2]形成;發生。

比部

比 [一] ㄅㄧˇ pi^{3} 音彼
[1]排比;較量。如:比較。[2]比擬;比方。[3]例;事例。[4]"詩"六義之一。詩歌作法的一種,使用象徵、譬喻的方式來創作。[5](root)甲數除以乙數稱爲甲數與乙數之比。

[二] ㄅㄧˋ pi^{4} 音必
[1]親近;相近。見"廣雅·釋詁"。[2]結黨;勾結。如:朋比爲奸。[3]並列;緊密排列。如:比肩。[4]最近;

比卦圖

近來。如：比來。5及；到。如：比及。6“易”卦名。六十四卦之一。坤下坎上。7‘周代’地方組織名。五家爲比。見“周禮·地官·大司徒”。

三 ㄆㄧˊ p'i² 音皮

通皮。如：臯比。

3【比干】 ㄅㄧˇ ㄍㄢ

‘商紂’的叔父，因諫‘紂’而被殺。

【比才】 ㄅㄧˇ ㄘㄞˊ

(Georges Bizet, 1838～1875)‘法國’鋼琴演奏家、作曲家。十歲入‘巴黎音樂院’，十九歲得‘羅馬’獎，爲早慧型音樂家。作品有歌劇“卡門”(*Carmen*)等九部、管絃樂“阿萊城姑娘組曲”(*L'Arlésienne suite*)及鋼琴曲多種。

比才像

4【比方】 ㄅㄧˇ ㄈㄤ

1譬喻。2比較。3順從其道。

【比及】 ㄅㄧˋ ㄐㄧˊ

1等到。2未及。指在這個時間以前。3假如。4既然。5與其。

5【比丘】 ㄅㄧˇ ㄑㄧㄡ

佛家語。梵語 bhikṣu、bhikṣuka 的音譯。也作苾芻。原意爲乞士，佛教受具足戒男性僧徒的通稱。俗稱和尚。

6【比年】 ㄅㄧˋ ㄋㄧㄢˊ

1每年。2連年。3近年。

8【比附】 ㄅㄧˇ ㄈㄨˋ

1互相依倚。2比照同類事例處理。

【比例】 ㄅㄧˇ ㄌㄧˋ

1取已往的事例相比擬。2(proportion)同種類的二數量相除爲比。若此二數相比等於彼二數相比，則四數成爲比例。

【比肩】 ㄅㄧˋ ㄐㄧㄢ

1並肩。如：比肩而立。2比喻聲望、地位相等或關係密切。3比喻接連而至。

9【比重】 ㄅㄧˇ ㄓㄨㄥˋ

(specific gravity)物體的重量與4°C同體積的水的重量之比，稱爲該物體的比重。此亦相等於物體的密度與4°C之水的密度的比值。因水的密度變化甚小，故在實際使用上，常不加此溫度的限制。因水的密度在CGS制中等於1公克/公分^3，故物體的比重，其值等於物體密度(CGS制)大小。

10【比容】 ㄅㄧˇ ㄖㄨㄥˊ

(specific volume)單位質量物質所據有之容積。爲密度之倒數。通常以 v 表之，公制單位爲 m^3/kg。

11【比率】 ㄅㄧˇ ㄌㄩˋ

1比例；比類。2(ratio)計量A數爲計量B數的倍數時，以A數除以B數，記爲 $\frac{A}{B}$ 或$A:B$，稱爲A比B或A與B的比率。

【比得】 ㄅㄧˇ ㄉㄜˊ

(Saint Bede (Baede; Beda), 673～735)‘英國’學者、歷史學家和神學家。是‘英國’古代最富盛名的教會學者，在文學史上素有「德高望重的比得」(the Venerable Bede)之稱。他的著作“英國人教會史”(*Historia ecclesiastica gentis Anglorum*)，爲‘英國’第一本歷史書籍，極有價值。

12【比喻】 ㄅㄧˇ ㄩˋ

修辭格的一種。也稱譬喻。參譬喻1。

13【比照】 ㄅㄧˇ ㄓㄠˋ

1比較對照。2依照。

14【比劃】 ㄅㄧˇ ㄏㄨㄚˋ

1比武；較量。2用手作勢，做出或模擬某種狀態。3練習、排演的非正式動作。

【比對】 ㄅㄧˇ ㄉㄨㄟˋ

1比較核對。2就算；即使。

15【比鄰】 ㄅㄧˇ ㄌㄧㄣˊ

近鄰。

【比熱】 ㄅㄧˇ ㄖㄜˋ

(specific heat)物體單位質量的熱容，稱爲該物質的比熱。比熱有定容比熱、定壓比熱的不同，定壓比熱通常比定容比熱大。比熱是物質的特性之一，可用以鑑定物質的種類，物理學家常用以鑑定是否有相變的發生。由於單位質量的不同物質含有不同數目的原子(或分子)，在理論上常須知道每個原子、分子的熱容，故又有莫耳比熱的定義。物質的莫耳比熱定義爲單位克分子量的熱容。

【比數】 ㄅㄧˇ ㄕㄨˋ

1運動競賽中雙方所得的分數。2同等；等列；相提並論。

17【比翼】 ㄅㄧˋ ㄧˋ

1並翅齊飛。2比喻夫婦之間關係親密。

【比擬】 ㄅㄧˇ ㄋㄧˇ

修辭格的一種。或把物擬作人，稱擬人；或把人擬作物，稱擬物。

18【比薩】 ㄅㄧˇ ㄙㄚˋ

(pizza)‘義大利’著名的一種麵餅。將發酵的麵糰擀成麵餅放在派盤或平烤盤中，淋上番茄醬，加上蒙佐力拉起士(mozzarella cheese)、鹹魚、肉、西式香腸或洋菇、青椒等裝飾，進爐烘烤後即成。

5【比目魚】 ㄅㄧˇ ㄇㄨˋ ㄩˊ

鰈魚的俗稱。參鰈魚。

【比丘尼】 ㄅㄧˇ ㄑㄧㄡ ㄋㄧˊ

佛家語。梵語 bhikṣuṇī 的音譯。又譯爲苾芻尼、苾蒭尼，也作尼比丘。爲女子出家受具足戒者的通稱。

6【比色計】 ㄅㄧˇ ㄙㄜˋ ㄐㄧˋ

(colorimeter)通過之光源爲可見光之光度計，其以人眼爲偵檢器，由比較物料溶液與已知濃度標準溶液因吸收光線而呈現之顏色變化，來計算待測物料之濃度。

7【比利時】 ㄅㄧˇ ㄌㄧˋ ㄕˊ

(Belgium)位於西‘歐’的永久中立國。面積 3 萬方公里，人口

1,036.0萬（2005年），首都'布魯塞爾'。地勢由東南傾向西北，東南部'亞耳丁高地'（Ardennes Tableland）富藏煤鐵，'馬士河'(Meuse R.)與'須耳德河'(Schelde R.)間的平原爲主要農業區，西部'北海'沿岸爲沙丘及圩田。屬溫帶海洋性氣候。'馬士河'及'松布耳河'(Sambre R.)谷地工業最盛，'列日'(Liege)爲最大工業中心。紡織、鋼鐵業發達，有[小英國]之稱。農產及煤鐵均不足自給。乳、肉用畜牧業占農業總收入的3/4。觀光旅遊業盛。'安凡爾'(Anvers)爲最大商港。

8【比例尺】 ㄅㄧˇ ㄌㄧˋ ㄔˇ
(scale)物體長度過大，無法以原尺寸在圖上表示時，用以縮小物體爲適當比例的繪圖工具。常用的形狀爲三稜式，全長30公分，尺上刻有 1/100、1/200、1/300、1/400、1/500、1/600六種尺度。例如1/100縮尺表示將建築物尺寸縮小100倍繪於圖上，即圖面上1公分長，表實際建築物100公分的長度。

【比例稅】 ㄅㄧˇ ㄌㄧˋ ㄕㄨㄟˋ
(proportional tax)指不問稅基的大小，均按一定比例課徵的租稅。如國父主張對地價課稅之比例爲值百抽五即是。現行稅目中，營業稅、印花稅、貨物稅、屠宰稅、娛樂稅、田賦、房屋稅等均採比例稅率課稅。

9【比重計】 ㄅㄧˇ ㄓㄨㄥˋ ㄐㄧˋ
(hydrometer)直接投入液體而能測定其比重之儀器。其構造爲晝有刻度之中空玻璃，玻璃下端具有相當重量以便直立於液體中。乃利用'阿基米德'浮體原理而製造的。

【比重量】 ㄅㄧˇ ㄓㄨㄥˋ ㄌㄧㄤˋ
(specific weight)單位體積的重量。比重量並非熱力性質，因受重力加速度的影響，在不同地方有不同值。

11【比速率】 ㄅㄧˇ ㄙㄨˋ ㄌㄩˋ
(specific speed)欲保持一泵之形狀及運轉狀態相似而將其大小予以變更，若能使其在單位流量下產生單位總落差時，則所需給予此泵之每分鐘回轉數，即稱爲原泵之比速率。

【比基尼】 ㄅㄧˇ ㄐㄧ ㄋㄧˊ
(bikini)分上下兩截的女用泳衣。又稱三點式。'比基尼'爲'大洋洲''馬紹爾群島'中的一座珊瑚島名。西元1946年'美國'曾在該島舉行原子彈試爆。而三點式泳裝由於暴露，十分引人注目，令觀者視覺如同原子彈引爆般振奮，故稱。

【比推力】 ㄅㄧˇ ㄊㄨㄟ ㄌㄧˋ
(specific thrust)噴射發動機在每一單位空氣流量產生的推力。

13【比較器】 ㄅㄧˇ ㄐㄧㄠˋ ㄑㄧˋ
(comparator)可對兩項資料進行比較，以確定二者是否相等或其間的大小關係，並將比較結果輸出的裝置。

17【比翼鳥】 ㄅㄧˋ ㄧˋ ㄋㄧㄠˇ
又名鶼鶼。雌雄並翅齊飛。詩文中常用以比喻形影不離的情侶或好友。

4【比比皆是】 ㄅㄧˋ ㄅㄧˋ ㄐㄧㄝ ㄕˋ
到處都是。

5【比出水量】 ㄅㄧˇ ㄔㄨ ㄕㄨㄟˇ ㄌㄧㄤˋ
(specific yield)含水物質單位體積的排水或揚水量。即排除之水體積對失水之含水物質體積的百分比。

8【比亞特西】 ㄅㄧˇ ㄧㄚˇ ㄊㄜˋ ㄒㄧ
(Giuseppe Piazzi, 1746～1826)'義大利'天文學家。太陽系最大之小行星穀神星(Ceres)的發現者和命名者。

【比物醜類】 ㄅㄧˇ ㄨˋ ㄔㄡˇ ㄌㄟˋ
以同類的事物相比方。

【比例控制】 ㄅㄧˇ ㄌㄧˋ ㄎㄨㄥˋ ㄓˋ
(proportional control)回饋系統中，使用比例控制器者。其作用是使負荷擾動或定點擾動對輸出變數之影響減小及使應答變快。但會有偏位產生，常用於不介意穩定狀態下之誤差的控制，如液位控制。

【比例稅率】 ㄅㄧˇ ㄌㄧˋ ㄕㄨㄟˋ ㄌㄩˋ
(proportional tax rate)指不論租稅客體大小，均徵收同一稅率者而言。我國現行稅目中大多採用比例稅率，例如營業稅中的買賣業稅率爲千分之六，則營業額不論爲一百萬元或一千萬元，均課徵千分之六。

13【比較哲學】 ㄅㄧˇ ㄐㄧㄠˋ ㄓㄜˊ ㄒㄩㄝˊ
(comparative philosophy)[1]探討、比較不同哲學傳統間之根本假定、關懷重點與系統結構的學科。[2]使用不同之哲學傳統中的理論，對於同一個哲學問題作比較性的研究探討。

8【比例代表制】 ㄅㄧˇ ㄌㄧˋ ㄉㄞˋ ㄅㄧㄠˇ ㄓˋ
指選舉時依各黨得票之數目，分配議會的議席。此制與一般選舉制的主要不同在於：普通選舉制，何人當選，乃比較候選人的獲票數之結果；比例代表制則先算出候選人當選之票數爲當選商數，某候選人獲票超過商數者，可轉讓同黨的其他候選人。

【比例積分控制】 ㄅㄧˇ ㄌㄧˋ ㄐㄧ ㄈㄣ ㄎㄨㄥˋ ㄓˋ
(proportional integral control)回饋控制系統中，以比例積分控制器來控制者。其加上積分作用之目的在於消除比例控制引起之偏位。此外，增加重整率可使應答振動加大，但應答變快，常用於流量控制。

13【比較利益法則】 ㄅㄧˇ ㄐㄧㄠˋ ㄌㄧˋ ㄧˋ ㄈㄚˇ ㄗㄜˊ
(law of comparative advantage)'英國'經濟學者'李嘉圖'(D.

Ricardo)根據勞動價值說，提出比較利益法則來說明國際貿易的發生。他認爲一國對兩種產品的生產同時具有絕對利益，但比較利益不同時，仍應進行國際貿易，專業生產且出口其中比較利益大的產品，而進口比較利益小的產品，如此，兩國仍將互蒙其利。

8【比例積分微分控制】 ㄅㄧˇ ㄌㄧˋ ㄐㄧ ㄈㄣ ㄨㄟˊ ㄈㄣ ㄎㄨㄥˋ ㄓˋ
(proportional integral derivative control)回饋控制系統中，以比例積分微分控制器來控制者。加入微分控制之作用在於減小積分控制引起之振動，又因積分控制之存在而無偏位發生，但微分作用亦放大了雜訊而使控制元件產生波動，故此控制器較適宜用在雜訊少之時機，如溫度環與氣體壓力環控制。

5

毖 ㄅㄧˋ *pi*⁴ 音必
1戒慎；謹慎。見"說文"。2勞苦；操勞。見"玉篇"。3教導。

毘 毗的或體。

毗 ㄆㄧˊ *p'i*² 音皮
本作𣬉。也作㲋、毘。1憤懣。見"方言·一二"。2輔佐。通比。見"集韻"。3連接。如：毗連。4擁護；尊崇。5損傷。6姓。'明'有'毗寵'。見"萬姓統譜·五"。7梵語的譯音字。參毗尼。

5【毗尼】 ㄆㄧˊ ㄋㄧˊ
佛家語。梵語vinaya的音譯，新譯毗奈耶，義爲善治、調伏、滅、律。是經、律、論三藏之一。毗尼與尸羅(śila)在身心調治上可相通；在範疇上，毗尼爲律的總稱，尸羅爲戒的別稱。

10【毗益】 ㄆㄧˊ ㄧˋ
輔助而使之改善。

11【毗連】 ㄆㄧˊ ㄌㄧㄢˊ
互相連接。

15【毗鄰】 ㄆㄧˊ ㄌㄧㄣˊ
鄰近。指地相連而接鄰。

㲋 ㄔㄨㄛˋ *ch'o*⁴, *ch'uo*⁴ 音綽
野兔的一種。毛褐灰色，頭大。見"說文"。

6

𣬉 毗的本字。

9

㲌 ㄐㄩㄝˊ *chüeh*² 音絕
一種似猩猩的野獸。見"說文"。

10

㲍 ㄕˋ *shih*⁴ 音試
一種似貍的野獸。見"玉篇"。

13

毚 ㄔㄢˊ *ch'an*² 音蟬
1狡兔；大兔。或作⿰犭毚。見"說文"。2貪。

21

⿱㲋⿰㲋㲋 ㄆㄛˋ *p'o*⁴ 音破
疾速的樣子。也作⿱㲋⿰㲋㲋。見"集韻"。

毛 部

毛 ㄇㄠˊ *mao*² 音矛
1人獸身上所長如眉髮一類的絲狀物。見"說文"。2泛指植物表皮所生，用以保護本體的絲狀物。3指地上所生的草木。多指穀類。如：不毛之地。4物體上長的霉。5大略；粗糙。如：毛坯。6輔幣一角，俗稱一毛。7姓。'戰國''趙'有'毛遂'。見"史記·平原君列傳"。

4【毛片】 ㄇㄠˊ ㄆㄧㄢˋ
(work print)也稱工作片。指經沖洗後，粗略剪接的電影底片，供剪接師和有關工作人員作詳細剪接用。

7【毛亨】 ㄇㄠˊ ㄏㄥ
'漢'時'魯'人。作"詩故訓傳"授'毛萇'。時人稱'亨'爲'大毛公'，'萇'爲'小毛公'。

【毛坑】 ㄇㄠˊ ㄎㄥ
廁所的俗稱。也作茅坑。

【毛利】 ㄇㄠˊ ㄌㄧˋ
1(Maori)'大洋洲''紐西蘭'的土著民族。西元1840年'英'人至此地殖民，族人聚眾抗拒。因土地被割據、種族衝突及經濟競爭，1860年遂發生'毛利'戰爭(the Maori Wars)。直到二十世紀，其文化和經濟復興才漸漸受到重視和鼓勵。'毛利'人身長體碩，昔日都著寬鬆麻織衣服；年輕戰士初次出戰後即紋面。信仰類似我國的民間信仰。2(gross profit)營業收益減除營業成本，而未減除營業費用的餘額。

8【毛奇】 ㄇㄠˊ ㄑㄧˊ
(Helmuth Karl Bernhard von Moltke, 1800～1891)'普魯士'元帥、軍事策略家。畢業於'丹麥''哥本哈根'的'皇家軍事學院'。西元1832年任職'普魯士''參謀部'，1859年成爲參謀總長，任職期間，與'俾士麥'和'戰爭部'長'龍恩'(Albrecht Theodor Emil Roon)密切配合，以促成'德國'的統一。於1864年的'德''丹'戰爭、1866年的'普''奧'戰爭及1870～1871年的'普''法'戰爭，屢建奇功，聞名於世。

【毛姆】 ㄇㄠˊ ㄇㄨˇ
(W. Somerset Maugham, 1874～1965)'英國'小說家、劇作家。出生於'法國'，十歲成爲孤兒，後將少年時代的孤苦寫入自傳性的小說"人性枷鎖"(*Of Human Bondage*)中。一生酷好

旅行，足跡幾遍全球。他寫了一些'英國'風俗喜劇，但最大成就在小說，文體簡潔明快，故事性強，描寫複雜矛盾的人性，用語卻平易近人。重要作品有"月亮與六便士"(*The Moon and Sixpence*)、"剃刀邊緣"(*The Razor's Edge*)等。

毛姆像

10【毛海】 ㄇㄠˊ ㄏㄞˇ
指'安哥拉'山羊所產的毛。較綿羊毛彎曲少，品質則較光亮、柔軟。織物的抗皺性佳，纖維堅牢。可供製窗帷、地氈、毛織品及夏季的西服。

【毛病】 ㄇㄠˊ ㄅㄧㄥˋ
1疾病；病害。2缺點；瑕疵。3泛指事物的弊端或故障。

12【毛萇】 ㄇㄠˊ ㄔㄤˊ
'漢'時'趙'人。也稱'小毛公'。曾爲'河間獻王'博士，官至'北海'太守。舊傳'毛亨'爲"詩故訓傳"以授'毛萇'，'萇'又傳授給'貫長卿'。

13【毛詩】 ㄇㄠˊ ㄕ
相傳'秦''漢'間'魯'人'毛亨'、'趙'人'毛萇'所傳，"漢書·藝文志"著錄二十九卷。'漢代'經師傳"詩"者有'齊'、'魯'、'韓'、'毛'四家，"毛詩"獨傳至今。參詩經。

【毛瑟】 ㄇㄠˊ ㄙㄜˋ
(Peter Paul Mauser, 1838～1914)'德國'槍械發明家。早年任職'奧本托夫'(Oberndorf)地區的皇家兵工廠。西元1863年，與其兄'威廉·毛瑟'(Wilhelm Mauser)合作發明了撞針鎗(needle gun)。1867年兩兄弟移居'比利時'的'列日'(Liége)，又發明了一種後膛裝彈的鎗。後買下'奧本托夫'的兵工廠，自己製造武器。彈夾來福鎗即其於1897年所發明。

15【毛豬】 ㄇㄠˊ ㄓㄨ
指豬隻或小豬。

19【毛邊】 ㄇㄠˊ ㄅㄧㄢ
(burr)原料下料時或機械加工後，其加工邊緣具凸起或捲起現象，此邊緣稱爲毛邊。

3【毛子水】 ㄇㄠˊ ㄗˇ ㄕㄨㄟˇ
(1893～1988)名'準'，以字行。'浙江''江山'人。'北京大學'數學門(系)畢業，後赴'德國'留學，回國後，歷任'北京大學'、'西南聯大'、'臺灣大學'等校教授。治學重視科學方法，論述謹嚴。著有"毛子水文存"、"理想和現實"、"論語今註今譯"等書。

毛子水像

4【毛毛的】 ㄇㄠˊ ㄇㄠˊ ·ㄉㄜ
1心中畏懼、恐慌。2大約；差不多。

【毛公鼎】 ㄇㄠˊ ㄍㄨㄥ ㄉㄧㄥˇ
'西周''宣王'時的青銅器。其形制圓腹，三獸足，立耳，頸部飾重環紋。銘文長達四百九十七字，以「王曰」開頭，分作五段，首述有'周'受天命，次命'父唇'治王邦王家，三命'父唇'敷內外政，四命'父唇'作明刑，五記錫賞禮物。器主'毛公唇'，'周'王呼'父唇'，蓋其父執也。此鼎無年月，舊說斷代不一，'郭沫若'斷於'宣王'，'容庚'從之，大抵是定論。傳出'陝西''岐山'，蓋'宗周'末期之重器，由此可以了解'周'王朝權臣之職事。現藏'臺北'故宮博物院'。

毛公鼎圖

7【毛投資】 ㄇㄠˊ ㄊㄡˊ ㄗ
(gross investment)包括折舊在內的投資。等於淨投資加上折舊。

8【毛奇齡】 ㄇㄠˊ ㄑㄧˊ ㄌㄧㄥˊ
(1623～1716)'浙江''蕭山'人，字'大可'，號'初晴'，又以郡望稱'西河'。本爲'明'末諸生，'康熙'中舉博學鴻詞，授'翰林院'檢討，與修"明史"，後以病乞歸。'奇齡'說經好辯駁，多非難'宋'儒。擅長駢文、散文，工詞，並從事詩詞的理論批評，有"西河詩話"、"西河詞話"。著作甚多，後人編有"西河全集"。

9【毛玻璃】 ㄇㄠˊ ㄅㄛ ㄌㄧˊ
(frosted glass)係指將玻璃經過處理而得表面粗糙，不透明狀的玻璃。可應用於器皿接口之密封。

10【毛詩譜】 ㄇㄠˊ ㄕ ㄆㄨˇ
'東漢''鄭玄'撰。論次"詩經"各部分之時代、風土背景，以爲讀"詩"之助。其書至'北宋'亡佚，'唐'人撰"詩經正義"，採"毛詩譜"之說冠於十五國風、小大雅、三頌之首，但多佚脫。

14【毛管水】 ㄇㄠˊ ㄍㄨㄢˇ ㄕㄨㄟˇ
(capillary water)指土壤中藉毛管表面張力而附著於土粒的水分。爲土壤水分中最重要者。此部分的水分因可藉毛管作用而經由土壤孔隙上升，故可爲植物吸收利用，也可上升至地表而蒸發。

16【毛澤東】 ㄇㄠˊ ㄗㄜˊ ㄉㄨㄥ
(1893～1976)'湖南''湘潭'人，字'潤之'。'湖南省立第一師範'畢業。任'北大'圖書館助理員，廣泛接觸社會主義思想。'民國'十年參加'中國共產黨'。曾策動兩'湖'秋收暴動，失敗後，與'朱德'殘部會合於'江西''井崗山'，成立「紅四軍」，任師長。二十四年，任'中共'中央軍委會主席。'中共'政權建立後，任主席，策動反右派運動，倡導三面紅旗，發動文化大革命，摧毀'中華'文化，殺害無數百姓。

毛澤東像

19【毛邊紙】 ㄇㄠˊ ㄅㄧㄢ ㄓˇ
一種書法用紙。以竹製成，質細柔，色淡黃，著墨即顯。

17【毛氈苔】 ㄇㄠˊ ㄓㄢ ㄊㄞˊ
(sundew)屬茅膏菜科、茅膏菜屬(*Drosera*)。多年生草本,生長於潮溼泥濘的地方。爲捕蟲植物,其捕蟲器有耀眼的腺毛,頂端有一滴滴的黏液,用以捕捉停在其上的昆蟲或其他小動物。

4【毛手毛腳】 ㄇㄠˊ ㄕㄡˇ ㄇㄠˊ ㄐㄧㄠˇ
1形容做事粗率慌張。2形容舉動輕浮失禮。

7【毛利率法】 ㄇㄠˊ ㄌㄧˋ ㄌㄩˋ ㄈㄚˇ
(gross profit method)估計期末存貨的一種方法。通常在採用定期盤存制時,因不願或無法盤點存貨時使用。本法係根據過去的平均毛利率以估計期末存貨,故稱爲毛利率法,其估計方法:一、以過去的毛利率乘本期銷貨淨額,求出估計的銷貨毛利。二、將本期銷貨淨額減去估計的銷貨毛利,得到估計的銷貨成本。三、本期可供銷售商品總額減估計的銷貨成本,即爲估計的期末存貨。採用此法時,必須過去的毛利率相當正常,如已知本期情況與過去有顯著不同時,則應加以調整,方可使估計數字接近正確的存貨價值。

10【毛骨悚然】 ㄇㄠˊ ㄍㄨˇ ㄙㄨㄥˇ ㄖㄢˊ
形容驚懼至極的樣子。

11【毛細現象】 ㄇㄠˊ ㄒㄧˋ ㄒㄧㄢˋ ㄒㄧㄤˋ
(capillary phenomena)將內直徑甚小的玻璃管(稱爲毛細管)插入水中,管內水面會上升;如插入水銀中則液面會下降,這種現象即毛細現象。其原理乃分子間內聚力及附著力不同所致。水的附著力大於內聚力,故上升;水銀則反之。管徑愈小者毛細現象愈明顯。

13【毛遂自薦】 ㄇㄠˊ ㄙㄨㄟˋ ㄗˋ ㄐㄧㄢˋ
比喻自己推薦自己。'毛遂'爲'戰國'時'趙''平原君'的食客,'秦'攻'趙','平原君'奉使求救於'楚','毛遂'自我推薦,隨從'平原君'到'楚國'去,終助'平原君'與'楚'定盟約而歸。見"史記·平原君列傳"。

15【毛髮倒豎】 ㄇㄠˊ ㄈㄚˇ ㄉㄠˋ ㄕㄨˋ
形容驚怕或憤怒的樣子。

【毛髮聳然】 ㄇㄠˊ ㄈㄚˇ ㄙㄨㄥˇ ㄖㄢˊ
形容驚恐懼怕的樣子。

8【毛所得型營業加值稅】 ㄇㄠˊ ㄙㄨㄛˇ ㄉㄜˊ ㄒㄧㄥˊ ㄧㄥˊ ㄧㄝˋ ㄐㄧㄚ ㄓˊ ㄕㄨㄟˋ
(gross income type of value-added tax)營業加值稅型態之一。按銷項減進項即爲毛所得型之加值,此加值亦即爲薪資、稅捐、租金、利息、權利金及利潤等項目之和。依此型態課徵加值稅,廠商之稅負較淨所得型及消費型者爲重。

13【毛詩草木鳥獸蟲魚疏】 ㄇㄠˊ ㄕ ㄘㄠˇ ㄇㄨˋ ㄋㄧㄠˇ ㄕㄡˋ ㄔㄨㄥˊ ㄩˊ ㄕㄨˋ
三國'吳''陸璣'撰,二卷。解釋"毛詩"草木鳥獸蟲魚之名,辨其古今之異,對於研讀"毛詩",助益極大。

2

㲎 ㄐㄧ *chi*¹ 音基
參㲎𣬼。

8【㲎𣬼】 ㄐㄧ ·ㄅㄚ
男子生殖器的陰莖。也作雞巴。

4

毞 ㄆㄧˊ *p'i*² 音皮
我國西南少數民族用獸毛織成的一種毛氈。通紕。見"集韻"。

𣬶 ㄈㄣ *fên*¹ 音紛
羽毛掉落。見"廣韻"。

𣬼 ㄅㄚ *pa*¹ 音巴
參㲎𣬼。

𣬴 ㄐㄧㄝˋ *chieh*⁴ 音戒
細的獸毛。見"集韻"。

5

𣭛 ㄊㄧㄠˊ *t'iao*² 音迢
參𣭛毹。

11【𣭛毹】 ㄊㄧㄠˊ ㄒㄧㄠ
1羽毛頹敝的樣子。2鳥尾向上翹的毛。

𣭝 ㄇㄠˋ *mao*⁴ 音茂
毛生得很密。見"正字通"。

毡 氈的俗體。

𣭕 ㄆㄧ *p'i*¹ 音披
毛。見"玉篇"。

𣭐 ㄅㄠˋ *pao*⁴ 音報
鳥孵卵。見"字彙"。

6

毣 ㄇㄨˋ *mu*⁴ 音木
1美好。見"方言·一三"。2羽毛沾溼的樣子。見"玉篇"。

毦 ㄦˋ *êrh*⁴ 音貳
1羽毛製成的飾物。見"說文新附"。2泛指下垂的絲狀飾物。見"通俗文"。

毤 ㄊㄨㄛˋ *t'o*⁴, *t'uo*⁴ 音拓
換毛;脫毛。也作毻。見"集韻"。

毧 ㄖㄨㄥˊ *jung*² 音戎
1細毛。見"玉篇"。2指毛織品。通羢。如:呢毧。

毨 ㄒㄧㄢˇ *hsien*³ 音顯
1選取羽毛。見"說文"。2羽毛整齊好看的樣子。見"字彙"。

7

𣯎 ㄕㄚ *sha*¹ 音沙
長毛的樣子。見"正字通"。

毫 ㄏㄠˊ *hao*² 音豪
1細長的毛。見"廣韻"。2極細微的事物。如:毫芒。3毛筆。如:揮毫。4輔幣一角,俗稱一毫。5秤紐。指秤桿上的提繩。分頭毫、二毫、三毫。6(milli)代號爲

m。國際通用分數譯音，爲10^{-3}。⑦姓。'漢'有'毫康'。見"奇姓通·三"。

4【毫巴】ㄏㄠˊ ㄅㄚ

(millibar; mb)氣壓的單位。是一種力的單位。即每平方公分面積承受一千達因之力時，稱爲一毫巴。

5【毫末】ㄏㄠˊ ㄇㄛˋ

鳥獸細毛的末端。比喻極細微的事物。

15【毫髮】ㄏㄠˊ ㄈㄚˇ

毛髮。比喻細小或些許。

18【毫釐】ㄏㄠˊ ㄌㄧˊ

比喻極細微或極微小。

7【毫芒雕刻】ㄏㄠˊ ㄇㄤˊ ㄉㄧㄠ ㄎㄜˋ

極精細的雕刻手藝。通常可在一粒米似的面積上刻下數十字。所刻字畫肉眼難以辨識，須借助高倍放大鏡方能窺見。

15【毫髮不爽】ㄏㄠˊ ㄈㄚˇ ㄅㄨˋ ㄕㄨㄤˇ

分毫不差；絲毫無誤。

18【毫釐千里】ㄏㄠˊ ㄌㄧˊ ㄑㄧㄢ ㄌㄧˇ

開始時相差很小，結果相差很大。

【毫釐不差】ㄏㄠˊ ㄌㄧˊ ㄅㄨˋ ㄔㄚ

沒有絲毫差失。

毷 ㄒㄧㄠ *hsiao*¹ 音消

參毰毷。

毬 ㄑㄧㄡˊ *ch'iu*² 音求

今通作球。古代用以習武的皮球。供腳踢或杖擊。也稱鞠丸。如：蹴毬。

8

𣭲 ㄅㄤˇ *pang*³ 音榜

參𣭲𣰌。

15【𣭲𣰌】ㄅㄤˇ ㄇㄤˇ

毛布。

毲 ㄉㄨㄛˊ *to*², *tuo*² 音奪

我國西南少數民族所織的毛氈。見"集韻"。

𣯧 ㄑㄩˊ *ch'ü*² 音渠

毯褥一類的織品。見"字彙補"。

毰 ㄆㄟˊ *p'ei*² 音賠

參毰毸。

13【毰毸】ㄆㄟˊ ㄙㄞ

也作陪鰓。①鳥羽張開的樣子。②比喻怒放、勃發。

毯 ㄊㄢˇ *t'an*³ 音坦

鋪設用的棉毛織物。

毳 ㊀ ㄘㄨㄟˋ *ts'ui*⁴ 音脆

①鳥獸的細毛。見"說文"。②粗糙的毛織品。③在雪地或泥路上行走的用具。通橇。見"史記·河渠書·泥行蹈毳·索隱"。

㊁ ㄑㄧㄠ *ch'iao*¹ 音敲

㊀③的又讀。

𣬛 氂的或體。

9

毮 毽的或體。

𣯽 ㄖㄨㄥˊ *jung*² 音容

柔細的毛。見"字彙"。

毻 ㄊㄨㄛˋ *t'o*⁴, *t'uo*⁴ 音唾

又讀 ㄊㄨㄟˋ *t'ui*⁴ 音退

鳥獸換毛。見"字彙"。

𣯍 毷的本字。

毷 ㄇㄠˋ *mao*⁴ 音冒

參毷氉。

17【毷氉】ㄇㄠˋ ㄙㄠˋ

煩悶。

毼 ㄏㄜˊ *ho*², *hê*² 音曷

參氀毼。

毹 ㄕㄨ *shu*¹ 音舒 又讀 ㄩˊ *yü*² 音於

參氍毹。

𣯑 毽的或體。

毽 ㄐㄧㄢˋ *chien*⁴ 音建

用腳踢的一種玩具。將羽毛或紙穗兒插入錢孔，並以布帛裹錢而製成。俗稱毽子，也叫箭子。

毸 ㄙㄞ *sai*¹ 音鰓

參毰毸。

毤 ㄅㄧㄢˋ *pien*⁴ 音辨

參毤毮。

16【毤毮】ㄅㄧㄢˋ ㄆㄨˊ

毛打結糾纏，未經梳理的樣子。

10

毮 ㄙㄨㄛ *so*¹, *suo*¹ 音娑

毛羽搖動的樣子。

毢 ㄕㄨㄞ *shuai*¹ 音衰

參毿毢。

𣯶 ㄊㄤˊ *t'ang*² 音唐

冠纓上的裝飾。見"正字通"。

毼 ㄏㄜˊ *ho*², *hê*² 音何

毛布。見"字彙"。

𣰆 ㄏㄢˊ *han*² 音寒

獸毛。見"說文"。

毾 ㄊㄚˋ *t'a*⁴ 音榻

參毾㲪。

16【毾㲪】ㄊㄚˋ ㄉㄥ

細毛毯。也作𣰆𣯽。

𣯸 毾的或體。

毽 ㄙㄡ *sou*¹ 音搜

毛席；毛毯。同毯、毮。見"集韻"。

11

氂 ㄌㄧˊ *li*² 音離 又讀 ㄇㄠˊ *mao*² 音毛

也作𣬛。①犛牛尾。見"說文"。②牦牛。通犛。見"集韻"。③泛指長毛的獸尾。④長毛。

氀 ㄌㄩˊ *lü*² 音驢

參氀毼。

13【氀毼】ㄌㄩˊ ㄏㄜˊ

一種毛織物。

𣰌 ㄇㄤˇ *mang*³ 音莽

或作𣰌。參𣭲𣰌。

毿 ㄙㄢ *san*¹ 音三

毛長的樣子。見"玉篇"。

14【毿毢】ㄙㄢ ㄕㄨㄞ

毛長的樣子。

氁 ㄇㄨˊ *mu*²

光滑厚密的毛織品。即毛

毵。見"字彙"。

12

毿 ㄊㄨㄥˊ *t'ung*^{2} 音同
參毿毾。

18【毿毾】 ㄊㄨㄥˊ ㄇㄥˊ
羽毛散開的樣子。也作毾毿。

毹 ㄖㄨㄥˇ *jung*^{3} 音冗
[1]毛長得濃密。見"說文"。[2]指細毛。見"字彙"。

毴 ㄉㄥ *têng*^{1} 音登
參毹毴。

氅 ㄔㄤˇ *ch'ang*^{3} 音敞
[1]鶖鳥的羽毛。或作鶖。見"集韻"。[2]以鳥羽製成的外套。如：鶴氅。[3]用鳥羽爲飾的旌旗。見"說文新附"。

6【氅衣】 ㄔㄤˇ ㄧ
[1]禦風寒的外衣。[2]道士所穿以鳥羽編製的衣服。

毾 ㄆㄨˊ *p'u*^{2} 音僕
參毻毾。

氆 ㄅㄤˇ *pang*^{3} 音榜
參氆氌。

19【氆氌】 ㄅㄤˇ ㄌㄨˇ
地毯一類的羢毛織物。產於'天竺'。

13

氈 ㄓㄢ *chan*^{1} 音沾
用獸毛著膠汁壓合而成，可做褥墊或鞋帽的織物。也作氊，通作旃。俗作毡。如：氈帽。

氉 ㄙㄠˋ *sao*^{4} 音臊
參毷氉。

氊 氈的俗體。

14

氋 ㄋㄧㄥˊ *ning*^{2} 音寧
犬多毛的樣子。見"廣韻"。

氌 ㄆㄧㄣ *p'in*^{1} 音拼
參氌毿。

8【氌毿】 ㄆㄧㄣ ㄈㄣ
毛羽紛亂的樣子。也作繽紛。

氍 ㄌㄢˊ *lan*^{2} 音藍
參氍毿。

15【氍毿】 ㄌㄢˊ ㄙㄢ
羽毛或花瓣垂散的樣子。

氋 ㄇㄥˊ *mêng*^{2} 音蒙
參毿氋。

15

氌 ㄌㄨˇ *lu*^{3} 音魯
參氆氌。

17

氀 ㄒㄧㄢ *hsien*^{1} 音纖
細毛。見"集韻"。

18

氍 ㄑㄩˊ *ch'ü*^{2} 音渠
參氍毹。

13【氍毹】 ㄑㄩˊ ㄕㄨ
地毯之類的毛織物。

19

氎 氌的或體。

22

氎 ㄉㄧㄝˊ *tieh*^{2} 音蝶
細毛布。見"字彙"。

氏部

氏 [一] ㄕˋ *shih*^{4} 音是
[1]姓的支系。用以區別宗族。如：氏族。[2]上古人物、國名、部族的通稱。如：'伏羲氏'。[3]古稱世代從事專業的職官。如：太史氏。[4]稱有名望或學有專長的人。如：'老'氏。[5]姓。三國有'氏儀'，後改爲'是儀'。見"萬姓統譜·七四"。
[二] ㄓ *chih*^{1} 音支
參月氏。

11【氏族】 ㄕˋ ㄗㄨˊ
[1]氏和族。氏是由姓分出的旁支，族則是由氏再分出來的旁支。一般多合指姓氏宗族的分系。[2](clan)由一個共同始祖所發展下來的繼嗣群，可有父系氏族或母系氏族。其成員之間雖有共同的權利義務，但無明確的系譜關係。

1

民 ㄇㄧㄣˊ *min*^{2} 音旻
[1]人。見"說文"。[2]百姓。如：民惟邦本。

4【民心】 ㄇㄧㄣˊ ㄒㄧㄣ
人民的心理或意願。

5【民主】 ㄇㄧㄣˊ ㄓㄨˇ
[1]民眾的主宰。舊稱君主或官吏。[2]民主政治之簡稱。與獨裁政治相對。是指人民自行治理的政治制度。民治的方式與程度雖各不相同，但眞正的民主是：⑴政府是建立在被治者的同意之基礎上；⑵決策者必須迅速與正確地反應人民的願望；⑶凡不能或不願反應人民願望的決策者，人民可以更換。因此，民主政治的基本特性是：⑴主權在民；⑵政治平等；⑶多數治理；⑷治理者尊重民意。

【民生】 ㄇㄧㄣˊ ㄕㄥ
人民的生計、生活。

7【民防】 ㄇㄧㄣˊ ㄈㄤˊ
指將平民予以動員管制，以期作戰時減少平民傷亡的措施。

【民兵】 ㄇㄧㄣˊ ㄅㄧㄥ
兵制的一種。正稱國民兵。平時生活與一般國民無異，只是定期或不定期接受短期軍事訓練，戰時受徵召入營或擔任地方自衛隊兵士。

8【民法】 ㄇㄧㄣˊ ㄈㄚˇ
"民法"爲私法之一部分，是規範私人間一般社會生活關係之根本法。"民法"屬於實體法，規範實體的權利義務關係，與"民事訴訟法"爲程序法、規範訴訟程序規則者不同。"民法"分爲總則篇、債篇、物權篇、親屬篇及繼承篇。總則篇主要規定權利主體(自然人與法人)、權利客體(物)、法律行爲等。債篇除規定債之發生、債之標的、債之效力、債之移轉及債之消滅等共同事項外,還列舉二十四種〔各種之債〕,亦稱有名契約。物權篇主要規定所有權、地上權、永佃權、地役權、抵押權、質權、典權、留置權及占有等事項。親屬篇主要規定婚約、結婚、婚姻之普通效力、夫妻財產制、離婚、父母子女、監護、扶養、家及親屬會議等事項。繼承篇主要規定遺產繼承人、遺產之繼承、遺囑等事項。我國採民商合一制,部分規範商事行爲之法律,例如買賣、互易、運送契約等,均規定於"民法·債"篇中。規範其他商事行爲之法律,則於民法典之外,另成單獨立法,例如"公司法"、"海商法"、"票據法"、"保險法"、"證券交易法"是。"民法"是民事普通法,其他單獨立法之商事法典則是特別法。二者規定相衝突時,後者應優先前者適用。反之,後者未規定者,則以"民法"之規定補充之。

【民治】ㄇㄧㄣˊ ㄓˋ
①指王者行仁政則民可治理。②國家的政治由全體人民共同治理。爲民主主義要素之一,亦爲主權在民的表現。

【民事】ㄇㄧㄣˊ ㄕˋ
①農事。②政事。③人民服徭役之事。④與刑事對稱。指私法上的法律關係。如財產、婚姻等。

9【民風】ㄇㄧㄣˊ ㄈㄥ
民間的風俗習尙。

【民俗】ㄇㄧㄣˊ ㄙㄨˊ
民間的風俗習慣。包括生活方式、宗教信仰,以及神話、傳說、民謠、格言、遊戲、謎語、手勢、舞蹈、盛典、咒罵語、祝福語等流傳於民間的習俗。

10【民時】ㄇㄧㄣˊ ㄕˊ
農耕的時間。即農時。

【民航】ㄇㄧㄣˊ ㄏㄤˊ
(civil aviation)指直接從事以航空器載運客貨、郵件而取得報酬的航空事業。可分公營及私營,與軍事航空有別。其業務包括運務銷售、運務管理、航務管理及機務作業等工作項目的結合。

11【民族】ㄇㄧㄣˊ ㄗㄨˊ
凡是居住在某一地域的人口,由於地理及生態環境的適應、文化的涵化,歷經歷史的傳承,形成由大體相同,但非完全相同之體質、文化及語言等因素形成的一種人群。

【民情】ㄇㄧㄣˊ ㄑㄧㄥˊ
人民的心意和願望。

12【民報】ㄇㄧㄣˊ ㄅㄠˋ
'同盟會'鼓吹革命的機關報。'光緒'三十一年(1905)十月在'日本''東京'創刊,每月一期。國父'孫中山'先生親撰發刊詞,首倡三民主義學說,爲革命輿論中心。主編由'張繼'、'章炳麟'等人擔任。發行至'光緒'三十四年六月,'日本'政府因'清'廷之請求,借端加以封禁而停刊。

【民智】ㄇㄧㄣˊ ㄓˋ
人民的知識或智慧。

13【民意】ㄇㄧㄣˊ ㄧˋ
①百姓的意願。②社會多數人對於公共事務的意見。又稱公意或輿論。

【民賊】ㄇㄧㄣˊ ㄗㄟˊ
殘害百姓、破壞國家的人。

14【民歌】ㄇㄧㄣˊ ㄍㄜ
(folk song)即民謠。也稱民謠歌曲。屬於口傳文學,大都流行於民間,旋律樸拙動人。內容多反映簡易、眞實的生活。有獨唱、對唱,偶爾使用和聲。富鄉土、民族色彩。

15【民德】ㄇㄧㄣˊ ㄉㄜˊ
①民衆的德行。②(mores)被認定足以影響社會存亡的重要倫理規範。違反者必受嚴厲處罰,如通姦、兇殺行爲均爲民德所不容。

16【民諺】ㄇㄧㄣˊ ㄧㄢˋ
民間的諺語。

【民瘼】ㄇㄧㄣˊ ㄇㄛˋ
人民的疾苦。

17【民謠】ㄇㄧㄣˊ ㄧㄠˊ
民間的歌謠。

【民隱】ㄇㄧㄣˊ ㄧㄣˇ
民間的疾苦。

22【民權】ㄇㄧㄣˊ ㄑㄩㄢˊ
①指人民管理政治的力量。②政治社會中所規定公民享有的權利。

5【民主黨】ㄇㄧㄣˊ ㄓㄨˇ ㄉㄤˇ
與'共和黨'同爲'美國'兩大政黨之一。'美國'獨立革命成功後,舉行制憲會議以締造新的中央政府時,參加革命的陣線上分裂成爲激烈派與穩健派。激烈派以'哲斐遜'(Jefferson)、'奧迪斯'(James Otis)等人爲領導人物,其黨徒多屬小農分子,勢力範圍大致偏於南方;對於新國家之締造,主張地方分權,即伸張各州的權力,限制聯邦的權力。這一派在後來政治的發展上演爲反聯邦派。穩健派則以'華盛頓'、'亞當斯·約翰'(John Adams)及'漢彌爾頓'(Alexander Hamilton)爲領袖,其徒眾多屬富有之商人,勢力範圍大致偏於北方;對於新國家之締造,傾向於中央集權,即加強聯邦的權力,萎縮各州的權力。這一派在後來政治的發展上演成爲聯邦派,聯邦派隨'漢彌爾頓'之身亡而勢力衰落。至於反聯邦派在內閣時期,'傑克遜'與其對手起初均自稱是'哲斐遜'的信徒,'傑克遜'勝利之後稱本派爲'民主黨',而稱對手爲'維新黨'(Whigs)。後'維新黨'再與聯邦派及一力反'傑克遜'的派系聯合,於西元1856年改組爲'共和黨',1860年在'林肯'領導下大獲全勝,以後繼續主持'白宮'幾達半個世紀。二十世紀‘民主黨’轉運，‘威爾遜’於1912年入主‘白宮’，一連兩任。1932年‘羅斯福’創導新政有功，‘民主黨’繼續獲得優勢，除‘艾森豪’擊敗‘史蒂文生’外，‘白宮’一直為‘民主黨’的領袖所占有。

9【民約論】 ㄇㄧㄣˊ ㄩㄝ ㄌㄨㄣˋ
(*The Social Contract*)‘法’人‘盧梭’於西元1762年發表。主張人生而有自由平等等天賦人權，為保障這些人權，人民乃訂立協約、建立國家，國家的目的在履行協約、維護人權，其權力不得超越協約之規定。

11【民族學】 ㄇㄧㄣˊ ㄗㄨˊ ㄒㄩㄝˊ
(ethnology)從歷史及比較的著眼點來研究人類文化的學科。通常也稱文化人類學。旨在比較的基礎上對各民族文化及其理論的研究。

4【民不聊生】 ㄇㄧㄣˊ ㄅㄨˋ ㄌㄧㄠˊ ㄕㄥ
人民無以維生。

【民不堪命】 ㄇㄧㄣˊ ㄅㄨˋ ㄎㄢ ㄇㄧㄥˋ
官府不停地搜括徵召，使百姓無法忍受。

5【民主共和】 ㄇㄧㄣˊ ㄓㄨˇ ㄍㄨㄥˋ ㄏㄜˊ
以國民全體為國權之總攬者。例如我國“憲法”第二條規定：「‘中華民國’之主權屬於國民全體。」第一條規定：「‘中華民國’基於三民主義，為民有、民治、民享之民主共和國。」參共和[3]。

【民主憲政】 ㄇㄧㄣˊ ㄓㄨˇ ㄒㄧㄢˋ ㄓㄥˋ
以憲法為國家統治之基礎者，稱為憲政。但實施憲政的政治，未必是民主政治，例如共產主義國家亦實施憲政，但卻是極權獨裁政治。故以民主的精神與原理為憲政之內容基礎的政治，即為民主憲政。

【民生史觀】 ㄇㄧㄣˊ ㄕㄥ ㄕˇ ㄍㄨㄢ
國父 ‘孫中山’先生所獨創的歷史觀。要旨有四：一、民生（人類求生存）是歷史進化的原動力；二、保和養是歷史進化的條件；三、互助是歷史進化的法則；四、大同是歷史進化的目標。

8【民事責任】 ㄇㄧㄣˊ ㄕˋ ㄗㄜˊ ㄖㄣˋ
由侵權行為及債務不履行所生之損害賠償責任，合稱民事責任。民事責任有過失責任及無過失責任之分。前者責任之成立以具有故意或過失為必要。我國“民法”對於侵權行為之責任，原則上採過失責任主義，於債務不履行，亦須具有可歸責之事由。然近世各國立法例，對於高速交通機器及危險設備企業，乃至於商品製造人所肇致之事故或損害，每每採無過失責任主義，並蔚為趨向。此外，於勞工法方面，對於勞工因職務所致之職業災害，亦採無過失主義。我國立法上採無過失責任主義者，如“民用航空法”、“勞動基準法”、“工廠法”、“礦場法”等均屬之。學說上，對於商品製造人、交通事故等，亦有倡議採無過失責任主義者。

【民命國脈】 ㄇㄧㄣˊ ㄇㄧㄥˋ ㄍㄨㄛˊ ㄇㄛˋ
人民的生計，國家的命脈。

9【民胞物與】 ㄇㄧㄣˊ ㄅㄠ ㄨˋ ㄩˇ
視一切人為同胞，一切物為同類。形容博愛的胸懷。

【民俗活動】 ㄇㄧㄣˊ ㄙㄨˊ ㄏㄨㄛˊ ㄉㄨㄥˋ
民間習俗所形成的活動。如舞龍、舞獅、龍舟競賽。

10【民脂民膏】 ㄇㄧㄣˊ ㄓ ㄇㄧㄣˊ ㄍㄠ
指人民用血汗辛苦換來的錢財。

【民殷國富】 ㄇㄧㄣˊ ㄧㄣ ㄍㄨㄛˊ ㄈㄨˋ
國民與國家都很富足。

11【民康物阜】 ㄇㄧㄣˊ ㄎㄤ ㄨˋ ㄈㄨˋ
人民安樂，物產富饒。

【民族自決】 ㄇㄧㄣˊ ㄗㄨˊ ㄗˋ ㄐㄩㄝˊ
任何民族都有決定自己民族前途與生存方式的權利。這有兩方面的意義：就對外來說，一個民族有權決定自己是否願獨立建國或附屬他國；就對內來說，人民有權決定自己政府的形式，而不受外力的支配。

【民族歧視】 ㄇㄧㄣˊ ㄗㄨˊ ㄑㄧˊ ㄕˋ
以自我民族為本位，漠視或貶抑他族文化的一種心態或行為。

【民族革命】 ㄇㄧㄣˊ ㄗㄨˊ ㄍㄜˊ ㄇㄧㄥˋ
指民族構成分子以集體行動來反抗內在壓迫和外來侵略，以爭取民族自由獨立的政治運動。

【民族英雄】 ㄇㄧㄣˊ ㄗㄨˊ ㄧㄥ ㄒㄩㄥˊ
對國家、民族有重大貢獻的人。

【民族國家】 ㄇㄧㄣˊ ㄗㄨˊ ㄍㄨㄛˊ ㄐㄧㄚ
由一個民族或多數民族為主所組成的國家。隨著民族主義的發展，從第一、二次世界大戰後，第三世界的許多民族紛紛獨立為民族國家。

【民族意識】 ㄇㄧㄣˊ ㄗㄨˊ ㄧˋ ㄕˋ
民族構成的主觀因素。指民族的構成分子在主觀上感覺到自己民族與其他民族不同，以及自己與民族間有利害與共的關係，並產生歸屬的感情。

12【民間文學】 ㄇㄧㄣˊ ㄐㄧㄢ ㄨㄣˊ ㄒㄩㄝˊ
民間集體創作、流傳的口頭文學。與廟堂文學相對。

【民間雜藝】 ㄇㄧㄣˊ ㄐㄧㄢ ㄗㄚˊ ㄧˋ
民間流傳的各種技藝。如捏麵人、吹糖人、舞龍、舞獅等。

【民貴君輕】 ㄇㄧㄣˊ ㄍㄨㄟˋ ㄐㄩㄣ ㄑㄧㄥ
以人民為重，以君主為輕微。

22【民權初步】 ㄇㄧㄣˊ ㄑㄩㄢˊ ㄔㄨ ㄅㄨˋ

國父 '孫中山'先生所著"建國方略"中的"社會建設"。'民國'六年二月二十一日發表於'上海',全書內容分爲五卷、二十章、一百五十八節。此書爲'中山'先生就'美國''沙德'女士(Harriette Lucy Shatuck)所著"會議規則"加以翻譯整理而成。'中山'先生在序言中指出:「此"民權初步"一書之所由作,而以教國民行民權之第一步也。」

5【民以食爲天】ㄇㄧㄣˊ ㄧˇ ㄕˊ ㄨㄟˊ ㄊㄧㄢ
人民賴以維生的糧食爲最重要。

8【民事訴訟法】ㄇㄧㄣˊ ㄕˋ ㄙㄨˋ ㄙㄨㄥˋ ㄈㄚˇ
"民事訴訟法"主要係規定國家司法機關就民事事件,參與對立當事人間,行使裁判之法律程序規則。附帶的,該法亦規定起訴前之調解程序、上訴程序、抗告程序、證據保全程序、保全強制執行程序、督促程序、公示催告程序、禁治產宣告程序、婚姻事件程序、宣告死亡事件程序……等。民事訴訟,原則上採辯論主義及當事人進行主義,訴訟資料由當事人提出,法院只可行使闡明權,不得踰越當事人之主張而爲裁判。

12【民無信不立】ㄇㄧㄣˊ ㄨˊ ㄒㄧㄣˋ ㄅㄨˋ ㄌㄧˋ
人民對政府缺乏信心,政府的公權力是建立不起來的。

6【民有民治民享】ㄇㄧㄣˊ ㄧㄡˇ ㄇㄧㄣˊ ㄓˋ ㄇㄧㄣˊ ㄒㄧㄤˇ
'美國'總統'林肯'所提出的政治主張。原文爲 The Government of the people, by the people, and for the people。意即國家是人民所共有,政治是人民所共管,利益是人民所共享。

11【民惟邦本本固邦寧】ㄇㄧㄣˊ ㄨㄟˊ ㄅㄤ ㄅㄣˇ ㄅㄣˇ ㄍㄨˋ ㄅㄤ ㄋㄧㄥˊ
人民是國家的基礎,基礎穩固,國家才能安定。

氐 ㊀ ㄉㄧˇ *ti*³ 音邸
①根本。見"說文"。②大約;概略。通抵。如:大氐。
㊁ ㄉㄧ *ti*¹ 音低
①古代種族名。又稱'西戎'。如:'氐''羌'。②星宿名。二十八宿之一。也稱天根。參氐宿。③低下。通低。如:氐首。
㊂ ㄓ *chih*¹ 音知
通氏。參月氏。

11【氐宿】ㄉㄧ ㄒㄧㄡˋ
星宿名。二十八宿之一。東方蒼龍七宿的第三宿。主要有四星,皆屬天秤座。氐宿一即天秤座α,正當黃道,氐宿二即ι,氐宿三即γ,氐宿四即β。此外,亢池、帝席、梗河、招搖、天乳、天輻、陣車、騎官、車騎、騎陣將軍等星,也都歸入氐宿。

2

氒 ㄐㄩㄝˊ *chüeh*² 音厥
樹根。見"說文"。

4

氓 ㊀ ㄇㄤˊ *mang*² 音忙
指無業遊民。如:流氓。
㊁ ㄇㄥˊ *mêng*² 音萌
人民。見"說文"。

气 部

气 ㄑㄧˋ *ch'i*⁴ 音氣
①雲氣。今通作氣。見"說文"。②給予。同乞。見"廣韻"。

1

氕 ㄆㄧㄝˇ *p'ieh*³ 音撇
氫的同位素之一。化學符號爲 H_2,質量數爲1。

2

氖 ㄋㄞˇ *nai*³ 音乃
(neon)鈍氣元素。元素符號Ne,原子序10,原子量20.2。元素態是無色、極不活潑的氣體,可分餾液態空氣而得之。常用做霓虹燈之塡充劑,可發紅光。

氘 ㄉㄠ *tao*¹ 音刀
(deuterium)氫的同位素。又稱爲重氫。原子核中含一個質子和一個中子,即質量數爲2,符號爲 $^2_1$H或D。含量爲普通氫的0.015%。

3

氙 ㄒㄧㄢ *hsien*¹ 音先
(xenon)鈍氣元素。元素符號Xe,原子序54,原子量131.3。元素態是無色且不活潑的氣體,分子式Xe,可由分餾液態空氣而得。常使用於電器發光管中。

氚 ㄔㄨㄢ *ch'uan*¹ 音川
(tritium)氫的同位素。原子核中含一個質子和二個中子,即質量數爲3,符號爲 $^3_1$H或T。是一種放射性元素,在自然界中含量甚微。

4

氜 陽的俗體。

氛 ㄈㄣ *fên*¹ 音分
①表現吉凶徵兆的雲氣。見"說文"。②指霜露。見"釋名·釋天"。③凶氣;惡氣。如:氛邪。

14【氛氳】ㄈㄣ ㄩㄣ
雲氣瀰漫的樣子。

氝 陰的俗體。

5

氟 ㄈㄨˊ *fu*² 音弗
(fluorine)週期表ⅦA族的元素。元素符號F,原子序9,原子量19.00。元素態是一種淡黃色且具有刺激性、腐蝕性及毒性的氣體，分子式F_2。化學性質相當活潑，是一種非常強的氧化劑。

4【氟化】 ㄈㄨˊ ㄏㄨㄚˋ
(fluoridation)加氟鹽於自來水中。據研究，6～14歲兒童永久齒生長期間，每日攝約3mg/l氟鹽可防止齲齒。然氟鹽含量太多會引起斑牙症，因此加氟須有所限制。'美國'規定含氟量爲1～1.5mg/l，'臺灣省'自來水標準規定爲0.8mg/l。

12【氟氯烷冷劑】 ㄈㄨˊ ㄌㄩˋ ㄨㄢˊ ㄌㄥˇ ㄐㄧˋ
(freon)泛指一切氟氯碳化合物。可用做冷凍劑。例如二氟二氯甲烷等。

氡 ㄉㄨㄥ *tung*¹ 音多
(radon)鈍氣元素。元素符號Rn，原子序86，原子量222。元素態是一種無色無味的氣體，分子式Rn。爲鐳或鐳鹽的放射衰變產物，有時稱爲鐳射氣，可溶於水中作爲醫療用。

6

氨 ㄢ *an*¹ 音安
(ammonia)一種無色、有刺激臭、比空氣輕且易溶於水的氣體，分子式NH_3。工業上以'哈柏'法使氮與氫化合而製得。可做致冷劑或製造硝酸、肥料等。

4【氨水】 ㄢ ㄕㄨㄟˇ
(ammonia water)即氫氧化銨。參氫氧化銨。

氦 ㄏㄞˋ *hai*⁴ 音害
(helium)鈍氣元素。元素符號He，原子序2，原子量4.0。元素態是一種無色的惰性氣體，分子式He。可由液態空氣分餾而得到。其密度在空氣中僅次於氫，是第二輕的氣體，可代替氫充氣球。

氧 ㄧㄤˇ *yang*³ 音仰
(oxygen)週期表ⅥA族元素。元素符號O，原子序8，原子量16.00。元素態是一種無色、無臭、無味的氣體，分子式O_2。工業上由電解水或分餾液態空氣而得。可用於氧炔焰、治療呼吸疾病或供製造無煙炸藥等。

4【氧化】 ㄧㄤˇ ㄏㄨㄚˋ
(oxidation)狹義的定義指物質和氧化合的作用。如物質在空氣中燃燒、鐵生鏽等。廣義的定義指凡物質失去電子的反應便稱爲氧化。例如銅溶於硫酸中變成硫酸銅時，銅由元素態變成陽離子態，失去電子，發生氧化。

13【氧債】 ㄧㄤˇ ㄓㄞˋ
(oxygen debt)肌細胞活動時，會分解細胞內的肝糖產生葡萄糖，葡萄糖再繼續分解，產生二氧化碳和水。當肌細胞持續活動時，由於血液供應的氧氣有限，葡萄糖無法完全氧化，只能行醱酵作用產生乳酸，乳酸需要再氧化分解成二氧化碳和水。在劇烈運動時，肌細胞內肝糖分解爲乳酸，遠較乳酸氧化進行得快，於是，肌細胞中便蓄積大量乳酸，並亟待進行氧化分解，這種情形，稱爲氧債。

4【氧化焰】 ㄧㄤˇ ㄏㄨㄚˋ ㄧㄢˋ
(oxidizing flame)銲炬火口之氧氣排出量較乙炔多，通常乙炔與氧氣之比例爲1:1.15時，燃燒所得的火焰即爲氧化焰。其內焰心較中性焰及還原焰短，顏色較深藍，且燃燒時會發出嘶嘶聲。

【氧化鈣】 ㄧㄤˇ ㄏㄨㄚˋ ㄍㄞˋ
(calcium oxide)一種白色固體，化學式CaO。俗稱石灰。爲碳酸鈣在窯中加熱，放出二氧化碳而形成。可用來製造混凝土、熟石膏、漂白粉、氫氧化鈣等。

【氧化塘】 ㄧㄤˇ ㄏㄨㄚˋ ㄊㄤˊ
(oxidation ponds)將廢水集入池塘或貯池中，藉水中浮游植物及綠藻的光合作用，使汙水中之有機物分解達到安定化的廢水處理設施。

【氧化劑】 ㄧㄤˇ ㄏㄨㄚˋ ㄐㄧˋ
(oxidizing agent)氧化還原反應中，使別的物質氧化(即放出電子)，而本身還原(即接受電子)的物質。

8【氧炔焰】 ㄧㄤˇ ㄑㄩㄝ ㄧㄢˋ
(oxyacetylene torch)即乙炔(C_2H_4)和氧混合燃燒所生成之火焰，可達3,000°C或以上之高溫，常用於金屬之切斷及熔接。

1【氧-乙炔銲】 ㄧㄤˇ ㄧˇ ㄑㄩㄝ ㄏㄢˋ
(oxygen-acetylene welding)利用乙炔和氧氣經銲炬以一定之比例混合後，在噴嘴燃燒產生高溫，而將工件及銲條熔化，達到接合目的的方法。

4【氧化電位】 ㄧㄤˇ ㄏㄨㄚˋ ㄉㄧㄢˋ ㄨㄟˋ
(oxidation potential)各元素或離子在陽極反應趨勢的強弱，即各元素或離子失去電子(或被氧化)的趨勢大小，稱爲氧化電位。氧化電位愈大的物質，愈容易失去電子。

9【氧型腐蝕】 ㄧㄤˇ ㄒㄧㄥˊ ㄈㄨˇ ㄕˊ
(oxygen-type corrosion)當金屬與潮溼空氣接觸時，水中所溶解的氧被還原成爲氫氧根離子，同時使金屬氧化成金屬離子，此種過程稱爲氧型腐蝕。

【氧垂曲線】 ㄧㄤˇ ㄔㄨㄟˊ ㄑㄩ ㄒㄧㄢˋ
(oxygen sag curve)汙水排入河川後，耗氧與充氧同時進行，若以曲線表示之，其合成效果稱爲氧垂曲線。運用氧垂曲線公式可用以：一、估計需要的稀釋比。二、預測承受水體下游任何地點的溶氧。三、預測承受水體的涵容能力及自淨特性。

4【氧化還原反應】 ㄧㄤˇ ㄏㄨㄚˋ ㄏㄨㄢˊ ㄩㄢˊ ㄈㄢˇ ㄧㄥˋ
(redox reaction)氧化爲放出電子的反應，還原爲獲得電子的反應,因此只要涉及電子轉移的反應,我們都稱之爲氧化還原反應。例如 $H_2+Cl_2 \longrightarrow 2HCl$,反應時H放出電子,Cl獲得電子,就是一個氧化還原反應。

氣 ㊀ ㄑㄧˋ ch'i⁴ 音棄
同气、炁。①物質三態之一。別於固態和液態。②呼吸。如:屏氣。③人體的生命力。如:血氣。④質性;品味;格調。如:氣質。⑤志趣。如:意氣。⑥節候。如:節氣。⑦內心憤懣不快。如:生氣。
㊁ ㄒㄧˋ hsi⁴ 音餼
餼的本字。見"說文"。

4【氣孔】 ㄑㄧˋ ㄎㄨㄥˇ
①(stoma)位於植物的表皮,可自動開閉以調節體內的水分。包括兩個保衛細胞以及兩細胞相接處的小孔,孔的大小可以調節。兩細胞在相鄰部分的細胞壁較厚,外側部分的細胞壁則較薄,當保衛細胞吸水膨脹時,整個細胞便向外彎曲,而使孔口張開。②(gas pocket)施銲過程中,因銲接金屬中含有之氣體來不及逸出,而殘留在銲道內形成之空孔。

【氣化】 ㄑㄧˋ ㄏㄨㄚˋ
(gasification)將煤直接加氫產生甲烷,或在高溫且空氣或氧氣存在下,與水蒸氣反應以產生氫氣與一氧化碳,然後再甲烷化而得到氣體燃料之方法。

5【氣功】 ㄑㄧˋ ㄍㄨㄥ
以鍛鍊氣息,進而運用內力爲主的功夫。

6【氣宇】 ㄑㄧˋ ㄩˇ
指人的胸襟度量及神情氣概。也作器宇。

【氣色】 ㄑㄧˋ ㄙㄜˋ
①人的神色、表情。②事物的狀態、景象。③色澤;光彩。

8【氣味】 ㄑㄧˋ ㄨㄟˋ
①滋味;味道。鼻聞叫氣,口覺叫味。②意趣;脾氣。③藥物的性味。包括藥味和藥氣。'中'醫以寒熱溫涼爲氣,辛、酸、甘、苦、鹹爲味。氣味綜合運用,便產生不同的作用。

【氣門】 ㄑㄧˋ ㄇㄣˊ
①'中'醫指人體皮膚表面的汗毛孔。以肺氣通於皮毛,汗由毛孔排出而得名。又稱玄府、元府、鬼門。②(spiracle)節肢動物中,生活於陸地的種類如蜘蛛和昆蟲等,以肺或氣管呼吸,這些呼吸器官與外界有孔相通,以容氣體出入,此等小孔,稱爲氣門。

【氣氛】 ㄑㄧˋ ㄈㄣ
①雲氣。②指洋溢於某個特定環境中的情調或氣息。

【氣忿】 ㄑㄧˋ ㄈㄣˋ
生氣;忿怒。

9【氣流】 ㄑㄧˋ ㄌㄧㄡˊ
(air current)空氣的流動。又稱作風。這是因爲空氣熱脹冷縮;脹時壓力小,縮時壓力大,若兩處的氣壓不相等,則空氣會由高壓處往低壓處移動而生對流運動。

【氣派】 ㄑㄧˋ ·ㄆㄞ
氣概和派頭。

【氣度】 ㄑㄧˋ ㄉㄨˋ
氣概和度量。

10【氣海】 ㄑㄧˋ ㄏㄞˇ
①人體部位名。有二,膻中(胸腔)爲上氣海,爲宗氣會聚之處;臍下丹田爲下氣海,爲男女精氣會聚之處。②經穴名。在臍下一寸五分。屬任脈。

【氣息】 ㄑㄧˋ ㄒㄧˊ
①呼吸時進出的氣。②氣味;情趣。

【氣候】 ㄑㄧˋ ㄏㄡˋ
①(climate)一地長時期天氣的平均狀況。氣溫、氣壓、風、溼度、雲量和降水等爲其六大要素。氣候是地表能量與水分發生的基本要素,是重要的環境因素之一。地表各地氣候不同,造成差異的主要因素有:緯度、高度、距海遠近、盛行風的方向、洋流和天然植物。②指人的行爲態度。③指環境、形勢的樣態。④局勢;格局。

11【氣旋】 ㄑㄧˋ ㄒㄩㄢˊ
(cyclone)又稱低氣壓。爲一低壓區。在天氣圖上,呈密閉的等壓線圖,其中心的氣壓內低外高,是低氣壓中心。氣流由四周向中心流入,稱爲輻合。在北半球依反時鐘方向,南半球依順時鐘方向旋轉。氣旋區的空氣易生擾動,爲多變的雲雨天氣區。氣旋又可分溫帶氣旋及熱帶氣旋兩類,其中熱帶氣旋又名颱風。

【氣球】 ㄑㄧˋ ㄑㄧㄡˊ
(balloon)充滿熱空氣或輕氣體之氣囊。爲人類最早升空及迄今仍在使用之輕於空氣、無推進系統的航空器。人類第一具載物氣球爲'法國'紙商'蒙哥菲亞'(Montgolfier)兄弟,於西元1783年將一攜有羊、鴨、雞各一之熱氣球,在'巴黎'升空成功,計升高約450公尺,飛行2.4公里,歷時8分鐘。後人爲資紀念,稱熱氣球爲'蒙哥菲亞'氣球。

氣球圖

12【氣惱】 ㄑㄧˋ ㄋㄠˇ
生氣;氣忿。

【氣提】 ㄑㄧˋ ㄊㄧˊ
(stripping)用以去除水溶液中之溶解氣體和揮發性物質的一種方法。可以蒸汽、空氣或惰性氣體作爲媒介物。

【氣量】 ㄑㄧˋ ㄌㄧㄤˋ
胸襟度量。同器量。

【氣短】 ㄑㄧˋ ㄉㄨㄢˇ
①失望。②體力不足,呼吸短促。③志氣餒喪。

【氣結】 ㄑㄧˋ ㄐㄧㄝˊ
怨憤之氣,鬱結心中。

【氣絕】 ㄑㄧˋ ㄐㄩㄝˊ
斷氣。指死亡。

【氣象】 ㄑㄧˋ ㄒㄧㄤˋ
①景色;狀況。②人的精神氣度。

③一切大氣變化的現象。如風、雨、陰、晴、寒、暑等。

13【氣溫】　ㄑㄧˋ　ㄨㄣ

大氣的溫度。觀測氣溫的儀器爲氣溫表。一般在玻璃管內裝置水銀,靈敏度較高。氣象臺測量氣溫的溫度表是放置在百葉箱內,所測爲自由大氣溫度。

【氣勢】　ㄑㄧˋ　ㄕˋ

①氣概與聲勢。②氣象與形勢。③指詩文中理路貫暢所產生的氣概。

【氣概】　ㄑㄧˋ　ㄍㄞˋ

①人的舉止態度。②氣節;節操。

【氣節】　ㄑㄧˋ　ㄐㄧㄝˊ

志氣和節操。

【氣艇】　ㄑㄧˋ　ㄊㄧㄥˇ

(airship; dirigible)又稱飛艇。具有動力、可駕駛且輕於空氣的航空器。計有三種式別,一、硬式氣艇:由輕金屬構架、氣囊與蒙皮合組而成,

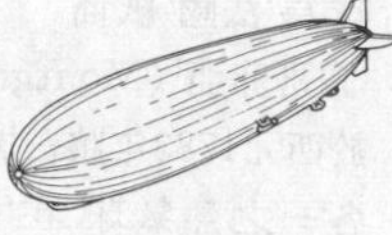

氣艇圖

曾名噪一時之'德國'⌊齊柏林號⌉(Zeppelin)氣艇即爲其一。二、半硬式氣艇:無構架,但在蒙皮下方有金屬龍骨。三、軟式氣艇:無任何內部構架,僅憑蒙皮氣囊內之氣體壓力保持其形態;此式氣艇目前尙在使用。

14【氣團】　ㄑㄧˋ　ㄊㄨㄢˊ

(air mass)指一團大規模的空氣,其內部溫度、溼度、密度、氣壓等,在水平方面具有近似均勻的物理性質者。發生氣團的地區,稱爲氣團源地。氣團就源地分,有極圈氣團、大陸性極地氣團、海洋性極地氣團、大陸性熱帶氣團、海洋性熱帶氣團和赤道氣團等。一般言之,大陸性氣團較乾燥,海洋性氣團較暖溼。氣團由源地移出後,會受所經之區地面特性的影響而逐漸改變其原有性質,稱爲變性氣團。若依熱力性質分,可分爲暖氣團和冷氣團兩種。

【氣管】　ㄑㄧˋ　ㄍㄨㄢˇ

(trachea)連接喉頭與支氣管間的軟骨、膜性管狀構造。與食道平行,自咽經頸部通入胸腔。爲脊椎動物呼吸系統中主要的氣道。其管壁由環狀軟骨所支持,具有彈性,且有分泌黏液的作用。

15【氣數】　ㄑㄧˋ　ㄕㄨˋ

①命運。②節氣運行的變化。

【氣餒】　ㄑㄧˋ　ㄋㄟˇ

志氣衰敗。今多用以指遭遇挫折,心灰意冷。

【氣魄】　ㄑㄧˋ　ㄆㄛˋ

①做事的勇氣和魄力。②氣勢。

【氣質】　㊀　ㄑㄧˋ　ㄓˊ

①指構成人體的本質。②指詩文的風格內容。③(temperament)人格的一般特徵。多表現於心情、行動程度與適應性等方面。

㊁　ㄑㄧˋ　˙ㄓ

脾氣。

16【氣燄】　ㄑㄧˋ　ㄧㄢˋ

形容人威勢之盛有如火燄一般。也作氣焰。

17【氣壓】　ㄑㄧˋ　ㄧㄚ

密閉容器中的氣體對器壁施有壓力,稱爲氣壓。又大氣壓力亦簡稱氣壓。

19【氣類】　ㄑㄧˋ　ㄌㄟˋ

①志趣相合、氣味相投。②人與生物的統稱。

22【氣囊】　ㄑㄧˋ　ㄋㄤˊ

(air sac)昆蟲的氣管,在一定的部位,例如蝗蟲在兩側氣管幹有膨大的氣囊。可儲藏空氣,以增加身體浮力而利飛行;也可隨體壁而脹大或縮小,以利空氣自氣門進出。

23【氣體】　ㄑㄧˋ　ㄊㄧˇ

(gas)物體三態之一。處於此態的物體,其分子與分子間的距離甚大,作用力甚小,幾可自由運動,故其形狀及體積均可隨容器而變。在常溫下爲氣體的物質有氧氣、氦氣、氖氣、二氧化碳氣等。

7【氣沖沖】　ㄑㄧˋ　ㄔㄨㄥ　ㄔㄨㄥ

形容憤怒的樣子。

10【氣候帶】　ㄑㄧˋ　ㄏㄡˋ　ㄉㄞˋ

(climatic zone)地球表面氣候大致相同的地帶。如熱帶、溫帶、寒帶等。

【氣候學】　ㄑㄧˋ　ㄏㄡˋ　ㄒㄩㄝˊ

(climatology)研究氣候的科學。傳統氣候學的研究係以構成氣象要素的平均值爲依據,也就是所謂的分析氣候學 (analytic climatology)。平均值的分析通常以三個十年,亦即三十年的時距爲標準,稱爲標準平均值。現在氣候學的研究,特重綜觀氣候學(synoptic climatology),主旨在研究構成氣候的各種天氣現象,最具實用價值。

11【氣旋雨】　ㄑㄧˋ　ㄒㄩㄢˊ　ㄩˇ

(cyclonic rain)冷、暖氣團相遇後,在二者的接觸帶生成氣旋,暖空氣沿鋒面抬升,水汽冷凝而興雲致雨。我國'長江流域'及'日本'的梅雨,均是氣旋雨。

【氣動力】　ㄑㄧˋ　ㄉㄨㄥˋ　ㄌㄧˋ

(aerodynamic force)物體在空氣或其他氣體中運動,或對空氣或其他氣體發生相對運動時,作用於其上,以及由此等運動而發生的一種力量。最主要的爲使物體浮游在氣體中的升力。當物體具有流線型與光滑表面時,此力與氣體密度、速度平方及作用面積成正比。

12【氣象臺】　ㄑㄧˋ　ㄒㄧㄤˋ　ㄊㄞˊ

定時作氣象視測、發布天氣預報的機構。

【氣象學】　ㄑㄧˋ　ㄒㄧㄤˋ　ㄒㄩㄝˊ

(meteorology)研究大氣現象的科學。大氣的物理學、化學、動力學,以及大氣對地面、海洋和生物的效應均爲其研究內涵。其目的在於徹底瞭解大氣的變化,並能

準確加以預測和控制。

13【氣溶膠】ㄑㄧˋ ㄖㄨㄥˊ ㄐㄧㄠ

(aerosol)以液體爲分散相(即溶質)、氣體爲分散媒(即溶劑)所成的膠體溶液。例如雲、霧等。

17【氣壓器】ㄑㄧˋ ㄧㄚ ㄑㄧˋ

(barometer)量度大氣壓力之儀器。由抽爲眞空之玻璃管置於水銀槽而成,而由水銀上升之高度即可求出大氣壓力。

6【氣宇軒昂】ㄑㄧˋ ㄩˇ ㄒㄩㄢ ㄤˊ

氣概風度不凡的樣子。也作器宇軒昂。

7【氣沖牛斗】ㄑㄧˋ ㄔㄨㄥ ㄋㄧㄡˊ ㄉㄡˇ

①本指'豫章''豐城'有龍泉、太阿兩口寶劍,劍氣上沖牛、斗二星分野之際。後引申爲怒氣很盛的樣子。②形容才氣高昂的樣子。

【氣吞山河】ㄑㄧˋ ㄊㄨㄣ ㄕㄢ ㄏㄜˊ

氣勢雄壯,可吞山河。形容氣勢豪邁。

【氣吞河嶽】ㄑㄧˋ ㄊㄨㄣ ㄏㄜˊ ㄩㄝˋ

同氣吞山河。

【氣吞長虹】ㄑㄧˋ ㄊㄨㄣ ㄔㄤˊ ㄏㄨㄥˊ

形容氣概極其豪邁。

【氣吞萬里】ㄑㄧˋ ㄊㄨㄣ ㄨㄢˋ ㄌㄧˇ

形容氣勢非常豪邁廣闊。

【氣壯山河】ㄑㄧˋ ㄓㄨㄤˋ ㄕㄢ ㄏㄜˊ

形容氣勢凜烈,比高山大河還要雄壯。

8【氣味相投】ㄑㄧˋ ㄨㄟˋ ㄒㄧㄤ ㄊㄡˊ

志趣嗜好相合。

9【氣急敗壞】ㄑㄧˋ ㄐㄧˊ ㄅㄞˋ ㄏㄨㄞˋ

形容慌張忙亂,上氣不接下氣的樣子。

10【氣息奄奄】ㄑㄧˋ ㄒㄧˊ ㄧㄢˇ ㄧㄢˇ

氣息微弱的樣子。

11【氣貫長虹】ㄑㄧˋ ㄍㄨㄢˋ ㄔㄤˊ ㄏㄨㄥˊ

形容氣勢豪壯盛大。

12【氣象萬千】ㄑㄧˋ ㄒㄧㄤˋ ㄨㄢˋ ㄑㄧㄢ

①景象變化多端。②形容景色雄壯美麗。

【氣象衛星】ㄑㄧˋ ㄒㄧㄤˋ ㄨㄟˋ ㄒㄧㄥ

(meteorological satellite)在一定軌道上環繞地球運行,用以拍攝、分析氣象資料的太空載具。係藉電視攝影機將雲層連續影像拍攝下來,並將之送進專業電腦進行分析和瞭解,以提供大氣層之眞實情況,並推測晴雨和風速之動態,供作氣象預報之用。

13【氣勢磅礴】ㄑㄧˋ ㄕˋ ㄆㄤˊ ㄅㄛˊ

氣勢雄偉壯盛。

16【氣燄高張】ㄑㄧˋ ㄧㄢˋ ㄍㄠ ㄓㄤ

盛氣凌人,高傲自大的樣子。

【氣燄萬丈】ㄑㄧˋ ㄧㄢˋ ㄨㄢˋ ㄓㄤˋ

氣勢高張,不可一世的樣子。

17【氣壓水準】ㄑㄧˋ ㄧㄚ ㄕㄨㄟˇ ㄓㄨㄣˇ

(barometric leveling)利用空氣壓力隨高度而變化之原理以測得高程的方法。大氣壓力在海平面約爲水銀柱高76公分,隨高度增加而減小,每升高12公尺約降低一公厘。氣壓計即應用此原理製成的儀器,用以測度地球表面上各點的相對高程。

【氣壓梯度】ㄑㄧˋ ㄧㄚ ㄊㄧ ㄉㄨˋ

(pressure gradient)兩地氣壓值的差數稱爲壓差,而單位距離(通常以110公里爲單位)內的壓差就是氣壓梯度。梯度力愈大,風力愈強。

23【氣體擴散】ㄑㄧˋ ㄊㄧˇ ㄎㄨㄛˋ ㄙㄢˋ

(gaseous diffusion)利用各種氣體於多孔性材料(其孔隙大小約與氣體分子相同)之擴散速率不同,將混合氣體通過此材料而達到分離目的之單元操作。例如利用此法於鈾同位素之分離。

11【氣動力中心】ㄑㄧˋ ㄉㄨㄥˋ ㄌㄧˋ ㄓㄨㄥ ㄒㄧㄣ

(aerodynamic center)機翼翼剖面上承受阻力及升力作用的一點。對此點之俯仰力矩不隨攻角而變,亦即俯仰力矩係數爲常數。通常此點在距翼形前緣約等於四分之一弦長之位置;如爲對稱翼形,則此點在弦線上,而與壓力中心重合。所有氣動中心之連線亦稱爲力矩不變之軸線(axis of constant moments)。

【氣動控制閥】ㄑㄧˋ ㄉㄨㄥˋ ㄎㄨㄥˋ ㄓˋ ㄈㄚˊ

(pneumatic control valve)由主體與作動器構成,前者包括外殼、栓塞、座環,後者則有隔膜、彈簧等。爲利用來自氣動控制器之空氣壓力帶動作動器,調整主體上栓塞與座環間之空隙,而達到控制流量目的之裝置。可分爲氣開式與氣閉式兩類。

23【氣體動力學】ㄑㄧˋ ㄊㄧˇ ㄉㄨㄥˋ ㄌㄧˋ ㄒㄩㄝˊ

(gasdynamics)以可壓縮氣體爲工作流體,研究在特定流場中各種性質之科學。應用的定理包括連續方程式、動量守恆定理、熱力學第一、第二定律與該氣體之狀態方程式。延伸流體力學與熱力學之應用至噴射推進、渦輪機械、能量轉換及高等空氣動力學等,爲學習本科之主要目的。

11【氣動彈性力學】ㄑㄧˋ ㄉㄨㄥˋ ㄊㄢˊ ㄒㄧㄥˋ ㄌㄧˋ ㄒㄩㄝˊ

(aeroelasticity)研究飛機結構所受之氣動力與彈性力相互關係的一種學問。飛機在飛行中,其結構構件受氣動力作用發生彈性變形,而氣動力又因構件之幾何形狀及其在氣流中之方位的變異而變動,故又可促使構件發生更甚之變形。如此重複交替,對結構之安全有極大影響,應加以分析確定。

氤 ㄧㄣ yin^1 音因

參氤氳。

14【氤氳】ㄧㄣ ㄩㄣ

也作絪縕、烟熅。①指萬物化生以前,陰陽二氣參合交感、混沌未分的樣子。②煙霧瀰漫的樣子。

⿹气旬　ㄒㄩㄣ *hsün*[1] 音薰
呼吸不順。見"字彙補"。

7

氪　ㄎㄜˋ *k'o*[4], *k'ê*[4] 音克
(krypton) 鈍氣元素。元素符號 Kr，原子序36，原子量83.8。元素態是無色的氣體，分子式Kr，沸點 −152.3°C。可由分餾液態空氣而得。使用於照明燈管中。

氫　ㄑㄧㄥ *ch'ing*[1] 音輕
(hydrogen) 週期表 IA 族的元素。元素符號 H，原子序 1，原子量1.008。元素態是一種無色、無味、無臭的氣體，分子式H_2。爲所有氣體中最輕的。可使用於油類及其他有機化合物之氫化，或做爲燃料、還原劑等。

4【氫化】　ㄑㄧㄥ ㄏㄨㄚˋ
(hydrogenation) 泛指一切有機化合物與氫氣間之反應。包括不飽和鍵之加氫成爲飽和鍵(例如芳香族之環烷化、植物油加氫氫化爲脂肪)、石油產品之氫裂煉及煤之氫解爲碳氫燃料。

15【氫彈】　ㄑㄧㄥ ㄉㄢˋ
(hydrogen bomb) 一種威力較原子彈尤大的炸彈。於西元1952年10月1日試驗成功。係以重氫、氚及鈾—235爲原料，採用核分裂及核熔合原理製成，使在高溫高壓下放出極大原子能而產生強烈爆炸。

17【氫鍵】　ㄑㄧㄥ ㄐㄧㄢˋ
(hydrogen bond) 當氫原子和陰電性大的原子(如N、O、F)以共價鍵結合時，由於電子對偏向陰電性大的原子，使得氫原子具強正電性，如果周圍存在N、O、F等陰電性大的原子，則會因靜電關係而存在一種吸引力，稱爲氫鍵。

4【氫化油】　ㄑㄧㄥ ㄏㄨㄚˋ ㄧㄡˊ
(hydrogenated oil) 經氫硬化處理的油。又稱硬化油(hard oil)。液狀的植物油或某些魚油等，因含不飽和脂肪酸，易氧化而酸敗；若經氫氣處理，可使飽和度上升而轉變爲固體脂，藉以提高熔點，增加油脂穩定性。人造奶油及烤酥油皆屬之。

10【氫氧焰】　ㄑㄧㄥ ㄧㄤˇ ㄧㄢˋ
(hydro-oxygen flame) 使氫氣和氧氣在氫氧吹管中燃燒，可以產生很高溫的火焰，稱氫氧焰。可用來熔割或焊接鋼鐵。

19【氫離子】　ㄑㄧㄥ ㄌㄧˊ ㄗˇ
(hydrogen ion) 即帶正電的氫原子。化學符號爲 H^+，所有酸性物質在水中都會解離產生氫離子。例如：$HNO_{3(l)} \xrightarrow{H_2O} H^+_{(aq)} + NO_3^-{}_{(aq)}$。

9【氫型腐蝕】　ㄑㄧㄥ ㄒㄧㄥˊ ㄈㄨˇ ㄕˊ
(hydrogen-type corrosion) 當金屬表面附著有水分時，水中的氫離子會還原爲氫氣，並使金屬氧化成金屬離子，此過程稱爲氫型腐蝕。

10【氫氧化鈣】　ㄑㄧㄥ ㄧㄤˇ ㄏㄨㄚˋ ㄍㄞˋ
(calcium hydroxide) 一種白色粉末。化學式 $Ca(OH)_2$。微溶於水。可由氧化鈣和水作用製得。常用於三合土，或作爲脫毛劑、消毒劑、硬水軟化劑及醫藥制酸劑等。

【氫氧化鈉】　ㄑㄧㄥ ㄧㄤˇ ㄏㄨㄚˋ ㄋㄚˋ
(sodium hydroxide) 一種易潮解的白色固體。化學式爲NaOH。易溶於水，同時放出大量熱，水溶液呈強鹼性。因爲會侵蝕皮膚，所以又叫苛性鹼或燒鹼。

【氫氧化鉀】　ㄑㄧㄥ ㄧㄤˇ ㄏㄨㄚˋ ㄐㄧㄚˇ
(potassium hydroxide) 俗稱苛性鉀。白色易潮解的晶體。化學式KOH，熔點360.4°C。易溶於水，可用來製造鉀鹽、洗滌劑等。

【氫氧化銨】　ㄑㄧㄥ ㄧㄤˇ ㄏㄨㄚˋ ㄢ
(ammonium hydroxide) 氨(NH_3)溶於水中，即產生氫氧化銨。是一種具有刺激臭具弱鹼性的無色液體。化學式 NH_4OH，俗稱氨水。用途廣泛，可供製人造絲、肥料、墨水、炸藥、洗滌劑等。

【氫氧根離子】　ㄑㄧㄥ ㄧㄤˇ ㄍㄣ ㄌㄧˊ ㄗˇ
(hydroxide ion) 由氧原子和氫原子所構成帶負電的離子。化學符號爲 OH^-。所有的鹼性物質在水中都會因解離或水解而產生氫氧根離子。例如：$NaOH_{(s)} \xrightarrow{H_2O} Na^+_{(aq)} + OH^-_{(aq)}$。

8

氮　ㄉㄢˋ *tan*[4] 音淡
(nitrogen) 週期表 VA 族元素。元素符號N，原子量14.01。元素態是一種無色無臭無味的安定氣體，分子式 N_2。在空氣中的存量占約五分之四。工業上由液態空氣分餾而得。可用於充填燈泡，或供製造硝酸、氰化物等。

8【氮肥】　ㄉㄢˋ ㄈㄟˊ
(nitrogenous fertilizer) 氮(N)是供給植物生成蛋白質的要素。植物吸收了氮肥，能促使莖和葉充分發育，因此氮肥也叫做葉肥。常用的氮肥有硫酸銨〔$(NH_4)_2SO_4$〕、尿素〔$CO(NH_2)_2$〕和氰胺基化鈣($CaCN_2$)等。

4【氮之固定】　ㄉㄢˋ ㄓ ㄍㄨˋ ㄉㄧㄥˋ
(fixation of nitrogen) 指大氣中之氮與其他元素結合，或受生物作用而轉換成含氮化合物。

氰　ㄑㄧㄥ *ch'ing*[1] 音青
(cyanogen) 是碳氫化合物。爲無色、劇毒、具刺激性氣體，分子式 NCCN。含有氰根(−CN, cyano group)。燃燒時呈紫色火焰。可溶於水、乙醇及乙醚。用作有機合成原料及化學戰毒氣。

4【氰化鈉】 ㄑㄧㄥ ㄏㄨㄚˋ ㄋㄚˋ
(sodium cyanide)一種極毒的白色固體。化學式NaCN。遇酸時會產生毒性更強的氰化氫氣體。常用於提煉金、銀,因極毒,使用時須特別小心。

【氰化鉀】 ㄑㄧㄥ ㄏㄨㄚˋ ㄐㄧㄚˇ
(potassium cyanide)一種白色易潮解的固體。化學式爲KCN。性極毒。主要用於金、銀之冶煉。

氬 ㄧㄚˋ *ya*⁴ 音訝
(argon)鈍氣元素之一。元素符號Ar,原子序18,原子量39.9。元素態是無色的惰性氣體,分子式Ar。爲鈍氣中存量最多的一種。可由分餾液態空氣而得,常用於燈泡、發光管中。

氯 ㄌㄩˋ *lü*⁴ 音律 又讀 ㄌㄨˋ *lu*⁴ 音鹿
(chlorine)週期表ⅦA族的元素。元素符號Cl,原子序17,原子量35.5。元素態是一種具刺激臭、有毒的黃綠色氣體,分子式Cl_2。一般由電解食鹽水而獲得,可用來製造氯化鹽類及漂白劑等。

6【氯仿】 ㄌㄩˋ ㄈㄤˇ
(chloroform)又稱三氯甲烷。是一種具揮發性和特殊臭味的無色液體。分子式$CHCl_3$,沸點爲61.2°C。是實驗室常用的有機溶劑,並可用來製造染料及痲醉藥等。

1【氯乙烯】 ㄌㄩˋ ㄧˇ ㄒㄧ
(vinyl chloride)一種無色氣體。化學式$CH_2=CHCl$,沸點−18°C。可由乙炔與氯化氫氣體作用而得,供作致冷劑,或製造PVC塑膠。

4【氯化汞】 ㄌㄩˋ ㄏㄨㄚˋ ㄍㄨㄥˇ
(mercuric chloride)俗稱昇汞。是一種有劇毒的白色固體,化學式$HgCl_2$,熔點277°C。可溶於熱水中。其水溶液有劇毒,但極稀薄的氯化汞水溶液(約0.1%),可用做醫學上之殺菌劑。

【氯化氫】 ㄌㄩˋ ㄏㄨㄚˋ ㄑㄧㄥ
(hydrogen chloride)一種無色有刺激臭的氣體。分子式HCl。非常容易溶於水,其水溶液稱爲氫氯酸或鹽酸,是一種很強的酸。

【氯化鈣】 ㄌㄩˋ ㄏㄨㄚˋ ㄍㄞˋ
(calcium chloride)一種白色有潮解性的固體。化學式$CaCl_2$。常用做脫水劑、乾燥劑、淨水劑、食物保存劑等。

【氯化鈉】 ㄌㄩˋ ㄏㄨㄚˋ ㄋㄚˋ
(sodium chloride)無色或白色的立方形晶體。俗稱食鹽。化學式NaCl,熔點804°C,易溶於水,是日常生活中不可缺少的調味料。

【氯化銀】 ㄌㄩˋ ㄏㄨㄚˋ ㄧㄣˊ
(silver chloride)一種難溶於水的白色固體。化學式爲AgCl,熔點455°C。因曝光時會變黑色,故可用於照相用之感光底片,也用於製造金屬銀、鍍銀和醫藥等。

11【氯處理】 ㄌㄩˋ ㄔㄨˇ ㄌㄧˇ
(chlorination)加氯於水中以達到消毒、除色、除臭、氧化鐵錳、控制微生物及藻類繁殖、促進混凝等目的的處理。在淨水工程上,可分爲單純加氯、前氯處理、後氯處理、再處理、超量氯處理、折點加氯處理、除氯處理等七種方式。

5【氯平橡膠】 ㄌㄩˋ ㄆㄧㄥˊ ㄒㄧㄤˋ ㄐㄧㄠ
(neoprene rubber)即紐普韌橡膠。參紐普韌橡膠。

9

氲 氳的俗體。

10

氳 ㄩㄣ *yün*¹ 音暈
參氤氳。

水 部

水 ㄕㄨㄟˇ *shui*³

①氫氧化合物的一種。其氫氧的體積比爲2:1,質量比爲1:8,分子式H_2O。爲無色、無臭、無味的液體。廣存於地面上及各種物質中,能溶解許多物質。其密度於4°C時爲最大。1立方公分的重量爲1公克。在一大氣壓下,水熱至100°C則開始沸騰爲蒸氣,冷至0°C則開始凝固爲冰。水結冰時,體積增大,密度減小,故恆浮於水面。水在常溫中亦能慢慢蒸發。在容器中,其表面必達同一水平面才靜止。②泛指水域。爲江、河、湖、海的總稱。與陸對稱。③水災。如:水旱。④汁液。如:淚水。⑤五行之一。生木,剋火。⑥九大行星之一。距日最近,體積最小。⑦貨幣兌換的貼補金或匯費。如:貼水。⑧姓。'明'有'水甦民'。見"萬姓統譜·七四"。

2【水力】 ㄕㄨㄟˇ ㄌㄧˋ

①水流動而產生的動力。②船運的費用。

3【水土】 ㄕㄨㄟˇ ㄊㄨˇ

①地表的水和土。②一個地方的自然環境和飲食等。

【水口】 ㄕㄨㄟˇ ㄎㄡˇ

①水流湧出的地方。②小水流進大水的入口。③(water gap)有流水通過的山口。'臺北盆地'的'淡水河',將'關渡'臺地切穿而外流入海,因而形成'關渡'水口。

4【水文】 ㄕㄨㄟˇ ㄨㄣˊ

①水的波紋。②參水文學。

【水火】 ㄕㄨㄟˇ ㄏㄨㄛˇ

①道教煉丹名詞。一般指陰陽,水爲陰,火爲陽。內丹家的神水、神火,都是虛空天然的水火,所以丹道以神氣爲水火。②天以日月爲水火。③"易"以坎離爲水火。④禪以定慧爲水火。⑤聖人以明潤爲水火。⑥醫道以心腎爲水火。

【水手】 ㄕㄨㄟˇ ㄕㄡˇ

①船夫;船員。②水兵。

5【水平】 ㄕㄨㄟˇ ㄆㄧㄥˊ

水準。指與止水水面平行的位置。引申指高低的標準或程度。

【水母】 ㄕㄨㄟˇ ㄇㄨˇ

①道教修煉術的一種。指用金屬來煉金丹。②(jellyfish)屬腔腸動物門。種類很多,淡水、海水皆有。生活時在水面自由游動。體壁中含多量膠狀物質,故體呈透明。

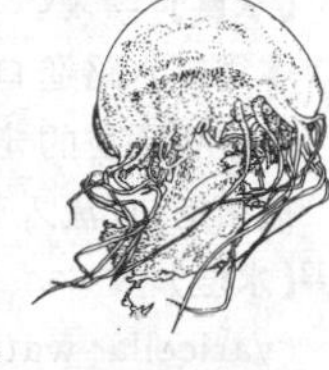

水母圖

身體呈輻射對稱,有一傘部,傘的中央向下延伸有一柄,柄的先端口,爲肉食;傘的邊緣常有觸手。行有性生殖,雌雄異體。體壁中的刺囊細胞會釋出毒液。有的種類毒性甚強(如海黄蜂),可致人於死。

【水仙】 ㄕㄨㄟˇ ㄒㄧㄢ

(polyanthus narcissus; *Narcissus tazetta* L.)多年生草本。鱗莖卵球形,外皮黑色,下垂生白色鬚根。葉4~6枚,長線形,質厚。由葉間抽出花軸,著生數朵花,具濃香,花被6枚,白色,下部細筒狀,花被喉部具有淡黃色副花冠,不結果。以其花形如金盞銀盤,養於水中,清香淡雅,故名。供觀賞用。原產於'地中海'沿岸地區。

水仙圖

6【水米】 ㄕㄨㄟˇ ㄇㄧˇ

水和米。指最起碼的飲食。

【水印】 ㄕㄨㄟˇ ㄧㄣˋ

①指印在紙上或文件、衣料上,以防假冒的無色記號。②指造紙過程中改變紙漿纖維密度,製成具明暗紋理的圖形或文字。

7【水車】 ㄕㄨㄟˇ ㄔㄜ

①神話中河神以水爲車,稱水車。②戰船的一種。也稱飛鳧。③農家用人、畜之力引低處的水來灌田的裝置。④利用水流作用而旋轉的車輪。可藉以產生動力而應用於各種工業。

【水利】 ㄕㄨㄟˇ ㄌㄧˋ

指疏濬河道、修築隄壩,以防備水患,並利用水力供灌溉、養殖、發電等用途。

【水位】 ㄕㄨㄟˇ ㄨㄟˋ

(water level)水面相對於某一基準面的高度。通常用來指示河川水面的升降。

【水兵】 ㄕㄨㄟˇ ㄅㄧㄥ

習水戰的士兵。

【水系】 ㄕㄨㄟˇ ㄒㄧˋ

(drainage pattern)一個地區的河流由主流及其支流互相結合,構成的一個排水系統。水系的配置型態因受原始坡面、岩層軟硬、地質構造及地形發育等因素支配而有差異,諸如樹枝狀水系、放射狀水系、環狀水系、矩狀水系、紊亂狀水系等。

8【水泥】 ㄕㄨㄟˇ ㄋㄧˊ

(cement)又稱'波特蘭'水泥。是一種矽酸鹽混合物,爲石灰石、黏土和少量氧化鐵混合於高溫下反應而得。將水泥粉末加水調成泥狀後,很快便會凝成固體狀態,且硬如岩石,因此水泥很適合做爲建築材料。

【水門】 ㄕㄨㄟˇ ㄇㄣˊ

擋水的閘門。

【水戽】 ㄕㄨㄟˇ ㄏㄨˋ

引水灌溉的農具。

9【水軍】 ㄕㄨㄟˇ ㄐㄩㄣ

習於水戰的軍隊。

【水飛】 ㄕㄨㄟˇ ㄈㄟ

'中'藥製法。將藥物研成細末,於

乳缽內加水研至極細，然後再加入大量的水攪拌，將含有藥粉的水傾出，分出藥粉，使之乾燥成爲極細的粉末。

【水星】 ㄕㄨㄟˇ ㄒㄧㄥ

(Mercury) 太陽系九大行星之一。距日最近。赤道半徑約2,439公里，體積僅有地球的0.056倍。自轉週期58.65日，公轉週期88日。沒有衛星。由於距離太陽很近，所以幾乎與太陽同出同沒，觀測非常不易。

10【水酒】 ㄕㄨㄟˇ ㄐㄧㄡˇ

薄酒；淡酒。主人勸客飲酒時的謙稱。

【水庫】 ㄕㄨㄟˇ ㄎㄨˋ

貯水池。一般指在河流上游建築攔水壩所形成的人工湖。具有調節水量以減免洪水災害的功能，並可供航運、灌溉、水力發電、給水及觀光等用途。

【水袖】 ㄕㄨㄟˇ ㄒㄧㄡˋ

我國傳統戲劇服裝中的蟒、帔、開氅、褶子等袖端所加綴的白綢。長約一尺，因其甩動時形狀如水波紋，故名。水袖的運用有助於表現劇中人物的身分、性格與感情，並可增加舞蹈美。

【水荒】 ㄕㄨㄟˇ ㄏㄨㄤ

因久旱而嚴重缺水。

【水師】 ㄕㄨㄟˇ ㄕ

①相傳上古'共工氏'以水名官，故稱水師。②'周代'官名。監理洗滌之事。③水軍；水兵。④船夫；漁人。

11【水產】 ㄕㄨㄟˇ ㄔㄢˇ

水中的物產。

【水族】 ㄕㄨㄟˇ ㄗㄨˊ

水中動物的總稱。

【水球】 ㄕㄨㄟˇ ㄑㄧㄡˊ

水上運動之一。由足球演變而來。設有球門，運動員以各種姿勢在水中游動傳球攻門，爲水上運動最富有團隊精神之項目。西元1900年正式列爲'奧運'項目。

【水域】 ㄕㄨㄟˇ ㄩˋ

湖泊、江河、海洋上的一定範圍區，包括水面到水底。一指港灣或河道等供船停泊或行駛之處。

【水圈】 ㄕㄨㄟˇ ㄑㄩㄢ

(hydrosphere)自然界四大圈之一。係由地球上所有的水所構成。包括海洋的水、地表的水、地下的水和大氣中的水。

【水鳥】 ㄕㄨㄟˇ ㄋㄧㄠˇ

棲息在水域的禽類。

【水貨】 ㄕㄨㄟˇ ㄏㄨㄛˋ

本爲經水路進口之貨物。今通指未申報關稅的走私貨物，或旅客攜帶進口，流入市場的貨品。

12【水痘】 ㄕㄨㄟˇ ㄉㄡˋ

(varicella; water-pox; chicken pox)由濾過性病毒感染所引起的一種發疹性小兒傳染病。症狀有頭痛、發燒、噁心及全身性水疱狀或發疹。水疱形成七天左右後會結痂，然後脫落。患過水痘症者可終生免疫。

【水晶】 ㄕㄨㄟˇ ㄐㄧㄥ

(rock crystal) 指透明無色、單一結晶、晶形清楚的天然石英。

【水單】 ㄕㄨㄟˇ ㄉㄢ

(exchange memo) 又稱買(賣)匯水單、兌換水單。外匯指定銀行開發的外匯交易證明文件。在出口業務方面，國外買方匯入款項支付貨款，出口商即可憑水單向央行預繳外匯所得。旅客離境時，可憑水單申請換回尚未花用的外匯，政府亦可憑水單掌握外匯資金。

【水飲】 ㄕㄨㄟˇ ㄧㄣˇ

指臟腑病理變化過程中所滲出的液體。稀而清的叫水，稀而稠黏的叫飲，名異實同，故常合稱。

【水脹】 ㄕㄨㄟˇ ㄓㄤˋ

即水腫。指水溢於肌膚而全身腫脹的病症。多由於脾腎陽虛所致。一說水脹不同於水腫，水脹是先腹內脹，而後漸及於四肢，即由內漸腫至外；水腫則不一定，或先由足跗腫而上，或先眼窠腫而下，或面目足跗同時腫，而漸及於胸腹，甚至外腫而內脹。

【水程】 ㄕㄨㄟˇ ㄔㄥˊ

①舟船的航程。②指水運、水路。

13【水滑】 ㄕㄨㄟˇ ㄏㄨㄚˊ

(gizzard shad) 爲硬骨魚綱(class Osteichthyes)、鯡目(order Clupeiformes)、水滑科(family Dorosomatidae)的動物。該科又稱鰶科，全球共5屬17種，'臺灣'產3屬4種。體高而短，口小，無齒；胃短，爲砂囊狀；鱗薄而小，尾鰭深分叉。分布於'印度洋'、'太平洋'。

水滑圖

【水準】 ㄕㄨㄟˇ ㄓㄨㄣˇ

①以水作測平的標準。即水平。②測量平直的工具。即水準器。③標準；程度。

【水運】 ㄕㄨㄟˇ ㄩㄣˋ

水路運輸。

【水雷】 ㄕㄨㄟˇ ㄌㄟˊ

一種水中爆炸武器。當目標進入危險距離以內，即能被感發而爆炸。一般分音響式、天線式、反清掃式、自發式、沈式、漂式、浮式、磁式及壓力式等型。

【水鼓】 ㄕㄨㄟˇ ㄍㄨˇ

(water drum)鋼材製之筒形裝置。位於雙鼓式、三鼓式或其他多鼓式鍋爐之汽鼓正下方或斜下方，水鼓與汽鼓間以降流管及升管相連，鍋爐水由汽鼓經降流管流往水鼓後，再經密布於水鼓上部之升管吸收燃燒熱產生蒸汽，蒸汽與高熱飽和水流回汽鼓。水鼓尚有聚集汙泥、鍋垢與固體雜質之功用，其下方吹洩管路設有底部吹洩閥，以排除底部所沈積之汙垢、雜質及鹽類濃度過高之鍋爐水。

【水碓】 ㄕㄨㄟˇ ㄉㄨㄟˋ
藉水力舂米的裝置。

【水閘】 ㄕㄨㄟˇ ㄓㄚˊ
隄防或河道中的閘門。

【水路】 ㄕㄨㄟˇ ㄌㄨˋ
泛指河、海、湖泊等水上交通。

【水腫】 ㄕㄨㄟˇ ㄓㄨㄥˇ
(edema)也稱浮腫。液體在細胞間隙中發生異常的積聚現象。以眼睛觀察或皮膚出現壓痕時即可判斷。出現的部位以下肢、陰囊、腹部及眼皮四周最爲常見。病因以血液循環不良最爲常見,如心臟病的病人;或血中蛋白質太低所引起,如嚴重的肝病病人、腎病症候群的病人;或營養不良而引起。治療方法則需針對病因,一般都給予利尿劑。

【水經】 ㄕㄨㄟˇ ㄐㄧㄥ
舊題‘漢’‘桑欽’撰,二卷。記我國水道一百三十七條,爲我國第一部記述河流水系的專著。

【水解】 ㄕㄨㄟˇ ㄐㄧㄝˇ
(hydrolysis)化合物和水起複分解反應而呈酸性或鹼性的現象。例如 NH_4Cl 在水中先解離生成 NH_4^+ 與 Cl^-, NH_4^+ 再和水反應生成 NH_3 和 H_3O^+ 而呈酸性。

14【水閥】 ㄕㄨㄟˇ ㄈㄚˊ
(vales)輸配水系統中的重要附屬設備。依使用目的、操作方法、流體性質、需要容量、水頭損失、經濟性、靈敏度、壓力、施工維護、水錘承受力等各條件而有以下不同型式:一、逆止閥:防水逆流用;二、排泥閥:排泥、水用;三、空氣閥:進、排氣用;四、高度閥:爲防止蓄水池溢流用;五、持壓閥:可保持上游壓力,免受下游壓力下降的影響;六、減壓閥:可保持閥下游壓力,減低閥上游壓力;七、安全閥:爲防止管線壓力超過設定限值用;八、制水閥:可隔斷調節水流,以便利試驗檢查及修理,最常用於輸配水系統。

【水幕】 ㄕㄨㄟˇ ㄇㄨˋ
(water screen)某些鍋爐之升管管束最接近火焰之數排管子較粗,用以保護其後方或上方之過熱器或較細之管子,以免過熱燒損,並可產生蒸汽,此數排較粗之管子稱爲水幕或水屏管。

【水團】 ㄕㄨㄟˇ ㄊㄨㄢˊ
指海洋中某一海域範圍內,海水的溫度、鹽度與密度等分布特性一致者。一般分爲冷水團和暖水團。冷水團係指該水團較其附近海水溫度低者,暖水團則剛好相反。

【水銀】 ㄕㄨㄟˇ ㄧㄣˊ
(quick silver)即汞。參汞。

15【水漿】 ㄕㄨㄟˇ ㄐㄧㄤ
液體漿汁。

【水線】 ㄕㄨㄟˇ ㄒㄧㄢˋ
(mason's line)放樣定線的必備品。指房屋放樣時,緊繫於水平標板的鐵釘上,用以標示出基腳及柱中心線所用的棉麻或尼龍線。

【水質】 ㄕㄨㄟˇ ㄓˊ
水的物理性質和化學成分。前者包括水的溫度、顏色、透明度和氣味等,後者包括所含各種礦物質的成分。

16【水磨】 ㄕㄨㄟˇ ㄇㄛˋ
藉水力以轉動的磨。

【水頭】 ㄕㄨㄟˇ ㄊㄡˊ
(water head)以水柱高度所表示單位重量之水所具有的能量。單位重量水的總能量(H)係動能與位能之總和。動能 $v^2/2g$,稱爲流速水頭;位能係壓力水頭 p/r(p 爲水壓, r 爲單位重)與位置水頭 Z 的和。另水流中若有能量損失時,則有磨損水頭 hf 存在。故總水頭 $H=\frac{p}{r}+Z+\frac{v^2}{2g}+hf$。

【水螅】 ㄕㄨㄟˇ ㄒㄧ
(hydra)屬腔腸動物門、水螅綱。生活於淡水中,身體以一端的足盤附於他物,另一端游離。中央有口,口的周圍有數個觸手,觸手上富含刺囊細胞,可助觸手捕捉食物,送入口中。水螅爲肉食,不消化的食物仍由口排出。足盤分泌的黏液,可使之在附著物表面滑動。水螅也可作翻筋斗運動。平時用出芽生殖產生新個體;秋天時,便行有性生殖,利用有性生殖產生的胚胎度多,胚胎表面有厚壁,落入水底,待明春再發育爲成體。水螅有的爲雌雄同體,有的則爲雌雄異體,視種類而定。

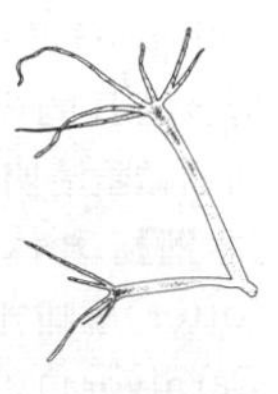
水螅圖

17【水濱】 ㄕㄨㄟˇ ㄅㄧㄣ
水邊;近水的地方。

【水療】 ㄕㄨㄟˇ ㄌㄧㄠˊ
(hydrotherapy)指包括各式各樣浸浴及淋浴,以及利用高壓噴射出水來治病的方法。

【水壓】 ㄕㄨㄟˇ ㄧㄚ
由水底所承受水的壓力。不含水面上的大氣壓力。

【水錘】 ㄕㄨㄟˇ ㄔㄨㄟˊ
(water hammer)管路中的流體因制水閥突然開、關及抽水機起動或停止,引起流速急驟變化時,管內水壓急升或急降所發生錘擊管壁聲的現象。水錘作用弊害爲:因壓力激升而破壞抽水機、制水閥、管線等;因壓力急降而壓潰管壁較薄的水管;壓力降低成負壓時,可能產生穴蝕現象,破壞抽水機件及水管;水流逆轉過速時,可能引致馬達及抽水機故障。

18【水雞】 ㄕㄨㄟˇ ㄐㄧ
1水鳥。2蛙的俗稱。

【水鮶】 ㄕㄨㄟˇ ㄐㄩㄣ
蟲名。似魚。見“集韻”。

19【水鏡】 ㄕㄨㄟˇ ㄐㄧㄥˋ
1水明如鏡。因可鑒物而見影,故

引申指可以作爲鑒戒的事物。②形容滿月的光華。③喻人性格爽朗或識鑒清明。

【水獺】 ㄕㄨㄟˇ ㄊㄚˇ

(otter)屬哺乳綱、食肉目(order Carnivora)、鼬鼠科(family Mustelidae)中四個屬(genus)的動物。半水生，體型與鼬鼠相似，細長，頸長，耳小，腿短，尾的基部幾與體同粗，少數種類的皮毛甚具經濟價值，趾間有蹼，善游泳，在陸地行走速度快。食物包括各種小型水生動物，如魚。懷孕61～63天，每次產1～5隻幼兒。水獺一般棲於近河處、湖邊或沼澤地有水池處，僅海獺生活海水中。

水獺圖

4【水文學】 ㄕㄨㄟˇ ㄨㄣˊ ㄒㄩㄝˊ

(hydrology)爲研究地球上有關水的發生、循環、分布、物理、化學等特性及其對環境之反應的科學。屬自然地理學研究的一部分。其目的在於應用水文分析方法，有效而正確推估一地區的水資源，供爲開發利用與興利除弊的依據。

5【水平線】 ㄕㄨㄟˇ ㄆㄧㄥˊ ㄒㄧㄢˋ

(horizon)垂直於天頂的一參考面或線。用以觀測或量度地面上一已知位置之點。可分地空、天體、地質水平線三類。地空水平線又分三種：一、海平面水平線：地球海平面與天空的顯明交界；二、局部水平線：觀測天空的實際下界或地球的上部輪廓；三、地理水平線：地球與天空呈現交界的遠距線。天體水平線可分二種：一、天體水平線：穿過地心並垂直於一穿過地表上觀測點之地球半徑的平面；二、天文水平線：穿過觀測者眼球並垂直於天頂線的平面。在天文觀測中，水平線常指一垂直於重力方向的平面所切割於天球上之大圓。

【水平衡】 ㄕㄨㄟˇ ㄆㄧㄥˊ ㄏㄥˊ

(water balance)指地表上某一區域，在一定期間內水的流入與流出的平衡狀況。就土壤水分而言，其最重要的投入是降水，而產出則爲蒸發散，如此水量的投入與產出之關係，稱爲水平衡。因此，一地按日、按月或按年，就降水量、蒸發散量、土壤蓄水量估算投入、產出之平衡狀況，可決定一地水量是否有剩水或缺水現象。是農業經營上非常有用的概念。

6【水汙染】 ㄕㄨㄟˇ ㄨ ㄖㄢˇ

(water pollution)來自於工業方面排出之廢水與家庭、都市排出之汙水，使得水中存在之生物死亡、生病及組織機能喪失。例如高溫廢水、懸浮物質、有毒之有機或無機溶解物質、泡沫等。其處理方法分爲物理處理法(如沈澱、過濾、熱交換)、化學處理法(如中和、氧化還原、離子交換、凝聚法)及生物處理法(如活性汙泥法、消化處理法等)。

【水灰比】 ㄕㄨㄟˇ ㄏㄨㄟ ㄅㄧˇ

(water cement ratio)拌合混凝土時，水量與水泥用量之比。爲影響混凝土的強度、耐久性及收縮的要因之一。

7【水汪汪】 ㄕㄨㄟˇ ㄨㄤ ㄨㄤ

水盈滿的樣子。多用以形容眼睛的顧盼流動、洋溢神采。

【水兵領】 ㄕㄨㄟˇ ㄅㄧㄥ ㄌㄧㄥˇ

源自'英國'海軍士兵制服的領型。前身領片呈圍繫領巾狀，而後身領片呈四角形；通常領緣飾有細條編帶，且採藍白配色，即衣身與帶飾顏色互異。爲童裝、女裝常應用的領型。

水兵領圖(前)　水兵領圖(後)

8【水委一】 ㄕㄨㄟˇ ㄨㄟˇ ㄧ

(Achernar)星名。即波江座α星。亮度0.46等，青白色，是全天第十亮星。光度爲太陽的3,000倍，距離地球125光年。位於波江座最南端，只能在北緯32度以南的地方看到它。

9【水玻璃】 ㄕㄨㄟˇ ㄅㄛ ㄌㄧˊ

(water glass)爲白色顆粒或粉末。化學成分是偏矽酸鈉(Na_2SiO_3)，易溶於水和鹼中，不易溶於酸和乙醇。可用於清潔劑和肥皂之塡充料、黏著劑等。

10【水耕法】 ㄕㄨㄟˇ ㄍㄥ ㄈㄚˇ

養液培養法之一。即將養液盛於容器內以栽培作物。宜注意氧氣的補充及作物的固定。

11【水族館】 ㄕㄨㄟˇ ㄗㄨˊ ㄍㄨㄢˇ

養殖各類水生動物，供觀賞或購買之處。

【水蛇腰】 ㄕㄨㄟˇ ㄕㄜˊ ㄧㄠ

形容女子婀娜多姿的細腰。

12【水晶宮】 ㄕㄨㄟˇ ㄐㄧㄥ ㄍㄨㄥ

水晶築成的宮殿。神怪小說中常用來稱龍王的宮殿。也作水精宮。

【水晶婚】 ㄕㄨㄟˇ ㄐㄧㄥ ㄏㄨㄣ

西俗稱結婚十五週年。

【水晶體】 ㄕㄨㄟˇ ㄐㄧㄥ ㄊㄧˇ

(lens)眼睛構造的一部分。又稱晶體。位於房水及玻璃狀液之間。當視物時，水晶體的彎曲度改變，使光線集中，物體的影像便聚集於視網膜上。參眼①。

【水筆仔】 ㄕㄨㄟˇ ㄅㄧˇ ㄗㄞˇ

(kandelia; *Kandelia candel*)又名水筆樹、茄藤樹。屬紅樹科(family Rhizophoraceae)。生長在熱帶和亞熱帶沿岸的海水或稍含鹽分的水中。不特能生長在其他植物無法生活的環境中，且能造成新的陸地，因其糾纏的根和莖可截獲淺水中所有的漂浮

水筆仔圖

物，然後使腐敗的物質形成堅固的陸地。水筆仔爲小喬木或灌木，果實成熟後尙未脫離母株種子便萌發，生出細長的幼根，長可達30～40公分，自樹枝向下懸垂；當胎生苗自母株掉落時，已幾乎爲一株小樹，掉落後，根插入泥中固定，或隨水漂流至遠處，最後在沙灘上生根。因其種子在母株萌發，故稱之爲胎生，實際上與動物的胎生迥異。

13【水溶膠】 ㄕㄨㄟˇ ㄖㄨㄥˊ ㄐㄧㄠ
(hydrosol)以水爲分散媒(溶劑)所成的膠體溶液。

【水準器】 ㄕㄨㄟˇ ㄓㄨㄣˇ ㄑㄧˋ
(level)測驗平面是否爲水平的器具。或略稱水準。其主要部分是

水準器圖

水準管，爲一微曲的玻璃管，內盛酒精或乙醚，並留一氣泡。根據氣泡的位置，可以測定水平。

【水準點】 ㄕㄨㄟˇ ㄓㄨㄣˇ ㄉㄧㄢˇ
(bench mark)水準測量的根據點。爲一已知高度、位置的點，可作爲測定其他測點高度的根據。多設置於大樹幹、埋沒的水泥樁、石樁、木樁、混凝土地板及不易腐蝕的平整金屬板等不常發生變動之處。

【水運網】 ㄕㄨㄟˇ ㄩㄣˋ ㄨㄤˇ
運送貨物的水道路線。

【水煙筒】 ㄕㄨㄟˇ ㄧㄢ ㄊㄨㄥˊ
吸煙用具。銅製，下有容水的筒，上有煙管及煙嘴，吸煙時，煙氣通過水筒再吸入口中。

水煙筒圖

【水煤氣】 ㄕㄨㄟˇ ㄇㄟˊ ㄑㄧˋ
(water gas)將水蒸氣通過熾熱之焦碳所得之氫氣與一氧化碳的混合氣體。因燃燒時呈藍色焰色，故又稱爲藍煤氣。除當做燃料氣體外，尙可供作合成甲醇、氨之原料。

【水楊酸】 ㄕㄨㄟˇ ㄧㄤˊ ㄙㄨㄢ
(salicylic acid)一種白色結晶。化學式 $C_6H_4OHCOOH$，分子量138.05，比重1.44，熔點158～161°C。可溶於丙酮、酒精、醚類，微溶於水。由二氧化碳與酚鈉共熱反應而得，用於阿司匹靈或水楊酸鹽之合成，並供作染料中間體、防腐劑。

【水經注】 ㄕㄨㄟˇ ㄐㄧㄥ ㄓㄨˋ
‘北魏’‘酈道元’撰，四十卷。就“水經”一書作注，以水道爲綱，所用資料自地理情況至歷史事蹟、民間傳說等，無所不包，內容豐富，文字生動，是研究我國古代地理的重要著作。

14【水蜜桃】 ㄕㄨㄟˇ ㄇㄧˋ ㄊㄠˊ
(peach)桃的一種。核小汁多，色美味鮮。在我國以‘浙江省’‘奉化縣’所產爲最佳，‘臺灣’中部‘梨山’引種的水蜜桃亦爲上品。

【水滸傳】 ㄕㄨㄟˇ ㄏㄨˇ ㄓㄨㄢˋ
‘元’‘施耐庵’編，‘明’‘羅貫中’續。有一百回本、一百二十回本、七十回本。內容敘述‘北宋’末‘宋江’等被逼上‘梁山’的事。全書根據民間傳說、說書底本等加工寫定，增潤成篇，原非一人之作。故事曲折，文字生動，是我國著名的長篇小說。

【水蒸氣】 ㄕㄨㄟˇ ㄓㄥ ㄑㄧˋ
(water vapor; steam)物質有三態變化，液態的水汽化變成氣態，即稱爲水蒸氣。凡是氣態的水均可用 water vapor稱之，steam通常用於稱較高溫的水蒸氣。

15【水輪機】 ㄕㄨㄟˇ ㄌㄨㄣˊ ㄐㄧ
(water turbine; water wheel)利用水自高處往低處流下時所具有的能量(主要爲位能)轉變爲機械能的轉輪機械。

16【水龍捲】 ㄕㄨㄟˇ ㄌㄨㄥˊ ㄐㄩㄢˇ
(waterspout)規模小但強度甚大的低氣壓，當其掠過海面時，常會吸取海水向上升，成爲高大的水柱，其強烈程度有如陸上龍捲風，故稱水龍捲。每年的春、秋季節，‘澎湖’附近海上，偶有水龍捲出現。

【水磨腔】 ㄕㄨㄟˇ ㄇㄛˋ ㄑㄧㄤ
即‘崑’腔。也稱水磨調。因‘崑’腔的曲調細膩宛轉，吐字講究延聲引曼，有字頭、字腹、字尾三段，啟口輕圓，收音純細，故稱。

17【水翼船】 ㄕㄨㄟˇ ㄧˋ ㄔㄨㄢˊ
(hydrofoil craft)係應用‘伯努力’原理，於船身兩側下方或船底裝置翼架，以利其高速航行的水上交通工具。該翼架平日沉於水中，一旦船隻高速航行，由於受水流動力影響，施於翼架兩面之壓力不同，船身上浮，遂避免因與水接觸而造成前進阻力，故航行時速可高達130公里以上，唯此時翼架所受之壓力極大，是以船身不宜太大。

19【水簾洞】 ㄕㄨㄟˇ ㄌㄧㄢˊ ㄉㄨㄥˋ
1“西遊記”中的地名。在‘花果山’，是‘孫悟空’早年棲宿的地方。2泛指有泉水或瀑布披巖而下，形如垂簾的山洞。

20【水蘊草】 ㄕㄨㄟˇ ㄩㄣˋ ㄘㄠˇ
(water thyme; *Elodea*)爲單子葉植物，淡水生。共有10種。葉呈輪狀排列於莖上，質薄，僅具一葉脈，花腋生1～3朵，單性或兩性。冬天時產生特殊的莖，上有芽，可再生新株掉落泥底以度冬。水蘊草常用於水族箱作裝飾。在實驗室內常作爲多項實驗的材料，例如觀察細胞質的流動、葉綠體的移動及光合作用產生氧

氣。廣布於'北美'且歸化於'歐洲'而成爲著名雜草的'加拿大'水蘊草(*Elodea canadensis*)爲雌株。

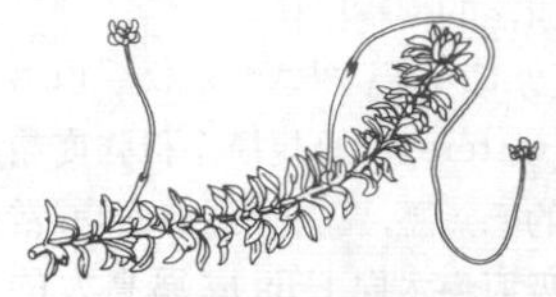

水蘊草圖

23【水黴病】 ㄕㄨㄟˇ ㄇㄟˊ ㄅㄧㄥˋ
指魚類在捕撈或搬運的過程,不小心擦落鱗片,黴菌由傷口侵入,以致皮膚發生糜爛而露出筋肉的病變。浸於50～100萬分之一的孔雀綠溶液中30分鐘至一小時即可治癒。

2【水力坡降】 ㄕㄨㄟˇ ㄌㄧˋ ㄆㄛ ㄐㄧㄤˋ
(hydraulic gradient)水路系統通水時,水流位能(包括位置水頭及壓力水頭)的聯線。因摩擦及其他損失關係,該曲線乃由上游向下游逐漸降低。單位距離所損失的水頭則稱水力比降。

【水力梯度】 ㄕㄨㄟˇ ㄌㄧˋ ㄊㄧ ㄉㄨˋ
(hydraulic gradient)一般指兩點間水位落差與水平距離之比。但在堤、堆岸、土壩等土質結構物中,則爲土中水的飽和線。利用水力梯度的落差,可以沖動水輪發電機來發電。

【水力發電】 ㄕㄨㄟˇ ㄌㄧˋ ㄈㄚ ㄉㄧㄢˋ
(hydroelectric power)發電機係由水力渦輪機或水輪機所帶動而發電的發電方式。水力發電發展計畫考慮因素爲發電廠、輸配電線及工程等費用。水力發電廠須配合流量和水頭、渦輪發電機械及流量水槽等而籌設,亦常爲水力發展計畫多元性目標之次重要性目的。爲防洪與灌溉目的而造建之水庫也常考慮水力發電爲附帶目的。水力發電廠依攔水方式分爲蓄水發電廠、川流式電廠;依電力系統分爲尖峰負荷發電廠、基本負荷發電廠、獨立發電廠;依水頭大小分爲高、中、低水頭發電廠。

3【水土不服】 ㄕㄨㄟˇ ㄊㄨˇ ㄅㄨˋ ㄈㄨˊ
因不習慣於某地的自然環境和飲食等而感到身體不適。

【水土保持】 ㄕㄨㄟˇ ㄊㄨˇ ㄅㄠˇ ㄔˊ
指保育和有效利用水土資源,以增進人類的生活與土地永續的生產力。凡合理的土地利用、保護土地使不發生任何形態的土壤惡化現象、重建或恢復被沖蝕的土壤等均屬此範圍。

【水上飛機】 ㄕㄨㄟˇ ㄕㄤˋ ㄈㄟ ㄐㄧ
(seaplane)設計或配備祇能在水上起飛和降落的一種飛機。有浮筒飛機(float plane)與飛船(flying boat)二類。前者主要爲將陸上飛機之起落架換裝浮筒而成;後者主要爲將機身更改爲平底船身,使飛機能在水上飄浮。

4【水文循環】 ㄕㄨㄟˇ ㄨㄣˊ ㄒㄩㄣˊ ㄏㄨㄢˊ
(hydrological cycle; water cycle)簡稱水循環。自然界中,水自地表上(包括陸上與海上)升入大氣中,再由大氣返回地面之連續不斷的環流現象。水由海面、河湖面、陸地、植物葉面等經由蒸發和蒸散而使水分子進入大氣中。大氣中的水氣則由冷卻、凝結、降水而返回地面,然後再蒸發、降水,周而復始,循環不已。

【水火不容】 ㄕㄨㄟˇ ㄏㄨㄛˇ ㄅㄨˋ ㄖㄨㄥˊ
比喻勢不兩立。

【水火無情】 ㄕㄨㄟˇ ㄏㄨㄛˇ ㄨˊ ㄑㄧㄥˊ
形容水火造成的災害非常可怕。

【水火煉度】 ㄕㄨㄟˇ ㄏㄨㄛˇ ㄌㄧㄢˋ ㄉㄨˋ
道教以水火之力煉除死者之罪過,而使之超度的法術。

【水天一色】 ㄕㄨㄟˇ ㄊㄧㄢ ㄧ ㄙㄜˋ
水連天,天連水,分不出界線。形容水面浩渺無際的樣子。

【水木之思】 ㄕㄨㄟˇ ㄇㄨˋ ㄓ ㄙ
思念雙親生育之恩。指不忘本。

【水中撈月】 ㄕㄨㄟˇ ㄓㄨㄥ ㄌㄠ ㄩㄝˋ
比喻勞而無功、白費力氣。

【水化作用】 ㄕㄨㄟˇ ㄏㄨㄚˋ ㄗㄨㄛˋ ㄩㄥˋ
(hydration)當水泥加水後,會起一種複雜的化學反應而凝結與硬化,並產生水化熱,這種化學的硬化過程,稱爲水化作用。

【水分活性】 ㄕㄨㄟˇ ㄈㄣˋ ㄏㄨㄛˊ ㄒㄧㄥˋ
(water activity)指同溫度下,食物的水蒸汽壓與純水的水蒸汽壓之比值。通常以符號 a_w 表示。爲食物中可用於化學反應及微生物生長的水分含量指標。純水的 a_w 是1,食物的 a_w 都小於1,如新鮮蔬果的 a_w 爲0.97以上,麵粉爲0.67～0.87,全脂奶粉則爲0.20。不同微生物的生長與水分活性有密切的關係,如細菌維持生長所必需的最低 a_w 爲0.91,酵母0.88,黴菌0.80,而嗜乾性眞菌在 a_w 爲0.65時仍能生長。爲使食物儲藏安全,a_w 應維持在0.70以下。

5【水平集團】 ㄕㄨㄟˇ ㄆㄧㄥˊ ㄐㄧˊ ㄊㄨㄢˊ
(horizontal cliques)一群工作於同一場所且地位大致相同者所組成的非正式團體。

【水平樣板】 ㄕㄨㄟˇ ㄆㄧㄥˊ ㄧㄤˋ ㄅㄢˇ
(batter board)又稱龍門板。房

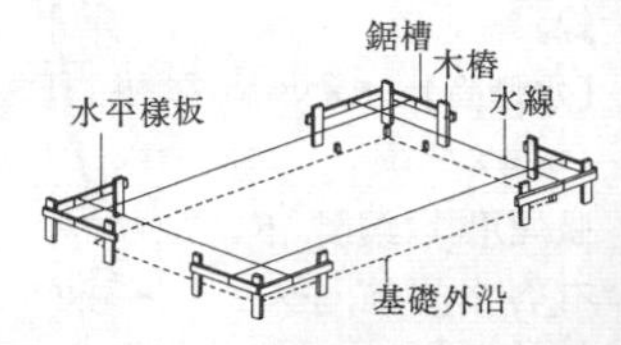

水平樣板圖

屋施工放樣時，用以控制水準高程的工具。由二塊木板及三支木樁構成。通常設置於房屋轉角離基溝邊緣約60公分處。放置時，板與牆中線平行，板高與地坪同高並保持水平。

7【水利小組】 ㄕㄨㄟˇ ㄌㄧˋ ㄒㄧㄠˇ ㄗㄨˇ

(irrigation group)由轄區內之水利會員所組成的小組。爲水利會之基層組織。其受水利會督導，主要任務爲：管理區域內之用水，維持及養護給水路、排水路，進行共同秧田計畫，協助水利會推行有關水利行政等。通常以51～150公頃灌溉面積或以埤圳爲一單位設置一小組。

8【水泥砂漿】 ㄕㄨㄟˇ ㄋㄧˊ ㄕㄚ ㄐㄧㄤ

(cement mortar)圬工主要結合材料的一種。由水泥、水及砂拌合而成，呈膠泥狀，可供地板、牆壁粉刷之用。

【水泄不通】 ㄕㄨㄟˇ ㄒㄧㄝˋ ㄅㄨˋ ㄊㄨㄥ

本指內外不相通。今多用來形容人潮擁擠。也指防備或控制得很嚴密。也作水洩不通。

【水性楊花】 ㄕㄨㄟˇ ㄒㄧㄥˋ ㄧㄤˊ ㄏㄨㄚ

水性流動，楊花隨風飄盪。常用來比喻婦女用情不專。

【水來土掩】 ㄕㄨㄟˇ ㄌㄞˊ ㄊㄨˇ ㄧㄢˇ

比喻因其來勢設法抵擋。常與兵來將擋連用。

【水到渠成】 ㄕㄨㄟˇ ㄉㄠˋ ㄑㄩˊ ㄔㄥˊ

比喻事機成熟，自然會成功。

【水門事件】 ㄕㄨㄟˇ ㄇㄣˊ ㄕˋ ㄐㄧㄢˋ

(Watergate affair)‘美國’現代史上一件政治醜聞。西元1972年‘美國’總統競選期間，‘民主黨’在‘華府’‘水門大廈’內的競選總部，爲‘共和黨’候選人‘尼克森’總統的人員潛入裝設竊聽器，破案後‘共和黨’多人被判入獄。1974年‘尼克森’因包庇被迫下臺。

【水乳交融】 ㄕㄨㄟˇ ㄖㄨˇ ㄐㄧㄠ ㄖㄨㄥˊ

比喻感情非常融洽。

9【水星凌日】 ㄕㄨㄟˇ ㄒㄧㄥ ㄌㄧㄥˊ ㄖˋ

(transit of Mercury)當水星運行至地球與太陽之間時，觀測者所見到水星橫過日面的現象。由於水星的軌道與黃道構成7°的傾角，因此只有在水星和地球都接近升交點或降交點時，才會發生凌日現象。在100年中平均發生13次，未來最接近的兩次將發生在西元1993年11月6日及1999年11月15日。

10【水送填土】 ㄕㄨㄟˇ ㄙㄨㄥˋ ㄊㄧㄢˊ ㄊㄨˇ

(hydraulic fill)藉河流流動將材料淤積於所選擇之地點而構成之堤或塡土。材料的淤積係受重力及速度之控制。

11【水深火熱】 ㄕㄨㄟˇ ㄕㄣ ㄏㄨㄛˇ ㄖㄜˋ

比喻人民生活陷於痛苦煎熬之中。

【水清石見】 ㄕㄨㄟˇ ㄑㄧㄥ ㄕˊ ㄒㄧㄢˋ

比喻只要光明坦蕩，自能爲人所知。

【水清無魚】 ㄕㄨㄟˇ ㄑㄧㄥ ㄨˊ ㄩˊ

比喻人若苛察求全過甚，不能容眾，人將不願爲其所用。

【水域環境】 ㄕㄨㄟˇ ㄩˋ ㄏㄨㄢˊ ㄐㄧㄥˋ

(aquatic environment)指以水爲主要生存空間的環境。包括含氧氣較少的停滯水(如池塘)和氧氣充足之含氧水(如江、河)環境。

【水陸並進】 ㄕㄨㄟˇ ㄌㄨˋ ㄅㄧㄥˋ ㄐㄧㄣˋ

水路與陸路一起前進。

【水陸道場】 ㄕㄨㄟˇ ㄌㄨˋ ㄉㄠˋ ㄔㄤˇ

佛教設齋供奉、設壇誦經，以超渡水陸亡靈的法會。也稱水陸齋儀、水陸齋。

12【水鄉澤國】 ㄕㄨㄟˇ ㄒㄧㄤ ㄗㄜˊ ㄍㄨㄛˊ

指‘江’南地區。因水運便利，故稱。也泛指多河流、湖泊的地區。

13【水溫躍層】 ㄕㄨㄟˇ ㄨㄣ ㄩㄝˋ ㄘㄥˊ

也稱斜溫層、變水層。指海水溫度梯度呈大幅度、急驟變化的水層。

【水落石出】 ㄕㄨㄟˇ ㄌㄨㄛˋ ㄕˊ ㄔㄨ

指水位降低或乾涸，石頭就顯露出來。比喻眞相大白。

14【水漲船高】 ㄕㄨㄟˇ ㄓㄤˇ ㄔㄨㄢˊ ㄍㄠ

水上漲，船也隨著浮高。比喻人或事物隨其憑藉的提昇而升高。

【水銀電池】 ㄕㄨㄟˇ ㄧㄣˊ ㄉㄧㄢˋ ㄔˊ

(mercury cell)一種以鋅爲陽極、氧化汞爲陰極，而以氫氧化鉀爲電解質的原電池。此種電池的容量比鹼或鋅碳電池大，且有更優良的電壓放電特性，可提供1.35伏特的恆定電壓。

16【水磨工夫】 ㄕㄨㄟˇ ㄇㄛˊ ㄍㄨㄥ ㄈㄨ

精緻細密的工夫。

18【水鎚作用】 ㄕㄨㄟˇ ㄔㄨㄟˊ ㄗㄨㄛˋ ㄩㄥˋ

(water hammer action)管路內之流體，由於其內部壓力瞬間急遽變化(例如蒸汽管路中水的凝結)，這些壓力以波動方式傳遞，產生震波，敲擊管壁，發生類似鐵鎚敲擊金屬的聲音，此現象即爲水鎚作用。

5【水平出版物】 ㄕㄨㄟˇ ㄆㄧㄥˊ ㄔㄨ ㄅㄢˇ ㄨˋ

(horizontal publication)行業出版物的一種。供不同行業中職位類似的人士閱讀。

【水平思考法】 ㄕㄨㄟˇ ㄆㄧㄥˊ ㄙ ㄎㄠˇ ㄈㄚˇ

(lateral thinking)思考方法之

一。係‘英國’心理學家‘戴勃諾’博士(Dr. Edward De Bono)所倡導。其四大原則爲:一、絕對尊重各種不同的思考方式,以發掘創意;二、應從多方面觀察,或完全改變對某一件事的看法,以探索創意;三、必須完全脫離垂直思考法的領域而去觀察事物;四、應多利用偶發性的啟示,以創造新的構想。此種方法完全擺脫過去的認知束縛,而以隨機應變、直覺判斷的方式突破問題點,以提高思考的效用,發揮創造力。

14【水銀氣壓表】 ㄕㄨㄟˇ ㄧㄣˊ ㄑㄧˋ ㄧㄚ ㄅㄧㄠˇ

(mercury barometer)利用‘托里契利’(Torricelli)管以測定大氣壓的一種裝置。底面裝皮囊以便盛水銀,並附有可以調準的象牙針,使其指示水銀面以標出氣壓讀數。氣壓的絕對測定須使用水銀氣壓表,其準確度通常爲1/100毫米水銀柱。

水銀氣壓表圖

【水管式鍋爐】 ㄕㄨㄟˇ ㄍㄨㄢˇ ㄕˋ ㄍㄨㄛ ㄌㄨˊ

(water tube boiler)鍋爐依燃燒之火焰與煙氣之通路區分,其火焰與煙氣包圍並流經管外,而水在管內流動的鍋爐,稱爲水管式鍋爐。

12【水就溼火就燥】 ㄕㄨㄟˇ ㄐㄧㄡˋ ㄕ ㄏㄨㄛˇ ㄐㄧㄡˋ ㄗㄠˋ

比喻同類事物的相互感應是出於自然。

【水裡水去火裡火去】 ㄕㄨㄟˇ ㄌㄧˇ ㄕㄨㄟˇ ㄑㄩˋ ㄏㄨㄛˇ ㄌㄧˇ ㄏㄨㄛˇ ㄑㄩˋ

比喻遭逢任何艱險,皆勇往直前。

13【水資源多目標規劃】 ㄕㄨㄟˇ ㄗ ㄩㄢˊ ㄉㄨㄛ ㄇㄨˋ ㄅㄧㄠ ㄍㄨㄟ ㄏㄨㄚˋ

(water resources multiple planning) 水具有多重使用的性質,如供發電又可供航行,或水庫上游供划船,下游又可供灌溉等,故水資源多目標規劃的目的,在對河川或水庫作全盤性之研究,以消除河川的洪災,使河川之治理或水庫的壩高皆達到水資源經濟利用的目的。其內容包括水文、地形、地質、人文、工業情況、灌溉、給水需要量等資料的整理分析與研究,其中尤以水文資料最爲重要。

1

永 ㄩㄥˇ *yung*³ 音勇

1水流悠長的樣子。見“說文”。2長久。如:友情永固。3長遠。如:路永山遙。

5【永生】 ㄩㄥˇ ㄕㄥ

1一生。2指涅槃而言。佛家以爲死乃幻身的消滅,佛性則不生不滅。3基督教指信徒死後,靈魂升入天堂,永享福樂。

7【永劫】 ㄩㄥˇ ㄐㄧㄝˊ

佛家語。指無限長時間。佛經言天地一成一壞爲一劫。

8【永夜】 ㄩㄥˇ ㄧㄝˋ

長夜。

9【永巷】 ㄩㄥˇ ㄒㄧㄤˋ

1‘漢’時宮中長巷。爲幽禁嬪妃宮女之處。2指後宮。爲嬪妃所住之處。3長巷;深巷。

11【永訣】 ㄩㄥˇ ㄐㄩㄝˊ

長別;永不再見。

【永晝】 ㄩㄥˇ ㄓㄡˋ

漫長的白天。

13【永業】 ㄩㄥˇ ㄧㄝˋ

得到法律保障的長期性職業。

3【永久齒】 ㄩㄥˇ ㄐㄧㄡˇ ㄔˇ

(permanent teeth)哺乳類繼乳齒後的第二套齒。在人類,孩童6、7歲後,乳齒漸次脫落,更生新齒,即爲永久齒。共32顆,包括8門齒、4犬齒、8前臼齒及12後臼齒。

9【永恆說】 ㄩㄥˇ ㄏㄥˊ ㄕㄨㄛ

(steady-state theory) 宇宙論的一種。也稱穩恆態宇宙論(steady-state cosmology)。於西元1948年由三位‘英國’科學家‘邦迪’(Hermann Bondi)、‘高爾德’(Thomas Gold)和‘霍耶’(Fred Hoyle)所提出。他們認爲無論從任何時間、任何角度視察,宇宙都是均勻的、永恆不變的,既無開始,亦無結局。宇宙雖在膨脹,但由於新的物質以每5,000億年在一立方公尺的空間中產生一顆氫原子的速度不斷產生,故其密度始終保持不變。這一理論與物理學中物質守恆定律相牴觸。

【永春拳】 ㄩㄥˇ ㄔㄨㄣ ㄑㄩㄢˊ

南派拳術。又名‘詠春’拳。源出‘福建’‘永春’。步法特殊,出腳極少。並有獨特的木人樁及黐手鍛練法。

10【永凍層】 ㄩㄥˇ ㄉㄨㄥˋ ㄘㄥˊ

(permafrost)在副極地和極地寒冷氣候的區域,地表下包括土壤層、被岩層及底岩層中水分永久冰凍的部分。永凍層有時可達地層深處,以‘西伯利亞’凍原地帶爲例,深達地下六、七百公尺處。短暫的夏季,永凍層最表層或可能有部分暫時的融化,但其下方則仍結凍不解,成爲一永不透水層,融化的冰水無法往下滲入,有時造成土石緩滑現象。

15【永樂宮】 ㄩㄥˇ ㄌㄜˋ ㄍㄨㄥ

亦稱‘純陽宮’。原在‘山西’‘芮城縣’‘永樂鎮’。相傳爲道教全眞道北五祖之一‘呂洞賓’的故居。初名‘呂公祠’,‘金’末改祠爲觀,後毀於火。‘元’‘中統’三年(1262)重建一部分,名‘大純陽萬壽宮’,後稱‘永樂宮’。‘永樂宮’全部建築連同壁畫,已於西元1959年按照原樣遷建於‘芮城縣’北‘龍泉村’‘五龍廟’附近。

3【永久硬水】 ㄩㄥˇ ㄐㄧㄡˇ ㄧㄥˋ ㄕㄨㄟˇ

(permanent hard water)水中含有鈣或鎂的氯化物或硫酸鹽時,稱爲永久硬水。其無法以加熱法軟化。

【永久磁鐵】 ㄩㄥˇ ㄐㄧㄡˇ ㄘˊ ㄊㄧㄝˇ
(permanent magnet)因受強力的磁化作用,而能永久保持磁性的鋼、鐵等材料。

4【永不錄用】 ㄩㄥˇ ㄅㄨˋ ㄌㄨˋ ㄩㄥˋ
官吏或公務員因故革職後,永遠不再任用。

5【永世之業】 ㄩㄥˇ ㄕˋ ㄓ ㄧㄝˋ
世代永遠流傳下去的功業。

6【永字八法】 ㄩㄥˇ ㄗˋ ㄅㄚ ㄈㄚˇ
書法以永字爲例的八種筆法。一、側,即點;二、勒,即横畫;三、努,即直畫;四、趯,即鉤;五、策,即斜畫向上者;六、掠,即撇;七、啄,即右之短撇;八、磔,即捺。

永字八法圖

【永州八記】 ㄩㄥˇ ㄓㄡ ㄅㄚ ㄐㄧˋ
'柳宗元'貶'永州'(今'湖南''零陵')司馬時所寫的八篇遊記。即:"始得西山宴遊記"、"鈷鉧潭記"、"鈷鉧潭西小丘記"、"至小丘西小石潭記"、"袁家渴記"、"石渠記"、"石澗記"、"小石城山記"。

7【永劫不復】 ㄩㄥˇ ㄐㄧㄝˊ ㄅㄨˋ ㄈㄨˋ
永遠不能恢復原來的面貌和氣象。

9【永垂不朽】 ㄩㄥˇ ㄔㄨㄟˊ ㄅㄨˋ ㄒㄧㄡˇ
永遠流傳而不磨滅。

12【永無寧日】 ㄩㄥˇ ㄨˊ ㄋㄧㄥˊ ㄖˋ
永遠沒有安定的日子。

【永結同心】 ㄩㄥˇ ㄐㄧㄝˊ ㄊㄨㄥˊ ㄒㄧㄣ
夫妻間心意永遠連結一氣。

13【永業精神】 ㄩㄥˇ ㄧㄝˋ ㄐㄧㄥ ㄕㄣˊ
員工能發揮視工作爲終身職業、視服務機構爲終身任職機構的精神。具有永業精神的員工,能與組織榮辱與共,員工的個人目標能與組織目標相融合。

14【永嘉之亂】 ㄩㄥˇ ㄐㄧㄚ ㄓ ㄌㄨㄢˋ
'晉懷帝''永嘉'四年(310),'漢'主'劉聰'遣'劉曜'、'王彌'及'石勒'分道攻'晉','晉'屢敗;'東海王''越'率兵數十萬出戰,五年,'越'卒於軍中,太尉'王衍'率其眾護喪還葬'東海',爲'石勒'追及,'晉'軍死者十餘萬。'劉曜'、'王彌'、'石勒'乘勢攻入'洛陽',擄'懷帝',史稱'永嘉'之亂。

【永嘉學派】 ㄩㄥˇ ㄐㄧㄚ ㄒㄩㄝˊ ㄆㄞˋ
'南宋'理學學派之一。創始於'呂祖謙','葉適'、'薛季宣'、'陳傅良'等人應和。因同是'浙江省''永嘉縣'人,故稱。主張道存於事物本身,離開事物就沒有道,因此重事功,提倡經世之學。

【永銘心版】 ㄩㄥˇ ㄇㄧㄥˊ ㄒㄧㄣ ㄅㄢˇ
銘記心中,永遠不忘。

15【永樂大典】 ㄩㄥˇ ㄌㄜˋ ㄉㄚˋ ㄉㄧㄢˇ
'明''永樂'間'解縉'、'姚廣孝'等奉敕撰。初名"文獻大成",後改今名。二萬二千八百七十七卷,凡例、目錄六十卷,共一萬一千零九十五冊。按"洪武正韻"韻目分列單字,先注其音義,備錄古今字體,而後編列以此字爲名的各種資料。資料來源以'文淵閣'藏書爲基本,又自各地徵購古今圖書七、八千種;爲我國空前的大類書,保存相當豐富的古籍資料。有'永樂'原本及'嘉靖'鈔寫正、副本各一,歷經劫難,今僅副本存二百餘冊,散逸國內外。

21【永續盤存】 ㄩㄥˇ ㄒㄩˋ ㄆㄢˊ ㄘㄨㄣˊ
(perpetual inventory system)會計上決定存貨的一種方法。另一種方法爲定期盤存。在永續盤存制下,對每次貨品的購買、銷售及結存,平時均作詳細的記載,隨時均可由帳簿的紀錄知悉銷貨成本及存貨的資料。

3【永久性差異】 ㄩㄥˇ ㄐㄧㄡˇ ㄒㄧㄥˋ ㄔㄚ ㄧˋ
(permanent difference)指課稅所得與會計所得間所發生之差異,無法藉後期所得之調整而自動抵銷。例如交際費超額列支被稽徵機關刪除,結果使課稅所得大於會計所得之差異永遠無法消除。

【永久性檔案】 ㄩㄥˇ ㄐㄧㄡˇ ㄒㄧㄥˋ ㄉㄤˇ ㄢˋ
(permanent file)對財務報表具有長期重要性之有關資料。內容包括:公司之組織系統、主要業務及產品、重要合約、會計制度及程序之備忘紀錄等等。永久性檔案單獨設檔之目的,係保存具有長期重要性資料,以免每年重複彙集編製,惟每年仍須核閱其內容,並予更新或補充,以確保永久性檔案資料之完整及有用。

【永久凋萎點】 ㄩㄥˇ ㄐㄧㄡˇ ㄉㄧㄠ ㄨㄟ ㄉㄧㄢˇ
(permanent wilting point)土壤水分消耗至某一限度,使作物發生凋萎,雖經移入飽和蒸氣室內,仍無法使其恢復生機時的土壤含水量。

【永久局外中立國】 ㄩㄥˇ ㄐㄧㄡˇ ㄐㄩˊ ㄨㄞˋ ㄓㄨㄥ ㄌㄧˋ ㄍㄨㄛˊ
諸如'瑞典'、'瑞士'、'奧地利'等國。初由'歐洲'列強締結國際條約,承認其在他國戰爭時得保持其嚴守中立之地位。一般所謂中立國,僅在個別戰爭中保持中立,其中立地位不受國際條約的保障或約束。

丞 ㊀ ㄓㄥˇ chêng³ 音拯
救助。同拯、抍。見"字彙"。
㊁ ㄔㄥˊ ch'êng² 音承

承受。同承。見"集韻"。

氷 冰的俗體。

2

汁 ㊀ㄓ chih^1 音隻
①水液。見"說文"。②指雨雪交雜。見"正字通"。
㊁ㄒㄧㄝˊ hsieh^2 音協
和諧;協和。通協。見"方言·三"。

汀 ㄊㄧㄥ t'ing^1 音廳
①水邊平地。見"集韻"。②泥沼。見"集韻"。

18【汀瀅】 ㄊㄧㄥ ㄧㄥˊ
①小水。②水澄清的樣子。

⿰氵七 ㄐㄧ chi^1 音基
①水潛伏。見"廣韻"。②灑水。見"集韻"。

氾 ㊀ㄈㄢˋ fan^4 音汎
通泛、汎。①泛濫。見"說文"。②普遍;廣博。如:氾愛眾。③搖動或漂浮的樣子。
㊁ㄈㄢˊ fan^2 音凡
①地名。'春秋''鄭'邑。在今'河南省''襄城縣'南一里。②姓。'晉'有'氾毓'。見"萬姓統譜·六七"。

17【氾濫】 ㄈㄢˋ ㄌㄢˋ
同泛濫。①水橫流漫溢。引申爲到處擴散。②隨波浮沉的樣子。

氻 ㄌㄜˋ lè^4 音勒
水聲。見"集韻"。

⿰氵卜 ㄅㄨˇ pu^3 音卜
水名。見"集韻"。

⿰氵几 ㄐㄧˇ chi^3 音几
水邊。見"古今韻會舉要"。

氿 ㄍㄨㄟˇ kuei^3 音軌
①水邊乾土。見"說文"。②水泉向穴旁平流而出。見"字彙"。

汃 ㊀ㄅㄧㄣ pin^1 音彬
舊傳我國西邊極遠的水名。見"說文"。
㊁ㄆㄚˋ p'a^4 音怕
水波相擊聲。見"字彙"。

求 ㄑㄧㄡˊ ch'iu^2 音球
①探索;尋找。如:求眞。②請託;乞助。如:求人不如求己。③責備。如:苛求。④需要。如:供不應求。⑤姓。'漢'有'求仲'。見"萬姓統譜·六三"。

6【求全】 ㄑㄧㄡˊ ㄑㄩㄢˊ
①希求完美無缺。②希求保全生命。

11【求偶】 ㄑㄧㄡˊ ㄡˇ
擇求配偶。

20【求饒】 ㄑㄧㄡˊ ㄖㄠˊ
請求饒恕。

8【求放心】 ㄑㄧㄡˊ ㄈㄤˋ ㄒㄧㄣ
找回失落的良心。良心爲人所固有,但常被物慾所汩沒而流失,只有靠反躬自省,才能自然呈現。見"孟子·告子上"。

4【求仁得仁】 ㄑㄧㄡˊ ㄖㄣˊ ㄉㄜˊ ㄖㄣˊ
正合其心願。原指'伯夷'、'叔齊'讓國遠去,後因'武王'伐'紂'恥食'周'粟,而餓死於'首陽山'。'孔子'認爲他們求仁而得仁,一無怨恨。見"論語·述而"。

5【求田問舍】 ㄑㄧㄡˊ ㄊㄧㄢˊ ㄨㄣˋ ㄕㄜˋ
只知買田地房產而缺乏遠大的志向。

6【求全之毀】 ㄑㄧㄡˊ ㄑㄩㄢˊ ㄓ ㄏㄨㄟˇ
力求完美,反而招致毀謗。

【求全責備】 ㄑㄧㄡˊ ㄑㄩㄢˊ ㄗㄜˊ ㄅㄟˋ
每件事情都要求做到盡善盡美。

8【求知若渴】 ㄑㄧㄡˊ ㄓ ㄖㄨㄛˋ ㄎㄜˇ
比喻求知慾的強烈和迫切。

9【求神問卜】 ㄑㄧㄡˊ ㄕㄣˊ ㄨㄣˋ ㄅㄨˇ
向神靈祈求保佑,用占卜預測吉凶禍福。

15【求賢若渴】 ㄑㄧㄡˊ ㄒㄧㄢˊ ㄖㄨㄛˋ ㄎㄜˇ
形容訪求賢才的急切。

2【求人不如求己】 ㄑㄧㄡˊ ㄖㄣˊ ㄅㄨˋ ㄖㄨˊ ㄑㄧㄡˊ ㄐㄧˇ
求別人不如靠自己。

氼 ㊀ㄋㄧˋ ni^4 音匿
沈沒。通溺。見"說文"。
㊁ㄕㄨㄟˇ shui^3 音水
參氼家。

10【氼家】 ㄕㄨㄟˇ ㄐㄧㄚ
我國西南地區少數民族之一。主要分布在'貴州省'東南邊境的'都江'、'獨山'、'荔波'、'黎平'等縣。人口約28.6萬(1982年),生活習俗未詳。

氽 ㄊㄨㄣˇ t'un^3
①流水浮動東西。見"字彙"。②人在水上漂浮。見"字林考逸補本"。

汆 ㄘㄨㄢ ts'uan^1 音攛
將食物投入沸水略煮,然後連湯盛起的一種烹飪法。

3

汒 ㄇㄤˊ mang^2 音茫
①匆遽的樣子。見"集韻"。②茫昧無所見。同茫。見"六書故"。

汗 ㊀ㄏㄢˋ han^4 音翰
①由汗腺所排出的液體。通常是一種低張溶液,並不是單純的體液,詳細的成分迄今未明,但其主要組成爲:鈉48.0、鉀5.9、氯40.0、氨3.5、尿素8.6。②出汗;流汗。③比喻發出就不能收回。
㊁ㄏㄢˊ han^2 音寒
參可汗。

8【汗青】 ㄏㄢˋ ㄑㄧㄥ
古代在刮去竹簡上青皮以供書寫之前,先用溫火炙烤,使水分蒸發,以收防蛀之效。後用爲史冊的代稱。

12【汗斑】 ㄏㄢˋ ㄅㄢ
(pityriasis) 由'馬拉塞'芽胞菌(Malassezia furfur) 的病原體所引起的皮膚病。多在易流汗的季節發生於從事體力勞動者身上,病變出現於衣服蓋住的地方,尤其是上膊。汗斑有米糠樣鱗屑,顏色及形狀變化幅度很大,通常不癢或極輕微。正式的醫學名稱爲變色糠疹。可使用一般抗黴菌劑治療。

13【汗腺】 ㄏㄢˋ ㄒㄧㄢˋ
(sweat gland)皮膚附屬腺之一。人的汗腺以手掌、額、腋窩和足底最多,爲由單層上皮細胞組成的細管狀結構。汗腺底部呈球狀,爲分泌部,有分泌汗液的作用;另一端爲排泄部,直接開口於皮膚表面,稱爲汗孔。球狀部的外面,有分布成網狀的微血管,微血管內血液中的成分,爲汗腺中汗液的來源。汗液的排除有調節體溫的作用。

14【汗漫】 ㄏㄢˋ ㄇㄢˋ
①浩渺無涯;不著邊際。②放浪不羈。

18【汗顏】 ㄏㄢˋ ㄧㄢˊ
因羞愧而臉上流汗。

【汗簡】 ㄏㄢˋ ㄐㄧㄢˇ
①同汗青。②書名。‘宋’‘郭忠恕’撰,三卷。依“說文”分部,錄存古代文字。

6【汗血馬】 ㄏㄢˋ ㄒㄧㄝˇ ㄇㄚˇ
古代駿馬名。產於‘大宛’。因奔馳後,汗水從前肩膊出如血,故名。

10【汗涔涔】 ㄏㄢˋ ㄘㄣˊ ㄘㄣˊ
汗流不停的樣子。

4【汗牛充棟】 ㄏㄢˋ ㄋㄧㄡˊ ㄔㄨㄥ ㄉㄨㄥˋ
形容書籍之多。運載時能使牛馬勞累得出汗,收藏時充滿整個房間而且堆高到屋棟。

9【汗流浹背】 ㄏㄢˋ ㄌㄧㄡˊ ㄐㄧㄚˊ ㄅㄟˋ
形容流汗很多,滿背溼透。

10【汗馬功勞】 ㄏㄢˋ ㄇㄚˇ ㄍㄨㄥ ㄌㄠˊ
①泛指功勞或勞苦。②指戰功。

汙 ㊀ ㄨ *wu*¹ 音烏
或作污、汚。①不潔。如:汙穢。②水不流動。③惡劣。如:汙俗。
㊁ ㄨˋ *wu*⁴ 音物
去除汙垢。見“正字通”。
㊂ ㄨㄚ *wa*¹ 音蛙
鑿;挖掘。見“正字通”。
㊃ ㄩˊ *yü*² 音于
參汙水。
㊄ ㄩ *yü*¹ 音迂
紆曲。通紆。見“正字通”。

4【汙水】 ㄩˊ ㄕㄨㄟˇ
古水名。在‘河南省’‘臨漳縣’西。‘秦’末,‘項羽’曾引兵擊‘秦’軍於此。今已湮廢。

6【汙池】 ㄨ ㄔˊ
蓄水池。

8【汙泥】 ㄨ ㄋㄧˊ
骯髒的爛泥。今廢水處理過程中,經由沉澱淤集於池底,或經由消化所得的泥狀物質,也稱汙泥,又稱淤渣。

9【汙染】 ㄨ ㄖㄢˇ
指不潔或有害的東西由一處延及他處。

17【汙點】 ㄨ ㄉㄧㄢˇ
行爲上的缺點、過失。

18【汙瀆】 ㄨ ㄉㄨˊ
小水池;低淺的水溝。

【汙穢】 ㄨ ㄏㄨㄟˋ
①骯髒;不清潔。②汙辱。

21【汙衊】 ㄨ ㄇㄧㄝˋ
毀謗;用不實在的言語損傷他人。

4【汙水塘】 ㄨ ㄕㄨㄟˇ ㄊㄤˊ
(lagoon)利用細菌之氧化作用分解有機物使汙水穩定的水塘。依塘深、細菌作用的不同、汙水停留時間等差異,分爲兼性汙水塘、曝氣氧化塘、厭氧性汙水塘、氧化塘等。

2【汙七八糟】 ㄨ ㄑㄧ ㄅㄚ ㄗㄠ
形容十分髒亂。

4【汙水強度】 ㄨ ㄕㄨㄟˇ ㄑㄧㄤˊ ㄉㄨˋ
(sewage strength)即汙水的濃度。大致與汙水量成比例。汙水組成成分及濃度係與生活方式、都市特性等有關。

9【汙染負載量】 ㄨ ㄖㄢˇ ㄈㄨˋ ㄗㄞˋ ㄌㄧㄤˋ
(pollution loading amount)指水體中承受汙染物(如有機物、懸浮固體物、油脂等)的總量。可以排水量乘以水質濃度求得,單位以克/日表示。

8【汙泥容積指標】 ㄨ ㄋㄧˊ ㄖㄨㄥˊ ㄐㄧ ㄓˇ ㄅㄧㄠ
(sludge volume index; SVI)指曝氣塘中混合液沉澱三十分鐘後,每一克之活性汙泥所占容積毫升數。一般用以測定汙泥的沉降特性。

【汙泥覆被澄清池】 ㄨ ㄋㄧˊ ㄈㄨˋ ㄅㄟˋ ㄔㄥˊ ㄑㄧㄥ ㄔˊ
(sludge blanket clarifier)集加藥、快混、膠凝、沉澱及排泥諸單元於一池的高速膠凝沉澱池。其優點爲可縮短停留時間,且因占地面積小,建造費用與加藥量均可節省。惟需較高度的操作技術,且諸單元混於一池相互牽制而缺乏彈性。適用於工業用水或軟化水廠。

污 汙的本字。

汚 汙的或體。

江 ㄐㄧㄤ *chiang*¹ 音姜
①指‘長江’。見“說文”。②河流的通稱。③‘江蘇省’的簡稱。④姓。‘漢’有‘江充’。見“漢書·江充傳”。

5【江永】 ㄐㄧㄤ ㄩㄥˇ
(1681～1762)‘清’‘安徽’‘婺源’人,字‘慎修’。博通古今,精研音韻、禮制,兼通曆法、數學、地理。著作甚多,有“古韻標準”、“四聲切韻表”、“禮經綱目”等。

【江左】 ㄐㄧㄤ ㄗㄨㄛˇ
①‘長江’下游以東的地區。即今‘江蘇省’一帶。②指‘東晉’。

8【江表】 ㄐㄧㄤ ㄅㄧㄠˇ
指‘長江’以南的地區。

11【江淹】 ㄐㄧㄤ ㄧㄢ
(444～505)‘南朝’‘考城’(今‘河南’‘考城’)人,字‘文通’。歷仕‘宋’、

'齊'、'梁'三代。以詩文著名，詩歌清麗，多摹擬古人。所撰"前後集"已散佚，後人編有"江文通集"。

17【江聲】 ㄐㄧㄤ ㄕㄥ
(1721～1799)'清''元和'(今'江蘇''吳縣')人，字'鱷濤'，後改字'叔澐'，號'艮庭'。性耿介，不慕榮利，'嘉慶'元年(1796)舉孝廉方正，卻不應仕。師事'惠棟'，守'漢'儒經說，專精"尚書"。著有"尚書集注音疏"、"六書說"。

23【江蘺】 ㄐㄧㄤ ㄌㄧˊ
香草的一種。即蘼蕪。其葉似當歸，其香似白芷。見"本草綱目·草部·蘼蕪"。

6【江西省】 ㄐㄧㄤ ㄒㄧ ㄕㄥˇ
位於我國中部。簡稱'贛'。全省爲一山嶺環繞的狹長盆地。地勢由四周向內逐次低降，北部'鄱陽湖平原'是盆底部分，盛產稻米；丘陵區主產茶、苧麻；較高的山地則富林木、鎢、錳等礦產資源。農工業均盛，瓷器、夏布、竹紙是馳名的傳統工業。境內河川呈向心系狀水系匯集於'鄱陽湖'，富航運，各河谷均成和鄰省間往來的通路。以'南昌'爲省會。

10【江珧蛤】 ㄐㄧㄤ ㄧㄠˊ ㄍㄜˊ
(*Atrina*) 屬軟體動物、斧足綱(class Pelecypoda)的動物。生活海水中，底棲，可利用足絲(byssus)附著他物。前閉殼肌小，位於殼尖部位的身體上；後閉殼肌大，位於殼中央部位的身體上，厚約1公分半，形如象棋，乾製後即是干貝。干貝亦稱江珧柱，意謂江珧蛤的肉柱，肉柱爲閉殼肌的別稱。

20【江蘇省】 ㄐㄧㄤ ㄙㄨ ㄕㄥˇ
位於我國東部。簡稱'蘇'。境內大部地區爲海拔50公尺以下的沖積平原，河湖密布，灌溉及水運相當盛，是著名的「魚米之鄉」與「水鄉澤國」，稻、麥、絲、棉爲主要物產；工商業發達，人口稠密；沿海富漁鹽之利。省會設於'鎮江'。

4【江心補漏】 ㄐㄧㄤ ㄒㄧㄣ ㄅㄨˇ ㄌㄡˋ
船到江中才補漏洞。比喻事態嚴重方行補救，爲時已晚，無濟於事。

5【江左夷吾】 ㄐㄧㄤ ㄗㄨㄛˇ ㄧˊ ㄨˊ
指'王導'。'東晉'初，'溫嶠'渡'江'南避胡亂，見朝廷微弱，憂懼不樂。往見'王導'，暢談世事。既還，對'周顗'說：「'江'左自有'管夷吾'，吾復何慮。」見"晉書·溫嶠傳"。'夷吾'，'管仲'字。

6【江西詩派】 ㄐㄧㄤ ㄒㄧ ㄕ ㄆㄞˋ
'宋'詩派別之一。以'黃庭堅'爲宗，其他還有'陳與義'等二十五人。因'庭堅'爲'江西'人，故名。此派師法'杜甫'、'韓愈'、'孟郊'、'張籍'，力求奇崛，反對綺靡，往往流於艱澀。見'呂居仁'"江西詩社宗派圖"。

8【江河日下】 ㄐㄧㄤ ㄏㄜˊ ㄖˋ ㄒㄧㄚˋ
形容局勢或景象日漸衰敗，像江河的水一樣，日日向下游奔流。

9【江洋大盜】 ㄐㄧㄤ ㄧㄤˊ ㄉㄚˋ ㄉㄠˋ
專門在江湖海洋間搶劫來往船隻的大盜。

【江郎才盡】 ㄐㄧㄤ ㄌㄤˊ ㄘㄞˊ ㄐㄧㄣˋ
比喻文思衰退。'江'郎，指'江淹'。'淹'文采豔發，著名當世，晚年才思衰退，沒有佳作，時稱'江'郎才盡。見"南史·江淹傳"。

12【江湖術士】 ㄐㄧㄤ ㄏㄨˊ ㄕㄨˋ ㄕˋ
以玄虛小術在地方上斂財謀生的人。

11【江崎二極體】 ㄐㄧㄤ ㄑㄧˊ ㄦˋ ㄐㄧˊ ㄊㄧˇ
(Esaki diode) 又稱隧道二極體(tunnel diode)。一種在順向偏壓下有負電阻的二極體。常被用來做爲高頻振盪，其特性如圖(1)所示。只需加上很小的順向電壓，就會有極大的順向電流。但超過頂點(P點)後，電壓再增加，電流反而會降低。這種電壓增加而電流反倒減少的現象，稱爲負電阻特性。當到達谷點(V點)後，電壓增加，電流會增加。其符號如圖(2)所示。

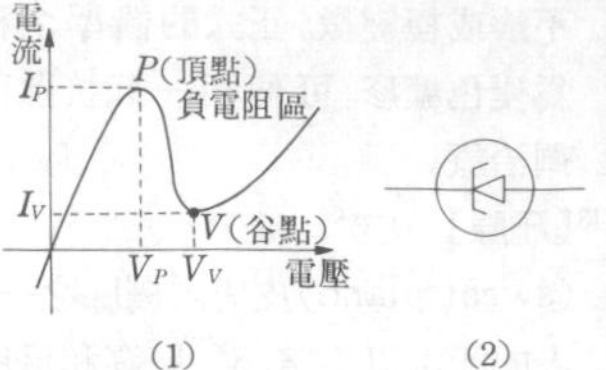

江崎二極體特性及其符號圖

8【江東六十四屯】 ㄐㄧㄤ ㄉㄨㄥ ㄌㄧㄡˋ ㄕˊ ㄙˋ ㄊㄨㄣˊ
位於'黑龍江省''瑷琿'對岸的六十四個村落。'黑龍江'北廣大土地，在'清''咸豐'八年(1858)與'俄'簽訂"瑷琿條約"後，只有此地仍屬我國領土，惟於西元1900年被'俄'強占不還。

9【江南機器製造局】 ㄐㄧㄤ ㄋㄢˊ ㄐㄧ ㄑㄧˋ ㄓˋ ㄗㄠˋ ㄐㄩˊ
'清穆宗''同治'四年(1865)'李鴻章'創設於'上海'的機構。專司洋式槍砲的製造，聘請外國技師擔任監督。兼事翻譯工作，以算學、化學、汽機、火藝及槍砲等書爲主。'同治'六年開始建造輪船。

3【江山易改本性難移】 ㄐㄧㄤ ㄕㄢ ㄧˋ ㄍㄞˇ ㄅㄣˇ ㄒㄧㄥˋ ㄋㄢˊ ㄧˊ
形容人的本性改變不易。

汜 ㄙˋ szŭ⁴, ssŭ⁴ 音似
1分岔別流又回入主流的水流。見"說文"。2不流通的溝渠。見"爾雅·釋丘"。3水邊。通涘。見"說文通訓定聲"。

汎 ㄒㄩㄣˋ hsün⁴ 音迅
1灑水。見"說文"。2定期的漲水。如：潮汎。3'明''清'時指軍隊駐守地。

池 ㄔˊ ch'ih² 音馳
1積水的窪地。見"廣韻"。2姓。'漢'有'池仲魚'。見"萬姓統譜·四"。

24【池鹽】 ㄔˊ ㄧㄢˊ
由鹹水湖中所取得的鹽。較乾燥地區的湖泊多無出口，且雨量少，

蒸發量大，因此由河流挾運入湖的鹽類累積，湖水含鹽量特高，可供製鹽，稱爲湖鹽，習稱池鹽。我國'山西''解池'所產的鹽屬之。

4【池中物】 ㄔˊ ㄓㄨㄥ ㄨˋ
比喻蟄居在一個小地方，沒有遠大抱負或志向的人。

11【池魚之殃】 ㄔˊ ㄩˊ ㄓ ㄧㄤ
比喻無故受到災禍或連累。

【池魚籠鳥】 ㄔˊ ㄩˊ ㄌㄨㄥˊ ㄋㄧㄠˇ
池中的魚，籠中的鳥。比喻失去自由或受到約束。

汏 ㄉㄞˋ tai⁴ 音代
1淘洗；沖洗。見"說文"。2水波。見"廣雅·釋水"。3驕矜自大。通大。見"正字通"。4侈；過。通汰。如：汏侈。

汊 ㄔㄚˋ ch'a⁴ 音岔
河川的支流。見"集韻"。

汓 ㄑㄧㄡˊ ch'iu² 音囚
人在水上浮游。見"說文"。

汕 ㄕㄢˋ shan⁴ 音善
魚群游水的樣子。見"說文"。

汝 ㄖㄨˇ ju³ 音乳
1水名。即'汝河'。有'南汝河'與'北汝河'。'南汝河'一名'南汝水'，源出'河南省''泌陽縣''桐柏山脈'，東行經'汝南'至'新蔡縣'合'洪河'而入'淮'。'北汝河'源出'河南省''嵩縣''伏牛山'東麓，至'襄城縣'與'葉縣'間與'沙河'合流，稱爲'沙河'，爲'潁水'南源。2你。見"字彙"。3姓。'漢'有'汝郁'。見"萬姓統譜·七六"。

9【汝南月旦】 ㄖㄨˇ ㄋㄢˊ ㄩㄝˋ ㄉㄢˋ
指品評人物。參月旦2。

汔 ㄑㄧˋ ch'i⁴ 音氣
1水流枯竭。本作汽。見"說文"。2接近；庶幾。見"字彙"。

汋 ㄓㄨㄛˊ cho², chuo² 音酌
1水相擊的聲音。見"說文"。2古樂名。見"荀子·禮論"。3挹取。通勺。見"集韻"。4燒菜。見"爾雅·釋天·夏祭曰礿·釋文"。

汎 一 ㄈㄢˋ fan⁴ 音犯
1通泛、氾。⑴漂浮。見"說文"。⑵廣博。見"廣雅·釋詁"。⑶大水漫流。如：汎濫。⑷表事物的完全性、廣泛性。如：汎神論。2姓。三國有'汎嶷'。見"萬姓統譜·一一〇"。
二 ㄈㄚˊ fa² 音罰
參汎淒。

11【汎淒】 ㄈㄚˊ ㄐㄧㄝˊ
形容聲音微弱。

9【汎神論】 ㄈㄢˋ ㄕㄣˊ ㄌㄨㄣˋ
(pantheism) 也譯作汎神主義。相信宇宙中有許多神，這些神自有其不同的階級地位，掌管的事務也各不相同，但是只有一位最高、最偉大的神主宰眾神，且眾神皆由最高之神所生。例如'印度'教即爲典型的汎神信仰。

汍 ㄨㄢˊ wan² 音丸
哭泣流淚的樣子。見"說文新附"。

20【汍瀾】 ㄨㄢˊ ㄌㄢˊ
淚流不止的樣子。

汐 ㄒㄧˋ hsi⁴ 音夕
1古水名。源出今'河南省''登封縣'東北'陽城山'。見"集韻"。2晚潮。見"正字通"。

汞 ㄍㄨㄥˇ kung³ 音拱 又讀 ㄏㄨㄥˋ hung⁴ 音閧
(mercury)一種過渡元素。元素符號Hg，原子序80，原子量200.6。元素態是一種具銀白光澤的液體，俗稱水銀。爲常溫下唯一呈液態的金屬元素。常使用於溫度計、汞汽燈、電極等。

14【汞齊】 ㄍㄨㄥˇ ㄐㄧˋ
(amalgam)即汞與其他金屬的合金，專供各種特殊用途。例如鋅汞齊用於電池中，錫汞齊用來製鏡，金、銀、鉛之汞齊用來塡補牙齒等。

4【汞中毒】 ㄍㄨㄥˇ ㄓㄨㄥˋ ㄉㄨˊ
(mercury intoxication)即水銀中毒。可分爲有機水銀中毒和無機水銀中毒。無機水銀中毒常出現於儀器製造業者、水銀礦場、水銀燈業者。有機水銀中毒則常由農藥、工業廢水而來。水銀進入體內以後，可以使蛋白質凝固、酵素失去活性，而表現其毒性。又可分爲急性中毒和慢性中毒，急性者有咽頭、食道的灼熱感、胃痛、噁心、嘔吐、下痢、急性腎衰竭等症狀；慢性者常有精神症狀及神經症狀。急性中毒者，可施行洗胃，或灌以大量牛奶、蛋等。

4

汢 ㄊㄨㄥˇ t'ung³ 音桶
地名。見"述異記·上"。

汴 ㄅㄧㄢˋ pien⁴ 音卞
1水名。參汴河。2地名。在今'河南省''開封縣'。五代'梁'及'北宋'都建都於此。

8【汴河】 ㄅㄧㄢˋ ㄏㄜˊ
又稱'汴水'、'汴渠'、'汳水'。原由'黃河'流至'河南''開封'以東的'雍邱'附近，東流至'徐州'，再南流入'淮河'；今則經'滎陽縣'東，至'中牟'流入'賈魯河'。

汸 一 ㄆㄤ p'ang¹ 音乓
水多貌。同滂。如：汸汸。
二 ㄈㄤ fang¹ 音方
1古水名。同'汸'。見"集韻"。2泉名。見'元結''汸泉銘'。

沆 一 ㄏㄤˋ hang⁴ 音桁
水廣大無邊際的樣子。見"說文"。
二 ㄏㄤˊ hang² 音航
1渡水。見"廣韻"。2水流動的樣子。見"集韻"。

19【沆瀣】 一 ㄏㄤˋ ㄒㄧㄝˋ
夜間的水氣、清露。
二 ㄏㄤˋ ㄒㄧㄝˋ
水流聲。同沆瀣。

【沆瀣一氣】 ㄏㄤˋ ㄒㄧㄝˋ ㄧ ㄑㄧˋ
比喻氣味相投。多用於貶義。

沉
沉的俗體。

沉 ㄔㄣˊ ch'en² 音辰
同沈。參沈字一。

沈 ㊀ ㄔㄣˊ ch'ên² 音陳
俗作沉、沉。①沒入水中。見"小爾雅·廣詁"。②陷溺;沈迷。如:沈湎。③深。如:沈思。④重。如:沈甸甸。⑤積久。如:沈疴。⑥抑制。如:沈住氣。
㊁ ㄕㄣˇ shên³ 音審
姓。'南朝''梁'有'沈約'。見"梁書·沈約傳"。

7【沈吟】 ㄔㄣˊ ㄧㄣˊ
①低聲吟詠。②深思;沈思。

8【沈周】 ㄕㄣˇ ㄓㄡ
(1427～1509)'明''長洲''相城'(今'江蘇''吳縣')人,字'啟南',號'石田',晚號'白石翁'。詩文俱佳,尤工畫,山水花卉,無不精妙。與'唐寅'、'文徵明'、'仇英'並稱爲'明代'四大家。著有"石田集"。

9【沈括】 ㄕㄣˇ ㄍㄨㄚ
(1030～1094)'北宋''錢塘'(今'浙江''杭縣')人,字'存中'。'嘉祐'進士,累官翰林學士、三司使,嘗出使'契丹'。博學無所不通。著有"夢溪筆談"、"長興集"。

【沈香】 ㄔㄣˊ ㄒㄧㄤ
(*Aquilaria agallocha* Roxb.)常綠喬木。高達10餘公尺,葉互生,披針形,具短柄,葉緣波形。繖形花序,密生小形白花,花被有毛。果實卵形,表面有絨毛。供木材及藥用。其黑色芳香的脂膏凝結爲塊,入水能沈,故名沈香。分布於我國及'亞洲'熱帶地區。

沈香圖

【沈約】 ㄕㄣˇ ㄩㄝ
(441～513)'南朝''吳興''武康'(今'浙江''吳興')人,字'休文'。歷仕'宋'、'齊'二代,後助'梁武帝'登位,官至尙書令。學問淵博,長於詩律,尤精通文字的音律,提出四聲八病之說,爲當時韻文的創作開闢新境界。著有"宋書"、"沈隱侯集";又有"四聲譜"、"齊紀"等,今已佚。

10【沈浸】 ㄔㄣˊ ㄐㄧㄣˋ
將物浸於水、酒等液體中,而受其漸漬、滲透。比喻涵泳、漸漬。

【沈疴】 ㄔㄣˊ ㄜ
久治難癒的疾病。也作沈痾。

【沈冤】 ㄔㄣˊ ㄩㄢ
很難申辯或時日已久不能昭雪的冤屈。

【沈脈】 ㄔㄣˊ ㄇㄛˋ
脈象的一種。指脈搏隱伏不顯,輕按不易感覺,重按才感覺到。沈脈主裡,邪鬱在裡,氣血困滯不暢,則脈沈而有力;陽氣虛陷,不能升舉,則脈沈而無力。

11【沈寂】 ㄔㄣˊ ㄐㄧˊ
①寂靜無聲。②比喻杳無音訊。③比喻隱晦、不自炫或不自求表現。

【沈淪】 ㄔㄣˊ ㄌㄨㄣˊ
①沈沒;埋沒。②指死亡。

12【沈湎】 ㄔㄣˊ ㄇㄧㄢˇ
沈迷陷溺。

【沈酣】 ㄔㄣˊ ㄏㄢ
痛飲而感到暢快。引申爲醉心其事。

【沈著】 ㄔㄣˊ ㄓㄨㄛˊ
穩重而不浮躁。

13【沈溺】 ㄔㄣˊ ㄋㄧˋ
①沈沒水中。②指陷於不好的嗜好中。③指陷於困阨痛苦中。

【沈痼】 ㄔㄣˊ ㄍㄨˋ
積久難醫的病。後亦用以指積久難改的惡習。

14【沈腿】 ㄔㄣˊ ㄊㄨㄟˇ
國術練腿方法的一種。即向斜後方壓腿的動作。

15【沈潛】 ㄔㄣˊ ㄑㄧㄢˊ
①深沈內斂,含蓄而不外露。②浸潤深入。

【沈毅】 ㄔㄣˊ ㄧˋ
沈著剛毅。

【沈箱】 ㄔㄣˊ ㄒㄧㄤ
(caisson)安放在水裡或地下水位以下部分,以助基礎之施工便利的無底大箱或圓殼。一般分箱式沈箱、開口沈箱、壓氣沈箱三種。通常以木材、混凝土或鋼鈑製成,且必須有適當的支撐或配加鋼筋,以抵抗土壓或水壓。陸上用的沈箱係先挖出箱內土壤,再藉重力下沈;水中用的沈箱先在陸上承造,再拖至安放地點藉其自重下沈。

16【沈澱】 ㄔㄣˊ ㄉㄧㄢˋ
(precipitation)溶液中形成固體粒子而沈降的現象。

【沈積】 ㄔㄣˊ ㄐㄧ
(sedimentation)懸浮液體中固體粒子因重力作用而下沈之現象。工業上利用此法於水處理或固體類析。

29【沈鬱】 ㄔㄣˊ ㄩˋ
蘊積深厚。

4【沈尹默】 ㄕㄣˇ ㄧㄣˇ ㄇㄛˋ
(1882～1971)'浙江''吳興'人,原名'實'。'日本''京都帝國大學'文科畢業。返國後,任教'北大'。新文學運動起,寫作新詩,作品"鴿子"、"三絃"、"月夜"、"人力車夫"等均膾炙人口。歷任'河北'省政府委員兼教育廳長、'北平大學'校長、監察委員。大陸淪陷後,任'中共'藝文工作。著有"秋明室雜詩"、"二王法書管窺"等。

7【沈甸甸】 ㄔㄣˊ ㄉㄧㄢˋ ㄉㄧㄢˋ
沈重的樣子。

8【沈佺期】 ㄕㄣˇ ㄑㄩㄢˊ ㄑㄧˊ
(656?～714?)'唐''內黃'(今'河南''內黃')人,字'雲卿'。'高宗''上元'進士,官至太子少詹事。曾因阿附'張易之'而被流放'驩州'。詩與'沈之問'齊名。所作律詩的格律對仗謹嚴精密,對'唐代'律詩的形成和發展有很大的影響。有"沈佺期集"傳世。

11【沈從文】 ㄕㄣˇ ㄘㄨㄥˊ ㄨㄣˊ
(1902～1988)'湖南''鳳凰'人。近代著名文學家。十二歲即入行伍爲軍人，二十歲赴‘北平’爲印刷工人，隨即開始寫作，作品多刊登“晨報”副刊，因而結識‘徐志摩’、‘胡適’、‘葉公超’等人。抗戰前後曾任“大公報”、“益世報”副刊編輯。大陸淪陷後，致力於有關‘中國’古代服飾的研究，頗有成就。著有小說“邊城”、“阿麗思中國遊記”，以及專著“中國古代服飾研究”等。

沈從文像

13【沈葆楨】 ㄕㄣˇ ㄅㄠˇ ㄓㄣ
(1820～1879)‘清’‘侯官’(今‘福建’‘閩侯’)人，字‘翰宇’，一字‘幼丹’。‘道光’進士，授編修。‘咸豐’間署‘廣信府’。‘太平軍’興，以守城有功擢‘江西’巡撫。‘同治’間，總理‘福建’船政；‘光緒’初，官兩‘江’總督。卒諡‘文肅’。有“沈文肅公政書”。

沈葆楨像

15【沈墜勁】 ㄔㄣˊ ㄓㄨㄟˋ ㄐㄧㄣˋ
沈垂、下墜的勁道。

【沈德潛】 ㄕㄣˇ ㄉㄜˊ ㄑㄧㄢˊ
(1673～1769)‘清’‘江蘇’‘長洲’(今‘江蘇’‘吳縣’)人，字‘確士’，號‘歸愚’。‘乾隆’進士，曾任內閣學士兼禮部侍郎。論詩主張格調說，以爲⌊詩貴性情，亦須論法⌉。作品風格樸素，缺少氣勢。有“沈歸愚詩文全集”，選輯有“古詩源”、“唐詩別裁集”、“清詩別裁集”等書。

16【沈積岩】 ㄔㄣˊ ㄐㄧ ㄧㄢˊ
(sedimentary rocks)又名次生岩。岩石三大類之一。岩石碎屑如沙、泥、礫石等，或生物遺骸所分解的礦物質，經流水或風力等營力搬運到低地(海或湖底)沈積，因機械性或化學性而固結成層的岩石，如砂岩、頁岩、石灰岩等。沈積岩分布極廣，約占地表75%的面積，但以體積言之，僅占地殼的5%。

4【沈水海岸】 ㄔㄣˊ ㄕㄨㄟˇ ㄏㄞˇ ㄢˋ
(submergence coast)又稱下沈海岸。沿海的地殼沈降或海平面上升，或二者兼而有之，導致原本陸地表面部分沒入海水中的現象，稱爲陸沈。這種海岸就稱爲沈水海岸。溺谷、谷灣、峽灣等均因沈水海岸所造成。我國‘浙江’、‘福建’沿海，大小島嶼星羅棋布，乃是標準的下沈海岸區域。西北‘歐’沿海地帶，因受第四紀最後冰期海面上升的影響，呈現下沈海岸的景觀。

7【沈沒成本】 ㄔㄣˊ ㄇㄛˋ ㄔㄥˊ ㄅㄣˇ
(sunk cost)即過去成本。指業已發生之成本，不論現在如何決定，均已無法改變，故在做決策時不必考慮。例如決定應否更換新機器時，舊機器之帳面價值乃一沈沒成本，可不予考慮。

9【沈降逆轉】 ㄔㄣˊ ㄐㄧㄤˋ ㄋㄧˋ ㄓㄨㄢˇ
(subsidcedence inversion)造成汙濁空氣無法排除的原因之一。當空氣由高空沈降至較低高度時，因壓力增加使溫度上升，致下層較冷且受嚴重汙染之空氣無法上升所造成之逆溫層現象。

11【沈魚落雁】 ㄔㄣˊ ㄩˊ ㄌㄨㄛˋ ㄧㄢˋ
原意謂魚鳥不辨美麗的女子，惟知見人驚恐躲避。後人轉爲形容婦女容貌美麗之詞。常與閉月羞花並用。

13【沈腰潘鬢】 ㄕㄣˇ ㄧㄠ ㄆㄢ ㄅㄧㄣˋ
瘦腰白鬢。比喻多病憂愁以致蒼老衰弱。‘沈’指‘沈約’，因多病而瘦腰；‘潘’指‘潘岳’，曾作“秋興賦”，感慨鬢白體衰。

16【沈默假設】 ㄔㄣˊ ㄇㄛˋ ㄐㄧㄚˇ ㄕㄜˋ
(hypothesis of silence)‘西德’傳播學者‘諾爾紐曼’(Elisabeth Noelle-Neumann)所提出的一個假設。與‘彌勒’(John Stuart Mill)⌊異議者沈默⌉的說法類似。即社會成員中持反對意見者，對論題大多保持選擇性沈默。

11【沈淹式進水建築】 ㄔㄣˊ ㄧㄢ ㄕˋ ㄐㄧㄣˋ ㄕㄨㄟˇ ㄐㄧㄢˋ ㄓㄨˊ
(submerged intake)整體構造物設置於水面以下的進水建築。常用型式爲取水格框，適於河川低水位、離河岸很遠時，或爲免於設置取水塔遭受沖淤時設置。多運用於小水廠水源進水，偶亦用於利用大水庫或湖泊爲水源而水位變化不大的大水廠。其優點是造價較曝露式低廉，且不礙航行、無漂浮物及冰凍等困擾；缺點則是維修困難。

汶 ㊀ ㄨㄣˋ *wên*^{4} 音問
參汶水。
㊁ ㄇㄣˊ *mên*^{2} 音門
汙濁。如：汶濁。
㊂ ㄇㄧㄣˊ *min*^{2} 音民
山名。通‘岷’。見“集韻”

4【汶水】 ㄨㄣˋ ㄕㄨㄟˇ
水名。①在‘山東省’。⑴源出‘萊蕪縣’東北，至‘汶上縣’入‘大運河’。⑵源出‘臨朐縣’，入‘濰水’。⑶源出‘費縣’東，入‘沂水’。②在‘臺灣省’。源出‘苗栗縣’‘大湖鄉’北，入‘大湖溪’，爲‘後龍溪’支流之一。

12【汶萊】 ㄨㄣˋ ㄌㄞˊ
(Brunei)位於‘婆羅洲’(Borneo)北部的新興國家。濱‘南海’。西元1984年獨立。面積5,770方公里，人口37萬(2005年)，首都‘斯里巴卡旺’(Bandar Seri Begawan)。盛產石油。

16【汶濁】 ㄇㄣˊ ㄓㄨㄛˊ
汙濁；混濁不清。

沁 ㄑㄧㄣˋ *ch'in*^{4} 音伈
①浸透。如：沁人心脾。②汲水；以物探水。見“字彙”。

10【沁骨】 ㄑㄧㄣˋ ㄍㄨˇ
浸入或滲入肌骨。形容感受深刻。

2【沁人心脾】 ㄑㄧㄣˋ ㄖㄣˊ ㄒㄧㄣ ㄆㄧˊ
深入心腹。比喻感人極深。

汪 ㄨㄤ wang¹ 音尫
①深廣。見"說文"。②池。見"說文"。③水積聚於物體的表面。④姓。'春秋''魯'有'汪錡'。見"左傳·哀一一年"。

4【汪中】 ㄨㄤ ㄓㄨㄥ
(1744～1794)'清''江都'(今'江蘇''江都')人,字'容甫'。少孤,家貧,嘗協助書商賣書,遂遍讀經史百家之書。專治經術,崇尚'漢'學。文以'漢''魏'六朝爲法則,工駢文,典贍安雅,能詩,尤精史學。著有"左氏春秋釋疑"、"述學內外篇"等書。

14【汪精衛】 ㄨㄤ ㄐㄧㄥ ㄨㄟˋ
(1883～1944)'廣東''番禺'人。原名'兆銘'。早年赴'日'留學,習法政。加入'同盟會',任"民報"編輯。後因謀刺攝政王'載灃',事敗被捕。辛亥'武昌'革命軍興,獲釋。任民軍代表,參加南北議和。'民國'肇建後,參加討'袁'、護法之役。歷任'中國國民黨'中央執行委員、'國府'主席及'軍委會'主席、'行政院'院長。抗戰軍興,暗中圖謀與'日'妥協,在'南京'組織僞「國民政府」,任僞主席兼'行政院'院長,勝利前病死。

汪精衛像

9【汪洋巨浸】 ㄨㄤ ㄧㄤˊ ㄐㄩˋ ㄐㄧㄣˋ
廣大的海洋和湖泊。

沄 ㄩㄣˊ yün² 音雲
水流回轉的樣子。見"說文"。

汧 ㄑㄧㄢ ch'ien¹ 音牽
或作汧。水匯聚處。即沼澤。見"爾雅·釋水"。

汫 ㄐㄧㄥˋ ching⁴ 音敬
參汫濙。

17【汫濙】 ㄐㄧㄥˋ ㄧㄥˊ
水流淺小的樣子。

沅 ㄩㄢˊ yüan² 音元
水名。參沅江。

6【沅江】 ㄩㄢˊ ㄐㄧㄤ
'湖南省'四大河川之一。發源於'貴州省'東部,稱'清水河',東流入'湘'省境,至'黔陽縣'匯'潕水'後稱'沅江'。東北流至'常德'附近注入'洞庭湖'。長860公里。'桃源'以下可行小輪,民船可上溯至'貴州省'境內。

沍 ㄏㄨˋ hu⁴ 音互
凍結;凝塞。一作冱。見"玉篇"。

12【沍寒】 ㄏㄨˋ ㄏㄢˊ
寒氣閉塞凍結。

沛 ㄆㄟˋ p'ei⁴ 音配
①盛大的樣子。見"廣雅·釋詁"。②有水草的沼澤地。見"集韻"。③迅疾的樣子。④偃仆;跌倒。如:顛沛。

12【沛然】 ㄆㄟˋ ㄖㄢˊ
①充裕的樣子。如:沛然有餘。②盛大的樣子。如:沛然而雨。③寬廣的樣子。

沌 ㄉㄨㄣˋ tun⁴ 音鈍
①水流不通暢的樣子。見"集韻"。②糊塗愚昧的樣子。通忳。如:混混沌沌。

決 ㊀ ㄐㄩㄝˊ chüeh² 音絕
俗作决。①除去水流的壅塞。②堤防潰壞。如:決口。③斷絕。④裁斷;斷定。如:決獄。⑤堅定不移。如:決心。⑥挖。如:決眼挖心。⑦裂開。如:決眥。⑧訣別。通訣。

㊁ ㄒㄩㄝˋ hsüeh⁴ 音穴
快速。如:決起而飛。

8【決明】 ㄐㄩㄝˊ ㄇㄧㄥˊ
(*Cassia tora* L.)又名大山土豆、芙莞。一年生草本。高20～100公分,偶數羽狀複葉,小葉2～4對,倒卵形,先端鈍,柄短,具早落性線狀托葉。夏季,腋生有柄黃色花,花瓣5枚;莢果細長,呈方形,內含種子25～30枚,可供藥用,能明目,亦可作蔬菜食用。分布於熱帶及亞熱帶地區。

決明圖

9【決計】 ㄐㄩㄝˊ ㄐㄧˋ
①計畫已定,不再改變。②必定。

10【決鬥】 ㄐㄩㄝˊ ㄉㄡˋ
①決定最後勝敗的爭鬥。②(duel)'歐洲'古代一種解決爭執的方式。二人在證人的見證下,依規則以劍或鎗互相格鬥。西元501年'勃良地'國王'干多倍特'(Gundobad)首次確立以決鬥解決訴訟的方式,傳至中世紀時的西'歐'已演變成一種風俗。

11【決眥】 ㄐㄩㄝˊ ㄗˋ
①裂開眼眶。②張目瞪視。形容盛怒的樣子。③專注的樣子。

12【決裂】 ㄐㄩㄝˊ ㄌㄧㄝˋ
①分離;分割。②了斷;決定。③俗稱雙方意見不合,因而磋商之事沒有結果。④朋友間意氣不相投合而絕交。

【決策】 ㄐㄩㄝˊ ㄘㄜˋ
分爲廣義與狹義兩種。狹義指由兩個或更多可能採取之行動或不行動之途徑(或方案)中作一選擇之行爲。廣義指作最後選擇及前此整個行爲過程之各種活動,甚至包含選擇後之執行與回饋活動在內。決策之種類,依決策內容之詳略,可分爲政治決策與行政決策。前者作大原則及概括性之決策;後者作執行性具體之施行決定。此僅爲相對之分法,非可絕對劃明界線,因即使行政決策之中,仍有原則與細節性之別。若依決策對象問題之性質,則可分策略決策、行政決策及業務決策三種。若依客觀環境確定性程度的不同,則可分爲確定情況下的決策、風險情況下的決策及不確定情況下的決策。

【決勝】ㄐㄩㄝˊ ㄕㄥˋ
一比高下,決定勝負。

14【決疑】ㄐㄩㄝˊ ㄧˊ
解決疑惑。

【決算】ㄐㄩㄝˊ ㄙㄨㄢˋ
用以表示一會計年度財政收支的實際狀況。亦即政府預算執行之結果。

【決獄】ㄐㄩㄝˊ ㄩˋ
判決訴訟案件。

17【決賽】ㄐㄩㄝˊ ㄙㄞˋ
決定最後勝負或名次的比賽。

18【決斷】ㄐㄩㄝˊ ㄉㄨㄢˋ
①對某種情勢加以判決、斷定。②堅決果斷。

20【決議】ㄐㄩㄝˊ ㄧˋ
①決定議論的事項。②凡議案討論既畢,由主席提付表決者,不論通過與否,均稱爲決議。

8【決定性】ㄐㄩㄝˊ ㄉㄧㄥˋ ㄒㄧㄥˋ
具有影響事情發展及結果的特性。

【決定論】ㄐㄩㄝˊ ㄉㄧㄥˋ ㄌㄨㄣˋ
(determinism)有時稱爲因果決定論(causal determinism)。與非決定論相對。係一種哲學理論。認爲宇宙間的一切事件都受定律所支配,沒有偶發而無規律性的因素,一切事件之發生都是事前就已決定的。有些哲學家認爲:如果人類的行爲也都受定律所支配,則無做選擇或下決定的自由意志,故又與意志自由論相對。

1【決一雌雄】ㄐㄩㄝˊ ㄧ ㄘ ㄒㄩㄥˊ
一戰以分辨高下。

12【決策程序】ㄐㄩㄝˊ ㄘㄜˋ ㄔㄥˊ ㄒㄩˋ
(decision process) 指達成一項決策的理性程序。包括:一、認清待決策的問題。二、確認解決問題的目標。三、觀察與蒐集資料。四、檢討與衡量。五、提出各項可行方案。六、選擇最佳方案。七、實施及評估修正。

【決策樹分析】ㄐㄩㄝˊ ㄘㄜˋ ㄕㄨˋ ㄈㄣ ㄒㄧ
(decision tree analysis)管理分析的工具。認爲決策問題並非由各自分離的單項決策所構成,有其前後連接的相互影響。因此今日的決策,應預先評估在作成這項決策後,其可能情形如何?結果如何?始能作成今日的決策,此項關係,可以樹形圖表示其可能發展情況及設定機率。例如擴建工廠:

建大廠 ─ 0.7 ─ 景氣維持
建大廠 ─ 0.3 ─ 景氣消失
建小廠 ─ 0.7 ─ 景氣維持
建小廠 ─ 0.3 ─ 景氣消失

上圖表示建大廠與建小廠所發生景氣可以維持及景氣可能消失的四種情況及其機率。

【決策形成組織論】ㄐㄩㄝˊ ㄘㄜˋ ㄒㄧㄥˊ ㄔㄥˊ ㄗㄨˇ ㄓ ㄌㄨㄣˋ
(organization theory of decision making) 將企業組織視爲達成決策的相互作用的系統。決策工作支配企業組織的形成。一個良好的企業組織,要能提供良好的資訊系統、決策程序及環境適應三項機能。

沔 ㄇㄧㄢˇ *mien*^{3} 音免
①水流充沛的樣子。見"集韻"。②沈迷。通湎。如:沈沔。

沘 ㄅㄧˇ *pi*^{3} 音比
參沘水。

4【沘水】ㄅㄧˇ ㄕㄨㄟˇ
①今名'淠水',一名'白沙河'。在'安徽省'境內。②今名'泌水'。在'河南省'境內。

沏 ㊀ ㄑㄧㄝˋ *ch'ieh*^{4} 音竊
水流互相衝擊的樣子。見"集韻"。
㊁ ㄑㄧ *ch'i*^{1} 音欺
用滾開的水注入。如:沏茶。
㊂ ㄑㄩ *ch'ü*^{1} 音區
①用滾油或豉汁澆在菜肴上。如:沏油。②用水撲滅正在燃燒的東西。如:沏香火。

沐 ㄇㄨˋ *mu*^{4} 音木
①洗髮。見"說文"。②潤澤。③承受;蒙受。如:沐恩。④通獮。如:沐猴。⑤姓。'明'有'沐英'。見"明史·沐英傳"。

8【沐雨櫛風】ㄇㄨˋ ㄩˇ ㄐㄧㄝˊ ㄈㄥ
用雨洗頭,藉風梳髮。形容冒著風雨,辛勞奔波。也作櫛風沐雨。

12【沐猴而冠】ㄇㄨˋ ㄏㄡˊ ㄦˊ ㄍㄨㄢˋ
獮猴戴帽子。①譏人徒具外形,而沒有人性。②比喻人性情暴躁。

汿 ㄒㄩˋ *hsü*^{4} 音序
水溝。見"集韻"。

汳 ㄅㄧㄢˋ *pien*^{4} 音弁
水名。也作'汴'。參汴河。

汖 流的古文。

沋 ㄧㄡˊ *yu*^{2} 音尤
水名。在'山東省''高密縣'。

汰 ㄊㄞˋ *t'ai*^{4} 音太
①過分;過度。見"廣韻"。②洗滌;除去無用的東西。如:淘汰。③水波。見"集韻"。

8【汰侈】ㄊㄞˋ ㄔˇ
過分奢侈浪費。

汱 ㄑㄩㄢˇ *ch'üan*^{3} 音犬
水落下的樣子。見"爾雅·釋詁"。

汯 ㄏㄨㄥˊ *hung*^{2} 音宏
①涉水。見"玉篇"。②水流迅急的樣子。見"集韻"。

汄 ㄗㄜˋ *tsê*^{4} 音仄
參湢汄。

沚 ㄓˇ *chih*^{3} 音止
水中小洲。見"說文"。

汨 ㄇㄧˋ *mi*^{4} 音覓
參汨羅江。

19【汨羅江】ㄇㄧˋ ㄌㄨㄛˊ ㄐㄧㄤ
水名。①發源於今'江西省''修水縣',西流入'湖南省',經'平江縣'南、'湘陰縣'北注入'湘水'。②發源於今'湖南省'東北境'幕阜山'東麓,西南流至山南折向西北,至'平江縣'西,有'楊梅江'來會,至'汨羅鎮',江歧爲二,南枝流入'湘水',北枝流入'洞庭湖'。

汩 ㈠ ㄍㄨˇ ku^{3} 音古
①治水。見"說文"。②紊亂。見"小爾雅·廣言"。③沈淪;淪沒。如:汩沒。④水流聲。如:汩汩。⑤姓。'明'有'汩澄'。見"萬姓統譜·一一五"。

㈡ ㄩˋ yü^{4} 音鬱
①急速。如:汩流。②潔淨。

㈢ ㄏㄨˊ hu^{2} 音胡
湧水。見"集韻"。

7【汩汩】 ㄍㄨˇ ㄍㄨˇ
①水波聲。②水流急而不斷的樣子。③比喻文思源源不斷。

【汩沒】 ㄍㄨˇ ㄇㄛˋ
①沈淪;埋沒。②水波聲。同汩汩。

12【汩湧】 ㄍㄨˇ ㄩㄥˇ
水流充沛。

13【汩亂】 ㄍㄨˇ ㄌㄨㄢˋ
擾亂;紊亂。

7【汩沒人性】 ㄍㄨˇ ㄇㄛˋ ㄖㄣˊ ㄒㄧㄥˋ
喪失人性。

沖 ㄔㄨㄥ ch'ung^{1} 音衝
①水湧出。見"說文"。②飛而直上。如:一飛沖天。③空虛。④幼小。如:沖人。⑤以水沃灌。如:沖茶。⑥兩事相忌相犯。如:子午相沖。⑦相互抵銷。如:沖帳。⑧姓。'明'有'沖敬'。見"奇姓通·一"。

4【沖孔】 ㄔㄨㄥ ㄎㄨㄥˇ
(punching hole) 在胚料中或產品上以沖頭沖出孔洞的加工。

5【沖犯】 ㄔㄨㄥ ㄈㄢˋ
衝撞冒犯。

6【沖年】 ㄔㄨㄥ ㄋㄧㄢˊ
幼年。

7【沖床】 ㄔㄨㄥ ㄔㄨㄤˊ
(press)又稱壓床、壓機。指能在所需時間內產生一定大小、位置及方向的壓力,以施行各種特定加工用的機械。

8【沖和】 ㄔㄨㄥ ㄏㄜˊ
謙虛溫和。

9【沖洗】 ㄔㄨㄥ ㄒㄧˇ
①用水沖刷洗滌。②已曝光的攝影感光材料,經顯影、定影等步驟後,用水清洗殘留其上的顯影液與定影液的手續。膠片與相紙若不經過徹底水洗,會產生褪色、水斑、條紋等現象。水洗要用清潔流動的水流,水溫與顯影、定影等藥劑之溫度相同,時間約在半小時以上。

10【沖浪】 ㄔㄨㄥ ㄌㄤˋ
利用海浪捲動的力量,使身體在水上移動前衝的一種運動。可分爲不利用器材沖浪、站在滑板上沖浪、划槳的沖浪及操舟沖浪等。

【沖退】 ㄔㄨㄥ ㄊㄨㄟˋ
謙退。

11【沖淡】 ㄔㄨㄥ ㄉㄢˋ
①稀釋液體中色、香、味等成分的濃度。②個性謙和,淡泊寡欲。

12【沖喜】 ㄔㄨㄥ ㄒㄧˇ
爲疾厄的人辦喜事,以轉化凶運。

【沖虛】 ㄔㄨㄥ ㄒㄩ
①淡泊虛靜。②凌空。

15【沖銷】 ㄔㄨㄥ ㄒㄧㄠ
(sterilization) 即採取貨幣政策以消除因黃金或國際準備變動而對一國貨幣供給變動所造成的影響。

16【沖融】 ㄔㄨㄥ ㄖㄨㄥˊ
融和充實,到處瀰漫的樣子。

18【沖瀉】 ㄔㄨㄥ ㄒㄧㄝˋ
水由高處急速傾瀉下來。

20【沖齡】 ㄔㄨㄥ ㄌㄧㄥˊ
幼年。

16【沖積土】 ㄔㄨㄥ ㄐㄧ ㄊㄨˇ
(alluvium) 河流所攜帶的物質,堆積在河床、附近氾濫谷地上或湖中、三角洲上,形成沖積土。沖積土包括泥、沙、礫石及有機物質等。

【沖積扇】 ㄔㄨㄥ ㄐㄧ ㄕㄢˋ
(alluvial fan) 山地河床坡度陡,流速大,盛行侵蝕,搬運也強。一旦出山口進入平地時,河床突然開展,坡度突然變小,於是河流的搬運力銳減,所攜帶的沙石大量沖積而成坡緩的扇狀平原,稱爲沖積扇。在山麓地帶,如果有若干個沖積扇聯合在一起,沿山麓形成廣闊的平原,稱爲山麓沖積平原。

4【沖孔模具】 ㄔㄨㄥ ㄎㄨㄥˇ ㄇㄛˊ ㄐㄩˋ
(punching die)利用其在金屬板狀材料上沖穿孔槽,或在材料的邊緣上沖切缺口的一種沖壓模具。裝在沖床承座上的稱模穴,裝在驅動滑塊端的稱沖頭或沖子。模穴和沖子邊緣呈刃狀,相對運動對材料產生剪切作用。

8【沖刷流速】 ㄔㄨㄥ ㄕㄨㄚ ㄌㄧㄡˊ ㄙㄨˋ
(scouring velocity)下水道中的水流大至某一程度時,水流將可帶走沈澱在下水道中的廚餘、糞便、泥沙、汙物等固體沈澱物。可帶走沈澱物的最小流速即爲沖刷流速。

16【沖積平原】 ㄔㄨㄥ ㄐㄧ ㄆㄧㄥˊ ㄩㄢˊ
(alluvial plain)由河川搬運的沖積土在河川兩側堆積而成廣大的平原。我國'黃淮平原'、'松遼平原'等都是大沖積平原。

【沖積作用】 ㄔㄨㄥ ㄐㄧ ㄗㄨㄛˋ ㄩㄥˋ
(deposition) 指河流的堆積作用。河水滾滾,足以把侵蝕物質,如礫、沙、泥等,載運下去。一旦流量變小或流速減緩,搬運力減弱,則其挾帶的這些物質便在河床上、沿岸上、河流出口處或水體(如湖、海)中拋卸堆積,稱爲沖積或沖積作用。導致河流發生沖積的因素主要有:河床坡度變小、河流流幅變寬、河流流量變小、河流含沙量增多等。

17【沖壓模具】 ㄔㄨㄥ ㄧㄚ ㄇㄛˊ ㄐㄩˋ
(die) 利用沖床加工製造工件所

使用的一種工具。通常由上下兩部分組成，裝於沖床承座上的稱下模，多呈凹槽形，又稱模穴或陰模；裝於沖床驅動滑塊端的稱上模，多呈凸緣狀，又稱沖頭或陽模。常用作金屬板狀材料加工，如切斷(下料與沖孔)、彎曲、成形、引伸、壓縮等。一沖壓模具係由許多單元構件組合而成。

16【沖積扇三角洲】 ㄔㄨㄥ ㄐㄧ ㄕㄢˋ ㄙㄢ ㄐㄧㄠˇ ㄓㄡ

(alluvial fan delta)山間急流由山區出山口進入平原時，沙石大量在山口沖積，形成沖積扇。若山口正位於海岸帶，則扇端伸及海岸，河流復由扇端入海，於是扇端更形突出，呈圓弧狀，兼具三角洲性質，特稱爲沖積扇三角洲。

汭 ㄖㄨㄟˋ *jui*^{4} 音銳

[1]二水合流的地方。見“說文”。[2]河流彎曲處。見“廣韻”。

沙 ㄕㄚ *sha*^{1} 音紗

[1]土石的微粒。見“說文”。[2]沙漠。[3]發聲嘶啞。如：喉嚨沙啞。[4]姓。‘清’有‘沙神芝’。見“清畫家詩史·上”。

3【沙士】 ㄕㄚ ㄕˋ

(sas)用樺樹油及黃樟樹根皮爲香料的含二氧化碳飲料。

5【沙丘】 ㄕㄚ ㄑㄧㄡ

(sand dune)風力搬運沙粒堆積而成的沙質丘陵或沙堆。是一種風積地形。常見於湖邊、河岸或海岸地帶，更常見於沙漠地區，有新月丘、縱沙丘、橫沙丘等不同的形態。‘新竹’沿海及‘嘉南’沿海的沙洲上，均有沙丘堆積。

8【沙拉】 ㄕㄚ ㄌㄚ

(salad)生菜食品或涼拌食品。材料一般包括萵苣、洋菇、番茄、黃瓜、苜蓿、馬鈴薯、菜花、蘿蔔等蔬菜，並拌以沙拉醬共食。除蔬果外，亦有配以肉類、蛋或魚貝類。

【沙門】 ㄕㄚ ㄇㄣˊ

[1]佛家語。梵語 śramaṇa 音譯的省略。指依佛教戒律出家修道的人。原是古‘印度’婆羅門教派出家修道者的通稱。又譯作桑門，意譯爲息心或勤息。[2]島名。在今‘山東省’‘蓬萊縣’西北海中。爲‘宋’、‘元’時流放罪人的地方。

【沙岸】 ㄕㄚ ㄢˋ

(sand coast) 沿海多沙灘、沙洲等海積地形的海岸。沙岸單調平直，水淺灘多，不利漁、航事業。

【沙金】 ㄕㄚ ㄐㄧㄣ

[1]流入河中，形如細砂的黃金。[2]器物上金色顆粒狀的裝飾花紋。

9【沙洲】 ㄕㄚ ㄓㄡ

(bar)波浪回濺，將泥沙沿濱線堆積海底，一旦積高露出水面即成沙洲。沙洲可以只是一道沙脊，也可以形成一個島。‘臺灣’西部‘東石’外海的‘外傘頂洲’即屬之。

【沙皇】 ㄕㄚ ㄏㄨㄤˊ

(tsar)舊時‘俄羅斯’君主的頭銜。原爲古代‘羅馬’帝王頭銜 Caesar 的訛變。西元1547年‘莫斯科’大公‘伊凡四世’(Ivan Ⅳ the Terrible)於親政後自稱沙皇，1721年‘彼得一世’(Peter Ⅰ)又改稱皇帝，但其後直到1917年‘俄國’的君主都稱沙皇。

10【沙茶】 ㄕㄚ ㄔㄚˊ

(sate)調味料之一。係將炸熟之花生仁研碎，加水調成花生醬，再加入已爆香的紅蔥及白糖、鹽、醋、醬油、蒜頭、辣椒、胡椒、番茄等，再以花生油炒熟即得。以‘廣東’‘潮’‘汕’地區最著名。

【沙特】 ㄕㄚ ㄊㄜˋ

(Jean-Paul Sartre,1905～1980)‘法國’哲學家、小說家、劇作家及存在主義的領導人。提倡一種絕對注重個人自由的存在主義，在文壇上頗引起爭辯。早期寫過幾部富有原創性的心理學著作，後以小說“嘔吐”(*La Nausée*)、“自由之路”(*Les Chemins de la liberté*)和戲劇“蒼蠅”(*Les Mouches*)等享有聲譽，西元1964年獲‘諾貝爾’文學獎。哲學著作以“存在與虛無”(*L'Être et le néant*)爲代表。

12【沙羨】 ㄕㄚ ㄧˊ

舊縣名。‘漢’置。故城在今‘湖北省’‘武昌市’西南。

【沙場】 ㄕㄚ ㄔㄤˊ

[1]沙漠曠野。[2]戰場。

14【沙漏】 ㄕㄚ ㄌㄡˋ

[1]裝沙的漏壺。用以計時。[2]濾水器的一種。使水流過沙層，以濾除雜質。

【沙漠】 ㄕㄚ ㄇㄛˋ

(desert)乾燥少雨的廣大地區。一般界定年雨量在250公厘以下的區域屬之。雨量少，變率大，且蒸發量遠大於降水量，故嚴重缺水，植物難以生長，只有少數耐旱的植物如仙人掌。沙漠按分布緯度不同可分熱帶沙漠和溫帶沙漠；若按組成物質則可分石質沙漠、砂質沙漠和礫質沙漠三類。

16【沙龍】 ㄕㄚ ㄌㄨㄥˊ

(salon)‘法’語的音譯。原指大房子裡的會客室或客廳。後用以指在其中舉行的各種集會，尤指文人、藝術家和政治人物的集會。流行於十七、八世紀的‘歐洲’。美術上沙龍指展示畫作的畫廊，也指藝術家定期的展覽會。

【沙磧】 ㄕㄚ ㄑㄧˋ

[1]沙漠。[2]沙石堆積成的沙灘地。

【沙嘴】 ㄕㄚ ㄗㄨㄟˇ

(spit)由海岸向海伸長的一道狹長而低平的沙或碎石堆積地形。是沿岸的海流攜帶泥沙漂流，經岬角轉折處流速減慢而堆積成一端與海岬相接，另一端伸入海中的狹長沙脊。

17【沙彌】 ㄕㄚ ㄇㄧˊ

佛家語。梵語 śrāmaṇeraka 音譯的簡稱。指剛出家已受十戒而還未受具足戒的男子。義爲息慈或勤策男。息慈的意思是安息於慈悲之地。一說初學佛法,尚存俗情,所以要息惡行慈,即慈濟眾生的意思。女的叫沙彌尼,是梵語srāmanerikā 音譯的簡稱。

18【沙鮻】 ㄕㄚ ㄙㄨㄛ

(smelt-whiting)又稱鱚或鮄。爲魚類中屬於鱸目(order Perciformes)、沙鮻科(family Sillaginidae)的動物。爲近海產小型

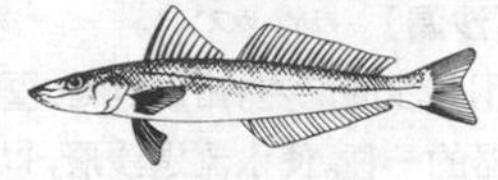

沙鮻圖

魚類,有時溯游入河口。體呈長紡錘形,大者長達35公分。分布於'印度洋'及'太平洋'。頭尖,尾部逐漸變小,背鰭二枚,胸鰭中型,側線單一,略爲彎曲。全球有3屬6種,'臺灣'產1屬(*Sillago*)3種。

22【沙灘】 ㄕㄚ ㄊㄢ

(beach)在碎浪帶內由沙、礫或卵石堆積形成厚而呈楔形的地形。多生成於海灣側翼或海灣盡頭。沿海岸平緩處的沙灘,每成海水浴場和度假勝地。'法國''地中海'岸的'利維拉'、'美國''弗羅里達州'的'棕櫚灘'和'夏威夷''火奴魯魯'的'威基基灘'、'臺灣'東北海岸的'福隆'沙灘等,均是由良好沙灘而興起的旅遊勝地。

【沙囊】 ㄕㄚ ㄋㄤˊ

1沙袋;沙包。2鳥類和昆蟲等動物消化道前段膨大而成囊狀的部分。可貯存由食物中所攝入的沙粒,以磨碎食物。

【沙籠】 ㄕㄚ ㄌㄨㄥˊ

(sarong)'馬來群島'、'錫蘭'及'印度'某些地區土著所穿具有民俗風味的裙型。其布料可爲棉製或絲質,花色鮮明繽紛,長度約1.2~1.5公尺,橫向圍裹在腰際,布端的角則塞入腰際而產生垂墜式波紋的裙型。穿著長度可至膝或蓋至腳踝,並搭配短上衣。

沙籠圖

2【沙丁魚】 ㄕㄚ ㄉㄧㄥ ㄩˊ

即砂町。參砂町。

8【沙拉油】 ㄕㄚ ㄌㄚ ㄧㄡˊ

(salad oil)原意爲專用於做沙拉調味料(salad dressing)的植物油。在'臺灣'則泛指由植物種子(大部分是黃豆)精煉的食用油。

13【沙達特】 ㄕㄚ ㄉㄚˊ ㄊㄜˋ

(Anwar el-Sadat,1918~1981)'埃及'軍人、政治家。二十歲畢業於'英國'在'埃及'設立的'皇家軍官學校',並在陸軍服役。西元1952年助'納瑟'(Gamal Abdel Nasser)推翻'法魯克'(Faruk)王朝,成立共和國。1970年'納瑟'病逝,繼承爲總統。1972年驅逐'蘇俄'二萬軍事顧問,終止'埃及'親'蘇'路線。1973年10月與'以色列'作戰,獲小勝。1977年到'耶路撒冷'與'以色列'進行和談,消除'以''埃'三十年以來敵對關係,而獲得1978年的'諾貝爾'和平獎。從此親近西方,而疏遠'阿拉伯'國家。1981年10月6日在閱兵中被激進的回教徒刺殺殞命。著有"自傳"(*In Search of Identify Anwar el-Sadat*)。

沙達特像

4【沙文主義】 ㄕㄚ ㄨㄣˊ ㄓㄨˇ ㄧˋ

(chauvinism)1過分的、排外的極端愛國主義。含有盲目效忠國家、對其光榮誇大高估、對別國輕視等意義。此詞源於'拿破崙'麾下一位名叫'沙文'(Chauvin)的軍人,其人因盲目效忠領袖與國家而著名。2泛指狂熱自大、極端本位主義的思想,或懷有偏見而盲目從事某事的行爲或態度。如:男性沙文主義、文化沙文主義。

7【沙克疫苗】 ㄕㄚ ㄎㄜˋ ㄧˋ ㄇㄧㄠˊ

(Salk vaccine)一種用來預防小兒痲痺症的疫苗。爲'美國'籍'猶太'裔濾過性病毒學家'沙克'(Jonas Salk)所發明,故名。由用醛所殺死的小兒痲痺病毒製成抗原,分數次注入人體,可誘使人體產生抗體而具有抵抗小兒痲痺的效力。

8【沙門氏菌】 ㄕㄚ ㄇㄣˊ ㄕˋ ㄐㄩㄣˋ

(*Salmonella*)'格蘭'陰性桿菌中的一群。包括傷寒和副傷寒桿菌等。此群中的桿菌,彼此間有非常複雜的抗原性關係,是造成食物中毒的主要來源。因其最早爲'美國'病理學家'沙門'(Daniel Elmer Salmon)發現而得名。

12【沙裡淘金】 ㄕㄚ ㄌㄧˇ ㄊㄠˊ ㄐㄧㄣ

用水淘取沙中金粒。多用來比喻很難尋求,即使尋求到,所得也極少。

14【沙賓疫苗】 ㄕㄚ ㄅㄧㄣ ㄧˋ ㄇㄧㄠˊ

(Sabin vaccine)一種用來預防小兒痲痺症的疫苗。爲'美國'病毒學家'沙賓'(Albert Bruce Sabin)所發明,故名。係將活的小兒痲痺病毒減毒而製成,爲口服疫苗,對於小兒痲痺病毒的三種亞型均有預防效果。通常在出生滿兩個月後連續使用三次,每次間隔六週;並於第二年及第五年各追加一次。

【沙漠之舟】 ㄕㄚ ㄇㄛˋ ㄓ ㄓㄡ

指駱駝。

【沙漠氣候】 ㄕㄚ ㄇㄛˋ ㄑㄧˋ ㄏㄡˋ

(desert climate)乾燥氣候區的中心區域,年雨量在250公釐以下者,屬沙漠氣候。因緯度不同而有熱帶沙漠氣候與溫帶沙漠氣候之分。

10【沙烏地阿拉伯】 ㄕㄚ ㄨ ㄉㄧˋ ㄚ ㄌㄚ ㄅㄛˊ

(Saudi Arabia)'阿拉伯半島'之主體國家,伊斯蘭教發祥地。面積196萬方公里,人口2,642萬(2005

年），首都'利雅德'。全境係一高約千餘公尺的古老臺地，沙漠廣布，氣候乾熱難當。農業及人口均集中於沿海地區及綠洲。油田主要分布於'達蘭'(Dhahran)及'波斯灣'沿岸，產量居西'亞'首位。

汹 洶的或體。

沇 ㄧㄢˇ yen³ 音演
參沇溶。

4【沇水】 ㄧㄢˇ ㄕㄨㄟˇ
即'濟水'。'河南省''白河'的舊稱。也作'兖水'。

13【沇溶】 ㄧㄢˇ ㄖㄨㄥˊ
1水流奔躍的樣子。2盛多的樣子。

汽 ㄑㄧˋ ch'i⁴ 音氣
水蒸氣。見"集韻"。

4【汽化】 ㄑㄧˋ ㄏㄨㄚˋ
(vaporization) 液態物體吸熱，溫度升高到一個定值(沸點)時，由液態轉變成氣態的現象，稱爲汽化。汽化係等溫吸熱過程，單位質量汽化時所吸收的熱量稱爲汽化熱。液體汽化的溫度與液體所受之壓力有關，壓力愈高，汽化溫度愈高。

8【汽門】 ㄑㄧˋ ㄇㄣˊ
(valve) 安裝於引擎，用來控制進汽及排汽之機件。

9【汽缸】 ㄑㄧˋ ㄍㄤ
(cylinder) 圓筒形之金屬容器。藉活塞在內運動而使燃料與空氣在缸內產生進汽、壓縮、動力、排汽等作用。

13【汽鼓】 ㄑㄧˋ ㄍㄨˇ
(steam drum) 位於鍋爐頂部之筒形裝置。製作材料爲鋼，是大部分水管式鍋爐產生蒸汽之主要所在，並具有儲汽，儲水，汽、水、不潔物分離等功用。汽鼓下半部爲水，與升管相連，水經升管吸收燃燒熱而蒸發，再經汽水分離器將水分出，進入乾汽管。汽鼓上半部爲飽和蒸汽。爲減少汽水共騰及起泡沫等現象，汽鼓中裝設有汽水分離器、乾汽管、內給水管、水面吹洩管等裝置。

4【汽化熱】 ㄑㄧˋ ㄏㄨㄚˋ ㄖㄜˋ
(heat of vaporization) 單位質量液體汽化爲氣體時所吸收之潛熱。其值與凝結熱相同。

7【汽車保險】 ㄑㄧˋ ㄔㄜ ㄅㄠˇ ㄒㄧㄢˇ
(automobile insurance) 承保汽車因所有、使用或管理所致車輛遭受損失或對第三人身體、財產負有損害賠償責任的保險。主要分爲汽車損失險及汽車責任險兩種。

【汽車旅館】 ㄑㄧˋ ㄔㄜ ㄌㄩˇ ㄍㄨㄢˇ
(motor hotel; motel) 多設於公路旁，以接待駕車旅客的旅館。以客房及停車場爲主要設備。由旅客自行服侍爲原則，故其房租較城市的高級旅館低廉。

8【汽門正時】 ㄑㄧˋ ㄇㄣˊ ㄓㄥˋ ㄕˊ
(valve timing) 汽門早開晚關的現象。

7【汽車責任險】 ㄑㄧˋ ㄔㄜ ㄗㄜˊ ㄖㄣˋ ㄒㄧㄢˇ
(automobile liability insurance) 承保汽車所有人、非所有人或駕駛人過失行爲，所致第三人身體或財產遭受傷害或毀損時的損害賠償責任，由保險人負其損失的補償責任。

【汽車損失險】 ㄑㄧˋ ㄔㄜ ㄙㄨㄣˇ ㄕ ㄒㄧㄢˇ
(automobile material damage insurance) 承保汽車因火災、碰撞、竊盜及其他在行駛中各種危險事故，所致車身遭受毀損的損失，由保險人負補償之責。我國汽車損失保險中，將竊盜損失另行單獨成立汽車竊盜險。

汻 ㄏㄨˇ hu³ 音虎
1水邊。通滸。見"說文"。2水聲。見"龍龕手鑑"。

汮 ㄐㄩㄣ chün¹ 音君
也作均。參均水2。

没 沒的俗體。

沒 ㈠ ㄇㄛˋ mo⁴ 音末
1沈入水中。2沈埋；掩過。如：積雪沒脛。3消滅。如：湮沒。4隱藏不出。如：出沒無常。5收取；吞沒。如：沒收。6貪得。通冒。7死亡。通歿。如：沒身。
㈡ ㄇㄟˊ mei² 音眉
無；沒有。

2【沒入】 ㄇㄛˋ ㄖㄨˋ
古時犯罪者的財產被充公，或其家屬被官家收爲婢妾、奴隸。

8【沒官】 ㄇㄛˋ ㄍㄨㄢ
沒收入官。即充公。

9【沒勁】 ㄇㄟˊ ㄐㄧㄣˋ
1沒有力氣。2沒有精神。3不感興趣。

10【沒骨】 ㄇㄛˋ ㄍㄨˇ
'中國'畫的技法之一。不用墨線鉤勒，直接以色彩或墨點畫物象，主要用在花鳥畫的表現上。五代、'北宋'的花鳥畫有兩大派：一爲作工筆花鳥的'黃荃'派，畫風富麗工整，重於寫生；一爲作寫意花鳥的'徐熙'派，畫風野趣天然；其後'徐熙'的後代'徐崇嗣'融合兩派之優點，自創沒骨畫派。

11【沒頂】 ㄇㄛˋ ㄉㄧㄥˇ
滅頂；淹死。

13【沒落】 ㄇㄛˋ ㄌㄨㄛˋ
1陷落；淪落；陷入。2衰微；落後。

15【沒齒】 ㄇㄛˋ ㄔˇ
比喻終身。

6【沒字碑】 ㄇㄟˊ ㄗˋ ㄅㄟ
1沒有刻字的石碑。2比喻不識文字而虛有儀表的人。

8【沒奈何】 ㈠ ㄇㄛˋ ㄋㄞˋ ㄏㄜˊ
大型銀餅的俗稱。
㈡ ㄇㄟˊ ㄋㄞˋ ㄏㄜ
無可如何；沒有法子。

9【沒指望】 ㄇㄟˊ ㄓˇ ·ㄨㄤ
沒有希望。

10【沒脊骨】 ㄇㄟˊ ㄐㄧˇ ㄍㄨˇ

指處處依賴別人，沒有骨氣和擔當。

13【沒脚蟹】 ㄇㄟˊ ㄐㄧㄠˇ ㄒㄧㄝˋ
指缺乏幫手的人。

【沒腦子】 ㄇㄟˊ ㄋㄠˇ ˙ㄗ
形容無知無識的人。

15【沒遮攔】 ㄇㄟˊ ㄓㄜ ㄌㄢˊ
指心直口快，說話不加思考。

16【沒頭神】 ㄇㄟˊ ㄊㄡˊ ㄕㄣˊ
1記性不好的人。2流浪漢。

3【沒大沒小】 ㄇㄟˊ ㄉㄚˋ ㄇㄟˊ ㄒㄧㄠˇ
沒有規矩；不懂禮貌。

7【沒沒無聞】 ㄇㄛˋ ㄇㄛˋ ㄨˊ ㄨㄣˊ
沒有聲名而不被人知。

16【沒頭沒腦】 ㄇㄟˊ ㄊㄡˊ ㄇㄟˊ ㄋㄠˇ
1罵人沒有知識，缺乏智慧。2毫無來由；沒有端緒。3慌亂沒有主張。

沕 ㄨˋ wu⁴ 音物
潛藏。見"集韻"。

汲 ㄐㄧˊ chi² 音急
1取水。見"說文"。2引取；引導。如：汲引。3急切。通彶。如：汲汲於富貴。4姓。'漢'有'汲黯'。見"漢書·汲黯傳"。

4【汲引】 ㄐㄧˊ ㄧㄣˇ
引進；提拔。

【汲水】 ㄐㄧˊ ㄕㄨㄟˇ
取水。

5【汲古】 ㄐㄧˊ ㄍㄨˇ
研讀古書，汲取古人知識。

7【汲汲】 ㄐㄧˊ ㄐㄧˊ
1急切的樣子。2虛僞狡詐的樣子。

13【汲極】 ㄐㄧˊ ㄐㄧˊ
(drain)場效電晶體元件的其中一連接端。因其可以汲取電載子，故稱。

7【汲汲營營】 ㄐㄧˊ ㄐㄧˊ ㄧㄥˊ ㄧㄥˊ
急迫追求，往來忙碌的樣子。

11【汲深綆短】 ㄐㄧˊ ㄕㄣ ㄍㄥˇ ㄉㄨㄢˇ
井水深而繩索短。多用爲才力薄弱、不能稱職的謙詞。

13【汲綆不修】 ㄐㄧˊ ㄍㄥˇ ㄅㄨˋ ㄒㄧㄡ
汲水桶的繩子不長。比喩所學不深入。

沃 ㄨㄛˋ wo⁴ 音握 又讀 ㄨˋ wu⁴ 音物
1灌；澆。見"說文"。2潤澤肥美。見"正字通"。3姓。'宋'有'沃邦彥'。見"萬姓統譜·一一三"。

9【沃衍】 ㄨㄛˋ ㄧㄢˇ
土地肥沃平坦。

12【沃腴】 ㄨㄛˋ ㄩˊ
土地肥沃。

16【沃盥】 ㄨㄛˋ ㄍㄨㄢˋ
洗手或洗臉。

20【沃壤】 ㄨㄛˋ ㄖㄤˇ
肥美的土地。

【沃饒】 ㄨㄛˋ ㄖㄠˊ
土地肥美，物產豐厚。

21【沃灌】 ㄨㄛˋ ㄍㄨㄢˋ
澆水。

14【沃爾芙】 ㄨㄛˋ ㄦˇ ㄈㄨˊ
(Virginia Woolf, 1882～1941)'英國'女小說家及批評家。技巧受'喬艾斯'的影響，作品往往運用意識流的手法，晦澀難讀。最具代表性的著作爲"達洛維夫人"(*Mrs. Dalloway*)、"前往燈塔"(*To the Lighthouse*)，其他如"浪"(*The Waves*)、"出航"(*The Voyage Out*)等，多擯棄傳統的小說結構，注重心理的描寫。在小說創作上，堪稱是一位嘗試者和創新者。

沃爾芙像

11【沃野平疇】 ㄨㄛˋ ㄧㄝˇ ㄆㄧㄥˊ ㄔㄡˊ
肥沃的田野，平坦的農地。

12【沃斯田鐵】 ㄨㄛˋ ㄙ ㄊㄧㄢˊ ㄊㄧㄝˇ
(austenite) 碳原子成插入型式固溶於γ鐵內，此固溶體稱爲沃斯田鐵。具延性且無磁性，因此熱作加工或熱處理時經常利用此材料組織之特性，以達到改善材料性質的目的。

【沃斯回火】 ㄨㄛˋ ㄙ ㄏㄨㄟˊ ㄏㄨㄛˇ
(austempering)熱處理的一種。即工件冷卻過程中採恆溫變態，以獲得變韌鐵之操作方法。

㳄 涎的本字。

沜 ㄆㄢˋ p'an⁴ 音判
水流。也指水涯。見"集韻"。

泐 ㄌㄧˋ li⁴ 音力
水凝合的樣子。見"廣韻"。

泜 ㄓˇ chih³ 音止
附著；停住。見"說文"。

沂 ㊀ ㄧˊ i² 音宜
1水名。參沂水1。2地名。'春秋''楚'邑。在今'河南省''正陽縣'境。
㊁ ㄧㄣˊ yin² 音銀
1樂器。即大篪。見"爾雅·釋樂"。2邊岸。通垠。見"字彙補"。

4【沂水】 ㄧˊ ㄕㄨㄟˇ
1源出'山東省''蒙陰縣'北'沂山'，南流至'江蘇省''邳縣'分爲二，一入'大運河'，一入'駱馬湖'。2縣名。在'山東省''泰安縣'東南，因縣北'沂山'爲'沂水'發源地而得名。

沪 滬的俗體。

汾 ㄈㄣˊ fên² 音墳
1水名。參汾水。2眾多。通紛。如：汾沄。

4【汾水】 ㄈㄣˊ ㄕㄨㄟˇ
源出'山西省''寧武縣''管涔山'，南流經'太原'、'臨汾'，至'曲沃'之'侯馬'附近折西，注入'黃河'。

10【汾酒】 ㄈㄣˊ ㄐㄧㄡˇ
我國名酒之一。產於'山西省''汾陽縣''杏花村'。以大麥及豌豆爲酒麴，用高粱及井水釀製而成。

㳂 沿的俗體。

沝 ㊀ ㄓㄨㄟˇ chui³
1二水。見"說文"。2泛指水。見"集韻"。
㊁ ㄗ tzŭ¹ 音資

灘磧相接的地方。見"正字通"。

沓　ㄊㄚˋ t'a⁴ 音搨
1話多的樣子。見"說文"。2重複。見"廣韻"。3會合。見"小爾雅·廣言"。4繁多。如:雜沓。5姓。'南北朝'有'沓龍超'。見"萬姓統譜·一二四"。

8【沓沓】ㄊㄚˋ ㄊㄚˋ
1話多的樣子。2鬆懈無憂的樣子。3疾行的樣子。

5

泞　ㄓㄨˋ chu⁴ 音宁
水流澄澈。見"集韻"。

沱　ㄊㄨㄛˊ t'o², t'uo² 音駝
1江河的支流。2水湧流的樣子。如:滂沱。

6【沱江】ㄊㄨㄛˊ ㄐㄧㄤ
源出'四川省''茂縣''九頂山',曲折東南流,至'瀘縣'東北入'長江'。

泬　ㄒㄩㄝˋ hsüeh⁴
水從孔穴中急速湧出。見"說文"。

泣　ㄑㄧˋ ch'i⁴ 音緝
1有淚無聲;低聲而哭。見"說文"。2淚。如:泣下沾襟。

6【泣血】ㄑㄧˋ ㄒㄧㄝˊ
形容極爲悲慟。

12【泣訴】ㄑㄧˋ ㄙㄨˋ
哭泣傾訴。

10【泣鬼神】ㄑㄧˋ ㄍㄨㄟˇ ㄕㄣˊ
連鬼神都感動而哭泣。形容感人之深。

6【泣血漣如】ㄑㄧˋ ㄒㄧㄝˊ ㄌㄧㄢˊ ㄖㄨˊ
淚流不止,十分傷悲。

注　ㄓㄨˋ chu⁴ 音註
1灌入;流入。如:東注於海。2會聚;集中。如:注意。3解釋。也指解釋的文詞。如:注解。4記載。如:起居注。5賭博時下押的財物。如:賭注。6量名。事物一宗叫一注。如:發幾注大財。

8【注定】ㄓㄨˋ ㄉㄧㄥˋ
指人事成敗都有天命定數。也作註定。

10【注記】ㄓㄨˋ ㄐㄧˋ
1具有說明或提示作用的文字或符號。2注明;記載。

11【注疏】ㄓㄨˋ ㄕㄨˋ
1對古書字句義理進行解說的工作及其作品。2附記。

13【注意】ㄓㄨˋ ㄧˋ
(attention)個體對環境刺激,有所選擇而集中意識加以反應的一種狀況或歷程。可縮小知覺的焦點,爲知覺經驗之獲得的一種預備狀況。

【注腳】ㄓㄨˋ ㄐㄧㄠˇ
即注解。古書注解大多放置在本文的下面,故稱。

20【注釋】ㄓㄨˋ ㄕˋ
注解訓釋字句文辭。

泳　ㄩㄥˇ yung³ 音永
潛游水中。

泫　ㄒㄩㄢˋ hsüan⁴ 音眩
1流淚的樣子。見"正字通"。2露水下垂滴落。

12【泫然】ㄒㄩㄢˋ ㄖㄢˊ
流淚的樣子。

泌　㊀ㄇㄧˋ mi⁴ 音密
液體由小孔滲透而出。如:分泌。
㊁ㄅㄧˋ pi⁴ 音必
1輕快的水流。見"說文"。2同㊀。

8【泌乳】ㄇㄧˋ ㄖㄨˇ
分泌乳汁。

7【泌尿系統】ㄇㄧˋ ㄋㄧㄠˋ ㄒㄧˋ ㄊㄨㄥˇ
(urinary system; excretory system)指製造尿液和排出尿液的器官系統。血液中之廢物經腎臟之過濾及再吸收等處理後,成爲尿液,經由輸尿管進入膀胱貯存,當貯存的尿量達某一程度,人體即有尿意。經由膀胱肌肉收縮,尿液離開膀胱通過尿道而排出體外。男性因有陰莖,因此尿道比較長,其精子排出時,亦經由尿道,即男性之尿液與精液均由尿道排出,而女性之陰道與尿道各有不同之開口。

泮　ㄆㄢˋ p'an⁴ 音判
1學宮。如:泮宮。2散解;溶解。如:泮渙。3水邊。

10【泮宮】ㄆㄢˋ ㄍㄨㄥ
古代諸侯所設立的大學。也作頖宮。

12【泮渙】ㄆㄢˋ ㄏㄨㄢˋ
本指冰塊溶解。引申爲分解、離散。

【泮散】ㄆㄢˋ ㄙㄢˋ
融解;分散。

泙　ㄆㄥ p'êng¹ 音烹
1河谷。見"說文"。2水流聲。見"集韻"。

12【泙湃】ㄆㄥ ㄆㄞˋ
同澎湃。

泜　㊀ㄧˊ i² 音宜
古水名。見"廣韻"。
㊁ㄔˊ ch'ih² 音遲
水中小洲。同坻。見"集韻"。

沬　㊀ㄇㄟˋ mei⁴ 音妹
1微弱的光;天初亮時。通昧。見"字彙"。
㊁ㄏㄨㄟˋ hui⁴ 音諱
洗面。也作頮。見"說文"。

沫　ㄇㄛˋ mo⁴ 音末
1水泡。見"廣韻"。2口中津液。如:唾沫。3終止。見"字彙"。

河　ㄏㄜˊ ho², hê² 音何
1指'黃河'。2水流的通稱。3指銀河。4姓。'明'有'河源'。見"姓氏尋源"。

5【河右】ㄏㄜˊ ㄧㄡˋ
指今'陝西'、'甘肅'二省'黃河'以西的地區。也稱'河'西。

7【河床】ㄏㄜˊ ㄔㄨㄤˊ
(stream bed)指河川的水流道路。可分大、小河床二種:小河床係指河水經常流動的流路;大河床則指河水在氾濫時所及的流路。河床通常爲岩石碎屑和河流

沖積物所掩蓋。

【河車】 ㄏㄜˊ ㄔㄜ

道教語。元氣通任督兩脈上下運轉的術語。由尾閭穴上升，經夾脊穴、玉枕穴，至泥丸，然後下降鵲橋(玄膺)、重樓(氣管)納入丹田。在修煉歷程中，有大小之別，小河車亦名小周天，大河車亦名大周天。煉形而後煉氣，煉氣而後煉神，煉神合道，又別稱紫河車。

【河谷】 ㄏㄜˊ ㄍㄨˇ

指地球表面上的狹長窪地。河川常流經其間，將谷地加以切割，故稱。

9【河流】 ㄏㄜˊ ㄌㄧㄡˊ

(stream) 地面上因重力關係，順著固定水道向低處流動的狹長流水。河水的來源，最主要是降水，其他尙有融冰、融雪和地下水，故河流流量的大小，與水源供應量的豐富與否有關。依流水的狀態，河流可分常流河、間歇河和臨時河等三類；若依其是否注入海洋，則可分外流河和內流河。

【河洛】 ㄏㄜˊ ㄌㄨㄛˋ

'黃河'與'洛水'。今指二水流域一帶。

10【河朔】 ㄏㄜˊ ㄕㄨㄛˋ

泛指'黃河'以北的地區。

【河馬】 ㄏㄜˊ ㄇㄚˇ

(hippopotamus)屬於哺乳綱、偶蹄目(order Artiodactyla)、河馬科(family Hippopotamidae)。共兩種(河馬及矮河馬)，體呈桶狀，四肢短。河馬 (*Hippopotamus amphibius*) 長可達4.5公尺，肩高1.5公尺，重達3～4.5公噸。皮膚厚，幾無毛，體上部灰黑色，下部淺粉紅色。眼及鼻皆突出，當身體浸泡水中時可突出水面。口大，上脣厚而鼓起；門齒及犬齒皆大。皮膚中有腺體分泌粉紅色油脂狀物，有保護作用。成群生活於河流或沼澤中，以水中或水邊植物爲食。懷孕八個月，每

河馬圖

次產一子，母體游泳時常將幼兒揹於背部。分布於'非洲'各地的河流及湖泊。矮河馬 (*Choreopsis liberiensis*) 長約1.5公尺，單獨或成對生活，分布於西'非'的河流、潮溼森林或沼澤地，較少在水中。

11【河淸】 ㄏㄜˊ ㄑㄧㄥ

①'黃河'由濁轉淸。古人以爲太平祥瑞之兆。②比喻時機難遇。

【河梁】 ㄏㄜˊ ㄌㄧㄤˊ

橫跨河川的橋梁。

【河豚】 ㄏㄜˊ ㄊㄨㄣˊ

(puffer) 屬於硬骨魚綱、魨形目(order Tetraodontiformes)、四齒魨科(family Tetraodontidae)。約有90種。當受刺激時，便吸入空氣或水至胃內而使腹部膨大。

河豚圖

皮膚粗糙有刺。分布於溫帶地區，大部分海生，但也有少數生活於淡鹹水相混或淡水中。很多種類含有劇毒的物質，稱四齒魨素(tetraodontoxin)，尤其在內臟中含量多，會致人於死，我國及'日本'，有以河豚爲食，必須徹底淸潔後始能烹食。

【河魚】 ㄏㄜˊ ㄩˊ

①生長在河中的魚。②腹瀉的代稱。魚類腐爛，起自腹內，故世稱腹瀉爲河魚之疾。

12【河階】 ㄏㄜˊ ㄐㄧㄝ

(river terrace)河流蜿蜒於沖積平原上，如果陸地抬升或侵蝕基準面下降，可使河流的下蝕力量加強，向下切割造成一個新的河谷，則昔日的河床變成高出在河面的臺地，稱爲河流臺地，又稱河階。河階階面平坦，地勢高亢，前側又臨河，取水方便，每成農田與聚落分布之地。'淡水河'上游'大漢溪'上的'大溪鎭'，即是位在'大溪河'階上，是'臺灣'島上最大的一個河階。

13【河鼓】 ㄏㄜˊ ㄍㄨˇ

星宿名。屬牛宿。相當於天鷹座。河鼓二即天鷹座α星，俗稱牛郎星。目視星等0.77等，白色，位於銀河東，隔河與織女相對。河鼓一、河鼓三即天鷹座β、γ星，夾河鼓二呈扁擔形。

14【河漢】 ㄏㄜˊ ㄏㄢˋ

①'黃河'與'漢水'。②銀河。③比喻大而無當，不著邊際。

3【河川地】 ㄏㄜˊ ㄔㄨㄢ ㄉㄧˋ

指分布在平地區域內主要河流兩旁的土地。這些土地易因雨期或暴雨期間河水高漲而受侵蝕與沖刷，較不穩定，且粗砂礫遍布，大多不能利用。惟部分較穩定河床，或建築防洪堤防後，整平檢石，客土或放淤河水泥漿，以改良土地，可種耐旱作物。

【河川流】 ㄏㄜˊ ㄔㄨㄢ ㄌㄧㄡˊ

(stream flow) 流域上發生實霎或融雪現象後，其部分產生空中晞暵、截留、入滲至地層下，再變爲葉蒸等損失。超出這些損失的部分雨量將形成地面逕流，並流入河川，與河槽雨量、中間流及地水會合稱爲河川流。

5【河北省】 ㄏㄜˊ ㄅㄟˇ ㄕㄥˇ

位於我國東部。簡稱'冀'。境內除西、北緣屬山麓丘陵外，幾全爲海拔50公尺以下的沖積平原，沖積黃土極爲深厚。年雨量中等(500～1,000公釐)，農業發達，主產小麥、雜糧、棉花、豆類；但因年雨量變化很大，多水旱災，常迫使居民大量向東北地方遷移。海岸地帶平坦、日照強，爲全國最大的鹽產地。富煤、石油礦產資源，陸路

交通極便捷,工商業發達。省會設於'清苑'。

9【河南省】ㄏㄜˊ ㄋㄢˊ ㄕㄥˇ
位居'黃河'下游。簡稱'豫'。東部爲'黃淮平原'的一部分,西部爲丘陵盆地區;全境分屬'黃河'、'淮河'、'海河'、'長江'四大水系的流域。主要物產有小麥、棉花、菸草、芝麻;'伏牛山地'及'南陽盆地'產柞蠶絲。然因屬溫帶季風氣候,寒暑變化較大且多水旱災。丘陵區煤產豐富。省會'開封'。

3【河山並壽】ㄏㄜˊ ㄕㄢ ㄅㄧㄥˋ ㄕㄡˋ
和'泰山'、'黃河'同樣長久。祝人長壽的頌詞。

【河川襲奪】ㄏㄜˊ ㄔㄨㄢ ㄒㄧˊ ㄉㄨㄛˊ
(stream piracy; river capture) 兩相鄰的河流,由於側蝕及向源侵蝕而把分水嶺切穿,於是侵蝕力較強的低位河流把高位河流襲奪的現象。簡稱搶水。

6【河西走廊】ㄏㄜˊ ㄒㄧ ㄗㄡˇ ㄌㄤˊ
位於'甘肅省'西半部。自'烏鞘嶺'至'新疆'邊界,介於'北山'('馬鬃山'、'合黎山'、'龍首山')與'南山'('祁連山')之間,係'蒙古高原'和'青康藏高原'間的陷落地區,地勢在1,000~1,500公尺間。自古即爲東西往來的通道,尤以「絲路」必經而著名。屬沙漠氣候,有綠洲農牧業。

7【河伯娶婦】ㄏㄜˊ ㄅㄛˊ ㄑㄩˇ ㄈㄨˋ
'戰國'時,'鄴'邑地方官以替河神娶婦爲名,每年聚斂民財,並強求女子,推入河中,謂之河伯娶婦。'魏文侯'派'西門豹'治'鄴','豹'識破此事,設計將地方惡吏投入河中,遂除此患。

8【河東獅吼】ㄏㄜˊ ㄉㄨㄥ ㄕ ㄏㄡˇ
比喻悍妒妻子的叫罵。'宋''陳慥'妻'柳'氏悍妒;'慥'好賓客,曾宴客召歌妓相娛,'柳'氏以杖擊壁大呼,客遂散去。'蘇軾'爲詩嘲之,有「忽聞'河東'獅子吼」之句。

【河岸蓄水】ㄏㄜˊ ㄢˋ ㄒㄩˋ ㄕㄨㄟˇ
(bank storage) 河川水位高過地水水位時,河水流入兩岸,爲河岸所吸收貯蓄,等河川水位降低後,河岸所吸收貯蓄的水再全部或一部分流回河川的現象。在砂質土壤的洪水平原河川兩岸,此現象尤其顯著。當暴雨下降,河川水位驟升時,可調整河川水位以防範水災。

10【河套文化】ㄏㄜˊ ㄊㄠˋ ㄨㄣˊ ㄏㄨㄚˋ
在'河套'地區發現的舊石器晚期文化。重要遺址有'寧夏省''銀川''水洞溝'和'綏遠省''薩拉烏蘇河流域'的'小橋畔'和'大溝灣'。石器多用石片和石瓣做成,有刮削器、尖器、雕器等。'薩拉烏蘇河'地區的石器較爲細小,且發現人骨化石,是爲「河套人」。

14【河圖洛書】ㄏㄜˊ ㄊㄨˊ ㄌㄨㄛˋ ㄕㄨ
"河圖"傳說是出自'黃河'的圖畫,或以爲即八卦;"洛書"傳說是出自'洛水'的圖畫,'漢'儒多以爲即"尙書"的「洪範九疇」。

【河蝕地形】ㄏㄜˊ ㄕˊ ㄉㄧˋ ㄒㄧㄥˊ
(landforms made by stream erosion) 河流侵蝕作用所形成的各種地形,總稱爲河流侵蝕地形,簡稱河蝕地形。急灘、瀑布、壺穴、峽谷、河階、惡地等地形屬之。

16【河積地形】ㄏㄜˊ ㄐㄧ ㄉㄧˋ ㄒㄧㄥˊ
(landforms made by stream deposition) 河流發生沖積作用所造成的各種地形,總稱爲河流沖積地形,簡稱河積地形。沖積扇、山麓沖積平原、氾濫平原、自(天)然堤、三角洲等地形均屬之。

3【河川再曝氣】ㄏㄜˊ ㄔㄨㄢ ㄗㄞˋ ㄆㄨˋ ㄑㄧˋ
(stream reaeration) 河水因汙染物的耗氧,其溶氧量甚難達到飽和,所缺氧量可由大氣中的氧自接觸水面擴散入水中,予以補充,此即河川再曝氣作用。亦稱充氧作用。

8【河姆渡文化】ㄏㄜˊ ㄇㄨˇ ㄉㄨˋ ㄨㄣˊ ㄏㄨㄚˋ
'杭州灣'地區一個以水稻栽培爲主的農業文化。年代約西元前5005~前4790年。代表遺址爲'浙江省''餘姚縣''河姆渡'。有以夾炭黑陶爲主的陶器與石器、精美的玉玦與玉環,以及數量不少的骨器、木器。住屋是干闌式的房屋建築。

泓 ㄏㄨㄥˊ *hung*^{2} 音弘
①水深的樣子。見"說文"。②水清的樣子。

沸 ㊀ㄈㄟˋ *fei*^{4} 音廢
①水湧出。②液體加熱,產生氣泡,上下翻滾。③吵雜;喧騰。
㊁ㄈㄨˊ *fu*^{2} 音拂
參沸沸。

8【沸沸】ㄈㄨˊ ㄈㄨˊ
①翻滾湧現的樣子。②行事迅速果斷的樣子。

17【沸點】ㄈㄟˋ ㄉㄧㄢˇ
(boiling point) 液體純物質在一大氣壓下,發生沸騰時的溫度,稱爲該物質的正常沸點 (normal boiling point)。如無特別指明,一般所說的沸點係指正常沸點而言。實際上,液體發生沸騰時的溫度與壓力有關,壓力愈大,沸點溫度愈高。高山上大氣壓力低,水的沸點低於100°C,食物不易煮熟;用壓力鍋,水的沸點升高,食物可煮得快就是這個道理。液體如溶有別的物質亦會改變其沸點,如糖水的沸點比水高。

20【沸騰】ㄈㄟˋ ㄊㄥˊ
①在某一外界壓力下,液體加熱到一定溫度時,開始大量汽化,不斷翻滾的現象。②波浪翻滾的樣子。③比喻情緒高漲或眾聲喧雜,議論紛紜。

泯 ㄇㄧㄣˇ *min*^{3} 音敏
①消滅。見"爾雅·釋詁"。

②亂。通㥦。如:泯亂。

7【泯沒】 ㄇㄧㄣˇ ㄇㄛˋ
形跡消滅。

10【泯除】 ㄇㄧㄣˇ ㄔㄨˊ
滅絕;消除。

13【泯滅】 ㄇㄧㄣˇ ㄇㄧㄝˋ
絕滅;消滅淨盡。

法 ㊀ ㄈㄚˇ fa^{3} 音髮
本作灋。①刑罰。見“說文”。②規範或制度。如:法度。③方法;辦法。如:無法進行。④仿效。如:敬天法祖。⑤梵語dharma的意譯。音譯達磨、曇無。通指本體、現象、精神、物質的一切事物。佛教教義等也是實物之一,所以也叫法。⑥道教的方術。如:道士作法。⑦電容的實用單位法拉的簡稱。⑧姓。三國有‘法正’。見“三國志·蜀志·法正傳”。

㊁ ㄈㄚˊ fa^{2} 音罰
方法。如:法子。

㊂ ㄈㄚ fa^{1}
想得出來的辦法。如:沒法兒。

㊃ ㄈㄚˋ fa^{4}
‘法國’的簡稱。

2【法力】 ㄈㄚˇ ㄌㄧˋ
佛道二家指除妄伏魔的能力。

【法人】 ㄈㄚˇ ㄖㄣˊ
自然人以外,由法律所創設,得為權利及義務主體之團體。可大別為社團及財團兩種,前者係多數人為共同目的所組織之團體;後者則係為一定目的所捐助之財產。關於法人之本質,現今立法例莫不採法人實在說,認法人為社會有機體,有權利能力、行為能力,以及侵權行為能力。就法人之設立而言,各國立法例原則上均採準則主義,例外於特殊情形始採特許主義或許可主義。且法人非經向主管機關登記,不得成立。登記後,有應登記之事項而不登記,或已登記之事項有變更而不為變更之登記者,不得以其事項對抗第三人。法人以其主事務所之所在地為住所。法人對於其董事或其他有代表權之人因執行職務所加於他人之損害,與該行為人連帶負賠償之責任。

5【法令】 ㄈㄚˇ ㄌㄧㄥˋ
①法規。②法律與命令。

6【法老】 ㄈㄚˇ ㄌㄠˇ
(pharaoh)此字原為‘希臘’文,指大宮殿,即皇宮。本指古‘埃及’的新帝國(New Empire,前1567~前1085),後為‘埃及’王的代稱,一如我國以陛下稱皇帝。法老頭戴兩冠(代表南北‘埃及’),並以太陽神之子為其官方名稱之一。

【法曲】 ㄈㄚˇ ㄑㄩˇ
‘隋’‘唐’燕樂的一種。源自‘梁武帝’的法樂,至‘唐’又與胡樂結合,而成為‘唐代’俗樂的主流。樂器有鐃、鈸、鐘、磬、簫、琵琶等,演奏時金、石、絲、竹次第加入合奏。曲式結構與大曲類似,而音色清雅。

【法名】 ㄈㄚˇ ㄇㄧㄥˊ
佛家語。當某人發願出家削髮為僧時,由剃度師所授以釋為姓的名字,如‘釋道安’。又在家人皈依三寶時,由皈依師賜給一個有佛理意義的名字,也通稱為法名。

7【法言】 ㄈㄚˇ ㄧㄢˊ
①合於禮法的言論;格言。②‘漢’‘揚雄’撰,十三卷。體裁仿“論語”,其旨趣在建立尊‘孔’的儒家思想體系。

【法戒】 ㄈㄚˇ ㄐㄧㄝˋ
①效法及警惕。②法令規章的禁止條令。

8【法官】 ㄈㄚˇ ㄍㄨㄢ
①古代掌理法令、刑獄的官吏。②舊時被官方賜封職位的道士。③有廣義與狹義兩種。廣義之法官包括推事及檢察官,推事隸屬司法院,配屬各級法院,職司民事、刑事訴訟之審判;檢察官隸屬行政院,配屬最高法院檢察署及各級檢察處,職司實施偵查、提起公訴、實行公訴、協助自訴、擔當自訴、指揮刑事裁判之執行及其他法令所定職務之執行。狹義之法官,只指推事,不包括檢察官,“憲法”第八十條:「法官須超出黨派以外,依據法律獨立審判,不受任何干涉。」第八十一條:「法官為終身職,非受刑事或懲戒處分或禁治產之宣告,不得免職,非依法律,不得停職、轉任或減俸。」均只指狹義之法官而言。依“法院組織法”第三十三條及第四十條之規定,推事與檢察官之遴任資格相同,實任推事與實任檢察官地位之保障亦相同。

【法治】 ㄈㄚˇ ㄓˋ
①古代我國法家的主張。由君主立法,令人民遵守。②今指由人民的公意訂立法律,依據法律施政治國。

【法事】 ㄈㄚˇ ㄕˋ
①有關禮法的事。②即佛事。指教徒誦經、供佛、超渡死者、施齋僧侶等等的儀式。又教徒修行出生死煩惱之事,也稱法事。

【法拉】 ㄈㄚˋ ㄌㄚ
(farad)代號為F。度量衡導出單位中之電容單位。一法拉為當平行板電容器的充電量為一庫侖,其兩極間的電位差為一伏特時,該電容器的電容。

【法門】 ㄈㄚˇ ㄇㄣˊ
①古稱王宮的南門。②佛家語。修行者入道所必須經過的門徑。

【法花】 ㄈㄚˇ ㄏㄨㄚ
又稱法華或珐華。‘元’‘明’時期,特別是‘明代’中期以後‘晉’南一帶流行的陶瓷裝飾技法。其裝飾採用彩畫中的立粉技術,在陶胎表面上用特製帶管的泥漿帶,勾勒成凸線的紋飾輪廓,然後分別以黃、綠、紫等釉料,填出底子和花紋色彩,入窯燒成。

【法帖】 ㄈㄚˇ ㄊㄧㄝˋ
①書法範本。指名家書法的拓本或印本。②指文書、書札。

【法制】 ㄈㄚˋ ㄓˋ
①律令制度。②今指經立法機關制定通過，用來管理民主憲政的法律。

9【法郎】 ㄈㄚˋ ㄌㄤˊ
(franc)‘法國’、‘比利時’及‘瑞士’的貨幣名稱。

【法度】 ㄈㄚˇ ㄉㄨˋ
①規矩；準則。②法律制度。③技術；方法。④指度量衡制度。

【法相】 ㄈㄚˇ ㄒㄧㄤˋ
①‘漢代’皇宮爲選擇妃嬪、宮女所定的形相標準。②佛家語。指宇宙一切事物的本質和形相。所謂法，指某一事物；相是形態。因稱一切事物紛繁樣態爲法相。

【法界】 ㄈㄚˇ ㄐㄧㄝˋ
①司法界的簡稱。②佛家語。⑴界是種類、界線，諸法有別，各有分界，叫做法界。如：華嚴宗的四法界；‘天台’宗俗諦的十法界。⑵指所有諸法。即一切現象界。界是邊際。如：周遍法界；法界萬靈。⑶宇宙萬有的本性。與眞如、法性相同。⑷指十八界（六根、六塵、六識）六塵（色、聲、味、香、觸、法）中的法塵（心爲法所汙染）。

【法科】 ㄈㄚˇ ㄎㄜ
①刑法。②指大學法學院所有的科系。

【法侶】 ㄈㄚˇ ㄌㄩˇ
僧侶。

【法律】 ㄈㄚˇ ㄌㄩˋ
經‘立法院’通過、總統公布之中央法規，得定名爲法、律、條例或通則。下列事項應以法律定之，不得以命令定之：一、“憲法”或法律有明文規定，應以法律定之者。二、關於人民之權利、義務者。三、關於國家各機關之組織者。四、其他重要事項之應以法律定之者。法律與“憲法”牴觸者無效。法律與“憲法”有無牴觸發生疑義時，由‘司法院’解釋之。法律之廢止，應經‘立法院’通過、總統公布。

10【法家】 ㄈㄚˇ ㄐㄧㄚ
①謹守法度的大臣。②古代學派之一。以‘商鞅’、‘韓非’爲代表。

【法座】 ㄈㄚˇ ㄗㄨㄛˋ
①正座。君主在朝廷聽政的座位。②指佛門道場說法者宣講佛法的座席。

【法書】 ㄈㄚˇ ㄕㄨ
①記載法令制度的書籍。②指名家的書法帖本。即法帖。

【法院】 ㄈㄚˇ ㄩㄢˋ
掌理裁判的機關。亦是人民有糾紛時，透過非暴力途徑尋求解決的機構。廣義的法院包括一般法院（地方法院、高等法院、最高法院）、行政法院及軍事法庭。一般法院掌理民事案件及刑事案件之裁判工作，原則上採三級三審制；行政法院掌理人民因中央或地方機關之違法行政處分，認爲損害其權利，經依訴願法提起再訴願而不服其決定，或提起再訴願逾三個月不爲決定，或延長再訴願期間逾二個月不爲決定而向行政法院提起之行政訴訟案件；軍事法庭掌理現役軍人犯“陸海空軍刑法”或其他特別刑法之罪，依“軍事審判法”追訴審判分爲初判與覆判兩級。狹義之法院專指一般法院而言。不論一般法院、行政法院或軍事法庭，均獨立行使審判權，不受任何干涉。

【法師】 ㄈㄚˇ ㄕ
①原指精通佛法的僧人。現在也用爲對僧人的尊稱。②道士的別稱。

11【法理】 ㄈㄚˇ ㄌㄧˇ
①法度條理。②法令與道理。③指佛教教理。④“民法”第一條規定：「民事，法律所未規定者，依習慣，無習慣者，依法理」。此所謂法理，乃指自法律精神演繹而出之一般法律原則，爲謀社會生活事物不可不然之理。諸如公平正義、公序良俗、誠信原則、利益衡量、交易安全等莫不屬之。何謂法理，應由法院於審理案件時，依具體情形斟酌判定之。法理之基本功能在補充法律及習慣法之不足，使執法者自立於立法者之地位，尋求就該案件所應適用之法則，以實現公平與正義，調和社會上各種利益。他如外國立法例、法院裁判等，亦可作爲法理加以援用。

【法曹】 ㄈㄚˇ ㄘㄠˊ
①官署名。⑴‘漢’置，主管郵遞、驛傳等事務。⑵‘唐’‘宋’時掌地方司法。②今指法官。

【法眼】 ㄈㄚˇ ㄧㄢˇ
①佛家語。與慧眼同爲可洞見事物眞相之眼。②比喻高明而精深的眼力。

【法國】 ㄈㄚˇ ㄍㄨㄛˊ
(France)‘歐俄’以外的‘歐洲’最大國。三面臨海，三邊接陸，呈完整的六邊形。面積54.7萬方公里，人口6,066.0萬（2005年），首都‘巴黎’。東、南部的高山構成天然國界；河川源遠流長，富航運及水力。‘巴黎盆地’(The Paris Basin)、‘羅亞爾谷地’(Loire Valley)、‘加倫盆地’(The Garonne Basin)及‘隆河谷地’(Rhône Valley)爲精華區。冬暖夏涼，雨水充足。盛產小麥、玉米和甜菜。葡萄酒世界著名，乳肉生產居‘歐洲’首位。時裝、紡織、化妝品獨步全球。盛產鐵、鋁土，鋼鐵、機械、航空、汽車等工業成就非凡。‘蔚藍海岸’、‘中央山地’及‘阿爾卑斯山’爲著名觀光區。

【法統】 ㄈㄚˇ ㄊㄨㄥˇ
法治權力的法律根源和地位。古代專制政治的法統來自武力，今日民主政治則來自民意。

【法術】 ㄈㄚˇ ㄕㄨˋ
①指‘先秦’法家的學術。②江湖術士用符籙驅病、除邪的手法。

12【法雅】 ㄈㄚˇ ㄧㄚˇ
(Manuel de Falla, 1876～1946)

'西班牙'作曲家。其舞劇與管絃樂曲,皆具民族性格及印象樂派的色彩。著名作品則有歌劇"短促生命"(*La vida breve*),舞劇"愛情魔法師"(*El amor brujo*)、"三角帽"(*El sombrero de tres picos*),管絃樂"西班牙花園之夜"(*Noches en los jardines de España*)等。

法雅像

【法場】 ㄈㄚˇ ㄔㄤˊ
1宣揚佛法的場所。也稱道場。2執行死刑的場所。也稱刑場。

13【法號】 ㄈㄚˇ ㄏㄠˋ
1僧侶死後的諡號。2佛教徒受戒時由師父所取的僧名。即法名。又稱戒名。

【法節】 ㄈㄚˇ ㄐㄧㄝˊ
(normal pitch)漸開線齒輪特定剖面之齒廓間公法線之節距。

【法會】 ㄈㄚˇ ㄏㄨㄟˋ
指僧侶講說佛法及舉行宗教儀式的集會。

14【法語】 ㄈㄚˇ ㄩˇ
1依據禮法而嚴正告誡的話。2佛家語。有關佛法的言論。

【法網】 ㄈㄚˇ ㄨㄤˇ
原指嚴密如網的刑法。今以泛指法律。

15【法輪】 ㄈㄚˇ ㄌㄨㄣˊ
1指佛的教法如車的兩輪,能摧破眾生的惡行,並且輾轉不停地渡世救人。2指道教的法力。

【法駕】 ㄈㄚˇ ㄐㄧㄚˋ
皇帝的車駕。

【法線】 ㄈㄚˇ ㄒㄧㄢˋ
(normal line) 1自一直線或一平面上一點,引直線或平面的垂線,稱爲通過該點的法線。2一曲線或一曲面上某點的切線或切面在該點的垂線,爲通過該點的法線(見圖)。

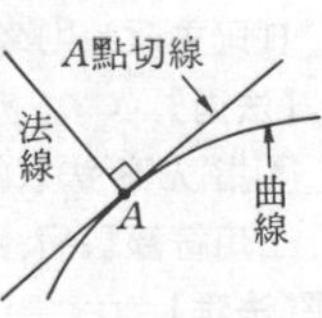

法線圖

16【法辦】 ㄈㄚˇ ㄅㄢˋ
對違法的人,依法律辦理。

【法壇】 ㄈㄚˇ ㄊㄢˊ
1梵語曼荼羅(maṇḍala)'漢'譯的別稱。習密宗者於修法時,以法器、供品及佛菩薩像佈置出一個特別的修法場所,稱爲法壇。方形稱地輪壇,圓形稱水輪壇,三角形稱火輪壇,半月形稱風輪壇。2亦稱經堂、齋壇。道士設醮施法和舉行祈禱的場所。道教正一派多採用之。

【法器】 ㄈㄚˇ ㄑㄧˋ
1法度。2能繼承且宏揚佛法的人。3僧侶道士說法、行禮的用品。如鐃、鈸、磬、木魚等器物。

17【法螺】 ㄈㄚˇ ㄌㄨㄛˊ
1(triton) 產於暖海,具螺旋狀殼,殼口有齒。體大,大者其殼長達 38 公分;有些種類的殼,在廟宇中用作吹奏的樂器。有的種類喜食海星,爲海星的剋星。2吹奏樂器。也稱貝。磨去法螺殼的尖頂而製成,可用口吹出高音。古代用以指揮軍隊作戰;後僧人道士祭拜、做醮時,也常吹奏。

法螺圖

18【法醫】 ㄈㄚˇ ㄧ
偵查因意外、傷害、殺害的命案或其他有關法律所需要的專業醫師或醫務人員。

20【法寶】 ㄈㄚˇ ㄅㄠˇ
1指佛法。'釋迦'所說的教理,非常珍貴,所以叫法寶。與佛、僧合爲三寶。2和尚所用的衣缽、錫杖等。3神話中可以施展法力,打敗敵人的寶物。4形容特別有效的用品、工具。

23【法顯】 ㄈㄚˇ ㄒㄧㄢˇ
(337?~422?)'東晉'高僧,'平陽''武陽'(今'山西''襄垣')人。俗姓'龔'。三歲出家,長大後,深感佛經殘缺,乃於'隆安'三年(399)自'長安'入西域求經,歷十四年,遠至'印度'、'師子國'('斯里蘭卡')等三十餘國。回國後,翻譯經律六部。並著有"佛國記"。

8【法拉第】 ㄈㄚˋ ㄌㄚ ㄉㄧˋ
(Michael Faraday, 1791~1867) '英國'物理學家及化學家。是一位偉大的科學實驗者。除了發現包含氯的有機化合物外,並於西元1825年分解出苯,且加以命名。1831年實驗證實電磁感應的效應,使十九世紀的電磁學向前邁進一大步。後又發現'法拉第'電解法則,1838年發現眞空放電原理。1824年膺選'皇家學會'院士,1833~1858年爲'皇家研究院''傅樂'化學講座教授 (Fullerian professor of chemistry)。

法拉第像

【法門拳】 ㄈㄚˇ ㄇㄣˊ ㄑㄩㄢˊ
南派拳術。盛行於'江西'。擅點拿,多用掌。

9【法相宗】 ㄈㄚˇ ㄒㄧㄤˋ ㄗㄨㄥ
佛教宗派名。即慈恩宗。參慈恩宗。

【法律審】 ㄈㄚˇ ㄌㄩˋ ㄕㄣˇ
對於第二審判決上訴於第三審,非以判決違背法令爲理由不得爲之。換言之,第三審法院應以第二審判決所確定之事實爲基礎,僅對第二審判決當否,爲法律上之審查,故稱第三審爲法律審。其與第一、第二審兼爲事實審及法律審者不同,第三審之裁判具有統一法律上見解之功能,故最高法院各庭審理案件,關於法律上之見解,與本庭或他庭判決先例有異時,應由院長呈請'司法院'院長召集變更例會議決定之。

10【法朗士】 ㄈㄚˋ ㄌㄤˇ ㄕˋ

(Anatole France, 1844～1924) '法國'小說家、詩人、文學批評家和劇作家。本名'第布' (Jacques Anatole François Thibault), 以筆名行世。一生致力於社會正義的伸張，曾獲西元1921年'諾貝爾'文學獎。著書三十餘種，包含詩歌、小說和文學批評等。重要長篇小說有"龐納赫之罪"(*Le Crime de Sylvestre Bonnard*)、"紅百合"(*Le Lys rouge*)、"企鵝島"(*L'Île des Pingouins*)和四卷的"現代史"(*Histoire contemporaine*)等。

法朗士像

11【法國號】 ㄈㄚˋ ㄍㄨㄛˊ ㄏㄠˋ

(French horn) 又稱圓號。銅管樂器中重要的中音樂器。能發三個半的八度音程，音域廣而音色溫和高雅。吹奏弱音時，可將右手伸入喇叭口內；強音時將右手拿出，也可將喇叭口朝上，發出更強烈明亮的聲音。

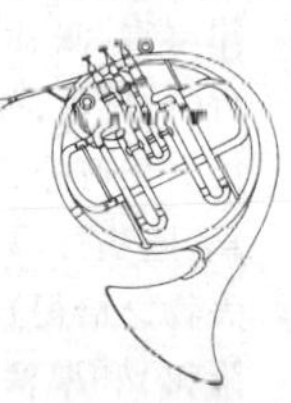
法國號圖

12【法華經】 ㄈㄚˇ ㄏㄨㄚˊ ㄐㄧㄥ

佛經名。為"妙法蓮華經"的簡稱。參妙法蓮華經。

13【法新社】 ㄈㄚˋ ㄒㄧㄣ ㄕㄜˋ

(Agence France-Presse) '法國新聞社'的簡稱。世界五大通訊社之一。西元1944年，聯合戰時幾家通訊社而成，總部設於'巴黎'。

18【法醫學】 ㄈㄚˇ ㄧ ㄒㄩㄝˊ

(medical jurisprudence) 應用醫學、藥物學、化學等知識技術，研究牽涉到法律的各種醫學問題，以鑑定創傷、死因及犯罪人、傷害人之精神狀態的一門醫學科學。我國'宋代''宋慈'編的"洗冤集錄"是世界最早的法醫學著作。

21【法蘭絨】 ㄈㄚˇ ㄌㄢˊ ㄖㄨㄥˊ

單面或雙面起毛，由平紋或斜紋織造，緯紗呈鬆撚狀而易於起毛加工的棉質或毛質布料。其經紗撚數較高，呈纖細狀，故緯紗經起毛加工後，毛羽纖維便呈交錯狀覆蓋表面，加上布料結構較鬆，富保存氣體的空隙而較保暖。

2【法人登記】 ㄈㄚˇ ㄖㄣˊ ㄉㄥ ㄐㄧˋ

指將法人之設立及組織等有關事項登記於法人登記簿。法人之存在及組織，為交易安全有公示必要，登記即為公示之方法。法人登記簿及其附屬文件應供社會大眾閱覽。法人登記應向法院為之，但特別法另有規定者從其規定。法人登記主要包括設立登記、變更登記、解散登記、清算人任免或變更登記及清算終結登記。法人登記有兩種效力：一為登記要件主義：如設立登記。法人設立未經登記不能成立。二為登記對抗主義：除設立登記外，其餘四種登記均屬之。

【法人團體】 ㄈㄚˇ ㄖㄣˊ ㄊㄨㄢˊ ㄊㄧˇ

(corporate group) 一個具有財產、名稱、集體責任及集體利益，且社會大眾也賦予法律上之權利義務的群體。

5【法外施仁】 ㄈㄚˇ ㄨㄞˋ ㄕ ㄖㄣˊ

依法處理以外，再按情理斟酌給予寬宥。

【法外施恩】 ㄈㄚˇ ㄨㄞˋ ㄕ ㄣ

依法處理外，再按情理予以寬容。

6【法式砌法】 ㄈㄚˋ ㄕˋ ㄑㄧˋ ㄈㄚˇ

(Flemish bond) 疊砌磚塊的方法之一。指每層均以丁磚及順磚交互排列，且丁磚均在下層順磚的中央。使用的磚塊有整塊磚、半塊磚、半條磚、七五磚、二五磚等多種，施工繁雜，外觀優美，適於清水磚牆面的砌造。

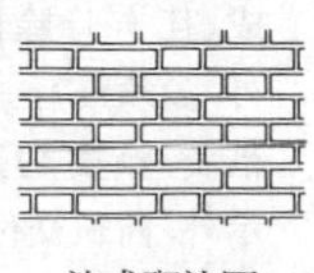
法式砌法圖

8【法定人數】 ㄈㄚˇ ㄉㄧㄥˋ ㄖㄣˊ ㄕㄨˋ

會議時，凡開會、提議、表決、通過議案所必要的最少人數。

【法定公積】 ㄈㄚˇ ㄉㄧㄥˋ ㄍㄨㄥ ㄐㄧ

(legal surplus)指公司公積的提列係出於法律的強制規定者。即從每一決算期盈餘中提列的公積。依"公司法"的規定，有限公司及股份有限公司應於完納一切稅捐及彌補虧損後分派盈餘時，除法定盈餘公積已達資本總額外，應先提出10%為法定盈餘公積。

【法定代理】 ㄈㄚˇ ㄉㄧㄥˋ ㄉㄞˋ ㄌㄧˇ

代理依其代理權發生之依據，可區分為意定代理及法定代理。代理權基於本人之意思表示而生者，為意定代理；基於法律規定而發生者，則為法定代理。法定代理之目的在補充並保護本人能力之不足。法定代理權雖因法律規定而生，但其發生原因仍有不同，有因法定身分而當然發生者，如父母為未成年子女之法定代理人；有因法院選任而生者，如指定遺產管理人、指定監護人；有因私人選任而生者，如親屬會議選任遺產管理人是。法定代理人應具完全之行為能力，不似意定代理人雖為限制行為能力亦可。

【法定利率】 ㄈㄚˇ ㄉㄧㄥˋ ㄌㄧˋ ㄌㄩˋ

利率依其係法律之規定或當事人之約定為標準，可分為法定利率與約定利率兩種。法定利率即法律規定之利率，約定利率即當事人約定之利率。法定利率惟於當事人無約定利率時，補充適用之。法定利率有三種：一、"民法"上之法定利率："民法"第二百零三條規定：「應付利息之債務，其利率未經約定，亦無法律可據者，週年利率為百分之五。」二、"票據法"

上之法定利率：“票據法”第二十八條第二項規定：「利率未經載明時，定爲年利六釐。」三、“利率管理條例”上之法定利率：“利率管理條例”第六條規定：「應付利息之金錢債務，其利率未經約定者，債權人得請求按照當地中央銀行核定之放款日拆二分之一計算。」就金錢債務言，“利率管理條例”上之法定利率爲“民法”上之法定利率及“票據法”上之法定利率之特別規定，依特別法優先於普通法之原則，“利率管理條例”之法定利率應優先適用。又非金錢債務之法定利率，仍應適用“民法”上之法定利率，併此說明。

【法定孳息】 ㄈㄚˇ ㄉㄧㄥˋ ㄗ ㄒㄧˊ
利息、租金及其他因法律關係所得之收益。即因使用物或權利由各種法律關係所獲得的對價，法律關係包括法律規定及法律行爲在內。例如貸與金錢或租與房屋所收取之利息或租金，以及現行銀行利息或遲延利息，均係法定孳息。此外，使用權利如著作權、專利權等所得之收益也係法定孳息。有收取法定孳息權利之人，視該法定孳息所由生之法律關係而定，如出租人得收取租金，貸與人得收取利息，地上權人得收取地租。法定孳息之歸屬，“民法”設有特別規定者從其規定，如抵押權之效力，及於抵押物扣押後抵押人就抵押物得收取之法定孳息。收取權利人應按其權利存續期間的日數，取得法定孳息。

【法定期間】 ㄈㄚˇ ㄉㄧㄥˋ ㄑㄧˊ ㄐㄧㄢ
法律規定自一定期日至一定期日，稱爲法定期間。此與裁定期間係法院以裁定一定期日至一定期日者不同。法定期間例如上訴期間、抗告期間、聲請再審期間、聲請再議期間。法定期間中法律特別規定爲不變期間者，爲不變期間，餘爲通常期間。在民事訴訟，當事人不在法院所在地住居者，於計算法定期間時，應扣除在途期間；當事人或代理人，因天災或其他不應歸責於己之事由，遲誤不變期間未逾一年者，於其原因消滅後十日內，如該不變期間少於十日者，於相等之日數內，得聲請回復原狀。在刑事訴訟，應於法定期間內爲訴訟行爲之人，其住所、居所或事務所不在法院所在地者，計算該期間時，應扣除其在途期間；非因過失遲誤上訴等不變期間者，於其原因消滅後五日內，得聲請恢復原狀。

【法定準備】 ㄈㄚˇ ㄉㄧㄥˋ ㄓㄨㄣˇ ㄅㄟˋ
(required reserves)法令規定商業銀行對其存款負債必須保有的最低合法準備數量，且必須按規定提存於中央銀行。

【法定預算】 ㄈㄚˇ ㄉㄧㄥˋ ㄩˋ ㄙㄨㄢˋ
政府之預算案經議會審議通過，完成立法程序而公布者，稱爲法定預算。

9**【法苑珠林】** ㄈㄚˇ ㄩㄢˋ ㄓㄨ ㄌㄧㄣˊ
‘唐’‘釋道世’撰，一百二十卷。分類編纂佛經故事，以闡揚佛法。所徵引除佛經外，尚有其他典籍百餘種，保存不少已佚古書的資料。

【法律行爲】 ㄈㄚˇ ㄌㄩˋ ㄒㄧㄥˊ ㄨㄟˊ
以意思表示爲要素，依意思表示之內容而發生一定私法上效果之行爲。但法律行爲與意思表示爲不同之概念。法律行爲有由一個意思表示構成者，如行使撤銷權、解除權之意思表示；也有由二個以上之意思表示構成者，如買賣須有要約及承諾二個意思表示組成。且有時除兩個以上意思表示外，尚須踐行一定行爲者，如使用借貸，除要約及承諾兩個意思表示外，尚須交付物始能生效。法律行爲須具備一定之要件始能成立生效。如當事人須有權利能力及行爲能力，標的須適法、妥當、可能、確定，意思表示須一致並無瑕疵。此即法律行爲之一般要件。法律行爲違反強制或禁止規定，除法律另有規定，可轉換發生其他法律效力外，一律無效。法律行爲違反公共秩序、善良風俗者，則均屬無效。除一般要件外，於若干法律行爲尚有須具備特別成立要件或特別生效要件者，前者如約定要式行爲應依約定方式爲之，否則不成立；後者如限制行爲能力人之法律行爲應得法定代理人之同意，無權處分行爲應經有權利人之承認始生效力。

【法律事實】 ㄈㄚˇ ㄌㄩˋ ㄕˋ ㄕˊ
人類生活事實中，具有法律意義，發生一定法律效果者，稱爲法律事實。例如購買房屋、結婚是法律事實，散步、聊天、休息則爲非法律事實。法律事實可分爲自然事實(如出生、死亡)和法律上行爲。後者又可分爲適法行爲和違法行爲。適法行爲包括事實行爲(如遺失物之拾得)、法律行爲(如買賣、贈與)和準法律行爲(如債權讓與之通知)。違法行爲包括“民法”上之侵權行爲(如開車撞人)和債務不履行(如購物不付錢)、行政法上違法行爲(如逃稅行爲)，以及刑法上之犯罪行爲(如殺人行爲、放火行爲)。

【法律效果】 ㄈㄚˇ ㄌㄩˋ ㄒㄧㄠˋ ㄍㄨㄛˇ
因一定之法律事實，使權利義務發生、變更、消滅，稱爲法律效果。於違法行爲，如民事上債務不履行及侵權行爲發生損害賠償之義務，如犯罪行爲及行政法規之違反行爲發生公法上之處罰或強制；於適法行爲，如因契約之訂立而發生權利義務關係，因債務免除行爲或物權拋棄行爲而使權利義務消滅，因債權讓與行爲而使權利義務發生變更；於自然事實，如人之死亡而發生繼承關係或保險金請求權等。

【法律關係】ㄈㄚˇ ㄌㄩˋ ㄍㄨㄢ ㄒㄧˋ

人與人之間或人與權利標的（物或權利）之間，由法律加以規定，具有法律意義之權利義務關係。例如因買賣而有移轉買賣標的物或支付價金之關係，因結婚而發生婚姻關係是。又如人之死亡，而發生繼承關係。所有權人對於其標的物直接支配並禁止他人不法干涉或妨害之關係。至於因參加親友宴客或聚會郊遊所生之關係非法律關係。

10【法家拂士】ㄈㄚˇ ㄐㄧㄚ ㄅㄧˋ ㄕˋ

謹守法度的大臣和輔佐君主的賢士。

11【法條競合】ㄈㄚˇ ㄊㄧㄠˊ ㄐㄧㄥˋ ㄏㄜˊ

指行爲人出於一犯意而爲一行爲，祇因法條錯綜複雜，致有數法條可茲適用，此時，僅適用其中一法條，而排斥其他法條之適用。法條競合本質上係屬單純一罪，有別於想像競合犯之爲裁判上一罪。由於法律並未明文規定法條競合究應如何適用，遂不得不求諸法理解決，常見的判斷關係有特別關係、吸收關係、補充關係，至於擇一關係是否屬法條競合之一種關係則尙有爭論。

17【法償貨幣】ㄈㄚˇ ㄔㄤˊ ㄏㄨㄛˋ ㄅㄧˋ

(legal tender) 指能發揮貨幣交易中介的功能，並在清償債務及支付財貨勞務代價時，法律上賦予絕對接受的法定貨幣。可分爲無限法償貨幣及有限法償貨幣，前者指每次支付數額無限制，後者則限制每次支付的最大數額。

21【法蘭克族】ㄈㄚˋ ㄌㄢˊ ㄎㄜˋ ㄗㄨˊ

(Franks)‘日耳曼’民族的一支。初居‘萊因河’畔，其酋‘克羅維斯’創‘墨羅溫王朝’，奠定國基；‘查理曼大帝’統一西‘歐’，建‘西羅馬帝國’，及其子‘路易’卒，國分爲三：西部即今‘法國’之地；東部爲‘德意志’地；中部爲‘萊因河流域’及今‘義大利’。

2【法人之機關】ㄈㄚˇ ㄖㄣˊ ㄓ ㄐㄧ ㄍㄨㄢ

指其意思表示或其他行爲有被視爲法人本身意思表示或其他行爲之法律上地位。法人與法人之機關爲互相結爲一體之一元關係，機關所爲之行爲，不論法律行爲、侵權行爲或事實行爲均視爲法人本身之行爲，此與法人與法人之代理人係彼此分開之二元關係，代理行爲只限於法律行爲，不及於侵權行爲或事實行爲者不同。法人之機關主要爲董事，其設有監察人者，董事與法人有交涉時，解釋上監察人得代表法人，爲法人之機關。

4【法不傳六耳】ㄈㄚˇ ㄅㄨˋ ㄔㄨㄢˊ ㄌㄧㄡˋ ㄦˇ

比喻極端祕密，不能讓第三人知道。

0【法西斯主義】ㄈㄚˋ ㄒㄧ ㄙ ㄓㄨˇ ㄧˋ

(Fascism)源自‘拉丁’文Fasces，是古‘羅馬’時用作官吏權標的束桿。‘義大利’‘墨索里尼’曾宣稱：‘法西斯’主義乃綜合‘馬基維里’(Machiavelli) 的機會主義、‘黑格爾’的國家絕對論、‘索拉爾’(Sorel)的暴力主義及‘詹姆士’(William James)的實用主義等而成。‘法西斯’主義的原則要旨如下：一、疑惑理性。二、否定基本之人類平等。三、行爲之規則基於謊言和暴力。四、精英政府。五、極權主義。六、種族主義和帝國主義。七、反對國際間的法律和秩序。二十世紀第一個反叛自由生活方式的反動極權是共產主義，第二個則是‘法西斯’主義。究其本質，‘法西斯’主義乃是一黨專政之政府和社會的極權組織，是強烈的國家主義者、種族主義者、軍國主義者。在‘歐洲’，‘義大利’於西元1922年在‘墨索里尼’領導下就成爲第一個‘法西斯’國家，‘德國’於1933年‘希特勒’主政時步其後塵，其後‘日本’、‘阿根廷’曾建立‘法西斯’獨裁政權。

8【法定代理人】ㄈㄚˇ ㄉㄧㄥˋ ㄉㄞˋ ㄌㄧˇ ㄖㄣˊ

指基於法律之規定而有代理權之人。換言之，法定代理人其代理權之發生，係由於法律之規定，並非由於本人之授與。如父母爲未成年子女之法定代理人，監護人爲受監護人之法定代理人。

【法定地上權】ㄈㄚˇ ㄉㄧㄥˋ ㄉㄧˋ ㄕㄤˋ ㄑㄩㄢˊ

土地及其土地上之建築物，同屬一人所有，而僅以土地或僅以建築物爲抵押者，於抵押物拍賣時，視爲已有地上權之設定，稱爲法定地上權。按我國“民法”，土地與建築物各爲獨立之不動產，得獨立爲抵押權之標的物，若土地及土地上之建築物，屬於同一人所有時，得只以土地或建築物爲抵押權之標的物，實行抵押權而拍賣抵押物時，若拍賣標的物爲建築物時，則建築物之拍定人，視爲地上權人，仍得以其建築物利用其土地，若拍賣之標的物爲土地時，則該土地上之建築物之所有人，視爲該土地之地上權人。法定地上權之地租由當事人協議定之，協議不諧時，得聲請法院定之。又土地及其土地上之建築物，同屬於一人所有，而以土地及建築物爲抵押者，如經拍賣，其土地與建築物之拍定人各異時，於抵押物拍賣時，亦視爲已有地上權之設定，其地租亦由當事人協議定之，協議不諧時，亦得聲請法院定之。

【法定抵押權】ㄈㄚˇ ㄉㄧㄥˋ ㄉㄧˇ

ㄧㄚ ㄑㄩㄢˊ
承攬之工作爲建築物或其他土地上之工作物,或爲此等工作物之重大修繕者,承攬人就承攬關係所生之債權,對於其工作物所附之定作人之不動產有抵押權,此種抵押權係法律所規定,不待設定登記當然成立,因此稱爲法定抵押權。法定抵押權之規定,旨在保護承攬人之利益。同一不動產有法定抵押權及意定抵押權存在時,其優先順序如何,素有爭執,但以依登記先後或成立先後爲序爲通說。

【法定財產制】 ㄈㄚˇ ㄉㄧㄥˋ ㄘㄞˊ ㄔㄢˇ ㄓˋ
因婚姻當事人未訂定夫妻財產契約,而依法律將一定財產制度適用於夫妻間之財產關係者。我國"民法"以聯合財產制爲通常情形之法定財產制,以分別財產制爲非常法定財產制。所謂聯合財產係指結婚時屬於夫妻之財產,及婚姻關係存續中夫妻所取得之財產,但特有財產不在其內。聯合財產中,夫或妻於結婚時所有之財產及婚姻關係存續中取得之財產,爲夫或妻之原有財產,各保有其所有權。聯合財產中,不能證明爲夫或妻所有之財產,推定爲夫妻共有之原有財產。聯合財產,由夫管理,但約定由妻管理時,從其約定。此外"民法"以分別財產制爲非常法定財產制。一、當然非常法定財產制:即夫妻之一方受破產宣告時,其夫妻財產制,當然成爲分別財產制。二、宣告非常法定財產制:即有下列情形之一時,法院因夫妻一方之請求,得宣告改用分別財產制。(1)夫妻之一方依法應給付家庭生活費用而不給付時。(2)夫或妻之財產不足清償其債務,或夫妻之總財產不足清償總債務時。(3)夫妻之一方爲財產上之處分,依法應得他方之同意,而他方無正當理由拒絕同意時。(4)夫妻之一方對於他方之原有財產管理顯有不當,經他方請求改善而不改善時。(5)夫妻難於維持其共同生活,不同居已達六個月以上時。(6)有其他重大事由時。

【法定準備率】 ㄈㄚˇ ㄉㄧㄥˋ ㄓㄨㄣˇ ㄅㄟˋ ㄌㄩˋ
(required reserve ratio) 法定準備對存款負債的比率。

【法定傳染病】 ㄈㄚˇ ㄉㄧㄥˋ ㄔㄨㄢˊ ㄖㄢˇ ㄅㄧㄥˋ
國家爲推行公共衛生,以法律或行政命令規定某些疾病發生時,第一位診斷的醫師或醫療人員,有義務通知衛生機關,以便採取適當手段防止疾病的傳染。我國法定的傳染病有霍亂、鼠疫、天花、傷寒及副傷寒、阿米巴及細菌性痢疾、白喉、流行性腦脊髓膜炎、猩紅熱、斑疹傷寒、回歸熱、狂犬病。'臺灣'地區除上述外,尙有瘧疾、'日本'腦炎、小兒痲痺症、恙蟲病、破傷風及百日咳等六種。國際性的法定傳染病爲霍亂、鼠疫、天花及黃熱病。

【法定監護人】 ㄈㄚˇ ㄉㄧㄥˋ ㄐㄧㄢ ㄏㄨˋ ㄖㄣˊ
父母均不能行使負擔對於未成年子女之權利義務,或父母死亡而無遺囑指定監護人時,應依一、與未成年人同居之祖父母。二、家長。三、不與未成年人同居之祖父母。四、伯父或叔父之順序,以決定監護人,稱法定監護人。但上述順序之監護人與受監護人利害相反時,應以次一順序者爲其法定監護人。

【法官之保障】 ㄈㄚˇ ㄍㄨㄢ ㄓ ㄅㄠˇ ㄓㄤˋ
爲確保司法之獨立,我國"憲法"對於法官之地位和職權,明文加以特別保障。關於法官地位之保障,我國"憲法"規定法官爲終身職,非受刑事或懲戒處分或禁治產之宣告,不得免職;非依法律,不得停職、轉任或減俸。此所謂之法官係指民、刑法院推事、行政法院評事、'公務員懲戒委員會'委員。關於法官職權的保障,我國"憲法"規定法官須超出黨派以外,依據法律獨立審判,不受任何干涉。所謂超出黨派以外,係謂法官雖可加入政黨,但不能參加黨團活動。所謂依據法律獨立審判,係以經'立法院'通過、總統公布之法律爲法官審判之主要依據,而非唯一依據,因此"憲法"以及與"憲法"或法律不相牴觸之有效規章,法官審判均可適用。所謂不受任何干涉,乃指法官行使職權,不但對外不受行政機關、立法機關及監察機關的干涉,就是司法機關內部,上級法院或院長、庭長等司法行政首長也不得有所指示,另外法官審判也不應受輿論、人情以及自身偏見之影響。

【法拉第定律】 ㄈㄚˋ ㄌㄚ ㄉㄧˋ ㄉㄧㄥˋ ㄌㄩˋ
(Faraday's law) [1]'法拉第'電解定律:(1)在電解電池中,物質溶解量與通過之電流大小成正比。(2)相同電量流過不同的電解電池時,物質的溶解量與其化學當量成正比。[2]'法拉第'電磁感應定律。參法拉第感應定律。

10 **【法院之和解】** ㄈㄚˇ ㄩㄢˋ ㄓ ㄏㄜˊ ㄐㄧㄝˇ
債務人於不能清償債務時,爲預防破產,在破產聲請前,向法院聲請而由法院所爲之和解程序。商人已向商會請求和解,而和解不成立者,不得聲請爲法院之和解。債務人聲請和解時,應提出財產狀況說明書,及其債權人、債務人清冊,並附具所擬與債權人和解之方案,以及提供履行其所擬清償辦法之擔保。法院許可和解之聲請後,債權人會議爲和解之決議時,應有出席債權人過半數之同意，而其所代表之債權額，並應占無擔保總債權額三分之二以上。法院如認爲債權人會議可決之和解條件公允，提供之擔保相當者，應以裁定認可和解。除"破產法"另有規定，其對於一切債權人其債權在和解聲請許可前成立者，均有效力。

11【法國大革命】ㄈㄚˋ ㄍㄨㄛˊ ㄉㄚˋ ㄍㄜˊ ㄇㄧㄥˋ

(French Revolution)西元1789年‘法’王‘路易十六’(Louis XVI)因國內財政問題召開三級會議(教士、貴族、平民)，但三階級的代表卻爲各自利益爭執不休，第三階級更要求廢除封建特權、制立憲法。‘路易十六’悼恐，乃祕密調動邊防部隊予以鎮壓，消息傳出，‘巴黎’民眾群起暴動，攻陷‘巴士底獄’，‘法國’大革命隨之爆發。從此‘法國’即以自由、平等、博愛等原則，取代過去專制、封建、特權而爲新社會架構的基礎。

9【法洛氏四重症】ㄈㄚˋ ㄌㄨㄛˋ ㄕˋ ㄙˋ ㄔㄨㄥˊ ㄓㄥˋ

(tetralogy of Fallot)先天性心臟病的一種。病症包括肺動脈狹窄、心室中隔缺損、主動脈跨騎、右心室肥大。病人從小就可能發生紫紺，是‘臺灣’地區發紺性先天性心臟病最常見的一種。可用內科方法治療，至適當時機，再以手術方法將異常矯正過來。

21【法蘭西斯一世】ㄈㄚˋ ㄌㄢˊ ㄒㄧ ㄙ ㄧ ㄕˋ

(Francis I, 1494～1547)‘法’王。西元1515年即位，致力改變‘法國’的社會經濟結構，把國家推向現代的階段。先是完成其前任‘路易十二世’征服‘米蘭’的計畫，復於1519年競爭‘神聖羅馬帝國’皇位，後因被‘西班牙’王‘查理五世’(Charles V)擊敗，引起‘義大利’戰爭。1525年戰‘查理五世’，兵敗被俘。1536～1538年、1542～1544年，又聯合‘英’王‘亨利八世’、‘法國’新教徒及‘土耳其’人，與‘查理五世’爭霸。

【法蘭西斯二世】ㄈㄚˋ ㄌㄢˊ ㄒㄧ ㄙ ㄦˋ ㄕˋ

(Francis II, 1768～1835)最後一任‘神聖羅馬帝國’皇帝和第一任‘奧地利’王。出生於‘弗羅倫斯’，父爲‘托斯卡尼’大公‘利奧波德二世’(Leopold II)。十六歲被送到‘維也納’追隨其伯父‘神聖羅馬帝國’皇帝‘約瑟二世’(Joseph II)受教育。二十四歲繼其伯父登基爲‘神聖羅馬帝國’皇帝，同時兼‘匈牙利’王和‘波希米亞’王。登基後即與‘法國’爲‘奧地利’而起衝突，直到西元1815年的‘滑鐵盧’之戰，都一直參與對抗‘法國’的陣線。於1806年被‘拿破崙’擊敗後，被迫削去帝號，降爲‘奧地利’王，‘神聖羅馬帝國’至此已名實俱亡。

【法蘭克福平面】ㄈㄚˋ ㄌㄢˊ ㄎㄜˋ ㄈㄨˊ ㄆㄧㄥˊ ㄇㄧㄢˋ

(Frankfort plane)指頭骨上左、右外耳道上緣中點(porion)與左眼窩下緣中點(orbitale)在同一水平面上。這是體質人類學家作比較頭骨形態時所採用的頭骨標準姿勢，於西元1884年在‘德國’‘法蘭克福’舉行的國際人類學大會時獲得通過，因以得名。

2【法人的行爲能力】ㄈㄚˇ ㄖㄣˊ ˙ㄉㄜ ㄒㄧㄥˊ ㄨㄟˊ ㄋㄥˊ ㄌㄧˋ

法人能以獨立之意思表示，使其法律行爲發生法律上效果之能力。法人有無行爲能力，因對法人本質之見解不同而有所差異，採法人否認說及法人擬制說者均以法人無行爲能力，惟我國"民法"採法人實在說，認爲法人有行爲能力。法人行爲能力之範圍，如同其權利能力，應受法令及法人性質之限制。法人雖有行爲能力，但實際上由其代表機關如董事、監察人、清算人等代表法人爲法律行爲。法人代表機關於其代表權範圍內，代表法人屬於法人行爲能力範圍內之行爲時，該行爲始得認爲法人之行爲。

【法人的侵權責任】ㄈㄚˇ ㄖㄣˊ ˙ㄉㄜ ㄑㄧㄣ ㄑㄩㄢˊ ㄗㄜˊ ㄖㄣˋ

法人擬制說認爲法人無行爲能力，當然也無侵權行爲能力。反之我國"民法"採法人實在說，認爲法人之代表機關所爲之行爲即是法人之行爲，法人代表機關所爲之侵權行爲即是法人之侵權行爲。法人侵權責任之要件有三：一、由於法人董事或其他有代表權人(如監察人、清算人、重整人等)之行爲。二、因執行職務之行爲，凡執行職務之執行行爲及與外表之牽連或內部之牽連相關之行爲均屬之。三、具備侵權行爲之一般要件，董事或代表權人須因故意或過失，致他人之權利或利益受到侵害。法人若構成侵權責任之要件，應與行爲人連帶對被害人負損害賠償責任，法人不能主張於選任代表權人或監督其執行職務並無故意或過失而免責。

【法人的權利能力】ㄈㄚˇ ㄖㄣˊ ˙ㄉㄜ ㄑㄩㄢˊ ㄌㄧˋ ㄋㄥˊ ㄌㄧˋ

法人得享受權利負擔義務，而爲權利義務主體之資格。法人之權利能力始於成立，即法人向主管機關(法院)登記完畢並經發給法人登記證書之時，終於法人解散後清算終了並辦理清算終結登記之時。法人雖有權利能力，但有一定之限制：一、法令上之限制：法人之權利能力得以法律或行政命令限制之，如公司不得爲他公司之無限責任股東或合夥事業之合夥人。公司除依其他法律或公司章程規定以保證爲業務者外，不得爲任何保證人等。二、性質上之限制：以自然生理爲基礎之人格權，如生命權、身體權、健康權、自由權、貞操權等法人無法享有。又以一定自然人之身分爲基礎之身分權，如家權、親權、繼承權、扶養請求權，法人也不得享有。

8【法拉第感應定律】ㄈㄚˋ ㄌㄚ ㄉㄧˋ ㄍㄢˇ ㄧㄥˋ ㄉㄧㄥˋ ㄌㄩˋ

(Faraday's induction law)在一電路中，因受電磁感應作用而形成感應電動勢 ε，其大小成比例於通過此電路的磁通量 Φ 的時間變化率。如以公式表之有：

$$\varepsilon=-\frac{\Delta\Phi}{\Delta t}=-\frac{\Phi_2-\Phi_1}{t_2-t_1}。$$

式中 Φ_1、Φ_2 分別代表在時間爲 t_1、t_2 時的磁通量，負號表示感應電動勢的方向，與磁通量的變化相反，可用'楞次'定律定之。若磁通量之變化率以韋伯/秒之單位表示，則感應電動勢的單位爲伏特，即伏特＝$\frac{韋伯}{秒}$。

9【法律行爲之標的】ㄈㄚˇ ㄌㄩˋ ㄒㄧㄥˊ ㄨㄟˊ ㄓ ㄅㄧㄠ ㄉㄧˋ

又稱法律行爲之內容。即行爲人於行爲時所欲發生之法律效果。法律行爲之標的須符合下列要件始生效力：一、合法性：法律行爲違反強制或禁止之規定者無效。但其規定並不以之爲無效者不在此限。二、妥當性：法律行爲有背於公共秩序或善良風俗者無效。又法律行爲如係乘他人之急迫、輕率或無經驗，使其爲財產上之給付或爲給付之約定，依當時情形顯失公平者，法院得因利害關係人之聲請，撤銷其法律行爲或減輕其給付。三、可能性：法律行爲以不能之給付爲標的者，其法律行爲無效。四、確定性：即法律行爲之標的必須確定或可得確定，否則法律行爲無效。

【法律條件及期限】ㄈㄚˇ ㄌㄩˋ ㄊㄧㄠˊ ㄐㄧㄢˋ ㄐㄧˊ ㄑㄧˊ ㄒㄧㄢˋ

所謂條件指法律行爲效力的發生或消滅，繫於將來成否客觀上不確定事實。而期限則指法律行爲效力的發生或消滅，繫於將來確定發生之事實。條件可分爲停止條件和解除條件，附停止條件之法律行爲，於條件成就時，發生效力；附解除條件之法律行爲，於條件成就時，失其效力。期限也可分爲始期和終期，附始期之法律行爲，於期限屆至時，發生效力；附終期之法律行爲，於期限屆滿時，失其效力。附條件之法律行爲當事人，於條件成否未定前，若有損害相對人因條件成就所應得利益之行爲者，負賠償損害之責任，其在附期限之法律行爲，亦同。因條件成就而受不利益之當事人，如以不正當行爲阻其條件之成就者，視爲條件已成就。因條件成就而受利益之當事人，如以不正當行爲促其條件之成就者，視爲條件不成就。

【法律不溯及既往之原則】ㄈㄚˇ ㄌㄩˋ ㄅㄨˋ ㄙㄨˋ ㄐㄧˊ ㄐㄧˋ ㄨㄤˇ ㄓ ㄩㄢˊ ㄗㄜˊ

法律適用在時間上有其界限，即只能適用於有效施行以後所發生之事件，而不能適用於有效施行前已發生之事件，此原則稱爲法律不溯及既往之原則。其不論公法、私法都有適用，是法律適用之一般且基本之原則。其目的在維持法律秩序之安定、保障既得之權益，舊法時代取得之權利或地位，不因新法之施行而遭剝奪或喪失；舊法時代合法之行爲，不因新法之施行而變成不法行爲。但法律不溯及既往只是法律適用之原則，而非立法原則。因此立法機關於立法時，基於國家政策或社會需要，仍可明定法律有溯及之效力。例如"民法債編施行法"第四條規定：「"民法"第二百零四條之規定，於"民法·債"編施行前，所約定之利率逾週年百分之十二者，亦適用之。」即爲適例。

【法律不溯及既往原則之例外】ㄈㄚˇ ㄌㄩˋ ㄅㄨˋ ㄙㄨˋ ㄐㄧˊ ㄐㄧˋ ㄨㄤˇ ㄩㄢˊ ㄗㄜˊ ㄓ ㄌㄧˋ ㄨㄞˋ

法律之適用對於在法律有效施行前發生之事件亦得爲之者，稱作法律不溯及既往原則之例外。法律不溯及既往原則原爲維持法律秩序之安定及保障既得權益，以實現法律公平之目的。如法律溯及既往不違背此目的，且與社會環境之變遷相配合者，立法機關得制定溯及既往之法律。"刑法"規定，行爲後法律有變，而裁判前之法律非最有利於行爲人者，適用裁判時之法律；保安處分適用裁判時之法律；處罰之裁判確定後，未執行或執行未完畢，而法律有變更不處罰其行爲者，免其刑之執行；"民法總則施行法"規定，該法有特別規定者，得適用於"民法總則"施行前或修正前發生之事項，即爲此例外之表現。惟行政機關、司法機關無論如何不得溯及既往適用法律。

泥　㈠ ㄋㄧˊ ni^{2} 音尼

①水土的混合物。如：爛泥。②塗飾；粉刷。

㈡ ㄋㄧˋ ni^{4} 音匿

①固執而不知變通。如：泥古。②用柔軟話語要求。見"通俗編·婦女"。

㈢ ㄋㄧㄝˋ $nieh^{4}$ 音涅

染黑。通涅。見"字彙補"。

㈣ ㄋㄧˇ ni^{3} 音你

參泥泥。

3【泥丸】ㄋㄧˊ ㄨㄢˊ

道教語。指腦。

5【泥古】ㄋㄧˋ ㄍㄨˇ

固守成規而不知變通。

8【泥泥】ㄋㄧˇ ㄋㄧˇ

①露濃而溼潤的樣子。②草柔而茂盛的樣子。

【泥沼】ㄋㄧˊ ㄓㄠˇ

①沼澤。②爛泥；泥漿。

【泥岩】ㄋㄧˊ ㄧㄢˊ

(mudstone) 碎屑沈積岩其組成

顆粒小於1/256mm，且不具明顯的薄層理而整體呈塊狀者。其成分與頁岩同。參頁岩。

【泥版】 ㄋㄧˊ ㄅㄢˇ

用泥活字組合而成的印刷版。又稱泥鬥版、澄泥版或泥聚珍版。

9【泥流】 ㄋㄧˊ ㄌㄧㄡˊ

(mudflow)坍方的一種。常發生在無植物保護而表土已呈微裂現象的5～15°之裸露土坡，或地表下淺處有一含水細砂層處。泥流速度通常爲7m/yr～25m/yr。最高達每天50cm左右。

【泥炭】 ㄋㄧˊ ㄊㄢˋ

(peat)富含纖維質有機物的土壤。呈深褐色，其分解程度不一。

【泥胎】 ㄋㄧˊ ㄊㄞ

①已經塑好，尚未燒過或加工的陶器。②泥塑的神像。

11【泥淖】 ㄋㄧˊ ㄋㄠˋ

①黏溼的泥土。②泥漿聚集的窪地。③比喻困窘不能自拔的境地。

13【泥滓】 ㄋㄧˊ ㄗˇ

①泥土灰塵。②比喻地位卑賤。③比喻汙濁、骯髒。

15【泥潦】 ㄋㄧˊ ㄌㄠˇ

泥水淤積的地方。

17【泥濘】 ㄋㄧˊ ㄋㄧㄥˋ

泥漿黏爛，滑而難行的樣子。

20【泥鰍】 ㄋㄧˊ ㄑㄧㄡ

即鰍。參鰍。

4【泥火山】 ㄋㄧˊ ㄏㄨㄛˇ ㄕㄢ

(mud-volcano)地表淺層若富含地熱氣或瓦斯，由地下外噴，將地下泥漿攜帶噴出，在噴口四周堆積形成低小的錐狀丘。此類泥丘高度由數十公分至數公尺不等，也有向下窪陷的，所占範圍亦小，是一種微地形。‘西西里’、‘冰島’、‘紐西蘭’的‘北島’和‘臺灣’南部都有泥火山分布。

9【泥活字】 ㄋㄧˊ ㄏㄨㄛˊ ㄗˋ

膠泥刻成的印刷字模。爲‘北宋’‘畢昇’所發明。以膠泥(松脂蠟)作成活字，然後用火燒硬即成。

4【泥牛入海】 ㄋㄧˊ ㄋㄧㄡˊ ㄖㄨˋ ㄏㄞˇ

比喻有去無回。

6【泥多佛大】 ㄋㄧˊ ㄉㄨㄛ ㄈㄛˊ ㄉㄚˋ

泥土多，所塑的佛像也就大。比喻附益者越多或根基深厚，則成就越大。

13【泥塗軒冕】 ㄋㄧˊ ㄊㄨˊ ㄒㄩㄢ ㄇㄧㄢˇ

把功名富貴看如泥土。比喻澹泊名利。

【泥塑木雕】 ㄋㄧˊ ㄙㄨˋ ㄇㄨˋ ㄉㄧㄠ

形容人呆板而毫無反應。

12【泥菩薩過江】 ㄋㄧˊ ㄆㄨˊ ㄙㄚˋ ㄍㄨㄛˋ ㄐㄧㄤ

比喻自身難保。

泋

ㄏㄨㄟˋ hui^4 音卉

或作泋。水的波紋。見“字彙”。

泔

ㄍㄢ kan^1 音甘

①淘米水。見“說文”。②食物變味。見“新方言·釋器”。③用米汁浸漬食品。如：泔魚。

沽

ㄍㄨ ku^1 音孤

通買、酤。①賣。如：待價而沽。②買。如：沽酒。③賣酒的人。如：屠沽。④求取；謀取。如：沽名釣譽。

8【沽河】 ㄍㄨ ㄏㄜˊ

①發源於今‘河北省’東北境‘遵化縣’。上源名‘梨河’，西南流，經‘薊縣’南始稱‘沽河’。②即今‘河北省’北境的‘白河’。發源於‘察哈爾省’‘沽源縣’西北，經‘熱河省’西南境折而東流，入‘河北省’，至‘密雲縣’南匯‘潮河’，名爲‘潮白河’。③在今‘山東省’境，有二源：一源於今‘招遠縣’南，名‘大沽河’，一源於‘掖縣’東南，名‘小沽河’；二源並南流，至‘平度’、‘即墨’界合流，西南流入‘膠州灣’。

6【沽名釣譽】 ㄍㄨ ㄇㄧㄥˊ ㄉㄧㄠˋ ㄩˋ

虛僞矯飾以博取名譽。

泄

㊀ ㄒㄧㄝˋ hsieh^4 音榭

①也作洩。⑴漏出。如：泄密。⑵發散。如：泄憤。⑶通達。⑷混雜。⑸輕慢。②姓。‘春秋’‘鄭’有‘泄駕’。見“萬姓統譜·一一八”。

㊁ ㄧˋ i^4 音曳

參泄泄。

8【泄泄】 ㄧˋ ㄧˋ

①緩慢飛行的樣子。②閒適自得的樣子。③弛緩的樣子。

【泄泄沓沓】 ㄧˋ ㄧˋ ㄊㄚˋ ㄊㄚˋ

①遲緩閒散，毫不在乎的樣子。②多言的樣子。

沼

ㄓㄠˇ chao^3 音找

水池。見“說文”。

3【沼土】 ㄓㄠˇ ㄊㄨˇ

(bog soil)泥煤或黑色腐泥等爲主的水成土壤。多在沼澤或溼地的植物群上，或在地下水位高的溼地條件下發育而成。

6【沼地】 ㄓㄠˇ ㄉㄧˋ

(marsh)即沼澤地。也稱溼地。地表一片鬆軟、潮溼而積水的低地。水淺且周圍廣布水生植物。內陸盆地、沿海地帶或河口處，多沼澤地分布。一般係因地勢低排水不良或沖積物尚未塡滿而積水。‘臺北盆地’‘淡水河’口的紅樹林即爲生長在沼澤地的一種熱帶水生植物。

10【沼氣】 ㄓㄠˇ ㄑㄧˋ

(marsh gas)即甲烷。參甲烷。

泇

ㄐㄧㄚ chia^1 音加

參泇河。

8【泇河】 ㄐㄧㄚ ㄏㄜˊ

源出‘山東省’‘費縣’，至‘江蘇省’‘邳縣’流入‘運河’。

沭

ㄕㄨˋ shu^4 音術

參沭水。

4【沭水】 ㄕㄨˋ ㄕㄨㄟˇ

源出‘山東省’‘沂水縣’北的‘沂山’。東南流入‘江蘇省’，至‘沭陽’附近，分爲二支，北支由‘臨洪口’入‘黃海’，南支東流至‘燕尾港’入海。

泧

ㄩㄝˋ yüeh^4 音越

水勢洶湧的樣子。見“廣韻”。

沰 ㄊㄨㄛ *t'o*^{1}, *t'uo*^{1} 音託
①落。見"玉篇"。②滴。見"集韻"。

泐 ㄌㄜˋ *lê*^{4} 音勒
①水的紋理。見"說文"。②岩石順脈理裂開。如:泐開。③雕刻。如:泐碑。④書寫。如:泐覆。

13【泐損】ㄌㄜˋ ㄙㄨㄣˇ
破損。

泧 ㄈㄚ *fa*^{1} 音發
①寒冷。見"玉篇"。②疏通水流。見"正字通"。

泪 淚的或體。

沮 ㊀ ㄐㄩ *chü*^{1} 音居
①水名。參沮水。②姓。'後漢'有'沮雋'。見"通志·氏族略五"。
㊁ ㄐㄩˇ *chü*^{3} 音莒
①終止;阻止。見"廣韻"。②敗壞。③泄漏。如:沮泄。
㊂ ㄐㄩˋ *chü*^{4} 音巨
溼潤。見"廣雅·釋詁"。

4【沮水】ㄐㄩ ㄕㄨㄟˇ
①源出'湖北省''房縣'西南,至'江陵縣'西,注入'長江'。②源出'山東省''荷澤縣'東,流至'鉅野縣'分爲二支,東支經'嘉祥縣',入'南陽湖';北支經'鄆城'、'壽張'二縣,入'運河'。③源出'陝西省''宜君縣'南,東南流至'耀縣',會合'漆水',注入'渭水'。

9【沮洳】ㄐㄩˋ ㄖㄨˋ
低溼;泥濘。

12【沮喪】ㄐㄩˇ ㄙㄤˋ
①灰心失望的樣子。②驚異失色的樣子。

19【沮壞】ㄐㄩˇ ㄏㄨㄞˋ
敗壞。

泙 ㄧㄚ *ya*^{1} 音押
參泙渫。

12【泙渫】ㄧㄚ ㄒㄧㄝˋ
水波重疊相連的樣子。

沺 ㄊㄧㄢˊ *t'ien*^{2} 音田
大水。見"玉篇"。

油 ㄧㄡˊ *yu*^{2} 音由
①古水名。見"說文"。②動植物脂肪。如:豬油。③礦物中提煉出的液體。如:煤油。④用油塗抹。⑤沾染油垢。⑥比喻浮華不實。如:油腔滑調。

4【油井】ㄧㄡˊ ㄐㄧㄥˇ
爲開採石油所挖的井。

【油水】ㄧㄡˊ ㄕㄨㄟˇ
比喻利益或好處。

5【油田】ㄧㄡˊ ㄊㄧㄢˊ
指地下蘊儲石油的廣大區域。

6【油印】ㄧㄡˊ ㄧㄣˋ
用蠟紙謄寫爲印版的簡易印刷法。

10【油紙】ㄧㄡˊ ㄓˇ
表面塗油,不透溼氣的紙。

12【油渣】ㄧㄡˊ ㄓㄚ
油裡的沈澱物。

【油畫】ㄧㄡˊ ㄏㄨㄚˋ
(oil painting) 西洋畫法中最主要的一種。是以油劑(如亞麻仁油、核桃油等)調配顏料,畫在布、木板、厚紙版或牆壁上的繪畫。今通常畫於特製的油畫布上。其特點是色彩與層次豐富,能表現逼眞的質感與複雜的色調;顏料有強大遮蓋力,可以不斷增厚、修改,使繪畫表現更自由而深刻。

【油然】ㄧㄡˊ ㄖㄢˊ
①興盛的樣子。②自然而然。③舒緩的樣子。④和悅恭敬的樣子。

【油傘】ㄧㄡˊ ㄙㄢˇ
油紙或油布製成的傘。

13【油滑】ㄧㄡˊ ㄏㄨㄚˊ
①比喻路面泥濘難行。②比喻人狡詐虛浮。

【油煙】ㄧㄡˊ ㄧㄢ
(soot)由含焦油之含碳顆粒不完全燃燒凝聚而成的汙染物質。

14【油滴】ㄧㄡˊ ㄉㄧ
一著名瓷器結晶釉。以'宋代'產品最好。一般用石灰石配釉,鐵爲呈色劑。生坯掛釉,入窯焙燒到一定溫度,釉料中的鐵形成結晶體,並且聚合成黑色油滴狀;降溫熄火後,結晶顆粒保留在釉層中,有獨特的裝飾效果。

【油漬】ㄧㄡˊ ㄗˋ
油汙。

【油漆】ㄧㄡˊ ㄑㄧ
(paint)一種由展色劑、填充劑及顏料等三種重要成分構成的流體塗料。具防鏽及美觀的功能。展色劑爲一種易於氧化,而凝固似角質的乾性油;填充劑爲懸浮於油內之固體,如鉛白、鋅鋇白等;顏料爲金屬氧化物或鹽類,予油漆以顏色。

15【油層】ㄧㄡˊ ㄘㄥˊ
指地下蘊儲石油的岩層。

【油墨】ㄧㄡˊ ㄇㄛˋ
印刷用的著色劑。

【油膜】ㄧㄡˊ ㄇㄛˋ
(oil film)磨潤組件中,液態潤滑劑在相對運動面間之厚度甚薄,稱爲油膜。

17【油環】ㄧㄡˊ ㄏㄨㄢˊ
(oil ring)位於活塞中部或下部,用來刮除汽缸壁上多餘潤滑油的裝置。

4【油毛氈】ㄧㄡˊ ㄇㄠˊ ㄓㄢ
(asphalt roofing) 防水層建材。將棉麻或毛纖維製成之紙,兩面以吹氣瀝青(blown asphalt)壓著覆蓋製成。每捲寬1m、長22m,鋪設面積數爲20~23m^2, 分爲22kg、30kg及35kg三種。

9【油頁岩】ㄧㄡˊ ㄧㄝˋ ㄧㄢˊ
(oil shale)含有豐富碳氫化合物的頁岩。通常爲黃色或黑色。油頁岩經蒸餾作用能提煉出汽油及各種石化原料。

17【油壓泵】ㄧㄡˊ ㄧㄚ ㄅㄥˋ
(oil pump) 產生油壓並使潤滑油流動的泵浦。

4【油元回流】ㄧㄡˊ ㄩㄢˊ ㄏㄨㄟˊ ㄌㄧㄡˊ
(recycling of petro-dollar)'石油輸出國家組織'會員國將其油

元收入，透過各種管道再度回流到進口石油消費國家，以維持國際金融活動的順利運行。例如將'石油輸出國家組織'會員國的'歐洲'通貨('美'元)存入'歐洲'銀行，再由'歐洲'銀行貸予進口石油消費國，消費國將借款所得支付給會員國，會員國再將這筆收入存入'歐洲'銀行，如此繼續下去，形成所謂的油元回流。

12【油腔滑調】ㄧㄡˊ ㄑㄧㄤ ㄏㄨㄚˊ ㄉㄧㄠˋ
虛浮圓滑而不誠實。

16【油頭粉面】ㄧㄡˊ ㄊㄡˊ ㄈㄣˇ ㄇㄧㄢˋ
①形容婦女濃妝庸俗的樣子。②形容男子喜好修飾，而行爲輕佻的樣子。

【油嘴滑舌】ㄧㄡˊ ㄗㄨㄟˇ ㄏㄨㄚˊ ㄕㄜˊ
形容人說話浮滑不實在。

沾 ㄓㄢ chan¹ 音詹
①增益。添的本字。見"說文·沾·段注"。②浸溼；弄溼。通霑。如：沾襟。③受益；分享。如：沾光。④附著；觸及。如：不沾邊。

6【沾光】ㄓㄢ ㄍㄨㄤ
自己因他人之故也受惠。

12【沾溉】ㄓㄢ ㄍㄞˋ
①雨露的滋潤。②比喻蒙受布施。

15【沾潤】ㄓㄢ ㄖㄨㄣˋ
沾濡溼潤。引申爲蒙受利益。

18【沾襟】ㄓㄢ ㄐㄧㄣ
沾溼衣襟。

8【沾沾自喜】ㄓㄢ ㄓㄢ ㄗˋ ㄒㄧˇ
志得意滿的樣子；揚揚自得的樣子。

16【沾親帶故】ㄓㄢ ㄑㄧㄣ ㄉㄞˋ ㄍㄨˋ
指攀連上親友的關係。

泱 ㄧㄤ yang¹ 音央
水流奔湧的樣子。見"廣韻"。

8【泱泱】ㄧㄤ ㄧㄤ
①水深廣的樣子。②雲氣騰起的樣子。③弘大的樣子。

況 ㄎㄨㄤˋ k'uang⁴ 音曠
俗作况。①情形；狀態。如：近況。②滋益；更加。③比擬。④賜與。通貺。⑤訪問。⑥連詞。同矧。表示更進一層的口氣。如：況且。⑦姓。'明'有'況鍾'。見"萬姓統譜·一〇六"。

8【況味】ㄎㄨㄤˋ ㄨㄟˋ
①指某種情況中的感受。②指境遇。

泂 ㄐㄩㄥˇ chiung³ 音迥
①寒冷。見"說文"。②遙遠。通迥。見"爾雅·釋詁"。③水深廣的樣子。

泏 ㄓㄨˊ chu² 音竹
①水湧出的樣子。見"廣韻"。②涉入。見"字彙補"。

泅 ㄑㄧㄡˊ ch'iu² 音囚
游水。見"說文"。

泗 ㄙˋ szŭ⁴, ssŭ⁴ 音四
鼻涕。如：涕泗縱橫。

4【泗水】ㄙˋ ㄕㄨㄟˇ
①發源於今'山東省''泗水縣'東'陪尾山'的南麓，因有四源，故名'泗水'。流至'濟寧縣'東南的'魯橋鎮'，注入'大運河'。②在今'湖北省''京山縣'西南，南流入'漢'。

泛 ㊀ ㄈㄢˋ fan⁴ 音范
①通汎、氾。⑴漂浮水上。見"說文"。⑵廣闊。如：廣泛。②不切實。如：空泛。③淺薄；尋常。如：泛泛之交。④透露；呈現。如：面泛紅光。

㊁ ㄈㄥˇ fêng³
通覂。①翻覆。②覆敗。

6【泛池】ㄈㄢˋ ㄔˊ
水池因大量養殖魚類，水中溶氧大量消耗，發生溶氧不足，池水顏色在短時間內產生變化，致池中魚類浮頭死亡的情形。

【泛舟】ㄈㄢˋ ㄓㄡ
駕船；乘船。

8【泛泛】ㄈㄢˋ ㄈㄢˋ
①漂浮的樣子。②廣大無邊際的樣子。③浮淺；尋常。

9【泛音】ㄈㄢˋ ㄧㄣ
(overtone)發音體如絃樂器之絃線，經撥動後會同時發出一些頻率彼此成倍數的聲音，稱爲諧音系列。最低頻率之音稱爲基音，2倍於基音頻率者稱爲第一泛音，3倍於第二頻率者稱爲第二泛音，餘類推。基音亦稱第一諧音，第一泛音則稱第二諧音，餘類推。

14【泛稱】ㄈㄢˋ ㄔㄥ
通稱；總稱。

15【泛論】ㄈㄢˋ ㄌㄨㄣˋ
總論；概括的論說；廣泛的討論。

5【泛生信仰】ㄈㄢˋ ㄕㄥ ㄒㄧㄣˋ ㄧㄤˇ
(animatism)認爲有一種非人格的自然力量附生於自然體中，使人、動植物或自然物體等可以活動。

6【泛宅浮家】ㄈㄢˋ ㄓㄞˊ ㄈㄨˊ ㄐㄧㄚ
①指在水上、船上生活的人家。②指漂泊不定的生活。

8【泛泛之交】ㄈㄢˋ ㄈㄢˋ ㄓ ㄐㄧㄠ
指交情不深的朋友。

24【泛靈信仰】ㄈㄢˋ ㄌㄧㄥˊ ㄒㄧㄣˋ ㄧㄤˇ
(animism)認爲一切有生命的，不論人或其他生物，都有與本身分開的靈魂存在。換言之，人或其他生物的靈魂是附加上去的。輪迴、投胎等觀念都屬這一信仰。

洴 ㄅㄧㄢˋ pien⁴ 音辨
引導水使平流。見"集韻"。

治 ㊀ ㄓˋ chih⁴ 音致
①管理；整頓。如：治國。②經營；準備。如：治產。③研習；研究。如：治學。④懲罰。如：治罪。⑤有條理的；上軌道的。與亂相對。如：治世。

㊁ ㄔˊ ch'ih² 音持
①㊀①、③、④的讀音。②姓。'明'有'治國器'。見"明史·忠義傳·王肇坤"。

5【治平】ㄓˋ ㄆㄧㄥˊ
①治國及平天下的合稱。②指國家太平安定。

【治世】ㄓˋ ㄕˋ
①政治清明的時代。與亂世相對。②治理國家。

【治生】ㄓˋ ㄕㄥ
經營產業，謀求生計。

7【治兵】ㄓˋ ㄅㄧㄥ
訓練、管理軍隊。

8【治事】ㄓˋ ㄕˋ
辦事。

11【治產】ㄓˋ ㄔㄢˇ
經營產業。

【治術】ㄓˋ ㄕㄨˋ
治理國家的方法。

12【治喪】ㄓˋ ㄙㄤ
辦理喪事。

13【治裝】ㄓˋ ㄓㄨㄤ
整理行裝。

【治罪】ㄓˋ ㄗㄨㄟˋ
對犯法的人處以應得的懲罰。

【治亂】ㄓˋ ㄌㄨㄢˋ
①治世與亂世。②平定變亂。

15【治標】ㄓˋ ㄅㄧㄠ
只處理表面上的枝節問題，而不從根本上去解決。與治本相對。

16【治學】ㄓˋ ㄒㄩㄝˊ
研究學問。

17【治績】ㄓˋ ㄐㄧ
施政的績效；爲政的成績。

22【治權】ㄓˋ ㄑㄩㄢˊ
指政府治理國事之權。與政權相對。國父 '孫中山'先生所倡民權主義，分治權爲行政權、立法權、司法權、考試權、監察權五種。

23【治體】ㄓˋ ㄊㄧˇ
治國的原則。

6【治安策】ㄓˋ ㄢ ㄘㄜˋ
'漢文帝'時，'梁'太傅'賈誼'上疏陳述治安的對策。言欲求天下長治久安，莫若修禮義、興文教，使人人明廉恥、重節操。

5【治外法權】ㄓˋ ㄨㄞˋ ㄈㄚˇ ㄑㄩㄢˊ
(extraterritoriality) 一國依據條約或習慣國際法，在他國領域之內行使管轄權。例如派遣國之外交領事人員、軍隊及軍艦在接受國或地主國領域之內享受豁免，不受當地法律管轄。昔日的領事裁判權，亦爲治外法權之一種。

6【治安法庭】ㄓˋ ㄢ ㄈㄚˇ ㄊㄧㄥˊ
負責審理動員戡亂時期檢肅流氓案件之刑事專庭。依"動員戡亂時期檢肅流氓條例"之規定，法院爲處理檢肅流氓案件，得設立專庭或指定專人，以治安法庭名義辦理之。

12【治絲益棼】ㄓˋ ㄙ ㄧˋ ㄈㄣˊ
想整理絲縷，卻越弄越亂。比喻越弄越糟。

13【治亂持危】ㄓˋ ㄌㄨㄢˋ ㄔˊ ㄨㄟˊ
平定動亂，扶持傾危。

17【治療性社區】ㄓˋ ㄌㄧㄠˊ ㄒㄧㄥˋ ㄕㄜˋ ㄑㄩ
(therapeutic community) 一切活動之進行，係配合心理保健機構之計畫，因而具有治療作用的社區環境。

【治療性環境】ㄓˋ ㄌㄧㄠˊ ㄒㄧㄥˋ ㄏㄨㄢˊ ㄐㄧㄥˋ
(treatment milieu) 指診所或醫院等發揮治療功能的物質與人力環境。

泩 ㄕㄥ shêng¹ 音生
①水漲。見"玉篇"。②水深廣的樣子。見"字彙"。

沲 沱的或體。

泆 ㄧˋ i⁴ 音逸
①水動盪滿溢。見"說文"。②放縱；放恣。如：淫泆。③安舒的樣子。

泡 ㊀ ㄆㄠˋ p'ao⁴ 音礮
①液體因含氣而形成的球狀物。②用水沖浸或浸漬。如：泡茶。
㊁ ㄆㄠ p'ao¹ 音拋
①質地鬆散。②量詞。屎尿一灘爲一泡。

12【泡菜】ㄆㄠˋ ㄘㄞˋ
一種用鹽、酒、辣椒、糖浸漬而成的生菜。各地做法不同，滋味略異，一般以蘿蔔、白菜，黃瓜等製作者爲多。

14【泡製】ㄆㄠˋ ㄓˋ
煉製'中'藥的方法之一。參炮製。

15【泡影】ㄆㄠˋ ㄧㄥˇ
水泡和影像。比喻虛幻不實或希望落空。

8【泡沫室】ㄆㄠˋ ㄇㄛˋ ㄕˋ
(bubble chamber) 一種功能強大的高能粒子研究裝置。運作原理爲液體在加壓情況加熱至接近其沸點時，如果突然減壓，會開始產生氣泡而沸騰。如果此時恰有高能粒子穿過液體，沿其路徑產生游離作用，則在路徑上會發生局部加熱，於是氣泡就優先沿著高能粒子所經過的路徑形成。在減壓後之瞬間迅即照像，可照出該瞬間高能粒子所產生的反應。通常泡沫室所用之液體爲液態氫。

6【泡式排序】ㄆㄠˋ ㄕˋ ㄆㄞˊ ㄒㄩˋ
(bubble sort) 電腦程式將一組資料依特定之順序規則排序的方法。其方式爲：檢查相鄰資料項之順序，並將不合於順序規則之相鄰資料項之位置互調，重複檢查至所有資料項處理完畢；若此一處理週期中至少有一次資料項互調發生，則反覆進行此週期，直到沒有資料項互調發生爲止。此一排序法爲交換排序法之一，因排序過程中，資料調位的情形有如水中氣泡上浮的情形，故稱泡式排序。

8【泡沫乾燥】ㄆㄠˋ ㄇㄛˋ ㄍㄢ ㄗㄠˋ
(foam drying) 食品乾燥法的一種。利用機械或加入蛋白起泡劑使之起泡，藉泡沫增加表面積，再以熱風乾燥之。適用於液體食品粉末化，如果漿、果汁之粉末乾燥。此法不需減壓而可迅速脫水，製品復原性良好，無焦臭味，產品耐保藏。

【泡沫塑膠】ㄆㄠˋ ㄇㄛˋ ㄙㄨˋ ㄐㄧㄠ

(foam plastics) 經過物理發泡或化學發泡得到之塑膠。可分軟質與硬質兩類：前者包括聚胺基甲酸酯、乳膠、聚乙烯或乙烯類聚合物等；後者包括聚苯乙烯、聚氯乙烯、環氧聚合物等。

波 ㊀ ㄅㄛ *po*¹ 音玻　又讀 ㄆㄛ *p'o*¹ 音坡

①水振動起伏的現象。見"說文"。②散播；牽涉。如：波及。③書法中捺的波折。如：波磔。④(wave)物體或空間局部的擾動，如物體的局部變形或空間中電場的局部變化，會經由物體或空間傳遞出去，傳遞時僅爲擾動形式及能量的傳遞，而非物質實際的移動。此種擾動及能量的傳遞現象稱爲波動或波。藉由物質傳遞之波稱爲機械波，如水波、繩波、聲波等；不須藉由物質傳送者，稱爲電磁波，如光波、微波等。⑤姓。'漢'有'波才'。見"後漢書·靈帝紀"。

㊁ ㄅㄧˋ *pi*⁴ 音必

沿著河走。見"續字彙補"。

4【波及】 ㄅㄛ ㄐㄧˊ

水波擴散所及。引申爲播散、影響、牽連。

6【波臣】 ㄅㄛ ㄔㄣˊ

指水中的生物。古代以龍爲統領水域的君王，而稱其他水中動物爲波臣。

7【波折】 ㄅㄛ ㄓㄜˊ

①水波起伏不定的現象。②比喻事情的曲折或變化。

【波谷】 ㄅㄛ ㄍㄨˇ

(wave trough)參波峰。

8【波河】 ㄅㄛ ㄏㄜˊ

(Po R.)'義大利半島'最大河川。源於'科欣阿爾卑斯山' (Cottian Alps)'蒙特維索' (Monte Viso)附近，東流匯集無數小河，注入'亞得里亞海'。全長652公里。上游有大規模水力發電廠，下游沖積成三角洲，北面山麓除種植葡萄、橄欖外，絲織品久負盛名。本區爲'義大利'農工業精華地帶、乳牛主產區。大型船隻可上溯至'杜林' (Turin)。

【波長】 ㄅㄛ ㄔㄤˊ

(wave length)①相鄰二波浪之波峰或波谷間的水平距離。②波動傳播時，橫波中相鄰兩波峰或兩波谷間的距離，是爲橫波的波長；如爲縱波，相鄰兩密部或兩疏部間的距離，即爲縱波的波長。常以λ之符號代表。一般而言，任意兩相鄰並作同相振動之介質間的距離，均爲波長。

【波昂】 ㄅㄛ ㄤˊ

(Bonn) 原為'西德'首都及經濟中心。位於'萊因河'中游左岸。農業發達，工業不盛。有鐵、公路經過，並有國際機場。人口33.1萬(2004年)。

9【波段】 ㄅㄛ ㄉㄨㄢˋ

(band) ①存於兩極限值之間的頻率範圍。②由'美國聯邦通信委員會'(FCC)決定而適用於特定工作的無線電波道。其分類法如下：

特低頻(vlf), 10～30KHz；
低頻(lf), 30～300KHz；
中頻(mf), 300～3000KHz；
高頻(hf), 3～30MHz；
特高頻(vhf), 30～300MHz；
超高頻(uhf), 300～3000MHz；
極高頻(shf), 3000～30000MHz。

10【波浪】 ㄅㄛ ㄌㄤˋ

水分子受外力而產生的振動。產生波浪的外力有風、地震、海底火山爆發、氣壓改變等。惟因風力最持久，影響也最廣，故風力乃成波浪的引發主力。風吹海面產生摩擦，使水面發生高低起伏的運動而生波浪。波浪最高處稱波峰，兩波間的最低處稱波谷，波峰和波谷的垂直距離稱波高，兩波峰或兩波谷間的水平距離稱波長，每一波長所需的傳播時間稱波週期。

【波高】 ㄅㄛ ㄍㄠ

(wave height) 波浪之波峰至波谷的垂直距離。

【波峰】 ㄅㄛ ㄈㄥ

(wave crest) ①波浪運動中，水位升至最高之處，稱爲波峰；降至最低之點，稱爲波谷。②圖中所示者爲在繩上連續傳播的繩波(橫波)在某一瞬間的波形的圖樣。其中高起的部分稱爲波峰，低下的部分稱爲波谷。又在空氣中傳

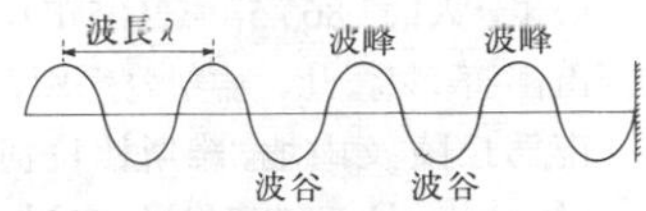

波峰圖

播的聲波(疏密波)，空氣密度最密之處爲波峰，密度最小之處爲波谷。

11【波動】 ㄅㄛ ㄉㄨㄥˋ

①水波起伏動盪。②比喻起伏動盪。③(wave motion) 介質局部的擾動能量，不藉由介質的移動傳送，而藉由擾動波形的傳送過程稱爲波動。例如擲一石塊於平靜的水面，水面在落石處發生局部的起伏擾動，這種擾動藉由水面起伏的變化傳送出去，而水並不作長程的流動，即爲水面波。電磁場在空間中局部的變化擾動，不必透過介質的媒介也可將能量由一處傳到另一處的現象也是波動，稱爲電磁波。

14【波爾】 ㄅㄛ ㄦˇ

(Niels H. D. Bohr, 1885～1962)'丹麥'物理學家。西元1911年到'英國'與'湯姆森' (Thomson)、'拉塞福' (Rutherford) 等人共同從事研究。1913年提出氫原子模型，成功地解釋了氫原子的光譜，奠定原子結構研究上的基

波爾像

礎，故被稱為原子之父。1918年提出對應原理 (correspondence principle)，使量子論的正確性在理論上獲得支持。1922年獲得‘諾貝爾’物理獎。

20【波瀾】 ㄅㄛ ㄌㄢˊ
波濤。①比喻起伏變化。②比喻文章的浩瀚壯闊。

21【波蘭】 ㄅㄛ ㄌㄢˊ
(Poland)位於‘歐洲’中部的國家。北臨‘波羅的海’。面積31.2萬方公里，人口3,863.5萬 (2005年)，首都‘華沙’。北、中部為平原，南為丘陵及山地。‘維斯杜拉河’ (Vistula R.) 和‘奧得河’ (Oder R.)北注‘波羅的海’。冬寒夏涼，闊葉林占全國面積1/4。‘西利西亞’(Silesia)煤田著名於‘歐洲’。農作以麥類、馬鈴薯和甜菜為主，畜產以牛、豬為要。採煤、造船、機器、鋼鐵和煉銅業盛。

3【波士頓】 ㄅㄛ ㄕˋ ㄉㄨㄣˋ
(Boston)‘美國’最大羊毛市場及‘麻沙卻塞州’ (Massachusetts State) 最大城，工商業、財政、醫學中心。濱‘麻沙卻塞灣’ (Massachusetts Bay)。為殖民時代最大港口，有著名的‘哈佛大學’ (The Harvard University)及‘麻省理工學院’(MIT)。

5【波札那】 ㄅㄛ ㄓㄚˊ ㄋㄚˋ
(Botswana)位於‘非洲’南部的內陸國。面積60萬方公里，人口164.0萬 (2005年)，首都‘嘉柏隆里’ (Gaborone)。境內大多為沙漠，氣候乾燥。國家經濟主賴牛隻之外銷。農產有玉米、花生；礦產有鑽石、銅和石綿。

【波以耳】 ㄅㄛ ㄧˇ ㄦˇ
(Robert Boyle, 1627～1691)‘英國’理化學家。對科學的好幾個領域都貢獻不少，有化學之父的稱譽。設立唧筒，試驗氣體與壓力的關係，於西元1662年提出‘波以耳’定律。此外，還設計過不少科學實驗。並發展出物質由粒子構成的觀念，推翻‘亞里斯多德’認為自然界的事物均由形(forms)及質(qualities)構成的看法。

波以耳像

6【波江座】 ㄅㄛ ㄐㄧㄤ ㄗㄨㄛˋ
(Eridanus; Eri)南天星座之一。位於赤經1時25分至5時11分；赤緯＋0.02度至－57.9度之間。其α星(‘中’名水委一)亮度0.46星等，是南天著名亮星之一。相當於‘中國’星座天苑、水委、九州殊口、天園、九斿、玉井、天囷等。

7【波利舞】 ㄅㄛ ㄌㄧˋ ㄨˇ
(bolero)一種活潑的‘西班牙’舞蹈。舞曲為四分之三節拍，急速的轉身、踏腳及忽然停歇，為其動作特徵。

8【波來鐵】 ㄅㄛ ㄌㄞˊ ㄊㄧㄝˇ
(pearlite) 共析鋼(含碳量為0.8%)於高溫完成沃斯田鐵化變態後在平衡冷卻時於Ae_1溫度(723°C)發生共析反應一即為A_1變態，它的反應式為：沃斯田鐵 $\overset{723°C}{\rightleftharpoons}$ 肥粒鐵＋雪明碳鐵。這種呈交排層狀組織的雪明碳鐵散布在肥粒鐵基地上稱為波來鐵。

12【波斯人】 ㄅㄛ ㄙ ㄖㄣˊ
(Persians) 今稱‘伊朗’人 (Iranians)。為‘伊朗’民族主幹。人口約4,200萬 (2002年)。曾建立‘波斯帝國’和‘薩桑斯王朝’。十七世紀被‘阿拉伯帝國’征服。原信仰祆教，後改伊斯蘭教，多屬什葉派。

【波斯灣】 ㄅㄛ ㄙ ㄨㄢ
(Persian Gulf) 位於‘伊朗’及‘阿拉伯半島’之間的水域。成西北一東南向，東以‘荷莫茲海峽’ (Str. of Hormuz) 和‘阿曼灣’ (G. of Oman) 相通，以通‘阿拉伯海’。其西北盡頭‘科威特’、‘伊拉克’及‘伊朗’諸國均盛產石油，因此，‘波斯灣’成為西‘亞’石油外銷的海上孔道。海運位置十分重要。

14【波蝕棚】 ㄅㄛ ㄕˊ ㄆㄥˊ
(wave-cut bench) 波浪侵蝕海岸，海岸底部受磨蝕而後陷，乃造成海崖。海岸愈後退，海崖下前方形成一片蝕餘的岩性平坦地臺，稱為波蝕棚或海蝕平臺。‘臺灣’北海岸由‘和平島’向東至‘八斗子’之間出現了大片的海蝕平臺。

19【波羅蜜】 ㄅㄛ ㄌㄨㄛˊ ㄇㄧˋ
①佛家語。梵文 pāramitā 的音譯。全譯作波羅蜜多，是圓滿無缺的意思。義譯為度或到彼岸。共有六種，稱六波羅蜜(六度)，即布施、持戒、忍辱、精進、禪定、智慧(般若)。②(jackfruit tree; *Artocarpus heterophyllus* Lam.) 常綠喬木。植體含乳液，葉具短柄，長卵橢圓形，全緣。雌雄同株，花集生於橢圓形的花托上；聚生果橢圓形，果面密布疣突，熟時呈淡黃色。木材供建築用，果實供食用及藥用。原產於‘印度’，現今熱帶各地多有栽植。

波羅蜜圖

4【波及無辜】 ㄅㄛ ㄐㄧˊ ㄨˊ ㄍㄨ
因事端擴大而牽連到無罪的人。

5【波平浪靜】 ㄅㄛ ㄆㄧㄥˊ ㄌㄤˋ ㄐㄧㄥˋ
水面平靜，沒有風浪。比喻時勢穩定。

6【波光嵐影】 ㄅㄛ ㄍㄨㄤ ㄌㄢˊ ㄧㄥˇ
水波反映的光芒和雲影。

【波多黎各】 ㄅㄛ ㄉㄨㄛ ㄌㄧˊ ㄍㄜˋ
(Puerto Rico) ‘西印度群島’‘大安地列斯群島’ (Greater Antilles) 中的島國。為‘美國’屬地。面積9,104方公里，人口330萬(1989年)，首都‘聖約翰’ (San Juan)。

8【波的干涉】ㄅㄛ ˙ㄉㄜ ㄍㄢ ㄕㄜˋ (interference of wave) 當二個或二個以上的波相會在一起形成波的重疊時，會引起相互干擾而產生振動的加強或減弱現象，最後組成合成波，這種現象稱爲波的干涉。若合成波的振動加強，其振幅大於每個波的振幅時，稱爲建設性干涉，又稱相長干涉；反之，若合成波的振動減弱，其振幅比每個個別波的振幅小，則稱破壞性干涉，又稱相消干涉。

10【波特萊爾】ㄅㄛ ㄊㄜˋ ㄌㄞˊ ㄦˇ (Charles-Pierre Baudelaire, 1821～1867) ‘法國’詩人和批評家。是‘法國’詩壇象徵主義詩的始祖、近世頹廢文學的典型詩人。傑作“惡之花”(*Les Fleurs du Mal*)充滿反基督教思想、強烈的厭世觀與肉慾的色彩，對近代詩人影響頗大。

波特萊爾像

12【波斯帝國】ㄅㄛ ㄙ ㄉㄧˋ ㄍㄨㄛˊ (Persian Empire) 位於‘伊朗高原’西部的古帝國。西元前九世紀，屬於‘印’‘歐’民族的‘波斯’人及‘米提亞’人(Medians)即在今之‘伊朗’西北部出現。西元前550年，‘塞魯士二世’(Cyrus Ⅱ)滅‘米提亞’統一‘伊朗高原’，建立第一個‘波斯帝國’，並於前539年攻占‘巴比倫’。其女婿‘大流士一世’(Darius I)統一全國，並占領‘小亞細亞’、‘兩河流域’、‘敘利亞’，以及‘埃及’和東南‘歐’的一部分。在極盛時期，領域地跨‘歐’、‘亞’、‘非’三洲，東達‘印度洋’，西抵‘愛琴海’。帝國實行中央集權統治，吸收古代西‘亞’、‘埃及’文化而發展形成‘波斯’文化。‘波斯’文字傳入我國成爲‘藏’、‘滿’、‘蒙’文的字母。‘瑣羅亞斯德’(Zoroaster)創立的祆教，後來分爲摩尼教和太陽教，前者傳入我國‘唐朝’，後者傳入‘歐洲’，對基督教有很大的影響。前500年起，因企圖征服‘希臘’，在十四年間發生三次‘波’‘希’戰爭，國勢漸衰。於前330年爲‘馬其頓帝國’的‘亞歷山大’所滅。

15【波磔點畫】ㄅㄛ ㄓㄜˊ ㄉㄧㄢˇ ㄏㄨㄚˋ 書法的每一筆、每一畫。左撇爲波，右捺爲磔，以筆著紙即起爲點，橫筆爲畫。

【波德曲線】ㄅㄛ ㄉㄜˊ ㄑㄩ ㄒㄧㄢˋ (Bode plots)把電子電路的輸出信號中，相位與增益大小和頻率間的變化關係繪製半對數圖形，稱爲‘波德’曲線。其中增益大小的表示方法係經過開路迴路增益加以正規化的絕對值($|A/A_0|$)。

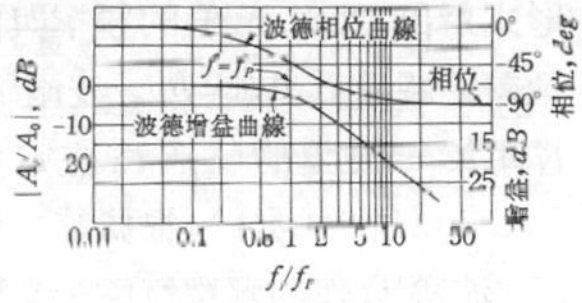

波德曲線圖

如圖所示爲單極點低通濾波器之‘波德’曲線。橫軸爲頻率/極點頻率，上線爲相位圖，下線爲增益圖。

17【波濤起伏】ㄅㄛ ㄊㄠ ㄑㄧˇ ㄈㄨˊ 波浪此起彼落。比喻事情的變化莫測。也作波瀾起伏。

19【波譎雲詭】ㄅㄛ ㄐㄩㄝˊ ㄩㄣˊ ㄍㄨㄟˇ 波瀾起伏不定，風雲變幻莫測。比喻世事變化無常，無法測知。也作雲譎波詭。

【波羅的海】ㄅㄛ ㄌㄨㄛˊ ㄉㄧˋ ㄏㄞˇ (Baltic Sea)介於‘蘇俄’、‘芬蘭’、‘瑞典’、‘丹麥’、‘德國’和‘波蘭’之間的大陸海。面積38.6萬方公里，海岸線長8,000公里。經‘比爾特峽灣’(Store Baelt)、‘松德海峽’(Sound Str.)和‘喀得加特海峽’(Kattegat Str.)可通‘北海’。沿岸要港有‘哥本哈根’(Copenhagen)、‘格但斯克’(Gdańsk)、‘基爾’(Kiel)、‘克拉倍達’(Klaipeda)、‘里加’(Riga)和‘斯德哥爾摩’(Stockholm)。

20【波瀾壯闊】ㄅㄛ ㄌㄢˊ ㄓㄨㄤˋ ㄎㄨㄛˋ 形容氣勢壯大。

21【波蘭記法】ㄅㄛ ㄌㄢˊ ㄐㄧˋ ㄈㄚˇ (Polish notation) 前置表示法表達運算式之一種。將運算符號置於運算資料之前但不使用括號，如運算式$(A+B)\times(C-A)$，以‘波蘭’記法則爲$\times+AB-CA$。

5【波以耳定律】ㄅㄛ ㄧˇ ㄦˇ ㄉㄧㄥˋ ㄌㄩˋ (Boyle's law) 指密閉在容器內的定量氣體，如溫度保持不變時，氣體的壓力P與其體積V成反比的變化關係，即壓力若增加一倍時，體積將縮小1/2。換言之，氣體壓力和體積的乘積爲一常數，以數學式表之爲$P\cdot V=$常數。

7【波希米亞人】ㄅㄛ ㄒㄧ ㄇㄧˇ ㄧㄚˇ ㄖㄣˊ (Bohemians) 第一群‘吉普賽’人於西元1427年到達‘法國’時，被認爲來自‘波希米亞’，遂被稱做‘波希米亞’人。‘法國’大革命後，‘巴黎’地區的文學藝術家常將他們忽視世間規律或習慣的浪蕩生活浪漫化，因此一般即以‘波西米亞’人指稱藝術家或作家。

10【波茨坦會議】ㄅㄛ ㄘˊ ㄊㄢˇ ㄏㄨㄟˋ ㄧˋ (Potsdam Conference) 西元1945年7月17日至8月2日，‘英國’首相‘邱吉爾’(稍後因內閣改組，由‘艾特里’(C. Attlee)接替)、‘美國’總統‘杜魯門’、‘蘇俄’總理‘史達林’在‘德國’‘波茨坦’舉行會議，商討投降後之‘德國’的地位問題，以及如何促使‘日本’早日投降、投降後之待遇問題。會中決定：一、對‘德’方面：繼續實施‘雅爾達會議’所定之對‘德’政策，‘德’、‘波’暫以‘奧得河’(Oder R.)與‘奈塞河’(Neisse R.)爲界，戰犯應予審判；二、對‘日’方面：廢除軍國主義，嚴懲戰犯，任何足以重整軍備之工業應予廢除，聯軍占領‘日本’直到一個能使人民獲得充分自由的新政府成立。

【波茲曼常數】ㄅㄛ ㄗ ㄇㄢˋ ㄔㄤˊ ㄕㄨˋ
(Boltzmann constant)‘波茲曼’氏所導引出來，有關溫度與其等效能量關係間的常數。通常用K表示，其中
$K=8.620\times10^{-5}\ eV/°K$或
$\widetilde{K}=1.381\times10^{-23}\ J/°K$。

【波茲曼關係】ㄅㄛ ㄗ ㄇㄢˋ ㄍㄨㄢ ㄒㄧˋ
(Boltzmann relationship) P型半導體中，由於空間位置上不同雜質濃度所引起的電壓降大小，與其空間之相對距離無關，祇與其彼此所在的雜質濃度有關，此種物理關係稱爲‘波茲曼’關係。用數學方式表示爲：$P_1=P_2e^{V_{21}/V_T}$，其中下標1與2代表兩處空間位置，V_T爲常溫下等效能量，V_{21}爲V_2-V_1的電位差值。

【波特蘭水泥】ㄅㄛ ㄊㄜˋ ㄌㄢˊ ㄕㄨㄟˇ ㄋㄧˊ
(Portland cement)以石灰石與黏土爲原料，按適當比例調配成泥漿後，放入水泥窯內燒至近熔融溫度，使成水泥球(又稱燒塊)，再加入少許的石膏軋碎而成。此種水泥硬化後的顏色與‘英國’‘波特蘭島’上所產的石灰石類同，故以名之。

13【波義生方程式】ㄅㄛ ㄧˋ ㄕㄥ ㄈㄤ ㄔㄥˊ ㄕˋ
(Poisson's equation)用於解電位之分布的方程式。此方程式(一度空間)爲$\frac{d^2V}{dX^2}=-\frac{\rho}{\epsilon}$。其中$\epsilon$爲材料之誘電係數(permittivity)，$\rho$爲電荷密度。由邊界條件可解此方程。

14【波爾原子模型】ㄅㄛ ㄦˇ ㄩㄢˊ ㄗˇ ㄇㄛˊ ㄒㄧㄥˊ
(Bohr's atomic model)受‘拉塞福’有核原子模型的影響，‘丹麥’科學家‘波爾’認爲原子的結構是電子環繞著原子核作軌道運行所形成的，一如行星繞日運行一般。但爲了解釋原子的穩定性問題(電子作圓周運動會輻射電磁波而逐漸失去能量，不能穩定)及光譜系問題，‘波爾’附加了兩項假設：一、電子繞原子核運行的軌道，其角動量必須是量子化的，即爲$h/2\pi$的整數倍，h爲‘蒲朗克’常數。二、電子從一軌道躍遷至另一軌道，其能量的減少會以光子的形式射出，且此光子的頻率與能量差的關係爲$\Delta E=h\nu$。‘波爾’稱滿足第一假設的軌道爲穩定態(stationary state)。根據第二假設，‘波爾’合理的解釋氫原子光譜系。因此‘波爾’原子模型，簡言之即是行星軌道模型，附加兩項假設。現代量子力學的發展，對原子結構的觀點與‘波爾’原子模型已大不相同，但‘波爾’原子模型對量子力學的發展卻頗有貢獻。

洵　ㄐㄩˋ chü^4 音屨
参洵河。

8【洵河】ㄐㄩˋ ㄏㄜˊ
也稱‘洵水’、‘錯河’。源出‘河北省’‘薊縣’北‘黃崖口’，南流經‘寶坻縣’，注入‘薊運河’。

泑　ㄧㄡ yu^1 音幽
①色澤光滑的窯器。見“正字通”。②澤名。即今‘新疆省’的‘羅布泊’。古名‘蒲昌海’。

泭　ㄈㄨˊ fu^2 音扶　又讀 ㄈㄨ fu^1 音伕
木筏。見“說文”。

泊　ㄅㄛˊ po^2 音博　又讀 ㄆㄛˋ p'o^4 音破
①湖沼。如：湖泊。②停靠；停留。如：泊舟。③恬淡；靜默無爲。④(poise)代號爲P。黏度的併用單位。等於1/10帕斯卡秒(Pa·s)。

6【泊地】ㄅㄛˊ ㄉㄧˋ
(anchorage)船舶於夜間因無法繼續領港而停靠碼頭，或爲檢查、檢疫、驗關、避風等而須暫時泊碇於非航道之水域。又稱錨地。

沿　㊀ ㄧㄢˊ yen^2 音言
也作㳂。①順水下行。見“說文”。②靠近。如：沿海。③因襲。如：相沿成習。④用線縫合或用花邊鑲衣物的邊緣。
㊁ ㄧㄢˋ yen^4 音厭
邊緣。如：河沿。

5【沿用】ㄧㄢˊ ㄩㄥˋ
襲用舊有的事物或制度。

8【沿例】ㄧㄢˊ ㄌㄧˋ
遵循舊例。

9【沿革】ㄧㄢˊ ㄍㄜˊ
沿襲和變革。多指事物變遷的歷程。

11【沿習】ㄧㄢˊ ㄒㄧˊ
因襲舊有的習俗。

22【沿襲】ㄧㄢˊ ㄒㄧˊ
因襲不變。

8【沿岸流】ㄧㄢˊ ㄢˋ ㄌㄧㄡˊ
(longshore current)波浪進入淺海區後在海岸前破碎，一部分能量向深海反射消失，另一部分留在碎波帶內壅積的水量裡，形成與海岸線平行的海水流動，此種流動稱爲沿岸流。

【沿波討源】ㄧㄢˊ ㄅㄛ ㄊㄠˇ ㄩㄢˊ
循著水流去探尋源頭。比喻探討事物的根源。

【沿泝阻絕】ㄧㄢˊ ㄙㄨˋ ㄗㄨˇ ㄐㄩㄝˊ
上下游都被阻隔，無法順利行船。

【沿門托缽】ㄧㄢˊ ㄇㄣˊ ㄊㄨㄛ ㄅㄛ
手持飯缽，挨戶乞食。

【沿岸漁業】ㄧㄢˊ ㄢˋ ㄩˊ ㄧㄝˋ
(coastal fishery)指二十噸級以下動力或無動力漁船，在我領海

十二海里以內作業經營的漁業。

泲 ㄐㄧˇ chi³ 音擠
1水名。即'濟水'。見"玉篇"。2濾除液體中的雜質。見"正字通"。

泜 ㄔˊ ch'ih² 音遲
參泜水。

4【泜水】 ㄔˊ ㄕㄨㄟˇ
在今'河北省'西南境,有二:'南泜河'出今'臨城縣'西南'敦輿山',注入'滏陽河';'北泜河'出'元氏縣'西北'封龍山',注入'槐河'。

泖 ㄇㄠˇ mao³ 音卯
湖名。參三泖。

泠 ㄌㄧㄥˊ ling² 音零
1清涼。2狀聲詞。形容聲音清脆。3輕妙。4解悟。

8【泠泠】 ㄌㄧㄥˊ ㄌㄧㄥˊ
1清涼的樣子。2形容聲音清脆。

泝 ㄙㄨˋ su⁴ 音素
本作溯。或作溯、遡。1逆流而上。見"說文"。2迎;向。有尋源推求的意思。如:泝源。

沿
沿的本字。

泒 ㄍㄨ ku¹ 音姑
古水名。在'河北省'境。見"說文"。

沴 ㄌㄧˋ li⁴ 音力
1水流不順暢。見"說文"。2指陰陽不和所造成的不順暢。見"字彙"。

泰 ㄊㄞˋ t'ai⁴ 音太
1至極。同太。見"字彙"。2過;甚。同太。如:泰半。3"易"卦名。六十四卦之一。乾下坤上。4通暢;順利。如:否極泰來。5姓。'漢'有'泰史林'。見"萬姓統譜·九七"。

泰卦圖

3【泰山】 ㄊㄞˋ ㄕㄢ
1位於'山東省''泰安縣'北。高1,545公尺,山上多勝景。爲我國五嶽之一,稱東嶽。2岳父。稱岳父爲泰山,相傳有二說:一因'泰山'上有'丈人峰',故稱。一因'唐玄宗'封於'泰山',三公以下的百官都升一階,但封禪使'張說'的女婿'鄭鎰'自九品驟升爲五品,時人說:「此'泰山'之力也。」後因稱妻父爲泰山。見"酉陽雜俎·前集·語資"。

4【泰斗】 ㄊㄞˋ ㄉㄡˇ
泰山和北斗。古人認爲'泰山'在五嶽中最高,北斗在眾星中最亮,因以比喻眾所崇仰的人。

【泰水】 ㄊㄞˋ ㄕㄨㄟˇ
舊時對岳母的尊稱。

5【泰半】 ㄊㄞˋ ㄅㄢˋ
超過一半。

6【泰西】 ㄊㄞˋ ㄒㄧ
極西。'明''清'時多指'歐''美'各國。

10【泰拳】 ㄊㄞˋ ㄑㄩㄢˊ
'泰國'的拳術。比賽雖用手套,但可用肘、膝及足攻擊對方。採五回合制,賽前先跪地祈禱,並向教練致敬,然後起立舞蹈,方可開始比賽。

11【泰國】 ㄊㄞˋ ㄍㄨㄛˊ
(Thailand) 居'中南半島'中央的著名佛教國,為'南洋'地區'華'僑最多國。舊稱'暹羅' (Siam)。面積51.4萬方公里,人口6,544.0萬(2005年),首都'曼谷'。'昭披耶河'上游盛產柚木,'清邁' (Chiang Mai)爲集散中心;下游三角洲盛產水稻,爲世界最大出口國。東部高原產玉米、棉花。南部半島廣植橡膠,居全球第三。'普吉島' (Phuket Is.) 爲錫礦開採中心。藍寶石世界聞名。利用大象搬運柚木,號稱「白象之國」。

12【泰雅】 ㄊㄞˋ ㄧㄚˇ
'臺灣'原住民的一族。分布在'臺北縣''烏來'、'南投縣''埔里'至'花蓮縣'西北的廣大山地。人口約6.6萬。營農業生活,間或兼事漁獵。原信仰泛靈,近來信奉'耶穌'的教徒日眾。

【泰然】 ㄊㄞˋ ㄖㄢˊ
安詳閒適的樣子。

4【泰戈爾】 ㄊㄞˋ ㄍㄜ ㄦˇ
(Rabindranath Tagore, 1861～1941) '印度'詩人、小說家、散文家。在哲學思想與文學上都有卓越的成就。詩歌清新而具有民族色彩,小說及散文中對鄉野的生活多所描繪,而對政治與社會問題也投注相當的關心。作品包括詩、散文、劇本,而以詩的成就最大。西元1913年獲得'諾貝爾'文學獎。

泰戈爾像

7【泰利斯】 ㄊㄞˋ ㄌㄧˋ ㄙ
(Thales,前624?～前548?) '希臘''愛奧尼亞' (Ionian) 哲學學派之祖。生於'小亞細亞'。精通天文與數學,曾預測西元前585年5月28日的月蝕。認爲水是萬物的原始物質,地是個浮在動搖的水上之平面體。

3【泰山其頹】 ㄊㄞˋ ㄕㄢ ㄑㄧˊ ㄊㄨㄟˊ
比喻所尊敬仰望的人逝世。

【泰山鴻毛】 ㄊㄞˋ ㄕㄢ ㄏㄨㄥˊ ㄇㄠˊ
比喻輕重懸殊。

【泰山壓卵】 ㄊㄞˋ ㄕㄢ ㄧㄚ ㄌㄨㄢˇ
比喻以巨大的形勢壓制弱小,弱小者必被毀滅。

【泰山壓頂】 ㄊㄞˋ ㄕㄢ ㄧㄚ ㄉㄧㄥˇ
'泰山'壓在頭上。比喻壓力強大,情勢危急。

8【泰阿倒持】 ㄊㄞˋ ㄜ ㄉㄠˋ ㄔˊ
把泰阿劍的劍柄遞給對方。比喻毀己利敵或授權予人。

11【泰勒級數】 ㄊㄞˋ ㄌㄜˋ ㄐㄧˊ ㄕㄨˋ
(Taylor's series)函數 $f(x)$ 在 a 點附近可記作 $(x-a)$ 的收斂冪級數,則 $f(x)=b_0+b_1(x-a)+b_2(x-a)^2+\cdots\cdots+b_k(x-a)^k+\cdots\cdots$,而各係數可由逐次的微分而得 $b_0=f(a)$; $b_1=f'(a)$;

$b_2=f''(a)/2!$；……；$b_k=f^{(k)}(a)/k!$；……。换言之，作 $f(x)=f(a)+f'(a)(x-a)+f''(a)\frac{(x-a)^2}{2!}+\cdots+f^{(k)}(a)\frac{(x-a)^k}{k!}+\cdots$，此式稱爲解析函數 f 於 a 點的‘泰勒’級數。

【泰晤士河】 ㄊㄞˋ ㄨˋ ㄕˋ ㄏㄜˊ
(Thames R.)‘英格蘭’(England)最長、最主要的河川。源於‘科茲窩山’(Cotswold Hills)，經‘倫敦盆地’注入‘北海’。全長346公里。大潮時大型海輪可直抵‘倫敦’碼頭。

12【泰然自若】 ㄊㄞˋ ㄖㄢˊ ㄗˋ ㄖㄨㄛˋ
安恬閒適；悠游從容。

泵 ㄅㄥˋ pêng⁴ 音堋
(pump)又稱幫浦或唧筒。利用外界提供之能量轉變爲機械能，以提高液體之壓力高差，達到推動流體或升舉液體目的的裝置。可分爲往復泵、離心泵、旋泵與特殊泵四大類。

泉 ㄑㄩㄢˊ ch'üan² 音全
①水源。見“說文”。②地下水面和地面交切，使地下水自接觸處自然湧流出地表即成爲泉。有溫泉、間歇泉、礦泉等。③黃泉；地下。古稱人死後所到的冥間。如：九泉。④古稱錢幣。如：泉布。⑤姓。‘北周’有‘泉仚’。見“北史·泉仚傳”。

3【泉下】 ㄑㄩㄢˊ ㄒㄧㄚˋ
黃泉之下。指人死後所往處。

11【泉眼】 ㄑㄩㄢˊ ˙ㄧㄢ
指泉水所湧出的洞穴。

14【泉幣】 ㄑㄩㄢˊ ㄅㄧˋ
我國貨幣、錢幣的舊稱。

6

洝 ㄢˋ an⁴ 音按
溫水；熱水。見“說文”。

洨 ㄒㄧㄠˊ hsiao²
參洨河。

8【洨河】 ㄒㄧㄠˊ ㄏㄜˊ
源出‘河北省’西部‘獲鹿縣’西南的‘井陘山’，是‘滏陽河’上源支流之一。

洲 ㄓㄡ chou¹ 音周
①指大洋底的小區域隆起地形。本作州。有的對海上航行船隻構成危險，但亦爲鰹鮪魚類的良好漁場。②地球上大陸區劃名。如：‘亞洲’。

洋 ㄧㄤˊ yang² 音羊
(ocean)①面積遼闊，鹽度維持一定，具有獨自潮汐與洋流的大海。如：‘太平洋’。②俗稱外國。如：洋貨。③我國銀幣自‘墨西哥’傳入，故稱銀幣爲洋錢，簡稱洋；並稱一圓銀幣爲大洋。④盛大、眾多的樣子。如：洋洋大觀。

4【洋化】 ㄧㄤˊ ㄏㄨㄚˋ
被西洋所同化。通常指改變自己的思想觀念、生活習俗等，以迎合西洋的潮流。

6【洋行】 ㄧㄤˊ ㄏㄤˊ
①外國人在我國所開設的公司行號。②進口外國貨品的公司行號。

9【洋洋】 ㄧㄤˊ ㄧㄤˊ
①廣大的樣子。②盛大的樣子。③眾多的樣子。④得意的樣子。

【洋流】 ㄧㄤˊ ㄌㄧㄡˊ
(ocean current) 海洋水大規模作定向水平流動，稱爲洋流。洋流的發生，主要與行星風系的盛行風有關，盛行風長期吹送洋面，因摩擦應力引發海水成大股的流動。而洋流和海水密度、海陸地形和地球自轉等因素也有關。就其熱力性分，有暖流、涼流和寒流三種，對其所經地區的氣溫和雨量影響很大。

11【洋務】 ㄧㄤˊ ㄨˋ
舊稱與外國交涉或模仿西洋科技的事務。

【洋彩】 ㄧㄤˊ ㄘㄞˇ
‘清代’模倣西洋畫的彩繪瓷器。多於白瓷器表繪飾西洋人物、風景，並使用西洋畫的彩色法及陰影法等技巧。紋飾纖毫畢現，十分精緻。

12【洋裁】 ㄧㄤˊ ㄘㄞˊ
西洋剪裁衣服的方式。今泛指縫紉或裁衣技術。

【洋菜】 ㄧㄤˊ ㄘㄞˋ
指從石花菜、龍鬚菜等海藻類中提煉出來的凝膠質。可作爲各種食品的塡加物。

13【洋溢】 ㄧㄤˊ ㄧˋ
充滿而表現於外。

15【洋蔥】 ㄧㄤˊ ㄘㄨㄥ
玉蔥的別稱。參玉蔥。

10【洋涇浜】 ㄧㄤˊ ㄐㄧㄥ ㄅㄤ
(pidgin)由兩種語文的接觸而產生的一種比較簡單的輔助性語文。這種語文在文法上是兩種語文特色的綜合，發音常與兩者有很大的差異。洋涇浜一詞可能是⌊必斯諾斯⌉(business 生意)訛誤發音而形成。舊時‘上海’租界及其他港口，因‘華’、洋人雜處，語言相混，所以稱不純正或雜有‘中國’語文的‘英’語爲洋涇浜‘英’文(pidgin English)。而今此詞並廣泛用來指遠東、‘美拉尼西亞’(Melanesia)或西‘非’等與‘英’‘美’人士交往的地區，所使用帶有與當地語文混雜的‘英’文。

9【洋洋大觀】 ㄧㄤˊ ㄧㄤˊ ㄉㄚˋ ㄍㄨㄢ
①形容事物的規模盛壯宏大。②指長篇大作。

【洋洋得意】 ㄧㄤˊ ㄧㄤˊ ㄉㄜˊ ㄧˋ
形容滿足得意的樣子。

【洋洋灑灑】 ㄧㄤˊ ㄧㄤˊ ㄙㄚˇ ㄙㄚˇ
形容文詞美好而流暢。今多指文章很長。也作洋洋纚纚。

洴 ㄆㄧㄥˊ p'ing² 音瓶
或作洴。漂洗。見“字彙”。

洣 ㄇㄧˇ mi³ 音米
參洣水。

4【洣水】 ㄇㄧˇ ㄕㄨㄟˇ
即‘茶陵江’。一名‘泥水’。源出‘湖南省’‘桂東’‘酃’二縣間的‘屛水山’，至‘衡山縣’東南注入‘湘水’。

洭 ㄎㄨㄤ k'uang^1 音匡
參洭水。

4【洭水】ㄎㄨㄤ ㄕㄨㄟˇ
又名‘湟水’、‘桂水’。即今‘廣東省’的‘連江’。源出‘湖南省’‘郴縣’，南流入‘廣東省’境，至‘英德’‘連江’口入‘北江’。

洟 ㄧˊ i^2 音夷
鼻涕。見“說文”。

津 ㄐㄧㄣ chin^1 音今
①渡口。見“說文”。②汁液；口水。如：津液。③潤澤。如：津潤。④‘天津’的簡稱。

9【津要】ㄐㄧㄣ ㄧㄠˋ
也作要津。①渡口要地；交通要道。②比喻關鍵要旨。③比喻重要官位。

11【津液】ㄐㄧㄣ ㄧㄝˋ
泛指人體中的一切體液及其代謝產物。溫養肌肉皮膚的爲津，流而不行的爲液。

【津梁】ㄐㄧㄣ ㄌㄧㄤˊ
①橋梁。②指起橋梁作用的事物。

12【津渡】ㄐㄧㄣ ㄉㄨˋ
①渡口。②渡河。

【津貼】ㄐㄧㄣ ㄊㄧㄝ
正薪以外的財物補助。

【津筏】ㄐㄧㄣ ㄈㄚˊ
在渡口載人的木筏。多比喻爲開導或指引人的門徑。

15【津潤】ㄐㄧㄣ ㄖㄨㄣˋ
滋養潤澤。

9【津津有味】ㄐㄧㄣ ㄐㄧㄣ ㄧㄡˇ ㄨㄟˋ
很有味道的樣子。形容食物好吃或說話有趣。

【津津樂道】ㄐㄧㄣ ㄐㄧㄣ ㄌㄜˋ ㄉㄠˋ
充滿趣味而樂於講述。

洔 ㄓˇ chih^3 音止
①水稍溢出即止。見“說文”。②水中的小陸地。同沚。見“廣韻”。

洼 ㊀ ㄨㄚ wa^1 音哇
①深池。如：洼池。②土地低下。見“正字通”。
㊁ ㄍㄨㄟ kuei^1 音圭
姓。‘漢’有‘洼丹’。見“廣韻”。

浪 ㄧㄣˊ yin^2 音銀
邊岸。也作垠。見“玉篇”。

洹 ㄏㄨㄢˊ huan^2 音環 又讀 ㄩㄢˊ yüan^2 音元
參洹水。

4【洹水】ㄏㄨㄢˊ ㄕㄨㄟˇ
發源於今‘河南省’‘林慮山’。今名‘安陽河’。東流經‘內黃縣’西北，注入‘衛河’。

洒 ㊀ ㄒㄧˇ hsi^3 音洗
洗滌。今通作洗。見“說文”。
㊁ ㄙㄚˇ sa^3 音灑
水分散落下。通灑。如：洒掃。
㊂ ㄒㄧㄢˇ hsien^3 音顯
①肅敬的樣子。見“集韻”。②詫異的樣子。
㊃ ㄘㄨㄟˇ ts'ui^3 音璀
高峻的樣子。見“字彙”。

11【洒掃】ㄙㄚˇ ㄙㄠˇ
灑水清掃汙穢。引申爲肅清。

12【洒然】㊀ ㄙㄚˇ ㄖㄢˊ
①雨水灑下的樣子。②舉止自然，不受羈束。
㊁ ㄒㄧㄢˇ ㄖㄢˊ
①肅敬的樣子。②詫異的樣子。③寒冷發抖的樣子。

洱 ㄦˇ êrh^3 音耳
參洱水。

4【洱水】ㄦˇ ㄕㄨㄟˇ
發源於今‘河南省’‘內鄉縣’北的‘熊耳山’。東南流經‘南召縣’西，注入‘淯水’。

洪 ㄏㄨㄥˊ hung^2 音紅
①大水。如：山洪。②大。如：洪福。③姓。‘宋’有‘洪皓’。見“宋史·洪皓傳”。

4【洪元】ㄏㄨㄥˊ ㄩㄢˊ
道教稱天地最初開闢的狀況。

【洪水】ㄏㄨㄥˊ ㄕㄨㄟˇ
(flood)河流水量增加，使水位增高到河道無法容納而溢出河岸向沿岸地帶氾濫的現象。其發生原因，通常以暴雨居多，其他諸如河川的解冰、春初融雪等也可形成洪水。

8【洪河】ㄏㄨㄥˊ ㄏㄜˊ
古名‘澺水’。源出‘河南省’‘方城縣’東北‘伏牛山’。南流，至‘新蔡縣’會‘南汝水’，東南流入‘淮河’。

【洪門】ㄏㄨㄥˊ ㄇㄣˊ
‘天地會’分派‘哥老會’的正支。爲‘清代’反‘清’復‘明’的祕密結社。‘太平天國’敗亡後始稱此名。

【洪昇】ㄏㄨㄥˊ ㄕㄥ
(1645～1704)‘清’‘錢塘’(今‘浙江’‘杭縣’)人，字‘昉思’，號‘稗村’(一作‘稗畦’)。工詩，尤善作曲。作品甚多，以“長生殿傳奇”最有名。另有“稗畦集”、“嘯月樓集”。

9【洪流】ㄏㄨㄥˊ ㄌㄧㄡˊ
大水流。

【洪洞】ㄏㄨㄥˊ ㄊㄨㄥˊ
縣名。在‘山西省’‘臨汾盆地’北部。

【洪軌】ㄏㄨㄥˊ ㄍㄨㄟˇ
大法。

10【洪拳】ㄏㄨㄥˊ ㄑㄩㄢˊ
拳術名。有南北兩派，北派又名紅拳，有大、小‘洪’拳之分；南派爲‘少林’拳派之一，手法多而腿法少，拳勢剛勁有力。

【洪荒】ㄏㄨㄥˊ ㄏㄨㄤ
混沌不分的狀態。指遠古未開化的時代。

【洪脈】ㄏㄨㄥˊ ㄇㄛˋ
脈象的一種。指脈搏如波濤洶湧，但來勢旺盛而去時略衰。若見於虛勞、失血、泄瀉等病，即病勢仍在發展；若在病後久虛的病患，則是轉危的徵兆。

11【洪規】ㄏㄨㄥˊ ㄍㄨㄟ
偉大的規模。

13【洪福】ㄏㄨㄥˊ ㄈㄨˊ
大福。

17【洪濤】ㄏㄨㄥˊ ㄊㄠˊ
巨大的波浪。

【洪邁】ㄏㄨㄥˊ ㄇㄞˋ
(1123～1202)‘宋’‘鄱陽’(今‘江西’‘鄱陽’)人，字‘景盧’，號‘容齋’。‘紹與'進士,曾出使'金國',官至'端明殿'學士。學極精博,尤熟'宋代'掌故。著有"容齋隨筆"五集、"夷堅志"等。

7【洪秀全】 ㄏㄨㄥˊ ㄒㄧㄡˋ ㄑㄩㄢˊ
(1814~1864)'廣東''花縣'人,本名'仁坤'。創立拜上帝會,'道光'三十年(1851)十二月於'廣西''桂平'起義,建國號'太平天國',自稱'天王',定都'金陵'(今'南京市'),號'天京'。

洪秀全像

下令改行陽曆、廢科舉、禁纏足等,規模遍及十六省。後因諸將互相猜忌,人心渙散,加以'曾國藩'、'左宗棠'有力的征討,終於'同治'三年(1864)爲'曾國荃'所破,六月,'洪秀全'服毒自殺,'太平天國'歷十四年而亡。

8【洪炎秋】 ㄏㄨㄥˊ ㄧㄢˊ ㄑㄧㄡ
(1902~1980)'臺灣''彰化'人,原名'槱',以字行。'北京大學'畢業。曾在'北平'、'中國'等大學任教。'臺灣'光復後,任'臺中師範學校'校長、'臺灣省''國語推行委員會'副主任委員、'國語日報'社長、立法委員。對於推行國語運動,貢獻極大。

【洪承疇】 ㄏㄨㄥˊ ㄔㄥˊ ㄔㄡˊ
(1593~1665)'福建''南安'人,字'彥演',號'亨久'。'明'末爲'薊''遼'總督,與'清'軍大戰於'松山'(今'遼寧''錦縣'南),兵敗被俘,降'清'。隨'清'將'多爾袞'領兵入關,在'南京'總督軍務,官至'武英殿'大學士、七省經略。

4【洪水平原】 ㄏㄨㄥˊ ㄕㄨㄟˇ ㄆㄧㄥˊ ㄩㄢˊ
(flood plain)在洪水或高水位期間,由於河川之沈積作用,在河谷間形成的一較平廣之地。

【洪水猛獸】 ㄏㄨㄥˊ ㄕㄨㄟˇ ㄇㄥˇ ㄕㄡˋ
指禍害極大的事物。

【洪水預報】 ㄏㄨㄥˊ ㄕㄨㄟˇ ㄩˋ ㄅㄠˋ
(flood forecast)結構物預防洪災的方法之一。亦可供作水庫操作的資料。可分爲:一、瞬時單位歷線法:以超出雨量、流域面積、瀦蓄常數、流域係數等計算出洪峰量。二、洪流定跡法:利用進流量推算出流量,以流體力學的連續方程式及運動方程式等爲基礎估算。三、瀦蓄函數法:著眼於降雨及逕流間之連續條件,而考慮逕流爲非線性現象來處理估算。

9【洪流定跡】 ㄏㄨㄥˊ ㄌㄧㄡˊ ㄉㄧㄥˋ ㄐㄧ
(flood routing)河川流量預報的重要方法之一。由上游已知的進水量藉渠道水力學理論,加以計算而推得下游流出口的流量,如此一段一段的推算可得洪水平原地區的水位,此即洪流定跡。由於得到上游的水位資料而能預測下游低地是否淹水的預告,故對低地之防洪滅洪有很大功用。

12【洪喬之誤】 ㄏㄨㄥˊ ㄑㄧㄠˊ ㄓ ㄨˋ
指遺失信件。'晉'人'殷羨',字'洪喬',曾將人託帶的百餘件書信投於水中。世人遂稱信件遺失爲「付諸洪喬」或「洪喬之誤」。

13【洪福齊天】 ㄏㄨㄥˊ ㄈㄨˊ ㄑㄧˊ ㄊㄧㄢ
福氣之大,與天等齊。

16【洪憲帝制】 ㄏㄨㄥˊ ㄒㄧㄢˋ ㄉㄧˋ ㄓˋ
二次革命失敗後,'袁世凱'亟謀稱帝。'民國'四年,'袁'氏授意總統府顧問'楊度'等組織'籌安會',鼓吹帝制,僞造民意,向'參政院'呈遞變更國體請願書,要求變更國體,擁戴'袁世凱'爲'中華帝國'皇帝,改次年爲'洪憲'元年,史稱'洪憲'帝制。帝制在全國人民堅決反對下,歷時八十三天即告終止。

流 ㄌㄧㄡˊ liu² 音留

①水或液體移動。如:細水長流。②轉移;變動。如:流變。③傳布;播散。如:流芳百世。④分支;派別。如:流派。⑤品類。如:第一流。⑥古五刑之一。發遣罪人到遠方。如:流'共工'于'幽州'。⑦無根據的。如:流言。

3【流亡】 ㄌㄧㄡˊ ㄨㄤˊ
逃亡。

4【流火】 ㄌㄧㄡˊ ㄏㄨㄛˇ
①指農曆七月。②指發生在小腿部的丹毒症。③風痺的別名。以其痛無定處,到處流竄而得名。

【流水】 ㄌㄧㄡˊ ㄕㄨㄟˇ
①流動的水。②比喻迅速。③商店日常的營業收入。

5【流布】 ㄌㄧㄡˊ ㄅㄨˋ
流傳;流通散布。

【流矢】 ㄌㄧㄡˊ ㄕˇ
不知從何處射來的箭。

6【流冰】 ㄌㄧㄡˊ ㄅㄧㄥ
(drift ice)指南、北極地冰河漂流出河口的大小冰山,經過海水衝擊破裂,隨流漂浮海上的冰塊。

【流光】 ㄌㄧㄡˊ ㄍㄨㄤ
①流傳久遠。②指時光。因時光流逝快速,故稱。③指月光。④耀動的光。

【流年】 ㄌㄧㄡˊ ㄋㄧㄢˊ
①流逝的光陰。②算命的人稱人一年間所行的時運。

【流行】 ㄌㄧㄡˊ ㄒㄧㄥˊ
①流傳;傳布。②眾人在某一時期的共同愛好和風尙。

7【流沙】 ㄌㄧㄡˊ ㄕㄚ
①指沙漠。②(quicksand)厚積的鬆沙和軟泥。富含水分,構成承載力甚小的地面,人畜踏入此地,因承受力弱,會愈陷愈深,常有沒頂的危險。

【流言】 ㄌㄧㄡˊ ㄧㄢˊ
①謠言;沒有根據的話。②散布謠言。

【流別】 ㄌㄧㄡˊ ㄅㄧㄝˊ

①水流岔分。②指文章學術的淵源和派別。

【流利】 ㄌㄧㄡˊ ㄌㄧˋ
流動暢達而不凝滯。

8【流注】 ㄌㄧㄡˊ ㄓㄨˋ
流通注入。

【流氓】 ㄌㄧㄡˊ ㄇㄤˊ
俗稱沒有正當職業的人。主要有一、擅組、主持、操縱或參與破壞社會秩序,危害他人生命、身體、自由、財產之組織者。二、非法製造、販賣、運輸、持有槍彈、爆裂物或其他兇器者。三、霸占地盤、敲詐、勒索、強迫買賣、白吃白喝、要挾滋事、欺壓善良或爲其幕後操縱者。四、經營、操縱職業性賭場,私設娼寮妓館,誘逼善良婦女爲娼,爲賭場、娼寮、妓館保鏢或恃強爲人逼討債務者。五、品行惡劣或遊蕩無賴,而有破壞社會秩序或危害他人生命、身體自由、財產之習慣者。

【流放】 ㄌㄧㄡˊ ㄈㄤˋ
將犯人放逐到邊遠地區服勞役。

【流毒】 ㄌㄧㄡˊ ㄉㄨˊ
傳布毒害。

【流明】 ㄌㄧㄡˊ ㄇㄧㄥˊ
(lumen) 代號爲 lm。度量衡導出單位中之光通量(光束)單位。一流明爲由一燭光均勻光強度的點光源,所放射於一立弳的立體角範圍內的光通量。

9【流派】 ㄌㄧㄡˊ ㄆㄞˋ
①河川的支流。②指學術或技藝的派別。

【流星】 ㄌㄧㄡˊ ㄒㄧㄥ
①外太空飛進地球大氣層內的固體。因與大氣摩擦而會發光。②形容非常迅速。

【流品】 ㄌㄧㄡˊ ㄆㄧㄣˇ
派別;等第。多指人的社會地位。

【流風】 ㄌㄧㄡˊ ㄈㄥ
前代流傳下來的好風氣。

10【流配】 ㄌㄧㄡˊ ㄆㄟˋ
把犯人流放發配到遙遠荒僻的地方。

11【流寇】 ㄌㄧㄡˊ ㄎㄡˋ
到處流動作亂的盜匪。

【流涎】 ㄌㄧㄡˊ ㄒㄧㄢˊ
流口水。比喻渴望得到。

【流產】 ㄌㄧㄡˊ ㄔㄢˇ
(abortion) 俗稱小產。因自發性或經由人爲誘導作用,致胎兒在未有獨立生活能力前排出母體。可因激素分泌不正常、藥物服用或處理不當、疾病虛弱或受傷而引起,通常發生於懷孕後的前二十週。人爲而有意的流產又稱墮胎或打胎。

【流連】 ㄌㄧㄡˊ ㄌㄧㄢˊ
①依戀而捨不得離開的樣子。②落淚的樣子。③離散;流離。

【流速】 ㄌㄧㄡˊ ㄙㄨˋ
(discharge velocity) 水流經過一透水介質時,流經垂直於流向之單位總面積的流量。即流速 $V=\frac{q}{A}$,式中 q 表流量,A 表流通之總面積,包括固體土粒與空隙所占之面積。

【流域】 ㄌㄧㄡˊ ㄩˋ
(drainage basin) 水系內整個集水的區域。一個完整的流域內,可能包含若干個小流域,特稱爲集水區。一個流域僅有唯一的排水口,且以分水嶺與相鄰流域爲界。例如'淡水河'水系有'大漢溪'、'新店溪'、'基隆河'三個集水區,合組而成'淡水河'流域。

【流逝】 ㄌㄧㄡˊ ㄕˋ
迅速消失。

【流通】 ㄌㄧㄡˊ ㄊㄨㄥ
流暢通達而無阻礙。

【流徙】 ㄌㄧㄡˊ ㄒㄧˇ
①到處遷移,沒有固定住處。②把犯人放逐到偏遠地方。

12【流寓】 ㄌㄧㄡˊ ㄩˋ
旅居外地。

【流量】 ㄌㄧㄡˊ ㄌㄧㄤˋ
①(discharge)一條河川在某一地點上,單位時間通過河川橫剖面的水量。通常以每秒立方公尺(*cms*)或每秒立方呎(*cfs*)示之。由流量的變化可觀察該地的年中洪水期和枯水期變化。②車輛經過的數量。

【流程】 ㄌㄧㄡˊ ㄔㄥˊ
水流經過的路線。今多指工商品製作或事務處理的各項過程。

13【流裔】 ㄌㄧㄡˊ ㄧˋ
①末流。②後代子孫。

【流當】 ㄌㄧㄡˊ ㄉㄤˋ
典當物品而過期不贖。

【流落】 ㄌㄧㄡˊ ㄌㄨㄛˋ
困居他鄉,潦倒不得志。

【流賊】 ㄌㄧㄡˊ ㄗㄟˊ
聚集黨徒,到處流動掠奪的盜賊。

14【流弊】 ㄌㄧㄡˊ ㄅㄧˋ
①相沿的弊病。②所造成的弊病。

15【流彈】 ㄌㄧㄡˊ ㄉㄢˋ
射擊時,逸出目標區而竄飛的子彈或砲彈。

【流線】 ㄌㄧㄡˊ ㄒㄧㄢˋ
(streamline) 流體流動時,各流體質點所依循前進的線。不同的流體質點流過流線的任一點,在該點均具有相同的速度時,則稱爲穩流。流體質點在該點的速度方向爲該點對流線的切線方向。

【流質】 ㄌㄧㄡˊ ㄓˋ
液體的物質。

16【流蕩】 ㄌㄧㄡˊ ㄉㄤˋ
①流動飄蕩。②流離飄泊。③閒遊放蕩,不務正業。

18【流竄】 ㄌㄧㄡˊ ㄘㄨㄢˋ
①把罪人放逐到偏遠地方。②到處逃亡奔竄。

19【流離】 ㄌㄧㄡˊ ㄌㄧˊ
①流亡離散。②淚水淋漓的樣子。③水晶的一種。參琉璃①。

20【流蘇】 ㄌㄧㄡˊ ㄙㄨ
位於衣物、飾品緣邊成排懸垂的線段、繩帶、穗子或珠串等裝飾;有時亦以布料拆成的鬚邊,或者剪成細條狀的布料、皮革緣飾等爲之。可增加襬緣的重量,使衣物呈美好懸垂狀。

21【流鶯】ㄌㄧㄡˊ ㄧㄥ
1鳴聲圓轉動聽的黃鶯。2俗稱流動不定的私娼。

【流覽】ㄌㄧㄡˊ ㄌㄢˇ
廣泛地觀賞。

23【流變】ㄌㄧㄡˊ ㄅㄧㄢˋ
變動;變遷。

【流體】ㄌㄧㄡˊ ㄊㄧˇ
(fluids) 液體與氣體同樣容易變形,故運動方式相似,合稱為流體。靜止流體中任意平面兩側的作用力必與該平面垂直、方向相反,即只有壓力的作用。但流體在運動時由於黏性,常產生切應力。爲簡單起見,流體力學中常假設無切應力產生的流體稱理想流體。流體的密度變化可忽略不計者,稱爲不可壓縮流體;須考慮者,稱爲可壓縮流體。通常液體被視爲不可壓縮流體,氣體則爲可壓縮流體。

4【流水步】ㄌㄧㄡˊ ㄕㄨㄟˇ ㄅㄨˋ
太極拳活步推手所用步法。走時上身保持正直,兩腳微曲,以小步幅快速進退,以保持重心平穩。

【流水席】ㄌㄧㄡˊ ㄕㄨㄟˇ ㄒㄧˊ
客人隨到隨入席,並且隨即上菜,不限定桌數、客人數的宴客方式。通常見於民間拜拜。

【流水帳】ㄌㄧㄡˊ ㄕㄨㄟˇ ㄓㄤˋ
記載每日收支情況的帳簿。

6【流行病】ㄌㄧㄡˊ ㄒㄧㄥˊ ㄅㄧㄥˋ
1(epidemic disease) 指病人人數眾多的疾病。包括常見的傳染病及非傳染性疾病。例如癌症、狹心症、中風、糖尿病都是現代的流行病,但非傳染病;乙型肝炎在我國是很常見的傳染病,也是一種流行病。2指盛行一時的不良風尚。

8【流函數】ㄌㄧㄡˊ ㄏㄢˊ ㄕㄨˋ
(stream function) 流體流經兩點之間的流通量。如其中一點爲固定,另一點爲移動,則流經此兩點之流通量爲另一點之位置函數。在二維非擴散流體流動中,流函數之值爲常數時,即定義爲一流線。

9【流星體】ㄌㄧㄡˊ ㄒㄧㄥ ㄊㄧˇ
(meteoroid) 太空中圍繞太陽運行的微塵和固體物質。其質量可能小如塵粒,也可能重至千噸。絕大部分的流星體在闖入地球大氣層時與空氣分子、原子碰撞,產生熱能而使本體氣化。只有大而堅實的流星體才會有固體物質剩下,墜落地面而成隕石。

11【流通量】ㄌㄧㄡˊ ㄊㄨㄥ ㄌㄧㄤˋ
(flux) 單位時間單位面積通過之量。例如質量通量、熱通量等。

12【流量表】ㄌㄧㄡˊ ㄌㄧㄤˋ ㄅㄧㄠˇ
(flow meter)測量氣體或液體流量的儀器。可用以測量一點之速度、平均速度或質量流動率。種類很多,如根據'文'氏(Venturi)管測壓力降原理、自由旋轉渦輪測轉速原理、'皮'氏(Pitot)管測動靜壓原理等而製成者。

【流程圖】ㄌㄧㄡˊ ㄔㄥˊ ㄊㄨˊ
(flow chart)以圖形符號表示運算或處理的過程及各步驟之間的關係。常使用於電腦系統或程式之設計。使用流程圖之優點包括:一、可清楚地表示問題的處理過程,便於分析與瞭解;二、可幫助程式之編寫,並作爲程式設計之註解或說明文件;三、可提高設計之效果等。

23【流體流】ㄌㄧㄡˊ ㄊㄧˇ ㄌㄧㄡˊ
(fluid flow)流體流動稱流體流。有許多型式:一、均勻流:每一流體質點的流速均相同且穩定。二、定量流:流體中各質點的流速相對於一固定坐標系統係爲固定,而與時間無關。三、旋轉流:具渦流性無法利用速度能量函數描述。四、片流:連續進行的各流體質點循規則路徑進行。五、紊流:連續行的各流體質點之運動無規則路徑可循。

2【流入河川】ㄌㄡˊ ㄖㄨˋ ㄏㄜˊ ㄔㄨㄢ
(influent stream) 當地水抽用大過其自然地水流量,爲保持其自然的平衡,可在河溪作堰蓄水,使其入滲面積增加,以補注地水水源,該河溪即稱爲流入河川。

3【流亡政府】ㄌㄧㄡˊ ㄨㄤˊ ㄓㄥˋ ㄈㄨˇ
被侵略並占領的國家,其政府遷往他國繼續行政者,稱爲流亡政府。如第二次世界大戰期間,'歐洲'被'軸心國'占領的政府多在國外繼續行使其政府權力,並獲多數國承認,如'法國'、'波蘭'等。

【流土狀況】ㄌㄧㄡˊ ㄊㄨˇ ㄓㄨㄤˋ ㄎㄨㄤˋ
(quick condition) 土壤因滲流水的作用引致有效應力趨於零,使土粒有被滲流水沖動的現象。上述情形當土壤是砂土時,稱爲流砂;若爲黏土時,則稱流黏土。

4【流水不腐】ㄌㄧㄡˊ ㄕㄨㄟˇ ㄅㄨˋ ㄈㄨˇ
流動的水流不會腐臭。

【流水環境】ㄌㄧㄡˊ ㄕㄨㄟˇ ㄏㄨㄢˊ ㄐㄧㄥˋ
(fluvial water environment) 向一定方向流動之陸中流水。包括溪流、江河等。

7【流沙墜簡】ㄌㄧㄡˊ ㄕㄚ ㄓㄨㄟˋ ㄐㄧㄢˇ
近人'羅振玉'、'王國維'編訂,三卷,又"考釋"三卷。'清''光緒'間,'英'人'斯坦因'(Mark Aurel Stein)從我國'羅布泊'、'和闐'、'敦煌'等地,盜走大批'漢''魏''晉代'遺留的木簡,其內容多爲屯戍簿錄、古字書、公文、案卷、信札等,珍藏於'倫敦''英國博物院',後'法'人'沙畹'(Edouard Chavannes)加以考釋,並將稿本寄給'羅''王'二氏。此書即據其稿本重新考訂而成。

【流言蜚語】ㄌㄧㄡˊ ㄧㄢˊ ㄈㄟ ㄩˇ

指沒有根據的謠言謗語。

8【流性滑動】ㄌㄧㄡˊ ㄒㄧㄥˋ ㄏㄨㄚˊ ㄉㄨㄥˋ
(flow slide)土壤由於水分太多,在斜坡上呈現流動狀態的滑動,且其滑動面不明確的現象。

【流芳百世】ㄌㄧㄡˊ ㄈㄤ ㄅㄞˇ ㄕˋ
美好的名聲永遠流傳於後代。

【流金焦土】ㄌㄧㄡˊ ㄐㄧㄣ ㄐㄧㄠ ㄊㄨˇ
金溶土焦。比喻天氣酷熱乾旱。

【流金鑠石】ㄌㄧㄡˊ ㄐㄧㄣ ㄕㄨㄛˋ ㄕˊ
鎔化金石。比喻天氣酷熱。

9【流星掣電】ㄌㄧㄡˊ ㄒㄧㄥ ㄔㄜˋ ㄉㄧㄢˋ
流星和閃電。比喻極爲快速。也作流星掣雷。

【流星趕月】ㄌㄧㄡˊ ㄒㄧㄥ ㄍㄢˇ ㄩㄝˋ
像流星追趕月亮。比喻速度極快。

【流風餘澤】ㄌㄧㄡˊ ㄈㄥ ㄩˊ ㄗㄜˊ
流傳下來的典範和恩德。

【流風遺俗】ㄌㄧㄡˊ ㄈㄥ ㄧˊ ㄙㄨˊ
流傳於後世的美善風俗。

【流風遺韻】ㄌㄧㄡˊ ㄈㄥ ㄧˊ ㄩㄣˋ
流傳於後世的風範和趣事。也作流風餘韻。

11【流連忘返】ㄌㄧㄡˊ ㄌㄧㄢˊ ㄨㄤˋ ㄈㄢˇ
貪戀沉迷而不能離去。

【流域漏失】ㄌㄧㄡˊ ㄩˋ ㄌㄡˋ ㄕ
(drainage leakage)因流域的地質特殊,雨水下滲後不能由地水流至本流域,而沿地層傾斜流向另一流域的現象。

【流動比率】ㄌㄧㄡˊ ㄉㄨㄥˋ ㄅㄧˇ ㄌㄩˋ
(current ratio)也稱營運資金比率。指流動資產與流動負債的比率。可用以評估企業短期償債能力的強弱。

【流動負債】ㄌㄧㄡˊ ㄉㄨㄥˋ ㄈㄨˋ ㄓㄞˋ
(current liability) 指將於一年或營業週期以內(以較長者爲準),以流動資產或其他流動負債償還的債務。通常包括銀行透支、應付帳款、應付票據、應付股利、應付費用等。

12【流量歷線】ㄌㄧㄡˊ ㄌㄧㄤˋ ㄌㄧˋ ㄒㄧㄢˋ
(discharge hydrograph) 表示河川流量依時間變化的關係曲線。俗稱流量過程線。

15【流質契約】ㄌㄧㄡˊ ㄓˊ ㄑㄧˋ ㄩㄝ
約定於債權已屆清償期而未爲清償時,質物之所有權移轉於質權人之契約。流質契約不問其內容如何,均爲無效。然爲無效者,僅爲流質條款部分,除質權設定契約以流質條款爲有效條件外,質權設定契約本身仍然有效。又債權清償期屆滿後,質權人爲受清償,訂立取得質物之所有權或用拍賣以外之方法處分質物之契約,仍然有效。流質契約之禁止有一例外,即於當鋪或其他以受質爲營業者得有效地訂立流質契約。此種約定使債務人負物的有限責任,債務人如不清償債務時,縱令質物之價額,不足充償全部債額,債權人亦只能取得質物所有權;反之縱令質物之價額,超過債權額時,債權人亦無返還其超過額之義務。

18【流觴曲水】ㄌㄧㄡˊ ㄕㄤ ㄑㄩ ㄕㄨㄟˇ
古人於農曆三月上巳日聚集水邊修禊,以祓除不祥。後世沿其俗,在環曲的水邊聚飲,置酒杯於上流,隨水而下,杯停人前,即取杯飲酒。

19【流離失所】ㄌㄧㄡˊ ㄌㄧˊ ㄕ ㄙㄨㄛˇ
流浪而沒有安身的處所。

23【流體力學】ㄌㄧㄡˊ ㄊㄧˇ ㄌㄧˋ ㄒㄩㄝˊ
(fluid mechanics) 因爲流體的形狀、大小會隨容器而變且易流動,應用於剛體上之運動的力學定律已不再適用,因此必須另有一套理論,以討論流體所表現的力學效應、運動問題,此理論便是流體力學。可區分爲:一、流體靜力學(hydrostatics):研究靜止流體內部各點的壓力變化和平衡問題;二、流體動力學(hydrodynamics):研究流動流體內部各點壓力與運動速度的關係,以及流體受力所產生之現象等問題。

【流體化床】ㄌㄧㄡˊ ㄊㄧˇ ㄏㄨㄚˋ ㄔㄨㄤˊ
(fluidized bed)將氣體自填充床底部引入,當其流速達到某值時,床中之固體粒子將成懸浮狀態,且如沸騰的液體一樣在整個床中流動,而不會流出床外之裝置。其操作深受固體粒子之性質、氣體之流量、床之幾何因素影響。因具有良好之熱傳與質傳效果,廣用於流體化觸媒重組反應、乾燥等操作。

6【流行性感冒】ㄌㄧㄡˊ ㄒㄧㄥˊ ㄒㄧㄥˋ ㄍㄢˇ ㄇㄠˋ
(influenza) 流行性感冒病毒所引起的急性呼吸道傳染病。其傳染性強,傳播迅速,易造成廣大流行。起病急,有高熱、全身痠痛、頭痛、咽痛等症狀。普通三、四天便會好轉,如果嚴重而不注意,可能轉發爲肺炎等。

11【流動床焚化】ㄌㄧㄡˊ ㄉㄨㄥˋ ㄔㄨㄤˊ ㄈㄣˊ ㄏㄨㄚˋ
(fluidized bed incineration)廢棄物熱處理法的一種。使用惰性粒狀物質(如砂等),藉空氣之送入形成劇烈擾動狀,以增進熱傳導而達到廢棄物焚化的目的。

【流動性分析】ㄌㄧㄡˊ ㄉㄨㄥˋ ㄒㄧㄥˋ ㄈㄣ ㄒㄧ
(liquidity analysis)爲財務報表分析的重要項目之一。指對企業於營運過程中償還短期負債及變現能力所作的分析。

【流動保險單】ㄌㄧㄡˊ ㄉㄨㄥˋ

ㄅㄠˇ ㄒㄧㄢˇ ㄉㄢ
(floating policy)在海上貨物保險中，以預約方式在約定總保險金額範圍內，承保若干次運送貨物的保單。當每次貨物裝運時，由被保險人將船名、航程、貨物數量及保險金額，向保險人提出申報，保險人必須接受承保。保險費以預計期內投保貨物的數額而定，先行繳納，俟後結算，多退少補。也適用在火災保險中，承保不固定地區某種財物的損失。

17【流黏土滑動】 ㄌㄧㄡˊ ㄋㄧㄢˊ ㄊㄨˇ ㄏㄨㄚˊ ㄉㄨㄥˋ
(quick clay slides)又稱瓶頸式滑動。發生於流黏土河岸的坍方。通常河岸會先發生一個轉動式的滑動，隨後再接二連三地發生，形成後退式之坍方。

23【流體壓力計】 ㄌㄧㄡˊ ㄊㄧˇ ㄧㄚ ㄌㄧˋ ㄐㄧˋ
(manometer)測量密閉於容器內氣體壓力的一種裝置。係一彎曲玻璃管，管之兩臂間附一標尺，管中盛以水銀、水、酒精等液體。管的一端與含氣體之容器相連，利用液面相差的高度和已知當時氣壓的大小，可推算容器內氣體的壓力。

4【流水式養殖法】 ㄌㄧㄡˊ ㄕㄨㄟˇ ㄕˋ ㄧㄤˇ ㄓˊ ㄈㄚˇ
指在河流、溫泉或海邊，利用自然流水或人工造成不斷流動水流，以飼養魚類的方法。流水式養殖代謝物排泄良好，水質清潔，水中溶氧量高，可從事高密度的養殖。

11【流動火災保險】 ㄌㄧㄡˊ ㄉㄨㄥˋ ㄏㄨㄛˇ ㄗㄞ ㄅㄠˇ ㄒㄧㄢˇ
(floating coverage)火災保險附加保單類型之一。承保在不固定地區某種財物損失的保險。因地區不確定而常有變動，如旅行團體之各種行裝用具、流動劇團之服裝道具，保單中僅指明保險標的之種類、名稱、金額等，並無特定地點，惟有較大區域之限制。

【流動性偏好陷阱】 ㄌㄧㄡˊ ㄉㄨㄥˋ ㄒㄧㄥˋ ㄆㄧㄢ ㄏㄠˋ ㄒㄧㄢˋ ㄐㄧㄥˇ
(liquidity preference trap)當市場利率很低時，流動性偏好(貨幣需求)曲線成完全水平的狀態，貨幣的需求彈性爲無限大，不論貨幣的供給如何增加，均將爲人們所容受，利率水準無法再下降，此情形稱爲流動性偏好陷阱。

【流動性偏好利息理論】 ㄌㄧㄡˊ ㄉㄨㄥˋ ㄒㄧㄥˋ ㄆㄧㄢ ㄏㄠˋ ㄌㄧˋ ㄒㄧ ㄌㄧˇ ㄌㄨㄣˋ
(liquidity preference theory of interest)又稱貨幣學說的利息理論。'凱因斯'學派認爲利率是由貨幣需求與貨幣供給所決定的。貨幣具有完全的流動性，人們希望以貨幣保有所得或資產的態度稱爲流動性偏好，也就是人們對貨幣的需求。貨幣供給則是貨幣當局於某一時點所決定的貨幣存量。

洌 ㄌㄧㄝˋ *lieh*4 音列
1水清澈。見"說文"。2酒清醇。見"正字通"。3寒冷。通冽。如：洌風。

洦 ㊀ ㄅㄛˊ *po*2 音伯
泊的或體。
㊁ ㄆㄛˋ *p'o*4 音迫
魄的古文。
㊂ ㄇㄛˋ *mo*4 音莫
陌的或體。

洏 ㄦˊ *êrh*2 音而
煮熟。見"說文"。

洊 ㄐㄧㄢˋ *chien*4 音薦
重疊；再次。見"集韻"。

洿 ㄨ *wu*1 音烏
1濁水停積的地方。見"說文"。2深挖；掘地成池。3低窪。如：洿下。4塗；染。如：洿染。5汙穢。通汙。如：洿行。

洧 ㄨㄟˇ *wei*3 音委
參洧水。

4【洧水】 ㄨㄟˇ ㄕㄨㄟˇ
在今'河南省''雙洎河'的上游，源出'登封縣'東'陽城山'，合'溱水'後，稱爲'雙洎河'或'雙濟河'。

洸 ㊀ ㄍㄨㄤ *kuang*1 音光
1水波湧動生光。見"說文"。2勇武的樣子。如：武夫洸洸。
㊁ ㄏㄨㄤˇ *huang*3 音恍
1水深廣的樣子。見"集韻"。2隱約不明。通恍。

洩 也作泄。㊀ ㄒㄧㄝˋ *hsieh*4 音謝
1漏露。如：洩漏。2發散。如：洩憤。
㊁ ㄧˋ *i*4 音曳
參泄泄。

8【洩底】 ㄒㄧㄝˋ ㄉㄧˇ
宣揚祕密或隱情。

9【洩洪】 ㄒㄧㄝˋ ㄏㄨㄥˊ
水庫存水超過警戒線時，打開閘門以排放過多的水量。

【洩降】 ㄒㄧㄝˋ ㄐㄧㄤˋ
(drawdown)自由水面下降的垂直距離。通常指土石堤壩中壓力水頭的下降，或井抽水、水庫水位等的下降。

10【洩氣】 ㄒㄧㄝˋ ㄑㄧˋ
1空氣外洩。2不能保持原有的精力。3笑人薄弱或惡劣。

14【洩漏】 ㄒㄧㄝˋ ㄌㄡˋ
也作洩露。1水流洩出來。2透露祕密的事。

15【洩憤】 ㄒㄧㄝˋ ㄈㄣˋ
發洩憤恨。

14【洩漏天機】 ㄒㄧㄝˋ ㄌㄡˋ ㄊㄧㄢ ㄐㄧ
透露天道的奧密。

洞 ㊀ ㄉㄨㄥˋ *tung*4 音動
1急流。見"說文"。2窟窿；孔穴。如：山洞。3透徹；深透。如：洞察。4戒愼；恭敬。通恫。5姓。'南北朝'有'洞林'。見"萬姓統譜·九一"。
㊁ ㄊㄨㄥˊ *t'ung*2 音同
參洪洞。

4【洞天】ㄉㄨㄥˋ ㄊㄧㄢ
①道教語。指神仙所居的名山勝境。有十大洞天、三十六洞天；'東晉'上清經系已載三十六洞天之說，'唐''司馬承禎'撰"天地宮府圖"，也有洞天說。②指未被世俗沾染的清淨地方。

7【洞見】ㄉㄨㄥˋ ㄐㄧㄢˋ
很清楚地看到。

8【洞知】ㄉㄨㄥˋ ㄓ
深知；透徹知曉。

【洞房】ㄉㄨㄥˋ ㄈㄤˊ
①幽深的內室。②新郎、新娘的臥房。

11【洞悉】ㄉㄨㄥˋ ㄒㄧ
透徹的了解。

13【洞窟】ㄉㄨㄥˋ ㄎㄨ
洞穴。

【洞達】ㄉㄨㄥˋ ㄉㄚˊ
①通達。②貫穿。③通暢；透徹。

14【洞察】ㄉㄨㄥˋ ㄔㄚˊ
深入觀察；透徹了解。

【洞徹】ㄉㄨㄥˋ ㄔㄜˋ
也作洞澈。①透徹。②了解；徹底明白。

16【洞曉】ㄉㄨㄥˋ ㄒㄧㄠˇ
透徹了解。

18【洞簫】ㄉㄨㄥˋ ㄒㄧㄠ
吹奏樂器。古代稱無底的排簫為洞簫。後來稱竹製單管直吹的樂器為洞簫，簡稱簫。管長約80厘米，上端利用竹節封口，在封口處開一吹孔，管身有六個按音孔(前五後一)，下端背面有出音孔。音色柔和圓潤，適合獨奏或與絲竹合奏。

洞簫圖

22【洞鑒】ㄉㄨㄥˋ ㄐㄧㄢˋ
徹底明瞭。

5【洞仙傳】ㄉㄨㄥˋ ㄒㄧㄢ ㄓㄨㄢˋ
題'見素子'撰，為六朝末期編成。原書十卷，'元'以後失傳，僅存一卷。記述六朝所知的洞天及仙眞，起自'元君'，迄'姜伯眞'，凡七十七人，為瞭解六朝洞天及仙眞的重要史料。

10【洞庭湖】ㄉㄨㄥˋ ㄊㄧㄥˊ ㄏㄨˊ
位於'湖南省'北部。為古'雲夢大澤'的殘留遺跡。北與'長江'連通，由於'湘'、'資'、'沅'、'澧'諸河及'長江'洪水期帶來泥沙淤積，目前已分成東、西、南'洞庭湖'和許多小湖；又農民與湖爭地，面積漸小，現次於'鄱陽湖'，為我國第二淡水湖。

15【洞霄宮】ㄉㄨㄥˋ ㄒㄧㄠ ㄍㄨㄥ
道教宮觀名。在今'浙江省''餘杭縣'西南、'臨安縣'東交界處。'漢''元封'時為祈禱之處，'唐''弘道'元年(683)建'天柱觀'，'宋''大中祥符'五年(1012)改今名。道教列為洞天福地之一，稱'大滌洞天'。'元''鄧牧'撰有"洞霄圖志"六卷。

5【洞穴藝術】ㄉㄨㄥˋ ㄒㄩㄝˋ ㄧˋ ㄕㄨˋ
(cave art) 在'法國'南部及'西班牙'西北部一些洞穴壁，頂上所發現舊石器時代晚期的繪畫。主題大多為當時人狩獵的野獸，如猛獁象、披毛犀、馴鹿、牛、野馬等。

8【洞房花燭】ㄉㄨㄥˋ ㄈㄤˊ ㄏㄨㄚ ㄓㄨˊ
①深室中的燈火。②指新婚。

9【洞若觀火】ㄉㄨㄥˋ ㄖㄨㄛˋ ㄍㄨㄢ ㄏㄨㄛˇ
比喻對事理看得很清楚透徹。

14【洞察燭照】ㄉㄨㄥˋ ㄔㄚˊ ㄓㄨˊ ㄓㄠˋ
形容眼光敏銳，能深入觀察，看清事情眞相。

17【洞燭幽微】ㄉㄨㄥˋ ㄓㄨˊ ㄧㄡ ㄨㄟˊ
能深入探究事理幽隱細微之處。

【洞燭機先】ㄉㄨㄥˋ ㄓㄨˊ ㄐㄧ ㄒㄧㄢ
明確預見事情的徵兆。

洄
ㄏㄨㄟˊ hui² 音回
①水逆流。見"爾雅·釋水"。②水旋流。如：洄洑。

12【洄游】ㄏㄨㄟˊ ㄧㄡˊ
(migration) 指海洋中魚類在某一季節行使有目的及一定方向的移動。依其目的可分成索餌、產卵、適溫環境、適鹽環境等四種類型。

泚
ㄘˇ tz'ŭ³ 音此
①水清。見"說文"。②鮮明的樣子。通玼。見"正字通"。③流汗的樣子。見"字彙"。④沾濡；沾染。如：泚筆。

洮
㊀ ㄊㄠˊ t'ao² 音桃
①水名。參洮河。②古地名。'春秋''曹'地。在今'山東省''濮縣'西南。③洗濯。通淘。如：洮汰。
㊁ ㄧㄠˊ yao² 音搖
湖名。一名'長蕩湖'，又名'長塘湖'。在'江蘇省''宜興縣'西北。

8【洮河】ㄊㄠˊ ㄏㄜˊ
源出'甘肅省'、'青海省'邊境'西傾山'南麓，到'洮口'注入'黃河'。

洳
ㄖㄨˋ ju⁴ 音入
溼。見"集韻"。

洕
涓的俗體。

洙
ㄓㄨ chu¹ 音朱
①古水名。為'泗水'支流。見"說文"。②姓。'宋'有'洙頔'。見"通志·氏族略五"。

8【洙泗】ㄓㄨ ㄙˋ
'洙水'和'泗水'。'春秋'時皆流經'魯國''曲阜'城北，是'孔子'講學之地。後遂成為儒學的代稱。

洗
㊀ ㄒㄧˇ hsi³ 音喜
①洗腳。見"說文"。②滌除汙垢。③伸雪冤屈恥辱。如：洗罪。④古盥器。用以承棄水。如圖。

洗圖

㊁ ㄒㄧㄢˇ hsien³ 音顯
①古樂律名。參姑洗。②姓。'隋'有'洗瑤徹'。見"萬姓統譜·七九"。

4【洗心】ㄒㄧˇ ㄒㄧㄣ
洗滌心胸的惡念。

【洗手】ㄒㄧˇ ㄕㄡˇ
①洗去手上的汙穢。②指盜賊等

棄惡從善。

7【洗劫】 ㄒㄧˇ ㄐㄧㄝˊ
搶劫得一乾二淨。

9【洗流】 ㄒㄧˇ ㄌㄧㄡˊ
(downwash)指流經翼面時,受翼面之影響被迫向下改變方向的氣流。又稱下洗氣流。在平行於飛機對稱面平面內靠近機翼後緣處,量得洗流向下變位之角度,稱爲洗流角,其值與升力係數成正比。

【洗相】 ㄒㄧˇ ㄒㄧㄤˋ
將攝影感光材料加以沖洗、複印的工作。攝影之後,已曝光的底片經顯影、定影、水洗等過程,影像便顯現在膠片或相紙上。若是黑白片,會顯出與被攝物明暗相反的黑白負像,或明暗相同的黑白正像;彩色片則顯出與被攝物互爲補色的彩色負像,或色彩一致的正像。再經過複印、沖洗,就成爲影片或照片。

10【洗馬】 ㄒㄧㄢˇ ㄇㄚˇ
官名。也作先馬。‘秦’置,‘漢代’沿用。本爲東宮屬官,太子出行時,擔任前導。‘晉’以後改掌圖籍。‘淸’時成爲翰林升轉用的虛銜官名。

【洗冤】 ㄒㄧˇ ㄩㄢ
洗刷冤情。

11【洗雪】 ㄒㄧˇ ㄒㄩㄝˇ
清除;洗乾淨。多指恥辱冤屈之事。

12【洗腎】 ㄒㄧˇ ㄕㄣˋ
(dialysis) 治療末期腎臟衰竭病人的一種方法。爲透析治療的俗稱。即利用半透膜的選擇性濾過作用,將貯積於身體內的廢物排除。參腹膜透析、血液透析。

13【洗腦】 ㄒㄧˇ ㄋㄠˇ
(brainwashing) 灌輸受控制者某種思想,使接受某種價值體系或從事某類活動。

14【洗塵】 ㄒㄧˇ ㄔㄣˊ
宴請遠來或遠歸的人。

17【洗禮】 ㄒㄧˇ ㄌㄧˇ
[1](baptism)基督教徒入教時舉行的儀式。原意爲藉著受祝福後的聖水,洗去人的原罪。儀式進行時,主事者口誦規定經文,注水於受洗者的額上或頭上,以表示淨洗。也有將全身浸入水中的,則稱浸禮。[2]比喻經歷了重大的考驗或鍛鍊。

【洗鍊】 ㄒㄧˇ ㄌㄧㄢˋ
[1]洗去渣滓,提鍊精華。[2]比喻簡潔精美。

5【洗石子】 ㄒㄧˇ ㄕˊ ˙ㄗ
(wash stone) 指先在牆面上用1:3水泥砂漿刮糙一遍,待乾燥後再用普通水泥和白(或黑與白)石子拌合,抹於牆上厚約10公厘。在粉面初凝,石子不會脫落時,用水壓機開始沖刷洗汰,洗去表面一部分尚未乾燥之水泥漿,而將細小之石塊顯露於表面。

10【洗氣器】 ㄒㄧˇ ㄑㄧˋ ㄑㄧˋ
(scrubber)工業程序中產生之氣體通常攜帶許多雜質,若直接使用此氣體,會對設備產生汙染。洗氣器乃指除去氣體中某些物質的裝置,內裝有液體,通常是水,當氣體通過與液體接觸後,能除去粉塵或二氧化硫等物質。

4【洗心革面】 ㄒㄧˇ ㄒㄧㄣ ㄍㄜˊ ㄇㄧㄢˋ
比喻改過自新。也作革面洗心。

6【洗耳恭聽】 ㄒㄧˇ ㄦˇ ㄍㄨㄥ ㄊㄧㄥ
恭敬地聆聽他人說話。

9【洗垢索瘢】 ㄒㄧˇ ㄍㄡˋ ㄙㄨㄛˇ ㄅㄢ
洗去汙垢,搜索瘢痕。比喻挑剔苛求他人的過錯。

活 ㄏㄨㄛˊ *ho²*, *huo²* 音佸
[1]生存。與死相對。如:自作孽,不可活。[2]使生存。如:養家活口。[3]生計;工作。如:作活兒。[4]生動。如:活潑。[5]活動;不固定的。如:活期存款。

2【活力】 ㄏㄨㄛˊ ㄌㄧˋ
[1]活動力。[2]生活力。

3【活口】 ㄏㄨㄛˊ ㄎㄡˇ
戰爭時擒獲的俘虜。

6【活字】 ㄏㄨㄛˊ ㄗˋ
每一文字各爲單獨的個體,供反覆排組印刷版的活用字體。

7【活佛】 ㄏㄨㄛˊ ㄈㄛˊ
[1]喇嘛教內對高級僧侶(即大喇嘛)的俗稱。地位最高的爲達賴與班禪,相當於‘藏族’的領袖。此外,‘淸代’又賜‘西藏’、‘蒙古’地區的喇嘛教法王以呼圖克圖的封號,是爲大活佛,地位僅次於達賴、班禪,再其次爲一般的活佛。照原來的宗法制,活佛本是父子世襲的,十三世紀時改設轉世制度,依轉世制度而可世世轉生,永掌職位,因此稱爲活佛。[2]尊稱佛門僧侶。

8【活性】 ㄏㄨㄛˊ ㄒㄧㄥˋ
(activity)爲物質逸壓與其標準狀態逸壓之比值,可取代濃度以便準確地估計反應之平衡常數或溶液之狀態函數。

【活門】 ㄏㄨㄛˊ ㄇㄣˊ
[1]逃生的門路。[2](valve)爲一單向開啟的設備。即閥。用於各種喞筒及內燃機的汽缸內。

11【活莌】 ㄏㄨㄛˊ ㄊㄨㄛ
草名。生於‘江’南,高丈許,葉大似荷而肥,莖中有白瓤。也作活莌。見“爾雅·釋草·離南活莌·疏”。

【活脫】 ㄏㄨㄛˊ ㄊㄨㄛ
酷似;活像。

12【活絡】 ㄏㄨㄛˊ ㄌㄨㄛˋ
[1]靈活圓通。[2]熱烈;活躍。

13【活塞】 ㄏㄨㄛˊ ㄙㄞ
(piston)裝置於汽缸中,藉其在汽缸中之運動,將進入汽缸中之燃料與空氣吸入、壓縮,承受燃燒後之動力傳輸及將燃燒之廢氣排出等作用之機件。

【活該】 ㄏㄨㄛˊ ㄍㄞ
該當如此。斥人罪有應得。

【活當】 ㄏㄨㄛˊ ㄉㄤˋ
指大學成績不及格,但在五十分以上,仍有補考機會。

20【活寶】 ㄏㄨㄛˊ ㄅㄠˇ
俗稱言行滑稽逗笑的人。

4【活火山】 ㄏㄨㄛˊ ㄏㄨㄛˊ ㄕㄢ

(active volcano) 噴發活動尚繼續中的火山。如'美國''夏威夷''冒納羅亞火山' (Mauna Loa Volcano)是。

6【活字版】 ㄏㄨㄛˊ ㄗˋ ㄅㄢˇ
用活字檢排而成的印刷版。

【活字金】 ㄏㄨㄛˊ ㄗˋ ㄐㄧㄣ
(type metal) 由於液態銻 (Sb) 凝固時,有稍微膨脹的性質,適於製造鉛字,因此印刷工業中,以含有15%銻、82%鉛及3%錫的合金來製鉛字,稱爲活字金。

8【活性碳】 ㄏㄨㄛˊ ㄒㄧㄥˋ ㄊㄢˋ
(activated carbon)具高吸附力之無定性碳。可由動物骨骼、木材、果核等含碳物質經分解蒸餾,再於800～900°C下以蒸氣或一氧化碳活化成具多孔隙之形狀。可吸附色素、蒸氣,常用於廢水或廢氣處理。

【活受罪】 ㄏㄨㄛˊ ㄕㄡˋ ㄗㄨㄟˋ
1受盡折磨苦難。2應該受折磨苦難。

13【活塞銷】 ㄏㄨㄛˊ ㄙㄞ ㄒㄧㄠ
(piston pin) 連接活塞與連桿之空心鋼管。

6【活色生香】 ㄏㄨㄛˊ ㄙㄜˋ ㄕㄥ ㄒㄧㄤ
1花朵鮮豔清香。2形容文辭生動逼眞。

11【活動半徑】 ㄏㄨㄛˊ ㄉㄨㄥˋ ㄅㄢˋ ㄐㄧㄥˋ
(radius of action) 飛機自基地起飛,至不需中途加油而能回航至預定地點之最後折返點間的最大距離。而任何指定之飛機在作戰任務中使用特定載重與飛行計畫之活動半徑亦稱作戰半徑 (radius of operation)。

【活動書庫】 ㄏㄨㄛˊ ㄉㄨㄥˋ ㄕㄨ ㄎㄨˋ
(bookmobile) 爲使偏僻學校學生能閱讀必需的圖書,將圖書置於特設或改裝之汽車內以流動供閱讀的裝置。

【活動貨幣】 ㄏㄨㄛˊ ㄉㄨㄥˋ ㄏㄨㄛˋ ㄅㄧˋ
(active money) 在市場上流通,對經濟活動發生作用的貨幣。

12【活期存款】 ㄏㄨㄛˊ ㄑㄧˊ ㄘㄨㄣˊ ㄎㄨㄢˇ
(pass-book account deposits) 依我國"銀行法"的定義,指存款人憑存摺或依約定方式隨時提取的存款。在'英'、'美'等國,活期存款(current deposit; demand deposit)即爲支票帳戶(checking accounts),蓋如存款可隨時提取,則其提款憑證必爲支票。我國過去因防止民間濫開空頭支票,而將活期存款分爲甲種(憑支票提款)及乙種(憑存摺提款)兩類;前者目前稱爲支票存款,後者目前則稱爲活期存款。

【活期放款】 ㄏㄨㄛˊ ㄑㄧˊ ㄈㄤˋ ㄎㄨㄢˇ
(current loans) 在約定的借款期限及額度內,借款人可以陸續支用、陸續償還的放款。另支票存款戶的透支,也屬此種放款。

16【活龍活現】 ㄏㄨㄛˊ ㄌㄨㄥˊ ㄏㄨㄛˊ ㄒㄧㄢˋ
形容極爲逼眞。也作活靈活現。

8【活性汙泥法】 ㄏㄨㄛˊ ㄒㄧㄥˋ ㄨ ㄋㄧˊ ㄈㄚˇ
(activated sludge process) 經好氧性微生物作用後,汙水中可被生物分解之有機物質轉變爲含多量微生物之泥狀物質,以去除汙水中之有機物的廢水處理法。

11【活動力分析】 ㄏㄨㄛˊ ㄉㄨㄥˋ ㄌㄧˋ ㄈㄣ ㄒㄧ
(activity analysis) 財務報表分析的一項。指對於企業的活動能力的分析。包括營業資產週轉率、固定資產週轉率、存貨週轉率等項分析。

12【活期儲蓄存款】 ㄏㄨㄛˊ ㄑㄧˊ ㄔㄨˊ ㄒㄩˋ ㄘㄨㄣˊ ㄎㄨㄢˇ
(demand savings deposits) 銀行存戶隨時憑存摺存取的儲蓄性存款。此項存款利率較普通活期存款爲高,故"銀行法"規定,存戶限於自然人或非營利法人,且有存款額度的限制;超過部分按普通活期存款利率計息。

洵 ㄒㄩㄣˊ hsün^{2} 音荀
1實在;眞正。通恂。見"字彙"。2流淚。見"字彙"。

洶 ㄒㄩㄥ hsiung^{1} 音匈
水向上湧。如:洶湧。

9【洶洶】 ㄒㄩㄥ ㄒㄩㄥ
1水澎湃騰湧的樣子。2吵雜的聲音。3混亂不太平的樣子。

12【洶湧澎湃】 ㄒㄩㄥ ㄩㄥˇ ㄆㄥ ㄆㄞˋ
形容水勢奔騰的樣子。

洺 ㄇㄧㄥˊ ming^{2} 音名
參洺河。

8【洺河】 ㄇㄧㄥˊ ㄏㄜˊ
源出'河南省'北部'太行山'東麓,東北流至'河北省'南部'獻縣',注入'滏陽河'。

浄 淨的俗體。

洈 ㄨㄟˊ wei^{2} 音危
參洈水。

4【洈水】 ㄨㄟˊ ㄕㄨㄟˇ
源出'湖北省''松滋縣'西南'起龍山',注入'虎渡河'。

洚 ㄐㄧㄤˋ chiang^{4} 音降 又讀 ㄏㄨㄥˊ hung^{2} 音宏
洪水氾濫。見"說文"。

9【洚洞】 ㄐㄧㄤˋ ㄊㄨㄥˊ
大水寬廣無邊的樣子。

洛 ㄌㄨㄛˋ lo^{4}, luo^{4} 音落
1水名。參洛水。2地名。'洛陽'的省稱。參洛陽。

4【洛水】 ㄌㄨㄛˋ ㄕㄨㄟˇ
1在'河南省'。古作'雒水'。源出'陝西省''雒南縣'北,東南流,注入'黃河'。2在'陝西省'。又稱爲'北洛水'。源出省境西北'靖邊縣',東南流,於'朝邑縣'南注入'渭河'。

7【洛克】 ㄌㄨㄛˋ ㄎㄜˋ
(John Locke, 1632～1704) '英

國'經驗主義哲學的鼻祖。西元1652年入'牛津大學'學醫及哲學,後留校任教。1665年曾爲外交官,1667年任'艾斯里勳爵'(Lord Ashley)的家庭醫生及顧問,並與科學家合作。1668年選爲'皇家學會'院士,深受'劍橋''柏拉圖'派及宗教自由主義的影響。1675～1679年僑居'法國',與科學家來往,對其經驗主義發展頗多啟發。'詹姆斯二世'(James Ⅱ)登基,他於1683年出亡'荷蘭',1689年才回國。主張吾人生來心如白紙,一切知識皆起源於官感經驗,反對理性主義的天生觀念之說。著有"人類悟性論"(*Essay Concerning Human Understanding*)、"教育雜感"(*Some Thoughts Concerning Education*)、"政府論"(*Two Treatises of Government*)等書。

9【洛神】 ㄌㄨㄛˋ ㄕㄣˊ

'洛水'的女神。相傳'宓羲'的女兒'宓妃',因渡'洛水'淹死,成爲水神。

12【洛陽】 ㄌㄨㄛˋ ㄧㄤˊ

縣名。位於'河南省'西北部,濱'洛河'北岸。因居盆地中心,農產豐富;又北據'黃河',南控山險,西有'崤山'、'函谷關'險固,東經'虎牢關'可進出中原,爲我國著名的古都,名勝古蹟甚多,尤以'白馬寺'及'龍門千佛岩'('伊闕')最著名。現有鐵路通過;紡織、機械工業發達。

16【洛學】 ㄌㄨㄛˋ ㄒㄩㄝˊ

'北宋''程顥'、'程頤'兩兄弟的學派。主張「性即理」的學說。因二'程'是'洛陽'人,故名。

20【洛黨】 ㄌㄨㄛˋ ㄉㄤˇ

'宋哲宗'時以'程頤'爲首的政治團體。因'程頤'是'洛陽'人,故稱。

7【洛杉磯】 ㄌㄨㄛˋ ㄕㄢ ㄐㄧ

(Los Angeles)'美國'第三大都市及西部最大城。位於'加州'(California State)南部。部分市區已擴展至'太平洋'岸,以'長堤'(Long Beach)為海港。飛機、電子裝備、機械、玻璃、水泥、煉油及食品加工業極盛。人口381.9萬(2003年)。

【洛克斐勒】 ㄌㄨㄛˋ ㄎㄜˋ ㄈㄟˇ ㄌㄜˋ

(John Davison Rockefeller, 1839～1937)'美國'石油大王。西元1870年創立'俄亥俄標準石油公司',1882年成立托辣斯,控制全'美'90%的精油,後巧妙應付"反托辣斯法案",撥款捐贈'芝加哥大學',而設'洛'氏基金會。

12【洛陽紙貴】 ㄌㄨㄛˋ ㄧㄤˊ ㄓˇ ㄍㄨㄟˋ

稱譽著作的風行。'晉''左思'以十年構思寫成"三都賦",流傳到'洛陽'後,富貴人家爭相傳抄,一時之間,紙張價格高漲。見"晉書·文苑傳·左思"。

5【洛必達規則】 ㄌㄨㄛˋ ㄅㄧˋ ㄉㄚˊ ㄍㄨㄟ ㄗㄜˊ

(L'Hospital's rule)微積分中用以計算不定形如$\frac{0}{0}$或$\frac{\infty}{\infty}$的極限的方法。玆以$\frac{0}{0}$爲例,定理敘述爲:設 $\lim\limits_{x\to a} F(x)=\lim\limits_{x\to a} G(x)=0$, 且 $\lim\limits_{x\to a}\frac{F'(x)}{G'(x)}=L$, 則 $\lim\limits_{x\to a}\frac{F(x)}{G(x)}=L$。故在計算時,先確定 $\lim\limits_{x\to a} F(x)=\lim\limits_{x\to a} G(x)=0$ 成立,然後分子、分母分別微分,若 $\lim\limits_{x\to a} F'(x)=\lim\limits_{x\to a} G'(x)=0$ 又成立,則可以繼續微下去,否則分子或分母必有一極限不爲0,由此可求得極限值。但許多人常盲目地微下去,不懂得即使在分子、分母極限均爲零時,亦應稍事整理,以減輕計算之繁。例如 $\lim\limits_{x\to 0}\frac{x-\sin x}{\sin^3 x}=\lim\limits_{x\to 0}\frac{x-\sin x}{x^3}\cdot\frac{x^3}{\sin^3 x}=\lim\limits_{x\to 0}\frac{x-\sin x}{x^3}$。有時忘記檢查使用本規則的必要條件,又以 $\lim\limits_{x\to 0}\frac{F'(x)}{G'(x)}$ 不存在,誤推出 $\lim\limits_{x\to 0}\frac{F(x)}{G(x)}$不存在,如求 $\lim\limits_{x\to 0^+}\frac{x\sin\frac{1}{x}}{\sqrt{x}}$時所爲。因此許多微積分教本常批評本規則,如'庫郎'(Courant)所爲。'庫郎'較強調用帶剩餘項的'泰勒'展式來求不定形的極限。事實上,若熟記一些常用的'泰勒'展式,計算起來比'洛必達'規則迅速。如前例:

$$\lim_{x\to 0}\frac{x-\sin x}{\sin^3 x}=\lim_{x\to 0}\frac{x-(x-\frac{x^3}{3!}+\cdots)}{x^3}=\frac{1}{6}。$$

【洛可可藝術】 ㄌㄨㄛˋ ㄎㄜˇ ㄎㄜˇ ㄧˋ ㄕㄨˋ

(rococo art)西元1730～1770年間,以'路易十五世'之宮廷爲中心所發展出來的一種美術風格。把巴洛克藝術的曲線發展爲更輕快與華麗之裝飾,常使用貝殼、植物或石頭的曲線或螺旋紋,做爲建築和家具的裝飾花紋,表達出優雅的氣氛。在雕刻和繪畫上,喜表現饗宴和愛情的題材。'法國''梵爾賽宮'的建築及其內的雕刻和壁畫等,皆是洛可可藝術的最佳作品。

12【洛陽伽藍記】 ㄌㄨㄛˋ ㄧㄤˊ ㄑㄧㄝˊ ㄌㄢˊ ㄐㄧˋ

'北朝''魏''楊衒之'撰,五卷。以記'北朝''洛陽'四十八座佛寺的興廢事蹟爲主。

洎 ㄐㄧˋ chi^4 音既

1向釜中加水。見"說文"。2肉汁。見"廣韻"。3浸潤。見"字彙"。4及;到。見"字彙"。

洫 ㄒㄩˋ $hs\ddot{u}^4$ 音恤

1田間水道。如:溝洫。2深溝;護城河。3使空虛。見"字彙"。

洑 ㊀ ㄈㄨˊ fu^2 音伏

也作澓。1回流。見"集韻"。2伏流。見"集韻"。

㊁ ㄈㄨˋ fu^4 音復

游水。通浮。

洀 ㊀ ㄓㄡ chou¹ 音周
水紋。見"集韻"。
㊁ ㄆㄢˊ p'an² 音盤
水流回旋。也作瀊、盤。見"正字通"。

洽 ㄒㄧㄚˊ hsia² 音狹 又讀 ㄑㄧㄚˋ ch'ia⁴ 音恰
1浸潤;潤澤。見"說文"。2和協。如:融洽。3協調;協商。如:面洽。4通達;周遍。如:洽聞。

11【洽商】 ㄒㄧㄚˊ ㄕㄤ
協調商量。

派 ㄆㄞˋ p'ai⁴ 音湃
1水的支流。見"說文"。2人物、事物的系統、流別。如:學派。3差遣;任用。如:調派。4徵取;分配。如:攤派。5指責。如:派不是。6量詞。多用以指景色氣象、聲音言語。如:一派笙歌。7(pie)用酥脆的酥皮和餡配製成的西點。依餡及製作程序的不同,可分爲三類:一、雙皮派,如水果派、肉派等;二、單皮派,如牛乳雞蛋布丁派、南瓜派等;三、油炸派,常用蘋果餡和櫻桃餡,不同的是經整形、炸熟後食用,而非進爐烘烤。

3【派工】 ㄆㄞˋ ㄍㄨㄥ
(dispatching)又稱工作分派。指對生產現場發出生產命令單或工作通知單,目的在使人、機能適時地配合,以完成工作。不僅用於控制生產進度,亦可作爲動用生產資源的憑證依據。

5【派司】 ㄆㄞˋ ㄙ
(pass)'英'語通過、及格、傳遞之意。因此也用作通行證或定期車票的代稱,取其可自由通行出入口之意。

【派用】 ㄆㄞˋ ㄩㄥˋ
對臨時機關人員或常設機關中臨時專任職務人員所作之任用。以任用表示之,以期有別於銓敘合格人員之正式任用。派用亦須具有某種資格,惟其規定不若任用資格之嚴格。

6【派任】 ㄆㄞˋ ㄖㄣˋ
派遣人員到某處任職。

7【派別】 ㄆㄞˋ ㄅㄧㄝˊ
河流的分支。引申指思想、主張、風格等不同的團體。如學派、黨派、詩派。

14【派對】 ㄆㄞˋ ㄉㄨㄟˋ
(party)'英'語音譯。指政治、社交、遊戲等的集會或宴會。今多用以指舞會。

15【派駐】 ㄆㄞˋ ㄓㄨˋ
政府或機關團體派遣人員,駐守某地執行任務。

16【派頭】 ㄆㄞˋ ㄊㄡˊ
指說話、衣著、舉止等方面的氣度、架勢。

4【派不是】 ㄆㄞˋ ㄅㄨˋ ·ㄕ
斥責他人的過失。

【派介子】 ㄆㄞˋ ㄐㄧㄝˋ ㄗˇ
(pion; π meson)核成子間強作用時相互交換的基本粒子。派介子的符號爲π,有三種:即 π^0、π^+ 及 π^-,分別爲電中性、帶正電及帶負電。其質量、主要衰變反應及平均生命期分別爲:

π^+: $m=139.6\text{MeV}$; $\pi^+\to\mu^++\nu$;
$T=2.61\times10^{-8}$秒。
π^-: $m=139.6\text{MeV}$; $\pi^-\to\mu^-+\bar{\nu}$;
$T=2.61\times10^{-8}$秒。
π^0: $m=134.98\text{MeV}$;
$\pi^0\to\gamma+\gamma$
$\pi^0\to\gamma+e^++e^-$;
$T=0.89\times10^{-16}$秒。

5【派生存款】 ㄆㄞˋ ㄕㄥ ㄘㄨㄣˊ ㄎㄨㄢˇ
(derivative deposit)也稱引申存款。爲銀行對外放款、貼現及投資創造信用所獲得的存款。亦即自放款轉帳而來的存款,所以又稱轉帳存款或間接存款。

15【派熱司玻璃】 ㄆㄞˋ ㄖㄜˋ ㄙ ㄅㄛ ㄌㄧˊ
(Pyrex glass)即硼玻璃。參硼玻璃。

7

浣 ㄏㄨㄢˇ huan³ 音緩 又讀 ㄨㄢˇ wan³ 音晚
俗作澣。1洗除汙垢。見"說文"。2'唐'官制每十日一休沐,故稱十日爲浣。如:上浣。

6【浣衣】 ㄏㄨㄢˇ ㄧ
洗衣裳。

14【浣熊】 ㄨㄢˇ ㄒㄩㄥˊ
(racoon)屬於哺乳綱、食肉目(order Carnivora)、浣熊科(family Procyonidae)。共有七種,其中'北美'浣熊(*Procyon lotor*,見圖)爲一般最熟知者,五種分布於自'美國''佛羅里達'至'墨西哥'附近的島嶼,體較小;'南美'的一種 *Procyon cancrivorus* 毛較短、體較細、腿較長。浣熊生活於河、湖附近或沼澤地帶,食昆蟲、甲殼類、魚、蛇、鳥等的卵和蛙及小型哺乳類;尾部有5~7個灰色至淡褐色環紋,尾尖通常色深。'北美'浣熊的口吻尖,耳小而直,長75~90公分(包括尾長25公分),重約10公斤;足小,尤其前足細長似人的手。

浣熊圖

8【浣花集】 ㄏㄨㄢˇ ㄏㄨㄚ ㄐㄧˊ
五代'前蜀''韋莊'撰,十卷,補遺一卷。係其弟'韋藹'所編。收古近體詩二百五十餘首,以近體居多。'莊'於'四川'得'杜甫''浣花草堂',故以名其集。

浤 ㄏㄨㄥˊ hung² 音宏
參浤浤。

10【浤浤】 ㄏㄨㄥˊ ㄏㄨㄥˊ
形容波浪的聲音。

浶 ㄌㄠˊ lao² 音勞
參浶浪。

10【浶浪】 ㄌㄠˊ ㄌㄤˋ
驚擾不安的樣子。

浪 ㊀ ㄌㄤˋ lang⁴ 音埌
1大水波。如:海浪。2振動;動盪。3放縱;淫蕩。4輕率;徒然。如:浪費。5(furlong)'英'制長度單位。一哩的1/8,約201.17公尺。6姓。'晉'有'浪逢'。見"萬姓統譜·一〇六"。
㊁ ㄌㄤˊ lang² 音郎
參滄浪。

2【浪人】 ㄌㄤˋ ㄖㄣˊ
1到處流浪的人。2指'日本'幕府時代,脫離藩主而無祿秩的武士。

3【浪子】 ㄌㄤˋ ㄗˇ
游手好閒的人。

13【浪跡】 ㄌㄤˋ ㄐㄧ
1流浪;漫遊各地而行跡不定。2不拘形跡。

14【浪漫】 ㄌㄤˋ ㄇㄢˋ
1放縱不拘。2形容花色爛漫。3羅曼蒂克(romantic)的別譯。有想像豐富、情感熱烈、行爲奔放之意。

【浪語】 ㄌㄤˋ ㄩˇ
1胡言亂語。2沒有根據的話。

16【浪蕩】 ㄌㄤˋ ㄉㄤˋ
1盡情遊蕩。2游手好閒,不務正業。

7【浪形板】 ㄌㄤˋ ㄒㄧㄥˊ ㄅㄢˇ
(corrugated metal sheet)常用於建築物屋面板工程。有金屬、塑膠、石綿等製品,製成浪形之薄板,因斷面模數(moment of inertia)增高,其抗撓曲性亦增強。成品便宜、重量較輕是其優點,惟易遭風損是其缺點。

14【浪漫主義】 ㄌㄤˋ ㄇㄢˋ ㄓㄨˇ ㄧˋ
(romanticism)十八世紀末發生於'歐洲'的文學、藝術與哲學思想的運動。主張尊重個性,追求自由,崇尚想像力和創造力,反對形式主義與理智,強調理想與主觀熱烈的情感。'盧梭'爲此一運動的先驅。

3【浪子回頭金不換】 ㄌㄤˋ ㄗˇ ㄏㄨㄟˊ ㄊㄡˊ ㄐㄧㄣ ㄅㄨˋ ㄏㄨㄢˋ
指浪子改過自新的難能可貴。

浺 ㄔㄨㄥ ch'ung¹ 音沖
參浺瀜。

19【浺瀜】 ㄔㄨㄥ ㄖㄨㄥˊ
水平遠的樣子。

涕 ㄊㄧˋ t'i⁴ 音替
1眼淚。見"說文"。2鼻液。如:鼻涕。

13【涕零】 ㄊㄧˋ ㄌㄧㄥˊ
流淚。

8【涕泗滂沱】 ㄊㄧˋ ㄙˋ ㄆㄤ ㄊㄨㄛˊ
眼淚鼻涕交流不止。形容慟哭的樣子。

涛 濤的俗體。

浯 ㊀ ㄊㄨㄣˇ t'un³
氽的或體。
㊁ ㄖㄨㄥˊ jung²
溶的訛字。

浡 ㄅㄛˊ po² 音勃
興起的樣子。見"字彙"。

浸 ㄐㄧㄣˋ chin⁴ 音禁 又讀 ㄐㄧㄣ chin¹ 音今
1漸進。見"字彙"。2滋潤;泡在水中。如:浸漬。3灌注。

9【浸染】 ㄐㄧㄣˋ ㄖㄢˇ
比喻逐漸受到感化、影響。

11【浸淫】 ㄐㄧㄣˋ ㄧㄣˊ
1逐漸擴及;逐漸進入。2氾濫。

【浸假】 ㄐㄧㄣˋ ㄐㄧㄚˇ
逐漸。

14【浸漬】 ㄐㄧㄣˋ ㄗˋ
1浸泡在水中,使物溼透。2比喻久受教化。

【浸蝕】 ㄐㄧㄣˋ ㄕˊ
(etching)物品以化學或電化學之方法刻蝕。

15【浸潤】 ㄐㄧㄣˋ ㄖㄨㄣˋ
1物受水而透溼。2比喻逐漸感染,產生影響。3比喻蒙受恩澤。

9【浸信會】 ㄐㄧㄣˋ ㄒㄧㄣˋ ㄏㄨㄟˋ
(Baptists; Baptist Church)也稱浸禮會。基督新教主要宗派之一。十七世紀產生於'荷蘭'及'英國'。主張成年後才可以受洗,而受洗者必須全身浸入水中。今信徒多分布於'美國'。

15【浸潤之譖】 ㄐㄧㄣˋ ㄖㄨㄣˋ ㄓ ㄗㄣˋ
指像水浸溼物體一般,逐漸發揮作用的讒言。

涒 ㊀ ㄊㄨㄣ t'un¹ 音吞
把東西吃完再吐出來。見"說文"。
㊁ ㄩㄣ yün¹ 音暈
參涒鄰。

14【涒鄰】 ㄩㄣ ㄌㄧㄣˊ
水流回旋曲折的樣子。

浢 ㄉㄡˋ tou⁴ 音豆
參浢水。

4【浢水】 ㄉㄡˋ ㄕㄨㄟˇ
古水名。1源出'河南省''閺鄉縣'西南'棗鄉谷',北流注入'黃河'。2即'儀家溝'。源出'山西省''芮城縣'北'中條山'麓,南流注入'黃河'。

浦 ㄆㄨˇ p'u³ 音普
1水濱。見"說文"。2河流入江海處。見"玉篇"。3姓。'宋'有'浦延熙'。見"通志·氏族略五"。

19【浦羅高菲夫】 ㄆㄨˇ ㄌㄨㄛˊ ㄍㄠ ㄈㄟ ㄈㄨ
(Sergey Prokofiev, 1891~1953)'俄國'鋼琴演奏家、作曲家。少年已顯露演奏及作曲才華,年長後爲'俄國'近代音樂的領導人物。作品有交響曲七首、鋼琴協奏曲五首、小提琴協奏曲兩首及其他室內樂等。歌劇以"三個橘子之戀"(*The Love for Three Oranges*)、"戰爭與和平"(*War and Peace*);芭蕾舞劇以"羅密歐與茱麗葉"(*Romeo and Juliet*)、"鋼鐵時代"(*The Age of Steel*)、"仙履奇緣"(*Cinderella*)及兒童音樂"彼得與狼"(*Peter and the Wolf*)最爲著名。

12【浦絡斯特考績法】 ㄆㄨˇ ㄌㄨㄛˋ ㄙ ㄊㄜˋ ㄎㄠˇ ㄐㄧ ㄈㄚˇ
(the Probst system)考績方法之一。指訂定一百個易於辨認之行爲特徵，考核者只須指出受考人具備之特徵，不須評估其程度之高低，考績成績係由第三者以特製之計算器計算其分數並定等次。此法爲‘浦絡斯特’(J. B. Probst)所創，故名。

浭　ㄍㄥ *kêng*¹ 音庚
參浭水。

4【浭水】　ㄍㄥ ㄕㄨㄟˇ
又名‘庚水’、‘梨河’。發源於今‘河北省’‘遵化縣’東境‘燕山山脈’的‘蘆兒嶺’，即‘薊運河’的上游，會流‘泃河’後，才稱‘薊河’。

浯　ㄨˊ *wu*² 音吾
參浯水。

4【浯水】　ㄨˊ ㄕㄨㄟˇ
一名‘淸河’。源出今‘山東省’‘莒縣’‘浯山’，東北流至‘安邱縣’東南的‘景芝鎭’，東入‘濰水’。

涑　ㄙㄨˋ *su*⁴ 音素
參涑水。

4【涑水】　ㄙㄨˋ ㄕㄨㄟˇ
源出今‘山西省’‘絳縣’‘陳村峪’，西流至‘聞喜縣’折而西南流，經‘猗氏縣’南，至‘永濟縣’西南，注入‘黃河’。

涍　㊀ ㄒㄧㄠ *hsiao*¹ 音消
古水名。在‘湖北省’。見“集韻”。
㊁ ㄒㄧㄠˋ *hsiao*⁴ 音孝
古水名。在‘河南省’。見“集韻”。

浘　ㄨㄟˇ *wei*³ 音尾
水在流動的樣子。見“字彙”。

洍　ㄙˋ *szŭ*⁴, *ssŭ*⁴ 音似
古水名。也作‘汜’。見“說文”。

涊　ㄋㄧㄢˇ *nien*³ 音拈
流汗的樣子。見“字彙”。

浙　ㄓㄜˋ *chê*⁴ 音蔗
①江名。參浙江②。②地名。‘浙江省’的簡稱。

6【浙江】　ㄓㄜˋ ㄐㄧㄤ
①省名。參浙江省。②江名。古稱‘漸水’、‘漸江’。在‘浙江省’，因水道曲折而得名。江水行經各縣，至‘桐廬縣’段，稱‘桐江’；至‘富陽縣’段，稱‘富春江’；至‘杭縣’會‘浦陽江’，稱‘錢塘江’；全長約360公里。

9【浙派】　ㄓㄜˋ ㄆㄞˋ
①‘明’初山水畫之主要流派。其畫風有意追求‘南宋’‘馬遠’、‘夏珪’等人的院體風格，代表畫家有‘戴進’、‘吳偉’等人，尤以‘戴進’爲其中的佼佼者，將‘南宋’渾厚沈鬱的趣味加以變化，成爲一種健拔勁銳的風貌，一時成爲典範。由於‘戴進’爲‘浙江’人，此一畫風又流行於‘浙江’一帶，故名。②‘淸代’篆刻派別之一。創自‘錢塘’‘丁敬’。篆刻取法‘漢’印，參以‘漢’隸及碑額。以切刀法造成方中帶圓、剛健而不失嫵媚之風格，寓新意於復古，遂開一代風氣。繼起者有‘蔣仁’、‘黃易’、‘奚岡’，與‘丁敬’合稱‘西泠’四家；或又益以‘陳豫鐘’、‘陳鴻壽’、‘趙之琛’、‘錢松’等人，並稱‘西泠’八家。③‘淸代’詞派之一。又稱‘浙’西詞派。以‘朱彝尊’爲首。詞風精巧雕琢，是‘姜夔’、‘張炎’的仿效格律詞體。④‘淸代’詩派之一。詩風宗‘宋’，常用冷字僻典。代表詩人有‘厲鶚’、‘汪沆’等人。

6【浙江省】　ㄓㄜˋ ㄐㄧㄤ ㄕㄥˇ
位於我國東南部。簡稱‘浙’。境內山丘遍布，僅北部有較廣的平原，農業不足，爲人口大量外移的省分。海岸線曲折，多島嶼港灣，漁業相當發達，‘舟山群島’是我國最重要的漁場。本省氣候溫潤，水碧山青，極富觀光資源，自古即爲人文薈萃之地。綢緞、傘、扇、剪刀、火腿、酒、木刻、石刻等都是馳名全國的傳統手工業。以‘杭州’爲省會。

【浙西詞派】　ㄓㄜˋ ㄒㄧ ㄘˊ ㄆㄞˋ
參浙派③。

涌　ㄩㄥˇ *yung*³ 音勇
也作湧。①水流上騰。②泛指升騰。③嘔吐。

涇　ㄐㄧㄥ *ching*¹ 音經
參涇水。

4【涇水】　ㄐㄧㄥ ㄕㄨㄟˇ
①源出今‘安徽省’南境‘績溪縣’‘徽嶺山’。本名‘徽水’，今名‘徽河’，北流經‘旌德縣’界至‘涇縣’南，始名‘涇水’。其下游即今‘青弋江’。②源出今‘甘肅省’‘平涼縣’西‘瓦亭驛’西北‘六盤山’麓的‘牛營堡’。東南流，納諸水至‘涇川’爲‘涇河’，又東南流，入‘陝西省’界，至‘高陵’入‘渭’。

12【涇渭分明】　ㄐㄧㄥ ㄨㄟˋ ㄈㄣ ㄇㄧㄥˊ
比喻淸濁善惡很分明。

浹　ㄐㄧㄚˊ *chia*² 音夾
①沾溼；潤澤。如：汗流浹背。②通；透。如：浹髓淪肌。③周匝；周遍。如：浹洽。

9【浹洽】　ㄐㄧㄚˊ ㄒㄧㄚˊ
①周遍；普及。②融洽。

【浹背】　ㄐㄧㄚˊ ㄅㄟˋ
溼透背部。

淯　ㄩˋ *yü*⁴ 音育
參淯水。

4【淯水】　ㄩˋ ㄕㄨㄟˇ
①俗名‘白河’。源出‘河南省’‘嵩縣’西南‘攻離山’，注入‘漢水’。②一名‘蜀河’。在‘陝西省’‘洵陽縣’東。源出‘秦嶺’，東南流入‘漢水’。

消　ㄒㄧㄠ *hsiao*¹ 音宵
①失去；不存在。如：煙消雲散。②滅除；離散。如：消毒。③減損；衰微。如：消瘦。④排遣。如：消憂。⑤耗費。如：消耗。⑥需要。如：不消說。⑦抵得上；禁得起。如：消得。⑧病名。即糖尿病。通痟。

4【消化】　ㄒㄧㄠ ㄏㄨㄚˋ
①(digestion)指將食物以機械作用和消化液中的酵素分解作用，使不能滲透細胞膜的食物，轉變成能滲透細胞膜的乳糜，以適於乳糜管及血管的吸收。②比喻對知識的吸收、理解。③指商品的售出。

7【消災】ㄒㄧㄠ ㄗㄞ
消除禍患。
8【消泯】ㄒㄧㄠ ㄇㄧㄣˇ
消滅。
【消夜】ㄒㄧㄠ ㄧㄝˋ
1排遣夜晚的時間。2夜間所吃的點心。今多作宵夜。
【消毒】ㄒㄧㄠ ㄉㄨˊ
(disinfection; sterilization)藉消毒劑與細胞酵素作用,阻礙或破壞細胞同化作用而殺滅病菌。與殺滅所有細菌的滅菌意義不同。
【消長】ㄒㄧㄠ ㄓㄤˇ
消滅與增長。
【消受】ㄒㄧㄠ ㄕㄡˋ
1享受。2忍受。
9【消洩】ㄒㄧㄠ ㄒㄧㄝˋ
(abreaction)心理治療法之一。心理分析者要求患者重新經歷導致衝突之情境,以消除由抑制所引發之情緒緊張,達到治療目的。
【消音】ㄒㄧㄠ ㄧㄣ
(noise abatement)1將電機或機械動力系統中不需要之干擾予以壓抑或消除。2減少或排除不能控制之雜亂干擾。
【消弭】ㄒㄧㄠ ㄇㄧˇ
消除;消滅。
10【消夏】ㄒㄧㄠ ㄒㄧㄚˋ
避暑;消解暑熱。
【消除】ㄒㄧㄠ ㄔㄨˊ
消滅;除去。
【消耗】ㄒㄧㄠ ㄏㄠˋ
1消費減損。2訊息;消息。
【消息】ㄒㄧㄠ ㄒㄧˊ
1指一消一長,更替循環。2訊息;音信。
12【消費】ㄒㄧㄠ ㄈㄟˋ
1財物的使用與消耗。2(consumption)人類爲滿足物質慾望而使用各種財貨的行爲。
【消暑】ㄒㄧㄠ ㄕㄨˇ
消除暑氣。
【消閒】ㄒㄧㄠ ㄒㄧㄢˊ
消磨閒暇;休閒。
13【消極】ㄒㄧㄠ ㄐㄧˊ
退避保守。與積極相對。
【消歇】ㄒㄧㄠ ㄒㄧㄝ
消失;停止。
14【消魂】ㄒㄧㄠ ㄏㄨㄣˊ
神魂失散。形容極度悲哀或極度迷醉,不能自主。
【消遣】ㄒㄧㄠ ㄑㄧㄢˇ
1排遣愁悶;打發時間。2指捉弄、開玩笑。
【消遙】ㄒㄧㄠ ㄧㄠˊ
無拘無束,自由自在。也作逍遙。
16【消磨】ㄒㄧㄠ ㄇㄛˊ
也作銷磨。1排遣時光。2減損;耗損。
【消融】ㄒㄧㄠ ㄖㄨㄥˊ
融化;化解。
18【消轉】ㄒㄧㄠ ㄓㄨㄢˇ
(transformation of taxation)又稱轉化。租稅轉嫁方式之一。即納稅者無法前轉,亦無法後轉與旁轉,則設法改良生產技術,提高工作效率,以消弭其租稅負擔。
9【消音器】ㄒㄧㄠ ㄧㄣ ㄑㄧˋ
(muffler)安裝於排氣管中,用來減低引擎排氣噪音的容器。
12【消費者】ㄒㄧㄠ ㄈㄟˋ ㄓㄜˇ
(consumer)從事消費行爲的個人或團體。
【消費物】ㄒㄧㄠ ㄈㄟˋ ㄨˋ
經正常使用一次即被消耗,不能再用於同一用途的物品,如柴、米、油、鹽等是。反之,稱爲非消費物,如衣服、書籍、土地、房屋等是。消費物與非消費物區別之實益在於讓與使用權時,是否須一併移轉所有權。消費借貸及消費寄託,以消費物爲借貸或寄託之標的物,因此必須移轉所有權;反之,使用借貸及通常寄託,以非消費物爲借貸或寄託之標的物,無須移轉所有權。
【消費品】ㄒㄧㄠ ㄈㄟˋ ㄆㄧㄣˇ
(consumer's goods)專供消費使用的各種財貨或產品。
【消費財】ㄒㄧㄠ ㄈㄟˋ ㄘㄞˊ
(consumer's goods)與資本財相對。指能直接供消費者使用、滿足其慾望的經濟財貨。如私人使用的汽車、家電用品等。
【消費稅】ㄒㄧㄠ ㄈㄟˋ ㄕㄨㄟˋ
(tax on consumption; excise taxes)指對於爲滿足目前慾望,以其所得購置供直接消費之物品或勞務所課的稅。現行稅目中,貨物稅、關稅等均具有消費稅的性質。
4【消化不良】ㄒㄧㄠ ㄏㄨㄚˋ ㄅㄨˋ ㄌㄧㄤˊ
(dyspepsia)指進食後腹部的不適感覺。患者的感覺多半是腹部飽脹、隱約的腹痛、上腹灼熱感、放屁、噁心等。主要是由於心理或精神上的問題所引起。再者,消化道以外的疾病如腎、心、肺等問題也可使病人有消化不良的症狀。
【消化系統】ㄒㄧㄠ ㄏㄨㄚˋ ㄒㄧˋ ㄊㄨㄥˇ
(digestive system)由消化管和消化腺所構成。消化管即食物的通道,起於口腔,經食道入胃,再入十二指腸、迴腸、空腸(此三者合爲小腸)、大腸,而終於直腸、肛門。口腔主要是咀嚼食物,食道是食物通道,胃主要研磨食物成乳糜,十二指腸有來自胰液及膽汁的開口,空腸和迴腸主要

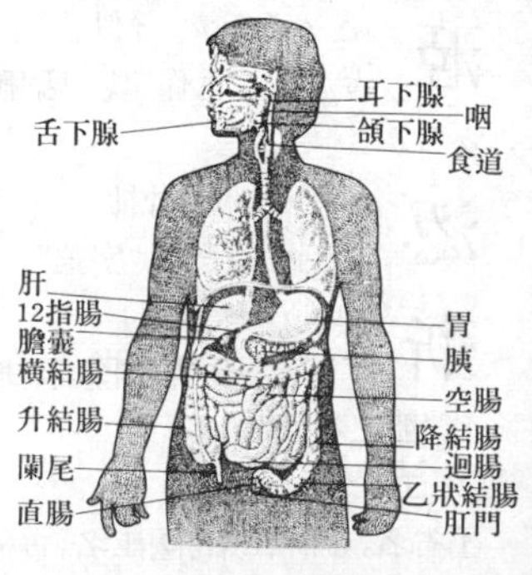

人體消化系統圖

進行吸收,大腸則爲糞便的通道,也有部分水分在此吸收。消化腺則包含唾液腺、胃腺、腸腺、肝臟、胰臟等;其分泌液含有消化酶,可以把食物分解成適合人體吸收的成分。

12【消費函數】ㄒㄧㄠ ㄈㄟˋ ㄏㄢˊ ㄕㄨˋ
(consumption function) 不論一個家庭或一個經濟社會全體,其所得如果增加,則其消費支出也必隨之增加的收入與支出關係。

【消費借貸】ㄒㄧㄠ ㄈㄟˋ ㄐㄧㄝˋ ㄉㄞˋ
當事人約定一方移轉金錢或其他代替物之所有權於他方,而他方以種類、品質、數量相同之物返還的契約。消費借貸爲片務契約,只有借用人負返還之義務,貸與人不負交付之義務。消費借貸又爲要物契約,須待金錢或其他代替物交付,契約始能成立;近年由於抵押擔保制度之需要及利息對價給付之事實,消費借貸有由要物契約改爲諾成契約的發展趨勢。

【消費寄託】ㄒㄧㄠ ㄈㄟˋ ㄐㄧˋ ㄊㄨㄛ
也稱不規則寄託。乃以代替物爲寄託之標的,約定寄託物之所有權移轉於受寄人,並由受寄人以種類、品質、數量相同之物返還的一種特殊寄託。寄託物爲金錢時,法律推定爲消費寄託。消費寄託於代替物交付並移轉所有權於受寄人,同時約定受寄人以種類、品質、數量相同之物返還時成立。寄託物交付後,該物之利益及危險由受寄人承擔;如受寄人破產,因寄託物已移轉爲受寄人所有,故寄託人無取回權。消費寄託如定有期限者,受寄人應於約定期限返還寄託物,非有不得已事由,不得於期前返還,寄託人非有不得已事由,也不得於期前請求償還。如未定有期約者,受寄人得隨時返還,寄託人亦得定一個月以上之相當期限催造返還。

13【消滅時效】ㄒㄧㄠ ㄇㄧㄝˋ ㄕˊ ㄒㄧㄠˋ
指權利因一定期間不行使,其請求權得因被抗辯而消滅。時效有一般時效與短期時效之分,“民法”第一百二十五條:「請求權,因十五年間不行使而消滅,但法律所定期間較短者,依其規定。」是爲一般時效;“民法”第一百二十六條:「利息、紅利、租金、贍養費、退職金及其他一年或不及一年之定期給付債權,其各期給付請求權,因五年間不行使而消滅。」及“民法”第一百二十七條:「左列各款請求權,因二年間不行使而消滅:一、旅店、飲食店及娛樂場之住宿費、飲食費、座費、消費物之代價及其墊款。二、運送費及運送人所墊之款。三、以租賃動產爲營業者之租價。四、醫生、藥師、看護生之診費、藥費、報酬及其墊款。五、律師、會計師、公證人之報酬及其墊款。六、律師、會計師、公證人所收當事人物件之交還。七、技師、承攬人之報酬及其墊款。八、商人、製造人、手工業人所供給之商品及產物之代價。」是爲短期時效。消滅時效因債權人之請求、起訴或債務人之承認而中斷。消滅時效完成後,請求權雖因被抗辯而消滅,但權利本身尙屬存在,故債務人若履行給付,債權人受領給付,亦非無法律上之原因,不得以不當得利爲理由請求返還。

【消極字彙】ㄒㄧㄠ ㄐㄧˊ ㄗˋ ㄏㄨㄟˋ
(passive vocabulary) 指個人所瞭解之所有字彙。

【消極迴避】ㄒㄧㄠ ㄐㄧˊ ㄏㄨㄟˊ ㄅㄧˋ
(passive avoidance) 一種操作式制約。個體每表現某一行爲即遭懲罰,久之,個體學會不再產生該行爲反應,以避免懲罰。

【消極損害】ㄒㄧㄠ ㄐㄧˊ ㄙㄨㄣˇ ㄏㄞˋ
又稱所失利益。乃倘無歸責原因之事實勢能取得之利益,因歸責原因事實發生以致喪失。由於消極損害並非現實具體之利益受損害,範圍較難確定。所以“民法”規定依通常情形,或依已定之計畫、設備或其他特別情事,可得預期之利益,視爲所失利益。準此,所失利益有三類:一、確實可以獲得之利益而未獲得者:如轉賣之差額因出賣人給付不能而喪失。二、依通常情形可得預期之利益:如某工人被撞傷住院一個月,致喪失一個月之工資。三、依已定之計畫、設備或其他特別情事可得預期之利益:如已裝設碾米機,本可碾米轉賣獲利,因對方未送糙米,致未取得轉賣之利益。損害賠償,除法律另有規定或契約另有訂定外,應以塡補債權人所受損害及所失利益爲限。

12【消費性放款】ㄒㄧㄠ ㄈㄟˋ ㄒㄧㄥˋ ㄈㄤˋ ㄎㄨㄢˇ
(consumer loans) 指借款人將所借得的款項,用以購買交通工具、電器、音響製品等耐久性消費品或居家用的房屋及旅遊觀光等,以滿足個人消費慾望的放款。此類放款如特別強調以個人爲對象,即稱爲消費者貸款。

【消費者主權】ㄒㄧㄠ ㄈㄟˋ ㄓㄜˇ ㄓㄨˇ ㄑㄩㄢˊ
(consumer sovereignty) 指在自由市場經濟下,所有生產都是經消費者投下「金錢票」(dollar vote)所選出符合其需要的產品。

【消費者市場】ㄒㄧㄠ ㄈㄟˋ ㄓㄜˇ ㄕˋ ㄔㄤˇ
(consumer market) 以銷售消費品爲主的銷售市場。與工業品市場相對應。

【消費者行爲】ㄒㄧㄠ ㄈㄟˋ ㄓㄜˇ ㄒㄧㄥˊ ㄨㄟˊ
(consumer's behavior) 指關於消費者獲得與使用一項經濟財的

行爲。例如購買決策、購買行爲、購買心理、購買後感覺等。

【消費者均衡】 ㄒㄧㄠ ㄈㄟˋ ㄓㄜˇ ㄐㄩㄣ ㄏㄥˊ
(consumer equilibrium) 消費者於一定時間內，在各種財貨與勞務已知的價格下，以其有限的所得預算消費不同的財貨與勞務，當其效用滿足達到最大時，其消費組合即不再變動的一種狀態。

【消費者風險】 ㄒㄧㄠ ㄈㄟˋ ㄓㄜˇ ㄈㄥ ㄒㄧㄢˇ
(consumer's risk; CR) 當產品品質已達到拒收水準，但仍由於抽樣檢驗的統計機率關係，會有少數被允收的機率。

【消費者剩餘】 ㄒㄧㄠ ㄈㄟˋ ㄓㄜˇ ㄕㄥˋ ㄩˊ
(consumer's surplus) 在競爭性市場，因爲只有一個價格，消費者購買某種財貨實際所支付的價款，與他所願意支付的最高價款之間的差額，稱爲消費者剩餘。例如襯衣每件價格三百元，購買三件，所付價款爲九百元。設襯衣爲獨占者所出售，並採取差別價格，消費者買第一件願付五百元，買第二件願付四百元，買第三件則願付三百元，購買三件，則總價款爲一千二百元，其與九百元之間的差額三百元，即消費者剩餘。若

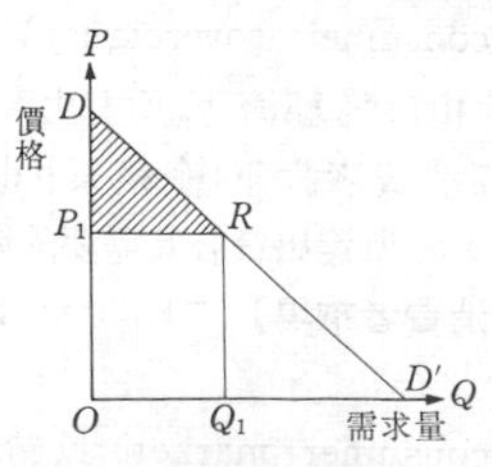

消費者剩餘圖

以圖形表示，如 DD' 線爲需求曲線，OP_1 爲市價價格，OQ_1 爲購買量，OP_1RQ_1 的面積代表實際支出的價款，$ODRQ_1$ 爲消費者所願意支出最高價款，兩者之間的差額，即圖中畫陰影部分，即消費者剩餘。

【消費者廣告】 ㄒㄧㄠ ㄈㄟˋ ㄓㄜˇ ㄍㄨㄤˇ ㄍㄠˋ
(consumer advertising) 針對整個社會大眾所刊播的廣告和進行的廣告活動。

【消費的改變】 ㄒㄧㄠ ㄈㄟˋ ˙ㄉㄜ ㄍㄞˇ ㄅㄧㄢˋ
(changes in consumption) 設所得水準不變，當其他影響消費的因素改變時，整個消費函數曲線的位置將發生改變，而使人們在任何所得水準之下，願意消費更多或較少。

10**【消息靈通人士】** ㄒㄧㄠ ㄒㄧˊ ㄌㄧㄥˊ ㄊㄨㄥ ㄖㄣˊ ㄕˋ
(informed sources) 新聞報導中，爲建立讀者對新聞的信心，而新聞來源又不得透露，編採人員乃以「消息靈通人士」標明消息的來源。爲'林德萊'(Earnst K. Lindly) 首先創用，所以也稱'林德萊'法則。

12**【消費量的改變】** ㄒㄧㄠ ㄈㄟˋ ㄌㄧㄤˋ ˙ㄉㄜ ㄍㄞˇ ㄅㄧㄢˋ
(changes in the amount consumed) 設其他非所得因素不變，消費量將隨所得之改變而沿消費函數曲線上下移動。

【消費者固定樣本】 ㄒㄧㄠ ㄈㄟˋ ㄓㄜˇ ㄍㄨˋ ㄉㄧㄥˋ ㄧㄤˋ ㄅㄣˇ
(consumer panel) 也稱消費者陪審團。一群經由抽樣而予保留的消費者。由於這群消費者每次都會接受調查，非常固定，故稱。

【消費者物價指數】 ㄒㄧㄠ ㄈㄟˋ ㄓㄜˇ ㄨˋ ㄐㄧㄚˋ ㄓˇ ㄕㄨˋ
(consumer price index; CPI) 以消費者所使用的財貨或勞務爲主體所編製的物價指數。可用以測定消費者物價的變動。

【消費型營業加值稅】 ㄒㄧㄠ ㄈㄟˋ ㄒㄧㄥˊ ㄧㄥˊ ㄧㄝˋ ㄐㄧㄚ ㄓˊ ㄕㄨㄟˋ
(consumption type of value-added tax) 營業加值稅型態之一。其最大特點乃在計算稅基時，得將資本設備之支出於購入資本設備時，一次自同期銷貨中減除，而非分期提列折舊，故廠商稅負最輕，對資本形成有鼓勵作用。

浫 ㄍㄢˋ kan^4 音幹
乾燥。見"玉篇"。

涅 湼的俗體。

湼 ㄋㄧㄝˋ $nieh^4$ 音聶
1黑色染料。見"說文"。2染黑；在臉上刺字塗墨。如：湼面。

4**【湼水】** ㄋㄧㄝˋ ㄕㄨㄟˇ
1源出今'山西省''武鄉縣'西北的'分水嶺'，東南流入'襄垣縣'北，會'小漳水'，注入'濁漳'。2源出今'河南省''鎮平縣''騎立山'的'三潭'，東南流至'鄧縣'東北，注入'湍水'。

14**【湼槃】** ㄋㄧㄝˋ ㄆㄢˊ
梵語 nirvāṇa (湼槃那)的簡略音譯，又譯作泥洹。義譯爲圓寂、滅度。指佛道行者，修道功圓果滿，已斷一切煩惱，無明已盡，萬德具備，進入大覺的最高境界。

浬 ㄌㄧˇ li^3 音里
(nautical mile) 長度的併用單位。等於1,852公尺。

浿 ㄆㄟˋ $p'ei^4$ 音沛
水名。見"說文"。

浥 ㄧˋ i^4 音邑
1溼。見"說文"。2姓。'漢'有'浥安'。見"萬姓統譜·一二三"。

浸 沒的本字。

浞 ㄓㄨㄛˊ cho^2, $chuo^2$ 音卓
浸溼的樣子。見"說文"。

涉 一 ㄕㄜˋ $shê^4$ 音設
1徒步渡水。見"說文"。2經歷；經過。如：涉險。3牽連；進入。如：牽涉。
二 ㄉㄧㄝˊ $tieh^2$ 音蝶
踐踏。通蹀。

4**【涉水】** ㄕㄜˋ ㄕㄨㄟˇ

過河;渡水。

5【涉世】ㄕㄜˋ ㄕˋ
經歷世事。

7【涉足】ㄕㄜˋ ㄗㄨˊ
進入某種處所或情境。

11【涉訟】ㄕㄜˋ ㄙㄨㄥˋ
涉及訴訟之事。

13【涉想】ㄕㄜˋ ㄒㄧㄤˇ
想像。

【涉嫌】ㄕㄜˋ ㄒㄧㄢˊ
有犯罪的嫌疑。

16【涉險】ㄕㄜˋ ㄒㄧㄢˇ
進入危險之地;冒險。

18【涉獵】ㄕㄜˋ ㄌㄧㄝˋ
比喻有所接觸、探索而不專精。

21【涉覽】ㄕㄜˋ ㄌㄢˇ
粗略閱讀而不精細研究。

涓 ㄐㄩㄢ *chüan*¹ 音娟
①細小的水流。見"說文"。②細微。如:涓滴。③選擇。

2【涓人】ㄐㄩㄢ ㄖㄣˊ
掌管宮中清掃事宜的人。

9【涓流】ㄐㄩㄢ ㄌㄧㄡˊ
細小的水流。

10【涓涓】ㄐㄩㄢ ㄐㄩㄢ
①細小的水流。②細水緩緩流動的樣子。

【涓埃】ㄐㄩㄢ ㄞ
水滴與塵埃。比喻細微。

14【涓滴】ㄐㄩㄢ ㄉㄧ
小水滴。比喻微小。

【涓滴歸公】ㄐㄩㄢ ㄉㄧ ㄍㄨㄟ ㄍㄨㄥ
雖然是極微小的款項也全部歸公。形容廉潔公正。

浧 ㄧㄥˇ *ying*³ 音影
①泥土。見"廣韻"。②流動。見"集韻"。

⿰氵㞷 汪的本字。

涠 ㄨㄥˇ *wêng*³ 音蓊
参涠濎。

15【涠濎】ㄨㄥˇ ㄏㄥˋ
水洄旋的樣子。

涔 ㄘㄣˊ *ts'ên*² 音岑
①積水浸漬。見"說文"。②在水中積柴捕魚。見"正字通"。

10【涔涔】ㄘㄣˊ ㄘㄣˊ
①雨下不止的樣子。②淚流不止的樣子。③天色陰沈晦暗的樣子。④煩悶;困頓。

浖 ㄌㄧㄝˋ *lieh*⁴ 音劣
①水邊。見"廣雅·釋丘"。②山上的水。見"玉篇"。

浮 ㄈㄨˊ *fu*² 音福 又讀 ㄈㄡˊ *fou*²
①漂在水上。見"說文"。②泛指航行。③飄遊。如:浮雲。④超過。如:人浮於事。⑤虛而不實。如:浮名。⑥罰酒。如:浮白。⑦姓。'明'有'浮簡'。見"萬姓統譜·六三"。

2【浮力】ㄈㄨˊ ㄌㄧˋ
(buoyant force)在流體內的任一個物體,均受有周圍流體對其所施之向上且減輕重量的合力。浮力的大小等於物體在液體中所減輕的重量,亦等於物體所排開的液體重。

4【浮冗】ㄈㄨˊ ㄖㄨㄥˇ
虛浮冗雜。

5【浮石】ㄈㄨˊ ㄕˊ
(pumice)一種矽質的火山玻璃。由於噴出之岩漿急速冷卻,表面因氣體逸散而含有無數氣孔,狀如海綿,可以浮於水面。

【浮生】ㄈㄨˊ ㄕㄥ
指人生。

6【浮冰】ㄈㄨˊ ㄅㄧㄥ
(ice floe)海冰的一種。掩覆整個海面的堅密冰層稱爲積冰或冰群(pack ice),在風和洋流的作用下,破碎而分離成許多單獨的冰塊,即爲浮冰。

【浮名】ㄈㄨˊ ㄇㄧㄥˊ
虛名。

【浮舟】ㄈㄨˊ ㄓㄡ
泛舟。

7【浮沈】ㄈㄨˊ ㄔㄣˊ
在水中時上時下。①比喻隨著世俗轉移。②比喻境遇的盛衰得失或地位的升降起落。

8【浮泛】ㄈㄨˊ ㄈㄢˋ
①坐船漫遊。②比喻膚淺而不切實際。

10【浮脈】ㄈㄨˊ ㄇㄛˋ
脈象的一種。指脈搏輕按即可感覺到,重按反而減弱。多見於感冒和初期的急性熱病。

11【浮屠】ㄈㄨˊ ㄊㄨˊ
佛家語。①梵語 Buddha 的音譯。也譯作浮圖、佛陀、佛陁。即今所說的佛。②寺塔。梵語 stūpa,音譯作窣堵波、素覩波。因在初期譯經時與 Buddha 一字音譯混同,以致後世亦將浮屠、浮圖通用爲「塔」的梵名。

12【浮渣】ㄈㄨˊ ㄓㄚ
(scum)處理汙水或工業廢水時,浮於液面上的汙染物質。

【浮報】ㄈㄨˊ ㄅㄠˋ
超額虛報。

【浮費】ㄈㄨˊ ㄈㄟˋ
浪費。

【浮萍】ㄈㄨˊ ㄆㄧㄥˊ
①(*Lemna minor*)生於水面的小草本。全株有一纖細的根,葉狀體對稱,近圓形;花單性,雌雄同株,雌花1朵,雄花2朵,細小。普遍見於池沼、水田中。可供作家禽飼料。②比喻到處流浪、飄忽不定的人。

浮萍圖

【浮華】ㄈㄨˊ ㄏㄨㄚˊ
外表華麗而沒有充實的內容。

13【浮滑】ㄈㄨˊ ㄏㄨㄚˊ
輕浮油滑。

【浮誇】ㄈㄨˊ ㄎㄨㄚ
虛浮誇大而不實在。

14【浮臺】ㄈㄨˊ ㄊㄞˊ
(floating platforms) 應用於海上採油與海底救難等作業的穩定平臺。用以支持操作臺及在臺中央的的鑽油機及存泥器、管柵等。

平臺上可進行鑽油的作業，並提供工作人員之住所，亦可供直升機起降之用。除非是在強烈的暴風雨下，可不必顧慮海水的狀況。在吃水很深時，平臺產生強大浮力，有助於海底救難工作。浮臺不具前進動力，必須依賴拖船定位。

15【浮標】ㄈㄨˊ ㄅㄧㄠ
(buoy) 簡稱浮。係於港口、港內或航道狹隘處，藉形狀、顏色或閃光之單雙數顯示意義，以助導船舶航行的設備。

16【浮橋】ㄈㄨˊ ㄑㄧㄠˊ
聯結船、筏、浮筒等，上鋪木板，以供人車通過的臨時便橋。

【浮雕】ㄈㄨˊ ㄉㄧㄠ
在背景上作半立體的表現，先定物象的最高與最低面，然後依比例將高低層次表現出來的一種雕塑技法。觀者多自作品的正面觀賞，可體會物象的深淺遠近。與圓雕可自多面觀賞的全立體表現方法有別。

17【浮濫】ㄈㄨˊ ㄌㄢˋ
1虛浮而不切實際。2過多而不加節制。

19【浮離】ㄈㄨˊ ㄌㄧˊ
(floatation) 將固體顆粒懸浮於氣流中，由於其重量與形狀之不同而類析之操作。例如黏土之浮離。

20【浮躁】ㄈㄨˊ ㄗㄠˋ
輕浮急躁；不穩重、沒耐性。

21【浮譽】ㄈㄨˊ ㄩˋ
虛名。

【浮囂】ㄈㄨˊ ㄒㄧㄠ
輕浮囂張。

3【浮士德】ㄈㄨˊ ㄕˋ ㄉㄜˊ
(*Faust*)'歌德'作品中內容最豐富、最深刻者。敍述年老的'浮士德'把靈魂賣給魔鬼'梅菲斯托菲立斯'(Mephistopheles)，以交換返老還童及其他塵世的快樂，但在得到權力、金錢、美女之後，一切轉眼即逝，最後因爲上天的慈悲及其鍥而不舍尋求眞理的精神而獲赦。全書以長詩的形式寫成，而充滿了戲劇變化，情節緊湊，故事動人，包含'歌德'對哲學、宗教的所有見解，是浪漫文學的典範之作。

5【浮世繪】ㄈㄨˊ ㄕˋ ㄏㄨㄟˋ
'日本'的現世風俗畫。興起於十六世紀末、十七世紀下半，利用刻版印刷，至十九世紀中葉入於尾聲。描繪之題材多爲現實民間生活、'日本'風物名勝等。開始只有黑白印刷，稱墨摺繪，後加上手工筆彩，稱爲丹繪；在頭髮用的墨色上加些膠，使印刷出光澤效果的，稱爲漆繪；後來發展爲紅、綠及墨三版來套印，稱紅摺繪；最後才發展多色套印版畫，稱爲繪畫。近三個世紀間，浮世繪有三、四十個流派，數百位畫家和雕師兼摺師(雕版兼印刷家)，著名者有'菱川師宣'、'鈴木春信'、'鳥居清長'、'喜多川哥麿'、'葛飾北齋'及'安藤廣重'等。

12【浮游塵】ㄈㄨˊ ㄧㄡˊ ㄔㄣˊ
(aerosol) 浮游於氣相介質中的微細固體或液體粒子。包括煙、碳粒、薰煙、硫酸霧及自然界之雲霧等。

16【浮選劑】ㄈㄨˊ ㄒㄩㄢˇ ㄐㄧˋ
(flotation agent)用於浮選操作中使某類固體被油沾溼，能隨著上升之氣泡上浮而分離的化學品。例如油狀物質、二甲苯胺、甲酚等。

17【浮點數】ㄈㄨˊ ㄉㄧㄢˇ ㄕㄨˋ
(floating-point number) 使用浮點表示法所表示的數。電腦系統內儲存帶有小數部分或數值很大的數時，多使用浮點數之形式。

4【浮文巧語】ㄈㄨˊ ㄨㄣˊ ㄑㄧㄠˇ ㄩˇ
華麗無實的文章或話語。

5【浮生六記】ㄈㄨˊ ㄕㄥ ㄌㄧㄡˋ ㄐㄧˋ
'清''沈復'撰，六卷，今存四卷。內容主要描寫作者生活上的哀樂與得失，文筆清麗，情感眞摯。

【浮生若夢】ㄈㄨˊ ㄕㄥ ㄖㄨㄛˋ ㄇㄥˋ
人生有如夢幻。

【浮瓜沈李】ㄈㄨˊ ㄍㄨㄚ ㄔㄣˊ ㄌㄧˇ
將瓜李浸在水中，以爲消暑食品。

6【浮光掠影】ㄈㄨˊ ㄍㄨㄤ ㄌㄩㄝˋ ㄧㄥˇ
水面閃動的反光一晃而過的影子。比喻倏忽而過，不留痕跡，或指膚淺的言論、虛幻的事物等。

7【浮沙建塔】ㄈㄨˊ ㄕㄚ ㄐㄧㄢˋ ㄊㄚˇ
在沙灘上建塔。比喻基礎不穩固或荒謬不切實際。

11【浮動利率】ㄈㄨˊ ㄉㄨㄥˋ ㄌㄧˋ ㄌㄩˋ
(floating rate)也稱機動利率。銀行存款或放款的計息利率，經約定可隨銀行牌告利率之改訂而隨時變動者。

12【浮游生物】ㄈㄨˊ ㄧㄡˊ ㄕㄥ ㄨˋ
(plankton)浮於水面而隨水漂浮的小生物。

【浮雲朝露】ㄈㄨˊ ㄩㄣˊ ㄓㄠ ㄌㄨˋ
比喻世事多變，人生短促。

【浮雲蔽日】ㄈㄨˊ ㄩㄣˊ ㄅㄧˋ ㄖˋ
浮雲遮蔽日光。比喻小人殘害忠良或奸臣蒙蔽主上。也作浮雲翳日。

16【浮雕攝影】ㄈㄨˊ ㄉㄧㄠ ㄕㄜˋ ㄧㄥˇ
使照片上的影像呈現浮雕效果的攝影技巧。將負像畫面的底片，複印出一張正像畫面的正片，再將正、負片重疊並略錯開，再放大印曬，即可得到浮雕效果的影像。

17【浮點表示法】ㄈㄨˊ ㄉㄧㄢˇ ㄅㄧㄠˇ ㄕˋ ㄈㄚˇ
(floating-point representation) 電腦程式處理數值時常用的表示法之一。即將數表示爲$0.m\times B^E$之形式，其中m稱爲尾數，B稱爲數基式底數，E稱爲指數。如將75.36表示爲0.7536×10^2。因小數點之位置可浮動，故稱。

浠 ㄒㄧ *hsi*[1] 音希
參浠水。

4【浠水】ㄒㄧ ㄕㄨㄟˇ

一作‘希水’，又名‘南門河’。發源於今‘湖北省’‘英山縣’，西南流，經‘浠水縣’至‘蘭溪鎮’，注入‘長江’。

涚 ㄕㄨㄟˋ shui^4 音稅
①微溫的水。見“說文”。②濾酒使清。見“字彙”。

浴 ㄩˋ yü^4 音欲
①洗身。見“說文”。②鳥忽高忽低地飛翔。

6【浴血】 ㄩˋ ㄒㄧㄝˇ
全身是血。形容戰爭激烈，傷亡眾多。

涘 ㄙˋ szŭ^4, ssŭ^4 音四
水邊；河岸。見“說文”。

浚 ㄐㄩㄣˋ chün^4 音俊
①深。見“字彙”。②疏通或鑿深水道。通濬。如：浚井。③榨取；剝削。如：浚民之膏澤。

16【浚導】 ㄐㄩㄣˋ ㄉㄠˇ
疏濬引導，使水流通暢。

浵
漩的本字。

浵 ㄊㄨㄥˊ t'ung^2 音同
古水名。見“集韻”。

海 ㄏㄞˇ hai^3 音醢
①(sea)海洋中面積和深度均較小，鹽度常有變化，幾無獨自之潮汐和洋流，而受大洋、大陸影響者。依其位置及與陸地的關係，可分為緣海、大陸海、內陸海(閉鎖海)等；依其輪廓則有海峽、海灣等之別。②區域較大的內陸水。如：‘裏海’。③比喻人或物積聚眾多之處。如：人海。④比喻容量極大。如：海量。⑤姓。‘明’有‘海瑞’。見“明史·海瑞傳”。

3【海口】 ㄏㄞˇ ㄎㄡˇ
①河川入海的地方。②形容人的嘴大又深。③說大話；誇口。④市名。位於‘海南島’北部，‘南渡河’出口處。為‘海南特別行政區’的首府、農林漁產的集散中心及第一大城。有農產加工、橡膠、機械、紡織等工業，以及椰殼雕刻的特殊手工藝。

【海山】 ㄏㄞˇ ㄕㄢ
(sea mount)指大洋底孤立的海底隆起。高度在1,000公尺以上，通常呈圓形，而四周邊緣極為陡峭。

4【海牙】 ㄏㄞˇ ㄧㄚˊ
(The Hague)‘聯合國’‘國際法院’所在地。位於‘荷蘭’西部‘鹿特丹’西北。為‘荷蘭’政府所在地。

【海內】 ㄏㄞˇ ㄋㄟˋ
全國；天下。我國古代以‘中國’四周為海洋所包圍，故稱。

【海牛】 ㄏㄞˇ ㄋㄧㄡˊ
(manatee)屬於哺乳綱、海牛目(order Sirenia)、海牛科(family Trichechidae)的動物。共1屬3種。體壯，末端呈圓鰭狀，前肢呈鰭狀近頭部，無後肢；頭小，口鼻部方形，成體體長2.5～4.5公尺，重達700公斤。運動緩慢，生活於淺海、河口或河流中，以水中植物為食。單獨或呈小群生活，群體中的個體，以口、鼻接觸而相互溝通，視覺及聽覺皆不發達。人們捕殺海牛以取其肉、皮及脂肪。

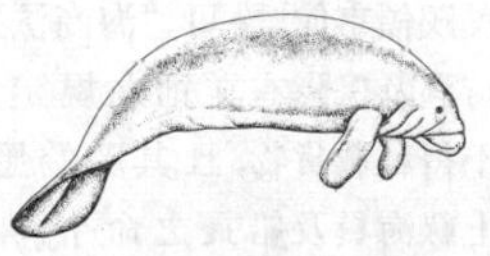

海牛圖

6【海地】 ㄏㄞˇ ㄉㄧˋ
(Haiti) 位於‘大西洋’和‘加勒比海’間‘海地島’西部的黑人國。面積2.7萬方公里，人口812.0萬(2005年)，首都‘太子港’(Port-au-Prince)。主產香蕉、可可、咖啡、菸草、鋁土和鎳礦。

7【海防】 ㄏㄞˇ ㄈㄤˊ
領海的防衛措施。

【海里】 ㄏㄞˇ ㄌㄧˇ
海上距離的計算單位。又作浬。等於1,852公尺。

【海甸】 ㄏㄞˇ ㄉㄧㄢˋ
①近海的地方。②地名。即‘海淀’。在今‘北平市’‘西直門’外。

8【海河】 ㄏㄞˇ ㄏㄜˊ
位於‘河北省’。由五大支流匯流而成，自北而南依次為：一、‘白河’：源自‘察’省東南部；二、‘永定河’：源自‘晉’省北部，稱‘桑乾河’；三、‘大清河’：源於‘太行山’東側；四、‘子牙河’：源自‘晉’省中部，有‘滹沱河’、‘滏陽河’二源；五、‘南運河’：源自‘晉’省東南部，稱‘衛河’。五河於‘天津’匯合後稱‘海河’。有航行之利；冬季有冰期，且河床易淤淺而有水患之害。

【海波】 ㄏㄞˇ ㄅㄛ
(hypo)即硫代硫酸鈉。參硫代硫酸鈉。

【海岸】 ㄏㄞˇ ㄢˋ
(coast)統稱沿海受海水作用(包括侵蝕和堆積)強烈影響之區。

【海岱】 ㄏㄞˇ ㄉㄞˋ
“禹貢”所指‘青’、‘徐’二州之地。即‘東海’與‘泰山’間的地區。

【海狗】 ㄏㄞˇ ㄍㄡˇ
(fur seal)屬於哺乳綱、食肉目(order Carnivora)、鰭腳亞目(suborder Pinnipedia)、海獅科(family Otariidae)的動物。共2屬7種。北方海狗屬(*Callorhinus*)僅1種，生活於‘白令海’，食魚及其他動物；雄者深褐色，長約3.1公尺，重約300公斤；雌者深灰色，長約1.5公尺，重約60公斤。由於人們的捕殺，數目已日減。南方海狗屬(*Arctocephalus*)共6種，生活於南半球，體色自灰至褐或黑色，大小因種類不同而異，目前亦都受到法律保護。

海狗圖

9【海洋】 ㄏㄞˇ ㄧㄤˊ
(sea and ocean)總稱地表上除陸地外的廣大水域。事實上，洋和海在含義上有所區別。凡隔離大

陸而水域很大,深海部分所占比例很大,淺海部分的陸棚比例僅在10～15%,甚至更小,其海水性質大致恆定,並具有獨立之潮汐和洋流系統者,稱爲洋,'太平洋'、'大西洋'和'印度洋'爲地表三大洋。而面積較大洋爲小,大致位於大陸邊緣,深海部分所占之比例較小,陸棚部分特別發達,受鄰近大陸環境之影響特別深,且海水性質變化較大的水面,則稱爲海。

【海派】 ㄏㄞˇ ㄆㄞˋ

1指'上海'一派'平'劇演員的表演風格。講究場面的豪華、情節的熱鬧。2形容大方闊綽、愛面子的作風。

【海星】 ㄏㄞˇ ㄒㄧㄥ

(starfish) 屬棘皮動物門、海星綱。海產。體呈五輻對稱,中央爲盤狀部,盤之周圍有5個腕,少數種類之腕有5個以上。喜食軟體動物,故會危害貝類養殖場。再生力強,即使僅具一腕,略帶少許盤狀部,亦能再生成一完整的個體。

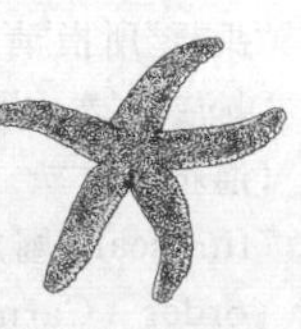

海星圖

【海苔】 ㄏㄞˇ ㄊㄞˊ

'日本'稱紫菜爲甘海苔,而在'臺灣'多簡稱爲海苔。

10【海馬】 ㄏㄞˇ ㄇㄚˇ

(sea horse)屬硬骨魚綱 (class Osteichthyes)、棘魚目 (order Gasterosteiformes)、海龍科(family Syngnathidae)。爲海產。頭似馬且與體軀垂直,體表有環紋,尾向前彎,能捲物。不善游泳,常棲於沿岸海藻間,保持直立姿勢。口小,食物爲其他小生物。雄的尾部腹面有一育兒袋,雌者將卵產入袋中,約經8～10天即孵出小魚,小魚產出時,袋壁的肌肉收縮,體向腹面彎曲,彎曲一次即產出一小海馬。本科動物的乾製品,'中'藥材名之爲龍落子,相傳是一種壯陽劑。

海馬圖

【海員】 ㄏㄞˇ ㄩㄢˊ

受船舶所有人僱用,由船長指揮服務於船舶上的所有人員。依其所擔任之工作部門可分爲駕駛部門:如船長、大副、二副等;輪機部門:如輪機長、大管輪、二管輪等;事務部門:如報務員、理貨員、事務員等。船舶所有人僱用海員,應以書面訂定僱用契約,且在國內應送航政機關,在國外送請'中華民國領事館'認可。"海商法"對其待遇及保障有詳細之規定。海員不得私載貨物,且其職務應服從上級海員及船長之命令,非經許可,不得離船。

【海峽】 ㄏㄞˇ ㄒㄧㄚˊ

(strait; channel)聯結兩個較大海域的狹窄水路。如溝通'東海'和'南海'的'臺灣海峽'、溝通'大西洋'和'北海'的'英吉利海峽'等。

【海豹】 ㄏㄞˇ ㄅㄠˋ

(seal)爲水棲的哺乳動物,屬於食肉目。分布於世界各地的沿海地區,在極地海洋中尤爲常見。善於游泳及潛水,能潛至150～250公尺或更深處,持續在水中20～30分鐘。其適應水中生活的構造特徵包括:流線型身體、四肢短而呈槳狀、皮下脂肪厚可禦寒等。以甲殼類及其他海生動物爲食。至陸地繁殖,雌者懷孕8～12個月,每次產一幼兒。無耳海豹無耳殼,共13屬18種;有耳海豹(海獅)具有耳殼,共7屬12種,馬戲團中所見者多屬此類。人們獵捕海豹以取其皮毛、脂肪及肉。

海豹圖

【海倫】 ㄏㄞˇ ㄌㄨㄣˊ

(Helen) '希臘'神話中傾城傾國的美女。後用以比喻最美的女子。'希臘'神話中的'海倫'嫁與'斯巴達'王'門尼勞斯'(Menelaus)爲后,後與'特洛伊國'(Troy)的王子'派里斯'(Paris)有私情,出奔偕往'特洛伊城',遂引起'希臘'諸邦集合十萬大軍圍攻而持續十年之久的'特洛伊'戰爭。

【海扇】 ㄏㄞˇ ㄕㄢˋ

(scallop; *Pecten*)屬軟體動物門、斧足綱。具有左右兩片殼,殼頂處有耳狀突起,殼面有從殼頂輻射而出的隆紋,很像扇骨,且行動時兩殼迅速開閉,作噴射推進,狀似打扇,故名。閉殼肌只有一枚,大型,可供食用(國人作爲珍美食品的干貝,又稱江珧柱,爲江珧的單個閉殼肌)。外套邊緣有許多觸手及眼點,與斧足綱動物通常無感覺器官的情形不同。足小,不適行走。生活於清澈海水的泥沙底。食物爲水中的微小生物,隨水流入外套腔,再由鰓的纖毛及黏液收集,並將之移至口。精子與卵皆排至水中,受精卵發育爲能游泳的幼蟲,繼之幼蟲掉入水底,附著於他物,最後發育爲間歇作快速游泳的成體。

海扇圖

11【海寇】 ㄏㄞˇ ㄎㄡˋ

在海上搶劫的強盜。即海盜。

【海涵】 ㄏㄞˇ ㄏㄢˊ

比喻人度量寬大,也用作請人原諒之詞。

【海淵】 ㄏㄞˇ ㄩㄢ

(deep)深海區內的深溝。或稱深淵。兩側狹削,如河川之峽谷。北

‘太平洋’‘馬里亞納海溝’的‘威加海淵’(Vityaz Deep)是全球最深的海底，深達11,034公尺，與陸地最高的‘聖母峰’(高8,848公尺)相差幾達二萬公尺。

【海域】ㄏㄞˇ ㄩˋ
指海洋上固定的範圍區域。包含海面上及海面下。

【海陬】ㄏㄞˇ ㄗㄡ
海角；海的一隅。引申爲偏遠。

【海参】ㄏㄞˇ ㄕㄣ
(sea cucumber)棘皮動物門、海參綱中動物的俗稱。生活於淺海，體似黃瓜，一端有口，另一端有肛門。口的周圍有一圈觸手，數目不定，五個或更多。因其生活時口向前，與一般棘皮動物口向下的情形不同，因此身體乃由輻射對稱演變爲兩側對稱。步帶五列，其中三列位於腹面(即生活時向下的一面)，另兩列位於背面，該兩列步帶之管足則變形爲疣狀突起。骨骼爲微小的骨片，埋於體壁中，得用顯微鏡才能觀察到。受驚時，會將體內的‘歐’氏器、腸等內臟自肛門脫出，以後可以再生。有些種類如刺参(*Stichopus*)、瓜参(*Cucumaria*)等，國人視爲珍美食品。目前已知者約有17屬、1,100種。

海參圖

【海豚】ㄏㄞˇ ㄊㄨㄣˊ
(dolphin)鯨目中數科動物的俗稱。水生哺乳類。體呈流線型，鼻口部似鳥喙，聰明，對人類友善。海豚科(family Delphinidae)共14屬32種，體長1～4公尺。大多數群棲，食物以魚爲主。瓶鼻海豚(bottle nosed dolphin; *Delphinus delphis*)，口彎成一弧度，似帶笑容狀；爲一般用來表演的種類，也是科學研究的材料，因其聰穎，人們能用聲音或超音波與之溝通。

海豚圖

12【海盜】ㄏㄞˇ ㄉㄠˋ
在海上搶劫過往船隻的匪徒。

【海報】ㄏㄞˇ ㄅㄠˋ
(poster)爲電影宣傳或其他目的而繪製的文字或圖片。可張貼於牆上或布告牌上。

【海階】ㄏㄞˇ ㄐㄧㄝ
(coastal terrace; marine terrace)昔日的波蝕棚(海蝕平臺)，由於海準面的相對下降而離水升高，形成階狀的海岸地形。海階面即代表昔日海面位置。

【海棠】ㄏㄞˇ ㄊㄤˊ
(Chinese flowering apple; *Malus spectabilis* Borkh.)落葉喬木。高達8公尺。葉互生，有柄，橢圓形或長橢圓形，先端尖，基部楔形，淺鋸齒緣。四月間，枝梢開花，成繖形排列。花梗細長而下垂，暗紅色。萼片卵三角形，花瓣橢圓形。果實球形，略呈黃色，味酸不堪食，爲著名觀賞樹。我國北方有栽培，未見野生者。

海棠圖

【海量】ㄏㄞˇ ㄌㄧㄤˋ
形容度量大或酒量大。

【海象】ㄏㄞˇ ㄒㄧㄤˋ
(walrus; *Odobenus rosmarus*)係屬於哺乳綱、食肉目(order Carnivora)、鰭腳亞目(suborder Pinnipedia)、海象科(family Odobenidae)。僅1種，棲於‘北極海’近極冰邊緣的公海。體臃腫、頭圓、眼小、無外耳、口吻短而寬覆有硬鬚。雌雄皆具有長象牙(上犬齒)，自口伸出向下垂，雄者象牙可長達1公尺。皮膚灰色，被有短而稀少、呈紅褐色的毛。雄者體較雌者大，可長達3.7公尺，重達1,260公斤。肢呈鰭狀，後肢能轉向前方，故能利用四肢在陸上移動身體。行群居，每群達100隻以上。每次產一子，幼海象隨母生活約兩年始離去。生活於沿岸水域，常在水深不及90公尺處覓食。食物以蛤爲主，用象牙伸入兩殼間，再以鬚將蛤肉送入口中。人們獵捕海象以取其肉、皮、脂肪及象牙。

海象圖

13【海溝】ㄏㄞˇ ㄍㄡ
(trench)指海盆中水深6,000公尺以深的海底地形。其兩壁陡峭，一般均在陸塊邊緣、島弧的向海側。

【海瑞】ㄏㄞˇ ㄖㄨㄟˋ
(1514～1585)‘明’‘廣東’‘瓊山’人，字‘汝賢’，號‘剛峰’。‘嘉靖’舉人，官至‘南京’右僉都御史。生平爲學治事清廉剛正，平反不少冤獄，民間多所傳頌，後人並將其軼聞改寫成戲劇小說，如“海瑞罷官”、“大紅袍”等。著有“海剛峰先生集”。

【海頓】ㄏㄞˇ ㄉㄨㄣˋ
(Franz Joseph Haydn, 1732～1809)‘奧地利’作曲家，‘維也納’古典樂派主要代表人之一。他確立古典交響樂曲的形式，並創作了交響樂曲一百二十五首，故有「交響曲之父」的美稱。此外，尚有神劇“創世紀”、“四季”，清唱劇、弦樂四重奏、各種器樂協奏曲、鋼琴奏鳴曲等作品。

海頓像

【海禁】 ㄏㄞˇ ㄐㄧㄣˋ

①有關海運事業的各種禁令。②不許人民出國及外人入境的禁令。

【海損】 ㄏㄞˇ ㄙㄨㄣˇ

總稱航海所生之一切損害。包括因通常航海所生之損害(如引水費、港埠建設費、拖船費)及因海上航行之非常事故所生之損害(如救助、撈救之報酬費)。前者稱通常海損,後者稱非常海損。非常海損爲狹義之海損,又可分爲共同海損與單獨海損,"海商法"就共同海損有專章之規定,而單獨海損除船舶碰撞外,並無特別之規定。

【海蜇】 ㄏㄞˇ ㄓㄜˊ

(*Rhopilema esculenta*) 水母的一種。屬腔腸動物門、缽水母綱、根口水母目。口的四角各有一口腕(oral arm),該四條口腕可相癒合,將口堵塞;且各腕均有分枝,分枝末端有孔,用以吸取食物。其傘及口腕皆可供食用。

海蜇圖

【海葵】 ㄏㄞˇ ㄎㄨㄟˊ

(sea anemone) 海產,自潮間帶至一萬公尺深處皆有。體呈圓柱狀,基部稱足盤,用以附著岩石或木塊等硬物;少數種類無足盤,身體埋於泥沙中,僅游離端露出。游離端有口,口之周圍有觸手,狀似葵花,故名。觸手上布滿刺囊,刺囊含毒液,彈出的刺絲用以刺入或捲住食物。有的海葵附著於寄居蟹殼上,兩者共生,海葵藉寄居蟹以移動身體,寄居蟹則藉海葵作爲掩幕。海葵也可與小丑魚共生,小丑魚在海葵的觸手中間以獲得保護。海葵爲肉食,將食物整個吞下。大多數種類爲雌雄異體,精子和卵在水中結合;有些種類,精子可進入雌體的消化循環腔內而受精;也可行無性生殖,身體可縱裂爲二;或行撕裂生殖,移動身體時,足盤留在原處,藉再生作用各長成一新個體。

海葵圖

【海葬】 ㄏㄞˇ ㄗㄤˋ

將屍體或骨灰拋入海中的葬禮。

【海獅】 ㄏㄞˇ ㄕ

(sea lion) 屬哺乳綱、食肉目(order Carnivora)、鰭腳亞目(suborder Pinnipedia)、海獅科(family Otariidae)。共4屬5種。耳小,體修長,鰭狀肢長,後肢能轉向前方,協助支持身體,體利用四肢於陸地行走。食物主爲魚、烏賊、章魚等。人們捕殺海獅以取其肉、皮及脂肪。

海獅圖

14【海臺】 ㄏㄞˇ ㄊㄞˊ

(plateau) 指大洋底部隆起而頂上平坦、周圍傾斜陡峭的地形。

【海圖】 ㄏㄞˇ ㄊㄨˊ

將地球表面以平面表現的圖表。專門用以決定船位、距離、方向、水深、導航燈塔、暗礁等,以爲航行指引。

【海貍】 ㄏㄞˇ ㄌㄧˊ

(beaver; *Castor*) 屬囓齒目。其皮名貴。分布於'美洲'及'歐洲',目前皆已列爲保護動物。體長1.3公尺(包括尾0.3公尺),重約27公斤,尾寬而扁平。雌雄皆具麝香腺,其分泌物可作香水原料。分布於落葉林或針葉林中沿河有樹木的地帶。海貍是傑出的工程師,喜居河中,因河水會將其儲藏的食物沖走,故在河中築壩而成一池,築巢於池中,巢的材料爲樹枝及泥(海貍的門齒堅硬,能咬斷樹幹)。成對生活,一月間交配,四、五月間產下三或四個幼兒。

海貍圖

15【海嘯】 ㄏㄞˇ ㄒㄧㄠˋ

(tsunami) 短暫之海底變化(如地震、火山爆發、海底下陷等)導致突然大規模海底升降所引發的巨大波浪。在開闊的海域,其波高不過三、四十公分,但波長往往達90～190公里,且以與海深之平方根成正比的速度推進。當其前進波到達近岸淺海時,波高劇增,快速捲上陸地,可以拔樹倒屋。這種巨浪常對陸地造成破壞性的災害。

【海嶠】 ㄏㄞˇ ㄐㄧㄠˋ

臨海多山的地區。

16【海鞘】 ㄏㄞˇ ㄑㄧㄠˋ

(sea squirts) 脊索動物門、尾索亞門、海鞘綱中的動物。海產,在潮間帶很常見,附著於岩石、貝殼、海藻或其他物體上;少數種類生活於深海;也有少數種類能自由活動;有些種類則形成群體。脊索僅幼蟲時具有(幼蟲似蝌蚪),位於尾部,待變態爲成體即消失。幼蟲能在水中自由游動;前端有一吸盤,活動一段時間後,即以吸盤附著於他物,尾即消失。成體呈圓筒形或球狀,一端以柄附著他物,另一端游離。游離端有兩個開口,位於頂端的開口爲入水管,另一側的開口爲出水管;由入水管通至咽,咽大呈桶

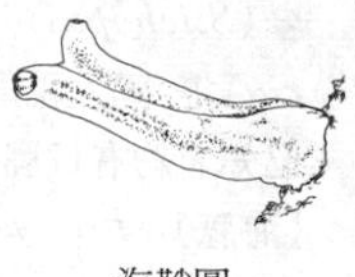
海鞘圖

狀，有許多排列整齊的鰓裂，水由入水管至咽，然後經鰓裂至咽周圍的圍鰓腔 (atrium)，再經出水管至外界。以水中的浮游生物爲食，食物隨水流入。體表被有一層被囊(tunic)，由內壁之外套膜所分泌，成分爲纖維素，此爲動物界中少見的情形。

【海徼】 ㄏㄞˇ ㄐㄧㄠˋ
近海的邊遠地區。

17【海膽】 ㄏㄞˇ ㄉㄢˇ
(sea urchin) 棘皮動物門、海膽綱、正形目(order Regularia)中動物的俗稱。體呈球狀，表面有棘；骨板自反口面至口面呈子午線狀排列，共分十帶，每帶兩列骨板，其中五帶的骨板上有小孔，可容管足伸出，稱步帶；另五帶稱間步帶，兩者間隔排列。骨板上有瘤狀突起，棘即著生於此，彼此形成關節，故棘可以轉動。有些種類的棘有毒腺，分泌毒液。生活時，口面向下，反口面向上，肛門位於反口面。生殖腺可供食用。

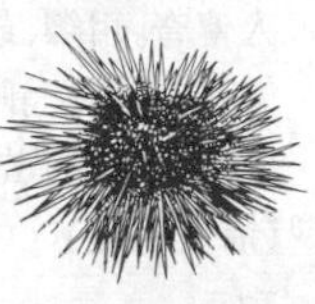
海膽圖

19【海關】 ㄏㄞˇ ㄍㄨㄢ
(customs)一國政府設在國際機場、港口或國境，以檢查進出口貨物、郵件及入出境旅客所攜帶之行李的機構。如有應稅物品，課稅後予以放行；行外匯管制的國家，並檢查旅客所攜帶的貨幣。此外，且取締旅客攜帶槍械彈藥、淫書、淫藥及麻醉藥品。設置海關的主要目的，在於增加稅收及保護國內的產業。有些國家爲簡化旅行手續及加速通關時間，在入境的海關關卡(櫃臺)分爲無申報行李與需申報行李兩種，旅客依照自己所攜帶的行李，自選關卡通行。

【海獺】 ㄏㄞˇ ㄊㄚˋ
(sea otter; *Enhydra lutris*) 屬哺乳綱、食肉目(order Carnivora)、鼬鼠科 (family Mustelidae)。體圓柱形，頭短而寬，尾略扁，眼及耳皆小。分布於北'太平洋'沿岸及自'日本'至'阿留申群島'再至'美國''加州'。行家庭生活，一雌一雄及幼兒們生活一起。雄者重約36公斤，雌者重約27公斤。通常很少離水域，休息時常以背臥於水面，食物以魚及蛤、螺、烏賊等軟體動物爲主。

海獺圖

20【海藻】 ㄏㄞˇ ㄗㄠˇ
(seaweeds) 在海水中附著生長的大型藻類的總稱。包括綠藻類、紅藻類及褐藻類。藻類不具有眞正的根、莖和葉，但是大型藻類通常具有像根的附著器，有些則具有像莖的柄以及如葉的葉片，例如海帶。有的海藻體型較簡單，如石蓴呈薄片狀，石花菜則是圓筒狀軸及其分枝構成。海藻含有豐富的礦物質和維生素，可供爲食物、肥料、飼料及工業用原料。

24【海鹽】 ㄏㄞˇ ㄧㄢˊ
引海水使其所含鹽分結晶製成的鹽。製法有日曬法、蒸煮法和電解法等。'臺灣'西南沿海鹽田廣布，係利用日曬法製鹽；'通霄'鹽廠則以電解法製鹽。

25【海灣】 ㄏㄞˇ ㄨㄢ
(gulf) 海水深入陸地的一個灣形海。其出口較大陸海(閉鎖海)爲寬，但又不及緣海自由。如我國的'大連灣'、'北美洲'的'哈得孫灣'和'墨西哥灣'等。

4【海王星】 ㄏㄞˇ ㄨㄤˊ ㄒㄧㄥ
(Neptune) 太陽系九大行星之一。介於天王星和冥王星間。已發現有八顆衛星。西元1846年由'德國'人'伽雷'(Johann Gottfried Galle) 發現。赤道半徑爲24,600公里，體積爲地球的56倍。自轉週期爲15.8小時，公轉週期爲164.8年。由於亮度只有7.85等，所以必須藉望遠鏡才能看到。

8【海拉爾】 ㄏㄞˇ ㄌㄚ ㄦˇ
省轄市。舊名'呼倫'。位於'興安省'中部，濱'海拉爾河'南岸。爲'興安省'省會；附近牧草豐美，是畜牧中心；自有鐵路通過後，成爲'呼倫貝爾高原'產物的集散中心。

【海明威】 ㄏㄞˇ ㄇㄧㄥˊ ㄨㄟ
(Ernest Hemingway, 1899～1961)'美國'小說家。年輕時曾遊歷'歐洲'，參加過'西班牙'內戰，並酷好打獵。作品帶有濃厚的浪漫主義氣氛，文字簡鍊，內容多反映一次世界大戰後知識分子對社會制度的絕望心理。代表作有"旭日東昇"(*The Sun Also Rises*)、"戰地春夢"(*A Farewell to Arms*)、"老人與海"(*The Old Man and the Sea*)等。

海明威像

【海岸線】 ㄏㄞˇ ㄢˋ ㄒㄧㄢˋ
(coast line)一海島或大陸，高低不一之海崖所連成的一線。若無明顯的海崖，則沿沙灘內側高坡，連成一線亦是。這一線通常是最大風浪所能及的一線，所以在海岸線後方風浪不能及之處，是沿海聚落分布地帶。

9【海洋學】 ㄏㄞˇ ㄧㄤˊ ㄒㄩㄝˊ
研究海洋各種自然現象及其周遭環境有關性質的一門科學。其涵蓋的範疇極廣，一般概分爲海洋物理、海洋化學、海洋生物、海底地質及海洋氣象等五大部門。

【海洛英】 ㄏㄞˇ ㄌㄨㄛˋ ㄧㄥ
(heroin) 又譯海洛因、安洛因。爲提煉自嗎啡的白色結晶粉末。分子式爲$C_{21}H_{23}O_3N$。味微苦，是一種麻醉藥,可用以解除疼痛,使人昏睡。藥性較嗎啡強,使用後容易上癮;上癮者若停止使用,則有全身抽筋、疼痛、下痢及嘔吐等症狀,因此在醫療上儘量避免使用,各國且多明令禁止其製造、販賣及一般使用。

【海南島】 ㄏㄞˇ ㄋㄢˊ ㄉㄠˇ
位於'南海'中,隔'瓊州海峽'與'廣東省''雷州半島'相望。是我國第二大島,軍事、交通地位重要,與'臺灣島'並稱爲「海上雙眼」。島上山丘低緩,分布於西南部,統稱'黎母嶺';低於50公尺的平原,約占全島面積的一半,主分布於東北部。海岸線平直,天然良港少。因處熱帶季風氣候區,爲我國主要熱帶資源產地。

10**【海埔地】** ㄏㄞˇ ㄅㄨˇ ㄉㄧˋ
(tidal flat) 沿海在低潮時露出水面的泥沙地,稱爲潮埔,俗稱海埔地。若利用人工築堤,使潮埔不再受海潮侵入,且經排水和洗鹽工作,可開發成海埔新生地,供作農漁牧業甚或工業用地。'臺灣'西海岸的潮埔,主要分布於'桃園''南崁溪'口至'高雄''興達港'之間,總面積達五萬多公頃。

【海格爾】 ㄏㄞˇ ㄍㄜˊ ㄦˇ
(Ernst Haeckel, 1834~1919) '德國'自然主義哲學家、動物學家。也譯作'赫克爾'。曾在'符茲堡'和'柏林大學'習醫及自然科學,終身專心於動物學的研究。在生物學上,支持'達爾文'"進化論",以研究下等動物而著名。在哲學上,提倡自然主義的進化論的一元論,反對超經驗的思考,排斥有神論、二元論、唯心論、目的觀。著有"有機體的一般形態學"(*Generelle Morphologie der Organismen*)、"微小生物的產生"(*Die Perigenesis der Plastidule*)等。

11**【海淵層】** ㄏㄞˇ ㄩㄢ ㄘㄥˊ
(abyssopelagic zone) 指海面下1,000公尺至海底間的水域。

【海商法】 ㄏㄞˇ ㄕㄤ ㄈㄚˇ
(*Merchant Marine Act*) 政府根據有關之國際法、國際公約與海商慣例所制定,用以裁判海商事件的法律。係"民法"的特別法。

【海參崴】 ㄏㄞˇ ㄕㄣ ㄨㄟ
(Vladivostok) '蘇俄''遠東'海運中心、東方海軍艦隊基地及'西伯利亞大鐵路'東部終點。濱'日本海'。原爲我國漁村,西元1860年爲'帝俄'強占。每年1~3月結凍,用破冰船通航。

12**【海盜版】** ㄏㄞˇ ㄉㄠˋ ㄅㄢˇ
(pirate) 簡稱盜版。指未經版權所有者同意,逕自翻印書籍,或側錄、拷貝電視、廣播節目及電影等侵害原有人著作權利者。

【海森堡】 ㄏㄞˇ ㄙㄣ ㄅㄠˇ
(Werner Karl Heisenberg, 1901~1976)'德國'物理學家。西元1932年以在量子力學上的貢獻榮獲'諾貝爾'物理獎。二次大戰期間,從事原子核融合的研究,戰後膺任'哥丁根'(Göttingen)物理研究所所長。曾利用矩陣研究原子系統,並有成功的發展,使得矩陣力學與波動力學同爲量子力學發展的重要學說。

15**【海德格】** ㄏㄞˇ ㄉㄜˊ ㄍㄜˊ
(Martin Heidegger, 1889~1976)'德國'當代哲學家。係現象學的闡釋者和開發者。致力於人生存在的現象學分析。主要著作包括"存有與時間"(*Being and Time*)、"何謂形上學"(*What is Metaphysics?*)等。

16**【海龍王】** ㄏㄞˇ ㄌㄨㄥˊ ㄨㄤˊ
神話中的海神。傳說東、南、西、北四大海都有龍王鎮守,各居水晶宮,甚爲好客,佳賓盈門。

【海螄螺】 ㄏㄞˇ ㄙ ㄌㄨㄛˊ
(wentletrap; staircase shell) 屬於軟體動物門、腹足綱 (class Gastropoda)、中腹足目(order Mesogastropoda)、海螄螺科 (family Epitoniidae)的動物。海生,廣布全球各海洋。殼呈塔狀、白色、長約5公分,各螺層間的縫合線深陷。

海螄螺圖

24**【海鹽腔】** ㄏㄞˇ ㄧㄢˊ ㄑㄧㄤ
戲曲腔調之一。又稱'海鹽'調。爲南曲的一派。起源於'浙江''海鹽'附近,故名。相傳乃'元'末'楊梓'、'貫酸齋'改進南北歌詞,以演唱文人傳奇。用鑼、鼓、拍板伴奏而無管弦,音樂文靜幽雅,深受文人喜愛,對後來的'崑'腔影響很大。

3**【海上保險】** ㄏㄞˇ ㄕㄤˋ ㄅㄠˇ ㄒㄧㄢˇ
(marine insurance) 簡稱水險。具有綜合保險性質。乃保險人對保險標的因海上一切危險事故所致之損失得負補償責任。包括船舶保險、貨物保險、運費保險、利益保險及船主所應負運輸責任的責任保險等。

【海上運送】 ㄏㄞˇ ㄕㄤˋ ㄩㄣˋ ㄙㄨㄥˋ
於海上以船舶從事貨物或旅客的運送。運送之人稱爲運送人;委託運送貨物之人,稱爲託運人;自身搭載船舶之人,稱爲旅客。海上運送契約可分爲一、貨物運送契約:指以貨物之運送爲目的,包括件貨運送契約及傭船契約。其中件貨運送契約指以計件或計量方式爲運送之契約;傭船契約指以船舶之全部或一部供運送爲目的之契約,應以書面爲之。二、旅客運送契約:指以人爲運送客體之運送契約。無論是貨物運送契約或是旅客運送契約,其性質均是承攬契約。

4**【海牙規則】** ㄏㄞˇ ㄧㄚˊ ㄍㄨㄟ ㄗㄜˊ
(*The Hague Rules*) 西元1921

～1924年間，各主要海商國家針對國際航運涉及不同國籍之託運人、受貨人、運送人、銀行業及保險業等的各方面權益，而船公司自製之提單多爲企圖減輕運送人責任的免責條款，因而欲尋求涉外法律的統一及國際貿易的安全，以確定運送人應盡之最低限度的責任，保障託運人及受貨人的權益。經各主要海商國召開多次國際會議，終於1924年正式完成“提單統一規定國際公約”(*International Convention for the Unification of Certain Rules relating to Bills of Lading*)，亦即“海牙規則”，共有16條條文，對於海運提單發行人的權利、義務有明確的規定。嗣於1968年以“威斯比規則”(*Visby Rules*)對之略作修訂。我國現行“海商法”也將該公約的重要內容納入法條中。

【海不揚波】ㄏㄞˇ ㄅㄨˋ ㄧㄤˊ ㄅㄛ
風平浪靜。比喻天下太平無事。

【海水入侵】ㄏㄞˇ ㄕㄨㄟˇ ㄖㄨˋ ㄑㄧㄣ
(saline water intrusion)沿海地下水層與海洋相接處，海水進入淡水層的現象。自然狀態下，淡水與海水保持平衡，地下水自補給區流入海中，若開發地下水，則流入海水的淡水量減少，當開發量超過補注量時，地下水位嚴重下降，破壞平衡，將導致海水入侵的現象。

【海水淡化】ㄏㄞˇ ㄕㄨㄟˇ ㄉㄢˋ ㄏㄨㄚˋ
(desalination) 自海水中除去鹽類以得到淡水的操作。常用之方法有蒸餾法、薄膜法、反滲透法、電透析法與冷凍法。

5【海市蜃樓】ㄏㄞˇ ㄕˋ ㄕㄣˋ ㄌㄡˊ
(mirage)光通過不均勻介質時會產生折射現象，當接近地面之空氣因受高溫地面影響，其密度比上層空氣稀時，由物體反射向地面之光線會因折射而向上彎曲。這些彎曲光線被觀察者的眼睛接收後，就顯出物體在地面上有倒影，好像物體在水邊產生倒影一般，這種現象即稱爲海市蜃樓。夏日在高速公路上，常見遠處地面溼溼的，前車在地上有倒影，就是此現象。當上層空氣密度比下層稀時，若條件恰當，亦可能看到地面景物產生倒影於空中，此情景較易發生於海濱。後用以比喻虛幻不可靠的事物。

8【海底火山】ㄏㄞˇ ㄉㄧˇ ㄏㄨㄛˇ ㄕㄢ
指在大洋海盆上崛起的火山。形狀與陸地火山一樣。地球全部海盆上約有二萬個海底火山分布，部分地區突出水面形成島嶼或環礁。

【海底公園】ㄏㄞˇ ㄉㄧˇ ㄍㄨㄥ ㄩㄢˊ
(marine park; undersea park)爲保護海中景觀及供人們觀賞而設置的公園。目前‘美’、‘澳’、‘日’等國已有設置。

【海底撈月】ㄏㄞˇ ㄉㄧˇ ㄌㄠ ㄩㄝˋ
比喻勞而無功，白費力氣。

【海底撈針】ㄏㄞˇ ㄉㄧˇ ㄌㄠ ㄓㄣ
比喻極困難或不可能做到的事情。

【海事危險】ㄏㄞˇ ㄕˋ ㄨㄟˊ ㄒㄧㄢˇ
(maritime perils) 泛指因航海而意外發生的一切危險。包括海上危險、火災、兵險、海盜、竊盜、扣押、政權限制、投棄、海員惡意行爲及其他類似之危險或保單所載之危險等等。

【海岸山脈】ㄏㄞˇ ㄢˋ ㄕㄢ ㄇㄛˋ
又稱‘臺東海岸山脈’。縱列於‘臺灣島’東部。東臨‘太平洋’，爲一斷崖海岸，西界‘花東縱谷’與‘中央山脈’平行。平均高度不足1,000公尺，爲一丘陵性山地，最高峰‘新港山’高1,682公尺。

【海岸平原】ㄏㄞˇ ㄢˋ ㄆㄧㄥˊ ㄩㄢˊ
(coastal plain) 海岸地帶，大陸棚上河、海合力沖積而出露水面的平原。人力的作用常可加速海岸平原的形成，如‘荷蘭’的圩田、‘臺灣’西南沿海的海埔地。

9【海洋工程】ㄏㄞˇ ㄧㄤˊ ㄍㄨㄥ ㄔㄥˊ
(ocean engineering)研究、執行與海洋有關工程的一門應用科學。包括海港、堤防及海底隧道等土木工程，以及造船工程及鑽井工程等。

【海洋放牧】ㄏㄞˇ ㄧㄤˊ ㄈㄤˋ ㄇㄨˋ
又名栽培漁業。型態有如陸上的畜牧業。係以人力大量生產魚、介、貝類等種苗，放流於適當的海洋中，藉天然生產力使其在大自然環境中成長至成魚，然後再捕撈利用。

【海洋放流】ㄏㄞˇ ㄧㄤˊ ㄈㄤˋ ㄌㄧㄡˊ
(ocean disposal)近海的都市將已處理、部分處理或未處理之汙水及汙泥排放入海。其主要優點爲水體大，有洋流及波浪攪動。缺點爲海水之飽和溶解氧少，不易與汙水混合，氧的擴散作用慢，排放時間、地點受潮汐與海流影響等。一般海洋放流管可用鋼筋混凝土管、鋼管、PE 管、鑄鐵管等，常伸出海岸數公里以上。

【海屋添籌】ㄏㄞˇ ㄨ ㄊㄧㄢ ㄔㄡˊ
祝人長壽的頌詞。“東坡志林·二”記一老人自稱存滿十間屋子的小木棒，每一木棒代表目睹一次海水變桑田。

【海枯石爛】ㄏㄞˇ ㄎㄨ ㄕˊ ㄌㄢˋ
海水枯涸，岩石腐爛。①比喻永遠不會發生的事情。②指時間長久。

10【海晏河清】ㄏㄞˇ ㄧㄢˋ ㄏㄜˊ ㄑㄧㄥ
大海平靜無波，‘黃河’清澈見底。比喻天下太平無事。

12【海盜行爲】ㄏㄞˇ ㄉㄠˋ ㄒㄧㄥˊ ㄨㄟˊ
(piracy) 依據西元1982年“聯合國海洋法公約”第一一條之規定，下列行爲中的任何行爲構成海盜行爲：一、私人船舶或私人飛機的船員、機組成員或乘客爲私人目的，對下列對象所從事的任何非法的暴力、扣留行爲或任何掠奪行爲：⑴在公海上對另一船舶、飛機，或對另一船舶、飛機上的人或財物；⑵在任何國家管轄範圍以外的地方對船舶、飛機、人或財物；二、明知船舶或飛機成爲海盜船舶或飛機的事實，而自願參加其活動的任何行爲；三、教唆或故意便利一或二項所述行爲的任何行爲。

13**【海運市場】** ㄏㄞˇ ㄩㄣˋ ㄕˋ ㄔㄤˇ (shipping market) 海上運送服務的流通範圍。依海運服務之種類可區分爲：一、乾貨市場：包括散裝貨輪市場、傳統雜貨船市場、貨櫃船市場、駛進駛出船市場、定期船市場、接駁船市場、特殊船運市場；二、油輪市場；三、冷凍船市場；四、客運市場。

【海運同盟】 ㄏㄞˇ ㄩㄣˋ ㄊㄨㄥˊ ㄇㄥˊ (shipping conference) 同一航線或地區內，定期船運之經營者，爲統一運價及其他營運條件，以期控制或避免同業競爭所成立的同盟組織。

【海運提單】 ㄏㄞˇ ㄩㄣˋ ㄊㄧˊ ㄉㄢ (ocean bill of lading) 又稱海洋提單(marine bill of lading)。指由海洋運送人(即船公司)或其代理人所簽發，證明託運貨物已收到或已裝載於船上，並約定將該項貨物運往目的地交與提單持有人的有價證券。我國"海商法"稱之爲載貨證券。海運提單可作爲收到特定貨物的收據、運送契約的憑證及憑單交貨的物權證券。

14**【海蝕地形】** ㄏㄞˇ ㄕˊ ㄉㄧˋ ㄒㄧㄥˊ (coastal landforms made by wave erosion) 波浪以水力作用與磨蝕作用，對海岸進行侵蝕，而在沿海形成之海岸地形的總稱。諸如海崖、波蝕棚、海蝕洞、海蝕門、海蝕凹壁、海蝕柱等地形。

【海綿組織】 ㄏㄞˇ ㄇㄧㄢˊ ㄗㄨˇ ㄓ (spongy tissue) 植物葉的上、下表皮間有葉肉細胞，靠近下表皮者形狀不規則，排列也較疏鬆，葉綠體含量少，稱爲海綿組織。

15**【海德堡人】** ㄏㄞˇ ㄉㄜˊ ㄅㄠˇ ㄖㄣˊ (Heidelberg Man) 西元1907年在'德國''海德堡'附近'毛爾沙丘'出土一個完整的人類下顎骨化石。其年代在更新世的第一或第二間冰期，是迄今所知'歐洲'最古老的化石人。原本學者將之置於與⌊智人⌉不同的獨立種，但近來已大都接受它是⌊直立人⌉中的一個亞種—⌊海德堡直立人⌉(*Homo erectus heidelbergensis*)，俗稱⌊海德堡人⌉。

16**【海積地形】** ㄏㄞˇ ㄐㄧ ㄉㄧˋ ㄒㄧㄥˊ (coastal landforms made by deposition) 在碎浪帶內有一股與海岸平行的海流稱爲沿岸流(longshore current)，係爲波浪向海岸斜進而形成的。沿岸流攜帶著沙石漂流，當其流速減低而無法搬運時即行堆積，於是在碎浪帶內形成各種地形，總稱爲海積地形。諸如沙灘、沙嘴、沙洲、潟湖、連島沙洲、陸連島、沙頸岬等地形。

17**【海闊天空】** ㄏㄞˇ ㄎㄨㄛˋ ㄊㄧㄢ ㄎㄨㄥ [1]指天地空曠寬闊，無邊無際。[2]比喻境界廣大，氣象宏遠，不受拘束。

19**【海關發票】** ㄏㄞˇ ㄍㄨㄢ ㄈㄚ ㄆㄧㄠˋ (customs invoice) 指出口商依照進口商海關所規定之特定格式塡製的官用發票。其作用與領事發票大致相同，即：一、供作進口國海關統計之用；二、供作進口國海關查核貨物原產地、課稅的參考；三、供作進口國查核有無傾銷或虛報價格逃稅情事之用。

3**【海上保險單】** ㄏㄞˇ ㄕㄤˋ ㄅㄠˇ ㄒㄧㄢˇ ㄉㄢ (marine insurance policy; marine policy) 爲確認海上保險契約已成立，載明保險人與被保險人之權利、義務及責任的書面憑證。現今世界各國普遍採用的海上保險單，主要爲'英國''勞依茲' S. G. 保險單(Lloyd's S. G. Form)。此一保險單，於西元1779年由'勞依茲'組織的會員會議通過一律使用，並經當時'英國'國會批准，嗣後於1906年"英國海上保險法"(*Marine Insurance Act*)中列爲附件，故又稱爲'勞依茲'標準保險單。但在海上貨物保險，爲配合需要，多附加'倫敦保險人協會'(The Institute of London Underwriters) 所制定的協會條款。近年來由於航運及貿易的發展，'聯合國貿易發展會議'(United Nations Conference on Trade and Development)建議'勞依茲'保險單應作改革，於是'倫敦保險人協會'及'勞依茲保險人協會' (Lloyd's Underwriters Association) 共同研究改革，於1981年初提出新訂貨物運輸保險單及其條款，結構簡明、文字清晰，頗爲各方熱烈支持，並於1983年4月起用。

9**【海軍陸戰隊】** ㄏㄞˇ ㄐㄩㄣ ㄌㄨˋ ㄓㄢˋ ㄉㄨㄟˋ 擔任海、陸兩棲作戰的戰鬥部隊。通常擔任由海上登陸灘頭進行攻占的艱鉅任務。

13**【海損清理人】** ㄏㄞˇ ㄙㄨㄣˇ ㄑㄧㄥ ㄌㄧˇ ㄖㄣˊ (adjuster) 遭逢海損時，居間仲裁以決定海損程度或雙方賠償百分比的人員。

14**【海綿動物門】** ㄏㄞˇ ㄇㄧㄢˊ ㄉㄨㄥˋ ㄨˋ ㄇㄣˊ (phylum Porifera) 無脊椎動物

中的一門。本門動物俗稱海綿(sponge),爲多細胞動物中體制構造最簡單的一類。絕大多數生活於海水中。身體的一端固定於他物上,游離的一端有一個出水孔。體表有許多小孔,外界的水由此等小孔流入。有些種類體壁中具有海綿絲,是一種由硬蛋白質(scleroprotein)所構成的纖維,富有彈性,可供沐浴用,故此類海綿亦稱浴用海綿;此外,海綿絲亦可供醫學上外科手術吸血及工業上的各種用途。

4【海水不可斗量】 ㄏㄞˇ ㄕㄨㄟˇ ㄅㄨˋ ㄎㄜˇ ㄉㄡˇ ㄌㄧㄤˊ

大海的水無法用升斗測量。比喻高深偉大。

3【海上無魚蝦自大】 ㄏㄞˇ ㄕㄤˋ ㄨˊ ㄩˊ ㄒㄧㄚ ㄗˋ ㄉㄚˋ

比喻沒有人才時,庸才作威作福。

9【海南特別行政區】 ㄏㄞˇ ㄋㄢˊ ㄊㄜˋ ㄅㄧㄝˊ ㄒㄧㄥˊ ㄓㄥˋ ㄑㄩ

廣布於'南海'中,隔'瓊州海峽'與'廣東省'相望。包括'海南島'與'南海諸島'。'民國'三十八年四月與'廣東省'分開擬建行省,於未能獨立建省前,先行成立[特別行政區],隸屬'行政院',以'海口市'爲政治中心。

5【海外營造工程保險】 ㄏㄞˇ ㄨㄞˋ ㄧㄥˊ ㄗㄠˋ ㄍㄨㄥ ㄔㄥˊ ㄅㄠˇ ㄒㄧㄢˇ

(overseas engineering contractors insurance)海外營造工程承包單位,爲其所承包的工程提供技術及勞務後,因政治危險或信用危險事故發生,致不能收回其價款所受的損失,由保險人負責補償的保險。

浩 ㄏㄠˋ *hao*⁴ 音號

1水勢廣大的樣子。也作澔。如:浩蕩。2盛大;廣遠。如:元氣浩渺。3豐富;眾多。如:浩繁。4姓。'漢'有'浩賞'。見"通志·氏族略二"。

7【浩劫】 ㄏㄠˋ ㄐㄧㄝˊ

巨大的災難。

10【浩氣】 ㄏㄠˋ ㄑㄧˋ

至大至剛的正氣。

12【浩渺】 ㄏㄠˋ ㄇㄧㄠˇ

廣大無邊的樣子。

【浩博】 ㄏㄠˋ ㄅㄛˊ

浩大廣博。多指知識學問。

【浩然】 ㄏㄠˋ ㄖㄢˊ

1奔放不可阻遏的樣子。2盛大純一的樣子。3浩然之氣的省稱。參浩然之氣。

13【浩溔】 ㄏㄠˋ ㄧㄠˇ

水勢盛大,一望無際的樣子。

14【浩歌】 ㄏㄠˋ ㄍㄜ

放聲高歌。

15【浩歎】 ㄏㄠˋ ㄊㄢˋ

長歎。

16【浩蕩】 ㄏㄠˋ ㄉㄤˋ

1水勢洶湧壯闊。2恣肆放縱的樣子。

17【浩繁】 ㄏㄠˋ ㄈㄢˊ

繁多;眾多。

19【浩瀚】 ㄏㄠˋ ㄏㄢˋ

1水勢廣大的樣子。2比喻眾多、廣大。

6【浩如煙海】 ㄏㄠˋ ㄖㄨˊ ㄧㄢ ㄏㄞˇ

形容極其廣大眾多,有如雲煙大海。

10【浩浩湯湯】 ㄏㄠˋ ㄏㄠˋ ㄕㄤ ㄕㄤ

水勢盛大的樣子。

【浩浩蕩蕩】 ㄏㄠˋ ㄏㄠˋ ㄉㄤˋ ㄉㄤˋ

水勢盛大的樣子。引申泛指聲勢浩大。

12【浩然之氣】 ㄏㄠˋ ㄖㄢˊ ㄓ ㄑㄧˋ

天地間至大至剛的正氣。

19【浩瀚無垠】 ㄏㄠˋ ㄏㄢˋ ㄨˊ ㄧㄣˊ

廣大無邊。

10【浩氣貫長虹】 ㄏㄠˋ ㄑㄧˋ ㄍㄨㄢˋ ㄔㄤˊ ㄏㄨㄥˊ

形容氣勢雄偉。

洶 洶的或體。

浰 ㄌㄧˋ *li*⁴ 音利

水流快速的樣子。見"廣韻"。

涐 ㄜˊ *o*², *ê*² 音鵝

古水名。見"說文"。

浼 ㄇㄟˇ *mei*³ 音每

1沾汙;侮辱。見"說文"。2水流平廣的樣子。如:河水浼浼。3請託;央求。如:央浼。

涖 ㄌㄧˋ *li*⁴ 音麗

1水流聲。見"字彙"。2到來;光臨。通莅、蒞。如:涖臨。

浜 一 ㄅㄤ *pang*¹ 音邦

用以安船的河溝。見"廣韻"。

二 ㄅㄧㄣ *pin*¹ 音濱

濱的俗體。

𣳚 活的本字。

浟 一 ㄧㄡˊ *yu*² 音由

水在流動的樣子。見"廣韻"。

二 ㄉㄧˊ *ti*² 音敵

競求;追逐。通逐。見"正字通"。

涂 ㄊㄨˊ *t'u*² 音徒

1水名。參涂水。2道路。也作塗、途。見"字彙"。3姓。'宋'有'涂溍生'。見"尚友錄·三"。

4【涂水】 ㄊㄨˊ ㄕㄨㄟˇ

即'滁河'。一名'滁水'。發源於今'安徽省''合肥縣'東北,至'江蘇省''六合縣'流入'長江'。

浛 一 ㄏㄢˋ *han*⁴ 音汗

指水跟其他東西相混和。見"廣韻"。

二 ㄏㄢˊ *han*² 音含

船沒。見"字彙"。

湓 ㄅㄣˋ *pên*⁴ 音笨

1水聲。見"廣韻"。2水湧出的樣子。見"集韻"。

8

淙 ㄘㄨㄥˊ *ts'ung*² 音叢

1水聲。見"說文"。2水流動的樣子。見"廣韻"。3灌注;流注。

11【淙淙】 ㄘㄨㄥˊ ㄘㄨㄥˊ

狀聲詞。1水流聲。2擊打金石樂

器聲。

淀 ㄉㄧㄢˋ *tien*^{4} 音電
水淺的湖泊。也作洵。見“玉篇”。

涫 ㄍㄨㄢˋ *kuan*^{4} 音貫
1沸騰。見“説文”。2盥洗。通盥。見“續字彙補”。

涴 ㊀ ㄨㄛˋ *wo*^{4} 音握
沾汙;汙染。見“集韻”。
㊁ ㄨㄢˇ *wan*^{3} 音婉
1參涴演。2姓。‘明’有‘涴平’。見“萬姓統譜·八一”。

14【涴演】 ㄨㄢˇ ㄧㄢˇ
水流迴曲的樣子。

22【涴灘】 ㄨㄢˇ ㄕㄢˋ
水波相擊。也作涴潬。

涳 ㄎㄨㄥ *k'ung*^{1} 音空
參涳濛。

17【涳濛】 ㄎㄨㄥ ㄇㄥˊ
細雨迷濛的樣子。也作空濛。

涪 ㄈㄨˊ *fu*^{2} 音浮
參涪陵。

11【涪陵】 ㄈㄨˊ ㄌㄧㄥˊ
1水名。上游即‘貴州省’的‘烏江’。入‘四川省’乃名‘涪陵江’,又名‘黔江’。於‘涪陵縣’注入‘長江’。2縣名。在‘四川省’。當‘涪陵江’入‘長江’處。3郡名。三國‘蜀’置,‘晉’廢。故城在今‘四川省’‘彭水縣’。

淳 ㄔㄨㄣˊ *ch'un*^{2} 音純
1樸實敦厚。如:淳良。2清;純。如:淳白。3姓。‘宋’有‘淳坤’。見“萬姓統譜·一九”。

9【淳厚】 ㄔㄨㄣˊ ㄏㄡˋ
敦厚樸實。

【淳風】 ㄔㄨㄣˊ ㄈㄥ
樸實善良的風氣。

14【淳粹】 ㄔㄨㄣˊ ㄘㄨㄟˋ
1毫無雜滓。同純粹。2樸實完善。

16【淳樸】 ㄔㄨㄣˊ ㄆㄨˇ
敦厚樸實。

3【淳于意】 ㄔㄨㄣˊ ㄩˊ ㄧˋ
‘西漢’‘臨菑’(今‘山東’‘臨淄’)人。仕‘齊’爲太倉長,世稱‘太倉公’或‘倉公’。能看人面部顏色治病,並論斷死生。‘文帝’時,因故獲罪,當處肉刑,其女‘緹縈’上書,願以身爲宮婢,代父贖罪,‘文帝’嘉憫‘緹縈’孝心,因廢肉刑。

【淳于髡】 ㄔㄨㄣˊ ㄩˊ ㄎㄨㄣ
‘戰國’時‘齊’‘稷下’(今‘山東’‘臨淄’北)人。滑稽善辯,常出使各諸侯國,未嘗辱命。

4【淳化閣帖】 ㄔㄨㄣˊ ㄏㄨㄚˋ ㄍㄜˊ ㄊㄧㄝˋ
全名“淳化祕閣法帖”。十卷。乃‘宋太宗’‘淳化’三年(992),侍書學士‘王著’以‘淳化閣’所藏‘漢’、‘魏’、‘晉’、‘唐’各朝君臣名賢墨跡編次摹刻而成。首卷爲歷代帝王法帖,二至四卷爲歷代名臣法帖,五卷爲諸賢法帖,六至八卷爲‘王羲之’書,九、十兩卷爲‘王獻之’書。其中資料雖眞僞相雜,但古代的書法多因該帖而得以保存。由於翻刻無數,大失原刻眞貌,爲後世所詬病。

涼 ㊀ ㄌㄧㄤˊ *liang*^{2} 音良
俗作凉。1冷酷。如:天性涼薄。2微寒;不熱。如:秋涼。3風寒。如:著涼。4姓。三國有‘涼茂’。見“通志·氏族略五”。
㊁ ㄌㄧㄤˋ *liang*^{4} 音亮
1輔佐。見“字彙”。2風乾。又作晾。如:把衣服涼一涼。

8【涼拌】 ㄌㄧㄤˊ ㄅㄢˋ
冷食拌和的菜餚。

9【涼流】 ㄌㄧㄤˊ ㄌㄧㄡˊ
(cool current)依熱力條件而分的一種洋流。指由中緯度流向赤道的洋流,其水溫較所經地區海水溫度微低。例如沿‘美國’‘加州’西岸南流的‘加利福尼亞涼流’、沿‘歐洲’大陸西側向赤道方向流動的‘加那利涼流’。

17【涼薄】 ㄌㄧㄤˊ ㄅㄛˊ
冷酷刻薄。與溫厚相對。

12【涼媒體】 ㄌㄧㄤˊ ㄇㄟˊ ㄊㄧˇ
(cool media)與熱媒體相對。是‘加拿大’大眾傳播學者‘麥克魯漢’(Marshall McLuhan)在本世紀六十年代所提出的一種傳播新説。他將涉及多項感官,但只提供少量情報,需要閱聽人高度參與的媒介,稱爲涼媒體。如電視即是典型的涼媒體,因爲它在傳遞訊息時,對事象缺乏明確的描述,受眾的參與程度高。

淬 ㄘㄨㄟˋ *ts'ui*^{4} 音翠
1鑄刀劍鐵器時,以火燒紅,即取出浸水中,使鑄件堅硬。2沾染。3洗浴。4蒙受。

20【淬礪】 ㄘㄨㄟˋ ㄌㄧˋ
鍛鍊磨礪刀劍。引申爲發奮自勵、刻苦上進。也作淬勵。

4【淬火硬化】 ㄘㄨㄟˋ ㄏㄨㄛˇ ㄧㄥˋ ㄏㄨㄚˋ
(quenching hardening)鋼料加熱至適當溫度沃斯田鐵化後(亞共析鋼在肥粒鐵初析線,A_3線溫度以上,過共析鋼則在A_1溫度723°C以上),急冷,此時波來鐵變態被抑止而產生非平衡的麻田散鐵變態,形成硬而脆的麻田散鐵。此處理方式,即稱淬火硬化。

渫 ㊀ ㄒㄧㄝˋ *hsieh*^{4} 音泄
渫的俗體。
㊁ ㄧˋ *i*^{4} 音曳
蒸葱。也作渫。見“正字通”。

淤 ㄩ *yü*^{1} 音紆
1沈積水底的汙泥。見“説文”。2泥沙沖積而成的水中洲渚。見“正字通”。3堵塞。如:淤塞。

13【淤塞】 ㄩ ㄙㄞ
泥沙沈澱致水路阻塞不通。

16【淤積】 ㄩ ㄐㄧ
河道中淤泥不斷堆積。

液 ㄧㄝˋ *yeh*^{4} 音夜 讀音 ㄧˋ *i*^{4} 音繹
汁;流質。如:口液。

4【液化】 ㄧㄝˋ ㄏㄨㄚˋ
(condensation)物質由氣態轉變爲液態的現象。物質液化時會放出熱量，這些熱量相當於由液體汽化時所吸收的熱量。單位質量的氣體液化所放出的熱量稱爲液化熱(heat of condensation)。

8【液泡】ㄧㄝˋ ㄆㄠˋ
(vacuole)位於細胞質中的構造，表面有一層膜，內含水或其他物質。原生動物的伸縮泡，可排除體內多餘的水分；食泡內含有食物。植物的液泡內通常含有水、胺基酸、醣類及礦物質等，可儲存暫時不用的物質，也可積存細胞雖不需要但卻無法排出的物質。成熟植物細胞內之液泡很大，積存大量水分，可以維持細胞的形狀。

9【液限】ㄧㄝˋ ㄒㄧㄢˋ
(liquid limit)土壤呈現液性狀態與塑性狀態間之含水量界限。測定方法是將土樣置於液限皿中，以藥刀抹平，用液限刮刀在土片中央劃開一槽，再使液限皿作每秒 2 次上下 10mm 落距之敲擊。以 25 次使槽底兩邊的土正好閉合 12.5mm 時之土壤含水量即爲液限。

12【液晶】ㄧㄝˋ ㄐㄧㄥ
(liquid crystal) 同時具有某些方面液體特性(如黏度)及固體特性(如光反射、散射)的有機化合物。例如膽固醇之各種酯化物，其具有微小溫差下變色之能力，廣用於醫藥、電子儀板、彩色電視上。

14【液滴】ㄧㄝˋ ㄉㄧ
(droplet)指微小球狀的液態粒子。在靜止狀態時會自行下降，但在亂流中則懸浮於大氣中。

23【液體】ㄧㄝˋ ㄊㄧˇ
(liquid) 物體三態之一。形狀隨容器而變，但有一定的體積。以其可流動，故爲流體的一種。如水、酒精等(在常溫下)。

9【液品脫】ㄧㄝˋ ㄆㄧㄣˇ ㄊㄨㄛ
(fluid pint)‘美’液量單位。1加侖等於 8 品脫。1 公升等於2.11342‘美’液品脫、1.81617‘美’乾量品脫。

10【液盎司】ㄧㄝˋ ㄤˋ ㄙ
(fluid ounce) [1]‘英’‘美’制容量單位。一‘英’液盎司等於0.02841公升；一‘美’液盎司等於0.02957公升。[2]‘英’度量衡單位。爲1/128蒲式耳。

17【液壓系】ㄧㄝˋ ㄧㄚ ㄒㄧˋ
(hydraulic systems)由管路、油泵、活瓣等組合，自液壓油獲得動力來源的裝置。大多數飛機用以操作各種不同組件，如起落架、襟翼、減速板、煞車及飛行控制面等之傳動。其優點有重量輕、容易安裝、簡化之檢驗、最低之維護需要、高傳動效率及低要求之零組件數目。

23【液體蛋】ㄧㄝˋ ㄊㄧˇ ㄉㄢˋ
蛋製品之一。將新鮮蛋製成液體狀，有罐裝或桶裝，專供西點蛋糕之用。

8【液性狀態】ㄧㄝˋ ㄒㄧㄥˋ ㄓㄨㄤˋ ㄊㄞˋ
(liquid state; liquid range)土壤之含水量高於液限時將呈現液體性行爲的現象。在液性狀態下的土壤其抗剪強度極低，通常可視之爲零計算。

10【液特拉姆】ㄧㄝˋ ㄊㄜˋ ㄌㄚ ㄇㄨˇ
(fluid drachms; fluid drams)‘英’‘美’藥衡單位。一液特拉姆爲藥衡一磅的1/96。

14【液態空氣】ㄧㄝˋ ㄊㄞˋ ㄎㄨㄥ ㄑㄧˋ
(liquid air) 將空氣加壓、降溫至某一程度，空氣液化成液體狀態。液態空氣呈淡藍色，密度約0.91g/ml，可儲存於特製鋼瓶或杜瓦瓶中，以供製氮、氧、氬等氣體或做爲冷劑。

【液態智力】ㄧㄝˋ ㄊㄞˋ ㄓˋ ㄌㄧˋ
(fluid intelligence)‘美國’‘伊里諾大學’教授‘卡特爾’(Raymond Cattell)分析智能所提出的概念之一。指非經由學習而得，乃適應新環境時所需的智能。

23【液體氮肥】ㄧㄝˋ ㄊㄧˇ ㄉㄢˋ ㄈㄟˊ
無水氨與氨水的合稱。兩者均爲氮素肥料且同爲液體狀態，故稱。

4【液化石油氣】ㄧㄝˋ ㄏㄨㄚˋ ㄕˊ ㄧㄡˊ ㄑㄧˋ
(liquid petroleum gas; LPG) 將丙烷、丁烷及少部分乙烷液化後得到的燃料。其主要來源爲天然氣、原油精餾塔塔頂產品。

14【液態晶體顯示器】ㄧㄝˋ ㄊㄞˋ ㄐㄧㄥ ㄊㄧˇ ㄒㄧㄢˇ ㄕˋ ㄑㄧˋ
(liquid crystal display)利用如安息香酸乙基或甘油三油酸酯氨基等流動性液體的顯示裝置。其原理並不靠本身所發出的光，而是靠外加電壓或電流使得液態晶體產生不同方向極化或扭曲，而對光線有不同程度的阻隔效果。其消耗之功率甚低，故使用極普遍。

【液態氮冷凍法】ㄧㄝˋ ㄊㄞˋ ㄉㄢˋ ㄌㄥˇ ㄉㄨㄥˋ ㄈㄚˇ
(liquid nitrogen freezing) 以液態氮爲冷凍劑的超低溫冷凍法。其優點爲：沸點低(−196°C)，蒸發潛熱大，熱傳導好，吸熱不需再借用其他冷媒；無毒，且爲惰性氣體，所以在包裝貯存時可減少氧化變敗；冷凍速率快，冰的結晶小，組織破壞情形少，不會產生凍燒及脫水的情形，產品解凍後，滴落液 (drip) 亦少。缺點爲成本較高。

深

ㄕㄣ shēn¹ 音申
[1]水深。與淺相對。見“增韻”。[2]奧妙；精微。[3]茂盛。如：城春草木深。[4]浚治；挖深。

4【深文】ㄕㄣ ㄨㄣˊ
[1]引用苛細嚴峻的法律條文以羅織罪名。[2]含意深遠的文字。

【深心】ㄕㄣ ㄒㄧㄣ
深遠的思慮；深遠的用意。

【深井】ㄕㄣ ㄐㄧㄥˇ
(deep well)指井深超過30公尺，

用以集取第一不透水層以下之地下水的水井。包括礫石圈、井管、井篩、抽水機等部分。井管多用煅鐵管、鋼管、合金鋼或其他耐蝕材料製成。井孔多用衝擊法、迴轉法、逆循環迴轉法開鑿。

6【深交】 ㄕㄣ ㄐㄧㄠ
深厚的交情。

【深圳】 ㄕㄣ ㄐㄩㄣˋ
地名。在今'廣東省'南部,與'九龍'交界,有'廣九鐵路'經過。

7【深究】 ㄕㄣ ㄐㄧㄡˋ
徹底追查探究。

9【深厚】 ㄕㄣ ㄏㄡˋ
深沈富厚。

【深思】 ㄕㄣ ㄙ
深入地思想、考慮。

10【深宮】 ㄕㄣ ㄍㄨㄥ
指帝王的宮室。門禁森嚴,與世隔絕,故稱。

【深耕】 ㄕㄣ ㄍㄥ
主要在改善土壤性質,多行於播種或定植前。耕犂深度約在18~20公分,果樹深耕則可達50公分。其作用在使作物的根群能廣布土中,增大吸收養分、水分的範圍,並增加土壤吸水力。

11【深淵】 ㄕㄣ ㄩㄢ
深潭。比喻危險或苦難的地方。

【深造】 ㄕㄣ ㄗㄠˋ
1達到精深的境界。2作更高深的學習研究。

13【深奧】 ㄕㄣ ㄠˋ
精深而不易了解。

17【深縫】 ㄕㄣ ㄈㄥˋ
(raked joint)砌磚工程中,將灰縫中的砂漿刮去約0.5吋深的砌法。適用於內牆。

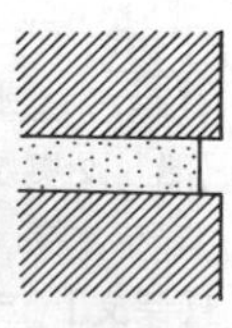
深縫圖

18【深邃】 ㄕㄣ ㄙㄨㄟˋ
幽深;深遠。

6【深成岩】 ㄕㄣ ㄔㄥˊ ㄧㄢˊ
(plutonic rocks)又稱侵入岩。指熔融之岩漿在地殼深處逐漸冷卻固結所形成的岩石。其組織以粗粒爲特徵。

10【深海層】 ㄕㄣ ㄏㄞˇ ㄘㄥˊ
(bathypelagic zone)指海面下200~1,000公尺間的水域。

2【深入不毛】 ㄕㄣ ㄖㄨˋ ㄅㄨˋ ㄇㄠˊ
進入極荒遠未開化的地方。

【深入肯綮】 ㄕㄣ ㄖㄨˋ ㄎㄣˇ ㄑㄧㄥˋ
深中要旨,切合事理。

【深入淺出】 ㄕㄣ ㄖㄨˋ ㄑㄧㄢˇ ㄔㄨ
寓意深刻,又能用淺明的語言文字表達出來。

4【深文周內】 ㄕㄣ ㄨㄣˊ ㄓㄡ ㄋㄚˋ
嚴密峻苛地引用法條使人入罪。

【深水炸彈】 ㄕㄣ ㄕㄨㄟˇ ㄓㄚˋ ㄉㄢˋ
裝有高爆炸藥,用於攻擊水中目標的鋼殼彈。藉預先調定的深度,以水壓信管所受的水壓力作用而爆發。可由飛機投下或自海軍船艦射出。

【深仁厚澤】 ㄕㄣ ㄖㄣˊ ㄏㄡˋ ㄗㄜˊ
深厚的仁德和恩澤。

7【深冷處理】 ㄕㄣ ㄌㄥˇ ㄔㄨˇ ㄌㄧˇ
(cryothermal treatment; sub-zero treatment)含碳量高的碳鋼或高合金鋼,其麻田散鐵完成變態的溫度 M_f 低於0°C,因此淬火急冷至室溫,其沃斯田鐵無法完全變態爲麻田散鐵而殘留一些下來,這些殘留沃斯田鐵經過一段時間會使機件變形甚至龜裂。爲消除殘留沃斯田鐵,乃將鋼料繼續冷到 0°C 以下,如 −20°C、−40°C,甚至液態氮的−196°C,此種處理稱深冷處理。

8【深居簡出】 ㄕㄣ ㄐㄩ ㄐㄧㄢˇ ㄔㄨ
在家閉門獨處,很少外出與人交往。

9【深度訪問】 ㄕㄣ ㄉㄨˋ ㄈㄤˇ ㄨㄣˋ
(depth interview)採訪或蒐集民意資料的一種方法。即針對採訪、研究主題,有目的的選擇少數對象,就有關問題作深入交談,取得所需資料。

【深思熟慮】 ㄕㄣ ㄙ ㄕㄡˊ ㄌㄩˋ
深刻周密的考慮。

10【深根固柢】 ㄕㄣ ㄍㄣ ㄍㄨˋ ㄉㄧˇ
基礎穩定,不可動搖。

【深耕易耨】 ㄕㄣ ㄍㄥ ㄧˋ ㄋㄡˋ
指農夫勤於耕種。

12【深惡痛絕】 ㄕㄣ ㄨˋ ㄊㄨㄥˋ ㄐㄩㄝˊ
極其厭惡痛恨。

13【深溝高壘】 ㄕㄣ ㄍㄡ ㄍㄠ ㄌㄟˇ
挖深壕溝,築高壘壁。形容加強防禦工事。

15【深層結構】 ㄕㄣ ㄘㄥˊ ㄐㄧㄝˊ ㄍㄡˋ
(deep structure)語文所欲傳達之內在意義。

【深厲淺揭】 ㄕㄣ ㄌㄧˋ ㄑㄧㄢˇ ㄑㄧˋ
水深就和衣涉水,水淺便撩衣而行。比喻行動能因時制宜。

16【深謀遠慮】 ㄕㄣ ㄇㄡˊ ㄩㄢˇ ㄌㄩˋ
籌劃精心深入,考慮周密長遠。

18【深藏不露】 ㄕㄣ ㄘㄤˊ ㄅㄨˋ ㄌㄨˋ
1指有修養的人,不向人顯露才學。2指善於克制感情或掩飾缺陷的人,不向人顯現眞實面目。

【深藏若虛】 ㄕㄣ ㄘㄤˊ ㄖㄨㄛˋ ㄒㄩ
隱藏寶貨,不以示人。比喻人有才德學問,而不向人炫耀。

済

濟的俗體。

湴

ㄅㄢˋ *pan*⁴ 音半
1洪水氾濫。見"玉篇"。2泥淖。同埿。見"廣韻"。

淡

一 ㄉㄢˋ *tan*⁴ 音但
1味薄。見"說文"。2不熱中。如:淡泊名利。3色彩不濃。如:淡墨畫。4無聊;沒趣。5不旺盛。如:淡季。

二 ㄊㄢˊ *t'an*² 音談
1通痰。2姓。'明'有'淡成'。見"萬姓統譜·六六"。

2【淡入】 ㄉㄢˋ ㄖㄨˋ
(fade-in)與「淡出」相對。聲音或畫面變化的一種。常用於節目開頭。即聲音、畫面慢慢出現,從無到有。

4【淡水】 ㄉㄢˋ ㄕㄨㄟˇ

(fresh-water)含鹽分低於500毫克/公升(即0.5‰)的水域。一般在內陸流動的河水均屬之。

【淡月】ㄉㄢˋ ㄩㄝˋ
指交易量甚低的月分。也叫小月。和旺月相對。

5【淡出】ㄉㄢˋ ㄔㄨ
(fade-out)與「淡入」相對。聲音或畫面變化的一種。即從有到無,慢慢消失。

7【淡忘】ㄉㄢˋ ㄨㄤˋ
印象模糊,漸漸忘記。

8【淡泊】ㄉㄢˋ ㄅㄛˊ
也作澹泊。[1]恬淡寡欲。[2]清寒貧困。

【淡季】ㄉㄢˋ ㄐㄧˋ
交易清淡的季節。

12【淡菜】ㄉㄢˋ ㄘㄞˋ
又稱貽貝。生長於沿岸潮間帶,形狀略呈三角形的雙殼貝。生食味鮮,'金門'、'馬祖'產量較豐。

【淡然】ㄉㄢˋ ㄖㄢˊ
冷淡、漠不關心的樣子。

14【淡漠】ㄉㄢˋ ㄇㄛˋ
[1]恬靜無欲的境界。[2]冷漠;不熱心。

17【淡薄】ㄉㄢˋ ㄅㄛˊ
[1]恬淡寡慾。[2]不濃厚。

4【淡水河】ㄉㄢˋ ㄕㄨㄟˇ ㄏㄜˊ
流經'臺灣島'北部。上游'大漢溪',源自'雪山山脈'的'大霸尖山',北流經'臺北縣''三峽'而入平原,至'萬華'與'新店溪'相會,續流至'圓山'附近會'基隆河',再西北流至'淡水''油車口'入海。

【淡水湖】ㄉㄢˋ ㄕㄨㄟˇ ㄏㄨˊ
(fresh-water lake) 水源充足、外流自由、水面蒸發損失小且鹽分含量低的湖泊。一般鹽度都在0.5‰以下,而以0.1~0.2‰者居多。全球湖泊中淡水湖約占55%。我國'洞庭湖'、'鄱陽湖'及'北美'五大湖都屬淡水湖。

淁

ㄐㄧㄝˊ chieh² 音捷
參汎淁。

淒

ㄑㄧ ch'i¹ 音妻
俗作凄。[1]雲雨興起的樣子。見"說文"。[2]寒涼。如:淒風苦雨。[3]悲悽。通悽。如:淒切。

4【淒切】ㄑㄧ ㄑㄧㄝˋ
淒涼悲切。

9【淒苦】ㄑㄧ ㄎㄨˇ
淒涼痛苦。

10【淒迷】ㄑㄧ ㄇㄧˊ
[1]悽愴悵惘。[2]景物淒涼而迷茫。

13【淒愴】ㄑㄧ ㄔㄨㄤˋ
心中悲痛。

【淒楚】ㄑㄧ ㄔㄨˇ
極度悲傷。也作悽楚。

15【淒厲】ㄑㄧ ㄌㄧˋ
風寒冷而猛烈。

9【淒風苦雨】ㄑㄧ ㄈㄥ ㄎㄨˇ ㄩˇ
令人感到淒涼悲苦的風雨。比喻悲慘的境遇或愁苦的心情。

清

ㄑㄧㄥ ch'ing¹ 音青
[1]水明澈。見"說文"。[2]明晰。如:清楚。[3]潔淨。如:清潔。[4]沈寂。如:清靜。[5]淒涼。如:清秋。[6]去除。如:清掃。[7](1636~1911)'明''萬曆'年間,'女眞族''努爾哈赤'建立'後金'政權,至'皇太極'定國號爲'清'。'世祖'入據'北京',完成統一。傳至'溥儀',革命軍興,下詔遜位。共十世,十一主,二百七十六年。

4【清心】ㄑㄧㄥ ㄒㄧㄣ
內心淡泊恬靜。

【清介】ㄑㄧㄥ ㄐㄧㄝˋ
清高耿直。

5【清平】ㄑㄧㄥ ㄆㄧㄥˊ
[1]太平無事。[2]清廉公平。

【清白】ㄑㄧㄥ ㄅㄞˊ
清澈潔白。[1]形容品德操守純正。[2]形容家世良好。

8【清冷】ㄑㄧㄥ ㄌㄧㄥˇ
[1]清涼。[2]形容人儀態雋秀或思想高潔。

【清冽】ㄑㄧㄥ ㄌㄧㄝˋ
水清澈涼爽。

【清明】ㄑㄧㄥ ㄇㄧㄥˊ
[1]天氣晴朗。(1)比喻天下太平。(2)比喻心智清靜明朗。[2]農曆二十四節氣之一。在國曆的四月五日或前後。舊稱三月節,有踏青掃墓的民俗。我國訂這一天爲民族掃墓節。

9【清客】ㄑㄧㄥ ㄎㄜˋ
[1]舊時以文字或技藝寄居於豪門顯貴之家的門客。[2]梅花的別名。

【清流】ㄑㄧㄥ ㄌㄧㄡˊ
[1]清澈的水流。[2]指廉潔耿介勇於批判的讀書人。

【清音】ㄑㄧㄥ ㄧㄣ
[1]清脆的聲音。[2]清唱。[3]語音學上稱聲母發音時,聲帶不顫動爲清音。

【清查】ㄑㄧㄥ ㄔㄚˊ
徹底調查。

【清苦】ㄑㄧㄥ ㄎㄨˇ
清貧困苦。

【清苑】ㄑㄧㄥ ㄩㄢˋ
縣名。舊名'保定'。位於'河北省'中部偏西,臨'大清河'。與'北平'、'天津'成鼎足之勢,軍事地位重要。現爲'河北省'省會,有鐵路經過。紡織、食品、化纖等工業盛。

【清幽】ㄑㄧㄥ ㄧㄡ
清靜幽雅。

10【清酒】ㄑㄧㄥ ㄐㄧㄡˇ
酒名。以精白米爲原料,蒸熟後加酒麴米,再與水混合,酒麴中青黴菌的酵素將澱粉糖化,同時以酵母進行發酵,過濾而得。

【清高】ㄑㄧㄥ ㄍㄠ
清白高尚。多用以形容不求名利,潔身自愛。

【清眞】ㄑㄧㄥ ㄓㄣ
[1]純潔眞實。[2]伊斯蘭教(回教)的別稱。

【清除】ㄑㄧㄥ ㄔㄨˊ
[1]清掃乾淨;去除淨盡。[2](clear)將電腦記憶儲存體之內容全部設定爲零的過程。

【清時】ㄑㄧㄥ ㄕˊ
政治清明的太平時代。

【清氣】 ㄑㄧㄥ ㄑㄧˋ
①清新鮮潔的空氣。②指人品的清高淡泊。
【清耕】 ㄑㄧㄥ ㄍㄥ
在全年栽培期間,不斷地將土壤反複耕鋤,不使雜草繁殖,並保持地面清潔及土壤鬆軟的一種管理方法。多用於花卉及蔬菜的集約栽培。
【清純】 ㄑㄧㄥ ㄔㄨㄣˊ
清新純淨。
【清修】 ㄑㄧㄥ ㄒㄧㄡ
淡泊清高。
11【清望】 ㄑㄧㄥ ㄨㄤˋ
清高的名望。
【清規】 ㄑㄧㄥ ㄍㄨㄟ
①清廉潔美的法度風範。②佛教指禪林的戒律、生活規約。含有清淨無染之意。
【清唱】 ㄑㄧㄥ ㄔㄤˋ
①清麗嘹亮的歌聲。②只唱而不扮演的戲曲表演形式。由一人或數人演唱戲曲的片段,不用鑼鼓,只用管弦伴奏,場面清靜閒雅。
12【清裁】 ㄑㄧㄥ ㄘㄞˊ
①清峻嚴正的裁斷。②書信中尊稱對方意見的用詞。
13【清廉】 ㄑㄧㄥ ㄌㄧㄢˊ
清白廉潔。
【清福】 ㄑㄧㄥ ㄈㄨˊ
清閒的福分。
14【清漣】 ㄑㄧㄥ ㄌㄧㄢˊ
澄澈的水波。
【清漆】 ㄑㄧㄥ ㄑㄧ
(varnish)由溶劑、天然或合成樹脂及植物油調和而成的溶液。除不含色料外,與油塗料相仿。與空氣接觸後,因氧化聚合反應及溶劑之揮發,會形成一層清晰、強韌、能抵抗溶劑之保護膜,常用於家具上。
【清歌】 ㄑㄧㄥ ㄍㄜ
清妙的歌唱。
【清算】 ㄑㄧㄥ ㄙㄨㄢˋ
(liquidation) 公司宣告解散時,清理其財產的行爲。執行者稱爲清算人。其清理要點爲了結現務、收取債權、清償債務、分配剩餘財產等。
15【清談】 ㄑㄧㄥ ㄊㄢˊ
①清雅的言論。②指‘魏’、‘晉’士大夫談“老”、“莊”、“周易”,崇尚玄理的風氣。③清議;社會公正的議論。
【清廟】 ㄑㄧㄥ ㄇㄧㄠˋ
清靜肅穆的宗廟。古代王室貴族祭祀祖先的祠堂。
【清樣】 ㄑㄧㄥ ㄧㄤˋ
(final proof)指報刊或其他出版物排檢完成後,打出供校對用的印樣。
16【清靜】 ㄑㄧㄥ ㄐㄧㄥˋ
道教主張清虛安靜,寡欲無爲,順應自然。
【清操】 ㄑㄧㄥ ㄘㄠ
清高的節操。
【清曉】 ㄑㄧㄥ ㄒㄧㄠˇ
天剛亮。
【清興】 ㄑㄧㄥ ㄒㄧㄥˋ
高雅的興致。
17【清償】 ㄑㄧㄥ ㄔㄤˊ
依債務本旨而實現債務內容,使債之關係消滅的準法律行爲。有關法律行爲之規定,諸如行爲能力、意思表示等,並不當然適用於清償。亦即無行爲能力人或限制行爲能力人亦得爲有效之清償,祇要有合法之清償,當事人雖無清償意思,亦生消滅債務之效力。且意思表示縱有錯誤,清償仍有效,不得撤銷。凡此均爲清償之特殊性。清償須向債權人或其他有受領權人(如代理人、破產管理人、持有債權人簽名收據之人等)爲之。其向無受領權人爲清償者,原則上無效,但如經債權人承認,或受領人於受領後取得其債權者;或受領人係債權之準占有人,而債務人不知其非債權人者;或於債權人因而受利益之限度內,其清償仍有效。
20【清議】 ㄑㄧㄥ ㄧˋ
本指清流人士對國事的公正批評。後泛稱社會公正的輿論。
【清黨】 ㄑㄧㄥ ㄉㄤˇ
①重視意識型態單純化的政黨,爲謀黨內思想的統一、黨員的團結、對領導服從的強化,而採取的肅清黨內一切思想動搖、個性獨立與行爲腐化之分子的舉動。②‘民國’十六年三月,‘中國國民黨’中央監察委員‘吳敬恆’、‘蔡元培’、‘張人傑’、‘李煜瀛’等,在‘上海’提出⌊護黨救國案⌉。針對‘共黨’破壞北伐與篡竊黨權的嚴重威脅,四月在‘上海’召開全體緊急會議,‘蔡元培’任主席,由‘吳敬恆’提出檢舉⌊‘共產黨’連結容納於‘國民黨’之‘共產黨’員,同有謀叛證據案⌉,並由各委員報告‘共黨’在‘湘’、‘鄂’、‘贛’、‘皖’、‘浙’、‘滬’不利於‘國民黨’之行爲,決議實行清除黨內‘中共’分子;十二日,‘白崇禧’奉命繳械‘上海’總工會糾察隊,限制‘共黨’活動,當時名爲護黨,旋定名爲清黨。四月十二日,爲清黨紀念日。
22【清聽】 ㄑㄧㄥ ㄊㄧㄥ
①靜聽。②請人聽納意見的敬辭。③清越的聲音。
23【清癯】 ㄑㄧㄥ ㄑㄩˊ
指人消瘦而風度飄逸。
1【清一色】 ㄑㄧㄥ ㄧ ㄙㄜˋ
比喻事物純一不混雜
4【清太宗】 ㄑㄧㄥ ㄊㄞˋ ㄗㄨㄥ
(1592~1643)‘清太祖’‘努爾哈赤’的第八子,名‘皇太極’。‘後金’‘天命’十一年(1626)繼位,改年號爲‘天聰’。‘天聰’十年(1636)即帝位,改國號爲‘大清’,改元‘崇德’。在位十六年病死。廟號‘太宗’。
【清太祖】 ㄑㄧㄥ ㄊㄞˋ ㄗㄨˇ
(1559~1626)‘清’開國之主。名‘努爾哈赤’。先世爲‘明朝’‘建州左衛’都指揮使,‘明’末屢破‘明’兵,

'萬曆'四十四年(1616)稱汗，建元'天命'，國號'金'，史稱'後金'。'天命'十年(1625)，遷都'瀋陽'，十一次進攻'寧遠'，爲'明'軍炮火所傷而死。廟號'太祖'。

5【清世宗】 ㄑㄧㄥ ㄕˋ ㄗㄨㄥ
(1678～1735)'聖祖'第四子，名'胤禎'。即位後，改元'雍正'。曾討平'青海'，征'準噶爾'，並在西南地區推行改土歸流政策，武功很盛。但治法嚴峻，性多猜忌，屢興文字獄，殘殺文人。在位十三年。

【清世祖】 ㄑㄧㄥ ㄕˋ ㄗㄨˇ
(1638～1661)'清朝'第一個入主'中國'的皇帝。名'福臨'。六歲即位，改元'順治'，由'多爾袞'攝政。'順治'元年(1644)，'清'軍入關，定都'北京'。在位十八年。

【清史稿】 ㄑㄧㄥ ㄕˇ ㄍㄠˇ
'民國''趙爾巽'等撰，五百三十六卷。依'清''國史館'原撰底本，加上"清實錄"、"聖訓"、"十二朝東華錄"等資料。論述偏頗，故禁而不用。

10【清高宗】 ㄑㄧㄥ ㄍㄠ ㄗㄨㄥ
(1711～1799)'世宗'第四子，名'弘曆'。即位後，改元'乾隆'。曾以武力平定'準噶爾部'和'大'、'小和卓木'。並敕令編纂"四庫全書"、"一統志"和"明史"。又大興文字獄，屢次巡遊'江'南。晚年寵信'和珅'，政治趨於腐敗。在位六十年。

【清眞寺】 ㄑㄧㄥ ㄓㄣ ㄙˋ
伊斯蘭教寺院的通稱。伊斯蘭教初期，只有用棗樹搭建的簡陋寺院，信徒向'麥加'天房的方向膜拜；後漸以'土耳其'式建築構建有尖塔的寺院。我國現存最早的清眞寺是'宋'、'元'時所建的'廣州''懷聖寺'、'泉州''清淨寺'。

【清眞言】 ㄑㄧㄥ ㄓㄣ ㄧㄢˊ
(al-Kalimah al-Tāyibah)'阿拉伯'語意譯。意指「除了'阿拉'，別無他主；'穆罕默德'爲主之欽差。」伊斯蘭教信仰的主旨，凡身爲穆斯林，必須由其口中說出此言，誦念清眞言爲「五功」之首。

【清除孔】 ㄑㄧㄥ ㄔㄨˊ ㄎㄨㄥˇ
(clean out)爲便於清理汙水下水道，常在支管末端設置清除孔。其間距視街廓大小而定，約50～100公尺；其尺寸多與汙水管相同，一般直徑約150～200公厘，可以若干節彎管組成；一端與汙水管成45°交角，一端接至路面，開口設蓋板。清除孔的彎度必須適當，清理工具方可自由進出。有些都市基於經濟上的考慮，亦以清除孔代替部分人孔。

【清除區】 ㄑㄧㄥ ㄔㄨˊ ㄑㄩ
(clean zone)位於跑道兩端，以備飛機偶然過早著陸或衝出跑道用的區域。其範圍包括超越地帶及其兩側安全區在內，超越地帶的寬度爲跑道及其兩側道肩寬度的總和。

11【清商樂】 ㄑㄧㄥ ㄕㄤ ㄩㄝˋ
'北魏''孝文帝'採集中原舊曲及'江'南'吳'歌，'荆''楚'西聲，總稱爲清商樂，以別於雅樂、胡樂。包括平調、清調、瑟調(即宮調、商調、角調)等三調。

【清通志】 ㄑㄧㄥ ㄊㄨㄥ ㄓˋ
'清''乾隆'三十二年敕撰，原名"皇朝通志"，一百二十六卷。體例仿'宋''鄭樵'"通志"，但省去紀、傳、世家、年譜，僅存其二十略。內容除氏族、六書、七音、校讎、圖譜、金石、昆蟲、草木諸略外，多與"清通典"重複。

【清通典】 ㄑㄧㄥ ㄊㄨㄥ ㄉㄧㄢˇ
'清''乾隆'三十二年敕撰，原名"皇朝通典"，一百卷。記'清'初典章制度。內容取材自"清會典"、"清律例"、"清一統志"等；體例仿'唐''杜佑'"通典"，門目則依'清代'實際情形略有增刪。

【清唱劇】 ㄑㄧㄥ ㄔㄤˋ ㄐㄩˋ
(cantata)也稱大合唱曲。是用連串的合唱、獨唱、重唱，來表現劇情；但只唱而不演，故名。若爲宗教題材，情節採自"聖經"，稱神劇。

13【清聖祖】 ㄑㄧㄥ ㄕㄥˋ ㄗㄨˇ
(1654～1722)'清朝'第二位皇帝，名'玄燁'。八歲即位，改元'康熙'。先後平三藩，定'臺灣'，統一漠北、'西藏'地區，武功很盛。曾開館修書，纂輯"康熙字典"、"全唐詩"、"古今圖書集成"等，以籠絡士人；又興文字獄，禁止結社。在位六十一年。

【清會典】 ㄑㄧㄥ ㄏㄨㄟˋ ㄉㄧㄢˇ
一名"欽定大清會典"。初修於'康熙'三十三年(1694)，'雍正'、'乾隆'、'嘉慶'等朝續有修纂。'光緒'年間，'崑岡'等又奉敕續修，有會典一百卷，事例一千二百二十卷，圖二百七十卷。記載'清代'文物典制，頗爲詳細。

14【清算人】 ㄑㄧㄥ ㄙㄨㄢˋ ㄖㄣˊ
清算公司執行清算事務及代表公司之法定必備機關。清算人之職務爲：一、檢查公司財產及造具會計表冊，送交監察人審查，提請股東會承認後，報送法院。二、了結現務。三、收取債權。四、清償債務。五、分派剩餘財產。六、召集股東會。七、編造清算期內之收支表、損益表送交監察人審查，並提請股東會承認後，向法院聲報。八、聲請法院指定公司簿冊文件之保存人。九、聲請宣告公司破產。清算人在執行清算職務之範圍內，有代表公司爲訴訟上或訴訟外一切行爲之權。

15【清潔劑】 ㄑㄧㄥ ㄐㄧㄝˊ ㄐㄧˋ
(detergent)泛稱可以減少水之表面張力的物質。特別是一些界面活性劑，其集中於油與水界面，產生乳化效應而使附著於物體之汙物脫離，達到洗淨目的。依其化學作用，合成清潔劑可分爲陽離子型、陰離子型與非離子型；依其分子結構則分爲軟清潔劑與硬清潔劑。

16【清靜經】 ㄑㄧㄥ ㄐㄧㄥˋ ㄐㄧㄥ
全名“太上老君說常清靜妙經”，一卷。乃‘宋’、‘金’、‘元’以後，新道教融合三教教理，完成一部精簡而兼合三教之長的道經。說明澄心寡欲，使心神清靜的道理。全眞道士作爲修持的經典，後世道教徒以此經作爲日常念誦的功課經之一。

17【清償地】 ㄑㄧㄥ ㄔㄤˊ ㄉㄧˋ
又稱給付地或履行地。即債務人應爲清償行爲之地點。以債務人之住所爲清償地者，稱爲索取之債；以債權人之住所爲清償地者，稱爲赴償之債。清償地除法律另有規定（如價金與標的物應同時交付者，其價金應於標的物之交付處所交付之）、契約另有訂定、另有習慣、不能依債之性質（如承攬及僱傭，應依其承攬工作或所服勞務之性質以定其清償地）或其他情形決定者外，如以給付特定物爲標的者，以訂約時其物之所在地爲清償地；其他之債，則以債權人之住所地爲清償地。清償地具有下列之效力：債務人應於清償地爲給付之提出，而債權人亦應於清償地受領。清償地有時得爲特定給付內容之標準，決定審判籍之標準，國際私法也以清償地爲決定法律行爲準據法之標準，又提存應於清償地之提存所爲之。

【清償期】 ㄑㄧㄥ ㄔㄤˊ ㄑㄧˊ
又稱給付期或履行期。即債務人應爲債務履行之時期。清償期除法律另有規定、契約另有訂定、不能依債之性質或其他情形決定者外，債權人得隨時請求清償，債務人亦得隨時爲清償。清償期具有下列之效力：債務人原則上應於清償期清償，但如無反對之意思表示時，債務人得爲期前清償；反之，債權人非於清償期屆至，不得請求。清償期係確定期限者，債務人自期限屆至時起，負給付遲延責任，如係不確定期限或未定期限者，自經債權人催告時起負給付遲延責任。清償期屆至，債務人提出給付，而債權人拒絕受領或不能受領者，自該時起債權人應負受領遲延之責任。清償期屆至，債權人得行使債權，因而消滅時效亦自該時起進行。

1【清一統志】 ㄑㄧㄥ ㄧ ㄊㄨㄥˇ ㄓˋ
即“嘉慶重修一統志”。五百六十卷。始修於‘乾隆’二十九年(1764)，至‘嘉慶’時又補修，‘道光’二十二年(1842)始完成。

4【清心寡慾】 ㄑㄧㄥ ㄒㄧㄣ ㄍㄨㄚˇ ㄩˋ
內心清靜，慾望很少。

8【清明在躬】 ㄑㄧㄥ ㄇㄧㄥˊ ㄗㄞˋ ㄍㄨㄥ
指人懷有清靜明朗的心智。

11【清涼飲料】 ㄑㄧㄥ ㄌㄧㄤˊ ㄧㄣˇ ㄌㄧㄠˋ
(soft drinks) 廣義而言，除酒精性飲料外均屬之。狹義指充塡二氧化碳氣體的碳酸飲料(carbonated beverage)。含有甜味劑、酸、天然或人工合成香料、緩衝鹽類及色素等。具清涼口感及消除疲勞之效果。如可樂、沙士等飲料。

【清理版權】 ㄑㄧㄥ ㄌㄧˇ ㄅㄢˇ ㄑㄩㄢˊ
(clear) 廣播電視節目中所使用的一切音樂、著作等，若涉及版權所屬問題，應先安排解決，以免引起版權糾紛，稱爲清理版權。重視著作權的國家，如‘英’、‘美’等廣播及電視臺均設有專人負責版權清理的工作。

14【清算股利】 ㄑㄧㄥ ㄙㄨㄢˋ ㄍㄨˇ ㄌㄧˋ
(liquidating dividend) 指公司因結束營業或減資，將資本以現金或其他資產分配予股東者。清算股利並非盈餘的分配，而是資本的退還，故股東收到此項股利時，不可列爲收益。

【清算價值】 ㄑㄧㄥ ㄙㄨㄢˋ ㄐㄧㄚˋ ㄓˋ
(liquidation value)指企業清算時，資產可能變現價值，以及公司自動或被動清算時，對於具有優先分配剩餘財產權的特別股，同意支付的每股金額。

15【清潔蔬菜】 ㄑㄧㄥ ㄐㄧㄝˊ ㄕㄨ ㄘㄞˋ
指在栽培期間不施糞尿，僅用低毒性農藥來控制病蟲害，或僅利用簡易的園藝設備和技術（如網室栽培）所培養出來不具農藥殘毒的安全蔬菜。

4【清文獻通考】 ㄑㄧㄥ ㄨㄣˊ ㄒㄧㄢˋ ㄊㄨㄥ ㄎㄠˇ
‘清’‘乾隆’十二年敕撰，原名“皇朝文獻通考”，三百卷。記‘清’初文獻，體例仿“續文獻通考”，子目則略有增加。

11【清教徒革命】 ㄑㄧㄥ ㄐㄧㄠˋ ㄊㄨˊ ㄍㄜˊ ㄇㄧㄥˋ
(Puritan Revolution) ‘英國’十七世紀‘斯圖亞特朝’ (Stuart Dynasty)的‘詹姆斯一世’(James I)及‘查理一世’(Charles I)相繼即位後，實施專制統治，不尊重國會，多次與國會發生衝突。當時有人要求改革‘英國’國教，主張徹底清除舊教成分，這派人遂被稱爲清教徒(Puritans)，‘詹姆斯一世’乃對清教徒施加壓迫。西元1639年‘查理一世’召集長期國會，欲籌款募兵鎭壓‘蘇格蘭’因宗教問題引起的叛變，遭國會否決，國會反要求廢止船舶稅、特別法庭等，1641年終於引起內戰，‘克倫威爾’領導以城市居民及清教徒爲主的‘圓顱黨’ (Roundheads) 擊敗了由貴族與地主組成擁護國王的‘騎士黨’ (Cavaliers)。1646年‘查理一世’投降，1649年國會以叛國罪處死‘查理一世’，‘克倫威爾’宣布共和，史稱「清教徒革命」。

12【清朝續文獻通考】ㄑㄧㄥ ㄔㄠˊ ㄒㄩˋ ㄨㄣˊ ㄒㄧㄢˋ ㄊㄨㄥ ㄎㄠˇ
‘民國’‘劉錦藻’撰，原名“皇朝續文獻通考”，四百卷。纂輯‘乾隆’五十一年(1786)至‘宣統’三年(1911)的‘清代’典制，以接續“清文獻通考”。資料詳細，可供參證。

添 ㄊㄧㄢ t'ien^{1} 音天
增加。見“集韻”。

2【添丁】ㄊㄧㄢ ㄉㄧㄥ
指生兒子。‘唐’‘盧仝’生子，取名‘添丁’，意指爲國家增添一個服役的壯丁。見‘韓愈’“寄盧仝詩”。

8【添附】ㄊㄧㄢ ㄈㄨˋ
(accretion)一國取得領土主權的方式之一。一國之領土，由於自然或人爲的因素向外擴增，對於擴增的部分，可不經宣布，而取得領土主權。自然的擴增如河流的沖積形成了沖積地；人爲的擴增如海埔新生地。

【添房】ㄊㄧㄢ ㄈㄤˊ
‘宋’‘元’以來稱贈禮物給嫁女兒的人家。後也稱添箱。

14【添壽】ㄊㄧㄢ ㄕㄡˋ
①增壽。②指送禮祝人壽辰。

5【添加劑】ㄊㄧㄢ ㄐㄧㄚ ㄐㄧˋ
(additive)加入原來化合物以改良其物性或化性的物質。如汽油中加入四乙基鉛可防止引擎震爆。

8【添枝加葉】ㄊㄧㄢ ㄓ ㄐㄧㄚ ㄧㄝˋ
指添加原來沒有的內容。

涬 ㄒㄧㄥˋ hsing^{4} 音幸
①大水。見“正字通”。②混茫的樣子。見“正字通”。③牽引。④姓。五代有‘涬寅遜’。見“正字通”。

涷 ㄉㄨㄥ tung^{1} 音東
暴雨。見“爾雅·釋天”。

㳽
瀰的俗體。

淢 ㊀ ㄩˋ yü^{4} 音域
①急流。見“說文”。②悲傷；痛心。通惐。見“字彙補”。
㊁ ㄒㄩˋ hsü^{4} 音洫
深溝；護城河。通洫。見“正字通”。

渚 ㄓㄨˇ chu^{3} 音主
或作渚。也作陼。①小洲。見“說文”。②水邊。

淈 ㄍㄨˇ ku^{3} 音古
①水流湧出的樣子。見“說文”。②攪渾；擾亂。如：淈泥揚波。

涮 ㄕㄨㄢˋ shuan^{4}
①清洗。見“廣韻”。②將生肉片放入沸湯中燙熟來吃。如：涮羊肉。

6【涮羊肉】ㄕㄨㄢˋ ㄧㄤˊ ㄖㄡˋ
取羊肉薄片，在沸湯中略煮，沾佐料的一種吃法。

淕 ㄌㄨˋ lu^{4} 音路
①凝結的雨滴。見“廣韻”。②澤名。見“集韻”。

淩 ㄌㄧㄥˊ ling^{2} 音陵
①水名。在今‘安徽省’。見“說文”。②急行而過。見“廣雅·釋言”。③姓。三國有‘淩統’。見“三國志·吳書·淩統傳”。

淇 ㄑㄧˊ ch'i^{2} 音其
參淇水。

4【淇水】ㄑㄧˊ ㄕㄨㄟˇ
源出今‘河南省’‘淇縣’西北‘淇山’，注入‘衛河’。

⿰氵邯 ㄏㄢˊ han^{2} 音含
或。見“方言·一〇”。

淔 ㄔˋ ch'ih^{4} 音敕
①水名。見“說文”。②泉名。在‘湖南省’‘道縣’。見‘元結’“七泉銘序”。

淋 ㊀ ㄌㄧㄣˊ lin^{2} 音林
①水由上澆下。如：淋浴。②病名。通痳。見“說文通訓定聲”。
㊁ ㄌㄧㄣˋ lin^{4}
①過濾。②釀酒。
㊂ ㄌㄩㄣˊ lün^{2}
被雨水澆溼。

4【淋巴】ㄌㄧㄣˊ ㄅㄚ
(lymph)又稱淋巴液。爲動物體內類似血液的組織液。其組成包括淋巴漿及淋巴球。淋巴漿來自乳糜管或由血管壁滲出，其中的蛋白質量比血漿少，脂肪酸量比血漿多；淋巴球是白血球中最小的一類，功能在於能產生抗體。淋巴循環是組織與血液交換養分和代謝物的媒介，也是吸收脂肪和脂溶性物質的媒介。

10【淋病】ㄌㄧㄣˊ ㄅㄧㄥˋ
(gonorrhea；clap；gleet)俗稱慢性尿道炎和白濁。病原菌爲一種雙葡萄球菌的‘耐綏爾’淋病球菌(Neisseria gonorrhoeae)。感染方式除新生兒由母體感染眼睛、年輕少女在公共場所感染陰脣發炎，以及偶爾感染成人眼睛外，均直接由性交接觸而引起。症狀爲尿道口紅腫、流膿或雜有血液，放尿炙熱劇痛，有時發橫痃。由於感染處多集中於生殖尿道及其附近，若醫治不當，很可能造成男女不孕。通常使用抗生素及硫磺胺類藥品治療，但極難斷根。

11【淋淋】ㄌㄧㄣˊ ㄌㄧㄣˊ
水向下流的樣子。

14【淋漓】ㄌㄧㄣˊ ㄌㄧˊ
①沾溼或下滴的樣子。②充盛、酣暢的樣子。

4【淋巴球】ㄌㄧㄣˊ ㄅㄚ ㄑㄧㄡˊ
(lymphocyte)又稱淋巴細胞。白血球中最小的一類，主要形成於淋巴結、脾及其他淋巴組織。淋巴球核大細胞質少，雖然能運動，但無吞噬細菌及異物之能力，主要的機能如同血漿細胞，在於產生抗體。

【淋巴結】ㄌㄧㄣˊ ㄅㄚ ㄐㄧㄝˊ
(lymph node)即淋巴腺。參淋巴腺。

【淋巴腺】ㄌㄧㄣˊ ㄅㄚ ㄒㄧㄢˋ
(lymphatic gland)又稱淋巴結。淋巴組織集合的小豆狀構造。數量多而大小不等，分布於身體重要管道，如頸部、腋窩、肺門、腹股溝等處。具有過濾及吞噬淋巴中之微生物和其他雜質，以及產生淋巴細胞的作用。如受細菌等微生物感染時，便會紅腫發痛。

【淋巴管】 ㄌㄧㄣˊ ㄅㄚ ㄍㄨㄢˇ
(lymphatic vessels)淋巴系中用以輸送淋巴的管系。包括最大的淋巴本幹，再分左右兩支，左者較大，又名胸管，係收集身軀左方上肢、頭頸、胸壁、心、肺等部之淋巴管而成，開口位於左鎖骨下靜脈與左頸靜脈會合處；右管收集體右上肢、頭頸、胸壁及心、肺等部之淋巴管而成，開口位於右鎖骨下靜脈與右頸靜脈會合處。淋巴管如同血管分布於全身。

【淋巴瘤】 ㄌㄧㄣˊ ㄅㄚ ㄌㄧㄡˊ
(lymphoma) 異常生長於淋巴組織的一種惡性腫瘤。包括濾泡性淋巴瘤、淋巴肉瘤、網狀細胞肉瘤、'霍杰金'氏症 (Hodgkin's disease) 等類。多見於頸部、胸縱膈、腹腔淋巴結、扁桃體或小腸等構造，除局部腫大外，容易發生轉移至身體各處或產生白血病副作用。治療法包括手術切除、放射線照射以及化學療法等。

15【淋餘土】 ㄌㄧㄣˊ ㄩˊ ㄊㄨˇ
在多雨地區，淋溶較盛，因雨水滲入，致石灰質及其他可溶性鹽類溶解，而土質呈酸性的土壤。

4【淋巴系統】 ㄌㄧㄣˊ ㄅㄚ ㄒㄧˋ ㄊㄨㄥˇ
(lymphatic system)循環系的一支。包括淋巴管、淋巴及淋巴腺等構造。人類淋巴腺分布於身體的重要管道，如頸部、腋窩、肺門、腹股溝等。

13【淋溶作用】 ㄌㄧㄣˊ ㄖㄨㄥˊ ㄗㄨㄛˋ ㄩㄥˋ
(leaching)溼潤的熱帶地區，降雨把地表的可溶性礦物和養料溶解而淋失的作用。溶解的物質隨下滲的水輸送到地表的下層堆積，表土則因此缺少礦物質而逐漸呈酸性反應。如灰土、磚紅土皆是經淋溶作用後的酸性土。

14【淋漓盡致】 ㄌㄧㄣˊ ㄌㄧˊ ㄐㄧㄣˋ ㄓˋ
形容文辭或話語流利暢達，能完全表達事物的情致。

淅 ㄒㄧ *hsi*[1] 音析
1淘米。見"說文"。2指泡在水中準備淘洗的米。3狀聲詞。如：淅瀝。

11【淅淅】 ㄒㄧ ㄒㄧ
形容微風聲。

19【淅瀝】 ㄒㄧ ㄌㄧˋ
形容風聲或雨雪聲。

淞 ㄙㄨㄥ *sung*[1] 音松
江名。即'吳淞江'。參吳淞1。

㳺 游的俗體。

淶 ㄌㄞˊ *lai*[2] 音來
參淶水。

4【淶水】 ㄌㄞˊ ㄕㄨㄟˇ
又名'拒馬河'。源出'河北省''淶源縣'西南的'淶山'，後分爲二支，至'河北省''定興縣'會合，納'大清河'注於海。

涯 ㄧㄚˊ *ya*[2] 音牙
1水邊。見"說文"。2邊遠的地方。如：天涯海角。3極限。如：無涯。

10【涯涘】 ㄧㄚˊ ㄙˋ
1水岸。2界域；界限。

14【涯際】 ㄧㄚˊ ㄐㄧˋ
邊際；界限。

淺 ㊀ ㄑㄧㄢˇ *ch'ien*[3] 音遣
1水不深。深的反義詞。見"說文"。2泛指事物不深厚。如：淺見。3短；少。如：相見日淺。
㊁ ㄐㄧㄢ *chien*[1] 音兼
參淺淺㊀。

2【淺人】 ㄑㄧㄢˇ ㄖㄣˊ
見識淺薄的人。

4【淺井】 ㄑㄧㄢˇ ㄐㄧㄥˇ
(shallow well) 指集取未達第一不透水層地下水的水井。一般多爲深8～15公尺的寬口井，抽水量易受地面水影響。井壁及井欄以鋼筋混凝土或預鑄混凝土造，在地面下3公尺以上部分避免設工作縫或接頭，以防汙染。淺井以由井底集水爲原則，井底至供水層間隔不宜小於井外徑1/4。除寬口井式外，淺井尚有管井及鑽井等形式。

7【淺見】 ㄑㄧㄢˇ ㄐㄧㄢˋ
淺陋的見解。

10【淺耕】 ㄑㄧㄢˇ ㄍㄥ
多行於作物生育期中。耕犂作物株間或四周之表土使其疏鬆，深度約5、6公分。亦有行之於播種前，如花卉、葉菜類蔬菜的栽培，耕犂深度約在10～15公分。

11【淺淺】 ㊀ ㄐㄧㄢ ㄐㄧㄢ
水流急速的樣子。同濺濺。
㊁ ㄑㄧㄢˇ ㄑㄧㄢˇ
不深；不滿。

14【淺說】 ㄑㄧㄢˇ ㄕㄨㄛ
1淺近的解說。2指常識性或對專門理論初步介紹的書籍。

4【淺水龍】 ㄑㄧㄢˇ ㄕㄨㄟˇ ㄌㄨㄥˊ
比喻懷才不遇，陷於困境。龍本當藏於深水，一旦困於淺水，便失去憑藉，而不能發揮其異能。

10【淺海層】 ㄑㄧㄢˇ ㄏㄞˇ ㄘㄥˊ
(epipelagic zone)指海面至海面下200公尺間的水域。

12【淺絳山水】 ㄑㄧㄢˇ ㄐㄧㄤˋ ㄕㄢ ㄕㄨㄟˇ
'唐代'畫家'吳道子'作畫，常以水墨鉤勒皴染，再敷設以淡淡的赭色，一般稱之爲「吳裝」山水，後人把淡赤、淡赭稱之爲「淺絳」，並稱'吳道子'所創之「吳裝山水」爲淺絳山水。'元代''黃公望'、'王蒙'等人深愛此種水墨設色的表現法。

13【淺斟低唱】 ㄑㄧㄢˇ ㄓㄣ ㄉㄧ ㄔㄤˋ
一面慢慢喝酒，一面低聲歌唱。形容閒適的生活。

涵 ㄏㄢˊ *han*[2] 音含
1受水潤澤多。見"說文"。2包容；包含。如：涵容。3浸泡；沈潛。如：涵泳。

4【涵化】ㄏㄢˊ ㄏㄨㄚˋ
(acculturation) 一種文化變遷。主要指兩個或兩個以上原來各自獨立的不同文化，經過接觸而互相影響的過程。通常是一個較小的、力量較弱的從屬社會，對居於支配地位的社會所產生的適應過程。

8【涵泳】ㄏㄢˊ ㄩㄥˇ
①沈浸。②品味；深入體會。

9【涵洞】ㄏㄢˊ ㄉㄨㄥˋ
(culvert) 用以排洩地面水或跨越水道的構造物。若跨度在六公尺以上者，稱爲橋梁。依其構造，又有數種別稱：橫穿路堤下部之排水構造物，稱爲暗渠 (closed conduit)；斷面呈矩形者，稱爲箱涵 (box culvert)；洞頂呈拱形者，稱爲拱涵(arch culvert)；使用鋼筋混凝土或皺紋金屬管等管類者，稱爲管涵(pipe culvert)。

13【涵煦】ㄏㄢˊ ㄒㄩˇ
滋潤煦育。比喻所施德澤的深厚。

15【涵養】ㄏㄢˊ ㄧㄤˇ
①滋潤養育。比喻施布恩德，長養化育。②修養。

17【涵濡】ㄏㄢˊ ㄖㄨˊ
滋潤；潤澤。

20【涵蘊】ㄏㄢˊ ㄩㄣˋ
(implication) 又稱蘊涵。設A與B爲兩個命題，假如A爲眞，則B一定爲眞，那麽A就涵蘊B。涵蘊關係也可以存在於一集命題與另一命題之間，設X爲一集命題，B爲一個命題，假若X中的所有命題皆爲眞，B就一定爲眞，那麽X中的諸命題就共同涵蘊B。例如：「年滿二十歲才有投票權」和「某甲今年十八歲」兩個命題就涵蘊「某甲今年尙未有投票權」。

10【涵容能力】ㄏㄢˊ ㄖㄨㄥˊ ㄋㄥˊ ㄌㄧˋ
(assimilative capacity) 指在不妨害水體正常用途情況下，水體所能涵容的汙染負荷量。

渀 或作渀。㈠ ㄅㄣˋ pên4 音笨
投身入水的樣子。
㈡ ㄅㄣ pên1 音奔
奔騰。通奔。

淹 ㈠ ㄧㄢ yen1 音醃
①停留；久留。見"廣韻"。②遲。指長久的時間。如：淹速。③廣博深入。如：淹博。④沈浸。如：淹沒。
㈡ ㄧㄢˋ yen4 音厭
遮沒。見"廣韻"。

10【淹留】ㄧㄢ ㄌㄧㄡˊ
停留；滯留。

11【淹通】ㄧㄢ ㄊㄨㄥ
深通；淵博而精通。

【淹貫】ㄧㄢ ㄍㄨㄢˋ
廣博而通達。

12【淹博】ㄧㄢ ㄅㄛˊ
廣博深入。

【淹雅】ㄧㄢ ㄧㄚˇ
學問廣博，風度高雅。

14【淹滯】ㄧㄢ ㄓˋ
①有才德而被壓抑不受重用。②久留不歸。

16【淹遲】ㄧㄢ ㄔˊ
緩慢；久長。

湤 沲的俗體。

渏 ㄆㄠˋ p'ao4 音泡
浸泡。同泡。見"字彙"。

涿 ㄓㄨㄛ cho1, chuo1 音桌
水下滴。見"說文"。

淌 ㈠ ㄔㄤˋ ch'ang4 音唱
大浪。見"玉篇"。
㈡ ㄊㄤˇ t'ang3 音倘
流下。如：淌淚。

6【淌血】ㄊㄤˇ ㄒㄧㄝˇ
流血。

淥 ㄌㄨˋ lu4 音錄
①水滲出；過濾。通漉。見"集韻"。②清酒；濾過的酒。③清澈。如：淥水。

淑 ㄕㄨˊ shu2 音叔
①清明深沈。見"說文"。②善良。見"爾雅·釋詁"。③美好。如：淑女。④溫和。如：淑氣。⑤因喜好而模仿學習。如：私淑。⑥姓。'前燕'有'淑虞'。見"古今姓氏書辯證·三五"。

5【淑世】ㄕㄨˊ ㄕˋ
改善社會風氣。

10【淑氣】ㄕㄨˊ ㄑㄧˋ
溫和的氣候。指春天和暖的時光。

12【淑景】ㄕㄨˊ ㄐㄧㄥˇ
美景。多指春光。

【淑媛】ㄕㄨˊ ㄩㄢˋ
①美女。②帝王後宮女官名。爲九嬪之一。

5【淑世主義】ㄕㄨˊ ㄕˋ ㄓㄨˇ ㄧˋ
也稱改善觀。厭世主義與樂天主義兩派之間的折衷人生觀。認爲人世之間，雖非至善，亦未達極惡地步，世間人事可由人類共同努力加以改善。

【淑世牖民】ㄕㄨˊ ㄕˋ ㄧㄡˇ ㄇㄧㄣˊ
改善社會，開啟民智。

淲 ㈠ ㄆㄧㄠ p'iao1 音飄
水流的樣子。同滮。見"說文"。
㈡ ㄏㄨ hu1 音呼
①也作滹。參滹沱河。②滸的俗體。

淂 ㄉㄜˊ tê2 音德
①水名。見"集韻"。②得的俗體。

淏 ㄏㄠˋ hao4 音皓
水清澈的樣子。見"集韻"。

混 ㈠ ㄏㄨㄣˋ hun4 音諢
①水流盛滿。見"說文"。②雜糅；攙合。通掍。如：混合。③苟且度過。如：混日子。④欺騙。如：蒙混。
㈡ ㄏㄨㄣˊ hun2 音魂
水濁。如：混濁。
㈢ ㄏㄨㄣˇ hun3
雜亂；不分明。如：混淆。
㈣ ㄍㄨㄣˇ kun3 音滾
大水奔流的樣子。通滾。見"集韻"。

国 ㄎㄨㄣ *k'un*1 音昆
參混夷。

5【混充】 ㄏㄨㄣˋ ㄔㄨㄥ
僞裝;假冒。

6【混夷】 ㄎㄨㄣ ㄧˊ
我國古代西部部落名。也作'昆夷'、'畎夷'。

【混成】 ㄏㄨㄣˋ ㄔㄥˊ
渾然天成。

【混同】 ㄏㄨㄣˋ ㄊㄨㄥˊ
1混合在一處。2債權與其債務同歸一人,而使債之關係消滅的法律事實。其成立之原因主要有二:一、概括繼受:如債權人繼承債務人,債務人繼承債權人等均是。二、特定繼受:如債務人由債權人受讓債權,或債權人承擔債務人之債務等屬之。他如所有權與他物權混同、主債務與保證債務混同,則可謂廣義之混同,與前述之混同性質上尙有差異。債之關係因混同而消滅,其從權利及其他附隨之擔保權亦歸於消滅。但債權爲他人權利之標的,或法律另有規定者,債之關係並不消滅。前者如債權爲質權之標的;後者如"票據法"有關回頭背書之規定。

【混合】 ㄏㄨㄣˋ ㄏㄜˊ
把不同類別的東西摻合在一起。

7【混沌】 ㄏㄨㄣˋ ㄉㄨㄣˋ
天地還沒有形成之前,陰陽未分,迷濛幽暗的狀態。也作渾沌。

【混作】 ㄏㄨㄣˋ ㄗㄨㄛˋ
爲使土壤中各種養分能被不同作物分別吸收或作物間的生長可互相幫助,並分攤風險,而在同一土地上同時栽培兩種以上作物的栽培制度。

【混含】 ㄏㄨㄣˋ ㄏㄢˊ
(vagueness)也稱含混。一個語詞的核心意義雖然清楚,但其可應用的範圍卻有模糊不清的情況。例如:⌊禿頭⌉的意義雖然很清楚,但很難定出一個明確的範圍,指明頭髮在幾根以下才叫做禿頭。

11【混混】 ⊟ ㄏㄨㄣˋ ㄏㄨㄣˋ
1渾濁、紛亂的樣子。2天地未形成前、混沌不分的蒙昧狀態。3混日子;苟且度日。4流氓。
⊟ ㄍㄨㄣˇ ㄍㄨㄣˇ
1水奔流的樣子。2說話滔滔不絕的樣子。

【混淆】 ㄏㄨㄣˋ ㄧㄠˊ
混雜;錯雜。也作渾殽。

【混淪】 ㄏㄨㄣˋ ㄌㄨㄣˊ
水流轉的樣子。

12【混然】 ㄏㄨㄣˋ ㄖㄢˊ
1無所知的樣子。2無分別的樣子。

13【混跡】 ㄏㄨㄣˋ ㄐㄧ
隱身其中。也作溷跡。

15【混養】 ㄏㄨㄣˋ ㄧㄤˇ
養殖漁業中,爲充分利用養殖水域,實施多品種的混合飼養方式。

16【混凝】 ㄏㄨㄣˋ ㄋㄧㄥˊ
(coagulation)水的天然濁度,部分由可沈降之懸浮固體,部分由微細膠體顆粒所組成,自來水廠爲使膠體顆粒凝聚,常需應用化學劑混凝的方法。此法包括兩步驟:一、去除膠體顆粒的穩定性。藉加入混凝劑,有時兼加助凝劑來達成。二、結合沈澱。已去除穩定性之膠體顆粒可相互接觸,藉'白朗寧'運動(周動混凝)、混合與液體的流動(正動混凝),以及不同速度的沈澱作用來完成。

18【混轉】 ㄏㄨㄣˋ ㄓㄨㄢˇ
(diffused shifting)租稅轉嫁方式之一。租稅負擔部分前轉,部分後轉,部分旁轉,而由多數人共同負擔者。例如紡織業所納稅負部分前轉給成衣業,部分後轉給棉農,部分旁轉給印染業即是。

4【混日子】 ㄏㄨㄣˋ ㄖˋ ˙ㄗ
苟且度日。

6【混血兒】 ㄏㄨㄣˋ ㄒㄧㄝˇ ㄦˊ
異族結合所生的子女。

【混血種】 ㄏㄨㄣˋ ㄒㄧㄝˇ ㄓㄨㄥˇ
同一物種而不同族類交配所生的後代。

【混合林】 ㄏㄨㄣˋ ㄏㄜˊ ㄌㄧㄣˊ
(mixed forest)由兩種以上不同群落混合組成的森林。世界上主要的混合林帶分布在冷溫帶,是闊葉落葉林與針葉常綠林的混合林,爲溫帶森林與寒帶森林的過渡型。

【混合制】 ㄏㄨㄣˋ ㄏㄜˊ ㄓˋ
一個組織之職權的行使,其中一部分須經委員會之決議,另一部分則留由組織首長、委員長或主任委員負責決定或總理者。政府機關中凡以委員會名之者,多屬此種權力分配制度。

【混合物】 ㄏㄨㄣˋ ㄏㄜˊ ㄨˋ
(mixture)由兩種或兩種以上的純物質混合而成者。沒有一定的組成和性質,各純物質仍然保持其原有的性質。如墨水、檸檬汁等。

8【混波器】 ㄏㄨㄣˋ ㄅㄛ ㄑㄧˋ
(mixer)主要功用在於將局部振盪電路所產生的振盪頻率與由高頻放大而來的外部接收頻率,藉混波產生差額,以輸出中頻信號的裝置。

16【混凝土】 ㄏㄨㄣˋ ㄋㄧㄥˊ ㄊㄨˇ
(concrete)由水泥、細骨料、粗骨料及水混合而成的建築材料。因混凝土有較高的抗壓強度,耐久、耐震、施工容易,惟抗拉強度低,故以鋼筋補強,成爲鋼筋混凝土。

4【混水摸魚】 ㄏㄨㄣˊ ㄕㄨㄟˇ ㄇㄛ ㄩˊ
比喻乘混亂取利。

6【混合成本】 ㄏㄨㄣˋ ㄏㄜˊ ㄔㄥˊ ㄅㄣˇ
(mixed cost)指一項成本,其中包括固定成本及變動成本者。

【混合列車】 ㄏㄨㄣˋ ㄏㄜˊ ㄌㄧㄝˋ ㄔㄜ
(mixed train)客貨運輸量稀少地區,爲節省人力及物力設備,而將旅客與貨物並行輸送的列車。

【混合技法】 ㄏㄨㄣˋ ㄏㄜˊ ㄐㄧˋ ㄈㄚˇ

(mix method)①用兩種以上的材料來完成一件作品的技法。如混用水墨、蠟筆、水彩、油彩來製作作品。②指拼用版畫。即在同一版面上混合凹、凸、平、孔等各種技法做成之版畫的統稱。

【混合肥料】 ㄏㄨㄣˋ ㄏㄜˊ ㄈㄟˊ ㄌㄧㄠˋ

複合肥料之一。也稱配合肥料。指含有二種或二種以上肥料元素的肥料。可視作物的需要,依一定比率混合。

【混合契約】 ㄏㄨㄣˋ ㄏㄜˊ ㄑㄧˋ ㄩㄝ

契約依法律是否設有特別規定可區分爲有名契約和無名契約,後者可再分爲純粹之無名契約、準混合契約和混合契約。混合契約是二個以上有名契約之要件混合而成之契約,應就混合契約之各部分,分別類推適用其類似有名契約之規定。例如供給伙食之住宿契約,係買賣契約和租賃契約之混合契約;關於食物之供給應類推適用關於買賣之規定,住居之供給應類推適用關於租賃之規定。此外混合契約與契約聯立應加區別,即混合契約仍係一個契約,而契約聯立則係數個契約互相結合,而均不失其個性者。例如甲以乙購買其蜜蜂爲條件,而租與養蜂場之契約,雖甲乙間有買賣契約和租賃契約互相依存,但並非混合契約,而係契約之聯立。

【混合高度】 ㄏㄨㄣˋ ㄏㄜˊ ㄍㄠ ㄉㄨˋ

(mixing height) 指煙囪排放物離開煙囪後開始與大氣混合的高度。

【混合參數】 ㄏㄨㄣˋ ㄏㄜˊ ㄘㄢ ㄕㄨˋ

(hybrid parameters) 把電晶體視爲雙口網路,使用四個參數 h_i、h_f、h_o 與 h_r 來取代電晶體結構,用以分析電路之輸出與輸入信號關係,這四個參數就稱爲混合參數。

【混合農業】 ㄏㄨㄣˋ ㄏㄜˊ ㄋㄨㄥˊ ㄧㄝˋ

(mixed farming)農牧並行的一種農業制度。田地種植農作物外,並種植牧草畜養牲畜。爲'歐洲'的主要農業型態。

【混合濾料】 ㄏㄨㄣˋ ㄏㄜˊ ㄌㄩˋ ㄌㄧㄠˋ

(mixed media) 利用比重、粒徑不同的濾料經適當設計配置,使顆粒之粒徑及顆粒間之孔隙均能依濾床的水流方向逐漸由大至小,使能充分發揮良好之過濾功能者。其特點爲水頭損失在濾床中之分布均勻,濁度貫入深,可適應較大的濾率變化,且出水水質穩定,適用於高率過濾而可減少濾池用地面積。使用混合濾料的濾池稱爲多層濾池。

7【混沌初開】 ㄏㄨㄣˋ ㄉㄨㄣˋ ㄔㄨ ㄎㄞ

天地剛形成的時候。

11【混淆視聽】 ㄏㄨㄣˋ ㄧㄠˊ ㄕˋ ㄊㄧㄥ

混亂聽聞,影響正確的是非判斷。

6【混合式游泳】 ㄏㄨㄣˋ ㄏㄜˊ ㄕˋ ㄧㄡˊ ㄩㄥˇ

游泳比賽項目之一。比賽時,依蝶式、仰式、蛙式、自由式的順序,各游四分之一的距離。其中自由式必須採用蝶、仰、蛙式以外的姿勢,也不可以潛水。正式比賽項目有200及400公尺混合式。

【混合貨櫃船】 ㄏㄨㄣˋ ㄏㄜˊ ㄏㄨㄛˋ ㄍㄨㄟˋ ㄔㄨㄢˊ

(combination container ship) 兼具吊上吊下型及駛進駛出型兩種貨櫃船之結構,以適應開發中國家貨櫃運輸之需要的貨櫃船。

16【混凝土空心磚】 ㄏㄨㄣˋ ㄋㄧㄥˊ ㄊㄨˇ ㄎㄨㄥ ㄒㄧㄣ ㄓㄨㄢ

(concrete hollow brick)以硬拌混凝土經振動壓縮成型,並以蒸氣養護凝固而成的圬工單體。質輕堅硬,中空部分於砌築時可用鋼筋及砂漿加強,亦可提供水電空調配管之用。

6【混合構架式建造】 ㄏㄨㄣˋ ㄏㄜˊ ㄍㄡˋ ㄐㄧㄚˋ ㄕˋ ㄐㄧㄢˋ ㄗㄠˋ

(combination framing construction) 鋼構架與鋼筋混凝土剛架混合使用的結構物。是現代高層建築物常用的建造方式。高層樓房的垂直載重及側向荷載,若全以鋼筋混凝土設計建造,則柱的尺寸甚大,浪費不少有效空間;若採用混合式,在高層部分以鋼構架建造,近地面層以鋼筋混凝土剛架建造,可減輕高層部分的靜載重,並加大柔性而減少側向載荷,使柱的尺寸減少,加大建築物的有效空間。

淖

㊀ ㄋㄠˋ nao4 音鬧

①爛泥;泥沼。如:泥淖。②沈溺。如:沈淖。

㊁ ㄓㄠˋ chao4 音趙

①調和。見"字彙"。②融化。如:淖冰。

㊂ ㄔㄨㄛˋ ch'o4, ch'uo4 音綽

通綽。如:淖約。

17【淖濘】 ㄋㄠˋ ㄋㄧㄥˋ

泥濘。

淠

㊀ ㄆㄧˋ p'i4 音譬

①水名。參淠水。②船行飄搖的樣子。見"正字通"。

㊁ ㄆㄟˋ p'ei4 音沛

同㊀②。

4【淠水】 ㄆㄧˋ ㄕㄨㄟˇ

今稱'白沙河'。源出'安徽省''霍山縣'西南,經'霍邱縣'於'正陽關'入'淮水'。

涸

㊀ ㄏㄜˊ ho2, hê2 音河

①水枯竭。如:乾涸。②抽乾存水。如:涸澤而漁。

㊁ ㄏㄠˋ hao4 音浩

同㊀①。

11【涸陰】 ㄏㄜˊ ㄧㄣ

極爲陰冷。

16【涸澤而漁】 ㄏㄜˊ ㄗㄜˊ ㄦˊ ㄩˊ
抽乾池水以捕魚。比喻爲達目的不擇手段。

18【涸轍鮒魚】 ㄏㄜˊ ㄓㄜˊ ㄈㄨˋ ㄩˊ
處於乾涸車轍中的鮒魚。比喻身陷困境。

淟 ㄊㄧㄢˇ t'ien³ 音腆
①汙穢混濁。見"廣雅·釋詁"。②湮沒。見"字彙"。

涾 ㄊㄚˋ t'a⁴ 音踏
水沸騰漫溢。見"說文"。

淨 ㄐㄧㄥˋ ching⁴ 音敬
①清潔。通瀞。如:潔淨。②純而不雜。如:淨重。③全;都。如:淨盡。④戲劇腳色之一。俗稱花臉。或以爲先淨面而後彩繪於其上,故名;或以爲是古參軍二字的促音。'元''明'劇中的淨腳,都是不重要的腳色。'金''元'院本以副末、副淨爲當場的腳色,一代表正派,一代表反派。'元'曲只有淨,傳奇中則分爲正淨、副淨、小淨、外淨、貼淨等。

3【淨土】 ㄐㄧㄥˋ ㄊㄨˇ
佛家指莊嚴潔淨,沒有五濁的極樂世界。通指'阿彌陀佛'的國土。

4【淨水】 ㄐㄧㄥˋ ㄕㄨㄟˇ
清淨的水。通常與楊枝合稱爲楊枝淨水,是"觀音讚"的首句。象徵佛法功德純如淨水,能使人清涼,消除煩惱。

【淨化】 ㄐㄧㄥˋ ㄏㄨㄚˋ
指事物朝向潔淨而發展。

7【淨利】 ㄐㄧㄥˋ ㄌㄧˋ
(net income)又稱純益。企業每期各項收益減去各項成本、費用及損失後的正數餘額。

【淨身】 ㄐㄧㄥˋ ㄕㄣ
割除男子的睪丸。古時太監在入宮前必須淨身。

10【淨院】 ㄐㄧㄥˋ ㄩㄢˋ
寺院。

【淨值】 ㄐㄧㄥˋ ㄓˊ
(net worth) 又稱淨資產。企業資產總額減除負債總額後的餘額。

13【淨損】 ㄐㄧㄥˋ ㄙㄨㄣˇ
(net loss)又稱純損。企業在一會計期間內各項收益少於各項成本及費用的差額。

14【淨盡】 ㄐㄧㄥˋ ㄐㄧㄣˋ
完全除去;一點都沒有剩下。

3【淨土宗】 ㄐㄧㄥˋ ㄊㄨˇ ㄗㄨㄥ
佛教宗派之一。以念佛往生彌陀淨土爲宗旨。此宗以'晉''慧遠'爲初祖,首創'蓮社',弘揚淨土,故又稱蓮宗。爲我國佛教中流行最廣的一派。在'日本'也很盛行。

7【淨投資】 ㄐㄧㄥˋ ㄊㄡˊ ㄗ
(net investment)使資本存量增加的投資。等於毛投資減去折舊。

9【淨面鋼】 ㄐㄧㄥˋ ㄇㄧㄢˋ ㄍㄤ
(effervescing steel; rimming steel) 一般由平爐或轉爐煉成的熔鋼,尙含有游離 O_2 和以氧化鐵狀態存在的化合氧,如在熔鋼內不添加適當還原劑,則熔鋼注入鋼錠模後,在凝固期間,游離 O_2 會從熔鋼逸出,而氧化鐵也會和C反應生成CO,致凝固期間產生多量氣體,若加入還原劑如錳鐵、矽鐵、鋁等,此種情況便會改善。淨面鋼即是將熔鋼以錳鐵輕度還原後,注入鋼錠模所得之鋼。由於還原不充分,當溶液注入鋼錠模時,在模內會發生火花,放出多量的氣體而呈沸騰狀態;凝固後,在鋼錠內會留存很多氣泡,而鋼錠之外表因冷卻速度快,純度較高且潔淨,故稱。

13【淨資產】 ㄐㄧㄥˋ ㄗ ㄔㄢˇ
(net asset)即淨值。參淨值。

6【淨收視率】 ㄐㄧㄥˋ ㄕㄡ ㄕˋ ㄌㄩˋ
(net rating)指某一廣告或電視節目減去重複的受眾後,實際受眾與潛在受眾總量的百分比。

11【淨現值法】 ㄐㄧㄥˋ ㄒㄧㄢˋ ㄓˊ ㄈㄚˇ
(net present value method)評估資本支出計畫的一種方法。係將計畫預估的每年現金利潤按資金成本率或另訂的投資報酬率折算爲現值,再與原始投資相比較,其差即爲淨現值。如原始投資較小則淨現值爲正數,表示預計的報酬率大於資金成本率或所訂的投資報酬率,故淨現值大於或等於零時,計畫均可考慮。

8【淨明忠孝道】 ㄐㄧㄥˋ ㄇㄧㄥˊ ㄓㄨㄥ ㄒㄧㄠˋ ㄉㄠˋ
道教的重要教派之一。崇奉'許遜',倡導忠孝,以'江西''豫章''西山'爲中心,成立忠孝教團,'南宋'以後逐漸形成一新教派。'元'初'劉玉'又擴充其教義,以爲淨明是正心誠意,忠孝是扶植綱常,對民間頗具影響力。主張融合儒、釋、道三教,提倡深造眞淨妙明的心學,在'明代'與'陽明'學派有關。'高攀龍'以其只傳淨明忠孝,稱之爲仙家最正者。到'明朝'達於極盛,'清'以下猶多傳其教法。主要經典爲"淨明忠孝全書"。在'江西'及附近地區多有信仰者。

10【淨值收益率】 ㄐㄧㄥˋ ㄓˊ ㄕㄡ ㄧˋ ㄌㄩˋ
(net-worth income ratio)指企業淨值與營業淨利的比值。可顯示該企業運用淨值額度的能力。可以下式表示:

$$淨值收益率=\frac{營業淨利}{淨值}。$$

5【淨正吸入水頭】 ㄐㄧㄥˋ ㄓㄥˋ ㄒㄧ ㄖㄨˋ ㄕㄨㄟˇ ㄊㄡˊ
(net positive suction head; NPSH)運動中之動葉輪入口,流體總壓與飽和蒸汽壓之差值逐漸減小,亦即入口處之流體總壓相對於飽和蒸汽壓而降低,至達某一正值以下,則開始產生孔蝕現象。此流體總壓與飽和蒸汽壓之差值,稱爲淨正吸入水頭。

10【淨值固定資產比率】 ㄐㄧㄥˋ ㄓˊ ㄍㄨˋ ㄉㄧㄥˋ ㄗ ㄔㄢˇ ㄅㄧˇ ㄌㄩˋ
(net-worth fixed assets ratio)

指淨值與固定資產的比。顯示企業固定資產中自有資本淨值爲若干。可以下式表示:
淨值固定資產比率＝$\frac{淨值}{固定資產}$。

8【淨所得型營業加値稅】ㄐㄧㄥˋ ㄙㄨㄛˇ ㄉㄜˊ ㄒㄧㄥˊ ㄧㄥˊ ㄧㄝˋ ㄐㄧㄚ ㄓˊ ㄕㄨㄟˋ
(net income type of value-added tax)營業加值稅型態之一。其與毛所得型營業加值稅不同之處,乃在計算稅基時,可自加值額中減除資本設備當期之折舊,故廠商之稅負較輕。

淫 ㄧㄣˊ *yin*² 音銀
①浸入;浸透。如:浸淫。②惑亂。如:富貴不能淫。③邪惡。如:淫慝。④放縱。如:淫泆。⑤過度。如:淫雨。⑥浮誇不實。如:淫辭。⑦男女間邪亂不守禮法的行爲。如:賣淫。

7【淫祀】ㄧㄣˊ ㄙˋ
不合禮制或不應有的祭祀。

8【淫侈】ㄧㄣˊ ㄔˇ
過度奢侈浪費。

9【淫祠】ㄧㄣˊ ㄘˊ
濫設而不合禮制的祠廟。

【淫威】ㄧㄣˊ ㄨㄟ
①盛大的德威。②指濫施而不合法度的權威。

11【淫視】ㄧㄣˊ ㄕˋ
以不正的目光流轉邪視。

13【淫亂】ㄧㄣˊ ㄌㄨㄢˋ
淫蕩而違背禮法。

15【淫慝】ㄧㄣˊ ㄊㄜˋ
奸邪不正。

18【淫穢】ㄧㄣˊ ㄏㄨㄟˋ
淫亂骯髒。

淆 ㄧㄠˊ *yao*² 音姚
①混濁。見"集韻"。②混亂。見"字彙"。

淄 ㄗ *tzŭ*¹ 音資
①水名。參淄水。②黑色。通緇。如:涅而不淄。

4【淄水】ㄗ ㄕㄨㄟˇ
又名'淄河'。源出'山東省''萊蕪縣'東北,東北流,合'小淸河'注入'渤海'。

16【淄澠並泛】ㄗ ㄕㄥˊ ㄅㄧㄥˋ ㄈㄢˋ
比喻事情紛擾不淸楚。'淄'、'澠'兩水在'山東'境內,傳說二水之味不同,合則難辨。

渗 滲的俗體。

淛 ㄓㄜˋ *chê*⁴ 音浙
水名。也作'浙'。參浙江②。

淝 ㄈㄟˊ *fei*² 音肥
參肥水。

淜 ㄆㄥ *p'êng*¹ 音烹
①涉水渡河。今通作馮。見"說文"。②狀聲詞。

涹 ㄨㄛ *wo*¹ 音倭
混濁。見"廣雅·釋詁"。

淘 ㄊㄠˊ *t'ao*² 音桃
①用水沖洗,除去雜質。本作洮。如:淘汰。②疏通水道。

7【淘汰】ㄊㄠˊ ㄊㄞˋ
用水洗去雜質,保留精華。引中爲去蕪存菁。

8【淘金】ㄊㄠˊ ㄐㄧㄣ
①用水淘洗含金的沙子,以取得沙金。②今指想發大財,從事容易賺錢的行業。

10【淘氣】ㄊㄠˊ ㄑㄧˋ
①生氣。②指孩童頑皮、搗蛋。也指戲弄、開玩笑。

7【淘沙見金】ㄊㄠˊ ㄕㄚ ㄐㄧㄢˋ ㄐㄧㄣ
用水淘洗金沙,可從中取得金屑。比喻努力工作,必能有所收穫。

淴 ㄏㄨ *hu*¹ 音忽
沉沒。見"正字通"。

⿰氵曶 ㄏㄨㄟˋ *hui*⁴ 音慧
①青黑色。本作⿰氵冒。見"廣韻"。②合。見"字彙補"。

淊 ㈠ ㄏㄢˋ *han*⁴ 音憾
①泥水相和的樣子。見"說文"。②繅絲所用的沸水。見"正字通"。
㈡ ㄧㄢ *yen*¹ 音淹
沉沒。見"廣韻"。

淮 ㄏㄨㄞˊ *huai*² 音懷
①水名。參淮河。②姓。'明'有'淮錫'。見"萬姓統譜·一五"。

8【淮河】ㄏㄨㄞˊ ㄏㄜˊ
源於'河南省'南部'桐柏山'北麓,向東流入'安徽省''洪澤湖'後,分爲二水道:一經由'高郵'、'寶應'、'邵伯'等湖流入'長江';一經由'蘇北灌溉總渠'注入'黃海'。支流極多,流域包括'豫'、'皖'、'江'、'魯'四省。此河航運和灌溉原均盛,然一度被'黃河'搶道,後'黃河'雖北移,卻淤積大量泥沙,致使河水宣泄困難,水患時生而航利日減。

9【淮軍】ㄏㄨㄞˊ ㄐㄩㄣ
'淸''李鴻章'在'曾國藩'的支持下,於'咸豐'十一年(1861),在'淮水流域'召募編練的軍隊。

24【淮鹽】ㄏㄨㄞˊ ㄧㄢˊ
指'淮水流域'所生產的鹽。

9【淮南子】ㄏㄨㄞˊ ㄋㄢˊ ㄗˇ
'漢''淮南王''劉安'集其門客所撰,二十一卷。其書大旨以道家學說爲主,而旁涉甚多,"漢書·藝文志"列之爲雜家。

【淮南小山】ㄏㄨㄞˊ ㄋㄢˊ ㄒㄧㄠˇ ㄕㄢ
'西漢''淮南王''劉安'的門客。作品現存"招隱士"一篇。

渊 淵的俗體。

淣 ㄋㄧˊ *ni*² 音倪
①水際。見"集韻"。②邊際。通作倪。見"字彙"。

涎 ㈠ ㄒㄧㄢˊ *hsien*² 音賢
口水;唾液。如:垂涎三尺。
㈡ ㄧㄢˋ *yen*⁴ 音彥
參迆涎。

5【涎皮賴臉】ㄒㄧㄢˊ ㄆㄧˊ ㄌㄞˋ ㄌㄧㄢˇ
嬉笑無賴的樣子。

淵 ㄩㄢ *yüan*¹ 音鴛
①深潭。如:深淵。②深。如:淵博。

9【淵泉】ㄩㄢ ㄑㄩㄢˊ

1深泉。2比喻思深慮遠。

12【淵博】 ㄩㄢ ㄅㄛˊ
深厚廣博。多指學問而言。

13【淵源】 ㄩㄢ ㄩㄢˊ
水的源頭。比喻事物的根源。

16【淵默】 ㄩㄢ ㄇㄛˋ
沉靜寡言。

19【淵藪】 ㄩㄢ ㄙㄡˇ
1深淵和澤藪。指魚獸群聚之處。2比喻人或事物聚集的地方。

12【淵渟嶽峙】 ㄩㄢ ㄊㄧㄥˊ ㄩㄝˋ ㄓˋ
如淵之深沈、山之高聳。比喻人品出眾。

22【淵鑑類函】 ㄩㄢ ㄐㄧㄢˋ ㄌㄟˋ ㄏㄢˊ
'清''康熙'間'張英'等奉敕撰，四百五十卷。以'明''俞安期'"唐類函"爲本，廣收'明''嘉靖'以前事類、文章彙編而成。分四十三部、二千五百三十六類。內容豐富，提供當時文人使用典故的最佳資料。

湣 ㄏㄨㄣ hun[1] 音昏
昏亂。

淦 ㄍㄢˋ kan[4] 音幹
1水滲入船中。見"說文"。2水名。參淦水。

4【淦水】 ㄍㄢˋ ㄕㄨㄟˇ
1源出今'江西省''清江縣'東南'離嶺'。經'紫淦山'，出'洋湖'，至'清江鎮'會'蛇溪水'，注入'贛江'。2源出今'廣西省'東北的'香爐山'麓，注入'灘江'。

淰 ㊀ ㄋㄧㄢˇ nien[3] 音拈
1水無波。見'玄應'"一切經音義"。2掘取淤泥的農具。見"正字通"。
㊁ ㄕㄣˇ shên[3] 音審
魚在水中閃避驚走的樣子。見"字彙"。

滸 ㄏㄨˇ hu[3] 音虎
一種取水的器具。也作戽。見"集韻"。

淭 ㄑㄩˊ ch'ü[2] 音渠
參淭挐。

10【淭挐】 ㄑㄩˊ ㄖㄨˊ
農具的一種。即耙。也作楾。

淚 ㊀ ㄌㄟˋ lei[4] 音類
由淚腺所排出的液體。淚腺分泌淚液於眼球表面，可使鞏膜、角膜、結膜免於乾燥的傷害，同時具有沖洗眼球異物及抑制微生物生長的功能。淚液也因悲傷、興奮或異物侵入眼睛而大量分泌。
㊁ ㄌㄧˋ li[4] 音戾
水急流的樣子。見"集韻"。

13【淚腺】 ㄌㄟˋ ㄒㄧㄢˋ
(lacrymal gland; tear gland)
分泌淚液的一種管狀泡性腺體。呈扁平葡萄狀，分布於眼瞼內層，可分泌淚液，以保護眼睛及維持眼睛的正常視覺功能。

2【淚人兒】 ㄌㄟˋ ㄖㄜˊㄦ
形容痛哭流淚。

10【淚涔涔】 ㄌㄟˋ ㄘㄣˊ ㄘㄣˊ
淚流不止的樣子。

淪 ㄌㄨㄣˊ lun[2] 音倫
1小水波。見"說文"。2沉沒。見"廣雅·釋詁"。3沒落。如：淪落。4相率；互相牽連。見"爾雅·釋言"。

3【淪亡】 ㄌㄨㄣˊ ㄨㄤˊ
1淪陷滅亡。2喪失。

9【淪胥】 ㄌㄨㄣˊ ㄒㄩ
1互相牽連而受苦難。2淪陷；喪亡。

11【淪陷】 ㄌㄨㄣˊ ㄒㄧㄢˋ
1沉沒陷落。比喻國土被敵人占據。2流落；淪落。

【淪敗】 ㄌㄨㄣˊ ㄅㄞˋ
淪落敗亡。

12【淪喪】 ㄌㄨㄣˊ ㄙㄤˋ
沉沒；滅亡。

13【淪落】 ㄌㄨㄣˊ ㄌㄨㄛˋ
1衰微；沒落。2流落他鄉。

6【淪肌浹髓】 ㄌㄨㄣˊ ㄐㄧ ㄐㄧㄚˊ ㄙㄨㄟˇ
深入肌膚，滲透骨髓。比喻感受深刻。

浧 ㄨㄤˇ wang[3] 音往
往。見"集韻"。

淼 ㄇㄧㄠˇ miao[3] 音秒
大水無邊無際的樣子。也作渺。見"正字通"。

10【淼茫】 ㄇㄧㄠˇ ㄇㄤˊ
水遼闊無邊的樣子。

12【淼淼】 ㄇㄧㄠˇ ㄇㄧㄠˇ
大水遼闊、無邊無際的樣子。

9

渡 渡的本字。

渲 ㄒㄩㄢˋ hsüan[4] 音眩
1小水。見"玉篇"。2作畫的方法之一。參渲染1。

9【渲染】 ㄒㄩㄢˋ ㄖㄢˇ
1國畫中施色的一種技法。在畫好的輪廓線內面，以水墨或顏色烘染物象的陰陽向背之空間關係，使物象和畫面看來更有立體感。2用誇大的言辭對事物作過分的描述。

渧 ㊀ ㄉㄧ ti[1] 音滴
1水滴。滴的俗體。見"正字通"。2佛家稱男精爲白渧，女精爲赤渧。
㊁ ㄉㄧˋ ti[4] 音帝
1流淚的樣子。見"集韻"。2滴水。見"集韻"。
㊂ ㄊㄧˊ t'i[2] 音啼
叫號。通啼。見"集韻"。

湆 ㄑㄧˋ ch'i[4] 音氣
1幽溼。見"說文"。2肉汁。如：湆醬。

湇 湆的俗體。

渾 ㊀ ㄏㄨㄣˊ hun[2] 音魂
1水濁。見"字彙"。2完全。如：渾然天成。3簡直；幾乎。如：渾欲不勝簪。
㊁ ㄏㄨㄣˋ hun[4] 音溷
攙雜。如：渾淆。
㊂ ㄍㄨㄣˇ kun[3] 音滾
參渾渾㊂。

7【渾沌】 ㄏㄨㄣˋ ㄉㄨㄣˋ
1同混沌。2愚昧無知的樣子。3

神話中的惡獸名。
【渾身】 ㄏㄨㄣˊ ㄕㄣ
全身。
【渾似】 ㄏㄨㄣˊ ㄙˋ
完全相像。
9【渾厚】 ㄏㄨㄣˊ ㄏㄡˋ
淳樸敦厚。
10【渾家】 ㄏㄨㄣˊ ㄐㄧㄚ
舊時市井小民對人稱自己的妻子。
11【渾涵】 ㄏㄨㄣˊ ㄏㄢˊ
廣博深沉。
【渾淪】 ㊀ ㄏㄨㄣˋ ㄌㄨㄣˋ
指天地還沒有形成以前，一團迷濛混濁的狀態。
㊁ ㄏㄨㄣˊ ㄌㄨㄣˊ
渾然一片，不能明辨。
12【渾渾】 ㊀ ㄏㄨㄣˋ ㄏㄨㄣˋ
①廣大的樣子。②混雜的樣子。
㊁ ㄍㄨㄣˇ ㄍㄨㄣˇ
大水奔流的樣子。同滾滾。
【渾殽】 ㄏㄨㄣˋ ㄧㄠˊ
錯雜；混亂。也作渾淆、混淆。
【渾象】 ㄏㄨㄣˊ ㄒㄧㄤˋ
我國古代用來演示天象的儀器。又稱渾天象。有時也統稱爲渾天儀。是在一個大圓球上刻劃或鑲嵌星宿、赤道、黃道等，類似現代的天球儀。一般認爲渾象是'西漢''耿壽昌'發明的，後經'東漢''張衡'、'唐''一行'、'梁''令瓚'和'元''郭守敬'屢次改良，使渾象的功用更趨完備。今存最古的渾象是'清'初'南懷仁'所製，稱爲天體儀，陳列於'北平'古觀象臺。
13【渾圓】 ㄏㄨㄣˊ ㄩㄢˊ
①完滿的圓球形。②光滑而圓潤。③比喻圓融周到。
15【渾儀】 ㄏㄨㄣˊ ㄧˊ
我國古代測量天體球面坐標的一種儀器。有時也統稱爲渾天儀。是模仿肉眼所見的天球形狀，由多個同心圓環所組成的圓球狀儀器，上有窺管，可觀測天體。主要是用來測定昏、旦和夜半的中星及天體的赤道坐標，有時也能測定黃道經度和地平坐標。早期的渾儀如何構造，已難詳考。今傳最早而又有確切、詳細記載的渾儀是'東晉'時'孔挺'以六合儀和四游儀所組成的，只有兩層；'唐''李淳風'又增加三辰儀，成爲三層，使渾儀的功用更趨完備。今存最早的渾儀爲'明英宗'年間據古器所仿製，陳列於'南京''紫金山天文臺'。
16【渾濁】 ㄏㄨㄣˊ ㄓㄨㄛˊ
同混濁。①水不清澈。②借指愚鈍。
【渾融】 ㄏㄨㄣˊ ㄖㄨㄥˊ
圓融；圓通。
【渾樸】 ㄏㄨㄣˊ ㄆㄨˊ
渾厚樸實。
4【渾天說】 ㄏㄨㄣˊ ㄊㄧㄢ ㄕㄨㄛ
古代解釋天體的一種學說。以爲天像鳥蛋的殼，地像蛋黃。天一半在地上，一半在地下，南北兩端固定，稱南北極，日月星辰繞兩極極軸而旋轉。此說起於'東漢'末年，主要學者爲'漢'末'陸績'、三國'吳''王蕃'等。
【渾天儀】 ㄏㄨㄣˊ ㄊㄧㄢ ㄧˊ
我國古代天文儀器渾儀和渾象的統稱。
【渾水摸魚】 ㄏㄨㄣˊ ㄕㄨㄟˇ ㄇㄛ ㄩˊ
比喻乘混亂取利。
7【渾身解數】 ㄏㄨㄣˊ ㄕㄣ ㄐㄧㄝˇ ㄕㄨˋ
全身的力氣及本領。
8【渾金璞玉】 ㄏㄨㄣˊ ㄐㄧㄣ ㄆㄨˊ ㄩˋ
未經提煉的金與未經雕琢的玉。比喻自然純眞的人品。
12【渾渾噩噩】 ㄏㄨㄣˊ ㄏㄨㄣˊ ㄜˋ ㄜˋ
也省作渾噩。①淳樸嚴正的樣子。②愚昧無知的樣子。
【渾然一體】 ㄏㄨㄣˊ ㄖㄢˊ ㄧ ㄊㄧˇ
合爲一體，無法分開。
【渾然天成】 ㄏㄨㄣˊ ㄖㄢˊ ㄊㄧㄢ ㄔㄥˊ
①純粹天然形成。②比喻自然而無人工斧鑿痕跡。

渟 ㄊㄧㄥˊ t'ing² 音庭
靜止不能流動的水。見"集韻"。

湻 淳的本字。

渷 沇的或體。

泝 溯的或體。

渡 ㄉㄨˋ tu⁴ 音度
①過河。見"說文"。②過河的地方。如：津渡。③通過；越過。見"廣雅·釋詁"。④交付；轉手。如：讓渡。
3【渡口】 ㄉㄨˋ ㄎㄡˇ
過河的地方。也作渡頭。
15【渡輪】 ㄉㄨˋ ㄌㄨㄣˊ
載人過河海的船隻。
【渡槽】 ㄉㄨˋ ㄘㄠˊ
(flume) 渡水過低窪地區的水工結構物。又稱水橋。其爲木製、混凝土製或金屬製渠道，通常以木棧橋、角鐵、混凝土等高架於空中。常應用於灌漑系統中。
【渡線】 ㄉㄨˋ ㄒㄧㄢˋ
(cross-over) 路線股道與股道或岔道連接的彎曲軌道。
16【渡頭】 ㄉㄨˋ ㄊㄡˊ
即渡口。

湤 ㄕ shih¹ 音施
①水名。本作'施'。見"正字通"。②水流平穩不急的樣子。

游 ㄧㄡˊ yu² 音由
①古代旌旗附著的飄帶。也作斿。通作旒。見"說文"。②浮水前進。如：游泳。③通作遊。(1)移動不定的。如：游牧。(2)玩樂。如：冶游。④姓。'宋'有'游酢'。見"宋史·道學傳·游酢"。
7【游冶】 ㄧㄡˊ ㄧㄝˇ
也作遊冶，冶遊。①嬉遊；遊玩取樂。②指追求聲色，尋歡作樂。
8【游泳】 ㄧㄡˊ ㄩㄥˇ
利用四肢划、踢水，使身體前進的

一種水上運動。依四肢姿勢的不同，有自由式、仰式、蛙式、蝶式等。

【游牧】 ㄧㄡˊ ㄇㄨˋ
乾燥草原地區的居民以畜牧爲生，爲了取得足夠的水草飼養畜群，牧人必須作季節性的遷移，此種逐水草而居的生活方式，稱爲游牧。從'蒙古'、'新疆'經中'亞'、西'亞'到'撒哈拉沙漠'區，是世界主要游牧民族的分布區。牧人的食、衣、住、行皆依賴牲畜，採自給式生活，偶爾與鄰近村落換取農產品或其他日用品。

10【游耕】 ㄧㄡˊ ㄍㄥ
耕地不定的耕作方式。因耕地由放火焚林取得，故又稱火耕。以灰燼爲肥料，播種後坐待其成，其間不施肥料，待土力枯竭便換地焚林耕作；若干年後舊地林木重生，便再行焚林耕作。

11【游移】 ㄧㄡˊ ㄧˊ
1移動不定。2遲疑不決。

12【游絲】 ㄧㄡˊ ㄙ
在空中飄動著的蜘蛛絲或青蟲之類所吐的絲。也作遊絲。

13【游資】 ㄧㄡˊ ㄗ
未有固定用途而保有高度流動狀態的資金。

14【游塵】 ㄧㄡˊ ㄔㄣˊ
浮游的塵埃。比喻極輕賤的事物。

【游魂】 ㄧㄡˊ ㄏㄨㄣˊ
同遊魂。1游蕩無歸宿的鬼魂。2比喻像鬼魂一般地游蕩。

15【游履】 ㄧㄡˊ ㄌㄩˇ
遊歷；遊覽所到的地方。

【游標】 ㄧㄡˊ ㄅㄧㄠ
(cursor)即終端機顯示幕上一個可移動的指示標識。游標可指示顯示幕上之一位置，並隨資料之輸入或輸出而移動，以指示下一個輸入或輸出字符顯示之位置。

17【游擊】 ㄧㄡˊ ㄐㄧˊ
1'漢'武官名。2'明''清'兩代的軍官名。3非正規但有武力的地方部隊，在淪陷區或敵境內所從事之攻擊及破壞行動。

19【游離】 ㄧㄡˊ ㄌㄧˊ
1分離而移動不定。2(dissociation)電中性的離子化合物在水中解離成可游動之陰陽兩種離子的過程。例如：

$NaCl_{(s)} \xrightarrow{H_2O} Na^{+}_{(aq)} + Cl^{-}_{(aq)}$。

【游辭】 ㄧㄡˊ ㄘˊ
1無根據的言論。2戲謔的言辭。

15【游標尺】 ㄧㄡˊ ㄅㄧㄠ ㄔˇ
(vernier calipers)由主尺、副尺組成，利用主尺和副尺刻度之對應關係以讀取正確讀數的測量工具。

游標尺圖

17【游擊手】 ㄧㄡˊ ㄐㄧˊ ㄕㄡˇ
棒、壘球比賽的內野手之一。防守位置在二壘與三壘之間。

【游擊隊】 ㄧㄡˊ ㄐㄧˊ ㄉㄨㄟˋ
(guerrilla forces)在敵人占領區內從事敵對行爲，但不符合國際法戰鬥員要件的武裝人員。其特徵在於使用機動、突擊、埋伏與破壞之戰鬥方法。依據西元1949年"日內瓦戰俘待遇公約"第四條之規定，游擊隊在遵守戰鬥規則之條件下，享受國際法戰鬥員之待遇。

4【游手好閒】 ㄧㄡˊ ㄕㄡˇ ㄏㄠˋ ㄒㄧㄢˊ
終日閒游，不務正業。也作遊手好閒。

12【游雲驚龍】 ㄧㄡˊ ㄩㄣˊ ㄐㄧㄥ ㄌㄨㄥˊ
比喻書法神態流麗、氣力矯勁。

13【游蜂浪蝶】 ㄧㄡˊ ㄈㄥ ㄌㄤˋ ㄉㄧㄝˊ
指薄倖輕浮的人。

15【游談無根】 ㄧㄡˊ ㄊㄢˊ ㄨˊ ㄍㄣ
指言論沒有根據。

19【游離狀態】 ㄧㄡˊ ㄌㄧˊ ㄓㄨㄤˋ ㄊㄞˋ
(ionized condition)低壓氣體由於受到自由電子的撞擊，被敲出最外層的電子，此時除多了自由電子外，該原子也成爲帶有正電荷的狀態，若大量發生這種現象，則此氣體稱爲處於游離狀態。

【游離能量】 ㄧㄡˊ ㄌㄧˊ ㄋㄥˊ ㄌㄧㄤˊ
(ionization energy)原子游離成帶有正電的離子與自由電子所需的最低能量。其大小因元素之不同而異。

15【游標控制鍵】 ㄧㄡˊ ㄅㄧㄠ ㄎㄨㄥˋ ㄓˋ ㄐㄧㄢˋ
(cursor control key)終端機鍵盤上可用來控制或移動游標之位置的按鍵。

湾 灣的俗體。

渶 ㄧˋ i^4 音意
水名。見"玉篇"。

湉 ㄊㄧㄢˊ $t'ien^2$ 音田
參湉湉。

12【湉湉】 ㄊㄧㄢˊ ㄊㄧㄢˊ
水面平靜的樣子。

渼 ㄇㄟˇ mei^3 音美
水的波紋。見"篇海類編"。

溈 或作潙。㊀ ㄍㄨㄟ $kuei^1$ 音圭
水名。參溈水㊀。
㊁ ㄨㄟˊ wei^2 音危
水名。參溈水㊁。

4【溈水】 ㊀ ㄍㄨㄟ ㄕㄨㄟˇ
在'山西省''永濟縣'。源出'歷山'，西流入'黃河'。
㊁ ㄨㄟˊ ㄕㄨㄟˇ
在'湖南省''寧鄉縣'。源出'大溈山'，東北流，經縣南注入'湘水'。

湭 ㄑㄧㄡˊ $ch'iu^2$ 音囚
1浮游水上。同游、泅、汓。見"集韻"。2酒。或作莤。見"集韻"。

湔 ㄐㄧㄢ $chien^1$ 音煎
1洗滌；刷洗。見"廣韻"。2濺灑。通濺。見"集韻"。

9【湔洗】 ㄐㄧㄢ ㄒㄧˇ

也作湔灑。1洗滌;清除。2比喻改過自新。

【湔祓】 ㄐㄧㄢ ㄈㄨˊ
去除舊惡。

11【湔雪】 ㄐㄧㄢ ㄒㄩㄝˋ
洗雪;洗刷。

17【湔濯】 ㄐㄧㄢ ㄓㄨㄛˊ
洗濯;清洗。

滋 ㄗ *tzŭ*1 音資
1更加。見"說文"。2蕃殖;增長。見"集韻"。3味道。如:滋味。4潤澤。如:滋潤。

8【滋長】 ㄗ ㄓㄤˇ
增長。

【滋事】 ㄗ ㄕˋ
生事;惹事。

【滋味】 ㄗ ㄨㄟˋ
1本指美味。後多用以泛指味道。2比喻生活上的各種情趣及感受。

12【滋補】 ㄗ ㄅㄨˇ
滋養補充。多指用藥物或營養食品來增進身體健康。

15【滋潤】 ㄗ ㄖㄨㄣˋ
滋養潤澤。

【滋養】 ㄗ ㄧㄤˇ
滋補保養。

18【滋擾】 ㄗ ㄖㄠˇ
生事騷擾。

5【滋生式反應器】 ㄗ ㄕㄥ ㄕˋ ㄈㄢˇ ㄧㄥˋ ㄑㄧˋ
(breeder reactor)一種原子核反應器(原子爐)。此種原子爐在運轉期間,除了利用原子核分裂所產生的能量作爲發電及動力外,同時產生更多的分裂性物質(比其所消耗之燃料還多),以作爲燃料之用,這是「滋生」二字的由來。

湭 ㄑㄧㄡˊ *ch'iu*2 音求
水源。見"字彙"。

湊 ㄘㄡˋ *ts'ou*4 音輳
1水會聚在一起。見"字彙"。2聚集。如:湊會。3拼合。如:拼湊。4靠近。如:湊近。5投合;迎合。如:湊趣。6恰;適。如:湊巧。

4【湊手】 ㄘㄡˋ ㄕㄡˇ
俗指手頭方便。

6【湊合】 ㄘㄡˋ ˙ㄏㄜ
1聚集。2北方口語。將就的意思。

8【湊泊】 ㄘㄡˋ ㄅㄛˊ
1聚集。2湊合;將就。

13【湊搭】 ㄘㄡˋ ㄉㄚ
臨時聚集湊合。

15【湊數】 ㄘㄡˋ ㄕㄨˋ
1充數。形容地位不重要。2聚集成一筆數目。

4【湊分子】 ㄘㄡˋ ㄈㄣˋ ㄗˇ
1聚集錢財送禮。2參加滋事的人。

渤 ㄅㄛˊ *po*2 音勃
1水湧出來的樣子。見"廣韻"。2海名。參渤海。

10【渤海】 ㄅㄛˊ ㄏㄞˇ
又稱'渤海灣'。爲'山東半島'、'遼東半島'所環抱的綠海。面積小而水淺,係一海灣。

【渤海國】 ㄅㄛˊ ㄏㄞˇ ㄍㄨㄛˊ
'唐代'東北方的強鄰。'高麗'爲'唐高宗'滅後,餘部'大榮祚'退保今'圖們江'、'鴨綠江'以北之地,'玄宗'時冊封爲'渤海郡王'。'肅宗'、'代宗'及'德宗'時代,其孫'文王'在位,國勢極盛,地方數千里,戶十餘萬。'唐'末,其疆域益廣,南有今'朝鮮'北部,北至'黑龍江',東抵'烏蘇里江',西接'契丹'。建五京、十六府、六十二州。五代時爲'契丹'所滅。

溉 ㄍㄞˋ *kai*4 音概
或作漑。1灌注。如:溉田。2洗濯。如:溉盥。

湗 ㄈㄥˋ *fêng*4 音俸
深泥。也作葑。見"集韻"。

湅 ㄌㄧㄢˋ *lien*4 音練
煮絲絹使軟熟。見"玉篇"。

渠 一 ㄑㄩˊ *ch'ü*2 音劬
1水積聚的地方。也指人工開鑿的水道。如:溝渠。2他;彼。如:渠輩。3大。如:渠帥。

二 ㄐㄩˋ *chü*4 音巨
豈;哪裡。通詎。見"集韻"。

6【渠江】 ㄑㄩˊ ㄐㄧㄤ
又名'潛水',也作'瀠水'。古稱'宕渠水'。在'四川省'境,源出'陝西'、'四川'兩省交界的'米倉山'。

⿰氵軌 ㄍㄨㄟˇ *kuei*3 音軌
水涸竭。同厬。見"字彙"。

湢 ㄅㄧˋ *pi*4 音必
1浴室。見"正字通"。2整齊的樣子。如:軍容湢然。

7【湢汄】 ㄅㄧˋ ㄗㄜˋ
水湧出的樣子。

渳 ㄇㄧˇ *mi*3 音米
1啜飲。見"說文"。2浴屍。見"正字通"。

渽 ㄗㄞ *tsai*1 音哉
古水名。見"說文"。

湣 一 ㄇㄧㄣˇ *min*3 音敏
謚號之一。同'閔'、'愍'。對生前「在國逢難」、「使民折傷」、「在國遭憂」、「禍亂方作」的君主,都可以此爲謚。

二 ㄇㄧㄢˋ *mien*4 音麵
昏暗。

三 ㄏㄨㄣ *hun*1 音昏
昏亂。也作涽。

12【湣然】 ㄇㄧㄢˋ ㄖㄢˊ
昏暗幽隱的樣子。

湋 ㄨㄟˊ *wei*2 音韋
回旋的水流。見"說文"。

湮 ㄧㄣ *yin*1 音因 又讀 ㄧㄢ *yen*1 音煙
同堙。1埋沒。見"說文"。2閉塞不通。如:湮塞。3淡墨著紙而渲漾開來。也作洇。

7【湮沒】 ㄧㄣ ㄇㄛˋ
沈沒;滅亡。

【湮阨】 ㄧㄣ ㄜˋ
形容際遇困阨。

13【湮塞】 ㄧㄣ ㄙㄜˋ
湮沒阻塞;毀滅隔絕。

【湮滅】 ㄧㄣ ㄇㄧㄝˋ
埋沒。

15【湮廢】 ㄧㄣ ㄈㄟˋ
湮滅廢棄。

29【湮鬱】 ㄧㄣ ㄩˋ
①悒鬱；憂悶。②滯塞；不順利。

渥 ㄨㄛˋ wo^{4} 音握
①沾潤；浸染。見"說文"。②深厚；豐厚。如：優渥。③恩惠；惠澤。如：惠渥。

4【渥丹】 ㄨㄛˋ ㄉㄢ
豐潤的紅色。

8【渥味】 ㄨㄛˋ ㄨㄟˋ
濃厚的氣味。

15【渥赭】 ㄨㄛˋ ㄓㄜˇ
紅潤之色。同渥丹。

4【渥太華】 ㄨㄛˋ ㄊㄞˋ ㄏㄨㄚˊ
(Ottawa-Hull)'加拿大'首都及伐木、水泥、家具、家電用品、造紙業中心。位於東部'渥太華河'(Ottawa R.)南岸。人口77.4萬(2001年)。

湑 ㄒㄩˇ hsü^{3} 音許
①濾除酒中的渣滓。見"說文"。②露水清澄的樣子。見"正字通"。

湛 ㊀ ㄔㄣˊ ch'en^{2} 音陳
沈沒。如：湛湎。
㊁ ㄓㄢˋ chan^{4} 音站
①深；深邃。如：湛憂。②濃重；稠厚。如：湛露。③清澄。如：湛藍。④姓。'後漢'有'湛重'。見"通志・氏族略五"。
㊂ ㄉㄢ tan^{1} 音耽
和樂；喜樂。見"集韻"。

7【湛沔】 ㄔㄣˊ ㄇㄧㄢˇ
沈迷；沈溺。同沈湎。

11【湛寂】 ㄔㄣˊ ㄐㄧˊ
深寂；寧靜。

12【湛湛】 ㄓㄢˋ ㄓㄢˋ
①露重的樣子。②水深的樣子。③厚重、忠厚的樣子。④清澄的樣子。

【湛然】 ㄓㄢˋ ㄖㄢˊ
安靜的樣子。

18【湛藍】 ㄓㄢˋ ㄌㄢˊ
深而清澄的藍色。

9【湛若水】 ㄓㄢˋ ㄖㄨㄛˋ ㄕㄨㄟˇ
(1466～1560)'明''增城'(今'廣東''增城')人，字'元明'，號'甘泉'。'弘治'進士，授'翰林院'編修。'嘉靖'間，歷'南京'吏、禮、兵三部尚書。初與'王守仁'同講學，後各立宗旨，'守仁'以致良知爲宗，'若水'以隨處體驗天理爲宗，遂分'王'、'湛'兩學派。著有"二禮經傳測"、"湛甘泉集"。

湳 ㄋㄢˇ nan^{3} 音赧
①古水名。在今'綏遠省'。見"說文"。②姓。'西晉'時有'湳德'。見"文選・潘岳・關中詩"。

渫 ㄒㄧㄝˋ hsieh^{4} 音泄
①淘去水中汙泥。見"說文"。②散去。見"正字通"。③歇止。見"正字通"。

満 滿的俗體。

湖 ㄏㄨˊ hu^{2} 音胡
①聚水的大池。見"說文"。②姓。'宋'有'湖沐'。見"萬姓統譜・一三"。

8【湖泊】 ㄏㄨˊ ㄅㄛˊ
(lake)地表窪地積水而成的水域。形成湖泊的動力很多，諸如：斷層等構造作用、火山作用、山崩、冰川作用、溶蝕作用、河川作用及人造等。地表湖泊總面積約258萬方公里，所儲淡水量遠超過河流。湖泊依含鹽度可分成淡水湖和鹹水湖。

5【湖北省】 ㄏㄨˊ ㄅㄟˇ ㄕㄥˇ
位於我國中部，居內陸各省的中樞位置。簡稱'鄂'或'楚'。境內北、東、西三面山嶺環繞，中南部爲'江漢平原'，與'洞庭湖平原'相連。河湖密布，盛產稻米、棉花；惟'長江'河道相當曲折，夏季水漲，易成水災。山地森林遍布，盛產桐油。重要礦產資源有林木、鐵、石膏、石灰石。因水陸交通四通八達，自古即以九省通衢聞名。以'武昌'爲省會。

9【湖南省】 ㄏㄨˊ ㄋㄢˊ ㄕㄥˇ
位於我國中部。簡稱'湘'。與'湖北省'可合稱'兩湖盆地'。'湘'、'資'、'沅'、'澧'等河川呈向心狀水系匯集於北部的'洞庭湖'。北部平原面積廣大，盛產稻米；丘陵區主產茶、苧麻、木材、桐油及鎢、銻、錳、鉛、鋅等礦產。因境內河川富航利，並有鐵公路網分布，交通極便利，工商業發達。以'長沙'爲省會。

10【湖海之士】 ㄏㄨˊ ㄏㄞˇ ㄓ ㄕˋ
①豪邁的人。②隱士。

湄 ㄇㄟˊ mei^{2} 音眉
水濱；岸邊。如：水湄。

4【湄公河】 ㄇㄟˊ ㄍㄨㄥ ㄏㄜˊ
(Mekong R.)'東南亞'地區河道最長、流域面積最廣、年平均流量最多的河川。上游爲源於我國'唐古喇山'東北坡的'瀾滄江'，進入'中南半島'後始稱'湄公河'；又經'緬甸'、'泰國'、'寮國'、'高棉'及'越南'，至河口分成九條水道，俗名'九龍江'，後注入'南海'。總長4,180公里，其中'湄公河'長2,888公里。上、中游急流多，富水力；下游河床廣，海輪可溯航至'金邊'(Phnom Penh)，三角洲發達，爲'東南亞'重要水稻產區。

港 ㄍㄤˇ kang^{3}
①大水的支流。見"集韻"。②供停泊船隻、進出貨物之用的地方。如：商港。③'香港'的簡稱。

11【港埠】 ㄍㄤˇ ㄅㄨˋ
(port)位於沿海、沿江、內湖或河口之水陸運輸交匯接運場所。依使用目的，可分爲商港、軍港、漁港等；依地理位置，可分爲海灣港、河口港、內河港等；依開發工程，可分爲天然港、人工港等；依國家政策，可分爲國內港、國際港、自由港等。

3【港工捐】 ㄍㄤˇ ㄍㄨㄥ ㄐㄩㄢ
(harbor dues)爲維持港灣及通航水道之暢通而徵收的費用。通常係依所納關稅或報稅價格計收。

11【港埠費用】ㄍㄤˇ ㄅㄨˋ ㄈㄟˋ ㄩㄥˋ
(port charge) 港埠當局就其提供之業務服務所收取的各種費用。我國目前所收之港埠費用包括噸稅、引水費、停泊費、浮筒費、繫解纜費、行李搬運費、碼頭使用費、裝卸費、倉儲費、駁船費等。

【港埠貨櫃基地】ㄍㄤˇ ㄅㄨˋ ㄏㄨㄛˋ ㄍㄨㄟˋ ㄐㄧ ㄉㄧˋ
(port container terminal)建築於港埠,以配合海洋貨櫃運輸的貨櫃裝卸基地。依貨櫃船之類型而有不同之基地型態。完整之港埠貨櫃基地包括貨櫃船席、貨櫃調度場、貨櫃存放場、貨櫃集散場、貨櫃保養廠、控制塔、出入檢查站,以及起重機、跨載機、堆高機、牽引車等裝卸搬運設備。

渿 ㄋㄞˋ *nai*^{4} 音奈
參渿沛。

7【渿沛】ㄋㄞˋ ㄆㄟˋ
水波激盪的樣子。見"玉篇"。

渣 ㊀ ㄓㄚ *cha*^{1} 音楂
[1]物品抽取精華或水分之後所剩餘的殘質。如:豆渣。[2](slag) 煉鋼過程中,助熔劑與非金屬不純物相互溶解而成形的非金屬產物。
㊁ ㄓㄚˇ *cha*^{3} 音眨
一種易燃的無煙煤。同砟。

3【渣子】㊀ ㄓㄚ ·ㄗ
[1]物品的碎屑。[2]同渣。
㊁ ㄓㄚˇ ·ㄗ
自煤渣中篩出的煤塊。

13【渣滓】ㄓㄚ ㄗˇ
物品抽取精華或水分後剩餘的殘質。也作滓渣。

湘 ㄒㄧㄤ *hsiang*^{1} 音香
[1]水名。參湘江。[2]'湖南省'的簡稱。

6【湘江】ㄒㄧㄤ ㄐㄧㄤ
'湖南省'第一大河。源於'廣西省'北部的'海陽山',東北流入'湖南省'境,經'衡陽'而北流,在'湘陰'北方注入'洞庭湖'。與'桂江'源流間有'靈江'通連。具航行之利。

18【湘繡】ㄒㄧㄤ ㄒㄧㄡˋ
以'湖南''長沙'爲中心之刺繡產品的總稱。是在'湖南'民間刺繡的基礎上,吸取'蘇'繡等的優點發展出來的。十九世紀末葉,'長沙'設立了第一家自製自銷的「吳彩霞繡坊」,'湘'繡遂漸出名。起初以繡製日用品爲主,後來逐漸增加繪畫性的題材。'湘'繡作品強調顏色的陰陽濃淡。

12【湘鄉派】ㄒㄧㄤ ㄒㄧㄤ ㄆㄞˋ
'清代''桐城'派古文的支派。開創者'曾國藩'爲'湖南''湘鄉'人,故名。

湝 ㄐㄧㄝ *chieh*^{1} 音皆
參湝湝。

12【湝湝】ㄐㄧㄝ ㄐㄧㄝ
[1]水流盛急的樣子。[2]寒涼的樣子。

湁 ㄔˋ *ch'ih*^{4} 音斥
參湁潗。

15【湁潗】ㄔˋ ㄐㄧˊ
水湧如沸的樣子。也作湁濈。

渘 ㄖㄡˊ *jou*^{2} 音柔
[1]水名。見"集韻"。[2]柔弱。通柔。見"字彙補"。

湧 ㄩㄥˇ *yung*^{3} 音勇
本作涌。[1]水由下向上騰升。見"說文"。[2]泛指向上騰升。如:風起雲湧。

9【湧泉】ㄩㄥˇ ㄑㄩㄢˊ
[1]從下往上噴出的泉水。[2]泉名。在'廣東省''曲江縣'東南,自石罅中湧出,西流入'武水'。[3]人體穴位之一。在兩足心陷下處。屬足少陰腎經。爲腎脈的起點。刺激此穴,可治眩暈、腳氣、婦人不育、小兒驚風等病。

10【湧浪】ㄩㄥˇ ㄌㄤˋ
(swell)也稱長浪。指風浪離開起浪區或起浪區的風力止息後,受強烈低氣壓影響,仍上下起伏,而可將能量遠傳向四周的波浪。一般被視爲颱風來臨的前奏。

4【湧升流】ㄩㄥˇ ㄕㄥ ㄌㄧㄡˊ
(upwelling) 指海洋中某一海域的海水,因吹送流、密度流或傾斜流等因素的影響而流往他處,該海域爲補給表層海水,而自其底部湧升的海流。

10【湧浪電流】ㄩㄥˇ ㄌㄤˋ ㄉㄧㄢˋ ㄌㄧㄡˊ
(surge current) 因外來干擾因素使電路在極短時間內流通的極大電流。電器設備或元件等很容易因之被破壞。

湀 ㄍㄨㄟˇ *kuei*^{3} 音軌
泉水通流大川。見"廣韻"。

減 ㄐㄧㄢˇ *chien*^{3} 音儉
[1]從全體中去掉一部分。見"說文"。[2]降低;減輕。如:聲望日減。[3]不及;少於。[4]從一數取去另一數的算法。符號爲「－」。[5]姓。'漢'有'減宣'。見"史記·酷吏列傳·減宣"。

6【減刑】ㄐㄧㄢˇ ㄒㄧㄥˊ
對於經法院判決確定之犯人,減輕其宣告刑之種類或免除宣告刑一部之執行者。依"憲法"第四十條:「總統依法行使大赦、特赦、減刑及復權之權。」故減刑爲總統之權力。

【減色】ㄐㄧㄢˇ ㄙㄜˋ
光彩減弱。比喻事物的外觀或人的聲譽不如從前或遜於其他。

10【減俸】ㄐㄧㄢˇ ㄈㄥˋ
懲戒處分之一種。指依其現職之月俸減百分之十或二十支給,其期間爲一月以上一年以下。自減俸之日起,一年內不得晉敘、升職或調任主管職務。

2【減力劑】ㄐㄧㄢˇ ㄌㄧˋ ㄐㄧˋ
(reducer) 將負片或相紙上的銀還原取出,以降低影像濃度的藥劑。同時也能稍微降低負片中整體顯像的反差。

8【減法器】ㄐㄧㄢˇ ㄈㄚˇ ㄑㄧˋ
(substractor) 數位系統中,將兩

個數相減的電路。事實上即加法器,僅需利用被減數之補數,則減法的過程就和加法一樣。

10【減氧血】 ㄐㄧㄢˇ ㄧㄤˇ ㄒㄧㄝˇ
(deoxygenated blood) 充氧血經過體內血液循環後,在微血管處釋出氧氣,同時,組織細胞經一連串代謝放出的二氧化碳加入此血液中,生成碳酸(H_2CO_3),形成重碳酸根離子(HCO_3^-)及與血紅素生成碳氨基化合物,血液的顏色遂由鮮紅色轉變為暗紫紅色,這種血液稱為減氧血。一般是指靜脈血。

11【減速劑】 ㄐㄧㄢˇ ㄙㄨˋ ㄐㄧˋ
(moderator) 加入核反應中以減慢中子速度,緩和中子撞擊的物質。如碳(石墨)、重氫(重水)等。

17【減壓閥】 ㄐㄧㄢˇ ㄧㄚ ㄈㄚˊ
(pressure reducing valve)油壓控制閥之一種。如圖,油由C流向D,若D側的油壓上升,則油流進E,而將圓筒形滑動面內接之短

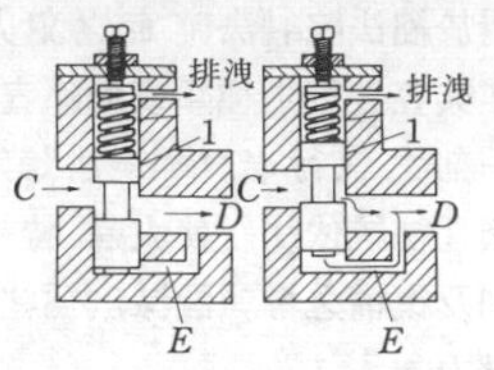

減壓閥圖

管閥1往上舉,阻塞C側之油流向D,故D側之油壓可維持一極限值以下。

6【減色混合】 ㄐㄧㄢˇ ㄙㄜˋ ㄏㄨㄣˋ ㄏㄜˊ
(substracting mixing) 將不同色彩的顏料加疊在一起,其所顯示的色彩與入射光有關。如某一部分為紅色顏料繪成,則在入射光中,其他色彩全被吸收,僅有紅光被反射而呈現紅色,此現象稱為減色混合。

15【減數分裂】 ㄐㄧㄢˇ ㄕㄨˋ ㄈㄣ ㄌㄧㄝˋ
(meiosis) 生物行有性生殖產生配子時,細胞需經過減數分裂,使染色體的數目減少一半,故配子中具有單倍數染色體。減數分裂為連續兩次的細胞分裂,第一減數分裂時,染色體複製,成對的染色體並列一起而排列在赤道板上,然後紡錘絲將成對的染色體分別向細胞的兩極移動,產生的子細胞中,染色體數目僅有原來細胞的一半。第二減數分裂時,複製的染色體互相分離,產生的子細胞中,亦具有單倍數染色體。由此可知,減數分裂完成後,由一個細胞可以產生四個子細胞,每個子細胞中只有原來細胞中染色體數目的一半,即每對中之一個,通常用n代表。

17【減壓貯藏】 ㄐㄧㄢˇ ㄧㄚ ㄓㄨˇ ㄘㄤˊ
指將空氣抽至真空到五分之一大氣壓,使氧由21%降到4%,以控制產品之呼吸與成熟的貯藏法。球根花卉如唐菖蒲,根莖類如洋蔥、馬鈴薯等均採此法貯藏。

湏 ㊀ ㄏㄨㄟˋ *hui*⁴ 音誨
沬的古文。
㊁ ㄒㄩ *hsü*¹ 音需
須的俗體。

湎 ㄇㄧㄢˇ *mien*³ 音免
1沈迷於酒。見"說文"。2沈迷;沈溺。如:沈湎。

渜 ㄋㄨㄢˇ *nuan*³ 音暖
熱水。見"說文"。

湎 ㄇㄧㄢˋ *mien*⁴ 音面
參湏湎。

湨 ㄐㄩˊ *chü*² 音菊
古水名。在今'河南省'。見"廣韻"。

湜 ㄕˊ *shih*² 音時
水清見底。見"說文"。

渺 ㄇㄧㄠˇ *miao*³ 音秒
1水勢盛大長遠。也作淼。見"玉篇"。2長遠。如:渺邈。3微小。如:渺小。

10【渺茫】 ㄇㄧㄠˇ ㄇㄤˊ
1遼闊、遙遠的樣子。2模糊不清的樣子。

12【渺然】 ㄇㄧㄠˇ ㄖㄢˊ
遙遠的樣子。

測 ㄘㄜˋ *ts'ê*⁴ 音廁
1度量;用一定的標準加以考驗。如:測驗。2猜度;料想。如:人心難測。

6【測字】 ㄘㄜˋ ㄗˋ
依所寫字體拆開偏旁、點畫,離合參互他字,以卜吉凶。

9【測度】 ㄘㄜˋ ㄉㄨㄛˋ
推測猜想。

10【測候】 ㄘㄜˋ ㄏㄡˋ
觀測天文氣象。

12【測量】 ㄘㄜˋ ㄌㄧㄤˊ
1測度衡量。2(surveying)測定地球表面任何部分的形狀、等高線、位置及大小,並進而製圖的技術。通常以地圖和斷面圖等表示其成果。其資料則藉量距、測定水平角及垂直角、高程等野外作業而得。測區小於250平方公里者可視為平面測量,更廣大的測區則須考慮地球曲率的影響,是為大地測量。大地測量常為控制測量之基石,要求之準度、精度比平面測量要高。測量依用途約可分為土地測量、施工測量、路線測量、水文測量、攝影測量、礦區測量、林相測量、城市測量等。

19【測繪】 ㄘㄜˋ ㄏㄨㄟˋ
測量地形,繪製地圖。

23【測驗】 ㄘㄜˋ ㄧㄢˋ
一種客觀評分的測量方式。用於測量能力、知識或技能。

6【測地線】 ㄘㄜˋ ㄉㄧˋ ㄒㄧㄢˋ
(geodesic) 若曲面上有一曲線,其曲線上任意鄰近兩點間之最短路徑,即為此曲線在此兩點間的部分,則稱此曲線為測地線。圖中實線即為該曲面上,連結P、Q兩

測地線圖

點的測地線。例如平面的測地線爲直線，球面的測地線爲大圓，可展曲面的測地線爲將曲面展成平面時爲直線的曲線。測地線的研究是微分幾何、微分方程式的重要課題。

8【測定法】ㄘㄜˋ ㄉㄧㄥˋ ㄈㄚˇ
(method of presumption)又稱估計法。所得稅課徵方式之一。乃根據納稅人之各種外表情況以測定其所得額。測定方式主要有淨值法、消費支出法、銀行帳戶法等。其優點爲可以防止逃漏；缺點則爲不適用於經濟落後、法治精神欠佳的國家。

12【測距儀】ㄘㄜˋ ㄐㄩˋ ㄧˊ
(distance measuring equipment; DME)一種雷達航行裝備。由計算飛機上詢問器所發出之無線電脈波信號，再經地面站響應器激發回來往返時間之長短，以測定飛機與地面站間之距離。

【測距器】ㄘㄜˋ ㄐㄩˋ ㄑㄧˋ
攝影機上的聚焦裝置。包括一旋轉稜鏡，當光線從不同角度透過鏡頭，在取景器上形成兩重影像時，使調整稜鏡的角度，經由機械聯動裝置使鏡頭自動調焦，從而獲得重疊、清晰的影像。

17【測謊器】ㄘㄜˋ ㄏㄨㄤˇ ㄑㄧˋ
(lie detector) 一種根據情緒變化導引生理性反應之原理所設計的測謊儀器。偵訊時，由測量受詢者之血壓、心跳速度、皮膚阻力變化等，即可探測其供詞之虛實。

4【測不準原理】ㄘㄜˋ ㄅㄨˋ ㄓㄨㄣˇ ㄩㄢˊ ㄌㄧˇ
(uncertainty principle)對一物理系統作任何觀測均需要觀測工具。即使單純如看一件物品也需要有光(測量工具爲光子)。在觀測的過程中，測量工具一定會與被觀測系統發生交互作用，吾人即依據此交互作用所發生的變化作測量。例如量一物體的溫度需用溫度計，溫度計需從被測物體吸收一部分熱量使其發生變化(如使水銀柱膨脹等)。因此任何觀測過程，被測系統一定免不了要受到觀測工具的干擾。對宏觀系統而言，此種干擾影響甚微，人們以爲任何物理量均可作精確的量度。但對微觀物體(如電子、質子)而言，此種干擾甚大。如果改變觀測工具以增加某一物理量的準確度，則將導致此系統另一物理量更大的不確知。這是西元1927年‘德國’人‘海森堡’(Heisenberg) 所提出的，稱爲測不準原理。他透過思考實驗的分析，認爲此先天性測量的限制是‘蒲朗克’常數h，並導出測不準關係爲：$\Delta q\Delta p\geq h/2\pi$($q$表位置，$p$表動量)，即無法同時無限制精確量出粒子位置和其對應動量。能量與時間亦有此關係：$\Delta E\cdot\Delta t\geq h/2\pi$，即要精確量出粒子能量需無限長的時間($\Delta E=0$，則$\Delta t\to\infty$)，或生命期爲$\tau$的粒子，其能量不準確性爲$\Delta E\sim h/\tau$。

湯 ㊀ ㄊㄤ *t'ang*¹ 音鏜
1開水；熱水。見“說文”。2溫泉。3汁液。如：酸辣湯。4‘中’藥成方的名稱。如：白虎湯。5‘商代’開國君主。也稱‘天乙’、‘成湯’。6姓。‘明’有‘湯顯祖’。見“明史·湯顯祖傳”。
㊁ ㄕㄤ *shang*¹ 音商
參湯湯。

6【湯池】ㄊㄤ ㄔˊ
1滿是沸水的護城河。比喻其險不可近。2溫泉。

12【湯湯】ㄕㄤ ㄕㄤ
1大水急流、水勢盛大的樣子。2琴聲不絕的樣子。

9【湯若望】ㄊㄤ ㄖㄨㄛˋ ㄨㄤˋ
(Adam Schall von Bell, 1591~1666)‘德國’天主教‘耶穌’會傳教士。‘明’“天啟”二年(1619)來我國，翻譯西方天文典籍，並參與修訂曆法，編成“崇禎曆書”。入‘清’任‘欽天監’監正，獲准在‘北平’建立天主教堂。著有“曆法西傳”、“新法表異”等書。

10【湯恩比】ㄊㄤ ㄣ ㄅㄧˇ
(Arnold Joseph Toynbee, 1889~1975)‘英國’歷史學家。畢業於‘牛津大學’。曾至‘克利特’(Crete)及‘亞陀斯(Athos)’半島考察，後至‘雅典’研讀考古學。第一、二次世界大戰時任職‘外交部’。西元1919~1924年任‘倫敦大學’歷史、文學教授。1925~1955年任‘皇家國際事務院’教務長。著有“歷史研究”(*A Study of History*)十二卷，將世界文化分類，並以挑戰與反應爲文明的成長與衰落的動因。

湯恩比像

14【湯餅宴】ㄊㄤ ㄅㄧㄥˇ ㄧㄢˋ
小孩生下三天，請客人吃湯餅(麵)的宴會。

23【湯顯祖】ㄊㄤ ㄒㄧㄢˇ ㄗㄨˇ
(1550~1617)‘明’‘臨川’(今‘江西’‘臨川’)人，字‘義仍’，號‘若士’。‘萬曆’進士，官至禮部主事。工詞曲，戲曲創作有“紫釵”、“南柯”、“還魂”、“邯鄲”四記，世稱“臨川四夢”或“玉茗堂四夢”。又有詩文“玉茗堂集”。

8【湯姆斯杯】ㄊㄤ ㄇㄨˇ ㄙ ㄅㄟ
(The Thomas Cup)西元1948年召開第一屆世界男子羽球大賽，錦標由‘國際羽球協會’創始人兼會長‘喬治·湯姆斯’(George Thomas)所贈，因以命名。‘湯姆斯’杯爲男子羽球比賽一大盛事，每三年舉辦一次，凡‘國際羽球協會’會員國，均可報名參加。

10【湯馬士·曼】ㄊㄤ ㄇㄚˇ ㄕˋ ㄇㄢˋ
(Thomas Mann, 1875~1955)‘德國’小說家。年輕時傾向‘尼采’

和'叔本華'哲學，後變成民主主義者。極力反對'納粹'的反'猶太'人政策，西元1933年流亡'瑞士'，1938年遷居'美國'，目睹'美國'民主自由的退化，整個思想轉變，因再遷至'瑞士'。此後放棄浪漫主義作風，筆鋒轉向寫實主義，尖銳地批判人類的內在意識及社會制度。一方面又致力於推動'東'、'西德'的和解運動。著有"威尼斯之死"(*Der Tod in Venedig*)、"魔山"(*Der Zauberberg*)和"黑天鵝"(*Die Betrogene*)等中、長篇小說。爲二十世紀前半期最傑出的文學家之一。

11【湯液本草】 ㄊㄤ ㄧㄝˋ ㄅㄣˇ ㄘㄠˇ
'元''王好古'撰。湯液即'中'藥煎劑。共三卷，上卷爲藥性總論，說明用藥心法；中、下二卷列載藥物二百三十八種，以本草諸藥配合三陽、三陰、十二經絡。

16【湯頭歌訣】 ㄊㄤ ㄊㄡˊ ㄍㄜ ㄐㄩㄝˊ
'清''汪昂'撰。選取常用方劑二百九十種，編成七言歌訣二百餘首，分二十門，敘述方劑的藥性、組成及主治病症。詞意明暢，注釋也有條理，容易記誦，且選方實用，故流傳很廣。

湄 ㄇㄠˋ *mao*⁴ 音冒
水漲。見"集韻"。

淌 ㈠ ㄍㄜ *ko*¹, *kê*¹ 音哥
古水名。在今'山東省'。見"說文"。
㈡ ㄏㄜˊ *ho*², *hê*² 音何
通荷。見"集韻"。

温 溫的俗體。

湡 ㄩˊ *yü*² 音隅
古水名。源出今'山西省'。見"說文"。

湒 ㄐㄧˊ *chi*² 音吉
①下雨。見"說文"。②水沸湧。見"字彙"。

渴 ㈠ ㄎㄜˇ *k'o*³, *k'ê*³ 音可
①口乾。見"字彙"。②急切。如：渴望。
㈡ ㄐㄧㄝˊ *chieh*² 音傑
水乾。通竭。見"字彙"。
㈢ ㄏㄜˊ *ho*², *hê*² 音禾
水反流。見'柳宗元'"袁家渴記"。

13【渴想】 ㄎㄜˇ ㄒㄧㄤˇ
非常想念；思念殷切。

渃 ㈠ ㄖㄜˋ *jê*⁴ 音熱
古城名。在今'四川省''彭縣'。見"集韻"。
㈡ ㄖㄨㄛˋ *jo*⁴, *juo*⁴ 音弱
參濩渃。

湞 ㄓㄣ *chên*¹ 音貞
古水名。在今'廣東省'。見"說文"。

渨 ㈠ ㄨㄟ *wei*¹ 音威
①沒入水中。見"說文"。②水流彎曲的地方。也作隈。見"玉篇"。
㈡ ㄨㄟˇ *wei*³ 音尾
汙穢。同浼。見"集韻"。

18【渨溫】 ㄨㄟ ㄌㄟˇ
波浪回旋洶湧的樣子。

湤 ㄇㄠˊ *mao*² 音茅
大水的樣子。見"集韻"。

渭 ㄨㄟˋ *wei*⁴ 音胃
水名。參渭水。

4【渭水】 ㄨㄟˋ ㄕㄨㄟˇ
'黃河'最大、最重要的支流。發源於'甘肅省'東南部'渭源縣''鳥鼠山'，東南流經'天水'，出'寶雞峽'入'渭水盆地'，至'潼關'注入'黃河'。全長864公里。自古灌溉發達，形成富庶的'關中平原'。

渦 ㈠ ㄨㄛ *wo*¹ 音倭
①回旋的水流。如：漩渦。②泛指回旋或凹陷處。如：酒渦。
㈡ ㄍㄨㄛ *ko*¹, *kuo*¹ 音鍋
水名。參渦河。

8【渦河】 ㄍㄨㄛ ㄏㄜˊ
'淮水'重要支流之一。源於'河南省'東部'太康縣'境內，東南流至'亳縣'以下會'惠濟河'，經'渦陽'、'蒙城'，在'懷遠'以下入'淮水'。

9【渦流】 ㄨㄛ ㄌㄧㄡˊ
①(eddy)大洋中主要洋流流動時，帶動其邊緣的水塊，由於水塊的水分子運動極不規則，而在主洋流兩邊產生順時鐘或反時鐘方向的小水流。②(eddy current)因磁通變化而在導電物質內部感應所得的電流。

18【渦蟲】 ㄨㄛ ㄔㄨㄥˊ
(planaria) 屬扁形動物門、渦蟲綱。生活於淡水。身體背腹扁平，頭部有一對眼，可以感光，渦蟲爲背光性。口位於腹面中央，咽可以自口伸出，捕捉其他動物爲食。腸分三大枝，每枝又有許多小枝，故布滿全身；無肛門，不消化的食物由口排出。雌雄同體，生殖器官發達。渦蟲綱的動物皆自由生活，有些種類生活於海水，也有的生活在潮溼的地方，富再生力。

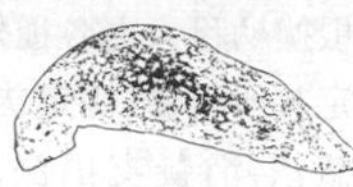
渦蟲圖

9【渦流損】 ㄨㄛ ㄌㄧㄡˊ ㄙㄨㄣˇ
(eddy current loss)當感應電動勢在磁性材料內部產生渦流時所形成的能量損失。

15【渦輪機】 ㄨㄛ ㄌㄨㄣˊ ㄐㄧ
(turbine)一種由蒸汽、氣體或其他流體推動轉子而產生旋轉運動的機器。該機器僅有旋轉運動，而無任何往復零件。用蒸汽作爲原動力的渦輪機，稱蒸汽渦輪機；用燃氣作爲原動力的渦輪機，稱燃氣輪機；用水作爲原動力的渦輪機，稱水輪機。

18【渦鞭蟲】 ㄨㄛ ㄅㄧㄢ ㄔㄨㄥˊ
(dinoflagellate) 原生動物門、鞭毛首綱、植鞭綱中動物的俗稱。在植物學上，將其列入甲藻。具有兩條鞭毛，分別位於體表的縱溝及橫溝中，縱鞭毛先端

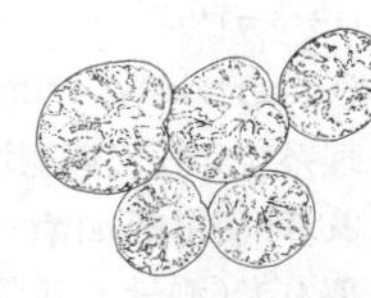
渦鞭蟲圖

自溝中向體後方突出，橫鞭毛全部位於橫溝中，狀似一腰帶。有的種類身體裸露，有的則有纖維質鞘。有的含有色素，能行光合作用自製養分；有的不含色素，則伸出僞足攝食。大多數海產，海水中的某些種類，其體內含有暗紅色色素，若是一公升海水中數目多達二千五百萬至五千萬時，便會引起赤潮，使海水變色，而其所產生的毒素，能使魚、蝦及其他動物死亡。

15【渦輪增壓器】ㄨㄛ ㄌㄨㄣˊ ㄗㄥ ㄧㄚ ㄑㄧˋ
(turbo charger)利用引擎排氣之衝力驅動排氣渦輪，使同軸上之進汽渦輪轉動，將氣體加壓經由進汽歧管進入汽缸中產生增加容積效率的裝置。

渱 ㊀ ㄏㄨㄥˊ *hung*^{2} 音洪 水聲。見"玉篇"。
㊁ ㄍㄨㄥˋ *kung*^{4} 音共 水流動的樣子。見"集韻"。

湠 ㄊㄢˋ *t'an*^{4} 音炭 大水。見"玉篇"。

湍 ㄊㄨㄢ *t'uan*^{1} ①急流的水。見"說文"。②水流急速。

9【湍流】ㄊㄨㄢ ㄌㄧㄡˊ
急流。

【湍急】ㄊㄨㄢ ㄐㄧˊ
水勢急速。

19【湍瀨】ㄊㄨㄢ ㄌㄞˋ
①淺而流急的水勢。②與水中石相激而成的急流。

渻 ㄒㄧㄥˇ *hsing*^{3} 音醒 減省。省的古字。見"說文"。

湲 ㄩㄢˊ *yüan*^{2} 音援 ①水流動的樣子。見"廣韻"。②水流聲。如：潺湲。

溆 漵的或體。

湽 淄的本字。

湃 ㄆㄞˋ *p'ai*^{4} 音派 ①水波相激聲。②用冰或涼水鎮物使冷。

12【湃湃】ㄆㄞˋ ㄆㄞˋ
波濤聲。

渹 ㊀ ㄏㄨㄥ *hung*^{1} 音轟 ①水浪擊石的聲音。見"廣韻"。②大。見"正字通"。
㊁ ㄑㄧㄥˋ *ch'ing*^{4} 音慶 涼；冷。同瀙。見"集韻"。

湱 ㄏㄨㄛˋ *ho*^{4}, *huo*^{4} 音禍 水聲。也作瀖。見"集韻"。

湩 ㄉㄨㄥˋ *tung*^{4} 音動 ①乳汁。也作䣳。見"說文"。②鼓聲。見"字彙補"。

涶 ㊀ ㄊㄨㄛˋ *t'o*^{4}, *t'uo*^{4} 音唾 唾的或體。
㊁ ㄊㄨㄛ *t'o*^{1}, *t'uo*^{1} 音託 古水名。在今'陝西省'。見"玉篇"。

湫 ㊀ ㄐㄧㄡ *chiu*^{1} 音糾 ①水池。見"廣韻"。②凝集。見"集韻"。
㊁ ㄐㄧㄠˇ *chiao*^{3} 音絞 低溼。見"說文"。

13【湫隘】ㄐㄧㄠˇ ㄞˋ
低溼狹窄。

湸 ㄒㄧˋ *hsi*^{4} 音細 水流得很急的樣子。同潝。見"集韻"。

渢 ㄈㄥˊ *fêng*^{2} 音馮 水聲。見"玉篇"。

渙 ㄏㄨㄢˋ *huan*^{4} 音喚 ①分散；流散。見"說文"。②水盛大的樣子。見"玉篇"。③光亮。如：渙爛。④"易"卦名。六十四卦之一。下坎上巽。

渙卦圖

12【渙散】ㄏㄨㄢˋ ㄙㄢˋ
散漫；離散。

【渙然】ㄏㄨㄢˋ ㄖㄢˊ
①分散的樣子。②盛大的樣子。

【渙然冰釋】ㄏㄨㄢˋ ㄖㄢˊ ㄅㄧㄥ ㄕˋ
如冰之融解消散。比喻誤會、疑難的化解。

湰 ㄌㄨㄥˊ *lung*^{2} 音隆 高處流下的水。見"集韻"。

㵊 浸的或體。

湼 涅的俗體。

湟 ㄏㄨㄤˊ *huang*^{2} 音皇 ①水名。參湟水。②低窪的地方。如：湟潦。

4【湟水】ㄏㄨㄤˊ ㄕㄨㄟˇ
①古水名。在今'河南省''鞏縣'西，注入'洛水'。②今名'湟河'。又名'樂都水'。源出今'青海省'東北'闊葉山'，進入'甘肅省'境，至'蘭州市'西注入'黃河'。

㴜 ㄅㄧㄢˋ *pien*^{4} 音便 小便。見"篇海類編"。

湌 餐的或體。

渰 ㄧㄢˇ *yen*^{3} 音演 ①雲興起的樣子。見"說文"。②淹沒。見"正字通"。

湓 ㄆㄣˊ *p'ên*^{2} 音盆 水暴漲。見"集韻"。

渝 ㄩˊ *yü*^{2} 音魚 ①改變；違背。見"爾雅·釋言"。②汙穢。見"字彙"。③'重慶市'的別稱。

13【渝盟】ㄩˊ ㄇㄥˊ
背棄盟約。

10

滓 ㄗˇ *tzŭ*^{3} 音子 ①沉澱在水底的雜質。見"說文"。②物品抽取精華或水分後剩餘的殘質。如：渣滓。③汙穢；汙濁。

溶 ㄖㄨㄥˊ *jung*^{2} 音容 ①水勢盛大廣闊。見"說文"。②(dissolution)固體化散在液體中，或氣體被吸收在液體中，或液體混合在另一液體中。如鹽與糖溶解於水、水與酒精互溶、空氣溶於水等。另從微觀的觀點看，則一物質化散成個別分子狀態，分布於另一種物質中的現象，也稱爲溶或溶解。

6【溶血】 ㄖㄨㄥˊ ㄒㄧㄝˇ
(hemolysis)紅血球受到破壞，血紅素流到細胞外液的現象。溶血可基於先天性及後天性等原因而起。前者由於突變基因的遺傳，紅血球形態發生異常，例如鐮刀狀血球性貧血。後天性是指紅血球遭受破壞而出現溶血，例如毒蛇的蛇毒、瘧疾或溶血性鏈球細菌感染。其症狀爲黃疸、貧血、無力等。由於紅血球受破壞，血色素無法再攜帶氧氣，若不治療會危及生命。

10【溶氧】 ㄖㄨㄥˊ ㄧㄤˇ
(dissolved oxygen；DO)指水中溶解的氧量。是好氧性細菌進行生物分解時不可或缺的。其單位常以每升多少毫克(mg/l)或飽和量的百分比表示。

11【溶液】 ㄖㄨㄥˊ ㄧㄝˋ
(solution)指呈均勻狀態但化學成分不固定的混合物。由溶質與溶劑混合而成。可以是固態(如合金)、液態(如糖水)或氣態(如空氣)，但一般多指液態溶液。

【溶接】 ㄖㄨㄥˊ ㄐㄧㄝ
(dissolve)攝影換鏡技術的一種。指一畫面漸隱，同時另一畫面漸顯，兩畫面有瞬間重疊的情形。用以表示時間的遷移，或避免換鏡時的突兀。

13【溶解】 ㄖㄨㄥˊ ㄐㄧㄝˇ
(dissolution)指一物質分散於另一物質中成爲溶液的過程。例如液體混合於他液體中，或氣體吸收於液體中，都稱爲溶解。

15【溶膠】 ㄖㄨㄥˊ ㄐㄧㄠ
(sols)以固體爲分散相(即溶質)，液體爲分散媒(即溶劑)所形成的膠體溶液。例如油漆、墨汁、漿糊等。

【溶質】 ㄖㄨㄥˊ ㄓˊ
(solute) 溶液中被溶劑所溶解的物質，如糖水中糖是溶質。或稱溶液中含量較少的成分，如銅(80%)鎳(20%)合金中，鎳含量少，故爲溶質。

16【溶澺】 ㄖㄨㄥˊ ㄧˋ
水波搖盪的樣子。

【溶劑】 ㄖㄨㄥˊ ㄐㄧˋ
(solvent) 溶液中用來溶解其他物質者，如糖水中水是溶劑。或稱溶液中含量較多的成分，如銅(90%)鎳(10%)合金中，銅含量多，故爲溶劑。

9【溶度積】 ㄖㄨㄥˊ ㄉㄨˋ ㄐㄧ
(solubility product)離子固體之飽和溶液中，溶質莫耳濃度的乘積。以Ksp表示。例如：$AgCl_{(s)} \rightleftharpoons Ag^{+}_{(aq)} + Cl^{-}_{(aq)}$；$Ksp = [Ag^{+}][Cl^{-}]$，此一乘積在定溫時爲一常數。且鹽類的Ksp愈大，表示其溶解度愈大。

13【溶解度】 ㄖㄨㄥˊ ㄐㄧㄝˇ ㄉㄨˋ
(solubility)在一定溫度時，一定量溶劑所能溶解的溶質最大量。亦即在飽和溶液中所含該溶質之量。

14【溶蝕地形】 ㄖㄨㄥˊ ㄕˊ ㄉㄧˋ ㄒㄧㄥˊ
(landforms made by corrosion)以溶蝕作用所發育而成的地形。與一般侵蝕作用所成的地形不盡相同。溶蝕作用主要盛行於石灰岩區，故溶蝕地形相當於石灰岩地形或'喀斯特'地形。岩溝、滲穴、錐丘或峰林、石灰岩洞、鐘乳石、石筍、石柱等均爲溶蝕地形。

16【溶劑萃取】 ㄖㄨㄥˊ ㄐㄧˋ ㄘㄨㄟˋ ㄑㄩˇ
(solvent extraction) 利用溶質對不同溶劑具有不同溶解度和選擇性，將部分或全部溶質抽出的步驟。

湥 深的古文。

溔 ㄧㄠˇ *yao*³ 音咬
參溔溔。

13【溔溔】 ㄧㄠˇ ㄧㄠˇ
深不可測的樣子。

溛 ㄨㄚ *wa*¹ 音蛙
參溛瀤。

19【溛瀤】 ㄨㄚ ㄨㄟ
水波起伏的樣子。

滂 ㄆㄤ *p'ang*¹ 音乓
水勢浩大。如：滂沱。

8【滂沱】 ㄆㄤ ㄊㄨㄛˊ
水流盛大的樣子。

15【滂潰】 ㄆㄤ ㄆㄞˋ
波浪相擊的聲音。也作澎湃。

溟 ㄇㄧㄥˊ *ming*² 音冥
1細雨緜密。見"說文"。2海。見"廣韻"。

滖 ㄙㄨㄟ *sui*¹ 音綏
小雨。見"集韻"。

滈 ㄏㄠˋ *hao*⁴ 音皓
1久雨。見"說文"。2地名。通'鎬'。參鎬囗2。

滚 滾的俗體。

溏 ㄊㄤˊ *t'ang*² 音唐
1水池。見"玉篇"。2泥漿。見"廣雅‧釋言"。

滀 ㄔㄨˋ *ch'u*⁴ 音觸
1水積聚。見"廣韻"。2泛指結聚、鬱結。見"字彙"。3湍急的。如：滀水。

潅 ㄑㄩㄝˋ *ch'üeh*⁴ 音確
1灌。見"說文"。2浸泡。見"集韻"。

滦 灤的俗體。

滘 ㄐㄧㄠˋ *chiao*⁴ 音叫
水邊車輪聲。'廣東'俗字。

滵 ㄇㄧˋ *mi*⁴ 音蜜
水溢出的樣子。同淧、濍。見"正字通"。

溔 ㄧㄠˇ *yao*³ 音咬
參浩溔。

溓 囗 ㄌㄧㄢˇ *lien*³ 音臉
1淹沒。也指大水絕止後所流出的餘水。見"說文"。2平靜；恬靜。
囗 ㄋㄧㄢˊ *nien*² 音黏

相黏；黏著。同黏。見"集韻"。

13【溓溓】 ㄌㄧㄢˇ ㄌㄧㄢˇ
水結成薄冰的樣子。

溔 漾的俗體。

溠 ㄓㄚˋ *cha*4 音詐
參溠水。

4【溠水】 ㄓㄚˋ ㄕㄨㄟˇ
今名'扶恭河'。源出今'湖北省''隋縣'西北，東南流，經'唐縣鎮'至'隋縣'西注入'溳水'。

溯 ㄙㄨˋ *su*4 音素
1逆水而上。見"字彙"。2追憶；推尋。

8【溯河洄游】 ㄙㄨˋ ㄏㄜˊ ㄏㄨㄟˊ ㄧㄡˊ
又稱升河性洄游。指有些魚類在海中生長，長大後逆水洄游到內陸河川或湖泊中產卵的行爲。例如鮭魚成長到2～4歲時，便從海中逆河洄游至內陸河川原產地產卵。

溢 ㄧˋ *i*4 音逸
1水充滿容器而流出。見"說文"。2過分；過度。如：溢美。3量名。(1)黃金二十兩爲一溢。通鎰。見"字彙"。(2)一又二十四分之一升爲一溢。見"正字通"。

9【溢流】 ㄧˋ ㄌㄧㄡˊ
(spillage) 1指進入超音速擴散器入口處，部分流於擴散器外的流體。2指在飛機翼梢處自下方流向上方的氣流。

【溢美】 ㄧˋ ㄇㄟˇ
過度誇獎、讚美。

【溢洪道】 ㄧˋ ㄏㄨㄥˊ ㄉㄠˋ
(spillway) 大壩的高度、容量受設計洪水的影響，均有一定的容許界限，在超過設計洪水以上的大洪水來臨時，爲了壩的安全及避免壩頂之漫溢發生，必須使該過多的洪水溢流流出，稱之爲洩洪，洩洪用的水道即溢洪道。溢洪道有直井式、瀉槽式及虹吸式等三種。

溱 ㄓㄣ *chên*1 音眞
參溱水。

4【溱水】 ㄓㄣ ㄕㄨㄟˇ
源出'河南省''密縣'東北'聖水峪'，東南會'洧水'，注入'賈魯河'。

溸 ㄙㄨˋ *su*4 音素
1船上取水的器具。見"字彙"。2逆流而上。見"篇海類編"。

溝 ㄍㄡ *kou*1 音鉤
1水道。如：溝澮。2護城河。如：深溝高壘。3劃定；隔絕。4疏通；交流。如：溝通。

9【溝洫】 ㄍㄡ ㄒㄩˋ
田間的水道。

11【溝通】 ㄍㄡ ㄊㄨㄥ
本指開溝使兩水相通。後用以指彼此意見、感情的交流。

14【溝塹】 ㄍㄡ ㄑㄧㄢˋ
護城的河溝。

16【溝澮】 ㄍㄡ ㄎㄨㄞˋ
田間水道。

4【溝中瘠】 ㄍㄡ ㄓㄨㄥ ㄐㄧˊ
溝壑中的屍骸。

11【溝通要素】 ㄍㄡ ㄊㄨㄥ ㄧㄠˋ ㄙㄨˋ
(elements of communication) 溝通程序中的重要因素。包括傳遞訊息所用符號(如語言、書面、態度等)、傳遞現場環境因素、發訊人與受訊人、傳遞媒介、傳遞訊息目的等五項。

【溝通途徑】 ㄍㄡ ㄊㄨㄥ ㄊㄨˊ ㄐㄧㄥˋ
溝通意見時所選用的途徑。各組織常用的溝通途徑，有各主管間的溝通、下行溝通、上行溝通、平行溝通、業務人員與幕僚人員溝通等正式溝通途徑。此外，尙有多種非正式的溝通途徑，如在座談會、聯誼會上的溝通意見，員工私下的溝通意見等。

【溝通程序】 ㄍㄡ ㄊㄨㄥ ㄔㄥˊ ㄒㄩˋ
(communication process) 指溝通時發訊者與受訊者間傳達訊息的程序。包括訊息的作成、發訊者決定溝通的途徑與時機、將訊息化爲符號(包括語言、文字、圖表等)、經由媒介發出訊息，以及受訊者收到訊息後就其對訊息之了解與接納之程序所作的回饋反應。

【溝通障礙】 ㄍㄡ ㄊㄨㄥ ㄓㄤˋ ㄞˋ
(barrier of communication) 指溝通過程中導致無法有效傳達訊息的種種因素。可分：一、溝通地位障礙：發訊人與受訊人二者在職位上的差異，受訊人對發訊人地位產生懷疑或不信任，致無法有效溝通。二、溝通知覺障礙：由於發訊人的表達不清晰，受訊人的推斷不確實，或對訊息內容的知覺上的障礙，致無法有效溝通。三、溝通程序的障礙：由於受訊人的疏忽，致沒有收到訊息，或由於傳訊中途產生雜音，消失訊息原意，或缺乏回饋，致無法有效持續進行溝通。

溹 ㄙㄨㄛˇ *so*3, *suo*3 音索
下雨的樣子。見"廣韻"。

溥 一 ㄆㄨˇ *p'u*3 音普
1廣；大。見"說文"。2水涯。通浦。見"說文通訓定聲"。3普遍。通作普。如：溥天同慶。
二 ㄈㄨ *fu*1 音敷
分布。通敷。見"集韻"。

15【溥儀】 ㄆㄨˇ ㄧˊ
(1906～1967) '淸朝'末代皇帝。'宣宗'曾孫，'載灃'之子。三歲登基，年號'宣統'。在位三年，於'中華民國'元年二月十二日宣布退位。六年，爲'張勳'等擁立復辟，旋遭挫敗。九一八事變後，在'日'軍誘脅下，任僞「滿洲帝國」執政。戰後一度爲'蘇俄'囚禁。'中共'政權成立後，任「中國科學院」園丁、「全國政協文史資料研究委員會」專員。著有"我的前半生"。

16【溥儒】 ㄆㄨˇ ㄖㄨˊ
(1896～1963) 字'心畬'，號'西山逸士'。'恭親王''奕訢'孫。'北京法政大學'畢業，'德國''柏林大學'天文學博士。歸國後，隱居於'河北'

溥儒像

'宛平''西山',臨摹'宋''元'眞跡,歷時十年。歷任大學教職、'國民大會''滿族'代表。民國三十八年來'臺',以書畫自娛。文章出入'漢''魏'六朝,其畫獨振'北宋'風格,與'張大千'齊名,有⌊南張北溥⌉之稱。著有"四書經義集證"等。

4【溥天同慶】 ㄆㄨˇ ㄊㄧㄢ ㄊㄨㄥˊ ㄑㄧㄥˋ
全天下的人都歡欣慶祝。

溺 ㊀ ㄋㄧˋ ni^4 音逆
①淹沒或陷落水中。見"正字通"。②沈迷而不加節制。如:溺愛。
㊁ ㄋㄧㄠˋ $niao^4$ 音尿
小便。通尿。見"集韻"。

4【溺水】 ㄋㄧˋ ㄕㄨㄟˇ
掉進水中被淹沒。

7【溺谷】 ㄋㄧˋ ㄍㄨˇ
(drowned valley) 海岸沈降,海水淹沒原來之沿海陸地,則昔日的下游谷地沈入海底而成溺谷。今'錢塘江'口之'杭州灣'即是古'錢塘江'的溺谷。

13【溺愛】 ㄋㄧˋ ㄞˋ
深愛;過分疼愛。

滆 ㄍㄜˊ $ko^2, k\hat{e}^2$ 音革
參滆湖。

12【滆湖】 ㄍㄜˊ ㄏㄨˊ
一名'西滆',又名'沙子湖'。在'江蘇省''武進縣'西南,東連'太湖'。

滒 ㄍㄜ $ko^1, k\hat{e}^1$ 音歌
①多汁。見"說文"。②泥淖。見"廣雅·釋言"。③黏而稠。多指饘粥之類而言。

溒 ㄩㄢˊ $y\ddot{u}an^2$ 音袁
水流動的樣子。見"玉篇"。

溧 ㄌㄧˋ li^4 音栗
參溧水。

4【溧水】 ㄌㄧˋ ㄕㄨㄟˇ
源出'安徽省''蕪湖縣',東注'太湖'。

渧 ㄊㄧˊ $t'i^2$ 音題
①研米槌。見"廣韻"。②洗米水。見"集韻"。

溘 ㄎㄜˋ $k'o^4, k'\hat{e}^4$ 音克
驟然;瞬間。見"字彙"。

12【溘然】 ㄎㄜˋ ㄖㄢˊ
驟然;突然。

【溘然長逝】 ㄎㄜˋ ㄖㄢˊ ㄔㄤˊ ㄕˋ
突然逝世。

溵 ㄉㄢ tan^1 音丹
溼。見"集韻"。

滇 ㄉㄧㄢ $tien^1$ 音顚 又讀 ㄊㄧㄢˊ $t'ien^2$ 音田
①湖名。參滇池。②'雲南省'的簡稱。

6【滇池】 ㄉㄧㄢ ㄔˊ
湖名。又稱'昆明池'、'滇南澤'。在'雲南''昆明市'西南,周300里,海拔2,000公尺。

7【滇系】 ㄉㄧㄢ ㄒㄧˋ
'民'初南方軍閥派系。以'唐繼堯'爲首,據'雲南'。'民國'五年,勢力達'川''黔'。十一年,兵力約八萬人。十五年,'唐'死,'龍雲'繼之,投入國民革命軍。另有一系'滇'軍,以'楊希閔'爲首。十二年,與'桂'系'劉震寰'相結,圖謀推翻'國民政府',爲革命軍繳械。

12【滇湎】 ㄉㄧㄢ ㄇㄧㄢˇ
水流浩大無涯的樣子。

満 滿的俗體。

溎 ㄧㄢˋ yen^4 音厭
水浩大的樣子。見"玉篇"。

滃 涵的本字。

滩 灘的俗體。

滅 ㄇㄧㄝˋ $mieh^4$ 音蔑
①盡;斷絕。如:滅絕。②熄;消除。如:滅火。③淹沒。如:滅頂。

3【滅口】 ㄇㄧㄝˋ ㄎㄡˇ
①消除口實,令人沒有藉口。②殺死知道內情的人,以防走漏消息。

8【滅性】 ㄇㄧㄝˋ ㄒㄧㄥˋ
過度哀傷而危及生命。

【滅門】 ㄇㄧㄝˋ ㄇㄣˊ
全家被殺。

11【滅頂】 ㄇㄧㄝˋ ㄉㄧㄥˇ
水淹過頭頂。多指溺死。

12【滅裂】 ㄇㄧㄝˋ ㄌㄧㄝˋ
①輕率;疏略。②絕滅。

【滅菌】 ㄇㄧㄝˋ ㄐㄩㄣˋ
(sterilization)將微生物(包括耐熱性的孢子)完全破壞殺滅。有用高溫加熱的物理方法,或使用藥品的化學方法等。通常以 121°C 下,持續溼熱15分鐘的方式進行,唯此法會破壞食品的組成與營養價值,故食品的殺菌,一般採商業殺菌。

13【滅跡】 ㄇㄧㄝˋ ㄐㄧ
①消滅痕跡。②指隱居。

14【滅種】 ㄇㄧㄝˋ ㄓㄨㄥˇ
種族滅亡。

溽 ㄖㄨˋ ju^4 音辱
①潮溼;溼熱。見"說文"。②味濃。通縟。見"字彙"。

12【溽暑】 ㄖㄨˋ ㄕㄨˇ
盛夏潮溼悶熱的天氣。

溼 ㄕ $shih^1$ 音失
①物體含著水氣。與乾、燥相對。通作濕。見"說文"。②六淫之一。是長夏的主氣。空氣中含有水溼過多,即稱溼氣。性質重濁而黏稠,能阻滯氣的活動,障礙脾的運化。一般多因外感霧露或常在水內作業,或渡川、冒雨,或居住在低溼處等原因而起。溼邪在表,則呈經絡的病症,如胸悶腰酸、四肢困倦、關節疼痛;溼邪在裡,則多臟腑的病症,如腹瀉欲嘔、小便少。

9【溼度】 ㄕ ㄉㄨˋ
(humidity)大氣中的水氣含量。在一定溫度下,大氣所能含有水氣量有其最高限量,稱爲飽和,溫度增高則飽和水量也增大。日

常用以表示溼度的方法是相對溼度，係指當時大氣中實際含水氣量，與同溫度時大氣飽和水氣量的百分比。另有絕對溼度和比較溼度等二種表示法。前者係指單位體積的大氣中所含水氣的重量，單位爲克/立方公尺；後者則指單位重量的大氣中所含水氣的重量，單位爲克/公斤。

【溼砂】 ㄕ ㄕㄚ
(green sand) 製造鑄模所用的材料。以矽砂、水分和黏土混合而成。溼砂的含水量，依砂的性質及造模上的條件而定，山砂的含水量約在8～15%左右。

10【溼疹】 ㄕ ㄓㄣˇ
(eczema)一種常見的皮膚病。多見於面部及四肢。初時皮疹呈瀰漫性，由紅斑、腫脹逐漸變成小泡、化膿，終至結痂、脫屑。等到由急性變爲慢性後，則皮疹呈局限性，有浸潤和增厚症狀，且常伴以劇癢。應避免搔抓、肥皂擦洗或接觸其他刺激物。一般而言，與體質有關。

9【溼度表】 ㄕ ㄉㄨˋ ㄅㄧㄠˇ
(humidity chart) 大氣壓力下，將空氣與其中所含蒸氣之種種性質變化曲線以圖形表示者。其中可讀出之性質包括絕對溼度、相對溼度(或溼度百分數)、溼熱、溼氣體積，以及乾、溼球溫度。

【溼度計】 ㄕ ㄉㄨˋ ㄐㄧˋ
(psychrometer) 測定空氣中溼度之裝置。常用者有搖轉溼度計、毛髮溼度計、電阻溼度計與露點計。

10【溼草原】 ㄕ ㄘㄠˇ ㄩㄢˊ
(prairie)草原植物區的一種植物群落。生長在溫帶半溼潤的大陸性氣候區，雨量中等，草類繁盛，草高可達半至一公尺。目前這類草原多已開發爲大農業區及畜牧區。‘北美’大草原、‘南美’的‘彭巴草原’、‘蘇俄’‘烏克蘭’草原等均屬之。

11【溼漉漉】 ㄕ ㄌㄨˋ ㄌㄨˋ
形容潮溼的樣子。

12【溼答答】 ㄕ ㄉㄚ ㄉㄚ
形容潮溼的樣子

6【溼式構造】 ㄕ ㄕˋ ㄍㄡˋ ㄗㄠˋ
(wet construction)建築物於施工過程中，必須使用水分調合的構造方式。如疊砌磚石材料，其灰漿須使用水分調和；又如鋼筋混凝土、鋼骨鋼筋混凝土、木構造中之灰泥牆等所使用之材料均須用水調和，統稱溼式構造。

8【溼性壁畫】 ㄕ ㄒㄧㄥˋ ㄅㄧˋ ㄏㄨㄚˋ
(fresco)‘義大利’文的原義爲新鮮，即趁牆壁之灰泥未乾時，以溶於石灰水的礦物性顏料來作畫，如此顏料就會滲進灰泥內不容易剝落，壁畫可保存很久。溼性壁畫興起於十三世紀的‘義大利’，到十六世紀文藝復興時已趨於成熟。‘米開蘭基羅’在‘席斯汀禮拜堂’的“創世紀”，就屬於溼性壁畫。

【溼板攝影】 ㄕ ㄅㄢˇ ㄕㄜˋ ㄧㄥˇ
西元1851年‘英國’化學家‘阿徹爾’(Archer)所發明的攝影術。以火棉膠爲感光乳劑，均勻地塗在玻璃上，曝光時，須保持膜面潮溼，否則感度會大減。溼板攝影可得到粒子細微、高鮮銳的影像，對光線強弱的變化、人物神態及細緻紋理等的表達效果，可與現代最好的膠片媲美。

11【溼球溫度】 ㄕ ㄑㄧㄡˊ ㄨㄣ ㄉㄨˋ
(wet bulb temperature) 將一般溫度計之底部包以溼布，且經常維持潤溼狀態，再將不飽和空氣以極大流速通過而量得的溫度。

6【溼式空氣氧化】 ㄕ ㄕˋ ㄎㄨㄥ ㄑㄧˋ ㄧㄤˇ ㄏㄨㄚˋ
(wet air oxidation)廢棄物熱處理法之一。將高濃度之有機液態廢棄物與空氣混合後，送入熱交換器將溫度提高，再送入反應器進行氧化作用。

12【溼絕熱直減率】 ㄕ ㄐㄩㄝˊ ㄖㄜˋ ㄓˊ ㄐㄧㄢˇ ㄌㄩˋ
(wet adiabatic lapse rate)當氣團上升，所含水汽逐漸冷卻，溼度隨之增加，若達到百分之百的飽和狀態時，溫度再降低，則水汽必凝結成水滴或冰晶而釋放出潛熱，使空氣增暖，故該氣團上升的溫度遞減率勢必減緩，約每升高100公尺降低0.6°C。此類飽和空氣溫度降低的比率，稱爲溼絕熱直減率。

滙 匯的或體。

溞 ㄙㄠ *sao*^{1} 音騷
灑洗。見“廣雅·釋詁”。

源 ㄩㄢˊ *yüan*^{2} 音元
1水流的源頭。見“說文”。2事物的根由。如：源委。

8【源委】 ㄩㄢˊ ㄨㄟˇ
指事情的本末。

13【源極】 ㄩㄢˊ ㄐㄧˊ
(source) 場效電晶體元件之一端。因其流出導電載子，故稱。

5【源本特質】 ㄩㄢˊ ㄅㄣˇ ㄊㄜˋ ㄓˊ
(source trait) ‘美國’‘伊里諾人學’教授‘卡特爾’(Raymond Cattell) 人格理論中，形成人格結構之最基本特質。諸如「自我堅強—神經質」、「支配—順從」、「穩定(情緒)—不穩定」等。

13【源極隨耦器】 ㄩㄢˊ ㄐㄧˊ ㄙㄨㄟˊ ㄡˇ ㄑㄧˋ
(source follower) 即共汲極FET放大器。其中輸入加於閘極，輸出由源極端取得，其增益趨近於1，無相位反相，輸入阻抗極高，而輸出阻抗甚低。

滁 ㄔㄨˊ *ch'u*^{2} 音除
1水名。參滁河。2地名。參滁縣。

8【滁河】 ㄔㄨˊ ㄏㄜˊ
源出‘安徽省’‘合肥縣’東北，曲折東流，在‘江蘇省’‘六合縣’入‘長江'。

16【滁縣】 ㄔㄨˊ ㄒㄧㄢˋ
屬'安徽省'。城瀕'滁水'支流'小沙河'岸,有'津浦鐵路'通過,商業繁盛。

溻 ㄊㄚˋ t'a⁴ 音榻
溼。見"集韻"。

滉 ㄏㄨㄤˇ huang³ 音晃
水深廣的樣子。見"集韻"。

14【滉瀁】 ㄏㄨㄤˇ ㄧㄤˋ
水波浮盪的樣子。

潤 ㄕㄢˇ shan³ 音閃
水流動的樣子。見"廣韻"。

滑 ㊀ ㄏㄨㄚˊ hua² 音華
①光溜。如:滑溜。②狡詐。通猾。如:油滑。③因地面光溜而摔倒。④滑行。如:滑雪。
㊁ ㄍㄨˇ ku³ 音骨
①紛亂。通汩。見"正字通"。②比喻能言善辯或詼諧風趣。如:滑稽。

4【滑水】 ㄏㄨㄚˊ ㄕㄨㄟˇ
水上運動之一。以快艇拖繩拉著運動員在水面上向前滑行。有曲道滑水、花式滑水、跳躍滑水等方式。

5【滑石】 ㄏㄨㄚˊ ㄕˊ
(talc)含鎂的矽酸鹽($Mg_3Si_4O_{10}(OH)_2$)礦物。具有最低的硬度,觸感油滑,不受任何酸類影響。除一般所知可製造滑石粉、肥皂、化妝品或爽身粉外,塊狀的滑石可製絕緣板,亦爲具有多種工業用途的重要原料。

6【滑冰】 ㄏㄨㄚˊ ㄅㄧㄥ
穿著刀刃鞋在冰上滑行的運動。動作要領在於手足的控制與身體重心的穩定。

9【滑音】 ㄏㄨㄚˊ ㄧㄣ
①(portamento)唱歌或演奏的一種特殊技巧。即從一音向上或向下滑至另一音。在樂譜上,用波紋線或箭頭的直線作爲標記。②(glide)語音學名詞。⑴指半元音(semivowel)。⑵兩個音素中間的過渡音。例如'英'語 the ice〔ði'jais〕的一個讀法是在〔i〕與〔a〕之間,多加一個過渡音〔j〕。

10【滑脂】 ㄏㄨㄚˊ ㄓ
(grease)在液體潤滑劑中加入增稠劑所製成的半液體潤滑劑。其主要成分爲油分、增稠劑及添加劑。可在較大溫度範圍內達成潤滑作用,且具防塵、防止金屬面冷熔、耐腐蝕及密封效果。

【滑脈】 ㄏㄨㄚˊ ㄇㄛˋ
脈象的一種。指脈搏流利圓滑,如盤走珠的感覺。多見於痰飲、食滯、實熱等病症。婦女懷孕時也會出現這種脈象。

11【滑雪】 ㄏㄨㄚˊ ㄒㄩㄝˇ
一種手握雪杖、足穿雪板在雪地滑行的運動。有越野、跳躍、降滑、曲道、大曲道等各種方式。爲冬季'奧運'項目之一。

【滑動】 ㄏㄨㄚˊ ㄉㄨㄥˋ
(slip)材料承受應力作用時,視應力之大小而發生塑性變形。若該變形係隨時間(或溫度)而進行,則稱爲潛變。

12【滑翔】 ㄏㄨㄚˊ ㄒㄧㄤˊ
(glide)指關閉引擎的飛機或無動力飛機(即滑翔機),自一定高度利用重力下滑的飛行方式。下滑路徑與地平線間所成之銳角稱爲下滑角。飛機下降時保持恆定之下滑角,而在接觸地面前將飛機拉平,稱爲下滑降落。

13【滑落】 ㄏㄨㄚˊ ㄌㄨㄛˋ
①順勢滑下。②指行情下跌。③(gliding)山崩的一種形式。山上的岩石或泥土,受水的浸潤,大塊沿坡面滑下的現象。在斷層地帶,岩塊每有沿斷層面滑落的現象。

14【滑精】 ㄏㄨㄚˊ ㄐㄧㄥ
白天精液自動滑出的病症。依'中'醫理論係因思慾不遂、房事過度、腎元虧損、精關不固所致。

15【滑潤】 ㄏㄨㄚˊ ㄖㄨㄣˋ
光滑潤澤。

【滑稽】 ㄍㄨˇ ㄐㄧ
①比喻能言善辯。②形容詼諧多智、順應隨世的態度。

16【滑頭】 ㄏㄨㄚˊ ㄊㄡˊ
指人狡詐不老實。也作猾頭。

5【滑石粉】 ㄏㄨㄚˊ ㄕˊ ㄈㄣˇ
(talc powder)一種無臭、無味、有膩滑性、易於黏附、不溶於水的白色細小結晶粉末。主要成分是含結晶水的矽酸鎂及少量矽酸鋁。常用作散布劑、吸著劑或製造痱子粉、爽身粉等。

7【滑走坡】 ㄏㄨㄚˊ ㄗㄡˇ ㄆㄛ
(slip-off slope)在曲流發生的河段,凸岸(沖積岸)因受沖積作用,地面不斷發展,指向凹岸形成一個和緩的斜坡面。因該坡面是隨曲流的發展而會向下游移動,故稱。

11【滑液膜】 ㄏㄨㄚˊ ㄧㄝˋ ㄇㄛˋ
(synovial membrane)又名關節滑液膜,或簡稱滑膜。爲一種特殊的結締組織膜。包被於關節軟骨外,多血管、淋巴管和神經末梢。能產生滑液,滋潤關節軟骨的關節面和肌腱,以減少運動時的摩擦。

12【滑翔角】 ㄏㄨㄚˊ ㄒㄧㄤˊ ㄐㄧㄠˇ
(approach angle)跑道兩端的水平延長線,與飛機降落時之軌跡相交於跑道末端清除區之外邊所成的夾角。

【滑翔區】 ㄏㄨㄚˊ ㄒㄧㄤˊ ㄑㄩ
(approach zone)飛機跑道兩端清除區向外延伸的楔形區域。區內不得有障礙高出於滑翔角之上。

【滑翔翼】 ㄏㄨㄚˊ ㄒㄧㄤˊ ㄧˋ
(hang glider)用尼龍材料製成三角形翼的輕便風箏狀滑翔器。滑翔者用懸掛在其橫桿

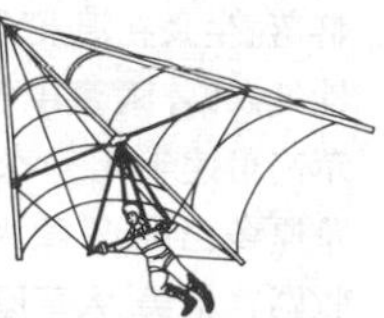
滑翔翼圖

下的套帶套住,並將滑翔翼抬高至與肩齊的位置,延具足夠斜度的山坡向下奔跑,如配合風勢達適當的速度即可起飛,並利用懸掛在其身前的操縱桿操縱。滑翔翼自西元1970年開始盛行於'美國''南加州',現已廣爲世界各國喜愛戶外活動的人士所歡迎。

21【滑鐵盧】 ㄏㄨㄚˊ ㄊㄧㄝˇ ㄌㄨˊ

(Waterloo)位於'比利時''布魯塞爾'南方。西元1815年,'法國''拿破崙一世' (Napolen I) 在此敗給'英'將'威靈頓' (1st Duke of Wellington) 所領導的'英''德''荷''比'四國同盟軍,導致'拿破崙'退位,並被放逐於'大西洋'上的'聖赫勒拿島' (St. Helena Is.),六年後死於島上。後人因以慘遭'滑鐵盧'比喻競爭失敗。

4【滑不嘰溜】 ㄏㄨㄚˊ ·ㄅㄨ ㄐㄧ ㄌㄧㄡ

[1]形容非常光滑。[2]指人的言行態度不穩重,近乎狡猾。

11【滑動接頭】 ㄏㄨㄚˊ ㄉㄨㄥˋ ㄐㄧㄝ ㄊㄡˊ

(slip joint)當後軸上下移動時,傳動軸與變速箱及後軸間之長度產生收縮或伸長的變化,爲因應此變化所設計可滑動而改變長度以持續傳輸動力的接頭,稱滑動接頭。

【滑動軸承】 ㄏㄨㄚˊ ㄉㄨㄥˋ ㄓㄡˊ ㄔㄥˊ

(sliding bearing; plain bearing)軸與軸承間係以面接觸,而其相對運動爲滑動者稱之。

【滑動摩擦】 ㄏㄨㄚˊ ㄉㄨㄥˋ ㄇㄛˊ ㄘㄚ

(sliding friction)靜摩擦與動摩擦的統稱。參靜摩擦力、動摩擦力。

15【滑稽突梯】 ㄍㄨˇ ㄐㄧ ㄊㄨˊ ㄊㄧ

詼諧多智,使人發笑。也作突梯滑稽。

16【滑頭滑腦】 ㄏㄨㄚˊ ㄊㄡˊ ㄏㄨㄚˊ ㄋㄠˇ

指人行爲舉止不老實莊重,喜歡投機取巧。

8【滑油溫度表】 ㄏㄨㄚˊ ㄧㄡˊ ㄨㄣ ㄉㄨˋ ㄅㄧㄠˇ

(oil temperature gage)飛機發動機儀表的一種。滑油對發動機之冷卻發揮重大功能,故使用滑油溫度表之作用爲:一、使飛行員能在安全溫度範圍內操作發動機的運轉;二、警告飛行員發動機是否過熱。一般飛機所使用的滑油溫度表均爲蒸汽壓式溫度表(vapor pressure type thermometer)。

【滑油壓力表】 ㄏㄨㄚˊ ㄧㄡˊ ㄧㄚ ㄌㄧˋ ㄅㄧㄠˇ

(oil pressure gage)飛機發動機中指示潤滑油進入軸承及其他潤滑系統時之壓力的儀表。尚有兩大用處:一、當滑油泵失效或油管破裂時,可及時提出警告;二、起飛前可用以檢查滑油是否在適當的壓力下於油管內循環流動。

15【滑線變阻器】 ㄏㄨㄚˊ ㄒㄧㄢˋ ㄅㄧㄢˋ ㄗㄨˇ ㄑㄧˋ

(rheostat)可變電阻器的一種。其電阻之調整不需打開電路。

溳 ㄩㄣˊ yün^2 音雲

參溳水。

4【溳水】 ㄩㄣˊ ㄕㄨㄟˇ

源出'湖北省''大洪山',北流至'隨縣'折向南,經'安陸'分爲二水,東南入於'夏水',西入於'沔'。

溭 ㄗㄜˊ tsê^2 音則

水波。見"玉篇"。

溚 ㄉㄚˊ ta^2 音答

溼。見"集韻"。

溷 ㄏㄨㄣˋ hun^4 音混

[1]混亂;淆亂。見"說文"。[2]汙濁。如:溷濁。[3]廁所。見"字彙"。[4]欄圈。如:豬溷。

16【溷濁】 ㄏㄨㄣˋ ㄓㄨㄛˊ

混濁不清;混亂黑暗。

溠 ㄓˇ chih^3 音紙

參溠水。

4【溠水】 ㄓˇ ㄕㄨㄟˇ

或作'泜水'。一名'沙河'。源出'河南省''魯山縣'西'吳大嶺',東注入'汝河'。

溫 ㄨㄣ wên^1 音瘟

[1]冷熱的程度。如:體溫。[2]冷熱適中。如:溫水。[3]複習。如:溫故知新。[4]'中'醫病名。即熱病。[5]平和;柔和。如:溫柔。[6]姓。'唐'有'溫庭筠'。見"舊唐書·文苑傳·溫庭筠"。

4【溫文】 ㄨㄣ ㄨㄣˊ

指人性情溫和,言行有禮。

6【溫存】 ㄨㄣ ㄘㄨㄣˊ

[1]親切撫慰。[2]溫暖。[3]溫和柔順。

7【溫床】 ㄨㄣ ㄔㄨㄤˊ

[1]寒冬之日,先使床鋪溫暖,再去睡覺。[2]指具有人工加熱設備的苗床。其熱力來源有醱酵、電力、熱水、蒸氣等。[3]指適合生存或發展的環境。

【溫吞】 ㄨㄣ ㄊㄨㄣ

指人的性格或言行遲緩而不乾脆的樣子。

8【溫卷】 ㄨㄣ ㄐㄩㄢˋ

'唐''宋'科舉考試時,舉子爲加強主考官對自己的印象,以增加錄取機會,在平日就將自己的詩文再三投獻給主考官。

9【溫室】 ㄨㄣ ㄕˋ

[1]暖和的房屋。[2]專爲培養作物而特別設計的建築物。屋面一般均用透明材料建造,且有調節溫度、控制溼度等設備。最常見的有玻璃溫室、塑膠布溫室。

【溫度】 ㄨㄣ ㄉㄨˋ

(temperature)決定一系統與另一系統是否達熱平衡的系統性質(參數)。如果A、B兩系統達熱平衡,則A、B的溫度相等。反之,若知A、B兩系統的溫度一樣,則知A、B兩系統達熱平衡。

【溫泉】 ㄨㄣ ㄑㄩㄢˊ

(hot spring; thermal spring)

指泉水的溫度高出當地的年均溫者;泉水的溫度超過 40°C 者;泉水的溫度高於人的體溫者。主要來自地殼深處或火山地區地熱豐富處。溫泉通常也是礦泉,含有各種礦物質,因所含物質的化學成分不同,而有硫黃泉、碳酸氫泉、氯酸泉、硫酸泉等之別。

10【溫病】 ㄨㄣ ㄅㄧㄥˋ
即熱病。為感受四季不同的溫邪所引起之急性熱病的總稱。

【溫差】 ㄨㄣ ㄔㄚ
(thermal range)一地在兩個時間內氣溫的差數。一地某日最高與最低氣溫的差數,稱為日溫差;最暖月的月均溫與最冷月的月均溫之差數,稱為年溫差。

【溫凊】 ㄨㄣ ㄐㄧㄥˋ
同冬溫夏凊。

【溫書】 ㄨㄣ ㄕㄨ
溫習功課。

【溫恭】 ㄨㄣ ㄍㄨㄥ
溫和恭敬。

11【溫情】 ㄨㄣ ㄑㄧㄥˊ
溫厚的情感;溫暖的情誼。

【溫帶】 ㄨㄣ ㄉㄞˋ
(temperate zone)南北半球的中緯度地區,介於極圈與回歸線之間的地帶。位於北半球的為北溫帶,位於南半球的為南溫帶。溫帶氣候溫和,夏季既無太陽的垂直照射,冬季也不致陽光全無,故最適於人類居住、生活。

【溫婉】 ㄨㄣ ㄨㄢˇ
溫柔委婉。

12【溫雅】 ㄨㄣ ㄧㄚˇ
溫文高雅。

13【溫馴】 ㄨㄣ ㄒㄩㄣˊ
溫和柔順。

【溫煦】 ㄨㄣ ㄒㄩˇ
溫暖。

【溫飽】 ㄨㄣ ㄅㄠˇ
吃得飽、穿得暖。

15【溫潤】 ㄨㄣ ㄖㄨㄣˋ
溫和而潤澤。常用以形容人性情、容色、言語的溫和。

20【溫馨】 ㄨㄣ ㄒㄧㄣ
溫暖親切。

9【溫疫論】 ㄨㄣ ㄧˋ ㄌㄨㄣˋ
‘明’‘吳有性’撰,二卷,補遺一卷。論述溫疫與傷寒的不同,推究二者的病源,並加以分析辯證治療。

【溫柔鄉】 ㄨㄣ ㄖㄡˊ ㄒㄧㄤ
指美色迷人之境。

10【溫庭筠】 ㄨㄣ ㄊㄧㄥˊ ㄩㄣˊ
(812~870)‘唐’‘太原’(今‘山西’‘太原市’)人,原名‘岐’,字‘飛卿’。官至國子助教。文思敏捷,精通音律,詩文詞藻優美,風格濃豔。有“溫飛卿集”。其詞散見於“花間”、“尊前”諸集。

【溫哥華】 ㄨㄣ ㄍㄜ ㄏㄨㄚˊ
(Vancouver)‘加拿大’‘太平洋’岸最大商埠及‘太平洋鐵路’的終點。位於‘不列顛哥倫比亞省’(British Columbia Prov.)西南海濱。為進出‘太平洋’的門戶、‘不列顛哥倫比亞省’工、商業中心。生產木材、穀物、紙、鋼鐵,並提煉石油。人口58.2萬(2004年)。

4【溫文爾雅】 ㄨㄣ ㄨㄣˊ ㄦˇ ㄧㄚˇ
形容人文質彬彬,溫和儒雅。也作溫文儒雅。

6【溫血動物】 ㄨㄣ ㄒㄧㄝˇ ㄉㄨㄥˋ ㄨˋ
(warm-blooded animal)即定溫動物。參定溫動物。

9【溫室效應】 ㄨㄣ ㄕˋ ㄒㄧㄠˋ ㄧㄥˋ
(greenhouse effect)地球將吸收自陽光之熱放出時,熱量大部分被大氣吸收並保存,地球表面因而得以維持溫度的現象。唯大氣中二氧化碳之汙染將助長溫室效應,而使地球溫度逐漸提高。

【溫故知新】 ㄨㄣ ㄍㄨˋ ㄓ ㄒㄧㄣ
溫習舊業,增長新知。

【溫柔敦厚】 ㄨㄣ ㄖㄡˊ ㄉㄨㄣ ㄏㄡˋ
性情溫和,言行寬厚。本指“詩經”教化的功效,後借指溫和寬厚的品德。

11【溫帶氣旋】 ㄨㄣ ㄉㄞˋ ㄑㄧˋ ㄒㄩㄢˊ
(extratropical cyclone)指溫帶地區(中緯度)所產生的低氣壓。乃由於溫帶區相鄰之冷氣團與暖氣團在其鋒面處產生波動作用並逐漸加強,變成渦流運動,終至形成閉合的環流,而等壓線也成為閉合的環狀。

9【溫卻斯特磁碟】 ㄨㄣ ㄑㄩㄝˋ ㄙ ㄊㄜˋ ㄘˊ ㄉㄧㄝˊ
(Winchester disk)電腦系統周邊設備的一種磁碟。為密封固定式之磁碟,其主要特點為:一、磁碟讀寫磁頭與磁碟組皆密封於無塵封盒內,不受灰塵與雜質等之影響;二、具良好之可靠度;三、磁軌密度高。

11【溫帶溼潤氣候】 ㄨㄣ ㄉㄞˋ ㄕ ㄖㄨㄣˋ ㄑㄧˋ ㄏㄡˋ
(temperate moist climate)主要分布在30°~60°的中緯度地區。最冷月均溫在 −3~18°C,最暖月均溫在10°C以上,雨量多,年雨量均在750公釐以上。森林群落之植被發育完善,故又稱溫帶森林氣候。包括溫帶海洋性氣候、溫帶大陸性氣候及溫帶‘地中海’型氣候三種類型。

9【溫度補償電容器】 ㄨㄣ ㄉㄨˋ ㄅㄨˇ ㄔㄤˊ ㄉㄧㄢˋ ㄖㄨㄥˊ ㄑㄧˋ
(temperature compensating capacitor)簡稱TC型電容器。一種電容量隨溫度變化而可預知變化的電容器。其變化量通常為 pp^m/°C,在變化量前會標以 P 或 N,表示其為正溫度係數或負溫度係數;若標以 *NPO* 則表示溫度係數為零。

5【溫布頓網球錦標賽】 ㄨㄣ ㄅㄨˋ ㄉㄨㄣˋ ㄨㄤˇ ㄑㄧㄡˊ ㄐㄧㄣˇ ㄅㄧㄠ ㄙㄞˋ
(Wimbledon Match)‘溫布頓’原為‘英格蘭’一網球俱樂部名稱。西元1875年該俱樂部捐建二十面草地網球場,供大眾使用,使網球運動普遍流行。1877年舉行第一屆世界'溫布頓'網球公開賽,其後一屆比一屆熱烈,雖經多次戰亂也從未間斷。現爲世界最富盛名的網球大賽之一。

溰　ㄧˊ i^2 音宜
霜雪。或作皚、溰。見"集韻"。

溦　ㄨㄟ wei^1 音威
1小雨。見"說文"。2通於山谷的小溪流。見"集韻"。

溪　ㄒㄧ hsi^1 音西
山間的小河溝。後泛指小河。也作谿。見"集韻"。

滔　ㄊㄠ $t'ao^1$ 音掏
1瀰漫。見"廣韻"。2激盪。3傲慢。

4【滔天】　ㄊㄠ ㄊㄧㄢ
漫天。形容巨大。

13【滔滔】　ㄊㄠ ㄊㄠ
1水勢盛大的樣子。2普遍的樣子。3時光流逝的樣子。4言語連續不停的樣子。5陽氣蓬勃的樣子。

【滔滔不絕】　ㄊㄠ ㄊㄠ ㄅㄨˋ ㄐㄩㄝˊ
連綿不絕的樣子。1形容水勢浩大。2形容說話暢達流利。

滃　ㄩㄥ $yung^1$ 音雍
參滃湖。

12【滃湖】　ㄩㄥ ㄏㄨˊ
也稱'翁湖'。在'湖南省''岳陽縣'南。因春多水涸,故又稱'乾湖'。

滏　ㄈㄨˇ fu^3 音輔
參滏陽河。

12【滏陽河】　ㄈㄨˇ ㄧㄤˊ ㄏㄜˊ
又名'合河'、'滏水'。有二源:一出今'河北省'西南境'磁縣''神麕山''黑龍洞',一出今'河南省'北境'武安縣'南'鼓山'(即'滏山')'南巖'下,合流經'磁縣''南關',東北流,至'武強縣'南,會'滹滬河'後,即稱爲'子牙河'。

溗　ㄔㄥˊ $ch'êng^2$ 音乘
1水靜止不動。見"玉篇"。2後面的波浪凌越前面的波浪。見"廣韻"。

滐　ㄐㄧㄝˊ $chieh^2$ 音傑
1大水的樣子。見"玉篇"。2水因激盪而迴旋。見"廣韻"。

準　㈠ ㄓㄨㄣˇ $chun^3$ 音准
1水平。也指用來平物的器具。見"說文"。2法度;標準。如:以仁義爲準。3射箭的靶子。通埻。如:準的。4預備。5類似。如:準女婿。6正確。如:準確。7一定。如:準沒錯。8鼻梁。如:龍準。

㈡ ㄓㄨㄛˊ $cho^2, chuo^2$ 音拙
同㈠8。

5【準正】　ㄓㄨㄣˇ ㄓㄥˋ
非婚生子女,其生父與生母結婚者,視爲婚生子女,稱爲準正。例如甲男與乙女婚前生有丙子,於甲乙結婚後,該丙子視爲甲乙之婚生子女。

6【準式】　ㄓㄨㄣˇ ㄕˋ
準則;典則。

8【準的】　ㄓㄨㄣˇ ㄉㄧˋ
箭靶。1指目標。2標準;準則。

9【準則】　ㄓㄨㄣˇ ㄗㄜˊ
標準;法則。

10【準租】　ㄓㄨㄣˇ ㄗㄨ
(quasi-rents) 短期間供給固定之生產要素所得到的報酬。

16【準頭】　㈠ ㄓㄨㄣˇ ㄊㄡˊ
相術家稱鼻以下的部分。
㈡ ㄓㄨㄣˇ ˙ㄊㄡ
即標準。

【準衡】　ㄓㄨㄣˇ ㄏㄥˊ
平均衡量。

17【準擬】　ㄓㄨㄣˇ ㄋㄧˇ
預期;打算。

19【準繩】　ㄓㄨㄣˇ ㄕㄥˊ
1用以測驗物體是否平、直的器具。2借指權衡事物的標準或法度。

5【準平原】　ㄓㄨㄣˇ ㄆㄧㄥˊ ㄩㄢˊ
(peneplain) 河流侵蝕而成的緩起伏平原。有別於沖積平原。依侵蝕輪迴,準平原是地形演進已進入老年期,完成了一個侵蝕循環的產物。此時整個地面被河流均夷得相當平坦,呈緩起伏地形,僅有少數殘丘零星散布。

8【準物權】　ㄓㄨㄣˇ ㄨˋ ㄑㄩㄢˊ
非"民法"上之物權,而在法律上視爲物權,準用"民法"關於不動產物權之規定者。例如礦業權、漁業權。

12【準備金】　ㄓㄨㄣˇ ㄅㄟˋ ㄐㄧㄣ
(reserve fund)指預備臨時支付的金錢。如兌換準備金、支付準備金等。

【準備律】　ㄓㄨㄣˇ ㄅㄟˋ ㄌㄩˋ
(law of readiness)'美國'心理學家'桑代克'(E. L. Thorndike)的學習三定律之一。個體於準備反應之狀態下,若聽其反應,使獲滿足,則自會繼續其行爲反應。

15【準確度】　ㄓㄨㄣˇ ㄑㄩㄝˋ ㄉㄨˋ
(accuracy)指量度偏差甚微小的程度。以擬定偏差界限之值表示。

5【準占有人】　ㄓㄨㄣˇ ㄓㄢˋ ㄧㄡˇ ㄖㄣˊ
財產權不因物之占有而成立者,行使其財產權之人爲準占有人。準占有與占有不同,準占有以權利爲標的,占有以物爲標的,因此前者稱爲權利占有,後者稱爲物的占有。準占有之標的以財產權爲限,且須不因物之占有而成立之財產權,如地役權、抵押權等物權,著作權、專利權、商標權等無體財產權,以及股東權、債權、撤銷權、解除權、登記請求權等等。準占有人必須有行使財產權之意思和行使財產權之事實。關於占有之規定,例如權利之推定及事實之推定於準占有亦準用之。準占有之標的如爲繼續行使之權利,關於取得時效之規定,準用於準占有。又受領人係債權之準占有人者,以債務人不知其非債權人者爲限,有淸償之效力。

9【準則主義】　ㄓㄨㄣˇ ㄗㄜˊ ㄓㄨˇ ㄧˋ
法人設立主義的一種。法律規定

設立法人之一定的要件。如具備此法定要件，即可爲設立登記，無須經過許可。我國對於營利社團之成立即採此項主義。

11【準強姦罪】ㄓㄨㄣˇ ㄑㄧㄤˊ ㄐㄧㄢ ㄗㄨㄟˋ
姦淫未滿十四歲之未婚女子，成立準強姦罪。姦淫雖得未滿十四歲未婚女子之同意，亦無礙於本罪之成立。如實施姦淫時，係以強暴脅迫等方法，致使不能抗拒而爲之者，則逕依強姦罪處斷，無本罪之適用。

【準強盜罪】ㄓㄨㄣˇ ㄑㄧㄤˊ ㄉㄠˋ ㄗㄨㄟˋ
竊盜犯或搶奪犯因防護贓物、脫免逮捕或湮滅罪證，當場施以強暴、脅迫者，成立準強盜罪。又稱事後強盜罪。此情形原應於竊盜罪或搶奪罪外，另成立強制罪，依數罪併罰處斷，但因其強暴、脅迫之目的在防護贓物、脫免逮捕或湮滅罪證，且彼此間具有時間、空間之密切關係，故嚴其處罰，以強盜論罪。本罪係身分犯之一種，以竊盜犯或搶奪犯爲其主體，無此身分之人共同實施、教唆或幫助者，依"刑法"第三十一條第二項僅科以通常之刑，即按強制罪（"刑法"第三百零四條）論處。基於概括犯意，連續竊盜或搶奪，其中一次因防護贓物、脫免逮捕或湮滅證據而當場施以強暴、脅迫者，則依情形應論以連續強盜既遂或未遂罪。

12【準備部位】ㄓㄨㄣˇ ㄅㄟˋ ㄅㄨˋ ㄨㄟˋ
(reserve branch) 國際貨幣基金會員國，在必要時得以本國通貨向基金購買通兌通貨或特別提款權，而後於規定期間內再以通兌通貨或特別提款權購回本國通貨，這種無條件借款權利，是爲國際貨幣基金的基本信用設施(basic credit facility)之一，一般稱爲準備部位。

【準備通貨】ㄓㄨㄣˇ ㄅㄟˋ ㄊㄨㄥ ㄏㄨㄛˋ
(reserve currency)可以被其他國家持有，作爲國際準備資產的通貨。

8【準物權行爲】ㄓㄨㄣˇ ㄨˋ ㄑㄩㄢˊ ㄒㄧㄥˊ ㄨㄟˊ
以物權以外財產權（債權或無體財產權）之直接變動爲目的的法律行爲。可分爲單獨行爲（如債務免除）及準物權契約（如債權讓與、專利權、商業權、著作權等之讓與）。準物權行爲直接發生與物權行爲相同之效果。準物權行爲和物權行爲合稱爲處分行爲。

溲 ㊀ ㄙㄡ *sou*¹ 音搜
大小便。通常指小便而言。見"集韻"。
㊁ ㄙㄡˇ *sou*³ 音叟
①用水調和。見"說文"。②淘；洗。如：溲米。

溴 ㄒㄧㄡˋ *hsiu*⁴ 音嗅
①水氣。見"玉篇"。②(bromine)週期表ⅦA族元素。元素符號 Br，原子序 35，原子量 79.9。元素態是暗紅色揮發性的液體，是常溫時唯一的液態非金屬元素。分子式 Br_2，熔點 −7°C，沸點 59°C。具惡臭，會刺激眼睛、喉嚨及灼傷皮膚。

10【溴素紙】ㄒㄧㄡˋ ㄙㄨˋ ㄓˇ
也稱放大紙。表面塗有以溴化銀爲主之乳劑的感光紙。是高感度的黑白用印相紙，適用於照片放大。

滜 ㊀ ㄍㄠ *kao*¹ 音高
臯澤。通睪、臯。俗作湶。見"正字通"。
㊁ ㄏㄠˊ *hao*² 音豪
鳴叫。見"字彙補"。
㊂ ㄗㄜˊ *tsê*² 音澤
色澤。通澤。見"字彙補"。

溮 ㄕ *shih*¹ 音師
參溮水。

4【溮水】ㄕ ㄕㄨㄟˇ
又名'楊柳河'、'楊龍河'。源出'湖北省''隨縣'東北'桐柏山'支脈，入'河南省'，至'羅山縣'注入'淮河'。

溾 ㄨㄟ *wei*¹ 音威
①淹沒。見"玉篇"。②有漩渦的淵水。見"集韻"。

溜 或作澑。㊀ ㄌㄧㄡˋ *liu*⁴ 音餾
①簷下滴水處。如：屋溜。②圓滑流轉。③行列。
㊁ ㄌㄧㄡ *liu*¹
①平滑。如：滑溜。②滑行。如：溜冰。③悄悄行動。如：開溜。④滑脫。⑤很快的看一眼。⑥鑽營；討好。⑦烹飪法之一。食物用旺火沸油炒或炸好，加醋或糖勾芡，速炒成熟，使芡汁黏裹食物。如：醋溜魚片。

6【溜冰】ㄌㄧㄡ ㄅㄧㄥ
穿著滑輪鞋在水泥場地（或平坦地面）滑行的運動。動作要領與滑冰相同，在於手足的控制與身體重心的穩定。

11【溜眼】ㄌㄧㄡ ㄧㄢˇ
拋眼；飛眼。

4【溜之大吉】ㄌㄧㄡ ㄓ ㄉㄚˋ ㄐㄧˊ
偸偸溜走，最爲上策。

淪 ㄌㄨㄣˋ *lun*⁴ 音論
在水中拉船。見"集韻"。

滄 ㄘㄤ *ts'ang*¹ 音倉
①寒冷。同滄。見"說文"。②青綠色。通蒼。如：滄海。

10【滄浪】ㄘㄤ ㄌㄤˊ
青碧的水色。

【滄海】ㄘㄤ ㄏㄞˇ
①大海。②'東海'的別名。

【滄桑】ㄘㄤ ㄙㄤ
滄海桑田的略語。指世事變化無常。

13【滄溟】ㄘㄤ ㄇㄧㄥˊ
①滄海；大海。②高遠的天空。

10【滄浪詩話】ㄘㄤ ㄌㄤˊ ㄕ ㄏㄨㄚˋ
'宋'嚴羽'撰，一卷。分"詩辨"、"詩體"、"詩法"、"詩評"、"詩證"五部

分，末附"答吳景仙書"。以禪理喻詩，主張妙悟，對後代詩風影響很大。

【滄海一粟】ㄘㄤ ㄏㄞˇ ㄧ ㄙㄨˋ
大海中的一粒粟米。比喻非常渺小。

【滄海桑田】ㄘㄤ ㄏㄞˇ ㄙㄤ ㄊㄧㄢˊ
滄海變成桑田。比喻世事變幻無常。

【滄海橫流】ㄘㄤ ㄏㄞˇ ㄏㄥˊ ㄌㄧㄡˊ
大海之水到處氾濫。比喻時世動亂，造成大禍。

【滄海遺珠】ㄘㄤ ㄏㄞˇ ㄧˊ ㄓㄨ
比喻被遺漏的人才。

溵 ㄧㄣ *yin*¹ 音殷
參溵水。

4【溵水】ㄧㄣ ㄕㄨㄟˇ
源出'河南省''襄城縣'，至'安徽省''阜陽縣'入'穎水'。

溮 ㄙ *szŭ*¹, *ssŭ*¹ 音斯
水涯。見"集韻"。

滃 ㄨㄥˇ *wêng*³ 音蓊
雲氣翻湧上升。見"說文"。

12【滃渤】ㄨㄥˇ ㄅㄛˊ
氣體翻湧上騰的樣子。

滎 ㄒㄧㄥˊ *hsing*² 音刑 又讀 ㄧㄥˊ *ying*² 音縈
參滎澤。

16【滎澤】ㄧㄥˊ ㄗㄜˊ
①古澤名。故址在今'河南省''滎陽縣'治南。②舊縣名。故址在今'河南省''廣武縣'境。

㲉 瀫的或體。

滕 ㄊㄥˊ *t'êng*² 音騰
①水從下向上湧起。通騰。見"說文"。②古國名。在今'山東省''滕縣'。見"字彙"。

11

滵 ㄇㄧˋ *mi*⁴ 音密
水流動的樣子。見"玉篇"。

滱 ㄎㄡˋ *k'ou*⁴ 音寇
參滱水。

4【滱水】ㄎㄡˋ ㄕㄨㄟˇ
古水名。即'唐河'。源出'山西省''靈邱'西，東北流入'河北省'，注入'大清河'。

演 ㄧㄢˇ *yen*³ 音衍
①水向遠方流。見"說文"。②推衍；推廣。③水土通氣。即滋潤。④表現；展示。如：演唱。

4【演化】ㄧㄢˇ ㄏㄨㄚˋ
①推廣教化。②(evolution)原始生物在地球上出現後，其後代便隨著地球環境之改變而漸漸演變的過程。

7【演技】ㄧㄢˇ ㄐㄧˋ
表演的技術。

8【演武】ㄧㄢˇ ㄨˇ
練習武藝。

11【演習】ㄧㄢˇ ㄒㄧˊ
照既有的規則或預擬的情況進行練習。

【演唱】ㄧㄢˇ ㄔㄤˋ
表演歌唱。

12【演進】ㄧㄢˇ ㄐㄧㄣˋ
逐漸進展變化。

13【演義】㊀ ㄧㄢˇ ㄧˋ
①推廣並闡發義理。②古代長篇章回小說的一體。其形式來自講史性的話本，內容則根據史事，加入傳聞，擴大敷演而成。如"三國演義"、"隋唐演義"。
㊁ ㄧㄢˇ ˙ㄧ
誇張。

14【演漾】ㄧㄢˇ ㄧㄤˋ
流蕩起伏的樣子。

【演算】ㄧㄢˇ ㄙㄨㄢˋ
練習數學題；計算數學題。

19【演繹】ㄧㄢˇ ㄧˋ
①推演引申。②(deduction)與歸納相對。由前提到結論之推論程序，其間具有必然的關係者。

14【演算法】ㄧㄢˇ ㄙㄨㄢˋ ㄈㄚˇ
(algorithm)由一組定義清楚之演算規則依特定之順序安排而成一種解決問題的方法。依演算法逐步操作，在有限運算步驟可以得到問題所需之結果或解答。

漃 ㄐㄧˊ *chi*² 音寂
無聲。同寂。見"說文"。

漥 ㄨㄚ *wa*¹ 音挖
①清水。見"說文"。②池塘。也作洼、洿。見"集韻"。③凹下。如：漥下。

漳 ㄓㄤ *chang*¹ 音章
參漳江。

6【漳江】ㄓㄤ ㄐㄧㄤ
又名'九龍江'。位於'福建'南部。古名'瘴江'，以古代'福建'沿海多瘴癘之氣，因以為名。上游源出'龍岩'、'漳平'，東南流經'華安'、'龍溪'('漳州')，注入'廈門灣'。

滰 ㄐㄧㄥˋ *ching*⁴ 音竟
濾乾淘米水。見"說文"。

滴 ㄉㄧ *ti*¹ 音低
①水點。見"字彙"。②液體點點下落。如：滴水。③量詞。液體一點為一滴。

8【滴定】ㄉㄧ ㄉㄧㄥˋ
(titration)用一種已知濃度之溶液，來測定另一種溶液之濃度或體積的方法。

12【滴答】ㄉㄧ ㄉㄚ
狀聲詞。形容鐘聲或雨聲。

19【滴瀝】ㄉㄧ ㄌㄧˋ
①水下滴。②形容很有節奏的滴水聲。

13【滴溜溜】ㄉㄧ ㄌㄧㄡ ㄌㄧㄡ
圓滑流轉的樣子。

14【滴滴涕】˙ㄉㄧ ˙ㄉㄧ ㄊㄧˋ
(DDT)參二氯二苯三氯乙烷。

18【滴濾法】ㄉㄧ ㄌㄩˋ ㄈㄚˇ
(trickling filter process)將汙水連續散滴流入於碎石或有孔材料互相重疊之濾床上，使與微生物膜接觸，進行好氧性處理的方法。

4【滴水穿石】ㄉㄧ ㄕㄨㄟˇ ㄔㄨㄢ ㄕˊ
不斷滴落的水滴可穿透石頭。比喻有恆必可成功。

滸 ㄏㄨˇ *hu*³ 音虎
①'淮水'的支流。見"爾雅·釋水"。②水邊離岸較遠的平地。見"爾雅·釋丘"。

漷 ㄎㄨㄛˋ k'o^{4}, k'uo^{4} 音廓
[1]水名。參漷水。[2]州名。故城在今'河北省''通縣'南。

4【漷水】 ㄎㄨㄛˋ ㄕㄨㄟˇ
[1]俗稱'南沙河'。源出'山東省''泰山'南麓，在'江蘇省''沛縣'注入'大運河'。[2]又名'漷河'。在'河北省''通縣'南。

滻 ㄔㄢˇ ch'an^{3} 音產
流淚的樣子。見"玉篇"。

滾 ㄍㄨㄣˇ kun^{3} 音袞
[1]大水奔流的樣子。見"集韻"。[2]水沸。[3]旋轉；轉動。如：翻滾。[4]鑲上。如：滾邊。

5【滾石】 ㄍㄨㄣˇ ㄕˊ
(boulder)直徑大於30cm的圓形石塊。常因風化及磨耗而形成。

7【滾利】 ㄍㄨㄣˇ ㄌㄧˋ
滋生利息。

8【滾軋】 ㄍㄨㄣˇ ㄧㄚˋ
(rolling)將上下兩軋輥各反向轉動，軋輾胚料於中間的加工法。此作業屬於轉動型直接延壓的塑性加工，能將胚料斷面積高度縮減變化。

15【滾熱】 ㄍㄨㄣˇ ㄖㄜˋ
極熱。

11【滾雪球】 ㄍㄨㄣˇ ㄒㄩㄝˇ ㄑㄧㄡˊ
比喻越來越大、越多。

15【滾齒法】 ㄍㄨㄣˇ ㄔˇ ㄈㄚˇ
(hobbing)經由滾齒刀和齒輪胚料之相對運動而完成切齒加工的方法。其加工速度非常快。

3【滾子軸承】 ㄍㄨㄣˇ ·ㄗ ㄓㄡˊ ㄔㄥˊ
(roller bearing)又稱滾柱軸承。滾動部分為圓柱形的軸承。滾柱受力為線接觸，故其負荷能量較滾珠為大。

5【滾瓜爛熟】 ㄍㄨㄣˇ ㄍㄨㄚ ㄌㄢˋ ㄕㄡˊ
比喻非常純熟。

11【滾動軸承】 ㄍㄨㄣˇ ㄉㄨㄥˋ ㄓㄡˊ ㄔㄥˊ
(rolling bearing)把鋼珠或滾子放進軸承與軸間的接觸面，藉以做滾動接觸的軸承。其較一般滑動軸承摩擦係數小，但對衝擊與重負荷之性能不佳。

【滾動摩擦】 ㄍㄨㄣˇ ㄉㄨㄥˋ ㄇㄛˊ ㄘㄚ
(rolling friction)一物體在另一物體面上滾動所受的阻力。滾動摩擦一般遠比滑動摩擦為小，而其產生的原因係由於兩物體在接觸部分發生變形的結果。

10【滾珠軸承壽命】 ㄍㄨㄣˇ ㄓㄨ ㄓㄡˊ ㄔㄥˊ ㄕㄡˋ ㄇㄧㄥˋ
(life of ball bearing)軸承運轉時，環或任何滾動元件之材料開始有疲勞跡象前的轉數，或某一轉速下的小時數。

漓 ㄌㄧˊ li^{2} 音離
[1]水滲入地下。見"廣韻"。[2]酒薄。見"說文通訓定聲"。[3]泛指澆薄。如：棄漓歸厚。

漮 ㄎㄤ k'ang^{1} 音康
[1]水名。在今'河南省'。見"集韻"。[2]空虛。見"字彙"。

滽 ㄩㄥˊ yung^{2} 音顒
參滽滽。

14【滽滽】 ㄩㄥˊ ㄩㄥˊ
水名。即'滽滽水'。又名'長泉水'。源出今'河南省''新安縣'北，注入'黃河'。

漉 ㄌㄨˋ lu^{4} 音祿
也作淥。[1]水滲出。見"廣雅·釋言"。[2]乾涸。見"玉篇"。[3]過濾。見"字彙"。

14【漉漉】 ㄌㄨˋ ㄌㄨˋ
[1]液體滲出的樣子。[2]溼潤的樣子。

漩 ㄒㄩㄢˊ hsüan^{2} 音旋 又讀 ㄒㄩㄢˋ hsüan^{4} 音絢
[1]回旋的水流。見"說文"。[2]水流旋轉。見"字彙"。

12【漩渦】 ㄒㄩㄢˊ ㄨㄛ
[1]水環流所造成中心較低的螺旋形水渦。[2]比喻複雜糾纏的境地。

【漩渦主義】 ㄒㄩㄢˊ ㄨㄛ ㄓㄨˇ ㄧˋ
(vorticism)西元1912～1914年出現於'英國'的短暫抽象化美術運動。受到未來派的衝擊，以'路易斯'(Wyndham Lewis)為首的年輕畫家，為了反抗'英國'保守的寫實主義繪畫，於是出版一書刊"暴風"(*Blast*)，主張世界受機器所包圍，簡潔化、單純化的抽象化造形並不亞於自然，遂如立體派似地將形象還原於抽象之幾何造形，以表達機器化的世界。代表畫家尚有'奈賓遜'(Nevinson)、'龐柏格'(Bomberg)和'羅勃'(Roberts)等。

漾 ㄧㄤˋ yang^{4} 音樣
[1]水名。古作'瀁'。參漾水。[2]水流長遠。[3]水波搖動。[4]浮行水上。如：漾舟。

4【漾水】 ㄧㄤˋ ㄕㄨㄟˇ
源出今'陝西省''寧強縣'南'嶓冢山'。東流為'沔'，自'南鄭'以東，稱為'漢水'。

17【漾濞】 ㄧㄤˋ ㄆㄧˋ
水名。源出於今'雲南省''劍川縣'北。南流至'洱源縣'西合'白石江'，名'漾濞江'；至'漾濞縣'東南，與'勝備江'合流，稱'黑惠河'，南流注入'瀾滄江'。

潎 ㄆㄧˋ p'i^{4} 音僻
[1]在水中漂洗衣絮等物。同澼。見"說文"。[2]魚在水中游行的樣子。見"廣韻"。

漬 ㄗˋ tzŭ^{4} 音自
[1]淹泡；沾染。見"說文"。[2]病重；重病。如：大漬。

溜 ㄒㄧˊ hsi^{2} 音習
影。見"玉篇"。

漻 ㄌㄧㄠˊ liao^{2} 音聊
[1]水深而清。見"說文"。[2]流動；流通。如：漻水。[3]寂靜。通寥。如：寂漻。

滶 ㄠˊ ao^{2} 音遨
水名。參滶水。

4【滶水】 ㄠˊ ㄕㄨㄟˇ
也叫'石河'。源出'河南省''魯山縣'西北，至'寶豐縣'西北入'汝水'。

漣 ㄌㄧㄢˊ *lien*^{2} 音連

①水名。參漣水。②風吹水面所起的小波紋。如:漣漪。③流淚的樣子。

4【漣水】ㄌㄧㄢˊ ㄕㄨㄟˇ

①即'沭水'的下流。在今'江蘇省'境。自'東海縣'東的'黑土灣渡'入海。②源出今'湖南省''邵陽縣'東北的'龍山',至'湘潭縣'西南,注入'湘水'。

6【漣如】ㄌㄧㄢˊ ㄖㄨˊ

哭泣流淚的樣子。

8【漣波】ㄌㄧㄢˊ ㄅㄛ

(ripple) 在直流電源供應器中電源所產生之直流中的交流分量。一般包括未分類的雜訊。

14【漣漪】ㄌㄧㄢˊ ㄧ

水面微小的波紋。也作漣猗。

8【漣波電壓百分比】ㄌㄧㄢˊ ㄅㄛ ㄉㄧㄢˋ ㄧㄚ ㄅㄞˇ ㄈㄣ ㄅㄧˇ

(percent of ripple voltage) 漣波電壓有效值與總電壓平均值之比。通常以百分數表示。

漸 ㊀ ㄐㄧㄢ *chien*^{1} 音尖

①沾溼;浸漬。見"廣雅·釋詁"。②浸染;感化。如:漸染。③流入。如:東漸於海。

漸卦圖

㊁ ㄐㄧㄢˋ *chien*^{4} 音件

①水名。參漸水。②慢慢地。如:循序漸進。③疏導。④"易"卦名。六十四卦之一。艮下巽上。

4【漸水】ㄐㄧㄢˋ ㄕㄨㄟˇ

在今'湖南省''常德縣'北,東南流入'沅江'。

9【漸染】ㄐㄧㄢ ㄖㄢˇ

習染;積久成習。

【漸洳】ㄐㄧㄢ ㄖㄨˋ

指泥濘。

10【漸悟】ㄐㄧㄢˋ ㄨˋ

對頓悟而言。佛教認爲眾生雖都具有佛性,但因多生障惑,必須逐漸、累世的修行,才能悟道,達到成佛的境界。

12【漸進】ㄐㄧㄢˋ ㄐㄧㄣˋ

逐漸前進或發展。

14【漸漬】ㄐㄧㄢ ㄗˋ

沾染;感化。

15【漸摩】ㄐㄧㄢ ㄇㄛˊ

浸潤砥礪。比喻長期的陶冶教化。

7【漸伸線】ㄐㄧㄢˋ ㄕㄣ ㄒㄧㄢˋ

(involute) 爲一發展曲線。假想一曲線E及其上定點Q,則當此曲線伸直時,$\widehat{PQ}$這段弧改用切線段$\overline{PT}$代替,T點的軌跡I爲漸伸線。換言之,曲線I的曲率中心軌跡爲E時,I爲E的漸伸線。如圖。

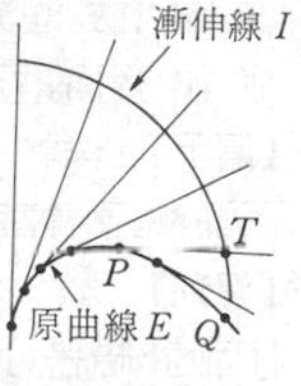

漸伸線圖

8【漸近線】ㄐㄧㄢˋ ㄐㄧㄣˋ ㄒㄧㄢˋ

(asymptote) 設點P在平面曲線上移動,若P距定點愈走愈遠,則P與某定直線愈走愈靠近,則稱此直線爲曲線的漸近線(通常要求此曲線不能與此直線相交無窮多次)。若把曲線視爲函數$f(x)$的圖形,則漸近線更可以解析形式加以定義:若$\lim_{x\to\infty}[ax+b-f(x)]=0$,則$y=ax+b$爲漸近線。當$a\neq0$時爲斜漸近線,$a=0$時爲水平漸近線。若$\lim_{x\to c^{+}}f(x)=\infty$ 或 $\lim_{x\to c^{-}}f(x)=\infty$,則$x=c$爲$f(x)$的垂直漸近線。如圖㈠爲'笛卡兒'葉形線,方程式$x^3+y^3-3xy=0$,有斜漸近線$x+y+1=0$;圖㈡爲等軸雙曲線,方程式$y=\frac{1}{x}$,有水平漸近線$y=0$及垂直漸近線$x=0$。

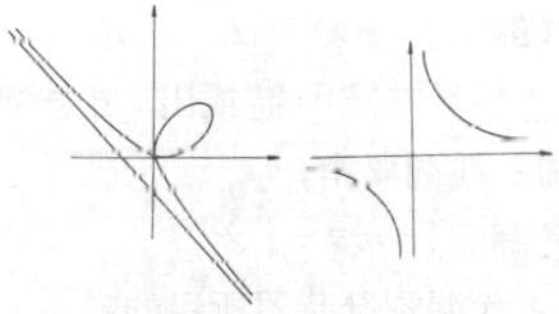
㈠笛卡兒葉形線圖　㈡等軸雙曲線圖

2【漸入佳境】ㄐㄧㄢˋ ㄖㄨˋ ㄐㄧㄚ ㄐㄧㄥˋ

比喻境遇逐漸轉好或趣味漸濃。

4【漸不可長】ㄐㄧㄢ ㄅㄨˋ ㄎㄜˇ ㄓㄤˇ

逐漸形成的壞事之端,不可以讓它蔓延、擴大。

【漸仁摩誼】ㄐㄧㄢ ㄖㄣˊ ㄇㄛˊ ㄧˋ

以仁義教育陶冶民眾。

漙 ㄊㄨㄢˊ *t'uan*^{2} 音團

參漙漙。

14【漙漙】ㄊㄨㄢˊ ㄊㄨㄢˊ

露多的樣子。

漲 ㊀ ㄓㄤˋ *chang*^{4} 音帳

①湧起。②擴張。③瀰漫。

㊁ ㄓㄤˇ *chang*^{3} 音掌

①水位增高。見"集韻"。②泛指增高。如:漲價。

15【漲潮】ㄓㄤˇ ㄔㄠˊ

(flood tide)指低潮(乾潮)之後,海水面向高潮(滿潮)進潮的海水運動過程。漲潮時,海水可淹沒潮間帶的沙灘、波蝕棚、沼澤地等。潮水若湧進三角江或谷灣,每激起很高的高潮,如我國'錢塘江'口著名的'錢塘'潮。

11【漲停板】ㄓㄤˇ ㄊㄧㄥˊ ㄅㄢˇ

與跌停板相對。指一交易日中,某種股票的盤價漲幅到達前一交易日收盤價的法定百分比。此時盤價不得再漲,目的在防止股價大幅波動。

15【漲價歸公】ㄓㄤˇ ㄐㄧㄚˋ ㄍㄨㄟ ㄍㄨㄥ

(the increment belongs to the public) 指土地漲價部分的利益歸屬於社會全體享受。此爲國父'孫中山'先生在平均地權方面的重要主張,認爲土地漲價係社會改良和工商業進步所致,故利益應歸公有。我國目前土地增值稅的課徵,雖未將漲價部分全部歸公,但亦符合歸公之理想。

漚 ㊀ ㄡˋ *ou*^{4} 音慪

浸泡。見"說文"。

㊁ ㄡ *ou*^{1} 音謳

①水泡。見"集韻"。②水鳥名。通鷗。見"說文通訓定聲"。

漕 ㊀ ㄘㄠˊ ts'ao² 音曹
[1]水路運糧食。見"說文"。[2]河渠；水溝。[3]姓。'漢'有'漕中叔'。見"漢書·游俠傳·原涉"。
㊁ ㄗㄠˋ tsao⁴ 音造
㊀[1]、[3]的又讀。

潄 漱的俗體。

漱 ㊀ ㄙㄡˋ sou⁴ 音嗽
[1]用水清洗口腔。見"說文"。[2]洗滌。
㊁ ㄕㄨˋ shu⁴ 音樹
同㊀[1]。

5【漱玉詞】ㄙㄡˋ ㄩˋ ㄘˊ
'南宋''李淸照'撰，一卷。存詞十七首，大多以白描手法抒寫身世之感，淒切動人。

漒 ㄑㄧㄤˊ ch'iang² 音強
水名。在'河南'。見"集韻"。

漂 ㊀ ㄆㄧㄠ p'iao¹ 音飄
[1]浮動不定。見"說文"。[2]搖動。見"字彙"。
㊁ ㄆㄧㄠˇ p'iao³ 音縹
沖洗。如：漂白。
㊂ ㄆㄧㄠˋ p'iao⁴ 音票
色彩鮮明。如：漂亮。

7【漂沙】ㄆㄧㄠ ㄕㄚ
沿岸海流中挾帶的移動物質。如沙、礫、泥土等。

8【漂泊】ㄆㄧㄠ ㄅㄛˊ
[1]隨著水流漂浮或停泊。[2]比喻隨處流寓，居無定所。

9【漂流】ㄆㄧㄠ ㄌㄧㄡˊ
[1]在水面漂浮流動。[2]即漂泊。[3]海水表面爲定風所吹時，所產生的浮面洋流。

16【漂蕩】ㄆㄧㄠ ㄉㄤˋ
[1]漂浮不定。[2]比喻居無定所。

5【漂白粉】ㄆㄧㄠˇ ㄅㄞˊ ㄈㄣˇ
(bleaching powder)一種具有氯之刺激臭味的白色粉末。學名氯化次氯酸鈣〔Ca(OCl)Cl〕。可將氯氣通入生石灰或熟石灰中而製得。常用做漂白劑及消毒劑。

11【漂移電流】ㄆㄧㄠ ㄧˊ ㄉㄧㄢˋ ㄌㄧㄡˊ
(drift current)半導體材料中，由於外加電場而引起導電載子移動所形成的電流。

漏 ㄌㄡˋ lou⁴ 音陋
[1]古代計時器。參漏刻[1]。[2]穿透；洩露。如：洩漏機密。[3]孔穴。如：漏孔。[4]遺落；脫落。如：遺漏。[5]引誘。[6]流血流膿不止的病症。如：痔漏。[7]佛家語。指煩惱。

3【漏子】ㄌㄡˋ ˙ㄗ
[1]漏斗。[2]言語或事物的缺失。

8【漏刻】ㄌㄡˋ ㄎㄜˋ
[1]古計時器。以一組漏壺盛水，依次上下承接，最下壺插入有刻度之漏箭。因水自上壺滴漏，箭上刻度漸露，據以推知時刻。[2]頃刻。

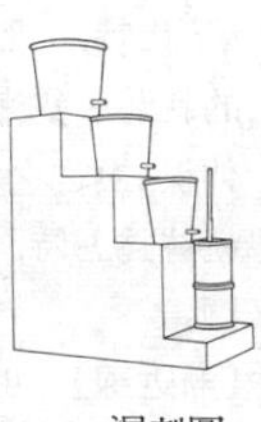
漏刻圖

【漏夜】ㄌㄡˋ ㄧㄝˋ
深夜；連夜。

9【漏洞】ㄌㄡˋ ㄉㄨㄥˋ
[1]破洞。[2]泛指缺失。

【漏風】ㄌㄡˋ ㄈㄥ
[1]風從空隙中進或出。[2]走漏風聲；洩漏祕密。

12【漏壺】ㄌㄡˋ ㄏㄨˊ
古代漏刻計時器所用的壺。

13【漏電】ㄌㄡˋ ㄉㄧㄢˋ
(leakage)因不良絕緣所造成的電耗損。

14【漏盡】ㄌㄡˋ ㄐㄧㄣˋ
[1]天將亮時。[2]比喻晚年。

【漏網】ㄌㄡˋ ㄨㄤˇ
[1]逃脫法網。[2]比喻法條寬疏。

【漏網之魚】ㄌㄡˋ ㄨㄤˇ ㄓ ㄩˊ
比喻脫身倖免的人。

潳 ㄊㄨˊ t'u² 音徒
或作潳。[1]山名。在'南郡'。見"集韻"。[2]水名。在'南郡'。見"字彙"。

湏 ㄉㄧㄥˇ ting³ 音頂
參湏濘。

17【湏濘】ㄉㄧㄥˇ ㄋㄧㄥˋ
水沸騰的樣子。

漧 ㄍㄢ kan¹ 音干
乾燥；沒有水分。也作乾。見"玉篇"。

漌 ㄐㄧㄣˇ chin³ 音謹
淸。見"廣韻"。

漢 ㄏㄢˋ han⁴ 音汗
[1]水名。參漢水。[2]銀河。見"字彙"。[3]種族名。爲我國人口最多的民族。[4]朝代名。⑴(前202～後220)'劉邦'滅'秦'、敗'項羽'後所建，國號'漢'，都'長安'(今'陝西''長安')。分爲'西漢'、'東漢'。參西漢、東漢。⑵三國之一。即'劉備'所建'蜀漢'。參蜀漢。⑶五代之一。即'劉知遠'所建'後漢'。參後漢[2]。[5]'漢口市'的簡稱。[6]男子。如：彪形大漢。[7]姓。五代有'漢倫'。見"萬姓統譜·一〇一"。

4【漢水】ㄏㄢˋ ㄕㄨㄟˇ
'長江'最大支流。發源於'陝西省'西南隅'寧強縣'的'嶓冢山'。向東流入'湖北省'境內，再轉東南流，納'白河'後南流，經'潛江'而東流，於'漢口市'注入'長江'。全長1,700公里，航運發達。

【漢化】ㄏㄢˋ ㄏㄨㄚˋ
受'漢族'文化感染薰陶，風俗習尙化爲'漢'式。

6【漢江】ㄏㄢˋ ㄐㄧㄤ
(Han-gang R.)位於'朝鮮半島'(Korea Pen.)中部，源出'大白山脈'(T'aebaek sanmaek Mts.)，西流經'漢城'，折向西北，注入'江華灣'(Kanghwa-man Bay)。全長514公里。

【漢奸】ㄏㄢˋ ㄐㄧㄢ
甘心受外國人利用而爲害國家的人。

9【漢軍】ㄏㄢˋ ㄐㄩㄣ
[1]指'漢'朝的軍隊。[2]指'元朝'以'漢'人所編成的軍隊。[3]'淸'初按'滿洲'兵制，專以降'淸'的'漢'人所編成的軍隊。共八旗。

【漢城】ㄏㄢˋ ㄔㄥˊ

(Seoul)‘南韓’首都‘首爾’的舊稱。位‘漢江’(Hangang R.)下游北岸。北有‘北漢山’,南有‘南漢山’、‘冠岳山’,形勢險要。古為‘高麗’(Korea)首都,現為‘南韓’經濟、交通中心及最大城。以‘仁川’(Inchon)為外港。人口1,037.3萬(2000年)。

10【漢書】ㄏㄢˋ ㄕㄨ
二十五史之一。‘東漢’‘班固’撰,一百二十卷。此書歷經‘班彪’、‘班固’、‘班昭’、‘馬續’四人之手,而‘班固’之功居多,故署名爲‘班固’撰。其體例仿“史記”,惟將世家併入列傳,並專記‘西漢’一代歷史,爲我國正史中斷代史之祖。

11【漢族】ㄏㄢˋ ㄗㄨˊ
構成‘中華民族’的最大族系。故一般稱‘中國’人為‘漢’人。其發展係以上古中原地區‘華夏’系為主體,歷經各代再混入各族系而成。人口共約有123,126萬(2005年),占全國總人數93%強,分布於全國各地,並有兩千多萬海外‘華’僑,遍布世界各地。生產方式以農耕為主,而今漸趨工業化。宗教信仰自由。

12【漢陽】ㄏㄢˋ ㄧㄤˊ
縣名。位於‘湖北省’東部,濱‘長江’和‘漢水’匯流處的西岸。與‘武昌’、‘漢口市’隔‘江’相望,成鼎足之勢,有鐵路及輪渡相通。是著名的工業都市,以鋼鐵廠、兵工廠最爲著名。

【漢堡】ㄏㄢˋ ㄅㄠˇ
1 (Hamburg)‘德國’最大城、最大商港、鐵路樞紐及造船業中心。跨‘易北河’下游兩岸,距海百餘公里,5萬噸海輪可直達。兩岸市區有河底隧道相連,內港有各種專用碼頭,外港為自由港。電子、石油加工、冶金、機械、食品及電器工業均盛,貿易額占全國之半。人口173.7萬(2004年)。2 (hamburger)以切開之圓形麵包夾煎碎牛肉餅的食品。

16【漢學】ㄏㄢˋ ㄒㄩㄝˊ
1指‘漢’儒考據訓詁的學問。與‘宋’學相對。2外國人稱我國的學術。

18【漢簡】ㄏㄢˋ ㄐㄧㄢˇ
‘漢代’遺留下來刻有文字的竹簡和木牘。‘清’末以來,在‘敦煌’等處發現,以‘民國’十九年西北科學考察團在‘甘肅’‘居延’附近所發現的爲最多。就內容而言,上從皇帝的詔令,下至普通人民的書信、帳簿等都有。

3【漢口市】ㄏㄢˋ ㄎㄡˇ ㄕˋ
直轄市。古稱‘夏口’。地當‘漢水’入‘長江’會口東岸。和‘武昌’、‘漢陽’分別隔‘江’相望。因地勢平衍,水陸稱便,自古商業發達,而與‘廣東省’‘佛山’、‘江西省’‘景德’、‘河南省’‘賒旗’合稱爲我國四大名鎮。現‘江’‘漢’碼頭廣闊,水運發達,是‘華’洋百貨中部集散地;又有數條鐵路交會,使‘漢口市’特具商業和交通機能。

4【漢文帝】ㄏㄢˋ ㄨㄣˊ ㄉㄧˋ
(前202～前157)‘高祖’之子,名‘恆’。‘高祖’平定‘代’地,立爲‘代王’。‘呂后’死,‘周勃’、‘陳平’等平定諸‘呂’之亂,迎立爲帝。即位後,仁慈恭儉,以德化民,天下大治,史家將之與子‘景帝’並舉,稱爲‘文’‘景’之治。

5【漢尼拔】ㄏㄢˋ ㄋㄧˊ ㄅㄚˊ
(Hannibal,前247～前183)‘迦太基’名將。第二次‘布匿’戰爭時,與‘羅馬’交戰屢捷。後爲‘羅馬’將領‘西庇阿’(Pub. C. Scipio, Africanus Major)所敗,出奔‘敘利亞’,‘羅馬’人追捕甚急,因而仰毒自殺。

【漢石例】ㄏㄢˋ ㄕˊ ㄌㄧˋ
‘清’‘劉寶楠’撰,六卷。收‘東漢’碑碣之文,說明其體例。

8【漢武帝】ㄏㄢˋ ㄨˇ ㄉㄧˋ
(前156～前87)‘景帝’子,名‘徹’。即位後,興學崇儒,置五經博士;對外開拓疆土,通‘西域’,定‘南越’、‘東越’、‘朝鮮’,平‘滇’及西南夷,逐‘匈奴’,破‘樓蘭’、‘車師’諸國,版圖大爲擴增。在位五十四年。

漢武帝像

【漢明碼】ㄏㄢˋ ㄇㄧㄥˊ ㄇㄚˇ
(Hamming code)資訊編碼的一種。具有自動校誤的功能,能自動檢查錯誤且自動改正錯誤,故亦是一種錯誤校正碼。

10【漢宮秋】ㄏㄢˋ ㄍㄨㄥ ㄑㄧㄡ
‘元’雜劇名作。全名“破幽夢孤鴈漢宮秋”。‘馬致遠’撰。演‘漢代’‘王昭君’和親故事,著重刻畫‘漢元帝’對‘昭君’的思念,細膩動人。

【漢高祖】ㄏㄢˋ ㄍㄠ ㄗㄨˇ
(前256～前195)‘漢’開國君主。姓‘劉’,名‘邦’,字‘季’,‘沛’‘豐邑’(今‘江蘇’‘豐縣’)人。初爲‘泗上’亭長,‘沛’人擁立爲‘沛公’。與‘項羽’同伐‘秦’,後滅‘羽’而有天下,國號‘漢’,都‘長安’。在位十二年崩。

漢高祖像

12【漢景帝】ㄏㄢˋ ㄐㄧㄥˇ ㄉㄧˋ
(前188～前141)‘文帝’長子,名‘啟’,字‘開’。即位後,節儉愛民,改田賦十五稅一爲三十稅一。後用‘鼂錯’計,削諸侯封地;又平定‘吳’‘楚’七國之亂,鞏固中央集權。在位十六年。

20【漢獻帝】ㄏㄢˋ ㄒㄧㄢˋ ㄉㄧˋ
(181～234)‘靈帝’之子,名‘協’。在位三十一年,被‘曹丕’廢爲‘山陽公’,‘東漢’亡。

6【漢光武帝】ㄏㄢˋ ㄍㄨㄤ ㄨˇ ㄉㄧˋ
(前6～後57)‘漢高祖’九世孫,名‘秀’,字‘文叔’。少長於民間,王莽

漢光武帝像

篡'漢',盜賊蠭起,'光武'起兵'舂陵',受命於'更始帝''劉玄',破'莽'軍於'昆陽',旋即帝位,定都'洛陽',是爲'東漢'。在位三十三年。

8【漢明間距】ㄏㄢˋ ㄇㄧㄥˊ ㄐㄧㄢ ㄐㄩˋ

(Hamming distance)具有相同長度之兩個二進位數,其相對應數元不同的個數。如二數010101與110010之'漢明'間距爲4。

12【漢堡規則】ㄏㄢˋ ㄅㄠˇ ㄍㄨㄟ ㄗㄜˊ

(*The Hamburg Rules*)西元1924年各主要海商國制定"海牙規則"時,即希望"海牙規則"成爲海上貨物運送的唯一準據法。然而,由於該規則部分條文用語模糊,常引起爭執,且其內容偏重保護運送人;至1960年代,新興國家在國際貿易上抬頭,便倡言修改"海牙規則"。於是'聯合國國際貿易委員會'(UNCITRAL)在新興國家支持下,於1978年在'西德''漢堡市'召開'國際海事外交會議',通過"聯合國海上貨物運送公約"(*United Nations Convention on the Carriage of Goods by Sea*),正式定名爲"漢堡規則",以取代主宰國際海上貨物運送達五十年的"海牙規則"。本規則最主要內容爲:一、確定今後海上貨物運送契約法規總體的雛型。其立法適用範圍甚大,除確定運送契約的定義外,並包括連續運送、聯運等其他運送,但明確排除傭船契約對本規則的適用性;二、擴大運送人的責任期間;三、規定運送人的責任採推定過失責任主義;四、增列延遲交付的賠償責任。

4【漢天師世家】ㄏㄢˋ ㄊㄧㄢ ㄕ ㄕˋ ㄐㄧㄚ

'明'四十二代天師'張正常'等撰,四卷。第一卷爲序文五篇,第二至第四卷記載從第一代天師'張道陵'至第四十九代天師'張永緒'諸人事跡,編末載有'明'初四十三代天師'張宇初'的後序及'萬曆'三十五年(1607)五十代天師'張國祥'的校記。收入"道藏"。

8【漢武帝內傳】ㄏㄢˋ ㄨˇ ㄉㄧˋ ㄋㄟˋ ㄓㄨㄢˋ

舊題'漢''東方朔'撰,一作'漢''班固'撰,又說出於'東晉''葛洪'之手,當爲'東晉'末'王靈期'等一類人所依託,一卷。乃輯錄多種上清經系仙傳、道經而成,寫'漢武帝'出生、求仙、殯葬等神異故事。著重描寫'西王母'、'上元夫人'降臨'漢'宮,'武帝'接待的情節,藉以宣揚道教的符籙和修煉。收入"道藏"。

10【漢書藝文志】ㄏㄢˋ ㄕㄨ ㄧˋ ㄨㄣˊ ㄓˋ

"漢書"十志之一。'班固'根據'劉向''別錄"及'劉歆'"七略"的體制編成。分六藝、諸子、詩賦、兵書、術數、方技六略,每略分家計篇,共收書三十八種,五百九十六家。是我國現存最早的目錄學文獻。後代史書之載錄典籍多依其體制。

15【漢摩拉比法典】ㄏㄢˋ ㄇㄛˊ ㄌㄚ ㄅㄧˇ ㄈㄚˇ ㄉㄧㄢˇ

(*Code of Hammurabi*)世界上最早的一部成文法典。爲'巴比倫'王'漢摩拉比'約在西元前1750年頒布。法典是以楔形文字刻於石塊上,共285條,內容包括:社會上,有關親屬、財產等各種社會關係;商業上,有關契約、貸款和負債等;刑罰上,則主要以報復方式來治罪。

18【漢魏六朝百三名家集】ㄏㄢˋ ㄨㄟˋ ㄌㄧㄡˋ ㄔㄠˊ ㄅㄞˇ ㄙㄢ ㄇㄧㄥˊ ㄐㄧㄚ ㄐㄧˊ

'明''張溥'編,一百十八卷。以'張燮'"七十二家集"爲主,參取'馮惟訥'"古詩紀"、'梅鼎祚'"歷代文紀"彙編而成。自'漢''賈誼'至'隋''薛道衡',凡作者一百零三人。頗有貪多務得,考證不精之失,然'唐'以前作者遺篇,藉此可見其梗概。

滿 ㄇㄢˇ man³

1充實;盈溢。見"說文"。2全;普遍。如:滿地是花。3驕傲自足。如:滿招損。4已到一定的期限。5欺謾。如:滿讕。6種族名。'滿洲族'的簡稱。7姓。'漢'有'滿昌'。見"漢書·儒林傳·后蒼"。

7【滿孝】ㄇㄢˇ ㄒㄧㄠˋ

孝服期滿。

9【滿限】ㄇㄢˇ ㄒㄧㄢˋ

期限屆滿。

11【滿清】ㄇㄢˇ ㄑㄧㄥ

指'滿'人所建的'清朝'。

【滿貫】ㄇㄢˇ ㄍㄨㄢˋ

1張弓使滿。比喻做事做到極限。後世以罪惡滿盈爲滿貫。2橋牌術語。叫牌到六階,稱小滿貫,七階稱大滿貫。3麻將牌稱和牌計數的極限。

【滿舵】ㄇㄢˇ ㄉㄨㄛˋ

儘量將舵柄或舵輪指向左方或右方的舵令。

13【滿載】ㄇㄢˇ ㄗㄞˋ

(full & down)係載貨重量與載貨容積全然發揮其作用之謂。大致可別爲重量滿載與容積滿載兩種。

15【滿潮】ㄇㄢˇ ㄔㄠˊ

又稱高潮。地球表面的海水,因天體引潮力的作用,水位會產生週期性變動的現象。每當引潮力逐漸增加,使海水水位達最高點時,稱爲滿潮。

18【滿額】ㄇㄢˇ ㄜˊ

限定的名額已足。

19【滿懷】ㄇㄢˇ ㄏㄨㄞˊ

充滿胸中。

4【滿天星】ㄇㄢˇ ㄊㄧㄢ ㄒㄧㄥ

(*Alternanthera sessilis*)一年生

草本植物。莖多分枝，葉對生；花白色，聚成頭狀，1～4個生於葉腋。分布於我國東南、西南部及‘印度’、‘越南’等地。生長在水邊、田埂的雜草中，嫩葉可作野菜和飼料。

滿天星圖

9【滿洲族】 ㄇㄢˇ ㄓㄡ ㄗㄨˊ
我國少數民族之一。原住東北地方，至‘明’末強盛，後建立‘大清帝國’。今人口約有1,001萬（2001年），尚居東北者僅有三十餘萬人，‘漢’化已久，只有‘寧安’、‘依蘭’、‘龍江’、‘瑷琿’、‘海拉爾’及‘齊齊哈爾’附近二、三萬人尚存舊俗，說‘滿’語；‘新疆’‘伊寧’、‘塔城’、‘奇臺’諸縣有‘清’‘康熙’、‘乾隆’間駐防的‘滿洲’營遺裔，約千餘人，尚保存一些‘滿’俗。營農耕生活。大都信仰薩滿教。

5【滿目瘡痍】 ㄇㄢˇ ㄇㄨˋ ㄔㄨㄤ ㄧˊ
形容災難疾苦普遍而嚴重。

7【滿坑滿谷】 ㄇㄢˇ ㄎㄥ ㄇㄢˇ ㄍㄨˇ
比喻極多。

9【滿城風雨】 ㄇㄢˇ ㄔㄥˊ ㄈㄥ ㄩˇ
比喻事情喧騰眾口，議論紛紛。

【滿城漢墓】 ㄇㄢˇ ㄔㄥˊ ㄏㄢˋ ㄇㄨˋ
在‘河北省’‘滿城縣’所發現的兩座‘西漢’墓。由墓中出土的銅器銘文及銅印等，知其乃‘中山靖王’‘劉勝’及其妻‘竇綰’之墓。二墓開鑿於山巖中。墓中出土大量銅、銀、玉、石、漆、陶等器，絲織品及車馬具共四千餘件，此外，還有兩套完整的金縷玉衣。

【滿面春風】 ㄇㄢˇ ㄇㄧㄢˋ ㄔㄨㄣ ㄈㄥ
形容神采煥發，充滿喜氣。

13【滿腹珠璣】 ㄇㄢˇ ㄈㄨˋ ㄓㄨ ㄐㄧ
形容人學問精深，文采煥然。

【滿腹經綸】 ㄇㄢˇ ㄈㄨˋ ㄐㄧㄥ ㄌㄨㄣˊ
形容人富於政治方面的才能。

14【滿漢全席】 ㄇㄢˇ ㄏㄢˋ ㄑㄩㄢˊ ㄒㄧˊ
稱備有山珍海味的酒席。原爲‘清代’宮中盛宴，只在皇帝大婚、公主下嫁或皇帝、太上皇、皇太后生辰時才得舉行。

12【滿期保險費】 ㄇㄢˇ ㄑㄧˊ ㄅㄠˇ ㄒㄧㄢˇ ㄈㄟˋ
(earned premium) 又稱經過保險費。爲簽單保險費中屬於已經過期間的保險費。與未滿期保險費相對。

8【滿招損謙受益】 ㄇㄢˇ ㄓㄠ ㄙㄨㄣˇ ㄑㄧㄢ ㄕㄡˋ ㄧˋ
驕傲就招致失敗，謙虛就得到好處。

滯 ㄓˋ *chih*⁴ 音致
1不流通。見“說文”。2停留；遲留。如：滯客。

9【滯後】 ㄓˋ ㄏㄡˋ
(lag) 兩具有相同頻率之波形以相角表示的位移差。

10【滯氣】 ㄓˋ ㄑㄧˋ
指心中鬱結之氣。

15【滯銷】 ㄓˋ ㄒㄧㄠ
貨物賣不出去。

16【滯積】 ㄓˋ ㄐㄧ
1貨物因滯銷而存積。2指內心的積鬱。

19【滯礙】 ㄓˋ ㄞˋ
阻礙；障礙。

10【滯納金】 ㄓˋ ㄋㄚˋ ㄐㄧㄣ
對逾期繳稅之納稅義務人所加收的一種款項。照我國規定，納稅義務人如不按期繳納稅款，稅務機關除限期追繳外，應從滯納日起，按日加收稅款的滯納金。

【滯留費】 ㄓˋ ㄌㄧㄡˊ ㄈㄟˋ
(detention charge) 貨主自貨櫃場拖回貨櫃，如未能在免費期內完成裝櫃或拆櫃工作，將貨櫃送回後，船公司將按所遲延時間計收的費用。費用採累進計算。

【滯留鋒】 ㄓˋ ㄌㄧㄡˊ ㄈㄥ
(stationary front) 當冷氣團與暖氣團之勢力相等時（即冷氣團與暖氣團均不能前進），可在短時間內停止不動的鋒面。

9【滯後負載】 ㄓˋ ㄏㄡˋ ㄈㄨˋ ㄗㄞˋ
(lagging load) 指含有電感的負載。以其電流落後電壓，故稱。

澲 ㄧㄝˇ *yeh*³ 音也
泥淖。見“集韻”。

漤 ㄌㄢˇ *lan*³ 音覽
用鹽拌漬生果蔬。見“廣韻”。

渋 ㄈㄢˋ *fan*⁴ 音梵
漂浮的樣子。見“字彙”。

漆 一 ㄑㄧ *ch'i*¹ 音七
1水名。參漆水。2 (lacquer tree; *Rhus verniciflua*) 落葉喬木。樹皮灰白色，粗糙，成不規則的縱裂；黃綠色小花密生。結扁圓形核果，光滑。樹幹可割生漆乳液，提製瓷漆。3具有色料的聚合體溶液。例如由氧化鈦、硝化纖維素與有機溶劑調配的白色漆。其藉溶劑之揮發而於物體表面形成聚合體之保護薄膜，然易受溶劑溶解。4用漆塗飾。如：漆牆壁。5黑色。如：漆黑。6通七。7姓。‘漢’有‘漆沈’。見“萬姓統譜·一一五”。

漆圖

二 ㄑㄩˋ *ch'ü*⁴ 音趣
一5的語音。

4【漆水】 ㄑㄧ ㄕㄨㄟˇ
1源出今‘陝西省’‘麟遊縣’西南的‘岐山’，東南流入‘渭水’。2在今‘陝西省’‘郊縣’西，北流注入‘涇水’。

5【漆皮】 ㄑㄧ ㄆㄧˊ
爲使皮件用品便於保養而發展出來的一種皮革。須經過塗脂、繃框、上漆料及亞麻仁油，其間交替地曝曬，最後以浮石磨成光亮而堅固的表面。日常使用時不需上油,只要輕拭便光亮如新。

16【漆器】 ㄑㄧ ㄑㄧˋ
以木、竹等爲胎,上多層的漆,再加以描繪雕飾所製成的傳統工藝品。'商代'出土文物中即有彩繪漆器,'周代'有螺鈿,'戰國'有漆繪,'漢代'有戧金、堆漆,'魏''晉'有夾紵佛像,'唐代'有金銀平脫,'宋代'以後則有精緻的雕漆。

19【漆繪】 ㄑㄧ ㄏㄨㄟˋ
以彩漆在木器或漆器上繪圖的藝術。使用的漆色有朱、黑、黃、金等,以黑地朱繪或朱地黑繪居多。

淰 淰的或體。

漺 ㄕㄨㄤˇ *shuang*3 音爽
潔淨。見"方言·一三"。

澈 ㄔㄜˋ *ch'ê*4 音轍
①水澄清。見"玉篇"。②首尾貫通。如:澈底。

漘 ㄔㄨㄣˊ *ch'un*2 音脣
①水濱;水涯。也作派。見"說文"。②臨水的山崖。見"爾雅·釋丘"。

漟 ㄊㄤˊ *t'ang*2 音堂
溪。見"玉篇"。

滹 ㄏㄨ *hu*1 音呼
①水名。參滹沱河。②姓。'漢'有'滹毒尼'。見"字彙"。

8【滹沱河】 ㄏㄨ ㄊㄨㄛˊ ㄏㄜˊ
源於'山西省'北部的'忻代盆地',越'太行山'而東,經'正定'、'深澤'、'安平',在'獻縣'附近和'滏陽河'相會,稱'子牙河'。爲'海河'五大上源之一。

滮 ㄅㄧㄠ *piao*1 音標
水流動的樣子。也作淲。見"集韻"。

漊 ㊀ ㄌㄩˇ *lü*3 音縷
①常飲酒而不醉。見"說文"。②小雨不絕的樣子。見"說文"。
㊁ ㄌㄡˇ *lou*3 音簍
水溝。見"集韻"。

漫 ㊀ ㄇㄢˊ *man*2 音瞞
①水廣大的樣子。見"集韻"。②遍布;盈滿。如:漫天。
㊁ ㄇㄢˋ *man*4 音慢
①水滿溢出來。②放縱;不加檢束。如:散漫。③隨意。④模糊不可辨認的樣子。如:漫漶。⑤休;莫要。⑥徒;空。⑦姓。'明'有'漫智'。見"萬姓統譜·一〇〇"。

4【漫天】 ㄇㄢˊ ㄊㄧㄢ
①遍布於天空。也作滿天。②形容廣大無邊,沒有限制。

6【漫汗】 ㄇㄢˊ ㄏㄢˋ
形容水面遼闊,廣大無邊的樣子。也作汗漫。

7【漫步】 ㄇㄢˋ ㄅㄨˋ
隨意走走。

9【漫衍】 ㄇㄢˋ ㄧㄢˇ
①不受拘束,行無定所。②水流氾濫。③連綿無盡。

10【漫射】 ㄇㄢˋ ㄕㄜˋ
(diffuse reflection) 當一束平行光線射至一粗糙不平的反射面時,因各點之法線(光線入射到物體表面上,與該點表面垂直的直線)不同,依反射定律反射後之各光線,亦向各不同的方向反射,此種反射稱爲漫射。人眼所以能看見物體,便是物體表面對入射光作漫射,漫射光線進入眼睛之故。

12【漫畫】 ㄇㄢˋ ㄏㄨㄚˋ
(caricature) 一種具有強烈諷刺或幽默含意的繪畫。畫家從種種的現實生活中取材,通過誇張、比喻、象徵、寓意等手法,表現出幽默、詼諧的畫面,借以傳達某種意念或有所諷諭。

【漫筆】 ㄇㄢˋ ㄅㄧˇ
隨筆或雜記。

13【漫滅】 ㄇㄢˋ ㄇㄧㄝˋ
磨蝕消滅,無法辨認原貌。

14【漫漫】 ㊀ ㄇㄢˊ ㄇㄢˊ
長遠無際的樣子。
㊁ ㄇㄢˋ ㄇㄢˋ
①放縱;不受拘束。②昏憒糊塗。

【漫漶】 ㄇㄢˋ ㄏㄨㄢˋ
模糊不清,無法辨認原狀。也作曼漶。

15【漫罵】 ㄇㄢˋ ㄇㄚˋ
胡亂罵人。

4【漫天討價】 ㄇㄢˋ ㄊㄧㄢ ㄊㄠˇ ㄐㄧㄚˋ
形容賣方索價高得不合情理。

【漫不經心】 ㄇㄢˋ ㄅㄨˋ ㄐㄧㄥ ㄒㄧㄣ
胡亂做事,毫不留意。

漭 ㄇㄤˇ *mang*3 音莽
或作漭。廣平無涯際。見"玉篇"。

滭 ㄅㄧˋ *pi*4 音畢
泉水湧出的樣子。見"玉篇"。

漠 ㄇㄛˋ *mo*4 音莫
①沙漠。見"字彙"。②不關心;不關切。如:冷漠。③寂靜無聲。如:漠然不應。

8【漠河】 ㄇㄛˋ ㄏㄜˊ
①縣名。在今'黑龍江省'北部,地當'黑龍江'南岸,隔江即爲'俄'境,爲我國最北的一縣。②水名。在'黑龍江省'北境'漠河縣'。源出縣西'雉雞察山',北流入'黑龍江'。

11【漠視】 ㄇㄛˋ ㄕˋ
忽視;輕視。

12【漠然】 ㄇㄛˋ ㄖㄢˊ
①寂靜無聲的樣子。②不動的樣子。③冷淡不關心。

14【漠漠】 ㄇㄛˋ ㄇㄛˋ
①寂靜無聲。②密布的樣子。③遼闊的樣子。④瀰漫的樣子。

4【漠不關心】 ㄇㄛˋ ㄅㄨˋ ㄍㄨㄢ ㄒㄧㄣ
冷淡不肯留意;一點都不關心。

漶 ㄏㄨㄢˋ *huan*4 音喚
破損不可辨識。如:漫漶。

漯 ㊀ ㄊㄚˋ *t'a*4 音踏
參漯水㊀。
㊁ ㄌㄟˇ *lei*3 音磊
參漯水㊁。

4【漯水】 ㊀ ㄊㄚˋ ㄕㄨㄟˇ
源出'山東省''茌平縣'西南,東北

流經'夏口',注入'徒駭河'。

㊁ ㄌㄟˇ ㄕㄨㄟˇ

源出'山西省''雁門關'。

滷 ㄌㄨˇ *lu*³ 音鹵

①鹽分重的土質。見"說文"。②鹹水。見"玉篇"。③用鹹汁調治食品。如:滷蛋。

8【滷味】 ㄌㄨˇ ㄨㄟˋ

用鹹汁烹煮的食物。

潨 ㄓㄨㄥ *chung*¹ 音終

①眾水合流處。見"說文"。②水聲。同淙。如:水聲潨然。

漴 ㄔㄨㄥˊ *ch'ung*² 音崇

①水聲。見"玉篇"。②雨急。見"集韻"。

漰 ㄆㄥ *p'êng*¹ 音砰

①水波相激聲。見"集韻"。②澆水。

漼 ㊀ ㄘㄨㄟˇ *ts'ui*³ 音璀

①水深的樣子。見"說文"。②涕淚並落。③摧折;摧壞。通摧。

㊁ ㄘㄨㄟ *ts'ui*¹ 音崔

參漼溰。

13【漼溰】 ㄘㄨㄟ ㄧˊ

霜雪積聚的樣子。也作濢溰。

漞 ㄇㄧˋ *mi*⁴ 音覓

①淵名。同'汨'。見"集韻"。②石名。可作硯。見'米芾''硯史'。

潊 漵的或體。

漵 ㄒㄩˋ *hsü*⁴ 音敘

水名。參漵水。

4【漵水】 ㄒㄩˋ ㄕㄨㄟˇ

又名'雙龍江'、'序水'、'序溪'。源出'湖南省''漵浦縣''頓家山',西北注入'沅江'。

漅 ㄔㄠˊ *ch'ao*² 音巢

湖名。通'巢'。參巢湖。

滲 ㄕㄣˋ *shên*⁴ 音慎

①液體從細孔慢慢透過。②逐漸浸入。

5【滲穴】 ㄕㄣˋ ㄒㄩㄝˋ

(doline)指'喀斯特'地形區內的一種溶蝕圓形窪地。或稱石灰阱、灰岩阱、灰岩坑。其大小深淺不一,面積由數方公尺至一方公里,深度由數公尺至一、二十公尺。其成因係雨水沿石灰岩層面或岩縫進行溶蝕,形成陷穴,後日益擴大,形成圓形窪地,形如漏斗;或地下石灰岩洞因洞頂陷落,露出地面而形成。

11【滲透】 ㄕㄣˋ ㄊㄡˋ

①(osmosis) 氣體或液體因濃度等之不同而自然透過薄膜與其他氣體或液體相混合的現象。例如植物的根吸收土中養分,均經由滲透作用達成。能產生滲透作用的薄膜稱爲半透膜。②以祕密或僞裝方式進入敵方控制地區從事特定任務,以求有利於我方的一種軍事行動。

5【滲出水】 ㄕㄣˋ ㄔㄨ ㄕㄨㄟˇ

(leachatc)雨水穿透固體廢棄物,並自其中溶出物質,或由廢棄物本身壓縮或分解而產生的液體。

11【滲透劑】 ㄕㄣˋ ㄊㄡˋ ㄐㄧˋ

(penetrant) 泛指一切能夠有效地降低固、液體間表面張力,而使液體滲透之速率增加,操作更易進行的化合物。例如磺化油、可溶性松油、肥皂、磺化高碳醇之鹽等。廣用於織物、造紙、上鞣等工業之改良染色、整理等。

【滲透壓】 ㄕㄣˋ ㄊㄡˋ ㄧㄚ

(osmotic pressure)在一大氣壓時,施加於半透膜上,以阻止純溶劑分子穿過半透膜進入溶液中,導致溶液體積增加所需的壓力。

14【滲碳法】 ㄕㄣˋ ㄊㄢˋ ㄈㄚˇ

(carburizing)將由CO或CH_4氣體分解而得之碳滲入鋼之表面,使之漸漸擴散於表面內層,然後施以熱處理而硬化工件表面的方法。

11【滲透係數】 ㄕㄣˋ ㄊㄡˋ ㄒㄧˋ ㄕㄨˋ

(permeability coefficient)表示多孔土層可流出之地水量。定義爲單位斷面面積的地層中,於一特定溫度下降單位水力坡降時所通過的地水流量。常以'曼滋爾'單位(Meincer unit)表示。即在特定溫度60°F時,在一呎的水力坡降下,一日內通過一平方呎土層斷面積的地水流量加侖數。

【滲透策略】 ㄕㄣˋ ㄊㄡˋ ㄘㄜˋ ㄌㄩㄝˋ

(penetration strategy) 指於目前現有的行銷市場上,運用積極的行銷策略,如降價、增加廣告、改進品質或其他方法,以增加現有客戶的購買量、搶奪競爭對手的客戶、爭取目前使用其他類似產品的客戶等,從而增加現有產品的銷售量。

湯 ㄕㄤ *shang*¹ 音商

水流動的樣子。見"玉篇"。

漨 ㊀ ㄈㄥˊ *fêng*² 音逢

①古水名。源出'單狐之山',西流注入'泑水'。見"山海經·北山經"。②古澤名。在今'河南省''開封縣'。見"集韻"。

㊁ ㄆㄥˊ *p'êng*² 音蓬

參漨浡。

10【漨浡】 ㄆㄥˊ ㄅㄛˊ

雲霧鬱勃的樣子。

漈 ㄐㄧˋ *chi*⁴ 音祭

①海溝。海中特別深陷的地方。②水涯。見"集韻"。

漁 ㄩˊ *yü*² 音魚

①捕魚。見"說文"。②侵奪。如:漁利。

6【漁色】 ㄩˊ ㄙㄜˋ

獵取女色。

7【漁利】 ㄩˊ ㄌㄧˋ

以不正當的手段謀取利益。

12【漁期】 ㄩˊ ㄑㄧˊ

海洋中洄游的魚群,隨著天候、季節的不同而每年在某一特定時期成群洄游而來,這期間稱爲漁期。

【漁場】 ㄩˊ ㄔㄤˇ

(fishing ground)指魚類集聚而有採捕價值的水域。漁場的形成,與下列自然因素有關:一、水深適中;二、陸棚廣闊;三、寒暖流交會;四、水溫不高。

13【漁業】 ㄩˊ ㄧㄝˋ
(fishery) 採捕或養殖水生動植物的事業。一般分爲海洋漁業和淡水漁業。

【漁會】 ㄩˊ ㄏㄨㄟˋ
漁業工會的簡稱。由漁民所組成,以保障漁民權益、提高漁民知識與技能、增加漁民生產、改善漁民生活、促進漁業現代化爲宗旨的一法人團體。

14【漁歌】 ㄩˊ ㄍㄜ
1沿海地區及湖邊江上漁民所唱的歌。曲調活潑,歌詞一般爲七字句,兩句、四句或八句一首。2琴曲名。最早見於"浙音釋字琴譜",表現'柳宗元''漁翁詩':「漁翁夜傍西岩宿,欸乃一聲山水綠。回看天際下中流,岩上無人雲相逐。」的意境。曲調悠揚動聽,贊頌大自然秀麗的景色。

【漁奪】 ㄩˊ ㄉㄨㄛˊ
掠奪;侵奪。

15【漁撈】 ㄩˊ ㄌㄠ
捕撈魚類。

12【漁場學】 ㄩˊ ㄔㄤˇ ㄒㄩㄝˊ
研究魚群聚集之海洋狀況的一門科學。

13【漁業權】 ㄩˊ ㄧㄝˋ ㄑㄩㄢˊ
準物權的一種。可分爲三類:一、定置漁業權:於一定水面築磯、設柵或置漁具,以採捕水產動植物、經營漁業之權。二、區劃漁業權:區劃水面,以養殖水產動植物、經營漁業之權。三、專用漁業權:利用特定水面作爲漁場,供入漁權人入漁,以經營漁業之權。漁業權之設定、取得、變更及喪失,非經登記不生效力,非經主管機關核准,不得合併或分割。專用漁業權除供入漁外,不得爲其他權利之標的。定置漁業權及區劃漁業權,除繼承、讓與、抵押外,不得爲他項權利或法律行爲之標的。非經主管機關核准,不得設定抵押,除強制執行外,非經主管機關核准,不得讓與。漁業權視爲物權,除上述特別規定外,準用"民法"關於不動產物權之規定。

15【漁撈學】 ㄩˊ ㄌㄠ ㄒㄩㄝˊ
研究海上捕撈魚群方法或設備的一門科學。

2【漁人得利】 ㄩˊ ㄖㄣˊ ㄉㄜˊ ㄌㄧˋ
比喻雙方爭持不下,使第三者坐享其利。

滈 ㄐㄧㄠ chiao¹ 音驕
澆薄。同澆。見"集韻"。

漗 ㄘㄨㄥ ts'ung¹ 音怱
汲。見"字彙"。

滺 ㄧㄡ yu¹ 音悠
參滺滺。

14【滺滺】 ㄧㄡ ㄧㄡ
水在流動的樣子。

滌 ㄉㄧˊ ti² 音狄
1洗去汙垢。見"玉篇"。2清除;掃除。

16【滌蕩】 ㄉㄧˊ ㄉㄤˋ
清洗;洗除。

滫 ㄒㄧㄡˇ hsiu³ 音朽
1洗米水。見"說文"。2尿;臭水。見"正字通"。

滲 ㄊㄢ t'an¹ 音貪
沒。見"集韻"。

滬 ㄏㄨˋ hu⁴ 音戶
1用竹子編成的捕魚柵。2'上海市'的簡稱。

漇 ㄕˇ shih³ 音史
1滋潤;潤澤。見"集韻"。2水流動的樣子。見"古今韻會舉要"。

漎 一 ㄘㄨㄥˊ ts'ung² 音叢
1水流會合。見"集韻"。2水聲。見"古今韻會舉要"。
二 ㄙㄨㄥˇ sung³ 音竦
參漎漎。

14【漎漎】 ㄙㄨㄥˇ ㄙㄨㄥˇ
疾速的樣子。

瀟 ㄒㄩㄣˊ hsün² 音巡
脫掉衣服使身上流出的汗吹乾。見"字彙補"。

漪 ㄧ i¹ 音衣
1助詞。通兮。見"字彙"。2微波。如:漣漪。

漦 ㄌㄧˊ li² 音釐
1順流而下。見"說文"。2龍的唾液。如:龍漦。

漐 ㄓˊ chih² 音蟄
出汗的樣子。見"集韻"。

潁 ㄧㄥˇ ying³ 音穎
1水名。參潁水。2姓。'春秋''鄭國'有'潁考叔'。見"通志·氏族略三"。

4【潁水】 ㄧㄥˇ ㄕㄨㄟˇ
源於'河南省'中部'嵩山'南麓,東南流至'周家口'會'溳河'、'賈魯河'等,至'安徽''正陽關',注入'淮水'。是'淮河'的重要上源之一。

漿 ㄐㄧㄤ chiang¹ 音將
1流體物質。如:米漿。2用米湯和水浸洗衣物。如:漿洗。

8【漿果】 ㄐㄧㄤ ㄍㄨㄛˇ
(berry; bacca)
一種肉果,通常外果皮薄,而中、內果皮或其他部分如胎座等肥厚多汁,含有一個或多個種子。如番茄、葡萄的果實。

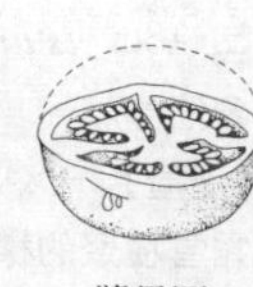
漿果圖

12

潹 溽的俗體。

潼 ㄊㄨㄥˊ t'ung² 音童
參潼水。

4【潼水】 ㄊㄨㄥˊ ㄕㄨㄟˇ
又名'梓潼水'。源出'四川省''平武縣'之'龍門山',西南流入'涪江'。

19【潼關】 ㄊㄨㄥˊ ㄍㄨㄢ
1縣名。在今'陝西省''黃河'南岸,與'山西'、'河南'二省接壤。2古稱'桃林塞'。位於'陝西省'東南部,濱'渭水'與'黃河'匯流處。地扼'陝'、'豫'、'晉'三省往來的孔道,自古爲軍事重鎮。現有兩鐵路在此聯運,並有'黃河'、'渭水'水運,交通稱便。

灣　ㄨㄢ wan¹ 音彎
參㶒灣。

潾　ㄌㄧㄣˊ lin² 音鄰
水清澈的樣子。通粼。見"玉篇"。

澇　㊀ ㄌㄠˊ lao² 音勞
水名。在'陝西省'境,流入'渭水'。見"說文"。
㊁ ㄌㄠˋ lao⁴ 音憦
①淹水。同潦。見"字彙"。②大的水波。

澐　ㄩㄣˊ yün² 音雲
江水大波。同沄。見"說文"。

㵎　ㄢˋ an⁴ 音岸
參灦㵎。

潛
潛的俗體。

潔　ㄐㄧㄝˊ chieh² 音結
①乾淨。如:清潔。②修治。

18【潔癖】　ㄐㄧㄝˊ ㄆㄧˇ
過分愛好清潔的癖性。

澅　ㄏㄨㄚˋ hua⁴ 音畫
水名。在'山東省''臨淄縣'西。見"集韻"。

潯　ㄒㄩㄣˊ hsün² 音尋
①水涯。見"廣雅·釋丘"。②'江西省''九江'的別名。

澆　ㄐㄧㄠ chiao¹ 音膠
①用水潑灑。如:澆花。②浮薄不實。如:澆薄。

17【澆薄】　ㄐㄧㄠ ㄅㄛˊ
①指風氣浮華不實。②指人情淡薄而不厚道。

20【澆競】　ㄐㄧㄠ ㄐㄧㄥˋ
競相追逐名利的澆薄風氣。

22【澆鑄】　ㄐㄧㄠ ㄓㄨˋ
(pouring) 把熔液傾入鑄模的作業。

7【澆冷水】　ㄐㄧㄠ ㄌㄥˇ ㄕㄨㄟˇ
比喻掃興、破壞興致。

8【澆注系統】　ㄐㄧㄠ ㄓㄨˋ ㄒㄧˋ ㄊㄨㄥˇ
(gating system)金屬液灌注到鑄模時,金屬液由外界流動至模穴的通路。如圖所示。一般常包括澆池、豎澆道、豎澆道底、橫流道、延長橫流道、進模口等部分。

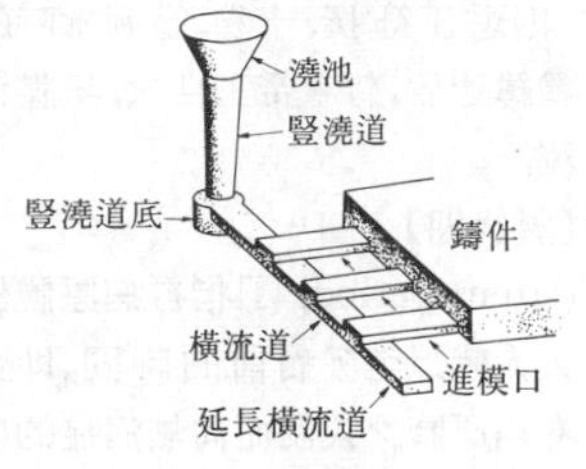

澆注系統圖

潚　ㄙㄨˋ su⁴ 音肅
①水深而清。見"說文"。②疾速。③姓。'漢'有'潚河'。見"奇姓通·九"。

澍　ㄕㄨˋ shu⁴ 音樹
①及時雨。見"說文"。②滋潤;沾濡。

澎　㊀ ㄆㄥˊ p'êng² 音彭
參澎湖。
㊁ ㄆㄥ p'êng¹ 音抨
水波相擊聲。如:澎湃。

12【澎湖】　ㄆㄥˊ ㄏㄨˊ
位在'臺灣海峽'中間偏南。係由海底玄武岩噴出所形成的一片熔岩平原,地勢低平,最高點只有62公尺,共64島,合稱'澎湖群島'。縣治設在'馬公'。地處'臺灣島'與我國大陸之間,極具交通和軍事地位。海岸線曲折多灣澳,氣候終年多強風、雨量少,居民以漁業爲經濟來源。

【澎湃】　ㄆㄥ ㄆㄞˋ
波浪互相激盪。

潓
濡的或體。

溼
汙的俗體。

濆　㊀ ㄈㄟˋ fei⁴ 音費
泉水噴湧而出。見"集韻"。
㊁ ㄆㄞˋ p'ai⁴ 音湃
參滂濆。

澉　ㄍㄢˇ kan³ 音敢
參澉浦。

10【澉浦】　ㄍㄢˇ ㄆㄨˇ
在'浙江省''海鹽縣'南,南臨'杭州灣'。"實業計畫"預定在此地與'乍浦'之間闢建東方大港。

濆　或作濆。㊀ ㄈㄣˊ fên² 音墳
水邊。見"說文"。
㊁ ㄈㄣˋ fên⁴ 音憤
水從地下湧起。見"集韻"。
㊂ ㄆㄣ p'ên¹ 音噴
噴湧出來的水。通噴。見"集韻"。

潭　ㄊㄢˊ t'an² 音覃
①水深處。見"廣雅·釋水"。②深沈。如:潭思。③水邊。如:江潭。④姓。'唐'有'潭浚'。見"萬姓統譜·六六"。

潠　ㄙㄨㄣˋ sun⁴ 音巽
①含水向外噴。同噀。見"說文新附"。②刷洗。通涮。也作濮。見"六書故"。

潺　ㄔㄢˊ ch'an² 音孱
水聲。見"說文新附"。

12【潺湲】　ㄔㄢˊ ㄩㄢˊ
①水流動的樣子。②流淚的樣子。

15【潺潺】　ㄔㄢˊ ㄔㄢˊ
①水徐徐流動的樣子。②狀聲詞。形容水聲或雨聲。

潛　ㄑㄧㄢˊ ch'ien² 音錢
①涉水;泳於水中。見"說文"。②隱藏;藏匿。如:潛伏。③沈浸。如:潛心。④暗中。如:潛入敵境。

2【潛力】　ㄑㄧㄢˊ ㄌㄧˋ
潛伏的能力。

【潛入】　ㄑㄧㄢˊ ㄖㄨˋ
暗中侵入。

4【潛心】　ㄑㄧㄢˊ ㄒㄧㄣ
專心投入。

6【潛在】　ㄑㄧㄢˊ ㄗㄞˋ
隱藏而尚未顯現的。

【潛伏】　ㄑㄧㄢˊ ㄈㄨˊ
①隱藏不出。②軍事用語。指混入敵境或敵營,伺機採取行動。

【潛行】　ㄑㄧㄢˊ ㄒㄧㄥˊ
①在水面下游動。②祕密出行。

7【潛形】　ㄑㄧㄢˊ ㄒㄧㄥˊ

隱蔽形體。

【潛抑】 ㄑㄧㄢˊ ㄧˋ
(repression)個體於無意識中,將足以引起焦慮或罪惡感之衝動,排除於意識界外的歷程。

8【潛泳】 ㄑㄧㄢˊ ㄩㄥˇ
將全身沒入水中,在水平面下推動身體前進的一種泳姿。一般多採用蛙式或混合式(捷式打腿、蛙式划臂)潛泳。潛泳除有良好的技術外,尚須有良好的心肺功能、正常的血壓及較大的肺活量,始可進行。

10【潛逃】 ㄑㄧㄢˊ ㄊㄠˊ
暗中逃走。

【潛能】 ㄑㄧㄢˊ ㄋㄥˊ
潛在而尚未發揮的能力。

【潛師】 ㄑㄧㄢˊ ㄕ
暗中出兵。

14【潛像】 ㄑㄧㄢˊ ㄒㄧㄤˋ
即潛影。攝影底片曝光時,光線射入感光乳劑層內進行光化學反應,而形成之肉眼無法看見的影像。再經由顯影過程,可將感光部分的潛像顯現出來。

15【潛熱】 ㄑㄧㄢˊ ㄖㄜˋ
(latent heat)物體相變時(例如由固態轉變成液態或氣態、由液態變成氣態,或由一種晶體結構轉變成另一種晶體結構)須吸收熱量,但物體溫度並不升高,此種用於相變所吸收的熱量稱相變潛熱,簡稱潛熱。潛熱大小和物質種類、相變種類、發生相變時的溫度有關,通常以單位質量所吸收的熱表之。而我們稱固體變成液體之潛熱爲熔化熱,固體變氣體爲昇華熱,液體變成氣體爲汽化熱。並非所有的相變均有潛熱,具潛熱的相變屬第一階相變。

16【潛龍】 ㄑㄧㄢˊ ㄌㄨㄥˊ
比喻有大德而未爲世用的人才。

18【潛藏】 ㄑㄧㄢˊ ㄘㄤˊ
隱匿;躲藏。

23【潛變】 ㄑㄧㄢˊ ㄅㄧㄢˋ
(creep)高溫時材料受到低於彈性限度之應力作用,材料會隨著時間漸漸變形的現象。

4【潛夫論】 ㄑㄧㄢˊ ㄈㄨ ㄌㄨㄣˋ
'東漢''王符'撰,十卷。譏刺當時的讖緯迷信,雜考帝王世次,譜牒源流。

6【潛伏期】 ㄑㄧㄢˊ ㄈㄨˊ ㄑㄧˊ
(latent period) 1 指自病原體侵入人體以至發病前的時間。即雖有病原體之入侵而尚無病症的感染期。2 '奧地利'心理學家'弗洛依德'(S. Freud)分析人格發展的第四階段。此一階段自六歲至十二歲,因生活圈擴大,破壞和性的衝動減少,注意力轉向外界環境的種種事物。

11【潛望鏡】 ㄑㄧㄢˊ ㄨㄤˋ ㄐㄧㄥˋ
(periscope)應用反射鏡與稜鏡組合而成的光學儀器,用以從隱蔽處觀測外界情況。如潛艇中所使用的潛望鏡,有夜用式與攻擊式等類型。

13【潛意識】 ㄑㄧㄢˊ ㄧˋ ㄕˋ
(unconscious)個體意識界所未察覺的慾望、動機或行爲。精神分析學派認爲係人格結構的主要領域之一。

6【潛在功能】 ㄑㄧㄢˊ ㄗㄞˋ ㄍㄨㄥ ㄋㄥˊ
(latent function)社會結構裡一些不明顯或非原意而滋生的功能。與顯出功能相對。如大專聯考的顯出功能是公平的挑選大學新生,但潛在功能則包括教條思想訓練、社會穩定功能等。

【潛伏學習】 ㄑㄧㄢˊ ㄈㄨˊ ㄒㄩㄝˊ ㄒㄧˊ
(latent learning)學習期間,未被個體所覺識,且未顯示出成效的學習歷程。

11【潛移默化】 ㄑㄧㄢˊ ㄧˊ ㄇㄛˋ ㄏㄨㄚˋ
1 指人的思想、性格與習慣等,在不知不覺中受到外在影響而發生變化。2 指以身作則,在無形中感化他人。

15【潛德幽光】 ㄑㄧㄢˊ ㄉㄜˊ ㄧㄡ ㄍㄨㄤ
內在美德的光輝。

6【潛伏夢內容】 ㄑㄧㄢˊ ㄈㄨˊ ㄇㄥˋ ㄋㄟˋ ㄖㄨㄥˊ
(latent dream content)個體之夢中情境,爲其潛意識內資料之象徵性浮現,必須經推斷、分析及多次聯想始能了解。

澌 ㄙ szŭ¹, ssŭ¹ 音斯
竭盡。見"正字通"。

13【澌滅】 ㄙ ㄇㄧㄝˋ
消滅。

潢 ㄏㄨㄤˊ huang² 音黃
1 積水池。見"說文"。2 染紙。見"集韻"。

6【潢池】 ㄏㄨㄤˊ ㄔˊ
1 積水池。2 借指被迫作亂的人民。

⿰氵⿰舌舌 活的或體。

潮 ㄔㄠˊ ch'ao² 音巢
1 海水定時漲落的現象。如:潮汐。2 漲起的水波。如:春潮。3 溼。如:受潮。

6【潮汛】 ㄔㄠˊ ㄒㄩㄣˋ
定時漲落的潮水。

【潮汐】 ㄔㄠˊ ㄒㄧˋ
(tide)海水因受日、月引潮力作用而發生週期性的漲落現象。通常每日發生兩次。當日、月、地或日、地、月三個天體的位置成一直線時,引力相加,引潮力最大,可生大潮(spring tide),潮差最大,通常發生在朔、望後一、二日。當三個天體的位置成直角時,引力相抵,引潮力最小,可生小潮(neap-tide),其潮差最小,通常發生在上、下弦之後。

【潮州】 ㄔㄠˊ ㄓㄡ
'明''清'府名。府治即今'廣東省''潮安縣'。轄有今'潮安'、'潮陽'、'揭陽'、'饒平'、'惠來'、'大埔'、'普

寧'、'豐順'、'南山'諸縣。

9【潮流】 ㄔㄠˊ ㄌㄧㄡˊ

1海水受天體引潮力作用而產生漲、退潮等水位升降現象所導致的海水流動。2比喻時代或社會發展的趨勢。

【潮信】 ㄔㄠˊ ㄒㄧㄣˋ

1潮水。因其漲落有一定的時刻,故名。2指婦女的月經。

10【潮差】 ㄔㄠˊ ㄔㄚ

指滿潮與次一乾潮間的水位差。因時、因地而不同,一月之內,朔、望後一至三日潮差最大,上、下弦後一至三日潮差最小。

【潮埔】 ㄔㄠˊ ㄆㄨˊ

(tidal flat)指沿海在低潮時露出水面的泥沙地。俗稱海埔地。

13【潮解】 ㄔㄠˊ ㄐㄧㄝˇ

(deliquescence) 固體物質置於空氣中,因逐漸吸收其中水蒸氣而變成液體的現象。例如鹽、糖之潮解。

14【潮境】 ㄔㄠˊ ㄐㄧㄥˋ

指寒暖兩不同性質水團的交界面。如西'太平洋'的黑潮與親潮的交界面即爲潮境。

15【潮劇】 ㄔㄠˊ ㄐㄩˋ

即'潮州'戲。已有四、五百年歷史。流行於'廣東'東部、'福建'南部、'臺灣'、'香港'、'東南亞'地區。遠承南戲,也受'弋陽'腔滾唱的影響,有曲牌體與腔板體的唱腔。著名劇目有"掃窗會"、"荔鏡記"、"蘇六娘"等。

12【潮間帶】 ㄔㄠˊ ㄐㄧㄢ ㄉㄞˋ

(intertidal zone) 介於高潮線(漲潮時水淹及的最高處)與低潮線(退潮時沿岸露出的最低處)之間的海域。此區有充足的陽光、豐富的礦物質和二氧化碳等,生物種類很多。

6【潮汐假說】 ㄔㄠˊ ㄒㄧˋ ㄐㄧㄚˇ ㄕㄨㄛ

(tidal hypothesis) 有關太陽系起源的一種假說。又稱氣體假說(gaseous hypothesis)。由'英國'天文學家'詹恩士'(J. H. Jeans)於西元 1917 年提出。認爲在20億年以前,有一星球經過太陽附近,由於引潮力的作用,使太陽表面局部隆起,並逐漸脫離太陽,形成繞太陽旋轉的巨大長條狀物質,後經分裂凝聚冷卻而形成行星。這種說法後爲理論計算所否定。

潸 潸的俗體。

澒 ㄏㄨㄥˋ hung⁴ 音鬨

1水銀。同汞。見"說文"。2水大。也泛指廣大。如:澒洞。

9【澒洞】 ㄏㄨㄥˋ ㄊㄨㄥˊ

無涯無際的樣子。

17【澒濛】 ㄏㄨㄥˋ ㄇㄥˊ

宇宙形成前的混沌狀態。

潸 ㄕㄢ shan¹ 音刪

流淚的樣子。見"說文"。

12【潸然】 ㄕㄢ ㄖㄢˊ

流淚的樣子。

15【潸潸】 ㄕㄢ ㄕㄢ

1流淚不止的樣子。2雨下不停的樣子。

潏 ㄐㄩㄝˊ chüeh² 音決

1水湧出。見"說文"。2人造的水中洲渚。見"爾雅·釋水"。

澄 一 ㄔㄥˊ ch'êng² 音成

1水靜而清。見"集韻"。2沈澱雜質而使潔淨。如:澄水。3安定。如:澄清天下。

二 ㄉㄥˋ têng⁴ 音鄧

同一2。

4【澄心】 ㄔㄥˊ ㄒㄧㄣ

1使內心清純寧靜。2清純寧靜的心。

潑 ㄆㄛ p'o¹ 音坡

1傾水。如:潑水難收。2凶悍;蠻橫。如:潑辣。

9【潑剌】 ㄆㄛ ㄌㄚˋ

魚躍出水面的聲音。也作撥剌、拔剌。

14【潑辣】 ㄆㄛ ˙ㄌㄚ

凶悍蠻橫。

15【潑墨】 ㄆㄛ ㄇㄛˋ

'中國'畫用墨的一種技法。相傳爲'唐代''王洽'所創,他每於酒酣時,以稻草作潑墨畫,草草數筆,水墨淋漓,卻得形象之精神,堪稱逸品畫。後世凡筆勢豪宕、墨如潑瀋的畫法均以潑墨名之。潑墨畫用得最多、最好的是歷代寺院的禪僧畫。唯潑墨畫易流於取巧,初學者不宜習之。

潦 一 ㄌㄠˋ luo⁴

淹水。如:旱潦。

二 ㄌㄠˇ lao³ 音老

1積水。如:行潦。2雨勢盛大。如:霖潦。

三 ㄌㄧㄠˊ liao² 音遼

1草率。如:潦草。2頹放;散漫。如:潦倒。

10【潦草】 ㄌㄧㄠˊ ㄘㄠˇ

草率;馬虎。多指做事不認眞或書寫不工整。

【潦倒】 一 ㄌㄧㄠˊ ㄉㄠˇ

頹廢;散漫。

二 ㄌㄠˋ ˙ㄉㄠ

失意;不得志。多指生活貧困無依。

潶 ㄏㄜˋ ho⁴, hê⁴ 音賀

古水名。在'雍州'。見"廣韻"。

澋 ㄏㄥˋ hêng⁴

參泂澋。

潤 ㄖㄨㄣˋ jun⁴ 音閏

1潮溼。見"廣雅·釋詁"。2有光澤。如:紅潤。3利益;恩澤。如:利潤。

6【潤色】 ㄖㄨㄣˋ ㄙㄜˋ

1修飾文章,使有文采。2發揚。

7【潤身】 ㄖㄨㄣˋ ㄕㄣ

滋潤身體,使生命更有光彩。

10【潤格】 ㄖㄨㄣˋ ㄍㄜˊ

代人作書畫文章時的酬金價格。

12【潤筆】 ㄖㄨㄣˋ ㄅㄧˇ

請人作書畫文章時所給的酬金。

13【潤滑】 ㄖㄨㄣˋ ㄏㄨㄚˊ

(lubrication)指兩物體接觸發生

摩擦時，於摩擦面加入某介質以降低摩擦作用或摩擦係數。

【潤資】 ㄖㄨㄣˋ ㄗ

請人作書畫、文章所致送的酬金。

【潤飾】 ㄖㄨㄣˋ ㄕˋ

修飾。

16【潤澤】 ㄖㄨㄣˋ ㄗㄜˊ

1雨露滋潤草木。2比喻施惠。

13【潤滑系】 ㄖㄨㄣˋ ㄏㄨㄚˊ ㄒㄧˋ

(lubrication system) 飛機發動機分系統之一。包括油箱、油泵、管路等。主要功能在提供滑油潤滑發動機內之各活動件。此外尚有幫助冷卻發動機、對活塞環與汽缸壁之間隙提供較佳之密封以防止腐蝕，以及致動液壓元件(hydraulic units)等之功能。

【潤滑劑】 ㄖㄨㄣˋ ㄏㄨㄚˊ ㄐㄧˋ

(lubricant) 兩物體接觸發生摩擦時，於摩擦面加入某種介質則能達到減摩潤滑等作用，此種介質即爲潤滑劑。

澗 ㄒㄧㄢˊ hsien² 音閑

無邊無際的樣子。見“字彙補”。

澗 ㄐㄧㄢˋ chien⁴ 音建

兩山之間的流水。見“說文”。

澗 澗的或體。

潰 ㄎㄨㄟˋ k'uei⁴ 音愧　又讀 ㄏㄨㄟˋ hui⁴ 音會

1大水沖破堤岸。見“集韻”。2衝破；突破。如：潰圍。3敗。如：潰散。4背棄。如：潰盟。

7【潰決】 ㄎㄨㄟˋ ㄐㄩㄝˊ

大水沖破堤岸，四散奔流。

12【潰散】 ㄎㄨㄟˋ ㄙㄢˋ

戰敗逃散。

14【潰瘍】 ㄎㄨㄟˋ ㄧㄤˊ

1(ulcer)指消化道、內臟或肌肉等組織，因破損而導致傷口或空洞。常見於胃壁或十二指腸壁及其他大小腸黏膜。此病不易完全治癒。2植物的表皮或皮層，受菌類侵害或物理因素所形成的壞疽病徵或損傷。

21【潰爛】 ㄎㄨㄟˋ ㄌㄢˋ

1敗壞腐爛。2(erosion) 身體外表的皮膚或胃腸道、內臟的上皮，因機械性之摩擦、化學物質之腐蝕或細菌侵入，而發生部分細胞壞死、脫落的現象。通常都伴有發炎現象，有時會化膿。

4【潰不成軍】 ㄎㄨㄟˋ ㄅㄨˋ ㄔㄥˊ ㄐㄩㄣ

兵敗潰散。

19【潰壞荷重】 ㄎㄨㄟˋ ㄏㄨㄞˋ ㄏㄜˋ ㄓㄨㄥˋ

(collapse load)又稱極限荷重或降伏荷重。作用於彈塑性結構物，而結構物仍保持應力平衡，然其位移可任意增加且可忽視其幾何變形的極限荷重。其與實際荷重的比值稱爲安全係數。在塑性設計時，結構物承載的極限荷重視爲潰壞荷重，由塑性分析法可求得正確的塑性鉸配置及潰壞機制型態，而以潰壞荷重爲函數表示塑性彎矩，作爲斷面設計的依據。

潬 一 ㄊㄢ t'an¹ 音灘

沙灘。通灘。

二 ㄕㄢˋ shan⁴ 音善

參宛潬。

潙 ㄨㄟˋ wei⁴ 音謂

紊亂的樣子。

潿 ㄨㄟˊ wei² 音圍

不流通的濁水。見“說文”。

澁 澀的俗體。

澂 ㄔㄥˊ ch'êng² 音澄

水澄靜。同澄。見“說文”。

潘 ㄆㄢ p'an¹ 音攀

1淘米水。見“說文”。2姓。‘西晉’有‘潘岳’。見“晉書・潘岳傳”。

8【潘岳】 ㄆㄢ ㄩㄝˋ

(247～300)‘西晉’‘中牟’(今‘河南’‘中牟’)人，字‘安仁’。官至給事黃門侍郎。後‘孫秀’誣以謀反，被殺。工詩賦駢文，文辭綺麗。‘明’人輯有“潘黃門集”。

5【潘他唑新】 ㄆㄢ ㄊㄚ ㄗㄨㄛˋ ㄒㄧㄣ

(*pentazocine*)速賜康(sosengon)的學名。在醫學臨床上爲一強力的解熱鎮痛劑，適量注射有止痛、鎮靜等功能；高劑量使用時會使血壓升高、心跳加速。注射後會產生幻覺、定向力障礙及精神混亂等現象，經數小時後消退，故爲吸毒者所濫用。其他副作用包括頭暈、頭痛、神經過敏、憂懼、抑鬱、浮動感、失眠及成癮性等。

6【潘安再世】 ㄆㄢ ㄢ ㄗㄞˋ ㄕˋ

形容男子俊美。‘潘安’，即‘潘岳’，姿容俊美。少時乘車出‘洛陽’道，女子見之，紛紛把水果投贈給他，滿載而歸。見“晉書・潘岳傳”。

【潘朵拉箱】 ㄆㄢ ㄉㄨㄛˇ ㄌㄚ ㄒㄧㄤ

(Pandora's box)‘希臘’神話中天神‘宙斯’(Zeus)賜給‘潘朵拉’的箱子。‘潘朵拉’是‘宙斯’爲懲罰‘普洛米修斯’(Prometheus)盜取天上的火種而派遣下凡的，當她因忍不住好奇心而打開箱子時，盒中所盛的一切災害、罪惡全跑出來，散布到人間，只有希望還留在裡面。後因用以稱一切災難、煩惱、禍害的根源。

潷 ㄅㄧˇ pi³ 音筆

壓榨以取汁。見“字彙”。

潕 ㄓㄨˊ chu² 音築

水名。也作‘筑’。參筑水。

潕 ㄨˇ wu³ 音武

古水名。參潕水。

4【潕水】 ㄨˇ ㄕㄨㄟˇ

古水名。1即‘舞水’。源出‘河南省’‘泌陽縣’西北境，東北流入‘汝水’。2源出‘貴州省’‘甕安縣’，東流至‘黔陽縣’，注入‘沅水’。

潲 ㄕㄠˋ shao⁴ 音邵

1洗米水。見“廣雅・釋器”。2水流激盪。見“集韻”。

潒 ㄒㄧㄤˋ hsiang⁴ 音象

水波蕩漾。見“說文”。

潐 ㄐㄧㄠˋ chiao⁴ 音叫
窮盡。見"說文"。

潗 ㄐㄧˊ chi² 音集
泉水噴湧。見"廣韻"。

滜 滜的俗體。

潟 ㄒㄧˋ hsi⁴ 音夕
含有鹽鹼成分的土地。見"廣韻"。

11【潟鹵】 ㄒㄧˋ ㄌㄨˇ
鹹水所浸漬,不適宜耕種的土地。也作潟滷。

12【潟湖】 ㄒㄧˋ ㄏㄨˊ
(lagoon) 沿海的一個鹹水淺水域,與海之間完全或部分隔離,不易和外海溝通。通常爲沙洲或礁石圍堵而成。

澔 ㄏㄠˋ hao⁴ 音皓
1參澔旰。2浩的俗體。

7【澔旰】 ㄏㄠˋ ㄍㄢˋ
光芒閃爍的樣子。也作澔汗。

潒 潒的俗體。

潝 ㄒㄧˋ hsi⁴ 音翕
水急流聲。見"說文"。

澓 ㄈㄨˊ fu² 音伏
1水洄流。見"玉篇"。2伏流。見"集韻"。3深。見"華嚴經音義·一"。4姓。'漢'有'澓仲翁'。見"通志·氏族略五"。

潃 ㄒㄩㄣˊ hsün² 音循
水流動的樣子。見"集韻"。

澷 ㄇㄢˊ man² 音饅 又讀 ㄋㄧㄠˇ niao³ 音鳥
水勢浩大。見"字彙補"。

13

溘 溢的或體。

濅 浸的本字。

澛 ㄎㄨ k'u¹ 音窟
水深的樣子。見"玉篇"。

澺 ㄧˋ i⁴ 音意
古水名。即'洪河'。參洪河。

濂 濂的俗體。

澢 ㄧˋ i⁴ 音詣
燒松取汁。見"集韻"。

澶 ㄔㄢˊ ch'an² 音蟬
1澤名。參澶淵。2州名。參澶州。

6【澶州】 ㄔㄢˊ ㄓㄡ
州名。'唐'置,轄有'河北省''清豐縣'西一帶地區。州治在'頓丘','宋'升爲'開德府','金'復爲'澶州',後又改名爲'開州'。'北宋''景德'初,'宋眞宗'與'遼'曾經會盟於此。

11【澶淵】 ㄔㄢˊ ㄩㄢ
澤名。也稱'繁淵'。在'河南省''濮陽縣'西南。'宋眞宗'於'景德'初,與'遼'人曾盟於此,史稱'澶淵'之盟。

澟 ㄌㄧㄣˇ lin³ 音廩
1寒冷。見"玉篇"。2淒清。見"集韻"。

濂 ㄌㄧㄢˊ lien² 音廉
1中斷的小水。同溓。見"說文"。2薄。見"廣韻"。

9【濂洛關閩】 ㄌㄧㄢˊ ㄌㄨㄛˋ ㄍㄨㄢ ㄇㄧㄣˇ
'宋代'理學的四大門派。'濂'派以'濂溪'的'周敦頤'爲首,'洛'派以'洛陽'的'程顥'、'程頤'爲首,'關'派以'關'中的'張載'爲首,'閩'派以'閩'中的'朱熹'爲首。

澭 一 ㄩㄥ yung¹ 音雍
水名。也作'灉'。參灉水。
二 ㄩㄥˇ yung³ 音勇
水流會聚。見"集韻"。

澺 ㄧˋ i⁴ 音裔
參溶澺。

羨 一 ㄒㄧㄢˊ hsien² 音涎
口水。同次、涎。見"集韻"。
二 ㄧㄢˇ yen³ 音衍
水漫溢的樣子。見"集韻"。

澪 澪的或體。

澬 ㄗ tzŭ¹ 音資
久雨不停。見"說文"。

澾 ㄊㄚˋ t'a⁴ 音闥
爛泥很滑。見"廣韻"。

澱 漂的或體。

澱 ㄉㄧㄢˋ tien⁴ 音電
沈積;壅塞。如:沈澱。

10【澱粉】 ㄉㄧㄢˋ ㄈㄣˇ
(starch)由葡萄糖分子結合而成的大分子。呈白色粉狀。分子式$(C_6H_{10}O_5)_n$。廣存於各種穀類及植物的塊莖中。是人類的主食之一,也可用來製造酒精。

【澱粉酶】 ㄉㄧㄢˋ ㄈㄣˇ ㄇㄟˊ
(diastase)一種可溶於水的黃白色無定形固體或糖漿狀液體。乃麥芽醪之濾液於低溫眞空濃縮而得。能使澱粉轉化爲糊精及麥芽糖。用於轉化澱粉爲糖或製造黏附劑、麵包、醫藥品等。

【澱粉尿素】 ㄉㄧㄢˋ ㄈㄣˇ ㄋㄧㄠˋ ㄙㄨˋ
以穀類加玉米或大麥等澱粉質飼料與尿素適當混合,利用壓擠機及蒸氣處理製成的粒狀飼料。可替代植物性蛋白質飼料以養牛。

【澱粉糖漿】 ㄉㄧㄢˋ ㄈㄣˇ ㄊㄤˊ ㄐㄧㄤ
(starch syrup) 又稱玉米糖漿(corn syrup)、葡萄糖漿 (glucose syrup)。植物澱粉(如玉米、馬鈴薯、樹薯等)加酸或酵素,水解後之無色透明、黏稠狀的產物。其中含有葡萄糖、麥芽糖、三碳糖及糊精等,組成含量依水解程度而不同。爲一種甜味劑,廣泛使用於糕餅、冰淇淋、熱狗等食品的配方中。

澼 ㄆㄧˋ p'i⁴ 音僻
漂洗。見"集韻"。

澣 一 ㄏㄨㄢˇ huan³ 音緩 又讀 ㄨㄢˇ wan³
1洗濯。同浣。如:澣衣。2旬;十日。見"正字通"。
二 ㄏㄢˋ han⁴ 音翰
海名。同'瀚'。見"集韻"。

⿰氵䢽 港的本字。

濋 ㄔㄨˇ ch'u^3 音楚
水名。'濟水'支流。見"爾雅·釋水"。

濇 ㄙㄜˋ sê^4 音色
凝滯;不光滑。通⿰⻊嗇。也作澀。見"說文"。

10【濇脈】 ㄙㄜˋ ㄇㄛˋ
'中'醫脈象之一。脈末艱濇難行,流動不暢,虛細遲緩。主氣多血少,或多汗亡陽。女子有孕,見此脈爲胎兒有病,無孕爲敗血。

澦 ㄩˋ yü^4 音豫
參灩澦堆。

澽 ㄐㄩˋ chü^4 音據
乾。見"廣雅·釋詁"。

澞 ㄩˊ yü^2 音虞
小山間的澗水。見"爾雅·釋山"。

濎 ㄉㄧㄥˇ ting^3 音頂
參濎濘。

17【濎濘】 ㄉㄧㄥˇ ㄋㄧㄥˋ
水在流動的樣子。

⿰氵賊 ㄗㄞˋ tsai^4 音在
測。見"玉篇"。

濈 ㄐㄧˊ chi^2 音戢
1和諧。見"說文"。2出汗。見"玉篇"。3水外流。見"正字通"。

⿰氵歇 ㄎㄜˇ k'o^3, k'ê^3 音渴
1口乾。通作渴。見"說文"。2曠廢。通愒。

濊 ㊀ ㄏㄨㄟˋ hui^4 音會
1水多的樣子。見"說文通訓定聲"。2汙穢。通穢。見"字彙"。
㊁ ㄨㄟˋ wei^4 音衛
參濊水。
㊂ ㄏㄨㄛˋ ho^4, huo^4 音豁
參濊濊。

4【濊水】 ㄨㄟˋ ㄕㄨㄟˇ
1一名'石臼河'、'鹿水'、'蒲吾渠'。源出今'河北省''平山縣'的'房山',東南流,注入'滹沱河'。2今名'滄河'。即古'渙水'。源出今'河南省''商邱縣'北,東南流,入'安徽省'境,至'五河縣'注入'淮河'。

16【濊濊】 ㄏㄨㄛˋ ㄏㄨㄛˋ
投網入水的聲音。

澠 ㊀ ㄕㄥˊ shêng^2 音繩
參澠水。
㊁ ㄇㄧㄣˇ min^3 音泯
參澠池。

4【澠水】 ㄕㄥˊ ㄕㄨㄟˇ
也稱'漢溱水'。源出今'山東省''臨淄縣'西北,東南入'時水'。

6【澠池】 ㄇㄧㄣˇ ㄔˊ
1縣名。在今'河南省'西北境'黃河'南岸,'隴海鐵路'經此。2水名。又名'西度水'。在今'河南省''宜陽縣'西。東南流,注入'洛水'。

⿰氵葛 ㄍㄜˊ ko^2, kê^2 音葛
參漻⿰氵葛。

澡 ㄗㄠˇ tsao^3 音早
1洗手。見"說文"。2洗滌。如:澡雪。

11【澡雪】 ㄗㄠˇ ㄒㄩㄝˇ
洗滌;洗淨。

潞 ㄌㄨˋ lu^4 音路
水名。見"說文"。

澧 ㄌㄧˇ li^3 音禮
水名。參澧水。

4【澧水】 ㄌㄧˇ ㄕㄨㄟˇ
流貫於'湖南省'西北部,由'石門山'南麓諸水匯集而成。上源流至'大庸'附近水量大增,並轉向東北流至'津市'注入'洞庭湖',長550公里。航利不大,'津市'以下才可航行小輪。

濃 ㄋㄨㄥˊ nung^2 音農
1稠厚。見"字彙"。2深。如:秋濃。

9【濃度】 ㄋㄨㄥˊ ㄉㄨˋ
(concentration)混合物(或溶液)中每單位質量(或體積)溶液(或溶劑)所含溶質之量。常用之單位有莫耳濃度、重量莫耳濃度、當量濃度、百分率、百萬分數、十億分數、莫耳分數等。

【濃郁】 ㄋㄨㄥˊ ㄩˋ
濃厚。

17【濃縮】 ㄋㄨㄥˊ ㄙㄨㄛ
1(concentrate)意指將某一成分之濃度提升的步驟。2指精減文章或影片,保存精華部分。

【濃縮乳】 ㄋㄨㄥˊ ㄙㄨㄛ ㄖㄨˇ
(evaporated and condensed milk)利用眞空加熱蒸發掉部分水分的牛乳。可分爲:一、無糖煉乳(evaporated milk):將牛乳於50~55°C眞空濃縮,去除60%水分後,經均質、添加維生素D、裝罐,再以115.5~118.5°C殺菌15分鐘。其乳脂肪及固形物分別在7.5%及25.5%以上;二、濃縮煉乳(concentrated milk):與無糖煉乳同,只是未經殺菌處理,無法久藏;三、加糖煉乳(sweetened condensed milk):牛乳添加蔗糖後,再經眞空濃縮去除60%水分。糖分高,可防止微生物生長。乳脂肪及固形物分別爲8.5%及28%以上。

7【濃妝豔抹】 ㄋㄨㄥˊ ㄓㄨㄤ ㄧㄢˋ ㄇㄛˇ
指女子打扮豔麗。

9【濃度梯度】 ㄋㄨㄥˊ ㄉㄨˋ ㄊㄧ ㄉㄨˋ
(concentration gradient)因物質在空間分布不均勻,而隨空間之位置所產生的物質濃度差率。

17【濃縮果汁】 ㄋㄨㄥˊ ㄙㄨㄛ ㄍㄨㄛˇ ㄓ
(concentrated fruit juice)將新鮮成熟之水果榨汁,以眞空濃縮、冷凍濃縮或其他濃縮法,提高其濃度至原來的1/3~1/6倍(糖度約爲20錘度(Brix)以上)。不得加糖、香料、色素及其他添加物等。可作其他果汁製品之原料。

濄 ㄍㄨㄛ ko^1, kuo^1 音鍋
水回旋。通渦。見"廣韻"。

⿰氵董 ㄉㄨㄥˇ tung^3 音董
東西掉到水中的聲音。見"集韻"。

澤 ㄗㄜˊ tsê² 音擇
①水草叢雜的洼地。見"風俗通·山澤"。②湖泊。如:沼澤。③雨露。也用以比喻恩惠。如:恩澤。④光潤。如:光澤。⑤汗垢。也用以指先人遺留的物品。如:手澤。⑥內衣。通襗。

11【澤國】 ㄗㄜˊ ㄍㄨㄛˊ
指多河流湖泊的地方。

4【澤及枯骨】 ㄗㄜˊ ㄐㄧˊ ㄎㄨ ㄍㄨˇ
恩澤及於已死的人。形容恩澤廣被。

澴 ㊀ ㄏㄨㄢˊ huan² 音桓
水波回旋湧起的樣子。
㊁ ㄒㄩㄢˋ hsüan⁴ 音眩
眾流會聚在一處。見"集韻"。

澍 ㄕㄨˋ shu⁴ 音曙
或作澍。水溝。見"集韻"。

濁 ㄓㄨㄛˊ cho², chuo² 音濯
①水名。參濁水。②不清澈。見"玉篇"。③汙穢;混亂。如:濁世。

4【濁水】 ㄓㄨㄛˊ ㄕㄨㄟˇ
①一名'白水'。源出今'甘肅省''成縣'西北,東南流,注入'嘉陵江'。②一名'宛水'。源出今'湖北省''襄陽縣'北,南流注入'白河'。

5【濁世】 ㄓㄨㄛˊ ㄕˋ
①混濁的時代。指亂世。②佛家語。指塵世、凡界。

9【濁流】 ㄓㄨㄛˊ ㄌㄧㄡˊ
①混濁的水流。多用以比喻品格卑下的人。與清流相對。②(turbidity current)指海洋沈澱物質,由於海底流作用,由某一處運搬至另一處的流體運動。

【濁度】 ㄓㄨㄛˊ ㄉㄨˋ
(turbidity)溶劑中(例如水)由於懸浮物之存在,使通過之光線分散引起混濁的現象。其值可由濁度測定法求知,即以相同混濁程度之矽酸懸浮液中所含矽酸量之百萬分數(ppm)表示。

18【濁醪】 ㄓㄨㄛˊ ㄌㄠˊ
未過濾而汁液混濁的酒。

4【濁水溪】 ㄓㄨㄛˊ ㄕㄨㄟˇ ㄒㄧ
'臺灣島'上最大的河川。源於'中央山脈''合歡山'南側,西流注入'臺灣海峽'。上游有'萬大'、'霧社'、'日月潭'三水庫,均用於發電。

9【濁度測定法】 ㄓㄨㄛˊ ㄉㄨˋ ㄘㄜˋ ㄉㄧㄥˋ ㄈㄚˇ
(turbidimetry)利用光學原理,於分光光度計中測定透過懸浮液樣品之照射量,再由已知濃度懸浮液所做好之校正曲線讀出其濁度的方法。

澌 ㄐㄧㄝˊ chieh² 音櫛
或作瀄。參澌汩。

7【澌汩】 ㄐㄧㄝˊ ㄩˋ
①水流迅疾的樣子。②琴聲激昂的樣子。

溘 ㄕˋ shih⁴ 音世
水邊。見"說文"。

滲 ㄔㄡˊ ch'ou² 音愁
①腹中有水氣。見"說文"。②憂愁的樣子。

澹 ㊀ ㄉㄢˋ tan⁴ 音但
①水波搖動的樣子。見"說文"。②恬靜。見"廣雅·釋詁"。③淡薄。通淡。
㊁ ㄊㄢˊ t'an² 音談
參澹臺。

12【澹然】 ㄉㄢˋ ㄖㄢˊ
恬靜安定。

14【澹臺】 ㄊㄢˊ ㄊㄞˊ
複姓。'漢'有'澹臺恭'。

8【澹泊明志】 ㄉㄢˋ ㄅㄛˊ ㄇㄧㄥˊ ㄓˋ
恬淡寡欲可使志向清明。

澥 ㄒㄧㄝˋ hsieh⁴ 音蟹
①海的支流。見"說文"。②谷名。即'崑崙山'的北谷。見"說文"。

激 ㄐㄧ chi¹ 音積
①水受阻遏而形成急流。見"說文"。②人心受鼓動而有所感發。如:激發。③急速;猛烈。如:激切。

9【激流】 ㄐㄧ ㄌㄧㄡˊ
①湍急的水流。②阻擋水流,使之激躍上漲。③(rip current)也稱渦流。是一種強勁、漩渦式,朝海方向進行的水流。發生於暗礁、障礙物間的溝道,或當兩股沿岸流的匯合點。

【激怒】 ㄐㄧ ㄋㄨˋ
因受刺激而發怒。

10【激素】 ㄐㄧ ㄙㄨˋ
(hormone)內分泌腺的分泌物。又稱內分泌素、荷爾蒙。係藉血液之循環而運至身體各部,以作爲代謝作用、生殖和緊急反應之調節。主要成分包括蛋白質、肽類、類固醇和嘌呤等。激素過多或過少皆會造成各種不正常的現象,如侏儒症、巨人症和不孕症等。

11【激情】 ㄐㄧ ㄑㄧㄥˊ
強烈而衝動的情感。

【激將】 ㄐㄧ ㄐㄧㄤˋ
以反話激發別人的情緒。

12【激越】 ㄐㄧ ㄩㄝˋ
聲音昂揚清遠。

14【激態】 ㄐㄧ ㄊㄞˋ
(excited state)當原子吸收外來的能量時,基態的電子將跳到能量較高的能階,此時的原子即處於激態。參基態。

15【激賞】 ㄐㄧ ㄕㄤˇ
非常讚賞。

17【激盪】 ㄐㄧ ㄉㄤˋ
動盪。

【激勵】 ㄐㄧ ㄌㄧˋ
激發勉勵。

16【激濁揚清】 ㄐㄧ ㄓㄨㄛˊ ㄧㄤˊ ㄑㄧㄥ
比喻斥惡揚善。

17【激勵因素】 ㄐㄧ ㄌㄧˋ ㄧㄣ ㄙㄨˋ
(motivators)'美國'社會學家'赫茲伯'(F. Herzberg)研究企業員工的行爲,提出「衛生—激勵」兩因素理論。他認爲凡與工作本身有關的因素,例如工作的成就、上級的賞識、工作的挑戰性、進步性等項,都具有激勵員工額外努力的作用,並使員工產生對於工作的滿足,因此稱爲激勵因素。以有

別於僅具預防努力程度下降而不具激勵作用的衛生(保衛生存)因素。

【激勵要素】ㄐㄧ ㄌㄧˋ ㄧㄠˋ ㄙㄨˋ (elements of motivation) 激勵程序中的三項重要因素:個人、工作及工作環境。此三項因素彼此互相關聯、相互影響。如圖所示。個人的價值觀念、工作態度、工作本身的內容與工作成就的意義及工作環境的優劣等,均係激勵程序中的主要因素,亦彼此相互關聯。

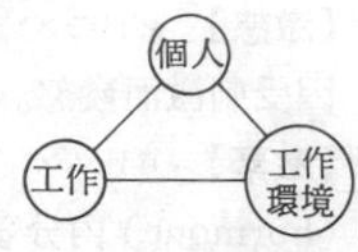

激勵要素關聯圖

【激勵指數】ㄐㄧ ㄌㄧˋ ㄓˇ ㄕㄨˋ (motivation index)或稱激勵指標。顯示一項工作所具之激勵程度。係由下式的乘積所得:

$$\underset{(0\sim1.0)}{E\to P}\times\underset{(0\sim1.0)}{P\to O}\times\underset{(0\sim1.0)}{V}。$$

E爲努力,P爲績效,O爲成果,V爲期望效用。

【激勵能階】ㄐㄧ ㄌㄧˋ ㄋㄥˊ ㄐㄧㄝ (excited state)電子所存在之能量位置,除最低能階之正常能階外,其餘之能階狀態皆稱爲原子結構中的激勵能階。

【激勵管理】ㄐㄧ ㄌㄧˋ ㄍㄨㄢˇ ㄌㄧˇ 以激勵員工工作動機爲中心的管理措施。激勵員工工作動機,須以研究員工心理爲前提,故激勵管理是以適應員工心理爲出發點的管理措施。激勵的範圍包括對員工行爲的激勵、員工思維的激勵及員工工作的激勵。

【激勵期望論】ㄐㄧ ㄌㄧˋ ㄑㄧˊ ㄨㄤˋ ㄌㄨㄣˋ (expectancy theory of motivation) 認爲激勵企業同仁努力工作的要件爲:一、當他預期努力可能獲得某項工作績效。二、該項工作績效可能獲得某項報償。三、該項報償對他的預期價值有足夠的吸引力。因此,只有當工作預期有績效,績效預期有報償,報償預期有吸引力,方能獲得激勵,稱爲激勵期望論。

【激勵需要論】ㄐㄧ ㄌㄧˋ ㄒㄩ ㄧㄠˋ ㄌㄨㄣˋ (needs theory of motivation) 持該理論者認爲一般人的行爲皆有其行爲動機,而行爲動機則源自於需要,因此應針對組織員工生理上或心理上的需要,設法予以適度滿足,作爲激勵其努力工作的手段。

澳 ㊀ ㄩˋ *yü*4 音郁
彎曲的水邊地。見"說文"。
㊁ ㄠˋ *ao*4 音奧
1可以停泊船隻的水灣。2地名。'澳門'的簡稱。

8【澳門】ㄠˋ ㄇㄣˊ 位於'廣東省''珠江'口西側的小半島上。範圍包括附近兩個小島。'明''嘉靖'(1553年)時租給'葡'人,'清''光緒'(1887年)時允其永久占用。曾極繁榮,後地位被'香港'所取代,現僅賴賭場稅收維持其經濟。

3【澳大利亞】ㄠˋ ㄉㄚˋ ㄌㄧˋ ㄧㄚˋ (Australia) 位於南'太平洋'和'印度洋'之間。面積768.7萬方公里,人口2,009萬(2005年),首都'坎培拉'。全境以高原為主,東部有'大分水山脈'(Great Dividing Range)。南回歸線橫貫中央,氣候乾燥,沙漠遍布。僅東南沿海狹小平原雨水較多,為精華區。農牧商業化,並有豐富的煤、鐵和鋁土。因受法令的限制,人口特少。

澰 ㄌㄧㄢˋ *lien*4 音斂
1浸漬。見"廣雅·釋詁"。2清澈。見"廣雅·釋詁"。

澮 ㄎㄨㄞˋ *k'uai*4 音快
1水名。參澮水。2田間排水的溝渠。見"字彙"。

4【澮水】ㄎㄨㄞˋ ㄕㄨㄟˇ 又名'翼水'。源出今'山西省''翼城縣'東南'澮山'下,西流經'曲沃縣'南,至'新絳縣'南注入'汾水'。

溦 ㊀ ㄇㄟˊ *mei*2 音眉
湄的或體。
㊁ ㄨㄟˊ *wei*2 音微
小雨。同溦。見"集韻"。

澩 ㊀ ㄒㄩㄝˊ *hsüeh*2 音學
夏漲水、多乾涸的沼澤。見"說文"。
㊁ ㄒㄧㄠˋ *hsiao*4 音校
水聲。見"廣韻"。

20【澩灂】ㄒㄩㄝˊ ㄓㄨㄛˊ 水波相激的聲音。

𨤲 ㄊㄚˋ *t'a*4 音踏
累積得很多很厚。見"廣韻"。

14

濘 ㊀ ㄋㄧㄥˋ *ning*4 音佞
1爛泥漿。見"廣韻"。2水淺的地方。見"集韻"。
㊁ ㄋㄥˋ *nêng*4
稀爛柔軟的糊狀物。

漻 ㄌㄧㄠˊ *liao*2 音寥
水清。見"字彙"。

濱 ㄅㄧㄣ *pin*1 音賓
1水涯。本作瀕。見"集韻"。2邊緣。3臨近;接近。如:濱臨。

15【濱線】ㄅㄧㄣ ㄒㄧㄢˋ (shoreline) 海面和陸面的交界線。因海面隨潮汐漲落而變動,高潮濱線至低潮濱線之間上、下移位的地帶因稱海濱。

5【濱外沙洲】ㄅㄧㄣ ㄨㄞˋ ㄕㄚ ㄓㄡ (off-shore bar)沿岸流攜帶泥沙漂流,在海濱之外所堆積成的沙洲。'臺灣'西南沿海廣布一連串的沙洲,如'東石'外海的'外傘頂洲'。

濟 ㊀ ㄐㄧˋ *chi*4 音劑
1渡水。見"廣韻"。2渡口。3增加。4救;助。如:濟世。5成功。見"字彙"。
㊁ ㄐㄧˇ *chi*3 音擠

①水名。參濟水。②眾多的樣子。如：人才濟濟。

4【濟水】ㄐㄧˇ ㄕㄨㄟˇ

①一名‘沇水’。古四瀆之一。源出今‘河南省’北境‘濟源縣’西北的‘王屋山’，東南流至‘孟縣’東南注入‘黃河’。②源出今‘湖南省’‘城步縣’‘角山’，東流至‘武岡縣’，合於‘威溪’。

9【濟南】ㄐㄧˇ ㄋㄢˊ

省轄市。位於‘山東省’西部，臨‘黃河’南岸。現爲‘山東省’省會。有鐵路在此交會，是本省西部主要的工商業中心；有麵粉、紡織、化學、機械等工業。

13【濟慈】ㄐㄧˋ ㄘˊ

(John Keats, 1795～1821)‘英國’詩人。出身卑微，命運乖蹇，在26歲去世前一、二年完成“夜鶯頌”(*Ode to a Nightingale*)、“希臘古瓶頌”(*Ode on a Grecian Urn*)等傑作而享譽身後。‘濟’氏純粹由靈感領悟到美，以自由而豐富的詩法與筆調創作，被後世推許爲浪漫主義偉大的天才詩人。

17【濟濟】ㄐㄧˇ ㄐㄧˇ

①威儀壯盛的樣子。②整齊美好的樣子。③莊敬的樣子。④人才眾多的樣子。

19【濟顛】ㄐㄧˋ ㄉㄧㄢ

(1129～1202)‘宋’高僧。‘天台’(今‘浙江’‘天台’)人，俗姓‘李’，法名‘道濟’。剃度於‘杭州’‘西湖’‘靈隱寺’，後依‘淨慈寺’。爲方便度世，佯爲顛狂，飲酒食肉，遊行市井間，因稱‘濟顛’，或稱‘濟公’、‘濟公活佛’。世傳其奇蹟頗多。

5【濟世匡時】ㄐㄧˋ ㄕˋ ㄎㄨㄤ ㄕˊ

救助世人，挽救時弊。

8【濟河焚舟】ㄐㄧˋ ㄏㄜˊ ㄈㄣˊ ㄓㄡ

渡河後就把船燒掉。形容決心死戰，不留退路。

9【濟南慘案】ㄐㄧˇ ㄋㄢˊ ㄘㄢˇ ㄢˋ

又稱五三慘案。‘民國’十七年五月一日，國民革命軍北伐進入‘濟南’。三日，‘日’軍爲阻撓北伐，射殺‘中國’軍民，慘殺外交特派員‘蔡公時’及職員16人，凌辱‘外交部’長‘黃郛’。七日，‘日’軍提出最後通牒，限於十二小時內圓滿答覆。國民革命軍連夜祕渡‘黃河’，繼續北伐。十一日，‘日’軍攻入‘濟南’，大肆屠殺，傷亡近五千人(另說約一萬一千餘人)。十八年三月，‘中’‘日’換文解決‘濟’案，‘日’軍於兩個月內從‘山東’境內撤退。

10【濟弱扶傾】ㄐㄧˋ ㄖㄨㄛˋ ㄈㄨˊ ㄑㄧㄥ

幫助弱小的民族，扶持危亡的國家。

17【濟濟一堂】ㄐㄧˇ ㄐㄧˇ ㄧ ㄊㄤˊ

許多人才聚集在同一堂屋之中。形容人才之盛。

【濟濟多士】ㄐㄧˇ ㄐㄧˇ ㄉㄨㄛ ㄕˋ

人才眾多。

濠 ㄏㄠˊ hao² 音豪

通壕。①護城河。見“廣韻”。②深濠。

濙 ㄧㄥˇ ying³ 音穎

參洴濙。

濚 ㄒㄧㄥˊ hsing² 音刑　又讀 ㄧㄥˊ ying² 音營

水波回旋的樣子。同瀠。見“集韻”。

濡 ㊀ ㄖㄨˊ ju² 音儒

①水名。參濡水㊀。②浸漬；沾溼。如：濡筆。③感染。如：耳濡目染。④緩慢。如：濡滯。⑤柔順。如：濡弱。

㊁ ㄦˊ êrh² 音而

參濡水㊁。

㊂ ㄋㄨㄢˊ nuan²

參濡水㊂。

4【濡水】㊀ ㄖㄨˊ ㄕㄨㄟˇ

又稱‘檀水’。源出‘河北省’‘淶水縣’西北，注入‘拒馬河’。

㊁ ㄦˊ ㄕㄨㄟˇ

源出‘河北省’‘任丘縣’西北，注入‘瀦龍河’。

㊂ ㄋㄨㄢˊ ㄕㄨㄟˇ

即‘灤河’。在‘河北省’東北部。

【濡化】ㄖㄨˊ ㄏㄨㄚˋ

①濡染感化。②(enculturation)個體學習生活環境周圍文化的過程。通常是指小孩經由模倣、教導、觀察與參考的過程習得傳統固有的文化或行爲模式。包括正規的教育或其他正式、非正式場合的學習。

7【濡忍】ㄖㄨˊ ㄖㄣˇ

柔順；含忍。

9【濡染】ㄖㄨˊ ㄖㄢˇ

①沾染；感染。②沾溼；浸溼。

14【濡滯】ㄖㄨˊ ㄓˋ

遲緩停留。

濯 ㄓㄨㄛˊ cho², chuo² 音濁

①洗滌。見“說文”。②姓。‘宋’有‘濯賡’。見“萬姓統譜·一一四”。

濤 ㄊㄠˊ t'ao² 音陶　又讀 ㄊㄠ t'ao¹ 音掏

大波。如：波濤。

濜 ㄐㄧㄣˋ chin⁴ 音燼

水名。參濜水。

4【濜水】ㄐㄧㄣˋ ㄕㄨㄟˇ

①源出‘陝西省’‘沔縣’北的‘龍門溝’，南流注入‘沔水’。②源出‘湖北省’‘棗陽縣’東北的‘桐柏山’，西南流注入‘滾河’。

濫 ㊀ ㄌㄢˋ lan⁴ 音爛

①水溢出河道。如：氾濫。②過度；沒有節制。如：濫用。

㊁ ㄌㄢˇ lan³ 音覽

①用水漬果乾。也指水漬過的果乾。見“釋名·釋飲食”。②攬聚。

4【濫冗】ㄌㄢˋ ㄖㄨㄥˇ

浮濫閒散。多指冗員過多。

5【濫用】ㄌㄢˋ ㄩㄥˋ

使用無度；亂用。

11【濫殺】ㄌㄢˋ ㄕㄚ

胡亂殺戮無辜。

15【濫調】ㄌㄢˋ ㄉㄧㄠˋ

無意義的空泛論調。

18【濫觴】ㄌㄢˋ ㄕㄤ

本指河流發源處水勢淺小，僅能浮起酒杯。後借指事物的起源。

9【濫竽充數】 ㄌㄢˋ ㄩˊ ㄔㄨㄥ ㄕㄨˋ
比喻沒有眞才實學而居位湊數。

𤄷 ㄆㄧㄠˇ *p'iao*³ 音縹
水噴流的樣子。見"集韻"。

瀰 ㊀ ㄋㄧˇ *ni*³ 音你
水滿。見"說文"。
㊁ ㄇㄧˇ *mi*³ 音弭
參瀰瀰。

17【瀰瀰】 ㄇㄧˇ ㄇㄧˇ
1眾多的樣子。2水流長遠的樣子。同瀰瀰。

𤃩 ㄗㄡˋ *tsou*⁴ 音驟
水流急速。見"集韻"。

𤃇 ㄨㄛˋ *wo*⁴ 音斡
取水。見"集韻"。

澀 ㄙㄜˋ *sê*⁴ 音色
本作歰。又作澁。1不光滑。見"說文"。2阻塞。3遲鈍。4味不甘滑。如：酸澀。

14【澀滯】 ㄙㄜˋ ㄓˋ
不順暢。

濬 ㄐㄩㄣˋ *chün*⁴ 音俊
1疏通河道。如：疏濬。2深邃；幽深。見"字彙"。

濛 ㄇㄥˊ *mêng*² 音蒙
細雨紛飛的樣子。見"說文"。

17【濛濛】 ㄇㄥˊ ㄇㄥˊ
1密布的樣子。2迷茫；迷離。3紛雜的樣子。

瀥
滈的或體。

濶
闊的俗體。

淵
ㄩㄢ *yüan*¹ 音冤
水深。見"字彙補"。

濭 ㊀ ㄎㄞˋ *k'ai*⁴ 音愾
擱淺。見"集韻"。
㊁ ㄞˋ *ai*⁴ 音愛
雲氣鬱積的樣子。

濕 ㊀ ㄕ *shih*¹ 音失
通溼。1潮。與燥相對。2沾溼。如：雨濕翠葉。
㊁ ㄊㄚˋ *t'a*⁴ 音踏
水名。通'漯'。參漯水㊁。

濩 ㊀ ㄏㄨㄛˋ *ho*⁴, *huo*⁴ 音穫
1屋簷水下流。見"說文"。2煮。見"玉篇"。3'商湯'的樂曲名。見"字彙"。
㊁ ㄏㄨˋ *hu*⁴ 音護
流散。見"字彙"。

12【濩渃】 ㄏㄨㄛˋ ㄖㄨㄛˋ
水面廣大的樣子。

13【濩落】 ㄏㄨㄛˋ ㄌㄨㄛˋ
不合時宜，爲世所棄。

瀢 ㄉㄨㄟˋ *tui*⁴ 音隊
浸漬。見"廣雅·釋詁"。

瀠 ㄧㄣ *yin*¹ 音殷
水名。同'溵'。參溵水。

濰 ㄨㄟˊ *wei*² 音維
1水名。參濰水。2縣名。參濰縣。

4【濰水】 ㄨㄟˊ ㄕㄨㄟˇ
源出今'山東省''莒縣'東北'箕屋山'東麓，東北流，至'安邱縣'東北會'東汶河'，又北流，經'昌邑縣'東，注入'萊州灣'。

16【濰縣】 ㄨㄟˊ ㄒㄧㄢˋ
在今'山東省'東境'諸城縣'西北。'膠濟鐵路'經此。

濞 ㄆㄧˋ *p'i*⁴ 音媲
水突然噴湧而出的聲音。見"說文"。

濮 ㄆㄨˊ *p'u*² 音僕
1水名。見"說文"。2種族名。本居我國西南地區，'春秋'時散居今'湖南省''澧'、'沅'二江流域。因其部族繁多，故又稱爲'百濮'。3姓。'宋'有'濮坦'。見"萬姓統譜·一一二"。

3【濮上之音】 ㄆㄨˊ ㄕㄤˋ ㄓ ㄧㄣ
指淫靡的亡國之音。參桑間濮上。

15

瀋 ㄕㄣˇ *shên*³ 音審
1汁水。見"說文"。2水名。參瀋水。

4【瀋水】 ㄕㄣˇ ㄕㄨㄟˇ
俗名'五里河'。舊名'小瀋河'。源出'瀋陽市'東'哈達嶺''觀音閣'下，流入'渾河'。

12【瀋陽市】 ㄕㄣˇ ㄧㄤˊ ㄕˋ
直轄市。位於'遼寧省'北部，居'瀋河'('渾河')北岸。曾爲'清'初首都，名勝古蹟多。現爲'遼寧省'省會。有數條鐵路在此接軌，並以'大連'、'葫蘆島'爲出口港；工商業相當發達，有機械、冶金、化學、食品等工業。是東北地方南部交通、政治、經濟、軍事中心及東北第一大城。

瀉 ㄒㄧㄝˋ *hsieh*⁴ 音卸
1水急速傾洩。見"玉篇"。2俗稱拉肚子。如：藥瀉。3不毛之地。如：瀉土。

24【瀉鹽】 ㄒㄧㄝˋ ㄧㄢˊ
(cathartic) 含有七個結晶水的硫酸鎂 ($MgSO_4 \cdot 7H_2O$)。是一種無色針狀結晶，加熱分解，可溶於水及乙醇。有輕瀉的效用，醫藥上用作瀉劑，俗稱瀉鹽。

瀇 ㄨㄤˇ *wang*³ 音枉
水深廣的樣子。見"集韻"。

瀌 ㄅㄧㄠ *piao*¹ 音鑣
參瀌瀌。

18【瀌瀌】 ㄅㄧㄠ ㄅㄧㄠ
雨雪盛大的樣子。

瀍 ㄔㄢˊ *ch'an*² 音纏
水名。參瀍水。

4【瀍水】 ㄔㄢˊ ㄕㄨㄟˇ
源出今'河南省''孟津縣'西'穀城山'，流經'洛陽縣'北，又東南流入'洛水'。

瀁 ㄧㄤˋ *yang*⁴ 音漾 又讀 ㄧㄤˇ *yang*³ 音癢
水名。也作'漾'。參漾水。

瀅 ㄧㄥˊ *ying*² 音瑩
參汀瀅。

瀞 ㄐㄧㄥˋ *ching*⁴ 音靚
1寒冷。見"說文"。2潔淨。通淨。見"正字通"。

瀔 ㄍㄨˇ *ku*³ 音穀
水名。也作'穀'。參穀水1。

瀆 ㄉㄨˊ tu^2 音讀
1水溝。見"說文"。2河川。見"字彙"。3輕慢。如:冒瀆。4姓。'漢'有'瀆弘之'。見"萬姓統譜·一一二"。

18【瀆職】 ㄉㄨˊ ㄓˊ
有虧職守。指公務員褻瀆職務的尊嚴,而犯有委棄守地、受賄、濫用職權、洩漏機密等罪。

瀀 ㄧㄡ yu^1 音優
雨澤豐沛。見"說文"。

濿 ㄌㄧˋ li^4 音利
渡水。也作砅、厲。見"說文"。

瀢 ㄉㄨㄟˋ tui^4 音兌
參瀢沱。

8【瀢沱】 ㄉㄨㄟˋ ㄊㄨㄛˊ
沙石隨水流動的樣子。也作瀢灖。

瀦 ㄓㄨ chu^1 音豬
或作潴。水流停聚的地方。見"集韻"。

濾 ㄌㄩˋ $lü^4$ 音慮
去除液體中的雜質。

8【濾泡】 ㄌㄩˋ ㄆㄠˋ
(follicle) 位於雌性哺乳動物的卵巢內。每一濾泡內有一個卵母細胞,卵母細胞的周圍有許多濾泡細胞,濾泡長大後,中央出現空腔,其內充滿液體,卵母細胞行減數分裂,最後濾泡移近卵巢表面而告破裂,卵即排出。

11【濾率】 ㄌㄩˋ ㄌㄩˋ
(rate of filtration)單位面積每日通過的水量。水廠之操作,多裝設有濾率控制器,以控制一定的過濾速度。爲經濟利用濾池,另有變率過濾與減率過濾兩種水廠之操作。

15【濾層】 ㄌㄩˋ ㄘㄥˊ
(filter) 用以保護較細土粒,以免被流水沖失,但卻能允許水自被保護土層中排出的一層或數層透水材料。

16【濾嘴】 ㄌㄩˋ ㄗㄨㄟˇ
菸頭上過濾菸油及尼古丁的部分。

6【濾光鏡】 ㄌㄩˋ ㄍㄨㄤ ㄐㄧㄥˋ
用以改變軟片上感光乳劑對色彩和光線的感應並延長曝光時間,以達到攝影要求的彩色光學鏡片。鏡片表面有波長整齊的薄膜,因干涉作用而可對波長的某部分作選擇性的吸收。在不標準的日光、家庭用燈光或螢光下攝影,濾光鏡能矯正不合適的光線,使之適合軟片個別標準。鏡片的顏色及密度,配合軟片的色感、光線的色彩,可改變曝光時間。另可作護目鏡,以濾去傷目的紫外線。

8【濾波器】 ㄌㄩˋ ㄅㄛ ㄑㄧˋ
(filter)由電阻器、電感器及電容器組成的選擇性網路。僅容許某些頻率的信號通過,而阻絕其他頻率的信號。

6【濾池調節】 ㄌㄩˋ ㄔˊ ㄊㄧㄠˊ ㄐㄧㄝˊ
(filter conditioning) 在即將進入濾池的原水中加入化學藥品,使膠羽質點與砂粒間結合牢固,以改善濾池之過濾性能。如果原水經混凝及沈澱後即施以過濾,則水中之殘留膠羽常緊貼於砂粒表面,引致砂層孔隙受阻,孔隙流速增大,沖鬆膠羽,導致發生膠羽貫穿現象,使過濾後的水質變成渾濁。濾池調節即可減少此現象發生。

8【濾泡激素】 ㄌㄩˋ ㄆㄠˋ ㄐㄧ ㄙㄨˋ
(follicle-stimulating hormone; FSH)又稱卵泡成熟促激素。爲腦下腺前葉所產生的激素。其主要作用有三:一、刺激原始濾泡開始生長及發育成熟。二、刺激濾泡細胞分泌動情素。三、在男性,刺激曲細精管的發育及精子的發生。

9【濾前處理】 ㄌㄩˋ ㄑㄧㄢˊ ㄔㄨˇ ㄌㄧˇ
(pretreatment of filtration)應用矽酸鈉(活性矽)、高分子等助凝劑改善明礬的混凝作用,增大膠羽之顆粒及強度,並使之易於下沈及過濾,作爲水快濾之前的處理。可使欲過濾的水質,適合於快濾需要,以減少濾池負荷,保障出水水質的優良。

瀑 ㈠ ㄅㄠˋ pao^4 音刨
1暴雨;疾雨。見"說文"。2水激飛。如:瀧珠瀑沫。
㈡ ㄆㄨˋ $p'u^4$ 音曝
參瀑布。

5【瀑布】 ㄆㄨˋ ㄅㄨˋ
(cascade; waterfall) 因河流落差造成水沫飛濺,遠望如白布下垂的水流。冰川懸谷與斷層都是造成瀑布的主因。

【瀑布線】 ㄆㄨˋ ㄅㄨˋ ㄒㄧㄢˋ
(fall-line) 在一系列約略平行的高地河川,一旦流進低地時,在高地邊緣均發生瀑布,連結瀑布所在各點而成的連線,即爲瀑布線。通常發生於斷層線上。'美國'東部'阿帕拉契山脈'東麓,因地形高低差異,在一連串的平行河川上所形成的瀑布線最爲著名。

濺 ㄐㄧㄢˋ $chien^4$ 音見
液體四向激射。見"字彙"。

瀃 ㄙˋ $szŭ^4, ssŭ^4$ 音賜
1洩水的閘門。見"集韻"。2阻塞河道,使水不能流下。見"集韻"。

瀟 瀟的俗體。

瀄 ㄌㄟˇ lei^3 音磊
參漯瀄。

瀎 ㄇㄧㄝˋ $mieh^4$ 音滅　又讀 ㄇㄛˋ mo^4 音墨
塗飾;擦拭。見"集韻"。

瀐 ㄍㄨㄛˊ ko^2, kuo^2 音國
河流分成支流流去。見"說文"。

瀏 ㄌㄧㄝˋ $lieh^4$ 音獵
水流聲。見"集韻"。

瀌 ㄐㄧㄠ $chiao^1$ 音交
水名。見"玉篇"。

16【瀌滆】 ㄐㄧㄠ ㄍㄜˊ
水深廣的樣子。

濼 ㊀ ㄌㄨㄛˋ lo⁴, luo⁴ 音落
古水名。在'山東省'。見"字彙"。
㊁ ㄅㄛˊ po² 音博 又讀 ㄆㄛˋ p'o⁴ 音迫
湖泊。也作泊。

瀏 ㄌㄧㄡˊ liu² 音留
[1]水很清澈的樣子。見"說文"。[2]清爽。如:瀏亮。[3]風急速的樣子。

9【瀏亮】 ㄌㄧㄡˊ ㄌㄧㄤˋ
[1]指文章清順明朗。[2]指樂聲清朗悅耳。

21【瀏覽】 ㄌㄧㄡˊ ㄌㄢˇ
約略觀看。也作劉覽、流覽。

16

瀙 ㄑㄧㄣˋ ch'in⁴ 音沁
水名。參瀙水。

4【瀙水】 ㄑㄧㄣˋ ㄕㄨㄟˇ
源出'河南省''泌陽縣'的'中陽山',東流至'上蔡縣'注入'汝水'。

瀧 ㊀ ㄌㄨㄥˊ lung² 音龍
[1]湍急的流水。見"集韻"。[2]細雨的樣子。見"字彙補"。[3]水流的聲音。
㊁ ㄕㄨㄤ shuang¹ 音雙
水名。參瀧水。

4【瀧水】 ㄕㄨㄤ ㄕㄨㄟˇ
[1]一名'晉康水',又名'南江'。源出'廣東省''羅定縣'西南'雲蓋山',至'德慶縣'東南,注入'西江'。[2]一名'武溪水',又名'武水'。源出'湖南省''臨武縣'西'桐柏山',入'廣東省'境,至'曲江縣'注入'北江'。[3]即源出'山東省''淄川縣'南的'孝婦河',至'桓臺縣'東北,注入'小清河'。

瀛 ㄧㄥˊ ying² 音盈
大海。見"集韻"。

10【瀛海】 ㄧㄥˊ ㄏㄞˇ
古人稱環繞大九州的大海。

瀤 ㊀ ㄏㄨㄞˊ huai² 音懷
水名。見"說文"。
㊁ ㄨㄟ wei¹ 音威
參溾瀤。

瀠 ㄧㄥˊ ying² 音瑩
大水。見"玉篇"。

濩 ㄏㄨㄛˋ ho⁴, huo⁴ 音霍
[1]浸漬。見"廣雅·釋詁"。[2]水名。參濩水。

4【濩水】 ㄏㄨㄛˋ ㄕㄨㄟˇ
[1]源出'河南省''扶溝縣',東南流入'刺河'。[2]源出'湖北省''安陸縣''白兆山',東流入'涓水'。

瀞 ㄐㄧㄥˋ ching⁴ 音敬
清潔。通作淨。見"說文"。
滈的或體。

瀗

瀫 ㄏㄨˊ hu² 音斛
水聲。見"集韻"。

瀗 ㄌㄧˋ li⁴ 音利
[1]水點滴落。見"玉篇"。[2]水流滲出。見"集韻"。

瀜 ㄖㄨㄥˊ jung² 音容
參沖瀜。

瀨 ㄌㄞˋ lai⁴ 音賴
[1]水流在沙上。見"說文"。[2]急流。如:急瀨。[3]江河的水淺處。如:江瀨。[4]水名。參瀨水。

4【瀨水】 ㄌㄞˋ ㄕㄨㄟˇ
[1]即今'江蘇省''溧陽縣'西北的'溧水'。又名'永陽江'。源出'安徽省''蕪湖縣',東流入'江蘇省'境,流入'荊溪',注入'太湖'。[2]即源出'廣西省''永福縣'的'荔江'。至'平樂縣'西南,注入'灕江'。

【瀨戶內海】 ㄌㄞˋ ㄏㄨˋ ㄋㄟˋ ㄏㄞˇ
(Inland Sea) 爲'日本'的內海。位於'本州'(Honshu)、'四國'(Shikoku)、'九州'(Kyushu)三島之間。面積9,500方公里,深20～60公尺,有大小島嶼六百多座。經'門司'(Moji)可通'對馬海峽'(Tsushima Str.),經'紀伊水道'(Kii Suidō)可通'太平洋'。沿岸要港有'大阪'、'神戶'(Kōbe)及'廣島'。

瀚 ㄏㄢˋ han⁴ 音汗
廣大的樣子。如:浩瀚。

瀇 ㊀ ㄏㄥˋ hêng⁴ 音絎
小渡口。見"說文"。
㊁ ㄏㄥˊ hêng² 音衡
浮橋。見"篇海類編"。

瀝 ㄌㄧˋ li⁴ 音歷
[1]水下滴。見"說文"。[2]滴出。如:瀝血。[3]披露。如:披肝瀝膽。[4]酒。見"廣雅·釋器"。[5]狀聲詞。形容風聲或水聲。如:淅瀝。

6【瀝血】 ㄌㄧˋ ㄒㄧㄝˇ
[1]滴血。[2]指滴血爲誓。

8【瀝青】 ㄌㄧˋ ㄑㄧㄥ
(pitch) 一種具有焦臭味的黑色固體。爲蒸餾煤溚的最後產物。有軟如蠟的,也有硬如玻璃的。質軟的約在50°C時熔化,質硬的約在80～100°C時熔化。不溶於水,但可混合於二硫化碳和苯。用於製造塗料、屋頂油氈及鋪路等。

19【瀝瀝】 ㄌㄧˋ ㄌㄧˋ
狀聲詞。多用來形容風聲或水聲。

8【瀝青地磚】 ㄌㄧˋ ㄑㄧㄥ ㄉㄧˋ ㄓㄨㄢ
(asphalt tile) 於地瀝青或樹脂性黏合劑中加入石綿纖維,礦物質著色粉,在加熱加壓情況下再混入惰性填料所製成的地磚。可用以鋪設地板或牆壁。

【瀝青透層】 ㄌㄧˋ ㄑㄧㄥ ㄊㄡˋ ㄘㄥˊ
(asphalt prime coat) 鋪設於面層與底層間的較薄瀝青層。可增加面層與底層間的黏結力,並使低稠度的瀝青滲透至底層某一深度,以杜塞粒料間的毛細空隙,保持底層中的適當水分,以免水分經由毛細管作用升至表面被蒸發,致使底層強度銳減;同時抑住底層的水分經由毛細空隙上升,侵入面層所鋪裝的瀝青面層。

【瀝青黏層】 ㄌㄧˋ ㄑㄧㄥ ㄋㄧㄢˊ ㄘㄥˊ
(tack coat) 在水泥混凝土路面與加鋪磨耗層間,或在舊瀝青面層上與加鋪面層間,所先加鋪的一層極薄瀝青料。用以增加兩層間的黏著力。

瀡 ㄙㄨㄟˇ *sui*^{3} 音髓
滑潤。見“玉篇”。

瀘 ㄌㄨˊ *lu*^{2} 音盧
水名。參瀘水。

4【瀘水】 ㄌㄨˊ ㄕㄨㄟˇ
①指今‘西康省’‘冕寧縣’西至‘會理縣’西,‘雅礱江’(即‘若水’)注入‘金沙江’的一段。②又名‘瀘江’。即‘古廬水’。源出‘江西省’‘萍鄉縣’與‘安福縣’間‘武功山’,至‘吉安縣’南,注入‘贛江’。③今名‘瀘江’。源出今‘雲南省’‘石屏縣’‘異龍湖’,至‘開遠縣’西南,注入‘盤江’。

瀟 ㄒㄧㄠ *hsiao*^{1} 音蕭
①水清而深的樣子。見“正字通”。②風雨交加的樣子。③水名。參瀟水。

4【瀟水】 ㄒㄧㄠ ㄕㄨㄟˇ
在今‘湖南省’‘道縣’北。源於‘瀟山’,北流至‘零陵縣’與‘湘水’合流。

19【瀟瀟】 ㄒㄧㄠ ㄒㄧㄠ
①風雨暴疾的樣子。②風雨聲。

22【瀟灑】 ㄒㄧㄠ ㄙㄚˇ
①高雅脫俗。也作蕭灑。②輕鬆愉快。

⿰氵蕈 ㄧㄣˇ *yin*^{3} 音引
參⿰氵蕈⿰氵藥。

22【⿰氵蕈⿰氵藥】 ㄧㄣˇ ㄩㄝˋ
水波搖動的樣子。

瀢 ㊀ ㄨㄟˇ *wei*^{3} 音委
魚多的樣子。見“廣韻”。
㊁ ㄉㄨㄟˋ *tui*^{4} 音兌
參瀢沲。

11【瀢沲】 ㄉㄨㄟˋ ㄊㄨㄛˊ
沙石隨水搖動的樣子。

瀕 ㄅㄧㄣ *pin*^{1} 音賓 又讀 ㄆㄧㄣˊ *p'in*^{2} 音頻
①水濱;涯岸。俗作濱。見“說文”。②迫近。如:瀕臨。

17【瀕臨】 ㄅㄧㄣ ㄌㄧㄣˊ
臨近;靠近。

瀣 ㄒㄧㄝˋ *hsieh*^{4} 音械
參沆瀣。

澩 ⿱𦥯木的或體。

⿰氵頹 ㄉㄨㄟˋ *tui*^{4} 音隊
沙石隨水來往搖動的樣子。見“正字通”。

17

瀽 ㄐㄧㄢˇ *chien*^{3} 音蹇
傾倒、潑出廢棄物。

瀼 ㊀ ㄖㄤˊ *jang*^{2} 音穰
參瀼瀼。
㊁ ㄖㄤˋ *jang*^{4} 音讓
①‘四川’方言稱通入江海的山間水流。見‘陸游’“入蜀記”。②水名。參瀼水。

4【瀼水】 ㄖㄤˋ ㄕㄨㄟˇ
今‘四川省’東境以瀼名水的,計有三條:一、今名‘分水河’,一名‘大瀼水’,又名‘西瀼水’。源出‘奉節縣’西北‘石柱山’,南流至‘車家壩’,折向東,至縣東注入‘長江’。二、‘東瀼水’。源出‘石柱山’西南,南流至‘雲陽縣’西注入‘長江’。三、今名‘小河’,即‘清瀼水’。源出‘雲陽縣’西北,東南流,注入‘長江’。

20【瀼瀼】 ㄖㄤˊ ㄖㄤˊ
露濃的樣子。

⿰氵麋 湄的或體。

瀵 ㄈㄣˋ *fên*^{4} 音糞
①泉水從地下噴出。見“說文”。②從地下噴出的泉水。見“字彙”。

瀯 ㄧㄥˊ *ying*^{2} 音營
參瀯瀯。

20【瀯瀯】 ㄧㄥˊ ㄧㄥˊ
水流的聲音。

⿰氵霝 ㄌㄧㄥˊ *ling*^{2} 音靈
彎曲的水岸。見“集韻”。

瀷 ㄧˋ *i*^{4} 音弋
積聚的流水。見“正字通”。

⿰氵⿱埶水 ㄓˊ *chih*^{2} 音蟄
小雨。見“集韻”。

⿰氵截 ㄉㄞˋ *tai*^{4} 音戴
酒混濁不清。見“集韻”。

瀰 ㊀ ㄇㄧˊ *mi*^{2} 音彌
①水盛大的樣子。見“正字通”。②水滿溢。見“正字通”。
㊁ ㄇㄧˇ *mi*^{3} 音米
水深。見“玉篇”。

14【瀰漫】 ㄇㄧˊ ㄇㄢˋ
①水盈滿的樣子。②充滿;遍布。

⿰氵磴 ㄉㄥ *têng*^{1} 音登 又讀 ㄊㄥˋ *t'êng*^{4}
①小水流相匯聚。見“集韻”。②石階。通墱。見“正字通”。

⿰氵磿 瀝的或體。

⿰氵隱 濦的或體。

瀳 ㄐㄧㄢˋ *chien*^{4} 音見
洪水相繼而至。也作洊。見“說文”。

瀴 ㄧㄥˇ *ying*^{3} 音影 又讀 ㄇㄧㄥˇ *ming*^{3} 音茗
水流杳遠的樣子。見“正字通”。

瀶 ㄢˇ *an*^{3} 音唵 又讀 ㄧㄣˇ *yin*^{3} 音引
水大量湧到。見“說文”。

瀾 ㊀ ㄌㄢˊ *lan*^{2} 音藍
①大波浪。見“說文”。②波浪洶湧的樣子。
㊁ ㄌㄢˋ *lan*^{4} 音爛
米汁。見“廣雅·釋器”。

14【瀾漫】 ㄌㄢˋ ㄇㄢˋ
①興會淋漓的樣子。②分散、雜亂的樣子。③廣闊遼遠的樣子。④鮮麗的樣子。⑤率真的樣子。

13【瀾滄江】 ㄌㄢˊ ㄘㄤ ㄐㄧㄤ
源於‘青海省’西南部‘唐古喇山’的北麓。奔流於‘寧靜山’與‘永隆里山’、‘雲嶺’與‘怒山’間的深谷中,出國境後入‘中南半島’,稱‘湄公河’。水量大而流急,富水力資源。

[illegible] ㄏㄨㄥ *hung*^{1} 音轟
水相激的聲音。見“字彙”。

瀱 ㄐㄧˋ *chi*^{4} 音計
①井水。見“玉篇”。②泉水湧出的樣子。見“廣韻”。

灂 或作灂。㊀ ㄓㄨㄛˊ *cho*^{2}, *chuo*^{2} 音濯
細小的水聲。見“說文”。

三 ㄐㄧㄠˋ *chiao*⁴ 音叫
車轅上的塗漆。見"字彙"。

瀲 ㄌㄧㄢˋ *lien*⁴ 音斂
1水邊。2水滿溢的樣子。3水波瀲灩的樣子。

31【瀲灩】 ㄌㄧㄢˋ ㄧㄢˋ
1水流動滿溢的樣子。2波光反映的樣子。3水波相連的樣子。

瀸 ㄐㄧㄢ *chien*¹ 音尖
1浸漬。2沾染。3和洽。

瀿 ㄈㄢˊ *fan*² 音煩
水流暴溢。見"集韻"。

瀺 ㄔㄢˊ *ch'an*² 音讒
1流注;灌注。如:瀺注。2手腳上分泌出來的汗液。見"字彙補"。

瀹 ㄩㄝˋ *yüeh*⁴ 音閱 又讀 ㄧㄠˋ *yao*⁴ 音鑰
1淹漬。見"說文"。2烹煮。如:瀹茶。3疏通河道。見"字彙"。

18

灋 法的古文。

𤅶 ㄈㄢ *fan*¹ 音翻
大波瀾。見"說文"。

𤅪 ㄈㄢ *fan*¹ 音翻
米汁。見"廣韻"。

𤅹 ㄒㄧˋ *hsi*⁴ 音戲
參𤅹沭。

8【𤅹沭】 ㄒㄧˋ ㄕㄨˋ
窘迫惶恐的樣子。

灊 ㄑㄧㄢˊ *ch'ien*² 音潛
水名。參渠江。

灄 ㄕㄜˋ *shê*⁴ 音攝
1水名。參灄水。2木筏。見"字彙補"。

4【灄水】 ㄕㄜˋ ㄕㄨㄟˇ
1也稱'武湖水'。源出'鄂'、'豫'邊境之'仙居山',南流至'湖北省''黃陂縣'南,由'漢口市'東北注入'長江'。2在今'湖北省''黃安縣'西。有二源:一出'金局關',一出'黃陂站',合流南下名'雙河',南流入'黃陂縣'界。

灃 ㄈㄥ *fêng*¹ 音豐
水名。參灃水。

4【灃水】 ㄈㄥ ㄕㄨㄟˇ
也作'豐水'、'酆水'。源出'陝西省''鄠縣'東南'終南山'的'豐峪',至'咸陽縣'東南入'渭'。

灈 ㄑㄩˊ *ch'ü*² 音衢
水名。參灈水。

4【灈水】 ㄑㄩˊ ㄕㄨㄟˇ
一名'石洋河'。源出'河南省''遂平縣'西的'嵖峰岈山',東南流入'溵水'。

𤆂 ㄊㄢˋ *t'an*⁴ 音探
1水漂流疾速的樣子。見"集韻"。2勇敢果決。見"集韻"。

灅 ㄌㄟˇ *lei*³ 音壘
水名。參灅水。

4【灅水】 ㄌㄟˇ ㄕㄨㄟˇ
1即'沙河'。又名'十河'。源出'河北省''遵化縣'北'馬蹄峪',南流注入'梨河'。2即古'治水',一名'溼水',今名'黃水河'。源出'山西省''朔縣'東南,至'山陰縣'東北,與'桑乾河'合流。

𤆀 ㄅㄟˋ *pei*⁴ 音備
水勢洶湧。見"集韻"。

灌 ㄍㄨㄢˋ *kuan*⁴ 音貫
1古代祭祀時,以酒灑地或澆苞茅求神降臨的一種儀式。通祼。見"正字通"。2傾入;注入。如:灌溉。3姓。'漢'有'灌嬰'。見"漢書·灌嬰傳"。

4【灌木】 ㄍㄨㄢˋ ㄇㄨˋ
1(shrub) 莖枝由基部叢生,無明顯主幹,且較矮小的木本植物。如茶樹、杜鵑花等。2叢生的樹木。

7【灌沃】 ㄍㄨㄢˋ ㄨㄛˋ
灌溉。

11【灌救】 ㄍㄨㄢˋ ㄐㄧㄡˋ
1用水救火。2用藥水灌入病人口中以救人。

【灌頂】 ㄍㄨㄢˋ ㄉㄧㄥˇ
1佛教密宗於其門弟子晉級阿闍梨(教授師)位時,經其傳法上師用淨水灌灑頭頂,以表傳授法脈與祝願。灌是灌持,表示諸佛的護念;頂是頭頂,表示行持的崇高。2(561～632)'唐'高僧名。俗姓'吳',字'法雲','常州''義興'人。二十歲受具足戒,受天台教觀於'智顗',世稱'章安法師'。曾集錄'智顗'所講授的"法華玄義"、"法華文句"、"摩訶止觀"等書,而爲天台宗的經典。撰有"大般涅槃經玄義"及"天台智者大師別傳"等。

13【灌腸】 ㄍㄨㄢˋ ㄔㄤˊ
1香腸。2 (enema) 病人解不出大便,可用特製器具,將藥物從肛門灌入大腸中,以解出大便。另外,爲了特別檢查目的,如做大腸內視鏡檢查、大腸手術,都需要灌腸,使大腸內乾淨。此外,鋇劑灌腸常用在大腸的X光檢查,即把鋇劑灌入大腸中,再做X光攝影。

15【灌漿】 ㄍㄨㄢˋ ㄐㄧㄤ
(grouting)將乳漿以壓力注入土壤孔隙或岩石的罅隙及裂縫中。目的在增進土體或岩體的強度及降低透水性。

16【灌輸】 ㄍㄨㄢˋ ㄕㄨ
注入;輸入。

10【灌迷湯】 ㄍㄨㄢˋ ㄇㄧˊ ㄊㄤ
比喻假意或過分恭維他人。也作灌米湯。

12【灌溉系統】 ㄍㄨㄢˋ ㄍㄞˋ ㄒㄧˋ ㄊㄨㄥˇ
(irrigation system) 包括引水、輸水、配水、量水等工程與其他控制或調節流量、保護系統安全的各種結構物。分爲明渠、管路及噴灑系統。極優良的排水地形可採用明渠系統;水源欠缺、晞量很高的坡地則宜用噴灑及管路灌溉方式。

【灌溉效率】 ㄍㄨㄢˋ ㄍㄞˋ ㄒㄧㄠˋ ㄌㄩˋ
(irrigation efficiency) 輸送到田間的水量中,有效使用於作物生長的水量。通常以百分比表示之。爲評估灌溉效果、程度常用的指標。

灉 澭的或體。

灉 ㄩㄥ yung¹ 音雍
水名。參灉水。

4【灉水】ㄩㄥ ㄕㄨㄟˇ
也作'澭水'、'雍水'。俗稱'趙王河'。源出'山東省''菏澤縣'西北,從'河北省''東明縣'流入'黃河'。今河道已淤塞。

灡 ㄐㄧㄢˇ chien³ 音簡
洗米。見"說文"。

灟 ㄏㄨㄥˊ hung² 音洪
大波。見"玉篇"。

灋 ㄈㄢˋ fan⁴ 音飯
①泉水。見"說文"。②泉水暴溢。見"說文·𩰉·段注"。

19

灕 ㄌㄧˊ li² 音離
①水滲入地中。見"集韻"。②水名。參灕水。

4【灕水】ㄌㄧˊ ㄕㄨㄟˇ
①又名'大夏河'。源出'甘肅省''西傾山',東北流,經'夏河縣'東,又東北流,納諸水,至'臨夏縣'南,折而北流,至'永靖縣'東,注入'黃河'。②今名'灕江',又名'桂江'。源出'廣西省''興安縣''海陽山',至'漢潭'匯眾水,乃分二支,東北流入'湖南省'爲'湘水',西南流爲'灕水'。由'靈渠'經'靈川縣'東北,至'桂林'東,轉東南流,至'蒼梧縣'西,注入'潯江'('西江'上游)。

灖 ㄇㄧˇ mi³ 音米
水在流動的樣子。見"集韻"。

灑 ㄙㄚˇ sa³ 音撒
①散落;揮落。如:灑淚。②清除。如:清灑。③不拘束。如:灑脫。

11【灑脫】ㄙㄚˇ ㄊㄨㄛ
自然而不拘束。

13【灑落】ㄙㄚˇ ㄌㄨㄛˋ
①散落。②灑脫自然。

22【灑灑】ㄙㄚˇ ㄙㄚˇ
①四散的樣子。②連緜的樣子。

灞 灞的俗體。

灘 ㄊㄢ t'an¹ 音貪
水邊的沙石地。如:沙灘。

18【灘簧】ㄊㄢ ㄏㄨㄤˊ
流行於'蘇'、'滬'一帶的彈詞俚曲。也作攤簧、灘黃。約於'清''乾隆'年間在'蘇州'形成,'同治'、'光緒'時才傳至各地。辛亥革命前後,各地的灘簧大都發展成戲劇,如'蘇'劇、'滬'劇、'杭'劇等。

16【灘頭堡】ㄊㄢ ㄊㄡˊ ㄅㄠˇ
(beachhead)敵岸的指定目標攻占區。攻下此一目標作爲根據地,可使部隊與軍品陸續登陸。

灧 灩的俗體。

灗 ㄕㄢˋ shan⁴ 音善
參浣灗。

灤 ㊀ ㄩㄝˋ yüeh⁴ 音月
古水名。源出'河南省''泌陽縣'境。見"正字通"。
㊁ ㄕㄨㄛˋ shuo⁴ 音朔
參勺灤。

灒 ㄗㄢˋ tsan⁴ 音贊
①用汙水濺潑。見"說文"。②把水潑在人身上。見"說文"。

澍 ㄕㄨˋ shu⁴ 音樹
水波。見"集韻"。

灓 ㊀ ㄌㄨㄢˊ luan² 音鸞
①滲漏的水流。見"說文"。②浸漬。見"篇海類編"。
㊁ ㄌㄨㄢˋ luan⁴ 音亂
橫渡過河。見"廣韻"。

20

灙 ㄩˊ yü² 音余
①古水名。見"說文"。②水搖蕩的樣子。見"正字通"。

灡 ㄇㄢˋ man⁴ 音慢
參灡㵝。

15【灡㵝】ㄇㄢˋ ㄢˋ
水滿的樣子。

灙 ㄉㄤˇ tang³ 音黨
參灙漭。

14【灙漭】ㄉㄤˇ ㄇㄤˇ
水勢盛大的樣子。

灛 ㄔㄢˇ ch'an³ 音產
水名。'汶水'的別流。見"爾雅·釋水"。

灚 ㄐㄧㄠˇ chiao³ 音腳
攪水聲。見"集韻"。

21

灞 ㄅㄚˋ pa⁴ 音霸
水名。參灞水。

4【灞水】ㄅㄚˋ ㄕㄨㄟˇ
源出'陝西省''藍田縣'谷中,至'長安縣'界北流,注入'渭水'。

灖 瀰的俗體。

灟 ㄓㄨˊ chu² 音燭
眼淚。見"集韻"。

灢 ㄋㄤˇ nang³ 音曩
水流動的樣子。見"集韻"。

灝 ㄏㄠˋ hao⁴ 音浩
①豆汁。見"說文"。②廣大無邊。如:灝氣。

10【灝氣】ㄏㄠˋ ㄑㄧˋ
充塞於天地間的大氣。

24【灝灝】ㄏㄠˋ ㄏㄠˋ
浩大的樣子。

灡 ㄌㄢˋ lan⁴ 音爛
洗米水。見"說文"。

灅 ㄌㄟˇ lei³ 音壘 又讀 ㄌㄟˊ lei² 音雷
古水名。源出'雁門'。見"字彙"。

22

灣 ㄨㄢ wan¹ 音彎
①水流彎曲的地方。見"集韻"。②(bay)海岸或湖岸向陸地凹陷,形成三面環陸,一面向海或湖的水域。因爲灣內風浪較小,適於船隻停泊,通常爲良好的天然港。③停泊。

9【灣流】ㄨㄢ ㄌㄧㄡˊ
(gulf stream)指北'大西洋'西邊

的一條高溫度、高鹽度的暖海流。水色呈深藍，水流速度快。爲北赤道流與向北流之一支南赤道海流的支流，經‘加勒比海’繞‘墨西哥灣’，而後流出‘佛羅里達海峽’。

23

灤 ㄌㄨㄢˊ *luan*2 音鸞
水名。參灤河。

8【灤河】 ㄌㄨㄢˊ ㄏㄜˊ
即古‘濡水’。俗名‘上都河’。源出‘察哈爾省’‘馬尼圖山’北麓，東南流經‘熱河省’，在‘河北省’‘樂亭縣’東南，注入‘渤海’。

灦 ㄒㄧㄢˇ *hsien*3 音顯
水深澄的樣子。見“集韻”。

24

灨 ㄍㄢˋ *kan*4 音幹
水名。通作‘贛’。參贛江。

灧
灩的俗體。

28

灩 ㄧㄢˋ *yen*4 音豔
參瀲灩。

31【灩灩】 ㄧㄢˋ ㄧㄢˋ
波光蕩漾的樣子。

16【灩澦堆】 ㄧㄢˋ ㄩˋ ㄉㄨㄟ
在今‘四川省’東境‘奉節縣’西南、‘瞿唐峽’口的一險灘。一名‘淫預’，又稱‘猶預’。俗稱‘燕窩石’。夏秋水漲時，則沒在水中，冬季水淺，則露出大半，形狀似鼎，有三足。

29

灪 ㄩˋ *yü*4 音玉
參灪滃。

13【灪滃】 ㄩˋ ㄨㄥˇ
大水。

火部

火　ㄏㄨㄛˇ ho^{3}, huo^{3} 音夥
①物體燃燒時所生的光熱。②焚燒。如：火其書。③發怒。如：光火。④星名。⑴即大火。又名心宿。⑵九大行星之一。⑤六淫之一。火是由熱而生，熱極則化火。六淫中，風、寒、暑、溼、燥五氣在一定的條件下，都有變爲火的可能性。火之爲害特別強，能灼傷臟腑，耗盡津液。一般性的火症，爲高熱壯盛、心煩、口苦而渴、目赤面紅等現象。同時火性炎盛，故多數的疾病常涉及心神方面的症狀。⑥姓。'明'有'火眞'。見"萬姓統譜·八四"。

2【火力】ㄏㄨㄛˇ ㄌㄧˋ
①燃燒產生的力量。②槍炮發射彈藥所形成的力量。③道家指修煉的功力。

3【火山】ㄏㄨㄛˇ ㄕㄢ
(volcano) 地殼內部的岩漿沿噴溢道流出地面而成熔岩，這些熔岩在火山口四周堆積成山，是爲火山。火山噴發型式常與岩漿的化學成分有關，岩漿若爲基性，二氧化矽含量較低，因此黏度小而流動性大，氣體易逸散，其噴發型式多較寧靜，是爲寧靜式噴發，火山岩以玄武岩類爲主，'夏威夷島'的火山皆屬此類火山；而酸性岩漿的二氧化矽含量高，黏度大，流動性較低，氣體不易發散，其噴發多爲爆裂式，噴出物中多水蒸氣和碎屑物，是爲爆裂式噴發，以流紋岩類或其他中性岩石爲主，'印尼'及'義大利'多數火山都屬之。火山的分類以噴出物質、火山錐形狀，而分爲三種型式：一、盾狀火山：噴出物以熔岩爲主，屬流動性高的玄武岩質，氣體逸散容易，多自火山口向外擴張流布成薄層狀，形成一坡度平緩的盾狀火山。二、火山渣錐或火山碎屑錐：火山爆發時噴出物質爲大量的火山灰、火山渣，形成一坡度頗陡的錐狀火山，多由玄武岩或安山岩組成。三、複式火山：噴發物爲火山灰、火山渣及熔岩交互混雜而成，形成巨大陡直的火山錐，以安山岩質爲主。

4【火化】ㄏㄨㄛˇ ㄏㄨㄚˋ
①以火煮熟食物。②火葬。

6【火宅】ㄏㄨㄛˇ ㄓㄞˊ
佛家語。比喻人生諸多苦惱，猶如置身火窟，難以脫離。

【火舌】ㄏㄨㄛˇ ㄕㄜˊ
指火焰。

7【火坑】ㄏㄨㄛˇ ㄎㄥ
①指地獄、餓鬼、畜牲三惡道。因在其中受無量苦，故稱。②比喻極痛苦的處境。

【火攻】ㄏㄨㄛˇ ㄍㄨㄥ
①用火攻擊敵人。②病理變化過程中機能亢進的表現，如猛火之進展。③指'中'醫用灸法灼艾治病。

8【火炕】ㄏㄨㄛˇ ㄎㄤˋ
通行於我國北方的一種寢具。由磚土砌成，下有孔道，可於孔道灶口燒火以暖床。

【火花】ㄏㄨㄛˇ ㄏㄨㄚ
(spark) 猛烈放電而產生輝光的現象。

9【火星】ㄏㄨㄛˇ ㄒㄧㄥ
(Mars)太陽系九大行星之一。介於地球與木星之間。有兩顆衛星。火星呈火紅色，亮度隨著與地球距離的遠近而變化，由＋1.5～－2.9星等，加上視行的軌道又不太固定，令人迷惑，因此我國古代稱之爲熒惑。赤道半徑爲3,398公里，體積僅爲地球的0.151倍。自轉週期爲24時37分23秒，公轉週期約687日。火星有大氣，主要成分爲二氧化碳，約占95%，其餘則爲氮、氬、一氧化碳、氧、臭氧和氫。由於晝夜溫差超過100°C，而且表面沒有液態水，所以火星是一個荒涼的星球，大概不可能有生物存在。

【火急】ㄏㄨㄛˇ ㄐㄧˊ
比喻十分緊急。

10【火砲】ㄏㄨㄛˇ ㄆㄠˋ
發射彈丸的武器。如105榴彈砲和155加農砲等。

【火氣】ㄏㄨㄛˇ ㄑㄧˋ
①燃燒的熱氣。②怒氣。③'中'醫指引起發炎、煩躁的病邪。分實火、虛火兩類。實火多因病邪亢盛，常表現爲急性熱病；虛火多因陰液虧損，常見於慢性消耗性疾病。

【火候】ㄏㄨㄛˇ ㄏㄡˋ
①道教稱煉丹的功候。外丹家指煉丹過程中火力運轉調節，又認爲火是太陽眞氣，日有十二時，六十時終一甲子，故五日爲一候，若干候稱爲一轉，九轉丹成。內丹家認爲火的功驗，散之成氣，聚之成火，作用在於凝一氣使眞元不散，煉丹時的動靜即喻爲火候。火候的運用有文烹、有武煉、有下手、有休歇、有先後、有緩急，一步有一步的火候，變化多端，隨時而行。②煮物所需的火力大小與時間長短。③比喻學力、修養的功夫。

11【火速】ㄏㄨㄛˇ ㄙㄨˋ
比喻事態急迫，須緊快處理。

13【火葬】ㄏㄨㄛˇ ㄗㄤˋ
梵語 jhāpeti 的義譯，音譯爲荼毗、闍維，意爲焚燒。'印度'四種處理屍體的方法之一，後隨佛教傳入我國。

15【火箭】ㄏㄨㄛˇ ㄐㄧㄢˋ
(rocket)利用向後方噴出熱氣體而得以將酬載向前方運動的一種推進裝置。所噴出之熱氣體係火箭所有之推進劑經燃燒而產生者。推進劑有固態與液態之分，均

自備氧化劑。故火箭能在大氣層中及太空中飛行，從而使人類登陸月球的古老夢想，以及當今的太空探測，得以實現。

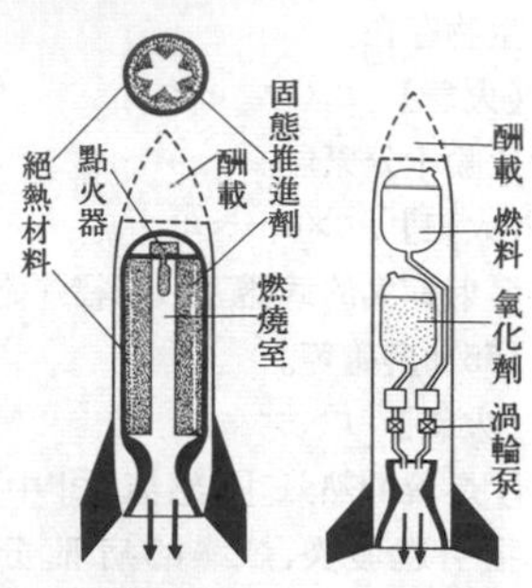

固態推進劑火箭構造圖　液態推進劑火箭構造圖

17【火癉】 ㄏㄨㄛˇ ㄉㄢ
即猩紅熱。參猩紅熱。

【火環】 ㄏㄨㄛˇ ㄏㄨㄢˊ
(fire ring)環繞'太平洋'地區，自'南'、'北美洲'西海岸，經'阿拉斯加'、'阿留申群島'、'千島群島'、'日本'、'琉球'、'臺灣'、'菲律賓'、'印尼'至'紐西蘭'，是地殼不穩定帶、全球最活躍的火山地震帶。因成環狀圍繞'太平洋'，故稱。

18【火雞】 ㄏㄨㄛˇ ㄐㄧ
(turkey)爲脊椎動物中屬於鳥綱(class Aves)、雞形目(order Galliformes)、火雞科的動物。共有兩種。目前飼養的火雞，其野生

火雞圖

學名爲 *Meleagris gallopavo* (見圖)，原產於'北美'；另一種爲 *Meleagris ocellata*。頭部裸露，頸部有紅色或藍色肉阜(垂)，頸長。野生種棲於林間近水處，食種子、昆蟲，間食蛙或蜥蜴。受驚時便疾馳，能作短距離(0.4公里)但強有力的飛行。雌者產卵8～15枚，孵卵28天。

3【火口湖】 ㄏㄨㄛˇ ㄎㄡˇ ㄏㄨˊ
(crater lake) 火山噴發停息後，在火山口積水成湖，稱爲火口湖。如'長白山地'最高峰'白頭山'頂的'天池'。

【火山口】 ㄏㄨㄛˇ ㄕㄢ ㄎㄡˇ
(crater) 火山噴溢道出口所形成的窪地。岩漿及火山碎屑由此處噴出，內壁陡峭。通常位居火山錐的最高處，呈鍋狀。

【火山灰】 ㄏㄨㄛˇ ㄕㄢ ㄏㄨㄟ
(volcanic ash) 由火山噴發時所形成之固體噴發物，稱爲火山碎屑(volcanic fragments)，其中直徑介於0.25～4公厘的未固結火山碎屑物，稱爲火山灰。其成分包括微小的結晶物質、玻璃質物質及個別的礦物晶體。因粒小質輕，可噴發到高空，隨氣流漂送遠方。如西元1883年'巽他海峽''內喀拉卡托火山'的爆發，其火山灰即曾隨大氣環流繞地球漂流兩週。

【火山岩】 ㄏㄨㄛˇ ㄕㄢ ㄧㄢˊ
(volcanic rocks)又稱噴出岩。指熔融的岩漿自地殼深處上升至地表淺處，或沿裂縫弱處逸出或噴發，經固結後形成的岩石。其組織多爲細粒結晶或玻璃質。安山岩即爲火山岩之一例。

【火山島】 ㄏㄨㄛˇ ㄕㄢ ㄉㄠˇ
(volcanic island)在海底噴發的火山，其噴出物堆積成火山體，其中一部分露出海水面而成的島嶼。

【火山頸】 ㄏㄨㄛˇ ㄕㄢ ㄐㄧㄥˇ
(volcanic neck) 火山噴溢道的內部充塞著未及噴出的熔岩和噴出後復落回的各種岩屑，膠結於管道中，後經侵蝕，噴溢道周圍較疏鬆的物質被蝕走，管中固結物乃突出聳立地面，其狀如頸，故稱。

【火山錐】 ㄏㄨㄛˇ ㄕㄢ ㄓㄨㄟ
(volcanic cone)由酸性熔岩所組成的火山，噴發猛烈，大量噴發物堆積於火山口四周，形成高大的錐形火山，稱之。其坡度各處不一，火山頂的坡度一般在30°左右，到底部變緩至5°上下。'義大利'的'維蘇威火山'，'臺灣'的'七星山'、'大屯山'，'日本'的'富士山'均屬之。

4【火不思】 ㄏㄨㄛˇ ㄅㄨˋ ㄙ
古代彈撥樂器。也稱渾不似、虎撥思、吳撥似。源自'波斯'、'阿拉伯'，流行於我國西北地區。狀似琵琶，直頸無品，有小槽，腹圓形如半個酒瓶，以皮爲面，四根皮製弦，同用一音柱。見"元史·禮樂志五"。

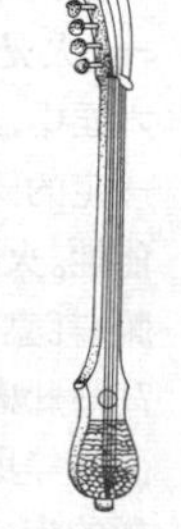

火不思圖

【火牛陣】 ㄏㄨㄛˇ ㄋㄧㄡˊ ㄓㄣˋ
'戰國'時，'燕國'攻打'齊國'，'齊'將'田單'集城內千餘頭牛，以紅繒畫五采龍文披牛身，以油浸葦，束於牛尾，點火燃燒，使衝入敵陣，'燕'軍大敗，史稱火牛陣。見"史記·田單列傳"。

6【火成岩】 ㄏㄨㄛˇ ㄔㄥˊ ㄧㄢˊ
(igneous rocks) 岩石的三大類之一。當地殼下方的熔岩漿侵入地下岩層裂隙之內，或沿岩層裂縫噴發至地表，岩漿冷卻所成的岩石。此類岩石會因冷凝速度的不同而造成結晶、顆粒、色澤、成分、性質的差異。依其生成地點可分深成岩、火山岩兩類；依其化學性質之差異則可分爲酸性岩和基性岩兩類。

9【火剌剌】 ㄏㄨㄛˇ ㄌㄚˋ ㄌㄚˋ
熱烈、急迫、緊張的樣子。

【火星塞】 ㄏㄨㄛˇ ㄒㄧㄥ ㄙㄞ
(spark plug)使高壓電在汽缸中產生電火花的零件。

10【火格子】 ㄏㄨㄛˇ ㄍㄜˊ ·ㄗ
(grate) 焚化爐內與垃圾層或燃燒層接觸而進行乾燥、燃燒的爐

床部分。

13【火葬場】ㄏㄨㄛˇ ㄗㄤˋ ㄔㄤˇ

火化屍體的地方。

16【火頭磚】ㄏㄨㄛˇ ㄊㄡˊ ㄓㄨㄢ

也稱過燒磚。在窯內直接受到火焰充分熱力煅燒的磚。呈赤褐或焦黑色,具有光澤,結構堅硬密緻。

2【火力支援】ㄏㄨㄛˇ ㄌㄧˋ ㄓ ㄩㄢˊ

(fire support)由陸砲、軍艦砲或飛機掃射、轟炸等火力所形成的支援。與敵方接近之步兵或裝甲兵,常需友軍的火力支援。

3【火上加油】ㄏㄨㄛˇ ㄕㄤˋ ㄐㄧㄚ ㄧㄡˊ

比喻使事態更加惡化。

7【火災保險】ㄏㄨㄛˇ ㄗㄞ ㄅㄠˇ ㄒㄧㄢˇ

(fire insurance)簡稱火險。即保險人對保險標的因火災所生的損失,負補償責任的保險。大別可分動產與不動產兩類,前者如機械、原料、貨物等的火災保險;後者如房屋、倉庫、工廠等建築物的火災保險。

8【火花放電】ㄏㄨㄛˇ ㄏㄨㄚ ㄈㄤˋ ㄉㄧㄢˋ

(spark discharge) 指電極間之絕緣性受到破壞後,至要發生穩定放電前之過渡狀態。

9【火冒三丈】ㄏㄨㄛˇ ㄇㄠˋ ㄙㄢ ㄓㄤˋ

形容憤怒到極點。

11【火眼金睛】ㄏㄨㄛˇ ㄧㄢˇ ㄐㄧㄣ ㄐㄧㄥ

1比喻眼光銳利。2形容面目猙獰。

12【火焰硬化】ㄏㄨㄛˇ ㄧㄢˋ ㄧㄥˋ ㄏㄨㄚˋ

(flame hardening) 利用強烈的火焰(主要是氧氣一乙炔),將工件表面需硬化的部分進行短時間加熱至淬火溫度後,在油中或水中急速冷卻的一種硬化方法。

【火傘高張】ㄏㄨㄛˇ ㄙㄢˇ ㄍㄠ ㄓㄤ

形容烈日高照,天氣炎熱。

16【火燒眉毛】ㄏㄨㄛˇ ㄕㄠ ㄇㄟˊ ㄇㄠˊ

比喻事態非常急迫。

【火樹銀花】ㄏㄨㄛˇ ㄕㄨˋ ㄧㄣˊ ㄏㄨㄚ

形容燈火輝煌。

3【火山地震帶】ㄏㄨㄛˇ ㄕㄢ ㄉㄧˋ ㄓㄣˋ ㄉㄞˋ

(volcanic and seismic belt)火山、地震均係地殼活動地帶的證據,多成帶狀分布,且火山帶的分布和地震帶的分布及強烈地殼變動帶的分布相吻合,故稱火山地震帶。世界主要火山地震帶有二:一爲環'太平洋'帶,是最主要的火山地震帶;一爲'地中海'帶。

14【火管式鍋爐】ㄏㄨㄛˇ ㄍㄨㄢˇ ㄕˋ ㄍㄨㄛ ㄌㄨˊ

(fire tube boiler)燃燒之火焰與煙氣在管內或粗短筒內通過,而水圍繞在管外或粗短筒外圍的鍋爐,稱爲火管式鍋爐。

2

灯 燈的俗體。

炏 光的本字。

灰 ㄏㄨㄟ *hui*¹ 音揮

1物質經完全燃燒後所遺留的一種不燃物。2石灰的簡稱。3黑白之間的顏色。4消沈;寂滅。如:心灰意冷。

4【灰分】ㄏㄨㄟ ㄈㄣˋ

(ash)分析化學中,指物質完全燃燒後得到之殘餘物,如矽、鋁、氧化鐵等。一般則泛指大規模地燃燒煤而得到之最終產物。

8【灰泥】ㄏㄨㄟ ㄋㄧˊ

(plaster) 以水泥、石灰及石膏與水拌合,供作粉刷材料的總稱。

10【灰砷】ㄏㄨㄟ ㄕㄣ

(gray arsenic)一種青灰色、有金屬光澤、質脆的晶體。比重5.73,具導電導熱性。是砷(As)的同素異形體中最安定的一種。

18【灰燼】ㄏㄨㄟ ㄐㄧㄣˋ

物體燃燒後所餘的粉屑。

9【灰面鵟】ㄏㄨㄟ ㄇㄧㄢˋ ㄐㄧㄡˋ

(grey-faced buzzard eagle; eastern buzzard-hawk; *Butastur indicus*) 屬鳥綱、鷹形目(order Falconiformes)、鷲鷹科(family Accipitridae)。亦名灰面鷹、灰面鷂、鶆鳩。頰灰褐色,腮及喉呈乳白色,喉部中央呈暗褐色。'臺灣省'產於'臺北'、'淡水'、'臺南'、'澎湖'及'蘭嶼'等地。

【灰飛煙滅】ㄏㄨㄟ ㄈㄟ ㄧㄢ ㄇㄧㄝˋ

一切皆焚盡消逝。形容戰爭的激烈。

16【灰頭土臉】ㄏㄨㄟ ㄊㄡˊ ㄊㄨˇ ㄌㄧㄢˇ

也作灰頭土面。1形容奔波勞頓的樣子。2形容不事修飾的樣子。3形容失意、受辱或自討沒趣的樣子。

灰 灰的俗體。

3

灾 災的或體。

灶 ㄗㄠˋ *tsao*⁴ 音躁

生火煮食的器具或建築物。同竈。見"說文"。

7【灶君】ㄗㄠˋ ㄐㄩㄣ

亦稱'灶王'。舊時民間信仰的灶神,多供奉於灶頭。相傳'炎帝'作火,死而爲灶。或謂'顓頊氏'子'黎',爲祝融,祀以爲灶神。灶神主飲食之事,後職權逐步擴大,由管一家飲食而變爲操一家生死禍福,並隨時錄人功過,一年一度上天稟告'玉皇'。

9【灶神】ㄗㄠˋ ㄕㄣˊ

掌管廚灶的神。俗稱灶君或灶王爺。參灶君。

灴 ㄏㄨㄥˊ *hung*² 音洪

1火勢旺盛。見"玉篇"。2

火燒。同烘。見"集韻"。

炧 ㄒㄧㄝˋ *hsieh*4 音謝 又讀 ㄉㄨㄛˋ *to*4, *tuo*4 音舵

燈燭的灰燼。見"說文"。

灼 ㄓㄨㄛˊ *cho*2, *chuo*2 音酌

①明白。見"玉篇"。②燒燙。見"廣韻"。③鮮明;美盛。如:灼灼。④焦急;憂慮。

7【灼灼】 ㄓㄨㄛˊ ㄓㄨㄛˊ

①鮮豔的樣子。②比喻才華出眾。

【灼見】 ㄓㄨㄛˊ ㄐㄧㄢˋ

明確透徹的見解。

12【灼然】 ㄓㄨㄛˊ ㄖㄢˊ

清楚明顯的樣子。

13【灼傷】 ㄓㄨㄛˊ ㄕㄤ

燒傷。參燒傷。

灵 ㄌㄧㄥˊ *ling*2 音靈

①微熱;溫度不高。見"廣韻"。②靈的俗體。

炏 赤的本字。

災 ㄗㄞ *tsai*1 音栽

禍害。也作烖、灾。見"正字通"。

8【災沴】 ㄗㄞ ㄌㄧˋ

災害。

9【災殃】 ㄗㄞ ㄧㄤ

災害;災禍。

11【災異】 ㄗㄞ ㄧˋ

指自然的災害和反常現象。

15【災黎】 ㄗㄞ ㄌㄧˊ

災民。

11【災梨禍棗】 ㄗㄞ ㄌㄧˊ ㄏㄨㄛˋ ㄗㄠˇ

指刊印無價值的書。多用以謙稱自己著作的出版。

13【災禍症候】 ㄗㄞ ㄏㄨㄛˋ ㄓㄥˋ ㄏㄡˋ

(disaster syndrome)個體遭受巨變或重大災禍後所引起的心理不適應症狀。包括震驚反應(shock reaction)、反彈反應(recoil reaction)與復憶期(stage of recall)等三個階段。第一階段時,受難者時時感到迷惑、吃驚與麻木;第二階段時,受難者開始面對現實,但情緒失調,顯現抑鬱或憎恨;至最後階段,受難者經常回憶災情慘象,激起強烈不安、緊張的情緒。

10【災害嚴重率】 ㄗㄞ ㄏㄞˋ ㄧㄢˊ ㄓㄨㄥˋ ㄌㄩˋ

(injury severity rate)指每一千個人時中因發生災害傷亡而損失的人數。

灸 ㄐㄧㄡˇ *chiu*3 音久

點燃用艾葉製成的艾炷或艾條,刺激人體一定部位,以達治療目的的方法。

4

炕 ㄎㄤˋ *k'ang*4 音抗

①烘乾。見"說文"。②高熱;乾焦。如:炕旱。③北方的一種床。參火炕。

炎 ㊀ ㄧㄢˊ *yen*2 音鹽

① 火苗升騰。見"說文"。②燃燒。見"玉篇"。③熱;暑熱。如:炎夏。④身上或體內紅腫、發熱的病症。如:喉炎。⑤比喻權勢顯赫。如:趨炎附勢。⑥指'炎帝'。即'神農氏'。

㊁ ㄧㄢˋ *yen*4 音豔

火光。通焰、燄。見"集韻"。

4【炎方】 ㄧㄢˊ ㄈㄤ

炎熱之地。多指南方。

9【炎虐】 ㄧㄢˊ ㄋㄩㄝˋ

酷熱。

10【炎症】 ㄧㄢˊ ㄓㄥˋ

(inflammation)身體對於刺激物的一種局部反應,也是保護身體的一種防禦反應。此刺激物包括三種,即一、物理性刺激物,如高熱、日光、X光。二、化學性刺激物,如強酸。三、細菌性刺激物,最常見者如葡萄球菌、鏈球菌。炎症症狀四大特徵爲紅、腫、熱、痛。

12【炎陽】 ㄧㄢˊ ㄧㄤˊ

炎熱的太陽。

【炎暑】 ㄧㄢˊ ㄕㄨˇ

炎熱酷暑。

【炎黃子孫】 ㄧㄢˊ ㄏㄨㄤˊ ㄗˇ ㄙㄨㄣ

'炎帝'、'黃帝'的子孫。我國人的自稱。

炖 ㄉㄨㄣˋ *tun*4 音燉

①火熾盛的樣子。見"集韻"。②燉煮;溫熱。同燉。如:炖肉。

炔 ㊀ ㄍㄨㄟˋ *kuei*4 音桂

①冒煙的樣子。見"玉篇"。②姓。'漢'有'炔欽'。見"萬姓統譜·九八"。

㊁ ㄑㄩㄝ *ch'üeh*1 音缺

(alkyne)不飽和鏈烴(unsaturated acyclic hydrocarbons)有叁鍵結合者稱爲炔之碳氫化合物。炔得以 C_nH_{2n-2} 之通式表之,命名爲某炔(-yne)。如 CH≡C-C≡CH 稱爲1,3-丁二炔(1,3-butadiyne)。

11【炔族】 ㄑㄩㄝ ㄗㄨˊ

(alkynes) 含有叁鍵之不飽和碳氫化合物。又稱電石氣屬(acetylenes)。通式爲C_nH_{2n-2},性活潑,易與其他化合物反應。

炄 ㄋㄧㄡˇ *niu*3 音紐

參炒炄。

炒 ㄔㄠˇ *ch'ao*3 音吵

把食物放在鍋裡加熱翻動。同煼。見"正字通"。

6【炒地皮】 ㄔㄠˇ ㄉㄧˋ ㄆㄧˊ

哄抬地價,以獲取暴利的投機行爲。

15【炒魷魚】 ㄔㄠˇ ㄧㄡˊ ㄩˊ

俗指被公司行號開革。

炊 ㄔㄨㄟ *ch'ui*1 音吹

用火燒煮食物。見"說文"。

29【炊爨】 ㄔㄨㄟ ㄘㄨㄢˋ

用火燒煮食物。

7【炊沙成飯】 ㄔㄨㄟ ㄕㄚ ㄔㄥˊ ㄈㄢˋ

比喻徒勞無功。

炘 ㄒㄧㄣ *hsin*1 音欣

炙熱。同焮。見"玉篇"。

炉 爐的俗體。

炁 氣的或體。

炅 ㊀ ㄐㄩㄥˇ chiung³ 音炯
①火光；光明。見“廣韻”。②熱。見“字彙補”。
㊁ ㄍㄨㄟˋ kuei⁴ 音桂
①冒煙的樣子。見“玉篇”。②姓。‘東漢’有‘炅橫’。見“萬姓統譜·九六”。

災 災的或體。

炙 ㄓˋ chih⁴ 音志
①燒烤。如：炙肉。②燒烤的肉。見“字彙”。③受薰陶。

4【炙手可熱】 ㄓˋ ㄕㄡˇ ㄎㄜˇ ㄖㄜˋ
比喻權勢、氣焰很盛。

5

為 或作爲。㊀ㄨㄟˊ wei² 音韋
①作；做。如：為善最樂。②認為。③成；是。如：高岸為谷，深谷為陵。④使；令。⑤如；若。⑥相當於以。⑦同與。如：道不同，不相為謀。⑧助詞。同呢。⑨姓。‘漢’有‘為昆’。見“通志·氏族略三”。
㊁ ㄨㄟˋ wei⁴ 音偽
①幫助；替代。如：為人作嫁。②由於；因為。如：為誰辛苦為誰忙。③被。如：不為酒困。④認作。通謂。⑤佯裝。通偽。

7【為我】 ㄨㄟˊ ㄨㄛˇ
‘戰國’初期‘楊朱’的學說。主張保全眞我，不因外物的引誘而喪其本眞之性。

19【為難】 ㄨㄟˊ ㄋㄢˊ
①感覺困難。②刁難。

2【為人作嫁】 ㄨㄟˋ ㄖㄣˊ ㄗㄨㄛˋ ㄐㄧㄚˋ
替人縫製嫁衣。比喻為他人辛苦而對自己無益。

【為人師表】 ㄨㄟˊ ㄖㄣˊ ㄕ ㄅㄧㄠˇ
身為人師，作人表率。

5【為民喉舌】 ㄨㄟˊ ㄇㄧㄣˊ ㄏㄡˊ ㄕㄜˊ
轉達民意，代替人民發言。

8【為虎作倀】 ㄨㄟˋ ㄏㄨˇ ㄗㄨㄛˋ ㄔㄤ
比喻做惡人的幫凶。相傳人被虎咬死後會變成倀，替虎作前導，誘人以供虎咬食。

【為虎添翼】 ㄨㄟˋ ㄏㄨˇ ㄊㄧㄢ ㄧˋ
比喻助長惡人的凶暴和勢力。

【為非作歹】 ㄨㄟˊ ㄈㄟ ㄗㄨㄛˋ ㄉㄞˇ
做壞事。

【為所欲為】 ㄨㄟˊ ㄙㄨㄛˇ ㄩˋ ㄨㄟˊ
任意而為。

11【為淵敺魚】 ㄨㄟˋ ㄩㄢ ㄑㄩ ㄩˊ
比喻不行仁政，不異驅趕人民歸向仁者。

12【為富不仁】 ㄨㄟˊ ㄈㄨˋ ㄅㄨˋ ㄖㄣˊ
①追求財富就無法顧及仁道。②只想發財致富，而不遵行仁義。

15【為德不卒】 ㄨㄟˊ ㄉㄜˊ ㄅㄨˋ ㄗㄨˊ
好事沒有做到底。

炷 ㄓㄨˋ chu⁴ 音注
①燈心。見“玉篇”。②點燃。③量詞。燈一盞、香或燭一支，都叫一炷。

炫 ㄒㄩㄢˋ hsüan⁴ 音眩
①明耀；輝映。見“說文”。②誇耀。如：自炫。

5【炫目】 ㄒㄩㄢˋ ㄇㄨˋ
光彩耀眼奪目。

12【炫惑】 ㄒㄩㄢˋ ㄏㄨㄛˋ
誇耀以迷惑他人。

【炫然】 ㄒㄩㄢˋ ㄖㄢˊ
耀眼奪目的樣子。

20【炫耀】 ㄒㄩㄢˋ ㄧㄠˋ
光彩照耀。後多比喻自我誇耀。

【炫耀性財貨】 ㄒㄩㄢˋ ㄧㄠˋ ㄒㄧㄥˋ ㄘㄞˊ ㄏㄨㄛˋ
(snob goods)此種產品的需求量與價格成增函數的關係，違反一般的需求法則。在貨幣所得不變下，價格上升，反導致對該產品的需求量增加；價格下降，反導致對該產品的需求量減少。這種情況通常發生於高所得者爲顯示其身分與地位，而對某些奢侈品(如鑽石、高級轎車)的開支。

炬 ㄐㄩˋ chü⁴ 音巨
①火把。如：火炬。②蠟燭；燭火。如：蠟炬。

炳 ㄅㄧㄥˇ ping³ 音丙
①光亮；顯著。見“說文”。②執持。通秉。如：炳燭夜遊。

9【炳炳】 ㄅㄧㄥˇ ㄅㄧㄥˇ
光明顯耀的樣子。

12【炳然】 ㄅㄧㄥˇ ㄖㄢˊ
鮮明顯著的樣子。

13【炳煥】 ㄅㄧㄥˇ ㄏㄨㄢˋ
光耀；顯耀。

9【炳炳烺烺】 ㄅㄧㄥˇ ㄅㄧㄥˇ ㄌㄤˇ ㄌㄤˇ
辭采鮮明，音韻鏗鏘。

炤 ㊀ ㄓㄠˋ chao⁴ 音詔
明亮。同照。
㊁ ㄓㄠ chao¹ 音招
明顯。同昭。見“字彙”。

炢 ㄓㄨˊ chu² 音朮
煙冒出。見“廣韻”。

炦 ㄅㄛˊ po² 音博
火氣。見“說文”。

炟 ㄉㄚˊ ta² 音達
火花迸裂。見“玉篇”。

炴 ㄧㄤˇ yang³ 音養
火光。見“廣韻”。

炾 ㄏㄨㄤˇ huang³ 音恍
参爌炾。

炯 ㄐㄩㄥˇ chiung³ 音窘
①光明。見“說文”。②明顯；明白。如：炯戒。

7【炯戒】 ㄐㄩㄥˇ ㄐㄧㄝˋ
清楚明白的警戒。

9【炯炯】 ㄐㄩㄥˇ ㄐㄩㄥˇ
①明亮的樣子。②形容心意甚明。

22【炯鑒】 ㄐㄩㄥˇ ㄐㄧㄢˋ
明察。

炧 灺的或體。

炸 ㊀ ㄓㄚˋ cha⁴ 音詐
①火藥爆裂。②使金器重新恢復光澤。
㊁ ㄓㄚˊ cha² 音札

油煎食物。如:炸油條。

15【炸彈】 ㄓㄚˋ ㄉㄢˋ

裝有爆藥、化學戰劑之抛擲武器。通常由飛機上投擲。

19【炸藥】 ㄓㄚˋ ㄧㄠˋ

(explosives) 凡是受到熱、火花、撞擊或摩擦時,立刻引起劇烈反應,放出高熱及大量氣體而發生爆炸的化合物或混合物,稱爲炸藥。如硝化甘油、苦味酸、黃色炸藥(TNT)等。

炮 ㊀ ㄆㄠˊ p'ao² 音袍

①燒烤。如:炮食。②焚燒。③'中'藥藥材煉製法之一。參炮製。④古代的一種酷刑。如:炮烙。

㊁ ㄆㄠˋ p'ao⁴ 音泡

①軍中的火器。同礮、砲。②爆竹。如:鞭炮。

㊂ ㄅㄠ pao¹ 音包

烹飪法的一種。用大火炒,但不放油。

6【炮灰】 ㄆㄠˋ ㄏㄨㄟ

指上戰場當犧牲品的人。

10【炮烙】 ㄆㄠˊ ㄌㄨㄛˋ

將鐵器燒紅以灼烙人體的酷刑。

14【炮製】 ㄆㄠˊ ㄓˋ

'中'藥藥材煉製法之一。即將藥材置於高溫之鐵鍋內急炒、烘焙,使焦黃炸裂,去其偏性,而成精品。也作泡製、炮煉。

炾 ㄧㄡˇ yu³ 音有

參炾炄。

8【炾炄】 ㄧㄡˇ ㄋㄧㄡˇ

半乾;快乾。

点 點的俗體。

炭 ㄊㄢˋ t'an⁴ 音嘆

①煤。見"正字通"。②木材經燃燒後的黑色固體物。可作燃料。

4【炭化】 ㄊㄢˋ ㄏㄨㄚˋ

埋在地下的大量動物屍體或植物,受高溫、高壓之影響,逐漸還原成炭的過程。

10【炭疽病】 ㄊㄢˋ ㄐㄩ ㄅㄧㄥˋ

(anthrax) 由炭疽桿菌引起的家畜傳染病。人類可經由受感染的動物或其製成品的接觸而感染。患者有局部性皮膚紅斑、搔癢、疸疹及水泡,嚴重時會形成惡性膿皰。可用青黴素、氯黴素等抗生素治療。

炱 ㄊㄞˊ t'ai² 音臺

①燃燒原料時煙火凝成的黑灰。見"說文"。②黑色。

炰 ㄆㄠˊ p'ao² 音咆

焙烤。同炮。

10【炰烋】 ㄆㄠˊ ㄒㄧㄠ

大聲怒吼。也用以形容人氣勢剛猛的樣子。又作咆烋、咆哮。

6

㶾 ㄣ ên¹ 音恩

用小火燉肉。見"說文"。

烊 ㄧㄤˊ yang² 音陽

①鎔化金屬。同煬。見"集韻"。②泛指熔化。見"字彙"。

烓 ㄨㄟ wei¹ 音威 又讀 ㄐㄩㄥˇ chiung³ 音炯

旅行時所攜帶的風爐、三角灶。見"廣韻"。

烜 ㄒㄩㄢˇ hsüan³ 音選

①光明顯著。如:烜赫。②曬乾。通晅。見"字彙"。

14【烜赫】 ㄒㄩㄢˇ ㄏㄜˋ

聲威盛大。

烤 ㄎㄠˇ k'ao³ 音考

①用火烘乾或燒熟食物。②藉火取暖。如:烤火。

14【烤漆】 ㄎㄠˇ ㄑㄧ

(baking varnish)塗抹於物體表面,經烘烤後(溫度超過66°C,常以紅外線照射)形成交連結構的塗膜,以達到保護物體目的之清漆。其主要成分爲環氧樹脂、硝化纖維、尿素樹脂或三聚氰胺樹脂等混合物。

烘 ㄏㄨㄥ hung¹ 音轟

①用熱氣烤乾東西。如:烘乾。②渲染。如:烘雲托月。

6【烘托】 ㄏㄨㄥ ㄊㄨㄛ

作文章或繪畫的技巧之一。參烘雲托月。

12【烘焙】 ㄏㄨㄥ ㄅㄟˋ

用火烤東西,使之乾燥或變熟。

【烘雲托月】 ㄏㄨㄥ ㄩㄣˊ ㄊㄨㄛ ㄩㄝˋ

①指作畫時渲染雲彩爲背景來使月亮顯出。②指詩文或藝術創作中,利用非主題部分來襯托主題的方法。

烞 ㄆㄛˋ p'o⁴ 音破

參烞燀。

15【烞燀】 ㄆㄛˋ ㄅㄧㄣˋ

爆竹聲。

烔 ㄊㄨㄥˊ t'ung² 音同

熱氣上騰的樣子。如:熱氣烔烔。

烟 ㊀ ㄧㄢ yen¹ 音淹

煙的或體。

㊁ ㄧㄣ yin¹ 音因

參烟熅。

14【烟熅】 ㄧㄣ ㄩㄣˊ

也作絪縕、氤氳。①指天地未開、陰陽未分時的混沌之氣。②雲霧瀰漫的樣子。

烑 ㄧㄠˊ yao² 音遙

光亮;明亮。見"字彙"。

烙 ㄌㄠˋ lao⁴ 音澇 讀音 ㄌㄨㄛˋ lo⁴, luo⁴ 音落

①灼烤。見"集韻"。②用火熱的鐵來理平衣物或燙出記號。如:烙印。

6【烙印】 ㄌㄠˋ ㄧㄣˋ

用燒熱的烙鐵在牛馬或器物上燙印文字、記號,以資辨別。

烌 ㄒㄧㄡ hsiu¹ 音休

火灰。見"集韻"。

烚 ㄒㄧㄚˊ hsia² 音暇

火在燃燒的樣子。見"集韻"。

烖 災的本字。

㶳 燼的或體。

烕　滅的或體。

烈　ㄌㄧㄝˋ *lieh*^{4} 音列

[1]火勢強猛。[2]泛指強猛。如:猛烈。[3]焚燒。[4]酷暴的。如:烈君。[5]功業;功績。如:功烈。[6]顯赫;光明。[7]濃郁的香氣。如:吐芳揚烈。[8]正義;剛毅。如:貞烈。

3【烈士】　ㄌㄧㄝˋ ㄕˋ

[1]剛正而有節操的人。[2]有志建立功業的人。[3]殺身成仁的人。

【烈女】　ㄌㄧㄝˋ ㄋㄩˇ

重義輕生,剛正守節的女子。也指不願改嫁或以死殉節的女子。

8【烈性】　ㄌㄧㄝˋ ㄒㄧㄥˋ

剛烈的性格。

3【烈士殉名】　ㄌㄧㄝˋ ㄕˋ ㄒㄩㄣˋ ㄇㄧㄥˊ

重節操道義的人爲名譽而捨生。

4【烈火辨玉】　ㄌㄧㄝˋ ㄏㄨㄛˇ ㄅㄧㄢˋ ㄩˋ

比喻遭逢變故,才能辨知其人節操。

烝　ㄓㄥ *chêng*^{1} 音蒸

[1]祭祀名。指冬祭。見"禮記·祭統"。[2]火氣上騰,蒸熟食物。通蒸。見"正字通"。[3]眾多。如:烝民。

5【烝民】　ㄓㄥ ㄇㄧㄣˊ

眾民;人民。

15【烝黎】　ㄓㄥ ㄌㄧˊ

眾民;百姓。

10【烝烝日上】　ㄓㄥ ㄓㄥ ㄖˋ ㄕㄤˋ

比喻事業蓬勃發展,日勝一日。也作蒸蒸日上。

焦　ㄈㄡˇ *fou*^{3} 音缶

煮熟。見"玉篇"。

烏　ㄨ *wu*^{1} 音汙

[1]烏鴉。[2]黑色。如:烏雲。[3]那;何。如:烏足道哉。[4]嘆詞。如:烏呼。

4【烏木】　ㄨ ㄇㄨˋ

(ebony; *Diospyros ebenum* Koenig.) 又名黑檀、烏文木、烏樠。常綠喬木。葉具短柄,互生,橢圓形,全緣。花單性,雌雄異株,雄花5～6朵叢生於短梗上,萼筒及花冠均4裂,雌花單生於葉腋。果實球形,赤黃色,可供食用。心材堅硬細緻,具美麗光澤,可供製器材等,又可供藥用。原產於東'印度'及'馬來半島',現分布於'印度'、'錫蘭'、'泰國'、'緬甸'及我國'廣東省'、'海南島'一帶。

烏木圖

6【烏有】　ㄨ ㄧㄡˇ

'漢'賦中假設的人名。'司馬相如'作"子虛賦",文內假託'烏有先生'、'子虛'互爲問答,以示無此人,所以稱烏有。後因稱無爲烏有。

8【烏兔】　ㄨ ㄊㄨˋ

指日月。古人以爲日中有金烏,月中有玉兔。

13【烏賊】　ㄨ ㄗㄟˊ

(squid) 海產,近海及遠洋皆有,在水中能快速游泳。屬軟體動物,但其殼已十分退化,藏於軀幹背面的皮膚下。頭部前端有口,口周圍有五對腕,其中第四對特長,腕的內側有吸盤,用以捕食,爲肉食。頭的兩側有一對大型的眼,其構造與一般脊椎動物相似;有些種類能發光,用以互相辨識,或用以吸引食物。頭部腹面有一漏斗,外套腔的水經漏斗噴出,若漏斗先端向前,水噴出時,體便後退;若漏斗先端向後,水噴出時,體便前進。體內有墨囊,內有墨汁,受驚時,墨汁自墨囊排至外套腔,隨水自漏斗噴出,使海水變黑,用以遮蔽敵人視線而逃逸。墨汁有毒,可使敵人的感覺器官麻醉。

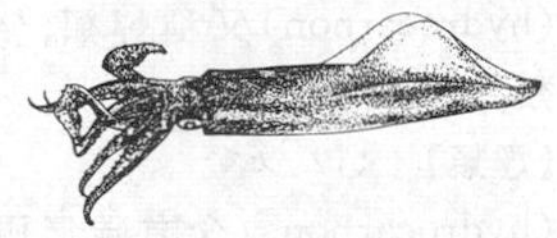

烏賊圖

15【烏鴉】　ㄨ ㄧㄚ

(crow)鳥綱、雀形目(order Passeriformes)、鴉科(family Corvidae)的動物。有二十餘種。體色黑,頸或腹部可能白色。雜食性,在野外可活13年,飼養者有壽命超過20年者。

烏鴉圖

17【烏獲】　ㄨ ㄏㄨㄛˋ

'戰國'時'秦國'的大力士。後用爲大力士的通稱。

26【烏鸔】　ㄨ ㄅㄛˊ

水鳥名。頸腹翅紫白色,背綠色。見"爾雅·釋鳥·鴢烏鸔·注"。

3【烏干達】　ㄨ ㄍㄢ ㄉㄚˊ

(Uganda) 位於東'非'的內陸高原國。面積23.6萬方公里,人口2,727萬 (2005年),首都'坎帕拉' (Kampala)。'尼羅河'流經西部'亞伯特湖' (Albert L.)。主產棉花、咖啡、茶、糖、家畜、漁獲、銅、磷灰石和鹽岩。有水泥、紡織、菸草及肥料工業。

6【烏托邦】　ㄨ ㄊㄨㄛ ㄅㄤ

(utopia) 又譯作理想國。爲'英' '摩爾' (Thomas More) 在"烏托邦"(*Utopia*)一書中所描繪的一個政教、社會制度皆臻完美的假想島國。後乃指完美的社會、政治制度或理想中的地方,也指空想及不可能實現的理想計畫。

7【烏克蘭】　ㄨ ㄎㄜˋ ㄌㄢˊ

(Ukraine) 獨立國家國協成員國之一。位於'歐俄'南部,南濱'黑海'及'亞速海' (Azov Sea)。面積60.3萬方公里,人口4,742.5萬 (2005年),首都'基輔'。全境為一肥沃草原,主產小麥和甜菜。有豐富的水電、煤及天然氣,工業發達。

8【烏拉山】　ㄨ ㄌㄚ ㄕㄢ

(Ural Mts.)'歐''亞'兩洲的界山。縱貫於'俄'境'鄂畢河'(Ob R.)以西。全長2,400公里。屬古生代褶曲山脈,多橫谷,起伏平緩,最高峰僅1,617公尺。有鐵、銅、鋁、錳、金、鉑和鉻礦,爲世界礦藏最富、種類最多的山脈;其南段現爲'蘇俄'第二大工業區。

【烏拉圭】 ㄨ ㄌㄚ ㄍㄨㄟ
(Uruguay)位於'南美洲'東南部的國家。東濱'大西洋',南控'拉布拉他河'(La Plata R.)出口。面積17.6萬方公里,人口342.0萬(2005年),首都'蒙特維多'(Montevideo)。為世界重要畜牧國,牛肉、乳類及毛皮為出口大宗。農產以玉米、向日葵籽為主。有紡織、化學和水泥工業。

13【烏腳病】 ㄨ ㄐㄧㄠˇ ㄅㄧㄥˋ
長期飲用含砷井水,造成慢性砷中毒皮膚病及四肢壞疽的病症。醫學上稱特發性脫疽。感染後通常自腳盤延伸,侵入臀、臂,甚至全身。病狀包括皮膚發黑、鑽痛、腐爛。醫界近以「抗血小板凝集」藥物,配合外科去除術,將壞疽部分以手術割除,而不須截肢。

15【烏鴉嘴】 ㄨ ㄧㄚ ㄗㄨㄟˇ
指說話不吉利、討人厭的人。

6【烏合之眾】 ㄨ ㄏㄜˊ ㄓ ㄓㄨㄥˋ
指倉促結集,沒有紀律、訓練的群眾。

13【烏煙瘴氣】 ㄨ ㄧㄢ ㄓㄤˋ ㄑㄧˋ
本指山林間溼熱蒸鬱,對人體有害的毒氣。今用以比喻空氣嚴重汙染,或環境黑暗,或團體中彼此不和諧的氣氛。

20【烏蘇里江】 ㄨ ㄙㄨ ㄌㄧˇ ㄐㄧㄤ
源於'蘇俄''海參崴'北方的山地,北流入'興凱湖',出湖後沿'中''蘇'國界流至'蘇俄''伯力'(Khabarovsk)注入'黑龍江'。

烋 ㊀ ㄒㄧㄠ *hsiao*^{1} 音哮
參炰烋。
㊁ ㄒㄧㄡ *hsiu*^{1} 音休
通休。①福祿。見"玉篇"。②美好。見"集韻"。

⿱伐火 ㄈㄚˊ *fa*^{2} 音乏
火。見"字彙"。

7

烹 ㄆㄥ *p'êng*^{1} 音怦
①煮。見"廣韻"。②古代用鼎鑊煮人的酷刑。如:烹醢。

烷 ㄨㄢˊ *wan*^{2} 音完
①火。見"集韻"。②(alkane)即飽和烴。參飽和烴。

11【烷族】 ㄨㄢˊ ㄗㄨˊ
(alkanes)即直鏈之飽和碳氫化合物。又稱石蠟族。通式爲C_nH_{2n+2}。碳數小於4者爲氣態,5～17者爲液態,其餘爲固態。性安定,不溶於水,可溶於有機溶劑(如酒精、丙酮、氯仿等)。主要由石油分餾而得。

烺 ㄌㄤˇ *lang*^{3} 音朗
參爣烺。

焍 ㄊㄧ *t'i*^{1} 音梯
灼燒龜甲所用的木枝。見"集韻"。

焐 ㄨˋ *wu*^{4} 音物
偎暖;使生熱。

焗 ㄐㄩˊ *chü*^{2} 音局
先將鹽或沙石下鍋炒熱,再將食物包好埋入,密閉鍋蓋,以慢火燒熟的烹調法。

⿰火尾 燬的或體。

烴 ㊀ ㄐㄧㄥˇ *ching*^{3} 音井
燒焦的氣味。見"廣韻"。
㊁ ㄑㄧㄥ *ch'ing*^{1} 音輕
(hydrocarbon)又稱烴類。參烴類。

19【烴類】 ㄑㄧㄥ ㄌㄟˋ
(hydrocarbons)含有碳氫兩種元素的化合物。或稱爲碳氫化合物。如甲烷(CH_4)、苯(C_6H_6)、葡萄糖($C_6H_{12}O_6$)等。

焴 ㄩˋ *yü*^{4} 音育
照耀。同煜。見"集韻"。

焊 ㊀ ㄏㄢˇ *han*^{3} 音罕
乾燥;烘乾。同熯、暵。見"集韻"。
㊁ ㄏㄢˋ *han*^{4} 音旱
①銲的俗體。②同㊀。

焆 ㊀ ㄐㄩㄝˊ *chüeh*^{2} 音決
火光。見"廣韻"。
㊁ ㄐㄩㄢ *chüan*^{1} 音涓
明亮。見"廣韻"。

烱 炯的俗體。

烰 ㄈㄨˊ *fu*^{2} 音浮
火氣上升的樣子。見"說文"。

烯 ㄒㄧ *hsi*^{1} 音希
①火色。見"集韻"。②乾燥。同晞。見"玉篇"。③(alkene)不飽和鏈烴(unsaturated acyclic hydrocarbones)有雙鍵結合者,稱爲烯之碳氫化合物。烯得以C_nH_{2n}之通式表之,稱某烯(-ene)。如$CH_2=CH_2$稱爲乙烯(ethene; ethylene)。

11【烯族】 ㄒㄧ ㄗㄨˊ
(alkenes)又稱油屬(olefines)。含有雙鍵之不飽和碳氫化合物。通式爲C_nH_{2n}。爲環烷族之異構物。性活潑,易與其他化合物加成許多有用物質。

焌 ㄐㄩㄣˋ *chün*^{4} 音俊
點火。見"說文"。

焅 ㄎㄨˋ *k'u*^{4} 音酷
①乾旱之氣。見"說文"。②炎熱之氣。見"廣韻"。

烽 ㄈㄥ *fêng*^{1} 音蜂
古代邊境高臺上用以示警的濃煙。見"說文"。

4【烽火】 ㄈㄥ ㄏㄨㄛˇ
①古代邊境地區用以示警的濃煙或火光。②比喻戰亂。

13【烽煙】 ㄈㄥ ㄧㄢ
同烽火。

17【烽燧】 ㄈㄥ ㄙㄨㄟˋ
①古代邊境烽火臺用以示警的方法。白日燃煙叫烽,夜晚舉火叫

燧。[2]泛指邊警。

焓 ㄏㄢˊ han² 音含
(enthalpy)又稱熱含量。熱力學的一種狀態函數,其符號爲H。$H=E$(內能)$+P$(壓力)$\cdot V$(體積)。在等壓過程中,一物系所吸收或放出的熱量,等於此系統焓的變化量。

焄 ㄒㄩㄣ hsün¹ 音薰
[1]火燄上升。同熏。見"玉篇"。[2]泛指物品因火熏烤而發出的氣味。[3]指魚、肉等有葷腥氣味的食物。

14【焄蒿】 ㄒㄩㄣ ㄏㄠ
祭品的香氣散發。

焉 ㄧㄢ yen¹ 音煙
[1]鳥名。出於'江''淮'間,黃色。見"說文"。[2]稱代詞。⑴相當何、於何。⑵相當之、於此。指人、事、物或地。[3]副詞。相當豈、怎。[4]連詞。相當乃、則。[5]介詞。相當於。[6]助詞。⑴用於句中。表停頓。⑵用於句末。(甲)表終竟。相當也、矣。(乙)表疑問。相當嗎、呢。(丙)用作詞尾。相當然。

8

焢 ㊀ ㄏㄨㄥ hung¹ 音烘
火氣。見"字彙"。
㊁ ㄎㄨㄥˋ k'ung⁴ 音控
燜煮。如:焢肉。

焙 ㄅㄟˋ pei⁴ 音背
烘烤。如:焙茶。

11【焙乾】 ㄅㄟˋ ㄍㄢ
烘物使乾。

5【焙用鹼】 ㄅㄟˋ ㄩㄥˋ ㄐㄧㄢˇ
(baking soda)又稱小蘇打。參碳酸氫鈉。

焞 ㄔㄨㄣˊ ch'un² 音純
[1]明火;光明。見"說文"。[2]灼龜甲的火。見"集韻"。

焠 ㄘㄨㄟˋ ts'ui⁴ 音翠
[1]鑄作刀劍時,把燒紅的鋼鐵捶打成形後,放入水中冷卻。也作淬。見"說文"。[2]染。

焿 ㄍㄥ kêng¹ 音庚
混合各種食物煮成的含汁食品。也作羹。

焱 ㄧㄢˋ yen⁴ 音豔
[1]火花。見"說文"。[2]火燄。同燄。見"字彙"。

焟 ㄒㄧˊ hsi² 音昔
[1]曝曬。見"集韻"。[2]乾燥。見"字彙"。

焵 ㄍㄤˋ kang⁴ 音槓
[1]堅刃。見"字彙"。[2]鐵工燒刃。見"字彙"。

焜 ㄎㄨㄣ k'un¹ 音昆
[1]火光。見"廣韻"。[2]光明;光耀。[3]焦;經火烤焦。

焯 ㄓㄨㄛˊ cho², chuo² 音酌
[1]炙燒。同灼。見"廣雅·釋詁"。[2]光明;明亮。如:焯爍。

焫 爇的或體。

焰 ㄧㄢˋ yen⁴ 音豔 又讀 ㄧㄢˊ yen² 音炎
火苗;火光。本作爓,也作燄。

4【焰火】 ㄧㄢˋ ㄏㄨㄛˇ
[1]火苗。[2]煙火。

6【焰色檢驗法】 ㄧㄢˋ ㄙㄜˋ ㄐㄧㄢˇ ㄧㄢˋ ㄈㄚˇ
(flame test)某些金屬元素的蒸汽,在火焰中會顯現出特殊的顏色。利用這種性質,以鉑絲或鎳鉻絲沾取欲測試的金屬鹽溶液,置於火焰中觀察焰色,即可依焰色確認所測金屬元素之種類,稱爲焰色檢驗法。

焷 ㄆㄧˊ p'i² 音皮 又讀 ㄅㄧˋ pi⁴ 音閉
用火燒熟。見"集韻"。

焻 ㊀ ㄕㄢ shan¹ 音山
光。見"集韻"。
㊁ ㄧㄢˋ yen⁴ 音彥
光很盛。見"集韻"。

焮 ㄒㄧㄣˋ hsin⁴ 音信
炙;烤。見"字彙"。

煮 ㄓㄨˇ chu³ 音主
或作煑。[1]把東西放在水裡烹熟。[2]加熱製造。如:煮海成鹽。

6【煮字療飢】 ㄓㄨˇ ㄗˋ ㄌㄧㄠˊ ㄐㄧ
比喻賣文爲生。

7【煮豆燃萁】 ㄓㄨˇ ㄉㄡˋ ㄖㄢˊ ㄑㄧˊ
比喻兄弟相逼。三國時'魏文帝'限其弟'曹植'七步成詩,否則處以極刑。'植'應聲作詩:「煮豆持作羹,漉菽以爲汁。萁在釜下燃,豆在釜中泣。本是同根生,相煎何太急?」見"世說新語·文學"。

煑 或作煮。煮的或體。

焣 ㄐㄩˋ chü⁴ 音聚
姓。見"字彙"。

焚 ㊀ ㄈㄣˊ fên² 音墳
燒;燒毀。見"玉篇"。
㊁ ㄈㄣˋ fên⁴ 音奮
僵仆。通僨。見"字彙補"。

4【焚化】 ㄈㄣˊ ㄏㄨㄚˋ
(incineration)使用高溫燃燒,將廢棄物轉變爲小體積和毒性較小或無害之物質的方法。

7【焚身】 ㄈㄣˊ ㄕㄣ
毀身喪命。[1]比喻人因懷才或懷寶而招致災禍。[2]比喻因行爲或觀念偏差而招致毀滅。

9【焚風】 ㄈㄣˊ ㄈㄥ
(foehn)一股大規模的氣流受氣旋的牽引,翻山越嶺,沿背風坡而降,因增溫而變成的一股乾而熱的風。在'北美'稱爲靜諾風或'聖大安娜'風。'新疆''吐魯番'窪地,四面山嶺環繞,夏季外部氣流越山而下,發生焚風現象,溫度劇增,古有「火州」之稱。'四川''長江'峽谷,夏季風由'黔'邊山地下降,產生的焚風當地稱爲「火風」。'臺灣''新竹',來自'太平洋'方面的氣流,有時越過'中央山脈',沿山谷入'新竹',也會產生焚風。

10【焚書坑儒】 ㄈㄣˊ ㄕㄨ ㄎㄥ ㄖㄨˊ
指'秦始皇'於'始皇'三十四年(西元前213)焚毀經書與諸子百家書籍,次年又坑殺儒生於'咸陽'的暴

行。

12【焚琴煮鶴】 ㄈㄣˊ ㄑㄧㄣˊ ㄓㄨˇ ㄏㄜˋ

比喻殺風景的事。

14【焚膏繼晷】 ㄈㄣˊ ㄍㄠ ㄐㄧˋ ㄍㄨㄟˇ

晚上點燈燭以替代日光。形容夜以繼日,勤奮不息。

無 ㊀ ㄨˊ *wu*² 音吳

①沒有。有的相反。也作无。見"說文"。②不必。如:君子食無求飽,居無求安。③不可。通毋、勿。如:無友不如己者。④不能。如:能飲一杯無?⑤非;不是。⑥不論。如:事無小大,由你自決。⑦助詞。用於句首。無義。如:無念爾祖。

㊁ ㄇㄛˊ *mo*² 音摩

參南無。

3【無干】 ㄨˊ ㄍㄢ

①無所求。②沒有關係。

【無上】 ㄨˊ ㄕㄤˋ

①最高的。②目無尊長;目無長上。

4【無心】 ㄨˊ ㄒㄧㄣ

①自然而無機心。②不是故意的。③佛家語。指不受物役,不著於事情外緣的眞心。

5【無他】 ㄨˊ ㄊㄚ

①沒有異心。②無病無災。③別無他故。

6【無任】 ㄨˊ ㄖㄣˋ

不勝。多用在書信中,表示非常的意思。

7【無妨】 ㄨˊ ㄈㄤˊ

①沒有妨礙。②不妨;可以。

【無告】 ㄨˊ ㄍㄠˋ

沒有地方可以伸訴。或無可求助之人。

【無我】 ㄨˊ ㄨㄛˇ

①不存成見。②佛家語。以經過血肉皮骨假合、因緣所生的生命體,是一種假象,其中並沒有我的存在,而不去執著它、肯定它。

8【無奈】 ㄨˊ ㄋㄞˋ

無可如何;無能爲力。

【無明】 ㄨˊ ㄇㄧㄥˊ

①眼睛看不見。②佛家語。痴的同義詞。指衆生昏昧之心靈,對世間一切事物本體無法明瞭。也是衆生的根本煩惱。

【無狀】 ㄨˊ ㄓㄨㄤˋ

①沒有好成績、好表現。②無禮。

9【無度】 ㄨˊ ㄉㄨˋ

①無法度。②無節制。

【無爲】 ㄨˊ ㄨㄟˊ

①道家的主要學說。即順任自然而不做作。②佛家語。眞理的別稱。眞理非由因緣造作而成,故名無爲。

【無垠】 ㄨˊ ㄧㄣˊ

沒有邊際。

【無畏】 ㄨˊ ㄨㄟˋ

無所畏懼。如:無畏強權。

【無後】 ㄨˊ ㄏㄡˋ

①沒有子孫。②未晚。

10【無效】 ㄨˊ ㄒㄧㄠˋ

法律行爲自始、確定、當然、絕對不生效力,稱爲無效。無效之法律行爲因欠缺法律行爲之生效要件,因此自始無效,非生效一段期間後才變爲無效。無效之法律行爲確定無效,不因當事人承認而變爲有效。無效之法律行爲當然無效,既不待當事人撤銷才變爲無效,亦不待法院宣告始變爲無效。法律行爲無效者,對任何人皆爲無效,並非當事人間無效,而對其他人仍爲有效。但通謀虛僞意思表示,不得對抗善意第三人,係爲保護交易安全而爲之特別規定,斯爲例外。就現行"民法"之規定,主要有:一、法律行爲違反強制或禁止規定,或有背公序良俗,或不依法定方式爲之者,無效。無行爲能力人之意思表示,無效。二、限制行爲能力人未得法定代理人之允許,所爲之單獨行爲,無效。三、表意人與相對人通謀而爲虛僞意思表示者,其意思表示無效。四、無權利人就權利標的物所爲之處分,未經有權利人之承認者,無效。五、以不能之給付爲契約標的者,其契約爲無效。六、因婚姻居間而約定報酬者,其約定無效。七、結婚未有公開儀式及二人以上之證人者、違反禁親婚之規定或爲重婚者,均屬無效。八、拋棄繼承,未向法院以書面爲之者,其拋棄無效。法律行爲是否無效,當事人有爭執時,得向法院提起確認之訴,使其明確化。

【無恙】 ㄨˊ ㄧㄤˋ

平安無疾病。

【無射】 ㄨˊ ㄧˋ

古代樂律名。古樂律有十二,陰陽各六,陽律第六叫無射。

11【無涯】 ㄨˊ ㄧㄚˊ

沒有邊際。

【無聊】 ㄨˊ ㄌㄧㄠˊ

①生活貧苦,沒有依靠。②精神沒有寄託;不快樂。③言語無據乏味;行爲低俗可鄙。

【無常】 ㄨˊ ㄔㄤˊ

①變化不定。②比喻死亡。

【無欲】 ㄨˊ ㄩˋ

沒有生存所需之外的過度貪求。

【無猜】 ㄨˊ ㄘㄞ

天眞無疑忌。

12【無辜】 ㄨˊ ㄍㄨ

①無罪過。②無罪過的人。

【無量】 ㄨˊ ㄌㄧㄤˋ

①無法計算。謂數量極多。②佛家語。廣大無窮。

【無間】 ㄨˊ ㄐㄧㄢˋ

①沒有間斷。②沒有分別。③佛家語。無間地獄的簡稱。入此地獄的衆生,受苦而沒有間斷。

【無幾】 ㄨˊ ㄐㄧˇ

①不多。②不久。③無望。

13【無道】 ㄨˊ ㄉㄠˋ

指國君暴虐或政治黑暗。

【無極】 ㄨˊ ㄐㄧˊ

①無窮盡。②指本無形象的道體。

【無慮】 ㄨˊ ㄩˋ

不必憂慮。

14【無寧】 ㄨˊ ㄋㄧㄥˊ
寧可;不如。

【無端】 ㄨˊ ㄉㄨㄢ
①無從發生;沒有發生的可能。②沒有起點、開頭。③沒來由;無緣無故。

【無厭】 ㄨˊ ㄧㄢˋ
①不厭倦。②不知滿足。

【無際】 ㄨˊ ㄐㄧˋ
沒有邊際。

【無算】 ㄨˊ ㄙㄨㄢˋ
①不可勝數。②不定其數。③不足數。

15【無慮】 ㄨˊ ㄌㄩˋ
①不用思慮。②無所憂慮。

16【無謂】 ㄨˊ ㄨㄟˋ
沒有意義。

【無賴】 ㄨˊ ㄌㄞˋ
①沒有可依恃的才能;沒有正當職業。引申爲蠻橫、無恥。②無可奈何。③無聊;多事。

【無錫】 ㄨˊ ㄒㄧˊ
縣名。位於'江蘇省''太湖'北岸。爲鐵路中點要站及'江南運河'水運要埠;是'江'南主要米市,工商業發達,以紡織、麵粉、機械工業最盛,素有「小上海」之稱。

18【無雙】 ㄨˊ ㄕㄨㄤ
找不到第二個。即獨一無二。

19【無疆】 ㄨˊ ㄐㄧㄤ
沒有止境;無窮盡。

4【無止境】 ㄨˊ ㄓˇ ㄐㄧㄥˋ
沒有極限、沒有停止的時候。

【無水氨】 ㄨˊ ㄕㄨㄟˇ ㄢ
又稱液態氨。其含氮量約80%,爲最濃厚的氮肥。可直接作肥料,也可製一切氮素化學肥料。

5【無生物】 ㄨˊ ㄕㄥ ㄨˋ
(nonliving thing)凡是沒有生命的物體,稱爲無生物。如空氣、岩石等。

6【無色界】 ㄨˊ ㄙㄜˋ ㄐㄧㄝˋ
佛家語。三界之一。是天界的最高處。此界沒有有形的物象,只有神識,住於深妙的禪定境界,所以稱無色界。並無空間的方位,僅就生命造作的果報,報得寄託之處。無色界中有四天:一、空無邊處,二、識無邊處,三、無所有處,四、非想非非想處。

8【無底洞】 ㄨˊ ㄉㄧˇ ㄉㄨㄥˋ
比喻永不滿足的欲望。

【無事忙】 ㄨˊ ㄕˋ ㄇㄤˊ
爲雜事而忙碌。

【無明火】 ㄨˊ ㄇㄧㄥˊ ㄏㄨㄛˇ
怒火。

【無花果】 ㄨˊ ㄏㄨㄚ ㄍㄨㄛˇ
(common fig.; *Ficus carica* Linn.)落葉灌木,高2~4公尺。葉大,有柄,互生。葉片3或5裂,質厚,花單性,隱藏於囊狀總花托內。囊狀花托內著生多數白色小花。花後形成隱花果,呈倒卵形。裡面有許多硬質瘦果,含無數種子。隱花果可供食用,葉可供藥用。原產於'地中海'沿岸,今各地多有栽培。

無花果圖

【無所謂】 ㄨˊ ㄙㄨㄛˇ ㄨㄟˋ
沒有關係;毫不在乎。

9【無神論】 ㄨˊ ㄕㄣˊ ㄌㄨㄣˋ
(atheism)與有神論相對。關於神或上帝的哲學立場。包括兩種意義:一、肯定沒有神或上帝的存在。二、沒有肯定有神或上帝的存在。

【無爲法】 ㄨˊ ㄨㄟˊ ㄈㄚˇ
佛家語。超越於因緣造作之外的眞理、智慧、法身,稱爲無爲法。簡稱無爲。是佛家的超脫境界。對有爲法而言。

【無限大】 ㄨˊ ㄒㄧㄢˋ ㄉㄚˋ
(infinity)或稱無窮大。凡一數大至不能用一定的值來表示的,稱爲無限大。其符號爲∞。此並非一數,而係理想之數。吾人可定義正無限大爲如此之一數,以諸區間$(l,\infty)=\{x:x>l\}$爲其近旁者;負無限大則係以$(-\infty,m)=\{x:x<m\}$爲其近旁者,而無號之無限大則係以$(-\infty,m)\cup(l,\infty)$爲其近旁者。

【無限小】 ㄨˊ ㄒㄧㄢˋ ㄒㄧㄠˇ
(infinitesimal)或稱無窮小。凡一數小至不能用一定的值來表示的,稱爲無限小。無限小爲接近於零而非等於零的數。無限小之倒數爲無限大,反之亦然。在分析學之基礎尚未採用δ-ϵ法以前,常用無限大及無限小來介紹極限,造成邏輯上的困難。現行之標準分析,則以無限大爲一符號並嚴密限制其用法,廢棄無限小,除了訴諸直觀時以外。

【無限遠】 ㄨˊ ㄒㄧㄢˋ ㄩㄢˇ
指將底片置於鏡頭的焦點位置時,能清晰拍出攝影對象的距離。通常無限遠指一般焦點距離一千倍以上的距離。

10【無根水】 ㄨˊ ㄍㄣ ㄕㄨㄟˇ
指雨水、泉水或剛自井中汲出的水。

11【無理數】 ㄨˊ ㄌㄧˇ ㄕㄨˋ
(irrational number)指不能用整數之商來表示的數。例如$\sqrt{2}+\sqrt[3]{3}$等爲代數的無理數,而e、π等爲超越的無理數。

13【無意識】 ㄨˊ ㄧˋ ㄕˋ
(unconsciousness)不爲個人所覺識的心理狀態。'奧地利'心理學家'弗洛依德'認爲性慾與社會所不能容許的衝動都被壓抑於無意識中,但深深影響個人的行爲。

14【無盡藏】 ㄨˊ ㄐㄧㄣˋ ㄗㄤˋ
①無窮無盡的寶藏。②佛家語。指包含無盡業用,廣通無窮的德性。表示佛的德用廣大無所不備。

15【無價寶】 ㄨˊ ㄐㄧㄚˋ ㄅㄠˇ
無法估計價值的寶物。

17【無縫管】 ㄨˊ ㄈㄥˊ ㄍㄨㄢˇ
(seamless pipe)即無接縫之金屬管。乃由直接鑄造或加熱拉出成型而得,故可耐高壓之流體輸送。

21【無響室】ㄨˊ ㄒㄧㄤˇ ㄕˋ
(anechoic room; dead room)經特別設計的密閉性空間。可隔離外界雜音,對內部吸音完全且無反射音,即使殘響時間也極短。

3【無上祕要】ㄨˊ ㄕㄤˋ ㄇㄧˋ ㄧㄠˋ
'北周''通道觀'所編,一百卷,其中闕十餘卷。蒐羅神仙仙境、品類、經典所出及宗教祭儀等。可據以考證道教形成時期的狀況,爲研究道教史的重要史料。

4【無心磨床】ㄨˊ ㄒㄧㄣ ㄇㄛˊ ㄔㄨㄤˊ
(centerless grinding machine)工件受扶持於磨輪與調整輪之間,省去了工件兩端之雙頂心而得名。無心外圓磨床其工作方法可分爲:直通進給法、進輪進給法、端限進給法、切線進給法。

【無孔不入】ㄨˊ ㄎㄨㄥˇ ㄅㄨˋ ㄖㄨˋ
形容滲透力很強。

【無中生有】ㄨˊ ㄓㄨㄥ ㄕㄥ ㄧㄡˇ
1原本一無所有而後來逐漸生成新事物。2稱人憑空捏造事實。

【無水酒精】ㄨˊ ㄕㄨㄟˇ ㄐㄧㄡˇ ㄐㄧㄥ
(absolute alcohol) 即不含水分的乙醇 (C_2H_5OH)。又稱絕對酒精或絕對乙醇。爲無色澄清有特殊味道的液體,其純度均在99%以上。

5【無立錐地】ㄨˊ ㄌㄧˋ ㄓㄨㄟ ㄉㄧˋ
沒有容身的地方。

【無可奈何】ㄨˊ ㄎㄜˇ ㄋㄞˋ ㄏㄜˊ
無能爲力;沒有辦法。

【無可厚非】ㄨˊ ㄎㄜˇ ㄏㄡˋ ㄈㄟ
不能苛責。

【無可救藥】ㄨˊ ㄎㄜˇ ㄐㄧㄡˋ ㄧㄠˋ
形容人格已惡劣到無法挽救的地步。

【無可置評】ㄨˊ ㄎㄜˇ ㄓˋ ㄆㄧㄥˊ
(no comment)公眾人物接受傳播媒體訪問時的一種態度。對被詢問的新聞事實不承認,也不否認,讓編採人員自行斟酌。

【無功功率】ㄨˊ ㄍㄨㄥ ㄍㄨㄥ ㄌㄩˋ
(reactive power)也稱無功伏安。單位爲乏。交流電路中視功率的分量,在某一段期間內該功率由電源送往電路,而在另一段期間內電路又將同值的功率送回電源,所以並沒有眞正的功率消耗,稱爲無功功率。

【無出其右】ㄨˊ ㄔㄨ ㄑㄧˊ ㄧㄡˋ
稱人的才智或成就沒有人能超越。古時以右爲上。

【無以名狀】ㄨˊ ㄧˇ ㄇㄧㄥˊ ㄓㄨㄤˋ
無法形容。

【無以復加】ㄨˊ ㄧˇ ㄈㄨˋ ㄐㄧㄚ
形容已到極點。

6【無妄之災】ㄨˊ ㄨㄤˋ ㄓ ㄗㄞ
意外的災禍。

【無地自容】ㄨˊ ㄉㄧˋ ㄗˋ ㄖㄨㄥˊ
沒有地方可以容身。形容非常羞愧。

【無因管理】ㄨˊ ㄧㄣ ㄍㄨㄢˇ ㄌㄧˇ
乃未受委任,並無義務,而管理他人事務之行爲。無因管理並非法律行爲,乃係事實行爲,其成立以管理人有管理意思爲必要。至於管理人或本人,均不必具有行爲能力。管理人之管理行爲,應依本人明示或可得推知之意思,以有利於本人之方法爲之,此即適法之無因管理。如違反而爲非適法之事務管理者,對於因其管理所生之損害,雖無過失,亦應負賠償責任。但如其管理係爲本人盡公益上之義務,或爲其履行法定扶養義務者,例如爲本人繳納稅捐、爲本人扶養雙親時,則無須負無過失責任。管理事務經本人承認者,溯及管理開始時,適用關於委任之規定。此外,學說上於管理人並未具管理事務之意思,但卻因而取得額外之利益時,咸認得類推適用關於無因管理之規定。

【無因證券】ㄨˊ ㄧㄣ ㄓㄥˋ ㄑㄩㄢˋ
證券作成之後,證券權利之行使與其基礎原因各自獨立,換言之,證券上權利之行使不以其原因關係存在爲前提,縱原因關係不存在或無效,證券持有人仍得依票據文義行使權利,謂之證券之無因性,凡具有無因性之有價證券稱爲無因證券。

【無名契約】ㄨˊ ㄇㄧㄥˊ ㄑㄧˋ ㄩㄝ
法律上並無規定其名稱,由當事人自由約定之契約。相對於有名契約。參有名契約。

【無名英雄】ㄨˊ ㄇㄧㄥˊ ㄧㄥ ㄒㄩㄥˊ
獻身於偉大事業,而姓名不爲人所知的人。今多稱默默奉獻而不求人知的人。

7【無形大學】ㄨˊ ㄒㄧㄥˊ ㄉㄚˋ ㄒㄩㄝˊ
(invisible college) 通常資訊傳遞可分正式及非正式兩種途徑,前者透過圖書資料的出版發行而傳遞,後者經由學術討論會、面談、電話聯絡、信件等方式傳遞。每專業學門的資訊傳遞過程中,都有一些中堅人物,彼此互通訊息,交換研究心得,這些軸心人物非正式地領導該學門的發展,稱之爲無形大學。

【無形生產】ㄨˊ ㄒㄧㄥˊ ㄕㄥ ㄔㄢˇ
(intangible production)指一個企業或機構,對社會所從事的各項服務,或所提供的各項勞務。與製造加工業從事有形產品的生產相對。

【無形資產】ㄨˊ ㄒㄧㄥˊ ㄗ ㄔㄢˇ
(intangible asset)指不具實際形體,而能提供未來經濟效益的長期性營業資產。無形資產的價值一般係基於法律、契約或經營能力而得。如商譽、專利權、特許權及祕方等。

【無足輕重】ㄨˊ ㄗㄨˊ ㄑㄧㄥ ㄓㄨㄥˋ
無關緊要;影響不大。

【無利可圖】ㄨˊ ㄌㄧˋ ㄎㄜˇ ㄊㄨˊ
沒有任何利益可以取得。

8【無定形碳】ㄨˊ ㄉㄧㄥˋ ㄒㄧㄥˊ ㄊㄢˋ
(amorphous carbon) 黑色的非

結晶形固體。爲碳的同素異形體。多半是天然的含碳物質在隔絕空氣的情況下受強熱碳化而成。常見的無定形碳如木炭、活性碳、碳黑等。主要用途爲供製橡膠塡充劑、脫色劑、濾毒劑等。

【無法無天】 ㄨˊ ㄈㄚˇ ㄨˊ ㄊㄧㄢ
不顧法律、天理，胡作非爲。

【無性生殖】 ㄨˊ ㄒㄧㄥˋ ㄕㄥ ㄓˊ
(asexual reproduction) 指生物行生殖作用產生後代時，無需雌雄配子的結合，僅由個體本身經細胞分裂而產生新個體。其方法有多種，如二分法、出芽法、單性生殖及植物的營養繁殖等。由無性生殖產生的後代，與親代的遺傳特徵完全一樣。

【無忝所生】 ㄨˊ ㄊㄧㄢˇ ㄙㄨㄛˇ ㄕㄥ
不辱及自己的父母。

8【無枉無縱】 ㄨˊ ㄨㄤˇ ㄨˊ ㄗㄨㄥˋ
不冤枉無罪之人，也不放縱有罪之人。

【無咎無譽】 ㄨˊ ㄐㄧㄡˋ ㄨˊ ㄩˋ
沒有過失，也沒有美譽。

【無的放矢】 ㄨˊ ㄉㄧˋ ㄈㄤˋ ㄕˇ
①比喻無目的的言行。②比喻毫無事實根據而胡亂地指責攻擊別人。

【無所不至】 ㄨˊ ㄙㄨㄛˇ ㄅㄨˋ ㄓˋ
①比喻周到。②無論什麼事都做得出來。

【無所事事】 ㄨˊ ㄙㄨㄛˇ ㄕˋ ㄕˋ
①沒有什麼事可做。②遊手好閒。

【無所適從】 ㄨˊ ㄙㄨㄛˇ ㄕˋ ㄘㄨㄥˊ
不知聽從那一個，或不知如何是好。

9【無計可施】 ㄨˊ ㄐㄧˋ ㄎㄜˇ ㄕ
想不出對策。

【無爲而治】 ㄨˊ ㄨㄟˊ ㄦˊ ㄓˋ
①儒家指統治者摒除私欲，而以仁德感化人民的政治。②道家指順應自然，不生事擾民、妄加干涉，則人民安居樂業，天下太平。

【無限公司】 ㄨˊ ㄒㄧㄢˋ ㄍㄨㄥ ㄙ
由二人以上之股東所組成，股東對公司債務負連帶無限清償責任之公司。其股東應有半數在國內有住所，且應以全體之同意訂立章程簽名蓋章，置於本公司，並每人各執一份。其經濟活動著重在股東之個人條件(如股東之信用)，爲典型之人合公司。其特徵爲：合夥性質濃厚，股東地位之移轉(如出資之轉讓)困難，企業所有與企業經營合一。故公司資產不足清償債務時，由股東負連帶清償之責；股東非經其他股東全體之同意，不得以自己出資之全部或一部轉讓他人；各股東均有執行業務之權利，而負其義務。

【無限花序】 ㄨˊ ㄒㄧㄢˋ ㄏㄨㄚ ㄒㄩˋ
(indefinite inflorescence) 和有限花序相對。其開花的順序由花序軸下方漸及上方，或由外圍漸及內部。例如總狀花序、穗狀花序、繖形花序、繖房花序、頭狀花序等均是。

【無限級數】 ㄨˊ ㄒㄧㄢˋ ㄐㄧˊ ㄕㄨˋ
(infinite series) 也稱無窮級數。一無窮數列其間以加號連繫者，稱爲無限級數。

【無限責任】 ㄨˊ ㄒㄧㄢˋ ㄗㄜˊ ㄖㄣˋ
以所有積極財產(包括動產、不動產、債權、無體財產權)清償全部消極財產(債務)後，如有不足，仍須繼續負清償責任的制度。民事責任一般必須負無限清償責任，但經破產程序終結或主張限定繼承者，不在此限。合夥人對於合夥營業所生之債務，無限公司股東對於無限公司營業所生債務亦分別必須負無限責任。

【無風起浪】 ㄨˊ ㄈㄥ ㄑㄧˇ ㄌㄤˋ
比喻沒來由而生出事端。

【無段變速】 ㄨˊ ㄉㄨㄢˋ ㄅㄧㄢˋ ㄙㄨˋ
(stepless speed variation) 指依設計完成之最高與最低速率間，可獲得的速率是無界限(不同於齒輪交換之有段變速)。有三種驅動方式：一、機械式；二、液動式；三、電動式。

10【無害通過】 ㄨˊ ㄏㄞˋ ㄊㄨㄥ ㄍㄨㄛˋ
(innocent passage) 西元1982年“聯合國海洋法公約”規定，所有國家，不論爲沿海國或內陸國，其船舶均享有無害通過領海的權利。所謂無害，是指不損害沿海國的和平、良好秩序和安全；所謂通過，是指爲了下列目的，通過領海的航行：一、穿過領海，但不進入內水或停靠內水以外的泊船處或港口設施；二、駛往或駛出內水或停靠這種泊船處或港口設施。通過應繼續不停和迅速進行。唯領海國爲交戰國或爲軍事上的必要時，得禁止外船通行。

【無病呻吟】 ㄨˊ ㄅㄧㄥˋ ㄕㄣ ㄧㄣˊ
沒有病痛而發出呻吟聲。比喻裝腔作勢，妄發牢騷。

【無疾而終】 ㄨˊ ㄐㄧˊ ㄦˊ ㄓㄨㄥ
無病而死。比喻事情無端消失或結束。

【無恥之尤】 ㄨˊ ㄔˇ ㄓ ㄧㄡˊ
指無恥到極點。

【無能爲力】 ㄨˊ ㄋㄥˊ ㄨㄟˊ ㄌㄧˋ
力量不夠，不能促使事情發展或成功。

11【無產階級】 ㄨˊ ㄔㄢˇ ㄐㄧㄝ ㄐㄧˊ
(proletariat ; wage-earning classes)‘馬克斯’理論裡指無財產而以出賣勞力維生的人。係由‘拉丁’文 proletarii 而來，其原義指古代‘羅馬’社會中一種貧窮沒有土地的自由人，包括技工、小販，爲‘羅馬’公民中的最低層。二十世紀以來卻成爲工人階級的代名詞，以與資產階級相對。

【無庸置疑】 ㄨˊ ㄩㄥ ㄓˋ ㄧˊ
不用疑慮。

【無理取鬧】 ㄨˊ ㄌㄧˇ ㄑㄩˇ ㄋㄠˋ
指蓄意搗亂。

【無異曲線】 ㄨˊ ㄧˋ ㄑㄩ ㄒㄧㄢˋ
(indifference curve) 指一條線上任何一點所代表之兩種物品數

量的組合,均可導致相等效用的曲線。無異曲線是依據選擇理論而展開的,最初由'英國''艾茲華斯'(F. Y. Edgeworth)提出,以效用可測性爲前提。後來'義大利''巴利圖'(Vilfredo Pareto)和'英國''希克斯'(John R. Hicks)相繼放棄效用概念,確立純粹客觀而經驗的無異曲線理論,認爲個人對於財富的價值和消費者行爲的決定,以無異曲線的方法同樣可以決定。

【無欲則剛】ㄨˊ ㄩˋ ㄗㄜˊ ㄍㄤ
人無私欲,則能剛正不屈。

【無動於衷】ㄨˊ ㄉㄨㄥˋ ㄩˊ ㄓㄨㄥ
心中絲毫不受感動。

【無偏無黨】ㄨˊ ㄆㄧㄢ ㄨˊ ㄉㄤˇ
公正無私。

【無舵之舟】ㄨˊ ㄉㄨㄛˋ ㄓ ㄓㄡ
比喻不能自主或缺乏目標。

12【無痛分娩】ㄨˊ ㄊㄨㄥˋ ㄈㄣ ㄇㄧㄢˇ
(painless labor)產婦在產痛開始時,由醫師使用止痛藥物和痲醉劑來減輕其痛苦的一種分娩方式。由於使用痲醉劑會降低子宮收縮的力量,影響胎兒擠出,因此無痛分娩常配合產鉗的使用,但其效果並非眞正無痛,而僅是減輕痛苦而已。

【無費水量】ㄨˊ ㄈㄟˋ ㄕㄨㄟˇ ㄌㄧㄤˋ
(water unaccounted for)供水系統總供水量扣減家庭用水、工商業用水及公共用水的差額水量。配水幹支管漏損、違規接水、盜水、水表記錄失確等爲其誘因,故常以無費水量所占之百分比高低評估供水系統建造的良窳,並作爲管理優劣之準繩,通常小於10%屬優良供水系統,10~20%尙屬合理,大於20%即屬低劣。

【無量壽佛】ㄨˊ ㄌㄧㄤˋ ㄕㄡˋ ㄈㄛˊ
即'阿彌陀佛'。阿彌陀,義譯爲無量。無量含有無量壽、無量光二義,故'阿彌陀佛'也稱'無量壽佛'、'無量光佛'。

【無菌包裝】ㄨˊ ㄐㄩㄣˋ ㄅㄠ ㄓㄨㄤ
(aseptic package)指產品經完全殺菌處理後,裝入經殺菌處理過的包裝容器中,然後立即密封。整個食物的輸送、充塡、密封等步驟,都必須在無菌狀態下進行,以確定不受任何微生物的感染。

13【無載損失】ㄨˊ ㄗㄞˋ ㄙㄨㄣˇ ㄕ
(no load loss)當加入額定電壓及頻率,但並未加上負載時,存於變壓器的損失。

【無毀無譽】ㄨˊ ㄏㄨㄟˇ ㄨˊ ㄩˋ
治事的成績平平,沒有好的也沒有壞的批評。

【無傷大雅】ㄨˊ ㄕㄤ ㄉㄚˋ ㄧㄚˇ
雖有些微瑕疵,但大體無礙。

【無微不至】ㄨˊ ㄨㄟ ㄅㄨˋ ㄓˋ
形容非常周到,極細微的地方都能顧到。

14【無精打采】ㄨˊ ㄐㄧㄥ ㄉㄚˇ ㄘㄞˇ
沒有精神的樣子。

【無遠弗屆】ㄨˊ ㄩㄢˇ ㄈㄨˊ ㄐㄧㄝˋ
無論多遠都能到達。

【無與倫比】ㄨˊ ㄩˇ ㄌㄨㄣˊ ㄅㄧˇ
沒有可以和他相比的。

【無銜之馬】ㄨˊ ㄒㄧㄢˊ ㄓ ㄇㄚˇ
比喻不受控制的事物。

15【無憂無慮】ㄨˊ ㄧㄡ ㄨˊ ㄌㄩˋ
毫無憂愁。

【無影無蹤】ㄨˊ ㄧㄥˇ ㄨˊ ㄗㄨㄥ
不見蹤影;完全消失。

【無稽之談】ㄨˊ ㄐㄧ ㄓ ㄊㄢˊ
沒有根據的說法。

【無緣無故】ㄨˊ ㄩㄢˊ ㄨˊ ㄍㄨˋ
毫無原因;毫無理由。

【無線電波】ㄨˊ ㄒㄧㄢˋ ㄉㄧㄢˋ ㄅㄛ
(radio wave)即射頻波。爲無線電廣播、電視廣播系統常使用的電磁波。參射頻波。

【無線電臺】ㄨˊ ㄒㄧㄢˋ ㄉㄧㄢˋ ㄊㄞˊ
(radio station)具有利用無線電波發射廣播節目設備的所在。例如廣播電臺即是。

【無徵不信】ㄨˊ ㄓㄥ ㄅㄨˋ ㄒㄧㄣˋ
沒有證據,則人無法相信。

16【無懈可擊】ㄨˊ ㄒㄧㄝˋ ㄎㄜˇ ㄐㄧˊ
完整美好,沒有任何缺點可讓別人指責。

【無機化學】ㄨˊ ㄐㄧ ㄏㄨㄚˋ ㄒㄩㄝˊ
(inorganic chemistry)以非碳化合物爲研究對象的化學。

【無獨有偶】ㄨˊ ㄉㄨˊ ㄧㄡˇ ㄡˇ
指難得一見的事物,恰巧有兩個同時出現或發生。

17【無濟於事】ㄨˊ ㄐㄧˋ ㄩˊ ㄕˋ
對事情沒有幫助。

【無聲無臭】ㄨˊ ㄕㄥ ㄨˊ ㄒㄧㄡˋ
①比喻造化無形。②比喻默默無聞。

【無償行爲】ㄨˊ ㄔㄤˊ ㄒㄧㄥˊ ㄨㄟˊ
以法律行爲當事人一方給付,他方是否亦須爲對價給付爲區別標準,可分爲有償行爲與無償行爲。前者一方給付,他方亦須爲對價給付,例如買賣、租賃、互易、有利息之消費借貸;後者一方給付,他方無須爲對價給付,例如贈與、保證、使用借貸是。二者區別之實益是有償行爲之義務人責任較高,通常須盡善良管理人之注意。例如"民法"第二百二十條第一項規定:「債務人就其故意或過失之行爲,應負責任。」無償行爲之義務人責任較低,"民法"第二百二十條第二項:「過失之責任,依事件之特性而有輕重,如其事件非予債務人以利益者,應從輕酌定。」第四百十條:「贈與人僅就其故意或重大過失,對於受贈人負其責任。」均爲適例。

【無償契約】ㄨˊ ㄔㄤˊ ㄑㄧˋ ㄩㄝ
僅當事人之一方爲給付,他方無對價關係之給付的契約。如贈與、使用借貸屬之。有償契約與無償契約,以有無對價關係爲區別標準。

19【無關痛癢】ㄨˊ ㄍㄨㄢ ㄊㄨㄥˋ ㄧㄤˇ
無關緊要;不足輕重。

22【無權占有】 ㄨˊ ㄑㄩㄢˊ ㄓㄢˋ ㄧㄡˇ
相對於有權占有。參有權占有。

【無權代理】 ㄨˊ ㄑㄩㄢˊ ㄉㄞˋ ㄌㄧˇ
以本人名義爲代理行爲，而欠缺代理權的情形，稱爲無權代理。通常可分爲表見代理及狹義的無權代理。前者係無代理權而使第三人相信爲有代理權之事實。後者則爲單純之無權代理。無代理權人以代理人名義所爲之法律行爲，非經本人承認，對於本人不生效力，因此，無權代理乃屬效力未定之行爲，如經本人事後承認，即確定有效。此項事後承認，係代理權之補授，爲有相對人之單獨行爲，應由本人向代理人或相對人以意思表示爲之。無權代理人以他人的代理人名義所爲之法律行爲，如未經本人承認，致不生效力者，對於善意之相對人須負損害賠償之責(“民法”第一百一十條)。此項無權代理人的賠償責任，並不以無權代理人有故意或過失爲必要。乃無過失責任的一種。

【無權處分】 ㄨˊ ㄑㄩㄢˊ ㄔㄨˇ ㄈㄣˋ
無權利人以自己名義就他人權利標的物所爲之處分。所謂處分是使權利發生、移轉、變更、消滅之處分行爲，包括物權行爲和準物權行爲，但不及於負擔行爲(債權行爲)。所謂無權利人係指無處分權人，所有權人原則上爲有處分權人，但所有權人於破產時，對於破產財團無處分權。反之，非所有權人有時也有處分權。如父母爲其未成年子女之利益，對於未成年子女之特有財產有處分權。無權處分行爲係效力未定，經有權利人之承認，始溯及於爲處分時自始有效。無權利人就權利標的物爲處分後取得其權利者，其處分自始有效。若數處分相牴觸時，以其最初之處分爲有效。但原權利人或第三人已取得之利益不因此而受影響。爲保護交易安全，“民法·物權”編有善意受讓之規定，“土地法”有依“土地法”所爲登記有絕對公信力之規定。即基於他人無權處分而善意受讓動產、不動產所有權之人，如已受動產之交付或完成不動產之登記，縱然處分人無移轉所有權之權利，仍取得該動產或不動產之所有權，此爲無權處分效力未定之例外。

4【無水化合物】 ㄨˊ ㄕㄨㄟˇ ㄏㄨㄚˋ ㄏㄜˊ ㄨˋ
(anhydrate)指失去結晶水的化合物。例如藍色的無水氯化亞鈷乃由紅色的含水氯化亞鈷加熱而得。

5【無可無不可】 ㄨˊ ㄎㄜˇ ㄨˊ ㄅㄨˋ ㄎㄜˇ
1沒有可或否的成見。2在可或否之間，不明確表明態度或沒有主見。

【無巧不成書】 ㄨˊ ㄑㄧㄠˇ ㄅㄨˋ ㄔㄥˊ ㄕㄨ
如無巧合，就不能成爲故事被寫出來。比喻事情的發生常有湊巧的機緣。

【無功不受祿】 ㄨˊ ㄍㄨㄥ ㄅㄨˋ ㄕㄡˋ ㄌㄨˋ
沒有功勞，不應接受俸祿。多用爲受人獎賞或餽贈時的謙詞。

【無母數檢定】 ㄨˊ ㄇㄨˇ ㄕㄨˋ ㄐㄧㄢˇ ㄉㄧㄥˋ
(non-parametric test) 指對於統計母體之分布，沒有很強的要求，而只利用次序或分類比較的統計量來進行檢定。所得的資訊較粗糙，也較簡便。

【無用武之地】 ㄨˊ ㄩㄥˋ ㄨˇ ㄓ ㄉㄧˋ
沒有施展長才的機會。

7【無何有之鄉】 ㄨˊ ㄏㄜˊ ㄧㄡˇ ㄓ ㄒㄧㄤ
一切都不存在的虛空境界。

8【無官御史臺】 ㄨˊ ㄍㄨㄢ ㄩˋ ㄕˇ ㄊㄞˊ
‘宋代’太學的別稱。‘宋代’太學生極重氣節，評論時政有‘東漢’清議遺風，雖權相‘史彌遠’、‘賈似道’亦不敢得罪之，故稱。

【無毒不丈夫】 ㄨˊ ㄉㄨˊ ㄅㄨˋ ㄓㄤˋ ㄈㄨ
指做事狠毒殘虐。

【無所爲而爲】 ㄨˊ ㄙㄨㄛˇ ㄨㄟˋ ㄦˊ ㄨㄟˊ
不爲某種目的而作。

9【無政府主義】 ㄨˊ ㄓㄥˋ ㄈㄨˇ ㄓㄨˇ ㄧˋ
(anarchism) 依‘迦基’(Oscar Jaszi) 在“社會科學百科全書”所下的定義：「無政府主義乃指一種以完全廢除國家(或減少其活動至最少限度)，而代以個人、團體、宗教、民族間完全自由、自動的合作，以建立一切人類關係中的正義(亦即平等與互惠)的企圖之學說。」總而言之，無政府主義各學派之間有下列共同特徵：一、極端的個人主義；二、反集權的社會主義；三、暴力主義(惟‘托爾斯泰’爲例外)。

【無風不起浪】 ㄨˊ ㄈㄥ ㄅㄨˋ ㄑㄧˇ ㄌㄤˋ
比喻凡事之起，必有原因，不會無緣無故發生。

【無保留意見】 ㄨˊ ㄅㄠˇ ㄌㄧㄡˊ ㄧˋ ㄐㄧㄢˋ
(unqualified opinion)當會計師審核時，審核範圍未受限制，且財務報表允當表達財務狀況、營業結果，並符合一般公認會計原則，同時在前後一貫基礎編製之情況下，所簽發的一種審計報告。

10【無記名支票】 ㄨˊ ㄐㄧˋ ㄇㄧㄥˊ ㄓ ㄆㄧㄠˋ
又稱來人支票。即未載明受款人，以執票人爲受款人的支票。此種支票因不指明受款人身分，任一執票人均可持向付款銀行要求付款。

【無記名股票】 ㄨˊ ㄐㄧˋ ㄇㄧㄥˊ

ㄍㄨˇ ㄆㄧㄠˋ
指未記載股東姓名之公司股票。公司得以章程規定發行無記名股票,但其股數不得超過已發行股份總數二分之一;得因股東之請求,發給無記名股票或將無記名股票改爲記名式。無記名股票之轉讓,只須以交付爲之;其股東欲出席股東會,須於股東會開會五日前,將其股票交存公司。其與記名股票,除上述之不同外,所表彰之股東權內容完全相同。

【無記名背書】 ㄨˊ ㄐㄧˋ ㄇㄧㄥˊ ㄅㄟˋ ㄕㄨ
指背書人不記載被背書人,僅簽名於票據而爲之背書。又稱空白背書、略式背書或不完全背書。無記名背書之票據,得依票據之交付轉讓之,亦得以無記名背書或記名背書轉讓之。票據之最後背書爲無記名背書者,執票人得記載自己或他人爲被背書人,變更爲記名背書,再爲轉讓。無記名背書票據之執票人,以背書之連續證明其權利時,無記名背書之其次背書人,視爲該無記名背書之被背書人。

【無記名證劵】 ㄨˊ ㄐㄧˋ ㄇㄧㄥˊ ㄓㄥˋ ㄑㄩㄢˋ
證劵的發行人,表示應向證劵持有人給付一定金錢或其他代替物的證劵。如銀行兌換劵、公債票、火車票、劇劵及無記名債劵等是。此種證劵有三特徵:一、證劵即權利,權利即證劵;二、證劵持有人即享有證劵上之權利而請求給付;三、轉讓時只須交付即取得證劵權利,毋庸背書,所以便於流轉。無記名證劵發行人於持有人提示證劵時,除知持有人就證劵無處分之權利或受有遺失、被盜或滅失之通知者外,有爲給付之義務,如爲給付仍免其債務。又發行人僅得以本於證劵之無效、證劵之內容,或其與持有人間之法律關係所得對抗持有人之事由對抗持有人。

【無缺點運動】 ㄨˊ ㄑㄩㄝ ㄉㄧㄢˇ ㄩㄣˋ ㄉㄨㄥˋ
(zero-defective movement) 係西元1961年'美國''馬丁公司'所倡。爲品質保證制度的一環。要求廠中每一位作業人員,第一次就把工作做到「無缺點」,完全正確以保證品質。

11【無責任能力】 ㄨˊ ㄗㄜˊ ㄖㄣˋ ㄋㄥˊ ㄌㄧˋ
責任能力即負擔刑事責任之能力。行爲人若無責任能力,則縱有構成要件該當之違法行爲,亦不負刑責。我國"刑法"規定未滿十四歲人及心神喪失人之行爲不罰。是故,未滿十四歲者及心神喪失者皆屬無責任能力人。有無責任能力應依行爲當時判斷之。未滿十四歲之人雖無責任能力,但如已滿十二歲,則仍有"少年事件處理法"之適用,得施以訓誡、保護管束、感化教育等管訓處分。

【無責任離婚】 ㄨˊ ㄗㄜˊ ㄖㄣˋ ㄌㄧˊ ㄏㄨㄣ
(no-fault divorce) 始於西元1970年代的新離婚方式。男女雙方不必以犯錯爲理由而要求離婚。此種方式可減少法庭的負擔和當事人精神上的困擾。

【無條件跳越】 ㄨˊ ㄊㄧㄠˊ ㄐㄧㄢˋ ㄊㄧㄠˋ ㄩㄝˋ
(unconditional jump)電腦程式執行過程中,不需測試條件是否成立,便將控制移轉,稱爲無條件跳越。

12【無菌裝罐法】 ㄨˊ ㄐㄩㄣˋ ㄓㄨㄤ ㄍㄨㄢˋ ㄈㄚˇ
(aseptic canning) 於無菌狀態下,食品先以150°C 殺菌1～2秒,急速冷卻後,充塡、密封於已消毒過的罐頭內。經此法裝罐的食物品質,如風味、色澤、質地及營養成分的保存等,均較一般罐頭製造法爲優。

13【無運算指令】 ㄨˊ ㄩㄣˋ ㄙㄨㄢˋ ㄓˇ ㄌㄧㄥˋ
(no-operation instruction) 電腦指令的一種。此一指令不表示任何運算,當電腦執行此指令時,將不做任何操作而直接繼續執行下一指令。

【無過失主義】 ㄨˊ ㄍㄨㄛˋ ㄕ ㄓㄨˇ ㄧˋ
與過失主義相對之法律概念。凡民事損害賠償責任之成立,不以行爲人對損害事故之發生有故意或過失爲必要者,謂之無過失主義。又稱無過失責任主義。按民事責任之成立以過失主義爲原則,此爲近代私法秩序之基本原則。惟由於現代工業發達,各種危險企業及交通工具頻生,隨時有遭致他人損害之可能,爲適度平衡被害人利益之保護及分配危險責任,故在立法上有擴大採用無過失主義之趨勢。

15【無熱殺菌法】 ㄨˊ ㄖㄜˋ ㄕㄚ ㄐㄩㄣˋ ㄈㄚˇ
(cold sterilization) 利用放射線照射食品或化學藥品來殺菌的方法。因無顯著的溫度增高現象,又稱爲冷殺菌。如利用紫外線照射,少量照射,可使蛋中之'沙門氏'菌及食肉中之寄生蟲死滅;但若要完全殺菌,則須高劑量之照射,食品之風味、色澤、組織均會受損。化學藥品殺菌則是使用防腐劑、殺菌劑及抗生素等。

【無線電波段】 ㄨˊ ㄒㄧㄢˋ ㄉㄧㄢˋ ㄅㄛ ㄉㄨㄢˋ
(radio channel) 無線電波之頻率範圍。國際公認依不同之頻帶 (frequency band) 共分爲八種波段,均以能達成需用之無線電通訊目的爲準。一、極低頻率 (very low frequency; VLF): 表少於每秒30仟週之頻率,適用於無線電電報。二、低頻率(low frequency

;LF):每秒30～300仟週,用於固定通訊站或沿海流動性通訊站。三、中頻率(medium frequency; MF):每秒300～3,000仟週,適用於洲際通訊。四、高頻率(high frequency; HF):每秒3～30百萬週,適用於洲際通訊。五、極高頻率(very high frequency; VHF):每秒30～300百萬週,適用於航空和電視。六、超高頻率(ultrahigh frequency; UHF):每秒0.3～3兆週,適用於航空太空。七、特高頻率(superhigh frequency; SHF):每秒3～30兆週,適用於太空。八、至高頻率(extremely high frequency; EHF):每秒30～300兆週,適用於無線電航行。

【無線電導引】ㄨˊ ㄒㄧㄢˋ ㄉㄧㄢˋ ㄉㄠˇ ㄧㄣˇ

(radio guidance)利用地面雷達追蹤飛彈或其他空中載具獲得其位置與飛行情況的資料,再藉無線電發射指揮信號至飛彈或其他空中載具上,以使其飛達目標的導引方法。

16【無擔保放款】ㄨˊ ㄉㄢ ㄅㄠˇ ㄈㄤˋ ㄎㄨㄢˇ

一般稱為信用放款。此類放款以借款人的信用為基礎,並無提供擔保品為放款的擔保。其對象大都為財務結構健全、業務情況良好的工商企業,以及信用卓著的個人。

23【無體財產權】ㄨˊ ㄊㄧˇ ㄘㄞˊ ㄔㄢˇ ㄑㄩㄢˊ

以人類精神之產物為標的之權利,稱為無體財產權。例如著作權、專利權及商標權等。無體財產權雖為精神上之創造物,但在性質上不屬於人格權而為財產權之一種,得為讓與或繼承之標的。於'英''美'法中,將專利權及商標權等合稱為工業財產權,'法國'學者稱為智能財產權。

5【無主物之先占】ㄨˊ ㄓㄨˇ ㄨˋ ㄓ ㄒㄧㄢ ㄓㄢˋ

原始取得動產所有權原因之一。無主物先占取得所有權之要件有以下諸點:一、占有之主體須有識別能力,但不以有行為能力為必要。二、占有人須基於所有之意思而占有。三、占有之客體須為動產且為無主物。

6【無行為能力人】ㄨˊ ㄒㄧㄥˊ ㄨㄟˊ ㄋㄥˊ ㄌㄧˋ ㄖㄣˊ

未滿七歲之未成年人及禁治產人,均為無行為能力人。無行為能力人所為之意思表示,無效。不因法定代理人之事前允許或事後承認而有效。無行為能力人須由法定代理人代為意思表示,並代受意思表示。然無行為能力人所為之事實行為,因無須以意思表示為基礎,故該行為在法律上仍為有效。例如拾得遺失物或先占是。無行為能力人為侵權行為時,如行為時有識別能力者,應與其法定代理人連帶負損害賠償責任;行為時無識別能力者,則須由其法定代理人單獨負損害賠償責任。又無行為能力制度之制定乃強行規定,對於無行為能力人之保護應優於交易安全之維護,因此,與無行為能力人為法律行為之相對人無論善意與否,均不得主張其法律行為有效。

8【無法表示意見】ㄨˊ ㄈㄚˇ ㄅㄧㄠˇ ㄕˋ ㄧˋ ㄐㄧㄢˋ

(disclaimer of opinion)當會計師審核時,審核範圍受到嚴重限制,使對財務報表之允當性無法瞭解所簽發的一種審計報告。

9【無限責任股東】ㄨˊ ㄒㄧㄢˋ ㄗㄜˊ ㄖㄣˋ ㄍㄨˇ ㄉㄨㄥ

就公司對第三人所負之債務,負無限制之清償責任的公司股東。無限公司之股東及兩合公司之無限責任股東,因於公司資產不足清償債務時,負連帶無限清償之責,故均為無限責任股東。

13【無跟單信用狀】ㄨˊ ㄍㄣ ㄉㄢ ㄒㄧㄣˋ ㄩㄥˋ ㄓㄨㄤˋ

(clean credit)又稱光秃信用狀、光票信用狀、純信用狀。即受益人不需提示貨運單證,僅憑其所簽發的匯票或繕製的收據,即可兌取信用狀款項的信用狀。這種信用狀與跟單信用狀不同,因無貨運單證供作擔保,讓購銀行及開狀銀行所負風險較諸跟單信用狀所負者為大。因此,申請人須提供十足的擔保,銀行才願開發這種信用狀。旅行信用狀與用於押標保證、履約保證、還款保證的擔保信用狀均為無跟單信用狀。

15【無線電高度表】ㄨˊ ㄒㄧㄢˋ ㄉㄧㄢˋ ㄍㄠ ㄉㄨˋ ㄅㄧㄠˇ

(radio altimeter)又稱雷達高度表(radar altimeter)。藉測定介於無線電能脈波發射和反射脈波間所經歷之時差,以確定航空器離地之絕對高度的儀表。

18【無闖入性評量】ㄨˊ ㄔㄨㄤˇ ㄖㄨˋ ㄒㄧㄥˋ ㄆㄧㄥˊ ㄌㄧㄤˊ

(unobtrusive measures)不為受試者察覺的評量法。旨在減少受試者因覺知被評鑑而引起不當反應。

6【無因次單位歷線】ㄨˊ ㄧㄣ ㄘˋ ㄉㄢ ㄨㄟˋ ㄌㄧˋ ㄒㄧㄢˋ

(dimensionless unit graph)依時間與流量之因次所有點繪成的單位歷線。其特點是沒有時間單位。可用來比較同流域內,用不同單位降雨延時所得的單位歷線,以繪製平均的無因次單位歷線。因不同單位降雨延時的單位歷線不能比較,故須先轉換為相同單位降雨延時。

10【無追索權信用狀】ㄨˊ ㄓㄨㄟ ㄙㄨㄛˇ ㄑㄩㄢˊ ㄒㄧㄣˋ ㄩㄥˋ ㄓㄨㄤˋ

(without recourse letter of credit)狀上載明無追索權的信用狀。與有追索權信用狀相對。憑無追索權信用狀開出的匯票,且票面上載有without recourse字樣,則執票人於遭到拒絕兌付時,不得向背書人等前手(即開狀銀行對押匯銀行,押匯銀行對受益人)請求償還票款。一般憑不可撤銷信用狀開出的匯票,實際上均不致遭到拒絕兌付,前手人及發票人(受益人)也不會被追索,除非其匯票不合信用狀條件。不可撤銷信用狀的「不可撤銷性」與匯票的「無追索權」並無關係。無追索權信用狀又可分爲:一、不可撤銷無追索權信用狀(irrevocable without recourse letter of credit),狀上並無明文授權受益人可簽發無追索權的匯票,不論匯票是以開狀銀行或開狀申請人爲付款人,只有開狀銀行對前手(押匯銀行)無追索權,押匯銀行對受益人仍有追索權。二、不可撤銷簽發無追索權匯票信用狀(irrevocable drawn without recourse letter of credit),狀上明文規定受益人可簽發無追索權的匯票,開狀銀行與押匯銀行均無追索權。

11【無條件跳越指令】ㄨˊ ㄊㄧㄠˊ ㄐㄧㄢˋ ㄊㄧㄠˋ ㄩㄝˋ ㄓˇ ㄌㄧㄥˋ

(unconditional jump instruction)電腦指令集中,表示一無條件跳越之控制移轉指令。

13【無過失汽車保險】ㄨˊ ㄍㄨㄛˋ ㄕ ㄑㄧˋ ㄔㄜ ㄅㄠˇ ㄒㄧㄢˇ

(no-fault automobile insurance)被保險汽車發生意外事故,致第三者遭受損失時,不論被保險人在意外事件中有無過失行爲,保險人即按保險契約規定,對第三者受害人承負補償的責任。通常責任保險所承保之責任,以法律責任爲原則,而法律責任復以過失爲要件。由於過失責任認定的困擾,常使受害人蒙受不利,因而有無過失補償制度的倡行。

【無極性電解電容器】ㄨˊ ㄐㄧˊ ㄒㄧㄥˋ ㄉㄧㄢˋ ㄐㄧㄝˇ ㄉㄧㄢˋ ㄖㄨㄥˊ ㄑㄧˋ

(nonpolar electrolytic capacitor)介質膜形成於兩電極上,是以連接時不須考慮極性的電解電容器。

氧化膜
陽極
陽極
電解質

無極性電解電容器圖

19【無穩態多諧振盪器】ㄨˊ ㄨㄣˇ ㄊㄞˋ ㄉㄨㄛ ㄒㄧㄝˊ ㄓㄣˋ ㄉㄤˋ ㄑㄧˋ

(astable multivibrator)振盪器的一種。其輸出不具有穩定的狀態,將在高低兩電位的狀態反覆變動,一旦電源供給能量後,就會瞬間產生振盪信號,而無須外加觸發信號。

13【無過失損害賠償責任】ㄨˊ ㄍㄨㄛˋ ㄕ ㄙㄨㄣˇ ㄏㄞˋ ㄆㄟˊ ㄔㄤˊ ㄗㄜˊ ㄖㄣˋ

乃加害人縱無過失,但因其行爲或其他情事加損害於他人時,亦應負損害賠償責任。因此又稱結果責任或危險責任。近代各國民法均以過失責任爲原則,我國亦然。至十九世紀末葉以來,企業勃興,工業文明日益發達,發生許多無可避免之危險,損害之發生是否因企業主體之故意或過失所引起,難以證明,如仍堅持過失責任原則,被害人將難以獲得賠償。況且企業因危險性之設備而獲利,對於因其危險而生之損害理當由企業負責,因此無過失責任原則在某些行業日漸確立,以彌補過失責任原則之不足。我國"民法"以過失責任爲原則,以無過失責任爲例外。如無權代理人之賠償責任、土地所有權人因相鄰地關係對鄰地所有人造成損害之賠償。此外,我國某些特別法亦採無過失責任者,如"鑛場法"、"工廠法"及"民用航空法"。在無過失責任原則下,企業主體責任十分重,因此常併以責任保險制度,將損害賠償責任透過責任保險制度分化給社會大眾。

然 ㄖㄢˊ jan² 音燃

[1]燃燒。燃的本字。見"說文"。[2]如此;這樣。如:莫不皆然。[3]是;對。表示同意。[4]應許;許諾。如:重然諾。[5]助詞。⑴表比擬事象。如:如見其肺肝然。⑵表決定語意。同焉。如:不得其死然。[6]姓。'漢'有'然溫'。見"萬姓統譜·二八"。

16【然諾】ㄖㄢˊ ㄋㄨㄛˋ

答允;許諾。

焦 ㄐㄧㄠ chiao¹ 音澆

[1]被火燒成枯乾。見"說文"。[2]東西被烈火燒過後所產生的氣味。[3]煩憂;急迫。如:焦慮。[4]姓。'唐'有'焦遂'。見"萬姓統譜·三〇"。

3【焦土】ㄐㄧㄠ ㄊㄨˇ

焚燒後的土地。

4【焦心】ㄐㄧㄠ ㄒㄧㄣ

心思煩憂。

6【焦耳】ㄐㄧㄠ ㄦˇ

[1](James Prescott Joule, 1818～1889)'英國'物理學家。西元1835年在'曼徹斯特大學'師事著名化學家'道爾頓'(John Dalton),後致力於物理、化學的試驗,認爲機械能、電機和熱能基本上是一樣的,且可以相互換轉,因而建立熱力學的第一法則——能量不滅說;又發明用電流生熱法(稱爲'焦耳'與'湯姆生'效應),以測定熱的功當量。[2](joule)代號爲J。度量衡導出單位中之功、能、熱量單位。一焦耳爲一牛頓之力作用於物體上,使作用點沿力的方向增加一公尺位移時,其力與位移的乘積。

7【焦灼】ㄐㄧㄠ ㄓㄨㄛˊ

[1]被火燒傷。[2]形容內心煩憂、著急。

9【焦竑】ㄐㄧㄠ ㄏㄨㄥˊ

(1541～1620)'明''江寧'(今'南京市')人,字'弱侯',號'澹園'。'萬曆'十七年(1589),以殿試第一官翰林修撰,曾爲皇太子講學。'竑'博極群書,善爲古文;家中藏書兩樓,皆親手校定,有"焦氏藏書目"二卷。著有"澹園集"、"焦氏筆乘"等書。

10【焦臭】ㄐㄧㄠ ㄔㄡˋ
(burnt flavor)包裝於透明玻璃瓶中的牛乳,經日光或日光燈照射,其所含的甲硫胺酸、維生素B_2及色胺酸被破壞,產生化學反應所引起的臭味。又稱日光臭、包心菜臭、活性化臭等。此時牛乳除了風味不佳,導致接受性降低外,牛乳中的維生素A、B_2、C及蛋白質等營養成分,也受到相當程度的破壞。

12【焦距】ㄐㄧㄠ ㄐㄩˋ
(focal length)由焦點至曲面鏡之鏡面中心一頂點的距離,或者至透鏡之鏡心的距離,稱爲焦距。常以f代表。在應用面鏡成像公式或透鏡成像公式時,對於具有實焦點的凹面鏡或凸透鏡,f值爲正數;有虛焦點的凸面鏡或凹透鏡,f取負數值。鏡口徑甚小的球面鏡,f之值爲其曲率半徑R之半,即$f=1/2R$。

13【焦飾】ㄐㄧㄠ ㄕˋ
木材藝品的一種裝飾法。作法有二:一、利用燒紅的烙鐵,在材料表面作畫,使其表面出現焦斑。二、利用強酸溶液在材料表面作畫,再以微火烘烤,使呈焦黑圖案。

15【焦慮】ㄐㄧㄠ ㄌㄩˋ
(anxiety)一種持續不安、掛念和畏懼的情緒狀態。該情緒狀態無適當明確的導因,依引發過程可分爲客觀和神經質的兩種,依強度可分爲正常和病態的兩種。

16【焦糖】ㄐㄧㄠ ㄊㄤˊ
(caramel)於觸媒作用下,將玉米糖漿加熱至121°C,經數小時後再冷卻至93°C,過濾所得之無定形粉末。爲食物的著色劑,例如用於醬油之著色。

17【焦點】ㄐㄧㄠ ㄉㄧㄢˇ
[1](focus)(1)遠處平行於曲面鏡或透鏡主軸的平行光線,射至曲面鏡上反射,或透過透鏡折射,這些反射或折射後的光線,或其反方向的延長線,在主軸上所交會的一點,稱爲焦點。光線直接交會的點,稱爲實焦點;延長線相交點,稱爲虛焦點。(2)在平面上,取一定直線l及不在直線上的定點F,動點P到F的距離與P到l的距離爲定比的軌跡,依此定比爲<1、$=1$、>1而區分爲橢圓、拋物線及雙曲線。定點F稱爲該曲線的焦點。[2]大家所注意的重心。

19【焦穫】ㄐㄧㄠ ㄏㄨㄛˋ
古代湖澤名。在今'陝西省''涇陽縣'西北。也作'焦護'。

20【焦躁】ㄐㄧㄠ ㄗㄠˋ
心急氣躁。

6【焦耳定律】ㄐㄧㄠ ㄦˇ ㄉㄧㄥˋ ㄌㄩˋ
(Joule's law)在導體的兩端施加一電位差(電壓)時,正電荷會自高電位往低電位移動(電子是由低電位往高電位移動),而形成電流,同時電荷也將所儲存的電位能放出,轉換成爲熱能。對能符合'歐姆'定律的導體,'歐姆'發現:電流通過一電阻時,其所產生的熱能與電流I的平方成正比,與電阻R成正比,也與通電的時間t成正比,此關係稱爲'焦耳'定律。若W表電荷所輸出的電能(轉變爲熱能),則'焦耳'定律可表如下:$W=I^2Rt$,若電流的單位爲安培,電阻爲歐姆,時間爲秒,則熱能的單位爲焦耳。若轉換爲熱量卡的單位時,乘以0.24即可。

8【焦金流石】ㄐㄧㄠ ㄐㄧㄣ ㄌㄧㄡˊ ㄕˊ
燒焦金屬,熔化石頭。形容乾旱酷熱。

13【焦電效應】ㄐㄧㄠ ㄉㄧㄢˋ ㄒㄧㄠˋ ㄧㄥˋ
(pyroelectric effect)熱能轉換爲電能之效應。

15【焦慮層次】ㄐㄧㄠ ㄌㄩˋ ㄘㄥˊ ㄘˋ
(anxiety hierarchy)將引起個體某種焦慮之各種刺激,依焦慮反應之強弱程度所排定的層次表。供使用系統脫敏法(systematic desensitization)以逐步消除患者之病態或神經質焦慮的依據。

16【焦頭爛額】ㄐㄧㄠ ㄊㄡˊ ㄌㄢˋ ㄜˊ
形容救火時燒傷的樣子。後用以形容爲事所困,十分狼狽。

15【焦慮性異常】ㄐㄧㄠ ㄌㄩˋ ㄒㄧㄥˋ ㄧˋ ㄔㄤˊ
(anxiety disorders)神經病的一種。係個體持續焦慮、恐慌所引起的心理異常症候。患者凡事心灰意冷,注意力不集中,且顯現過度緊張、敏感和非理智恐懼。

9

煎 ㄐㄧㄢ *chien*1 音尖
[1]熬汁使乾。如:煎藥。[2]加熱使熟。[3]逼迫。如:煎心。

9【煎迫】ㄐㄧㄢ ㄆㄛˋ
逼迫。

13【煎逼】ㄐㄧㄢ ㄅㄧ
逼迫。

15【煎熬】ㄐㄧㄢ ㄠˊ
[1]烹飪的一種。煮汁使乾。[2]形容心情焦灼。[3]折磨。

19【煎藥】ㄐㄧㄢ ㄧㄠˋ
熬藥。

煊 煖的或體。

煇 ㊀ ㄏㄨㄟ *hui*1 音揮
[1]日光;火光。見"說文"。[2]光耀。如:德煇。
㊁ ㄒㄩㄣ *hsün*1 音熏
灼;用火燒。見"字彙"。

煔 ㊀ ㄕㄢˋ *shan*4 音贍
火光閃動。或作烻。見"說文"。

二 ㄑㄧㄢˊ ch'ien² 音潛
用湯煮肉。見"正字通"。
三 ㄕㄢ shan¹ 音山
木名。今作杉。見"字彙"。

煢 ㄑㄩㄥˊ ch'iung² 音瓊
孤獨無依。

3【煢孑】 ㄑㄩㄥˊ ㄐㄧㄝˊ
孤獨。

12【煢單】 ㄑㄩㄥˊ ㄉㄢ
孤單沒有依靠。

13【煢煢】 ㄑㄩㄥˊ ㄑㄩㄥˊ
1孤獨無依的樣子。2驚恐不安的樣子。

16【煢獨】 ㄑㄩㄥˊ ㄉㄨˊ
孤獨;孤單。

焀 ㄔㄚ ch'a¹ 音插
火燃燒。見"玉篇"。

煉 ㄌㄧㄢˋ lien⁴ 音練
同鍊。1鎔冶金石。見"說文"。2用火熬製藥物。如:煉藥。3下工夫以求精美。如:煉字。

4【煉丹】 ㄌㄧㄢˋ ㄉㄢ
道教語。也作鍊丹、練丹。丹,指丹砂。道教傳說將朱砂放在爐火中燒煉,即可成丹,服之可以成仙。後來演變成以靜功和氣功修鍊精、氣、神的,稱爲內丹;用爐火燒煉藥石的,稱爲外丹。

7【煉形】 ㄌㄧㄢˋ ㄒㄧㄥˊ
道教語。指修煉自身的形體。以凝性煉形長生爲至道眞旨,煉形功成可成眞人。

8【煉乳】 ㄌㄧㄢˋ ㄖㄨˇ
(condensed milk) 將鮮乳消毒後,於眞空蒸發器中濃縮,以減少水分,裝罐,可歷久不壞。通常供飲料或複製食品之用。

9【煉度】 ㄌㄧㄢˋ ㄉㄨˋ
道教語。原指人服符可以煉神。後來衍爲醮懺祈禱,超度亡魂的法事,鬼魂得符可以度化。

10【煉師】 ㄌㄧㄢˋ ㄕ
舊時對懂得養生、煉丹方法的道教徒的尊稱。"唐六典"中用以稱德高思淸的道士。

14【煉製】 ㄌㄧㄢˋ ㄓˋ
提煉精製。

【煉獄】 ㄌㄧㄢˋ ㄩˋ
(purgatory) 天主教認爲人在死後靈魂未進入天堂前,暫時前往接受熬煉以滌洗小罪,完成補贖的地方。

8【煉油氣】 ㄌㄧㄢˋ ㄧㄡˊ ㄑㄧˋ
(refinery gas) 由石油裂解塔或精餾塔生產的碳氫化合物氣體(亦包含一些含硫化合物)。一般組成爲氫氣、甲烷、乙烷、丙烷、丁烷、戊烷、乙烯、丙烯、丁烯、戊烯等。

【煉金術】 ㄌㄧㄢˋ ㄐㄧㄣ ㄕㄨˋ
企圖把廉價金屬煉成貴重黃金,或將普通藥劑煉成長生藥的方術。

14【煉製品】 ㄌㄧㄢˋ ㄓˋ ㄆㄧㄣˇ
以魚肉爲原料,加入食鹽及其他調味料,搗爛成黏稠狀,再成型加熱,使成有彈性的製品。如魚丸、竹輪、天婦羅等。

煏 ㄅㄧˋ pi⁴ 音愎
用火烘乾。見"玉篇"。

煒 ㄨㄟˇ wei³ 音偉
1光彩極盛的樣子。見"說文"。2明亮。見"玉篇"。

煙 ㄧㄢ yen¹ 音淹
同烟。1物質燃燒時產生的氣體。2山水間的水氣。如:煙霞。3煙質凝成的黑灰。如:松煙。4煙草的成品。同菸。如:香煙。5鴉片煙的簡稱。如:煙土。

4【煙火】 ㄧㄢ ㄏㄨㄛˇ
1人煙;炊煙。指人口聚集的地方。2道家稱熟食。3節日慶典所施放的火硝和其他燃物。4烽火;戰火。

8【煙波】 ㄧㄢ ㄅㄛ
雲煙與水波。

9【煙柱】 ㄧㄢ ㄓㄨˋ
(gas plume) 煙囪排放之流體現象。其幾何形狀及濃度分布依氣流而定。

10【煙海】 ㄧㄢ ㄏㄞˇ
煙霧瀰漫無邊的樣子。

【煙扇】 ㄧㄢ ㄕㄢˋ
(fanning)煙柱大部分的垂直擴散受到逆溫層的壓制,而由水平方向散出的現象。

11【煙圈】 ㄧㄢ ㄑㄩㄢ
(looping)日光強烈照射產生劇烈的對流攪動,致煙柱在垂直方向隨著強烈的漩渦運動而成圈狀的現象。

12【煙雲】 ㄧㄢ ㄩㄣˊ
煙和雲。比喻容易消散或已消散的事物。

【煙帽】 ㄧㄢ ㄇㄠˋ
(lofting)煙柱因逆溫層存在於煙柱下方而無法向下擴散,致在逆溫層上方擴散成帽狀的現象。

【煙嵐】 ㄧㄢ ㄌㄢˊ
山中的煙霧雲氣。

【煙絲】 ㄧㄢ ㄙ
1飄浮在空中的煙雲之氣。2煙葉乾製後切成的細絲。

14【煙塵】 ㄧㄢ ㄔㄣˊ
1塵埃;飛揚的塵土。2物體燃燒後所剩餘的粉屑。3比喻戰亂。

【煙槍】 ㄧㄢ ㄑㄧㄤ
1吸食鴉片煙或旱煙用的竹製長管,尾端裝置煙斗。2俗稱煙癮大的人。

16【煙錐】 ㄧㄢ ㄓㄨㄟ
(coning)煙柱在沒有發生逆溫層的情況下所產生的正常擴散狀態。呈錐形,故名。

17【煙霞】 ㄧㄢ ㄒㄧㄚˊ
也作烟霞。1煙霧霞光。2泛指山水勝景。

24【煙靄】 ㄧㄢ ㄞˇ
雲氣。

4【煙火氣】 ㄧㄢ ㄏㄨㄛˇ ㄑㄧˋ
塵俗之氣。道教以辟穀修養爲成仙之道,稱熟食爲煙火食,塵氛爲煙火氣。

【煙水晶】 ㄧㄢ ㄕㄨㄟˇ ㄐㄧㄥ
(smoky quartz)透明到半透明、

烟黃到棕或黑色的石英。其中所含雜質不多，不過因爲含有少量放射性物質，使得結晶格子構造改變，發生缺陷，而呈現灰黑色。有時也稱煙晶或墨晶。

8【煙花巷】 ㄧㄢ ㄏㄨㄚ ㄒㄧㄤˋ
指妓院聚集的地方。

13【煙道氣】 ㄧㄢ ㄉㄠˋ ㄑㄧˋ
(flue gas)自爐、窯等燃燒爐中燃燒而經煙道排出之廢氣。應先經過處理再予排放，否則將引起空氣汙染。

17【煙霞癖】 ㄧㄢ ㄒㄧㄚˊ ㄆㄧˇ
①愛好山水景物。②嗜吸鴉片煙。

10【煙消雲散】 ㄧㄢ ㄒㄧㄠ ㄩㄣˊ ㄙㄢˋ
比喻事物消失，無影無蹤。

11【煙視媚行】 ㄧㄢ ㄕˋ ㄇㄟˋ ㄒㄧㄥˊ
微睜雙目，緩慢行走。本指新婦端莊的舉止。後多泛指婦女嬌媚的容態，且含貶意。

14【煙臺條約】 ㄧㄢ ㄊㄞˊ ㄊㄧㄠˊ ㄩㄝ
‘清德宗’‘光緒’元年(1875)，‘英’遣探測隊自‘緬’入‘滇’，譯員‘馬嘉理’(Margary)在‘蠻允’(‘雲南’‘騰衝’西南)被殺，‘英’公使要求賠償，‘清’廷捕殺土酋十餘人，並懲治有關官吏。‘英’方意猶未足，遣艦隊進逼‘大沽’，‘清’廷乃於次年派‘李鴻章’與‘英’締訂“煙臺條約”：‘清’廷遣使往‘英’謝罪，賠款二十萬兩，允‘英’人在‘雲南’通商，增開‘宜昌’、‘蕪湖’、‘溫州’、‘北海’、‘重慶’爲商埠。

16【煙霏雲斂】 ㄧㄢ ㄈㄟ ㄩㄣˊ ㄌㄧㄢˋ
煙飛雲散。

煤

ㄇㄟˊ *mei*^{2} 音枚
①(coal)植物的遺體埋於地下，長期受壓力及地熱影響，留下碳質部分便成爲煤。依含碳量的高低可分爲：一、無煙煤(anthracite)：含碳90%以上；二、煙煤(bituminous)：含碳90～70%；三、褐煤(brown coal)：含碳70～50%；四、泥煤(peat)：含碳50%以下。一般而言，在煤的生成過程中先生成泥煤，此時水分、礦物質和硫分都很多，不是良好的燃料，隨著深埋作用，溫度和壓力增加，泥煤中水分含量相對減少，就變成褐煤，再變成煙煤，最後爲無煙煤，煤級逐漸增高，碳的成分也越來越高。無煙煤燃燒時，無煙耐燃，最適於家庭用途，但不能煉成焦炭。工業上使用以煙煤最爲理想。②墨的代稱。

8【煤油】 ㄇㄟˊ ㄧㄡˊ
(kerosene) 即燈油。係石油於140～285°C分餾所得之蒸餾物。本身是一種無色有藍螢光的液體，成分爲有機烴之混合物。可供照明或製造油漆用。

10【煤氣】 ㄇㄟˊ ㄑㄧˋ
(coal gas)高溫下煤乾餾時所得的可燃氣體。其成分包括甲烷、乙烷、乙烯、乙炔、硫化合物、氮化合物、一氧化碳、二氧化碳、氫氣等。可做家庭或工廠氣體燃料。

12【煤焦】 ㄇㄟˊ ㄐㄧㄠ
(coke) 將煙煤乾餾，或將石油、煤溚瀝青分解蒸餾所得的塊狀殘餘物。比重約爲1.8～2.0，成分則以碳與灰分爲主。可作冶鐵、煉鋁的還原劑。

13【煤溚】 ㄇㄟˊ ㄉㄚˊ
(coal tar) 或稱煤焦油。將煤乾餾所得的液體混合物。溶於苯、氯仿、醚、丙酮等。主要成分爲芳香族化合物，例如苯酚、甲酚、萘等。可當做其他芳香族化合物合成時的原料。

14【煤塵濃度】 ㄇㄟˊ ㄔㄣˊ ㄋㄨㄥˊ ㄉㄨˋ
(coefficient of haze; COH)乃藉空氣中顆粒沈積於濾紙上阻撓透光率的情形來表示空氣品質。一個COH定義爲產生0.01光密度的等效固體量，而光密度爲不透光率的常用對數值。通常測定以通過1,000呎長的空氣量沈積於濾紙上的顆粒產生之COH表示爲COHS/1000ft。

煁

ㄔㄣˊ *ch'en*^{2} 音晨
可移動的爐灶。見“說文·煁·段注”。

煠

㊀ ㄓㄚˊ *cha*^{2} 音札
將食物放入沸滾的油、湯中煎煮。俗作炸。見“廣韻”。

㊁ ㄧㄝˋ *yeh*^{4} 音頁
火光。見“廣雅·釋詁”。

煳

ㄏㄨˊ *hu*^{2} 音胡
煮焦。

煝

ㄇㄟˋ *mei*^{4} 音媚
①火色赤紅的樣子。見“玉篇”。②酷熱；旱熱。見“集韻”。

煣

ㄖㄡˇ *jou*^{3} 音糅
用火烘木使彎曲。見“說文”。

煩

ㄈㄢˊ *fan*^{2} 音帆
①厭倦；躁悶。如：煩惱。②繁多雜亂；混亂糾纏。如：煩碎。③擾動。如：煩擾。④忿憤。如：嘖有煩言。

4【煩冗】 ㄈㄢˊ ㄖㄨㄥˇ
煩雜忙碌。

9【煩苛】 ㄈㄢˊ ㄎㄜ
煩瑣苛刻。

12【煩惱】 ㄈㄢˊ ㄋㄠˇ
①煩悶不愉快。②佛家語。由於貪欲、瞋憤、愚痴等劣性，擾亂身心，造成煩惱。

【煩悶】 ㄈㄢˊ ㄇㄣˋ
心中憂鬱不樂。

14【煩瑣】 ㄈㄢˊ ㄙㄨㄛˇ
煩雜細碎。

15【煩數】 ㄈㄢˊ ㄕㄨㄛˋ
頻繁。

18【煩雜】 ㄈㄢˊ ㄗㄚˊ
繁多而雜亂。同繁雜。

【煩擾】 ㄈㄢˊ ㄖㄠˇ
煩瑣紛擾。

20【煩躁】 ㄈㄢˊ ㄗㄠˋ
煩悶急躁。

21【煩囂】 ㄈㄢˊ ㄒㄧㄠ
雜亂喧嘩。

12【煩惱絲】 ㄈㄢˊ ㄋㄠˇ ㄙ

指頭髮。

14【煩瑣哲學】 ㄈㄢˊ ㄙㄨㄛˇ ㄓㄜˊ ㄒㄩㄝˊ
(scholastic philosophy)又名繁瑣哲學。即經院哲學。因其論證細膩煩瑣,故名。

煗 暖的或體。

煜 ㄩˋ *yü*⁴ 音育
[1]光明照耀。見"說文"。[2]火焰。見"玉篇"。[3]盛大的樣子。見"玉篇"。

煆 ㄒㄧㄚˋ *hsia*⁴ 音夏
[1]熱;乾燥。見"玉篇"。[2]火氣。見"廣韻"。

煬 ㊀ ㄧㄤˊ *yang*² 音陽
鎔化金屬。同烊。見"廣韻"。
㊁ ㄧㄤˋ *yang*⁴ 音樣
[1]烘物使乾。見"說文"。[2]對火取煖。見"玉篇"。[3]燃燒。[4]猛烈。見"字彙"。

煨 ㄨㄟ *wei*¹ 音威
[1]火盆中的火。見"說文"。[2]把食物放在熱灰裡烤熟。如:煨芋。[3]用溫火燉煮或溫熱。如:煨藥。

煐 ㄧㄥ *ying*¹ 音英
人名用字。'南北朝'有'張煐'。見"集韻"。

煟 ㄨㄟˋ *wei*⁴ 音胃
[1]光亮的樣子。見"玉篇"。[2]火光。見"廣韻"。

煓 ㄊㄨㄢ *t'uan*¹ 音湍
火燒得很旺盛。見"玉篇"。

煖 ㊀ ㄋㄨㄢˇ *nuan*³ 音暖
[1]火氣。見"廣韻"。[2]溫和。同暖。如:溫煖。
㊁ ㄒㄩㄢ *hsüan*¹ 音宣
同㊀[2]。

煥 ㄏㄨㄢˋ *huan*⁴ 音換
[1]光亮鮮明的樣子。如:煥發。[2]照耀。如:光煥四鄰。

12【煥發】 ㄏㄨㄢˋ ㄈㄚ
光輝四射。

煅 鍛的俗體。

煌 ㄏㄨㄤˊ *huang*² 音皇
明亮的樣子。如:輝煌。

㷀 燎的或體。

煚 ㄐㄩㄥˇ *chiung*³ 音窘
日光。見"集韻"。

照 ㄓㄠˋ *chao*⁴ 音詔
[1]光線映射在物體上。[2]陽光。如:殘照。[3]對著物體而反映形象。如:攬鏡自照。[4]憑據。如:護照。[5]依著。如:照例。[6]人物的圖影。如:玉照。[7]拍攝。如:照像。[8]通知。如:照會。[9]看顧。如:照顧。[10]知曉。如:心照不宣。

8【照拂】 ㄓㄠˋ ㄈㄨˊ
照顧;照料。

9【照度】 ㄓㄠˋ ㄉㄨˋ
(illumination)指與光線垂直正交的物體表面,每單位面積上所受的光通量。照度的實用單位爲勒克司(lux),也稱爲米一燭光。其定義爲每平方公尺的面積上,受有1流明光通量的照度。若I表光源的光度,以光源爲圓心,以r爲半徑的球面上任一點的照度爲E,則有$E=\frac{I}{r^2}$之關係式。

【照面】 ㄓㄠˋ ㄇㄧㄢˋ
[1]映照顏面。[2]會面。

【照映】 ㄓㄠˋ ㄧㄥˋ
照耀輝映。

10【照料】 ㄓㄠˋ ㄌㄧㄠˋ
照顧料理。

13【照會】 ㄓㄠˋ ㄏㄨㄟˋ
[1]參照會勘。[2]通知;招呼。[3]外交文書的一種。外交部對各國大使、公使,或各省行政長官對各國領事所用的公文。

17【照應】 ㄓㄠˋ ㄧㄥˋ
[1]互通聲息。[2]照料;照顧。[3]前後連貫呼應。多指文章的作法而言。

21【照顧】 ㄓㄠˋ ㄍㄨˋ
[1]照料;看顧。[2]商店中請顧客前來購買商品的用詞。同惠顧。

7【照妖鏡】 ㄓㄠˋ ㄧㄠ ㄐㄧㄥˋ
傳說中可使妖怪現出原形的寶鏡。

8【照明彈】 ㄓㄠˋ ㄇㄧㄥˊ ㄉㄢˋ
能產生單純而強烈光源的煙火彈。可在夜間或視線不清處照明目標,以利作戰及訓練。

9【照相版】 ㄓㄠˋ ㄒㄧㄤˋ ㄅㄢˇ
用照相底片曬製而成的印刷版。如照相凸版、照相平版、照相凹版等。

【照相機】 ㄓㄠˋ ㄒㄧㄤˋ ㄐㄧ
(camera)照相用具。一般分單眼和雙眼兩種。單眼由一個取景器,以折射方式看取由鏡頭直接進來的景物;雙眼則須從相機前上面一玻璃鏡來看取景物,與鏡頭分開,故稱雙眼。單眼因取景器與鏡頭所見範圍一致,可交換各種焦距的鏡頭;雙眼則不能。相機主要有鏡頭和機身兩部分,鏡頭可調整光圈、距離;機身有快門,控制軟片感光時間。八十年代起發展出全自動相機,無經驗者只要對準目標即可拍照。

13【照準儀】 ㄓㄠˋ ㄓㄨㄣˇ ㄧˊ
(alidade)平板儀測量的儀器中,用以照準目標並測劃方向線所用的部分。有望遠鏡及覘孔照準儀兩種。

5【照本宣科】 ㄓㄠˋ ㄅㄣˇ ㄒㄩㄢ ㄎㄜ
本指道士照著本子誦讀經文。今多指按照書本或講稿誦讀。

9【照相排字】 ㄓㄠˋ ㄒㄧㄤˋ ㄆㄞˊ ㄗˋ
(phototypesetting)印刷文字冷式檢排技術的一種。利用光源透過陰像字模版,經過照相排字機鏡頭而投射在感光材料上,再經沖洗過程,即得文字原稿。由於所附鏡頭多達二十餘只,且有特殊稜鏡變化,故縮放自如,變形方便。近年來,此種排字機配合微電腦控制系統後,無論是文字處理、檢排速度或品質,都有驚人的進步。今常與打字排版、電腦排版配合使用。

【照相製版】 ㄓㄠˋ ㄒㄧㄤˋ ㄓˋ ㄅㄢˇ
用照相底片以感光原理曬製印刷版的方法。

15【照價收買】 ㄓㄠˋ ㄐㄧㄚˋ ㄕㄡ ㄇㄞˇ
(purchase according to the reported land price)指政府舉辦規定地價時,土地所有權人所申報地價低於公告地價,經限期通知另行申報後,仍低於公告地價20%時,政府得照其申報地價予以收買。此爲實施平均地權,貫徹土地政策,達成地盡其利、地利共享的主要措施。

4【照片新聞學】 ㄓㄠˋ ㄆㄧㄢˋ ㄒㄧㄣ ㄨㄣˊ ㄒㄩㄝˊ
(photojournalism)以圖片爲新聞處理重點的一種理論。主要以畫報或突顯報刊圖片爲表現方式。

【照片蒙太奇】 ㄓㄠˋ ㄆㄧㄢˋ ㄇㄥˊ ㄊㄞˋ ㄑㄧˊ
(photomontage) 應用蒙太奇手法處理照片的一種集錦照相術。即將數張不同的照片拼於同一版面,以顯現各種不同的形象或主題。

9【照度平方反比定律】 ㄓㄠˋ ㄉㄨˋ ㄆㄧㄥˊ ㄈㄤ ㄈㄢˇ ㄅㄧˇ ㄉㄧㄥˋ ㄌㄩˋ
(law of inverse square of illumination)被光照射的表面,離開光源愈遠,所得的照度愈弱。對點光源言,與光線垂直之被照面上的照度,和被照面至光源的距離的平方成反比,此即爲照度之平方反比定律。

煦

ㄒㄩˇ *hsü*³ 音許
①溫;熱。見"玉篇"。②和樂。

13【煦煦】 ㄒㄩˇ ㄒㄩˇ
①和悅的樣子。②惠愛的樣子。③溫暖的樣子。

4【煦仁孑義】 ㄒㄩˇ ㄖㄣˊ ㄐㄧㄝˊ ㄧˋ
以小惠爲仁,以小善爲義。

煞

㊀ ㄕㄚˋ *sha*⁴ 音霎
①殺戮;傷害。同殺。見"說文"。②兇惡。如:煞氣。③魂魄。如:歸煞。④收束;結束。同殺。如:煞筆。⑤牢固;緊閉。⑥極;甚。如:煞是有趣。⑦同啥。什麼。如:有煞用處。

㊁ ㄕㄚ *sha*¹ 音殺
①減少;除去。②緊縛。③同㊀④。④同㊀⑥。

7【煞尾】 ㄕㄚˋ ㄨㄟˇ
①北曲套曲結尾的曲子。②文章的收結。

9【煞神】 ㄕㄚˋ ㄕㄣˊ
凶神。

【煞星】 ㄕㄚˋ ㄒㄧㄥ
①凶暴乖戾的鬼神。②比喻極兇惡的人。

10【煞氣】 ㊀ ㄕㄚˋ ㄑㄧˋ
兇惡的氣勢或臉色。
㊁ ㄕㄚ ㄑㄧˋ
借他人或事物出氣。

12【煞筆】 ㄕㄚˋ ㄅㄧˇ
①止筆。②文章末尾的結束語。也稱結筆、煞腳。

7【煞車鼓】 ㄕㄚ ㄔㄜ ㄍㄨˇ
(brake drum)安裝於車軸上,與車輪一起轉動,當蹄片向外張開時與其摩擦發生煞車作用之機件。

6【煞有介事】 ㄕㄚˋ ㄧㄡˇ ㄐㄧㄝˋ ㄕˋ
眞有其事。

12【煞費周章】 ㄕㄚˋ ㄈㄟˋ ㄓㄡ ㄓㄤ
用盡心思;想盡辦法。形容費苦心或事情難。

【煞費苦心】 ㄕㄚˋ ㄈㄟˋ ㄎㄨˇ ㄒㄧㄣ
甚費苦心。

煲

ㄅㄠˋ *pao*⁴ 音暴
用小火慢煮食物。爲'廣東'方言。

10

熔

ㄖㄨㄥˊ *jung*² 音容
用高溫融化金屬。同鎔。

4【熔化】 ㄖㄨㄥˊ ㄏㄨㄚˋ
(fusion; melt)物體由固態轉變爲液態的現象。晶體物質在溫度、壓力達到一個定值時,才會熔化。熔化的過程是等溫、定壓的吸熱過程。單位質量熔化時所吸收的熱量稱爲熔化熱。非晶形物質熔化時,由固形物逐漸變成濃稠液體,隨溫度之增加逐漸增加其流動性,因此並無固定的熔點。

6【熔池】 ㄖㄨㄥˊ ㄔˊ
(molten pool)銲接時,在熱源下方受高熱而熔融,並由於電磁力、氣流、重力、表面張力等的作用,呈下凹形狀的部分。

【熔合】 ㄖㄨㄥˊ ㄏㄜˊ
(fusion)在極高溫下吸收熱量使兩個較輕原子結合成一個較重原子的核子反應。熔合後將產生大量能量,因其無汙染性且原料不虞匱乏,是未來主要能量來源。

11【熔接】 ㄖㄨㄥˊ ㄐㄧㄝ
(welding) 將兩塊金屬予以加熱或加壓,使其沿著接縫面熔合,同時彼此滲透結晶,形成互相結合的連續剛體。

17【熔點】 ㄖㄨㄥˊ ㄉㄧㄢˇ
(melting point)固態晶體在定溫定壓下熔化成液體的溫度。壓力愈大,熔點愈高(但亦有相反者,如冰)。一大氣壓下,晶體的熔點稱爲正常熔點 (normal melting point)。不同的晶體具不同的熔點,分子力強的晶體熔點較高。

8【熔岩流】 ㄖㄨㄥˊ ㄧㄢˊ ㄌㄧㄡˊ
(lava flow) 地殼內部熾熱的岩漿沿噴溢道噴出地面,向外流動,如河流狀,稱爲熔岩流。當其冷卻凝固而堆積,即成熔岩。

22【熔鑄錘鍊】 ㄖㄨㄥˊ ㄓㄨˋ ㄔㄨㄟˊ ㄌㄧㄢˋ
銷鎔金屬以製造各種器物。比喻塑造人的思想情感、鍛鍊人的品格和體魄。

24【熔鹽焚化】 ㄖㄨㄥˊ ㄧㄢˊ ㄈㄣˊ ㄏㄨㄚˋ

(molten salt incineration)以熔鹽爲催化劑，使廢棄物幾乎完全氧化的一種熱處理方法。適用於燃燒溫度較低的傳統焚化法上。

熐 ㄇㄧㄥˊ *ming*² 音冥 又讀 ㄇㄧˋ *mi*⁴ 音覓
參熐蠡。

21【熐蠡】 ㄇㄧㄥˊ ㄌㄧˊ
'匈奴'境內山名。一說指部落名。也作'[火+鼏]蠡'。

熇 ㊀ ㄏㄨˋ *hu*⁴ 音戶
①火熱。見"說文"。②大火猛燒。見"玉篇"。
㊁ ㄏㄜˋ *ho*⁴, *hê*⁴ 音賀
參熇熇。
㊂ ㄒㄧㄠ *hsiao*¹ 音囂
炎熱；火氣盛。見"集韻"。
㊃ ㄎㄠˇ *k'ao*³ 音考
近火烘物。見"集韻"。

14【熇熇】 ㄏㄜˋ ㄏㄜˋ
火勢熾盛的樣子。

煻 ㄊㄤˊ *t'ang*² 音唐
以微火溫烘。見"說文·煨·段注"。

熩 ㄏㄨˊ *hu*² 音胡
燒灼。見"說文"。

熑 ㄌㄧㄢˊ *lien*² 音廉
①用火烘木條，使彎曲成爲車輪。見"說文·熑·段注"。②火不熄滅的樣子。見"集韻"。

熒 ㄧㄥˊ *ying*² 音螢
①燈燭的光。見"說文"。②眩惑。如：熒惑。

12【熒惑】 ㄧㄥˊ ㄏㄨㄛˋ
①迷惑；眩惑。②即火星。由於火星呈赤色，亮度常有變化，其軌道或順行或逆行，令人迷惑，故名。古人認爲熒惑爲剛猛之氣，故主疾喪、甲兵、刑法。

14【熒熒】 ㄧㄥˊ ㄧㄥˊ
火光微明的樣子。

22【熒聽】 ㄧㄥˊ ㄊㄧㄥ
迷惑聽聞。

粦 燐的本字。

煿 ㄅㄛˊ *po*² 音博
用火煎、烤食物使乾。同爆。見"集韻"。

熀 ㄏㄨㄤˇ *huang*³ 音謊
參熀爛。

21【熀爛】 ㄏㄨㄤˇ ㄌㄢˋ
光明燦爛。

熉 ㄩㄣˊ *yün*² 音云
光色呈黃的樣子。見"字彙"。

熅 ㊀ ㄩㄣˊ *yün*² 音云
有濃煙而無燄的火。俗作煴。見"說文"。
㊁ ㄩㄣˋ *yün*⁴ 音醞
以熱氣燙平東西。通熨。見"字彙"。

熂 ㄒㄧˋ *hsi*⁴ 音餼
①野火。見"廣韻"。②焚燒雜草。見"集韻"。

熦 ㄔㄠˇ *ch'ao*³ 音吵
①炒熟食物。同炒。見"集韻"。②燻烤。

熄 ㄒㄧˊ *hsi*² 音息
①火滅。見"說文"。②消失。

4【熄火山】 ㄒㄧˊ ㄏㄨㄛˇ ㄕㄢ
發生於久遠的地質年代，而自有文字以來，即未有火山噴發紀錄的火山。即死火山。

熗 ㄑㄧㄤˋ *ch'iang*⁴ 音嗆
①烹飪法的一種。將生的新鮮食物加酒、醋或其他味濃的作料調拌後，加蓋密封少許時間而成。也作搶。②煙氣進入鼻孔，引起不舒服的感覺。同嗆。

煽 ㄕㄢ *shan*¹ 音山
①火焰熾旺。見"廣韻"。②用扇子搧火。③鼓動；慫恿。如：煽動。

11【煽動】 ㄕㄢ ㄉㄨㄥˋ
從旁鼓動、挑撥事端。

12【煽惑】 ㄕㄢ ㄏㄨㄛˋ
用言語鼓動，使之迷惑。

熙 ㊀ ㄒㄧ *hsi*¹ 音希
①光明。見"爾雅·釋詁"。②發揚光大。③和暖。④興盛。⑤和樂。
㊁ ㄧˊ *i*² 音移
姓。'明'有'熙光宣'。見"萬姓統譜·五"。

8【熙來攘往】 ㄒㄧ ㄌㄞˊ ㄖㄤˇ ㄨㄤˇ
形容行人來往紛雜繁多的樣子。

14【熙熙攘攘】 ㄒㄧ ㄒㄧ ㄖㄤˇ ㄖㄤˇ
形容行人來往紛雜繁多的樣子。

熊 ㄒㄩㄥˊ *hsiung*² 音雄
①(bear) 指脊椎動物亞門、哺乳綱、食肉目(order Carnivora)、熊科 (family Ursidae) 中的動物。共7屬9種。大小自小型的太陽熊(27～46公斤)至大型的'阿拉斯加'褐熊(780公斤)。雖然熊的身體笨重，但大部分種類能爬高或游泳，像人一般用後肢作蹠行，即以腳底著地而行。犬齒延長，前三個臼齒退化或缺少，臼齒的齒冠寬而扁。在夜間活動，但北極熊則有晝出趨向。北極熊以海豹、魚爲食，眼鏡熊爲草食，但大多數種類則爲雜食。居於溫帶或較冷地區的熊，當冬天來臨前，體變肥，至氣候寒冷時，便停止進食，並進入事前備妥的洞穴進行冬眠。每年生產一次，每產1～4隻幼兒。野外生活者，壽命可達15～30歲。②姓。'晉'有'熊遠'。見"晉書·熊遠傳"。

14【熊熊】 ㄒㄩㄥˊ ㄒㄩㄥˊ
①火光壯盛的樣子。②氣概軒昂的樣子。

16【熊貓】 ㄒㄩㄥˊ ㄇㄠ
(panda)有大熊貓(giant panda; *Ailuropoda melanoleuca*) 和小熊貓 (lesser panda; *Ailurus fulgens*)二種。大熊貓俗稱熊貓，居竹林中，產於我國'四川'山區及'西藏'等

大熊貓圖

地。長1.5公尺，重160公斤，毛白色，但耳、四肢、肩部及眼周圍黑色。食竹的嫩莖及葉，以前腳似拇指狀的構造握住食物；有時亦食草本植物的根和葉，間食小動物。除生殖季節外，平時單獨生活。一月間產一或二幼兒。小熊貓分布於‘喜馬拉亞’至‘雲南’、‘四川’的山地。紅棕色，腹面黑色，面部白色。體長50～65公分，尾長30～50公分，重3～4.5公斤。善爬樹，晝間活動，然白天常睡眠。食物主爲果實，或食植物的其他部分。性溫和易馴。春天產一或二個幼體，懷孕90～150天。

小熊貓圖

17【熊戲】 ㄒㄩㄥˊ ㄒㄧˋ
‘後漢’‘華佗’五禽戲之一。即方士導引養生的方法。效法熊的俯仰蹲踞來增強體力。

【熊膽】 ㄒㄩㄥˊ ㄉㄢˇ
‘中’藥名。黑熊或棕熊的乾燥膽囊。性寒、味苦。可明目去翳，清心退熱。外用可治癰腫。

2【熊十力】 ㄒㄩㄥˊ ㄕˊ ㄌㄧˋ
(1885～1968)‘湖北’‘黃岡’人，名‘子貞’，號‘十力’。早年參加‘萍’‘醴’之役，事敗避居故里。辛亥‘武昌’革命軍興，任‘湖北’都督府參謀。三十歲後，專注於學術研究，並擔任教職，倡言新唯識論。大陸淪陷後，埋首著作。著有“新唯識論”、“讀經示要”、“十力語要”等書。

7【熊廷弼】 ㄒㄩㄥˊ ㄊㄧㄥˊ ㄅㄧˋ
(1569～1625)‘明’‘江夏’(今‘湖北’‘武昌’)人，字‘飛白’。‘萬曆’進士。知兵且有勇略，經略‘遼東’，持守邊議。以‘後金’兵入‘撫順’，被劾罷官。後遭‘馮銓’、‘魏忠賢’所陷害。

8【熊秉坤】 ㄒㄩㄥˊ ㄅㄧㄥˇ ㄎㄨㄣ
(1885～1969)‘湖北’‘江夏’人，原名‘祥元’。早年投效‘湖北’新軍。辛亥‘武昌’起義，首先開槍發難。‘民國’肇建後，歷任‘鄂’軍旅長、陸海軍大元帥大本營參軍、‘湖北’省政府委員兼‘武昌’市長。‘中共’政權建立後，曾任職。

4【熊心豹膽】 ㄒㄩㄥˊ ㄒㄧㄣ ㄅㄠˋ ㄉㄢˇ
比喻人膽量大。

13【熊經鳥申】 ㄒㄩㄥˊ ㄐㄧㄥ ㄋㄧㄠˇ ㄕㄣ
道教導引術的一種。冀求養生延年。其狀有如熊的攀樹引氣，鳥的伸頸就食。

19【熊羆入夢】 ㄒㄩㄥˊ ㄆㄧˊ ㄖㄨˋ ㄇㄥˋ
將生兒子的好兆頭。

熏

㊀ ㄒㄩㄣ *hsün*1 音薰
①火煙上升。見“說文”。②用火煙燙灼。如：熏肉。③溫和。如：熏風。④淺紅色。通纁。⑤用香料塗身。⑥氣味的發散。如：臭氣熏人。⑦接觸長久而受其影響。如：熏陶。⑧和樂的樣子。⑨眾多。⑩黃昏。通曛。⑪嚴厲斥責。
㊁ ㄒㄩㄣˋ *hsün*4 音訓
毒氣傷人。見“字彙補”。

3【熏夕】 ㄒㄩㄣ ㄒㄧˋ
黃昏時候。

7【熏沐】 ㄒㄩㄣ ㄇㄨˋ
熏香沐浴。

8【熏法】 ㄒㄩㄣ ㄈㄚˇ
‘中’醫治療疾病的一種方法。即以藥物燃燒時所產生的煙氣，或藥物煮沸後的蒸氣，直接熏蒸患處，以達到治療目的。可治療皮膚瘡癬等。

9【熏風】 ㄒㄩㄣ ㄈㄥ
暖風；南風。也作薰風。

熈

熙的俗體。

11

熟

ㄕㄡˊ *shou*2 讀音 ㄕㄨˊ *shu*2 音淑
①將生的食物烹煮到能吃的程度。如：煮熟。②瓜果、穀類成長到可收成食用的程度。如：瓜熟蒂落。③親近的；常見的。如：熟朋友。④習知的；富有經驗的。如：熟手。⑤精審的；程度深入的。如：深思熟慮。⑥經過製煉的。如：熟鐵。⑦沈酣。如：熟睡。

4【熟手】 ㄕㄡˊ ㄕㄡˇ
熟練某事務的人。

6【熟地】 ㄕㄡˊ ㄉㄧˋ
①經耕作熟化後的土地。普通指常年耕種的田地。②‘中’藥名。爲玄參科植物地黃的乾燥根莖，經加酒反覆蒸曬後而成。性微溫，味甘。有補血、滋陰的效果。

【熟成】 ㄕㄡˊ ㄔㄥˊ
(ripening)也稱後熟。指經壓榨、脫水及定型的乳酪，置於熟成箱或熟成室的棚架上，因其凝乳劑和乳酸菌中酵素的作用，使蛋白質和脂肪分解而產生特有的芳香風味及質地改變。熟成條件依乳酪種類而異，一般在15°C以下，溼度85～90%，放置數週或數月；硬質乳酪於1～2週後，須以石蠟塗布表面，防止發黴與水分蒸發。

9【熟客】 ㄕㄡˊ ㄎㄜˋ
熟識的客人。

【熟計】 ㄕㄡˊ ㄐㄧˋ
仔細考慮。

【熟思】 ㄕㄡˊ ㄙ
再三思考。

11【熟視】 ㄕㄡˊ ㄕˋ
仔細看。

【熟習】 ㄕㄡˊ ㄒㄧˊ
熟知；深知。

【熟悉】 ㄕㄡˊ ㄒㄧ
知道得很清楚。

12【熟絡】 ㄕㄡˊ ㄌㄨㄛˋ
熟悉而親近。

13【熟稔】 ㄕㄡˊ ㄖㄣˇ
熟知；熟悉。

15【熟慮】 ㄕㄡˊ ㄌㄩˋ
仔細考慮。

【熟練】 ㄕㄡˊ ㄌㄧㄢˋ
純熟老練。

16【熟諳】 ㄕㄡˊ ㄢ
十分瞭解。

5【熟石膏】 ㄕㄡˊ ㄕˊ ㄍㄠ
(plaster of paris)又稱燒石膏。是一種白色粉末。化學式$CaSO_4 \cdot \frac{1}{2}H_2O$。爲石膏煅燒至150～200°C間而得。供建築、肥料、製紙、油漆等用。

10【熟能生巧】 ㄕㄡˊ ㄋㄥˊ ㄕㄥ ㄑㄧㄠˇ
熟練之後就能培養出巧妙的技術或卓越的能力。

11【熟視無睹】 ㄕㄡˊ ㄕˋ ㄨˊ ㄉㄨˇ
久視而似不見。表示對眼前的事物不經心、不在意。

熵 ㄉㄧ *ti*¹ 音滴
熵的異譯。

熵 ㄕㄤ *shang*¹ 音商
(entropy) 1一巨觀系統存在許多微觀狀態，如一定量的氣體其各個分子的空間位置及速度分布就是微觀狀態。整個系統機率性的存在於這些狀態上。我們將系統的熵S界定爲$S=kln\Omega$（k爲'波茲曼'常數，Ω爲微觀狀態數)。系統可能分布的微觀狀態數愈多，系統顯得愈是無序(disorder)，其熵愈大。因此熵代表系統凌亂度的測度。任一孤立系統歷經變化，其熵將增加，或充其量保持不變。在古典熱力學中只能定義熵的變化量而非絕對值。其定義爲：一平衡系統的溫度爲T，在某一熱力學過程中對系統加進無限小量的熱$đQ$，則系統之熵的變化量(增加量)dS，定義爲$dS=đQ/T$（僅可逆過程)。2若一事有種種可能狀況，其機率各爲$P_1, P_2, \cdots\cdots P_n$(故$Pi \geq 0$，和爲1)，則此事之熵爲$\Sigma\ P\ log(1/P) = -\Sigma P\ log\ P$（此地之對數，慣例以2爲底)。

熝 ㄌㄨˋ *lu*⁴ 音祿
熬；煉。見"字彙"。

熠 ㄧˋ *i*⁴ 音義
亮光。見"說文"。

15【熠熠】 ㄧˋ ㄧˋ
光亮閃爍的樣子。

18【熠燿】 ㄧˋ ㄧㄠˋ
1鮮明閃耀的樣子。2螢火蟲的別名。

熰 ㄡ *ou*¹ 音歐
非常炎熱。

熷 ㄗㄠ *tsao*¹ 音糟
燒焦。見"說文"。

熛 ㄅㄧㄠ *piao*¹ 音標
1火焰散飛。見"說文"。2快；疾速。3閃動。如：雷動電熛。

熯 ㊀ ㄏㄢˋ *han*⁴ 音漢
1乾燥；烘乾。同暵。見"集韻"。2燃燒。如：熯薪燃釜。
㊁ ㄖㄢˇ *jan*³ 音冉
1火盛的樣子。見"玉篇"。2恭敬。見"正字通"。

熚 ㄅㄧˋ *pi*⁴ 音必
火在燃燒的樣子。見"字彙"。

熭 ㄨㄟˋ *wei*⁴ 音未
暴乾。也作彗。見"說文"。

熬 ㊀ ㄠˊ *ao*² 音敖
1乾煎。用慢火煎物使乾。見"說文"。2長時間煮。如：熬湯。3忍受；支撐。如：熬夜。
㊁ ㄠ *ao*¹ 音凹
1慢火煮物使爛。如：熬粥。2煩悶不樂。如：熬惱。

熱
熱的俗體。

熲 ㄐㄩㄥˇ *chiung*³ 音窘
1火光。見"說文"。2充盛。見"爾雅·釋言"。

熨 ㊀ ㄩㄣˋ *yün*⁴ 音運
1燙平衣物的器具。2燙平衣物。
㊁ ㄩˋ *yü*⁴ 音玉
參熨貼㊁。

8【熨法】 ㄩㄣˋ ㄈㄚˇ
'中'醫外治法的一種。即將藥末或藥物粗粒炒熱，用布包好，熱熨患處，用以治療風寒溼痺、脘腹疼痛等病症。

12【熨貼】 ㊀ ㄩㄣˋ ㄊㄧㄝ
燙平衣物。
㊁ ㄩˋ ㄊㄧㄝ
妥貼；舒適。

熱 ㄖㄜˋ *jê*⁴
1溫度高。如：熱帶。2(heat)由於溫差的存在導致能量由高溫處傳遞至低溫處，此傳遞中的能量叫做熱。能量一旦停止傳遞，已傳遞到低溫處的能量不能稱爲熱，應稱爲低溫系統內能的增加。因此熱的測量可透過對內能改變的測量而獲得，但內能的變化則可透過功的測量而獲得，因此可利用功的測量而量得熱。熱傳遞的方式有三種，即傳導、對流與輻射。3使溫度升高。如：熱冷菜。4焦急；煩躁。如：心熱。5有權勢的。6親切；親密。如：親熱。7情緒高漲；用情懇摯。如：熱情。8應時機，受人歡迎、喜愛。如：熱門。

4【熱心】 ㄖㄜˋ ㄒㄧㄣ
1積極進取的心。2關懷同情的心。

【熱中】 ㄖㄜˋ ㄓㄨㄥ
1心中焦急。引申指急於追求名利。2病症名。⑴指善飢能食，小便多的病症。⑵指由於飲食勞倦等損傷脾胃所致氣虛火旺的病症。⑶由於風邪入侵於胃，胃脈上連於目，因其人體肥，邪氣不得外泄，故成爲熱中而致目黃。

6【熱血】 ㄖㄜˋ ㄒㄧㄝˇ
1指人的血。2熱烈激昂的情感。

7【熱忱】 ㄖㄜˋ ㄔㄣˊ
熱烈眞摯的情感。

8【熱毒】 ㄖㄜˋ ㄉㄨˊ
病名。又稱暑癤。指發生於暑天的小癤腫毒。多由痱子搔抓後感染而成，所以也稱痱毒。

【熱軋】 ㄖㄜˋ ㄧㄚˋ
(hot rolling)使高熱鋼通過一對

鋼輥以製成各種軋鋼成品。成品之尺寸可藉分步調整鋼輥之高度以達成。一般用於汽車鋼板、大容器鋼板的製造。

【熱阻】 ㄖㄜˋ ㄗㄨˇ

(thermal resistance) 熱阻之觀念類似於電學上的電阻。若視熱傳遞速率爲一熱流動，溫差爲熱位差，則可類比於電學上的'歐姆'定律寫出：熱流＝熱位差/熱阻。此一表示法對解各種複合板之熱傳問題很有幫助。熱阻之表示式在平板熱傳導爲 L/KA，其中L爲板厚度，A爲與熱傳方向垂直之熱傳面積，K爲材料之熱傳導係數；在圓柱徑向熱傳導爲 $ln(r_o/r_i)/2\pi KL$，其中r_i、r_o分別爲圓柱之內、外徑，L爲軸向圓柱長度。若涉及固體面與流體間之對流熱傳，其對流熱阻則爲 $1/kA$，其中 k 爲對流熱傳係數，A爲垂直熱傳方向之熱傳面積。

【熱門】 ㄖㄜˋ ㄇㄣˊ

眾人所熱烈爭取、愛好的事物。

10【熱容】 ㄖㄜˋ ㄖㄨㄥˊ

(heat capacity)一物體在吸收熱量Q的過程中，如果溫度由t_1增加到t_2，則此物體在t_2至t_1溫度範圍內的平均熱容$\bar{C}$定義爲：$\bar{C}_{(t_1至t_2)}=\frac{Q}{t_2-t_1}$。如令 t_2非常接近於t_1，即$C=\lim\limits_{t_2\to t_1}\frac{Q}{t_2-t_1}$，則$C$即爲物體在 t_1 時之熱容。物體的熱容不但與溫度有關，且與加熱的過程有關。如吸熱時物體體積不變的熱容稱爲定體積熱容；吸熱時物體壓力不變的熱容爲定壓熱容。通常定壓熱容大於定體積熱容。熱容係物體的特性之一，同一物質所構成的物體，其熱容與質量成正比。

【熱衷】 ㄖㄜˋ ㄓㄨㄥ

①急切盼望。常指急於追求名利。②非常愛好。常指對某一門學問或技藝特別傾注心力。

【熱值】 ㄖㄜˋ ㄓˊ

(calorific value) 指燃料或食物經過完全燃燒後所放出的熱能。以單位質量計算，故熱值單位是卡/克。又乾燥物質所放出的總熱量也稱熱值。

11【熱帶】 ㄖㄜˋ ㄉㄞˋ

(tropical zone) 位於南、北回歸線間的氣候帶。其氣候特徵爲終年高溫，各季溫度變化小，日溫差較大，年有二次最高和最低溫度，赤道附近有兩個明顯乾季和溼季。氣候學家'柯本'取最冷月均溫18°C的等溫線，爲熱帶與溫帶的分界。

12【熱厥】 ㄖㄜˋ ㄐㄩㄝˊ

'中'醫厥證之一。由於邪熱過盛，津液受損，影響陽氣的正常流通，不能通達四肢，而見手足冰冷的病症。患者胸腹有灼熱感，且有目赤、煩燥、口渴、便祕、尿少而赤等症狀。

【熱裂】 ㄖㄜˋ ㄌㄧㄝˋ

(thermal cracking)將原油通入精餾塔得到蒸餾物，再將其置於540～560°C溫度下，使碳氫化合物分子裂解或重新排列而得到適合當做石油化學或聚合體原料之操作。例如輕油熱裂產生乙烯、丙烯等。

【熱結】 ㄖㄜˋ ㄐㄧㄝˊ

病名。即陽結。指邪熱入胃，大便乾燥結成硬塊的陽明胃經的實熱症狀。

13【熱源】 ㄖㄜˋ ㄩㄢˊ

(heat source) 一物體(或系統)熱容量極大，能夠無限制地傳出熱量而不改變物體(或系統)之溫度者。如大氣、海洋、湖泊等。

【熱塔】 ㄖㄜˋ ㄊㄚˇ

颱風中心附近，由於外圍氣流向中心旋轉輻合，因此在近中心處形成積雨雲，此處降水最強、上升運動和風速最猛，故稱熱塔。

【熱愛】 ㄖㄜˋ ㄞˋ

①極喜愛。②熱烈的愛情。

【熱解】 ㄖㄜˋ ㄐㄧㄝˇ

(pyrolysis)將有機物置於缺氧的環境下，利用高熱使之分裂成可燃性氣體或液體的方法。

【熱傳】 ㄖㄜˋ ㄔㄨㄢˊ

(heat transfer) 熱的傳遞。通常有三種方式：一、熱傳導 (heat conduction)：以固體或靜止的液體爲介質而擴散；二、熱對流(heat convection)：藉由分子的移動或流動傳遞能量；三、熱輻射(heat radiation)：以輻射線的方式將熱量傳播。

15【熱線】 ㄖㄜˋ ㄒㄧㄢˋ

(hot line)六十年代以後，'美''蘇'兩國首長爲了應付緊急情況，尤其阻止意外的原子戰爭，而同意設立直接無線電通訊，以便隨時保持暢通聯繫，此項直通電訊，國際間習稱爲熱線。目前除'美''蘇'間設置外，其他有關國家間也多有設置。

16【熱機】 ㄖㄜˋ ㄐㄧ

(heat engine)將燃料燃燒產生熱能，再使熱能轉變爲機械能作功之裝置。

【熱戰】 ㄖㄜˋ ㄓㄢˋ

(hot war)兩國間動員武力相互攻擊的實際戰爭。有戰場，並動用具有殺傷性及毀滅性的武器，傳統戰爭、核子戰爭均屬之。二次大戰後，由於對毀滅的恐懼，各國均避免陷入熱戰，而改以外交戰、經濟戰或心理戰打擊對方(即所謂冷戰時期)。

【熱錢】 ㄖㄜˋ ㄑㄧㄢˊ

(hot money)國際間因任何偶發事件的發生而快速移動的資金。

17【熱點】 ㄖㄜˋ ㄉㄧㄢˇ

(hot spot)反應器或分離塔中由於散熱不佳而形成局部過熱的位置。

2【熱力學】 ㄖㄜˋ ㄌㄧˋ ㄒㄩㄝˊ

(thermodynamics) 一門研究熱

能與機械能之能量轉換過程，及工作流體於能量轉換時之性質變化，以爲人類服務的科學。可分爲古典熱力學與統計熱力學。熱力學最基礎的理論是由實驗而來，包括熱力學第零、第一、第二和第三定律。

5【熱平衡】ㄖㄜˋ ㄆㄧㄥˊ ㄏㄥˊ
(thermal equilibrium) 設一孤立的系統含有兩個部分系統，若此兩部分系統間不會相互作功，但可交換熱量，則當孤立系統處於平衡狀態時，稱這兩個部分系統達到熱平衡或處於熱平衡狀態。

【熱充塡】ㄖㄜˋ ㄔㄨㄥ ㄊㄧㄢˊ
(hot-filling) 指將已消毒或殺菌的食物，趁熱裝入乾淨但不一定完全滅菌的容器中。此法較適合酸性食品，因肉毒桿菌在 pH4.5 以下不易生長；低酸性食品因缺乏適當的酸度，不能完全抑制容器上的微生物孢子。因此，需考慮食物的pH值及特性，選擇適當溫度，以及封罐後到冷卻前的適當時間，以達熱充塡的有效性。一般果汁的裝罐及一些家庭式的果醬製造，多採用此法包裝。

8【熱河省】ㄖㄜˋ ㄏㄜˊ ㄕㄥˇ
位於我國東北部。簡稱‘熱’。地勢西、北高，東、南低，由高原、臺地降至丘陵、河谷平原。氣候冬季寒冷，雨量向西北遞減。大部分地區爲‘蒙’胞畜牧地，僅南部丘陵谷地內農業較盛。煤、油頁岩是主要天然資源。省會‘承德’。

【熱呼呼】ㄖㄜˋ ㄏㄨ ㄏㄨ
形容很熱。

9【熱剌剌】ㄖㄜˋ ㄌㄚˋ ㄌㄚˋ
1形容內心焦急。2形容羞愧。

10【熱效率】ㄖㄜˋ ㄒㄧㄠˋ ㄌㄩˋ
(thermal efficiency) 熱功循環中淨輸出能量與總輸入能量的比值。在熱機時淨輸出能量即熱機所作之淨功$W_{net\ out}$，輸入能量爲供給熱機之能量Q_{in}，則熱機之熱效率η爲：$\dfrac{W_{net\ out}}{Q_{in}}$。

【熱氣層】ㄖㄜˋ ㄑㄧˋ ㄘㄥˊ
(thermosphere) 位於中氣層上方的大氣圈。空氣非常稀薄，然而氣溫從中氣層頂開始急遽遞增，至五、六百公里，可達1,200°C。氣溫隨高度增加的主要原因是：太陽輻射內極短波的紫外線含有甚高的能量，和空氣分子碰撞後，產生電離、光化作用，而使碰撞後的離子、原子含有很高的能量。由於氣體分子游離化，因此可反射無線電波，對人類貢獻甚大，故亦稱游離層。至於高緯度的極光現象也常發生在此層，高度在100公里附近最多。

11【熱帶魚】ㄖㄜˋ ㄉㄞˋ ㄩˊ
(tropical fish) 生活於熱帶海域、棲於珊瑚礁之魚類的統稱。大多數熱帶魚體型小，有美麗色澤。因其棲於珊瑚礁間，故又稱珊瑚礁魚。

【熱帶鳥】ㄖㄜˋ ㄉㄞˋ ㄋㄧㄠˇ
(tropic bird)脊椎動物中屬於鳥綱(class Aves)、鵜形目 (order Pelecaniformes)、熱帶鳥科 (family Phaethontidae)的動物。具有二條似飄帶狀的尾羽，其長幾與體相等。共有三種：白尾熱帶鳥，長尾白色；紅尾熱帶鳥，尾細長而呈朱紅；紅嘴熱帶鳥，嘴朱

紅嘴熱帶鳥圖

紅，長尾白色。熱帶鳥具有光亮如緞白色稍帶紅色的羽毛，眼大型而前後爲黑色。分布於熱帶海域。通常飛翔於近海面之低空約15公尺處，發現魚類便驟然下降捕捉。在島上懸崖築巢，產卵一枚後由雌雄輪流孵卵，約一個月孵出小鳥。

【熱處理】ㄖㄜˋ ㄔㄨˇ ㄌㄧˇ
(heat treatment)使用加熱及冷卻技術改進金屬晶粒組織 (grain structure)的排列，以達到改變其性質之目的的處理方式。包括軟化、硬化及強化。例如鋼加熱至臨界溫度以上後，以水或油急遽冷卻，再以較低溫回火，前者是硬化處理，後者則爲減少內應力產生。

12【熱媒體】ㄖㄜˋ ㄇㄟˊ ㄊㄧˇ
(hot media)與⌊涼媒體⌉相對。‘加拿大’大眾傳播學者‘麥克魯漢’(Marshall McLuham) 在本世紀六十年代所提出的一種傳播新說。將那些只涉及一種感官、提供多量情報而閱聽人參與程度淺的媒介，稱爲熱媒體。報紙是典型的熱媒體，因爲在報導的功能上，可以作明確、詳盡與深入的描述，而讀者只需用眼睛觀看。

13【熱電偶】ㄖㄜˋ ㄉㄧㄢˋ ㄡˇ
(thermocouple) 兩相異金屬接合時，其產生之電壓將隨溫度變化而改變，利用此特性由量取之電壓以測定溫度之裝置，稱爲熱電偶。

【熱傳導】ㄖㄜˋ ㄔㄨㄢˊ ㄉㄠˇ
(heat conduction) 藉著介質中之原子振動、分子擾動或導體中電子移動，將能量自高溫區往低溫區傳送之現象。

14【熱對流】ㄖㄜˋ ㄉㄨㄟˋ ㄌㄧㄡˊ
(heat convection) 藉著流體之流動，將熱量由流體中某部分傳送至其他部分之現象。

15【熱敷法】ㄖㄜˋ ㄈㄨ ㄈㄚˇ
(heat packing)表層熱治療法的一種。爲現代物理治療常用法之一。最常使用的是將一種含矽膠的袋子熱至71°C～79°C，再由多層布料包裹敷至患部，具有使局

部血流增加、肌肉鬆弛、減少疼痛等效果。目前最常用於頸椎或腰椎關節疾病而需要做牽引治療的病人；在做牽引前先做熱敷法約20～30分鐘，可使肌肉鬆弛，加強牽引的治療效果。使用溼熱毛巾敷在患部，也是熱敷法的應用，但治療效果有限。

【熱衝擊】 ㄖㄜˋ ㄔㄨㄥ ㄐㄧˊ
(thermal shock) 指材料受到溫度作用時，在材料表面與內部間所產生的熱應力。急熱或急冷時，由於組件的膨脹不同所產生的熱應力，常導致組件斷裂。

16**【熱輻射】** ㄖㄜˋ ㄈㄨˊ ㄕㄜˋ
(thermal radiation)任何本身溫度大於絕對零度的物體，以電磁波的方式將能量傳送出去的現象。其不需介質的存在。

17**【熱應力】** ㄖㄜˋ ㄧㄥˋ ㄌㄧˋ
(thermal strcss) 金屬由於受熱不均所產生的內應力。

20**【熱騰騰】** ㄖㄜˋ ㄊㄥ ㄊㄥ
形容物體熱燙的樣子。

5**【熱功當量】** ㄖㄜˋ ㄍㄨㄥ ㄉㄤ ㄌㄧㄤˋ
(mechanical equivalent of heat)西元1847年'英國'人'焦耳'(Joule)爲證明當時已有的概念，即「熱是能的一種形式，功可轉換成熱」，利用重物下降、轉動水中的葉輪而使水溫升高。根據水溫的升高，'焦耳'可求得在此過程中水和葉輪所吸收的熱量；根據重物下降的距離，'焦耳'可求出重物對系統(水和葉輪)所作的功。結果發現，在所有實驗中，功與熱的比值是一個定值，此定值即稱熱功當量。近代利用電流、電壓所做的電功(electrical work)，可精確求出熱功當量爲(功)/(熱)＝4.1860焦耳/卡。熱功當量爲定值的意義就是一定量的功轉換成一定量的熱，熱是由功轉換而來的，故熱亦爲能的一種形式。在'英'制單位中熱功當量爲778呎-磅/Btu。

6**【熱交換器】** ㄖㄜˋ ㄐㄧㄠ ㄏㄨㄢˋ ㄑㄧˋ
(heat exchanger)用來將一流動流體之熱量傳遞至另一流體，在兩物質之間不容許有任何直接接觸的設備。預備做爲連續熱傳遞的熱交換器，稱爲熱復式熱交換器(recuperative heat exchanger)；做爲間歇的熱傳遞，稱爲再生式熱交換器(regenerative heat exchanger)。

10**【熱破碎法】** ㄖㄜˋ ㄆㄛˋ ㄙㄨㄟˋ ㄈㄚˇ
(hot-break process) 將番茄產品以82°C的溫度快速處理，使破碎細胞中釋放出來的果膠甲基酯解酵素，在水解果膠之前即因熱而失去活性，使果膠能保有凝膠的特性，此即熱破碎法。不然，其黏稠性會慢慢降低，果膠水解而使產品變爲較稀。

11**【熱帶雨林】** ㄖㄜˋ ㄉㄞˋ ㄩˇ ㄌㄧㄣˊ
(tropical rainforest) 又名赤道雨林。在熱帶高溫多雨地區所產生的林帶。植物繁茂，幾乎全爲常綠闊葉樹，樹木高大，樹密成層，林中有林，終年濃綠，稱爲雨林。樹冠成簇，樹類繁多，藤蔓依附大樹滿布，日光難以射達地面。'南美''亞馬孫河流域'、'非洲''剛果河流域'、'亞洲''東印度群島'，均爲世界著名的熱帶雨林區。

【熱帶氣旋】 ㄖㄜˋ ㄉㄞˋ ㄑㄧˋ ㄒㄩㄢˊ
(tropical cyclone) 指發生在熱帶地區的氣旋環流。西'太平洋'地區稱颱風。其源地必在緯度5°以上之熱帶洋面，多發生在東北、東南信風匯合的間熱帶輻合區。因氣流輻合旺盛，空氣不穩定，氣流旋轉上升，形成大量雲簇，進而發展成熱帶環流，氣流不斷地增強旋轉擾動，進而旋渦中心氣壓降低，而向上流出空氣，發展成等壓線閉合的熱帶低氣壓，再進而發展成颱風。

【熱帶莽原】 ㄖㄜˋ ㄉㄞˋ ㄇㄤˇ ㄩㄢˊ
(tropical savanna) 位於熱帶雨林與溼草原區之間，即南緯5°至南回歸線或北緯10°至北回歸線附近。由於莽原氣候區乾季、溼季分明，夏季雖溼潤，但冬季乾旱且長，最乾月雨量在60公釐以下，故無茂密森林生長。天然植物以高大野草爲主，緯度漸增，草則漸疏。熱帶莽原以'非洲'分布最廣。

【熱敏電阻】 ㄖㄜˋ ㄇㄧㄣˇ ㄉㄧㄢˋ ㄗㄨˇ
(thermistor)對溫度敏感的電阻。由F_e、C_o、N_i、M_n等之氧化物適當混合而成之半導體，電阻係數隨溫度不同，改變的特性穩定而明顯；做成元件後，其電阻值因溫度不同而有極明顯的變化，可用來做爲溫度計、溫度控制元件、功率測定元件者，即爲熱敏電阻。

12**【熱絕緣體】** ㄖㄜˋ ㄐㄩㄝˊ ㄩㄢˊ ㄊㄧˇ
(heat insulator)設兩系統其膨脹係數(熱傳導性質)保持不變時，彼此之間不發生熱作用而無能量交換，則此兩系統互爲熱絕緣體。爲達成熱絕緣效果，可將兩系統之距離加大或使用絕熱物質(如石綿、玻璃絲等)阻隔。一系統與外界熱絕緣時所進行的反應過程稱爲絕熱過程(adiabatic process)。

13**【熱塑性體】** ㄖㄜˋ ㄙㄨˋ ㄒㄧㄥˋ ㄊㄧˇ
(thermo plastic) 成型之聚合體經加熱軟化後，可以重新成型者。例如聚乙烯、聚丙烯、聚氯乙烯等。

【熱傳係數】 ㄖㄜˋ ㄔㄨㄢˊ ㄒㄧˋ ㄕㄨˋ
(heat transfer coefficient) 爲熱傳送率除以熱傳面積與溫度差之乘積。其中溫度差隨系統之不同而有不同之定義，例如算術平均溫度差、對數平均溫度差等，因此應用熱傳係數來計算熱傳送率時,須特別注意其是由那一種溫度差所定義的。

8【熱固性塑膠】 ㄖㄜˋ ㄍㄨˋ ㄒㄧㄥˋ ㄙㄨˋ ㄐㄧㄠ

(thermosetting plastic)凡是在加工時受熱塑造成型後,便成硬質的固體狀態而不會再因受熱而軟化的塑膠,稱爲熱固性塑膠。一般由縮合聚合所得的塑膠屬於此類。如酚甲醛樹脂、脲甲醛樹脂等。

13【熱塑性塑膠】 ㄖㄜˋ ㄙㄨˋ ㄒㄧㄥˋ ㄙㄨˋ ㄐㄧㄠ

(thermoplastic plastic)凡是經加熱後會軟化而具有可塑性,易於壓成各種形狀,冷卻後便凝固成型的塑膠,稱爲熱塑性塑膠。一般加成聚合所成的塑膠屬於這一類。如聚乙烯(PE)、聚氯乙烯(PVC)等。

【熱傳導係數】 ㄖㄜˋ ㄔㄨㄢˊ ㄉㄠˇ ㄒㄧˋ ㄕㄨˋ

(thermal conductivity) 表示物體在相同之溫差下進行熱傳導難易之常數。通常以K表之。K值大,表此種物質很容易進行傳導熱傳遞。

16【熱膨脹係數】 ㄖㄜˋ ㄆㄥˊ ㄓㄤˋ ㄒㄧˋ ㄕㄨˋ

(thermal expansion coefficient) 溫度升高1°C或1K時,物質體積或長度之變化量。液體與氣體常以體積變化量表示,故稱爲體積熱膨脹係數;固體則以長度變化量表示,稱爲線膨脹係數。

17【熱壓反應器】 ㄖㄜˋ ㄧㄚ ㄈㄢˇ ㄧㄥˋ ㄑㄧˋ

(autoclave)一種具有耐高溫與高壓之反應器。其中設有安全裝置以避免爆炸。應用於工業程序、殺菌或烹調等。

18【熱擴散係數】 ㄖㄜˋ ㄎㄨㄛˋ ㄙㄢˋ ㄒㄧˋ ㄕㄨˋ

(thermal diffusivity)熱在介質中向較低溫的外界擴散之性能。以$\alpha=k/\rho c$ 表示之,式中k爲介質的熱傳導係數,ρ爲介質的密度,c爲介質的比熱。α愈大,經由此介質之熱擴散速率愈快。

19【熱離子發射】 ㄖㄜˋ ㄌㄧˊ ㄗˇ ㄈㄚ ㄕㄜˋ

(thermionic emission) 又稱'愛迪生'效應或熱離子效應。係電子由熱燈絲(陰極)釋出之效應。此效應和溫度有關。

8【熱固性聚合體】 ㄖㄜˋ ㄍㄨˋ ㄒㄧㄥˋ ㄐㄩˋ ㄏㄜˊ ㄊㄧˇ

(thermosetting polymer) 成型之聚合體經加熱產生斷裂,無法軟化予以重新成型者。此乃其爲交連結構所致。例如酚樹脂、三聚氰胺甲醛等。

2【熱力學第一定律】 ㄖㄜˋ ㄌㄧˋ ㄒㄩㄝˊ ㄉㄧˋ ㄧ ㄉㄧㄥˋ ㄌㄩˋ

(the first law of thermodynamics)一系統經過一個過程後,從狀態1變至狀態2,則其內能的變化爲 E_2-E_1。若此過程中已知系統對外界作功W,吸熱Q,則滿足 $E_2-E_1=Q-W$。此關係式稱爲熱力學第一定律。即系統所吸收的熱量減去對外作的功,等於系統的內能變化。此意義相當於能量守恆,故亦稱能量守恆定律。把數學式寫成 $Q=(E_2-E_1)+W$,即系統在一過程中所吸收的熱可定義爲系統的內能變化加上系統對外做的功。表示熱是能的一種形式,另外也是測量熱量的操作型定義。

【熱力學第二定律】 ㄖㄜˋ ㄌㄧˋ ㄒㄩㄝˊ ㄉㄧˋ ㄦˋ ㄉㄧㄥˋ ㄌㄩˋ

(the second law of thermodynamics)一個表示自然過程發展趨勢的定律。例如單純的熱傳播,熱一定由高溫處傳向低溫處,而不會由低溫處傳向高溫處。又如侷限於一隅的氣體必瀰散至全部允許之空間,而原來已均勻瀰散於一容器內之氣體,不會自動聚集於一隅而留下部分眞空。自然界自發的過程都是使得事物變得更無序凌亂。因此對熱力學第二定律簡單的敘述是:自然界中任何過程的發生(包括物理、化學、生物等變化)都朝向導致使宇宙的熵增加(或不變)的方向發生。

【熱力學第三定律】 ㄖㄜˋ ㄌㄧˋ ㄒㄩㄝˊ ㄉㄧˋ ㄙㄢ ㄉㄧㄥˋ ㄌㄩˋ

(the third law of thermodynamics) 當一系統之溫度趨近於絕對零度時,系統之熵必趨近於零。根據此定律可證明絕對零度是達不到的,亦可證明當系統溫度趨近於絕對零度時,其比熱亦必趨近於零。

【熱力學第零定律】 ㄖㄜˋ ㄌㄧˋ ㄒㄩㄝˊ ㄉㄧˋ ㄌㄧㄥˊ ㄉㄧㄥˋ ㄌㄩˋ

(the zeroth law of thermodynamics)在A、B、C三個系統中,若A、B分別與C達熱平衡,則A與B彼此亦達熱平衡,此關係稱爲熱力學第零定律。

熛 熛的或體。

㷭 烽的或體。

12

燙 ㄊㄤˋ t'ang⁴ 音趟

1用熱水溫物。如:燙酒。2被火或高溫灼傷。如:燙傷。3用高溫或藥物灼物,使之變形。如:燙髮。

4【燙手】 ㄊㄤˋ ㄕㄡˇ

1手被熱東西所傷。2比喻事情難辦。

8【燙金】 ㄊㄤˋ ㄐㄧㄣ

將金屬凸版加熱後,在金箔薄膜上加壓,然後將金箔膜移轉於被壓物表面的方法。除金箔外,亦可燙其他顏色的箔膜。

10【燙酒】 ㄊㄤˋ ㄐㄧㄡˇ

用熱水溫酒。

熾 ㄔˋ ch'ih⁴ 音斥
1火勢旺盛。如:熾烈。2燃燒。如:熾炭燒肉。3昌盛;氣勢盛大。如:熾盛。

15【熾熱】 ㄔˋ ㄖㄜˋ
溫度高;火勢旺盛。

燉 ㊀ ㄉㄨㄣˋ tun⁴ 音盾
微火慢煮或加熱。也作炖。如:燉雞。
㊁ ㄊㄨㄣˊ t'un² 音屯
火熾盛的樣子。見"玉篇"。
㊂ ㄊㄨㄣ t'un¹ 音吞
1火色。見"廣韻"。2暖和。通暾。

燐 ㄌㄧㄣˊ lin² 音鄰
也作磷。1化學非金屬元素之一。參磷㊀1。2夜間在野地忽隱忽現的青色火燄。俗稱鬼火。

燊 ㄕㄣ shên¹ 音深
火旺盛的樣子。見"說文"。

燖 ㄒㄩㄣˊ hsün² 音尋
1用火烹煮食物。同燂。見"集韻"。2古代的一種祭品。將肉類放沸湯中使半熟。見"集韻"。3用滾水去毛。見"字彙"。

燒 ㄕㄠ shao¹ 音稍
1焚;燃。如:燒柴。2烤炙。如:燒雞。3烹煮。如:燒水。4指野火。5人體溫度過高。如:發燒。6形容酒性強烈。也用作燒酒的簡稱。

2【燒刀】 ㄕㄠ ㄉㄠ
燒酒;烈酒。又稱燒刀子。

4【燒丹】 ㄕㄠ ㄉㄢ
即煉丹。參煉丹。

12【燒結】 ㄕㄠ ㄐㄧㄝˊ
(sintering)粉末冶金、陶瓷燒成或受載觸媒等化學反應中,於熔點下其金屬或氧化物產生聚集之現象。燒結會增加反應物的強度與密度,但也會使表面積減小,而觸媒活性也會衰退。若加入一些促進劑,以增加金屬分散性或避免局部過熱現象,則可減少燒結的產生。

13【燒傷】 ㄕㄠ ㄕㄤ
(burn)由高溫所引起的傷害。依傷害程度可分成:第一級燒傷,皮膚泛紅,造成表皮疼痛;第二級傷害,會起水泡,破壞皮膚的結構;第三級燒傷,傷及深部組織,常常深達肌肉或骨骼,皮膚黑而乾,但不起水泡,也無法復元。廣泛的皮膚燒傷,會造成死亡。

15【燒窯】 ㄕㄠ ㄧㄠˊ
製造磚瓦或陶瓷器的煅燒過程。

24【燒鹼】 ㄕㄠ ㄐㄧㄢˇ
(caustic soda)即氫氧化鈉。參氫氧化鈉。

6【燒夷彈】 ㄕㄠ ㄧˊ ㄉㄢˋ
(incendiary bomb)砲彈的一種。也稱燃燒彈。小者1.8公斤,最大者重達454公斤。內裝燃燒物質如汽油、石油或其他易燃液體。彈體觸地,燃燒的液體四處噴射,黏於體膚及其他目標。燒夷彈可由大砲或火箭發射,也可用飛機投擲,專用以殺傷敵人及摧毀易燃物品。燒夷彈在對付躲藏於地下碉堡、洞穴或茂密的樹林內的敵人效果最佳。

14【燒餅歌】 ㄕㄠ ㄅㄧㄥˇ ㄍㄜ
流行民間的一種預言歌謠。相傳'明太祖'食燒餅時,'劉基'適至,'太祖'問以後世治亂,'基'作此歌,以隱語作答,故名。

熺 熹的或體。

燂 ㊀ ㄑㄧㄢˊ ch'ien² 音前
1用火燒熱。見"說文"。2烘烤過度而焦爛。見"正字通"。
㊁ ㄒㄩㄣˊ hsün² 音尋
用火將食物煮熟。或作燖。見"集韻"。

熸 ㄐㄧㄢ chien¹ 音尖
1火熄滅。見"玉篇"。2氣勢消失。比喻兵敗。

熿 ㊀ ㄏㄨㄤˊ huang² 音黃
閃耀。同煌。見"正字通"。
㊁ ㄏㄨㄤˋ huang⁴ 音晃
光亮;明照。同晃。如:熿炳。

燏 ㄩˋ yü⁴ 音玉
火光明盛的樣子。見"玉篇"。

燈 ㄉㄥ têng¹ 音登
1燃燒膏油或通電發光,用以照明的器具。也作鐙。2佛家語。借喻佛法。

3【燈夕】 ㄉㄥ ㄒㄧˋ
元宵夜。民俗以農曆正月十五夜放燈,故名。

9【燈炱】 ㄉㄥ ㄊㄞˊ
燃煤油燈時,火焰薰玻璃,在其上所留下的黑色煙灰。

13【燈塔】 ㄉㄥ ㄊㄚˇ
極重要的航路標誌之一。依等級與光性之不同顯示於海圖上,以助船舶判定方位。

【燈節】 ㄉㄥ ㄐㄧㄝˊ
農曆正月十五日元宵節。民間提燈爲戲,故稱。

17【燈謎】 ㄉㄥ ㄇㄧˊ
張貼於花燈上的謎語。又名燈虎、文虎。

4【燈心草】 ㄉㄥ ㄒㄧㄣ ㄘㄠˇ
(Buchen; *Juncus effusus* L. var. decipiens)
溼生多年生草本。根莖橫走,莖圓柱形,綠色,高達20~60公分。葉退化成鱗片狀,生於莖的基部,聚繖花序頂生,苞葉超出花序,直立如莖。花小,花被片披針形,綠褐色,雄蕊3枚,雌蕊1枚,蒴果。莖有髓,可作燈心,莖供編織,亦可供藥用。分布於我國、'韓國'、'日本'及'北美'。

燈心草圖

8【燈芯絨】 ㄉㄥ ㄒㄧㄣ ㄖㄨㄥˊ
正面爲縱向毛絨狀條紋的布料。屬剪緯的厚實棉織品,即用來造成毛絨的緯紗被經紗束縛成浮在地緯上的豎起紗束。織造時爲兩層布匹面對面同時織成,再利用分割針狀刀刃從中剖開。通常分割前須在布的背面上膠，以防毛緯在分割時被撕扯下來；毛緯經過切割後，再經刷毛過程，故凸起條紋爲毛絨狀，而非紗線狀的線頭。

燎 ㊀ ㄌㄧㄠˋ liao4 音料
[1]古祭名。燒柴祭天。也作尞。見"集韻"。[2]放火燒除田裡的草。[3]燃燒。如：星火燎原。[4]烘烤。[5]火炬。見"正字通"。
㊁ ㄌㄧㄠˇ liao3 音瞭
燒毛髮。
㊂ ㄌㄧㄠˊ liao2 音聊
[1]參燎漿泡。[2]㊀[2]、[5]的又讀。

10【燎原】 ㄌㄧㄠˊ ㄩㄢˊ
火燒原野。比喻勢盛，無法阻擋。

15【燎漿泡】 ㄌㄧㄠˋ ㄐㄧㄤ ㄆㄠˋ
被燒傷或燙傷後，皮膚上所起的水泡。

燜 ㄇㄣˋ mên4 音懣 又讀 ㄇㄣ mên1
用微火久煮食物，使熟爛而保持原味。

燁 ㄧㄝˋ yeh4 音夜
光明盛大的樣子。也作爗。見"說文"。

燀 ㊀ ㄔㄢˇ ch'an3 音闡
[1]炊。見"說文"。[2]燃燒。[3]光明顯赫。如：燀赫。
㊁ ㄉㄢˇ tan3 音膽
過度炎熱。如：燀熱。

燔 ㄈㄢˊ fan2 音煩
[1]焚燒。見"說文"。[2]烤熟的祭肉。通膰。見"正字通"。

8【燔炙】 ㄈㄢˊ ㄓˋ
燒烤肉類，使之熟爛可食。

燃 ㄖㄢˊ jan2 音然
焚燒。本作然。見"集韻"。

10【燃料】 ㄖㄢˊ ㄌㄧㄠˋ
(fuel) 由天然礦物提煉出或可供提煉的物質，其所含的熱能可藉燃燒之化學反應或核能反應釋出者。可分液態、固態、氣態和核能燃料等。如煤油、汽油等爲液態燃料；煤、炭、木材等爲固態燃料；煤氣、天然氣、沼氣等爲氣態燃料；鈾爲核能燃料。

12【燃犀】 ㄖㄢˊ ㄒㄧ
燃燒犀角。古以爲可照妖。後用指能洞悉、明察事物。

16【燃燒】 ㄖㄢˊ ㄕㄠ
(combustion) 物質行劇烈之氧化作用而放出熱量的現象。通常伴有火焰產生。

17【燃點】 ㄖㄢˊ ㄉㄧㄢˇ
(fire point) 當揮發性液體之蒸汽被點燃後，此液體能繼續產生蒸汽，而蒸汽之產生量能持續燃燒。此種使液體之揮發速率能維持燃燒的最低溫度，稱爲燃點。

8【燃油系】 ㄖㄢˊ ㄧㄡˊ ㄒㄧˋ
(fuel system) 發動機分系統之一。包括儲油箱、油泵、輸油管路及混合燃油和空氣或其他任何氧化劑之噴射器等。其主要功能爲將燃油自儲油箱輸入發動機，經點火燃燒而產生動力。

10【燃料油】 ㄖㄢˊ ㄌㄧㄠˋ ㄧㄡˊ
(fuel oil) 泛指一切自原油精餾或由不同油料摻配而得的石油。用於爐中燃燒產生熱量或作爲引擎之動力來源。可分爲六級。

【燃料氣】 ㄖㄢˊ ㄌㄧㄠˋ ㄑㄧˋ
(fuel gas) 石油經過分餾、裂煉、重組而產生之分子量較少的碳氫化合物。其中以甲烷、乙烯、乙烷、丙烷與丁烷爲主，可用做燃料。

【燃料值】 ㄖㄢˊ ㄌㄧㄠˋ ㄓˊ
(fuel value) 燃料燃燒產生之燃燒熱值。其單位以每單位體積(或質量)生成之熱量表示。可分爲高熱值(或稱總熱值)與低熱值(或稱淨熱值)兩種，其間之差異在於產生水蒸汽之潛熱，例如甲烷於60°F與30吋汞柱壓力下之高熱值爲 23.879Btu/lb，低熱值則爲 21.520Btu/lb。

16【燃燒熱】 ㄖㄢˊ ㄕㄠ ㄖㄜˋ
(heat of combustion) 物質完全燃燒後所放出之熱量。時常以標準狀況下每克(或克分子)物質放出幾卡熱量爲單位。其等於生成物之總生成熱與反應物之總生成熱之差。

9【燃眉之急】 ㄖㄢˊ ㄇㄟˊ ㄓ ㄐㄧˊ
火已燒到眉毛。形容萬分急迫。

10【燃料電池】 ㄖㄢˊ ㄌㄧㄠˋ ㄉㄧㄢˋ ㄔˊ
(fuel cell) 能夠將燃料燃燒之化學能直接經電化學方法轉換爲電能之電池。例如氫氧燃料電池。其能量密度極高，但因需使用白金觸媒而使生產成本過高，故僅使用於特殊場合(如太空船)中。

【燃氣輪機】 ㄖㄢˊ ㄑㄧˋ ㄌㄨㄣˊ ㄐㄧ
(gas turbine) 利用燃氣作爲原動力之渦輪機。

【燃料空氣比】 ㄖㄢˊ ㄌㄧㄠˋ ㄎㄨㄥ ㄑㄧˋ ㄅㄧˇ
(fuel-air ratio; FA) 燃燒過程中，燃料質量與空氣質量之比值。有時亦用莫耳比。

燆 ㊀ ㄑㄧㄠ ch'iao1 音敲
火在蔓延。見"集韻"。
㊁ ㄒㄧㄠ hsiao1 音消
炎熱的火氣。同熇。見"集韻"。

燋 ㊀ ㄐㄧㄠ chiao1 音交
[1]火炬。見"說文"。[2]火傷。通焦。[3]愁苦。如：燋心。
㊁ ㄑㄧㄠˊ ch'iao2 音橋
古代占卜時，灼龜甲所用的火束。見"集韻"。

熹 ㄒㄧ hsi1 音希
[1]烤炙。見"說文"。[2]微明。見"正字通"。

13【熹微】 ㄒㄧ ㄨㄟˊ
微明；光未盛的樣子。

5【熹平石經】 ㄒㄧ ㄆㄧㄥˊ ㄕˊ ㄐㄧㄥ
石碑名。'東漢''靈帝''熹平'四年(175)，'蔡邕'等人奏求統一五經文字，並以朱筆親寫於石碑，命工匠雕刻，樹立於太學門外，供人抄閱，後人稱之爲[熹平石經]。

爕 ㄒㄩㄣˊ hsün2 音巡
[1]在湯中煮肉。見"說文"。[2]用熱水脫去牲體的毛。見'玄應'

"一切經音義"。[3]把冷卻的熟食溫熱。見"正字通"。

燕 ㈠ ㄧㄢˋ *yen*^{4} 音厭
[1](swallow)屬於鳥綱、雀形目(order Passeriformes)、燕科(family Hirundinidae)的動物。常見的家燕(*Hirundo rustica*)爲該科的一種,亦名拙燕,爲候鳥。燕約有75種。爲小型鳥類,尾分叉,喙短,足小,捕食昆蟲。廣布世界各地,喜在家屋或岩隙築巢。'臺灣'產燕科有3屬7種。[2]安息;安樂。通宴。見"集韻"。[3]饗宴;宴飲。也作醼、讌。見"廣韻"。[4]親狎;褻慢。

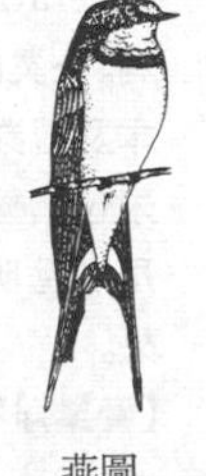
燕圖

㈡ ㄧㄢ *yen*^{1} 音煙
[1]'周武王'時'召公''奭'的封國。'春秋'時爲重要諸侯國,因僻處東北,與中原各國殊少征戰。'戰國'時,'燕昭王'禮聘賢才,以'樂毅'爲將,聯合各國伐'齊',又拓地'遼東',蔚爲強國。後爲'秦'所滅。[2]'河北省'的簡稱。

6【燕安】 ㄧㄢˋ ㄢ
安逸閒適。同宴安。

【燕好】 ㄧㄢˋ ㄏㄠˇ
[1]設宴款待並贈送財物。[2]相親;和好。[3]形容夫婦感情和睦。

7【燕私】 ㄧㄢˋ ㄙ
[1]祭祀後,宴請同姓而盡其私誼。[2]在臥室休息。

11【燕麥】 ㄧㄢˋ ㄇㄞˋ
(oats; *Avena sativa*)一年生禾草。稈高大,葉寬扁;圓錐花序大型展開;小穗有2朵小花,不易斷落;外稃光滑,無芒或直立。廣泛栽培於寒冷潮溼的天氣。供作食用穀物,也可當飼料。

【燕婉】 ㄧㄢˋ ㄨㄢˇ
[1]溫順的樣子。[2]親愛;和愛。也作嬿婉。

14【燕窩】 ㄧㄢˋ ㄨㄛ
海燕所造的巢。金絲燕常以唾液及海藻築巢於沿海峭壁,內多膠質,爲貴重補品。

15【燕樂】 ㈠ ㄧㄢˋ ㄌㄜˋ
安樂。
㈡ ㄧㄢˋ ㄩㄝˋ
[1]宴飲時所演奏的音樂。[2]內廷的音樂。[3]俗樂。與雅樂相對。'隋'、'唐'燕樂與'宋'燕樂,均是宮廷中所用俗樂的總稱。

7【燕尾服】 ㄧㄢˋ ㄨㄟˇ ㄈㄨˊ
(swallow-tailed coat; full-dress suit)'歐''美'傳統社交場合中,男士晚間的正式禮服。因其外套前身衣襬往後斜削,後身衣襬則開衩如燕尾,故名。領型爲尖角劍領,下領片則剪接緞面布料裝飾,長褲的脇邊線亦車以緞面條飾,須與禮宴襯衫、白背心、白領結、白手套及黑色漆皮皮鞋搭配穿著。

9【燕侶鶯儔】 ㄧㄢˋ ㄌㄩˇ ㄧㄥ ㄔㄡˊ
黃鶯燕子雙飛雙宿。比喻相處和睦的夫婦。

11【燕雀處堂】 ㄧㄢˋ ㄑㄩㄝˋ ㄔㄨˇ ㄊㄤˊ
比喻居安而忘禍。燕雀築巢於堂上,自以爲安全,即使遇火災也安然不變,不知災禍將至。見"孔叢子·論勢"。

14【燕語鶯聲】 ㄧㄢˋ ㄩˇ ㄧㄥ ㄕㄥ
形容女子聲音的嬌柔悅耳。

【燕爾新婚】 ㄧㄢˋ ㄦˇ ㄒㄧㄣ ㄏㄨㄣ
新婚之樂。本指棄舊再娶。後用作慶賀新婚之詞。

15【燕樂考原】 ㄧㄢˋ ㄩㄝˋ ㄎㄠˇ ㄩㄢˊ
'清''淩廷堪'撰,六卷。首卷總論,從歷代文獻及'明''清'俗樂宮調,探求燕樂二十八調的源流,提出四宮七調的說法;二~五卷,分別論述宮、商、角、羽四宮各七種調式;末卷爲後論及附錄。是研究'隋''唐'燕樂重要的參考書。

16【燕燕于飛】 ㄧㄢˋ ㄧㄢˋ ㄩˊ ㄈㄟ
比喻夫妻相愛。

17【燕翼貽謀】 ㄧㄢˋ ㄧˋ ㄧˊ ㄇㄡˊ
定下好謀略,留給後代子孫。

12【燕雲十六州】 ㄧㄢ ㄩㄣˊ ㄕˊ ㄌㄧㄡˋ ㄓㄡ
五代'後唐''廢帝'時,'河東'節度使'石敬瑭'結援'契丹',稱帝後,向'契丹'稱臣,並割'幽'、'薊'、'瀛'、'莫'、'涿'、'檀'、'順'、'新'、'嬀'、'儒'、'武'、'雲'、'應'、'寰'、'朔'、'蔚'等十六州予'契丹',包括'河北'中北部、'山西'北部及'察哈爾'南部。其後'宋徽宗'聯'金'滅'遼',於'幽州'置'燕山府','雲州'置'雲中府',故世稱此十六州爲'燕''雲'十六州。

11【燕雀安知鴻鵠志】 ㄧㄢˋ ㄑㄩㄝˋ ㄢ ㄓ ㄏㄨㄥˊ ㄏㄨˊ ㄓˋ
比喻凡人不識英雄的壯志。

燄 ㄧㄢˋ *yen*^{4} 音厭 又讀 ㄧㄢˊ *yen*^{2} 音言
[1]火初燃。見"廣韻"。[2]火焰。通焰。[3]比喻勢盛。通炎。如:氣燄。

3【燄口】 ㄧㄢˋ ㄎㄡˇ
佛家語。餓鬼名。又名'面然'。其咽喉細如針,口吐火燄。曾向佛弟子'阿難'要求施食,並爲他供養三寶,使離餓鬼之苦,得生天上。

13

燮 ㄒㄧㄝˋ *hsieh*^{4} 音瀉
協調;協和。見"說文"。

11【燮理陰陽】 ㄒㄧㄝˋ ㄌㄧˇ ㄧㄣ ㄧㄤˊ
調理陰陽。

燧 ㄙㄨㄟˋ *sui*^{4} 音遂
[1]古代取火的工具。晴天用銅鏡對日聚光、燃艾取火,稱金燧;陰天則鑽木取火,稱木燧。見"禮記·內則·金燧·疏"。[2]夜晚用以示警的煙火。如:烽燧。

5【燧石】 ㄙㄨㄟˋ ㄕˊ
(chert; flint)一種潛晶質或微晶狀純石英。多以團塊在石灰岩或白雲岩中產出,亦有成層狀產出者。其成因可爲生物化學作用,由放射蟲或矽藻的遺骸沈積而成;亦可爲單純之化學沈澱而成。

另一可能則爲取代作用形成者，即二氧化矽逐漸取代原先沈積的石灰岩而形成。相互敲擊會發生火花，一般又稱爲打火石。由於硬度大且破裂的稜角銳利，被先民廣泛地用作石器或箭頭、矛頭等的材料。

2【燧人氏】ㄙㄨㄟˋ ㄖㄣˊ ㄕˋ
古帝名。相傳教人鑽木取火，民始知熟食。

營 ㄧㄥˊ *ying*² 音盈
①環繞而居。見"說文"。②軍隊駐紮的地方。③陸軍的戰術單位。高於連，低於旅，通常統御三個連及一個營部連。營長官階爲少校或中校。④籌劃；謀求。如：營利。⑤建造。見"廣韻"。

2【營力】ㄧㄥˊ ㄌㄧˋ
(process)又稱營歷。指改變地表形態的力量和作用。又分內營力和外營力二種。

5【營生】ㄧㄥˊ ㄕㄥ
①養生。②謀生；謀求生計。

7【營求】ㄧㄥˊ ㄑㄧㄡˊ
尋訪；謀求。

【營利】ㄧㄥˊ ㄌㄧˋ
謀求利益。

【營私】ㄧㄥˊ ㄙ
假藉職務上的方便而謀取私利。

9【營建】ㄧㄥˊ ㄐㄧㄢˋ
①建造房屋或進行土木工程。②指事業的創建。

11【營救】ㄧㄥˊ ㄐㄧㄡˋ
設法援救。

【營造】ㄧㄥˊ ㄗㄠˋ
經營建築。指建造房屋或進行土木工程。

12【營奠】ㄧㄥˊ ㄉㄧㄢˋ
設置酒食祭祀。

13【營運】ㄧㄥˊ ㄩㄣˋ
經營操作。

【營業】ㄧㄥˊ ㄧㄝˋ
①以營利爲目的的事業。②經營事業。一般指經商而言。

17【營營】ㄧㄥˊ ㄧㄥˊ
①來往盤旋的樣子。②勞累；奔波。

18【營繕】ㄧㄥˊ ㄕㄢˋ
指土木工程的營造、修理。

11【營造尺】ㄧㄥˊ ㄗㄠˋ ㄔˇ
'清代'工部營造時所用的尺。一營造尺合0.32公尺。

【營造物】ㄧㄥˊ ㄗㄠˋ ㄨˋ
國家或公共團體爲達到某種行政上目的，常常置有土地、房屋等設備，並配置一定的人員，如專就物而言，爲公物；如把物的設備與配置人員合稱，則爲營造物。

【營造畝】ㄧㄥˊ ㄗㄠˋ ㄇㄨˇ
舊式地積單位。一營造畝等於614.4平方公尺。

13【營業稅】ㄧㄥˊ ㄧㄝˋ ㄕㄨㄟˋ
(business tax)指對各種以營利爲目的的事業所課之稅。營業稅的課征，有以所得額爲征收標準者，有以營業總收入額爲征收標準者，亦有以資本額爲征收標準者。

15【營養鹽】ㄧㄥˊ ㄧㄤˇ ㄧㄢˊ
指海洋中植物性浮游生物及海藻類等生長所不可或缺的鹽類。如矽酸鹽、燐酸鹽、硝酸鹽、氨等。其溶存量視海域、季節、水深的變化而異。陸地排水量豐富的沿岸海域、表底層垂直對流或湧升流海域均較豐。

7【營利所得】ㄧㄥˊ ㄌㄧˋ ㄙㄨㄛˇ ㄉㄜˊ
(business income)綜合所得稅制度下的一種所得。凡公司股東所分配之股利、合作社社員所分配之盈餘、合夥組織營利事業之合夥人所分配之盈餘、獨資資本主每年自其獨資經營事業所得之盈餘及個人一時貿易之盈餘皆屬之。

13【營運資金】ㄧㄥˊ ㄩㄣˋ ㄗ ㄐㄧㄣ
(working capital)也稱運用資金。係指流動資產減去流動負債後的餘額。代表企業於日常營業中可供運用的資金。

【營業成本】ㄧㄥˊ ㄧㄝˋ ㄔㄥˊ ㄅㄣˇ
(operating cost)一般將銷售產品的成本及提供勞務或業務的成本稱爲營業成本，而將銷售及管理費用稱爲營業費用。

【營業收益】ㄧㄥˊ ㄧㄝˋ ㄕㄡ ㄧˋ
(operating income)也稱營業淨利。企業的營業收入超出營業成本及營業費用的部分。此一數字未包括營業外收入與費用，俾可用以說明企業在營業方面的結果。

【營業淨利】ㄧㄥˊ ㄧㄝˋ ㄐㄧㄥˋ ㄌㄧˋ
即營業收益。參營業收益。

【營業基金】ㄧㄥˊ ㄧㄝˋ ㄐㄧ ㄐㄧㄣ
可供營業循環運用之特種基金。本基金可從事營業活動，藉營業收入以支應其營業支出，並獲取營業利潤。

【營業費用】ㄧㄥˊ ㄧㄝˋ ㄈㄟˋ ㄩㄥˋ
(operating expense)即除營業成本外，其他有關的營業支出。通常區分爲銷售費用及管理費用兩類。銷售費用爲因銷售商品而發生的費用，如銷售人員薪資、佣金、銷貨運費及廣告費等。管理費用爲管理部門因業務上需要而發生的費用，如管理人員薪資、壞帳、稅捐及法律費用等。

【營業資產】ㄧㄥˊ ㄧㄝˋ ㄗ ㄔㄢˇ
(operational asset)即企業於營業中使用而非出售的長期性資產。通常分爲有形固定資產及無形資產兩類。前者如土地、房屋、機器及天然資源；後者如專利權、特許權及商譽等。

【營業預算】ㄧㄥˊ ㄧㄝˋ ㄩˋ ㄙㄨㄢˋ
公營事業或其他營業基金所編之預算。我國"預算法"規定，營業預算爲附屬單位預算，其應編入總預算者，爲其資本之由庫增撥或收回額、盈餘之應繳庫額，或虧損之由庫撥補額。營業預算之內容為:一、營業收支之估計;二、固定資產之建設、改良、擴充與資金之來源及其投資計畫之成本與效益分析;三、長期債務之舉債及其償還辦法;四、資金轉投資及其盈虧估計;五、盈虧撥補之預計。

15【營養不良】ㄧㄥˊ ㄧㄤˇ ㄅㄨˋ ㄌㄧㄤˊ

(nutritional deficiency; malnutrition) 由於營養物質的攝取量不夠維持正常生理機能所需量,而引起的營養缺乏情況。早期症狀不明顯,稱為營養不足症;較重時有消瘦、乏力、肌肉萎縮等症狀,有時也出現貧血、水腫或發育障礙。而若干維生素缺乏,則會引起特殊病症,如夜盲症是缺乏維生素A、腳氣病是缺乏維生素B_1、口角炎和舌炎是缺乏維生素B_2等。目前廣義的營養不良也包括營養過剩所造成的肥胖症,這些人容易有高血壓症、糖尿病、心臟病、痛風等疾病。

【營養繁殖】ㄧㄥˊ ㄧㄤˇ ㄈㄢˊ ㄓˊ

(vegetative reproduction) 植物利用根、莖和葉等營養器官繁殖後代的方法。例如馬鈴薯塊莖上的芽眼、竹的地下莖長出的芽(筍),皆可用以繁殖。

【營衛氣血】ㄧㄥˊ ㄨㄟˋ ㄑㄧˋ ㄒㄧㄝˇ

指人體生命過程中所必須的四種物質及動力基礎。說明人體營養的過程和衛外機能及氣血循環的道理。營、衛源自水穀的精氣,經過臟腑的消化吸收,而生成人體各部所需的營養;再通過氣、血在經脈中的不斷循環運行,發揮其作用。總之,營、衛、氣、血就生理上而言,是人體的生活機能和生命的動力,其在相互化生、相互協調上是一個不可分的整體。

17【營營擾擾】ㄧㄥˊ ㄧㄥˊ ㄖㄠˇ ㄖㄠˇ

形容奔波勞碌的樣子。

13【營業加值稅】ㄧㄥˊ ㄧㄝˋ ㄐㄧㄚ ㄓˊ ㄕㄨㄟˋ

(value-added tax) 就營業加值額所課徵之營業稅。例如某企業銷項一百元,進項八十元,則其進銷間的差額二十元,即為加值,依此加值乘以稅率,即為應納營業稅。

【營業個體說】ㄧㄥˊ ㄧㄝˋ ㄍㄜˋ ㄊㄧˇ ㄕㄨㄛ

會計上把企業視為一個與業主分離的經濟個體,有能力擁有資源,承擔義務。即會計上將企業與業主本身視為兩個不同的會計個體,以便於營業個體損益之計算。

【營業淨利率】ㄧㄥˊ ㄧㄝˋ ㄐㄧㄥˋ ㄌㄧˋ ㄌㄩˋ

(net profit ratio)表示企業營業活動所獲利益的比率。可以下式表示:營業淨利率$=\frac{\text{營業淨利}}{\text{銷貨收入}}$。

【營運資金比率】ㄧㄥˊ ㄩㄣˋ ㄗ ㄐㄧㄣ ㄅㄧˇ ㄌㄩˋ

(working capital ratio)即流動比率。參流動比率。

【營業中斷保險】ㄧㄥˊ ㄧㄝˋ ㄓㄨㄥ ㄉㄨㄢˋ ㄅㄠˇ ㄒㄧㄢˇ

(business interruption insurance)又稱利潤損失保險(loss of profit insurance)。企業因火災或其他特定危險事故發生而營業中斷,所致利潤或固定費用之損失,由保險人予以補償的保險。其損失補償範圍,包括員工薪資、稅捐、租金、已付持續費用,以及其預期利潤等。

【營業成本會計】ㄧㄥˊ ㄧㄝˋ ㄔㄥˊ ㄅㄣˇ ㄎㄨㄞˋ ㄐㄧˋ

計算營業之出品或勞務每單位所費成本之會計。

7【營利事業所得稅】ㄧㄥˊ ㄌㄧˋ ㄕˋ ㄧㄝˋ ㄙㄨㄛˇ ㄉㄜˊ ㄕㄨㄟˋ

(business income tax)指對營利事業所得淨額所課之稅。即對凡以營利為目的,具備營業牌號及場所之獨資、合夥、公司或公私合營的各種工商、農林、漁牧、礦冶等事業的純所得額所課徵之稅。

13【營運資金變動表】ㄧㄥˊ ㄩㄣˋ ㄗ ㄐㄧㄣ ㄅㄧㄢˋ ㄉㄨㄥˋ ㄅㄧㄠˇ

(schedule of working capital changes)係說明特定期間流動資產及流動負債每一科目增減變動的報表。為營運資金基礎財務狀況變動表的附表。

【營業淨利成長率】ㄧㄥˊ ㄧㄝˋ ㄐㄧㄥˋ ㄌㄧˋ ㄔㄥˊ ㄓㄤˇ ㄌㄩˋ

(net profit growth ratio)顯示企業營業淨利反成長的比率。可以下式表示:營業淨利成長率$=\frac{\text{本年營業淨利}-\text{上年營業淨利}}{\text{上年營業淨利}}$。

【營業資產收益率】ㄧㄥˊ ㄧㄝˋ ㄗ ㄔㄢˇ ㄕㄡ ㄧˋ ㄌㄩˋ

(rate of return on assets)也稱投資報酬率。可以下列表示:

營業資產收益率$=\frac{\text{營業淨利}}{\text{營業資產}}=\frac{\text{銷貨收入}}{\text{營業資產}}\times\frac{\text{營業淨利}}{\text{銷貨收入}}=$營業資產週轉率×營業淨利率。

【營業資產週轉率】ㄧㄥˊ ㄧㄝˋ ㄗ ㄔㄢˇ ㄓㄡ ㄓㄨㄢˇ ㄌㄩˋ

(turnover on assets) 用以顯示企業從事產銷總投資額於一年期間內從銷貨收入收回的次數為多少的比率。可以下式表示:營業資產週轉率$=\frac{\text{銷貨收入}}{\text{營業資產}}$。

燥 ㄗㄠˋ tsao4 音造

1乾;缺水。見"說文"。2細切的肉。3六淫之一。是秋天的主氣。有涼燥、溫燥之分:涼燥症狀為頭痛、惡寒、咳嗽、無汗、鼻塞;溫燥症狀為身熱、有汗、口渴、脇痛、痰中有血及上氣鼻乾。

燡 ㄧˋ i4 音亦

火光盛大。見"廣韻"。

燭 ㄓㄨˊ chu2 音竹

1火炬。古用葦薪等捆綁成束,灌以膏油。見"說文"。2蠟製照明物。如:紅燭。3照耀。如:火光燭天。

6【燭光】ㄓㄨˊ ㄍㄨㄤ

(candela) 光強度單位。代號爲cd。西元1979年'國際度量衡大會'決議通過，一燭光等於頻率540×10¹²(540太)赫光源發出單色輻射，在一定方向每立弳放射強度爲1/683瓦特的發光強度。

11【燭淚】 ㄓㄨˊ ㄌㄟˋ
蠟燭燃燒後，下垂的蠟液。

13【燭照】 ㄓㄨˊ ㄓㄠˋ
燭光照耀。比喩洞察明白。

4【燭之武】 ㄓㄨˊ ㄓ ㄨˇ
'春秋''鄭國'大夫。'魯僖公'三十年(前630)，'秦''晉'二國聯兵圍攻'鄭國'，'鄭文公'使'之武'夜出，說'秦'君退兵，'晉'軍亦解圍而去。

燦 ㄘㄢˋ *ts'an*⁴ 音粲
光彩耀眼。

12【燦然】 ㄘㄢˋ ㄖㄢˊ
光明、鮮麗、耀眼的樣子。也作粲然。

21【燦爛】 ㄘㄢˋ ㄌㄢˋ
光彩奪目、光耀豔麗的樣子。

燬 ㄏㄨㄟˇ *hui*³ 音毁
1烈火。見"說文"。2熾烈。3焚毁。4燃燒。

燠 一 ㄩˋ *yü*⁴ 音玉
暖和；溫暖。見"字彙"。
二 ㄠˋ *ao*⁴ 音奥
炎熱。如：燠熱。

燴 ㄏㄨㄟˋ *hui*⁴ 音匯
烹飪法的一種。即把食物烹熟，會合眾味，調以濃汁。

14

燿 一 ㄧㄠˋ *yao*⁴ 音耀
1照耀。見"說文"。2光亮。3彰明；顯露。4迷惑；眩亂。5日月星等的總稱。也作曜。
二 ㄕㄨㄛˋ *shuo*⁴ 音鑠
銷鎔。通鑠。見"集韻"。
三 ㄕㄠˋ *shao*⁴ 音哨
細長。見"字彙補"。

燼 ㄐㄧㄣˋ *chin*⁴ 音盡
1物經火燒後所殘餘的部分。見"集韻"。2遺民；劫後餘生。3燈油點盡。見"字彙"。

15【燼餘】 ㄐㄧㄣˋ ㄩˊ
1火燒後所剩餘的東西。2劫餘。指兵災禍害後所餘下的東西。

爁 ㄌㄢˋ *lan*⁴ 音濫
火勢蔓延。見"玉篇"。

爋 ㄒㄩㄣ *hsün*¹ 音熏
1煙氣上升。熏的俗字。見"廣韻"。2用煙氣熏物。3烹飪法的一種。混合糖、茶葉、木屑等，用微火烤焦生煙，使懸在上方或架在上方的食物具有特殊的香味。

6【爋肉】 ㄒㄩㄣ ㄖㄡˋ
用煙氣爋製成的肉類食物。

14【爋製】 ㄒㄩㄣ ㄓˋ
(smoking) 以特殊木材的不完全燃燒所產生的溫度及爋煙爋製食品。藉此使食品表面乾燥，阻止微生物增殖，防止脂肪氧化，增強防腐性，以達到保藏及風味特殊化的效果。

燾 ㄊㄠˊ *t'ao*² 音陶 又讀 ㄉㄠˋ *tao*⁴ 音到
1普照天下。見"說文"。2覆蓋。通幬。

燹 ㄒㄧㄢˇ *hsien*³ 音顯
火。多指因戰亂所引起的大火。見"正字通"。

爂 ㄅㄧㄠ *piao*¹ 音標
輕脆。見"集韻"。

15

爕
燮的俗體。

[illegible]
熐的或體。

爌 一 ㄏㄨㄤˇ *huang*³ 音恍
1明亮。見"集韻"。2照明。同晃。見"正字通"。
二 ㄎㄨㄤˋ *k'uang*⁴ 音況
空闊明亮。同曠。見"廣韻"。

9【爌烺】 ㄎㄨㄤˋ ㄏㄨㄤˇ
寬敞明亮。也作爌熀。

爊 ㄠ *ao*¹ 音凹
用泥土包物燒烤。見"集韻"。

爆 一 ㄅㄠˋ *pao*⁴ 音抱
火花迸裂。見"廣韻"。
二 ㄅㄛˊ *po*² 音博
用火焙乾。見"集韻"。

【爆出】 ㄅㄠˋ ㄔㄨ
(pop) 電腦程式中對堆疊的一種操作。指將資料項自堆疊頂端移出，並且更新堆疊指標的過程。

6【爆竹】 ㄅㄠˋ ㄓㄨˊ
又名炮仗、爆仗。古時用火燒竹，畢剝有聲，故名。今則用多層紙張，捲包火藥，以藥線相接，點燃發聲，多在佳日或慶典時燃放。

9【爆炸】 ㄅㄠˋ ㄓㄚˋ
(detonation) 炸藥極快速地進行分解，同時產生每秒高達1,000～9,000公尺之高壓高溫波的現象。爲高級炸藥如硝化甘油燃燒之特徵。

10【爆笑】 ㄅㄠˋ ㄒㄧㄠˋ
大笑。

12【爆發】 ㄅㄠˋ ㄈㄚ
1火藥爆炸。2事情突然發生。

【爆裂】 ㄅㄠˋ ㄌㄧㄝˋ
炸裂；炸開。

15【爆震】 ㄅㄠˋ ㄓㄣˋ
(detonation) 汽缸中在壓縮行程末期火星塞尙未點火之前，混合氣即因局部溫度過高而自行點燃，發生不正常燃燒，致使汽缸中承受不規則壓力而產生敲擊的現象。

7【爆冷門】 ㄅㄠˋ ㄌㄥˇ ㄇㄣˊ
出現與預料大不相同的結果。

4【爆化食品】 ㄅㄠˋ ㄏㄨㄚˋ ㄕˊ ㄆㄧㄣˇ
(puffed foods) 將原料置於密閉容器中加熱，由於水分蒸發，壓力逐漸增高，然後迅速啟開容器，因壓力突然降低，致使原料內部急速地膨脹而爆化。爆米花即屬此類食品，其他如麥、米、黃豆、紅豆及菉豆等均可製成爆化食品。

9【爆炸低限】 ㄅㄠˋ ㄓㄚˋ ㄉㄧ ㄒㄧㄢˋ

(explosive limit)於密閉空間中引燃，而使可燃性氣體或蒸氣產生爆炸之濃度極限(以體積百分數表示)。例如下表所示：

	下限(%)	上限(%)
二硫化碳	1	50
苯	1.5	8
天然氣	3.8	17
甲烷	5	15
丙烷	2.4	9.5
丁二烯	2	11.5
氫氣	4	75
丁烷	1.9	8.5
乙炔	2.5	80

爍 ㄕㄨㄛˋ shuo⁴ 音朔
1光閃動的樣子。如：閃爍。2銷熔。通鑠。見"正字通"。

8【爍金】 ㄕㄨㄛˋ ㄐㄧㄣ
用火熔解金屬。

爇 ㄖㄨㄛˋ jo⁴, juo⁴ 音若 又讀 ㄖㄜˋ jê⁴ 音熱
焚燒。見"說文"。

16

爖 ㄌㄨㄥˊ lung² 音龍
火。見"玉篇"。

爐 ㄌㄨˊ lu² 音盧
盛火的器具。也作鑪、炉。見"正字通"。

13【爐鼎】 ㄌㄨˊ ㄉㄧㄥˇ
道教煉丹名。爐為生火之器，鼎為古代盛器，方士、道士以爐鼎作為燒煉丹藥的工具。後來借用爐鼎比喻身心：身為玉爐，心為金鼎。又內丹以泥丸為上鼎、丹田為下爐，運河車時，由尾閭至泥丸，稱為入鼎；由泥丸下降丹田，稱為入爐，為內丹結丹之處。

5【爐甘石】 ㄌㄨˊ ㄍㄢ ㄕˊ
'中'藥名。為菱鋅礦的原礦石，呈不規則塊狀。以用爐火所熏，其味甘而得名。質鬆、易碎，性平，味甘澀。功效在明目去翳、止血生肌、止癢等。為古代眼科常用藥。

4【爐火純青】 ㄌㄨˊ ㄏㄨㄛˇ ㄔㄨㄣˊ ㄑㄧㄥ
古代道家煉汞以成丹藥，認為火候純青的時候，便是成功的階段。後世用以比喻人的功力深厚或品德修養、學問技藝已達精粹完美的境地。

爗 燁的或體。

爓 ㊀ ㄧㄢˋ yen⁴ 音焰
火焰。同焰。見"正字通"。
㊁ ㄒㄧㄢˊ hsien² 音閑
將肉浸入滾湯中燙至半熟。通燖。見"正字通"。

㸂 燧的古文。

17

爛 ㄌㄢˋ lan⁴ 音濫
1用火把食物燒烤得熟透。見"說文"。2腐敗；破舊。3過度。如：爛醉。4光明。如：燦爛。

6【爛汙】 ㄌㄢˋ ㄨ
形容事物亂七八糟，不可收拾。

11【爛帳】 ㄌㄢˋ ㄓㄤˋ
1討不回來的債。即呆帳。2比喻理不清的事。

12【爛然】 ㄌㄢˋ ㄖㄢˊ
光輝鮮明的樣子。

14【爛漫】 ㄌㄢˋ ㄇㄢˋ
1消散。2行為放蕩。3光彩煥發的樣子。4性情率直的樣子。

6【爛好人】 ㄌㄢˋ ㄏㄠˇ ㄖㄣˊ
沒有原則、主見的人。

16【爛頭寸】 ㄌㄢˋ ㄊㄡˊ ㄘㄨㄣˋ
即銀行由存款或發行金融債券等所吸收的資金，未能在放款、貼現、投資等業務上充分運用，而有鉅額剩餘頭寸的情形。爛頭寸使銀行資金閒置，未能產生收入，故收益率降低，影響銀行盈餘。

22【爛攤子】 ㄌㄢˋ ㄊㄢ ·ㄗ
比喻事情或局面紊亂，難以收拾整頓。

15【爛醉如泥】 ㄌㄢˋ ㄗㄨㄟˋ ㄖㄨˊ ㄋㄧˊ
形容喝酒大醉而軟綿無力。

爝 ㄐㄩㄝˊ chüeh² 音爵
或作爵。1點燃束葦作成的火炬。以祓除不祥。見"說文"。2炬火；小火。見"字彙"。

爦 ㊀ ㄧㄢˋ yen⁴ 音豔
火光。同爓。見"集韻"。
㊁ ㄌㄧㄢˋ lien⁴ 音練
火。同煉。見"集韻"。

爚 ㊀ ㄩㄝˋ yüeh⁴ 音月 又讀 ㄧㄠˋ yao⁴ 音藥
1火光。見"說文"。2照耀。
㊁ ㄕㄨㄛˋ shuo⁴ 音鑠
銷鎔；毀壞。通鑠。

18

爞 ㄔㄨㄥˊ ch'ung² 音蟲 又讀 ㄊㄨㄥˊ t'ung² 音同
旱熱；熱氣上蒸。見"玉篇"。

爟 ㄍㄨㄢˋ kuan⁴ 音貫
1烽火。見"廣韻"。2舉火。見"字彙"。

19

爢 ㄇㄧˊ mi² 音糜
1糜爛。通作糜。見"說文"。2粉碎。3碎末。

爨 然的古文。

㸎 爨的或體。

20

爣 ㄊㄤˇ t'ang³ 音倘
參爣閬。

11【爣㫰】 ㄊㄤˇ ㄌㄤˇ
火光明亮的樣子。

15【爣閬】 ㄊㄤˇ ㄌㄤˇ
寬敞明亮的樣子。

21

爦 ㄌㄢˇ *lan*³ 音覽
火亂。見"篇海"。

爩 燭的或體。

25

爨 爨的或體。

爨 ㄘㄨㄢˋ *ts'uan*⁴ 音篡
1燒火煮飯。見"說文"。2爐灶。見"玉篇"。3族名。即'倮儸'。參倮儸。4姓。'後漢'有'爨肅'。見"通志·氏族略五"。

7【爨弄】 ㄘㄨㄢˋ ㄋㄨㄥˋ
1'宋代'戲劇名。雜劇的一種。表演的腳色分副淨、副末、引戲、末泥、孤裝。也稱五花爨弄。2表演戲劇。

12【爨琴】 ㄘㄨㄢˋ ㄑㄧㄣˊ
把琴當柴木燒。1比喻窮困。2比喻殺風景之事。

爪 部

爪 ㊀ ㄓㄠˇ *chao*³ 音找
1覆手向下取東西。見"說文"。2手、腳指甲的通稱。3動物的腳趾。如:張牙舞爪。
㊁ ㄓㄨㄚˇ *chua*³
參爪子㊁。

3【爪子】 ㊀ ㄓㄠˇ ·ㄗ
愚蠢不聰明的人。
㊁ ㄓㄨㄚˇ ·ㄗ
動物有尖甲的腳趾。

4【爪牙】 ㄓㄠˇ ㄧㄚˊ
1爪和牙。鳥獸用以攻擊和防衛的利器。2指武臣。3得力的助手、親信、黨羽。

9【爪哇人】 ㄓㄠˇ ㄨㄚ ㄖㄣˊ
(Java Man) 西元1891～1892年'印度尼西亞''爪哇島'之更新世地層出土的化石人。包括一個頭頂骨、左大腿骨及三顆牙齒等化石。其中腿骨很直,基本形態幾與現代人沒有差別;而頭骨則呈原始性,有似猿的特徵。1936年開始,繼續有人從事發掘工作,目前已有八個完整頭骨、四個顎骨及若干牙齒、股骨等,但都未發現有石器等工具。與⌊智人⌉相比,⌊爪哇人⌉的頭骨骨壁很厚,頭高較低,眶上脊粗大,額骨的後眼窩明顯收縮,下顎骨粗壯而無突出的頦部。平均腦容量約有860立方公分。近來體質人類學家一致認爲⌊爪哇人⌉與⌊智人⌉爲同一屬的關係,但與同時代其他地區化石人如⌊北京人⌉、⌊藍田人⌉等爲亞種級的有所差異。因此,⌊爪哇人⌉的學名爲⌊直立亞種直立人⌉(*Homo erectus erectus*)。其年代約在一百五十萬至五十萬年前。

4

爭 ㄓㄥ *chêng*¹ 音征
1奪取;努力求取。如:爭名奪利。2辯論。如:口舌之爭。3相互較量。如:爭鋒。4相差。5如何。同怎。6規勸。通諍。如:廷爭。

4【爭友】 ㄓㄥ ㄧㄡˇ
能進忠言規諫過失的朋友。也作諍友。

6【爭光】 ㄓㄥ ㄍㄨㄤ
1競放光明。2爭取光榮。

7【爭妍】 ㄓㄥ ㄧㄢˊ
爭奇鬥豔。

【爭似】 ㄓㄥ ㄙˋ
怎似。

8【爭奈】 ㄓㄥ ㄋㄞˋ
怎奈;無奈。

10【爭鬥】 ㄓㄥ ㄉㄡˋ
打架。

【爭氣】 ㄓㄥ ㄑㄧˋ
1立志向上,不落人後。2爭強好勝,意氣用事。

11【爭訟】 ㄓㄥ ㄙㄨㄥˋ
因相爭而引起訴訟。

【爭執】 ㄓㄥ ㄓˊ
爭論。

【爭強】 ㄓㄥ ㄑㄧㄤˊ
爭雄;爭勝。

12【爭雄】 ㄓㄥ ㄒㄩㄥˊ
爭強;爭勝。

【爭勝】 ㄓㄥ ㄕㄥˋ
爭取優勝。

13【爭道】 ㄓㄥ ㄉㄠˋ
1即爭路。窄路相逢,互不相讓。2下棋的術語。爭取棋路以求勝。

14【爭端】 ㄓㄥ ㄉㄨㄢ
1爭訟的根據。2引起爭執的原因。

15【爭論】 ㄓㄥ ㄌㄨㄣˋ
各持己見,相互辯論。

【爭鋒】 ㄓㄥ ㄈㄥ
交戰;爭鬥以決定勝負。

16【爭衡】 ㄓㄥ ㄏㄥˊ
較量勝負。

20【爭議】 ㄓㄥ ㄧˋ
爭辯。

21【爭辯】 ㄓㄥ ㄅㄧㄢˋ
互相辯論,不肯相讓。

【爭霸】 ㄓㄥ ㄅㄚˋ
爭奪霸權。

6【爭先賽】 ㄓㄥ ㄒㄧㄢ ㄙㄞˋ
自由車短距離競賽項目之一。無論場地大小,均以兩圈決勝負(業餘規則規定250～333.33公尺場地須三圈決勝負)。出發時位置須經抽籤決定,第一圈時,內圈者必須領先,其他人再快也不得超前。爭先賽均採雙淘汰制。

5【爭功諉過】 ㄓㄥ ㄍㄨㄥ ㄨㄟˇ ㄍㄨㄛˋ
爭奪功勞,推卸過失。

6【爭先恐後】 ㄓㄥ ㄒㄧㄢ ㄎㄨㄥˇ ㄏㄡˋ
爭著搶往前面,唯恐落在人後。

7【爭妍獻媚】 ㄓㄥ ㄧㄢˊ ㄒㄧㄢˋ ㄇㄟˋ
爭著表現出容貌的妍麗和姿態的優美。

8【爭奇鬥豔】 ㄓㄥ ㄑㄧˊ ㄉㄡˋ ㄧㄢˋ
原指好花競開,美豔多彩。後借用以形容女子在服飾、妝扮方面互相競賽比較。

爮 ㄧㄣˊ yin² 音淫
1傲幸。見"說文"。2貪婪無度。見"玉篇"。

爬 ㄆㄚˊ p'a² 音琶
1用指甲抓。見"廣韻"。2梳理。3手腳著地匍匐前進。如:爬行。

9【爬竿】 ㄆㄚˊ ㄍㄢ
即爬竹竿比賽。與賽者由地面緣竹竿向上爬,手觸及竿頂即緣竿滑至地面,以個人或團體總時間最少者為優勝。其設備乃上以竹架、木架或鐵架搭成橫梁,其下樹立若干根竹竿,橫梁下緣距地面5.4公尺,竿與竿之間距離1.2公尺,竿之粗細以適於把握為宜。

10【爬梳】 ㄆㄚˊ ㄕㄨ
1梳理。2整理。

18【爬蟲】 ㄆㄚˊ ㄔㄨㄥˊ
(reptile) 屬於脊椎動物亞門、爬蟲綱(class Reptilia)中的動物。包括龜鱉、蛇、蜥蜴、鱷及恐龍等。爬蟲類為眞正的陸生脊椎動物,產卵於陸地,能完全離水而生。體表被有表皮性的外骨骼,如角質的鱗、盾板或眞皮性的骨板,可防體內水分散失。用肺呼吸,為變溫動物。現存的爬蟲類約有6,000種。

4【爬升角】 ㄆㄚˊ ㄕㄥ ㄐㄧㄠˇ
(angle of climb)爬升中飛行體之飛行方向與該處水平方向的夾角。最佳爬升角可在最小距離內獲得最大的爬升高度。

【爬升率】 ㄆㄚˊ ㄕㄥ ㄌㄩˋ
(rate of climb) 飛機爬升時,其空速的垂直分速。可由升降速率表指示出。

8【爬坡車道】 ㄆㄚˊ ㄆㄛ ㄔㄜ ㄉㄠˋ
(climbing lane) 另加於爬坡路段主線右側,以供重型車輛爬坡用的輔助車道。設置目的在避免重型車輛因爬坡速率降低,而干擾其他車輛行駛。設置條件為:一、平均行駛速度低於設計速率1/2;二、平均速率僅達每小時55公里;三、行駛上坡路段速率已降低25公里/時。

19【爬羅剔抉】 ㄆㄚˊ ㄌㄨㄛˊ ㄊㄧ ㄐㄩㄝˊ
搜集挑選。比喻招致並選拔人才。

4【爬升式通貨膨脹】 ㄆㄚˊ ㄕㄥ ㄕˋ ㄊㄨㄥ ㄏㄨㄛˋ ㄆㄥˊ ㄓㄤˋ
(creeping inflation) 指物價水準每年以3%以下的速度慢性膨脹。有人認為這給予企業家利潤的誘因,可以促進投資,有利於經濟成長;但有人認為這會如滾雪球般易失去控制,最後造成惡性膨脹。

5

爰 ㄩㄢˊ yüan² 音袁
1改換;遷移。見"小爾雅·廣詁"。2乃;於是。3助詞。用在語首。

16【爰歷篇】 ㄩㄢˊ ㄌㄧˋ ㄆㄧㄢ
'秦'"趙高"撰,六章。所收文字根據"史籀"大篆,加以選擇省改,世稱小篆。

爯 ㄔㄥ ch'êng¹ 音撐
並舉。見"說文"。

爮 ㄆㄠˊ p'ao² 音庖
用指爪扒除沙土。

7

爳 管的俗體。

8

爴 ㄌㄨㄢˋ luan⁴ 音亂
治理。通亂。見"說文"。

爲 為的或體。

13

爵 或作爵。㊀ ㄐㄩㄝˊ chüeh² 音決
1酒器。深腹,前有流,後有尾,旁有鋬,上有一或二柱,下有三或四足。為我國最早的青銅禮器。以'二里頭'時期最原始,平底,窄流,立柱剛萌芽;'二里岡'期立柱成為常態;'殷'墟期立柱發達,底部呈卵形,鋬陰常鑄銘。'西周'早期漸少,至中期以降大體消失。2分封貴族或功臣的名位。3授予官位。4鳥名。通雀。

爵圖

㊁ ㄑㄩㄝˋ ch'üeh⁴ 音雀
同㊀4。

7【爵位】 ㄐㄩㄝˊ ㄨㄟˋ
分封貴族或功臣的名位。古代分公、侯、伯、子、男五等。

12【爵祿】 ㄐㄩㄝˊ ㄌㄨˋ
爵位和俸祿。

3【爵士音樂】 ㄐㄩㄝˊ ㄕˋ ㄧㄣ ㄩㄝˋ
(jazz) 二十世紀在'美國'產生的一種音樂。由數種早期的'美國'音樂所合成,包括扮黑人的滑稽歌唱劇及早期的銅管樂隊、絃樂隊,繁音拍子(ragtime)、憂鬱調等。音樂節奏輕快而有強烈的切分拍子(syncopation),容許演奏者做各種即興式演奏,自由活潑,對聽眾具有極大的吸引力。

14

爵 爵的或體。

父部

父 ㊀ ㄈㄨˋ fu⁴ 音付
1爸爸。2男性尊長的通稱。如:叔父。
㊁ ㄈㄨˇ fu³ 音甫
古代男子的美稱。通甫。見"集韻"。

6【父行】 ㄈㄨˋ ㄏㄤˊ

父輩。指與父親同輩的人。

11【父執】 ㄈㄨˋ ㄓˊ
父親的摯友;父親之志同道合的朋友。

20【父黨】 ㄈㄨˋ ㄉㄤˇ
1父系的親族。2父輩;長輩。

5【父母官】 ㄈㄨˋ ㄇㄨˇ ㄍㄨㄢ
古時稱州縣等地方官。

【父母之邦】 ㄈㄨˋ ㄇㄨˇ ㄓ ㄅㄤ
祖國。

7【父系繼嗣】 ㄈㄨˋ ㄒㄧˋ ㄐㄧˋ ㄙˋ
(patrilineal descent) 以男性祖先爲始祖,且以男性血緣爲傳遞線索而形成的組群法則。

4

爸 ㄅㄚˋ pa^4 音霸
父親。見"廣雅·釋親"。

6

爹 ㄉㄧㄝ $tieh^1$
1父親。見"集韻"。2俗語中對老年男子的尊稱。

8

爹 ㄓㄜ $ch\hat{e}^1$ 音遮
或作爹。1'吳'人對父親的稱呼。見"廣韻"。2舊稱奶媽之夫爲阿爹。見"新唐書·竇懷貞傳"。

9

爺 ㄧㄝˊ yeh^2 音耶
1父親。見"玉篇"。2北方人稱祖父。3對人或神明的尊稱。

爻 部

爻 ㄧㄠˊ yao^2 音肴 讀音 ㄒㄧㄠˊ $hsiao^2$
1交錯。見"說文"。2組成八卦的基本符號。⌊一⌉爲陽爻,⌊--⌉爲陰爻。每卦從下到上,共六爻。

19【爻辭】 ㄧㄠˊ ㄘˊ
"易經"每卦下解釋六爻意義的文字。

4

爻 ㈠ ㄌㄧˇ li^3 音理
二爻。見"說文"。
㈡ ㄌㄧˋ li^4 音麗
止。見"廣韻"。

5

疋 ㄕㄨ shu^1 音書
1通達。見"說文"。2遠。見"集韻"。

7

爽 ㄕㄨㄤˇ $shuang^3$ 音塽
1清明開朗。見"說文"。2舒適暢快。3開朗;豪邁。如:豪爽。4差錯;失誤。如:絲毫不爽。5敗壞;傷壞。如:五味令人口爽。

3【爽口】 ㄕㄨㄤˇ ㄎㄡˇ
口感舒爽。形容食品的美味可口。

4【爽心】 ㄕㄨㄤˇ ㄒㄧㄣ
心情舒暢。

7【爽快】 ㄕㄨㄤˇ ㄎㄨㄞˋ
1率直;直爽。2愉快;舒適。3痛快;敏捷。

【爽利】 ㄕㄨㄤˇ ㄌㄧˋ
做事痛快而不拖泥帶水。

9【爽神】 ㄕㄨㄤˇ ㄕㄣˊ
心神清爽。

【爽約】 ㄕㄨㄤˇ ㄩㄝ
失約;違約。

10【爽朗】 ㄕㄨㄤˇ ㄌㄤˇ
1指天氣清爽明朗。2指個性直爽開朗。

【爽脆】 ㄕㄨㄤˇ ㄘㄨㄟˋ
敏捷俐落。

12【爽然】 ㄕㄨㄤˇ ㄖㄢˊ
1失意或失神的樣子。2清爽或涼爽的樣子。

9

爽 爽的俗體。

10

爾 ㄦˇ $\hat{e}rh^3$ 音耳
1華麗繁盛的樣子。見"正字通"。2稱代詞。你;你的。3近。通邇。4如此。5這;那。6助詞。⑴同然。如:莞爾而笑。⑵而已;罷了。⑶同乎。⑷同矣。

6【爾汝】 ㄦˇ ㄖㄨˇ
1古代尊長對卑幼者的稱呼。也用作輕視對方的稱呼。2朋友間親密的稱呼。指彼此情誼深厚,不拘一般禮俗,而互稱爾汝。

8【爾來】 ㄦˇ ㄌㄞˊ
從那時以來。也作邇來。

10【爾格】 ㄦˇ ㄍㄜˊ
(erg) 功、能單位名稱。一爾格爲一達因之力作用於一物體,使其在作用力之方向位移一公分所作的功。即$1\ \mathrm{erg}=1\ \mathrm{dyn\cdot cm}=10^{-7}$ J。

12【爾雅】 ㄦˇ ㄧㄚˇ
十三經之一。'秦''漢'經師遞相綴集增益而成,今本三卷,十九篇。前三篇解釋語辭,後十六篇解釋名物術語。爲研究字詞及名物訓詁的重要典籍。

6【爾汝交】 ㄦˇ ㄖㄨˇ ㄐㄧㄠ
以⌊你⌉⌊我⌉互稱的交情。指親密深刻,不拘俗禮的交情。

13【爾虞我詐】 ㄦˇ ㄩˊ ㄨㄛˇ ㄓㄚˋ
彼此不信任,互相欺騙。也作爾詐我虞。

爿 部

爿 ㈠ ㄑㄧㄤˊ $ch'iang^2$ 音牆
1指整塊的木頭劈開後,在左邊的半塊。見"說文·爿·段注"。2一種竹做的兵器。即殳。見"通志·六書略"。
㈡ ㄅㄢˋ pan^4 音瓣
量詞。用以計算店數。

4

牀 床的古字。

5

牁 ㄍㄜ ko^1, kê^1 音哥
繫船的木樁。見"廣韻"。

6

牂 ㄗㄤ tsang^1 音臧
1母羊。見"說文"。2怪狀的。如：牂雲。3茂盛的樣子。

9【牂牁】ㄗㄤ ㄍㄜ
1郡名。'漢'置。約轄有今'貴州省''桐梓'、'長順'、'石阡'、'畢節'等縣所圍地區。郡治在故'且蘭'，即今'平越縣'。2舊縣名。在今'貴州省''貴陽市'西。3江名。一名'都泥江'。源出今'貴州省''惠水縣'，南流入'廣西省''右江'。

9

牒 ㄉㄧㄝˊ tieh^2 音蝶
床版。見"廣韻"。

10

牄 ㄑㄧㄤ ch'iang^1 音鎗
鳥獸吃食聲。見"說文"。

13

牆 ㄑㄧㄤˊ ch'iang^2 音薔
用磚石或泥土砌成的壁。

16【牆頭草】ㄑㄧㄤˊ ㄊㄡˊ ㄘㄠˇ
長在牆頭上的草。隨著風向而倒，故以比喻沒有主見、容易動搖的人。

【牆頭馬上】ㄑㄧㄤˊ ㄊㄡˊ ㄇㄚˇ ㄕㄤˋ
'元'雜劇。'白樸'撰，一本四折。劇中'李千金'私自與工部尚書'裴行儉'之子'裴少俊'在'裴'家後花園同居七年，且生育子女，被'行儉'發現，強行拆散；後'少俊'考中進士，爲'洛陽'令，夫妻重又團圓。

8【牆承式建造】ㄑㄧㄤˊ ㄔㄥˊ ㄕˋ ㄐㄧㄢˋ ㄗㄠˋ
(bearing wall construction)四種主要鋼架建築型態之一。由牆來支承鋼梁、擱柵或鋼桁的端部，並經牆將荷重傳至基礎。輕型平階商業建築常採用之。牆通常爲鋼筋混凝土牆、紅磚牆、加筋空心磚牆、石牆，牆頂與牆頂間均有繫梁。牆厚隨建築的層次加多或高度加高而增加。預鑄房屋中的牆承式板式建造型態及加強磚造房屋皆爲牆承式建造之例，但後者簷高限制爲10公尺，且不得超過三層，可用鋼筋混凝土樓板直接承載於有繫梁的磚牆上。

片部

片 ㊀ ㄆㄧㄢˋ p'ien^4 音騙
1劈開的木頭。見"說文"。2扁平而薄的東西。如：名片。3單；一。如：片面之詞。4形容少。如：片刻。5量詞。如：一片草地。
㊁ ㄆㄧㄢ p'ien^1 音偏
影片、相片、唱片的又讀。

7【片言】ㄆㄧㄢˋ ㄧㄢˊ
1一句話。2單方面的話。

8【片刻】ㄆㄧㄢˋ ㄎㄜˋ
一會兒。表示極短的時間。

【片岩】ㄆㄧㄢˋ ㄧㄢˊ
(schist)爲區域變質作用所形成分布最廣的變質岩。其組成礦物經再結晶作用多形成片狀或板狀，依一定方向排列，故其岩石的片理極發達，順此方向極易剝開。片岩因組成礦物多經再結晶作用，故又稱結晶片岩(crystalline schist)。其分類多依其形成片理之主要礦物爲名，有綠泥石片岩、雲母片岩、石墨片岩等。

9【片流】ㄆㄧㄢˋ ㄌㄧㄡˊ
(laminar flow)滯性流體之質點移動係遵從一定路徑進行者。即後繼之流體質點循前行者的路線前進者。又稱線流或層流。將顏色氣體或液體混入片流流體時，可顯見顏色流體之移動爲有規則進行，且各層間之流體係彼此相滑而過。層次間剪力的存在是由於流體滯性之表現所產生。

【片面】ㄆㄧㄢˋ ㄇㄧㄢˋ
單方面的。

【片段】ㄆㄧㄢˋ ㄉㄨㄢˋ
1不完整的。2全體中的一小部分。

10【片馬】ㄆㄧㄢˋ ㄇㄚˇ
國術腿擊法。以一腳支持身體，另一腳自外側舉起，由外向內掃回，以腳底掃擊敵人之側背。

11【片基】ㄆㄧㄢˋ ㄐㄧ
膠片中最厚的一層。是一種結實而柔韌的塑料，供支撐用。

12【片場】ㄆㄧㄢˋ ㄔㄤˇ
拍攝電影、電視影片的場所。

11【片麻岩】ㄆㄧㄢˋ ㄇㄚˊ ㄧㄢˊ
(gneiss)爲高度區域變質作用所形成的變質岩。其結構多呈不連續之條帶狀，此係因粒狀礦物(如石英、長石或石榴子石等)集中成條帶狀，而與成片狀之礦物(如雲母等)交互產出的結果。片麻岩的成分與花崗岩極類似，且在成因或產狀方面常成不可分的漸變關係。

【片假名】ㄆㄧㄢˋ ㄐㄧㄚˇ ㄇㄧㄥˊ
'日本'文字的楷體字母。取'漢'字的偏旁而假其音，故名。爲'日本'僧人'吉備眞備'於第七世紀所創。

5【片甲不留】ㄆㄧㄢˋ ㄐㄧㄚˇ ㄅㄨˋ ㄌㄧㄡˊ
一片甲冑也沒剩下。形容作戰慘敗。

7【片言折獄】ㄆㄧㄢˋ ㄧㄢˊ ㄓㄜˊ ㄩˋ
一句話就可以決斷訟案。形容法官忠信明決。

【片言隻字】ㄆㄧㄢˋ ㄧㄢˊ ㄓ ㄗˋ
一言半語。形容極少的文字或言

語。

9【片面之詞】 ㄆㄧㄢˋ ㄇㄧㄢˋ ㄓ ㄘˊ
單方面的說詞。

10【片紙隻字】 ㄆㄧㄢˋ ㄓˇ ㄓ ㄗˋ
①指零星的文辭。②一言半語。

9【片面移轉帳】 ㄆㄧㄢˋ ㄇㄧㄢˋ ㄧˊ ㄓㄨㄢˇ ㄓㄤˋ
(unilateral transfer payments account) 國際收支帳中的一個項目。指無等值的財貨與勞務的相交換。包括國際私人部門之間的片面無償匯款、政府部門之間的片面無償移轉。如僑居國外之僑民寄回本國之僑匯、一國政府對他國政府之援助或贈與等是。

4

版 ㄅㄢˇ *pan*3 音板
①片狀的木頭。同板。見“說文”。②用來印刷的雕板。如:銅版。③戶籍;圖籍。如:版籍。④報紙的篇幅。如:頭版。⑤印刷物印行的次數。如:再版。

3【版口】 ㄅㄢˇ ㄎㄡˇ
①古書書頁對折的地方。也稱版心。②(borderline) 指報刊或其他印刷品的版面四邊。可用邊線劃定,作爲印刷的極限。

5【版本】 ㄅㄢˇ ㄅㄣˇ
書籍經過多次雕版印刷或手寫傳抄,所形成的各種不同本子。

6【版式】 ㄅㄢˇ ㄕˋ
(format) 指報刊或其他出版物的一般性設計。包含尺寸、字體與印刷特徵等。

【版次】 ㄅㄢˇ ㄘˋ
(edition) 俗稱換版。指新聞內容更動而另印刊一次。報紙爲刊入最新消息,內容時有更動,尤其第一版的頭條新聞,如經變換,則版面可能與前一次的全不相同。

12【版畫】 ㄅㄢˇ ㄏㄨㄚˋ
(print art; graphic art) 先做一具象或抽象圖形的版,塗上油墨或色彩,而後轉印在紙上的畫。與一般繪畫最大之不同,乃版畫爲一種間接藝術(先做版),可複製(多張)作品。依其版種可分爲凸版畫、凹版畫、平版畫和孔版畫四種。

【版稅】 ㄅㄢˇ ㄕㄨㄟˋ
(royalty) 出版商對著作人,按出版物之定價或售價提取一定百分數支付著作人,稱爲版稅。故版稅爲著作人之報酬,而非稅捐。依現行“所得稅法”規定,版稅爲免稅所得,但個人全年合計數以不超過新‘臺’幣18萬元爲限。

14【版圖】 ㄅㄢˇ ㄊㄨˊ
①戶籍和地圖。②國家的疆域。

15【版樣】 ㄅㄢˇ ㄧㄤˋ
(dummy) 初步設計完成的版面圖樣。包括標題提要、標題與圖片放置的部位等,供排檢文字和拼版者參考。如爲圖片較多的雜誌版樣,國外常稱爲⌊layout⌉。

22【版權】 ㄅㄢˇ ㄑㄩㄢˊ
作者或出版家根據出版法所特別享有的權利。出版者每於出版書刊的版權頁上,加印⌊版權所有,翻印必究⌉等文字,以表示該出版人享有該書著作權之意。參著作權。

5【版本學】 ㄅㄢˇ ㄅㄣˇ ㄒㄩㄝˊ
研究圖書版本的學問。包括書籍印刷的形式、年代、版次、字體、行款、紙墨、裝訂等,另外如藏書印記、題識、批校及書籍的眞僞、優劣等也屬版本學的範圍。

11【版梁橋】 ㄅㄢˇ ㄌㄧㄤˊ ㄑㄧㄠˊ
(slab bridge) 一種澆鑄成整片之鋼筋混凝土版式橋梁。可不藉縱橫梁而直接傳遞載重於橋臺或橋墩支承上。除連續梁橋外,膨脹或收縮之移動均小,支承僅用簡單而經濟之型式。其構造簡單,普通多爲簡支式,亦可採連續梁橋式。由於靜重大,僅適用於短跨徑(經濟跨徑約在7.5公尺以下)。

22【版權頁】 ㄅㄢˇ ㄑㄩㄢˊ ㄧㄝˋ
載明書籍出版之書名、作者、出版年月和版權登記等資料的版本說明頁。

5【版本敘述】 ㄅㄢˇ ㄅㄣˇ ㄒㄩˋ ㄕㄨˋ
我國舊籍,常有不同處所雕版印刷同一書籍的情事發生,以致內容偶有差異,即所謂不同的版本。新印書籍,則因內容增訂,有版次之不同,編目時,必須提供版本、版次的有關資料給讀者參考,所以在編目規則中,有一版本項,其中所記版本、版次之狀況,即爲版本敘述。

12【版畫試作】 ㄅㄢˇ ㄏㄨㄚˋ ㄕˋ ㄗㄨㄛˋ
(artist proof) 指版畫家(或美術家)的試版及其試版的作品。版畫家在完成最好的作品前,必須做種種嘗試,其嘗試期間所印製出來的作品,稱爲版畫試作。常以鉛筆在作品下書寫A・P或A/P,以便區別。

5

牉 ㄆㄢˋ *p'an*4 音判
①分開。見“玉篇”。②一半。見“集韻”。

8

牋 ㄐㄧㄢ *chien*1 音間
同箋。古文作椾、菚。①文體名。指上國君的奏表。也用以稱上皇后、太子的書信。見“文體明辨・牋”。②公文書。③書信。④信紙;精美的紙。如:錦牋。

牌 ㄆㄞˊ *p'ai*2 音排
①揭示文字的木板。如:門牌。②符信。如:十二金牌。③木製的神主。如:牌位。④賭具。如:撲克牌。⑤詞曲的調子。如:詞牌。⑥產品的商標。如:廠牌。⑦古兵器。如:盾牌。

2【牌九】 ㄆㄞˊ ㄐㄧㄡˇ
一種骨牌賭具。全付三十二張,通常四人參賭,每人每次分牌兩張,以兩張點數相加高於莊家者爲勝。

7【牌坊】 ㄆㄞˊ ㄈㄤ
用來表揚和紀念人物的建築物。

13【牌照】 ㄆㄞˊ ㄓㄠˋ
①營利事業的許可證。②各種車輛的車號牌子。

9

牐 ㄓㄚˊ *cha²* 音扎
用作關閉、遮蔽、阻隔的木板。同牘、閘。見"正字通"。

牒 ㄉㄧㄝˊ *tieh²* 音蝶
①古代用來書寫的竹片或木片,小而薄者稱牒。後用爲書札的通稱。②記錄用的冊子。如:譜牒。③文書。如:訟牒。④指佛教、道教的經典。如:玉牒金書。

牎 窗的或體。

牑 ㄅㄧㄢ *pien¹* 音邊
床版。見"說文"。

牏 ㄊㄡˊ *t'ou²* 音頭
①築牆短版。見"說文"。②貼身的汗衫。見"正字通"。

10

牓 ㄅㄤˇ *pang³* 音榜
同榜。①布告牌。②公告。③'唐''宋'時用以奏事,或官員在拜謁時書寫姓名、官銜以便通報的摺帖。

11

牕 窗的或體。

牖 ㄧㄡˇ *yu³* 音有
①窗戶。見"說文"。②誘導。通誘。③地名。通'羑'。參羑里。

4【牖中窺日】 ㄧㄡˇ ㄓㄨㄥ ㄎㄨㄟ ㄖˋ
從窗中看日。比喻見識狹隘。

15

牘 ㄉㄨˊ *tu²* 音讀
①古代用以書寫的一種木版。約長一尺。作爲文書稱文牘,作爲書信稱尺牘。②古代打擊樂器。竹質,形似杵,長七尺,短者一、二尺,圍五、六寸,其端有兩孔。雙手舉以撞地發聲,作爲音樂的節奏。如圖。

牘圖

牙部

牙 ㄧㄚˊ *ya²* 音衙
①口中後部的臼齒。對口中前端的齒而言。今爲牙齒的通稱。②象牙。如:牙笏。③居間介紹。如:牙人。④副;小。如:牙將。⑤姓。'唐'有'牙惟昌'。見"萬姓統譜·三六"。

6【牙行】 ㄧㄚˊ ㄏㄤˊ
舊時爲買賣雙方說合商務、從中作保、議價發貨,而從中抽取佣金的商行。

7【牙床】 ㄧㄚˊ ㄔㄨㄤˊ
①象牙製的床。②牙齦。

10【牙笏】 ㄧㄚˊ ㄏㄨˋ
象牙製的笏板。

11【牙將】 ㄧㄚˊ ㄐㄧㄤˋ
輔佐主將的低級軍官。

15【牙慧】 ㄧㄚˊ ㄏㄨㄟˋ
本作牙惠。指以言語獎惠他人。今指他人的言論。

【牙線】 ㄧㄚˊ ㄒㄧㄢˋ
用以清除牙縫中食物殘渣的細線。

16【牙雕】 ㄧㄚˊ ㄉㄧㄠ
以質白紋密之象牙爲材料的一種雕刻工藝。導源於雕骨技術。

8【牙周病】 ㄧㄚˊ ㄓㄡ ㄅㄧㄥˋ
(pyorrhoea alveolaris) 牙周組織因慢性發炎或病變而致破壞的疾病。常因不良之口腔衛生所致,故保持口腔清潔是最好的預防方法。症狀爲齒齦充血、紅腫、出血,若未加以治療則會導致牙齒鬆動、脫落。

12【牙買加】 ㄧㄚˊ ㄇㄞˇ ㄐㄧㄚ
(Jamaica) 位於'古巴'南方'加勒比海'中的島國。面積1.1萬方公里,人口273萬 (2005年),首都'京斯敦' (Kingston)。境內多山,河流短,沿海有許多可拋錨泊船的海灣。鋁土產量居世界第二。

4【牙牙學語】 ㄧㄚˊ ㄧㄚˊ ㄒㄩㄝˊ ㄩˇ
小兒發出牙牙的聲音學習說話。

23【牙籤萬軸】 ㄧㄚˊ ㄑㄧㄢ ㄨㄢˋ ㄓㄡˊ
形容藏書極多。牙籤,象牙製的圖書標籤。

牙 互的俗體。

3

犽 ㄧㄚˊ *ya²* 音牙
參𤝞犽。

8

牚 ㊀ ㄔㄥˋ *ch'êng⁴* 音秤
斜柱。用以支拒大木的小木。見"廣韻"。
㊁ ㄔㄥ *ch'êng¹* 音撐
①同㊀。②支持。同撐。

牛部

牛 ㄋㄧㄡˊ *niu²*
①(cattle)屬脊椎動物亞門、哺乳綱、偶蹄目(order Artiodactyla)、牛科(family Bovidae)、牛屬(genus *Bos*)。約有7種。依種類之不同,可協助人們耕作、拉車等勞役或供應肉、乳,皮毛則可供工業用。雌雄頭上皆有一對角,角彎、中空、無分枝、終生不脫落。上顎無門齒及犬齒,上、下顎的臼齒皆強而有力。具有四趾,後二趾不著地。懷孕約280餘日,每次產一子。壽命約二十

餘年。2二十八宿之一。參牛宿。3姓。'唐'有'牛僧孺'。見"新唐書·牛僧孺傳"。

9【牛郎】 ㄋㄧㄡˊ ㄌㄤˊ

1星名。即牽牛星。2牧牛的男童。

【牛虻】 ㄋㄧㄡˊ ㄇㄥˊ

(horse-fly; *Tabanus bovinus*)屬昆蟲綱、雙翅目 (order Diptera)、虻科(family Tabanidae)中的一種。棲於牛馬的體表吸血。卵產於草中,以幼蟲渡多,蛹過春天,六月間化爲成蟲。

11【牛宿】 ㄋㄧㄡˊ ㄒㄧㄡˋ

二十八宿之一。北方玄武七宿的第二宿。也稱牽牛。主要有六星,皆屬摩羯座,依次爲摩羯座β、α_2、ξ_2、π、o、ρ。此外,天桴、河鼓、右旗、左旗、織女、漸臺、輦道、羅堰、天田、九坎等星,也都歸入牛宿。

12【牛痘】 ㄋㄧㄡˊ ㄉㄡˋ

(vaccinia; cowpox) 又名種痘。預防天花所用的疫苗。這種疫苗原發生在牛體的濾過性毒疾病,有如發生在人體的天花,但比較溫和。採下牛的這種漿液製成牛痘苗,接種於人體,即可預防天花感染。爲'英國'醫生'金納'(Edward Jenner)於西元1796年發現。經由種牛痘的方法,目前天花已在世界上絕跡。此乃人類最早發現的後天自動免疫方法,也是預防流行性傳染病最成功的一個例子。

【牛黃】 ㄋㄧㄡˊ ㄏㄨㄤˊ

'中'藥名。又名丑寶。即黃牛或水牛的膽囊結石乾燥後,研爲粉末而成。味先苦而後微甘,有小毒,入口有清涼感。可清心、清熱、解毒、化痰、鎮痙,對神經系統高熱、驚厥亦有鎮靜強心作用。

【牛飲】 ㄋㄧㄡˊ ㄧㄣˇ

狂飲;大喝。

13【牛頓】 ㄋㄧㄡˊ ㄉㄨㄣˋ

1(Isaac Newton, 1643～1727)'英國'數學家、物理學家。爲十七世紀科學革命中的重要人物。發現日光的色散及分光方法,提出三個力學定律:慣性定律、作用與反作用定律、運動定律,並於西元1686年提出萬有引力定律,發明了微積分。著有"光學論"(*Opticks*)、"普通數學"(*Arithmetica Universalis*)及現代科學史上的巨著"數學的自然哲學原理"(*Philosophiae Naturalis Principia Mathematica*)。2(newton)代號爲N。度量衡導出單位中之力單位。一牛頓爲一公斤質量之物體產生一 m/s² 之加速度時所承受之力。

牛頓像

17【牛鞞】 ㄋㄧㄡˊ ㄅㄟ

舊縣名。1'漢'置。屬'犍爲郡'。故地在今'四川省''簡陽縣'西。2'隋'置。故地在今'四川省''內江縣'東北。

3【牛川人】 ㄋㄧㄡˊ ㄔㄨㄢ ㄖㄣˊ

'日本'中更新世晚期的化石人。西元1957～1959年間在'日本''九州''豐橋市'東北的石灰岩採石場,陸續出現的人類肢骨化石。體質上屬於「智人」之變異。

5【牛仔布】 ㄋㄧㄡˊ ㄗㄞˇ ㄅㄨˋ

一種堅實、粗糙的棉織布。其特徵爲表面呈現左向斜紋。通常以強撚的單股染色紗(最典型者爲藍色)作經紗,以灰白或棉本色紗作緯紗,採3上1下或2上1下左斜紋織成。爲工作服最主要的用料,若改用較纖細的紗支織造時,亦可用以裁製女裝。

7【牛尾魚】 ㄋㄧㄡˊ ㄨㄟˇ ㄩˊ

(flathead fish) 硬骨魚綱 (class Osteichthyes) 之中鮋目 (order Scorpaeniformes)、牛尾魚科

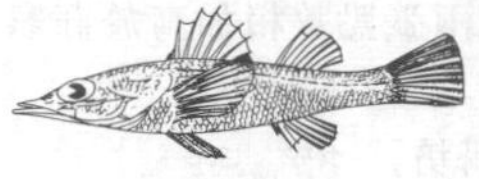

牛尾魚圖

(family Platycephalidae)的動物。海產。體之兩端尖削,背鰭兩個,鱗片粗糙,頭大並布滿隆起和棘,體之前部自上至下扁平。肉食,棲於海底,常埋於表層的泥沙中。大者長達1.3公尺,重15公斤。爲具商業價值的食用魚類。

11【牛軛湖】 ㄋㄧㄡˊ ㄜˋ ㄏㄨˊ

(oxbow lake)曲流凹岸外切,其頸部被河流切穿,形成新河道時,舊日之曲流與新河流分離,常堵水成牛軛狀的湖泊。'長江'流經'兩湖盆地'時,因坡降驟減,流速轉緩,泥沙沈積,形成許多自由曲流及牛軛湖。

12【牛脾氣】 ㄋㄧㄡˊ ㄆㄧˊ ·ㄑㄧ

譏諷人任性固執。

14【牛僧孺】 ㄋㄧㄡˊ ㄙㄥ ㄖㄨˊ

(779～847)'唐''鶉觚'(今'甘肅''靈臺')人,字'思黯'。'貞元'進士。'憲宗'時累官御史中丞,'穆宗'時爲相,'敬宗'時封'奇章郡公'。與'李宗閔'結爲朋黨,排斥異己,權震天下。著有"幽怪錄"。

2【牛刀小試】 ㄋㄧㄡˊ ㄉㄠ ㄒㄧㄠˇ ㄕˋ

比喩大才小用。

【牛刀割雞】 ㄋㄧㄡˊ ㄉㄠ ㄍㄜ ㄐㄧ

比喩大才小用。

3【牛山濯濯】 ㄋㄧㄡˊ ㄕㄢ ㄓㄨㄛˊ ㄓㄨㄛˊ

本指'牛山'上沒有樹木。也泛稱山無樹木。今多用以譏笑人頭禿無髮。

6【牛衣對泣】 ㄋㄧㄡˊ ㄧ ㄉㄨㄟˋ ㄑㄧˋ

比喩貧賤夫婦的苦況。'漢''王章'貧賤時臥病牛衣中,與妻訣別,相對而泣。見"漢書·王章傳"。牛衣,用亂麻編成給牛禦寒的覆蓋物。

【牛耳之盟】 ㄋㄧㄡˊ ㄦˇ ㄓ ㄇㄥˊ

古時諸侯會盟,殺牛割左耳,自尊而卑,把血塗在口旁,表示信守。

後泛指立約訂盟。

7【牛李黨爭】ㄋㄧㄡˊ ㄌㄧˇ ㄉㄤˇ ㄓㄥ

'唐代'晚期的朋黨之爭。'牛'黨以'牛僧孺'、'李宗閔'、'李逢吉'爲首,多進士新貴;'李'黨以'李吉甫'、'李德裕'父子及'裴度'、'元稹'爲首,多北朝世族後裔。'憲宗'時,'牛僧孺'、'李宗閔'於對策時譏詆宰相'李吉甫'之削藩政策,雙方因此結怨。兩派由於出身及思想有所差異,加上宦官與朝臣相勾結,分派爭鬥,乃使朋黨傾軋愈演愈烈。直至'宣宗'時,朝臣失去宦官的依附,歷時四十年的黨爭始告結束。

9【牛津學派】ㄋㄧㄡˊ ㄐㄧㄣ ㄒㄩㄝˊ ㄆㄞˋ

(Oxford school) 又稱'牛津'哲學(Oxford philosophy)。二十世紀分析哲學的一支。注重日常語言的分析,以達解決哲學問題或解消哲學問題之目的。主要代表人物有'賴爾'(G. Ryle)和'奧斯汀'(J. Austin)等。

10【牛鬼蛇神】ㄋㄧㄡˊ ㄍㄨㄟˇ ㄕㄜˊ ㄕㄣˊ

牛頭鬼,蛇身神。比喻怪誕。今用以指形形色色的壞人。

11【牛眼組織】ㄋㄧㄡˊ ㄧㄢˇ ㄗㄨˇ ㄓ

(bull's eye structure)指球狀石墨鑄鐵之顯微組織中,球狀石墨周圍被肥粒鐵所包圍的現象。因外表觀察有如牛眼,故稱。

13【牛溲馬勃】ㄋㄧㄡˊ ㄙㄡ ㄇㄚˇ ㄅㄛˊ

比喻極微賤而有用的東西。

【牛頓流動】ㄋㄧㄡˊ ㄉㄨㄣˋ ㄌㄧㄡˊ ㄉㄨㄥˋ

(Newtonian flow) 流動速度沿著與流動垂直的方向變化時,因黏性的關係產生切應力,而導致速度差。若沿流體方向取x軸,在其垂直方向取y軸,並設作用於y軸垂直面的應力之x分量爲Py,速度爲u,黏性係數爲η,則對一般流體有下面關係:

$Py=\eta\dfrac{\partial u}{\partial y}$,此關係稱爲「牛頓黏性定律」。遵守此定律的流動,稱爲'牛頓'流動。

【牛頓流體】ㄋㄧㄡˊ ㄉㄨㄣˋ ㄌㄧㄡˊ ㄊㄧˇ

(Newtonian fluid) 剪應力與剪應變成正比,且剪應變爲零時之剪應力亦爲零之流體。其比例常數即爲黏度,此比例關係稱爲「牛頓黏度定律」。

【牛鼎烹雞】ㄋㄧㄡˊ ㄉㄧㄥˇ ㄆㄥ ㄐㄧ

比喻大材小用。

16【牛頭馬面】ㄋㄧㄡˊ ㄊㄡˊ ㄇㄚˇ ㄇㄧㄢˋ

佛教指地獄中牛首人身或馬首人身的鬼卒。後也用以比喻陰險殘暴的人。

20【牛驥同皁】ㄋㄧㄡˊ ㄐㄧˋ ㄊㄨㄥˊ ㄗㄠˋ

牛和良馬同在一槽取食。比喻賢愚不分。

13【牛頓切線法】ㄋㄧㄡˊ ㄉㄨㄣˋ ㄑㄧㄝ ㄒㄧㄢˋ ㄈㄚˇ

(Newton's method)一種逐次逼近,以解方程式$f(x)=0$近似之根的方法。令x_0是初步選出近似的根,考慮通過$(x_0, f(x_0))$的切線$x_1=x_0-\dfrac{f(x_0)}{f'(x_0)}$,其中$x_1$爲此切線的$x$截距,且比$x_0$更爲近似。重複此法可求根,例如求$d$的平方根,可看成$x^2-d=0$,則以「牛頓法」求之$x_n=\dfrac{1}{2}(x_{n-1}+d/x_{n-1})$。「牛頓法」實爲極迅速之近似法,若$x_{n-1}$的誤差爲$10^{-k}$時,$x_n$的誤差爲$10^{-2k}$,且此一近似法不受捨去誤差或計算錯誤的影響,但須注意重根及發散的情形。

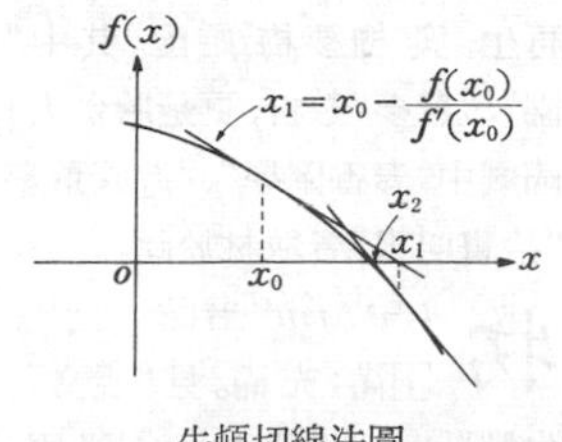

牛頓切線法圖

16【牛頭不對馬嘴】ㄋㄧㄡˊ ㄊㄡˊ ㄅㄨˋ ㄉㄨㄟˋ ㄇㄚˇ ㄗㄨㄟˇ

比喻事理不相符合,或答非所問。

13【牛頓第一運動定律】ㄋㄧㄡˊ ㄉㄨㄣˋ ㄉㄧˋ ㄧ ㄩㄣˋ ㄉㄨㄥˋ ㄉㄧㄥˋ ㄌㄩˋ

(Newton's first law of motion)又稱慣性定律。意謂物體如不受外力作用或合力爲零,則靜者恆靜,動者恆沿一直線作等速度運動,即恆有保持其慣性的性質。

【牛頓第二運動定律】ㄋㄧㄡˊ ㄉㄨㄣˋ ㄉㄧˋ ㄦˋ ㄩㄣˋ ㄉㄨㄥˋ ㄉㄧㄥˋ ㄌㄩˋ

(Newton's second law of motion) 力可使物體發生運動的變化,因此物體若受有一淨力(即合力)$\vec{F}$的作用時,物體會在力$\vec{F}$作用的方向產生一加速度$\vec{a}$,其大小與作用力成正比,與物體的質量m成反比,此即「牛頓第二運動定律」。以公式表示時有:$\vec{F}=m\vec{a}$的關係式,此公式就是用來定義力的表示式。因爲質量與加速度的乘積與物體動量的變化率有關,故「牛頓第二運動定律」亦可敘述爲:物體動量的改變率,等於作用於物體的合力。

【牛頓第三運動定律】ㄋㄧㄡˊ ㄉㄨㄣˋ ㄉㄧˋ ㄙㄢ ㄩㄣˋ ㄉㄨㄥˋ ㄉㄧㄥˋ ㄌㄩˋ

(Newton's third law of motion)又稱作用與反作用定律。是考慮到施力體與被施力體間,力的交互作用的關係。此定律說明:任何一個作用力都會有一個大小相等、方向相反的反作用力和它同時發生,但作用於不同物體上;即兩物體彼此間之相互作用力,永遠是大小相等而方向相反。

2

牟 ㄇㄡˊ mou² 音謀

1牛鳴聲。見"說文"。2求

取。如：牟利。③等同。通侔。如：德牟天地。④姓。'漢'有'牟融'。見"後漢書·牟融傳"。

7【牟利】 ㄇㄡˊ ㄌㄧˋ
求取利益。

牝 ㄆㄧㄣˋ p'in⁴ 音聘
①雌性的鳥獸。對牡而言。見"說文"。②泛稱陰性的事物。③鎖孔。

18【牝雞司晨】 ㄆㄧㄣˋ ㄐㄧ ㄙ ㄔㄣˊ
母雞在早上鳴叫報曉。比喻女人掌權用事。

3

牢 ㄌㄠˊ lao² 音勞
①飼養牲畜的欄圈。見"說文"。②祭祀用的犧牲。如：太牢。③監獄。如：地牢。④堅固。如：牢不可破。⑤憂憤。如：牢騷。⑥姓。'漢'有'牢丘'。見"萬姓統譜·三三"。

14【牢獄】 ㄌㄠˊ ㄩˋ
囚禁犯人的地方。

15【牢靠】 ㄌㄠˊ ·ㄎㄠ
①堅固可靠。②誠實可靠。

16【牢頭】 ㄌㄠˊ ㄊㄡˊ
獄卒的領班。

20【牢騷】 ㄌㄠˊ ㄙㄠ
內心憂憤不平。

22【牢籠】 ㄌㄠˊ ㄌㄨㄥˊ
①關牲畜或禽鳥的柵欄或竹籠。②包羅；涵蓋。③籠絡；控制。

牡 ㄇㄨˇ mu³ 音母 又讀 ㄇㄡˇ mou³ 音某
①雄性的鳥獸。對牝而言。見"說文"。②泛稱陽性的事物。③鎖閂。見"正字通"。

4【牡丹】 ㄇㄨˇ ㄉㄢ
(tree peony; *Paeonia suffruticosa* Andr.)又名木芍藥、'洛陽'花、天香國色。落葉灌木，高達1公尺。葉具柄，互生，二回羽狀複葉，小葉卵形或披針形，先端2~3裂或全緣。花於枝頂單生，春天生葉後開花，呈紫、紅、淡紅或白色。花大形，美麗，萼片5枚，花瓣有單瓣和重瓣之分，花盤袋狀，包藏心皮。蓇葖果2~5個，密生短毛。根皮可供藥用。牡丹象徵富貴，是花中之王。乃我國特產，目前各地栽培品種繁多。

牡丹圖

21【牡蠣】 ㄇㄨˇ ㄌㄧˋ
(oyster) 屬於軟體動物門、斧足綱、異柱目(order Anisomyaria)、牡蠣科(family Ostreidae)的動物。俗稱蠔。具兩片殼：右殼小、中央凸出，位於上方；左殼大、稍扁，用以固著於岩石或其他物體上。閉殼肌一枚，食物爲水中的有機碎片，隨水流入外套腔再至口。生於溫帶海洋沿岸，許多種類可供食用。在海洋中亦爲海星、螺、魚所捕食。

23【牡蘔】 ㄇㄨˇ ㄗㄢˋ
草名。見"爾雅·釋草"。

4【牡丹江】 ㄇㄨˇ ㄉㄢ ㄐㄧㄤ
①省轄市。位於'松江省'中央，濱'牡丹江'西岸。有鐵路在此交會。現爲'松江省'省會及工商業中心。水泥、煉油、造紙、製材工業甚爲發達。②'松花江'的支流。源於'長白山'北麓，東北流入'鏡泊湖'，再自'弔水樓'流出，至'牡丹江市'轉北流，於'依蘭'注入'松花江'。有水力、航運之利。

【牡丹亭】 ㄇㄨˇ ㄉㄢ ㄊㄧㄥˊ
'明'雜劇。一名"還魂記"。'湯顯祖'撰。演女子'杜麗娘'夢遇秀才'柳夢梅'於'牡丹亭'，罹疾致死，後得再生，與'柳夢梅'婚配。其中"遊園"、"驚夢"數折，更是膾炙人口。國劇中"春香鬧學"、"遊園驚夢"、"拾畫叫畫"皆取材於此。

牣 ㄖㄣˋ jên⁴ 音認
①滿；充滿。見"說文"。②牛肥壯。見"六書故"。③堅固。通韌。

牠 ㄊㄚ t'a¹ 音他 又讀 ㈠ ㄊㄨㄛ t'o¹, t'uo¹ ㈡ ㄊㄜ t'ê¹
動物的第三身指稱詞。

4

牥 ㄈㄤ fang¹ 音方
牛名。能於沙漠中日行二百里。見"集韻"。

牦 ㄇㄠˊ mao² 音毛
①犏牛。見"集韻"。②野牛的一種。產於我國西北各省及'西藏'。見"正字通"。

物 ㄨˋ wu⁴ 音勿
①泛指天地間有形體的東西。如：天生萬物。②內容；實質。如：言之有物。③死亡。通歾。如：物故。④凡能爲人類支配，且供滿足人類生活需要者，除人體之外，悉爲法律上之物。法律上之物與物理學上之物不同，前者重視「支配可能性」以及「經濟價值性」，惟其具備此二特性，才有強制執行可能、有交易價值、可爲權利之客體，因此天上星辰、海底沉針，雖爲物理學上之物，但因缺乏「支配可能性」，不得稱爲法律上之物。又大氣層內之空氣，取之不盡，用之不竭，欠缺「經濟價值性」，雖爲物理學上之物，亦非法律上之物。但氧氣、氮氣，置於鋼瓶，既有支配可能性，復有交易價值，即爲法律上之物。物依區別標準之不同，得爲不同分類，舉其要者：一、依得否爲私法上交易客體，可分融通物與不融通物。前者如米、麵粉，後者如毒品、槍械。二、依可否基於同一用途重複使用，可分消費物與非消費物。前者如柴、米、油、鹽，後者如衣服、土地。三、依交易時是否重視物之特性，可分代替物與不代替物。前者得以同種類、同品質、同數量之他物代替之，如米、酒、油等；後者則不可，如寶石、房屋、馬匹等。⑤姓。'宋'

有'物奴'。見"萬姓統譜·一一六"。

4【物化】 ㄨˋ ㄏㄨㄚˋ

①變幻;變化。②隨物遷化。指死亡。

6【物色】 ㄨˋ ㄙㄜˋ

①牲畜的毛色。②容貌。③景色。④物品。⑤訪求。

9【物故】 ㄨˋ ㄍㄨˋ

①死亡。②世事。

10【物料】 ㄨˋ ㄌㄧㄠˋ

材料;原料。

【物候】 ㄨˋ ㄏㄡˋ

萬物隨季節氣候的變動。

11【物望】 ㄨˋ ㄨㄤˋ

①眾所仰望。②眾所仰望的人。

【物產】 ㄨˋ ㄔㄢˇ

出產的物品。

【物理】 ㄨˋ ㄌㄧˇ

①事物的道理。②物理學的簡稱。參物理學。

13【物資】 ㄨˋ ㄗ

可資利用的物品。

14【物種】 ㄨˋ ㄓㄨㄥˇ

人類以外的各種生物。

15【物慾】 ㄨˋ ㄩˋ

對物質的慾望。

【物質】 ㄨˋ ㄓˊ

①(substance) 凡具有質量且在空間占有體積者。包括純質(如元素、單質與化合物)及混合物。②(matter)簡稱物。與心靈相對。一、指非精神性,有廣延性的形上實體。二、指軀體。即個人中的非心靈部分。

19【物證】 ㄨˋ ㄓㄥˋ

證據的一種。與人證相對。凡以某種物體之存在或狀態爲認定犯罪事實之根據者,皆爲物證。如以凶器、血衣或藥品證明殺人,以贓物證明竊盜等是。

20【物議】 ㄨˋ ㄧˋ

眾人的議論。

22【物權】 ㄨˋ ㄑㄩㄢˊ

直接支配特定物,於法令限制範圍內,享受其利益並排除他人干涉之權利。基於物權法定主義之原則,物權之種類及物權之內容均不得自行創設。換言之,物權之種類只限於"民法"之所有權、典權、地上權、地役權、永佃權、抵押權、質權及留置權,其他物權之種類亦只限於"海商法"上之船舶抵押權、"民用航空法"上之航空器抵押權、"動產擔保交易法"上之動產抵押權、"漁業法"上之漁業權、"水利法"上之水權、"礦業法"上之礦業權等。物權之內容,均由法律規定,不得由權利主體任意變更或創設。物權具有排他性、優先性及追及性等特殊效力。

23【物體】 ㄨˋ ㄊㄧˇ

(body) 由物質構成,占有空間且具有質量的東西。依其存在的形態可分爲氣體、液體及固體等。

11【物理量】 ㄨˋ ㄌㄧˇ ㄌㄧㄤˋ

(physical quantity)依物理學的一定理論體系所確定之次元,而以一定單位之倍數表示的量。例如:$\lambda=5.896\times10^{-7}m$, 式中 λ 爲物理量⌊波長⌉的符號, m 爲長度單位⌊公尺⌉的符號,而 5.896×10^{-7} 係以公尺表示波長的數值。

【物理學】 ㄨˋ ㄌㄧˇ ㄒㄩㄝˊ

(physics)自然科學的一分支。舉凡有關物質、能量與時間、空間的關係,都可列爲研討對象,其所探討的問題常爲自然現象中最基本的法則。由於研討對象之不同,而有力學、熱力學、光學、波動學、電磁學、量子力學、相對論之分。量子力學與相對論自二十世紀才開始發展,稱爲近代物理學,其餘屬古典物理學。

15【物質波】 ㄨˋ ㄓˊ ㄅㄛ

(matter wave) 自光電效應及'康普頓'效應獲得合理解釋後,光子的概念已肯定建立,但光的干涉、繞射等波動現象也是肯定的事實,因此西元1920年產生光是波也是粒子的雙重性概念。1923～1925年'法國'人'德布羅意'(De Broglie)從光之雙重性的啟示,以及'波爾'原子模型中電子穩定態含有整數(有如駐波一樣)的概念,認爲電子應該也有波的性質,而利用波函數及相對論力學導出伴隨電子之波的波長 λ 與電子動量的關係爲: $\lambda=h/p$, 此種伴隨具有靜止質量之粒子的波稱爲物質波,表示物質粒子亦有雙重性。1927年'美國'人'戴維生'(Davisson)、'喬姆'(Germer)和'英國'人'湯木生'(G. P. Thomson)實驗證實電子繞射現象,粒子具有波動的性質遂獲肯定。

2【物力維艱】 ㄨˋ ㄌㄧˋ ㄨㄟˊ ㄐㄧㄢ

指財物得來不易。

5【物以類聚】 ㄨˋ ㄧˇ ㄌㄟˋ ㄐㄩˋ

同類的人或物聚在一起。

7【物我兩忘】 ㄨˋ ㄨㄛˇ ㄌㄧㄤˇ ㄨㄤˋ

心神渾然超越,沒有我與物的分別。

8【物阜民康】 ㄨˋ ㄈㄨˋ ㄇㄧㄣˊ ㄎㄤ

物產豐富,民生安樂。

9【物是人非】 ㄨˋ ㄕˋ ㄖㄣˊ ㄈㄟ

景物依舊,而人事已非。感慨人生無常。

10【物料搬運】 ㄨˋ ㄌㄧㄠˋ ㄅㄢ ㄩㄣˋ

(material handling) 製造過程中,工件的輸送、材料與成品及半成品的傳遞、刀具的運送及儲存、夾具或固定裝置等之輸送及儲存等的移動過程,稱爲物料搬運。傳統的搬運方法採用勞工、輸送帶、堆高機、天車等,在彈性製造系統(FMS)中則採用機器人、無人搬運車、輸送帶、特殊目的的托板搬運系統等。

11【物望允孚】 ㄨˋ ㄨㄤˋ ㄩㄣˇ ㄈㄨˊ

受人仰望,眾皆信服。

【物理化學】 ㄨˋ ㄌㄧˇ ㄏㄨㄚˋ ㄒㄩㄝˊ

(physical chemistry) 研究物質之結構與物性、化學作用定律及支配之相關理論的化學。與無機化學、有機化學、分析化學並稱化學四大分支。

【物理光學】ㄨˋ ㄌㄧˇ ㄍㄨㄤ ㄒㄩㄝˊ
(physical optics)光所呈現的某些現象(如光的干涉、繞射及偏極化等)無法以光射線的幾何觀點來解釋,但卻可使用波動學的方法說明,此部分的光學稱爲物理光學或波動光學。

【物理性質】ㄨˋ ㄌㄧˇ ㄒㄧㄥˋ ㄓˊ
(physical properties)物質在不起化學變化的情況下所觀測到的性質。包括感官觀察及儀器測量所得的各種性質,如顏色、熔點、沸點、重量等。

【物理變化】ㄨˋ ㄌㄧˇ ㄅㄧㄢˋ ㄏㄨㄚˋ
(physical change)一種暫時的變化,變化時不會產生新的物質,雖然物質的形態改變了,但其本質未變。例如冰溶化成水,玻璃碎裂等都是物理變化。

12【物換星移】ㄨˋ ㄏㄨㄢˋ ㄒㄧㄥ ㄧˊ
景物更換,星位轉移。指時世景物的變遷。

【物華天寶】ㄨˋ ㄏㄨㄚˊ ㄊㄧㄢ ㄅㄠˇ
奇異珍貴的寶物。

13【物極必反】ㄨˋ ㄐㄧˊ ㄅㄧˋ ㄈㄢˇ
世事循環,盛極必反歸衰敗。

14【物腐蟲生】ㄨˋ ㄈㄨˇ ㄔㄨㄥˊ ㄕㄥ
物先腐爛而後有蟲滋生。比喻必有內因,才會招致禍患。

【物盡其用】ㄨˋ ㄐㄧㄣˋ ㄑㄧˊ ㄩㄥˋ
充分發揮物的效用。

15【物影相片】ㄨˋ ㄧㄥˇ ㄒㄧㄤˋ ㄆㄧㄢˋ
不用照相機而只在感光材料上放置種種物體,以放大機的燈光使其曝光,然後依一般顯影、定影及水洗等程序處理,所製作出的影子相片。物影相片適合於扁平的天然物體,如樹葉、羽毛、透明的昆蟲翅膀等,爲攝影者提供了新的創作天地。

【物價指數】ㄨˋ ㄐㄧㄚˋ ㄓˇ ㄕㄨˋ
(index number of prices)調查兩時期間的物價,以一爲基期,計算另一期物價對基期比率的平均數,稱爲物價指數。

22【物權行爲】ㄨˋ ㄑㄩㄢˊ ㄒㄧㄥˊ ㄨㄟˊ
指法律行爲以物權之得、喪、變更爲其直接之內容者。例如抵押權之設定、所有權之移轉,係以法律行爲取得物權之物權行爲;又如地上權範圍之變更、典權存續期間之變更,係以法律行爲變更物權內容之物權行爲;再如動產所有權之拋棄、不動產所有權之拋棄,係以法律行爲消滅物權之物權行爲。物權行爲有與債權行爲無關係者,例如物權之拋棄爲單獨行爲,即與債權行爲無關。物權行爲有與債權行爲有關係者,例如買賣契約是債權行爲,價金及標的物之互相給付是物權行爲,此時債權行爲常是物權行爲之原因行爲,物權行爲常是債權行爲之履行行爲。

【物權契約】ㄨˋ ㄑㄩㄢˊ ㄑㄧˋ ㄩㄝ
以物權之設定、移轉、變更或消滅爲目的之契約。爲物權行爲之一種。例如不動產讓與合意或動產讓與合意等均是。參物權行爲。

3【物上保證人】ㄨˋ ㄕㄤˋ ㄅㄠˇ ㄓㄥˋ ㄖㄣˊ
爲債務人提供抵押物、設定抵押權之第三人。物上保證人僅就其所提供之抵押物負有責任,但不負清償債務之義務,此點與保證人不同。物上保證人於所擔保之債權清償期屆至而債務人不清償時,可以代債務人清償,以避免抵押物被拍賣,債權人不得拒絕。物上保證人也可以在拍賣抵押物時,參加應買。如物上保證人代爲清償債務,或因抵押權人實行抵押權致失抵押物之所有權時,物上保證人對於債務人有求償權和代位權(債權人對於債務人之債權,於其清償限度內,移轉於物上保證人)。

5【物以稀爲貴】ㄨˋ ㄧˇ ㄒㄧ ㄨㄟˊ ㄍㄨㄟˋ
物品因爲稀少而顯得珍貴。

8【物物交換經濟】ㄨˋ ㄨˋ ㄐㄧㄠ ㄏㄨㄢˋ ㄐㄧㄥ ㄐㄧˋ
(barter economy)爲最原始的經濟制度。人們直接以物易物進行交易,而不以貨幣爲媒介進行交易。

【物的瑕疵擔保】ㄨˋ ˙ㄉㄜ ㄒㄧㄚˊ ㄘ ㄉㄢ ㄅㄠˇ
乃對物本身上之瑕疵應負之擔保責任。"民法"對出賣人、贈與人、承攬人應負物的瑕疵擔保責任有:一、出賣人之物的瑕疵擔保責任:物之出賣人對於買受人應擔保其物危險移轉於買受人時,無滅失或減少其價值之瑕疵,亦無滅失或減少其通常效用或契約預定效用之瑕疵。如符合物的瑕疵擔保之要件,買受人得解除契約或請求減少價金。二、贈與人之物的瑕疵擔保責任:贈與人原則上對贈與之物的瑕疵不負擔保之責,但贈與人故意不告知其瑕疵或保證其無瑕疵者,對於受贈人因瑕疵所生之損害,負賠償之責。三、承攬人之物的瑕疵擔保責任:承攬人完成工作應使其具備約定之品質,以及無減少或滅失價值,或不適於通常或約定使用之瑕疵。工作若有瑕疵,定作人得定相當期限請求承攬人修補之。承攬人不於期限內修補,或修補費用過鉅而拒絕修補,或瑕疵不能修補者,定作人得解除契約或請求減少報酬。

10【物料需求規劃】ㄨˋ ㄌㄧㄠˋ ㄒㄩ ㄑㄧㄡˊ ㄍㄨㄟ ㄏㄨㄚˋ
(material requirements planning; MRP)一種計量技術。即將最終產品的主要排程轉換成生產最終產品所需原料及零件等的細部排程。可運用電腦來輔助決定何時訂購材料、何時購買零件及數量多少，以配合生產時間表。

15【物價伸縮條款】ㄨˋ ㄐㄧㄚˋ ㄕㄣ ㄙㄨㄛ ㄊㄧㄠˊ ㄎㄨㄢˇ
(escalator clause) 事先預期通貨膨脹的發生，任何與未來有關的經濟活動均可透過這種條款的訂定，把通貨膨脹可能造成的損害予以消除。例如工會可要求雇主工資隨物價水準的變動而自動調整。

【物價督導會報】ㄨˋ ㄐㄧㄚˋ ㄉㄨ ㄉㄠˇ ㄏㄨㄟˋ ㄅㄠˋ
經濟部所屬的機構。主要的任務是調查、預估，並調節國內重要民生及工業物資之供需，長期穩定物價。

22【物權之排他性】ㄨˋ ㄑㄩㄢˊ ㄓ ㄆㄞˊ ㄊㄚ ㄒㄧㄥˋ
指同一物權標的物上不容許性質不相容之二種以上物權同時存在之特性。如甲對某物有所有權，乙即不可能對同一標的物另有所有權，此即物權之排他性使然。惟若二種以上物權性質上可相容而互不排斥者，則無物權排他性之適用。如對同一標的物可設定二個以上順位不同之抵押權是。

【物權法定主義】ㄨˋ ㄑㄩㄢˊ ㄈㄚˇ ㄉㄧㄥˋ ㄓㄨˇ ㄧˋ
物權之種類及內容，須依法律之規定，當事人不得基於自由意思創設法律所未規定之物權種類，或改變法律規定物權之內容的原則。我國"民法"第七百五十七條規定：「物權，除本法或其他法律有規定外，不得創設。」即明示物權除"民法‧物權"編所規定之所有權、地上權、永佃權、地役權、抵押權、質權、典權、留置權八類物權及法定內容外，須其他法律另有規定，例如"動產擔保交易法"規定之動產抵押權、"民用航空法"規定之航空器抵押權、"海商法"規定之船舶抵押權等，始得成立物權，並依各該法律之規定，決定各該物權之內容。物權法定主義是物權之指導原則，此與契約以契約自由原則爲指導原則者不同。

11【物理性風化作用】ㄨˋ ㄌㄧˇ ㄒㄧㄥˋ ㄈㄥ ㄏㄨㄚˋ ㄗㄨㄛˋ ㄩㄥˋ
(physical or mechanical weathering) 即崩解作用。又稱機械性風化作用。岩石塊體因結晶增壓、熱脹冷縮等外力所引起之破裂或碎裂的變化現象，化學成分並未因此而改變。此類風化方式很多，諸如粒狀崩解、片狀崩解、塊狀崩解、碎裂等。

22【物權變動公示原則】ㄨˋ ㄑㄩㄢˊ ㄅㄧㄢˋ ㄉㄨㄥˋ ㄍㄨㄥ ㄕˋ ㄩㄢˊ ㄗㄜˊ
物權之變動必須於外界足以辨認之徵象的原則。不動產物權之變動，係以登記爲公示方法；動產物權之變動，係以交付爲公示方法。因此不動產物權依法律行爲而取得設定、喪失及變更者，非經登記不生效力。因繼承、強制執行、公用徵收、法院之判決，於登記前已取得不動產物權者，非經登記不得處分其物權。而動產物權之讓與，非將動產交付不生效力。所謂交付，包括現實交付、簡易交付、占有改定和指示交付四種。

【物權變動公信原則】ㄨˋ ㄑㄩㄢˊ ㄅㄧㄢˋ ㄉㄨㄥˋ ㄍㄨㄥ ㄒㄧㄣˋ ㄩㄢˊ ㄗㄜˊ
行爲人因信賴交易相對人具有物權存在之徵象(即不動產之登記或動產之占有)而與之交易，縱令占有外觀或登記內容與實質處分權不符，基於交易安全，信賴占有外觀或登記內容而爲交易，不受任何影響的原則。例如於不動產物權，依"土地法"所爲之登記有絕對效力，即第三人善意信賴登記而取得不動產物權時，不因登記之無效或得撤銷而受影響；又如在動產物權，有善意取得之規定，即因善意信賴占有而取得動產物權(所有權、質權)者，縱該占有者無實質之權利，亦不受影響。

3【物上保證人之代位權】ㄨˋ ㄕㄤˋ ㄅㄠˇ ㄓㄥˋ ㄖㄣˊ ㄓ ㄉㄞˋ ㄨㄟˋ ㄑㄩㄢˊ
爲債務人設定抵押權之第三人，代爲清償債務，或因抵押權人實行抵押權致失抵押物之所有權時，債權人對債務人之債權，於其清償之限度內，移轉予物上保證人，稱爲物上保證人之代位權。

牧

ㄇㄨˋ mu^4 音木
①放養牲畜的人。見"說文"。②放養牲畜。如：牧牛。③治理。如：牧民。④修養。如：謙沖自牧。⑤官名。古時治理一州的長官稱州牧。

10【牧草】ㄇㄨˋ ㄘㄠˇ
以作飼料爲目的而栽培的作物。多利用其莖葉。主要有豆科及禾本科兩大類，前者如紫雲英，後者如狼尾草。

【牧師】ㄇㄨˋ ㄕ
(pastor) 基督教區域性傳教士。原爲拉丁文，牧羊人之意。傳統上爲教區會眾的領導人及仲裁者，今則多只負責傳教。

14【牧歌】ㄇㄨˋ ㄍㄜ
①牧人所唱的歌。②(pastoral)西洋詩歌的一種。可視爲早期的古典田園詩。內容多刻劃牧人和田園生活。其體制源自西元前三世紀'希臘''狄奧克里特士'(Theocritus)所作的一些描繪田園鄉野的即景小詩(idyll)。

4【牧夫座】ㄇㄨˋ ㄈㄨ ㄗㄨㄛˋ
(Boötes; Boö) 北天星座之一。位於赤經13時36分至15時49分，赤緯+07.4度至+55.0度之間。其α星('中'名大角)亮度0等，爲全天第四亮星，北天第一亮星。相當於'中國'星座大角、右攝提、左攝提、元戈、帝席、招搖、梗河、七公、天槍、亢池等。

11【牧野之戰】ㄇㄨˋ ㄧㄝˇ ㄓ ㄓㄢˋ
‘周武王’在位第十一年,率軍會合反‘紂’諸侯於‘盟津’(今‘河南’‘孟縣’南),渡過‘黃河’,與‘紂’大戰於‘牧野’(今‘河南’‘淇縣’南),‘殷’軍倒戈,‘紂’逃回行都‘朝歌’(今‘淇縣’附近)自焚而死。是爲‘牧野’之戰。

9【牧迪曲線圖】ㄇㄨˋ ㄉㄧˊ ㄑㄩ ㄒㄧㄢˋ ㄊㄨˊ
(Moody diagram) 包含光滑管及粗管之摩擦損失係數與‘雷諾’數之實用關係曲線圖。爲‘牧迪’依據下列各式繪成:光滑管壁:$\frac{1}{\sqrt{f}}=2.0\,log(N_R\sqrt{f})-0.8$,人工粗糙管:$\frac{1}{\sqrt{f}}=2.0log\frac{D}{Ks}+1.14$;式中 f:管流摩擦係數,N_R:‘雷諾’數,D:圓管直徑,Ks:管壁粗糙度。利用該圖所得的摩擦係數,可換算出管內流體因管壁摩擦產生的壓力損耗。

⿱分牛 ㄈㄣˋ *fên*⁴ 音奮
野獸躍起撲向目的物。見“集韻”。

5

⿰牜它 ㄊㄨㄛˊ *t'o*², *t'uo*² 音駝
無角牛。也作牠、⿰牜㐌。見“篇海類編”。

牯 ㄍㄨˇ *ku*³ 音古
1 母牛。見“玉篇”。2 割去睪丸的公牛。

牰 ㄧㄡˋ *yu*⁴ 音柚 又讀 ㄒㄧㄡˋ *hsiu*⁴ 音袖
1 黑眼眶的牛。見“爾雅·釋畜”。2 牛眼黝黑。見“玉篇”。

牲 ㄕㄥ *shêng*¹ 音生
1 祭祀或宴饗所用的牲畜。如:犧牲。2 泛指牛、羊、豬、馬等家畜。如:牲畜。

3【牲口】ㄕㄥ ㄎㄡˇ
畜牲。

17【牲禮】ㄕㄥ ㄌㄧˇ
祭祀用的牲畜。

⿰牜㐌 ⿰牜它的或體。

⿰牜句 ㄏㄡˇ *hou*³ 音吼
1 牛叫。也作呴。見“玉篇”。2 小牛。見“字彙”。

⿰牜孛 ㄅㄟˋ *pei*⁴ 音貝
1 二歲大的牛。本作⿰牜貝,也作⿰牜市。見“說文”。2 身體長大的牛。見“爾雅·釋畜”。3 腳長大的牛。見“集韻”。

牴 ㄉㄧˇ *ti*³ 音底
1 以角觸物。見“說文”。2 公羊。通羝。見“集韻”。

11【牴牾】ㄉㄧˇ ㄨˇ
牴觸;矛盾。也作抵梧、抵捂。

20【牴觸】ㄉㄧˇ ㄔㄨˋ
也作抵觸。1 頂撞;觸犯。2 衝突;矛盾。

牮 ㄐㄧㄢˋ *chien*⁴ 音件
1 用土石擋水。見“字彙”。2 用物支拄傾斜的房屋。見“字彙”。

6

牸 ㄗˋ *tzŭ*⁴ 音字
1 母牛。見“玉篇”。2 泛指雌性的獸類。見“廣雅·釋獸”。

特 ㄊㄜˋ *t'ê*⁴ 音忒
1 公牛。也泛指雄性牲畜。見“說文”。2 一頭牲畜。見“古今韻會舉要”。3 單一的;專一的。如:特地。4 但;只是。如:不特。5 姓。‘春秋’‘晉’有‘特宮’。見“萬姓統譜·一二三”。

5【特刊】ㄊㄜˋ ㄎㄢ
報刊內容之一。是因特殊性質而增刊的版面。例如國內報社每年於雙十國慶日的增刊。

【特出】ㄊㄜˋ ㄔㄨ
超出一般的。

6【特地】ㄊㄜˋ ㄉㄧˋ
特別地;專誠地。

【特色】ㄊㄜˋ ㄙㄜˋ
與眾不同的地方;獨特優異的地方。

【特任】ㄊㄜˋ ㄖㄣˋ
我國文官分特任、簡任、薦任、委任四級。特任職爲四級中最高者,行政、司法、考試各院院長,以及各部部長、各省行政首長均爲特任官。

7【特技】ㄊㄜˋ ㄐㄧˋ
指特別艱難,普通人無法倣效的技藝或表演。

8【特性】ㄊㄜˋ ㄒㄧㄥˋ
特別的性質。

【特例】ㄊㄜˋ ㄌㄧˋ
特別的事例。與通例、慣例相對。

11【特許】ㄊㄜˋ ㄒㄩˇ
特別准許。

【特產】ㄊㄜˋ ㄔㄢˇ
某地的特殊產品。

【特赦】ㄊㄜˋ ㄕㄜˋ
受罪刑宣告之人,經總統之命令,免除其刑之執行,其情節特殊者,得以其罪刑之宣告爲無效。特赦原則上只有犯人的刑罰,而不消滅其犯罪行爲,所以再犯時,以累犯論。參大赦。

【特務】ㄊㄜˋ ㄨˋ
1 特別任務。2 擔負祕密偵察,搜集軍事、政治或工商業等情報的人。

13【特意】ㄊㄜˋ ㄧˋ
1 專門。2 故意。

15【特寫】ㄊㄜˋ ㄒㄧㄝˇ
(feature) 將新聞事件或攝影對象的某部分,特別深入詳盡地描寫或加以放大。今泛用於文字或圖畫等。

【特質】ㄊㄜˋ ㄓˊ
(trait) 個體於各種情境中,所表現之持久不變的行爲屬性。

【特徵】ㄊㄜˋ ㄓㄥ
1 特別徵召。2 事物的特殊徵象。

16【特磬】ㄊㄜˋ ㄑㄧㄥˋ
古代打擊樂器。即特懸磬。石製或玉製,以木槌擊奏。‘殷’墟出土的特磬有半圓形與曲折形兩種,後代以曲折形爲多。古代常用爲祭

祀的禮器或宮廷雅樂演奏。

20【特鐘】 ㄊㄜˋ ㄓㄨㄥ

古代打擊樂器。也稱鎛鐘。青銅製成，以木槌擊奏。'殷'墟出土的樂器中已有特鐘。'周代'以後應用於宮廷雅樂。

22【特權】 ㄊㄜˋ ㄑㄩㄢˊ

1憑藉權勢地位而享受的不法權利。2(privilege)(1)依法律之規定，可享有一定優惠的權利。例如議員在議會就議事有關事項所爲之言論，不受刑事追訴。(2)電腦系統內執行某些運算或處理所需具備的特殊條件。通常作業系統擁有特權，一般用戶則沒有。

3【特士拉】 ㄊㄜˋ ㄕˋ ㄌㄚ

(tesla) 代號爲T。度量衡導出單位中之磁通量密度單位。一特士拉爲一韋伯平方公尺。

4【特夫綸】 ㄊㄜˋ ㄈㄨ ㄌㄨㄣˊ

(teflon) 即聚四氟乙烯。參聚四氟乙烯。

7【特別法】 ㄊㄜˋ ㄅㄧㄝˊ ㄈㄚˇ

法律依其效力所及之範圍爲標準，可分爲普通法與特別法。法律只適用於某特定地區、某特定時間、某特定事項或某特定人者，稱爲特別法。由於特別法是爲適應社會情勢之特殊需要而制訂，故必須於具有特殊情形時始有制訂之必要。例如，爲維持軍事紀律，貫徹服從軍令，故制訂"陸海空軍刑法"，以規範軍人之犯罪行爲。

【特別股】 ㄊㄜˋ ㄅㄧㄝˊ ㄍㄨˇ

(preferred stock) 又稱優先股。爲公司普通股以外的股票。特別股股東的權利在某些方面較普通股爲優先，在某些方面則受到限制。特別股的優先權利及特徵必須於公司章程中訂明，一般有分配股利或分配剩餘財產的優先權，而最大的限制則爲表決權。另外，尚有可轉換爲普通股的特別股及可由公司贖回的特別股。

8【特定物】 ㄊㄜˋ ㄉㄧㄥˋ ㄨˋ

物依其於具體交易時，是否依當事人之意思或其他之事實具體決定爲交易標的物爲區別標準，可分特定物與不特定物。前者如指定坐落於某處之房屋或指定此三瓶酒，後者如泛指上等蓬萊米一千公斤、'紹興'酒兩打。特定物與不特定物係以是否經當事人主觀指定爲區別標準；代替物與非代替物則以該物客觀上是否重視特性、是否得以同種類、同品質、同數量之物互相代替爲區別標準。代替物經當事人之意思具體決定者，變爲特定物，例如金錢爲代替物，但經封金之後，即變爲特定物。特定物與不特定物區別之實益是物權之客體以特定物爲限，因爲物權是支配權，對不特定物無從加以支配。

【特拉姆】 ㄊㄜˋ ㄌㄚ ㄇㄨˇ

(drams) '英''美'質量單位。一特拉姆爲常衡一磅的1/256。

9【特派員】 ㄊㄜˋ ㄆㄞˋ ㄩㄢˊ

被委派專爲某事而工作的人。

10【特效藥】 ㄊㄜˋ ㄒㄧㄠˋ ㄧㄠˋ

(atopic drug) 對某種疾病治療有特別效果的藥品。但是特效藥並非對每一種疾病都有效，也不一定對每一位病人都有效。事實上，隨著醫藥的進步，每一種疾病的治療方法及使用藥品都有所改變，所以不應該抱持著固定之特效藥的觀念。

【特留分】 ㄊㄜˋ ㄌㄧㄡˊ ㄈㄣˋ

指繼承一經開始，繼承人依法律規定，不受被繼承人以遺囑處分其財產之拘束，而得就遺產爲自己保留一定比例之財產上的利益。繼承人之特留分依下列規定：一、直系血親卑親屬、父母、配偶之特留分，分別爲其應繼分二分之一。二、兄弟姐妹、祖父母之特留分，分別爲其應繼分三分之一。應得特留分之人如因被繼承人所爲之遺贈、死因贈與、指定應繼分，致其應得之數不足者，得按其不足之數由遺贈、死因贈與、指定應繼分之財產扣減之。如受遺贈人或受死因贈與者或被指定應繼分之繼承人有數人時，應按其所得遺贈、死因贈與或指定應繼分之價額比例扣減。如遺贈、死因贈與、指定應繼分同時侵害特留分，也一律按其價額比例扣減。

12【特惠價】 ㄊㄜˋ ㄏㄨㄟˋ ㄐㄧㄚˋ

特別優惠的價格。

15【特質論】 ㄊㄜˋ ㄓˋ ㄌㄨㄣˋ

(trait theory) 人格理論之一。個體之人格係由某些具有持久性和普遍性之不同特質組成，認識、瞭解某人之人格特質，對預測其未來之行爲動向有莫大助益。

5【特立獨行】 ㄊㄜˋ ㄌㄧˋ ㄉㄨˊ ㄒㄧㄥˋ

有獨特的見識和操守，不隨波逐流。

6【特有財產】 ㄊㄜˋ ㄧㄡˇ ㄘㄞˊ ㄔㄢˇ

指夫妻之一方由其個人所專有、專用或專力所取得之財產，而不屬於夫妻財產制之財產。"民法"規定分三種：一、專供夫或妻個人使用之物；二、夫或妻職業上必須之物；三、夫或妻個人所受之贈物，經贈與人聲明爲其特有財產者。此外，夫妻也得以契約訂定以一定之財產爲特有財產。前者稱爲法定特有財產，後者稱爲約定特有財產。此二特有財產，夫妻各保有其財產之所有權、管理權及使用收益權。

7【特技飛行】 ㄊㄜˋ ㄐㄧˋ ㄈㄟ ㄒㄧㄥˊ

(acrobatics; aerobatics) 飛機在空中除正常飛行動作如平直飛行、俯仰、轉彎外，姿態變化較複雜、較富技術性，作爲表演或競賽用的飛行動作。常見的特技飛行課目計有副翼滾、桶滾、觔斗、十字觔斗等。副翼滾又稱慢滾，爲飛機沿其縱軸滾動三百六十度而無轉彎的動作。桶滾爲既有滾動又有轉彎的動作。觔斗爲飛行軌跡成一垂直橢圓形，上小下大，包括垂直上升、頂點倒飛、垂直俯衝。十字觔斗爲觔斗在垂直上升狀態時，先向左或右滾轉九十度，再飛過倒飛頂點。

【特別公積】ㄊㄜˋ ㄅㄧㄝˊ ㄍㄨㄥ ㄐㄧ (appropriated surplus) 也稱盈餘指撥。公司因特定目的，依公司法、公司章程之規定或股東會之決議，從營業盈餘所提存，供指定用途而限制不得自由分配之保留盈餘。如擴充廠房及償債基金準備均屬之。

【特別代理】ㄊㄜˋ ㄅㄧㄝˊ ㄉㄞˋ ㄌㄧˇ 相對於一般代理。指代理權之範圍有特定限制的代理。參一般代理。

【特別決議】ㄊㄜˋ ㄅㄧㄝˊ ㄐㄩㄝˊ ㄧˋ 特別決議分爲輕度特別決議及重度特別決議。凡決議內容涉及一、締結、變更或終止關於出租全部營業、委託經營或與他人經常共同經營之契約。二、讓與全部或主要部分之營業或財產。三、受讓他人全部營業或財產，對公司營運有重大影響者。四、許可董事爲自己或他人是屬於公司營業範圍內之行爲。五、以發行新股方式分派股息及紅利之全部或一部。六、將公積金之全部或一部撥充資本，按股東原有股份之比例發給新股。七、變更章程等事項之一時，應有代表已發行股份總數三分之二以上股東出席之股東會，以出席股東表決權過半數之同意行之，稱爲輕度特別決議。凡表決內容關於公司之解散或合併者，應有代表已發行股份總數四分之三以上股東之出席，以出席股東表決權過半數之同意行之，稱爲重度特別決議。

【特別寄託】ㄊㄜˋ ㄅㄧㄝˊ ㄐㄧˋ ㄊㄨㄛ 消費寄託及法定寄託二者之合稱。寄託，除特別寄託外，均爲一般寄託。消費寄託之標的物爲代替物，且約定寄託物之所有權移轉於受寄人，並由受寄人以種類、品質、數量相同之物返還予寄託人。消費寄託與一般寄託不同，後者不必移轉寄託物所有權，且僅利益於寄託人，前者必須移轉寄託物之所有權，而且對寄託人及受寄人均有利益，因此法律特別規定消費寄託，自受寄人受領該物時起，適用消費借貸之規定。又寄託物爲金錢時，推定受寄人無返還原物之義務，但須返還同一數額，此謂之法定消費寄託。又旅店或其他以供客人住宿爲目的之場所主人及飲食店、浴堂之主人，對於客人所攜帶物品須負受寄人之責任，即對於物品之毀損、喪失應負賠償責任，稱爲法定寄託。

【特別預算】ㄊㄜˋ ㄅㄧㄝˊ ㄩˋ ㄙㄨㄢˋ 爲應緊急情況、重大災變、緊急重大工程，以及不定期或數年一次之重大政事之需要，在年度預算以外所提出的預算。

9【特約條款】ㄊㄜˋ ㄩㄝ ㄊㄧㄠˊ ㄎㄨㄢˇ (special or additional clause) 爲保險單中除基本條款外，當事人可自由約定履行特種義務所規定的條款。特約條款有廣狹兩義：廣義的特約條款，包括協會條款、保證條款及附加條款；狹義的特約條款，則僅指保證條款。

10【特殊字符】ㄊㄜˋ ㄕㄨ ㄗˋ ㄈㄨˊ (special character) 電腦程式所使用的字符集中，除表示'英'文字母與數字等之字符外，具有特定意義或用途的字符。如表示運算符號之＋、－、＊、/等。

【特殊兒童】ㄊㄜˋ ㄕㄨ ㄦˊ ㄊㄨㄥˊ (exceptional child) 心智能力、體能發展或情緒穩定性遠低於或遠超過一般常態兒童者。此類兒童需受特殊的教育或訓練，以充分發展其潛能。

【特殊教育】ㄊㄜˋ ㄕㄨ ㄐㄧㄠˋ ㄩˋ 與正常教育不同的一種教育。大致可分爲：一、生理不適應者，包括：⑴感官缺陷，如盲聾啞、弱視或重聽。⑵肢體傷殘。⑶慢性病患及體質羸弱等。二、智能不適應者，即輕度及中度智能不足者。三、社會不適應者，即常常行動越規者。包括：⑴反社會行爲，如偷竊、說謊、逃學。⑵非社會行爲問題，如恐懼症、性格孤僻、神經質等。四、學業不適應者，除二所言之外，尙有特殊學習障礙，如心理動作機能遲鈍、語言障礙、閱讀不得法，以致學習效果低落者。

11【特許主義】ㄊㄜˋ ㄒㄩˇ ㄓㄨˇ ㄧˋ 指法人之設立須經特別許可始得設立而言。可由議會制定特別法或由行政機關特准成立，前者稱爲立法特許主義，例如'中央銀行'之設立依據"中央銀行法"、'中央再保險公司'依"中央再保險公司條例"特許而成立；後者稱行政特許主義，例如私立學校之設立須經'教育部'特許。

【特異方陣】ㄊㄜˋ ㄧˋ ㄈㄤ ㄓㄣˋ (singular matrix) 行列式爲零的方陣。

14【特稱命題】ㄊㄜˋ ㄔㄥ ㄇㄧㄥˋ ㄊㄧˊ (particular proposition) 與全稱命題相對。一個命題所道說的未普及於一個集的所有分子，是爲特稱命題。例如：「有些'美國'總統當過參議員。」即爲特稱命題，因未道及'美國'總統這個集合的所有分子，而只道及該集合的一部分分子。

【特種考試】ㄊㄜˋ ㄓㄨㄥˇ ㄎㄠˇ ㄕˋ 遇及高等及普通考試及格人員不足或不能適應需要時所舉行之考試。特種考試區分爲四個等別，即甲等考試、乙等考試、丙等考試、丁等考試。

【特種使節】ㄊㄜˋ ㄓㄨㄥˇ ㄕˇ

ㄐㄧㄝˊ

(special mission)一國經另一國同意派往該國交涉特定問題或執行特定任務，而具有代表國家性質的臨時使節。該項派遣或接受不以兩國建有外交或領事關係爲必要條件。依國際慣例及西元1969年"特種使節公約"之規定，特種使節因執行職務之需，享有特權及豁免，此等權利至其任務解除，離開接受國國境時停止。實務上，如慶賀友邦元首就任、國慶或祭弔友邦首長之喪，各國均會派遣特種使節。

【特種部隊】 ㄊㄜˋ ㄓㄨㄥˇ ㄅㄨˋ ㄉㄨㄟˋ

陸軍擔任特種任務的部隊。編制視任務及地區而定。如傘兵部隊、突擊部隊。

【特種基金】 ㄊㄜˋ ㄓㄨㄥˇ ㄐㄧ ㄐㄧㄣ

歲入之供特殊用途者。包括營業基金、償債基金、信託基金、非營業循環基金與其他基金等。

【特種買賣】 ㄊㄜˋ ㄓㄨㄥˇ ㄇㄞˇ ㄇㄞˋ

現行"民法"規定之特種買賣有四：一、試驗買賣：乃以買受人之承認標的物爲停止條件，而訂立之契約。其出賣人有許買受人試驗其標的物之義務。二、貨樣買賣：乃依買賣標的物之貨樣而定之買賣。三、分期付款買賣：乃附有分期支付價金約定之一特種買賣。此項特種買賣在交易上頗爲常見，常附有期限利益喪失約款、所有權保留條款及其他失權約款。四、拍賣：乃由多數應買人公開出價，而擇其出價最高者與之訂約的一種競爭買賣。"民法"所規定之拍賣，屬於任意拍賣，有別於"強制執行法"所規定之強制拍賣。例如，依"民法"所爲之拍賣，出賣人仍負瑕疵擔保責任，而強制拍賣，其買受人則無瑕疵擔保請求權。

15【特寫鏡頭】 ㄊㄜˋ ㄒㄧㄝˇ ㄐㄧㄥˋ ㄊㄡˊ

(beauty shot) 攝影時爲強調某一主題將拍攝物局部放大的一種技巧。

【特賦計畫】 ㄊㄜˋ ㄈㄨˋ ㄐㄧˋ ㄏㄨㄚˋ

政府對若干公共改良，如修鋪住宅區道路、拓寬人行道、疏通溝渠等，因其利益並不普及，其受惠者僅限於某區財產所有主，其計畫之經費全部或一部乃向受惠者徵收特賦以支應者，稱爲特賦計畫。

22【特權指令】 ㄊㄜˋ ㄑㄩㄢˊ ㄓˇ ㄌㄧㄥˋ

(privileged instruction)①電腦指令集中只能在監督程式內使用的指令。②電腦指令集中，只有當監督程式同意時才可執行的指令。

7【特別代理人】 ㄊㄜˋ ㄅㄧㄝˊ ㄉㄞˋ ㄌㄧˇ ㄖㄣˊ

對於無訴訟能力人爲訴訟行爲，或無訴訟能力人有爲訴訟之必要，因其無法定代理人，或其法定代理人不能行代理權，受訴法院之審判長依聲請所選任之代理無訴訟能力人爲除捨棄、認諾、撤回或和解以外之一切訴訟行爲之人，稱爲特別代理人。

【特別行政區】 ㄊㄜˋ ㄅㄧㄝˊ ㄒㄧㄥˊ ㄓㄥˋ ㄑㄩ

我國國家行政區的一種暫時性名稱。'海南島'和'南海'諸島原屬於'廣東省'。中央政府計畫將之設立一省，於是在'民國'三十八年將之由'廣東省'分出，改由'行政院'管轄，並由籌備設省的[署]來主理政務。在籌備期中，暫稱此一行政區爲特別行政區。

【特別委員會】 ㄊㄜˋ ㄅㄧㄝˊ ㄨㄟˇ ㄩㄢˊ ㄏㄨㄟˋ

(special or select committee) 委員會的設立，依其時間的久暫，可分爲常設及特別兩種。特別委員會乃爲特殊問題而專設，當問題解決後，此一委員會即宣告結束。

【特別提款權】 ㄊㄜˋ ㄅㄧㄝˊ ㄊㄧˊ ㄎㄨㄢˇ ㄑㄩㄢˊ

(special drawing right; SDR) 爲'國際貨幣基金'鑒於在現行國際貨幣制度下，通貨流量的不足，不能配合國際貿易發展的需要，而創造的一種無條件國際準備資產。特別提款權的創造及分配等條文列載於西元1967年修訂的[國際貨幣基金協定]條文中。特別提款權是由基金依照會員國所提供的攤額予以分配，記入各會員國的特別帳戶，其性質等於各會員國的存款，可用以清算國際收支。當初一單位的特別提款權等於一'美'元，故其單位價值爲0.888671公克純金，與'美'元含金量相同。因爲它有取代黃金的作用，所以也有人稱爲紙黃金(paper gold)。1974年以後，一單位特別提款權的價值改按'美國'、'英國'、'法國'、'西德'、'義大利'、'荷蘭'、'加拿大'、'比利時'、'沙烏地阿拉伯'、'瑞典'、'伊朗'、'澳大利亞'、'西班牙'、'挪威'及'奧地利'等16會員國之通貨價值的標準籃計算，例如1981年1月2日一單位特別提款權值1.27174'美'元。

8【特性要因圖】 ㄊㄜˋ ㄒㄧㄥˋ ㄧㄠˋ ㄧㄣ ㄊㄨˊ

(cause and effect diagram)爲'日本''石川馨'博士所創，故又名'石川'圖；又因此圖形似魚之骨架，所以也稱魚骨圖。主要用以研究或分析某一品質特性的影響因素與因素內次級因素，以及各因素彼此間的相互關係，從而找出問題之癥結，對症下藥。

7【特別海關發票】 ㄊㄜˋ ㄅㄧㄝˊ ㄏㄞˇ ㄍㄨㄢ ㄈㄚ ㄆㄧㄠˋ

(special customs invoice)爲海關發票的一種。凡銷往'美國'的貨物,其價格超過'美'金500元者,爲了便利進口商的進口報關,出口商應提供'美國'海關所規定的海關發票,此即特別海關發票,簡稱SCI或Form 5515。其作用與領事發票相同。'美國'於西元1985年5月起正式廢止使用這種海關發票,並將海關規則中有關條文予以修改。但申報通關用的商業發票則必須塡具(原需簽署)出口商負責該筆交易或了解該筆交易過程的人員姓名,以便海關聯絡查詢。

【特別橫線支票】 ㄊㄜˋ ㄅㄧㄝˊ ㄏㄥˊ ㄒㄧㄢˋ ㄓ ㄆㄧㄠˋ
即特別平行線支票。參特別平行線支票。

【特別權力關係】 ㄊㄜˋ ㄅㄧㄝˊ ㄑㄩㄢˊ ㄌㄧˋ ㄍㄨㄢ ㄒㄧˋ
指由於特別的法律原因,當事人的一方,對於相對的人,在一定範圍內,有命令強制的權力,相對人因而負有服從義務,此法律關係即特別權力關係。如國家和公務員的關係、監獄官和受刑人的關係屬之。這關係與一般國民所負法律義務不同,與私法上法律關係也不同。

10**【特殊侵權行爲】** ㄊㄜˋ ㄕㄨ ㄑㄧㄣ ㄑㄩㄢˊ ㄒㄧㄥˊ ㄨㄟˊ
侵權行爲可分爲一般侵權行爲和特殊侵權行爲。後者是因第三人行爲之參與或自已行爲以外之事實所發生的侵權行爲,所負之責任非單純之過失責任。如:一、共同侵權行爲:行爲人有二人以上,負連帶責任。二、公務員侵權行爲:雖亦爲過失責任,但因故意過失而責任內容有異。三、無行爲能力人或限制行爲能力人之侵權行爲:其法定代理人負推定過失連帶責任,若法定代理人能舉證證明其無過失時,行爲人負衡平責任。四、受僱人之侵權行爲:僱用人負推定過失責任,若受僱人無資力清償,僱用人縱能證明其無過失,仍負衡平責任。五、承攬人之侵權行爲:定作人若定作或指示有過失,與承攬人負連帶責任。六、動物引起之損害:動物占有人負推定過失責任。七、工作物因設置或保管有欠缺所引起之損害:工作物所有人負推定過失責任。

【特殊興趣遊程】 ㄊㄜˋ ㄕㄨ ㄒㄧㄥˋ ㄑㄩˋ ㄧㄡˊ ㄔㄥˊ
(special interest tour; SIT)依據旅客的特殊興趣或嗜好所安排的遊程。對於有多次出國觀光經驗的旅客,走馬看花式的旅遊已引不起其興趣。因此,旅行業者企劃推出各種迎合或促使旅客興趣的旅行主題,例如打獵、釣魚、打高爾夫、攝影等。

12**【特惠關稅稅則】** ㄊㄜˋ ㄏㄨㄟˋ ㄍㄨㄢ ㄕㄨㄟˋ ㄕㄨㄟˋ ㄗㄜˊ
(preference tariff)爲複式關稅稅率之一。即某國對於交通貿易較爲密切的國家,或對於政治上有特殊關係國家所輸入的商品,不按普通稅率,而課以較低稅率者。如'澳洲'、'紐西蘭'對其母國'英國'所適用的關稅稅率。

14**【特種公務會計】** ㄊㄜˋ ㄓㄨㄥˇ ㄍㄨㄥ ㄨˋ ㄎㄨㄞˋ ㄐㄧˋ
負有特種任務之公務機關,除普通公務之會計事務外,所辦之會計事務。可分爲:公庫出納會計、財物經理會計、徵課會計、公債會計、特種財物會計、特種基金會計。

7**【特別平行線支票】** ㄊㄜˋ ㄅㄧㄝˊ ㄆㄧㄥˊ ㄒㄧㄥˊ ㄒㄧㄢˋ ㄓ ㄆㄧㄠˋ
(special crossing check) 指在支票左上角劃平行線二道,並加註特定的金融業者、信用合作社或經'財政部'核准辦理支票存款業務之農、漁會的名稱者。此種支票必須被指定的金融業者、信用合作社或經'財政部'核准辦理支票存款業務的農、漁會經收,方可付款;但此特定的金融業等,得以其他金融業等爲被背書人,背書後再委託其取款。

【特別危險準備金】 ㄊㄜˋ ㄅㄧㄝˊ ㄨㄟˊ ㄒㄧㄢˇ ㄓㄨㄣˇ ㄅㄟˋ ㄐㄧㄣ
(contingency reserve)爲保險業對承保危險偶有重大變動(如巨災、大火等),所預爲提存的準備金,以備償付發生鉅額損失之需。

10**【特殊事例列舉法】** ㄊㄜˋ ㄕㄨ ㄕˋ ㄌㄧˋ ㄌㄧㄝˋ ㄐㄩˇ ㄈㄚˇ
考績方法之一。指依員工所任職務之特性,分別列舉出認爲成績優異或低劣的特殊事例,而後依據事例決定員工的考績成績。如某甲的事蹟合於成績優異之事例者,則某甲的考績成績優異。

【特殊奧林匹克運動會】 ㄊㄜˋ ㄕㄨ ㄠˋ ㄌㄧㄣˊ ㄆㄧ ㄎㄜˋ ㄩㄣˋ ㄉㄨㄥˋ ㄏㄨㄟˋ
(Internation Special Olympic Games) 特爲世界各國智能不足及殘障者舉辦的'奧運會'。創辦於西元1969年,復於1977年創辦冬季'特殊奧林匹克運動會'。比賽項目有田徑、游泳、桌球、籃球等。

牺
犧的俗體。

牷
ㄑㄩㄢˊ *ch'üan²* 音全
1純色的牛。見"說文"。2肢體齊全,可供祭祀的牲畜。見"字彙"。

⿰牛后
ㄏㄡˇ *hou³* 音吼
小牛。同⿰牛句。見"集韻"。

7

牽
ㄑㄧㄢ *ch'ien¹* 音千
1挽引使向前。見"說文"。2拉;挽起。如:牽衣。3指可牽引的牲畜。即活的牲畜。4拘束。如:牽制。5連帶;連累。如:牽連。6掛念。如:魂縈夢牽。7姓。三國有'牽招'。見"萬姓統譜·二八"。

4**【牽牛】** ㄑㄧㄢ ㄋㄧㄡˊ

古人多稱牛宿(屬摩羯座)爲牽牛。後多以河鼓二(即天鷹座α)爲牽牛星。俗稱牛郎星。

【牽手】 ㄑㄧㄢ ㄕㄡˇ
①手攜著手。②'閩'南語稱妻子。

6【牽曳】 ㄑㄧㄢ ㄧˋ
拖拉。

【牽合】 ㄑㄧㄢ ㄏㄜˊ
勉強使之相合。

7【牽扯】 ㄑㄧㄢ ㄔㄜˇ
互相牽連。

8【牽制】 ㄑㄧㄢ ㄓˋ
①使受限制,不能自由。②吸引敵軍主戰力,使其注意力與兵力爲我方所牽引,而遠離我方主力。牽制攻擊在吸引敵人之防禦遠離我軍主攻部隊。

10【牽涉】 ㄑㄧㄢ ㄕㄜˋ
牽連。

11【牽連】 ㄑㄧㄢ ㄌㄧㄢˊ
互相連帶。

【牽強】 ㄑㄧㄢ ㄑㄧㄤˇ
勉強。

【牽累】 ㄑㄧㄢ ㄌㄟˋ
牽涉連累。

【牽絆】 ㄑㄧㄢ ㄅㄢˋ
牽制羈絆。

12【牽掣】 ㄑㄧㄢ ㄔㄜˋ
束縛;牽制。

23【牽攣】 ㄑㄧㄢ ㄌㄩㄢˊ
牽掛;牽繫。

4【牽引力】 ㄑㄧㄢ ㄧㄣˇ ㄌㄧˋ
(tractive force) 蒸汽機車利用汽缸內之蒸汽壓力推動活塞,經由活塞桿、十字頭及搖桿之推力而轉動車輪,使機車前進之力。其大小受制於汽缸、黏著力及鍋爐之容量。

11【牽連犯】 ㄑㄧㄢ ㄌㄧㄢˊ ㄈㄢˋ
指犯一罪而其方法行爲或結果行爲又犯其他罪名且其間有牽連關係。例如行使僞造私文書詐財,即犯詐欺罪,而以行使僞造私文書爲方法,其間有牽連關係。又如殺人後遺棄屍體,即犯殺人罪,其結果又遺棄屍體,其間有牽連關係。按牽連犯從重處斷。

18【牽轉具】 ㄑㄧㄢ ㄓㄨㄢˇ ㄐㄩˋ
(dog) 又稱雞心夾頭。在車床上安裝於主軸端以固定工件的夾具。

11【牽強附會】 ㄑㄧㄢ ㄑㄧㄤˇ ㄈㄨˋ ㄏㄨㄟˋ
勉強湊合。

13【牽腸掛肚】 ㄑㄧㄢ ㄔㄤˊ ㄍㄨㄚˋ ㄉㄨˋ
形容思念、關心的深切。

23【牽攣乖隔】 ㄑㄧㄢ ㄌㄩㄢˊ ㄍㄨㄞ ㄍㄜˊ
彼此繫念而身處異地。

【牽蘿補屋】 ㄑㄧㄢ ㄌㄨㄛˊ ㄅㄨˇ ㄨ
牽藤蘿以補屋漏。形容貧困拮据。

1【牽一髮而動全身】 ㄑㄧㄢ ㄧ ㄈㄚˇ ㄦˊ ㄉㄨㄥˋ ㄑㄩㄢˊ ㄕㄣ
牽動一小部分,卻會影響到全體。形容事物組合因素之間,彼此依存,關係密切。

犂 ㊀ ㄌㄧˊ *li*² 音黎
也作犁。①耕田的農具。見"玉篇"。②耕作。如:犂田。③摧毀;剷平。如:犂庭掃穴。④黑色。通黧、黧。如:犂黑。⑤老人皮膚上的黑斑。⑥姓。'春秋'時有'犂彌'。見"左傳·定九年"。
㊁ ㄌㄧㄡˊ *liu*² 音劉
參犂然。

12【犂然】 ㄌㄧㄡˊ ㄖㄢˊ
明確的樣子。

6【犂舌獄】 ㄌㄧˊ ㄕㄜˊ ㄩˋ
造口業者死後所墮的地獄。又稱拔舌獄。

10【犂庭掃穴】 ㄌㄧˊ ㄊㄧㄥˊ ㄙㄠˇ ㄒㄩㄝˋ
犂平其庭院,掃蕩其巢穴。比喻徹底剷除敵人或盜匪的根據地。

牾 ㄨˇ *wu*³ 音午
①獸名。見"集韻"。②違逆。同忤。如:牾逆。

牼 ㄎㄥ *k'êng*¹ 音坑
牛的脛骨。見"說文"。

牻 ㄇㄤˊ *mang*² 音忙
毛色黑白相雜的牛。見"說文"。

牿 ㄍㄨˋ *ku*⁴ 音故
①畜養牛馬的圈欄。見"說文"。②縛在牛雙角上使不能觸人的橫木。見"正字通"。

8

犀 ㄒㄧ *hsi*¹ 音西
①獸名。狀如水牛,頭像豬,腳似象,有三蹄,黑色。舌上有刺,好食棘刺。有一角、二角、三角等類別。見"本草綱目·獸部·犀"。②犀皮或犀角的簡稱。

4【犀牛】 ㄒㄧ ㄋㄧㄡˊ
(rhinoceros)分布於'亞洲'及'非洲'。現存者共有5種。其最大特色爲吻上方有角,其中2種有一個角,另3種有兩個角,前後排

犀牛圖

列。角的成分爲角質蛋白(一種存於毛髮的纖維蛋白)。皮膚厚,無毛(但化石種則全身有濃毛),灰或棕色,'非洲'的白犀牛色特淺。體大型,產於'蘇門答臘'的犀牛長可達4.3公尺,肩高2公尺,成熟者重達360~600公斤。體雖笨重,仍善於奔跑,黑犀牛每小時可跑45公里。視力差,但聽覺及嗅覺靈敏。目前犀牛數目大爲減少,已列爲保護動物。國人取其角作爲名貴藥材。

7【犀利】 ㄒㄧ ㄌㄧˋ
堅固銳利。多用以形容兵器或言辭。

5【犀皮漆器】 ㄒㄧ ㄆㄧˊ ㄑㄧ ㄑㄧˋ
我國古老的漆器工藝之一。至少在三國時代即已出現這類漆器。製法是將稠漆塗在胎骨表面,趁未乾時,用指頭輕輕推擠出一個

一個地小尖；蔭乾後，用色漆相互間隔，多次堆加在小尖上，使小尖更高；以後通體罩漆，可多到二十多次，然後打磨平；磨平後，每一個小尖的地方都圍繞著一圈一圈的漆層，或像松樹鱗片，或像雲，或像圓花，光彩奪目。

7【犀角雕刻】ㄒㄧ ㄐㄧㄠˇ ㄉㄧㄠ ㄎㄜˋ
在犀牛角上雕刻紋飾。製作時，多依犀角形狀，先將尖部切鋸，用湯煮軟、攢打成形，再於器表雕刻紋飾，製成犀角杯、木槎形狀等。在'臺北''故宮博物院'珍藏的犀角雕刻品除犀角槎、杯外，尙有犀角盒、火㸌盒、搬指等。

犇 ㄅㄣ pên[1] 音奔
1牛驚。見"廣韻"。2奔的古文。

犉 ㄖㄨㄣˊ jun[2]
1黃毛黑脣的牛。見"說文"。2身長七尺的大牛。見"爾雅·釋獸"。

犈 ㄑㄩㄢˊ ch'üan[2] 音權
1黑腳的牛。見"爾雅·釋畜"。2黑耳的牛。見"玉篇"。

犂 犁的或體。

犆 一 ㄓˊ chih[2] 音直
1閹割過的公牛。見"廣韻"。2鑲邊；邊緣。見"字彙"。
二 ㄊㄜˋ t'ê[4] 音特
通特。1單獨；個別。2一次。

犄 ㄐㄧ chi[1] 音基
閹割過的公牛。見"廣韻"。

7【犄角】ㄐㄧ ㄐㄧㄠˇ
1獸類頭上突起的角。2軍隊分兩部分，以牽制或夾擊敵人。同掎角。3角落。

犅 ㄍㄤ kang[1] 音剛
公牛。見"說文"。

犌 ㄕㄜˋ shê[4] 音舍
雌性動物的通稱。見"正字通"。

9

犎 ㄈㄥ fêng[1] 音封
一種野牛。形如橐駝，背脊隆起，如封土。也稱犦牛、封牛。見"正字通"。

犍 ㄐㄧㄢ chien[1] 音肩
1閹割過的公牛。見"說文新附"。2神話中的獸名。形似豹，尾長，人首，牛耳，獨眼。見"山海經·北山經"。3閹割。見'慧琳'"一切經音義"。

9【犍爲】ㄐㄧㄢ ㄨㄟˊ
1郡名。'漢'置。約轄有今'四川省''彭山'、'威遠'、'隆昌'、'敘永'等縣所園地區。郡治在'僰道'，即今'宜賓縣'治。2縣名。在'四川省'西南境'馬邊縣'東北，'岷江'西岸。3山名。在今'四川省''犍爲縣'南。一名'大鹿山'。

12【犍椎】ㄐㄧㄢ ㄓㄨㄟ
佛寺中敲擊樂器的總稱。

犌 ㄐㄧㄚ chia[1] 音加
氣力非常大的牛。見"爾雅·釋畜"。

犑 ㄐㄩˊ chü[2] 音菊
牛名。見"爾雅·釋畜"。

犐 ㄎㄜ k'o[1], k'ê[1] 音科
無角牛。也作牱。見"廣韻"。

犏 ㄆㄧㄢ p'ien[1] 音偏
犛牛和犎牛交配所生的牛。見"正字通"。

10

犖 ㄌㄨㄛˋ lo[4], luo[4] 音洛
1雜色牛。見"說文"。2雜色；文彩錯雜。3顯著；分明。如：犖犖。4超絕；特出。如：卓犖。

12【犖确】ㄌㄨㄛˋ ㄑㄩㄝˋ
多石的樣子。

14【犖犖】ㄌㄨㄛˋ ㄌㄨㄛˋ
1事理分明的樣子。2光明磊落的樣子。

㲉 ㄍㄡˋ kou[4] 音夠
擠牛羊的乳。見"篇海類編"。

犗 ㄐㄧㄝˋ chieh[4] 音界
1閹割過的公牛。見"說文"。2健康強壯的牲畜。見"字彙"。3閹割。見"說文通訓定聲"。

犒 ㄎㄠˋ k'ao[4] 音靠
以酒食慰勞將士。如：犒師。

15【犒賞】ㄎㄠˋ ㄕㄤˇ
以財物或酒食賞賜慰勞部下。

犕 ㄅㄟˋ pei[4] 音貝
1把鞍具裝到馬背上。也作鞴、韛。見"玉篇"。2牛齒長全。見"廣韻"。3八歲牛。見"集韻"。4泛指老牛。見"正字通"。

犘 ㄐㄧˊ chi[2] 音即
犪牛。見"集韻"。

犓 ㄔㄨ ch'u[1] 音初
以切細的草料餵圈養的牛。見"說文"。

犑 ㄒㄧㄡˋ hsiu[4] 音嗅
獸名。狀似熊。見"字彙"。

11

犘 ㄇㄚˊ ma[2] 音麻
犛牛的別名。見"正字通"。

犛 ㄌㄧˊ li[2] 音釐 又讀 ㄇㄠˊ mao[2] 音茅
獸名。參犛牛。

4【犛牛】ㄌㄧˊ ㄋㄧㄡˊ
(yak; *Bos grunniens*) 是屬於哺乳動物綱、偶蹄目 (order Artiodactyla)、牛科 (family Bovidae) 中的一種動物。生活於'西藏高原'4,300～6,100公尺高處。肩高可達1.8公尺。野生者毛色黑而短，角向外、向上伸展，頭下垂，有如野牛。常由雌者、年輕公牛及小牛聚成大群，成熟的公犛牛則成一小群。多天交配，次年秋天生產。食草，需飲用大量水分。

犛牛圖

12【犛靬】 ㄌㄧˊ ㄐㄧㄢ
'漢''西域'國名。

犚 ㄨㄟˋ *wei*4 音味
黑耳牛。或作犡。見"爾雅·釋畜"。

犙 ㄇㄧㄣˇ *min*3 音敏
一種像牛的野獸。皮毛蒼黑色。見"山海經·西山經"。

犑 ㄌㄟˊ *lei*2 音雷
配種的公牛。見"廣韻"。

犓 ㄊㄨㄛˊ *t'o*2, *t'uo*2 音駝
牛無尾的樣子。同犝。通犪。見"字彙補"。

12

犝 ㄊㄨㄥˊ *t'ung*2 音同
無角的小牛。見"爾雅·釋畜"。

犢 ㄧㄠˇ *yao*3 音咬
牛馬奔跑跳躍。見"集韻"。

犞 ㄑㄧㄠˊ *ch'iao*2 音喬
乾肉。

13

犨 ㄓˋ *chih*4 音秩
姓。見"字彙"。
犩 象的或體。

犡 ㄐㄧㄤ *chiang*1 音薑
1長脊的牛。見"說文"。2白牛。見"玉篇"。3脊背白色的牛。見"廣韻"。

犤 犡的或體。

15

犥 一 ㄆㄧㄠ *p'iao*1 音飄
1黃白色的牛。見"說文"。2蒼白色的牛。見"集韻"。3毛羽失色,沒有光澤。見"集韻"。
二 ㄆㄠˋ *p'ao*4 音砲
牛名。見"集韻"。

犢 ㄉㄨˊ *tu*2 音獨
1小牛。見"說文"。2姓。'周'有'犢牧'。見"尙友錄·二〇"。

14【犢鼻】 ㄉㄨˊ ㄅㄧˊ
人體經穴名。在膝蓋骨下、脛骨上。俗稱膝眼。

【犢鼻褌】 ㄉㄨˊ ㄅㄧˊ ㄎㄨㄣ
一種長及膝蓋的短褲。一說爲圍裙。'漢代'傭工所穿著。

犦 ㄅㄠˋ *pao*4 音豹
獸名。即犎牛。見"正字通"。

犤 ㄆㄧˊ *p'i*2 音皮
一種矮小的牛。又稱犑牛、果下牛。見"爾雅·釋畜"。

犣 ㄌㄧㄝˋ *lieh*4 音烈
1犛牛。見"爾雅·釋畜"。2公牛。見"廣韻"。

16

犧 ㄒㄧ *hsi*1 音羲
祭祀所用毛色純一的牲畜。見"說文"。

9【犧牲】 ㄒㄧ ㄕㄥ
1供祭祀用的純色牛羊豕等牲畜。2捨棄自己的生命,或捐棄財產及應享的權利。

犨 ㄔㄡ *ch'ou*1 音抽
1牛喘息聲。見"說文"。2牛名。見"說文"。

18

犩 ㄨㄟˊ *wei*2 音危
牛的一種。體大肉多。或稱犪牛。見"爾雅·釋畜"。

犦 犦的本字。

21

犪 ㄎㄨㄟˊ *k'uei*2 音葵
犩牛別名。見"正字通"。

23

犫 犨的本字。

犬部

犬 ㄑㄩㄢˇ *ch'üan*3 音畎
(dog; *Canis familiaris*)
屬脊椎動物亞門、哺乳綱、食肉目(order Carnivora)。至少在一萬年以前即與人爲伴,在'歐''亞'則於一萬二千至一萬四千年前即已豢養。野狗似狼,覓食時成群遨遊。犬與豺(jackal)、郊狼(coyot)、狼(wolf)等同屬(犬屬, genus *Canis*)。有42枚永久齒,其上、下的犬齒皆呈尖牙狀,嗅覺和聽覺均甚靈敏,視覺則欠佳,且色盲。齒先端皆尖,可利用齒銜物。犬的品系很多,分別供玩賞或協助人們工作之用。

3【犬子】 ㄑㄩㄢˇ ㄗˇ
謙稱自己的兒子。

10【犬馬】 ㄑㄩㄢˇ ㄇㄚˇ
臣下對君上自稱的謙詞。

15【犬齒】 ㄑㄩㄢˇ ㄔˇ
(canine teeth) 又名虎牙。在犬類及肉食性動物中特別發達。位於門齒與前臼齒間,大小與門齒相仿,但齒冠較銳,有撕裂食物的功能。參齒1。

4【犬牙相錯】 ㄑㄩㄢˇ ㄧㄚˊ ㄒㄧㄤ ㄘㄨㄛˋ
1形容界線相互參錯,並不分明。2指兩地交錯,形勢如犬牙,可以互相牽制。

6【犬羊之質】 ㄑㄩㄢˇ ㄧㄤˊ ㄓ ㄓˊ
比喻低劣的才質。

10【犬馬之年】 ㄑㄩㄢˇ ㄇㄚˇ ㄓ ㄋㄧㄢˊ
謙稱自己的年齡。

【犬馬之勞】 ㄑㄩㄢˇ ㄇㄚˇ ㄓ ㄌㄠˊ
爲君主或他人盡力工作的謙詞。

16【犬儒學派】 ㄑㄩㄢˇ ㄖㄨˊ ㄒㄩㄝˊ ㄆㄞˋ
(cynicism) 或音譯爲昔匿克學派。西元前380年,'希臘'哲學家

‘戴奧眞尼斯’(Diogenes of Sinope)受‘蘇格拉底’好友‘安提斯特尼斯’(Antisthenes)的影響，在‘雅典’創立的哲學學派。倡言有德就是幸福，強調自律、自制與獨立。排斥世俗之名利、學問、禮節、教化的束縛，刻苦行乞，當時人以⌊窮犬⌉譏之，故名。

1

犮 ㄅㄛˊ po^2 音博
1犬奔走的樣子。見“說文”。2拔除。通拔。見“說文通訓定聲”。

2

犯 ㄈㄢˋ fan^4 音飯
1侵害；進攻。見“說文”。2違背；牴觸。見“玉篇”。3冒著。4發生；觸發。如：犯病。5犯罪的人。如：囚犯。6詞曲移換宮商。如：犯調。

7【犯戒】 ㄈㄢˋ ㄐㄧㄝˋ
違反戒律。

11【犯規】 ㄈㄢˋ ㄍㄨㄟ
違反規則。

14【犯境】 ㄈㄢˋ ㄐㄧㄥˋ
侵犯國境。

15【犯調】 ㄈㄢˋ ㄉㄧㄠˋ
1詞曲音樂中，超越本宮(均)音階的範圍，而侵犯到另一宮的音階；或在本宮音階不變的條件下，改用音階中另一音級作爲主音(調首)，構成另一調式，從而侵犯或改變原音階的主音，形成同宮異調；這兩種做法都稱爲犯調，也稱犯聲。前者是異宮相犯的旋宮，後者是同宮相犯的轉調。2戲曲音樂中一種編曲的方法。即集合不同曲調的若干句組成一首新的曲子。如南曲中的集曲、北曲中的借宮等。

19【犯難】 ㄈㄢˋ ㄋㄢˋ
冒險；冒著艱難。

13【犯罪率】 ㄈㄢˋ ㄗㄨㄟˋ ㄌㄩˋ
(crime rate)每十萬人口中平均所發生犯罪數目的比率。

18【犯顏直諫】 ㄈㄢˋ ㄧㄢˊ ㄓˊ ㄐㄧㄢˋ
冒犯尊長的威嚴，以直言進諫。

13【犯罪之行爲】 ㄈㄢˋ ㄗㄨㄟˋ ㄓ ㄒㄧㄥˊ ㄨㄟˊ
“刑法”上之犯罪行爲乃指發生“刑法”效果之意思活動。任何意思活動，必也判斷其爲“刑法”上之行爲後，始有判斷該行爲可罰性之價值存在。亦即任何破壞法益或違反義務之舉措，唯有經認定爲“刑法”上之行爲後，始得進而判斷其有無構成要件該當性、違法性與有責性。犯罪行爲之確立乃從事犯罪判斷之前提。犯罪行爲包括作爲及不作爲，兩者在“刑法”評價上並無不同。

犰 ㄑㄧㄡˊ $ch'iu^2$ 音求
動物名。犰狳的省稱。參犰狳。

10【犰狳】 ㄑㄧㄡˊ ㄩˊ
(armadillo) 共9屬20種。屬於貧齒目(order Edentata)。產於‘中’、‘南美’。體肥，腿短，爪強而利，適於挖掘。身體大部有甲保護，甲有橫紋，橫紋處可以彎曲。單獨生活，夜間活動，棲於洞中。

犰狳圖

食白蟻或其他昆蟲。受驚時乃逃回洞中，若被捕，則將足縮入甲中；三趾犰狳(*Tolypeutes*)能將身體彎曲成球狀。善游泳。雌者產12個幼體，此等幼體皆由一個受精卵發育而成。某些種類懷孕約65天。身體大小因種類而有很大差異，小者16公分，大者可達1.5公尺。

3

犴 ㄏㄢˋ han^4 音漢 又讀 ㄢˋ an^4 音岸
1古時產於胡地的野狗。同豻。見“說文”。2監獄。見“字彙”。3姓。‘漢武帝’時有‘犴反’。見“漢書·梁懷王劉揖傳”。

犸 ㄕˋ $shih^4$ 音是
獸名。狼屬，白色，尾長，似狐。見“集韻”。

犵 ㄍㄜ $ko^1, k\hat{e}^1$ 音戈
今作仡。參仡佬。

4

犾 ㄧㄣˊ yin^2 音銀
兩犬相咬。見“說文”。

狀 ㄓㄨㄤˋ $chuang^4$ 音壯
1形貌；樣子。見“玉篇”。2情況。如：狀況。3形容；描述。如：不可名狀。4證明文件。如：獎狀。5敘述事實的文體。如：行狀。

4【狀元】 ㄓㄨㄤˋ ㄩㄢˊ
科舉時代殿試一甲第一名。

12【狀詞】 ㄓㄨㄤˋ ㄘˊ
即文法上的副詞。參副詞。

4【狀元紅】 ㄓㄨㄤˋ ㄩㄢˊ ㄏㄨㄥˊ
1花名。牡丹的一種。2果名。荔枝的別名。3酒名。舊稱儲存三年以上的‘紹興’酒。

犿 ㄏㄨㄢ $huan^1$ 音歡
野豚。同貛。見“廣韻”。

犺 ㄎㄤˋ $k'ang^4$ 音抗
1健壯的狗。見“說文”。2刺蝟。見“玉篇”。3獸名。產於‘暹邏’，短小精悍，目圓精黃，敏捷似猿猱。山居‘夷’‘僚’，常常畜養以備驅使，令入山採鶴頂、象牙、犀角等物。見“正字通”。

狄 ㄉㄧˊ ti^2 音敵
1古代北方的種族。見“說文”。2姓。‘唐’有‘狄仁傑’。見“新唐書·狄仁傑傳”。

5【狄加】 ㄉㄧˊ ㄐㄧㄚ
(Hilaire Germain Edgar Degas, 1834～1917)‘法國’印象派畫家。擅長畫人的動作，尤以表現芭

蕾舞的優美姿態著名。西元1856～1859年間曾數度赴'羅馬'研究'義大利'文藝復興時代名家的作品。1874～1886年間，其創作皆與印象派團體一起展出。

【狄白】 ㄉㄧˊ ㄅㄞˊ
(Peter Joseph William Debye, 1884～1966)'荷蘭'物理學家。西元1935年榮任'柏林''威廉皇家理論物理研究所'所長。對分子偶極矩(dipole moment)有深入的研究，促進了人類對分子中原子構造及原子間距離的了解。1936年以X光與散落在氣體中之光線的研究，榮獲'諾貝爾'化學獎。

7【狄狄】 ㄉㄧˊ ㄉㄧˊ
跳躍的樣子。形容急躁、不穩重。

8【狄青】 ㄉㄧˊ ㄑㄧㄥ
(1008～1057)'宋'名將。'西河'(今'山西''汾陽')人。字'漢臣'。為人慎密寡言，深沈而有智略。善騎射，'仁宗'時禦'西夏'、破'廣源州'蠻'儂智高'有功，官至樞密使。

13【狄福】 ㄉㄧˊ ㄈㄨˊ
(Daniel Defoe, 1660～1731)'英國'小說家和新聞記者。自西元1719年後，先後出版"魯濱遜漂流記"、"摩爾法蘭德絲"(*Moll Flanders*)、"大疫年日誌"(*A Journal of the Plague Year*)和"傑克上校"(*Colonel Jack*)等著作。

狄福像

4【狄仁傑】 ㄉㄧˊ ㄖㄣˊ ㄐㄧㄝˊ
(630～700)'唐''太原'(今'山西''太原市')人，字'懷英'。'武后'時為相，諫止'武后'以'武三思'為太子。居位以舉賢為意，所薦者如'張柬之'、'姚崇'等，後皆為中興名臣。

7【狄更斯】 ㄉㄧˊ ㄍㄥ ㄙ
(Charles Dickens, 1812～1870)'英國'十九世紀最傑出的小說家。作品極富戲劇性，生動地描繪下層社會中卑微而又艱苦生活的人物，也將自己成長過程中困苦的經歷融入作品裡，眞實動人，對當時的社會及其後寫實小說的影響相當大。主要作品有"塊肉餘生錄"(*David Copperfield*)、"荒涼之屋"(*Bleak House*)、"雙城記"(*A Tale of Two Cities*)等。

狄更斯像

8【狄亞士】 ㄉㄧˊ ㄧㄚˋ ㄕˋ
(Bartholomeu Dias, 1450?～1500)'葡萄牙'航海家。為'好望角'的發現者。於西元1487年奉'葡'王'約翰二世'之命率領船隻出發，翌年繞過'好望角'，航行至'南非'東南部折回，一共探測了'非洲'沿岸2,250公里。後又隨至'印度'的探險隊航行，不幸於途中遇難。

12【狄斯奈】 ㄉㄧˊ ㄙ ㄋㄞˋ
(Walt E. Disney, 1901～1966)為'美國'電影監製人和卡通電影的先鋒，乃'米老鼠'和'唐老鴨'的創製人。於西元1937年製作第一部故事片"白雪公主和七個小矮人"(*Snow White and the Seven Dwarfs*)，以後並攝製費用昂貴的冒險寫實故事，如"海豹島"(*Seal Island*)和"沙漠奇觀"(*The Living Desert*)等。

狄斯奈像

6【狄托主義】 ㄉㄧˊ ㄊㄨㄛ ㄓㄨˇ ㄧˋ
(Titoism)'狄托'(Tito)領導'南斯拉夫'於西元1948年脫離以'蘇俄'為首的共產集團而獨行其是，但並未放棄共產主義，這種具民族主義精神的共產主義者稱為'狄托'主義。

9【狄則耳循環】 ㄉㄧˊ ㄗㄜˊ ㄦˇ ㄒㄩㄣˊ ㄏㄨㄢˊ
(Diesel cycle)空氣標準「狄則耳循環」為模擬壓縮引燃之內燃機的理想循環。如下圖所示，「狄則耳循環」係由四個過程所構成：1→2等熵壓縮過程；2→3等壓加熱過程；3→4等熵膨脹過程；4→1等容放熱過程。「狄則耳循環」與「鄂圖循環」是今日內燃機的兩大類。其熱力過程之差別在於「狄則耳循環」之2→3為等壓加熱過程，而「鄂圖循環」則為等容加熱過程。

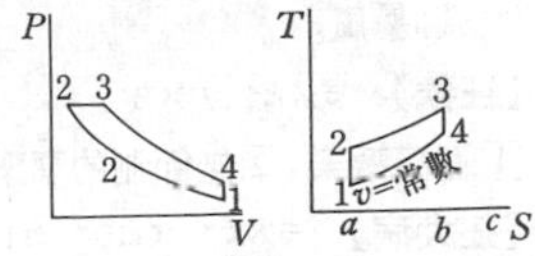

狄則耳循環的P-V及T-S圖

狂 ㄎㄨㄤˊ *k'uang*² 音誑
1發瘋；痴癲。見"廣雅·釋詁"。2暴躁；急遽。見"集韻"。3浮誇；虛妄。如：狂妄。4放蕩不拘。如：狂放。5聲勢巨大。如：狂瀾。6姓。'春秋''宋'有'狂狡'。見"萬姓統譜·五二"。

6【狂妄】 ㄎㄨㄤˊ ㄨㄤˋ
大膽妄為，毫無顧忌。

10【狂悖】 ㄎㄨㄤˊ ㄅㄟˋ
狂妄而違背事理。

【狂恣】 ㄎㄨㄤˊ ㄗˋ
狂妄放肆。

【狂狷】 ㄎㄨㄤˊ ㄐㄩㄢˋ
積極進取與拘謹保守的行為。

13【狂傲】 ㄎㄨㄤˊ ㄠˋ
狂妄傲慢。

15【狂熱】 ㄎㄨㄤˊ ㄖㄜˋ
對喜好的事物表現出過分的熱情。

18【狂簡】 ㄎㄨㄤˊ ㄐㄧㄢˇ
志向遠大而行事粗疏。

20【狂瀾】 ㄎㄨㄤˊ ㄌㄢˊ
洶湧的巨浪。比喻不可阻止的時勢或潮流。

【狂躁】 ㄎㄨㄤˊ ㄗㄠˋ
(mania) 一種強烈的情緒狀態。具有強烈興奮、多話、易分心、多雜念、自大妄想與無目的之瘋癲行爲等特徵。

21【狂飇】 ㄎㄨㄤˊ ㄅㄧㄠ
大風;暴風。

22【狂歡】 ㄎㄨㄤˊ ㄏㄨㄢ
1儘情歡樂。2無節制的享樂。

4【狂犬病】 ㄎㄨㄤˊ ㄑㄩㄢˇ ㄅㄧㄥˋ
(rabies; hydrophobia) 又稱爲恐水病。是由感染致命的神經系病毒所引起。病毒存於犬、狼、狐的唾液,自咬傷的傷口,侵入神經系統。潛伏期約2~16週,初時有嘔吐、發熱、流淚、瞳孔放大等現象,最後引起呼吸肌肉痙攣。病發時見水發狂爲最主要之症狀,約3~5天可致死。主要治療法是注入足量的狂犬病抗體,防止病毒侵犯中樞神經系統;被咬傷時應立即用強力肥皂或去汙劑洗滌傷口,並使用免疫血清浸潤傷口。

13【狂想曲】 ㄎㄨㄤˊ ㄒㄧㄤˇ ㄑㄩˇ
(rhapsody) 一種形式自由的器樂曲。原指到處流浪之行吟詩人所吟唱的詩歌,後借爲器樂曲,作品多據民歌寫成,帶濃厚地方色彩,如'李斯特'的"匈牙利狂想曲"(*Hungarian Rhapsodies*)。也有據已有的音樂改作,如'拉赫曼尼諾夫'的"帕格尼尼主題狂想曲"(*Rhapsody on a Theme of Paganini*)。

【狂蜂浪蝶】 ㄎㄨㄤˊ ㄈㄥ ㄌㄤˋ ㄉㄧㄝˊ
比喻放蕩好色、到處冶遊的男子。

14【狂歌當哭】 ㄎㄨㄤˊ ㄍㄜ ㄉㄤ ㄎㄨ
放聲高歌以代替哭號。形容心中鬱結痛苦。

犿 ㄧㄢˋ yen⁴ 音硯
或作犴。1勇猛的狗。見"說文"。2逐虎的狗。見"說文"。

㹠 ㄊㄨㄣˊ t'un² 音屯
小豬。同豚。見"廣韻"。

犽 ㄧㄚˊ ya² 音牙
1獸名。似貛而尾長。見"集韻"。2族名。今作'伢'。參伢族。

狃 ㄋㄧㄡˇ niu³ 音紐
1習慣。如:狃習。2貪婪。

11【狃習】 ㄋㄧㄡˇ ㄒㄧˊ
習慣。

狇 ㄇㄨˋ mu⁴ 音木
族名。也作'木'。參木老。

犹 ㄧㄡˋ yu⁴ 音宥
獸名。見"集韻"。

犼 ㄏㄡˇ hou³ 音吼
獸名。產於我國北方,似犬,食人。見"集韻"。

狆 ㄓㄨㄥˋ chung⁴ 音仲
族名。今作'仲'。參仲家。

𤜵 ㄕㄨㄟˇ shui³ 音水
族名。今作'侎'。參侎家。

狁 ㄩㄣˇ yün³ 音允
參玁狁。

犷 ㄧㄣˊ yin² 音銀
1狗叫聲。同狺。見"說文"。2兩狗相咬。同犾。見"正字通"。

5

狊 ㄐㄩˊ chü² 音局
1狗看東西的樣子。見"說文"。2鳥張開兩翅的樣子。見"爾雅·釋獸"。3獸名。猿屬。脣厚而碧。見"廣韻"。

狖 ㄧㄡˋ yu⁴ 音右
獸名。猿猴的一種,黑色,長尾,昂鼻。見"正字通"。

狋 ㄧˊ i² 音移
狗發怒的樣子。見"說文"。

狒 ㄈㄟˋ fei⁴ 音費
參狒狒。

8【狒狒】 ㄈㄟˋ ㄈㄟˋ
(baboon) 爲舊大陸猴。共5種。屬獼猴科(family Cercopithecidae)。產於'非洲'。結隊生活,隊內個體的數目自二十多個至七百多個不等。當團隊過於龐大時,便分爲數個小隊。隊中有一統治者,乃經過決賽後當選,爲雄性。年輕者爲求其本身將來在隊中的地位,故非常好鬥。狒狒體小型,統治者僅重35公斤。結隊行走時,年輕的雄者在前面及兩側,統治者、雌者及幼兒在中央。晝間活動,食物以果實和種子等爲主;如無植物性食物,則食昆蟲、蜥蜴,乃至羚羊等。晚間棲於樹上,坐在樹枝間睡眠,臀部的坐胼體可支持其體重。狒狒終生僅生活在很小的區域範圍內,大約不超過38平方公里。

狒狒圖

狔 ㄋㄧˇ ni³ 音你
參猗狔。

狜 ㄍㄨˇ ku³ 音古
族名。今作'估'。參估倧。

㼘 ㄨㄚˇ wa³ 音瓦
今作佤。參佧佤。

狘 ㄒㄩㄝˋ hsüeh⁴ 音穴
野獸受驚逃走的樣子。見"正字通"。

狉 ㄆㄧ p'i¹ 音丕
小狸。同豾。見"集韻"。

㺊 ㄎㄚˇ k'a³ 音卡
今作佧。參佧佤、佧喇。

㹥 ㄇㄨˇ mu³ 音母
參玀㹥。

狙 ㄐㄩ chü¹ 音拘
1獼猴。見"說文"。2窺伺;伺機。如:狙擊。

17【狙擊】 ㄐㄩ ㄐㄧˊ
埋伏伺機偷襲。

狚 ㄉㄢˋ tan⁴ 音淡
族名。今作'但'。參但人。

狎 ㄒㄧㄚˊ hsia² 音匣
1馴服犬使習於事。見"說文"。2熟習;習慣。見"廣韻"。3親暱;親近。如:狎昵。4輕慢;戲弄。如:狎侮。5重疊;擁擠。

7【狎邪】 ㄒㄧㄚˊ ㄒㄧㄝˊ
1輕浮放蕩,行爲不正。2嫖妓。

8【狎玩】 ㄒㄧㄚˊ ㄨㄢˋ
輕佻玩弄。

9【狎暱】 ㄒㄧㄚˊ ㄋㄧˋ
親暱。

狦 ㄕㄢˋ *shan*⁴ 音扇
1強壯凶惡的狗。見"說文"。2獸名。似狼。見"廣韻"。

狘 ㄅㄧㄥ *ping*¹ 音冰
族名。今作'㑂'。參㑂人。

狌 一 ㄒㄧㄥ *hsing*¹ 音星
獸名。似人。或作猩。見"集韻"。
二 ㄕㄥ *shêng*¹ 音生
鼬鼠。通鼪。見"集韻"。

狍 ㄆㄠˊ *p'ao*² 音庖
神話中獸名。羊身人面,目在腋下。見"廣韻"。

狓 ㄆㄧ *p'i*¹ 音批
參狓猖。

11【狓猖】 ㄆㄧ ㄔㄤ
也作披猖。1分散飛揚。2囂張;猖狂。

狗 ㄍㄡˇ *kou*³ 音苟
1動物名。體型大的稱犬,小的稱狗。今用作犬的通稱。見"字彙"。2姓。'漢'有'狗未央'。見"萬姓統譜·八八"。

14【狗熊】 ㄍㄡˇ ㄒㄩㄥˊ
'臺灣'黑熊的別稱。參臺灣黑熊。

20【狗竇】 ㄍㄡˇ ㄉㄡˋ
狗出入的小洞。

21【狗獾】 ㄍㄡˇ ㄏㄨㄢ
獸名。形似小狗而較肥,喙尖足矮,尾短毛深,色褐,以蟲蟻瓜果爲食。獾,也作貛。見"本草綱目·獸部·貛"。

6【狗吃屎】 ㄍㄡˇ ㄔ ㄕˇ
俚語。指四體向下,仆倒在地。

7【狗尾草】 ㄍㄡˇ ㄨㄟˇ ㄘㄠˇ
(*Setaria viridis* Beauv.) 一年生草本。高可達70公分,葉線狀披針形,上端漸尖,下部具葉鞘。圓錐花序緊縮,圓柱狀,密生小花,小穗由二花所成,小梗基部有長毛,外穎較小,內穎與外稃略同形,穎與稃果均無芒。穎果橢圓形。莖可入藥。

狗尾草圖

14【狗腿子】 ㄍㄡˇ ㄊㄨㄟˇ ˙ㄗ
爲惡勢力奔走效勞的人。

5【狗仗人勢】 ㄍㄡˇ ㄓㄤˋ ㄖㄣˊ ㄕˋ
比喻卑賤小人憑藉主人權勢欺壓他人。

6【狗血噴頭】 ㄍㄡˇ ㄒㄧㄝˇ ㄆㄣ ㄊㄡˊ
比喻惡言痛罵。也作狗血淋頭。

7【狗尾續貂】 ㄍㄡˇ ㄨㄟˇ ㄒㄩˋ ㄉㄧㄠ
比喻後繼者不如前者。古代近侍官員以貂尾爲冠飾。'晉''趙王''倫'專權,濫封官職,貂尾不足,用狗尾替代。見"晉書·趙王倫傳"。

9【狗苟蠅營】 ㄍㄡˇ ㄍㄡˇ ㄧㄥˊ ㄧㄥˊ
罵人像狗一樣苟且無恥,像蚊蠅一樣到處鑽營。

【狗拿耗子】 ㄍㄡˇ ㄋㄚˊ ㄏㄠˋ ˙ㄗ
指越分做了自己不該做的事。一般用來譏諷人多管閒事。

【狗急跳牆】 ㄍㄡˇ ㄐㄧˊ ㄊㄧㄠˋ ㄑㄧㄤˊ
比喻人被逼急往往會做出激烈的掙扎或反制行爲。

12【狗彘不若】 ㄍㄡˇ ㄓˋ ㄅㄨˋ ㄖㄨㄛˋ
形容人惡劣之至,連牲畜都不如。

16【狗頭軍師】 ㄍㄡˇ ㄊㄡˊ ㄐㄩㄣ ㄕ
比喻獻小計的參謀人員。含有貶意。

11【狗眼看人低】 ㄍㄡˇ ㄧㄢˇ ㄎㄢˋ ㄖㄣˊ ㄉㄧ
譏刺人眼光淺短,隨意輕視別人。

16【狗嘴裡吐不出象牙】 ㄍㄡˇ ㄗㄨㄟˇ ㄌㄧˇ ㄊㄨˇ ㄅㄨˋ ㄔㄨ ㄒㄧㄤˋ ㄧㄚˊ
譏責人胡言亂語,說不出什麼好話。

狑 ㄌㄧㄥˊ *ling*² 音零
1一種良犬。或作獜、玃。見"集韻"。2族名。今作'伶'。參伶人3。

狐 ㄏㄨˊ *hu*² 音胡
1(fox)屬於脊椎動物亞門、哺乳綱、食肉目(order Carnivora)、犬科(family Canidae)。眞正的狐係指狐屬(genus *Vulpes*)中的十餘種動物,尤其是紅狐(red fox),包括產於舊大陸的 *Vulpes vulpes*(如圖)及新大陸的 *Vulpes fulva*。前者產於'歐洲'、'亞洲'、北'非',後者產於'北美'。紅狐常被視爲狡猾的象徵,體色多變異,體長 90～105 公分(包括尾長 35～40 公分),肩高約40公分,重約 7 公斤。以小型哺乳動物(如鼠、兔、鳥、蛋)及果實爲食物。懷孕約50天,每次產子一至十隻。人類獵殺紅狐以取其皮。2姓。三國'蜀'有'狐篤'。見"通志·氏族略四"。

狐圖

7【狐步】 ㄏㄨˊ ㄅㄨˋ
(fox trot)由古代的宮廷舞演變而來的一種舞蹈。乃西元 1920 年'美國'名舞蹈家'福克斯'(Harry Fox)編寫,爲一旋律優雅、柔美的四分之四節拍舞曲,是社交舞中最受歡迎者。

10【狐臭】 ㄏㄨˊ ㄔㄡˋ
(osmidrosis axillae) 青春期過後,由於腋下汗腺分泌日盛,分泌物被附於皮膚上之細菌分解所產生的異臭。白人多有此症,卻習以爲常,而東方人則覺臭味難忍,可能與遺傳有關。在治療上,過去採用割除腋下汗腺,但會留下疤痕,近來則採用含有殺蟲劑和防汗劑之藥物塗抹。

12【狐媚】 ㄏㄨˊ ㄇㄟˋ

以媚態迷惑人。俗傳狐善魅人，故稱。

【狐猴】 ㄏㄨˊ ㄏㄡˊ
(lemur) 爲靈長類中除樹鼩外最原始的一類。產於'馬達加斯加'。屬狐猴科(Lemuridae)，共6屬15種，最有名者爲環尾狐猴(*Lemur Catta*)。隨種類不同而有的日間活動，有的夜間活動；生活於樹上或在地面活動。小者體長30公分，大者123公分，尾長而蓬鬆，後腿亦長；毛紅色、灰色、棕色或黑色。雌者懷孕2～5個月，每胎產一幼體。

狐猴圖

14【狐疑】 ㄏㄨˊ ㄧˊ
多疑或遇事猶豫不決。俗傳狐性多疑，故稱。

【狐貍】 ㄏㄨˊ ˙ㄌㄧ
①狐與貍。參狐①、貍。②比喻奸詐狡猾的小人。

15【狐魅】 ㄏㄨˊ ㄇㄟˋ
用巧言媚態迷惑人。傳說狐能化作人形以迷惑世人，故稱。

6【狐死首丘】 ㄏㄨˊ ㄙˇ ㄕㄡˇ ㄑㄧㄡ
比喻不忘本或對故鄉的懷念。相傳狐貍臨死前，頭必朝向出生的山丘，故稱。

11【狐假虎威】 ㄏㄨˊ ㄐㄧㄚˇ ㄏㄨˇ ㄨㄟ
比喻假借別人的威風，以恐嚇他人。

13【狐群狗黨】 ㄏㄨˊ ㄑㄩㄣˊ ㄍㄡˇ ㄉㄤˇ
指相互勾結，爲非作歹的一夥壞人。

14【狐貍尾巴】 ㄏㄨˊ ㄌㄧˊ ㄨㄟˇ ˙ㄅㄚ
比喻壞動機、壞行爲。相傳狐貍成精後能變化成人形，唯尾巴不能變形消失，故稱。

6

狩 ㄕㄡˋ shou^4 音獸
①放火燒草，守於下風，以獵取禽獸。見"說文"。②泛稱打獵。如：狩獵。③防守。通守。如：巡狩。

18【狩獵】 ㄕㄡˋ ㄌㄧㄝˋ
打獵。

狡 ㄐㄧㄠˇ chiao^3 音絞
①奸滑；詭詐。見"字彙"。②乖戾；暴躁。如：狡憤。

10【狡桀】 ㄐㄧㄠˇ ㄐㄧㄝˊ
詭詐的樣子。

13【狡猾】 ㄐㄧㄠˇ ㄏㄨㄚˊ
奸詐虛僞。

16【狡獪】 ㄐㄧㄠˇ ㄎㄨㄞˋ
①遊戲；嬉戲。②詭詐奸滑。

18【狡黠】 ㄐㄧㄠˇ ㄒㄧㄚˊ
詭詐。

21【狡辯】 ㄐㄧㄠˇ ㄅㄧㄢˋ
無理強辯。

8【狡兔三窟】 ㄐㄧㄠˇ ㄊㄨˋ ㄙㄢ ㄎㄨ
狡猾聰明的兔子，有三處洞穴可以藏身避害。比喻爲避免禍害而計慮周詳。

【狡兔死走狗烹】 ㄐㄧㄠˇ ㄊㄨˋ ㄙˇ ㄗㄡˇ ㄍㄡˇ ㄆㄥ
比喻事業已經成功，就捨棄或殺戮有功的人。

⿰犭羊 ㄧㄤˊ yang^2 音羊
今作佯、傷。參傷償。

狧 ㄊㄚˋ t'a^4 音踏
①狗用舌取食。見"說文"。②泛指用舌舔食。通舐、䑛。見"字彙"。

狨 ㄖㄨㄥˊ jung^2 音容
①獸名。猿屬。俗稱金絲猴、金線狨。尾極長，爲金色。善攀樹木。見"埤雅·釋獸"。②細布。通絨。見"廣韻"。③金絲猴尾做成的鞍韉。

狠 ㄏㄣˇ hên^3 音很
①殘酷；凶惡。如：心狠手辣。②痛下決心。如：狠下心來。③甚。今作很。

8【狠毒】 ㄏㄣˇ ㄉㄨˊ
凶狠毒辣。

【狠戾】 ㄏㄣˇ ㄌㄧˋ
凶狠暴戾。

12【狠愎】 ㄏㄣˇ ㄅㄧˋ
兇狠乖戾，剛愎自用。

狟 ㄏㄨㄢˊ huan^2 音環
①狗行走時威猛的樣子。通作桓。見"說文"。②大犬。見"廣韻"。

狤 ㄐㄧˊ chi^2 音吉
狂。見"集韻"。

11【狤⿰犭屈】 ㄐㄧˊ ㄑㄩ
獸名。狀似獺，全身無毛，斫刺不傷，杖擊至骨碎乃死。出'西域'。見"酉陽雜俎·前集"。

狫 ㄌㄠˇ lao^3 音老
今作佬。參仡佬。

独 獨的俗體。

狪 ㈠ ㄊㄨㄥ t'ung^1 音通 又讀 ㄊㄨㄥˊ t'ung^2 音同
獸名。即野豬。本作⿰豕同，也作⿰豸同。見"集韻"。
㈡ ㄉㄨㄥˋ tung^4 音洞
族名。今作'峝'、'峒'，也作'侗'。參峝家。

⿰犭因 ㄧㄝˋ yeh^4 音葉
參獒⿰犭因。

狣 ㄓㄠˋ chao^4 音兆
力大的猛犬。見"爾雅·釋畜"。

狢 貉的或體。

狛 ㄓˋ chih^4 音制
①狾的或體。②猘的或體。

7

猀 ㄕㄚ sha^1 音沙
族名。散居於'廣西省'境。

狺 ㄧㄣˊ yin^2 音銀
①狗鬥。見"廣韻"。②狗叫聲。同⿰犭斤。見"集韻"。

狼 ㄌㄤˊ lang^2 音郎
①(wolf; *Canis lupus*) 屬脊椎動物亞門、哺乳綱、食肉

目、犬科(family Canidae)。頭大,肢壯,腳大,胸窄。在犬屬中,除少數培育之品種外,狼爲個體最大者,雄者體長達2公尺(包括尾長50公分),重達55公斤,雌者較小。毛密、長而軟,通常爲灰色,也有褐、紅或白色者。生性聰明,群居,常數隻至十多隻一起,居原野及林中,食鼠、兔、鳥、鹿等動物。12月至翌年4月間交配繁殖,懷孕63天,每次產4～14隻幼兒。產於'北美'、'歐洲'、'亞洲'。②凶狠;暴戾。如:狼戾。③族名。今作'俍'。參俍人。

狼圖

7【狼犺】ㄌㄤˊ ㄎㄤˋ
①笨拙。②笨重。

8【狼毒】ㄌㄤˊ ㄉㄨˊ
毒草名。葉子像商陸及大黃,莖葉上有毛,根部皮黃肉白。見"本草綱目·草部·狼毒"。

10【狼狽】ㄌㄤˊ ㄅㄟˋ
①比喻進退兩難。狽前足極短,行走時須將足架在狼的身上,無狼則狽不能行動。②比喻互相勾結作惡。

13【狼煙】ㄌㄤˊ ㄧㄢ
古代邊疆戍守據點用來傳遞警訊的烽煙。燃燒狼糞以起煙,故名。

18【狼藉】ㄌㄤˊ ㄐㄧˊ
①雜亂的樣子。②指行爲不檢。

21【狼顧】ㄌㄤˊ ㄍㄨˋ
①狼性多疑怯,行走時常回顧。因以比喻人疑懼。②形容人有異相,能似狼反顧,面正向後方,而身體不動。

7【狼尾草】ㄌㄤˊ ㄨㄟˇ ㄘㄠˇ
(*Pennisetum alopecuroides*(L.) Spreng.)多年生草本,稈高30～100公分,葉細長線形,上部漸尖,根生於葉的基部,紫色。圓錐花序穗狀圓筒形,小穗基部有長毛,小穗含二花,外穎極小,內穎亦較外稃小,穎及稃無芒。穎果呈狹紡錘形。分布於我國、'日本'、'緬甸',經'馬來西亞'、'玻里尼西亞'至'澳洲'。

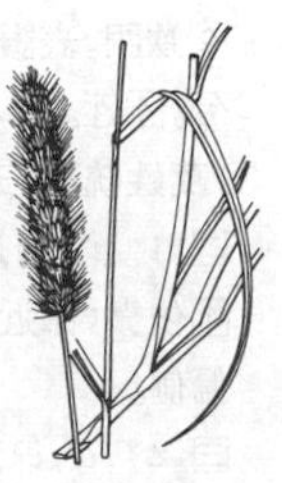
狼尾草圖

3【狼子野心】ㄌㄤˊ ㄗˇ ㄧㄝˇ ㄒㄧㄣ
比喻兇暴難以馴服的人。

4【狼心狗肺】ㄌㄤˊ ㄒㄧㄣ ㄍㄡˇ ㄈㄟˋ
比喻心腸惡毒。

7【狼吞虎嚥】ㄌㄤˊ ㄊㄨㄣ ㄏㄨˇ ㄧㄢˋ
形容進食匆忙粗魯。

8【狼披羊皮】ㄌㄤˊ ㄆㄧ ㄧㄤˊ ㄆㄧˊ
比喻表面慈善而內心狠毒。

10【狼狽不堪】ㄌㄤˊ ㄅㄟˋ ㄅㄨˋ ㄎㄢ
比喻非常困窘。

【狼狽爲奸】ㄌㄤˊ ㄅㄟˋ ㄨㄟˊ ㄐㄧㄢ
比喻人互相勾結,爲非作歹。

13【狼號鬼哭】ㄌㄤˊ ㄏㄠˊ ㄍㄨㄟˇ ㄎㄨ
形容哭聲淒厲。

㹨 ㄑㄧㄡˊ ch'iu2 音球
族名。今作'俅'。參俅子。

㹴 ㄍㄥ kêng1 音耕
狗。見"字彙"。

狴 ㄅㄧˋ pi4 音必
參狴犴。

6【狴犴】ㄅㄧˋ ㄏㄢˋ
傳說中的獸名。形似虎,古代立此獸於獄門。見"升庵外集·動物·龍生九子"。後用爲牢獄的代稱。

狾 ㄓˋ chih4 音志
瘋狗。見"說文"。

狹 ㄒㄧㄚˊ hsia2 音俠
窄;小。見"廣韻"。

13【狹義】ㄒㄧㄚˊ ㄧˋ
範圍狹小的界說。與廣義相對。

【狹隘】ㄒㄧㄚˊ ㄞˋ
窄小。

4【狹心症】ㄒㄧㄚˊ ㄒㄧㄣ ㄓㄥˋ
即心絞痛。參心絞痛。

猂 悍的俗體。

狸 貍的俗體。

狽 ㄅㄟˋ pei4 音背
傳說中的獸名。似狼,前腳短,須將腳架狼身上而行。見"正字通"。

㹱 ㄑㄩㄝˋ ch'üeh4 音鵲 又讀 ㄘㄨˋ ts'u4 音促
'戰國'時'宋國'良犬名。見"玉篇"。

狷 ㄐㄩㄢˋ chüan4 音絹
也作獧。①心胸狹小,性情急躁。見"廣韻"。②拘謹;耿介自持。如:狷介。

4【狷介】ㄐㄩㄢˋ ㄐㄧㄝˋ
拘謹自守,有所不爲。

8【狷忿】ㄐㄩㄢˋ ㄈㄣˋ
性情急躁易怒。

9【狷急】ㄐㄩㄢˋ ㄐㄧˊ
性情急躁鯁直,不能忍受屈辱。

10【狷狹】ㄐㄩㄢˋ ㄒㄧㄚˊ
氣量狹窄。

15【狷潔】ㄐㄩㄢˋ ㄐㄧㄝˊ
潔身自守。

狶 ㊀ ㄒㄧ hsi1 音希
豬。同豨。見"集韻"。
㊁ ㄒㄧˇ hsi3 音洗
叫豬的聲音。見"字彙"。

狻 ㄙㄨㄢ suan1 音酸
參狻猊。

11【狻猊】ㄙㄨㄢ ㄋㄧˊ
獅子。也作狻麑。見"爾雅·釋獸·狻麑·注"。

猁 ㄌㄧˋ li4 音利
參猞猁猻。

狳 ㄩˊ yü2 音魚
參犰狳。

8

猋 ㄅㄧㄠ piao1 音標
①狗奔跑的樣子。見"說文"。②暴風;旋風。通飆。見"爾

雅·釋天"。③快速。如:猋迅。

猒 ㄧㄢˋ yen⁴ 音燕
①飽足。同饜。見"說文"。②欺騙。③心服。

猔 ㊀ ㄗㄨㄥˋ tsung⁴ 音綜
母狗一胎只生一隻小狗。也作猣。見"玉篇"。
㊁ ㄗㄨㄥ tsung¹ 音宗
今作倧。參佸倧。

猝 ㄘㄨˋ ts'u⁴ 音促
突然;急迫。見"玉篇"。

6【猝死】 ㄘㄨˋ ㄙˇ
突然死亡。

12【猝然】 ㄘㄨˋ ㄖㄢˊ
突然。

4【猝不及防】 ㄘㄨˋ ㄅㄨˋ ㄐㄧˊ ㄈㄤˊ
事情突然發生,來不及防備。

猜 ㄘㄞ ts'ai¹
①懷疑。見"廣雅·釋言"。②推測;揣度。見"字彙"。

7【猜忌】 ㄘㄞ ㄐㄧˋ
猜疑妒忌。

9【猜度】 ㄘㄞ ㄉㄨㄛˋ
猜想。

12【猜測】 ㄘㄞ ㄘㄜˋ
猜想;推想。

【猜貳】 ㄘㄞ ㄦˋ
猜疑。

14【猜疑】 ㄘㄞ ㄧˊ
懷疑;不信任。

17【猜謎】 ㄘㄞ ㄇㄧˊ
猜謎語。就謎面來揣測謎底。

10【猜拳行令】 ㄘㄞ ㄑㄩㄢˊ ㄒㄧㄥˊ ㄌㄧㄥˋ
飲酒時助興取樂的遊戲。兩人相互出拳伸指,以猜中指數總和者爲勝,敗者飲酒,稱爲猜拳;行令即行酒令,設令官一人,其他人聽其號令,違者罰酒。

猪 或作豬。豬的俗體。

猫 ㄑㄩ ch'ü¹ 音區
參狜猫。

猗 ㊀ ㄧ i¹ 音衣
①美盛的樣子。見"字彙"。②歎詞。表讚美之意。③助詞。同兮。④姓。'春秋'時'魯'有'猗頓'。見"萬姓統譜·五"。
㊁ ㄧˇ i³ 音以
①依靠;靠近。同倚。見"字彙"。②偏側。
㊂ ㄜˇ o³, ê³
柔弱的樣子。見"集韻"。

8【猗柅】 ㄧˇ ㄋㄧˇ
柔順的樣子。也作猗柅、旖旎。

猍 ㊀ ㄌㄧˊ li² 音梨
貍的或體。
㊁ ㄌㄞˊ lai² 音來
族名。今作'俫'。參俫人。

猛 ㄇㄥˇ mêng³ 音蜢
①凶暴;凶惡。見"玉篇"。②嚴厲。見"玉篇"。③勇健。見"廣韻"。④急驟;強烈。如:猛火。⑤突然。如:猛省。⑥姓。'春秋''宋'有'猛獲'。見"左傳·莊一二年"。

5【猛可】 ㄇㄥˇ ㄎㄜˇ
突然;忽然。

12【猛然】 ㄇㄥˇ ㄖㄢˊ
突然;忽然。

13【猛獁】 ㄇㄥˇ ㄇㄚˋ
(mammoth)爲已絕跡的化石動物。生存於更新世(2,500,000年前至10,000年前)。屬長鼻目(order Proboscidea)。體被呈紅褐色的長毛,又稱長毛象。有保存完整的化石,甚至在'西伯利亞'冰地中曾發現其未腐敗的遺體。屬名爲

猛獁模型圖

Mammuthus,有多數不同的種,大多數與象一般大小或較小。除有長毛以禦寒外,皮下有厚達8公分的脂肪,耳小(面積小,熱的散發便少),凡此皆有利於體熱的維持,以適應寒冷氣候。

11【猛將如雲】 ㄇㄥˇ ㄐㄧㄤˋ ㄖㄨˊ ㄩㄣˊ
形容猛將很多。

猇 ㄒㄧㄠ hsiao¹ 音消
老虎要咬人時發出的叫聲。見"玉篇"。

猑 ㄎㄨㄣ k'un¹ 音昆
①獸名。見"廣韻"。②大狗。見"集韻"。

猓 ㊀ ㄍㄨㄛˇ ko³, kuo³ 音果
參猓然。
㊁ ㄌㄨㄛˇ lo³, luo³ 音裸
今作倮。參倮儸、倮黑。

12【猓然】 ㄍㄨㄛˇ ㄖㄢˊ
猿類動物。見"廣韻"。

猖 ㄔㄤ ch'ang¹ 音昌
囂張狂妄,任意橫行。如:猖獗。

7【猖狂】 ㄔㄤ ㄎㄨㄤˊ
狂妄放肆,任意而爲。

8【猖披】 ㄔㄤ ㄆㄧ
穿衣不繫帶。形容散亂不整的樣子。引申爲放縱不守法。

15【猖獗】 ㄔㄤ ㄐㄩㄝˊ
①任意橫行。②顛覆;失敗。

猙 ㄓㄥ chêng¹ 音爭
傳說中的奇獸名。似狐有翼。見"山海經·西山經"。

17【猙獰】 ㄓㄥ ㄋㄧㄥˊ
凶惡可怕的樣子。

猘 ㄓˋ chih⁴ 音志
①瘋狗。同狾。見"集韻"。②凶猛。

猊 ㄋㄧˊ ni² 音倪
狻猊的略稱。參狻猊。

猏 ㄧㄢˊ yen² 音延
參獌猏。

猈 ㄅㄚˋ pa⁴ 音爸
①短脛狗。見"說文"。②短頸狗。見"廣韻"。

猞 ㄕㄜˋ shê⁴ 音舍
參猞猁猻。

10【猞猁猻】 ㄕㄜˋ ㄌㄧˋ ㄙㄨㄣ
獸名。形似野貍而耳大,有長毛。也稱土豹。見"黑龍江志稿·物產"。

狷 ㄐㄧㄢ *chien*^{1} 音肩
[1]三歲豕。見"集韻"。[2]泛指大豕。見"正字通"。

9

猷 ㄧㄡˊ *yu*^{2} 音由
[1]謀略；計策。如：嘉猷。[2]道術；法則。[3]精微；美妙。如：猷訓。[4]姓。'漢'有'猷康'。見"萬姓統譜‧六二"。

献 獻的俗體。

⿰犭叜 獀的本字。

猑 ㊀ ㄏㄨㄟ *hui*^{1} 音揮　又讀 ㄏㄨㄣˊ *hun*^{2} 音渾
獸名。猿類，形狀像狗，見人則笑。見"廣韻"。
㊁ ㄒㄩㄣ *hsün*^{1} 音薰
獯的或體。

猶 ㄧㄡˊ *yu*^{2} 音由
[1]獸名。猴類，似猴而足短，性多疑。見"說文"。[2]遲疑。如：猶豫。[3]如同；相似。如：過猶不及。[4]尚且；仍然。如：雖敗猶榮。[5]可；可能。[6]謀略。通猷。[7]從；自。通由。

3【猶大】 ㄧㄡˊ ㄉㄚˋ
(Judas Iscariot)'耶穌'十二門徒之一。曾以30塊銀幣的代價出賣'耶穌'。後世遂以'猶大'為叛徒或出賣朋友者的通稱。

【猶子】 ㄧㄡˊ ㄗˇ
指姪兒。

4【猶太】 ㄧㄡˊ ㄊㄞˋ
[1](Jews) 即'希伯來'人。西元前953年，'猶太''所羅門'王死後，分裂為'以色列'、'猶太'兩國，先後於前722及586年滅亡，人民四散。第二次世界大戰後，得'英'、'美'各國的幫助，於1948年5月15日建立'以色列國'。[2]罵人小氣、吝嗇。

14【猶疑】 ㄧㄡˊ ˙ㄧ
遲疑不決。

16【猶豫】 ㄧㄡˊ ㄩˋ
遲疑不決。

4【猶太教】 ㄧㄡˊ ㄊㄞˋ ㄐㄧㄠˋ
(Judaism) '猶太'人的宗教。其形成約有三千年歷史，西元前十三、四世紀'摩西'率族人出'埃及'、訂"十誡"時為接近形成階段。奉"舊約全書"為經典，以'耶和華'為唯一眞主，'猶太'人為上帝選民，深信終將有彌賽亞出現。其宗教觀點與精神為'耶穌'及其使徒吸收而形成基督教。

猰 ㊀ ㄐㄧㄚˊ *chia*^{2} 音夾
雜毛犬。同⿰豸契。見"玉篇"。
㊁ ㄧㄚˋ *ya*^{4} 音揠
參猰㺄。

12【猰㺄】 ㄧㄚˋ ㄩˇ
獸名。似貙而虎爪，食人。也作⿰豸契貐。見"集韻"。

猢 ㄏㄨˊ *hu*^{2} 音胡
參猢猻。

13【猢猻】 ㄏㄨˊ ㄙㄨㄣ
國人昔稱猴為猢猻，尤其指獼猴。參獼猴。

猱 ㄋㄠˊ *nao*^{2} 音撓
[1]獸名。猴類。見"廣韻"。[2]揉弄。通揉。如：猱雜。

4【猱升】 ㄋㄠˊ ㄕㄥ
猱猴爬樹。比喻動作輕巧敏捷。

11【猱捷】 ㄋㄠˊ ㄐㄧㄝˊ
像猿猴般的敏捷。

18【猱雜】 ㄋㄠˊ ㄗㄚˊ
混雜。

猤 ㄎㄨㄟˊ *k'uei*^{2} 音揆
勇敢健壯的樣子。見"集韻"。

猭 ㊀ ㄔㄨㄢˋ *ch'uan*^{4} 音串
野獸在草中走動。見"廣韻"。
㊁ ㄕㄢ *shan*^{1} 音山
獸名。似兔。見"集韻"。

猳 ㄐㄧㄚ *chia*^{1} 音佳
[1]牡豕。也作豭。見"集韻"。[2]泛指豬。見"字彙"。

⿰犭昜 ㄧㄤˊ *yang*^{2} 音羊
今作偒。參偒僙。

猩 ㄒㄧㄥ *hsing*^{1} 音星
[1]獸名。參猩猩。[2]血紅色。如：猩紅。

12【猩猩】 ㄒㄧㄥ ㄒㄧㄥ
(orangutan; *Pongo pygmaeus*)生活於'婆羅洲'及'蘇門答臘'沼澤地的森林中。在五十萬年前，'東南亞'的島嶼上充斥著猩猩，雨林中有豐富的果實和樹葉供作食物。以後由於氣候改變，數目漸減；至十七世紀，因人們的捕殺，目前僅存約數千隻。猩猩天資聰明、和藹、好奇，外貌與人相似。體短壯，前肢長，後肢短，毛帶紅色。成年雄者高約137公分，重約75公斤。樹棲，每晚在樹上築一巢。雌者懷孕約275天，每次產一子。

猩猩圖

9【猩紅熱】 ㄒㄧㄥ ㄏㄨㄥˊ ㄖㄜˋ
(scarlet fever)由感染溶血性鏈球菌所引起的疾病。為接觸性傳染病，感染對象以3～10歲兒童為主。症狀為發熱、嘔吐、咽痛、身體皮膚各處出現紅色斑疹，易併發腎炎、中耳炎。可用抗毒素加以中和，也可使用盤尼西林和磺胺劑治療。

猲 ㊀ ㄏㄜˋ *ho*^{4}, *hê*^{4} 音赫
恐嚇；威逼。見"集韻"。
㊁ ㄒㄧㄝ *hsieh*^{1} 音歇
參猲獢。

15【猲獢】 ㄒㄧㄝ ㄒㄧㄠ
短嘴犬。也作歇驕。見"說文"。

⿰犭思 ㄙˇ *szŭ*^{3}, *ssŭ*^{3} 音葸
[1]犬名。見"玉篇"。[2]不安的樣子。見"廣韻"。

猥 ㄨㄟˇ *wei*³ 音委
1眾多;繁雜。如:猥多。2苟且。如:猥隨。3卑賤。如:猥賤。

14【猥瑣】 ㄨㄟˇ ㄙㄨㄛˇ
鄙陋庸俗;志氣卑下。

【猥獕】 ㄨㄟˇ ㄘㄨㄟ
容貌鄙陋不揚的樣子。

15【猥賤】 ㄨㄟˇ ㄐㄧㄢˋ
卑賤。

17【猥褻】 ㄨㄟˇ ㄒㄧㄝˋ
卑鄙下流。今多指對異性輕薄的行爲。

猫 貓的俗體。

猬 蝟的或體。

猧 ㄨㄛ *wo*¹ 音倭
犬名。見"正字通"。

𤞟 狗的或體。

猨 猿的或體。

猣 ㄗㄨㄥ *tsung*¹ 音蹤
犬一胎生三子。見"爾雅·釋畜"。

𤟤 ㄋㄨˋ *nu*⁴ 音怒
族名。散居於我國鄰近'緬甸'地區。

猦 ㄈㄥ *fêng*¹ 音風
參猦𤝞。

8【猦𤝞】 ㄈㄥ ㄇㄡˇ
獸名。也作猦母。如猿,逢人即叩頭,輕打即死,得風即復活。見"字彙"。

猴 ㄏㄡˊ *hou*² 音侯
(monkey) 屬脊椎動物亞門、哺乳綱、靈長目(order Primates)。猴係指靈長目中屬於卷尾猴科 (family Cebidae,俗稱新大陸猴)及獼猴科 (family Cercopithecidae,俗稱舊大陸猴)的種類,前者包含12屬約37種,後者包含16屬60種。除個體較大的種類如狒狒外,通常皆樹棲、群棲,晝間活動。個體大小由於種類不同而有很大差異,如狷猴(marmoset; *Cebuella pygmaea*),高僅13~14公分,重約90公克;而狒狒可高達115公分,重40公斤。大部分面短而扁,尾能捲物(新大陸猴)或不能捲物(舊大陸猴)。拇指能與其他四指對合,腦容量大。

10【猴拳】 ㄏㄡˊ ㄑㄩㄢˊ
仿效猴之身形及搏鬥方法的拳術。

13【猴猻】 ㄏㄡˊ ㄙㄨㄣ
獸名。見"集韻"。

17【猴戲】 ㄏㄡˊ ㄒㄧˋ
猴子表演的各種把戲。如翻筋斗、穿衣、戴帽、騎車等。

猵 ㊀ ㄅㄧㄢ *pien*¹ 音編
獸名。獺的一種。也作獱。見"說文"。
㊁ ㄆㄧㄢˋ *p'ien*⁴ 音片
參猵狙。

8【猵狙】 ㄆㄧㄢˋ ㄐㄩ
一種頭似狗、體如猿的野獸。見"集韻"。

㺄 ㊀ ㄩˊ *yü*² 音余
貐的或體。
㊁ ㄩˇ *yü*³ 音雨
貐的本字。

10

獃 ㄉㄞ *tai*¹ 音呆 又讀 ㄞˊ *ai*² 音皚
痴笨。見"廣韻"。

16【獃頭獃腦】 ㄉㄞ ㄊㄡˊ ㄉㄞ ㄋㄠˇ
反應遲鈍,頭腦不靈活。

獉 榛的或體。

獁 ㄇㄚˋ *ma*⁴ 音罵
獸名。見"集韻"。

猼 ㊀ ㄅㄛˊ *po*² 音博
犬名。見"廣韻"。
㊁ ㄆㄛˋ *p'o*⁴ 音魄
參猼且。

5【猼且】 ㄆㄛˋ ㄐㄩ
植物名。即蘘荷。也作猼苴。見"史記·司馬相如傳·猼且·集解"。

10【猼訑】 ㄅㄛˊ ㄕ
古神話中一種九尾四耳、目在背而形似羊的怪獸。

𤠎 ㄐㄧㄚ *chia*¹ 音家
大獼猴。也名玃。見"玉篇"。

猿 ㄩㄢˊ *yüan*² 音元
(ape)屬脊椎動物亞門、哺乳綱、靈長目(order Primates)、巨猿科(family Pongidae)。巨猿爲猩猩、黑猩猩及大猩猩(gorilla)的通稱。體形遠較長臂猿爲大。猩猩與長臂猿爲樹棲,而大猩猩與黑猩猩則大部分時間在地面活動。猿居於'非洲'及'東南亞'的熱帶樹林中。在演化上與人類最爲相近,無尾、似人形、智慧高。除現生的種類外,尚有許多目前已經絕跡的化石猿,如釁猿(*Dryopithecus*)、酋猿(*Proconsul*)等。

2【猿人】 ㄩㄢˊ ㄖㄣˊ
(*Pithecanthropus*)原爲屬名。起用於西元1891年「爪哇人」化石的發現,後來也用來指稱「北京人」。今「爪哇人」和「北京人」俱已重新劃入「直立人」的項目內,故而失去屬單位的意義。

9【猿科】 ㄩㄢˊ ㄎㄜ
(Pongidae) 靈長目、人超科下的一個科。包括黑猩猩、大猩猩、猩猩、長臂猿及與其相關的化石猿。

12【猿猴步】 ㄩㄢˊ ㄏㄡˊ ㄅㄨˋ
國術步法。螳螂拳派常用。有前提、後拖兩種步法。前提步爲前腳向前一步,後腳以同等步幅跟上,保持同樣姿勢;後拖步則爲後腳後退一步,前腳立刻保持同樣步幅跟著後退。

21【猿鶴蟲沙】 ㄩㄢˊ ㄏㄜˊ ㄔㄨㄥˊ ㄕㄚ
1指陣亡將士。相傳'周穆王'南征,將士陣亡者,或化爲猿、鶴,或化爲蟲、沙。見"太平御覽·羽族部·鶴"。2泛指死於戰禍的人民。

[犭栗] ㄌㄧˋ *li*⁴ 音立
今作傈。參傈僳。

獂 ㄩㄢˊ *yüan*² 音原
獸名。也作羱。①豕的一種。見"集韻"。②形狀似牛。見"山海經·北山經"。

猻 ㄙㄨㄣ *sun*¹ 音孫
參猴猻。

猾 ㄏㄨㄚˊ *hua*² 音滑
①擾亂。見"集韻"。②狡詐。如:奸猾。③播弄。

猺 ㄧㄠˊ *yao*² 音搖
族名。今作'傜'。參傜族。

獀 ㄙㄡ *sou*¹ 音搜
通蒐。①春獵。見"集韻"。②秋獵。見"玉篇"。

獋
嗥的或體。

獅 ㄕ *shih*¹ 音師
(lion; *Panthera leo*)屬脊椎動物亞門、哺乳綱、食肉目(order Carnivora)、貓科(family Felidae)、豹屬(genus *Panthera*)。生活於原野,產於'歐'、'亞'、'非'各洲,目前主要僅見於'非洲''撒哈拉'之南。身體強勁有力,體長、腿短、頭大。個體大小與外形常有很大差異,雄獅體長可達3公尺(包括尾),肩高1公尺,重達230公斤,雌者較小。毛短,淡黃至棕色,尾尖有一束毛,色較他處之毛爲深。鬃爲雄獅的顯著特徵,在各個體間互有差異,有的可能闕如,有的垂至面部,有的覆及頭背、頸部及肩部;群居,由雌獅捕食,食物包括長頸鹿、羚羊等。無特定的繁殖季節,一年中任何時間皆可生育,懷孕約108天,每產2或3隻幼兒,偶有多達6隻者。飼養的獅每年可生產一次,可活25年或更長;野生者每兩年生產一次,壽命約10年。

3【獅子山】 ㄕ ·ㄗ ㄕㄢ
(Sierra Leone) 位於西'非'的國家。西南濱'大西洋'。面積7.1萬方公里,人口602萬(2005年),首都'自由城'(Freetown)。人民大多從事農耕。主產棕櫚仁、油脂、咖啡、可可和薑,有鑽石和鐵礦。

【獅子吼】 ㄕ ·ㄗ ㄏㄡˇ
①也作師子吼。佛爲大眾說法無所畏怯,音聲震動世界,如獅子在眾獸中大吼,懾伏群獸。其後,凡佛弟子講經說法,或爲文宣道,均可稱獅子吼。②比喻發揚正義,痛斥乖謬的言論。

【獅子宮】 ㄕ ·ㄗ ㄍㄨㄥ
(Leo) 黃道十二宮的第五宮。位於黃經120°~150°。每年7月23日或前後,太陽進入此宮,節氣爲大暑。二千年前,原在獅子座,故名。但由於歲差的緣故,現已移至巨蟹座。

【獅子座】 ㄕ ·ㄗ ㄗㄨㄛˋ
(Leo)黃道十二星座之一。位於赤經9時22分至11時58分;赤緯－06.7度至＋33.0度之間。其α星('中'名軒轅十四)亮度1.4星等。相當於'中國'星座軒轅、酒旗、御女、長垣、少微、靈臺、太微右垣、明堂、五帝座等。

【獅子會】 ㄕ ·ㄗ ㄏㄨㄟˋ
①'宋'時僧人在重陽節所舉行的法會。②爲國際獅子會(LIONS International)的簡稱。參國際獅子會。

【獅子搏兔】 ㄕ ·ㄗ ㄅㄛˊ ㄊㄨˋ
比喻以強欺弱、以大欺小。

【獅子大開口】 ㄕ ·ㄗ ㄉㄚˋ ㄎㄞ ㄎㄡˇ
俗稱開價很高。

獊 ㄔㄨㄤˋ *ch'uang*⁴ 音創
參獊囊。

22【獊囊】 ㄔㄨㄤˋ ㄋㄤˊ
紛亂不齊的樣子。也作愴囊。

11

獘 ㄅㄧˋ *pi*⁴ 音敝
①頓仆;仆倒。同斃。見"說文"。②動物名。狀似狐而有翼。同獙。見"正字通"。

獒 ㄠˊ *ao*² 音遨
獸名。犬的一種。高四尺,兇猛,聰敏,可解人意。見"正字通"。

9【獒狠】 ㄠˊ ㄧㄝˋ
神話中的食人獸。形如牛,白身,四角。也作獓㹭。見"山海經·西山經"。

獎 ㄐㄧㄤˇ *chiang*³ 音槳
①勸勉;鼓勵。如:獎賞。②輔助。

11【獎掖】 ㄐㄧㄤˇ ㄧㄝˋ
提拔。也作獎挹。

3【獎工制度】 ㄐㄧㄤˇ ㄍㄨㄥ ㄓˋ ㄉㄨˋ
(incentive wage system)獎勵工資制度的簡稱。係依據工作數量及品質的成績,設定基本工資及獎金制度。獎工制常與動作時間研究相聯貫,爲早期科學管理的重要活動之一。

17【獎勵標準】 ㄐㄧㄤˇ ㄌㄧˋ ㄅㄧㄠ ㄓㄨㄣˇ
(the standard of encouragement)指產品的生產必須達到某標準,始可享受"獎勵投資條例"之獎勵而言。例如生產事業中的製造業有一類爲食品類,食品類中有一種爲農產品脫水加工,但並非所有農產品脫水加工者皆可獲獎勵,必須是以眞空處理或凍結脫水方法產製者始可。

【獎勵薪資】 ㄐㄧㄤˇ ㄌㄧˋ ㄒㄧㄣ ㄗ
根據員工之工作績效爲支付標準的薪資。其中又有按工作量爲準支付薪資、按工作效率爲準支付薪資、按節省時間爲準支付薪資等之不同的設計。

【獎勵類目】 ㄐㄧㄤˇ ㄌㄧˋ ㄌㄟˋ ㄇㄨˋ
(the species and items of encouragement)係就"獎勵投資條例"所訂可申請獎勵之各種生產事業再加以分類、分目而言。例如製造業分爲十四類,每類又分爲若干種,每種再分爲若干細目,所謂產品是否符合獎勵類目,必須查閱其所生產或擬生產之產品是否被列入該某類某目,如已列入,才可申請獎勵。

獐 ㄓㄤ chang^1 音章
麞的俗稱。參麞。

16【獐頭鼠目】 ㄓㄤ ㄊㄡˊ ㄕㄨˇ ㄇㄨˋ
形容面目可憎、心術不正的人。也作麞頭鼠目。

獍 ㄐㄧㄥˋ ching^4 音敬
傳說中食父的惡獸。似貙而虎眼。見"字彙"。

獄 ㄩˋ yü^4 音玉
①訴訟案件。如:獄訟。②囚禁犯人的場所。如:監獄。

8【獄卒】 ㄩˋ ㄗㄨˊ
管理牢獄的人。

11【獄訟】 ㄩˋ ㄙㄨㄥˋ
訴訟案件。

⿰犭蒿 ㄏㄠ hao^1 音蒿
獸名。貉類,色白,尾小如狗。見"正字通"。

⿰犭翏 ㄑㄧㄠ ch'iao^1 音敲 又讀 ㄒㄧㄠ hsiao^1 音簫
①犬鬩吠。見"說文"。②擾亂。見"廣雅·釋詁"。③狡獪;無賴。見"集韻"。

7【⿰犭翏伢】 ㄑㄧㄠ ㄑㄧㄚ
恐懼;隱藏情意。也作恏伢。

獑 ㄔㄢˊ ch'an^2 音蟬
參獑胡。

9【獑胡】 ㄔㄢˊ ㄏㄨˊ
一種白色似猿的動物。也作獑猢。見"廣韻"。

獌 ㄨㄢˋ wan^4 音萬
獸名。似貍而大。也稱貙。見"爾雅·釋獸"。

11【獌狿】 ㄨㄢˋ ㄧㄢˊ
獸名。身長八尺。見"廣韻"。

獏 貘的俗體。

獕 ㄘㄨㄟ ts'ui^1 音催
參猥獕。

12

獞 ㄊㄨㄥˊ t'ung^2 音童 又讀 ㄓㄨㄤˋ chuang^4 音壯
①犬名。見"集韻"。②族名。也作'僮'。參僮族。

獜 ㄌㄧㄣˊ lin^2 音鄰
①強健。見"說文"。②傳說中獸名。狀似犬,虎爪而有甲。見"山海經·中山經"。

獟 ㊀ ㄧㄠˋ yao^4 音耀
狂犬名。見"集韻"。
㊁ ㄒㄧㄠ hsiao^1 音消
驍勇。也作趬。如:獟悍。

10【獟悍】 ㄒㄧㄠ ㄏㄢˋ
勇猛凶悍。

⿰犭敕 ㄔㄣ ch'ên^1 音嗔
參⿰犭敕㺜。

12【⿰犭敕㺜】 ㄔㄣ ㄔㄨㄢˋ
相連綿延的樣子。也作⿰犭敕㺜。

⿰犭粟 ㄙㄨˋ su^4 音素
今作傈。參傈僳。

獖 或作豶。㊀ ㄈㄣˋ fên^4 音憤
羊名。見"玉篇"。
㊁ ㄈㄣˊ fên^2 音汾
閹豬。同豶。見"集韻"。

獚 ㄏㄨㄤˊ huang^2 音黃
今作債。參傷債。

獝 ㄒㄩˋ hsü^4 音序
①狂。見"玉篇"。②鳥驚飛的樣子。見"正字通"。

獗 ㄐㄩㄝˊ chüeh^2 音決
參猖獗。

獠 ㄌㄧㄠˊ liao^2 音聊
①夜間打獵。也泛指狩獵。見"說文"。②族名。今作'僚'。參僚人。③凶惡;醜惡。如:獠面。

4【獠牙】 ㄌㄧㄠˊ ㄧㄚˊ
向外暴露的長牙。

獛 ㄆㄨˊ p'u^2 音僕
今作僕。參僕喇。

⿰犭然 ㄖㄢˊ jan^2 音然
又名猓然。猨屬,青身黑頰,性好理髯。見"埤雅·釋獸"。

獢 ㄒㄧㄠ hsiao^1 音消
①短嘴的獵犬。見"說文"。②勇猛。如:獢勇。

獡 ㄕㄨㄛˋ shuo^4 音爍
犬受到驚嚇,以致對人不馴。也作獡。見"說文"。

獋 嗥的俗體。

13

⿰犭廌 ㄓㄞˇ chai^3 音窄
①參⿰犭廌獬。②廌的俗體。

16【⿰犭廌獬】 ㄓㄞˇ ㄒㄧㄝˋ
豪強的樣子。也作⿰亻廌⿰亻解、⿰彳廌⿰彳解。

獩 ㄏㄨㄟˋ hui^4 音會
參獩貊。

13【獩貊】 ㄏㄨㄟˋ ㄇㄛˋ
族名。也作'穢貊'。爲'北貉'的一部。分布於今'朝鮮半島''江原道'一帶及'遼寧省''鳳城縣'以東之地。

獦 ㄍㄜˊ ko^2, kê^2 音葛
一種短嘴的狗。也作猲。見"集韻"。

獶 ㄋㄠˊ nao^2 音撓 又讀 ㄋㄨㄥˊ nung^2 音農
①多毛犬。見"玉篇"。②犬毛長。見"廣韻"。③族名。今作'儂'。參儂族。

獧 ㄐㄩㄢˋ chüan^4 音眷
①急跳。見"說文"。②泛指急速、敏捷。見"字彙"。③耿介;守正不阿。同狷。

獨 ㄉㄨˊ tu^2 音櫝
①孤單;單一。如:獨夫。②孤單無依的人。或指老而無子的人。③特出;特殊。如:特立獨行。④但;只是。如:人不獨親其親。⑤豈;難道。⑥姓。'明'有'獨立'。見"萬姓統譜·一一二"。

4【獨夫】 ㄉㄨˊ ㄈㄨ
①指暴虐無道、眾叛親離的君主。也稱一夫。②無妻的男子。

5【獨立】 ㄉㄨˊ ㄌㄧˋ
①自立而不依賴他人。②孤立。③

特出;超群。4指國家有完全自主權,不受外來力量的干涉。

【獨占】 ㄉㄨˊ ㄓㄢˋ
1獨自占有。2(monopoly)廠商類型之一。凡一產業只有一家廠商,其產品在其他產業中沒有適當的代替品,新生產者受到種種限制,無法進入該產業,此一廠商即稱爲獨占。

【獨白】 ㄉㄨˊ ㄅㄞˊ
(soliloquy) 戲劇中腳色獨自一人所說的臺詞。目的在讓觀眾了解腳色的內心活動,或提供其他腳色的消息。

6【獨行】 (一) ㄉㄨˊ ㄒㄧㄥˊ
1一個人單獨行走。2堅持自己的想法而行事。
(二) ㄉㄨˊ ㄒㄧㄥˋ
高尚而不同於流俗的品行。

7【獨步】 ㄉㄨˊ ㄅㄨˋ
1獨自步行。2超絕他人,無人能及。

【獨身】 ㄉㄨˊ ㄕㄣ
1單身;一個人。2已達適婚年齡而沒有結婚的人。

12【獨買】 ㄉㄨˊ ㄇㄞˇ
(monopsony) 某一產品或要素市場,只有一位買者。'臺灣'的甘蔗原料與菸草市場即是。

15【獨樂】 (一) ㄉㄨˊ ㄩㄝˋ
獨自欣賞音樂。
(二) ㄉㄨˊ ㄌㄜˋ
獨自享受快樂。

18【獨斷】 ㄉㄨˊ ㄉㄨㄢˋ
專憑自己的主見決斷事情。

20【獨覺】 ㄉㄨˊ ㄐㄩㄝˊ
佛家稱獨自修行而悟道。也稱緣覺。

21【獨霸】 ㄉㄨˊ ㄅㄚˋ
1獨自占有。2無人能及。

24【獨攬】 ㄉㄨˊ ㄌㄢˇ
獨自把持;單獨控制。

4【獨木舟】 ㄉㄨˊ ㄇㄨˋ ㄓㄡ
用一根大木刳成的船。也稱獨木船。

5【獨立式】 ㄉㄨˊ ㄌㄧˋ ㄕˋ
國術基本架式。又名金雞獨立。因攻守目的不同而姿勢略異,基本姿勢爲:一腳伸直站立,另腳提起至膝與腰平,腳尖下垂,護住立腳的膝蓋。

【獨立旅】 ㄉㄨˊ ㄌㄧˋ ㄌㄩˇ
陸軍編制戰術單位之一。隸屬軍團,其下統轄三個戰鬥營與戰鬥、勤務支援部隊。旅長官階爲少將。

【獨立語】 ㄉㄨˊ ㄌㄧˋ ㄩˇ
(isolating language) 也作孤立語、分析語。以固定的字根及條理分明的文字順序,而非以字形變化來表示文法關係。如'漢'語便是。

【獨立營】 ㄉㄨˊ ㄌㄧˋ ㄧㄥˊ
野戰中自成一獨立單位擔負作戰或作業之任務,而不受師節制的營。係一行政單位,亦爲一戰術單位。

13【獨腳戲】 ㄉㄨˊ ㄐㄧㄠˇ ㄒㄧˋ
1指不用配腳,由一人單獨演完全齣的戲。2比喻一個人獨自支撐大局。

14【獨幕劇】 ㄉㄨˊ ㄇㄨˋ ㄐㄩˋ
(one-act-play)戲劇作品形式之一。即在獨立的一幕中完成全劇事件。流行於十九世紀以後。由於受到時間、場景的限制,劇本的寫作須講求效果統一、情節緊湊及素材的經濟。

15【獨樂樂】 ㄉㄨˊ ㄩㄝˋ ㄌㄜˋ
獨自欣賞音樂的樂趣。

23【獨體字】 ㄉㄨˊ ㄊㄧˇ ㄗˋ
指在字形上分析不開的字。大都爲象形和指事字,如日、月和本、末等字。

4【獨木難支】 ㄉㄨˊ ㄇㄨˋ ㄋㄢˊ ㄓ
比喻一個人的力量難以支持。

5【獨立事件】 ㄉㄨˊ ㄌㄧˋ ㄕˋ ㄐㄧㄢˋ
(independent events) 事件A、B爲獨立,即A、B同時發生的機率 $p(A\cap B)=p(A)p(B)$ 爲各自發生之機率的乘積。

【獨立宣言】 ㄉㄨˊ ㄌㄧˋ ㄒㄩㄢ ㄧㄢˊ
(*Declaration of Independence*) 西元1776年'北美'殖民地各州代表在第二屆大陸會議中,發表"獨立宣言",正式以'美利堅合眾國'(United States of America)爲名,宣布脫離'英國'而獨立。由'哲斐遜'(Thomas Jefferson)起草,要點有三:一、任何人都生而平等,保有不可侵犯的圖生存、求自由、謀福利的天賦權利。二、任何政府的正當權力,均由人民同意而產生。三、任何政府如果破壞天賦人權,人民即可用武力將其推翻。十七、八世紀間,民主思潮中的重要主張完全濃縮在這篇簡短的宣言中,"獨立宣言"遂成爲民主政治建立過程中的重要文件。

【獨立研究】 ㄉㄨˊ ㄌㄧˋ ㄧㄢˊ ㄐㄧㄡˋ
(independent study) 一種教學法。教師讓學生瞭解其應學習的課程、學習目的與評鑑標準後,由學生自行進行研究與學習,而教師僅適時適度地施以督導。

【獨立財貨】 ㄉㄨˊ ㄌㄧˋ ㄘㄞˊ ㄏㄨㄛˋ
(independent goods) 一種產品的需求量與另一種產品的價格變動無關,則兩種產品互爲獨立財貨。例如火柴與食鹽。

【獨立審判】 ㄉㄨˊ ㄌㄧˋ ㄕㄣˇ ㄆㄢˋ
法官審判案件,一方面不受行政機關、立法機關、監察機關之干涉,另一方面亦不受上級法院之干涉,僅依據法律,認定事實,本於職責及良心,獨立行使審判權。爲保障審判之獨立,"憲法"特別規定法官爲終身職,非受刑事或懲戒處分或禁治產之宣告,不得免職;非依法律,不得停職、轉任或減俸。

【獨立變項】 ㄉㄨˊ ㄌㄧˋ ㄅㄧㄢˋ ㄒㄧㄤˋ
(independent variable) 凡足以

改變依變項數值的變項，稱爲獨立變項。例如個人的自信心增加後，足以提升其學業成就；其中自信心即屬獨立變項，學業成就則爲依變項。

【獨占事業】 ㄉㄨˊ ㄓㄢˋ ㄕˋ ㄧㄝˋ
指需要大量資本，他人難與競爭，事實上具有獨占性之事業。如經營電燈、電話、汽車、火車等，爲一般公衆所必須使用之公用事業，即是最明顯之獨占事業。法律上所謂之獨占係指某種物品在特定市場上，僅有一家廠商在生產或銷售，毫無其他競爭者（完全獨占）；或有其他競爭者，但其間未有實質之競爭（部分獨占）；或僅有少數幾家廠商在生產或銷售，而在該少數幾家廠商間事實上並無顯然或重要之競爭存在（寡頭獨占），以致爲獨占之企業，在其價格決定上，無須考慮其他競爭者或顧客之反應。獨占事業由於缺乏競爭，常爲多求利潤而抬高價格，或爲減輕成本而降低品質，並不合乎節制資本、謀國計民生均足之基本國策，因此"憲法"規定公用事業及其他獨占性之企業，以公營爲原則，其經法律許可者，得由國民經營之。

【獨占取價】 ㄉㄨˊ ㄓㄢˋ ㄑㄩˇ ㄐㄧㄚˋ
(monopoly pricing) 根據邊際收入等於邊際成本的最大利潤法則，來決定公用事業之產量與價格的取價方法。

【獨占鰲頭】 ㄉㄨˊ ㄓㄢˋ ㄠˊ ㄊㄡˊ
古謂考中狀元。今指得第一。

7【獨步千古】 ㄉㄨˊ ㄅㄨˋ ㄑㄧㄢ ㄍㄨˇ
自古以來無人能及。

【獨身主義】 ㄉㄨˊ ㄕㄣ ㄓㄨˇ ㄧˋ
不願結婚的主張、思想。

8【獨來獨往】 ㄉㄨˊ ㄌㄞˊ ㄉㄨˊ ㄨㄤˇ
獨自一個人來來去去，不受拘束。

【獨具隻眼】 ㄉㄨˊ ㄐㄩˋ ㄓ ㄧㄢˇ
比喻有獨到的見解。

9【獨挑大梁】 ㄉㄨˊ ㄊㄧㄠ ㄉㄚˋ ㄌㄧㄤˊ
獨自擔當重任。

12【獨善其身】 ㄉㄨˊ ㄕㄢˋ ㄑㄧˊ ㄕㄣ
專力修養自身的德性。

【獨裁政治】 ㄉㄨˊ ㄘㄞˊ ㄓㄥˋ ㄓˋ
簡稱獨裁。爲當前世上與民主政治制度相對而具有相似影響力的政治制度。係爲權力集中在一人或一小群人的政府形式，政治不平等，民意不受尊重，且爲少數治理。依獨裁者對社會控制程度的不同，可分爲極權(totalitarian)獨裁與威權(authoritarian)獨裁；以獨裁者的權力基礎爲準，又可分爲君主獨裁、軍事獨裁、政黨獨裁等。共產國家便是一種極權的政黨獨裁政治，全面而徹底地控制人民生活。

【獨買剝削】 ㄉㄨˊ ㄇㄞˇ ㄅㄛ ㄒㄧㄠ
(monopsonistic exploitation) 在產品市場完全競爭、要素市場獨買下，生產要素所得到的報酬小於其邊際產值，此差額稱爲獨買剝削。

13【獨當一面】 ㄉㄨˊ ㄉㄤ ㄧ ㄇㄧㄢˋ
獨力擔當某種責任。

15【獨賣剝削】 ㄉㄨˊ ㄇㄞˋ ㄅㄛ ㄒㄧㄠ
(monopolistic exploitation)在產品市場獨占、要素市場完全競爭下，生產者依要素邊際收入產出等於要素邊際成本，決定均衡生產要素的雇用，致使生產要素所得到的報酬小於其對社會價值的貢獻，此差額稱爲獨賣剝削。

16【獨樹一幟】 ㄉㄨˊ ㄕㄨˋ ㄧ ㄓˋ
獨自樹立一種標幟。比喻別立一格或一派。

4【獨木不成林】 ㄉㄨˊ ㄇㄨˋ ㄅㄨˋ ㄔㄥˊ ㄌㄧㄣˊ
比喻單獨一個人的力量不能成就事情。

5【獨立隨機試驗】 ㄉㄨˊ ㄌㄧˋ ㄙㄨㄟˊ ㄐㄧ ㄕˋ ㄧㄢˋ
參相依隨機試驗。

獬 ㄒㄧㄝˋ *hsieh*^{4} 音蟹
參獬豸。

7【獬豸】 ㄒㄧㄝˋ ㄓˋ
傳說中的獨角獸。能在訟案中觸撞理屈的人。也作獬廌。見"廣韻"。

獥 ㄐㄧ *chi*^{1} 音激
1 幼狼。見"爾雅·釋獸"。2 母狼。見"集韻"。

獫 ㄒㄧㄢˇ *hsien*^{3} 音險
一種長嘴的狗。一說黃頭的黑狗。見"說文"。

7【獫狁】 ㄒㄧㄢˇ ㄩㄣˇ
'匈奴'的古稱。

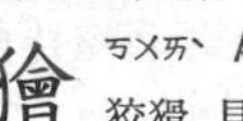

獪 ㄎㄨㄞˋ *k'uai*^{4} 音快
狡猾。見"說文"。

14

獰 ㄋㄧㄥˊ *ning*^{2} 音寧
兇惡；殘暴。見"集韻"。

10【獰笑】 ㄋㄧㄥˊ ㄒㄧㄠˋ
兇狠可怕的笑容。

12【獰惡】 ㄋㄧㄥˊ ㄜˋ
猙獰兇惡。

獱 猵的或體。

獳 ㄋㄡˋ *nou*^{4} 音耨
狗發怒的樣子。見"說文"。

獮 ㄒㄧㄢˇ *hsien*^{3} 音險
1 古代秋天行獵的專稱。見"說文"。2 獵殺禽獸。見"字彙"。

獴 ㄇㄥˊ *mêng*^{2} 音蒙
參獴哥。

13【獴哥】 ㄇㄥˊ ㄐㄧㄚ
(mongoose) 又稱貓鼬。屬於哺乳動物、食肉目 (order Carnivora)、靈貓科 (family Viverridae)中的動物。約有15屬40種。

獴哥圖

產於'非洲'、'亞洲'及'歐洲'南部。小型,腿短,鼻尖,耳小,尾長而蓬鬆,毛色自灰至棕。體長17～24公分,另尾長15～20公分。活潑,以鳥、爬蟲等動物爲食,有許多種類會攻擊毒蛇,係以速度及敏捷取勝。'日'人占據'臺灣'之初,曾引入獴狷以捕食蛇,蛇的數目始行減少。

獲 ㊀ ㄏㄨㄛˋ ho^4, huo^4 音或
[1]獵得之物。見"說文"。[2]得到。如:獲利。[3]能夠。如:不獲前來。
㊁ ㄏㄨㄞˊ huai^2 音懷
參獲鹿。

11【獲鹿】 ㄏㄨㄞˊ ㄌㄨˋ
縣名。屬'河北省',在'石門市'西。'正太鐵路'經此。

23【獲麟】 ㄏㄨㄛˋ ㄌㄧㄣˊ
捕獲麒麟。'春秋'"魯哀公'十四年(前481)西狩獲麟,'孔子'作"春秋",即止於此年。

獯 ㄒㄩㄣ hsün^1 音薰
參獯鬻。

22【獯鬻】 ㄒㄩㄣ ㄩˋ
'匈奴'的古稱。也作'熏鬻'、'葷粥'、'熏粥'。

15

獸 ㄕㄡˋ shou^4 音狩
[1]四足的野生哺乳動物。如:野獸。[2]比喻殘暴兇惡,沒有人性。如:人面獸心。

8【獸性】 ㄕㄡˋ ㄒㄧㄥˋ
指下流的心性或慾望。與人性相對。

15【獸慾】 ㄕㄡˋ ㄩˋ
指衝動無理智的性慾。

14【獸聚鳥散】 ㄕㄡˋ ㄐㄩˋ ㄋㄧㄠˇ ㄙㄢˋ
比喻聚散無常。

獷 ㄍㄨㄤˇ kuang^3 音廣
兇惡;蠻橫。如:獷悍。

10【獷悍】 ㄍㄨㄤˇ ㄏㄢˋ
蠻橫。

獶 ㄋㄠˊ nao^2 音呶
獸名。即獼猴。本作夒,或作猱、獿。見"說文"。

獵 ㄌㄧㄝˋ lieh^4 音列
[1]追捕禽獸。見"說文"。[2]求取。如:獵取功名。[3]經歷。如:涉獵。

4【獵戶座】 ㄌㄧㄝˋ ㄏㄨˋ ㄗㄨㄛˋ
(Orion; Ori)赤道帶星座之一。位於赤經4時43分至6時26分,赤緯－11.0度至＋22.9度之間。爲全天最壯麗的星座。其α星('中'名參宿四)是紅色的變星,亮度變化爲0.41～1.3星等,是全天第九亮的恆星。β星(參宿七)亮度0.14星等,青白色,是全天第八亮的恆星。δ、ε、ζ(參宿三、參宿二、參宿一)三星列成一直線,形成獵戶的腰帶。此外,座內尚有著名的獵戶座大星雲M42,晴夜肉眼可見。相當於'中國'星座參宿、參旗、觜宿、伐、司怪、水府、玉井等。

16

獻 ㄒㄧㄢˋ hsien^4 音憲
[1]祭祀時奉上祭品。如:獻酒。[2]進奉。如:奉獻。[3]表露;顯示。如:獻藝。[4]賢能。通賢。如:獻臣。[5]姓。'秦'有'獻則'。見"萬姓統譜·一〇〇"。

7【獻肘】 ㄒㄧㄢˋ ㄓㄡˇ
國術肘擊法。曲肘抬與肩平,拳背朝上,另手按拳面,橫頂敵胸。

【獻身】 ㄒㄧㄢˋ ㄕㄣ
奉獻自身。多指竭盡心力於某種工作或理想。

8【獻拙】 ㄒㄧㄢˋ ㄓㄨㄛˊ
向人表露自己技能的謙詞。也稱獻醜。

11【獻捷】 ㄒㄧㄢˋ ㄐㄧㄝˊ
[1]戰勝以後,進獻所獲俘虜和戰利品。[2]泛指打勝仗。

12【獻媚】 ㄒㄧㄢˋ ㄇㄟˋ
表露媚態,以討好別人。

13【獻歲】 ㄒㄧㄢˋ ㄙㄨㄟˋ
指新年、歲始。

15【獻諛】 ㄒㄧㄢˋ ㄩˊ
用言語奉承人,討人歡心。

17【獻馘】 ㄒㄧㄢˋ ㄍㄨㄛˊ
古時作戰,割取敵人左耳歸獻,以計功行賞。

【獻醜】 ㄒㄧㄢˋ ㄔㄡˇ
[1]露出醜態。[2]向人表現自己才藝時的謙辭。

10【獻曝】 ㄒㄧㄢˋ ㄆㄨˋ
農夫冬天曬太陽取暖,自以爲妙法,因欲奉獻國君。指平凡人所能提供的平凡意見。今多作爲貢獻意見給他人的謙辭。

10【獻殷勤】 ㄒㄧㄢˋ ㄧㄣ ㄑㄧㄣˊ
以諂媚的態度討好別人。

5【獻可替否】 ㄒㄧㄢˋ ㄎㄜˇ ㄊㄧˋ ㄈㄡˇ
進獻善言而諫止不善。

獺 ㄊㄚˋ t'a^4 音闥
動物名。形如小狗,頭似鮎,長尾,四足,青黑色或白色,居於水中,捕魚爲食。又稱水狗。見"正字通"。

獹 ㄌㄨˊ lu^2 音盧
'戰國'時'韓國'駿犬名。也作盧。見"玉篇"。

17

獽 ㄖㄤˊ jang^2 音穰
獸名。猿屬。見"集韻"。

獼 ㄇㄧˊ mi^2 音彌
參獼猴。

12【獼猴】 ㄇㄧˊ ㄏㄡˊ
(macaque)脊椎動物亞門、哺乳綱、靈長目(order Primates)、獼猴科(family Cercopithecidae)中獼猴屬(genus *Macaca*)的動物。約有12種。產於我國'雲南'、'海南'者爲 *Macaca mulatta*(如圖),產於'臺灣'者爲 *Macaca cyclopis*。*Macaca mulatta* 稱'恆河'猴(rhesus monkey),常供研究用,人體的 Rh 血型即根

據該種猴研究而得，故以其俗名前兩個字母稱該血型。獼猴爲雜食性，發育成熟時，骿骶體變紅。在野外，壽命可達20～25年。

獼猴圖

獜 ㄌㄧㄢˊ lien² 音聯
參獜猭。

12【獜猭】 ㄌㄧㄢˊ ㄔㄨㄢˋ
野獸疾奔的樣子。

貜 ㄧㄥ ying¹ 音嬰
參貜如。

6【貜如】 ㄧㄥ ㄖㄨˊ
神話中的獸名。形狀如鹿而尾白，馬腳人手而有四角。見"山海經·西山經"。

18

玃 貜的或體。

貛 ㄏㄨㄢ huan¹ 音歡
動物名。同貛。參貛。

19

獶 ㄋㄠˊ nao² 音撓
①犬受驚而吠。見"說文"。②獸名。即獼猴。同猱、夒。③善於塗抹牆壁的人。見"字彙"。

玀 ㄌㄨㄛˊ lo², luo² 音羅
今作儸。參倮儸。

20

玃 ㄐㄩㄝˊ chüeh² 音矍
獸名。即大獼猴。見"說文"。

玁 ㄒㄧㄢˇ hsien³ 音險
參玁狁。

7【玁狁】 ㄒㄧㄢˇ ㄩㄣˇ
'周'稱'匈奴'爲'玁狁'。參匈奴。

獑 ㄑㄧˊ ch'i² 音其
狗一胎生一隻小狗。見"玉篇"。

玄　部

玄　ㄒㄩㄢˊ *hsüan*2 音懸
①黑中帶赤。也泛指黑色。如:天地玄黃。②深遠;高妙。如:玄妙。③北方。如:玄天。④姓。'黃帝'有臣'玄壽'。見"世本"。

4【玄丹】　ㄒㄩㄢˊ ㄉㄢ
道教語。指心。

5【玄功】　ㄒㄩㄢˊ ㄍㄨㄥ
道教修道的功夫。

6【玄旨】　ㄒㄩㄢˊ ㄓˇ
奧妙的義理。

7【玄谷】　ㄒㄩㄢˊ ㄍㄨˇ
道教語。指腎。

【玄妙】　ㄒㄩㄢˊ ㄇㄧㄠˋ
①幽遠精微。②佛家語。指不可思議的境界。

8【玄武】　ㄒㄩㄢˊ ㄨˇ
四象之一。二十八宿中北方七宿的總象。古人把斗、牛、女、虛、危、室、壁七宿想像成龜和蛇,二者都身有鱗甲,故稱武;又因北方屬水,色黑,故稱玄。

【玄門】　ㄒㄩㄢˊ ㄇㄣˊ
①指道教。又稱玄宗。②指佛教的法門。

【玄兔】　ㄒㄩㄢˊ ㄊㄨˋ
傳說中的月中玉兔。

9【玄帝】　ㄒㄩㄢˊ ㄉㄧˋ
道教'玄天上帝'的簡稱。

【玄枵】　ㄒㄩㄢˊ ㄒㄧㄠ
星次名。相當二十八宿的女、虛、危三宿。自女宿八度至危宿十五度。以十二辰言,屬子;以分野言,當'齊';以節氣言,值小寒、大寒;以黃道十二宮言,相當於寶瓶宮;以星座言,相當於寶瓶、小馬、飛馬三座。

【玄風】　ㄒㄩㄢˊ ㄈㄥ
①幽遠古樸的風俗教化。②談論道家義理的風氣。③指天子的德教。

10【玄酒】　ㄒㄩㄢˊ ㄐㄧㄡˇ
①古代祭祀所用的水。②薄酒。

【玄海】　ㄒㄩㄢˊ ㄏㄞˇ
(magic ocean)人工海水的一種。即以人爲方式調配出海水的鹽度、控制水生物環境,用以飼養觀賞之魚類。

【玄冥】　ㄒㄩㄢˊ ㄇㄧㄥˊ
①幽深玄遠,暗昧難明。②道教語。指腎神。

【玄悟】　ㄒㄩㄢˊ ㄨˋ
徹底領悟。

【玄根】　ㄒㄩㄢˊ ㄍㄣ
①佛家語。指玄妙的根器與本性。②道教語。(1)指道的根本。(2)指身軀。(3)指口中的津液。

【玄奘】　ㄒㄩㄢˊ ㄗㄤˋ
(602～664)'唐''偃師'(今'河南''偃師')人,本姓'陳',名'褘'。年十三出家,博涉佛教經論。曾西行周遊'西域'到'摩揭陀國',入'那爛陀寺',拜'戒賢'爲師,精研佛典。經十餘年歸國,攜回梵文本佛經六百五十七部,與其弟子共譯七十三部,並撰"大唐西域記"。

11【玄理】　ㄒㄩㄢˊ ㄌㄧˇ
深奧的哲理。

【玄教】　ㄒㄩㄢˊ ㄐㄧㄠˋ
'元代'道教五大宗派之一。'元''張留孫'所創,源出正一教,盛行於'元代'晚期的'江'南。

【玄鳥】　ㄒㄩㄢˊ ㄋㄧㄠˇ
①指燕子。因毛色黑而得名。②指鶴。

12【玄虛】　ㄒㄩㄢˊ ㄒㄩ
①指玄遠微妙的道理。②空洞抽象,不切實際。③淸高淡遠,不爲世俗所染。

13【玄想】　ㄒㄩㄢˊ ㄒㄧㄤˇ
幽微奇妙的想法。引申爲空想、不切實際的想法。

【玄奧】　ㄒㄩㄢˊ ㄠˋ
玄妙深奧。

15【玄談】　ㄒㄩㄢˊ ㄊㄢˊ
①有關'老''莊'玄理的言論。②預言未來。③佛家語。(1)注疏經論或創作時的序論。(2)總說佛教義理的言論。

16【玄機】　ㄒㄩㄢˊ ㄐㄧ
①道教語。指深奧玄妙的道理。②事物關鍵的契機。

【玄學】　ㄒㄩㄢˊ ㄒㄩㄝˊ
①指道家之學。②形上學的別稱。參形上學。

19【玄關】　ㄒㄩㄢˊ ㄍㄨㄢ
①佛家語。指悟入玄微妙道的關鍵、門限。②指門戶。

23【玄讌】　ㄒㄩㄢˊ ㄧㄢˋ
①指仙境的宴會。②指帝王的宴會。

8【玄武岩】　ㄒㄩㄢˊ ㄨˇ ㄧㄢˊ
(basalt)由基性岩漿噴發所成的熔岩流凝固而成。爲分布最廣的基性細粒火山岩,與安山岩合計約占地表噴出岩的98%。其組織多爲隱晶狀或玻璃狀,色澤黑,比重大。礦物組成與輝長岩相同,主要由斜長石和輝石組成,也含少量角閃石和橄欖石。其岩理常呈多孔狀,被方解石、石英等充塡而成杏仁狀結構。爲構成海洋地殼的主要岩石,我國'澎湖群島'、'海南島'北部皆有分布。

【玄明粉】　ㄒㄩㄢˊ ㄇㄧㄥˊ ㄈㄣˇ
'中'藥名。又名白龍粉。以芒硝和甘草或朴硝和蘿蔔放入砂罐,以火煅煉去水而成。味辛、甘,性冷,無毒。可通便、瀉火消腫、消食積、回奶,外敷可治乳癰初起。

4【玄之又玄】　ㄒㄩㄢˊ ㄓ ㄧㄡˋ ㄒㄩㄢˊ
指幽微深遠到極點的大道。後用以形容事物的微妙難知。

10【玄祕塔碑】　ㄒㄩㄢˊ ㄇㄧˋ ㄊㄚˇ ㄅㄟ
'唐'碑刻名。全名"唐故左街僧錄大達法師碑銘"。'武宗''會昌'元年(841)立,原在'長樂'之南,後移'西安'碑林。由'裴休'撰文,'柳公權'書,每行五十四字,共二十八行,記'大達法師''端甫'埋骨'玄秘塔'的由來。此碑筆力遒勁,在'柳公權'書法中是以骨力著稱的代表作。與"金剛經"的圓潤風貌,大異其趣。

4

玅 ㄇㄧㄠˋ *miao*^{4} 音妙
精微。同妙。見"廣韻"。

5

玆 ㄒㄩㄢˊ *hsüan*^{2} 音玄
黑色。見"說文"。

6

率 ㊀ ㄕㄨㄞˋ *shuai*^{4} 音帥
①捕鳥的網。見"說文"。②依循;遵從。如:率由舊章。③統領;帶領。如:率師。④楷模;榜樣。如:表率。⑤輕浮不細心。如:草率。⑥爽直;坦白。如:直率。⑦大概;大略。如:率皆如此。⑧優美;漂亮。也作帥。

㊁ ㄕㄨㄛˋ *shuo*^{4} 音朔
㊀①、②、③、④、⑤、⑥、⑦的又讀。

㊂ ㄌㄩˋ *lü*^{4} 音律
①標準;法則。如:彀率。②比值。如:比率。

8【率性】 ㄕㄨㄞˋ ㄒㄧㄥˋ
①依循本性而不違越。②本性。③索性;乾脆。

【率直】 ㄕㄨㄞˋ ㄓˊ
爽直。

10【率眞】 ㄕㄨㄞˋ ㄓㄣ
坦誠眞摯。

12【率然】 ㄕㄨㄞˋ ㄖㄢˊ
①輕快不遲疑的樣子。②輕率的樣子。

13【率意】 ㄕㄨㄞˋ ㄧˋ
①盡心盡意。②任意;隨意。

14【率爾】 ㄕㄨㄞˋ ㄦˇ
輕率不加考慮的樣子。

5【率由舊章】 ㄕㄨㄞˋ ㄧㄡˊ ㄐㄧㄡˋ ㄓㄤ
一切依循成規舊制。

8【率定曲線】 ㄌㄩˋ ㄉㄧㄥˋ ㄑㄩ ㄒㄧㄢˋ
表示水位與流量關係的曲線。因一般河流流量之觀測是借觀測水位,再以率定曲線求得,而非直接測定流量,故爲河川流量計算的重要工具。其製作通常是先測定河川斷面積,再用流速儀測定河川流速,並測定水位,繪出水位—流量關係曲線圖即得率定曲線。爾後只須測得水位,流量即可由該曲線讀得。率定曲線在無驟漲或驟退的洪水情況,甚爲合用。若有洪水來臨,即須利用落差來加以修正;修正後,僅需知當時之洪水位,即可由之獲知洪流量。

14【率爾操觚】 ㄕㄨㄞˋ ㄦˇ ㄘㄠ ㄍㄨ
輕率爲文。多用作自謙之辭。

19【率獸食人】 ㄕㄨㄞˋ ㄕㄡˋ ㄕˊ ㄖㄣˊ
領著野獸吃人。比喻虐政害民。

玈 ㄌㄨˊ *lu*^{2} 音盧
黑色。或作黸。見"玉篇"。

玉部

玉 ㄩˋ *yü*^{4} 音獄
①(jade) 寶石名。礦物學上所說的玉分輝玉和閃玉兩種,硬度在6.5～7之間。參輝玉、閃玉。②潔白美好。如:玉手。③稱美他人的敬語。如:玉音。

3【玉女】 ㄩˋ ㄋㄩˇ
①稱他人女兒的敬詞。②美女;淑女。③女神;仙女。

4【玉手】 ㄩˋ ㄕㄡˇ
潔白如玉的手。多指美女的手。

5【玉札】 ㄩˋ ㄓㄚˊ
①植物名。又名玉豉、地榆。見"齊民要術·地榆"。②對他人書信的敬稱。

6【玉池】 ㄩˋ ㄔˊ
道教語。指口。

【玉衣】 ㄩˋ ㄧ
又稱玉柙、玉匣。'漢代'帝王、貴族通行的喪葬用品。將許多玉片以金屬絲線串連成人體的形狀,通常分成頭部、上衣、褲筒、手套和鞋子五大部分,用以包裹屍身,期使屍身不朽。

【玉成】 ㄩˋ ㄔㄥˊ
成就;成全。美稱他人的幫助。

【玉竹】 ㄩˋ ㄓㄨˊ
藥草名。又名萎蕤、葳蕤。爲百合科植物玉竹的乾燥根莖。性平、味甘、微寒。可滋陰潤燥、養胃生津。

8【玉京】 ㄩˋ ㄐㄧㄥ
①指帝王的都城。②道教語。傳說中'天帝'所居的最高仙境。即天上的'黃金闕'、'白玉京'。

【玉兔】 ㄩˋ ㄊㄨˋ
①白兔。②指月亮。古代傳說月中有玉兔。

【玉帛】 ㄩˋ ㄅㄛˊ
①瑞玉、圭璋和絹帛。古代用作祭祀或諸侯會盟、朝聘時的禮物。②泛指有價值的物品。

【玉佩】 ㄩˋ ㄆㄟˋ
佩飾用的玉器。

9【玉洞】 ㄩˋ ㄉㄨㄥˋ
道教語。①指神仙所居的仙洞或隱者所居的處所。②指鼻孔。

【玉帝】 ㄩˋ ㄉㄧˋ
參玉皇大帝。

【玉音】 ㄩˋ ㄧㄣ
①對他人音信或言辭的敬稱。②指聖旨。③形容美好的聲音。

【玉英】 ㄩˋ ㄧㄥ
①經穴名。即玉堂穴。位於胸部正中線上,平第三肋間隙處。②道教語。指口中的津液。

10【玉宸】 ㄩˋ ㄔㄣˊ
①指'玉帝'所居的宮闕。②指帝王所居的宮殿。

【玉書】 ㄩˋ ㄕㄨ
①指皇帝的詔書。②指"黃庭內景經"。道教謂精心研慮"玉書",誦滿萬遍,即可昇天。

【玉眞】 ㄩˋ ㄓㄣ
道教語。指仙人。

11【玉液】 ㄩˋ ㄧㄝˋ
①方士所煉的丹液藥物。相傳飲之可長生。②道教稱口中的津液。③指美酒。④白玉髓的別名。產玉的山多有之。爲一種無色的水液，明如水精，與無心草和之則化成水。性平、味甘、無毒，可治不孕症。⑤針灸經外穴名。位於舌繫帶兩側的靜脈上，左名金津，右名玉液。點刺其穴使出血，可治喉炎、扁桃腺炎、口腔潰瘍。

【玉清】 ㄩˋ ㄑㄧㄥ
道教語。三淸之一。爲'玉帝'所居的最高仙境。

【玉都】 ㄩˋ ㄉㄨ
道教語。①指神仙的住所。②指身體。

【玉趾】 ㄩˋ ㄓˇ
足趾、腳步的美稱。

12【玉童】 ㄩˋ ㄊㄨㄥˊ
道教語。仙童。

【玉階】 ㄩˋ ㄐㄧㄝ
石階的美稱。

【玉華】 ㄩˋ ㄏㄨㄚˊ
①玉的精華。即美玉。②道教語。指頭髮。

14【玉精】 ㄩˋ ㄐㄧㄥ
①玉的精英。②道教語。⑴玉的精液。⑵人的精液。③人參的別名。

【玉貌】 ㄩˋ ㄇㄠˋ
美貌。多用指美女或對他人容貌的敬稱。

15【玉輪】 ㄩˋ ㄌㄨㄣˊ
指明月。

【玉樓】 ㄩˋ ㄌㄡˊ
①美麗的樓閣。②道教語。⑴仙人住處。⑵肩。

【玉蔥】 ㄩˋ ㄘㄨㄥ
(onion; *Allium cepa* Linn.)又名洋蔥、蔥頭。多年生草本。鱗莖大，球形或扁球形。莖高約半公尺，圓柱形，基部著生2~3枚線色管狀葉，在花期凋萎。秋季，花莖頂端著生球狀繖形花序，密生白花。鱗莖供食用及藥用。原產於'小亞細亞'及我國西部。今各地廣爲栽培。

玉蔥圖

【玉篇】 ㄩˋ ㄆㄧㄢ
'南朝'"梁""陳"間'顧野王'撰，三十卷。按"說文"部首分類，每字下先列音切，再注字義，並引古籍爲證。原書佚。今有'唐'寫本殘卷四卷。

【玉盤】 ㄩˋ ㄆㄢˊ
①玉質的盤。②形容圓而明的月亮。

16【玉樹】 ㄩˋ ㄕㄨˋ
①神話中的仙樹。②指槐樹。③指白雪覆蓋的樹。④比喻風姿高雅、才幹優異的人。

【玉器】 ㄩˋ ㄑㄧˋ
以各種玉石雕琢出的器物。玉石質地堅實，施工不易，須以細工磨琢方可成器。我國遠在'殷商'時代就以玉製作禮器及佩飾，歷代以來，雕琢的經驗不斷累積，因此留下不少獨具民族風格的精品。

【玉衡】 ㄩˋ ㄏㄥˊ
①星名。北斗七星的第五星。也稱衡。即大熊座ε星。西名 Alioth，亮度1.68等。②北斗斗杓三星的合稱。

17【玉霜】 ㄩˋ ㄕㄨㄤ
①白霜。②道教語。指身體的津液、精氣。

18【玉顏】 ㄩˋ ㄧㄢˊ
美好的容顏。多指美女的容顏。

19【玉璽】 ㄩˋ ㄒㄧˇ
皇帝的玉印。

【玉蟾】 ㄩˋ ㄔㄢˊ
指月亮。傳說月中有蟾蜍。

21【玉蘭】 ㄩˋ ㄌㄢˊ
(*Magnolia denudata*)又名應春花、迎春花、望春花、木花樹。落葉喬木，高約5公尺。葉具短柄，互生，長倒卵形，全緣。早春，花先葉開放，大形，白色，有萼片3枚，花瓣6枚。果實爲蓇葖果。我國特產，爲著名園景樹。自'唐代'以來即行栽培，今各地廣爲栽培。供觀賞及藥用。

玉蘭圖

23【玉髓】 ㄩˋ ㄙㄨㄟˇ
①指玉液。②(chalcedony)微細纖維狀的石英。質地細，大多爲半透明且色均勻，通常呈白、灰、黃、黑及藍色。

【玉體】 ㄩˋ ㄊㄧˇ
①對他人身體的敬稱。②形容美人瑩澤的肌膚、美好的體態。

【玉籥】 ㄩˋ ㄩㄝˋ
道教語。指人身精氣出入的地方。部位有二，一指七竅，一指陰莖。

8【玉門關】 ㄩˋ ㄇㄣˊ ㄍㄨㄢ
位於'甘肅省''河西走廊'西端。古時與其東南之'陽關'同爲通往'西域'的主要關口。今僅存遺址，在'敦煌縣'西北75公里處，俗稱'小方盤'，西、北邊皆有'長城'遺跡，頗似一座塞上小城。

13【玉蜀黍】 ㄩˋ ㄕㄨˇ ㄕㄨˇ
(corn; *Zea mays* L.)又名玉米、包穀、珍珠米。一年生草本，莖高1~3公尺，圓柱形，基部各節發生支柱根。葉互生，狹披針形，葉鞘抱莖。花序單性，雌雄同株，雄花序頂生成大形圓錐狀，其分枝密生小穗，雌花序生於莖上方的葉腋，呈大形圓柱狀穗狀花序，花軸密生雌花。穎果多枚，多密生於肥厚花軸，扁球形，通常黃色。供食用、動物飼

玉蜀黍圖

料或釀酒用。原產於‘拉丁美洲’，現全世界廣爲栽培。

15【玉劍飾】 ㄩˋ ㄐㄧㄢˋ ㄕˋ

劍柄、劍鞘嵌飾的玉器。劍柄頂端嵌飾的玉稱爲劍首，劍柄與劍身之間嵌飾玉琫，劍鞘距鞘口三分之一處嵌飾玉璏，劍鞘的末端則嵌有玉珌。

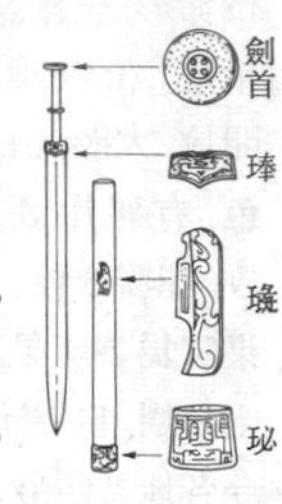

玉劍飾圖

17【玉環步】 ㄩˋ ㄏㄨㄢˊ ㄅㄨˋ

國術架式。前腳腳尖朝外，屈膝蹲至大腿與地平行，後腳跟提起，以腳尖點地，膝離地稍許，定位於前足跟後方一拳之距離。

3【玉山山脈】 ㄩˋ ㄕㄢ ㄕㄢ ㄇㄛˋ

‘臺灣島’上的褶曲山脈。呈震旦走向斜列於‘中央山脈’西南側、‘阿里山山脈’東側。北至‘濁水溪’谷，南沒入‘屏東平原’。主峰‘玉山’，高3,952公尺，是島上第一高峰。

5【玉石俱焚】 ㄩˋ ㄕˊ ㄐㄩ ㄈㄣˊ

比喻不論好壞，均同歸於盡。

【玉石混淆】 ㄩˋ ㄕˊ ㄏㄨㄣˋ ㄧㄠˊ

比喻賢愚混雜，難以分辨。

7【玉折蘭摧】 ㄩˋ ㄓㄜˊ ㄌㄢˊ ㄘㄨㄟ

比喻賢才早逝。

9【玉皇大帝】 ㄩˋ ㄏㄨㄤˊ ㄉㄚˋ ㄉㄧˋ

道教中地位最高、職權最大的神。總管三界(上、中、下)、十方(四方、四維、上下)、四生(胎生、卵生、溼生、化生)及六道(天、人、魔、地獄、畜生、惡鬼)的一切禍福。簡稱‘玉皇’、‘玉帝’、‘天帝’。

11【玉液瓊漿】 ㄩˋ ㄧㄝˋ ㄑㄩㄥˊ ㄐㄧㄤ

指美酒。

13【玉牒金書】 ㄩˋ ㄉㄧㄝˊ ㄐㄧㄣ ㄕㄨ

指以金玉裝飾或以玉簡金字所作的珍貴道經。

14【玉臺新詠】 ㄩˋ ㄊㄞˊ ㄒㄧㄣ ㄩㄥˇ

‘南朝’‘陳’‘徐陵’編，十卷。選錄‘梁’以前詩歌，前八卷五言詩，第九卷歌行，第十卷五言二韻詩。爲“詩經”、“楚辭”後現存最古的詩歌總集。

16【玉樹臨風】 ㄩˋ ㄕㄨˋ ㄌㄧㄣˊ ㄈㄥ

比喻風采飄逸。

【玉樹後庭花】 ㄩˋ ㄕㄨˋ ㄏㄡˋ ㄊㄧㄥˊ ㄏㄨㄚ

樂府‘吳’聲歌曲名。爲‘陳後主’所作。男女唱和，聲調哀婉。

4【玉不琢不成器】 ㄩˋ ㄅㄨˋ ㄓㄨㄛˊ ㄅㄨˋ ㄔㄥˊ ㄑㄧˋ

玉不經雕琢，不能成爲貴重的器皿。比喻人不經磨練，不能成爲有用之材。

6【玉在山而草木潤】 ㄩˋ ㄗㄞˋ ㄕㄢ ㄦˊ ㄘㄠˇ ㄇㄨˋ ㄖㄨㄣˋ

比喻君子美好的德行能影響其周遭。

8【玉函山房輯佚書】 ㄩˋ ㄏㄢˊ ㄕㄢ ㄈㄤˊ ㄐㄧˊ ㄧˋ ㄕㄨ

‘清’‘馬國翰’輯。收‘唐’以前已亡佚之典籍遺文六百八十一種，分經、史、子三類編排。爲歷來最完備的輯佚書。

王

㈠ ㄨㄤˊ *wang*² 音亡

[1]君主的稱號。見“爾雅·釋詁”。[2]同類中的傑出者。如：棋王。[3]大。如：王蛇。[4]祖父母的尊稱。如：王父。[5]姓。‘唐’有‘王勃’。見“新唐書·文藝傳·王勃”。

㈡ ㄨㄤˋ *wang*⁴ 音旺

[1]統治。如：王此大邦。[2]成就王業。如：以德行仁者王。[3]旺盛。通旺。

2【王八】 ㄨㄤˊ ㄅㄚ

[1]罵人的話。五代‘前蜀’主‘王建’，排行第八，少時放蕩無行，鄉里罵他爲「賊王八」，後即以「王八」爲罵人之詞。[2]俗稱烏龜。[3]妓院的雜役。[4]俗稱妻子紅杏出牆的人。

4【王水】 ㄨㄤˊ ㄕㄨㄟˇ

(aqua regia) 三分濃鹽酸(HCl)和一分濃硝酸(HNO_3)所形成的混合液。具有很強的氧化力，可溶解許多不易溶解於酸的金屬，如金、銀等。

【王父】 ㄨㄤˊ ㄈㄨˋ

祖父。

5【王充】 ㄨㄤˊ ㄔㄨㄥ

(27～97)‘東漢’‘上虞’(今‘浙江’‘上虞’)人，字‘仲任’。被辟爲從事，轉‘揚州’治中，後歸鄉里從事教學和著作。其思想偏於自然論，反對迷信，富有批判精神。著“論衡”八十五篇。

【王母】 ㄨㄤˊ ㄇㄨˇ

[1]祖母。[2]‘西王母’的簡稱。[3]岳母的敬稱。

6【王戎】 ㄨㄤˊ ㄖㄨㄥˊ

(233～305)‘晉’‘臨沂’(今‘山東’‘臨沂’)人，字‘濬仲’。累官至司徒、尚書令。性貪吝，廣收各方土地，田園遍於諸州，且積財無數，朝夕計算資財帳目，頗爲時人譏誚。

8【王法】 ㄨㄤˊ ㄈㄚˇ

國法。

【王事】 ㄨㄤˊ ㄕˋ

政事；帝王所任命差遣的事。

9【王室】 ㄨㄤˊ ㄕˋ

[1]帝王的家族。[2]指朝廷。[3]泛指國家。

【王勃】 ㄨㄤˊ ㄅㄛˊ

(650～677)‘唐’‘絳州’‘龍門’(今‘山西’‘河津’)人，字‘子安’。‘麟德’初年應舉及第，曾任‘虢州’參軍。因赴‘交趾’探父，渡海溺水，驚悸而死。才華過人，擅長詩及駢文。有“王子安集”。

【王建】 ㄨㄤˊ ㄐㄧㄢˋ

[1](767～830)‘唐’‘潁川’(在今‘河南’境)人，字‘仲初’。‘大曆’進士。曾任‘陝州’司馬。工樂府，與‘張籍’齊名。有“王司馬集”。[2](847～918)‘舞陽’(今‘河南’‘舞陽’)人，字‘光圖’。少無賴，後從軍，因功擢‘西川’節度使。‘唐昭宗’時，攻陷‘成都’，據有兩‘川’，帝封爲‘蜀王’。‘唐’亡，自立爲‘蜀帝’，在位二十八年。

10【王孫】 ㄨㄤˊ ㄙㄨㄣ

[1]帝王或貴族的後代。[2](*Paris*

tetraphylla）又名牡蒙、黃孫。多年生草本。地下莖細長，多節，由先端長出一枝圓柱形的綠莖，高20～40公分，葉在莖上端4枚輪生，長橢圓狀披針形，無葉柄，三主脈明顯。花單生於莖頂，淡黃綠色。外花被4枚，披針形，無內花被。根可供藥用。產於我國。

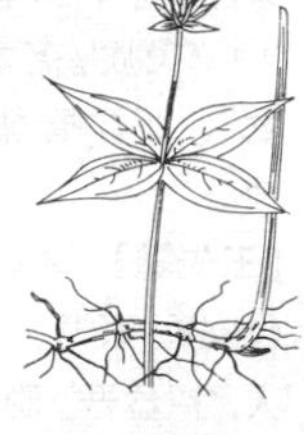
王孫圖

【王師】ㄨㄤˊ ㄕ
帝王的軍隊。引申爲正義之師。

11【王通】ㄨㄤˊ ㄊㄨㄥ
（584～618）‘隋’‘龍門’（今‘山西’‘河津’西）人，字‘仲淹’。曾任‘蜀郡’司戶書佐。後退居‘河’‘汾’以著書講學爲業，‘房玄齡’、‘杜如晦’、‘魏徵’、‘李靖’等皆出其門。卒後門人私諡爲‘文中子’。著有“中說”。

【王冕】ㄨㄤˊ ㄇㄧㄢˇ
（1335～1407）‘諸暨’（今‘浙江’‘諸暨’）人，字‘元章’，號‘煮石山農’。少時家貧苦學，博通典籍，善畫竹石梅花，因號‘梅花屋主’。‘元’末隱於‘九里山’，‘明太祖’徵召入幕府，授諮議參事，不久病卒。

【王莽】ㄨㄤˊ ㄇㄤˇ
（前45～後23）‘漢’‘東平陵’（今‘山東’‘歷城’東）人，字‘巨君’。少孤貧，折節讀書。‘平帝’時爲大司馬，以恭儉收人望，攬朝政。其後弒‘平帝’，立‘孺子嬰’，自稱‘攝皇帝’。不久篡位自立，改國號爲‘新’，在位十五年；‘光武’起兵，‘莽’敗被殺。

【王符】ㄨㄤˊ ㄈㄨˊ
‘東漢’‘臨涇’（今‘甘肅’‘鎮原’南）人，字‘節信’。少好學，有志操，隱居著書。所作“潛夫論”，評論政治風俗，語多警切。

【王猛】ㄨㄤˊ ㄇㄥˇ
（325～375）‘北海’‘劇’（今‘山東’‘壽光’）人，字‘景略’。博學好兵書。仕‘前秦’‘苻堅’，頗受倚重，封‘清河郡侯’。

12【王肅】ㄨㄤˊ ㄙㄨˋ
（195～256）三國‘魏’‘東海’（今‘山東’‘郯城’）人，字‘子雍’。官至散騎常侍。爲學主從‘賈逵’、‘馬融’，而不好‘鄭玄’之學，曾撰“聖證論”加以攻擊。又爲“尚書”、“詩”、“論語”、三“禮”、“左傳”作注，並列於學官。

【王弼】ㄨㄤˊ ㄅㄧˋ
（226～249）三國‘魏’‘山陽’（今‘河南’‘修武’西北）人，字‘輔嗣’。爲尚書郎。好論儒、道，辭才逸辯。注“易經”，黜象數而言義理；又注“老子”，得虛無之妙，開玄學之風。

【王逸】ㄨㄤˊ ㄧˋ
‘東漢’‘宜城’（今‘湖北’‘自忠’）人，字‘叔師’。‘安帝’時爲校書郎，‘順帝’時官至侍中。所編“楚辭章句”，爲“楚辭”的最早注本，頗爲後世學者重視。其他作品多散佚，後人輯有“王叔師集”。

【王喬】ㄨㄤˊ ㄑㄧㄠˊ
神仙名。相傳有三：①跨鶴升天的‘王喬’。即‘周靈王’太子‘晉’，“列仙傳”稱‘王子喬’。②‘葉縣’令‘王喬’。‘漢明帝’時人。每月朔望詣京朝帝，常化所穿官履爲雙鳧飛來。死後，百姓爲立‘葉君祠’。③食肉芝的‘王喬’。‘蜀’‘犍爲’‘武陰’（今‘四川’‘彭山’）人。因食‘太平山’肉芝，得有異能，後於‘灌山’得道。

【王牌】ㄨㄤˊ ㄆㄞˊ
比喻最重要、最有影響力的人或物。

13【王道】ㄨㄤˊ ㄉㄠˋ
以德服人的帝王治道。與霸道相對。

【王跡】ㄨㄤˊ ㄐㄧ
帝王的功業。

【王粲】ㄨㄤˊ ㄘㄢˋ
（177～217）‘漢’‘高平’（今‘山東’‘金鄉’）人，字‘仲宣’。曾避亂‘荆州’，依‘劉表’，以貌醜矮小而未被重用。後仕‘魏’，官侍中。文思敏銳，以短賦名於時。‘明’人輯有“王侍中集”。

【王業】ㄨㄤˊ ㄧㄝˋ
帝王的功業。

14【王綱】ㄨㄤˊ ㄍㄤ
朝廷的綱紀。

【王維】ㄨㄤˊ ㄨㄟˊ
（701～761）‘唐’‘祁’（今‘山西’‘祁縣’）人，字‘摩詰’。官至尚書右丞。長於詩，閑雅清淡；又精於山水畫。‘蘇軾’稱其詩中有畫、畫中有詩。著有“輞川集”。

15【王畿】ㄨㄤˊ ㄐㄧ
①‘周’天子所直接統治的土地。包括‘鎬京’、‘雒邑’及其附近若干城邑。其境內又封建若干宗子之國，爲王室的附庸。後以泛稱京師附近地區。②（1497～1582）‘明’‘山陰’（今‘浙江’‘紹興’）人，字‘汝中’，學者稱‘龍谿先生’。‘嘉靖’進士，授‘南京’兵部主事，進郎中。早年師事‘王守仁’，罷官後，講學於‘吳’‘楚’‘閩’‘越’之間。著有“龍谿文集”。

16【王導】ㄨㄤˊ ㄉㄠˇ
（276～339）‘東晉’‘臨沂’（今‘山東’‘臨沂’）人，字‘茂宏’。少有才識，智慧過人。‘晉’室南渡，歷事‘元帝’、‘明帝’、‘成帝’，出將入相；‘晉’之中興，居功最多。

【王翰】ㄨㄤˊ ㄏㄢˋ
也作‘王澣’。‘唐’‘晉陽’（今‘山西’‘太原市’）人，字‘子羽’。‘景雲’進士，官至駕部員外郎。任俠使酒，恃才不羈。其詩傳世者不多，以“涼州詞”最著名。

17【王褒】ㄨㄤˊ ㄅㄠ
①‘西漢’‘蜀’‘資中’（今‘四川’‘資陽’北）人，字‘子淵’。工辭賦。‘宣帝’時應徵入朝，作“聖主得賢臣頌”，擢爲諫議大夫。有“甘泉宮頌”、“洞簫賦”等傳世。②‘南北朝’‘北周’‘琅邪’‘臨沂’（今‘山東’‘臨沂’）人，字‘子淵’。博覽史傳，尤工屬文。歷

仕‘梁’及‘北周’。有“王司空集”。

【王儲】ㄨㄤˊ ㄔㄨˊ
王位的法定繼承人。

2【王九思】ㄨㄤˊ ㄐㄧㄡˇ ㄙ
(1468~1551)‘明’‘鄠’(今‘陝西’‘鄠縣’)人,字‘敬夫’,號‘渼陂’。‘弘治’進士,因附‘劉瑾’,官至吏部郎中。善歌彈,工詞曲。著有“渼陂集”、“碧山樂府”等書。

3【王士禎】ㄨㄤˊ ㄕˋ ㄓㄣ
(1634~1711)‘清’‘新城’(今‘山東’‘桓臺’)人,字‘子眞’,一字‘貽上’,號‘阮亭’,又號‘漁洋山人’。‘順治’進士,官至刑部尚書。工詩詞,爲一代宗匠,論詩創神韻說。著有“帶經堂全集”、“漁洋詩話”、“池北偶談”等。

4【王之渙】ㄨㄤˊ ㄓ ㄏㄨㄢˋ
(688~742)‘唐’‘并州’(今‘山西’‘太原市’)人,字‘季陵’。性豪放。詩以描寫邊塞風光著稱,與‘岑參’、‘高適’齊名,傳世僅六首。

【王夫之】ㄨㄤˊ ㄈㄨ ㄓ
(1619~1692)‘明’末‘衡陽’(今‘湖南’‘衡陽’)人,字‘而農’,號‘薑齋’。入‘清’,築室於‘石船山’,學者稱‘船山先生’。其學以‘漢’儒爲門戶,以‘宋’五子爲堂奧,而歸於躬行實踐。由於身遭‘明’亡之痛,立論富民族意識。著述凡五十二種,有“船山遺書”行世。

王夫之像

【王引之】ㄨㄤˊ ㄧㄣˇ ㄓ
(1766~1834)‘清’‘江蘇’‘高郵’人,字‘伯申’,號‘曼卿’。‘嘉慶’進士,官至工部尚書。承其父‘念孫’音韻訓詁之家學,世稱‘高郵’‘王’氏父子。著有“經傳釋詞”、“經義述聞”等書。

5【王世杰】ㄨㄤˊ ㄕˋ ㄐㄧㄝˊ
(1891~1981)‘湖北’‘崇陽’人,字‘雪艇’。‘英國’‘倫敦大學’政治經濟學士,‘法國’‘巴黎大學’法學博士。返國後任教‘北大’。歷任‘教育部’部長、‘外交部’部長等。政府遷‘臺’後,任總統府祕書長、‘中央研究院’院長、總統府資政。著有“比較憲法”、“憲法原理”等書。

【王世貞】ㄨㄤˊ ㄕˋ ㄓㄣ
(1526~1590)‘明’‘太倉’(今‘江蘇’‘太倉’)人,字‘元美’,號‘鳳洲’、‘弇州山人’。‘嘉靖’進士,官至‘南京’刑部尚書。工詩文,早年倡導文學復古運動,主張「文必‘西漢’,詩必盛‘唐’」,晚年則對專事模擬漸表不滿。著有“弇州山人四部稿”、“弇山堂別集”等書。

6【王守仁】ㄨㄤˊ ㄕㄡˇ ㄖㄣˊ
(1472~1528)‘明’‘浙江’‘餘姚’人,字‘伯安’,學者稱‘陽明先生’。累官巡撫‘南贛’,卒諡‘文成’。其學淵源於‘陸九淵’,以致良知、知行合一爲主,世稱‘姚江’學派。有“王文成公全書”。

王守仁像

【王安石】ㄨㄤˊ ㄢ ㄕˊ
(1021~1086)‘北宋’‘臨川’(今‘江西’‘臨川’)人,字‘介甫’,號‘半山’。‘神宗’時爲相,創行新法,後封爲‘荆國公’。其經術湛深,詩文亦佳。有“臨川集”。

王安石像

【王光祈】ㄨㄤˊ ㄍㄨㄤ ㄑㄧˊ
(1892~1936)‘四川’‘溫江’人,字‘潤璵’、‘若愚’。‘北平’‘中國大學’畢業。與‘曾琦’、‘李大釗’等籌設‘少年中國學會’,出版“少年中國”、“少年世界”月刊。後赴‘德’專攻音樂,歷時十六載,期以音樂再造‘中華民族’。著有“西洋音樂與詩歌”、“西洋音樂與戲劇”等十餘種。

王光祈像

【王先謙】ㄨㄤˊ ㄒㄧㄢ ㄑㄧㄢ
(1842~1917)‘清’末‘湖南’‘長沙’人,字‘益吾’,晚號‘葵園老人’。‘同治’進士,官至國子監祭酒、內閣學士。工古文辭,治經重考證。輯有“皇清經解續編”,編有“續古文辭類纂”。著有“漢書補注”、“後漢書集解”、“莊子集解”、“荀子集解”等書,另有“虛受堂詩存”、“虛受堂文集”。

7【王沂孫】ㄨㄤˊ ㄧˊ ㄙㄨㄣ
‘南宋’‘會稽’(今‘浙江’‘紹興’)人,字‘聖與’,號‘碧山’、‘中仙’。入‘元’,曾任‘慶元路’學正。常與‘張炎’、‘周密’唱和,多寄託興亡、緬懷身世之作,音調淒婉感人。著有“花外集”,又名“碧山樂府”。

8【王者香】ㄨㄤˊ ㄓㄜˇ ㄒㄧㄤ
蘭花的別稱。

【王昌齡】ㄨㄤˊ ㄔㄤ ㄌㄧㄥˊ
(698~757?)‘唐’‘太原’(今‘山西’‘太原市’)人,一說‘江寧’(今‘南京市’)人,一說‘京兆’(今‘陝西’‘長安’東)人,字‘少伯’。‘開元’進士,授‘汜水’尉,再遷‘江寧’令,晚年以不謹細行貶‘龍標’尉,世亂還鄉,被殺。詩長於七絕,多寫邊塞風光、征戍之情,風格雄渾,音調鏗鏘;又善於刻劃閨愁、離愁,含蓄動人。有“王昌齡集”。

【王念孫】ㄨㄤˊ ㄋㄧㄢˋ ㄙㄨㄣ
(1744~1832)‘清’‘江蘇’‘高郵’人,字‘懷祖’,號‘石臞’。‘乾隆’進士,官至‘永定’河道。探究古書古義,從文字聲韻以通訓詁,有卓越的貢獻。著有“廣雅疏證”、“讀書雜志”。

9【王昭君】ㄨㄤˊ ㄓㄠ ㄐㄩㄣ
‘漢’‘秭歸’(今‘湖北’‘秭歸’)人,名‘嬙’。本‘元帝’宮女,‘匈奴’‘呼韓邪單于'乞和親,帝以'昭君'許之。入胡,號'寧胡閼氏',卒葬'匈奴'。'晉'避'司馬昭'諱,改稱'明妃'。

【王重陽】 ㄨㄤˊ ㄔㄨㄥˊ ㄧㄤˊ
(1113~1170)'金'道士。'咸陽''大魏村'(今屬'陝西')人。爲全眞道的創立者。原名'中孚',早通經史,又習弓刀,易名'世雄',字'德威'。初舉武甲科,相傳於'甘河鎭'(今'陝西''盧縣'境)遇異人,得修煉祕訣,於是棄妻離子,修道'終南山',又遇'正陽祖'、'純陽祖'一再密授金丹眞旨,爲更名'嚞',字'知明',號'重陽子'。道教北七眞均爲其徒,創立全眞融合三教的教義,並制定道士出家的制度。著有"重陽全眞集"、"教化集"等。

11【王國維】 ㄨㄤˊ ㄍㄨㄛˊ ㄨㄟˊ
(1877~1927)'浙江''海寧'人,字'靜安',號'觀堂'。早年研究哲學,後轉治文學、古器物學,晚年研究甲骨文字、聲韻學,皆有所創獲。曾講學於'清華大學'研究院。'民國'十六年投'頤和園''昆明湖'自殺。著述甚多,有"王觀堂先生全集"傳世。

王國維像

12【王雲五】 ㄨㄤˊ ㄩㄣˊ ㄨˇ
(1888~1979)'廣東''中山'人,原名'之瑞'。在學不滿五年,刻苦自學有成。'民國'十年起,服務於'商務印書館',歷任'編譯所'所長、總經理、董事長,創立'中'外圖書統一分類法、四角號碼檢字法,印行"萬有文庫"等。抗戰勝利後,歷任'國府'委員、'行政院'副院長。三十七年任'財政部'長,推動金融革新。四十年,定居'臺灣',擔任'考試院'副院長、'行政院'副院長等職。一生著譯甚豐,並編有字典、辭典多種。

王雲五像

14【王實甫】 ㄨㄤˊ ㄕˊ ㄈㄨˇ
'元''大都'(今'北平市')人,字'德信',一說本名'德信'。工樂府,所作"西廂記"世推爲北曲第一。又有"麗春堂"、"破窯記"等雜劇。

【王爾德】 ㄨㄤˊ ㄦˇ ㄉㄜˊ
(Oscar Wilde, 1854~1900)'英國'作家。爲一位善於演說、辯論的唯美主義者、享樂主義者。擅長運用文字技巧,作品中常有機巧、幽默的雋語。主要著作有"詩集"(*Poems*)、小說"格雷的畫像"(*The Picture of Dorian Gray*),以及戲劇"少奶奶的扇子"(*Lady Windermere's Fan*)、"不可兒戲"(*The Importance of Being Earnest*)、"莎樂美"(*Salomé*)等。

王爾德像

16【王羲之】 ㄨㄤˊ ㄒㄧ ㄓ
(303~361)'晉''琅邪''臨沂'(今'山東''臨沂')人,字'逸少'。'王導'之姪。曾爲右軍將軍,世稱'王右軍'。擅詩文,尤工書法,草、隸、正、行諸體自成一家,冠絕古今,世人譽爲「書聖」。

王羲之像

17【王鴻緒】 ㄨㄤˊ ㄏㄨㄥˊ ㄒㄩˋ
(1645~1723)'清''華亭'(今'江蘇''松江')人,字'季友',號'儼齋',又號'橫雲山人'。'康熙'進士,官至戶部尚書。曾任"明史"總裁,所著"明史稿",爲'張廷玉'等修"明史"所本。又精於醫學,著有"王鴻緒外科"一書。另有"橫雲山人集"傳世。

【王應麟】 ㄨㄤˊ ㄧㄥˋ ㄌㄧㄣˊ
(1223~1296)'南宋''慶元'(今'浙江''慶元')人,字'伯厚',號'深寧居士'。官至禮部尙書兼給事中。學問賅博,熟諳掌故制度,考證尤爲精洽。著有"困學紀聞"、"玉海"、"辭學指南"、"小學紺珠"等。

18【王闓運】 ㄨㄤˊ ㄎㄞˇ ㄩㄣˋ
(1833~1916)'湖南''湘潭'人,字'壬秋',書室名'湘綺樓',世稱'湘綺先生'。'咸豐'舉人,曾入'曾國藩'幕府,後從事講學。'民'初任'國史館'館長。其詩文尙擬古,特崇"文選",有'漢''魏'六朝之風。著有"王湘綺先生全集"、"湘軍志"等書。

19【王寵惠】 ㄨㄤˊ ㄔㄨㄥˇ ㄏㄨㄟˋ
(1881~1958)'廣東''東莞'人,字'亮疇'。'北洋大學堂'法科畢業。留學'日本'、'美國',獲'耶魯大學'法學博士。'民國'肇建,擔任'中華民國'臨時政府外交總長,其後歷任司法總長、教育總長、國務總理、'司法院'院長、外交總長、代理'行政院'院長等。曾隨從'蔣'委員長出席'開羅'會議,代表我國出席'聯合國'創立會議。著有"憲法芻議"。

王寵惠像

20【王寶釧】 ㄨㄤˊ ㄅㄠˇ ㄔㄨㄢˋ
國劇"紅鬃烈馬"中人物。丞相'王允'之女,於拋繡球招婿時,選中乞人'薛平貴','寶釧'不顧與父親反目,毅然下嫁。'平貴'遠征'西涼','寶釧'苦守寒窯十八年,直至'平貴'勝利歸來,同享富貴。

【王獻之】 ㄨㄤˊ ㄒㄧㄢˋ ㄓ
(344~388)'晉''臨沂'(今'山東''臨沂')人,字'子敬'。'羲之'第七子。官至中書令。性高邁不羈,工草隸,善丹青,與'羲之'並稱二

'王'。

5【王母娘娘】 ㄨㄤˊ ㄇㄨˇ ㄋㄧㄤˊ ·ㄋㄧㄤ
參西王母。

13【王路淸夷】 ㄨㄤˊ ㄌㄨˋ ㄑㄧㄥ ㄧˊ
政治淸平。

玊 ㄙㄨˋ *su*⁴ 音訴 又讀 ㄒㄧㄡˋ *hsiu*⁴ 音嗅
①朽玉;有瑕斑的玉。見"說文"。②玉工。見"玉篇"。③姓。'東漢'有'玊況'。見"後漢書·庾延傳"。

2

玎 ㄉㄧㄥ *ting*¹ 音丁
玉聲。見"說文"。

玏 ㄌㄜˋ *lê*⁴ 音勒
質地比玉差的美石。見"字彙"。

3

玕 ㄍㄢ *kan*¹ 音干
一種次於玉的美石。見"說文"。

玗 ㄩˊ *yü*² 音魚
似玉的美石。見"說文"。

玒 ㄍㄨㄥ *kung*¹ 音工 又讀 ㄐㄧㄤ *chiang*¹ 音江
玉名。見"說文"。

玘 ㄑㄧˇ *ch'i*³ 音起
佩玉。見"廣韻"。

玓 ㄉㄧˋ *ti*⁴ 音弟
參玓瓅。

19【玓瓅】 ㄉㄧˋ ㄌㄧˋ
①明珠的光澤。②照耀。同的皪。

玖 ㄐㄧㄡˇ *chiu*³ 音九
①一種次於玉的黑色美石。見"說文"。②九字的大寫。

玔 ㄔㄨㄢˋ *ch'uan*⁴ 音串
玉環。見"集韻"。

4

玟 ㊀ ㄇㄧㄣˊ *min*² 音民
一種美石。見"說文"。
㊁ ㄨㄣˊ *wên*² 音文
①同㊀。②玉的斑紋。見"集韻"。
㊂ ㄇㄟˊ *mei*² 音枚
今作玫。參玫瑰。

玨 ㄐㄩㄝˊ *chüeh*² 音決
兩玉相合。同珏。見"說文"。

玩 ㊀ ㄨㄢˊ *wan*² 音完
①戲弄。如:玩弄。②遊戲。
㊁ ㄨㄢˋ *wan*⁴ 音翫
①把弄;耍弄。見"說文"。②輕慢;藐視。如:玩忽。③欣賞;品味。如:玩賞。④指供玩賞的物品。如:古玩。

6【玩好】 ㄨㄢˊ ㄏㄠˋ
供賞玩的珍奇物品。

8【玩法】 ㄨㄢˊ ㄈㄚˇ
藐視法律;玩弄法律。

【玩味】 ㄨㄢˊ ㄨㄟˋ
仔細品味;仔細體會。

【玩忽】 ㄨㄢˊ ㄏㄨ
輕忽;不當一回事。

【玩物】 ㊀ ㄨㄢˊ ㄨˋ
玩具;供賞玩之物。
㊁ ㄨㄢˋ ㄨˋ
①沈迷於某種喜好中。②賞玩景物。

10【玩索】 ㄨㄢˊ ㄙㄨㄛˇ
仔細體味探索。

11【玩票】 ㄨㄢˊ ㄆㄧㄠˋ
①不是職業演員而學戲唱戲。②指從事非專業、非本行的工作或活動。

【玩偶】 ㄨㄢˊ ㄡˇ
①人或動物形狀的玩具。②指受人玩弄,形如傀儡的人。

13【玩意兒】 ㄨㄢˊ ㄧㄜˋ ㄦ
①玩具。②供人娛樂的事物。③對人或物的蔑稱。

5【玩世不恭】 ㄨㄢˊ ㄕˋ ㄅㄨˋ ㄍㄨㄥ
指遊戲人間、不拘禮法的處世態度。

8【玩物喪志】 ㄨㄢˊ ㄨˋ ㄙㄤˋ ㄓˋ
沈迷於所愛好的事物,以致喪失壯志。

13【玩歲愒時】 ㄨㄢˊ ㄙㄨㄟˋ ㄎㄞˋ ㄕˊ
浪費光陰。

玞 砆的或體。

玡 ㄧㄚˋ *ya*⁴ 音訝
潤澤似玉的骨。見"集韻"。

玦 ㄐㄩㄝˊ *chüeh*² 音決
①禮器名。有扁平的與柱狀的兩種,其基本形狀是一缺口的圓環形,中有一圓孔。新石器時代已出現,'臺灣'史前'卑南'文化也出土不少扁平的玦,其上並有四個凸出。玦的尺寸差距很大,較小者用作耳飾。除了玉製的玉玦外,尙有石玦。②扳指。古時稱韘。戴在右手拇指上,以鉤弦發箭。見"正字通"。

玦圖

玭 ㄆㄧㄣˊ *p'in*² 音貧
'淮水'所產的珠子。也泛指蚌珠。或作蠙、玼。見"正字通"。

玤 ㄅㄤˋ *pang*⁴ 音棒
一種次於玉的美石。見"說文"。

玥 ㄩㄝˋ *yüeh*⁴ 音月
神珠。見"集韻"。

玫 ㄇㄛˋ *mo*⁴ 音沒
玉的一種。見"字彙"。

玫 ㄇㄟˊ *mei*² 音梅
參玫瑰。

14【玫瑰】 ㄇㄟˊ ㄍㄨㄟ
①美玉的一種。色深紅或粉紅。②(Turkestan rose; Japanese rose; *Rosa rugosa*)多年生矮灌木。全株密生皮刺、剛毛和絨毛。羽狀複葉有5～9枚小葉,小葉橢圓形;上面深綠色,脈下陷,柄有剛毛;花玫瑰色至白色;果熟時呈紅色,上端有宿存萼。栽培供觀賞,花爲矯臭矯味藥。

玫瑰圖

【玫瑰疹】 ㄇㄟˊ ㄍㄨㄟ ㄓㄣˇ

(roseola) 原稱猝發疹，又稱三天麻疹。由病毒所引起的一種傳染病。發病時會發高燒但無感冒等症狀，三、四天後突然下降到正常體溫，接著身上出現粉紅色斑疹，一、兩天後會消失。常見於1～3歲幼兒。

玪 ㄐㄧㄢ *chien*1 音兼
一種次於玉的美石。見“字彙”。

玢 ㄅㄧㄣ *pin*1 音賓 又讀 ㄈㄣ *fên*1 音紛
[1]玉名。見“玉篇”。[2]玉石文采紛陳的樣子。見“廣韻”。

玠 ㄐㄧㄝˋ *chieh*4 音界
大的瑞玉。即介圭。見“說文”。

5

珌 ㄅㄧˋ *pi*4 音必
劍鞘末端的玉飾。見“說文”。

珏 玨的俗體。

珂 ㄎㄜ *k'o*1, *k'ê*1 音科
[1]玉石的一種。即潔白的瑪瑙。見“玉篇”。[2]動物名。螺屬，海生。皮黃黑色而骨白，可飾馬具。見“字彙”。[3]馬勒上的裝飾物。見“正字通”。

23【珂羅版】 ㄎㄜ ㄌㄨㄛˊ ㄅㄢˇ
以玻璃版爲胎版，塗以骨膠感光膜，經連續調陰片曬製後，藉膠膜上產生的皺紋粗細，以印刷出濃淡層次豐富之印刷品的一種印版。

珉 ㄇㄧㄣˊ *min*2 音民
似玉的美石。也作瑉、碈。

珐 琺的俗體。

珈 ㄐㄧㄚ *chia*1 音加
婦人的首飾。見“說文新附”。

珫 ㄔㄨㄥ *ch'ung*1 音充
玉名。通充。見“廣韻”。

珅 ㄕㄣ *shên*1 音申
玉名。見“集韻”。

玷 ㄉㄧㄢˋ *tien*4 音店
[1]玉石上的斑點。見“字彙”。[2]過失；缺陷。如：言行無玷。[3]汙辱。如：玷辱。

6【玷汙】 ㄉㄧㄢˋ ㄨ
[1]玉上的瑕疵汙垢。比喻缺點。[2]汙辱。

10【玷辱】 ㄉㄧㄢˋ ㄖㄨˇ
汙辱。

珊 珊的俗體。

珊 ㄕㄢ *shan*1 音山
參珊瑚。

13【珊瑚】 ㄕㄢ ㄏㄨˊ
(coral) 屬腔腸動物門、珊瑚蟲綱。爲珊瑚蟲綱中具有骨骼之種類的俗稱。其骨骼，或爲外骨骼，或爲內骨骼，成分爲石灰質或角質，隨種類而異。石珊瑚爲海邊常見的一種，骨骼爲外骨骼，成分是石灰質，或群體或單獨生活於淺海，有些種類的群體可以增至很大，因而在淺海中形成珊瑚礁。角質珊瑚爲群體，骨骼爲內骨骼，成分是角質，作裝飾用的紅珊瑚，即屬此類。石珊瑚的個體似小型海葵，觸手數多，常爲6的倍數，表面光滑；角質珊瑚的個體較石珊瑚小，觸手8個，有羽狀分枝。

【珊瑚婚】 ㄕㄢ ㄏㄨˊ ㄏㄨㄣ
西俗稱結婚三十五週年。

【珊瑚礁】 ㄕㄢ ㄏㄨˊ ㄐㄧㄠ
(coral reef) 熱帶海洋中珊瑚蟲死後石灰質遺骸聚集堆積所形成的礁石。依其堆積形態，可分爲裙礁、堡礁、環礁等。

玣 ㄅㄧㄢˋ *pien*4 音卞
[1]玉名。見“廣韻”。[2]用玉飾弁。見“集韻”。

珄 ㄕㄥ *shêng*1 音生
金色。見“正字通”。

玻 ㄅㄛ *po*1 音剝
參玻璃。

15【玻璃】 ㄅㄛ ㄌㄧˊ
[1]也作玻瓈。水晶石之類，有各種顏色。一名水玉。[2](glass) 爲一種無定形、過冷且黏度甚大之液體。其外表如固體，主要成分爲矽沙、石灰與鹼金屬或鹼土金屬氧化物結合而成之矽酸鹽。其性質隨組成之不同而變，一般而言，機械強度差，但伸展性、透光性、耐化學品性均佳。可細分爲鈉鈣玻璃、鉀鈉玻璃、硼矽酸玻璃、石英玻璃、特殊玻璃等。

6【玻色子】 ㄅㄛ ㄙㄜˋ ㄗˇ
(boson) 微觀粒子（如部分原子、原子核、基本粒子等）其自旋爲整數者，稱爲玻色子。玻色子有趨向於同處一狀態的趨勢，故有人稱之爲合群粒子。玻色子滿足的統計規則稱爲玻色—‘愛因斯坦’統計。光子、介子等都是玻色子。基本粒子中的玻色子扮演著力場的角色。

7【玻利維亞】 ㄅㄛ ㄌㄧˋ ㄨㄟˊ ㄧㄚˋ
(Bolivia) 位於‘南美洲’中部的內陸高原國。面積109.8萬方公里，人口886.0萬（2005年），首都‘拉巴斯’(La Paz)。重要礦產有錫、鎢、銻。

15【玻璃內繪】 ㄅㄛ ㄌㄧˊ ㄋㄟˋ ㄏㄨㄟˋ
鼻煙壺的裝飾法之一。即以透明玻璃爲胎，用尖細竹頭與細竹幹毛筆醮顏料，伸入器胎內彩繪紋飾。玻璃內繪鼻煙壺在二十世紀初期已相當普遍，流傳至今，仍繼續製造。這類鼻煙壺的胎常由‘山東’‘博山’的玻璃廠製造，並由‘山東’巧匠進行內繪。

【玻璃狀液】 ㄅㄛ ㄌㄧˊ ㄓㄨㄤˋ ㄧㄝˋ
(vitreous humours) 又名玻璃液。充塞於眼睛水晶體與視網膜間的透明物質。其主要功能是用來供給足夠的眼壓，以防止眼球凹陷。參眼[1]。

【玻璃保險】 ㄅㄛ ㄌㄧˊ ㄅㄠˇ ㄒㄧㄢˇ
(plate glass insurance) 以補償

門、窗、壁、櫥等玻璃破損爲目的的保險。此種保險的特徵,係以實物補償代替現金補償,由保險人配換破損玻璃,使恢復其原有完整狀態。

【玻璃電極】 ㄅㄛ ㄌㄧˊ ㄉㄧㄢˋ ㄐㄧˊ
(glass electrode)電極由銀與氯化銀組成,浸於稀鹽酸中,外包以可供微電量與氫離子穿過之玻璃膜。此電極常用以測定溶液中之pH值。

【玻璃纖維】 ㄅㄛ ㄌㄧˊ ㄒㄧㄢ ㄨㄟˊ
(glass fiber)將熔融玻璃以高速自細孔擠壓成纖維狀,而得到的玻璃絨或玻璃棉。其軟化點大約爲815°C,不會燃燒,可當做保溫材料、隔音材料或加入樹脂作爲強化劑。

7**【玻里尼西亞人】** ㄅㄛ ㄌㄧˇ ㄋㄧˊ ㄒㄧ ㄧㄚˋ ㄖㄣˊ
(Polynesians) 族名。分布於'太平洋'中的群島上,包括'夏威夷'、'三毛亞'、'東加'、'復活日島'、'馬奎薩斯'、'社會'、'科克'、'土莫度'等島上。體型相當高大,突顎、波髮、膚色略呈淺褐。此族人航海技術良好,各島間聯繫頻繁,文化交流多;宗譜、藝術、社會祭儀等至今仍保存完整,並繼續發展。

15**【玻璃轉變溫度】** ㄅㄛ ㄌㄧˊ ㄓㄨㄢˇ ㄅㄧㄢˋ ㄨㄣ ㄉㄨˋ
(glass transition temperature)簡稱玻璃溫度。即無定形或部分結晶聚合體由易碎、具低膨脹係數之玻璃似狀態變成富彈性之橡膠彈性狀態時的溫度。其可由測量比容與溫度變化而得,且受聚合物之分子量、分子鍵撓性與分子結構影響。

珎 珍的俗體。

珀 ㄆㄛˋ p'o^{4} 音破
參琥珀。

玳 ㄉㄞˋ tai^{4} 音代
參玳瑁。

13**【玳瑁】** ㄉㄞˋ ㄇㄟˋ
(tortoiseshell turtle ; hawksbill turtle; *Eretmochelys imbricata*)屬爬蟲綱(class Reptilia)、龜鱉目(order Chelonia)、蠵龜科(family Cheloniidae)。海生。其背甲與腹甲的表面有角質的盾板,呈黃色與褐色相間的光亮色彩,可作飾品。四肢呈鰭狀,有爪。肉味劣,不可食。卵生,體內受精。爲變溫動物。

玳瑁圖

玲 ㄌㄧㄥˊ ling^{2} 音鈴
玉聲。見"說文"。

20**【玲瓏】** ㄌㄧㄥˊ ㄌㄨㄥˊ
1清脆的玉聲。2晶瑩透明的樣子。3形容精巧的樣子。

【玲瓏剔透】 ㄌㄧㄥˊ ㄌㄨㄥˊ ㄊㄧ ㄊㄡˋ
1形容建築物或雕刻品的精巧。2美好的樣子。多用來稱讚人聰明靈慧。

珍 ㄓㄣ chên^{1} 音眞
1寶物。也指寶貴少見的人或事物。2重視;愛惜。如:珍惜。

5**【珍本】** ㄓㄣ ㄅㄣˇ
有珍貴價值的古本或善本書。

8**【珍玩】** ㄓㄣ ㄨㄢˋ
可供玩賞的珍貴物品。

9**【珍品】** ㄓㄣ ㄆㄧㄣˇ
珍貴的物品。

【珍重】 ㄓㄣ ㄓㄨㄥˋ
1珍惜重視。2可珍惜的貴重物品。3善加保重。常爲臨別時或書信中用語。4多謝。5難得。6幸虧。

10**【珍珠】** ㄓㄣ ㄓㄨ
(pearl)軟體動物門、斧足綱中的動物,有許多種類的套膜表面可以分泌眞珠質,當有沙粒或其他異物進入殼與套膜之間,即會刺激套膜分泌眞珠質,眞珠質包裹沙粒,乃漸漸形成珍珠。珍珠的顏色、光澤及形狀是決定其經濟價值的因素,由珠母(例如 *Pinctada martensii*)所產生者爲上品,其他種類所產生者,在色澤或形狀方面均較差。國人於十三世紀時即以人工方法將異物植入河蚌體內,約三年後便形成珍珠。

11**【珍羞】** ㄓㄣ ㄒㄧㄡ
珍貴的食物。也作珍饈。

【珍異】 ㄓㄣ ㄧˋ
珍貴奇異。

13**【珍禽】** ㄓㄣ ㄑㄧㄣˊ
珍貴稀有的鳥禽。

16**【珍膳】** ㄓㄣ ㄕㄢˋ
珍貴美味的菜餚。

18**【珍藏】** ㄓㄣ ㄘㄤˊ
1珍惜祕藏;妥善收藏。2指所藏珍貴的寶物。

21**【珍攝】** ㄓㄣ ㄕㄜˋ
對身體善加保重養護。常爲書信中用語。

10**【珍珠米】** ㄓㄣ ㄓㄨ ㄇㄧˇ
玉蜀黍的別稱。

【珍珠婚】 ㄓㄣ ㄓㄨ ㄏㄨㄣ
西俗稱結婚三十週年。

【珍珠港事件】 ㄓㄣ ㄓㄨ ㄍㄤˇ ㄕˋ ㄐㄧㄢˋ
(Pearl Harbor Attack)二次大戰期間,'日本'於西元1941年12月7日,突以海、空軍襲擊'美國'位於'夏威夷州''歐胡島'西南岸的海軍基地'珍珠港',使'美國'海軍遭受嚴重損失,迫使'美國'立刻對'日'宣戰。史家稱該事件爲「珍珠港事件」。

6

珓 ㄐㄧㄠˋ chiao^{4} 音叫
參杯珓。

班 ㄅㄢ pan^{1} 音般
1分發;分賜。如:班賜。2頒行。如:班布。3分列等級。如:班序。4齊等;平等。5陸軍基層戰鬥單位。歸排指揮,通常一個班有九員士兵，由上士或士官長擔任班長。⑥由若干人合成的一個小組。如：林班。⑦位次；工作的崗位。如：值班。⑧雜色。通斑。如：班白。⑨返；還。如：班師。⑩姓。‘漢’有‘班固’。見“後漢書·班固傳”。

6【班次】ㄅㄢ ㄘˋ
①朝班行列中的先後次序。②今指學校班級的年度先後。

8【班底】ㄅㄢ ㄉㄧˇ
①戲班中名角以外的其他成員。②指能爲領導者分任各種工作的幹部。

【班固】ㄅㄢ ㄍㄨˋ
(32～92)‘漢’‘扶風’‘安陵’(今‘陝西’‘咸陽’東)人。‘明帝’時爲郎，典校祕書，奉詔續其父‘彪’所著“漢書”，積二十餘年乃成，爲我國第一部斷代史。長於辭賦，著有“兩都賦”、“幽通賦”等。另著有“白虎通義”，論述當代博士儒生於‘白虎觀’討論五經異同之事。

9【班亭】ㄅㄢ ㄊㄧㄥˊ
(Frederick Grant Banting, 1891～1941)‘加拿大’醫生。發明用胰島素(insulin)治療糖尿病，於西元1923年與‘麥克勞德’(John Macleod)共獲‘諾貝爾’醫學獎。

【班昭】ㄅㄢ ㄓㄠ
‘東漢’‘安陵’(今‘陝西’‘咸陽’東)人，一名‘姬’，字‘惠班’。‘班彪’女。嫁‘曹世叔’，早寡。兄‘固’著“漢書”，其中八表及“天文志”未成而卒，‘和帝’命‘昭’就‘東觀’藏書閣續成。帝又召入宮，命皇后及諸貴人以師禮相待，號‘曹大家’。著有“女誡”、“東征賦”等七篇。

10【班班】ㄅㄢ ㄅㄢ
①明顯的樣子。②眾多的樣子。③形容儒雅。同彬彬。

【班師】ㄅㄢ ㄕ
出征的軍隊歸來。

11【班彪】ㄅㄢ ㄅㄧㄠ
(3～54)‘東漢’‘扶風’‘安陵’(今‘陝西’‘咸陽’東)人，字‘叔皮’。‘光武’初年舉茂才，拜‘徐’令，因病免。‘彪’才高，好著述，見‘司馬遷’“史記”止於‘武帝’，乃廣蒐遺事異聞，作後傳六十五篇，後其子‘固’、女‘昭’先後續成爲“漢書”。

12【班超】ㄅㄢ ㄔㄠ
(33～103)‘東漢’‘安陵’(今‘陝西’‘咸陽’東)人，字‘仲升’。‘班彪’次子，‘班固’之弟。少有大志，因家貧而爲人抄書以養母，後投筆從戎，以平‘西域’有功，官至‘西域’都護，受封‘定遠侯’。

班超像

10【班茲斐】ㄅㄢ ㄗ ㄈㄟˇ
(Itzhak Ben-Zvi, 1884～1963)‘猶太’人復國運動的領導者、‘以色列’政治家。年輕時即參與‘猶太’人復國運動，西元1905～1907年先後在‘俄國’、‘歐洲’、‘巴勒斯坦’組成‘猶太人復國組織’。1907年協助組成‘猶太人復國運動世界聯盟’(Poale Zion World Federation)，並定居‘巴勒斯坦’。1920年協創‘猶太人國民會議’(Vaad Leumi)，1931～1944年任該會議議長，於1952～1963年爲‘以色列’第二任總統。

8【班門弄斧】ㄅㄢ ㄇㄣˊ ㄋㄨㄥˋ ㄈㄨˇ
在巧匠‘魯班’的門前玩弄大斧。比喻不自量力。

10【班班可考】ㄅㄢ ㄅㄢ ㄎㄜˇ ㄎㄠˇ
有明顯的證據或線索可供查考。

【班荊道故】ㄅㄢ ㄐㄧㄥ ㄉㄠˋ ㄍㄨˋ
朋友相遇，鋪草於地而坐，共敘舊情。今指朋友久別相逢話舊。

16【班禪額爾德尼】ㄅㄢ ㄔㄢˊ ㄜˊ ㄦˇ ㄉㄜˊ ㄋㄧˊ
‘後藏’宗教領袖的尊號。簡稱班禪，是大學者的意思。原爲‘蒙古’‘和碩特部’領袖‘固始汗’，封黃教學者‘羅桑卻吉堅贊’爲班禪博克多(博克多是‘蒙古’語對智勇者的尊稱)，管理‘後藏’政教。‘羅’氏逝世，五世達賴爲他選定轉世靈童，從此班禪繼達賴成爲另一個活佛轉世系統。‘順治’二年(1645)，‘清世祖’尊‘羅’氏爲四世班禪，並追認黃教‘宗喀巴’大弟子‘克朱節’爲一世班禪。西元1937年九世班禪去世，十世班禪坐床，迄1950年止，‘中共’廢止‘西藏’政教合一制度，達賴流亡‘印度’，班禪參與‘中共’政協，其人今仍留‘北平’。

珡 琴的本字。

珪 ㄍㄨㄟ kuei^1 音規
同圭。參圭①。

珥 ㄦˇ êrh^3 音耳
①玉製耳環。用以塞耳或貫耳垂。見“說文”。②劍柄和劍身相接處兩旁的突出部分。也稱劍鼻、劍鐔。③圍繞太陽的光暈。如：珥蜺。④貫耳。⑤插；戴。⑥懸；垂。如：珥璜。⑦吐出。通咡。

珙 ㄍㄨㄥˇ kung^3 音拱
大璧。見“玉篇”。

珕 ㄌㄧˋ li^4 音麗
蚌蛤的一種。外殼可爲刀劍鞘上的裝飾。見“說文”。

琉 ㄌㄧㄡˊ liu^2 音留
參琉璃。

15【琉璃】ㄌㄧㄡˊ ㄌㄧˊ
①天然有光澤的寶石。本名璧琉璃，後省稱琉璃。或作流離。②以陶爲胎，表面施琉璃釉，入窯燒製而成的工藝品。釉色多爲黃、藍、綠及紫、黑、白等，常見者如琉璃瓦。後並逐漸發展爲建築裝飾物，如螭吻、坐墩、套盆等。

11【琉球群島】ㄌㄧㄡˊ ㄑㄧㄡˊ ㄑㄩㄣˊ ㄉㄠˇ
(Ryukyu Isls.)分布於我國‘臺灣’省‘東北方、‘日本’南方的島群。包括‘沖繩’及‘先島’二群島，總面積2,389方公里。主產甘蔗、鳳梨、水產及漆器。‘明’時其酋長受封爲‘中山王’，‘清’時仍稱臣入貢，‘光緒'五年(1879)爲'日'所併,改爲'沖繩縣',以'那霸'爲首邑。二次大戰後由'美國'托管,後'美'分期交還'日本'管理,但未爲各國公認。

珬 ㄒㄩˋ *hsü*4 音卹
玉石名。珂屬。見"廣韻"。

珛 ㄒㄧㄡˋ *hsiu*4 音嗅
朽玉。見"說文繫傳"。

珖 ㄍㄨㄤ *kuang*1 音光
玉名。見"集韻"。

珚 ㄧㄢ *yen*1 音煙
玉名。見"集韻"。

𤤣 瓌的或體。

玼 ㄘˇ *tz'ŭ*3 音此
①玉色鮮明。見"正字通"。②玉石的瑕疵。見"廣韻"。③泛指缺點。

珧 ㄧㄠˊ *yao*2 音搖
①一種小蚌的殼。古代多用爲天子的刀飾。見"說文"。②指小蚌。俗稱江珧柱,又名江珧、玉珧。見"正字通"。

珤 寶的古字。

珠 ㄓㄨ *chu*1 音朱
①參珍珠。②泛稱圓顆粒狀的物體。如:彈珠。③形容事物的豐圓華美。如:珠喉。

6【珠江】 ㄓㄨ ㄐㄧㄤ
一名'粵江'。上源有'西江'、'東江'、'北江'三大支流。'西江'及其支流自'滇'、'黔'省境曲折東流,經'桂'省入'粵'省,於'三水縣'匯'北江'東流,至'廣州市'與'東江'匯流,注入'南海'。自'廣州市'以下的河段始稱'珠江'。其河水流量大且穩定,終年不結冰,出口接近世界航線,航運很盛。

14【珠算】 ㄓㄨ ㄙㄨㄢˋ
以算盤爲工具的計數運算法。

6【珠光寶氣】 ㄓㄨ ㄍㄨㄤ ㄅㄠˇ ㄑㄧˋ
珠寶閃閃發光。常形容女子衣飾的華麗。

9【珠胎暗結】 ㄓㄨ ㄊㄞ ㄢˋ ㄐㄧㄝˊ
指女子與人私通而懷胎。

13【珠圓玉潤】 ㄓㄨ ㄩㄢˊ ㄩˋ ㄖㄨㄣˋ
圓熟亮麗。

17【珠聯璧合】 ㄓㄨ ㄌㄧㄢˊ ㄅㄧˋ ㄏㄜˊ
比喻優秀的人材聚集在一起。今多用來祝頌人新婚。

18【珠璧聯輝】 ㄓㄨ ㄅㄧˋ ㄌㄧㄢˊ ㄏㄨㄟ
賀人生雙生子的頌詞。

珣 ㄒㄩㄣˊ *hsün*2 音旬
①玉名。見"說文"。②玉器名。見"說文"。

珮 ㄆㄟˋ *p'ei*4 音佩
古人飾於帶上的玉佩。同佩。見"玉篇"。

珞 ㄌㄨㄛˋ *lo*4, *luo*4 音落
參瓔珞。

珦 ㄒㄧㄤˋ *hsiang*4 音向
玉名。見"說文"。

珩 ㄏㄥˊ *hêng*2 音横
①横置於佩上的玉飾,用來節制行止。見"說文"。②用來正冠的飾玉。

10【珩珮】 ㄏㄥˊ ㄆㄟˋ
佩玉。

7

琅 ㄌㄤˊ *lang*2 音郎
①似玉的美石。見"說文"。②姓。'春秋''齊'有'琅過'。見"萬姓統譜·五二"。

7【琅玕】 ㄌㄤˊ ㄍㄢ
①似玉的美石。②指美竹。③指好文章。

【琅邪】 ㄌㄤˊ ㄧㄝˊ
也作瑯琊、瑯邪。①山名。⑴在'山東省''諸城縣'東南海濱。'秦始皇'曾登此山,作'琅邪臺'刻石紀功。⑵在今'安徽省''滁縣'西南。②郡名。'秦'置,治'琅邪','隋'廢。故址在今'山東省''諸城縣'。

17【琅璫】 ㄌㄤˊ ㄉㄤ
①繫犯人所用的鐵製鎖鏈。也作鋃鐺。②玉器或金屬相擊的聲音。

11【琅琅上口】 ㄌㄤˊ ㄌㄤˊ ㄕㄤˋ ㄎㄡˇ
形容讀書聲順暢響亮。

珶 ㄊㄧˊ *t'i*2 音題 又讀 ㄉㄧˋ *ti*4 音第
玉名。

球 ㄑㄧㄡˊ *ch'iu*2 音求
①美玉的一種。見"說文"。②圓形物體的通稱。如:足球。③在數學上,球以一圓的直徑爲轉軸,旋轉360°所形成的立體,稱爲球體。球體內一點與球面上所有各點距離相等者,稱爲球的中心或球心;通過球心止於球面的任何直線段,是球的直徑;由球心到球面上任何一點的距離,稱爲球的半徑。通過球心之任何平面所截球面上的圓,稱爲球的大圓(great circle)。在一般'歐'氏空間(乃至賦距空間)中,對點a及一正數r,所有與a相距小於r之點,其全體稱爲⌊以a爲心,r爲半徑之開球(體)(open ball)⌉,與a相距恰爲r者爲⌊以a爲心,r爲半徑之球面⌉,此二者的聯集則爲⌊閉球⌉(closed ball)。

4【球化】 ㄑㄧㄡˊ ㄏㄨㄚˋ
(spheroidizing)使層狀波來鐵(亞共析鋼)或網狀雪明碳鐵(過共析鋼)變成小球形的熱處理方法。常使用的方法有:一、長時間保持在A_{C1}以下約15～55°C溫度範圍內。二、在A_{C1}的稍上方及稍下方反覆加熱冷卻。功用與一相同,但時間可縮短。三、在A_{C1}或A_{C3}上方的溫度保持一段時間,再十分緩慢地冷卻至A_{C1}稍下方溫度保持一段時間後,冷卻至常溫。四、在所有的碳化物溶入沃斯田鐵的最低溫度時,以最適當的冷卻速率冷卻,防止網狀碳化物(Fe_3C)再度生成,然後再依照一或二的方法進行球化處理。

8【球果】 ㄑㄧㄡˊ ㄍㄨㄛˇ
(cone)爲松柏類植物的生殖器官。有雌雄兩種,雄球果小,雌球果大而易見。中央有一木質中軸,

周圍覆以螺旋排列的木質鱗片。雄球果的每一鱗片內面有兩個花粉囊,雌球果每一鱗片內面有兩個胚珠。

9【球面】 ㄑㄧㄡˊ ㄇㄧㄢˋ
(spherical surface) 球體的外表。若球心爲(a, b, c),半徑 r,則球體指 $(x-a)^2+(y-b)^2+(z-c)^2\leq r^2$,球面則指 $(x-a)^2+(y-b)^2+(z-c)^2=r^2$。

12【球菌】 ㄑㄧㄡˊ ㄐㄩㄣˋ
(coccus)細菌通常根據其形狀區分爲球菌、桿菌與螺旋菌。球菌呈圓球狀,絕大多數不具鞭毛,細胞分裂後,彼此暫時排列一起,或成對排列,稱爲雙球菌;或呈鏈狀,稱鏈球菌;或聚集成團,稱葡萄球菌。

14【球監】 ㄑㄧㄡˊ ㄐㄧㄢ
球類比賽術語。球員在比賽時發生嚴重犯規或不道德行爲,而傷害到對方的球員或裁判時,經大會提報全國或國際管理部門且查證屬實,則得判處該員在若干時期內不准參加比賽,此種判決稱爲球監。

【球閥】 ㄑㄧㄡˊ ㄈㄚˊ
(globe valve) 外形似球的控制閥。其控制流量之動作主要靠閥中金屬座與盤狀構造物間之緊密程度而達成,可較準確地控制流量。

7【球坐標】 ㄑㄧㄡˊ ㄗㄨㄛˋ ㄅㄧㄠ
(spherical coordinates) 以 r、θ 及 ϕ 爲三個空間變數所形成的坐標,稱爲球坐標。見圖。例如空間一點 P 位置,可由 (r, θ, ϕ) 定出,其中 r 爲原點 O至P點的徑長,θ 爲 r 與 z 軸的交角,稱餘緯度 (colatitude),而 ϕ 爲 r 在 $x-y$平面投射OP'與 x 軸的交角,稱之爲經度 (longitude)。其與直角坐標關係爲 $x = r\, sin\theta cos\phi$, $y= r\, sin\theta sin\phi$, $z = r\, cos\theta$。其三個相互垂直的坐標分別爲 $\vec{r}$,垂直於 $\vec{r}$ 而使 θ 逆時針增大的向量 $\vec{\theta}$,以及垂直於 OPP'平面,使 ϕ 逆時針增大的向量 $\vec{\phi}$;後兩者均爲以 r 爲半徑的球面上,在P點成正交且切於球面的兩向量。

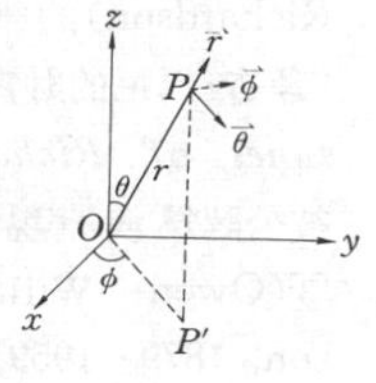

球坐標圖

9【球面角】 ㄑㄧㄡˊ ㄇㄧㄢˋ ㄐㄧㄠˇ
(spherical angle) 球面上兩大圓弧交成的角。也稱弧角(angle between arcs)。兩大圓弧的交點則爲球面角的頂點,可由交點所引兩大圓弧的切線間的交角加以測量。此相當於球面內兩大圓平面所交成的面角。

4【球化退火】 ㄑㄧㄡˊ ㄏㄨㄚˋ ㄊㄨㄟˋ ㄏㄨㄛˇ
(spheroidize annealing)將鋼材中所含平板狀碳化物處理成球狀或類球狀碳化物的退火熱處理。

9【球面距離】 ㄑㄧㄡˊ ㄇㄧㄢˋ ㄐㄩˋ ㄌㄧˊ
(spherical distance) 球面上兩點之間的距離爲連接此兩點之大圓圓弧的長。

【球面圓極】 ㄑㄧㄡˊ ㄇㄧㄢˋ ㄩㄢˊ ㄐㄧˊ
(pole of circle of sphere)球面圓一平面 π,與 π 垂直的直徑,其兩端點稱爲球面圓之極,此直徑稱爲圓之軸。圓弧的極定爲包含

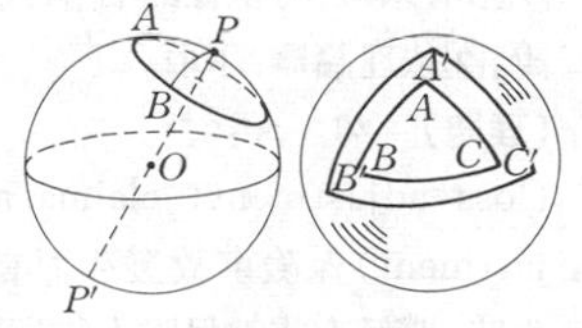

球面圓極圖

該弧的圓的極。圓的極距爲與圓較近的一極和圓上任一點的距離。圖(一)即弧 PA 或 PB 的長。每一球面三角形對應另一球面三角形,稱爲極三角形,其定義如下:令 ABC 爲所給球面三角形,頂點A的對弧爲BC。此弧有兩個極,令 A' 爲較近A點的極,同理可決定B'及C',三角形$A'B'C'$即所求極三角形,見圖(二)。球面三角形的每個角(邊)的度量等於180°減去對應角(邊)之對邊(角)的度量,例如角A等於 180° 減去弧 $B'C'$ 的度量。

【球面三角形】 ㄑㄧㄡˊ ㄇㄧㄢˋ ㄙㄢ ㄐㄧㄠˇ ㄒㄧㄥˊ
(spherical triangle) 由通過球心的三個平面,在球面上所截成具有三個球面角的封閉曲線形,稱爲球面三角形。球面三角形與平面三角形不同,其三角的和大於180°,但小於540°,二內角的和大於第三角的外角,二邊的差小於 180°,三邊的和小於 360°(球半徑可設爲1,邊長可用弧度折算)。球面三角形與平面三角形一樣,可分爲等邊、等腰、直角等三角形,而且也有類似的許多定律:

正弦定律:

$$\frac{sina}{sinA}=\frac{sinb}{sinB}=\frac{sinc}{sinC}$$

餘弦定律:

$$cosa=cosbcos\,c+sinbsinc\,sin\,A$$

$$cos\,A=-cos\,B\,cosC+sin\,B\,sin\,C\,cos\,a$$

正切定律:

$$sin\,A\,cot\,B=ctan\,b\,sinc-cos\,A\,cosc$$

$$sinacotb=ctan\,B\,sin\,C+cos\,a\,cosC$$

其面積則爲$(A+B+C-\pi)$,稱爲球面剩餘(若半徑爲 r,則應乘以r^2)。

【球面三角學】 ㄑㄧㄡˊ ㄇㄧㄢˋ ㄙㄢ ㄐㄧㄠˇ ㄒㄩㄝˊ
(spherical trigonometry) 球面三角形的研究,特別是球面三角形解法。其發展史和天文學關係密切。參直角球面三角形的解法、斜球面三角形的解法。

珺 ㄐㄩㄣˋ *chün*⁴ 音郡
美玉。見"字彙"。

珸 ㄨˊ *wu*² 音吾
參琨珸。

琊 ㄧㄝˊ *yeh*² 音爺
也作邪。參琅邪。

琊 ㄌㄧㄡˊ *liu*² 音流
一種發光的玉石。同瑠、琉。見"說文"。

理 ㄌㄧˇ *li*³ 音里
①整治、雕刻玉石。見"說文"。②治理；處置。如：辦理。③溫習。④事物的概念或含義。如：義理。⑤事物的條貫或紋路。如：條理清晰。⑥根據；緣由。如：理由。⑦回應。如：理會。⑧法官；獄官。

4【理化】　ㄌㄧˇ ㄏㄨㄚˋ
①治理與教化。即治化。②物理學與化學的省稱。

5【理由】　ㄌㄧˇ ㄧㄡˊ
事理興起或存在的原由、根由。

6【理合】　ㄌㄧˇ ㄏㄜˊ
依理應該。

8【理性】　ㄌㄧˇ ㄒㄧㄥˋ
①修養品性。②佛家語。理，即性，理與性是同義結合詞，指萬有不變的本性。③(reason)⑴與感性相對。指一切思考、推理、判斷及創造概念與理論的能力。⑵天賦的良知。與本能的慾念、衝動相對。指純然的善性。

【理事】　ㄌㄧˇ ㄕˋ
①治理事務。②官名。⑴'清'置。掌理宗室、旗務及旗民訴訟之事。⑵'清'置。爲駐外國官員，後改爲領事。③對外得代表農會或合作社等團體，對內負責事務之執行之人。相當於"民法"及"公司法"之董事。

【理念】　ㄌㄧˇ ㄋㄧㄢˋ
(idea) ①'柏拉圖'哲學中的理型(通常寫作 Idea)。②概念。

9【理型】　ㄌㄧˇ ㄒㄧㄥˊ
(Idea) '柏拉圖'哲學中具有眞實存在意義的共相。此種理型係感覺界中的事物的完美典型，感覺界中的事物只是分受其相應理型之本質的不完美影子。例如，'歐幾里得'幾何學中的直線，乃是直線的完美典型，而我們在實際世界中所看到的直線只是直線理型的不完美影子。

【理科】　ㄌㄧˇ ㄎㄜ
指物理、化學、生物、數學等學科。也稱自然科學。

12【理喩】　ㄌㄧˇ ㄩˋ
根據道理加以解說，使人了悟、明白。

【理智】　ㄌㄧˇ ㄓˋ
①理性與知識。②以思考推理爲判斷依據，不受情感衝動所支配。

13【理想】　ㄌㄧˇ ㄒㄧㄤˇ
(ideal) 一種合理的希望。指根據事實加以構想，以推定其究竟，並達到某種目標。

【理睬】　ㄌㄧˇ ㄘㄞˇ
①對他人的言行表示態度。②對他人表示關心。

【理路】　ㄌㄧˇ ㄌㄨˋ
條理脈絡。通常指思考、議論的層次順序。

【理亂】　ㄌㄧˇ ㄌㄨㄢˋ
①治世與亂世。②治理紛亂。

【理解】　ㄌㄧˇ ㄐㄧㄝˇ
了解。

【理會】　ㄌㄧˇ ㄏㄨㄟˋ
①了解領會。②處理；料理。③關心；在意。

15【理論】　ㄌㄧˇ ㄌㄨㄣˋ
①指有系統、有依據的言論或學說。②依理論辯、爭取。

【理賠】　ㄌㄧˇ ㄆㄟˊ
(loss adjustment; claims adjustment)保險事故發生而有損失時，要保人或被保險人(或受益人)有請求保險金之權利，保險人負有給付之義務，即有受理損失補償之責任。在實務上，稱爲賠款之處理，簡稱理賠。

16【理學】　ㄌㄧˇ ㄒㄩㄝˊ
指'宋''明'以來的儒學。又稱道學、性理學。以儒學爲中心，融合佛道思想，探究天人性命之理。

9【理査士】　ㄌㄧˇ ㄔㄚˊ ㄕˋ
(I. A. Richards, 1894～1979) '英國'文學批評家、詩人。在二十世紀初期，提出以心理學爲導向的批評方法，對改進詩的教學影響相當大。與'艾略特'、'休姆'(T. E. Hulme)俱爲新批評的先驅。西元1922年起即任教'劍橋大學'，完成"意義的涵義"(*The Meaning of Meaning*)、"文學批評原理"(*Principles of Literary Criticism*)和"實用批評"(*Practical Criticism*)三部影響深遠的著作。

【理査生】　ㄌㄧˇ ㄔㄚˊ ㄕㄥ
①(Samuel Richardson, 1689～1761) '英國'小說家。一般認爲是西方小說的開山鼻祖。初習印刷，西元1721年自設印刷廠。三十年代末年受委託編纂類似書信大全之書，因聯想以書信來往方式編寫小說，1740年出版"帕默拉"(*Pamela*)，一般公認爲'英國'的第一部長篇小說。1747～1748年完成另一部書信體小說"克麗莎"(*Clarissa*)，以描寫人物心理細膩見稱。1753～1754年出版"格蘭提生傳"(*The History of Sir Charles Grandison*)。②(Henry Handel Richardson, 1880?～1946) '澳洲'小說家'艾托爾·羅伯生'(Ethel Florence Lindesay Richardson)的筆名。其三部曲"理査·馬尼的財富"(*The Fortunes of Richard Mahony*)被公認爲'澳洲'現代小說的傑作。③(Owen Willans Richardson, 1879～1959) '英國'物理學家。西元1911年證實電子自眞空管裡的熱金屬放射出來，並非從空氣中放射出來。同年提出'理査生'定律，對後來的眞空管研究和

工技幫助頗大。1914年受聘爲‘倫敦大學’物理學教授，1924～1944年並兼‘倫大’、‘皇家學院’研究所所長。由於對熱金屬電子放射的研究和貢獻，榮獲1928年的‘諾貝爾’物理獎。

【理則學】 ㄌㄧˇ ㄗㄜˊ ㄒㄩㄝˊ
即邏輯學。

13【理想國】 ㄌㄧˇ ㄒㄧㄤˇ ㄍㄨㄛˊ
[1](*The Republic*)‘柏拉圖’最著名的對話錄之一。完成於西元前四世紀。認爲理想的社會是一組織嚴密的城邦，人民各有所司，無政治權力，而由理性最強的哲人王(Philosopher-King)治理。[2]理想中完善的政治組織。

【理解力】 ㄌㄧˇ ㄐㄧㄝˇ ㄌㄧˋ
了解事理的能力。

19【理藩院】 ㄌㄧˇ ㄈㄢˊ ㄩㄢˋ
官署名。‘清’置，主管‘蒙古’、‘新疆’、‘西藏’等少數民族事務。設管理院務大臣一人，以大學士充任；尙書、左右侍郎各一人，俱由‘滿’人任之；額外侍郎一人，在‘蒙古’貝勒、貝子中選任。

4【理不勝辭】 ㄌㄧˇ ㄅㄨˋ ㄕㄥˋ ㄘˊ
道理不能勝過文辭。指文章辭藻優美豐富而不長於說理。

8【理性主義】 ㄌㄧˇ ㄒㄧㄥˋ ㄓㄨˇ ㄧˋ
(rationalism)與經驗主義相對。知識論上的一種學派或立場。主張眞理不是根據感官經驗來檢驗，而是根據理性來證立。此學派通常注重邏輯推衍和數學方法的應用。‘笛卡兒’、‘斯賓諾沙’和‘萊布尼茲’是十七世紀理性主義哲學家的代表。

【理性組織】 ㄌㄧˇ ㄒㄧㄥˋ ㄗㄨˇ ㄓ
(rational organization)一般企業的組織均係依據理性的構想而設計的正式組織，故稱爲理性組織。其主要特色係經由組織結構明確建立每位工作人員的職務，並確立各人權力與責任，經由組織建立起協調、控制及指揮的體系。

【理性訴求】 ㄌㄧˇ ㄒㄧㄥˋ ㄙㄨˋ ㄑㄧㄡˊ
(rational appeal)廣告訴求方法之一。對有可能購買、利用的顧客，在廣告上以理性或知識性說理進行訴求。通常高價位產品，或以增進對產品的理解、確信度爲目的的廣告，皆採用理性訴求。

【理屈辭窮】 ㄌㄧˇ ㄑㄩ ㄘˊ ㄑㄩㄥˊ
理由不充分，沒有言辭可以辯解。

【理直氣壯】 ㄌㄧˇ ㄓˊ ㄑㄧˋ ㄓㄨㄤˋ
自覺有理，因而氣勢壯盛。

9【理查一世】 ㄌㄧˇ ㄔㄚˊ ㄧ ㄕˋ
(Richard Ⅰ,1157～1199)‘英’王。西元1189年即位，乃‘英’王‘亨利二世’之子。號稱‘獅心王’(the Lion-Heart)。在位十年間，只有6個月留在國內，其他時間都是帶兵在外作戰。1191年與‘法’王‘腓力二世’參加第三次十字軍，征服‘塞普路斯’，返國途中被‘奧國’大公所俘，於1194年贖歸。後因與‘法’王‘腓力二世’大戰身亡。

【理查二世】 ㄌㄧˇ ㄔㄚˊ ㄦˋ ㄕˋ
(Richard Ⅱ,1367～1400)‘英’王。‘黑太子愛德華’(Edward the Black Prince)之子，‘愛德華三世’(Edward Ⅲ)之孫。於西元1377年繼位，時年十一歲，由叔父‘蘭卡斯特’(Lancaster)公爵輔政。由於措施不當，引起1381年農民暴亂(the Peasants' Revolt)，經其親自出征平定。1399年5月出征‘愛爾蘭’時，‘蘭卡斯特’公爵之子‘亨利·波林布魯克’(Henry Bolingbroke)占領‘英格蘭’，遂於同年9月被迫遜位，後繫獄餓死。

【理查三世】 ㄌㄧˇ ㄔㄚˊ ㄙㄢ ㄕˋ
(Richard Ⅲ, 1452～1485)‘英’王。係‘約克’(York)公爵‘理查’(Richard)之子，‘愛德華四世’(Edward Ⅳ)之弟。爲‘約克’系統的最後一任國王。‘愛德華四世’逝世後，由其攝政，輔佐‘愛德華五世’(Edward Ⅴ)，後來自立爲王。1485年8月7日‘蘭卡斯特’(Lancaster)家族的‘亨利都鐸’(Henry Tudor)由‘法’登陸，8月22日雙方在‘波茲華斯’(Bosworth)激戰一場，‘理查三世’兵敗身亡，‘亨利’即位，爲‘亨利七世’，結束了三十年的薔薇戰爭(Wars of the Roses)，而開啟‘都鐸王朝’(Tudor Dynasty)的統治時代。

13【理想火箭】 ㄌㄧˇ ㄒㄧㄤˇ ㄏㄨㄛˇ ㄐㄧㄢˋ
(ideal rocket)爲便於討論、計算，理論上所假設的一種火箭。如火箭推進劑爲均質，遵守理想氣體定律，火箭表面無摩擦、無熱傳，廢氣皆爲軸向排出，各噴嘴截面皆是一維均勻流動，燃燒室及噴嘴內之燃燒保持平衡之化學反應等。

【理想介質】 ㄌㄧˇ ㄒㄧㄤˇ ㄐㄧㄝˋ ㄓˊ
(ideal dielectric)一種無損耗介質。即傳導爲零的介質。只有眞空才符合此一條件。

【理想主義】 ㄌㄧˇ ㄒㄧㄤˇ ㄓㄨˇ ㄧˋ
(idealism)[1]主張在人類的生活中，建立崇高的精神嚮往，並努力求其實現。在倫理學上，有時與快樂主義和功利主義相對。[2]文學批評術語。指題材或創作的取向帶有濃厚的理想色彩。以‘亞里斯多德’爲代表，認爲作家應寫其所認可的而非現存或現實的種種。與寫實主義、自然主義對稱。

【理想流體】 ㄌㄧˇ ㄒㄧㄤˇ ㄌㄧㄡˊ ㄊㄧˇ
(ideal fluid)黏度爲零之不可壓縮流體。此流體流過物體表面時，對物體沒有切應力。

【理想氣體】 ㄌㄧˇ ㄒㄧㄤˇ ㄑㄧˋ ㄊㄧˇ
(ideal gas)一氣體其分子之大小與分子間的距離相比甚小，分子間除可發生彈性碰撞外，無其他分子間的作用力存在,這種氣體稱爲理想氣體。實際上氣體分子間多少有微弱的作用力存在,故理想氣體是理想化的氣體。但如果氣體溫度不很低、壓力不大時,大部分氣體可近似爲理想氣體。理想氣體的兩項特徵是:一、滿足理想氣體方程式 $PV=nRT$。二、內能只與溫度有關,與壓力、體積無關。

【理想溶液】 ㄌㄧˇ ㄒㄧㄤˇ ㄖㄨㄥˊ ㄧㄝˋ
(ideal solution)在所有溫度與濃度範圍下符合'拉午耳'(Raoult)定律之溶液。亦即溶液混合時無內能之變化,且混合後溶液中之內聚力均勻者。此時溶液之性質可由其成分溶質之性質加成而得。

15**【理賠人員】** ㄌㄧˇ ㄆㄟˊ ㄖㄣˊ ㄩㄢˊ
(adjuster) 處理有關理賠工作的業務人員。

8**【理性建構法】** ㄌㄧˇ ㄒㄧㄥˋ ㄐㄧㄢˋ ㄍㄡˋ ㄈㄚˇ
(rational-construct method) 測驗或人格評量表的編製法之一。編製者首先將測驗之建構予以界說,而後編擬足以反應該界說之行爲的試題。

13**【理想變壓器】** ㄌㄧˇ ㄒㄧㄤˇ ㄅㄧㄢˋ ㄧㄚ ㄑㄧˋ
(ideal transformer) 不消耗也不儲存能量的理論變壓器。其一次與二次線圈自感比爲定值,且耦合係數爲1;自感及互感近似無限大;形成線圈之導線的電阻值爲零。

8**【理性預期理論】** ㄌㄧˇ ㄒㄧㄥˋ ㄩˋ ㄑㄧˊ ㄌㄧˇ ㄌㄨㄣˋ
(rational expectations theory) 西元1970年在'美國'所出現的一種理論。認爲一切經濟個體,均可運用所能取得之資訊,預期未來之事。其政策的含意是,如政府的政策能爲社會大衆所預見,則每一經濟部門均會採取因應措施,因而政府的政策無效。

【理性購買行爲】 ㄌㄧˇ ㄒㄧㄥˋ ㄍㄡˋ ㄇㄞˇ ㄒㄧㄥˊ ㄨㄟˊ
(rational buying behavior) 由理智所引起的購買行爲。多爲經濟上的因素。如產品的品質、價格、成本、功能、服務等因素,即希望以最少的成本獲得最大的效益。

13**【理想氣體定律】** ㄌㄧˇ ㄒㄧㄤˇ ㄑㄧˋ ㄊㄧˇ ㄉㄧㄥˋ ㄌㄩˋ
(ideal gas law) 理想氣體或稀薄的氣體,其壓力 P、體積 V、溫度 T 滿足 $PV=nRT$ 的關係,稱爲理想氣體定律,又稱理想氣體方程式。n 爲氣體的莫耳數;R 爲理想氣體常數,等於8.314焦耳/莫耳—°K。

現 ㄒㄧㄢˋ *hsien*^{4} 音線
①顯露。見"正字通"。②今;目前。如:現在。③現金的簡稱。如:兌現。

5**【現代】** ㄒㄧㄢˋ ㄉㄞˋ
①現今;當代。②在我國指辛亥革命(1911年)'民國'成立以後至今;在西洋約指第一次世界大戰(1914年)以後至今。

6**【現成】** ㄒㄧㄢˋ ㄔㄥˊ
現在已有的;已經安排好的。

7**【現形】** ㄒㄧㄢˋ ㄒㄧㄥˊ
①顯出原形。②現狀。

【現役】 ㄒㄧㄢˋ ㄧˋ
正在服役。

8**【現金】** ㄒㄧㄢˋ ㄐㄧㄣ
(cash) 會計上所稱現金,係指流通的紙幣、硬幣及可立刻作爲支付的工具,如即期支票、匯票及銀行存款等。現金爲流動性最大的資產,故列入現金帳戶者,必須可以自由運用。

10**【現值】** ㄒㄧㄢˋ ㄓˊ
①現在的價值。②(present value)指未來預期收入或付出的現金,依設定的利率及時期折算爲現在的價值。

11**【現貨】** ㄒㄧㄢˋ ㄏㄨㄛˋ
指外匯或財貨市場交易完成後即行交割,而不必等待一定期間者。與期貨相對。

12**【現場】** ㄒㄧㄢˋ ㄔㄤˇ
①指發生事故的地點。②正在進行某種活動的地點。

【現象】 ㄒㄧㄢˋ ㄒㄧㄤˋ
(phenomenon)可以由感官覺察的事態或事件。與本體相對。

14**【現實】** ㄒㄧㄢˋ ㄕˊ
①目前存在的事實與狀況。與理想相對。②指人短視而勢利。

3**【現大洋】** ㄒㄧㄢˋ ㄉㄚˋ ㄧㄤˊ
舊稱一元的銀幣。

5**【現世報】** ㄒㄧㄢˋ ㄕˋ ㄅㄠˋ
①佛家語。指人爲善作惡,當世就得到報應。②俗稱子孫不肖。

【現世寶】 ㄒㄧㄢˋ ㄕˋ ㄅㄠˇ
譏笑人不成材或丟人現眼。

【現代化】 ㄒㄧㄢˋ ㄉㄞˋ ㄏㄨㄚˋ
(modernization) 社會、政治、經濟、文化及人格等各方面朝向理性成長的變遷過程。

6**【現行犯】** ㄒㄧㄢˋ ㄒㄧㄥˊ ㄈㄢˋ
犯罪在實施中或實施後即時發覺者。所謂在實施中,係指犯罪行爲尚未完了的狀態而言;所謂實施後即時發覺,乃指犯罪行爲雖已實施完畢,而在當時即被發覺,通常以尚未離開現場爲標準。

12**【現象學】** ㄒㄧㄢˋ ㄒㄧㄤˋ ㄒㄩㄝˊ
(phenomenology) ①在哲學史上有多重意義,現在最通行的意義是'德國'哲學家'胡塞爾'所創。一般而言,指的是對於人類意識活動過程加以記述性的分析所成的學科。在分析過程中,不加入形上學的肯定,也不假定科學已有的理論。'胡塞爾'冀圖以此種分析獲取現象所呈示的本質結構。②心理學派的一分支。主張研究個體之主觀覺識與經驗爲心理學的主要範疇。

5【現代主義】ㄒㄧㄢˋ ㄉㄞˋ ㄓㄨˇ ㄧˋ
(modernism)'歐洲'象徵主義之後各種文學藝術運動的通稱。乃對十九世紀末之寫實主義及自然主義的反動。致力於揭發無意識的精神狀態,刻劃現代人的疏離感、失落感、孤獨感與對歷史的破碎感。

6【現成物品】ㄒㄧㄢˋ ㄔㄥˊ ㄨˋ ㄆㄧㄣˇ
(ready-made) 指藝術家利用現成日常物爲藝術創作。如達達的'杜象'把小便壺做爲"泉"之作品,就是開二十世紀現代美術現成物品表現之先例。

7【現身說法】ㄒㄧㄢˋ ㄕㄣ ㄕㄨㄛ ㄈㄚˇ
[1]指佛力廣大,能現種種身形,向眾生說法勸化。[2]以己身爲例而勸勉他人。

8【現金折扣】ㄒㄧㄢˋ ㄐㄧㄣ ㄓㄜˊ ㄎㄡˋ
(cash discount) 銷貨者爲鼓勵賒購的顧客提早付款而給予的折扣。例如付款條件爲 2/10, n/30, 表示自開立發票日起十天內付款者,可享有發票金額 2 %的折扣,超過十天付款即無折扣,且應在三十天內照全額付款。故如發票金額爲 10,000 元,十天內付款可有 200 元的現金折扣,僅須支付 9,800元。現金折扣在賣方稱爲銷貨折扣,買方則稱爲進貨折扣。

【現金股利】ㄒㄧㄢˋ ㄐㄧㄣ ㄍㄨˇ ㄌㄧˋ
(cash dividend) 以現金支付的股利。與非現金股利有別。後者乃以公司股票、公司債券或以現金之外的財產所支付的股利。

【現金給付】ㄒㄧㄢˋ ㄐㄧㄣ ㄐㄧˇ ㄈㄨˋ
被保險人發生殘廢、養老、死亡、眷屬喪葬等保險事故時,由承保機構向被保險人給付一定數額的現金,其金額通常以若干個保險俸給的金額爲準。

【現金價值】ㄒㄧㄢˋ ㄐㄧㄣ ㄐㄧㄚˋ ㄓˊ
(cash value)各種人壽保險的保險單,除短期保險外,其保險費常由要保人(或被保險人)按平準保險費率繳納,其中預繳部分所構成的保險費積存金,即提存爲責任準備金。雖由保險人保管運用,但實際上仍應爲要保人(或被保險人)所有,故每一保單皆有相當的現金價值。此項現金價值,要保人在需款時,可憑以向保險人申請保單質押貸款,解約時可領取解約金或作其他選擇處理。

10【現時成本】ㄒㄧㄢˋ ㄕˊ ㄔㄥˊ ㄅㄣˇ
(current cost) 指現在購置與現有舊資產同功能之資產所需支付的成本。

【現值會計】ㄒㄧㄢˋ ㄓˊ ㄎㄨㄞˋ ㄐㄧˋ
(current value accounting)現行傳統會計係以歷史成本爲基礎,由於物價的大幅變動,使得所編製的財務報表未能公允表達眞實的經濟情況,因而降低其使用價值。所謂現值會計,即採用現時價值作爲資產評價及損益取決的基礎,使資產負債表的項目均能按照其現時價值表達,所有費用亦按其現時價值計算,使淨利代表一眞實的利潤。所謂現時價值有多種不同的觀念,如淨變現價值、現時投入價值(現時成本)及資產未來淨收益的折現值等。

11【現貨市場】ㄒㄧㄢˋ ㄏㄨㄛˋ ㄕˋ ㄔㄤˇ
(spot market; cash market) 與期貨市場相對。即買賣現貨(spot; spot goods)的市場。無固定指揮中心,範圍可廣及全世界。在現貨市場買賣商品,多以商議的方式進行,買賣雙方都有表達意志的自由,至於交貨的時期,可以在買賣達成協議之時,也可以延後到約定的時間之內。

【現貨交易】ㄒㄧㄢˋ ㄏㄨㄛˋ ㄐㄧㄠ ㄧˋ
(spot transaction; cash commodity transaction; actual commodity trading) 與期貨交易相對。泛指與期貨合約無關的商品交易。日常生活中,以現行市價自供應市場購買實物的情形,就是現貨交易。在現貨市場買賣商品,多以商議的方式進行,所以買賣雙方都有表達意志的自由。買賣雙方達成協議後,絕大多數都有交貨的事實(即現貨交易以取得實物爲目的,與期貨交易之不以取得實物爲主不同)。交貨的發生,可以在買賣達成協議之時,也可以延後到將來的某一約定時間。例如買賣汽車,可約定立即付款與交貨,也可以約定於三個月後交貨與付款。現貨交易中,如果約定即刻交貨,即現貨現賣,是爲現貨買賣,所簽定的合約,稱爲現貨合約;如果不論有無現貨,約定交貨時間延後,則稱爲延期買賣或遠期買賣,其所簽定的合約稱爲遠期合約。

【現貨拋補】ㄒㄧㄢˋ ㄏㄨㄛˋ ㄆㄠ ㄅㄨˇ
(spot covering) 國際間的投資者、套利者及進、出口商爲消除或減少外匯風險,而在現貨外匯市場買進或賣出外匯的行爲。

【現貨匯率】ㄒㄧㄢˋ ㄏㄨㄛˋ ㄏㄨㄟˋ ㄌㄩˋ
(spot exchange rate)一個國家現貨外匯市場所決定的匯率。

12【現場新聞】ㄒㄧㄢˋ ㄔㄤˇ ㄒㄧㄣ ㄨㄣˊ
(spot news) 也稱實況報導。傳播媒體的採訪人員在現場,對正在發生、演變中的事件所作的報導。

【現場節目】ㄒㄧㄢˋ ㄔㄤˇ ㄐㄧㄝˊ ㄇㄨˋ

(live) 廣播或電視節目的一種。指在表演當時，立即播送出去的節目。

【現買現賣】ㄒㄧㄢˋ ㄇㄞˇ ㄒㄧㄢˋ ㄇㄞˋ
當時買進，當時就賣出。用以比喻剛學到一種技能或學問馬上就表現出來或應用。

14【現實主義】ㄒㄧㄢˋ ㄕˊ ㄓㄨˇ ㄧˋ
(actualism) 否定實體的存在，只承認變化與行動的一種學說。

【現實交付】ㄒㄧㄢˋ ㄕˊ ㄐㄧㄠ ㄈㄨˋ
占有之讓與人將其對物之現實管領力移轉予受讓人，稱爲現實交付。現實交付之讓與人，爲原來物之直接占有人，受讓人因現實交付而取得占有人地位。例如甲將其所占有之書一冊交付予乙。

【現實原則】ㄒㄧㄢˋ ㄕˊ ㄩㄢˊ ㄗㄜˊ
(reality principle)'奧地利'心理學家'弗洛依德'探討人格基本動力的兩大定律之一。人格結構中之自我，依其對情境之覺識，爲避免永久痛苦或獲取未來更大之快樂，而調解本我與超我之需求或衝突。

8【現金收益率】ㄒㄧㄢˋ ㄐㄧㄣ ㄕㄡ ㄧˋ ㄌㄩˋ
(cash yield ratio) 現金股利對股票每股市價的比率。用以衡量股票出售前每股已實現的投資報酬率。

5【現代五項運動】ㄒㄧㄢˋ ㄉㄞˋ ㄨˇ ㄒㄧㄤˋ ㄩㄣˋ ㄉㄨㄥˋ
(modern pentathlon) 又稱單人新五項 (military pentathlon)。由古代擲鐵餅、擲標槍、賽跑、跳遠與角力等五項演變而來。包括馬術、擊劍、射擊、300公尺自由式游泳及4,000公尺越野賽跑等五項。西元1912年第五屆'奧林匹克運動會'時正式列爲競賽項目。

8【現金收付基礎】ㄒㄧㄢˋ ㄐㄧㄣ ㄕㄡ ㄈㄨˋ ㄐㄧ ㄔㄨˇ
(cash basis) 指一切收入及費用之認定，均以是否收付現金爲基準而言。故一切收入雖已發生，但在收到現金以前，尚不得計列收入；同理，一切費用雖已發生，但在支付現金以前，亦不得計列費用。

11【現貨外匯市場】ㄒㄧㄢˋ ㄏㄨㄛˋ ㄨㄞˋ ㄏㄨㄟˋ ㄕˋ ㄔㄤˇ
(spot foreign exchange market) 外匯買賣以現場交易(二日之內)之方式進行的外匯市場。

琄 ㄐㄩㄢˇ chüan^3 音捲
佩玉華美的樣子。見"集韻"。

珵 ㊀ ㄔㄥˊ ch'êng^2 音成
① 美玉。見"玉篇"。② 佩玉。同珩。見"集韻"。
㊁ ㄊㄧㄥˇ t'ing^3 音挺
玉笏。同珽。見"字彙補"。

琈 ㄈㄨˊ fu^2 音浮
玉名。見"廣韻"。

琁 ㊀ ㄒㄩㄢˊ hsüan^2 音旋
次於玉的美石。同璇。見"玉篇"。
㊁ ㄑㄩㄥˊ ch'iung^2 音窮
赤玉。同瓊。見"集韻"。

珽 ㄊㄧㄥˇ t'ing^3 音挺
玉笏。也稱大圭，長三尺，爲古時天子朝日時所持。也作珵。見"說文"。

琍 ㄌㄧˊ li^2 音梨
也作璃。參玻璃。

琇 ㄒㄧㄡˋ hsiu^4 音秀
① 玉名。見"廣韻"。② 美好。見"廣雅·釋詁"。

琀 ㄏㄢˋ han^4 音汗
古代放在死人口中的玉。形狀似蟬。見"說文"。

8

琮 ㄘㄨㄥˊ ts'ung^2 音從
① 玉製的禮器。外觀爲方柱形，中爲圓筒形，圓筒的兩端露在方柱外面。方柱表面或光素無紋飾，或有一組組稱駔紋的眼面紋，有駔紋者稱爲駔紋琮。近年於'江蘇'南部、'浙江'北部的新石器時代'良渚'文化遺址，曾出土不少駔紋琮。光素的玉琮流行於'商代'。② 姓。'宋'有'琮師古'。見"通志·氏族略五"。

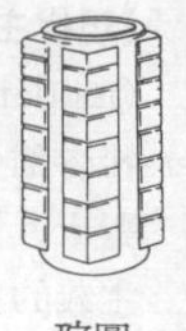
琮圖

琯 ㄍㄨㄢˇ kuan^3 音管
① 玉製的管樂器。似笛，有六孔。曆家也用以測天候。同管。見"說文"。② 磨治金玉使發亮。見"集韻"。

琬 ㄨㄢˇ wan^3 音宛
上端渾圓的圭。見"說文·琬·段注"。

12【琬琰】ㄨㄢˇ ㄧㄢˇ
琬圭與琰圭。① 泛指美玉。② 比喻美好的德行或文辭。

琺 ㄈㄚˋ fa^4
參琺瑯。

13【琺瑯】ㄈㄚˋ ㄌㄤˊ
(enamel) 可塗於金屬、玻璃或陶瓷等器物表面的一種不透明玻璃質。即搪瓷。

【琺瑯彩】ㄈㄚˋ ㄌㄤˊ ㄘㄞˇ
'清代'釉上彩瓷的一種。又稱瓷胎畫琺瑯。主要燒造於'雍正'至'乾隆'年間，屬宮廷御用瓷器。紋飾纖細，常配有與圖案相應的詩句，並鈐閒章。底款多爲青色或紅色的釉上彩，於二重方框內書「雍正年製」、「乾隆年製」。俗稱古月軒。

【琺瑯質】ㄈㄚˋ ㄌㄤˊ ㄓˋ
(enamel) 又稱釉質。覆蓋於齒冠外層的物質。主要由磷酸鈣和碳酸鈣組成。爲人體所有組織中最堅硬者，具有保護牙齒的功能，但亦會被口中細菌產生的酸所腐蝕。

【琺瑯器】ㄈㄚˋ ㄌㄤˊ ㄑㄧˋ
綜合金屬與瓷釉所製成的一種工藝品。深受我國宮廷喜愛。'明'、'清'兩代曾設專坊製造，融合繪畫、雕鏤、冶金、鑄造、窯業等技藝於一爐。產品精良，尤以'景泰'藍最著。

琣 ㄅㄥˇ *pêng*³ 音琫
佩刀上的飾物。同琫。見"集韻"。

琼 瓊的俗體。

琗 ㄘㄨㄟˋ *ts'ui*⁴ 音翠
1玉的光采。見"集韻"。2文采錯雜。

琛 ㄔㄣ *ch'ên*¹ 音瞋
珍寶。

琰 ㄧㄢˇ *yen*³ 音眼
1璧玉上光潤的色澤。見"說文"。2美玉。

琫 ㄅㄥˇ *pêng*³ 音菶
古時佩刀柄端的玉飾。見"說文"。

琶 ㄆㄚˊ *p'a*² 音爬 又讀 ·ㄅㄚ ·*pa* 語音 ·ㄆㄚ ·*p'a*
參琵琶。

9【琶音】ㄆㄚˊ ㄧㄣ
(arpeggio) 指和弦的各音，由低而高，一個接一個快速地奏出。這是一種仿豎琴效果的鋼琴演奏法。

琵 ㄆㄧˊ *p'i*² 音皮
參琵琶。

12【琵琶】ㄆㄧˊ ㄆㄚˊ
彈撥樂器。也稱批把。'秦代'根據鼗的形式，創造出一種直柄、圓形音箱，豎抱演奏的彈撥樂器，名弦鼗。到'漢代'定型爲四弦十二品位，用手彈撥，稱爲琵琶，後世稱阮。西元四世紀，由'西域'傳入一種半梨形音箱，曲項，四弦四柱，橫置胸前用撥或手彈奏的琵琶。'唐''宋'以來，依這兩種漸發展成今之四弦手撥的琵琶。

琵琶圖

【琵琶記】ㄆㄧˊ ㄆㄚˊ ㄐㄧˋ
'元''高明'撰，四十二齣。根據'南宋''趙貞女'、'蔡二郎'等戲文改編而成。演'蔡伯喈'別妻'趙五娘'，赴京應試，得中狀元，招贅於'牛'丞相之女。家鄉遭遇災荒，其妻'趙五娘'獨力養家，典當俱盡，父母餓死，'五娘'以琵琶彈唱行乞，赴京尋夫，幾經周折，終得團圓。

【琵琶別抱】ㄆㄧˊ ㄆㄚˊ ㄅㄧㄝˊ ㄅㄠˋ
比喻婦女改嫁。也指女子拋棄男友而另結新歡。

瑇 玳的或體。

珷 碔的或體。

琴 ㄑㄧㄣˊ *ch'in*² 音勤
1彈撥樂器。也稱綠綺、絲桐、古琴、七弦琴。長約一百三十厘米，寬二十厘米，厚五厘米。以桐木作面板，梓木作底板，合成

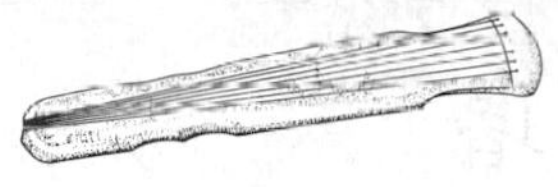
琴圖

音箱，髹上色漆。一端有岳山支撐琴弦，下有琴軫用以調整弦音，琴面有十三個琴徽標示弦上的音位。琴面張七弦，由粗而細自外向內排列，一般按五聲音階定弦。演奏時右手撥弦取音，有散、泛、按三種彈法。2絃或簧樂器的總稱。3姓。'春秋'時有'琴張'。見"孟子·盡心下"。

5【琴史】ㄑㄧㄣˊ ㄕˇ
'宋''朱長文'撰，六卷。前五卷按照時代次序收錄與琴有關係之一百五十五人的事蹟，並加辨正或評論；末卷記載琴的演變、音調的沿革。採集詳博，可瞭解琴的發展史。是現存最早的琴史專著。

10【琴酒】ㄑㄧㄣˊ ㄐㄧㄡˇ
(gin) 將發酵的穀類芽汁加杜松子蒸餾而成的香味烈酒。

4【琴心三疊】ㄑㄧㄣˊ ㄒㄧㄣ ㄙㄢ ㄉㄧㄝˊ
道教語。指道士修練，心和神悅，三丹田和積如一。琴，指和；三，指三丹田。

【琴心劍膽】ㄑㄧㄣˊ ㄒㄧㄣ ㄐㄧㄢˋ ㄉㄢˇ
托心意於琴聲，仗劍以示威武。形容儒雅任俠，文武兼備。

13【琴瑟不調】ㄑㄧㄣˊ ㄙㄜˋ ㄅㄨˋ ㄊㄧㄠˊ
比喻夫妻失和。

【琴瑟和鳴】ㄑㄧㄣˊ ㄙㄜˋ ㄏㄜˊ ㄇㄧㄥˊ
比喻夫妻恩愛和睦。

琚 ㄐㄩ *chü*¹ 音居
佩玉名。見"說文"。

琪 ㄑㄧˊ *ch'i*² 音其
美玉的一種。見"廣韻"。

8【琪花瑤草】ㄑㄧˊ ㄏㄨㄚ ㄧㄠˊ ㄘㄠˇ
指仙境中的奇花異草，其珍貴如玉。

琳 ㄌㄧㄣˊ *lin*² 音林
美玉名。見"說文"。

13【琳瑯滿目】ㄌㄧㄣˊ ㄌㄤˊ ㄇㄢˇ ㄇㄨˋ
滿眼所見都是珍貴華麗的東西。

琦 ㄑㄧˊ *ch'i*² 音琪
1美玉名。見"廣韻"。2奇異不平凡。通奇。如：琦行。

6【琦行】ㄑㄧˊ ㄒㄧㄥˋ
超凡出眾的品行。

13【琦瑋】ㄑㄧˊ ㄨㄟˇ
1美玉名。2珍異綺麗。

琖 ㄓㄢˇ *chan*³ 音展
玉製的酒杯。同盞、醆、醆。見"說文新附"。

琢 ㄓㄨㄛˊ *cho*², *chuo*² 音啄
1雕刻玉石。如：玉不琢，不成器。2推敲；修飾。如：雕章琢句。

16【琢磨】ㄓㄨㄛˊ ㄇㄛˊ
雕磨玉石。引申爲精心研討、勤加磨練、用心揣摩等意。

琭 ㄌㄨˋ *lu*⁴ 音祿
玉名。見"廣韻"。

琡 ㄔㄨˋ *ch'u*⁴ 音俶
八寸長的璋。見"爾雅·釋

器"。

琥 ㄏㄨˇ hu³ 音虎
1古代調遣軍隊的玉製兵符。見"說文"。2刻成虎形的玉器。見"字彙"。

9【琥珀】 ㄏㄨˇ ㄆㄛˋ
(amber) 樹脂長期埋藏於地層下,經硬化後所形成的透明或半透明堅硬物質。自古即被視爲寶石。有黃、褐及褐紅色,並有各式各樣的形狀,有的內含昆蟲,最受珍視。

琨 ㄎㄨㄣ k'un¹ 音昆
1美石;美玉。見"說文"。2玉佩。

11【琨珸】 ㄎㄨㄣ ㄨˊ
也作昆吾、琨琘。1玉石名。2山名。

琤 ㄔㄥ ch'êng¹ 音撐
1玉聲。見"說文"。2琴聲。3物相擊所發出的聲音。見"正字通"。

琲 ㄈㄟˋ fei⁴ 音肺 又讀 (一)ㄅㄟˋ pei⁴ 音背 (二)ㄆㄟˋ p'ei⁴ 音佩
貫珠;穿珠爲飾。

琱 ㄉㄧㄠ tiao¹ 音貂
1雕琢;刻鏤。通作彫、雕。見"說文"。2畫飾。

9

瑬 ㄌㄧㄡˊ liu² 音留
1古代君王冠冕前懸垂的玉串。見"說文"。2旌旗的旒。同旒。見"正字通"。

瑄 ㄒㄩㄢ hsüan¹ 音宣
直徑六寸大的璧。通作宣。見"爾雅·釋器"。

琿 ㄏㄨㄣˊ hun² 音魂
美玉。見"集韻"。

瑯 或作瑯。(一) ㄌㄤˊ lang² 音郎
琅的或體。
(二) ㄌㄢˊ lan² 音藍
參琺瑯。

瑟 ㄙㄜˋ sê⁴ 音色
1古代彈撥樂器。"詩經"已有瑟的記載。分大、小二種規格。古代宴享儀禮,多以瑟伴奏歌唱。'魏''晉''南北朝'用來伴奏相和

瑟圖

歌,'隋''唐'用來伴奏清樂。此後,民間不傳,只用於宮廷雅樂。瑟身呈長方形,木質音箱,張二十五弦,每根弦下施柱,以調節有效弦長,按五聲音階定弦。2莊嚴的樣子。3眾多的樣子。

13【瑟瑟】 ㄙㄜˋ ㄙㄜˋ
1形容風聲。2碧綠的樣子。

17【瑟縮】 ㄙㄜˋ ㄙㄨㄛ
1蜷縮;收縮。常用來形容寒冷的樣子。2形容風聲。

瑁 珉的或體。

瑋 ㄨㄟˇ wei³ 音偉
1玉的一種。見"廣韻"。2珍奇;美好。如:瑰瑋。

瑚 ㄏㄨˊ hu² 音胡
宗廟中盛黍稷的禮器。見"正字通"。

15【瑚璉器】 ㄏㄨˊ ㄌㄧㄢˇ ㄑㄧˋ
比喻卓越出眾、足以承擔重責大任的才幹。瑚和璉都是古代祭祀燕享時,盛黍、稷、稻、粱的器皿。本用玉做成,後也有用竹木或銅器。

瑊 ㄓㄣ chên¹ 音斟
似玉的美石。同玪。見"集韻"。

瑌 ㄖㄨㄢˇ juan³ 音軟
次於玉的一種美石。見"字彙"。

瑑 ㄓㄨㄢˋ chuan⁴ 音篆
1圭璧上凸起的雕紋。見"說文"。2在玉器上雕刻飾紋。

瑕 ㄒㄧㄚˊ hsia² 音暇
1玉上的小紅斑。引申指缺點或過失。如:瑕疵。2罅隙;裂痕。如:瑕隙。3姓。'春秋''鄭'有'瑕叔盈'。見"左傳·隱一一年"。

11【瑕疵】 ㄒㄧㄚˊ ㄘ
玉有斑點。引申爲過失或缺點。

13【瑕瑜】 ㄒㄧㄚˊ ㄩˊ
比喻美德與過失。

25【瑕釁】 ㄒㄧㄚˊ ㄒㄧㄣˋ
1間隙;弱點。2過失。

4【瑕不掩瑜】 ㄒㄧㄚˊ ㄅㄨˋ ㄧㄢˇ ㄩˊ
比喻雖有缺點,卻不至掩蓋其優點。

11【瑕疵擔保】 ㄒㄧㄚˊ ㄘ ㄉㄢ ㄅㄠˇ
指物或權利有瑕疵時應負法定責任之謂。不限於買賣瑕疵擔保。其他"民法"規定應負瑕疵擔保責任者,如一、贈與物或權利之瑕疵擔保責任:贈與人故意不告其瑕疵,或保證其無瑕疵者,對於受贈人因瑕疵所生之損害,負賠償之義務。二、承租人因第三人就租賃物主張權利,致不能爲約定之使用收益時,出租人之權利瑕疵責任("民法"第四百三十六條)。三、貸與人故意不告知借用物之瑕疵,致借用人受損害者,應負瑕疵擔保責任("民法"第四百六十六條)。四、消費借貸物有瑕疵時,貸與人之瑕疵擔保責任("民法"第四百七十六條)。五、承攬人對於物之瑕疵擔保責任("民法"第四百九十二條以下)。六、共有物分割時,各共有人按其應有部分之瑕疵擔保責任("民法"第八百二十五條)。

13【瑕瑜互見】 ㄒㄧㄚˊ ㄩˊ ㄏㄨˋ ㄐㄧㄢˋ
本指美與惡兩不相掩,極爲分明。引申爲缺點與優點同時並存。

瑅 ㄊㄧˊ t'i² 音題
參瑅瑭。

14【瑅瑭】 ㄊㄧˊ ㄊㄤˊ
玉名。見"字彙"。

瑒 (一) ㄔㄤˋ ch'ang⁴ 音唱
宗廟祭祀用的圭玉。見"說

文”。

㊁ ㄉㄤˋ tang4 音蕩

佩刀上的玉飾。見“集韻”。

㊂ ㄧㄤˊ yang2 音楊

人名用字。三國‘魏’有‘應瑒’。

瑁 ㊀ ㄇㄠˋ mao4 音冒

古代天子接見諸侯時所執的玉器。通作冒。見“說文”。

㊁ ㄇㄟˋ mei4 音妹

參玳瑁。

瑛 ㄧㄥ ying1 音英

①玉的光采。見“說文”。②似玉的美石。見“玉篇”。

𤦪 ㄏㄜˊ ho2, hê2 音河

姓。同‘和’。如:‘𤦪’氏璧。

瑞 ㄖㄨㄟˋ jui4 音銳

①玉製的信物。見“說文”。②吉祥。如:瑞兆。

3【瑞士】 ㄖㄨㄟˋ ㄕˋ

(Switzerland)位於‘歐’陸中央的內陸國。面積4.1萬方公里，人口749萬(2005年)，首都‘伯恩’。境內山嶺錯綜，素有「歐洲之脊」之稱。南部為‘阿爾卑斯山’，中部‘瑞士高原’河湖遍布，西北部‘侏羅山’(Jura Mts.)山勢較低。多冷夏涼。富水力。精細工業、銀行業和觀光業爲經濟命脈。原料供應及產品銷售多依賴外國。西元1815年‘維也納’會議承認爲永久中立國，許多國際機構皆設於此。

6【瑞兆】 ㄖㄨㄟˋ ㄓㄠˋ

吉祥的徵兆；好的預兆。

8【瑞典】 ㄖㄨㄟˋ ㄉㄧㄢˇ

(Sweden)北‘歐’面積最大、人口最多、最富裕的國家。位於‘斯堪的那維亞半島’東側。面積44.9萬方公里，人口900萬(2005年)，首都‘斯德哥爾摩’(Stockholm)。地勢由西北向東南傾斜，森林廣布，冰磧石、河湖、瀑布到處可見。南部平原農牧較盛，人口集中。河流短小湍急，不利航行而富水力。木材、造紙、木漿、火柴工業均盛。鐵礦儲量豐，除自用外，可與‘英’、‘德’換取煤炭，以發展鋼鐵、機械、造船、汽車、軍火等重工業，爲北‘歐’工礦最盛國。

11【瑞雪】 ㄖㄨㄟˋ ㄒㄩㄝˇ

冬末春初時降的雪。古人以爲豐年的預兆，故稱。

17【瑞應】 ㄖㄨㄟˋ ㄧㄥˋ

指天降祥瑞的物象，以回報人君的功德。

8【瑞典體操】 ㄖㄨㄟˋ ㄉㄧㄢˇ ㄊㄧˇ ㄘㄠ

(Swedish gymnastics)‘瑞典’‘林’氏(Pehr Henrich Ling)所創的體操。以生理學、心理學及美學爲基礎，創造有規則、有目的的動作。包括醫療體操、兵式體操、柔美體操、教育體操等。

瑗 ㄩㄢˋ yüan4 音媛

①玉名。指孔大邊小的圓璧。見“說文”。②玉佩。見“爾雅·釋器”。

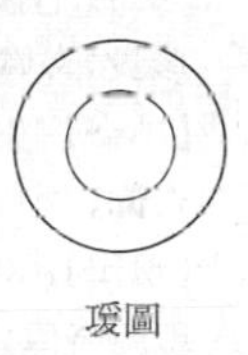

瑗圖

瑙 ㄋㄠˇ nao3 音腦

參瑪瑙。

瑀 ㄩˇ yü3 音羽

①似玉的美石。見“說文”。②玉佩的一部分。指編組在珩和衝牙之間的白玉。

瑜 ㄩˊ yü2 音俞

①美玉。如:世子佩瑜玉。②玉的光采。見“說文繫傳”。

4【瑜不掩瑕】 ㄩˊ ㄅㄨˋ ㄧㄢˇ ㄒㄧㄚˊ

比喻雖有長處，卻掩蓋不住短處。

10

瑩 ㄧㄥˊ ying2 音營

①玉色光潔。見“說文”。②似玉的美石。③磨治。

13【瑩媖】 ㄧㄥˊ ㄇㄥˊ

蕭瑟的樣子。

14【瑩徹】 ㄧㄥˊ ㄔㄜˋ

①晶瑩明徹。②明白通達。

瑢 ㄖㄨㄥˊ jung2 音容

參瓏瑢。

瑭 ㄊㄤˊ t'ang2 音唐

玉名。見“玉篇”。

瑳 ㄘㄨㄛˇ ts'o3, ts'uo3 音脞

①玉色鮮白。見“說文繫傳”。②器物鮮盛的樣子。見“正字通”。③巧笑露齒的樣子。見“正字通”。

瑪 ㄇㄚˇ ma3 音馬

參瑪瑙。

7【瑪利】 ㄇㄚˇ ㄌㄧˋ

(Mary, Queen of Scots, 1542～1587)也稱‘瑪利斯圖亞特’(Mary Stuart)。‘蘇格蘭’女王。‘蘇格蘭’王‘詹姆士五世’(James V)之女，出生六日即繼承父位，在‘法國’長大，西元1558年與‘法’王‘法朗玆二世’(Francois II)結婚，兩年後寡居。1561年歸國，1565年與‘達恩里’(Lord Darnley)結婚，生(‘英’王)‘詹姆士一世’(James I)，兩年後謀殺親夫而與‘鮑斯’伯爵(earl of Bothwell)結婚，備受指責，同年禪位其子，逃至‘英格蘭’，因其存在對‘英’‘伊利莎白’女王的王位構成威脅，翌年遂爲‘伊利莎白一世’(即其表妹)囚禁，十九年後被處死。

13【瑪瑙】 ㄇㄚˇ ㄋㄠˇ

(agate)一種石英類的礦物。化學成分爲二氧化矽，呈半透明體，有環帶狀結構，環帶之顏色由白灰色及深淺不同之棕、紅色所組成。灰色瑪瑙可用人工著色爲深紅、藍、綠及黑等色。因色澤優美，常被琢磨成廉價裝飾或各種首飾。

7【瑪利亞】 ㄇㄚˇ ㄌㄧˋ ㄧㄚˋ

(Mary; Virgin Mary; Saint Mary)也稱‘聖母瑪利亞’。‘耶穌’之母，約生於西元前一世紀。

【瑪利一世】 ㄇㄚˇ ㄌㄧˋ ㄧ ㄕˋ

(Mary I, 1516～1558)‘英’史上第一位女王。爲‘亨利八世’之女。西元1553年即位後，陸續殺害對手‘諾森伯蘭’公爵‘杜德里’(John Dudley, duke of Northumberland)、登基僅九日的'葛蕾'夫人(Lady Jane Grey)及其夫'杜德里'(Guildford Dudley)等人。翌年與'西班牙'王'腓力二世'(Philip Ⅱ)結婚, 且爲恢復天主教, 不惜以血腥手腕迫害新教徒。後以'加來'(Calais)爲'法國'所奪, 憂憤而死。世稱⌊血腥的瑪利⌉(Bloody Mary)。

【瑪利二世】 ㄇㄚˇ ㄌㄧˋ ㄦˋ ㄕˋ
(Mary Ⅱ, 1662～1694) '英'女王。乃'詹姆士二世'長女, 西元1677年與其表兄'荷蘭'總督'威廉'(William of Orange)結婚, 婚後定居'荷蘭'。1687～1688年'詹姆士二世'和'威廉'爲新舊教發生紛爭時, 她因信仰新教而支持其夫'威廉', 且同意'威廉'於1688年11月入侵'英國', 在'英'史上稱爲⌊光榮革命⌉。翌年二月與夫被'英'人迎回共治'英國', 尊重議會, 樹立⌊君臨而不統治⌉的君主立憲基礎。

瑮 ㄌㄧˋ *li*4 音栗
玉的花紋羅列有序的樣子。見"說文"。

瑱 [一] ㄊㄧㄢˋ *t'ien*4
[1]玉製的耳塞子。也稱充耳。見"說文"。[2]美玉。見"廣韻"。
[二] ㄓㄣˋ *chên*4 音鎭
[1][一]的又讀。[2]通鎭。

瑨 璡的或體。

瑵 ㄓㄠˇ *chao*3 音爪
[1]車蓋上的爪形玉飾。見"說文"。[2]玉名。見"廣韻"。

瑣 ㄙㄨㄛˇ *so*3, *suo*3 音鎖
[1]玉聲。通璅。見"說文"。[2]細小;瑣碎。如:瑣碎。

8【瑣事】 ㄙㄨㄛˇ ㄕˋ
小事;雜事。

10【瑣屑】 ㄙㄨㄛˇ ㄒㄧㄝˋ
煩雜細碎。

11【瑣細】 ㄙㄨㄛˇ ㄒㄧˋ
煩雜細小。

13【瑣碎】 ㄙㄨㄛˇ ㄙㄨㄟˋ
煩雜零碎。

14【瑣瑣】 ㄙㄨㄛˇ ㄙㄨㄛˇ
也作璅璅。[1]細碎的樣子。[2]平庸的樣子。

瑤 ㄧㄠˊ *yao*2 音搖
美玉。見"說文"。

6【瑤池】 ㄧㄠˊ ㄔˊ
神話中'西王母'居住的地方。

14【瑤臺】 ㄧㄠˊ ㄊㄞˊ
[1]由美麗的玉石砌成的高臺。[2]傳說中神仙所居之地。

18【瑤觴】 ㄧㄠˊ ㄕㄤ
[1]玉製的酒杯。[2]酒杯的美稱。

瑦 ㄨ *wu*1 音烏
似玉的美石。見"說文"。

瑰 ㄍㄨㄟ *kuei*1 音歸
[1]美石。如:瓊瑰玉佩。[2]珍貴;奇偉。如:瑰異。

8【瑰奇】 ㄍㄨㄟ ㄑㄧˊ
奇偉。

13【瑰瑋】 ㄍㄨㄟ ㄨㄟˇ
瑰麗奇偉;珍奇美好。

19【瑰麗】 ㄍㄨㄟ ㄌㄧˋ
珍奇華麗。

20【瑰寶】 ㄍㄨㄟ ㄅㄠˇ
珍寶。

瑠 ㄌㄧㄡˊ *liu*2 音留
或作瑠。參瑠璃。

15【瑠璃】 ㄌㄧㄡˊ ㄌㄧˊ
寶石名。又名璧流離。也作琉璃。

瑲 ㄑㄧㄤ *ch'iang*1 音鏘
玉撞擊聲。見"說文"。

瑴 ㄐㄩㄝˊ *chüeh*2 音覺
[1]二玉相合。同玨。見"正字通"。[2]玉石。

11

璋 ㄓㄤ *chang*1 音章
玉器名。形似半圭, 而上端斜削成銳角。古代朝聘、祭祀、喪葬、發兵時用以表示瑞信。分爲大璋、中璋、邊璋、牙璋等。

璋圖

璃 ㄌㄧˊ *li*2 音離
参玻璃。

璇 ㄒㄩㄢˊ *hsüan*2 音旋
美玉名。同璿。見"說文"。

16【璇璣】 ㄒㄩㄢˊ ㄐㄧ
[1]星名。也作璿璣、琁璣、琁機。(1)指北斗七星杓底的第二、第三兩顆星。(2)泛指北斗七星中杓底的四顆星。[2]古代觀測天文的儀器。

璆 ㄑㄧㄡˊ *ch'iu*2 音求
同球。[1]美玉。見"說文"。[2]玉磬。[3]形容玉聲。

璈 ㄠˊ *ao*2 音敖
古樂器名。見"正字通"。

璉 [一] ㄌㄧㄢˊ *lien*2 音連
[1]宗廟中祭祀時盛黍稷的器皿。如:瑚璉。[2]連接。通連。
[二] ㄌㄧㄢˇ *lien*3 音臉
同[一][1]。

璂 瑧的或體。

瑾 ㄐㄧㄣˇ *chin*3 音謹 又讀 ㄐㄧㄣˋ *chin*4 音近
美玉名。如:瑾瑜。

玏 ㄌㄜˋ *lê*4 音勒
[1]玉名。見"玉篇"。[2]次於玉的一種美石。見"廣韻"。

璊 ㄇㄣˊ *mên*2 音門
赤玉色。見"正字通"。

璀 ㄘㄨㄟˇ *ts'ui*3
玉名。見"廣韻"。

17【璀璨】 ㄘㄨㄟˇ ㄘㄢˋ
也作璀粲。[1]玉光。後用以形容鮮明燦爛的色澤。[2]華麗的樣子。

璅 [一] ㄗㄠˇ *tsao*3 音早
似玉的美石。見"說文"。
[二] ㄙㄨㄛˇ *so*3, *suo*3 音鎖
通瑣。[1]玉聲。見"集韻"。[2]瑣碎。如:璅語。

璁 ㄘㄨㄥ *ts'ung*1 音聰
似玉的美石。見"說文"。

瑽 ㄘㄨㄥ *ts'ung*1 音聰
參瑽琤。

12【瑽琤】 ㄘㄨㄥ ㄔㄥ
金玉相擊聲。

14【瑽瑢】 ㄘㄨㄥ ㄖㄨㄥˊ
玉佩相擊聲。

瑿 ㄧ i^1 音醫
同黳。①黑色的玉石。見"集韻"。②極貴重的黑色琥珀。見"正字通"。

12

璗 ㄉㄤˋ $tang^4$ 音蕩
①與玉同色的精美黃金。見"說文"。②黃金的別名。見"爾雅·釋器"。

璘 ㄌㄧㄣˊ lin^2 音鄰
①玉的光彩。見"玉篇"。②有文彩的樣子。如：璘班。

璛 ㄙㄨˋ su^4 音肅
琢玉工。見"集韻"。

璜 ㄏㄨㄤˊ $huang^2$ 音黃
①黃石。見"正字通"。②半璧。古禮器的一種。用以朝聘、祭祀、喪葬、徵召，也可作爲佩飾。

璜圖

璚 一 ㄑㄩㄥˊ ch'iung² 音瓊
①玉名。同瓊。見"說文"。②太陽周圍的帶狀氣體。爲古代占星術的用語。
二 ㄐㄩㄝˊ chüeh² 音決
玉佩。同玦。見"集韻"。

璙 ㄌㄧㄠˊ $liao^2$ 音聊
①玉名。見"說文"。②美好的樣子。見"廣韻"。

璏 ㄓˋ $chih^4$ 音滯
玉製的劍鼻。即劍柄下端近劍身處的玉飾。見"說文"。

璟 ㄐㄧㄥˇ $ching^3$ 音景
玉的光彩。同璄。見"集韻"。

璞 ㄆㄨˊ p'u² 音樸
①未經雕琢的玉石。也泛指未經加工的素材。見"玉篇"。②樸素；眞實。如：反璞歸眞。③姓。'明'有'璞俊'。見"萬姓統譜·二二"。

13【璞鼎查】 ㄆㄨˊ ㄉㄧㄥˇ ㄔㄚˊ
(Sir Henry Pottinger, 1789～1856)'英國'外交家。西元1804年入'印度'陸軍部隊，鴉片戰爭時，率領'英國'部隊侵'華'，後任'英國'全權代表，與'耆英'、'伊里布'締結"南京條約"。1843年任'香港'首任總督，後轉任'印度'及'馬德拉斯'總督。

5【璞玉渾金】 ㄆㄨˊ ㄩˋ ㄏㄨㄣˊ ㄐㄧㄣ
①未經琢磨的玉和未經鍛鍊的金。②比喻才質優美。

璠 ㄈㄢˊ fan^2 音煩
參璠璵。

18【璠璵】 ㄈㄢˊ ㄩˊ
'魯國'的寶玉。後比喻美好的事物。也作璠與。

璑 ㄨˊ wu^2 音無
雜有朱、白、蒼三種色彩的玉。也稱瑦。見"說文"。

璣 ㄐㄧ chi^1 音機
①不圓的珠子。見"說文"。②古代觀測天象的儀器。如：璇璣玉衡。③星名。北斗七星的第三顆星。即天璣。

16【璣衡撫辰儀】 ㄐㄧ ㄏㄥˊ ㄈㄨˇ ㄔㄣˊ ㄧˊ
'清朝'所造八件大型銅鑄天文儀器之一。是按我國傳統的渾天儀配合西法改造而成。可用以測定天體的經緯度。'清''乾隆'九年(1744)開始設計和製造，歷時十年始告完成，安裝在'北京'古觀象臺上。八國聯軍之役，被'德'人劫至'柏林'，直至第一次世界大戰結束後才運回'北平'。

璡 ㄐㄧㄣˋ $chin^4$ 音進
似玉的美石。同瑨。見"說文"。

13

璲 ㄙㄨㄟˋ sui^4 音遂
一種瑞玉。可以爲佩。見"爾雅·釋器"。

璱 ㄙㄜˋ sê⁴ 音瑟
①玉上的花紋一條一條的，有如瑟弦的樣子。見"說文"。②玉質鮮潔的樣子。見"玉篇"。

璫 ㄉㄤ $tang^1$ 音當
①椽頭的玉飾。見"說文新附"。②耳珠；耳環。如：璫珠。③'漢'武官的冠飾。

璩 ㄑㄩˊ ch'ü² 音渠
①環狀的玉器。俗用以貫耳。見"正字通"。②姓。'唐'有'璩抱朴'。見"通志·氏族略五"。

璪 ㄗㄠˇ $tsao^3$ 音早
①文采似水藻的玉飾。見"說文"。②用采絲貫玉的冕飾。見"正字通"。

璐 ㄌㄨˋ lu^4 音路
玉的一種。見"說文"。

璥 ㄐㄧㄥˋ $ching^4$ 音敬
玉名。見"說文"。

環 ㄏㄨㄢˊ $huan^2$ 音還
①中有圓孔的圓形玉璧。見"說文"。②泛指圈形的器物。如：耳環。③圍繞。如：環繞。④周遍；遍及。如：轍環天下。⑤(ring)一集合，不空，具有加法與乘法兩種運算，而滿足如下公理者稱爲環：加法可換，可締，具么，可逆；乘法與加法可分配。換言之，$(a+b)+c=a+(b+c)$, $a+b=b+a$, $a+0=0+a=a$, $a+(-a)=(-a)+a=0$, $a(b+c)=ab+ac$, $(a+b)c=ac+bc$。通常也要求乘法可締：$(a\times b)\times c=a\times(b\times c)$。有時也要求具么：$a\times 1=1\times a=a$。但不要求可逆。若乘法可換，則稱爲可換環；可締亦稱可結合。么即單位元素。⑥姓。'戰國''楚'有'環淵'。見"史記·孟子荀卿傳"。

7【環伺】 ㄏㄨㄢˊ ㄙˋ
在周圍窺視。

9【環流】 ㄏㄨㄢˊ ㄌㄧㄡˊ
①反復；循環。②圍繞而流。

【環拱】 ㄏㄨㄢˊ ㄍㄨㄥˇ
①環衛。指禁衛。②環繞。

【環面】 ㄏㄨㄢˊ ㄇㄧㄢˋ

(torus)形狀像充氣的救生圈。亦稱環體或環形圓紋曲面。係由圓繞圓外直線爲軸迴轉而得。如一圓周$(y+R)^2+z^2=r^2$ $(R>r>0)$繞 z 軸可得，其方程式經有理化後爲$(x^2+y^2+z^2+R^2-r^2)^2=4R^2(x^2+y^2)$，其表面積爲$4\pi^2Rr$，體積爲$2\pi^2Rr^2$。環面爲位相學的重要例子。

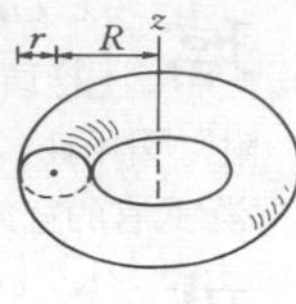

環面圖

10【環珮】ㄏㄨㄢˊ ㄆㄟˋ
玉佩。

【環氧】ㄏㄨㄢˊ ㄧㄤˇ
(epoxy) 泛指一切具有碳、碳、氧$\left(\begin{array}{c}-\mathrm{C}-\mathrm{C}-\\ \diagdown\quad\diagup\\ \mathrm{O}\end{array}\right)$環狀結構之有機化合物。例如環氧乙烷$(CH_2)_2O$。

11【環球】ㄏㄨㄢˊ ㄑㄧㄡˊ
全世界。

12【環裂】ㄏㄨㄢˊ ㄌㄧㄝˋ
(shake) 沿著年輪間成弧狀的裂隙。又稱輪裂。

14【環境】ㄏㄨㄢˊ ㄐㄧㄥˋ
四周的境況。①(environment)指地表任何地方周遭各種條件的總和。狹義的環境特指自然環境；廣義的環境則包含人文環境。自然環境和人文環境二者合稱地理環境。②個人生活周遭之人、事、物的總稱。有時專指影響個人生長或發展的外界因素。

17【環礁】ㄏㄨㄢˊ ㄐㄧㄠ
在大洋海盆上圍繞生長成的環狀珊瑚礁。其間僅留礁瑚而無其他陸塊或島嶼。

21【環顧】ㄏㄨㄢˊ ㄍㄨˋ
四面看；觀察四周。

8【環狀烴】ㄏㄨㄢˊ ㄓㄨㄤˋ ㄑㄧㄥ
(cyclic hydrocarbon)具有環狀結構的碳氫化合物。如環已烷、環乙烯等。

11【環帶紋】ㄏㄨㄢˊ ㄉㄞˋ ㄨㄣˊ
'西周'中期以後，青銅器上的主體花紋漸由動物式代之以幾何式，環帶紋是其中之一。該花紋可能是由動物波曲形軀體蛻化而來，打破了以前動物式兩兩相對的花紋格式，在器表呈帶狀環繞器壁。行於'西周'中、晚期，到'春秋'早、中期仍存。

環帶紋圖

6【環式移位】ㄏㄨㄢˊ ㄕˋ ㄧˊ ㄨㄟˋ
(circular shift)電腦內將資料移位時，由暫存器之一端所移出之數元，再由暫存器之另一端依序移入，稱爲環式移位。

8【環肥燕瘦】ㄏㄨㄢˊ ㄈㄟˊ ㄧㄢˋ ㄕㄡˋ
指體態豐腴與輕盈兩種類型的美女。'環'指'楊玉環'(即'楊貴妃')；'燕'指'趙飛燕'。

10【環氧樹脂】ㄏㄨㄢˊ ㄧㄤˇ ㄕㄨˋ ㄓ
(epoxy resin)由環氧類化合物(如環氧氯丙烷)與二酚類化合物經聚合反應，生成具有環氧基結構之樹脂。通常與胺基類或有機酸酐類硬化劑配合，生成熱固性塑膠。由於兼具許多樹脂之優點，故用途包羅萬象，例如當做黏合劑、保護塗料、成型品，或加入補強材料成爲強化塑膠。

11【環堵蕭然】ㄏㄨㄢˊ ㄉㄨˇ ㄒㄧㄠ ㄖㄢˊ
房屋中除了四面牆壁，別無他物。形容貧窮蕭條的樣子。

14【環境汙染】ㄏㄨㄢˊ ㄐㄧㄥˋ ㄨ ㄖㄢˇ
(environmental pollution)指全部或部分環境的生態系統，受到人類改變能源形態，或物質之化學、物理性質的直接或間接影響，而產生不良的變化。將導致水源、空氣、土地等各種環境元素品質的降低，惡劣影響人類的健康、財產與生活。空氣汙染、熱汙染、水汙染、噪音、殺蟲劑、固體廢棄物等，爲常見的環境汙染。

【環境保育】ㄏㄨㄢˊ ㄐㄧㄥˋ ㄅㄠˇ ㄩˋ
(environmental conservation)將人類生存所繫的自然環境加以維護，不濫加破壞或消耗，使自然資源能世世代代永續利用。環境保育論者旨在防止自然環境的損耗和汙染，幫助維持自然的生態平衡。

【環境章節】ㄏㄨㄢˊ ㄐㄧㄥˋ ㄓㄤ ㄐㄧㄝˊ
(environment division) 可博(COBOL) 電腦程式中四個主要章節之一。編寫程式時，寫在識別章節與資料章節之間。環境章節用來描述程式所使用的電腦系統特性，以及資料檔與電腦系統的關連性。

【環境設計】ㄏㄨㄢˊ ㄐㄧㄥˋ ㄕㄜˋ ㄐㄧˋ
(environmental design)有關人類環境的機能、美觀、心理反應、社會意義等各種學術研究及實用技術派別的總稱。爲一廣泛的學術及職業領域，包括有關各層次空間的分析、規劃、使用、管理等的研究與作業。如習稱的建築、工業設計、都市設計、社區規劃等。

【環境偏差】ㄏㄨㄢˊ ㄐㄧㄥˋ ㄆㄧㄢ ㄔㄚ
(drift) 在一定的環境下，由於量度量受外界影響，對量測儀器所形成的連續性緩和偏差。例如在溫度25°C、壓力1大氣壓、溼度70%環境下測量電壓，由於受到外來突發性磁場等影響所產生的偏差。

【環境單元】ㄏㄨㄢˊ ㄐㄧㄥˋ ㄉㄢ ㄩㄢˊ
(environmental area)爲維持居住環境的品質，劃定實質環境與社經結構屬均質者爲範圍，此一劃定之範圍稱爲一環境單元。換言之，環境單元內住宅型態、住戶所得及生活方式均相近，且公共設施完備，主要幹道繞外圍通過，不致破壞住戶居住環境之安寧。

【環境噪音】ㄏㄨㄢˊ ㄐㄧㄥˋ ㄗㄠˋ

ㄧㄣ
(environmental noise; ambient noise) 又稱周邊噪音。在某特定環境所感受的噪音。爲不特定之多數噪音混合而成。如在住宅區遠方或近處之汽車或工廠聲音、腳步聲、說話聲、樂器聲等所形成的聲音。

【環境療法】 ㄏㄨㄢˊ ㄐㄧㄥˋ ㄌㄧㄠˊ ㄈㄚˇ
(milieu therapy) 心理治療法之一。以醫院爲治療環境，允許患者自由行動、交談、從事團體活動，而逐漸改善不良行爲反應，達到治療目的。

【環境藝術】 ㄏㄨㄢˊ ㄐㄧㄥˋ ㄧˋ ㄕㄨˋ
(environmental art) 西元1960及1970年代所盛行的一種現代藝術的實驗形式。利用繪畫、雕刻、實物、聲音、色光等，使整個空間或環境帶給觀眾視覺、觸覺、聽覺、運動感覺等藝術刺激，甚至觀眾也可參與創作與表演等，意圖統合各種藝術，令觀眾得到多元知覺的藝術感受。有美術家、雕刻家、音樂家、舞蹈家、科學家的共同參與創造。代表藝術家有'金霍茲'(Kienholz)、'卡布羅'(Kaprow)、'克里斯多'(Christo)等。

13【環節動物門】 ㄏㄨㄢˊ ㄐㄧㄝˊ ㄉㄨㄥˋ ㄨˋ ㄇㄣˊ
(phylum Annelida) 無脊椎動物中的一門。包括蚯蚓、沙蚕及蛭等。身體分節，自前至後由多數同型的體節連接而成。除體壁分節外，內臟亦常有分節現象，如腎管通常每節中有一對、神經節亦每節中有一個。第一節的前面有口前葉，口位於第一節腹面，肛門則位於末節，體壁與腸壁間的空腔爲眞體腔。

14【環境心理學】 ㄏㄨㄢˊ ㄐㄧㄥˋ ㄒㄧㄣ ㄌㄧˇ ㄒㄩㄝˊ
(environmental psychology) 心理學派的一支。專事研究社會和物理環境對個體行爲的影響。該學派之研究領域，與社區計畫、建築學、交通設計等均有密切關係。

【環境決定論】 ㄏㄨㄢˊ ㄐㄧㄥˋ ㄐㄩㄝˊ ㄉㄧㄥˋ ㄌㄨㄣˋ
(environmental determinism) 認爲文化是環境所造成的，什麼樣的環境就產生什麼樣的文化形式及演化歷程。

【環境系統組織】 ㄏㄨㄢˊ ㄐㄧㄥˋ ㄒㄧˋ ㄊㄨㄥˇ ㄗㄨˇ ㄓ
指從環境系統觀點來看組織。一個組織是由輸入環境、技術環境、知識環境、輸出環境等四個次級環境所構成。參輸入環境、技術環境、知識環境、輸出環境。

【環境的負載力】 ㄏㄨㄢˊ ㄐㄧㄥˋ ˙ㄉㄜ ㄈㄨˋ ㄗㄞˋ ㄌㄧˋ
(the carrying capacity of environment) 指一特定環境內所能贍養或容納某一族群的最大數量。某一環境所適合贍養人口多寡的問題，遠較自然生物界複雜，因人口的負載除決定於自然條件外，尚視其歷史背景、生活方式、生產方式等條件而定。

【環境影響評估】 ㄏㄨㄢˊ ㄐㄧㄥˋ ㄧㄥˇ ㄒㄧㄤˇ ㄆㄧㄥˊ ㄍㄨ
(environmental impact assessment; EIA) 指對於可能造成自然環境改變而影響環境品質及環境資源之主要活動，在計畫、方案、政策制定前提出環境影響報告，以評估其對環境之影響，並建議補救措施或替代方案。

璨 ㄘㄢˋ *ts'an*⁴ 音粲
①玉的光采。見"說文新附"。②美玉。見"廣韻"。③明亮。如：璀璨。

璦 ㄞˋ *ai*⁴ 音愛
美玉。見"集韻"。

13【璦琿】 ㄞˋ ㄏㄨㄣˊ
縣名。原名'黑河屯'。位於'黑龍江省'東部，瀕臨'黑龍江'南岸。隔江與'蘇俄'的'海蘭泡'相望，爲一國防重鎭。

【璦琿條約】 ㄞˋ ㄏㄨㄣˊ ㄊㄧㄠˊ ㄩㄝ
'道光'末年，'西伯利亞'總督'莫拉維也夫'(Count Muraviev)於'黑龍江'下游築城駐兵。'咸豐'四年(1854)，'克里米亞'戰爭爆發，'莫'氏爲防'英'、'法'海軍攻擊'西伯利亞'東部沿海，擅航'黑龍江'，以運送軍隊及補給，並於次年移民屯墾，盡占'黑龍江'北岸之地。'咸豐'八年，再乘我國困於'英'、'法'聯軍與太平軍之際，陳兵'璦琿'，脅迫'黑龍江'將軍'奕山'與之訂約，內容爲：一、'黑龍江'以北之地劃歸'俄'有，'烏蘇里江'以東至海之地由'中'、'俄'共管。二、'俄'船得自由航行'黑龍江'、'烏蘇里江'及'松花江'，他國船隻不得行駛。三、居住於'烏蘇里江'、'黑龍江'、'松花江'附近之兩國所屬人民，准其自由貿易。

璧 ㊀ ㄉㄧㄢˋ *tien*⁴ 音電
玉的顏色。同琔。見"集韻"。
㊁ ㄊㄧㄢˋ *t'ien*⁴ 音瑱
玉做的耳塞子。同瑱。見"集韻"。

璧 ㄅㄧˋ *pi*⁴ 音壁
①一種玉製禮器。也可作爲臂飾和身上的珮飾。其基本形狀是扁平、圓形，直徑約4～40公分，中間有圓孔。璧的歷史可溯自新石器時代，直到'清代'仍繼續製作、使用。②玉的通稱。

璧圖

17【璧謝】 ㄅㄧˋ ㄒㄧㄝˋ
退還他人餽贈的禮物並表示謝意。

【璧還】 ㄅㄧˋ ㄏㄨㄢˊ
退還他人餽贈的禮物。

璸 ㊀ ㄆㄧㄢˊ *p'ien*² 音胼
珠名。同玭。見"集韻"。
㊁ ㄅㄧㄣ *pin*¹ 音賓
玉石有文理的樣子。見"集韻"。

璾 ㊀ ㄐㄧˋ *chi*⁴ 音齊
玉石的瑕疵。見"集韻"。
㊁ ㄗ *tzŭ*¹ 音咨
盛黍稷的祭器。見"集韻"。

瑌 ㄖㄨㄢˇ *juan*³ 音軟
似玉的美石。即瓀。見"古今韻會舉要"。

璹 ㄕㄨˊ *shu*² 音孰
玉器。八寸大的璋。也作璓。見"說文·璹·段注"。

璼 ㄌㄢˊ *lan*² 音藍
玉名。見"集韻"。

璵 ㄩˊ *yü*² 音余
參璠璵。

璂 ㄑㄧˊ *ch'i*² 音其
結在皮弁縫合處的玉飾。也作琪,通作綦。見"說文"。

璿 ㄒㄩㄢˊ *hsüan*² 音旋
也作琁、璇,通作旋。①美玉。見"說文"。②比喻地位尊貴。③星名。北斗七星的第二顆星。

瓁 ㄨㄛˋ *wo*⁴ 音臥
玉璞。見"廣韻"。

璽 ㄒㄧˇ *hsi*³ 音洗
①印信;印章。也作壐。'秦''漢'以後,專稱皇帝的玉印。見"正字通"。②姓。'明'有'璽書'。見"續通志·氏族略七"。

10【璽書】 ㄒㄧˇ ㄕㄨ
古代帝王的文書。因用璽印封記,故稱。

14【璽綬】 ㄒㄧˇ ㄕㄡˋ
印璽。天子印璽上繫有組綬,故稱。

璺 ㄨㄣˋ *wên*⁴ 音問
①玉器破裂。見"集韻"。②器物微裂。③龜兆的坼紋。

璵 ㄧㄡˊ *yu*² 音猷
餽贈用的玉。見"說文"。

15

瓋 ㄓㄜˊ *chê*² 音讁
玉的瑕斑。見"字彙補"。

璳 瓆的俗體。

璷 ㄈㄨ *fu*¹ 音敷
玉名。同玞。見"集韻"。

瓄 ㄉㄨˊ *tu*² 音獨
玉名。出'岷山'。見"玉篇"。

瓃 ㄌㄟˊ *lei*² 音雷
玉器名。見"說文"。

瓈 ㄌㄧˊ *li*² 音黎
也作璃。參玻璃。

瓊 ㄑㄩㄥˊ *ch'iung*² 音窮
美玉。見"說文"。

8【瓊林】 ㄑㄩㄥˊ ㄌㄧㄣˊ
①形容為雪覆蓋的樹林。因其潔白如玉樹,故稱。②宮苑名。在今'河南省''開封縣'西。'宋''乾德'二年(964)置。③庫藏名。'唐'有'瓊林'、'大盈'二庫,以貯存珍寶貢物。

9【瓊姿】 ㄑㄩㄥˊ ㄗ
美好的姿態。

10【瓊脂】 ㄑㄩㄥˊ ㄓ
(agar) 一種由紅藻中之石花菜(*Gelidium*)或龍鬚菜(*Gracilaria*)所提製的似膠物質。乾縮後,俗稱洋菜,可供食用。主要用途是作為培養基的凝固劑,亦可用於牙醫、化妝品製造業等。

11【瓊麻】 ㄑㄩㄥˊ ㄇㄚˊ
(hemp plant; *Agave sisalana*) 多年生植物。葉密生於短而粗壯的莖上,狹披針形或劍形,質硬,鮮綠色,葉緣具疏齒,葉先端具深褐色刺。於花期由莖頂抽出巨大的圓錐花序,綠色,兩性,花被筒狀。蒴果熟時縱裂,種子扁平、黑色。原產'墨西哥',一般栽培供作纖維植物。

12【瓊琚】 ㄑㄩㄥˊ ㄐㄩ
美好的佩玉。

14【瓊瑤】 ㄑㄩㄥˊ ㄧㄠˊ
美玉;美石。

【瓊筵】 ㄑㄩㄥˊ ㄧㄢˊ
豐盛美好的筵席。

8【瓊林宴】 ㄑㄩㄥˊ ㄌㄧㄣˊ ㄧㄢˋ
'宋太宗''太平興國'二年(977)在'瓊林苑'宴請新科進士。後因稱皇帝宴請新科進士為'瓊林'宴。也稱恩榮宴、聞喜宴。

【瓊枝玉葉】 ㄑㄩㄥˊ ㄓ ㄩˋ ㄧㄝˋ
對皇族子孫的美稱。

15【瓊樓玉宇】 ㄑㄩㄥˊ ㄌㄡˊ ㄩˋ ㄩˇ
月宮。古人以為月中有仙人居住,宮闕都是用瓊玉所建。後用以形容仙境或人間富麗堂皇的建築。

【瓊漿玉液】 ㄑㄩㄥˊ ㄐㄧㄤ ㄩˋ ㄧㄝˋ
指美酒。

瓅 ㄌㄧˋ *li*⁴ 音歷
參玓瓅。

瓆 ㄓˊ *chih*² 音質
人名用字。'後漢'有'劉瓆'。見"後漢書·襄楷傳"。

16

瓏 ㄌㄨㄥˊ *lung*² 音龍
①古代天旱祈雨時所用的玉。上刻龍文。見"說文"。②玉聲。③鮮明的樣子。如:玲瓏剔透。

瓌 ㄍㄨㄟ *kuei*¹ 音龜
①珍貴的玉石。同瑰。見"集韻"。②珍奇;美好。如:瓌貨。③宏偉。如:瓌偉。④奇異;詭譎。如:瓌譎。

20【瓌寶】 ㄍㄨㄟ ㄅㄠˇ
①珍奇的寶物;稀世的珍品。②比喻極優秀的人才。

17

瓖 ㄒㄧㄤ *hsiang*¹ 音襄
①馬帶上的飾玉。見"玉篇"。②玉名。見"集韻"。③器物上嵌鑲金玉。見"正字通"。

瓔 ㄧㄥ *ying*¹ 音嬰
似玉的美石。見"集韻"。

10【瓔珞】 ㄧㄥ ㄌㄨㄛˋ
用珠玉串成的裝飾品。也作纓珞、纓絡。本是佛像上的裝飾,後用為一般男女的頸飾,如今日之項鍊。

瓓 ㄌㄢˋ *lan*⁴ 音爛
玉的色彩。見"集韻"。

18

瓘 ㄍㄨㄢˋ *kuan*⁴ 音貫
玉名。見"說文"。

19

瓚 ㄗㄢˋ *tsan*⁴ 音贊
古代祼祭時用以盛鬯酒的禮器。見"說文"。

20

瓛 ㄏㄨㄢˊ *huan*² 音桓
瑞玉名。即桓圭。見"說文"。

瓜 部

瓜 ㄍㄨㄚ *kua*¹ 音蝸
(Gourd family; Cucurbitaceae) 植物分類的科名。又稱葫蘆科。爲雙子葉植物,500多種。葉互生,掌狀脈;花冠大多黃色或綠色;結多汁漿果或瓜果,不開裂或不規則裂,果實大,通常可食。常見的有苦瓜、西瓜、香瓜等。

5【瓜代】 ㄍㄨㄚ ㄉㄞˋ
替換。'春秋'時代'齊襄公'於瓜熟時派'連稱'、'管至父'駐守'葵丘',約定次年瓜熟時再派人接替。見"左傳·莊八年"。

13【瓜葛】 ㄍㄨㄚ ㄍㄜˊ
1比喻輾轉牽連的關係。2糾纏;牽扯。

3【瓜子臉】 ㄍㄨㄚ ˙ㄗ ㄌㄧㄢˇ
上圓下稍尖,狀如瓜子的臉形。

5【瓜田李下】 ㄍㄨㄚ ㄊㄧㄢˊ ㄌㄧˇ ㄒㄧㄚˋ
比喻易招嫌疑的地方。

6【瓜地馬拉】 ㄍㄨㄚ ㄉㄧˋ ㄇㄚˇ ㄌㄚ
(Guatemala) 位於'中美洲'的國家。南濱'太平洋'。面積10.8萬方公里,人口1,466萬(2005年),首都'瓜地馬拉城'。境內多山,僅沿海有狹窄平原。主產玉米和香蕉。

10【瓜剖豆分】 ㄍㄨㄚ ㄆㄡˇ ㄉㄡˋ ㄈㄣ
比喻國土被侵占分割。

【瓜瓞綿綿】 ㄍㄨㄚ ㄉㄧㄝˊ ㄇㄧㄢˊ ㄇㄧㄢˊ
瓜代代蕃衍不絕。比喻子孫繁盛。

15【瓜熟蒂落】 ㄍㄨㄚ ㄕㄡˊ ㄉㄧˋ ㄌㄨㄛˋ
比喻時機成熟,自然成功。

3

瓝 ㄅㄛˊ *po*² 音博
1小瓜名。也作瓟。見"爾雅·釋草"。2草名。有九葉。見"爾雅·釋草"。

5

⿰句瓜 ㄍㄡ *kou*¹ 音勾
參⿰句瓜⿰婁瓜。

16【⿰句瓜⿰婁瓜】 ㄍㄡ ㄌㄡˋ
即王瓜。形似瓠,赤色,味苦。夏末結實,秋中方熟。見"正字通"。

瓞 ㄉㄧㄝˊ *tieh*² 音迭
小瓜。見"正字通"。

瓟 一 ㄅㄛˊ *po*² 音博
小瓜。同瓝、瓞。見"集韻"。
二 ㄆㄠˊ *p'ao*² 音庖
匏屬。俗稱葫蘆。可用以盛水漿或製成舀水的水瓢。見"正字通"。

6

⿰去瓜 ㄑㄧㄝˋ *ch'ieh*⁴ 音妾
強勁。見"廣韻"。

瓠 一 ㄏㄨˋ *hu*⁴ 音戶
1(white-flowered gourd; *Lagenaria siceraris*)攀援草本。莖生黏毛,有二分叉的卷鬚;葉心卵形,開白花;果實粗細勻稱,呈圓柱形,綠白色,長60～80公分,果肉白色,可作蔬菜。2二的又讀。

瓠圖

二 ㄏㄨㄛˋ *ho*⁴, *huo*⁴ 音獲
參瓠落。

13【瓠落】 ㄏㄨㄛˋ ㄌㄨㄛˋ
廣大。也作濩落、廓落。後借指不合時宜,爲世所棄。

21【瓠⿰盧瓜】 ㄏㄨˋ ㄌㄨˊ
葫蘆。也作壺盧、瓠蘆。

8

瓡 ㄓˊ *chih*² 音執
古縣名。也作'執'。'漢'置,'後漢'廢。在今'山東省'境。

⿰果瓜 一 ㄏㄨㄛˋ *ho*⁴, *huo*⁴ 音貨
瓜;用瓜作成的腌菜。見"正字通"。
二 ㄎㄜˇ *k'o*³, *k'ê*³ 音可
參⿰果瓜⿰去瓜。

11【⿰果瓜⿰去瓜】 ㄎㄜˇ ㄑㄧㄝˋ
擊打。

11

瓢 ㄆㄧㄠˊ *p'iao*² 音嫖
1剖開老瓠瓜製成的舀水器具。見"正字通"。2泛指勺子。如:木瓢。3姓。'明'有'瓢雄'。見"奇姓通·三"。

18【瓢蟲】 ㄆㄧㄠˊ ㄔㄨㄥˊ
(ladybug)屬於昆蟲綱、鞘翅目(order Coleoptera)、瓢蟲科(family Coccinellidae)的動物。約有5,000種,分布廣。長約8～10mm,呈半球狀,步足短,體色鮮明,有黑、黃或紅色斑紋。生活史約四週完成,故每年夏季可產生數代。幼蟲體細長,灰色,有藍、綠、黑或紅色斑點,以昆蟲或蟲卵爲食。有些種類如'澳洲'瓢蟲(*Rodolia cardinalis*)捕食蚜蟲及介殼蟲等,被視爲益蟲;有的種類爲草食性,被視爲害蟲,如二十八星瓢蟲(*Epilachna vigin-*

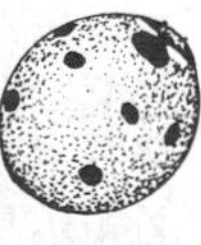
瓢蟲圖

tioctomaculata)。

7【瓢把子】 ㄆㄧㄠˊ ㄅㄚˇ ˙ㄗ
1勺子的俗名。2江湖黑話。即頭子。

瓡 ㄌㄡˋ lou⁴ 音漏
參瓟瓡。

14

瓣 ㄅㄢˋ pan⁴ 音辦
1瓜子。見"說文"。2果實分瓤。如:橘瓣。3組成花朵的各片。如:花瓣。

15【瓣膜閉鎖不全】 ㄅㄢˋ ㄇㄛˋ ㄅㄧˋ ㄙㄨㄛˇ ㄅㄨˋ ㄑㄩㄢˊ
(valve incompetence)指心臟壓縮時,瓣膜因疾病變厚,無法嚴密閉鎖的病症。如二尖瓣閉鎖不全,則左心室血液逆流入左心房;主動脈瓣閉鎖不全,則血液會倒流入心臟,無法供應身體。目前可施行手術,換置人工瓣膜。

16

瓐 ㄌㄨˊ lu² 音盧
參瓠瓐。

17

瓤 ㄖㄤˊ jang² 音穰
1瓜肉。見"集韻"。2橘、橙、柑、柚等果實所分列成的子房。3用以塡實物體內部的細碎物。4指東西的內部。

19

瓥 ㄌㄧˋ li⁴ 音利
同瓥。1瓠瓢。見"集韻"。2瓠子。見"字彙"。

21

瓥 蠡的或體。

瓦部

瓦 ㄨㄚˇ wa³ 音耶
1已燒土器的總名。見"說文"。2覆蓋屋頂的瓦片。如:石綿瓦。3陶製的收絲器。如:弄瓦。4計算功率的單位。即瓦特(watt)的簡稱。

3【瓦子】 ㄨㄚˇ ㄗˇ
'宋代'稱城市地區妓樂集中的處所。

6【瓦全】 ㄨㄚˇ ㄑㄩㄢˊ
苟且偸生,不能保其大節。與玉碎相對。

【瓦合】 ㄨㄚˇ ㄏㄜˊ
1比喩人自甘下流,遷就凡俗。2比喩臨時聚合。

10【瓦時】 ㄨㄚˇ ㄕˊ
(watthour)即瓦特小時。表示1小時內消耗1瓦功率的單位。1瓦時等於3,600焦耳。

【瓦特】 ㄨㄚˇ ㄊㄜˋ
1(James Watt, 1736～1819)'蘇格蘭'工程師、蒸汽機的發明人。於西元1769年爲節省蒸汽及燃料的蒸汽機提出專利申請,後又發明了壓力計及離心調速機。並膺選爲'英國皇家學會'院士。2(watt)代號爲W。度量衡導出單位中之功率單位。一瓦特爲每秒作功一焦耳之功率。輻射通量亦同此單位。

瓦特像

12【瓦斯】 ㄨㄚˇ ㄙ
(gas)又稱煤氣。燃燒用煤氣的簡稱。可分爲天然瓦斯和液化瓦斯。

13【瓦當】 ㄨㄚˇ ㄉㄤ
我國宮室建築覆在屋簷的最後一塊筒瓦。上面常刻有吉祥的圖案或文字。

【瓦解】 ㄨㄚˇ ㄐㄧㄝˇ
瓦片破裂。比喩潰散。

15【瓦窯】 ㄨㄚˇ ㄧㄠˊ
燒瓦的窯洞。

10【瓦特計】 ㄨㄚˇ ㄊㄜˋ ㄐㄧˋ
(wattmeter)一種用來測量電路實功率的儀錶。

14【瓦爾羅】 ㄨㄚˇ ㄦˇ ㄌㄨㄛˊ
(Marcus Terentius Varro, 前116～前27)'羅馬'學者及作家。其博學、活潑的文風與機智在當時遐邇聞名。就學於'雅典',後曾任執政官和'龐貝'的財務官等要職。著作共七十四種,約六百二十卷,有法理學、天文、地理、教育、文學史和文學作品等類。現存惟一完整的作品是"田家事務書"(*Farm Topics*),共分三部分,就農業和畜牧提出實際建議,以培植對田野的熱愛。

10【瓦釜雷鳴】 ㄨㄚˇ ㄈㄨˇ ㄌㄟˊ ㄇㄧㄥˊ
比喩小人得志。

3

瓨 ㊀ ㄏㄨㄥˊ hung² 音洪
古代瓦製的容器。長頸,可容十升。見"說文"。
㊁ ㄍㄤ kang¹ 音缸
瓶的一種。同缸。見"集韻"。

瓩 (kilowatt)千瓦的合文。同千瓦、仟瓦。爲功率的單位,等於瓦特的一千倍。

4

瓬 ㄈㄤˇ fang³ 音訪
古代捏製陶坯的工人。見"說文"。

瓶 缸的或體。

瓪 ㄅㄢˇ pan³ 音板
1破瓦。見"說文"。2向上仰的瓦。見"集韻"。

瓫 盆的或體。

瓮 ㄨㄥˋ wêng⁴ 音甕
用陶土燒製成的容器。也作甕、罋。見"說文"。

5

瓫 盎的或體。

瓴 ㄌㄧㄥˊ ling² 音陵
1盛水的瓦器。見"說文"。2屋頂的瓦溝。見"六書故"。3磚。瓴甋的簡稱。

瓵 ㄧˊ i² 音移
小甖。見"說文"。

瓹 碗的或體。

6

瓶 ㄆㄧㄥˊ p'ing² 音萍
或作缾。同缾。1汲水器。見"說文"。2炊器。3通稱小口大腹的容器。如:花瓶。

16【瓶頸】 ㄆㄧㄥˊ ㄐㄧㄥˇ
1瓶類容器瓶口下方細長的部分。2指易生壅塞、影響通暢或難以突破的地方。

瓷 ㄘˊ tz'ŭ² 音慈
已燒土器的一種。質地比陶器細緻堅密。見"集韻"。

8【瓷刻】 ㄘˊ ㄎㄜ
在已燒成的素色瓷器上雕刻的一種工藝。係以鎢鋼或金鋼石刀在瓷器上刻出花鳥、山水、書法等,再塗墨上蠟,可經久不泯。

11【瓷婚】 ㄘˊ ㄏㄨㄣ
西俗稱結婚二十週年。

14【瓷漆】 ㄘˊ ㄑㄧ
(enamel paint)由油性凡立水、顏料、補充料等主要成分熬煉而成的塗料。因含有樹脂,所以膜層較油性漆堅硬,快乾,具光澤和平滑性,耐水、耐熱、耐油、耐藥品,性優良。適用於塗裝家具、門窗、木工製品及車輪等。

16【瓷器】 ㄘˊ ㄑㄧˋ
(porcelain)在'英國'是指由天然長石質礦黏土所製成的瓷化白質器;'美國'則以稱具有工業用途的白色瓷化陶瓷器,若不具工業用途者,則稱之爲china(一名軟瓷),是半透明骨瓷,只用於餐具、衛生器材及藝術瓷器等。瓷器或軟瓷的原料均採自天然礦土,因而均歸類於傳統陶瓷。通常瓷器的燒結是先在低溫(900~1000°C)作預燒,經添加長石釉料後,再置於1,300~1,400°C實施燒結。

瓸 甌的或體。

7

甌 ㄊㄨㄥˊ t'ung² 音同
向下覆的瓦。見"玉篇"。

瓻 ㄔ ch'ih¹ 音痴
酒器。古人借書,以此盛酒相酬。見"廣韻"。

8

瓿 ㄆㄡˇ p'ou³ 音剖 又讀 ㄅㄨˋ pu⁴ 音布
盛醬醋之類的瓦器。圓口短頸,大腹而矮。見"說文"。

16【瓿甊】 ㄆㄡˇ ㄌㄡˇ 瓿圖
瓦器的一種。

瓽 ㄉㄧㄢˋ tien⁴ 音店
1支柱。見"集韻"。2把物墊在器物下面使之平穩。見"字彙"。

甂 ㄉㄤˋ tang⁴ 音蕩
1大盆。見"說文"。2磚砌的井壁。見"集韻"。3姓。'南北朝'有'甂耐虎'。見"萬姓統譜·一〇六"。

甍 ㄇㄥˇ mêng³ 音猛
甑帶。見"字彙"。

9

甃 瓷的俗體。

甄 ㄓㄣ chên¹ 音眞
1製造陶器的轉盤。2用轉輪製造陶器。3造就;培養。4鑑別;選拔。如:甄試。5姓。'漢'有'甄宇'。見"後漢書·儒林傳"。

7【甄汰】 ㄓㄣ ㄊㄞˋ
甄選;淘汰。

【甄別】 ㄓㄣ ㄅㄧㄝˊ
鑑別。

8【甄拔】 ㄓㄣ ㄅㄚˊ
鑑別人才,加以提拔。

12【甄補】 ㄓㄣ ㄅㄨˇ
就狹義言,指公務員的招募或招考。就廣義言,包括公務員的招募、考選、實習及任用。公務員出缺,須隨時添用新人,以資補充。

13【甄試】 ㄓㄣ ㄕˋ
爲選拔人才或鑑定資格而舉辦的考試。

15【甄審】 ㄓㄣ ㄕㄣˇ
甄別審核。以考試或其他方式檢定其資格。

16【甄選】 ㄓㄣ ㄒㄩㄢˇ
選取;選拔。

甈 ㄉㄧˋ ti⁴ 音弟
小盆。見"玉篇"。

甀 ㄓㄨㄟˋ chui⁴ 音墜
1小口罌。見"集韻"。2長頸瓶。見"方言·五"。

甃 ㄓㄡˋ chou⁴ 音縐
1井壁。見"說文"。2砌磚修井。見"正字通"。3泛指修補、裝飾。見"正字通"。

甂 ㄅㄧㄢ pien¹ 音邊
大口而低淺的食盆。見"說文"。

10

甇 ㄧㄥ ying¹ 音鶯
1長頸瓶。見"玉篇"。2大腹小口的瓦器。通罌。見"集韻"。

甈 ㄋㄧㄝˋ nieh⁴ 音孽
1破瓦器。見"爾雅·釋

器”。②破裂。見“廣雅·釋詁”。

11

甋 ㄉㄧˊ *ti*^{2} 音敵
磚瓦。即瓴甋。見“爾雅·釋宮”。

⿰鹿瓦 ㄌㄨˋ *lu*^{4} 音鹿
參⿰鹿瓦磚。

16【⿰鹿瓦磚】 ㄌㄨˋ ㄓㄨㄢ
用以築牆的長形磚。

甎 磚的或體。

甌 ㄡ *ou*^{1} 音歐
①口寬底淺的瓦器。可盛飲食。如:酒甌。②樂器名。

12【甌越】 ㄡ ㄩㄝˋ
①地名。指今‘浙江省’‘永嘉縣’一帶。②‘秦’‘漢’時分布於今‘浙江省’‘永嘉縣’一帶的‘越’族。因地濱‘甌江’而得名。又名‘東甌’。‘秦’滅六國後,併入版圖,‘秦’末復叛。‘漢景帝’時‘吳王’‘濞’反,‘東甌’曾派兵助之。‘武帝’‘建元’三年(前 138),因受‘閩越’攻擊,乃徙其眾處‘江’、‘淮’之間。

16【甌窶】 ㄡ ㄌㄡˊ
狹小的高地。

甊 ㄌㄡˇ *lou*^{3} 音塿
參瓿甊。

甍 ㄇㄥˊ *mêng*^{2} 音萌
屋棟;屋脊。如:甍宇。

12

甐 ㄌㄧㄣˋ *lin*^{4} 音吝
①瓦器。見“玉篇”。②破損而減薄。通磷。見“正字通”。

甑 ㄗㄥˋ *tsêng*^{4} 音贈
蒸煮食物的炊器。見“說文·甑·段注”。

甏 ㄆㄥˋ *p'êng*^{4} 音碰
口小腹大的瓦器。見“字彙”。

甒 ㄨˇ *wu*^{3} 音武
腹大口小的瓦製酒器。可盛五升。見“玉篇”。

13

甕 ㄨㄥˋ *wêng*^{4}
口小腹大的瓦製容器。也作罋。如:酒甕。

4【甕中捉鱉】 ㄨㄥˋ ㄓㄨㄥ ㄓㄨㄛ ㄅㄧㄝ
比喻想要得到的人或物已在掌握之中,伸手可得。

15【甕牖繩樞】 ㄨㄥˋ ㄧㄡˇ ㄕㄥˊ ㄕㄨ
用甕作為窗戶,用繩子繫住門戶的轉軸。形容貧寒之家。

甓 ㄆㄧˋ *p'i*^{4} 音僻
磚的一種。見“說文”。

甔 ㄉㄢ *tan*^{1} 音耽
小口大腹的瓦器。可受一石。見“廣韻”。

14

⿱監瓦 ㄒㄧㄢˋ *hsien*^{4} 音限
似盆的大甕。見“廣韻”。

甖 ㄧㄥ *ying*^{1} 音英
盛酒漿的瓦器。腹大口小。本作罌,也作甇。見“集韻”。

16

甗 ㄧㄢˇ *yen*^{3} 音演
①蒸煮器。下部鬲,煮水以生蒸氣;上部甑,受水氣以蒸食物;通氣的隔片稱作箅,安置於甑鬲銜接處。‘殷商’、‘西周’之甗、甑與鬲渾鑄成一體,‘春秋’時代此二部分往往分鑄,甑底即是箅,使用時便套合。

甗圖

‘殷商’之甗,甑部比例較高,‘商’末‘周’初相對降低。‘西周’晚期出現方甗,上部中間有縱隔。②形容上大下小似甗形的山。通巘。

甘部

甘 ㄍㄢ *kan*^{1} 音干
①味道鮮美。見“說文”。②甜。與苦相對。見“洪武正韻”。③美好;甜蜜。如:甘言誘人。④情願;樂意。如:心甘情願。⑤喜好。如:甘酒嗜音。⑥姓。‘戰國’‘秦’有‘甘羅’。見“萬姓統譜·六六”。

4【甘心】 ㄍㄢ ㄒㄧㄣ
①願意;情願。②稱心如意。

6【甘旨】 ㄍㄢ ㄓˇ
美味的食品。

【甘地】 ㄍㄢ ㄉㄧˋ
(Mohandas Karamchand Gandhi, 1869～1948)‘印度’民族運動的領袖,為‘印度’的國父,有「聖雄」(Mahatma)的稱譽。領導‘印度’人抗‘英’,爭取獨立。提倡不合作運動,不主張暴力鬥爭,曾入獄十七次、絕食十七次以示不屈。雖從事政治活動,卻富有宗教家的精神。西元 1947 年‘印度’獨立,翌年,於調解‘印度’教與回教徒的紛爭時遇刺身亡。

甘地像

【甘休】 ㄍㄢ ㄒㄧㄡ
甘願罷休;願意作罷。

7【甘言】 ㄍㄢ ㄧㄢˊ
好聽的話;奉承的話。

8【甘油】 ㄍㄢ ㄧㄡˊ
(glycerol)即丙三醇。參丙三醇。

9【甘苦】 ㄍㄢ ㄎㄨˇ
①食物味道的甘和苦。②人生經歷、處境的安樂和困苦。

【甘茂】 ㄍㄢ ㄇㄠˋ
‘戰國’時‘下蔡’(今‘安徽’‘壽縣’北)人。學百家之術。初為‘秦’將,‘秦武王’時任左丞相,率兵攻下‘韓國’

的'宜陽'。'昭王'時,因畏讒言,逃往'齊國','齊王'以上卿之禮相待。後客死於'魏'。

10【甘草】 ㄍㄢ ㄘㄠˇ
'中'藥名。豆科植物甘草的乾燥根及根莖。性平味甘,有補脾益氣、潤肺止咳及袪痰之藥效。

【甘脆】 ㄍㄢ ㄘㄨㄟˋ
甘美爽口。也指甘美爽口的食物。

15【甘蔗】 ㄍㄢ ㄓㄜˋ
(sugarcane; *Saccharum officinarum*) 多年生高大禾草。莖實心多汁,下部節間短且膨大;葉鞘重疊,葉身很長;大型圓錐花序輕柔,總狀花序枝纖細下垂,小穗具有成叢銀白色長毛。廣泛栽植於溫帶、熱帶地區。為製糖的主要原料。

甘蔗圖

16【甘霖】 ㄍㄢ ㄌㄧㄣˊ
久旱後所降的雨;適時雨。

10【甘願】 ㄍㄢ ㄩㄢˋ
甘心情願。

【甘藷】 ㄍㄢ ㄕㄨˇ
(sweet potato; yam; *Ipomoea batatas*) 多年生草質藤本。莖匍匐地面而生不定根,有大型塊根,白色、黃色或紅色。葉變化多,卵形、心狀卵形,全緣至掌狀裂;花冠玫瑰紫色或淡粉紅色。原產熱帶'美洲',目前泛熱帶地區均有栽培。

甘藷圖

【甘羅】 ㄍㄢ ㄌㄨㄛˊ
'戰國''下蔡'(今'安徽''壽縣'北)人,'甘茂'之孫。十二歲為丞相'呂不韋'家臣。'呂不韋'欲攻'趙'以擴大封地,'甘羅'自請使'趙',說'趙王'割五城以事'秦','秦'封為上卿。

21【甘露】 ㄍㄢ ㄌㄨˋ
1甘美的雨露。古人以為祥瑞之兆。2佛家語。有美露、天酒、甘美如蜜、天人之食諸義。也指佛教的教法。

4【甘比亞】 ㄍㄢ ㄅㄧˇ ㄧㄚˋ
(The Gambia) 位於西'非'的國家。西濱'大西洋'。面積1.1萬方公里,人口159萬(2005年),首都'斑竹'(Banjul)。國土狹窄,沿著長322公里的'甘比亞河'向'塞內加爾'境內伸入,沿河左右寬僅9.7公里。主產花生和魚類。

10【甘迺迪】 ㄍㄢ ㄋㄞˇ ㄉㄧˊ
(John F. Kennedy, 1917～1963)'美國'政治家。於西元1961～1963年任'美國'第三十五任總統。任內,曾遭遇1961年的'古巴'危機和'柏林'危險,都能鎮定應付而化險為夷。1963年間,'美''蘇'簽定"核爆禁試條約"(*the Nuclear Test-Ban Treaty*),可算是外交上最大的勝利。1963年11月在'德州'的'達拉斯'遇刺身亡。

甘迺迪像

【甘特圖】 ㄍㄢ ㄊㄜˋ ㄊㄨˊ
(Gantt chart) 係由'甘特'(H. Gantt)於西元1917年所提,迄今仍常被使用的工作時間計畫表。將一切預先排定的工作項目,依時間順序,繪於一條時間橫軸上;縱軸方面為指派擔任各該項工作的人員與機器設備或一件工作中的各項細部工作,兩者配合表示工作進度及人機安排情況。可用於管理各項工作進度及人員與機器設備的調度。

12【甘肅省】 ㄍㄢ ㄙㄨˋ ㄕㄥˇ
位於我國國土的中央。因居'隴山'之西,又稱'隴西'或'隴右'。簡稱'甘'或'隴'。輪廓狹長,呈西北一東南走向。以'烏鞘嶺'為界,可分為東部的'隴西高原'及西部的'河西走廊'兩大區域,分屬溫帶草原氣候及沙漠氣候。經濟活動則農牧並營,煤、石油等礦產蘊藏豐富。以'蘭州'為省會。

15【甘蔗板】 ㄍㄢ ㄓㄜˋ ㄅㄢˇ
(cane fibre board) 甘蔗渣經化學處理,再加入接著劑、防火劑、防水劑等,經壓縮或乾固而成板。強度較一般夾板弱,價錢低廉,但吸音及隔熱性甚佳。

4【甘之如飴】 ㄍㄢ ㄓ ㄖㄨˊ ㄧˊ
比喻雖處困危之境,卻能安心忍受。

【甘井先竭】 ㄍㄢ ㄐㄧㄥˇ ㄒㄧㄢ ㄐㄧㄝˊ
比喻炫耀才華,則招勞困、嫉害。

6【甘旨之養】 ㄍㄢ ㄓˇ ㄓ ㄧㄤˋ
指人子以甘美的食物奉養雙親。

【甘地夫人】 ㄍㄢ ㄉㄧˋ ㄈㄨ ㄖㄣˊ
(Indira Gandhi, 1917～1984)'印度'女政治家。'尼赫魯'(Jawaharlal Nehru)的獨生女。早年在'孟加拉'的'維斯瓦·峇拉地大學'(Visva-Bharati University)和'英國'的'牛津大學'受教育。於西元的1942年與同屬'國大黨'(National Congress Party)的律師'甘地'結婚。1955年為'國大黨'中央委員,1959年選為黨魁。1966年繼'沙士特里'(Lal Bahadur Shastri)出任總理,後又連任兩屆,至1977年競選失敗。1980年又領導'國大黨'競選成功,四度出任總理。1984年因錫克教(Sikhism)叛亂,派兵鎮壓,年底被其貼身侍衛(錫克教徒)槍殺身亡。

甘地夫人像

7【甘言媚詞】 ㄍㄢ ㄧㄢˊ ㄇㄟˋ ㄘˊ
諂媚動聽的言辭。

9【甘冒不韙】 ㄍㄢ ㄇㄠˋ ㄅㄨˋ ㄨㄟˇ
不顧錯誤而去做。

【甘拜下風】 ㄍㄢ ㄅㄞˋ ㄒㄧㄚˋ ㄈㄥ
自認不如,由衷敬佩對方。

12【甘棠遺愛】 ㄍㄢ ㄊㄤˊ ㄧˊ ㄞˋ
對有惠政的官吏離職後的稱頌語。相傳'周武王'時,'召伯'巡行南國,曾憩於甘棠樹下,後人追思其德績,盡心維護該甘棠樹以資紀念,乃作"甘棠詩"。見"詩經·召南·甘棠"。

4【甘水仙源錄】 ㄍㄢ ㄕㄨㄟˇ ㄒㄧㄢ ㄩㄢˊ ㄌㄨˋ
'元''李道謙'編,十卷。爲有關全眞道之詔書、宮觀碑志的集錄。'重陽祖師'於'金''正隆'己卯(1159)夏,遇眞仙於'終南山''甘河鎭',飲之神水,付以眞訣,故名。爲研究全眞道的重要史料。

10【甘迺迪回合】 ㄍㄢ ㄋㄞˇ ㄉㄧˊ ㄏㄨㄟˊ ㄏㄜˊ
(Kennedy Round)'美國'根據西元1962年的貿易擴張法案,從1964年開始與其他工業國家進行全面性的多邊關稅減讓談判,至1967年始完成此一談判。關稅減讓的幅度平均達1962年關稅的35%,此即所謂'甘迺迪'回合談判,是關稅暨貿易總協定成立以來,關稅減讓談判成就最大者。

【甘特獎勵薪資制】 ㄍㄢ ㄊㄜˋ ㄐㄧㄤˇ ㄌㄧˋ ㄒㄧㄣ ㄗ ㄓˋ
(Gantt task and bonus system)凡員工完成之工作量未達要求者,給予計時薪資;已達要求者,給予較少的獎勵薪資;超過要求者,給予較多的獎勵薪資。此制適用於每日應完成之工作量有所規定之工作。爲'甘特'(H. L. Gantt)所設計,故名。

4

甚 ㊀ ㄕㄣˋ *shên*[4] 音愼
1過分;厲害。見"古今韻會舉要"。2極;很。如:甚喜。3勝過。

㊁ ㄕㄜˊ *shê*[2] 音舌 又讀 ㄕㄣˊ *shên*[2] 音神
助詞。表疑問。用法同何。如:甚麼。

14【甚麼】 ㄕㄜˊ ·ㄇㄜ
何。1稱代詞。(1)表疑問。如:該做甚麼呢?(2)表指示。如:我愛做甚麼,就做甚麼。2形容詞。(1)表疑問。如:穿甚麼衣服好呢?(2)表不定。如:在甚麼場合,說甚麼話。

21【甚囂塵上】 ㄕㄣˋ ㄒㄧㄠ ㄔㄣˊ ㄕㄤˋ
喧嘩吵鬧,塵土飛揚。比喻議論紛紜,眾口喧騰。

6

甜 ㄊㄧㄢˊ *t'ien*[2] 音田
1糖、蜜的滋味。與苦相對。如:甘甜。2美好的。如:甜言蜜語。3安適。如:甜睡。

16【甜頭】 ㄊㄧㄢˊ ·ㄊㄡ
利益;好處。

8【甜味劑】 ㄊㄧㄢˊ ㄨㄟˋ ㄐㄧˋ
(sweetening agents)食品添加物的一種。可提高食品甜度、增加固形物含量、改善風味,濃度高時亦可保存食品。常見的天然甜味劑有蔗糖、葡萄糖、果糖及一些糖漿等。人工甜味劑則如糖精(saccharin)、阿斯巴甜(aspartame)、甜精(cyclamate)等,其甜度均較天然甜味劑高,但甜精由於有致癌性,已被禁用。

7【甜言蜜語】 ㄊㄧㄢˊ ㄧㄢˊ ㄇㄧˋ ㄩˇ
甜美的言語。常指動聽誘人的假話。

甛 甜的或體。

8

甝 ㊀ ㄊㄢˊ *t'an*[2] 音潭
參甝甝。

㊁ ㄒㄧㄣ *hsin*[1] 音歆
火旺盛的樣子。見"廣韻"。

13【甝甝】 ㄊㄢˊ ㄊㄢˊ
屋宇深邃的樣子。

甞 嘗的或體。

生部

生 ㄕㄥ *shêng*[1] 音升
1長出。如:生根。2生育;養育。如:生男育女。3發生;產生。如:生病。4活。與死相對。如:死生有命。5生命。如:捨生取義。6一生;一輩子。如:今生今世。7生計;生活。如:謀生。8先生的簡稱。稱有才學的人。如:'賈'生。9戲劇腳色名。扮演男性人物,不勾臉譜。依人物年齡、身分,分爲老生、小生、武生等,表演各有不同。10不熟的。包括不成熟、不熟悉、沒有煮熟、未開化或加工的。11很;深。如:生怕。12助詞。(1)用在形容詞後。如:怎生禁得如許無聊?(2)用在副詞後。如:好生走路。

2【生人】 ㄕㄥ ㄖㄣˊ
1救人。2百姓。3陌生人。

4【生手】 ㄕㄥ ㄕㄡˇ
指沒有經驗的人。與老手相對。

5【生平】 ㄕㄥ ㄆㄧㄥˊ
1平生;平常。2指人的一生。

【生民】 ㄕㄥ ㄇㄧㄣˊ
人民;百姓。

6【生色】 ㄕㄥ ㄙㄜˋ
1顏色鮮麗如生。2增添光彩或榮耀。

7【生材】 ㄕㄥ ㄘㄞˊ
(green lumber)含水量超過19%的木料。

【生辰】 ㄕㄥ ㄔㄣˊ
1出生的時辰;生日。2生命;有生之年。

【生肖】 ㄕㄥ ㄒㄧㄠˋ
參十二生肖。

8【生乳】 ㄕㄥ ㄖㄨˇ
(raw milk)直接從動物體擠出,

未經處理的乳汁。

【生物】 ㄕㄥ ㄨˋ
(living thing)有生命的物體。所有的生物皆能表現新陳代謝、生長、運動、感應和生殖等生命現象。

9【生計】 ㄕㄥ ㄐㄧˋ
1生活;生活之所需。2謀生的方法、能力。

【生前】 ㄕㄥ ㄑㄧㄢˊ
在世的時候。

【生剋】 ㄕㄥ ㄎㄜˋ
指五行相生相剋的道理。

10【生息】 ㄕㄥ ㄒㄧˊ
1生存;生計。2生殖蕃衍。3出借財物或存款於金融機構,以收取利息。

【生徒】 ㄕㄥ ㄊㄨˊ
1學生;門徒。2'唐代'取士,人才來源凡有三途:由州縣考選解送的,稱鄉貢;由皇帝下令徵召的,稱制舉;由國子監及'弘文'、'崇文'二館培育的,稱生徒。

11【生涯】 ㄕㄥ ㄧㄚˊ
1境況;生活。2人生的極限。指生命。

【生產】 ㄕㄥ ㄔㄢˇ
1生計;活計。如:不事生產。2生育;生孩子。3(production)能創造或增加效用之經濟活動。

【生理】 ㄕㄥ ㄌㄧˇ
1生存的理由。2生計;謀生之道。3養生之道。4做買賣。5指生物體的構造及作用。與心理相對。

【生疏】 ㄕㄥ ㄕㄨ
1不親密。2不熟悉;不熟練。

12【生殖】 ㄕㄥ ㄓˊ
(reproduction)生物由親代產生後代的過程。是生物重要的生命現象之一。藉生殖作用,生物的種族才得以綿延。生殖方法有很多,可歸納爲無性生殖和有性生殖兩大類。

【生硬】 ㄕㄥ ㄧㄥˋ
不熟練;不流利。

【生菌】 ㄕㄥ ㄐㄩㄣˋ
指活的細菌。通常被視爲食品衛生的指標。生菌體極微小,肉眼無法察覺,因而常爲消費者所忽略。以型態而言,可分爲球菌、桿菌、螺旋菌三種;以種類而言,可分爲有益菌、病原菌、腐敗菌和芽孢菌。在適當的條件下,繁殖非常迅速。我國食品衛生對各種食品的生菌限量標準不盡相同,如冷凍食品生菌每克不得超過三百萬個,礦泉水每克則不得超過兩百個。

15【生趣】 ㄕㄥ ㄑㄩˋ
1生活的情趣、興味。2詩文中生動的氣韻。

16【生機】 ㄕㄥ ㄐㄧ
1生存的機能;生命力。2生存的希望。

【生擒】 ㄕㄥ ㄑㄧㄣˊ
活捉。

17【生澀】 ㄕㄥ ㄙㄜˋ
果實尚未成熟的味道。引申指不熟練或不圓潤。

19【生藥】 ㄕㄥ ㄧㄠˋ
指未經抽提、蒸餾、蒸發、摻混等特殊過程,而純粹採集自動物、植物、礦物,不加工或只做簡單加工處理(如將草和木頭的某一部分洗淨、曬乾或將軟木部分去除、蒸過使其乾燥等手續),使藥材的本質和形狀保持不變的藥品。

21【生鐵】 ㄕㄥ ㄊㄧㄝˇ
(pig iron)又稱銑鐵或鑄鐵。成分中除鐵外,尚含約3~5%的碳,以及少量的矽、磷和硫等元素。質硬而脆,用途不廣,通常須再將其冶煉成鋼,才能適合各種用途。

24【生靈】 ㄕㄥ ㄌㄧㄥˊ
1人民;民眾。2生命。

2【生力軍】 ㄕㄥ ㄌㄧˋ ㄐㄩㄣ
本指具有強大作戰力量的軍隊。今多用指新進人員。

5【生石灰】 ㄕㄥ ㄕˊ ㄏㄨㄟ
(burnt lime)又稱石灰或氧化鈣。參氧化鈣。

6【生成物】 ㄕㄥ ㄔㄥˊ ㄨˋ
(product)化學反應時所產生的新物質。例如碳燃燒後產生二氧化碳,則二氧化碳爲生成物。

【生成熱】 ㄕㄥ ㄔㄥˊ ㄖㄜˋ
(heat of formation)一克分子量化合物由其構成元素生成時,所放出或吸收之熱量。通常以各元素在標準狀態之莫耳生成熱爲零作爲參考狀態。

【生存權】 ㄕㄥ ㄘㄨㄣˊ ㄑㄩㄢˊ
經濟上受益權之一種。指人民有要求國家維持其最低生活水準,以延續其生存之權利。"憲法"第十五條規定:「人民之生存權……應予保障。」國家保護國民生存權之規定很多,例如"憲法"規定國家爲改良勞工及農民之生活,增進其生產技能,應制訂保護勞工及農民之法律,實施保護勞工及農民之政策;國家爲謀社會福利,應實施社會保險制度。人民之老弱殘廢、無力生活及受非常災害者,國家應予以適當之扶助與救濟。

8【生長季】 ㄕㄥ ㄓㄤˇ ㄐㄧˋ
(growing season)農業地理學上指一年中的某一段期間內,有足夠高的溫度、雨量可供植物(通常指農作物)生長,此段期間稱爲生長季。通常以春季的最後一次霜降,至秋季的第一次霜降爲計算準則,故不同的氣候區,其生長季的長短也不同,如終年無霜的熱帶氣候區,終年均爲作物的生長季;極地氣候最高月均溫低於10°C,終年作物不能生長。

【生長素】 ㄕㄥ ㄓㄤˇ ㄙㄨˋ
(auxin)一種植物激素。其化學分子構造爲吲哚乙酸(IAA)。由莖頂、根尖的分生組織所產生,嫩葉中含量也很多。由這些組織輸送到其他部位,可促進這些部位的生長。根和莖對生長素濃度的反應不一。

【生物區】 ㄕㄥ ㄨˋ ㄑㄩ
(biota) 陸地生態系統(terrestrial ecosystem)下的最大分劃。包括陸上植物與動物生命在生命層內互動的總集合。由於植物生質總量大,故通常以植物爲各生物區之特徵指標。共區分爲林地、莽原、草地、漠地和苔原等區。

【生物圈】 ㄕㄥ ㄨˋ ㄑㄩㄢ
(biosphere) 地球上自然界的四大圈之一。爲生物能生存的近地表帶。其範圍自地表略伸入地下某一深度,並上伸入大氣圈,含有充足的氧氣足以維持生命之部分。故生物圈實包含地球上全部有機體及其互動的環境。

【生物群】 ㄕㄥ ㄨˋ ㄑㄩㄣˊ
(biomes) 具有相似生活及環境條件之動植物群落所組成的高階生物單位。

【生物鐘】 ㄕㄥ ㄨˋ ㄓㄨㄥ
(biological clock) 動物的某些行爲會呈現規律的週期性,這些週期與外界環境的年、月、日或潮汐相符合。生物能準確地測出環境中的週期變化,乃是生物體內具有生物鐘,實際上生物體本身便是一個時鐘系統,計時機制是體內物理、化學等作用的循環變化。

【生命刑】 ㄕㄥ ㄇㄧㄥˋ ㄒㄧㄥˊ
即死刑。乃剝奪犯人生命之刑罰手段。近世各國廢除死刑者不乏其例,我國現行法仍有死刑之設,惟除若干重罪專科死刑外,大抵均採選科制,予裁判官有自由裁量之權。對於未滿十八歲或滿八十歲者,不得科處死刑,但對未滿十八歲殺害直系尊親屬者例外,仍得科處死刑。

【生命表】 ㄕㄥ ㄇㄧㄥˋ ㄅㄧㄠˇ
(life table)又稱死亡表(mortality table)。人壽保險對危險的估計,通常根據死亡率計算,由個別年齡死亡率所編製的彙總表即爲生命表。生命表實爲人壽保險用以測定死亡或生存機率的基礎,資料來源有二:一爲政府所有的人口統計與死亡登記,二爲保險人自有的死亡統計。前者所編製的生命表,稱爲國民生命表或一般生命表;後者稱爲經驗生命表。

【生命線】 ㄕㄥ ㄇㄧㄥˋ ㄒㄧㄢˋ
1比喻安危存亡的重大關鍵。2國際性的電話協談機構。透過全天候的電話協談服務,向求助者伸出關懷、鼓勵、友誼的雙手,並以有效的行動使企圖自殺者重獲生活的勇氣,引導徬徨無助者重燃希望之火。西元1963年'亞蘭沃司'爵士在'澳洲''雪梨'開創第一個生命線服務中心。'民國'五十八年三月引進我國,'馬偕醫院'將原有的「自殺防治中心」擴充爲「生命線」,於七月一日正式開線。

11【生產力】 ㄕㄥ ㄔㄢˇ ㄌㄧˋ
(productivity) 由設備、資源、動力、勞動技術、管理等要素結合在一起投入生產以後,所得到的生產量,再用勞動、資本、土地等生產要素,分別除以生產量,即得到該項的生產力。生產力依產出與投入計算範圍的不同,可以分爲勞動生產力、企業生產力、行業生產力及政府生產力,四種合計即爲國家生產力。

【生產線】 ㄕㄥ ㄔㄢˇ ㄒㄧㄢˋ
(production line) 產品製造過程中所經過的流程。一般可分爲兩種類型:一爲以產品的生產順序安設機器,預計生產幾種產品就設幾條生產線;凡輕工業或裝配工業採用此方式。一則採相同製造步驟集中生產方式,以求達到大量生產的經濟目的。如機械業或加工業。不論採用那一方式,最重要的是如何縮短製造時間及降低成本。

【生理學】 ㄕㄥ ㄌㄧˇ ㄒㄩㄝˊ
(physiology)研究生物體及其構成部分的各種功能,以及進行這些功能時所伴隨之物理性、化學性的變化步驟的科學。例如研究生物的營養、生長、生殖、運動等各種生命現象及其所包含的能量變化、分子結構變化、細胞分裂等。

12【生殖腺】 ㄕㄥ ㄓˊ ㄒㄧㄢˋ
(gonad) 動物產生精子或卵的腺體。產生精子的生殖腺,稱爲睪丸,屬雄性生殖器官。產生卵的生殖腺,稱爲卵巢,屬雌性生殖器官。

14【生態系】 ㄕㄥ ㄊㄞˋ ㄒㄧˋ
(ecosystem) 各種生物和周圍的環境組成了生態系。生態系的組成可以分無生物和生物兩部分。無生物的部分便是環境中的各種理化因素,生物部分便是環境中各種各樣的生物。

【生態學】 ㄕㄥ ㄊㄞˋ ㄒㄩㄝˊ
(ecology)生物學的一分支。研究生物與其環境的關係。在自然情況下,通常生物與環境間會保持著平衡,但目前許多人們的作爲,如汙染、濫墾、濫伐等,常常導致生態失去平衡,因而影響到生物的生存。

15【生質能】 ㄕㄥ ㄓˋ ㄋㄥˊ
(biomass) 泛指一切植物之可能形態。例如植物、農業廢料、垃圾、糞便等,可作爲氣態或液態燃料之來源。最重要之生質能爲木材。

16【生橡膠】 ㄕㄥ ㄒㄧㄤˋ ㄐㄧㄠ
(crude rubber) 將橡樹的樹皮割破並收集其白色乳汁,然後加入醋酸使其中的橡膠質凝析,再取出乾燥,即得到褐色、有彈性的生橡膠。其化學成分是異戊二烯的聚合物。化學式爲$(-CH_2-CCl=CH-CH_2-)_n$。

19【生藝術】 ㄕㄥ ㄧˋ ㄕㄨˋ
(art brut) 指非職業畫家、未受過訓練的業餘畫家、兒童或精神異常者所表現出來的作品。係一種不受理性控制，而有自發性和本能性意象的藝術。此一名詞由'杜布非'(Dubuffet)首創。

4【生不逢辰】ㄕㄥ ㄅㄨˋ ㄈㄥˊ ㄔㄣˊ
時運不濟；生非其時。

5【生生不息】ㄕㄥ ㄕㄥ ㄅㄨˋ ㄒㄧˊ
孳生不絕。

6【生老病死】ㄕㄥ ㄌㄠˇ ㄅㄧㄥˋ ㄙˇ
佛家語。指生老病死四種現象。爲人生衆苦的根本。

【生死之交】ㄕㄥ ㄙˇ ㄓ ㄐㄧㄠ
指死生與共的朋友。

【生死以之】ㄕㄥ ㄙˇ ㄧˇ ㄓ
不顧生死，全力以赴。

【生死肉骨】ㄕㄥ ㄙˇ ㄖㄡˋ ㄍㄨˇ
使死人復活，枯骨生肉。形容恩情之深厚。

【生死合險】ㄕㄥ ㄙˇ ㄏㄜˊ ㄒㄧㄢˇ
要保人於約定之契約期間內按期繳納保險費，保險期間屆滿時，如被保險人尚生存，保險人即按約定之保險金額爲給付，如於期間屆滿前，被保險人已死亡者，保險人亦應給付約定之保險金額，而要保人不再繳納保險費，此種保險稱爲生死兩合保險，簡稱生死合險。因其寓儲蓄於保險，故又稱爲儲蓄保險、養老保險。其保險費較單純之生存保險及單純之死亡保險高。

【生而不有】ㄕㄥ ㄦˊ ㄅㄨˋ ㄧㄡˇ
化育萬物而不據爲已有。形容天地的大德。

【生而知之】ㄕㄥ ㄦˊ ㄓ ㄓ
生下來就知道事理。指資質特異，不學而能。

【生存保險】ㄕㄥ ㄘㄨㄣˊ ㄅㄠˇ ㄒㄧㄢˇ
人壽保險人於被保險人已屆保險契約規定之年限而仍生存時，依照契約負給付保險金額之責的保險。其以被保險人之生存爲保險事故，又可分爲附死亡條件之生死合險與不附死亡條件之單純生存保險。後者又可分爲一次給付保險金額之生存保險與分期給付保險金額之生存保險。

7【生吞活剝】ㄕㄥ ㄊㄨㄣ ㄏㄨㄛˊ ㄅㄛ
比喻未經消化，沒有融會貫通。

【生育保險】ㄕㄥ ㄩˋ ㄅㄠˇ ㄒㄧㄢˇ
(maternity insurance)以婦女生育爲保險事故，由保險人給付一定金額的保險。此種保險屬於社會保險範圍者較多，用以保障勞動者或其家屬生育時所需的各種費用，並維持勞動者在生育期間的一定收入。

【生辰八字】ㄕㄥ ㄔㄣˊ ㄅㄚ ㄗˋ
指人的出生年、月、日、時。各以天干地支表示，共有八字。

8【生長潛能】ㄕㄥ ㄓㄤˇ ㄑㄧㄢˊ ㄋㄥˊ
(growth potentials)個人之身心發展可能達到的極限。該極限深受遺傳與學習的相互影響。

【生長激素】ㄕㄥ ㄓㄤˇ ㄐㄧ ㄙㄨˋ
(growth hormone)由腦垂腺前葉所分泌的一種激素。可以影響醣類、脂質及蛋白質的代謝，促進醣類、脂質的分解和蛋白質的合成，並促進生長。幼年時若分泌過多，會形成巨人症；分泌過少則成侏儒；若在成年時分泌過多，因身長不能再增加，僅在身體末端加大，如指尖、耳垂等處，稱末端肥大症。

【生花妙筆】ㄕㄥ ㄏㄨㄚ ㄇㄧㄠˋ ㄅㄧˇ
形容文思巧妙，筆致生動。'唐'詩人'李白'少時曾夢見所用之筆的筆頭生花，後以詩名聞天下。見"開元天寶遺事·夢筆頭生花"。

【生物化學】ㄕㄥ ㄨˋ ㄏㄨㄚˋ ㄒㄩㄝˊ
(biochemistry)研究生物體的化學組成及其結構，以明瞭生物體內進行之各種化學反應及能量變化的一門科學。

【生物限制】ㄕㄥ ㄨˋ ㄒㄧㄢˋ ㄓˋ
(biological constraint)個體先天上之生物特質對其學習造成的限制。

【生物群落】ㄕㄥ ㄨˋ ㄑㄩㄣˊ ㄌㄨㄛˋ
(biocoenose; biogeocoenose)指在一特定條件的環境內，一群共存共榮的生物團體。一般分爲植物群落和動物群落；若以組成分子的不同來分類，可分爲純一種類的封閉生物群落及群落內尚有其他生物夾雜的開放生物群落。

【生物螢光】ㄕㄥ ㄨˋ ㄧㄥˊ ㄍㄨㄤ
(bioluminescence)可發光生物所發之光，稱爲生物螢光。係由於該部位之細胞中含有螢光素(luciferin)，一旦受到黑暗刺激，螢光素即產生化學反應所致。動物中能發光者較爲常見，脊椎動物中僅有魚類能發光；無脊椎動物中，自原生動物中單細胞的夜光蟲和烏賊、螢火蟲等都能發光。植物中如蕈類也能發光。生物發光或無目的，或以之照明、吸引異性。

【生物轉化】ㄕㄥ ㄨˋ ㄓㄨㄢˇ ㄏㄨㄚˋ
(bioconversion)將生物排出之廢物、垃圾或類似的有機廢料，藉分解蒸餾、生物處理法等轉變爲燃料氣體。

【生命哲學】ㄕㄥ ㄇㄧㄥˋ ㄓㄜˊ ㄒㄩㄝˊ
(philosophy of life)又稱人生哲學。研究人類生命價值與生活意義的哲學理論。

【生命餘年】ㄕㄥ ㄇㄧㄥˋ ㄩˊ ㄋㄧㄢˊ
(life expectancy)一個嬰兒出生後預期可活到的歲數。通常社會愈進步，成員的生命餘年便愈長。計算因素通常包括當時之死亡率高低。年齡別生命餘年(age specific life expectancy)則指當年某一年齡者根據非意外事故死亡率之推計大約平均還可再活多少年。

【生命禮儀】ㄕㄥ ㄇㄧㄥˋ ㄌㄧˇ ㄧˊ
(rite of passage)人在生命的過

程中要通過許多生命的關口(出生、成年、結婚、死亡等),在面臨這些關口時,爲了使人順利地從一種社會地位轉變到另一種社會地位所舉行有助於其適應的儀式。'荷蘭'學者'范頁納'(Arnold van Gennep)把這種儀式分成脫離(過去的地位)、中介(不屬於任何一個地位)和重新聚合(新的地位)等三階段。

9【生活薪資】 ㄕㄥ ㄏㄨㄛˊ ㄒㄧㄣ ㄗ
員工之薪資,以員工本人及其眷屬(含父母、配偶、子女)在食、衣、住、行、育、樂各方面(合稱生活)需要之多少爲基礎,凡生活所需費用多者,支付高薪資;生活所需費用少者,支付低薪資。

11【生產成本】 ㄕㄥ ㄔㄢˇ ㄔㄥˊ ㄅㄣˇ
(cost production) 發生及歸屬於製造工作的費用。即製造過程中所發生的材料、人工及間接費用等。

【生產事業】 ㄕㄥ ㄔㄢˇ ㄕˋ ㄧㄝˋ
(productive enterprises) 就租稅有關之"獎勵投資條例"所稱生產事業而言,有其特殊定義,乃指生產物品或提供勞務,並依我國"公司法"設立之股份有限公司,經營製造業、手工藝業、礦業、農業、林業、漁業、畜牧業、運輸業、倉庫業、公用事業、國民住宅興建業、技術服務業、旅館業及重機械營造業等。

【生產函數】 ㄕㄥ ㄔㄢˇ ㄏㄢˊ ㄕㄨˋ
(production function)在假定的技術條件下,列示生產因素的投入量與其產出量間可能的關係。

【生產要素】 ㄕㄥ ㄔㄢˇ ㄧㄠˋ ㄙㄨˋ
(factor of production) 有助於貨物生產或供應的因素。例如天然資源、勞動、資本及企業才能。

【生產指數】 ㄕㄥ ㄔㄢˇ ㄓˇ ㄕㄨˋ
(index numbers of production)是指表示工業中個別部門在某一階段一般生產狀況,以反映整個工業成長或衰退情形的統計數列。通常選定某一年爲基期,指數爲一百,以該年工業總生產爲各期比較的基準。

【生產控制】 ㄕㄥ ㄔㄢˇ ㄎㄨㄥˋ ㄓˋ
(production control) 即掌握工廠中實際生產進度,務使實際生產、進度與預計生產計畫相符,以確保生產工作依計畫完成。

【生產排程】 ㄕㄥ ㄔㄢˇ ㄆㄞˊ ㄔㄥˊ
(production scheduling) 指生產工作進度及產品上各項零件之製造、加工、裝配和工作之開始與結束日期的擬定。

【生產管理】 ㄕㄥ ㄔㄢˇ ㄍㄨㄢˇ ㄌㄧˇ
(production management) 包括生產計畫與控制兩大功能。爲處理有關生產過程之決策,期能以最低之成本,適時提供適當數量及品質之產品或服務。

【生理回饋】 ㄕㄥ ㄌㄧˇ ㄏㄨㄟˊ ㄎㄨㄟˋ
(biofeedback) 提供個體有關血壓、心跳、腦波等生理機能現狀之資訊,以助其習得自我控制或改善該機能。

【生理年齡】 ㄕㄥ ㄌㄧˇ ㄋㄧㄢˊ ㄌㄧㄥˊ
依個人生理發育之程度所評定的年齡。與誕生後所經歷歲月來計算的實際年齡,或依智力發展程度所定的心理年齡不同。

【生理需要】 ㄕㄥ ㄌㄧˇ ㄒㄩ ㄧㄠˋ
(physiological needs)'美國'心理學家'馬斯婁'(A. H. Maslow)所提出的人們五大基本需要之一。即基本生存所需,如食、衣、住、行、睡眠、情慾等根本上的需要。

【生張熟魏】 ㄕㄥ ㄓㄤ ㄕㄡˊ ㄨㄟˋ
互不熟識。後專指娼妓接客,不分陌生或熟識。

【生殺予奪】 ㄕㄥ ㄕㄚ ㄩˇ ㄉㄨㄛˊ
指生死賞罰的大權。

12【生殖系統】 ㄕㄥ ㄓˊ ㄒㄧˋ ㄊㄨㄥˇ
(reproductive system) 生殖系統的主要功能是完成生殖作用,繁衍生命。包括生殖腺(卵巢與睪丸)、生殖輸管(輸精管及輸卵管)及輔助生殖器官(貯精室、陰莖或交接器、子宮及陰道等)。

【生殖細胞】 ㄕㄥ ㄓˊ ㄒㄧˋ ㄅㄠ
(germ cell; reproductive cell) 或稱種細胞。專指雌生殖細胞—卵,或雄生殖細胞—精子,或指兩者的前身細胞。其染色體爲體細胞所有之一半。卵子與精子結合而成合子,可發育爲胚胎。

【生殖器期】 ㄕㄥ ㄓˊ ㄑㄧˋ ㄑㄧˊ
(genital stage) '奧地利'心理學家'弗洛依德'分析人格發展的最後階段。孩童於十二歲以上,生理發展漸次成熟,興趣轉爲異性關係的建立和滿足。

14【生聚教訓】 ㄕㄥ ㄐㄩˋ ㄐㄧㄠˋ ㄒㄩㄣˋ
繁衍人口,積聚財富,教導忠義,訓練作戰。形容積極準備復興。

【生態地位】 ㄕㄥ ㄊㄞˋ ㄉㄧˋ ㄨㄟˋ
(ecological niche) 指生物種占有之物理空間及功能角色。即某一生物所占生育地之物理空間,以及其在生態體系中所占之功能地位。

【生態系統】 ㄕㄥ ㄊㄞˋ ㄒㄧˋ ㄊㄨㄥˇ
(ecosystem)生物與生活環境間,由於互相作用而形成的系統。

【生態組織】 ㄕㄥ ㄊㄞˋ ㄗㄨˇ ㄓ
從生態觀點看組織,認爲組織是一種有機體,經由產生、成長而停滯,並爲適應生存而更新。

16【生龍活虎】 ㄕㄥ ㄌㄨㄥˊ ㄏㄨㄛˊ ㄏㄨˇ
比喻體力充沛,生氣蓬勃。

【生機蓬勃】 ㄕㄥ ㄐㄧ ㄆㄥˊ ㄅㄛˊ
生命力活潑旺盛。

24【生靈塗炭】 ㄕㄥ ㄌㄧㄥˊ ㄊㄨˊ ㄊㄢˋ
人民處於汙泥與炭火之中。形容民生極爲困苦。

4【生化需氧量】 ㄕㄥ ㄏㄨㄚˋ ㄒㄩ ㄧㄤˇ ㄌㄧㄤˋ
(biological oxygen demand; BOD) 以好氧性細菌氧化分解水中之有機物所消耗的氧量。常用以表示廢水的有機汙染度。可分爲兩個階段:一爲溫度20°C時,經12～14日以氧化分解碳化合物爲主;二爲溫度20°C時以氧化分解亞硝酸鹽及硝酸鹽爲主。若將有機物完全安定化,通常需要100日以上,故標準試驗法中規定以20°C、5日之BOD爲準。

8【生物地理學】 ㄕㄥ ㄨˋ ㄉㄧˋ ㄌㄧˇ ㄒㄩㄝˊ

(biogeography) 研究動物和植物在地表上的空間分布型態及其分布過程的學科。現代的研究重點,逐漸傾向於生物群落學,亦即從事生物群落的組成分子、群落間的相互關係及群落與其生存環境的關係等的研究。

9【生活費指數】 ㄕㄥ ㄏㄨㄛˊ ㄈㄟˋ ㄓˇ ㄕㄨˋ

(living cost index)將生活費用訂一個基準,然後根據此一基準編成的一套統計數列。此 指數是依照購物、餐飲、旅館費用及娛樂、交通等項目所需的開支來計算,所得生活費指數愈高,表示生活費愈昂貴。

11【生產平衡線】 ㄕㄥ ㄔㄢˇ ㄆㄧㄥˊ ㄏㄥˊ ㄒㄧㄢˋ

(line of balance; LOB)管制生產進度的一種技術。即將檢討日產品各管制點之實際進度與預計進度相較,藉以得出進度狀況及生產瓶頸之所在,作爲謀求改善的依據。通常由目標圖、生產計畫圖、方案進度圖構成。

【生產可能線】 ㄕㄥ ㄔㄢˇ ㄎㄜˇ ㄋㄥˊ ㄒㄧㄢˋ

(production possibility curve) 也稱產品轉換線。若生產者使用的生產技術、生產設備及生產因素的數量不變,而能同時生產兩種產品,則此兩種產品之各種不同產量組合在平面坐標上所形成的軌跡,稱爲生產可能線。一般的形態是凹向原點。如圖中 AB 曲線即爲生產可能線。

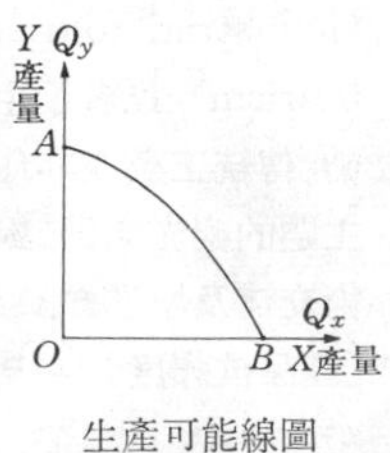

生產可能線圖

【生產者風險】 ㄕㄥ ㄔㄢˇ ㄓㄜˇ ㄈㄥ ㄒㄧㄢˇ

(producer's risk; PR)指生產者送驗的產品品質已達到允收水準,理應被接收,但因抽樣誤差被判爲不合格而拒收的機率。

【生產者剩餘】 ㄕㄥ ㄔㄢˇ ㄓㄜˇ ㄕㄥˋ ㄩˊ

(producer's surplus) 生產因素的供給者實際所獲得的收入與他所願意接受的最低收入之間的差額。設圖中 SS 爲勞動的供給曲線, W_0 爲市場工資率, W_0ENO 爲勞動者的實際收入, $SENO$ 則爲勞動者所願接受的最低收入,兩者的差額(圖中有陰影的三角形 W_0ES) 即爲生產者剩餘。

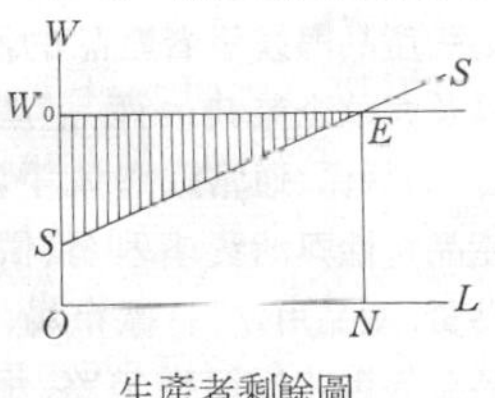

生產者剩餘圖

【生理生態學】 ㄕㄥ ㄌㄧˇ ㄕㄥ ㄊㄞˋ ㄒㄩㄝˊ

(physiological ecology)研究各種環境因子對某生物個體或某生物群體生理方面之影響的學問。又稱環境生理學。

14【生態立體景】 ㄕㄥ ㄊㄞˋ ㄌㄧˋ ㄊㄧˇ ㄐㄧㄥˇ

(diorama) 圖書館立體資料的一種。係依照眞實的生態環境,以圖畫作背景,前景布置有所需的各種實物、模型,或兩者混合而成的一種立體景觀。除具有相當的眞實感外,還可讓觀者認識某一生態環境中各個構成分子彼此間的相互關係。

6【生米煮成熟飯】 ㄕㄥ ㄇㄧˇ ㄓㄨˇ ㄔㄥˊ ㄕㄡˊ ㄈㄢˋ

比喻已成事實,無法挽回。

11【生產事業人員】 ㄕㄥ ㄔㄢˇ ㄕˋ ㄧㄝˋ ㄖㄣˊ ㄩㄢˊ

生產事業機構之從業人員。如'經濟部'所屬'臺糖'、'臺電'、'中油'等公司及省市政府所屬從事生產之公司、工廠的從業人員。生產事業人員之進用,有須經考試及格者,有由各主管機關自訂辦法進用者。

【生產流程分析】 ㄕㄥ ㄔㄢˇ ㄌㄧㄡˊ ㄔㄥˊ ㄈㄣ ㄒㄧ

(production flow analysis; PFA) 即利用加工程序表加以分析,將相似流程工件歸類,然後安排工具機群的分析方法。

【生產準備成本】 ㄕㄥ ㄔㄢˇ ㄓㄨㄣˇ ㄅㄟˋ ㄔㄥˊ ㄅㄣˇ

(production setup cost) 當存量係原物料時,指訂購該項原物料之各項手續費用與追查進度的費用。當存量係成品時,指花費於生產準備及控制、機器設備之生產工作準備,以及試車階段之損失等項成本費用。在一固定的生產期間中,每件產品之生產準備成本與每批生產數量成反比。亦即生產準備成本係於每批生產時均會發生的成本。

4【生公說法頑石點頭】 ㄕㄥ ㄍㄨㄥ ㄕㄨㄛ ㄈㄚˇ ㄨㄢˊ ㄕˊ ㄉㄧㄢˇ ㄊㄡˊ

形容教化者說理透徹,感化極頑劣的人。典出"蓮社高賢傳·道生法師"。

8【生於憂患死於安樂】 ㄕㄥ ㄩˊ ㄧㄡ ㄏㄨㄢˋ ㄙˇ ㄩˊ ㄢ ㄌㄜˋ

處憂患之中,則知努力奮發,得以生存;在安樂之中,反易懶散懈怠,自取滅亡。勉人不可貪圖安樂。

5

甡 ㄕㄣ shên¹ 音身
眾多的樣子。見"說文"。

6

産 產的或體。

產 ㄔㄢˇ ch'an³ 音鏟
[1]生;生育。見"說文"。[2]產物。指生長、出產的物品。如:水產。[3]財貨;財物。如:治產。[4]姓。'明'有'產璀'。見"萬姓統譜·八一"。

11【產婆】ㄔㄢˇ ㄆㄛˊ
舊稱以接生爲職業的婦女。今稱助產士。

13【產業】ㄔㄢˇ ㄧㄝˋ
(industry)所有生產同類產品或提供同類勞務之廠商的集合。如紡織業、銀行業。

15【產瘤】ㄔㄢˇ ㄌㄧㄡˊ
(caput succedaneum)胎兒在出生過程中,頭部由於受到子宮口及產道擠壓而形成一個包的水腫現象。係一種正常現象,出生後2～3天會自行消失。

9【產品面】ㄔㄢˇ ㄆㄧㄣˇ ㄇㄧㄢˋ
(product width)指一家企業所生產或銷售產品線的類別。通常也稱爲產品線寬度,以表示產品類別的多少。

【產品線】ㄔㄢˇ ㄆㄧㄣˇ ㄒㄧㄢˋ
(product line)指一組產品群,群中各項商品密切關聯,或各項產品的功能相似,因而售予相同的顧客群。此外,經由相同商店所銷售的商品,或各項商品的價格均在同一範圍者,亦被列爲一產品群。

15【產褥期】ㄔㄢˇ ㄖㄨˋ ㄑㄧˊ
(postpartum)指婦女生產後至生殖器官恢復正常的期間。普通約需6週。此期間有兩大變化,即復舊與哺乳。復舊則包括骨盆腔內的生殖器官構造恢復原狀,尤其是子宮恢復到懷孕前的位置和大小。

【產褥熱】ㄔㄢˇ ㄖㄨˋ ㄖㄜˋ
(puerperal pyrexia)婦女在生產後,體溫高於38°C即視爲由感染症引起的產褥熱,必須加以治療。

5【產出效果】ㄔㄢˇ ㄔㄨ ㄒㄧㄠˋ ㄍㄨㄛˇ
(output effect)一種產品產量的變動,而導致對生產要素僱用數量變動的影響。

8【產物保險】ㄔㄢˇ ㄨˋ ㄅㄠˇ ㄒㄧㄢˇ
即財產保險。參財產保險。

9【產品成本】ㄔㄢˇ ㄆㄧㄣˇ ㄔㄥˊ ㄅㄣˇ
(product cost)與期間成本相對。係指應計入產品的成本,如於發生當期產品尚未銷售,則仍包括於存貨中,俟銷售時,始轉爲銷售期間的費用。原料、人工及製造費用均爲產品成本。

【產品定位】ㄔㄢˇ ㄆㄧㄣˇ ㄉㄧㄥˋ ㄨㄟˋ
(product positioning)指企業某一產品與競爭者產品的關係,以及與該企業其他產品(產品組合)的關係。通常透過競爭關係、產品特性與消費者利益、價格與品質、產品用途、目標市場、產品品類等策略以促進銷路、增加利潤。

【產品差異】ㄔㄢˇ ㄆㄧㄣˇ ㄔㄚ ㄧˋ
(product differentiation)企業強調其產品之價格、功能、式樣、印象、品質、價值感、數量,以及種種特性之與其他競爭產品的不同,以迎合某一部分消費者之偏好,從而達到分化市場並占有該市場。

【產品深度】ㄔㄢˇ ㄆㄧㄣˇ ㄕㄣ ㄉㄨˋ
(depth of product)指一類產品線中平均不同規格的數量。例如彩色電視機的不同尺寸及不同功能的規格型式。

【產品設計】ㄔㄢˇ ㄆㄧㄣˇ ㄕㄜˋ ㄐㄧˋ
(product design)指對立體產品加上機能、美、經濟性的設計,使產品不僅好用且美觀,並使價格更加合理。如家具、機器、家電與日常用具的設計,有時也設計由手工製作的產品。

【產品組合】ㄔㄢˇ ㄆㄧㄣˇ ㄗㄨˇ ㄏㄜˊ
(product mix)指有關產品的組合因素,包括服務、包裝、品牌、產品線及面、產品水準品質等項。

【產品發展】ㄔㄢˇ ㄆㄧㄣˇ ㄈㄚ ㄓㄢˇ
(product development)運用研究發展,改進產品的品質、功能、式樣、形象、價值,以增加在目前市場上的銷售量。亦可運用產品的發展而開拓新市場,以達成市場發展的目的。

13【產業工人】ㄔㄢˇ ㄧㄝˋ ㄍㄨㄥ ㄖㄣˊ
指受僱於生產事業的技術工人或普通工人。"工會法施行細則"第六條對產業工人詳加揭示:「係指同一廠場或同一交通運輸公司事業內,各部分不同職業之工人,在合理工作程序上,共同完成生產品或勞務之集體工作之工人。」

【產業工會】ㄔㄢˇ ㄧㄝˋ ㄍㄨㄥ ㄏㄨㄟˋ
係一種產業組合。依我國"工會法"規定,即聯合同一產業內或類似產業內(如交通及公用事業單位)各部分不同職業的職員及工人所組織的工會。例如紡織廠內所有搖紗、織布、漂染、整理等部分工人及除了代表雇主行使管理權者以外的所有職員所組成的紡織業工會,以及造船廠內所有木作、鐵作、油漆等部門工人所組成的造船業工會,均屬於產業工會的範疇。

【產業觀光】ㄔㄢˇ ㄧㄝˋ ㄍㄨㄢ ㄍㄨㄤ
(industrial tourism; technical tourism)以參觀生產技術及設備、傳統工藝或其他科學技能爲主題的觀光活動。對產品輸出、技術交流及增進知識甚具貢獻。

9【產品信賴度】ㄔㄢˇ ㄆㄧㄣˇ ㄒㄧㄣˋ ㄌㄞˋ ㄉㄨˋ

(product reliability) 一項產品於既定的使用條件與環境下,與在規定的操作時間限定內,完成既定的任務,而能夠不發生故障或損壞的機率,稱爲該產品的信賴度。

【產品損壞率】 ㄔㄢˇ ㄆㄧㄣˇ ㄙㄨㄣˇ ㄏㄨㄞˋ ㄌㄩˋ
(product failure rate) 指一項產品每單位時間內發生損壞或故障的次數。

12【產量運用率】 ㄔㄢˇ ㄌㄧㄤˋ ㄩㄣˋ ㄩㄥˋ ㄌㄩˋ
(capacity utilization rate) 指顯示生產設備之運用情形的比值。可以下式表示:

$$產量運用率=\frac{實際生產量}{總生產能量}。$$

9【產品生命週期】 ㄔㄢˇ ㄆㄧㄣˇ ㄕㄥ ㄇㄧㄥˋ ㄓㄡ ㄑㄧˊ
(product life cycle) 指一項產品從介入市場到該產品被逐漸放棄而退出市場的過程。包括產品介入期、成長期、成熟期、飽和期及衰退期等五個階段。

【產品責任保險】 ㄔㄢˇ ㄆㄧㄣˇ ㄗㄜˊ ㄖㄣˋ ㄅㄠˇ ㄒㄧㄢˇ
(products liability insurance) 承保被保險人因製造或經售其產品或貨物,在顧客使用或消費時所發生的損害賠償責任,且僅以產品或貨物已離開原來的製造或發售處所者爲限。

5【產出分配罄盡定理】 ㄔㄢˇ ㄔㄨ ㄈㄣ ㄆㄟˋ ㄑㄧㄥˋ ㄐㄧㄣˋ ㄉㄧㄥˋ ㄌㄧˇ
(product exhaustion theorem) 在生產函數爲一次齊次(或規模報酬不變)下,如果各生產要素的報酬均按照其邊際生產力的大小來決定,則全部產出將被分配罄盡,既無不足,亦無剩餘。

7

甦 ㄙㄨ *su*¹ 音蘇
死而復生。同穌。見"集韻"。

16【甦醒】 ㄙㄨ ㄒㄧㄥˇ
從昏迷中醒過來。

甤 ㄖㄨㄟˊ *jui*² 音蕤
草木花實下垂的樣子。見"說文"。

甥 ㄕㄥ *shêng*¹ 音生
1姊妹所生的子女。見"說文"。2外孫。見"古今韻會舉要"。3女婿。見"古今韻會舉要"。

13

[illegible] ㄐㄧㄢˇ *chien*³ 音檢
(alkaloid) 一種含氮(N)的有機鹼性化合物。存在於植物體內,所以又稱爲植物鹼。種類很多,如嗎啡、奎寧、海洛因等均屬之。

用部

用 ㄩㄥˋ *yung*⁴ 音佣
1施行;實行。見"說文"。2任用;任使。如:大材小用。3效果;功能。如:作用。4花費。如:家用。5需要。如:不用客氣。6進用飲食。如:用飯。7以;因。8姓。'漢'有'用蚪'。見"通志・氏族略二"。

4【用心】 ㄩㄥˋ ㄒㄧㄣ
1運用心思。2專心;注意。

5【用世】 ㄩㄥˋ ㄕˋ
爲世所用;服務社會。

9【用度】 ㄩㄥˋ ㄉㄨˋ
1支出的費用。2費用的支出。

2【用人費率】 ㄩㄥˋ ㄖㄣˊ ㄈㄟˋ ㄌㄩˋ
對一個機構的用人費,規定其不得超過機構總經費的某一百分率。用人費率係參考本機構最近數年來實際用人費占總經費之百分比的平均數而訂定,如能精簡用人,則在不超過用人費率原則下,可增加員工薪給。

6【用行舍藏】 ㄩㄥˋ ㄒㄧㄥˊ ㄕㄜˇ ㄘㄤˊ
被任用即出而行道,被捨棄則懷才退隱。

10【用益物權】 ㄩㄥˋ ㄧˋ ㄨˋ ㄑㄩㄢˊ
限定物權依其功能係擔保債權之受清償,抑或旨在使用收益之不同,可分爲擔保物權與用益物權。"民法"上擔保物權包括抵押權、質權及留置權三種;用益物權包括地上權、永佃權、典權、地役權四種。

【用夏變夷】 ㄩㄥˋ ㄒㄧㄚˋ ㄅㄧㄢˋ ㄧˊ
以'華夏'文化去同化夷狄民族。

12【用進廢退】 ㄩㄥˋ ㄐㄧㄣˋ ㄈㄟˋ ㄊㄨㄟˋ
各種技藝或能力,時常運用便能進步,若長久荒廢則將退步。

【用進廢退說】 ㄩㄥˋ ㄐㄧㄣˋ ㄈㄟˋ ㄊㄨㄟˋ ㄕㄨㄛ
(theory of use and disuse) 爲'拉馬克'(Lamarck)所提出的生物演化學說。認爲生物的器官若經常使用,便愈用愈發達,不用的器官則漸趨退化。這種後天獲得性可以遺傳,代代相傳後,這些器官的形態或機能便發生顯著的差異。

2【用人費分析法】 ㄩㄥˋ ㄖㄣˊ ㄈㄟˋ ㄈㄣ ㄒㄧ ㄈㄚˇ
總體預測人力方法之一。指由組織分析以往各年員工平均薪給及用人費比率,並預測今後若干年內員工平均薪給及用人費率,進而擬定今後若干年內需用的人力。

14【用盡當地救濟辦法】 ㄩㄥˋ ㄐㄧㄣˋ ㄉㄤ ㄉㄧˋ ㄐㄧㄡˋ ㄐㄧˋ ㄅㄢˋ ㄈㄚˇ
(exhaustion of local remedies) 一國國民在他國遭受不法侵害時,受害人必須用盡該他國之國內法所規定之一切救濟辦法尋求解決,倘經此努力仍不能獲得解決,方得尋求本國之外交保護。

甩 ㄕㄨㄞˇ *shuai*³
1擲;拋。2丟棄。3揮動;

搖擺。

4【甩手】 ㄕㄨㄞˇ ㄕㄡˇ
[1]放手;撒手。表示不再過問。[2]擺動手臂。

1

甪 ㄌㄨˋ lu^4 音鹿
角的訛字。參甪里。

7【甪里】 ㄌㄨˋ ㄌㄧˇ
[1]‘漢’初隱士,‘商山’四皓之一。本名‘周術’,號‘甪里先生’。[2]複姓。‘東漢’有‘甪里若叔’。見“續通志·氏族略八”。

2

甫 ㄈㄨˇ fu^3 音斧
[1]大。見“字彙”。[2]古時男子的美稱。在字下加甫,表示尊敬,如古稱‘孔子’爲‘尼甫’。[3]始;方才。如:甫至此地。[4]姓。‘周’有‘甫瑕’。見“萬姓統譜·七八”。

甬 ㄩㄥˇ $yung^3$ 音永
[1]草木開花的樣子。見“說文”。[2]湧出。見“正字通”。[3]鐘柄。見“正字通”。[4]古量器名。即斛。見“字彙”。

13【甬道】 ㄩㄥˇ ㄉㄠˋ
[1]兩旁有牆垣的通道。[2]堂前當中的通道。

4

甭 ㄅㄥˊ $pêng^2$
不用二字的合音和合義。如:甭說了。

6

𤰇 ㄅㄟˋ pei^4 音貝
具備。也作⿱艹用。通作備。見“說文”。

7

甯 [一] ㄋㄧㄥˊ $ning^2$ 音寧
所願。同寧。見“說文”。
[二] ㄋㄧㄥˋ $ning^4$ 音濘
姓。‘春秋’‘齊’有‘甯戚’。見“元和姓纂·九”。

11【甯戚扣角】 ㄋㄧㄥˋ ㄑㄧ ㄎㄡˋ ㄐㄧㄠˇ
指賢士自我推薦。‘甯戚’,‘春秋’‘衛’賢人,曾宿‘齊’東門外,餵牛,扣角而歌,‘齊桓公’夜出聞之,知其賢,用爲客卿。見“呂氏春秋·舉難”。

田部

田 ㄊㄧㄢˊ $t'ien^2$ 音甜
[1]種植農作物的土地。見“說文”。[2]土地的泛稱。見“玉篇”。[3]耕種。[4]打獵。如:田獵。[5]姓。‘戰國’‘齊’有‘田單’。見“史記·田單列傳”。

5【田田】 ㄊㄧㄢˊ ㄊㄧㄢˊ
[1]形容宏大的聲音。[2]葉浮在水面的樣子。

7【田何】 ㄊㄧㄢˊ ㄏㄜˊ
‘漢’‘淄川’(今‘山東’‘淄川’)人,字‘子裝’。精研“易經”,授徒‘王同’、‘周王孫’、‘丁寬’、‘服生’等,爲‘西漢’今文“易”學的開創者。

9【田契】 ㄊㄧㄢˊ ㄑㄧˋ
古稱田地所有權狀。

10【田家】 ㄊㄧㄢˊ ㄐㄧㄚ
農家。

【田埂】 ㄊㄧㄢˊ ㄍㄥˇ
田間土岸。

11【田畦】 ㄊㄧㄢˊ ㄒㄧ
田地。

12【田單】 ㄊㄧㄢˊ ㄉㄢ
‘戰國’‘齊’‘臨淄’(今‘山東’‘臨淄’)人。‘燕’將‘樂毅’侵‘齊’,下七十餘城,僅‘莒’與‘即墨’未下。時‘即墨’守將戰死,‘田單’被舉爲將,用反間計,以火牛突陣擊退‘燕’軍,收復‘齊’七十餘城,封‘安平君’。

14【田漢】 ㄊㄧㄢˊ ㄏㄢˋ
(1898～1968) ‘湖南’‘長沙’人,原名‘壽昌’,筆名‘伯鴻’。‘長沙師範學校’畢業,旋赴‘日’留學。歸國後,加入‘少年中國學會’。先後編輯報刊雜誌,寫作散文、劇本,擔任教職。大陸淪陷後,任‘中共’黨政、文藝要職。文化大革命起,被清算死於獄中。著作甚豐,有“田漢選集”、“田漢散文集”、“田漢劇曲集”等。

15【田賦】 ㄊㄧㄢˊ ㄈㄨˋ
(rural land tax)對農業用地按土地單位面積全年收穫量之多寡或地價之高低,銓定賦額而徵收之土地稅。

16【田橫】 ㄊㄧㄢˊ ㄏㄥˊ
(?～前202) ‘戰國’‘齊’‘田’氏的後代。‘秦’末天下大亂,‘田廣’自立爲‘齊王’,‘橫’爲相國。後‘韓信’破‘齊’,‘橫’自立爲王,領五百人逃到海島中。‘漢高祖’即位,遣使招降,‘橫’羞爲‘漢’臣,於半路自殺,島上五百人聞訊,也全部自殺。

17【田賽】 ㄊㄧㄢˊ ㄙㄞˋ
運動會陸上競技時,在運動場中舉行,以高度及遠度決定勝負的比賽。包括跳遠、跳高、三級跳遠、推鉛球、擲鐵餅、擲標槍、撐竿跳高及擲鏈球等項目。

18【田獵】 ㄊㄧㄢˊ ㄌㄧㄝˋ
打獵。

10【田徑賽】 ㄊㄧㄢˊ ㄐㄧㄥˋ ㄙㄞˋ
體育競賽中田賽、徑賽及混合競賽之總稱。田賽以高低遠近決定勝負;徑賽以時間快慢決定勝負;混合競賽(如男子十項、女子五項等)則分別訂定分數,以累計分數定其勝負。

13【田園詩】 ㄊㄧㄢˊ ㄩㄢˊ ㄕ
[1]以田園風光及生活爲題材的詩歌。自然恬淡,洋溢著寧謐、曠放的詩趣。以‘晉’‘陶潛’詩爲代表。[2](eclogue; pastoral; idyll)。濫觴於‘希臘’‘狄奧克里特士’所寫的作品。傳統的田園詩內容包括對唱牧詩、鄉土氣息濃厚的對話、輓歌、情歌、頌讚。大多係對已失落之理想、純潔世界所作的回顧與

想像。

4【田中義一】 ㄊㄧㄢˊ ㄓㄨㄥ ㄧˋ ㄧ
(1863～1929)‘日本’首相。‘山口縣’(舊‘長州藩’)人。‘明治’中期畢業於‘陸軍大學’,曾參加‘中’‘日’、‘日’‘俄’之戰,升任陸軍大將,兩任首相,授男爵。‘大正’末年爲‘政友會’總裁,西元1927年組閣,對‘華’主張軍事侵略,在任兩年,離職不久即暴疾而亡。

10【田納西河】 ㄊㄧㄢˊ ㄋㄚˋ ㄒㄧ ㄏㄜˊ
(Tennessee R.)源於‘阿帕拉契山’西南麓,轉彎北流會合‘俄亥俄河’(Ohio R.)後,注入‘密士失必河’,全長1,043公里。西元1933年起,於沿岸興建一連串的水庫,用以防洪、發電及航運;並成立‘田納西河流域管理局’,直屬聯邦政府,爲‘美國’實行流域綜合開發計畫的典範。

15【田賦徵實】 ㄊㄧㄢˊ ㄈㄨˋ ㄓㄥ ㄕˊ
(pay the rural land tax in kind)指田賦徵收實物而言。依“土地稅法”規定,田賦徵收實物者,係就各地生產之稻穀或小麥依一定標準徵收之,不生產稻穀或小麥之地及有特殊情形之地,得按徵收實物數量折徵代金。

甲 ㈠ ㄐㄧㄚˇ *chia*³ 音胛
1草木種子的外殼。2動物堅硬的外殼。如:龜甲。3古代戰士所穿的革製護身衣。如:盔甲。4戰士;被甲的戰士。見“廣韻”。5天干的第一位。6居於首位。如:‘桂林’山水甲天下。7舊時戶口編制名。十家爲一甲。如:保甲。8‘臺灣’地積單位。一甲等於9,699.17平方公尺、2,934坪。
㈡ ㄐㄧㄚˋ *chia*⁴ 音價
1㈠5的又讀。2參甲魚。

3【甲子】 ㄐㄧㄚˇ ㄗˇ
1指六十年。甲爲十干之首,子居十二支之首,干支相配,總數六十,稱爲甲子。2歲月;年歲。

7【甲兵】 ㄐㄧㄚˇ ㄅㄧㄥ
甲冑與兵器。1指武備。2指武裝的兵士。3比喻戰爭。

8【甲板】 ㄐㄧㄚˇ ㄅㄢˇ
(deck)鋪於船梁上,將船體上下分隔爲若干層空間的鋼板或厚木板。一般船舶之甲板乃二、三層不等,巨型客船則多至七、八層。

9【甲冑】 ㄐㄧㄚˇ ㄓㄡˋ
鎧甲與頭盔。

11【甲烷】 ㄐㄧㄚˇ ㄨㄢˊ
(methane)俗稱沼氣。一種無色、無味、無臭的氣體。化學式CH_4,比空氣輕,不溶於水,但易溶於有機溶劑中。可用做燃料,或合成其他有機化合物之原料。

【甲魚】 ㄐㄧㄚˋ ㄩˊ
鱉的俗稱。

15【甲醇】 ㄐㄧㄚˇ ㄔㄨㄣˊ
(methanol)俗稱木精。一種無色有毒的芳香液體。化學式CH_3OH,沸點64.7°C。易溶於水,點火燃燒時會發出淡藍色火焰。可用於製造甲醛、甲酸,或用做燃料、溶劑等。

17【甲醛】 ㄐㄧㄚˇ ㄑㄩㄢˊ
(formaldehyde; methanal)無色、有刺激臭的毒性氣體。化學式HCHO,沸點−21°C,易溶於水。市售商品爲40%的甲醛水溶液,俗稱福馬林,常用做防腐劑、消毒劑等。

8【甲板貨】 ㄐㄧㄚˇ ㄅㄢˇ ㄏㄨㄛˋ
(deck cargo)凡貨物本身有危險性或貨物本身龐大或性質上不適宜裝在船艙內,而裝在甲板上者,稱爲甲板貨。普通應裝在船艙內的貨物,如運送人未經託運人同意,而將其裝在甲板上,致滅失或損害時,運送人應負賠償責任;經託運人同意,將貨物裝在甲板上者,如貨物發生滅失或損害時,由託運人自行負責。

【甲狀腺】 ㄐㄧㄚˇ ㄓㄨㄤˋ ㄒㄧㄢˋ
(thyroid gland)內分泌腺之一。脊椎動物的甲狀線位於氣管的甲狀軟骨下方兩側,可分泌甲狀腺素以調節代謝作用的速率及補助生長組織特化的過程。孩童若缺乏甲狀腺素會導致呆小症,不但個體小且智力遲鈍;成年人分泌過多會產生突眼性甲狀腺腫、個體代謝加速、體重減輕,且有精神緊張、雙手顫抖及容易疲勞等症狀;若分泌不足,則代謝降低、身體成肥胖狀,稱黏液性水腫。在脊椎動物的幼體變態過程中,甲狀腺素也擔任重要角色,如青蛙及魚的變態等。

10【甲骨文】 ㄐㄧㄚˇ ㄍㄨˇ ㄨㄣˊ
刻在龜甲獸骨上的文字。又稱契文、卜辭、‘殷’墟文字、貞卜文字。這批資料於‘清’‘光緒’二十五年(1899)在‘河南省’‘安陽縣’‘小屯村’‘殷’墟出土。其內容多爲占卜吉凶的紀錄,大部分是‘盤庚’到‘紂’爲止的‘殷’王室遺物。爲研究‘商代’歷史的重要資料。

甲骨文圖

4【甲午戰爭】 ㄐㄧㄚˇ ㄨˇ ㄓㄢˋ ㄓㄥ
‘清’‘光緒’二十年(1894)‘朝鮮’‘東學黨’作亂,其王請求‘清’廷出兵平亂,‘清’廷依“天津條約”規定照會‘日本’,‘日本’遂以保護使館、僑民爲名而大舉出兵。亂平,‘日本’拒絕同時撤兵,且於六月突襲駐‘朝鮮’之‘清’軍。七月一日‘中’‘日’宣戰,前後七月餘,‘清’軍於‘平壤’、‘黃海’大敗;‘日’軍進犯‘遼東半島’,攻下‘威海衛’,‘北洋’艦隊全軍覆沒。歲次甲午,史稱甲午戰爭。

10【甲級船員】 ㄐㄧㄚˇ ㄐㄧˊ ㄔㄨㄢˊ ㄩㄢˊ
經河海航行人員考試或檢覈合格,領有執業證書之船員。包括船長、船長之下協助航海工作的人員,以及船上之作業人員。

11【甲第連雲】 ㄐㄧㄚˇ ㄉㄧˋ ㄌㄧㄢˊ ㄩㄣˊ
形容貴族的宅舍高大眾多。

12【甲等考試】 ㄐㄧㄚˇ ㄉㄥˇ ㄎㄠˇ ㄕˋ
經考試及格可取得簡任職公務人員任用資格之特種考試。依現制規定,凡具有碩士或博士學位,或教授或副教授資格,或高等考試及格,或專科以上學校畢業,並具一定期間的年資者,得應甲等考試。

14【甲種經紀人】 ㄐㄧㄚˇ ㄓㄨㄥˇ ㄐㄧㄥ ㄐㄧˋ ㄖㄣˊ
可代顧客在證券交易所內,從事買賣有價證券,以賺取佣金,但不能自行買賣有價證券的證券經紀商。

19【甲類功率放大器】 ㄐㄧㄚˇ ㄌㄟˋ ㄍㄨㄥ ㄌㄩˋ ㄈㄤˋ ㄉㄚˋ ㄑㄧˋ
(class A power amplifier) 電晶體放大電路,因動作點不同,會有不同的增益及特性。動作點在負載線中央,且整個輸入信號的振幅範圍皆以相同的增益被放大,而使輸出與輸入波形相似的放大器,即甲類功率放大器。此種放大器失眞少,功率低,增益中等,適合做小信號放大。

1【甲乙類功率放大器】 ㄐㄧㄚˇ ㄧˇ ㄌㄟˋ ㄍㄨㄥ ㄌㄩˋ ㄈㄤˋ ㄉㄚˋ ㄑㄧˋ
(class AB power amplifier)對於電晶體所組成的放大電路,選擇適當的工作點,使得電晶體可以在振幅大於半週波而小於全週波的範圍內工作,因其工作範圍介於甲類與乙類功率放大器之間,故稱甲乙類功率放大器。

申 ㄕㄣ shên[1] 音身
1表明;陳述。如:申述。2一再;重複。見"廣韻"。3伸張。同伸。見"集韻"。4'上海市'的別稱。5十二地支的第九位。6時辰名。午後三點鐘到五點鐘爲申時。7姓。'春秋''楚'有'申包胥'。見"左傳・定四年"。

4【申公】 ㄕㄣ ㄍㄨㄥ
1即'申培'。'漢''魯'人。學"詩"於'浮丘伯','文帝'時爲博士;'景帝'時,被詔爲太中大夫,因'竇太后'好'黃''老'之術,遂病免歸家。曾爲"詩"作傳,世稱'魯''詩",爲今文家。2'漢'時方士。'齊'人。相傳曾受'黃帝'言於仙人'安期生',並由方士'公孫卿'進於'武帝'。

7【申戒】 ㄕㄣ ㄐㄧㄝˋ
申明教戒。

9【申述】 ㄕㄣ ㄕㄨˋ
詳細說明。

10【申冤】 ㄕㄣ ㄩㄢ
申述冤屈。

11【申雪】 ㄕㄣ ㄒㄩㄝˋ
昭雪冤屈。

12【申訴】 ㄕㄣ ㄙㄨˋ
向政府機關詳細說明其冤屈。

14【申誡】 ㄕㄣ ㄐㄧㄝˋ
懲戒處分的一種。依"公務員懲戒法"規定,公務員有違法、廢弛職務或其他失職行爲,應受懲戒,並予懲戒處分。申誡爲最輕微之懲戒處分,含有申斥過錯,以示儆戒之意。

15【申請】 ㄕㄣ ㄑㄧㄥˇ
指人民向政府行政機關或下級機關向上級主管的請求。如申請出境。

【申論】 ㄕㄣ ㄌㄨㄣˋ
引申發揮,詳細論說。

21【申辯】 ㄕㄣ ㄅㄧㄢˋ
申述辯白。即說明事情原委,加以辯解。

22【申鑒】 ㄕㄣ ㄐㄧㄢˋ
'漢''荀悅'撰,五卷。以儒術論政治,主張德刑兼施,駁斥禨祥讖緯的迷信,剖析事理,深切著明。

4【申不害】 ㄕㄣ ㄅㄨˋ ㄏㄞˋ
(?~前337) '戰國''鄭'人。爲法家重術派的代表。本學'黃''老',主刑名之學,與'韓非'並稱'申''韓'。曾輔佐'韓昭侯',爲相十五年,國治而兵強。"漢書・藝文志"著錄"申子"六篇,今僅存輯錄"大體"一篇。

5【申包胥】 ㄕㄣ ㄅㄠ ㄒㄩ
'春秋''楚'大夫。姓'公孫',封於'申',故號'申包胥'。本和'伍員'交好,後'員'因父兄被害,逃奔'吳國',佐'吳'王伐'楚';'包胥'乃入'秦'乞師,在'秦'庭痛哭七日夜,終使'秦'發兵救'楚',敗'吳'軍。

由 ㄧㄡˊ yu[2] 音尤
1原因。如:理由。2因爲。如:由是感激。3聽任;隨意。如:這事由你去辦。4從;自。如:由南到北。5遵循。6經歷。7憑恃。8通猶。(1)像;好比。(2)還;尙且。

8【由來】 ㄧㄡˊ ㄌㄞˊ
1原因;來源。2從來;一向。

10【由衷】 ㄧㄡˊ ㄓㄨㄥ
發自內心。

4【由不得】 ㄧㄡˊ ˙ㄅㄨ ˙ㄉㄜ
1不由;不禁。2不能依從。

1

甶 ㄈㄨˊ fu[2] 音扶
鬼頭。見"說文"。

2

町 ㄊㄧㄥˇ t'ing[3] 音挺
1田界;田間小路。見"說文"。2田畝。見"集韻"。

11【町畦】 ㄊㄧㄥˇ ㄒㄧ
1田埂;田界。2比喻界限、規矩。

甹 ㄆㄧㄥ p'ing[1] 音乒
1急速。見"說文"。2任俠輕財。通俜。見"說文"。

男 ㄋㄢˊ nan[2] 音南
1男性。與女相對。如:男耕女織。2兒子。如:長男。3爵位名。古代爵位中的第五等。

16【男儐相】 ㄋㄢˊ ㄅㄧㄣ ㄒㄧㄤˋ
結婚典禮中的伴郎。

12【男盜女娼】 ㄋㄢˊ ㄉㄠˋ ㄋㄩˇ ㄔㄤ
1罵人行爲卑劣,恬不知恥。2比喻世風敗壞。

22【男歡女愛】 ㄋㄢˊ ㄏㄨㄢ ㄋㄩˇ ㄞˋ
男女歡愛。形容男女間的親暱。

甽 畎的或體。

甸 ㊀ ㄉㄧㄢˋ tien⁴ 音電
①古代五服之一。即王城郊外周圍五百里的地方。見"說文"。②田野的產物。③治理。見"字彙"。
㊁ ㄊㄧㄢˊ t'ien² 音田
打獵。見"正字通"。

7【甸甸】 ㄊㄧㄢˊ ㄊㄧㄢˊ
車馬走動的聲音。

3

画 畫的俗體。

甿 ㊀ ㄇㄥˊ mêng² 音蒙
①農民。同氓。見"說文"。②愚昧無知。見"廣雅·釋詁"。
㊁ ㄇㄤˊ mang² 音忙
曠野。見"集韻"。

畀 ㄅㄧˋ pi⁴ 音必
給與;賜給。見"說文"。

甽 ㄑㄩㄢˇ ch'üan³ 音犬
①田間小溝。畎的古字。見"說文"。②山谷小溝。見"釋名·釋山"。

甾 ㊀ ㄗ tzŭ¹ 音資
水名。同'淄'。見"古今韻會舉要"。
㊁ ㄗㄞ tsai¹ 音災
禍患。通災。

4

畆 畝的俗體。

畐 ㄈㄨˊ fu² 音伏
①滿盛。見"說文"。②容器名。無足的鬲。③布帛的寬度。同幅。見"集韻"。

畂 ㄍㄤ kang¹ 音剛 又讀 ㄍㄤˇ kang³ 音港
①境;地界。見"說文"。②池塘。見"廣雅·釋地"。③鹽澤。見"廣韻"。

畊 耕的古文。

畏 ㊀ ㄨㄟˋ wei⁴ 音尉
①敬服。見"廣雅·釋詁"。②恐懼。見"廣韻"。
㊁ ㄨㄟ wei¹ 音威
威嚴。通威。見"正字通"。

4【畏友】 ㄨㄟˋ ㄧㄡˇ
性行莊重,令人敬畏的朋友。

7【畏忌】 ㄨㄟˋ ㄐㄧˋ
顧忌;害怕。

11【畏途】 ㄨㄟˋ ㄊㄨˊ
指險阻可怕的道路。比喻困難或可怕,令人不敢嚐試之事。

17【畏縮】 ㄨㄟˋ ㄙㄨㄛ
害怕退縮。

4【畏天知命】 ㄨㄟˋ ㄊㄧㄢ ㄓ ㄇㄧㄥˋ
敬畏天威,知曉天命。

9【畏首畏尾】 ㄨㄟˋ ㄕㄡˇ ㄨㄟˋ ㄨㄟˇ
形容多所顧忌。

畈 ㄈㄢˋ fan⁴ 音飯
耕作的田地。見"字彙"。

畎 ㄑㄩㄢˇ ch'üan³ 音犬
①田間水溝。見"說文"。②疏通。見"正字通"。

10【畎畝】 ㄑㄩㄢˇ ㄇㄨˇ
農地;田間。

16【畎澮】 ㄑㄩㄢˇ ㄎㄨㄞˋ
田間的小溝渠。

畖 ㄔㄠˋ ch'ao⁴
耕作。見"正字通"。

畇 ㄩㄣˊ yün² 音雲
參畇畇。

9【畇畇】 ㄩㄣˊ ㄩㄣˊ
墾地平坦的樣子。

畋 ㄊㄧㄢˊ t'ien² 音田
①耕田。通佃。見"說文"。②打獵。見"廣韻"。

18【畋獵】 ㄊㄧㄢˊ ㄌㄧㄝˋ
打獵。

界 ㄐㄧㄝˋ chieh⁴ 音戒
①邊境。見"說文"。②毗鄰。③離間。④隔開;分開。⑤指一定的地位或範圍。如:政界。⑥(kingdom)爲生物分類上最高的階層。通常將生物分爲動物界和植物界。現今的生物學家主張將生物分爲原生生物界、原核界、菌界、動物界及植物界。⑦(erathem)代之地質時間內形成的岩層。如新生代之岩層爲新生界。⑧(bound)一個實數集合的上界是一個比集合中的所有元素都大的數,下界則比集合中的所有元素都小。上(下)界不唯一,但在所有上(下)界中,有最小(大)的上(下)界。一個序列或函數的界,即其影集合的界。例如$\{1,1/2,1/4,1/8,\cdots\cdots 1/2^n,\cdots\cdots\}$,有一上界爲2,下界爲$-1/3$,最小上界1,最大下界0。一個非空集合$A$,同時受限於上下界,稱爲有界集或囿集。其最小上界和最大下界常以$supA$和$infA$分別表示之。

8【界定】 ㄐㄧㄝˋ ㄉㄧㄥˋ
又稱下定義或下界說。對於一個語詞(或開放語句)提供意義上相等的語文表詞,以充當解釋。

9【界限】 ㄐㄧㄝˋ ㄒㄧㄢˋ
界域;範圍。

12【界畫】 ㄐㄧㄝˋ ㄏㄨㄚˋ
我國繪畫方法的一種。以界尺作線,故稱。作畫題材以車舟樓閣爲主,尺寸分毫務求精確且合乎法度。'唐'以前的界畫家絕不署名,至'北宋''郭忠恕'方署之。

13【界碑】 ㄐㄧㄝˋ ㄅㄟ
兩地交界處所立的碑石。

14【界說】 ㄐㄧㄝˋ ㄕㄨㄛ
定義。

9【界面卡】 ㄐㄧㄝˋ ㄇㄧㄢˋ ㄎㄚˇ
(interface card)介於兩裝置間的電子電路板。其功用在作爲兩裝置間相互交換訊息的中介。

【界面潤滑】 ㄐㄧㄝˋ ㄇㄧㄢˋ ㄖㄨㄣˋ ㄏㄨㄚˊ
(boundary lubrication)當金屬與金屬表面尖峰部分已直接接觸,潤滑油膜之厚度已不足分隔二金屬表面，而只有一層很薄的添加劑包覆在金屬表面作爲潤滑膜，稱爲界面潤滑。

【界面活性劑】ㄐㄧㄝˋ ㄇㄧㄢˋ ㄏㄨㄛˊ ㄒㄧㄥˋ ㄐㄧˋ
(surfactant) 當某種物質溶於溶劑中，由於易被溶劑表面或不互溶之溶劑間界面所吸附，以致降低溶劑的表面張力，並使其表面或界面產生較易破壞或混合的現象，該物質即爲界面活性劑。如肥皂便是常見的界面活性劑。

备 備的俗體。

5

畐 ㄈㄨˊ *fu²* 音服
①畗的本字。②福的古文。

畝 ㄇㄨˇ *mu³* 音母　又讀　ㄇㄡˇ *mou³* 音某
①土地計算單位。古制以縱橫六尺爲方步，一百方步爲一畝。今制以六十平方丈爲一市畝，約合標準制666.666平方公尺。標準制以一百平方公尺爲一公畝。②田中高起的地方。

畜 ㈠ ㄔㄨˋ *ch'u⁴* 音觸
①人所飼養的禽獸。②泛指禽獸。
㈡ ㄒㄩˋ *hsü⁴* 音旭
①養育。如：仰事俯畜。②容留。③飼養。如：畜牧。④積聚。通蓄。如：畜怨。⑤姓。'漢'有'畜意'。見"萬姓統譜・一一二"。

5【畜生】ㄔㄨˋ ㄕㄥ
①畜養的禽獸。後用爲禽獸的通稱。②罵人的話。

8【畜牧】ㄒㄩˋ ㄇㄨˋ
指家畜與家禽等牲畜的生產。其範圍包括品種、繁殖、育種、營養的需要與飼養管理等。在'臺灣'家畜主要指牛、豬、羊、馬及鹿等；家禽則指雞、鴨、鵝、火雞。

昼 畫的俗體。

畔 ㄆㄢˋ *p'an⁴* 音叛
①田地的界限。見"說文"。②邊；側。如：河畔。③背叛；違背。通叛。見"正字通"。

𤱽 ㈠ ㄆㄧ *p'i¹* 音披
耕地。見"廣韻"。
㈡ ㄆㄛˇ *p'o³* 音叵
參𤳜𤱽。

畂 ㄍㄡ *kou¹* 音鉤
田畦。見"集韻"。

畟 ㄘㄜˋ *ts'ê⁴* 音測
犁耕入地的樣子。見"說文"。

畛 ㄓㄣˇ *chên³* 音診
①田間分界的小道。見"廣韻"。②界限。如：畛域。③祝告。

11【畛域】ㄓㄣˇ ㄩˋ
界限。

畚 ㄅㄣˇ *pên³* 音本
用草繩或竹木編成的盛物器具。如：畚箕。

14【畚箕】ㄅㄣˇ ㄐㄧ
盛泥土、垃圾的器具。

留 ㄌㄧㄡˊ *liu²* 音流
或作畱。①停止。見"說文"。②保存。如：保留。③姓。三國'吳'有'留贊'。見"萬姓統譜・六三"。

7【留步】ㄌㄧㄡˊ ㄅㄨˋ
停步。爲主人送客，客人表示謙讓的用語。

8【留念】ㄌㄧㄡˊ ㄋㄧㄢˋ
保存起來作爲紀念。

9【留神】ㄌㄧㄡˊ ㄕㄣˊ
專心；注意。

10【留級】ㄌㄧㄡˊ ㄐㄧˊ
學生因成績未達升級標準而留在原來的年級重讀。

11【留情】ㄌㄧㄡˊ ㄑㄧㄥˊ
①用情；投注感情。②留情面。即寬恕。

【留連】ㄌㄧㄡˊ ㄌㄧㄢˊ
①停留；稽延。②依戀。

【留都】ㄌㄧㄡˊ ㄉㄨ
古代王朝遷新都後，在舊都置官留守，稱爲留都。如'明成祖'遷都'北京'後，稱'南京'爲留都。

【留鳥】ㄌㄧㄡˊ ㄋㄧㄠˇ
(stationary bird)鳥類棲息於其出生地，不因食物缺乏、氣候改變等因素而遷移他處者，稱爲留鳥。

14【留滯】ㄌㄧㄡˊ ㄓˋ
停留。

15【留影】ㄌㄧㄡˊ ㄧㄥˇ
拍照留念。

【留數】ㄌㄧㄡˊ ㄕㄨˋ
(residue) 若 $f(z)$ 爲複變數 z 之函數，且於 $z=z_0$ 含有一極點(孤立奇異點)，則此函數可展開爲一級數 $\sum a_n(z-z_0)^n$，其 $n=-1$ 項之係數 a_{-1}，稱爲函數於極點 z_0 之留數，寫成 $a_{-1}=Res\ f$。

16【留學】ㄌㄧㄡˊ ㄒㄩㄝˊ
到外國求學。目的在吸收外國新知，促進文化交流，以作爲回國後在政治、經濟、制度、文化等方面的改進。

19【留難】ㄌㄧㄡˊ ㄋㄢˋ
故意阻撓、爲難。

13【留置權】ㄌㄧㄡˊ ㄓˋ ㄑㄩㄢˊ
謂債權人占有屬於債務人之動產，就其物所生債權，於未受清償前有留置其物之權利。其要件有三：須債權已屆清償期；須債權之發生與該動產有牽連之關係；須其動產非因侵權行爲而占有。留置權爲法定之擔保物權，無從依設定行爲而取得，以占有動產爲成立及存續之要件。債權人於其債權已屆清償期而未受清償者，得定六個月以上之相當期限通知債務人，聲明如不於其期限內爲清償時，即得就留置物取償。此時債權人得依關於實行質權之規定，拍賣留置物或取得其所有權。此外，尚有所謂法定留置權，如出租人之留置權、營業主之留置權、運送人之留置權、承攬運送人之留置權、海上運送人或船長之留置權等，除另有規定外，均準用動產留置權之有關規定。

5【留本基金】ㄌㄧㄡˊ ㄅㄣˇ ㄐㄧ ㄐㄧㄣ
基金之本金必須保持不動，僅可使用其收益者。此項基金在政府之公益事業、大學或醫院中最爲常見。

8【留青陽文】ㄌㄧㄡˊ ㄑㄧㄥ ㄧㄤˊ ㄨㄣˊ
簡稱留青。是雕竹特有的技法之一。竹的外皮稱爲青筠，雕製竹製品時多需刮去；製作留青陽文作品時，則須留下青筠，將紋飾所不需要的青筠刮除，根據青筠所留的多寡，以求深淺濃淡變化。該技法在'唐朝'已有，遲至晚'明'的竹工'張希黃'才將其發揚光大。今留存於'日本''正倉院'中一件'唐朝'竹製尺八，即用此法雕刻出紋飾。

10【留校察看】ㄌㄧㄡˊ ㄒㄧㄠˋ ㄔㄚˊ ㄎㄢˋ
學生因成績未達一定標準(但尚有補救可能)，或因嚴重觸犯校規(但尚不致勒令退學)，由學校裁定留在學校繼續就讀一段時間以資補救，待其受懲原因消失後，允其恢復正常學生資格。

18【留職停薪】ㄌㄧㄡˊ ㄓˊ ㄊㄧㄥˊ ㄒㄧㄣ
各機關現職人員應徵入伍，或應外國機構聘請出國期間，職務仍予保留，但停止其薪給。

6【留伐天然造林】ㄌㄧㄡˊ ㄈㄚˊ ㄊㄧㄢ ㄖㄢˊ ㄗㄠˋ ㄌㄧㄣˊ
指建造之際，僅保留若干呈散狀或群狀分布的適齡優良母樹作爲種木，使其種子由上方落至地面產生新幼林木的天然造林法。因其於幼林建成後再伐除留種樹木，故又稱前造林法。

11【留得青山在不怕沒柴燒】ㄌㄧㄡˊ ˙ㄉㄜ ㄑㄧㄥ ㄕㄢ ㄗㄞˋ ㄅㄨˋ ㄆㄚˋ ㄇㄟˊ ㄔㄞˊ ㄕㄠ
比喻只要身體健在，前途就有希望。

6

畡 垓的或體。

畤 ㄓˋ chih^4 音志
①古代祭天地五帝的地方。見"說文"。②水中小片陸地。通沚。

畦 ㊀ ㄒㄧ hsi^1 音西
①五十畝田。見"說文"。②田埂。③區域。④種植禾稻瓜果蔬菜的田地。見"正字通"。
㊁ ㄑㄧˊ ch'i^2 音奇
㊀②、③的語音。

10【畦畛】ㄒㄧ ㄓㄣˇ
①區域；界限。②比喻成見。③指文章書畫的格式、常規。

畢 ㄅㄧˋ pi^4 音必
①古代田獵用的長柄網。見"說文"。②完結；終了。如：畢業。③迅疾。④盡；全部。如：畢生心力。⑤星宿名。二十八宿之一。參畢宿。⑥簡札。⑦姓。'宋'有'畢昇'。見"夢溪筆談·一八"。

5【畢生】ㄅㄧˋ ㄕㄥ
一生；終身。

7【畢沅】ㄅㄧˋ ㄩㄢˊ
(1730～1797)'清''鎮洋'(今'江蘇''太倉')人，字'纕蘅'，一字'秋帆'，自號'靈巖山人'。'乾隆'進士，官至'湖廣'總督。博通經史、小學、金石、地理之學。著作甚多，有"續資治通鑑"、"傳經表"、"靈巖山人詩文集"等多種。

8【畢昇】ㄅㄧˋ ㄕㄥ
(?～1051?)'宋''慶曆'時人。發明活字印刷術。其法以膠泥刻字，一字一印，用火燒硬後，即成個體活字；活字置於鐵板上，覆以脂蠟，經火熔解後，再以平板壓印，一次可印多本。爲世界最早的活字印刷。

11【畢宿】ㄅㄧˋ ㄒㄧㄡˋ
二十八宿之一。西方白虎七宿的第五宿。主要有八星，皆屬金牛座，依次爲金牛座ε、δ_1、δ_3、γ、α、θ_1、η_1、λ，其中畢宿五亮度約0.78～0.93等，紅色，是西方神話中金牛的眼睛。此外，附耳、天街、天節、諸王、天高、九州殊口、五車、柱、天潢、咸池、天關、參旗、九斿、天園等星，也都歸入畢宿。

13【畢業】ㄅㄧˋ ㄧㄝˋ
(graduation) 小學、國中、高中、大學等各級學校學生，修畢其應修課程，成績合格受頒證書或學位。

5【畢卡索】ㄅㄧˋ ㄎㄚˇ ㄙㄨㄛˇ
(Pablo Ruiz y Picasso, 1881～1973) 立體派創始者之一。生於'西班牙'的'馬拉加'(Málaga)，死於'法國'的'慕精'(Mougins)。從小就表現出非凡的才能，西元1900年到'巴黎'，經以描述藝人及流浪漢的「藍色時期」及愉快性情敘述的「粉紅色時期」，1907年的"亞威農的姑娘"(*Les Demoiselles d'Avignon*)一作開創了立體派的作風。之後，經歷過初期立體主義、分析立體主義、綜合立體主義，以及許多第二次世界大戰前的現代藝術運動等，扮演了現代藝術巨匠的角色。除繪畫外，也從事雕刻及陶繪。代表作有"海邊的窮人"(*Poormen at the Seashore*)、"雜耍之家"(*Family of Saltimbanques*)、"三舞者"(*Three Dancers*)、"三音樂家"(*Three Musicians*)及"格爾尼卡"(*Guernica*)等。

畢卡索像

4【畢氏定理】ㄅㄧˋ ㄕˋ ㄉㄧㄥˋ ㄌㄧˇ
(Pythagorean theorem) 直角三角形斜邊的平方等於其他二邊的平方和，稱爲'畢達哥拉斯'定理，簡稱'畢'氏定理。

11【畢宿星團】ㄅㄧˋ ㄒㄧㄡˋ ㄒㄧㄥ ㄊㄨㄢˊ
(Hyades)著名的疏散星團之一。

位於金牛座的頭部，在我國二十八宿中屬於畢宿，故名。由三百多顆恆星所組成。距地球約 143 光年。中心位置為：赤經 4 時 17 分，赤緯＋15 度 30 分。

13【畢達哥拉斯】ㄅㄧˋ ㄉㄚˊ ㄍㄜ ㄌㄚ ㄙ
(Pythagoras，前580～前500)'希臘'哲學家、數學家和'畢氏書院'的創始人。約於西元前532年移居'義大利'南部的'克洛頓'(Croton，時為'希臘'轄地)，並創設富於倫理、宗教和政治色彩的'畢氏書院'，教授哲理、天文、數學和音樂諸科，一時貴族子弟從之者眾。主張貴族政治，對'義'國南部諸邦和'希臘'影響甚大，後因受民主人士的攻擊而漸漸式微。

異 ㄧˋ i^4 音易
1不同。見"正字通"。2驚訝。如：詫異。3奇特。如：標新立異。

2【異人】ㄧˋ ㄖㄣˊ
泛指才華、修養、姿色等極為特出的人。

3【異己】ㄧˋ ㄐㄧˇ
不附和自己或意見志趣與自己不同的人。

4【異方】ㄧˋ ㄈㄤ
他方；他鄉。

【異心】ㄧˋ ㄒㄧㄣ
貳心；叛離的心。

【異日】ㄧˋ ㄖˋ
1從前。2將來。

5【異代】ㄧˋ ㄉㄞˋ
1後代。2不同的時代。

6【異同】ㄧˋ ㄊㄨㄥˊ
1不同與相同。2指不同。

8【異采】ㄧˋ ㄘㄞˇ
特異的色彩。

【異姓】ㄧˋ ㄒㄧㄥˋ
1不同的姓氏。2不同的種族。

10【異能】ㄧˋ ㄋㄥˊ
1卓越特出的才能。2不同的功用。

11【異域】ㄧˋ ㄩˋ
1異地；他鄉。2外國。

13【異稟】ㄧˋ ㄅㄧㄥˇ
特殊的稟賦。

14【異端】ㄧˋ ㄉㄨㄢ
不合正統的。

【異說】ㄧˋ ㄕㄨㄛ
1奇特怪誕的言論。2不同的說法、主張。

【異態】ㄧˋ ㄊㄞˋ
特異的形態。

15【異數】ㄧˋ ㄕㄨˋ
1特別優厚的待遇。2奇特的方術。3不同的等級。

17【異營】ㄧˋ ㄧㄥˊ
(heterotrophic nutrition)生物必須自環境中攝取現成的有機物作為食物，這種營養法稱為異營。包含腐生及全動性營養。有些原生動物攝入腐敗的有機物；有的細菌將酵素釋出體外，將生物的遺骸分解成小分子物質再行吸收，凡此皆稱為腐生(saprobic)。若攝入食物，再於體內分解消化者，則稱全動性營養(holozoic nutrition)。

19【異類】ㄧˋ ㄌㄟˋ
1不同的種類。2指異於人類的禽獸狐鬼。3不同的族類。

20【異議】ㄧˋ ㄧˋ
不同的意見或言論。

14【異構物】ㄧˋ ㄍㄡˋ ㄨˋ
(isomer)分子式相同而結構式不同之化合物。如乙醇CH_3CH_2OH與乙醚CH_3OCH_3。

3【異口同聲】ㄧˋ ㄎㄡˇ ㄊㄨㄥˊ ㄕㄥ
眾人的說法相同。

6【異曲同工】ㄧˋ ㄑㄩˇ ㄊㄨㄥˊ ㄍㄨㄥ
比喻風格雖異而巧妙相同。

【異向性土】ㄧˋ ㄒㄧㄤˋ ㄒㄧㄥˋ ㄊㄨˇ
(anisotropic soil) 土或石層的力學特性，如剪力強度、透水性、彈性係數等，會因考慮方向的不同而有所差異者。

9【異軍突起】ㄧˋ ㄐㄩㄣ ㄊㄨˊ ㄑㄧˇ
比喻新生勢力勃然興起。

11【異常兒童】ㄧˋ ㄔㄤˊ ㄦˊ ㄊㄨㄥˊ
(abnormal child)身心發展之質與量遠超過或低於平均質量發展的兒童。

13【異想天開】ㄧˋ ㄒㄧㄤˇ ㄊㄧㄢ ㄎㄞ
想法奇特，不合常理。

20【異議之訴】ㄧˋ ㄧˋ ㄓ ㄙㄨˋ
以排除強制執行為目的之強制執行救濟方法。主要可分為債務人異議之訴及第三人異議之訴二種。此外尚有參與分配異議之訴、對於分配表異議之訴及對於債務人其他財產權執行之第三人異議之訴。所謂債務人異議之訴，是債務人基於執行名義成立後，消滅或妨礙債權人請求之事由，於強制執行程序終結前，以債權人為被告，向執行處所屬法院之民事庭所提起的異議之訴。所謂第三人異議之訴，是執行名義效力所不及之第三人，就執行標的物有足以排除強制執行之權利，於強制執行程序終結前，以有執行名義之債權人為被告，向執行處所屬之民事庭所提之異議之訴。

畱 留的俗體。

畭 ㄊㄨㄛˇ $t'o^3$，$t'uo^3$ 音妥
參畭畡。

10【畭畡】ㄊㄨㄛˇ ㄆㄛˇ
稍微高出的樣子。

畧 略的或體。

略 ㄌㄩㄝˋ $lüeh^4$ 音掠
1治理；整治土地。見"說文"。2巡視。3侵奪；掠取。如：攻城略地。4計謀。如：策略。5簡省；粗疏。如：簡略。6稍微。如：略勝一籌。7姓。三國'吳'有'略統'。見"萬姓統譜・一二〇"。

6【略地】ㄌㄩㄝˋ ㄉㄧˋ
1巡視邊疆。2占領敵人的土地。

12【略勝一籌】ㄌㄩㄝˋ ㄕㄥˋ ㄧ ㄔㄡˊ
互相比較而略為高明。

14【略遜一籌】ㄌㄩㄝˋ ㄒㄩㄣˋ ㄧ ㄔㄡˊ
互相比較而略爲不及。

19【略識之無】ㄌㄩㄝˋ ㄕˋ ㄓ ㄨˊ
指識字不多。

畣 ㄉㄚˊ ta^{2} 音達
當。答的古字。見"集韻"。

7

畫 ㄏㄨㄚˋ hua^{4} 音化
1制定分界。見"說文"。2策謀。如:計畫。3我國文字一筆稱一畫。如:筆畫索引。4圖像。如:水彩畫。5繪圖。如:畫圖。6文書簽名或押字判行。如:畫行。7姓。'明'有'畫芳'。見"萬姓統譜·九八"。

5【畫卯】ㄏㄨㄚˋ ㄇㄠˇ
舊時衙門吏役,卯時(上午五至七時)前往官府簽到,聽候差遣。

8【畫押】ㄏㄨㄚˋ ㄧㄚˊ
在文件或契約上簽名。

9【畫眉】ㄏㄨㄚˋ ㄇㄟˊ
1用畫筆描飾眉毛。2比喻恩愛夫妻的閨房之樂。'漢'京兆尹'張敞'閒居爲妻畫眉。見"漢書·張敞傳"。3 (bubbler; laughing thrush)爲脊椎動物中屬於鳥綱(class Aves)、雀形目(order Passeriformes)、畫眉科(family Timaliidae)的動物。主要產於舊大陸熱帶地方,我國大陸有記載者當在100種以上,但在'日本'則完全絕跡,'臺灣'已知者有15種。產於'亞洲'的 *Garrulax* 屬即有45種。其嘴強壯有力,但長短不一,有甚長而向下屈曲者;腿壯健,翼短尾長,體色雌雄無甚差別。主以昆蟲爲食,間食種子。

畫眉圖

10【畫院】ㄏㄨㄚˋ ㄩㄢˋ
官署名。'宋'置,屬於'翰林院',設待詔、祇候等官,掌宮廷繪畫之事。'元'廢,'明'復置,'清'又廢。

【畫舫】ㄏㄨㄚˋ ㄈㄤˇ
有彩飾圖繪的遊船。

11【畫荻】ㄏㄨㄚˋ ㄉㄧˊ
以荻畫地學書。'宋''歐陽脩'四歲而孤,家貧,母'鄭'氏以荻畫地教之學書。見"宋史·歐陽脩傳"。後因用以稱頌母教。

16【畫壇】ㄏㄨㄚˋ ㄊㄢˊ
繪畫界。

19【畫譜】ㄏㄨㄚˋ ㄆㄨˇ
一種彙整繪畫技法之書。一般以'明''清'時代的畫譜爲佳,尤以'清代'的"芥子園畫譜"最著。係將'唐''宋''元''明'諸家山水、花鳥、人物畫一一摹出,且分門別類,可供作當時或後學者之教材。

12【畫琺瑯】ㄏㄨㄚˋ ㄈㄚˋ ㄌㄤˊ
製作琺瑯器的一種方法。後來成爲琺瑯器的類目之一。其製法首先在器胎的表、裡兩面塗刷一層琺瑯釉,入爐烘燒後,用筆醮各色琺瑯釉料彩繪紋飾。製作畫琺瑯的胎骨,須用金屬,以銅較多,故也稱爲銅胎畫琺瑯;若以瓷、玻璃等爲胎,則稱瓷胎琺瑯彩、玻璃胎琺瑯彩等。

14【畫像石】ㄏㄨㄚˋ ㄒㄧㄤˋ ㄕˊ
'漢代'有名的石雕工藝。係以平面雕刻的技法,在石材上雕刻裝飾畫。畫像石大多刻在祠堂、墓室或石碑、石闕。'漢代'畫像石不只表現了藝術方面的卓越成就,也反映出當時的社會生活和思想內容。最有名的是'山東''肥城'的'孝堂山'畫像石和'山東''嘉祥'的'武氏祠'畫像石。

6【畫地自限】ㄏㄨㄚˋ ㄉㄧˋ ㄗˋ ㄒㄧㄢˋ
比喻自我設限,不求長進。

8【畫虎類狗】ㄏㄨㄚˋ ㄏㄨˇ ㄌㄟˋ ㄍㄡˇ
畫老虎卻像狗。比喻好高騖遠,終無所成,反留下笑柄。

11【畫蛇添足】ㄏㄨㄚˋ ㄕㄜˊ ㄊㄧㄢ ㄗㄨˊ
比喻多此一舉,徒勞無益。

14【畫餅充飢】ㄏㄨㄚˋ ㄅㄧㄥˇ ㄔㄨㄥ ㄐㄧ
1比喻虛而無實。2比喻以空想自我安慰。

15【畫線支票】ㄏㄨㄚˋ ㄒㄧㄢˋ ㄓ ㄆㄧㄠˋ
(crossed check)又稱橫線支票。即發票人、背書人或執票人在支票正面(通常在左上方)畫上兩道平行線的支票。其特點爲:付款銀行僅得對金融業者支付。亦即任何個人不得向銀行取現,必須委託銀行(金融業者)代收。因此,即使支票遺失或被竊,也不易發生冒領的問題。僅在支票正面加畫兩道平行線者,稱爲一般畫線支票;如在平行線中間,加寫某銀行名稱,則只有委託此指定銀行代收,才能取款,換言之,此種支票只能對特定金融業者支付,稱爲特別畫線支票。

16【畫龍點睛】ㄏㄨㄚˋ ㄌㄨㄥˊ ㄉㄧㄢˇ ㄐㄧㄥ
指繪畫或作詩文時,特在緊要處加上一筆或一、二精闢之字句,使得全篇靈活有神。

8【畫虎不成反類狗】ㄏㄨㄚˋ ㄏㄨˇ ㄅㄨˋ ㄔㄥˊ ㄈㄢˇ ㄌㄟˋ ㄍㄡˇ
古諺語。參畫虎類狗。

畱 留的或體。

異 異的訛字。

㽟 ㄌㄧㄝˋ lieh^{4} 音劣
耕田起土。見"集韻"。

畯 ㄐㄩㄣˋ chün^{4} 音俊
1古時的農官。見"正字通"。2農人。3草野之地。4出眾。也指出眾的人。通俊。見"字彙補"。

畮 畝的古文。

番 ㈠ ㄈㄢ fan^{1} 音翻
1輪流。見"廣韻"。2順

序；次第。見"古今韻會舉要"。③量詞。⑴次數。如：三番兩次。⑵種。如：別有一番滋味。④通作蕃。舊稱未開化的民族。

㊁ ㄆㄢ p'an¹ 音潘

姓。'漢'有'番係'。見"漢書·食貨志下"。

㊂ ㄆㄛˊ p'o² 音婆

年老的樣子。通皤。見"正字通"。

9【番茄】 ㄈㄢ ㄑㄧㄝˊ

(tomato; *Lycopersicon esculentum* Mill.)一年生草本。高1～2公尺。葉互生，羽狀複葉，小葉9～19枚，卵形或長橢圓形，先端尖，有深鋸齒。夏日，節間抽出花枝，開黃花，萼片細裂，花瓣具多枚裂片；漿果扁球形，紅熟即可生食。原產'南美''祕魯'，今各地均廣爲栽培。

番茄圖

13【番號】 ㄈㄢ ㄏㄠˋ

用字母或數字以爲團體單位的代表符號。

3【番子拳】 ㄈㄢ ·ㄗ ㄑㄩㄢˊ

拳術名。'民國'前後流行於'河北省''雄縣'及'北京'等地。

5【番石榴】 ㄈㄢ ㄕˊ ㄌㄧㄡˊ

(guava; *Psidium guajava* L.)又名拔仔、那拔。常綠小喬木或灌木，高可達8公尺。葉對生，厚紙質，全緣，卵狀長橢圓形。花單生或2～3朵簇生成聚繖花序，萼片3～5枚，宿存，花瓣5枚，白色。漿果球形、橢圓形、卵形或洋梨形，成熟時黃色、綠色或帶紅色，果肉有白、淡紅、黃等顏色，內含種子多粒。原產於熱帶'美洲'，今熱帶及亞熱帶地區廣爲栽培。

番石榴圖

畬 ㊀ ㄩˊ yü² 音余

已開墾二、三年的田。見"說文"。

㊁ ㄕㄜ shê¹ 音奢

①火耕。先用火燒除雜草，再利用草灰爲肥料，翻土耕種。見"集韻"。②族名。參畬民。

5【畬民】 ㄕㄜ ㄇㄧㄣˊ

我國少數民族之一。也稱'畬客'、'畬傜'或'畬蠻'。散處在'福建省'及'浙江省'南部山中，'廣東省'東北部和'江西省'南部也有少數分布。人口約36.8萬人(1982年)。從事農耕生活，兼事漁獵。信仰鬼神。

畲 畬的或體。

8

畵 畫的本字。

畺 ㄐㄧㄤ chiang¹ 音江

邊界。同疆。見"說文"。

當 ㊀ ㄉㄤ tang¹ 音鐺

①相稱；對等。如：門當戶對。②抵擋；攔阻。如：螳臂當車。③正值；遇上。如：適當其時。④擔任；主持。如：當家。⑤承受。如：不敢當。⑥看作；比成。如：安步當車。⑦防守。如：一夫當關。⑧應該。⑴表示斷定。如：當然。⑵表示推測。如：當無此事。⑨正對著。如：當頭棒喝。⑩㊁④的又讀。

㊁ ㄉㄤˋ tang⁴ 音蕩

①合宜。如：得當。②抵押；典質。如：當鋪。③計謀；圈套。如：吃虧上當。④本；同。如：當日。⑤㊀⑦的又讀。⑥(down)橋牌術語。指叫了牌之後且取得應得的牌數。借用爲大學中所選修的課程沒有通過考試，必須補考或重修者。

㊂ ㄉㄤˇ tang³ 音擋

①以爲。②㊀②的又讀。

3【當下】 ㄉㄤ ㄒㄧㄚˋ

立即；馬上。

【當口】 ㄉㄤ ·ㄎㄡ

①正當其時。②當面；正面。

4【當心】 ㄉㄤ ㄒㄧㄣ

小心；留意。

5【當令】 ㄉㄤ ㄌㄧㄥˋ

適合時令。

6【當行】 ㄉㄤ ㄏㄤˊ

內行；本行。

7【當局】 ㄉㄤ ㄐㄩˊ

①身當其事。②指主管其事的機構或主官。

9【當政】 ㄉㄤ ㄓㄥˋ

掌握政權；主其事。

10【當家】 ㄉㄤ ㄐㄧㄚ

①主持家務、家業。②指擔當某種職事的主要人物。③內行。

【當差】 ㄉㄤ ㄔㄞ

值差；擔任差役。

【當值】 ㄉㄤ ㄓˊ

值班。

11【當票】 ㄉㄤˋ ㄆㄧㄠˋ

當鋪開給典當者的一種憑據。在限期內，可憑此據贖回所當的物品。

【當國】 ㄉㄤ ㄍㄨㄛˊ

掌握國家的政治大權。即執政。

12【當場】 ㄉㄤ ㄔㄤˊ

現場。

【當量】 ㄉㄤ ㄌㄧㄤˋ

①(equivalent weight)元素之當量定義爲原子量除以其原子價。②(equivalent)酸鹼之當量定義爲其式量除以其於溶液中完全解離放出之氫離子或氫氧離子個數。故硫酸之當量爲49.04，氫氧化鈉爲40。氧化劑與還原劑之當量則定義爲其式量除以其於氧化還原反應中氧化數變化之量。

【當然】 ㄉㄤ ㄖㄢˊ

①理應如此。②(wajib)伊斯蘭教僅次於主命的一項法則。指由'穆'聖口中吩咐教徒去遵守、履行的一些法則。這些法則在"古蘭經"中未曾提及，然伊斯蘭教徒仍須確實遵守奉行。

13【當道】 ㊀ ㄉㄤ ㄉㄠˋ
1攔住去路。2比喻當權。也指當權的人。
㊁ ㄉㄤˋ ㄉㄠˋ
合於正道。

【當路】 ㄉㄤ ㄌㄨˋ
1當權。也指當權的人。2攔住去路。

15【當鋪】 ㄉㄤˋ ˙ㄆㄨ
典當物品的鋪子。

16【當選】 ㄉㄤ ㄒㄩㄢˇ
1選拔合格。2選舉時獲得最多數或合於法定標準的票數而被選上。

18【當歸】 ㄉㄤ ㄍㄨㄟ
(*Angelica sinensis* (Oliv.) Diels) 又名乾歸、山蘄、白蘄。多年生草本。高 40~100 公分。羽狀複葉,小葉邊緣有尖鋸齒。夏秋之間開白花,複繖形花序。果實長橢圓形。根可供藥用。原產於我國。

22【當權】 ㄉㄤ ㄑㄩㄢˊ
掌握權勢。也指掌握權勢的人。

8【當事人】 ㄉㄤ ㄕˋ ㄖㄣˊ
指享受權利負擔義務之主體,或其他身當其事之人。例如在實體法,買賣契約之當事人爲出賣人與買受人;保險契約之當事人爲要保人與保險人。又如在程序法,自訴人、檢察官與被告分別爲刑事訴訟之當事人,原告與被告分別爲民事訴訟之當事人。

12【當量點】 ㄉㄤ ㄌㄧㄤˋ ㄉㄧㄢˇ
(equivalent point) 在酸鹼滴定的過程中,當酸和鹼恰好完全中和時,酸和鹼的當量數相等,使得溶液中只存鹽和水,此時稱爲當量點。

4【當仁不讓】 ㄉㄤ ㄖㄣˊ ㄅㄨˋ ㄖㄤˋ
遇到該做的事便主動去做,毫不推辭退讓。

6【當行出色】 ㄉㄤ ㄏㄤˊ ㄔㄨ ㄙㄜˋ
內行而出衆。

7【當局者迷】 ㄉㄤ ㄐㄩˊ ㄓㄜˇ ㄇㄧˊ
指身當其事的人,常會困惑糊塗而難以覺察其情勢。

11【當務之急】 ㄉㄤ ㄨˋ ㄓ ㄐㄧˊ
目前的急切事務。

12【當期檔案】 ㄉㄤ ㄑㄧˊ ㄉㄤˋ ㄢˋ
(current file) 指僅對當期財務報表有關之資料。必須提供適當完整之資料,以顯示當期查帳工作之規劃情形及實際之查核結果,俾作爲撰寫審計報告之依據。

【當量濃度】 ㄉㄤ ㄌㄧㄤˋ ㄋㄨㄥˊ ㄉㄨˋ
(normality;N) 一升溶液中所含溶質的克當量數,稱爲當量濃度。通常以N表示。常用於氧化還原反應和酸鹼中和反應之計量。

16【當頭棒喝】 ㄉㄤ ㄊㄡˊ ㄅㄤˋ ㄏㄜˋ
禪宗祖師接待弟子的方式。禪師爲杜絕弟子的虛妄思惟或考驗其悟境,有時當頭一棒,有時大喝一聲。棒始於'唐''德山'('宣鑒'),喝起自'唐''臨濟'('義玄');平日應機,尤多用喝,'臨濟'喝著聞於世。以後禪師多棒喝交施,無非藉此使人覺悟。

【當機立斷】 ㄉㄤ ㄐㄧ ㄌㄧˋ ㄉㄨㄢˋ
在緊要關頭,毫不猶豫地做出決斷。

8【當事人書狀】 ㄉㄤ ㄕˋ ㄖㄣˊ ㄕㄨ ㄓㄨㄤˋ
訴訟當事人向法院爲訴訟行爲所提出之書狀。如起訴時所提出之起訴狀,上訴時所提出之上訴狀是。依"民事訴訟法"之規定,應記載一定之事項,應由當事人或代理人於書狀內簽名;其不能簽名者,得使他人代書姓名,並記明事由、簽名,由當事人或代理人蓋章或按指印。當事人書狀提出於法院,應按應受送達之他造人數,提出繕本。書狀不合程式或有其他欠缺者,審判長應定期間命其補正,於期間內補正者,視其補正之書狀與最初提出者同。訴訟行爲有應以書狀爲之,否則不生該訴訟行爲應有之效力者,如起訴、參加訴訟;有得以言詞爲之者,如簡易訴訟程序之起訴。

【當事人能力】 ㄉㄤ ㄕˋ ㄖㄣˊ ㄋㄥˊ ㄌㄧˋ
民事訴訟上得請求法院確定私權存否之人或其相對人之能力。係訴訟法上權利義務主體之能力。在實體法上有權利能力者,有當事人能力;胎兒關於其可享受之利益,有當事人能力;非法人團體設有代表人或管理人者,有當事人能力;國家機關、合夥、分公司就其業務範圍內之事件,法院實務上均認其有當事人能力。當事人能力爲訴訟要件之一,法院於爲本案判決前應依職權調查之,欠缺者爲起訴不合法,法院應以裁定駁回原告之訴。

【當事人適格】 ㄉㄤ ㄕˋ ㄖㄣˊ ㄕˋ ㄍㄜˊ
於特定之具體訴訟事件中,有以自己之名義爲原告或被告之資格,稱爲當事人適格。具當事人適格之人稱正當當事人。當事人適格與當事人能力有別,後者指於一般訴訟得爲當事人之能力。具當事人適格者必有當事人能力,但有當事人能力者非必具當事人適格。原則上,就特定具體訴訟標的之法律關係,在實體法上有管理權或處分權者有當事人適格。當事人適格爲權利保護要件之一,法院於爲本案判決前,應依職權調查之。欠缺者,法院應以判決駁回原告之訴。

9【當面鑼對面鼓】 ㄉㄤ ㄇㄧㄢˋ ㄌㄨㄛˊ ㄉㄨㄟˋ ㄇㄧㄢˋ ㄍㄨˇ
比喻面對面把話說清楚,或面對面把事情商量妥當。

8【當事人進行主義】 ㄉㄤ ㄕˋ ㄖㄣˊ ㄐㄧㄣˋ ㄒㄧㄥˊ ㄓㄨˇ ㄧˋ
民事訴訟之開始及開始後程序之進行與終結,均依當事人之意思爲之的主義。當事人進行主義與職權進行主義相反。民事訴訟因當事人之請求而開始,得因當事人之撤回或和解而終結,訴訟程序之進行亦得因當事人之合意而停止之,均採當事人進行主義。但訴訟程序進行中之行爲,因關涉訴訟之遲速與國家公益,則不採此項主義,而依法院之意思爲之,例如送達、指定期日、裁定停止訴訟程序、依職權命續行訴訟及特種情形之公示送達是。

1【當一天和尙撞一天鐘】 ㄉㄤ ㄧ ㄊㄧㄢ ㄏㄜˊ ㄕㄤˋ ㄓㄨㄤˋ ㄧ ㄊㄧㄢ ㄓㄨㄥ

1比喻在其職位即應盡其職責。2比喻態度消極,得過且過。

畹 ㄨㄢˇ wan³ 音碗

1古代計算田畝的單位。⑴指三十畝。見"說文"。⑵指十二畝。見"正字通"。2居所;居處。

畸 ㄐㄧ chi¹ 音雞

1不整齊而不能規劃爲井田的田地。見"說文·畸·段注"。2零餘的數目。通作奇。見"正字通"。3奇異的。如:畸人。4不正常的;殘缺不全的。如:畸形。

7【畸形】 ㄐㄧ ㄒㄧㄥˊ

1(deformity)指動物或人的身體或器官出現解剖學上的形態異常。可分先天與後天兩種,前者如缺唇、無肛、多指等;後者如脊柱病變的駝背、內分泌異常的腿彎、肢端肥大等。可經外科整形或其他醫療方法矯正,使全部或部分恢復正常的形態和功能。2指事物的發展違反常理或不合正則。

13【畸零】 ㄐㄧ ㄌㄧㄥˊ

1零餘而不可區劃爲井田的田地。2整數以外的餘數。3單獨的;多餘的。

23【畸戀】 ㄐㄧ ㄌㄧㄢˋ

不正常的戀情。

13【畸零地】 ㄐㄧ ㄌㄧㄥˊ ㄉㄧˋ

面積小、地形不完整而無法單獨使用的土地。

23【畸變位能】 ㄐㄧ ㄅㄧㄢˋ ㄨㄟˋ ㄋㄥˊ

(potential energy of distortion)物體產生形變而儲存的能量。又稱彈性位能。參位能。

畷 ㄓㄨㄛˊ cho², chuo² 音濁

田間小路。見"說文"。

9

暘 一 ㄔㄤˋ ch'ang⁴ 音悵

1草木茂盛。通暢。見"說文·暘·桂注"。2長;遠。見"字彙"。

二 ㄔㄤˊ ch'ang² 音常

祭神的場所。同場。見"集韻"。

畽 ㄊㄨㄢˇ t'uan³ 音疃

禽獸踐踏過的地方。同疃。見"集韻"。

10

畾 ㄌㄟˊ lei² 音雷

1田間地。見"集韻"。2築土做成營壁。同壘。見"正字通"。

畿 ㄐㄧ chi¹ 音機

1古代天子領轄的地方。也指京都。如:近畿。2一千平方里的田地。3門檻;門內。見"字彙"。

4【畿內】 ㄐㄧ ㄋㄟˋ

京城周圍五百里以內的土地。也泛指京城的轄區。

7【畿甸】 ㄐㄧ ㄉㄧㄢˋ

同畿內。

14【畿輔】 ㄐㄧ ㄈㄨˇ

國都。也泛指京城附近的地區。

16【畿縣】 ㄐㄧ ㄒㄧㄢˋ

京城周圍四百里以內的土地。也泛指京城轄區。

11

疁 ㄌㄧㄡˊ liu² 音留

1火耕。見"說文"。2通水溝以灌溉田地。3姓。'宋'有'疁子耕'。見"正字通"。

疀 ㄔㄚ ch'a¹ 音插

1古代量器名。容一斛。本作疀。見"說文"。2古代的一種農具。通臿。見"說文"。

12

疃 ㄊㄨㄢˇ t'uan³

1禽獸踐踏過的地方。同畽。見"說文"。2田野。見"字彙補"。

疄 ㄌㄧㄣˊ lin² 音林

1車輪輾過的田地。見"說文"。2高壠;疏畦。見"集韻"。

14

疆 ㄐㄧㄤ chiang¹ 音江

1邊界。見"說文"。2極限。如:萬壽無疆。3劃分界限。4姓。'戰國'時'晉'有'疆劍'。見"萬姓統譜·五二"。

3【疆土】 ㄐㄧㄤ ㄊㄨˇ

國土。

6【疆宇】 ㄐㄧㄤ ㄩˇ

疆界的四周。引申指國土。

9【疆界】 ㄐㄧㄤ ㄐㄧㄝˋ

國界;邊界。

11【疆域】 ㄐㄧㄤ ㄩˋ

1國界。2國土;領土。

【疆埸】 ㄐㄧㄤ ㄧˋ

1田界;田畔。2國界;邊界。

疇 ㄔㄡˊ ch'ou² 音愁

1已耕種的土地。見"說文"。2田地的分界。3通作儔。⑴種類。⑵同類。如:草木疇生。⑶同等;匹敵。4酬答。通酬。5計算。通籌。6誰。見"爾雅·釋詁"。7已往。如:疇昔。

2【疇人】 ㄔㄡˊ ㄖㄣˊ

同類的人。1指曆算家。2指樂官。3指舞人。

8【疇昔】 ㄔㄡˊ ㄒㄧˊ

從前;往日。

19【疇類】 ㄔㄡˊ ㄌㄟˋ

1類別。2同類。

15

疈 ㄆㄧˋ p'i⁴ 音譬

剖開;分割。見"正字通"。

17

疊 疊的或體。

疊 俗作叠。㊀ ㄉㄧㄝˊ *tieh*^{2} 音碟

①重複。如：重疊。②堆積。如：疊羅漢。③摺。如：疊被。④震動。⑤樂曲一遍。如：'陽關'三疊。⑥畏懼。⑦'日'人稱室內鋪地的蓆子。即榻榻米。⑧量詞。⑴一堆稱一疊。如：一疊紙。⑵'日'人計算土地面積的單位。二疊爲一坪。

㊁ ㄉㄚˊ *ta*^{2} 音達

把薄的東西層層堆積。

6【疊字】 ㄉㄧㄝˊ ㄗˋ

修辭學類疊格的一種。屬於字、詞連接的類疊。如「桃之夭夭，灼灼其華。」、「尋尋覓覓，冷冷清清，淒淒慘慘戚戚。」都是。

7【疊肘】 ㄉㄧㄝˊ ㄓㄡˇ

國術肘擊法。曲肘上舉，以肘與小臂交處自上向下斜擊敵人的鎖骨或斷敵人的肘部。

19【疊韻】 ㄉㄧㄝˊ ㄩㄣˋ

指一詞中兩字的韻母相同。如逍遙、洶湧。

6【疊色法】 ㄉㄧㄝˊ ㄙㄜˋ ㄈㄚˇ

(posterization) 使用高反差軟片，將主題的正常色調分離成不同的顯著色調，消除中間色調，再將這些軟片對齊後聯合印相，以產生色調輪廓清晰，有獨特戲劇性效果的照片。通常海報繪製常採用此法，而具有簡單圖案及有力結構的照片，使用此法能有最佳效果。

【疊合法】 ㄉㄧㄝˊ ㄏㄜˊ ㄈㄚˇ

(superposition) 將一幾何圖形和另一圖形重合稱之。下列敘述有時稱爲疊合法公理：一圖形可以不變其形狀大小而移動。此一敘述可以解釋爲，在'歐'氏空間中有剛體運動，在此運動下，圖形的幾何性質不會改變。其與疊合法的關係爲：任何圖形可以經由剛體運動而與一全等圖形重合。不過要注意的是，由於剛體運動要保持空間的定向，而與等距變換不同，因此全等圖形也要規定保持定向才行。

19【疊羅漢】 ㄉㄧㄝˊ ㄌㄨㄛˊ ㄏㄢˋ

一種遊戲運動。即集合眾人，先挑選幾個體格強壯的人做底基，再安排身輕而矯捷的人攀登上去，重疊成各種形狀，用以訓練膽量，並增強體魄。

7【疊床架屋】 ㄉㄧㄝˊ ㄔㄨㄤˊ ㄐㄧㄚˋ ㄨ

床上加床，屋上架屋。比喻重複、累贅。

9【疊砌式構造】 ㄉㄧㄝˊ ㄑㄧˋ ㄕˋ ㄍㄡˋ ㄗㄠˋ

(masonry construction) 以磚、石等材料逐個疊砌築成的構造。其荷重多由牆身負擔，結構個體間之結合多以水泥砂漿爲主；構造原理乃靠本身重量，以維持安定及材料本身之強度負載，故對側向水平作用力(如地震、颱風等)之抵抗較差。

疋部

疋 ㊀ ㄕㄨ *shu*^{1} 音疏

①足；腳。見"說文"。②記。通疏。見"說文"。

㊁ ㄆㄧˇ *p'i*^{3} 音匹

量詞。通匹。①計算布帛的單位。四丈爲一疋。見"字彙"。②計算馬的單位。

㊂ ㄧㄚˇ *ya*^{3} 音雅

正。通雅。見"廣韻"。

疋 疋的古文。

3

疌 ㄋㄧㄝˋ *nieh*^{4} 音聶

腳踩的地方。同企。見"說文"。

5

疌 ㄐㄧㄝˊ *chieh*^{2} 音節

迅速。通捷。見"說文"。

6

疏 也作疎。㊀ ㄕㄨ *shu*^{1} 音梳 又讀 ㄙㄨ *su*^{1} 音蘇

①通達；使通暢無阻。如：疏通。②不親近。如：疏遠。③稀少。如：稀疏。④不小心。如：疏忽。⑤豪放不羈。如：疏宕。⑥蔬菜。通蔬。⑦姓。'漢'有'疏廣'。見"漢書·疏廣傳"。

㊁ ㄕㄨˋ *shu*^{4} 音樹

①條列陳述。②記錄。③注釋書中義理。如：注疏。④書信。如：書疏往返。⑤文體名。古代臣子上呈帝王的報告。如：奏疏。

6【疏伐】 ㄕㄨ ㄈㄚ

間伐之一。指爲促進留存木的生長及林分的總生產量，而對未成熟林分所施行的伐採。

7【疏狂】 ㄕㄨ ㄎㄨㄤˊ

狂放不羈。

8【疏宕】 ㄕㄨ ㄉㄤˋ

灑脫自在。

【疏枝】 ㄕㄨ ㄓ

園藝管理上最基本的修剪法之一。指完全除去枝條的側枝或主幹。其目的在減少分枝，增加莖頂的活力，使弱樹樹型開放向上。

【疏果】 ㄕㄨ ㄍㄨㄛˇ

果樹栽培管理上重要作業之一。指摘除過多的果實。可防止果樹樹勢衰弱，調節結果量，矯正隔年結果的習性，使果形整齊、增加果汁濃度與風味。

【疏忽】 ㄕㄨ ㄏㄨ

不注意；不仔細。

9【疏食】 ㄕㄨ ㄕˊ

粗糙的食物。

11【疏通】 ㄕㄨ ㄊㄨㄥ

1疏濬河川的淤塞。2見識通達。3整理出條理。4調解兩方意見,使無隔閡。

12【疏散】 ㄕㄨ ㄙㄢˋ

1不受拘束。2分散;疏離。

13【疏落】 ㄕㄨ ㄌㄨㄛˋ

稀少。

14【疏遠】 ㄕㄨ ㄩㄢˇ

1不親近。2遠離。

16【疏導】 ㄕㄨ ㄉㄠˇ

1疏通河川的壅塞。2開導;勸導。

17【疏濬】 ㄕㄨ ㄐㄩㄣˋ

疏導。

【疏闊】 ㄕㄨ ㄎㄨㄛˋ

1粗略;不詳細完密。2遠離;久別。如:兄弟疏闊。

19【疏懶】 ㄕㄨ ㄌㄢˇ

懶散。

20【疏瀹】 ㄕㄨ ㄩㄝˋ

疏通洗滌。

28【疏鑿】 ㄕㄨ ㄗㄠˊ

開鑿疏通。

4【疏不間親】 ㄕㄨ ㄅㄨˋ ㄐㄧㄢˋ ㄑㄧㄣ

關係疏遠的人不能離間或干預關係親近的人。

9【疏食水飲】 ㄕㄨ ㄕˊ ㄕㄨㄟˇ ㄧㄣˇ

形容飲食簡單。

10【疏財仗義】 ㄕㄨ ㄘㄞˊ ㄓㄤˋ ㄧˋ

輕錢財,重仁義。

11【疏疏落落】 ㄕㄨ ㄕㄨ ㄌㄨㄛˋ ㄌㄨㄛˋ

稀少的樣子。

12【疏散星團】 ㄕㄨ ㄙㄢˋ ㄒㄧㄥ ㄊㄨㄢˊ

(open clusters) 是由成千成百的恆星所結成,組織散漫,但彼此間有力學關係和共同行動,或有共同物理特性的集團。如金牛座的畢宿星團、昴宿星團等。

13【疏落有致】 ㄕㄨ ㄌㄨㄛˋ ㄧㄡˇ ㄓˋ

稀疏錯落,很有情趣、意態。

7

疎 疏的或體。

9

疐 ㄓˋ *chih*⁴ 音志

或作疐。1牽掣行動。見"說文"。2腳踩到東西而滑跌。通躓。"見玉篇"。

疑 ㄧˊ *i*² 音宜

1迷惑;不能下決斷。見"說文"。2猜嫌。

5【疑古】 ㄧˊ ㄍㄨˇ

對於古代人、事、物抱懷疑態度,進而尋求實證,以便合理詮釋的治學精神。

10【疑案】 ㄧˊ ㄢˋ

證據不充分,無法查明眞相而加以判決的案件。

【疑陣】 ㄧˊ ㄓㄣˋ

爲迷惑敵人而虛設的軍事安排。今也泛指爲迷惑他人而虛設的措施。

12【疑貳】 ㄧˊ ㄦˋ

因疑忌而生異心。

14【疑團】 ㄧˊ ㄊㄨㄢˊ

聚結在心中而不能解開的疑念。

【疑獄】 ㄧˊ ㄩˋ

可疑而難判決的訟案。

20【疑竇】 ㄧˊ ㄉㄡˋ

引人生疑的漏洞。

9【疑神疑鬼】 ㄧˊ ㄕㄣˊ ㄧˊ ㄍㄨㄟˇ

形容多疑。

【疑信參半】 ㄧˊ ㄒㄧㄣˋ ㄘㄢ ㄅㄢˋ

半信半疑。

4【疑心生暗鬼】 ㄧˊ ㄒㄧㄣ ㄕㄥ ㄢˋ ㄍㄨㄟˇ

因多疑遂覺無處不可疑,並且以主觀的懷疑爲客觀的眞實。

10

疐 疐的或體。

疒 部

疒 ㄔㄨㄤˊ *ch'uang*² 音床

人有疾病而倚靠著的樣子。見"說文"。

2

疔 ㄉㄧㄥ *ting*¹ 音丁

參疔瘡。

15【疔瘡】 ㄉㄧㄥ ㄔㄨㄤ

(boils; ulcer; buboes) 皮膚受感染而潰爛難癒的一種炎症。形似豌豆,常生在表皮內毛囊汗腺等處,腫硬劇痛,患者常發寒、發熱。也作丁瘡。

疕 ㄅㄧˇ *pi*³ 音比

1長在頭上的瘡。見"說文"。2瘡上結的硬殼。見"字彙補"。

3

疛 ㄓㄡˇ *chou*³ 音肘

小腹痛。見"說文"。

疘 ㄍㄨㄥ *kung*¹ 音工

肛門直腸下脫的一種病。俗稱脫肛。見"廣韻"。

疝 ㄕㄢˋ *shan*⁴ 音善

參疝氣。

10【疝氣】 ㄕㄢˋ ㄑㄧˋ

(hernia) 人體組織或器官一部分,自體內不正常開口向外突出的現象。一般常見的是腸子的疝氣。致病原因很多,如慢性咳嗽、慢性便祕導致腹壓增加等。

14【疝瘕】 ㄕㄢˋ ㄐㄧㄚˇ

一名瘕疝。指小腹熱痛,尿道口流出白色黏液的病症。

疙 一 ㄧˋ *i*⁴ 音益

痴呆的樣子。見"集韻"。

二 ㄍㄜ *ko*¹, *kê*¹ 音哥

參疙瘩。

15【疙瘩】 ㄍㄜ ˙ㄉㄚ

瘩也作瘩、瘩。1皮膚上突起的小硬塊。也作疙疸。2泛指圓形塊狀的物品。3芥菜頭。也作咯嗒。4不圓通;難對付。5不通暢。

疕　朒的或體。

疚　ㄐㄧㄡˋ chiu^4 音救
1久病。見"集韻"。2憂苦。3慚愧;悔恨。如:內疚。4居喪。如:在疚。

4

疢　ㄔㄣˋ ch'ên^4 音趁
熱病的一種。相當於今所說的發炎。見"說文"。

10【疢疾】　ㄔㄣˋ ㄐㄧˊ
1久病。2比喻災患。

疤　ㄅㄚ pa^1 音巴
1筋節病。見"集韻"。2瘡痕。本作瘢。見"正字通"。

11【疤痕】　ㄅㄚ ㄏㄣˊ
(scar)傷口經由肉芽組織填補癒合後的最終產物。傷口最初由結締組織與內皮細胞發生有絲分裂,增生許多高度血管化之肉芽組織,此肉芽組織可取代壞死物質、滲出物或血栓,時間久後結締組織發展出較多膠原纖維,於是疤痕變為白色、皺縮、堅實的組織。若疤痕過度增生,形成堅實的長條腫物,稱為疤痕疙瘩。

疣　ㄧㄡˊ yu^2 音由
皮膚上長出的肉瘤。同肬。見"玉篇"。

3【疣子】　ㄧㄡˊ ˙ㄗ
皮膚上贅生的肉塊。

7【疣足】　ㄧㄡˊ ㄗㄨˊ
(parapodium)環節動物門、多毛綱的動物,每一體節兩側各有一突起,稱為疣足。係為其運動器官,可用以在水中游泳。疣足富有微血管,微血管中的血液可以和外界的水交換氣體,故疣足又有呼吸的功效。每一疣足具有兩束剛毛,故剛毛數目多。

疫　ㄧˋ i^4 音役
流行性傳染病的通稱。見"集韻"。

9【疫苗】　ㄧˋ ㄇㄧㄠˊ
(vaccine)用殺死或減毒的細菌或病毒所製成的一種懸浮液。注入人體後,可刺激個體產生抗體,當受感染時,可立即產生防禦作用,以預防傳染病。

13【疫源區】　ㄧˋ ㄩㄢˊ ㄑㄩ
(epidemic area)傳染病的流行地區。疫源區的大小,依該種疾病的傳染方式及該地區之環境而有所不同。例如經口傳染的疾病,則一定在受汙染食物流通範圍內流行;病媒是由昆蟲傳播者,則流行地區必在昆蟲所活動的地區。現代由於交通方便,傳染病可能迅速的造成廣大流行,因此對於疫源區的病人及貨物應作必要的隔離、管制。

疧　ㄓ chih^1 音之
多病。見"說文"。

疥　ㄐㄧㄝˋ chieh^4 音介
參疥癬。

15【疥瘡】　ㄐㄧㄝˋ ㄔㄨㄤ
參疥癬2。

22【疥癬】　ㄐㄧㄝˋ ㄒㄧㄢˇ
1比喻微小的禍患。也作癬疥。2(scabies)單稱疥,又名疥瘡。因疥癬蟲寄生而起,具傳染性。發生部位通常在指間、腕、肘、腋窩、鼠蹊部、生殖器、膝、踝等處。由於疥癬蟲生活史短,故病變蔓延很快,皮膚有嚴重癢感。

5

疰　ㄓㄨˋ chu^4 音注
即癆瘵。參癆瘵。

痃　ㄒㄧㄢˊ hsien^2 音鹹
肚臍兩旁有條狀筋塊凸起的病症。狀如弓弦,大小不一,或痛或不痛。

18【痃癖】　ㄒㄧㄢˊ ㄆㄧˇ
1痃與癖兩種症候的合稱。2臍腹部或脇肋部患有癖塊的泛稱。均因飲食不節,脾胃受傷,寒痰結聚,氣血凝滯而成,伴有消瘦、體乏等全身症狀。

症　ㄓㄥˋ chêng^4 音正
疾病的徵象。如:症候。

10【症候群】　ㄓㄥˋ ㄏㄡˋ ㄑㄩㄣˊ
(syndrome)一組同時出現或經常先後發生的疾病症狀。例如腎病症候群,指的是顯著全身水腫、嚴重的蛋白尿、血中白蛋白降低、血中膽固醇增加等先後出現的幾個症狀。

疴　痾的或體。

疿　ㄈㄟˋ fei^4 音肺
痱子。見"玉篇"。

3【疿子】　ㄈㄟˋ ˙ㄗ
即痱子。一名汗疹。為夏季常見的皮膚病。由於汗出不暢,在皮膚上密生小點丘疹,有搔癢與灼熱感。易生於額、頸、胸、肘等多汗的部位。

病　ㄅㄧㄥˋ ping^4 音併
1重疾。今通稱身體不舒服。如:病痛。2勞累;疲倦。3缺點;瑕疵。如:語病。4憂慮;煩惱。如:不病人之不己知。5羞辱;指責。如:詬病。

4【病夫】　ㄅㄧㄥˋ ㄈㄨ
身體虛弱而多病的人。

7【病灶】　ㄅㄧㄥˋ ㄗㄠˋ
(disease focus)即病變之處。

8【病毒】　ㄅㄧㄥˋ ㄉㄨˊ
(virus)一群具有傳染力的微生物(大約200～300公忽,小至15公忽)。必須使用電子顯微鏡才能看到。可以通過細菌濾器,所以又稱為濾過性病毒。沒有細胞的結構,但可以在活的寄主細胞中進行新陳代謝及複製,也會產生基因突變。有球形、桿狀、多角形、蝌蚪形等多種形狀,可以被提煉成結晶狀。引起人類生病的病毒有很多種,如麻疹病毒、流行性感冒病毒、小兒痲痺病毒等。人類在感染病毒後，有免疫系統來抵抗，但抵抗力往往不足，因而發病，甚至死亡，因此對病毒的研究是目前醫學上的重要課題。

【病例】　ㄅㄧㄥˋ　ㄌㄧˋ
(case)統計疾病及病人數目時所用的單位。每一位病人都是病例，但當某病人患有兩種病時，就分別被列入兩種疾病的病例。有時也指特定的病人，亦即以某病例代稱該病人之眞實姓名，如在作病例報告時。有時病例報告、病例討論，也稱爲病案報告、病案討論。

9【病革】　ㄅㄧㄥˋ　ㄐㄧˊ
病情危急。

【病故】　ㄅㄧㄥˋ　ㄍㄨˋ
因病而死。

10【病酒】　ㄅㄧㄥˋ　ㄐㄧㄡˇ
飲酒過量，爲酒所困。

【病根】　ㄅㄧㄥˋ　ㄍㄣ
1引發疾病的根源。2比喻事物弊病的根源。

11【病假】　ㄅㄧㄥˋ　ㄐㄧㄚˋ
因疾病必須治療或休養者，向其服務機構所請的假。

12【病媒】　ㄅㄧㄥˋ　ㄇㄟˊ
(disease media)病原體經由節肢動物或其他低等動物而傳染給人，此時該種動物即該特定疾病的病媒。例如瘧蚊是瘧疾的病媒。常見的病媒尙有蒼蠅、蟑螂、老鼠等。

13【病源】　ㄅㄧㄥˋ　ㄩㄢˊ
病根；病因。

14【病態】　ㄅㄧㄥˋ　ㄊㄞˋ
1病狀；病情。2不正常的狀態。

15【病徵】　ㄅㄧㄥˋ　ㄓㄥ
疾病的徵象、徵候。

16【病歷】　ㄅㄧㄥˋ　ㄌㄧˋ
(case history; clinic-chart)醫務人員對病患背景、經過和檢驗、治療情況所作的文字紀錄。病患背景包括其與家庭及其他有關之記載；治療之情況，包括病症之診斷、治療時之處方及其護理狀況、病情發展過程和結果等。爲醫生診斷和治療疾病的依據、病人健康情況的檔案，也是醫學研究的重要資料。

23【病變】　ㄅㄧㄥˋ　ㄅㄧㄢˋ
(pathologic change)病理變化的簡稱。指身體發生疾病時，體內某些細胞、組織或器官遭受傷害，而表現在結構或功能方面的變化。

10【病原體】　ㄅㄧㄥˋ　ㄩㄢˊ　ㄊㄧˇ
(pathogen)通稱所有導致人類疾病的生物。包括細菌、黴菌、立克次體、病毒等。某些寄生蟲，如蛔蟲、血吸蟲、肺吸蟲等，因能致病，所以也包含在病原體中。

11【病理學】　ㄅㄥˋ　ㄌㄧˇ　ㄒㄩㄝˊ
(pathology)研究疾病性質的科學。尤其是組織、器官在構造與功能上由於病菌的侵襲而造成的改變。

17【病懨懨】　ㄅㄥˋ　ㄧㄢ　·ㄧㄢ
久病慵懶的樣子。

2【病入膏肓】　ㄅㄧㄥˋ　ㄖㄨˋ　ㄍㄠ　ㄏㄨㄤ
1病勢危急，到了無藥可救的地步。2比喻情勢危急，無法挽救。

11【病理切片】　ㄅㄧㄥˋ　ㄌㄧˇ　ㄑㄧㄝ　ㄆㄧㄢˋ
(pathologic biopsy)病理標本的一種。爲了研究病變處的微小病理變化，必須把大的標本固定、切片、染色、包埋，以利於反覆地在顯微鏡下或電子顯微鏡下觀察、研究。臨床上外科手術所割除的組織，都必須做切片檢查，甚至開刀中須先切除一塊標本，立刻做病理切片，以作爲開刀方式、手術範圍大小的指引。

【病理解剖】　ㄅㄧㄥˋ　ㄌㄧˇ　ㄐㄧㄝˇ　ㄆㄡˇ
指臨床醫師在病人死亡後，爲了解死因而要求病理科醫師對死者所作的解剖。目的在根據死者體內的各種病理變化，說明和臨床上所表現症狀間的關係，以幫助醫師遇到類似情形時，能作更正確的判斷。

【病從口入】　ㄅㄧㄥˋ　ㄘㄨㄥˊ　ㄎㄡˇ　ㄖㄨˋ
飲食不小心而生病。

痆　ㄋㄧㄝˋ　*nieh*4　音臬
瘡痛。見"廣韻"。

疳　ㄍㄢ　*kan*1　音甘
病名。參疳積、疳瘡。

15【疳瘡】　ㄍㄢ　ㄔㄨㄤ
又名下疳。花柳病的一種。患者前陰部初起小疱，逐漸腫大，化膿潰爛後，四周凸起，中間腐蝕成窩，血水淋漓。

16【疳積】　ㄍㄢ　ㄐㄧ
由於營養不良或寄生蟲而引起面黃肌瘦、腹部膨脹及慢性消化不良的病症。多發生於幼小兒童。

痂　ㄐㄧㄚ　*chia*1　音加
1疥瘡。見"說文"。2瘡口癒合時所結的硬皮。見"字彙"。

疸　㊀　ㄉㄢˇ　*tan*3　音膽
1黃疸病。見"說文"。2惡瘡。參疸疽。

㊁　·ㄉㄚ　·*ta*　音瘩
通瘩。參疙瘩。

10【疸疽】　ㄉㄢˇ　ㄐㄩ
惡瘡。也作癉疽。

疽　ㄐㄩ　*chü*1　音居
惡瘡。長於皮下筋膜之間。初起時形如粟米，根盤堅硬，紅痛，未化膿時堅硬難消，化膿後又不易潰爛，膿潰於表皮後則很難收口。

痁　ㄉㄧㄢˋ　*tien*4　音店
1多日發作的一種瘧疾。見"說文"。2憂愁。

疻　ㄓˇ　*chih*3　音只
毆傷。見"說文"。

疺　㊀　ㄈㄚˊ　*fa*2　音乏
1瘦弱。見"集韻"。2疲倦。見"正字通"。

㊂ ㄅㄧㄢˇ pien³ 音貶
生病。見"集韻"。

疾 ㄐㄧˊ chi² 音急
1病;患病。見"說文"。2缺點。3憂慮。如:君子疾沒世而名不稱焉。4痛苦。如:民生疾苦。5怨怒;憎恨。如:疾惡如仇。6敏捷;快速。如:捷疾。7殘暴;暴虐。如:疾威。

9【疾疢】ㄐㄧˊ ㄔㄣˋ
疾病。

【疾疫】ㄐㄧˊ ㄧˋ
流行性傳染病。

7【疾言厲色】ㄐㄧˊ ㄧㄢˊ ㄌㄧˋ ㄙㄜˋ
言語強烈,神色嚴厲。形容發怒的樣子。

【疾言遽色】ㄐㄧˊ ㄧㄢˊ ㄐㄩˋ ㄙㄜˋ
言語強烈,神色迫促。

9【疾首蹙頞】ㄐㄧˊ ㄕㄡˇ ㄘㄨˋ ㄜˋ
頭痛皺眉。愁苦厭惡的樣子。

【疾風迅雷】ㄐㄧˊ ㄈㄥ ㄒㄩㄣˋ ㄌㄟˊ
暴風急雷。1形容風雷猛烈。2比喻事發迅速。

【疾風勁草】ㄐㄧˊ ㄈㄥ ㄐㄧㄥˋ ㄘㄠˇ
比喻在艱險危亂中而能堅貞不移的人。

10【疾病保險】ㄐㄧˊ ㄅㄧㄥˋ ㄅㄠˇ ㄒㄧㄢˇ
保險人於被保險人疾病、分娩及其所致殘廢或死亡時,負給付保險金額之責的保險。"保險法"將之列於"人身保險"章,名爲健康保險。其保險人於訂立保險契約前,得以自己之費用對於被保險人施以健康檢查。保險契約訂立時,被保險人已在疾病或妊娠情況中者,保險人對是項疾病或分娩,以及被保險人故意自殺或墮胎所致疾病、殘廢、流產或死亡,不負給付保險金之責。

12【疾惡如仇】ㄐㄧˊ ㄜˋ ㄖㄨˊ ㄔㄡˊ
形容極度憎恨邪惡。

9【疾風知勁草】ㄐㄧˊ ㄈㄥ ㄓ ㄐㄧㄥˋ ㄘㄠˇ
比喻在艱險危亂中,才能看出誰有堅貞不移的操守。

【疾風掃落葉】ㄐㄧˊ ㄈㄥ ㄙㄠˇ ㄌㄨㄛˋ ㄧㄝˋ
比喻威力強大,行動快速。

痄 ㄓㄚˋ cha⁴ 音乍
參痄腮。

13【痄腮】ㄓㄚˋ ㄙㄞ
又稱腮腫、蝦蟆瘟。爲耳下腺腫脹的病症。今稱耳下腺炎、流行性腮腺炎。

疱 ㄆㄠˋ p'ao⁴ 音泡
1腫病。見"集韻"。2皮膚所生水泡狀的小瘡。同皰。見"集韻"。

10【疱疹】ㄆㄠˋ ㄓㄣˇ
(herpes)一種由濾過性病毒引起的疾病。可分第一型和第二型兩種。第一型可以引起口炎、牙齦炎、結膜炎、腦炎,潛伏期爲2~12天,急性發作時,皮膚、口腔內會生許多疼痛性的小水泡;傳染途徑是直接和具傳染性的皮膚或黏膜接觸。第二型則是一種性病,由性的接觸感染,發作時,生殖器上會產生非常疼痛的水泡及潰瘍。目前尚無有效的疫苗可預防,僅有一些抗濾過性病毒的藥物可利用,但治療效果仍有待進一步的研究。

疲 ㄆㄧˊ p'i² 音皮
1勞累;困頓。如:疲乏。2厭倦。如:樂此不疲。3老弱;瘦弱。如:衰疲之軀。

12【疲勞】ㄆㄧˊ ㄌㄠˊ
(fatigue) 1因筋肉或精神過度操勞,而產生的一種困倦狀態。2金屬由於應力往復循環作用而產生連續蔓延之破壞現象。金屬疲勞時,其能承受之負載遠較正常時爲小,故須定期維護,以及早發現。

16【疲憊】ㄆㄧˊ ㄅㄟˋ
疲倦;勞累。

17【疲癃】ㄆㄧˊ ㄌㄨㄥˊ
1腰曲而背部隆高。2指衰老龍鍾的人。

19【疲羸】ㄆㄧˊ ㄌㄟˊ
疲累瘦弱。

12【疲勞限】ㄆㄧˊ ㄌㄠˊ ㄒㄧㄢˋ
(endurance limit; fatigue limit) 材料作疲勞試驗時能使試驗片迴轉10^7次或10^8次以上的覆變應力當中,數值最大的應力,稱疲勞限。亦即S–N曲線之水平線所表示的應力。材料在使用當中,假如所受的覆變應力在疲勞限以下時,材料可長久使用而不會發生破壞。非鐵金屬之S–N曲線無水平部分,不能求出正確的疲勞限,一般乃定能迴轉10^7或10^8次時的最大應力爲疲勞限。

8【疲於奔命】ㄆㄧˊ ㄩˊ ㄅㄣ ㄇㄧㄥˋ
1命令過於煩苛,奔走應付,勞累不堪。2泛指事多窮於應付。

12【疲勞強度】ㄆㄧˊ ㄌㄠˊ ㄑㄧㄤˊ ㄉㄨˋ
(endurance strength; fatigue strength) 疲勞試驗所得之S–N曲線,每一應力值S_1對應有一使材料斷裂的迴轉數N_1,此S_1稱爲該材料在N_1迴轉數時的疲勞強度。

【疲勞轟炸】ㄆㄧˊ ㄌㄠˊ ㄏㄨㄥ ㄓㄚˋ
1使用飛機對敵方作長時期的間歇轟炸,使敵方精神緊張疲困的一種戰術。2比喻冗長無味、使人疲勞的談話。

疴 ㄐㄩ chü¹ 音拘
駝背。見"說文"。

16【疴瘻】ㄐㄩ ㄌㄩˊ
駝背。也作痀僂。

疼 ㄊㄥˊ t'êng² 音騰
1痛。見"廣雅·釋詁"。2愛憐。如:疼惜。

疹 ㄓㄣˇ chên³ 音診
1生在嘴脣的小瘡。見"說文"。2生在皮膚上,呈紅色或紫色,形如粟米的一種小瘡。也有不凸出於表皮上者。多由風熱鬱滯、外邪感染而起。如溼疹、風疹等。

6

痎 ㄐㄧㄝ *chieh*[1] 音街
間隔一日發作的瘧疾。見"說文"。

痒 ㊀ ㄧㄤˊ *yang*[2] 音羊
①瘡;瘍。見"說文"。②憂病。
㊁ ㄧㄤˇ *yang*[3] 音養
皮膚需要抓搔的感覺。通癢。見"正字通"。

痍 ㄧˊ *i*[2] 音移
創傷。見"說文"。

痔 ㄓˋ *chih*[4] 音至
病名。參痔瘡。

14【痔漏】 ㄓˋ ㄌㄡˋ
由於痔瘡潰爛,瘡口四周良肉受傷,新肉難生或被磨成硬塊、紅腫,最後導致血水膿液不止、黑爛惡臭的病症。

15【痔瘡】 ㄓˋ ㄔㄨㄤ
(hemorrhoid) 直腸的最後一吋稱爲肛管,其黏膜排列成許多垂直的皺摺,每一皺摺內含有一條動脈及一條靜脈,慢性便祕時,這類靜脈管受壓迫而曲張,遂使肛門部引起膨脹而疼痛、出血的病症。有內痔、外痔之分,前者指肛門內的靜脈曲張,後者是指肛門外出現青紫色的圓形小腫塊。治療除預防便祕、塗止痛藥膏於患處外,嚴重時可以手術切除。

痕 ㄏㄣˊ *hên*[2]
①傷疤。如:刀痕。②事物留下的跡象。

痢 ㄌㄧˋ *li*[4] 音力
瘟疫。同癘。見"集韻"。

痏 ㄨㄟˇ *wei*[3] 音偉
①毆傷。見"說文"。②瘡瘢。見"說文"。③針刺的傷痕。引申指針灸時針刺的次數。

痌 ㄊㄨㄥ *t'ung*[1] 音通
①呻吟。見"集韻"。②痛;疾痛。同恫。見"正字通"。

15【痌瘝在抱】 ㄊㄨㄥ ㄍㄨㄢ ㄗㄞˋ ㄅㄠˋ
人民的疾苦,有如自己的疾苦一樣,時刻記掛在心。

痋 ㊀ ㄊㄨㄥˊ *t'ung*[2] 音同
疼的本字。
㊁ ㄔㄨㄥˊ *ch'ung*[2] 音蟲
病。見"集韻"。

痐 蛔的或體。

疵 ㄘ *tz'ŭ*[1] 音雌 又讀 ㄘˊ *tz'ŭ*[2] 音瓷
①小病。見"說文"。②過失;小缺點。如:吹毛求疵。③挑剔;誹謗。如:疵毀。

痑 ㊀ ㄊㄨㄛ *t'o*[1], *t'uo*[1] 音脫
馬病。見"說文"。
㊁ ㄕˇ *shih*[3] 音史
①放縱。見"集韻"。②眾多的樣子。見"集韻"。

痊 ㄑㄩㄢˊ *ch'üan*[2] 音詮
病除;康復。見"集韻"。

18【痊癒】 ㄑㄩㄢˊ ㄩˋ
疾病消除,恢復健康。

⿸疒合 ㊀ ㄉㄚˊ *ta*[2] 音達
肥胖。見"廣韻"。
㊁ ㄜˋ *o*[4], *ê*[4] 音餓
寒病。見"集韻"。

7

痧 ㄕㄚ *sha*[1] 音沙
病名。①痧子。俗稱痲疹。②爛喉痧。俗稱白喉。又名疫喉痧。③霍亂。俗稱絞腸痧、弔腳痧。

⿸疒辛 ㄕㄣ *shên*[1] 音申
①寒病。見"說文"。②寒冷顫抖。見"字彙補"。

痣 ㄓˋ *chih*[4] 音志
(mole) 生於皮膚上的有色斑點。痣不像腫瘤有增殖能力,但偶而也會引發眞正的腫瘤。有褐、青、紅等色。褐色者爲多數色素細胞集於眞皮表層而成;青色者爲眞皮深層中散布色素細胞而成;紅色者爲血管痣,係由毛細管擴張而成。

痘 ㄉㄡˋ *tou*[4] 音豆
俗稱天花。

痡 ㄆㄨ *p'u*[1] 音撲
疲勞。見"說文"。

痦 ㄨˋ *wu*[4] 音物
參痦子。

3【痦子】 ㄨˋ ·ㄗ
黑痣。

⿸疒酉 ㄧㄡˊ *yu*[2] 音由
①口臭。見"廣雅·釋詁"。②老房子朽木的氣味。見"集韻"。

痟 ㄒㄧㄠ *hsiao*[1] 音消
氣喘病。見"正字通"。

痛 ㄊㄨㄥˋ *t'ung*[4] 音慟
①苦楚;悲傷。如:哀痛。②憎恨。如:怨痛。③極力;盡情。如:痛改前非。

4【痛心】 ㄊㄨㄥˋ ㄒㄧㄣ
傷心。

7【痛快】 ㄊㄨㄥˋ ㄎㄨㄞˋ
①暢快;舒暢。②做事爽利,不拖泥帶水。

9【痛風】 ㄊㄨㄥˋ ㄈㄥ
(gout) 爲一種嘌呤代謝發生障礙,血中尿酸量增加,使尿酸鹽結晶沈積在關節等處之柔軟組織(如關節軟骨、滑膜及關節韌帶)的症狀。主要病因可能是尿酸產生過多,腎臟疾病使尿酸排除不全、骨髓增生性異常等。

12【痛詆】 ㄊㄨㄥˋ ㄉㄧˇ
大肆詆毀,極力辱罵。

13【痛痺】 ㄊㄨㄥˋ ㄅㄧˋ
同寒痺。

【痛楚】 ㄊㄨㄥˋ ㄔㄨˇ
痛苦。

20【痛覺】 ㄊㄨㄥˋ ㄐㄩㄝˊ
(sensation of pain; pain)皮膚感覺痛的作用。由皮下游離神經末梢受到有害刺激,產生興奮,傳入大腦皮層而引起;此外內臟受壓迫、刺激,也會有痛覺的發生。痛覺是身體的防衛機構,當身體的任何組織受破壞而引起痛覺時,個體即可產生反應以除去痛

刺激,達到保護個體的目的。

12【痛痛病】 ㄊㄨㄥˋ ㄊㄨㄥˋ ㄅㄧㄥˋ
因鎘中毒而引發關節疼痛的一種疾病。於西元1960年代在'日本'出現,已證實是由鍍金工廠排出含鎘的廢水汙染附近水源,人類食用受汙染之魚類後,鎘在骨頭、腎臟等處累積,使骨質變得脆弱易折,全身關節均異常疼痛,逐漸衰弱死亡。

3【痛下鍼砭】 ㄊㄨㄥˋ ㄒㄧㄚˋ ㄓㄣ ㄅㄧㄢ
比喻盡力地規戒過失或指陳弊端。

4【痛心疾首】 ㄊㄨㄥˋ ㄒㄧㄣ ㄐㄧˊ ㄕㄡˇ
形容極爲痛恨。

【痛不欲生】 ㄊㄨㄥˋ ㄅㄨˋ ㄩˋ ㄕㄥ
形容悲傷至極。

7【痛改前非】 ㄊㄨㄥˋ ㄍㄞˇ ㄑㄧㄢˊ ㄈㄟ
下定決心改正過往的錯誤。

8【痛定思痛】 ㄊㄨㄥˋ ㄉㄧㄥˋ ㄙ ㄊㄨㄥˋ
事後追思以前的痛苦。促人反省以前失敗的痛苦而有所警惕。

【痛抱西河】 ㄊㄨㄥˋ ㄅㄠˋ ㄒㄧ ㄏㄜˊ
悼人喪子之辭。'子夏'居'西河',喪子,哭之失明。見"史記·仲尼弟子列傳"。

9【痛苦指數】 ㄊㄨㄥˋ ㄎㄨˇ ㄓˇ ㄕㄨˋ
(discomfort index)西元1980年'美國''卡特'(J. Carter)與'雷根'(R. Reagan)競選總統時的用語。即指失業率與物價上漲率的總和。

12【痛飲黃龍】 ㄊㄨㄥˋ ㄧㄣˇ ㄏㄨㄤˊ ㄌㄨㄥˊ
直搗敵人巢穴後,暢飲慶賀。'宋''岳飛'曾與部下說:「直抵'黃龍府',與諸君痛飲爾。」見"宋史·岳飛傳"。'黃龍府',故城在今'吉林省''農安縣',爲'金'人的京都。

痙 ㄐㄧㄥˋ ching4 音徑
抽筋。如:痙攣。

23【痙攣】 ㄐㄧㄥˋ ㄌㄩㄢˊ
(convulsion; spasm; cramp)又稱抽痙、抽筋。症狀發作時,許多肌肉群緊張亢進呈不協調收縮,是一種不正常的收縮方式。

痞 ㄆㄧˇ p'i3 音癖
胸腹間氣血阻塞而感到不適的病症。即腹中腫脹結塊而感到懣悶不快。

13【痞塊】 ㄆㄧˇ ㄎㄨㄞˋ
指腹腔內的堅硬積塊。

痝 ㄇㄤˊ mang2 音忙
[1]病困。見"廣韻"。[2]病酒。見"集韻"。[3]腫起的樣子。

痟 ㄒㄧㄠ hsiao1 音消
[1]頭痛。見"說文"。[2]療治。

12【痟渴】 ㄒㄧㄠ ㄎㄜˇ
也作消渴。即糖尿病。病徵爲多食、多飲、多尿。

㾖 ㄌㄧˇ li3 音里
一種憂病。見"字彙"。

㾓 ㄩㄢ yüan1 音淵
[1]疲倦。見"說文"。[2]骨節痠痛。見"廣韻"。[3]憂煩。見"字彙"。

痤 ㄘㄨㄛˊ ts'o2, ts'uo2 音嵯
[1]癰瘡。見"廣雅·釋詁"。[2]癤子。見"字彙"。

15【痤瘡】 ㄘㄨㄛˊ ㄔㄨㄤ
(acne vulgaris) 即青春痘。參青春痘。

痠 ㄙㄨㄢ suan1 音酸
人體肌肉過度疲勞或因病而產生的輕微疼痛。今多作酸。

12【痠痛】 ㄙㄨㄢ ㄊㄨㄥˋ
人身肌肉過度疲勞或因疾病而引起的疼痛無力的感覺。

痗 ㄇㄟˋ mei4 音妹
病。見"爾雅·釋詁"。

痢 ㄌㄧˋ li4 音利
參痢疾。

10【痢疾】 ㄌㄧˋ ㄐㄧˊ
(dysentery)一種結腸炎。其特徵是多次腹瀉、液性便中有黏液、膿與血液。乃因攝食汙染的水及食物而引起。依病原體可分爲阿米巴痢疾及細菌性痢疾。阿米巴痢疾之病原是溶組織阿米巴,而細菌性痢疾是由類似大腸菌及傷寒菌的痢疾菌所引起;兩者除發病原因不同外,病變與症狀相似。

8

痯 ㄍㄨㄢˇ kuan3 音管
參痯痯。

13【痯痯】 ㄍㄨㄢˇ ㄍㄨㄢˇ
疲勞的樣子。

瘁 ㄘㄨㄟˋ ts'ui4 音粹
[1]疲勞。如:盡瘁國事。[2]憂傷。如:心瘁。

瘀 ㄩ yü1 音淤
[1]血液滯積不能消散的病症。特徵爲:肌膚青紫、固定性疼痛、吐紫黑血塊、排黑色大便、胸脇撐痛、舌苔青紫等。[2]內心鬱結。

6【瘀血】 ㄩ ㄒㄧㄝˇ
出血較大、較多,形成腫瘤者稱之。形成原因常見者有三:一、外傷,以創傷、打傷最多。二、血管周圍的破壞作用蔓延至血管本身,如胃潰瘍。三、血管壁本身發生變化,如腦中風。

12【瘀斑】 ㄩ ㄅㄢ
(ecchymosis) 當血液溢出血管沈積在組織間,而在皮膚或黏膜上出現的紅色或青紫色斑痕。病因有缺少血小板、血小板病變、白血病、血管炎、結締組織疾病、外傷等。

痰 ㄊㄢˊ t'an2 音談
指呼吸道分泌的稠黏物質,並包括某些病變器官組織內積存的黏液細胞。均由津液變化而成。不論因病生痰,或因痰致病,均與肺、脾有密切的病理關係。

12【痰喘】 ㄊㄢˊ ㄔㄨㄢˇ
因呼吸不暢,痰多積聚於氣道上,

呼吸時喉間會有聲響，且不能平臥的病症。

【痰飲】 ㄊㄢˊ ㄧㄣˇ
有廣、狹二義。廣義是指多種水飲症的總稱，係因體內水液循環不暢，停積或滲注於體腔某一部位或四肢所致。狹義則指水飲病的一種，又分虛、實二種：虛症的症狀爲胸脇滿脹、脘部有振水聲、嘔吐清涎、心悸等；實症則胃部堅實脹滿、腹瀉，瀉後隨即又滿脹不適，水液流動於腸間，按時有瀝瀝聲響。

10【痰迷心竅】 ㄊㄢˊ ㄇㄧˊ ㄒㄧㄣ ㄑㄧㄠˋ
'中'醫病症名。由於痰的阻塞，導致意識不清。常見於中風、癲癇、腦炎患者。症狀爲喉有痰聲、胸悶、昏迷、苔白膩、脈滑等。

瘂 ㄧㄚˇ *ya*^{3} 音啞
口不能言。同啞。見"集韻"。

瘏 ㄊㄨˊ *t'u*^{2} 音徒
或作痡。因過分疲勞而致病。見"說文"。

痳 ㄌㄧㄣˊ *lin*^{2} 音林 又讀 ㄌㄧㄣˋ *lin*^{4} 音吝
①疝病。見"說文"。②性病。通淋。參淋病。

痲 ㄇㄚˊ *ma*^{2} 音麻
①病名。參痲疹、痲瘋。②俗稱痘瘍的瘢痕。

10【痲疹】 ㄇㄚˊ ㄓㄣˇ
(measles; rubeola)感染病毒而引起的一種急性傳染病。潛伏期約10～11天，傳染力甚強，以上呼吸道的飛沫傳染最多。患者臨床特徵是發熱、咳嗽、鼻炎及發疹(通常由耳朵後面開始出現，慢慢到臉部、身體，斑點漸大，顏色漸深)，常併發支氣管肺炎，嚴重者或造成死亡。以小兒患者最多，可注射疫苗預防，患後可終身免疫。

14【痲瘋】 ㄇㄚˊ ㄈㄥ
(leprosy)一種慢性傳染惡疾。也稱癩。由感染痲瘋桿菌所致，人之皮膚、鼻黏膜及末梢神經爲易感染區，其進入身體的途徑可能爲皮膚。主要分癩瘤性痲瘋及類結核痲瘋兩型。患者皮膚產生瀰漫性浸潤，皮膚變厚及皺縮，甚或有肉芽腫，主要是末梢神經病變，致皮膚知覺痲痺導致爪形手。

痷 ㊀ ㄢ *an*^{1} 音安
參痷婪。
㊁ ㄧㄝˋ *yeh*^{4} 音夜
瘦病。見"集韻"。

11【痷婪】 ㄢ ㄌㄢˊ
廣泛。

痾 ㄜ *o*^{1}, *ê*^{1} 音婀
①病；怪病。同疴。如：舊痾。②比喻仇隙。如：捐棄百痾。

瘃 ㄓㄨˊ *chu*^{2} 音竹
凍瘡。見"說文"。

痺 ㄅㄧˋ *pi*^{4} 音必
俗作痹。一種神經性疾病。由肢體受風、寒、溼的侵犯所引起，通常肢體會痛腫、痲木，重者甚至屈伸不利。如痛痺、風痺。

痼 ㄍㄨˋ *ku*^{4} 音故
①長久治不好的病。如：痼疾。②不易克服的習慣或嗜好。如：痼癖。

10【痼疾】 ㄍㄨˋ ㄐㄧˊ
①長久治不好的病。②比喻難以克服的習慣或嗜好。

18【痼癖】 ㄍㄨˋ ㄆㄧˇ
不容易改變的嗜好。

痶 ㄉㄧㄢˇ *tien*^{3} 音典
參痶瘓。

14【痶瘓】 ㄉㄧㄢˇ ㄊㄨㄢˇ
生病的樣子。

瘈 ㄔˋ *ch'ih*^{4} 音翅
①癩病。見"字彙"。②痴病。見"字彙補"。

痴 ㄔ *ch'ih*^{1} 音鴟 又讀 ㄔˊ *ch'ih*^{2} 音遲
本作癡。①不聰慧。見"說文"。②癲狂。如：發痴。③持久不止。④空；妄。如：痴想。

4【痴心】 ㄔ ㄒㄧㄣ
迷戀難捨的情意。

6【痴妄】 ㄔ ㄨㄤˋ
愚蠢狂亂。

7【痴呆】 ㄔ ㄉㄞ
呆笨；遲鈍。

【痴狂】 ㄔ ㄎㄨㄤˊ
①神智不清而狂亂。②無知放蕩。

8【痴肥】 ㄔ ㄈㄟˊ
肥胖而無所用心。今多用來形容人極肥蠢的樣子。

10【痴迷】 ㄔ ㄇㄧˊ
①沈迷。②愚昧不明事理。

11【痴情】 ㄔ ㄑㄧㄥˊ
深情。

14【痴獃】 ㄔ ㄉㄞ
痴呆；愚笨。

17【痴騃】 ㄔ ㄞˊ
愚蠢；痴呆。

7【痴呆症】 ㄔ ㄉㄞ ㄓㄥˋ
(cretinism) ①因先天性甲狀腺功能過低，使幼童智能、身心發育顯現遲滯的現象。②老年人因大腦退化，智力明顯減退，也稱爲老年性痴呆症(senile dementia)。

2【痴人說夢】 ㄔ ㄖㄣˊ ㄕㄨㄛ ㄇㄥˋ
比喻荒誕不實的想法或空談。

4【痴心妄想】 ㄔ ㄒㄧㄣ ㄨㄤˋ ㄒㄧㄤˇ
不切實際的想望。

痱 ㄈㄟˋ *fei*^{4} 音肺
①中風。見"說文"。②夏天長在皮膚上的小瘡。同疿。參痱子。

3【痱子】 ㄈㄟˋ ˙ㄗ
(prickly heat) 一種夏天常見的皮膚病。皮膚上密生針頭大小的紅色丘疹，頂端有灰白色小水疱，感染後可發展成膿疱瘡或癤腫。容易發生在額、頸、上胸、肘窩等多汗的部位。有瘙癢和灼熱的感覺。注意皮膚的清潔，使之乾燥，常撲痱子粉可以防治。

痭 ㄅㄥ *pêng*^{1} 音崩
婦女下部流血不止的病。也稱血痭。見"玉篇"。

痵 ㄐㄧˋ chi⁴ 音季
也作悸。1因受驚而氣不定。見"說文"。2病名。即怔忡病。見"廣雅·釋詁"。

痿 ㄨㄟˇ wei³ 音偉
筋肉萎縮、肢體無法舉動的病症。又稱痿躄。起初多爲肢體無力，漸至手足軟弱、肌肉麻木、皮膚乾枯。

12【痿厥】 ㄨㄟˇ ㄐㄩㄝˊ
痿症的症狀之一。患者手足萎縮軟弱、膚表冰涼。

13【痿痹】 ㄨㄟˇ ㄅㄧˋ
肢體受風、寒、溼等邪氣的侵染而痿軟無力，甚至無法行動的病症。

19【痿蹶】 ㄨㄟˇ ㄐㄩㄝˊ
雙足麻痹，無法行動。也作痿躄。

瘐 ㄩˇ yü³ 音庾
囚犯病死在獄中。見"集韻"。

痺 一 ㄅㄟ pei¹ 音悲
雌性的鵪鶉。見"爾雅·釋鳥"。
二 ㄅㄧˋ pi⁴ 音必
麻木；感覺遲鈍。同痹。參痹。

痻 ㄇㄧㄣˊ min² 音民
病苦。同痻。見"正字通"。

9

瘦 瘦的本字。

瘖 ㄧㄣ yin¹ 音因
1不能說話。同喑。見"說文"。2靜默。如：瘖默。

11【瘖啞】 ㄧㄣ ㄧㄚˇ
喉啞不能說話。

𤸷 ㄨㄟˇ wei³ 音偉
或作𤸷。嘴巴歪斜不正。見"說文"。

瘈 一 ㄐㄧˋ chi⁴ 音計
瘋狂的。如：瘈狗。
二 ㄓˋ chih⁴ 音制
瘋狗。通狾、猘。見"集韻"。
三 ㄑㄧˋ ch'i⁴ 音契
參瘈瘲。

16【瘈瘲】 ㄑㄧˋ ㄗㄨㄥˋ
驚風。病狀爲手足痙攣。一名風病。也作瘛瘲。

瘌 ㄌㄚˋ la⁴ 音剌
1因吃藥、塗藥而中毒的現象。見"方言·三"。2俗稱頭生惡瘡，使髮落頭禿的症狀。也作癩。見"集韻"。

痻 痻的或體。

瘎 ㄕㄣˋ shên⁴ 音甚 又讀 ㄔㄣˊ ch'ên² 音臣
腹病。也作疢。見"集韻"。

𤷪 ㄐㄧㄝ chieh¹ 音皆
隔日發作的瘧疾。也作痎。見"正字通"。

瘧 ㄋㄩㄝˋ nüeh⁴ 音虐
參瘧疾。

10【瘧疾】 ㄋㄩㄝˋ ㄐㄧˊ
(malaria) 由瘧疾原蟲引起的傳染病。媒介爲瘧蚊。臨床最特殊症狀即寒顫高熱，時常虛脫。依瘧原蟲種類可分爲四種：一、隔日瘧，熱型爲每隔一日發熱一次。二、三日熱，每隔二日發熱一次。三、惡瘧，熱型不定。四、卵圓瘧蟲瘧，熱型與隔日瘧同。

瘕 一 ㄐㄧㄚˇ chia³ 音甲
1腹中結有硬塊而疼痛的一種病症。硬塊會移動，痛也無定所。2由寄生蟲引起的腹中結塊或腹部鼓脹的病。
二 ㄒㄧㄚˊ hsia² 音遐
疾病。通瑕。見"正字通"。

瘍 ㄧㄤˊ yang² 音陽
包括所有的腫瘍與潰瘍。如癰疽、疔瘡、癤腫、流痰、流注、瘰癧等。

瘑 ㄍㄨㄛ ko¹, kuo¹ 音鍋
癬、瘡之類的皮膚病。又作𤵃。見"玉篇"。

瘇 尰的或體。

瘋 ㄈㄥ fêng¹ 音風
精神錯亂而舉止失常。如：瘋癲。

瘓 一 ㄊㄨㄢˇ t'uan³ 音疃
參痶瘓。
二 ㄏㄨㄢˋ huan⁴ 音換
參癱瘓。

𤸇 癃的或體。

瘊 ㄏㄡˊ hou² 音侯
生長在皮膚上的贅肉，大的叫疣，小的就叫瘊，即俗稱的瘊子、千日瘡。

㾫 ㄆㄧㄢ p'ien¹ 音偏
半身不遂的病。見"說文"。

瘉 ㄩˋ yü⁴ 音裕
1病愈。也作癒。見"說文"。2勞困；病苦。見"爾雅·釋詁"。3越；更加。通愈。4優秀；勝過。見"字彙補"。

10

瘥 一 ㄘㄨㄛˊ ts'o², ts'uo² 音嵯
病；小疫。見"正字通"。
二 ㄔㄞˋ ch'ai⁴ 音蠆
病愈。通差。見"說文"。

瘚 ㄐㄩㄝˊ chüeh² 音厥
即逆氣。指氣逆閉而導致四肢冰冷、昏眩，甚至失去知覺的病症。也作厥。見"正字通"。

瘛 ㄔˋ ch'ih⁴ 音斥
小兒驚風的一個症狀。即筋脈痙攣、抽搐不止的病症。見"說文"。

16【瘛瘲】 ㄔˋ ㄗㄨㄥˋ
俗稱抽風，爲小兒驚風的症狀之一。即手足痙攣、時伸時縮抽動不止的病症。

瘨 ㄉㄧㄢ tien¹ 音顛
1病；害。見"說文"。2瘋病。通癲、顛。見"說文通訓定聲"。3暈倒。通傾。見"字彙補"。

瘞 ㄧˋ i⁴ 音意
埋藏。見"說文"。

瘙 ㄙㄠ sao¹ 音搔
皮膚上紅腫發癢的小塊。

以手抓搔，則成惡瘡。

瘩 ㄉㄚˊ ta² 音答 語音 ·ㄉㄚ ·ta
參疙瘩。

瘝 ㄍㄨㄢ kuan¹ 音關
1病痛。如：恫瘝。2曠廢；荒廢。見"正字通"。

瘟 ㄨㄣ wên¹ 音溫
指人或牲畜所感染的流行性傳染病。

9【瘟疫】 ㄨㄣ ㄧˋ
因疫癘病毒而引起的多種急性傳染病的總稱。特點爲發病急劇、病勢險惡、易致死亡、有強烈的傳染性、易引起大流行。

9【瘟神】 ㄨㄣ ㄕㄣˊ
1傳說爲散播瘟疫的惡神。'宋''元'民間有於元旦四更祭瘟神的習俗。2用以比喻能造成災禍的人。

瘦 ㄕㄡˋ shou⁴ 音受
1身體肌肉不豐滿。與肥、胖相對。見"說文"。2細長的；不豐滿的。如：瘦金體。3肉類精赤，不帶脂肪的。如：瘦肉。4土地貧瘠。如：土地瘠瘦。

8【瘦果】 ㄕㄡˋ ㄍㄨㄛˇ
(achene；akene)果實的一種，屬於乾果中的閉果類。果皮薄，成熟後乾燥而不裂開。瘦果通常爲單室，含單個種子。例如蒲公英、毛茛、向日葵等的果實，以及我們所吃的草莓的集生果上的許多小果(黑點狀，一般誤以爲是種子)等都是。

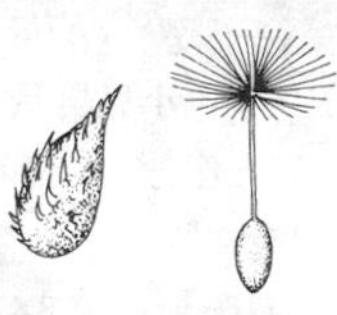
瘦果圖

【瘦金體】 ㄕㄡˋ ㄐㄧㄣ ㄊㄧˇ
書體之一。又名瘦金書。'宋徽宗'善書法，字體修長，筆鋒勁瘦挺拔，自號瘦金體。

10【瘦骨嶙峋】 ㄕㄡˋ ㄍㄨˇ ㄌㄧㄣˊ ㄒㄩㄣˊ
身體枯瘦骨骼突出的樣子。

瘜 ㄒㄧˊ hsi² 音息
人體贅生的肉瘤。見"說文"。

瘣 一 ㄏㄨㄟˋ hui⁴ 音賄
1傷病；腫痛。見"說文"。2樹木枯萎不生枝葉。見"廣韻"。3木瘤。見"古今韻會舉要"。
二 ㄌㄟˇ lei³ 音壘
參魁瘣。

瘤 ㄌㄧㄡˊ liu² 音流
或作瘤。1(tumor；neoplasm)又稱腫瘤。一種新生細胞集團，其繁殖不受周圍組織限制，沒有生理的用途。一般分成二類：一爲良性腫瘤，生長緩慢，且爲膨脹性，並不一定干擾個體生活，往往是由完全分化的成熟組織形成。另一爲惡性腫瘤(又稱癌)，生長較迅速，且擴張到正常組織內，若無有效治療，必會妨礙健康，最後造成死亡。2泛指贅生多餘的東西。如：樹瘤。

瘠 ㄐㄧˊ chi² 音籍
1瘦。見"集韻"。2病弱。如：羸瘠。3土地不肥沃。如：瘠田。4節省；儉約。5減少；減損。

3【瘠土】 ㄐㄧˊ ㄊㄨˇ
不肥沃的土地。

4【瘠牛僨豚】 ㄐㄧˊ ㄋㄧㄡˊ ㄈㄣˋ ㄊㄨㄣˊ
即使瘠瘦的牛，壓在小豬身上，小豬也必死亡。比喻大國雖衰，若要侵凌小國，小國必亡。

瘡 ㄔㄨㄤ ch'uang¹ 音窗
1癰、疽、瘤等的總稱。如：毒瘡。2傷口；創傷。通創。如：刀瘡。

9【瘡疤】 ㄔㄨㄤ ㄅㄚ
1皮膚上生瘡所留下來的疤痕。2比喻過錯或痛苦的往事。

11【瘡痍】 ㄔㄨㄤ ㄧˊ
1創傷；瘢痕。2比喻民生凋敝。

瘢 ㄅㄢ pan¹ 音般
1瘡口癒合後所留下來的疤痕。2皮膚上的斑點。通斑。如：雀瘢。

11【瘢痕】 ㄅㄢ ㄏㄣˊ
1傷口經由肉芽組織塡補癒合後留下來的痕跡。2比喻瑕疵、毛病。

11

瘴 ㄓㄤˋ chang⁴ 音障
山林溼熱蒸鬱而成的毒氣。人接觸或吸入即病。見"正字通"。

10【瘴氣】 ㄓㄤˋ ㄑㄧˋ
山林溼熱蒸鬱之氣。易使人致病。

18【瘴癘】 ㄓㄤˋ ㄌㄧˋ
山林間潮溼鬱熱之氣蒸發，使人染患疾病。

瘯 ㄘㄨˋ ts'u⁴ 音促
皮膚病。見"玉篇"。

瘳 ㄔㄡ ch'ou¹ 音抽
1病癒。見"說文"。2減損。見"正字通"。

瘭 ㄅㄧㄠ piao¹ 音標
1惡瘡、癰疽一類。的皮膚病。見"正字通"。2比喻禍害。

瘺 ㄌㄡˋ lou⁴ 音漏
腫痛的瘡。見"集韻"。

瘽 ㄑㄧㄣˊ ch'in² 音勤
1病。見"說文"。2勤勞。通勤。

瘸 ㄑㄩㄝˊ ch'üeh²
本指手腳殘廢，不良於行動的病。今則指跛腳。見"集韻"。

3【瘸子】 ㄑㄩㄝˊ ·ㄗ
俗稱跛腳的人。

瘱 ㄧˋ i⁴ 音意
1靜。見"說文"。2密。見"字彙"。

瘾 ㄧㄣ yin¹ 音陰
心中憂鬱的病。見"集韻"。

瘻 一 ㄌㄡˋ lou⁴ 音漏
頸腫。又名鼠瘻。即淋巴腺結核。
二 ㄌㄩˊ lü² 音閭
參痀瘻。

瘼 ㄇㄛˋ *mo*⁴ 音莫
1病痛。見"說文"。2疾苦。如:求民之瘼。

瘰 ㄌㄨㄛˇ *lo*³, *luo*³ 音裸
病名。參瘰癧。

21【瘰癧】 ㄌㄨㄛˇ ㄌㄧˋ
又名癧子頸、頸癧、鼠瘡。即頸部淋巴腺結核,小的爲瘰,大的爲癧。多發生於頸項及耳前後淋巴腺區。

瘵 ㄓㄞˋ *chai*⁴ 音債
1疾病;疾苦。見"說文"。2癆病;肺病。見"正字通"。

[illegible] 癬的或體。

瘲 ㄗㄨㄥˋ *tsung*⁴ 音縱
病。見"說文"。

12

癆 ㄌㄠˊ *lao*² 音牢
結核病的俗稱。

16【癆瘵】 ㄌㄠˊ ㄓㄞˋ
俗稱肺癆。即具有傳染性的慢性消耗性肺結核。

癍 ㄅㄢ *pan*¹ 音斑
在皮膚上由點擴大成片,呈紅色或紫色,不凹也不凸於表皮,撫摸不礙手的病症。

[illegible] 疹的俗體。

瘶 啞的或體。

[illegible] ㄑㄧㄢ *ch'ien*¹ 音千
痛苦。見"集韻"。

[illegible] ㄒㄧ *hsi*¹ 音西
聲音沙啞。見"說文"。

癈 ㄈㄟˋ *fei*⁴ 音廢
身體上永遠不能治癒的疾病。即痼疾。見"說文"。

療 ㄌㄧㄠˊ *liao*² 音遼 又讀 ㄌㄧㄠˋ *liao*⁴ 音料
治病。見"說文"。

癃 ㄌㄨㄥˊ *lung*² 音隆
1疲病。見"說文"。2因年老而腰曲背隆的樣子。3小便不順。見"字彙"。

癇 癎的或體。

癎 ㄒㄧㄢˊ *hsien*² 音閑
羊癲風的俗稱。

癉 一 ㄉㄢˋ *tan*⁴ 音旦
1勞累過度。見"說文"。2憎惡;痛恨。3惡瘡。即癉疽。俗稱對口疽。4熱病名。即癉瘧。發作時只發熱不寒戰、煩躁氣粗、胸悶欲吐。
二 ㄉㄢ *tan*¹ 音單
參火癉。

癌 ㄧㄢˊ *yen*² 音延 今俗讀 ㄞˊ *ai*²
(cancer) 即惡瘤。組織器官沒有節制的發育,生長亦無目的,對於人體只有破壞,嚴重者致死。致病因尚不明,但重要致癌因子包括有煤焦油、吸菸、病毒、放射線等。臨床症狀不一,若有以下幾種症狀,則應提高警覺,如出現瘤塊、瘤塊固定不動、異常出血、疼痛等。

癄 ㄑㄧㄠˊ *ch'iao*² 音樵 又讀 ㄐㄧㄠˋ *chiao*⁴ 音醮
參癄瘁。

13【癄瘁】 ㄑㄧㄠˊ ㄘㄨㄟˋ
1急促。2憂患;煩惱。也作憔悴。

13

[illegible] 癉的或體。

癕 癰的俗體。

癗 ㄌㄟˇ *lei*³ 音壘
皮膚上腫起的小粒塊。

癜 ㄉㄧㄢˋ *tien*⁴ 音殿
參癜風。

9【癜風】 ㄉㄧㄢˋ ㄈㄥ
(pityriasis versicolor) 又名花斑疹。俗稱紫癜風、白癜風。由一種黴菌所引起的皮膚病。多在頸、胸、背部出現白或紫色斑紋,不痛不癢,久而蔓延成片。

癖 ㄆㄧˇ *p'i*³ 音痞
1腹中積滯成塊的病。見"集韻"。2嗜好。如:酒癖。

6【癖好】 ㄆㄧˇ ㄏㄠˋ
嗜好。

癘 ㄌㄧˋ *li*⁴ 音厲
1疫病。如:時癘。2殺害。3惡疾;惡瘡。同癩。見"正字通"。

9【癘疫】 ㄌㄧˋ ㄧˋ
流行性傳染病。即瘟疫。

癤 ㄐㄧㄝˊ *chieh*² 音節
或作癤。(furuncle)又稱癤腫或瘡癤。因細菌侵入毛囊,引發眞皮下組織發炎,而於皮膚表面形成的小膿腫。

3【癤子】 ㄐㄧㄝˊ ˙ㄗ
1人皮膚上的小膿瘡。2樹木枝幹上的疤痕。

癙 ㄕㄨˇ *shu*³ 音暑
1憂病。見"集韻"。2瘻病。即頸腫之病。

癐 一 ㄍㄨㄟˋ *kuei*⁴ 音貴
病情嚴重。見"字彙"。
二 ㄨㄟ *wei*¹ 音威
呼喊的聲音。見"字彙補"。

癒 ㄩˋ *yü*⁴ 音愈
病康復。同瘉。如:痊癒。

6【癒合】 ㄩˋ ㄏㄜˊ
傷口痊癒密合。

癓 ㄨㄟˊ *wei*² 音微
足瘡。通作微。見"集韻"。

14

癠 ㄐㄧˋ *chi*⁴ 音計
1病。見"爾雅·釋詁"。2短小。見"廣雅·釋詁"。

癡 痴的本字。

癟 ㄅㄧㄝˇ *pieh*³ 音鱉
俗作癟。1身體枯瘦的病。見"玉篇"。2有外殼沒有內實的穀子。同秕。見"說文外編·一六"。3枯瘦;乾縮。如:乾癟。

3【癟三】 ㄅㄧㄝˇ ㄙㄢ
'吳'語稱無賴或沒出息的人。

15

癢 ㄧㄤˇ *yang*³ 音養
因抓搔刺激身體的敏感處,如腳底、腋下或性感帶及傷口附近等處而引起的一種皮膚感覺。中度刺激痛覺接受器(神經末梢)或毛蟲爬行皮膚表面及其分泌刺激物也可引起發癢。一作痒。

[illegible] 療的或體。

癥 ㄓㄥ *chêng*¹ 音征
腹內積結硬塊,爲固定位置脹痛的病症。見"玉篇"。

12【癥結】 ㄓㄥ ㄐㄧㄝˊ
1腹中積結形成硬塊的病症。2比喻病根所在或事理疑難的地方。

16

癩 ㄌㄞˋ *lai*⁴ 音賴
1痲瘋病。同癘。見"廣韻"。2俗稱生癬疥而毛髮脫落。同痢。見"集韻"。3惡劣。

15【癩蝦蟆】 ㄌㄞˋ ㄏㄚˊ ·ㄇㄚ
1即蟾蜍。2指醜陋的人。

【癩蝦蟆想吃天鵝肉】 ㄌㄞˋ ㄏㄚˊ ·ㄇㄚ ㄒㄧㄤˇ ㄔ ㄊㄧㄢ ㄜˊ ㄖㄡˋ
比喻不自量力,徒作妄想。

癧 ㄌㄧˋ *li*⁴ 音力
病名。參瘰癧。

癪 ㄐㄧ *chi*¹ 音積
小兒腸胃病名。如:疳癪。

17

癮 ㄧㄣˇ *yin*³ 音隱
難以戒除的癖好。如:煙癮。

癭 ㄧㄥˇ *ying*³ 音影
1頸瘤。見"說文"。2樹木外部隆起的贅瘤。

10【癭氣】 ㄧㄥˇ ㄑㄧˋ
俗稱大脖子。屬甲狀腺腫大的病症。多因鬱怒、憂思、肝火失調、痰氣凝結於頸部,或因飲水缺碘引起。又分肉癭、筋癭、血癭、氣癭、石癭。

癬 ㄒㄧㄢˇ *hsien*³ 音顯 語音 ㄒㄩㄢˇ *hsüan*³ 音選
皮膚病的一種。患處發癢,或生白色鱗狀的皮。有白癬、黃癬、頑癬等。

9【癬疥】 ㄒㄧㄢˇ ㄐㄧㄝˋ
同疥癬。

【癬疥之疾】 ㄒㄧㄢˇ ㄐㄧㄝˋ ㄓ ㄐㄧˊ
比喻輕微的禍患。

18

癯 臞的或體。

癰 ㄩㄥ *yung*¹ 音邕
(carbuncle)惡性膿瘡。俗作瘫,也稱癰疽。由化膿菌侵入皮膚的毛囊及皮脂腺所引起。多長於頸、背、臀部,因此處皮下脂肪較厚,致膿沿著脂肪柱上潰於表皮,形成許多破孔。

10【癰疽】 ㄩㄥ ㄐㄩ
1常見的惡性膿瘡。2比喻嚴重的隱患。

15【癰瘡】 ㄩㄥ ㄔㄨㄤ
大的毒瘡。

19

癲 ㄉㄧㄢ *tien*¹ 音顛
精神錯亂、言行失常的病症。見"正字通"。

7【癲狂】 ㄉㄧㄢ ㄎㄨㄤˊ
1精神錯亂的心理疾病。癲的症狀爲抑鬱、淡漠、痴呆、不知飽餓,屬虛症。狂則是興奮、喧擾、歌笑無常、多怒,屬實症。二種症狀會交替出現。2瘋狂。

17【癲癇】 ㄉㄧㄢ ㄒㄧㄢˊ
即羊癲風。參羊癲風。

癱 ㄊㄢ *t'an*¹ 音灘
神經障礙,肌體失去知覺,不能行動。

14【癱瘓】 ㄊㄢ ㄏㄨㄢˋ
1(paralysis)肢體不能行動的狀態。常見的有面癱、偏癱、截癱、肢癱等。面癱又稱爲顏面神經麻痺,有口歪眼斜的症狀,多數會自然痊癒。偏癱在腦中風最常看到,即身體的一側無力、感覺遲鈍,除了身體同側的手腳被侵犯以外,常伴有口眼歪斜、言語不淸、智力或情緒障礙。截癱又稱下半身癱瘓,多由脊髓外傷、脊髓腫瘤所引起。肢癱又稱局部性癱瘓或麻痺,指僅四肢之一肢不能行動。2事物陷於停頓不前的狀態。

23

[illegible] [illegible]的或體。

25

癵 ㄌㄩㄢˊ *lüan*² 音攣
痙攣;抽筋。同癴。見"集韻"。

癶部

癶 ㄅㄛ *po*¹ 音撥
兩腳相背,行動不順。見"說文"。

4

癸 ㄍㄨㄟˇ *kuei*³ 音鬼
1兵器。戣的本字。見"說文通訓定聲"。2測度。通揆。見"正字通"。3天干中的第十位。在四季爲冬;五行屬水;方位爲北。4姓。'宋'有'癸仲'。見"萬姓統譜·七四"。

癹 一 ㄆㄛ *p'o*¹ 音潑
用腳把草踏平。見"說文"。
二 ㄅㄛˊ *po*² 音脖
除草。見"廣韻"。

7

登 ㄉㄥ têng¹ 音燈
①升;從下而上。如:登樓。②書寫在冊籍上。如:登記。③進獻。④穀物成熟。如:五穀豐登。⑤即刻。如:登時。⑥姓。'漢'有'登道望'。見"萬姓統譜·五七"。

9【登科】ㄉㄥ ㄎㄜ
科舉時代稱參加進士考試應試入選。

10【登記】ㄉㄥ ㄐㄧˋ
①記載。②將法律所規定之事項記錄於主管官署或公司法人所備置之簿冊,稱爲登記。登記有必須於政府機關爲之者,例如土地登記須於地政事務所爲之、公司之登記須向'經濟部'申請爲之,其他法人之登記須向其主事務所所在地之法院爲之。登記有須向法人爲之者,例如記名股票之轉讓,非將受讓人之本名或名稱記載於股票,並將受讓人之本名或名稱及住所或居所,記載於公司股東名簿,不得以其轉讓對抗公司。登記之效力分爲兩種,其一爲生效要件,例如"民法"第七百五十八條:「不動產物權,依法律行爲而取得、設定、喪失及變更者,非經登記,不生效力」是。另一爲對抗要件,例如"公司法"第二百六十條:「記名式之公司債券,得由持有人以背書轉讓之,但非將受讓人之姓名或名稱記載於債券,並將受讓人之姓名或名稱及住所或居所記載於公司債存根簿,不得以其轉讓對抗公司」是。

【登時】ㄉㄥ ㄕˊ
立刻。

11【登庸】ㄉㄥ ㄩㄥ
①舉用人才。②指天子即位。

【登基】ㄉㄥ ㄐㄧ
天子即位。

【登陸】ㄉㄥ ㄌㄨˋ
①由海洋登上陸地。②軍隊從海上攻占陸地。③登臨其他星球。

【登第】ㄉㄥ ㄉㄧˋ
舊科舉時代稱應考錄取。

12【登程】ㄉㄥ ㄔㄥˊ
出發。

13【登遐】ㄉㄥ ㄒㄧㄚˊ
①泛指人死。②指人死火葬。③指帝王死亡。

14【登臺】ㄉㄥ ㄊㄞˊ
①登上高臺。②指事態的開始。

16【登龍】ㄉㄥ ㄌㄨㄥˊ
登龍門的簡稱。①比喩受人提拔而榮顯。②指考中進士。

【登錄】ㄉㄥ ㄌㄨˋ
登記。

10【登徒子】ㄉㄥ ㄊㄨˊ ㄗˇ
好色者的通稱。"文選"有'宋玉' "登徒子好色賦",本無其人,爲寓言性的作品,後世因以稱好色者。

11【登陸艇】ㄉㄥ ㄌㄨˋ ㄊㄧㄥˇ
兩棲登陸作戰的小艇。用以載運部隊及裝備,實施搶灘卸載或撤離灘頭。

16【登龍門】ㄉㄥ ㄌㄨㄥˊ ㄇㄣˊ
參登龍。

【登龍術】ㄉㄥ ㄌㄨㄥˊ ㄕㄨˋ
比喩致身榮顯的方法。

【登錄號】ㄉㄥ ㄌㄨˋ ㄏㄠˋ
圖書館爲掌握及瞭解圖書資料入藏狀況,於其到館時即各賦予一個號碼,以便館員管理及查考之用,此號碼即爲登錄號。通常採用「一書一號」的辦法,即使兩本完全相同的書,登錄號也不相同。

17【登臨權】ㄉㄥ ㄌㄧㄣˊ ㄑㄩㄢˊ
(right of visit) 除條約授權的干涉行爲外,軍艦在公海上遇到享有完全豁免權的船舶以外的外國船舶,倘有合理根據認爲有下列嫌疑者,得登臨該船檢查:一、該船從事海盜行爲;二、該船從事奴隸販賣;三、該船從事未經許可的廣播,而且軍艦的船旗國具有管轄權;四、該船沒有國籍;五、該船雖懸掛外國旗幟或拒不展示其旗幟,而事實上卻與該軍艦屬同一國籍。

7【登車攬轡】ㄉㄥ ㄔㄜ ㄌㄢˇ ㄆㄟˋ
指初出仕或新官上任。

10【登高自卑】ㄉㄥ ㄍㄠ ㄗˋ ㄅㄟ
登高一定從低處開始。比喩做事須依順序。

【登峰造極】ㄉㄥ ㄈㄥ ㄗㄠˋ ㄐㄧˊ
登上高峰,到達絕頂。比喩造詣高深而精絕。

11【登堂入室】ㄉㄥ ㄊㄤˊ ㄖㄨˋ ㄕˋ
①比喩學藝造詣精深。②比喩入道的次第。

10【登記公示主義】ㄉㄥ ㄐㄧˋ ㄍㄨㄥ ㄕˋ ㄓㄨˇ ㄧˋ
乃一定事項或權利之變動必須登記,使利害關係之第三人得以查閱辨認之謂。登記公示主義就其效力而言,可區分登記生效主義和登記對抗主義,前者如不動產物權非經登記,不生效力,公司非經設立登記,不得成立,未經合法成立之公司,不能認爲有獨立之人格。後者如船舶所有權之移轉,非經登記不得對抗第三人。公司章程變更、公司解散、公司合併等,非經登記不得以其事項對抗第三人。

發 ㄈㄚ fa¹ 音伐
①放箭。引申爲射出。見"說文"。②生成;滋長。如:發芽。③啟列;闡明。如:不悱不發。④顯露;表現。如:發表。⑤打開;開啟。如:發倉。⑥發放;給予。如:分發。⑦派遣。如:發兵。⑧揭露;檢舉。如:舉發。⑨量詞。'漢'時箭十二放爲一發。'唐'時箭一放爲一發。今槍砲射出一彈爲一發。槍彈、砲彈一粒也稱一發。

3【發凡】ㄈㄚ ㄈㄢˊ
揭示全書的要旨,或說明其體例。

4【發心】ㄈㄚ ㄒㄧㄣ
①發動意念,啟發心志。②出自內心。③佛家語。指發無上的道心。即爲解脫生死、拯救眾生而自發的追求佛道之心。

【發火】ㄈㄚ ㄏㄨㄛˇ

①點火。②動怒;生氣。

【發引】 ㄈㄚ ㄧㄣˇ

出殯時靈柩出發。

【發毛】 ㄈㄚ ㄇㄠˊ

害怕;疑懼。

5【發生】 ㄈㄚ ㄕㄥ

(development)多細胞生物自受精卵發育爲成熟個體的過程。

7【發抒】 ㄈㄚ ㄕㄨ

舒發;展布。

【發育】 ㄈㄚ ㄩˋ

滋生長大。

【發呆】 ㄈㄚ ㄉㄞ

顯現痴呆的樣子。也作發獃。

【發身】 ㄈㄚ ㄕㄣ

幼畜生長到相當年齡,開始有生殖能力,其中母畜初次發情,稱爲發身。也稱性成熟期。

【發作】 ㄈㄚ ㄗㄨㄛˋ

①顯現;表現。②指動怒。③指發病。

8【發泡】 ㄈㄚ ㄆㄠˋ

(foaming) 物質由於攪拌、反應或於蒸發器中產生泡沫之現象。

【發怔】 ㄈㄚ ㄉㄥˋ

發呆。

【發表】 ㄈㄚ ㄅㄧㄠˇ

①呈奏章表。②宣布。③透過發汗把病邪發散出來的一種治療法。又稱汗法、發汗法。

【發明】 ㄈㄚ ㄇㄧㄥˊ

①啟發;開拓。②闡發彰明,推陳出新。用自己的智能,創作前此所沒有的事物,或大家所未知的道理。

9【發洩】 ㄈㄚ ㄒㄧㄝˋ

(catharsis) 以言行或幻想等直接或間接方式,以消弱個人情緒、慾念或衝動的歷程。

【發勁】 ㄈㄚ ㄐㄧㄣˋ

國術家稱經過技巧鍛練的力爲勁。透過一定的方式把勁發出,稱爲發勁。

【發威】 ㄈㄚ ㄨㄟ

發怒顯威。

【發皇】 ㄈㄚ ㄏㄨㄤˊ

①開明。②盛大;發達。

【發狠】 ㄈㄚ ㄏㄣˇ

①發憤努力,下定決心。②惱怒動氣。

10【發祥】 ㄈㄚ ㄒㄧㄤˊ

起源;發生。

【發粉】 ㄈㄚ ㄈㄣˇ

(baking powder)由蘇打粉及酸性反應物質等混合而成,遇水或加熱時,即產生二氧化碳使製品膨大之化合物。常用於麵粉製食品中。其主要成分爲重碳酸鈉,會殘留鹼性,引起苦味,所以配合酸或酸性鹽類作爲緩衝劑,並添加澱粉等爲分散、稀釋劑。可分爲:一、快性反應發粉,與水溶液接觸後數分鐘,即釋出大部分氣體;二、慢性反應發粉,須烘焙加熱,才釋出大量氣體;三、雙重反應發粉,於低溫時,釋出部分氣體,使麵糊稀鬆,易於稱取,待入烤爐溫度上升時,才完全放出二氧化碳。

【發軔】 ㄈㄚ ㄖㄣˋ

抽掉阻止車輪轉動的木條,準備出發。引申爲事物的開始。

【發起】 ㄈㄚ ㄑㄧˇ

①發生;生長。②開導;啟發。③創議;倡議。

【發配】 ㄈㄚ ㄆㄟˋ

古代罪刑之一。指罪犯被判充軍或流徙。

【發展】 ㄈㄚ ㄓㄢˇ

(development) 個體自卵子受精至老死所經歷之身體與心理改變的歷程。

【發射】 ㄈㄚ ㄕㄜˋ

應用動力將物體射出。

11【發情】 ㄈㄚ ㄑㄧㄥˊ

指雌性哺乳動物的性慾呈週期性的變化,在週期中易於接受性刺激的狀態。

【發現】 ㄈㄚ ㄒㄧㄢˋ

①顯現;出現。②找出前人所未知、未見的事物或道理。

【發掘】 ㄈㄚ ㄐㄩㄝˊ

①挖掘。②發現;引出。

【發排】 ㄈㄚ ㄆㄞˊ

將文稿交付排字。

【發動】 ㄈㄚ ㄉㄨㄥˋ

①奮起行動。②開始行動。

12【發痧】 ㄈㄚ ㄕㄚ

病名。有內外的分別。發於外的,全身皮膚上會有紅色、粟米般的小點,內有水分;鬱藏於內的,多因風寒暑熱各種邪氣雜揉不能宣達所致。常發生於炎夏,多春較少。病癥爲:身體寒熱、頭胸腹脹痛,或神智昏迷、上吐下瀉。

【發楞】 ㄈㄚ ㄌㄥˋ

因心神不定而眼睛呆視的樣子。也作發怔。

【發散】 ㄈㄚ ㄙㄢˋ

(divergent)不收斂。參收斂④。

【發揮】 ㄈㄚ ㄏㄨㄟ

①發越;發揚。②將所有的能力儘量使出來。

【發揚】 ㄈㄚ ㄧㄤˊ

①振起奮發。②宣揚;顯揚。

【發悶】 ㊀ ㄈㄚ ㄇㄣˋ

發愁;苦悶。

㊁ ㄈㄚ ㄇㄣ

空氣沈悶而不流通。

13【發源】 ㄈㄚ ㄩㄢˊ

①河川的起源。②事情的開端。

【發福】 ㄈㄚ ㄈㄨˊ

恭維人家發胖。

【發落】 ㄈㄚ ㄌㄨㄛˋ

①處置;對付。②差遣;派遣。

【發跡】 ㄈㄚ ㄐㄧ

顯達;興起。多指由卑微而逐漸富貴。也作發迹。

14【發端】 ㄈㄚ ㄉㄨㄢ

開端;開始。

【發酵】 ㄈㄚ ㄒㄧㄠˋ

即醱酵。參醱酵。

【發誓】 ㄈㄚ ㄕˋ

立誓以取信。

15【發憤】 ㄈㄚ ㄈㄣˋ

①自覺有所未通,而奮發努力求

進。[2]發洩憤怒。

【發標】 ㄈㄚ ㄅㄧㄠ
爲擺架子而發脾氣。

16【發燒】 ㄈㄚ ㄕㄠ
(fever)又稱發熱。即體溫上升超過平常體溫的狀態。原因很多,可因身體失水過多,或身體感染病原體放出毒素刺激腦組織所引起,任何阻止散熱中樞或升高產熱中樞的作用,均可導致體熱上升而有發燒的現象。

【發橫】 ㄈㄚ ㄏㄥˋ
產生蠻不講理的心態或行爲。

【發噱】 ㄈㄚ ㄐㄩㄝˊ
發笑。

18【發攄】 ㄈㄚ ㄕㄨ
發揮;發洩。

【發藍】 ㄈㄚ ㄌㄢˊ
(blueing)材料處理的一種。操作方式是將完全淬硬之碳鋼施以回火(300°C 左右)處理,以減低其硬度而增加韌性與彈性。此種方法於高溫時可使鋼件表面產生一層氧化物薄膜,此氧化物薄膜受光線給予干涉即呈藍色。

19【發難】 ㄈㄚ ㄋㄢˋ
[1]舉兵起事。[2]發問質難。

【發願】 ㄈㄚ ㄩㄢˋ
佛家語。發下宏大的渡世心願。

20【發麵】 ㄈㄚ ㄇㄧㄢˋ
[1]使麵粉發酵鬆軟。[2]已發酵的麵粉。

6【發行人】 ㄈㄚ ㄒㄧㄥˊ ㄖㄣˊ
主辦出版品並有發行權的人。

7【發牢騷】 ㄈㄚ ㄌㄠˊ ㄙㄠ
以言詞發洩心中的不滿或怨憤。

【發言人】 ㄈㄚ ㄧㄢˊ ㄖㄣˊ
代表政府機關或人民團體對外發表言論的人。現代民主國家的政府爲使國民瞭解其施政,都設有發言人。

8【發泡劑】 ㄈㄚ ㄆㄠˋ ㄐㄧˋ
(blowing agent; foaming agent)製造泡沫塑膠或泡沫橡膠時,用來產生氣泡之物質。可由化學反應或液體汽化產生氣泡,例如聚胺基甲酸酯(PU)中之異氰酸基。

【發表會】 ㄈㄚ ㄅㄧㄠˇ ㄏㄨㄟˋ
向大眾介紹成品或宣布見解的活動。

10【發祥地】 ㄈㄚ ㄒㄧㄤˊ ㄉㄧˋ
指帝王生長、開國創業或民族文化起源的地方。

【發起人】 ㄈㄚ ㄑㄧˇ ㄖㄣˊ
股份有限公司之設立人。股份有限公司應有七人以上之完全行爲能力人爲發起人,其中須有半數以上在國內有住所。發起人應以全體之同意訂立章程且簽名蓋章。股份有限公司以發起設立者,發起人須認足第一次應發行之股份;募股設立者,發起人須認足第一次應發行股份四分之一以上。發起人爲設立中公司之執行機關與代表機關,其權限內之行爲、效果均歸屬於成立後之公司。

【發射臺】 ㄈㄚ ㄕㄜˋ ㄊㄞˊ
(launch pad)安裝火箭或飛彈發射架之巨大堅固結構平臺。由強力混凝土製成,並包括所有必須之地面支援設施,如發射控制中心、推進劑裝載室、檢驗塔、連接塔、火焰偏向器、高壓水系統、觀測站等。

11【發票人】 ㄈㄚ ㄆㄧㄠˋ ㄖㄣˊ
以自己之名義,簽名或蓋章於票據上,而爲發票行爲之人。匯票之發票人應照匯票文義擔保承兌及付款,即匯票於到期日前,付款人拒絕承兌時,或匯票到期不獲付款時,執票人得向發票人行使追索權,請求其清償票款。其擔保承兌之責,得以特約免除。本票之發票人負與匯票承兌人相同之責任,即依票面所載金額付款之責,此項責任自到期日起經過三年,因時效而消滅。支票之發票人應照支票文義擔保支票之支付,即付款人拒絕付款時,執票人得向發票人行使追索權,此項責任自發票日起經過一年,因不行使而消滅。

13【發電機】 ㄈㄚ ㄉㄧㄢˋ ㄐㄧ
(generator)經由轉子的旋轉將機械能轉變成電能的設備。符號爲G。

14【發語詞】 ㄈㄚ ㄩˇ ㄘˊ
助詞的一種。也稱發端詞。多用在一句的開頭。如「夫天地者,萬物之逆旅」中的「夫」字。

【發酵乳】 ㄈㄚ ㄒㄧㄠˋ ㄖㄨˇ
(cultured milk)牛乳經乳酸菌發酵製成的液狀或固狀乳製品。在加工過程中尚可添加乳粉、乳油、蔗糖、著色劑、香料、果實及果汁等。市售之養樂多即爲發酵乳。

2【發人深省】 ㄈㄚ ㄖㄣˊ ㄕㄣ ㄒㄧㄥˇ
啟發人作深切的反省。

6【發行新股】 ㄈㄚ ㄒㄧㄥˊ ㄒㄧㄣ ㄍㄨˇ
公司成立以後,發行公司章程所載股份總數中未於設立時發行之股份,或於章程所載股份全部發行之後,依法變更章程增加股份總數後發行所增加之股份。公司發行新股時,除經政府核定之公營事業及目的事業主管機關專案核定者外,應保留發行新股總額百分之十至十五之股份,由公司員工承購,其餘於向外公開發行或洽由特定人認購之十日前,應公告及通知原有股東,按照原有股份比例儘先分認,並聲明逾期不認購者,喪失其權利。原有股東持有股份按比例有不足分認一新股者,得合併共同認購或歸併一人認購。爲保護社會大眾利益,避免認股受害,凡(1)連續二年有虧損(但依其事業性質,須有較長準備期間,或具有健全計畫,確能改善營利能力者,不在此限),(2)資產不足抵償債務等情形之一者,不得公開發行新股。又有(1)最近三年或開業不及三年之開業年度課稅後之平均淨利,不足支付已發行及擬發行之特別股股息。(2)對於已發行之特別股約定股息，未能按期支付等情形之一者，不得發行優先股。

9【發政施仁】 ㄈㄚ ㄓㄥˋ ㄕ ㄖㄣˊ
發布德政，廣施仁澤。

【發姦擿伏】 ㄈㄚ ㄐㄧㄢ ㄊㄧˋ ㄈㄨˊ
揭發姦邪，檢舉隱惡。

12【發散級數】 ㄈㄚ ㄙㄢˋ ㄐㄧˊ ㄕㄨˋ
(divergent series) 級數不收斂時，稱爲發散。研究時，可採用不同的求和法，或討論其漸近情形等。參收斂4。

【發揚蹈厲】 ㄈㄚ ㄧㄤˊ ㄉㄠˋ ㄌㄧˋ
形容舞蹈時舉袂頓足踴地的姿態。引申爲意氣風發，精神振奮的氣概。

13【發煙硝酸】 ㄈㄚ ㄧㄢ ㄒㄧㄠ ㄙㄨㄢ
(fuming nitric acid) 分爲白色與紅色發煙硝酸兩種，前者所含之硝酸超過 97.5%，遇光或高溫則分解爲氮之氧化物而呈紅色；後者所含之硝酸超過 86%，大約含 6 至 15% 之二氧化氮而呈紅色，當作試藥、硝基化合物製備之原料。

15【發憤忘食】 ㄈㄚ ㄈㄣˋ ㄨㄤˋ ㄕˊ
奮發用功而忘記進食。

【發憤圖強】 ㄈㄚ ㄈㄣˋ ㄊㄨˊ ㄑㄧㄤˊ
奮發上進，力求振作。

6【發光二極體】 ㄈㄚ ㄍㄨㄤ ㄦˋ ㄐㄧˊ ㄊㄧˇ
(light emitting diode; LED) 利用半導體材料的光電效應，當外加順向偏壓於二極體的 p-n 接面上，可使大量的電子一電洞復合而放出光(能)，如此具有發光特性的二極體稱爲發光二極體。大部分爲 GaP 或 GaAsP 所做成的接合二極體。發光的顏色 GaP 爲紅、綠及黃色等，而 GaAsP 爲紅與黃色等。發光二極體之發光效率並不十分理想，主要用於計算機或時鐘之七段文字表示裝置上。

10【發展新聞學】 ㄈㄚ ㄓㄢˇ ㄒㄧㄣ ㄨㄣˊ ㄒㄩㄝˊ
(development journalism) 主張多報導農業新知、醫藥衛生、教育文化等有益社會、國家發展的一種理想新聞學。

6【發行稽核組織】 ㄈㄚ ㄒㄧㄥˊ ㄐㄧ ㄏㄜˊ ㄗㄨˇ ㄓ
(Audit Bureau of Circulation; ABC) 調查報紙、雜誌發行量的公證機構。由廣告主、廣告公司、報社、雜誌社爲會員組織而成。國際性的組織稱爲國際 ABC 聯盟。各國 ABC 組織的宗旨，係以第三者的立場，將經客觀確認後的數量化資料提供給各會員，以使在研擬行銷策略時有所依據，尤其對媒體價值的評估能達到客觀公正的要求。

8

發 發的俗體。

白部

白 ㄅㄞˊ pai^2 讀音 ㄅㄛˊ po^2 音帛
1五色之一。素色。古人用以代表西方。見"說文"。2潔淨。如：白皙。3彰明；表明。如：表白。4陳述。指同輩間或下對上有所告語。如：告白。5淺顯易明。如：淺白。6一無所有。如：白手起家。7不付出代價而獲得。如：白吃白喝。8徒然。如：白費工夫。9姓。'唐'有'白居易'。見"新唐書·白居易傳"。

2【白丁】 ㄅㄞˊ ㄉㄧㄥ
1沒有功名祿位的男子。泛指平民。2未隸兵籍的壯丁。3不識字的人。

6【白衣】 ㄅㄞˊ ㄧ
1古時未仕者穿白衣，故以借指庶民。2古時官府役吏穿白衣。故以借指役吏。3佛教稱在家俗人爲白衣。'天竺'的婆羅門及俗人，多穿白衣，故稱。

【白吃】 ㄅㄞˊ ㄔ
吃東西不給錢。

8【白林】 ㄅㄞˊ ㄌㄧㄣˊ
(Emil Adolph von Behring, 1854～1917)

白林像

'德國'細菌學家，是血清療法的創始人。早年在'柏林'習醫。西元 1894 年任'哈勒大學'(University of Halle) 教授，翌年任'馬堡'(Marburg)衛生研究所的監督。其在醫學上最大的貢獻爲發明白喉症血清及研究傳染病預防法；1901 年榮獲第一次頒發的'諾貝爾'醫學獎。

【白板】 ㄅㄞˊ ㄅㄢˇ
(norminox) 一種中樞神經抑制劑。原爲精神神經科使用極廣的鎮靜、催眠劑，藥效力強、毒性低，少量服用可使病人迅速入睡。缺點是有成癮性，且用量需愈來愈多。若服用過量，會導致呼吸困難、發冷、休克，甚至死亡。

【白虎】 ㄅㄞˊ ㄏㄨˇ
四象之一。二十八宿中西方七宿的總象。古人把奎、婁、胃、昴、畢、觜、參七宿想像爲天上的大老虎，又因西方屬金，色白，故名。

【白芷】 ㄅㄞˊ ㄓˇ
(*Angelica dahurica*) 多年生草本。根粗大，莖紫紅色，下部葉爲 2～3 回三出羽狀全裂，上部葉只留葉鞘。花白色，排成複繖形花序；懸果橢圓形。

白芷圖

根可爲鎭痛藥。我國南北各地、‘韓國’、‘日本’及‘蘇俄’均有栽培。

【白金】 ㄅㄞˊ ㄐㄧㄣ

鉑的俗稱。參鉑[2]。

9【白洞】 ㄅㄞˊ ㄉㄨㄥˋ

(white hole) 與黑洞相對存在的假說。其理論根據爲‘愛因斯坦’的物質不滅原理，指宇宙間的物質被黑洞吸收後，當有一通道通向另一個反宇宙的世界，而此通道的出口就是白洞。

【白首】 ㄅㄞˊ ㄕㄡˇ

白髮。指年老。

【白眉】 ㄅㄞˊ ㄇㄟˊ

三國‘蜀漢’‘馬良’眉中有白毛，人稱白眉，兄弟五人，以‘良’最賢。後世遂稱兄弟中，最有才氣的爲白眉。

10【白宮】 ㄅㄞˊ ㄍㄨㄥ

(White House)‘美國’總統的正式官邸。坐落於‘華盛頓特區’‘賓夕法尼亞大道’。爲聯邦時代最古老的建築物，西元1792年奠基興建。〖白宮〗一詞之正式採用，是在‘羅斯福’總統時代。可能因其建築結構和外表爲白顏色而得名。如今，‘白宮’已成爲‘美國’國家權力之象徵。

【白骨】 ㄅㄞˊ ㄍㄨˇ

人死皮肉爛掉後所遺的骨頭。

11【白瓷】 ㄅㄞˊ ㄘˊ

釉料中沒有或只有極微量的金屬氧化物爲發色劑，生坯掛釉，入窯經高溫氧化焰燒成的素白瓷器。我國最早的白瓷可早自‘北齊’，而‘唐代’的‘邢窯’或‘宋’‘金’時期的‘定窯’都是生產白瓷的著名窯場。

【白帶】 ㄅㄞˊ ㄉㄞˋ

(leukorrhea) 婦女病名。患者自陰道流出濃液，色白如帶，故稱。正常婦女在月經末期會有白帶，如多而持續日久，可能是子宮、子宮口、陰道感染或其他疾病所引起。

【白陶】 ㄅㄞˊ ㄊㄠˊ

指‘殷商’時代的白色陶器。主要出土於‘河南省’‘安陽’的‘殷’墟。以精選的高嶺土爲原料，於900～1,000°C 的溫度燒成。器形有壺、尊、簋、豆、爵等，並有類似青銅器的饕餮紋、雷紋等刻紋。一般推測其用途可能爲祭器。

【白眼】 ㄅㄞˊ ㄧㄢˇ

眼睛斜視，或不正面看，使黑眼珠不在正中，而露出較多的白膜。是表示輕視、鄙視人的態度。參青白眼。

12【白斑】 ㄅㄞˊ ㄅㄢ

(vitiligo) 因皮膚或毛髮中色素減少而引起的疾病。患處會永久變爲白色，與正常皮膚界限分明。此病頗常見，約一百人就有一個有白斑。大半患者在二十歲前就發病，致病原因不明，很難治癒，可試用紫外線照射患處，但效果不彰。

【白晳】 ㄅㄞˊ ㄒㄧ

形容膚色白淨。

【白描】 ㄅㄞˊ ㄇㄧㄠˊ

[1]國畫中只以淡墨鉤勒輪廓而不著顏色的畫法。多用於人物、花卉畫。‘唐’‘吳道子’、‘北宋’‘李公麟’、‘元’‘張渥’等人所作人物畫，掃去粉黛，淡毫輕墨，遒勁圓轉，超然絕俗，推爲白描聖手。[2]作文章不加矯飾。

【白華】 ㄅㄞˊ ㄏㄨㄚˊ

(efflorescence) 磚牆表面附有的白色結晶斑點。乃因磚中之可溶性鹽類(如硫酸鈉)受浸透水(如雨水)溶解而滲出，經風乾後附著於磚牆表面所造成。或因水泥砂漿中的游離石灰溶解滲出而產生。可用稀釋鹽酸洗淨。

【白間】 ㄅㄞˊ ㄐㄧㄢ

[1]弓弩的一種。[2]指窗戶。

【白喉】 ㄅㄞˊ ㄏㄡˊ

(diphtheria) 白喉菌所引起的傳染病。爲我國法定傳染病之一。此菌不侵犯組織，只存於喉部黏膜表面，能產生強烈毒素，使組織壞死並形成僞膜。致死原因有：一、僞膜閉塞呼吸道以致窒息；二、毒素由血液傳播，引發心臟或末梢神經麻痺。以呼吸道傳染爲主，病患多爲兒童，目前有疫苗可預防。

13【白話】 ㄅㄞˊ ㄏㄨㄚˋ

口頭所說的話。與文言相對。

【白痴】 ㄅㄞˊ ㄔ

(idiot) 也作白癡。指智力特別低下、行動非常遲鈍、不能辨別事物的人。由遺傳、出生傷害，或患腦膜炎、嚴重腦部傷害等而造成。無藥可治，惟有善爲保護，多方啟導而已。

【白道】 ㄅㄞˊ ㄉㄠˋ

(moon's path) 指月球繞地球公轉的軌道面與天球相交的大圓。即月球在天球上視行的軌道。

14【白魟】 ㄅㄞˊ ㄏㄨㄥˊ

魚名。見“集韻”。

16【白樸】 ㄅㄞˊ ㄆㄨˊ

(1226～1307)‘元’‘眞定’(今‘河北’‘正定’)人，字‘仁甫’，一字‘太素’，號‘蘭谷’。師事‘元好問’。‘樸’生活嚴正，品格極高。所作散曲，儒雅端莊。著有“梧桐雨”等雜劇十六種，詞有“天籟集”，散曲收在“天籟集”後。

17【白磷】 ㄅㄞˊ ㄌㄧㄣˊ

(white phosphorus) 又稱黃磷。分子式 P_4，是蠟狀、不溶於水、有劇毒的固體，熔點 44°C。由於燃點僅 35°C，在溫暖的空氣中便能燃燒，因此常被貯存於水中。主要用途爲製造肥料，軍事上可供製造燃燒彈和煙幕彈。

19【白蟻】 ㄅㄞˊ ㄧˇ

(termite) 屬於昆蟲綱、等翅目(order Isoptera)的動物。約有1,900種。爲行社會生活的昆蟲，每一社會，成自數種階級的個體，其階級數視種類而異，通常可分：(1)生殖階級—女王及王，女王每天能產卵36,000個，壽命達50年，

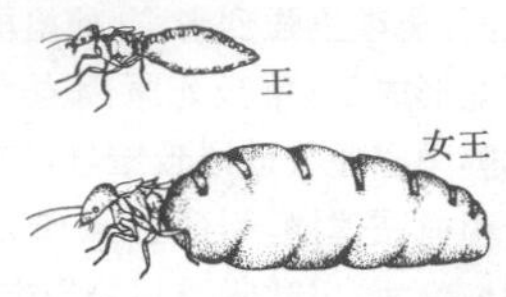

白蟻圖

個體較王要大得多；⑵職蟻一爲不孕的個體，有雌雄不同的性別；其任務爲尋覓食物及看顧巢內其他白蟻；⑶兵蟻一亦爲無翅的不孕個體，亦有雌雄兩性，其職責在對社會的防禦。白蟻腸中，有共生的鞭毛蟲，食下的木屑，需藉腸中的鞭毛蟲分解。

21【白露】 ㄅㄞˊ ㄌㄨˋ
[1]秋天的露水。[2]農曆二十四節氣之一。在國曆九月八日或九日。

【白蘞】 ㄅㄞˊ ㄌㄧㄢˇ
(*Ampelopsis japonica*)藤本，根塊狀；莖有捲鬚，光滑；葉爲掌狀複葉，小葉3～5枚，再呈羽狀複葉或裂葉，葉軸有寬翅；花小，黃綠色；果球形，熟時藍色或白色。產於我國及'日本'。全草及塊根入藥，有清熱解毒、消腫止痛之效。

白蘞圖

【白鐵】 ㄅㄞˊ ㄊㄧㄝˇ
(galvanized iron) 又稱鍍鋅鐵。把鐵浸入熔化的鋅液中(810～875°F)，使鐵的表面鍍上一層鋅而保護鐵不易生鏽。

22【白鰱】 ㄅㄞˊ ㄌㄧㄢˊ
(silver carp; *Hypophthalmichthys molitrix*) 又名鱮、白魚。俗名大頭鰱、竹葉鰱。屬硬骨魚綱(class Osteichthyes)、鯉目(order Cypriniformes)、鯉科(family Cyprinidae)。生活於淡水中，可供食用，屬養殖的經濟魚類。

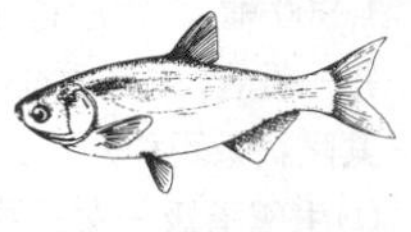
白鰱圖

23【白鷢】 ㄅㄞˊ ㄐㄩㄝˊ
鳥名。似鷹，尾上有一白點，一名印尾鷹。常向風搖翅，故又名風鴒子。見"爾雅·釋鳥·鸉白鷢·義疏"。

4【白日夢】 ㄅㄞˊ ㄖˋ ㄇㄥˋ
比喻幻想。

【白內障】 ㄅㄞˊ ㄋㄟˋ ㄓㄤˋ
(cataract) 眼球水晶體混濁，視覺變得模糊不清的一種疾病。有先天性及後天性兩種。後者乃因年老，眼球水晶體供血機能漸衰，其透明度就會日減而變得混濁。待視力有障礙時，可施行手術將水晶體摘除，裝置人工水晶體或配戴凸透鏡，以彌補無水晶體的視力。

【白水泥】 ㄅㄞˊ ㄕㄨㄟˇ ㄋㄧˊ
(white Portland cement)用含鐵量較少的白色黏土，以重油爲燃料，經高溫燒成的白色水泥。其物理性與普通水泥相似。主要用於建築物之著色粉刷及磨石子工程。

【白化症】 ㄅㄞˊ ㄏㄨㄚˋ ㄓㄥˋ
(albinism)動物的皮膚或毛髮中都含有色素，缺少色素者，稱爲白子(albino)，這種疾病稱爲白化症。植物體缺少葉綠素或葉綠體者，亦爲白子；患白化症的植物，因爲無法行光合作用以自製養分，在幼苗時便會死亡。

5【白玉蟾】 ㄅㄞˊ ㄩˋ ㄔㄢˊ
(1194～1229) '南宋'道士。本姓'葛'，名'長庚'，字'如晦'，號'海瓊子'。祖籍'福建''侯官'，相傳先人到'廣東''瓊州'做官，夢道士交給白玉蟾蜍，而生'長庚'；又因母親改嫁'白'氏，而改名'白玉蟾'。師事'陳翠虛'，並在'武夷山'學道，'寧宗''嘉定'(1208～1209)年間，奉召入宮，主持'太一宮'，封'紫清明道眞人'，世稱'紫清先生'。爲道教南宗五祖之一。有"海瓊問道集"、"上清集"等著作。

【白皮書】 ㄅㄞˊ ㄆㄧˊ ㄕㄨ
(white paper) 指'美國'政府所發表的外交文書。因封面爲白色，故稱。

6【白羊宮】 ㄅㄞˊ ㄧㄤˊ ㄍㄨㄥ
(Aries)黃道十二宮之首。位於黃經0°～30°。每年3月21日前後，太陽進入此宮，節氣爲春分。二千年前，春分點(黃經0°)原在白羊座，故名。但由於歲差的緣故，現已移至雙魚座中。

【白羊座】 ㄅㄞˊ ㄧㄤˊ ㄗㄨㄛˋ
(Aries; Ari) 黃道十二星座之一。位於赤經1時47分至3時30分；赤緯+10.4度至+31.1度之間。二千年前的春分點即在此座內(現已移至雙魚座)。相當於我國星座婁宿、左更、胃宿、天陰等。

【白血病】 ㄅㄞˊ ㄒㄧㄝˇ ㄅㄧㄥˋ
(leukemia) 造血器官的一種致命疾病。血中成熟與未成熟白血球的數目異常增加，並出現貧血、出血、發燒及衰竭等症狀。病因尚不明。可分淋巴型和骨髓型兩種，前者是淋巴結增生過盛所致，而後者是骨髓增生過盛所引起。

【白血球】 ㄅㄞˊ ㄒㄧㄝˇ ㄑㄧㄡˊ
(leucocyte; white corpuscles; white blood cells)血球的一種。爲有核無色的細胞，產生於淋巴腺與脾臟及骨髓中，比紅血球稍大，數量比紅血球少。每立方毫米約有4,000～9,000個細胞，能做變形蟲運動。可分爲顆粒性白血球和非顆粒性白血球兩類。白血球的作用在清除血液中的細菌及異物。

7【白巫術】 ㄅㄞˊ ㄨ ㄕㄨˋ
(white magic) 以治病、驅鬼、除災或建立感情爲目的的巫術。即爲人解決問題的巫術。與黑巫術相對。

【白里安】 ㄅㄞˊ ㄌㄧˇ ㄢ

(Aristide Briand, 1862～1932)'法國'政治家。早年習法。西元1909年7月第一次組閣,以後曾再任十次內閣總理。生平倡導和平,不遺餘力。爲"洛迦諾公約"(*Locarno Treaty*)及"非戰公約"發起人之一。1926年榮獲'諾貝爾'和平獎。

8【白居易】 ㄅㄞˊ ㄐㄩ ㄧˋ
(772～846)'唐'詩人。祖籍'太原',後徙'下邽'(今'陝西''渭南'),字'樂天'。歷官朝廷內外四十二年,以刑部尚書致仕。晚年好佛事,居'洛陽',往來'龍門山''香山寺',自稱'香山居士',又號'醉吟先生'。'居易'文章精切,作詩淺顯易懂,內容重在社會寫實。有"白氏長慶集"。

白居易像

【白明膠】 ㄅㄞˊ ㄇㄧㄥˊ ㄐㄧㄠ
(gelatin)又稱膠。即動物膠。將動物的皮、骨、腱等以水煮,久則溶,使生膠質。精製成無色透明的固體,浸入水中會膨脹,加熱會溶解,遇冷則凝固。可供做食物、凍肉及工業上多種用途。

【白兔記】 ㄅㄞˊ ㄊㄨˋ ㄐㄧˋ
一名"劉知遠白兔記"。'元'末'明'初五大傳奇之一。作者不詳。演'劉知遠'投軍立功,其妻'李三娘'在娘家備受兄嫂折磨,於磨房生子,託人送往'劉知遠'處撫養。十餘年後,其子某次出獵,追蹤白兔到'沙陀村'而見母,'知遠'乃接'三娘'同享富貴,一家團圓。

10【白朗寧】 ㄅㄞˊ ㄌㄤˇ ㄋㄧㄥˊ
[1](Robert Browning, 1812～1889)'英國'詩人。十九歲開始寫詩劇及短詩。晚年詩名始盛,以戲劇獨白的運用著稱,描寫人物心理深刻入微,世稱'莎士比亞'後第一人,與'丁尼生'同爲'維多利亞'時代的雙星。重要的著作有"鐘與石榴樹"(*Bells and Pomegranates*)、"男與女"(*Men and Women*)、"指環與書"(*The Ring and the Book*)和"耶誕前夕與復活節"(*Christmas-Eve and Easter-Day*)等。[2](John M. Browning, 1855～1926)'美國'槍械發明家。尤其以創製自動來福槍著名。十三歲即研製了第一支槍,此後又發明了來福槍、機關槍、連響手槍等。西元1920～1950年,'美國'三軍全都採用'白'氏設計的自動武器。此外,他也設計了許多種運動用槍械。

白朗寧像

11【白堊質】 ㄅㄞˊ ㄜˋ ㄓˊ
(cement)齒根外部所凝結覆蓋的一層石灰質。爲眞正骨質,含大量膠原微纖維。

【白蛋白】 ㄅㄞˊ ㄉㄢˋ ㄅㄞˊ
(albumin)血漿蛋白質的一種。約占血漿總蛋白量的55%,其功能爲血漿膠體滲透壓的主要來源。白蛋白分子的高分子量(M.W. 68,000)使它無法從尿中排泄;尿中如出現白蛋白即表示腎臟有了病變。

【白蛇傳】 ㄅㄞˊ ㄕㄜˊ ㄓㄨㄢˋ
'清''黃圖珌'作,原名"雷峰塔"。演'金山寺'僧'法海'鎮白蛇、青蛇於'雷峰塔'下的故事。

【白崇禧】 ㄅㄞˊ ㄔㄨㄥˊ ㄒㄧ
(1893～1966)'廣西''桂林'人,字'健生'。'保定軍官學校'畢業。北伐時,任國民革命軍參謀長、東路前敵總指揮。抗戰軍興,任'軍委會'副參謀總長兼軍訓部長,督軍參加'長沙'、'鄂東'、'臺兒莊'等多次重大戰役。抗戰勝利後,任'國防部'長。'民國'三十八年,隨政府遷'臺',任'戰略顧問委員會'副主委。

12【白雲石】 ㄅㄞˊ ㄩㄣˊ ㄕˊ
(dolomite)多於石灰岩中與方解石共生,或爲白雲岩及大理岩的主要成分。化學成分爲$CaMg(CO_3)_2$,硬度爲3.5～4,比重2.8～2.9,性耐火,可作耐火材料。粉末與熱稀鹽酸有反應,爲與方解石區別的特點。

【白雲岩】 ㄅㄞˊ ㄩㄣˊ ㄧㄢˊ
(dolostone)化學沈積岩之一,常與石灰岩相隨產出。其礦物成分主要爲白雲石。常用來當建材或化工原料,在'臺灣'東部變質岩區藏量頗豐。

【白雲觀】 ㄅㄞˊ ㄩㄣˊ ㄍㄨㄢˋ
道教宮觀名。在'北平市'。'唐玄宗''開元'二十七年(739)建'天長觀','金''大定'七年(1167)重建,'泰和'三年(1203)改名'太極宮'。'正大'元年(1224)'丘處機'西遊歸來,住持於此,改名'長春宮'。'明''洪武'二十七年(1394)毀於兵火。現存建築,多爲'清代'重建。

【白絞油】 ㄅㄞˊ ㄐㄧㄠˇ ㄧㄡˊ
食用油的一種。係將黃豆或菜子壓碎、脫皮,經脫膠、脫酸、脫色、脫臭等程序所製成的原油。若再經氫化、多化及脫臭處理即成沙拉油。白絞油因精製程序較差,溫度低時會呈雲狀暈點,但食用後對人體並無影響,沙拉油則因經過多化處理不會起暈點。

13【白話文】 ㄅㄞˊ ㄏㄨㄚˋ ㄨㄣˊ
用白話寫的文章。即同於口語的文體。也稱語體文。與文言文相對。

【白矮星】 ㄅㄞˊ ㄞˇ ㄒㄧㄥ
(white dwarf)一種光度低、密度高、表面溫度高的恆星。由於恆星演化到晚期,不能再引發核反應,所以體積逐漸收縮,密度變大,而成爲一顆白色低亮度的星球。如大犬座α星(天狼星)的伴星和小犬座α星(南河三)的伴星等是。

15【白熱化】ㄅㄞˊ ㄖㄜˋ ㄏㄨㄚˋ
形容事態到達最激烈的狀況。

【白蓮社】ㄅㄞˊ ㄌㄧㄢˊ ㄕㄜˋ
‘晉’‘慧遠’大師在‘廬山’‘虎溪’‘東林寺’,集‘慧永’、‘慧持’、‘道生’等高僧及‘劉遺民’、‘雷次宗’等名儒一百二十三人,於無量壽佛像前,發誓修西方淨土業,因而結社。因寺院有池栽植白蓮,故號‘白蓮社’。全稱‘白蓮華社’,也稱‘蓮社’。

【白蓮教】ㄅㄞˊ ㄌㄧㄢˊ ㄐㄧㄠˋ
民間祕密教會。‘元’末‘韓山童’詭言白蓮花開,‘彌勒’下凡,創設白蓮會,依託佛教,造經卷符籙,蠱惑愚民,其後‘韓山童’爲官府所捕殺。‘明’‘天啟’間,‘薊州’‘王森’又起,乃稱白蓮教,不久被捕處死。‘清’‘乾隆’間,其教又起,教主‘安徽’‘劉松’被捕遠戍,其弟子‘劉之協’、‘宋之清’等以反‘清’復‘明’爲號召,謀起兵覆‘清’,事覺,先後被殺。‘清文宗’‘嘉慶’元年(1796),‘湖北省’境內白蓮教徒首先作亂,‘四川’、‘河南’、‘陝西’、‘甘肅’等省教徒繼起響應。‘清’兵不能應戰,亂事日益擴大,其後乃招募鄉勇,用堅壁清野戰略,以困教徒,至‘嘉慶’九年,亂事始平。

16【白遼士】ㄅㄞˊ ㄌㄧㄠˊ ㄕˋ
(Hector Berlioz, 1803~1869)‘法國’作曲家、指揮家。爲浪漫派的健將。精於配器法,確立了近代管絃樂法的基礎。代表作品有管絃樂“幻想交響曲”(*Symphonie fantastique*)、合唱曲“安魂曲”(*Requiem*),以及歌劇“貝亞翠絲與班奈迪克”(*Béatrice et Bénédict*);並著有一冊“管絃樂配器法”,頗受音樂界重視。

白遼士像

17【白點病】ㄅㄞˊ ㄉㄧㄢˇ ㄅㄧㄥˋ
魚的皮膚和鰓受病菌侵襲,造成組織壞死,並形成白色的囊泡,稱爲白點病。使用甲基藍20~50萬分之一溶液浸浴,可收驅除之效。

21【白蘭地】ㄅㄞˊ ㄌㄢˊ ㄉㄧˋ
(brandy)以葡萄爲原料加以蒸餾後,長年儲存於橡木桶醇熟的烈酒。酒精含量在45~55%。著名的白蘭地出產於‘法國’西南部的‘孔尼亞’(Cognac)。依儲藏年代的長短,分爲「XO」、「拿破崙」(Napoleon)、「VSOP」及「三星」。

3【白山黑水】ㄅㄞˊ ㄕㄢ ㄏㄟ ㄕㄨㄟˇ
‘長白山’及‘黑龍江’。泛指東北地區。

4【白孔六帖】ㄅㄞˊ ㄎㄨㄥˇ ㄌㄧㄡˋ ㄊㄧㄝˋ
‘唐’‘白居易’“白氏六帖”、‘宋’‘孔傳’“後六帖”的合稱。原各三十卷,分別流通,到‘南宋’末,二書始合爲一編。今行本一百卷,不知何人所分。其書仿“北堂書鈔”體例,雜採諸書成語故實,摘句或提要而分類編次。保留一些‘唐’以前古籍的零星資料,及‘唐’‘宋’人詩文,可供參考。

【白手起家】ㄅㄞˊ ㄕㄡˇ ㄑㄧˇ ㄐㄧㄚ
沒有財產,全憑自己的力量而創建家業。

5【白令海峽】ㄅㄞˊ ㄌㄧㄥˋ ㄏㄞˇ ㄒㄧㄚˊ
(Bering Str.)溝通‘北極海’及‘白令海’(Bering Sea)的海峽。隔開‘亞洲’的‘蘇俄’及‘北美’的‘阿拉斯加’(Alaska)。寬約896公里,最窄處僅85公里。西元1728年由‘丹麥’航海家‘白令’(Vitus Jonassen Bering,當時‘白令’受僱於帝‘俄’)發現。

7【白沙學派】ㄅㄞˊ ㄕㄚ ㄒㄩㄝˊ ㄆㄞˋ
‘明’‘陳獻章’學派。‘獻章’爲‘新會’‘白沙里’人,故名。主張以靜坐爲入學工夫。以爲祇要得見此心之本體,而天地宇宙皆自我出。

8【白虎通義】ㄅㄞˊ ㄏㄨˇ ㄊㄨㄥ ㄧˋ
‘東漢’‘班固’撰,又稱“白虎通德論”,簡稱“白虎通”,四卷,四十四篇。‘漢章帝’‘建初’四年(79)命諸儒於‘白虎觀’討論五經異同,作“白虎議奏”,後命‘班固’撰集成書。其書徵引六經傳記,兼收讖緯家言,存有很多古義舊聞,可作爲研究經書的參考。

【白金漢宮】ㄅㄞˊ ㄐㄧㄣ ㄏㄢˋ ㄍㄨㄥ
(Buckingham Palace)位於‘倫敦’‘聖詹姆士公園’西側。‘英’皇‘詹姆士一世’時,由‘喬治高林爵士’(Sir George Goring)所建。西元1703年毀壞又改建。1761年被‘英’皇‘喬治三世’買下,皇室遂遷居於該宮。自1837年以來,該宮即爲皇室在‘倫敦’之正式居所。藏有豐富之藝術珍品。

9【白首偕老】ㄅㄞˊ ㄕㄡˇ ㄐㄧㄝ ㄌㄠˇ
夫婦和睦友愛,相偕直到年老。爲祝賀與祈望之詞。

【白首窮經】ㄅㄞˊ ㄕㄡˇ ㄑㄩㄥˊ ㄐㄧㄥ
研讀經書,至老不輟。

【白俄羅斯】ㄅㄞˊ ㄜˊ ㄌㄨㄛˊ ㄙ
(Belarus)獨立國家國協之成員國。位於‘歐俄’北部。面積20.7萬方公里,人口1,030萬(2005年),首都‘明斯克’(Minsk)。

10【白馬非馬】ㄅㄞˊ ㄇㄚˇ ㄈㄟ ㄇㄚˇ
白馬不等於馬。由於馬是全稱,白馬的白是一種屬性,所以「白馬」與「馬」的含意不相等。這是‘戰國’時名家‘公孫龍’的學說。旨在辨正名實,揭示概念內容及外延上的差別。

【白馬素車】ㄅㄞˊ ㄇㄚˇ ㄙㄨˋ ㄔㄜ
古代喪禮用的馬車。

【白紙黑字】ㄅㄞˊ ㄓˇ ㄏㄟ ㄗˋ
指有書面文字作爲憑證。

11【白雪遺音】ㄅㄞˊ ㄒㄩㄝˇ ㄧˊ ㄧㄣ
‘清’‘華廣生’輯,四卷。收錄“馬頭調”、“嶺兒調”、“滿江紅”、“岔曲”、“湖廣調”、“銀紐絲”、“八角鼓”、“九連環”等南北俗曲歌詞七百八十首,以"馬頭調"最多。題材廣泛,描寫男女愛情居多。書後附彈詞"玉蜻蜓"九回、"蘇灘"兩齣。

12【白雲蒼狗】ㄅㄞˊ ㄩㄣˊ ㄘㄤ ㄍㄡˇ

浮雲變幻無常,忽而狀如蒼狗。比喻世事變化不定。

14【白領階級】ㄅㄞˊ ㄌㄧㄥˇ ㄐㄧㄝ ㄐㄧˊ

(white-collar class)'歐''美'工業社會對以智力而不以體力工作的雇員之俗稱。或稱白領勞工。現代一般認爲,白領階級是屬於身分較低的新中等階級,均係受僱於人,包括會計員、事務員、打字員、管理員、推銷員、代理商、店員、書記及技術人員等。至於經理與專門人員,則屬於高身分的中等階級,與白領階級品位不同。

15【白駒過隙】ㄅㄞˊ ㄐㄩ ㄍㄨㄛˋ ㄒㄧˋ

壯馬馳過隙縫。比喻時間易逝或短促。

16【白澳政策】ㄅㄞˊ ㄠˋ ㄓㄥˋ ㄘㄜˋ

(White Australia Policy)'澳洲'排斥有色人種移民的政策。'澳洲'於十九世紀發現金礦後,'中國'勞工及'印尼'人紛紛湧往,1880年代後,殖民地會議上反映了排斥有色人種的偏見,西元1901年"聯邦移民法"規定移民必須通過語文考試。'澳洲'99%以上是白種人,其中95%是'英國'人。現在對有色人種的移民(尤其'日本'人)限制略有放寬。

【白頭如新】ㄅㄞˊ ㄊㄡˊ ㄖㄨˊ ㄒㄧㄣ

形容結交雖久而友誼不深。

18【白璧無瑕】ㄅㄞˊ ㄅㄧˋ ㄨˊ ㄒㄧㄚˊ

比喻完美無缺點。

【白璧微瑕】ㄅㄞˊ ㄅㄧˋ ㄨㄟˊ ㄒㄧㄚˊ

比喻美好的事物有細微的毛病。

10【白朗寧手槍】ㄅㄞˊ ㄌㄤˇ ㄋㄧㄥˊ ㄕㄡˇ ㄑㄧㄤ

(Browning pistol)'比利時'Fabrique國家兵工廠所產製的手槍。使用9公厘子彈,屬於自動上膛手槍。

11【白鹿洞書院】ㄅㄞˊ ㄌㄨˋ ㄉㄨㄥˋ ㄕㄨ ㄩㄢˋ

'宋''朱熹'集生徒講學的地方。在今'江西''星子縣'北'五老峰'下。'唐''李渤'與兄'涉'嘗讀書於'廬山',畜一白鹿自隨,因名'白鹿洞'。'南唐'建學於此,'宋'初改書院,後廢。'朱熹'重修之,講學於此,名始大著。

13【白話文學史】ㄅㄞˊ ㄏㄨㄚˋ ㄨㄣˊ ㄒㄩㄝˊ ㄕˇ

'胡適'撰,兩編,共十六章。基於白話文學爲我國文學史之中心的觀點,講述'漢'初以迄'唐''白居易'止,千餘年間白話文學的發展演進。

17【白環鸚嘴鵯】ㄅㄞˊ ㄏㄨㄢˊ ㄧㄥ ㄗㄨㄟˇ ㄅㄟ

(Chinese finch-billed bulbul; *Spizixos semitorques cinereicapillus*)又名鶲、鶲嘴鵯。爲脊椎動物中屬於鳥綱(class Aves)、雀形目(order Passeriformes)、鵯科(family Pycnonotidae)的一種。在'臺灣'分布於2,300公尺以下的樹林中,爲留鳥。體長約18公分,嘴峰彎曲有力、粗厚而短、黃白色。體羽以欖綠色、暗褐色及黃色爲主,胸前有一條白色細帶。喜群居,食物以果實爲主。

白環鸚嘴鵯圖

5【白石道人歌曲】ㄅㄞˊ ㄕˊ ㄉㄠˋ ㄖㄣˊ ㄍㄜ ㄑㄩˇ

'宋''姜夔'撰,四卷,別集一卷。收"宋鐃歌"十四首、"越九歌"十首、"琴曲"一首、詞八十四首。"越九歌"旁注律呂,"琴曲"旁注指法譜,十七首自度曲旁注工尺譜,是現存最早的詞曲譜。爲研究'宋'詞音樂及記譜法的重要資料。

7【白貝羅氏定律】ㄅㄞˊ ㄅㄟˋ ㄌㄨㄛˊ ㄕˋ ㄉㄧㄥˋ ㄌㄩˋ

(Buys Ballot's law)空氣自氣壓高處向低處流動,理論上其方向應爲與等壓線成直角之氣壓梯度的方向,但因受地球偏轉力之作用,實際的風向有顯著的偏轉,在北半球偏向右方,在南半球則偏向左方,與氣壓梯度方向約偏轉45°~90°。這種氣壓之分布與風之方向的關係,由'荷'人'白貝羅'氏於西元1850年所確定,故稱。其定律是:「在北半球,風自氣壓高處向低處與等壓線成一角度相切之方向而吹送,氣壓高處偏向右,氣壓低處偏向左。」或可說:「人若背風而立,則低氣壓在其人之左手方位。」

【白沙在涅與之俱黑】ㄅㄞˊ ㄕㄚ ㄗㄞˋ ㄋㄧㄝˋ ㄩˇ ㄓ ㄐㄩˋ ㄏㄟ

比喻人易受環境感染。

1

百 ㄅㄞˇ pai³ 音擺 讀音 ㄅㄛˊ po² 音伯

1倍數名。爲10^2。2形容數目之大或數量之多。如:百折不撓。3姓。'漢'有'百政'。見"漢書・酷吏傳・咸宣"。

3【百工】ㄅㄞˇ ㄍㄨㄥ

1百官;眾官。2泛指各種從事技藝工作的人。也指各行各業的技術工人。

【百川】ㄅㄞˇ ㄔㄨㄢ

眾河。

6【百忙】ㄅㄞˇ ㄇㄤˊ

形容十分忙碌。

【百合】ㄅㄞˇ ㄏㄜˊ

(*Lilium brownii*)多年生草本。鱗莖發達,呈球狀,莖高達1公尺。葉互生,狹披針形或披針形。夏季,基梢開數朵花,漏斗狀,花被6枚,白

百合圖

色、淡紫色或黃綠色。鱗莖可供食用，並供觀賞。原產於我國。今各地普遍栽培。

8【百沴】ㄅㄞˇ ㄌㄧˋ
百種惡氣；各種災害。

【百姓】ㄅㄞˇ ㄒㄧㄥˋ
①平民；人民。②百官。

9【百衲】ㄅㄞˇ ㄋㄚˋ
指僧衣。僧衣補綴甚多，故名。

10【百般】ㄅㄞˇ ㄅㄢ
①各式各樣；種種情態或手段。②無論如何；千萬。

12【百越】ㄅㄞˇ ㄩㄝˋ
古代我國東部沿‘東海’、‘南海’各地區及‘越南’各民族的總稱。也作‘百粵’。⌊百⌉以言其族類之多。所居地包括‘浙’、‘閩’、‘贛’、‘粵’、‘桂’、‘海南’、‘越南’，乃至‘皖’、‘湘’等地。其俗自古有斷髮、文身、契臂、巢居、使舟及水戰、鑄銅鼓等。

24【百靈】ㄅㄞˇ ㄌㄧㄥˊ
(lark, skylark)又稱雲雀、鷚。爲脊椎動物中屬於鳥綱(class Aves)、雀形目(order Passeriformes)、百靈科(family Alaudidae)的動物。共約 75 種。廣布於舊大陸，僅 *Eremophila* ***alpestris*** 一種原產於‘美洲’新大陸。體長13～23公分，嘴小而狹，呈錐狀，體色平淡或有條紋(雌雄相若)。棲息於旱田、草原及河川等地，在地面覓食昆蟲和種子。屬鳴禽類，所有種類皆鳴聲輕盈悅耳。產卵於地面，少數種類則在向風側以碎石築成牆後產卵。

百靈圖

4【百日咳】ㄅㄞˇ ㄖˋ ㄎㄜˊ
(whooping cough)由百日咳桿菌所引起的呼吸道感染症。病人以一歲前的幼兒爲多，成人通常不會罹患。症狀以咳嗽最爲明顯，常有陣發性痙攣性咳嗽，特別於呼吸道受到刺激或夜間時。另外可能會有嘔吐、舌下潰瘍、發燒、淋巴球增多、繼發性肺炎等。感染後，大約有一至兩週的潛伏期。現百日咳多只是地區性的流行，且有疫苗可以預防，臨床症狀也比以前來得輕微，有時不易診斷。

【百分比】ㄅㄞˇ ㄈㄣ ㄅㄧˇ
(percentage)又稱百分率、百分法、分釐法、折成法、步合算。以甲數爲100而求得乙數與甲數的相當比值，稱爲乙數對甲數的百分比。如乙/甲$=X/100$，則X爲乙對甲的百分比，以$X\%$來表示。

6【百老匯】ㄅㄞˇ ㄌㄠˇ ㄏㄨㄟˋ
(Broadway)‘紐約’最著名的大街。橫越‘曼哈坦區’，爲戲院和夜總會等集中地。自十九世紀中期以來就是‘美國’商業舞臺的櫥窗，故‘百老匯’一詞，現已成爲‘美國’劇院活動的同義字。

7【百里奚】ㄅㄛˋ ㄌㄧˇ ㄒㄧ
‘春秋’時‘秦穆公’的賢相。也作‘百里傒’。原爲‘虞國’大夫，‘晉’滅‘虞’虜‘奚’。後‘奚’逃亡，被‘楚’人所執。‘秦穆公’聞其賢，以五張黑羊皮將他贖回，並授以國政，時人稱爲‘五羖大夫’。與‘蹇叔’等共輔‘穆公’，成就霸業。

【百步蛇】ㄅㄞˇ ㄅㄨˋ ㄕㄜˊ
(hundred-pace snake; *Agkistrodon acutus*)屬於爬蟲綱、有鱗目(order Squamata)、蛇亞目(suborder Ophidia)、響尾蛇科(family Crotalidae)。亦名蝮蛇、五步蛇、白花蛇。爲有名的毒蛇。體背面自頸至尾(尾端黑色)有 25 個黃色白邊的菱形斑，兩側介於各斑間有黑褐色三角形斑，體側淡黃色或淡紅色，產於我國‘長江’沿岸、南方各處及‘臺灣’。

百步蛇圖

10【百家姓】ㄅㄞˇ ㄐㄧㄚ ㄒㄧㄥˋ
作者不詳，當成於‘宋朝’以後。將姓氏編成四言韻句，始於‘趙’，終於‘司空’，其數上百，故名。舊時村塾多用作啟蒙之書。

13【百葉窗】ㄅㄞˇ ㄧㄝˋ ㄔㄨㄤ
(jalousie window; louver window)又名百頁窗。以竹、塑膠或木材薄片橫列而縱向串成窗簾，拉動套繩，即可使之張合。可遮陽並保持通風效果。

15【百慕達】ㄅㄞˇ ㄇㄨˋ ㄉㄚˊ
(Bermuda)‘大西洋’西部島群。由300個小島組成，僅二十餘島有人居住。為‘英國’殖民地，面積54方公里，人口6.4萬(2003年)。因島小人多，水源不足，利用屋頂集水以供所需。氣候溫和，景色秀麗，為觀光及避暑勝地，並有修船業。

3【百口交謗】ㄅㄞˇ ㄎㄡˇ ㄐㄧㄠ ㄅㄤˋ
眾人一致責備抨擊。

【百口莫辯】ㄅㄞˇ ㄎㄡˇ ㄇㄛˋ ㄅㄧㄢˋ
形容極難辯解清楚。

【百川歸海】ㄅㄞˇ ㄔㄨㄢ ㄍㄨㄟ ㄏㄞˇ
①比喻歸趨於一。②比喻眾望所歸。

4【百尺竿頭】ㄅㄞˇ ㄔˇ ㄍㄢ ㄊㄡˊ
佛家語。勉人更進一步。

【百孔千瘡】ㄅㄞˇ ㄎㄨㄥˇ ㄑㄧㄢ ㄔㄨㄤ
比喻弊病叢生。

【百日維新】ㄅㄞˇ ㄖˋ ㄨㄟˊ ㄒㄧㄣ
‘清’‘光緒’二十四年(1898)四月，‘康有爲’、‘梁啟超’所推行的變法維新運動。重要新政可歸爲四類：一、教育方面：廢八股、試策論、立學堂、設譯書局。二、政治方面：裁汰冗官、澄清吏治、引用新人、廣開言路。三、軍事方面：行新軍制、改習洋槍、裁減綠營、推行保甲。四、實業方面：籌設鐵路、開採礦產、獎勵製造發明、促進工商業發展。八月，守舊大臣擁‘慈禧太后’發動政變，取消一切新政，維新運動凡百日而罷。

【百分位數】 ㄅㄞˇ ㄈㄣ ㄨㄟˋ ㄕㄨˋ
(percentile) 隨機變數x的機率分布函數設為$F_x(s)=p\{x\leq s\}$，那麼對介於0與1之間的小數 t，找出 s 來，使得$F_x(s)=t$，這時$x=s$叫做 t 位點。t 常用百分法表示，例如$t=78\%$，則 $x=s$ 叫78百分位數。

【百分等級】 ㄅㄞˇ ㄈㄣ ㄉㄥˇ ㄐㄧˊ
(percentile rank) 以等級表示某得分以下之分數個數的百分比。

5**【百世之師】** ㄅㄞˇ ㄕˋ ㄓ ㄕ
道德風範，可為後代的師法。

【百代過客】 ㄅㄞˇ ㄉㄞˋ ㄍㄨㄛˋ ㄎㄜˋ
比喻時光易逝、人生短暫。

6**【百年好合】** ㄅㄞˇ ㄋㄧㄢˊ ㄏㄠˇ ㄏㄜˊ
祝人夫婦永遠和好之詞。多用作對新婚夫婦的賀辭。

【百年偕老】 ㄅㄞˇ ㄋㄧㄢˊ ㄐㄧㄝ ㄌㄠˇ
夫妻和睦到老。

【百年樹人】 ㄅㄞˇ ㄋㄧㄢˊ ㄕㄨˋ ㄖㄣˊ
指教育工作收效的久遠或人才培育的重要。

【百年戰爭】 ㄅㄞˇ ㄋㄧㄢˊ ㄓㄢˋ ㄓㄥ
(The Hundred Years' War)‘英’‘法’兩國因封建領地問題而發生的長期戰爭。‘英’王‘威廉’(William)與‘亨利二世’(Henry Ⅱ)都是以‘法國’諸侯入主‘英國’，但仍秉領著‘法國’的爵位和大片封地。因此‘英’王與‘法’王間常為封地問題發生衝突。西元1337年，‘法’境內之‘英’封地‘法蘭德斯’(Flanders)發生叛亂，‘法’王‘腓力六世’(Philip Ⅵ)派兵鎮壓，終於爆發百年戰爭。戰爭時斷時續，‘英’軍屢勝，‘法國’在聖女‘貞德’的激勵下，民族意識昂揚，終於大敗‘英’軍，於1453年結束百餘年的戰爭。此役使‘英國’在‘法國’境內的封地大失，另一方面，‘英’‘法’雙方王權因而提高，逐漸走向民族國家。

7**【百折不撓】** ㄅㄞˇ ㄓㄜˊ ㄅㄨˋ ㄋㄠˊ
屢遭挫折，仍不屈服。

【百步穿楊】 ㄅㄞˇ ㄅㄨˋ ㄔㄨㄢ ㄧㄤˊ
能在百步之外，射中楊葉。形容善射。

【百身莫贖】 ㄅㄞˇ ㄕㄣ ㄇㄛˋ ㄕㄨˊ
縱使死一百次，也不足以贖罪。

8**【百依百順】** ㄅㄞˇ ㄧ ㄅㄞˇ ㄕㄨㄣˋ
凡事順從。

【百念俱灰】 ㄅㄞˇ ㄋㄧㄢˋ ㄐㄩˋ ㄏㄨㄟ
形容受嚴重打擊後，對任何事都心灰意冷。

9**【百思不解】** ㄅㄞˇ ㄙ ㄅㄨˋ ㄐㄧㄝˇ
經過反覆不斷的思考，還是不能理解。

【百科全書】 ㄅㄞˇ ㄎㄜ ㄑㄩㄢˊ ㄕㄨ
(encyclopedia) 工具書的一種。包羅各種知識，依字母或筆畫順序彙編而成。也有以一種或數種專門知識為主的，如數學百科全書。‘中’文的百科全書大都依門類彙編，最早可溯至三國‘曹丕’的“皇覽”，而以‘清代’編成的“古今圖書集成”最著名。

10**【百家爭鳴】** ㄅㄞˇ ㄐㄧㄚ ㄓㄥ ㄇㄧㄥˊ
本指‘戰國’時代學術思想蓬勃發展，百家林立，互相論辯。後泛指思想言論的蓬勃。

11**【百鳥朝鳳】** ㄅㄞˇ ㄋㄧㄠˇ ㄔㄠˊ ㄈㄥˋ
各種鳥類都朝見鳳凰。相傳鳳為眾鳥之王，所以傳統的繪畫或刺繡中，常以此為題材。又古代民間管樂合奏曲中，也有“百鳥朝鳳”，亦取此義。

12**【百發百中】** ㄅㄞˇ ㄈㄚ ㄅㄞˇ ㄓㄨㄥˋ
①所射之箭，皆中目標。比喻善射。②比喻料事如神，絕無失策。

【百無一失】 ㄅㄞˇ ㄨˊ ㄧ ㄕ
形容做事很有把握，絕不會發生差錯。

【百無一用】 ㄅㄞˇ ㄨˊ ㄧ ㄩㄥˋ
毫無用處。

【百無聊賴】 ㄅㄞˇ ㄨˊ ㄌㄧㄠˊ ㄌㄞˋ
形容生活枯燥，毫無意趣。

【百無禁忌】 ㄅㄞˇ ㄨˊ ㄐㄧㄣˋ ㄐㄧˋ
毫無忌諱。

13**【百感交集】** ㄅㄞˇ ㄍㄢˇ ㄐㄧㄠ ㄐㄧˊ
各種感觸交織於心中。形容情緒複雜繁亂。

14**【百態橫生】** ㄅㄞˇ ㄊㄞˋ ㄏㄥˋ ㄕㄥ
各種形態一一出現。形容什麼形態都有。

15**【百廢俱興】** ㄅㄞˇ ㄈㄟˋ ㄐㄩˋ ㄒㄧㄥ
所有廢弛的事務，都已興辦。

16**【百戰百勝】** ㄅㄞˇ ㄓㄢˋ ㄅㄞˇ ㄕㄥˋ
每戰皆勝。

17**【百鍊成鋼】** ㄅㄞˇ ㄌㄧㄢˋ ㄔㄥˊ ㄍㄤ
比喻刻苦磨鍊，自會成功。

22**【百讀不厭】** ㄅㄞˇ ㄉㄨˊ ㄅㄨˋ ㄧㄢˋ
反覆誦讀而不覺厭倦。形容文章著作之吸引人。

4**【百分比誤差】** ㄅㄞˇ ㄈㄣ ㄅㄧˇ ㄨˋ ㄔㄚ
(percentage error)量測儀器之誤差對基準值之比，以百分率表示者。

14**【百聞不如一見】** ㄅㄞˇ ㄨㄣˊ ㄅㄨˋ ㄖㄨˊ ㄧ ㄐㄧㄢˋ
聽別人述說百次，不如親眼看一次來得真切。

4**【百分之百準備原則】** ㄅㄞˇ ㄈㄣ ㄓ ㄅㄞˇ ㄓㄨㄣˇ ㄅㄟˋ ㄩㄢˊ ㄗㄜˊ
(one hundred percent reserve principle) 指紙幣的發行以十足的黃金作為準備。在此情況下，一國的貨幣數量等於黃金準備數量，貨幣數量的變動與黃金數量的變動有完全對應的關係存在。

7**【百足之蟲死而不僵】** ㄅㄞˇ ㄗㄨˊ ㄓ ㄔㄨㄥˊ ㄙˇ ㄦˊ ㄅㄨˋ ㄐㄧㄤ
比喻有財有勢的人，根基深厚，雖遭失敗，也不致立即沒落。

17【百鍊鋼化作繞指柔】ㄅㄞˇ ㄌㄧㄢˋ ㄍㄤ ㄏㄨㄚˋ ㄗㄨㄛˋ ㄖㄠˋ ㄓˇ ㄖㄡˊ
比喻原本剛強，變得柔順。

2

皁 ㄗㄠˋ *tsao*^{4} 音造
本作草，也作皂。①黑色。如：青紅皁白。②小臣；賤役。如：皁隸。③牛馬的食槽。④洗濯去汙的用品。

皂 ㄗㄠˋ *tsao*^{4} 音造
皁的俗體。

4【皂化】ㄗㄠˋ ㄏㄨㄚˋ
(saponification) 油脂在氫氧化鈉或氫氧化鉀等鹼性溶液中加熱，則會發生水解反應，生成長鏈脂肪酸的鈉或鉀鹽(即肥皂)和甘油，這種反應稱爲皂化。

皀 ㄒㄧㄤ *hsiang*^{1} 音香
①五穀的馨香。見"說文"。②一粒穀。見"說文"。③香的古文。

皃 貌的籀文。

3

的 ㊀ ㄉㄧˋ *ti*^{4} 音地
本作旳。①明；明顯。見"說文"。②白色。③箭靶的中心。如：眾矢之的。④目標。如：目的。
㊁ ㄉㄧˊ *ti*^{2} 音嫡
①確實。如：的確。②恰當。如：的當。
㊂ ·ㄉㄜ ·*tê*
①介詞。(1)表所屬。如：他的家。(2)介動作的性態或程度。如：說的是。②助詞。(1)作動詞詞尾。同得。(2)作副詞詞尾。如：好好的讀書。(3)作形容詞詞尾。如：新的。(4)表決定。如：是的。(5)表疑問。如：幾時來的？

3【的士】ㄉㄧˊ ㄕˋ
(taxi)計程車的'英'語音譯。通行於'香港'一帶。

12【的然】ㄉㄧˋ ㄖㄢˊ
明顯的樣子。

13【的當】ㄉㄧˊ ㄉㄤˋ
正確；恰當。

20【的皪】ㄉㄧˋ ㄌㄧˋ
①潔白的樣子。②照耀。③光明的樣子。

4

皆 ㄐㄧㄝ *chieh*^{1} 音街
俱；都。如：皆大歡喜。

6【皆伐林】ㄐㄧㄝ ㄈㄚ ㄌㄧㄣˊ
或稱規則林。由皆伐而造成的林相。是同齡林，其樹冠齊一，是形式簡單、勞力需要最少的森林，惟不能充分利用空間及土地生產力是其缺點。

皇 ㄏㄨㄤˊ *huang*^{2} 音黃
①君主；天子。如：皇帝。②大；偉大。如：皇天。③對先代或神明的敬稱。如：皇考。④美盛。⑤急迫的樣子。通遑。如：倉皇。⑥神鳥名。鳳凰的凰，古作皇。⑦姓。'漢'有'皇運'。見"通志·氏族略四"。

9【皇室】ㄏㄨㄤˊ ㄕˋ
①皇帝的家族。②指朝廷。

【皇皇】ㄏㄨㄤˊ ㄏㄨㄤˊ
①美盛顯明的樣子。②大；偉大。③心不安定的樣子。同惶惶。④匆忙的樣子。同遑遑。⑤通達無礙的樣子。

10【皇荂】ㄏㄨㄤˊ ㄏㄨㄚ
古代俗曲名。也作"皇華"。

11【皇族】ㄏㄨㄤˊ ㄗㄨˊ
帝王的家族。

【皇統】ㄏㄨㄤˊ ㄊㄨㄥˇ
帝王的世系。

17【皇儲】ㄏㄨㄤˊ ㄔㄨˊ
君位的預定繼承人。

16【皇親國戚】ㄏㄨㄤˊ ㄑㄧㄣ ㄍㄨㄛˊ ㄑㄧ
皇帝的親戚族人。

皈 ㄍㄨㄟ *kuei*^{1} 音歸
同歸。如：皈依。

8【皈依】ㄍㄨㄟ ㄧ
指歸信佛教。通常指皈依佛、法(佛所說的道理)、僧之三皈依。

5

皋 也作臯、皐。㊀ ㄍㄠ *kao*^{1} 音高
①冉冉上升的白色水氣。見"說文"。②湖沼；沼澤。見"廣雅·釋地"。③水岸。見"正字通"。④高地。如：東皋。⑤姓。'漢'有'皋誨'。見"通志·氏族略四"。
㊁ ㄍㄨ *ku*^{1} 音姑
參櫜皋。

11【皋陶】ㄍㄠ ㄧㄠˊ
'虞舜'時的賢臣，掌刑獄的事。也作'咎陶'。

皊 ㄌㄧㄥˊ *ling*^{2} 音零
白色。見"字彙"。

6

皎 ㄐㄧㄠˇ *chiao*^{3} 音繳
①月光潔白明亮。引申爲光明的樣子。如：皎潔。②姓。五代有'皎公羨'。見"新五代史·南漢世家"。

11【皎皎】ㄐㄧㄠˇ ㄐㄧㄠˇ
潔白明亮的樣子。也作晈晈。

12【皎然】ㄐㄧㄠˇ ㄖㄢˊ
①光亮明顯的樣子。②'唐'僧。'湖州''長城'(今'浙江''長興')人。本姓'謝'，字'清晝'，'謝靈運'十世孫。其詩文儁麗，'顏眞卿'、'韋應物'對之均極推重。著有"杼山集"、"詩式"、"詩評"、"儒釋交遊傳"等書傳於世。

15【皎潔】ㄐㄧㄠˇ ㄐㄧㄝˊ
明亮潔白。

皏 ㄆㄥˇ *p'êng*^{3} 音捧
或作晎。白色。見"廣雅·釋器"。

皐 皋的或體。

7

皕 ㄅㄧˋ *pi*^{4} 音必
兩百。見"說文"。

皖 ㊀ ㄨㄢˇ *wan*³ 音宛
1光明的樣子。見"集韻"。2'安徽省'的簡稱。
㊁ ㄏㄨㄢˇ *huan*³ 音緩
同㊀2。

7【皖系】 ㄨㄢˇ ㄒㄧˋ
'民'初北方軍閥派系之一。首領爲'安徽''段祺瑞'。'民國'五年,'段'任國務總理,'皖'系控制'北京'政府。據有'陝西'、'安徽'、'浙江'、'內'、'外蒙古'、'北京'、'津浦鐵路'沿線等地。要角有'徐樹錚'、'王揖唐'、'曲同豐'。對外依附'日本',主張以武力解決南方護法政府。九年,'直''皖'戰爭中挫敗,勢衰。北伐前夕,完全覆滅。

9【皖派】 ㄨㄢˇ ㄆㄞˋ
1'明'篆刻派別之一。'新安''何震'工篆刻,意象板滯,後'程邃'力矯其失,'巴慰祖'、'胡唐'諸人繼起,盡擬'漢代'之風,世稱'皖'派。2'淸'考證學派之一。專門研究'漢'學,以'戴震'爲首,至'段玉裁'、'王念孫'始發揚光大。因'戴'氏是'安徽'人,故稱'皖'派。

皓 ㄏㄠˋ *hao*⁴ 音浩
本作晧。1光明;潔白。如:皓月。2廣大。通浩。3姓。'周代''越'有'皓進'。見"奇姓通·六"。

4【皓月】 ㄏㄠˋ ㄩㄝˋ
明月。

9【皓首窮經】 ㄏㄠˋ ㄕㄡˇ ㄑㄩㄥˊ ㄐㄧㄥ
到年老白頭仍在研究經書。

【皓首龐眉】 ㄏㄠˋ ㄕㄡˇ ㄆㄤˊ ㄇㄟˊ
白髮長眉。形容老人的容貌。

15【皓齒朱脣】 ㄏㄠˋ ㄔˇ ㄓㄨ ㄔㄨㄣˊ
齒白脣紅。形容貌美。

8

晳 ㄒㄧ *hsi*¹ 音西
1人的膚色潔白。見"說文"。2泛指白色。見"字彙"。

10

皜 ㄏㄠˋ *hao*⁴ 音浩
潔白的樣子。

15【皜皜】 ㄏㄠˋ ㄏㄠˋ
潔白明亮的樣子。

⿰白隺 ㄏㄜˋ *ho*⁴, *hê*⁴ 音鶴 又讀 ㄏㄨˊ *hu*² 音胡
鳥色潔白。見"說文"。

皝 ㄏㄨㄤˇ *huang*³ 音謊
人名。'前燕'有'慕容皝'。見"晉書·前燕載記"。

皚 ㄞˊ *ai*² 音捱 又讀 ㄧˊ *i*² 音移
霜雪潔白的樣子。見"說文"。

15【皚皚】 ㄞˊ ㄞˊ
潔白的樣子。

皞 ㄏㄠˋ *hao*⁴ 音浩
本作暤。也作皡。1明亮。見"廣韻"。2廣大。通昊、浩。如:皞天。

皛 ㄒㄧㄠˋ *hsiao*⁴ 音笑
1顯明;皎潔。見"說文"。2全白;白色。

11

皟 ㄘㄜˋ *ts'ê*⁴ 音策
1潔白;潔淨。見"廣韻"。2貧瘠。見"字彙補"。

皠 ㄘㄨㄟˇ *ts'ui*³ 音璀
1高峻的樣子。見"玉篇"。2潔白。見"集韻"。

12

皤 ㄆㄛˊ *p'o*² 音婆
1老人髮白的樣子。見"說文"。2指老人。3潔白的樣子。4大腹。見"正字通"。

12【皤然】 ㄆㄛˊ ㄖㄢˊ
鬢髮白的樣子。

17【皤皤】 ㄆㄛˊ ㄆㄛˊ
髮白的樣子。

皥 皞的俗體。

13

皦 ㄐㄧㄠˇ *chiao*³ 音皎
1白色。見"玉篇"。2明亮的樣子。如:皦日。3詳明。如:皦察。

4【皦日】 ㄐㄧㄠˇ ㄖˋ
明亮的太陽。

15

皫 ㄆㄧㄠˇ *p'iao*³ 音縹
1白色。見"玉篇"。2鳥羽失去光澤。見"集韻"。3物品色澤不美。見"正字通"。

皪 ㄌㄧˋ *li*⁴ 音力
參的皪。

16

皬 ㄏㄜˋ *ho*⁴, *hê*⁴ 音鶴
白色。見"集韻"。

⿰白歷 皪的或體。

17

皭 ㄐㄧㄠˋ *chiao*⁴ 音叫
或作皭。1白色。見"正字通"。2潔淨。見"字彙"。

皮 部

皮 ㄆㄧˊ *p'i*² 音疲
1動植物體的表皮層。如:皮膚。2經過加工的獸皮。3表面的;膚淺的。如:皮相之談。4(pico)代號爲P。國際通用分數譯音,爲10^{-12},或稱微微。5姓。'唐'有'皮日休'。見"萬姓統譜·四"。

4【皮水】 ㄆㄧˊ ㄕㄨㄟˇ
水腫症候類型的一種。發病緩慢,症狀爲全身浮腫、肢體脹痛沈重、無汗、四肢有凹陷性水腫。多由脾虛、溼盛、水液蓄積於皮膚所致。

【皮毛】 ㄆㄧˊ ㄇㄠˊ
1皮與毛。2皮裘綢毛。指禦寒的

衣物。③比喻粗淺的知識或事物的外表。

9【皮相】 ㄆㄧˊ ㄒㄧㄤˋ
①比喻外表。②引申爲膚淺。

【皮重】 ㄆㄧˊ ㄓㄨㄥˋ
(tare; tare weight) 有包裝的貨物,其包裝材料的重量,稱爲皮重。有包裝的貨物,如按淨重條件交易時,必須從貨物的毛重扣除皮重以求得淨重。

10【皮脂】 ㄆㄧˊ ㄓ
(sebum)由皮脂腺分泌出的油狀液體。能使皮膚及毛髮滑潤。

11【皮婚】 ㄆㄧˊ ㄏㄨㄣ
西俗稱結婚三週年。

12【皮黃】 ㄆㄧˊ ㄏㄨㄤˊ
戲曲腔調名。也稱皮簧。西皮二‘黃’的統稱。二‘黃’是‘平’劇的主體,所以‘平’劇也稱皮‘黃’。其他地方戲劇如‘漢’劇、‘粵’劇、‘桂’劇、‘滇’劇,都是皮‘黃’聲腔系統,在我國近代戲曲中具有很大的影響。

【皮筏】 ㄆㄧˊ ㄈㄚˊ
我國北方民眾渡水的乘具。又名渾脫。用牛、羊皮製成皮袋,中吹氣,皮袋以木、繩相連,浮水上可以乘人載物。

15【皮層】 ㄆㄧˊ ㄘㄥˊ
(cortex)根或莖的表皮下方爲皮層。係由薄壁組織構成。根內的皮層細胞排列疏鬆,細胞內常有澱粉粒,是根內儲存養分的主要部位。莖內皮層的薄壁細胞,內含葉綠體,可行光合作用。

【皮膚】 ㄆㄧˊ ㄈㄨ
(skin) 覆蓋於身體表面的構造。司感覺、調節體溫、排泄和保護作用。可分爲表皮、眞皮和內皮三層。

16【皮雕】 ㄆㄧˊ ㄉㄧㄠ
在皮革表面添加裝飾花紋的一種技藝。皮革質地堅韌,除用刀具外,尙須設計特殊工具,以便在皮革表面敲壓,而呈現凹凸的花紋。雕成後可作局部染色或添加金屬配件,以增加美觀及實用性。

22【皮囊】 ㄆㄧˊ ㄋㄤˊ
①用皮革縫製的袋子。②指人的身軀。

5【皮包骨】 ㄆㄧˊ ㄅㄠ ㄍㄨˇ
形容非常瘦。

6【皮托管】 ㄆㄧˊ ㄊㄨㄛ ㄍㄨㄢˇ
(Pitot tube; Pitot static tube) 測量流速的一種裝置。如圖所示爲‘皮托’管的形式之一,其前端爲半球形,上面孔隙用來測總壓力,側面小孔用來測定靜壓。從靜壓與總壓之差,即可計算出流體流經‘皮托’管之速度。

皮托管圖

10【皮脂腺】 ㄆㄧˊ ㄓ ㄒㄧㄢˋ
(sebaceous gland) 位於哺乳動物眞皮組織內的一種腺體。導管開口於毛囊,分泌油脂於皮膚表面。顏面及頭頂的皮脂腺特多,其分泌物可潤滑皮膚及毛髮。

14【皮爾遜】 ㄆㄧˊ ㄦˇ ㄒㄩㄣˋ
①(Karl Pearson, 1857～1936) ‘英國’數學家、優生學家,也是現代統計學的創始者之一。西元1911年受聘爲大學院第一位‘高爾頓’優生學講座教授(Galton professor of eugenics)。任職幾何學教授時的演講稿,經增訂成“科學的文法”(*The Grammar of Science*)一書,探討現代科學的範疇與概念,成爲科學哲學經典之作。另由論文集成的“數學對進化論的貢獻”(*Mathematical Contributions to the Theory of Evolution*)一書,對生物統計學加以讚揚。其他作品尙有“自由思考的倫理”(*The Ethic of Free Thought*)、“統計學者與生統學者表”(*Tables for Statisticians and Biometricians*)。②(Lester B. Pearson, 1897～1972) ‘加拿大’政治、外交家。1928年起任職外交官。1947年任‘聯合國政治安全委員會’主席時,曾協助解決‘巴勒斯坦’問題。1948年任‘外交部’長,1951年爲“北約組織”主席。1957年因協力解決‘蘇伊士運河’危險而獲得‘諾貝爾’和平獎。

皮爾遜像

皮爾遜像

15【皮影偶】 ㄆㄧˊ ㄧㄥˇ ㄡˇ
皮影戲的人偶。多爲側面圖。將獸皮刮薄風乾,製成戲劇角色,並鏤空雕飾,其花紋類似剪紙。人物頭部四肢分開製作,再行連綴,可以自由活動。表演時由人操作,投影於白布上,深具戲劇效果。

【皮影戲】 ㄆㄧˊ ㄧㄥˇ ㄒㄧˋ
民間影戲的一種。也稱影戲、燈影戲、土影戲、羊皮戲。以羊皮裁剪成人物形狀,加上繪彩,用線牽動,做出各種動作,配合燈光、音樂、唱白,使影像反映在白幕上,供人觀賞。

【皮質素】 ㄆㄧˊ ㄓˋ ㄙㄨˋ
(glucocorticoids) 爲腎上腺皮質所分泌出的一種賀爾蒙。能調節碳水化合物及電解質的代謝作用,爲維持生命所不可或缺。

16【皮錫瑞】 ㄆㄧˊ ㄒㄧˊ ㄖㄨㄟˋ
(1850～1908) ‘清’‘湖南’‘善化’人。字‘鹿門’,一字‘麓雲’,稱所居爲‘師伏堂’。‘光緒’舉人。歷主‘湖南’‘龍潭書院’、‘江西’‘經訓書院’講席。工詩及駢文,治經出入於古今文之間。著有“經學通論”、“今文尙書考證”、“師伏堂駢文”等書。

3【皮下出血】 ㄆㄧˊ ㄒㄧㄚˋ ㄔㄨ ㄒㄧㄝˇ
(subcutaneous hemorrhage)又名皮下溢血。指身體受到鈍器打擊,皮下軟部組織挫碎,引起小血管破裂,血液流入皮下組織內呈凝固狀態的現象。

【皮下注射】ㄆㄧˊ ㄒㄧㄚˋ ㄓㄨˋ ㄕㄜˋ
(subcutaneous injection)用注射器將藥水注入皮下脂肪組織內的打針法。

【皮下脂肪】ㄆㄧˊ ㄒㄧㄚˋ ㄓ ㄈㄤˊ
(subcutaneous fat)動物體內的養分有剩餘時,可形成脂肪而儲存。眞皮下方的脂肪層便是儲存脂肪的部位,可防止體熱過度散失,並可緩衝外來的機械傷害。

【皮下移植】ㄆㄧˊ ㄒㄧㄚˋ ㄧˊ ㄓˊ
(subcutaneous transplantation)在眞皮下裝入某種異物,以達治療或整型效果的外科手術。異物多半是矽質化合物,也有利用本身肋骨的軟骨或骨盆旁的腸骨。通常副作用不多,但隆乳手術中,由於植入的面積較大,易引起移植物的收縮。

12【皮裡春秋】ㄆㄧˊ ㄌㄧˇ ㄔㄨㄣ ㄑㄧㄡ
口中不說好壞,而內心有所褒貶。後避'晉''簡文宣鄭太后'諱,改「春」作「陽」。

【皮開肉綻】ㄆㄧˊ ㄎㄞ ㄖㄡˋ ㄓㄢˋ
皮肉破裂。

15【皮膜組織】ㄆㄧˊ ㄇㄛˋ ㄗㄨˇ ㄓ
(epithelial tissue)由一層或多層細胞緊密相接而形成,被覆於動物體表和各器官的內面,或構成腺體。具有保護、吸收或分泌等功能,例如體表的皮膜組織可避免體內的細胞受到機械、化學物質或細菌等的傷害;消化管的內膜可以吸收養分;腺皮膜有分泌的功能。

18【皮藍得羅】ㄆㄧˊ ㄌㄢˊ ㄉㄜˊ ㄌㄨㄛˊ
(Luigi Pirandello, 1867～1936)'義大利'戲劇家兼小說家。西元1934年'諾貝爾'文學獎得主。共著有五十餘個劇本,最具代表的兩個戲是"六個尋找作家的劇中人物"(*Sei personaggi in cerca d'autore*)和"亨利四世"(*Enrico IV*),前者他發明了「劇場中之劇場」的技巧,爲現代戲劇的創新者。戲劇以外,撰有七篇長篇小說,另有短篇、文學批評和詩集。最著名的長篇是"故馬提亞巴斯加"(*Il fu Mattia Pascal*)。

3【皮下注射理論】ㄆㄧˊ ㄒㄧㄚˋ ㄓㄨˋ ㄕㄜˋ ㄌㄧˇ ㄌㄨㄣˋ
(hypodermic needle theory)也稱機械反應理論。描述大眾媒體傳播效果的一種模式。意指大眾媒體具有直接、立即、強勁的傳播效果,就如皮下注射針深深注入群眾身心一般。

15【皮膚過敏試驗】ㄆㄧˊ ㄈㄨ ㄍㄨㄛˋ ㄇㄧㄣˇ ㄕˋ ㄧㄢˋ
(skin test)某些藥物過敏反應非常可怕,例如盤尼西林,對它過敏的人,可以一針畢命。因此爲了確定有無過敏時,常將藥物稀釋,注射少量於皮下,一定時間後看反應,此醫藥試驗,稱爲皮膚過敏試驗。過敏者,常於打針處出現紅疹或風疹塊,如此,即不宜注射該類藥物。此外,皮膚過敏試驗還常用在過敏原的尋找。對於接觸性皮膚炎,則常用黏貼試驗,即把致敏物質黏貼於皮膚上,再觀察皮膚的變化。

4【皮之不存毛將焉附】ㄆㄧˊ ㄓ ㄅㄨˋ ㄘㄨㄣˊ ㄇㄠˊ ㄐㄧㄤ ㄧㄢ ㄈㄨˋ
表皮不存,則毛髮將何處附著。比喻根本既失,其枝節將無所依附。

3

皯 ㄍㄢˇ kan³ 音趕
1面色發黑。見"說文"。2病。見"廣雅·釋詁"。

⿰丸皮 ㄏㄨㄢˊ huan² 音環
皮膚病。見"廣韻"。

4

⿰皮皮 ㄆㄧ p'i¹ 音披
張開。見"字彙"。

5

皰 ㄆㄠˋ p'ao⁴ 音砲
1生於面部的小瘡。如粉刺即是。2發生於手足臂肘等部位的水泡。

7

皴 ㄘㄨㄣ ts'un¹ 音村
1皮膚起小皺紋。見"字彙"。2皮膚皺裂。如:皴裂。3國畫筆法之一。參皴法。

8【皴法】ㄘㄨㄣ ㄈㄚˇ
國畫表現山石紋理及明暗、凹凸的技法。有荷葉、解索、劈斧、卷雲、雨點、破網、折帶、亂柴、亂麻、鬼面、米點等多種。爲山水畫中最常使用的技法。

12【皴裂】ㄘㄨㄣ ㄌㄧㄝˋ
皮膚裂開。

8

皵 ㄑㄩㄝˋ ch'üeh⁴ 音卻
1粗硬的樹皮。見"廣韻"。2皮膚裂開。同皴。見"集韻"。

9

皸 ㄐㄩㄣ chün¹ 音君
皮膚凍裂。

12【皸裂】ㄐㄩㄣ ㄌㄧㄝˋ
皮膚凍裂。

皷 鼓的俗體。

10

皺 ㄓㄡˋ chou⁴ 音縐
1面部皮膚的摺紋。也泛指物的摺紋。見"玉篇"。2蹙;攢聚。如:皺眉頭。

11

皻 ㄓㄚ cha¹ 音渣
1鼻上紅皰。俗稱酒皻。見"正字通"。2面部的粉刺。見"正字通"。

13

皽 ㄓㄢˇ chan³ 音展
1皮膚鬆弛。見"集韻"。2皮肉上的薄膜。見"正字通"。

15

皾 ㄉㄨˊ tu² 音讀
也作韇。1滑。見"廣韻"。2貯放弓箭的器具。又稱胡鹿。同韇。見"集韻"。

皿 部

皿 ㄇㄧㄣˇ min³ 音敏 又讀 ㄇㄧㄥˇ ming³ 音茗
飲食器具。見"說文"。

3

盂 ㄩˊ yü² 音于
1水器或盛飯器。形如簋而大,亦有方盂;侈口,深腹,圈足,附耳。流行的時間短,故出土亦少。屬'商'與'周'初者偶有發現,多爲中型;屬'西周'中晚期者以大型居多;屬'春秋'者則極少見。2姓。'春秋''晉'有'盂丙'。見"萬姓統譜·一三"。

盂圖

4【盂方水方】 ㄩˊ ㄈㄤ ㄕㄨㄟˇ ㄈㄤ
比喻在下位者以在上位者爲典範。

21【盂蘭盆會】 ㄩˊ ㄌㄢˊ ㄆㄣˊ ㄏㄨㄟˋ
佛家語。盂蘭盆是梵語 ullambana 的音譯,也作烏藍婆拏。義爲倒懸。比喻死者之苦,有如倒懸。盂蘭盆會乃佛家弟子爲救度亡魂的法會,佛教徒在每年農曆七月十五日(僧自恣日),設齋供養佛、菩薩及眾僧,祈求他們以佛法救度先亡親友倒懸之苦。

4

盄 ㄓㄠ chao¹ 音昭
今'吳'地所用煮茶的吊子。見"說文通訓定聲"。

盇
杯的或體。

盍
盍的古文。

盅 ㄓㄨㄥ chung¹ 音中
小杯。如:茶盅。

盈 ㄧㄥˊ ying² 音贏
1滿溢;充滿。如:有酒盈樽。2增多;富餘。通贏。如:盈餘。

9【盈盈】 ㄧㄥˊ ㄧㄥˊ
1河水清淺的樣子。2女子體態輕巧美好的樣子。3步伐輕快的樣子。

15【盈餘】 ㄧㄥˊ ㄩˊ
1多餘。2會計上一般稱盈餘爲淨利。即每期所有收益超過全部成本與費用後的餘額。

17【盈虧】 ㄧㄥˊ ㄎㄨㄟ
1月亮的圓或缺。2營業的賺錢或虧本。

3【盈千累萬】 ㄧㄥˊ ㄑㄧㄢ ㄌㄟˇ ㄨㄢˋ
形容數量極多。

9【盈科後進】 ㄧㄥˊ ㄎㄜ ㄏㄡˋ ㄐㄧㄣˋ
水充滿坑坎,然後再繼續前進。比喻沈穩漸進。

17【盈虧互抵】 ㄧㄥˊ ㄎㄨㄟ ㄏㄨˋ ㄉㄧˇ
(offset between gain and loss) 指營利事業前後年度間之盈餘與虧損可以互相抵銷。其虧損若可抵以前年度之盈餘而申請退稅時,稱爲前抵 (carry-back);其虧損若可以在以後年度之盈餘中扣除,而減少以後年度之稅負時,稱爲後延(carry-over)。

15【盈餘分配準備金】 ㄧㄥˊ ㄩˊ ㄈㄣ ㄆㄟˋ ㄓㄨㄣˇ ㄅㄟˋ ㄐㄧㄣ
(dividend reserve) 人壽保險的分紅保單,被保險人享有盈餘(紅利)分配之權,故在年度結算而有盈餘時,必須提存準備,以備分配辦法確定後分配之需。

盆 ㄆㄣˊ p'ên² 音湓
1指底部小而口略大,形似盤而較深的容器。如:臉盆。2姓。'漢'有'盆謐'。見"萬姓統譜·二三"。

6【盆地】 ㄆㄣˊ ㄉㄧˋ
(basin) 1在地表面爲海洋所占據的廣大低地,稱大海盆(ocean basin)。2褶曲所形成的較低陷區域。如'巴黎盆地'。3四周爲較高的山地丘陵所環繞的平原。如'四川盆地'、'臺北盆地'。

12【盆景】 ㄆㄣˊ ㄐㄧㄥˇ
盆中種植花木以供觀賞的陳設。

5

益 ㄧˋ i⁴ 音溢 又讀 ㄧˊ i² 音宜
1豐饒;富裕。見"說文"。2增加;增進。如:延年益壽。3愈;更加。如:多多益善。4好處;有利的。如:良師益友。5"易"卦名。六十四卦之一。震下巽上。6姓。'漢'有'益強'。見"通志·氏族略五"。

益卦圖

12【益智】 ㄧˋ ㄓˋ
增長智慧。

8【益者三友】 ㄧˋ ㄓㄜˇ ㄙㄢ ㄧㄡˇ
三種有助益的朋友。即友直、友諒、友多聞。

盍 ㄏㄜˊ ho², hê² 音何
1何。見"廣雅·釋詁"。2何不。3姓。'宋'有'盍著'。見"萬姓統譜·一二四"。

盋 ㄅㄛ po¹ 音撥
食器,似盂而較小。見"說文新附"。

盎 ㄤˋ ang⁴
1一種腹大口小的瓦盆。見"爾雅·釋器·盎謂之缶·義疏"。2盈溢;充滿。如:興趣盎然。

5【盎司】 ㄤˋ ㄙ
(ounce) 質量單位。一盎司爲金

衡一磅的1/12、常衡一磅的1/16。

12【盎然】 ㄤˋ ㄖㄢˊ

盛大盈溢的樣子。

10【盎格魯族】 ㄤˋ ㄍㄜˊ ㄌㄨˇ ㄗㄨˊ

(Angles)‘條頓族’的一支。約在五世紀時,從‘德國’西北部‘什列斯威格’(Schleswig)及‘賀爾斯坦’(Holstein)移往‘英國’,建立了‘東英格蘭’(East England)、‘麥西亞’(Mercia)和‘諾旦比爾’(Northumbria)等小王國。此族與‘薩克遜族’、‘朱特族’(Jutes)構成‘英國’人的主幹,簡稱‘盎格魯薩克遜’(Anglo-Saxons)人。

【盎格魯薩克遜】 ㄤˋ ㄍㄜˊ ㄌㄨˇ ㄙㄚˋ ㄎㄜˋ ㄒㄩㄣˋ

‘條頓族’的一支。參盎格魯族、薩克遜族。

盁 ㄨㄣ wên^1 音溫

溫的本字。①仁慈。見“說文”。②溫和。見“玉篇”。

盉 ㄏㄜˊ ho^2, hê^2 音河

①調味。見“說文”。②調酒器。其狀碩腹斂口,前流後鋬,上蓋下足。自‘二里岡’期沿續至‘戰國’,尤其盛行於‘西周’。‘商代’盉足多空心,稱爲款足盉,在‘殷’末‘周’初爲分檔式,蓋與鋬相連。‘周’初流行方盉,中期以後出現短足盉,此形制有的自銘曰鎣。有人以爲盉有三或四足,蓋亦兼有溫酒之用。

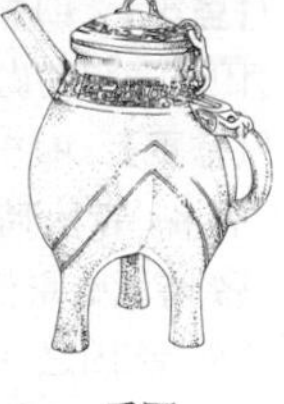

盉圖

盌 碗的或體。

6

盦 ㄢ an^1 音安

盂類器皿。見“廣雅·釋器”。

盓 ㄨ wu^1 音烏

參盤盓。

盖 蓋的俗體。

䀇 ㄐㄩㄢˋ chüan^4 音倦 又讀 ㄑㄩㄢ ch'üan^1 音圈

盛食物的器皿。即盂。通棬。見“字彙”。

盔 ㄎㄨㄟ k'uei^1 音窺

①鉢類的器具。見“玉篇”。②保護頭部的帽子。如:鋼盔。

16【盔頭】 ㄎㄨㄟ ·ㄊㄡ

傳統戲劇中,演員所戴的硬質帽子。

盛 ㊀ ㄔㄥˊ ch'êng^2 音成

①古代祭祀時放置在容器中的黍稷等祭品。見“說文”。②用容器裝東西。如:盛飯。

㊁ ㄕㄥˋ shêng^4 音勝

①盈滿;繁富。如:盛饌。②大。如:盛名。③強壯。如:盛年。④深厚。如:盛情。⑤隆重。如:盛典。⑥姓。‘漢’有‘盛吉’。見“萬姓統譜·一〇八”。

5【盛世】 ㄕㄥˋ ㄕˋ

太平時代。

6【盛年】 ㄕㄥˋ ㄋㄧㄢˊ

壯年。

【盛名】 ㄕㄥˋ ㄇㄧㄥˊ

盛大的聲名。

8【盛典】 ㄕㄥˋ ㄉㄧㄢˇ

①盛大隆重的典禮。②隆盛的恩典。③篤厚的友誼。

【盛服】 ㄕㄥˋ ㄈㄨˊ

①華麗的服飾。②端正衣冠。

9【盛怒】 ㄕㄥˋ ㄋㄨˋ

大怒。

10【盛氣】 ㄕㄥˋ ㄑㄧˋ

①滿懷怒氣。②氣勢盛大。

11【盛情】 ㄕㄥˋ ㄑㄧㄥˊ

殷勤深厚的情意。

13【盛裝】 ㄕㄥˋ ㄓㄨㄤ

穿著整齊華美。

14【盛筵】 ㄕㄥˋ ㄧㄢˊ

豐盛的筵席。

9【盛宣懷】 ㄕㄥˋ ㄒㄩㄢ ㄏㄨㄞˊ

(1844~1916)‘江蘇’‘武進’人,字‘杏蓀’。由諸生納官,輔佐‘李鴻章’辦理自強新政。累官郵傳部尚書。‘清’廷依其奏行鐵路國有,引發辛亥‘武昌’首義。後任‘招商局’、‘漢冶萍煤鐵公司’董事長。著有“愚齋存稿”、“盛宣懷未刊信稿”等。

盛宣懷像

6【盛名難副】 ㄕㄥˋ ㄇㄧㄥˊ ㄋㄢˊ ㄈㄨˋ

名聲過盛,才德難以符合。指名過其實。

10【盛氣凌人】 ㄕㄥˋ ㄑㄧˋ ㄌㄧㄥˊ ㄖㄣˊ

以威嚴氣勢壓迫人。

11【盛情難卻】 ㄕㄥˋ ㄑㄧㄥˊ ㄋㄢˊ ㄑㄩㄝˋ

深厚的情意使人難以推辭。

6【盛行西風帶】 ㄕㄥˋ ㄒㄧㄥˊ ㄒㄧ ㄈㄥ ㄉㄞˋ

(prevailing westerlies)行星風系之一。指溫帶地區由西向東吹送的恆定風系。參西風帶。

盒 ㄏㄜˊ ho^2, hê^2 音合

盛物的器皿。如:飯盒。

7

盜 ㄉㄠˋ tao^4 音道

①竊取。如:盜賣。②竊取或搶奪財物的人。如:強盜。

6【盜汗】 ㄉㄠˋ ㄏㄢˋ

指夜間入睡後不自覺地大量流汗,醒後即停止的症狀。多因陰虛內熱,迫使汗液外泄。

【盜名】 ㄉㄠˋ ㄇㄧㄥˊ

盜取美名。

【盜印】 ㄉㄠˋ ㄧㄣˋ

①竊取印信。②私自印刷他人有版權的書刊。

8【盜版】 ㄉㄠˋ ㄅㄢˇ

未經著作權人之同意而私自印行的著作。

12【盜跖】 ㄉㄠˋ ㄓˊ

相傳'春秋''魯國'的大盜。'柳下屯'(今'山東'西部)人,'柳下惠'的弟弟。

6【盜亦有道】 ㄉㄠˋ ㄧˋ ㄧㄡˇ ㄉㄠˋ
指道無所不在。後泛稱即使為非作歹的人,也有一套規矩。

8

㿻 鹽的俗體。

盞 ㄓㄢˇ chan³ 音展
1小杯子。2量詞。(1)茶、酒等的單位。與杯相同。如:一盞茶。(2)燈的單位。如:一盞燈。

盝 ㄌㄨˋ lu⁴ 音路
1滲漏;濾去水分。通漉。見"爾雅·釋詁"。2乾涸。見"方言·一二"。3小匣子。見"正字通"。

盟 ㄇㄥˊ mêng² 音蒙
1誓約。如:海誓山盟。2行政區域名。'蒙古'、'青海'等地,合數部落或數旗為盟。

4【盟友】 ㄇㄥˊ ㄧㄡˇ
立場相同而締結誓約的朋友。

5【盟主】 ㄇㄥˊ ㄓㄨˇ
古代諸侯會盟的主持人。引申指同盟的首領。

7【盟邦】 ㄇㄥˊ ㄅㄤ
互結同盟條約的國家。

9【盟約】 ㄇㄥˊ ㄩㄝ
聯盟的誓約或條約。

10【盟書】 ㄇㄥˊ ㄕㄨ
古代記載諸侯或卿大夫間盟誓、公約的辭文。也稱載書。

11【盟部】 ㄇㄥˊ ㄅㄨˋ
我國邊疆地區的行政區域名。東北地方的西部、'蒙古'、'熱'、'察'、'綏'、'寧'、'青'及'新疆'等省境內的游牧區,仍然採用原來的盟部制。盟與部之地位相當,均直接由'行政院'管轄。大致而言,'新疆'境內稱部不稱盟;'蒙古'境內稱盟不稱部;其他前述各省境內,有些稱盟,有些稱部。'滿族'入主中原,分化'蒙古'為若干盟、部、旗以統治之,是為'蒙古'盟旗制度之由來。'民國'二十一年"蒙古各盟部旗組織法"公布施行,盟設盟公署,盟等於省;旗設旗公署,旗等於縣。盟及特別旗直隸於'行政院',同時於各盟旗均設盟旗民眾代表大會,此為'蒙古'施行民主政治之發端。抗戰結束後,改盟旗公署為盟旗政府,盟設民、財、建、教四處;旗設民、財、建、教四科。至此,盟旗制已與省縣組織相同。

14【盟誓】 ㄇㄥˊ ㄕˋ
1聯盟的誓約。2立誓;結盟。

9

盡 ㄐㄧㄣˋ chin⁴ 音近
1竭。如:盡心盡力。2完備。如:詳盡。3終止。如:言盡於此。4隱沒。如:白日依山盡。5死亡。如:自盡。6非常;達到極點。如:盡善盡美。7皆;都。如:盡在不言中。8姓。'宋'有'盡言'。見"萬姓統譜·八〇"。

4【盡心】 ㄐㄧㄣˋ ㄒㄧㄣ
1竭盡心力。2充分表現內在的德性。

11【盡情】 ㄐㄧㄣˋ ㄑㄧㄥˊ
1竭盡情意。2任心所欲。3盡力報答他人的情意。

【盡責】 ㄐㄧㄣˋ ㄗㄜˊ
負責任。

13【盡瘁】 ㄐㄧㄣˋ ㄘㄨㄟˋ
竭盡心力,不辭憂勞。

【盡節】 ㄐㄧㄣˋ ㄐㄧㄝˊ
盡心竭力,保全節操。

16【盡頭】 ㄐㄧㄣˋ ㄊㄡˊ
終端;終結處。

【盡興】 ㄐㄧㄣˋ ㄒㄧㄥˋ
興致完全得到滿足。

18【盡職】 ㄐㄧㄣˋ ㄓˊ
能做好分內的工作。

22【盡歡】 ㄐㄧㄣˋ ㄏㄨㄢ
竭盡歡樂。1指事親而言。即極意承歡。2指交友而言。即縱情歡樂。

8【盡其在我】 ㄐㄧㄣˋ ㄑㄧˊ ㄗㄞˋ ㄨㄛˇ
竭盡自己的心力去做,而不計其他。

11【盡棄前嫌】 ㄐㄧㄣˋ ㄑㄧˋ ㄑㄧㄢˊ ㄒㄧㄢˊ
將從前的怨隙或不愉快完全拋開。

12【盡善盡美】 ㄐㄧㄣˋ ㄕㄢˋ ㄐㄧㄣˋ ㄇㄟˇ
非常完美。

監 ㊀ ㄐㄧㄢ chien¹ 音兼
1督察;督率。如:監工。2牢獄。如:探監。
㊁ ㄐㄧㄢˋ chien⁴ 音鑑
1照視。通鑑。見"正字通"。2古官名。如:少府監。3古官署名。如:'國子監'。4宦官。如:內監。

3【監工】 ㄐㄧㄢ ㄍㄨㄥ
1監督工人作工。2工頭。

6【監交】 ㄐㄧㄢ ㄐㄧㄠ
派員監督前後任人員對職權與責任的交接。當重要職務之前後任人員離職與就職時,多須由上級機關或本機關派員監交。

7【監牢】 ㄐㄧㄢ ㄌㄠˊ
囚禁罪犯的處所。

9【監軍】 ㄐㄧㄢ ㄐㄩㄣ
官名。'春秋'時有監軍之名。'漢武帝'時置監軍使者,掌監察軍務,'魏''晉'因之,簡稱監軍,也稱監軍事;又有軍師、軍司,職同監軍。'隋'末曾以御史監軍事。'唐玄宗'時,以宦官為監軍,與統帥分庭抗禮。'明'又以御史為監軍。'清'廢。

11【監視】 ㄐㄧㄢ ㄕˋ
1監督視察。2在旁邊看守。

【監國】 ㄐㄧㄢ ㄍㄨㄛˊ
古時君主因故不能視政,由太子或近親代行職務,稱為監國。

13【監試】 ㄐㄧㄢ ㄕˋ
考試時,由'監察院'指派監察委員臨場監試。另有關試卷彌封,彌封姓名冊封固、保管及開拆,試題繕印、封存及分發，應考人考試成績審查，及格人員榜示等工作，亦須在監試人員監視下爲之。

14【監獄】 ㄐㄧㄢ ㄩˋ
囚禁犯人的場所。

21【監護】 ㄐㄧㄢ ㄏㄨˋ
①監督保護。②指對未成年人及禁治產人，盡監督保護之責。負此責任者，稱作監護人。此處之未成年人指無父母或父母均不能行使、負擔對於未成年子女之權利義務之未結婚的未成年人。

22【監聽】 ㄐㄧㄢ ㄊㄧㄥ
指政府或主管機構對廣播節目播放之時段、內容、廣告，以及是否已播出等所作的檢查。對電視播映的檢查稱監看。

11【監視器】 ㄐㄧㄢ ㄕˋ ㄑㄧˋ
(monitor) ①顯示系統運作狀態以供觀察核驗的裝置。②指電腦系統終端機之顯示幕。可顯示系統或程式之輸出結果。③電腦作業系統的一部分。又稱監督程式。是維持、監督系統正常操作的系統程式，並對使用者的程式提供協助與進行監督。

14【監察人】 ㄐㄧㄢ ㄔㄚˊ ㄖㄣˊ
股份有限公司行使業務執行之監督權與公司會計之審核權，而爲公司之法定、必備、常設之監督機關。監察人由股東會就股東中選任之，至少須有一人在國內有住所，任期爲三年，得連選連任。其與公司之關係，從“民法”關於委任之規定。主要之職權有：一、隨時調查公司財務狀況，查核簿冊文件，並請董事會提出有關報告。二、對董事會所編造提出於股東會之各種表冊，核對簿據，調查實況，向股東會報告審查情形。三、必要時可召集股東會，進行討論有關監察事項問題。四、如公司與董事間有所涉訟或交涉，爲公司之代表人。

【監察院】 ㄐㄧㄢ ㄔㄚˊ ㄩㄢˋ
我國最高監察機關。在五種治權中係行使監察權，與其他四院彼此獨立平等並列。職司同意、彈劾、糾舉、糾正、審計、調查、監試及提案權。‘監察院’由監察委員組成之，由各省市議會、‘蒙古’、‘西藏地方’議會及‘華’僑團體選舉之。再由委員之中互選產生院長及副院長，並由委員分組相對應於‘行政院’所屬各部會職掌之委員會。‘監察院’會議由院長、副院長及監察委員組織之，每月舉行一次，並有年度總檢討會議。

【監察權】 ㄐㄧㄢ ㄔㄚˊ ㄑㄩㄢˊ
乃監察委員對行政機關或公務員監督檢查之權力。有廣義與狹義之分。前者指‘監察院’之職權，包括同意權、彈劾權、糾舉權、糾正權、調查權及審計權。後者指監察官吏之權力，包括彈劾權、糾舉權及糾正權。‘監察院’爲行使監察權，得向‘行政院’及其各部會調閱其所發布之命令及各種有關文件。

21【監護人】 ㄐㄧㄢ ㄏㄨˋ ㄖㄣˊ
“民法”對於脫離親權之未成年人及禁治產人，設監護人，以保護監督其身體、財產，及補充其行爲能力。分四種：一、父母對未婚的未成年子女，就特定事項於一定期間內，委託他人代爲行使親權者，稱委託監護人。二、行親權者以遺囑指定之者，稱指定監護人。三、依法律所規定之當然監護人，稱法定監護人。四、由親屬會議所選任之監護人，稱選定監護人。

6【監守自盜】 ㄐㄧㄢ ㄕㄡˇ ㄗˋ ㄉㄠˋ
公務或業務上竊取自己所掌管的物品。

11【監理機關】 ㄐㄧㄢ ㄌㄧˇ ㄐㄧ ㄍㄨㄢ
監理保險之機關。如公務人員保險制度中，設有公務人員保險監理委員會，其主要職掌爲有關保險財務之審查、保險會計帳冊之檢查、醫療及各項現金給付爭議之審議等。

13【監督程式】 ㄐㄧㄢ ㄉㄨ ㄔㄥˊ ㄕˋ
(monitor program)電腦作業系統的一部分。其功能爲監督與維持系統的正常運作，並對使用者的程式進行監督控制與提供協助等，可說是系統的核心程式。

14【監察御史】 ㄐㄧㄢ ㄔㄚˊ ㄩˋ ㄕˇ
官名。‘秦’置監御史，監察各郡。‘漢’罷其名，改以刺史監郡。‘晉’置檢校御史，監察京畿地區。‘北魏’‘北齊’沿之。‘隋’改檢校御史爲監察御史。‘唐’承之，置十五人，分察百官，巡按州縣；凡獄訟、軍戎、祭祀、營造、出納等都在督察之列。‘宋’‘元’‘明’‘清’皆因之。但‘明’‘清’監察御史之地位比‘唐’‘宋’爲高，員額亦較多。

【監管程式】 ㄐㄧㄢ ㄍㄨㄢˇ ㄔㄥˊ ㄕˋ
(supervisor) 電腦作業系統控制程式的一部分。負責系統資源之分配使用與管理，並維持處理單元之正常運作，管理作業之處理流程。

【監管程式呼叫指令】 ㄐㄧㄢ ㄍㄨㄢˇ ㄔㄥˊ ㄕˋ ㄏㄨ ㄐㄧㄠˋ ㄓˇ ㄌㄧㄥˋ
(supervisor call instruction) 電腦指令集中，可中斷程式之執行，並將執行控制由程式移轉至監管程式的指令。

10

盤 ㄆㄢˊ p'an² 音磐
本作槃。古文作鎜。①盛水器。直沿，平底，圈足。‘殷’‘周’之際的盤一般無耳，‘西周’中期以後有附耳或獸耳，圈足下另附獸形足，‘春秋’時代有環耳，‘戰國’之盤無耳和圈足，已近於‘漢代’的洗。盤多是中小型器，至於巨型如「虢季子白盤」者，側有八環，其用途可能和大鑒相似。②旋

盤圖

轉;環繞。如:盤曲。③安逸;安樂。如:盤遊。④徘徊不進的樣子。如:盤桓。⑤究明底細。如:盤問。⑥買賣的價格。如:開盤。⑦巨石。通磐。

5【盤古】 ㄆㄢˊ ㄍㄨˇ
相傳爲開天闢地、首創世界的人。

7【盤肘】 ㄆㄢˊ ㄓㄡˇ
國術肘擊法。屈臂以肘橫擊敵人胸部或背部。

8【盤庚】 ㄆㄢˊ ㄍㄥ
‘商代’君主。‘湯’的第九代孫。即位時,王室衰亂,爲擺脫困境,避免天然災害,於是自‘奄’(今‘山東’‘曲阜’)遷都到‘殷’(今‘河南’‘安陽’),此後政治穩定,百姓安寧。

9【盤查】 ㄆㄢˊ ㄔㄚˊ
反覆查究。

10【盤桓】 ㄆㄢˊ ㄏㄨㄢˊ
逗留不進的樣子。

11【盤盓】 ㄆㄢˊ ㄨ
旋繞。也作盤盂。

【盤問】 ㄆㄢˊ ㄨㄣˋ
反覆質詢;詳細查問。

12【盤飧】 ㄆㄢˊ ㄙㄨㄣ
盤中的菜肴。

13【盤詰】 ㄆㄢˊ ㄐㄧㄝˊ
反覆詳細的查問。

【盤遊】 ㄆㄢˊ ㄧㄡˊ
遊樂。

14【盤算】 ㄆㄢˊ ㄙㄨㄢˋ
計算;籌劃。

15【盤踞】 ㄆㄢˊ ㄐㄩˋ
占據固守。同盤據。

【盤盤】 ㄆㄢˊ ㄆㄢˊ
回旋曲折的樣子。

16【盤錯】 ㄆㄢˊ ㄘㄨㄛˋ
盤旋交錯。比喻事物的錯綜繁雜。

17【盤點】 ㄆㄢˊ ㄉㄧㄢˇ
(count) 驗證手存現金、存貨、有價證券或其他資產的一種審計程序。又稱點算。

16【盤龍城】 ㄆㄢˊ ㄌㄨㄥˊ ㄔㄥˊ
位於‘湖北省’‘黃陂縣’‘府河’北岸的一座‘商代’中期遺址。發現有與‘鄭州’‘商’城結構相同的小型夯土城牆一座,內城有宮殿基址,城外有貴族墓葬。在墓葬中發現不少青銅器、玉器等,不論器形、製法、花紋等皆與中原‘商代’文化一樣。

5【盤尼西林】 ㄆㄢˊ ㄋㄧˊ ㄒㄧ ㄌㄧㄣˊ
(penicillin) 即青黴素。爲青黴菌等所產生的抗生物質。呈白色結晶粉末,無臭,微溶於水。其作用在於阻礙細菌細胞壁的合成。西元1929年由‘英’人‘佛萊明’氏(A. Fleming)所發現,爲抗生素中最早發現的種類,目前已有人工半合成的盤尼西林,藥性甚強。

10【盤根錯節】 ㄆㄢˊ ㄍㄣ ㄘㄨㄛˋ ㄐㄧㄝˊ
樹根盤曲,枝幹交錯。比喻事情錯綜複雜。

11

盬 ㄍㄨˇ ku^3 音古
一種器皿。參盬子。

3【盬子】 ㄍㄨˇ ˙ㄗ
泥沙燒製的一種器皿。深於鍋,淺於罐,形狀不一。用以燉、煮食物。也稱沙盬子。

盧 ㄌㄨˊ lu^2 音爐
①盛飯的器皿。見“說文”。②盛火器。通爐。見“正字通”。③黑色。④姓。‘唐’有‘盧照鄰’。見“舊唐書·文苑傳·盧照鄰”。

11【盧梭】 ㄌㄨˊ ㄙㄨㄛ
(Jean-Jacques Rousseau, 1712～1778)‘法國’思想家、文學家。以“論科學與藝術”(*Discours sur les sciences et les arts*)一文成名。具代表性的著作有“愛彌爾”(*Émile*)、“民約論”(*Du contrat social*)、書信體小說“新哀洛綺慈”(*La Nouvelle Héloïse*)及晚年自傳性的“懺悔錄”(*Les Confessions*)。一生苦難流離,但以作品中豐富有力的思想與情感深遠地影響了其後浪漫主義派的作家。

12【盧植】 ㄌㄨˊ ㄓˊ
(?～192)‘東漢’‘涿’(今‘河北’‘涿縣’)人。字‘子幹’。少時與‘鄭玄’師事‘馬融’,能通古今之學。‘靈帝’時,徵爲博士,歷任‘九江’、‘廬江’太守,後官至尚書,因反對‘董卓’而被免官,隱於‘上谷’。著有“尚書章句”、“三禮解詁”。

14【盧綸】 ㄌㄨˊ ㄌㄨㄣˊ
(748～800?)‘唐’‘河中’‘蒲’(今‘山西’‘永濟’)人。官至檢校戶部郎中。工詩,詞情健麗,爲‘大曆’十才子之一。

4【盧文弨】 ㄌㄨˊ ㄨㄣˊ ㄔㄠ
(1717～1795)‘清’‘浙江’‘餘姚’人。字‘召弓’,號‘磯漁’,又號‘抱經’。‘乾隆’進士,官‘翰林院’侍讀學士,提督‘湖南’學政。告歸後,歷主‘江’‘浙’各書院講席,造就甚眾。生平潛心‘漢’學,從事校勘工作。著有“抱經堂集”、“儀禮注疏詳校”等書,又合經、史、子、集三十八種,摘字而注,名爲“群書拾補”。

6【盧安達】 ㄌㄨˊ ㄢ ㄉㄚˊ
(Rwanda) 位於東‘非’的內陸國。面積2.6萬方公里, 人口844.0萬(2005年),首都‘吉佳利’(Kigali)。全境多山,海拔大多超過1,500公尺。主產玉米、豆類、咖啡和牲畜。

12【盧森堡】 ㄌㄨˊ ㄙㄣ ㄅㄠˇ
(Luxembourg) 西‘歐’內陸小國。面積2,586方公里, 人口46.8萬(2005年)。全境屬‘亞耳丁高地’(Ardennes Tableland), 森林茂密,橡樹尤多。氣候冷溼,農業不盛,牧牛業發達。橡樹提煉出來的丹寧酸配合牛皮,而發展出特有的皮革業。鋼鐵工業爲經濟基礎,南部富藏鐵礦。首都‘盧森堡’居‘亞爾茲特河’(Alzette R.)畔,爲鐵路中心;峽谷壯麗,觀光業盛。

13【盧溝橋】 ㄌㄨˊ ㄍㄡ ㄑㄧㄠˊ
也作‘蘆溝橋’。位於‘河北省’‘宛平縣’境內,跨‘永定河’上。初建於‘金’‘大定’年間,今見者乃‘清’‘康熙’

時所重建。橋身以白石築成，長440公尺，寬17公尺，有橋拱11座，兩側石欄雕柱及石獅，雕鏤極盡精美，頗富藝術價值；且淸晨殘月映波，爲‘北平市’附近主要名勝之一，‘淸’帝‘乾隆’手書「盧溝曉月」之石碑立於橋端。‘民國’二十六年七月七日，‘日’軍於此發動侵‘華’事變，激起我國全面抗戰，‘盧溝橋’因而馳名中外。

【盧照鄰】 ㄌㄨˊ ㄓㄠˋ ㄌㄧㄣˊ
‘唐’‘范陽’（今‘河北’‘涿縣’）人。字‘昇之’。博學善屬文，官至‘新都’尉，後因久病厭世，自投‘潁水’而死。著有“幽憂子”及文集二十卷。

盥 ㄍㄨㄢˋ kuan^4 音貫
1洗手。引申爲洗滌。如：盥滌。2洗手的器具。3祭名。通灌、祼。

17【盥櫛】 ㄍㄨㄢˋ ㄐㄧㄝˊ
梳洗。

ㄢ an^1 音安
1器皿蓋子。見“說文”。2古時盛食物的器具。3通菴。‘元’人私印，菴字用盦。見“正字通”。

12

盪 ㊀ ㄉㄤˋ tang^4 音蕩
1洗滌用的器皿。見“說文”。2洗滌。3搖動；推動。如：盪舟。4掃除。通蕩。如：盪寇。
㊁ ㄊㄤˋ t'ang^4 音燙
暖。通燙。如：盪酒。

14【盪漾】 ㄉㄤˋ ㄧㄤˋ
水波流動的樣子。

盩 ㄓㄡ chou^1 音周
1引擊。見“說文”。2山水曲折。見“集韻”。

盫 ㄑㄧㄠˊ ch'iao^2 音喬
盛物的器具。1盂。見“廣雅·釋詁”。2碗。見“字彙”。

盨 ㄕㄨˇ shu^3 音暑 又讀 ㄙㄨㄛˇ so^0, suo^3 音所
盛置黍、稷、稻、粱的食器。橢圓形，斂口，二耳，圈足，有蓋。蓋上有四矩或小獸，可仰置容物。盛行於‘西周’中、晚期，至‘春秋’後期消失。盨似長方形或方形之簋，有的自銘爲簋，在禮器系統中與簋一樣成偶數出現，故可認爲是簋的變體。

盨圖

13

盬 ㄍㄨˇ ku^3 音古
1‘河’東鹽池。見“說文”。2粗鹽。3不堅固。4休息；止息。5吮吸。見“字彙”。

15

盭 ㄌㄧˋ li^4 音利
1暴戾。見“說文”。2病名。見“正字通”3草名。似艾，可作綠色染料。又爲綠色的代稱。通莀、綟。見“字彙”。

目 部

目 ㄇㄨˋ *mu*[4] 音牧
①眼睛。見"說文"。②用眼視物。見"廣雅·釋詁"。③以眼示意。見"正字通"。④網眼；孔眼。如：網目。⑤細節。如：條目。⑥(order)爲生物分類上的階層之一。綱的下面常分成若干目，例如昆蟲綱中包含直翅目、膜翅目、鱗翅目、雙翅目及其他多數目。

2**【目力】** ㄇㄨˋ ㄌㄧˋ
視力。

3**【目下】** ㄇㄨˋ ㄒㄧㄚˋ
①眼前；身邊。②立即；馬上。

6**【目次】** ㄇㄨˋ ㄘˋ
①節目的次序。②書中章節名稱或連續性出版品之論文篇名，依照有意義的次序排列，通常附加頁碼或其他資料，以指引其位置之所在。

【目光】 ㄇㄨˋ ㄍㄨㄤ
①眼睛的光芒。即眼神。②指人的見解或辨識的能力。

8**【目的】** ㄇㄨˋ ㄉㄧˋ
目標。引申爲心中所希望達到的境地或結果。

9**【目前】** ㄇㄨˋ ㄑㄧㄢˊ
眼前；現在。

10**【目眩】** ㄇㄨˋ ㄒㄩㄢˋ
兩眼昏花。

11**【目連】** ㄇㄨˋ ㄌㄧㄢˊ
即'目犍連'，也稱'大目犍連'、'摩訶目犍連'、'目乾連'等。'釋迦牟尼佛'十大弟子之一。其母死後墮入餓鬼道中，'目連'求救於佛，佛告以藉盂蘭盆(會)供佛及僧，乃得救母免於受餓鬼之苦。'唐代'講唱文學"目連變文"，以及後來的戲曲、寶卷都曾以此爲題材，成爲民間最流行的佛教故事之一。

13**【目睹】** ㄇㄨˋ ㄉㄨˇ
親眼看到。

15**【目標】** ㄇㄨˋ ㄅㄧㄠ
①預定要達到的境地或標準。②追求或攻擊的對象。

16**【目錄】** ㄇㄨˋ ㄌㄨˋ
圖書或其他資料的紀錄，根據某種有意義的次序排列而成的清單。包括個別收藏或眾多圖書館的館藏。每個紀錄包含有索書號以便使用者查尋該資料；以及足以辨識與敘述該資料的事項，如著者、書名、出版者、頁數等。

17**【目擊】** ㄇㄨˋ ㄐㄧˊ
①目光觸及。即瞥見。②目覩；親眼看到。

8**【目的稅】** ㄇㄨˋ ㄉㄧˋ ㄕㄨㄟˋ
(special taxation)又稱特定稅。指租稅收入，充作特定用途者。例如我國現行稅捐中的港工捐、教育捐即屬之。租稅的課徵，原則上是充作一般經費之用，其供特定用途者，在現代各國租稅中，究屬少數。

15**【目標碼】** ㄇㄨˋ ㄅㄧㄠ ㄇㄚˇ
(object code) 電腦之根源程式經由編譯器處理所產生的機器碼。

16**【目錄學】** ㄇㄨˋ ㄌㄨˋ ㄒㄩㄝˊ
有關學術流派及書籍目錄、校勘、版本等問題的研究。

4**【目不交睫】** ㄇㄨˋ ㄅㄨˋ ㄐㄧㄠ ㄐㄧㄝˊ
不曾合眼。指不眠、失眠。

【目不暇給】 ㄇㄨˋ ㄅㄨˋ ㄒㄧㄚˊ ㄐㄧˇ
眼睛來不及仔細觀賞。

【目不轉睛】 ㄇㄨˋ ㄅㄨˋ ㄓㄨㄢˇ ㄐㄧㄥ
眼珠不轉動。形容凝神注視。

【目不識丁】 ㄇㄨˋ ㄅㄨˋ ㄕˋ ㄉㄧㄥ
一字不識。①指文盲。②譏笑人沒有學問。

【目中無人】 ㄇㄨˋ ㄓㄨㄥ ㄨˊ ㄖㄣˊ
不把別人放在眼裡。形容狂妄自大的樣子。

6**【目光如豆】** ㄇㄨˋ ㄍㄨㄤ ㄖㄨˊ ㄉㄡˋ
比喻見識淺陋。

【目光如炬】 ㄇㄨˋ ㄍㄨㄤ ㄖㄨˊ ㄐㄩˋ
目光如火炬般明亮。①形容盛怒。②比喻見識遠大、透徹。

8**【目空一切】** ㄇㄨˋ ㄎㄨㄥ ㄧ ㄑㄧㄝˋ
形容狂妄自大。

10**【目迷五色】** ㄇㄨˋ ㄇㄧˊ ㄨˇ ㄙㄜˋ
色彩繽紛，使人眼花撩亂。

【目眩神迷】 ㄇㄨˋ ㄒㄩㄢˋ ㄕㄣˊ ㄇㄧˊ
眼睛昏花，心神迷亂。

【目眩神搖】 ㄇㄨˋ ㄒㄩㄢˋ ㄕㄣˊ ㄧㄠˊ
眼睛昏花，心神搖蕩。

11**【目視星等】** ㄇㄨˋ ㄕˋ ㄒㄧㄥ ㄉㄥˇ
(visual mognitude) 也稱視星等。指用人眼所測定星體亮度的等級。對於地球上的觀測者來說，星體的亮度和其與地球間的距離成反比，如果不論星體的距離的遠近，而單憑觀測到的亮度來劃分星等，稱爲目視星等。參絕對星等。

【目眥盡裂】 ㄇㄨˋ ㄗˋ ㄐㄧㄣˋ ㄌㄧㄝˋ
眼眶全部裂開。形容怒目而視的樣子。

12**【目酣神醉】** ㄇㄨˋ ㄏㄢ ㄕㄣˊ ㄗㄨㄟˋ
眼睛爲之痴迷，精神爲之陶醉。

【目無全牛】 ㄇㄨˋ ㄨˊ ㄑㄩㄢˊ ㄋㄧㄡˊ
'庖丁'解牛，用刀純熟，目中未嘗見全牛。後比喻技藝純熟精湛。

【目無法紀】 ㄇㄨˋ ㄨˊ ㄈㄚˇ ㄐㄧˋ
漠視法令紀律。

【目無餘子】 ㄇㄨˋ ㄨˊ ㄩˊ ㄗˇ
形容傲慢自大，瞧不起別人。

15**【目標市場】** ㄇㄨˋ ㄅㄧㄠ ㄕˋ ㄔㄤˇ
(objective market) 企業在營業上選定的一個特定市場，這個特定市場是企業的產品或服務的主要目標對象，稱爲目標市場。

【目標程式】 ㄇㄨˋ ㄅㄧㄠ ㄔㄥˊ ㄕˋ
(object program) 電腦根源程式經編譯器或組譯器處理後產生的輸出程式。爲以機器語言組成的程式。與根源程式相對。

【目標語言】 ㄇㄨˋ ㄅㄧㄠ ㄩˇ ㄧㄢˊ
(object language) 電腦之編譯

器或組譯器輸出所使用的語言。即機器語言。

【目標管理】 ㄇㄨˋ ㄅㄧㄠ ㄍㄨㄢˇ ㄌㄧˇ
(management by objectives; MBO; result's management; management by results) 指上級人員對下級人員的管理，以達成議定的目標為最高原則，要求堅守手續性規定次之，所以目標管理是一種管理哲學及管理技術。工作目標應經由主管與部屬之間共同會商，議定該部屬的工作目標內容，並確使之與組織的目標相符。主管與部屬會商，共同制訂部屬工作目標內容外，尚應包括議定工作的時間進度，以及工作的績效考核方法。上級也應該授予部屬完成工作目標所需的用人、用錢及做事的決策權。

17【目瞪口呆】 ㄇㄨˋ ㄉㄥˋ ㄎㄡˇ ㄉㄞ
直瞪著眼，一句話也說不出來。形容受驚失色的樣子。

15【目標訂價法】 ㄇㄨˋ ㄅㄧㄠ ㄉㄧㄥˋ ㄐㄧㄚˋ ㄈㄚˇ
(pricing objectives; pricing by objectives; objectives in pricing) 即廠商依確定而清晰的目標而對產品訂價的作法。通常目標愈清晰，價格愈易訂定。一般而言廠商透過訂價希望達成求生存、圖利潤、領先市場占有率、領先品質、維持企業現狀等目標。

11【目視飛行規則】 ㄇㄨˋ ㄕˋ ㄈㄟ ㄒㄧㄥˊ ㄍㄨㄟ ㄗㄜˊ
(visual flight rules; VFR) 限制飛機在一定之最低高度及能見度限度下作目視飛行之飛行規則。由各國之航空管制單位訂定，如'美國'規定能見度不得少於3哩。低於目視飛行規則之限制時，則採儀器飛行規則。

8【目的港船上交貨條件】 ㄇㄨˋ ㄉㄧˋ ㄍㄤˇ ㄔㄨㄢˊ ㄕㄤˋ ㄐㄧㄠ ㄏㄨㄛˋ ㄊㄧㄠˊ ㄐㄧㄢˋ
(ex ship; EXS) 為貿易條件的一種。依此條件交易時，賣方須於約定時間，於約定目的港，泊於習慣上卸貨處所船上，將貨物交給買方。賣方置放貨物的地點必須適合利用卸貨工具將貨物自船上搬離。賣方應事先將船舶預定到港日通知買方準備，並將提單或提貨單交給買方。買方負責卸貨，並申請輸入許可證。因貨物進口而課徵的關稅及其他費用，包括報關費用，均歸買方負擔。賣方對於貨物的風險及費用負擔，直至貨物於船上妥當放置俾供買方處置時為止。此條件與運費、保險費在內條件類似，但性質迥然不同。在運費、保險費在內條件下，賣方雖同樣須負擔貨物運到目的港的運費及保險費，但貨物在運送中的風險及費用是在裝貨港貨物越過船欄時即轉由買方負擔，在目的港船上交貨條件下，貨物風險及費用須直至目的港才轉移給買方。

2

盯 ㊀ ㄔㄥˊ ch'êng² 音成
參瞪盯。
㊁ ㄉㄧㄥ ting¹ 音丁
注視。

11【盯梢】 ㄉㄧㄥ ㄕㄠ
暗中跟蹤以察看別人的行動。

3

盲 ㄇㄤˊ mang² 音忙
[1]眼睛失明。見"說文"。[2]昏暗。通瞑。如：晦盲。

5【盲目】 ㄇㄤˊ ㄇㄨˋ
[1]瞎眼。[2]比喻認識不清或沒有一定的目標。

11【盲蛇】 ㄇㄤˊ ㄕㄜˊ
(blind snake)屬於爬蟲綱、有鱗目(order Squamata)、蛇亞目(suborder Ophidia)、盲蛇科(family Typhlopidae)的動物。約200種，蟄居土中，尾短而圓鈍，故頭與尾不能清分。眼隱於半透明的眼鱗下方，為小型蛇類，大多數體長不及20公分，若干種類可達75公分。食小型無脊椎動物，主為蟻及白蟻等。齒小，通常僅上頷有齒。無毒。

盲蛇圖

【盲動】 ㄇㄤˊ ㄉㄨㄥˋ
盲目亂動。

【盲從】 ㄇㄤˊ ㄘㄨㄥˊ
沒有主見，人云亦云，隨便附和他人。

13【盲腸】 ㄇㄤˊ ㄔㄤˊ
(caecum) 在大腸前段，上接迴腸，下連結腸。在人體上已成退化器官。但草食性動物的盲腸發達，內含大量細菌，可分泌酵素幫助消化纖維素。

17【盲點】 ㄇㄤˊ ㄉㄧㄢˇ
(blind spot) 位於眼球的視網膜上，與視神經幹相連的部分。物體投影此處，因沒有視網膜細胞，所以無法看到，故稱盲點。又稱視神經盤。參眼[1]。

13【盲腸炎】 ㄇㄤˊ ㄔㄤˊ ㄧㄢˊ
(appendicitis)又稱闌尾炎。為常見的腹部外科急症。病人突然發生急劇的腹痛，可能伴隨有發燒、嘔吐、白血球增加等現象。其疼痛先是腹部全部，尤其胃部，不久即限於右下腹部，一觸即痛為最重要的症狀。乃因細菌在闌尾中發炎所引起。治療方法以開刀為主，延誤治療會使闌尾壁破裂穿孔，而引起腹膜炎。

2【盲人摸象】 ㄇㄤˊ ㄖㄣˊ ㄇㄛ ㄒㄧㄤˋ
佛家語。是說眾生不明佛性，有如盲人摸象，各說各話，不契真理。後用來比喻人僅知部分不知全體，或對事物未作全面了解而各執一偏。也作盲人說象。

【盲人騎瞎馬】 ㄇㄤˊ ㄖㄣˊ ㄑㄧˊ

ㄒㄧㄚ ㄇㄚˇ
比喻處境極其危險。

直 ㄓˊ *chih*² 音植
或作直。①正；不彎曲。見"廣雅·釋詁"。②當；面臨。見"增韻"。③當班。通值。④價值。通值。⑤僅僅；只是。⑥縱使。⑦姓。'漢'有'直不疑'。見"漢書·直不疑傳"。

6【直交】 ㄓˊ ㄐㄧㄠ
(orthogonal) 也稱正交或垂直。兩條曲線相交於一點，而此兩曲線過該點的切線互成直角，稱這兩條曲線爲直交。抽象言之，兩個向量之內積爲零，就稱爲直交。在函數空間中，常定兩函數之積的定積分爲內積，故此定積分爲0時，稱爲直交。例如 *sin mx* 和 *cos nx* 直交。

7【直角】 ㄓˊ ㄐㄧㄠˇ
(right angle) 兩條直線垂直相交，二線間的角稱爲直角。直角是直線角(平角)的1/2、平面角的1/4，即是90° 或 $\frac{\pi}{2}$ 弧度。

【直系】 ㄓˊ ㄒㄧˋ
①親屬分類之一種。直系親分爲直系血親與直系姻親。參直系血親、直系姻親。②'民'初北方軍閥派系之一。首領初爲'直隸''馮國璋'，'民國'八年，'馮'病逝，'曹錕'繼之，有要將'吳佩孚'、'王承斌'、'王占元'等。對外依附'英國'，主張以談判方式解決南方革命勢力。九年，'直''皖'戰爭獲勝，掌握'北京'政權。十一年，第一次'直''奉'戰爭獲勝，盛極一時。兵力約25萬人，據有'直隸'、'河南'、'湖北'、'平漢路'沿線、'湖南'北部和'長江'下游。第二次'直''奉'戰爭挫敗，勢衰。北伐結束後瓦解。

9【直音】 ㄓˊ ㄧㄣ
古時注音的一種方式。即用同音的字來注音。如德，音得；範，音范。

【直姿】 ㄓˊ ㄗ
(orthograde) 指靠二後肢行動的動物於行動時，身軀呈垂直的狀態。如被稱爲二足動物的人類行走時的姿勢。與俯姿相對。

10【直拳】 ㄓˊ ㄑㄩㄢˊ
國術拳法。拳由腰間向正前方擊出。

【直躬】 ㄓˊ ㄍㄨㄥ
以正直之道立身處事。

【直徑】 ㄓˊ ㄐㄧㄥˋ
(diameter) 通過圓心而以圓周爲界的直線段稱直徑，也稱圓徑。球亦有直徑，均爲半徑之倍，推廣言之，於空間中一點集A，若有兩點有最大距離，亦稱此距離爲此集A之直徑。

11【直率】 ㄓˊ ㄕㄨㄞˋ
正直坦率。

【直梯】 ㄓˊ ㄊㄧ
(straight-flight stair) 又稱直進梯。自樓下起步至樓上成一直

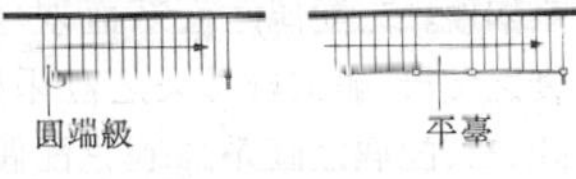

直梯圖

線的樓梯。樓梯長時，可設置梯臺或平臺。

【直爽】 ㄓˊ ㄕㄨㄤˇ
正直爽快。

12【直筆】 ㄓˊ ㄅㄧˇ
史官據實記載史事，既不曲意隱瞞，也不受威逼或利誘。

13【直達】 ㄓˊ ㄉㄚˊ
直接到達。

【直腸】 ㄓˊ ㄔㄤˊ
(rectum) 上承乙狀結腸，下通肛門的消化道。爲糞便排出體外的必經通路。

15【直播】 ㄓˊ ㄅㄛˋ
不經育苗，將種子直接播種於本田。通常葉菜類、根菜類蔬菜的播種多採此法。

【直線】 ㄓˊ ㄒㄧㄢˋ
①(straight line; right line) 一點移動的軌跡叫做線。移動的方向不變的，就稱爲直線，或簡稱爲線。直線距離爲兩點間最短的距離，故二直線若有兩點相重合，它的全部也必相重合。兩點可以決定一條直線。坐標平面上的直線方程式爲 $Ax+By+C=0$，可運用斜率的概念加以證明。三度空間的直線可表爲兩平面的交集或用參數方程式 $x=x_0+at, y=y_0+bt, z=z_0+ct$ 表示之。②(line) 管理上係指於組織上具有直接指揮監督職權的單位(稱直線單位)或主管(稱直線主管)。與企業機構中的幕僚組織相對應。

16【直諫】 ㄓˊ ㄐㄧㄢˋ
直言規諫。

17【直聲】 ㄓˊ ㄕㄥ
①正直無私的言論。②正直的名聲。

20【直覺】 ㄓˊ ㄐㄩㄝˊ
(intuition) 又稱直觀。指直接的領會和覺察。不經推理與經驗的間接過程，而獲致的認知。

21【直屬】 ㄓˊ ㄕㄨˇ
直接隸屬或受管轄。

25【直觀】 ㄓˊ ㄍㄨㄢ
即直覺。參直覺。

4【直升機】 ㄓˊ ㄕㄥ ㄐㄧ
(helicopter) 一種無固定機翼的飛機。其升力係由發動機轉動繞幾近垂直軸而旋轉之旋翼所產生。操縱旋翼向某一方向傾側，可使直升機向該一方向行進，故此具有動力之旋翼，可使直升機垂直起落，在空中滯留及飛翔。

5【直立人】 ㄓˊ ㄌㄧˋ ㄖㄣˊ
(*Homo erectus*) 人屬下的一個化石種。所有成員都是化石人，所以是一個已絕滅的種。現代人所屬的「智人」，即由之演化發展出來的。其存在的年代大約自一百五十萬至二十五萬年前之間。我國有名的化石人如「北京人」、「藍田人」、「元謀人」等都屬之。「直立人」代表人科演化歷程中的一個階段，這一階段演化最大的意義

是腦部的明顯擴大,以及人類用以適應環境的手段—文化方面有迅速的發展。

7【直尾翅】ㄓˊ ㄨㄟˇ ㄔˋ
(fin) [1]垂直裝設於飛機尾部或翼尖上之固定式或活動式翼面或薄片。與對稱面平行,用以增進飛機之方向安定性。尾部直尾翅又稱垂直安定面。[2]表面凸出,用以增加有效面積,幫助散熱的薄片。如氣冷式發動機汽缸之散熱片。

9【直流電】ㄓˊ ㄌㄧㄡˊ ㄉㄧㄢˋ
(direct current;dc)指電路中電流的方向固定不變的性質。與交流電相對。

11【直接稅】ㄓˊ ㄐㄧㄝ ㄕㄨㄟˋ
(direct taxes) 納稅者與負稅者同爲一人,不發生轉嫁關係者,是爲直接稅。即由納稅者直接負擔的稅,如所得稅、遺產贈與稅等。

15【直線法】ㄓˊ ㄒㄧㄢˋ ㄈㄚˇ
(straight-line method) 會計上成本分攤方法的一種。此種方法係假定一項成本在其估計的有效年限內,每年所產的效益或所供之服務的價值大致相等,故每年分攤的成本(費用)亦相等。由於每年費用相等,此項成本的帳面價值(成本減累計分攤數)成直線遞減,故此法稱爲直線法。通常計算固定資產折舊,無形資產攤銷及公司債溢(折)價攤銷等均可採用直線法。例如採用直線法計算固定資產每年的折舊額,其公式如下:

$$每年折舊額=\frac{成本-估計殘值}{估計耐用年數}。$$

17【直轄市】ㄓˊ ㄒㄧㄚˊ ㄕˋ
指直屬於'行政院'的市。別稱院轄市。其地位與省相當。依"市組織法"之規定,凡人口聚居地方具有下列情形之一設市,受'行政院'之指揮監督:一、首都;二、人口在百萬以上者;三、在政治、經濟、文化上有特殊情形者。

7【直言骨鯁】ㄓˊ ㄧㄢˊ ㄍㄨˇ ㄍㄥˇ
言語正直,耿介不阿。

【直角坐標】ㄓˊ ㄐㄧㄠˇ ㄗㄨㄛˋ ㄅㄧㄠ
(rectangular coordinates)坐標軸互相直交的,稱爲直角坐標。又稱'笛卡兒'坐標(Cartesian coordinates)。在空間由某點向外引相互直交的 x、y、z 直線,構成一直角坐標,空間的任一點位置均可由此坐標定出。與斜角坐標相對。

【直系血親】ㄓˊ ㄒㄧˋ ㄒㄧㄝˇ ㄑㄧㄣ
己身所從出或從己身所出之血親。即上下一貫而可成一直線之血親,上如父母、祖父母、曾祖父母、高祖父母等,下如子、孫、曾孫、玄孫等。

【直系姻親】ㄓˊ ㄒㄧˋ ㄧㄣ ㄑㄧㄣ
直系姻親計有三種情形:一、直系血親之配偶:如兒媳是翁姑之直系姻親。二、配偶之直系血親:如妻之父母、祖父母爲夫之直系姻親。三、配偶之直系血親之配偶:如妻與前夫所生子女之配偶是夫之直系姻親,又如妻之繼母爲夫之直系姻親。

9【直流成分】ㄓˊ ㄌㄧㄡˊ ㄔㄥˊ ㄈㄣˋ
(dc component) 指訊號的平均值或訊號中不隨時間變化的成分。

11【直接人工】ㄓˊ ㄐㄧㄝ ㄖㄣˊ ㄍㄨㄥ
(direct labor) 爲產品製造成本的一項。指直接從事於製造產品工人的工資。工廠非直接從事生產人員的薪工則爲間接人工。

【直接民權】ㄓˊ ㄐㄧㄝ ㄇㄧㄣˊ ㄑㄩㄢˊ
國父 '孫中山'先生主張選舉、罷免、創制、複決四種政權,都由人民直接行使,稱直接民權。

【直接成本】ㄓˊ ㄐㄧㄝ ㄔㄥˊ ㄅㄣˇ
(direct cost)指可直接歸屬於成本標的成本。如直接原料與直接人工爲產品的直接成本。反之,無法直接歸屬於產品,而須採用某種方式分配給產品的成本,則爲產品的間接成本。

【直接位址】ㄓˊ ㄐㄧㄝ ㄨㄟˋ ㄓˇ
(direct address) 電腦指令中的位址部分所含的是要運算或處理之資料所在的位址,稱爲直接位址,可直接用來存取資料。

【直接函件】ㄓˊ ㄐㄧㄝ ㄏㄢˊ ㄐㄧㄢˋ
(direct mail; DM)廣告媒體之一。將印好的印刷品,郵寄給特定的對象,以傳達廣告主所要傳達的訊息。此種廣告因訴求階層一定,廣告範圍縮小,效果更爲確實。

【直接染料】ㄓˊ ㄐㄧㄝ ㄖㄢˇ ㄌㄧㄠˋ
(direct dye) 可溶於水,而當其水溶液中有電解質存在時,可直接吸附於纖維上而達到染色目的的染料。常加入氯化鈉、硫酸鈉等助染劑,且大多用在纖維素織品之染色。

【直接套匯】ㄓˊ ㄐㄧㄝ ㄊㄠˋ ㄏㄨㄟˋ
(direct arbitrage)又稱兩地裁定(two-point arbitrage)。即利用兩個市場之間匯率高低的不同,同時在兩個市場中買低賣高,從中賺取匯率差額的外匯交易。例如'倫敦'市場:US$2.60=Stg £1,'紐約'市場:US$ 2.50=Stg £1,可知'英'鎊在'倫敦'的價格較高,在'紐約'較低;'美'金的價格則在'倫敦'較低。若不考慮交易費用,即可在'紐約'以 US$ 2.50= Stg £1 匯率,用'美'金買進'英'鎊,然後在'倫敦'以 US$ 2.60= Stg £1 匯率,用'英'鎊買進'美'金,以賺取 US$ 0.1 的差額利潤。

【直接原料】ㄓˊ ㄐㄧㄝ ㄩㄢˊ ㄌㄧㄠˋ
(direct material)爲製造成本的一項。指用於製造產品的原料及配件,且其成本易於歸屬於產品者。如製造衣服所用的布料及製造汽車所用的輪胎。工廠所用與產品本身無關的材料則爲間接原料,如機器保養所用的潤滑油及清潔材料等。

【直接提單】 ㄓˊ ㄐㄧㄝ ㄊㄧˊ ㄉㄢ
(direct bill of lading) 交貨與提貨由同一船公司直接負責所簽發的提單。

【直接溝通】 ㄓˊ ㄐㄧㄝ ㄍㄡ ㄊㄨㄥ
由訊息的發送者與接受者雙方直接的溝通，不假手第三者的轉達。如面對面的交談、電話上的洽商、書信的往返等屬之。直接溝通不但速度快，且可增加意念了解的正確性，但其缺點爲使用上受有某些限制。

【直接匯率】 ㄓˊ ㄐㄧㄝ ㄏㄨㄟˋ ㄌㄩˋ
(direct exchange rate) 兩種通貨之間的直接兌換比率。

【直接證據】 ㄓˊ ㄐㄧㄝ ㄓㄥˋ ㄐㄩˋ
民事訴訟上用以直接證明爲法律要件事實(即主要事實)之證據。爲間接證據之相對概念。間接證據指用以間接證明法律要件事實之證據。舉凡證明金錢借貸事實之借據、證明已爲清償事實之收據、證明買賣契約成立事實之書面契約書或見證人，均爲直接證據。通常直接證據之證明力較間接證據爲強。刑事訴訟上則指用以直接證明犯罪事實之證據，例如直接經驗犯罪事實證人之證言。

13**【直道而行】** ㄓˊ ㄉㄠˋ ㄦˊ ㄒㄧㄥˊ
依正道行事。

【直達列車】 ㄓˊ ㄉㄚˊ ㄌㄧㄝˋ ㄔㄜ
又稱長途列車。係行駛於長距離區間之列車。

【直搗黃龍】 ㄓˊ ㄉㄠˇ ㄏㄨㄤˊ ㄌㄨㄥˊ
直搗敵人巢穴。參痛飲黃龍。

14**【直截了當】** ㄓˊ ㄐㄧㄝˊ ㄌㄧㄠˇ ㄉㄤˋ
言行簡當而不拐彎抹角。

9**【直流發電機】** ㄓˊ ㄌㄧㄡˊ ㄈㄚ ㄉㄧㄢˋ ㄐㄧ
(dc generator)可將機械能轉變成電能，並以直流形式輸出的旋轉型機械。

11**【直接存取檔】** ㄓˊ ㄐㄧㄝ ㄘㄨㄣˊ ㄑㄩˇ ㄉㄤˇ
(direct access file)電腦可以直接讀取或存入任一資料紀錄的資料檔。

【直接定址法】 ㄓˊ ㄐㄧㄝ ㄉㄧㄥˋ ㄓˇ ㄈㄚˇ
(direct addressing)電腦指令定址方法之一。指令的位址部分所含的是一直接位址，可以直接用來存取、運算處理之資料，稱爲直接定址法。

【直接信用狀】 ㄓˊ ㄐㄧㄝ ㄒㄧㄣˋ ㄩㄥˋ ㄓㄨㄤˋ
(straight letter of credit) 又稱託付信用狀(domiciled letter of credit)。開狀銀行有時因其在出口地頭寸充裕，或由於某種原因，在其所開發的信用狀上規定受益人只能將匯票及(或)單證直接向信用狀指定的付款銀行提示請求付款。這種只能向付款銀行提示付款，而不預定由別的銀行押匯的信用狀，稱爲直接信用狀。其承擔付款條款通常以 We hereby agree with you(受益人)that all drafts drawn under and in compliance with this L/C terms…will be duly honored….字樣表現，而有效期限則以Drafts/documents must be presented to the drawee bank not later than…(日期).字樣表現。

【直接教學法】 ㄓˊ ㄐㄧㄝ ㄐㄧㄠ ㄒㄩㄝˊ ㄈㄚˇ
(direct teaching method)一種外國語文的教學法。教師要求學生以外語直接思考、交談，並避免藉翻譯或研習文法以訓練外語能力。

15**【直線式組織】** ㄓˊ ㄒㄧㄢˋ ㄕˋ ㄗㄨˇ ㄓ
組織型式的一種。組織架構較爲簡單，上下單位層級分明，指揮監督系統明確，上級對下級有絕對的指揮監督權，下級對上級須絕對服從，權力與責任關係循著指揮監督系統流動，對小規模組織及講求紀律的組織適用之。

【直線的傾角】 ㄓˊ ㄒㄧㄢˋ ˙ㄉㄜ ㄑㄧㄥ ㄐㄧㄠˇ
(inclination of line)平面上，直線與x軸的交角，從正x軸依逆時針方向量度之（如圖所示）。其傾角介於0～180°之間，其斜率爲傾角的正切。在空間中，直線對一平面的傾角爲此直線與平面所成的角，即此直線的正射影與直線的夾角。

Y O X

直線的傾角圖

5**【直布羅陀海峽】** ㄓˊ ㄅㄨˋ ㄌㄨㄛˊ ㄊㄨㄛˊ ㄏㄞˇ ㄒㄧㄚˊ
(Gibraltar Str.) ‘地中海’出入‘大西洋’的門戶。隔開‘伊比利半島’與‘非洲’北部。長51公里，寬13～37公里，深366公尺。兩岸均爲巨岩，有「武仙棟樑」之稱。海運交通及軍事地位重要。

11**【直接人工比率】** ㄓˊ ㄐㄧㄝ ㄖㄣˊ ㄍㄨㄥ ㄅㄧˇ ㄌㄩˋ
(direct labor ratio) 企業人員從事直接生產或業務的比重分析。可以下式表示：

$$\text{直接人工比率}=\frac{\text{直接人員人數}}{\text{員工總人數}}$$ 。

【直接反應廣告】 ㄓˊ ㄐㄧㄝ ㄈㄢˇ ㄧㄥˋ ㄍㄨㄤˇ ㄍㄠˋ
(direct response advertising) 強調不透過中間商，即可直接向廠商或服務商寄購訂貨單的一種促銷廣告。

【直接國外投資】 ㄓˊ ㄐㄧㄝ ㄍㄨㄛˊ ㄨㄞˋ ㄊㄡˊ ㄗ
(direct foreign investment)指一國的人民取得或增加對另一國的企業控制權。其動機在於追求更高的資本報酬。

【直接衛星廣播】 ㄓˊ ㄐㄧㄝ ㄨㄟˋ

ㄒㄧㄥ ㄍㄨㄤˇ ㄅㄛˋ
(direct broadcast satellite; DBS) 也譯爲衛星電視。即以衛星直接傳送至用戶的電視及廣播節目。

17【直齋書錄解題】 ㄓˊ ㄓㄞ ㄕㄨ ㄌㄨˋ ㄐㄧㄝˇ ㄊㄧˊ
‘宋’‘陳振孫’撰。原書佚，今本由“永樂大典”輯出，二十二卷。將歷代典籍分爲五十三類，各詳其卷帙、作者，並品題其得失。爲現存古代重要目錄之一，可藉以考證古書的眞僞、流傳；‘元’‘馬端臨’“文獻通考·經籍考”即以此爲藍本。

9【直流電流放大率】 ㄓˊ ㄌㄧㄡˊ ㄉㄧㄢˋ ㄌㄧㄡˊ ㄈㄤˋ ㄉㄚˋ ㄌㄩˋ
(direct current amplification factor) 電晶體之固有參數之一。基極流通之直流電流 I_B，被電晶體放大而成集極電流 I_C，此比值即電流放大率。表爲 $h_{FE}=\frac{I_C}{I_B}$。

11【直接存取儲存體】 ㄓˊ ㄐㄧㄝ ㄘㄨㄣˊ ㄑㄩˇ ㄔㄨˊ ㄘㄨㄣˊ ㄊㄧˇ
(direct access storage) 又稱隨機存取儲存體。電腦讀取或儲存隨機選取的資料所需要的時間，和上次存、取資料的位置無關，具備這種性質的儲存體，稱爲直接存取儲存體。如磁碟、主記憶體。

【直接耦合放大電路】 ㄓˊ ㄐㄧㄝ ㄡˇ ㄏㄜˊ ㄈㄤˋ ㄉㄚˋ ㄉㄧㄢˋ ㄌㄨˋ
(direct coupled amplifier) 放大電路多級相連接時，在前後兩級之間，直接把前一級的輸出信號輸入後一級的輸入端，而不藉由其他元件或裝置，稱爲直接耦合放大電路。

15【直線及功能式組織】 ㄓˊ ㄒㄧㄢˋ ㄐㄧˊ ㄍㄨㄥ ㄋㄥˊ ㄕˋ ㄗㄨˇ ㄓ
組織型式的一種。因係結合直線及功能兩種型式而成，故組織架構較爲複雜，一般而言，幕僚單位採功能式組織，業務單位採直線式組織，大規模的機關多採此種型式。

7【直角球面三角形的解法】 ㄓˊ ㄐㄧㄠˇ ㄑㄧㄡˊ ㄇㄧㄢˋ ㄙㄢ ㄐㄧㄠˇ ㄒㄧㄥˊ ˙ㄉㄜ ㄐㄧㄝˇ ㄈㄚˇ
(solution of right spherical triangle) 可用下列十個公式解出：$\sin a=\sin c\sin A$, $\sin a=\tan b\cot B$, $\cos A=\sin B\cos a$, $\cos A=\tan b\cot c$, $\cos c=\cot A\cot B$, $\sin b=\sin c\sin B$, $\sin b=\tan a\cot A$, $\cos B=\sin A\cos b$, $\cos B=\tan a\cot c$, $\cos c=\cos a\cos b$。它們係從‘納’氏圓弧規則導出。如圖，A、B、C爲角，C爲直角，a、b、c爲其對邊。這些公式配合種的規則使用。它可以在僅知要素的一個三角函數值時幫助確定要素所在的象限。

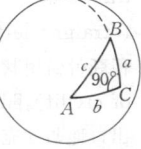

直角球面三角形的解法圖

直 直的或體。

盳 ㄇㄤˊ mang² 音盲 又讀 ㄨㄤˋ wang⁴ 音忘
參盳洋。

9【盳洋】 ㄇㄤˊ ㄧㄤˊ
仰視的樣子。也作望洋。

盰 ㄍㄢˇ kan³ 音稈 又讀 ㄍㄢˋ kan⁴ 音幹
眼睛露白的樣子。見“說文”。

盱 ㄒㄩ hsü¹ 音吁
①張眼。見“說文”。②憂。通忏。見“爾雅·釋詁”。③草名。即虺床，一名蛇床。可入藥。見“正字通”。

10【盱眙】 ㄒㄩ ㄧˊ
①縣名。在今‘安徽省’東北境。‘秦’置。‘元’‘明’‘清’屬‘泗州’，‘民國’廢州留縣。②山名。在今‘安徽省’‘盱眙縣’東。

16【盱衡】 ㄒㄩ ㄏㄥˊ
①舉目揚眉，威武而生氣的樣子。②舉目遠望。即遠觀、縱觀。

䀒 ㄑㄧㄢ ch'ien¹ 音千
參䀒瞑。

15【䀒瞑】 ㄑㄧㄢ ㄇㄧㄥˊ
幽暗不明的樣子。也作仟眠。

4

眉 ㄇㄟˊ mei² 音玫
①眼窩上方，前額與上眼瞼聯接處所生的毛。見“說文”。②指物的上方或邊側。如：書眉。

5【眉目】 ㄇㄟˊ ㄇㄨˋ
眉和眼睛。①泛指人的面貌。②比喻卓越傑出的人才，足可做眾人的表率。③稱事情的頭緒、次第或文章的條理、層次。④比喻很接近。

6【眉宇】 ㄇㄟˊ ㄩˇ
①眉額之間。②泛指容貌。

7【眉批】 ㄇㄟˊ ㄆㄧ
在書本或文章上端空白處書寫心得、評語、訂誤或音注。

13【眉睫】 ㄇㄟˊ ㄐㄧㄝˊ
眉毛和睫毛。①泛指形貌。②指臉色與眼色。③比喻事情切近、迫切。

14【眉壽】 ㄇㄟˊ ㄕㄡˋ
長壽。頌祝語。古人以爲眉有長毛乃長壽的象徵。

17【眉黛】 ㄇㄟˊ ㄉㄞˋ
眉的代稱。古代婦女以黛畫眉。

5【眉目傳情】 ㄇㄟˊ ㄇㄨˋ ㄔㄨㄢˊ ㄑㄧㄥˊ
用眉毛和眼睛的動作來傳達情意。

8【眉來眼去】 ㄇㄟˊ ㄌㄞˊ ㄧㄢˇ ㄑㄩˋ
①用眉毛和眼睛的動作來傳達情意。②眼睛所看到的。

9【眉飛色舞】 ㄇㄟˊ ㄈㄟ ㄙㄜˋ ㄨˇ
眉開眼笑，神情歡愉。形容十分得意或興奮的樣子。

11【眉清目秀】 ㄇㄟˊ ㄑㄧㄥ ㄇㄨˋ ㄒㄧㄡˋ
眉目端莊秀美。

12【眉開眼笑】 ㄇㄟˊ ㄎㄞ ㄧㄢˇ ㄒㄧㄠˋ
眉目歡愉的神態。形容得意洋洋、

十分高興的樣子。

相 ㊀ ㄒㄧㄤˋ *hsiang*^{4} 音象
[1]察看；審視。見"說文"。[2]形貌。通像。如：福相。[3]輔助。如：相夫教子。[4]贊禮的人。如：儐相。[5]古代朝廷中百官之長。如：將相。[6]質地；實質。如：金玉其相。[7]指一波函數的引數(argument)。例如正弦波 $y=\sin(kx-wt)$，$kx-wt$ 即爲正弦波的相，也稱相位。[8](phase)(1)指同一物質在不同溫度、壓力下，會具有不同的結構，每種不同的結構均爲物質不同的相。例如某些物質在極低溫度下，可成爲超導體，此爲該物質的超導相。(2)在交流電裡，電壓與電流之間的角度關係。(3)在商業電力系統裡，分離電壓波的數目，如三相、單相。通常以ϕ爲符號。(4)在一週期性波動裡，由原點算起已經通過的週期量。若一週期以360°表示，則所經過的位置稱爲相角。

㊁ ㄒㄧㄤ *hsiang*^{1} 音香
交互；彼此。如：相親相愛。

3【相干】ㄒㄧㄤ ㄍㄢ
[1]相互有連帶關係。[2]相求。

【相士】ㄒㄧㄤˋ ㄕˋ
[1]觀察相貌以鑑別人才。[2]以看人的面貌而論斷其禍福吉凶爲職業的人。

4【相火】ㄒㄧㄤˋ ㄏㄨㄛˇ
與君火相對。指因忿與慾所生的火。忿火屬於肝，慾火屬於腎。另一說以腎爲相火，寄於肝、膽、心包、三焦等臟腑之內。相火的根源主要發自命門。

【相公】ㄒㄧㄤˋ ㄍㄨㄥ
[1]宰相。[2]尊稱年輕的士人或秀才。

5【相左】ㄒㄧㄤ ㄗㄨㄛˇ
[1]相互交左而過。即不相遇。[2]不合；不同。

【相失】ㄒㄧㄤ ㄕ
離散；相離。

6【相羊】ㄒㄧㄤ ㄧㄤˊ
漫遊。即徜徉。

7【相投】ㄒㄧㄤ ㄊㄡˊ
[1]投靠。[2]彼此投合。

【相角】ㄒㄧㄤˋ ㄐㄧㄠˇ
(phase angle)又稱輻相。在週期函數如 $A\cos(wt+\alpha)$，於 t 時刻之輻相定義爲 $wt+\alpha$(亦有用正弦代餘弦者)。若複(值函)數寫爲 $Re^{i\phi}$(R、ϕ 爲實值，$R>0$)，則 ϕ 稱爲相角，或叫輻角。

【相似】ㄒㄧㄤ ㄙˋ
(similar)常以符號～表示。圖形(即點集)R與R'相似，意思是有一個映射$\phi: R\longrightarrow R'$，及正實數$\alpha$，使得對$R$中任意兩點$P$、$Q$，必有$\phi(P)\phi(Q)$之距$=PQ$之距乘以$\alpha$，此數$\alpha$稱爲相似比。兩三角形相似等於兩個對應角相等，或即三邊成比例。

8【相宜】ㄒㄧㄤ ㄧˊ
合適；剛好。

【相沿】ㄒㄧㄤ ㄧㄢˊ
由前代傳襲下來。

【相知】ㄒㄧㄤ ㄓ
[1]相互了解。形容彼此之間情誼深厚。[2]指知心的朋友。

【相和】ㄒㄧㄤ ㄏㄜˋ
[1]互相唱和。[2]古代樂府的一種樂歌。參相和歌。

【相命】ㄒㄧㄤˋ ㄇㄧㄥˋ
憑藉面貌、骨骼、氣色、手紋、生辰八字等來推斷命運吉凶。

9【相契】ㄒㄧㄤ ㄑㄧˋ
心志相投合。

【相則】ㄒㄧㄤˋ ㄗㄜˊ
(phase rule)多相共存之系統達到平衡時，其自由度(即用以描述系統之示強性質)數目等於$C-P+2$，其中C表系統之成分數目，P表共存之相數目。故冰與水共存時，其自由度數目等於1，因此只要壓力(或溫度)固定，其狀態即固定。

【相映】ㄒㄧㄤ ㄧㄥˋ
相互映照、襯托。

【相若】ㄒㄧㄤ ㄖㄨㄛˋ
相似；差不多。

【相思】ㄒㄧㄤ ㄙ
男女相互思念。

【相侮】ㄒㄧㄤ ㄨˇ
爲相克的反方向。即反克。指事物間的關係失去正常協調的表現。例如金克木，若金氣不足或木氣偏亢，木就會反過來侮金，則出現肺金虛損而肝木亢盛的病症。

11【相率】ㄒㄧㄤ ㄕㄨㄞˋ
彼此依循、遵從。

【相術】ㄒㄧㄤˋ ㄕㄨˋ
觀察人的五官、容貌、體態，以判斷吉凶禍福的方法。

12【相惡】ㄒㄧㄤ ㄨˋ
即一種藥物的功能會減弱另一種藥物性能的作用。如生薑惡黃芩，即黃芩會減弱生薑的功效。

【相量】ㄒㄧㄤˋ ㄌㄧㄤˋ
(phasor)在交流電路理論以旋轉半徑代表正弦波，稱爲相量。

14【相與】ㄒㄧㄤ ㄩˇ
[1]相互；相偕。[2]相互結交；彼此友善。[3]好朋友。

【相圖】ㄒㄧㄤˋ ㄊㄨˊ
(phase diagram)又稱平衡圖(equilibrium diagram)或組成圖(constitution diagram)。爲研究合金的重要工具。用以表示在定壓下(通常是一大氣壓)，一定組成的合金在某一溫度下達到平衡時會以何種相存在。通常橫軸爲成分，縱軸爲溫度。

【相稱】ㄒㄧㄤ ㄔㄣˋ
相配。二件以上事物彼此配合適當。

15【相撲】ㄒㄧㄤ ㄆㄨ
'日本'式的角力。源於西元前一世紀。以推擂使對手身體觸地，或將之推出場外爲得勝。

16【相親】㊀ ㄒㄧㄤ ㄑㄧㄣ
互相親愛。

㊁ ㄒㄧㄤˋ ㄑㄧㄣ

議婚前，家長請媒人或介紹人安排男女雙方見面。

【相機】 ㄒㄧㄤˋ ㄐㄧ

①審察機宜。即觀看適當的機會。②即照相機。

17【相應】 ㊀ ㄒㄧㄤ ㄧㄥˋ

①互相照應、呼應。②相宜；相當。

㊁ ㄒㄧㄤ ㄧㄥ

應該。舊式公文用語，常用於平行機關。

【相聲】 ㄒㄧㄤˋ ㄕㄥ

以說、學、逗、唱等技巧，表演詼諧或諷刺之內容的民間雜藝。有單口相聲、對口相聲等。

19【相關】 ㄒㄧㄤ ㄍㄨㄢ

①相互有關聯；彼此有關係。②(correlation)量度兩個隨機變數或兩組數據之間契合於一直線的程度，叫線性相關係數，常省去線性一詞。實用上，定義兩組數據的相關係數 r 如下：設數據為 $\{a_1, a_2, \cdots a_n\}$ 及 $\{b_1, b_2, \cdots b_n\}$，則 $r=\sum(a_i-\bar{a})(b_i-\bar{b})/(S_1 \cdot S_2)$，其中 $\bar{a}$、$\bar{b}$ 表示 a_i、b_i 的算術平均，而 $S_1^2=\sum(a_i-\bar{a})^2$，$S_2^2=\sum(b_i-\bar{b})^2$。由'史瓦茲'不等式知 $|r| \leq 1$，$|r|$ 愈接近 1，(a_i, b_i) 的全體愈接近一條直線。$r>0$ 時，這條直線的斜率為正，$r<0$ 為負。若相關係數 $r=0$，則稱這兩組數據為零相關。顯然，相關係數小或零相關，並非表示這兩組數據就一定沒有什麼關係。例如，若 $a_i=b_i^2$，而 $\bar{b}=0$，且對每個 b_i、$-b_i$ 也在數據之內，則 $r=0$。

20【相覷】 ㄒㄧㄤ ㄑㄩˋ

①以善意相看待；看得起。②相看。

23【相變】 ㄒㄧㄤˋ ㄅㄧㄢˋ

(phase transition; phase transformation) 指物體由一種物態轉變成另一種物態的現象。例如昇華、汽化、凝固、熔化等皆是。此種相變伴隨著體積及熵的突然變化，例如水結冰，水的體積與同溫度冰的體積不同；水的汽化其體積變化更為明顯。上述的相變又稱第一階相變。第一階相變因熵值突然變化，故有潛熱的存在(如熔化熱、汽化熱等)。除物態變化外，晶體內部結構的任何變化亦為相變的一種。有很多相變的發生並不伴隨熵及體積的突然變化，這類相變稱為高階相變。

7【相似形】 ㄒㄧㄤ ㄙˋ ㄒㄧㄥˊ

(similar figures) 二圖形之頂角數相等，且各對應角相等，其各對應邊之比也相等者，稱為相似形。用～記號表示。平面形之相似者，稱為相似形；立體之相似者，則稱為相似體。相似平面形之面積比為邊長比之平方，而相似體之體積比則為邊長比之立方。

8【相阻抗】 ㄒㄧㄤˋ ㄗㄨˇ ㄎㄤˋ

(phase impedance) 在多相電路負載中之各相分支阻抗。

【相和歌】 ㄒㄧㄤ ㄏㄜˊ ㄍㄜ

也稱相和曲。流行於兩'漢'、'魏'、'晉'的民間，最初是里巷歌謠，只有歌，不用伴唱、伴奏。初步發展為相和形式，一人唱，三人和。進一步發展為以樂器伴奏、絲竹相和、執節鼓的歌唱。伴奏樂器除節鼓外，有笙、笛、琴、瑟、琵琶、箏等。相和歌分平、清、瑟三調及'楚'調，其歌辭已收入'宋'"郭茂倩""樂府詩集"中。

9【相思樹】 ㄒㄧㄤ ㄙ ㄕㄨˋ

(*Acacia confusa*) 喬木。相思樹屬(*Acacia*)植物的葉子有兩類型，一般為二回羽狀複葉，另一型則羽狀複葉退化至剩下葉柄，看似單葉。相思樹的小葉退化，葉柄呈鐮形，革質；花黃色，聚成球形花序；莢果條形，扁平。主產於'菲律賓'、'印尼'及'臺灣'。栽培作行道樹，木材可製薪炭。

相思樹圖

10【相容性】 ㄒㄧㄤ ㄖㄨㄥˊ ㄒㄧㄥˋ

(compatibility) 電腦周邊設備或程式，可使用於多種不同系統中的特性，稱為相容性。

12【相量法】 ㄒㄧㄤˋ ㄌㄧㄤˋ ㄈㄚˇ

(phasor method) 指以相量之代數法或圖解法解答問題。

【相量圖】 ㄒㄧㄤˋ ㄌㄧㄤˋ ㄊㄨˊ

(phase diagram) 解答交流電路某一問題時，以有關之各相量所構成之圖。

13【相電流】 ㄒㄧㄤˋ ㄉㄧㄢˋ ㄌㄧㄡˊ

(phase current) 多相電路流經各相相阻抗之電流。

14【相對人】 ㄒㄧㄤ ㄉㄨㄟˋ ㄖㄣˊ

民事事件分為民事訴訟事件與非訟事件。前者原則上以有相對立之當事人為必要，訴訟程序上稱此相對立之當事人為兩造，其相對立之他造即其相對人。相對人在各種民事訴訟程序中異其名稱，如在判決程序第一審，稱起訴之原告的相對人為被告；在第二審及第三審，稱提起上訴之上訴人的相對人為被上訴人；在再審程序，稱提起再審之訴之再審原告的相對人為再審被告；在督促程序，稱請求發支付命令之債權人的相對人為債務人；在保全程序，稱聲請假扣押或假處分之債權人的相對人為債務人。而於非訟事件之當事人間無對立關係，惟聲請人之他方亦稱為相對人，非訟事件之聲請不以列相對人為必要。

【相對論】 ㄒㄧㄤ ㄉㄨㄟˋ ㄌㄨㄣˋ

(relativity)'愛因斯坦'在探討運動物體之電動力學的問題中(發表於西元 1905 年)，以「光速為常數原理」、「相對論原理」兩個基本假設為基礎所建立的理論。主要觀點是在所有作等速度相對運動的慣性參考坐標系中，物理定律均相同。因此吾人不可能在一慣性坐標系中做任何實驗而依據其結果能判定其所在之坐標系爲靜止或在運動中。即在觀念上，無唯一絕對靜止坐標系的存在；運動與靜止是相對的而非絕對的，故謂相對論。因其所考慮之對象均爲作等速度相對運動之坐標系間的關係，且無重力場的存在，故冠以狹義二字，稱爲狹義相對論(special relativity, 亦稱特殊相對論)。其後將此種觀點延伸處理有重力場存在且作加速度相對運動之情況，稱爲廣義相對論(general relativity)。狹義相對論重要結果是，時間並非絕對的。兩事件在某一坐標系中前後發生的關係，在另一坐標系中可能倒轉過來；「同時性」也成爲相對的觀念。坐標系間的正確變換關係是'羅倫茲'變換而非'伽利略'變換。有名的質、能互換公式 $E=mc^2$ 及質量隨速度變化 $m=\frac{m_0}{\sqrt{1-v^2/c^2}}$ 等關係，均是狹義相對論的結果。

4【相夫敎子】ㄒㄧㄤˋ ㄈㄨ ㄐㄧㄠˋ ㄗˇ
指女子幫助丈夫，教育子女。

【相反相成】ㄒㄧㄤ ㄈㄢˇ ㄒㄧㄤ ㄔㄥˊ
表面似相矛盾、排斥，實際卻相互配合、補充。

5【相加原色】ㄒㄧㄤ ㄐㄧㄚ ㄩㄢˊ ㄙㄜˋ
(additive primaries) 指可混合以產生其他色彩，卻不能以其他色彩混合而產生的原色。紅、綠、藍三色，即爲相加原色。

【相生相剋】ㄒㄧㄤ ㄕㄥ ㄒㄧㄤ ㄎㄜˋ
相互生成，相互剋制。依陰陽家的說法，相生即木生火，火生土，土生金，金生水，水生木；相剋即木剋土，土剋水，水剋火，火剋金，金剋木。

6【相安無事】ㄒㄧㄤ ㄢ ㄨˊ ㄕˋ
彼此和平共處，不生事端。

7【相形見絀】ㄒㄧㄤ ㄒㄧㄥˊ ㄐㄧㄢˋ ㄔㄨˋ
兩者相互比較後，益見其中一方的拙劣。

【相見恨晚】ㄒㄧㄤ ㄐㄧㄢˋ ㄏㄣˋ ㄨㄢˇ
指情意相投的二人，惋惜彼此認識得太晚。

【相位失眞】ㄒㄧㄤˋ ㄨㄟˋ ㄕ ㄓㄣ
(phase distortion) 指信號傳輸時，其相位未在其傳輸範圍內作比例轉移。

【相位調變】ㄒㄧㄤˋ ㄨㄟˋ ㄊㄧㄠˊ ㄅㄧㄢˋ
(phase modulation)簡稱調相。通信系統中使用的一種調變方式。調變後的載波相位依信號波之振幅大小而改變，如圖所示。

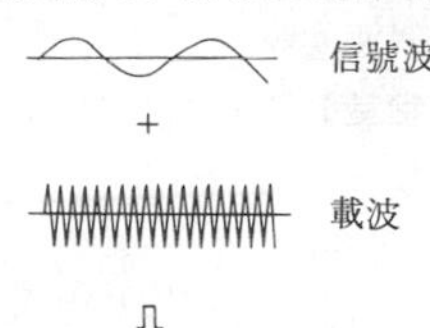

相位調變圖

【相位檢波】ㄒㄧㄤˋ ㄨㄟˋ ㄐㄧㄢˇ ㄅㄛ
(phase detection) 檢波方式的一種。從被相位調變之被調變波中，分離出信號的作業。

【相位邊限】ㄒㄧㄤˋ ㄨㄟˋ ㄅㄧㄢ ㄒㄧㄢˋ
(phase margin) 定義爲180°減去迴路增益 $|\beta A|$ 等於1(零分貝)之頻率時 βA 之角度。此時之大小代表放大器之穩定程度，愈大則穩定度愈佳。

8【相依爲命】ㄒㄧㄤ ㄧ ㄨㄟˊ ㄇㄧㄥˋ
彼此依靠著過生活。

9【相爲表裡】ㄒㄧㄤ ㄨㄟˊ ㄅㄧㄠˇ ㄌㄧˇ
互爲內外；互相依附。比喻關係密切不可分。

【相持不下】ㄒㄧㄤ ㄔˊ ㄅㄨˋ ㄒㄧㄚˋ
雙方對立、爭持，不肯讓步。

【相映成趣】ㄒㄧㄤ ㄧㄥˋ ㄔㄥˊ ㄑㄩˋ
指相反或相似的兩種事物，在相互襯托或對照之下，益顯出趣味。

10【相容軟體】ㄒㄧㄤ ㄖㄨㄥˊ ㄖㄨㄢˇ ㄊㄧˇ
(compatible software) 可適用於好幾種電腦系統的程式、資料等軟體。

【相容硬體】ㄒㄧㄤ ㄖㄨㄥˊ ㄧㄥˋ ㄊㄧˇ
(compatible hardware) 指只需少量的調整，甚至不需要調整，使能適用於好幾種電腦系統的零件、周邊裝備或其他裝置。

【相時制宜】ㄒㄧㄤˋ ㄕˊ ㄓˋ ㄧˊ
視當時的需要，以制定適當的辦法。

11【相得益彰】ㄒㄧㄤ ㄉㄜˊ ㄧˋ ㄓㄤ
互相配合、互相映襯，而更顯出彼此的優點，發揮更大的作用。

12【相提並論】ㄒㄧㄤ ㄊㄧˊ ㄅㄧㄥˋ ㄌㄨㄣˋ
將身分地位或價值程度相差不多的人或事物，同時提出來加以評論比較。

13【相敬如賓】ㄒㄧㄤ ㄐㄧㄥˋ ㄖㄨˊ ㄅㄧㄣ
彼此尊敬，以賓客之禮相待。形容夫妻間相互尊重，和諧美滿。

14【相輔相成】ㄒㄧㄤ ㄈㄨˇ ㄒㄧㄤ ㄔㄥˊ
彼此輔助以達成功。多用以指事物的互相配合，共蒙其利，共享成果。

【相輔財貨】ㄒㄧㄤ ㄈㄨˇ ㄘㄞˊ ㄏㄨㄛˋ
(complementary goods) 一種產品的需求量與另一種產品的價格成減函數關係，或兩種產品共同使用能對消費者產生更大的效用，則該兩種產品即爲相輔品。例如筆與墨水、錶與錶鏈。

【相對主義】ㄒㄧㄤ ㄉㄨㄟˋ ㄓㄨˇ ㄧˋ
(relativism) 又名相對論。與絕對主義相對。①價值論上的相對主義：主張世上的價值標準因人、因地、因時，或因文化不同而有別的學說。如倫理相對主義就是。2 知識論上的相對主義：主張眞理因認識者的不同而有別的學說。

【相對地勢】ㄒㄧㄤ ㄉㄨㄟˋ ㄉㄧˋ ㄕˋ (relative relief) 一地高於海平面，此段差距稱高度或海拔高度，但在局部地區內（如 10 平方公里面積單位內）最高點與最低點的高度差，則稱相對地勢。通常以相對高度表示之，藉以表示地形的局部起伏。

【相對位址】ㄒㄧㄤ ㄉㄨㄟˋ ㄨㄟˋ ㄓˇ (relative address) 電腦程式之位址以絕對位址與基底位址之差的形式表達，稱之爲相對位址。相對位址所代表的，不是資料所在的位址，而是資料所在位址與某一特定基底位址之間的距離。

【相對所得】ㄒㄧㄤ ㄉㄨㄟˋ ㄙㄨㄛˇ ㄉㄜˊ (relative income) 個人所得水準與他人所得水準的一種相對比較狀態。

【相對貿易】ㄒㄧㄤ ㄉㄨㄟˋ ㄇㄠˋ ㄧˋ (counter trade) 又稱對等貿易。此一用語的涵義相當含糊，不僅各國（尤其東'歐'國家）用法不同，即使學者之間，其用法也彼此有異。大體說來，所謂相對貿易是指國際交易買賣雙方中的一方，以商品（或勞務）或以一部分商品（或勞務）作爲（或抵付）他方所供應商品價款的交易行爲。例如西方國家賣方向東'歐'國家買方輸出技術、機器設備、製成品時，約定賣方須自東'歐'國家買方購入輸出合約金額的若干百分比貨物的交易，就是相對貿易的一種。

【相對溼度】ㄒㄧㄤ ㄉㄨㄟˋ ㄕ ㄉㄨˋ (relative humidity) 定溫下，空氣中所含水蒸氣之分壓與此溫度下水之蒸氣壓的比值百分率。

【相對運動】ㄒㄧㄤ ㄉㄨㄟˋ ㄩㄣˋ ㄉㄨㄥˋ (relative motion) 物體之運動視描述運動所用之參考坐標系，而有不同之描述。例如火車內的乘客，看見懸掛於車廂頂下落的物體是垂直落下的（從固定於火車上之參考坐標系看），但對於地面上的觀察者（以固定於地面上之坐標系看），此物體係作拋物線運動（如圖所示）。因此物體的運

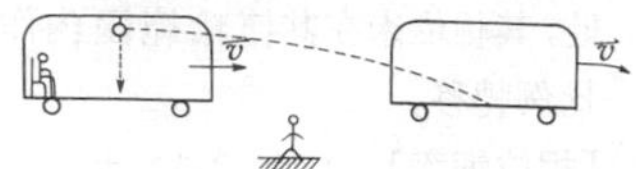

相對運動圖

動是相對性的，視觀察者所依據的參考坐標系而定。描述物體運動之位置、速度等物理量分別稱爲相對於參考坐標系的相對位置、相對速度等。

【相貌堂堂】ㄒㄧㄤˋ ㄇㄠˋ ㄊㄤˊ ㄊㄤˊ 容貌高雅莊嚴。

16【相機而行】ㄒㄧㄤˋ ㄐㄧ ㄦˊ ㄒㄧㄥˊ 觀察時機而後行動。

17【相濡以沫】ㄒㄧㄤ ㄖㄨˊ ㄧˇ ㄇㄛˋ 失水的魚，以口沫相互滋潤，苟延生命。比喻在困境中，相互救助。

19【相關係數】ㄒㄧㄤ ㄍㄨㄢ ㄒㄧˋ ㄕㄨˋ (correlation coefficient) 兩個變量 x、y 之間的關係之一種度量。爲'皮爾孫'氏(Pearson)所引進，公式爲：$r=〔n\sum x_iy_i-(\sum x_i)(\sum y_i)〕\div\{〔n\sum x_i^2-(\sum x_i)^2〕\cdot〔n\sum y_i^2-(\sum y_i)^2〕\}^{1/2}$，其值介於正負 1 之間，依 $r>0$ 或 <0 而稱爲正相關、負相關。$|r|\geq 0.7$，稱爲高度相關；$|r|\leq 0.3$ 稱爲低度相關；$0.3<r<0.7$ 則爲中度相關。

4【相互考績法】ㄒㄧㄤ ㄏㄨˋ ㄎㄠˇ ㄐㄧ ㄈㄚˇ 考績方法之一種。指員工言行及工作成績的優劣，由員工來相互評定者。如某單位有員工五人，則每一員工的考績成績，由其他四人來評定。此種方法最爲民主，但對主管考核權的行使，不無影響。

14【相對定址法】ㄒㄧㄤ ㄉㄨㄟˋ ㄉㄧㄥˋ ㄓˇ ㄈㄚˇ (relative addressing) 電腦內指令定址的方式之一。使用相對定址法時，指令中的位址部分所存放的是一個相對位址。

4【相互保險公司】ㄒㄧㄤ ㄏㄨˋ ㄅㄠˇ ㄒㄧㄢˇ ㄍㄨㄥ ㄙ (mutual company) 爲保險業特有的公司組織型態。其經營方式，乃由社員事先繳納相當基金，作爲創立費用，此項基金爲公司的債務，嗣後應連同利息償還。其保險費原先皆在年度終了時按各社員之配分徵收，但現今皆已改採確定保險費制，即改行事先繳納保險費辦法。相互保險公司經營結算時，如有盈餘利益，完全由社員共享，或分別攤還，或撥作公積或準備。

7【相位響應曲線】ㄒㄧㄤˋ ㄨㄟˋ ㄒㄧㄤˇ ㄧㄥˋ ㄑㄩ ㄒㄧㄢˋ (phase response curve)一網路函數之相位與頻率之關係曲線。

8【相依隨機試驗】ㄒㄧㄤ ㄧ ㄙㄨㄟˊ ㄐㄧ ㄕˋ ㄧㄢˋ (dependent random experiment)表示一隨機試驗和另一隨機試驗有相關的基本概念。技術上定義如下：設有兩試驗 X 和 Y，E 是試驗 X 的事件，F 是試驗 Y 的事件。若 E 發生的概率 $P(E)$ 不等於在 F 發生下的 E 發生的概率 $P(E|F)$，則稱 E 和 F 相關。當 $P(E)=P(E|F)$ 時，則稱 E 和 F 獨立。若 X 的任何事件均與 Y 的任何事件獨立，則稱 X 和 Y 獨立。實際上，人們常利用直覺上兩試驗應該獨立的想法來處理重複試驗的機率問題。例如設 X 表示同時擲一個伍元硬幣及拾元硬幣的試驗，將其結果分爲三種，即兩正、兩反和一正一反。設 Y 表其中擲伍元硬幣的試驗，則 X 和 Y 相依。例如 X 中，成兩正組合的或

然率，在假設Y的結果爲正或反之下，是不同的。

14【相對介電係數】 ㄒㄧㄤ ㄉㄨㄟˋ ㄐㄧㄝˋ ㄉㄧㄢˋ ㄒㄧˋ ㄕㄨˋ
(relative permittivity) 複介電係數(complex permittivity，即電通量密度與電場之比值)與眞空中之介電係數的比值。

【相對導磁係數】 ㄒㄧㄤ ㄉㄨㄟˋ ㄉㄠˇ ㄘˊ ㄒㄧˋ ㄕㄨˋ
(relative permeability) 介質的導磁係數μ與眞空中導磁係數μ_0的比，就是相對導磁係數。以K_m表之爲：$K_m=\frac{\mu}{\mu_0}$，$\mu_0=4\pi\times10^{-7}$韋伯/安培—公尺。眞空的K_m等於1，空氣之K_m幾近於1(1.0000004)；對於反磁性物質，其值略小於1，而順磁性物質，卻略大於1。可使磁性增強很大的鐵磁性物質，其K_m值比1大很多。

19【相關迴歸分析法】 ㄒㄧㄤ ㄍㄨㄢ ㄏㄨㄟˊ ㄍㄨㄟ ㄈㄣ ㄒㄧ ㄈㄚˇ
總體預測人力方法之一種。指採用統計學的相關迴歸分析方法來鑑定、預測、分析研究各單位的工作負荷與人力間的關係，並訂定計稱人力的公式，而後將現有業務量的數值代入公式，即可求出人力的需求。

15【相罵沒好口相打沒好手】 ㄒㄧㄤ ㄇㄚˋ ㄇㄟˊ ㄏㄠˇ ㄎㄡˇ ㄒㄧㄤ ㄉㄚˇ ㄇㄟˊ ㄏㄠˇ ㄕㄡˇ
1形容互相打罵時毫不留情。2指打罵的雙方都有不是之處。

眈 ㄉㄢ tan¹ 音單
逼視。如：虎視眈眈。

9【眈眈】 ㄉㄢ ㄉㄢ
1威嚴逼視的樣子。2深邃的樣子。3威嚴莊重的樣子。

眃 ㊀ ㄩㄣˊ yün² 音雲
參眩眃㊀。
㊁ ㄏㄨㄣˋ hun⁴ 音混
參眩眃㊁。

䀂 ㄖㄨㄢˇ juan³ 音阮
視。見"集韻"。

盹 ㄉㄨㄣˇ tun³
閉眼小睡。如：打盹兒。

眄 ㄇㄧㄢˇ mien³ 音免
1斜視。見"說文"。2看。如：流眄。

13【眄睞】 ㄇㄧㄢˇ ㄌㄞˋ
1環顧；顧盼。2眷顧；寵愛。

【眄睨】 ㄇㄧㄢˇ ㄋㄧˋ
斜視。形容輕忽或自大的神情。

眅 ㄆㄢ p'an¹ 音攀
1多白眼。見"說文"。2轉目而視。見"集韻"。3巨大。見"字彙"。

眇 ㄇㄧㄠˇ miao³ 音秒
1瞎一眼。見"洪武正韻"。2瞇著眼細看。3細小；微末。如：眇小。4高遠。

9【眇眇忽忽】 ㄇㄧㄠˇ ㄇㄧㄠˇ ㄏㄨ ㄏㄨ
隱隱約約；模糊不淸。

眊 ㄇㄠˋ mao⁴ 音冒
1眼睛失神；昏瞶不明。如：眊昏。2指老年。通耄。如：老眊。

9【眊眊】 ㄇㄠˋ ㄇㄠˋ
目不明。形容昏瞶。

17【眊瞶】 ㄇㄠˋ ㄎㄨㄟˋ
眼花耳聾。形容衰老退化。

18【眊矂】 ㄇㄠˋ ㄗㄠˋ
煩悶。也作眊氉。

眴 ㄒㄩㄢˊ hsüan² 音懸
目大的樣子。見"廣韻"。

眂 ㄕˋ shih⁴ 音嗜
注視的樣子。見"說文"。

盻 ㄒㄧˋ hsi⁴ 音係
1含恨怒視。見"說文"。2回顧。

盼 ㄆㄢˋ p'an⁴ 音判
1眼珠黑白分明的樣子。見"說文"。2看。如：左顧右盼。3照顧；重視。4希望。如：盼望。

11【盼望】 ㄆㄢˋ ㄨㄤˋ
想望；希望。

省 ㊀ ㄕㄥˇ shêng³ 音眚
1古官署名。如：'尚書省'。2宮中。如：省中。3今行政區域名。'元朝'設'中書省'，爲最高的行政機關，其性質類似現在的'行政院'。後來於'中書省'之下，設'行中書省'，是'中書省'的派出機關，其轄區爲中央分治區域，而不是地方行政區域。其後經'明'、'清'兩代之改革，遂成爲高級地方行政區域。其特質是代表中央行使職權，非代表人民處理地方之事務。至"中華民國憲法"乃將省之地位由行政區域改爲地方自治團體，介於中央與縣之間，以收聯絡之效。4簡約；減少。如：省吃儉用。5過失。通眚。
㊁ ㄒㄧㄥˇ hsing³ 音醒
1察看。見"說文"。2考校。如：日省月試。3請安；問候。如：晨昏定省。4明白；解悟。如：省悟。5記憶。如：記省。6姓。'明'有'省凱'。見"萬姓統譜·八七"。

8【省治】 ㊀ ㄒㄧㄥˇ ㄓˋ
視察官府事務。
㊁ ㄕㄥˇ ㄓˋ
即省會。

9【省城】 ㄕㄥˇ ㄔㄥˊ
即省會。

10【省悟】 ㄒㄧㄥˇ ㄨˋ
覺醒；覺悟。

11【省視】 ㄒㄧㄥˇ ㄕˋ
察看。

13【省會】 ㊀ ㄕㄥˇ ㄏㄨㄟˋ
省政府所在地。
㊁ ㄒㄧㄥˇ ㄏㄨㄟˋ
說明；曉喻。'元朝'人的慣用語。

14【省察】 ㄒㄧㄥˇ ㄔㄚˊ
1詳細察看。2(introspection)個人對其心理內容(包括結構與功能)的自我觀察的歷程。

16【省親】 ㄒㄧㄥˇ ㄑㄧㄣ
探望父母或其他尊親。

5【省(市)稅】 ㄕㄥˇ (ㄕˋ) ㄕㄨㄟˋ
(provincial taxes) 指稅捐稽徵權歸屬省政府或直轄市政府者。依我國"財政收支劃分法"規定，目前歸屬省(市)之稅捐計有營業稅、印花稅、使用牌照稅及港工捐等。

17【省轄市】　ㄕㄥˇ ㄒㄧㄚˊ ㄕˋ

直屬於省的市。其地位與縣相當。依"市組織法"之規定:凡人民聚居地方具有下列情形之一者,得設市,受省政府之指揮監督:一、省會;二、人口在五十萬以上者;三、在政治、經濟、文化上地位重要,其人口在二十萬以上者。

20【省議會】　ㄕㄥˇ ㄧˋ ㄏㄨㄟˋ

我國"憲法"上之省制,爲地方自治團體。"憲法"規定省設省議會,省議會議員由省民選擧之。屬於省之立法權,由省議會行之,故爲省之立法機關。由於"省縣自治通則"、"省自治法"至今尙未完成立法程序,故目前'臺灣省議會',係根據"臺灣省議會組織規程"(行政命令)產生,而未能與"憲法"之規定相符。依"憲法",省議會有選擧並罷免監察委員之職權,而選擧權與罷免權均屬政權之性質,因之省議會又兼具政權機關之特性。

看　㊀ ㄎㄢˋ *k'an*⁴ 音瞰

①注視。見"說文"。②探訪。如:看望。③對待;款待。如:看待。④觀賞。如:看花。⑤拿取。如:看茶。

㊁ ㄎㄢ *k'an*¹ 音堪

①㊀的讀音。②守護。如:看護。③監守。如:看管。

4【看中】　ㄎㄢˋ ㄓㄨㄥˋ

看上;合意。

6【看好】　ㄎㄢˋ ㄏㄠˇ

指人或事物的未來發展樂觀、有可爲。

9【看穿】　ㄎㄢˋ ㄔㄨㄢ

看破;看透。

【看相】　ㄎㄢˋ ㄒㄧㄤˋ

觀察面貌以斷定命運的吉凶。

【看待】　ㄎㄢˋ ㄉㄞˋ

對待;接待。

10【看破】　ㄎㄢˋ ㄆㄛˋ

看透;看開。

11【看透】　ㄎㄢˋ ㄊㄡˋ

看淸楚明白。

21【看護】　ㄎㄢ ㄏㄨˋ

照顧病人。

4【看天田】　ㄎㄢˋ ㄊㄧㄢ ㄊㄧㄢˊ

缺水灌漑而靠雨水的田地。

6【看守所】　ㄎㄢ ㄕㄡˇ ㄙㄨㄛˇ

羈押刑事被告人的場所。羈押被告,偵查中不得逾二月,審判中不得逾三月;但有繼續羈押之必要者,得於期間未滿前,由法院裁定延長。

7【看走眼】　ㄎㄢˋ ㄗㄡˇ ㄧㄢˇ

看錯;估量錯誤。

9【看風頭】　ㄎㄢˋ ㄈㄥ ㄊㄡˊ

觀察事態及其可能的發展。比喩做事隨機應變。

2【看人眉眼】　ㄎㄢˋ ㄖㄣˊ ㄇㄟˊ ㄧㄢˇ

看人臉色。

10【看破紅塵】　ㄎㄢˋ ㄆㄛˋ ㄏㄨㄥˊ ㄔㄣˊ

看穿世情,對世俗不再眷戀。

12【看菜吃飯量體裁衣】　ㄎㄢˋ ㄘㄞˋ ㄔ ㄈㄢˋ ㄌㄧㄤˊ ㄊㄧˇ ㄘㄞˊ ㄧ

比喩依實際來處理事務。

瞀　ㄏㄨ *hu*¹ 音忽

急視的樣子。見"字彙"。

盾　㊀ ㄉㄨㄣˋ *tun*⁴ 音頓

①用以防禦敵人的兵刃矢石而保衛自身的武器。見"說文"。②(guilder)'荷蘭'貨幣單位的'中'譯簡稱。

㊁ ㄕㄨㄣˇ *shun*³ 音吮

㊀①的又讀。

6【盾地】　ㄉㄨㄣˋ ㄉㄧˋ

(shield)極古老的堅硬岩層露出地表或仍潛處於地下,所形成的一個廣大而略呈臺狀、周圍高而中部略低陷的地區。外形如倒覆之盾,故稱盾地。這些古老岩層都是前寒武紀的結晶岩體。'加拿大盾地'、'印度''德干盾地'爲最著名的例子。

5

眞　真的或體。

真　ㄓㄣ *chên*¹ 音珍

或作眞。①本性;本原。如:天眞。②實在;不虛假。如:眞實。③正。與副、邪相對。如:眞本。④書體名。眞書的省稱,即楷書。⑤姓。'宋'有'眞德秀'。見"萬姓統譜·一九"。

2【眞人】　ㄓㄣ ㄖㄣˊ

①道家、道教稱修眞得道或成仙的人。②佛家總稱阿羅漢或佛。因其爲證悟眞理之人。③指眞命天子。④指有才德的賢人。⑤人屬中最晚出現的一種。即⌊智人⌉。

4【眞元】　ㄓㄣ ㄩㄢˊ

道教稱人的元氣。

5【眞北】　ㄓㄣ ㄅㄟˇ

(true north)由觀測者所在之位置,延經線正對北極之方向。而從眞北以一角度量得被觀測點之方位,稱爲眞方位(true bearing)。

【眞皮】　ㄓㄣ ㄆㄧˊ

(dermis)脊椎動物的皮膚,其深層爲眞皮。較表皮厚,由結締組織構成。其內有血管和神經,故受損時會出血並感覺疼痛;此外,眞皮中尙有汗腺、油脂腺和毛囊等。汗腺爲管狀腺體,分泌汗液,與調節體溫有關。毛髮由毛囊底部長出,每一毛囊旁均伴有一油脂腺,該腺可分泌油脂以滋潤毛髮。

6【眞如】　ㄓㄣ ㄖㄨˊ

佛家語。指眞實不變的體性,宇宙萬有的本體。義同實相、法界。

7【眞言】　ㄓㄣ ㄧㄢˊ

佛家語。梵語 mantra,音譯作曼怛羅、滿怛羅、曼特羅。義爲眞言。是如來三密之一的語密。另譯作陀羅尼。也稱呪、密言、祕密號。

【眞君】　ㄓㄣ ㄐㄩㄣ

①即眞宰。指天。②道教稱修道成仙的人。

8【眞空】 ㄓㄣ ㄎㄨㄥ
[1]佛家語。指超出現象、情識、迷妄而展現的眞實空境。這種空境，因非僞故眞、離相故空，爲諸法的本體，畢竟空寂。[2](vacuum)在一空間範圍或一密閉容器中若不含有任何物質，則稱此空間範圍爲眞空。眞空爲一理想化的觀念，實際上任何有限之空間範圍或多或少均含有物質，因此對含有稀少物質之空間常以眞空度來描述。慣用的眞空度單位爲水銀柱毫米高(mmHg)。一般實驗室所能達到的眞空度爲10^{-7}mmHg，此亦爲一般眞空管的眞空度。人類技術所能達到的最高眞空度約爲10^{-13}mmHg。一般相信宇宙中最高度的眞空應在於銀河系與銀河系間的太空中，其眞空度可能爲～10^{-22}mmHg。

【眞性】 ㄓㄣ ㄒㄧㄥˋ
[1]天性。[2]佛性。與眞如、本體、眞空、實相等皆爲同義詞。

【眞果】 ㄓㄣ ㄍㄨㄛˇ
(true fruit) 植物的果實由子房發育而成者。

9【眞相】 ㄓㄣ ㄒㄧㄤˋ
[1]佛家語。指萬有的本體，即宇宙萬事萬物的本相。[2]事物的本來面目或事情的實際情形。

10【眞書】 ㄓㄣ ㄕㄨ
即正書、楷書。

【眞除】 ㄓㄣ ㄔㄨˊ
指原爲代理或試用的官員獲得正式任用。

【眞值】 ㄓㄣ ㄓˊ
(true value) 量度量的正確數值。一般而言，眞值係一種觀念上的數值，實際上無法求得，所以有取接近眞值之數值作爲眞值者。而標準器之眞值係標準器實際所具之值。

11【眞訣】 ㄓㄣ ㄐㄩㄝˊ
道教語。指不妄示人的眞法祕訣。

【眞率】 ㄓㄣ ㄕㄨㄞˋ
坦誠直率，不虛僞造作。

【眞理】 ㄓㄣ ㄌㄧˇ
[1]顚撲不破的道理。[2]指佛法是眞實不虛的義諦。諦即是理。[3](truth)(1)與事實或實況符合之信仰、思想、意見或語句。(2)經過檢驗，證實成立的理論。

12【眞菌】 ㄓㄣ ㄐㄩㄣˋ
(fungi)缺葉綠素，以寄生或腐生方式營生，靠孢子生殖之生物。少數個體爲單細胞者，如酵母菌；一般爲多細胞絲狀的菌絲所組成，主要包括藻狀菌、子囊菌、擔子菌和不完全菌等。

【眞象】 ㄓㄣ ㄒㄧㄤˋ
同眞相[2]。

13【眞跡】 ㄓㄣ ㄐㄧ
指書畫家本人的手筆。也作墨跡。與摹本、拓本相對。

【眞經】 ㄓㄣ ㄐㄧㄥ
道家的經籍。‘唐’‘天寶’時，詔號“莊子”爲“南華眞經”、“列子”爲“沖虛眞經”。

【眞傳】 ㄓㄣ ㄔㄨㄢˊ
眞實的傳授。指學問或技藝得到正統奧祕的傳授。

14【眞誥】 ㄓㄣ ㄍㄠˋ
‘南朝’‘梁’‘陶弘景’編錄，二十卷，七篇。全書所言皆仙眞授受眞訣事項，兼及藥物、導引、按摩與其他道教修養之術。內容龐雜，然保存不少道教史料與科技史資料。

【眞箇】 ㄓㄣ ㄍㄜˋ
確實；果眞。

15【眞摯】 ㄓㄣ ㄓˋ
眞誠實在。

16【眞諦】 ㄓㄣ ㄉㄧˋ
佛家語。最根本無上的眞理。即第一義諦。

3【眞大道】 ㄓㄣ ㄉㄚˋ ㄉㄠˋ
‘金’‘元’重要道派之一。亦稱眞大教，簡稱大道教。‘劉德仁’於‘北宋’亡後，始創於‘鹽山’‘太平鄉’(今‘河北’‘鹽縣’)。教義刻苦自勵，以九戒爲宗，清修寡欲，感召徒眾，在‘金’‘元’統治下，鼓舞‘漢’民族，保存‘漢’文化，但入‘明’以後就少見記載。

【眞子集】 ㄓㄣ ㄗˇ ㄐㄧˊ
(proper subset)對任意集合A，若$B\subset A$，且$B\neq A$，則稱B是A的眞子集。

4【眞分數】 ㄓㄣ ㄈㄣ ㄕㄨˋ
(proper fraction) 分數中之分子小於分母者，稱爲眞分數。例如3/4、5/6均是。反之，若分子大於分母，則稱爲假分數。此種分類不討論0的情形。

5【眞平等】 ㄓㄣ ㄆㄧㄥˊ ㄉㄥˇ
立足點的平等，亦即機會平等。讓各人站在同一水平線上，根據各自天賦的聰明才力充分地去發展造就。各人天賦的聰明才力不同，發展造就自然也隨之而異。但因其最初的立足點是在同一水平線上，憑藉發展造就的機會又完全相同，所以是眞平等。

7【眞言宗】 ㄓㄣ ㄧㄢˊ ㄗㄨㄥ
佛教宗派名。也稱密宗。以修持祕密眞言爲主。參密宗。

8【眞空泵】 ㄓㄣ ㄎㄨㄥ ㄅㄥˋ
(vacuum pump) 可將一容器的壓力降低到大氣壓力以下之機器。

9【眞面目】 ㄓㄣ ㄇㄧㄢˋ ㄇㄨˋ
本來的面貌。

10【眞高度】 ㄓㄣ ㄍㄠ ㄉㄨˋ
(true altitude)根據當地海平面氣壓值而定零高度後所指示的高度。即距離平均海平面的高度。

【眞值表】 ㄓㄣ ㄓˊ ㄅㄧㄠˇ
(truth table) 邏輯運算中將輸入的各種組合依序排列，並將其對應的輸出表示於旁邊的表格。

【眞航線】 ㄓㄣ ㄏㄤˊ ㄒㄧㄢˋ
(true course) 自眞北順時鐘方向量得與飛機縱軸間之角度所示的航線。

12【眞善美】 ㄓㄣ ㄕㄢˋ ㄇㄟˇ
(truth, goodness and beauty)

代表完美無缺的一種崇高境界。三者有密切的相互關係，實現眞、善、美爲人生之至高目的，亦爲哲學、藝術、科學上創作的根本法則。

【眞筆版】ㄓㄣ ㄅㄧˇ ㄅㄢˇ
以人工親筆書寫的原稿印刷而成的相同(似)書本。

13【眞溶液】ㄓㄣ ㄖㄨㄥˊ ㄧㄝˋ
(true solution) 溶質粒子均勻分散於溶劑中，成爲透明澄清溶液，稱爲眞溶液。例如食鹽、蔗糖的水溶液等。

【眞圓度】ㄓㄣ ㄩㄢˊ ㄉㄨˋ
(roundness) 判定一圓形工件表面各點至中心軸之半徑距離是否一致性的程度。眞圓度的各參考圓如下：一、最小平方圓：表示距一眞圓外形之平均偏差參考圓，如圖㈠所示。二、最小環帶圓：封閉外形的兩同心參考圓，如圖㈡所示。三、最大內切圓：表示外形最小直徑的參考圓，如圖㈢所示。四、最小外接圓：表示外形最大直徑的參考圓，如圖㈣所示。

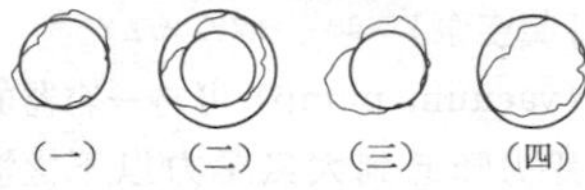

真圓度圖

4【眞太陽日】ㄓㄣ ㄊㄞˋ ㄧㄤˊ ㄖˋ
(true solar day) 又稱視太陽日(apparent solar day)。指太陽連續兩次過上中天或下中天所需的時間長度。由於太陽周年視行速度的不均勻性，眞太陽日的長度不斷在變化，一年中最長和最短相差51秒。

8【眞空包裝】ㄓㄣ ㄎㄨㄥ ㄅㄠ ㄓㄨㄤ
食品保鮮常用的包裝法之一。將容器內的空氣抽出，使成眞空狀態，並隨即將封口密封。

【眞空乾燥】ㄓㄣ ㄎㄨㄥ ㄍㄢ ㄗㄠˋ
(vacuum drying) 在眞空(或減壓)狀態下，使水分蒸發或昇華的乾燥法。一般是將眞空度作適當的調節，配合適當的溫度(常溫下亦可)進行乾燥。

【眞空滲碳】ㄓㄣ ㄎㄨㄥ ㄕㄣˋ ㄊㄢˋ
(vacuum carburizing) 在小於1大氣壓下操作的高溫氣體滲碳法。溫度約在980～1,050°C，也有在900～1,095°C者，爐氣氛是含較高量的天然氣、甲烷或氮氣的攜帶氣體，壓力維持在50～400 torr。

【眞空壓力】ㄓㄣ ㄎㄨㄥ ㄧㄚ ㄌㄧˋ
(vacuum pressure) 當絕對壓力小於大氣壓力時，即錶壓爲負值，吾人常以眞空壓力表之。其值爲大氣壓力減去絕對壓力，故絕對壓力與大氣壓力及眞空壓力間有如下之關係：絕對壓力＝大氣壓力＋錶壓力；絕對壓力＝大氣壓力－眞空壓力。

【眞知灼見】ㄓㄣ ㄓ ㄓㄨㄛˊ ㄐㄧㄢˋ
明確透闢的見解。

9【眞相大白】ㄓㄣ ㄒㄧㄤˋ ㄉㄚˋ ㄅㄞˊ
眞實的情形，完全顯露出來。

13【眞意保留】ㄓㄣ ㄧˋ ㄅㄠˇ ㄌㄧㄡˊ
表意人故意隱匿其內部之眞意，而表示與眞意不同意義之意思表示。又稱爲單獨的虛僞意思表示。例如眞意不願買，而故意表示願意買是。眞意保留之法律效果，依"民法"第八十六條：「表意人無欲爲其意思表示所拘束之意，而爲意思表示者，其意思表示，不因之無效，但其情形爲相對人所明知者，不在此限。」採表示主義爲原則，以保護交易安全，採意思主義爲例外，使惡意相對人不受保護。

14【眞實位址】ㄓㄣ ㄕˊ ㄨㄟˋ ㄓˇ
(real address) 電腦系統主記憶體內存放指令或資料的實際位址。與虛擬位址相對。

16【眞憑實據】ㄓㄣ ㄆㄧㄥˊ ㄕˊ ㄐㄩˋ
確實不虛的證據。

【眞積力久】ㄓㄣ ㄐㄧ ㄌㄧˋ ㄐㄧㄡˇ
認眞力行，長久累積。

2【眞人不露相】ㄓㄣ ㄖㄣˊ ㄅㄨˋ ㄌㄡˋ ㄒㄧㄤˋ
佛家語。眞人以道教人，不以形相現於人前。引申爲不在人前顯露眞才實學。

8【眞空成形法】ㄓㄣ ㄎㄨㄥ ㄔㄥˊ ㄒㄧㄥˊ ㄈㄚˇ
(vacuum forming) 將模穴抽成眞空，藉大氣壓力使加熱之塑膠板塑變，附著於模子表面，或反彈符合於模子表面成形的方法。

【眞金不怕火煉】ㄓㄣ ㄐㄧㄣ ㄅㄨˋ ㄆㄚˋ ㄏㄨㄛˇ ㄌㄧㄢˋ
[1]比喻有眞才實學，能禁得起各種考驗、試煉。[2]比喻立身行事守正不阿，不怕人批評、說壞話。

【眞空管道收集系統】ㄓㄣ ㄎㄨㄥ ㄍㄨㄢˇ ㄉㄠˋ ㄕㄡ ㄐㄧˊ ㄒㄧˋ ㄊㄨㄥˇ
(pneumatic transport system) 以壓縮空氣或眞空吸力方式，將垃圾利用管道系統輸送至儲存容器或處理場(廠)的收集方式。

眝 ㄓㄨˇ chu^{3} 音主
直視；張目遠視。也作眝。如：眝望。

眪 ㄒㄩㄝˋ hsüeh^{4} 音穴
[1]眼睛深陷的樣子。見"集韻"。[2]驚異的注視。見"集韻"。

眩 ㄒㄩㄢˋ hsüan^{4} 音炫
[1]眼花。如：眩暈。[2]迷惑。如：眩惑。[3]誇耀。通炫。如：眩耀。

9【眩眃】㊀ ㄒㄩㄢˋ ㄩㄣˊ
目視不明的樣子。
㊁ ㄒㄩㄢˋ ㄏㄨㄣˋ
疾速的樣子。

12【眩惑】ㄒㄩㄢˋ ㄏㄨㄛˋ
迷亂困惑。

13【眩暈】ㄒㄩㄢˋ ㄩㄣ
(vertigo) 目眩頭暈。因疲勞過度、飢渴失時、多量出血或腦部受撞擊等原因而引起的症狀。

14【眩瞀】ㄒㄩㄢˋ ㄇㄠˋ
眼睛昏花；視力模糊。

20【眩耀】ㄒㄩㄢˋ ㄧㄠˋ
[1]燦爛的樣子。[2]眩惑；迷惑。[3]誇耀。同炫耀。

眎 視的或體。

眛 ㄇㄟˋ mei⁴ 音妹
視力模糊。見"說文"。

眜 ㊀ ㄇㄛˋ mo⁴ 音末
視力模糊。見"說文"。
㊁ ㄇㄧㄝˋ mieh⁴ 音蔑
古地名。同蔑。也作'姑蔑'。故城在今'山東省''泗水縣'東。

眐 ㄓㄥ chêng¹ 音征
專心注視的樣子。見"廣韻"。

眠 ㄇㄧㄢˊ mien² 音棉
①睡覺。②某些動物在一段時間內不動不食的生理狀態。如：蠶眠。③橫置；伏臥。如：眠琴。④裝死。

8【眠花宿柳】 ㄇㄧㄢˊ ㄏㄨㄚ ㄙㄨˋ ㄌㄧㄡˇ
指停宿妓院，狎妓嫖娼。

眓 ㄏㄨㄛˋ ho⁴, huo⁴ 音或
仰視的樣子。見"說文"。

眒 ㄕㄣˋ shên⁴ 音甚
①張目。或作瞫。見"集韻"。②疾速；奔逐的樣子。

眨 ㄓㄚˇ cha³ 音鮓
眼睛一開一閉；眼睛轉動。見"廣韻"。

11【眨眼間】 ㄓㄚˇ ㄧㄢˇ ㄐㄧㄢ
形容時間極短暫。

眙 ㊀ ㄔˋ ch'ih⁴ 音飭
①直視。見"說文"。②驚視。
㊁ ㄧˊ i² 音怡
眙眙。

眣 ㄕㄨㄣˋ shun⁴ 音舜
①眼睛屢次開合搖動。或作瞚、瞬。見"集韻"。②視；看。見"集韻"。③以目示意。見"正字通"。

眣 ㄉㄧㄝˊ tieh² 音跌
眼睛歪邪不正。見"說文"。

眑 ㄧㄠˇ yao³ 音杳
①視；看。見"集韻"。②深遠。見"古今韻會舉要"。

眡 視的古文。

眕 ㄓㄣˇ chên³ 音診
①眼中隱含恨意。見"說文"。②穩重能忍耐。見"爾雅·釋言"。

罛 ㄊㄚˋ t'a⁴ 音沓
用眼睛從後面監視。見"說文通訓定聲"。

罘 罛的本字。

眚 ㄕㄥˇ shêng³ 音省
①眼睛生翳。見"說文"。②過失；罪過。③災禍。如：疾眚。④削減。同省。

7【眚災】 ㄕㄥˇ ㄗㄞ
因過失所造成的災害。

眢 ㄩㄢ yüan¹ 音冤
①眸子枯陷，兩眼無神。見"說文"。②枯乾。如：眢井。

6

眷 ㄐㄩㄢˋ chüan⁴ 音倦
①顧；回視。見"說文"。②關懷；器重。如：眷注。③親屬。如：家眷。

7【眷佑】 ㄐㄩㄢˋ ㄧㄡˋ
關愛幫助。

8【眷念】 ㄐㄩㄢˋ ㄋㄧㄢˋ
關懷想念。

11【眷眷】 ㄐㄩㄢˋ ㄐㄩㄢˋ
非常的思戀嚮往。

【眷區】 ㄐㄩㄢˋ ㄑㄩ
指軍眷聚居的地區。

21【眷屬】 ㄐㄩㄢˋ ㄕㄨˇ
①家屬。②指夫妻。

【眷顧】 ㄐㄩㄢˋ ㄍㄨˋ
思念；關懷。

23【眷戀】 ㄐㄩㄢˋ ㄌㄧㄢˋ
愛慕留戀。

眖 ㄏㄨㄤ huang¹ 音荒 又讀 ㄇㄤˊ mang² 音茫
眼睛昏花。見"集韻"。

眹 ㄓㄣˋ chên⁴ 音振
①眼珠；瞳仁。本作睞。見"正字通"。②徵兆；跡象。通朕。如：兆眹。

眯 ㊀ ㄇㄧˇ mi³ 音米
①有東西掉進眼裡。見"說文"。②眼皮微合的樣子。俗作瞇。見"正字通"。
㊁ ㄇㄟˋ mei⁴ 音寐
作噩夢。

眶 ㄎㄨㄤˋ k'uang⁴ 音況
眼睛的四周。見"玉篇"。

3【眶上脊】 ㄎㄨㄤˋ ㄕㄤˋ ㄐㄧˊ
(supraorbital torus) 也稱眉上脊、眉骨脊。指頭骨眼眶(或稱眼窩)上方，大約眉毛所在之骨質突脊。大多數化石人，如「直立人」、「尼安德塔人」等，都有很發達的眶上脊。雖然學者還不能解釋突出的眶上脊的確切功能，但在人類的演化史上，眶上脊由粗大發達逐漸變小，以至於不明顯，成爲一項有顯著變化的特徵。

眱 ㄧˊ i² 音姨
①瞪著眼睛而不說話。見"廣韻"。②小視。見"集韻"。

眭 ㊀ ㄙㄨㄟ sui¹ 音綏
①眼睛深陷的樣子。見"集韻"。②姓。'漢'有'眭弘'。見"萬姓統譜·四"。
㊁ ㄒㄧˊ hsi² 音習
怒目而視。同瞦。見"集韻"。

眼 ㄧㄢˇ yen³ 音演
①目；眼睛。約 5/6 的眼球被眼眶保護著，只有前面一部分暴露在外。由外至內，眼球分爲鞏膜、脈絡膜、網膜三層，中間充滿水狀液和玻璃狀液。視網膜主要由神經組織構成，可感受光線刺激，將消息傳到腦，產生視覺。②孔穴。如：針眼。③要點。如：詩

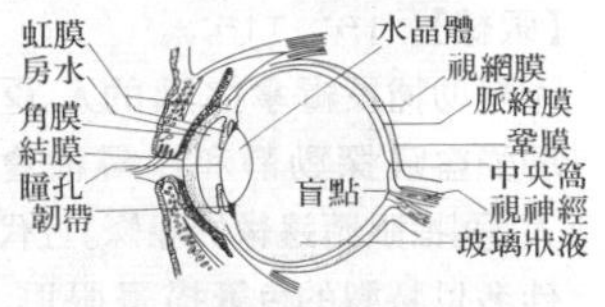

眼的構造圖

眼。4音樂的節拍。如:板眼。5圍棋術語。指無棋子的空處。

2【眼力】 ㄧㄢˇ ㄌㄧˋ
1視力。2鑑識力。

6【眼光】 ㄧㄢˇ ㄍㄨㄤ
眼睛的神采。引申為見識、志趣、鑑賞力。

【眼色】 ㄧㄢˇ ㄙㄜˋ
1用眼睛所傳達的情或意。2見識。

8【眼波】 ㄧㄢˇ ㄅㄛ
形容目光流轉如水波。

9【眼神】 ㄧㄢˇ ㄕㄣˊ
1眼睛的神情。2眼睛之神。道教以為人的器官各有神。

【眼前】 ㄧㄢˇ ㄑㄧㄢˊ
目前。就時間而言,是指現在;就空間而言,是指面前所看到的。

【眼界】 ㄧㄢˇ ㄐㄧㄝˋ
視線所及的範圍。引申指見識的範圍或觀察力的高低大小。

【眼紅】 ㄧㄢˇ ㄏㄨㄥˊ
1羨慕;嫉妒。2形容激怒的樣子。

11【眼球】 ㄧㄢˇ ㄑㄧㄡˊ
(eyeballs)眼睛呈球狀,所以稱眼球。又稱眼珠子、眼珠兒等。

13【眼福】 ㄧㄢˇ ㄈㄨˊ
指觀看珍奇難見事物的福分。

14【眼窩】 ㄧㄢˇ ㄨㄛ
(orbit) 含有眼球的凹狀頭骨結構。含眼球及與眼球運動有關係的肌肉、神經、血管、脂肪等軟組織。它具有保護眼球的功能。

15【眼熟】 ㄧㄢˇ ㄕㄡˊ
似曾見過而有些認識。

【眼影】 ㄧㄢˇ ㄧㄥˇ
在眼皮塗上色彩以增加美感的一種眼部化妝。

【眼線】 ㄧㄢˇ ㄒㄧㄢˋ
1幫助捕役緝拿盜賊的人。2幫助強盜窺探動靜和找尋機會的人。3指眼睛邊緣的線條。近代女性多以特製的色筆描畫眼眶,以加深眼睛之輪廓,稱為畫眼線。

17【眼翳】 ㄧㄢˇ ㄧˋ
1眼睛看不清楚。2一種眼疾。即白內障。

【眼點】 ㄧㄢˇ ㄉㄧㄢˇ
(eyespot) 某些低等動物或植物所具有含色素的小點,有感光作用。如單胞藻和某些水母傘的邊緣,都具有眼點。

18【眼瞼】 ㄧㄢˇ ㄐㄧㄢˇ
(eyelids) 主要由皮膚、肌肉及一層結締組織構成的構造。可以上下開合,以保護眼睛,避免外物的傷害。

4【眼巴巴】 ㄧㄢˇ ㄅㄚ ㄅㄚ
形容盼望等待的急切。

【眼中釘】 ㄧㄢˇ ㄓㄨㄥ ㄉㄧㄥ
比喻極端厭惡的人。

9【眼前虧】 ㄧㄢˇ ㄑㄧㄢˊ ㄎㄨㄟ
當下就要承受的損害。

13【眼睜睜】 ㄧㄢˇ ㄓㄥ ㄓㄥ
1注視的樣子。2當面;公然。形容無可奈何的樣子。

8【眼明手快】 ㄧㄢˇ ㄇㄧㄥˊ ㄕㄡˇ ㄎㄨㄞˋ
眼光銳利,動作敏捷。

【眼花撩亂】 ㄧㄢˇ ㄏㄨㄚ ㄌㄧㄠˊ ㄌㄨㄢˋ
昏眩迷亂,應接不暇。

10【眼高手低】 ㄧㄢˇ ㄍㄠ ㄕㄡˇ ㄉㄧ
比喻善於品評而拙於創作。

4【眼不見為淨】 ㄧㄢˇ ㄅㄨˋ ㄐㄧㄢˋ ㄨㄟˊ ㄐㄧㄥˋ
眼睛看不見的,心裡便覺得清淨些。含有不以為然而又無能為力,只好任其發展的意思。

11【眼球乾燥症】 ㄧㄢˇ ㄑㄧㄡˊ ㄍㄢ ㄗㄠˋ ㄓㄥˋ
(xerophthalmia) 結膜及角膜因缺乏維生素A而發生的乾燥狀態。這種情形常和夜盲症一同發生,而在末期甚至可能產生角膜軟化症。

19【眼鏡蛇藝術群】 ㄧㄢˇ ㄐㄧㄥˋ ㄕㄜˊ ㄧˋ ㄕㄨˋ ㄑㄩㄣˊ
(CoBrA) 由一群原籍在'哥本哈根'、'布魯塞爾'、'阿姆斯特丹'的藝術家及藝評家,於西元1948～1950年在'巴黎'組成的團體。各取三個都市名稱的頭幾個字,就成為⌊CoBrA⌉,'英'文即眼鏡蛇之義,並以眼鏡蛇圖案作為標誌。如同'美國'行動繪畫似的,他們的繪畫致力於創作力的直接表現,強烈的把內在的心情直接宣洩。多數作品的筆觸和用色都很鮮明大膽,有強烈的誇張和人物扭曲之造形,有一種民俗的意境。主要藝術家有'阿拜爾'(Appel)、'若恩'(Jorn)、'科爾內伊'(Corneille)、'阿特蘭'(Atlan)、'阿列辛斯基'(Alechinsky)、'帕德森'(Pedersen)和'康史坦特'(Constant)等。

眲 ㄦˋ *êrh*[4] 音二
輕侮;輕蔑。見"方言·一○"。

眦 眥的或體。

眺 ㄊㄧㄠˋ *t'iao*[4] 音跳
1目不正。見"說文"。2遠望。見"玉篇"。

11【眺望】 ㄊㄧㄠˋ ㄨㄤˋ
遠望。

眸 ㄇㄡˊ *mou*[2] 音謀
眼珠。如:明眸。

眴 ㊀ ㄒㄩㄢˋ *hsüan*[4] 音眩
1眼睛昏花。同旬。見"說文"。2同㊁1。3鮮明的樣子。
㊁ ㄕㄨㄣˋ *shun*[4] 音舜
1轉動眼睛以示意。同眹、瞬。見"正字通"。2驚訝。
㊂ ㄒㄩㄣˊ *hsün*[2] 音旬
參眴卷。

8【眴卷】 ㄒㄩㄣˊ ㄐㄩㄢˇ
舊縣名。'漢'置,'後漢'省。故城在今'寧夏省'東南'中衛縣'東。

眳 ㄇㄧㄥˊ *ming*[2] 音名
眉睫之間。

眵 ㄔ *ch'ih*[1] 音吃
凝結在眼眶的分泌物。俗稱眼屎。見"說文"。

䀪 ㄏㄤˊ hang² 音航
鳥往下飛。同翃。見"集韻"。

眽 ㄇㄛˋ mo⁴ 音墨 又讀 ㄇㄞˋ mai⁴ 音麥
1斜視。見"說文"。2注視;看望。見"玉篇"。

11【眽眽】 ㄇㄛˋ ㄇㄛˋ
凝視的樣子。也作脈脈。

眾 ㄓㄨㄥˋ chung⁴ 音仲
同众。1多。如:人多勢眾。2大家;多數人。如:眾所周知。3一般;普通。4佛家稱教徒人數。如:若干眾。

5【眾生】 ㄓㄨㄥˋ ㄕㄥ
1佛家指一切有情、假眾緣而有形相的生命體。2指畜牲。'吳'語罵人的話。

15【眾數】 ㄓㄨㄥˋ ㄕㄨˋ
(mode)次數分配中,出現頻率最高的數值。爲一種集中量數。

20【眾議】 ㄓㄨㄥˋ ㄧˋ
眾人的議論。

【眾議院】 ㄓㄨㄥˋ ㄧˋ ㄩㄢˋ
(House of Representatives)兩院制議會中的一院。通常與參議院相對稱。參兩院制。

【眾議員】 ㄓㄨㄥˋ ㄧˋ ㄩㄢˊ
眾議院的議員。

3【眾口一詞】 ㄓㄨㄥˋ ㄎㄡˇ ㄧ ㄘˊ
眾人都說一樣的話。即眾人的意見都相同。

【眾口同聲】 ㄓㄨㄥˋ ㄎㄡˇ ㄊㄨㄥˊ ㄕㄥ
大家不約而同地表示同樣意見,或說出同樣的話。

【眾口鑠金】 ㄓㄨㄥˋ ㄎㄡˇ ㄕㄨㄛˋ ㄐㄧㄣ
眾口同聲,雖堅如金石之言,也將爲之破壞。比喻眾人議論的力量很大,可以積非成是。

4【眾毛攢裘】 ㄓㄨㄥˋ ㄇㄠˊ ㄘㄨㄢˊ ㄑㄧㄡˊ
眾毛聚集成裘。比喻積少成多。

5【眾目睽睽】 ㄓㄨㄥˋ ㄇㄨˋ ㄎㄨㄟˊ ㄎㄨㄟˊ
眾人睜大眼睛注視。

【眾矢之的】 ㄓㄨㄥˋ ㄕˇ ㄓ ㄉㄧˋ
比喻大眾攻擊的目標。

7【眾志成城】 ㄓㄨㄥˋ ㄓˋ ㄔㄥˊ ㄔㄥˊ
眾人同心,可完成一座城。一說眾人同心,其固如城。比喻同心協力,可成大事。

9【眾叛親離】 ㄓㄨㄥˋ ㄆㄢˋ ㄑㄧㄣ ㄌㄧˊ
眾人都背叛,親人都背離。比喻不得人心,十分孤立。

【眾星拱月】 ㄓㄨㄥˋ ㄒㄧㄥ ㄍㄨㄥˇ ㄩㄝˋ
比喻眾人共同擁戴一人。

【眾怒難犯】 ㄓㄨㄥˋ ㄋㄨˋ ㄋㄢˊ ㄈㄢˋ
眾人的憤怒不可觸犯。

11【眾望所歸】 ㄓㄨㄥˋ ㄨㄤˋ ㄙㄨㄛˇ ㄍㄨㄟ
眾人所景仰、歸依的人。

14【眾寡不敵】 ㄓㄨㄥˋ ㄍㄨㄚˇ ㄅㄨˋ ㄉㄧˊ
形容彼此力量懸殊,不能匹敵。

【眾寡懸殊】 ㄓㄨㄥˋ ㄍㄨㄚˇ ㄒㄩㄢˊ ㄕㄨ
雙方人數相差太遠。

17【眾擎易舉】 ㄓㄨㄥˋ ㄑㄧㄥˊ ㄧˋ ㄐㄩˇ
集合眾人的力量,容易辦好事情。

2【眾人皆醉我獨醒】 ㄓㄨㄥˋ ㄖㄣˊ ㄐㄧㄝ ㄗㄨㄟˋ ㄨㄛˇ ㄉㄨˊ ㄒㄧㄥˇ
比喻能明辨是非,不隨俗浮沈。

【眾人拾柴火焰高】 ㄓㄨㄥˋ ㄖㄣˊ ㄕˊ ㄔㄞˊ ㄏㄨㄛˇ ㄧㄢˋ ㄍㄠ
比喻人多勢眾,可以形成龐大的力量。

眥 ㄗˋ tzŭ⁴ 音字
眼眶。見"說文"。

13【眥睚】 ㄗˋ ㄧㄞˊ
怒目瞪視的樣子。

12【眥裂髮指】 ㄗˋ ㄌㄧㄝˋ ㄈㄚˇ ㄓˇ
眼眶裂開,頭髮豎立。形容極生氣的樣子。

7

着 著的俗體。

晢 ㄔˋ ch'ih⁴ 音翅 又讀 ㄓˋ chih⁴ 音制
也作晣。1瞥見。見"廣韻"。2目明。見"集韻"。3目光。見"字彙"。

睆 ㄏㄨㄢˇ huan³ 音緩
1大目。同睅。見"說文"。2美好的樣子。見"正字通"。3渾圓的樣子。見"正字通"。

旺 ㄨㄤ wang¹ 音汪
參旺旺。

12【旺旺】 ㄨㄤ ㄨㄤ
眼淚快掉下的樣子。

睇 一 ㄉㄧˋ ti⁴ 音第
斜視。見"說文"。
二 ㄊㄧˊ t'i² 音題
迎視。同睼。見"集韻"。

4【睇眄】 ㄉㄧˋ ㄇㄧㄢˊ
日光流動不定。

䀹 一 ㄐㄧㄝˊ chieh² 音節
目邊毛。同睫。見"說文"。
二 ㄐㄧㄚˊ chia² 音夾
眼睫毛眨動。同眨。見"集韻"。

睒 ㄕㄢˇ shan³ 音閃
參睒睒。

12【睒睒】 ㄕㄢˇ ㄕㄢˇ
眼睛頻頻眨動的樣子。

䀼 ㄖㄣˋ jên⁴ 音認
1注視的樣子。同眒。見"集韻"。2暈眩。見"集韻"。

睄 ㄕㄠˋ shao⁴ 音紹
1小視。見"集韻"。2瞧。見"正字通"。

睅 ㄏㄢˋ han⁴ 音旱
1大目。也作睆。見"說文"。2眼睛突出的樣子。見"廣韻"。

睍 ㄒㄧㄢˋ hsien⁴ 音現
1眼睛突出的樣子。見"說文"。2眼睛小的樣子。見"廣韻"。

睏 ㄎㄨㄣˋ k'un⁴ 音困
1疲倦而昏昏欲睡。2睡。

5【睏乏】 ㄎㄨㄣˋ ㄈㄚˊ
疲乏;疲倦。

睊 ㄐㄩㄢˋ *chüan*⁴ 音倦
1看。見"說文"。2側目相視的樣子。見"字彙"。

睎 ㄒㄧ *hsi*¹ 音希
1望;眺望。見"說文"。2仰慕。見"正字通"。3追念。如:睎古。

睃 ㄐㄩㄣˋ *chün*⁴ 音俊
視;見。見"集韻"。

睋 ㄜˊ *o*², *ê*² 音娥
1視。見"廣韻"。2須臾;不久。通俄。

晚 ㄨㄢˇ *wan*³ 音晚
無畏而視。見"廣韻"。

䀒 眉的古文。

8

督 ㄉㄨ *tu*¹ 音都
1察視;監察。見"說文"。2統率;指揮。如:督戰。3即督脈。參督脈。4姓。'漢'有'督瓊'。見"萬姓統譜·一一三"。

10【督脈】 ㄉㄨ ㄇㄛˋ
奇經八脈之一。起自會陰部,循背部脊柱正中線向上,經過後頸部,越過頭頂部,止於面部上齒齦的正中。

【督師】 ㄉㄨ ㄕ
統率軍隊。

11【督率】 ㄉㄨ ㄕㄨㄞˋ
監督領導。

【督責】 ㄉㄨ ㄗㄜˊ
督察要求。

12【督飭】 ㄉㄨ ㄔˋ
監督命令。

【督郵】 ㄉㄨ ㄧㄡˊ
官名。'漢'置,爲郡太守之僚佐,負責督察、檢舉轄區各縣不法之事。每郡分二至五(東西南北中)部,每部設督郵一人。'東晉'末,此制猶存。'南朝''宋'以後無聞。

14【督察】 ㄉㄨ ㄔㄚˊ
監督考察。

16【督導】 ㄉㄨ ㄉㄠˇ
監督指導。

【督學】 ㄉㄨ ㄒㄩㄝˊ
各級教育行政機關內專任的視導人員。負責對所屬的教育行政機關及學校,從事視察或輔導。

21【督護】 ㄉㄨ ㄏㄨˋ
武官名。'西晉'始置。'南北朝'時,凡位居一方的鎮守將領,其下都設有督護。

9【督促程序】 ㄉㄨ ㄘㄨˋ ㄔㄥˊ ㄒㄩˋ
關於以給付金錢或其他代替物或有價證券之一定數量爲標的之請求,法院依債權人之聲請,不訊問債務人,即對債務人發支付命令,如債務人不於一定期間內異議者,該支付命令即與確定判決有同一效力,此種程序稱爲督促程序。其限於爲請求之標的爲給付請求權、聲請人非應爲⌊對待給付⌉者及支付命令之送達非應於外國爲之或依公示送達爲之者。債務人對於支付命令,得不附理由向發命令之法院提出異議,其就請求之一部提出異議者,其效力及於全部。如債務人於支付命令送達後,逾二十日之不變期間,始提出異議者,法院應以裁定駁回之,如於二十日之內提出者,支付命令失其效力,以債權人支付命令之聲請,視爲起訴或聲請調解。

睕 ㄨㄢˇ *wan*³ 音婉
1嫵媚的樣子。見"玉篇"。2眼睛張開的樣子。見"集韻"。

睟 ㄙㄨㄟˋ *sui*⁴ 音碎
1眼睛正視的樣子。見"集韻"。2眼睛清明的樣子。見"正字通"。3潤澤的樣子。見"字彙"。4色純。

睠 ㄐㄩㄢˋ *chüan*⁴ 音眷
回顧。同眷。見"正字通"。

21【睠顧】 ㄐㄩㄢˋ ㄍㄨˋ
懷念。

睒 ㄕㄢˇ *shan*³ 音閃
1短暫注視的樣子。見"說文"。2窺視。3晶熒的樣子。見"字彙補"。

睫 ㄐㄧㄝˊ *chieh*² 音結
同䀹。1眼旁細毛。見"說文"。2眼睛眨動的樣子。見"字彙補"。

4【睫毛】 ㄐㄧㄝˊ ㄇㄠˊ
(eyelashes)眼瞼上下緣所生的毛。眼瞼閉合時,互相交叉,可防止塵埃、小蟲等異物的侵入,具保護眼睛的功用。睫毛底部的小腺體,可分泌潤滑液。

睛 ㄐㄧㄥ *ching*¹ 音精
眼珠。見"玉篇"。

睙 ㄅㄧㄠ *piao*¹ 音標
注視。見"字彙"。

睹 ㄉㄨˇ *tu*³ 音賭
本作覩。或作睹。看;視。見"說文"。

睦 ㄇㄨˋ *mu*⁴ 音目
1親厚;友好。如:敦親睦鄰。2姓。'宋'有'睦游'。見"萬姓統譜·一一二"。

15【睦鄰】 ㄇㄨˋ ㄌㄧㄣˊ
與鄰居或鄰邦和睦相處。

睖 ㄌㄥˋ *lêng*⁴ 音愣
參睖瞪。

17【睖瞪】 ㄌㄥˋ ㄌㄥˋ
直視的樣子。

睞 ㄌㄞˋ *lai*⁴ 音賴
1瞳仁不正。見"說文"。2斜視。見"正字通"。

睚 ㄧㄞˊ *yai*² 音崖
1眼眶;眼邊。見"字彙"。2拖延。同捱。如:睚時間。

11【睚眦必報】 ㄧㄞˊ ㄗˋ ㄅㄧˋ ㄅㄠˋ
比喻小怨隙也加以報復。

瞞 一 ㄇㄥˇ *mêng*³ 音猛
1怒目注視的樣子。見"集韻"。2眉目欣喜的樣子。見"康熙字典"。

二 ㄇㄥˋ *mêng*⁴ 音孟
參瞞盯。

7【瞞盯】 ㄇㄥˋ ㄔㄥˊ
怒視的樣子。也作矃盯。

晻 ㄢˇ *an*^{3} 音俺 · 又讀 ㄧㄝˊ *yeh*^{2} 音耶
閉起眼睛。見"集韻"。

睩 ㄌㄨˋ *lu*^{4} 音鹿
1謹愼注視。見"說文"。2善。通祿。見"廣雅·釋詁"。

睗 ㄕˋ *shih*^{4} 音釋
眼睛急速的看。見"說文"。

睤 睥的或體。

睜 ㄓㄥ *chêng*^{1} 音爭
張開眼睛。見"正字通"。

1【睜一眼閉一眼】 ㄓㄥ ㄧ ㄧㄢˇ ㄅㄧˋ ㄧ ㄧㄢˇ
指不過分要求或計較。

睬 ㄘㄞˇ *ts'ai*^{3} 音彩
1注視。如:瞅睬。2理會。

睭 晢的或體。

睭 ㄓㄡˇ *chou*^{3} 音帚
幽深。見"字彙補"。

睢 ㄙㄨㄟ *sui*^{1} 音綏
1仰目。見"說文"。2怒視。3姓。'明'有'睢稼'。見"萬姓統譜·五"。

4【睢水】 ㄙㄨㄟ ㄕㄨㄟˇ
也稱'睢河'。源出'河南省''虞城縣',東南流經'江蘇省'、'安徽省'北部,至'江蘇省''睢寧縣'入'泗水',今多湮塞。

睨 ㄋㄧˋ *ni*^{4} 音昵
1目斜視。見"說文"。2輕視。3窺伺。4傾斜。如:睥睨。

睥 ㄅㄧˋ *pi*^{4} 音壁
參睥睨。

13【睥睨】 ㄅㄧˋ ㄋㄧˋ
1斜視的樣子。引申爲輕視之意。2窺伺;觀察。3城上短牆。兵士自其孔窺伺城外,故名。

睧 ㄏㄨㄣ *hun*^{1} 音昏
視線模糊不淸。同昏。見"集韻"。

睔 ㄍㄨㄣˋ *kun*^{4} 音棍
1眼睛大。見"說文"。2張大眼睛。見"廣韻"。

睪 一 ㄍㄠ *kao*^{1} 音高
參睪丸。
二 ㄏㄠˋ *hao*^{4} 音號
廣大的樣子。通皞。見"字彙補"。

3【睪丸】 ㄍㄠ ㄨㄢˊ
(testis)又名精巢。雄性生殖器官之一。可製造精子,又能分泌雄性荷爾蒙,故也屬內分泌器官。大部分動物皆位於腹腔背方,部分哺乳類在睪丸成熟時會由腹腔降至陰囊內。

【睪丸激素】 ㄍㄠ ㄨㄢˊ ㄐㄧ ㄙㄨˋ
(testosterone)由腦下腺刺激睪丸間質細胞而分泌的一種荷爾蒙。可影響男性生殖器作用及各種性徵。

睘 瞏的或體。

9

睯 ㄏㄨㄣ *hun*^{1} 音昏
煩悶。見"字彙"。

瞀 ㄇㄠˋ *mao*^{4} 音茂 又讀 ㄇㄡˋ *mou*^{4}
1垂目而不敢正視。見"說文"。2愚昧無知。見"洪武正韻"。3眼睛昏花。4心思昏亂。見"字彙"。

13【瞀亂】 ㄇㄠˋ ㄌㄨㄢˋ
紊亂;紛亂。

睿 ㄖㄨㄟˋ *jui*^{4} 音銳
同叡。1深明;通達。見"說文"。2神聖的。如:睿木。

10【睿哲】 ㄖㄨㄟˋ ㄓㄜˊ
明智通達。

12【睿智】 ㄖㄨㄟˋ ㄓˋ
智慮精深通達。也作睿知。

暋 ㄇㄧㄣˊ *min*^{2} 音民
俯視。見"集韻"。

睚 ㄧㄠˇ *yao*^{3} 音杳
參睚眇。

9【睚眇】 ㄧㄠˇ ㄇㄧㄠˇ
1向遠處眺望。2飛騰的樣子。

睽 ㄎㄨㄟˊ *k'uei*^{2} 音葵
1乖違;背離。見"玉篇"。2張目注視的樣子。見"正字通"。3"易"卦名。六十四卦之一。兌下離上。

睽卦圖

13【睽違】 ㄎㄨㄟˊ ㄨㄟˊ
乖隔;分離。

【睽隔】 ㄎㄨㄟˊ ㄍㄜˊ
遠隔;久隔。

19【睽離】 ㄎㄨㄟˊ ㄌㄧˊ
闊別;久別。

睸 ㄒㄩˋ *hsü*^{4} 音序
驚視。見"廣韻"。

睼 ㄊㄧˊ *t'i*^{2} 音提
1迎視。見"說文"。2遠視。見"字彙"。

瞄 ㄇㄧㄠˊ *miao*^{2} 音苗
1注視。如:瞄準。2眼光迅速掠過。如:瞄一眼。

13【瞄準】 ㄇㄧㄠˊ ㄓㄨㄣˇ
使用或發射武器前調整槍口或砲口,使其指向射出目標。一般輕武器的瞄準動作,要求使照門、準星和目標中心在同一視線上。

睻 ㄒㄩㄢ *hsüan*^{1} 音宣
大目。同暄。見"說文"。

睡 ㄕㄨㄟˋ *shui*^{4} 音稅
閉目休息。

13【睡獅】 ㄕㄨㄟˋ ㄕ
熟睡未醒的獅子。多比喻不振作的大國。

15【睡蓮】 ㄕㄨㄟˋ ㄌㄧㄢˊ
(*Nymphaea tetragona* Georgi)又名子午蓮。多年生水草。根莖短,直立淤泥中,並叢生多枚根生葉,葉柄細長,葉片浮於水面,卵圓形,全緣。夏季,由根抽出花柄,著生白花,萼片4枚,花瓣多枚,位於內部的花瓣常轉變爲雄蕊。漿果球形。分布於我國、'西伯利亞'、'日本'及'北美'。

睡蓮圖

10【睡眠病】 ㄕㄨㄟˋ ㄇㄧㄢˊ ㄅㄧㄥˋ

(sleeping sickness) 即錐蟲病。由錐蟲寄生所引起的一種‘非洲’地區流行病。錐蟲寄居於‘非洲’的采采蠅身上,一旦被此蠅叮咬到即會受到傳染。患處常形成腫塊,患者有發燒、淋巴腺腫脹等現象,且慢慢會造成腦部發炎,而導致嗜睡、昏迷,而終至死亡。整個過程可能歷時多年,及早使用化學療法醫治,可以見效。

13【睡遊病】 ㄕㄨㄟˋ ㄧㄡˊ ㄅㄧㄥˋ

(somnambulism) 通稱夢遊病或夢行症。可能是一種精神焦慮的症狀。患者睡後,夢中步行,作種種動作,醒時並不覺知。發作時間長短不一,多見於青少年。

10【睡眠運動】 ㄕㄨㄟˋ ㄇㄧㄢˊ ㄩㄣˋ ㄉㄨㄥˋ

(nyctinasty) 有的植物其葉片在晝間平舉,夜間下垂,此種局部的運動,稱爲睡眠運動。睡眠運動與葉片基部細胞的膨壓有關。所謂膨壓,乃指細胞吸水膨脹而產生的壓力。葉片基部膨壓乃使葉柄平舉;該處的細胞若失水,膨壓便降低,導致葉柄下垂。

8【睡虎地秦簡】 ㄕㄨㄟˋ ㄏㄨˇ ㄉㄧˋ ㄑㄧㄣˊ ㄐㄧㄢˇ

在‘湖北省’‘雲夢縣’‘睡虎地’‘秦’墓發現的‘戰國’竹簡史料。其中十一號墓出竹簡共1,150枚,近四萬字。內容多爲‘秦代’的法律和文書,包括“編年紀”、“語書”、“秦律十八種”、“效律”、“秦律雜抄”、“法律答問”、“封診式”、“爲吏之道”、“日書”甲及乙種,共十種書。

瞅 ㄔㄡˇ ch'ou³ 音丑

看;注視。

13【瞅睬】 ㄔㄡˇ ㄘㄞˇ

[1]看;注視。[2]理會。

睺 ㄏㄡˊ hou² 音侯

[1]半盲。見“集韻”。[2]深目。見“集韻”。

睮 ㄩˊ yü² 音魚

參睮睮。

14【睮睮】 ㄩˊ ㄩˊ

諂媚的樣子。

睾 ㄍㄠ kao¹ 音高

[1]水澤地。同皋、臯。見“洪武正韻”。[2]俗作睪。參睪丸。

瞂 ㄈㄚˊ fa² 音乏

盾。見“說文”。

10

䁝 ㊀ ㄧㄥˊ ying² 音營 又讀 ㄒㄧㄥˊ hsing² 音刑

迷惑。見“說文”。

㊁ ㄨㄥˇ wêng³ 音蓊

[1]清潔。見“廣韻”。[2]眼睛瑩澈的樣子。見“集韻”。

瞉 ㊀ ㄎㄡˋ k'ou⁴ 音寇

參瞉霿。

㊁ ㄐㄧˋ chi⁴ 音季

久視。見“玉篇”。

22【瞉霿】 ㄎㄡˋ ㄇㄡˋ

愚昧;不明事理。

䁞 ㄍㄥˇ kêng³ 音梗

參䁞瞢。

13【䁞瞢】 ㄍㄥˇ ㄇㄥˇ

注視的樣子。

瞎 ㄒㄧㄚ hsia¹ 音蝦

[1]目盲。見“集韻”。[2]胡亂。如:瞎猜。

6【瞎忙】 ㄒㄧㄚ ㄇㄤˊ

無條理、無意義的亂忙。

7【瞎扯】 ㄒㄧㄚ ㄔㄜˇ

[1]閒聊。[2]亂講。

11【瞎混】 ㄒㄧㄚ ㄏㄨㄣˋ

沒正當職業,胡亂混日子。

【瞎猜】 ㄒㄧㄚ ㄘㄞ

胡亂猜測。

12【瞎掰】 ㄒㄧㄚ ㄅㄞ

[1]付出勞力而無收穫。[2]胡搞;亂來。

14【瞎說】 ㄒㄧㄚ ㄕㄨㄛ

胡言亂語。

15【瞎鬧】 ㄒㄧㄚ ㄋㄠˋ

無理取鬧;胡鬧。

2【瞎人點火】 ㄒㄧㄚ ㄖㄣˊ ㄉㄧㄢˇ ㄏㄨㄛˇ

比喻白費力氣,徒勞無功。

3【瞎子摸象】 ㄒㄧㄚ ˙ㄗ ㄇㄛ ㄒㄧㄤˋ

比喻僅知部分,不知全體或以偏概全。

䁥 ㄐㄩㄝˊ chüeh² 音決 又讀 ㄩㄝ yüeh¹ 音約

眼睛深陷的樣子。見“說文”。

瞑 ㊀ ㄇㄧㄥˊ ming² 音名 又讀 ㄇㄧㄥˇ ming³

[1]閉目。見“說文”。[2]眼睛昏花。[3]眼睛失明。

㊁ ㄇㄧㄢˋ mien⁴ 音麵

頭暈。見“正字通”。

㊂ ㄇㄧㄢˊ mien² 音眠

睡眠。通眠。見“洪武正韻”。

5【瞑目】 ㄇㄧㄥˊ ㄇㄨˋ

[1]閉目。[2]比喻人死而無所繫戀。

瞇 ㄇㄧ mi¹ 音咪

眼皮微閉。如:瞇眼。

瞌 ㄎㄜ k'o¹, k'ê¹ 音科

想睡的樣子。見“集韻”。

瞋 ㄔㄣ ch'ên¹ 音嗔

[1]張大眼睛。見“說文”。[2]發怒。通嗔。[3]佛家語。指身心受刺激而感受的激烈反應。

5【瞋目】 ㄔㄣ ㄇㄨˋ

[1]張大眼睛。[2]怒目。

10【瞋恚】 ㄔㄣ ㄏㄨㄟˋ

[1]憤怒。[2]佛家語。指令人身心激動、苦惱如火炙,而發作出來的外侵式反應。此種反應能燒毀一切善行。

䁘 ㄧㄠˊ yao² 音搖 又讀 ㄧㄠˇ yao³ 音咬

[1]美目。見“集韻”。[2]注視的樣子。見“字彙”。

瞍 ㄙㄡˇ sou³ 音叟

[1]目中沒有眼珠。見“說文”。[2]對長者的稱呼。通叟。

瞈 ㄨㄥˇ wêng³ 音蓊

參瞈矇。

19【瞈矇】 ㄨㄥˇ ㄇㄥˇ

看不清楚。

瞏 ㄑㄩㄥˊ ch'iung² 音瓊

[1]驚視。見“說文”。[2]憂

傷。見"正字通"。③孤單。見"正字通"。

11

瞥 ㄆㄧㄝ p'ieh¹ 音撇
①眼光迅速掠過。如：驚鴻一瞥。②突然。如：瞥地一驚。

瞖 ㄧˋ i⁴ 音意
白內障。見"正字通"。

瞚 ㄕㄨㄣˋ shun⁴ 音舜
眨眼。見"說文"。

瞮 ㄏㄨㄛˋ ho⁴, huo⁴ 音霍
驚視的樣子。見"廣韻"。

瞝 ㄔ ch'ih¹ 音痴
環視；歷觀。見"正字通"。

𥋻 ㄒㄩㄢˊ hsüan² 音旋
目美。見"字彙"。

瞡 ㄍㄨㄟ kuei¹ 音規
看。見"廣韻"。

瞘 ㄎㄡ k'ou¹ 音摳
眼睛凹進去。見"集韻"。

𥉌 ㄎㄥ k'êng¹ 音坑
參𥉌矇。

21【𥉌矇】 ㄎㄥ ㄇㄥˊ
看不分明。也作鏗瞑。

瞟 ㄆㄧㄠˇ p'iao³ 音縹
斜看。見"說文通訓定聲"。

9【瞟眇】 ㄆㄧㄠˇ ㄇㄧㄠˇ
看不清楚的樣子。同縹眇、縹緲。

瞞 ㄇㄢˊ man² 音蠻
①目不明。見"廣韻"。②欺騙；隱藏事實。③姓。'周'有'瞞成'。見"萬姓統譜·二五"。

4【瞞天過海】 ㄇㄢˊ ㄊㄧㄢ ㄍㄨㄛˋ ㄏㄞˇ
形容欺騙人的手段無所不至，非常高明。

瞠 ㄔㄥ ch'êng¹ 音撐
①張大眼睛直視。見"廣韻"。②驚視的樣子。

11【瞠視】 ㄔㄥ ㄕˋ
睜大眼睛直視。

5【瞠目咋舌】 ㄔㄥ ㄇㄨˋ ㄗㄜˊ ㄕㄜˊ
直瞪著兩眼而說不出話來。形容驚異的樣子。

【瞠目結舌】 ㄔㄥ ㄇㄨˋ ㄐㄧㄝˊ ㄕㄜˊ
張大眼睛，舌頭打結。形容驚恐或因受窘而發呆的樣子。

【瞠乎其後】 ㄔㄥ ㄏㄨ ㄑㄧˊ ㄏㄡˋ
落在人後，無法追及。

瞜 ㄌㄡ lou¹
看。見"玉篇"。

瞙 ㄇㄛˋ mo⁴ 音莫
目不明。通眊。見"集韻"。

䁞 ㄑㄧˋ ch'i⁴ 音企 又讀㈠ ㄔˋ ch'ih⁴ 音赤 ㈡ ㄔㄚˊ ch'a² 音察
注視；觀察。見"說文"。

瞛 ㄘㄨㄥ ts'ung¹ 音匆
目光。見"集韻"。

瞢 ㄇㄥˊ mêng² 音蒙
①視力模糊。見"說文"。②昏暗不明。③無知。④慚愧。⑤神志不清。⑥憂悶。見"字彙"。

12【瞢然】 ㄇㄥˊ ㄖㄢˊ
視力不明的樣子。

12

瞳 ㄊㄨㄥˊ t'ung² 音童
①眼珠。見"玉篇"。②無知的樣子。見"正字通"。

4【瞳孔】 ㄊㄨㄥˊ ㄎㄨㄥˇ
(pupil)眼球中央具有收縮特性的虹膜開口。光線太強時會收縮；反之，則會放大，以便控制光線的進入。參眼①。

瞵 ㄌㄧㄣˊ lin² 音林
①雙目炯炯有神。見"說文"。②注視；瞪眼看。如：虎視鷹瞵。③文彩燦爛的樣子。通璘。見"古今韻會舉要"。

瞰 ㄎㄢˋ k'an⁴ 音看
①眺望。②俯視。如：鳥瞰。

瞫 ㄕㄣˇ shên³ 音審
偷看；仔細看。見"說文"。

瞲 ㄒㄩㄝˋ hsüeh⁴ 音穴
驚視。見"集韻"。

瞪 ㄉㄥˋ têng⁴ 音鄧
①張目直視。如：目瞪口呆。②怒目視人。見"玉篇"。

瞭 ㈠ ㄌㄧㄠˇ liao³ 音蟟
①眼珠明亮。見"廣韻"。②明白。如：瞭然於胸。
㈡ ㄌㄧㄠˋ liao⁴ 音料
登高遠望。如：瞭望。

9【瞭亮】 ㄌㄧㄠˇ ㄌㄧㄤˋ
清楚明白。

11【瞭望】 ㄌㄧㄠˋ ㄨㄤˋ
在高處遠望。

12【瞭然】 ㄌㄧㄠˇ ㄖㄢˊ
清楚明白的樣子。

6【瞭如指掌】 ㄌㄧㄠˇ ㄖㄨˊ ㄓˇ ㄓㄤˇ
清楚得如同看自己的手掌一樣。形容十分清楚、明白。

瞤 ㄕㄨㄣˋ shun⁴ 音舜
①眼跳。見"說文"。②皮肉掣動。

瞯 同瞷。㈠ ㄒㄧㄢˊ hsien² 音賢
①斜視；眼往上看。見"說文"。②馬一目白。通騆。見"正字通"。
㈡ ㄐㄧㄢˋ chien⁴ 音建
窺伺。同覸。見"洪武正韻"。

瞷 瞯的或體。

瞶 ㄍㄨㄟˋ kuei⁴ 音桂 又讀 ㄎㄨㄟˋ k'uei⁴ 音愧
①遠望；極目而視。見"玉篇"。②眼中沒有瞳仁。見"集韻"。③瞎子。見"集韻"。

瞬 ㄕㄨㄣˋ shun⁴ 音舜
①眨眼睛。如：瞬目。②一眨眼工夫。形容時間的短暫。如：瞬息萬變。

10【瞬息】 ㄕㄨㄣˋ ㄒㄧˊ
一眨眼，一呼吸。形容時間的短暫。

12【瞬間】 ㄕㄨㄣˋ ㄐㄧㄢ
一轉眼間。形容時間的短暫。

15【瞬膜】 ㄕㄨㄣˋ ㄇㄛˋ
(nictating membrane) 位於兩生、爬蟲及鳥類等的眼瞼內方，透明，表面有許多細毛，有清潔眼睛的功用。瞬膜可自眼的前方向後方移動，猶如一第三個眼瞼。哺乳

類的瞬膜已退化,在人類僅有一半月襞而已。

10【瞬時速度】ㄕㄨㄣˋ ㄕˊ ㄙㄨˋ ㄉㄨˋ (instantaneous velocity) 在速度的定義中,若所測量的時間間隔Δt爲一趨近於零之甚爲短暫的時間,則和在此時間內物體的瞬位移$\Delta \vec{r}$之比值,稱爲在該瞬間的瞬時速度。以公式表示爲瞬時速度

$\vec{v}=\lim\limits_{\Delta t\to 0}\frac{\Delta \vec{r}}{\Delta t}$。

【瞬息萬變】ㄕㄨㄣˋ ㄒㄧˊ ㄨㄢˋ ㄅㄧㄢˋ
形容事物變化的迅速與巨大。

【瞬時旋轉中心】ㄕㄨㄣˋ ㄕˊ ㄒㄩㄢˊ ㄓㄨㄢˇ ㄓㄨㄥ ㄒㄧㄣ
(instantaneous center of rotation) 剛體運動時,若剛體上諸質點的速度不同,可以想像這剛體繞一個軸心作瞬時的純旋轉,此軸心即爲瞬時旋轉中心。

瞴 ㊀ ㄇㄡˊ mou² 音謀
參瞴婁。
㊁ ㄨˇ wu³ 音午
美好。通膴。見"廣雅·釋詁"。

11【瞴婁】ㄇㄡˊ ㄌㄡˊ
瞇著眼看。

⿰目然 ㄖㄨㄢˇ juan³ 音軟
參⿰目然⿰目需。

19【⿰目然⿰目需】ㄖㄨㄢˇ ㄖㄨㄢˊ
形狀乖劣。

瞧 ㄑㄧㄠˊ ch'iao² 音橋
1看。2偸看。

13

瞽 ㄍㄨˇ ku³ 音古
目盲。見"正字通"。

⿱䀠土 瞿的訛字。

瞿 ㊀ ㄐㄩˋ chü⁴ 音懼
驚懼的樣子。見"集韻"。
㊁ ㄑㄩ ch'ü¹ 音趨　又讀 ㄑㄩˊ ch'ü² 音渠
姓。'漢'有'瞿茂'。見"風俗通姓氏篇·上"。

10【瞿唐】ㄑㄩ ㄊㄤˊ
峽名。爲'長江'三峽之首。又名'廣溪峽',在'四川省''奉節縣'東十三里。

11【瞿麥】ㄑㄩ ㄇㄞˋ
(*Dianthus superbus*) 多年生草本。莖叢生,上部分枝。葉線狀披針形;花單生或成對生枝端,花瓣粉紫色,先端深裂成細絲。分布於我國、'日本'、'義大利'、'羅馬尼亞'、'斯堪地那維亞半島'及'蘇俄'。全草入藥,作利尿、通經之用。

瞿麥圖

6【瞿式耜】ㄑㄩ ㄕˋ ㄙˋ
(1590~1650)'明'末'常熟'(今'江蘇''常熟')人,字'起田'。'萬曆'進士。'福王'立,起右僉都御史,巡撫'廣西'。'唐王'監國,擢兵部右侍郎。'桂王'立,進'東閣'大學士。'桂王'奔'全州'時,留守'桂林','淸'兵至,城破,不屈而死。著有"瞿忠宣公集"。

9【瞿秋白】ㄑㄩ ㄑㄧㄡ ㄅㄞˊ
(1899~1935)'江蘇''常州'人。幼名'瞿霜'。早年習'俄'文,在'蘇俄'加入'中國共產黨'。後隨'陳獨秀'返國,任教'社會大學',助編"新青年",歷任'中共'中央委員、'中共'中央總書記,實行暴動路線。被國軍捕獲,遭槍決。著有"瞿秋白文集"。

瞿秋白像

⿰目黽 ㄇㄥˇ mêng³ 音猛　又讀 ㄇㄥˊ mêng² 音蒙
參⿰目黽盯。

7【⿰目黽盯】ㄇㄥˇ ㄔㄥˊ
1直視的樣子。2怒視的樣子。

矂 ㄗㄠˋ tsao⁴ 音造
參眊矂。

⿰目悤 瞅的或體。

瞻 ㄓㄢ chan¹ 音詹
1視;望。如:瞻顧。2姓。'元'有'瞻思'。見"萬姓統譜·六七"。

6【瞻仰】ㄓㄢ ㄧㄤˇ
瞻望仰視。含有敬意。

9【瞻拜】ㄓㄢ ㄅㄞˋ
瞻仰參拜。

21【瞻顧】ㄓㄢ ㄍㄨˋ
觀望。

9【瞻前顧後】ㄓㄢ ㄑㄧㄢˊ ㄍㄨˋ ㄏㄡˋ
前後兼顧。1表示做事謹愼、思慮周詳。2形容顧慮過多、做事猶豫不決。

瞼 ㄐㄧㄢˇ chien³ 音減
眼皮。如:眼瞼。

14

矉 ㄆㄧㄣˊ p'in² 音貧
1因怒恨而瞪眼。見"說文"。2皺眉。同顰。見"正字通"。

⿰目需 ㄖㄨㄢˊ juan²
參⿰目然⿰目需。

矇 ㊀ ㄇㄥˊ mêng² 音蒙
1眼睛失明。見"廣雅·釋詁"。2愚昧無知。通蒙。3覆蓋。如:矇著臉。
㊁ ㄇㄥ mêng¹
1隱瞞;欺騙。如:矇在鼓裡。2同㊀3。
㊂ ㄇㄥˇ mêng³ 音猛
參瞢矇。

9【矇昧】ㄇㄥˊ ㄇㄟˋ
1目不明。2渾然未開悟的樣子。

15【矇蔽】ㄇㄥ ㄅㄧˋ
隱瞞;欺騙。

19【矇騙】ㄇㄥ ㄆㄧㄢˋ
矇蔽;欺騙。

21【矇矓】ㄇㄥˊ ㄌㄨㄥˊ
也作朦朧。1景物模糊不淸的樣子。2視力不明的樣子。

矐 ㄏㄨㄛˋ ho⁴, huo⁴ 音霍
驚視。見"說文"。

矈 ㄇㄧㄢˊ mien² 音綿
黑的眼瞳。見"集韻"。

15

曠 ㊀ ㄎㄨㄤˋ k'uang⁴ 音曠
眼中無珠。見"玉篇"。
㊁ ㄍㄨㄛ ko¹, kuo¹ 音郭
眼睛張大的樣子。見"集韻"。

矍 ㄐㄩㄝˊ chüeh² 音決
急視的樣子。見"說文"。

12【矍然】 ㄐㄩㄝˊ ㄖㄢˊ
驚視的樣子。

23【矍鑠】 ㄐㄩㄝˊ ㄕㄨㄛˋ
老而健壯有精神。

矆 ㄇㄧㄝˋ mieh⁴ 音滅
①眼眶紅腫。見"釋名·釋疾病"。②視力不明。見"正字通"。

矎 ㊀ ㄒㄩㄢ hsüan¹ 音宣
①看;視。見"廣雅·釋詁"。②直視。見"玉篇"。
㊁ ㄒㄩㄢˋ hsüan⁴ 音泫
參矎矎。

20【矎矎】 ㄒㄩㄢˋ ㄒㄩㄢˋ
①眼花撩亂的樣子。②眼睛發亮。即炯炯。

矏 ㄇㄧㄢˊ mien² 音眠
①眼旁肌膚細嫩的樣子。見"說文"。②密緻的樣子。見"廣韻"。

矊 矈的或體。

16

矓 ㄌㄨㄥˊ lung² 音龍
參矇矓。

矐 ㄏㄨㄛˋ ho⁴, huo⁴ 音霍
①光明。見"廣韻"。②失明。也作瞄。見"集韻"。

矑 ㄌㄨˊ lu² 音盧
①看。見"玉篇"。②眼珠。見"字彙"。

矇 ㄇㄥˊ mêng² 音蒙
參瞠矇。

矕 瞢的或體。

18

矔 ㊀ ㄍㄨㄢˋ kuan⁴ 音灌
①眼睛有神。見"說文"。②張目怒視。見"說文"。③轉目顧視。見"方言·六"。④張開眼睛。見"廣韻"。⑤閉一目。見"集韻"。⑥姓。'漢'有'矔唯'。見"萬姓統譜·一○一"。
㊁ ㄑㄩㄢˊ ch'üan² 音全
眼眶。見"集韻"。

19

矕 ㄇㄢˇ man³ 音滿
①觀看的樣子。見"廣韻"。②眼睛美麗的樣子。見"集韻"。③披;覆蓋。見"字彙補"。

矗 ㄔㄨˋ ch'u⁴ 音觸
高聳直立的樣子。如:矗立。

矖 ㊀ ㄕˇ shih³ 音史
極目遠望。
㊁ ㄕㄞˇ shai³ 音骰
注視。

20

矘 ㄊㄤˇ t'ang³ 音躺
①目無神而直視。見"說文"。②看不清楚。見"正字通"。

矆 ㄏㄨㄛˋ ho⁴, huo⁴ 音獲
①視。見"廣雅·釋詁"。②驚懼。如:矆然相顧。

矙 ㄎㄢˋ k'an⁴ 音看
窺視。同瞰。見"集韻"。

21

矚 ㄓㄨˇ chu³ 音主
注視。如:高瞻遠矚。

矛部

矛 ㄇㄠˊ mao² 音毛
①兵器。長柄,前端有刺刃。見"字彙"。②星名。即招搖星。見"史記·天官書"。

9【矛盾】 ㄇㄠˊ ㄉㄨㄣˋ
矛與盾。兩種兵器名。矛用以攻擊,盾用以防禦。①比喻思考或言語前後不一致或相互牴觸的現象。②(contradiction) 邏輯學名詞。兩個語句不能同爲眞,或者兩個事態不能同時成立,則兩者間互相矛盾。狹義的矛盾關係,則指一個語句與其否定句間的關係。

【矛盾律】 ㄇㄠˊ ㄉㄨㄣˋ ㄌㄩˋ
(law of contradiction) 有時稱爲不矛盾律 (law of non-contradiction)。傳統邏輯中的思想三律之一。矛盾律斷言:一個命題和其否定命題,兩者不能同爲眞。

【矛盾意願】 ㄇㄠˊ ㄉㄨㄣˋ ㄧˋ ㄩㄢˋ
(paradoxical intention)心理治療法之一。要求患者面臨恐懼時毫不保留地表現恐懼情緒,同時以誇張方式抗拒該恐懼情緒,以達到治療的目的。

【矛盾方程式】 ㄇㄠˊ ㄉㄨㄣˋ ㄈㄤ ㄔㄥˊ ㄕˋ
(incompatible or inconsistent equations)一聯立方程式中未知數之值,不能有同時適合於各方程式的,稱爲矛盾方程式。矛盾方程式的發生,或由於設題的不合理,或由於運算上的錯誤。

4

矜 ㊀ ㄐㄧㄣ chin¹ 音今
①矛柄。見"說文"。②尊敬。見"集韻"。③憐憫。如:哀矜。④顧惜。如:不矜細行。⑤自負己能;驕傲自誇。如:矜誇。⑥莊重;有威嚴。如:矜莊。
㊂ ㄍㄨㄢ kuan¹ 音關
①老而無妻的人。通鰥。見"集韻"。②病痛。通瘝。如:恫矜。

6【矜伐】 ㄐㄧㄣ ㄈㄚ
自誇。

9【矜恃】 ㄐㄧㄣ ㄕˋ

驕傲自負。
【矜持】 ㄐㄧㄣ ㄔˊ
莊重拘謹。
【矜重】 ㄐㄧㄣ ㄓㄨㄥˋ
端莊穩重。
10【矜能】 ㄐㄧㄣ ㄋㄥˊ
誇耀自己的才能。
11【矜惜】 ㄐㄧㄣ ㄒㄧˊ
珍惜;愛惜。
【矜莊】 ㄐㄧㄣ ㄓㄨㄤ
端莊穩重。
13【矜誇】 ㄐㄧㄣ ㄎㄨㄚ
驕傲自誇。
22【矜驕】 ㄐㄧㄣ ㄐㄧㄠ
驕傲自大。
14【矜寡孤獨】 ㄍㄨㄢ ㄍㄨㄚˇ ㄍㄨ ㄉㄨˊ
泛指可憐無告的人。

7

矟 ㄕㄨㄛˋ shuo⁴ 音朔
長矛。同槊。見"集韻"。
矞 ㄩˋ yü⁴ 音玉
[1]以錐穿物。見"說文"。[2]三色彩雲。見"字彙"。[3]彩色的。如:矞雲。

8

矠 [一] ㄘㄜˋ ts'ê⁴ 音策
矛的一種。見"說文"。
[二] ㄗㄜˊ tsê² 音責
用叉刺取。

11

矡 ㄑㄧㄣˊ ch'in² 音勤
矛柄。同矜。見"說文"。

15

矱 ㄅㄛˊ po² 音博
參矱矟。
12【矱矟】 ㄅㄛˊ ㄕㄨㄛˋ
一種刻有野牛圖形的長矛。古代用爲儀仗。

19

矡 ㄗㄨㄢˇ tsuan³ 音纂 又讀 ㄗㄨㄢˋ tsuan⁴ 音賺
兵器名。即小矛。見"正字通"。

矢 部

矢 ㄕˇ shih³ 音史
[1]箭。見"說文"。[2]正直。見"廣雅·釋詁"。[3]陳說。見"爾雅·釋詁"。[4]發誓。通誓。見"爾雅·釋言"。[5]糞便。通屎。
5【矢石】 ㄕˇ ㄕˊ
箭和石頭。古代戰場上用以攻擊。
7【矢言】 ㄕˇ ㄧㄢˊ
誓言。
【矢志】 ㄕˇ ㄓˋ
下定決心;立定志向。

2

矣 ㄧˇ i³ 音以
[1]句末語氣詞。⑴表示已然的語氣。同也。如:祿在其中矣。⑵表示限定的語氣。同耳。如:惟有赴東海而死矣。⑶表示疑問的語氣。同乎。如:又何咎矣?[2]句中語氣詞。表示感歎的語氣。如:甚矣吾衰也!

3

矤 矧的本字。

知 [一] ㄓ chih¹ 音支
[1]知識。如:無知無欲。[2]了解;知曉。如:知情。[3]通知。如:知會。[4]主持;執掌。如:知府。
[二] ㄓˋ chih⁴ 音智
智慧。通智。如:好學近乎知。
2【知了】 ㄓ ㄌㄧㄠˇ
[1]領悟;了解。[2]蟬的俗稱。
3【知己】 ㄓ ㄐㄧˇ
[1]了解自己。[2]了解自己的人;情誼深厚的朋友。
4【知方】 ㄓ ㄈㄤ
深明道理和禮法。
【知心】 ㄓ ㄒㄧㄣ
[1]知道對方的心意。[2]互相了解的朋友。
【知止】 ㄓ ㄓˇ
[1]適可而止,不作無止境的要求。[2]知其所應當停止之處。
【知化】 ㄓ ㄏㄨㄚˋ
通曉變化之道。
5【知母】 ㄓ ㄇㄨˇ
(*Anemarrhena asphodeloides*)具根狀莖,多年生禾草。葉叢生基部,花淡紫色,排於長的花莖上,成總狀花序,花瓣片線形,夜晚散發香氣。根莖性寒味苦,可入藥,有解熱、鎭靜之效。

知母圖

6【知交】 ㄓ ㄐㄧㄠ
知己。
【知州】 ㄓ ㄓㄡ
官名。'宋'初,每州本有刺史,但爲避免地方勢力太大,重演五代藩鎭之禍,乃別派中央官[權知軍州事],意即暫管一州之兵事與民政,簡稱知州,以代行刺史之權。後罷刺史,專任知州。'明'始以知州爲正式之官稱,'清'沿之。
【知名】 ㄓ ㄇㄧㄥˊ
聲名爲人所知。
7【知言】 ㄓ ㄧㄢˊ
[1]有遠見的言論。[2]由言辭察知其眞意。
【知育】 ㄓˋ ㄩˋ
培養知識能力的教育。
【知足】 ㄓ ㄗㄨˊ
自知滿足。
8【知府】 ㄓ ㄈㄨˇ
官名。'唐'京都、陪都及皇帝曾駐幸之地,其所在之州皆升爲府,置尹,爲長官。'宋'沿'唐'制,設府更多,亦置府尹;但因'太宗'、'眞宗'

均曾爲‘開封府’尹，故凡遇府尹出缺，乃派中央官「權知府事」，意即暫管府事，簡稱知府。‘明’始以知府爲正式之官稱，管轄數州縣。‘清’沿之。

【知性】 ㄓ ㄒㄧㄥˋ
(intellect) 在‘亞理斯多德’的哲學系統中，知性可用來鑑別人類靈魂與其他動物靈魂的不同。可分爲消極知性和積極知性兩種；前者指擁有觀念，後者指把觀念組合成判斷。積極知性是不朽的。知性又指求知的過程或知能的展現，與感性相對。

【知命】 ㄓ ㄇㄧㄥˋ
1深明人生窮達的命運。2指五十歲。

9【知音】 ㄓ ㄧㄣ
1精通音律。2知己。‘春秋’時代‘鍾子期’能知‘俞伯牙’的琴音。見“呂氏春秋·本味”。

10【知恥】 ㄓ ㄔˇ
知道羞恥；有羞恥心。

12【知幾】 ㄓ ㄐㄧ
預知事物變化的徵兆。

13【知溝】 ㄓ ㄍㄡ
(knowledge gap) 指知識的差距。傳播學者對媒體之文化教育效果，曾提出若干研究結論：受較好教育的人，獲益於新資訊的來源較那些教育程度較低的人更大。而由於差距的越拉越大，也連帶造成了知溝。

【知道】 ㄓ ㄉㄠˋ
1了解大道。2明白；懂得。

【知遇】 ㄓ ㄩˋ
被賞識；受優遇。

【知會】 ㄓ ㄏㄨㄟˋ
通知照會。

15【知趣】 ㄓ ㄑㄩˋ
識時務，不惹人厭。

19【知識】 ㄓ ㄕˋ
1認識、相交的人。2泛稱對一般事物的了解與認識。3 (knowledge) 與信念或意見相對。指有堅強的理由或論據，且與事實或實況相符的信念或意見。

20【知覺】 ㄓ ㄐㄩㄝˊ
1發覺；察覺。2(perception)個體經由感官對外在事物及事物間關係的解釋歷程。

6【知名度】 ㄓ ㄇㄧㄥˊ ㄉㄨˋ
聲名被人所聞知的程度。

8【知制誥】 ㄓ ㄓˋ ㄍㄠˋ
官名。其名始於‘唐’。‘唐’本以中書舍人掌起草詔令，但‘開元’以後，多以翰林學士或他官代行其職。於是實際起草詔令之翰林學士，常帶知制誥銜。‘宋’初因之，‘元豐’三年(1080)罷。‘明’翰林學士或內閣學士常兼此銜。‘清’廢。

19【知識論】 ㄓ ㄕˋ ㄌㄨㄣˋ
(epistemology；theory of knowledge) 哲學三大領域之一(另外兩個領域是形上學和價值論)。有系統的探討知識的本質、知識的種類、知識的可能性以及認知者與知識成立之間的關係。

2【知人之明】 ㄓ ㄖㄣˊ ㄓ ㄇㄧㄥˊ
有辨識他人才能的眼光。

【知人善任】 ㄓ ㄖㄣˊ ㄕㄢˋ ㄖㄣˋ
能察知他人才能品行的優劣而加以適當的任用。

3【知己知彼】 ㄓ ㄐㄧˇ ㄓ ㄅㄧˇ
詳知敵我雙方的情勢。

6【知行合一】 ㄓ ㄒㄧㄥˊ ㄏㄜˊ ㄧ
‘明’‘王守仁’所倡的一種學說。主張知行原是一事，即知即行；知而不行，只是不知。

7【知足不辱】 ㄓ ㄗㄨˊ ㄅㄨˋ ㄖㄨˋ
自知滿足，便不會遭到恥辱。

8【知者不惑】 ㄓˋ ㄓㄜˇ ㄅㄨˋ ㄏㄨㄛˋ
智者能掌握本質或原則，不會被事象所迷惑。

【知易行難】 ㄓ ㄧˋ ㄒㄧㄥˊ ㄋㄢˊ
了解一事較容易，實行則困難。爲‘商朝’‘傅說’所說。原意在強調行的重要，並非指行難而不行。

【知的權利】 ㄓ ˙ㄉㄜ ㄑㄩㄢˊ ㄌㄧˋ
(the right to know) 資訊自由流通的一個最基本的理論基礎。即人民對公眾事務享有被告知的權利。

10【知書達禮】 ㄓ ㄕㄨ ㄉㄚˊ ㄌㄧˇ
形容人有學識、有教養，應對進退合乎禮節。

19【知識工業】 ㄓ ㄕˋ ㄍㄨㄥ ㄧㄝˋ
(knowledge industries)知識及其相關設備的製造與出售的工業。大致可分爲教育和研究發展兩類。

【知識環境】 ㄓ ㄕˋ ㄏㄨㄢˊ ㄐㄧㄥˋ
環境系統組織中次級組織之一。指組織員工將輸入環境轉變爲輸出環境時，所需應用的一切知識，包括學識、經驗、技能、訓練等。

【知難行易】 ㄓ ㄋㄢˊ ㄒㄧㄥˊ ㄧˋ
國父　‘孫中山’先生學說之一。強調眞知甚難，實行則較易，不知亦能行，旣知即應實行。

10【知恥近乎勇】 ㄓ ㄔˇ ㄐㄧㄣˋ ㄏㄨ ㄩㄥˇ
知道甚麼是羞恥，就接近勇的境界。

2【知人知面不知心】 ㄓ ㄖㄣˊ ㄓ ㄇㄧㄢˋ ㄅㄨˋ ㄓ ㄒㄧㄣ
了解一個人的外表容易，了解其內心則很困難。

8【知其一不知其二】 ㄓ ㄑㄧˊ ㄧ ㄅㄨˋ ㄓ ㄑㄧˊ ㄦˋ
形容所見褊狹，不能全面了解。

19【知識青年從軍運動】 ㄓ ㄕˋ ㄑㄧㄥ ㄋㄧㄢˊ ㄘㄨㄥˊ ㄐㄩㄣ ㄩㄣˋ ㄉㄨㄥˋ
‘民國’三十三年，‘蔣’主席以抗戰局勢面臨存亡關鍵所發起的運動。十月間，發表“告知識青年從軍書”，提出「一寸山河一寸血，十萬青年十萬軍」口號。報名者逾十萬，除駐‘印’軍外，共編九個師，都立有戰功。

4

矧 ㄕㄣˇ *shên*³ 音哂
本作矤。1何況。見“說文”。2亦；又。3齒齦。通齗。

矦 侯的本字。

5

矩 ㄐㄩˇ chü³ 音舉
①用以畫直角或方形的器具。見"正字通"。②法則。如:從心所欲不踰矩。③方形的。如:矩形。④物理學中的一種物理量。如電偶矩、磁矩、力矩等,通常含有由另一物理量與長度距離之積所構成的意義,例如力與力臂之積爲力矩;磁極強度與磁極距離之積爲磁矩。

7【矩形】 ㄐㄩˇ ㄒㄧㄥˊ
(rectangle)一四邊形之四角相等且皆爲直角,則爲矩形,其對邊平行等長。又稱長方形。數學上通常不排斥長寬相等的情形,即視正方形爲矩形之特例;矩形則爲平行四邊形之特例。

【矩步】 ㄐㄩˇ ㄅㄨˋ
走路時步伐方正合度。比喻舉止行動都合乎規矩法度。

9【矩度】 ㄐㄩˇ ㄉㄨˋ
規矩法度。

10【矩陣】 ㄐㄩˇ ㄓㄣˋ
(matrix)將 mn 個純量(實數或複數,可同可異)排成n行m列之陣,稱爲$(m\times n)$型矩陣。用$A=(\alpha_{ij})$的記號表示。例如:

$$A=(\alpha_{ij})=\begin{pmatrix}\alpha_{11}\ \alpha_{12}\ \alpha_{13}\cdots\cdots\\ \alpha_{21}\ \alpha_{22}\ \alpha_{23}\cdots\cdots\\ \cdots\cdots\cdots\cdots\cdots\cdots\end{pmatrix}。$$

若$m=n$,則稱爲n維方陣。其行與列互相置換的矩陣,即其各成分的雙下標互相置換時,稱爲原矩陣的轉置(transpose),用A^T的記號表示,即

$$A^T=(\alpha_{ji})=\begin{pmatrix}\alpha_{11}\ \alpha_{21}\ \alpha_{31}\cdots\cdots\\ \alpha_{12}\ \alpha_{22}\ \alpha_{32}\cdots\cdots\\ \cdots\cdots\cdots\cdots\cdots\cdots\end{pmatrix}。$$

於A^T內再將每成分均以其共軛複數置換者,稱爲同伴矩陣,用A^*的記號表示。$A^T=A$時,A稱爲對稱方陣;$A^*=A$時,A稱爲自伴或'厄密'氏方陣(self-adjoint or Hermitian)。若$A=(\alpha_{ij})$,$B=(\beta_{ij})$的行及列的數目相同,則其和爲$A+B=(\alpha_{ij}+\beta_{ij})$,即爲各相應元素相加的結果。若$A$有$n$行及$B$有$n$列,則其積爲$AB=(\sum_k\alpha_{ik}\beta_{ki})$,也爲矩陣,具有$A$的列數及$B$的行數。爲令方陣$I=(\delta_{ij})$,其中$\delta_{ij}$稱爲'克朗內克爾'氏的$\delta$(Kronecker delta),即$i=j$時,$\delta_{ij}=1$;$i\neq j$時,$\delta_{ij}=0$,則$I$稱爲單位或恆等方陣(unit matrix),則對於任何可乘的矩陣A或B,可得$IA=A$及$BI=B$。方陣A與B若有$AB=I$,必有$BA=I$,於是A與B互逆(inverse to each other),因而皆爲可逆(invertible),也稱爲非奇異的(non-singular),其條件乃行列式值(定準 determinant)非零。若方陣A的行列式值爲1,則A稱爲單模的(unimodular)。若$AA^*=I$,則A稱爲么正的方陣(unitary matrix)。若$AA^T=I$,則A爲單正方陣(orthonormal,通常誤用orthogonal)。若方陣$A=(\alpha_{ij})$的α_{ij}僅在對角線上有一定數值,其他處所均爲零,則A稱爲對角方陣。尤其若對角線成分均相等,即$\alpha_{ij}=\alpha\delta_{ij}$,則$A=\alpha I$,稱純量方陣(scalar)。一方陣的對角線上成分的和稱爲跡(spur; trace)。一個方陣A,若$AA^*=A^*A$,則稱爲正規方陣(normal matrix)。矩陣與線性變換的關係如下:設U、V中的一組基底分別爲$\{u_1, u_2, \cdots\cdots u_n\}$及$\{v_1, v_2, \cdots\cdots v_m\}$,則從$U$到$V$的線性變換和矩陣有一個對應關係:令$T(u_i)=\sum_{j=1}^{m}\alpha_{ij}v_j, i=1, 2, \cdots\cdots, n$,則$T$對應矩陣$(\alpha_{ij})$。

15【矩範】 ㄐㄩˇ ㄈㄢˋ
法度典範。

10【矩陣組織】 ㄐㄩˇ ㄓㄣˋ ㄗㄨˇ ㄓ
(matrix organization)爲一項綜合式的專案組織,合併了專案結構與職能結構。其與專案組織的最大不同在於矩陣組織中的人員係自職能組織中「借調」而來。因此在矩陣組織中,專案主管對專案人員有水平的專案職權,而原來職能(直線)組織主管對專案組織中的人員仍擁有垂直的直線職權,因而產生同時有水平的專案職權與垂直的直線職權,形成矩陣形式,稱爲矩陣組織。

【矩陣印字機】 ㄐㄩˇ ㄓㄣˋ ㄧㄣˋ ㄗˋ ㄐㄧ
(matrix printer)又稱點矩陣印字機。電腦周邊設備印字機的一種。將字符視爲一點矩陣之圖形印出。

7

短 ㄉㄨㄢˇ tuan³
①距離不長。長的反義詞。②暫;時間不久。如:短暫。③高度不高;矮的。如:短牆。④過錯。如:無道人之短。⑤缺乏。如:短頭寸。

5【短打】 ㄉㄨㄢˇ ㄉㄚˇ
①南派拳術的一種。創始人不詳,大約'明代'中葉即已流傳於'江'南一帶。此種拳術的特徵是架勢小而緊密。②戲劇用語。短衣打扮的省文。即短裝。③棒、壘球打擊技巧之一。也稱觸擊。指擊球員以輕觸方式使球緩行於內野,以爭取本隊跑壘員進壘機會。一般又稱犧牲打。於一出局,三壘有跑壘員時,常運用此戰術取分。

7【短見】 ㄉㄨㄢˇ ㄐㄧㄢˋ
①膚淺的見解。②想不開。指自殺。

【短兵】 ㄉㄨㄢˇ ㄅㄧㄥ
①短的兵器。②持用短兵器的士兵。

11【短視】 ㄉㄨㄢˇ ㄕˋ
眼力不能及遠。比喻沒有遠見。

【短絀】 ㄉㄨㄢˇ ㄔㄨˋ
經費短少不足。

12【短軸】 ㄉㄨㄢˇ ㄓㄡˊ
[1](minor axis)過橢圓的中心,而垂直於其長軸(爲過橢圓兩焦點,止於橢圓邊界的直線段),兩端以橢圓爲界的直線段,稱爲短軸。長短軸相等之橢圓即爲圓。[2](brachy axis)斜方晶系、單斜晶系及三斜晶系等結晶中較短之側軸。

【短期】 ㄉㄨㄢˇ ㄑㄧˊ
(short time)可從兩個觀點來說明:對廠商而言,凡時間不足以容許生產能量改變者;對產業而言,凡時間不足以容許新廠商加入或原廠商退出者。

13【短路】 ㄉㄨㄢˇ ㄌㄨˋ
[1]攔路搶劫。[2](short circuit)電路兩端點之間電阻值甚低的異常連接。此一現象將導致大量的電流流過,往往會產生電路被燒斷的危險現象。

16【短噸】 ㄉㄨㄢˇ ㄉㄨㄣˋ
(short ton)又稱'美國'噸(American ton)。爲'美'制的重量單位。以2,000磅爲一噸,以別於'英國'以2,240磅爲一噸的長噸(long ton)。自貨櫃運輸及公制盛行以後,已不用短噸。

7【短尾鹿】 ㄉㄨㄢˇ ㄨㄟˇ ㄌㄨˋ
(roe deer; *Capreolus capreolus*)屬於哺乳綱、偶蹄目(order Artiodactyla)、鹿科(family Cervidae)的動物。尾極短幾乎無,故名。小型,肩高約66～86公分。毛夏天呈紅褐色,冬天灰褐色,臀部有顯著的白色斑點。雄者有短而三分叉的角。'歐''亞'大陸除極北地區及'印度'外,均有分布。

短尾鹿圖

【短估金】 ㄉㄨㄢˇ ㄍㄨ ㄐㄧㄣ
(penalty for underestimation)指營利事業或執行業務者所預估申報之營利事業所得額或綜合所得淨額,小於其結算申報,經核定之營利事業所得額或綜合所得淨額達1/3以上者,按其超過1/3以上部分所加徵之金額。

3【短小精悍】 ㄉㄨㄢˇ ㄒㄧㄠˇ ㄐㄧㄥ ㄏㄢˋ
[1]身材短小而有精明強幹的氣概。[2]比喻文章言論簡短有力。

7【短兵相接】 ㄉㄨㄢˇ ㄅㄧㄥ ㄒㄧㄤ ㄐㄧㄝ
[1]雙方戰陣迫近,互用短兵器接戰。[2]雙方脣槍舌戰,爭執不休的緊張局面。

12【短期地位】 ㄉㄨㄢˇ ㄑㄧˊ ㄉㄧˋ ㄨㄟˋ
(short position)指對外國通貨資產處於淨負債的地位,或所賣出的外國通貨數量大於所買進的外國通貨數量。

【短期投資】 ㄉㄨㄢˇ ㄑㄧˊ ㄊㄡˊ ㄗ
(temporary investment)當企業暫時有多餘的現金,而購買有價證券以獲取收益,但無意長期持有,一俟需用現金即可將之出售,此種投資稱爲短期投資。

【短期放款】 ㄉㄨㄢˇ ㄑㄧˊ ㄈㄤˋ ㄎㄨㄢˇ
(short-term loans)指約定期限在一年以內(含一年)而無擔保品的放款。

【短期記憶】 ㄉㄨㄢˇ ㄑㄧˊ ㄐㄧˋ ㄧˋ
(short-term memory)訊息材料僅於記憶系統中存留十五至三十秒的暫時性記憶。

【短期票券】 ㄉㄨㄢˇ ㄑㄧˊ ㄆㄧㄠˋ ㄑㄩㄢˋ
期限在一年以內的政府所發行的國庫券、可轉讓的銀行定期存單、銀行承兌匯票、商業本票及其他經'財政部'核准的短期債務憑證。短期票券可隨時在貨幣市場買賣,兼具流動性、收益性、安全性等優點,故銀行樂於買入,充爲流動資產準備(第二線存款準備金)。

【短程計畫】 ㄉㄨㄢˇ ㄔㄥˊ ㄐㄧˋ ㄏㄨㄚˋ
(short run planning)係企業的戰術性的計畫,直接涉及各項計畫的執行目標、程序與方法,通常爲一年或相當期間的短期計畫。

13【短路電流】 ㄉㄨㄢˇ ㄌㄨˋ ㄉㄧㄢˋ ㄌㄧㄡˊ
(short circuit current)當輸出端短路時,由功率源所送出的電流。

【短綆汲深】 ㄉㄨㄢˇ ㄍㄥˇ ㄐㄧˊ ㄕㄣ
用短繩繫吊桶汲取深井的水。比喻小才大用。

12【短期總成本】 ㄉㄨㄢˇ ㄑㄧˊ ㄗㄨㄥˇ ㄔㄥˊ ㄅㄣˇ
(short run total cost)短期間所支付的生產成本總額。爲固定總成本與可變總成本之和。

【短期投資未實現跌價損失】
ㄉㄧㄢˇ ㄑㄧˊ ㄊㄡˊ ㄗ ㄨㄟˋ ㄕˊ ㄒㄧㄢˋ ㄉㄧㄝˊ ㄐㄧㄚˋ ㄙㄨㄣˇ ㄕ
(unrealized loss in value of short-term investment in marketable equity securities)持有其他上市公司的權益證券作爲短期投資,期末時應按成本與市價孰低法評價。如所有證券的總市價低於總成本,其差額稱短期投資未實現跌價損失,此項損失應予入帳並列入當期損益表。

㹪 ㄘㄨㄛˊ *ts'o²*, *ts'uo²* 音嵯
身材短小。見"廣雅·釋詁"。

8

矮 ㄞˇ *ai³* 音藹
[1]身材短小。見"說文新附"。[2]泛指短小、不高。如:矮樹。

8【矮林】 ㄞˇ ㄌㄧㄣˊ
由根株萌芽、更新造成之林。樹種多爲闊葉樹,以經營薪炭材爲多。

9【矮星】 ㄞˇ ㄒㄧㄥ
(dwarf)這種星球的表面溫度高,

但直徑甚小,是由緊密併合的電子和離子氣體構成。矮星可能生成於一正常星體演化的末期,也可能於超新星爆炸後產生。

2【矮人看場】 ㄞˇ ㄖㄣˊ ㄎㄢˋ ㄔㄤˇ
比喻隨聲附和,毫無己見。矮人看戲,因人矮而看不到,只好隨聲附和。

12

矰 ㄗㄥ *tsêng*¹ 音增
古代繫有生絲以射鳥雀的箭。見"說文"。

矯 ㄐㄧㄠˇ *chiao*³ 音皎
①修正箭矢的工具。見"說文"。②糾正;匡正。如:矯正。③詐稱;假託。如:矯命。④乖違。如:矯俗。⑤高舉。通撟。如:矯首。⑥堅強、勇武的樣子。通趫。如:矯健。⑦姓。'漢'有'矯慎'。見"萬姓統譜·八三"。

5【矯正】 ㄐㄧㄠˇ ㄓㄥˋ
糾正。

8【矯治】 ㄐㄧㄠˇ ㄓˋ
糾正治療。

【矯命】 ㄐㄧㄠˇ ㄇㄧㄥˋ
假託命令。

9【矯俗】 ㄐㄧㄠˇ ㄙㄨˊ
①矯正不好的習俗。②違背習俗。

10【矯時】 ㄐㄧㄠˇ ㄕˊ
糾正當時的弊病。

11【矯情】 ㄐㄧㄠˇ ㄑㄧㄥˊ
①掩飾眞情。②違反常情。

【矯捷】 ㄐㄧㄠˇ ㄐㄧㄝˊ
強健敏捷。

12【矯揉】 ㄐㄧㄠˇ ㄖㄡˊ
①使物彎曲或伸直。②故意造作。

13【矯飾】 ㄐㄧㄠˇ ㄕˋ
①端正;整飭。②掩蓋眞相。

15【矯厲】 ㄐㄧㄠˇ ㄌㄧˋ
砥礪節操而過分違反常情。

5【矯正處分】 ㄐㄧㄠˇ ㄓㄥˋ ㄔㄨˇ ㄈㄣˋ
對身心不正常的犯人施以強制糾正與治療,使其恢復正常不再犯罪。其範圍很廣,如對未成年的犯罪青少年施以感化教育、對地痞流氓施以管訓並命其學習生活技能、將吸毒者送至勒戒所,或將心神喪失者強制施以監護、治療等。

8【矯枉過正】 ㄐㄧㄠˇ ㄨㄤˇ ㄍㄨㄛˋ ㄓㄥˋ
矯正過度反而造成偏差。

9【矯俗干名】 ㄐㄧㄠˇ ㄙㄨˊ ㄍㄢ ㄇㄧㄥˊ
違背習俗,以求取美好的名聲。

12【矯揉造作】 ㄐㄧㄠˇ ㄖㄡˊ ㄗㄠˋ ㄗㄨㄛˋ
虛僞而不自然。

13【矯飾主義】 ㄐㄧㄠˇ ㄕˋ ㄓㄨˇ ㄧˋ
(mannerism) ①從'義大利'文maniera(意指技巧)一詞而來,專指美術上只重視技巧的技巧主義藝術。②指'歐洲'從西元 1515~1610 年間,以先入爲主的美感概念來製作的美術。人物畫的身體常拉長而扭曲,喜歡表現幻想的題材等。

17【矯矯不羣】 ㄐㄧㄠˇ ㄐㄧㄠˇ ㄅㄨˋ ㄑㄩㄣˊ
高尙卓越,不同於流俗。

14

矱 ㄏㄨㄛˋ *ho*⁴, *huo*⁴ 音獲 又讀 ㄨㄛˋ *wo*⁴ 音握
法度;標準。如:矩矱。

15

矲 ㄅㄚˋ *pa*⁴ 音罷
矮短。見"方言·一〇"。

石部

石 ㊀ ㄕˊ *shih*² 音十
①石頭;巖石。見"說文"。②八音之一。用玉石做成的樂器。③碑碣;石刻。如:金石學。④量詞。重量單位。百二十斤爲石。⑤姓。'春秋''衛'有'石碏'。見"元和姓纂·一〇"。
㊁ ㄉㄢˋ *tan*⁴ 音旦
容量單位。古以十斗爲石,今標準制一公石爲一百公升。

3【石女】 ㄕˊ ㄋㄩˇ
指先天性處女膜完全將陰道口封閉,而無法與異性行性行爲之女性。

5【石田】 ㄕˊ ㄊㄧㄢˊ
多石而無法耕種的田。比喻無用之物。

6【石灰】 ㄕˊ ㄏㄨㄟ
(lime)即氧化鈣。化學式爲CaO,分子量56.0,白色或灰色硬塊,主要用作建築材料及耐火材料。廣義的石灰,也可用於指各種化學及物理形態的生石灰、氫氧化鈣、熟石灰等。

8【石油】 ㄕˊ ㄧㄡˊ
(petroleum)一種潛藏於地殼多孔岩層中成分非常複雜的烴類混合物。主要是烷類和一些芳香烴類,爲古代動植物在高壓高溫的地層下經過分解及複雜的化學反應而生成。爲近代化學工業的最重要原料及能源來源。

【石刻】 ㄕˊ ㄎㄜˋ
刻有文字的碑碣。或指摹刻有文字、圖象的崖壁。

9【石柱】 ㄕˊ ㄓㄨˋ
①以石爲材的柱子。或爲支撐,或立之以爲標幟、紀念。②(pillar)石灰岩層經地下水的溶蝕,部分在石灰岩洞穴中外滲並堆積成形。若洞頂的鐘乳石向下伸長,洞底的石筍往上積高,日久可上下連接成爲柱狀沈積物,此種洞穴地形稱爲石柱。

【石英】 ㄕˊ ㄧㄥ
(quartz)即水晶。爲天然產的二氧化矽(SiO_2),是一種六方柱狀且兩端成錐形的透明晶體,純者無色,含有不純物時則呈現各種美麗的顏色。爲矽石的主要成分。常用於製造玻璃、陶瓷器等。

10【石窌】 ㄕˊ ㄌㄧㄡˋ

古地名。‘春秋’時屬‘齊’。在今‘山東省’‘長清縣’東南。

【石砫】ㄕˊ ㄓㄨˋ
縣名。屬‘四川省’。與‘湖北省’‘恩施縣’接界。

11【石勒】ㄕˊ ㄌㄜˋ
(274～333)五胡亂‘華’時‘後趙’的君主。‘羯’族,‘上黨’‘武鄉’(今‘山西’‘榆社’北)人,字‘世龍’。‘晉’‘大興’中,據‘襄國’,叛‘前趙’,自立稱王;復殺‘劉曜’,稱帝,統一北方大部分地區。

【石硊】ㄕˊ ㄍㄨㄟˋ
[1]江名。在‘安徽省’‘宣城縣’西。[2]山名。在‘安徽省’‘蕪湖縣’南,

【石崇】ㄕˊ ㄔㄨㄥˊ
(249～300)‘晉’‘南皮’(今‘河北’‘南皮’)人,字‘季倫’。累官至‘荊州’刺史。嘗以劫掠行旅而致富,於‘河陽’置‘金谷園’,與當時貴戚‘王愷’、‘羊琇’之徒競相奢靡。後爲‘孫秀’所殺。

12【石筍】ㄕˊ ㄙㄨㄣˇ
(stalagmite)含有碳酸鈣的水自石灰洞頂滴落,在洞底蒸發凝固而堆積,屹立地面狀如筍,故名。

13【石蜐】ㄕˊ ㄐㄧㄝˊ
蚌蛤之屬。俗稱龜腳。形如龜腳,殼如蟹螯,其色紫。可食用。生東南海中石上。見“本草綱目·介部·石蜐”。

14【石漠】ㄕˊ ㄇㄛˋ
(stone desert)在風力吹蝕作用強盛的漠地,細小沙粒全被捲走,形成岩面裸露的沙漠。即岩漠。

【石膏】ㄕˊ ㄍㄠ
(gypsum)一種白色固體,化學成分爲水合硫酸鈣,化學式$CaSO_4 \cdot 2H_2O$。在163°C時可脫去結晶水,不易溶於水,但可溶於鹽酸及食鹽溶液中。可供製造石膏像、石膏模型、擦光粉、水泥塗料及其他硫酸鹽類。

【石榴】ㄕˊ ㄌㄧㄡˊ
安石榴的別名。參安石榴。

【石綿】ㄕˊ ㄇㄧㄢˊ
(asbestos)一種天然產的纖維狀礦物,化學式爲 $Mg_3Ca(SiO_3)_4$。耐高溫且耐化學藥品之侵蝕,常供製造防火織物、耐酸水泥、電的保險材料等。

15【石槨】ㄕˊ ㄍㄨㄛˇ
石棺。

【石墨】ㄕˊ ㄇㄛˋ
(graphite)化學成分爲碳,黑色,不透明,結晶多呈六方薄板狀。硬度很低,可在白紙上留下劃痕,摸起來有滑感,具良好之導電性與導熱性,常見於變質岩中,由一些有機碳經區域變質或接觸變質作用結晶而來。因熔點極高,可以製造鍊鋼、鍊銅用之坩鍋;也可用於鉛筆、油漆等製造之用。石墨和鑽石的化學成分相同,但因結晶構造不同,致使兩者的物理性質有極大的不同。

10【石擔】ㄕˊ ㄉㄢˋ
舊時體力訓練器材。以木槓爲橫軸,兩端各貫以石頭,如今之槓鈴。

【石蕊】ㄕˊ ㄖㄨㄟˇ
[1](litmus)一種藍色的無定形粉末。水溶液在酸性時呈紅色,在鹼性時呈藍色,變色範圍爲 pH4.5(紅色)～8.3(藍色)。用作分析化學上的酸鹼指示劑。[2](*Cladonia rangiferina* Web.)常見於高冷地的莖狀地衣。植物體直立,分歧如樹枝,子器灰白色,假軸分歧,有3～5叉。子囊果一個到數個,產生於小枝頂端,褐色,可供藥用。

石蕊圖

【石器】ㄕˊ ㄑㄧˋ
使用各種石料製造的器物。又分爲磨製石器和打製石器,前者至新石器時代始出現;後者爲舊石器時代使用。

17【石濤】ㄕˊ ㄊㄠˊ
(1642～1718?)‘明’‘靖江王’‘朱守謙’之子。名‘道濟’,字‘石濤’,號‘清湘老人’,別號‘大滌子’、‘苦瓜和尚’、‘瞎尊者’。擅畫山水蘭竹,又工書,所作畫恣意橫生,堪稱‘江’南第一家。著有“苦瓜和尚畫語錄”。

18【石鎖】ㄕˊ ㄙㄨㄛˇ
舊時練臂力、腕力、握力的石製器材。形如凹字,中穿木槓或石槓以爲握把。練時上拋,以手或臂承接。

2【石刁柏】ㄕˊ ㄉㄧㄠ ㄅㄛˊ
(common asparagus; *Asparagus officinalis* L.)又名蘆筍。多年生宿根草木。高達1公尺餘。幼莖多肉,葉小如鱗片狀,不明顯。枝細而長,每節叢生5～8枚,呈葉狀。夏季,腋生1～2朵綠白色下垂小花,單性,雌雄異株,花被6枚,合成筒形。漿果小球形,紅熟。嫩莖可供食用。分布於‘歐洲’、‘亞洲’、北‘非’。

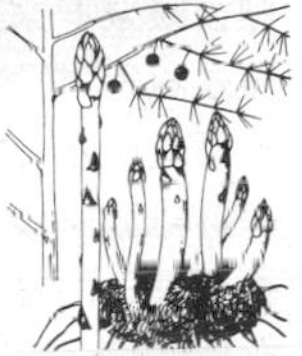
石刁柏圖

4【石片器】ㄕˊ ㄆㄧㄢˋ ㄑㄧˋ
(flake tools)石器時代人類所製工具的一種。是從石料上打下石片,略經加工而成。

6【石圬工】ㄕˊ ㄨ ㄍㄨㄥ
(stone masonry)以建築用石材構築建築物之基礎牆、內外牆、護壁板、壁爐臺、壁爐地面、地面磚、階梯、樓梯、人行道、平臺等的工程。建築用石材包括花岡岩、大理石、石灰石等。

【石灰石】ㄕˊ ㄏㄨㄟ ㄕˊ
(lime stone)由碳酸鈣($CaCO_3$)所構成的岩石,又稱灰石。純碳酸鈣灰石即爲方解石,其餘含有雜質的灰石又可分爲白雲灰石、含

鎂灰石、黏土灰石、含矽灰石等。

【石灰岩】 ㄕˊ ㄏㄨㄟ ㄧㄢˊ
(limestone)以碳酸鹽類爲主要成分的一種沈積岩，主要礦物是方解石。其形成原因爲：一、由含碳酸鈣溶液中飽和後產生化學沈澱所形成；二、由生物遺留之介殼堆積所形成(多指介殼成分爲碳酸鈣者)，此類占石灰岩的大部分。石灰岩可溶於酸，因此，酸性高的地下水流經石灰岩地區時，可將其溶蝕，形成特殊的石灰岩地形及景觀。石灰岩經過變質作用，變爲結晶石灰岩，最常見的是大理石。

8【石油焦】 ㄕˊ ㄧㄡˊ ㄐㄧㄠ
(petroleum coke)石油經裂解反應後凝聚下來的產物；是一種固體殘餘物。其特徵爲含氫量極少，揮發性成分在15%以下。用途爲：一、作爲燃料之用；二、供冶鐵、煉金用；三、供製造電石、金剛砂(碳化矽)之用；四、煅燒石油焦可得純淨之碳或石墨，可用於製造電極、馬達電刷及乾電池等。

【石油腦】 ㄕˊ ㄧㄡˊ ㄋㄠˇ
(naphtha)參輕油。

【石油醚】 ㄕˊ ㄧㄡˊ ㄇㄧˊ
(petroleum ether)一種不溶於水，具揮發性的無色液體。爲碳氫化合物之混合體；係蒸餾原油時在150°C左右所得之揮發油，沸點80°C～130°C。常用作溶劑、乾洗劑、脫脂劑、除漆劑及燃料等。

10【石核器】 ㄕˊ ㄏㄜˊ ㄑㄧˋ
(core tools)石器時代的人利用石料核心部分製造而成的工具。如手斧、砍器等。

12【石敢當】 ㄕˊ ㄍㄢˇ ㄉㄤ
舊時立於門前、里巷或路中之石，上刻「石敢當」三字，用以鎭壓不祥。

13【石窟寺】 ㄕˊ ㄎㄨ ㄙˋ
開鑿山石，以供奉佛像的石窟。在‘魏’、‘晉’、‘南北朝’時期，因中原戰亂不休，佛教滋長快速，石窟寺隨之大量興建。歷年來發現者甚多，而以‘甘肅’‘敦煌’‘莫高窟’、‘山西’‘大同’‘雲岡石窟’、‘河南’‘洛陽’‘龍門石窟’最有名。

【石達開】 ㄕˊ ㄉㄚˊ ㄎㄞ
(1831～1863)‘廣西’‘貴縣’人。性粗獷，能詩文。從‘洪秀全’起事，封‘翼王’。屢有戰功，後爲‘韋昌輝’所迫，帶兵經‘贛’、‘湘’、‘滇’、‘黔’，入‘四川’，至‘大渡河’時爲‘清’軍所執，被殺。

【石鼓文】 ㄕˊ ㄍㄨˇ ㄨㄣˊ
‘唐’初，在今‘陝西省’‘天興縣’南掘出十個像鼓形的石塊，直徑約三尺，周圍刻有大篆共七百餘字，爲四字一句的韻文，大體敘述田獵之事。今僅存二百餘字。爲‘東周’以後‘秦國’的遺物。石鼓今存於‘北平’。

14【石寨山】 ㄕˊ ㄓㄞˋ ㄕㄢ
地名。位於‘雲南省’‘晉寧縣’城西五公里。爲‘漢代’西南夷‘滇國’遺址，出土大量遺物，包括銅器、鐵器、金銀器、陶器、玉器等，並出土一方「滇王之印」。銅器中的銅鼓、銅鉞等，充分表現了地方色彩。

【石榴裙】 ㄕˊ ㄌㄧㄡˊ ㄑㄩㄣˊ
大紅裙。因石榴花爲紅色，故名。

【石綿瓦】 ㄕˊ ㄇㄧㄢˊ ㄨㄚˇ
(asbestos board)又稱石綿水泥板。以85%水泥與15%石綿纖維混合加壓所製成的板狀建材。厚約0.5公分，一般爲3尺×6尺，有平板與波浪板之分。具隔熱、防水、防火等性能，可供作牆板、屋頂板。石綿纖維吸入過多容易致癌，且遇颱風容易損壞爲其缺點。

16【石頭記】 ㄕˊ ㄊㄡˊ ㄐㄧˋ
即“紅樓夢”。參紅樓夢。

19【石瓣器】 ㄕˊ ㄅㄢˋ ㄑㄧˋ
(blade tools)爲舊石器時代晚期或中石器時代所使用的一種兩邊平行、呈長條狀的石片器。因形似瓣片，故名。又稱石葉。

21【石蠟族】 ㄕˊ ㄌㄚˋ ㄗㄨˊ
(paraffin)即烷族有機化合物。可被鹵素取代爲鹵烷化合物。參烷族。

4【石火電光】 ㄕˊ ㄏㄨㄛˇ ㄉㄧㄢˋ ㄍㄨㄤ
火花與閃光，一瞬即逝。形容時光短促。

6【石灰砂漿】 ㄕˊ ㄏㄨㄟ ㄕㄚ ㄐㄧㄤ
(lime mortar)由石灰與砂按適當配比混合，再加水拌合而成的膠泥狀建材。

【石灰質岩】 ㄕˊ ㄏㄨㄟ ㄓˊ ㄧㄢˊ
(calcareous rock)含超過50%碳酸鈣成分的岩石。具有多種不同的來源，如白堊土是由生物石灰質的堅硬部所堆積而成，又如經高壓高熱下變質而成的大理石。岩石組織愈緻密者愈耐用。

7【石沈大海】 ㄕˊ ㄔㄣˊ ㄉㄚˋ ㄏㄞˇ
比喻毫無音訊。

8【石門水庫】 ㄕˊ ㄇㄣˊ ㄕㄨㄟˇ ㄎㄨˋ
位於‘臺灣省’北部‘桃園縣’‘大漢溪’上游的‘石門’。總蓄水量僅次於‘曾文水庫’，爲‘臺灣省’第二大水庫。

9【石英玻璃】 ㄕˊ ㄧㄥ ㄅㄛ ㄌㄧˊ
(quartz glass)石英是一種結晶形的二氧化矽，將石英加熱熔化後冷卻，可得到非晶形的二氧化矽，俗稱石英玻璃。可做化學容器；又由於它可透過紫外線，所以可做光學儀器的透鏡。

10【石破天驚】 ㄕˊ ㄆㄛˋ ㄊㄧㄢ ㄐㄧㄥ
形容震動的強烈。本指箜篌聲的凌厲激越，後常指文章議論的出奇驚人。

23【石麟增彩】 ㄕˊ ㄌㄧㄣˊ ㄗㄥ ㄘㄞˇ
賀人生男之辭。石麟喻資質優異的幼童。

6【石灰岩地形】 ㄕˊ ㄏㄨㄟ ㄧㄢˊ ㄉㄧˋ ㄒㄧㄥˊ
又稱‘喀斯特’地形。在石灰質的岩石中，經由溶蝕作用所造成的地形。石灰岩地形可歸納爲二大類：

一、石灰岩地表地形：岩溝、滲穴、窪盆、錐丘、峰林、殘丘均屬之。二、石灰岩洞穴地形：鐘乳石、石筍、石柱、緣石、石灰華階地均屬之。我國‘廣西’‘桂林’、‘陽朔’一帶和‘雲貴高原’多此種地形，以優美風景著名。

14【石膏翻模法】 ㄕˊ ㄍㄠ ㄈㄢ ㄇㄛˊ ㄈㄚˇ

複製作品的一種方法。通常先以黏土或蠟質材料製成原型，分數區將石膏調漿敷於原作表面，凝固後脫模，即成石膏模殼。利用此模殼可以翻製金屬、陶瓷、石膏、塑膠等各種材料的複製品。

8【石油輸出國家組織】 ㄕˊ ㄧㄡˊ ㄕㄨ ㄔㄨ ㄍㄨㄛˊ ㄐㄧㄚ ㄗㄨˇ ㄓ

(Organization of Petroleum Exporting Countries; OPEC)西元1960年9月，‘伊拉克’邀集‘伊朗’、‘科威特’、‘沙烏地阿拉伯’及‘委內瑞拉’等石油產國在‘巴格達’集會而成立。組織規約係於1961年1月間在‘委內瑞拉’首都‘卡拉卡斯’舉行之第二屆會議時通過。其宗旨在統一會員國間之石油產銷政策，保障會員國之共同利益。至1984年止，計有十三個會員國。主要機構有‘全體會議’、‘理事會’、‘祕書處’。

2

矴 碇的或體。

3

⿰石亡 硭的或體。

矸 ㈠ ㄍㄢˋ *kan*4 音幹

山石白淨的樣子。見“廣韻”。

㈡ ㄍㄢ *kan*1 音干

沙石。如：丹矸。

矼 ㈠ ㄐㄧㄤ *chiang*1 音江

①石橋。通作杠。見“玉篇”。②堅實的樣子。見“集韻”。

㈢ ㄑㄧㄤ *ch'iang*1 音腔

①誠實的樣子。②碰傷。

矹 ㄨˋ *wu*4 音兀

參硉矹。

矻 ㄎㄨˋ *k'u*4 音酷 又讀 ㄨˋ *wu*4 音物

石頭。見“集韻”。

8【矻矻】 ㄎㄨˋ ㄎㄨˋ

勤勞不懈的樣子。

矺 ㄓㄜˊ *chê*2 音哲

①碓；擊。見“集韻”。②分裂肢體。是古代酷刑的一種。同磔。

矽 ㄒㄧˋ *hsi*4 音夕

(silicon)週期表ⅣA族元素。元素符號 Si，原子序14，原子量 28.1。元素態有兩種同素異形體：結晶形矽是灰白色的，有金屬光澤，可導電導熱，熔點1,420°C，廣用於半導體；非結晶形矽是灰褐色的，可供製造合金及各種矽化合物。

3【矽土】 ㄒㄧˋ ㄊㄨˇ

(silica)又名矽氧。即矽石。分子式爲 SiO_2，分子量 60.1。有多種結晶形式，如石英，比重 2.65；白矽石，比重2.30，熔點1,710°C；鱗石英，比重2.30，熔點1,670°C。矽土爲無色透明晶體或白色粉末，溶於鹼，不溶於水及酸，但氟酸例外。

5【矽石】 ㄒㄧˋ ㄕˊ

(silicate rock)即二氧化矽。參二氧化矽。

8【矽岩】 ㄒㄧˋ ㄧㄢˊ

石英岩的別稱。爲組織極細密的石英質岩石。

15【矽膠】 ㄒㄧˋ ㄐㄧㄠ

(silica gel)又稱矽凝膠。一種無定形的二氧化矽(SiO_2)，是由矽酸鹽和酸作用而生成，呈顆粒狀，具膠性及多孔性，有很強的吸水性。可用做乾燥劑。

20【矽藻】 ㄒㄧˋ ㄗㄠˇ

(diatom)約1,600種。單細胞或形成群體，生活於淡水或海水，浮游。細胞壁矽質，形成上殼和下殼，狀如肥皂盒。除葉綠素外，尙含有金褐色之藻褐素(fucoxanthin)，故呈黃色，屬黃藻類。分裂生殖時，二新個體各保留一片殼，再行分泌一較小之殼。矽藻爲水中多種動物的食物，其矽質壁殼堆積水底形成矽藻土，可供過濾、絕緣和磨光等用途。

15【矽鋁層】 ㄒㄧˋ ㄌㄩˇ ㄘㄥˊ

(sial)構成大陸地殼的部分。主要由色淡質輕的岩石所組成，比重爲2，成分以矽和鋁爲主。物理性質和花岡岩相似，又稱花岡岩層。

17【矽鎂層】 ㄒㄧˋ ㄇㄟˇ ㄘㄥˊ

(sima)構成海底地殼的部分。由色暗質重的岩石組成，比重爲3，成分以矽和鎂爲主。物理性質和玄武岩相似，又稱玄武岩層。

20【矽藻土】 ㄒㄧˋ ㄗㄠˇ ㄊㄨˇ

(diatomaceous earth)由類似海藻之上古水生植物積聚而成之多孔性固體。其主要成分爲矽(人約88%)。視密度爲 0.07～0.23g/cm^3，比重爲1.9～2.4，不溶於鹼但可溶於酸。爲熱、電與聲音之不良導體。具強吸收性，可當做脫色劑、吸收劑、觸媒之載體等。

10【矽氧樹脂】 ㄒㄧˋ ㄧㄤˇ ㄕㄨˋ ㄓ

(silicone resin)爲矽有機氧之聚合體，可由金屬矽與有機鹵化物反應而得，具有高度耐熱與耐低溫性、電絕緣性、耐候性、耐腐蝕性、消泡性等。依結構中矽原子上之氧數目而呈液狀、膠狀或玻璃狀，其中液狀又因黏度不同而分成矽氧油與矽氧脂。矽氧油當作變壓器油、金屬擦亮劑；矽氧樹脂用於塗料、電氣絕緣物、建築塡加物等。

11【矽控開關】 ㄒㄧˋ ㄎㄨㄥˋ ㄎㄞ ㄍㄨㄢ

(silicon-controlled switch; SCS)一種四層(*pnpn*)之開關元

件。比SCR多一閘極(即陽極閘),此極用來使元件導通或截止。

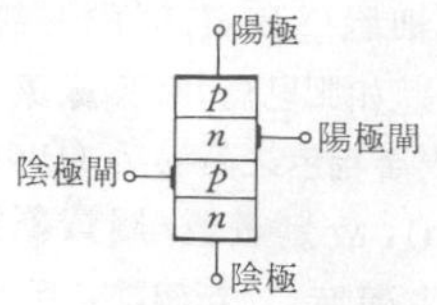

矽控開關圖

【矽控整流體】 ㄒㄧˋ ㄎㄨㄥˋ ㄓㄥˇ ㄌㄧㄡˊ ㄊㄧˇ
(silicon-controlled rectifier; SCR) 一種四層半導體材料組成之開關元件。有三個接面,分別爲陽極、陰極與閘極,電流由陽極流向陰極,爲半波整流元件。

6【矽在藍寶石上】 ㄒㄧˋ ㄗㄞˋ ㄌㄢˊ ㄅㄠˇ ㄕˊ ㄕㄤˋ
(silicon on sapphire; SOS) 製造積體電路的一種技術。以藍寶石爲基底,於其上長單晶矽,再利用此矽薄層製造積體電路的技

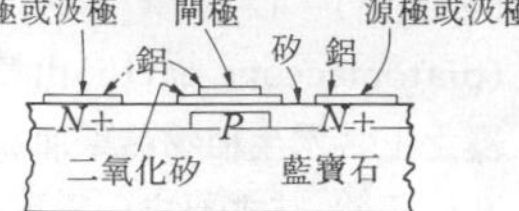

矽在藍寶石上圖

術。此種結構的優點爲隔離效果較好。如圖所示爲SOS上做場效電晶體的構造。

4

⿰石六 ㄌㄧㄡˋ liu⁴ 音六
化學元素。爲第Ⅵ族固體非金屬元素硫、硒、碲等的總稱。

砊 ㄎㄤˋ k'ang⁴ 音抗　又讀 ㄎㄥ k'êng¹ 音坑
參砊硠。

12【砊硠】 ㄎㄤˋ ㄌㄤˊ
石頭滾撞聲。

研 或作硏。㊀ ㄧㄢˊ yen² 音妍
①磨;碾。如:研成粉末。②研究;探究。如:研討。
㊁ ㄧㄢˋ yen⁴ 音硯
磨墨的器具。通硯。見"集韻"。

11【研習】 ㄧㄢˊ ㄒㄧˊ
由受訓者對指定的問題,在適當處所作較長期間的、深入的研究與學習。研習的範圍多以特定的問題爲限,研究時間多爲六個月至一年,研究處所多在國內、外的學術機構或有關的機關。

14【研製】 ㄧㄢˊ ㄓˋ
①研磨製作。②研究製作。

16【研磨】 ㄧㄢˊ ㄇㄛˊ
將塊狀或顆粒狀的物品磨製成粉末。

17【研擬】 ㄧㄢˊ ㄋㄧˇ
研究擬訂。

【研鍊】 ㄧㄢˊ ㄌㄧㄢˋ
①研磨鍊製。②精緻簡鍊。

7【研究生】 ㄧㄢˊ ㄐㄧㄡˋ ㄕㄥ
在研究所內攻讀碩士或博士學位的學生。

【研究所】 ㄧㄢˊ ㄐㄧㄡˋ ㄙㄨㄛˇ
研究專門學術的高等教育、學術單位。依據我國"大學法"的規定,大學院校在師資、設備許可下,得申請設立各學科研究所,招收研究生,攻讀碩、博士學位。

【研究院】 ㄧㄢˊ ㄐㄧㄡˋ ㄩㄢˋ
從事學術研究之規劃、執行的機構。

【研究部學位】 ㄧㄢˊ ㄐㄧㄡˋ ㄅㄨˋ ㄒㄩㄝˊ ㄨㄟˋ
(graduate degrees)指碩士與博士等學士以上的學位。

【研究圖書館組織】 ㄧㄢˊ ㄐㄧㄡˋ ㄊㄨˊ ㄕㄨ ㄍㄨㄢˇ ㄗㄨˇ ㄓ
(Research Libraries Group; RLG)即成立於西元1974年的'美國研究圖書館協會'。肇立之初,只有'紐約公共圖書館'、'耶魯大學'、'哈佛大學'與'哥倫比亞大學'圖書館四個會員圖書館,1978年'哈佛大學'圖書館退出,而後漸次發展成目前的二十多個會員圖書館。成立的目的在於:一、合作發展及管理館藏。二、館藏資料的分享。三、保存研究性的資料。四、創建書目資訊網。其中針對第四項,'研究圖書館組織'已設立研究圖書館資訊網(research libraries information network; RLIN),提供線上編目作業及各種離線產品等服務項目。

砆 ㄈㄨ fu¹ 音膚
次於玉的美石。或作玞。見"正字通"。

砑 ㄧㄚˋ ya⁴ 音訝
①表面光滑的石頭。見"玉篇"。②碾磨。見"集韻"。

砒 ㄆㄧ p'i¹ 音批
①藥石。又稱砒石。見"集韻"。②化學名詞。即砷。參砷。

5【砒石】 ㄆㄧ ㄕˊ
'中'藥名。又名信石。有生熟的不同,生的叫砒黃,經煉製後叫砒霜。有劇毒,呈粉末狀。

17【砒霜】 ㄆㄧ ㄕㄨㄤ
(arsenic trioxide)也作砒礵。三氧化二砷的俗名。又稱白砒。參三氧化二砷。

砌 ㊀ ㄑㄧˋ ch'i⁴ 音企
①臺階。如:雕欄玉砌。②堆疊。如:砌牆。
㊁ ㄑㄧㄝˋ ch'ieh⁴ 音妾
參砌末。

5【砌末】 ㄑㄧㄝˋ ㄇㄛˋ
'元'時戲劇所用的布景雜物的統稱。即今所謂道具。也作切末。

4【砌方石】 ㄑㄧˋ ㄈㄤ ㄕˊ
(ashlar work) 石材以人工按需要尺寸及形狀加工,而成略有規則的塊石,以塊石爲材料之砌造方式稱砌方石。按其砌疊之排列方式可分爲整層砌方石及亂層砌方石,此種砌造方式大部分用於建築物牆身或附屬構造物,'臺灣'各地遺留下來的城門及城牆基石之砌疊方法均屬此類。方石表面修飾處理依設計意趣不同,可分爲斜邊斬面、凹框斬面、研磨細平面、平框龜甲面及平框粗凸面等。

11【砌粗石工法】 ㄑㄧˋ ㄘㄨ ㄕˊ ㄍㄨㄥ

ㄈㄚˇ

(rubble work)粗石工係指用未經琢治之石塊，但須鑿去其薄弱之稜角的堆砌工程。其砌法可分爲整層粗石工、亂層粗石工及不規則多角式粗石工等三種。普遍用於'臺灣'鄉間庭院的圍牆、海濱地區的擋風牆、田間小道的擋土措施等附屬構造物。若以粗石工法疊砌擋土牆時，必須埋設適量的洩水管，以利排水而減少土壤的側向壓力。

砈 ㄜˋ o^4, $\hat{e}^4$ 音厄

1玉名。同矻。見"集韻"。2(astatine)週期表 ⅦA 族鹵素元素之一。元素符號At，原子序85，原子量約210。具鹵素性質。

砿 ㄏㄨㄥˊ $hung^2$ 音宏

石落聲。同硡、碙。見"集韻"。

砋 ㄓˇ $chih^3$ 音止

擣衣石。見"集韻"。

砅 ㄌㄧˋ li^4 音例

踏石渡水。也作濿。通作厲。見"說文"。

砂 ㄕㄚ sha^1 音沙

1(sand)也作沙。沈積岩或沈積物的組成物質，若以其粒度的大小區分，凡顆粒直徑在1/16～2公釐之間者，稱爲砂。大部分由石英組成。2丹砂的省稱。

3【砂土】 ㄕㄚ ㄊㄨˇ

土壤質地中砂粒含量在85%以上者稱之。其土粒間的空隙大，不能保水，也沒有保肥能力。惟排水良好，空氣流通，根群容易伸展，耕作容易，施肥效果明顯。

4【砂心】 ㄕㄚ ㄒㄧㄣ

(core)放入鑄模，以形成鑄件中空部或鑄件上無法用模型做出來部分之砂型。

7【砂町】 ㄕㄚ ㄊㄧㄥˇ

(sardine)硬骨魚綱、鯡首目(superorder Clupeomorpha)、鯡科(family Clupeidae)中數種小型供食用的魚的俗稱。亦名沙丁。除新鮮的魚肉供食用外，亦常將之醃漬、煙燻或製成罐頭食品，故爲富經濟價值的魚類。

8【砂岩】 ㄕㄚ ㄧㄢˊ

(sandstone)沈積岩的一種。主要成分是石英粒，此外也有長石、雲母和其他礦物。因所含鐵質量及氧化和水化程度而異，有深紅、暗棕、紫棕、淺黃、灰、白等顏色。砂岩是地表分布最普遍的一種岩石。我國'四川盆地'是由紫棕色砂岩所構成，因而有「紅盆地」之稱。

【砂金】 ㄕㄚ ㄐㄧㄣ

(placer gold)金在自然界中絕大部分以元素態存在。存在河床沖積層中的元素態金，叫做砂金。通常以淘洗法製取。

11【砂眼】 ㄕㄚ ㄧㄢˇ

(trachoma)由砂眼鸚鵡體引起的一種慢性傳染病。病症是怕光、流淚及疼痛。早期於眼皮的結膜上出現小濾泡，而後濾泡變大，侵犯角膜，並出現血管翳；後期可因厲害的結疤而導致眼皮內翻、倒睫毛，甚至失明。給予抗生素治療相當有效，同時應注重環境衛生以免受感染。

15【砂漿】 ㄕㄚ ㄐㄧㄤ

(mortar)由細骨材的砂、水與水泥及石灰混合而成的塑性混合體。多用以聯結磚塊或石料。

20【砂礫】 ㄕㄚ ㄌㄧˋ

顆粒狀的細碎石子。

22【砂囊】 ㄕㄚ ㄋㄤˊ

(gizzard)鳥類、蚯蚓等消化道之一部。壁富肌肉，內含砂粒，藉肌肉的收縮活動磨碎其內的食物。

砐 ㄜˋ o^4, $\hat{e}^4$ 音餓

參砐硪。

12【砐硪】 ㄜˋ ㄜˇ

高大聳立的樣子。

砍 ㄎㄢˇ $k'an^3$ 音坎

用刀斧猛劈。如：砍樹。

12【砍掌】 ㄎㄢˇ ㄓㄤˇ

國術掌法。仰掌由外向內橫砍。

砨 ㄋㄨㄛˇ no^3, nuo^3

參磥砨。

砏 ㄆㄧㄣ $p'in^1$ 音拼

參砏汃。

5【砏汃】 ㄆㄧㄣ ㄆㄚˋ

水流沖激的聲音。

砎 ㄐㄧㄝˋ $chieh^4$ 音介

堅硬。見"集韻"。

砉 ㄏㄨㄛˋ ho^4, huo^4 音或

參砉然。

12【砉然】 ㄏㄨㄛˋ ㄖㄢˊ

皮骨相離的聲音。

5

砣 ㄊㄨㄛˊ $t'o^2$, $t'uo^2$ 音駝

1碾盤上的石輪。同碩。見"玉篇"。2磚塊。也作碢。亦指古時在寒食節投擲磚塊的遊戲。見"集韻"。3秤錘的俗稱。

砬 ㄌㄧˋ li^4 音立

石藥的一種。能制藥毒。見"集韻"。

砫 一 ㄓㄨˇ chu^3 音主

石室。見"玉篇"。

二 ㄓㄨˋ chu^4 音注

參石砫。

砰 ㄆㄥ $p'\hat{e}ng^1$ 音怦 又讀 ㄆㄧㄥ $p'ing^1$ 音乒

狀聲詞。見"廣雅·釋詁"。

17【砰磷】 ㄆㄥ ㄌㄧㄥˊ

雷聲。

砡 ㄩˋ $y\ddot{u}^4$ 音玉

整齊的樣子。見"集韻"。

砢 一 ㄌㄨㄛˇ lo^3, luo^3 音裸

參磊砢。

二 ㄎㄜ $k'o^1$, $k'\hat{e}^1$ 音科

次於玉的美石。同珂。見"集韻"。

砩 一 ㄈㄟˋ fei^4 音肺

累疊石頭，阻擋水流。見"廣韻"。

二 ㄈㄨˊ fu^2 音拂

石名。見"集韻"。

砸 ㄗㄚˊ tsa^2 音雜

1擊打；搗爛。如：砸蒜泥。

②抛撒;丟擲。如:把東西砸了滿地。③壞;失敗。如:把事情弄砸了。

10【砸拳】 ㄗㄚˊ ㄑㄩㄢˊ
國術拳法。以拳背向下擊。

17【砸鍋】 ㄗㄚˊ ㄍㄨㄛ
比喻做事失敗。

砝 ㄈㄚˊ *fa*^{2} 音罰
參砝碼。

15【砝碼】 ㄈㄚˊ ㄇㄚˇ
利用天平測量物體質量時,用作比對標準的物體。由銅、鉛或鉑製成,常以大小不等的重量合成一組。

砵 ㄅㄛ *po*^{1} 音缽
參砵酒。

10【砵酒】 ㄅㄛ ㄐㄧㄡˇ
(port wine)葡萄酒的一種。以原產於'葡萄牙'之'奧砵托'(Oporto)附近而得名。

砳 ㄌㄜˋ *lê*^{4} 音勒
石頭相擊的聲音。也作礐。見"集韻"。

砯 ㄆㄧㄥ *p'ing*^{1} 音乒
水激山巖的聲音。通砰。見"集韻"。

砠 ㄐㄩ *chü*^{1} 音居
覆有泥土的石山。見"爾雅·釋山"。

砷 ㄕㄣ *shên*^{1} 音申
(arsenic)週期表VA族元素,化學符號As,原子序33,原子量74.9。它有數種同素異形體,較重要的是灰砷。砷及其化合物都具有毒性。參灰砷。

砧 ㄓㄣ *chên*^{1} 音眞
①擣衣石。見"字彙"。②椹板;墊板。通椹。如:砧斧。

4【砧木】 ㄓㄣ ㄇㄨˋ
果樹或花木行接木法繁殖時,作爲支持新植物所用的根。即接木時下部所用的根莖。

23【砧鑕】 ㄓㄣ ㄓˋ
古刑具。指罪人伏在上面受鍘刑的椹板。

砭 ㄅㄧㄢ *pien*^{1} 音邊
①用石針穿刺病人經穴以治病。見"說文"。②石針。③糾正;救治。如:針砭時弊。

5【砭石】 ㄅㄧㄢ ㄕˊ
經過磨製的石針或石片。用以治療癰疽、去除膿血,爲我國最古老的醫療工具,今爲金屬製品取代。

砟 ㊀ ㄓㄚˋ *cha*^{4} 音乍
碑石。見"集韻"。
㊁ ㄓㄚˇ *cha*^{3} 音鮓
塊狀物。同碴。如:煤砟子。

砲 ㄆㄠˋ *p'ao*^{4} 音炮
也作礮、炮。①古時以機發石的一種武器。專用以攻戰。見"集韻"。②用火藥發射鐵彈丸的火器。即現今的火砲,種類甚多,如野戰砲、高射砲等是。

6【砲竹】 ㄆㄠˋ ㄓㄨˊ
即爆竹。也稱爆丈。用紙捲包火藥製成,點燃時發出爆烈的響聲,多在佳節或慶典時燃放。

11【砲捶】 ㄆㄠˋ ㄔㄨㄟˊ
北派拳術。流行於'河南省'、'河北省'一帶。發勁剛猛如砲,故名。

破 ㄆㄛˋ *p'o*^{4} 音魄
①石頭碎裂。見"說文"。②泛指毀壞、碎裂。③剖開;剖析。如:破題。④打敗。如:破敵。⑤展開。如:破顏而笑。⑥耗費。如:破費。⑦消解;除去。如:破戒。⑧揭穿。如:一語道破。

3【破土】 ㄆㄛˋ ㄊㄨˇ
建築物擇日挖土興工。

8【破例】 ㄆㄛˋ ㄌㄧˋ
打破常例、舊例。

9【破相】 ㄆㄛˋ ㄒㄧㄤˋ
①相術語。指肢體面目有殘缺或創痕。②出醜。

10【破家】 ㄆㄛˋ ㄐㄧㄚ
①犧牲自己的家。②毀滅他人的家。③耗盡家產。

【破案】 ㄆㄛˋ ㄢˋ
偵破案件。

【破格】 ㄆㄛˋ ㄍㄜˊ
打破常規。

【破財】 ㄆㄛˋ ㄘㄞˊ
損失財物。

11【破產】 ㄆㄛˋ ㄔㄢˇ
債務人之消極財產(債務)多於積極財產(動產、不動產、無體財產權、債權等之總合),且無清償之能力時,除法律另有規定,法院得因債權人或債務人之聲請而宣告破產。債務人被宣告破產之後,其所有財產構成破產財團;破產宣告前,對於破產人之一切債權構成破產債權。破產管理人須依債權之種類(優先淸償之債權或一般債權)作成分配表,依優先順序而爲淸償或比例分配。債務人經破產宣告,並依破產程序爲淸償後,其債務即完全消滅,經濟可以獲得新生。

12【破費】 ㄆㄛˋ ㄈㄟˋ
花費錢財。

14【破綻】 ㄆㄛˋ ·ㄓㄢ
①裂縫;破裂的痕跡。②指事情或言語的漏洞。

15【破墨】 ㄆㄛˋ ㄇㄛˋ
水墨畫技法的一種。將筆破開分散,使墨之濃、淡、乾、溼等分別表現出來。以這種技法表現出來的繪畫,稱之爲破墨畫。

16【破曉】 ㄆㄛˋ ㄒㄧㄠˇ
天剛亮。

17【破膽】 ㄆㄛˋ ㄉㄢˇ
比喻極度驚恐。

【破獲】 ㄆㄛˋ ㄏㄨㄛˋ
捕獲人犯或贓物。

18【破顏】 ㄆㄛˋ ㄧㄢˊ
①開顏而笑。②形容初開的花朵。

【破題】 ㄆㄛˋ ㄊㄧˊ
①剖析題意。'唐''宋'詩賦的開頭,以及'明''清'八股文的頭兩句,都稱破題。②泛指事情的開始,或首次。

4【破天荒】 ㄆㄛˋ ㄊㄧㄢ ㄏㄨㄤ
第一次發生的事;打破前例的事。'唐代''荆州'選送的舉人,年年都考不上進士,號稱天荒,到'大中'十四年(860),'劉蛻'以'荊州'舉人及第,被稱為破天荒。見"北夢瑣言·四"。

6【破冰船】 ㄆㄛˋ ㄅㄧㄥ ㄔㄨㄢˊ
特別設計專供破冰用的船隻。船首成湯匙形,推進器有特種保護措施,引擎有強大馬力,開足馬力能擊碎冰塊以利航行。

9【破音字】 ㄆㄛˋ ㄧㄣ ㄗˋ
一字而有兩種以上音讀,含意也不相同,稱破音字。如[行]字,讀為ㄒㄧㄥˊ,則為行走的行;讀為ㄏㄤˊ,則為銀行的行;讀為ㄒㄧㄥˋ,則為品行的行。

【破故紙】 ㄆㄛˋ ㄍㄨˋ ㄓˇ
'中'藥名。補骨脂的別名。為豆科植物補骨脂的乾燥成熟果實。味辛、苦,性大溫,能補腎氣、固精縮尿,為治療脾腎陽虛常用藥。

【破紀錄】 ㄆㄛˋ ㄐㄧˋ ㄌㄨˋ
1突破前有的最高成績而創下新的紀錄。2指打破往例或前所未有。

10【破骨手】 ㄆㄛˋ ㄍㄨˇ ㄕㄡˇ
國術手法。一手抓住敵手,另手曲肘,以小臂內側近肘處向內截敵人肘部。

13【破落戶】 ㄆㄛˋ ㄌㄨㄛˋ ㄏㄨˋ
衰落的世家或衰落世家的子弟。

【破傷風】 ㄆㄛˋ ㄕㄤ ㄈㄥ
(tetanus)由破傷風梭狀桿菌侵入傷口,產生毒素而引起的危險疾病。患者咬肌強直,牙關緊閉;接著背肌強直,角弓反張(病名。痙攣時身體彎成弓形,只有頭與足著地)。治療的方法是及早注射抗毒素。

10【破涕為笑】 ㄆㄛˋ ㄊㄧˋ ㄨㄟˊ ㄒㄧㄠˋ
停止悲泣,露出笑容。指轉悲為喜。

【破格錄用】 ㄆㄛˋ ㄍㄜˊ ㄌㄨˋ ㄩㄥˋ
打破成規加以錄用。

【破斧沈舟】 ㄆㄛˋ ㄈㄨˇ ㄔㄣˊ ㄓㄡ
毀壞炊具,鑿沈舟船。表示下定決心,絕不回頭。

11【破產財團】 ㄆㄛˋ ㄔㄢˇ ㄘㄞˊ ㄊㄨㄢˊ
即供破產債權人分配之所有財產。依"破產法"之規定,當破產宣告時,屬於破產人之一切財產及將來行使之債權、物權、請求權,或破產宣告後破產終結前,破產人所取得之財產,皆構成破產財團。

【破產債權】 ㄆㄛˋ ㄔㄢˇ ㄓㄞˋ ㄑㄩㄢˊ
係於破產宣告前所成立,得以強制執行之財產上對人請求權。附期限之破產債權未到期者,於破產宣告時,視為已到期。破產宣告後始到期之債權無利息者,其債權額應扣除自破產宣告時起至到期時止之法定利息。附條件之債權,得以其全額為破產債權。破產債權應依破產程序行使,不得提起訴訟請求,也不能為個別之強制執行。惟有別除權之債權及取回權者,不依破產程序行使其權利。各破產債權人間應平均分配,惟對於破產財團之財產有優先權之債權,先於他債權而受清償,優先權之債權有同順位者,各按其債權額之比例而受清償。至於財團費用及財團債務之債權,應先於破產債權而受清償。破產債權人於破產宣告時,對於破產人負有債務者,無論給付種類是否相同,得不依破產程序而為抵銷。破產債權人之債權為附期限或附解除條件者,均得為抵銷。

12【破琴絕絃】 ㄆㄛˋ ㄑㄧㄣˊ ㄐㄩㄝˊ ㄒㄧㄢˊ
比喻痛失知音。

19【破鏡重圓】 ㄆㄛˋ ㄐㄧㄥˋ ㄔㄨㄥˊ ㄩㄢˊ
比喻夫妻分離後再次團圓。

【破壞性讀取】 ㄆㄛˋ ㄏㄨㄞˋ ㄒㄧㄥˋ ㄉㄨˊ ㄑㄩˇ
(destructive read) 電腦讀取資料時,原儲存之資料在讀出後即被破壞的讀取方式。

11【破產法上之和解】 ㄆㄛˋ ㄔㄢˇ ㄈㄚˇ ㄕㄤˋ ㄓ ㄏㄜˊ ㄐㄧㄝˇ
係債務人於不能清償債務時,以預防破產為目的,與債權人團體間訂立之清理債務之強制契約,經法院許可或商會處理後發生效力者。"破產法"上之和解可分為法院之和解及商會之和解,一般人如不能清償債務時,得向法院聲請和解,若是商人不能清償債務,得向法院或當地商會請求和解。債務人一有不能清償債務之事由,因債權人或債務人之聲請即可宣告破產,不以先經法院和解或商會和解為必要。

砥 ㄉㄧˇ *ti*3 音底 又讀 ㄓˇ *chih*3 音紙
1細的磨刀石。如:砥石。2磨練;磨厲。3平直。

20【砥礪】 ㄉㄧˇ ㄌㄧˋ
磨刀石。引申為磨練。

13【砥節勵行】 ㄉㄧˇ ㄐㄧㄝˊ ㄌㄧˋ ㄒㄧㄥˋ
磨練節操、德行。

砨 ㄜˋ *o*4, *ê*4 音厄
寶玉名。見"集韻"。

砛 ㄓㄣ *chên*1 音珍
石頭不平的樣子。見"集韻"。

砮 ㄋㄨˇ *nu*3 音弩
1石名。可製箭鏃。見"說文"。2石製的箭鏃。如:石砮。

6

䂮 ㄌㄩㄝˋ *lüeh*4 音略
1磨刃。見"集韻"。2鋒利。通略。見"正字通"。

䂬 ㄑㄩㄥˊ *ch'iung*2 音蛩
水邊的大石頭。見"廣韻"。

硋 礙的或體。

硎 或作硎。一 ㄒㄧㄥˊ *hsing*2 音刑
磨刀石。見"集韻"。
二 ㄎㄥ *k'êng*1 音坑

洞穴。同阬。見"廣韻"。

7【硎谷】 ㄎㄥ ㄍㄨˇ
谷名。在今'陝西省''臨潼縣'東南之'驪山'。

硉 ㄌㄨˋ *lu*[4] 音鹿
參硉矹。

8【硉矹】 ㄌㄨˋ ㄨˋ
崖石突出高聳的樣子。

硅 ㄏㄨㄛˋ *ho*[4], *huo*[4] 音或
破。見"廣韻"。

硍 ㊀ ㄎㄣˋ *k'ên*[4]
石塊有裂痕。見"集韻"。
㊁ ㄎㄣˇ *k'ên*[3] 音啃
咬。同啃。

硈 ㄐㄧㄚˊ *chia*[2] 音夾
石頭堅固。見"說文"。

硒 ㄒㄧ *hsi*[1] 音西
(selenium) 週期表 ⅥA 族的元素。元素符號 Se, 原子序 34, 原子量 79.0。元素態有紅色、灰色、黑色等多種同素異形體。由於常態時導電度低, 但當受到光照射時則導電度大大增加, 因此主要被用於複印機之複印機構。

硫 ㄌㄧㄡˊ *liu*[2] 音流
(sulfur)週期表 ⅥA 族元素。元素符號 S, 原子序 16, 原子量32.1。元素態的硫有斜方硫、單斜硫及彈性硫三種同素異形體。自然存在的硫爲斜方硫, 是一種黃色晶體, 分子式S_8, 熔點120°C, 可用來製造硫酸、火藥等。

14【硫酸】 ㄌㄧㄡˊ ㄙㄨㄢ
(sulfuric acid)一種無色、可溶於水的油狀液體。分子式 H_2SO_4, 沸點 338°C。具有很強的脫水作用, 接觸到皮膚時會造成嚴重灼傷。是化學工業上最重要的原料, 大約有40%用於肥料工業, 其他60%則廣用於各種工業。

17【硫磺】 ㄌㄧㄡˊ ㄏㄨㄤˊ
(sulfur) 硫的俗名。參硫。

4【硫化劑】 ㄌㄧㄡˊ ㄏㄨㄚˋ ㄐㄧˋ
(curing agent)能使熱塑性塑膠或橡膠產生交連狀態之物質。例如硫磺、苯乙烯之於不飽和聚酯等。

14【硫酸鋁】 ㄌㄧㄡˊ ㄙㄨㄢ ㄌㄩˇ
(aluminum sulfate)一種可溶於水的無色晶體。俗稱明礬。化學式 $Al_2(SO_4)_3$。可用作淨水劑、媒染劑、脂肪澄清劑、除臭脫色劑等。

4【硫化黑變】 ㄌㄧㄡˊ ㄏㄨㄚˋ ㄏㄟ ㄅㄧㄢˋ
(sulfide blackening) 含多量蛋白質的魚介類、蝦、蟹、蛋類等罐頭, 在加熱殺菌或貯藏期間, 其所含的硫胺基酸分解所產生的硫化氫與鐵皮作用, 產生硫化錫或硫化鐵, 導致食物變黑的現象。可將氧化鋅粉末分散於油性塗漆中, 塗於罐內壁, 阻止硫化氫與錫、鐵作用。

【硫化橡膠】 ㄌㄧㄡˊ ㄏㄨㄚˋ ㄒㄧㄤˋ ㄐㄧㄠ
(vulcanized rubber) 由生橡膠硫化而得的製品。是一種黃褐色的半透明橡膠, 具特殊的硫化物臭味。熔點270°C 左右, 遇冷時不會完全硬化, 遇熱時也不會像生橡膠一樣易於軟化而變黏。

5【硫代硫酸鈉】 ㄌㄧㄡˊ ㄉㄞˋ ㄌㄧㄡˊ ㄙㄨㄢ ㄋㄚˋ
(sodium thiosulfate) 一種可溶於水的白色固體。俗稱海波。化學式 $Na_2S_2O_3$。通常含結晶水而成半透明晶體, 化學式 $Na_2S_2O_3 \cdot 5H_2O$, 熔點 48°C。供作照相定影劑、漂白時之除氯劑、飲水消毒劑、媒染劑等。

硐 ㄊㄨㄥˊ *t'ung*[2] 音同
磨。同硧。見"集韻"。

硚 ㄉㄧㄠˋ *tiao*[4] 音弔
小水壺。如:銅硚。

硱 ㄧㄢˋ *yen*[4] 音硯
石頭光滑。同硯。見"集韻"。

硃 ㄓㄨ *chu*[1] 音朱
參硃砂。

9【硃砂】 ㄓㄨ ㄕㄚ
(cinnabar) 爲鮮紅色礦物結晶, 或紅、棕色的含汞礦砂。也稱朱砂、丹砂。因我國'湖南''辰州'所出產的品質最好, 所以又名'辰'砂。分子式爲 HgS。無毒, 不溶於水, 溶於王水。除天然產出者外, 也可用黑色硫化汞置於硫化鹼溶液中加熱數小時而製得。可由此礦製朱色顏料, 稱爲銀朱。在醫學上用爲鎮靜劑。

16【硃諭】 ㄓㄨ ㄩˋ
皇帝的諭令。因用硃筆寫成, 故稱。

硊 ㊀ ㄨㄟˇ *wei*[3] 音偉
參碨硊。
㊁ ㄍㄨㄟˋ *kuei*[4] 音貴
參石硊。

硔 ㄏㄨㄥˊ *hung*[2] 音洪
參硔磅。

15【硔磅】 ㄏㄨㄥˊ ㄆㄤ
形容石頭隕落的聲音。

硌 ㊀ ㄌㄨㄛˋ *lo*[4], *luo*[4] 音洛
山上的大石。見"玉篇"。
㊁ ㄍㄜˋ *ko*[4], *kê*[4] 音各
1東西被硬物壓、擠、墊而受損。
2狀聲詞。如:硌吱。

硇 ㄋㄠˊ *nao*[2] 音鐃
參硇砂。

9【硇砂】 ㄋㄠˊ ㄕㄚ
我國古籍中所記載之硇砂, 近人'章鴻釗'在其專著"石雅"中考證, 認定即今礦物sal ammoniac (NH_4Cl)。此一礦物常成白色鹽霜出現於火山區域之地面, 等軸晶系, 成八面體; 玻璃光澤, 不透明。有苦澀味, 可作藥用、染料、銲接及冶金之用。

砦 ㄓㄞˋ *chai*[4] 音寨
柵欄; 營壘。通寨。見"正字通"。

7

硰 ㄕㄚ *sha*[1] 音沙
參硰石。

5【硰石】 ㄕㄚ ㄕˊ

古地名。在'樓煩'西。約當今'山西省'西北境。

硩 ㄔㄜˋ ch'ê4 音徹
摘取。也作䂞。見"說文"。

硡 砿的或體。

硠 ㄌㄤˊ lang2 音郎
石聲。見"說文"。

硨 ㄔㄜ ch'ê1 音車
參硨磲。

17【硨磲】 ㄔㄜ ㄑㄩˊ
佛家語。梵語 musāragalva。又譯作車渠。音譯作牟娑羅、牟娑洛揭等。爲佛經所說七寶(即金、銀、瑠璃、硨磲、瑪瑙、眞珠、玫瑰)之一。硨磲於佛典中說法不一,或言次於玉的美石;或言青紫色、質似瑪瑙的礦石;或言海中貝殼類的珍品。

【硨磲蛤】 ㄔㄜ ㄑㄩˊ ㄍㄜˊ
(tridacnid) 屬於軟體動物門、斧足綱 (class Pelecypoda)、眞瓣鰓目 (order Eulamellibranchiata)、硨磲蛤科 (family Tridacnidae)的動物。個體巨大者,長可達1公尺,重達200公斤;個體小者,長僅10公分,可鑽入岩石中。大部分種類棲於珊瑚礁的隙縫間,亦有少數棲於泥沙底。硨磲蛤的殼及套膜旋轉180°,因此位於殼內的身體,其背面朝向兩殼開啟的一緣,而身體腹面則朝向殼頂。硨磲蛤的套膜邊緣顏色鮮麗,可吸引許多單細胞棲於該處。藻類自硨磲蛤獲得食物,而釋出的氧氣可供硨磲蛤利用,彼此皆可獲利,故爲互利共生。西元1930年代,'菲律賓'所採得重7公斤的珍珠,即自硨磲蛤中獲得。

硨磲蛤圖

硬 ㄧㄥˋ ying4 音映
1堅實。與軟相對。見"玉篇"。2剛強。如:硬漢。3不自然;不純熟。如:生硬。

3【硬山】 ㄧㄥˋ ㄕㄢ
我國古典建築屋頂型式的一種。屋頂前後各有一個斜坡,左右兩側則爲直立的山牆,屋頂兩側並不挑出山牆。

硬山圖

4【硬木】 ㄧㄥˋ ㄇㄨˋ
(hard wood) 質重而硬的木材。多由落葉樹或闊葉樹中取出,用於室內裝飾、精細木工及枕木。

【硬水】 ㄧㄥˋ ㄕㄨㄟˇ
(hard water) 含有礦物質較多之水。含較多碳酸鹽者爲暫時硬水,含較多非碳酸鹽者爲永久硬水。易於鍋爐中生成鍋垢,減少熱交換效率,或與肥皂反應生成不溶性沈澱而減少洗潔能力。

【硬化】 ㄧㄥˋ ㄏㄨㄚˋ
1由柔和轉爲堅硬。2材料硬度增加的現象。一般硬化目的爲增加工件之強度,以提高使用效率。硬化可藉各種材料處理方法達到,如表面硬化就是利用滲碳、滲氮方法來處理。

5【硬玉】 ㄧㄥˋ ㄩˋ
輝玉石的俗名。別名翡翠。屬於輝石類 (pyroxene group),成分是鈉和鋁的矽酸鹽。以蘊藏於'上緬甸'至我國'雲南'山區者成色最美。'清'時,因硬玉多產自'雲南',亦稱'雲'玉。

【硬功】 ㄧㄥˋ ㄍㄨㄥ
外功的一種。以增強身體的打擊力或抗擊力爲目的。前者如鐵沙掌、鷹爪功;後者如鐵布衫等。

【硬石】 ㄧㄥˋ ㄕˊ
(hard stone) 依物理性質,其壓縮強度在 $500kg/cm^2$,吸水率在5%以下,比重在 $2.5 \sim 2.7g/cm^3$ 的石材。由於質地堅硬、耐久性好,適用於建築構造及車道鋪地。

6【硬光】 ㄧㄥˋ ㄍㄨㄤ
(harsh light) 能使物體陰影產生明顯邊緣的光源,如陽光、閃光燈、燭光等。光源愈成點狀者,陰影愈有銳利的邊緣;而照明愈強愈集中者,陰影愈明顯,物體明暗的反差也愈強。

9【硬度】 ㄧㄥˋ ㄉㄨˋ
(hardness)材料表面受壓力作用時,產生變形大小之指標。材料硬度愈大,愈不易變形。常用之硬度表示法有'布里內耳'(Brinell)硬度與'莫士'(Mohs)硬標。於水中,硬度則表示每一百毫升水所含之碳酸鈣毫克數,但亦有不同之定義方法,例如'英國'以每70毫升水中含有之碳酸鈣毫克數。

10【硬朗】 ㄧㄥˋ ˙ㄌㄤ
身體強健,精神很好。

13【硬腭】 ㄧㄥˋ ㄜˋ
(hard palate) 又稱硬口蓋。爲構成腭前部的骨質部分。上面向鼻腔,覆以鼻腔黏膜;下面向口腔,覆以骨黏膜。

14【硬漢】 ㄧㄥˋ ㄏㄢˋ
有骨氣、威武不屈的人。

15【硬銲】 ㄧㄥˋ ㄏㄢˋ
(brazing)利用毛細管吸引作用,將熔化之銅合金銲接金屬,在高溫下滲入金屬與金屬接觸面內,以使兩種金屬接合,稱爲硬銲。

23【硬體】 ㄧㄥˋ ㄊㄧˇ
(hardware) 1指機器設備中的實體構成部分,特別是指電腦系統中的實體部分。包括各電子或機械之零件與裝置,爲可以看見或觸摸之組成部分。2所有電子的儀器、裝置。如音樂器材中擴大機、調諧機、唱盤、錄音座等。

5【硬石膏】 ㄧㄥˋ ㄕˊ ㄍㄠ
(anhydrite) 化學沈積岩之一。由含硫酸鈣之水體蒸發沈積而成,往往成極厚之岩層,與石膏、鹽岩、石灰岩等交互產出。其組織爲粒狀結晶,化學成分爲 $CaSO_4$,亦即爲不含結晶水的石膏。

9【硬玻璃】 ㄧㄥˋ ㄅㄛ ㄌㄧˊ

(hard glass) 即鉀玻璃。參鉀玻璃。

【硬拷貝】 ㄧㄥˋ ㄎㄠˇ ㄅㄟˋ

(hard copy) 硬體設備中的資料，可經由列印、影印、打字等或其他方式顯示於紙張，以便攜帶並供人直接閱讀者，稱爲硬拷貝。如電腦所印出的報表。

10【硬骨頭】 ㄧㄥˋ ㄍㄨˇ ㄊㄡˊ

比喩人剛強、堅定、不屈服的表現與作爲。

【硬脂酸】 ㄧㄥˋ ㄓ ㄙㄨㄢ

(stearic acid) 一種無臭、無味的白色固體。即十八酸。化學式 $CH_3(CH_2)_{16}COOH$，熔點 69.3°C。爲高級脂肪經皂化或油酸氫化而得。可用於製造化妝品、肥皂、蠟燭及皮鞋擦亮劑等。

16【硬橡膠】 ㄧㄥˋ ㄒㄧㄤˋ ㄐㄧㄠ

(rigid rubber)加硫於生橡膠中，使含硫量在 30～40%，即得到硬質的橡膠，稱爲硬橡膠。可用於製造鈕扣、鋼筆桿、電器絕緣物等。

17【硬繃繃】 ㄧㄥˋ ㄅㄥ ㄅㄥ

形容堅硬的樣子。

11【硬清潔劑】 ㄧㄥˋ ㄑㄧㄥ ㄐㄧㄝˊ ㄐㄧˋ

(hard detergent)具有側鏈之清潔劑。例如側鏈六十二烷基苯磺酸鹽。因不易被微生物分解，會造成河川汙染，故已逐漸廢棄。

12【硬著頭皮】 ㄧㄥˋ ˙ㄓㄜ ㄊㄡˊ ㄆㄧˊ

表示勉強去做。含有不顧羞愧、危險或無可奈何等各種意義。

19【硬邊效果】 ㄧㄥˋ ㄅㄧㄢ ㄒㄧㄠˋ ㄍㄨㄛˇ

在顯影時，由於攪拌不均勻，使高濃度影像的邊緣產生低濃度的影像，稱爲硬邊效果。

【硬邊藝術】 ㄧㄥˋ ㄅㄧㄢ ㄧˋ ㄕㄨˋ

(hard edge) ⌊繪畫性抽象後的抽象⌉繪畫的一種。有明確的輪廓和幾何性造形，作畫時先將幾何形之外邊貼以膠帶，平塗色彩後把膠帶撕去，便會留下明確而硬的邊，故名。代表畫家有'紐曼'(Newman)、'來因哈特'(Ad Reinhardt)、'史帖拉'(Stella)等。

硧 ㄊㄨㄥˊ *t'ung*^{2} 音同
磨石。同硐。見"集韻"。

硜 ㄎㄥ *k'êng*^{1} 音鏗
參硜硜。

12【硜硜】 ㄎㄥ ㄎㄥ

①擊石聲。②固執；頑固。

硤 ㄒㄧㄚˊ *hsia*^{2} 音狹
參硤石。

5【硤石】 ㄒㄧㄚˊ ㄕˊ

①在今'河南省''孟津縣'西，爲'黃河'渡口之一。②山名。⑴在'安徽省''鳳臺縣'西南。⑵在'浙江省''海寧縣'東北。

硥 ㄇㄤˇ *mang*^{3} 音莽
①石塊高大的樣子。見"集韻"。②次於玉的一種美石。同硑。見"正字通"。

硝 ㄒㄧㄠ *hsiao*^{1} 音消
參硝石。

5【硝石】 ㄒㄧㄠ ㄕˊ

(niter) 即天然產出的硝酸鈉。爲白色、灰色或無色針狀晶體，光澤似玻璃，體微透明。可供火藥、炸藥、玻璃、硝酸、硫酸及其他化學品製造之用。

14【硝酸】 ㄒㄧㄠ ㄙㄨㄢ

(nitric acid) 一種有窒息性、腐蝕性的發煙液體。是一種強酸。分子式 HNO_3。純者無色透明，或因含有本身分解所產生的二氧化氮(NO_2)，而呈淡黃色。易溶於水。

4【硝化甘油】 ㄒㄧㄠ ㄏㄨㄚˋ ㄍㄢ ㄧㄡˊ

(nitroglycerine) 又稱三硝酸甘油酯。是一種無色有黏性的液體。化學式 $C_3H_5(ONO_2)_3$。在 50～60°C開始分解，218°C會起爆炸，受到震動或撞擊時，也會起爆炸。可供製造無煙火藥。

【硝化纖維素】 ㄒㄧㄠ ㄏㄨㄚˋ ㄒㄧㄢ ㄨㄟˊ ㄙㄨˋ

(nitrocellulose) 由廢棉、紙張、木漿等纖維素以混合酸(硫酸和硝酸)硝化而得之物質。爲帶黃色的不定形固體。依酸的濃度及纖維比例之不同，可得到如木棉、無煙藥棉、棉膠等不同用途的硝化纖維素。其中較重要的用途如製造炸藥、無煙火藥、照相軟片、瓷漆、接合劑等。

硭 ㄇㄤˊ *mang*^{2} 音忙
參硭硝。

12【硭硝】 ㄇㄤˊ ㄒㄧㄠ

由朴消中凝結而出的一種藥石。也作芒硝、芒消。

硯 ㄧㄢˋ *yen*^{4} 音燕
①石頭光滑。見"說文"。②磨墨的用具。即墨池。見"字彙"。

5【硯右】 ㄧㄢˋ ㄧㄡˋ

書信中的提稱語。用於同學或平輩。

10【硯耕】 ㄧㄢˋ ㄍㄥ

即筆耕。指藉文字以謀生。

碑 碑的俗體。

硱 ㄎㄨㄣˇ *k'un*^{3} 音捆
參碖硱。

硶 ㄔㄣˇ *ch'ên*^{3} 音磣
醜惡；難看。同磣。

硸 ㄙˋ *szŭ*^{4}, *ssŭ*^{4} 音四
石頭墜落聲。見"集韻"。

硞 ㄎㄨˋ *k'u*^{4} 音酷
石頭碰擊聲。見"說文"。

硪 ㊀ ㄜˊ *o*^{2}, *ê*^{2} 音莪
石巖。同䃈。見"說文"。
㊁ ㄜˇ *o*^{3}, *ê*^{3}
參砐硪。

确 ㄑㄩㄝˋ *ch'üeh*^{4} 音確
①堅實。同確、墧。②山多石。也指土地貧瘠。同埆。見"集韻"。

8

碆 ㄅㄛ *po*^{1} 音波
①可製箭鏃的石頭。也指射鳥用的石製箭鏃。見"廣韻"。②用石製箭鏃射鳥。見"字彙"。

碁 棋的或體。

硩 磛的本字。

碇 ㄉㄧㄥˋ *ting*⁴ 音定
1繫舟的石墩。見"集韻"。2停舟。如:碇泊。

8【碇泊區】 ㄉㄧㄥˋ ㄅㄛˊ ㄑㄩ
船舶可以安全停泊的水域。

碗 ㄨㄢˇ *wan*³ 音晚
盛飯菜湯水的圓形器皿。也作盌、椀、盌。見"說文"。

硿 ㄎㄨㄥ *k'ung*¹ 音空
石落聲。見"集韻"。

碚 ㄅㄟˋ *pei*⁴ 音倍
地名用字。也作'培'。'湖北省''宜昌縣'西北有'蝦蟆碚'。

碎 ㄙㄨㄟˋ *sui*⁴ 音歲
1破成小塊。見"玉篇"。2泛指瑣屑。如:碎務。

7【碎步】 ㄙㄨㄟˋ ㄅㄨˋ
小而快的步伐。

8【碎波】 ㄙㄨㄟˋ ㄅㄛ
波浪進入淺水區後,波形變為不對稱,最後破碎,稱爲碎波。依形狀分爲溢出(spilling)、捲入(plunging)、崩潰(collapsing)及洶湧(surging)等各種形式。波浪破碎時會損失一半以上的能量,因此海底如爲沙灘,碎波地點就常發生砂洲。

9【碎屍萬段】 ㄙㄨㄟˋ ㄕ ㄨㄢˋ ㄉㄨㄢˋ
屍體剁成萬塊。形容死得極慘。

碰 ㄆㄥˋ *p'êng*⁴ 音髿
也作掽、踫。1撞擊。如:碰撞。2試探。如:碰運氣。

16【碰頭】 ㄆㄥˋ ㄊㄡˊ
1會面;遇見。2撞碰到頭。3磕頭。

【碰壁】 ㄆㄥˋ ㄅㄧˋ
比喻被拒絕或受阻礙。

10【碰釘子】 ㄆㄥˋ ㄉㄧㄥ ·ㄗ
比喻被拒絕或訓斥。

15【碰撞學說】 ㄆㄥˋ ㄓㄨㄤˋ ㄒㄩㄝˊ ㄕㄨㄛ
(collision theory)反應粒子必須互相碰撞才能發生化學反應,因此反應速率和碰撞頻率有關,這種理論稱爲碰撞學說。

碡 ㄉㄨˊ *tu*² 音毒
參碌碡。

碔 ㄨˇ *wu*³ 音武
浮石。見"玉篇"。

䃁 ㄧㄚ *ya*¹ 音鴉
石名。見"集韻"。

碐 ㄌㄧㄥˊ *ling*² 音陵
石頭高突的樣子。見"集韻"。

碏 ㄑㄩㄝˋ *ch'üeh*⁴ 音鵲
1石雜色。見"集韻"。2恭敬。見"玉篇"。

碄 ㄌㄧㄣˊ *lin*² 音林
參碄碄。

13【碄碄】 ㄌㄧㄣˊ ㄌㄧㄣˊ
深廣的樣子。

碕 一 ㄑㄧˊ *ch'i*² 音奇
1曲折的堤岸。見"集韻"。2山嶺綿長的樣子。如:碕嶺。
二 ㄑㄧˇ *ch'i*³ 音綺
參碕礒。

18【碕礒】 ㄑㄧˇ ㄧˇ
山石高突錯落的樣子。也作崎嶬。

碌 ㄌㄨˋ *lu*⁴ 音祿
1多石的樣子。見"廣韻"。2忙迫。如:忙碌。3平庸。如:庸碌。

13【碌碡】 ㄌㄨˋ ㄉㄨˊ
農具的一種。用以碾平田地。

【碌碌】 ㄌㄨˋ ㄌㄨˋ
1玉石的顏色。2平庸無能的樣子。3車輪轉動的聲音。通轆轆。4勞苦忙碌的樣子。

【碌碌波波】 ㄌㄨˋ ㄌㄨˋ ㄅㄛ ㄅㄛ
奔走忙碌的樣子。

【碌碌無奇】 ㄌㄨˋ ㄌㄨˋ ㄨˊ ㄑㄧˊ
平庸而無特殊才能。

碙 ㄍㄤ *kang*¹ 音岡
參碙洲。

9【碙洲】 ㄍㄤ ㄓㄡ
位於今'廣東省'西南部'雷州半島'東岸海中的島嶼。'宋'末'端宗'避'元'兵於此。也作'硇洲'。

碍 礙的俗體。

碮 ㄍㄨㄣˇ *kun*³ 音滾
1石聲。見"廣韻"。2石頭從高處往低處滾。見"六書故"。

𥓍 ㄨㄛˇ *wo*³ 音我
參𥓍砈。

9【𥓍砈】 ㄨㄛˇ ㄋㄨㄛˇ
石頭堆積的樣子。

碘 ㄉㄧㄢˇ *tien*³ 音典
(iodine)週期表ⅦA族元素。元素符號I,原子序53,原子量126.9。元素態是一種具腐蝕性及昇華性的紫黑色固體。分子式I_2,比重4.98,熔點114.2°C,沸點184°C。不易溶於水,可製碘酊、碘仿、消毒及防腐藥等。

6【碘仿】 ㄉㄧㄢˇ ㄈㄤˇ
(iodoform)一種黃色有刺激氣味且不溶於水的結晶或粉末。化學式CHI_3,熔點119°C。可由碘與丙酮或甲醇,在氫氧化鈉溶液中共熱而得。用做防腐劑。

9【碘酊】 ㄉㄧㄢˇ ㄉㄧㄥ
(iodine tincture)即碘酒。是碘和碘化鉀的酒精溶液。在醫藥上常用作消毒劑和消腫劑。

碅 ㄑㄩㄣ *ch'ün*¹ 音逡
參碅磳。

17【碅磳】 ㄑㄩㄣ ㄗㄥ
山石高險的樣子。

硼 一 ㄆㄥ *p'êng*¹ 音烹
石名。見"集韻"。
二 ㄆㄥˊ *p'êng*² 音朋
(boron)週期表ⅢA族元素。元素符號B,原子序5,原子量10.81。元素態是一種棕色的無定形粉末或無色結晶,熔點2,300°C。性質介於金屬與非金屬之間,可由三氧化二硼及鎂粉共熱而得。主要用於半導體工業。

9【硼砂】 ㄆㄥˊ ㄕㄚ
(borax)即四硼酸鈉。爲白色結晶或無定形粉末。化學式$Na_2B_4O_7 \cdot 10H_2O$,可溶於水及甘油。通常作為洗滌劑、脫膠劑、媒染劑及防腐劑等。

【硼玻璃】 ㄆㄥˊ ㄅㄛ ㄌㄧˊ

(borosilicate glass) 又稱派熱司玻璃。由氧化硼、氧化鋁、氧化矽、碳酸鈉等共熱熔化而成。含80.6%氧化矽(SiO_2)、13%氧化硼(B_2O_3)、4.4%氧化鈉(Na_2O)、2%氧化鋁(Al_2O_3)。抗化學侵蝕性強,適於製造實驗用玻璃儀器。

碉 ㄉㄧㄠ *tiao*^{1} 音雕

用土石築成用以防守或瞭望的軍事建築。如:碉堡。

12【碉堡】 ㄉㄧㄠ ㄅㄠˇ

用土石建築而成的城堡。用以駐紮軍隊、防備敵人入侵。

碓 ㊀ ㄉㄨㄟˋ *tui*^{4} 音對

舂穀米的器具。多用腳操作。見"說文"。

㊁ ㄉㄨㄟ *tui*^{1} 音堆

小丘。通堆。見"字彙"。

8【碓房】 ㄉㄨㄟˋ ㄈㄤˊ

舂米的操作房。

碑 ㄅㄟ *pei*^{1} 音卑

①古代宮前的立石。用來測視日影。見"說文"。②指刻上文字的方石。多半頌揚功德或敘死者生前行誼。如:紀功碑。

4【碑文】 ㄅㄟ ㄨㄣˊ

刻在碑石上的文詞。

8【碑帖】 ㄅㄟ ㄊㄧㄝˋ

指石刻文字的搨本。

14【碑銘】 ㄅㄟ ㄇㄧㄥˊ

碑文和銘文。

硟 ㄔㄢˋ *ch'an*^{4} 音懺 又讀 ㄒㄧㄢ *hsien*^{1} 音先

①把粗糙的絲織品用石頭磨出光澤來。見"說文"。②擣繒石。見"集韻"。

硂 峑的或體。

碖 ㊀ ㄌㄨㄣˇ *lun*^{3}

參碖硱。

㊁ ㄌㄨㄣˋ *lun*^{4} 音論

大小均勻的樣子。見"廣韻"。

12【碖硱】 ㄌㄨㄣˇ ㄎㄨㄣˇ

石頭墜落的樣子。

9

碧 ㄅㄧˋ *pi*^{4} 音壁

①青綠色的玉石。見"說文"。②青綠色。③姓。'明'有'碧潭'。見"萬姓統譜·一二二"。

6【碧血】 ㄅㄧˋ ㄒㄧㄝˇ

指忠臣烈士為國犧牲而流的血。相傳'萇弘'忠心為國,被殺身亡,'蜀'人藏其血,三年變為碧玉。見"莊子·外物"。

8【碧空】 ㄅㄧˋ ㄎㄨㄥ

蔚藍的天空;晴朗的天空。

13【碧落】 ㄅㄧˋ ㄌㄨㄛˋ

原指東方最高的天。後用為天空的泛稱。

6【碧血丹心】 ㄅㄧˋ ㄒㄧㄝˇ ㄉㄢ ㄒㄧㄣ

比喻忠義赤誠的志節。

10【碧海青天】 ㄅㄧˋ ㄏㄞˇ ㄑㄧㄥ ㄊㄧㄢ

形容晴朗的天空如碧綠色的海一般,廣闊而無邊際。

18【碧雞漫志】 ㄅㄧˋ ㄐㄧ ㄇㄢˋ ㄓˋ

'宋''王灼'撰,五卷。論述上古至'唐代'歌曲的流變。是就音樂方面研究詞調的重要資料。

碲 ㄉㄧˋ *ti*^{4} 音弟

(tellurium)週期表ⅥA族元素。元素符號Te,原子序52,原子量127.6。元素態是一種深灰色粉末或晶體,熔點449.8°C。可由還原天然氧化碲而得。可供製碲化合物或合金,用於陶瓷、玻璃或做為催化劑。

⿰石為 或作⿰石爲。毀的或體。

磁 ㄘˊ *tz'ŭ*^{2} 音慈

①石名。可吸鐵。俗稱吸鐵石。見"集韻"。②瓷的俗體。如:磁器。

4【磁片】 ㄘˊ ㄆㄧㄢˋ

(diskette)又稱軟性磁碟。微電腦系統所使用的一種資料媒體。為薄片形、半密封之磁碟片,可以用以保存資料。個人電腦、微電腦系統常以磁片做輔助記憶體。

【磁化】 ㄘˊ ㄏㄨㄚˋ

(magnetization)能使物體(磁性物質)因感應而帶磁性的作用。如將一磁鐵持近或與鐵釘接觸,鐵釘能成為一暫時的磁鐵,而吸引其他的鐵釘。

5【磁北】 ㄘˊ ㄅㄟˇ

(magnetic north) 磁羅盤指北針僅受地球磁場影響時所指的方向。磁北極 (north magnetic pole)約在北緯71度、西經96度的位置,時常有些微的移動。

8【磁性】 ㄘˊ ㄒㄧㄥˋ

(magnetism)物體受外加磁場的影響,會有不同的反應,即有不同的磁性。就磁性的觀點而言,物質可分成鐵磁性物質、順磁性物質及反磁性物質三類。參鐵磁性物質、順磁性物質、反磁性物質。

9【磁軌】 ㄘˊ ㄍㄨㄟˇ

(track)可儲存資料之磁性媒體上,沿著資料讀出或寫入之方向所形成的軌跡。如磁碟片因在資料存取時循一定方向旋轉,故資料記錄之軌跡形成若干同心圓。

【磁柱】 ㄘˊ ㄓㄨˋ

(cylinder) 磁碟組每一面上相同位置的磁軌所組成之圓柱形。由同一磁柱存取資料時,不需移動磁碟機之存取機件或讀寫磁頭。

【磁段】 ㄘˊ ㄉㄨㄢˋ

(sector) 又稱磁扇。磁碟表面由一磁軌再予以劃分,作為資料存入或讀取時之基本單位量。

10【磁差】 ㄘˊ ㄔㄚ

(magnetic variation) 磁北與眞北間的角度差。大小因地因時而異。

12【磁場】 ㄘˊ ㄔㄤˇ

(magnetic field) 磁極間磁力相互作用的區域。磁鐵於其周圍之空間會產生一種特殊性質往四周傳播，若有另一磁鐵置入該磁場中，彼此就會有磁力的作用產生。

13【磁極】 ㄘˊ ㄐㄧˊ
(magnetic pole) 磁力吸引作用最強之處。一般在磁鐵的兩端。

14【磁滯】 ㄘˊ ㄓˋ
(hysteresis)磁性物質裡，磁通密度落後於磁化力的現象。

【磁碟】 ㄘˊ ㄉㄧㄝˊ
(disk) 圓盤形、表面塗有磁性物質者。可用以存放或記錄資料，是電腦系統常用的輔助記憶體。

15【磁暴】 ㄘˊ ㄅㄠˋ
(magnetic storm) 指地磁場發生劇烈而不規則的變化。根據過去一百多年的統計和研究，發現地磁場有週期性的變化，且與太陽黑子變化的十一年週期相吻合。因爲當太陽黑子強盛時，其附近常出現輝亮的日燄，而射出高速的帶電粒子（太陽風），這些粒子進入地球大氣層時，會造成電離層騷動，而地磁場也發生短期的強烈波動。

21【磁鐵】 ㄘˊ ㄊㄧㄝˇ
(magnet) 具有吸引及排斥磁性物質特性的物體。其自然態稱爲天然磁石，也可由人工製造，例如使鐵片或鋼片磁化即可得永久磁性。暫時性磁鐵，也稱電磁鐵，是將電流通過環繞鐵片或鋼片的線圈而產生，其磁性只有當電流通過時才存在。磁鐵自由懸掛時，其極性將指向地磁的南北極。

2【磁力線】 ㄘˊ ㄌㄧˋ ㄒㄧㄢˋ
(magnetic lines of force)磁鐵在空間所形成的磁場，便是由許多磁力線分布於空間的結果；每條磁力線自磁鐵的N極出發後，經過空間而進入S極，在磁鐵內部則從S極而回到N極，形成一封閉的曲線。任何二條磁力線之間，絕對不會有相交的情形。在磁力線上任一點的切線方向，順著磁力線自N極至S極所指之方向，即爲該點的磁場方向。因此磁針在磁場中靜止時，其N極所指之方向，即爲磁針所受磁力之方向。至於各點磁場強度的大小，可用該點垂直於磁力線，每單位面積上的磁力線密度來量度。此種磁力線的觀念，可於下置磁鐵的玻璃板上撒以鐵屑，而觀察其分布情形。

6【磁州窯】 ㄘˊ ㄓㄡ ㄧㄠˊ
‘宋代’北方著名的民窯之一。窯場分布於今‘河南’、‘河北’和‘山西’三省，尤以‘河南省’發現最多。作品多施加白色化妝土，常見的裝飾技法有褐彩、剔花、白釉綠彩、白釉紅綠彩和珍珠地等。產品多具鄉土和民間色彩，紋飾題材亦多取材於當時人民所喜聞樂見的生活小景。

11【磁通量】 ㄘˊ ㄊㄨㄥ ㄌㄧㄤˋ
(magnetic flux) 用以表明通過已知面積的磁場之數量。如對均勻的磁場而言，磁通量等於磁場所通過之面積A，與磁場強度垂直於面積的分量$B_\perp$之乘積。即磁通量$\Phi_B=B_\perp\cdot A$。磁通量之SI單位爲韋伯，即牛頓一公尺/安培。

【磁動勢】 ㄘˊ ㄉㄨㄥˋ ㄕˋ
(magnetomotive force; mmf) 電流流經線圈所引起的磁場之力。其大小與流過線圈的電流和線圈的匝數成比例。在CGS制裡磁動勢的單位爲吉伯特(Gb)。

【磁偏角】 ㄘˊ ㄆㄧㄢ ㄐㄧㄠˇ
(magnetic declination) 由於地磁兩極與地理兩極並不一致，同時地面上也存在著其他磁性物質，因此磁針所指方向與眞正南北方向常差一角度，此角度即爲磁偏角。

13【磁極化】 ㄘˊ ㄐㄧˊ ㄏㄨㄚˋ
(magnetic polarization)在CGS制之電磁單位系統中，純質感應(intrinsic induction)除以4π即爲磁極化。所謂純質感應，意即在一磁體中之磁感應與在眞空中的磁感應兩者向量之差。

【磁感應】 ㄘˊ ㄍㄢˇ ㄧㄥˋ
(magnetic induction)表示磁鐵或通電的導線，在空間所形成之磁場的大小和方向。也稱磁通量密度。參磁場強度、磁通量密度。

【磁傾角】 ㄘˊ ㄑㄧㄥ ㄐㄧㄠˇ
(magnetic inclination) 若將磁針就其重心懸之，使其在垂直面可擺動，則在地球赤道上磁針成水平，但在北半球時，針之北極下傾，在南半球時，針之南極下傾，此磁針與水平面所成之角度稱爲磁傾角。

14【磁碟組】 ㄘˊ ㄉㄧㄝˊ ㄗㄨˇ
(disk pack)由多片磁碟所組成，可存放大量資料的儲存體。

19【磁羅盤】 ㄘˊ ㄌㄨㄛˊ ㄆㄢˊ
(magnetic compass) 感應元件如磁針或羅盤標度卡在任何地點均依地球磁場之水平分力方向自動對準其指向的羅盤。主要功能是指示飛機的航向，但因所指者爲磁北向，故飛機加速、轉彎及遭遇變換不定之氣流時，常有誤差發生，應予注意。

21【磁鐵礦】 ㄘˊ ㄊㄧㄝˇ ㄎㄨㄤˋ
(magnetite) 一種常見的火成岩及接觸變質岩礦物。亦爲沉積岩及沉積物中之殘留重礦物。化學成分爲 Fe_3O_4，結晶多爲等軸晶系八面體。硬度 6，比重4.9～5.2。黑色，具磁性、金屬光澤，爲主要的煉鐵原料。

3【磁山文化】 ㄘˊ ㄕㄢ ㄨㄣˊ ㄏㄨㄚˋ
爲新石器時代早期文化。分布於‘河北省’南部及‘河南省’北部。陶器有缽、罐、豆等；石器有斧、鏟、鐮、石磨盤、石磨棒等；並發現粟及不少豬、狗、牛、雞等家畜骨骸。據碳十四測定，其年代可早到八千年前。

4【磁化電流】 ㄘˊ ㄏㄨㄚˋ ㄉㄧㄢˋ ㄌㄧㄡˊ

(magnetizing current) 將導線繞在一環狀的鐵磁材料上,使成一磁化線圈,當此線圈通以強直流電時,通過線圈的電流會在環內產生磁場,此產生磁場的線圈電流即稱爲磁化電流。

8【磁放大器】 ㄘˊ ㄈㄤˋ ㄉㄚˋ ㄑㄧˋ
(magnetic amplifier)一種用來保護功率增益的元件。係利用一個或多個可飽和電抗器(saturable reactor),而將這些電抗器單獨或與其他電路組合。

【磁性分離】 ㄘˊ ㄒㄧㄥˋ ㄈㄣ ㄌㄧˊ
(magnetic separation) 指以磁性原理回收或去除廢棄物中鐵鋼等具磁性的金屬。

【磁性物質】 ㄘˊ ㄒㄧㄥˋ ㄨˋ ㄓˊ
(magnetic material) 一般指鐵磁性物質而言,即鐵、鈷、鎳等具有甚大之相對導磁係數的物質。此類物質放在磁場中,極易被磁化而受磁場強大之吸引力,且一旦磁化後,具頑磁性,故可做爲磁鐵之用。

10【磁浮火車】 ㄘˊ ㄈㄨˊ ㄏㄨㄛˇ ㄔㄜ
(magnetic levitation train)一種利用磁力相斥原理,使車體浮於車軌上,消除車體與車軌間之摩擦力而平穩、高速行駛的火車。西元1977年'日本''國鐵'所研究發展之磁浮火車,創下了每小時五百一十七公里的紀錄。

11【磁帶單元】 ㄘˊ ㄉㄞˋ ㄉㄢ ㄩㄢˊ
(tape unit) 電腦系統周邊設備中,磁帶機與磁帶機控制器等一套完整之磁帶讀寫設備,合稱爲磁帶單元。

12【磁場強度】 ㄘˊ ㄔㄤˇ ㄑㄧㄤˊ ㄉㄨˋ
(magnetic field strength)表示磁鐵或通電的導線在空間所形成之磁場的大小和方向。一般由'英'文直譯爲磁感應(magnetic induction),或稱磁通量密度(magnetic flux density),常以符號 $\overrightarrow{B}$ 表示。由於電流具有磁效應的作用,因此磁場是以通電的導線在磁場中所受的作用力(磁力),來定磁場強度的大小。即長度爲 l 的直導線通以電流 I,置於均勻磁場中,與磁場方向垂直,則磁場強度 B 和磁力 F 的關係爲: $B=\frac{F}{Il}$。磁場單位爲牛頓/安培一公尺,也稱爲特士拉(tesla)。1特士拉的磁場強度,等於1公尺長的直導線通以1安培的電流時,受有1牛頓的磁力的大小。以磁通量密度的觀點來看,1特士拉 =1韋伯/公尺²,韋伯是磁通量的單位。又磁場的另一較小單位爲高斯,1高斯 $=10^{-4}$ 特士拉。參磁通量密度。

4【磁心記憶體】 ㄘˊ ㄒㄧㄣ ㄐㄧˋ ㄧˋ ㄊㄧˇ
(core memory)以磁心作爲電腦系統主記憶體之儲存元件,稱爲磁心記憶體。每一磁心可以存放一數元之資料。

8【磁泡記憶體】 ㄘˊ ㄆㄠˋ ㄐㄧˋ ㄧˋ ㄊㄧˇ
(bubble memory) 電腦記憶體的一種。磁泡是極小的柱狀磁體[浮]在磁性材料中,其極性和周遭材料的極性相反。磁泡的存在與否可代表0與1的訊息。磁泡記憶體和傳統記憶體比較,有可靠性高、存取速度快、體積小、重量輕且省電等優點。

11【磁帶推動器】 ㄘˊ ㄉㄞˋ ㄊㄨㄟ ㄉㄨㄥˋ ㄑㄧˋ
(tape drive) 又稱磁帶機。電腦系統周邊設備中,帶動磁帶通過磁頭以進行讀寫資料的設備。

【磁通量密度】 ㄘˊ ㄊㄨㄥ ㄌㄧㄤˋ ㄇㄧˋ ㄉㄨˋ
(magnetic flux density) 磁通量 Φ 的定義爲:以磁場強度的大小 B 乘以垂直於磁場方向的面積 A,即 $\Phi=B\cdot A$,故有 $B=\Phi/A$。此式表示磁場強度的大小 B 等於單位面積的磁通量,即磁通量密度。如磁通量的單位爲韋伯,則磁通量密度的單位爲韋伯/公尺²。如以磁力線的觀念來說明磁場時,則磁力線的密度相當於磁通量密度。

13【磁極化係數】 ㄘˊ ㄐㄧˊ ㄏㄨㄚˋ ㄒㄧˋ ㄕㄨˋ
(magnetic susceptibility) 相對導磁係數減去1之值(在合理化系統中)。在非合理化系統中則需再除以4π。

14【磁碟推動器】 ㄘˊ ㄉㄧㄝˊ ㄊㄨㄟ ㄉㄨㄥˋ ㄑㄧˋ
(disk drive)又稱磁碟機。電腦系統周邊設備中,帶動並控制磁碟或磁碟組轉動,以進行存取資料的裝置。

【磁碟作業系統】 ㄘˊ ㄉㄧㄝˊ ㄗㄨㄛˋ ㄧㄝˋ ㄒㄧˋ ㄊㄨㄥˇ
(disk operating system) 以磁碟作爲軟體系統駐在裝置之作業系統。當系統啟動後,部分系統程式存放於磁碟,需要時才載入主記憶體內執行。

碌 墜的或體。

碶 ㄑㄧˋ *ch'i*⁴ 音契
閘外出入的地方。

碿 珉的或體。

磴 ㊀ ㄓㄣ *chên*¹ 音眞
石山。見"玉篇"。
㊁ ㄧㄣ *yin*¹ 音因
山名。也是水名。見"山海經·東山經"。

碪 ㊀ ㄎㄢˋ *k'an*⁴ 音瞰
巖崖之下。見"集韻"。
㊁ ㄓㄣ *chên*¹ 音珍
擣衣石。同砧。見"廣韻"。

14【碪碍】 ㄎㄢˋ ㄜˋ
石頭高聳的樣子。

碟 ㄉㄧㄝˊ *tieh*² 音蝶
盛物的小盤。

5【碟仙】 ㄉㄧㄝˊ ㄒㄧㄢ
一種利用人類下意識請神指點迷

律的方術。將一小磁碟覆置在寫有文字的紙張上，碟底畫一箭頭。三、五人各以食指按在碟邊上，請碟仙下降，碟就好像附有神靈，自行在紙上轉動。此時由一人提出問題，等小碟停止時，再依箭頭所指的字推測答案。一問不足，可以再三請問，直至碟不再動時為止。

碴 ㄔㄚˊ ch'a² 音茶
①碎塊；碎屑。②被陶瓷或玻璃等碎片所傷。

碱 鹼的俗體。

碩 ㄕㄨㄛˋ shuo⁴ 音朔 又讀 ㄕˊ shih² 音石
①大。如：碩儒。②豐盛；壯美。如：碩茂。

3【碩士】 ㄕㄨㄛˋ ㄕˋ
①學識淵博的人。②學位的一種。凡在大學或獨立學院的研究所研究二至四年，學科成績及格，並提出論文，通過考試委員三至五人之口試，經教育部核定後，由大學或獨立學院授予碩士學位。

8【碩果】 ㄕㄨㄛˋ ㄍㄨㄛˇ
巨大的果實。後多用以比喻難得的人或事物。

11【碩望】 ㄕㄨㄛˋ ㄨㄤˋ
①大名望。②為大眾仰望的人。

16【碩學】 ㄕㄨㄛˋ ㄒㄩㄝˊ
①廣博的學問。②學問淵博的人。

【碩儒】 ㄕㄨㄛˋ ㄖㄨˊ
大儒；大學者。

3【碩大無朋】 ㄕㄨㄛˋ ㄉㄚˋ ㄨˊ ㄆㄥˊ
其大無比。

16【碩學鴻儒】 ㄕㄨㄛˋ ㄒㄩㄝˊ ㄏㄨㄥˊ ㄖㄨˊ
學問淵博宏通的大學者。

碝 礝的或體。

碭 ㄉㄤˋ tang⁴ 音蕩
①有花紋的石頭。見"說文"。②溢出。通蕩。

碣 ㊀ ㄐㄧㄝˊ chieh² 音竭
①特立的岩石。見"說文"。②圓形的碑石。見"正字通"。
㊁ ㄧㄚˋ ya⁴ 音訝
參碣磍。

15【碣磍】 ㄧㄚˋ ㄒㄧㄚˊ
盛怒的樣子。

碨 ㄨㄟ wei¹ 音威
參碨碗。

11【碨碗】 ㄨㄟ ㄨㄟˇ
山石高險的樣子。

碍 ㄜˋ o⁴, ê⁴ 音萼
參礙碍。

碳 ㄊㄢˋ t'an⁴ 音炭
(carbon)週期表ⅣA族元素。元素符號C，原子序6，原子量12.01。已知的含碳化合物有百萬種以上，廣泛地分布於動植物體，以及煤、石油、灰石等礦物中。元素態的碳有鑽石、石墨和無定形碳三種同素異形體。

4【碳化】 ㄊㄢˋ ㄏㄨㄚˋ
(carbonization) 將煤、油頁岩、焦油等於缺氧條件下，經高溫裂解而產生固體、液體與氣體產物，其中固體產物中之碳、氫原子以比例增加，而導至最終產物為碳的操作，稱為碳化。

8【碳刷】 ㄊㄢˋ ㄕㄨㄚ
(carbon brush)用碳、碳及石墨、碳及銅所製成的電刷。位於整流子上，可將電源接入電動機。

12【碳黑】 ㄊㄢˋ ㄏㄟ
(carbon black)粉末微粒狀之碳。其比重為1.8～2.1，沸點4,200°C，不溶於所有溶劑。可由天然氣或石化油熱分解或不完全燃燒而得。依製法分為槽煙、爐黑與熱解黑等三種。可當做橡膠添加劑、顏料、色料等。

16【碳鋼】 ㄊㄢˋ ㄍㄤ
(carbon steel)將含碳量3～5%的生鐵，用各種煉鋼法處理，使含碳量降至 0.1～1.5%間，所得到的產品較生鐵具較佳的機械強度和物理性質，一般稱為碳鋼或鋼。

10【碳素率】 ㄊㄢˋ ㄙㄨˋ ㄌㄩˋ
植物質成分中所含碳與氮的比率。有機肥料分解的速度或肥料的效應主要受碳素率的影響，碳素率高者，便不能直接施用，如稻草，須經堆積後降低碳素率，再製成堆肥始能施用。

13【碳當量】 ㄊㄢˋ ㄉㄤ ㄌㄧㄤˋ
(carbon equivalent; CE)表示化學成分對鑄鐵性質之影響的一種指標。即將碳以外的元素也換算為碳而與原來碳量相加之量。除碳外，影響鑄鐵性質的元素有Si、P，因此碳當量一般以下式表示：$CE=C\%+\frac{1}{3}Si\%$ 或 $CE=C\%+\frac{1}{3}Si\%\frac{1}{4}P\%$。

14【碳酸鈣】 ㄊㄢˋ ㄙㄨㄢ ㄍㄞˋ
(calcium carbonate) 一種不溶於水的白色固體。化學式為 $CaCO_3$。於825°C時分解產生二氧化碳和氧化鈣。用於製造水泥、陶瓷、石灰、二氧化碳、粉筆、顏料等。

【碳酸鈉】 ㄊㄢˋ ㄙㄨㄢ ㄋㄚˋ
(sodium carbonate) 俗稱蘇打或鈉鹼。呈白色粉末狀，化學式為 Na_2CO_3。易溶於水，可供洗濯之用，亦可作硬水之軟化劑。工業上可用以製造玻璃、紙漿、清潔劑。

【碳酸氫鈉】 ㄊㄢˋ ㄙㄨㄢ ㄑㄧㄥ ㄋㄚˋ
(sodium bicarbonate)俗稱為焙用鹼或小蘇打。呈白色粉末狀，化學式為 $NaHCO_3$。可用來焙製麵包和做為胃藥中的制酸劑。

2【碳十四測年】 ㄊㄢˋ ㄕˊ ㄙˋ ㄘㄜˋ ㄋㄧㄢˊ
(radiocarbon dating) 碳十四又稱放射性碳。生物死後，其體中的碳十四大約每隔五千七百三十年(或五千五百七十年)便減少原有含量的一半，此為碳十四的半衰期。統計其減少的量，可知生物死亡的年代。今普遍使用於考古與地質的年代上。

4【碳水化合物】 ㄊㄢˋ ㄕㄨㄟˇ ㄏㄨㄚˋ ㄏㄜˊ ㄨˋ

ㄏㄜˊ ㄨˋ
(carbohydrates) 即醣類。參醣類。

【碳化物刀具】 ㄊㄢˋ ㄏㄨㄚˋ ㄨˋ ㄉㄠ ㄐㄩˋ
(carbide tool) 將硬質且具高溫強度之碳化鎢、碳化鈦或碳化鉭燒結，並均勻散布於鈷或鎳之基地中所製成的一種切削刀具。

硾 ㄓㄨㄟˋ *chui*^{4} 音墜
①使物下沈。同錘。②擣；舂。通捶。見"說文新附"。

碫 ㄉㄨㄢˋ *tuan*^{4} 音斷
磨刀石。見"廣韻"。

碥 ㄅㄧㄢˇ *pien*^{3} 音匾
①登車的墊腳石。見"玉篇"。②水急而峻崖傾斜的河段。如：'燕子碥'。

碞 ㄧㄢˊ *yen*^{2} 音嚴
①積石高峻的樣子。見"說文·碞·段注"。②險惡。

10

磱 ㄌㄠˊ *lao*^{2} 音牢
石器。同砕、磅。見"集韻"。

硡 ㄏㄨㄥˊ *hung*^{2} 音洪
參硡礲。

17【硡礲】 ㄏㄨㄥˊ ㄌㄨㄥˊ
石落聲。

磍 ㄒㄧㄚˊ *hsia*^{2} 音轄
參碣磍。

磅 ㊀ ㄆㄤ *p'ang*^{1} 音滂
落石聲。見"集韻"。
㊁ ㄅㄤˋ *pang*^{4} 音棒
①(pound)'英''美'衡名。藥衡1磅等於5,760格令；金衡1磅等於12盎司；常衡1磅等於16盎司、7,000格令。②稱量重量。如：磅體重。
㊂ ㄅㄥˋ *pêng*^{4} 音迸
㊁②的又讀。

22【磅礴】 ㄆㄤ ㄅㄛˊ
廣大、充塞的樣子。

碻 ㊀ ㄑㄩㄝˋ *ch'üeh*^{4} 音確
堅固。同確。見"集韻"。
㊁ ㄑㄧㄠ *ch'iao*^{1} 音敲
參碻磝。

16【碻磝】 ㄑㄧㄠ ㄠˊ
①古城名。在今'山東省''茌平縣'西南。②山名。在'山東省''東阿縣'南。

磄 ㄊㄤˊ *t'ang*^{2} 音唐
參磄磃。

15【磄磃】 ㄊㄤˊ ㄊㄧˊ
怪石。

確 ㄑㄩㄝˋ *ch'üeh*^{4} 音卻
也作碻。①堅固；剛強。見"集韻"。②眞實。如：確實。

14【確認】 ㄑㄩㄝˋ ㄖㄣˋ
法律關係是否成立並不明確，或證書之眞僞不明確，由利害關係人訴請法院，經由調查證據、傳喚證人等程序，以使法律關係之是否存在、證書之眞僞明確化的過程。例如債務人甲，於乙聲請強制執行之際，將其所有之土地一筆移轉予丙，乙主張甲、丙之土地買賣係通謀虛僞意思表示，但甲、丙則主張其買賣行爲出諸眞正意思表示，則甲、丙之買賣契約是否成立即不明確，甲、乙、丙皆得提起確認之訴，以確認其法律關係成立與否。

16【確據】 ㄑㄩㄝˋ ㄐㄩˋ
確實的證據。

19【確證】 ㄑㄩㄝˋ ㄓㄥˋ
確實的證據。

28【確鑿】 ㄑㄩㄝˋ ㄗㄠˊ
確定不移；非常眞確。

8【確定情況】 ㄑㄩㄝˋ ㄉㄧㄥˋ ㄑㄧㄥˊ ㄎㄨㄤˋ
(certainty condition)在決策分析時，能確定未來某項客觀情況必將發生，則較易估計各可行對策的優劣後果，此即確定情況下之決策。

14【確實保證】 ㄑㄩㄝˋ ㄕˊ ㄅㄠˇ ㄓㄥˋ
(surety bond)被保險人(即權利人)因被保證人對某項義務不能確實履行而遭受損失時，保險人(即保證人)負補償責任的保證保險。主要有契約上的保證及司法上的保證。

【確認之訴】 ㄑㄩㄝˋ ㄖㄣˋ ㄓ ㄙㄨˋ
請求確認特定法律關係或權利存在與否或證書眞僞之訴訟。積極的請求確認存在者，稱爲積極的確認之訴，例如確認所有權存在是；消極的確認不存在者，稱爲消極的確認之訴，例如確認所有權不存在是。確認之訴確認之對象限於具體且爲現在之權利或法律關係，事實、抽象之法律問題及過去或未來之法律關係不得爲確認之對象，惟證明法律關係之文書(如遺囑)的眞僞，可爲確認之對象。確認之訴非原告有即受確認判決之法律上利益者，不得提起。

【確認判決】 ㄑㄩㄝˋ ㄖㄣˋ ㄆㄢˋ ㄐㄩㄝˊ
內容在於確認法律關係存在與否(成立與否)或權利存在與否者之判決。於確認之訴，因其爲原告請求法院爲確認之訴訟，法院所爲之判決無論是原告勝訴或敗訴，均爲確認判決。於給付之訴、形成之訴，惟限於原告敗訴之判決，始爲確認判決。其判決效力僅具有既判力，以確定當事人間之法律關係或權利狀態，而不具執行力、形成力。

【確認樣品】 ㄑㄩㄝˋ ㄖㄣˋ ㄧㄤˋ ㄆㄧㄣˇ
(sample for confirmation)當買方提供樣品擬以該樣品爲品質條件向賣方採購貨物，但賣方因未曾生產過這種貨物，而無十分把握製造與該樣品品質相同的貨物時，即以確認爲條件與買方訂約，然後由賣方依據買方樣品製造適量的樣品寄給買方，經買方確認後才開始正式生產；如確認樣品未能獲得買方的確認，買賣契約即不生效力。這種於訂約後、正式生產前，由賣方寄給買方確認的樣品,稱爲確認樣品。確認樣品爲相對樣品的一種,也是屬於先發樣品。

磏 ㄌㄧㄢˊ lien^{2} 音廉
[1]赤色的厲石。見"說文"。[2]自勵;勉行。

磋 ㄘㄨㄛ ts'o^{1}, ts'uo^{1} 音搓
磨治象牙。見"廣韻"。

11【磋商】 ㄘㄨㄛ ㄕㄤ
協調;商議。

碼 ㄇㄚˇ ma^{3} 音馬
[1]記數的符號。如:號碼。[2](yard)'英''美'制長度單位。1碼等於3呎,1'英'碼等於0.9143992公尺;1'美'碼等於0.91440183公尺。[3](code)現代數位電子計算機的碼由一串0和1所組成,代表電閘的開或關、電位的低或高,以及磁圈中的兩個磁場方向。當電路中有電流通過時,電閘、電位和磁圈之間的碼就會以一定的方式改變,這就是運算單元的工作原理。由於這種由0和1組成的數串不便於人的辨認,故採用'阿拉伯'數字及'拉丁'字母形成16進位制,再用兩個或4個16進位數碼來表示電腦內每一位元內的碼。前者爲8位元,後者爲16位元所使用。其實,凡是用簡單的符號的排列或組合,以代表文字或意象,作爲資訊傳輸保存之用者,皆稱爲碼。

16【碼頭】 ㄇㄚˇ ·ㄊㄡ
在海港、河川或運河沿岸供靠泊船隻、裝卸貨物及上下旅客的建築物。可分爲與岸線平行的橫碼頭,以及伸出海中與岸線近於垂直的突堤碼頭。

磕 ㄎㄜ k'o^{1}, k'ê^{1} 音科
[1]兩石相擊聲。見"說文"。[2]敲擊。如:磕碰。[3]咬開。如:磕瓜子。

4【磕牙】 ㄎㄜ ㄧㄚˊ
閒談;鬥嘴。

16【磕頭】 ㄎㄜ ㄊㄡˊ
跪拜而頭至地。

【磕頭蟲】 ㄎㄜ ㄊㄡˊ ㄔㄨㄥˊ
[1]動物名。即叩頭蟲。[2]戲稱禮貌過分周到,時時鞠躬哈腰的人。

碾 ㄋㄧㄢˇ nien^{3} 音輾
[1]研磨的工具。見"集韻"。[2]研磨。如:碾藥。[3]滾壓。如:碾壓。

磌 ㄊㄧㄢˊ t'ien^{2} 音田
[1]柱子下面的石礎。見"廣韻"。[2]石頭落地的聲音。見"集韻"。

磉 ㄙㄤˇ sang^{3} 音嗓
柱下的石礎。見"廣韻"。

磊 ㄌㄟˇ lei^{3} 音壘
[1]眾石累積的樣子。見"說文"。[2]高大的樣子。

10【磊砢】 ㄌㄟˇ ㄌㄨㄛˇ
[1]眾石累積的樣子。[2]壯大的樣子。[3]樹木多節的樣子。比喻人有奇材異能。

13【磊塊】 ㄌㄟˇ ㄎㄨㄞˋ
石塊。[1]比喻阻礙。[2]比喻胸中鬱結之氣。

【磊落】 ㄌㄟˇ ㄌㄨㄛˋ
[1]眾多錯雜的樣子。[2]高大的樣子。[3]形容人容儀俊偉。[4]形容人志向高遠、灑脫不拘的樣子。

15【磊磊】 ㄌㄟˇ ㄌㄟˇ
[1]石頭眾多的樣子。[2]圓轉的樣子。[3]形容人志向高潔的樣子。

12【磊晶成長】 ㄌㄟˇ ㄐㄧㄥ ㄔㄥˊ ㄓㄤˇ
(epitaxy)在半導體晶片表面上,成長單晶薄膜的技術。現行較普遍的有氣相法、液相法、分子氣相法。是積體電路技術的一個重要程序。

磒 ㄩㄣˇ yün^{3} 音允
墜落。同隕。見"說文"。

磑 [一] ㄨㄟˋ wei^{4} 音位
[1]研磨。見"廣韻"。[2]磨粉的工具。即石磨。見"集韻"。
[二] ㄞˊ ai^{2} 音皚
參磑磑。

15【磑磑】 ㄞˊ ㄞˊ
[1]高大的樣子。[2]雪白的樣子。同皚皚。

磎 ㄑㄧ ch'i^{1} 音妻
[1]石頭。見"玉篇"。[2]山谷。同谿。

磔 ㄓㄜˊ chê^{2} 音折
[1]古時酷刑。剖開犯人身體,或將犯人車裂。[2]分裂牲畜以祭神。[3]張開。[4]書法筆法之一。指向右下撇。今稱捺。

磓 ㄉㄨㄟ tui^{1} 音堆 又讀 ㄔㄨㄟˊ ch'ui^{2} 音垂
[1]聚石。見"增韻"。[2]投石。見"正字通"。[3]敲打。通搥。

磈 ㄎㄨㄟˇ k'uei^{3} 音傀
高峻的樣子。

磤 ㄧㄣ yin^{1} 音殷
雷聲。見"廣韻"。

磃 [一] ㄙ szŭ^{1}, ssŭ^{1} 音思
館名。'漢'有'磃氏館'。見"漢書·郊祀志上"。
[二] ㄊㄧˊ t'i^{2} 音提
參磄磃。

磐 ㄆㄢˊ p'an^{2} 音盤
[1]大石。見"廣韻"。[2]徘徊不進。如:磐桓。

5【磐石】 ㄆㄢˊ ㄕˊ
厚重的大石頭。多用以比喻穩固。

11

磨 [一] ㄇㄛˋ mo^{4} 音末
磨粉的工具。本作礳。如:石磨。
[二] ㄇㄛˊ mo^{2} 音摩
[1]把東西研細或使其表面光滑。如:琢磨。[2]滅;消失。如:百世不磨。[3]阻礙;挫折。如:磨難。

4【磨牙】 ㄇㄛˊ ㄧㄚˊ
[1]磨礪牙齒或上下牙齒相磨擦。[2]比喻爭辯鬥嘴。

7【磨床】 ㄇㄛˊ ㄔㄨㄤˊ
(grinder; grinding machine)用高速旋轉的磨輪所製成的精密磨削工作器械。用以磨削工具、鑽頭、銼刀等,並可作材料的精密加

工。

8【磨房】 ㄇㄛˊ ㄈㄤˊ
供研磨穀物的屋子。

10【磨耗】 ㄇㄛˊ ㄏㄠˋ
(abrasion wear) 具有堅硬顆粒之切屑底面流經刀面時,由於機械力的作用,一部分刀具材料會被磨去,而使刀具發生磨耗。這些切屑底面上的堅硬顆粒可能是刃口積屑緣上不穩定的加工硬化變質層,或是磨耗中所磨除之刀具材料,或是材料中較硬之顆粒。

13【磨滅】 ㄇㄛˊ ㄇㄧㄝˋ
湮滅;消失。

17【磨鍊】 ㄇㄛˊ ㄌㄧㄢˋ
鍛鍊。多指從實際工作的體驗中逐漸培養能力。也作磨練。

19【磨難】 ㄇㄛˊ ㄋㄢˋ
挫折和阻礙。

20【磨礪】 ㄇㄛˊ ㄌㄧˋ
也作磨厲。1琢磨物體,使其銳利。2磨鍊;鍛鍊。

5【磨石子】 ㄇㄛˊ ㄕˊ ˙ㄗ
(terrazzo) 先用 1:3 水泥砂漿打底,俟稍乾後,在地面上畫出格子的大小及花紋的形狀,且埋設銅條,俟乾後,再澆清水泥漿一層,上鋪一分(3公厘)水泥或一分半的大理石屑與水泥、石粉等之混合物,經兩三天後,用細砂石磨光至石子、銅條顯露即成。可分人工磨石與機械磨石兩種。

8【磨杵成針】 ㄇㄛˊ ㄔㄨˇ ㄔㄥˊ ㄓㄣ
磨鐵杵使成針。也作磨杵成鍼。比喻所下工夫之深。

9【磨穿鐵硯】 ㄇㄛˊ ㄔㄨㄢ ㄊㄧㄝˇ ㄧㄢˋ
1比喻立志堅定。2極言勤習書法,功夫精深。

10【磨拳擦掌】 ㄇㄛˊ ㄑㄩㄢˊ ㄘㄚ ㄓㄤˇ
也作摩拳擦掌。1形容將要動武打鬥的情狀。2形容情緒激動或振奮的樣子 。

20【磨礪以須】 ㄇㄛˊ ㄌㄧˋ ㄧˇ ㄒㄩ
磨利刀劍,以待時機。比喻養精蓄銳,等待一試。

磬 ㄑㄧㄥˋ ch'ing4 音慶
1古代石製打擊樂器。'商代'石磬上呈弧形,下近於直線;'西周'至'戰國'時期,上作倨句形,下作微弧形;'漢代'以後,上下都是倨句形。磬最早使用在先民的樂舞活動,後來成爲禮儀活動的禮器。2一種敲擊以召集僧衆誦經禮佛的仰盂形法器。多屬銅質。另有小型仰盂形的磬,是以細桿連接,附有小木桿作爲敲擊器,稱爲引磬。3身體曲折如磬。如:磬折。4放馬疾馳。

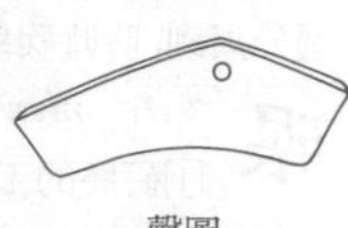
磬圖

7【磬折】 ㄑㄧㄥˋ ㄓㄜˊ
屈身如磬。以示恭敬。

磛 (一) ㄔㄢˊ ch'an2 音蟬
參磛礹。
(二) ㄓㄢˋ chan4 音站
高峻的樣子。同嶄。見"集韻"。

25【磛礹】 ㄔㄢˊ ㄧㄢˇ
山石高峻的樣子。

⿰石康 ㄎㄤ k'ang1 音康
石聲。見"集韻"。

⿰石鹿 ㄌㄨˋ lu4 音鹿
石頭。見"玉篇"。

⿰石族 ㄘㄨˋ ts'u4 音簇
石製的箭頭。通鏃。見"正字通"。

磧 ㄑㄧˋ ch'i4 音氣
1淺水中的沙石。見"說文"。2泛指沙石。如:沙磧。

11【磧鹵】 ㄑㄧˋ ㄌㄨˇ
含鹽質的沙地。

磟 ㄌㄨˋ lu4 音路
參磟碡。

13【磟碡】 ㄌㄨˋ ㄌㄨˊ
農具名。用以平場圃或碾禾麥的石輥或木輥。磟,也作碌、磟。

磝 (一) ㄠˊ ao2 音熬
山多小石。同嶅。見"集韻"。
(二) ㄑㄧㄠ ch'iao1 音敲
堅石。同磽。見"集韻"。

磚 ㄓㄨㄢ chuan1 音專
甎的俗字。用黏土燒成的長方形塊狀建材。

15【磚窯】 ㄓㄨㄢ ㄧㄠˊ
燒製磚塊的土窯。

16【磚雕】 ㄓㄨㄢ ㄉㄧㄠ
我國民俗工藝之一。係用鑿和木錘以浮雕或透雕方式在磚上鐫刻人物、花卉,作爲建築物的裝飾。以'北平'、'安徽'、'浙江'、'山西'、'江蘇'等地較著名,而北方產者較渾厚,南方則較纖細。

硜 磚的或體。

磡 ㄎㄢˋ k'an4 音看
1巖崖之下。或作礛、硆。見"集韻"。2山岩。見"字彙"。

磢 ㄔㄨㄤˇ ch'uang3 音闖
用瓦石磨洗器物。見"廣韻"。

磩 ㄑㄧ ch'i1 音欺
參礝磩。

⿰石圈 ㄑㄩㄢˋ ch'üan4 音券
煤礦坑內爲採煤所開的洞。

磥 ㄌㄟˇ lei3 音蕾
衆石累積的樣子。同磊。見"集韻"。

磠 ㄌㄨˇ lu3 音魯
砂。見"集韻"。

磞 ㄆㄥ p'êng1 音烹
1擊石。同磅。見"集韻"。2撞上;遇到。碰的俗字。

磪 ㄘㄨㄟ ts'ui1 音催
1山高。同崔。見"集韻"。2折傷。通摧。

磣 ㄔㄣˇ ch'ên3 音磣
1食物中雜有沙。見"玉篇"。2醜陋可怕。

12

⿱敦石 ㄉㄨㄣ tun1 音敦
可供蹲踞的大石頭。也作

礅。見“集韻”。

磲　ㄑㄩˊ *ch'ü*² 音渠
參硨磲。

礅　ㄉㄨㄣ *tun*¹ 音敦
1可供蹲踞的石頭。也作墪。見“集韻”。2供作支柱的石頭。如：橋礅。

磷　㊀ ㄌㄧㄣˊ *lin*² 音鄰
1 (phosphorus) 週期表ⅢA 族元素。化學符號P，原子序15，原子量31.0。自然界中大部分以磷酸鹽的狀態存在，如磷酸鈣石、磷灰石等。元素態的磷有好幾種同素異形體，較重要的是白磷和紅磷。2水在石間。形容水清見石的樣子。同粼。見“廣韻”。
㊁ ㄌㄧㄣˋ *lin*⁴ 音吝
1薄石。見“集韻”。2磨薄；損傷。如：磨而不磷。
㊂ ㄌㄧㄥˊ *ling*² 音靈
參砰磷。

6【磷光】 ㄌㄧㄣˊ ㄍㄨㄤ
(phosphorescence)黃磷燃點很低，約35°C，容易在空氣中燃燒，當在黑暗的溼空氣中燃燒時，會產生藍綠色的微光，稱爲磷光。

8【磷肥】 ㄌㄧㄣˊ ㄈㄟˊ
(phosphatic fertilizer) 以磷酸鈣爲主要原料，經用酸處理成可溶於水後，所製得的肥料。由於磷(P)是促進植物果實發育成熟的主要因素，故磷肥又稱爲果實肥。

14【磷酸】 ㄌㄧㄣˊ ㄙㄨㄢ
(phosphoric acid) 又稱正磷酸。一種無色、易溶於水、具潮解性的晶體。分子式 H_3PO_4，熔點42.4°C。商用磷酸是濃度約 85% 的濃稠液體。主要用途爲製造各種磷酸鹽和磷肥。

17【磷磷】 ㊀ ㄌㄧㄣˊ ㄌㄧㄣˊ
水石明淨的樣子。也作粼粼。
㊁ ㄌㄧㄣˋ ㄌㄧㄣˋ
色澤鮮明的樣子。

磳　ㄗㄥ *tsêng*¹ 音增
參硱磳。

磽　ㄑㄧㄠ *ch'iao*¹ 音敲
多石貧瘠的土地。如：磽薄。

6【磽劣】 ㄑㄧㄠ ㄌㄧㄝˋ
土質堅硬惡劣。

12【磽确】 ㄑㄧㄠ ㄑㄩㄝˋ
1土地貧瘠多砂石。也作磽埆。2物體堅硬。

15【磽瘠】 ㄑㄧㄠ ㄐㄧˊ
土地多石貧瘠。

17【磽薄】 ㄑㄧㄠ ㄅㄛˊ
土地多石貧瘠。

䃤　ㄙㄨˋ *su*⁴ 音肅
磨刀石。見“集韻”。

磹　ㄉㄧㄢˋ *tien*⁴ 音店
石楔。見“六書故”。

䃡　ㄐㄧㄣ *chin*¹ 音巾
小石頭。見“集韻”。

磺　㊀ ㄏㄨㄤˊ *huang*² 音黃
參硫磺。
㊁ ㄍㄨㄥˇ *kung*³ 音拱
未經冶煉的銅鐵礦石。見“說文”。

10【磺胺藥物】 ㄏㄨㄤˊ ㄢ ㄧㄠˋ ㄨˋ
(sulfa drugs) 由化學方法所合成，具有磺胺基 ($-SO_2NH_2$) 的藥物。種類很多，一般用於治療肺炎、腦膜炎、壞疽及血液中毒等。

磴　ㄉㄥˋ *têng*⁴ 音鄧
1石階；石路。如：磴道。2石橋。

13【磴道】 ㄉㄥˋ ㄉㄠˋ
登山的石階。

磵　澗的或體。

𥖁　澗的或體。

磾　ㄉㄧ *ti*¹ 音低
一種黑石。產於‘琅邪山’。可以用於染繒。見“廣韻”。

䃢　ㄑㄧㄣ *ch'in*¹ 音欽
1石名。見“玉篇”。2山勢高險。也作嶔。見“集韻”。

磻　ㄆㄢˊ *p'an*² 音盤
參磻溪。

13【磻溪】 ㄆㄢˊ ㄒㄧ
源於‘秦嶺’北麓，注入‘渭河’。相傳‘姜太公’曾垂釣於此。

磯　ㄐㄧ *chi*¹ 音機
1大石激水。見“說文新附”。2水邊石灘。通作圻。

礄　ㄑㄧㄠˊ *ch'iao*² 音橋
地名用字。如：‘礄口市’。

礁　ㄐㄧㄠ *chiao*¹ 音焦
指岩礁或珊瑚礁所形成的海底隆起地形。有些地方礁體露出海面，對海上航行船隻構成危險。

磼　ㄗㄚˊ *tsa*² 音雜
參磼碟。

18【磼碟】 ㄗㄚˊ ㄜˋ
山勢高峻的樣子。

磶　ㄒㄧˋ *hsi*⁴ 音細
柱下礎石。見“廣韻”。

磿　ㄌㄧˋ *li*⁴ 音力
1石聲。見“說文”。2古時喪禮所用，其上寫著執紼者名字的版。見“正字通”。3俘虜。

𥗴　ㄌㄨㄥˊ *lung*² 音隆
參硡𥗴。

13

礊　ㄏㄨㄛˋ *ho*⁴, *huo*⁴ 音貨
堅固。見“說文”。

礒　ㄧˇ *i*³ 音蟻
參碕礒。

礠　磁的或體。

礌　㊀ ㄌㄟˋ *lei*⁴ 音類
推石自高處墜下。同礧。見“集韻”。
㊁ ㄌㄟˇ *lei*³ 音磊
眾石。同磊。見“集韻”。

18【礌礌落落】 ㄌㄟˇ ㄌㄟˇ ㄌㄨㄛˋ ㄌㄨㄛˋ
1分明的樣子。2心地光明坦蕩。

礓　ㄐㄧㄤ *chiang*¹ 音江
小石子。見“集韻”。

礔　ㄆㄧ *p'i*¹ 音批
參礔礰。

21【礔礰】 ㄆㄧ ㄌㄧˋ

迅雷聲。也作霹靂。

礎 ㄔㄨˇ *ch'u*3 音楚
①柱下石墩。見"廣韻"。②比喻事情的根本。如:基礎。

15【礎潤而雨】 ㄔㄨˇ ㄖㄨㄣˋ ㄦˊ ㄩˇ
柱下石墩溼潤,則即將下雨。比喻見微知著。

礂 ㄍㄢˇ *kan*3 音感
①古代封禪時所用的石篋。見"字彙"。②石蓋。見"字彙"。

礋 ㄓㄜˋ *chê*4 音蔗
參礰礋。

礏 ㄜˋ *o*4, *ê*4 音厄
參礏礏。

礉 ㊀ ㄏㄜˊ *ho*2, *hê*2 音核
①切實核校。同覈。見"集韻"。②嚴峻;苛刻。如:慘礉。
㊁ ㄑㄧㄠˋ *ch'iao*4 音俏
堅石。見"集韻"。

礐 ㊀ ㄑㄩㄝˋ *ch'üeh*4 音卻
①石聲。見"說文"。②多大石的山。見"爾雅·釋山"。
㊁ ㄌㄜˋ *lê*4 音勒
石聲。同砳。見"集韻"。

14

礜 ㄩˋ *yü*4 音裕
有毒的礦石。見"說文"。

礝 ㄖㄨㄢˇ *juan*3 音軟
次於玉的美石。或作瑌、碝、瓀。見"說文"。

16【礝磩】 ㄖㄨㄢˇ ㄑㄧ
似玉的美石。也作碝磩。

礛 ㄐㄧㄢ *chien*1 音監
治玉之石。同厱、礷。見"集韻"。

20【礛礑】 ㄐㄧㄢ ㄓㄨ
治玉之石。也作厱諸。

礙 ㄞˋ *ai*4 音愛
①阻止;限制。見"說文"。②妨害;不利。如:有礙觀瞻。③牽掛。如:一身無礙。

8【礙事】 ㄞˋ ㄕˋ
妨礙行事;不便於行事。

11【礙眼】 ㄞˋ ㄧㄢˇ
①妨礙視線。②不順眼。

4【礙手礙腳】 ㄞˋ ㄕㄡˇ ㄞˋ ㄐㄧㄠˇ
妨礙人做事,使人不便。

礞 ㄇㄥˊ *mêng*2 音蒙
參礞石。

5【礞石】 ㄇㄥˊ ㄕˊ
礦石名。有青白兩種,可供藥用。見"本草綱目·金石部·礞石"。

礚 ㄎㄞˋ *k'ai*4 音慨
兩石相擊聲。同磕。見"正字通"。

礭 ㄌㄜˋ *lê*4 音肋
參礭礋。

18【礭礋】 ㄌㄜˋ ㄓㄜˋ
打草用的農具。

15

礑 ㄓㄨ *chu*1 音諸
或作礑。參礛礑。

礦 ㄎㄨㄤˋ *k'uang*4 音曠 又讀 ㄍㄨㄥˇ *kung*3 音拱
(ore)通稱具有經濟價值的礦物或岩石。在地表的礦,可露天開採;而在地表深處的礦,則須經過詳細探勘後,再挖坑道開採。

5【礦石】 ㄎㄨㄤˋ ㄕˊ
①治病的藥石。②(ore)含有一種或多種經濟礦物且有開採價值的岩石。

7【礦床】 ㄎㄨㄤˋ ㄔㄨㄤˊ
(ore deposits) 具有經濟開採價值的礦物集合體。

【礦坑】 ㄎㄨㄤˋ ㄎㄥ
(shaft) 爲開採地下蘊藏之礦產資源所挖的坑道。依礦坑的不同及當地的特性,有各種設計,如斜坑、豎坑、平坑等。

8【礦物】 ㄎㄨㄤˋ ㄨˋ
(minerals) 天然產出的均質體,由無機作用生成,且有一定的化學成分和特殊的物理性質,其組成原子除了極少數例外,大都具有一定排列方式,可以歸納入特定晶系 (crystal system) 中。基於此一定義,石油和煤雖然歸於礦產資源中,卻不是礦物。

9【礦泉】 ㄎㄨㄤˋ ㄑㄩㄢˊ
(mineral spring)泉水中礦物質超過1克/公升者,稱爲礦泉。依其化學特色可分爲碳酸泉、硫黃泉、酸性泉、明礬泉、綠礬泉、食鹽泉、鹼性泉、苦味泉等。'臺灣'礦泉中以碳酸泉所占比例最多,硫黃泉居二。前者見於沈積岩和變質岩區,後者見於火成岩區。

10【礦脈】 ㄎㄨㄤˋ ㄇㄛˋ
(vein)礦物形成於岩石的裂縫中,呈片狀或板狀者,稱爲礦脈。通常出現在地下不深之處。

11【礦產】 ㄎㄨㄤˋ ㄔㄢˇ
開採礦坑所得的物資。

13【礦業】 ㄎㄨㄤˋ ㄧㄝˋ
探礦、採礦及其附屬事業。

8【礦物質】 ㄎㄨㄤˋ ㄨˋ ㄓˊ
(mineral substance; mineral) 任何化學元素、化合物或其他均勻物質(如溶液)存在於天然或由無機化學反應生成者,稱爲礦物質。

9【礦泉水】 ㄎㄨㄤˋ ㄑㄩㄢˊ ㄕㄨㄟˇ
(mineral water) 地層自然湧出的泉水。一般爲鹼性,含少量氯化鈉、碳酸鈉、碳酸氫鈉、鈣及鎂等鹽類,亦可能含有鐵或硫化氫。

4【礦化作用】 ㄎㄨㄤˋ ㄏㄨㄚˋ ㄗㄨㄛˋ ㄩㄥˋ
(mineralization) 微生物將有機物分解爲無機物的過程。例如將含碳的有機物氧化爲二氧化碳;含氮的有機物經脫氮作用而產生氮;有機磷化物則分解而釋出無機的磷酸鹽等。

礥 ㄒㄧㄢˊ *hsien*2 音賢
①艱險。見"廣韻"。②剛強。見"廣韻"。

礪 ㄌㄧˋ *li*4 音力
①粗的磨刀石。見"說文新附"。②磨利。③勉勵。通勵、厲。

6【礪行】 ㊀ ㄌㄧˋ ㄒㄧㄥˋ
砥礪德行。

㈡ ㄌㄧˋ ㄒㄧㄥˊ
勉力而行。

11【礪帶山河】 ㄌㄧˋ ㄉㄞˋ ㄕㄢ ㄏㄜˊ
'泰山'如礪石,'黃河'如衣帶。比喻永久不變。為古代封建盟誓之辭。

礧 ㈠ ㄌㄟˋ lei^4 音類
1把石頭自高處推下。或作壘、礌。見"集韻"。2用以投擲的木石。
㈡ ㄌㄟˊ lei^2 音雷
擂擊。見"集韻"。
㈢ ㄌㄟˇ lei^3 音磊
石頭巨大的樣子。見"集韻"。

礣 ㄇㄧㄝˋ $mieh^4$ 音滅
參礣砎。

9【礣砎】 ㄇㄧㄝˋ ㄐㄧㄝˋ
1小石。2堅石。3雷聲很大。

礤 ㄘㄚˇ $ts'a^3$
粗石。見"玉篇"。

礫 ㄌㄧˋ li^4 音歷
較砂粗大的岩石碎塊。見"說文"。

5【礫石】 ㄌㄧˋ ㄕˊ
1砂石;小石頭。2(gravel)岩石經各種動力作用後崩解成碎屑,其直徑在2公釐以上者,稱為礫石。依大小又可分為大礫、小礫、砂礫。

8【礫岩】 ㄌㄧˋ ㄧㄢˊ
(conglomerate) 沈積岩之組成顆粒,其粒度大於 2 公釐而礫石呈圓形者。

14【礫漠】 ㄌㄧˋ ㄇㄛˋ
(gravel desert)地面鋪滿礫石的沙漠。係長期吹蝕作用的結果。主要發現於北'非''撒哈拉沙漠',我國'蒙古'戈壁亦屬之。

10【礫耕法】 ㄌㄧˋ ㄍㄥ ㄈㄚˇ
養液培養法之一。即在容器底層鋪大礫石,其上再鋪置中小礫石,將作物固定於容器內,按時供應養液。

礩 ㄓˊ $chih^2$ 音質
1柱下礎石。見"說文新附"。2滯塞。通窒。

礨 ㄌㄟˇ lei^3 音磊
參礨空。

8【礨空】 ㄌㄟˇ ㄎㄨㄥ
小土堆。即蟻冢。

礬 ㄈㄢˊ fan^2 音煩
(alum) 由三價金屬離子之硫酸鹽與一價金屬離子之硫酸鹽所形成之具有 $M^{I}M^{III}(SO_4)_2\cdot 12H_2O$通式的複鹽,統稱為礬。其晶形均為八面體。如$KAl(SO_4)_2\cdot 12H_2O$為鉀礬, $KFe(SO_4)_2\cdot 12H_2O$為鐵礬等。可供染色、製革,或用作媒染劑、收斂劑等。

5【礬石】 ㄈㄢˊ ㄕˊ
(aluminite) 為天然的含水硫酸鋁氧($(AlO)_2SO_4\cdot 9H_2O$)。屬單斜晶系。成塊狀或脈狀,有白、黃、赤等色,比重1.66。常產在黏土、砂岩、白堊中。

16

礱 ㄌㄨㄥˊ $lung^2$ 音籠
1磨治;磨礪。見"廣韻"。2有密齒,可以碾穀去殼的器具。

礢 ㄏㄨㄞˊ $huai^2$ 音懷
石頭不平的樣子。見"集韻"。

礭 ㄑㄩㄝˋ $ch'üeh^4$ 音卻
1鞭擊;敲打。2水激石頭的樣子。3堅實;剛毅。通確。

礮 砲的或體。

礰 ㄌㄧˋ li^4 音歷
石相擊聲。同磿。見"集韻"。

18【礰礋】 ㄌㄧˋ ㄓㄜˋ
古代農具的一種。木製,有齒。

17

礯 [illegible]的或體。

礵 ㄕㄨㄤ $shuang^1$ 音雙
參砒霜。

礴 ㄅㄛˊ po^2 音伯
參磅礴。

礥 ㈠ ㄒㄧㄢˋ $hsien^4$ 音現
參礥礌。
㈡ ㄐㄧㄣ $chin^1$ 音今
木楔。同櫼。見"集韻"。

17【礥礌】 ㄒㄧㄢˋ ㄉㄧㄢˋ
電光。

19

礳 磨的或體。

20

礹 ㈠ ㄧㄢˊ yen^2 音嚴
石山。見"說文"。
㈡ ㄧㄢˇ yen^3 音掩
參磛礹。

示部

示 ㈠ ㄕˋ $shih^4$ 音事
1表明;表現。2教導。如:示民以忠。3姓。'春秋'有'示眯明'。見"萬姓統譜·九三"。
㈡ ㄑㄧˊ $ch'i^2$ 音岐
地神。同祇。

9【示威】 ㄕˋ ㄨㄟ
1顯示權威。2利用遊行、聚會或其他形式,強烈反映對某一政治措施、公共事務的反抗力量。

10【示弱】 ㄕˋ ㄖㄨㄛˋ
表現軟弱,不敢與人較量。

11【示現】 ㄕˋ ㄒㄧㄢˋ
指佛、菩薩應機緣而顯現種種事物或現象。如'觀音'示現三十三身。

【示眾】 ㄕˋ ㄓㄨㄥˋ
展示給大家看,以表示儆戒。

13【示意】 ㄕˋ ㄧˋ
表達某種意思;暗示心中的意念。

15【示範】 ㄕˋ ㄈㄢˋ
作標準模範動作供人仿效。

20【示警】 ㄕˋ ㄐㄧㄥˇ
預示警告。

8【示波器】 ㄕˋ ㄅㄛ ㄑㄧˋ
(oscilloscope)一種試驗用的儀器。可用以直接觀察各種電子訊號。其內部包含放大器、掃瞄線產生電路及一支陰極射線管。

【示性式】 ㄕˋ ㄒㄧㄥˋ ㄕˋ
(rational formula)表示分子內含有何種根或官能基而能簡單表示物質特性的化學式。

1

礼 禮的古文。

2

礽 ㄖㄥˊ jêng^{2} 音仍
①福。見“玉篇”。②就;成就。見“玉篇”。

3

社 ㄕㄜˋ shê^{4} 音赦
①土地神。見“說文”。②象徵土地神的土壇,或祭祀土地神的地方。如:立社。③祭社神的日子。即社日的簡稱。如:春社。④古代地方行政單位名。二十五家爲社,或方六里之地爲社。⑤爲某一共同目標而組合的團體。如:詩社。⑥姓。‘元’有‘社佑’。見“廣韻”。

6【社交】 ㄕㄜˋ ㄐㄧㄠ
人與人之間的交際應酬。

10【社倉】 ㄕㄜˋ ㄘㄤ
古時儲存穀糧,以備荒年的倉庫。起於‘隋代’。因鄉社所設,故稱。

11【社區】 ㄕㄜˋ ㄑㄩ
一群有組織、有共同利益的人民,在同一法律管理下,居住於同一地區,享受共同設施。該特定的居住區域,稱爲社區。

【社教】 ㄕㄜˋ ㄐㄧㄠˋ
社會教育的簡稱。

13【社會】 ㄕㄜˋ ㄏㄨㄟˋ
① (society)由一群具有共同文化與地域之互動關係的個人和團體所組成的集合體。具有下列特徵:一、有相當程度的自給自足;二、數代相傳延續歷史;三、地區範圍大。②國民小學現行學科的一種。內容包括歷史、地理等。

14【社團】 ㄕㄜˋ ㄊㄨㄢˊ
①(verein)以二人以上之社員結合爲組織之基礎,且以社員總會爲其最高意思機關,並應訂立章程的法人。亦即係由人之集合體而成之社員團體。如農會、工會、商會、合作社、公司等均屬之。社團如係以營利爲目的者,其法人資格之取得應依特別法(如“公司法”、“銀行法”)之規定;如係以公益爲目的者,則於登記前應得主管機關之許可。②(association)指二人以上爲一定之目的而集合的團體。包括正式與非正式的團體。如俱樂部、公共服務團體。社團內通常有職位分工和指揮溝通系統,用以協助其達成目標。

15【社論】 ㄕㄜˋ ㄌㄨㄣˋ
(editorial)刊於報刊評論版或其他版面的闢欄文字。旨在宣示報刊的立場和意見。

【社稷】 ㄕㄜˋ ㄐㄧˋ
①土神與穀神。②指國家。古時帝王、諸侯建立國家,必設置社稷之神,社稷隨國家而存亡,故常以社稷爲國家的代稱。

13【社會人】 ㄕㄜˋ ㄏㄨㄟˋ ㄖㄣˊ
(social man)‘謝恩’(E. H. Schein)所提出組織對員工的一種看法。認爲員工最大的動機是社會需求,並藉著與同事的關係獲得認同感;員工對非正式組織的反應,較對管理與控制的反應更爲強烈。組織認爲員工是社會人,則應採用適應社會人的管理策略,如重視員工的需求及內心的感受,且應重視員工的非正式組織。

【社會化】 ㄕㄜˋ ㄏㄨㄟˋ ㄏㄨㄚˋ
(socialization)個體經由學習與訓練,獲得社會文化中之價值觀念、風俗習慣,而在行爲、思想上逐漸發展爲家庭、社會所接受之社會人的歷程。

【社會版】 ㄕㄜˋ ㄏㄨㄟˋ ㄅㄢˇ
(society page)報刊所闢的專版之一。刊載內容多爲社會新聞。

【社會劇】 ㄕㄜˋ ㄏㄨㄟˋ ㄐㄩˋ
(sociodramatic play)指三～五歲之兒童經常扮演不同社會角色的行爲。

【社會學】 ㄕㄜˋ ㄏㄨㄟˋ ㄒㄩㄝˊ
(sociology)爲‘法’人‘孔德’(Auguste Comte)所創。是研究人類社會關係的科學。社會學的旨趣,在探討社會互動或社會關係中的人,以及由此所造成的社會體系、社會團體與社會組織和彼此之間的關係等。

15【社稷臣】 ㄕㄜˋ ㄐㄧˋ ㄔㄣˊ
關係國家安危的重臣。

11【社區報紙】 ㄕㄜˋ ㄑㄩ ㄅㄠˋ ㄓˇ
(community newspaper)一個社區編印而發行的報紙。內容以該社區的新聞爲主,發行間隔及張數視實際需要而定。

【社區電視】 ㄕㄜˋ ㄑㄩ ㄉㄧㄢˋ ㄕˋ
(community television)以服務社區爲主的電視。多以有線方式播送,且收視節目需付費用。

13【社會工作】 ㄕㄜˋ ㄏㄨㄟˋ ㄍㄨㄥ ㄗㄨㄛˋ
(social work)又稱社會事業。狹義的定義,是專指一種對於有問題的個人或團體所實施的各種專業服務。廣義的定義,則指一切有關促進個人與社會福利的措施,乃至包括各種教育、衛生、保險及其他公共事業在內。

【社會分化】 ㄕㄜˋ ㄏㄨㄟˋ ㄈㄣ ㄏㄨㄚˋ
(social differentiation)社會組織裡的角色或單位由一變爲二或更多的過程。此種社會結構的分化,是社會現代化過程的特質之一。分化出的角色或單位比原有的角色、單位更特殊化、更效率化。

【社會主義】ㄕㄜˋ ㄏㄨㄟˋ ㄓㄨˇ ㄧˋ
(socialism) 1一種社會哲學或社會組織的體制。以生產和經濟勞務之物資工具的公有原則爲根據，即政府擁有生產所需的資源，並以中央控制的統一方式來決定生產量與分配量；重視社會利益的均分，不以謀利爲指導原則。2改革現今之社會經濟制度、反對資本主義、廢止私有財產的主義。如共產主義、工團主義等都是極端的社會主義。

【社會成本】ㄕㄜˋ ㄏㄨㄟˋ ㄔㄥˊ ㄅㄣˇ
(social cost)生產某一種產品所支出的私人成本與生產此一產品所發生的外部不經濟(或外部經濟)之和。

【社會角色】ㄕㄜˋ ㄏㄨㄟˋ ㄐㄧㄠˇ ㄙㄜˋ
(social role)社會對個人在互動過程中所指定的行爲角色與期望。簡稱角色。人與人的互動往往是二個社會角色的互動，如老師與學生的互動是「老師」角色與「學生」角色的互動。

【社會制度】ㄕㄜˋ ㄏㄨㄟˋ ㄓˋ ㄉㄨˋ
(social institution)1由一群相互關聯的社會角色所組成的社會結構。包括規範、地位、活動，以助個人追求社會目標。2指決定一個社會形態的政治結構制度。主要包括政治、經濟、文化的制度。社會制度受到權力分配、歷史文化等因素的支配，對社會的成長、人民的幸福有根本上的影響。

【社會制裁】ㄕㄜˋ ㄏㄨㄟˋ ㄓˋ ㄘㄞˊ
(social sanction)社會節制成員服從規範的控制方式。服從者予以獎勵，違反者予以處罰。

【社會流動】ㄕㄜˋ ㄏㄨㄟˋ ㄌㄧㄡˊ ㄉㄨㄥˋ
(social mobility)人們社會地位上下或平行改變的現象。上下流動指社會地位的升遷與下降；平行流動則指未改變社會地位的一切流動(如轉換職業)，而未改變地位高下。

【社會計畫】ㄕㄜˋ ㄏㄨㄟˋ ㄐㄧˋ ㄏㄨㄚˋ
(social planning)政府爲策劃並推動國家經濟發展和社會發展所做的短期或長期的全盤性計畫。

【社會契約】ㄕㄜˋ ㄏㄨㄟˋ ㄑㄧˋ ㄩㄝ
(social contract)假定社會成員間之權利、義務關係的形成，是以訂立契約的方式進行者，稱爲社會契約。

【社會科學】ㄕㄜˋ ㄏㄨㄟˋ ㄎㄜ ㄒㄩㄝˊ
(social science)研究社會現象、文化、社會互動的學科。包括社會學、文化人類學、政治學、經濟學、法律學等。

【社會保險】ㄕㄜˋ ㄏㄨㄟˋ ㄅㄠˇ ㄒㄧㄢˇ
(social insurance)政府基於社會政策而舉辦或由政府監督實施的保險。爲政策保險的一種。其承保範圍，以強制方式，對全體或特定階層的國民，於遭遇生、老、病、死、傷害、殘廢或失業等事故時，提供現金給付或醫療服務，以保障其經濟生活安定。我國現行的勞工保險、公務人員保險等皆是。

【社會哲學】ㄕㄜˋ ㄏㄨㄟˋ ㄓㄜˊ ㄒㄩㄝˊ
(social philosophy)二十世紀新興的一種哲學探討。研究社會生成原理與解決社會問題之學問理論基礎的學科。

【社會能力】ㄕㄜˋ ㄏㄨㄟˋ ㄋㄥˊ ㄌㄧˋ
(social competence)泛指個人適應環境、與人相處的能力。

【社會責任】ㄕㄜˋ ㄏㄨㄟˋ ㄗㄜˊ ㄖㄣˋ
(social responsibility) 1泛指個人對社會人群所應負的責任。2指企業的社會責任。企業係社會機構的一分子，所以對於社會也有其應盡的責任。也稱企業的社會目標。具體內容包括：一、保護消費者或使用者的利益；二、保護社區不受環境汙染；三、捐獻金錢、舉辦慈善救濟、公共福祉的活動；四、繳納稅金；五、培植社會未來所需之人才。

【社會規範】ㄕㄜˋ ㄏㄨㄟˋ ㄍㄨㄟ ㄈㄢˋ
(social norm)指社會所公認的行爲標準。用以指示人們在何種情況下那些行爲可以做、那些不能做。

【社會教育】ㄕㄜˋ ㄏㄨㄟˋ ㄐㄧㄠˋ ㄩˋ
由學校以外的機構對社會失學者所施的教育。本質上應該是對全體人民的教育，但以成人爲主要的對象，故又稱成人教育。

【社會控制】ㄕㄜˋ ㄏㄨㄟˋ ㄎㄨㄥˋ ㄓˋ
(social control)社會用以強迫其成員遵從社會規範倫理的手段與策略。

【社會組織】ㄕㄜˋ ㄏㄨㄟˋ ㄗㄨˇ ㄓ
(social organization)爲解決生活上的問題，人們會在所有相關的社會關係中尋找出最有效、最有利的解決方法，這種運作就是社會組織。

【社會階級】ㄕㄜˋ ㄏㄨㄟˋ ㄐㄧㄝ ㄐㄧˊ
(social class)依據家庭成員之收入、教育程度、職業類別與居住地區等而歸類的社會地位。

【社會階層】ㄕㄜˋ ㄏㄨㄟˋ ㄐㄧㄝ ㄘㄥˊ
(social stratification)指社會成員因財富、權勢、聲望之差異而形成的高低不同階層。涵蓋社會地位與社會階級兩概念。

【社會距離】ㄕㄜˋ ㄏㄨㄟˋ ㄐㄩˋ ㄌㄧˊ
(social distance)企業組織內由於職位、地位等因素，使得企業高階主管與基層間的溝通發生實際上的困難。此項困難係由因雙方交往的隔離所致，稱爲組織層級的社會距離。

【社會結構】 ㄕㄜˋ ㄏㄨㄟˋ ㄐㄧㄝˊ ㄍㄡˋ

(social structure) 指社會成員間的相互關係而言。在一組的個人之間，如父子應該如何互相對待，稱之爲父子關係，而父慈子孝就是我國社會上廣爲大多數人所接受的父子關係。研究社會結構，就是去發現社會中的這些關係。

【社會運動】 ㄕㄜˋ ㄏㄨㄟˋ ㄩㄣˋ ㄉㄨㄥˋ

(social movement) 社會團體爲求現行社會制度改變所作的協調與持續性的努力，稱爲社會運動。無論政治、宗教、文化、生活等形態的社會運動，活動的目標都是誘致民眾毀棄某些現行的風俗習慣，而採用嶄新的行爲模式。

【社會認知】 ㄕㄜˋ ㄏㄨㄟˋ ㄖㄣˋ ㄓ

(social cognition) 指個人對社會、他人與其人際關係的瞭解。

【社會團體】 ㄕㄜˋ ㄏㄨㄟˋ ㄊㄨㄢˊ ㄊㄧˇ

(social group) 所謂團體是指二個以上有直接或間接接觸的人，共同朝向一個目標，以創造或維繫群體的功能。所以社會團體是指有組織的社會群體，成員必須具有互動和某種程度的認知感。

【社會增長】 ㄕㄜˋ ㄏㄨㄟˋ ㄗㄥ ㄓㄤˇ

(social growth) 指遷入人口多於遷出人口所造成的人口增長。

【社會變遷】 ㄕㄜˋ ㄏㄨㄟˋ ㄅㄧㄢˋ ㄑㄧㄢ

(social change) 社會互動和社會關係等所構成社會結構之組織與功能上的變遷。包括社會規範、價值體系、文化、社會組織和制度等方面的改變。

14【社團法人】 ㄕㄜˋ ㄊㄨㄢˊ ㄈㄚˇ ㄖㄣˊ

法人可分公法人及私法人。私法人依其成立之基礎係人的集合或物的集合，可分社團法人及財團法人。社團法人係以二人以上之社員爲其組織基礎，以社團總會爲其最高意思機關，並應訂立章程規定其組織及社員間之權利義務關係，例如合作社、公司、農會、商會均屬之。財團乃以捐助財產爲其成立基礎，應訂立捐助章程，規定財團成立之目的及其財產管理之方式，例如私立學校、寺廟、基金會及其他慈善機關均屬之。

【社團總會】 ㄕㄜˋ ㄊㄨㄢˊ ㄗㄨㄥˇ ㄏㄨㄟˋ

由社員所組織，爲社團必設之最高意思機關。凡變更社團章程、任免社團之董事及監察人、對董事執行職務及監察人執行職務之監督，以及基於正當理由而開除社員，均須經總會之決議行之。

11【社區心理學】 ㄕㄜˋ ㄑㄩ ㄒㄧㄣ ㄌㄧˇ ㄒㄩㄝˊ

(community psychology) 心理學派之一支。係應用心理學之原則於社區中，以消除引起居民不良適應的社會和物理環境。

13【社會心理學】 ㄕㄜˋ ㄏㄨㄟˋ ㄒㄧㄣ ㄌㄧˇ ㄒㄩㄝˊ

(social psychology) 心理學派的一支。專事研究文化、群眾與社會機構對個體行爲的影響。

【社會生物學】 ㄕㄜˋ ㄏㄨㄟˋ ㄕㄥ ㄨˋ ㄒㄩㄝˊ

(sociobiology) 專事研究基因對社會行爲影響的學問。

【社會交換論】 ㄕㄜˋ ㄏㄨㄟˋ ㄐㄧㄠ ㄏㄨㄢˋ ㄌㄨㄣˋ

(social-exchange theory) 一種社會心理學。主張人際間之相互反應，係植基於彼此的得失。

【社會性需要】 ㄕㄜˋ ㄏㄨㄟˋ ㄒㄧㄥˋ ㄒㄩ ㄧㄠˋ

(social needs) 爲'美國'心理學家'馬斯婁'(A. H. Maslow) 所提出人們五大基本需要之一。指人們具有與人交往的需要，經由交往獲得情感的互動，接納他人並被人接納。

【社會學習論】 ㄕㄜˋ ㄏㄨㄟˋ ㄒㄩㄝˊ ㄒㄧˊ ㄌㄨㄣˋ

(social-learning theory) 學習理論之一。強調個體之學習來自觀察與模倣他人之行爲；示範與觀摩爲主要的學習活動。

【社會體系論】 ㄕㄜˋ ㄏㄨㄟˋ ㄊㄧˇ ㄒㄧˋ ㄌㄨㄣˋ

(social system theory) 社會學理論之一。認定人們遵從社會互動方式是社會穩定的最大原因，人們總是希望遵從社會規範而表達行爲方式，故社會不會完全破滅。功能論學者如'派深思' (Talcott Parsons)、'墨頓'(Robert K. Merton) 均有此概念。

【社會正義原則】 ㄕㄜˋ ㄏㄨㄟˋ ㄓㄥˋ ㄧˋ ㄩㄢˊ ㄗㄜˊ

(the principle of social justice) '德國'著名財政學者'華格納' (A. Wagner) 所提倡租稅原則中的第三個原則。謂租稅的課徵應具有所得重分配以達成社會公平的作用。爲實現此原則，應兼顧課稅普遍與課稅平等兩項小原則。

【社會安全制度】 ㄕㄜˋ ㄏㄨㄟˋ ㄢ ㄑㄩㄢˊ ㄓˋ ㄉㄨˋ

(Social Security System) 最早見於'美國'所實施之"社會安全法案"，係政府對貧困個人及家庭所提供的各項經濟安全計畫。主要包括社會保險(social insurance)、公共救助(public assistance)、社會福利(social welfare)三部分。

【社會固定資本】 ㄕㄜˋ ㄏㄨㄟˋ ㄍㄨˋ ㄉㄧㄥˋ ㄗ ㄅㄣˇ

(social overhead capital) 又稱公共基礎設施。如道路、港口、機場等，其直接投資報酬雖然看不出來，但卻可使私人的投資報酬增加。

【社會流向假設】ㄕㄜˋ ㄏㄨㄟˋ ㄌㄧㄡˊ ㄒㄧㄤˋ ㄐㄧㄚˇ ㄕㄜˋ
(social-drift hypothesis)社會上不適應者多流入低階層社會，致使社會階級與心理病理存在某種相關，但非其導因。

【社會理想心向】ㄕㄜˋ ㄏㄨㄟˋ ㄌㄧˇ ㄒㄧㄤˇ ㄒㄧㄣ ㄒㄧㄤˋ
(social-desirability set)進行人格測驗時，受試者依社會所讚許之反應方向塡答的行爲傾向。

【社會達爾文論】ㄕㄜˋ ㄏㄨㄟˋ ㄉㄚˊ ㄦˇ ㄨㄣˊ ㄌㄨㄣˋ
(social Darwinism)社會學理論之一。係採用‘達爾文’適者存、劣者敗的原則來分析社會進化的現象，相信生存競爭的結果，使能力強者居人之上，弱者淪爲下層分子，甚或消滅殆盡。持此理論者相信上層社會是優秀者、能力強者，故社會上的不平等是自然現象，而非罪惡或不公平。

【社會寫實主義】ㄕㄜˋ ㄏㄨㄟˋ ㄒㄧㄝˇ ㄕˊ ㄓㄨˇ ㄧˋ
(social realism)①指寫實地描述出社會及日常生活狀況之文學和藝術。如十九世紀‘庫爾貝’的繪畫和‘左拉’的文學等。②指從社會批判的眼光來描繪日常生活狀況的現代繪畫。如‘賓香’(Ben Shahn)和垃圾筒畫派的‘美國’繪畫，及1950年代‘英國’廚房內畫派(Kitchen Sink School)畫家‘布雷特比’(Bratby)和‘史密斯’(Jack Smith)等人的繪畫。社會寫實主義與社會主義的寫實主義(socialist realism)有所不同，後者是‘蘇俄’官方所提倡的，爲站在社會主義的立場，描寫工人生產勞動和社會建設的光榮事跡，以作爲宣傳誇耀用的繪畫。

【社會學習治療法】ㄕㄜˋ ㄏㄨㄟˋ ㄒㄩㄝˊ ㄒㄧˊ ㄓˋ ㄌㄧㄠˊ ㄈㄚˇ
(social-learning therapy)心理治療法之一。係利用環境控制與學習原則，改善患者對社會之適應能力，達到治療目的。

【社會責任報業理論】ㄕㄜˋ ㄏㄨㄟˋ ㄗㄜˊ ㄖㄣˋ ㄅㄠˋ ㄧㄝˋ ㄌㄧˇ ㄌㄨㄣˋ
四種報業理論之一。西元1947年，‘美國新聞自由委員會’首先提出，認爲新聞事業必須以服務社會爲最高前提，唯有報導正確而有意義的新聞，才能確保本身的存在。且新聞自由並非毫無限制，政府對自由報業制度的種種弊端應出面干涉。由於該理論以傳統的自由主義爲基礎，而涵蓋更廣，故可視爲「新的自由主義報業」。‘英國’曾於1949、1962年相繼提出兩次‘皇家委員會’報告，獲普遍重視，更爲此一理論奠下紮實基礎。

祀 ㄙˋ szŭ4, ssŭ4 音似
①祭神鬼。如：祀天。②祭神的地方。③‘殷代’稱年爲祀。④姓。‘明’有‘祀淵’。見“萬姓統譜·七四”。

7【祀灶】ㄙˋ ㄗㄠˋ
祭祀灶神。我國北方在農曆十二月廿三日舉行；南方則於廿四日舉行。

8【祀典】ㄙˋ ㄉㄧㄢˇ
①祭祀的典禮。②記載祭祀的典籍。

祂 ㄊㄚ t'a1 音他
稱代詞。用以稱西方宗教的上帝。

祁 ㄑㄧˊ ch'i2 音其
①大；盛。見“集韻”。②姓。‘春秋’有‘祁彌明’。見“萬姓統譜·四”。

11【祁連】ㄑㄧˊ ㄌㄧㄢˊ
天。‘匈奴’語。

【祁連山】ㄑㄧˊ ㄌㄧㄢˊ ㄕㄢ
當地俗稱‘南山’。盤亙於‘甘’‘青’兩省界上，東南接‘秦嶺’、‘隴山’。平均高度在4,000公尺以上，主峰‘祁連山’，高度近6,000公尺。

12【祁寒酷暑】ㄑㄧˊ ㄏㄢˊ ㄎㄨˋ ㄕㄨˇ
指極冷和極熱的天氣。

礿 ㄩㄝˋ yüeh4 音月
祭名。‘夏’‘商’之時，天子諸侯宗廟之祭，春稱礿，夏稱禘，秋稱嘗，冬稱烝。‘周’時春祭稱祠，夏祭稱礿。見“正字通”。

4

祊 ㄅㄥ pêng1 音崩
①祭名。指在宗廟門內接尸時的祭禮。同鬃。見“說文”。②宗廟門內設祭的地方。

祆 ㄒㄧㄢ hsien1 音先
‘波斯’拜火教的神名。

11【祆教】ㄒㄧㄢ ㄐㄧㄠˋ
(Zoroastrianism; Zoroastrism)又名拜火教。西元前六世紀‘波斯’人‘瑣羅亞斯德’(Zoroaster)所創。主善、惡二源說，以火和日月星辰代表善神、光明而膜拜之。三世紀時，成爲‘波斯’的國教，流行於中‘亞’。‘北魏’時傳入我國，至‘宋’時中絕。

䄎 ㊀ ㄍㄨㄟˇ kuei3 音鬼
祭山。也作祈。見“集韻”。
㊁ ㄓ chih1 音知
福。見“玉篇”。

祉 ㄓˇ chih3 音止
福祚。見“說文”。

祌 ㊀ ㄓㄨㄥˋ chung4 音仲
神名。見“集韻”。
㊁ ㄔㄨㄥ ch'ung1 音沖
空虛。同沖。見“字彙補”。

祋 ㄉㄨㄟˋ tui4 音對
①兵器名。即殳。見“說文”。②懸掛羊皮的竿子。見“說文通訓定聲”。③巡邏兵卒猝然阻喝的言辭。見“通俗編·語辭”。

10【祋祤】ㄉㄨㄟˋ ㄒㄩˇ
古縣名。‘漢’置。屬‘左馮翊’。在今‘陝西省’‘耀縣’東。

祅 ㄧㄠ yao1 音妖
反常怪異的事物或現象。今通作妖。

祇 ㊀ ㄑㄧˊ ch'i2 音其
①地神。如：地祇。②平安；

安心。③大;多。如:祇悔。

三 ㄓ chih[1] 音支

但;只。同祇。見"洪武正韻"。

10【祇悔】 ㄑㄧˊ ㄏㄨㄟˇ

大悔。

14【祇聞樓梯響不見人下來】 ㄓ ㄨㄣˊ ㄌㄡˊ ㄊㄧ ㄒㄧㄤˇ ㄅㄨˋ ㄐㄧㄢˋ ㄖㄣˊ ㄒㄧㄚˋ ㄌㄞˊ

比喻只聞空言,不見實施。

祈 ㄑㄧˊ ch'i[2] 音奇

①向神禱告求福。見"說文"。②希望;請求。如:祈雨。③姓。'元'有'祈望芳'。見"萬姓統譜·四"。

8【祈雨】 ㄑㄧˊ ㄩˇ

祈求上天下雨。

18【祈禱】 ㄑㄧˊ ㄉㄠˇ

向神佛禱告祈求。

21【祈禳】 ㄑㄧˊ ㄖㄤˊ

祈求福祥,祛除災害。

7【祈克果】 ㄑㄧˊ ㄎㄜˋ ㄍㄨㄛˇ

(Søren Aabye Kierkegaard, 1813~1855) '丹麥'哲學家。生前默默無聞,二十世紀始被發現。猛烈攻擊'黑格爾'哲學體系之普遍性和客觀性,主張存在先於本質,是現代第一位對「存在」一詞賦予「存在主義」意義者。此外,激烈反對主知主義,懷疑基督教條,認爲上帝不可能以理性的方法加以認識。著作甚豐,主要有"哲學斷簡"(*Philosophical Fragments*)、"日記"(*Journals*)、"恐怖與震顫"(*Fear and Trembling*)、"抑此或彼"(*Either/Or*)、"不安的概念"(*The Concept of Dread*)等。

祈克果像

5

祕 ㄇㄧˋ mi[4] 音密 又讀 ㄅㄧˋ pi[4] 音必

①神妙不可測知。如:神祕。②隱密;不使人知。如:祕密。③珍奇的;不常見的。如:祕籍。④姓。'漢'有'祕彭祖'。見"萬姓統譜·九三"。

4【祕方】 ㄇㄧˋ ㄈㄤ

①祕傳的藥方。②隱祕不外傳的方法、技術。

7【祕辛】 ㄇㄧˋ ㄒㄧㄣ

指內幕或祕密。

10【祕書】 ㄇㄧˋ ㄕㄨ

①宮中祕藏的書。②朝廷的機密文件。③官名。掌管機要典籍、文件或起草文書的官員。④公司行號幫助主管處理公文、書函、交際的人員。

【祕笈】 ㄇㄧˋ ㄐㄧˊ

祕藏珍貴的書籍。

11【祕訣】 ㄇㄧˋ ㄐㄩㄝˊ

不爲人所知的訣竅。

15【祕魯】 ㄇㄧˋ ㄌㄨˇ

(Peru)位於'南美洲'西部的國家。西邊濱臨'太平洋'。面積128.5萬方公里,人口2,793.0萬(2005年),首都'利馬'(Lima)。全境多屬'安地斯山地'。主產棉花、糖、稻米、玉米、漁獲及石油、銅、鉛、鋅等礦。

20【祕籍】 ㄇㄧˋ ㄐㄧˊ

①宮中祕藏的書。②珍貴少見的書。

8【祕宗拳】 ㄇㄧˋ ㄗㄨㄥ ㄑㄩㄢˊ

拳術名。又名'燕青'拳、迷蹤拳。以身形步法快捷難測而得名。流行於北方。

10【祕書省】 ㄇㄧˋ ㄕㄨ ㄕㄥˇ

官署名。'南朝''梁'承前代'祕書監'之制,專設'祕書省',置監、丞,掌圖書典籍。'隋'、'唐'、'宋'皆沿之而增置少監,領'著作局'及'太史局'。至'元'又改爲'祕書監'。

祠 ㄘˊ tz'ŭ[2] 音詞

①春祭。見"說文"。②泛指祭祀。如:祠官。③廟。如:祖祠。

11【祠堂】 ㄘˊ ㄊㄤˊ

祭祀祖先或名臣鄉賢的廟堂。

祛 ㄑㄩ ch'ü[1] 音驅

除去;驅除。如:祛疑。

10【祛除】 ㄑㄩ ㄔㄨˊ

消除;排除。

祜 ㄏㄨˋ hu[4] 音戶

大福。

祒 ㄊㄧㄠˊ t'iao[2] 音條

人名用字。"莊子·天運"有'巫咸祒'。

祏 ㄕˊ shih[2] 音石

①宗廟中奉祀的神主。見"說文"。②宗廟裡保藏神主的石匣。當祭祀時,將神主請出,平時則放在石匣中,藏於廟的北壁之內,以避火災。

祐 ㄧㄡˋ yu[4] 音右

①助。通佑。見"說文"。②配。通侑。

祓 ㄈㄨˊ fu[2] 音伏

①除凶求福的祭祀。見"說文"。②除去不潔。如:祓濯。

13【祓禊】 ㄈㄨˊ ㄒㄧˋ

古代民間三月上巳日到水邊洗濯以除不祥的儀式。

祖 ㄗㄨˇ tsu[3] 音組

①奉祀始祖的宗廟。見"說文"。②父母親的父母或其同輩的尊長。如:祖父。③泛指前代先人。如:祖先。④宗派或事物的創始人。⑤宗奉;仿效。如:祖述'堯''舜'。⑥祭名。古代出外啟程前祭路神的儀式。⑦臨行餞別。如:祖宴。⑧設奠祭送死者。如:祖奠。⑨姓。'商'有'祖伊'。見"通志·氏族略四"。

3【祖上】 ㄗㄨˇ ㄕㄤˋ

祖宗;祖先。

8【祖宗】 ㄗㄨˇ ㄗㄨㄥ

①古時對本部族始祖及先世中有功德者的尊稱。②泛指歷代祖先。

9【祖述】 ㄗㄨˇ ㄕㄨˋ

尊奉效法前人的言行學說,並加以傳述發揚。

10【祖訓】 ㄗㄨˇ ㄒㄩㄣˋ

祖先對後代子孫的訓誡。

【祖師】 ㄗㄨˇ ㄕ
①一派學術、技藝或宗教的創始人。②道教神名。也稱'祖師公'。有'三代祖師'、'蓬萊祖師'等，一般多指供於'福建省''安溪縣'的'清水祖師'。

11【祖國】 ㄗㄨˇ ㄍㄨㄛˊ
僑居外國者稱自己的母國。

【祖逖】 ㄗㄨˇ ㄊㄧˋ
(266～321)'東晉'名將。'范陽'('今'河北''涿縣')人。字'士稚'。慷慨有節尚，與'劉琨'俱爲'司州'主簿時，半夜聞雞啼，即起床舞劍。'元帝'時爲'豫州'刺史，渡'江'北伐，擊楫誓復中原；曾屢敗'石勒'軍，收復'黃河'以南地。

13【祖塋】 ㄗㄨˇ ㄧㄥˊ
祖先的墳墓。

【祖業】 ㄗㄨˇ ㄧㄝˋ
①祖先所創建的功業。②祖先所遺留的產業。

【祖傳】 ㄗㄨˇ ㄔㄨㄢˊ
祖先傳授或留傳下來的事物。

16【祖餞】 ㄗㄨˇ ㄐㄧㄢˋ
設酒食送別將遠行的人。

18【祖禰】 ㄗㄨˇ ㄋㄧˇ
祖廟與父廟。

20【祖籍】 ㄗㄨˇ ㄐㄧˊ
原籍。指歷代祖先所居住的地方。

5【祖母綠】 ㄗㄨˇ ㄇㄨˇ ㄌㄩˋ
(emerald)一種貴重寶石。屬於綠柱石類(beryl)。爲深綠色含鈹的矽酸鹽。自然界中結晶大而無雜質的很少，因此寶石級的祖母綠價格極高，甚至比鑽石貴。

10【祖師禪】 ㄗㄨˇ ㄕ ㄔㄢˊ
佛教禪宗第六代祖師'慧能'所開創的頓悟禪。主張「不立文字，教外別傳」，以爲眞禪乃在祖師與祖師之間，心心相印當中，才能傳承。有別於"楞伽經"中'釋迦如來'用語言文字所闡述之'如來'禪理。

4【祖氏原理】 ㄗㄨˇ ㄕˋ ㄩㄢˊ ㄌㄧˇ
等高處的截面面積相等，則兩立體的體積相等。此原理爲五、六世紀'南朝''宋''祖沖之'、'祖暅之'父子所創，其說法爲「緣冪勢既同，則積不容異」。十六世紀時又爲'義大利'的'卡瓦列利'(Cavalieri)所發現，故西方稱'卡瓦列利'原理(Cavalieri's theorem)。乃微積分尚未出現前，求體積的一個重要方法。

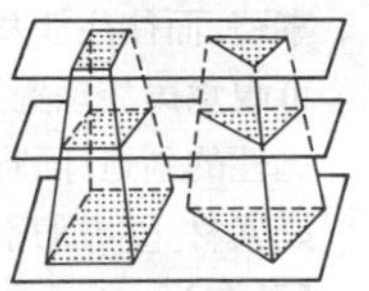
祖氏原理圖

13【祖傳祕方】 ㄗㄨˇ ㄔㄨㄢˊ ㄇㄧˋ ㄈㄤ
祖先所祕傳的藥方。

神 ㄕㄣˊ shên²

①能創造萬物、顯示靈異、賜福降災者。見"說文"。②人死後的靈魂。如：神靈。③人的精氣和注意力。如：精神。④玄妙；稀奇。如：神奇。⑤容態；表情。如：神情。⑥佛家語。指天界的眾生。因天人有神妙莫測的能力，故稱。⑦姓。'漢'有'神曜'。見"萬姓統譜·一九"。

2【神力】 ㄕㄣˊ ㄌㄧˋ
①不尋常的神奇力量。②超人的力氣。

3【神女】 ㄕㄣˊ ㄋㄩˇ
①女神。②妓女的代稱。

4【神丹】 ㄕㄣˊ ㄉㄢ
道教謂服之可以長生不死的丹藥。

【神父】 ㄕㄣˊ ㄈㄨˋ
(father)'羅馬'天主教、'英國'國教和東方正教對神職人員的尊稱。在天主教內，其職位在修士之上、主教之下，職責是照顧教徒的精神福祉。

【神化】 ㄕㄣˊ ㄏㄨㄚˋ
①神奇的變化。②將人物描述幻想成神一般。

5【神主】 ㄕㄣˊ ㄓㄨˇ
①古時宗廟內所設已死國君的牌位。用木或石製成。簡稱爲主。②指帝王。因帝王能代表天地神靈發號施令，故稱。③指百姓、人民。④泛指爲死者所立的牌位。

【神仙】 ㄕㄣˊ ㄒㄧㄢ
①道教稱得道而能長生不死、變化莫測的人。②形容飄逸脫俗、逍遙自得的人。

6【神交】 ㄕㄣˊ ㄐㄧㄠ
①憑藉神靈的力量交結。②精神相交，心靈相契。③指仰慕其人而未曾見面。

【神州】 ㄕㄣˊ ㄓㄡ
①'戰國'時'騶衍'以中國爲'赤縣神州'。後人遂泛稱'中國'爲神州。②指京都。

【神曲】 ㄕㄣˊ ㄑㄩˇ
(*La Divina Commedia*; *The Divine Comedy*)'義大利'詩人'但丁'著。全詩分地獄、煉獄和天國三部，記述詩人夢遊地獄、煉獄與天國的經歷。結合古代傳說、歷史、神學與詩歌，形成一部結構嚴謹、描寫生動、想像豐富的傑作。在西方文學中和'荷馬'的史詩及'魏吉爾'(Virgil)的"伊妮德"(*Aeneid*)同爲世人稱美的巨構。

【神色】 ㄕㄣˊ ㄙㄜˋ
表情；臉色。

7【神志】 ㄕㄣˊ ㄓˋ
①精神志氣。②意識。

【神秀】 ㄕㄣˊ ㄒㄧㄡˋ
①神奇秀麗。②神采俊秀。③(606?～706)'唐'高僧。俗姓'李'，'汴州''尉氏'人。禪宗五祖'弘忍'弟子，爲禪宗北宗之祖，與南宗'慧能'並稱於時，後代弟子因有道統之爭。入寂後，諡'大通禪師'。

【神位】 ㄕㄣˊ ㄨㄟˋ
神主牌位。

8【神祇】 ㄕㄣˊ ㄑㄧˊ
①天神地祇的合稱。②泛指所有的神。

【神奇】 ㄕㄣˊ ㄑㄧˊ
神妙奇特。

【神明】 ㄕㄣˊ ㄇㄧㄥˊ

①泛指所有的神。②如神一般,無所不知。③指人的精神。④泛指靈驗的事物。

【神采】 ㄕㄣˊ ㄘㄞˇ
精神風采。

【神往】 ㄕㄣˊ ㄨㄤˇ
內心嚮往。

9【神祕】 ㄕㄣˊ ㄇㄧˋ
深奧隱祕,不可測知。

【神勇】 ㄕㄣˊ ㄩㄥˇ
形容勇猛過人。

【神思】 ㄕㄣˊ ㄙ
①精神思緒。②指靈活的思想或靈感。

10【神效】 ㄕㄣˊ ㄒㄧㄠˋ
奇異的效應。

【神根】 ㄕㄣˊ ㄍㄣ
道教語。指身體、形骸。

【神格】 ㄕㄣˊ ㄍㄜˊ
(charisma)指具特殊感召力的人格特質。

【神氣】 ㄕㄣˊ ㄑㄧˋ
①自然的元氣。②精神。③表情。④驕傲得意的樣子。

11【神情】 ㄕㄣˊ ㄑㄧㄥˊ
神態;表情。

【神速】 ㄕㄣˊ ㄙㄨˋ
非常快速。

【神通】 ㄕㄣˊ ㄊㄨㄥ
①彼此心神相契合。②心領神會。③佛家語。指天賦特異的才能,如經修練,發展出來後便是神通。參六通。④俗稱高超的本領。

【神異】 ㄕㄣˊ ㄧˋ
神奇靈異。

12【神棍】 ㄕㄣˊ ㄍㄨㄣˋ
假借神明以詐騙財色的人。

【神智】 ㄕㄣˊ ㄓˋ
①聰明才智。②意識。③佛家語。能夠自在無礙地看觀事物之理的智慧。

13【神話】 ㄕㄣˊ ㄏㄨㄚˋ
①(myth)指根植於各種族、國家初民信仰的故事。廣義的神話且包括傳說(legends)及神仙故事(fairy tales)。其主題多在說明某些自然現象或記載部落英雄的事蹟,而往往涉及超自然的情節。可視爲民族感覺力的戲劇性或敘述性的創造,同時亦爲文學的最好素材。②虛幻不可信的言論。

【神遊】 ㄕㄣˊ ㄧㄡˊ
①精神或靈魂出遊。②心意相互溝通。即神交。③諱稱死亡。

【神馳】 ㄕㄣˊ ㄔˊ
①心裡非常嚮往。②思念深切。

【神聖】 ㄕㄣˊ ㄕㄥˋ
①(sacred)與世俗相對。有至高無上、不可侵犯的意思。在本質或應用上多富宗教意味。對宗教人士而言,神聖爲實存中心的力量或境界,具有絕對的影響力。②對帝王的尊稱。③指神靈。

【神經】 ㄕㄣˊ ㄐㄧㄥ
①神祕的書。多指道教方術的書籍。②(nerve)由神經細胞或神經元構成的組織。

【神會】 ㄕㄣˊ ㄏㄨㄟˋ
(688?~762?)‘唐’高僧。俗姓‘高’,‘襄陽’(今‘湖北’‘襄陽’)人。十四歲,謁禪宗六祖‘慧能’於‘曹溪’,能得其旨。其時禪宗北宗‘神秀’之說盛行,‘神會’乃於‘開元’二十二年(734)在‘滑臺’‘大雲寺’設無遮大會,建立南宗頓悟法門。‘安’‘史’亂後,住‘洛陽’‘荷澤寺’中,其後奉南宗者以‘神會’爲第七祖,稱‘荷澤大師’。

14【神算】 ㄕㄣˊ ㄙㄨㄢˋ
高明的計策或推測。

【神態】 ㄕㄣˊ ㄊㄞˋ
神情態度。

15【神劇】 ㄕㄣˊ ㄐㄩˋ
(oratorio)又名神曲。由獨唱、重唱、合唱、管絃樂等所構成。僅用歌唱表達,沒有舞臺背景及動作扮演。題材大都取自“聖經”。著名作品有‘巴赫’的“聖誕”(*Christmas Oratorio*)、‘韓德爾’的“彌賽亞”(*Messiah*)、‘海頓’的“創世紀”(*Die Schöpfung*)、‘孟德爾頌’的“伊利亞”(*Elijah*)等。

16【神學】 ㄕㄣˊ ㄒㄩㄝˊ
(theology)探討宗教思想的學科。廣義的神學指對於神(上帝)的問題及神與世界、神與人的關係所作的哲學性探討。狹義的神學則指各宗教信仰的理論研究。

18【神醫】 ㄕㄣˊ ㄧ
高明的醫生。

19【神韻】 ㄕㄣˊ ㄩㄣˋ
①指人的氣質和風度。②指詩文書畫的風格氣韻。

21【神譴】 ㄕㄣˊ ㄑㄧㄢˇ
神的責罰。

22【神龕】 ㄕㄣˊ ㄎㄢ
供奉神佛或祖先牌位的櫃櫥。

23【神髓】 ㄕㄣˊ ㄙㄨㄟˇ
比喻事物的精要部分。

24【神靈】 ㄕㄣˊ ㄌㄧㄥˊ
①神奇靈異。②神明;天地之神。③指魂魄。

5【神仙傳】 ㄕㄣˊ ㄒㄧㄢ ㄓㄨㄢˋ
‘晉’‘葛洪’撰,十卷。敘述神仙得道的方法、神通變化的傳說,以及所成仙眞的品類,保存道教早期的仙道思想。原書已佚,‘明’人據類書所引,輯成通行本“神仙傳”,爲研究道教史的重要史料。

13【神道碑】 ㄕㄣˊ ㄉㄠˋ ㄅㄟ
豎立在墓道前的石碑。用來記述死者的生平事蹟。

【神農氏】 ㄕㄣˊ ㄋㄨㄥˊ ㄕˋ
遠古傳說時代帝王名。又稱‘炎帝’、‘烈山氏’。相傳教人造耒耜,從事農耕,又嚐百草爲醫藥,被認爲是我國農業、醫藥的始祖。

【神經弓】 ㄕㄣˊ ㄐㄧㄥ ㄍㄨㄥ
(neural arch)人體受到有害的刺激時,受器將衝動經由周圍神經纖維傳入在脊髓之感覺神經元,感覺神經元將此衝動直接傳給運動神經元,經傳出神經纖維至動器而產生動作。此神經衝動所走的路徑稱爲神經弓,又稱反射弓。此路徑並無大腦思考、判斷的過程。

【神經元】 ㄕㄣˊ ㄐㄧㄥ ㄩㄢˊ
(neuron) 也稱神經原。神經系統的構造單位。即神經細胞。每個神經細胞包括一個神經本身及多個突起，其中把消息傳向細胞本體的稱樹突，把消息由神經本體傳出的稱軸突。

【神經病】 ㄕㄣˊ ㄐㄧㄥ ㄅㄧㄥˋ
(neurosis)又稱心理神經病(psychoneurosis)。一種心理異常症候。患者多過度防衛自我，生活中持續焦慮與情緒緊張。包括憂鬱症、恐懼症、焦慮性異常、轉換失常、歇斯底里症等。

【神經索】 ㄕㄣˊ ㄐㄧㄥ ㄙㄨㄛˇ
(nerve cord) 脊索動物在身體背面有縱貫身體前後的中空管狀索，稱爲神經索。係由神經細胞聚集而成的神經中樞，其前端擴大，在成體時常加厚分化而成爲腦。

【神經痛】 ㄕㄣˊ ㄐㄧㄥ ㄊㄨㄥˋ
(neuralgia) 神經系統本身疾病所引起的疼痛。如坐骨神經痛，即坐骨神經受到腰椎骨刺、椎間板、腫瘤的壓迫，在其分布的區域產生疼痛的感覺。又如中風後，如果丘腦受損，也可能發生陣陣劇烈的神經痛。

【神經學】 ㄕㄣˊ ㄐㄧㄥ ㄒㄩㄝˊ
(neurology) 醫學的一分支。爲專門研究神經系統及其疾病的科學。神經病學科的醫師在於醫治和幫助因腦部、脊髓或末梢神經系統不適的患者。

15【神箭手】 ㄕㄣˊ ㄐㄧㄢˋ ㄕㄡˇ
箭術精純的人。

4【神不守舍】 ㄕㄣˊ ㄅㄨˋ ㄕㄡˇ ㄕㄜˋ
指人精神恍惚。

5【神出鬼沒】 ㄕㄣˊ ㄔㄨ ㄍㄨㄟˇ ㄇㄛˋ
形容行動快捷，變化莫測。

【神乎其技】 ㄕㄣˊ ㄏㄨ ㄑㄧˊ ㄐㄧˋ
形容技術高超，出神入化。

【神仙眷屬】 ㄕㄣˊ ㄒㄧㄢ ㄐㄩㄢˋ ㄕㄨˇ
美稱恩愛夫妻。

6【神色自若】 ㄕㄣˊ ㄙㄜˋ ㄗˋ ㄖㄨㄛˋ
神態臉色不變。形容鎭定的樣子。

8【神來之筆】 ㄕㄣˊ ㄌㄞˊ ㄓ ㄅㄧˇ
形容詩文或書畫極爲生動，有如神助。

10【神氣活現】 ㄕㄣˊ ㄑㄧˋ ㄏㄨㄛˊ ㄒㄧㄢˋ
1驕傲自大，不可一世的樣子。2形容精神與形態皆栩栩如生。

【神鬼莫測】 ㄕㄣˊ ㄍㄨㄟˇ ㄇㄛˋ ㄘㄜˋ
變化奧妙，難以預料。

11【神通廣大】 ㄕㄣˊ ㄊㄨㄥ ㄍㄨㄤˇ ㄉㄚˋ
指神仙法力高強，無所不能。比喻人辦法很多，手段高妙。

【神荼鬱壘】 ㄕㄣˊ ㄕㄨ ㄩˋ ㄌㄩˋ
兩門神名。參荼曰、鬱壘。

13【神道設教】 ㄕㄣˊ ㄉㄠˋ ㄕㄜˋ ㄐㄧㄠˋ
1人君順應自然之理以施行教化。2主政者假託鬼神之道以施行統治。

【神經系統】 ㄕㄣˊ ㄐㄧㄥ ㄒㄧˋ ㄊㄨㄥˇ
(nervous system) 個體欲有效執行其身體機能，必須有控制各部活動及提供各部訊息的工具，而神經系統即利用神經傳導，以感覺外界環境，調節身體內各種活動。可分爲中樞神經系統及末梢神經系統。

【神經衰弱】 ㄕㄣˊ ㄐㄧㄥ ㄕㄨㄞ ㄖㄨㄛˋ
(neurosis) 應名精神官能症。一種心理症狀。指人由於長期慢性的心理壓力、內在的緊張，而發生身體方面種種不舒服的病症。

14【神魂顚倒】 ㄕㄣˊ ㄏㄨㄣˊ ㄉㄧㄢ ㄉㄠˇ
形容非常傾慕嚮往。

【神態活現】 ㄕㄣˊ ㄊㄞˋ ㄏㄨㄛˊ ㄒㄧㄢˋ
形容精神與形態皆栩栩如生。

16【神機妙算】 ㄕㄣˊ ㄐㄧ ㄇㄧㄠˋ ㄙㄨㄢˋ
神奇高明的推測或謀劃。

21【神懾氣奪】 ㄕㄣˊ ㄓㄜˊ ㄑㄧˋ ㄉㄨㄛˊ
精神驚懼而氣勢被奪。形容極度驚嚇畏懼的樣子。

24【神靈附體】 ㄕㄣˊ ㄌㄧㄥˊ ㄈㄨˋ ㄊㄧˇ
(spirit possession) 相信神靈進入人體之內，或是人體爲神靈所控制的狀態。其目的是爲了讓人看到神靈的行爲或指示。這是存在於某種宗教信仰之下的習俗和觀念。如我國民俗的牽亡、牽三姑、扶乩都是神靈附體。一般認爲是用催眠、暗示的結果，使人的精神呈分裂狀態。

9【神風特攻隊】 ㄕㄣˊ ㄈㄥ ㄊㄜˋ ㄍㄨㄥ ㄉㄨㄟˋ
西元1944年'太平洋'戰爭後期，'日本'嚴重挫敗，海軍船艦多被摧毀，乃由單人駕駛戰鬥機，負載炸彈衝向'美'軍船艦，企圖以一機與一艦同亡之自殺方式，來獲得戰果的海軍航空隊。初期'美'艦被炸沈很多，後'美'軍火力加強，神風隊飛機多先被擊落。戰後，神風一詞遂成爲右派好戰者的象徵。

4【神不知鬼不覺】 ㄕㄣˊ ㄅㄨˋ ㄓ ㄍㄨㄟˇ ㄅㄨˋ ㄐㄩㄝˊ
形容極爲隱密，外人一無所知。

13【神聖羅馬帝國】 ㄕㄣˊ ㄕㄥˋ ㄌㄨㄛˊ ㄇㄚˇ ㄉㄧˋ ㄍㄨㄛˊ
(Holy Roman Empire)指西元962～1806年之際的'日耳曼'地區。'羅馬'皇帝的名號於五世紀廢除，800年教皇'里奧三世' (Leo Ⅲ)重新頒給'法蘭克'王'查理曼大帝'。961年，'日耳曼'王'奧圖一世'(Otto Ⅰ)遠征'義大利'，次年受教皇'約翰十二世'(John Ⅻ)加冕爲

'羅馬'皇帝,從此'日耳曼'皇帝即位都到'羅馬'受教皇加冕,並兼'羅馬帝國'皇帝之號,將帝權與教權結合,控制教會,抑制國內諸侯。帝國原先的版圖包括今之'德國'、'奧地利'、'捷克'西部、'瑞士'、'法國'西部、'盧森堡'、'比利時'、'荷蘭'及'義大利'北、中地區,而以'德國'本土爲中心。1806年被'拿破崙'解散,將'萊因區'的十六邦併爲'萊因同盟'。

【神經性懼食症】 ㄕㄣˊ ㄐㄧㄥ ㄒㄧㄥˋ ㄐㄩˋ ㄕˊ ㄓㄥˋ
(anorexia nervosa)一種變態行爲。患者多爲年輕女孩,極度懼怕肥胖,因而儘可能減少食量,或於進食後故意引發嘔吐,甚者可能導致生命危險。

16【神龍見首不見尾】 ㄕㄣˊ ㄌㄨㄥˊ ㄐㄧㄢˋ ㄕㄡˇ ㄅㄨˋ ㄐㄧㄢˋ ㄨㄟˇ
比喻人行蹤飄忽隱密。

祝 ㄓㄨˋ chu⁴ 音注
1古代祭祀時贊禮饗神的人。見"說文"。2祈禱。如:祝禱。3慶賀;頌賀。如:祝壽。4斷。如:祝髮文身。5姓。'明'有'祝允明'。見"明史·文苑傳·祝允明"。

14【祝嘏】 ㄓㄨˋ ㄍㄨˇ
1主司宗廟祭祀的人。2舊稱向帝王、貴族賀壽,今則通稱賀壽、祝壽。

15【祝髮】 ㄓㄨˋ ㄈㄚˇ
1斷髮;剪短頭髮。2指僧侶削髮受戒。

16【祝融】 ㄓㄨˋ ㄖㄨㄥˊ
火神。相傳'顓頊氏'之子'黎',曾爲火官,死後爲火神。

18【祝禱】 ㄓㄨˋ ㄉㄠˇ
祈禱;祈求。

【祝釐】 ㄓㄨˋ ㄒㄧ
祭神祈福。

4【祝允明】 ㄓㄨˋ ㄩㄣˇ ㄇㄧㄥˊ
(1460~1526)'明''長洲'(今'江蘇''吳縣')人,字'希哲'。因生有枝指,故自號'枝指生'、'枝山'。'弘治'舉人,任'應天府'通判。詩文有奇氣,尤工書法,與'唐寅'、'徐禎卿'、'文徵明'合稱'吳'中四才子。著有"祝氏集略"、"懷星堂集"。

5【祝由科】 ㄓㄨˋ ㄧㄡˊ ㄎㄜ
我國古來相傳的神祕治病法之一。又稱'辰州'符、'越'方術。不用藥方,而以符祝治病,故稱。

9【祝英臺】 ㄓㄨˋ ㄧㄥ ㄊㄞˊ
'東晉'女子。'上虞'(今'浙江''上虞')人。參梁山伯1。

16【祝融肆虐】 ㄓㄨˋ ㄖㄨㄥˊ ㄙˋ ㄋㄩㄝˋ
指發生火災。

祑 ㄓˋ chih⁴ 音秩
祭祀有次序。見"集韻"。

祚 ㄗㄨㄛˋ tso⁴, tsuo⁴ 音坐
1福;祿。見"洪武正韻"。2賜福;降福。如:天祚明德。3獎賞;酬報。4帝位。如:踐祚。5年歲。如:年祚。

9【祚胤繁昌】 ㄗㄨㄛˋ ㄧㄣˋ ㄈㄢˊ ㄔㄤ
子孫繁衍。

祢 禰的或體。

祔 ㄈㄨˋ fu⁴ 音付
1祭名。將死者與其祖先合享的祭祀。見"說文"。2子孫附葬在祖墳內。

祇 ㄓ chih¹ 音支
1恭敬。見"說文"。2只;僅。

8【祇奉】 ㄓ ㄈㄥˋ
敬奉;恭奉。

16【祇遵】 ㄓ ㄗㄨㄣ
敬奉;恭奉。

祘 ㄙㄨㄢˋ suan⁴ 音算
計算數目。同筭、算。見"說文"。

祟 ㄙㄨㄟˋ sui⁴ 音碎
1鬼神所降的災禍。見"說文"。2作怪;降禍。

6

祥 ㄒㄧㄤˊ hsiang² 音詳
1吉利;幸福。見"說文"。2喪祭名。父母死後十三個月而後祭爲小祥,二十五個月而後祭爲大祥。3和善。如:慈祥。

13【祥瑞】 ㄒㄧㄤˊ ㄖㄨㄟˋ
吉祥的徵兆。

祤 ㄒㄩˇ shü³ 音許 又讀 ㄩˇ yü³ 音羽
參祋祤。

祧 ㄊㄧㄠ t'iao¹ 音挑
1始祖;遠祖的廟。見"玉篇"。2將神主遷至別廟。古時宗廟之數有定制,必須將超過世次之遠祖神主,遷到別廟。見"正字通"。3繼承爲後嗣。如:承祧。

祩 ㄓㄨ chu¹ 音朱
1向鬼神祈禱。見"廣韻"。2美好。見"廣雅·釋詁"。

祪 ㄍㄨㄟˇ kuei³ 音鬼
古時遷毀廟主於太廟的祭禮。見"爾雅·釋詁"。

祣 ㄌㄩˇ lü³ 音旅
古代祭祀山川的一種祭禮。見"洪武正韻"。

祫 ㄒㄧㄚˊ hsia² 音狹
古代每三年一次在太廟中合祭遠近祖先神主的一種祭祀。見"說文"。

票 ㄆㄧㄠˋ p'iao⁴ 音驃
1紙片;紙條。參票擬。2憑證;證券。如:公車月票。3量詞。如:一票生意。

4【票友】 ㄆㄧㄠˋ ㄧㄡˇ
業餘演戲的人。相傳'清'初八旗子弟憑'清'廷所發龍票到各地演唱子弟書,爲'清朝'作宣傳活動。後來就把非職業演出的人稱爲票友。

8【票房】 ㄆㄧㄠˋ ㄈㄤˊ
1售票的地方。2'平'劇票友練習演唱的地方。3每場戲劇或每部電影賣出的總票數。

13【票匯】 ㄆㄧㄠˋ ㄏㄨㄟˋ
(draft transfer; demand draft;

D/D) 爲順匯的一種。由匯款人將匯款金額及所需匯費，繳付匯款銀行，然後由銀行出具匯票，交匯款人逕寄收款人，收款人接到匯票後，即可持向發票銀行在該地的分支行或往來銀行兌款。

16【票據】 ㄆㄧㄠˋ ㄐㄩˋ

(bill of exchange) 乃當事人記載一定日期及地點，並簽名於票上，無條件約定由自己或委託他人，以支付一定金額爲目的的有價證券。依我國"票據法"的規定，凡由發票人自已擔任支付者，爲本票；委由他人支付者，爲匯票；委託金融業支付者，則爲支票。

17【票擬】 ㄆㄧㄠˋ ㄋㄧˇ

'明代'大學士用小票簽寫意見，貼於奏章之上，進呈皇帝取決，謂之票擬。

【票戲】 ㄆㄧㄠˋ ㄒㄧˋ

指非專業人員參與戲劇的演出。

9【票面利率】 ㄆㄧㄠˋ ㄇㄧㄢˋ ㄌㄧˋ ㄌㄩˋ

(coupon rate)即名義利率。參名義利率。

10【票據代理】 ㄆㄧㄠˋ ㄐㄩˋ ㄉㄞˋ ㄌㄧˇ

即票據行爲之代理。參票據行爲之代理。

【票據交換】 ㄆㄧㄠˋ ㄐㄩˋ ㄐㄧㄠ ㄏㄨㄢˋ

(bills in process of clearing) 由同一地區的銀行互立契約，每日於一定時間、一定場所，各派員持同他銀行付款的票據，相互交換，僅就其借貸相抵的差額而爲收付的一種清理票據制度。通常係由一國的中央銀行主持辦理，在我國'臺北'以外地區係委託'臺灣銀行'辦理。

【票據行爲】 ㄆㄧㄠˋ ㄐㄩˋ ㄒㄧㄥˊ ㄨㄟˊ

簽名或蓋章於票據上，而發生票據權利義務關係之書面單獨行爲，稱作票據法律行爲，簡稱票據行爲。票據行爲爲嚴格之要式行爲，須於票據上爲合乎法定方式之記載，且將票據交付於相對人。就有效票據而爲之行爲，如消滅票據關係之付款行爲，因非發生票據關係，非票據行爲，而是票據上行爲。票據行爲可分爲基本票據行爲與附屬票據行爲。前者指創設票據上之權利義務之發票行爲；後者指以基本票據行爲之存在爲前提，所爲之附加行爲，有背書、保證、承兌、參加承兌等四種。其中發票、背書爲票據所共有者；保證爲匯票、本票所共有者；承兌、參加承兌則爲匯票所獨有者。

【票據保證】 ㄆㄧㄠˋ ㄐㄩˋ ㄅㄠˇ ㄓㄥˋ

爲擔保因票據行爲而生之債務，所爲之附屬票據行爲。除票據債務人外，任何人均得爲之，惟公司須依法律或公司章程之規定得爲保證者，方可爲之。保證人與被保證人負同一責任，並無"民法"上先訴抗辯權之適用。如二人以上爲保證，則均應連帶負責。被保證人之債務縱爲無效，除其是因方式之欠缺而爲無效者外，保證人仍應負擔其義務。保證人淸償債務後，得行使執票人對承兌人、被保證人及其前手之權利。票據保證爲匯票、本票所共有，支票則無票據保證之問題。

【票據時效】 ㄆㄧㄠˋ ㄐㄩˋ ㄕˊ ㄒㄧㄠˋ

票據上之權利，經過一定之時間，因繼續之不行使而消滅者，稱作票據之消滅時效，通稱票據時效。其中對於匯票承兌人及本票發票人之付款請求權，自到期日起算，見票即付之本票，自發票日起算爲三年；對支票發票人之追索權，自發票日起算爲一年。匯票、本票之執票人，對前手之追索權，自作成拒絕證書日起算爲一年；支票之執票人，對前手之追索權爲四個月；其免除作成拒絕證書者，匯票、本票自到期日起算，支票自提示日起算。匯票、本票之背書人對於前手之追索權，自爲淸償之日或被訴之日起算爲六個月；支票之背書人對前手之追索權爲二個月。

【票據喪失】 ㄆㄧㄠˋ ㄐㄩˋ ㄙㄤˋ ㄕ

票據之執票人因滅失、遺失、竊盜或其他事故而喪失票據之占有，稱票據喪失。票據因毀損或塗銷致不能辨識其爲票據時，亦爲票據喪失。票據喪失時，票據權利人不因之而喪失票據權利，但不得對於票據債務人行使票據上之權利；惟票據權利人得爲止付之通知，爲止付之通知後，票據付款人不得任意爲付款；又票據權利人得爲公示催告之聲請，俟法院爲除權判決後，即得行使票據權利。

【票據塗銷】 ㄆㄧㄠˋ ㄐㄩˋ ㄊㄨˊ ㄒㄧㄠ

塗抹或銷除票據上之簽名或其他記載之事項。其非由票據權利人故意爲之者，不影響於票據上之效力；如由非票據權利人故意爲塗銷，有時會發生票據僞造或變造之問題。背書經塗銷而不影響於背書之連續者，對於背書之連續，視爲無記載；背書經塗銷影響背書之連續者，對於背書之連續，視爲未塗銷。執票人故意塗銷背書者，其被塗銷之被背書人及其被塗銷背書人名次之後，而於未塗銷以前爲背書者，均免其責任。

【票據關係】 ㄆㄧㄠˋ ㄐㄩˋ ㄍㄨㄢ ㄒㄧˋ

因票據行爲而生之享受權利、負擔義務之法律關係。享受權利者爲票據債權人，負擔義務者爲票據債務人，前者如票據之持有人對於票據上之主債務人、參加承兌人及預備付款人有付款請求權，對於背書人及其前手有追索權，對於保證人有請求其履行被保證人債務之權；已履行債務之保證人，對於承兌人、被保證人及其前手有追索權；參加付款人，對於承兌人或本票發票人、被參加付款人及其前手，取得執票人之權利；背書人履行債務後，對其前手有追索權。後者如匯票經承兌後之付款人、本票發票人有付款之義務；匯票、支票之發票人及票據背書人有依照票據文義擔保付款之義務；保證人負與被保證人同一之責任。

【票據之抗辯】 ㄆㄧㄠˋ ㄐㄩˋ ㄓ ㄎㄤˋ ㄅㄧㄢˋ

票據債務人提出合法之理由，以拒絕票據權利人行使權利之行爲。票據之抗辯可分「物的抗辯」與「人的抗辯」，物的抗辯乃由於票據上記載之事項及票據上當然發生之事項，所爲之抗辯，可以對抗一切票據權利人之請求，不因執票人之變更而受影響。例如票據要件欠缺之抗辯、到期日尚未屆至之抗辯、票據因除權判決而歸於無效之抗辯、票據債務業經合法付款而消滅之抗辯、票據債務業經合法提存而消滅之抗辯、行爲能力欠缺之抗辯、票據僞造之抗辯、票據債務因時效消滅之抗辯等是。人的抗辯者，抗辯權僅得對特定票據債權人主張，若執票人有所變更，此種抗辯權即不得行使。例如票據債權人受領能力欠缺之抗辯、票據債權人形式的受領資格之欠缺(背書不連續)、同時履行抗辯、抵銷之抗辯等是。

【票據之僞造】 ㄆㄧㄠˋ ㄐㄩˋ ㄓ ㄨㄟˋ ㄗㄠˋ

無權限而假冒他人之名義所爲之票據行爲。票據之僞造可分爲票據本身之僞造與票據上簽名之僞造。前者是假冒他人之名義爲發票行爲，也稱狹義之票據之僞造；後者是假冒他人之名義爲發票以外之票據行爲。被僞造人不因票據之僞造而負票據責任，有爭執時，其得直接提起確認票據債權不存在之訴，無須先提起確認票據爲僞造之訴。僞造人因其未簽名或蓋章於票據上，亦不負票據責任，惟應負“刑法”僞造有價證券罪之刑事責任及“民法”侵權行爲之民事責任。票據之僞造不影響其他眞正簽名之效力，即就僞造之票據爲票據行爲者，應依票據所載文義負責。

【票據之變造】 ㄆㄧㄠˋ ㄐㄩˋ ㄓ ㄅㄧㄢˋ ㄗㄠˋ

無權限而變更簽名以外之票據文義之行爲。例如變更金額、到期日。票據之變造是就已成立之票據爲之，且變更後未喪失票據之形式，如因變造而使票據行爲之成立要件有欠缺，則爲票據毀損之問題。票據經變造時，簽名在變造前者，依原有文義負責；簽名在變造後者，依變造文義負責；參與或同意變造者，不論簽名在變造前後，均依變造文義負責。不能辨明簽名在變造前後者，推定簽名在變造前。變造人因其未在票據上簽名或蓋章，故不負票據上之責任，惟應負“刑法”僞造有價證券之刑事責任及“民法”侵權行爲之民事責任。

【票據交換所】 ㄆㄧㄠˋ ㄐㄩˋ ㄐㄧㄠ ㄏㄨㄢˋ ㄙㄨㄛˇ

(clearing house)指同一地區銀行間，票據交換的場所。參票據交換。

【票據債務人】 ㄆㄧㄠˋ ㄐㄩˋ ㄓㄞˋ ㄨˋ ㄖㄣˊ

因票據行爲而負擔義務之人。參票據關係。

【票據債權人】 ㄆㄧㄠˋ ㄐㄩˋ ㄓㄞˋ ㄑㄩㄢˊ ㄖㄣˊ

因票據行爲而享受權利之人。參票據關係。

【票據之文義性】 ㄆㄧㄠˋ ㄐㄩˋ ㄓ ㄨㄣˊ ㄧˋ ㄒㄧㄥˋ

票據行爲之內容，依票據所載之文義定之，而不論其是否與事實相符，稱作票據行爲之文義性，簡稱票據之文義性。目的在保護善意之執票人，以助長票據之流通。故票據於形式上已具備法定之方式者，雖與事實不符，亦有效力；票據行爲之解釋，不得以票據上所載文義以外之事實，變更或補充票據之文義內容。“票據法”規定，在票據上簽名者，依票上所載文義負責，即闡明票據之文義性。

【票據行爲之代理】 ㄆㄧㄠˋ ㄐㄩˋ ㄒㄧㄥˊ ㄨㄟˋ ㄓ ㄉㄞˋ ㄌㄧˇ

代理人載明爲本人代理之旨，爲發票、背書或承兌等票據行爲，而簽名或蓋章於票據之行爲。代理人代理爲票據行爲，雖有代理權而未載明爲本人代理之意旨，逕以自己之名義簽名或蓋章者，由其自負票據責任；代理人雖載明代理之旨，但未簽自己及本人之名且未蓋自己或本人之章者，代理人與本人均不負票據責任，但應負其他民事責任。代理人載明爲本人代理之旨，而簽自己及本人之名，或蓋自己及本人之章者，亦由本人負票據責任。代理人無代理權時，則屬票據行爲之無權代理，由無權代理人自行負責。

【票據行爲之要式性】 ㄆㄧㄠˋ ㄐㄩˋ ㄒㄧㄥˊ ㄨㄟˋ ㄓ ㄧㄠˋ ㄕˋ ㄒㄧㄥˋ

要式性者，法律行爲之成立以履行一定方式爲必要之性質。除“民法”上之要式行爲重視要式性外，票據行爲尤重要式性。所謂票據行爲之要式性，乃指票據行爲應具備法定之方式、要件，始發生效力。要式性與書面性關係密切，蓋票據權利之得喪變更，須依書面爲之，票據行爲即依書面所爲之意思表示。“票據法”第十一條第一項：「欠缺本法所規定票據上應記載事項之一者，其票據無效」，亦即票據行爲須具有法定之方式，否則無效。書面、簽名、記載匯票、本票、支票字樣、票據金額等等均屬此所謂之法定方式。除規定應記載之事項外，票據上記載本法所不規定之事項者，亦不生票據上之效力，至多僅在直接當事人間，發生"民法"或一般商法上之效力而已。

【票據行爲之無權代理】 ㄆㄧㄠˋ ㄐㄩˋ ㄒㄧㄥˊ ㄨㄟˊ ㄓ ㄨˊ ㄑㄩㄢˊ ㄉㄞˋ ㄌㄧˇ

無代理權而以代理人名義，載明爲本人代理之旨，爲發票、背書或承兌等票據行爲，而簽名或蓋章於票據之行爲。其不僅指代理權全不存在之情形，尚包括有代理權而逾越其範圍之越權代理。無權代理除有表見代理之情形，使本人負授權人之責任外，對本人不生效力，本人不負票據責任，而如無權代理人以代理人名義簽名或蓋章於票據者，其應自負票據責任，如僅有本人之姓名或圖章，代理人未露名，其不負票據責任。無代理權人自負票據責任時，得主張有權代理之本人得主張之抗辯事由；其履行票據上之責任而付款時，得享有與本人相同之權利。代理人逾越權限時，就其權限外之部分，自負票據責任。

【票據行爲之獨立原則】 ㄆㄧㄠˋ ㄐㄩˋ ㄒㄧㄥˊ ㄨㄟˊ ㄓ ㄉㄨˊ ㄌㄧˋ ㄩㄢˊ ㄗㄜˊ

一票據上之數個票據行爲，各別獨立依票上所載文義負責，雖一行爲無效，不影響他行爲之效力，稱爲票據行爲之獨立原則。故票據上雖有無行爲能力人或限制行爲能力人之簽名，不影響其他簽名之效力；票據本身之僞造或票據上簽名之僞造，不影響眞正簽名之效力；票據經變造時，簽名在變造前者，依原有文義負責，簽名在變造後者，依變造文義負責。惟票據行爲因欠缺法定方式（例如未記載發票之年、月、日）而無效者，其後之票據行爲亦爲無效，無此原則之適用。

柴 ㄔㄞˊ *ch'ai*² 音柴

燒柴祭天。同禬。通作柴。見"說文"。

祭 ㊀ ㄐㄧˋ *chi*⁴ 音計

祭祀祖先鬼神。見"說文"。

㊁ ㄓㄞˋ *chai*⁴ 音債

①'周代'國名。通'鄒'。在今'河南省''鄭縣'東北。見"春秋·隱元年"。②古地名。'春秋''鄭''祭仲'封邑。在今'河南省''中牟縣'。③姓。'春秋''鄭'有'祭仲'。見"通志·氏族略三"。

4【祭文】 ㄐㄧˋ ㄨㄣˊ

祭祀時誦讀的文章。有散文、韻文、駢文等體裁。其內容大致分爲四類：祈禱雨晴、驅除邪魅、祈求幸福、哀悼死亡。

【祭孔】 ㄐㄧˋ ㄎㄨㄥˇ

祭祀'孔子'的典禮。於每年九月二十八日在各地'孔子'廟舉行。祭品用太牢。即牛、羊、豕三牲。

5【祭司】 ㄐㄧˋ ㄙ

(priest)受過正式的訓練，按時爲教會的會眾舉行儀式，替信徒和神溝通的神職人員。通常是世襲的專職，其權威來自他的職務而非他的神授能力，並時常將其權威擴展到世俗的政治領域中。

7【祭灶】 ㄐㄧˋ ㄗㄠˋ

祭祀灶神。民俗以農曆十二月二十三日爲灶日。

8【祭典】 ㄐㄧˋ ㄉㄧㄢˇ

祭祀的儀式。

9【祭品】 ㄐㄧˋ ㄆㄧㄣˇ

祭祀用的物品。

10【祭酒】 ㄐㄧˋ ㄐㄧㄡˇ

①古代饗宴時，由年長者或地位最尊者先舉酒祭地。②稱有學問、地位尊貴的人。③官名。'漢平帝'時置六經祭酒，秩上卿。'東漢'置博士祭酒，爲五經博士之首。'晉'立國子學，置祭酒，爲長官，稱國子祭酒。'隋''唐'以後設國子監，稱國子監祭酒。'清''光緒'三十三年(1907)廢。

11【祭掃】 ㄐㄧˋ ㄙㄠˇ

祭祀整理祖先的墳墓。

12【祭奠】 ㄐㄧˋ ㄉㄧㄢˋ

設置供品，祭祀祖先或神靈。

13【祭煉】 ㄐㄧˋ ㄌㄧㄢˋ

對死者進行施食、追薦或超度的一種儀式。道教認爲通過祭煉，以神度鬼，可使死者生前的罪過得到寬宥，早升天界，脫離鬼道。

7

祷 禱的俗體。

祴 ㄍㄞ *kai*¹ 音該

參祴夏。

10【祴夏】 ㄍㄞ ㄒㄧㄚˋ

古樂名。九夏之一。也作"陔夏"、"裓夏"。

祲 ㄐㄧㄣ *chin*¹ 音今

本作祲。①日旁雲氣。見"正字通"。②陰陽二氣相侵所形成象徵不祥的妖氣。③災禍。④盛大。如：祲威。

祳 ㄕㄣˋ *shên*⁴ 音甚

古代帝王祭社的生肉。也作脤。見"說文"。

8

禀 稟的俗體。

禄 祿的俗體。

祺 ㄑㄧˊ *ch'i*² 音其

①吉利。見"說文"。②安康。

禇 ㄓㄚˋ *cha*⁴ 音乍

年終祭名。同臘祭。通作蜡。見"廣韻"。

祿 ㄌㄨˋ *lu*⁴ 音鹿

①福氣。見"說文"。②賞賜的財物。

7【祿位】 ㄌㄨˋ ㄨㄟˋ

俸祿與官位。

18【祿豐拉瑪猿】ㄌㄨˋ ㄈㄥ ㄌㄚ ㄇㄚˇ ㄩㄢˊ

(*Ramapithecus lufengensis*)自西元1975年始，我國‘雲南高原’‘祿豐盆地’北緣上新世地層中，陸續出土古猿化石，其中包含有拉瑪猿。‘祿豐’的拉瑪猿化石非常豐富，包括百顆以上的牙齒、完整的下頷骨等，而在1980～1981年更陸續發現三個完整的臉骨化石。根據化石出土地層年代推算，‘祿豐’拉瑪猿距今約八百萬年。

祼　ㄍㄨㄢˋ *kuan*⁴ 音慣

1古時天子酌酒灌地以祭神的一種禮節。見“說文”。2賓主酌酒獻酬。

䄏　祅的或體。

裯　ㄉㄠˇ *tao*³ 音禱

爲牲畜祈禱。見“說文”。

禁　㊀ ㄐㄧㄣˋ *chin*⁴ 音進

1避諱；忌諱。如：禁忌。2法令習俗所不允許或制止的行爲。如：犯禁。

㊁ ㄐㄧㄣ *chin*¹ 音金

勝任；承受。如：弱不禁風。

6【禁地】ㄐㄧㄣˋ ㄉㄧˋ

不准外人進入的地方。

7【禁忌】ㄐㄧㄣˋ ㄐㄧˋ

1忌諱；避諱。2 (taboo; tabu)一種非常有力的禁止準則，若有違犯會遭受社群的嚴重懲罰。taboo這個名詞來自‘玻里尼西亞’的語言，其原意是﹂神聖﹂。違犯禁忌有的可致殺身之禍，有的只需通過淨化儀式即以爲可消除禍患。禁忌在各民族而言，幾乎都具有超自然的成分。遍存於人類的禁忌是亂倫，此外關於食、衣、儀式的禁忌，則各不相同。

【禁足】ㄐㄧㄣˋ ㄗㄨˊ

指休假時禁止犯規士兵離營，以示懲罰。

8【禁卒】ㄐㄧㄣˋ ㄗㄨˊ

古代看守罪犯的獄卒。

【禁果】ㄐㄧㄣˋ ㄍㄨㄛˇ

生長在‘伊甸園’裡的智慧之果，‘耶和華’禁止‘亞當’和‘夏娃’採食，故稱禁果。後二人在蛇的引誘下偷食，遂眼睛明亮而知羞恥，‘猶太’教以爲這是人類最初的罪惡。見“舊約全書·創世紀”。後指一切引人犯罪的原因爲禁果。

【禁制】ㄐㄧㄣˋ ㄓˋ

禁止；制止。

11【禁帶】ㄐㄧㄣˋ ㄉㄞˋ

(forbidden band)在導帶與價帶之間，有能隙存在而無能階分布，以致電子不可能居於其間，稱爲禁帶。

14【禁網】ㄐㄧㄣˋ ㄨㄤˇ

指法令、禁令。

15【禁慾】ㄐㄧㄣˋ ㄩˋ

抑制慾望。

16【禁錮】ㄐㄧㄣˋ ㄍㄨˋ

禁閉仕進的門路。

17【禁聲】ㄐㄧㄣˋ ㄕㄥ

禁止發出聲音。

25【禁臠】ㄐㄧㄣˋ ㄌㄨㄢˊ

天子所獨享的上好的肉。1指珍貴美好的事物。2比喻他人不得親近的人或物。

8【禁治產】ㄐㄧㄣˋ ㄓˋ ㄔㄢˇ

禁止自已治理其財產。對於心神喪失或精神耗弱，致不能處理自已事務者，得由本人、配偶、最近親屬二人或檢察官聲請法院宣告禁治產。被宣告禁治產之人，無行爲能力，所爲之法律行爲無效。在禁治產宣告撤銷之前，縱然事實上偶爾回復正常狀態，仍無行爲能力。禁治產人應設置監護人爲其法定代理人，代理禁治產人爲法律行爲。禁治產人之精神狀態完全回復正常，能處理自已事務時，禁治產之原因即告消滅，本人、配偶、最近親屬二人或檢察官，得聲請法院撤銷禁治產宣告，使其回復行爲能力。

【禁制品】ㄐㄧㄣˋ ㄓˋ ㄆㄧㄣˇ

(contraband)指能增加敵國作戰能力，而有供敵作戰之目的的物品。國際法賦與交戰國，在戰時限制中立國商船運送禁制品前往敵對地區；違反者，物品得予沒收。‘格魯秀斯’(Grotius)將禁制品分爲絕對禁制品及相對禁制品，前者指專供戰爭目的而使用之物品，例如武器、軍火等；後者指可供和平及戰爭目的使用之物品，例如食物、布料等。相對禁制品之受貨人必須是敵國之行政或軍事當局，始得予以扣押。

15【禁衛軍】ㄐㄧㄣˋ ㄨㄟˋ ㄐㄩㄣ

守衛京師及皇宮的軍隊。也稱禁軍。

4【禁止性關稅】ㄐㄧㄣˋ ㄓˇ ㄒㄧㄥˋ ㄍㄨㄢ ㄕㄨㄟˋ

(prohibitive tariffs)稅率高到完全沒有外國產品進口的關稅。

【禁止轉讓背書】ㄐㄧㄣˋ ㄓˇ ㄓㄨㄢˇ ㄖㄤˋ ㄅㄟˋ ㄕㄨ

即票據的發票人於票據正面或背面，或背書人於票據背面，註明﹂禁止轉讓﹂字樣，對於禁止後再由背書而取得票據的人，不負責任。如支票上有﹂只准收入某某人帳﹂或﹂僅限付與某某人﹂等語，即爲禁止轉讓的表示。

9

禘　ㄉㄧˋ *ti*⁴ 音帝

祭名。1郊祭天帝的禮儀。即大禘。2每五年舉行一次的祭祖大典。即殷禘。3每年夏季祭祖的典禮。即時禘。見“禮記·王制”。

禊　ㄒㄧˋ *hsi*⁴ 音係

古人每年春天三月第一個巳日在水邊舉行的祓除不祥的祭祀。三國‘魏’後，不用上巳，而用三月三日。又有秋禊，在七月十四日。見“正字通”。

福　ㄈㄨˊ *fu*² 音扶

1吉祥美好的事。多指富貴、壽考而言。如：福祉。2降福；

保佑。如:神福善人。

4【福王】 ㄈㄨˊ ㄨㄤˊ

1 (?～1641) '明神宗'子。名'常洵'。'萬曆'二十九年(1601)封爲'福王',封地'洛陽',賜田二萬頃。居藩時,飲酒逸樂無度,'李自成'攻下'洛陽',被殺。2 (?～1645)'常洵'之子,名'由崧'。'崇禎'十六年(1643)襲封爲'福王'。次年三月'李自成'攻陷'北京','思宗'殉國。五月,'馬士英'、'史可法'迎立'福王'於'南京',先稱監國,繼而稱帝,改元'弘光'。性情闇弱,耽於酒色聲伎。後兵敗被俘遇害。

【福分】 ㄈㄨˊ ㄈㄣˋ

命中註定的幸福和享受。

6【福州】 ㄈㄨˊ ㄓㄡ

省轄市。簡稱'榕'。位於'福建省'東部,濱'閩江'北岸。爲'福建省'省會。有鐵路運輸,外港'馬尾'可泊海輪,爲'閩江流域'貨物集散中心及輸出地;造紙、化學、紡織業盛。

【福地】 ㄈㄨˊ ㄉㄧˋ

1道教語。又稱福庭、福境。原出緯書中的地理緯,'唐''司馬承禎'撰"天地宮府圖",有七十二福地說,概括我國的名山勝境,爲神仙所居之所。2幸福安樂的地方。3風水好的地方。4寺廟的別稱。含義爲生福德之地。

7【福利】 ㄈㄨˊ ㄌㄧˋ

各組織爲謀求員工物質、身體、精神方面之利益,提撥經費所舉辦之各種設施。

8【福祉】 ㄈㄨˊ ㄓˇ

幸福。

9【福音】 ㄈㄨˊ ㄧㄣ

1好消息或有益的言論。2(gospel; evangel)基督教稱'耶穌'及其門徒所傳揚的教義。也泛指整個基督教教義。字源自'希臘'文euangelion,爲好消息之意。

【福相】 ㄈㄨˊ ㄒㄧㄤˋ

有福氣的相貌。

【福星】 ㄈㄨˊ ㄒㄧㄥ

1指木星。古人謂其所在有福,故又名福星。2比喻爲民造福的人或有福氣的人。

10【福氣】 ㄈㄨˊ ㄑㄧˋ

幸福及好運氣。

【福特】 ㄈㄨˊ ㄊㄜˋ

(Henry Ford, 1863～1947)'美國'汽車製造者。以大量生產的方法,革新了'美國'汽車製造業。西元1903年與朋友合組'福特汽車公司'(Ford Motor Company)。1908年設計成'福特'T型汽車(model T Ford),並於1913年大量生產,售價每部僅需500'美'元。後又設計各種模式汽車出售,由於經營管理得法,而成爲二次大戰前'美國'最大的汽車製造廠。

福特像

12【福祿】 ㄈㄨˊ ㄌㄨˋ

1福分與祿位。2斑馬的別名。也稱福鹿。

16【福澤】 ㄈㄨˊ ㄗㄜˊ

福利恩澤。

19【福證】 ㄈㄨˊ ㄓㄥˋ

請人證婚的敬語。

7【福克納】 ㄈㄨˊ ㄎㄜˋ ㄋㄚˋ

(William Faulkner, 1897～1962)'美國'小說家。爲自然主義作家。其重要作品有"薩多利斯"(*Sartoris*)、"憤怒與喧囂"(*The Sound and the Fury*)及"八月之光"(*Light in August*)等。作品幾乎全是對醜惡人生的描寫,但透過華美的文字傳達其樂觀、希望,以極其豐富的想像力創造瑰異的文風。於西元1949年獲得'諾貝爾'文學獎。

【福克斯】 ㄈㄨˊ ㄎㄜˋ ㄙ

(George Fox, 1624～1691)'英國'傳教士。爲教友派的創始人。他認爲'耶穌'存於吾人內心,隨時與吾人對語,信仰上帝根本不必假借教堂、聖禮及其他外在儀式。西元1652年後,他的信徒愈來愈多,並分別往'威爾斯'、'蘇格蘭'、'愛爾蘭'、'歐洲'、'蘇俄'、'土耳其',甚至'北美洲'傳播福音。不容於'英國'國教及清教徒,於1649～1673年間曾九度入獄,教友派於1660年代末才正式成立。'福克斯'反對奴隸制度、戰爭與暴力,主張男女及種族平等,其許多做法及信念走在時代的前頭。

【福利金】 ㄈㄨˊ ㄌㄧˋ ㄐㄧㄣ

舉辦員工福利所提撥的經費。政府機關舉辦員工福利的經費,多在原有有關經費內勻支,但亦有編列預算支應者;事業機構舉辦員工福利的經費,多在有關收入項下提撥及員工薪資內扣繳的職工福利金中支應。

9【福建省】 ㄈㄨˊ ㄐㄧㄢˋ ㄕㄥˇ

位於我國東南部。簡稱'閩'。境內丘陵廣布,平原狹小,故食糧不足,爲我國人口大量外移的省區,河川多獨流入海;海岸線曲折多港灣島嶼。主要物產有茶、蔗糖、水果,並富森林資源,漁業也頗發達。省會'福州'。

10【福馬林】 ㄈㄨˊ ㄇㄚˇ ㄌㄧㄣˊ

(formalin)即含30～40% 甲醛(HCHO)的水溶液。一般用作防腐劑和消毒劑。

14【福爾敦】 ㄈㄨˊ ㄦˇ ㄉㄨㄣ

(Robert Fulton, 1765～1815)'美國'工程師、發明家。曾發明輪船,其一生最大的成就即在發展輪船航運;先後設計過蒸汽船、輪船,後來又發明了蒸汽戰艦。

福爾敦像

6【福至心靈】 ㄈㄨˊ ㄓˋ ㄒㄧㄣ ㄌㄧㄥˊ

福氣到來時,心思自然就靈敏起來。

【福如東海】ㄈㄨˊ ㄖㄨˊ ㄉㄨㄥ ㄏㄞˇ
福氣像'東海'一般廣大。是傳統的祝壽頌辭,常與「壽比南山」連用。

7【福利互助】ㄈㄨˊ ㄌㄧˋ ㄏㄨˋ ㄓㄨˋ
由員工參加,以互助方式增進福利的制度。如公教人員福利互助制度,由公教人員按月扣繳少數費用及由組織提撥部分經費,設爲互助基金,於發生結婚、喪葬、退休或重大災害時,可請領相當金額的互助補助。

9【福星高照】ㄈㄨˊ ㄒㄧㄥ ㄍㄠ ㄓㄠˋ
比喻好運當頭。

12【福祿貝爾】ㄈㄨˊ ㄌㄨˋ ㄅㄟˋ ㄦˇ
①(Friedrich Froebel, 1782～1852)'德國'教育家。認爲教育的任務,乃根據人類固有之活動性,使內部能力得以適當發達,並首創以遊戲與體驗爲主的幼稚教育。②(Gustave Flaubert, 1821～1880)'法國'小說家。爲寫實派的鼻祖。以小說"波瓦利夫人"(*Madame Bovary*)進入文壇,書中對性格的描寫,及道德價值的批判,使此書成爲寫實主義小說的傑作。其他作品有"情感教育"(*L'Education Sentimentale*)、"聖安東尼的誘惑"(*La Tentation de Saint Antoine*)等。他以完全無我的客觀態度勤勉細心地琢磨文字,使他對後代小說的寫作,發揮了極大的影響。

福祿貝爾像

14【福壽全歸】ㄈㄨˊ ㄕㄡˋ ㄑㄩㄢˊ ㄍㄨㄟ
稱年高有福者的死亡。

【福壽雙全】ㄈㄨˊ ㄕㄡˋ ㄕㄨㄤ ㄑㄩㄢˊ
稱頌人有福氣而又長壽。用在祝壽。

【福爾摩沙】ㄈㄨˊ ㄦˇ ㄇㄛˊ ㄕㄚ
指'臺灣島'。十六世紀,'葡萄牙'人航行東方,見'臺灣'山林青翠,非常美麗,稱之爲「美麗島」(Ilha Formosa),'漢'譯爲'福爾摩沙',也譯作'福摩沙'。

【福爾摩斯】ㄈㄨˊ ㄦˇ ㄇㄛˊ ㄙ
(Sherlock Holmes)'英國'偵探小說家'柯南道爾'(Sir Arthur Conan Doyle)所著長短篇偵探小說中的名偵探。他神機妙算,連最困惑人的問題都能解決。後來成爲偵探小說中最受推崇的偶像人物。

15【福慧雙修】ㄈㄨˊ ㄏㄨㄟˋ ㄕㄨㄤ ㄒㄧㄡ
稱頌人有福氣、有智慧,像是前世所修得的。

【福德星君】ㄈㄨˊ ㄉㄜˊ ㄒㄧㄥ ㄐㄩㄣ
即福德正神。民間信仰的土地公,也是財神。

13【福塞特夫人】ㄈㄨˊ ㄙㄜˋ ㄊㄜˋ ㄈㄨ ㄖㄣˊ
(Dame Millicent Garrett Fawcett, 1847～1929)'英國'婦女運動領袖。二十歲時與盲經濟學家'福塞特'(Henry Fawcett)結婚。婚後除協助先生克服其生理障礙外,即致力於婦女投票權的爭取。西元1884年其夫逝世後,即獻身於'全國婦女投票權聯盟'(National Union of Women's Suffrage Societies)的工作,每年都爲婦女投票權法案奔波、鼓吹。至1918年"全民代表權法令"(*the Representation of the People Act*)終獲通過,使得約600萬婦女獲得參政。'南非'發生'波爾'戰爭時,'英'政府於1901年派她至該地視察囚犯的待遇,世人稱之爲'大英帝國'夫人。著有"婦女的勝利及勝利後"(*the Women's Victory and After*)、"我的回憶"(*What I Remember*)等。

福塞特夫人像

12【福無雙至禍不單行】ㄈㄨˊ ㄨˊ ㄕㄨㄤ ㄓˋ ㄏㄨㄛˋ ㄅㄨˋ ㄉㄢ ㄒㄧㄥˊ
幸運不會連著到來,而災禍卻接著發生。

禕 ㄧ i^1 音衣
①美好。見"爾雅·釋詁"。②珍貴。見"廣韻"。

禋 ㄧㄣ yin^1 音因
①潔敬的祭祀。見"說文"。②一種野祭。用火燒牲,使煙氣上沖於天。③泛指祭祀。

7【禋祀】ㄧㄣ ㄙˋ
①古代祭祀天神的禮節。爲吉禮之一。②誠敬潔身以祭祀。

禖 ㄇㄟˊ mei^2 音眉
①求子的祭祀。見"玉篇"。②媒神。即求子所祀的神。見"字彙"。

禔 ㄊㄧˊ $t'i^2$ 音提
①喜悅。見"方言·一三"。②平安。見"字彙"。

禓 ㊀ ㄧㄤˊ $yang^2$ 音陽
在路上的祭祀。見"說文"。
㊁ ㄕㄤ $shang^1$ 音商
①強鬼。即死於非命的鬼。見"集韻"。②驅除強鬼。見"正字通"。

禗 ㄙ $sz\breve{u}^1$, $ss\breve{u}^1$ 音思
參禗禗。

13【禗禗】ㄙ ㄙ
神不安而欲去的樣子。

禎 ㄓㄣ $ch\hat{e}n^1$ 音貞
吉祥。見"說文"。

禍 ㄏㄨㄛˋ ho^4, huo^4 音貨
①災害;災難。見"說文"。②爲害;加害於人。如:禍國殃民。

4【禍水】ㄏㄨㄛˋ ㄕㄨㄟˇ
稱得寵而敗壞國家的女性。'漢''趙飛燕'之妹'合德',容貌甚美,'成帝'召入宮中,'宣帝'時披香博士'淖方成'在帝後唾道:「此禍水也,滅火必矣。」見'伶玄'"飛燕外傳"。

9【禍首】ㄏㄨㄛˋ ㄕㄡˇ
造成禍害的首要人物。

【禍殃】 ㄏㄨㄛˋ ㄧㄤ
禍患災殃。
【禍胎】 ㄏㄨㄛˋ ㄊㄞ
禍害的根源。
10【禍根】 ㄏㄨㄛˋ ㄍㄣ
禍害的根源。
6【禍在眉梢】 ㄏㄨㄛˋ ㄗㄞˋ ㄇㄟˊ ㄕㄠ
形容禍患即將發生。
10【禍起蕭牆】 ㄏㄨㄛˋ ㄑㄧˇ ㄒㄧㄠ ㄑㄧㄤˊ
禍患發生於內部。蕭牆，指門屏。蕭，肅。牆，屏風。古代君臣相見之禮，至門屏而益敬肅，故稱門屏為蕭牆。
11【禍國殃民】 ㄏㄨㄛˋ ㄍㄨㄛˊ ㄧㄤ ㄇㄧㄣˊ
對國家及人民造成禍害。
【禍從口出】 ㄏㄨㄛˋ ㄘㄨㄥˊ ㄎㄡˇ ㄔㄨ
說話不小心，召來禍害。
12【禍棗災梨】 ㄏㄨㄛˋ ㄗㄠˇ ㄗㄞ ㄌㄧˊ
譏人濫刻無用之書或作者自謙之詞。古代刻書多用棗木、梨木，取其質堅，不易損壞。若刊刻無用之書，徒使棗、梨受禍災。
13【禍福由己】 ㄏㄨㄛˋ ㄈㄨˊ ㄧㄡˊ ㄐㄧˇ
禍福完全由自己掌握。
【禍福自取】 ㄏㄨㄛˋ ㄈㄨˊ ㄗˋ ㄑㄩˇ
禍福全由自己的行為所招致。
【禍福相倚】 ㄏㄨㄛˋ ㄈㄨˊ ㄒㄧㄤ ㄧˇ
禍與福相依相因。禍藏於福、福因禍生。
【禍福無門】 ㄏㄨㄛˋ ㄈㄨˊ ㄨˊ ㄇㄣˊ
禍福之來去無定。
【禍福與共】 ㄏㄨㄛˋ ㄈㄨˊ ㄩˇ ㄍㄨㄥˋ
有禍同當，有福同享。形容朋友真誠相交。

禴
齋的本字。

10

禚 ㄓㄨㄛˊ cho², chuo² 音濁
1古地名。'春秋''齊'邑，在今'山東省''長清縣'境。2姓。'明'有'禚芳平'。見"萬姓統譜‧一二○"。

禡 ㄇㄚˋ ma⁴ 音罵
古代在行軍停息處舉行的祭禮。見"說文"。

禛 ㄓㄣ chên¹ 音眞
以眞誠而受神福佑。本作禎。見"說文"。

禠 ㄙ szŭ¹, ssŭ¹ 音思
福。見"說文"。

禜 ㄩㄥˋ yung⁴ 音用
古代於風雨不調時所舉行的一種祭祀。用茅草圍成臨時的祭祀場所，以禳除災害。見"說文"。

11

禩
祀的或體。

禎
穎的俗體。

禦 ㄩˋ yü⁴ 音御
1抵抗；防備。如：禦敵。2防衛的官兵。如：左禦。
9【禦侮】 ㄩˋ ㄨˇ
抵抗外侮。
12【禦寒】 ㄩˋ ㄏㄢˊ
抵擋寒氣
15【禦敵】 ㄩˋ ㄉㄧˊ
抵禦敵人。
2【禦人口給】 ㄩˋ ㄖㄣˊ ㄎㄡˇ ㄐㄧˇ
強嘴利舌地跟人家辯論。

12

禧 ㄒㄧ hsi¹ 音吸 又讀 ㄒㄧˇ hsi³ 音喜
吉祥；幸福。通釐。見"集韻"。

禫 ㄊㄢˇ t'an³ 音坦
除去喪服的祭禮。見"說文"。

禪 ㊀ ㄕㄢˋ shan⁴ 音善
1築土為壇，淸除場地，以祭祀天或山川。如：封禪。2授予；傳位。如：禪讓。
㊁ ㄔㄢˊ ch'an² 音蟬
佛家語。1梵語禪那(dhyāna)的簡稱。是集中心意，令不散亂，以思慮眞理的一種修行方法。譯為棄惡、功德叢林、思惟修、靜慮等名。2泛稱有關佛教的事物。如：禪房。
6【禪寺】 ㄔㄢˊ ㄙˋ
本佛教禪宗的寺院。後泛指僧人修行的地方。也作禪院、禪林。
7【禪位】 ㄕㄢˋ ㄨㄟˋ
把帝位禪讓給賢者。
8【禪宗】 ㄔㄢˊ ㄗㄨㄥ
佛家宗派名。'南北朝'時，由'印度'來之高僧'菩提達摩'所創。至'唐代'第五代祖師'弘忍'有'神秀'、'慧能'二弟子，分別宣教於'江'北、'江'南，而分：北禪，主張漸修，又稱漸禪；南禪，主張頓悟，又稱頓禪。'唐'後，'慧能'系之頓禪獨盛，並因禪師接待弟子之作風的不同，分出五個或七個支派，史稱「五家七宗」。'宋'後，臨濟與曹洞二宗獨盛，並傳至'日本'成佛教主流之一，至今日仍盛。'中國'之禪宗則於'清'初漸沒落，然其影響，旁及於儒家，'宋''明'理學乃儒與禪結合後之新思想。
【禪定】 ㄔㄢˊ ㄉㄧㄥˋ
佛家語。是梵'漢'結合詞，指禪那(dhyāna)與定。禪那是令心意集中一處不移動，以利於思慮眞理的意思；定，是梵文三昧(samādhi)的義譯，又譯為正受、三摩地等。是令心意集中一處而不移動的意思。因此，凡是禪必是定，但有些定不是禪。二者都是修行的方法。但有時亦混用，亦即禪即定、定即禪。
【禪林】 ㄔㄢˊ ㄌㄧㄣˊ
佛家語。本為禪宗叢林的簡略，今通指寺院、禪院。
【禪門】 ㄔㄢˊ ㄇㄣˊ
佛家語。1禪定的法門。是使心定於一處，屏除妄念的方法。2泛指禪宗而言。

【禪房】 ㄔㄢˊ ㄈㄤˊ
僧人居住的屋室。

10【禪師】 ㄔㄢˊ ㄕ
佛家語。對禪家修道者的尊稱。

16【禪機】 ㄔㄢˊ ㄐㄧ
佛家語。即禪理。機，指機鋒。比喻禪宗的妙旨有如箭鋒，犀利而快速，非有成熟的功力，不易把捉。

【禪學】 ㄔㄢˊ ㄒㄩㄝˊ
本指禪宗明心見性之學。今凡研究禪宗思想都稱禪學。

24【禪讓】 ㄕㄢˋ ㄖㄤˋ
把帝位讓給有才德的人。

禨 ㄐㄧ *chi*^{1} 音機
1吉祥。見"集韻"。2吉凶的先兆。

10【禨祥】 ㄐㄧ ㄒㄧㄤˊ
1祈求鬼神以致福。2吉凶。

⿱彭示 祊的或體。

13

禭 ㄙㄨㄟˋ *sui*^{4} 音遂
1一種祭典名。見"玉篇"。2東夷神名。見"後漢書·東夷傳"。

禮 ㄌㄧˇ *li*^{3} 音里
1祭神求福。見"說文"。2人類的行爲軌範。如：禮節。3表示敬意或慶祝的儀式。如：典禮。4尊敬；以禮相待。如：禮賢下士。5表示敬意的贈品。如：賀禮。6姓。'後漢'有'禮震'。見"通志·氏族略四"。

4【禮斗】 ㄌㄧˇ ㄉㄡˇ
祭拜北斗。民間祈福去災的儀式。

【禮文】 ㄌㄧˇ ㄨㄣˊ
禮節儀式。

5【禮生】 ㄌㄧˇ ㄕㄥ
典禮時的司儀。

8【禮法】 ㄌㄧˇ ㄈㄚˇ
禮儀法度。

【禮制】 ㄌㄧˇ ㄓˋ
國家的禮儀制度。

9【禮拜】 ㄌㄧˇ ㄅㄞˋ
1向神佛致敬行禮。2基督教徒與天主教徒於星期日在教堂聚會、對上帝作禱告的儀式。3伊斯蘭教規定每位教徒每日需膜拜五次，每週一次聚禮，每年於忠孝節及開齋節各一次會禮。每日五番拜分別爲黎明至日出前的晨禮，日偏在四分之一人影至三倍人影時的晌禮，日西至日落前的晡禮，日落至天黑前的昏禮，天黑至次日黎明前的宵禮；每番拜的拜數各不相同。

【禮俗】 ㄌㄧˇ ㄙㄨˊ
禮儀風俗。

10【禮記】 ㄌㄧˇ ㄐㄧˋ
十三經之一。'西漢''戴聖'編，又稱"小戴記"，共四十九篇。各篇大抵是'孔子'弟子及其後學所記。內容包括教育原理、政治制度、音樂器物、生活儀節、各種禮儀的意義，是研究我國古代禮樂制度和儒家思想的重要典籍。與"周禮"、"儀禮"合稱三禮。

【禮砲】 ㄌㄧˇ ㄆㄠˋ
因重要慶典或對元首、高級長官、重要外賓致敬，而鳴放的砲。

11【禮教】 ㄌㄧˇ ㄐㄧㄠˋ
禮儀教化。

13【禮遇】 ㄌㄧˇ ㄩˋ
以禮相待。

15【禮數】 ㄌㄧˇ ㄕㄨˋ
1禮儀的等級。2禮貌。

【禮儀】 ㄌㄧˇ ㄧˊ
行禮的儀式。

26【禮讚】 ㄌㄧˇ ㄗㄢˋ
禮敬讚頌。

8【禮尚往來】 ㄌㄧˇ ㄕㄤˋ ㄨㄤˇ ㄌㄞˊ
人與人間的禮儀，貴在有來有往。今指受人之禮，必須回報。

15【禮賢下士】 ㄌㄧˇ ㄒㄧㄢˊ ㄒㄧㄚˋ ㄕˋ
以謙卑的態度，敬重賢者、士人。

禬 ㄍㄨㄟˋ *kuei*^{4} 音貴
1求福除殃的祭祀。見"說文"。2古代諸侯聚合財貨、接濟遭受災害盟國的禮制。

14

禱 ㄉㄠˇ *tao*^{3} 音倒
1向神求福。見"說文"。2請求。

禰 ㊀ ㄋㄧˇ *ni*^{3} 音你
父廟。見"字彙"。
㊁ ㄇㄧˊ *mi*^{2} 音迷
1同㊀。2姓。'後漢'有'禰衡'。見"通志·氏族略一"。

禨 ㄧㄢˇ *yen*^{3} 音掩　又讀 ㄧㄢˋ *yen*^{4} 音驗
除去災厄的祭祀。也通作厭。見"集韻"。

17

禳 ㄖㄤˊ *jang*^{2}
古人爲驅除瘟疫災殃而舉行的祭祀。見"說文"。

13【禳解】 ㄖㄤˊ ㄐㄧㄝˇ
祈求鬼神消災解厄。

禴 ㄩㄝˋ *yüeh*^{4} 音岳
同礿。1'周代'的夏祭。見"集韻"。2'殷代'的春祭。

19

禷 ㄌㄟˋ *lei*^{4} 音類
因特殊事故而臨時舉行的祭天典禮。見"說文"。

内部

禸 ㊀ ㄖㄡˇ *jou*^{3}
野獸的腳印。也作厹。篆作蹂。見"說文"。
㊁ ㄑㄧㄡˊ *ch'iu*^{2}
參禸矛。

5【禸矛】 ㄑㄧㄡˊ ㄇㄠˊ
有三角刃的矛。本作厹矛，也作厹矛。

4

禺 ㊀ㄩˋ yü^4 音遇
獸名。獼猴一類的動物。見"說文"。
㊁ㄩˊ yü^2 音余
區域。通隅。見"字彙補"。

禹 ㄩˇ yü^3 音羽
①蟲名。見"說文"。②'夏朝'開國君主。治平洪水，受'舜'禪爲天子。③姓。'南北朝'有'禹萬誠'。見"萬姓統譜·七八"。

7【禹步】 ㄩˇ ㄅㄨˋ
①跛行。相傳'禹'治水辛苦，肢體偏枯，行走不便，故稱。②指法師設壇建醮時，禮拜星斗以遣神召靈的步態和動作。相傳效'禹'步，故稱。因其步行轉折，宛如踏在罡星斗宿之上，故又名步罡踏斗。

10【禹貢】 ㄩˇ ㄍㄨㄥˋ
"尚書"篇名。約成書於'周'、'秦'之際。區分'中國'爲九州，記述其道里遠近、山川分布、交通及物產，訂其貢賦等級。爲研究我國古代地理的重要資料，後代地誌大多以此爲根據。

13【禹鼎】 ㄩˇ ㄉㄧㄥˇ
西元1942年'陝西''岐山''任村'出土的青銅器，今藏於'陝西省'博物館。鼎圓腹、二立耳、三獸足，口沿下飾變形獸面紋，腹飾環帶紋，是'西周'晚期的典型形制與紋飾。器內鑄銘二百又五字，記載'周'王對以'鄂侯'爲首之南'淮'夷和東夷的戰爭。提到西六師和'殷'八師，及器主人'禹'率戎車百乘、斯駿二百、徒千，是研究'西周'兵制的第一手資料。一般認爲是'厲王'時器。

15【禹餘糧】 ㄩˇ ㄩˊ ㄌㄧㄤˊ
'中'藥名。一名白餘糧。爲斜方晶系褐鐵礦的礦石，呈不規則塊狀，色黃，經水飛研成細末。性平、味甘澀。可澀腸止瀉，收斂止血。用以治療慢性下痢、腹瀉及子宮功能性出血。相傳'禹'治水時，拋棄餘糧化爲此石，故稱。

6

离 ㊀ㄔ ch'ih^1 音痴
也作魑、螭。①山神。見"說文"。②猛獸。見"說文"。
㊁ㄌㄧˊ li^2 音梨
離散。同離。見"正字通"。

7

禼 ㄒㄧㄝˋ hsieh^4 音謝
蟲名。俗作卨、卨。見"說文"。

𥝢 狒的或體。

8

萬 ㄨㄢˋ wan^4 音翫
①慣用倍數名。爲 10^4，百的百倍。②眾多。形容極多而難以計數。如：萬事萬物。③古代舞名。執干、羽起舞，於祭祀山川或宗廟時所表演。④姓。'漢'有'萬修'。見"萬姓統譜·一〇〇"。

1【萬一】 ㄨㄢˋ ㄧ
①一萬分之一。比喻極多數中的一小部分。②表示或然、意外。

3【萬千】 ㄨㄢˋ ㄑㄧㄢ
形容很多。

4【萬方】 ㄨㄢˋ ㄈㄤ
①四方；各方。②萬民。③萬事。

【萬化】 ㄨㄢˋ ㄏㄨㄚˋ
萬物。

【萬分】 ㄨㄢˋ ㄈㄣ
極多；非常。

5【萬古】 ㄨㄢˋ ㄍㄨˇ
形容年代的久遠。

6【萬有】 ㄨㄢˋ ㄧㄡˇ
宇宙間所有的物類。即萬物。

【萬全】 ㄨㄢˋ ㄑㄩㄢˊ
絕對周全；萬無一失。

8【萬法】 ㄨㄢˋ ㄈㄚˇ
佛家語。指物質與精神上的一切事物、活動。

【萬卷】 ㄨㄢˋ ㄐㄩㄢˋ
指很多的書籍。

【萬幸】 ㄨㄢˋ ㄒㄧㄥˋ
極僥倖；非常幸運。

【萬姓】 ㄨㄢˋ ㄒㄧㄥˋ
人民；百姓。

12【萬幾】 ㄨㄢˋ ㄐㄧ
指帝王日常繁多的政務。也作萬機。

【萬象】 ㄨㄢˋ ㄒㄧㄤˋ
宇宙間一切事物、景象。

13【萬彙】 ㄨㄢˋ ㄏㄨㄟˋ
萬類；萬物。

14【萬端】 ㄨㄢˋ ㄉㄨㄢ
①眾多的頭緒。②各種各樣。

16【萬樹】 ㄨㄢˋ ㄕㄨˋ
'清''江蘇''宜興'人。字'花農'，又字'紅友'。國子監生，'康熙'時曾在'廣東'作幕賓，精於詞、曲。著有"詞律"、"璇璣碎錦"及雜劇、傳奇二十多種。

6【萬年青】 ㄨㄢˋ ㄋㄧㄢˊ ㄑㄧㄥ
(*Rohdea japonica*)多年生常綠草本。根莖肥厚，鬚根粗大，葉根生，長15～50公分，披針形，質厚。穗狀花序側生，密生多花，淡黃色。漿果球形，紅色。可供觀賞，根及根莖可供藥用，'中'藥稱白河車。產於我國及'日本'。

萬年青圖

【萬年雪】 ㄨㄢˋ ㄋㄧㄢˊ ㄒㄩㄝˇ
雪線以上的冰雪，即使夏天也不融解，乃名萬年雪。在緯度或海拔高的地區，積雪期間漫長，其中有積雪聚積之增加期與融雪消耗之減少期的區分，若增加期的聚積量恆大於減少期的消耗量，則每年遺留之雪，逐漸積聚終成萬年不融的雪。萬年雪的高度與緯度高低、降水多寡相關。一般言之，緯度高則高度低，反之則高度高，但以回歸線附近，萬年雪的高度最高。

【萬年曆】ㄨㄢˋ ㄋㄧㄢˊ ㄌㄧˋ
依照曆法規則，預先推算未來若干年的曆書。

7【萬那杜】ㄨㄢˋ ㄋㄚˋ ㄉㄨˋ
(Vanuatu) 位於南‘太平洋’，介於‘澳洲’與‘斐濟’間的國家。面積1.5萬方公里，人口20.5萬(2005年)，首都‘維拉港’(Port Vila)。經濟以農業為主，椰乾為首項輸出，其他尚有可可、牛肉、椰油等。以食品、石油、機器及工業原料為主要進口。

8【萬事通】ㄨㄢˋ ㄕˋ ㄊㄨㄥ
識見廣博的人。含有譏諷意味。

【萬花筒】ㄨㄢˋ ㄏㄨㄚ ㄊㄨㄥˇ
①一種玩具。以狹長的玻璃片三條，砌成正三角柱體，外包硬紙筒，中置彩色碎紙等；兩端分別封上毛玻璃，一端開孔，旋轉視之，則萬花繽紛，變化不已，非常美麗。②比喻人間、社會。

12【萬斯同】ㄨㄢˋ ㄙ ㄊㄨㄥˊ
(1638～1702)‘清’‘浙江’‘鄞縣’人。字‘季野’，號‘石園’。‘黃宗羲’弟子，其學以慎獨爲主，重視實踐工夫。入‘清’不仕，以布衣參史局，獨力寫“明史”五百卷。著有“歷代史表”、“宋季忠義錄”等書。

14【萬壽宮】ㄨㄢˋ ㄕㄡˋ ㄍㄨㄥ
道教宮觀。亦稱‘天柱宮’。在‘江西省’‘南昌市’。建於‘東晉’末，奉祀‘許眞君’(‘許遜’)。傳說‘許遜’鑄鐵柱鎮蛟，‘唐’稱‘鐵柱觀’，‘宋’‘大中祥符’二年(1009)改‘景德觀’，‘政和’中改‘延眞觀’，‘明’‘嘉靖’間改今名。‘清’‘同治’間重修。

20【萬寶常】ㄨㄢˋ ㄅㄠˇ ㄔㄤˊ
‘隋代’音樂家。幼時曾隨‘北齊’中書侍郎‘祖珽’學習音樂。後因父獲罪被殺而分派爲樂戶，精通各種樂器。‘開皇’中奉詔製造樂器，以自製的水尺爲律尺，並撰“樂譜”六十四卷，提出八十四調的理論。惜不爲世重，貧病餓死。

24【萬靈丹】ㄨㄢˋ ㄌㄧㄥˊ ㄉㄢ
可治百病的靈藥。

2【萬人空巷】ㄨㄢˋ ㄖㄣˊ ㄎㄨㄥ ㄒㄧㄤˋ
群衆湧到大街，使小巷爲之一空。

4【萬方多難】ㄨㄢˋ ㄈㄤ ㄉㄨㄛ ㄋㄢˋ
各地方戰亂紛起。

【萬夫莫敵】ㄨㄢˋ ㄈㄨ ㄇㄛˋ ㄉㄧˊ
比喻非常勇猛。

【萬不得已】ㄨㄢˋ ㄅㄨˋ ㄉㄜˊ ㄧˇ
非常不得已；實在別無他法。

5【萬古長靑】ㄨㄢˋ ㄍㄨˇ ㄔㄤˊ ㄑㄧㄥ
比喻永遠不滅。

【萬世師表】ㄨㄢˋ ㄕˋ ㄕ ㄅㄧㄠˇ
德業高深，可以作爲人們永遠的師範表率。‘清聖祖’以此四字題‘孔子廟’‘大成殿’，後遂以專稱‘孔子’。

6【萬死一生】ㄨㄢˋ ㄙˇ ㄧ ㄕㄥ
形容極其危險。

【萬有引力】ㄨㄢˋ ㄧㄡˇ ㄧㄣˇ ㄌㄧˋ
(universal gravitational force) 參萬有引力定律。

【萬向接頭】ㄨㄢˋ ㄒㄧㄤˋ ㄐㄧㄝ ㄊㄡˊ
(universal joint) 或稱‘虎克’接頭、十字接頭。是球面四連桿組之應用，使用於兩軸的中心線交於一點，且兩軸的角度可任意變更狀況下，原動軸以等角速度旋轉，則從動軸即以變角速度旋轉。角速度變化隨軸交角偏差量增加而增加。二軸之交角一般須在30°以下，以小於5°爲最理想。欲使原動軸與從動軸角速度相等，可於其軸間另設一軸，稱爲中間軸或副軸，使其偏位角度相等即可。

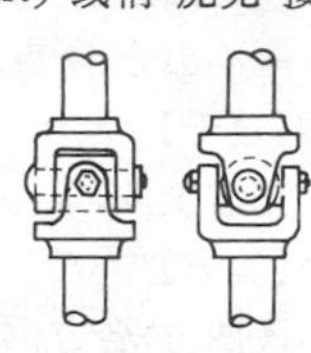
萬向接頭圖

7【萬劫不復】ㄨㄢˋ ㄐㄧㄝˊ ㄅㄨˋ ㄈㄨˋ
比喻永遠無法恢復。

【萬劫沈淪】ㄨㄢˋ ㄐㄧㄝˊ ㄔㄣˊ ㄌㄨㄣˊ
永遠沈溺苦海，不得超脫。

【萬里長城】ㄨㄢˋ ㄌㄧˇ ㄔㄤˊ ㄔㄥˊ
‘長城’的別稱。‘春秋’‘戰國’時代北方各國都築有長城，‘秦始皇’統一天下，以原有的‘長城’爲基礎重加修築，西起‘臨洮’，東到‘遼東’，以防‘匈奴’，歷代續有修築。今‘長城’西起‘嘉峪關’，東至‘山海關’(一說‘遼寧’‘丹東’的‘虎山’)，長2,300餘公里，爲‘明代’所修築。

8【萬姓統譜】ㄨㄢˋ ㄒㄧㄥˋ ㄊㄨㄥˇ ㄆㄨˇ
‘明’‘淩迪知’編，一百四十卷，附“歷代帝王姓系統譜”六卷、“氏族博考”十四卷。以古今姓氏分韻編次，將歷代名人履貫事蹟依時代先後錄於各姓氏下。爲研究我國姓氏譜牒的重要資料。

【萬姓謳思】ㄨㄢˋ ㄒㄧㄥˋ ㄡ ㄙ
受到百姓的歌頌及思念。悼政界要人喪亡之辭。

【萬物之靈】ㄨㄢˋ ㄨˋ ㄓ ㄌㄧㄥˊ
指人。

【萬念俱灰】ㄨㄢˋ ㄋㄧㄢˋ ㄐㄩˋ ㄏㄨㄟ
對任何事都不存希望。形容消極灰心到極點。

10【萬家生佛】ㄨㄢˋ ㄐㄧㄚ ㄕㄥ ㄈㄛˊ
形容良吏恩澤普施，家家受惠。

【萬殊一轍】ㄨㄢˋ ㄕㄨ ㄧ ㄓㄜˊ
萬物形態雖各不同，但其理相同。

11【萬商雲集】ㄨㄢˋ ㄕㄤ ㄩㄣˊ ㄐㄧˊ
形容商人大量聚集、商業興隆。

【萬衆一心】ㄨㄢˋ ㄓㄨㄥˋ ㄧ ㄒㄧㄣ
大家抱著共同的理想團結一致。

12【萬惡淵藪】ㄨㄢˋ ㄜˋ ㄩㄢ ㄙㄡˇ
各種罪惡聚集之處。

【萬紫千紅】ㄨㄢˋ ㄗˇ ㄑㄧㄢ ㄏㄨㄥˊ
形容春天百花齊放的美景。

【萬無一失】ㄨㄢˋ ㄨˊ ㄧ ㄕ
絕對不會有差錯。

【萬象更新】ㄨㄢˋ ㄒㄧㄤˋ ㄍㄥ ㄒㄧㄣ
所有事物都呈現出新的氣象。

14【萬壽無疆】ㄨㄢˋ ㄕㄡˋ ㄨˊ ㄐㄧㄤ

祝人長壽的話。

22【萬籟俱寂】ㄨㄢˋ ㄌㄞˋ ㄐㄩˋ ㄐㄧˊ
一切聲音都歸沈寂。形容極寂靜。

6【萬有引力定律】ㄨㄢˋ ㄧㄡˇ ㄧㄣˇ ㄌㄧˋ ㄉㄧㄥˋ ㄌㄩˋ
(law of universal gravitation) '牛頓'爲理解天體的運行規律,發現萬有引力定律,他認爲:宇宙中任何兩物體間,都有互相吸引之作用力存在,稱爲萬有引力,引力之大小和二物體之質量m_1、m_2的乘積成正比,與兩物體距離R的平方成反比(假設兩物體的大小和距離相比較,甚小),引力的方向在沿兩物體的連線上。以式子表之爲$F=G\cdot\frac{m_1\cdot m_2}{R^2}$,式中$G$爲萬有引力常數,其值爲$6.67\times10^{-11}$牛頓·公尺^2/公斤^2。

10【萬能工具磨床】ㄨㄢˋ ㄋㄥˊ ㄍㄨㄥ ㄐㄩˋ ㄇㄛˊ ㄔㄨㄤˊ
(universal tool grinder) 又名萬能刀具磨床。主要作爲輪磨工具之輪廓刀角(諸如輪磨車刀、鑽頭、銑刀、滾齒刀、拉刀、鉋齒刀)之磨床。工件裝置臺除可水平旋轉角度外,亦可作上下移動。

11【萬國郵政聯盟】ㄨㄢˋ ㄍㄨㄛˊ ㄧㄡˊ ㄓㄥˋ ㄌㄧㄢˊ ㄇㄥˊ
(Universal Postal Union; UPU) 其前身爲'郵政總聯盟'(General Postal Union),創立於西元1875年,1878年改爲現名,1948年7月1日成爲'聯合國'專門機構,總部設於'瑞士'首都'伯恩'。其宗旨在透過研究及技術合作,改善會員國之郵政業務,並促成郵政服務之國際合作。主要機構有'大會'、'執行理事會'、'郵政研究諮詢委員會'、'國際公署'。

14【萬綠叢中一點紅】ㄨㄢˋ ㄌㄩˋ ㄘㄨㄥˊ ㄓㄨㄥ ㄧ ㄉㄧㄢˇ ㄏㄨㄥˊ
比喻在眾多的男性中,僅有一位女性。

禽 ㄑㄧㄣˊ *ch'in*² 音琴
1 飛禽的簡稱。如:家禽。2 捉住;俘獲。通擒。3 姓。'戰國'有'禽滑釐'。見"通志·氏族略四"。

19【禽犢】ㄑㄧㄣˊ ㄉㄨˊ
家禽和小牛。古人常以爲贈禮,故用爲餽贈或禮物之代稱。

10

⿱此禺 ㄩˊ *yü*² 音魚
古代喪車上的飾物。見"字彙補"。

13

⿰离巠 ㄌㄧㄥˊ *ling*² 音靈
參⿰离巠標值。

15【⿰离巠標計】ㄌㄧㄥˊ ㄅㄧㄠ ㄐㄧˋ
(pH meter) 一種帶有玻璃電極和參考電極的電位差計。使用時只要將兩電極插入待測溶液中,等電壓穩定後,即可由其上的指針或數字讀取該溶液之⿰离巠標值。

【⿰离巠標值】ㄌㄧㄥˊ ㄅㄧㄠ ㄓˊ
(pH value) 化學家爲了表示氫離子濃度(記做$[H^+]$),定義氫離子濃度的負對數爲⿰离巠標值或 pH 值,即:$pH=-\log[H^+]$。例如:$[H^+]=10^{-5}M$時,則$pH=5$。

禾部

禾 ㄏㄜˊ *ho*², *hê*² 音河
1 穀類的總稱。見"說文"。2 姓。'宋'有'禾實'。見"萬姓統譜·三五"。

15【禾稼】ㄏㄜˊ ㄐㄧㄚˋ
泛指穀物。

5【禾本科】ㄏㄜˊ ㄅㄣˇ ㄎㄜ
(Gramineae) 單子葉植物的一科。一年生或多年生草本,少數木本。莖中空有節,單葉互生,多細長,排成兩列,葉柄成葉鞘,葉鞘與葉片之間有一葉舌。花小不明顯,通常由雄蕊、雌蕊及2~3枚透明的鱗被包於二苞片內構成,小花排列在花軸上,基部有二苞片,稱爲內穎和外穎,構成小穗,小穗再排列成總狀、穗狀或圓錐花序。雄蕊通常3枚,子房上位,單心皮。果爲穎果。廣布於全世界。

12【禾黍之悲】ㄏㄜˊ ㄕㄨˇ ㄓ ㄅㄟ
指故國沈淪的悲痛。

禾 ㄐㄧ *chi*¹ 音基
彎曲而不能繼續上長的樹梢。見"說文"。

2

私 ㄙ *szŭ*¹, *ssŭ*¹ 音司
1 個人的事物。與公相對。如:假公濟私。2 暗中;祕密。如:私語。3 偏心;偏愛。如:偏私。4 與人通姦。5 不正當的;不合法的。如:私刑。6 生殖器。如:男私。7 姓。'漢'有'私匡'。見"萬姓統譜·五"。

3【私下】ㄙ ㄒㄧㄚˋ
暗中;個別的。

4【私心】ㄙ ㄒㄧㄣ
1 自私自利的心。2 偏心。3 個人的心意。

6【私交】ㄙ ㄐㄧㄠ
1 私人的交情。2 暗中交往。

【私刑】ㄙ ㄒㄧㄥˊ
不依法律而使用的刑罰。

【私曲】ㄙ ㄑㄩ
1 偏私不正。2 私下的情分。

7【私利】ㄙ ㄌㄧˋ
個人的利益。

8【私法】ㄙ ㄈㄚˇ
與公法相對。如"民法"、商法等。參公法1。

【私奔】ㄙ ㄅㄣ
男女未經家長同意,私自離家成婚。

10【私衷】ㄙ ㄓㄨㄥ
私心;個人的心意。

11【私淑】ㄙ ㄕㄨˊ
敬仰某人的道德學問,不能親自受教,而私自效法學習。

【私情】ㄙ ㄑㄧㄥˊ

①私人間的情感、關係。②不正當的愛情。今多泛指男女間的愛情。

【私通】ㄙ ㄊㄨㄥ

①私下通姦。②祕密通好。

【私欲】ㄙ ㄩˋ

①個人的欲望。②自私自利的欲望。

【私梟】ㄙ ㄒㄧㄠ

走私犯。

【私貨】ㄙ ㄏㄨㄛˋ

①私人擁有的財貨。②走私進口的貨物。

14【私塾】ㄙ ㄕㄨˊ

舊時私人所設的學館。

16【私學】ㄙ ㄒㄩㄝˊ

①私人興辦的學校。②個人的學習。

18【私藏】㊀ㄙ ㄘㄤˊ

①違法而私自收藏。②私人收藏。

㊁ㄙ ㄗㄤˋ

私人財產。

22【私權】ㄙ ㄑㄩㄢˊ

與公權相對。指個人在私法上應享的權利。如人身權、財產權等。

24【私鹽】ㄙ ㄧㄢˊ

違法販賣的鹽。與官鹽相對。

5【私生子】ㄙ ㄕㄥ ㄗˇ

未經正式結婚所生的子女。

8【私法人】ㄙ ㄈㄚˇ ㄖㄣˊ

法人成立非以行使國家統治權、遂行公權力爲目的而依私法成立者，稱爲私法人。例如"民法"上之社團法人、財團法人等是。與公法人相對。

【私房錢】ㄙ ㄈㄤˊ ㄑㄧㄢˊ

家庭中個人私下積蓄的錢財。

2【私人成本】ㄙ ㄖㄣˊ ㄔㄥˊ ㄅㄣˇ

(private cost)即生產成本。個別的生產者於生產任何財貨或勞務時，必須投入生產要素，購買或雇用生產要素所支付的一切費用，即是生產的私人成本。

【私人受益】ㄙ ㄖㄣˊ ㄕㄡˋ ㄧˋ

(private benefit)個人由財貨與勞務的消費中，所得到的好處。

9【私相授受】ㄙ ㄒㄧㄤ ㄕㄡˋ ㄕㄡˋ

公共或他人私有的事物，不依法律規定或經公衆及當事人同意，而私自加以移轉或移轉其權利。

秀 ㄒㄧㄡˋ *hsiu*4 音繡

①禾穀之類的植物抽穗開花。②草類結實。③泛指草木的花。④優異；傑出。如：優秀。⑤(show)'英'語音譯。爲表演、演出之意。又指電視所播出的節目。今則通稱演員、歌星上臺演唱爲作秀。⑥姓。'明'有'秀芳'。見"萬姓統譜·一一〇"。

3【秀才】ㄒㄧㄡˋ ㄘㄞˊ

①優異的才華。②古代拔舉士人的科目之一。始於'漢武帝''元封'四年(前107)，後避'光武帝'諱，改稱茂才。'唐'與進士、明經並設科目。'宋'時凡應舉者皆稱秀才。'明''清'時則指入府、州、縣學的生員，可以考舉人。③泛稱讀書人。

8【秀拉】ㄒㄧㄡˋ ㄌㄚ

(Georges Seurat, 1859～1891)'法國'新印象主義的奠基者。學畫時已對色彩性畫家產生興趣，研究了'德拉克洛瓦'、'巴比松'畫派及印象派畫家的色彩，有系統地整理出科學性的視覺混色法，即有規則的將不同色彩的許多色點並置在一起，使視覺上得到彩色較高的混色效果。他利用這種點描法，耐性和理性地製作色彩亮麗的大幅油畫。代表作有"傑特島的星期日下午"(*Un Dimanche d'été à la Gande Jatte*)及"阿尼埃爾的浴場"(*Une Baignade, Asnières*)等。

【秀拔】ㄒㄧㄡˋ ㄅㄚˊ

秀麗特出；脫俗不凡。

10【秀氣】㊀ㄒㄧㄡˋ ㄑㄧˋ

靈秀之氣。

㊁ㄒㄧㄡˋ ·ㄑㄧ

高雅秀麗。

3【秀才人情】ㄒㄧㄡˋ ㄘㄞˊ ㄖㄣˊ ㄑㄧㄥˊ

指秀才多以詩文書畫作爲餽贈之物，所費不過紙筆而已。

5【秀外慧中】ㄒㄧㄡˋ ㄨㄞˋ ㄏㄨㄟˋ ㄓㄨㄥ

外貌清秀，內心聰慧。也作秀外惠中。後世多用以形容女子。

6【秀而不實】ㄒㄧㄡˋ ㄦˊ ㄅㄨˋ ㄕˊ

稻禾開花而不結實。比喻資質優秀而終無成就。

【秀色可餐】ㄒㄧㄡˋ ㄙㄜˋ ㄎㄜˇ ㄘㄢ

形容女子秀麗的姿色，令人百看不厭。

8【秀姑巒溪】ㄒㄧㄡˋ ㄍㄨ ㄌㄨㄢˊ ㄒㄧ

位於'臺灣省'東部。源於'花東縱谷''池上'附近，初沿谷地北流，至'瑞穗'附近折而東流，橫切'臺東海岸山脈'，在'大港口'附近注入'太平洋'。自'瑞穗'至'大港口'間，水流湍急，風景幽美。

禿 ㄊㄨ *t'u*1

①頭頂無髮。見"說文"。②不長草木的。如：禿山。③羽毛、枝葉脫盡的。如：禿樹。

12【禿筆】ㄊㄨ ㄅㄧˇ

①筆尖磨損，不堪使用的毛筆。②比喻拙劣的文筆。

20【禿鶖】ㄊㄨ ㄑㄧㄡ

①即鶖鳥。一種長頸、赤目，頭項無毛的水鳥。見"正字通"。②譏稱禿髮的人。

24【禿鷹】ㄊㄨ ㄧㄥ

(vulture)又名禿鷲。約20種，屬於鷹形目(order Falconiformes)，產於舊大陸者屬禿鷲科(family Aegypiidae)，產於新大陸者屬禿鷹科(family Cathartidae)。頭部光禿無眞正羽毛，僅有翮，故名。禿鷹成群築巢於懸崖、高樹或地面，生一或二個蛋後即孵卵，約7或8週孵出。覓食腐臭的動物屍體；腳大，趾甲扁，適於行走及握

禿鷹圖

住屍體。廣布於溫帶及熱帶，但'澳洲'及其附近島嶼則缺如，'臺灣'有一種，學名 *Aegypius monachus chincou*，產於'新竹'、'桃園'、'嘉義'、'臺南'等地。

26【禿驢】 ㄊㄨ ㄌㄩˊ
舊時對和尚的謔稱。

15【禿髮症】 ㄊㄨ ㄈㄚˇ ㄓㄥˋ
(alopecia)毛髮細胞受到傷害時，頭髮產生脫落的現象。遺傳、年齡和性激素是造成禿髮的重要原因；此外，某些皮膚病、外傷、先天性毛髮發育障礙、X光照射、吞食某些藥物均會導致禿髮症。

3

秉

ㄅㄧㄥˇ *ping3* 音丙
①禾束；禾一把。見"說文"。②用手執持。如：秉燭夜遊。③執掌；主持。如：秉國。④承受。通作稟。如：秉性。⑤權柄。通柄。如：國秉。⑥量詞。古代以粟十六斛為一秉。今標準制一公秉等於一千公升或一立方公尺。⑦姓。'漢'有'秉寬'。見"萬姓統譜．八七"。

4【秉公】 ㄅㄧㄥˇ ㄍㄨㄥ
執持公正無私的態度。

8【秉承】 ㄅㄧㄥˇ ㄔㄥˊ
保持；繼承。

9【秉持】 ㄅㄧㄥˇ ㄔˊ
①執掌。②遵守；遵循。

11【秉國】 ㄅㄧㄥˇ ㄍㄨㄛˊ
執掌國政。

12【秉鈞】 ㄅㄧㄥˇ ㄐㄩㄣ
比喻執掌國政。

9【秉要執本】 ㄅㄧㄥˇ ㄧㄠˋ ㄓˊ ㄅㄣˇ
把握要點和根本。

17【秉燭夜遊】 ㄅㄧㄥˇ ㄓㄨˊ ㄧㄝˋ ㄧㄡˊ
拿著火炬在夜裡遊玩。喻及時行樂。

秆

稈的或體。

秄

ㄗˇ *tzŭ3* 音子
用土培壅禾根。見"說文"。

秈

ㄒㄧㄢ *hsien1* 音仙
一種早熟而沒有黏性的稻子。見"爾雅翼．釋草．稻"。

秊

年的本字。

䄉

ㄉㄧㄠˇ *tiao3* 音屌
①將要斷落的禾穗。見"說文"。②懸吊著的東西。見"玉篇"。

秅

ㄔㄚˊ *ch'a2* 音茶
①量詞。古時以禾四百秉為一秅。見"說文"。②麻的一種。見"集韻"。

4

秌

秋的本字。

采

穗的本字。

科

ㄎㄜ *k'o1, k'ê1* 音窠
①品類，等級。見"廣雅．釋言"。②法律條文。如：作奸犯科。③公私機關依工作性質分設的單位。如：戶政科。④古代考試取士的條例名目。如：科第。⑤依法徵稅或判刑。如：科罪。⑥戲曲中的動作。如：科白。⑦量詞。草木一株稱一科。通棵。⑧(family)生物分類上的階層之一。目之下常包含數科，例如靈長目中有獮猴科、猿科及人科等。

5【科白】 ㄎㄜ ㄅㄞˊ
古代戲曲中的動作和臺詞。

7【科克】 ㄎㄜ ㄎㄜˋ
(James Cook, 1728～1779)'英國'航海家及探險家。曾於西元1768～1771年、1772～1775年、1776～1779年三度率領科學探險隊到南半球。1774年10月發現'新喀里多尼亞'(New Caledonia)和'諾福克島'(Norfolk Island)，1778年1月發現'夏威夷群島'，並命名為'三明治群島'(Sandwich Islands)。1779年因'夏威夷'土人的反抗而被刺死。他也是第一位探測'南極洲'(1773年)的人。

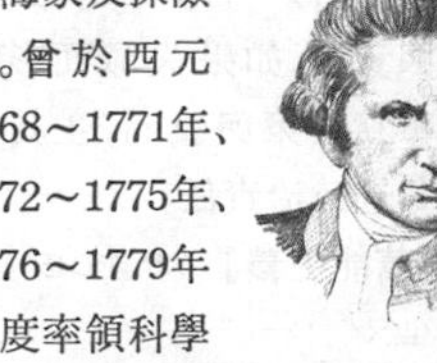
科克像

【科技】 ㄎㄜ ㄐㄧˋ
科學技術。

9【科段】 ㄎㄜ ㄉㄨㄢˋ
①文章的段落。②古代戲曲的動作。簡稱科。

10【科班】 ㄎㄜ ㄅㄢ
舊時招收兒童教習戲曲的戲班。

15【科儀】 ㄎㄜ ㄧˊ
指道教各種法規制度與儀式的條文。

16【科諢】 ㄎㄜ ㄏㄨㄣˋ
傳統戲劇中滑稽的動作及逗趣的笑話。

【科頭】 ㄎㄜ ㄊㄡˊ
頭上不戴帽子。

【科學】 ㄎㄜ ㄒㄩㄝˊ
(science)人類對自然界所呈現的各種現象、周遭所發生的各類事物，經過長年累月的觀察、分析、整理和歸納，而推演出有系統、可應用的知識。

17【科舉】 ㄎㄜ ㄐㄩˇ
古代的取士制度。始於'隋煬帝''大業'二年(606)，'唐'以後制度累有變易。至'清''光緒'三十一年(1905)明令廢止。

4【科斗文】 ㄎㄜ ㄉㄡˇ ㄨㄣˊ
古代字體的一種。字體的筆畫頭粗尾細，狀似蝌蚪。也作蝌蚪文。

9【科威特】 ㄎㄜ ㄨㄟ ㄊㄜˋ
(Kuwait)位於'波斯灣'西北隅的國家。面積1.7萬方公里，人口234.0萬(2005年)。境內沙漠遍布，居民原多以捕魚、採珠為生，自西元1938年發現豐富地下石油後，已發展為現代化國家。主要油田為'布干'(Burgan)，'阿馬地'(al-Aḥmadī)為輸出港。首都'科威特市'，是'阿拉伯半島'東岸的深水港和避風良港，現為多條定期航線的停靠港、'波斯灣'沿岸許多小港的轉口港，有國際航空站。

7【科技藝術】 ㄎㄜ ㄐㄧˋ ㄧˋ ㄕㄨˋ
(technology art)利用現代科技做表現媒介的一種藝術。如利用雷射光的雷射藝術、使用全像攝影(holography)的全像藝術、利用錄影機的錄影藝術(video art)等。

10【科班出身】 ㄎㄜ ㄅㄢ ㄔㄨ ㄕㄣ
本指演藝人員自小受過正規嚴格的專業訓練。後也泛指一般人受過各類的正規專業訓練。參科班。

16【科學園區】 ㄎㄜ ㄒㄩㄝˊ ㄩㄢˊ ㄑㄩ
引進高級工業技術和人才，從事產品研究和發展，以建立創新工業爲主要目的的工業區。多設立於科技學術發展中心附近，如'新竹科學園區'即鄰近國立'清華'和'交通'兩大學。

【科學管理】 ㄎㄜ ㄒㄩㄝˊ ㄍㄨㄢˇ ㄌㄧˇ
(scientific management) 以客觀、公正而有系統的方法，經營、管理一個企業。其目的在於提高生產力，並將之分享給東主及員工。科學管理爲「科學管理之父」'泰勒'(F. W. Taylor)"科學管理原理"(*The Principles of Scientific Management*)一書中所提出。他倡導科學管理運動，主張以科學方法來：一、改善員工作業的方法；二、選用工人；三、訓練工人；四、分配職員(計畫與控制)及工人(執行)的工作。

【科學衛星】 ㄎㄜ ㄒㄩㄝˊ ㄨㄟˋ ㄒㄧㄥ
(scientific satellite)攜有特別設計的儀具或裝置，以從事下列事項的人造衛星。一、研究大氣層中同溫層、電離層及其外層之特性；二、研究地球太空環境中的自然現象，諸如具有能量的質點、行星間的事物、電磁輻射、引力和磁力場，以及此類現象與大氣間之交互作用；三、研究太空中天體的優點；四、在太空中進行生物實驗等。

4【科氏加速度】 ㄎㄜ ㄕˋ ㄐㄧㄚ ㄙㄨˋ ㄉㄨˋ
(Coriolis component of acceleration)一物體沿一路徑運動，路徑本身又作旋轉運動時，則此質點加速度之三個分量中有一'科'氏加速度產生，大小爲 $2\overrightarrow{\omega}\times\overrightarrow{V_R}$，式中 $\overrightarrow{\omega}$ 爲路徑之角速度，$\overrightarrow{V_R}$ 爲物體對路徑之相對線速度。

5【科目日結單】 ㄎㄜ ㄇㄨˋ ㄖˋ ㄐㄧㄝˊ ㄉㄢ
又稱總傳票。每日營業終了後，將當日已記明細帳的傳票，分別科目及借貸，結出各科目借貸總數，並與各該科目前日餘額分別加減，結出本日餘額，作爲過入總分類帳及核計當日收支帳目根據的一種記帳憑證。

19【科羅拉多河】 ㄎㄜ ㄌㄨㄛˊ ㄌㄚ ㄉㄨㄛ ㄏㄜˊ
(Colorado R.) 源於'美國'"科羅拉多州'北部。西南流，將高原切割成著名的'大峽谷'(Grand Canyon)，下游在'墨西哥'境內沖積成三角洲，注入'加利福尼亞灣'(Gulf of California)。沿岸築有許多水壩及發電廠，爲'美國'西南部各州提供充沛的水源及電力。

15【科層組織國家】 ㄎㄜ ㄘㄥˊ ㄗㄨˇ ㄓ ㄍㄨㄛˊ ㄐㄧㄚ
(bureaucratic state) 爲政治角色分化的結果。在科層組織國家中，政府官員不再是統治者的僕人或附庸，每一官員都有其特殊功能與責任。如果失職而影響到公眾事務決策與推行，主其事者就得負起政治責任。

16【科學萬能主義】 ㄎㄜ ㄒㄩㄝˊ ㄨㄢˋ ㄋㄥˊ ㄓㄨˇ ㄧˋ
(scientism) 簡稱科學主義。十九世紀後半開始盛行的一種思潮。以爲一切現象都可藉科學理論加以說明，而且一切人間難題都可藉科學技術加以解決。

秔
粳的本字。

秋
ㄑㄧㄡ ch'iu¹ 音丘
1收成；禾穀成熟。見"說文"。2四季之一。農曆七到九月。3年。如：千秋萬世。4時節；時機。如：多事之秋。5姓。'春秋"魯'有'秋胡'。見"西京雜記・六"。

4【秋分】 ㄑㄧㄡ ㄈㄣ
1在北半球，每年的九月二十三日或前後，太陽直射赤道，南北半球所受的日照相等，晝夜長短也相等，稱爲秋分。秋分以後，日射直照的位置日趨南移，白晝漸短，夜漸長。2農曆二十四節氣之一。在國曆九月二十三日或前後。

6【秋汛】 ㄑㄧㄡ ㄒㄩㄣˋ
指農曆立秋到霜降之間，河水盛漲的現象。

7【秋決】 ㄑㄧㄡ ㄐㄩㄝˊ
指處決死刑犯。因在秋後舉行，故稱。

8【秋波】 ㄑㄧㄡ ㄅㄛ
1秋天的水波。2借指女子的眼光。謂其如秋水般明亮澄澈。

11【秋毫】 ㄑㄧㄡ ㄏㄠˊ
鳥獸入秋新生的細毛。比喻極細微的事物。

13【秋節】 ㄑㄧㄡ ㄐㄧㄝˊ
1指農曆八月十五日。俗稱中秋節。2指農曆九月九日。即重陽節。3泛指秋季。

15【秋瑾】 ㄑㄧㄡ ㄐㄧㄣˇ
(1875～1907)'山陰'(今'浙江''紹興')人，字'璿卿'，改字'競雄'，別號'鑑湖女俠'。工詩詞，性任俠。'光緒'三十年(1904)東渡'日本'，入'同盟會'。歸國後，提倡女權，以響應'徐錫麟'起義被害，葬於'杭州''西湖'。後人輯有"秋瑾集"。

秋瑾像

6【秋老虎】ㄑㄧㄡ ㄌㄠˇ ㄏㄨˇ
'吳'語稱秋季暑熱。

10【秋海棠】ㄑㄧㄡ ㄏㄞˇ ㄊㄤˊ
(*Begonia evansiana* Andr.)多年生草本。高約60公分。具有地下塊莖。葉互生，具葉柄，斜心形，先端尖，鋸齒緣。單性花，紅色，雌雄同株，萼片及花瓣各2枚，前者較寬，後者窄小，雄蕊多枚，子房下位。蒴果具三翅。供觀賞用。分布於我國、'馬來半島'及'日本'。

秋海棠圖

4【秋水伊人】ㄑㄧㄡ ㄕㄨㄟˇ ㄧ ㄖㄣˊ
指所愛慕思念的人。

【秋月春風】ㄑㄧㄡ ㄩㄝˋ ㄔㄨㄣ ㄈㄥ
一年中最美好的景色。借指青春年華。

10【秋高氣爽】ㄑㄧㄡ ㄍㄠ ㄑㄧˋ ㄕㄨㄤˇ
形容秋季天空無雲，氣候清爽。

【秋扇見捐】ㄑㄧㄡ ㄕㄢˋ ㄐㄧㄢˋ ㄐㄩㄢ
秋天涼爽，扇子被棄不用。比喻女子因年老色衰而被棄。

11【秋毫無犯】ㄑㄧㄡ ㄏㄠˊ ㄨˊ ㄈㄢˋ
形容軍紀嚴明，不取百姓絲毫的東西。

秐 耘的或體。

秕 ㄅㄧˇ *pi*³ 音筆
1有殼無米的穀粒。見"說文"。2比喻不善。如：秕政。3敗壞；穢亂。見"字彙"。

9【秕政】ㄅㄧˇ ㄓㄥˋ
不好的政令。

种 ㄔㄨㄥˊ *ch'ung*² 音蟲
1幼稚。見"玉篇"。2姓。'漢'有'种暠'。見"萬姓統譜·一"。

秒 ㄇㄧㄠˇ *miao*³ 音渺
1禾芒。見"說文"。2比喻微小。如：秒忽。3(second)代號爲s。時間單位。一秒等於銫133原子於基態之兩超精細能階間躍遷時所放出輻射週期9,192,631,770倍的時間。爲西元1956年'國際度量衡大會'決議採用。4角度的併用單位。代號爲〔″〕。等於一度的1/3600。

10【秒差距】ㄇㄧㄠˇ ㄔㄚ ㄐㄩˋ
(parsec; pc)天文學中測量恆星距離的一種單位。恆星的週年視差爲一弧秒時，稱爲一秒差距。一秒差距等於3.085678×10^{13}公里，即3.261631光年或206264.8天文單位。

秏 ㄏㄠˋ *hao*⁴ 音浩
1稻的一種。見"說文"。2消耗；減損。也作耗。見"正字通"。

秖 ㄓ *chih*¹ 音支
1禾穀開始成熟。見"正字通"。2只；適。通祇。見"正字通"。

秎 ㄈㄣˊ *fên*² 音墳
1收割禾稻。見"集韻"。2禾束。見"正字通"。

5

秦 ㄑㄧㄣˊ *ch'in*² 音禽
1古國名。(1)'周孝王'封'伯益'的後裔於'秦'(今'甘肅''天水')。其後國都屢遷，'孝公'時定都'咸陽'，用'商鞅'變法，國勢大盛，爲'戰國'七雄之一。傳至'始皇'，統一天下。(2)'晉'時十六國之一。即'苻健'所建'前秦'。參前秦。2(前221～前206)'戰國'末期，'秦王''嬴政'併滅六國所建的朝代。都'咸陽'(今'陝西''咸陽')。'秦王''政'自稱'始皇帝'，傳至'子嬰'，爲'漢'所滅。共三世，三主，十六年。3'陝西省'的別稱。4姓。'漢'有'秦同'。見"漢書·高惠高后文功臣表"。

12【秦腔】ㄑㄧㄣˊ ㄑㄧㄤ
戲曲腔調。即梆子腔。起源於西北，盛行於北方，而西北本古'秦'地，故名'秦'腔，又名西'秦'腔。

17【秦檜】ㄑㄧㄣˊ ㄎㄨㄞˋ
(1090～1155)'南宋''江寧'(今'南京市'東南)人，字'會之'。'高宗'時爲相，力主與'金'人和議。以莫須有之罪，誣殺'岳飛'；又竄'張浚'，排'趙鼎'；凡主戰忠臣良將，誅除殆盡。

【秦嶺】ㄑㄧㄣˊ ㄌㄧㄥˇ
略呈弧狀橫亙於我國中部的山脈。主脈在'甘'、'陝'二省南部，山勢一般高度在2,000～3,000公尺之間。主峰'太白山'，高4,167公尺。愈向東延伸，山勢愈低，延爲'豫西山地'、'桐柏山'、'大別山'迄於'淮陽山'，經'豫'、'鄂'、'皖'三省斷續分布。是我國南北自然、人文上的一大界限，'長江''黃河'兩大流域的天然分水嶺。

25【秦觀】ㄑㄧㄣˊ ㄍㄨㄢ
(1049～1100)'北宋''高郵'(今'江蘇''高郵')人，字'少游'，號'淮海居士'。'元祐'初，因'蘇軾'推薦，除太學博士，後兼國史院編修官，'紹聖'初被貶外地，'徽宗'立，放還，到'藤州'病死。長於詞，兼有婉約、俚俗、綺麗的特色。有"淮海集"。

7【秦良玉】ㄑㄧㄣˊ ㄌㄧㄤˊ ㄩˋ
(?～1648)'明'末'忠州'(今'四川''忠縣')人。嫁'石砫'宣撫使'馬千乘'。'千乘'死，代夫統其部眾。'天啟'、'崇禎'間，屢立戰功，官至總兵。後回'四川'，與'張獻忠'戰於'竹箘坪'，兵敗，病死。

【秦孝公】ㄑㄧㄣˊ ㄒㄧㄠˋ ㄍㄨㄥ
(前381～前338)'戰國'時'秦國'國君。名'渠梁'，'穆公'十五世孫。任用'商鞅'爲相，變法改制，'秦國'由此而富強。在位二十四年。

8【秦始皇】ㄑㄧㄣˊ ㄕˇ ㄏㄨㄤˊ
(前259～前210)'秦朝'皇帝。姓'嬴'，名'政'，'莊襄王'之子。先後滅六國，統一天下，自稱'始皇帝'。廢除封建，設置三十六郡，統一

秦始皇像

文字、法度，築長城，修馳道，又採丞相'李斯'的意見，焚書坑儒。後在出巡時，死於'沙丘'，在位三十七年。

16【秦穆公】 ㄑㄧㄣˊ ㄇㄨˋ ㄍㄨㄥ
（？～前621）'春秋'時代'秦國'國君。名'任好'。用'百里奚'、'蹇叔'等賢臣，勵精圖治，國勢日強，並併吞附近部落，闢地千里，使'秦國'成爲西方諸侯之長，爲'春秋'五霸之一。在位三十九年。

8【秦始皇陵】 ㄑㄧㄣˊ ㄕˇ ㄏㄨㄤˊ ㄌㄧㄥˊ
位於'陝西省''臨潼縣'東方，南靠'驪山'。整個陵區可分爲陵墓、陵園、兵馬俑坑、殉葬坑、從葬坑、刑徒墓等部分，面積廣大。陵園有內外兩重圍牆，外牆東1,000公尺處爲兵馬俑坑，目前已出土武士俑八、九百件、戰車十八輛、陶馬、青銅器及大批車馬器。而兵俑及馬俑造形大小如同眞人、眞馬，體形、服飾、眉眼、鬚髮、神情姿態皆栩栩如生，生動逼眞。

10【秦庭之泣】 ㄑㄧㄣˊ ㄊㄧㄥˊ ㄓ ㄑㄧˋ
指向外國求援。'春秋'時，'楚'大夫'申包胥'因'吳'軍陷'楚'都，赴'秦'求救，哭於'秦'庭七日七夜，'秦'終出兵救'楚'，敗'吳'軍。見"左傳·定四年、五年"。

【秦晉之好】 ㄑㄧㄣˊ ㄐㄧㄣˋ ㄓ ㄏㄠˇ
指兩家聯姻。'春秋'時，'秦''晉'兩國世代通婚，故稱。

15【秦樓楚館】 ㄑㄧㄣˊ ㄌㄡˊ ㄔㄨˇ ㄍㄨㄢˇ
泛指風月場所。'春秋'時'秦穆公'之女'弄玉'好樂，'蕭史'善吹簫，兩人結爲夫婦，居'鳳樓'，後世稱'秦樓'。又'楚靈王'築'章華宮'，選美人腰細者居於其中，後人因稱之爲'楚館'。

19【秦鏡高懸】 ㄑㄧㄣˊ ㄐㄧㄥˋ ㄍㄠ ㄒㄩㄢˊ
稱官吏判案的廉明公正。相傳'秦'宮中有方鏡廣四尺，高五尺九寸，能照人五臟，知人疾病之所在或心術的邪正。見"西京雜記·三"。

4【秦王破陣樂】 ㄑㄧㄣˊ ㄨㄤˊ ㄆㄛˋ ㄓㄣˋ ㄩㄝˋ
'唐代'樂舞。簡稱"破陣樂"，也稱"七德舞"。'太宗'爲'秦王'時，攻破'劉武周'，軍中相與作"秦王破陣樂"曲。'太宗'即位後，曾命'呂才'協音律，'魏徵'作歌詞，教樂工一百二十八人披甲執戟而舞。是'唐代'最著名的歌舞大曲之一。後又演變爲"神功破陣樂"、"小破陣樂"。

秘 ㊀ ㄇㄧˋ mi⁴ 音密 又讀 ㄅㄧˋ pi⁴ 音閉
祕的俗體。
㊁ ㄅㄧㄝˊ pieh² 音別
芳香。也作苾。見"集韻"。

秤 ㊀ ㄔㄥˋ ch'êng⁴
衡量物體輕重的器具。如：磅秤。
㊁ ㄔㄥ ch'êng¹ 音撐
用秤衡量物體的重量。稱的俗體。見"集韻"。
㊂ ㄆㄧㄥˊ p'ing² 音平
也作平。參天平②。

4【秤不離錘】 ㄔㄥˋ ㄅㄨˋ ㄌㄧˊ ㄔㄨㄟˊ
比喻二者關係密切，無法分離。

秣 ㄇㄛˋ mo⁴ 音末
①餵馬的禾穀。見"集韻"。②餵；飼養。如：秣馬厲兵。

10【秣馬厲兵】 ㄇㄛˋ ㄇㄚˇ ㄌㄧˋ ㄅㄧㄥ
餵飽馬匹，磨利兵器。比喻戰前或競賽前的準備。

秬 ㄐㄩˋ chü⁴ 音巨
黑黍。可釀鬯酒。見"爾雅·釋草·秬黑黍·疏"。

秜 ㄌㄧˊ li² 音梨 又讀 ㄋㄧˊ ni² 音尼
散落地上，來年自生的稻。見"說文"。

秫 ㄕㄨˊ shu² 音叔
帶有黏性的稷。也指帶有黏性的其他穀物。見"正字通"。

秠 ㄆㄧ p'i¹ 音批
每實有二米的一種黑黍。見"說文"。

秳 ㄕˊ shih² 音石
量詞。一百二十斤爲一秳。通作石。見"說文"。

租 ㄗㄨ tsu¹
①田賦。見"說文"。②把東西暫給人用，收取代價。如：吉屋出租。③付代價向人借用東西。如：租車。④向人賃借東西所付的代價。如：房租。

9【租界】 ㄗㄨ ㄐㄧㄝˋ
(concession settlement)一國的通商口岸，劃定界限，准許有約的外國人民居住、經商、賃屋、租地，並在租地上增建房屋，稱爲租界。分專管租界、公共租界與居留地界三種。前兩種界內事宜由有約國領事管理，即領事裁判權；後者管理權屬本國所有。

【租約】 ㄗㄨ ㄩㄝ
租借的契約。

12【租稅】 ㄗㄨ ㄕㄨㄟˋ
(taxation)指政府以籌集公共建設所需資金爲目的，向人民強制徵取的金錢。就其用途而言，可分爲一般稅與目的稅；就是否轉嫁而言，可分爲直接稅與間接稅；就其是否有規則性而言，可分爲經常稅與臨時稅；就其稅收歸屬而言，可分爲國稅、省(市)稅與縣(市)稅。

13【租賃】 ㄗㄨ ㄖㄣˋ
當事人約定，一方以物租與他方使用、收益，他方支付租金之契約。租金爲租賃契約之要素，其未約定租金者，契約無效。但若具備使用借貸之要件，則依情形得轉換爲使用借貸而生效。不動產之租賃契約，其期限逾一年者，應以字據訂立之，未以字據訂立者，視爲不定期之租賃。出租人於租賃物交付後，將其所有權讓與第三人或就租賃物設定物權，致妨礙承租人之使用收益者，其租賃契約對於受讓人或取得物權人，仍繼續存在。亦即租賃契約當事人變爲受讓人或取得物權人與承租人。此即租賃之物權化。租賃關係存續中，原則上由出租人負修繕之義務，但承租人應以善良管理人之注意，保管租賃物，否則，如致租賃物毀損、滅失者，應負賠償責任。

11【租庸調】 ㄗㄨ ㄩㄥ ㄉㄧㄠˋ
'隋''唐'的賦役法。'隋代'賦役有田租、戶調和力役。'唐'承'隋'制，凡丁男受田，每歲納粟二石是爲租；每歲服役二十日，閏月加二日，不應役者每日折納絹三尺，是爲庸；每戶按本地出產，歲納綾、絹、絁各二丈，綿三兩，若折繳布則加五分之一，另麻三斤，是爲調。國家有事，加役十五日者免其調，加役三十日者租、調皆免，合正役、加役不得超過五十日。

12【租稅法】 ㄗㄨ ㄕㄨㄟˋ ㄈㄚˇ
(tax code)指國家爲徵收租稅所制定，並強制人民遵行的法規。狹義的租稅法專指經'立法院'通過，總統公布的租稅法律；廣義的租稅法則尙包括國際間的租稅協定、司法判解、行政規章及解釋函令等。

13【租賃物】 ㄗㄨ ㄖㄣˋ ㄨˋ
乃租賃契約之標的物，約定由承租人使用、收益者而言。出租人應以合於所約定使用、收益之租賃物交付承租人，並應於租賃關係存續中保持其合於約定使用、收益之狀態。租賃物爲房屋或其他供居住之處所者，如有瑕疵，危及承租人或其同居人之安全或健康時，承租人得終止契約。租賃物之修繕，除契約另有訂定或另有習慣外，由出租人負擔。承租人應以善良管理人之注意，保管租賃物。租賃物有生產力者，並應保持其生產力。承租人違反保管義務，致租賃物毀損、滅失者，負損害賠償責任。承租人應依約定方法，爲租賃物之使用收益；無約定方法者，應以依租賃物之性質而定之方法爲之。承租人於租賃關係終止後，應返還租賃物。租賃物有生產力者，並應保持其生產狀態，返還出租人。

10【租借法案】 ㄗㄨ ㄐㄧㄝˋ ㄈㄚˇ ㄢˋ
(*Lend-Lease Act*)二次大戰期間'美國'支援同盟國家的一種法案。西元 1941 年'美國'國會應'羅斯福'總統的請求，通過"租借法案"，授權總統可將軍火以出售、租借、交換或貸款等方式供給其防務與'美國'有關的國家。'美國'因而成爲「民主國家的兵工廠」。

12【租稅主體】 ㄗㄨ ㄕㄨㄟˋ ㄓㄨˇ ㄊㄧˇ
(subject of taxation)指負擔租稅的自然人或團體人。租稅的主體是「人」，負稅人爲經濟上的租稅主體，納稅人則是法律上的租稅主體。人有「自然人」及「團體人」之分，稅法上的團體人指私法人，即公司。

【租稅法典】 ㄗㄨ ㄕㄨㄟˋ ㄈㄚˇ ㄉㄧㄢˇ
(tax code) 指將各種課徵租稅的法律作有系統的編列，制定於一部法典中。其目的爲便於援引適用並減少各稅法間之規定牴觸。例如'美國'將聯邦政府所課各稅的法律合編爲"內地稅法典"(*Internal Revenue Code*)即是。

【租稅客體】 ㄗㄨ ㄕㄨㄟˋ ㄎㄜˋ ㄊㄧˇ
(object of taxation) 指課徵租稅的目的物或行爲。如土地稅之土地、貨物稅之貨物均爲課稅的目的物，又如營業稅的銷售行爲、印花稅的書立及使用憑證均爲對行爲課稅。

【租稅原則】 ㄗㄨ ㄕㄨㄟˋ ㄩㄢˊ ㄗㄜˊ
(the principle of taxation)租稅是財政現象，也是經濟現象及社會現象。因此，租稅課徵不論是根據利益說、義務說或折衷說，皆應有原則以資遵循，此稱爲租稅原則。學者間所提倡的租稅原則不一，惟大多根據財政、經濟、社會等各種觀點提出其主張。

【租稅乘數】 ㄗㄨ ㄕㄨㄟˋ ㄔㄥˊ ㄕㄨˋ
(tax multiplier) 指由於稅率或稅基的變動，會引起稅收的改變，此時對國民所得將產生倍數變動的影響。即稅收的增徵，將使國民所得作倍數的減少；反之，稅收的減徵，則可使國民所得作倍數的增加。

【租稅假期】 ㄗㄨ ㄕㄨㄟˋ ㄐㄧㄚˋ ㄑㄧˊ
(tax holidays) 指稅法規定納稅義務人得於一定期間內免除租稅負擔。依"獎勵投資條例"第六條規定，合於獎勵類目及標準新投資創立的生產事業，得享受五年免稅的優惠，至於增資擴展者得享受四年免稅的優惠，故稱之爲租稅假期。

【租稅寬減】 ㄗㄨ ㄕㄨㄟˋ ㄎㄨㄢ ㄐㄧㄢˇ
(tax deduction) 原來的稅基扣除政府允許寬減免稅的金額後，作爲課徵租稅的稅基。

【租稅償本】 ㄗㄨ ㄕㄨㄟˋ ㄔㄤˊ ㄅㄣˇ
(amortization of taxation) 爲租稅轉嫁方式之一。又稱還元或租稅折入資本 (tax capitalization)。如財產交易所課徵之租稅，買方自購入之財產價值中預先予以扣除，嗣後雖由買方納稅，而實際上租稅已由賣方所負擔，故稱償本或折入資本。

【租稅轉嫁】 ㄗㄨ ㄕㄨㄟˋ ㄓㄨㄢˇ ㄐㄧㄚˋ
(shifting of taxation)指納稅者將其所繳納的租稅，透過交易過程，移轉給他人負擔。根據其轉嫁方式的不同，可分爲前轉、後轉、旁轉、混轉、消轉、償本和隱藏性轉嫁等。

【租稅歸宿】 ㄗㄨ ㄕㄨㄟˋ ㄍㄨㄟ ㄙㄨˋ
(incidence of taxation)指租稅不再轉嫁,而由某人實際負擔,亦即指租稅的最後負擔者。通常言之,財貨供給彈性大、需要彈性小者,易於轉嫁,而其最後負擔者多爲買方,尤其是消費者。

13【租賃所得】 ㄗㄨ ㄖㄣˋ ㄙㄨㄛˇ ㄉㄜˊ
(income from lease) 綜合所得稅制度下的一種所得。凡以有形財產出租之租金、財產出典典價經運用之所得均屬之。至所得額之計算,係以全年租賃收入,減除必要損耗及費用後之餘額爲準。

12【租稅中立論】 ㄗㄨ ㄕㄨㄟˋ ㄓㄨㄥ ㄌㄧˋ ㄌㄨㄣˋ
(neutrality) 爲'英國'古典學派學者的主要財政理論之一,意謂租稅的課徵不應改變私人部門的配置行爲。亦即租稅課徵應以獲取財政收入爲主要目的,不應干擾消費者獲得滿足的行爲與生產者追求利潤的行爲。

【租稅刑事罰】 ㄗㄨ ㄕㄨㄟˋ ㄒㄧㄥˊ ㄕˋ ㄈㄚˊ
(the criminal punishment of taxation) 指對於違反稅法規定之行爲,處以自由刑或罰金等刑名之制裁。租稅刑事罰以科處自由刑爲主,財產刑爲輔。我國現行"稅捐稽徵法"第四十一條至四十三條之刑名爲有期徒刑、拘役、罰金等,皆由稅捐稽徵機關移送法院辦理。

【租稅行政罰】 ㄗㄨ ㄕㄨㄟˋ ㄒㄧㄥˊ ㄓㄥˋ ㄈㄚˊ
(the administrative punishment of taxation) 指對於違反稅法規定之行爲,處以刑名以外之制裁者。例如科處罰鍰、沒入貨物、停止營業、撤銷登記或加徵滯納金、短估金、怠報金等處罰。其中罰鍰、沒入是由法院裁定,其餘則由各主管稽徵機關處理。

【租稅司法救濟】 ㄗㄨ ㄕㄨㄟˋ ㄙ ㄈㄚˇ ㄐㄧㄡˋ ㄐㄧˋ
(the judicial appeal of taxation) 指納稅義務人或稅捐稽徵機關對於司法機關就稅務案件所爲之裁定有不服時,得提起抗告的一種救濟程序。按納稅義務人有違章漏稅情事時,於行政救濟程序終了後,稅捐稽徵機關必須移送法院裁定,對該裁定如有不服,雙方均得提起抗告。

【租稅行政救濟】 ㄗㄨ ㄕㄨㄟˋ ㄒㄧㄥˊ ㄓㄥˋ ㄐㄧㄡˋ ㄐㄧˋ
(the administrative appeal of taxation) 指納稅義務人對於主管機關之稅務行政處分有違法或不當情事,致其權益受損時,得提起復查、訴願、再訴願及行政訴訟,以爲救濟的一種程序。其中復查係向原機關提起,訴願、再訴願係向上級機關提起,行政訴訟則向行政法院提起。

【租稅的法律彈性】 ㄗㄨ ㄕㄨㄟˋ ˙ㄉㄜ ㄈㄚˇ ㄌㄩˋ ㄊㄢˊ ㄒㄧㄥˋ
(the lawful elasticity of taxation) 指因稅法上規定變更的結果,實行提高稅率,以期增加稅收。又稱強制彈性。例如當國民經濟過度繁榮時期,所得水準甚高,物價不斷上升,爲抑制通貨膨脹,乃透過立法程序,提高稅率即是。

【租稅的經濟彈性】 ㄗㄨ ㄕㄨㄟˋ ˙ㄉㄜ ㄐㄧㄥ ㄐㄧˋ ㄊㄢˊ ㄒㄧㄥˋ
(the economical elasticity of taxation) 指因國民所得增加的結果,政府不必提高稅率,即可增加稅收。又稱自然彈性。當國民經濟順利發展之時,國民所得不斷提高,根據經濟彈性,政府稅收即可不斷增加,而不必依賴稅率的提高。

13【租賃契約之終止】 ㄗㄨ ㄖㄣˋ ㄑㄧˋ ㄩㄝ ㄓ ㄓㄨㄥ ㄓˇ
一般租賃契約依"民法"規定於下列情形得終止契約。雙方當事人均得終止之情形有二:一、未定期之租賃:各當事人得隨時終止契約,但有利於承租人之習慣者,從其習慣。二、定期之租賃:如約定當事人之一方於期限屆滿前得終止契約者,先期通知,當事人即得於租期屆滿前終止契約。僅出租人得終止契約之情形如下:一、承租人非法爲租賃物之使用收益,經阻止而仍繼續時。二、承租人支付租金遲延,經催告而不依限支付時。三、承租人非法將租賃物轉租於他人時。四、承租人乘出租人不知或不顧異議取去留置物時。僅承租人得終止契約之情形如下:一、供居住處所之租賃,租賃物有瑕疵危及安全健康時。二、出租人有修繕義務,經催告而仍不修繕時。三、租賃物存餘部分不能達租賃之目的時。四、因第三人主張權利致不能爲使用收益時。

12【租稅自動安定裝置】 ㄗㄨ ㄕㄨㄟˋ ㄗˋ ㄉㄨㄥˋ ㄢ ㄉㄧㄥˋ ㄓㄨㄤ ㄓˋ
(built-in stabilizer of taxation)又稱租稅自動穩定機能,或內在伸縮機能。指租稅制度本身含有適應經濟變遷能力的安定因素。當經濟過度繁榮或蕭條時,此等安定因素即可發生自動補償矯正之作用。例如繁榮時期,所得稅收自然大增,失業救濟金則大減,相抵後造成盈餘預算,可自動抵銷繁榮時期的膨脹趨勢。

【租稅債權優先受償】 ㄗㄨ ㄕㄨㄟˋ ㄓㄞˋ ㄑㄩㄢˊ ㄧㄡ ㄒㄧㄢ ㄕㄡˋ ㄔㄤˊ
(the priority of tax credit)指租稅債權與其他債權競合時,債務人之財產不足清償全部債務,得排除其他債權而有優先受償之權利。主張租稅債權優先受償者係爲鞏固國家財政基礎,且因租稅債權不如私人債權有保障。

秧

ㄧㄤ yang¹ 音央
1稻苗。見"字彙"。2泛指草木幼苗。如:樹秧。3初生的小魚、魚苗。如:魚秧。

9【秧苗】 ㄧㄤ ㄇㄧㄠˊ

1稻的幼苗。2草木初生可移植者。

14【秧歌】 ㄧㄤ ㄍㄜ

流行於我國北方農村的一種踏步歌舞。以若干人裝扮成各種人物,踩著高蹺,或合唱,或對唱,或演簡單的故事。

秮 秸的訛字。

秩 ㄓˋ *chih*⁴ 音至

1俸祿。2古時官吏的品級。如:爵秩。3先後的次序。如:秩序。4十年爲一秩。如:八秩大壽。

7【秩序】 ㄓˋ ㄒㄩˋ

次序;條理。

【秩序運銷】 ㄓˋ ㄒㄩˋ ㄩㄣˋ ㄒㄧㄠ

(orderly marketing) 即依照消費者對商品需要的時間與空間的不同,而調整其運銷數量與品質,以求運銷物的質和量能與每一時期及每一地區的需要相配合。

称 稱的俗體。

秝 ㄌㄧˋ *li*⁴ 音歷

禾穀稀疏均勻的樣子。見"說文"。

秭 ㄗˇ *tzŭ*³ 音紫

1禾二百秉。見"說文·秭·段注"。2數名。一萬億。見"說文"。

秪 ㄓ *chih*¹ 音支

1沒收入官的田地。見"漢書·刑法志·提封萬井·注"。2同秖。⑴穀物開始成熟。見"廣韻"。⑵只。通祇。見"正字通"。

6

秶 ㄗ *tzŭ*¹ 音資

一種重要的雜糧食物。即稷。同齋、粢。見"正字通"。

秺 ㄉㄨˋ *tu*⁴ 音杜

禾束。見"玉篇"。

秸 ㄐㄧㄚˊ *chia*² 音夾

脫去外皮的禾稈。也作稭。見"集韻"。

秢 ㄌㄧㄝˋ *lieh*⁴ 音列 又讀 ㄌㄧˋ *li*⁴ 音例

同栵。1禾黍的莖稈。見"說文"。2禾的行列整齊的樣子。見"正字通"。

秱 ㄊㄨㄥˊ *t'ung*² 音同

禾麥稈節之間的中空處。見"正字通"。

秳 ㄏㄨㄛˊ *ho*², *huo*² 音活

舂米穀而不散於臼外。見"說文"。

移 ㄧˊ *i*² 音夷

1遷徙。見"廣韻"。2更易;改變。如:移風易俗。3施予。4古時官府文書的一種。5姓。'漢'有'移良'。見"風俗通姓氏篇·上"。

5【移玉】 ㄧˊ ㄩˋ

移動玉趾。請人前來的敬辭。

【移民】 ㄧˊ ㄇㄧㄣˊ

指人口在不同地區間的移動。即從原住地遷移到目的地的遷移行爲。

6【移交】 ㄧˊ ㄐㄧㄠ

在公私機關中,離職人員把職務上的事物交給繼任的人。

7【移位】 ㄧˊ ㄨㄟˋ

(shift) 電腦之運算,將數元、數位或字符向左或向右移動,稱爲移位。對數字而言,數元、數位向左移動相當於乘法,向右移動相當於除法。

10【移時】 ㄧˊ ㄕˊ

1一會兒。2一陣子。

11【移情】 ㄧˊ ㄑㄧㄥˊ

1改變人的情志。2把人特有的感情移轉到本無感情的事物上。

12【移植】 ㄧˊ ㄓˊ

將苗床中的幼苗移栽於本田。也指將植物從某處移種至他處。

【移項】 ㄧˊ ㄒㄧㄤˋ

在等式或不等式的兩邊,將某項由一邊移至他邊。

【移晷】 ㄧˊ ㄍㄨㄟˇ

日影移動。指經過若干時辰。

13【移禍】 ㄧˊ ㄏㄨㄛˋ

將災禍轉移給他人。

【移鼎】 ㄧˊ ㄉㄧㄥˇ

指改朝換代或篡奪王位。鼎爲三代傳國寶器,故稱。

3【移山倒海】 ㄧˊ ㄕㄢ ㄉㄠˇ ㄏㄞˇ

遷移高山,傾出海水。形容法力無邊;也比喻來勢浩大。

【移山塡海】 ㄧˊ ㄕㄢ ㄊㄧㄢˊ ㄏㄞˇ

1比喻做事有決心、有毅力,不畏艱難。2比喻極其困難的事。

7【移孝作忠】 ㄧˊ ㄒㄧㄠˋ ㄗㄨㄛˋ ㄓㄨㄥ

把對父母的孝敬,移作報國的忠誠。

8【移東補西】 ㄧˊ ㄉㄨㄥ ㄅㄨˇ ㄒㄧ

以此處的有餘,補他處的不足。今多指財物的挪移支應。

【移花接木】 ㄧˊ ㄏㄨㄚ ㄐㄧㄝ ㄇㄨˋ

本指花木的插枝接種,也借喻運用手法,暗中以此代彼,更換人或事物。

9【移風易俗】 ㄧˊ ㄈㄥ ㄧˋ ㄙㄨˊ

改善社會風氣與習俗。

11【移情作用】 ㄧˊ ㄑㄧㄥˊ ㄗㄨㄛˋ ㄩㄥˋ

(transference) 進行心理分析歷程中,患者將其情緒反應的對象轉移到治療者身上的現象。積極的移情作用能使患者對治療者表現友善或親近;消極的移情作用則使患者對治療者表現憎惡或敵視。

16【移樽就教】 ㄧˊ ㄗㄨㄣ ㄐㄧㄡˋ ㄐㄧㄠˋ

離座向人敬酒請教。比喻主動向人請教。

18【移轉支付】 ㄧˊ ㄓㄨㄢˇ ㄓ ㄈㄨˋ

(transfer payment) 經濟部門內或部門之間的片面無償給付,對於當期經濟的生產活動並無影響。例如政府對私人部門的社會福利、災害救濟等支出均屬之。

7【移位暫存器】 ㄧˊ ㄨㄟˋ ㄓㄢˋ

ㄘㄨㄣˊ ㄑㄧˋ
(shift register)電腦中央處理單元內暫存器的一種。可將存放於其中之資料數元作向左或向右移位。

11【移動平均法】 ㄧˊ ㄉㄨㄥˋ ㄆㄧㄥˊ ㄐㄩㄣ ㄈㄚˇ
(moving average method) 在採用永續盤存制時,如按平均法計價,則每次進貨的單位成本與帳列單位成本不同時,即應計算加權平均單位成本一次,以作爲計算銷貨成本的根據。在此方法下,一期進貨數次即可能有數個平均單位成本,故稱爲移動平均法。期末存貨則按最後的平均單位成本計算。

7

稂 ㄌㄤˊ lang² 音郎
野草名。似莠。長在田裡,妨礙禾苗。也叫童粱。見"正字通"。

11【稂莠】 ㄌㄤˊ ㄧㄡˋ
1有害稻苗的野草。2比喻奸詐、害群的人。

稊 ㄊㄧˊ t'i² 音題
1草名。禾本科植物,似稗,實如小米而細,不能食用。也作荑。見"集韻"。2枯樹重新生出的嫩芽。如:枯楊生稊。

6【稊米】 ㄊㄧˊ ㄇㄧˇ
細小之米。

稉 粳的或體。

稍 ㄕㄠ shao¹ 音燒　又讀 ㄕㄠˋ shao⁴ 音邵
1逐漸。見"說文"。2小;略微。如:稍微。3頗;甚。4攜帶。通捎。

6【稍安勿躁】 ㄕㄠ ㄢ ㄨˋ ㄗㄠˋ
勸人冷靜不要急躁。

17【稍縱即逝】 ㄕㄠ ㄗㄨㄥˋ ㄐㄧˊ ㄕˋ
稍微疏忽,立即消逝。

稈 ㄍㄢˇ kan³ 音趕
禾莖。也泛指植物的莖。如:稻稈。

稇 ㄎㄨㄣˇ k'un³ 音閫
1穀物成熟。見"字彙"。2量詞。成一束爲一稇。如:一稇稻草。

稍 ㄐㄩㄢ chüan¹ 音捐
稻、麥的莖。見"正字通"。

程 ㄔㄥˊ ch'êng² 音成
1法式;一定的準則。見"字彙"。2效法。3衡量;考核。4進度。如:議程。5姓。'宋'有'程顥'。見"宋史·道學傳·程顥"。

6【程式】 ㄔㄥˊ ㄕˋ
1標準;法則。2(program)依照電腦語言的規則,以一連串的指令或運算步驟告訴電腦如何解決某一特定的問題,此一連串的指令或運算步驟稱爲程式。

7【程序】 ㄔㄥˊ ㄒㄩˋ
1一定的辦事過程與次序。2(procedure)電腦程式中類似次常式的單元。由一組指令敘述所構成,視爲一完整的運算,可被呼叫以執行特定之處理。

9【程度】 ㄔㄥˊ ㄉㄨˋ
1泛指道德、知識、能力、技巧、事物等高下的層次。2期限;進度。3格式;標準。

15【程儀】 ㄔㄥˊ ㄧˊ
贈給出遠門者的禮物。也作程敬。

16【程頤】 ㄔㄥˊ ㄧˊ
(1033～1107)'北宋''洛陽'(今'河南''洛陽')人,字'正叔',世稱'伊川先生'。其學本於誠,以"大學"、"論語"、"孟子"、"中庸"爲指標,而通於六經。動止語默,一以聖人爲師。著有"易傳"、"春秋傳"、語錄、文集等。

程頤像

18【程邈】 ㄔㄥˊ ㄇㄧㄠˇ
'秦''下杜'(今'陝西''長安'南)人。曾爲縣獄吏,因得罪'始皇',下獄'雲陽',在獄中苦思十年,省改小篆,創造新體,是爲隸書。錄三千字,上奏朝廷,'始皇'嘉許,使爲御史。

21【程顥】 ㄔㄥˊ ㄏㄠˋ
(1032～1085)'北宋''洛陽'(今'河南''洛陽')人,字'伯淳',世稱'明道先生'。與弟'頤'皆學於'周敦頤',合稱二'程'。其學出入於'老''釋',返求於六經,尤深於"易",主張天即理,爲學以識仁爲主,而以誠敬存仁。著有"識仁篇"、"定性書",其遺文語錄則輯在"二程全書"中。

程顥像

6【程式師】 ㄔㄥˊ ㄕˋ ㄕ
(programmer) 設計、編寫電腦程式並進行測試的人。

【程式館】 ㄔㄥˊ ㄕˋ ㄍㄨㄢˇ
(program library) 爲便於使用及管理,將電腦系統提供的程式或常式收集而成的集合。可供電腦使用者直接使用。

7【程序法】 ㄔㄥˊ ㄒㄩˋ ㄈㄚˇ
與實體法相對。指規定實現權利義務程序之法律。如以保護私權爲目的之"民事訴訟法",規定民事訴訟所應遵循之程序。又如以確定國家刑罰權之有無及範圍爲目的之"刑事訴訟法",規定追訴處罰犯罪嫌疑人所應遵循之程序,二者均屬程序法。

【程序部】 ㄔㄥˊ ㄒㄩˋ ㄅㄨˋ
(procedure division)可博(COBOL)程式中四部之一。是說明程式執行時,所需進行之運算或處理步驟及其順序。

12【程硯秋】 ㄔㄥˊ ㄧㄢˋ ㄑㄧㄡ
(1904～1958) '滿族'人,生於'北平'。原名'豔秋',字'玉霜',後改爲'御霜'。自幼學'平'劇,演青衣,因聲帶特殊,開創一種幽咽而宛轉柔和的唱腔，成爲'平'劇一重要流派，是爲'程'派。擅演悲劇性的女角，爲四大名旦之一。

6【程式列表】ㄔㄥˊ ㄕˋ ㄌㄧㄝˋ ㄅㄧㄠˇ

(program listing)指將根源程式和目標程式同時印在報表紙上，以供程式師查閱、除錯之用。

【程式岔斷】ㄔㄥˊ ㄕˋ ㄔㄚˋ ㄉㄨㄢˋ

(program interrupt)程式執行中發生例外之特殊狀況所產生之岔斷。可能發生之原因包括以零爲除數、上溢、下溢等。

【程式規格】ㄔㄥˊ ㄕˋ ㄍㄨㄟ ㄍㄜˊ

(program specification)對電腦程式之功能、輸入資料的內容及格式，與輸出資料的內容及格式等，加以詳細說明的文件。爲程式設計的重要依據。

【程式語言】ㄔㄥˊ ㄕˋ ㄩˇ ㄧㄢˊ

(programming language)編寫電腦程式所使用之符號工具。由一組字符與規則構成，用來指示電腦演算過程或表達資料結構。

【程朱學派】ㄔㄥˊ ㄓㄨ ㄒㄩㄝˊ ㄆㄞˋ

指由'北宋''程頤'及'南宋''朱熹'所形成的學派。強調致知、窮理的工夫，正視知識對德行修養的重要性。思想史上，往往將之與強調心學的'陸''王'學派對立。

7【程序本體】ㄔㄥˊ ㄒㄩˋ ㄅㄣˇ ㄊㄧˇ

(procedure body)以電腦語言在程序內之運算、處理過程的部分。

【程序敘述】ㄔㄥˊ ㄒㄩˋ ㄒㄩˋ ㄕㄨˋ

(procedure statement)電腦語言中用來定義一程序的敘述。

8【程門立雪】ㄔㄥˊ ㄇㄣˊ ㄌㄧˋ ㄒㄩㄝˇ

比喻師道尊嚴及弟子對老師的崇敬。'程頤'弟子'游酢'、'楊時'往見'程頤'，'頤'瞑目而坐，二人侍立不去。及'頤'醒，二人辭出，門外已雪深一尺。見"二程集·外書·一二"。

6【程式化教學】ㄔㄥˊ ㄕˋ ㄏㄨㄚˋ ㄐㄧㄠˋ ㄒㄩㄝˊ

(programmed instruction)以系統方式將學習材料編製成程式，以供學生進行有條理之學習。

【程式狀態字】ㄔㄥˊ ㄕˋ ㄓㄨㄤˋ ㄊㄞˋ ㄗˋ

(program status word)電腦中央處理單元內之暫存器，記錄程式執行時各種狀態的資料。

【程式流程圖】ㄔㄥˊ ㄕˋ ㄌㄧㄡˊ ㄔㄥˊ ㄊㄨˊ

(program flowchart)以圖形、符號表示電腦解決某一問題的演算過程。

【程式計數器】ㄔㄥˊ ㄕˋ ㄐㄧˋ ㄕㄨˋ ㄑㄧˋ

(program counter)又稱指令計數器。電腦內記錄下一個應執行之指令所在位址的暫存器。

7【程序導向語言】ㄔㄥˊ ㄒㄩˋ ㄉㄠˇ ㄒㄧㄤˋ ㄩˇ ㄧㄢˊ

(procedure-oriented language)電腦程式語言之一。可以精確地說明電腦運算處理過程，以達到所需要的輸出結果。常見的程序導向語言如符傳(FORTRAN)、可博(COBOL)、帕司卡(PASCAL)等。

稆

穭的或體。

稃

ㄈㄨ *fu*^{1} 音敷

穀皮。即稃。見"說文"。

稀

ㄒㄧ *hsi*^{1} 音西

①疏。與密相對。見"廣雅·釋詁"。②少。③極；非常。如：稀糟。

9【稀客】ㄒㄧ ㄎㄜˋ

很難得的客人。

11【稀疏】ㄒㄧ ㄕㄨ

不稠密。

18【稀鬆】ㄒㄧ ㄙㄨㄥ

無關緊要。

20【稀釋】ㄒㄧ ㄕˋ

(dilution)一定濃度的溶液中加溶劑，使溶液的濃度變稀。又稱淡化或沖淡。

21【稀爛】ㄒㄧ ㄌㄢˋ

形容極碎爛。

20【稀釋劑】ㄒㄧ ㄕˋ ㄐㄧˋ

(thinner)能溶解油類、浮懸顏料、塗料、油漆等並稀釋其濃度之溶劑。常用的有松節油或各種烴類化合物。

3【稀土元素】ㄒㄧ ㄊㄨˇ ㄩㄢˊ ㄙㄨˋ

(rare earth element)原子序58～71的鑭系元素和90～103的錒系元素，合稱爲稀土元素或內過渡元素。各有十四種元素，同一系十四種元素之化學性質幾乎完全相同。

4【稀少法則】ㄒㄧ ㄕㄠˇ ㄈㄚˇ ㄗㄜˊ

(law of scarcity)有限的經濟資源相對於人類無窮的慾望是稀少的。任何一個社會，在任何時間，其所擁有的經濟資源無論如何豐富，總無法同時滿足人民的一切慾望。此情況即稱爲稀少法則。

6【稀有氣體】ㄒㄧ ㄧㄡˇ ㄑㄧˋ ㄊㄧˇ

(rare gas)又稱鈍氣。性極安定。包括氦、氖、氬、氪、氙、氡六種氣體。

8【稀奇古怪】ㄒㄧ ㄑㄧˊ ㄍㄨˇ ㄍㄨㄞˋ

極爲奇怪而少見。

4【稀少性地租論】ㄒㄧ ㄕㄠˇ ㄒㄧㄥˋ ㄉㄧˋ ㄗㄨ ㄌㄨㄣˋ

(theory of scarcity rent)主張地租的產生，是由於土地的供給相對於土地的需求稀少所致。

稅

㊀ ㄕㄨㄟˋ *shui*^{4} 音睡

①田賦。也泛指政府向人民所徵收的財賦。見"說文"。②贈財物助人。見"正字通"。

㊁ ㄊㄨㄛ *t'o*^{1}, *t'uo*^{1} 音脫

解；釋放。通脫。如：稅馬。

5【稅本】ㄕㄨㄟˋ ㄅㄣˇ

(funds of taxation)爲租稅課徵之根本，亦即產生稅源之物。稅本與稅源關係至爲密切，若以稅源爲果實，稅本則爲產生果實的果樹，稅本爲因，稅源爲果，故租稅的課徵必須注重稅本的保護，

避免竭澤而漁。

【稅目】 ㄕㄨㄟˋ ㄇㄨˋ
租稅的名目。

6【稅收】 ㄕㄨㄟˋ ㄕㄡ
國家所徵收的各種稅款。

11【稅率】 ㄕㄨㄟˋ ㄌㄩˋ
(rate of tax) 指對課稅單位所徵收之比例。一般均以百分比表示之。在適用上,稅率有比例、累進、累退、累減之分。

【稅基】 ㄕㄨㄟˋ ㄐㄧ
(base of taxation) 稅基一詞,解釋甚爲分歧,通說認爲係課徵租稅時經濟上的基礎。例如消費稅稅基的經濟基礎爲消費行爲。租稅課徵爲獲取充分收入,通常選擇稅基較廣者,如所得稅與消費稅即是。

13【稅源】 ㄕㄨㄟˋ ㄩㄢˊ
(sources of taxation) 指租稅收入的來源。例如所得稅以所得爲其稅源,營業稅以營業的收益爲其稅源,財產稅以財產爲其稅源。稅源既爲租稅所由發生的來源,故租稅的課徵應特別注意稅源的選擇與培養。

15【稅課】 ㄕㄨㄟˋ ㄎㄜˋ
商人向官府所納的稅。

【稅駕】 ㄊㄨㄛ ㄐㄧㄚˋ
停車並解下馬匹。借指休息或歸宿。

5【稅目分科】 ㄕㄨㄟˋ ㄇㄨˋ ㄈㄣ ㄎㄜ
(classified departments upon different taxes) 指根據稅目之不同而設科辦事。例如某一稅捐稽徵機關,其業務分爲六科,第一科主管營利事業所得稅,第二科主管綜合所得稅、遺產稅及贈與稅,第三科主管貨物稅、印花稅及證券交易稅,第四科主管欠稅及逃稅,第五科主管總務,第六科主管行政救濟工作。

6【稅式支出】 ㄕㄨㄟˋ ㄕˋ ㄓ ㄔㄨ
(tax expenditure) 指所得稅的減免,在形式上雖爲對納稅人的優惠,實質上則爲政府的支出。即政府減免多少稅,就等於支出多少錢,爲避免租稅減免過度,'美國''哈佛大學'教授'沙瑞'(Surrey)乃提出此一概念,主張將稅式支出列入預算中以明得失。

11【稅基腐蝕】 ㄕㄨㄟˋ ㄐㄧ ㄈㄨˇ ㄕˊ
(erosion of tax base) 指由於稅法減免條款的訂定或納稅義務人蓄意逃漏,致使稅基縮小。稅法之所以訂定免稅條款,有基於稅務行政之便利者,有基於稽徵成本之節省者,有基於公平性之策進者,有基於政策之考慮者,無論以上何種原因,都可能使稅基縮小。

【稅務審計】 ㄕㄨㄟˋ ㄨˋ ㄕㄣˇ ㄐㄧˋ
(tax audit) 與政府審計同屬公的審計,係由所得稅制度之建立而興起。此類審計之消極目的在發現逃、漏稅捐;積極目的爲達成公平合理的核課。執行此工作的人員,原則上由稅捐稽徵機關擔任,但亦可由獨立會計師擔任。

【稅基相減法】 ㄕㄨㄟˋ ㄐㄧ ㄒㄧㄤ ㄐㄧㄢˇ ㄈㄚˇ
(base to base method) 營業加值稅計算方法之一。即由銷項減進項,得到加值額,以此加值額乘以稅率,乃爲廠商應納之營業稅。其優點爲如果採單一稅率,計算甚爲簡便;缺點則爲如果採取差別稅率,計算時仍感複雜。

18【稅額扣抵法】 ㄕㄨㄟˋ ㄜˊ ㄎㄡˋ ㄉㄧˇ ㄈㄚˇ
(tax credit) 即免稅額不在計算課稅所得時自總所得中減除,而於計算出應納稅額後,再用一定數額的免稅額自稅額中扣抵。採用此法,不論納稅人所得的高低,其所可享受的減稅利益,將可趨於相等。

【稅額相減法】 ㄕㄨㄟˋ ㄜˊ ㄒㄧㄤ ㄐㄧㄢˇ ㄈㄚˇ
(tax to tax method) 營業加值稅計算方法之一。由銷項應納稅額減除進項已納稅額,即爲廠商應納之營業稅。其優點爲每一銷貨所開發票,必須將價款及稅額分別記載,故稅額之計算不因採用差別稅率或有免稅等規定而發生困難。

6【稅收分成制度】 ㄕㄨㄟˋ ㄕㄡ ㄈㄣ ㄔㄥˊ ㄓˋ ㄉㄨˋ
(the tax revenue share system) 中央與地方財政收入劃分的方法之一。指稅捐由中央徵收,按成分給省或縣;或由省徵收,按成分給中央或縣的制度。其優點爲可避免重複課稅及節省稽徵費用;缺點則爲頗不適用於地方性之稅源,也不宜普遍適用於各稅。

10【稅訖交貨條件】 ㄕㄨㄟˋ ㄑㄧˋ ㄐㄧㄠ ㄏㄨㄛˋ ㄊㄧㄠˊ ㄐㄧㄢˋ
(delivered duty paid; DDP) 定型貿易條件的一種。在國際商會貿易條件多種貿易條件中,以工廠交貨條件交易時,賣方責任最小,而以本條件交易時賣方的責任最大。因爲依本條件交易時,賣方須負責在進口國指定目的地交貨,所以,由出口國至進口國指定目的地的一切費用(包括出口費用、運費、保險費、進口稅捐、報關費用、進口國內陸運費、進口國加值稅等),以及貨物在運輸途中的風險均由賣方負擔,可謂與全部費用在內條件(Franco)相同。以此條件交易時,就買方而言無異於國內買賣。

13【稅源劃分制度】 ㄕㄨㄟˋ ㄩㄢˊ ㄏㄨㄚˋ ㄈㄣ ㄓˋ ㄉㄨˋ
(separation of sources) 中央與地方財政收入劃分的方法之一。指依租稅之性質,分別劃分爲中央稅與地方稅,中央與地方各有其獨立稅源,從而各有其租稅收入權。其優點爲便於稽徵,又可避免重複課徵及浪費等弊病;缺點則爲財源與各級政府職責未必能密切配合。

10【稅訖碼頭交貨條件】 ㄕㄨㄟˋ ㄑㄧˋ ㄇㄚˇ ㄊㄡˊ ㄐㄧㄠ ㄏㄨㄛˋ ㄊㄧㄠˊ ㄐㄧㄢˋ
(ex quay(duty paid); EXQ) 貿易條件的一種。依此條件交易時,賣方須於約定時間,負責將貨物運到目的港卸貨,在碼頭上交給買方。賣方負責申請輸入許可證,繳納貨物進口稅及其他爲進口而生的稅捐、規費、手續費,包括報關費用。並將提貨所需的提貨單或爲貨物搬離碼頭所需文件交與買方。交貨時,賣方尚應負責依照貨物的特性及爲搬離碼頭所需的習慣上包裝與整理工作。賣方對貨物的風險及費用負擔,直至貨物按規定置於碼頭上俾供買方處置時爲止。賣方在選用此條件之前,應先考慮在目的港的接應人手問題。唯有賣方在目的港已設有分公司或已委託代理商,可代辦報關等手續,才能利用此條件順利完成交易。

稌 ㄊㄨˊ *t'u*² 音徒
1稻。見"說文"。2專指一種有黏性的稻。即稬稻。見"集韻"。3藥草名。即署預。或作藷、蒣。見"集韻"。

8

稟 一 ㄅㄧㄥˇ *ping*³ 音丙 又讀 ㄅㄧㄣˇ *pin*³
俗作禀。1承受。見"集韻"。2報告。見"正字通"。
二 ㄌㄧㄣˇ *lin*³ 音廩
穀倉。同廩。見"集韻"。

8【稟性】 ㄅㄧㄥˇ ㄒㄧㄥˋ
天賦的性情資質。

10【稟氣】 ㄅㄧㄥˇ ㄑㄧˋ
1承受自然之氣。2天生的體質。

15【稟賦】 ㄅㄧㄥˇ ㄈㄨˋ
天賦的體質、本性或能力。

稕 ㄓㄨㄣˋ *chun*⁴
成束的稻稈。見"集韻"。

稏 ㄧㄚˋ *ya*⁴ 音訝
參䆉稏。

稑 ㄌㄨˋ *lu*⁴ 音陸
後種先熟的穀物。也作穋。見"說文"。

稜 ㄌㄥˊ *lêng*² 音棱
也作楞、棱。1(edge)幾何學上稱立體的面與面之交爲稜。例如一兩面角的稜,或一角柱的稜。稜俗稱邊,但平面圖形的邊通常不稱稜。2比喻威勢。如:稜威。

7【稜角】 ㄌㄥˊ ㄐㄧㄠˇ
1物體上兩個平面相交而形成的尖角。又稱兩面角。2比喻人的鋒芒。

15【稜線】 ㄌㄥˊ ㄒㄧㄢˋ
山脈頂端最高的線。其兩側地勢較低,因此視野良好。在地圖及地形上容易辨識,尋路時,稜線是很好的指標。

19【稜鏡】 ㄌㄥˊ ㄐㄧㄥˋ
(prism) 用適當的透光介質所造成的角柱。由於不同頻率之光對此介質之折射率不同,因此,當混有不同頻率的光(白光)通過時,將分別折射,在不同方位射出不同顏色。最常見的是稱爲三稜鏡的三角柱。

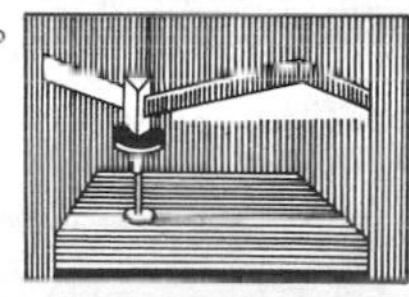
稜鏡圖

稘 一 ㄐㄧ *chi*¹ 音基
週年。通作期、朞。見"說文"。
二 ㄑㄧˊ *ch'i*² 音奇
豆莖。也作萁。見"集韻"。

稙 ㄓˊ *chih*² 音直
1早種的穀物。見"說文"。2早;先。見"廣雅·釋言"。

稞 一 ㄏㄨㄚˋ *hua*⁴ 音化
顆粒完美的佳穀。見"說文"。
二 ㄎㄜ *k'o*¹, *k'ê*¹ 音科
1大麥的一種。即青稞。見"廣韻"。2泛指麥。也作⿰禾咼。見"集韻"。

稒 ㄍㄨˋ *ku*⁴ 音故
參稒陽。

12【稒陽】 ㄍㄨˋ ㄧㄤˊ
舊縣名。'漢'置,屬'五原郡','後漢'因之。故城在今'綏遠省''五原縣'東北。

稇 ㄎㄨㄣˇ *k'un*³ 音捆
用繩束縛。見"說文"。

稠 一 ㄔㄡˊ *ch'ou*² 音愁
1多。見"說文"。2密。見"玉篇"。3濃厚的。如:稠粥。4姓。'漢'有'稠雕'。見"漢書·景武昭宣元成功臣表"。
二 ㄊㄧㄠˊ *t'iao*² 音條
調和。通調。見"集韻"。

9【稠度】 ㄔㄡˊ ㄉㄨˋ
(consistency) 物質抵抗流動之程度。對'牛頓'流體而言,等於黏度。通常用於食品工程。

11【稠密】 ㄔㄡˊ ㄇㄧˋ
眾多而密集。

2【稠人廣眾】 ㄔㄡˊ ㄖㄣˊ ㄍㄨㄤˇ ㄓㄨㄥˋ
人數眾多。

稚 ㄓˋ *chih*⁴ 音治
也作穉、稺。1幼小。如:稚子。2晚;遲。如:五穀稚熟。

10【稚弱】 ㄓˋ ㄖㄨㄛˋ
年幼柔弱。

【稚氣】 ㄓˋ ㄑㄧˋ
孩子氣;孩童的氣質。

稗 ㄅㄞˋ *pai*⁴ 音拜
1(barnyard grass; *Echinochloa crus-galli*) 一年生草本。葉條形,葉身和鞘之間不具葉舌;小穗密集於穗軸的一側。生於沼澤、潮溼處,是水稻田中常見的雜草。外形上隨環境改變而有許多變化。2卑微的。如:稗官。

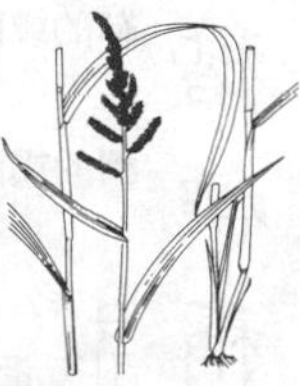
稗圖

5【稗史】 ㄅㄞˋ ㄕˇ

專記遺聞瑣事的書。

8【稗官】 ㄅㄞˋ ㄍㄨㄢ

小官。因"漢書·藝文志"有⌊小說家者流,蓋出於稗官⌉之語,後也稱小說家爲稗官。

【稗官野史】 ㄅㄞˋ ㄍㄨㄢ ㄧㄝˇ ㄕˇ

指小說家及私家所撰述的雜史和傳記。

稔 ㄖㄣˇ jên^{3} 音忍

1禾穀成熟。見"說文"。2指年。穀物一年一熟,因稱一年爲一稔。見"正字通"。3積久;醞釀成熟。見"正字通"。4熟悉。如:稔知。

15【稔熟】 ㄖㄣˇ ㄕㄡˊ

1穀物成熟。2熟識;熟悉。

稐 ㄌㄨㄣˇ lun^{3}

禾束。也作綸。見"集韻"。

9

稧 ㊀ ㄒㄧˋ hsi^{4} 音系

1換秧。見"廣韻"。2祓除不祥的一種祭祀。通禊。見"字彙補"。

㊁ ㄑㄧㄝˋ ch'ieh^{4} 音妾

禾稈。見"集韻"。

穊 ㄐㄧˋ chi^{4} 音計

或作概。稠密。見"說文"。

稫 ㄅㄧˋ pi^{4} 音閉

踐踏禾稈使脫葉。見"集韻"。

稰 ㄒㄩ hsü^{1} 音虛

禾粒落下的樣子。也指晚收的禾穀。見"集韻"。

稭 秸的或體。

稬 糯的或體。

稱 ㊀ ㄔㄥ ch'êng^{1} 音撐

1衡量輕重。俗作秤。見"說文"。2興;舉。如:稱兵。3頌揚。如:稱讚。4說;聲言。如:稱兄道弟。5名號。如:別稱。6姓。'漢'有'稱忠'。見"漢書·景武昭宣元成功臣表"。

㊁ ㄔㄥˋ ch'êng^{4} 音秤

1衡量輕重的器具。通秤。見"字彙"。2適合;相當。如:稱心如意。

㊂ ㄔㄣˋ ch'ên^{4} 音趁

1同㊁2。2通趁。(1)賺取。如:稱錢。(2)因利乘便。

6【稱臣】 ㄔㄥ ㄔㄣˊ

1尊奉他人爲君王,而以人臣自稱。2服輸。

7【稱快】 ㄔㄥ ㄎㄨㄞˋ

引以爲痛快;表示快意。

8【稱制】 ㄔㄥ ㄓˋ

行使皇帝的權力。多指太后、權臣而言。

9【稱帝】 ㄔㄥ ㄉㄧˋ

自立爲皇帝。

【稱美】 ㄔㄥ ㄇㄟˇ

讚美。

10【稱病】 ㄔㄥ ㄅㄧㄥˋ

託稱有病。

12【稱雄】 ㄔㄥ ㄒㄩㄥˊ

稱霸。

13【稱意】 ㄔㄥˋ ㄧˋ

合乎心意。

【稱羨】 ㄔㄥ ㄒㄧㄢˋ

讚美,羨慕。

【稱道】 ㄔㄥ ㄉㄠˋ

宣揚;述說。

【稱亂】 ㄔㄥ ㄌㄨㄢˋ

舉兵作亂。

【稱頌】 ㄔㄥ ㄙㄨㄥˋ

讚美;頌揚。

16【稱謂】 ㄔㄥ ㄨㄟˋ

1稱呼;名稱。2述說;稱道。

18【稱職】 ㄔㄥˋ ㄓˊ

才能適合所擔任的職務。

【稱觴】 ㄔㄥ ㄕㄤ

舉杯敬酒。

21【稱霸】 ㄔㄥ ㄅㄚˋ

以實力取得領導的地位。

【稱譽】 ㄔㄥ ㄩˋ

讚譽;讚美。

26【稱讚】 ㄔㄥ ㄗㄢˋ

讚美。

4【稱心如意】 ㄔㄥˋ ㄒㄧㄣ ㄖㄨˊ ㄧˋ

合乎心意。

5【稱兄道弟】 ㄔㄥ ㄒㄩㄥ ㄉㄠˋ ㄉㄧˋ

以兄弟相稱呼。表示親熱、熟悉。

8【稱孤道寡】 ㄔㄥ ㄍㄨ ㄉㄠˋ ㄍㄨㄚˇ

指居天子或王侯之位。

稯 ㄗㄨㄥ tsung^{1} 音宗

量名。1布八十縷爲稯。見"說文"。2禾四十秉爲稯。即秅的十分之一。見"正字通"。

種 ㊀ ㄓㄨㄥˇ chung^{3} 音腫

1植物的種子。如:播種。2後嗣。如:絕種。3族類。如:將相本無種。4事物的類別。如:各種款式。5(species)(1)生物分類上的最小單位。凡構造相同,在自然情況下,雌雄互相交配而產生有生殖能力的後代者,皆爲同種。血緣關係相近的種則合爲一屬,例如⌊現代人⌉(智人)與⌊北京人⌉(直立人)同爲人屬(genus *Homo*)。(2)球面三角形中,兩角(邊)屬同種,若同在0°和90°之間,或同在90°和180°之間,否則屬異種。種的規則或種象限律說,就直角球面三角形而言(令C爲直角),(甲)角A及邊a同種,角B及邊b同種;(乙)若邊c小於90°,則a和b同種;(丙)若邊c大於90°,則a和b異種。這些關係有助於決定球面三角形的方程式根的符號。

㊁ ㄓㄨㄥˋ chung^{4} 音仲

栽植。通種。見"集韻"。

㊂ ㄔㄨㄥˊ ch'ung^{2} 音蟲

先種後熟的穀物。通作種。見"說文"。

3【種子】 ㄓㄨㄥˇ ㄗˇ

1(seed)種子是胚珠受精後發育而成,主要構造爲珠被發育成的種皮,和由胚囊發育成的胚和胚乳。胚是一幼植物體,由胚根、子葉和胚芽所組成,種子萌發,即由胚長成一新個體。在胚的發育中,若胚乳被吸收,種子萌發時養分由肥大子葉供應,稱爲無胚乳種子，如各種豆類。若胚乳未被吸收，仍保留供種子萌發的養分，稱爲有胚乳種子，如稻、麥及蓖麻等。胚中的子葉數目在松柏類常爲多枚，雙子葉植物爲2枚，單子葉植物只具1枚，是顯花植物分綱的重要依據。有些植物的種子於形成過程中，有由珠柄或胎座發育形成的膜質或肉質構造，稱爲假種皮，如荔枝或龍眼可食的部分即是。當種子成熟後，從珠柄或胎座脫落下來所留痕跡，稱爲種臍。2佛家語。第八識（阿賴耶識）有生一切染淨諸法的功能。與草木的種子相似，故稱。

8【種性】 ㄓㄨㄥˇ ㄒㄧㄥˋ
1生物種屬的特性。2民族的特性。3佛家語。種是種子，性是根性、本質。意謂不變，根深柢固。

11【種族】 ㄓㄨㄥˇ ㄗㄨˊ
人類由於遺傳及環境的限制，或隔絕、傳承等各種因素，而分衍爲若干具有遺傳差異的人種。如黃種、白種、黑種等。

3【種子隊】 ㄓㄨㄥˇ ㄗˇ ㄉㄨㄟˋ
(seeding team) 運動競賽中爲公平起見，使實力好的隊伍或個人不在預賽中即被淘汰，在安排賽程時便將其分別排開在各組，以達到決賽最精采的目的。這種被挑出來實力好的隊伍或個人，稱爲種子隊。

【種子植物】 ㄓㄨㄥˇ ㄗˇ ㄓˊ ㄨˋ
(seed plant) 植物界中演化程度較高的一類。其主要特徵爲：具有維管束及卵受精後胚珠發育爲種子。種子可用以傳播，且能抵抗乾旱、過熱或過冷等不適宜之環境。可分爲裸子植物和被子植物兩大類。

11【種族主義】 ㄓㄨㄥˇ ㄗㄨˊ ㄓㄨˇ ㄧˋ
(racism) 認爲種族與其個性、智能和文化有關連性，故某些種族天生比別的種族優秀的一種學說。又稱種族偏見。西方種族偏見之成爲學說，起自十九世紀中葉'法國'學者'戈比諾'(Joseph-Arthur comte de Gobineau)的著作"人類不平等論" (*Essai sur l'inégalité des races humains*)。'戈'氏認爲白種人在智能及精神特質上比黃種人及黑人優越，而'亞里安'人又爲白種人之精英。'德'人'華格納'、'尼采'和'希特勒'都深受其影響。

【種族歧視】 ㄓㄨㄥˇ ㄗㄨˊ ㄑㄧˊ ㄕˋ
(racist) 指個體具有不合理之種族偏見。如認定不良心理特質係由種族所決定，個人終生承受所屬種族之特質而不變，某些種族生就生理、心理品質較佳，故宜占優勢等。

【種族隔離】 ㄓㄨㄥˇ ㄗㄨˊ ㄍㄜˊ ㄌㄧˊ
(racial segregation) 即限制某一種族在特定區域內居住，或根據種族的區分，規定某一人種不准進入某些公共場所。採取這些措施，通常是統治階層的種族，爲維持既得利益或高人一等的社會地位所爲的。如'南非'白人採種族隔離制來限制黑人。

5【種瓜得瓜種豆得豆】 ㄓㄨㄥˋ ㄍㄨㄚ ㄉㄜˊ ㄍㄨㄚ ㄓㄨㄥˋ ㄉㄡˋ ㄉㄜˊ ㄉㄡˋ
比喻有什麼樣的因，必得什麼樣的果。

稨 ㄅㄧㄢˇ *pien*³ 音扁
扁豆。也作稨。見"集韻"。

10

稾 稿的或體。

穀 ㄍㄨˇ *ku*³ 音古
1總稱糧食作物。見"說文"。2俸祿。見"爾雅·釋言"。3養育。見"正字通"。4生存。見"字彙"。5吉善；美好。如：穀旦。

4【穀水】 ㄍㄨˇ ㄕㄨㄟˇ
水名。1源出'河南省''陝縣''東殽山'。東流合'澠水''澗水'，至'洛陽'流入'洛水'。也作'瀔水'。2又名'碭水'。'睢水'的支流。在'江蘇省''碭山縣'南。

5【穀旦】 ㄍㄨˇ ㄉㄢˋ
美好的早晨。泛指吉日、好日子。

8【穀雨】 ㄍㄨˇ ㄩˇ
農曆二十四節氣之一。在國曆四月二十或二十一日。

11【穀梁赤】 ㄍㄨˇ ㄌㄧㄤˊ ㄔˋ
'戰國'時'魯'人。其名各書記載不同：或謂名'赤'，或謂名'俶'(一作'淑')字'元始'，或謂名'喜'，或謂名'寘'。相傳是'子夏'弟子，爲"春秋經"作傳，稱"穀梁傳"。

【穀梁傳】 ㄍㄨˇ ㄌㄧㄤˊ ㄓㄨㄢˋ
十三經之一。'戰國''穀梁赤'撰，十一卷。今有"春秋穀梁傳注疏"二十卷。與"左傳"、"公羊傳"合稱"春秋三傳"。

稼 ㄐㄧㄚˋ *chia*⁴ 音嫁
1穀類植物所結之實。見"說文"。2農作物的總稱。如：莊稼。3種植穀物。如：稼穡。

18【稼穡】 ㄐㄧㄚˋ ㄙㄜˋ
春耕秋收。泛指農事。

稿 ㄍㄠˇ *kao*³ 音槁
也作稾。1禾稈。見"說文"。2指尚未寫定的詩文及繪畫。如：文稿。

稸 ㄒㄩˋ *hsü*⁴ 音畜
畜積；積儲。見"集韻"。

稵 ㄓㄨㄛˊ *cho*², *chuo*² 音灼
又讀 ㄍㄨˋ *ku*⁴ 音梏
禾麥莖稈的外皮。見"說文"。

稴 ㄌㄧㄢˊ *lien*² 音廉 又讀
ㄒㄧㄢˊ *hsien*² 音咸
1沒有黏性的稻米。即秈米。見"說文"。2青稻白米。見"集韻"。

稺 ㄓˋ *chih*⁴ 音治
也作稚、稚。1幼禾。見"說文"。2晚熟的穀物。見"正字通"。3幼稚；年小。如：稺子。

稹 ㄓㄣˇ *chên*³ 音軫
1草木叢生。見"爾雅·釋言·苞稹也·疏"。2密緻。見"正字

通”。

稽 ㊀ ㄐㄧ *chi*¹ 音機
1停滯；留止。見“說文”。2考察。如：稽考。3相合；一致。4計較；爭論。如：反脣相稽。5到；至。6姓。‘漢’有‘稽發’。見“通志·氏族略四”。
㊁ ㄑㄧˇ *ch'i*³ 音啟
叩頭禮的一種。通䭫。如：稽首。

5【稽古】 ㄐㄧ ㄍㄨˇ
研究古學。

8【稽延】 ㄐㄧ ㄧㄢˊ
拖延；耽擱。

【稽征】 ㄐㄧ ㄓㄥ
徵收。

9【稽首】 ㄑㄧˇ ㄕㄡˇ
跪拜叩頭至地。古代九拜中最恭敬的行禮法。

【稽查】 ㄐㄧ ㄔㄚˊ
1考察。2機關裡負責考察工作情形、成果或進度的人員。

10【稽核】 ㄐㄧ ㄏㄜˊ
1查驗。2機關裡負責考察核算的工作人員。

【稽留】 ㄐㄧ ㄌㄧㄡˊ
1停留。2拖延。

14【稽察】 ㄐㄧ ㄔㄚˊ
考核審察。

【稽疑】 ㄐㄧ ㄧˊ
查考疑事，去除疑問。

19【稽覈】 ㄐㄧ ㄏㄜˊ
查考核驗。

【稽顙】 ㄑㄧˇ ㄙㄤˇ
1居喪時跪拜賓客，以額觸地的禮節。2叩頭請罪。

10【稽核項】 ㄐㄧ ㄏㄜˊ ㄒㄧㄤˋ
在編目規則中，把要著錄的資料，歸納成幾項，其中有一項是稽核項。稽核項所著錄的資料，多是偏重圖書資料外形的，諸如數量，也就是面（葉）冊數或其他單位；插圖及其他稽核細節，如圖書的圖表、唱片的轉數與聲道等；還有高度尺寸及所附隨的附件，也可記在稽核項之末。這些也是幫助讀者選擇資料所提供的參考。

【稽留熱】 ㄐㄧ ㄌㄧㄡˊ ㄖㄜˋ
(remittent fever) 指病人發燒，體溫在一天中雖有高低之變化，但最低溫仍在正常體溫以上。常見於感染症，如傷寒、痲疹等病。

稷 ㄐㄧˋ *chi*⁴ 音計
1(broomcorn；millet；hog millet；proso；*Panicum miliaceum* L.)一年生草本。稈高1公尺以上；葉互生，長廣線形；圓錐花序，結穎果，爲重要的雜糧作物。栽培於我國、‘印度’和‘日本’。2古農官名。見“左傳·昭二九年”。3五穀之神。見“獨斷·下”。

稷圖

3【稷下先生】 ㄐㄧˋ ㄒㄧㄚˋ ㄒㄧㄢ ㄕㄥ
‘戰國’時代，‘齊國’在‘臨淄’的‘稷下’置館，招納學者，著名的學者雲集，極一時之盛，世稱‘稷下’學士，又稱‘稷下’先生。

稻 ㄉㄠˋ *tao*⁴ 音到
(rice；*Oryza sativa*)一年生草本。葉披針形，長可達15公分。小穗之穎退化，內稃和外稃表面有小凸和散生毛。爲世界最重要糧食作物之一。品種極多，除作主食外，可釀酒、製醋；米糠也可當飼料或製油。

稻圖

15【稻熱病】 ㄉㄠˋ ㄖㄜˋ ㄅㄧㄥˋ
水稻最主要的病原菌傳染病。因發病部位不同而分葉稻熱病與穗稻熱病，前者葉面呈褐色斑點，嚴重時變深茶褐色而枯死，後者在穗部生暗褐色病斑，最後全穗枯白，不結實。

11

穈 ㄇㄣˊ *mên*² 音門
一種赤苗的穀物。即赤粱粟。本作虋。見“集韻”。

穎 ㄧㄥˇ *ying*³ 音影
俗作頴。1禾莖上端貫穗的部分。也指帶芒的穀穗。見“小爾雅·廣物”。2器物的尖端。如：鋒穎。3比喻出眾。如：穎異。

8【穎果】 ㄧㄥˇ ㄍㄨㄛˇ
(caryopsis) 指一種果實，其果皮成爲薄皮質，與種皮癒合不分。例如禾本科植物的果實便是。

穎果圖

10【穎悟】 ㄧㄥˇ ㄨˋ
聰敏過人。

11【穎異】 ㄧㄥˇ ㄧˋ
聰慧異常。

【穎脫】 ㄧㄥˇ ㄊㄨㄛ
1比喻才能完全顯露出來。2比喻超脫世俗束縛。

15【穎慧】 ㄧㄥˇ ㄏㄨㄟˋ
聰明出眾。

穅 糠的或體。

積 ㄐㄧ *chi*¹ 音跡
1堆疊；儲存。如：積蓄。2(product)數學上，一數乘一數或一式乘一式之結果，稱爲乘積，簡稱爲積。例如 $a+b$ 與 $a-b$ 之積爲 a^2-b^2；長度乘長度之積爲面積；長度與面積之積則爲體積。

4【積木】 ㄐㄧ ㄇㄨˋ
一種兒童玩具。由許多大小、形狀不一的精巧木塊組成，俾供兒童隨意堆成各種形體，以啟發他們的智慧與組織能力。

【積分】 ㄐㄧ ㄈㄣ
1(integral) 通常指定積分，亦指不定積分。即已知某函數的微分，而求其原函數的方法。2指機關之中，對人事的升遷或職務分配，常以某些條件爲點數計分。3體育、技術等分段比賽的得分總和。

6【積年】ㄐㄧ ㄋㄧㄢˊ
歷年;多年。

9【積怨】ㄐㄧ ㄩㄢˋ
長久積聚的怨恨。

10【積弱】ㄐㄧ ㄖㄨㄛˋ
長期積累成的弱勢。

12【積善】ㄐㄧ ㄕㄢˋ
積累善行。

【積勞】ㄐㄧ ㄌㄠˊ
1累積功勞。2長久勞苦。

【積雲】ㄐㄧ ㄩㄣˊ
(cumulus)一種孤立濃密的雲塊。垂直發展,可跨越各雲族的高度,狀如重疊的山岳或高塔,頂部成花椰菜狀;在陽光照耀下,色白而明亮,底部較黑暗而近乎水平。如遇構成降雨的條件,常造成陣雨。

【積惡】ㄐㄧ ㄜˋ
累積罪惡。

【積貯】ㄐㄧ ㄓㄨˇ
積蓄;儲蓄。

14【積漸】ㄐㄧ ㄐㄧㄢˋ
逐漸。

【積弊】ㄐㄧ ㄅㄧˋ
經久累積的弊病。

15【積數】ㄐㄧ ㄕㄨˋ
每日按存款(或透支)變動的餘額,乘存款(或透支)不變動日數(即從上次存款或透支餘額的變動日起,算至本次存款或透支餘額變動日止的日數)所得的結果。銀行於計算存款(或透支)戶某一期間應計的利息時,僅需彙計該計息期間的積數總額,再乘以規定(或約定)的日利率,即可簡單求得結果。

4【積欠股利】ㄐㄧ ㄑㄧㄢˋ ㄍㄨˇ ㄌㄧˋ
(dividends in arrears)累積特別股的股利爲定額,如當年未分配或分配不足的部分,稱爲積欠股利。應於以後年度先行補發。股利需經宣布始爲公司的負債,而積欠股利爲未經宣布分配的股利,並非公司的負債,應在財務報表中加以說明。

【積分控制】ㄐㄧ ㄈㄣ ㄎㄨㄥˋ ㄓˋ
(integral control)伺服控制的一種。指輸入訊號可由誤差訊號之時間積分所修正。

【積分常數】ㄐㄧ ㄈㄣ ㄔㄤˊ ㄕㄨˋ
(constant of integration)依照微積分學基本定理,兩個反導函數之間相差一個常數。因此常把一個不定積分寫成某一反導函數加上常數符號的形式,例如 $\int x^2dx=\frac{1}{3}x^3+C$。此種記法對於公式解常微分方程式非常有用。

【積分電路】ㄐㄧ ㄈㄣ ㄉㄧㄢˋ ㄌㄨˋ
(integration circuit)將輸入的信號加以積分後輸出的電路。最常見的是利用 RC 電路之充放電特性,將方波變成鋸齒波之電路。如圖(1)所示爲 RC 積分電路,圖(2)所示爲其輸入與輸出特性。

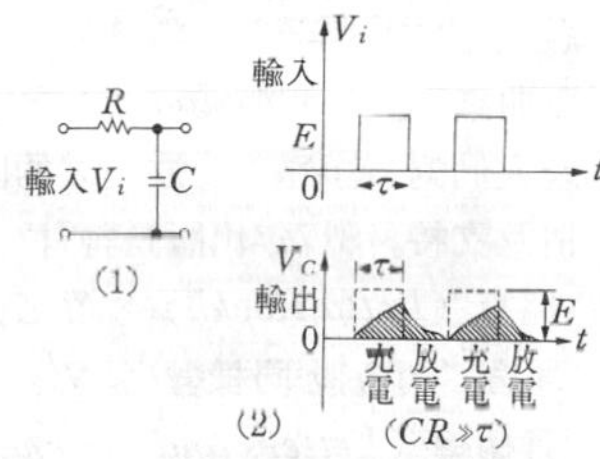

積分電路圖

6【積羽沉舟】ㄐㄧ ㄩˇ ㄔㄣˊ ㄓㄡ
羽毛雖輕,積多可以沈船。比喻積聚小患,可成大害。

【積年累月】ㄐㄧ ㄋㄧㄢˊ ㄌㄟˋ ㄩㄝˋ
經過長久的時間。

8【積非成是】ㄐㄧ ㄈㄟ ㄔㄥˊ ㄕˋ
錯誤積累不改,反而認爲正確。

9【積重難返】ㄐㄧ ㄓㄨㄥˋ ㄋㄢˊ ㄈㄢˇ
習性積累深重,不容易改正。

10【積案如山】ㄐㄧ ㄢˋ ㄖㄨˊ ㄕㄢ
形容案件堆積很多。

11【積習相沿】ㄐㄧ ㄒㄧˊ ㄒㄧㄤ ㄧㄢˊ
沿襲舊習,不稍變革。

12【積勞成疾】ㄐㄧ ㄌㄠˊ ㄔㄥˊ ㄐㄧˊ
因長期累積的勞苦而生病。

13【積極字彙】ㄐㄧ ㄐㄧˊ ㄗˋ ㄏㄨㄟˋ
(active vocabulary)指個人既瞭解又常使用之字彙。

【積毀銷骨】ㄐㄧ ㄏㄨㄟˇ ㄒㄧㄠ ㄍㄨˇ
毀謗過甚,足使受謗者消亡而無法生存。指讒言可離間骨肉親情。

14【積漸爲雄】ㄐㄧ ㄐㄧㄢˋ ㄨㄟˊ ㄒㄩㄥˊ
踏實努力,積累工夫,成爲傑出的人才。

15【積穀防饑】ㄐㄧ ㄍㄨˇ ㄈㄤˊ ㄐㄧ
儲蓄穀糧,以備荒年之需。

23【積體電路】ㄐㄧ ㄊㄧˇ ㄉㄧㄢˋ ㄌㄨˋ
(integrated circuit)運用半導體元件之製造技術,將包含大量電子元件的電路,製造在微小的晶片上,即稱之爲積體電路。在電路功能方面可分爲數位積體電路與類比積體電路。數位積體電路即邏輯閘、記憶器、累積器及微處理器等;類比積體電路即信號處理電路、放大器、運算放大器等。產品數量、種類非常多,已是種非常重要的元件。依其構造可分爲單石積體電路與併合式積體電路。單石積體電路依構造單元的特性可分爲單載子與雙載子,即由電晶體構成與由MOS構成;併合式的技術可分爲厚膜與薄膜。依其積集度可分爲小型積體電路(SSI)、中型積體電路(MSI)及大型積體電路(LSI)等,目前更有極大型(VLSI)及超極大型(SVLSI)之積體電路。以數位積體電路而言,電閘數12～23的爲SSI,電閘數50以上的爲MSI,電閘數100以上的爲LSI。積體電路的外殼包裝也因其需要而有不同式樣,較常使用的有金屬殼(metal)、雙排膠殼(DIP)、單排膠殼(SIP)、陶瓷殼(ceramic)等。

4【積欠工資墊償基金】ㄐㄧ ㄑㄧㄢˋ ㄍㄨㄥ ㄗ ㄉㄧㄢˋ ㄔㄤˊ ㄐㄧ ㄐㄧㄣ
爲保障勞工應得工資之獲得,"勞

動基準法”第廿八條規定積欠工資墊償基金。‘內政部’據此訂有“積欠工資墊償基金提繳及墊償管理辦法”、“積欠工資墊償基金管理委員會組織規程”等，建立積欠工資墊償制度，並公告各事業單位自‘民國’七十五年十一月一日起提繳基金，七十六年二月一日起開始墊償。現有關基金的收繳、墊償等業務，均委託‘臺閩地區勞工保險局’辦理。

23【積體注入式邏輯閘】 ㄐㄧ ㄊㄧˇ ㄓㄨˋ ㄖㄨˋ ㄕˋ ㄌㄨㄛˊ ㄐㄧˊ ㄓㄚˊ (integrated injection logic)一種邏輯電路的製造方式。基本的積體注入式邏輯閘包含了一個pnp 電晶體作為電流注入器，以提供基極電流給一具有多集極的npn 電晶體反向器。這種結構只需要四層護罩與二次擴散處理過程，而不需要絕緣層與擴散電阻。

穋 ㊀ ㄌㄨˋ *lu*^{4} 音路

後種先熟的穀物。同稑。見“說文”。

㊁ ㄐㄧㄡ *chiu*^{1} 音鳩

藥草名。同艽。見“集韻”。

穇 ㊀ ㄕㄢ *shan*^{1} 音山

(ragi; *Eleusine coracana*) 一年生禾草。稈基之節間緊縮，莖常分枝；葉線形；小穗有5～6朵小花，緊密排於穗軸一側，此等穗狀花序2～9枚生於稈頂，呈指狀。為栽培作物。種子供食用，稈可造紙。

穇圖

㊁ ㄘㄣ *ts'ên*^{1}

短禾。同穇。見“集韻”。

穄 ㄐㄧˋ *chi*^{4} 音祭

穀物名。禾屬，似黍但無黏性。也稱穈。見“玉篇”。

穆 ㄇㄨˋ *mu*^{4} 音木

①美好。見“集韻”。②溫和；和順。如：穆如清風。③誠敬、嚴肅的樣子。如：肅穆。④沈靜。通默。如：穆然深思。⑤古代宗廟中歷代祖先排列的位次。左為昭，右為穆。⑥姓。‘唐’有‘穆寧’。見“萬姓統譜·一一二”。

5【穆民】 ㄇㄨˋ ㄇㄧㄣˊ (Mu'min) ‘阿拉伯’語的音譯。意為信仰者、虔誠的信徒。回教徒也稱為穆民，一般誤以為即‘穆罕默德’子民之意。

14【穆爾】 ㄇㄨˋ ㄦˇ ①(Thomas Moore, 1779～1852)‘英國’浪漫主義詩人。生於‘愛爾蘭’。於西元1807～1834年出版130首詩，總標題為“愛爾蘭歌曲集”(*Irish Melodies*)，曾激起人們對‘愛爾蘭’民族主義的同情及支持。1817年出版長詩“拉拉·路克”(*Lalla Rookh*)後，聲名與‘拜倫’、‘司各脫’同樣響亮。又著有“拜倫傳”(*Letters and Journals of Lord Byron*)等。②(G. E. Moore, 1873～1958)‘英國’哲學家、著名的實在論者。與‘羅素’齊名。他以嚴密的分析技巧，攻擊形上學、知識論與倫理學上之唯心論。主要著作包括“倫理學”(*Ethics*)、“倫理原理”(*Principia Ethica*)和“哲學論文集”(*Philosophical Papers*)。

穆爾像

16【穆穆】 ㄇㄨˋ ㄇㄨˋ ①端莊敬肅的樣子。②清明柔和的樣子。③沈靜的樣子。

12【穆斯林】 ㄇㄨˋ ㄙ ㄌㄧㄣˊ (Muslim)‘阿拉伯’語的音譯。意為順從者，即順從‘阿拉’的人。故回教徒也稱為穆斯林。

4【穆天子傳】 ㄇㄨˋ ㄊㄧㄢ ㄗˇ ㄓㄨㄢˋ 作者不詳，六卷。記‘周穆王’駕八駿西行的故事。保存部分上古的神話傳說，並可作為研究古代‘中’西交通史的資料。

7【穆罕默德】 ㄇㄨˋ ㄏㄢˇ ㄇㄛˋ ㄉㄜˊ (Mohammed; Muḥammad, 570?～632) 受眞主召旨傳回教的使者。⌊穆罕默德⌉意指受讚揚者。生於‘麥加’一個貴族家庭，為一遺腹子，母亦早逝。二十五歲娶富孀‘赫底徹’ (Khadījah) 為妻，育有一女‘法提瑪’ (Fāṭimah)。婚後曾至‘麥加’城外一洞穴中靜思冥坐，約於西元610年受眞主所派天仙‘加伯列’的感召，出山後即開始傳教。因被族人所忌，於622年隨其信徒遷居‘麥地那’ (Medina)，此次遷移，回教史上稱為⌊黑吉拉⌉(hijrah)，回教即以此年為紀元之始。624年，‘穆’氏率三百名教徒在‘麥地那’西南312公里的‘沓達’(Badr)戰場擊敗一千名‘麥加’人。後經數次戰役，於628年與‘麥加’人簽訂“胡代比亞和約”(*The Treaty of al-Hudaybiyah*)，准許他率領教徒朝覲。630年，率教徒一萬人進入‘麥加’。自此，回教在‘阿拉伯半島’傳開，並逐漸興盛，傳至‘敘利亞’及‘伊拉克’一帶。

11【穆梭斯基】 ㄇㄨˋ ㄙㄨㄛ ㄙ ㄐㄧ (Modest Mussorgsky, 1839～1881)‘俄國’作曲家。與‘巴拉基雷夫’ (Mili Balakirev)、‘居宜’ (César Cui)、‘鮑羅定’ (Aleksandr Borodin) 及‘林姆斯基·高沙可夫’合組⌊五人樂團⌉活躍‘俄國’樂團。作品以管絃曲“荒山之夜”(*A Night on Bald Mountain*)、鋼琴曲“展覽會之畫”(*Pictures from an Exhibition*)最為有名。

穆梭斯基像

16【穆穆棣棣】ㄇㄨˋ ㄇㄨˋ ㄉㄧˋ ㄉㄧˋ
形容君臣有禮，互相敬重。

穌 ㄙㄨ su1 音蘇
今通作蘇。1把取禾稾乾草。見"說文"。2死而復生。如：穌活。

12

穜 一 ㄓㄨㄥˋ chung4 音仲
種植。通作種。見"說文"。
二 ㄔㄨㄥˊ ch'ung2 音蟲
先種後熟的穀物。通種。見"集韻"。

穗 ㄙㄨㄟˋ sui4 音碎
1穀類開花結實而下垂的部分。如：稻穗。2用絲繩結成的穗狀飾物。如：劍穗。3'廣州市'的簡稱。

8【穗肥】ㄙㄨㄟˋ ㄈㄟˊ
稻田施肥之一。即在稻叢母莖幼穗萌發到0.2公分階段前五天內施肥。先排除田面積水，保持溼潤狀態，俟稻株水滴消失後施用。

【穗狀花序】ㄙㄨㄟˋ ㄓㄨㄤˋ ㄏㄨㄚ ㄒㄩˋ
(spike) 無限花序的一種。花軸特長，上端密生無梗的小花而成穗狀，如麥、車前草、馬鞭草等的花序。

穗狀花序圖

穉 稺的俗體。

穖 ㄐㄧˇ chi3 音擠
禾穗上的穀粒。見"說文"。

穛 ㄓㄨㄛˊ cho2, chuo2 音濁
一種早熟的穀類。也作糕。見"集韻"。

13

䆃 ㄉㄠˋ tao4 音到
1擇米。見"說文"。2泛指選擇。見"字彙"。

穟 ㄙㄨㄟˋ sui4 音遂
1禾實纍纍的樣子。見"說文"。2禾秀。見"字彙"。

穡 ㄙㄜˋ sê4 音色
1收割穀物。也泛指耕作。如：稼穡。2節儉；愛惜。通嗇。

穢 ㄏㄨㄟˋ hui4 音惠 又讀 ㄨㄟˋ wei4 音位
1田中長滿雜草。如：蕪穢。2不清潔。如：汙穢。3糞便。4卑劣；醜陋。如：自慚形穢。

3【穢土】ㄏㄨㄟˋ ㄊㄨˇ
佛家語。即世人所居的世俗世界。這一世界充滿苦難、災劫、煩惱，如同糞溷一般汙穢不淨，故稱。與淨土相對。

8【穢物】ㄏㄨㄟˋ ㄨˋ
動物的排泄或分泌物。

10【穢氣】ㄏㄨㄟˋ ㄑㄧˋ
1惡劣不潔的氣體。2指倒楣。

13【穢亂】ㄏㄨㄟˋ ㄌㄨㄢˋ
淫亂。

穠 ㄋㄨㄥˊ nung2 音農
1花木茂盛。見"玉篇"。2泛指盛美。如：李穠桃夭。

23【穠纖合度】ㄋㄨㄥˊ ㄒㄧㄢ ㄏㄜˊ ㄉㄨˋ
肨瘦適中，不過分豐滿或纖細。

𥢷 ㄎㄨㄟˋ k'uei4 音愧
米糠。見"說文"。

14

穧 ㄐㄧˋ chi4 音劑
1割稻。見"說文"。2割置田中的稻子。見"正字通"。

穤 糯的或體。

穥 ㄩˋ yü4 音豫
禾黍等作物。見"集韻"。

穫 一 ㄏㄨㄛˋ ho4, huo4 音或
1收割已熟的農作物。見"說文"。2所得；成果。如：一樹百穫。
二 ㄏㄨˋ hu4 音戶
參焦穫。

穩 ㄨㄣˇ wên3 音吻
1安定妥當。如：安穩。2一定。如：穩拿第一。

8【穩定】ㄨㄣˇ ㄉㄧㄥˋ
安定。

11【穩健】ㄨㄣˇ ㄐㄧㄢˋ
1安穩而強健。2形容人做事慎重不浮躁。

12【穩貼】ㄨㄣˇ ㄊㄧㄝ
穩當妥貼。

13【穩當】ㄨㄣˇ ㄉㄤˋ
安穩妥當。

14【穩態】ㄨㄣˇ ㄊㄞˋ
(steady state)當起始暫態終止後，電壓、電流值保持穩定的一種狀態。

8【穩定流】ㄨㄣˇ ㄉㄧㄥˋ ㄌㄧㄡˊ
(steady flow) 在流場中任一點的流體性質(包括速度、密度、壓力、溫度等)不隨時間而變者。

6【穩如泰山】ㄨㄣˇ ㄖㄨˊ ㄊㄞˋ ㄕㄢ
形容非常穩固或十分有把握。

8【穩定均衡】ㄨㄣˇ ㄉㄧㄥˋ ㄐㄩㄣ ㄏㄥˊ
(stable equilibrium) 經濟現象達到均衡狀態時，對於任何外來的干擾，均能自動的恢復原均衡狀態，此一均衡稱爲穩定均衡。

【穩固出價】ㄨㄣˇ ㄍㄨˋ ㄔㄨ ㄐㄧㄚˋ
(firm bid) 又稱確定出價。指買方向賣方所發出購買貨物的確定要約。在習慣上，由賣方向買方發出售貨的確定要約時，則通常稱爲穩固報價。

【穩固報價】ㄨㄣˇ ㄍㄨˋ ㄅㄠˋ ㄐㄧㄚˋ
(firm offer) 又稱確定報價。指買賣的一方對他方所作的確定買賣意思表示。即報價人表明接受的有效期限，在期限內所報各項條件確定不變，而且在期限內繼續有效，被報價人只要在期限內接受，契約即告成立，報價人不得後悔或拒絕成立契約。通常，報價爲當事人的一方向對方提出一定條件，表示願依該一定條件與對方成立法律上有效契約的意思表

示。因此，平常所謂的報價即指穩固報價而言，而不必加〔穩固〕字樣。至於接受期限的長短，視交易商品的性質、習慣、行情變動緩急等而定。再者接受期限究以被報價人發出接受的時間爲準，或以報價人收到被報價人接受通知的時間爲準，各國法律、習慣不同；爲避免糾紛，報價人在其報價中宜表明接受期限以報價人收到被報價人接受通知的時間爲準。

11【穩紮穩打】 ㄨㄣˇ ㄓㄚˊ ㄨㄣˇ ㄉㄚˇ
本指軍人作戰時穩健踏實，不冒險躁進。引申指做事時循序漸進，穩重而不浮躁。

8【穩定狀態成長】 ㄨㄣˇ ㄉㄧㄥˋ ㄓㄨㄤˋ ㄊㄞˋ ㄔㄥˊ ㄓㄤˇ
(steady-state growth) 所有經濟變數均以固定的比率成長。

14【穩態穩流系統】 ㄨㄣˇ ㄊㄞˋ ㄨㄣˇ ㄌㄧㄡˊ ㄒㄧˋ ㄊㄨㄥˇ
(steady state steady flow system; SSSF) 若一開放系統滿足下列條件，則稱爲穩態穩流系統，其過程則稱爲穩態穩流過程。一、系統固定不動在坐標上；二、在系統內每一點的質量，其狀態不隨時間而改變；三、對於質量流過系統之控制表面時，其質量通量不隨時間而改變，且每一出入口的狀態也不隨時間而變(但出口與入口之狀態可不同)；四、通過控制表面的熱與功的速率保持一定。如泵、噴嘴、壓縮機、風扇、輪機、熱交換器、管流等，除在起動與關閉之時間外，其運轉接近於穩定之情況，故可視爲穩態穩流過程。

穨 ㄊㄨㄟˊ t'ui² 音頹
俗作頹。1病弱的樣子。見“說文”。2衰退。如：穨廢。3暴風。見“爾雅・釋天”。

15

穬 ㄎㄨㄤˋ k'uang⁴ 音礦
1有芒的穀物。見“說文”。2還沒去殼的稻穀。見“集韻”。

穮 ㄅㄧㄠ piao¹ 音標
耘田除草。見“說文”。

穲 ㄅㄚˋ pa⁴ 音罷
參穲稏。

13【穲稏】 ㄅㄚˋ ㄧㄚˋ
也作耙稏、罷亞。1稻。見“集韻”。2稻浪搖擺的樣子。

穭 ㄌㄩˇ lü³ 音呂
野生稻。也作稆。見“集韻”。

16

穳 秝的或體。

17

穰 ㊀ ㄖㄤˊ jang² 音攘
1禾黍脫粒後的莖和空穗。見“說文”。2豐收。見“正字通”。3泛指東西豐盛。見“正字通”。
㊁ ㄖㄤˇ jang³ 音壤
㊀3的又讀。

穱 ㄓㄨㄛˊ cho², chuo² 音灼
或作穛。早熟的穀物。一作穛、糕。見“玉篇”。

20

龝 秋的古文。

穴 部

穴 ㊀ ㄒㄩㄝˋ hsüeh⁴ 音泬
1土室。見“說文”。2洞；坑。如：虎穴。3挖穿。如：穴地爲道以攻城。
㊁ ㄒㄩㄝˊ hsüeh² 音學
參穴位。

7【穴位】 ㄒㄩㄝˊ ㄨㄟˋ
又稱穴道、俞穴。是人體經絡上氣血在身體表面聚集、輸注或通過的重要部位。可以透過經絡聯繫，對身體內部臟腑的生理或病理變化產生一定的感應，也可以經由針灸、艾灸、推拿、按摩、電針等刺激，調整體內機能，達到治療疾病的效果。

13【穴道】 ㄒㄩㄝˊ ㄉㄠˋ
即穴位。

8【穴居野處】 ㄒㄩㄝˋ ㄐㄩ ㄧㄝˇ ㄔㄨˇ
生活於洞穴和林野。本指人類原始的生活狀態，後也用來形容落後民族或隱居林野的簡陋生活。

1

穵 ㊀ ㄧㄚˋ ya⁴ 音訝
空。見“說文”。
㊁ ㄨㄚ wa¹ 音挖
鑿地成穴。同挖。見“正字通”。

2

究 ㄐㄧㄡˋ chiu⁴ 音救 又讀 ㄐㄧㄡ chiu¹ 音糾
1窮盡；極致。見“說文”。2推求；查尋。如：究詰。

13【究詰】 ㄐㄧㄡˋ ㄐㄧㄝˊ
追究查問。

16【究辦】 ㄐㄧㄡˋ ㄅㄢˋ
追究事實，加以處置。

3

空 ㊀ ㄎㄨㄥ k'ung¹ 音箜
1六竅。見“說文”。2虛；盡。如：空無一物。3佛家語。指透過因緣所產生的一切事物，沒有永恆的本體，生滅不停，本質空寂，故稱空或空性。4徒然。如：空跑一趟。5指天。如：晴空萬里。
㊁ ㄎㄨㄥˋ k'ung⁴ 音控
1閒暇。如：有空。2間隙。如：空隙。3缺；乏。如：虧空。

6【空有】 ㄎㄨㄥ ㄧㄡˇ
佛家語。空和有，是佛家對宇宙萬有與生命本質剖析、證驗的兩大

思想綱目。凡有形態、有動作、有質礙的一切事物爲「有」；大到星球，小到質子。而萬事萬物之成就、遇合、消滅，基於不同的關係、條件、助力爲「有」；否則即無事物可言，爲「空」，這是就時間與空間而言。以生命而言，透過生老病死、十二因緣法來完成，這流轉的生命爲空，生命的本質經過佛道的解脫，不再落於情、識、色、變，歸還於空，便是佛性。但在修學認知上，固不能執生命環境爲實有，也不能肯定解脫後的實在本相的虛空，所以佛家稱佛性的空爲「畢竟空」，畢竟空的存在，爲「勝義有」。

7【空投】ㄎㄨㄥ ㄊㄡˊ
指飛機於飛行中利用各式降落傘或不用降落傘，投下補給品、器材或心戰宣傳品等。

8【空宗】ㄎㄨㄥ ㄗㄨㄥ
佛家語。指大乘三論宗及小乘成實宗。此二宗皆以闡發空理爲主旨，故名。

【空泛】ㄎㄨㄥ ㄈㄢˋ
空洞浮泛。即不具體或不切實際。

【空門】ㄎㄨㄥ ㄇㄣˊ
1指家中無人。2即佛門。以佛教破本體的唯物、唯心及事物的有爲、無爲，而建立空相法門，故稱。

9【空洞】ㄎㄨㄥ ㄉㄨㄥˋ
空虛；空泛。

10【空氣】ㄎㄨㄥ ㄑㄧˋ
(air) 構成地球大氣之多種氣體的混合物。在地面乾空氣中，平均每升重量1.293克，離地愈高，密度愈稀薄。各種氣體所占容積百分比大致如下：

氣體	化學符號	容積百分數
氮	N_2	78.084
氧	O_2	20.946
氬	A	0.934
二氧化碳	CO_2	0.033
氖	Ne	0.0018

此外尚有極少量的氦、甲烷、氫、氫化氮、氙等氣體及0～4%的水汽。從氣象學的觀點看，空氣中變化最大的是水汽。

11【空速】ㄎㄨㄥ ㄙㄨˋ
(airspeed) 飛機與其周圍流動空氣間之相對速度。空速如未冠以限性字，可指下列任何一種：一、校正空速(calibrated airspeed)：校正儀器本身與裝置上之誤差後，空速表所指示之空速。二、等效空速(equivalent airspeed)：將空氣壓縮性修正後之校正空速。三、指示空速(indicated airspeed)：空速表上指示之空速。四、眞空速(true airspeed)：飛機飛行時對其所通過之空氣的眞實相對速度。即將空氣密度(高度與溫度)之誤差修正後之等效空速。

12【空虛】ㄎㄨㄥ ㄒㄩ
空無所有。

【空間】ㄎㄨㄥ ㄐㄧㄢ
(space)質點可存在的處所。質點若被限制在一線上，則稱其所處的空間爲一維空間；若被限制在一平面上，則稱該空間爲二維空間；若在一立體內，則稱該空間爲三維空間。三維空間爲一立體空間，是人類最常經驗到的空間。一維空間可以一原點及一軸作爲參考坐標，用以描述質點的位置，只需一個變數；二維空間的參考坐標爲一原點及二軸，需兩個變數才能描繪出質點的位置；三維空間的參考坐標有三軸，需三個變數才可說明質點的位置。有時，在物理學上或數學上，把空間抽象化，坐標軸或用來敘述質點的變數增加，此時空間維數亦增加。例如若將時間視爲相對量，而併入三度空間中來敘述質點的狀況時，則時間軸加上三個空間軸所構成的空間便成爲四維空間，相對論中之'閔可夫斯基'(Minkowski)空間乃此四維「時空」。數學中凡涉及幾何之集合，常以空間一詞指稱之，故涉及位相有位相空間，涉及測度有測度空間等。

13【空話】ㄎㄨㄥ ㄏㄨㄚˋ
1不切實際的話。2內容空洞的話。3謊話。

【空想】ㄎㄨㄥ ㄒㄧㄤˇ
不切實際的想法。

【空鉛】ㄎㄨㄥ ㄑㄧㄢ
(quads) 排檢文字時，用來補滿一行中空檔的一種鉛塊。高度低於一般活字。

15【空談】ㄎㄨㄥ ㄊㄢˊ
空泛而不切實際的言談。

16【空頭】ㄎㄨㄥ ㄊㄡˊ
1虛假；欺騙。2(bear)外匯賣出多於買進，即賣出而無存餘尚有差額，稱爲空頭。或在股票賣買時，客戶並無該項股票，便以賣空掛出，是爲空頭；俟行市低至相當程度，再行買進，是爲補空。

17【空濛】ㄎㄨㄥ ㄇㄥˊ
雲煙或水氣迷茫的樣子。

24【空靈】ㄎㄨㄥ ㄌㄧㄥˊ
超脫凡俗、不拘形跡的境界。

4【空手道】ㄎㄨㄥ ㄕㄡˇ ㄉㄠˋ
原名'唐'手道。以我國武術爲主體的徒手技擊。早年由我國傳入'琉球'，當地人取其精華，再與原有的技擊融合，並於西元1921年傳入'日本'，於1936年改名空手道。講求以手、足、拳、肘有效地攻擊，以制伏對方。

5【空乏區】ㄎㄨㄥˋ ㄈㄚˊ ㄑㄩ
(depletion region) p型與n型半導體材料緊接在一起形成接合體時，接面處的荷電載子發生擴散現象，即n型區少數電子越過接面塡入靠近接面p型區的電洞，p型區的少數電洞也越過接面與n型區的電子產生復合作用，如此在接面處因導電載子的結合而消失，使得帶電的晶格原子暴露出來，且由於此區導電載子很少，故稱爲空乏區或空間電荷區。

6【空字串】ㄎㄨㄥ ㄗˋ ㄔㄨㄢˋ
(null string) 電腦程式中不含任何字符的字串。其長度爲零。

9【空城計】ㄎㄨㄥ ㄔㄥˊ ㄐㄧˋ
“三國演義”中的故事。‘蜀’將‘馬謖’失守‘街亭’，‘司馬懿’率‘魏’軍直撲‘西城’，當時‘孔明’鎭守‘西城’，全城只有兩千餘士卒，‘孔明’使將士各守崗位，藏匿旌旗，將城門打開，使二十兵卒扮作百姓，灑掃城門，‘孔明’自登城樓彈琴，‘司馬懿’以爲有伏兵，遂引軍而退。及悟，‘趙雲’援兵已到。見“三國演義·九五”。後戲劇有“空城計”，即演此事。今以喻毫無實力，虛張聲勢。

10【空氣閥】ㄎㄨㄥ ㄑㄧˋ ㄈㄚˊ
(air valve) 導水管線起伏變化時，初通水流或水壓變化，使溶解氣體因壓力減低而逸出，聚集於局部高點處，阻礙水流，增加水頭損失，甚至引起壓升，損壞水管，空氣閥即設置於該局部高處，兼具排氣與吸氣作用，以利水流。

12【空集合】ㄎㄨㄥ ㄐㄧˊ ㄏㄜˊ
(empty set; null set)不含任何元素的集合。可用$\forall x, x \notin \phi$定義之，記號爲ϕ。

22【空歡喜】ㄎㄨㄥ ㄏㄨㄢ ㄒㄧˇ
白高興。

4【空心湯糰】ㄎㄨㄥ ㄒㄧㄣ ㄊㄤ ㄊㄨㄢˊ
比喻虛有其表而無內涵的人。

【空中大學】ㄎㄨㄥ ㄓㄨㄥ ㄉㄚˋ ㄒㄩㄝˊ
也稱開放大學或公共大學。利用大眾傳播媒體來進行教學的一種大學。創始於第二次世界大戰後。採學分制。對象爲社會大眾。我國於‘民國’七十三年，委託‘中華電視臺’試辦大學課程選修科目，並於七十五年成立空中大學，正式招生，施予大學教育。

【空中加油】ㄎㄨㄥ ㄓㄨㄥ ㄐㄧㄚ ㄧㄡˊ
(air refueling)飛機均有其一次飛行的最大航程，若欲再增加其航程，並節省落地加油之起降時間，則可在飛行中由另一架飛機放出油管相連而予以添加燃油。

【空中花園】ㄎㄨㄥ ㄓㄨㄥ ㄏㄨㄚ ㄩㄢˊ
(Hanging Garden) 爲上古‘西亞’‘加爾底亞’國王‘尼布加尼薩二世’(Nebuchadrezzar Ⅱ)於西元前六世紀所建造。以七座高度不同的平臺組成，臺上遍植奇花異草，據稱以奇異方式注水，使園內終年花開不絕。後世列爲世界七大奇觀之一。

【空中航行】ㄎㄨㄥ ㄓㄨㄥ ㄏㄤˊ ㄒㄧㄥˊ
(air navigation) 飛機對準地面上標定之位置與方向，決定其在空中之地理位置，並維持循預定方向飛行的一種科學。航行之基本要素爲位置、方向和距離。位置以地球之經緯度表示；方向以航向與北極之夾角角度表之；距離則以浬計。航行法有四種，即地標航行(pilotage)、推測航行(dead reckoning)、無線電航行(radio)及天文航行(celestial)。

【空中教學】ㄎㄨㄥ ㄓㄨㄥ ㄐㄧㄠˋ ㄒㄩㄝˊ
經由廣播或電視等傳播媒體所進行的一種教學。在我國分爲養成教育與補習教學兩類，前者由政府規劃，如空中行專、商專與大學等便是；後者由廣播電臺或電視臺自行設計，如「每日一字」、「空中英語教室」等便是。

【空中預警】ㄎㄨㄥ ㄓㄨㄥ ㄩˋ ㄐㄧㄥˇ
藉空中雷達偵察及載波通信裝備，以延伸雷達偵察之距離，而獲取的早期警報。

【空中樓閣】ㄎㄨㄥ ㄓㄨㄥ ㄌㄡˊ ㄍㄜˊ
比喻虛構的事物。

【空中攔截】ㄎㄨㄥ ㄓㄨㄥ ㄌㄢˊ ㄐㄧㄝˊ
我軍飛機對來機保持目視或雷達接觸的動作。分爲爬升、機動、轉變、攻擊、恢復等階段。

【空中纜車】ㄎㄨㄥ ㄓㄨㄥ ㄌㄢˇ ㄔㄜ
(ropeway) 在空中懸掛鋼索，並在鋼索上掛上搬運工具以載運遊客或貨物的一種運輸設施。搬運工具分車廂式及吊椅式兩種；索道有交走式及自動循環式兩種。

5【空穴來風】ㄎㄨㄥ ㄒㄩㄝˋ ㄌㄞˊ ㄈㄥ
戶穴招風通過。比喻流言趁隙而入。

【空白背書】ㄎㄨㄥˋ ㄅㄞˊ ㄅㄟˋ ㄕㄨ
又稱略式背書或無記名背書。係執票人僅需在票據背面簽名並塡註年月日，而不需記明受讓人姓名即完成票據的背書。如需記明受讓人姓名者，即屬記名背書。空白背書的執票人於票據再轉讓時，僅需將票據交付與受讓人即可，其手續較爲簡單；記名背書的執票人於票據再轉讓時，必須再以背書爲之。

【空白票據】ㄎㄨㄥˋ ㄅㄞˊ ㄆㄧㄠˋ ㄐㄩˋ
經票據行爲人簽名或蓋章而未記載完成，且授權執票人日後補充該未記載完成事項之票據。又稱未完成票據。立法上如承認空白票據，雖絕對必要記載事項未記載完成，但有授權他人日後補充者，亦爲有效票據。“票據法”未明文承認空白票據，故票據欠缺該法所規定票據上應記載事項之一者，無效。唯執票人善意取得已具備該法規定應記載事項之票據者，得依票據文義行使權利，票據債務人不得以票據原係欠缺應記載事項爲理由，對於執票人主張票據無效。

7【空谷足音】ㄎㄨㄥ ㄍㄨˇ ㄗㄨˊ ㄧㄣ
比喻難能可貴的人物或言論。

【空位字符】 ㄎㄨㄥ ㄨㄟˋ ㄗˋ ㄈㄨˊ
(space character)電腦系統所使用的字符集中,表示一個空位或空白的字符。表示訊息時,空位也具有特定意義,故被視爲一字符。

9【空洞現象】 ㄎㄨㄥ ㄉㄨㄥˋ ㄒㄧㄢˋ ㄒㄧㄤˋ
(cavitation) 當泵吸入口壓力小於流體蒸氣壓使得流體出現氣泡而減低泵流量,引起管路或葉輪沖蝕甚至發生氣結的現象。

【空前絕後】 ㄎㄨㄥ ㄑㄧㄢˊ ㄐㄩㄝˊ ㄏㄡˋ
以前不曾有過,以後也絕不會發生。形容極其特殊,獨一無二。

【空降部隊】 ㄎㄨㄥ ㄐㄧㄤˋ ㄅㄨˋ ㄉㄨㄟˋ
1由陸軍特種空降部隊與空軍單位組成,可執行空降作戰任務的部隊。2機關行號主管出缺,不從本單位人員中,依次提升,而由其他單位調派充任,俗稱空降部隊。

10【空氣汙染】 ㄎㄨㄥ ㄑㄧˋ ㄨ ㄖㄢˇ
(air pollution)空氣汙染之主要來源爲工業方面排出之廢氣,燃燒不完全所產生之有毒氣體或微塵,或是採礦廠、水泥廠等因固體減積引起之灰塵,包括二氧化碳、二氧化硫、氮之氧化物、煤灰、有機溶劑蒸氣、氣溶膠等。防治之法在於汙染源排放前之收集處理,例如利用燃燒法、吸附法、觸媒還原法、吸收法及灰塵分離等。

【空氣調節】 ㄎㄨㄥ ㄑㄧˋ ㄊㄧㄠˊ ㄐㄧㄝˊ
(air conditioning) 將某空間的空氣條件,依其使用目的而予以調節。調節的項目包括空氣溫度、溼度、清淨度及氣流之流動性等。

12【空間主義】 ㄎㄨㄥ ㄐㄧㄢ ㄓㄨˇ ㄧˋ
(spatialism)西元1947年由'義大利'的'馮他那'(Fontana)所提倡的一種革新性的美術運動。它繼承了未來派的精神,欲於空間與時間的結合上,以抽象的造形表達出其空間概念。使用霓虹燈或在畫布上刮傷、開洞等,欲於作品上導入新的空間意義和概念。

13【空運提單】 ㄎㄨㄥ ㄩㄣˋ ㄊㄧˊ ㄉㄢ
(airway bill) 又稱航空提單。即託運人將貨物交給航空公司託運時,航空公司發給託運人證明已收到貨物,同時也作爲託運人與航空公司之間所訂航空運送契約的憑證。在形式上,空運提單是由託運人塡具向航空公司提出,委託其運送貨物的一種委託書,因此又稱爲航空託運單(air consignment note)。空運提單一式正本三份(及抄本若干份),於貨物交運時,由託運人塡具並簽字。第一份正本由航空公司保存,第二及第三正本經航空公司簽署後,第二份正本與貨物一同送往目的地,第三正本交還託運人作爲收到貨物的憑證。空運提單不具流通性,所以並不是物權證券,這點與海運提單迥然不同。

16【空頭支票】 ㄎㄨㄥˋ ㄊㄡˊ ㄓ ㄆㄧㄠˋ
1發票人在付款人處並無存款或無足夠存款,且未訂立透支契約,而簽發支票,致支票不獲兌現者,該支票習慣上稱作空頭支票。空頭支票之情形有三種:一、明知已無存款,又未經付款人允許墊借,而對之簽發支票者;二、簽發支票時,故意將金額超過其存款,或超過付款人允許墊借的金額者;三、發票人於法定提示期限內,故意提回其存款之全部或一部,或以其他不正當方法,使支票不獲支付。2比喻不能兌現的允諾。

3【空口說白話】 ㄎㄨㄥ ㄎㄡˇ ㄕㄨㄛ ㄅㄞˊ ㄏㄨㄚˋ
只憑口說而未能付諸實踐。

4【空心大老官】 ㄎㄨㄥ ㄒㄧㄣ ㄉㄚˋ ㄌㄠˇ ㄍㄨㄢ
指裝腔作勢而無內涵的人。

5【空白共用區】 ㄎㄨㄥˋ ㄅㄞˊ ㄍㄨㄥˋ ㄩㄥˋ ㄑㄩ
(blank common) 符傳 (FORTRAN)程式中所定義或使用之共用區段,若未指定名稱,則此共用區段稱爲空白共用區。

7【空防識別區】 ㄎㄨㄥ ㄈㄤˊ ㄕˋ ㄅㄧㄝˊ ㄑㄩ
(air defense identification zone; ADIZ)二次世界大戰後,若干國家爲加強其領空安全,而將其領空管轄權延伸至緊鄰之公空,形成空防識別區制度。在此制度下,一國之航空器在進入他國之空防識別區前,須檢具飛行資料向該他國提出申請,迨進入空防識別區後,須在規定之航線上飛行,並隨時報告飛行位置;違反此項規定者,可能遭致攔截、強行迫降或開火攻擊等。惟此等措施,目前尚缺乏國際法有力之支持。

10【空氣作動器】 ㄎㄨㄥ ㄑㄧˋ ㄗㄨㄛˋ ㄉㄨㄥˋ ㄑㄧˋ
(pneumatic actuator)位於氣動控制閥主體上方之裝置,其主要構造元件爲隔膜、彈簧與外殼。由氣動控制器過來之壓力與連接於隔膜上彈簧之彈力比較,而帶動連接滑桿使主體上之栓塞移動達到調整流體流動目的。

【空氣動力學】 ㄎㄨㄥ ㄑㄧˋ ㄉㄨㄥˋ ㄌㄧˋ ㄒㄩㄝˊ
(aerodynamics) 研究流動空氣之行爲,尤以在遭遇物體阻擋時所產生之力與擾動之科學。即研究有相對運動之空氣之科學。對飛機製造、高速汽車之空氣阻力、彈道飛彈之外形、摩天大樓之構造,以及舉凡有關流動空氣作用之物體或在導管內有關空氣流動情況等問題,均可應用空氣動力學尋求解決。

【空氣遠近法】 ㄎㄨㄥ ㄑㄧˋ ㄩㄢˇ ㄐㄧㄣˋ ㄈㄚˇ
(aerial perspective) 利用近物清晰、色彩較強;遠物因大氣層的緣故,輪廓和肌理不清楚,色彩也較薄弱等現象,在二次元畫面表現出三次元遠近感的繪畫技法。'威尼斯'畫派喜用此法來表現遠近感。

【空氣燃料比】 ㄎㄨㄥ ㄑㄧˋ ㄖㄢˊ ㄌㄧㄠˋ ㄅㄧˇ
(air-fuel ratio; AF)燃燒過程中,空氣質量與燃料質量之比值。有時亦用莫耳比。空氣與燃料在適當比例下可完全燃燒。

4【空中航行管制】 ㄎㄨㄥ ㄓㄨㄥ ㄏㄤˊ ㄒㄧㄥˊ ㄍㄨㄢˇ ㄓˋ
(air traffic control; ATC)簡稱飛航管制。對飛機場、進場及航路上飛機予以管理調配,以增進其安全、秩序及加速其流通的措施。飛航管制員由各種儀器所顯示之資料,以無線電電話提供駕駛員氣象資料及附近地區飛航狀況,並告知應採取之航向、速度及飛行高度,以達飛航管制之目的。

10【空氣動力係數】 ㄎㄨㄥ ㄑㄧˋ ㄉㄨㄥˋ ㄌㄧˋ ㄒㄧˋ ㄕㄨˋ
(aerodynamic coefficients)爲空氣動力學中所用之一種無因次係數,主要包括升力係數 C_L、阻力係數C_D、力矩係數C_M等。利用各飛行體之空氣動力係數、動壓及基準面積,便可算出飛行體之受力狀況。

5【空乏型金氧半場效電晶體】 ㄎㄨㄥ ㄈㄚˊ ㄒㄧㄥˊ ㄐㄧㄣ ㄧㄤˇ ㄅㄢˋ ㄔㄤˇ ㄒㄧㄠˋ ㄉㄧㄢˋ ㄐㄧㄥ ㄊㄧˇ
(depletion mode metal-oxide-semiconductor field effect transistor)金氧半場效電晶體之一種。結構上,通道層係使用與汲極、源極相同之p型或n型半導體。當閘極—源極電壓爲負值時,在通道中會感應出電荷,而和其中的多數載子復合,造成多數載子缺乏的現象。

穹 ㄑㄩㄥ ch'iung¹ 又讀 ㄑㄩㄥˊ ch'iung² 音窮
①窮盡。見"說文"。②高大。如:穹崇。③天空。如:蒼穹。④深。如:穹谷。

14【穹蒼】 ㄑㄩㄥ ㄘㄤ
天空。高而四垂,其色青蒼,故名。

17【穹窿】 ㄑㄩㄥ ㄌㄨㄥˊ
中間高而四周下垂的樣子。

19【穹廬】 ㄑㄩㄥ ㄌㄨˊ
我國北方遊牧民族居住的圓頂帳篷。又叫氈帳,今稱'蒙古'包。

穸 ㄒㄧˋ hsi⁴ 音夕
①長夜;夜晚。見"說文通訓定聲"。②墓穴。見"字彙"。

4

穽 阱的或體。

究 ㄨㄢˊ wan² 音丸
窟。見"玉篇"。

窀 ㊀ ㄓㄨㄣ chun¹ 音肫
厚葬。見"正字通"。
㊁ ㄊㄨㄣˊ t'un² 音豚
①洞中冒火。見"廣韻"。②埋葬。見"集韻"。

8【窀穸】 ㊀ ㄓㄨㄣ ㄒㄧˋ
墓穴。
㊁ ㄊㄨㄣˊ ㄒㄧˋ
埋葬。

穿 ㄔㄨㄢ ch'uan¹ 音川
①鑽通;鑿透。見"說文"。②破洞。見"字彙"。③著衣。如:穿戴。④明;透。如:說穿。

11【穿梭】 ㄔㄨㄢ ㄙㄨㄛ
梭在織布機經線間往來通過。比喻來往頻繁。

【穿透】 ㄔㄨㄢ ㄊㄡˋ
(punch through; reach through)當電晶體集極電壓增加時,使電晶體失去效用,稱爲穿透。這是根據'厄列'效應(Early effect),集極接面過渡區(空乏區)之寬度會隨集極接面電壓增加而變寬所引起的。此種崩潰機構與電路之連接法無關。

12【穿結】 ㄔㄨㄢ ㄐㄧㄝˊ
衣服破洞打結。形容衣服破爛。

17【穿幫】 ㄔㄨㄢ ㄅㄤ
鞋邊或鞋面穿破。比喻洩露底細或出醜丟臉。

28【穿鑿】 ㄔㄨㄢ ㄗㄠˊ
①鑿通;打通。②道理說不通,而任意牽合,強求其通。

11【穿透率】 ㄔㄨㄢ ㄊㄡˋ ㄌㄩˋ
(transmissivity)指輻射能照射一材料之表面時,穿透材料之能量占入射能量之比率。對大部分固體而言,熱輻射無法穿透,即穿透率爲零。

10【穿針引線】 ㄔㄨㄢ ㄓㄣ ㄧㄣˇ ㄒㄧㄢˋ
比喻從中拉攏、撮合,以促成其事。

11【穿梭外交】 ㄔㄨㄢ ㄙㄨㄛ ㄨㄞˋ ㄐㄧㄠ
(shuttle diplomacy)爲調解雙邊或多邊國家間的糾紛所作來往不停的斡旋活動。也泛指不停來往於各國的外交活動。

14【穿窬之盜】 ㄔㄨㄢ ㄩˊ ㄓ ㄉㄠˋ
鑿壁翻牆的盜賊。

16【穿壁引光】 ㄔㄨㄢ ㄅㄧˋ ㄧㄣˇ ㄍㄨㄤ
形容刻苦勤學。'漢''匡衡'家貧好學,曾穿壁引鄰舍燭光以照讀。見"西京雜記·二"。

28【穿鑿附會】 ㄔㄨㄢ ㄗㄠˊ ㄈㄨˋ ㄏㄨㄟˋ
道理說不通,牽強湊合以求其通。

窃 竊的俗體。

突 ㄊㄨˊ t'u² 音凸
①狗從洞穴中忽然鑽出來。引申爲忽然、猝然。如:突如其來。②衝擊;衝撞。如:突圍而出。③高;凸。如:突出。④煙囪。如:灶突。

3【突兀】 ㄊㄨˊ ㄨˋ
①高聳的樣子。②形容事情緊急或突然發生。

5【突出】 ㄊㄨˊ ㄔㄨ
特出;超出眾人之上。

10【突破】 ㄊㄨˊ ㄆㄛˋ
超越而出;打破原有的限制。

12【突厥】 ㄊㄨˊ ㄐㄩㄝˊ
我國歷史上的民族之一。原住在'天山'與'阿爾泰山'之間,漸向東延伸至'貝加爾湖'。後進入漠北。歷史上所稱'丁令'('丁零')、'鐵勒'、'回紇'、'沙陀'等均爲其部。'南北朝'末期分爲西、東二部,至'唐'先後爲'高宗'及'玄宗'所滅。中古時期,另有一支進入'小亞細亞'及'歐洲',建立'土耳其帝國'。以狩獵畜牧爲生;法律簡而嚴,俗有娶後母寡嫂制,喪葬則走馬剺面;崇拜太陽、天地,敬鬼信巫。

【突圍】 ㄊㄨˊ ㄨㄟˊ
突破敵人的包圍。

22【突襲】 ㄊㄨˊ ㄒㄧˊ
出其不意地襲擊。

23【突變】 ㄊㄨˊ ㄅㄧㄢˋ
(mutation) 遺傳物質發生變異,因而影響遺傳性狀,有時甚至導致死亡,這種變異,稱爲突變。廣義的突變尚包含染色體的變異,狹義的突變則僅指基因本身的改變。

5【突尼西亞】 ㄊㄨˊ ㄋㄧˊ ㄒㄧ ㄧㄚˋ
(Tunisia) 位於北'非'的國家。北、東面濱'地中海'。面積16.3萬方公里,人口1,007萬(2005年),首都'突尼斯'(Tunis)。主產小麥、玉米、橄欖、鐵、鹽、磷灰石、肥料及食品等。

6【突如其來】 ㄊㄨˊ ㄖㄨˊ ㄑㄧˊ ㄌㄞˊ
突然而來;忽然來到。

9【突飛猛進】 ㄊㄨˊ ㄈㄟ ㄇㄥˇ ㄐㄧㄣˋ
急遽起飛,快速前進。形容進步快速。

17【突擊性驚惶】 ㄊㄨˊ ㄐㄧˊ ㄒㄧㄥˋ ㄐㄧㄥ ㄏㄨㄤˊ
(panic attack) 突然引發而無法解釋的恐懼與強烈不安。通常顯現心跳急促、呼吸困難、胸痛、哽喉、昏眩、冒汗、顫抖與不支等生理症狀。

窔 ㊀ ㄧㄠˇ yao³ 音咬
①房屋的東南角。也作窔。見"集韻"。②深邃、隱暗的地方。見"正字通"。③複室。見"字彙"。
㊁ ㄧㄠ yao¹ 音妖
深洞所發出的回聲。見"字彙補"。

5

窉 ㄅㄧㄥˇ ping³ 音丙 又讀 ㄅㄧㄥˋ ping⁴ 音病
①三月。見"爾雅·釋天"。②洞穴。見"玉篇"。③驚病。見"篇海類編"。

窔 ㄕㄣ shên¹ 音深
①深的古字。②煙囪;灶突。見"說文"。③埋葬棺材。見"集韻"。

窅 ㄧㄠˇ yao³ 音深
①眼睛深邃的樣子。見"說文"。②深遠的樣子。見"正字通"。

10【窅窅】 ㄧㄠˇ ㄧㄠˇ
①隱晦不明的樣子。②深遠的樣子。

【窅冥】 ㄧㄠˇ ㄇㄧㄥˊ
深遠不明的樣子。

12【窅然】 ㄧㄠˇ ㄖㄢˊ
①茫然、空虛的樣子。②深遠的樣子。

窌 ㄧㄠˇ yao³ 音杳 又讀 ㄐㄧㄠˋ chiao⁴ 音叫
深遠。同窈。見"集韻"。

16【窌窱】 ㄧㄠˇ ㄊㄧㄠˇ
深遠。

窊 ㄇㄧㄥˇ ming³ 音皿 又讀 ㄇㄥˇ mêng³ 音猛
窟;地窖。見"說文"。

窋 ㄓㄨˊ chu² 音竹
①物在穴中的樣子。見"說文"。②空虛。見"玉篇"。③將出穴的樣子。見"集韻"。④洞穴。通窟。

11【窋詫】 ㄓㄨˊ ㄓㄚˋ
①東西在穴中的樣子。②急疾。

窆 ㄅㄧㄢˇ pien³ 音貶
①將棺木放進墓穴。見"說文"。②墓穴。

窄 ㄓㄞˇ chai³ 讀音 ㄗㄜˊ tsê² 音責
狹小;迫促。也作迮。見"廣韻"。

15【窄播】 ㄓㄞˇ ㄅㄛ
(narrowcast) 與以多數人爲對象的廣播相對。節目內容只以少數接收者爲計畫對象。

窈 ㄧㄠˇ yao³ 音杳
①深遠。見"說文"。②美好。指內在美。見"方言·二"。

10【窈冥】 ㄧㄠˇ ㄇㄧㄥˊ
①幽暗的樣子。②深遠難測的樣子。

11【窈窕】 ㄧㄠˇ ㄊㄧㄠˇ
①嫻靜美好的樣子。②深遠的樣子。用以形容山水、雲氣、宮室等。③妖冶的樣子。

窌 ㊀ ㄐㄧㄠˋ chiao⁴ 音叫
地窖。窖的俗字。見"字彙"。
㊁ ㄌㄧㄠ liao² 音聊
深空的樣子。見"廣韻"。
㊂ ㄌㄧㄡˋ liu⁴
參石窌。

窊 ㄨㄚ wa¹ 音蛙
凹下;凹地。見"廣韻"。

6

窏 ㄨ wu¹ 音烏
參窏洿。

9【窏洿】 ㄨ ㄢˋ
低下;不平的樣子。

窔 ㄧㄠˇ yao³ 音咬
也作窔。①屋子的東南角。見"爾雅·釋宮"。②幽深。如:窔遼。

窐 ㊀ ㄍㄨㄟ kuei¹ 音規
空穴。見"說文"。
㊁ ㄨㄚ wa¹ 音蛙
深地。同洼。見"集韻"。
㊂ ㄑㄧㄠ ch'iao¹ 音敲
參窐寥。

14【窐寥】 ㄑㄧㄠ ㄌㄧㄠˊ
空而深的樣子。

窒 ㄓˋ chih⁴ 音至
塞;阻塞不通。見"說文"。

10【窒息】 ㄓˋ ㄒㄧˊ

①(asphyxia) 呼吸道阻塞，氣體無法到達肺部，人體無法進行呼吸作用的狀態。會導致死亡。②形容人、事、物被困、受阻，乃至死亡或不得發展。

19【窒礙】 ㄓˋ ㄞˋ
障礙；阻塞而不通暢。

窅 ㄧㄠˇ *yao*³ 音杳
①黑暗。見"說文"。②遙遠。見"廣韻"。

𥦗 ㄓㄚˋ *cha*⁴ 音咤
参窋𥦗。

窕 ㊀ ㄊㄧㄠˇ *t'iao*³ 音篠
①放肆。見"說文"。②幽閒。見"爾雅·釋言"。③美色。見"廣韻"。④細小。⑤挑逗。通挑、誂。⑥輕薄。通佻。
㊁ ㄧㄠˊ *yao*² 音姚
妖美。通姚。

窓 窗的俗體。

窑 窯的俗體。

7

窘 ㄐㄩㄥˇ *chiung*³ 音炯
①急迫。見"說文"。②窮困；貧乏。見"字彙"。

7【窘困】 ㄐㄩㄥˇ ㄎㄨㄣˋ
貧窮；困乏。

14【窘態】 ㄐㄩㄥˇ ㄊㄞˋ
急迫不知所措的神情。

窙 ㄒㄧㄠ *hsiao*¹ 音消
①高空的雲氣。見"廣韻"。②氣往上蒸。同孝。見"集韻"。③開闊的樣子。見"正字通"。

窖 ㄐㄧㄠˋ *chiao*⁴ 音叫
①藏穀麥及雜物的地洞。如：地窖。②把東西藏入地洞。

3【窖子】 ㄐㄧㄠˋ ·ㄗ
藏物的地穴。

18【窖藏】 ㊀ ㄐㄧㄠˋ ㄗㄤˋ
儲藏於地窖中的物品。
㊁ ㄐㄧㄠˋ ㄘㄤˊ
藏物於地窖。

窗 ㄔㄨㄤ *ch'uang*¹ 音瘡
建築物設在牆上的開口。也作牕、窓。具採天然光線、通風排氣及飽覽室外景觀等功用。

8【窗門】 ㄔㄨㄤ ㄇㄣˊ
(sash door)裝有玻璃格間的門。又稱玻璃門。

10【窗扇】 ㄔㄨㄤ ㄕㄢˋ
(sash) 常為矩形，每一窗扇可裝配玻璃一塊或數塊，有可開啟和固定二種。

13【窗飾】 ㄔㄨㄤ ㄕˋ
(window dressing)利用交易截止日期的延後或提前，而達到改善財務報表的一種舞弊方式。

8【窗明几淨】 ㄔㄨㄤ ㄇㄧㄥˊ ㄐㄧ ㄐㄧㄥˋ
形容居室明亮乾淨。

8

窣 ㄙㄨˋ *su*⁴ 音素
①突然從洞中衝出來。見"說文"。②拂過。如：長裙窣地。

窢 ㄏㄨㄛˋ *ho*⁴, *huo*⁴ 音或
逆風聲。見"正字通"。

窟 ㄎㄨ *k'u*¹ 音哭
①洞穴。見"玉篇"。②人、物聚集的地方。如：賊窟。

6【窟宅】 ㄎㄨ ㄓㄞˊ
地下室。

17【窟窿】 ㄎㄨ ·ㄌㄨㄥ
①洞穴。②比喻漏洞或破綻。

窡 ㄉㄨㄛˊ *to*², *tuo*² 音奪
從穴中冒出的樣子。見"廣韻"。

窠 ㄎㄜ *k'o*¹, *k'ê*¹ 音科
①築在洞穴中的鳥窩。見"說文"。②泛指獸類、蟲類棲息的洞穴。如：蜂窠。③量詞。草木一株為一窠。通棵。

6【窠臼】 ㄎㄜ ㄐㄧㄡˋ
指格式相似的窠巢和舂臼。比喻老套。

𥦡 堋的或體。

窞 ㄉㄢˋ *tan*⁴ 音但
①洞中的小洞。見"說文"。②坑穴。見"廣雅·釋水"。

9

窪 ㄨㄚ *wa*¹ 音蛙
①小坑；小積水處。見"玉篇"。②低陷的；低下的。如：窪地。

窨 ㊀ ㄧㄣˋ *yin*⁴ 音印
①地室。見"說文"。②把酒食藏在地下。見"說文·窖·段注"。③暗害；陷害。
㊁ ㄒㄩㄣ *hsün*¹ 音薰
將茉莉等香花放在茶葉中，以增加香氣。

窫 ㄧㄚˋ *ya*⁴ 音訝
空大。同窆。見"集韻"。

窩 ㄨㄛ *wo*¹ 音渦
①巢穴。動物棲息的地方。如：鳥窩。②凹陷處。如：酒窩。③匿藏。如：窩藏。

4【窩心】 ㄨㄛ ㄒㄧㄣ
①指受了委屈不能表白，只能將怨懟壓抑在心裡的滋味。②'上海'、'蘇州'一帶方言，稱心裡舒暢。

18【窩藏】 ㄨㄛ ㄘㄤˊ
藏匿犯人。

22【窩囊】 ㄨㄛ ·ㄋㄤ
笑人懦弱無能。

5【窩瓦河】 ㄨㄛ ㄨㄚˇ ㄏㄜˊ
(Volga R.) '歐洲'最長的河川。源於'歐俄''瓦耳代山' (Valdai Hills)，注入'裏海'。全長3,690公里，流域面積136萬方公里。河口三角洲河汊密布，低於海平面26公尺。重要支流有'俄喀河' (Oka R.)、'卡馬河'(Kama R.)及'雲查河'(Unzha R.)。

12【窩裡反】 ㄨㄛ ·ㄌㄧ ㄈㄢˇ
一個團體的內部發生不和。

17【窩闊台】 ㄨㄛ ㄎㄨㄛˋ ㄊㄞˊ
(1186~1241) 即'元太宗'。'成吉思汗'的第三子。以'耶律楚材'為相，'拔都'為將，滅'金'，攻克'俄羅斯'，進軍'波蘭'、'匈牙利'。在位十

三年卒。

【窩闊台汗國】ㄨㄛ ㄎㄨㄛˋ ㄊㄞˊ ㄏㄢˊ ㄍㄨㄛˊ
‘蒙古’“成吉思汗’西征後,以‘乃蠻’故地封三子‘窩闊台’所建的汗國,約在今‘阿爾泰山’一帶及‘新疆’北部一部分。十四世紀初,併於‘察合台汗國’。

窬 ㄩˊ yü² 音俞
①門旁的小窟窿。見“說文”。②中空。見“說文”。③越過。通踰。如:穿窬之盜。

10

窯 ㄧㄠˊ yao² 音搖
也作窰。①燒陶瓷磚瓦的設置。見“說文”。②供居住的洞穴。如:寒窯。

3【窯子】ㄧㄠˊ ·ㄗ
①妓院;娼寮。②娼妓;妓女。

9【窯洞】ㄧㄠˊ ㄉㄨㄥˋ
(kiln hole) 我國西北‘晉’、‘陝’、‘甘’黃土高原區,是世界最著名的風積黃土區,平均厚度 30~40 公尺,最厚處可達 300 公尺以上。因黃土富垂直劈開性,土層無顯著層理,且透水性大,故居民每利用土壁鑿洞而居,稱爲窯洞。多溫夏涼,極適人居。

23【窯變】ㄧㄠˊ ㄅㄧㄢˋ
瓷器顏色釉的一種特殊效果。在坯體上先後幾次塗施含有不同金屬呈色劑並有不同流動性的釉漿,入窯經高溫還原焰焙燒,釉液熔化,幾種發色元素互相浸潤,形成斑駁燦爛的釉面。又同一金屬的發色劑,因受火焰焙燒的位置與溫度的不同,亦可能產生預期不同的結果,而形成二種以上的不同釉面。古人不明其理,而稱之爲窯變。

窲 ㄔㄠˊ ch'ao² 音巢
參寥窲。

窴 一 ㄊㄧㄢˊ t'ien² 音塡
塡塞。見“說文”。
二 ㄔㄢˇ ch'an³ 音產
參窴赧。

11【窴赧】ㄔㄢˇ ㄋㄢˇ
形容笛聲舒緩。

窰 窯的或體。

窮 ㄑㄩㄥˊ ch'iung² 音瓊
①止;終極。見“說文”。②貧;匱乏。如:鬧窮。③困厄;困頓。如:窮當益堅。④探究到底。如:窮源溯本。

9【窮約】ㄑㄩㄥˊ ㄩㄝ
窮困。

11【窮理】ㄑㄩㄥˊ ㄌㄧˇ
深究事物的道理。

【窮通】ㄑㄩㄥˊ ㄊㄨㄥ
窮困和顯達。

13【窮詰】ㄑㄩㄥˊ ㄐㄧㄝˊ
徹底追問。

14【窮酸】ㄑㄩㄥˊ ㄙㄨㄢ
窮苦寒酸。舊時也用以譏稱貧寒的讀書人。

18【窮鞫】ㄑㄩㄥˊ ㄐㄩˊ
徹底審問。

6【窮光蛋】ㄑㄩㄥˊ ㄍㄨㄤ ㄉㄢˋ
譏稱貧窮至極、一無所有的人。

11【窮措大】ㄑㄩㄥˊ ㄘㄨㄛˋ ㄉㄚˋ
譏稱貧窮的讀書人。

12【窮開心】ㄑㄩㄥˊ ㄎㄞ ㄒㄧㄣ
指苦中作樂。

3【窮山惡水】ㄑㄩㄥˊ ㄕㄢ ㄜˋ ㄕㄨㄟˇ
形容荒涼枯寂的地區。

4【窮凶極惡】ㄑㄩㄥˊ ㄒㄩㄥ ㄐㄧˊ ㄜˋ
形容凶惡到極點。

5【窮本極源】ㄑㄩㄥˊ ㄅㄣˇ ㄐㄧˊ ㄩㄢˊ
追溯事物的根源。

6【窮而後工】ㄑㄩㄥˊ ㄦˊ ㄏㄡˋ ㄍㄨㄥ
指詩人文士的創作,在遭遇困窮的環境後才能達到精美的境界。

【窮年累月】ㄑㄩㄥˊ ㄋㄧㄢˊ ㄌㄟˇ ㄩㄝˋ
指經過很長久的時間。

7【窮兵黷武】ㄑㄩㄥˊ ㄅㄧㄥ ㄉㄨˊ ㄨˇ
竭盡兵力,恣意攻伐。形容侵略成性,好戰不休。

11【窮理盡性】ㄑㄩㄥˊ ㄌㄧˇ ㄐㄧㄣˋ ㄒㄧㄥˋ
窮究事理,發揮天賦的善性。

【窮奢極侈】ㄑㄩㄥˊ ㄕㄜ ㄐㄧˊ ㄔˇ
奢侈至極;極爲奢侈。

【窮奢極慾】ㄑㄩㄥˊ ㄕㄜ ㄐㄧˊ ㄩˋ
形容過分的奢侈和追逐慾望。

【窮途末路】ㄑㄩㄥˊ ㄊㄨˊ ㄇㄛˋ ㄌㄨˋ
比喻處於困窘的絕境。

13【窮源探本】ㄑㄩㄥˊ ㄩㄢˊ ㄊㄢˋ ㄅㄣˇ
比喻深究事物的根源。

【窮源溯流】ㄑㄩㄥˊ ㄩㄢˊ ㄙㄨˋ ㄌㄧㄡˊ
比喻深究事物的根源。

【窮達有命】ㄑㄩㄥˊ ㄉㄚˊ ㄧㄡˇ ㄇㄧㄥˋ
窮困與顯達自有天命,非人力所能改變。

【窮愁潦倒】ㄑㄩㄥˊ ㄔㄡˊ ㄌㄧㄠˊ ㄉㄠˇ
窮困憂愁而頹喪不堪的樣子。

14【窮酸餓醋】ㄑㄩㄥˊ ㄙㄨㄢ ㄜˋ ㄘㄨˋ
指貧窮的文士。

16【窮閻漏屋】ㄑㄩㄥˊ ㄧㄢˊ ㄌㄡˋ ㄨ
簡陋狹僻的住處。

窳 ㄩˇ yü³ 音羽
①低汙、低下的地方。如:窳坎。②衰;衰微。如:窳敗。③懶惰;懈怠。如:窳惰。④粗劣不精。如:窳劣。⑤羸弱。如:手足墮窳。

6【窳劣】ㄩˇ ㄌㄧㄝˋ
粗糙。

9【窳陋】ㄩˇ ㄌㄡˋ
粗劣簡陋。

11【窳敗】ㄩˇ ㄅㄞˋ
衰敗;敗壞。

13【窳圔】ㄩˇ ㄧㄚˋ
形容樂聲哀怨低下。

11

𥨍 浸的或體。

窺 ㈠ ㄎㄨㄟ *k'uei*^{1} 音虧
同闚。①由小空隙看物。如:管窺。②看;偷看。如:窺伺。
㈡ ㄎㄨㄟˇ *k'uei*^{3} 音跬
半步;一舉足。通跬。見"古今韻會舉要"。

7【窺伺】 ㄎㄨㄟ ㄙˋ
暗中察看,等待機會。

11【窺探】 ㄎㄨㄟ ㄊㄢˋ
窺視刺探。

10【窺豹一斑】 ㄎㄨㄟ ㄅㄠˋ ㄧ ㄅㄢ
比喻只見局部,未見整體。

窶 ㈠ ㄐㄩˋ *chü*^{4} 音巨
貧窮鄙陋。通寠。見"集韻"。
㈡ ㄌㄡˊ *lou*^{2} 音樓
參甌窶。

窸 ㄒㄧ *hsi*^{1} 音西
從穴中出來。見"廣韻"。

窵 ㄉㄧㄠˋ *tiao*^{4} 音掉
深邃的樣子。見"說文繫傳"。

窻 窗的俗體。

窱 ㄊㄧㄠˇ *t'iao*^{3} 音窕
參窅窱。

12

窾 ㄎㄨㄢˇ *k'uan*^{3} 音款
①中空;空隙。見"廣雅·釋詁"。②枯槁。見"字彙補"。

竀 ㄔㄥ *ch'êng*^{1} 音撐
①正視。見"說文"。②深。見"集韻"。③紅色。通赬。

竂 寮的本字。

窿 ㄌㄨㄥˊ *lung*^{2} 音隆
洞穴。如:窟窿。

竁 ㄘㄨㄟˋ *ts'ui*^{4} 音脆
①打地洞。見"說文"。②墓穴。見"小爾雅·廣名"。

𥨷 ㄈㄨˊ *fu*^{2} 音伏
①地下室。見"說文"。②穴地而居。見"集韻"。③窟穴。如:巖𥨷。

13

竅 ㄑㄧㄠˋ *ch'iao*^{4} 音俏
洞穴;孔道。見"說文"。

8【竅門】 ㄑㄧㄠˋ ㄇㄣˊ
做事的要點、門徑。

竄 ㄘㄨㄢˋ *ts'uan*^{4} 音篡
①逃匿。如:抱頭鼠竄。②放逐。如:竄貶。③改易。如:竄改。④縱跳。如:直竄過去。

7【竄改】 ㄘㄨㄢˋ ㄍㄞˇ
私自刪改他人的文句。

9【竄紅】 ㄘㄨㄢˋ ㄏㄨㄥˊ
快速走紅。指受重用或被欣賞。多指演藝人員得到觀眾的喜愛,知名度、票房疾遽上升。

10【竄退步】 ㄘㄨㄢˋ ㄊㄨㄟˋ ㄅㄨˋ
國術步法。前腳往後退大步,後腳跟著拔起跳退,身體仍面向前方。

13【竄跳步】 ㄘㄨㄢˋ ㄊㄧㄠˋ ㄅㄨˋ
國術步法。前腳往前進一大步,後腳接著立刻拔起跳前,在空中拔起前腳超過後腳跳進。

14

竆 窮的本字。

15

竇 ㄉㄡˋ *tou*^{4} 音豆
①洞;孔穴。見"說文"。②潰決。③姓。'漢'有'竇嬰'。見"萬姓統譜·一一〇"。

10【竇娥冤】 ㄉㄡˋ ㄜˊ ㄩㄢ
'元''關漢卿'撰。搬演'楚州'女子'竇娥'爲'張驢兒'所陷冤死,臨刑時對天發誓:如係屈死,天將六月下雪。刑後,天色驟變,果降大雪。故事感人,曲文活潑流暢,是'元'雜劇本色派的代表作。'明''葉憲祖'改爲傳奇"金鎖記",結局易爲'竇娥'臨刑被救。'平'劇改爲"六月雪",是'程'派的名劇。

16

竉 ㄌㄨㄥˇ *lung*^{3} 音攏
洞穴。見"正字通"。

竈 灶的本字。

17

𥩟 ㄙ *szŭ*^{1}, *ssŭ*^{1} 音私
洞穴。見"集韻"。

18

竊 ㄑㄧㄝˋ *ch'ieh*^{4} 音妾
①偷取。如:竊名。②小偷。如:鼠竊狗盜。③私下;暗地。如:竊笑。

10【竊笑】 ㄑㄧㄝˋ ㄒㄧㄠˋ
暗中譏笑。

11【竊國】 ㄑㄧㄝˋ ㄍㄨㄛˊ
以不正當手段強取政權。

16【竊據】 ㄑㄧㄝˋ ㄐㄩˋ
非法占據。

22【竊聽】 ㄑㄧㄝˋ ㄊㄧㄥ
偷聽別人的談話。

6【竊曲紋】 ㄑㄧㄝˋ ㄑㄩ ㄨㄣˊ
一般指拳曲若兩環的古器物表面紋飾。其中有目形,或兩曲線相鉤而成一環,或兩端向內彎等。此種紋飾通行於'西周'中、晚期,沿襲至'春秋''戰國'時期。

竊曲紋圖

5【竊玉偷香】 ㄑㄧㄝˋ ㄩˋ ㄊㄡ ㄒㄧㄤ
指男女偷情。

7【竊位素餐】 ㄑㄧㄝˋ ㄨㄟˋ ㄙㄨˋ ㄘㄢ
無才能而占據高位,不做事而接受俸祿。

12【竊盜保險】 ㄑㄧㄝˋ ㄉㄠˋ ㄅㄠˇ ㄒㄧㄢˇ
(burglary, robbery and theft insurance) 承保各種財物因夜盜、強盜或偷竊而被盜取、毀壞或

汙損所受損失的保險。

23【竊竊私語】 ㄑㄧㄝˋ ㄑㄧㄝˋ ㄙ ㄩˇ
私下低聲談話。

13【竊鉤者誅竊國者侯】 ㄑㄧㄝˋ ㄍㄡ ㄓㄜˇ ㄓㄨ ㄑㄧㄝˋ ㄍㄨㄛˊ ㄓㄜˇ ㄏㄡˊ
偷釣鉤的人被處罰，盜政權的人被封侯。比喻賞罰顚倒，沒有定準。

立部

立 ㄌㄧˋ li4 音利
①站著。如：立正。②建立；成就。如：立功。③制訂。如：立法。④圍棋著法的一種。指沿邊而下子。⑤姓。'唐'有'立述'。見"萬姓統譜·一二三"。

2【立人】 ㄌㄧˋ ㄖㄣˊ
①做人。同立身。②輔助他人，使能自立。

5【立冬】 ㄌㄧˋ ㄉㄨㄥ
農曆二十四節氣之一。在國曆十一月七日或八日。

7【立言】 ㄌㄧˋ ㄧㄢˊ
創立精要的言論或學說。後多指文字上的著述。

【立志】 ㄌㄧˋ ㄓˋ
立定志向。

【立足】 ㄌㄧˋ ㄗㄨˊ
置足；置身。

【立身】 ㄌㄧˋ ㄕㄣ
建立德行，立足社會。

8【立泳】 ㄌㄧˋ ㄩㄥˇ
手足交互動作，頭部露出水面的一種泳姿。俗稱踩水。以下肢動作爲主，雙手由胸前向兩側划水，也可由兩側划向胸前。可分剪腿式、腳踏車式、蛙式三種。

【立法】 ㄌㄧˋ ㄈㄚˇ
制訂法律，建立制度。

9【立春】 ㄌㄧˋ ㄔㄨㄣ
農曆二十四節氣之一。在國曆二月四日或五日。

【立秋】 ㄌㄧˋ ㄑㄧㄡ
農曆二十四節氣之一。在國曆八月九日或十日。

10【立拳】 ㄌㄧˋ ㄑㄩㄢˊ
國術拳法。又名日字拳。握拳向前擊出，拳眼向上。

【立弳】 ㄌㄧˋ ㄐㄧㄥˋ
(steradian)代號爲sr。立體角單位。一立弳等於自圓球面上切取面積與球半徑平方相等的球面，所張球心角的立體角量。

【立夏】 ㄌㄧˋ ㄒㄧㄚˋ
農曆二十四節氣之一。在國曆五月六日或七日。

11【立雪】 ㊀ ㄌㄧˋ ㄒㄩㄝˇ
比喻向學的虔誠和對老師的敬重。參程門立雪。
㊁ ㄌㄧˋ ㄒㄩㄝ
立即洗雪。

【立異】 ㄌㄧˋ ㄧˋ
①違反約定；背約。②故意持與眾不同的態度。

12【立就】 ㄌㄧˋ ㄐㄧㄡˋ
立刻完成。

【立場】 ㄌㄧˋ ㄔㄤˇ
所站立的位置。借指觀察、研究或論說時的立足點或角度。

【立掌】 ㄌㄧˋ ㄓㄤˇ
國術掌法。五指併攏，指尖朝前，拇指在上，小指在下。

13【立嗣】 ㄌㄧˋ ㄙˋ
立定繼承人。

【立業】 ㄌㄧˋ ㄧㄝˋ
①創立事業。②設置、置辦產業。

14【立說】 ㄌㄧˋ ㄕㄨㄛ
創立學說；發表見解。

【立誓】 ㄌㄧˋ ㄕˋ
發誓；下定決心。

15【立論】 ㄌㄧˋ ㄌㄨㄣˋ
①發表言論。②所發表的議論。

【立德】 ㄌㄧˋ ㄉㄜˊ
樹立德業。

16【立憲】 ㄌㄧˋ ㄒㄧㄢˋ
制訂憲法。

【立雕】 ㄌㄧˋ ㄉㄧㄠ
雕刻工藝的技法之一。又名圓雕。即立體雕刻。可雕琢出三度空間的作品，如人物、動物、山水等。立雕有別於陰刻與陽雕——浮雕，但在精美的立雕作品中，常需要運用陰刻與陽雕的技法，因此，立雕可說是雕刻技法的綜合。

23【立體】 ㄌㄧˋ ㄊㄧˇ
(solid)三維空間的物體。例如球體、錐體、正方體等。

7【立足點】 ㄌㄧˋ ㄗㄨˊ ㄉㄧㄢˇ
①人所站立的地方。②指立場。

8【立法院】 ㄌㄧˋ ㄈㄚˇ ㄩㄢˋ
我國最高立法機關。在五種治權中行使立法權。由人民選舉之立法委員組織之，代表人民行使立法權。既是治權機關，亦略具政權機關色彩。立法委員名額之分配，以區域代表爲中心，兼採民族代表、'華'僑代表及職業代表制。係由委員互選產生院長、副院長；另由委員分組各種相應於中央各行政部門之委員會，以進行立法工作。'立法院'係合議制機關，一切職權均以會議議決之。每年開常會二次，自行集會。此外，於總統咨請或立法委員四分之一以上之請求時，召開臨時會。其職權包括：一、立法權；二、財政權；三、議決國家重要事項權；四、質詢權；五、人事同意權；六、議決國庫補助省經費權；七、解決中央與地方權限爭議權；八、提出"憲法"修正案之權；九、受理人民請願之權。

【立法權】 ㄌㄧˋ ㄈㄚˇ ㄑㄩㄢˊ
制定法律之權力。中央之立法權由'立法院'行之；省之立法權由省議會行之；縣之立法權由縣議會行之。何一事項由中央或省或縣立法，"憲法"有列舉規定，未列舉之事項有全國一致之性質者屬中央，有全省一致之性質者屬省，有一縣之性質者屬縣。遇有爭議時，由'立法院'解決之。法律之制定須經提案、審議、公布等三個程序。‘行政院’、‘考試院’、‘監察院’、‘司法院’就其所掌事項有提案權，得向‘立法院’提出法律案。立法委員亦有提案權，但須有三十人以上之連署。法律案之審議應經三讀會之程序。法律案通過後，由‘立法院’移送總統及‘行政院’，總統應於收到後十日內公布之。

9【立面圖】ㄌㄧˋ ㄇㄧㄢˋ ㄊㄨˊ
(elevation) 表現物體外表的水平正投影圖。物體立面圖，須按方位來標示，主要是依據立面面對的方向或我們所看去的方向來標示。例如北向立面圖，表示此立面面向北方，或我們可從北方看到這個立面。

11【立部伎】ㄌㄧˋ ㄅㄨˋ ㄐㄧˋ
‘唐代’教坊樂部之一。與坐部伎相對。指堂下站立演奏的樂伎。樂曲有“安舞”、“太平樂”、“破陣樂”、“慶善樂”、“大定樂”、“上元樂”、“聖壽樂”、“光聖樂”。伴奏樂器有鑼、鼓、笛等。

23【立體角】ㄌㄧˋ ㄊㄧˇ ㄐㄧㄠˇ
(solid angle)考慮平面上的簡單封閉曲線及平面外一點，自此點向曲線上所有點作連線，所得曲面爲一廣義的錐，此錐尖爲一立體角。欲求立體角的大小，可以此頂點爲球心，適當長爲半徑作一球面，將落在錐內的球面區域面積除以半徑的平方即得。故立體空間的完全立體角爲4π。

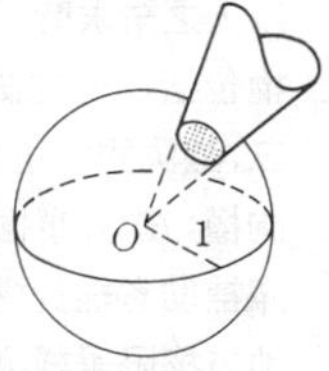

立體角圖

【立體圖】ㄌㄧˋ ㄊㄧˇ ㄊㄨˊ
(pictorial drawing; three dimensional view) 物體高、寬、深等三維方向之線長，均能於一個正投影視圖內顯現，且各維方向之線長亦均有其不同之一直線來表現，致此視圖有立體之感覺，稱爲立體圖。

4【立方公尺】ㄌㄧˋ ㄈㄤ ㄍㄨㄥ ㄔˇ
體積單位。代號爲 m^3。如每邊長一公尺的正方體體積爲一立方公尺。

【立木材積】ㄌㄧˋ ㄇㄨˋ ㄘㄞˊ ㄐㄧ
森林經營上處理收穫的計算標準。又稱蓄積材積。以立方公尺爲單位。連皮計算可分整株材積與成材材積。

6【立地成佛】ㄌㄧˋ ㄉㄧˋ ㄔㄥˊ ㄈㄛˊ
眾生皆具佛性，只要惡人能徹底悔改罪行，息心不犯，即有當下成佛的機緣。

7【立即位址】ㄌㄧˋ ㄐㄧˊ ㄨㄟˋ ㄓˇ
(immediate address) 電腦指令位址部分所含內容爲運算所需的資料者，稱爲立即位址。

【立即定址】ㄌㄧˋ ㄐㄧˊ ㄉㄧㄥˋ ㄓˇ
(immediate addressing) 電腦指令定址方式之一種。即指令的位址部分直接存放指令所需的運算資料，而不是資料所在的位址。

【立即資料】ㄌㄧˋ ㄐㄧˊ ㄗ ㄌㄧㄠˋ
(immediate data) 直接存於電腦指令的位址部分，構成指令的一部分之資料。

【立身揚名】ㄌㄧˋ ㄕㄣ ㄧㄤˊ ㄇㄧㄥˊ
置身社會，聲名遠播。

8【立法委員】ㄌㄧˋ ㄈㄚˇ ㄨㄟˇ ㄩㄢˊ
‘立法院’之組成成員，由各省、直轄市、‘蒙古’各盟旗、‘西藏’、邊疆地區各民族、僑居國外之國民、職業團體分別選出，任期三年，連選得連任。立法委員組成‘立法院’，擔任議決法律案、預算案、戒嚴案、大赦案、宣戰案、媾和案、條約案及國家其他重要事項之權。立法委員在院內所爲之言論及表決，對院外不負責任，且除現行犯外，非經‘立法院’許可，不得逮捕或拘禁。

9【立竿見影】ㄌㄧˋ ㄍㄢ ㄐㄧㄢˋ ㄧㄥˇ
比喻立刻見到效果。

16【立憲政體】ㄌㄧˋ ㄒㄧㄢˋ ㄓㄥˋ ㄊㄧˇ
對專制政體而言。國家立有憲法，規定政府權力—行政、立法、司法等行使方式及其界限，三權的運用不得逾越憲法的規定，俾保障人民的自由，此種國家稱爲立憲國，政體則爲立憲政體。

【立錐之地】ㄌㄧˋ ㄓㄨㄟ ㄓ ㄉㄧˋ
比喻極小的地方。

19【立穩腳跟】ㄌㄧˋ ㄨㄣˇ ㄐㄧㄠˇ ㄍㄣ
站穩立場；打好基礎。

23【立體主義】ㄌㄧˋ ㄊㄧˇ ㄓㄨˇ ㄧˋ
(cubism) 二十世紀初葉產生於‘巴黎’的一種現代藝術運動。‘畢卡索’、‘布拉克’(Braque)和‘葛利斯’(Gris) 等人受到黑人雕刻和‘塞尙’的影響，把自然形象還原於球體、圓柱、圓錐等基本形體後，再組織。西元 1908 年的秋季沙龍裡，‘馬蒂斯’看到‘布拉克’的作品時，批評道：「它是小立方體(cube)之集合」，因而得到立體派的名稱。立體派的發展，經過了初期立體派、分析立體派和綜合立體派的三階段；在技法上開創了拼貼法(collage)、同時性視點(simultaneous vision)和反透視圖法等，對二十世紀現代美術的發展貢獻很大。代表藝術家尙有‘雷捷’(Léger)、‘德洛內’(Delaunay)、‘阿爾基邊克’(Archipenko)等。

【立體電視】ㄌㄧˋ ㄊㄧˇ ㄉㄧㄢˋ ㄕˋ
(stereoscopic television) 呈現三度空間畫面的一種電視圖像。

【立體廣播】ㄌㄧˋ ㄊㄧˇ ㄍㄨㄤˇ ㄅㄛ
同時發射兩個或兩個以上的頻率，而呈現立體感的聲源。

【立體幾何學】ㄌㄧˋ ㄊㄧˇ ㄐㄧˇ ㄏㄜˊ ㄒㄩㄝˊ
(solid geometry) ‘歐’氏幾何的一支。主要研究不在一平面上的幾何圖形之形狀、相對位置、大小及其測距性質。

7【立即位址指令】ㄌㄧˋ ㄐㄧˊ ㄨㄟˋ ㄓˇ ㄓˇ ㄌㄧㄥˋ
(immediate address instruc-

tion)電腦指令集中,使用立即定址方式的指令。

23【立體幻燈單片】ㄌㄧˋ ㄊㄧˇ ㄏㄨㄢˋ ㄉㄥ ㄉㄢ ㄆㄧㄢˋ
(stereoscope slide) 以兩臺並置的相機對同一景物同時拍下兩張幻燈單片,因透過特製的立體觀看器(stereoscope),以雙眼同時觀看該兩張單片時,可使所看到的景物呈現立體感,故稱立體幻燈單片。我國俗稱爲魔眼。

7【立即存取儲存體】ㄌㄧˋ ㄐㄧˊ ㄘㄨㄣˊ ㄑㄩˇ ㄔㄨˊ ㄘㄨㄣˊ ㄊㄧˇ
(immediate access storage)電腦系統中儲存體之一種。其存取時間很短,與其他運算所需時間相比較可以忽略不計。

1

辛 愆的或體。

2

竍 舊'法國'量特卡立脫爾的略記。爲公升之十倍。我國標準制稱公斗,略記爲⿰立斗。

3

竏 舊'法國'量啟羅立脫爾的略記。爲公升之千倍。我國標準制稱公秉,略記爲⿰立秉。

竌 標準制公勺的略記。爲公升的百分之一。

4

⿰立斗 標準制公斗的略記。

竑 ㄏㄨㄥˊ *hung*^{2} 音紅
①廣大。見"玉篇"。②強壯。見"正字通"。

竓 舊'法國'量密理立脫爾的略記。爲公升的千分之一。我國標準制稱公撮,略記爲⿰立撮。

竔 標準制公升的略記。

竕 舊'法國'量特西立脫爾的略記。爲公升的十分之一。我國標準制稱公合,略記爲⿰立合。

5

竜 ㄌㄨㄥˊ *lung*^{2} 音隆
①興起。見"玉篇"。②龍的古文。

竚 佇的或體。

竝 並的本字。

⿰立石 標準制公石的略記。爲公升的百倍。

站 ㄓㄢˋ *chan*^{4} 音占
①立;直立。見"廣韻"。②行旅中途停留的地方。古代驛傳,'元'譯名爲站赤,簡稱站。③用來奉致酒爵或放置酒尊的器物。通坫。見"三才圖會·器用·站"。

竘 ㄑㄩˇ *ch'ü*^{3} 音取
強健。見"說文"。

竛 ㄌㄧㄥˊ *ling*^{2} 音靈
參竛竮。

14【竛竮】ㄌㄧㄥˊ ㄆㄧㄥ
孤單的樣子。也作伶俜。

6

竡 舊'法國'量海克脫立脫爾的略記。爲公升的百倍。我國標準制稱公石,略記爲⿰立石。

⿰立合 標準制公合的略記。爲公升的十分之一。

7

童 ㄊㄨㄥˊ *t'ung*^{2} 音同
①因罪成爲奴隸的男子。見"說文"。②年幼的人。如:兒童。③形容草木不生。如:童山。④形容頭髮掉光。如:頭童齒豁。⑤沒有角的。如:童牛。⑥姓。'漢'有'童恢'。見"萬姓統譜·一"。

3【童工】ㄊㄨㄥˊ ㄍㄨㄥ
指年齡幼小的兒童工作者或兒童勞動者。即未達法定成年年齡的勞動者。童工在各國被稱爲特別勞動者,多立法予以特別的保護,其主要內容有三:一、最低年齡限制。二、工作時間限制。三、工作場所限制。我國"勞動基準法"均有明白規定。

5【童生】ㄊㄨㄥˊ ㄕㄥ
'明''清'時代,士子應試而未入學者的通稱。

7【童男】ㄊㄨㄥˊ ㄋㄢˊ
①年幼的男兒。②未經人道,保持童貞的男子。

9【童貞】ㄊㄨㄥˊ ㄓㄣ
處女或處男的貞操。

13【童話】ㄊㄨㄥˊ ㄏㄨㄚˋ
①兒童文學的一種。專爲兒童編寫的故事。②小孩的話。

14【童蒙】ㄊㄨㄥˊ ㄇㄥˊ
①知識未開的兒童。②泛指不明事理,知識淺陋。也作瞳矇。

3【童子軍】ㄊㄨㄥˊ ㄗˇ ㄐㄩㄣ
本'英'人'貝登堡'(Baden-Powell)倡導青少年野外生活所組成的團體,於西元1907年創辦。不久,各國繼起仿行,遂成爲全世界最大規模國際青少年組織。我國於'民國'元年,始由'嚴家麟'先生在'武昌''文華書院'發起,其後各地紛紛興辦,二十三年'中國童子軍總會'在'南京'正式成立。主旨在發展兒童生活與服務能力,養成良好習慣與健全體魄,使其成長爲智仁勇兼備的青年。

【童子試】ㄊㄨㄥˊ ㄗˇ ㄕˋ
童子科的考試。'唐代'設有童子科,凡十歲以下童子,能通一經及"孝經""論語",每卷誦文十通者,給予官職;通七者,賜予出身。

15【童養媳】ㄊㄨㄥˊ ㄧㄤˇ ㄒㄧˊ
未成年就收養過來,長大後與兒子結婚的媳婦。

3【童山濯濯】ㄊㄨㄥˊ ㄕㄢ ㄓㄨㄛˊ ㄓㄨㄛˊ
①山無草木、光禿禿的樣子。②戲喻人頭頂光禿無髮的樣子。

4【童心未泯】 ㄊㄨㄥˊ ㄒㄧㄣ ㄨㄟˋ ㄇㄧㄣˇ
純眞無邪的童稚之心仍未泯滅。

7【童言無忌】 ㄊㄨㄥˊ ㄧㄢˊ ㄨˊ ㄐㄧˋ
1兒童說話無所忌諱。2譏人言語幼稚，不予計較。

10【童叟無欺】 ㄊㄨㄥˊ ㄙㄡˇ ㄨˊ ㄑㄧ
兒童或老人買東西都不會受到欺騙。指商人誠實可靠。

18【童顏鶴髮】 ㄊㄨㄥˊ ㄧㄢˊ ㄏㄜˋ ㄈㄚˇ
臉色紅潤如孩童，髮白如鶴。形容人雖年老，而青春長在。

竦 ㄙㄨㄥˇ *sung*³ 音聳
1恭敬；肅敬。見"說文"。2伸長脖子，提起腳跟站著。如：竦而望歸。3跳起來。如：竦身入雲。4震動。通聳。如：振竦。5驚懼。通愯、悚。如：竦然兢懼。

5【竦立】 ㄙㄨㄥˇ ㄌㄧˋ
1恭敬地站著。2豎立；直立。

10【竦桀】 ㄙㄨㄥˇ ㄐㄧㄝˊ
高聳特立。

11【竦動】 ㄙㄨㄥˇ ㄉㄨㄥˋ
震動；驚動。

竢 ㄙˋ *szŭ*⁴, *ssŭ*⁴ 音俟
等待。見"說文"。

竣 ㄐㄩㄣˋ *chün*⁴ 音郡
1蹲踞。見"說文"。2完畢；結束。如：竣工。

3【竣工】 ㄐㄩㄣˋ ㄍㄨㄥ
完工。

8

𥪡 ㄌㄧˋ *li*⁴ 音利
1蒞臨。同莅、涖。見"說文"。2從。見"玉篇"。

竫 ㄐㄧㄥˋ *ching*⁴ 音靜
1安定。見"說文"。2善。見"廣雅·釋詁"。3杜撰。如：竫言。

竨 標準制公秉的略記。爲公升之千倍。

竧 ㄨㄛˋ *wo*⁴ 音臥
站立的樣子。見"集韻"。

竪 豎的俗體。

9

竮 ㄆㄧㄥ *p'ing*¹ 音乒
或作竮。參竛竮。

竰 舊'法國'量生立脫爾的略記。爲公升的百分之一。我國標準制稱爲公勺，略記爲竛。

竭 ㄐㄧㄝˊ *chieh*² 音結
1盡力。見"集韻"。2盡。如：竭澤而漁。

16【竭澤而漁】 ㄐㄧㄝˊ ㄗㄜˊ ㄦˊ ㄩˊ
排盡湖澤中的水而捕魚。比喻盡取眼前的利益，不計後果。

端 ㄉㄨㄢ *tuan*¹ 音耑
1直；正。見"說文"。2事物的一頭、一方面。如：執其兩端、作惡多端。3詳審。如：端視。4用雙手托物。如：端茶。5古代諸侯的禮服。如：玄端。6姓。'明'有'端章甫'。見"萬姓統譜·二五"。

4【端午】 ㄉㄨㄢ ㄨˇ
農曆五月初五。也稱端陽、端五、重五。

【端公】 ㄉㄨㄢ ㄍㄨㄥ
'蜀'人稱男巫。'湘'、'鄂'、'黔'、'桂'等地亦有此稱。

8【端委】 ㄉㄨㄢ ㄨㄟˇ
始末。

【端的】 ㄉㄨㄢ ㄉㄧˋ
1果眞；確實。2究竟；原委。

9【端拱】 ㄉㄨㄢ ㄍㄨㄥˇ
1端正身體而拱手。形容肅敬的樣子。2指古聖王無爲而治。

10【端倪】 ㄉㄨㄢ ㄋㄧˊ
1頭緒。2邊際。

11【端莊】 ㄉㄨㄢ ㄓㄨㄤ
端正莊重。

12【端硯】 ㄉㄨㄢ ㄧㄢˋ
'端'石製的硯臺。'端'石產於'廣東省''高要縣''端溪'，以紫色爲主，間有綠、黃、白等色；石質堅實、溫潤、細膩，發墨而不傷毫，早在'唐代'即已採製硯臺，備受推崇，與'歙'石合稱我國二大硯石材。

【端陽】 ㄉㄨㄢ ㄧㄤˊ
即端午。

13【端詳】 ㄉㄨㄢ ㄒㄧㄤˊ
1仔細審察。2詳細。3端莊安詳。

14【端緒】 ㄉㄨㄢ ㄒㄩˋ
頭緒；條理。

15【端鞋】 ㄉㄨㄢ ㄒㄧㄝˊ
國術練腿方法的一種。一腳上提，膝朝前方，以另側手握腳板，使腳底朝上，迎面骨向前。

16【端賴】 ㄉㄨㄢ ㄌㄞˋ
實賴；完全依靠。

9【端架子】 ㄉㄨㄢ ㄐㄧㄚˋ ·ㄗ
即擺架子。自我抬高身分，以傲慢的態度待人。

10【端迴進位】 ㄉㄨㄢ ㄏㄨㄟˊ ㄐㄧㄣˋ ㄨㄟˋ
(end-around carry) 電腦進行加法運算時，將最高位數所產生的進位數加到和的最低位數之過程。

17【端點阻抗】 ㄉㄨㄢ ㄉㄧㄢˇ ㄗㄨˇ ㄎㄤˋ
(terminal impedance) 由無載之輸入端看入所得的阻抗。

10

𥪰 ㄒㄧˇ *hsi*³ 音喜
等待。見"玉篇"。

11

竸 競的或體。

竱 ㄓㄨㄢˇ *chuan*³ 音轉
齊等。見"說文"。

12

竲 ㄘㄥˊ *ts'êng*² 音層 又讀 ㄗㄥ *tsêng*¹ 音增
1上無覆蓋的高樓。見"說文"。2高的樣子。見"集韻"。

𥫉 標準制公撮的略記。爲公升的千分之一。

𥪰 ㄒㄩ *hsü*^{1} 音須
站著等待。見“說文”。

13

䇿 ㄧˊ *i*^{2} 音宜
1義的古字。2儀的或體。

竵 ㄨㄞ *wai*^{1} 音歪
不正。俗作歪。見“說文”。

𥫔 ㄌㄨㄛˋ *lo*^{4}, *luo*^{4} 音落
瘰䴡。見“說文”。

15

竷 ㈠ ㄎㄢˋ *k'an*^{4} 音看
擊鼓。見“集韻”。
㈡ ㄎㄢˇ *k'an*^{3} 音坎
1跳舞。見“說文”。2和悅的聲音。通坎。見“玉篇”。

競 ㄐㄧㄥˋ *ching*^{4} 音境
1相爭;爭逐。如:競走。2強勁。

7【競走】 ㄐㄧㄥˋ ㄗㄡˇ
徑賽項目之一。以行走方式比快的一種運動。行走時,兩足應交互與地面保持接觸,後腳離地時前腳即需著地,且下肢必須伸直。‘奧運會’有二十公里及五十公里競走項目。

【競技】 ㄐㄧㄥˋ ㄐㄧˋ
比賽技藝。

12【競渡】 ㄐㄧㄥˋ ㄉㄨˋ
划船比賽。通常多指端午節賽龍舟,因‘屈原’於農曆五月初五投‘汨羅江’,民間以龍舟競渡來招魂。

16【競選】 ㄐㄧㄥˋ ㄒㄩㄢˇ
選舉過程中最重要之活動。係指候選人藉由各種方式向選舉人進行宣傳、訴求、說服活動,以爭取選舉人之接受與支持,使自己當選之努力過程。其活動方式要者如:設置助選員,印發名片、傳單及懸掛標語,使用宣傳車與播音器,政見發表,訪問選民,以及散發各種推銷自己的資訊等活動。

13【競業禁止】 ㄐㄧㄥˋ ㄧㄝˋ ㄐㄧㄣˋ ㄓˇ
“民法”第五百六十二條規定:「經理人或代辦商,非得其商號之允許,不得爲自己或第三人經營與其所辦理之同類事業,亦不得爲同類事業公司無限責任之股東。」是爲競業禁止之規定。競業禁止向有同業競爭禁止及兼業禁止之分,前者爲避免與商號之利益相衝突,後者則在於防止業務分心。經理人或代辦商違反競業禁止之規定者,其商號得求因其行爲所得之利益,作爲損害賠償,是爲介入權。

17【競賽理論】 ㄐㄧㄥˋ ㄙㄞˋ ㄌㄧˇ ㄌㄨㄣˋ
(game theory) 在遊戲、商場或戰場上,應用數學邏輯來取捨策略,使自己獲得最大利益或使自己的損失減到最低的方法。這種理論首先由‘法國’數學家‘波赫爾’(Émile Borel) 提出,後由‘美國’數學家‘紐曼’(John von Neumann)與經濟學家‘摩根斯登’(Oskar Morgenstern) 加以發揚光大。

8【競爭訂價法】 ㄐㄧㄥˋ ㄓㄥ ㄉㄧㄥˋ ㄐㄧㄚˋ ㄈㄚˇ
(pricing to meet competition) 依據競爭者所訂價格爲參考而訂價的做法。此種訂價法通常應用於市場競爭非常激烈,或廠商的產品與競爭產品的差異程度不顯著時使用。一般以現行市場法及底價法爲主。

竹 部

竹 ㄓㄨˊ chu² 音築
1 (bamboos) 多年禾本科。大型、常綠、木質。主桿上的葉稱爲籜葉，常縮小，通常無中肋；一般葉則有短柄，與葉鞘相連處有一關節，老葉自此處脫落。依其地下莖的形態分類，成叢者主產於熱帶，有明顯走莖者主產於溫帶。莖是重要建材，許多種類可供觀賞及水土保持，幼芽可食。2 八音之一。指用竹製成的樂器。如笛、簫、管、竽。

10【竹馬】 ㄓㄨˊ ㄇㄚˇ
兒童嬉戲時當作馬騎的竹竿。

12【竹黃】 ㄓㄨˊ ㄏㄨㄤˊ
1 竹子的內皮。爲淺黃色，故名。近代有工藝匠截取竹黃翻貼於雕就的木胎，且視需要與否而於其上雕刻紋飾，是爲竹黃工藝。或別稱竹簧、翻黃、反黃、貼黃等。'清''乾隆'年間，'福建''上杭'所作之竹黃器最爲著名；爾後'湖南''邵陽'也爲重要產地。'道光'以後，'浙江''嘉定'、'黃岩'，'四川''江安'等地亦有出產。2 '中'藥名。可治風癇病。又稱竹膏。

【竹筏】 ㄓㄨˊ ㄈㄚˊ
用竹編組成的渡河工具。

15【竹編】 ㄓㄨˊ ㄅㄧㄢ
以竹篾爲材料的編織工藝。先將竹剖削成粗細勻淨的竹條，經切絲、刮紋、打光、劈細等過程而成竹篾，再利用竹篾編成籃、筐、盤、盒、屏風、門帘等各類日用品。

16【竹雕】 ㄓㄨˊ ㄉㄧㄠ
於竹料上雕刻的一種工藝。舉凡竹桿、竹筒、竹片、竹根等均可託興奏刀，因勢造形，或山水、或人物、或樓閣、或鳥獸。傳世者多，爲我國特具風格的工藝珍品。

18【竹簡】 ㄓㄨˊ ㄐㄧㄢˇ
古代用以寫字的竹片。

8【竹枝詞】 ㄓㄨˊ ㄓ ㄘˊ
樂府名。因詩中用「竹枝」爲和聲，故名。'唐代'詩人'劉禹錫'貶居'朗州'，據'巴''渝'民歌改作"竹枝"新詞九章，皆七言絕句形式。後人仿作甚多，也多用來歌詠土俗瑣事。

13【竹葉青】 ㄓㄨˊ ㄧㄝˋ ㄑㄧㄥ
1 酒名。高粱酒的一種。也作竹葉清。2 即青竹絲。參青竹絲。

8【竹林七賢】 ㄓㄨˊ ㄌㄧㄣˊ ㄑㄧ ㄒㄧㄢˊ
指'魏''晉'間'阮籍'、'嵇康'、'山濤'、'向秀'、'劉伶'、'阮咸'、'王戎'等七人。皆崇尚'老''莊'虛無之學，輕禮法，遯塵俗；常集於竹林之下，肆意酣飲。見"世說新語·任誕"。

10【竹書紀年】 ㄓㄨˊ ㄕㄨ ㄐㄧˋ ㄋㄧㄢˊ
'晉武帝''太康'二年(281)，'汲郡'人'不準'掘'魏襄王'墓所得，十四篇，記'夏'以來至'魏''安釐王'二十年間事。因以竹簡書成，故名。'宋'時已佚，近人'王國維'有"古本竹書紀年輯校"一卷、"今本竹書紀年疏證"二卷。

12【竹報平安】 ㄓㄨˊ ㄅㄠˋ ㄆㄧㄥˊ ㄢ
指報平安的家書。也取作春聯語。

25【竹籬茅舍】 ㄓㄨˊ ㄌㄧˊ ㄇㄠˊ ㄕㄜˋ
竹編的籬笆，茅草蓋的小屋。形容鄉居的清簡生活。

2

竺 ㄓㄨˊ chu² 音竹
1 竹。見"廣雅·釋草"。2 古國名。'天竺'的簡稱，在今'印度'。3 佛；佛家的。如：竺經。4 姓。古'印度'僧人來我國，以國名爲姓。'東漢'有'竺法蘭'。見"高僧傳·譯經傳·竺法蘭"。

8【竺法蘭】 ㄓㄨˊ ㄈㄚˇ ㄌㄢˊ
'東漢'高僧。'中天竺'人。'明帝''永平'年間，與'迦葉摩騰'同來我國，譯有"四十二章經"等佛典。後卒於'洛陽'。

笏 ㄌㄜˋ lê⁴ 音垃
1 竹根。見"玉篇"。2 竹名。堅硬而有刺，俗稱刺竹。見"正字通"。

3

竿 ㄍㄢ kan¹ 音干
1 竹幹。如：揭竿爲旗。2 量詞。竹一根爲一竿。

竽 ㄩˊ yü² 音于
古代吹奏樂器。'戰國'至'漢代'盛行於民間，至'宋代'失傳。根據"周禮"、"風俗通"等書記載，竽的形制與笙相似而較笙爲大，本有三十六管，後減至二十三管。'長沙''馬王堆'一號'漢'墓出土的古物中有竽的明器一件，高約七十八厘米，斗與嘴均木製，竹製管二十二根，分前後兩排，每排十一管，呈現雙弧形排列，插在橢圓形的竽斗上。

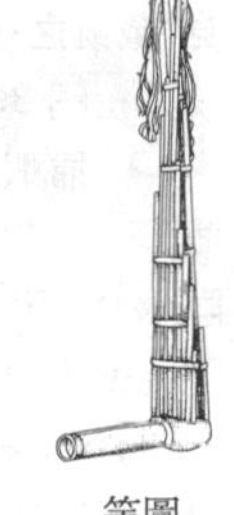
竽圖

笆 篦的或體。

4

笇 ㄙㄨㄢˋ suan⁴ 音算
1 竹製的器具。見"玉篇"。2 計算。通算。見"正字通"。

笐 一 ㄍㄤ kang¹ 音剛
1 竹子成列。見"說文"。2 一種絃樂器。見"集韻"。3 掛衣的架子。見"集韻"。
二 ㄏㄤˋ hang⁴ 音桁
指竹木搭蓋成屋狀的架子。用以懸置稻禾，避免發霉。見"農政全書·農器·圖譜二"。

笄 ㄐㄧ chi¹ 音雞
或作筓。1 簪。用以繫髮或固定弁冕。見"說文"。2 古代女子成年許嫁時所行的禮儀。見"正字通"。

笠 ㄏㄨˋ hu⁴ 音護
①絞繩的工具。見"說文"。②筍名。即苦筍。見"筍譜·二"。

笋 筍的或體。

笹 ㄉㄨㄣˋ tun⁴ 音盾
用竹篾圍成圓形,塗上泥土,以囤放米穀的穀倉。見"說文"。

笆 ㄅㄚ pa¹ 音巴
竹名。即棘竹。枝節有刺,因常用以編爲籬,故又名籬竹。見"戴凱之·竹譜"。

笓 ㊀ ㄆㄧˊ p'i² 音皮
捕蝦的竹器。即箄。見"廣韻"。
㊁ ㄅㄧˋ pi⁴ 音必
①梳髮用的器具。也作篦、枇。見"集韻"。②次序。見"集韻"。

笅 ㄒㄧㄠˊ hsiao² 音洨
也作筊。①小簫。長一尺二寸。見"爾雅·釋樂"。②竹索。見"集韻"。

笔 筆的或體。

笏 ㄏㄨˋ hu⁴ 音戶
①古代自天子至士所執的手板。用玉、象牙或竹片製成,按照身分,各有定制。見"禮記·玉藻"。②量詞。古時鑄金銀成爲笏形,一枚稱一笏。見"金華子雜編·下"。

笈 ㄐㄧˊ chi² 音及
一種可盛書物,供背負的方形竹器。見"集韻"。

笑 ㄒㄧㄠˋ hsiao⁴ 音效
①歡喜的表情或聲音。如:開懷大笑。②譏嘲。如:以五十步笑百步。

8【笑林】 ㄒㄧㄠˋ ㄌㄧㄣˊ
'東漢''邯鄲淳'撰。爲我國最早的笑話集。原書已佚,'清''馬國翰'有輯本。

9【笑柄】 ㄒㄧㄠˋ ㄅㄧㄥˇ
讓人取笑的材料。

10【笑納】 ㄒㄧㄠˋ ㄋㄚˋ
饋贈禮物時請人接受的謙詞。也作哂納。

15【笑談】 ㄒㄧㄠˋ ㄊㄢˊ
①談笑。②談笑的材料。

16【笑謔】 ㄒㄧㄠˋ ㄋㄩㄝˋ
嬉笑戲謔。

23【笑靨】 ㄒㄧㄠˋ ㄧㄝˋ
①笑時臉上出現的酒渦。②古代婦女點在臉頰上的裝飾物。

9【笑面虎】 ㄒㄧㄠˋ ㄇㄧㄢˋ ㄏㄨˇ
指外貌和善而內心狠毒的人。

3【笑口常開】 ㄒㄧㄠˋ ㄎㄡˇ ㄔㄤˊ ㄎㄞ
經常面帶笑容。

10【笑容可掬】 ㄒㄧㄠˋ ㄖㄨㄥˊ ㄎㄜˇ ㄐㄩˊ
笑容滿面的樣子。

11【笑逐顏開】 ㄒㄧㄠˋ ㄓㄨˊ ㄧㄢˊ ㄎㄞ
展顏歡笑。喜形於色的樣子。

12【笑裡藏刀】 ㄒㄧㄠˋ ㄌㄧˇ ㄘㄤˊ ㄉㄠ
指人外表和善可親,內心陰險狠毒。

17【笑臉攻勢】 ㄒㄧㄠˋ ㄌㄧㄢˇ ㄍㄨㄥ ㄕˋ
用和善親切的姿態軟化或拉攏對方。

笊 ㄓㄠˋ chao⁴ 音兆
參笊籬。

25【笊籬】 ㄓㄠˋ ˙ㄌㄧ
用成條竹片編成的杓形漉米器。

5

笵 ㄈㄢˋ fan⁴ 音范
法式;規模。同範。見"說文"。

笠 ㄌㄧˋ li⁴ 音立
用竹皮、竹葉編成以遮日避雨的帽子。如:蓑笠。

10【笠翁十種曲】 ㄌㄧˋ ㄨㄥ ㄕˊ ㄓㄨㄥˇ ㄑㄩˇ
'清''李漁'撰。即"風箏誤"、"愼鸞交"、"奈何天"、"憐香伴"、"比目魚"、"意中緣"、"玉搔頭"、"蜃中樓"、"巧團圓"、"凰求凰"等十種戲曲。

笴 ㄍㄜˇ ko³, kê³ 音葛
箭桿。見"集韻"。

笥 ㄙˋ szŭ⁴, ssŭ⁴ 音四
方形的竹器。可用以裝飯或衣物。見"說文"。

笸 ㄆㄛˇ p'o³ 音頗
參笸籮。

25【笸籮】 ㄆㄛˇ ˙ㄌㄨㄛ
用柳枝編成的盛器。可以盛米穀或其他物品。

第 ㄉㄧˋ ti⁴ 音弟
①次序。如:等第。②房舍;住宅。古代帝王賜給臣下房屋,有甲乙次第,所以房舍稱第。如:第宅。③科舉中式。如:屢試不第。④但;僅。也作弟。

1【第一手】 ㄉㄧˋ ㄧ ㄕㄡˇ
①排名第一;沒有敵手。②直接得到的;最原始的。

【第一波】 ㄉㄧˋ ㄧ ㄅㄛ
(the first wave) 指因農業革命而對社會、經濟、科技等方面所產生的影響。

【第一流】 ㄉㄧˋ ㄧ ㄌㄧㄡˊ
第一等;最上等。

【第一義】 ㄉㄧˋ ㄧ ㄧˋ
①佛家語。指最究竟、眞實的道理。一般是指解脫之佛陀才能體悟的眞理。②指最基本而重要的事理。

【第一遭】 ㄉㄧˋ ㄧ ㄗㄠ
第一次。

【第一線】 ㄉㄧˋ ㄧ ㄒㄧㄢˋ
①最前面的攻擊線或防禦線。②指最前列的工作崗位。

2【第二波】 ㄉㄧˋ ㄦˋ ㄅㄛ
(the second wave) 指因產業革命而興起之工業化對社會、經濟等多方面所產生的影響。

3【第三波】 ㄉㄧˋ ㄙㄢ ㄅㄛ
(the third wave)指近年來由於高科技如資訊、電子、太空、光電、生化、材料等方面的發展與卓越成就,對社會、經濟、文化、科技等各方面所產生的劇烈影響。'美國'

社會學家'杜夫勒'(A. Toffler)認爲這種影響已使今日社會進入超產業社會的第三波時代。

【第三者】 ㄉㄧˋ ㄙㄢ ㄓㄜˇ
當事人以外的人。

4【第六感】 ㄉㄧˋ ㄌㄧㄡˋ ㄍㄢˇ
身體的感覺器官(簡稱感官,以五官爲主)受到刺激,即會產生感覺,但人類有時似能不經感官而感知事物之屬性,此種超越身體感官之特殊感知能力,稱爲第六感。第六感可視爲靈感的一種,其中可能含有綜合判斷的成分。

1【第一夫人】 ㄉㄧˋ ㄧ ㄈㄨ ㄖㄣˊ
指國家元首或首相之夫人。

【第一角法】 ㄉㄧˋ ㄧ ㄐㄧㄠˇ ㄈㄚˇ
(first angle drawing; first angle method; first angle projection) 根據正投影原理,欲顯示物體在空間占有的位置和形象,將物體置於第一象限內(即將物體置於觀察者和投影面之間)的投影視圖畫法。又稱第一象限投影法。此法爲'歐'陸國家所採用,故又稱'歐'式投影法(European method)。如圖:a爲前視圖,b爲左側視圖,c爲俯視圖,d爲後視圖,e爲右側視圖,f爲仰視圖。

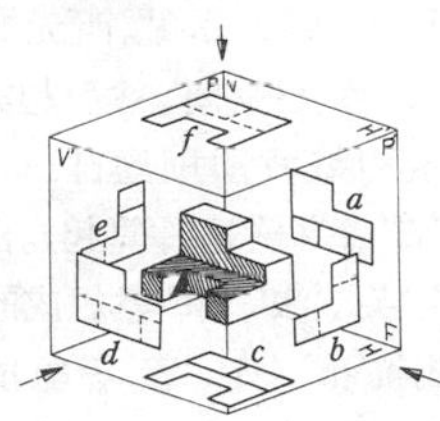

第一角法圖

【第一國際】 ㄉㄧˋ ㄧ ㄍㄨㄛˊ ㄐㄧˋ
(International Workingmen's Association; First International) 指西元1864年'英'、'法'工人在'英國''倫敦'所組織的'國際勞工協會'。採用'馬克斯'提出的組織規章及宣言。後因'馬克斯'派(共產主義派)與'巴枯寧'派(無政府主義派)意見不和,於1876年宣告解散。

【第一義諦】 ㄉㄧˋ ㄧ ㄧˋ ㄉㄧˋ
佛家語。即最根本無上的眞理。對俗諦而言。又名眞諦,或稱聖諦、勝義諦等。

2【第二性徵】 ㄉㄧˋ ㄦˋ ㄒㄧㄥˋ ㄓㄥ
(secondary sex characteristics) 個體發育到達青春期,開始出現可以區別成熟男性與成熟女性的生理特徵。男性的生理表現即聲音低沈、鬍鬚出現;女性則爲乳房發育、骨盤擴大及脂肪增加。

【第二負擔】 ㄉㄧˋ ㄦˋ ㄈㄨˋ ㄉㄢ
(secondary burden)當兩國的邊際進口傾向之和小於1時,讓與國進行金融移轉的結果,將導致其貿易條件惡化而加重其原先進行金融移轉的負擔,此一現象稱爲移轉的第二負擔。

【第二國際】 ㄉㄧˋ ㄦˋ ㄍㄨㄛˊ ㄐㄧˋ
(Second International)第一國際於西元1876年解散後,十九國勞工代表於1889年在'巴黎'參加國際社會主義者大會時,通過勞動法案所決定成立的國際性聯盟。總部設在'比利時''布魯塞爾'。1900年始成立中央組織'國際社會主義事務局'(the International Socialist Bureau)。在思想型態、政策及方法上,對二十世紀初期'歐洲'的勞工運動有很大的影響。1914年第一次'歐'戰爆發,各國社會黨基於愛國思想,均協助其本國政府對外戰爭,第二國際不但未能阻止戰爭,反而幾乎被消滅,至1920年7月'日內瓦'大會時,又再度復活,但因內部少數激烈派要求'俄'式革命而分裂,漸失去作用。

【第二準備】 ㄉㄧˋ ㄦˋ ㄓㄨㄣˇ ㄅㄟˋ
(secondary reserve)商業銀行所擁有的短期金融資產,如國庫券、短期政府公債或銀行承兌票據等,雖非合法準備之一部分,但因其在必要時能夠迅速變現,因此有商業銀行的第二準備之稱。

3【第三世界】 ㄉㄧˋ ㄙㄢ ㄕˋ ㄐㄧㄝˋ
(third world) 又稱第三勢力(third force)。自二次世界大戰後,即發生所謂東西冷戰,所有世界各國紛紛集中於'美國'與'蘇俄'所領導的集團下,其中不願加入兩大集團的,則以中立主義或不結盟主義相標榜,隱然結爲一集團,而從中投機取巧,或向兩方索求利益。此等標榜中立或不結盟國家,雖自身並無左右東西集團間爭執的實力,但在'聯合國'投票時,常具舉足輕重之票數,使東西兩方均不能不設法拉攏,因此所謂'亞''非'中立集團,遂在國際政治上產生極大力量,儼然以第三勢力自居,成爲所謂第三世界。

【第三角法】 ㄉㄧˋ ㄙㄢ ㄐㄧㄠˇ ㄈㄚˇ
(third angle drawing; third angle method; third angle projection) 根據正投影原理,欲顯示物體在空間占有的位置和形象,將物體置於第三象限內(即將投影面置於觀察者和物體之間)的投影視圖畫法。又稱第三象限投影法。此爲'美國'國家標準採用,故亦稱'美'制投影法(American method; American projection)。如圖:a爲仰視圖,b爲前視圖,c爲左側視圖,d爲俯視圖,e爲後視圖,f爲右側視圖。

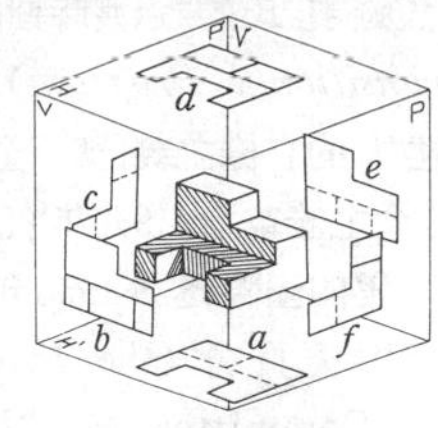

第三角法圖

【第三國際】 ㄉㄧˋ ㄙㄢ ㄍㄨㄛˊ ㄐㄧˋ
(Third International)西元1919年成立於'莫斯科'的國際性共黨組織。'列寧'領導'俄國共產黨'於

1917年十月革命奪權後,爲團結共黨組織,以暴力革命推行共產主義,而成立此一由‘俄’共操縱指揮的組織。二次大戰時,爲對‘英’‘美’表示友好,於1943年解散。

4【第五縱隊】ㄉㄧˋ ㄨˇ ㄗㄨㄥˋ ㄉㄨㄟˋ

(fifth column)間諜組織的一種。性質與特務隊及便衣隊相似。西元1936年‘西班牙’內戰期間,‘佛朗哥’(Francisco Franco Bahamonde)率四個縱隊進攻‘馬德里’,潛伏城內的便衣人員乘機在城內暴動,並開城響應‘佛朗哥’的軍隊。此後,凡隱藏在一國內的敵國間諜,稱爲第五縱隊。

5【第四國際】ㄉㄧˋ ㄙˋ ㄍㄨㄛˊ ㄐㄧˋ

(Fourth International) 由‘俄國’‘托洛斯基’派組成,以反對由‘史達林’控制之第三國際的國際性組織。西元1924年‘列寧’死後,‘托洛斯基’被‘史達林’等人擊垮,並放逐至‘土耳其’,當時即有人提出籌組第四國際,唯‘托’氏本人反對,且‘史達林’不斷派祕密警察暗殺‘托’派高階層分子。1938年擁護‘托’氏的人在‘法國’的‘佩利尼’(Périgny)召開成立第四國際大會,通過‘托’氏的“過渡時期綱領”(*Transitional Program*),譴責‘史達林’的官僚主義,號召全世界的社會主義革命。1940年‘托’氏被暗殺,第四國際遂於1953年分裂成‘國際委員會’(the International Committee,‘歐洲’‘托’派)與‘國際書記處’(International Secretariat,以‘拉丁美洲’爲主)。

【第四階級】ㄉㄧˋ ㄙˋ ㄐㄧㄝ ㄐㄧˊ

(the Fourth Estate) 對報業的一種尊稱。也稱第四權力。‘英國’帝制時期,有貴族、僧侶、平民三個階級,當時倡導新聞自由的‘英國’報業先驅認爲報業的功能與勢力不可被忽視,當列爲第四階級。此一觀念後爲世人普遍接受。

1【第一預備金】ㄉㄧˋ ㄧ ㄩˋ ㄅㄟˋ ㄐㄧㄣ

各機關因應特殊情況之需要,於其單位預算內設置之預備金。其數額相當於其歲出總額1%。我國“預算法”規定:各機關執行歲出分配預算遇經費有不足時,應報請上級主管機關核定,轉請中央主計機關備案,始得支用第一預備金,並由中央主計機關通知審計部及財政部。

2【第二預備金】ㄉㄧˋ ㄦˋ ㄩˋ ㄅㄟˋ ㄐㄧㄣ

第二預備金設於總預算,用以因應各機關特殊情況之需要。我國“預算法”規定:各機關有下列情形之一,得經行政院核准動支第二預備金及其歸屬科目金額之調整,事後由行政院編具動支數額表,送請立法院審議:一、原列計畫費用因事實需要奉准修訂致原列經費不敷時;二、原列計畫費用因增加業務量致增加經費時;三、因應政事臨時需要必須增加計畫及經費時。

3【第三人清償】ㄉㄧˋ ㄙㄢ ㄖㄣˊ ㄑㄧㄥ ㄔㄤˊ

由債務人以外之第三人清償債務人債務之謂。債之清償原則上得由第三人爲之,但當事人另有訂定或依債之性質不得由第三人清償者(如一身專屬權),不在此限。第三人清償,該第三人須認識非爲自己之債務,否則,如果第三人係誤認他人債務爲自己之債務,則爲非債清償,得依不當得利請求返還。第三人清償,債務人有異議時,債權人得拒絕清償,但第三人就債之履行有利害關係者(例如保證人、物上保證人、後順序之擔保物權人等),債權人不得拒絕。債權人無故拒絕第三人之清償,致生遲延者,債權人自己承擔之。有利害關係之第三人爲清償者,於無害於債權人利益之範圍內,得按其限度就債權人之權利,以自己名義代位行使。

1【第一次世界大戰】ㄉㄧˋ ㄧ ㄘˋ ㄕˋ ㄐㄧㄝˋ ㄉㄚˋ ㄓㄢˋ

(World War Ⅰ)又稱‘歐’戰。十九世紀以來,‘歐洲’民族主義及帝國主義過度高漲,使‘歐洲’處於一連串的國際糾紛中,各國爲求自保,紛紛結盟友邦以壯大聲勢。西元1914年‘奧匈帝國’王儲‘斐迪南’(Francis Ferdinand)夫婦於‘塞爾維亞’被刺身亡,引起‘奧’‘塞’戰爭,而爆發第一次世界大戰。由‘德’、‘奧’、‘土’所組合的同盟國,對抗‘英’、‘俄’、‘法’、‘義’所組合的協約國(後‘俄國’退出)。初同盟國占上風,後因‘德’以潛艇政策破壞中立國的船舶,‘美國’、‘南美’各國、‘希臘’與我國等遂先後對‘德’宣戰。1919年‘德’軍投降,各國在‘巴黎’召開和會,戰事始告結束。

2【第二次世界大戰】ㄉㄧˋ ㄦˋ ㄘˋ ㄕˋ ㄐㄧㄝˋ ㄉㄚˋ ㄓㄢˋ

(World War Ⅱ)一次大戰以來各國仍醉心於國土的擴充,使得國際局勢又陷入紊亂。西元1939年‘德國’進攻‘波蘭’,遂引起第二次世界大戰(我國則應自1937年7月7日‘盧溝橋’事件算起)。由‘中’、‘美’、‘英’、‘法’、‘俄’等組成的同盟國對抗‘德’、‘日’、‘義’等組成的軸心國,戰場範圍包括‘歐’、‘亞’、‘非’,方式爲海陸空的立體戰。初軸心國占優勢,1942年底同盟國開始反攻,‘義’、‘德’相繼投降;1945年‘美’軍於‘日本’‘廣島’、‘長崎’二地投下原子彈,迫使‘日本’無條件投降,戰事始告結束。

3【第三人利益契約】ㄉㄧˋ ㄙㄢ ㄖㄣˊ ㄌㄧˋ ㄧˋ ㄑㄧˋ ㄩㄝ

由債權人與債務人約定,由債務人向第三人爲給付之契約。在第三人利益契約,第三人對於債務人有直接請求權,但仍須經第三人爲受益之意思表示,否則當事人得變更其契約或撤銷之("民法"第二百六十九條第二項)。此項受益之意思表示,係屬純獲法律上利益之行爲,縱第三人爲限制行爲能力人,亦得單獨爲之。在第三人利益契約,債務人所以願向第三人爲給付,係因債權人與債務人具有「補償關係」存在,而債權人所以約定由債務人向第三人給付,乃因債權人與第三人有「對價關係」。補償關係與對價關係有一無效或不成立,甚至兩者均無效或不成立時,即生三面關係不當得利之問題。

【第三人異議之訴】ㄉㄧˋ ㄙㄢ ㄖㄣˊ ㄧˋ ㄧˋ ㄓ ㄙㄨˋ
第三人要求排除對於特定標的物之強制執行爲目的的強制執行救濟方法。第三人異議之訴以執行名義效力所不及之第三人爲原告,以有執行名義之債權人或其繼受人爲被告,如債務人亦否認第三人之權利,並得以債務人爲被告。第三人提起異議之訴必須就執行標的物有足以排除強制執行之權利,如所有權、質權、留置權,以及對不動產之出產物之收取權等。第三人異議之訴必須於強制執行程序終結前,向執行處所屬法院之民事庭提起;若因強制執行程序已終結,而無法提起異議之訴,或第三人異議之訴確定判決前,強制執行程序已終結者,如執行標的物爲第三人所有,可對買受人提起所有物返還之訴,另取得執行名義,回復執行前之原狀。買受人若因之受有損害,得請求債權人負賠償之責。

笰 ㄈㄨˊ *fu*² 音扶
古代車廂後門的遮蔽物。見"爾雅·釋器"。

笢 ㄇㄧㄣˇ *min*³ 音泯
1 竹的表皮。見"說文"。2 古時用以順理頭髮的刷子。見"正字通"。

笶 ㄑㄩ *ch'ü*¹ 音區
1 盛飯的器具。同凵。見"廣韻"。2 山谷中遮攔野獸的器具。見"字彙"。

笻 筇的訛字。

笳 ㄐㄧㄚ *chia*¹ 音加
古代'西域'的一種吹奏樂器。初由蘆葉捲成,後以竹製作。

笤 ㄊㄧㄠˊ *t'iao*² 音條
參笤帚。

8【笤帚】ㄊㄧㄠˊ ˙ㄓㄡ
用細竹枝捆紮成的掃地用具。也作笤箒。

笨 ㄅㄣˋ *pên*⁴ 音坌
不靈巧;不聰明。

4【笨手笨腳】ㄅㄣˋ ㄕㄡˇ ㄅㄣˋ ㄐㄧㄠˇ
笨拙;不靈活。

11【笨鳥先飛】ㄅㄣˋ ㄋㄧㄠˇ ㄒㄧㄢ ㄈㄟ
比喻才智不如人,凡事比別人先動手去做。

16【笨頭笨腦】ㄅㄣˋ ㄊㄡˊ ㄅㄣˋ ㄋㄠˇ
形容愚笨的樣子。

笪 ㄉㄚˊ *ta*² 音達
1 粗竹席。用以覆舟船或房屋。見"集韻"。2 拉船用的竹索。見"齊東野語·二〇"。3 簷;邊緣。4 鞭打。5 姓。'宋'有'笪深'。見"通志·氏族略五"。

笛 ㄉㄧˊ *ti*² 音迪
吹奏樂器。俗稱笛子、橫笛。也作篴。竹製,橫吹,上開吹孔和膜孔各一、按音孔六,尾部常有二至四個出音孔,音域達兩個半八度。有梆笛和曲笛兩種:伴奏北方梆子戲曲的稱梆笛,音色高亢、清脆;伴奏'崑'曲的叫曲笛,音色較圓潤。梆笛短於曲笛,比曲笛高四度音。

笛圖

5【笛卡兒】ㄉㄧˊ ㄎㄚˇ ㄦˊ
(René Descartes, 1596～1650)'法國'哲學家及數學家。幼習哲學及物理學,反省研究學問的方法,提倡方法上的懷疑,被稱爲近代哲學之父。治學重理性,使用演繹法,爲理性主義之先鋒,最爲人稱道的口號爲「我思故我在」。'笛'氏主張心物二元論,開心靈哲學研究之先河。又首創數學坐標('笛卡兒'坐標),發明解析幾何,開數學史的新紀元。主要著作有"方法論"(*Discourse on Method*)、"沈思錄"(*Meditations Concerning Primary Philosophy*)及"哲學原理"(*Principles of Philosophy*)等。

笛卡兒像

15【笛摩根律】ㄉㄧˊ ㄇㄛˊ ㄍㄣ ㄌㄩˋ
(De Morgan's law)以「′」表補集符號,如 A' 即 A 的補集,則'笛摩根'律即 $(A\cup B)'=A'\cap B'$, $(A\cap B)'=A'\cup B'$。由集合和邏輯的關係得 $\sim(A\vee B)=\sim A\wedge\sim B$, $\sim(A\wedge B)=\sim A\vee\sim B$,也稱'笛摩根'律。

笘 ㄕㄢ *shan*¹ 音山
1 竹鞭子。見"說文"。2 寫字用的大竹板。見"正字通"。

笝 ㄋㄚˋ *na*⁴ 音納
繫船的竹纜。見"廣韻"。

笯 ㄋㄨˊ *nu*² 音奴
鳥籠。見"說文"。

笲 ㄈㄢˊ *fan*² 音煩
盛物的竹器。見"廣韻"。

笞 ㄔ *ch'ih*¹ 音吃
用鞭、杖、竹板抽打。

笙 ㄕㄥ *shêng*¹ 音生
1 吹奏樂器。"詩經"中經常提及,足見起源甚早。目前發現年代最早的實物乃出土於'曾侯乙'墓,竹管十四根,竹製簧片,笙管分兩排插在匏(葫蘆)製的笙斗上。今之笙,形制大異其趣,笙管竹製,排成馬蹄形,裝在銅製圓形笙斗上,演奏時多吹奏三或四個音組成的和音,並有管十七、二十一、三十六等多種改良笙。2竹席。見"方言·五"。

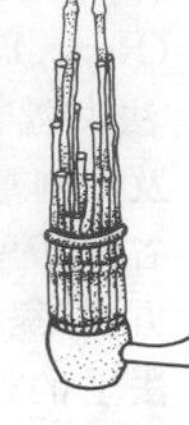
笙圖

14【笙歌】 ㄕㄥ ㄍㄜ
合笙而歌唱。後泛指歌樂聲。

笮 一 ㄗㄜˊ tsê² 音則
1屋上版。用竹或葦編成,鋪在屋椽上以安放瓦片。見"六書故"。2盛箭的竹器。見"字彙"。3壓榨;壓擠。見"字彙"。
二 ㄓㄚˋ cha⁴ 音乍
1同一3。2酒器。見"廣韻"。

笱 ㄍㄡˇ kou³ 音苟
捕魚的竹器。口有倒插逆向的竹片,魚一入內不能復出。見"說文"。

符 ㄈㄨˊ fu² 音扶
1古時朝廷用來傳達命令或調兵遣將的憑證。以竹或金、玉、銅、木等製成,上刻寫文字,剖爲兩半,各執其一,以相合爲徵信。如:符節。2祥瑞的徵兆。如:祥符。3道士用以避邪趕鬼的文字或符號。4泛指記號。如:音符。5相合;吻合。如:名實相符。

6【符合】 ㄈㄨˊ ㄏㄜˊ
1符節的兩半相契合。2事理相合無誤。

8【符法】 ㄈㄨˊ ㄈㄚˇ
道教所行的符命之法。符法極爲複雜繁多,傳授均矜爲祕傳,以口傳心授者多。

【符咒】 ㄈㄨˊ ㄓㄡˋ
道士用以驅役鬼神的符籙和咒語。

【符命】 ㄈㄨˊ ㄇㄧㄥˋ
1人君接受天命的憑證。指天賜的祥瑞。2文體名。多用以敘述瑞應、歌頌天子的盛德。

13【符節】 ㄈㄨˊ ㄐㄧㄝˊ
古代用作憑證官方的信物。

15【符碼】 ㄈㄨˊ ㄇㄚˇ
(code)音訊中語言傳播的中介工具。傳播者須將其音訊製成符碼發出,受播者得按收到之符碼轉回音訊,方能了解其意義。

17【符應】 ㄈㄨˊ ㄧㄥˋ
天降的祥瑞和人事相應。也稱瑞應。

19【符璽】 ㄈㄨˊ ㄒㄧˇ
帝王的印信。

22【符籙】 ㄈㄨˊ ㄌㄨˋ
道教語。又稱符字、墨籙、丹書。爲一種筆畫屈曲、似字非字的圖形。道教用之以遣神役鬼、鎮魔壓邪,正一派傳襲此術。此外帝王即位,也有親受符籙,取受天命、祈求護國之意。

23【符驗】 ㄈㄨˊ ㄧㄢˋ
符合應驗。

24【符讖】 ㄈㄨˊ ㄔㄣˋ
符命和讖緯。

22【符籙派】 ㄈㄨˊ ㄌㄨˋ ㄆㄞˋ
道教中以符咒驅鬼治病爲主之各派的通稱。'東漢'時的太平道、五斗米道及以後的正一道等均屬之。從古代巫術演化而來,多宣揚鬼神、畫符念咒、驅鬼降妖、祈福禳災,在民間傳布,深具影響力。

13【符號位址】 ㄈㄨˊ ㄏㄠˋ ㄨㄟˋ ㄓˇ
(symbolic address)電腦程式中,使用符號表示指令或資料之位址,以便利程式之編寫與修改。

【符號完形論】 ㄈㄨˊ ㄏㄠˋ ㄨㄢˊ ㄒㄧㄥˊ ㄌㄨㄣˋ
(sign-gestalt theory)學習理論之一。指個人的學習是有目的的,且逐步進行的,在全程中可以分爲幾個符號,學習者之所以能辨別這些符號與達成目的,要靠其知覺的與認知的能力。

【符號檢定法】 ㄈㄨˊ ㄏㄠˋ ㄐㄧㄢˇ ㄉㄧㄥˋ ㄈㄚˇ
(sign test)例如要檢定喝定量酒後駕駛者反應時間的變化,可任取幾人試驗:時間變快的,記做+;變慢的,記做-;沒變化的記做0,把0丟棄不管。於是歸零假說是:「正負號機率各半」,對立的是「負號較多」;符號分布應爲二項分布,可以就此進行檢定。在此例若有32個負、18個正、10個零,則以$z=(32-0.5-\frac{50}{2})/\sqrt{\frac{50}{2}}=1.84>1.65$(單尾常態分布的上方第500分點),可知應放棄歸零假說。

【符傳程式語言】 ㄈㄨˊ ㄔㄨㄢˊ ㄔㄥˊ ㄕˋ ㄩˇ ㄧㄢˊ
(formula translator; FORTRAN) 電腦程式語言的一種。爲早期開發成功並廣受應用的高階程式語言。經由'美國''國家標準協會'予以標準化,使具有明確而良好之定義,減少因電腦系統不同而產生之差異。其主要用途爲處理數值計算方面之問題,程式編寫之方式類似於代數中之運算表示方法。

笫 ㄗˇ tzŭ³ 音子
竹編的床席、床版。

笭 ㄌㄧㄥˊ ling² 音玲
1古代圍於車子前後左右的竹製遮蔽物。即車闌。見"說文"。2竹籠。見"廣雅·釋器"。3船中放置器物的竹板。

14【笭箐】 ㄌㄧㄥˊ ㄐㄧㄥ
小籠。

6

筊 ㄐㄧㄠˇ chiao³ 音絞
1竹纜;竹索。見"說文"。2樂器名。即小簫。見"爾雅·釋樂"。3寺廟裡用以卜吉凶的用具。通珓。如:擲筊。

筐 ㄎㄨㄤ k'uang¹ 音匡
竹編的方形盛物器。見"正字通"。

16【筐篚】 ㄎㄨㄤ ㄈㄟˇ

1盛物的竹器。方的叫筐,圓的叫篚。2指盛在筐篚中的禮物。

筆 ㄅㄧˇ pi³ 音比

1寫字、繪畫的用具。見"說文"。2書寫;記載。如:筆之於書。3指直言敘述的文辭。與文相對。偶語韻體爲文,直言散行爲筆。4量詞。項;宗。如:一筆貨款。

9【筆致】ㄅㄧˇ ㄓˋ
書畫或文章所表現的意態和情致。

【筆削】ㄅㄧˇ ㄒㄧㄠ
1記載或刪除。2指"春秋"。3指修改文字。古代書寫於簡札上,有錯即以刀削去,再用筆改正。

10【筆陣】ㄅㄧˇ ㄓㄣˋ
筆力如軍陣。形容文筆雄健。

【筆耕】ㄅㄧˇ ㄍㄥ
用筆墨代替耕種。比喻靠寫字或爲文謀生。

12【筆順】ㄅㄧˇ ㄕㄨㄣˋ
寫字時筆畫先後的順序。我國文字的筆順,以先上後下、先左後右、先外後內爲原則。

13【筆試】ㄅㄧˇ ㄕˋ
考試方式之一。指以書面作成試題,由應考人以書面回答之考試。

15【筆鋒】ㄅㄧˇ ㄈㄥ
1筆毫的尖端。2詩文或書法所表現的氣勢。

16【筆戰】ㄅㄧˇ ㄓㄢˋ
1拿著筆而手發抖。2在報章雜誌上互相辯論。

20【筆觸】ㄅㄧˇ ㄔㄨˋ
1藝術術語。指運筆方法所傳達出的畫家之心境、藝術觀等特質。2文學批評術語。指作家運用文字及抒寫感情的種種特質。

8【筆底生花】ㄅㄧˇ ㄉㄧˇ ㄕㄥ ㄏㄨㄚ
形容文章美妙。

10【筆記小說】ㄅㄧˇ ㄐㄧˋ ㄒㄧㄠˇ ㄕㄨㄛ
隨筆記錄、不拘體例的著作。

12【筆酣墨飽】ㄅㄧˇ ㄏㄢ ㄇㄛˋ ㄅㄠˇ
比喻寫字或繪畫的興致正濃。

13【筆跡鑑定】ㄅㄧˇ ㄐㄧ ㄐㄧㄢˋ ㄉㄧㄥˋ
用科學方法鑑別筆跡以確定其書寫者。

等 ㄉㄥˇ têng³

1臺階的級。如:土階三等。2品級;次第。如:優等。3同;齊。如:平等。4輩;類。如:我等。5待;候。如:等車。

10【等差】ㄉㄥˇ ㄔㄚ
等級;次序。

12【等閒】ㄉㄥˇ ㄒㄧㄢˊ
1隨便;不留神。2普通;尋常。3平白;無故。

19【等韻】ㄉㄥˇ ㄩㄣˋ
改進反切之缺失而進一步說明'漢'語音韻的方法。主要表現爲韻圖,即將韻書的聲母、韻母、聲調作有系統的整理,然後橫列字母,縱分四聲與四等,列成縱橫交錯的圖表,把韻書裡的每一音節分別填入,則每一字音都可按其聲母、韻母與聲調在此圖中求得。

20【等覺】ㄉㄥˇ ㄐㄩㄝˊ
1佛的異稱。等是平等,覺是覺悟;因諸佛的覺悟是平等一樣的,故稱。2菩薩將要成佛(妙覺)前的階位。即等覺菩薩。等,等似。

7【等位面】ㄉㄥˇ ㄨㄟˋ ㄇㄧㄢˋ
(equipotential surface) 電場中具有相同電位的各點所組成的曲面。

【等位線】ㄉㄥˇ ㄨㄟˋ ㄒㄧㄢˋ
(equipotential line)在空間之一條假想的曲線。其上各點的電位均相等。

11【等深線】ㄉㄥˇ ㄕㄣ ㄒㄧㄢˋ
(isobath) 地表水體中,相同深度各點聯成的曲線。等深線所用的單位爲公尺或呎。

13【等溫線】ㄉㄥˇ ㄨㄣ ㄒㄧㄢˋ
(isotherm)將地表各地同一時間的氣溫,經過海平面高度訂正後,相同氣溫各點連結而成的線。一般有一月等溫線圖和七月等溫線圖,分別表示地表冬季和夏季氣溫的水平分布狀況。等溫線所用的單位爲°C或°F。

17【等壓線】ㄉㄥˇ ㄧㄚ ㄒㄧㄢˋ
(isobar) 地表同一時間內氣壓相同各點的聯線。一般天氣圖上都繪有等壓線,其分布之疏密可以顯示氣壓水平變化的大小。等壓線圖可以表示高低氣壓的分布情況,是預測天氣變化的重要依據。等壓線所用的壓力單位通常爲毫巴(mb)。

4【等比級數】ㄉㄥˇ ㄅㄧˇ ㄐㄧˊ ㄕㄨˋ
(geometric progression; GP) 又稱幾何級數。指相鄰兩數間的比值均相等的級數。例如:{1, 3, 9, 27, 81}即爲一等比級數。若首項爲a,公比爲r,則第n項爲$l=ar^{n-1}$,此n項和爲$S=(rl-a)/(r-1)$。此處 progression 係舊稱,級數一詞也與現今一般用法不同,應以數列代替才恰當。

【等水溫層】ㄉㄥˇ ㄕㄨㄟˇ ㄨㄣ ㄘㄥˊ
大洋中某海域水溫的變化,不論海水深淺,恆保持一定關係者。

6【等成本線】ㄉㄥˇ ㄔㄥˊ ㄅㄣˇ ㄒㄧㄢˋ
(iso-cost line) 廠商以一定的成本預算,在一定的生產要素價格下,全部用以購買兩種生產要素,所能購買到的兩種生產要素之一切組合的軌跡。圖中C_0、C_1、C_2是在生產要素價格不變下,不同的貨幣支出所形成的等成本線。

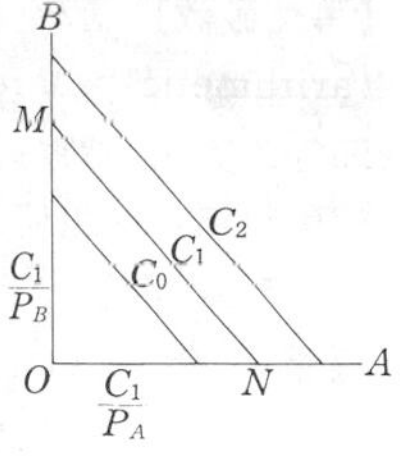

等成本線圖

8【等雨量線】ㄉㄥˇ ㄩˇ ㄌㄧㄤˋ ㄒㄧㄢˋ
(isohyet) 簡稱等雨線。同時期雨量相等各點連結而成的線。由等雨量線圖,對各地雨量之分布,可收一目了然的效果。例如:由全球等雨量線圖,可以了解全球各地年雨量;由'臺灣'等雨量線圖,可以了解'臺灣'各地的雨量分布。

10【等高耕作】ㄉㄥˇ ㄍㄠ ㄍㄥ ㄗㄨㄛˋ 水土保持的重要基本方法。即在耕地上橫跨著坡向，於同一高度的水平行列上實施耕犁、築畦和栽培。主要在使雨水滲透土壤以利作物，並對逕流量及流速產生抑制作用。

【等高線圖】ㄉㄥˇ ㄍㄠ ㄒㄧㄢˋ ㄊㄨˊ (contour map)地面上高度相同各點連結而成的閉合曲線，稱爲等高線(contour line)。由等高線所組成的地圖，稱爲等高線圖或等高線地形圖。該圖不僅能充分顯現地面上的起伏形勢，且可使地形特徵量化，由圖讀出高低、凹凸、傾斜等地形特徵的數值。此外，亦可轉換爲橫斷面圖或縱剖面圖，以利工程、軍事等的設施。

【等效電路】ㄉㄥˇ ㄒㄧㄠˋ ㄉㄧㄢˋ ㄌㄨˋ (equivalent circuit) 某一電路其組成雖然與另一電路不同，但所得到的工作特性(如輸入、輸出訊號間的關係)完全相同，則此兩電路互爲等效。

【等差級數】ㄉㄥˇ ㄔㄚ ㄐㄧˊ ㄕㄨˋ (arithmetic progression; AP) 即等差數列。指數列中的任意相鄰兩數相差均相同者。例如：{1, 3, 5, 7, 9} 即爲一等差數列。若首項爲a，公差爲d，則第n項爲$a+(n-1)d=l$，此n項和爲$S=(a+l)n/2=(2a+nd-d)n/2$。

12【等量齊觀】ㄉㄥˇ ㄌㄧㄤˋ ㄑㄧˊ ㄍㄨㄢ 同等看待。

【等閒之輩】ㄉㄥˇ ㄒㄧㄢˊ ㄓ ㄅㄟˋ 平凡的人物。

13【等溫過程】ㄉㄥˇ ㄨㄣ ㄍㄨㄛˋ ㄔㄥˊ (isothermal process) 在溫度保持一定的條件下，所進行的反應過程。要使某物體產生等溫變化，須使該物體與熱容量大而溫度一定之另一物體接觸，且使該變化成爲近似穩態。

14【等磁差線】ㄉㄥˇ ㄘˊ ㄔㄚ ㄒㄧㄢˋ (isogonic lines)所有航空、航海圖均在不同之地理位置註明磁差大小，且用線將磁差相同之處連接起來，即爲等磁差線。若將所有零磁差地點(即眞北與磁北同在一條線上之點)連接起來之線，稱爲零磁差線(agonic line)。

15【等熵過程】ㄉㄥˇ ㄕㄤ ㄍㄨㄛˋ ㄔㄥˊ (constant entropy process; isentropic process) 當系統於進行過程時，系統之熵值保持不變，則該過程稱爲等熵過程。由於等熵變化必定爲可逆絕熱變化，故又稱可逆絕熱過程。

【等價命題】ㄉㄥˇ ㄐㄧㄚˋ ㄇㄧㄥˋ ㄊㄧˊ (equivalent statement)又稱等價的敘述、等價的定理。如果表示兩命題的邏輯形式是等價的，則邏輯上兩命題爲等價。例如「若n爲偶數，則$3n$亦爲偶數」和「若$3n$不爲偶數，則n亦不爲偶數」爲邏輯等價。因爲就邏輯形式而言，前者爲「若p，則q」，而後者爲「若非q，則非p」。在數學上，如果兩定理可以互推，則亦稱爲等價。例如在微分學中，'洛爾'定理和平均值定理是等價的。

24【等鹽度層】ㄉㄥˇ ㄧㄢˊ ㄉㄨˋ ㄘㄥˊ 海水鹽度從表面至下層間不起變化者。

10【等候線理論】ㄉㄥˇ ㄏㄡˋ ㄒㄧㄢˋ ㄌㄧˇ ㄌㄨㄣˋ (waiting line theory)也稱排隊理論。作業研究的一項分析工具。乃應用數學方法，求得某項設施(或人員)的服務時間，以及投資於增設此項服務設施的平衡點。

11【等產量曲線】ㄉㄥˇ ㄔㄢˇ ㄌㄧㄤˋ ㄑㄩ ㄒㄧㄢˋ (iso-quant curve) 在投入空間裡，以兩種生產要素聯合生產一定量之產出，此兩種生產要素可作不同的組合，而此不同組合的軌跡即是等產量曲線。如圖中IQ曲線爲在資本與勞動兩種生產要素下所作不同組合的軌跡。

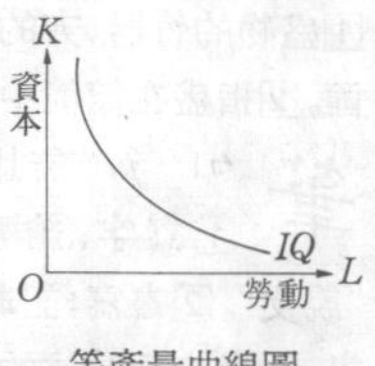

等產量曲線圖

【等速度運動】ㄉㄥˇ ㄙㄨˋ ㄉㄨˋ ㄩㄣˋ ㄉㄨㄥˋ (motion with constant velocity) 物體在運動中，如其速度的大小和方向恆保持不變，則其運動屬等速度運動。等速度運動一定是一種直線運動，但等速率運動則不一定。

【等速率運動】ㄉㄥˇ ㄙㄨˋ ㄌㄩˋ ㄩㄣˋ ㄉㄨㄥˋ (motion with constant speed) 物體在運動過程中，如其快慢恆保持一定(爲一常數)，則其運動屬等速率運動。如物體運動的方向亦保持一定，則爲等速度運動，故等速度運動一定是等速率運動，但等速率運動不一定是等速度運動。

12【等軸雙曲線】ㄉㄥˇ ㄓㄡˊ ㄕㄨㄤ ㄑㄩ ㄒㄧㄢˋ (rectangular hyperbola)貫軸和共軛軸相等的雙曲線。其標準式爲$x^2-y^2=a^2$，其漸近線成直角相交。旋轉45°，則得$xy=$常數，漸近線變成坐標軸。

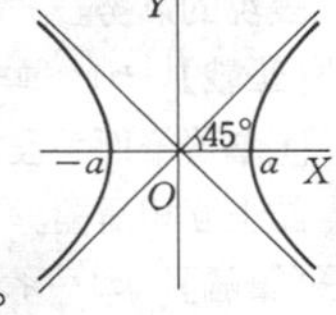

等軸雙曲線圖

5【等加速度運動】ㄉㄥˇ ㄐㄧㄚ ㄙㄨˋ ㄉㄨˋ ㄩㄣˋ ㄉㄨㄥˋ (motion with uniform acceleration) 物體運動時，若加速度爲一定值，即加速度的大小和方向皆不變，可使物體在等時間內產生相等的速度變率者，即爲等加速度運動。在等加速度運動中，加速度的方向雖然不變，但物體的運動並不一定做直線運動,如地球的重力加速度$g=9.8m/sec^2$,方向向地心,但斜拋射物體時,物體的運動軌跡爲一拋物線。

11【等產量曲線圖】ㄉㄥˇ ㄔㄢˇ ㄌㄧㄤˋ ㄑㄩ ㄒㄧㄢˋ ㄊㄨˊ

(iso-quant map)在投入空間裡,許多形狀相同的等產量曲線所構成的圖形。圖中愈高的等產量曲線表示生產的財貨數量愈多。

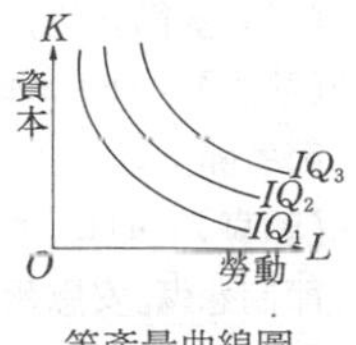

等產量曲線圖

【等速圓周運動】ㄉㄥˇ ㄙㄨˋ ㄩㄢˊ ㄓㄡ ㄩㄣˋ ㄉㄨㄥˋ

(uniform circular motion)物體運動的路徑如爲一圓周時,此種平面曲線運動稱爲圓周運動。如果物體在圓周上各點的瞬間速率皆相等,則爲等速(率)圓周運動。等速圓周運動非等速度運動,因爲它必須有向心加速度,以維持其做圓周運動。

策 ㄘㄜˋ *ts'ê*^{4} 音冊 ①馬鞭。見"說文"。②鞭打;鞭擊。如:策馬。③手杖。④扶持。如:策杖。⑤簡冊。如:史策。⑥古代任官封爵的文書。如:策命。⑦古代議論政事、經義的一種文體。如:射策。⑧古代用以計數的小籤。如:籌策。⑨占卜用的蓍草。⑩謀略。如:獻策。⑪書法筆法之一。指仰橫,其形狀爲斜畫向上。⑫姓。'明'有'策敏'。見"萬姓統譜·一二二"。

3【策士】ㄘㄜˋ ㄕˋ

①善於謀略的人。②考政論、經義以選拔士人。

10【策馬】ㄘㄜˋ ㄇㄚˇ

鞭馬使前行。

11【策問】ㄘㄜˋ ㄨㄣˋ

古代科擧考試的一種。以經義、政事設問,寫在簡策上,使士子逐條對答。

【策略】ㄘㄜˋ ㄌㄩㄝˋ

計畫;謀略。

15【策論】ㄘㄜˋ ㄌㄨㄣˋ

科擧時代考試項目之一。策,按問題逐條對答;論,議論時事。後來成爲一種文類的名稱。

17【策勵】ㄘㄜˋ ㄌㄧˋ

督責勉勵。

11【策略目標】ㄘㄜˋ ㄌㄩㄝˋ ㄇㄨˋ ㄅㄧㄠ

(strategic objectives)即企業策略的基本目標。一般指生存、利潤與市場三項基本目標。

【策略計畫】ㄘㄜˋ ㄌㄩㄝˋ ㄐㄧˋ ㄏㄨㄚˋ

(strategic planning)又稱高階策畫(top management planning)或主宰計畫(master planning)。爲企業機構長期發展目標、政策及方略的計畫的簡稱。係一個企業機構決定其主要經營目標及方法的一套用腦思考程序。策略計畫的良否,往往決定企業機構的成敗。

⿱竹老 栳的或體。

⿱竹考 ㄎㄠˇ *k'ao*^{3} 音考 也作栲。參栲栳。

筇 ㄑㄩㄥˊ *ch'üng*^{2} 音瓊 竹名。可製手杖。見"廣韻"。

筘 ㄎㄡˋ *k'ou*^{4} 音扣 織布機的一附件。用竹片編排成梳齒形狀,藉以控制紡織物的緊密度。見"字彙補"。

筑 ㄓㄨˊ *chu*^{2} 音竹 ①古擊弦樂器。形制歷來記載不同,大致外形像箏,有五弦、十二弦、十三弦或二十一弦不等,用竹尺擊弦發音。'長沙''馬王堆'三號'漢'墓出土一件筑的明器,長約一尺,形似四稜長棒,頭部有一圓柱,頭尾兩端各有五個小竹釘,一字形排列,原來或張弦五根,此器今已失傳。②'貴州省''貴陽市'的簡稱。

4【筑水】ㄓㄨˊ ㄕㄨㄟˇ

又名'彭水'。源出今'湖北省''房縣'西南,東北流,至'保康縣'會'粉青河',又東北流,名'南河',至'穀城縣'東南注入'漢水'。

筒 ㄊㄨㄥˊ *t'ung*^{2} 音同 又讀 ㄊㄨㄥˇ *t'ung*^{3} 音統 ①竹管。見'慧琳'"一切經音義"。②泛指圓管狀的東西。如:筆筒。

筁 ⿱艹曲的或體。

筄 ㄧㄠˋ *yao*^{4} 音要 鋪在屋椽上,以安放瓦片的竹簾。見"爾雅·釋宮"。

筋 ㄐㄧㄣ *chin*^{1} 音斤 ①(muscle)肌肉中的韌帶。由肌纖維所構成,主要成分爲肌動蛋白及肌蛋白;功能在於利用收縮作用使個體形態改變,並產生運動。古人稱爲肉中的脈理。②指堅韌、具彈性的東西。如:橡皮筋。③靜脈管的俗稱。如:青筋暴起。

2【筋力】ㄐㄧㄣ ㄌㄧˋ

體力。

4【筋斗】ㄐㄧㄣ ㄉㄡˇ

雜技的一種。以頭抵地,將身體上下顚倒後再翻轉過來的動作。

10【筋骨】ㄐㄧㄣ ㄍㄨˇ

筋肉和骨骸。

12【筋絡】ㄐㄧㄣ ㄌㄨㄛˋ

和骨節相連接的筋肉。

16【筋骸】ㄐㄧㄣ ㄏㄞˊ

骸骨。

筅 ㄒㄧㄢˇ *hsien*^{3} 音顯 洗鍋盤用的竹器。也作箲。見"廣韻"。

筈 ㄍㄨㄚ *kua*^{1} 音括 箭的末端。射時搭在弓弦上。通作括。見"集韻"。

筍 ㄙㄨㄣˇ *sun*^{3} 音損 ①竹子的地下莖所長出的嫩芽。可以食用。②竹的青皮。通筠。③古代懸掛鐘磬等樂器的橫架。通榍、簨。[4]爲接合木器而特製的凸起部分。通榫。

筏 ㄈㄚˊ fa2 音閥
渡水的大竹排或大木排。也作栰。見“廣韻”。

筌 ㄑㄩㄢˊ ch'üan2 音全
竹製的捕魚具。見“廣韻”。

16【筌蹄】 ㄑㄩㄢˊ ㄊㄧˊ
[1]比喻爲達目的所使用的工具或手段。[2]‘南朝’士人講經談理時所執拂塵之類的東西。

答 [一] ㄉㄚˊ ta2 音達
[1]應對;回應。如:答非所問。[2]回報。如:答謝。
[二] ㄉㄚ ta1 音搭
允許。如:答應。

21【答辯】 ㄉㄚˊ ㄅㄧㄢˋ
指在訴訟上,對於對造之聲明及其所提出之攻擊防禦方法加以辯駁或提出自己所用之攻擊防禦方法,向法院所爲之陳述。例如請求駁回對造之聲明或否認對造主張之事實,或稱對造之請求無法律上之理由或不生法律上之效力,或提出清償之抗辯,或主張請求權已消滅時效等均是。

【答辯書】 ㄉㄚˊ ㄅㄧㄢˋ ㄕㄨ
“刑事訴訟法”稱答辯狀爲答辯書。其爲被告或被上訴人所提出於法院者。提出與否,由其任意決定,惟於第三審上訴,檢察官爲被上訴人者,應於接受上訴書狀或補提理由書送達後,十日內就上訴之理由提出答辯書。

符 ㄒㄧㄥˊ hsing2 音形 又讀 ㄏㄤˊ hang2 音航
參符篖。

16【符篖】 ㄒㄧㄥˊ ㄊㄤˊ
粗糙的竹席。

7

筦 ㄍㄨㄢˇ kuan3 音館
[1]紡紗的工具。即竽。見“說文”。[2]同管。(1)樂器名。如:筦絃。(2)鑰匙。(3)管理。[3]姓。‘漢’有‘筦路’。見“漢書·儒林傳·顏安樂”。

筞 策的俗體。

筤 ㄌㄤˊ lang2 音郎
[1]竹籃。見“說文”。[2]古儀仗中的曲柄傘。見“集韻”。

筷 ㄎㄨㄞˋ k'uai4 音塊
吃飯時夾取食物的用具。

箹 ㄅㄛˊ po2 音博
纏束車篷的帶子。見“字彙”。

筹 籌的俗體。

筭 ㄙㄨㄢˋ suan4 音算
[1]古時計數的用具。即竹籌。見“說文”。[2]算的或體。

節 ㄐㄧㄝˊ chieh2 音櫛
或作節。[1]竹節。引申指植物枝幹連接處。如:槃根錯節。[2]動物骨骼連接處。如:關節。[3]事的一端、部分。如:細節。[4]文章的段落。如:章節。[5]關鍵;關頭。如:臨大節。[6]操守。如:氣節。[7]禮儀;法度。如:長幼之節。[8]約束;限制。如:節制。[9]減省。如:節錄。[10]古代使者所持之信物。如:符節。[11]時令的區分。如:節令。[12]紀念日。如:青年節。[13]“易”卦名。六十四卦之一,兌下坎上。[14]樂器。拍板之類,用以節樂。[15]音樂的拍子。如:節拍。[16](section) 可博 (COBOL) 程式中的單位。由一個或多個段(paragraph)所組成,依照可博語言之規定,書寫於特定之位置。可博程式中除程序部外,其他各部之節名與用途皆有嚴格之規定。[17](knot)代號爲kn。速度(航速)的併用單位。等於每小時一浬的速度。[18]姓。‘明’有‘節鐸’。見“萬姓統譜·一一八”。

節卦圖

5【節用】 ㄐㄧㄝˊ ㄩㄥˋ
節省財用。

【節令】 ㄐㄧㄝˊ ㄌㄧㄥˋ
節氣時令。

8【節拍】 ㄐㄧㄝˊ ㄆㄞ
音樂速度的快慢。

【節制】 ㄐㄧㄝˊ ㄓˋ
[1]節度與法制。[2]限制在適度的範圍內。[3]指揮調度。[4]節度使的簡稱。參節度使。

9【節流】 ㄐㄧㄝˊ ㄌㄧㄡˊ
節省開支。

【節哀】 ㄐㄧㄝˊ ㄞ
節制悲傷。安慰死者家屬的用語。

【節度】 ㄐㄧㄝˊ ㄉㄨˋ
[1]規則。[2]節制調度。[3]官名。(1)三國‘吳’‘孫權’初置節度,掌軍糧。(2)節度使的簡稱。參節度使。

【節奏】 ㄐㄧㄝˊ ㄗㄡˋ
(rhythm)音樂的強弱快慢。長短音的交互出現,與強弱音的反覆配合,是節奏的特徵。

10【節氣】 ㄐㄧㄝˊ ㄑㄧˋ
由於我國傳統的曆法都屬於陰陽曆,無法從月分或月相的變化來推定耕種播種的季節,所以古人以太陽周年視行的位置爲準,將回歸年的長度分爲二十四個段落,以表示太陽所在的位置,稱爲節氣。由於地球公轉的速度並不均勻,故有平氣和定氣之分:把一年均分爲24等分,以定節氣的,稱爲平氣;把黃道均分爲24等分,以15度爲一節氣的,稱爲定氣。遠在‘春秋’時代或更早,古人已能推定夏至及冬至,到‘戰國’末年以後,二十四節氣的劃分才漸告定型。

【節候】 ㄐㄧㄝˊ ㄏㄡˋ
時令氣候。

11【節理】 ㄐㄧㄝˊ ㄌㄧˇ
(joint)岩石經變形破裂,但斷裂面兩側的岩石未曾移動,此種破裂面稱爲節理。

12【節距】 ㄐㄧㄝˊ ㄐㄩˋ
(pitch)一齒輪(或齒條)相鄰兩齒廓線,沿各種規定曲線上兩對應點間曲線長度的總稱。

【節稅】 ㄐㄧㄝˊ ㄕㄨㄟˋ
(tax saving)爲完成某種經濟行爲，如有多數途徑可循時，納稅義務人選擇其稅負最輕之途徑以行之，期能達到免納或少納稅捐目的之行爲。此種行爲不但合法，且與立法精神無違，亦爲社會道德觀念所容許。

13【節圓】 ㄐㄧㄝˊ ㄩㄢˊ
(pitch circle) 互相嚙合兩齒輪間假想互爲滾動之圓。

15【節線】 ㄐㄧㄝˊ ㄒㄧㄢˋ
(pitch line) 節面與垂直輪軸之截面上的交線。亦即如齒輪之節圓半徑爲無限大時成爲齒條，其節圓爲齒條之節線。

16【節操】 ㄐㄧㄝˊ ㄘㄠ
氣節操守。

17【節點】 ㄐㄧㄝˊ ㄉㄧㄢˇ
(nodes)[1]空間互動結構中的連結點。節點之間有連線，節點與連線的結構因規模大小而不同。如全國以鐵路爲連線的節點，多爲較大的城鎮；又如全市以馬路、街道爲連線的節點，則爲中心商業區、住宅區、工業區、購物中心等。[2]等振幅、等波長(頻率)的二個波，在某點交會重疊而產生干涉。若任一時刻二波在該點的振動都爲反相振動，則形成破壞性干涉，使合成波的振幅爲零，即該點不受二波振動的影響，此點稱爲節點，或稱波節。[3]電腦網路中的端點或兩線相連接之點。

9【節度使】 ㄐㄧㄝˊ ㄉㄨˋ ㄕˇ
官名。'唐玄宗'時，沿邊置有八節度使，統轄一道或數州；凡軍事、民政、人事、財賦皆得自主。其後遍設於國內，'唐'末甚至一州亦設一節度使。父死子繼，號爲留後，世稱藩鎮。'宋'時爲虛銜，以授勳臣，'元'廢。

【節省法】 ㄐㄧㄝˊ ㄕㄥˇ ㄈㄚˇ
(saving method) 又稱再學法(relearning method)。測量記憶的主要方法之一。令受試者重新學習已學過之材料，以評量其與原學習在錯誤、學習時間或達到熟練所需練習次數的減少程度。

15【節熱器】 ㄐㄧㄝˊ ㄖㄜˋ ㄑㄧˋ
(economizer) 裝設在鍋爐之煙喉內，用以使給水加熱之熱交換器。又稱省煤器或省油器。給水在進入鍋爐前從熱交換器內經過，而鍋爐之排氣從熱交換器外流過，將其餘熱之一部分傳於給水以加熱給水，可節省燃料，提高鍋爐效率。

5【節目罐頭】 ㄐㄧㄝˊ ㄇㄨˋ ㄍㄨㄢˋ ㄊㄡˊ
爲便於存放或搬運的盒裝影片。指節目已拍攝完成，裝入鐵盒中，如同食品罐頭，可隨時開罐取用。

【節外生枝】 ㄐㄧㄝˊ ㄨㄞˋ ㄕㄥ ㄓ
比喻事端紛雜，事外生事。

6【節衣縮食】 ㄐㄧㄝˊ ㄧ ㄙㄨㄛ ㄕˊ
節省衣食。也作縮衣節食。

0【節流損失】 ㄐㄧㄝˊ ㄌㄧㄡˊ ㄙㄨㄣˇ ㄕ
(throttling loss) 蒸汽在通過節流閥、噴嘴閥時並未作功，但因流體通過閥的摩擦力而使壓力降低之損失，稱爲節流損失。

【節流過程】 ㄐㄧㄝˊ ㄌㄧㄡˊ ㄍㄨㄛˋ ㄔㄥˊ
(throttling process)當流體流過某種阻礙物，速度幾乎不受改變，而僅降低壓力之穩態穩流過程。通常此過程均突然發生在一狹小空間內，無足夠時間與外界作明顯的熱傳遞，所以這些過程均假設爲絕熱過程。例如流體通過管道中半開的閥或某個障礙物均爲節流過程。

9【節哀順變】 ㄐㄧㄝˊ ㄞ ㄕㄨㄣˋ ㄅㄧㄢˋ
節制哀傷，順應變故。爲慰唁之辭。

10【節骨眼兒】 ㄐㄧㄝˊ ㄍㄨˇ ㄧㄚˇㄦ
骨骼的關節。借指事情的重要關鍵。

5【節目和諧性】 ㄐㄧㄝˊ ㄇㄨˋ ㄏㄜˊ ㄒㄧㄝˊ ㄒㄧㄥˋ
(program compatibility) 某一廣告適合某一廣播或電視節目，或某一廣播、電視節目配合某一廣告，兩者能產生相輔相成的作用，稱爲節目和諧性。

8【節肢動物門】 ㄐㄧㄝˊ ㄓ ㄉㄨㄥˋ ㄨˋ ㄇㄣˊ
(phylum Arthropoda)動物界中包含種類最多的一門。體表有由表皮分泌之外骨骼，身體分節，相鄰的節構成部，例如昆蟲的身體可分頭、胸、腹三部，各部均由數個體節構成；每節兩側有一對附肢，附肢本身具有關節，稱節肢，觸角、大顎、小顎、步足及游泳肢等，各有特殊的機能。由於體表有外骨骼，在生長過程中，必須將外骨骼脫落，然後再分泌新的骨骼，此一過程，稱爲蛻皮(molt)。

9【節約的矛盾】 ㄐㄧㄝˊ ㄩㄝ ˙ㄉㄜ ㄇㄠˊ ㄉㄨㄣˋ
(paradox of thrift)節約對個人是一種美德，但在經濟學上適用於個體的觀點並不一定適用於總體。就社會觀點而言，儲蓄而不投資會成爲促進生產的障礙，使社會發生失業、國民所得水準下降，最後儲蓄不僅無法增加，甚至反而減少。這種個體與總體之間儲蓄的利害關係相反的情形，即爲節約的矛盾，通常只適用於先進國家處於經濟衰退的時期。

17【節點電壓法】 ㄐㄧㄝˊ ㄉㄧㄢˇ ㄉㄧㄢˋ ㄧㄚ ㄈㄚˇ
(node voltage method)網路分析法之一。應用於電路分析之步驟爲：一、任選一節點爲參考節點；二、其他各獨立節點對參考節點之間假設一正電壓變數；三、倘遇電壓源則可用電源變換(變換爲電流源)或寫出電源電壓與節點電壓間之關係；四、應用'克希荷夫'電流定律於每一獨立節點，寫出與節點電壓變數數目相等之節點方程;五、最後解節點方程。此法與網目(或迴路)電流法爲一體之二面。

筮 ㄕˋ shih^4 音誓 以蓍草占卜吉凶。也指以蓍草做成的占卜用具。見"說文"。

筢 ㄆㄚˊ p'a^2 音爬 竹製的取草工具。有齒。見"字彙"。

筠 ㄩㄣˊ yün^2 音勻 ①竹的青皮。見"集韻"。②竹。如:新筠十竿。

⿱竹折 ㄓˋ chih^4 音制 竹席。見"廣雅·釋器"。

筩 ㄊㄨㄥˊ t'ung^2 音同 ①斷竹製成的竹管。見"說文"。②筒狀的器具。如:箭筩。

筴 ㊀ ㄘㄜˋ ts'ê^4 音冊 本作策。①占卜用的蓍草。②計謀。③指官方文書。
㊁ ㄐㄧㄚˊ chia^2 音頰 ①筷子、箝子之類的用具。見"集韻"。②柵欄。通柵。見"正字通"。

筲 ㊀ ㄕㄠ shao^1 音稍 盛米穀的竹器。如:筲斗。
㊁ ㄕㄨㄛˋ shuo^4 音朔 洗刷飯鍋用的竹帚。也作箾。見"集韻"。

筸 ㄍㄢ kan^1 音干 地名用字。如'湖南省''鳳凰縣'有'鎮筸'、'筸子溪'。

筧 ㄐㄧㄢˇ chien^3 音繭 引水的長竹管。見"集韻"。

筯 ㄓㄨˋ chu^4 音住 ①筷子。同著。見"集韻"。②火箝。如:以筯撥灰。

筥 ㄐㄩˇ chü^3 音莒 ①竹製的圓形盛物器。見"字彙"。②姓。'漢'有'筥光'。見"萬姓統譜·七六"。

筟 ㄈㄨ fu^1 音夫 ①紡紗的用具。即筳。見"說文"。②竹中的薄膜。見"正字通"。

筳 ㄊㄧㄥˊ t'ing^2 音廷 ①纏絲的器具。見"說文"。②小竹枝。

筣 ㄌㄧˊ li^2 音離 竹名。見"集韻"。

筱 ㄒㄧㄠˇ hsiao^3 音小 小竹。可以製矢。見"說文"。

筰 ㄗㄨㄛˊ tso^2, tsuo^2 音昨 ①拉船的竹索。見"釋名·釋船"。②迫促。也作笮。見"集韻"。③'漢'時西南種族名。見"史記·西南夷傳"。

筡 ㄊㄨˊ t'u^2 音途 ①竹皮。見"說文"。②一種中空的竹。見"玉篇"。③竹篾。見"廣韻"。

8

管 ㄍㄨㄢˇ kuan^3 音館 ①吹奏樂器。也稱管子。其前身爲'隋''唐'的篳篥(又名頭管或笳管),早於'北魏'時已有吹管的情形。近代的管,主要流行於我國北方,木製,上開八個按音孔(前七後一),管口插一葦製哨子,哨子有大有小,用以調節音高。管有大、中、小三種,大管比小管低四度。音色高亢,在北方管樂中居於領奏的地位。②泛稱簫、笛、笙、竽等竹製樂器。③指細長、圓柱形而中空的物體。如:水管。④鎖。如:管鑰。⑤掌握;主持。如:管家。⑥約束;教導。如:管束。⑦負責;供應。如:管吃管住。⑧理會;顧慮。⑨保證。如:管你滿意。⑩關係;干涉。如:管我什麼事。⑪量詞。一枝爲一管。⑫'周代'國名。'管叔'的封地。在今'河南省''鄭縣'。⑬姓。'春秋''齊'有'管仲'。見"萬姓統譜·八一"。

管圖

3【管子】㊀ ㄍㄨㄢˇ ·ㄗ
指細長中空成圓筒狀的物體。
㊁ ㄍㄨㄢˇ ㄗˇ
舊題'管仲'撰,近人多以爲'戰國'、'秦'、'漢'人所附益僞託。二十四卷,原八十六篇,今存七十六篇。內容龐雜,含道、名、法家思想及天文、曆算、輿地、經濟、農業等知識。

6【管仲】ㄍㄨㄢˇ ㄓㄨㄥˋ
(?～前645)'春秋''潁上'(今'安徽''潁上')人,名'夷吾',字'仲'。輔佐'齊桓公',通貨積財,富國強兵;提出「尊王攘夷」的口號,屢次會盟諸侯,使'桓公'成爲'春秋'五霸之首。'桓公'尊爲'仲父'。卒諡'敬'。

7【管見】ㄍㄨㄢˇ ㄐㄧㄢˋ
自謙見識狹小。

【管足】ㄍㄨㄢˇ ㄗㄨˊ
(tube foot) 爲棘皮動物的運動器官。小型,數多且柔軟。實際上爲其體內水管系的分枝末端,當內部脹滿水時,便自骨片上或骨片間的小孔伸出。

8【管制】ㄍㄨㄢˇ ㄓˋ
管理統制。

11【管理】ㄍㄨㄢˇ ㄌㄧˇ
(management)泛指上級主管人員設法經由部屬的力量(體力及腦力)來完成工作目標的系列活動。包括計畫、組織、用人、指導及控制等五大循環步驟。此五大管理步驟,又稱管理五機能,可分爲事前的計畫、事中的執行(即組織、用人、指導),以及事後的考核(控制)。

【管區】ㄍㄨㄢˇ ㄑㄩ
管轄的地區。

【管絃】ㄍㄨㄢˇ ㄒㄧㄢˊ
樂器的通稱,也泛指音樂。

12【管湧】ㄍㄨㄢˇ ㄩㄥˇ
(piping) 滲流水將土粒帶走,在土中造成管狀水道。通常在土石壩基下或壩身本身常形成管湧,引致土石壩之崩潰。

13【管道】ㄍㄨㄢˇ ㄉㄠˋ
途徑;方法。

【管路】 ㄍㄨㄢˇ ㄌㄨˋ
(pipe)一通常為圓形斷面的封閉物體，其內部可供流體流動者。管的製成材料有鋼、鐵、鑄鐵、黃銅、鉛、石綿、水泥、黏土、混凝土、塑膠和木材等。各種材料的使用和限制決定於其個別的物理特性和商用尺寸。

14【管寧】 ㄍㄨㄢˇ ㄋㄧㄥˊ
(158～241)三國‘魏’‘朱虛’(今‘山東’‘臨朐’)人，字‘幼安’。自幼篤志於學。‘漢’末黃巾作亂，避居‘遼東’，聚徒講授詩書以終。

15【管樂】 ㄍㄨㄢˇ ㄩㄝˋ
(wind music)又稱吹奏音樂。指由管樂器吹奏出的音樂。管樂器分兩大類：一、銅管樂器(brass-wind)，包括小號、‘法國’號、低音號等。二、木管樂器(wood-wind)，包括笛、雙簧管、單簧管、低音管等。

17【管轄】 ㄍㄨㄢˇ ㄒㄧㄚˊ
將一定之訴訟事件分配於各法院而由其辦理之標準。即劃定法院間事務分配之標準。決定法院之管轄以起訴時為準，管轄權之有無，為法院應依職權調查之事項。民事訴訟上，對於無管轄權之事件，不得為本案判決，應依聲請或依職權移送於管轄法院，不能為移送時，應以裁定駁回該訴。除違背專屬管轄外，上級審法院不得以無管轄權為理由，而廢棄原判決。刑事訴訟上，對於無管轄權之案件，應諭知管轄錯誤判決，且除自訴案件須經自訴人聲請外，應同時諭知移送於管轄法院，惟遇急迫情形，應於管轄區域內為必要之處分。訴訟程序不因無管轄權而失去效力，惟對無管轄權案件所為之判決，係當然違背法令，得依上訴程序及非常上訴程序救濟之。

23【管籥】 ㄍㄨㄢˇ ㄩㄝˋ
[1]吹奏樂器。管指笙，籥指簫。[2]同鎖鑰。

25【管鑰】 ㄍㄨㄢˇ ㄧㄠˋ
[1]鎖和鑰匙。[2]比喻事物的關鍵。

8【管制圖】 ㄍㄨㄢˇ ㄓˋ ㄊㄨˊ
(control chart)對於製造過程一再地做小規模的抽樣，將其結果以圖示表出，稱為管制圖。通常有一水平的中央線，表示所要檢查的東西之定量特徵的平均值。另外在其上下有兩條界限表示上、下控制界限(upper or lower control limit; UCL與LCL)，超過時可能需要追究製造過程中有何異樣。

9【管風琴】 ㄍㄨㄢˇ ㄈㄥ ㄑㄧㄣˊ
(organ; pipe organ)用動力鼓風進入金屬管或木管，以鍵盤及音栓操縱發音的一種樂器。音管的多寡，可決定管風琴音域及音色。世界最大的管風琴，音管有多至一萬餘管者。

10【管配件】 ㄍㄨㄢˇ ㄆㄟˋ ㄐㄧㄢˋ
(pipe fittings)一組具有需求轉彎、接頭和收縮等功能的管路系統組件。廣泛應用45°和90°肘管、T形管、十字形管、Y形管、支管和漸縮管等。

【管套節】 ㄍㄨㄢˇ ㄊㄠˋ ㄐㄧㄝˊ
(union)用以連接兩管，且拆卸時不必牽動全管之元件。

11【管理局】 ㄍㄨㄢˇ ㄌㄧˇ ㄐㄩˊ
管理局原非地方行政組織之一環，設置目的旨在管理與維護風景區之建設，並不兼管地方行政事項。政府播遷‘臺灣’，為適應實際需要，維護‘草山’(即‘陽明山’)風景區內治安暨各項建設，與加強該轄區內各項行政及地方自治工作起見，於‘民國’三十八年八月公布“臺灣省草山管理局組織規程”，設置‘草山管理局’，以‘臺北縣’之‘士林’、‘北投’兩鎮為轄區，直接受省政府指揮監督，辦理省委辦事項及督導轄區內地方自治事項，則‘陽明山管理局’似不僅具有管理局之地位，且亦兼有地方政府之型態。惟‘臺北’改制為院轄市後，‘北投’、‘士林’已劃歸‘臺北市’管轄。

【管接頭】 ㄍㄨㄢˇ ㄐㄧㄝ ㄊㄡˊ
(pipe joint)一連續管線各管斷面間的接頭。一般分為機械接頭、螺旋接頭、翼緣接頭、銲接接頭、套管和鐘形形式之嵌縫接頭等五類。

【管絃樂】 ㄍㄨㄢˇ ㄒㄧㄢˊ ㄩㄝˋ
(orchestra)樂器中規模最大的合奏組織。結構龐大，音色豐富，表現力強。現代交響樂約由一百支樂器組合而成，通常包括絃樂器類、木管樂器類、銅管樂器類與敲擊樂器類。

15【管樂器】 ㄍㄨㄢˇ ㄩㄝˋ ㄑㄧˋ
(wind instrument)一名吹奏樂器。用口吹奏，由管中的空氣振動而發音。有木管樂器與銅管樂器兩類。

17【管轄權】 ㄍㄨㄢˇ ㄒㄧㄚˊ ㄑㄩㄢˊ
依法律之規定就某訴訟事件劃歸某法院審理，若法院就某種事件屬於其受理的範圍有審判的職務及權限者，則稱該法院對該訴訟事件有管轄權。

3【管中窺豹】 ㄍㄨㄢˇ ㄓㄨㄥ ㄎㄨㄟ ㄅㄠˋ
從竹管中看豹，只能看到豹的一個斑點，而看不到全豹。比喻見識窄小。

8【管狀結構】 ㄍㄨㄢˇ ㄓㄨㄤˋ ㄐㄧㄝˊ ㄍㄡˋ
(tubular structure)又稱管狀鋼構系統。基本上以核心牆與建築物外圍之結構布置為原則的結構系統。最簡單之形式是以較密的外圍柱為外殼，而每層均有具相當深度的梁連繫外圍柱，窗戶開口盡量縮小，如此外圍柱及梁成為管的外殼，而內部水平梁及樓板有如此一大管筒的加勁構材，整棟樓房就像一支大的直立管筒固定於基地上。此種結構型式之樓房具有更高的穩定與勁度，且合乎經濟原則，故近代的高樓結構系統均予採用。

【管制界限】ㄍㄨㄢˇ ㄓˋ ㄐㄧㄝˋ ㄒㄧㄢˋ

(control limits) 於品質管制圖上，一般以與管制中心線平行相距三個標準差的線爲管制界限。在中心線以上的稱爲管制上限，以下的稱爲管制下限。

【管制幅度】ㄍㄨㄢˇ ㄓˋ ㄈㄨˊ ㄉㄨˋ

(span of control)主管對所屬能作有效管制時之最大幅度。其大小通常以主管指揮監督之屬員人數多寡表示。主管監督屬員之人數如超過管制幅度，將影響業務的有效推行。主管對所屬的管制幅度，須根據人與事等因素決定。

10【管訓處分】ㄍㄨㄢˇ ㄒㄩㄣˋ ㄔㄨˇ ㄈㄣˋ

"少年事件處理法"針對十二歲以上、未滿十八歲之少年特設的保安措施。少年法庭審理少年事件，除少年所犯爲最輕本刑五年以上有期徒刑之罪，應以裁定移送於有管轄權之法院檢察官，或認應裁定諭知不付管訓處分外，均應裁定諭知訓誡、交付保護管束、令入感化教育處所，施以感化教育等管訓處分("少年事件處理法"第四十二條第一項)。對於少年爲訓誡之管訓處分時，得命立悔過書，並得予以假日生活輔導。保護管束及感化教育之執行期間不得逾三年。

11【管理任務】ㄍㄨㄢˇ ㄌㄧˇ ㄖㄣˋ ㄨˋ

(management task) 企業管理主管所負的使命。一般有下列三項：一、達成企業的特定使命；二、使各項工作具生產力；三、掌握社會衝擊與社會責任。

【管理要素】ㄍㄨㄢˇ ㄌㄧˇ ㄧㄠˋ ㄙㄨˋ

(elements of management)'費堯'(Henri Fayol)將管理的五大機能，稱之爲管理五要素。係指計畫、組織、用人、指導、控制五項。是管理活動的基本內涵。

【管理科學】ㄍㄨㄢˇ ㄌㄧˇ ㄎㄜ ㄒㄩㄝˊ

(management science) 指運用數學方法與技術(如線性規劃、存量模式、隨機過程、動態規劃及其他數量模式)於管理決策，使有效運用資源、提高企業整體系統效益的一門學問。與作業研究一詞相當。但近年來有的學者甚至認爲系統方法、系統分析，乃至一般系統理論的某些部分已與管理科學、作業相互融合。

【管理效果】ㄍㄨㄢˇ ㄌㄧˇ ㄒㄧㄠˋ ㄍㄨㄛˇ

(effectiveness of management) 亦稱管理成果。係指企業經營對於企業的員工、股東、公司、社會、國家的眞實貢獻。

【管理效率】ㄍㄨㄢˇ ㄌㄧˇ ㄒㄧㄠˋ ㄌㄩˋ

(efficiency of management)管理制度運作的效率。一般以工作、方法、時間、地點、人員等項的運作爲管制的要項。

【管理格道】ㄍㄨㄢˇ ㄌㄧˇ ㄍㄜˊ ㄉㄠˋ

(managerial grid)係'布來克'與'莫頓'所倡議。以管理主管對人及對工作的關心之兩因素爲縱、橫坐標，每項坐標區分爲九格，合計有八十一格，每一格代表管理主管對於工作同仁經由對人與對工作之不同關心程度而顯示的不同領導風格。

管理格道圖

【管理哲學】ㄍㄨㄢˇ ㄌㄧˇ ㄓㄜˊ ㄒㄩㄝˊ

(management philosophy) 一般指企業高階主管所持有的價值觀、信仰、態度、經營理念。足以影響管理的制度或管理機能的實際運用，爲管理的根本。

【管理發展】ㄍㄨㄢˇ ㄌㄧˇ ㄈㄚ ㄓㄢˇ

(management development)指培養、訓練、發展員工經營管理一個部門或獨當一面的才能。管理才能發展工作是企業人力資源發展中頗重要的長期性、投資性活動，比工程技術人員及操作技術人員之訓練發展層次更高。

【管理程序】ㄍㄨㄢˇ ㄌㄧˇ ㄔㄥˊ ㄒㄩˋ

(management process)指管理工作乃是依計畫、組織、用人、指導、控制等程序而進行。爲管理學說派別之一，以'費堯'爲首創人。

【管理循環】ㄍㄨㄢˇ ㄌㄧˇ ㄒㄩㄣˊ ㄏㄨㄢˊ

(management cycle) 指根據管理的動態性，使計畫、組織、領導、控制、用人等活動永遠朝向企業共同目標，依序進行且循環不已的一連串過程。

【管理遊戲】ㄍㄨㄢˇ ㄌㄧˇ ㄧㄡˊ ㄒㄧˋ

將受訓者分爲若干小組，每一小組代表一個組織的決策團體，然後假定發生了影響組織任務成敗的某種情況，由各小組人員站在相互競爭與各自制訂決策的立場提出意見及辦法，而後付諸全體受訓者討論。

【管理會計】ㄍㄨㄢˇ ㄌㄧˇ ㄎㄨㄞˋ ㄐㄧˋ

(managerial accounting) 專以提供企業內部管理決策所需會計資料的會計工作。其所提供的資料多爲估計的未來情況，故不限於帳簿所載；其資料產生的程序無一定，也不必遵守一般公認會計原則，惟資料必須合乎管理決策的需要。

【管理稽核】ㄍㄨㄢˇ ㄌㄧˇ ㄐㄧ ㄏㄜˊ
(management audit) 管理主管對於企業或主要部門的經營管理是否成功的衡量。一般係對生產效率、獲利能力、整體績效、管理主管能力等項之分析與衡量。

【管理機能】ㄍㄨㄢˇ ㄌㄧˇ ㄐㄧ ㄋㄥˊ
(management functions) 也稱管理職能。爲管理活動的基本要素。係經理人或管理主管遂行其職務所應行的各項基本工作。一般最常提及的管理機能有五項:計畫、組織、用人、指導、控制,構成一個系統,又稱管理系統。再者,此五項機能也是管理工作的五個步驟,故又稱管理程序;又運作上有前後順序關係,並且循環回饋不已,故又稱管理循環。

16【管窺蠡測】ㄍㄨㄢˇ ㄎㄨㄟ ㄌㄧˊ ㄘㄜˋ
用竹管來窺看天空,用瓠瓢來測量海水。比喻見識狹小淺陋。

【管鮑之交】ㄍㄨㄢˇ ㄅㄠˋ ㄓ ㄐㄧㄠ
'管仲'和'鮑叔牙'的交情。後世泛稱志同道合、友誼深摯的朋友。

【管鮑分金】ㄍㄨㄢˇ ㄅㄠˋ ㄈㄣ ㄐㄧㄣ
比喻好朋友之間不計較利益。'管仲'與'鮑叔牙'曾合夥做生意,'管仲'擅自多分取利潤,'鮑叔牙'知其因家貧之故而不介意。見"史記·管晏列傳"。

4【管中管結構系】ㄍㄨㄢˇ ㄓㄨㄥ ㄍㄨㄢˇ ㄐㄧㄝˊ ㄍㄡˋ ㄒㄧˋ
(tube-in-tube structural system) 高樓建築中常須安排相當大的上下交通服務核心區域,並配置剪力牆以包圍此一核心區域使形成核心牆內管結構系統;爲爭取更寬敞之空間(如辦公大樓),可消除內部支柱而增加外圍柱之數目,使之形成外構架管,如此構成之內外管的結構系即管中管結構系。具有剪力牆結構與管狀結構兩者之優點。

11【管理行爲學派】ㄍㄨㄢˇ ㄌㄧˇ ㄒㄧㄥˊ ㄨㄟˊ ㄒㄩㄝˊ ㄆㄞˋ
(behavior school of management) 肇始於'孟斯特保' (Hugo Münsterberg)、'基爾布斯' (Lillian Gilbreth)等學者對於工作場中人員人性面的重視與研究。以管理上的個人行爲與群體行爲的研究爲其重點,故重視人員的需要、動機、內驅力、領導、人格、交感、行爲、溝通等影響管理的人性因素。

【管理作業學派】ㄍㄨㄢˇ ㄌㄧˇ ㄗㄨㄛˋ ㄧㄝˋ ㄒㄩㄝˊ ㄆㄞˋ
(management operational school) 又稱管理程序學派。爲傳統管理理論的一支。爲'費堯' (Henri Fayol)所倡。係就管理工作的本身加以分析研究。先行認定各項管理機能,形成一項理論架構,並由其中建立一些可普遍適用的工作原則。

【管理評鑑中心】ㄍㄨㄢˇ ㄌㄧˇ ㄆㄧㄥˊ ㄐㄧㄢˋ ㄓㄨㄥ ㄒㄧㄣ
一種特殊的考選方法。指由經過特別訓練的管理學家及心理學家組成評鑑小組,透過管理遊戲、對策測驗、討論會等方法來觀察與評鑑應考人的管理才能。

【管理循環分析】ㄍㄨㄢˇ ㄌㄧˇ ㄒㄩㄣˊ ㄏㄨㄢˊ ㄈㄣ ㄒㄧ
(management cycle analysis) 管理機能的實施,於本質上有其循環不已的性質。例如計畫、組織與控制三項管理機能,於計畫設定後就需籌組爲執行計畫方案的組織,經由執行與追蹤評估後,再視需要修正原有的計畫或組織,形成周而復始的循環。

【管理資訊系統】ㄍㄨㄢˇ ㄌㄧˇ ㄗ ㄒㄩㄣˋ ㄒㄧˋ ㄊㄨㄥˇ
(management information system; MIS) 指運用有系統的方法,以電腦爲輔助工具,經濟而迅速地提供企業內各階層主管所需之資訊,協助其作成正確的決策,並有效發揮計畫、組織、控制之管理機能於企業之生產、行銷、財務、人事等各系統。

【管理經驗學派】ㄍㄨㄢˇ ㄌㄧˇ ㄐㄧㄥ ㄧㄢˋ ㄒㄩㄝˊ ㄆㄞˋ
(management empirical approach) 管理學說派別之一。認爲管理的知識祇有從管理實務經驗中去獲取,因而重視管理個案的研究及調查訪問等研究方法,希望由實務經驗中建立起一套有效的實際管理理論。

【管理系統領導理論】ㄍㄨㄢˇ ㄌㄧˇ ㄒㄧˋ ㄊㄨㄥˇ ㄌㄧㄥˇ ㄉㄠˇ ㄌㄧˇ ㄌㄨㄣˋ
(management systems theory of leadership) '美國''密西根大學''李克特'所創。將管理主管的領導方式自集權趨向民主,分爲管理系統Ⅰ、Ⅱ、Ⅲ、Ⅳ,研究結果認爲採民主領導方式者績效較佳。

【管理的浮動匯率制度】ㄍㄨㄢˇ ㄌㄧˇ ·ㄉㄜ ㄈㄨˊ ㄉㄨㄥˋ ㄏㄨㄟˋ ㄌㄩˋ ㄓˋ ㄉㄨˋ
(managed floating exchange rate system) 在韌性匯率制度下,各國基於平衡國際收支、維護匯率穩定的考慮,而對外匯市場經常施以若干的干預,即稱爲管理的浮動匯率制度。

箜 ㄎㄨㄥ k'ung[1] 音空
參箜篌。

15【箜篌】ㄎㄨㄥ ㄏㄡˊ
古代彈撥樂器。也稱坎侯、空侯。有臥、豎、鳳首等三種形制:臥箜篌起於'漢武帝'時,似瑟而小,七弦,用撥彈之;豎箜篌,'漢代'自'西域'傳入,體曲,二十二弦,豎抱懷中,兩手齊彈;鳳首箜篌則爲飾以鳳首的豎箜篌。近代另有兩排各四十四弦的雁柱箜篌。

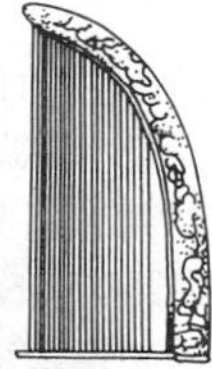
箜篌圖

箈 ㄔˊ ch'ih2 音持

小筍。也作⿱竹怠。見"集韻"。

箔 ㄅㄛˊ po2 音伯

①簾子。見"集韻"。②竹或葦編成的蠶床。如:蠶箔。③(foil)指厚度小於0.15mm 的薄質狀金屬。④塗上金粉的冥紙。如:冥箔。

箊 ㄩ yü1 音淤

參箖箊。

箑 ㄕㄚˋ sha4 音霎

扇子。見"說文"。

箐 ㊀ ㄐㄧㄥ ching1 音精

參笭箐。

㊁ ㄑㄧㄢˋ ch'ien4 音欠

①拉開竹製的弓弩。見"集韻"。②'雲'、'貴'一帶稱大竹林爲箐。

箒 帚的俗體。

箸 或作箸。㊀ ㄓㄨˋ chu4 音注

①筷子。同筯。見"說文"。②通著。⑴撰述。⑵顯揚。

㊁ ㄓㄨㄛˊ cho2, chuo2 音卓

今作著、着。①附。②穿。

箕 ㄐㄧ chi1 音姬

①揚米去糠的器具。俗稱簸箕。見"說文"。②裝塵土或垃圾的器具。如:畚箕。③星宿名。二十八宿之一。參箕宿。④古地名。'春秋'時'晉'地。在今'山西省''太谷縣'東。⑤姓。'漢'有'箕堪'。見"通志・氏族略二"。

3【箕子】 ㄐㄧ ㄗˇ

'商紂'的叔父。名'胥餘'。官太師,封於'箕',故稱'箕子'。'紂'無道,屢諫不聽,乃被髮佯狂爲奴,因而被囚。'周武王'克'殷',曾爲'武王'陳論治國大法,存於今"尚書・洪範"中。相傳後往'朝鮮',爲'朝鮮'始祖。

7【箕尾】 ㄐㄧ ㄨㄟˇ

二星宿名。箕宿與尾宿的合稱。爲東方蒼龍七宿的最後兩宿。

10【箕倨】 ㄐㄧ ㄐㄩˋ

伸展兩足而坐,狀如畚箕。古人認爲是傲慢不敬的姿態。

11【箕宿】 ㄐㄧ ㄒㄧㄡˋ

二十八宿之一。也稱南箕。東方蒼龍七宿之末。主要有四星,成簸箕形,皆屬人馬座。箕宿一即人馬座 γ,箕宿二即 δ,箕宿三即 ε,箕宿四即 η。此外,括糠、杵等星也都歸入箕宿。

3【箕山之志】 ㄐㄧ ㄕㄢ ㄓ ㄓˋ

隱居的心願。相傳'堯'要讓天下給'許由','許由'不接受,逃到'箕山'下隱居。見"史記・伯夷傳"。

7【箕形門齒】 ㄐㄧ ㄒㄧㄥˊ ㄇㄣˊ ㄔˇ

門齒的兩側邊向後折捲,在其舌面形成凸緣及凹窪,狀似簸箕,稱爲箕形門齒。據人類學家研究,箕形門齒不但出現於現代人及「智人」、「直立人」、南猿等化石人類,也出現於若干猿猴類中。但在現生人類各種族中,東方人(素稱黃種人)比白人與黑人出現的頻率高得多,加以「北京人」也顯著出現箕形門齒的結構,因此箕形門齒乃被認爲是'蒙古'種族一項較爲顯著的體質特徵。

箖 ㄌㄧㄣˊ lin2 音林

參箖箊。

14【箖箊】 ㄌㄧㄣˊ ㄩ

竹名。見"字彙"。

箍 ㄍㄨ ku1 音姑

①束緊物體的竹篾或金屬環狀物。見"廣韻"。②用竹篾或金屬圈束緊物體。如:箍桶。

箝 ㄑㄧㄢˊ ch'ien2 音鉗

①夾取物體的用具。如:火箝。②夾持;夾住。如:蚌箝鷸喙。③緊閉;鉗制。如:箝口。

3【箝口】 ㄑㄧㄢˊ ㄎㄡˇ

①比喻用強力禁止別人說話。②比喻緘默不說話。

8【箝制】 ㄑㄧㄢˊ ㄓˋ

①以威勢壓制他人。②約束。

17【箝壓】 ㄑㄧㄢˊ ㄧㄚ

壓制。

3【箝口結舌】 ㄑㄧㄢˊ ㄎㄡˇ ㄐㄧㄝˊ ㄕㄜˊ

緘默不敢發言。

箌 ㄓㄠˋ chao4 音照

大。見"爾雅・釋詁"。

箋 ㄐㄧㄢ chien1 音煎

①經傳的注解。如:箋注。②文體名。本是奏議的一種,後也用指上太子諸王之書。同牋。如:箋奏。③紙。也指信札。如:華箋。

8【箋注】 ㄐㄧㄢ ㄓㄨˋ

注釋古書字詞的意義。

箛 ㄍㄨ ku1 音孤

①古代吹奏樂器。即笳。見"說文"。②竹名。見"廣韻"。

箎 ㊀ ㄏㄨˇ hu3 音虎

竹名。高可百丈。見"集韻"。

㊁ ㄔˊ ch'ih2 音遲

樂器名。同篪。見"正字通"。

算 ㄙㄨㄢˋ suan4 音蒜

①核計數目。如:算帳。②計謀;謀劃。如:打算。③推斷。如:算命。④停止;作罷。如:算了。⑤是;屬於。如:算誰之過?

3【算子】 ㄙㄨㄢˋ ㄗˇ

(operator)表示運算的代號。如運算式 $X+Y$ 中的+就是算子。

8【算命】 ㄙㄨㄢˋ ㄇㄧㄥˋ

推測命運的一種方術。

9【算計】 ㄙㄨㄢˋ ㄐㄧˋ

①計算數量。②計畫;考慮。③暗中謀害他人。

【算則】 ㄙㄨㄢˋ ㄗㄜˊ

(algorithm)一個逐步進行的明確計算方法,能在有限步驟內算出結果,常運用一個或數個遞迴程序。例如長除法、輾轉相除法、'牛頓'法均屬之。

11【算術】 ㄙㄨㄢˋ ㄕㄨˋ

①計算的方法。②推算曆象的方法。③(arithmetic)指小學所學的數學,或是在十進位制下之加減乘除的技術,包括分數、小數和比例等。

【算術項】 ㄙㄨㄢˋ ㄕㄨˋ ㄒㄧㄤˋ

(arithmetic term)算術表達式中的一項。算術其可以是一資料量，或由資料量與運算符號所組成。

【算術下溢】ㄙㄨㄢˋ ㄕㄨˋ ㄒㄧㄚˋ ㄧˋ (arithmetic underflow)也稱下溢。電腦內部所能表示的數值受一定的範圍限制，若算術運算所產生之結果的絕對值小於該限制，就稱爲算術下溢。運算過程中若發生算術下溢，則所得的結果將是錯誤的。

【算術上溢】ㄙㄨㄢˋ ㄕㄨˋ ㄕㄤˋ ㄧˋ (arithmetic overflow)也稱上溢、溢流。電腦內部所能表示的數值受一定的範圍限制，若算術運算所產生之結果的絕對值大過該限制，就稱爲算術上溢。運算過程中若發生算術上溢，則所得的結果將是錯誤的。

【算術平均】ㄙㄨㄢˋ ㄕㄨˋ ㄆㄧㄥˊ ㄐㄩㄣ (arithmetic mean) n個數的和除以n，爲此n個數的算術平均，或單稱平均。例如$-1,-2,1,2,3$這5個數的平均爲$\frac{3}{5}$。若n等於2，平均亦稱爲等差中項，其理由如下：設$a>b$，則其平均爲$\frac{1}{2}(a+b)$，而$a>\frac{1}{2}(a+b)>b$，且$a-\frac{1}{2}(a+b)=\frac{1}{2}(a+b)-b$。

【算術指令】ㄙㄨㄢˋ ㄕㄨˋ ㄓˇ ㄌㄧㄥˋ (arithmetic instruction)電腦的指令集中可進行算術運算的指令。包括進行加、減、乘、除與相關運算等之指令。

【算術移位】ㄙㄨㄢˋ ㄕㄨˋ ㄧˊ ㄨㄟˋ (arithmetic shift)電腦內算術運算的一種。算術移位是在不改變資料量之正負號的情形下，將資料的內容向左移位或向右移位。算術移位可產生類似乘法或除法的效果。

【算術運算】ㄙㄨㄢˋ ㄕㄨˋ ㄩㄣˋ ㄙㄨㄢˋ (arithmetic operation)依照數學上算術規則所進行的運算。如加法、減法、乘法、除法等。

【算術表達式】ㄙㄨㄢˋ ㄕㄨˋ ㄅㄧㄠˇ ㄉㄚˊ ㄕˋ (arithmetic expression)電腦程式中以運算符號與運算資料(如變數、常數等)組成，依算術運算規則所表示的算式。電腦處理算術表達式運算可得一數值。

【算術暫存器】ㄙㄨㄢˋ ㄕㄨˋ ㄓㄢˋ ㄘㄨㄣˊ ㄑㄧˋ (arithmetic register)電腦內部暫存器的一種。用來存放算術或邏輯運算所需要的資料，也用來存放運算所產生的結果。

【算術邏輯單元】ㄙㄨㄢˋ ㄕㄨˋ ㄌㄨㄛˊ ㄐㄧˊ ㄉㄢ ㄩㄢˊ (arithmetic and logic unit; ALU)電腦中央處理單元中執行算術運算(如加、減、乘、除等)、邏輯運算(如及、或、反等)者，稱爲算術邏輯單元。

箟 箘的古文。

箄 ㄅㄧˋ *pi*⁴ 音閉
放置甑底以防漏落的竹器。見"說文"。

箇 ㊀ ㄍㄜˋ *ko*⁴, *kê*⁴ 音各
①量詞。⑴竹一枝。本字作个。見"說文"。⑵凡物一枚或人一位，稱爲一箇。也作個。如：三箇臭皮匠勝過一箇'諸葛亮'。②指稱詞。相當於這、那。如：箇中人。
㊁ ·ㄍㄜ ·*ko*, ·*kê*
同㊀①⑵。

箘 ㄐㄩㄣˋ *chün*⁴ 音郡
美竹名。可以製矢。見"正字通"。

箏 ㄓㄥ *chêng*¹ 音爭
彈撥樂器。'春秋'時已流行於'秦'地，故稱'秦'箏。用梧桐木刳鑿成長方形音箱，面板呈弧形。箏面置弦，'漢''晉'以前多爲十二弦，'唐''宋'以後增爲十三弦，'明''清'以來逐漸增爲十五、十六弦，近代增爲二十一、二十五弦；每弦一柱，按五聲音階定弦。用右手大、食、中指彈弦，左手按弦以取得各種變化音。

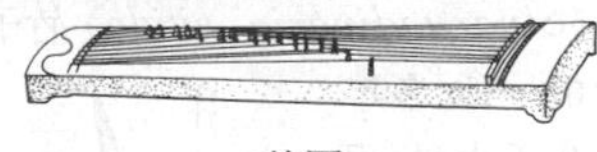

箏圖

箚 ㄓㄚˊ *cha*² 音札
也作劄。①刺竹刺入。見"六書故"。②舊時公文的一種。通札。如：奏箚。③條舉；條列。如：箚記。

箙 ㄈㄨˊ *fu*² 音服
盛弓矢的器具。見"字彙"。

箬 篛的或體。

箄 ㄆㄞˊ *p'ai*² 音牌
編排竹木所做成的大筏。見"集韻"。

筵 ㄧㄢˊ *yen*² 音延
①竹席。見"說文"。②座席；座位。③酒席；宴會。如：盛筵難再。

箞 ㄋㄧㄢˋ *nien*⁴ 音念
挽舟的竹索。見"集韻"。

9

筅 ㄒㄧㄢˇ *hsien*³ 音顯
參筅帚。

8【筅帚】ㄒㄧㄢˇ ㄓㄡˇ
以竹絲或植物根製成，用來洗刷鍋碗的用具。俗稱炊帚。

落 ㄌㄨㄛˋ *lo*⁴, *luo*⁴ 音洛
參桮落。

箷 ㄧˊ *i*² 音移
衣架。見"爾雅·釋器"。

筷 ㊀ ㄍㄨㄛˊ *ko*², *kuo*² 音國
用竹或木做成，以撐持車篷的弓形骨架。即車弓。見"方言·九"。
㊁ ㄍㄨㄟˋ *kuei*⁴ 音貴
①篷蓋。見"廣韻"。②竹筐。見"康熙字典"。

箭 ㄐㄧㄢˋ chien^4 音餞
①竹名。即矢竹。見"說文"。②用弓弩發射的銳利兵器。即矢。如：箭靶子。③形容快速。如：箭步。

6【箭竹】 ㄐㄧㄢˋ ㄓㄨˊ
(*Sinarundinaria nitida*)竹子的一種。多年生禾本科。稈深紫色，直徑約1公分；葉鞘紫色，葉片長4.5～14公分，寬7～13公厘；小穗含2～5朵花，淡綠色，排成圓錐花序。分布於我國海拔1,000公尺以上的山坡林緣。'臺灣'特產的'玉山'箭竹(*Yushania niitakayamensis*)常見於海拔2,500公尺以上的開闊地，形成草原，其芽稱「雲筍」，細嫩味美，是高山特產。

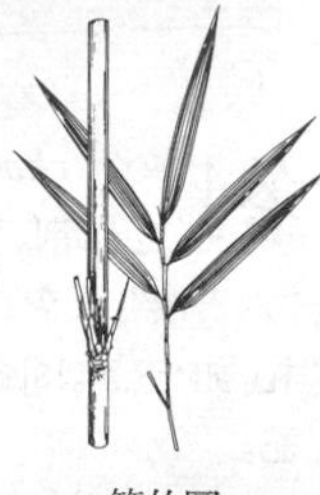
箭竹圖

9【箭垛】 ㄐㄧㄢˋ ㄉㄨㄛˇ
箭靶。

13【箭靶】 ㄐㄧㄢˋ ㄅㄚˇ
練習射箭的標的。

19【箭鏃】 ㄐㄧㄢˋ ㄗㄨˊ
箭端裝置的尖銳物。

6【箭在弦上】 ㄐㄧㄢˋ ㄗㄞˋ ㄒㄧㄢˊ ㄕㄤˋ
比喻形勢已然，不得不做。

篋 ㄑㄧㄝˋ ch'ieh^4 音妾
長方形有蓋的竹器。見"廣韻"。

範 ㄈㄢˋ fan^4 音犯
①模型。通笵。見"說文通訓定聲"。②法則；楷模。如：規範。③模擬；模仿。如：模山範水。④界限。如：範疇。⑤度量；器量。如：風範。⑥姓。'漢'有'範依'。見"萬姓統譜·九〇"。

8【範例】 ㄈㄢˋ ㄌㄧˋ
可供作模範、標準的事例、例證。

19【範疇】 ㄈㄢˋ ㄔㄡˊ
①(category)⑴'亞理斯多德'哲學中指一切存有物之各種基本類型。如實體、數量、性質、關係等。⑵'康德'哲學中指人類理解的必要形式。②界限。同範圍。

12【範圍段】 ㄈㄢˋ ㄨㄟˊ ㄉㄨㄢˋ
(scope paragraph)審計報告的第一段文句。主要在敘述會計師審核範圍與性質。

富 ㄅㄛˊ po^2 音伯　又讀 ㄈㄨˊ fu^2 音福
①竹名。見"廣韻"。②織具。見"集韻"。

箳 ㄆㄧㄥˊ p'ing^2 音瓶
或作箳。參箳篂。

15【箳篂】 ㄆㄧㄥˊ ㄒㄧㄥ
設於車子前後用以遮蔽塵土的竹席。也作屏星。

箱 ㄒㄧㄤ hsiang^1 音襄
①車廂。見"說文"。②有蓋有底的方形盛物器。即篋。見"正字通"。③正廳兩旁的房室。通廂。如：東箱。

6【箱式梁橋】 ㄒㄧㄤ ㄕˋ ㄌㄧㄤˊ ㄑㄧㄠˊ
(box bridge)箱式梁橋多爲鋼筋混凝土造或鋼鈑造，具備諸多力學上的優點，多用於跨度較大的場合，尤利於連續結構。早期多爲單一的長跨度結構，兩端有極短的懸臂構成平衡重，使產生負力矩，以減少主跨的正力矩。晚近已將此種空心箱式梁應用於連孔、四孔或五孔的長跨度橋梁及曲線橋樑，跨度可達60公尺以上。此種橋梁靜重減少，全橋的應力分布較合理，跨度中央橋下淨空可加大，但設計工作較煩瑣。

7【箱匣式構造】 ㄒㄧㄤ ㄒㄧㄚˊ ㄕˋ ㄍㄡˋ ㄗㄠˋ
(box-frame construction)以鋼筋混凝土或其他材料築成箱匣形的單元房間(包括地板、樓板、屋頂及載重隔牆)，逐層並列組合再建外牆的構造。此種構造堅固，適於大社區住宅開發等大量建築物的建設。

箴 ㄓㄣ chên^1 音針
①縫紉用的竹籤。見"說文"。②針。如：紉箴補綴。③規誡。如：箴諫。④文體名。含有規戒之意的文章。⑤姓。'春秋''衛國'有'箴莊'。見"萬姓統譜·六五"。

7【箴言】 ㄓㄣ ㄧㄢˊ
規勸告誡的言辭。

10【箴砭】 ㄓㄣ ㄅㄧㄢ
比喻指出並糾正錯誤。

11【箴規】 ㄓㄣ ㄍㄨㄟ
勸諫規戒。

14【箴銘】 ㄓㄣ ㄇㄧㄥˊ
文體名。箴，規戒性的韻文；銘，刻在器物或石碑上的文章。都有訓勉垂後的用意，故常並稱。

箾 ㄕㄨㄛˋ shuo^4 音朔
①用竿打人。見"說文"。②古代舞曲名。見"字彙補"。

篆 ㄓㄨㄢˋ chuan^4 音撰
①書體名。有大篆、小篆之分。通常指小篆而言。②官印。古代官印多用篆文，故稱。如：接篆。③對他人名字的敬稱。因姓名印章常用篆文，故稱。如：臺篆。④香的煙縷。也指盤成一圈一圈的線香或蚊香。

4【篆文】 ㄓㄨㄢˋ ㄨㄣˊ
書體之一。有大篆、小篆之分。後則多專指小篆而言，'許愼'"說文解字"即以小篆爲主。

8【篆刻】 ㄓㄨㄢˋ ㄎㄜˋ
①雕刻印章。印章多爲篆體字，故名。②比喻雕琢字句，精心爲文。

18【篆額】 ㄓㄨㄢˋ ㄜˊ
在石碑的上端用篆體書寫碑名。

篎 ㄇㄧㄠˇ miao^3 音秒
一種小管樂器。見"說文"。

篂 ㄒㄧㄥ hsing^1 音星
參箳篂。

箸
箸的或體。

篹 ㄙ szŭ^1, ssŭ^1 音思　又讀 ㄒㄧˇ hsi^3 音洗

竹名。有毒,傷人即死。見"廣韻"。

篅 ㄔㄨㄢˊ ch'uan² 音船 又讀 ㄔㄨㄟˊ ch'ui² 音垂

盛穀的圓形竹器。同圖。見"說文"。

箵 ㄒㄧㄥˇ hsing³ 音醒

竹名。見"集韻"。

箈 ㄊㄞˊ t'ai² 音臺

穿地出土的竹筍。見"說文"。

箠 ㄔㄨㄟˊ ch'ui² 音垂

1馬鞭。見"說文"。2鞭打。如:榜箠。

13【箠楚】 ㄔㄨㄟˊ ㄔㄨˊ

1鞭打用的刑具。2以鞭棍責打。

箹 ㄩㄝ yüeh¹ 音約

1古代吹奏樂器。即小籥。見"爾雅·釋樂"。2竹節。見"廣韻"。

篁 ㄏㄨㄤˊ huang² 音皇

竹叢。見"說文"。

6【篁竹】 ㄏㄨㄤˊ ㄓㄨˊ

1竹的一種。體圓而質堅節促,大者可爲篙,細者可爲笛。2竹叢;竹林。

箯 ㄅㄧㄢ pien¹ 音邊

1竹轎。見"說文"。2盛飯用的大竹器。

篌 ㄏㄡˊ hou² 音侯

參箜篌。

篇 ㄆㄧㄢ p'ien¹ 音偏

1書籍;簡冊。見"說文"。2首尾完整的文章。後用作計算詩文的單位。

4【篇什】 ㄆㄧㄢ ㄕˊ

"詩經"的"雅"、"頌"每十篇爲一什。後以稱詩篇。

12【篇幅】 ㄆㄧㄢ ㄈㄨˊ

指文章的長度。也指文章在報章雜誌版面上所占位置的大小。

10

篞 ㄋㄧㄝˋ nieh⁴ 音孽

中管樂器。見"爾雅·釋樂"。

篣 一 ㄆㄤˊ p'ang² 音旁

竹名。即百葉竹。見'戴凱之'"竹譜"。

二 ㄆㄥˊ p'êng² 音朋

1竹籠。見"方言·一三"。2笞打。也作榜。見"正字通"。

簑 ㄙㄨㄛ so¹, suo¹ 音梭

用棕葉編成的雨衣。也作蓑。

篙 ㄍㄠ kao¹ 音高

撐船的竹竿。見"廣韻"。

篖 ㄊㄤˊ t'ang² 音唐

參笭篖。

䈝 ㄌㄩˇ lü³ 音旅

盛飯的器具。同筥。見"集韻"。

篧 ㄓㄨㄛˊ cho², chuo² 音卓

捕魚的竹罩。也作籗、籱。見"爾雅·釋器"。

䈟 ㄘㄨㄛˊ ts'o², ts'uo² 音嵯

竹籠的一種。見"廣韻"。

篝 ㄍㄡ kou¹ 音溝

1竹籠。可用以罩物或盛物。見"廣雅·釋器"。2籠罩。

篤 ㄉㄨˇ tu³ 音睹

1專一;堅定。如:篤志勵行。2厚;實。如:篤信。3姓。'明'有'篤自誠'。見"萬姓統譜·一一三"。

6【篤行】 一 ㄉㄨˇ ㄒㄧㄥˊ

切實履行。

二 ㄉㄨˇ ㄒㄧㄥˋ

品行敦厚。

7【篤志】 ㄉㄨˇ ㄓˋ

專一心志。

9【篤厚】 ㄉㄨˇ ㄏㄡˋ

1篤實忠厚。2深厚。

【篤信】 ㄉㄨˇ ㄒㄧㄣˋ

深信不疑。

13【篤敬】 ㄉㄨˇ ㄐㄧㄥˋ

篤實莊重。

【篤愛】 ㄉㄨˇ ㄞˋ

厚愛;深愛。

14【篤實】 ㄉㄨˇ ㄕˊ

忠厚誠實。

16【篤學】 ㄉㄨˇ ㄒㄩㄝˊ

勤學;好學。

篚 ㄈㄟˇ fei³ 音匪

1古代車上用以遮蔽風雨的竹簾。即車笭。見"說文"。2箱類竹器。或圓或方,形制不一。見"廣韻"、"三禮圖·下"。

篛 ㄖㄨㄛˋ jo⁴, juo⁴ 音若

同箬。1竹皮;筍殼。見"說文"。2草名。根、莖似小竹;葉柔而韌,可製笠或供包物用。見"本草綱目·草部·箬"。

11【篛笠】 ㄖㄨㄛˋ ㄌㄧˋ

用篛竹的筍皮所編成的帽子。

䈪 ㄒㄧˋ hsi⁴ 音夕

竹籠。見"廣韻"。

篥 ㄌㄧˋ li⁴ 音力

竹名。產於'日南',竹幹勁利,可削爲矛。見"齊民要術·一〇"。

篕 ㄏㄜˊ ho², hê² 音河

參篕棪。

11【篕棪】 ㄏㄜˊ ㄕㄢˋ

粗竹席。

䈰 ㄕㄠ shao¹ 音稍

1掃除殘餘飯粒的飯帚。見"說文"。2可容五升的飯器。通筲。見"說文"。3筷筒。見"說文"。4竹桶。5刀劍的套子。通鞘。

築 ㄓㄨˊ chu² 音竹

1擣土的杵。見"說文"。2擣土使堅實。如:築場圃。3建造。如:築屋。4宅第、園林等建築物。如:雅築。5姓。'明'有'築應祥'。見"萬姓統譜·一一二"。

9【築室道謀】 ㄓㄨˊ ㄕˋ ㄉㄠˋ ㄇㄡˊ

蓋房子而徵詢過路人的意見。比喻人多意見紛雜,很難決斷。

篨 ㄔㄨˊ ch'u² 音除

參籧篨。

篹 一 ㄙㄨㄢˇ suan³

竹編的祭器。見"字彙"。

二 ㄓㄨㄢˋ chuan⁴ 音撰

1撰述。通撰、譔。見"洪武正韻"。2準備食物。通饌。見"字彙補"。

三 ㄗㄨㄢˇ tsuan[3] 音纂
1二1的又讀。2收集。通纂。如：篹集。

簒 ㄘㄨㄢˋ ts'uan[4] 音竄
以強力奪取；非法奪取。見“說文”。

篔 ㄩㄣˊ yün[2] 音雲
參篔簹。

19【篔簹】 ㄩㄣˊ ㄉㄤ
竹名。節長，高數丈，生於水邊。見“正字通”。

篯 篯的俗體。

箵 ㄊㄠ t'ao[1] 音滔
飼牛的竹器。見“集韻”。

篘 ㄔㄡ ch'ou[1] 音抽
1濾酒的竹器。見“正字通”。2過濾。如：篘酒。

篗 篗的或體。

篩 ㄕㄞ shai[1]
1竹名。圍大、節長而高。可供造船。見“廣韻”。2竹器。有密孔，用以篩物。又稱篩子。3用篩子篩物。如：篩米。4斟。如：篩酒。5敲擊。如：篩鑼。

10【篩除】 ㄕㄞ ㄔㄨˊ
(screening)指剔除尺寸過大的物體。爲處理廢棄物時常用的前處理步驟。

14【篩管】 ㄕㄞ ㄍㄨㄢˇ
(sieve tube)位於植物維管束的韌皮部，細胞長形，無細胞核，僅有細胞質，細胞兩端與其他篩管上下相接，相接處的細胞壁有多數篩孔，細胞質可經由此小孔相互流通。篩管專司養分的輸送。

16【篩選】 ㄕㄞ ㄒㄩㄢˇ
(screening)利用篩選機或標準篩將不同粒徑之固體混合物予以分離之機械操作。

4【篩分法】 ㄕㄞ ㄈㄣ ㄈㄚˇ
(sieving)指以通過網目來表示粉末粒度的方法。例如通過100網目而不通過150網目者稱爲−100＋150mesh。通常只適用到50μm大小的粉末，最近利用微滑車(microsheave)可適用到5μm。

篦 ㄅㄧˋ pi[4] 音必
1去髮垢的竹梳子。見“字彙”。2用篦梳髮。

17【篦櫛】 ㄅㄧˋ ㄐㄧㄝˊ
竹製梳頭用具。

篪 ㄔˊ ch'ih[2] 音池
1古代的一種管樂器。竹製，單管橫吹(如圖)。同篪。見“廣韻”。2竹名。見“水經注·湘水”。

篪圖

11

篴 篯的或體。

篾 ㄎㄡˋ k'ou[4] 音寇
織機上把緯線打進去的工具。見“廣韻”。

篹 ㄇㄛˋ mo[4] 音莫
繫車篷的帶子。見“廣雅·釋器”。

蔀 ㄅㄨˋ pu[4] 音部
1簡牘。同簿。見“說文”。2盛物竹器。形似籠子。

篴 ㄔㄢˇ ch'an[3] 音產
大籥。通作產。見“集韻”。

篱 ㄌㄧˊ li[2] 音離
也作籬。參笊籬。

簏 ㄌㄨˋ lu[4] 音祿
高而圓的竹筐。如：書簏。

簇 ㄘㄨˋ ts'u[4] 音促
通蔟。1叢聚或堆集一處。如：花團錦簇。2量詞。一叢；一堆。如：一簇桃花。3箭頭。通鏃。如：箭簇。4極；最。如：簇新。

13【簇新】 ㄘㄨˋ ㄒㄧㄣ
極新；最新。

16【簇擁】 ㄘㄨˋ ㄩㄥˇ
很多人圍繞或護衛著。

篲 ㄏㄨㄟˋ hui[4] 音慧
竹帚。本作彗。見“說文”。

簀 ㄗㄜˊ tsê[2] 音責
竹蓆。也指床。見“說文”。

簋 ㄍㄨㄟˇ kuei[3] 音鬼
盛食器。形制變化甚大，基本形態是侈口，圓腹，圈足，如同大碗。從現有資料來看，簋源自‘二里岡’時期，無蓋、無耳，晚期盛行雙耳。簋之使用，至‘西周’趨於普遍，早期在圈足下有的加方座，或雙耳，或四耳；中期以後以弇口有蓋爲主，圈足下加三個獸足。

簋圖

簫 簫的俗體。

篿 一 ㄊㄨㄢˊ t'uan[2] 音團
圓形的竹器。見“說文”。
二 ㄓㄨㄢ chuan[1] 音專
古時‘楚’人折竹結草以占卜吉凶。見“集韻”。

簌 ㄙㄨˋ su[4] 音速
參簌簌。

17【簌簌】 ㄙㄨˋ ㄙㄨˋ
1形容細碎的聲音。2落淚的樣子。

篻 ㄆㄧㄠˇ p'iao[3] 音殍
一種實中的竹子。可用以製弩、箭、戟等。見“廣韻”。

簝 ㄌㄧㄠˊ liao[2] 音聊
竹名。形似苦竹而較細軟，‘江’‘漢’間稱爲苦簝。見“集韻”。

簕 一 ㄕㄠ shao[1] 音梢
1船舵尾。見“正字通”。2動。通稍。見“正字通”。
二 ㄕㄨㄛˋ shuo[4] 音朔
刷洗殘餘飯粒的器具。見“集韻”。

簎 ㄘㄜˋ ts'ê[4] 音測
用叉刺取魚類。見“集韻”。

篴 一 ㄉㄧˊ ti[2] 音敵
樂器的一種。同笛。見“廣韻”。
二 ㄓㄨˊ chu[2] 音竹
竹名。見“廣韻”。

簒 簒的俗體。

簍 ㄌㄡˇ lou³ 音摟
①用竹篾編成的圓形盛物器。見"說文"。②遮雨的車篷。即傘。見"廣雅·釋器"。

篳 ㄅㄧˋ pi⁴ 音畢
①竹籬笆。見"說文"。②泛指用荊竹編成的器物。如:篳門。

13【篳路藍縷】ㄅㄧˋ ㄌㄨˋ ㄌㄢˊ ㄌㄩˇ
形容開創事業時的刻苦艱辛。篳路,柴車;藍縷,破衣。也作篳路襤褸。

簂 ㄍㄨㄛˊ ko², kuo² 音國
①筐。通槶。見"廣韻"。②婦人罩髮的裝飾品。通幗。見"集韻"。③婦人服喪時所戴的冠。見"正字通"。

篾 ㄇㄧㄝˋ mieh⁴ 音滅
也作簚。①劈剖成條狀的細竹片。見"廣韻"。②竹名。也稱桃枝竹。見"集韻"。

篸 ㊀ ㄘㄣ ts'ên¹ 音參
今通作參。參參差。
㊁ ㄗㄢ tsan¹ 音簪
①綴衣的工具。見"廣韻"。②首笄。同簪。見"集韻"。
㊂ ㄗㄢˋ tsan⁴ 音贊
以針綴物。同鐕、撍。見"集韻"。

簉 ㄗㄠˋ tsao⁴ 音造 又讀 ㄔㄡˋ ch'ou⁴
①副的。見"字彙"。②雜聚。如:簇簉。③量詞。黃金一百斤爲一簉。

簃 ㊀ ㄧˊ i² 音移
樓閣邊的小屋。見"廣韻"。
㊁ ㄔˊ ch'ih² 音池
宮室相連。見"集韻"。

篷 ㄆㄥˊ p'êng² 音蓬
①遮蔽風雨、日光的棚子。如:車篷。②船。如:一篷西航。③罩在衣外以禦風寒的氅。如:斗篷。

篼 ㄉㄡ tou¹ 音兜
①供馬飲食的竹器。見"說文"。②竹輿;轎子。見"正字通"。

篠 ㄒㄧㄠˇ hsiao³ 音小
①細竹。可製箭幹。同筱。見"集韻"。②竹器。如:以杖荷篠。

簁 ㄕ shih¹ 音師
篩子。見"廣韻"。

篽 ㄩˋ yü⁴ 音遇
同籞、魰。①帝王的禁苑。見"說文"。②苑囿的牆垣、籬笆。

12

簜 ㄉㄤˋ tang⁴ 音蕩
①大竹。見"說文"。②指簫、笙等管樂器。

簶 ㄌㄨˋ lu⁴ 音祿
參胡簶。

簩 ㄌㄠˊ lao² 音牢
竹名。有毒。又名百葉竹。見"集韻"。

簫 ㄒㄧㄠ hsiao¹ 音蕭
①弓梢;弓頭。也作弰。見"說文通訓定聲"。②管樂器。以竹管製成。古今形制不同,今稱單管豎吹者爲簫。

14【簫韶】ㄒㄧㄠ ㄕㄠˊ
相傳'虞舜'所作的古樂。

簠 ㄈㄨˇ fu³ 音輔
盛食器。即文獻之胡或瑚。長方形,斜坦邊,平底,口外侈,圈足。器與蓋上下對稱,合則爲一器,分開便成對稱的兩個器皿。盛行於'西周'中、晚期至'戰國'。早期的簠圈足低小,晚期圈足高。

簠圖

簙 ㄅㄛˊ po² 音博
古代博戲的一種。二人對弈,用十二棊,六黑六白。通作博。見"正字通"。

簟 ㄉㄧㄢˋ tien⁴ 音店
①竹蓆。見"說文"。②泛指席子。

簨 ㄙㄨㄣˇ sun³ 音筍
懸掛鐘磬的橫木。見"集韻"。

簪 ㄗㄢ tsan¹ 又讀 ㄗㄣ tsên¹
①插定髮髻或冠的長針。如:玉簪。②插;戴。如:簪花。

簧 ㄏㄨㄤˊ huang² 音黃
①樂器中有彈性的薄片。用竹箬或銅片做成,可吹以發聲。見"釋名·釋樂器"。②指笙、竽等有簧片的樂器。見"正字通"。

12【簧惑】ㄏㄨㄤˊ ㄏㄨㄛˋ
比喻用巧言迷惑眾人。

簭 ㄕˋ shih⁴ 音逝
①用蓍草占卜。同筮。見"廣韻"。②咬。同噬。見"字彙補"。

簰 ㄆㄞˊ p'ai² 音牌
竹木筏。也作箄、篺。見"集韻"。

簦 ㄑㄩㄥˊ ch'iung² 音窮
參簦籠。

22【簦籠】ㄑㄩㄥˊ ㄌㄨㄥˊ
車蓋的弓架。用竹、木製成,可覆以布或竹蓆來遮蔽風雨、陽光。也叫篏。

簦 ㄉㄥ têng¹ 音登
有長柄的雨笠。類似今之雨傘。見"說文·簦·段注"。

簝 ㄌㄧㄠˊ liao² 音聊
古代宗廟內盛肉的竹器。見"說文"。

簏 虡的訛字。

簢 ㄇㄧㄣˇ min³ 音憫
竹名。中空。見"爾雅·釋草·簢茶中·注"。

簡 ㄐㄧㄢˇ chien³ 音柬
本作簡。①古代寫字用的狹長竹片。可連綴成篇冊。如:簡冊。②信札;書牘。如:簡札。③約略;質要。如:簡單。④怠慢;倨傲。如:簡慢。⑤選擇。通揀、柬。如:簡拔。⑥檢閱;查檢。如:簡稽。⑦大。通僩。如:簡圭。⑧鞭類的兵器。通鐧。如:鐵簡。⑨姓。三國有'簡雍'。見"萬姓統譜·八一"。

4【簡化】ㄐㄧㄢˇ ㄏㄨㄚˋ

使繁雜的變爲簡易。

5【簡句】 ㄐㄧㄢˇ ㄐㄩˋ

凡句中的重要文法成分，如敍事句、有無句的主語、賓語，或表態句、判斷句、準判斷句的主語、謂語，不是由詞結構成的，稱簡句。

6【簡任】 ㄐㄧㄢˇ ㄖㄣˋ

1選拔任用。2政府機關之各種職務，依其職責的重輕及擔任職務所需資格的高低，區分爲簡任、薦任、委任三個職等。簡任屬高的職等，列入簡任職等的各種職務如司長、處長等，稱爲簡任職，擔任簡任職務的人員，稱爲簡任官，任命擔任簡任職務的狀紙，稱爲簡任狀。

8【簡板】 ㄐㄧㄢˇ ㄅㄢˇ

打擊樂器。古稱簡子。用兩根長約六十五公分的竹片組成，靠下端各置一銅製小鈸，用左手夾擊發聲。常和漁鼓合用於道情類說唱音樂中。

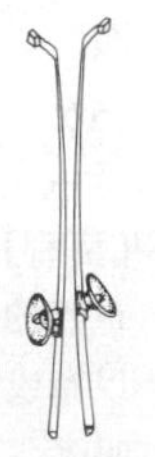

簡板圖

【簡拔】 ㄐㄧㄢˇ ㄅㄚˊ

挑選拔擢。

11【簡章】 ㄐㄧㄢˇ ㄓㄤ

規章之一。係摘取章程之重要條文，編成簡明扼要的章則。

12【簡報】 ㄐㄧㄢˇ ㄅㄠˋ

簡要的報導。

【簡策】 ㄐㄧㄢˇ ㄘㄜˋ

指書籍。也作簡筴。

14【簡慢】 ㄐㄧㄢˇ ㄇㄢˋ

輕忽怠慢。也作簡嫚。今多用作表示待客不周的謙辭。

15【簡練】 ㄐㄧㄢˇ ㄌㄧㄢˋ

1挑選後加以訓練。2精心研究揣摩。3簡單扼要。

4【簡支梁】 ㄐㄧㄢˇ ㄓ ㄌㄧㄤˊ

(simple beam)一端爲樞支承，另一端爲輥支承的梁。簡支梁之特性爲梁受彎時，其兩端可自由轉動，但垂直於梁方向則不能有所移動，唯其中之一支承可作沿梁軸方向之移動。鉚接於支承的梁，除非利用特殊型式之抗力矩接頭，一般均被假設是簡支承。

23【簡體字】 ㄐㄧㄢˇ ㄊㄧˇ ㄗˋ

爲了書寫省事，將字體筆畫加以簡化而成的文字。也稱簡筆字。

4【簡化徵稅】 ㄐㄧㄢˇ ㄏㄨㄚˋ ㄓㄥ ㄕㄨㄟˋ

(collect the commodity tax by simplified method) 貨物稅徵收方式之一。即貨物稅廠商有關納稅、領照證等事宜均直接洽稽徵機關經辦人員辦理，貨物出廠時亦無須派員到場查驗核對，可自行查核出廠之謂。此制適用於規模較小的廠商，優點爲可以節省稽徵人力；缺點爲易致逃漏。

8【簡易交付】 ㄐㄧㄢˇ ㄧˋ ㄐㄧㄠ ㄈㄨˋ

動產物權之移轉，原則上須有讓與合意，並交付動產。但如移轉之標的物已爲受讓人所占有，爲免徒費周折，法律規定於當事人讓與合意時即生效力，是爲簡易交付。例如承租人已占有租賃物，今出租人將該租賃物讓與予承租人，則於雙方讓與合意時，即生物權移轉之效力。

【簡易判決】 ㄐㄧㄢˇ ㄧˋ ㄆㄢˋ ㄐㄩㄝˊ

民事訴訟上，法院依簡易訴訟程序所爲之判決，於判決書內之事實及理由，得僅記載要領，故稱爲簡易判決。刑事訴訟上，第一審法院就"刑法"第六十一條所列各罪之案件，依被告在偵查中之自白或其他現存之證據，已足認定其犯罪者，得因檢察官之聲請，不經通常審判程序，依簡易程序所逕爲科拘役或罰金之判決，稱爲簡易判決。

12【簡單蒸餾】 ㄐㄧㄢˇ ㄉㄢ ㄓㄥ ㄌㄧㄡˋ

(simple distillation) 蒸餾操作時，令沸騰產生之蒸氣冷凝後不再回流至蒸餾器之操作。包括驟餾、微分蒸餾等。

16【簡諧運動】 ㄐㄧㄢˇ ㄒㄧㄝˊ ㄩㄣˋ ㄉㄨㄥˋ

(simple harmonic motion) 屬週期性運動。如將水平置放之彈簧的一端連接一質量，將其自平衡點拉一距離然後釋放，則物體將以平衡點爲準做直線的往返運動，若摩擦力忽略不計，便可視爲簡諧運動。其他如單擺或鋼片等做小角度的來回擺動，均屬之。簡諧運動是一種線性變加速度運動，物體在任一位置加速度 a 的大小，與其距平衡點的距離 x 成正比，但方向與位移的方向相反，即 $a=-kx$，式中 k 爲一比例常數。凡能滿足上述公式之運動者，皆爲簡諧運動。

12【簡單平均法】 ㄐㄧㄢˇ ㄉㄢ ㄆㄧㄥˊ ㄐㄩㄣ ㄈㄚˇ

(simple average method)存貨估價方法之一。採此法者，應依資產之性質分類，其屬於同一類者，應將當年度各次取得價格不同者，每一單位取得價格總數除以取得價格不同者之總次數，作爲存貨之每一單位取得價格。

17【簡薦委任制】 ㄐㄧㄢˇ ㄐㄧㄢˋ ㄨㄟˇ ㄖㄣˋ ㄓˋ

我國公務人員的任用制度。係指各機關組織法規中，除政務官及民選人員外，定有職稱職等的文職人員均屬之。

8【簡易人壽保險】 ㄐㄧㄢˇ ㄧˋ ㄖㄣˊ ㄕㄡˋ ㄅㄠˇ ㄒㄧㄢˇ

(industrial life insurance)即小額人壽保險。保險費每星期、半月或一月繳付一次，且常由保險人按期派員收取。加入簡易人壽保險，不必經過體格檢查，但爲防止逆選擇起見，有等待期間或減削期間的規定，即被保險人加入保險後，須經過一定期間保單始能生效。如在一定期間內死亡者，保險人可不負給付責任，或減少其給付金額的一部分。此項保險，我國由郵政儲金匯業局辦理。

【簡易訴訟程序】 ㄐㄧㄢˇ ㄧˋ ㄙㄨˋ ㄙㄨㄥˋ ㄔㄥˊ ㄒㄩˋ
"民事訴訟法"就輕微、簡單或應速結之事件,規定和普通訴訟程序相異之若干便捷的訴訟程序。關於財產權之訴訟,其標的之金額或價額在二千元以下者,及"民事訴訟法"規定之特定事件,適用簡易訴訟程序,當事人亦得合意適用之。其異於通常訴訟程序之規定者,如起訴及其他期日外之聲明或陳述均得以言詞爲之;就審期間較短,至少應爲五日;言詞辯論期日通知書應表明適用簡易訴訟程序;判決書內之事實及理由,得僅記載要領;在獨任推事前行之。其除異於通常訴訟程序之規定外,仍適用通常訴訟程序之規定。

簡 簡的本字。

簣 ㄎㄨㄟˋ k'uei⁴ 音愧
盛土竹器。如:功虧一簣。

簞 ㄉㄢ tan¹ 音單
圓形有蓋的盛物小竹器。如:簞食瓢飲。

9【簞食壺漿】 ㄉㄢ ㄙˋ ㄏㄨˊ ㄐㄧㄤ
用竹器盛飯,用壺盛酒漿。指熱誠犒勞軍隊。

【簞食瓢飲】 ㄉㄢ ㄙˋ ㄆㄧㄠˊ ㄧㄣˇ
以一籃白飯、一瓢淸水當一餐。形容生活淸苦。

16【簞瓢屢空】 ㄉㄢ ㄆㄧㄠˊ ㄌㄩˇ ㄎㄨㄥ
飯籃水瓢常空。形容極度貧窮。

簚 ㄇㄧˋ mi⁴ 音覓
車前欄杆的覆蓋物。見"集韻"。

箾 ㄕㄠ shao¹ 音梢
盛飯器。見"說文"。

箛 ㄍㄨ ku¹ 音孤
竹簡。可用以書寫。見"集韻"。

簥 ㄐㄧㄠ chiao¹ 音驕
一種大管樂器。見"爾雅·釋樂"。

簰 簰的或體。

簱 ㄈㄨˋ fu⁴ 音腹
竹實。形似小麥。見"集韻"。

13

簺 ㄙㄞˋ sai⁴ 音賽
1古代的一種棋局遊戲。又稱格五。見"說文"。2用竹木編成,置水流中以捕取魚類的器具。見"集韻"。

簿 一 ㄅㄨˋ pu⁴ 音部
1記寫事物的冊籍。如:簿書。2狀子。如:對簿公堂。
二 ㄅㄛˊ po² 音博
養蠶具。用細竹或蘆草編成。同箔。

10【簿記】 ㄅㄨˋ ㄐㄧˋ
1用簿冊登記。2(bookkeeping)依設定的制度,分析、記載及分類交易的一種程序。屬於會計帳務處理的技術,並不涉及會計理論的研究。擔任簿記工作的人員稱爲簿記員,而非會計。

【簿書】 ㄅㄨˋ ㄕㄨ
1登記財物出納的冊籍。2官方文書的統稱。

簦 ㄊㄢˊ t'an² 音檀
牽挽舟船的繩索。見"字彙補"。

簾 ㄌㄧㄢˊ lien² 音廉
遮蔽門窗的用具。以竹片、布帛等製成。

篴 一 ㄙㄨㄟˋ sui⁴ 音遂
粗竹蓆。即籧篨。見"類篇"。
二 ㄉㄧˊ ti² 音笛
篴的訛字。

簬 簬的古文。

簸 一 ㄅㄛˇ po³ 音跛
1播揚米穀以除去粗糠。見"說文"。2顚揚;搖動。如:顚簸。
二 ㄅㄛˋ po⁴ 音播
參簸箕。

7【簸弄】 ㄅㄛˇ ㄋㄨㄥˋ
1造謠生事,顚倒是非。2玩弄;播弄。

12【簸揚】 ㄅㄛˇ ㄧㄤˊ
用簸箕揚去穀類的糠粃。

14【簸箕】 ㄅㄛˋ ·ㄐㄧ
用以揚去穀類糠粃的器具。

簳 ㄍㄢˇ kan³ 音敢
1小竹名。見"拾遺記·蓬萊山·有浮筠之簳·注"。2箭幹。同笴。見"集韻"。3用棍棒碾軋。通擀。如:簳麵。

簙 ㄅㄛˊ po² 音搏 又讀 ㄆㄛˋ p'o⁴ 音迫
1局戲;行棊。通作博。見"玉篇"。2蠶具。同箔。見"集韻"。

籀 ㄓㄡˋ chou⁴ 音宙
或作籒。1讀書。見"說文"。2古代書體的一種。即大篆。

4【籀文】 ㄓㄡˋ ㄨㄣˊ
古代書體之一。又稱籀書、大篆。相傳'周宣王'時太史'籀'所創,故名。爲'戰國'時'秦'通行的文字。

簻 ㄍㄜˊ ko², kê² 音革
竹障。見"集韻"。

簹 ㄉㄤ tang¹ 音當
參篔簹。

簴 ㄐㄩˇ chü³ 音舉
圓形竹器。1用以飼牛。見"說文"。2用以盛桑葉養蠶。見"篇海類編"。

簵 ㄌㄨˋ lu⁴ 音路
竹名。即箘簵。見"說文"。

簻 一 ㄓㄨㄚ chua¹ 音抓
也作檛。1馬鞭。見"說文"。2樂器的管。見"正字通"。
二 ㄎㄜ k'o¹, k'ê¹ 音科
也作薖。1草名。見"集韻"。2寬大的樣子。見"集韻"。

簷 ㄧㄢˊ yen² 音言
1屋頂延伸至室外的邊沿。用來遮蔽風雨。如:茅簷。2泛指覆蓋器物四旁冒出的邊沿。如:

帽簷。

4【簷牙】 ㄧㄢˊ ㄧㄚˊ
屋簷邊際翹起如牙的部分。

13【簷溜】 ㄧㄢˊ ㄌㄧㄡˋ
也作簷霤。①簷間瀉下的水滴。②簷間滴水處。

3【簷口天溝】 ㄧㄢˊ ㄎㄡˇ ㄊㄧㄢ ㄍㄡ
(eaves gutter)固定在屋頂邊緣的橫向長條凹型或半圓型溝槽。又稱簷溝、天溝或承霤。可匯集屋頂的雨水流向直立落水管,以利排水。

籅 ㄩˋ yü⁴ 音郁
淘米的竹器。見"說文"。

簽 ㄑㄧㄢ ch'ien¹ 音籤
通籤。①署題文字以爲標識或表示認可、負責。如:簽押。②官府交給官吏逮捕犯人的竹牌。如:發簽緝兇。③公文體製之一。舊稱簽呈。

7【簽呈】 ㄑㄧㄢ ㄔㄥˊ
舊時公務機關屬下對長官的書面陳述。用簽紙書寫,較正式呈文簡便。今稱簽。

13【簽署】 ㄑㄧㄢ ㄕㄨˋ
在文件上簽字。

19【簽證】 ㄑㄧㄢ ㄓㄥˋ
①(visa)指一國的外交部或其授權的駐外機構,在外國護照上證明其護照有效,准許護照持用人有權進入其領土停留一定期間,或經過其領土前往其他國家。簽證依入境的性質及目的分爲外交簽證、公務簽證、觀光簽證、過境簽證等;依入境次數而分爲一次入境簽證及多次入境簽證;依使用人數而分爲個人簽證及團體簽證。② (licensing) 指進出口廠商於辦理貨物進出口時,向貿易主管當局提出申請書,請其簽發輸出入許可證。在外匯貿易管制的國家,貨物的進出口都必須辦理簽證手續,一般分爲進口簽證與出口簽證二種。其作用有三:一、通關:海關憑所簽發的輸出入許可證驗放,除在免簽證限額以下的小額進出口外,沒有許可證不得通關。貿易主管當局藉許可證的簽發,可達到管制進出口的目的。二、控制外匯:憑輸出入許可證的簽發,可控制外匯的收支。三、便於統計分析:利用輸出入許可證資料,可作簽證、通關及結匯各個不同時點的統計,迅速確實,可供貿易管理及外匯調度的參考。

11【簽帳卡】 ㄑㄧㄢ ㄓㄤˋ ㄎㄚˇ
(debit card)用戶向特約商店購買財貨或消費勞務時,根據發卡銀行供給的信用保證,提示由簽帳卡公司或發卡銀行發行的簽帳卡並簽帳後,彙總由銀行將簽帳款項由持卡人帳戶逕行收帳轉存特約商店帳戶,以節省現金收付或支票收帳手續,改進社會支付制度。銀行簽帳卡業務的性質,大致與信用卡相同,惟仍有區別,信用卡業務係銀行根據用戶信用,保證其信用交易;簽帳卡業務則根據用戶信用之外,事先要以存款或保證金爲基礎,由銀行保證信用交易款項的代收代付;同時簽帳卡用戶的信用額度、結算期限等規定亦較嚴。簽帳卡業務在'臺灣'地區的發展,係由銀行及信託投資公司聯合成立財團法人聯合簽帳卡處理中心,共同經營管理簽帳卡業務。

19【簽證功能】 ㄑㄧㄢ ㄓㄥˋ ㄍㄨㄥ ㄋㄥˊ
(attest function)簽證功能主在對報表的允當性、可靠性提出專家的意見,其執行者主要是會計師。簽證功能包括審核、審計報告的簽發兩個步驟。

【簽證申報】 ㄑㄧㄢ ㄓㄥˋ ㄕㄣ ㄅㄠˋ
(filing of annual income return according to the tax agent's verification and signature)指一定範圍內之營利事業,其營利事業所得稅之結算申報,應委託經財政部核定之稅務代理人查核簽證申報。此一定範圍內之營利事業指銀保業者、股票公開上市之營利事業、實施貨物稅查帳徵稅之營利事業及營業額在一定標準以上者等,由於其規模較大,影響社會亦鉅,故必須經由簽證申報。

【簽證銀行】 ㄑㄧㄢ ㄓㄥˋ ㄧㄣˊ ㄏㄤˊ
(appointed licensing bank)在我國外匯指定銀行中,由'中央銀行'授權辦理進出口簽證業務者,特稱爲簽證銀行。目前我國外匯指定銀行多數是簽證銀行。

12【簽單保險費】 ㄑㄧㄢ ㄉㄢ ㄅㄠˇ ㄒㄧㄢˇ ㄈㄟˋ
(written premium)爲保險契約成立時,保險人所收保單期間的全額保險費。

14

籊 ㄊㄧˋ t'i⁴ 音惕
竹長而纖細的樣子。見"集韻"。

籌 ㄔㄡˊ ch'ou² 音愁
①古代投壺用的竹箭。見"說文"。②計數的用具。如:籌碼。③計畫;謀劃。如:運籌帷幄。

11【籌措】 ㄔㄡˊ ㄘㄨㄛˋ
①籌劃措辦。②籌集款項。

12【籌策】 ㄔㄡˊ ㄘㄜˋ
①古代計數的用具。②計畫;謀劃。

【籌集】 ㄔㄡˊ ㄐㄧˊ
籌劃收集。

【籌備】 ㄔㄡˊ ㄅㄟˋ
籌劃準備。

14【籌劃】 ㄔㄡˊ ㄏㄨㄚˋ
策劃;計畫。

15【籌碼】 ㄔㄡˊ ㄇㄚˇ
①古代投壺計數的用具。今稱賭博記數的用具。也作籌馬。②商場上代替現款的東西。如票據之類。③指作某事可運用的資本。

6【籌安會】 ㄔㄡˊ ㄢ ㄏㄨㄟˋ

'民國'四年八月,由'楊度'、'孫毓筠'、'嚴復'、'劉師培'、'李燮和'、'胡瑛'等六人發起。'楊'、'孫'分任正、副理事長,餘為理事,此六人有⌊洪憲六君子⌉之稱,爲帝制運動的馬前卒。旋據'袁'政府憲法顧問'古德諾'(Frank J. Goodnow)"共和與君主論"一文,鼓吹帝制,並發動公民團體請願變更國體。十月,改組爲'憲政協進會'。

籉 ㄊㄞˊ t'ai² 音臺
遮雨的笠帽。見"集韻"。

籃 ㄌㄢˊ lan² 音藍
①有提梁的盛物器。用籐或竹片編成。如:花籃。②竹轎。籃輿的簡稱。

11【籃球】 ㄌㄢˊ ㄑㄧㄡˊ
球類運動之一。以懸籃爲投球標的,故稱。爲'美國'"納斯密司'(Dr. James Naismith)所發明。每隊各有五名球員與賽,按規則將球投入對方籃內即算得分,並需防止對方將球投進本方籃內得分。現行國際籃球規則,係於'奧運會'時召開世界籃球會議所修訂,全球通行。

17【籃輿】 ㄌㄢˊ ㄩˊ
竹轎。

籋 ㄋㄧㄝˋ nieh⁴ 音聶
①夾物器。即鑷子。見"說文"。②用鑷鉗取。③輕踏。通躡。

籈 ㄓㄣ chên¹ 音甄
擊敔的木板。見"爾雅·釋樂"。

籅 ㄩˊ yü² 音余
飼牛用的竹筐。即簾。見"篇海類編"。

籐 虡的或體。

籆 ㄩㄝˋ yüeh⁴ 音月
收絲的器具。也作篗。見"說文"。

籍 ㄐㄧˊ chi² 音瘠
①簿冊;書本。如:圖籍。②祖居或出生地。③登錄。④皇位。通阼。如:履天子籍。⑤耕種。通耤。如:籍田。⑥姓。'漢'有'籍福'。見"萬姓統譜·一二二"。

7【籍沒】 ㄐㄧˊ ㄇㄛˋ
登錄其財產並沒收入官。

9【籍甚】 ㄐㄧˊ ㄕㄣˋ
聲名盛大。也作藉甚。

11【籍貫】 ㄐㄧˊ ㄍㄨㄢˋ
祖居或出生地。

20【籍籍】 ㄐㄧˊ ㄐㄧˊ
①紛亂。②縱橫錯雜的樣子。③形容聲名盛大。

15

籓 ㄈㄢ fan¹ 音蕃
①大箕。見"說文"。②樊籬。通作藩。見"正字通"。

籖 籤的俗體。

籑 ㄓㄨㄢˋ chuan⁴ 音撰
籑的訛字。①飲食。也作饌。見"正字通"。②著述。通撰。見"洪武正韻"。

籔 ㊀ ㄙㄡˇ sou³ 音叟
淘米的竹器。見"廣韻"。
㊁ ㄕㄨˋ shu⁴ 音數
古量名。十六斗爲一籔,十籔爲一秉。同藪。見"集韻"。

籘 ㄊㄥˊ t'êng² 音騰
①竹製的器具。見"集韻"。②蔓生似竹的植物。本作藤。見"篇海類編"。

15【籘蔓】 ㄊㄥˊ ㄇㄢˋ
蔓延攀爬的籘莖。

16

籠 ㊀ ㄌㄨㄥˊ lung² 音龍
①竹編的器具。如:茶籠。②包括。③覆蓋。如:煙籠寒水。
㊁ ㄌㄨㄥˇ lung³ 音攏
①㊀②的又讀。②圓形有蓋的竹木箱。如:籠子。

11【籠統】 ㄌㄨㄥˊ ㄊㄨㄥˇ
統括而不分明。

12【籠絡】 ㄌㄨㄥˊ ㄌㄨㄛˋ
用權術駕馭、控制、拉攏。

13【籠罩】 ㄌㄨㄥˊ ㄓㄠˋ
遮蓋;覆蓋。

4【籠中鳥】 ㄌㄨㄥˊ ㄓㄨㄥ ㄋㄧㄠˇ
①羈養在籠中的鳥。②比喻受到羈絆,不得自由的人。

11【籠鳥檻猿】 ㄌㄨㄥˊ ㄋㄧㄠˇ ㄐㄧㄢˋ ㄩㄢˊ
籠中鳥,檻中猿。比喻失去自由的人。

籝 籯的或體。

籗 篧的或體。

籟 ㄌㄞˋ lai⁴ 音賴
①古管樂器。即三孔龠。見"說文"。②簫的別名。見"正字通"。③聲響。如:天籟。

籜 ㄊㄨㄛˋ t'o⁴, t'uo⁴ 音拓
竹皮;筍殼。見"集韻"。

籚 ㄌㄨˊ lu² 音盧
①捆束竹竿而成的矛戟握柄。見"說文"。②竹名。產於'東甌'諸郡海邊,肌理勻淨,筠色潤澤,可作篪,鳴聲響亮。見'戴凱之'"竹譜"。

籛 ㊀ ㄐㄧㄢˇ chien³ 音剪
竹名。見"廣韻"。
㊁ ㄐㄧㄢ chien¹ 音箋
姓。相傳'彭祖'姓'籛',名'鏗'。見"神仙傳·彭祖"。

籙 ㄌㄨˋ lu⁴ 音祿
①書箱;書簍。見"集韻"。②天所賜的符命。③簿籍;簿冊。如:鬼籙。④道家祕文。如:符籙。

籞 篽的或體。

17

籟 ㄐㄩˊ chü² 音菊
①審問罪人。本作鞫。見"說文"。②窮;極。見"正字通"。

籅 ㄩˊ yü² 音輿
①竹筐;竹簍。本作籅。見"正字通"。②竹轎。通輿。見"正字

通"。

籥 籥的本字。

籧 ㊀ ㄑㄩˊ ch'ü² 音渠 參籧篨。

㊁ ㄐㄩˇ chü³ 音舉 養蠶的器具。通筥。見"正字通"。

16【籧篨】 ㄑㄩˊ ㄔㄨˊ ①粗竹蓆。②指人肥胖臃腫，無法向下俯視。③比喻觀人顏色而爲言辭的人。即柔口巧言之人。

籣 ㄌㄢˊ lan² 音闌 盛弓箭的袋子。也作韊、韉。見"說文"。

籦 ㄓㄨㄥ chung¹ 音鍾 參籦籠。

22【籦籠】 ㄓㄨㄥ ㄌㄨㄥˊ 竹名。可作笛。

籢 奩的或體。

籤 ㄑㄧㄢ ch'ien¹ 音簽 ①求神、占卜吉凶所用的竹片。如：神籤。②書寫文字或符號作爲標記的紙片或竹片。如：書籤。③尖而細長的東西。如：牙籤。

13【籤詩】 ㄑㄧㄢ ㄕ 廟中神籤上預言吉凶禍福的詩。

籥 ㄩㄝˋ yüeh⁴ 音悅 ①古代兒童習字的工具。編竹片而成。可卷曲及將字拭去再寫。見"說文·籥·段注"。②古管樂器。有三孔、六孔兩種。三孔的似笛而短小，六孔的較長，可持執以舞。③冶鍊時用來鼓風吹火的管子。④鎖鑰。通鑰。見"正字通"。

18

籪 ㄉㄨㄢˋ tuan⁴ 音斷 '吳'人稱安置水中截捕魚蟹的竹柵。

籰 ㄕㄨㄤ shuang¹ 音雙 用竹篾或木葉編成的船帆。見"正字通"。

19

籬 ㄌㄧˊ li² 音離 用竹片、樹枝或鐵絲網等編成的障蔽物。如：籬笆。

籭 ㄕ shih¹ 音師 又讀 ㄕㄞ shai¹ 音篩 有細孔的竹器。用來篩物。同簛、篵、篩。見"說文"。

籮 ㄌㄨㄛˊ lo², luo² 音羅 盛物或淘米的竹器。多爲方底圓口。見"正字通"。

籩 ㄅㄧㄢ pien¹ 音邊 古代祭祀燕享時用來盛果實脩脯的竹編食器。形狀如豆。

20

籯 ㄧㄥˊ ying² 音盈 箱籠一類的盛物竹器。見"廣雅·釋器"。

籰 ㊀ ㄩㄝˋ yüeh⁴ 音月 收絲的器具。同篗。見"集韻"。

㊁ ㄩˋ yü⁴ 音玉 竹子叢生。見"類篇"。

24

籱 ㄓㄨㄛˊ cho², chuo² 音濁 細竹編成的捕魚籠。也作篧、篧。見"說文"。

26

籲 ㄩˋ yü⁴ 音預 呼告；大聲求助。如：籲請。

米部

米 ㄇㄧˇ mi³ 音敉 ①穀物去殼後的內實。今專指稻穀的內實。②（metre）長度單位。代號爲m。即公尺。③姓。'宋'有'米芾'。見"萬姓統譜·七九"。

8【米芾】 ㄇㄧˇ ㄈㄨˊ （1051～1107）'北宋''太原'（今'山西''太原市'）人，後徙'襄陽'（今'湖北''襄陽'）。官至禮部員外郎，世稱'米南宮'。因個性倜儻不羈，時人亦稱爲'米顛'。工書，行草自成一家；亦擅山水，落筆不求工細。嗜金石古器，尤喜奇石。著有"書史"、"畫史"、"寶晉英光集"等書。

【米制】 ㄇㄧˇ ㄓˋ （metric system）即公制或標準制。今通稱十進制。以米（公尺）爲長度單位，克（公克）爲重量或質量單位，立突（公升）爲容量或體積單位。

11【米勒】 ㄇㄧˇ ㄌㄜˋ （Jean François Millet, 1814～1875）'法國''巴比松'畫派畫家之一。出身農家，西元1837～1849年於'巴黎'習畫兼作畫，作品以肖像和人體爲主。後遷居'巴黎'郊外'巴比松'的農村，畫筆轉而描繪、歌頌田園景色、農民的勤勞和生活，同時也揭露剝削制度的殘酷，風格質樸且富情感。代表作有"播種者（*The Sower*）"、"拾穗"（*The Gleaners*）、"晚鐘"（或譯"晚禱"，*The Angelus*）等油畫。

13【米寧】 ㄇㄧˇ ㄋㄧㄥˊ （min）①'美'液量單位。爲1/61440加侖。②'英'液、乾量單位。爲1/76800加侖。

14【米爾】 ㄇㄧˇ ㄦˇ （James Mill, 1773～1836）'蘇格蘭'哲學家、歷史家、經濟學家。曾協助'邊沁'創立哲學激進主義的功利主義。長子'約翰·米爾'（John Stuart Mill）更是傑出的功利主義代表。著作有"英屬印度史"（*History of British India*）、"政治經濟學的概論"（*Elements of Political Economy*）、"人類心靈現象的分析"（*Analysis of the Phenomena of the Human Mind*）。其物價的勞工理論（the labor theory of value）後爲'馬克斯'所取用。

17【米糠】 ㄇㄧˇ ㄎㄤ
糙米碾白時，被剝下來之果皮、種皮的全部及外胚乳，混有澱粉層，有的甚至含有胚芽及粗糠、碎米等。爲飼料原料之一。

18【米蟲】 ㄇㄧˇ ㄔㄨㄥˊ
蛀米的蟲。1比喻只知吃喝，不願做事的懶人。2指囤積居奇而不顧眾人生計的米商。

19【米羅】 ㄇㄧˇ ㄌㄨㄛˊ
(Joan Miró, 1893～1983)'西班牙'的超現實畫家。其作品不取物體的型態，而代以純粹的構圖和造型符號，頗富詩趣。與'達利'(Salvador Dalí)同爲'西班牙'當代超現實主義的領導者。

21【米蘭】 ㄇㄧˇ ㄌㄢˊ
(Milan)'義大利'最大工商業、金融、交通中心及第二大城。位於'波河平原'西北。附近為養蠶業中心，絲織和棉織業與'法國''里昂'齊名；衛星工業城環繞。'米蘭大天主教堂'以大理石建築，頗負盛名。人口118.2萬(2001年)。

6【米字編】 ㄇㄧˇ ㄗˋ ㄅㄧㄢ
編織工藝中織物較精緻的花紋之一。纖維走向交叉如米字，故稱。舉凡籐編、竹編、線編、草編、繩編等，均常使用此種紋路。

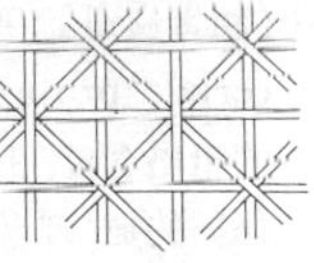
米字編圖

10【米格機】 ㄇㄧˇ ㄍㄜˊ ㄐㄧ
(MIG fighter aircraft)'蘇俄'造的系列戰鬥機。由工程師'米柯陽'(Artem Mikoyan)與'格維奇'(Mikhail Gurevich)二人研製而成，故名。如二次大戰使用米格3型機，'韓'戰使用米格15型機，目前最新穎的是米格31。

12【米開蘭基羅】 ㄇㄧˇ ㄎㄞ ㄌㄢˊ ㄐㄧ ㄌㄨㄛˊ
(Michelangelo Buonarroti, 1475～1564)文藝復興時期'義大利''佛羅倫斯'的畫家、雕刻家與建築家。作品以雄壯、力與動勢之表現見稱。代表作有'席斯汀禮拜堂'的"創世紀"(*The Genesis*)和"最後的審判"(*The Last Judgment*)等壁畫；"大衛"(*David*)、"摩西"(*Moses*)、"黎明"(*Dawn*)、"白日"(*Day*)、"黃昏"(*Dusk*)、"黑夜"(*Night*)等雕像；以及'聖彼得大教堂'的"圓屋頂"(*Dome*)之建築等，是迄今西洋美術史中最偉大的藝術家。

2

籵 一 ㄈㄢˊ *fan*² 音繁
蹯的古文。
二'法國'長度［特卡米突］的略記。即一米突之十倍。我國標準制稱公丈，略記爲粀。

籴 糴的俗體。

3

籿 長度單位公寸的略記。等於公尺的十分之一。

籸 ㄕㄣ *shên*¹ 音身
1粉滓。見"廣韻"。2粥凝固。見"集韻"。

粀 長度單位公丈的略記。等於十公尺。

籽 ㄗˇ *tzŭ*³ 音子
植物的種子。如：菜籽。

籼 秈的或體。

籹 一 ㄋㄩˇ *nü*³ 音女
參粔籹。
二 ㄓㄨㄤ *chuang*¹ 音莊
妝的或體。

籺 ㄒㄧˋ *hsi*⁴ 音夕
細碎的米。見"廣韻"。

粁 長度單位公里的略記。等於一千公尺。

4

粇 糠的或體。

粌 長度單位公引的略記。等於一百公尺。

粎 長度單位公尺的略記。

粑 ㄅㄚ *pa*¹ 音巴
參糌粑。

粃 秕的或體。

粄 ㄅㄢˇ *pan*³ 音板
用米屑製成的餅。也作粯、䬳。見"集韻"。

粍 長度單位公釐的略記。等於公尺的千分之一。

粋 粹的或體。

𥹋 粢的或體。

粉 ㄈㄣˇ *fên*³
1用米研成的細末。見"說文通訓定聲"。2泛稱研碎成細末的東西。如：太白粉。3色白如粉。如：粉牆。4塗抹裝飾。如：粉飾。5碎裂如粉。如：粉身碎骨。

5【粉本】 ㄈㄣˇ ㄅㄣˇ
我國古代繪畫的畫稿。古人作畫先於墨稿上加描粉筆，用時撲入縑素，依粉痕落墨，故名。

8【粉刺】 ㄈㄣˇ ㄘˋ
(acne)一種皮脂腺發炎。多見於青春期男女。因皮脂腺分泌旺盛，皮膚呈油性，脂肪堆積在毛囊所引起。可擠出黃色的脂肪柱，如受化膿菌感染，則呈紅色膿疱。

11【粉彩】 ㄈㄣˇ ㄘㄞˇ
瓷器釉飾的一種。於繪瓷彩料裡配入含有大量鉛粉的玻璃白，在燒好的瓷器上作畫；或者先用玻璃白打底，再用彩料作畫。畫面突出於釉面，色彩柔和，層次清晰。粉彩瓷器出現於'清''康熙'年間，'雍正'時盛行。

13【粉碎】 ㄈㄣˇ ㄙㄨㄟˋ
1碎成粉末。2徹底破壞。

【粉飾】 ㄈㄣˇ ㄕˋ
1裝飾；打扮。2誇獎；讚美。3不

求實際，只顧修飾外觀。4 (finishing) 混凝土灌築後，將暴露之表面刮整至規定高度，再加以浮飾、鏝飾、箒飾等的程序。

15【粉瘤】 ㄈㄣˇ ㄌㄧㄡˊ
(comedo) 一種皮內囊腫。囊腫壁由表皮樣細胞構成，中間是角質、皮質及其崩壞物質；約爲豌豆至胡桃實大小，位於外觀正常的皮膚下面，具彈性。多發生於皮脂腺較多部位，如臉、頸、肩、胸、背等。除腫瘤可以從外面觸知外，常無自覺症狀，但有時會發炎、化膿。治療方法爲擠出內容物，可將囊腫壁除去，以免復發。

17【粉黛】 ㄈㄣˇ ㄉㄞˋ
1 敷面的粉和畫眉的黛。都是婦女的化妝品。2 比喻美女。

7【粉妝玉琢】 ㄈㄣˇ ㄓㄨㄤ ㄩˋ ㄓㄨㄛˊ
形容潔白美麗。

13【粉飾太平】 ㄈㄣˇ ㄕˋ ㄊㄞˋ ㄆㄧㄥˊ
製造太平盛世的假象。

15【粉墨登場】 ㄈㄣˇ ㄇㄛˋ ㄉㄥ ㄔㄤˊ
指化妝演戲。演員登臺表演時，臉部需用粉墨油彩加以化妝，故稱。

柴 ㄅㄧˋ pi^4 音畢
劣質的米。見"說文"。

5

粒 ㄌㄧˋ li^4 音立
1 米粒。見"廣韻"。2 量詞。通常用以計算體積很小的物體。如：一粒豆。

3【粒子】 ㄌㄧˋ ㄗˇ
(particle) 又稱質點。指一具有質量的物體。物理學上討論問題時，將物體視爲只具有質量而無體積，如同幾何上的點一樣。

15【粒線體】 ㄌㄧˋ ㄒㄧㄢˋ ㄊㄧˇ
(mitochondrium) 爲細胞質內的小顆粒，呈橢圓形。由雙層膜構成，內膜向內突起。含有多數酵素，是細胞內產生能量之處，故有細胞內的發電廠之稱。含有DNA及核糖體，能自製小部分本身所需的蛋白質。

粔 ㄐㄩˋ $chü^4$ 音巨
以米麵與蜜熬製而成的蜜餌。見"集韻"。

9【粔籹】 ㄐㄩˋ ㄋㄩˇ
以蜜和米麵煎製而成的糕餌類食品。是古代多寒時的一種食品。

粘 糊的或體。

粗 ㄘㄨ $ts'u^1$
1 糙米。見"說文"。2 簡略；不精細。如：粗糙。3 低俗；不雅。如：粗野。4 大。通常用以形容長而大的圓柱形物體。

8【粗具】 ㄘㄨ ㄐㄩˋ
大略具備。

9【粗度】 ㄘㄨ ㄉㄨˋ
(roughness) 材料表面高低起伏的現象。用以測量粗度的儀器稱爲粗度儀。

10【粗料】 ㄘㄨ ㄌㄧㄠˋ
指體內碳水化合物含量多、粗纖維多、消化養分量少且消化較難的植物性飼料。如藁稈類、青割類飼料等。

11【粗疏】 ㄘㄨ ㄕㄨ
1 粗糙；不細緻。2 粗率疏略。

【粗略】 ㄘㄨ ㄌㄩㄝˋ
粗疏簡略。

14【粗鄙】 ㄘㄨ ㄅㄧˇ
粗野鄙俗。

15【粗魯】 ㄘㄨ ㄌㄨˇ
莽撞草率。

10【粗骨材】 ㄘㄨ ㄍㄨˇ ㄘㄞˊ
(coarse aggregate) 指停留於4號篩(4.76公厘)上的混凝土用骨材。包括卵石、碎石、爐碴等類似之材料。

【粗脂肪】 ㄘㄨ ㄓ ㄈㄤˊ
(crude fat) 食品樣品經乙醚萃取後所得的物質。由於萃取物中除脂肪外，尙含葉綠素、胡蘿蔔素、有機酸、游離脂肪酸、植物鹼、膽固醇、揮發油、卵磷脂、樹脂、脂溶性維生素等，故只能稱爲粗脂肪。

23【粗纖維】 ㄘㄨ ㄒㄧㄢ ㄨㄟˊ
(crude fiber) 食物中不能被消化及吸收的碳水化合物之粗略含量。將去脂肪之食物樣品於稀酸中煮沸，再於稀鹼液中煮沸，將殘餘物稱重後進行灰化再稱重，其中差額即該樣品的粗纖維含量。動物性食物沒有粗纖維，植物性食物則含量差異很大。具有幫助腸胃蠕動、促進消化與排泄、降低血壓、預防結腸癌等功效。

8【粗放農業】 ㄘㄨ ㄈㄤˋ ㄋㄨㄥˊ ㄧㄝˋ
(extensive agriculture) 又稱廣耕。指耕地單位面積平均收成率很低的農業。與集約農業(精耕)相對。造成耕作粗放的主要原因爲缺乏勞力及資金。其特徵爲土地沒有全部利用，尙有休耕地及未闢之天然草地等。

【粗枝大葉】 ㄘㄨ ㄓ ㄉㄚˋ ㄧㄝˋ
1 比喻做事不仔細。2 比喻大體的輪廓。多指敘事、作畫而言。

10【粗茶淡飯】 ㄘㄨ ㄔㄚˊ ㄉㄢˋ ㄈㄢˋ
粗劣清淡的飲食。

11【粗蛋白質】 ㄘㄨ ㄉㄢˋ ㄅㄞˊ ㄓˊ
(crude protein) 食物中蛋白質的粗略含量。平均而言，蛋白質含16%的氮，理論上如果知道食物中的含氮量，即可乘以氮量係數6.25(100/16)，而粗略估計蛋白質含量。氮量係數依蛋白質不同略有差異，如牛乳爲6.38、大豆5.71、麵粉5.83等。

粘 ㄋㄧㄢˊ $nien^2$ 音黏　又讀 ㄓㄢ $chan^1$ 音瞻
1 膠合物體使結爲一體。通黏。如：粘貼。2 姓。'明'有'粘宜'。見"萬姓統譜·六七"。

粣 同粣。一 ㄘㄜˋ $ts'ê^4$ 音策
粽子。見"集韻"。
二 ㄙㄚˋ sa^4 音薩
以米和肉羹。即糝。見"正字通"。

粕 ㄆㄛˋ $p'o^4$ 音魄
參糟粕。

粜　糶的俗體。

6

粧　妝的俗體。

粞　ㄒㄧ hsi¹ 音西
細碎的米粒。見“廣韻”。

粠　ㄌㄧㄡˊ liu² 音流
參粰粠。

粨　‘法國’長度[海克脫米突]的略記。即一公尺的百倍。我國標準制稱公引，略記爲粨。

粦　粼的本字。

粢　ㄗ tzŭ¹ 音資
通粢。1稷的別名。見“爾雅·釋草”。2穀類的總名。見“字彙”。

粥　一 ㄓㄡ chou¹ 音周　讀音 ㄓㄨˋ chu⁴ 音祝
稀飯。
二 ㄩˋ yü⁴ 音育
1賣。同鬻。見“字彙”。2姓。‘周’有‘粥熊’。見“漢書·古今人表”。

4【粥少僧多】 ㄓㄡ ㄕㄠˇ ㄙㄥ ㄉㄨㄛ
比喻物少人多，不夠分配。

粟　ㄙㄨˋ su⁴ 音速
1未春前的穀實。見“說文”。2糧食的通稱。3(foxtail millet; Setaria italica) 又稱小米。一年生禾草。葉片條狀披針形；小穗簇生於縮短的分枝上，呈柱狀圓錐花序，有如狗尾。我國多栽種於北方，可供食用，也可釀酒和當飼料。4雞皮疙瘩。皮膚受寒氣而起的粟狀凸起物。5姓。‘漢’有‘粟舉’。見“萬姓統譜·一一三”。

粟圖

11【粟粒疹】 ㄙㄨˋ ㄌㄧˋ ㄓㄣˇ
(milia) 一種白色或黃色之細小、針頭樣的皮膚囊腫。常見於面頰及眼瞼上，不痛不癢。此疹會持續數月，不治療也會自行消失。病因可能是汗管損傷後所產生的囊腫，但在無受傷或無明顯成因下也會出現。

7

粱　ㄌㄧㄤˊ liang² 音良
即粟。參粟3。

粖　ㄙㄢˇ san³ 音傘
蜜漬瓜實。見“集韻”。

粮　糧的俗體。

粳　ㄐㄧㄥ ching¹ 音京　讀音 ㄍㄥ kêng¹ 音庚
晚熟而不具黏性的稻。也作秔、杭。見“玉篇”。

粴　標準制長度單位名。爲公里的略記。

粰　ㄈㄨ fu¹ 音敷
穀皮。同稃。見“集韻”。

12【粰粠】 ㄈㄨ ㄌㄧㄡˊ
食品的一種。即饊子。

粲　ㄘㄢˋ ts'an⁴ 音燦
1精米。見“說文”。2鮮明美好的樣子。如：粲爛。3笑。也用以形容笑的樣子。如：博君一粲。

12【粲然】 ㄘㄢˋ ㄖㄢˊ
1露齒微笑。2明白；鮮明。

21【粲爛】 ㄘㄢˋ ㄌㄢˋ
同燦爛。1光耀鮮明的樣子。2比喻文辭華麗。

粵　ㄩㄝˋ yüeh⁴ 音越
1古種族名。分布在我國東南、南方各地，包括‘浙江’、‘江西’、‘福建’、‘廣東’、‘廣西’、‘安徽’、‘湖南’及‘越南’等地。族類甚多，故稱‘百粵’，也作‘百越’。2地名。指古代‘百粵’居住的地域。即今‘廣東’、‘廣西’等地。3‘廣東省’的簡稱。

6【粵江】 ㄩㄝˋ ㄐㄧㄤ
即‘珠江’。參珠江。

15【粵劇】 ㄩㄝˋ ㄐㄩˋ
戲曲劇種名。流行‘廣東’、‘廣西’‘粵’語區，遠及‘東南亞’、‘北美’‘粵’籍‘華’僑地區，已有一百多年歷史。由外江班過渡到本地班，吸收各地方的腔調，改官話爲‘廣東’話，改假嗓爲眞嗓，增加當地的傳說故事及民間音樂。主要腔調有梆子、皮‘黃’、‘崑’曲、曲藝、小曲等。

8

粽　ㄗㄨㄥˋ tsung⁴ 音綜　又讀 ㄓㄨㄥˋ chung⁴ 音重
用箬葉裹米做成的食品。多於端午節食用。古稱角黍。也作糉。見“集韻”。

粹　ㄘㄨㄟˋ ts'ui⁴ 音翠
1精米。見“說文·粹·段注”。2專一不雜。如：純粹。3精華。如：國粹。

精　ㄐㄧㄥ ching¹ 音晶
1純淨的上等白米。見“說文”。2純淨。如：精粹。3生成萬物的靈氣。如：天地之精。4指精液。5神靈、鬼怪。如：精怪。6至誠；專一。如：精誠。7細緻。如：精密。8深入；擅長。如：精通。0全數。如：輸得精光。

1【精一】 ㄐㄧㄥ ㄧ
精純專一。

2【精力】 ㄐㄧㄥ ㄌㄧˋ
1精神氣力。2專心盡力。

4【精心】 ㄐㄧㄥ ㄒㄧㄣ
細心；專心。

6【精光】 ㄐㄧㄥ ㄍㄨㄤ
1日月之光。也泛指精華光采。2指儀容、聲威。3一點也沒有剩下。

7【精妍】 ㄐㄧㄥ ㄧㄢˊ
精美；精練。

【精兵】 ㄐㄧㄥ ㄅㄧㄥ
精銳的軍隊。

8【精明】 ㄐㄧㄥ ㄇㄧㄥˊ
1純淨光明。2精誠。3精細明察。

【精采】ㄐㄧㄥ ㄘㄞˇ
也作精彩。[1]精神光采。[2]不凡；出色。

【精舍】ㄐㄧㄥ ㄕㄜˋ
[1]學舍。[2]古'印度'佛教出家眾修行的地方，爲精進修道者所居處。今指佛寺。

9【精度】ㄐㄧㄥ ㄉㄨˋ
(precision)統稱量測儀器所表示之值或量度結果的準確度與精密度之綜合。

【精神】ㄐㄧㄥ ㄕㄣˊ
[1]人或萬物的靈氣。[2]指思想或主義。[3]指神智、心神。[4]生氣充盈而光華外溢。

【精要】ㄐㄧㄥ ㄧㄠˋ
[1]精義。[2]精鍊簡要。

【精英】ㄐㄧㄥ ㄧㄥ
精華。比喻俊秀的人才。

10【精悍】ㄐㄧㄥ ㄏㄢˋ
精明勇猛。

【精料】ㄐㄧㄥ ㄌㄧㄠˋ
指粗纖維少、消化養分量多且消化容易的飼料。如麩皮、米糠、大豆粕、骨粉等均是。爲一濃縮飼料，可混合粗料同時飼餵。

【精氣】ㄐㄧㄥ ㄑㄧˋ
[1]陰陽精靈之氣。[2]人的元氣。[3]精誠之氣。

【精純】ㄐㄧㄥ ㄔㄨㄣˊ
純粹不雜。

11【精密】ㄐㄧㄥ ㄇㄧˋ
精確細密。

【精通】ㄐㄧㄥ ㄊㄨㄥ
[1]精誠感通。[2]深入通曉。

【精彩】ㄐㄧㄥ ㄘㄞˇ
同精采。

【精細】ㄐㄧㄥ ㄒㄧˋ
[1]精美細緻。[2]精確細密。

12【精湛】ㄐㄧㄥ ㄓㄢˋ
專精而深入。

【精華】ㄐㄧㄥ ㄏㄨㄚˊ
[1]事物最精美的部分。也作菁華。[2]光耀；光輝。

【精進】ㄐㄧㄥ ㄐㄧㄣˋ
[1]專精進步。[2]精明而進取。[3]佛家語。指勤於修善法、斷惡法的實踐行爲。

13【精誠】ㄐㄧㄥ ㄔㄥˊ
眞誠；赤誠。

【精義】ㄐㄧㄥ ㄧˋ
至理。

【精奧】ㄐㄧㄥ ㄠˋ
精微奧妙。

【精微】ㄐㄧㄥ ㄨㄟˊ
精深微妙。

14【精粹】ㄐㄧㄥ ㄘㄨㄟˋ
精華；精純。

【精魂】ㄐㄧㄥ ㄏㄨㄣˊ
精神；靈魂。

15【精確】ㄐㄧㄥ ㄑㄩㄝˋ
精密正確。

【精銳】ㄐㄧㄥ ㄖㄨㄟˋ
[1]指軍隊精練勇銳。[2]指精明銳利的心思。

17【精鍊】ㄐㄧㄥ ㄌㄧㄢˋ
也作精練。[1]精通熟練。[2]精銳幹練。

18【精餾】ㄐㄧㄥ ㄌㄧㄡˋ
(rectification)參分餾。

19【精覈】ㄐㄧㄥ ㄏㄜˊ
精細審察。

20【精警】ㄐㄧㄥ ㄐㄧㄥˇ
精闢警要。

21【精闢】ㄐㄧㄥ ㄆㄧˋ
精要透闢。

22【精讀】ㄐㄧㄥ ㄉㄨˊ
精細而透徹的閱讀。與略讀相對。

23【精髓】ㄐㄧㄥ ㄙㄨㄟˇ
事物最精要的部分。

24【精靈】ㄐㄧㄥ ㄌㄧㄥˊ
[1]鬼神的泛稱。[2]靈魂。[3]指人聰明機靈。

9【精神病】ㄐㄧㄥ ㄕㄣˊ ㄅㄧㄥˋ
(psychosis)泛指最嚴重的心理異常症候。患者思想紊亂、情緒反應顯著失常，且行爲極其幼稚、怪誕，不能與現實世界交往，自社交中嚴重退縮。按發病原因通常可區分爲情感性精神病、精神分裂症、機體性精神病三大類。

11【精密度】ㄐㄧㄥ ㄇㄧˋ ㄉㄨˋ
(precision)量測儀器之量得值顯示參差情形甚微的程度。

14【精算師】ㄐㄧㄥ ㄙㄨㄢˋ ㄕ
(actuary)又稱保險計算師或精算人員。即從事保險數理方面工作的專業人員。

5【精打細算】ㄐㄧㄥ ㄉㄚˇ ㄒㄧˋ ㄙㄨㄢˋ
精確細密地算計。

9【精神食糧】ㄐㄧㄥ ㄕㄣˊ ㄕˊ ㄌㄧㄤˊ
指能夠充實精神生活的事物。

【精神耗弱】ㄐㄧㄥ ㄕㄣˊ ㄏㄠˋ ㄖㄨㄛˋ
現行"刑法"將精神障礙區分爲心神喪失與精神耗弱。所謂精神耗弱，係指行爲時之精神，對於外界事物之判斷能力，較普通人之平均程度顯然減退者而言。精神耗弱如因而使其識別違法行爲之能力顯著減弱者，則構成限制責任能力事由，得依情形減輕其刑。

【精神堡壘】ㄐㄧㄥ ㄕㄣˊ ㄅㄠˇ ㄌㄟˇ
[1]作爲精神象徵的建築物。[2]比喻難以攻破的思想或精神象徵。

【精神醫學】ㄐㄧㄥ ㄕㄣˊ ㄧ ㄒㄩㄝˊ
(psychiatry)爲研究人類的精神疾病，以及如何預防、治療精神疾病的醫學。

【精思熟慮】ㄐㄧㄥ ㄙ ㄕㄡˊ ㄌㄩˋ
精密而仔細的思考。

【精英理論】ㄐㄧㄥ ㄧㄥ ㄌㄧˇ ㄌㄨㄣˋ
(elitist theories)或稱領袖人才理論。指以精英(elite)的背景、引用過程及其與政治發展之關係爲研究分析重心的政治學理論。精英理論與精英主義(elitism)有別，前者是將精英當作既存的政治現象，加以客觀的研究與分析；後者係把少數精英統治多數民眾看成爲一種較佳的政治制度，而主張向這種形式邁進。精英理論並不一定與民主思想及民主制度相衝突；精英主義則與民主思想及民主制度不能相容。

10【精疲力竭】ㄐㄧㄥ ㄆㄧˊ ㄌㄧˋ ㄐㄧㄝˊ
精神疲憊，體力衰竭。

【精益求精】ㄐㄧㄥ ㄧˋ ㄑㄧㄡˊ ㄐㄧㄥ
好上求好；力求完美。

11【精密塊規】ㄐㄧㄥ ㄇㄧˋ ㄎㄨㄞˋ ㄍㄨㄟ
(precision gage block) 俗稱塊規、規塊、對板或規矩塊等。爲尺寸及形狀的基準。其橫斷面爲35×9或30×9mm²的直方體，其尺寸製造極爲正確，當兩塊密著組合一起時之尺寸，要求等於各尺寸之和。組合各種尺寸時塊數並無限制，但組合後尺寸之誤差應在0.0005mm以內。

15【精緻農業】ㄐㄧㄥ ㄓˋ ㄋㄨㄥˊ ㄧㄝˋ
指應用高科學技術，配合科學管理，生產高經濟價值的農產物並提高產品品質，以求達到增進農業生產、提高農家所得之目的。

【精衛塡海】ㄐㄧㄥ ㄨㄟˋ ㄊㄧㄢˊ ㄏㄞˇ
相傳'炎帝'之女'女娃'，因遊東海溺斃，化爲精衛鳥，常啣'西山'木石，誓將東海塡平。見"山海經·北山經"。比喻力量雖然微弱，意志卻十分堅強。

8【精武體育會】ㄐㄧㄥ ㄨˇ ㄊㄧˇ ㄩˋ ㄏㄨㄟˋ
'民國'前二年(1910)'陳公哲'在'上海'所創立的國術組織。以發揚'中國'武術爲宗旨。其後會務逐漸擴大，不僅在國內各大都市成立分會，更遍及'東南亞'地區。

【精忠說岳傳】ㄐㄧㄥ ㄓㄨㄥ ㄕㄨㄛ ㄩㄝˋ ㄓㄨㄢˋ
敘述'岳飛'事蹟的小說。今通行本爲'清'"錢彩'所著。

9【精神分裂症】ㄐㄧㄥ ㄕㄣˊ ㄈㄣ ㄌㄧㄝˋ ㄓㄥˋ
(schizophrenia)一種最嚴重的精神病症候。患者思想缺乏邏輯性，聯想不當，甚或流於妄想；知覺紊亂，且常有視、聽、觸覺之幻覺現象；情緒或呆滯或起伏不定，動作怪異，與人殊少往來。

11【精密鑄造法】ㄐㄧㄥ ㄇㄧˋ ㄓㄨˋ ㄗㄠˋ ㄈㄚˇ
(precision casting)指鑄造後鑄件之尺寸甚爲精密，不需另行加工或加工量極少的鑄造方法。包模鑄造法可爲其代表。

15【精確新聞學】ㄐㄧㄥ ㄑㄩㄝˋ ㄒㄧㄣ ㄨㄣˊ ㄒㄩㄝˊ
(precision journalism) 創始自'美'人'梅爾' (Philip Meyer)。即利用調查、實地實驗和內容分析等量化、統計之類的社會科學研究法，應用於新聞蒐集和報導上，使報導內容客觀、精確，減少記者直覺、主觀判斷而誤導讀者。

【精緻化學品】ㄐㄧㄥ ㄓˋ ㄏㄨㄚˋ ㄒㄩㄝˊ ㄆㄧㄣˇ
(fine chemical)指產量少、純度高且單位價格高之化學品。例如醫藥、香料、試藥等。

9【精神神經安定劑】ㄐㄧㄥ ㄕㄣˊ ㄕㄣˊ ㄐㄧㄥ ㄢ ㄉㄧㄥˋ ㄐㄧˋ
(tranquilizer)治療個體嚴重焦慮及情緒混亂時所用的藥品。此藥作用於腦幹及脊髓等低級神經中樞，可緩和病人喜怒哀樂之情緒。僅有暫時性之效果，若經長時間服用，將產生不良副作用。

13【精誠所至金石爲開】ㄐㄧㄥ ㄔㄥˊ ㄙㄨㄛˇ ㄓˋ ㄐㄧㄣ ㄕˊ ㄨㄟˊ ㄎㄞ
比喻內心眞誠懇摯，能克服任何困難。

粻 ㄓㄤ chang¹ 音張
米糧。見"說文新附"。

粿 ㄍㄨㄛˇ ko³, kuo³ 音果
1米。見"集韻"。2米製食品。

粼 ㄌㄧㄣˊ lin² 音林
水在石間閃閃發光的樣子。見"說文"。

14【粼粼】ㄌㄧㄣˊ ㄌㄧㄣˊ
1波光閃爍的樣子。2光彩閃爍的樣子。

粺 ㄅㄞˋ pai⁴ 音稗
1精米。見"玉篇"。2像禾的雜草。通稗。見"說文通訓定聲"。

9

糍 餈的俗體。

糈 ㄒㄩˇ hsü³ 音許
1糧食。見"說文"。2祭神的精米。見"廣韻"。

糂 糝的古文。

糊 一 ㄏㄨˊ hu² 音胡
1濃稠的黏性食品或糜狀物。如：芋糊。2塗抹；黏貼。如：糊壁紙。3焦。如：飯煮糊了。4食粥。通餬。如：糊口。

二 ㄏㄨˋ hu⁴ 音戶
用澱粉調製成的稠汁。如：芝麻糊。

三 ㄏㄨ hu¹ 音呼
把東西黏合封閉。

3【糊口】ㄏㄨˊ ㄎㄡˇ
同餬口。

13【糊塗】ㄏㄨˊ ㄊㄨˊ
1頭腦不清，不明事理。2事物混亂不清。

14【糊精】ㄏㄨˊ ㄐㄧㄥ
(dextrin)澱粉以熱、酸或酵素行部分分解，在未完全分解爲麥芽糖前，所產生之水溶性化合物。麵包烘焙後，外層焦黃的部分即爲糊精。其營養價值與澱粉同，工業上常當接著劑使用。

5【糊仔栽培】ㄏㄨˊ ㄗㄞˇ ㄗㄞ ㄆㄟˊ
簡稱糊仔。在前作未收穫前，於其畦(株)間種植次期作物，以爭取農時而集約利用土地的栽培方式。最常見的是二期水稻後的糊仔甘藷。

糅 ㄖㄡˇ jou³ 音煣 又讀 ㄋㄧㄡˋ niu⁴ 音紐
混雜。如：糅合。

6【糅合】ㄖㄡˇ ㄏㄜˊ

摻雜混合。

18【粿雜】 ㄖㄡˇ ㄗㄚˊ
混雜;雜亂。

糎 長度單位。爲一公尺的百分之一,即一公分。是厘米的另一寫法。

糉 粽的或體。

糌 ㄗㄢˊ tsan² 參糌粑。

10【糌粑】 ㄗㄢˊ ㄅㄚ
以炒熟的青稞麥磨成粗麵粉,拌以茶或酥油做成的食品。爲'藏族'的主食。

糇 餱的或體。

10

糆 ㄇㄧㄢˋ mien⁴ 音面
屑米。見"廣韻"。

糖 ㄊㄤˊ t'ang² 音唐
用米、麥、甘蔗、甜菜等提煉出甜汁,再加以精煉煎熬而成的甜性物質。

6【糖衣】 ㄊㄤˊ ㄧ
包在藥片外的糖質薄皮。使藥容易入口。也稱糖皮。

14【糖蜜】 ㄊㄤˊ ㄇㄧˋ
(molasses) 糖液煮沸濃縮後,將結晶之蔗糖分離而剩餘的殘液。約爲蔗糖產量的25～30%。除尙有少量蔗糖及轉化糖外,其餘爲非糖分有機質及無機鹽等,呈膠質形狀。多用於烘焙業、工業生產酵母及利用微生物生產有機化合物的培養基質。

【糖精】 ㄊㄤˊ ㄐㄧㄥ
(saccharin) 人工合成的甜味劑。不具熱量,甜度爲蔗糖的300倍。常代替蔗糖,用於糖尿病患或減肥者食品中。在動物實驗中,發現有致癌性,但在人體中尙未被證實。

19【糖類】 ㄊㄤˊ ㄌㄟˋ
(sugars)糖是醣類的主要來源,可立刻供給人體熱能之需要。純糖幾乎不含蛋白質、維生素或礦物質;黃糖比白糖具較高的營養價值。糖的攝取不當,會引起鈣、磷的不平衡;亦可能是引起體重過重、糖尿病、氣喘、齲齒、低血糖、神經疾病等的因素。目前市面上的人造甜味劑:糖精,不提供任何熱量;阿斯巴甜(aspartame),只供給極少的熱量,適合糖尿病患者或需要減少熱量的人使用。

7【糖尿病】 ㄊㄤˊ ㄋㄧㄠˋ ㄅㄧㄥˋ
(diabetes mellitus) 因體內胰臟分泌的胰島素缺乏,導致細胞對葡萄糖的利用發生障礙的疾病。古稱消渴症。症狀有多飲、多吃、多尿。此一疾病的過程,病人可能出現消瘦、神經障礙、尿毒症、眼睛失明、高血壓、心臟病等病症。治療方法依病情的輕重,有飲食控制、降血糖口服藥、胰島素注射等。

6【糖衣毒藥】 ㄊㄤˊ ㄧ ㄉㄨˊ ㄧㄠˋ
外表裹著糖衣的毒藥。比喻外表誘人,其實有害的事物。

糕 ㄍㄠ kao¹ 音高
用米粉、麵粉或豆粉等爲原料製成的塊狀食品。也作餻。

糒 ㄅㄟˋ pei⁴ 音備
乾糧;乾飯。見"說文"。

糔 ㄒㄧㄡˇ hsiu³ 音朽
參糔溲。

13【糔溲】 ㄒㄧㄡˇ ㄙㄡˇ
用水調和麵粉。

糗 ㄑㄧㄡˇ ch'iu³ 音䭈
1乾糧;乾煎的米麥。見"說文·糗·段注"。2冷粥。3姓。'漢'有'糗宗'。見"廣韻"。

8【糗事】 ㄑㄧㄡˇ ㄕˋ
指出醜、尷尬的事。

䊚 䭔的或體。

11

糜 ㄇㄧˊ mi² 音迷
1稠粥。即饘。見"廣雅·釋器"。2爛。如:糜爛。3浪費。通靡。如:糜費。

12【糜費】 ㄇㄧˊ ㄈㄟˋ
浪費。

21【糜爛】 ㄇㄧˊ ㄌㄢˋ
毀傷潰壞。

糡 糨的或體。

糠 ㄎㄤ k'ang¹ 音康
穀的外殼。如:米糠。

䊵 ㄇㄚˊ ma² 音麻
參䊵糬。

19【䊵糬】 ㄇㄚˊ ㄕㄨˇ
米製糕點的一種。類似糍粑,形圓,大小略與雞蛋相等,有甜、鹹兩種口味。

糐 糰的或體。

糟 ㄗㄠ tsao¹ 音遭
1酒汁過濾後所餘的渣滓。泛稱剩餘無用的東西。如:糟粕。2用酒糟浸漬食物。如:糟魚。3壞;不好。如:糟透。

11【糟粕】 ㄗㄠ ㄆㄛˋ
酒滓。比喻廢物或惡劣之物。

【糟蛋】 ㄗㄠ ㄉㄢˋ
(fermented eggs)將鴨蛋洗淨晾乾,泡入加有食鹽的紹興酒醪及少許米醋調成的泥狀漿液中所製成的食品。風味醇、酸、辛、澀、甘而清香。盛產於我國'江''浙'地區的'平湖',故又稱'平湖'糟蛋。

17【糟糠】 ㄗㄠ ㄎㄤ
1酒滓和穀皮。比喻粗劣的食物。2俗指共貧賤、患難的妻子。

【糟蹋】 ㄗㄠ ˙ㄊㄚ
1比喻不愛惜東西。2嘲罵;凌侮。

【糟糠不厭】 ㄗㄠ ㄎㄤ ㄅㄨˋ ㄧㄢˋ
連最粗劣的食物都不能充足供應。形容極貧困。

糨 ㄐㄧㄤˋ chiang⁴ 音醬
參糨糊。

15【糨糊】 ㄐㄧㄤˋ ㄏㄨˊ
由麵粉和水調成用以黏物的糊狀物。也作漿糊。

糞 ㄈㄣˋ fên⁴ 音奮
①掃除汙穢。見"說文"。②汙穢。如:糞土。③大便。如:牛糞。④施肥。如:糞田。

3【糞土之牆】 ㄈㄣˋ ㄊㄨˇ ㄓ ㄑㄧㄤˊ
汙穢的牆壁。牆既汙穢,便不可粉飾,故用以比喻不可造就的人。

糢 ㄇㄛˊ mo² 音模
大餅。通饃。

15【糢糊】 ㄇㄛˊ ㄏㄨˊ
不清楚。也作模糊。

糚 妝的或體。

糝 ㄙㄢˇ san³ 音傘
①以米調和羹。見"說文"。②飯粒。見"說文·糝·段注"。

糙 ㄘㄠ ts'ao¹ 音操 讀音 ㄘㄠˋ ts'ao⁴
①僅脫穀皮而未舂成白米的粗米。見"集韻"。②不精細。如:粗糙。

6【糙米】 ㄘㄠ ㄇㄧˇ
稻穀加工去掉粗糠即成糙米。糙米含米糠層、胚芽及胚乳,營養豐富,惟多纖維,食用並不普遍。

12

糦 饎的或體。

⿰米費 ㄆㄧˋ p'i⁴ 音屁
氣下洩。同屁。見"廣韻"。

糧 ㄌㄧㄤˊ liang² 音良
①穀類食物。如:雜糧。②田賦。如:納糧。

10【糧秣】 ㄌㄧㄤˊ ㄇㄛˋ
指軍中的糧食和牲口飼料。

9【糧食作物】 ㄌㄧㄤˊ ㄕˊ ㄗㄨㄛˋ ㄨˋ
農藝作物中最主要者,包括稻米、穀類、豆菽類及薯類等。穀類有麥類、玉蜀黍、高粱、粟;豆菽類有大豆、紅豆、綠豆、花豆等;薯類有甘藷、樹薯、馬鈴薯等。

【糧食自給率】 ㄌㄧㄤˊ ㄕˊ ㄗˋ ㄐㄧˇ ㄌㄩˋ
一國所消費之糧食由國內生產供應者所占的比率。自給率高,表示國內所需糧食的供應對國外來源的依賴程度低。

13

⿰米萬 糲的或體。

糬 ㄕㄨˋ shu⁴ 音署
或作糬。參⿰米麻糬。

糭 粽的俗體。

糪 ㄅㄛˊ po² 音薄
半生半熟的飯。見"正字通"。

14

糯 ㄋㄨㄛˋ no⁴, nuo⁴ 音諾
富於黏性的稻米。本作稬。也作穤。見"增韻"。

糰 ㄊㄨㄢˊ t'uan² 音團
用米粉、麥粉製成的圓形食品。也作團。如:湯糰。

15

糲 ㄌㄧˋ li⁴ 音力
①糙米。本作糲。見"集韻"。②粗糙;不精細。如:糲食。

16

糵 ㄋㄧㄝˋ nieh⁴ 音孽
俗作蘗。①長芽米。見"說文"。②釀酒的酒母。

糴 ㄉㄧˊ ti² 音敵
買入穀物。見"說文"。

6【糴米】 ㄉㄧˊ ㄇㄧˇ
買進米穀。

25【糴糶】 ㄉㄧˊ ㄊㄧㄠˋ
買賣稻穀。

17

糱 糵的俗體。

19

糶 ㄊㄧㄠˋ t'iao⁴ 音跳
賣出穀物。見"說文"。

20

糳 ㄗㄨㄛˋ tso⁴, tsuo⁴ 音作
也作鑿。①將糙米舂為精米。見"說文"。②泛指搗物。

21

糷 ㄌㄢˋ lan⁴ 音濫
飯爛而黏。見"玉篇"。

糸部

糸 ㊀ ㄇㄧˋ mi⁴ 音蜜
細絲。見"說文"。
㊁ ㄙ szŭ¹, ssŭ¹ 音絲
絲的省體。

1

糺 糾的或體。

系 ㄒㄧˋ hsi⁴ 音細
①聯綴;聯屬。如:系統。②相繼;繼承。③懸;掛。同繫。如:系念。④大學裡的科別。如:'中'文系。⑤(corollary)三角倍角公式 $cos2\theta=2cos^2\theta-1$,可看成複角公式 $cos(\theta+\varphi)=cos\theta\ cos\varphi-sin\theta\ sin\varphi$ 的系。因為若令 $\theta=\varphi$,可立刻導出倍角公式;像這種由一定理可以立即導出或加以特殊化而導出的結果,稱為定理的系。是否要把一個結果當作某一定理的系,完全是主觀的判斷,不具有任何邏輯的必然性。但是用引理、定理、系來對已證的結果加以區分,確實有助於整個理論結構次序的了解。⑥(system)在紀的地質時間內形成的岩層,稱為系。所以寒武紀的地層均屬寒武系。

6【系列】 ㄒㄧˋ ㄌㄧㄝˋ
(series)一連串的;有系統的。

11【系統】 ㄒㄧˋ ㄊㄨㄥˇ
(system)指一套具有共同目的而以一定秩序互相關聯的組合體。也稱整體、體系。又指生物體中多數器官連成一系以共營同一種生理作用,如呼吸系統、消化系統。

19【系譜】 ㄒㄧˋ ㄆㄨˇ
(genealogy)以親子關係來記述一個家族或氏族世系的譜牒。

11【系統分析】 ㄒㄧˋ ㄊㄨㄥˇ ㄈㄣ ㄒㄧ
(system analysis; SA)爲達成系統的目標,根據系統概念,運用系統方法以深究阻障之癥結,選擇方案之決策的過程。即自作業系統中選定或尋出無法達成目標的因素,進而廣集資料,運用決策理論、計畫分析、數理統計等技術,規律地察考有關達成意願的抉擇行動,就資源成本與效益作抉擇的比較,並明確考慮一切可能存在的不定性,以建立達成目標的模式,提供主管人員必要且適切的情報或改善的方案,使各管理現象變爲更具體、更科學的作業體制。

【系統抽樣】 ㄒㄧˋ ㄊㄨㄥˇ ㄔㄡ ㄧㄤˋ
(systematic sampling)在母體內按照一個或數個隨機起點選取每隔N號的項目,做爲樣本的一種抽樣方法。

【系統理論】 ㄒㄧˋ ㄊㄨㄥˇ ㄌㄧˇ ㄌㄨㄣˋ
(systems theory)將組織就整體或系統的觀點,來分析組織及管理,與其外在環境之社會或文化上的互動關係的一種研究方法。

【系統軟體】 ㄒㄧˋ ㄊㄨㄥˇ ㄖㄨㄢˇ ㄊㄧˇ
(system software)電腦系統之系統程式,如作業系統、語言編譯程式、載入程式、公用服務程式等,稱爲系統軟體。

【系統程式】 ㄒㄧˋ ㄊㄨㄥˇ ㄔㄥˊ ㄕˋ
(system program)電腦內爲使用者服務的程式軟體的總稱。包括作業系統、語言編譯程式、公用服務程式、載入程式等。

【系統地理學】 ㄒㄧˋ ㄊㄨㄥˇ ㄉㄧˋ ㄌㄧˇ ㄒㄩㄝˊ
(systematic geography)又稱通論地理學。地理學依其研究方法分類,可分爲系統地理與區域地理兩大類。系統地理學係依對象別如地形、氣候、水文、人口、經濟、交通等地理要素來研究地表現象的一般原理原則者。又可區分爲自然地理和人文地理兩大部門。

【系統脫敏法】 ㄒㄧˋ ㄊㄨㄥˇ ㄊㄨㄛ ㄇㄧㄣˇ ㄈㄚˇ
(systematic desensitization)心理治療法之一。首先將引起患者焦慮之事物或刺激依輕重程度加以系統化,而後使患者極度放鬆心情,由導致最低焦慮之情境想像起,以逐漸消滅對情境之過敏反應,達到治療目的。

【系統程式師】 ㄒㄧˋ ㄊㄨㄥˇ ㄔㄥˊ ㄕˋ ㄕ
(system programmer)設計系統程式,或對一作業系統規劃、維護、擴充、使用管理等,以提高整體系統效能的工作人員。

【系統程式館】 ㄒㄧˋ ㄊㄨㄥˇ ㄔㄥˊ ㄕˋ ㄍㄨㄢˇ
(system library)電腦系統中,由作業系統之各程式模組所組成的程式館。

【系統觀察法】 ㄒㄧˋ ㄊㄨㄥˇ ㄍㄨㄢ ㄔㄚˊ ㄈㄚˇ
(systematic observation)觀察法之一。研究者於預設的環境中,對個體的行爲進行系統性的觀察與記錄。

【系統概念組織論】 ㄒㄧˋ ㄊㄨㄥˇ ㄍㄞˋ ㄋㄧㄢˋ ㄗㄨˇ ㄓ ㄌㄨㄣˋ
(systems approach to organization theory)認爲一個組織係由許多單元所組成,各組成單元必相互影響,相互依存,並相互交感調整。企業組織的運作即係各單元間的聯繫與調整的過程,而任何組織系統均有其目標。

2

糾

ㄐㄧㄡ *chiu*[1] 音鳩 又讀 ㄐㄧㄡˇ *chiu*[3] 音九
也作糺。1纏繞;絞在一起。如:糾纏。2集結。如:糾集。3矯正。如:糾正。4舉發。如:糾舉。

6【糾合】 ㄐㄧㄡ ㄏㄜˊ
集合。

10【糾紛】 ㄐㄧㄡ ㄈㄣ
1雜亂、紛擾的樣子。2交錯重疊。3爭執。

12【糾結】 ㄐㄧㄡ ㄐㄧㄝˊ
相互連結。也作樛結。

13【糾葛】 ㄐㄧㄡ ㄍㄜˊ
1纏繞不清。2糾紛。

14【糾察】 ㄐㄧㄡ ㄔㄚˊ
工會在發生勞資爭議期間,派駐人員在作業場所入口處執行特定任務之方法。如報導爭議的情況、勸使勞工繼續罷工、阻止勞工進入就業場所工作等。

15【糾彈】 ㄐㄧㄡ ㄊㄢˊ
舉發官吏的罪過而提出彈劾。也作糾劾。

17【糾舉】 ㄐㄧㄡ ㄐㄩˇ
糾察舉發。

18【糾謬】 ㄐㄧㄡ ㄇㄧㄡˋ
糾正錯誤。

21【糾纏】 ㄐㄧㄡ ㄔㄢˊ
1纏繞。2煩擾。

5【糾正權】 ㄐㄧㄡ ㄓㄥˋ ㄑㄩㄢˊ
'監察院'於調查'行政院'及其所屬各機關之工作及設施後,經各有關委員會之審查及決議,有由'監察院'提出糾正案,移送'行政院'或有關部會,促其注意改善之權力,稱爲糾正權。糾正權行使之對象爲'行政院'及其所屬各機關,包括省以下之各級機關在內。'行政院'或有關部會接到糾正案後，應即爲適當之改善及處置，並應以書面答覆'監察院'，如逾二個月仍未將改善與處置之事實答覆'監察院'時，'監察院'得質問之。

17【糾舉權】 ㄐㄧㄡ ㄐㄩˇ ㄑㄩㄢˊ
'監察院'對於中央及地方公務人員，認爲有失職或違法情事，得提出糾舉案之權力，稱爲糾舉權。監察委員對於公務人員認爲有違法或失職之行爲，應先予以停職或其他急速處分時，得以書面糾舉，經其他監察委員三人以上之審查及決定，由'監察院'送交被糾舉人員之主管長官或其上級長官。被糾舉人員之主管長官或其上級長官接到糾舉書之後，除關於刑事或軍法部分另候各該機關依法辦理外，至遲應於一個月內依"公務員懲戒法"之規定予以處理，並得先予停職或爲其他急速處分，其認爲不應處分者，應即向'監察院'聲復理由。被糾舉人員之主管長官或其上級長官，對於糾舉案，如不依上述規定處理，或處理後，監察委員認爲不當時，得改提彈劾案。

紌 絿的或體。

3

紆 ㄩ *yü*¹ 音迂
1 曲折；回繞。如：紆迴。2 姓。'後漢'有'紆邈'。見"通志·氏族略五"。

6【紆曲】 ㄩ ㄑㄩ
曲折；屈曲。

10【紆徐】 ㄩ ㄒㄩˊ
從容徐緩的樣子。

15【紆緩】 ㄩ ㄏㄨㄢˇ
緩慢；遲緩。

12【紆尊降貴】 ㄩ ㄗㄨㄣ ㄐㄧㄤˋ ㄍㄨㄟˋ
委屈自己尊貴的地位。指爲人謙恭卑下。

⿰糸亏 紆的本字。

紂 ㄓㄡˋ *chou*⁴ 音宙
駕車時勒在馬後部的革帶。見"說文"。

紅 一 ㄏㄨㄥˊ *hung*² 音洪
1 顏色名。古指淺紅色，後泛指各種紅色。2 指紅花。如：落紅萬點。3 稱工商業的盈利。如：分紅。4 顯赫；得寵。如：紅得發紫。5 喜慶的。如：紅白事。
二 ㄍㄨㄥ *kung*¹ 音公
通工。如：女紅。

2【紅人】 ㄏㄨㄥˊ ㄖㄣˊ
1 得寵顯貴或走運得意的人。2 '美洲'的土著。即'印第安'人。

3【紅土】 ㄏㄨㄥˊ ㄊㄨˇ
(laterite) 在雨量豐沛的熱帶風化生成的土壤。因含鐵鋁氧化物量豐，呈紅磚顏色，故名。

4【紅中】 ㄏㄨㄥˊ ㄓㄨㄥ
(seconal) 一種精神抑制的藥物。服食後昏沈、懶散，甚至昏迷，對身體、心理的戕害甚大。

5【紅包】 ㄏㄨㄥˊ ㄅㄠ
1 新年發給小孩的壓歲錢。2 賄賂的錢財。3 喜慶時致送的禮金。

7【紅豆】 ㄏㄨㄥˊ ㄉㄡˋ
1 相思樹所結的子。多用來比喻相思或愛情，故也叫相思豆。2 豆的一種。又名赤豆。

【紅妝】 ㄏㄨㄥˊ ㄓㄨㄤ
1 指婦女的妝飾。2 借喻婦女。3 借喻紅花。

【紅利】 ㄏㄨㄥˊ ㄌㄧˋ
可分爲員工之紅利與股東之紅利兩種。前者指企業主從公司淨利給與員工之獎金。依"公司法"規定，公司應於章程內，訂明員工分配紅利之成數，公司如以紅利轉作資本時，依章程員工應分配之紅利，得發給新股或以現金支付之。後者指公司發給股東之股利，除股息以外之部分。股息及紅利之分派，除章程另有訂定外，以各股東持有股份之比例爲準，公司得由代表已發行股份總數 2/3 以上股東出席之股東會，以出席股東表決權過半數之決議，將應分派股息及紅利之全部或一部，以發行新股方式爲之，其不滿一股之金額，以現金分派之。

9【紅契】 ㄏㄨㄥˊ ㄑㄧˋ
舊時買賣田地房產的文契，經過稅契手續並由官方在契上鈐蓋印信的，稱爲紅契。

10【紅海】 ㄏㄨㄥˊ ㄏㄞˇ
(Red Sea) 位於'阿拉伯半島'與'非洲'東北部之間。形狹長，長1,931公里，面積 43.7 萬方公里。北經'蘇伊士運河'通'地中海'，南經'亞丁灣'(Gulf of Aden) 通'印度洋'，控'歐'、'亞'水運要衝。

【紅娘】 ㄏㄨㄥˊ ㄋㄧㄤˊ
'唐''元稹'"鶯鶯傳"傳奇中人物。爲'崔鶯鶯'婢女，極力撮合'張'生與'鶯鶯'相愛。後遂借稱爲他人作媒，促成婚姻的人或物。

12【紅牌】 ㄏㄨㄥˊ ㄆㄞˊ
又稱出場牌。足球裁判員執行比賽時，驅逐球員出場用的紅牌子。球員有下列行動，應予驅逐出場：一、粗魯行爲或危險性犯規；二、口出穢語或惡言辱罵；三、被警告後仍故作不當行爲。球員被判出場後，即不得再參加該場比賽，該隊也不能替補。

14【紅塵】 ㄏㄨㄥˊ ㄔㄣˊ
佛、道家所稱的俗世。

15【紅潮】 ㄏㄨㄥˊ ㄔㄠˊ
(red tide) 又稱赤潮。由於某些浮游生物或渦鞭蟲藻類植物大量繁生，使海水呈現紅至橙色的現象。此浮游生物能產生有毒的代謝物，危害海洋動物。

【紅樓】 ㄏㄨㄥˊ ㄌㄡˊ
紅色的樓房。多爲富貴人家婦女所居住的華麗樓房，後因稱婦女所居住的地方。

16【紅學】 ㄏㄨㄥˊ ㄒㄩㄝˊ

對小說"紅樓夢"所作的學術研究。

17【紅磷】 ㄏㄨㄥˊ ㄌㄧㄣˊ

(red phosphorus)將黃磷隔絕空氣加熱到 230～300°C，會成爲紅色粉末，稱爲紅磷或赤磷。紅磷無臭無味且無毒性，比白磷重，不溶解於任何溶劑中，熔點 592°C，燃點 260°C，故存放時很安全。主要用途爲塗於火柴盒側面，用來點燃火柴。

18【紅顏】 ㄏㄨㄥˊ ㄧㄢˊ

[1]指婦女豔麗的容色。[2]指美麗的女子。[3]指少年。

30【紅鸞】 ㄏㄨㄥˊ ㄌㄨㄢˊ

[1]道教傳說中的一種紅色仙鳥。[2]星相家認爲天上有紅鸞星，主人間婚姻喜事。今稱人有婚嫁喜事爲紅鸞星動。

4【紅五類】 ㄏㄨㄥˊ ㄨˇ ㄌㄟˋ

'中共'體制下的特權階級。與黑五類相對。其成員爲工人、貧下中農、革命軍人、革命幹部、革命先烈的子女。出身此類家庭成分者，才能充分享受求學、就業及其他的保障與優待。

【紅毛城】 ㄏㄨㄥˊ ㄇㄠˊ ㄔㄥˊ

[1]指位於'臺北縣''淡水鎭'北側小丘上，'西班牙'人所築的城堡。當時名爲「聖多明哥城」。今屬'內政部'管轄，由'國立歷史博物館'維護與使用。[2]指'臺南市'的'安平古堡'。

5【紅巨星】 ㄏㄨㄥˊ ㄐㄩˋ ㄒㄧㄥ

(red giant)紅色或橙色的巨星。在主列序內的恆星，當其中心體的氫燃料消耗殆盡時，由於核心逐漸收縮，並放出能量，導致星體外層劇烈膨脹，而變成體積大、密度小、表面溫度低、光度強的紅巨星。著名的紅巨星有牧夫座α(大角)和金牛座α(畢宿五)。

【紅外光】 ㄏㄨㄥˊ ㄨㄞˋ ㄍㄨㄤ

(infrared rays)波長介於10^{-3}～7.8×10^{-7}公尺(7800埃)，頻率範圍自 3×10^{11}～4×10^{14} 赫的電磁波。因此種光波在可見光譜紅光之外，故稱紅外光或紅外線。紅外光可由熱的物體產生，在工業、醫藥、天文等各方面有廣泛的用途。

【紅白事】 ㄏㄨㄥˊ ㄅㄞˊ ㄕˋ

婚嫁喜慶和喪葬之事的總稱。

6【紅血球】 ㄏㄨㄥˊ ㄒㄧㄝˇ ㄑㄧㄡˊ

(red corpuscle; erythrocyte)血球的一種。在哺乳類是無核的圓盤狀兩凹型細胞，細胞質內含血紅素，可與氧結合，專司運送氧氣及少量二氧化碳作全身循環之用。人類長骨的紅骨髓爲其製造場所，成熟的紅血球在循環中僅約生存120天，多數在脾臟破壞。

8【紅拂記】 ㄏㄨㄥˊ ㄈㄨˊ ㄐㄧˋ

傳奇劇本。'明''張鳳翼'撰，三十四齣。根據'唐''杜光庭'"虬髯客傳"，敘述'李靖'、'紅拂'、'虬髯客'之間的故事。'紅拂'本姓'張'，爲'隋'末'楊素'家妓，遇'李靖'，識其雄才大略，相與私奔。途遇'虬髯客'，結爲兄妹，共助'李靖'佐'李世民'，立下大功。

12【紅絲疔】 ㄏㄨㄥˊ ㄙ ㄉㄧㄥ

疔瘡的一種。多發生於手臂前側、小腿內側，係由於體內心火熾盛，加上細菌感染，侵入淋巴管，致使患部腫脹呈紅絲狀。

15【紅樓夢】 ㄏㄨㄥˊ ㄌㄡˊ ㄇㄥˋ

[1]又名"石頭記"或"金玉緣"。'清''曹雪芹'撰，八十回；其後'高鶚'續撰四十回，合爲一百二十回。是書演述'賈'家盛衰起伏之事，而穿插以'賈寶玉'與'林黛玉'互戀之情。結構嚴謹，描繪生動，是我國古典小說中最傑出的作品。[2]'清''仲雲澗'撰，分上、下二卷。上卷三十二折，敷演小說"紅樓夢"的故事；下卷二十四折，則續其事，改悲劇爲喜劇，以'賈''林'大團圓爲收場。

【紅衛兵】 ㄏㄨㄥˊ ㄨㄟˋ ㄅㄧㄥ

'中共'文化大革命時期的青少年造反組織。西元1966年由'毛''江'集團推動成立。它是利用紅五類家庭出身的青少年所建立的一個完全不受法律約束的暴動組織，目標是清除「走資本主義的當權派」及一切反'毛'勢力。

16【紅燈照】 ㄏㄨㄥˊ ㄉㄥ ㄓㄠˋ

'清'末義和團中由未婚少女組成的戰鬥組織。加入者皆著紅衣，右手執紅色摺扇，左手提紅燈，由一老婦設壇授術。也稱紅燈罩。

【紅樹林】 ㄏㄨㄥˊ ㄕㄨˋ ㄌㄧㄣˊ

(mangrove) 爲一種特殊的植物社會。熱帶或亞熱帶的海灣及河口沼澤地，不爲海浪衝擊，僅於漲潮時被海水淹沒，退潮時暴露於空中，在此種環境下，一般植物都不易生長，但紅樹科的植物特別能適應，並成片出現，故有紅樹林之稱。紅樹科的植物爲喬木或灌木，除從枝條伸出支撐根或氣根外，也有從泥面伸出呼吸根的特殊構造。果實爲胎生，即果實尚未脫離母株，種子即長出胚根，當種子掉落時，胚根即插於泥中。水筆仔即爲紅樹科的一種。

19【紅鬍子】 ㄏㄨㄥˊ ㄏㄨˊ ·ㄗ

指'關'外的馬賊。

4【紅丹底漆】 ㄏㄨㄥˊ ㄉㄢ ㄉㄧˇ ㄑㄧ

(red lead primer)以紅丹防鏽漆料、熟煉乾性油與樹脂凡立水爲主要原料的塗料。絕緣性佳，用於鋼鐵製品及其構造物的防蝕。分爲油性系及樹脂系兩種。

7【紅杏出牆】 ㄏㄨㄥˊ ㄒㄧㄥˋ ㄔㄨ ㄑㄧㄤˊ

紅杏花伸出牆外。比喻婦人不守婦道，與人私通。

9【紅冠水雞】 ㄏㄨㄥˊ ㄍㄨㄢ ㄕㄨㄟˇ ㄐㄧ

(Indian water hen; *Gallinula chloropus*) 又名鷭。爲脊椎動物，屬於鳥綱 (class Aves)、鶴形目 (order Gruiformes)、秧雞科 (family Rallidae)的一種。分布於我國'華'南、'華'東、'臺灣'、'海

南島'等地。爲'臺灣'常見的留鳥。全身灰黑色，額及嘴紅色，嘴尖黃色，體側有顯著的白色線條，腳黃綠色。善游泳、潛水及行走，飛翔能力不佳。適於多水的沼澤或水田中生活，以水中生物爲食。

紅冠水雞圖

10【紅粉知己】ㄏㄨㄥˊ ㄈㄣˇ ㄓ ㄐㄧˇ
指男子的知心女友。

11【紅眼人像】ㄏㄨㄥˊ ㄧㄢˇ ㄖㄣˊ ㄒㄧㄤˋ
閃光攝影時，當閃光燈置於極近鏡頭之處，光線與鏡頭的中心光軸幾近平行，使被攝者的眼睛變成紅色，稱爲紅眼人像。室內光線愈暗，瞳孔張得愈大時，紅點也愈大。避免的方法是將閃光燈移往一側，並用拉線與鏡頭快門結合。

13【紅葉題詩】ㄏㄨㄥˊ ㄧㄝˋ ㄊㄧˊ ㄕ
宮女將深宮幽怨之情題詩於紅葉之上，借御溝流水流出宮牆，因與得詩士人結爲美滿婚姻的故事。其事多見於'唐'人筆記，情節大略相同而人物各異。

18【紅顏薄命】ㄏㄨㄥˊ ㄧㄢˊ ㄅㄛˊ ㄇㄧㄥˋ
指美女常遭不幸的命運。

20【紅寶石婚】ㄏㄨㄥˊ ㄅㄠˇ ㄕˊ ㄏㄨㄣ
西俗稱結婚四十週年。

30【紅鸞星動】ㄏㄨㄥˊ ㄌㄨㄢˊ ㄒㄧㄥ ㄉㄨㄥˋ
稱人將有婚嫁喜事。

5【紅外線軟片】ㄏㄨㄥˊ ㄨㄞˋ ㄒㄧㄢˋ ㄖㄨㄢˇ ㄆㄧㄢˋ
屬於特殊用途的一種彩色軟片。它不僅對可見光感應，對不可見的紅外線尤其敏感。因紅外光波長最長，故能穿透大氣層中煙霞雲靄的障礙，將遠方景物照得特別清晰。欲獲得典型的紅外線彩色效果，軟片須經黃色或紅色濾光鏡曝光。

6【紅血球比容】ㄏㄨㄥˊ ㄒㄧㄝˇ ㄑㄧㄡˊ ㄅㄧˇ ㄖㄨㄥˊ
(hematocrit) 又稱血比容。將血液抽出，離心後，紅血球所占全體血液體積之百分比。正常人之紅血球比容約爲45%。當貧血時，紅血球比容會降低，而在眞性紅血球增生症時會增加。

【紅血球生成素】ㄏㄨㄥˊ ㄒㄧㄝˇ ㄑㄧㄡˊ ㄕㄥ ㄔㄥˊ ㄙㄨˋ
(erythropoietin) 又稱造血素、紅血球生成促進素。當人體缺氧時，腎臟即分泌出一種酵素(稱腎紅血球生成因子)至血中，數分鐘內可將血漿中的一種球蛋白附釋爲紅血球生成素，使紅骨髓迅速造出紅血球來，具有控制紅血球產量的作用。慢性腎臟病的患者，由於合成紅血球生成素的能力降低，因此往往發生貧血的現象。

11【紅條款信用狀】ㄏㄨㄥˊ ㄊㄧㄠˊ ㄎㄨㄢˇ ㄒㄧㄣˋ ㄩㄥˋ ㄓㄨㄤˋ
(red clause credit)爲預支信用狀的一種。也稱打包信用狀或包裝信用狀。通常的信用狀，受益人必須將貨物交運，取得運送單證，備妥符合信用狀所規定單證後，才能憑以向銀行提示請求付款、承兌或讓購。因此，通常的信用狀對於受益人的裝運前融資無多大益處。爲協助受益人獲得生產或收購出口貨物所需資金，開狀銀行應進口商的要求，在信用狀上載明，出口地銀行得憑受益人出具的收據或匯票，先行墊付部分信用狀款給受益人的條款，這種條款起初是使用紅色字體，因此稱爲紅條款信用狀。但現在信用狀上的紅條款已不再使用紅色字體，所以只要信用狀上載明受益人在提示信用狀所規定單證之前，即可憑收據或匯票支取一部分貨款者，均可稱爲紅條款信用狀。至於出口地銀行墊付的款項，於受益人日後向其提示單證時，就其應付款項中扣回。假如受益人日後未提示單證，也未歸還所墊付款項，則墊款銀行可向開狀銀行請求償還其所墊付款項本息。

5【紅外線吸收譜計】ㄏㄨㄥˊ ㄨㄞˋ ㄒㄧㄢˋ ㄒㄧ ㄕㄡ ㄆㄨˇ ㄐㄧˋ
(infrared absorption spectrometer) 利用有機化合物中的官能基及因原子間之共振會吸收紅外線的特性，以鎳鉻螺旋線、'能士特'熱源(Nernst glower)或'葛羅'棒(Globar)爲光源發出紅外線，而測定物料吸收光譜的裝置。爲定量與定性分析有機化合物的重要工具。

紀

ㄐㄧˋ *chi*⁴ 音記 又讀 ㄐㄧˇ *chi*³ 音己

1整理絲縷的頭緒。見"說文"。2泛指整理。3法則；準繩。如：天道人紀。4記年的單位。古以十二年爲一紀。5歲數。如：年紀。6記載；記錄。通記。如：紀事。7史書的一種體裁。專用以記載帝王事蹟。也稱本紀。8(period)地質時間單位。代之下可分爲若干紀，如古生代的寒武紀。9姓。'漢'有'紀信'。見"萬姓統譜·七四"。

4【紀元】ㄐㄧˋ ㄩㄢˊ
也稱建元。記錄年歲的開始。我國古代以新君即位之年或次年爲元年，每易一君，即改元，而不設置年號。'西周''厲王'失位，由'周公''召公'二相共同治理國事，號稱'共和'，始有年號。'戰國''秦惠文王'於封公時建元，十四年稱王後，更爲元年，是在位之君中途改元的開始。'漢文帝'以後，多沿襲其制。'明''淸'以來，國君即位改元，仍用年號，但在位期間不改元；入'民國'以成立之年爲元年。

8【紀昀】ㄐㄧˋ ㄩㄣˊ
(1724～1805)'淸''獻縣'(今'河北''獻縣')人，字'曉嵐'，一字'春帆'，晚號‘石雲’。‘乾隆’進士，官至協辦大學士。曾任“四庫全書”總纂，校訂整理，著錄各書皆作提要，冠於卷首。卒諡‘文達’。另著有“閱微草堂筆記”、“紀文達公遺集”。

9【紀律】 ㄐㄧˋ ㄌㄩˋ

[1]政令法律。[2]軍中的法紀。[3]泛指規律。

14【紀綱】 ㄐㄧˋ ㄍㄤ

[1]法度。[2]治理；管理。[3]指僕人。

15【紀德】 ㄐㄧˋ ㄉㄜˊ

(André Gide, 1869～1951) ‘法國’小說家、散文家。在現代‘法國’文壇上聲名卓著。作品以探討道德衝突，刻劃人生爲主。著有小說“地糧”(*Les Nourritures terrestres*)、“田園交響曲”(*La Symphonie pastorale*)、“梵蒂岡的地窖”(*Les Caves du Vatican*)等，以及文藝批評和哲學思想方面的著作。他的“日記”(*Journal*)及自傳性的小說受到相當的重視。於西元1947年獲得‘諾貝爾’文學獎。

16【紀錄】 ㄐㄧˋ ㄌㄨˋ

[1]記載。[2]有記載的事實或數據。

13【紀傳體】 ㄐㄧˋ ㄓㄨㄢˋ ㄊㄧˇ

我國史書體裁的一種。以人物事蹟爲中心，敘述帝王的稱爲本紀，敘述人臣或社會各階層人物及四方夷狄的稱爲列傳。

8【紀事本末體】 ㄐㄧˋ ㄕˋ ㄅㄣˇ ㄇㄛˋ ㄊㄧˇ

我國史書體裁的一種。採以事爲綱的方式記錄史事的原委本末。始於‘宋’‘袁樞’的“通鑑紀事本末”。

紂 緇的或體。

紉 ㄖㄣˋ *jên*[4] 音任

[1]將兩縷捻成繩索。見“集韻”。[2]引線穿針。也指縫綴。[3]感佩；心服。如：感紉。

紇 [一] ㄏㄜˊ *ho*[2], *hê*[2] 音核

品質差的絲。見“說文”。

[二] ㄍㄜ *ko*[1], *kê*[1] 音哥

參紇縫。

19【紇縫】 ㄍㄜ ˙ㄉㄚ

繩線打成的結。

約 ㄩㄝ *yüeh*[1] 音約

[1]纏束。見“說文”。[2]限制；管束。如：約束。[3]預先說定。如：預約。[4]預先說好的事。如：有約在先。[5]訂約。[6]共同訂立的條款。如：契約。[7]邀請。如：約談。[8]模糊；不十分清楚。如：隱約。[9]儉省。如：節約。[10]簡要。[11]窮困。[12]大略；大概。如：大約。

4【約分】 ㄩㄝ ㄈㄣ

分數的分母分子，同以一數除之使小，稱爲約分。如$\frac{6}{8}=\frac{3}{4}$。分式的分母分子，同以一公因式除之，也稱約分。如$\frac{(x^3-1)}{(x^2-1)}=\frac{x^2+x+1}{x+1}$。

5【約旦】 ㄩㄝ ㄉㄢˋ

(Jordan) 位於‘阿拉伯半島’西北部的國家。西南端臨‘阿卡巴灣’(Gulf of Aqaba)。面積8.9萬方公里，人口576萬 (2005年)，首都‘安曼’(Amman)。全境被‘約旦河’及‘死海’(Dead Sea) 分隔為東西兩部，西部氣候溼潤，農業較盛，人口集中，現由‘以色列’占領；東部乾燥，沙漠遍布，居民主以畜牧為生。

7【約束】 ㄩㄝ ㄕㄨˋ

[1]纏縛。[2]管束。[3]受限制。

11【約莫】 ㄩㄝ ˙ㄇㄛ

大概；約略估計。

【約略】 ㄩㄝ ㄌㄩㄝˋ

大約；概略。

13【約瑟】 ㄩㄝ ㄙㄜ

(Joseph)“新約聖經”中人名。也譯作‘若瑟’，通名‘聖約瑟’。傳爲‘大衛王’的後裔、‘聖瑪利亞’的丈夫、天主教教會的守護人。‘約瑟’娶了‘瑪利亞’後，發現她已懷孕，本擬將她離棄，後因天使在夢中告訴他，他懷的是上帝之子而作罷。天使又事先警告他，‘希律王’(King Herod the Great) 會對出生不久的嬰兒加以殘殺，‘約瑟’即攜妻與子‘耶穌’逃離‘伯利恆’，而到了‘埃及’，後定居‘拿撒勒’(Nazareth)。在‘耶穌’公開傳道並且殉道之前逝世。事蹟見“馬太福音”、“路加福音”。

【約會】 ㄩㄝ ㄏㄨㄟˋ

[1]相互約定時間、地點會面。[2]邀約集會、會合。

15【約數】 ㄩㄝ ㄕㄨˋ

若一非零整數a可將另一整數b除盡，稱a爲b的約數，記爲$a|b$，讀做a除盡b。依此定義，任何非零整數均爲0之約數。

16【約翰】 ㄩㄝ ㄏㄢˋ

(John the Apostle) 也譯作‘若望’。‘耶穌’的十二門徒之一。‘耶穌’死後，他在‘撒馬利亞’(Samaria) 傳教，被‘羅馬’人流放到‘帕托摩斯島’(Island of Patmos)，寫下了“啟示錄”(*the Revelation*)；後遇赦而歸‘艾非瑟斯’(Ephesus)，又寫了“約翰福音”(*Gospel According to John*)。是門徒中深受‘耶穌’喜愛的人。

8【約定俗成】 ㄩㄝ ㄉㄧㄥˋ ㄙㄨˊ ㄔㄥˊ

事物的名稱或事理法則，爲社會所習用，逐漸視爲當然，而爲公眾所遵守。

【約法三章】 ㄩㄝ ㄈㄚˇ ㄙㄢ ㄓㄤ

本爲‘漢高祖’‘劉邦’進入‘咸陽城’時，和人民約法三條，即「殺人者死；傷人及盜，抵罪。」後來泛稱訂立簡明的條款，使人共同遵守。

【約定財產制】 ㄩㄝ ㄉㄧㄥˋ ㄘㄞˊ ㄔㄢˇ ㄓˋ

相對於法定財產制。夫妻於結婚前或結婚後，以契約就“民法”所定之共同財產制和分別財產制中，選擇其一爲其夫妻財產制。夫妻財產制成立須當事人合意並訂立書面文字，登記只是對抗善意第三人之要件。登記之方法須依

"非訟事件法"之規定。參共同財產制、分別財產制。

16【約翰尼斯堡】 ㄩㄝ ㄏㄢˋ ㄋㄧˊ ㄙ ㄅㄠˇ

(Johannesburg)'南非共和國'最大城及工礦業領導中心。位於東北'特蘭斯瓦省'(Transvaal Prov.)南部，為全國金礦中心，有「金都」之稱；並有化學原料、紡織、皮革等工業。人口191.6萬(2004年)。

13【約瑟夫遜效應】 ㄩㄝ ㄙㄜˋ ㄈㄨ ㄒㄩㄣˋ ㄒㄧㄠˋ ㄧㄥˋ

(Josephson's effect)兩超傳導體經一薄的絕緣膜隔開,電子因隧道效應而通過絕緣膜產生電流之效應。

紈 ㄨㄢˊ *wan*^{2} 音丸

白色細絹。見"說文"。

10【紈素】 ㄨㄢˊ ㄙㄨˋ

潔白的細絹。

12【紈袴】 ㄨㄢˊ ㄎㄨˋ

細絹製成的褲子。後多用指不求上進的富家子弟。也作紈褲。

紃 ㄒㄩㄣˊ *hsün*^{2} 音巡

圓形的繩帶。見"說文"。

4

紊 ㄨㄣˋ *wên*^{4} 音問

雜亂。見"說文"。

13【紊亂】 ㄨㄣˋ ㄌㄨㄢˋ

雜亂；混亂。

素 ㄙㄨˋ *su*^{4} 音訴

①潔白細緻的生絹。見"說文"。②白色的。如:素服。③質樸沒有文飾。如:樸素。④事物的原質。如:元素。⑤平常;向來。如:素昧平生。⑥空的;有名無實或有實無名的。如:尸位素餐。⑦蔬食。如:吃素。⑧誠心;眞情。通愫。如:情素。⑨姓。'漢'有'素霸'。見"萬姓統譜·九五"。

4【素心】 ㄙㄨˋ ㄒㄧㄣ

①本心;素願。②心地純潔。

【素王】 ㄙㄨˋ ㄨㄤˊ

①指遠古的帝王。②具有帝王德行而未居其位的人。指'孔子'。

【素日】 ㄙㄨˋ ㄖˋ

平日。

【素手】 ㄙㄨˋ ㄕㄡˇ

①潔白的手。②空手;徒手。

6【素交】 ㄙㄨˋ ㄐㄧㄠ

舊友。

【素朴】 ㄙㄨˋ ㄆㄨˊ

樸實無華。

【素仰】 ㄙㄨˋ ㄧㄤˇ

一向景仰。多用於對他人表示仰慕。

【素行】 ㊀ ㄙㄨˋ ㄒㄧㄥˊ

平常執行、施行。

㊁ ㄙㄨˋ ㄒㄧㄥˋ

平時的品行。

7【素志】 ㄙㄨˋ ㄓˋ

一向的志願。

【素車】 ㄙㄨˋ ㄔㄜ

用白土塗飾的車子。一說是未經雕飾塗漆的車子。用於喪事。

【素材】 ㄙㄨˋ ㄘㄞˊ

文學、藝術創作的原始材料。

8【素性】 ㄙㄨˋ ㄒㄧㄥˋ

本性。

【素來】 ㄙㄨˋ ㄌㄞˊ

向來;從來。

【素服】 ㄙㄨˋ ㄈㄨˊ

指喪服。

9【素食】 ㄙㄨˋ ㄕˊ

①不勞而食。②生食。③平常所吃的食物。④蔬食。也指僧人的齋食。

11【素淨】 ㄙㄨˋ ㄐㄧㄥˋ

顏色或裝飾樸素無華。

【素常】 ㄙㄨˋ ㄔㄤˊ

平日的操守。

【素問】 ㄙㄨˋ ㄨㄣˋ

二十四卷,八十一篇。記'黃帝'與'岐伯'互相問答的話。應當是'秦''漢'間的人集舊說而成。內容包括解剖、生理、病理、診斷、衛生等。是我國最古的醫書。

12【素描】 ㄙㄨˋ ㄇㄧㄠˊ

①以木炭筆或鉛筆等做基礎寫實觀察及描繪訓練的單色畫。如石膏素描和裸體素描等。②畫家製作作品前的黑白或單色之草稿。有時亦塗以簡單的水彩。③畫家探討其構圖或想像事物時的速寫。④對事物不加潤飾而直接約略的敘述。

【素菜】 ㄙㄨˋ ㄘㄞˋ

沒有魚肉葷腥的菜肴。與葷菜相對。

13【素稔】 ㄙㄨˋ ㄖㄣˇ

熟悉。

15【素養】 ㄙㄨˋ ㄧㄤˇ

平時的修養。

【素數】 ㄙㄨˋ ㄕㄨˋ

即質數。參質數。

【素質】 ㄙㄨˋ ㄓˊ

①白色的質地。②本質。

19【素願】 ㄙㄨˋ ㄩㄢˋ

平生的願望。

3【素三彩】 ㄙㄨˋ ㄙㄢ ㄘㄞˇ

'清朝''康熙'年間流行的瓷器之一。於素燒過的器坯上,以黃、綠、紫、青、黑、白等特殊色釉繪飾紋樣。素三彩最早見於'明代'後期,但一般多指'清朝'作品。

11【素乾品】 ㄙㄨˋ ㄍㄢ ㄆㄧㄣˇ

指以天然或人工乾燥法,將生鮮魚介或藻類除去所含水分的製品。如魷魚、魚翅、海帶、紫菜等乾製品。

2【素人畫家】 ㄙㄨˋ ㄖㄣˊ ㄏㄨㄚˋ ㄐㄧㄚ

(naive artist)指未受過訓練而業餘從事繪製的畫家。素人是外行人之意。素人藝術不受畫派與傳統美學的影響,其描繪的題材大都取自日常生活、風俗等,有淳樸天眞的意境,現代美術頗重視其價值。如'法國'的'盧梭'(Henri Rousseau)、'美國'的'摩西祖母'(Grandma Moses)、'中國'的'洪通'等都屬於素人畫家。

7【素位而行】 ㄙㄨˋ ㄨㄟˋ ㄦˊ ㄒㄧㄥˊ

依所處地位而做分內的事。

9【素昧平生】ㄙㄨˋ ㄇㄟˋ ㄆㄧㄥˊ ㄕㄥ
一向不認識。

索 ㊀ ㄙㄨㄛˇ so^3, suo^3 音鎖
①粗繩。見"小爾雅·廣器"。②盡。見"字彙"。③離散;孤獨。如:離群索居。④搜尋;探尋。如:索隱。⑤討取。如:勒索。⑥姓。'漢'有'索班'。見"萬姓統譜·一二○"。

㊁ ㄙㄨㄛˊ so^2, suo^2
參索性㊁。

4【索引】ㄙㄨㄛˇ ㄧㄣˇ
①牽拉。②(index)又音譯作引得。將書籍中的內容重要項目或詞彙分別摘出,依筆畫或字母順序排列,標明頁碼,以方便檢索的表格。

8【索性】㊀ ㄙㄨㄛˇ ㄒㄧㄥˋ
性情耿直。
㊁ ㄙㄨㄛˊ ˙ㄒㄧㄥ
乾脆;直截了當。

【索居】ㄙㄨㄛˇ ㄐㄩ
離開人群而獨自生活。

12【索然】ㄙㄨㄛˇ ㄖㄢˊ
①流淚的樣子。同潸然。②離散的樣子。③寂寞;冷清。

13【索道】ㄙㄨㄛˇ ㄉㄠˋ
(cable way)用作空中吊車或輸送設備軌道的懸空鋼索。其靜跨度可達3/4公里。通常用來運送壩等的建築材料及從取土坑中挖出的岩石、卵石。有時亦運用在交通量尚不值得建造橋樑的深峽谷處,其上行駛的車輛亦可有載客設備。

【索解】ㄙㄨㄛˇ ㄐㄧㄝˇ
尋求解答。

14【索寞】ㄙㄨㄛˇ ㄇㄛˋ
枯寂無生氣的樣子。也作索莫。

15【索賠】ㄙㄨㄛˇ ㄆㄟˊ
(claim)本義是主張權利,即指一切請求權而言。貿易實務上是指蒙受損害的一方向他方請求賠償。狹義的索賠,指買賣當事人的一方對他方的索賠,亦即一般所指的貿易索賠。廣義的索賠,則除了貿易索賠外,尚包括貨物損害索賠;這種索賠又包括向運送人索賠的運輸索賠及向保險公司索賠的保險索賠等。嚴格地說,claim一詞,並不一定涉及賠償問題,諸如訴怨、警告等均屬其範疇。

17【索隱】ㄙㄨㄛˇ ㄧㄣˇ
①探求隱微難見之理。②注解古書義理。

4【索引典】ㄙㄨㄛˇ ㄧㄣˇ ㄉㄧㄢˇ
(thesaurus)為一按字母順序排列的詞典,每一個詞彙款目中所記載的是該詞彙的適用範圍及與其他詞彙之間的關係,列出涵義較廣(broader)、涵義較狹(narrower)、相關(related)、替代(used for)、被替代(use)等關係的詞彙。每一索引典表示的方法及各詞彙之關係用語未必相同,然皆採字彙控制的原理,使相同主題能給予相同的標目,便於同類資料可依相同主題聚集一起。索引者製作文獻的索引時,可根據索引典採用適切的索引用語;而檢索文獻者,亦可依據索引典,選用適合個人興趣主題的詞彙來查尋。

【索引檔】ㄙㄨㄛˇ ㄧㄣˇ ㄉㄤˇ
(indexed file)電腦檔案系統使用索引方式存取的資料檔。檔內的索引或指標記錄資料所在的位置,讀取資料時,先經由索引取得資料所在的位置,再依據此位置直接讀取資料;寫入資料時,將資料所存放的位置記錄於索引中,方便以後讀取。索引檔的主要特點為:使用索引以增加資料存取的速度、提高處理效率、資料可直接存取。

10【索書號】ㄙㄨㄛˇ ㄕㄨ ㄏㄠˋ
(call number)作為辨識一書之用,亦可指出與其他資料關係的號碼。根據所使用的分類法及各圖書館政策的不同,其組成方式稍有差異。通常一個完整的索書號包括分類號、著者號、版本號、部冊號、複本號等。其位置多在卡片的左上角及書脊的底部。

6【索耳未法】ㄙㄨㄛˇ ㄦˇ ㄨㄟˋ ㄈㄚˇ
(Solvay process)又稱氨鹼法。是工業上製造碳酸鈉(Na_2CO_3)的方法。將氨先溶解在食鹽水中,再通入二氧化碳,得到碳酸氫鈉沈澱,然後加熱碳酸氫鈉即可得到碳酸鈉。

10【索馬利亞】ㄙㄨㄛˇ ㄇㄚˇ ㄌㄧˋ ㄧㄚˋ
(Somalia)位於'非洲'最東端的國家。北臨'亞丁灣'(Gulf of Aden),東南濱'印度洋'。面積63.7萬方公里,人口859萬(2005年),首都'摩加迪休'(Mogadishu)。境內多為半沙漠區,畜牧業盛。主產棉花、小米、玉米和香蕉。

12【索然無味】ㄙㄨㄛˇ ㄖㄢˊ ㄨˊ ㄨㄟˋ
一點也沒有味道、趣味。

4【索引順序檔】ㄙㄨㄛˇ ㄧㄣˇ ㄕㄨㄣˋ ㄒㄩˋ ㄉㄤˇ
(indexed sequential file)電腦檔案系統內資料檔的一類。索引檔中每一資料紀錄都有識別鍵,資料紀錄儲存的方式為:依據識別鍵由小至大的順序排列,並建立一索引以記錄各資料之識別鍵與所存在的位置。因此索引順序檔具有順序檔的性質,適合順序處理;同時也具有索引檔的性質,適於直接存取資料。

19【索羅門群島】ㄙㄨㄛˇ ㄌㄨㄛˊ ㄇㄣˊ ㄑㄩㄣˊ ㄉㄠˇ
(Solomon Isls.)位於西'太平洋''新幾內亞島'(New Guinea Is.)以東的群島國。1978年脫離'英國'獨立。面積2.8萬方公里,人口53萬(2005年),首都'荷尼阿拉'(Honiara)。主產椰子乾及金礦。

紮 紮的俗體。

紡 ㄈㄤˇ *fang*^{3} 音仿
①把絲、麻、棉等纖維製成紗或線。如:紡織。②一種絲織品。即紡綢。質柔細,可作衣料。如:'杭'紡。

17【紡錘】 ㄈㄤˇ ㄔㄨㄟˊ
又稱紡輪。爲原始時代紡紗、紡線用具。一般爲陶製,圓扁形,中間有孔,插一細棒,用來旋轉以紡線紗。

18【紡織娘】 ㄈㄤˇ ㄓ ㄋㄧㄤˊ
(*Mecopoda niponensis*)屬昆蟲綱、直翅目(order Orthoptera)、螽斯科(family Tettigoniidae)。體長約5公分,綠色或黃褐色,觸角細長。後足長,善跳躍。雄者前翅有發音器,夏秋之交,至夜即鳴,音悠揚。棲於林園。

絖 ㄍㄥˇ *kêng*^{3} 音梗
井欄上汲水用的繩子。也作綆。見"集韻"。

紞 ㄉㄢˇ *tan*^{3} 音膽
①古時冠冕兩旁用來懸瑱的彩繩。見"說文"。②擊鼓聲。如:紞如三鼓。

紋 ㄨㄣˊ *wên*^{2} 音文
①一種絲織品。即綾。見"廣韻"。②織品上的線條、圖案。③泛指物體上的花紋、紋路或皺痕。如:條紋。④把花紋刻劃在物體的表面。如:紋身。

5【紋石】 ㄨㄣˊ ㄕˊ
由霰石和白、綠、藍、褐等色的蛋白石混合而成的工藝石材。花紋美觀,打磨後具有玻璃光澤,可製成指環、袖扣、印材、胸飾等。除'義大利'外其他地區甚爲罕見,我國'澎湖'有產。

7【紋身】 ㄨㄣˊ ㄕㄣ
在身上刺花紋。

11【紋理】 ㄨㄣˊ ㄌㄧˇ
物體表面的線形條紋。

13【紋路】 ㄨㄣˊ ㄌㄨˋ
同紋理。

14【紋銀】 ㄨㄣˊ ㄧㄣˊ
'清代'通用的一種銀幣,以大條銀及碎銀鑄成,形如馬蹄,成色最足。

16【紋鋸】 ㄨㄣˊ ㄐㄩˋ
鋸木時之切割法。與年輪成垂直方向者,稱邊紋鋸(edge-grain sawed),又稱徑鋸(riff-grain sawed);沿年輪的切線方向切割者,稱平紋鋸(plain-grain sawed),又稱絃鋸(slash-grain sawed)或順鋸(flat-grain sawed)。邊紋外觀較平紋佳,且收縮均勻,產生彎曲較小。

11【紋理網屏】 ㄨㄣˊ ㄌㄧˇ ㄨㄤˇ ㄆㄧㄥˊ
(texture screen)賦予照片外觀某種紋理的一種工具。紋理的形式種類繁多,有微粒、帆布、蝕刻、'蒙娜麗莎'、網線及放射型紋理等。紋理可經由各式方法獲得,如使用布、鐵絲、玻璃、網、塑膠或表面成粒狀的半透明材料等。

紝 ㄖㄣˋ *jên*^{4} 音任 又讀 ㄖㄣˊ *jên*^{2} 音人
也作絍。①舊式織布機的機頭,引緯線密合於經線以織成布帛的絲縷。見"說文"。②紡織。見"集韻"。

紜 ㄩㄣˊ *yün*^{2} 音雲
紛亂。見"玉篇"。

10【紜紜】 ㄩㄣˊ ㄩㄣˊ
繁多而紛雜的樣子。

紖 ㄓㄣˋ *chên*^{4} 音陣
①牛鼻繩。見"說文"。②拴牲口的繩索。見"玉篇"。

純 ㊀ ㄔㄨㄣˊ *ch'un*^{2} 音淳
①絲。見"說文"。②精粹;專一不雜。如:純金。③美好。如:純麗。
㊁ ㄓㄨㄣˇ *chun*^{3} 音準
鑲邊。見"字彙"。

1【純一】 ㄔㄨㄣˊ ㄧ
純粹專一。

5【純正】 ㄔㄨㄣˊ ㄓㄥˋ
①眞純正確。②純粹;沒有羼雜。

6【純色】 ㄔㄨㄣˊ ㄙㄜˋ
色彩學中,某色正達飽和度,其間無白或黑混入的,稱純色。

9【純厚】 ㄔㄨㄣˊ ㄏㄡˋ
純樸敦厚。

10【純益】 ㄔㄨㄣˊ ㄧˋ
也稱淨利。參淨利。

【純眞】 ㄔㄨㄣˊ ㄓㄣ
純潔眞摯。

11【純淨】 ㄔㄨㄣˊ ㄐㄧㄥˋ
純粹潔淨。

12【純量】 ㄔㄨㄣˊ ㄌㄧㄤˋ
(scalar)指向量的係數。或譯作標量。

13【純損】 ㄔㄨㄣˊ ㄙㄨㄣˇ
也稱淨損。參淨損。

14【純粹】 ㄔㄨㄣˊ ㄘㄨㄟˋ
①純正不雜。②全部;完全。

【純種】 ㄔㄨㄣˊ ㄓㄨㄥˇ
純正的品種。

15【純熟】 ㄔㄨㄣˊ ㄕㄡˊ
非常熟練。

16【純樸】 ㄔㄨㄣˊ ㄆㄨˊ
也作純朴。①未經雕飾的原木。②純良樸實。

【純篤】 ㄔㄨㄣˊ ㄉㄨˇ
純厚篤實。

8【純物質】 ㄔㄨㄣˊ ㄨˋ ㄓˊ
(pure substance)組織均勻,具有一定組成和性質的物質。又可分成元素和化合物兩類,如水、食鹽等。

10【純益率】 ㄔㄨㄣˊ ㄧˋ ㄌㄩˋ
(ratio of net income to net sales)即純益(淨利)與銷貨淨額的比率。爲評估企業獲利能力的指標;比率愈大,表示企業經營能力愈強。

15【純數學】 ㄔㄨㄣˊ ㄕㄨˋ ㄒㄩㄝˊ
(pure mathematics)只注意到數學理論及其邏輯推演,而不注意其實際應用的數學。與應用數學相對。例如集合論、位相學、數論等。

9【純保險費】 ㄔㄨㄣˊ ㄅㄠˇ ㄒㄧㄢˇ ㄈㄟˋ
(net or pure premium)爲保險

費的主要部分,係備作危險事故發生時給付保險金之用。純保險費的保險費率,係根據損失機率計算得之。參損失機率。

14【純粹主義】 ㄔㄨㄣˊ ㄘㄨㄟˋ ㄓㄨˇ ㄧˋ
(Purism)純粹主義的美學理論和風格,由'歐珍方'(Ozenfant)和'尚瑞'(Jeanneret)於西元1918年所建立,並藉期刊"新精神"(*L'Esprit Nouveau*)來推廣其思想。純粹主義者深信,吾人的智慧及居住的環境在在需要秩序,所以裝飾和個人性必須排除於藝術外,而應追求機能與形式一致的簡潔幾何性造形。他們的思想對後來的工業設計頗具啟發性,但對繪畫方面的影響不大。

【純粹寡占】 ㄔㄨㄣˊ ㄘㄨㄟˋ ㄍㄨㄚˇ ㄓㄢˋ
(pure oligopoly)與差別寡占相對。是寡占市場中的一種型態。指寡占者所生產的產品種類、品質完全相同。如水泥、味精、鋁錠等產業。

16【純獨占市場】 ㄔㄨㄣˊ ㄉㄨˊ ㄓㄢˋ ㄕˋ ㄔㄤˇ
(pure monopoly market)指某種產品的市場,只有一家廠商生產,沒有密切替代品的廠商存在。其特性有:獨家生產與銷售、獨特產品、加入與退出困難、訊息不完全及無廣告必要等。

5【純正不作為犯】 ㄔㄨㄣˊ ㄓㄥˋ ㄅㄨˋ ㄗㄨㄛˋ ㄨㄟˊ ㄈㄢˋ
法律規定一定之作爲義務,單純違反此作爲義務而不作爲,遂構成犯罪者,稱爲純正不作爲犯。亦即唯有以不作爲之方式,始能實現某法定構成要件之不作爲犯。純正不作爲犯有不待結果之發生即足成立者,如聚眾不解散罪("刑法"第一百四十九條);有須發生特定危險之結果始足成立者,如不爲其生存所必要之扶助、養育、保護之違背義務遺棄罪("刑法"第二百九十四條第一項)。前者可謂屬行爲犯,後者則係結果犯。

紐 ㄋㄧㄡˇ *niu*³ 音扭
[1]帶的結扣。如:紐扣。[2]器物上的突起部分。如:印紐。[3]本;根據。如:樞紐。[4]姓。'隋'有'紐因'。見"萬姓統譜·八八"。

9【紐約】 ㄋㄧㄡˇ ㄩㄝ
(New York)'美國'最大都市及最大商港。位於'哈得孫河'(Hudson R.)口。市中心建在'曼哈坦島'(Manhattan Is.)上,有地下鐵路及林立的高樓大廈。五大湖區的農、工業產品經'伊利運河'(Erie Canal)、'哈得孫河',再由此輸出。人口808.6萬(2003年)。

6【紐西蘭】 ㄋㄧㄡˇ ㄒㄧ ㄌㄢˊ
(New Zealand)位於'澳洲'東南方'南太平洋'中的島國。由南、北兩大島和附近小島組成。面積26.8萬方公里,人口403.5萬(2005年),首都'威靈頓'(Wellington)。島上多火山、溫泉、冰河、湖泊和峽灣,氣候溫溼,主要從事畜牧,觀光業盛。有毛織、食品和造紙工業,肉類、乳品和羊毛為輸出大宗。

12【紐普勒橡膠】 ㄋㄧㄡˇ ㄆㄨˇ ㄖㄣˋ ㄒㄧㄤˋ ㄐㄧㄠ
(neoprene rubber)又稱新平橡膠或氯平橡膠。是由2—氯—1,3—丁二烯加成聚合而成。化學式爲(—$CH_2CClCHCH_2$—)n。這種橡膠的伸長性、耐磨性及抗陽光、抗油和抗化學藥品性都比天然橡膠好。常用作輸油管、汽車配件等。

【紐結需求曲線】 ㄋㄧㄡˇ ㄐㄧㄝˊ ㄒㄩ ㄑㄧㄡˊ ㄑㄩ ㄒㄧㄢˋ
(kinked demand curve)在寡占市場下,通常一家廠商採主動的價格上漲時,其他廠商不跟隨漲價,故其面對的需求曲線較富於彈性;當其採主動的價格下降時,其他廠商跟著降價,故其面對的需求曲線較缺乏彈性,由此兩條需求曲線混合而成,即成紐結狀的需求曲線。圖中 AD_f 爲其他廠商跟著漲價或降價時的需求曲線,CDn 爲不跟著漲價或降價時的需求曲線,CBD_f 曲線即爲其他廠商跟著降價但不跟著漲價時所形成的紐結需求曲線。

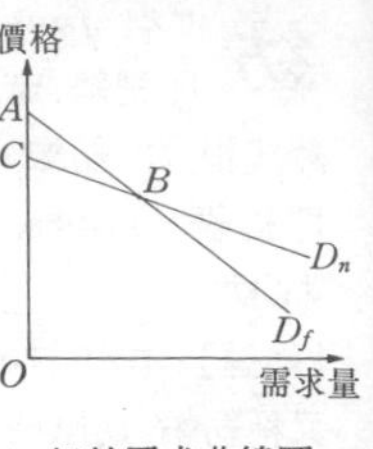

紐結需求曲線圖

紕 ㊀ ㄆㄧ *p'i*¹ 音批
粗疏。如:紕漏。
㊁ ㄆㄧˊ *p'i*² 音皮
[1]在衣物上鑲邊。見"集韻"。[2]衣冠的邊飾。見"集韻"。

14【紕漏】 ㄆㄧ ㄌㄡˋ
錯誤;疏漏。

17【紕繆】 ㄆㄧ ㄇㄧㄡˋ
錯誤;差錯。

紓 ㄕㄨ *shu*¹ 音書
舒緩;解除。如:紓難。

19【紓難】 ㄕㄨ ㄋㄢˋ
解除危難。

紑 ㄈㄡˊ *fou*² 音芣
衣服潔白鮮明的樣子。見"說文"。

紎 ㄗ *tzŭ*¹ 音姿
黑色的繒。見"正字通"。

紘 ㄏㄨㄥˊ *hung*² 音宏
[1]冠冕兩旁的帶子,上端結於笄,下端繫在頷下。見"說文"。[2]綱維。[3]包舉。[4]廣大。通宏。如:紘大。

納 ㄋㄚˋ *na*⁴ 音吶
[1]收入;收藏。如:出納。[2]繳出;貢獻。如:納稅。[3]結交。如:納交。[4]補綴。縫紉法之一。如:補納。

6【納交】 ㄋㄚˋ ㄐㄧㄠ

結交。

【納吉】 ㄋㄚˋ ㄐㄧˊ
古代結婚六禮之一。納采後，在廟中卜得吉兆，備禮派人報告女家，決定婚事。

8【納采】 ㄋㄚˋ ㄘㄞˇ
古代結婚六禮之一。男方的使者備禮到女方家，表達男方已經採擇女方爲結婚對象之意。

10【納貢】 ㄋㄚˋ ㄍㄨㄥˋ
諸侯或藩屬國向天子進獻方物。

12【納悶】 ㄋㄚˋ ㄇㄣˋ
發悶；心中懷疑。

13【納福】 ㄋㄚˋ ㄈㄨˊ
受福；享福。多用爲祝頌語。

【納賄】 ㄋㄚˋ ㄏㄨㄟˋ
收賄或行賄。

【納貲】 ㄋㄚˋ ㄗ
積蓄財物；捐納錢財。

14【納粹】 ㄋㄚˋ ㄘㄨㄟˋ
1導引純一之氣。2（Nazis）'國家社會主義德意志勞動黨'（Nationalsozialistische Deutsche Arbeiterpartei）的簡稱。西元1920年由下級士官、手工業者及小商人組成的'德意志勞工黨'改組而成。1921年'希特勒'爲黨魁，以反"凡爾賽條約"和共產主義爲口號擴大黨勢。'希'氏於1933年奪權成功，將'共產黨'、'社會黨'議員的大半逮捕殘殺，對內以「蓋世太保」的祕密警察實行獨裁政治，對外以'日耳曼'民族優越論發動侵略。1939年因入侵'波蘭'而引起第二次世界大戰，1945年'德國'戰敗而'納粹'崩潰。

【納幣】 ㄋㄚˋ ㄅㄧˋ
即納徵。

15【納徵】 ㄋㄚˋ ㄓㄥ
古代結婚六禮之一。納吉後，男方的使者備禮到女方下聘。

16【納諫】 ㄋㄚˋ ㄐㄧㄢˋ
接受勸諫。

19【納寵】 ㄋㄚˋ ㄔㄨㄥˇ
指娶妾。

14【納爾遜】 ㄋㄚˋ ㄦˇ ㄒㄩㄣˋ
（Horatio Nelson, 1758～1805）'英國'海軍將領。以勇敢、多謀略著名。屢與'西班牙'、'法國'交戰。曾敗'拿破崙'的'埃及'艦隊，又於西元1805年在'特拉法加角'（Trafalgar）大敗'法''西'聯合艦隊，挫敗'拿破崙'登陸'英國'的野心。

21【納蘭性德】 ㄋㄚˋ ㄌㄢˊ ㄒㄧㄥˋ ㄉㄜˊ
（1654～1685）'清''滿洲'正黃旗人，原名'成德'，字'容若'，號'楞伽山人'。'康熙'進士，官一等侍衛。善書能詩，作詞宗'李後主'，長於小令。著有"飲水詞"、"通志堂集"，又與'徐乾學'編刻'唐'以來說經諸書爲"通志堂經解"。

10【納書楹曲譜】 ㄋㄚˋ ㄕㄨ ㄧㄥˊ ㄑㄩˇ ㄆㄨˇ
'清''葉堂'訂譜，'王文治'參訂，二十二卷，包括正集四卷、續集四卷、外集二卷、補遺四卷、"四夢全譜"八卷。另附"北西廂記曲譜"二卷。除"四夢"及"西廂"外，收錄當時流行的'崑'曲及時劇三百六十餘齣。行腔細致考究，爲後世清唱家所宗。

紗

ㄕㄚ sha[1] 音沙
1一種輕薄稀疏的絲織品。也可用綿、麻等纖維織成。如：紗帽。2用絲、棉等紡成的細縷。可捻成線，用以織布。如：浣紗。

22【紗籠】 ㄕㄚ ㄌㄨㄥˊ
1用薄紗糊製的燈籠。即紗燈。2'南洋'一帶'馬來族'人的圍裙布。

級

ㄐㄧˊ chi[2] 音及
1泛指人或物貴賤高下的等第。如：品級。2階；階梯。如：石級。3量詞。⑴階一層或塔一層爲一級。如：七級浮屠。⑵'秦'制以斬敵首加爵，一首賜爵一級，稱爲首級；故後稱被斬的敵首一顆爲一級。如：斬首數十級。4學校的班次。

15【級數】 ㄐㄧˊ ㄕㄨˋ
（progression; series）1舊稱按一定關係、順序排列的諸數，現通稱數列。2形如$a_1+a_2+a_3+a_4+\cdots\cdots$的式子，稱爲級數。其中$a_1+a_2+a_3+a_4+\cdots\cdots+a_n$稱爲它的部分和，而級數的收斂性、極限，都是指「部分和數列」而言。

12【級進繁殖】 ㄐㄧˊ ㄐㄧㄣˋ ㄈㄢˊ ㄓˊ
又稱雜種繁殖或貴化繁殖。由甲品種母畜和乙品種公畜相交配產生的一代雜種母畜，再與乙品種公畜交配，如此經數代交配，所產生的子代特性幾乎與此純種公畜相似，此種繁殖稱爲級進繁殖。

紙

ㄓˇ chih[3] 音只
1用植物纖維質製成，作爲寫字、繪畫、印刷書籍、包裹等用的製品。2量詞。紙一張叫一紙。如：聘書一紙。

8【紙版】 ㄓˇ ㄅㄢˇ
1用紙質材料製成的印刷版。一般用於快速印刷。2指硬厚的紙張。

9【紙型】 ㄓˇ ㄒㄧㄥˊ
用原凸版複製鉛版時，以紙型紙在凸版上壓製而成的凹型紙模。爲澆鑄鉛版的依據。

11【紙帶】 ㄓˇ ㄉㄞˋ
（paper tape）記錄資料的一種媒體。在固定寬度的紙帶上依特定的格式穿孔以記錄資料。可作電腦之輔助記憶體。

【紙婚】 ㄓˇ ㄏㄨㄣ
西俗稱結婚一週年。

14【紙鳶】 ㄓˇ ㄩㄢ
即風箏。用絲竹爲骨架，糊以紙或薄絹作鳶鳥形，升入空中，舞動如鳶飛，故稱。後代形狀甚多，不限於鳶形。

15【紙彈】 ㄓˇ ㄉㄢˋ
指紙印的宣傳品。因其意在宣揚自己，說服對方，量多有如子彈，故稱。

【紙漿】 ㄓˇ ㄐㄧㄤ
（pulp）將含木質纖維的破布、木

材、竹材、稻草等以化學方法蒸煮,使非纖維質溶出,而將餘下的纖維漂白所得的糊狀產品。爲製紙的原料。

16【紙錢】ㄓˇ ㄑㄧㄢˊ
祭祀時,燒化給鬼神的冥紙。

【紙雕】ㄓˇ ㄉㄧㄠ
以各種紙類做出浮雕或立體作品的一種工藝。有別於剪紙工藝。主要技法是在紙上做山線或谷線(即凹凸線),施壓力使紙面上浮或下陷而產生輪廓,再加剪接黏貼即成。

6【紙老虎】ㄓˇ ㄌㄠˇ ㄏㄨˇ
指外表強大而內無實力的人。

17【紙黏土】ㄓˇ ㄋㄧㄢˊ ㄊㄨˇ
新興的一種手工藝材料。以瓷土混和紙漿和膠類拌製而成。色潔白,富韌性,可塑性甚佳,清潔而不沾手。用以雕塑小件藝品或飾物,乾後不需焙燒而有類似陶瓷的質地,表面可用水性或油性顏料塗裝,較天然黏土更具優點。

3【紙上談兵】ㄓˇ ㄕㄤˋ ㄊㄢˊ ㄅㄧㄥ
指空談理論,不切實際。

12【紙短情長】ㄓˇ ㄉㄨㄢˇ ㄑㄧㄥˊ ㄔㄤˊ
信紙有限而情意綿長。

15【紙醉金迷】ㄓˇ ㄗㄨㄟˋ ㄐㄧㄣ ㄇㄧˊ
比喻生活奢侈糜爛,沈醉於聲色之中。

5【紙包不住火】ㄓˇ ㄅㄠ ㄅㄨˋ ㄓㄨˋ ㄏㄨㄛˇ
比喻再祕密的事,遲早會洩露出來。

11【紙帶閱讀機】ㄓˇ ㄉㄞˋ ㄩㄝˋ ㄉㄨˊ ㄐㄧ
(paper tape reader)一種能將紙帶所記錄的資料轉換爲電子訊號的裝置。是電腦的輸入裝備之一。

紟 ㄐㄧㄣ chin^{1} 音金
1繫衣襟的帶子。也作衿。見"說文"。2單被。見"集韻"。

紛 ㄈㄣ fên^{1} 音分
1雜亂。如:紛沓。2眾多。如:繽紛。

8【紛歧】ㄈㄣ ㄑㄧˊ
紛亂不一致。

【紛爭】ㄈㄣ ㄓㄥ
爭執;糾紛。

10【紛乘】ㄈㄣ ㄔㄥˊ
接連不斷地發生。

【紛紜】ㄈㄣ ㄩㄣˊ
1盛多;眾多。2雜亂的樣子。

【紛紛】ㄈㄣ ㄈㄣ
1雜亂的樣子。2忙亂的樣子。3盛多的樣子。

11【紛陳】ㄈㄣ ㄔㄣˊ
紛紛陳列或出現。

13【紛亂】ㄈㄣ ㄌㄨㄢˋ
雜亂;無條理。

14【紛綸】ㄈㄣ ㄌㄨㄣˊ
1浩博。2盛多。3雜亂的樣子。

15【紛糅】ㄈㄣ ㄖㄡˇ
眾多而雜亂。

18【紛擾】ㄈㄣ ㄖㄠˇ
混亂;動亂不安。

6【紛至沓來】ㄈㄣ ㄓˋ ㄊㄚˋ ㄌㄞˊ
形容來者眾多,連續不絕。

9【紛紅駭綠】ㄈㄣ ㄏㄨㄥˊ ㄏㄞˋ ㄌㄩˋ
形容花葉繁茂、隨風搖動的樣子。

紒 ㄐㄧˋ chi^{4} 音計
束結頭髮。同髻、結。見"集韻"。

5

紮 也作紥。一 ㄓㄚˊ cha^{2} 音札
1捆綁成束。見"集韻"。2屯駐;駐留。如:紮營。3量詞。物一束稱一紮。如:一紮鮮花。
二 ㄗㄚ tsa^{1} 音匝
同一1。

10【紮根】ㄓㄚˊ ㄍㄣ
深植根基。

累 一 ㄌㄟˇ lei^{3} 音未
1增加;積聚。如:積善累德。2重疊;連續多次。如:累次。
二 ㄌㄟˋ lei^{4} 音類
1牽涉。如:牽累。2負擔。如:家累。3負欠。如:虧累。4疲乏。如:疲累。
三 ㄌㄟˊ lei^{2} 音雷
1繩索。通縲。如:累紲。2綑綁。如:係累。

4【累日】ㄌㄟˇ ㄖˋ
連日。

【累月】ㄌㄟˇ ㄩㄝˋ
連月。

5【累世】ㄌㄟˇ ㄕˋ
連續好幾代。

【累犯】ㄌㄟˇ ㄈㄢˋ
對初犯言。受有期徒刑之執行完畢或受無期徒刑一部之執行而赦免後,五年以內再犯有期徒刑以上之罪者,稱累犯。"刑法"上對於累犯加重本刑至二分之一。

7【累卵】ㄌㄟˇ ㄌㄨㄢˇ
把蛋重疊起來。比喻非常危險。

11【累累】ㄌㄟˇ ㄌㄟˇ
1眾多;成串。2屢屢。3重疊。

12【累黍】ㄌㄟˇ ㄕㄨˇ
1以黍粒縱排或橫排,以計量長度、容積或重量。2比喻極微小的分量。

16【累積】ㄌㄟˇ ㄐㄧ
聚積。

18【累贅】ㄌㄟˊ ·ㄓㄨㄟ
多餘的負擔或麻煩。

16【累積器】ㄌㄟˇ ㄐㄧ ㄑㄧˋ
(accumulator)電腦中央處理單元中的一種暫存器。算術運算(如加、減等)與邏輯運算(如及、或、移位、補數等)的結果均存放在內。

9【累計折舊】ㄌㄟˇ ㄐㄧˋ ㄓㄜˊ ㄐㄧㄡˋ
(accumulated depreciation)固定資產成本中已折舊的部分。爲固定資產的抵銷科目。於資產負債表中固定資產成本減累計折舊後的餘額,稱爲帳面價值,爲尚未折舊的成本。

10【累退稅率】ㄌㄟˇ ㄊㄨㄟˋ ㄕㄨㄟˋ ㄌㄩˋ
(degressive tax rate)累進稅率的一種,但將稅率的累進止於一

定限度,超過此一限度就採用比例稅率,或其他較輕的稅率。與逆進稅率不同。

12【累進稅率】 ㄌㄟˇ ㄐㄧㄣˋ ㄕㄨㄟˋ ㄌㄩˋ
(progressive tax rate)指因租稅客體增大,而課以較高稅率者。我國現行稅目中,所得稅、遺產及贈與稅、地價稅、土地增值稅等,均採累進稅率。累進稅率又可分爲全額累進與超額累進二種,後者常被採用。

15【累增效應】 ㄌㄟˇ ㄗㄥ ㄒㄧㄠˋ ㄧㄥˋ
(avalanche effect)半導體的*p-n*接面處,因外加反向偏壓的作用,使其內部因熱效應而存在的導電載子具有足夠動能,不斷地撞擊晶格,產生更多的導電載子,形成累增倍加的現象。

【累增崩潰】 ㄌㄟˇ ㄗㄥ ㄅㄥ ㄎㄨㄟˋ
(avalanche breakdown)半導體*p-n*接面處最初加上逆向偏壓時,只產生極小電流;當逆向電壓再升高,空乏層電場加大,電子被加速而產生很大的動能與矽原子碰撞,將原子中的電子打出。如此,自由載子便急速增加,電流如潰堤般急速增大,這種現象稱爲累增崩潰。

16【累積特別股】 ㄌㄟˇ ㄐㄧ ㄊㄜˋ ㄅㄧㄝˊ ㄍㄨˇ
(cumulative preferred stock)通常特別股每年所可分配的股利,均爲定額或定率,而累積特別股,即當某一年度公司因故未分配特別股利或分配不及定額,其所積欠的部分應於以後年度補足。且在未補足以前年度所積欠的股利及分配該年度特別股股利前,普通股不得分配股利。若特別股的股利於當年度未分配或分配不足額,於以後年度不再補發者,則稱爲非累積特別股。

紵 ㄓㄨˋ *chu*⁴ 音住
麻的一種。織出的布,白而且細。見"說文"。

紽 ㄊㄨㄛˊ *t'o*², *t'uo*² 音駝
古時計算絲的單位。見"集韻"。

紸 ㄓㄨˋ *chu*⁴ 音注
著;安放。見"正字通"。

絃 ㄒㄧㄢˊ *hsien*² 音賢
通弦。①安在琴、瑟等樂器上的細絲繩。如:琴絃。②弓上用以使箭遠射的細索。如:弓絃。③指絃樂器。如:管絃。

9【絃柱】 ㄒㄧㄢˊ ㄓㄨˋ
樂器上固定絲絃的小柱子。

10【絃索】 ㄒㄧㄢˊ ㄙㄨㄛˇ
同弦索。①樂器的絲絃。也指絃樂器。②指北曲。因北曲多用絃索伴奏。如'金''董解元''西廂記諸宮調"又稱"絃索西廂"。

14【絃誦】 ㄒㄧㄢˊ ㄙㄨㄥˋ
詠歌與誦讀。泛指學習、授業。

【絃歌】 ㄒㄧㄢˊ ㄍㄜ
也作弦歌。①依和著琴瑟的聲音來詠詩。泛指學習、授業。②指禮樂教化。

15【絃樂】 ㄒㄧㄢˊ ㄩㄝˋ
用絃樂器所演奏的樂曲、旋律。

【絃樂器】 ㄒㄧㄢˊ ㄩㄝˋ ㄑㄧˋ
(stringed instrument)也作弦樂器。凡張絲絃於共鳴器上,撥弄絲絃能發出樂音的樂器,稱爲絃樂器。與管樂器並稱管絃,也稱絲竹。在國樂中,主要的有琴、瑟、三絃、琵琶、揚琴、二胡等;在西樂中,主要的有吉他、提琴、豎琴等。因彈奏方式不同而有撥絃樂器、擦絃樂器及敲絃樂器之分。

5【絃外之音】 ㄒㄧㄢˊ ㄨㄞˋ ㄓ ㄧㄣ
言語之外的含意。

絆 ㄅㄢˋ *pan*⁴ 音半
①繫馬足的繩索。同靽。見"說文"。②牽制;拘束。如:羈絆。③腳被纏到。如:絆了一跤。

13【絆跤】 ㄅㄢˋ ㄐㄧㄠ
因腳遇阻礙而跌倒。

【絆腳石】 ㄅㄢˋ ㄐㄧㄠˇ ㄕˊ
比喻行事的阻礙。

絉 襪的或體。

紭 紘的或體。

紼 ㄈㄨˊ *fu*² 音伏
①亂麻。見"說文"。②大的麻繩。

紶 ㄑㄩ *ch'ü*¹ 音趨
束。見"玉篇"。

紺 ㄍㄢˋ *kan*⁴ 音幹
深青露紅的顏色。見"說文"。

紲 ㄒㄧㄝˋ *hsieh*⁴ 音泄
①用以防弓彎曲變形的竹製弓檠。見"正字通"。②牽引牲畜或拘繫罪人的繩索。也作緤、絏。③拴繫。

紹 ㄕㄠˋ *shao*⁴ 音邵
①繼續;繼承。如:克紹箕裘。②引介。如:紹介。

4【紹介】 ㄕㄠˋ ㄐㄧㄝˋ
爲人居間引進。今作介紹。

9【紹述】 ㄕㄠˋ ㄕㄨˋ
繼承前人的德業。

16【紹興】 ㄕㄠˋ ㄒㄧㄥ
①繼續發揚光大。②縣名。屬'浙江省'。以產'紹興'酒著名於世。城濱'運河'南岸,商業頗盛,名勝古蹟甚多。城南'蘭亭'爲'晉''王羲之'修禊之所。

【紹興酒】 ㄕㄠˋ ㄒㄧㄥ ㄐㄧㄡˇ
(Shaoshing wine)我國代表性酒類之一。原產於'浙江''紹興',故名。以糯米、麥麴及米麴爲原料,在低溫下製造酒母、酒醪,經發酵壓榨後裝入陶製酒甕,在適當溫度長期貯藏,品質陳熟後調配裝瓶。陳年'紹興'酒係經五年的儲藏,風味更香醇。宜加溫後飲用。

【紹興和議】 ㄕㄠˋ ㄒㄧㄥ ㄏㄜˊ ㄧˋ
'宋高宗'立國於'江'南後繼續抗'金','金兀朮'屢爲'岳飛'所敗。及'岳飛'爲'秦檜'所害,'韓世忠'憤而罷官離去,'宋''金'雙方於'紹興'十

一年(1141)成立和議：一、'宋'對'金'稱臣；二、'宋'對'金'每年貢銀二十五萬兩、絹二十五萬匹；三、兩國東以'淮水'、西以'大散關'爲界；四、'金'以'宋徽宗'梓宮及'高宗'母'韋太后'歸'宋'。

经 經的俗體。

統 ㄊㄨㄥˇ *t'ung*³ 音桶
①絲抽出來的端緒。也泛指一切事物的端緒。如：統緒。②世代相傳，繼承不絕的系屬。如：傳統。③總攬；綜理。如：統攝。④合而爲一。如：統合。⑤全；共。如：統體。⑥(series)在世之地質時間內形成的岩層，稱爲統。如全新世之岩層爲全新統。

8【統治】 ㄊㄨㄥˇ ㄓˋ
一個政權爲維持其生存與發展，運用權力以支配其領土及國民的行爲。

9【統計】 ㄊㄨㄥˇ ㄐㄧˋ
(statistics)①指數字的資料。確切地說，是指由計度社會或自然現象的群體特性而得的資料。例如某連士兵身長統計、某地某年雨量統計等是。因爲這種統計的特質，必須是一群具比較性同類數字的集合物，故也稱統計資料。至於由資料得出的概括數字，如平均數、比例等，雖亦稱統計，但一般都另稱統計量或統計值(statistic)，以示區別。②指獲得和利用數字資料的理論與方法。包括對數字資料的蒐集、整理、分析及其結果的解釋，對變動不定事件提供決斷，以及依據部分資料推論一般狀況的原理和方法。

【統括】 ㄊㄨㄥˇ ㄍㄨㄚ
總括；歸納。

11【統御】 ㄊㄨㄥˇ ㄩˋ
領導駕御。也作統馭。

16【統戰】 ㄊㄨㄥˇ ㄓㄢˋ
統一戰線的簡稱。'毛澤東'視之爲奪取政權的「三大法寶」(建黨、武裝、統戰)、「兩大武器」(武裝、統戰)之一。統戰不同於武裝鬥爭，較偏重無形的活動，'中共'唯有當實力不足以戰勝敵人時才會採取統一戰線。是分化敵人、孤立主要敵人、聯合同盟者、實施各個擊破的策略。其運作是根據矛盾律，把敵人內部劃分爲左、中、右三派，確立主要敵人和次要敵人，而後進行聯左拉中打右作法。'共黨'永遠是站在爭取多數以打擊主要敵人的地位。一旦主要敵人被消滅，次要敵人就升級爲主要敵人，成爲下一個打擊的對象，此即「既聯合又鬥爭」的原則。

20【統籌】 ㄊㄨㄥˇ ㄔㄡˊ
全盤計畫。

21【統攝】 ㄊㄨㄥˇ ㄕㄜˋ
總管；統領。

9【統計學】 ㄊㄨㄥˇ ㄐㄧˋ ㄒㄩㄝˊ
(statistics)將概率論應用在數據分析之問題上的學科。有時稱做「含不確定因素的決策」。例如實驗設計，根據取樣的數據決定假說的接受或拒絕。統計學應用在各種學問中，例如生物、物理、心理學等。

1【統一發票】 ㄊㄨㄥˇ ㄧ ㄈㄚ ㄆㄧㄠˋ
政府爲防止漏稅，規定商號一概使用同一種發票，稱統一發票。

8【統制帳戶】 ㄊㄨㄥˇ ㄓˋ ㄓㄤˋ ㄏㄨˋ
(controlling account)總分類帳中的帳戶係記載交易的總數，如另設置明細分類帳記載其細數時，則總分類帳中的該一帳戶稱爲統制帳戶。統制帳戶的餘額應與其明細分類帳中各帳戶餘額的和相等。

9【統計預測法】 ㄊㄨㄥˇ ㄐㄧˋ ㄩˋ ㄘㄜˋ ㄈㄚˇ
(statistical method of forecasting)即應用統計方法於預測。例如銷售預測常用的有趨勢分析、迴歸分析、時間系列分析、數學模式等統計方法。

【統計熱力學】 ㄊㄨㄥˇ ㄐㄧˋ ㄖㄜˋ ㄌㄧˋ ㄒㄩㄝˊ
(statistical thermodynamics)又稱微觀熱力學(microscopic thermodynamics)。在對系統的物質作熱力分析時，考慮各組成分子的個別效應，再以統計方法分析其總效應，而得到該物質的物理性質者稱之。其研究方向與古典熱力學相對。

【統計品質管制】 ㄊㄨㄥˇ ㄐㄧˋ ㄆㄧㄣˇ ㄓˊ ㄍㄨㄢˇ ㄓˋ
(statistical quality control; SQC)二次大戰期間，需要大量的軍品，在工廠生產過程中，對在製品及生產完成之產品實在無法予以全數檢驗，因而將統計的理論應用到品質管制上，而發展出管制圖及各種抽樣計畫，使產品的品質不因大量的生產而受損。此種將統計理論應用在品質管制上的作法稱爲統計品質管制。但當時只侷限於生產製造、檢驗及品質部門之應用，並未擴展到其他相關的部門，因而才有'費根堡'(A. V. Feigenbaum)所提倡的全面品質管制。

紱 ㄈㄨˊ *fu*² 音服
①繫官印用的絲帶子。如：印紱。②蔽膝。爲祭服的服飾，縫在長衣之前。通韍。

組 ㄓㄢˋ *chan*⁴ 音綻
縫補。見"說文"。

組 ㄗㄨˇ *tsu*³ 音祖
①有文采的寬絲帶。如：組紃。②編織；編結。

6【組曲】 ㄗㄨˇ ㄑㄩˇ
(suite)十八世紀'歐洲'作曲家將不同風格與速度的宮廷舞曲，連串成套奏出，稱爲組曲。'巴赫'的"法國組曲"、"英國組曲"爲其代表。近代作者的組曲，僅是連接幾個曲目，並不限於古代的宮廷舞曲。

【組合】 ㄗㄨˇ ㄏㄜˊ
(combination of things)組合學的基本概念之一。自 n 個不同的物件,一次取出 r 個物件,共有 $\frac{n!}{(n-r)!r!}$ 種方式。以符號 $\binom{n}{r}$、$_nC_r$ 或 $C(n,r)$表示之,例如二項式定理可寫成$(x+y)^n=\sum_{r=0}^{n}\binom{n}{r}x^ry^{n-r}$。重複組合考慮取出的 r 個物件可以重複,即自 n 種物件,取出 r 件,同種准許重複,求取法總數,常以 $_nH_r$ 表示之,其公式:$_nH_r={}_{n+r-1}C_r$。n 個變數的 r 次齊次式,將同類項合併後,最多可有 $_nH_r$ 項。

10【組訓】 ㄗㄨˇ ㄒㄩㄣˋ
加以組織訓練。

18【組織】 ㄗㄨˇ ㄓ
[1]經緯相交,織成布帛。[2]指織成的織物。[3]有目的、有系統、有秩序地結合起來。[4]按一定的目的和系統所組成的團體。[5]詩文或事物的結構與條理。[6]羅織罪名以入人於罪。[7](tissuc)多細胞生物的細胞經分化後,各具特殊機能,機能相似的細胞集合在一起,形成組織。如動物的肌肉組織、軟骨組織,植物的輸導組織、支持組織等。[8]岩石的組成顆粒或結晶的幾何型態與排列關係的總稱。

6【組合圖】 ㄗㄨˇ ㄏㄜˊ ㄊㄨˊ
(assembly drawing; assembly sheet)又稱裝置圖或總圖。表示機械或結構整體組合狀況的圖樣。其內涵有表示各部分之相對位置及其關係的作用,常以外形圖或剖視圖來表現。如機械或結構的組件少且簡單時,直接繪成組合圖形式,而提供全部施工製作資料之工作圖樣,即稱為組合工作圖。組件繁多且構造複雜者,除需繪製總組合圖外,有時亦須就某部分相關組件繪製其組合圖,此種組合圖稱部分組合圖或分總圖。組合圖通常不必標註尺度,儘量省略隱藏線,但不可遺漏機件及件號。

【組合樁】 ㄗㄨˇ ㄏㄜˊ ㄓㄨㄤ
(composite pile)由木樁與就地澆鑄混凝土樁組合而成。又稱混成樁。位於地下水位以下的部分,使用木樁比較經濟,再在木樁上部接以混凝土樁澆鑄則較耐久。即先將木樁打入幾達全長,再將鋼管與管軸放於木樁頂打入,除去管軸,澆入混凝土,木樁頂上即形成一混凝土樁。

14【組態節】 ㄗㄨˇ ㄊㄞˋ ㄐㄧㄝˊ
(configuration section)可博(COBOL)程式環境章節中的一節。用來描述編譯該程式的電腦系統與執行該程式的電腦系統。

18【組織胺】 ㄗㄨˇ ㄓ ㄢ
(histaminc)胺類的一種。廣存於各種動植物的組織中。化學式為$C_5H_9N_3$,熔點85°C,沸點210°C。人感冒時組織易生此種物質,可引起黏液分泌,增加平滑肌收縮,造成胃痛或流鼻涕等。

【組織液】 ㄗㄨˇ ㄓ ㄧㄝˋ
(tissue fluid)微血管中的血漿,有一部分會從管壁滲到附近的組織(即細胞與細胞間的空隙),此種滲出的液體,稱為組織液。

20【組譯器】 ㄗㄨˇ ㄧˋ ㄑㄧˋ
(assembler)即組合語言編譯器。可將以組合語言所編寫的根源程式編譯為機器語言的目標碼程式,以供電腦執行處理。組譯器與編譯器的不同在於前者編譯低階語言(即組合語言)撰寫的程式,而後者編譯高階語言撰寫的程式。

6【組合電路】 ㄗㄨˇ ㄏㄜˊ ㄉㄧㄢˋ ㄌㄨˋ
(combinational circuit)一邏輯電路之輸出值由當時之輸入狀態所決定,而與過去狀態無關者,稱為組合電路。

【組合語言】 ㄗㄨˇ ㄏㄜˊ ㄩˇ ㄧㄢˊ
(assembly language)電腦程式語言的一類,是機器導向的低階程式語言。組合語言的主要構成部分是符號式的電腦指令與虛指令(pseudo instruction)。組合語言的特點為:符號化的指令形式可避免以機器語言編寫程式的缺點;可直接控制電腦的運算動作,充分掌握程式之執行;因機器導向的特徵可發揮電腦硬體的特性,並提高程式執行的效率等。組合語言的缺點則為:編寫程式較為費時費力;不同型式電腦的組合語言皆有差異,缺少共通性;組合語言程式除錯、修改與維護較困難等。

18【組織目標】 ㄗㄨˇ ㄓ ㄇㄨˋ ㄅㄧㄠ
(organizational objectives)組織為求生存、成長及因應社會需要,而於市場地位、創新、生產力、物質與財務資源、獲利力、管理人員的績效與發展、員工工作績效與態度、社會責任等八個領域所設定的目標。為'美國'學者'杜瑞克'所主張,主要應用於營利事業,但公共機關(public sector)及非營利事業亦可運用其中某些領域。

【組織行為】 ㄗㄨˇ ㄓ ㄒㄧㄥˊ ㄨㄟˊ
(organizational behavior)指對一個組織成員之行為的研究。尤指對於企業組織員工之行為的瞭解與說明。

【組織決策】 ㄗㄨˇ ㄓ ㄐㄩㄝˊ ㄘㄜˋ
(organizational decisions)企業機構的經理人員、主管人員以其在組織結構中的立場與地位所作的決策。企業組織的最高主管人員應作的決策,即選定或修正企業的行業別目標、產品項目別目標、數量別目標,以及達成此等目標的政策及方略。

【組織要素】 ㄗㄨˇ ㄓ ㄧㄠˋ ㄙㄨˋ
(elements of organization)指影響組織結構運作的要素。主要有四:一、明確的目標體系。二、有力的激勵措施。三、和諧的協調與合作。四、與時俱進的技術及設備。

【組織設計】 ㄗㄨˇ ㄓ ㄕㄜˋ ㄐㄧˋ
(organization design) 指將企業內各項個別工作予以建立,並按需要劃分部門,形成一既分工而又能合作的組織機構的整體設計。企業組織的設計,可以下圖表示:

企業目標→企業策略計畫→企業政策→企業組織

【組織理論】 ㄗㄨˇ ㄓ ㄌㄧˇ ㄌㄨㄣˋ
(organization theory)係就有關組織的重要問題,提出一套有系統的看法或理解的方式,用以指出各種觀察組織行爲的途徑,並就所得的資料進行分析與解釋;再就分析的結果,透視未來組織現象的可能演變而設法予以控制。換言之,組織理論即是一種觀察、解釋、預測或控制組織現象的概念架構。

【組織發展】 ㄗㄨˇ ㄓ ㄈㄚ ㄓㄢˇ
(organizational development; O.D.) 一種依據行爲科學和組織理論的知識,透過複雜的教育策略,而使個人與組織產生變革的理論、程序與技術。不僅著重組織成員行爲的調整與修正,且著重組織結構、管理程序,以及法令規章的重組與適應。目的在避免組織的腐化與衰退,並建立足以鼓舞個人動機、發展與滿足的環境。

【組織結構】 ㄗㄨˇ ㄓ ㄐㄧㄝˊ ㄍㄡˋ
(organization structure) 機關組織各部門及各層級間所建立的一種相互關係的模式。即企業內部組織的架構。

【組織溝通】 ㄗㄨˇ ㄓ ㄍㄡ ㄊㄨㄥ
(organization communication) 指企業組織內部各部門組織間的訊息以及該訊息意義的傳遞。組織溝通雖然指組織與組織間的溝通,但其實際進行,乃經由組織內的個人而完成,不過該個人係居於組織內的職務與地位,爲職務上的特定事項而溝通。

6【組合索引法】 ㄗㄨˇ ㄏㄜˊ ㄙㄨㄛˇ ㄧㄣˇ ㄈㄚˇ
(coordinate indexing)指索引者製作文獻的索引時,選擇適切的索引用語來表現文獻所涵蓋的各主題概念,而不是將文獻硬性納入既定的分類表或主題標目表的類別中。索引用語個數的多寡,則端視實際的主題數目與編製索引的政策。每個索引用語都提供一個檢索該文獻的途徑,因此,檢索者可藉著某特定的索引用語,查尋到以此用語爲索引的所有文獻。然而,有時檢索者欲檢索的主題範圍較複雜,並非某個索引用語所能囊括,則必須先將數個恰當的索引用語組合起來,再在整個文獻收藏中查尋。利用此種索引法,索引者無需預測未來檢索者查詢的術語和觀點,而檢索者亦不必猜測索引者選用的術語。

【組合語言程式】 ㄗㄨˇ ㄏㄜˊ ㄩˇ ㄧㄢˊ ㄔㄥˊ ㄕˋ
(assembly language program) 使用組合語言所編寫的電腦程式。組合語言程式必須經由組譯器編譯成爲機器語言所表示的目標程式,才可被電腦執行。

【組合邏輯元件】 ㄗㄨˇ ㄏㄜˊ ㄌㄨㄛˊ ㄐㄧˊ ㄩㄢˊ ㄐㄧㄢˋ
(combinational logic element) 一電路裝置至少具有一輸出端,但可有任何數目的輸入端,且任何時候輸出端的信號完全由當時的輸入端信號所決定,而與過去狀態無關,此種裝置稱爲組合邏輯元件。

紳 ㄕㄣ *shên*[1] 音申

①古代束於腰間下垂的大帶。見"說文"。②指官員或有地位的人。如:鄉紳。

3【紳士】 ㄕㄣ ㄕˋ
指地方上有身分、有地位的人。

細 ㄒㄧˋ *hsi*[4] 音系

①微小。與大相對。如:細大不捐。②纖小的。與粗相對。如:細腰。③精緻;細密。如:精細。④詳細;仔細。如:細說。⑤瑣碎。如:瑣細。

2【細人】 ㄒㄧˋ ㄖㄣˊ
①識見短淺,器量狹小的人。②地位卑賤的人。③年輕的侍女。④小孩。⑤奸細。

5【細民】 ㄒㄧˋ ㄇㄧㄣˊ
小民;百姓。

6【細行】 ㈠ ㄒㄧˋ ㄒㄧㄥˊ
小節。
㈡ ㄒㄧˋ ㄒㄧㄥˊ
便服出行。

7【細君】 ㄒㄧˋ ㄐㄩㄣ
①古時諸侯嫡妻之稱。後用爲妻的別稱。②指妾。

【細作】 ㄒㄧˋ ㄗㄨㄛˋ
①間諜;偵探。②指精巧的工藝品。

9【細活】 ㄒㄧˋ ㄏㄨㄛˊ
精細的工作。如刺繡等。

【細故】 ㄒㄧˋ ㄍㄨˋ
小事。

【細胞】 ㄒㄧˋ ㄅㄠ
(cell)爲構成生物體的單位。構成物質爲原生質,表面特化爲細胞膜,可容物質進出;內有細胞核,與細胞的生活、生殖有關;核與細胞膜之間的原生質,稱爲細胞質;

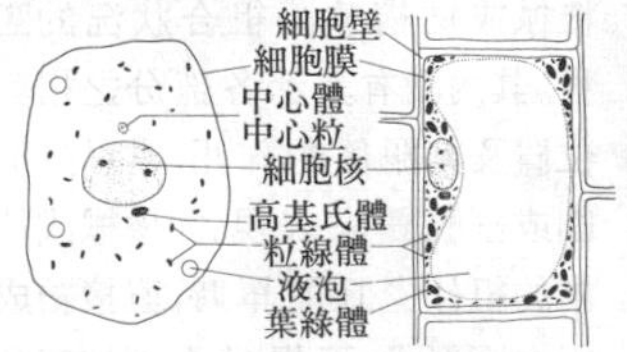

動物細胞圖 植物細胞圖

內含粒線體、液泡、內質網、核糖體和'高基'氏體,動物細胞則尚有中心體,某些植物細胞則有葉綠體。植物在細胞膜的表面尚有細胞壁。

11【細密】 ㄒㄧˋ ㄇㄧˋ
①細小而稠密。②形容物質精緻。③煩瑣。

【細軟】 ㄒㄧˋ ㄖㄨㄢˇ
①細緻柔軟。②精細而易於攜帶的貴重物品。

12【細菌】 ㄒㄧˋ ㄐㄩㄣˋ
(bacteria) 爲體形微小的單細胞生物。絕大部分行寄生或腐生，用分裂法生殖。依外型分爲桿菌(如結核桿菌)、球菌(如肺炎球菌)及螺旋菌(如梅毒螺旋菌)。大部分細菌是無害的，且有益於人類，如腸內細菌；有些則會引起疾病，如傷寒桿菌、淋菌等。

13【細節】 ㄒㄧˋ ㄐㄧㄝˊ
①瑣碎而不重要的小節。②事物的細小部分。

【細微】 ㄒㄧˋ ㄨㄟˊ
①形容極細小。②比喻小事。③卑賤。

14【細語】 ㄒㄧˋ ㄩˇ
輕柔的言語。

15【細緻】 ㄒㄧˋ ㄓˋ
細密精緻。也作細致。

16【細膩】 ㄒㄧˋ ㄋㄧˋ
①細緻滑潤。②精細；細密深入。

9【細柳營】 ㄒㄧˋ ㄌㄧㄡˇ ㄧㄥˊ
'漢文帝'時'周亞夫'爲將軍，紮營'細柳'，以防'匈奴'，以軍紀嚴明著稱。'漢文帝'曾親往勞軍，因無軍令，亦不得入。見"史記·絳侯周勃世家"。後以稱軍紀嚴明的部隊。

10【細骨材】 ㄒㄧˋ ㄍㄨˇ ㄘㄞˊ
(fine aggregate) 指通過 4 號篩(篩孔淨徑4.76公厘)的混凝土用骨材。包括天然砂、石屑等。

3【細大不捐】 ㄒㄧˋ ㄉㄚˋ ㄅㄨˋ ㄐㄩㄢ
大小全收，都不捐棄。形容兼收並蓄，無所遺漏。

4【細水長流】 ㄒㄧˋ ㄕㄨㄟˇ ㄔㄤˊ ㄌㄧㄡˊ
水量雖小，卻能長流不絕。①比喻小處節省，可使生活免於匱乏。②比喻用力雖小，能持之以恆，也能收效。

10【細針密縷】 ㄒㄧˋ ㄓㄣ ㄇㄧˋ ㄌㄩˇ
比喻做事細密謹愼。

11【細部測量】 ㄒㄧˋ ㄅㄨˋ ㄘㄜˋ ㄌㄧㄤˊ
(detail surveying) 根據導線測量、三角測量等控制測量結果，定出平面地物位置的測量。通常以平板儀以適當比例尺直接測繪地面上屬於人爲或天然的物體，如房屋、土地界址、道路、池沼等，並以平面圖、地形圖等方式表達出來；亦可運用經緯儀或水準儀施測，繪出上述圖面。

13【細腰蜂科】 ㄒㄧˋ ㄧㄠ ㄈㄥ ㄎㄜ
(Sphecidae; Sphegidae) 屬昆蟲綱、膜翅目 (order Hymenoptera)。足細長，適於掘土及疾走。腹部細長，體黑色，具黃紅等色之斑紋。捕食蜘蛛及昆蟲幼蟲，並有儲存食物的習性。

細腰蜂圖

12【細菌性食物中毒】 ㄒㄧˋ ㄐㄩㄣˋ ㄒㄧㄥˋ ㄕˊ ㄨˋ ㄓㄨㄥˋ ㄉㄨˊ
(bacterial food poisoning) 指由食物吃入細菌或細菌所分泌的毒素而引起身體不適。分爲一、毒素型食物中毒：由吃入食物中細菌所產生的毒素所引起，潛伏期爲30分鐘至 6 小時，症狀有腹痛、腹瀉、嘔吐等，如金黃色葡萄球菌及肉毒桿菌中毒均屬之；二、感染型食物中毒：由吃入食物中大量的活病原菌所引起，潛伏期爲 8 ~ 24小時，有上吐下瀉、發燒等症狀。常見的病原菌包括'沙門'氏菌、病原性大腸桿菌、腸炎弧菌、仙人掌桿菌、'志賀'氏菌、產氣莢膜桿菌、'耶辛尼'氏腸炎桿菌等。

紬 ㊀ ㄔㄡˊ ch'ou² 音綢
用粗絲織成的綢。見"說文"。
㊁ ㄔㄡ ch'ou¹ 音抽
①抽引。如：紬績。②綴集。如：紬集。

19【紬繹】 ㄔㄡ ㄧˋ
整理出頭緒、條理。

絅 ㊀ ㄐㄩㄥ chiung¹ 音坰
急引。見"說文"。
㊁ ㄐㄩㄥˇ chiung³ 音窘
單衣。通褧。見"集韻"。

絀 ㄔㄨˋ ch'u⁴ 音處
①縫。見"集韻"。②不足。如：贏絀。③貶退。通黜。如：絀陟。

紿 ㄉㄞˋ tai⁴ 音待
①絲用久而失去彈性。見"說文"。②詐騙。通詒。如：欺紿。

絁 ㄕ shih¹ 音詩
粗綢的一種。見"說文"。

紩 ㄓˋ chih⁴ 音志
縫。如：紩衣。

紴 ㄆㄧˇ p'i³ 音痞 又讀 ㄅㄛ po¹ 音剝
①條的一種。見"說文"。②錦的一種。見"玉篇"。③裝束的樣子。見"集韻"。

絇 ㄑㄩˊ ch'ü² 音渠
古時鞋頭的裝飾。見"說文"。

終 ㄓㄨㄥ chung¹ 音中
①結局。如：有始有終。②死亡。如：送終。③究竟；到底。如：終不可得。④整個。如：終日。⑤既。如：終溫且惠。⑥姓。'漢'有'終軍'。見"萬姓統譜·一"。

4【終天】 ㄓㄨㄥ ㄊㄧㄢ
像天般永無窮。

【終日】 ㄓㄨㄥ ㄖˋ
整天。

5【終古】 ㄓㄨㄥ ㄍㄨˇ
①久長；悠遠。②遠古以來。

6【終老】 ㄓㄨㄥ ㄌㄠˇ
①到老；到死。②養老。

【終年】 ㄓㄨㄥ ㄋㄧㄢˊ
①全年；整年。②人死時的年齡。

7【終身】 ㄓㄨㄥ ㄕㄣ
一生；一輩子。

8【終制】 ㄓㄨㄥ ㄓˋ
①父母之喪，服滿三年。②帝王頒

布的有關喪葬的祭文。

10【終宵】 ㄓㄨㄥ ㄒㄧㄠ
整夜。

12【終朝】 ㄓㄨㄥ ㄓㄠ
①從天剛亮到吃早餐的時間。②整日；整天。

【終喪】 ㄓㄨㄥ ㄙㄤ
服滿喪期。

13【終極】 ㄓㄨㄥ ㄐㄧˊ
①極限；最後。②結局。

15【終養】 ㄓㄨㄥ ㄧㄤˋ
奉養尊親，使享天年。

17【終點】 ㄓㄨㄥ ㄉㄧㄢˇ
道路的盡頭或旅程、賽程的最後目的地。引申爲完畢、結局、窮盡。

18【終歸】 ㄓㄨㄥ ㄍㄨㄟ
結果；總歸。

4【終止式】 ㄓㄨㄥ ㄓˇ ㄕˋ
(cadence) 當樂曲告一段落或作一停頓時，稱爲終止式。以表明或大或小的結束。

14【終端機】 ㄓㄨㄥ ㄉㄨㄢ ㄐㄧ
(terminal) 電腦系統周邊設備之一。它經由通信線路與主機相連接，可輸入資料、命令，亦可顯示或輸出資料，通常具有一顯示幕與鍵盤。

17【終點湖】 ㄓㄨㄥ ㄉㄧㄢˇ ㄏㄨˊ
(terminal lake) 內陸流域雨雪不豐，流量也不豐，河川末端如未注入海洋，而注入內陸湖泊中，此種湖泊稱爲終點湖。如我國‘塔里木盆地’的‘塔里木河’，爲一內流河，注入‘羅布泊’，‘羅布泊’即爲一終點湖。

4【終天抱恨】 ㄓㄨㄥ ㄊㄧㄢ ㄅㄠˋ ㄏㄣˋ
滿懷長久無盡的悲痛憾恨。指父母喪亡。

【終止契約】 ㄓㄨㄥ ㄓˇ ㄑㄧˋ ㄩㄝ
指契約因終止權之行使，由契約當事人之一方，以意思表示使繼續性之契約關係向將來失其效力。終止權爲形成權，以繼續性契約關係爲對象，僅使契約嗣後失其效力，終止前之契約仍屬有效存在。此與契約解除，使契約溯及失其效力，因而生回復原狀之問題者，有所不同。終止權有法定終止權及約定終止權之分，前者於各種契約個別承認其存在；後者則由當事人合意約定，祇要不違背法律強制規定，均生效力。終止權之行使，應向他方當事人以意思表示爲之，契約當事人有數人者，終止契約之意思表示，應由其全體或向其全體爲之，終止契約之意思表示，不得撤銷，且不妨礙損害賠償之請求。

7【終身大事】 ㄓㄨㄥ ㄕㄣ ㄉㄚˋ ㄕˋ
關係一生的大事。多指男女婚嫁。

【終身保險】 ㄓㄨㄥ ㄕㄣ ㄅㄠˇ ㄒㄧㄢˇ
(whole-life insurance) 人壽保險中死亡保險的一種。在保險契約中並不規定期限，自契約有效之日起，被保險人不論何時死亡，保險人均以一定金額給付其受益人。其保險費通常有終身按期繳費與限期繳費（如十年、二十年等）兩種方式。

【終身學習】 ㄓㄨㄥ ㄕㄣ ㄒㄩㄝˊ ㄒㄧˊ
(lifelong learning) 盛行於西元1970年代的一種教育運動。其倡導「活到老，學到老」，旨在打破年齡對學習的限制，並強調學習對提高生活品質的重要性。

8【終底於成】 ㄓㄨㄥ ㄉㄧˇ ㄩˊ ㄔㄥˊ
終於完成。

9【終南捷徑】 ㄓㄨㄥ ㄋㄢˊ ㄐㄧㄝˊ ㄐㄧㄥˋ
比喻追求名利的捷徑。‘唐’‘盧藏用’舉進士，曾隱居‘長安’附近的‘終南山’，不久，以高士得名，出任要職。當時人因此視‘終南山’爲仕宦之捷徑。見“新唐書·盧藏用傳”。

14【終端機工件】 ㄓㄨㄥ ㄉㄨㄢ ㄐㄧ ㄍㄨㄥ ㄐㄧㄢˋ
(terminal job) 電腦分時作業系統中，使用者經由終端機輸入控制指令及工件，自開始到結束的過程，稱爲一個終端機工件。

7【終身定期金契約】 ㄓㄨㄥ ㄕㄣ ㄉㄧㄥˋ ㄑㄧˊ ㄐㄧㄣ ㄑㄧˋ ㄩㄝ
當事人約定一方於自己或他方或第三人生存期內，定期以金錢給付他方或第三人之契約。其應給付之金錢稱爲終身定期金。終身定期金契約，爲永續契約，故其契約之訂立，應以書面爲之。

紨 ㄈㄨ *fu*^{1} 音夫
①布名。見“說文”。②大絲。見“集韻”。

紾 ㄓㄣˇ *chên*^{3} 音診
①扭轉。見“說文”。②轉變。如：千變萬紾。

6

絭 ㄐㄩㄢˋ *chüan*^{4} 音倦
①束袖的繩子。見“說文”。②弓弦。通弮。見“廣韻”。

絜 ㊀ ㄐㄧㄝˊ *chieh*^{2} 音結
①麻一束。見“說文”。②清潔。同潔。見“字彙”。
㊁ ㄒㄧㄝˊ *hsieh*^{2} 音協
衡量；審度。如：度長絜大。

10【絜矩】 ㄒㄧㄝˊ ㄐㄩˇ
以方尺來度量他物。比喻以己心推人心。

紫 ㄗˇ *tzŭ*^{3} 音梓
①紅藍相混而成的一種顏色。②指紫色的花。如：萬紫千紅。

10【紫氣】 ㄗˇ ㄑㄧˋ
紫色的雲氣。古代認爲是帝王、聖賢或寶物出現時的祥瑞徵兆。

12【紫斑】 ㄗˇ ㄅㄢ
(purpura) 也作紫癜。即皮膚及黏膜發生小出血而引起的點狀出血現象。先呈紫色，後變爲藍或黃色。出血傾向與血小板數目減少有關，可分爲：一、原發型血小板減少：原因不明；二、繼發型血小板減少：原因有多種，如骨髓癌的癌細胞將製造血小板的骨髓細胞破壞，使血小板的製造減少。一般繼發型不似原發型紫斑嚴重。

【紫菀】ㄗˇ ㄨㄢˇ
(*Aster tataricus* L. f.)又名青菀、返魂草。也作茈菀。多年生草本，高可達2公尺。根生葉叢生，長橢圓形，具葉柄；莖生葉狹小，無柄，線形。頭狀花序排成繖房狀，周緣爲舌狀花，藍紫色；中心部分爲黃色的管狀花，總苞筒狀，紫紅色。果實爲瘦果。根可供藥用。分布於我國、'日本'、'韓國'及'西伯利亞'。

紫菀圖

【紫菜】ㄗˇ ㄘㄞˋ
(laver; *Porphyra*)屬紅藻類，海產，顏色自深棕或紅至粉紅，植物體爲膜狀，由一層的細胞埋於膠狀物中。有性生殖細胞位於邊緣。分布於潮間帶的高潮線，於含氮豐富的水中生長最佳。採收後乾製，可供食用。

紫菜圖

13【紫塞】ㄗˇ ㄙㄞˋ
指'長城'。因築城的土呈紫色，故名。

【紫禁】ㄗˇ ㄐㄧㄣˋ
指皇宮。古代以星座中的紫微垣比喻帝王的居處。

4【紫水晶】ㄗˇ ㄕㄨㄟˇ ㄐㄧㄥ
(amethyst)水晶中因含有錳或鐵離子，呈或深或淺的紫色，稱紫水晶。因硬度大，可琢磨成寶石。

5【紫外光】ㄗˇ ㄨㄞˋ ㄍㄨㄤ
(ultraviolet rays)波長介於3.8 $\times10^{-7}\sim10^{-9}$公尺，頻率範圍從8 $\times10^{14}\sim3\times10^{17}$ 赫的電磁波。因此種光波在可見光譜紫色光之外，故稱紫外光或紫外線。能夠促進皮膚或植物合成維生素D。太陽是紫外光的主要來源，一般可用石英水銀燈產生。紫外光的化學作用很強，殺菌效率也大，故可供作醫療之用。

8【紫河車】ㄗˇ ㄏㄜˊ ㄔㄜ
'中'藥名。即人的胎盤。呈不規則橢圓形。因加工不同而有黃白、淡黃、紅黃及紫黃等色。性溫，味甘鹹。可益氣、補精血，以及治療虛損瘦弱、氣血兩虧、肺虛喘咳等症。

【紫金散】ㄗˇ ㄐㄧㄣ ㄙㄢˇ
'中'藥名。用天南星、白礬、甘草各五錢、烏梅肉二兩，研爲粗末，在銀器內用慢火炒到呈紫色，冷卻後再研成細末即成。可治痰嗽。

13【紫禁城】ㄗˇ ㄐㄧㄣˋ ㄔㄥˊ
'明'、'清'時皇帝所住的地方。一名'紫金城'。在'北平市'皇城中。有四座大門，周圍六華里，城垣外有護城河環繞。

【紫微垣】ㄗˇ ㄨㄟˊ ㄩㄢˊ
星宿名。三垣之一。是天上的宮廷。又名紫微宮、紫宮垣，簡稱紫垣、紫宮。位於北斗七星的東北。相當於小熊座、大熊座、天龍座、獵犬座、牧夫座、武仙座、仙王座、仙后座、英仙座、鹿豹座等。主要由15顆星組成，分爲東西兩區，以帝星(即小熊座β，爲上古時代的極星)爲中樞，成爲弧狀的左右屏藩。東方的左垣八星，由南算起爲：左樞、上宰、少宰、上弼、少弼、上衛、少衛和少丞；西方的右垣七星，由南算起爲：右樞、少尉、上輔、少輔、上衛、少衛和上丞。

18【紫癜風】ㄗˇ ㄉㄧㄢˋ ㄈㄥ
皮膚病的一種。初起時爲紫色或白色的小斑點，逐漸蔓延成片狀，遍布全身。多因熱邪與風溼的侵染，凝滯毛孔，氣血不行，而致皮膚呈紫色。

19【紫羅蘭】ㄗˇ ㄌㄨㄛˊ ㄌㄢˊ
(gillyflower; *Matthiola incana*)多年生草本，莖高50～80公分。葉互生，具短柄，披針形，全緣。總狀花序頂生，萼片4枚，密生白毛，十字花冠紅紫色，雄蕊6枚，四強，雌蕊1枚。長角果細長。可供觀賞。原產於南'歐'，今各地多有栽培。

紫羅蘭圖

絮
ㄒㄩˋ hsü⁴ 音緒
1粗棉。也指彈過而鬆散的棉花。2泛指色白、輕軟如絮的花。如：柳絮。3將絲棉平鋪在衣、被夾層裡面。4煩瑣；厭煩。如：絮聒。5調和食物。如：絮羹。6姓。'漢'有'絮舜'。見"廣韻"。

12【絮聒】ㄒㄩˋ ㄍㄨㄚ
言語嘮叨煩瑣。

13【絮煩】ㄒㄩˋ ㄈㄢˊ
1說話煩瑣不休。2厭倦；不耐煩。

16【絮凝】ㄒㄩˋ ㄋㄧㄥˊ
(flocculation)使懸浮的膠體粒子接合或聚集成簇而沈澱的操作。由於粒子間的內聚力較弱，故加以攪拌即可還原。例如橡膠中分散不良的碳黑、未加以鹼化的油井鑽泥皆有此傾向。

12【絮絮叨叨】ㄒㄩˋ ㄒㄩˋ ㄉㄠ ㄉㄠ
多言；囉嗦。

絫
ㄌㄟˇ lei³ 音壘
增；疊。累的本字。見"說文·絫·段注"。

絞
ㄐㄧㄠˇ chiao³ 音狡
1兩股繩索相交扭緊。如：摔絞。2纏繞。3以繩勒頸。如：自絞。

7【絞決】ㄐㄧㄠˇ ㄐㄩㄝˊ
執行絞刑。用繩子把罪犯勒死。

17【絞臉】ㄐㄧㄠˇ ㄌㄧㄢˇ
婦女的一種修容方法。用細線交互絞錯，使線一張一弛，以去除臉部的細毛。

13【絞腸痧】ㄐㄧㄠˇ ㄔㄤˊ ㄕㄚ
乾霍亂的別稱。指腹脹絞痛、煩躁悶鬱、想吐吐不出、想瀉又瀉不下的症狀。

【絞腦汁】 ㄐㄧㄠˇ ㄋㄠˇ ㄓ
用腦思想。

絯 ㈠ ㄍㄞ kai^1 音該
束。見"廣雅·釋詁"。
㈡ ㄏㄞˋ hai^4 音害
驚訝。通駭。見"字彙"。

絣 ㄅㄥ $p\hat{e}ng^1$ 音崩
或作絣。①用雜色紗織成的布。見"說文"。②繼續。

絘 ㄘˋ $tz'\breve{u}^4$ 音次
已績好還未搓成線的麻縷。見"說文"。

絨 ㄖㄨㄥˊ $jung^2$ 音戎
細布。今泛指表面織成一層細毛的紡織品。如:天鵝絨。

4【絨毛】 ㄖㄨㄥˊ ㄇㄠˊ
(villus) 小腸內壁的黏膜形成許多環狀隆起的皺襞,皺襞表面又有許多微小的突起,稱爲絨毛。其內部有微血管和乳糜管(即淋巴管在絨毛內的分枝),絨毛表面細胞所吸收的養分,便由這些管道運送。此外,胎盤哺乳動物在胚胎發生的過程中,其絨膜與子宮壁相連處,形成許多指狀的突出物,也稱爲絨毛。

13【絨絹花】 ㄖㄨㄥˊ ㄐㄩㄢˋ ㄏㄨㄚ
我國民俗工藝的一種。係以絨、綾、綢緞、絲及紙張爲材料,製成婦女頭飾或節日用花卉、瓶花等。此種花飾,具有我國特有風格,與由他種材料,如塑膠等所製之人造花有別。

絓 ㄍㄨㄚˋ kua^4 音掛
①阻礙。②懸掛。如:絓念。

結 ㈠ ㄐㄧㄝˊ $chieh^2$ 音潔
①用繩線交織編聯。如:編結。②締交;聯合。如:結盟。③凝聚。如:凝結。④草木長出果實。如:開花結果。⑤構築。⑥終了。如:了結。⑦字據。如:切結。
㈡ ㄐㄧㄝ $chieh^1$ 音皆
身體健壯。如:結實。

5【結石】 ㄐㄧㄝˊ ㄕˊ
(calculus) 人體器官內,由於體內的分泌物或排泄物所含的成分沈澱析出,而結成固體的顆粒,影響器官的功能,稱爲結石。有膽結石、腎臟結石、膀胱結石等。

6【結交】 ㄐㄧㄝˊ ㄐㄧㄠ
締結友誼。

【結舌】 ㄐㄧㄝˊ ㄕㄜˊ
①不敢說話。②因驚訝或理屈而說不出話來。

7【結社】 ㄐㄧㄝˊ ㄕㄜˋ
若干人爲共同的目的而結爲持續性之有組織的團體。

【結局】 ㄐㄧㄝˊ ㄐㄩˊ
①收場;最後的情況。②(denouement; catastrophe)也作尾聲。戲劇或小說情節最後開展的部分。常與序幕相呼應。用以交代人物的歸宿、事件發展的結果或遠景,或寄託作者尚未盡言的思想。

【結尾】 ㄐㄧㄝˊ ㄨㄟˇ
終結。

8【結果】 ㄐㄧㄝˊ ㄍㄨㄛˇ
①草木開花,結成果實。②事情的結局。③把人殺死。④(effect) (1)簡稱果。與原因相對。在具有因果關係的兩個事件中,若其一發生促成另一發生,則後者是前者的結果。(2)效果。

9【結疤】 ㄐㄧㄝˊ ㄅㄚ
傷口痊癒後留下的痕跡。

【結垢】 ㄐㄧㄝˊ ㄍㄡˋ
(scaling) 熱交換表面由於微生物寄生、礦物質沈積等原因所形成的一層垢。會影響熱傳送速率。

【結拜】 ㄐㄧㄝˊ ㄅㄞˋ
結爲異姓兄弟或姐妹。

10【結案】 ㄐㄧㄝˊ ㄢˋ
案件處理結束。

【結草】 ㄐㄧㄝˊ ㄘㄠˇ
傳說'春秋''晉'大夫'魏武子'臨終命其子'顆'以寵妾殉葬,'顆'不從父命而嫁妾。後'顆'與'秦'力士'杜回'戰於'輔氏',見老人結草使'回'仆地,遂俘'回'。夜夢老人告以即妾之父。見"左傳·宣一五年"。後遂以結草爲報恩的典故。

【結胸】 ㄐㄧㄝˊ ㄒㄩㄥ
氣結於胸中的病症。症狀有兩種:一是胸脅觸痛,頸項僵硬,發熱出汗,脈寸浮關沈;一是心口到小腹脹痛,便祕,口舌乾燥,脈沈結。

【結脈】 ㄐㄧㄝˊ ㄇㄛˋ
脈象的一種。脈搏緩慢而有不規則的停頓。常見於陰盛氣結、寒痰瘀血或心臟血管系統的疾病。

【結納】 ㄐㄧㄝˊ ㄋㄚˋ
①結交。②納采;下聘。

11【結帳】 ㄐㄧㄝˊ ㄓㄤˋ
(closing) 會計程序之一。會計期間(通常爲一年)終了,企業除編製財務報表外,尙需將總分類帳中所有收入及費用帳戶結清,即將此等帳戶轉入損益彙總帳戶,一方面得以計算當期損益,一方面使此等帳戶餘額爲零,以表示會計期間的結束。另外,資產、負債及業主權益帳戶,雖不必結清,亦應結轉下期,作爲下期的期初餘額。上述結清及結轉的工作,即所謂結帳程序。結帳包括結帳分錄、過帳及編製結帳後試算表。

【結婚】 ㄐㄧㄝˊ ㄏㄨㄣ
結婚須具備下列實質要件和形式要件始能有效成立。其實質要件爲:一、須雙方結婚當事人合意。二、須非在無意識或精神錯亂中結婚。三、須非被詐欺或被脅迫。四、須達結婚年齡,即男滿十八歲,女滿十六歲。五、未成年人結婚,須得法定代理人同意。六、須非禁婚親間之結婚。七、須無監護關係。八、須非相姦。即因姦經判決離婚,或受刑之宣告者,不得與相姦者結婚。九、須非重婚或同時與二人以上結婚。十、須已逾再婚禁止期間。即女子自婚姻關係消滅後,非逾六個月不得再行結婚。但於六個月內已分娩者,不在此限。十一、須非不能人道。其形式要件有二,即須公開儀式及二人以上之證人。至於戶籍上結婚之登記,僅有推定已結婚之效力,並非結婚之形式要件。當事人結婚若不具備形式要件,或違反禁婚親之限制或重婚者,則結婚無效。當事人結婚若違反其餘之實質要件者,僅是結婚得撤銷而已,並非無效。

12【結晶】 ㄐㄧㄝˊ ㄐㄧㄥ

[1]心力凝聚的結果。[2](crystallization)降低溶液溫度,使其成為過飽和溶液而析出晶體的單元操作。[3](crystal)又稱晶體。是一種固體。其內部的原子、離子或分子,都有一定的相對位置及方向,可定出一個三度空間單元,此單元在整個結晶中連續重複出現。可分分子、離子、金屬、網狀結晶等四大類。

13【結義】 ㄐㄧㄝˊ ㄧˋ

結成異姓兄弟或姐妹。

【結匯】 ㄐㄧㄝˊ ㄏㄨㄟˋ

(settlement of exchange)結購外匯與結售外匯的總稱。指人民以本國幣向本國外匯指定銀行購買外匯,或將所得外匯售給外匯指定銀行的行為。在我國,結匯可分為普通結匯、進口結匯及出口結匯三種。普通結匯乃指指定銀行辦理結匯時,並不接觸進出口單證的結匯方式,諸如匯入匯款、匯出匯款是。進口結匯乃指指定銀行辦理結匯時直接接觸進口單證的結匯方式,諸如信用狀項下進口結匯及託收項下的進口結匯是。出口結匯則為指定銀行辦理結匯時,直接接觸出口單證的結匯方式,諸如信用狀項下的出口結匯及託收項下的出口結匯是。

【結盟】 ㄐㄧㄝˊ ㄇㄥˊ

[1]締結盟約。[2]結拜為異姓兄弟。

【結腸】 ㄐㄧㄝˊ ㄔㄤˊ

(colon)大腸的一段,介於小腸與直腸間。在人體循序可分為升結腸、橫結腸、降結腸及乙狀結腸。其主要功能是吸收水分。

14【結實】 ㊀ ㄐㄧㄝˊ ㄕˊ

草木結成果實。

㊁ ㄐㄧㄝ ˙ㄕ

[1]身體強健。[2]牢固;堅固。

【結構】 ㄐㄧㄝˊ ㄍㄡˋ

[1]屋宇構造的式樣。[2]指詩文書畫的組織和布局。

【結夥】 ㄐㄧㄝˊ ㄏㄨㄛˇ

結成群體以從事共同的活動。

15【結論】 ㄐㄧㄝˊ ㄌㄨㄣˋ

[1]最後論斷。[2](conclusion)⑴與前提相對。在一個論證中,由前提所導出的語句或前提所支持的語句。⑵數學上的結論,首先須有假設或定理,然後由演繹或歸納而得到結果。演繹的開始稱為假設或已知,終結稱為結論或推論。傳統平面幾何的證明題中,需分別以「已知」和「求證」明白列出。

【結髮】 ㄐㄧㄝˊ ㄈㄚˇ

[1]比喻童年。古代兒童頭髮梳成結,故稱。[2]結婚。[3]妻。又稱結髮妻。

【結餘】 ㄐㄧㄝˊ ㄩˊ

結算後的剩餘。

【結膜】 ㄐㄧㄝˊ ㄇㄛˊ

(conjunctiva)覆蓋於眼瞼內面的一層黏膜。能分泌黏液、淚液,具潤滑作用以保護角膜。參眼[1]。

【結緣】 ㄐㄧㄝˊ ㄩㄢˊ

[1]與人相交的機緣。[2]佛家語。立願信佛,與佛菩薩結下緣分,以為日後得度的因緣。

17【結縭】 ㄐㄧㄝˊ ㄌㄧˊ

結婚。也作結褵。古代女子出嫁時,母親為她繫結佩巾,表示到夫家要盡力做家事。

19【結關】 ㄐㄧㄝˊ ㄍㄨㄢ

(customs clearance)輪船裝載貨物出港前,到海關辦理的結算手續。出口貨物經海關查驗通過,由船公司裝船後,船公司得辦理結算,核對實際裝船貨物與海關核發的裝貨單是否一致,並繳驗有關單證及費用,經核對無誤後,船隻始可正式出港。

【結繭】 ㄐㄧㄝˊ ㄐㄧㄢˇ

手腳上因勞動而結成厚皮。

【結繩】 ㄐㄧㄝˊ ㄕㄥˊ

用繩子打結來幫助記事。相傳是文字發明以前的記事方法。

6【結合力】 ㄐㄧㄝˊ ㄏㄜˊ ㄌㄧˋ

(cohesiveness)為互相協同的一種心理特性。應用於團體傳播的情境時,指成員間相互的吸引力,或指各個成員一起工作時把團體視為一個整體的程度大小。

【結合律】 ㄐㄧㄝˊ ㄏㄜˊ ㄌㄩˋ

(associate law)為最基本的運算規律。三數相加或相乘時,第一、二兩數先算,結果再與第三數算的結果,和第二、三兩數先算,結果再與第一數算的結果相等。例如$(3+7)+5=10+5=3+(7+5)=3+12$,或是$(5\times4)\times6=20\times6=5\times(4\times6)=5\times24$。

【結合器】 ㄐㄧㄝˊ ㄏㄜˊ ㄑㄧˋ

(fastener)鋼結構中梁與梁或與柱間的連接器。通常係指鉚釘、普通螺栓、電銲和高力螺栓。

10【結核病】 ㄐㄧㄝˊ ㄏㄜˊ ㄅㄧㄥˋ

(tuberculosis)簡稱結核,俗稱癆病。由結核桿菌引起的傳染病,在體內各組織形成特異性肉芽腫反應。早期無明顯症狀,病情進展時,除疲乏、食慾不振、消瘦、潮熱外,還有病變器官的局部症狀。採用抗結核藥和必要手術治療有效。可接種卡介苗以預防。

12【結晶質】 ㄐㄧㄝˊ ㄐㄧㄥ ㄓˊ

(crystalline)[1]有一定化學成分的物質以固態出現時,其內部呈現有規則的原子排列者,稱為結晶質。[2]岩石之全由結晶組成者。尤指火成岩的礦物全部結晶不含玻璃質,或變質岩的經過徹底再結晶者。

14【結構式】 ㄐㄧㄝˊ ㄍㄡˋ ㄕˋ

(structural formula) 表示分子中原子和原子間結合情形的化學式,叫做結構式。

15【結膜炎】 ㄐㄧㄝˊ ㄇㄛˋ ㄧㄢˊ
(conjunctivitis) 眼瞼結膜紅腫、流淚或化膿的病症。由於發病時眼睛表面充血呈粉紅色,故又名粉紅眼。急性的多半是細菌或病毒感染所引起,也有因物理、化學等因素引起的,可滴抗炎藥物治療。慢性的爲未能徹底治療的急性結膜炎演變而成,也和灰塵刺激、眼力疲勞有關。

6【結合分布】 ㄐㄧㄝˊ ㄏㄜˊ ㄈㄣ ㄅㄨˋ
(joint distribution)兩個隨機變數 X, Y 之結合分布,即是求出 $X=x_i, Y=y_j$ 之機率 $f(x_i, y_j)=p_{ij}$ 的函數 f。若 X, Y 爲連續變數,則改爲機率密度,而 $p(x,y)dxdy$ 表示 X 在 dx 內取值,Y 在 dy 內取值的機率。

【結合繪畫】 ㄐㄧㄝˊ ㄏㄜˊ ㄏㄨㄟˋ ㄏㄨㄚˋ
(combine painting) 把假像(繪畫)與實物結合爲一體的繪畫。在觀念上,是拼貼法的延伸。首先使用此種技法及命名的是'羅森伯格'(Rauschenberg),從西元1953～1960年代,他把紙、木頭、橡膠、金屬,甚至家具、家電等結合在畫面或牆壁上,使觀者一方面有視覺的刺激,另一方面又有觸覺的刺激(可觸摸或操縱),打破了繪畫只是視覺刺激的限度。

7【結束數元】 ㄐㄧㄝˊ ㄕㄨˋ ㄕㄨˋ ㄩㄢˊ
(stop bit)非同步數據通信中,表示資料結束的數元信號,稱爲結束數元。

10【結草銜環】 ㄐㄧㄝˊ ㄘㄠˇ ㄒㄧㄢˊ ㄏㄨㄢˊ
比喻報答恩德。參結草、銜環。

11【結帳分錄】 ㄐㄧㄝˊ ㄓㄤˋ ㄈㄣ ㄌㄨˋ
(closing entry) 指會計期間終了,爲結帳目的所作的分錄。包括將收入及費用轉入損益彙總,以及將損益彙總轉入資本或保留盈餘等分錄。

12【結跏趺坐】 ㄐㄧㄝˊ ㄐㄧㄚ ㄈㄨ ㄗㄨㄛˋ
佛家語。比丘坐禪的一種姿勢。即交結左右足背於左右股上而坐。簡稱結跏、跏趺坐或趺坐。也稱吉祥坐。趺,指足背。

【結結巴巴】 ㄐㄧㄝˊ ˙ㄐㄧㄝ ㄅㄚ ˙ㄅㄚ
形容說話不順暢。

14【結構主義】 ㄐㄧㄝˊ ㄍㄡˋ ㄓㄨˇ ㄧˋ
(structuralism) 1人類學理論之一。研究社會、經濟、政治和文化生活的形態(patterns),尤其側重在找出一些現象的關聯及由這些關係所構成的系統。首由當代'法國'人類學家'列非斯特勞士'(Claude Lévi-Strauss)借助結構語言學的研究方法做模子,企圖從神話、儀式、宗教、藝術及親屬結構等尋索出各個民族的思想體系以及普遍法則。2當代的哲學思想學派。乃對現象學及存在主義的一種反動。主張探討心靈結構,倡言透過心靈分析、理性思考和科學技術,重新把人安排到客觀的地位上,以取代現象學及存在主義對主體性的強調。結構主義的代表有'列非斯特勞士'(Claude Lévi-Strauss)、'富高'(Michel Foucault)、'拉岡'(Jacques Lacan)、'亞杜塞'(Louis Althusser)等。

【結構功能】 ㄐㄧㄝˊ ㄍㄡˋ ㄍㄨㄥ ㄋㄥˊ
政治角色爲政治系統的基本單位之一,而一套角色的組合就是一個結構。一個結構(如立法機構),是由一套相關而又互動的角色所組成;而政治系統,就是一套互動的結構(如立法機構、選民、壓力團體及法院)。一個結構只有當有活生生的人員介入,去執行角色行爲的各項活動,才能使結構發生動態現象,這些結構的活動對系統所產生的效果,就是所謂的功能。

15【結髮夫妻】 ㄐㄧㄝˊ ㄈㄚˇ ㄈㄨ ㄑㄧ
古代男女成婚之夜,有結髮合髻的儀式,故以稱明媒正娶的合法夫婦。

【結締組織】 ㄐㄧㄝˊ ㄉㄧˋ ㄗㄨˇ ㄓ
(connective tissue)這類組織的細胞排列疏鬆,其間充滿著由細胞所分泌的物質,稱爲細胞間質。細胞間質與這類組織的機能有密切關聯。例如纖維結締組織的細胞間質以纖維爲主,這些纖維排列成網狀,細胞則分散其間,可使各內臟或腺體在體內保持一定位置,也使體內的許多構造互相連接。例如肌腱將肌肉附於骨上、韌帶將相鄰的骨互相連接。軟骨的細胞間質爲具有彈性的軟骨質,包在硬骨的骨端,可以減少摩擦。硬骨的細胞間質緻密而堅硬,可支持身體。

20【結黨營私】 ㄐㄧㄝˊ ㄉㄤˇ ㄧㄥˊ ㄙ
結成黨派,謀取私利。

14【結構性失業】 ㄐㄧㄝˊ ㄍㄡˋ ㄒㄧㄥˋ ㄕ ㄧㄝˋ
(structural unemployment) 任何一個社會,經濟結構改變的結果,使部分勞動者無法很快或完全適應新的經濟結構變化所發生的失業。

【結構性失衡】 ㄐㄧㄝˊ ㄍㄡˋ ㄒㄧㄥˋ ㄕ ㄏㄥˊ
(structural disequilibrium) 由於一國的經濟結構失調所肇致的國際收支失衡。可分爲產品供需結構失調與要素價格結構失調兩種。這種失衡通常是長期的,需要改變經濟結構才能獲得改正。

【結構詳細圖】 ㄐㄧㄝˊ ㄍㄡˋ ㄒㄧㄤˊ ㄒㄧˋ ㄊㄨˊ
(structural detailing)鋼筋混凝土工程、鋼骨工程、鋼骨鋼筋混凝土工程等應根據結構計算書的結果,繪製結構詳細圖,其圖樣有基礎(包括地梁)平面圖,各層結構平面圖(應註明基礎、柱、梁、樓板的記號),各種基礎、地梁、柱、梁、樓板的斷面圖及圖表,以及樓梯、陽臺、女兒牆等詳細圖。

10【結核性腸潰瘍】 ㄐㄧㄝˊ ㄏㄜˊ ㄒㄧㄥˋ ㄔㄤˊ ㄎㄨㄟˋ ㄧㄤˊ
(tuberculous intestinal ulceration) 由肺結核或其他器官結核蔓延而起的疾病。飲用感染結核桿菌的牛乳及吃結核性母乳也會引起。開始於迴腸或直腸的淋巴組織,最終造成腸嚴重潰瘍。初時會緊張、腹痛、噁心、嘔吐、下痢、便血而終至人體消瘦等。

【結核性腦膜炎】 ㄐㄧㄝˊ ㄏㄜˊ ㄒㄧㄥˋ ㄋㄠˇ ㄇㄛˋ ㄧㄢˊ
(tuberculous meningitis) 全身性粟粒性結核的表現之一。主要由結核菌進入中樞神經系統而引起。多見於小孩。症狀則多在幾個星期至幾個月中逐漸加重,包括有發燒、頭痛、全身無力、嘔吐、頸部僵硬,甚至抽搐、昏迷。治療方法是投以抗結核藥物,但預後不良,死亡率高達25~50%,存活者或有神經症狀殘存。

【結核性腹膜炎】 ㄐㄧㄝˊ ㄏㄜˊ ㄒㄧㄥˋ ㄈㄨˋ ㄇㄛˋ ㄧㄢˊ
(tuberculous peritonitis) 即腹膜結核。由結核桿菌侵入腹膜而引起的一種慢性腹膜炎症。常由鄰近器官蔓延或經淋巴、血液傳播而引起。可造成明顯的內臟黏連。病發時全身乏力、發熱、消瘦、腹部脹痛。可用抗結核菌藥物長期治療,注意休息和營養也很重要。

12【結晶格子參數】 ㄐㄧㄝˊ ㄐㄧㄥ ㄍㄜˊ ˙ㄗ ㄘㄢ ㄕㄨˋ
(crystal lattice parameter)欲表示某一種金屬的結晶構造時,只需把單位胞(unit cell)的型式及其稜長(邊長)表示出即可,一般將單位結晶格子(單位胞)的邊長稱結晶格子參數或格子常數(lattice constant),以埃(Å)表示。格子參數或格子常數有*a*、*b*、*c*之分,分別代表長、寬、高。

14【結構化程式規劃】 ㄐㄧㄝˊ ㄍㄡˋ ㄏㄨㄚˋ ㄔㄥˊ ㄕˋ ㄍㄨㄟ ㄏㄨㄚˋ
(structured programming) 電腦程式設計的一種觀念與技術。目的在於有條理地進行設計、組織及編寫程式,以減低程式的複雜度,提高可讀性,並使程式易於除錯與修改。其主要特點為:將程式分為若干僅有單一進入點及單一出口的模組,使所設計的程式具有合理的結構,便於驗證其正確性與維護。

【結構性通貨膨脹】 ㄐㄧㄝˊ ㄍㄡˋ ㄒㄧㄥˋ ㄊㄨㄥ ㄏㄨㄛˋ ㄆㄥˊ ㄓㄤˋ
(structural inflation)指由於經濟某一部門發生瓶頸,引起該部門物價上漲,進而擴散到經濟全面物價水準的上升。例如能源危機引起石油價格上漲,石油化學產品的價格上漲,帶動全面物價水準的上升即是。

絕 ㄐㄩㄝˊ *chüeh*² 音決
①把絲割斷。見"說文"。②阻隔;阻斷。如:隔絕。③橫渡。如:絕流而過。④消滅無存。如:殺絕。⑤超越;脫離。如:絕俗離世。⑥全然;絕對。如:絕無僅有。⑦極度。如:絕美。

5【絕世】 ㄐㄩㄝˊ ㄕˋ
①舉世無雙。②死亡。③與世隔絕。④斷絕祿位的世家。

【絕句】 ㄐㄩㄝˊ ㄐㄩˋ
近體詩的一種。又稱為截句、斷句。每首四句,有五言及七言兩體。其平仄押韻都有一定的格律。

6【絕交】 ㄐㄩㄝˊ ㄐㄧㄠ
①與朋友斷絕關係。②國與國間斷絕外交關係。也作斷交。

【絕色】 ㄐㄩㄝˊ ㄙㄜˋ
①極美的顏色。②極美的女子。

7【絕技】 ㄐㄩㄝˊ ㄐㄧˋ
技藝超絕;獨一無二的技藝。

8【絕版】 ㄐㄩㄝˊ ㄅㄢˇ
①不再出版。②版已拆毀。

【絕命】 ㄐㄩㄝˊ ㄇㄧㄥˋ
死亡。

9【絕俗】 ㄐㄩㄝˊ ㄙㄨˊ
①遺棄世事。②超越世俗。

【絕食】 ㄐㄩㄝˊ ㄕˊ
拒絕飲食。

10【絕症】 ㄐㄩㄝˊ ㄓㄥˋ
沒有辦法醫好的病。

【絕骨】 ㄐㄩㄝˊ ㄍㄨˇ
①穴位名。又名懸鐘。在足外踝直上三寸,當腓骨後緣和腓骨長肌腱之間。屬足少陽經。②'中'醫解剖名稱。位於腓骨下端、內踝上端的部位。

【絕倒】 ㄐㄩㄝˊ ㄉㄠˇ
①佩服得五體投地。②因大笑而身體傾倒。③因悲痛而暈倒。

【絕倫】 ㄐㄩㄝˊ ㄌㄨㄣˊ
超越同類;無可比擬。

11【絕望】 ㄐㄩㄝˊ ㄨㄤˋ
希望斷絕;毫無希望。

【絕頂】 ㄐㄩㄝˊ ㄉㄧㄥˇ
山的最高處。引申為非常、極甚。

【絕域】 ㄐㄩㄝˊ ㄩˋ
極遠的地方;人跡難通的地方。

【絕唱】 ㄐㄩㄝˊ ㄔㄤˋ
比喻詩文造詣高妙,無人可以企及。也指最好的作品。

12【絕筆】 ㄐㄩㄝˊ ㄅㄧˇ
①停筆不寫。②指極其出色,無可比擬的文學、藝術作品。③死前所寫的文字。即遺書。

13【絕塞】 ㄐㄩㄝˊ ㄙㄞˋ
①極遠的邊塞。②越過邊塞。

【絕嗣】 ㄐㄩㄝˊ ㄙˋ
無子可傳宗接代。

【絕跡】 ㄐㄩㄝˊ ㄐㄧ
①不見蹤跡。②荒遠與人群隔絕之地。③卓絕的事跡。④遺棄世事。

【絕路】 ㄐㄩㄝˊ ㄌㄨˋ
末路;死路。

14【絕塵】 ㄐㄩㄝˊ ㄔㄣˊ

1奔走快速，腳不沾塵。2超絕世俗。3與塵世隔絕。

【絕境】 ㄐㄩㄝˊ ㄐㄧㄥˋ

1和人世隔絕的境地。2困窮險惡的境地。3最高的造詣、境界。4指景物、書畫等絕妙之處。

【絕對】 ㄐㄩㄝˊ ㄉㄨㄟˋ

1肯定；毫無疑問。2對聯或近體詩中絕妙的對仗。3事物中祇有單方面而無對待關係的。

【絕緒】 ㄐㄩㄝˊ ㄒㄩˋ

1無後代。2不再有人傳承的事業。

15【絕熱】 ㄐㄩㄝˊ ㄖㄜˋ

(adiabatic)指熱流無法經系統邊界流入或流出的現象。將系統邊界覆以熱傳導係數低的絕熱材料，便能達到防止熱的散失或增加的絕熱目的。

【絕緣】 ㄐㄩㄝˊ ㄩㄢˊ

1彼此沒有關連，碰不上。比喻沒希望。2(insulated)指使用電阻值甚高的非導電性物質來使導體分隔。

16【絕壁】 ㄐㄩㄝˊ ㄅㄧˋ

峭壁。

【絕學】 ㄐㄩㄝˊ ㄒㄩㄝˊ

1造詣獨到的學問。2中斷的學術。3棄絕知識。

21【絕響】 ㄐㄩㄝˊ ㄒㄧㄤˇ

中斷或散失的樂調。多指已失傳的技藝。

23【絕巘】 ㄐㄩㄝˊ ㄧㄢˇ

斷崖絕壁。

14【絕對值】 ㄐㄩㄝˊ ㄉㄨㄟˋ ㄓˊ

(absolute value)只論一數的數值大小，而不計其正、負號的，稱為該數的絕對值。通常以兩平行線段左右範規住某數來表示。例如$|\pm2|=2$，表±2的絕對值均為2。又複數的絕對值為實數，例如$|a+ib|=(a^2+b^2)^{\frac{1}{2}}$，其中$a$、$b$均為實數。

【絕對閾】 ㄐㄩㄝˊ ㄉㄨㄟˋ ㄩˋ

(absolute threshold)感覺歷程中，能有效引起個體反應之最低限度的刺激強度。

15【絕熱流】 ㄐㄩㄝˊ ㄖㄜˋ ㄌㄧㄡˊ

(adiabatic flow)流動過程中，系統熱量不發生變化(即不增加熱量或損失熱量)的流體。

【絕緣器】 ㄐㄩㄝˊ ㄩㄢˊ ㄑㄧˋ

(insulator)具有低傳導性，使電流很難通過的元件。其電阻係數通常都在$10^8\Omega$-cm以上，其值會隨溫度的增加而下降。

【絕緣體】 ㄐㄩㄝˊ ㄩㄢˊ ㄊㄧˇ

(insulator)指具有低介電常數或熱傳導係數的物質。例如當作電絕緣體的雲母、玻璃等；當作熱絕緣體的石棉、泡沫塑膠等。

7【絕妙好辭】 ㄐㄩㄝˊ ㄇㄧㄠˋ ㄏㄠˇ ㄘˊ

極為出色的文章。

11【絕處逢生】 ㄐㄩㄝˊ ㄔㄨˋ ㄈㄥˊ ㄕㄥ

在絕境中遇到生機。

12【絕無僅有】 ㄐㄩㄝˊ ㄨˊ ㄐㄧㄣˇ ㄧㄡˇ

獨一無二。

13【絕聖棄智】 ㄐㄩㄝˊ ㄕㄥˋ ㄑㄧˋ ㄓˋ

廢除聰明，摒棄智慧。為先'秦'道家的學說。以為必須如此，方能使民無知無慾，恢復眞樸的生活，而天下可致太平。

14【絕對升限】 ㄐㄩㄝˊ ㄉㄨㄟˋ ㄕㄥ ㄒㄧㄢˋ

(absolute ceiling)簡稱升限。指飛機或飛彈在海平面以上標準大氣中可以維持平飛的最大高度。飛行器的絕對升限均隨載重的不同而異。

【絕對主義】 ㄐㄩㄝˊ ㄉㄨㄟˋ ㄓㄨˇ ㄧˋ

1(absolutism)又名絕對論。與相對主義相對。一種哲學主張，認為有絕對的眞理或價值標準存在。(1)形上學上的絕對主義：倡言有客觀的實有，離認識作用而獨立自存。宇宙眞理絕對不變。(2)倫理學上的絕對主義：認為道德的法則與價值標準客觀不二，絕對不變。(3)美學上的絕對主義：認為美之為美，不因觀賞者的不同而有變易；主張有絕對的藝術評判標準。2(Suprematism)由'俄國'畫家'馬列維基'(Kasimir Malevich)首創的一種非具象藝術運動。其西元1915年的"黑中白"(*Black square on a white background*)是二十世紀第一幅幾何抽象畫，企圖把美術從自然形象解脫，把繪畫要素減低到最少，擺脫個人感情的要素，以絕對的純粹幾何抽象表達作品的美。自此，絕對主義跟風格派就成為推動理性抽象藝術的重要運動，尤其透過'李希茲基'(Lissitzky)、'那基'(Moholy-Nagy)和'康丁斯基'(Kandinsky)在'包浩斯'的鼓吹，遂影響了全'歐洲'。

【絕對收斂】 ㄐㄩㄝˊ ㄉㄨㄟˋ ㄕㄡ ㄌㄧㄢˋ

(absolute convergence)無窮級數$a_1+a_2+a_3+\cdots\cdots$稱為絕對收斂，若$|a_1|+|a_2|+|a_3|+\cdots\cdots$為收斂，此時可推得原級數在任意重新排列下均收斂到同一極限。其逆亦眞。例如$1-\frac{1}{2^2}+\frac{1}{3^2}-\frac{1}{4^2}+\cdots\cdots=1+\frac{1}{3^2}-\frac{1}{2^2}+\frac{1}{5^2}+\frac{1}{7^2}-\frac{1}{4^2}++-\cdots\cdots$為絕對收斂，但是$1-\frac{1}{2}+\frac{1}{3}-\frac{1}{4}+\cdots\cdots=lim2$，而$1+\frac{1}{3}-\frac{1}{2}+\frac{1}{5}+\frac{1}{7}-\frac{1}{4}++-\cdots\cdots=\frac{3}{2}lim2$。

【絕對位址】 ㄐㄩㄝˊ ㄉㄨㄟˋ ㄨㄟˋ ㄓˇ

(absolute address)電腦指令中，位址部分所含之數值，代表主記憶體儲存資料的實際位址，稱為絕對位址。

【絕對定址】 ㄐㄩㄝˊ ㄉㄨㄟˋ ㄉㄧㄥˋ ㄓˇ

(absolute addressing)電腦指令定址方式的一種。於此絕對定址方式中,電腦指令的位址部分所存的內容是一個絕對位址。

【絕對所得】 ㄐㄩㄝˊ ㄉㄨㄟˋ ㄙㄨㄛˇ ㄉㄜˊ

(absolute income)個人或家庭於一段期間內從各種所得來源所獲得的總收入。

【絕對音樂】 ㄐㄩㄝˊ ㄉㄨㄟˋ ㄧㄣ ㄩㄝˋ

(absolute music)又稱純音樂。指內容不含音樂之外的任何意義的一種樂曲。與標題音樂相對。如‘巴赫’的“賦格曲”、‘貝多芬’不帶標題的奏鳴曲等均屬之。

【絕對指令】 ㄐㄩㄝˊ ㄉㄨㄟˋ ㄓˇ ㄌㄧㄥˋ

(absolute instruction)電腦執行程式時,任一指令之最後可執行的形式,稱爲絕對指令。

【絕對星等】 ㄐㄩㄝˊ ㄉㄨㄟˋ ㄒㄧㄥ ㄉㄥˇ

(absolute magnitude)爲比較星體的發光強度,假想將各星體同置於10秒差距(即距地球32.62光年)處所測得的視星等。例如太陽的視星等爲−26.72,絕對星等則只有+4.86;獵戶座β星(參宿七)的視星等爲0.3,絕對星等卻爲−6.2,實際光度約比太陽強15,000倍。

【絕對溼度】 ㄐㄩㄝˊ ㄉㄨㄟˋ ㄕ ㄉㄨˋ

(absolute humidity)空氣單位體積所含的水汽質量。即水汽密度。其單位爲每立方公尺的公克數(g/m^3)。

【絕對溫標】 ㄐㄩㄝˊ ㄉㄨㄟˋ ㄨㄣ ㄅㄧㄠ

(absolute temperature scale)又稱‘克爾文’溫標(Kelvin temperature scale)。在甲、乙兩熱儲間進行‘卡諾’循環,設甲熱儲的溫度爲水的三態點,乙熱儲的溫度爲未知,若由甲熱儲吸收或放出的熱量爲$|Q_3|$,乙熱儲吸收或放出的熱量設爲$|Q|$,則乙熱儲的溫度可由下式訂定: $T=273.16\frac{|Q|}{|Q_3|}$。依據此式所定義出來的溫標稱爲絕對溫標。吾人可以理論證明絕對溫標與理想氣體溫標一致。

【絕對零度】 ㄐㄩㄝˊ ㄉㄨㄟˋ ㄌㄧㄥˊ ㄉㄨˋ

(absolute zero)理論上在−273.15°C時氣體的體積應爲零,此爲理論上最低的溫度,稱爲絕對零度或0°K。事實上,任何氣體未達此溫度均已液化或固化。

【絕對編碼】 ㄐㄩㄝˊ ㄉㄨㄟˋ ㄅㄧㄢ ㄇㄚˇ

(absolute coding)電腦程式編碼方式之一。即特定編碼(specific coding)。其方式使用含有絕對位址的電腦指令。

【絕對壓力】 ㄐㄩㄝˊ ㄉㄨㄟˋ ㄧㄚ ㄌㄧˋ

(absolute pressure)以壓力計測量容器內氣體的壓力,若測得的值爲其實際的壓力時,即爲氣體的絕對壓力。其與計示壓力之差值,等於大氣壓力。絕對壓力可使用閉管壓力計測量。

15【絕熱過程】 ㄐㄩㄝˊ ㄖㄜˋ ㄍㄨㄛˋ ㄔㄥˊ

(adiabatic process)一團空氣由於壓縮或膨脹,其內部所發生的溫度變化過程。其熱力對外界無增損。即不藉外界熱力的予或取,純由空氣內部過程而產生溫度變化。

【絕熱膨脹】 ㄐㄩㄝˊ ㄖㄜˋ ㄆㄥˊ ㄓㄤˋ

(adiabatic expansion)指氣體於膨脹過程中,與外界無熱交換。例如迅速通過噴嘴之氣體的膨脹。

【絕緣材料】 ㄐㄩㄝˊ ㄩㄢˊ ㄘㄞˊ ㄌㄧㄠˋ

(insulating materials)阻絕聲音、熱溫或冷溫由此面(如牆外面)傳至彼面(如牆內面)的建築材料。材質多爲疏鬆多孔的纖維。

19【絕類離倫】 ㄐㄩㄝˊ ㄌㄟˋ ㄌㄧˊ ㄌㄨㄣˊ

超越世俗,爲一般人所趕不上。

14【絕對不等式】 ㄐㄩㄝˊ ㄉㄨㄟˋ ㄅㄨˋ ㄉㄥˇ ㄕˋ

(absolute inequality)一不等式用任何正數、任何不爲零的數,或任何實數代入均成立時,稱之。例如$\frac{x+y+z}{3}\geq\sqrt[3]{xyz}$(對所有正數成立)、$x^2+y^2+z^2\geq xy+yz+zx$(對所有實數成立)。假若不等式僅對上述以外的實數子集成立,則稱爲條件不等式。例如$x^2+y^2>1$(平面上與原點距離大於1的點的實數對)、$x^2-2x>3$($x>3$ 或 $x<-1$)。

【絕對值函數】 ㄐㄩㄝˊ ㄉㄨㄟˋ ㄓˊ ㄏㄢˊ ㄕㄨˋ

(ABS function)電腦程式語言與資料結構中常用的一個內存算術函數,用以取得所給予算式的絕對值。如在符傳(FORTRAN)語言中 $ABS(X)$ 可取得X的絕對值;$ABS(X+Y)$可取得$X+Y$的絕對值。

【絕對載入器】 ㄐㄩㄝˊ ㄉㄨㄟˋ ㄗㄞˋ ㄖㄨˋ ㄑㄧˋ

(absolute loader)電腦系統程式中載入器的一種。絕對載入器將程式載入電腦的主記憶體內,但不作記憶體位置的安排與位址的轉換。

15【絕熱冷卻線】 ㄐㄩㄝˊ ㄖㄜˋ ㄌㄥˇ ㄑㄩㄝˋ ㄒㄧㄢˋ

(adiabatic cooling line)不飽和空氣於絕熱增溼過程中,溫度下降溼度增加,此時其溫度與溼度變化狀況於溼度表上可用直線表示,故稱爲絕熱冷卻線或絕熱飽和線。

【絕熱飽和線】 ㄐㄩㄝˊ ㄖㄜˋ ㄅㄠˇ ㄏㄜˊ ㄒㄧㄢˋ

(adiabatic saturation line)參絕

熱冷卻線。

14【絕對利益法則】 ㄐㄩㄝˊ ㄉㄨㄟˋ ㄌㄧˋ ㄧˋ ㄈㄚˇ ㄗㄜˊ
(law of absolute advantage)'英國''亞當·斯密'最早根據勞動價值說,提出絕對利益法則來說明國際貿易的發生。即兩國均應專業生產且出口本國具有絕對利益的產品,而進口本國絕對不利的產品,如此,可以發揮生產的最大效率,使兩國的生產與消費同時增加,互蒙其利。

15【絕熱飽和溫度】 ㄐㄩㄝˊ ㄖㄜˋ ㄅㄠˇ ㄏㄜˊ ㄨㄣ ㄉㄨˋ
(adiabatic saturation temperature)絕熱狀況下,將不飽和空氣通過液態水而增溼,若液氣接觸時間夠長,出口空氣將達飽和,此時的溫度稱爲不飽和空氣的絕熱飽和溫度。

【絕熱飽和過程】 ㄐㄩㄝˊ ㄖㄜˋ ㄅㄠˇ ㄏㄜˊ ㄍㄨㄛˋ ㄔㄥˊ
(adiabatic saturation process)一含有未飽和蒸汽的溼空氣,進入底部盛有水的絕熱流道內,如果流道夠長,此空氣與水充分接觸,使溫度降低,而於出口處達成飽和空氣,此過程稱爲絕熱飽和過程。

【絕熱溫度遞減率】 ㄐㄩㄝˊ ㄖㄜˋ ㄨㄣ ㄉㄨˋ ㄉㄧˋ ㄐㄧㄢˇ ㄌㄩˋ
(adiabatic lapse rate)假設液體在無相對熱量的流失下,溫度會隨壓力減低而遞減的一種熱力特性。如上升的空氣因絕熱膨脹而冷卻,下降的空氣因絕熱壓縮而變熱。

【絕緣閘場效電晶體】 ㄐㄩㄝˊ ㄩㄢˊ ㄓㄚˊ ㄔㄤˇ ㄒㄧㄠˋ ㄉㄧㄢˋ ㄐㄧㄥ ㄊㄧˇ
(insulated-gate field effect transistor; IGFET)場效電晶體的一種。其閘極金屬與半導體通道間有一層絕緣的半導體氧化層,利用外加閘極電壓來控制通道的導通與否而具有電晶體放大特性。參場效電晶體。

絰 ㄉㄧㄝˊ tieh² 音垤
喪服用的麻帶。見"說文"。

絰 絰的或體。

絝 褲的本字。

絖 ㄎㄨㄤˋ k'uang⁴ 音曠
絲、棉絮。也作纊。見"說文"。

絏 ㄒㄧㄝˋ hsieh⁴ 音泄
也作紲。1馬韁。如:羈絏。2拘繫犯人的繩索。如:縲絏。

絧 ㊀ ㄊㄨㄥˊ t'ung² 音同
布名。見"廣韻"。
㊁ ㄉㄨㄥˋ tung⁴ 音洞
參鴻絧。

絪 ㄧㄣ yin¹ 音因
坐墊。通茵。如:絪褥。

16【絪縕】 ㄧㄣ ㄩㄣ
1天地陰陽合氣,混沌未開的樣子。2雲霧瀰漫的樣子。

絢 ㄒㄩㄢˋ hsüan⁴ 音眩
1光采耀目的樣子。如:絢爛。2炫;照耀。如:光彩絢目。

19【絢麗】 ㄒㄩㄢˋ ㄌㄧˋ
光采燦爛華麗。

21【絢爛】 ㄒㄩㄢˋ ㄌㄢˋ
光彩耀眼的樣子。

絲 ㄙ szŭ¹, ssŭ¹ 音思
1指蠶絲。如:纖絲。2泛指絲織品。3指纖細如絲的東西。也用以形容東西纖細如絲。如:絲雨。4八音之一。指弦樂器,如琴、瑟等。5慣用分數名。爲10^{-4}。

5【絲瓜】 ㄙ ㄍㄨㄚ
(*Luffa cylindrica* Roem.)一年生蔓性植物。莖綠色,有稜角,以卷鬚纏繞他物而上。葉有柄,掌狀分裂。夏秋間開花,花單性,雌雄同株。雄花排成總狀花序,雌花單生。花冠5裂,花藥離生。果實長大,圓柱形,供食用;老熟後生網狀纖維,可爲洗濯用具。原產於'印度',我國普遍栽培。

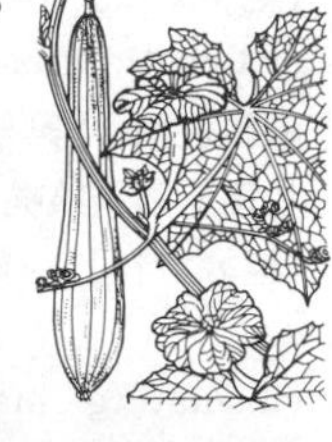
絲瓜圖

6【絲竹】 ㄙ ㄓㄨˊ
1弦樂器(如琵琶、琴、箏)與竹製管樂器(如簫、笛、管)的總稱。也泛指音樂。2民間器樂的一種。以笛、笙、二胡、三絃、琵琶、揚琴爲主要樂器,以板鼓節奏而不用鑼鼓。

11【絲毫】 ㄙ ㄏㄠˊ
比喻極爲細微、少量。

【絲婚】 ㄙ ㄏㄨㄣ
西俗稱結婚四週年。

13【絲路】 ㄙ ㄌㄨˋ
(Silk Road)古代'歐''亞'間陸路運輸路線。因我國運絲往西方而得名。其路線經'河西'、'敦煌'出'玉門關',向西分南北兩道,南道沿'崑崙山'北麓,經'和闐'至'疏勒';北道經'羅布泊',沿'天山'南麓經'庫車'、'阿克蘇'至'疏勒',南北兩道會合。再由'疏勒'越'蔥嶺',或南往'印度',或西經'波斯'(今'伊朗')往'地中海'諸國。'印度'佛教、'阿拉伯'回教皆經由絲路傳入我國,我國文化亦藉此路西播。近世海空運輸興起,絲路始衰。

14【絲綸】 ㄙ ㄌㄨㄣˊ
1帝王的詔書、諭旨。2釣魚竿上的絲線。

15【絲履】 ㄙ ㄌㄩˇ
絲布縫製的鞋。

5【絲瓜絡】 ㄙ ㄍㄨㄚ ㄌㄨㄛˋ
老絲瓜中的堅韌纖維。常用來洗澡或洗滌日常用具。

12【絲絲入扣】 ㄙ ㄙ ㄖㄨˋ ㄎㄡˋ
本指織布時每一根經線皆從篾齒經過,如此拉篾後,即可將緯線扣緊,而正確地把布織好。借指藝術表現十分細緻、緊湊。

絳 ㄐㄧㄤˋ chiang⁴ 音匠
深紅色。如:絳帳。

11【絳帳】ㄐㄧㄤˋ ㄓㄤˋ
深紅色的帷帳。借指師長或講座。

絡 ㊀ ㄌㄨㄛˋ *lo*^{4}, *luo*^{4} 音洛
[1]粗棉。見"說文"。[2]泛稱網狀物。⑴指地。如:天維地絡。⑵指人體中由經脈分出的大小分支。如:經絡。⑶指果實的纖維。如:絲瓜絡。⑷指人的頭巾或馬籠頭。如:絡頭。[3]纏繞。[4]包羅。如:網絡古今。[5]連繫。如:聯絡。
㊁ ㄌㄠˋ *lao*^{4}
參絡子。

3【絡子】ㄌㄠˋ ˙ㄗ
[1]用絲線或繩子編成的網狀小袋。[2]古時用以繞絲紗的器具。

16【絡頭】ㄌㄨㄛˋ ㄊㄡˊ
[1]頭巾。用以束髮。[2]馬首上的羈轡。俗稱馬籠頭。

10【絡繹】ㄌㄨㄛˋ ㄧˋ
往來不絕;接連不斷。

絍 紝的或體。

絥 鞦的或體。

絵 繪的俗體。

給 ㊀ ㄐㄧˇ *chi*^{3} 音己
[1]富足。如:家給人足。[2]供應。如:給養。[3]授與;交付。如:給付。[4]允准。如:給假。[5]言辭敏捷。如:口給。[6]薪俸。如:月給
㊁ ㄍㄟˇ *kei*^{3}
[1]同㊀[3]。[2]介詞。⑴與。如:借給。⑵替;為。如:給他帶信。⑶向。如:給他道歉。⑷被。如:大家都給他要了。

5【給付】ㄐㄧˇ ㄈㄨˋ
[1]交付;支付。[2]指債務人基於債權之關係,為一定作為或不作為。給付之標的,得為不作為(例如約定不為一定競業行為)、單純作為(例如提供勞務)、給與作為(例如給付專利權、給付動產、移轉不動產等)。

14【給與】ㄐㄧˇ ㄩˇ
指各組織對所屬員工的薪給,除薪資外另行支付的給與。給與又有加給、津貼、補助費等之分,當員工的薪資額未達較為理想的水準之前,給與不但不能消除,反而可能繼續增加。

15【給養】ㄐㄧˇ ㄧㄤˇ
供給;供養。

4【給水工程】ㄐㄧˇ ㄕㄨㄟˇ ㄍㄨㄥ ㄔㄥˊ
(water supply engineering)又稱自來水工程、上水道工程或用水工程。自來水係指以水管及其他設施導引供應適合於飲用之公共給水,此處所指之設施包括取水、導水、貯水、淨水、送水與配水等之有關工程,亦即屬自來水工程之範疇。公共給水為市政建設的重要部分,其計畫與建設,應考慮給水區域內將來人口之增加及商業發展之需要而作分期之建設,並符合水質優良、水量充足、水壓適當等三大用水目標,藉以改善公共衛生,保障消防,促進工商業發展。

5【給付之訴】ㄐㄧˇ ㄈㄨˋ ㄓ ㄙㄨˋ
原告請求被告為一定給付之訴訟。其給付內容或為一定金額、代替物或特定物,或為作為或不作為,或為一定之意思表示。以主張言詞辯論終結時履行期是否屆至區分,可分為現在給付之訴及將來給付之訴。雖有公證書,或已有確定之判決,而判決之正本、原本均歸滅失,均得提起給付之訴。但訴訟上不得請求之債務(如自然債務),則不得提起。其原告勝訴之確定判決,為給付判決,有既判力及執行力,得據以聲請對被告強制執行;其駁回原告之訴之確定判決,為原告給付請求權不存在之確認判決,僅具既判力,而無執行力。

【給付不能】ㄐㄧˇ ㄈㄨˋ ㄅㄨˋ ㄋㄥˊ
指債務人應為之給付,不能依債務本旨予以履行。給付不能有自始客觀不能、自始主觀不能、嗣後客觀不能、嗣後主觀不能之分。自始客觀不能,依"民法"第二百四十六條之規定,其契約無效,當事人僅依情形負締約上過失之責任。後述三種給付不能,依通說均生效力,其因不可歸責於債務人之事由,致自始主觀不能或嗣後給付不能者,債務人免給付義務,債務人如因此給付不能之事由對於第三人有損害賠償請求權者,債權人並有代償請求權。但如因可歸責於債務人之事由致給付不能者,則債務人應負履行利益之損害賠償責任,此時,如債務人因此給付不能之事由對於第三人有損害賠償請求權者,通說認得類推適用,使債權人亦有代償請求權。給付不能僅於特定之債始可發生,種類之債無給付不能之問題。

【給付判決】ㄐㄧˇ ㄈㄨˋ ㄆㄢˋ ㄐㄩㄝˊ
參給付之訴。

7【給呂薩克】ㄍㄟˇ ㄌㄩˇ ㄙㄚˋ ㄎㄜˋ
(Joseph-Louis Gay-Lussac, 1778~1850)'法國'化學家及物理學家。是研究氣體特性、發掘化學分析技術的先驅,也是氣象學創始人之一。西元 1802 年,發表氣體膨脹定律;1804 年,與'俾烏'(Jean-Baptiste Biot)同乘氣球,測驗高度對磁力及空氣構造的影響。1809 年發表氣體反應定律(也叫'給呂薩克'定律,Gay-Lussac's law)。後與另一'法國'化學家'泰納赫'(Louis-Jacques Thenard)製作鉀和硼,並改進分析有機化合物的技術。後於 1814 年前後考定碘的性質,並製成氫碘酸及氰等。

5【給付準備金】ㄐㄧˇ ㄈㄨˋ ㄓㄨㄣˇ ㄅㄟˋ ㄐㄧㄣ
(claim reserve)又稱賠款準備

金。即對於尙未決定給付金額所提的準備金。如在營業年度終了時,依據保險契約規定應給付保險金,或因保險事故尙未查定,或因給付金額尙未確定,或因在訴訟中尙未解決,自應提存準備金,以備決定給付時需用。

絎 ㄏㄥˋ *hêng*^{4}
1衣服的邊。見"廣雅·釋詁"。2用線粗縫,把要縫的東西先固定起來。見"廣韻"。

絍 紝的或體。

7

綔 ㄏㄨˋ *hu*^{4} 音戶
印綬。見"集韻"。

緐 繁的本字。

綈 ㄊㄧˊ *t'i*^{2} 音題
粗厚而有光澤的一種絲織品。見"說文"。

10【綈袍相贈】 ㄊㄧˊ ㄆㄠˊ ㄒㄧㄤ ㄗㄥˋ
以粗綢做的袍子贈送老友。比喻懷故之情。

継 繼的俗體。

綍 ㄈㄨˊ *fu*^{2} 音弗
也作紼。1牽引棺木的繩索。見"字彙"。2帝王的詔書。

絿 ㄑㄧㄡˊ *ch'iu*^{2} 音求
也作紈。1急。見"說文"。2幼小。通幼。見"說文通訓定聲"。

綅 一 ㄑㄧㄣ *ch'in*^{1} 音侵
綫。見"說文"。
二 ㄒㄧㄢ *hsien*^{1} 音先
黑經白緯的絲織物。通纖。見"廣韻"。

綆 ㄍㄥˇ *kêng*^{3} 音梗
汲水的繩索。如:綆短汲深。

12【綆短汲深】 ㄍㄥˇ ㄉㄨㄢˇ ㄐㄧˊ ㄕㄣ
打水的繩索短而井水極深。比喻才小難勝重任,也指淺學不足悟深理。

綀 ㄕㄨ *shu*^{1} 音書
一種粗葛布。見"集韻"。

經 ㄐㄧㄥ *ching*^{1} 音京
1織物的縱線。參經緯1。2指通過南北極而與赤道垂直的分度線。參經線。3常道;常法。如:天經地義。4論述常道,可作典範的書籍。也指講述各種技藝的著作。如:"孝經"。5人體的脈絡。如:經絡。6籌劃;治理。如:經營。7經過;經歷。如:經年。8上吊。如:自經而死。9女子月經的簡稱。如:經期。10姓。'晉'有'經曠'。見"萬姓統譜·五五"。

4【經方】 ㄐㄧㄥ ㄈㄤ
指"傷寒論"和"金匱要略"二書上的方劑。與'宋'、'元'以後所稱的時方相對而言。一說以"素問"、"靈樞"與"傷寒論"、"金匱要略"上的方劑合稱爲經方。

【經心】 ㄐㄧㄥ ㄒㄧㄣ
1縈心;煩心。2注意;留神。

【經水】 ㄐㄧㄥ ㄕㄨㄟˇ
1水的主流。2指女子的月經。3指經脈。

【經手】 ㄐㄧㄥ ㄕㄡˇ
1親自處理。2居間辦理。

5【經世】 ㄐㄧㄥ ㄕˋ
1治理世事。2閱歷世事。

【經由】 ㄐㄧㄥ ㄧㄡˊ
經過。

6【經年】 ㄐㄧㄥ ㄋㄧㄢˊ
1經過一年。2一年又一年。

8【經典】 ㄐㄧㄥ ㄉㄧㄢˇ
1經書。2宗教典籍。

【經始】 ㄐㄧㄥ ㄕˇ
開始營建。

9【經度】 ㄐㄧㄥ ㄉㄨˋ
(longitude) 一地的經度是該地與本初經線(即本初子午線)間緯線的角距離,故經度係沿緯線度量。本初子午線的經度是0°,向東爲東經,向西爲西經,各180°,共計360°。

【經界】 ㄐㄧㄥ ㄐㄧㄝˋ
田地的疆界。

【經紀】 ㄐㄧㄥ ㄐㄧˋ
1綱紀;法度。2條理;次序。3人體脈絡直者稱經,橫者稱紀。4經營;管理。5買賣交易。也指居中介紹買賣的人。

10【經書】 ㄐㄧㄥ ㄕㄨ
古代聖賢的著述。通常指儒家經典,如十三經。

【經脈】 ㄐㄧㄥ ㄇㄛˋ
人體內運行氣血、聯繫各部位的主要通道,促使人體進行有規律的生理活動。分爲正經、奇經二類。

【經師】 ㄐㄧㄥ ㄕ
1古時學校中講授經書的教師。2泛指傳授知識的老師。3佛教講經誦經者。

11【經商】 ㄐㄧㄥ ㄕㄤ
從事商業。即做生意。

【經國】 ㄐㄧㄥ ㄍㄨㄛˊ
治理國事。

【經略】 ㄐㄧㄥ ㄌㄩㄝˋ
1經營謀劃。2原則。3官名。'唐'初,邊州置經略使。'宋'置經略安撫司,掌管一路軍事與民政。'明'不常設,有事暫置,權位高於總督。'清'初沿之,後廢。

【經術】 ㄐㄧㄥ ㄕㄨˋ
以經書爲研究內容的學術。即經學。

12【經費】 ㄐㄧㄥ ㄈㄟˋ
依法定用途與條件得支用之金額。按其得支用期間可分爲歲定經費、繼續經費與恆久經費。

【經期】 ㄐㄧㄥ ㄑㄧˊ
女性月經來臨的時期。

13【經義】 ㄐㄧㄥ ㄧˋ
1經籍的義理。2'宋代'科舉的科目名。

【經傳】 ㄐㄧㄥ ㄓㄨㄢˋ
我國古代典籍的通稱。先聖所著或所刪訂的書稱經,如"詩經"、"書經";後賢解釋經文的書叫傳,如"春秋"有三傳:"左傳"、"公羊傳"、"穀梁傳"。

14【經綸】ㄐㄧㄥ ㄌㄨㄣˊ
[1]將絲理出頭緒叫經,編成線繩叫綸。引申爲規劃治理國家大事。[2]指政治方面的才識學問。

15【經緯】ㄐㄧㄥ ㄨㄟˇ
[1]紡織物的直線叫經,橫線叫緯。引申爲縱橫之意。[2]根本的法則。[3]規劃治理。[4]組織歸納。[5]經書和緯書。[6]今地理學上稱通過南北極的假想直線爲經線,與赤道平行的橫線爲緯線。

【經線】ㄐㄧㄥ ㄒㄧㄢˋ
(meridians) 通過兩極的大圓圈線,稱爲經圈。而南北極間的半個經圈,稱爲經線,也稱子午線。經線都是眞正的南北線;兩條經線間的距離在赤道上最大,然後向高緯度變小,終匯集於兩極而爲零。

16【經歷】ㄐㄧㄥ ㄌㄧˋ
[1]經驗;閱歷。[2]經過。[3]曾從事過的工作;曾擔任過的職務。

【經學】ㄐㄧㄥ ㄒㄩㄝˊ
研究經典,闡發其義理的學術。

17【經濟】ㄐㄧㄥ ㄐㄧˋ
[1]治理國家,富裕民生。即經世濟民的省稱。[2] (economy) (1)包含生產、流通、分配、消費等全部活動架構。如農業經濟、工業經濟等。(2)節省之意。如內部經濟、外部經濟等。(3)指蒸發操作中,單位質量加熱蒸氣所產生的蒸發汽體質量。

20【經籍】ㄐㄧㄥ ㄐㄧˊ
經典;經書。

23【經驗】ㄐㄧㄥ ㄧㄢˋ
[1]實際的體驗。[2]由實踐所得的知能,或由歷史證明了的結論。

9【經紀人】ㄐㄧㄥ ㄐㄧˋ ㄖㄣˊ
(broker)又稱掮客。介紹買賣雙方完成交易,並收取報酬的中間人。如證券交易所的經紀人、不動產交易的掮客皆是。

11【經理人】ㄐㄧㄥ ㄌㄧˇ ㄖㄣˊ
有爲商號管理事務,及爲其簽名之權利之人。商號所有人得以明示或默示之方法授與經理權。經理人之職務對外代表商號,對內管理商號一切事務。析言之,就對外關係言,經理人對於第三人之關係,其管理本商號事務者,應視爲有管理本商號事務上一切必要行爲之權;其管理分商號事務者,應視爲有管理分商號事務上一切必要行爲之權。至於不動產買賣或在不動產上設定負擔等事項,於商號之利害關係較爲鉅大,須有商號所有人之書面授權始得爲之;又經理人就所任之事務,視爲有代表商號爲原告或被告或其他一切訴訟上行爲之權。就對內關係言,商號經理人對於一切店夥有指揮監督之職責,若怠於監督致生損害於商號者,經理人應負損害賠償責任。

【經理權】ㄐㄧㄥ ㄌㄧˇ ㄑㄩㄢˊ
經理人有爲商號管理事務及爲其簽名之權力,稱爲經理權。參經理人。

【經常帳】ㄐㄧㄥ ㄔㄤˊ ㄓㄤˋ
(current account)爲國際收支帳的主幹,與一國當期經濟活動的榮枯、國民所得的高低有密切的關係。包括有形商品的輸出與輸入、無形勞務的輸出與輸入、本國與外國之間的投資所得,以及政府之間的開支等。

【經常稅】ㄐㄧㄥ ㄔㄤˊ ㄕㄨㄟˋ
(regular taxation) 指有規則性的、繼續性的租稅;亦即以滿足國家的一般財政需要爲目的而課徵的租稅。近代以來,由於社會進化、經濟發展、國家公共支出浩繁,故租稅乃由臨時稅演變而爲經常稅。我國現行稅目中絕大部分爲經常稅。

13【經義考】ㄐㄧㄥ ㄧˋ ㄎㄠˇ
'清"朱彝尊'撰,三百卷。考證歷代有關經義的書目。詳列撰人姓氏、書名、卷數、存佚情形、原序跋、諸家論斷、考證。網羅之富,爲古來諸家書目所不及。

15【經緯儀】ㄐㄧㄥ ㄨㄟˇ ㄧˊ
(transit)用以測定水平角的一種重要儀器。依儀器構造可分爲複測經緯儀及方向經緯儀兩種;依讀數設備可分爲游標經緯儀與光學經緯儀兩種。現代經緯儀皆爲光學經緯儀,附設一水準器平行於望遠鏡,且裝置一垂直度盤,使經緯儀兼具水準儀功能和讀定垂直角之用。通常在望遠鏡目鏡內另設置視距絲,可供作視距測量之用。高精度經緯儀稱爲精密經緯儀 (theodolite),爲大地測量必備的測儀。

17【經濟人】ㄐㄧㄥ ㄐㄧˋ ㄖㄣˊ
(economic man) 經濟分析常有一個共同的假設,即假設每一經濟主體均以追求自利爲目的,以從事經濟活動。這種以追求自利爲唯一目的的經濟主體,普遍地被稱爲經濟人。

【經濟林】ㄐㄧㄥ ㄐㄧˋ ㄌㄧㄣˊ
以經濟生產爲主要目的之森林。包括生產用材、薪炭材及剝皮材等。

【經濟學】ㄐㄧㄥ ㄐㄧˋ ㄒㄩㄝˊ
(economics) 以人類的經濟行爲爲研究對象的一門科學。人類爲滿足其物質慾望,常需使用一定的經濟資源,但人的物質慾望無窮,相對的經濟資源的數量則有限,經濟學即研究如何以最有效的方法,達到資源的最佳配置,使個人及社會的福利達到最大。現代經濟學的內容,一般分爲個體經濟學及總體經濟學兩部分。

4【經文緯武】ㄐㄧㄥ ㄨㄣˊ ㄨㄟˇ ㄨˇ
稱讚人文武兼備。

【經天緯地】ㄐㄧㄥ ㄊㄧㄢ ㄨㄟˇ ㄉㄧˋ
以天地爲法度。引申爲經營天下,撥亂反正。

5【經世濟民】ㄐㄧㄥ ㄕˋ ㄐㄧˋ ㄇㄧㄣˊ
治理國家，救助人民。

6【經年累月】ㄐㄧㄥ ㄋㄧㄢˊ ㄌㄟˇ ㄩㄝˋ
經過很久的時間。

8【經典釋文】ㄐㄧㄥ ㄉㄧㄢˇ ㄕˋ ㄨㄣˊ
‘唐’‘陸德明’撰，三十卷。輯“易”、“書”、“詩”、“周禮”、“儀禮”、“禮記”、“左傳”、“公羊傳”、“穀梁傳”、“孝經”、“論語”、“老子”、“莊子”、“爾雅”諸書的各家音義及文字異同。考證詳盡，爲後代學者所推崇。

11【經常支出】ㄐㄧㄥ ㄔㄤˊ ㄓ ㄔㄨ
歲出除減少債務與增置或擴充、改良資產及增加投資外，均爲經常支出。

【經常收入】ㄐㄧㄥ ㄔㄤˊ ㄕㄡ ㄖㄨˋ
歲入除增加債務與減少資產及收回投資外，均爲經常收入。

12【經費支出】ㄐㄧㄥ ㄈㄟˋ ㄓ ㄔㄨ
就普通基金而言，爲歲出預算之支用，其支出之結果，將使基金餘額減少。凡勞務費用、用品購置，甚至資本支出及普通公債的償還，均可稱爲經費支出。

【經絡學說】ㄐㄧㄥ ㄌㄨㄛˋ ㄒㄩㄝˊ ㄕㄨㄛ
‘中’醫闡述人體各部位相互間之聯繫及影響的學說。經絡爲經脈與絡脈的總稱，貫穿體表與臟腑，透過經絡系統的連繫，人體才成爲一個有機的整體。而這些連繫正是人體生命活動、病理變化與診斷治療的重要依據。經絡學說與臟腑學說緊密結合，是‘中’醫基礎理論中的重要組成部分，對於臨床各科，尤其是針灸治療，有臨床指導意義。

13【經義述聞】ㄐㄧㄥ ㄧˋ ㄕㄨˋ ㄨㄣˊ
‘清’‘王引之’撰，三十二卷。全書主旨在考證經義，凡古人訓詁錯誤者，皆加以糾正，旁徵博引，力求其本義之闡明。爲‘清代’訓詁學之名著。

【經傳釋詞】ㄐㄧㄥ ㄓㄨㄢˋ ㄕˋ ㄘˊ
‘清’‘王引之’撰，十卷。蒐集九經三傳及先‘秦’、‘漢’人著作中之虛字一百六十字，解釋其字義、用法，敘述其原始、流變，並引例證以明之。可供研究訓詁、語法的參考。

15【經緯萬端】ㄐㄧㄥ ㄨㄟˇ ㄨㄢˋ ㄉㄨㄢ
比喻事情的頭緒極繁富。

16【經歷調任】ㄐㄧㄥ ㄌㄧˋ ㄉㄧㄠˋ ㄖㄣˋ
對經已任用之人員，在不同經歷的職務上，舉行定期的或不定期的調任，以培養完整的經歷，成爲通才。如警察人員，常有在幕僚職、教育職、主管職間作計畫的調任者，使具備此三方面的完整經歷。

17【經濟地租】ㄐㄧㄥ ㄐㄧˋ ㄉㄧˋ ㄗㄨ
(economic rent)狹義而言，是對於使用一種供給完全固定之生產要素的報酬。廣義而言，則指任何生產要素市場所決定的均衡價格與其願意供給的價格之間的差額。

【經濟成長】ㄐㄧㄥ ㄐㄧˋ ㄔㄥˊ ㄓㄤˇ
(economic growth)指一個國家平均每人產量和所得的持續增加。現代經濟成長理論，可別爲兩種類型：一爲從經濟落後的國家進入已開發的國家，說明其經濟發展的現象；一爲從經濟已開發的國家進入先進的國家，研究其經濟成長的現象。

【經濟同盟】ㄐㄧㄥ ㄐㄧˋ ㄊㄨㄥˊ ㄇㄥˊ
(economic alliance)兩國以上共謀經濟上的互助而締結的同盟。如‘歐洲共同市場’(即‘歐洲經濟社會’)便是。

【經濟批量】ㄐㄧㄥ ㄐㄧˋ ㄆㄧ ㄌㄧㄤˊ
參經濟批量模式。

【經濟利潤】ㄐㄧㄥ ㄐㄧˋ ㄌㄧˋ ㄖㄨㄣˋ
(economic profit)又稱純利潤。指總收入大於總成本，廠商獲得超額利潤。表示生產者將自已擁有的生產要素投入於目前的生產上所獲得的報酬，大於投入在其他的生產上可能獲得的報酬。

【經濟作物】ㄐㄧㄥ ㄐㄧˋ ㄗㄨㄛˋ ㄨˋ
經濟價值較高的商品作物。其栽種目的在於出售以換取現金，以別於農家自用，有剩餘再行出售的糧食作物。如甘蔗、甜菜、茶、咖啡、棉花、橡膠等。

【經濟制度】ㄐㄧㄥ ㄐㄧˋ ㄓˋ ㄉㄨˋ
(economic system)一個經濟社會爲使其經濟活動順利運行，以達理想的經濟目標，而根據其思想理念所制定的全套法令、規章、組織與安排，以爲人們從事經濟活動時共同遵循的準則。

【經濟制裁】ㄐㄧㄥ ㄐㄧˋ ㄓˋ ㄘㄞˊ
(economic sanction) 指任何可以增強我方經濟實力，削弱他方經濟力量的措施。禁運是經濟制裁的主要手段。

【經濟指標】ㄐㄧㄥ ㄐㄧˋ ㄓˇ ㄅㄧㄠ
(economic indicators)指能夠顯示總體經濟活動狀況的時間數列資料。

【經濟海域】ㄐㄧㄥ ㄐㄧˋ ㄏㄞˇ ㄩˋ
(exclusive economic zone)“聯合國海洋法公約”稱之爲專屬經濟區。爲領海以外並鄰接領海的一個區域，從測算領海寬度的基線量起，不應超過200浬。沿海國在經濟海域之內享有：一、以探勘和開發、養護和管理海床上覆水域和海床及其底土的自然資源爲目的的主權權利，以及關於在該區域從事經濟性開發和探勘等其他活動的主權權利。二、對下列事項的管轄權：(1)人工島嶼、設施和結構的建造和使用；(2)海洋科學研究；(3)海洋環境的保護和保全。

【經濟效率】ㄐㄧㄥ ㄐㄧˋ ㄒㄧㄠˋ ㄌㄩˋ
(economic efficiency)社會產品的產量達到最大，且所生產的產品正是社會人們所希望選擇的產品組合,這表示生產達到了最佳的經濟效率。

【經濟發展】 ㄐㄧㄥ ㄐㄧˋ ㄈㄚ ㄓㄢˇ
(economic development) 又稱經濟開發。落後國家經濟進步的過程,不僅表現於實質國民生產的增加,亦顯示經濟結構的變化,即以農業等基本產業爲主的經濟結構,逐漸轉變爲以工商業爲主的經濟結構。

【經濟等級】 ㄐㄧㄥ ㄐㄧˋ ㄉㄥˇ ㄐㄧˊ
(economy class) 指航空客運中廉價或普通的運輸服務。乘客所享受的待遇較頭等爲差,包括一、較窄小的座位;二、免費簡單的餐點、飲料、酒;三、免費託運隨身行李20公斤。

【經濟結構】 ㄐㄧㄥ ㄐㄧˋ ㄐㄧㄝˊ ㄍㄡˋ
(economic structure)各產業在經濟體系中所占的相對比重。有以農業爲主的經濟結構,有以工商業爲主的經濟結構。

【經濟循環】 ㄐㄧㄥ ㄐㄧˋ ㄒㄩㄣˊ ㄏㄨㄢˊ
(business cycle) 又稱商業循環。指經濟活動的循環波動現象,通常包含復甦、繁榮、衰退及蕭條等四個階段。每一次循環通常會延續十年左右。

【經濟資源】 ㄐㄧㄥ ㄐㄧˋ ㄗ ㄩㄢˊ
(economic resources) 指必須付出代價才能取得的有限資源。例如水對於沙漠附近的人而言是經濟資源,又如太陽能亦屬之。

【經濟損失】 ㄐㄧㄥ ㄐㄧˋ ㄙㄨㄣˇ ㄕ
(economic loss) 指總收入小於總成本,廠商發生負的利潤。表示生產者將自己擁有的生產要素投入於目前的生產上所獲得的報酬,小於投入在其他的生產上可能獲得的報酬。

【經濟模型】 ㄐㄧㄥ ㄐㄧˋ ㄇㄛˊ ㄒㄧㄥˊ
(economic model)又稱經濟理論。是由觀察以往的經濟現象或個人的構思而產生的理論。以此理論可解釋現在及未來的經濟現象;簡言之,是一種表示經濟變數之間相互關係的函數式。

【經營環境】 ㄐㄧㄥ ㄧㄥˊ ㄏㄨㄢˊ ㄐㄧㄥˋ
(business environment)一般係指企業所面臨的外在生態環境。主要包括:一、經濟發展情勢;二、市場需求與競爭行爲;三、能源與相關物資供需情況;四、社會文化價值與政府管制法規;五、科技發展與產品變化;六、人才教育與人力供應;七、政治情況與軍事發展;八、國際經濟與國際關係。

20**【經籍纂詁】** ㄐㄧㄥ ㄐㄧˊ ㄗㄨㄢˇ ㄍㄨˇ
'清''阮元'等編,一百零六卷,每卷後均有補遺。採擷經、子、史諸書,對'唐'人以前的訓詁注釋彙集在每字之下,按照"佩文韻府"的韻目歸類;"韻府"沒有的字,以"廣韻"、"集韻"所載補錄。是研究訓詁的重要工具書。

【經驗主義】 ㄐㄧㄥ ㄧㄢˋ ㄓㄨˇ ㄧˋ
(empiricism)又名經驗論。與理性主義相對。一種知識論上的哲學立場或學說。主張一切知識皆由感覺經驗得來,否定理性主義哲學家所主張的與生俱來的觀念與理性眞理。近代經驗論始自'洛克',繼由'巴克萊'加以發展,而由'休姆'總其成。

【經驗法則】 ㄐㄧㄥ ㄧㄢˋ ㄈㄚˇ ㄗㄜˊ
從日常生活之經驗歸納出關於事物之因果關係或知識性質狀態之法則。包括日常生活常識之法則及專門學術知識之定則。經驗法則爲事實認定之大前提,事實上之推定即是以之爲大前提,由已知之事實推論出待證事實。專門學術知識之定則,法院未必知悉,須經專家鑑定等調查證據,始得據以認定事實,故亦爲證明之對象。違背經驗法則之事實認定,屬於認定事實違法。

11**【經理人舞弊】** ㄐㄧㄥ ㄌㄧˇ ㄖㄣˊ ㄨˇ ㄅㄧˋ
(management fraud) 當企業高階層經理人員蓄意欺騙股東、債權人和會計師時,稱爲經理人舞弊。舞弊形式大多爲編製令人誤解的財務報表,其目的在取得增發的薪資和紅利,或獲取認股權利益等。

【經常帳餘額】 ㄐㄧㄥ ㄔㄤˊ ㄓㄤˋ ㄩˊ ㄜˊ
(balance on current account) 國際收支帳中,經常帳與片面移轉帳之借、貸雙方的差額。

17**【經濟大恐慌】** ㄐㄧㄥ ㄐㄧˋ ㄉㄚˋ ㄎㄨㄥˇ ㄏㄨㄤ
(The Great Depression)自西元1929年秋'紐約'股票市場崩潰迄1939年第二次世界大戰爆發,整個西方世界陷於大量長期失業、生產能量閒置、國民所得產出銳減、物價水準下降的經濟蕭條之中,由於這次經濟恐慌規模很大,時間持續很長,故稱爲經濟大恐慌。

【經濟地理學】 ㄐㄧㄥ ㄐㄧˋ ㄉㄧˋ ㄌㄧˇ ㄒㄩㄝˊ
人文地理學的一個部門。爲研究經濟現象與地理環境(包括自然環境和人文環境)之相互關係的學問。包括農業地理、工業地理、商業地理、交通地理、都市地理等。

【經濟成長率】 ㄐㄧㄥ ㄐㄧˋ ㄔㄥˊ ㄓㄤˇ ㄌㄩˋ
(rate of economic growth) 即今年國民生產毛額的增量與去年國民生產毛額之相對比率。

23**【經驗式學習】** ㄐㄧㄥ ㄧㄢˋ ㄕˋ ㄒㄩㄝˊ ㄒㄧˊ
(experiential learning) 經由實際經驗而獲得知能的學習歷程。

「從做上學」爲該學習歷程常用的口頭語。

【經驗預估法】 ㄐㄧㄥ ㄧㄢˋ ㄩˋ ㄍㄨ ㄈㄚˇ
總體預測人力方法的一種。係由各單位主管人員就其單位業務的發展情況，預估該單位將來所需之人力，各單位主管預估人力數的總和，即爲該組織將來所需求的人力。

17【經濟批量模式】 ㄐㄧㄥ ㄐㄧˋ ㄆㄧ ㄌㄧㄤˋ ㄇㄛˊ ㄕˋ
(economic order quantity model; EOQ model) 訂購貨品保有存貨，通常包括貨物成本、訂購成本(ordering cost)、保有存貨成本 (carrying cost) 及缺貨成本，應用數學方法設立一公式，以求得能使上述成本總和達到最低之購買數量。此一公式稱爲經濟批量模式，而由該一公式所求得之每次購買量爲經濟批量。

【經濟發展階段】 ㄐㄧㄥ ㄐㄧˋ ㄈㄚ ㄓㄢˇ ㄐㄧㄝ ㄉㄨㄢˋ
(stage of economic development)'美國'經濟史學家'羅斯托'(W.W. Rostow)曾由歷史觀點，將一個社會的經濟發展過程劃分爲幾個階段，即傳統的社會、起飛前階段、起飛階段、成熟階段、大量消費階段。

【經濟循環周流】 ㄐㄧㄥ ㄐㄧˋ ㄒㄩㄣˊ ㄏㄨㄢˊ ㄓㄡ ㄌㄧㄡˊ
(economic circular flow) 經濟活動如同人體的血脈一般周流不息，將各經濟主體與各市場之間的供需關係，藉助圖形予以聯繫起來，即成爲一經濟循環周流。

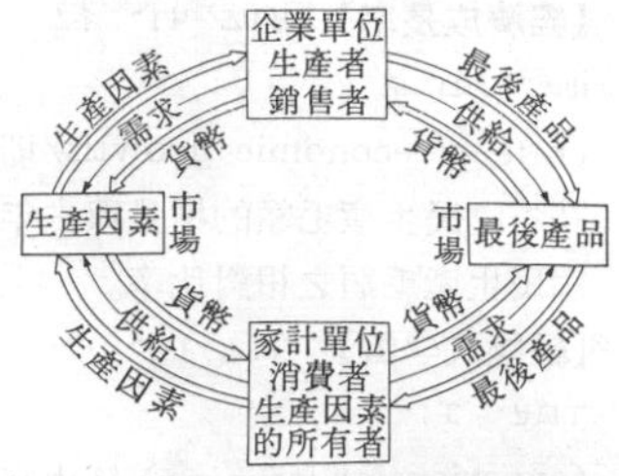

經濟循環周流圖

【經濟福利淨額】 ㄐㄧㄥ ㄐㄧˋ ㄈㄨˊ ㄌㄧˋ ㄐㄧㄥˋ ㄜˊ
(net economic welfare; NEW) 將傳統方法計算出來的國民生產毛額，加上休閒的增加、家庭主婦無酬家務工作的估計價值、技術品質的提高，再減去噪音、水、空氣汙染、生態破壞、都市生活的不便及道德墮落等設算價值後的值。經濟福利淨額比國民生產毛額更能充分反映國民生活素質的改變，是較國民生產毛額爲優的國民福利指標。

【經濟成長階段理論】 ㄐㄧㄥ ㄐㄧˋ ㄔㄥˊ ㄓㄤˇ ㄐㄧㄝ ㄉㄨㄢˋ ㄌㄧˇ ㄌㄨㄣˋ
(theory of economic growth stage) 國際貿易發生論之一。其論點爲：經濟發展階段低的國家，生產且出口簡單的工業品及初級產品；經濟發展程度高的國家，生產且出口資本密集財及耐久消費財。國際貿易之發生乃因經濟發展程度的不同而肇致。

綃 ㄒㄧㄠ *hsiao*^{1} 音消
1生絲。見"說文"。2用生絲織成的薄絹、薄紗。

綑 ㄎㄨㄣˇ *k'un*^{3} 音捆
1織。見"集韻"。2縛綁。同捆。見"正字通"。

11【綑紮】 ㄎㄨㄣˇ ㄓㄚ
用繩子捆綁。

絹 ㄐㄩㄢˋ *chüan*^{4} 音眷
1生絲織成的帛。如：'吳'絹。2手帕。如：手絹。

6【絹印】 ㄐㄩㄢˋ ㄧㄣˋ
孔版畫的一種。將圖樣繪製於絹類底版上，再利用填孔劑將不欲透色部分封閉，未填孔部分即可讓顏料通過，而將圖案印刷於紙類或其他材料上。亦有利用感光原理製版者，效率更佳。

綏 ㄙㄨㄟ *sui*^{1} 音睢　又讀 ㄙㄨㄟˊ *sui*^{2} 音隋
1古代上車時挽手所用的絲繩。如：執綏正立。2安撫。如：綏靖。

8【綏服】 ㄙㄨㄟ ㄈㄨˊ
安定順服。

13【綏靖】 ㄙㄨㄟ ㄐㄧㄥˋ
1安撫平定。2屈從暴力強權以求苟安。如：綏靖主義。

15【綏撫】 ㄙㄨㄟ ㄈㄨˇ
安撫。

14【綏遠省】 ㄙㄨㄟ ㄩㄢˇ ㄕㄥˇ
位於我國北部。簡稱'綏'。境內絕大部分爲平坦遼闊的高原，氣候乾燥，爲'蒙'胞畜牧區；'陰山山脈'及'黃河'橫貫中部，'黃河'河谷灌溉發達，即著名的'前套'、'後套'平原，是主要農業區，爲全省的精華地帶。富藏煤、鐵、池鹽等天然資源。省會'歸綏'。

13【綏靖政策】 ㄙㄨㄟ ㄐㄧㄥˋ ㄓㄥˋ ㄘㄜˋ
(appeasement policy) 也稱姑息政策。指姑息縱容侵略強權，對它妥協退讓，不惜犧牲他國的領土、主權，甚至本國人民的利益，以求苟安一時的政策。此一政策特指西元 1938 年'英國'首相'張伯倫'(Neville Chamberlain) 爲避免戰事爆發，犧牲'捷克'的利益，與'希特勒'簽訂"慕尼黑協定"，把'蘇臺區' (Sudetenland) 割讓給'德國'。

絼 ㄓㄣˇ *chên*^{3} 音枕
穿牛鼻以牽牛的繩索。也作紖。見"集韻"。

絺 ㄔ *ch'ih*^{1} 音鴟
細葛布。見"說文"。

綌 ㄒㄧˋ *hsi*^{4} 音細
粗葛布。見"說文"。

綁 ㄅㄤˇ *pang*^{3} 音榜
綑縛。見"正字通"。

9【綁架】 ㄅㄤˇ ㄐㄧㄚˋ
用暴力劫持人。

11【綁票】 ㄅㄤˇ ㄆㄧㄠˋ
擄人勒贖。

14【綁腿】 ㄅㄤˇ ㄊㄨㄟˇ

綁在小腿上的長布條。以前軍人或工人經常使用，以便於行動。

綎 ㄊㄧㄥ t'ing[1] 音聽
佩玉的絲綬。見"說文"。

綉 繡的俗體。

絻 ㊀ ㄨㄣˋ wên[4] 音問
喪服。也作免。見"廣韻"。
㊁ ㄇㄧㄢˇ mien[3] 音免
禮冠。通冕。

絛 ㄊㄠ t'ao[1] 音滔
絲編的繩帶。見"說文"。

18【絛蟲】 ㄊㄠ ㄔㄨㄥˊ
(tapeworm)爲扁形動物門、條蟲綱的動物。無消化器官，故必須寄生在脊椎動物的腸中，利用體表吸收寄主腸中的養分。身體分頭結(scolex)、頸和節片(proglottid)三部分。利用頭結吸著在寄主腸壁上，其他部分則懸在腸管中。頸部可行橫裂，以不斷產生節片。節片的數目隨種類而異，多者可達數千個，每一節片中，均有雌雄生殖器官；靠近頸部的節片，生殖器官尚未成熟；靠近後端的節片，只有一膨大且分枝的子宮，其他則行退化，故稱孕姙節片。孕姙

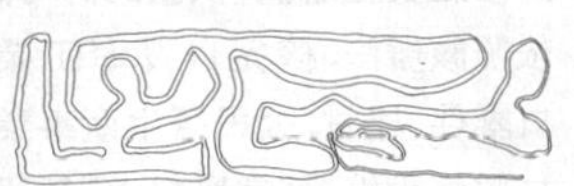

絛蟲圖

節片會自身體上脫落，隨寄主糞便排至外界，卵乃散布出來。若爲中間寄主食下，即在其體內發育爲幼蟲；也有的種類，其卵在水中孵爲幼蟲，再爲中間寄主食下，繼續在中間寄主體內發育。最後，在最終寄主腸內發育爲成蟲。

8

緊 ㄐㄧㄣˇ chin[3] 音僅
①嚴密；牢固。如：緊防。②急促；急迫。如：緊急。③困窘；不寬裕。如：手頭很緊。④重要。如：緊要。⑤收縮。如：緊縮。

12【緊湊】 ㄐㄧㄣˇ ㄘㄡˋ
密合無隙；連接緊密。

17【緊縮】 ㄐㄧㄣˇ ㄙㄨㄛ
①縮小；收縮。②節約。

10【緊配合】 ㄐㄧㄣˇ ㄆㄟˋ ㄏㄜˊ
(interference fit)又稱干涉配合。兩配合件之餘隙甚小或有緊度，而不能互相運動的配合。

【緊追權】 ㄐㄧㄣˇ ㄓㄨㄟ ㄑㄩㄢˊ
(right of hot pursuit)沿海國主管當局有充分理由認爲外國船舶違反該國法律和規章時，可對該外國船舶進行緊追。緊追權的行使須符合下列要件：一、此項追逐須在追逐國的內水、群島水域、領海或連接區內開始；二、追逐須未曾中斷並繼續進行；三、緊追權只可由軍艦、軍用飛機或其他有清楚標誌可以識別之爲政府服務並經授權緊追的船舶或飛機行使；四、當被追逐的船舶進入其本國或第三國之領海時，追逐須立即終止。

9【緊急處分】 ㄐㄧㄣˇ ㄐㄧˊ ㄔㄨˇ ㄈㄣˋ
總統在動員戡亂時期，爲避免國家或人民遭遇緊急危難，或應付財政經濟上重大變故，得經'行政院'會議之決議，爲緊急處分，不受"憲法"第三十九條或第四十三條所規定程序之限制。

【緊迫盯人】 ㄐㄧㄣˇ ㄆㄛˋ ㄉㄧㄥ ㄖㄣˊ
①籃球術語。指貼身防守，以防止對方傳球、投籃。②緊密地追求。

17【緊縮缺口】 ㄐㄧㄣˇ ㄙㄨㄛ ㄑㄩㄝ ㄎㄡˇ
(deflation gap)社會實際有效需求，低於能維持充分就業的有效需求，其差額稱緊縮缺口。

9【緊急命令權】 ㄐㄧㄣˇ ㄐㄧˊ ㄇㄧㄥˋ ㄌㄧㄥˋ ㄑㄩㄢˊ
國家遇有天然災害、癘疫或國家財政經濟上有重大變故，須爲急速處分時，總統於'立法院'休會期間，得經'行政院'會議之決議，依緊急命令法發布緊急命令，爲必要之處置，謂之緊急命令權。總統於發布命令後一個月內，應將緊急命令提交'立法院'追認，如'立法院'不同意時，該緊急命令立即失效。

【緊急避難行爲】 ㄐㄧㄣˇ ㄐㄧˊ ㄅㄧˋ ㄋㄢˋ ㄒㄧㄥˊ ㄨㄟˊ
因避免自己或他人生命、身體、自由、財產之緊急危難而出於不得已之行爲。爲一種阻卻違法事由。緊急避難行爲必須在客觀上係不得已，主觀上出於救助危難之意思，始足成立。所謂客觀上不得已，係指該避難行爲係保全自己或他人法益之唯一必要手段，此即補充原則。所謂避難行爲須出於主觀上救助危難之意思，乃指緊急避難行爲必須出於避難者主觀上爲救助自己或他人之生命、身體、自由或財產之意思而爲之者，始成立緊急避難。此項避難意思，屬於主觀的阻卻違法要素。此外，避難行爲尚須不過當，亦即所保全之法益與所破壞之法益須保持適當之權衡，此即法益權衡原則。

17【緊縮性貨幣政策】 ㄐㄧㄣˇ ㄙㄨㄛ ㄒㄧㄥˋ ㄏㄨㄛˋ ㄅㄧˋ ㄓㄥˋ ㄘㄜˋ
(tight monetary policy)使貨幣供給量減少、利率水準提高的貨幣政策。其方法有調高重貼現率、提高存款法定準備率，或進行賣出公債的公開市場操作。

綦 ㄑㄧˊ ch'i[2] 音奇
①青黑色。見"說文"。②青黑色的。如：綦弁。③鞋帶。④極甚；非常。如：責任綦重。⑤姓。'漢'有'綦儁'。見"萬姓統譜·五"。

13【綦詳】 ㄑㄧˊ ㄒㄧㄤˊ
極詳細。

20【綦嚴】 ㄑㄧˊ ㄧㄢˊ
極嚴格。

綜 ㄗㄨㄥˋ tsung[4] 音縱
①織布時使經線和緯線交

織的機器。見"說文"。2總括;聚集。如:綜理。3不舒平;起皺痕。

6【綜合】 ㄗㄨㄥˋ ㄏㄜˊ

1組合;總合。2將各種類別的事物或概念,依其共通的性質加以總合歸類。與分析相對。

9【綜括】 ㄗㄨㄥˋ ㄍㄨㄚ

總合概括。

24【綜攬】 ㄗㄨㄥˋ ㄌㄢˇ

治理一切。

25【綜觀】 ㄗㄨㄥˋ ㄍㄨㄢ

總合地觀察;從全體來看。

6【綜合主義】 ㄗㄨㄥˋ ㄏㄜˊ ㄓㄨˇ ㄧˋ

(Synthetism) 西元 1891 年由'歐瑞爾'(Aurier)所命名。指當時一批畫家的繪畫造形趨向簡潔化,色彩用法已脫離自然寫實的色彩,具有裝飾性又有象徵性。常有黑色的輪廓線,平塗的色彩,同時具有神祕或象徵的內涵。代表畫家有'高更'、'貝納' (Bernard)、'魯東' (Odilon Redon)、'德尼' (Denis) 與阿凡橋畫派 (Pont-Aven School)的畫家等。他們的畫風對後來的那比派影響很大。

【綜合存款】 ㄗㄨㄥˋ ㄏㄜˊ ㄘㄨㄣˊ ㄎㄨㄢˇ

綜合存款並非獨立的存款科目,而是將活期性存款(活期存款或活期儲蓄存款)、定期性存款(定期存款或存本取息、整存整付儲蓄存款)、放款等三種明細帳綜合納入一本存摺內,客戶憑一本存摺可隨時存取、儲蓄、借款,一本存摺具有三種功用。客戶可將日用資金存入本項存款的活期性存款戶,依活期性存款辦法隨時存取;如其餘額積存達新'臺'幣1萬元以上,得隨時依客戶意願以「萬元」爲單位轉存定期性存款,協助客戶聚積財富;客戶如因支取款項超過其活期性存款餘額,得在該戶所存定期性存款全部金額九成範圍內隨時透借款項。

【綜合報導】 ㄗㄨㄥˋ ㄏㄜˊ ㄅㄠˋ ㄉㄠˇ

(round-up) 新聞報導的一種處理方式。將有關的新聞事件歸納合併,作一有系統的報導,稱爲綜合報導。

【綜合薪資】 ㄗㄨㄥˋ ㄏㄜˊ ㄒㄧㄣ ㄗ

員工薪資以員工所任職務職責程度及員工個人所具資歷之高低爲基礎,凡職務之職責程度高者以高薪資爲基數,再按員工資歷增加薪資;職責程度低者以低薪資爲基數,再按員工資歷增加薪資;並得酌給生活薪資。

【綜合藝術】 ㄗㄨㄥˋ ㄏㄜˊ ㄧˋ ㄕㄨˋ

時間藝術訴諸聽覺,空間藝術訴諸視覺,綜合藝術爲兩者之結合。舞蹈、戲劇、電影皆屬之。

19【綜覈名實】 ㄗㄨㄥˋ ㄏㄜˊ ㄇㄧㄥˊ ㄕˊ

總合事物的名稱和實際,考核它是否相符。

1【綜乙申報書】 ㄗㄨㄥˋ ㄧˇ ㄕㄣ ㄅㄠˋ ㄕㄨ

(the declaration form B)我國綜合所得稅結算申報書之一。依"所得稅法"規定,凡個人綜合所得總額中,其薪資所得或自力耕作、漁、牧、林、礦所得占1/2以上者適用之。

5【綜甲申報書】 ㄗㄨㄥˋ ㄐㄧㄚˇ ㄕㄣ ㄅㄠˋ ㄕㄨ

(the declaration form A)我國綜合所得稅結算申報書之一。依"所得稅法"規定,凡個人綜合所得總額中其營利所得、執行業務所得、利息所得、財產租賃所得或其他所得占1/2以上者適用之。

6【綜合申報法】 ㄗㄨㄥˋ ㄏㄜˊ ㄕㄣ ㄅㄠˋ ㄈㄚˇ

(method of taxpayers declaration)係指綜合所得稅之課徵由納稅義務人自行向稽徵機關申報其各種所得,再由稽徵機關調查審核的一種制度。其優點爲考慮到個人的稅負能力與公平原則;缺點爲容易發生匿報、短報現象,不適用於知識水準較低的國家。

【綜合所得稅制】 ㄗㄨㄥˋ ㄏㄜˊ ㄙㄨㄛˇ ㄉㄜˊ ㄕㄨㄟˋ ㄓˋ

(universal or world income tax) 以個人爲單位,總計個人全年各種所得而課稅的制度。在此制度下,個人的一切所得,或爲勞力所得,或爲非勞力所得,皆包括在內,而且適用累進稅率。重課大額所得者,其目的是要實現量能課稅的精神。

【綜合號誌系統】 ㄗㄨㄥˋ ㄏㄜˊ ㄏㄠˋ ㄓˋ ㄒㄧˋ ㄊㄨㄥˇ

(coordinated signal system)連接數個號誌,以達成線或面之控制的系統。此系統可採用定時控制、交通觸動控制及電腦控制,使車輛在路口的停車次數、延滯減少,並提高道路的容量,但設計較困難。

【綜合輸入許可證】 ㄗㄨㄥˋ ㄏㄜˊ ㄕㄨ ㄖㄨˋ ㄒㄩˇ ㄎㄜˇ ㄓㄥˋ

(covering licence) 我國爲簡化進口廠商申請輸入手續,自'民國'六十年一月開始依照"綜合輸入許可證實施辦法"核發的許可證。依照該辦法,核定自製率工業進口零件、器材,公民營生產事業進口整廠設備、經常原料,公營貿易機構進口自營物資者,得於年度開始前預估全年所需進口零件、原料、器材或物資的名稱、數量、規格、金額,送'經濟部''工業局'核定後,轉由'貿易局'核發一年期的綜合輸入許可證。進口廠商可憑此證第三聯(正本),於簽證限期內隨時向指定進口簽證銀行,按實際需要分批申請核發「綜合分批輸入許可證」,而不必再經'貿易局'的審核。

【綜合分批輸入許可證】 ㄗㄨㄥˋ ㄏㄜˊ ㄈㄣ ㄆㄧ ㄕㄨ ㄖㄨˋ ㄒㄩˇ ㄎㄜˇ ㄓㄥˋ

(sub-covering licence) 爲我國

指定進口簽證銀行根據‘貿易局’核發的綜合輸入許可證而簽發的輸入許可證。

綻 ㄓㄢˋ chan⁴ 音戰
①衣縫開裂。也泛指裂開。如:皮開肉綻。②指花蕾開放。如:梅英初綻。③縫補。如:綻故衣。

8【綻放】 ㄓㄢˋ ㄈㄤˋ
開放。多指花開。

綰 ㄨㄢˇ wan³ 音晚
①繫結。如:綰髮。②控制。如:綰攝。

6【綰合】 ㄨㄢˇ ㄏㄜˊ
結合;聯繫。

17【綰轂】 ㄨㄢˇ ㄍㄨˇ
比喻控制要衝。轂居車輪中心,爲車輻所聚。

綧 ㄓㄨㄣˇ chun³ 音準
①紊亂。見“玉篇”。②布帛的寬度。見“正字通”。③丈量的標準。通準。見“字彙補”。

綷 ㄘㄨㄟˋ ts'ui⁴ 音翠
①五彩的繒。同辭。見“集韻”。②會合。如:綷詠。

17【綷縩】 ㄘㄨㄟˋ ㄘㄞˋ
衣服摩擦的聲音。

綣 ㄑㄩㄢˇ ch'üan³ 音犬
①彎曲。②屈服。

23【綣戀】 ㄑㄩㄢˇ ㄌㄧㄢˋ
纏綿留戀。

緂 ㄊㄢ t'an¹ 音坍
①衣色鮮麗的樣子。見“說文”。②搓麻;績麻。見“字彙補”。

緁 ㄑㄧㄝˋ ch'ieh⁴ 音妾
縫緝衣物的邊緣。見“說文”。

緀 ㄑㄧ ch'i¹ 音妻
文采交錯的樣子。見“說文”。

綪 ㄑㄧㄢˋ ch'ien⁴ 音倩
①赤色繒。見“說文”。②青赤色。

緎 ㄩˋ yü⁴ 音域
①羔裘的縫。引申爲衣縫。見“集韻”。②絲二十縷。見“埤雅”。

緉 ㄌㄧㄤˇ liang³ 音兩
①鞋一雙。見“說文”。②絞;繩兩股。見“說文”。

緒 ㄒㄩˋ hsü⁴ 音敘
或作緖。①絲線的頭。見“說文”。如:絲緒。②指事情的開端。如:緒言。③事業。如:先王之緒。④殘餘。如:緒餘。⑤情思。如:愁緒。⑥整理;編排。如:緒次。⑦姓。‘明’有‘緒東山’。見“萬姓統譜·七六”。

7【緒言】 ㄒㄩˋ ㄧㄢˊ
①發端的言論。指已發但還沒有完全說出的言論。②書前的引言。也稱緒論。

15【緒論】 ㄒㄩˋ ㄌㄨㄣˋ
①有條理、有系統的言論。②概述全書大意,或說明著作動機、經過和目的的文字。

【緒餘】 ㄒㄩˋ ㄩˊ
殘餘;剩餘。

7【緒利普利頓】 ㄒㄩˋ ㄌㄧˋ ㄆㄨˇ ㄌㄧˋ ㄉㄨㄣˋ
(Sully-Prudhomme, 1839～1907)‘法國’高蹈詩派領袖。原名‘雷諾·普利頓’(René-François-Armand Prudhomme)。初習科學,西元1860年後改習法律。1865年開始寫詩。高蹈派以反浪漫主義著稱,在詩中大量表現實證主義哲學觀念及科學發現。著有詩集“孤獨”(*Les Solitudes*)、“正義”(*La Justice*)和“幸福”(*Le Bonheur*)。1901年獲得首屆‘諾貝爾’文學獎。

綾 ㄌㄧㄥˊ ling² 音陵
有文彩而且薄的細緻絲織品。見“說文”。

緅 ㄗㄡ tsou¹ 音鄒
深青透紅的顏色。見“說文新附”。

綝 ㄔㄣ ch'ên¹ 音嗔
①禁止。見“說文”。②善;良。見“爾雅·釋詁”。

綺 ㄑㄧˇ ch'i³ 音啟
①有花紋的絲織品。見“說文”。②華麗;美妙。③姓。‘漢’有‘綺嵩’。見“萬姓統譜·七四”。

9【綺思】 ㄑㄧˇ ㄙ
美好的想像。

19【綺靡】 ㄑㄧˇ ㄇㄧˇ
華美靡麗。

【綺麗】 ㄑㄧˇ ㄌㄧˋ
美麗。

【綺羅】 ㄑㄧˇ ㄌㄨㄛˊ
①華貴絲織品的總稱。②指身著美服的人。引申爲權貴之士。

6【綺年玉貌】 ㄑㄧˇ ㄋㄧㄢˊ ㄩˋ ㄇㄠˋ
形容女子年輕美麗。

綴 ㄓㄨㄟˋ chui⁴ 音墜
①縫合。見“說文”。②連結。如:綴輯。③裝飾。如:點綴。

4【綴文】 ㄓㄨㄟˋ ㄨㄣˊ
連綴文字而成文章。指著書、寫作。

12【綴集】 ㄓㄨㄟˋ ㄐㄧˊ
連綴聚集。指著述。

16【綴輯】 ㄓㄨㄟˋ ㄐㄧˊ
連綴編纂。指著述。

5【綴白裘】 ㄓㄨㄟˋ ㄅㄞˊ ㄑㄧㄡˊ
‘清’‘錢沛思’輯。收集‘元’以來雜劇傳奇共四十種。

綫 線的或體。

綱 ㄜ o¹, ê¹ 音阿
細繒;細綢。見“廣韻”。

綠 ㄌㄩˋ lü⁴ 音律 讀音 ㄌㄨˋ lu⁴ 音碌
①青黃色。如:綠野。②指青黃色的東西。如:燈紅酒綠。③變成青黃色。如:春風又綠‘江’南岸。

4【綠化】 ㄌㄩˋ ㄏㄨㄚˋ
栽種草木,以美化自然環境。

5【綠卡】 ㄌㄩˋ ㄎㄚˇ
(green card) 指‘美國移民局’所發給的永久居留權狀。因這種證件原是綠色,故名,目前已改爲白色。持有者爲尚未成爲‘美國’公民的合法永久居留外僑,需在‘美’居留法定年限後,始有資格申請成爲'美國'公民。

6【綠地】ㄌㄩˋ ㄉㄧˋ

周遭遍植花草林木、景緻恬靜清幽者。環繞於大都會四周,或爲市鎭間之保護區、農業用地,或爲限制都市極度擴張之低建蔽率的使用區,俾現代高密度都市市民投身大自然,聊以紓解緊張之生活情緒。

8【綠油】ㄌㄩˋ ㄧㄡˊ

(green oil) 又稱蒽油(anthracene oil)。將煤溚蒸餾取其沸點介於270~360°C間產物而得。爲蒽及類似芳香烴類之來源,可作爲木材防腐劑或殺蟲劑。

【綠林】ㄌㄩˋ ㄌㄧㄣˊ

[1]綠色的山林。[2]指盜賊。因其多聚集山林,結夥搶劫,故名。

【綠肥】ㄌㄩˋ ㄈㄟˊ

將田地上新鮮植物耕入土中,直接作爲肥料之用者。綠肥可增加土壤有機物,對改良土壤的物理性質頗具效果。

9【綠洲】ㄌㄩˋ ㄓㄡ

(oasis) 也稱水草田。漠地中有水流灌,因而植物繁生,可長草地,有定居型聚落產生的地方。其水源或爲泉水,或爲河水,或爲高山雪水。例如我國'祁連山'北麓一連串的綠洲,主要端賴山上雪水的融化下流而產生。

10【綠茶】ㄌㄩˋ ㄔㄚˊ

茶葉加工的方法因品種、原產地的環境條件和市場消費者的需要等而有不同。於製造過程中不發酵的茶,如煎茶、龍井等,均稱爲綠茶。

【綠島】ㄌㄩˋ ㄉㄠˇ

舊稱'火燒島'。位於'臺灣島'東南方'太平洋'中。隸屬'臺灣省''臺東縣'。周圍是珊瑚礁。因氣候乾燥,從事農耕困難,居民以原始農業及漁撈維生。

11【綠帶】ㄌㄩˋ ㄉㄞˋ

(green belt)都市邊緣或都市內指定永久保存爲農地或林野之地帶。以防止都市之無限擴大或分離住宅區與工業區、住宅區與主要幹道,保障居住環境品質。

17【綠營】ㄌㄩˋ ㄧㄥˊ

指'清代'各省'漢族'兵眾。用綠旗,故稱。

20【綠黨】ㄌㄩˋ ㄉㄤˇ

(Green Party)'西德'的政黨。主張保護自然環境,反對公害及核子武器。成立於西元1980年代,1983年3月'西德'大選,獲國會議席27席。

5【綠皮書】ㄌㄩˋ ㄆㄧˊ ㄕㄨ

(green paper)'義大利'政府的公報。因封皮綠色,故名。

6【綠衣人】ㄌㄩˋ ㄧ ㄖㄣˊ

指郵差。

8【綠油油】ㄌㄩˋ ㄧㄡˊ ㄧㄡˊ

草木翠綠有光澤的樣子。

6【綠色和平】ㄌㄩˋ ㄙㄜˋ ㄏㄜˊ ㄆㄧㄥˊ

(Green Peace)'綠色和平基金會'的簡稱。爲西元1970年創立於'加拿大''溫哥華'的國際性和平組織。他們勸阻破壞森林、濫殺野生動物、汙染環境、捕鯨、核子試爆等行爲,以維護地球自然生態環境。

【綠色革命】ㄌㄩˋ ㄙㄜˋ ㄍㄜˊ ㄇㄧㄥˋ

由於生物遺傳學的進步,利用科技方法改良品種,使新品種的作物擁有高的抗病力、早熟、量多的優點,以更新資源的生產力,稱爲綠色革命。

8【綠林好漢】ㄌㄩˋ ㄌㄧㄣˊ ㄏㄠˇ ㄏㄢˋ

指聚集山林,反抗官府或搶劫財物的強盜。

11【綠條款信用狀】ㄌㄩˋ ㄊㄧㄠˊ ㄎㄨㄢˇ ㄒㄧㄣˋ ㄩㄥˋ ㄓㄨㄤˋ

(green clause credit)預支信用狀的一種。信用狀中有授權銀行得在受益人提示信用狀所規定單證之前,憑受益人所繕製的收據(或匯票),及以銀行名義將出口貨物存放倉庫的倉單先行墊付一部分信用狀款項的條款者,即稱其爲綠條款信用狀。與紅條款信用狀類似,只是後者不需提出倉單而已。

網 ㄨㄤˇ *wang*³ 音枉

本作网、罔。[1]由繩、線編結而成,用以捕魚鱉、捉鳥獸的用具。[2]搜尋;羅致。如:網羅。

5【網目】ㄨㄤˇ ㄇㄨˋ

[1]魚網的孔。[2]比喻法令。[3](mesh)⑴表示篩網孔隙大小的單位。定義爲每吋長篩網所含之孔數。⑵又稱迴路。由電路一組分支所合成的閉合路徑。若取走其中任一分支,則不能再成爲完整的閉合路徑。其所包圍的範圍內,不再含有任何電路元件。

10【網罟】ㄨㄤˇ ㄍㄨˇ

捕魚或鳥獸的網。

11【網球】ㄨㄤˇ ㄑㄧㄡˊ

球類運動之一。其球分內外層,外層爲羊毛或化學纖維毛,內層由橡膠質所製。在一特定大小的場地上,中間掛一面一定高度的球網,比賽者在網子兩邊,用一種特定的球拍將落地一次彈起或未落地的球來回拍擊。當一方無法還擊,或將球擊出場外時均算失分。比賽分單打、雙打、男女混合雙打及團體賽等多種。

13【網路】ㄨㄤˇ ㄌㄨˋ

(network) [1]電腦網路的簡稱。指將電腦等設備經由通信設備相連接,使能傳送訊息。[2]電子電路元件互相連接所構成的電路。

17【網點】ㄨㄤˇ ㄉㄧㄢˇ

用網屏將連續調原稿經照相分解爲不連續的點狀,但在視覺上仍有連續調的效果,此點狀物稱爲網點。

19【網羅】ㄨㄤˇ ㄌㄨㄛˊ

[1]捕魚和捕鳥獸的工具。[2]比喻法律。[3]搜尋;羅致。引申爲招致人才。

9【網室栽培】 ㄨㄤˇ ㄕˋ ㄗㄞ ㄆㄟˊ
在田園四周設立高架絲網以栽培作物,形如網室,故稱。常用以栽培蔬菜或花卉。

12【網開一面】 ㄨㄤˇ ㄎㄞ ㄧ ㄇㄧㄢˋ
比喻法令從寬,給人一條生路。

13【網路分析】 ㄨㄤˇ ㄌㄨˋ ㄈㄣ ㄒㄧ
(network analysis)經由結構、參數及驅動方式等求取網路特性的方法。

【網路合成】 ㄨㄤˇ ㄌㄨˋ ㄏㄜˊ ㄔㄥˊ
(network synthesis)根據所需要的網路規格,選擇適當的元件而加以組合。爲網路分析的相反工作。

15【網膜像差】 ㄨㄤˇ ㄇㄛˋ ㄒㄧㄤˋ ㄔㄚ
(retinal disparity)同一物體投射於左右兩眼之網膜所產生的影像差異度。

5【網目電流法】 ㄨㄤˇ ㄇㄨˋ ㄉㄧㄢˋ ㄌㄧㄡˊ ㄈㄚˇ
(mesh current method)網路分析法的一種。需先指定每一閉合迴路電流方向,進而決定每一電阻器壓降之極性,再沿每一迴路應用'克希荷夫'電壓定律列出迴路電流所組成的聯立方程式,最後解出所要求的電流或電壓。

8【網狀內皮組織】 ㄨㄤˇ ㄓㄨㄤˋ ㄋㄟˋ ㄆㄧˊ ㄗㄨˇ ㄓ
(reticuloendothelial tissue)由'德國'病理學家'阿斯索夫'(L. Aschoff)於西元1924年所命名。此種組織發現於脾臟、淋巴結、血竇、淋巴竇等內皮細胞組織,具有產生巨型吞噬細胞以保護身體,對抗入侵異物的作用。

【網狀促動系統】 ㄨㄤˇ ㄓㄨㄤˋ ㄘㄨˋ ㄉㄨㄥˋ ㄒㄧˋ ㄊㄨㄥˇ
(reticular activating system)位於腦幹,專司活動神經系統,以提供注意、警惕、覺醒與知覺聯結的組織。

綱 ㄍㄤ *kang*^{1} 音岡
[1]網上用以提網的大繩。[2]指事物的主要部分。如:綱領。[3]古代運輸大宗貨物的一種組織。[4]統理;治理。如:綱紀天下。[5](class)生物分類上的階層之一。在門之下常有若干綱,例如節肢動物門中包含蛛形綱、甲殼綱及昆蟲綱等。

5【綱目】 ㄍㄤ ㄇㄨˋ
大綱細目。引申指法令政事。也指書籍的章節。

9【綱要】 ㄍㄤ ㄧㄠˋ
綱領要旨;大綱要點。

【綱紀】 ㄍㄤ ㄐㄧˋ
[1]統治;照管。[2]綱領。[3]紀律;法度。

11【綱常】 ㄍㄤ ㄔㄤˊ
三綱、五常。爲人生所共遵的大道。

14【綱領】 ㄍㄤ ㄌㄧㄥˇ
大綱和要領。

22【綱鑑】 ㄍㄤ ㄐㄧㄢˋ
編年史的一種。'明'、'清'間學者採用'朱熹'"通鑑綱目"的體例所編輯的史書。

17【綱舉目張】 ㄍㄤ ㄐㄩˇ ㄇㄨˋ ㄓㄤ
大綱旣舉,則細目自張。比喻條理清晰。

緄 ㄍㄨㄣˇ *kun*^{3} 音滾
[1]用絲織成的帶子。見"說文"。[2]指繩子。見"字彙"。

緆 ㄒㄧˋ *hsi*^{4} 音隙
[1]細麻布。見"說文"。[2]衣緣;裳邊的裝飾。見"字彙"。

綽 ㄔㄨㄛˋ *ch'o*^{4}, *ch'uo*^{4} 音輟
[1]寬裕;舒緩。如:綽有餘裕。[2]眾多;盛美。[3]特出;不凡。如:綽異。[4]拿;抓。如:巡綽。

9【綽約】 ㄔㄨㄛˋ ㄩㄝ
輕盈柔美。

13【綽號】 ㄔㄨㄛˋ ㄏㄠˋ
依人的容貌、個性、動作、言語的特徵而取的稱號。

14【綽綽有餘】 ㄔㄨㄛˋ ㄔㄨㄛˋ ㄧㄡˇ ㄩˊ
非常寬裕,足以應付而有餘。

縄 繩的俗體。

綬 ㄕㄡˋ *shou*^{4} 音受
繫印環或帷幕的絲帶。

綪 ㄓㄥ *chêng*^{1} 音爭
[1]纏收繩索。見"說文"。[2]急弦所發出的聲音。見"說文"。

綵 ㄘㄞˇ *ts'ai*^{3} 音采
[1]多種色彩的絲織品。見"字彙"。[2]花紋;光色。

6【綵衣娛親】 ㄘㄞˇ ㄧ ㄩˊ ㄑㄧㄣ
傳說'春秋'時有'老萊子'事親極孝,年七十,時常穿著五彩的衣服,作些幼稚或頑皮的動作,模做幼兒的樣子,博取父母的歡心。見"藝文類聚·人部·孝"。後常用以作爲孝親的典故。

緇 ㄗ *tzŭ*^{1} 音姿
[1]黑色的絲織品。見"說文"。[2]泛指黑色。如:緇衣。

6【緇衣】 ㄗ ㄧ
[1]官吏黑色的朝服。也泛指黑衣。[2]僧尼所穿的黑色服裝。

緋 ㄈㄟ *fei*^{1} 音非
紅色。見"集韻"。

9【緋紅】 ㄈㄟ ㄏㄨㄥˊ
深紅色。

14【緋聞】 ㄈㄟ ㄨㄣˊ
男女間的戀愛或苟且的傳聞。

綳 繃的或體。

綢 ㄔㄡˊ *ch'ou*^{2} 音惆
[1]纏繞;綑縛。如:綢繆。[2]緊密;細密。通稠。[3]絲織品的通稱。通紬。如:綢緞。

17【綢繆】 ㄔㄡˊ ㄇㄡˊ
[1]緊密纏繞,使之牢固。[2]情意殷勤、纏綿。[3]深奧。[4]婦女衣飾的帶結。

緌 ㄖㄨㄟˊ *jui*^{2} 音蕤
[1]帽帶打結後下垂的部分。見"說文"。[2]蟬喙。

綯 ㄊㄠˊ *t'ao*^{2} 音陶
[1]搓繩。見"集韻"。[2]繩子。見"方言·九"。

綹 ㄌㄧㄡˇ liu^{3} 音柳

1布帛的橫線十縷。見"說文"。2絲縷編成的線。引申爲繫物的條帶。3量詞。髮一束爲一綹。如:一綹頭髮。

維 ㄨㄟˊ wei^{2} 音圍

1繫車蓋的大繩。見"說文"。2細長的東西。如:纖維。3條目;綱目。4繫;拴。如:維縶。5連結;保持。如:維持。6通惟。(1)思考;計度。(2)助詞。用於句首。

12**【維揚】** ㄨㄟˊ ㄧㄤˊ
1'揚州'的別稱。也作'惟揚'。2顯揚;發揚。

13**【維新】** ㄨㄟˊ ㄒㄧㄣ
指改革舊法,推行新政。

15**【維數】** ㄨㄟˊ ㄕㄨˋ
(dimension) 以解析幾何之眼光,欲表現空間內之點時,其所需坐標即變數的個數,稱爲維,或稱爲度。例如直線爲一維空間,平面爲二維空間,一般立體空間有三維,在特殊相對理論討論的空間有四維等皆是。

19**【維繫】** ㄨㄟˊ ㄒㄧˋ
維持連繫。

21**【維護】** ㄨㄟˊ ㄏㄨˋ
支持保護。

3**【維也納】** ㄨㄟˊ ㄧㄝˇ ㄋㄚˋ
(Vienna) '奧地利'首都及經濟、文化、鐵路、工業中心。位於東北部'多瑙河'南岸。為'歐洲'政治、交通、商業一大中心及歷史古城。建築壯麗,有「小巴黎」之稱。音樂、藝術氣息濃厚,號稱「音樂之都」。機器工業發達。人口163.1萬(2005年)。

5**【維生素】** ㄨㄟˊ ㄕㄥ ㄙㄨˋ
(vitamin) 又稱維他命。參維他命。

【維他命】 ㄨㄟˊ ㄊㄚ ㄇㄧㄥˋ
(vitamin)又稱維生素或活力素。指人體或某些高等動物須從外界攝食吸收,用以維持正常生理機能所不可缺少的有機化合物。包括幾大特色:一、爲維持動物正常發育不可或缺的物質。二、大多數不能在體內合成,須仰賴攝食。三、需要量極微,但不可缺少。已知維他命種類有A、D、E、K、C及B_1、B_2、B_6、B_{12} 等多種。A、D、E、K爲脂溶性,其他則屬水溶性。

7**【維吾爾】** ㄨㄟˊ ㄨˊ ㄦˇ
我國少數民族之一。歷史上所稱'回紇'的後裔。又作'畏午兒'、'畏吾兒'、'畏兀兒'、'威武爾'。因以白布纏頭,俗稱'纏回'。'民國'二十三年'新疆省'政府公布,改稱'纏回'為'維吾爾'。居住在'新疆省',人口約834.5萬(2000年)。營農耕生活,信奉伊斯蘭教。

10**【維納斯】** ㄨㄟˊ ㄋㄚˋ ㄙ
(Venus)'羅馬'神話中象徵愛與美的女神。即'希臘'神話中的'阿富洛戴蒂'(Aphrodite)。爲'奧林帕斯山'十二大神之一。傳說她誕生自海洋中的泡沫,或說爲'宙斯'與'戴奧妮'(Dione)所生。是西方神話中最膾炙人口的女神。

14**【維管束】** ㄨㄟˊ ㄍㄨㄢˇ ㄕㄨˋ
(vascular bundle) 植物輸導水分和養分的部位。包括木質部和韌皮部。韌皮部包括篩管、伴細胞和韌皮纖維,負責輸送養分。木質部包括導管、假導管和木質纖維,負責輸送水分。

15**【維摩詰】** ㄨㄟˊ ㄇㄛˊ ㄐㄧㄝˊ
簡稱'維摩',又作'維摩羅詰'、'毘摩羅詰'。舊譯爲'淨名',新譯爲'無垢稱'。爲'毘耶離城'的大居士,與'釋迦牟尼'同時。他曾向佛弟子'舍利弗'、'彌勒'、'文殊師利'等講說大乘教義。

【維德角】 ㄨㄟˊ ㄉㄜˊ ㄐㄧㄠˇ
(Cape Verde) 位於'塞內加爾'西方'大西洋'中的島國。係由一群火山島組成,西元1975年脫離'葡萄牙'獨立。面積0.4萬方公里,人口42萬(2005年),首都'培亞'(Praia)。主產糖、菸草、水果、咖啡、花生。

6**【維多利亞】** ㄨㄟˊ ㄉㄨㄛ ㄌㄧˋ ㄧㄚˋ
1(Alexandrina Victoria, 1819～1901)'英國'女王。在位時,外揚國威,內修文治,使'英國'領域遍及世界五大洲,成爲世界最大國。2(Victoria)'加拿大''英'屬'哥倫比亞省'的首邑。位於'溫哥華島'的南端。扼'喬治亞海峽',爲'加拿大''太平洋'岸的要港和工商貿易城市。

7**【維妙維肖】** ㄨㄟˊ ㄇㄧㄠˋ ㄨㄟˊ ㄒㄧㄠˋ
逼眞酷似。

10**【維根斯坦】** ㄨㄟˊ ㄍㄣ ㄙ ㄊㄢˇ
(Ludwig Wittgenstein, 1889～1951)影響當代哲學深遠的'奧國'哲學家。他雖非'維也納'學圈的一分子,但其早期之作"邏輯哲學語錄"(*Tractatus Logico-Philosophicus*)被該學圈人士奉爲經典,影響邏輯實證論之理論發展甚大。後來他任教'劍橋大學',改變過去思想,注重語言分析,此一哲學方法又對日後的'牛津'哲學產生決定性的影響。晚期之作"哲學考察"(*Philosophical Investigations*)於死後出版。

13**【維新政府】** ㄨㄟˊ ㄒㄧㄣ ㄓㄥˋ ㄈㄨˇ
七七事變後,'日本'爲有效控制'江蘇'、'浙江'、'安徽'等省占領區及經濟榨取,乃採以'華'制'華'手段,利用'梁鴻志'、'溫宗堯'及'陳錦濤'等過氣的失意軍人和政客,於'民國'二十七年三月在'南京'組織僞維新政府。由於他們聲名狼藉,利用價值不大,對'重慶'國民政府並未造成影響。不久,'日'人即引誘'汪兆銘'供其驅使,僞政府由是結束。

3**【維也納會議】** ㄨㄟˊ ㄧㄝˇ ㄋㄚˋ ㄏㄨㄟˋ ㄧˋ
(Congress of Vienna)西元1814年'拿破崙'戰敗後,'歐洲'諸國代表群集'維也納',商討'歐洲'各國之政治改革與領導分配諸問題所舉行的會議。實際上乃由'英'、'俄'、'普'、'奧'、'法'等列強控制，最後於1815年商得兩項原則：正統主義，即將'拿破崙'占領過的國土悉歸原主；遇此原則不能適用時，則採用賠償原則，即一國若於某處失地，則於他處取地賠償。

【維也納學圈】 ㄨㄟˊ ㄧㄝˇ ㄋㄚˋ ㄒㄩㄝˊ ㄑㄩㄢ

(Vienna Circle)邏輯實證論的早期稱呼。爲'施立克' (Moritz Schlick)於西元1924年所創。他召集一些自然科學家和社會科學家定期在'維也納'聚會，討論彼等所關心的哲學問題。這些士人厭惡傳統的形上學，希望將哲學重建成像科學的理論一樣可以檢驗的學科。於是極力發展「意義判準」，試圖將形上學的語句判定爲沒有認知意義的說辭。'卡納普' (Rudolf Carnap)即爲此一運動之健將。

14【維管束植物】 ㄨㄟˊ ㄍㄨㄢˇ ㄕㄨˋ ㄓˊ ㄨˋ

(vascular plant) 包括蕨類和種子植物。這類植物在根、莖及葉中都具有維管束，用以輸導養分並支持植物體，因此可以長得較高大。蕨類是維管束植物中較低等的一類，不結種子，須生活在陰溼處。種子植物則結種子，因爲受精時不需藉水分爲媒介，所以能適應乾燥的陸地生活。

3【維也納幻想派】 ㄨㄟˊ ㄧㄝˇ ㄋㄚˋ ㄏㄨㄢˋ ㄒㄧㄤˇ ㄆㄞˋ

(Wien Phantasmic School) 二次世界大戰後，畢業於'維也納藝術學院'的一群畫家，繼承超現實主義的精神，很細膩的描繪出夢、幻想或神話的世界，因此被稱爲'維也納'幻想派。代表畫家有'浩斯納' (Hausner)、'弗克斯' (Ernst Fuchs)、'布勞爾'(Erich Brauer)、'列姆登'(Anton Lehmden)等。

9【維持生存工資理論】 ㄨㄟˊ ㄔˊ ㄕㄥ ㄘㄨㄣˊ ㄍㄨㄥ ㄗ ㄌㄧˇ ㄌㄨㄣˋ

(subsistence theory of wage) 又稱工資鐵(或銅)律(iron or brazen law of wages)。古典學派的經濟學者認爲，人口數量將隨工資(或生活)水準而調整，最後人們的工資水準最高只能維持在生存水準之上而已，是爲維持生存工資理論。

綿 ㄇㄧㄢˊ *mien*^{2} 音棉

同緜。[1]絲絮；棉絮。[2]連續。如：綿延。[3]圍繞；纏繞。如：纏綿。[4]薄弱。如：綿薄。[5]遙遠。如：綿邈。

6【綿羊】 ㄇㄧㄢˊ ㄧㄤˊ

(sheep)屬於哺乳綱、偶蹄目(order Artiodactyla)、牛科 (family Bovidae)。共有兩種：野綿羊(*Ovis ammon*)及大角綿羊(*Ovis canadensis*)。人類自野綿羊飼育出許多不同的品種，這些飼養的綿羊，主要在取其毛、乳汁、肉等，在體形、毛的質與量、顏色、產乳量及其他特徵皆與野綿羊有異。爲反芻動物，原產於北半球。

【綿亙】 ㄇㄧㄢˊ ㄍㄣˋ

連綿不斷。

8【綿延】 ㄇㄧㄢˊ ㄧㄢˊ

連續不斷。

10【綿拳】 ㄇㄧㄢˊ ㄑㄩㄢˊ

拳術名。流行於北方。練時柔軟如綿，故名。

11【綿密】 ㄇㄧㄢˊ ㄇㄧˋ

周到細密。

14【綿綿】 ㄇㄧㄢˊ ㄇㄧㄢˊ

[1]連接不斷的樣子。[2]安靜的樣子。[3]細微；微弱。

17【綿薄】 ㄇㄧㄢˊ ㄅㄛˊ

比喻薄弱。

18【綿邈】 ㄇㄧㄢˊ ㄇㄧㄠˇ

長遠；悠遠。

12【綿裡針】 ㄇㄧㄢˊ ㄌㄧˇ ㄓㄣ

[1]比喻外表柔和而內心尖刻。[2]比喻小心、珍惜。[3]比喻忍耐。

綼 ㄅㄧˋ *pi*^{4} 音敝

下裳的邊緣。見"新方言·釋器"。

綖 ㈠ ㄧㄢˊ *yen*^{2} 音延

[1]垂在冠冕前後的飾物。見"玉篇"。[2]遷延。通延。

㈡ ㄒㄧㄢˋ *hsien*^{4} 音線

線縷。通線、綫。見"集韻"。

緍 ㄇㄧㄣˊ *min*^{2} 音民

或作緡。[1]釣魚繩。見"說文"。[2]舊時貫錢的繩。同鍲。[3]披；加上。

綟 ㄌㄧˋ *li*^{4} 音麗

[1]黧黑而帶黃綠的顏色。見"說文"。[2]絲線。見"字彙"。

綸 ㈠ ㄌㄨㄣˊ *lun*^{2} 音倫

[1]青色的絲帶。見"說文"。[2]釣竿上繫鉤的釣線。如：垂綸。[3]姓。三國'魏'有'綸直'。見"萬姓統譜·一九"。

㈡ ㄍㄨㄢ *kuan*^{1} 音官

參綸巾。

3【綸巾】 ㄍㄨㄢ ㄐㄧㄣ

古時用青絲帶編成的頭巾。相傳爲三國時'諸葛亮'所創，又叫'諸葛'巾。

9【綸音】 ㄌㄨㄣˊ ㄧㄣ

皇帝的詔書。

総 總的或體。

綮 ㈠ ㄑㄧˇ *ch'i*^{3} 音啟

[1]細密精緻的絲織品。見"說文"。[2]傳信的符證。通棨。見"說文"。[3]兵器的套子。見"玉篇"。

㈡ ㄑㄧㄥˋ *ch'ing*^{4} 音慶

筋骨的結合處。通肯。見"集韻"。

9

緳 ㄒㄧㄝˊ *hsieh*^{2} 音協

帶子。多用以指鞋帶、腰帶。見"集韻"。

締 ㄉㄧˋ *ti*^{4} 音弟

[1]結合；訂立。如：締交。[2]約束；限制。如：取締。

6【締交】 ㄉㄧˋ ㄐㄧㄠ
結爲同盟；交爲朋友。
9【締姻】 ㄉㄧˋ ㄧㄣ
締結婚姻；結爲姻親。
【締約】 ㄉㄧˋ ㄩㄝ
訂立盟約、條約。
11【締造】 ㄉㄧˋ ㄗㄠˋ
1編造；構成。2創建。
12【締結】 ㄉㄧˋ ㄐㄧㄝˊ
1糾結、纏結在一起。2結合；訂立。
【締結條約】 ㄉㄧˋ ㄐㄧㄝˊ ㄊㄧㄠˊ ㄩㄝ
"憲法"第三十八條規定：「總統依本"憲法"之規定，行使締結條約……之權。」締結條約爲外交之主要工作，總統行使締結條約須經'行政院'會議通過及'立法院'議決。

緷 ㊀ ㄩㄣˋ yün⁴ 音運
織物的橫線。即緯線。見"說文"。
㊁ ㄍㄨㄣˇ kun³ 音滾
1百羽。見"爾雅·釋器"。2禮服的一種。通袞。見"字彙補"。

緪 ㊀ ㄍㄥ kêng¹ 音庚
或作絚、緪。1粗大的繩索。見"說文"。2急；緊。見"字彙"。
㊁ ㄍㄥˋ kêng⁴ 音亙
終；竟。見"方言·六"。

緧 ㄑㄧㄡ ch'iu¹ 音秋
1駕車時套在牛馬股後的革帶。見"說文"。2收緊。如：緧縮。

縷 縷的俗體。

総 總的俗體。

緥 ㄅㄤˇ pang³ 音榜
麻鞋。見"說文"。

練 ㄌㄧㄢˋ lien⁴ 音鍊
1把生絲煮熟，使柔軟潔白。2柔軟潔白的熟絹。3操演；反覆學習。4熟悉。5選擇。通揀。6鍛鍊。通鍊。7祭名。古代父母死後一周年的祭典。即小祥之祭。8姓。'唐'有'練何'。見"萬姓統譜·一〇二"。
13【練達】 ㄌㄧㄢˋ ㄉㄚˊ
指閱歷廣博而通達人情世故。
11【練習律】 ㄌㄧㄢˋ ㄒㄧˊ ㄌㄩˋ
(law of exercise)'美國'心理學家'桑代克'(E. L. Thorndike)的學習三定律之一。個體對某一刺激產生反應時，練習的次數與行爲反應的成效成正比。

緡 緍的或體。

緯 ㄨㄟˇ wei³ 音偉
1織物的橫線。與經相對。見"說文"。2泛稱橫線或橫路。見"字彙"。3地理學上假定與赤道平行的分度線。與經線相對。4樂器的弦索。5行星的古稱。與經星相對。水、火、金、木、土五星，又稱五緯。6專談符籙瑞應的書籍。與經書相對。如：緯書。7編織。如：緯帽。8治理。如：緯世。
9【緯度】 ㄨㄟˇ ㄉㄨˋ
(latitude) 一地的緯度是該地與赤道間經線的角距離，故緯度係沿經線度量。赤道的緯度是0°，由此向北爲北緯，向南爲南緯，各有90°，共計180°。
10【緯書】 ㄨㄟˇ ㄕㄨ
指'漢'人牽合儒家經義，以預言治亂興廢的書。今可知者有三十四種。
15【緯線】 ㄨㄟˇ ㄒㄧㄢˋ
(parallels)與赤道平行的小圓圈線。緯線均代表眞正的東西線，且互爲平行，而與經線垂直相交。兩條緯線間的距離各地相等。

緸 ㄧㄣ yin¹ 音因
參緸冤。
10【緸冤】 ㄧㄣ ㄩㄢ
搖動的樣子。

縃 ㄒㄩ hsü¹ 音胥
參縃縻。
17【縃縻】 ㄒㄩ ㄇㄧˊ
拘縛。也作胥靡。

緤 紲的或體。

緙 ㄎㄜˋ k'o⁴, k'ê⁴ 音刻
織物的緯線。見"玉篇"。
12【緙絲】 ㄎㄜˋ ㄙ
我國傳統的絲織工藝品之一。也作刻絲。盛行於'宋代'，主要產地是'蘇州'。在織造這類作品時，各色緯線僅依紋飾所需與經線交織，因此緯線不貫穿全幅，經線則縱貫織品。所以古人稱緙絲是「通經斷緯」。其成品的紋飾，正反兩面相同。緙絲除織成布匹外，'明'、'清'以來常仿繪畫形式，織出山水、人物、花鳥等，裝裱成掛軸、冊頁或手卷。

緗 ㄒㄧㄤ hsiang¹ 音襄
1淺黃色的絲織品。見"說文新附"。2淺黃色。見"字彙"。3指書冊、書畫。如：緗圖。

緻 ㄓˋ chih⁴ 音稚
1質地細密的絲織品。見"廣雅·釋器"。2精密；細密。見"字彙"。

緘 ㄐㄧㄢ chien¹ 音監
1捆束箱篋的繩索。2封閉；束縛。如：緘封。3信札；信封。
16【緘默】 ㄐㄧㄢ ㄇㄛˋ
閉口不言。
3【緘口結舌】 ㄐㄧㄢ ㄎㄡˇ ㄐㄧㄝˊ ㄕㄜˊ
閉口不說話。

緰 ㊀ ㄒㄩ hsü¹ 音須
絆住野獸的前兩腳。
㊁ ㄒㄧㄝˊ hsieh² 音斜
'蜀'錦名。見"字彙"。

緬 ㄇㄧㄢˇ mien³ 音免
1細絲。見"說文"。2遙遠；悠長。如：緬懷。3雜亂。如：緬緬紛紛。
7【緬甸】 ㄇㄧㄢˇ ㄉㄧㄢˋ
(Myanmar)'中南半島'面積最大國。位於半島西北部。西元1948年獨立。面積67.6萬方公里，人口4,291萬（2005年），首都'仰光'。西有'阿拉干山'(Arakan Yoma)；東有'撣部高原'(Shan Plateau)，盛產柚木；中部'伊洛瓦底江'(Irrawaddy R.)谷地為農業及交通中樞，下游三角洲盛產水稻，經由'仰光'輸出。'仁安羌'(Yenangyaung)產石油及天然氣。'緬'北的紅寶石(ruby)世界著名。佛教寺塔隨處可見。

19【緬懷】 ㄇㄧㄢˇ ㄏㄨㄞˊ
追想；遙念。

緛 ㊀ ㄖㄨㄢˇ *juan*^{3} 音軟
①衣縫。見"廣韻"。②收縮。見"正字通"。
㊁ ㄖㄨㄢˋ *juan*^{4} 音瑌
織。見"集韻"。

緣 ㊀ ㄩㄢˋ *yüan*^{4} 音院
①衣服的飾邊。見"說文"。②器物的邊緣。③加飾。如：緣飾。
㊁ ㄩㄢˊ *yüan*^{2} 音圓
①㊀①、②的語音。②順著；沿著。如：緣海。③承襲；遵循。如：緣例。④攀援。如：緣木求魚。⑤原因；理由。如：緣故。⑥因爲。如：花徑不曾緣客掃。⑦人與人間情投意合的情分。如：緣分。⑧佛家語。梵語pratyaya，意譯爲人的心意識，能隨著各種情境而膠著不捨，所以有攀著性。它是完成事物的不同關係、條件，對事物生起或壞滅有輔助的功能。

4【緣分】 ㄩㄢˊ ㄈㄣˋ
命中註定的機緣。多指人與人或人與物之間發生某種聯繫的可能性。

5【緣由】 ㄩㄢˊ ㄧㄡˊ
原因；來由。

【緣生】 ㄩㄢˊ ㄕㄥ
佛家語。指一切物質、精神活動的現象都由眾緣而生。義近緣起。緣起，是就其因而言；緣生，乃就其果而言。

9【緣故】 ㄩㄢˊ ㄍㄨˋ
原因；理由。

10【緣海】 ㄩㄢˊ ㄏㄞˇ
(epicontinental sea; marginal sea)海的類別之一。在大洋邊緣，前臨大洋，後連大陸；雖和大洋相接，卻又自成範圍的海。通常都在大陸棚上。我國的'黃海'、'東海'、'南海'，'歐洲'的'北海'等均屬之。

【緣起】 ㄩㄢˊ ㄑㄧˇ
①佛家語。指世間一切有形無形事物的變化、生滅、成敗，都待緣而起。②事物的起因。

17【緣礁】 ㄩㄢˊ ㄐㄧㄠ
也稱裙礁。指沿島嶼或陸塊的岩石海岸生長的珊瑚礁。

20【緣覺】 ㄩㄢˊ ㄐㄩㄝˊ
佛家語。指獨自悟道之修行者。舊名辟支佛，新譯作獨覺。緣，在佛世指十二因緣；在無佛之世，則指落葉、飛花等能觸動眞心而覺悟眞理的外緣。

4【緣木求魚】 ㄩㄢˊ ㄇㄨˋ ㄑㄧㄡˊ ㄩˊ
攀爬到樹上去找魚。比喻徒勞無功，絕不可得。

14【緣慳一面】 ㄩㄢˊ ㄑㄧㄢ ㄧ ㄇㄧㄢˋ
知有其人或素所仰慕，卻沒有機會見面。

緹 ㄊㄧˊ *t'i*^{2} 音題
①赤黃色的絲帛。見"說文"。②赤黃色。如：緹帷。

16【緹縈】 ㄊㄧˊ ㄧㄥˊ
'漢''太倉'令'淳于意'最小的女兒。'文帝'四年(前176)，'意'有罪當刑。時肉刑尚在，'縈'隨父入'長安'，上書痛陳肉刑的痛苦，並請求入身爲官婢，以贖父罪。'文帝'憐其心意，感其孝心，乃下詔廢除肉刑，'意'亦得免。

18【緹騎】 ㄊㄧˊ ㄐㄧˋ
古時逮捕犯人之官差。'漢武帝'時執金吾下有緹騎二百人。因著赤黃色制服，乘馬，故名。

緲 ㄇㄧㄠˇ *miao*^{3} 音眇
細微。引申有茫然高遠的意思。如：浩緲。

3【緲子】 ㄇㄧㄠˇ ㄗˇ
(muon)爲派介子衰變的產物。最早從宇宙線中發現(1938年)。有帶正電及負電兩種，其質量爲105.7MeV，自旋爲1/2。它是不穩定的粒子以生命期 2.2×10^{-6} 秒作衰變：$\mu^{\pm}\rightarrow e^{\pm}+\bar{\nu}+\nu$（$\nu$爲微中子）。

緝 ㊀ ㄑㄧˋ *ch'i*^{4} 音氣
①把麻析成縷，再搓接成線。見"說文"。②縫衣邊。③整理。如：緝理。④連續。⑤搜捕。如：緝私。⑥和睦。通輯。如：緝寧。
㊁ ㄑㄧ *ch'i*^{1} 音七
縫紉法的一種。用密針縫合，線跡短小而密接。

7【緝私】 ㄑㄧˋ ㄙ
搜捕走私。

10【緝捕】 ㄑㄧˋ ㄅㄨˇ
①搜捕。②指搜捕盜賊的官役。

緦 ㄙ *szŭ*^{1}, *ssŭ*^{1} 音思
細麻布。古代製喪服用。

緺 ㄍㄨㄚ *kua*^{1} 音瓜
紫青色的綬帶。見"說文"。

緩 ㄏㄨㄢˇ *huan*^{3} 音浣
①慢；舒遲。如：緩步。②延遲。如：延緩。③寬鬆。如：衣帶日緩。④下垂。如：緩耳。

6【緩刑】 ㄏㄨㄢˇ ㄒㄧㄥˊ
即受刑之宣告後，依據特定情形，在一定的期間內，暫緩執行，待緩刑期滿，而緩刑之宣告未經撤銷，刑罰權即歸消滅的制度。目的在補短期自由刑的弊害，使初犯及犯情輕微者有改過自新的機會。爲近代各國所使用。

9【緩急】 ㄏㄨㄢˇ ㄐㄧˊ
緩和與急迫。

12【緩發】 ㄏㄨㄢˇ ㄈㄚ
(hold for release)報刊編輯部用語。註明於稿件上端。指稿件撰寫完成後，何時發交排檢，有待進一步指示。

15【緩衝】 ㄏㄨㄢˇ ㄔㄨㄥ
緩和衝突；緩和緊張情勢。

16【緩頰】 ㄏㄨㄢˇ ㄐㄧㄚˊ
婉言勸解或替人求情。

15【緩衝液】 ㄏㄨㄢˇ ㄔㄨㄥ ㄧㄝˋ
(buffer solution)由弱酸及其鹽類,或弱鹼及其鹽類所形成的混合溶液。其酸鹼度不會因加入少量的酸或鹼(即使是強酸、強鹼)而發生很大的變化,故名緩衝液。例如0.1M醋酸和0.1M醋酸鈉的混合溶液,便是一種緩衝液。

【緩衝區】 ㄏㄨㄢˇ ㄔㄨㄥ ㄑㄩ
(buffer zone)1為保護某土地使用或區別不同土地使用類別而設立的空間帶。如工業區與鄰近住宅區間的隔離空間、噪音或煙塵的遮斷區。2電腦整合製造中,機械人自生產線或機械上將物品搬放到一區暫存放置,等待搬運車將物品運送至其他區域,此暫存位置即緩衝區。

【緩衝器】 ㄏㄨㄢˇ ㄔㄨㄥ ㄑㄧˋ
(buffer)電腦系統用來暫時存放輸入或輸出資料的電腦記憶儲存體裝置。使用緩衝器可以彌補輸入或輸出設備與處理單元之間因處理速度不同所產生的不良影響。

4【緩不濟急】 ㄏㄨㄢˇ ㄅㄨˋ ㄐㄧˋ ㄐㄧˊ
緩慢的方法無助於緊急的需要。

7【緩步當車】 ㄏㄨㄢˇ ㄅㄨˋ ㄉㄤ ㄔㄜ
慢步而行,當作坐車。意謂恬澹知足。也作緩步代車、安步當車。

【緩兵之計】 ㄏㄨㄢˇ ㄅㄧㄥ ㄓ ㄐㄧˋ
原為設法拖延敵人進攻。今多用指藉故延宕。

15【緩衝時間】 ㄏㄨㄢˇ ㄔㄨㄥ ㄕˊ ㄐㄧㄢ
(slack time)又稱容許延誤時間或容許晚開工時間。通常進行一項工程必須先估計完成工程中每項活動的時間及活動的先後次序關係,再利用要徑法或計畫評核術法,找出那些活動所構成的一連串活動是在要徑上。如不在要徑上的活動則可延遲開工(可延誤多少需應用上述二法計算),而不致延誤整個工程的完工日期,此一可延遲開工的時間即稱緩衝時間。

【緩衝暫存器】 ㄏㄨㄢˇ ㄔㄨㄥ ㄓㄢˋ ㄘㄨㄣˊ ㄑㄧˋ
(buffer register)介於*CPU*與記憶器、*I/O*等之間,為了配合規定的動作時間來傳送資料,將資料暫時儲存起來的電路。

緵 ㄗㄨㄥ *tsung*¹ 音宗
1粗布的一種。古時布寬二尺二寸,八十縷織成的,稱為一緵。也作稯。2魚網。見"字彙"。

緇 緇的本字。

緟 一 ㄔㄨㄥˊ *ch'ung*² 音蟲
1增益。見"說文"。2複疊。同重。見"玉篇"。
二 ㄓㄨㄥˋ *chung*⁴ 音仲
織絹的細絲縷。同褈。見"集韻"。

縋 ㄉㄨㄛˇ *to*³, *tuo*³ 音朵
參縋子。

3【縋子】 ㄉㄨㄛˇ ·ㄗ
綾名。

緫 一 ㄘㄨㄥ *ts'ung*¹ 音怱
青色的絹。同繱、䆫。見"集韻"。
二 ㄗㄨㄥˇ *tsung*³ 音總
總的俗體。

緞 ㄉㄨㄢˋ *tuan*⁴ 音斷
1鞋跟上部邊緣所貼附的革片、絲帶之屬。同鍛。見"說文"。2光滑而厚密的絲織品。

線 ㄒㄧㄢˋ *hsien*⁴ 音限
1兩股或兩股以上的單紗或絲所拈成的細縷。2途徑。如:航線。3界限;邊緣。如:海岸線。4事情的端倪或門路。如:線索。5比喻極細微窄狹。如:一線生機。6指面之界或點移動而積成的軌跡。

3【線上】 ㄒㄧㄢˋ ㄕㄤˋ
(online)1電腦系統之設備或裝置在中央處理單元控制下進行運作的狀態。2使用者可經由終端機設備直接使用電腦的狀態。

5【線民】 ㄒㄧㄢˋ ㄇㄧㄣˊ
向情報機關或治安機關提供破案線索的人。也稱線人。

10【線索】 ㄒㄧㄢˋ ㄙㄨㄛˇ
1事態的頭緒、門路。2消息;情報。3思路;脈絡。

11【線圈】 ㄒㄧㄢˋ ㄑㄩㄢ
(coil)將導線繞在一圓柱形鐵芯上所形成的元件。可阻止交流電但不妨礙直流電的流通。

【線條】 ㄒㄧㄢˋ ㄊㄧㄠˊ
1人體或工藝作品輪廓的曲線。2泛指用筆畫出的線。3(molding)也稱線腳。利用條狀木材切割成特殊形狀,作為山牆、屋簷、窗緣、天花邊緣等處的條帶狀收邊裝飾。亦有用水泥砂漿製作而成者。

13【線路】 ㄒㄧㄢˋ ㄌㄨˋ
1狹小如線的道路。2指電機、電器、電話等供電流通過的路線。

【線裝】 ㄒㄧㄢˋ ㄓㄨㄤ
又名'中'式裝訂。書葉印刷以後,摺疊整齊,就書口魚尾或中縫上下對準,然後在右邊空白處打孔,以紙捻固定,再加封面封底,用刀切齊,然後穿線成冊。穿線方法有四眼、六眼、八眼等多種。

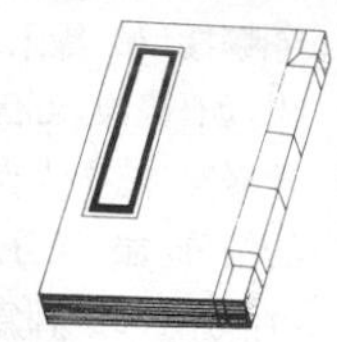
線裝圖

18【線蟲】 ㄒㄧㄢˋ ㄔㄨㄥˊ
(nematode)為線形動物門之動物。體細長、直徑圓、形似線。種類多,分布廣,在水中、泥土中,或寄生於其他動植物體內。通常寄生於動物體內的線蟲,體型較大;寄生於植物體內和自由生活的線

線蟲圖

蟲，個體都很小，要用顯微鏡才能觀察到。線蟲為雌雄異體，在外觀上可以尾部形態加以區別，雌者體末端筆直，雄者因種類而末端彎曲或有交配盤。

13【線裝書】 ㄒㄧㄢˋ ㄓㄨㄤ ㄕㄨ

1指用木版刻印，用絲線或棉線裝訂成冊的書。2我國古書的通稱。

3【線上系統】 ㄒㄧㄢˋ ㄕㄤˋ ㄒㄧˋ ㄊㄨㄥˇ

(online system) 電腦系統中輸入資料直接由與主機相連的終端設備輸入，經過處理後，將輸出結果直接傳送到所指定地點的系統。

【線上處理】 ㄒㄧㄢˋ ㄕㄤˋ ㄔㄨˇ ㄌㄧˇ

(online processing)指外部設備或裝置直接與電腦系統主機相連，並在中央處理單元的控制下進行處理作業。

8【線性元件】 ㄒㄧㄢˋ ㄒㄧㄥˋ ㄩㄢˊ ㄐㄧㄢˋ

(linear device)指電子元件之輸入與輸出信號間，具有線性的轉換關係者。

【線性失真】 ㄒㄧㄢˋ ㄒㄧㄥˋ ㄕ ㄓㄣ

(linear distortion) 因輸入與輸出信號的振幅轉換關係不為理想之直線變化，而導致放大倍數器的增益，隨著輸入信號振幅大小而變動不定，稱為線性失真。

【線性函數】 ㄒㄧㄢˋ ㄒㄧㄥˋ ㄏㄢˊ ㄕㄨˋ

(linear function)齊次一次函數，即呈 $f(x_1, x_2, \cdots\cdots x_n)=a_1x_1+a_2x_2+\cdots\cdots+a_nx_n$ 之形者。此種函數有加性：$f(x)+f(x')=f(x+x')$，且有齊性：$f(\alpha x)=\alpha f(x)$。凡定義於向量空間之間，而且有線性(如上二者)的映射，稱為線性映射。

【線性規劃】 ㄒㄧㄢˋ ㄒㄧㄥˋ ㄍㄨㄟ ㄏㄨㄚˋ

(linear programming) 指限制變數的不等式和目標函數都是線性時的數學規劃。它有一種迅速有效的標準解法，叫做單純形法。實際的線性規劃，變數有幾十個，不等式有幾百個，故使用現成的電腦軟體來執行單純形法。一般中學數學教科書中，將不等式的解畫在坐標平面上，徒手算出邊界上的頂點，代入目標函數求出極值，和實際情形有很大的出入。

【線性組合】 ㄒㄧㄢˋ ㄒㄧㄥˋ ㄗㄨˇ ㄏㄜˊ

(linear combination)令U、V為任意兩式，則其線性組合為$aU+bV$，a 和 b 稱為係數。例如令 $U=x^2-3y, V=3x+2y^2$，則$2(x^2-3y)+3(3x+2y^2)$為U、V的線性組合，係數為 2、3。此概念可以推廣至任意有限多項的線性組合。若諸式之間存在係數不全為零的線性組合，且此線性組合恆為零，則稱此諸式為線性相關。例如a_1x+b_1y、a_2x+b_2y、a_3x+b_3y 必然線性相關，不論 a_i、b_i 之值為何。否則稱為線性獨立。線性組合常用以討論聯立方程式的解。在向量空間中，元素之間所容許的運算即為線性組合而已。

【線性電路】 ㄒㄧㄢˋ ㄒㄧㄥˋ ㄉㄧㄢˋ ㄌㄨˋ

(linear circuit)輸出量與輸入量成正比的電路。這種關係的成立，通常只局限於輸入量與頻率皆在某一範圍之內。

【線性變換】 ㄒㄧㄢˋ ㄒㄧㄥˋ ㄅㄧㄢˋ ㄏㄨㄢˋ

(linear transformation)從向量空間 V 到向量空間W的函數f，若滿足下列性質，則稱為線性變換。即對V中任意 v_1、v_2，經 f 映至W 均有$f(av_1+bv_2)=af(v_1)+bf(v_2)$。

3【線上儲存體】 ㄒㄧㄢˋ ㄕㄤˋ ㄔㄨˊ ㄘㄨㄣˊ ㄊㄧˇ

(online storage)指電腦系統中，在中央處理單元控制之下的儲存體。

7【線形動物門】 ㄒㄧㄢˋ ㄒㄧㄥˊ ㄉㄨㄥˋ ㄨˋ ㄇㄣˊ

(phylum Nematoda) 為無脊椎動物中的一門。本門動物的身體細長如線，兩端尖削，自體前端至後端直徑一樣粗細。前端有口，近末端的腹面有肛門，體壁與腸壁間的空腔為假體腔。有的自由生活於淡水、海水或土壤中，有的寄生於動物或植物體內。寄生於動物者，體型較大，如蛔蟲、蟯蟲；寄生於植物及自由生活者，體皆微小，需用顯微鏡觀察。

8【線性插值法】 ㄒㄧㄢˋ ㄒㄧㄥˋ ㄔㄚ ㄓˊ ㄈㄚˇ

(linear interpolation)設$f(a_1)$、$f(a_2)$在函數表上已知，且a_1和a_2最接近x。現欲據以推求$f(x)$之值。線性插值法之原理係假定函數在$(a_1, f(a_1))$，$(a_2, f(a_2))$之間的圖形近似直線。

a_1 → $f(a_1)$
x → $f(x)=?$
a_2 → $f(a_2)$

線性插值法圖

故有如下式所示：

$$\frac{f(x)-f(a_1)}{f(a_2)-f(a_1)}=\frac{x-a_1}{a_2-a_1}\text{。}$$

例如要算$log1.6514$之值，查五位對數表得：$log1.651=0.21775$，$log1.652=0.21801$，

$$\frac{log\,1.6514-log\,1.651}{log\,1.652\ -log\,1.651}=\frac{1.6514-1.6510}{1.6520-1.6510}$$，化簡得

$(log\ 1.6514-0.21775)/.00026=.4$，由此得 $log\ 1.6514=0.21785$。許多函數值表常附有前後真值差的成數來幫助插值，也有更加簡化而稱表尾差者。例如本例中的(.4)(26)=10.4。

3【線上即時系統】 ㄒㄧㄢˋ ㄕㄤˋ ㄐㄧˊ ㄕˊ ㄒㄧˋ ㄊㄨㄥˇ

(online real-time system；OL

RT)電腦系統中與主機相連的終端設備直接輸入資料，經由主機立即處理且將結果或指令迅速傳回，以期立即提供所需資訊或控制進行中之程序。

【線上資訊檢索】 ㄒㄧㄢˋ ㄕㄤˋ ㄗ ㄒㄩㄣˋ ㄐㄧㄢˇ ㄙㄨㄛˇ
(online information retrieval)指將資訊儲存於電腦中，使用者可運用一組指定的檢索指令，操作電腦終端機，並依個人所需，直接擷取資料庫中的資訊。線上資訊檢索最大的特性，在於具有交互對談的功能，亦即容許檢索者查詢一項問題，且電腦可立即給予答覆，同時可依其所答的內容修改問題或提出下一個問題。

【線上周邊同時作業】 ㄒㄧㄢˋ ㄕㄤˋ ㄓㄡ ㄅㄧㄢ ㄊㄨㄥˊ ㄕˊ ㄗㄨㄛˋ ㄧㄝˋ
(simultaneous peripheral operation on line; SPOOL)電腦作業系統中，爲了使執行的程式不受實際輸入與輸出程序的影響，或互相的干擾，而將各程式或作業的輸入與輸出資料分別先暫存於輔助儲存體中，使各程式可同時讀取所需的輸入資料或產生輸出資料，有如同時使用讀卡機或印表機等線上周邊設備一般，此種處理技術稱爲線上周邊同時作業。

【線上電腦圖書館中心】 ㄒㄧㄢˋ ㄕㄤˋ ㄉㄧㄢˋ ㄋㄠˇ ㄊㄨˊ ㄕㄨ ㄍㄨㄢˇ ㄓㄨㄥ ㄒㄧㄣ
(Online Computer Library Center, Inc.; OCLC)西元1967年成立於'美國''俄亥俄州立大學'，原名爲'俄亥俄大學圖書館中心'(Ohio College Library Center; OCLC)；1977年因管理方式變更而易名爲'俄亥俄大學圖書館中心公司'(OCLC, Inc.)；1981年再度易爲今名。此一非營利性的組織，最初設立的目的是促進'俄亥俄州'內各類型圖書館間的合作，其基本目標有二，一是增加會員圖書館可利用的資源；二是降低會員圖書館處理資料的單位成本。成立之初，該中心利用各會員圖書館合作建立的書目資料電腦檔，以離線方式(offline)提供各會員圖書館印製目錄卡片的服務。而後，建立書目資料庫，供各會員圖書館以終端機進行線上編目工作。如此，這書目資料庫形同一線上聯合目錄，供各會員圖書館共同維護與使用。此組織原限定'俄亥俄州'內的圖書館參加，後逐漸擴展爲全'美國'性的組織，而今發展成爲國際性的書目資訊網。預計完成的子系統有六個：一、線上聯合目錄與聯合編目子系統。二、期刊控制子系統。三、採購子系統。四、館際互借子系統。五、流通子系統。六、主題資訊檢索子系統。

緶

㊀ ㄆㄧㄢˊ *p'ien*² 音駢
1用麻編成的辮狀物。見"說文"。2縫緝衣服的邊緣。見"廣韻"。

㊁ ㄅㄧㄢˋ *pien*⁴ 音便
長條的編織物。

緱

ㄍㄡ *kou*¹ 音鉤
1纏在劍柄上的絲繩。見"說文"。2姓。'南唐'有'緱進筠'。見"萬姓統譜·六三"。

緥

ㄅㄠˇ *pao*³ 音保
包裹小兒的衣、被。同褓。如：繈緥。

編

ㄅㄧㄢ *pien*¹ 音邊
1串聯簡牘成冊的皮筋或繩子。如：韋編三絕。2依序排列。如：編排。3編結；編織。如：編草蓆。4纂集。如：編輯。5捏造。如：編派。6書籍。如：人手一編。7姓。'漢'有'編意'。見"萬姓統譜·二八"。

4【編戶】 ㄅㄧㄢ ㄏㄨˋ
1將人民的戶口編列在戶籍冊中。2指編入戶籍的平民。

5【編目】 ㄅㄧㄢ ㄇㄨˋ
1編列書目。2書籍的目錄。

7【編貝】 ㄅㄧㄢ ㄅㄟˋ
形容牙齒整齊潔白，如排列整齊的貝殼。

8【編制】 ㄅㄧㄢ ㄓˋ
1編排制定。2組織的一定制度。包括一般機關團體的職務編配及軍隊平時和戰時的編組制度。

11【編排】 ㄅㄧㄢ ㄆㄞˊ
1按照次序編組排列。2戲曲的編纂和排演。3書報雜誌的編輯和排版。

【編造】 ㄅㄧㄢ ㄗㄠˋ
1編排製作。2捏造。

16【編輯】 ㄅㄧㄢ ㄐㄧˊ
1收集資料，編次成書。2從事編輯工作的人。3(edit)電腦使用者準備資料，以供運算或處理的過程。通常包括資料的加入、刪減、修改、格式編排、代碼的轉換等。

【編磬】 ㄅㄧㄢ ㄑㄧㄥˋ
古代打擊樂器。由一系列石磬或玉磬懸掛在木架(橫木叫簨，直木叫簴)上所組成。用木槌擊奏。各時代形制、大小、枚數均不同，而以十六枚居多，即十二正律加四半律，按不同的大小、厚薄發出不同的高低音。用於宮廷雅樂。

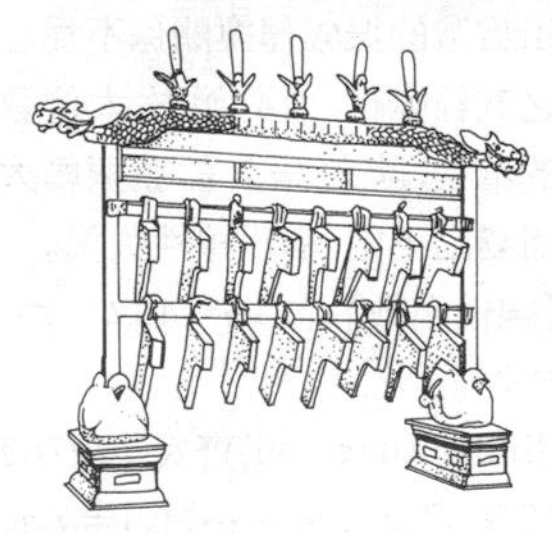
編磬圖

20【編鐘】 ㄅㄧㄢ ㄓㄨㄥ
古代打擊樂器。由一系列銅鐘懸

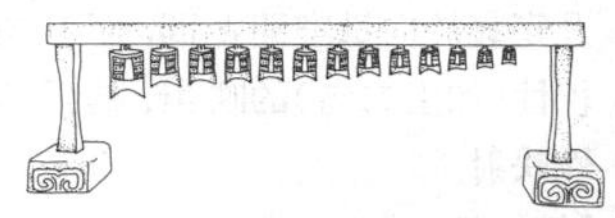
編鐘圖

掛在木架(古稱簴或簨簴)上所組成。用小木槌擊奏。各時代形制、大小不一,枚數也不同。'殷''商'以後,多運用於宮廷雅樂中。

6【編年史】ㄅㄧㄢ ㄋㄧㄢˊ ㄕˇ
按照年月次序而寫的史書。如"春秋"、"竹書紀年"。

【編年體】ㄅㄧㄢ ㄋㄧㄢˊ ㄊㄧˇ
依照年代爲次序而編纂歷史的一種體裁。如'孔子'的"春秋"屬之。

15【編碼器】ㄅㄧㄢ ㄇㄚˇ ㄑㄧˋ
(encoder) 將輸入信號組合並轉換成爲另一種訊息表示方式的電路裝置。

16【編輯器】ㄅㄧㄢ ㄐㄧˊ ㄑㄧˋ
(editor) ①電腦系統內具有編輯功能的程式。可分爲鏈結編輯器與文稿編輯器等。②電腦系統文稿編輯器的簡稱。

20【編譯器】ㄅㄧㄢ ㄧˋ ㄑㄧˋ
(compiler)將用高階語言所寫的原始程式轉換成二進位機器碼(即目的碼)的電腦系統程式。

15【編碼字符】ㄅㄧㄢ ㄇㄚˇ ㄗˋ ㄈㄨˊ
(coded character)以某一種代碼所表示的字符。

16【編輯字符】ㄅㄧㄢ ㄐㄧˊ ㄗˋ ㄈㄨˊ
(edit character)可博(COBOL)程式中,用來爲輸出資料安排適當的格式所使用的字符。如 Z、$、*、+、一等。

緰 ㊀ ㄊㄡˊ t'ou² 音投
參緰𢂁。
㊁ ㄒㄩ hsü¹ 音須
有文采的絲織品。同繻。見"集韻"。

9【緰𢂁】ㄊㄡˊ ㄘˇ
布的一種。

緜 綿的或體。

10

縈 ㄧㄥˊ ying² 音瑩
①盤旋環繞;紆曲轉折。如:縈紆。②拘牽。如:魂牽夢縈。

10【縈迴】ㄧㄥˊ ㄏㄨㄟˊ
迴旋圍繞。

13【縈想】ㄧㄥˊ ㄒㄧㄤˇ
思念牽掛。

18【縈繞】ㄧㄥˊ ㄖㄠˋ
圍繞;環繞。

19【縈懷】ㄧㄥˊ ㄏㄨㄞˊ
旋繞心懷。

縠 ㄏㄨˊ hu² 音斛
縐紗。見"說文通訓定聲"。

縣 ㊀ ㄒㄧㄢˋ hsien⁴ 音線
我國自'秦'廢封建,設郡縣,縣乃成爲地方行政層級。迨'清''光緒'年間,公布城鄉地方自治章程及府廳州縣地方自治章程,縣之地位始於形式上由行政體轉爲自治體。'民國'肇建,國父提倡民權,主張⌊分縣自治⌉及⌊縣爲自治單位⌉。至'民國'二十八年'國民政府'公布"縣各級組織綱要"(俗稱"新縣制")實施後,即確定縣爲法人,由行政體一躍變爲自治體,由中央的分治區域,變爲地方自治團體的自治區域。"中華民國憲法"規定⌊縣實行縣自治⌉。
㊁ ㄒㄩㄢˊ hsüan² 音懸
同懸。①繫掛。②維繫。③差距甚遠。如:縣隔千里。④揭示;頒立。如:縣賞。⑤姓。'漢'有'縣芝'。見"萬姓統譜·二八"。

8【縣官】ㄒㄧㄢˋ ㄍㄨㄢ
①縣令。②指官府。③指朝廷。④指皇帝。

10【縣圃】ㄒㄩㄢˊ ㄆㄨˇ
古代傳說中神仙所居住的地方。在'崑崙山'上。同懸圃。

12【縣(市)稅】ㄒㄧㄢˋ (ㄕˋ) ㄕㄨㄟˋ
(prefecture and municipal taxes)指稅捐稽徵權歸屬縣政府或省轄市政府者。依我國"財政收支劃分法"規定,目前歸屬縣(市)之稅捐計有田賦、地價稅、土地增值稅、房屋稅、契稅及娛樂稅等。

17【縣罄】ㄒㄩㄢˊ ㄑㄧㄥˋ
倒掛的罄。比喻空無所有,非常貧乏。也作懸磬。

【縣轄市】ㄒㄧㄢˋ ㄒㄧㄚˊ ㄕˋ
指直屬於縣的市。其地位與鄉鎮相當。縣轄市之設置,爲政府遷'臺'後之新措施,亦爲接收'日本'市制之舊軌。依照"臺灣省各縣市實施地方自治綱要"之規定:凡人口聚居之地區,有下列情形之一者,得設縣轄市:一、縣政府所在地;二、工商業發達,財政充裕,交通便利,公共設施完備,其人口在15萬人以上。

縢 ㄊㄥˊ t'êng² 音騰
①緘合;綑束。見"說文"。②繩子。如:緘縢。③邊緣。④綁腿。⑤囊袋。如:縢囊。

縡 ㄗㄞˇ tsai³ 音宰
事務。見"說文新附"。

縍 ㊀ ㄅㄤ pang¹ 音幫
縫鞋邊。見"集韻"。
㊁ ㄅㄤˋ pang⁴ 音磅
劣質的絲絮。見"集韻"。

縗 ㄘㄨㄟ ts'ui¹ 音崔
古代服喪時披掛在胸前的粗麻布條。也泛指喪服。如:縗絰。

縞 ㄍㄠˇ kao³ 音稿
①白色的生絹。見"字彙"。②白色。如:縞巾。

10【縞素】ㄍㄠˇ ㄙㄨˋ
①白色生絹。引申爲白色。②白色的喪服。③形容儉樸。

縑 ㄐㄧㄢ chien¹ 音兼
雙絲織成略帶黃色的細絹。也泛指絲織品。如:縑帛。

8【縑帛】ㄐㄧㄢ ㄅㄛˊ
泛指絲織物。

縒 ㄘㄨㄛˋ ts'o⁴, ts'uo⁴ 音錯
錯亂。見"集韻"。

縌 ㄋㄧˋ ni⁴ 音逆
絲帶。見"說文"。

縊 ㄧˋ i⁴ 音益
用布帶或繩索勒頸氣絕而死。即絞。見"說文"。

縿 ㄊㄢˇ t'an³ 音坦
淡綠色的帛。見"字彙"。

縛　ㄈㄨˊ *fu*² 音符　又讀 ㄈㄛˋ *fo*⁴
用繩纏繞、綑綁。如:縛囚。

縝　ㄓㄣˇ *chên*³ 音軫
細密;細緻。如:縝密。

11【縝密】　ㄓㄣˇ　ㄇㄧˋ
細緻而精密。

縉　ㄐㄧㄣˋ *chin*⁴ 音晉
1淺紅色的布帛。見"說文"。2插。通搢。見"正字通"。

11【縉紳】　ㄐㄧㄣˋ　ㄕㄣ
指做官的人。古時做官的人把笏板插在紳帶上。

縟　ㄖㄨˋ *ju*⁴ 音辱
1采飾繁多。如:縟麗。2頻繁;繁瑣。如:繁文縟節。

13【縟節】　ㄖㄨˋ　ㄐㄧㄝˊ
繁瑣的禮節。

縓　ㄑㄩㄢˊ *ch'üan*² 音全
淺紅色。見"字彙"。

緆　ㄊㄚˋ *t'a*⁴ 音榻
用繩套物。見"字彙"。

縎　ㄍㄨˇ *ku*³ 音骨
打結。見"說文"。

緷　ㄩㄣˊ *yün*² 音雲
繫牢箭靶上下兩頭粗繩的紐襻。見"說文"。

縕　㊀ ㄩㄣˋ *yün*⁴ 音運
1亂麻。也指新舊綿絮的混雜物。見"字彙"。2深奧。通蘊。如:精縕。
㊁ ㄩㄣ *yün*¹ 音氳
赤黃色。見"字彙"。

縚　ㄊㄠ *t'ao*¹ 音滔
1劍套。同韜。見"廣韻"。2絲帶。同絛。見"篇海類編"。

縐　ㄓㄡˋ *chou*⁴ 音皺
1極細的葛布。見"說文"。2絲綢的一種。如:'湖'縐。3縮蹙的。通皺。如:縐紗。

縋　ㄓㄨㄟˋ *chui*⁴ 音綴
用繩索懸繫人或物而使之下墜。

9【縋城】　ㄓㄨㄟˋ　ㄔㄥˊ
由城牆上攀緣繩索而下。

縭　ㄌㄧˊ *li*² 音離
1維繫。見"說文"。2劣質的絮。見"篇海類編"。

縏　ㄆㄢˊ *p'an*² 音盤
小囊。見"集韻"。

11

縻　ㄇㄧˊ *mi*² 音迷
1牽牛的繩子。見"說文"。2束縛。3消耗。通糜。如:縻費。

縶　ㄓˊ *chih*² 音執
1繫絆馬足。見"說文"。2拴馬的韁索。3綑執;拘絆。如:縶拘。

縈　ㄐㄩㄥˇ *chiung*³ 音窘
用麻布縫製的單衣。通褧。見"集韻"。

緊　ㄧ *i*¹ 音衣
1戟的套子。見"說文"。2助詞。(1)用於句首。同唯。(2)用於句中。同是。

縸
緎的或體。

繁　㊀ ㄈㄢˊ *fan*² 音煩
1眾多。見"集韻"。2隆盛。如:繁華。3煩雜。如:繁文縟節。
㊁ ㄆㄛˊ *p'o*² 音婆
姓。'漢'有'繁延壽'。見"漢書·陳湯傳"。

4【繁冗】　ㄈㄢˊ　ㄖㄨㄥˇ
繁雜眾多。

【繁文】　ㄈㄢˊ　ㄨㄣˊ
1繁瑣的禮儀。2繁冗的文辭。

5【繁句】　ㄈㄢˊ　ㄐㄩˋ
凡句中的重要文法成分,如敘事句、有無句的主語、賓語,表態句、判斷句的主語、謂語,若有一個是詞結,就是繁句。如「我喜歡看電影」、「下圍棋是一種雅事」。

9【繁衍】　ㄈㄢˊ　ㄧㄢˇ
孳生;衍生。

12【繁殖】　ㄈㄢˊ　ㄓˊ
滋生;大量生殖。

【繁華】　ㄈㄢˊ　ㄏㄨㄚˊ
1本指花盛開,後用以比喻人的盛年。2形容地位顯赫。3形容地方熱鬧。

14【繁榮】　ㄈㄢˊ　ㄖㄨㄥˊ
1形容草木茂盛。2指地方富庶、興盛。3 (prosperity) 經濟循環中的一階段。在此一階段中,一切經濟指標均比長期趨勢值爲佳,如經濟成長率上升、生產增加、失業減少、物價上漲、廠商的利潤亦大幅增加等。

【繁瑣】　ㄈㄢˊ　ㄙㄨㄛˇ
繁多而瑣碎。

4【繁文縟節】　ㄈㄢˊ　ㄨㄣˊ　ㄖㄨˋ　ㄐㄧㄝˊ
繁多而瑣碎的禮節。後用以比喻麻煩瑣碎而多餘的事情。

繇　㊀ ㄧㄡˊ *yu*² 音由
1自;從。同由。如:福繇德興。2道。通猷。如:先聖之大繇。3閒適自得的樣子。如:優繇。
㊁ ㄧㄠˊ *yao*² 音遙
1力役。通傜。見"正字通"。2歌謠。通謠。見"字彙"。3姓。'漢'有'繇延'。見"後漢書·郅惲傳"。
㊂ ㄓㄡˋ *chou*⁴ 音胄
卦兆的占辭。通籀。見"正字通"。

7【繇役】　ㄧㄠˊ　ㄧˋ
古代百姓爲官家所服的勞役。

縯　㊀ ㄧㄢˇ *yen*³ 音演
延長。見"廣韻"。
㊁ ㄧㄣˇ *yin*³ 音引
引。見"集韻"。

縮　㊀ ㄙㄨˋ *su*⁴ 音速
1綑紮。如:縮囊。2退卻;退避。如:畏縮。3減少;收斂。如:縮減。4正直。如:自反而縮。5濾酒去渣。如:縮酒。6姓。'戰國'有'縮高'。見"萬姓統譜·一一二"。
㊁ ㄙㄨㄛ *so*¹, *suo*¹ 音唆
㊀2、3的語音。

4【縮尺】　ㄙㄨㄛ　ㄔˇ
(scale) 又稱比例尺。將地表經緯線、地物、地貌等的距離,依一定比例縮繪到圖上,該縮小的比例

尺度稱爲縮尺。表示縮尺的方法常見的有：一、文字法：如五萬分之一，即圖上 1 公分代表地面 0.5公里。二、數字法：如1/50,000，1:1,000,000等。三、圖示法：在地圖下方畫出比例線段，代表地面上的實際距離。

【縮孔】 ㄙㄨㄛ ㄎㄨㄥˇ
(shrink hole)金屬液自液態變爲固態時，因收縮或補給不充分而在鑄件中生成的孔或穴。

9【縮限】 ㄙㄨㄛ ㄒㄧㄢˋ
(shrinkage limit)土壤爲塑性狀態與半固體狀態時的含水量界限。測定方法乃將含水分之土壤製成一定形狀，使緩慢乾燥，且隨時測其體積及含水量，當體積不再縮小時的含水量即爲縮限。

15【縮寫】 ㄙㄨㄛ ㄒㄧㄝˇ
拼音字的省寫。

【縮影】 ㄙㄨㄛ ㄧㄥˇ
縮小的影像。

6【縮衣節食】 ㄙㄨˋ ㄧ ㄐㄧㄝˊ ㄕˊ
省吃省穿。指生活節儉。

【縮合聚合】 ㄙㄨㄛ ㄏㄜˊ ㄐㄩˋ ㄏㄜˊ
(condensation polymerization)許多單體在適當的反應條件下，脫去簡單的小分子(如HCl、H_2O、NH_3等)而互相連結成巨分子化合物，這種聚合反應稱爲縮合聚合。例如己二酸和1,6—乙二胺單體，經縮合脫去水分子，而形成尼龍—6,6聚合物。

14【縮緊十進】 ㄙㄨㄛ ㄐㄧㄣˇ ㄕˊ ㄐㄧㄣˋ
(packed decimal)電腦系統中表示十進位數的一種方法。每兩個十進位數字存放於一數元組內，可提高傳送及處理的速度並節省儲存空間。如十進位的26以縮緊十進的方式表示爲00100110。

15【縮影資料】 ㄙㄨㄛ ㄧㄥˇ ㄗ ㄌㄧㄠˋ
(microforms)利用照相的方式，將印刷資料原件經縮小後複製而成的一種資料。縮影資料目前主要有四種形式：縮影捲片、縮影單片、不透明縮影卡片及孔卡。縮影資料雖有節省儲存空間及可作長時間保存等優點，但須藉閱讀機方能閱讀，使用不便。

16【縮頭縮腦】 ㄙㄨㄛ ㄊㄡˊ ㄙㄨㄛ ㄋㄠˇ
形容怯弱無能、沒有自信的樣子。

【縮頸吐舌】 ㄙㄨㄛ ㄐㄧㄥˇ ㄊㄨˇ ㄕㄜˊ
形容畏縮害怕或驚詫的樣子。

縭 ㄌㄧˊ *li*² 音離
1綴在鞋間的絲飾。見"說文"。2古代婦女繫於腹前的佩巾。參結縭。

縼 ㄒㄩㄢˋ *hsüan*⁴ 音眩
用長繩拴繫牛馬。見"說文"。

縴 ㄑㄧㄢˋ *ch'ien*⁴ 音欠
1引船前行的繩索。見"正字通"。2牽牲口的繩索。如：縴絆。

4【縴夫】 ㄑㄧㄢˋ ㄈㄨ
拉船的役夫。

繂 ㄌㄩˋ *lü*⁴ 音律
麻繩。本作𦃃。或作䋩。見"集韻"。

績 ㄐㄧ *chi*¹ 音積
1緝麻成縷。如：績紡。2繼續。3成就；功業。如：績效。

10【績效】 ㄐㄧ ㄒㄧㄠˋ
成績和效果。

16【績學】 ㄐㄧ ㄒㄩㄝˊ
學識淵博。

10【績效預算】 ㄐㄧ ㄒㄧㄠˋ ㄩˋ ㄙㄨㄢˋ
係針對傳統預算的缺點而建立的一種預算制度。乃各機關根據政府整體施政計畫而訂定各項業務計畫或工作計畫，並使業務及工作項目與負責單位一致，最後再按完成各計畫所需要之費用成本計列。就政府擬做的工作或擬提供服務事項爲基礎，採用工作衡量制度估計工作進度及數量，並利用成本會計與公務統計的方法，顯示每項工作或服務事項之成本，在預算執行時或執行後，要提供正確的工作績效與成本報告，以促進管理改進與成本的控制，並衡量得失、考核其績效。

16【績學之士】 ㄐㄧ ㄒㄩㄝˊ ㄓ ㄕˋ
學問淵博的人。

10【績效分配法】 ㄐㄧ ㄒㄧㄠˋ ㄈㄣ ㄆㄟˋ ㄈㄚˇ
考績方法之一。指員工考績成績列甲等的人數，須根據所在單位的績效優劣而定，績效優的單位准許有較多的人列入甲等，績效差的單位只准有少數人列入甲等。

【績效預測說】 ㄐㄧ ㄒㄧㄠˋ ㄩˋ ㄘㄜˋ ㄕㄨㄛ
係認爲一個人在將來工作上能否表現出績效，是可以根據其參加考選所得成績的高低來預測的。有績效預測說，使用人機關舉行考選後，根據考選成績擇優錄取始有根據。

縚 縧的或體。

繆 一 ㄇㄡˊ *mou*² 音謀
1麻十束。見"說文"。2纏結；纏束。如：綢繆。
二 ㄇㄧㄡˋ *miu*⁴ 音謬
1差錯；舛誤。通謬。如：繆舛。2詐僞。如：繆巧。
三 ㄇㄨˋ *mu*⁴ 音穆
通穆。1宗廟的位次。如：昭繆。2深思的樣子。如：繆然不言。
四 ㄇㄧㄠˋ *miao*⁴ 音廟
姓。'漢'有'繆彤'。見"萬姓統譜·一一二"。

11【繆悠】 ㄇㄧㄡˋ ㄧㄡ
虛妄不實。

12【繆斯】 ㄇㄧㄡˋ ㄙ
(Muses；Musae)'希臘'神話司文藝、詩歌、音樂、戲劇、舞蹈等九位女神的總稱。爲'宙斯'和記憶女神'尼瑪西妮'(Mnemosyne)所生。今用以泛指詩人的靈感、詩興，也泛指有關藝術家的精神、能力與靈感的泉源。

13【繆塞】 ㄇㄧㄡˋ ㄙㄞˋ
(Alfred de Musset,1810～1857) '法國'浪漫主義運動最傑出的詩人和劇作家之一。出身望族,大學時研習法律及醫學,且受'雨果'和'維尼'(Alfred de Vigny)等浪漫主義運動領袖影響。西元1830年出版處女詩集"西班牙與義大利傳奇"(*Contes d'Espagne et d'Italie*)後,詩和劇本的創作都受'拜倫'影響,尤其諷刺和滅亡意識的表達,影響尤為深遠。

16【繆學】 ㄇㄧㄡˋ ㄒㄩㄝˊ
錯誤不正的學術。

14【繆種流傳】 ㄇㄧㄡˋ ㄓㄨㄥˇ ㄌㄧㄡˊ ㄔㄨㄢˊ
謬誤的事物流傳於世。

縺 ㄌㄧㄢˊ *lien*² 音連
參縺縷。

17【縺縷】 ㄌㄧㄢˊ ㄌㄩˇ
絞紐;纏繞。

縳 ㊀ ㄓㄨㄢˋ *chuan*⁴ 音賺
白色細絹。見"說文"。
㊁ ㄔㄨㄢˊ *ch'uan*² 音船
捲。見"集韻"。

繈 ㄑㄧㄤˇ *ch'iang*³ 音搶
①串錢的繩子。見"說文"。②串好繩的錢貫。③背嬰兒用的寬帶。同襁。如:繈褓。

15【繈褓】 ㄑㄧㄤˇ ㄅㄠˇ
①包裹嬰兒的小被。②指嬰兒。

縹 ㄆㄧㄠˇ *p'iao*³ 音瞟 又讀 ㄆㄧㄠˋ *p'iao*⁴ 音票
①青白色的絲帛。見"說文"。②淡青色;青白色。如:縹紛。

8【縹帙】 ㄆㄧㄠˇ ㄓˋ
淺青色的書衣。後以泛指書卷。

12【縹渺】 ㄆㄧㄠˇ ㄇㄧㄠˇ
高遠隱約的樣子。也作縹緲。

17【縹縹】 ㄆㄧㄠˇ ㄆㄧㄠˇ
輕舉飛揚的樣子。

縬 ㄘㄨˋ *ts'u*⁴ 音促
①收縮。見"集韻"。②絲織品的紋采。見"集韻"。

緄 ㄏㄨㄣˊ *hun*² 音魂
縫合。見"康熙字典"。

縷 ㄌㄩˇ *lü*³ 音屢
①絲線;麻線。見"說文"。②詳盡;仔細。如:縷析。

8【縷析】 ㄌㄩˇ ㄒㄧ
詳細分析。

9【縷述】 ㄌㄩˇ ㄕㄨˋ
一一列舉;詳細敘述。

11【縷陳】 ㄌㄩˇ ㄔㄣˊ
一一列舉;詳盡陳述。

17【縷縷】 ㄌㄩˇ ㄌㄩˇ
①一絲絲。②詳盡細密。③接連不斷的樣子。

縵 ㄇㄢˋ *man*⁴ 音慢
①沒有花紋圖案的絲織品。②泛指沒有文飾的物品。

縪 ㄅㄧˋ *pi*⁴ 音必
①蔽膝。通韠。見"廣雅·釋詁"。②古時冠冕上縫線的接縫。見"玉篇"。

縸 ㄇㄨˋ *mu*⁴ 音暮
粗絲棉。見"集韻"。

縲 ㄌㄟˊ *lei*² 音纍
用以拘繫囚犯的繩索。如:縲紲。

11【縲紲】 ㄌㄟˊ ㄒㄧㄝˋ
綑縛犯人的繩子。引申為監獄。也作縲絏。

綳 ㊀ ㄅㄥ *pêng*¹ 音崩
①纏束;綑縛。見"說文"。②背小孩用的布帶。也泛指寬布條。如:綳帶。③勉強支持。如:綳場面。
㊁ ㄅㄥˇ *pêng*³ 音琫
拉緊;扳著。如:綳著臉。
㊂ ㄅㄥˋ *pêng*⁴ 音蹦
張裂。如:吹綳了氣球。

11【綳帶】 ㄅㄥ ㄉㄞˋ
(bandage)紮裹傷口用的帶子。通常以紗布做成。

縗 ㄙㄨㄟˋ *sui*⁴ 音碎
紡絲。見"正字通"。

繅 ㄙㄠ *sao*¹ 音騷
煮繭抽絲。見"說文"。

縿 ㄕㄢ *shan*¹ 音山
古代旌旗的正幅。見"說文"。

縫 ㊀ ㄈㄥˊ *fêng*² 音馮
用針線綴合布帛衣物。如:縫補。
㊁ ㄈㄥˋ *fêng*⁴ 音俸
①綴合的地方。如:鞋縫。②間隙。如:門縫。

6【縫衣機】 ㄈㄥˊ ㄧ ㄐㄧ
縫製衣物的機器。發明於西元十八世紀,直至1845年'美國'的'何奧'(Elias Howe)始獲得專利。爾後經數人加以改良,至十九世紀中期,'勝家'(I. M. Singer)推出新機型,對後來成衣工業的快速成長有極大的影響。若依用途分類,則有家庭用、工業用,或車布邊的拷克車、開鈕洞的鈕門車、釘鈕子的特種車、撩衣襬的盲縫車等。

縩 ㄘㄞˋ *ts'ai*⁴ 音菜
參綷縩。

總 ㄗㄨㄥˇ *tsung*³ 音偬
①聚合。見"說文"。②概括全部。如:總綱。③主要的;最高階層的。如:總工會。④統領;統管。如:總攬。⑤束髮的帶子。如:總角。⑥眾多的樣子。如:林林總總。⑦都;皆。如:萬紫千紅總是春。⑧經常;一直。如:精神總是飽滿。

5【總丱】 ㄗㄨㄥˇ ㄍㄨㄢˋ
古時孩童束髮成兩角的形狀。藉指少年時代。也作總角。

7【總兵】 ㄗㄨㄥˇ ㄅㄧㄥ
①統率軍隊。②官名。'明代'於用兵時,設有總兵官、副總兵官之職;後以軍務日繁,由總兵官統軍鎮守。總兵官省稱總兵,副總兵官省稱副將。'清'沿'明'制,在各省提督下設總兵、副將等官。

9【總括】 ㄗㄨㄥˇ ㄍㄨㄚ
全部包括。

【總苞】 ㄗㄨㄥˇ ㄅㄠ
(involucre)多數類似葉子的苞

片,集生於花序的基部,稱爲總苞。如菊科的頭狀花序、繖形花科的繖形花序即有總苞。

10【總站】 ㄗㄨㄥˇ ㄓㄢˋ
(central station)又稱中央車站。係大都市內的主要旅客車站。

11【總理】 ㄗㄨㄥˇ ㄌㄧˇ
[1]掌管一切事務而總其成。[2]內閣制國家中,內閣總理(prime minister)的簡稱。總攬全國政務。國人常譯爲閣揆。[3]‘中國同盟會’舉行成立大會時,推舉‘孫中山’先生爲總理,以後總理一詞遂成爲‘中國國民黨’黨員對‘孫中山’先生之尊稱。

【總統】 ㄗㄨㄥˇ ㄊㄨㄥˇ
[1]總攬;統理。[2]共和國的國家元首。對外代表國家,由人民直接或間接選舉,有一定任期。我國總統由‘國民大會’選出,任期六年,連選得連任一次,惟動員戡亂時期得連選連任,不受“憲法”連任一次之限制。

12【總裁】 ㄗㄨㄥˇ ㄘㄞˊ
[1]彙集諸事而加以裁決。[2]舊官名。‘明代’的主考官、‘清代’國史館監修官都稱總裁。[3]‘民國’二十七年,‘中國國民黨’在‘漢口’舉行臨時全國代表大會,決定恢復領袖制,設總裁代行黨章所規定總理之職權,並推選當時領導抗戰的軍事委員會委員長‘蔣中正’先生爲總裁。‘蔣中正’先生逝世後,‘中國國民黨’改稱其黨魁爲主席。

【總集】 ㄗㄨㄥˇ ㄐㄧˊ
彙集多人作品的詩文集。與別集相對。今所傳總集,以‘漢代’‘王逸’的“楚辭章句”、‘南朝’‘梁’‘蕭統’的“昭明文選”爲最古。

13【總匯】 ㄗㄨㄥˇ ㄏㄨㄟˋ
總集;全部匯集。

【總督】 ㄗㄨㄥˇ ㄉㄨ
[1]總理監督。[2]官名。‘明’初用兵時,命朝臣總督軍事,非常職。‘憲宗’以後,常命重臣於邊防要地總制一方軍務,總督始爲正式官稱而立爲常制,爾後遍設於全國。‘清’沿置,爲地方最高長官,總轄一至三省之政治與軍事。

15【總論】 ㄗㄨㄥˇ ㄌㄨㄣˋ
總體性的論說。

【總髮】 ㄗㄨㄥˇ ㄈㄚˇ
將頭髮攏束起來。爲古時未成年童子的裝束。後用以指童年。

17【總總】 ㄗㄨㄥˇ ㄗㄨㄥˇ
[1]眾多的樣子。[2]雜亂的樣子。

19【總譜】 ㄗㄨㄥˇ ㄆㄨˇ
(score) 管絃樂合奏、重奏、歌劇音樂與合唱音樂所用的聯合譜表。

24【總攬】 ㄗㄨㄥˇ ㄌㄢˇ
掌握;統領。

6【總收入】 ㄗㄨㄥˇ ㄕㄡ ㄖㄨˋ
(total revenue)價格與數量的乘積,從銷售者的觀點來看是一種總收入,從消費者的觀點來看是一種總支出,因此銷售者的總收入等於消費者的總支出。

7【總角交】 ㄗㄨㄥˇ ㄐㄧㄠˇ ㄐㄧㄠ
幼年的朋友。

10【總效用】 ㄗㄨㄥˇ ㄒㄧㄠˋ ㄩㄥˋ
(total utility)在一定期間,消費者持有或消費一定數量的某特定財貨所感覺到的滿足程度,稱爲總效用。

【總馬力】 ㄗㄨㄥˇ ㄇㄚˇ ㄌㄧˋ
(net horsepower)製造廠使用測功計測試引擎馬力時,將引擎的附件(如風扇、發電機、空氣濾清器等)拆下所測得的馬力。

11【總產出】 ㄗㄨㄥˇ ㄔㄢˇ ㄔㄨ
(total product) 根據生產函數,在一定技術水準與固定生產要素下,各種不同數量的可變生產要素投入,所能獲得的最大產出數量。

【總統制】 ㄗㄨㄥˇ ㄊㄨㄥˇ ㄓˋ
民主政治行政權的組織形態的一種。起源於‘美國’。‘美洲’各國多採行此制。其特徵如下:一、總統負實際責任,既爲國家元首,亦爲行政首長;二、國務員分別主管每一部門,爲總統僚屬,對總統負責,不對議會負責;三、行政權不對立法權負責;四、行政官員不得兼任國會議員;五、行政權與立法權互相分離、互相牽制;六、‘美國’憲法未規定要組織內閣,但傳統上,內閣指的是各主要部門的首長。

13【總預算】 ㄗㄨㄥˇ ㄩˋ ㄙㄨㄢˋ
政府每一會計年度各就其歲入、歲出全部所編之預算。總預算應以各單位預算歲入、歲出之總額,以及附屬單位預算歲入、歲出之應編入部分,彙總編成之。

【總會計】 ㄗㄨㄥˇ ㄎㄨㄞˋ ㄐㄧˋ
指聯繫總、分支行間會計及處理由總行所統制的資本、資產、負債,以及彙編全體結決算報告與分配決算盈餘等。總會計實施的範圍有:一、屬於銀行全體的特殊帳目,二、屬於全省會計事務的統制及彙總事項,三、屬於總行本身的帳目。

18【總額稅】 ㄗㄨㄥˇ ㄜˊ ㄕㄨㄟˋ
(lump-sum tax)對任何稅標的,不管稅基的變化,課徵一定數額的租稅。對廠商而言,總額稅雖使固定成本增加,但並不影響到可變成本或邊際成本,故對廠商短期最大利潤產出水準並無影響。

23【總體戰】 ㄗㄨㄥˇ ㄊㄧˇ ㄓㄢˋ
結合外交、軍事、政治、經濟、社會等國家總體力量而進行的戰爭。

4【總分類帳】 ㄗㄨㄥˇ ㄈㄣ ㄌㄟˋ ㄓㄤˋ
(general ledger) 分類帳可區分爲總分類帳及明細(輔助)分類帳。總分類帳爲交易的終結紀錄,亦爲編製財務報表的依據,係以會計科目爲單位,包括企業所有的科目,用以記載各科目的增減變動及其餘額。

8【總狀花序】 ㄗㄨㄥˇ ㄓㄨㄤˋ ㄏㄨㄚ ㄒㄩˋ
(raceme) 在花序軸上著生許多

具有花柄的小花而成互生者，稱爲總狀花序。例如爆竹紅的花序。

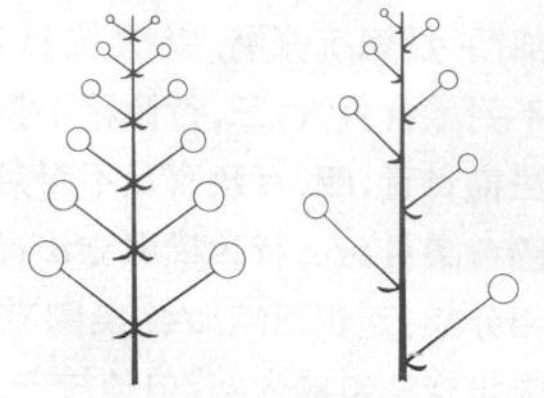

總狀花序圖

9【總限額表】ㄗㄨㄥˇ ㄒㄧㄢˋ ㄜˊ ㄅㄧㄠˇ

(line sheet) 保險公司除依照自身承保能量訂立限額表外，另有總限額表的組成。表內包括各合約再保公司對承保業務所認占的比例，以表示該保險公司對某種危險所能接受承保的總共限額。此種總限額表，通常由若干[線](line, 若干倍或若干比例之意)組成。如總限額表由20線組成，即其總共限額爲自留額的20倍，或每線爲總共限額的1/20。

【總保險費】ㄗㄨㄥˇ ㄅㄠˇ ㄒㄧㄢˇ ㄈㄟˋ

(gross premium)即營業保險費(office premium)。又稱表定保險費(tariff premium)。包括純保險費及附加保險費。

23【總體組織】ㄗㄨㄥˇ ㄊㄧˇ ㄗㄨˇ ㄓ

(total institution) 將成員完全控制，並使與外界隔離的社會組織。如監獄、精神病院等是。

5【總可變成本】ㄗㄨㄥˇ ㄎㄜˇ ㄅㄧㄢˋ ㄔㄥˊ ㄅㄣˇ

(total variable cost)即可變生產要素的使用量與其價格的乘積。其隨產量的改變而改變。

8【總固定成本】ㄗㄨㄥˇ ㄍㄨˋ ㄉㄧㄥˋ ㄔㄥˊ ㄅㄣˇ

(total fixed cost)指短期明顯的固定成本(機器、廠房等)與隱含成本(生產者自己擁有的生產要素)之和。其不隨產量的改變而改變。

16【總遺產稅制】ㄗㄨㄥˇ ㄧˊ ㄔㄢˇ ㄕㄨㄟˋ ㄓˋ

(the consolidated estate tax system) 依被繼承人所遺留遺產總額按累進稅率課徵之稅捐。其稅負之大小與各繼承人繼承遺產金額之多寡無關，並在遺產稅未繳清前不得分割遺產、交付遺贈或辦理移轉登記。此制政府可獲取較多稅捐收入，且更符合平均社會財富之目的；缺點則爲忽略了東方人之家族觀念，並影響儲蓄意願。

19【總贈與稅制】ㄗㄨㄥˇ ㄗㄥˋ ㄩˇ ㄕㄨㄟˋ ㄓˋ

(the consolidated gift tax system) 總贈與稅制常隨總遺產稅制實施，是以贈與人爲納稅義務人，並以贈與人在一年中所爲贈與總額按累進稅率課徵的贈與稅。採此制時，除因贈與人行蹤不明等少數情況而以受贈人爲納稅義務人外，納稅義務人均爲贈與人，故又稱贈與人稅。我國即採此制。

23【總體預測法】ㄗㄨㄥˇ ㄊㄧˇ ㄩˋ ㄘㄜˋ ㄈㄚˇ

預測人力需求方法之一。係就整體或鉅視的觀點來預估組織將來需用或需予增減的人力。其中又分人力結構分析法、用人費分析法、最小平方法、工作抽樣法、相關迴歸分析法等。參人力結構分析法、用人費分析法、最小平方法、工作抽樣法、相關迴歸分析法。

【總體經濟學】ㄗㄨㄥˇ ㄊㄧˇ ㄐㄧㄥ ㄐㄧˋ ㄒㄩㄝˊ

(macroeconomics)又稱就業理論或國民所得理論。以個別經濟單位的總合爲研究對象，從整個經濟觀點研究國民就業、所得、物價水準等經濟現象的學科。

8【總和非零競賽】ㄗㄨㄥˇ ㄏㄜˊ ㄈㄟ ㄌㄧㄥˊ ㄐㄧㄥˋ ㄙㄞˋ

(non-zero-sum game)二人進行競賽，彼此若能既競爭又合作，則其結果可能都獲勝而均蒙其利。

【總和爲零競賽】ㄗㄨㄥˇ ㄏㄜˊ ㄨㄟˊ ㄌㄧㄥˊ ㄐㄧㄥˋ ㄙㄞˋ

(zero-sum game) 二人進行競賽，若一人得勝一人敗北，則該競爭得失相抵，其總和爲零。

9【總括保險契約】ㄗㄨㄥˇ ㄍㄨㄚ ㄅㄠˇ ㄒㄧㄢˇ ㄑㄧˋ ㄩㄝ

(blanket policy) 在一定標準所限定的範圍內，泛指某種保險利益或某類保險標的投保一定金額的保險契約。通常可能包括兩處以上的地點、兩類以上的財產或兩個以上的被保險人等。

13【總資產報酬率】ㄗㄨㄥˇ ㄗ ㄔㄢˇ ㄅㄠˋ ㄔㄡˊ ㄌㄩˋ

(rate of return on total assets) 爲本期淨利加利息費用對平均資產總額的比率。係用以衡量企業對於所擁有之資源運用的效果，爲判斷企業獲利能力的重要指標。由於資產報酬率係衡量企業運用其全部資源所產生的利潤，並不考慮其資源的來源爲股東或債權人，其計算應不受資本來源的影響，故利潤應爲未扣除利息費用前的利潤。本比率的分子亦可改爲本期淨利加稅後利息費用。

【總資產週轉率】ㄗㄨㄥˇ ㄗ ㄔㄢˇ ㄓㄡ ㄓㄨㄢˇ ㄌㄩˋ

(assets turnover)即銷貨淨額對平均資產總額的比率。本比率可說明企業總資產週轉的次數，次數愈多，表示企業對總資產使用的效率愈高。

15【總樓地板面積】ㄗㄨㄥˇ ㄌㄡˊ ㄉㄧˋ ㄅㄢˇ ㄇㄧㄢˋ ㄐㄧ

(total floor area)指建築物外牆包圍之各階層面積的總和。連棟建築物則以其彼此間之共同壁中心線分別計算。

23【總體聚合反應】ㄗㄨㄥˇ ㄊㄧˇ ㄐㄩˋ ㄏㄜˊ ㄈㄢˇ ㄧㄥˋ

(bulk or mass polymerization) 僅使用單體、啟發劑(或觸媒)的聚合反應。其方法簡單,反應快,產率高,但反應不易控制,反應黏度大,反應熱不易除去。常用在縮合聚合反應,例如尼龍66與聚對酞酸乙烯酯的製造。

11【總理各國事務衙門】ㄗㄨㄥˇ ㄌㄧˇ ㄍㄜˋ ㄍㄨㄛˊ ㄕˋ ㄨˋ ㄧㄚˊ ㄇㄣˊ
'清朝'專門辦理外交事務的機構。簡稱總理衙門,又稱總署。成立於'咸豐'十一年(1861)。由總理大臣組成,包括所有軍機大臣、部分大學士與六部尚書、侍郎,而由親王總其事。最初僅爲辦理外交而設,其後成爲籌辦夷務的中樞,舉凡海關、學堂、船砲、電訊、鐵路、航運、礦務、軍事等與西法有關的事務,均經其籌劃、主持或監督。

緣 條的或體。

縱 ㄕˇ shih³ 音始
束髮的布巾。同纚。見"集韻"。

縱 ㊀ ㄗㄨㄥˋ tsung⁴ 音綜
1寬緩;不加檢束。如:放縱。2發射。3釋放;放過。如:縱敵。4點燃。如:縱火。5騰躍。如:縱身。6即使。如:縱然。
㊁ ㄗㄨㄥ tsung¹ 音蹤
直。對橫而言。如:縱貫線。
㊂ ㄗㄨㄥˇ tsung³ 音總
趨事急遽的樣子。見"正字通"。

4【縱火】ㄗㄨㄥˋ ㄏㄨㄛˇ
放火。

5【縱目】ㄗㄨㄥˋ ㄇㄨˋ
極目遠望。

7【縱身】ㄗㄨㄥˋ ㄕㄣ
身子躍起。

8【縱波】ㄗㄨㄥ ㄅㄛ
(longitudinal wave) 波動的傳播方向與介質質點的振動方向互相平行的波。也稱疏密波。如聲波即是。

10【縱容】ㄗㄨㄥˋ ㄖㄨㄥˊ
1從容;優游。2放縱寬容,不加管束。

【縱酒】ㄗㄨㄥˋ ㄐㄧㄡˇ
盡情飲酒,不加節制。

12【縱軸】ㄗㄨㄥ ㄓㄡˊ
直的軸線。

【縱然】ㄗㄨㄥˋ ㄖㄢˊ
即使;縱使。

15【縱談】ㄗㄨㄥˋ ㄊㄢˊ
廣泛隨意地談論。

【縱論】ㄗㄨㄥˋ ㄌㄨㄣˋ
廣泛而無顧忌地評論。

【縱慾】ㄗㄨㄥˋ ㄩˋ
追求慾望的滿足,不加克制。

16【縱橫】㊀ ㄗㄨㄥ ㄏㄥˊ
1指南北和東西。2合縱連橫的簡稱。3交錯;眾多。
㊁ ㄗㄨㄥˋ ㄏㄥˋ
1分散;四散。2放肆橫行,無所忌憚。3奔放不羈。

7【縱沙丘】ㄗㄨㄥ ㄕㄚ ㄑㄧㄡ
(longitudinal dune)沙丘依其形態區分,如其延展方向與風向平行者,稱爲縱沙丘。縱沙丘長可達100公里,高可達100公尺,彼此相距0.5~3公里以上。風向固定、風速強、沙量中等、植物少的沙漠地區最容易形成縱沙丘。

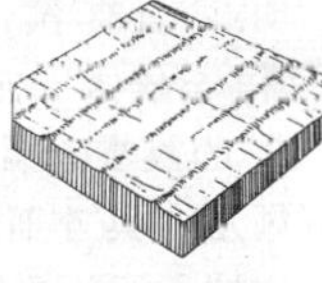
縱沙丘圖

16【縱橫家】ㄗㄨㄥ ㄏㄥˊ ㄐㄧㄚ
'戰國'時代從事政治外交之遊說的策士。

6【縱式兼併】ㄗㄨㄥ ㄕˋ ㄐㄧㄢ ㄅㄧㄥˋ
(vertical merger)指將一產品生產過程中不同生產階段的廠商予以合併。

8【縱虎歸山】ㄗㄨㄥˋ ㄏㄨˇ ㄍㄨㄟ ㄕㄢ
比喻放過惡人。

【縱的公平】ㄗㄨㄥ ˙ㄉㄜ ㄍㄨㄥ ㄆㄧㄥˊ
(vertical equity)指不同經濟能力者,所繳的稅也就不同。即收入多的人多納稅,收入少的人少納稅。

15【縱慾主義】ㄗㄨㄥˋ ㄩˋ ㄓㄨˇ ㄧˋ
盡情追求慾望滿足的思想或作法。

16【縱橫捭闔】ㄗㄨㄥ ㄏㄥˊ ㄅㄞˇ ㄏㄜˊ
形容外交家所使用分化或拉攏的手段十分靈活高明。捭闔,即開合,指分化或拉攏。

15【縱線研究法】ㄗㄨㄥ ㄒㄧㄢˋ ㄧㄢˊ ㄐㄧㄡˋ ㄈㄚˇ
(longitudinal method) 行爲發展研究法之一。對某個體長期追蹤研究,並定期測量其各種行爲特徵的改變情形,以探討行爲發展模式。

12

縈 ㄖㄨㄟˇ jui³ 音蕊
下垂的樣子。見"說文"。

繕 綽的或體。

織 ㄓ chih¹ 音之
1用絲、麻、棉、毛等製作布帛。如:織布。2編製;組合。如:織網。

3【織女】ㄓ ㄋㄩˇ
1泛稱紡織的女子。2星名。屬天琴座,在銀河之東。我國上古傳說是織布女,爲天帝的女兒,與牛郎相戀結爲夫婦,因疏於工作,被天帝強分於銀河兩側,每年農曆七月七日相會一次。

16【織錦】ㄓ ㄐㄧㄣˇ
我國傳統的織物之一。係以各色絲線織成,花紋精緻,色彩絢麗,表面光潤,質地緊密。名產如庫錦,花紋全部用金線織出;又如雲錦,用色多達二十種,織品燦爛奪目。

繕 ㄕㄢˋ shan⁴ 音善
1修補;整治。如:修繕。2抄寫。如:繕寫。3保養。如:繕生。

8【繕性】ㄕㄢˋ ㄒㄧㄥˋ

修養性情。

15【繕寫】 ㄕㄢˋ ㄒㄧㄝˇ

抄寫。

繜 ㊀ ㄗㄨㄣ tsun¹ 音尊

古時的一種女用下衣。

㊁ ㄗㄨㄣˇ tsun³ 音撙

抑制。通撙。如：繜絀。

繒 ㊀ ㄗㄥ tsêng¹ 音增

絲織品的總稱。見"說文"。

㊁ ㄗㄥˋ tsêng⁴ 音甑

緊纏。

繣 ㄏㄨㄚˋ hua⁴ 音畫

1縛東西的繩子。見"集韻"。2乖戾。見"字彙"。3破裂聲。

繞 ㄖㄠˋ jao⁴

1纏束。如：五龍繞柱。2迴環。如：餘音繞梁。3姓。'春秋''秦'有'繞朝'。見"萬姓統譜·八三"。

10【繞射】 ㄖㄠˋ ㄕㄜˋ

(diffraction)水波槽的實驗中，水波經過小孔後的波動並非直線傳播，而會向各方散開，此種波動遇阻礙物能繞過阻礙物而傳播出去的現象稱爲繞射。波的繞射現象，必須是阻礙物的大小或小孔、狹縫的寬度幾近於波動的波長，才會明顯，即波長愈大者繞射現象愈顯著。日常生活中，物體之大小、隙縫之寬度皆遠比光波波長爲大，故只見到光的直線傳播。

11【繞梁】 ㄖㄠˋ ㄌㄧㄤˊ

聲音縈繞屋梁。形容聲音美妙，令人難忘。

【繞組】 ㄖㄠˋ ㄗㄨˇ

(winding) 將導線繞成圓柱狀的傳導路徑。

3【繞口令】 ㄖㄠˋ ㄎㄡˇ ㄌㄧㄥˋ

語文遊戲的一種。把雙聲或疊韻的字編成語句，使人唸起來很拗口，而且不易唸得清晰。引申爲曲折難懂的話語。也稱急口令、拗口令。

9【繞指柔】 ㄖㄠˋ ㄓˇ ㄖㄡˊ

柔軟能纏繞在手指上的東西。比喻隨俗浮沈的人。

繡 ㄒㄧㄡˋ hsiu⁴ 音秀

1五彩均備的繪畫。見"說文"。2用彩色絲線在絲織品或布帛上刺成各種花紋。如：刺繡。3繡有花紋的織品或衣物。如：衣繡夜行。4姓。'漢'有'繡君賓'。見"萬姓統譜·一一〇"。

11【繡球花】 ㄒㄧㄡˋ ㄑㄧㄡˊ ㄏㄨㄚ

(*Hydrangea macrophylla*) 落葉小灌木。小枝有明顯皮孔。葉對生，橢圓至廣卵形，先端短而漸尖，基部楔形，邊緣有鋸齒。繖房花序頂生，外觀呈球形，大型，徑達20公分，爲不孕性花，具萼片4枚，有白色、粉紅色或藍色。

繡球花圖

19【繡襦記】 ㄒㄧㄡˋ ㄖㄨˊ ㄐㄧˋ

'明''薛近兗'撰。係依據'唐'白行簡"李娃傳"、'元''石君寶'"曲江池"的故事改編而成的傳奇。演'鄭元和'與'李亞仙'的愛情故事，中有'李亞仙'見'鄭元和'淪爲乞兒，脫繡襦披於'元和'身上之情節，故名。另'明''徐霖'亦有"繡襦記"四十一齣，收在"六十種曲"。

8【繡花枕頭】 ㄒㄧㄡˋ ㄏㄨㄚ ㄓㄣˇ ㄊㄡˊ

比喻徒有外表而無眞才實學的人。

繐 ㄙㄨㄟˋ sui⁴ 音遂

一種細而疏的麻布。古時多用以縫製喪服。見"說文"。

繸 繸的俗體。

繵 纆的或體。

繖 ㄙㄢˇ san³ 音傘

雨傘。同傘。如：繖蓋。

7【繖形花序】 ㄙㄢˇ ㄒㄧㄥˊ ㄏㄨㄚ ㄒㄩˋ

(umbel)一種無限花序。其所有的花均具梗，外觀上每一花梗幾乎從同一點長出。如芹菜、茴香及胡蘿蔔的花序。

8【繖房花序】 ㄙㄢˇ ㄈㄤˊ ㄏㄨㄚ ㄒㄩˋ

(corymb)無限花序的一種。具花梗的花排列在花軸上，愈在下位者其花梗愈長，因而花的位置大體上位於同一平面。例如油菜的花序。

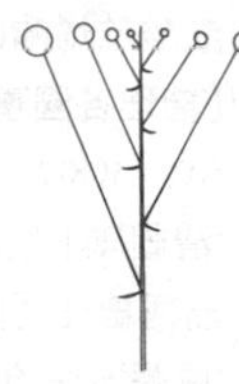
繖房花序圖

繘 ㄩˋ yü⁴ 音浴

汲水用的繩子。見"玉篇"。

繚 ㄌㄧㄠˊ liao² 音聊

1纏繞。如：繚繞。2成束。指絲、線、鬚、髮等理成一束。如：一繚髮。

13【繚亂】 ㄌㄧㄠˊ ㄌㄨㄢˋ

糾纏紛亂。

18【繚繞】 ㄌㄧㄠˊ ㄖㄠˋ

1纏繞；環繞。2迴旋飄動的樣子。

纆 纆的本字。

繝 ㄐㄧㄢˋ chien⁴ 音諫

絲織品的花紋。見"集韻"。

繢 ㄏㄨㄟˋ hui⁴ 音慧

1布帛的餘尾。見"說文"。2畫。通繪。見"集韻"。

繟 ㄔㄢˇ ch'an³ 音產

1絲做的寬帶。見"說文"。2寬大；舒緩。如：繟緩。

繙 ㄈㄢ fan¹ 音翻

1風吹動旗子的樣子。見"正字通"。2翻譯。見"字彙"。

繎 ㄖㄢˊ jan² 音然

1絲線纏繞。見"說文"。2深紅色。見"正字通"。

繑 ㄑㄧㄠ ch'iao¹ 音敲

1褲帶。見"說文"。2麻鞋。通屩。見"字彙補"。

緁 ㄐㄧㄝˊ chieh² 音捷 又讀 ㄐㄧˊ chi² 音集

1集合。見"說文"。2蠻夷貨幣。見"玉篇"。

緁 緁的或體。

13

繫 ㊀ㄒㄧˋ hsi⁴ 音系

1拴綁;懸掛。如:繫馬。2拘囚。如:繫獄。3連接;聯屬依附。如:聯繫。4牽涉;關連。

㊁ㄐㄧˋ chi⁴ 音計

同㊀1。

11【繫桿】 ㄒㄧˋ ㄍㄢˇ

(tie rod) 僅能承受張力的一種細長結構桿件。應用於飛機結構與橋梁、廠房、水槽、水塔和起重機等鋼結構。吊桿即爲繫桿的一種,用來聯接桁條,以承擔與屋頂平行方向的荷重分向量。

12【繫詞】 ㄒㄧˋ ㄘˊ

判斷句中用來連繫主語和謂語的詞。如「'中國'是世界文明古國」中的「是」。

14【繫獄】 ㄒㄧˋ ㄩˋ

囚禁於牢獄中。

16【繫頸】 ㄒㄧˋ ㄐㄧㄥˇ

捆綁;拘囚。

【繫縛】 ㄒㄧˋ ㄈㄨˊ

捆綁。

19【繫辭】 ㄒㄧˋ ㄘˊ

1"周易"卦辭。相傳爲'文王'作。2"易經"篇名。即"繫辭傳"。3邏輯學名詞。連接命題中的主語和賓語,而表示肯定或否定之意的辭。如命題:甲爲乙,「爲」字就是繫辭,表示肯定的意思。又如命題:甲非乙,「非」字就是繫辭,表示否定的意思。

10【繫留氣球】 ㄒㄧˋ ㄌㄧㄡˊ ㄑㄧˋ ㄑㄧㄡˊ

(captive balloon)用繩索拴於地面絞盤機或固定地點的氣球。戰爭中用以從事軍情觀察者,稱爲觀察氣球;用數個以上作爲防護重要地區或設施以對抗低飛機之攻擊者,稱爲阻塞氣球。

繴 ㄅㄧˋ pi⁴ 音避

一種可翻轉的捕鳥車子。見"說文"。

繭 ㄐㄧㄢˇ chien³ 音減

1蠶及某些昆蟲吐絲所結成的橢圓形囊狀物。如:蠶繭。2手腳因長久摩擦所生的厚皮。如:足繭。3絲綿袍。如:重繭衣裘。

繶 ㄧˋ i⁴ 音憶

古代用來鑲飾鞋屨的圓絲帶。見"廣雅·釋器"。

繵 ㊀ㄉㄢˋ tan⁴ 音蛋

束在腰上的大帶。見"廣韻"。

㊁ㄔㄢˊ ch'an² 音纏

纏繞。同纏。見"集韻"。

繸 ㄙㄨㄟˋ sui⁴ 音遂

繫瑞玉的絲帶。見"爾雅·釋器"。

縺 ㄉㄚˊ ta² 音達

參紇縺。

繮 韁的或體。

繩 ㄕㄥˊ shêng² 音澠

1用麻、絲或其他纖維絞合製成的長條物。如:繩索。2工匠用來正曲直的工具。也稱墨線、繩墨。3糾正;處置。如:繩之以法。4法度;準則。如:準繩。5繼承。6姓。'明'有'繩服'。見"萬姓統譜·五七"。

5【繩正】 ㄕㄥˊ ㄓㄥˋ

以墨線正曲直。引申爲糾正過失。

15【繩墨】 ㄕㄥˊ ㄇㄛˋ

1工匠用來打直線的工具。如圖。2比喻規矩、法度。

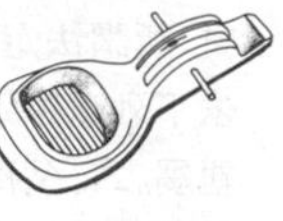

繩墨圖

4【繩之以法】 ㄕㄥˊ ㄓ ㄧˇ ㄈㄚˇ

以法律制裁犯法者。

13【繩愆糾謬】 ㄕㄥˊ ㄑㄧㄢ ㄐㄧㄡ ㄇㄧㄡˋ

糾正過失、錯誤。

繰 ㊀ㄗㄠˇ tsao³ 音早

青中帶紅的絲織品。見"說文"。

㊁ㄙㄠ sao¹ 音繅

煮繭抽絲。同繅。見"集韻"。

繷 ㄋㄠˊ nao² 音撓

過度。見"方言·一〇"。

繱 繱的或體。

繹 ㄧˋ i⁴ 音譯

1抽絲。如:繹絲。2引出事理的端緒。如:尋繹。3連續不斷。如:絡繹不絕。4陳述;陳列。

繯 ㄏㄨㄢˊ huan² 音環 又讀 ㄏㄨㄢˋ huan⁴ 音換

1圈;繫。見"字彙"。2用繩索結成的環圈。如:投繯。3旗上的結帶。4絞死。如:繯刑。

繳 ㄕㄞˇ shai³

絲絹。即紵。見"字彙補"。

繲 ㄐㄧㄝˇ chieh⁴ 音介

洗衣。見"廣韻"。

繨 ㊀ㄗㄨㄢˇ tsuan³ 音纘

纂的或體。

㊁ㄒㄧ hsi¹ 音希

纗的或體。

繳 ㊀ㄓㄨㄛˊ cho², chuo² 音灼

用生絲絞合而成的細繩。見"說文"。

㊁ㄐㄧㄠˇ chiao³ 音絞

1纏繞。如:繳繞。2交納;歸還。如:繳費。

11【繳械】 ㄐㄧㄠˇ ㄒㄧㄝˋ

沒收投降者的軍械。

繪 ㄏㄨㄟˋ hui⁴ 音會

1彩畫;彩繡。見"說文"。2作畫。如:繪圖。

12【繪畫】 ㄏㄨㄟˋ ㄏㄨㄚˋ

(painting) 造形美術的一種。以紙張、畫布或其他平面材料,運用點、線、面、形狀、色彩等描繪事物之形象,以表達作者感覺、感情及思想者,稱爲繪畫。

14【繪製】 ㄏㄨㄟˋ ㄓˋ
繪畫製作。

【繪圖板】 ㄏㄨㄟˋ ㄊㄨˊ ㄅㄢˇ
(drawing board) 由白松木、檜木或木質堅硬、紋理細密的木板製成的繪圖工具。板面須平直、無瑕疵,四周緣須平直以利丁字尺或平行尺使用。常用的繪圖板爲75×105公分。

【繪圖器】 ㄏㄨㄟˋ ㄊㄨˊ ㄑㄧˋ
(plotter)電腦系統周邊設備的一種。具有繪製圖形的功能,可接受特定的資料數據,以圖形的形式輸出。

15【繪影繪聲】 ㄏㄨㄟˋ ㄧㄥˇ ㄏㄨㄟˋ ㄕㄥ
形容對事物的敘述、描寫極爲生動逼眞。

14【繪圖終端機】 ㄏㄨㄟˋ ㄊㄨˊ ㄓㄨㄥ ㄉㄨㄢ ㄐㄧ
(graphic terminal)電腦周邊設備的一種。具有繪圖功能,可顯示圖形資料的終端機。

12【繪畫性抽象以後的抽象】 ㄏㄨㄟˋ ㄏㄨㄚˋ ㄒㄧㄥˋ ㄔㄡ ㄒㄧㄤˋ ㄧˇ ㄏㄡˋ ˙ㄉㄜ ㄔㄡ ㄒㄧㄤˋ
(post-painterly abstraction)西元1960年,一群經過抽象表現主義洗禮的畫家,爲反抗抽象表現主義造形的曖昧性,漸漸傾向於有明確造形且用理性作畫的繪畫態度。此種反動派別,藝評家'格林柏格'(Greenberg)稱之爲繪畫性抽象以後的抽象。又畫風強調色彩的對比和畫面的平面性,有清楚明確的造形,所以也稱硬邊藝術或色面繪畫。代表畫家有'路易斯'(Morris Louis)、'紐曼'(Barnett Newmann)、'諾蘭德'(Kenneth Noland)等。

14

辮 ㄅㄧㄢˋ *pien*^{4} 音辨
①交織;編織。見"說文"。②分股交叉編成的長條髮。如:髮辮。

3【辮子】 ㄅㄧㄢˋ ˙ㄗ
分股交叉編成的長條髮。

纂 ㄗㄨㄢˇ *tsuan*^{3}
①赤色的絲帶。如:纂組。②編輯。如:編纂。③繼承。如:纂承。

繽 ㄅㄧㄣ *pin*^{1} 音賓
①紊亂。見"玉篇"。②繁盛的樣子。見"字彙"。

10【繽紛】 ㄅㄧㄣ ㄈㄣ
①繁盛的樣子。②眾多雜亂的樣子。

繻 ㄒㄩ *hsü*^{1} 音需 又讀 ㄖㄨˊ *ju*^{2} 音儒
①彩色的絲織品。見"說文"。②'漢'時出入關口時所用的帛製憑證。見"正字通"。③沾溼。通濡。如:繻溼。

繾 ㄑㄧㄢˇ *ch'ien*^{3} 音遣
參繾綣。

14【繾綣】 ㄑㄧㄢˇ ㄑㄩㄢˇ
親密;纏綿。形容情意深厚,難分難捨。

纁 ㄒㄩㄣ *hsün*^{1} 音熏
淺紅色。見"說文"。

繼 ㄐㄧˋ *chi*^{4} 音計
①連續。見"說文"。②承接。如:繼往開來。

8【繼武】 ㄐㄧˋ ㄨˇ
足跡相接續。比喻承續前人的事業。

【繼承】 ㄐㄧˋ ㄔㄥˊ
我國"民法"以死亡(包括死亡宣告)爲唯一繼承開始原因,且被繼承人死亡,該人之一切權利義務由法定繼承人當然的且包括的承繼。所謂法定繼承人,除配偶外,依下列順序定之:一、直系血親卑親屬。二、父母。三、兄弟姊妹。四、祖父母。所謂當然的繼承係指繼承開始原因發生時,無庸繼承人之意思表示或請求,被繼承人之權利義務,法律上當然立即由繼承人承繼。所謂包括的繼承係指不論被繼承人之權利或義務,均包括的由繼承人承繼。

9【繼室】 ㄐㄧˋ ㄕˋ
續娶的妻子。

13【繼嗣】 ㄐㄧˋ ㄙˋ
①繼承。②(descent)指對於某人與其祖先之間公認的關係。可經由父母雙方來追溯,以男性成員的血緣線索爲傳遞者,稱父系繼嗣;以女性成員的血緣線索爲傳遞者,稱母系繼嗣。

16【繼踵】 ㄐㄧˋ ㄓㄨㄥˇ
在後跟隨。

8【繼承權】 ㄐㄧˋ ㄔㄥˊ ㄑㄩㄢˊ
我國"民法"所謂繼承權有兩種不同之意義:一爲繼承人於繼承開始前所有之權利即將來爲繼承人之潛在權利,如"民法"第一千一百四十條、一千一百四十五條等所謂之繼承權是。一爲繼承人於繼承開始後所有之權利即爲繼承人之權利,如"民法"第一千一百四十六條、一千一百七十四條等所謂之繼承權是。繼承開始前之繼承權是期待權之一種,但其效力薄弱,於繼承開始前繼承人不得主張權利,他人縱加以侵害,亦不得對該人請求損害賠償,且其繼承權亦不爲處分之標的物。至於繼承開始後之繼承權係既得權,如其爲第三人所侵害,繼承人得請求繼承之回復,其特留分如被侵害時,則得行使扣減權。此種繼承既得權就其性質而言,是身分權、絕對權,且有物權之性質。

【繼受法】 ㄐㄧˋ ㄕㄡˋ ㄈㄚˇ
法律從其制定的歷史、文化背景而言,有固有法與繼受法之分。繼受外來法律所制定的法律,即屬繼受法。例如'德國'之繼受'羅馬'法,我國之繼受'德國'法、'瑞士'法等均是。大抵言之,一國常有必要擷取他國法律之優點,並參酌本國特有的風俗、習性、制度等予以貫通,如此始得截長補短,尤其如所繼受者確與國情相符合,更易收改進法制之實效。是故,現今各國大多繼受他國法律,俾供立法、修法之參考。

13【繼電器】ㄐㄧˋ ㄉㄧㄢˋ ㄑㄧˋ
(relay) 改變電路情況,可使其開或關狀態改變的電子元件。

7【繼志述事】ㄐㄧˋ ㄓˋ ㄕㄨˋ ㄕˋ
繼承前人的志向,完成前人的事業。

8【繼承拋棄】ㄐㄧˋ ㄔㄥˊ ㄆㄠ ㄑㄧˋ
指繼承開始後否認繼承效力之意思表示。繼承人得拋棄其繼承權,但應於知悉其得繼承之時起二個月內以書面向法院、親屬會議或其他繼承人爲之。因此繼承之拋棄是要式行爲,如不依法定方式爲之,依"民法"第七十三條之規定:「法律行爲,不依法定方式者,無效。」應淪於無效。繼承之拋棄,溯及於繼承開始時發生效力。法定繼承人中有拋棄繼承權者,其應繼分歸屬於其他同一順序之繼承人,同一順序之繼承人均拋棄其繼承權時,準用關於無人承認繼承之規定。指定繼承人拋棄繼承權者,其指定繼承部分歸屬於法定繼承人。

【繼受取得】ㄐㄧˋ ㄕㄡˋ ㄑㄩˇ ㄉㄜˊ
權利之取得可分爲原始取得及繼受取得。前者如時效取得、動產善意取得、不動產信賴依"土地法"所爲之登記、遺失物之拾得、添附等是;後者則如因買賣、贈與、繼承等取得是。強制執行拍賣,通說亦認屬私法上之買賣,亦係繼受取得。繼受取得須繼受前手權利之瑕疵,且如買賣標的物已設有抵押權者,該抵押權並不受影響。反之,原始取得則得排除標的物上之負擔,享受無瑕疵之權利。

【繼往開來】ㄐㄧˋ ㄨㄤˇ ㄎㄞ ㄌㄞˊ
繼承前人的成果,開拓未來的新局面。

12【繼絕存亡】ㄐㄧˋ ㄐㄩㄝˊ ㄘㄨㄣˊ ㄨㄤˊ
延續絕滅的世系,復興滅亡的國家。

20【繼繼繩繩】ㄐㄧˋ ㄐㄧˋ ㄕㄥˊ ㄕㄥˊ
前後相繼不絕的樣子。

21【繼續經費】ㄐㄧˋ ㄒㄩˋ ㄐㄧㄥ ㄈㄟˋ
依設定之條件或期限,分期繼續支用之經費,須分年列入預算,年終未用部分,必須依法辦理保留。如國家重大經濟建設之經費,多係爲最初一次核定後,分期繼續支用,至建設工程全部完成時始告終止。

8【繼承權之喪失】ㄐㄧˋ ㄔㄥˊ ㄑㄩㄢˊ ㄓ ㄙㄤˋ ㄕ
繼承權因下列之事由而喪失:一、故意致被繼承人或應繼承人於死或雖未致死因而受刑之宣告者。二、以詐欺或脅迫使被繼承人爲關於繼承之遺囑,或使其撤銷或變更之者。三、以詐欺或脅迫妨害被繼承人爲關於繼承之遺囑,或妨害其撤銷或變更之者。四、僞造、變造、隱匿或湮滅被繼承人關於繼承之遺囑者。五、對於被繼承人有重大之虐待或侮辱情事,經被繼承人表示其不得繼承者。以上第二至第四種情形,如經被繼承人宥恕者,其繼承權不喪失。繼承人有繼承權喪失之事由者,不待法院判決即喪失繼承權。喪失繼承權者若係被繼承人之直系血親卑親屬,構成代位繼承,否則該繼承人之應繼分按人數歸屬於共同繼承人,若無共同繼承人時,由次順序之繼承人繼承之。

【繼承回復請求權】ㄐㄧˋ ㄔㄥˊ ㄏㄨㄟˊ ㄈㄨˋ ㄑㄧㄥˇ ㄑㄧㄡˊ ㄑㄩㄢˊ
繼承開始後,如有非繼承人自命爲繼承人而行使繼承人之權利,致繼承財產被侵害者,眞正繼承人得行使繼承回復請求權,以防繼承財產被侵奪。繼承人行使繼承回復請求權,不以繼承財產已登記爲要件,苟無繼承權人行使遺產上之權利,置合法繼承人於不顧,即屬侵害繼承人之繼承權,而構成行使繼承回復請求權之事由。繼承回復請求權自知悉被害之時起,二年間不行使而消滅。自繼承開始時起逾十年者亦同。又繼承回復請求權之時效爲物權取得時效("民法"第七百六十八至七百七十條)之特別規定,在繼承回復請求權超過前述時效期間前,該無繼承權而自命爲繼承人之人不得主張物權取得時效之規定。

纀 ㄆㄨˊ $p'u^2$ 音僕
深衣的下裳。見"說文"。

15

纇 ㄌㄟˋ lei^4 音類
①絲上的結。見"說文"。②乖張。③缺失。見"字彙"。

纍 ㄌㄟˊ lei^2 音雷
①連綴有序。見"說文"。②繫掛;纏繞。③囚繫。如:纍囚。④繩索。⑤瘦弱疲憊的樣子。⑥姓。'南北朝''後趙'有'纍澄'。見"萬姓統譜·七四"。

11【纍紲】ㄌㄟˊ ㄒㄧㄝˋ
拘繫犯人的繩索。引申指牢獄。

21【纍纍】ㄌㄟˊ ㄌㄟˊ
①形容繁多而聯貫成串的樣子。②形容瘦弱疲憊的樣子。

纊 ㄎㄨㄤˋ $k'uang^4$ 音曠
綿絮。見"說文"。

纏 ㄔㄢˊ $ch'an^2$ 音蟬
①圍繞。如:纏足。②糾結;攪擾。如:糾纏不清。③佛家語。煩惱的別名。煩惱使人心不得自在,故稱。

5【纏令】ㄔㄢˊ ㄌㄧㄥˋ
'北宋'唱賺的一種形式。採用成套的歌曲,由音律相近的若干曲調,前加引子、後加尾聲組成。廣泛運用在'金'、'元'以後的戲曲音樂中。今'董解元'的"西廂記諸宮調"中尙保留"醉落魄纏令"、"點絳脣纏令"等名稱。

7【纏足】 ㄔㄢˊ ㄗㄨˊ
我國古代部分地方婦女,幼小時用布條緊裹雙足,壓縮肌骨,阻止生長,使彎成弓狀,纖細短小,以爲美觀。

10【纏鬥】 ㄔㄢˊ ㄉㄡˋ
鬥得難分難解。

11【纏訟】 ㄔㄢˊ ㄙㄨㄥˋ
訴訟糾纏不得了結。

14【纏綿】 ㄔㄢˊ ㄇㄧㄢˊ
①形容情意親密。②形容憂思或病魔糾纏不解。③留連。

12【纏絲勁】 ㄔㄢˊ ㄙ ㄐㄧㄣˋ
肢體迴旋圓轉所生的勁道。用以化解敵力,並借力乘勢以制敵。

14【纏綿床笫】 ㄔㄢˊ ㄇㄧㄢˊ ㄔㄨㄤˊ ㄗˇ
指久病不癒。

【纏綿悱惻】 ㄔㄢˊ ㄇㄧㄢˊ ㄈㄟˇ ㄘㄜˋ
形容文詞或文學作品中的故事情節哀婉動人。

16【纏頭裹腦】 ㄔㄢˊ ㄊㄡˊ ㄍㄨㄛˇ ㄋㄠˇ
單刀特有的基本招式。刀背由右向左,繞過頭部,轉以刀刃向左横掃爲纏頭;刀刃自左向右,繞過頭部,從頭頂或左肩上方砍下爲裹腦。

䌟 纘的俗體。

纖 纖的俗體。

纈 ㄒㄧㄝˊ *hsieh*² 音協
①印染花紋的絲織物。見"增韻"。②眼昏花。

續 ㄒㄩˋ *hsü*⁴ 音緒
①連接;連屬。如:斷斷續續。②繼承;繼世。如:嗣續。③補充。④姓。'漢'有'續相如'。見"漢書·景武昭宣元成功臣表"。

11【續絃】 ㄒㄩˋ ㄒㄧㄢˊ
再娶。

15【續稿】 ㄒㄩˋ ㄍㄠˇ
(add)繼續傳輸發排的稿件。通訊社所發新聞稿件在一頁以上者,送交檢排時,編定頁次於顯著地位。照一般報紙習慣,第一頁不編,第二頁編爲「續稿1」,第三頁編爲「續稿2」,餘類推。

5【續仙傳】 ㄒㄩˋ ㄒㄧㄢ ㄓㄨㄢˋ
'南唐''沈汾'撰,三卷。上卷以'張志和'爲首,載飛升十六人(內含女眞三人);中卷以'孫思邈'爲首,載隱化十二人;下卷以'司馬承禎'爲首,載隱化八人。爲研究'唐代'道教史的重要史料。

10【續航力】 ㄒㄩˋ ㄏㄤˊ ㄌㄧˋ
(endurance)飛機在一定的速率及飛行高度下,可以在空中不加油飛行的最長時間。

11【續通志】 ㄒㄩˋ ㄊㄨㄥ ㄓˋ
'清''乾隆'三十二年(1767)敕撰,六百四十卷。記'唐'、五代、'宋'、'遼'、'金'、'元'、'明'政事,兼補'唐代'紀傳。門目體例,一如'宋''鄭樵'"通志",而略有斟酌損益。

【續通典】 ㄒㄩˋ ㄊㄨㄥ ㄉㄧㄢˇ
'清''乾隆'三十二年(1767)敕撰,一百五十卷。將'唐''至德'元年(756)至'明''崇禎'末年的典章制度,分八門按年編次。門目體例,一如'唐''杜佑'"通典",分門隸事則稍有出入。

12【續發新聞】 ㄒㄩˋ ㄈㄚ ㄒㄧㄣ ㄨㄣˊ
(second-day story)指新聞事件報導後,次日再加以繼續報導。續發新聞採用不同導言,固無疑義,但緊接導言之後,須將事件作一簡要回顧或重述,使接受音訊者獲知全貌。

4【續文獻通考】 ㄒㄩˋ ㄨㄣˊ ㄒㄧㄢˋ ㄊㄨㄥ ㄎㄠˇ
①'明''王圻'撰,二百五十四卷。自'宋''嘉定'迄'明''萬曆',輯'宋'、'遼'、'金'、'元'、'明'各代文獻而成。前四代大都採自正史,甚少新材料,唯所輯'明'事甚備。②'清''乾隆'十二年(1747)敕撰,二百五十二卷。門目體例,一如'元''馬端臨'"文獻通考"。

纋 ㄧㄡ *yu*¹ 音憂
笄中央稍狹的部分。用來固定頭髮。見"集韻"。

纆 ㄇㄛˋ *mo*⁴ 音墨
繩子。見"說文"。

纔 ㄘㄞˋ *ts'ai*⁴ 音蔡
也作縩。參綷縩。

繱 ㄘㄨㄥ *ts'ung*¹ 音匆
同總、緫。①青色細緻的絲帛。見"廣韻"。②青白色。見"玉篇"。

16

纜 纜的俗體。

纓 ㄒㄩㄢˋ *hsüan*⁴ 音炫
懸絸的繩索。也作繯。見"集韻"。

纏 纏的俗體。

纑 ㄌㄨˊ *lu*² 音盧
用以織布的麻線。見"說文"。

17

纕 ㊀ ㄒㄧㄤ *hsiang*¹ 音香
佩帶。見"字彙"。
㊁ ㄖㄤˊ *jang*² 音攘
捋起衣袖,露出手臂。見"說文"。

纓 ㄧㄥ *ying*¹ 音嬰
①帽帶。如:冠纓。②用絲線編成的穗狀飾物。如:紅纓槍。③套在馬腹部前端的皮帶。引申爲綁人的長繩。如:長纓。

纙 ㄐㄧˋ *chi*⁴ 音寄
產於'西域'的毛氈。也作罽。見"說文"。

纖 ㄒㄧㄢ *hsien*¹ 音仙
①細小。如:纖腰。②細紋的布帛。如:被文衣纖。

4【纖毛】 ㄒㄧㄢ ㄇㄠˊ
(cilium)原生動物中的纖毛蟲體表,或後生動物之某些細胞(如人體氣管的內襯)的游離面,具有多數細小的毛狀突起，是爲纖毛。纖毛可以擺動，爲原生動物纖毛蟲的運動胞器。人體氣管內襯的纖毛擺動時，可以將氣管內混於空氣中的塵埃送出喉門外；輸卵管內襯的纖毛擺動時，可使卵在輸卵管內移動。纖毛的微細構造與鞭毛相同。

【纖介】 ㄒㄧㄢ ㄐㄧㄝˋ
微小；細微。

5【纖巧】 ㄒㄧㄢ ㄑㄧㄠˇ
1細緻精巧。2指心計細密深刻。

10【纖弱】 ㄒㄧㄢ ㄖㄨㄛˋ
細弱無力的樣子。

11【纖毫】 ㄒㄧㄢ ㄏㄠˊ
細微的毫毛。比喻極其細微。

13【纖腰】 ㄒㄧㄢ ㄧㄠ
細腰。

14【纖維】 ㄒㄧㄢ ㄨㄟˊ
(fiber) 1動物體內，神經細胞的突起延長呈纖維狀，稱神經纖維；肌肉細胞細長，稱肌纖維；結締組織的基質中含有細長的纖維。植物韌皮部及木質部均有細長、壁厚的細胞，具支持的功用，分別稱韌皮纖維及木質纖維。2具有高抗張強度與高模數(或挺度)的聚合物。其斷裂伸張率低，結晶性高，熔點介於 200～300°C，玻璃轉化點大於室溫，但亦不得太高，以便能熨燙與冷拉定向。可分爲天然與人造纖維。

【纖維板】 ㄒㄧㄢ ㄨㄟˊ ㄅㄢˇ
(fiber board) 大多以植物性(如木材、甘蔗渣、稻草)纖維作成紙漿狀後，再壓縮或乾固而製成的板料。依質料可分爲塑合板、蔗板、鑽泥板等；依比重可分爲硬質、半硬質、鬆質三種。纖維板可作隔熱板、屋頂板、天花板、室內隔間板及襯板等之用。

【纖維素】 ㄒㄧㄢ ㄨㄟˊ ㄙㄨˋ
(cellulose) 由許多葡萄糖分子以 β—式聚合而成的絲狀物。分子式 $(C_6H_{10}O_5)_n$，不溶於一般溶劑，是構成植物的主要物質。例如棉花便幾乎是純的纖維素。主要用於紡紗、造紙等；或製成硝化纖維素，爲無煙火藥和賽璐珞之原料。

【纖塵不染】 ㄒㄧㄢ ㄔㄣˊ ㄅㄨˋ ㄖㄢˇ
不沾染一點塵土。形容非常潔淨。

【纖維蛋白】 ㄒㄧㄢ ㄨㄟˊ ㄉㄢˋ ㄅㄞˊ
(fibrous protein) 指不溶於水的蛋白質。分子長如綿狀，是構成動物組織的主要物質。例如構成皮膚、毛髮、肌肉、指甲、羽毛等之蛋白質。

【纖維補強之複合材料】 ㄒㄧㄢ ㄨㄟˊ ㄅㄨˇ ㄑㄧㄤˊ ㄓ ㄈㄨˋ ㄏㄜˊ ㄘㄞˊ ㄌㄧㄠˋ
(fiber-reinforced composites) 加於混凝土中使結構具有高度抗拉力的材料。鋼筋混凝土爲早期的纖維補強之複合材料，今則有許多新的纖維複合材料，如玻璃纖維補強塑膠及其類似物(硼、鎢、氧化鋁、碳化矽、鈹等)，具有高彈性模數，可供作加強材料，尤適用於需高強度—重量比的結構或機件，如輪葉、飛機結構和氣渦輪機等。

纔 ㄘㄞˊ *ts'ai*^{2} 音才
通才。1只；僅。2方；始。

18

纛 ㄉㄠˋ *tao*^{4} 音到 又讀 ㄉㄨˊ *tu*^{2} 音毒
1古時以犛牛尾或雉尾製成，繫於帝王乘輿上的飾物。見"廣韻"。2古時軍隊或儀仗隊所持的一種大旗。

⿰糹聶 ㄋㄧㄝˋ *nieh*^{4} 音孽
量詞。古代以五絲爲⿰糹聶。見"字彙"。

纗 ㄒㄧ *hsi*^{1} 音西
1網中繩。見"說文"。2結；繫。見"正字通"。

19

纚 一 ㄕˇ *shih*^{3} 音始
1束髮的絲布。見"說文"。2行走的樣子。見"正字通"。
二 ㄙㄚˇ *sa*^{3} 音灑
1一種箕形網。前廣後狹。也指網取。2有次序的樣子。如：洋洋纚纚。
三 ㄌㄧˊ *li*^{2} 音離
1竹繩。即笮、筰。如：紼纚。2拴繫。如：纚舟。3連續。如：纚屬。

纘 ㄗㄨㄢˇ *tsuan*^{3} 音纂
繼續；承繼。見"說文"。

11【纘統】 ㄗㄨㄢˇ ㄊㄨㄥˇ
繼承帝位。

21

纜 ㄌㄢˋ *lan*^{4} 音爛 又讀 ㄌㄢˇ *lan*^{3} 音覽
1繫舟的繩子。也泛稱粗大的繩索。如：鋼纜。2繫舟；泊舟。

缶部

缶 ㄈㄡˇ *fou*^{3} 音否
1腹大口小的瓦器。可用以盛酒、汲水，也可用來敲打節歌。見"說文"。2量名。古以四斛爲一缶。見"正字通"。

3

缸 ㄍㄤ *kang*^{1} 音岡
1似罌而長頸的一種瓦器。今泛指陶瓷、玻璃或塑膠製成的容器。如：魚缸。2燈。通釭。

4

缺 ㄑㄩㄝ *ch'üeh*^{1} 音闕
1器物殘破。如：缺口。2泛指不完美。如：缺陷。3虧欠；不足。如：缺少。4空位。如：補缺。

9【缺盆】 ㄑㄩㄝ ㄆㄣˊ
1穴位之一。位於鎖骨上窩的正中央。屬足陽明胃經。2'中'醫解剖名稱。位於兩側前胸壁的上方，鎖骨上緣正中凹陷處。

10【缺席】 ㄑㄩㄝ ㄒㄧˊ
(absence) 工作時間內不在職或聚會時不到場的情形。

11【缺陷】 ㄑㄩㄝ ㄒㄧㄢˋ
有缺點；不完美。

15【缺德】 ㄑㄩㄝ ㄉㄜˊ
缺乏道德；行事不合情理。

16【缺憾】 ㄑㄩㄝ ㄏㄢˋ
因不完美而感到遺憾。

18【缺額】 ㄑㄩㄝ ㄜˊ
未足的名額。

10【缺氧血】 ㄑㄩㄝ ㄧㄤˇ ㄒㄧㄝˇ
(deoxygenated blood)體循環之途徑中，靜脈內血液含氧量甚低的現象。

【缺席判決】 ㄑㄩㄝ ㄒㄧˊ ㄆㄢˋ ㄐㄩㄝˊ
訴訟程序上，法院於當事人之一造拒絕出庭陳述或不能使其在庭陳述時所爲之判決。民事缺席判決，乃因當事人之一造經合法通知而拒絕到庭陳述，其自願放棄應訴之權，故予以缺席判決。至於刑事缺席判決，則因刑事訴訟應注意被告利益之保護，不得輕易剝奪其防禦權，故限於輕微或有利於被告之案件，始得爲缺席判決。

11【缺貨水準】 ㄑㄩㄝ ㄏㄨㄛˋ ㄕㄨㄟˇ ㄓㄨㄣˇ
(stockout level)又稱缺貨機率。係指供應廠商儲存之庫存可能發生缺貨的機率。

【缺貨成本】 ㄑㄩㄝ ㄏㄨㄛˋ ㄔㄥˊ ㄅㄣˇ
(stockout cost)係指因缺乏原物料、零件而停工待料所造成之人工與機器的損失，以及因缺乏成品而造成商譽和銷售上的損失。

21【缺鐵性貧血】 ㄑㄩㄝ ㄊㄧㄝˇ ㄒㄧㄥˋ ㄆㄧㄣˊ ㄒㄧㄝˇ
(iron-deficiency anemia)指鐵質供不應求，使儲存在身體中的鐵質大量消耗而產生的貧血。其症狀爲血液中紅血球變小，顏色變淺，帶氧功能也不如正常的紅血球。造成缺鐵性貧血，主要因吸收不好，如胃切除手術後的病人，因無胃酸的作用，將三價鐵還原成二價鐵，造成吸收困難。如發現病人有缺鐵性貧血，應做胃部檢查，以找出缺鐵的原因，多以口服鐵劑或靜脈注射鐵劑來補充。

䍃 ㄧㄡˊ yu² 音由 又讀 ㄧㄠˊ yao² 音遙
瓦器的通稱。見"說文"。

5

瓬 缶的或體。

缽 ㄅㄛ po¹ 音撥
本作鉢。1僧侶所用的食器。即梵語音譯鉢多羅的省稱。見"正字通"。2泛指盛物的器具。如：茶缽。

6

瓷 瓷的或體。

缾 ㄆㄧㄥˊ p'ing² 音屏
或作缾。小型的汲水用具。同瓶。見"說文"。

缿 ㄒㄧㄤˋ hsiang⁴ 音項
1古時儲錢的器具。用瓦或竹製成。見"說文"。2收受信件的器具。見"字彙"。

10

罃 ㄧㄥ ying¹ 音英
古時貯水以防火的瓦製長頸容器。見"說文"。

11

罄 ㄑㄧㄥˋ ch'ing⁴ 音慶
1容器中空。引申爲盡、竭。如：罄竹難書。2樂器名。通磬。如：罄折。

6【罄竹難書】 ㄑㄧㄥˋ ㄓㄨˊ ㄋㄢˊ ㄕㄨ
形容罪惡太多，簡策難以盡記。

8【罄其所有】 ㄑㄧㄥˋ ㄑㄧˊ ㄙㄨㄛˇ ㄧㄡˇ
竭盡一切；竭盡所有。

罐 ㄍㄨㄢˋ kuan⁴ 音貫
瓦器。同罐。

罅 ㄒㄧㄚˋ hsia⁴ 音下
1破裂；裂縫。如：罅漏。2缺陷。

14【罅漏】 ㄒㄧㄚˋ ㄌㄡˋ
裂縫；漏洞。

【罅隙】 ㄒㄧㄚˋ ㄒㄧˋ
1裂縫；縫隙。2嫌隙。

12

罇 樽的或體。

罈 ㄊㄢˊ t'an² 音潭
口小腹大的陶製容器。也作罎。見"集韻"。

13

罋 ㄨㄥˋ wêng⁴ 音甕
口小腹大的瓦製容器。同甕。見"正字通"。

罊 ㄑㄧˋ ch'i⁴ 音棄
1容器內空無一物。見"說文"。2泛指竭盡。見"爾雅·釋詁"。

14

罌 ㄧㄥ ying¹ 音英
口小腹大的瓦器。也作甖。

12【罌粟】 ㄧㄥ ㄙㄨˋ
(opium poppy; *Papaver somniferum*)一年生草本。植物體具白粉和乳汁。葉具粗鋸齒緣或裂片；莖直立，下部葉具短柄，上部葉抱莖；花鮮豔，有粉紅色、紅色及紫色。花芽呈下垂性，常單獨生於一長花梗上；

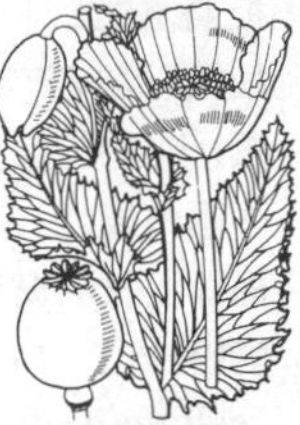
罌粟圖

蒴果呈柱狀近球形，成熟時於上端孔裂。罌粟是提製鴉片的主要來源，以竹刀刮收未熟果表面流出之乳液，陰乾後即成鴉片。鴉片含罌粟鹼(papaverine)等成分，是著名的麻醉和鎮痛劑，吸食後會上癮，且有不良副作用。

15

罍 ㄌㄟˊ lei² 音雷

大型酒器或盛水器。有方形和圓形兩種：方形罍寬肩，兩耳，有蓋；圓形罍大腹，圓肩，圈足，兩耳。始見於‘二里岡’時期，約使用至‘戰國’時期。

罍圖

⿰缶齒 ㄧㄚˋ ya⁴ 音訝

器皿有所缺損。見“集韻”。

16

罏 ㄌㄨˊ lu² 音盧

古代的一種盛酒容器。

罎 罈的或體。

18

罋 甕的或體。

罐 ㄍㄨㄢˋ kuan⁴ 音貫

1古時用以汲水的瓦器。見“集韻”。2泛指盛物的器具。如：糖罐。

6【罐汗】 ㄍㄨㄢˋ ㄏㄢˋ

(sweating)因罐頭食品有內容物，傳熱率較小，不易與外界氣溫達成平衡狀態；當罐頭之溫度較周圍溼空氣之露點低時，水汽即冷凝於罐壁，形成水滴或水膜的現象。如將冰箱內的罐頭拿到室溫，因罐內溫度較室溫低，便會產生罐汗現象。

网 部

网 網的本字。

罒 网的或體。

3

罕 ㄏㄢˇ han³ 音喊

1稀少。如：罕見。2姓。‘春秋’有‘罕虎’。見“萬姓統譜·八一”。

17【罕覯】 ㄏㄢˇ ㄍㄡˋ

少見。

20【罕譬而喻】 ㄏㄢˇ ㄆㄧˋ ㄦˊ ㄩˋ

用很少的比方就能使學者明白。

罔 ㄨㄤˇ wang³ 音網

1以繩索編成，用來捕捉鳥獸、魚類的器具。同网、網。如：罔罟。2網羅；張網捕捉。引申指陷害。如：誣罔。3不；無。如：罔顧天常。4迷惑；失意。通惘。如：學而不思則罔。

8【罔兩】 ㄨㄤˇ ㄌㄧㄤˇ

1傳說山林或河川中的精怪。也作魍魎。2寓言中影子外層的淡影。3無所依據的樣子。

12【罔然】 ㄨㄤˇ ㄖㄢˊ

1徒然。2失意的樣子。也作惘然。

13【罔極】 ㄨㄤˇ ㄐㄧˊ

1無窮盡。2不正；不合中正之道。

罖 罔的古文。

⿱罒干 罕的或體。

⿱罒弓 ㄉㄧˊ ti² 音敵

魚被網網住。同䶲。見“集韻”。

⿱网干 罕的本字。

4

⿱罒互 ㄏㄨˋ hu⁴ 音護

網罟。見“說文”。

⿱罒牙 ㄧㄚˊ ya² 音牙

捕兔的網。見“集韻”。

⿱罒比 笓的或體。

罘 ㄈㄨˇ fu³ 音浮 又讀 ㄈㄡˊ fou²

1捕兔的網。見“說文”。2泛指獵網。

14【罘罳】 ㄈㄨˊ ㄙ

1宮闕門外的疏屏。2獵網。

⿱罒厷 ㄍㄨㄥ kung¹ 音工

1繩索。見“玉篇”。2網的網繩。通紘。見“正字通”。

⿱罒今 ㄘㄣˊ ts'ên² 音岑

網的一種。見“集韻”。

5

罜 ㄓㄨˋ chu⁴ 音注 又讀 ㄉㄨˊ tu² 音獨

參罜䍡。

16【罜䍡】 ㄓㄨˋ ㄌㄨˋ

小魚網。

罡 ㄍㄤ kang¹ 音剛

1星名。北斗七星的斗柄。也稱天罡。見“正字通”。2高空。如：罡風。3山岡。通岡。

罠 ㄇㄧㄣˊ min² 音民

1釣魚的絲繩。同緡。見“說文”。2捕鳥獸的網。見“正字通”。

罢 罷的俗體。

罟 ㄍㄨˇ ku³ 音古

1網的總稱。如：網罟。2比喻法網。如：罪罟。

罞 ㄇㄥˊ mêng² 音蒙

捕麋鹿的網。見“爾雅·釋器”。

罝 ㄐㄩ chü¹ 音居

捕兔的網。也泛指捕鳥獸的網。見“正字通”。

䍓 ㄋㄢˇ *nan*³ 音腩
捕魚網。同罱。見"集韻"。

䍖 ㄈㄡˊ *fou*² 又讀 ㄆㄠ *p'ao*¹
音抛
捕鳥獸的網。鳥獸一觸動，即自行覆蓋。也作罦。見"說文"。

罛 ㄍㄨ *ku*¹ 音姑
魚網。見"說文"。

6

罙 ㄇㄧˊ *mi*² 音彌
或作冞、宷。[1]網的一種。見"說文"。[2]深入。見"集韻"。[3]周行。見"集韻"。

罣 ㄍㄨㄚˋ *kua*⁴ 音卦
[1]牽掛。如：罣念。[2]過失。如：罣誤。[3]阻礙。如：罣礙。

8【罣念】 ㄍㄨㄚˋ ㄋㄧㄢˋ
掛念；思念。

14【罣誤】 ㄍㄨㄚˋ ㄨˋ
貽誤；連累。也作詿誤。

7

䍚 ㄌㄤˋ *lang*⁴ 音浪
參䍚䍚。

12【䍚䍚】 ㄌㄤˋ ㄌㄤˋ
廣大的樣子。

罤 ㊀ ㄊㄧˊ *t'i*² 音題
兔網。見"集韻"。
㊁ ㄎㄨㄣ *k'un*¹ 音昆
兄。昆的俗體。見"正字通"。

䍛 罘的本字。

罥 同羂。㊀ ㄐㄩㄢˋ *chüan*⁴
音眷
[1]網名。見"說文"。[2]綰；繫。見"廣韻"。
㊁ ㄐㄩㄢˇ *chüan*³ 音捲
[1]繫掛。見"玉篇"。[2]糾結。

罦 ㄈㄨˊ *fu*² 音符
[1]捕鳥獸的網。即覆車網。張設於兩轅間，鳥獸一觸動，即自行覆蓋。同䍖。[2]覆蓋。

䍙 ㄇㄟˊ *mei*² 音梅
捕雉鳥的網。見"廣韻"。

8

罫 ㊀ ㄏㄨㄚˋ *hua*⁴ 音畫
挂礙。見"集韻"。
㊁ ㄍㄨㄚˋ *kua*⁴ 音卦
棋盤上的方格子。也作窐。見"集韻"。

罭 ㄩˋ *yü*⁴ 音域
魚網。見"說文新附"。

署 或作罯。㊀ ㄕㄨˇ *shu*³ 音鼠
官府辦公之處。如：官署。
㊁ ㄕㄨˋ *shu*⁴ 音樹
[1]安排；安置。如：部署。[2]代理。如：署理。[3]題字；簽名。如：簽署。

6【署名】 ㄕㄨˋ ㄇㄧㄥˊ
在文件上簽名，以示負責。

11【署理】 ㄕㄨˋ ㄌㄧˇ
官員出缺或離任，由其他官員暫行代理職務。

置 ㄓˋ *chih*⁴ 音制
[1]赦免；釋放。見"說文"。[2]廢棄。如：置之不論。[3]安放；陳設。如：布置。

12【置喙】 ㄓˋ ㄏㄨㄟˋ
發言；插嘴說話。

【置換法】 ㄓˋ ㄏㄨㄢˋ ㄈㄚˇ
(substitution method) 由量度量與已知量置換二次之量度結果而得知量度量的方法。例如以天平測量重量，先用粗分銅量物體重量，使物體與粗分銅在天平上平衡，然後移去物體，換精密分銅測量，如此至少作二次，再求其平均值。

4【置之度外】 ㄓˋ ㄓ ㄉㄨˋ ㄨㄞˋ
不放在心上。

7【置身事外】 ㄓˋ ㄕㄣ ㄕˋ ㄨㄞˋ
不參與某事；對某一事不聞不問。

9【置若罔聞】 ㄓˋ ㄖㄨㄛˋ ㄨㄤˇ ㄨㄣˊ
雖然有所聞知，卻置之一邊，不予理會。

罧 ㄙㄣ *sên*¹ 音森 又讀
ㄌㄧㄣˊ *lin*² 音林
在水中堆積柴薪聚魚，以便捕捉。見"說文"。

罬 ㄓㄨㄛˊ *cho*², *chuo*² 音啄
捕鳥獸用的網。即覆車網。也稱罦。見"說文"。

罨 ㄧㄢˇ *yan*³ 音掩
[1]捕魚、鳥的網。[2]醫術的一種。即將冷物或熱物覆在患處。

12【罨畫】 ㄧㄢˇ ㄏㄨㄚˋ
彩色畫。

罩 ㄓㄠˋ *chao*⁴ 音照
[1]捕魚的竹器。見"說文"。[2]籠蓋在外的器物。如：燈罩。[3]掩蓋。如：籠罩。[4]掌握；控馭。

8【罩衫】 ㄓㄠˋ ㄕㄢ
加在衣服外面以防灰塵汙垢的寬鬆外套。

15【罩碼】 ㄓㄠˋ ㄇㄚˇ
(mask)電腦執行運算時，欲從一組訊息中取出所需部分的編碼，通常以適當的運算配合罩碼來處理。如欲取出數元組中的第3～5數元，則可以00011100爲罩碼，將二者進行及運算，而得到000×××00(其中×代表0或1)爲所需部分。

11【罩得住】 ㄓㄠˋ ㄉㄜˊ ㄓㄨˋ
比喻很有辦法。

䍇 ㄊㄚˋ *t'a*⁴ 音踏
網。見"集韻"。

罪 ㄗㄨㄟˋ *tsui*⁴ 音最
[1]過失。[2]刑罰；違法的行爲。如：犯罪。[3]苦難；苦痛。如：活受罪。[4]歸咎；責怪。如：怪罪。

3【罪己】 ㄗㄨㄟˋ ㄐㄧˇ
把罪過歸於自己。

8【罪狀】 ㄗㄨㄟˋ ㄓㄨㄤˋ
[1]犯罪的事實。[2]陳說犯罪的情狀。

【罪戾】 ㄗㄨㄟˋ ㄌㄧˋ
罪過。

10【罪案】 ㄗㄨㄟˋ ㄢˋ
犯罪的案件。

12【罪惡】 ㄗㄨㄟˋ ㄜˋ
[1]犯罪的行爲。[2]泛指一切惡劣的行爲。

13【罪嫌】 ㄗㄨㄟˋ ㄒㄧㄢˊ

犯罪的嫌疑。

【罪愆】 ㄗㄨㄟˋ ㄑㄧㄢ

罪過。

20【罪孽】 ㄗㄨㄟˋ ㄋㄧㄝˋ

罪惡。

12【罪惡感】 ㄗㄨㄟˋ ㄜˋ ㄍㄢˇ

受良心責備而產生的不安。

2【罪人不孥】 ㄗㄨㄟˋ ㄖㄣˊ ㄅㄨˋ ㄋㄨˊ

處罰罪人不牽累其妻兒。

3【罪大惡極】 ㄗㄨㄟˋ ㄉㄚˋ ㄜˋ ㄐㄧˊ

罪惡深重。

4【罪不容誅】 ㄗㄨㄟˋ ㄅㄨˋ ㄖㄨㄥˊ ㄓㄨ

雖誅殺仍不能抵償其罪過。形容罪惡深重。

12【罪無可逭】 ㄗㄨㄟˋ ㄨˊ ㄎㄜˇ ㄏㄨㄢˋ

罪名已定，無法逃避。

14【罪疑惟輕】 ㄗㄨㄟˋ ㄧˊ ㄨㄟˊ ㄑㄧㄥ

罪狀已定，但量刑有可輕可重的疑慮，則從輕處置。

【罪魁禍首】 ㄗㄨㄟˋ ㄎㄨㄟˊ ㄏㄨㄛˋ ㄕㄡˇ

1犯罪的主謀。2肇致災禍的主因。

6【罪刑法定主義】 ㄗㄨㄟˋ ㄒㄧㄥˊ ㄈㄚˇ ㄉㄧㄥˋ ㄓㄨˇ ㄧˋ

行為之處罰，以行為時之法律有明文規定者為限。亦即無法律無犯罪、無法律無刑罰，是為罪刑法定主義。具有如下涵義：一、刑罰權之範圍須由成文法律予以明定。二、禁止類推適用"刑法"。三、禁止溯及既往。四、對於罪刑之規定應力求明確，禁止絕對不定期刑。現代各國刑法均採相對罪刑法定主義，我國亦同。對於刑罰之種類及其刑度，許裁判官於特定範圍內，得自由裁量。罪刑法定主義可謂為"刑法"之帝王條款，適用時特應注意。

罹 ㄓㄠˋ *chao*⁴ 音罩

罩住鳥不令飛走。見"說文"。

9

署 ㄢˇ *an*³ 音俺

1覆蓋。見"說文"。2魚網。見"廣韻"。

罰 ㄈㄚˊ *fa*² 音乏

1小罪。見"說文"。2懲治；處分。如：罰一勸百。

9【罰則】 ㄈㄚˊ ㄗㄜˊ

為違背法律之處罰規則。通常於違反特別法或單行法時用之，且多規定於各該特別法或單行法之最後部分。如"破產法"第四章、"戶籍法"第九章、"工會法"第十二章、"建築法"第八章、"著作權法"第四章、"平均地權條例"第七章、"銀行法"第八章、"商業會計法"第七章、"專利法"第八章、"森林法"第八章等均為罰則之規定。

17【罰鍰】 ㄈㄚˊ ㄏㄨㄢˊ

行政罰之[illegible]。即對因違反"行政法"上之義務者所科的秩序罰。與罰金為"刑法"上所定的刑罰不同。

罱 ㄌㄢˇ *lan*³ 音覽

1捕魚的工具。見"集韻"。2撈取水草、河泥。

罳 ㄙ *szŭ*¹, *ssŭ*¹ 音思

參罘罳。

10

罸

罰的或體。

罵 ㄇㄚˋ *ma*⁴

用話斥責或侮辱人。如：漫罵。

12【罵街】 ㄇㄚˋ ㄐㄧㄝ

在街上恣意罵人；無理取鬧的漫罵。

罷 ㊀ ㄅㄚˋ *pa*⁴ 音霸

1放遣罪犯。見"說文"。2免職。如：罷免。3停止。如：欲罷不能。4歎詞。表示憤恨，不願再說下去的意思。

㊁ ˙ㄅㄚ ˙*pa*

助詞。用在句末，表示囑咐、命令或疑問等語氣。同吧。

㊂ ㄆㄧˊ *p'i*² 音皮

疲勞；困倦。通疲。如：罷弊。

3【罷工】 ㄅㄚˋ ㄍㄨㄥ

(strike) 也稱同盟罷工。事業內全體被傭者或一羣被傭者，以工資或其他勞動條件之維持改善與經濟利益之獲得為目的，而在工會領導下一同停止工作的行為。原為勞工們的一種不得已行為，而在近代各國勞工立法上，大多承認勞工們可以有這種權利，並且公認為合法的手段。

4【罷手】 ㄅㄚˋ ㄕㄡˇ

停手不做。也作歇手。

5【罷市】 ㄅㄚˋ ㄕˋ

1市集因故暫停營業。2商家為某種抗議或訴求而聯合停止營業。

7【罷免】 ㄅㄚˋ ㄇㄧㄢˇ

1泛指免職。2罷免權的簡稱。參罷免權。

【罷兵】 ㄅㄚˋ ㄅㄧㄥ

停戰。

8【罷官】 ㄅㄚˋ ㄍㄨㄢ

免除官職。

15【罷課】 ㄅㄚˋ ㄎㄜˋ

學生為達某種目的，集體停止上課，以示抗議的行動。

17【罷黜】 ㄅㄚˋ ㄔㄨˋ

1廢除。2免職。

7【罷免權】 ㄅㄚˋ ㄇㄧㄢˇ ㄑㄩㄢˊ

人民得以投票方式罷免其所選出之代表或公務員的權利。凡被選出來的人員，不論是民意代表（如國民大會代表、立法委員、監察委員、省市議會議員）或政府官員（如總統、副總統、省市縣長），均得為罷免權行使的對象。罷免權之行使，法律上常定有時間上的限制、連署人的限制、再罷免的限制等等。

罶 ㄌㄧㄡˇ *liu*³ 音柳

或作罶。一種用以捕魚的

竹籠。長筒形，作用似笱。今稱鬚籠。

11

罷 ㄌㄨˋ lu⁴ 音鹿
小魚網。即罜罷。見"說文"。

16【罷𦌾】 ㄌㄨˋ ㄙㄨˋ
下垂的樣子。也作簏簌。

罹 ㄌㄧˊ li² 音梨
1愁；憂患。見"正字通"。2遭遇。如：罹難。

11【罹患】 ㄌㄧˊ ㄏㄨㄢˋ
遭遇。今多指得病。

𦌾 ㄙㄨˋ su⁴ 音速
參罷𦌾。

罻 ㄨㄟˋ wei⁴ 音尉
捕鳥網。見"說文"。

罼 ㄅㄧˋ pi⁴ 音畢
一種長柄網。用以捕鳥、兔。也作畢。見"玉篇"。

罺 ㄔㄠ ch'ao¹ 音超
小網。見"廣韻"。

12

罿 ㄊㄨㄥˊ t'ung² 音童 又讀 ㄔㄨㄥ ch'ung¹ 音衝
捕鳥的網。見"正字通"。

罾 ㄗㄥ tsêng¹ 音增
1魚網。見"說文"。2用網捕魚。

𦌿 罽的訛字。

䍦 ㄒㄩㄢˇ hsüan³ 音選
捕獸撈魚的網。見"廣韻"。

罽 ㄐㄧˋ chi⁴ 音計
1魚網。見"說文"。2指氈毯之類的毛織品。見"正字通"。

14【罽賓】 ㄐㄧˋ ㄅㄧㄣ
'漢代''西域'國名。在'印度'北部。即今'喀什米爾'一帶地方。

𦍂 ㄌㄧㄠˋ liao⁴ 音料
魚網。見"集韻"。

罺 羂的或體。

13

羃 黔的古文。

罍 罍的或體。

羀 𦊹的或體。

羂 罥的或體。

14

羈 羈的本字。

羃 ㄇㄧˋ mi⁴ 音覓
1覆蓋食物的巾帕。見"廣韻"。2覆蓋。也作冖、冪。見"集韻"。

羆 ㄆㄧˊ p'i² 音皮
(brown bear; *Ursus arctos*) 又稱褐熊。爲脊椎動物中屬於哺乳綱(class Mammalia)、食肉目(order Carnivora)、熊科(family Ursidae)的一種。產於'歐''亞'者，獨居，善走亦善游泳，體長120～210公分，重約135～250公斤；'西伯利亞'褐熊(*Ursus arctos beringianus*)重可達360公斤。以魚、蔬菜及蜂蜜等爲食。毛色變異甚大，自灰白色、褐色乃至黑色皆有。產於'歐''亞'者，常飼於動物園，並能接受訓練，隨音樂而起舞。

羆圖

羇 ㄨˊ wu² 音無 又讀 ㄨˇ wu³ 音舞
窗子當中的網。見"說文"。

羈 罹的或體。

羅 ㄌㄨㄛˊ lo², luo² 音蘿
1鳥網。見"說文"。2用網捕鳥。如：門可羅雀。3招致；搜集。如：網羅。4陳設；廣布。如：星羅棋布。5一種細密似篩的用具。如：羅篩。6一種組織稀疏而質地輕軟的絲織品。如：綾羅綢緞。7量詞。gross 的譯音。十二打爲一羅，十二羅爲一大羅。8姓。'唐'有'羅隱'。見"萬姓統譜·三五"。

4【羅丹】 ㄌㄨㄛˊ ㄉㄢ
(Auguste Rodin, 1840～1917) '法國'雕刻家。被公認爲二十世紀初期最偉大的雕刻家。西元1875年在'義大利'研究'米開蘭基羅'作品，由是開始擺脫古典傳統而力創新風格。在雕刻上他注重質感、光線及主題，把寫實要素與浪漫主義要素融合爲一。主要作品有"吻"(*Le Baiser*)、"沉思者"(*Le Penseur*)及"雨果"(*Hugo*)等。最著名的"地獄之門"(*La Porte de l'Enfer*)是1880年爲'巴黎''裝飾藝術博物館'(Musée des Arts Decoratif)的大門裝飾而作，但未完成即逝世。

6【羅列】 ㄌㄨㄛˊ ㄌㄧㄝˋ
陳列；排列。

9【羅致】 ㄌㄨㄛˊ ㄓˋ
網羅招致；招致人才。

【羅刹】 ㄌㄨㄛˊ ㄔㄚˋ
1佛家稱男性惡鬼爲羅刹，女性則爲羅叉私。現則爲一切惡鬼之總稱。義爲暴惡、可畏等等。2'俄羅斯'的別稱。

10【羅素】 ㄌㄨㄛˊ ㄙㄨˋ
(Bertrand Russell,1872～1970) '英國'哲學家、邏輯學家。爲'英國皇家學會'會員。政治上極端重視個人，'歐'戰時因反戰被捕入獄，晚年又因鼓吹裁減核子軍備下獄。哲學上提倡科學方法與邏輯分析，關於邏輯、知識論的著作甚

羅素像

多，而以數學邏輯的著作著稱，與'懷德海'合著的"數學原理"(*Principia Mathematica*)爲二十世紀的邏輯學巨著。其他尚有"西方哲學史"(*History of Western Philosophy*)、"世界的新希望"(*New Hopes for a Changing World*)等。西元1950年獲'諾貝爾'文學獎。

【羅馬】 ㄌㄨㄛˊ ㄇㄚˇ

(Rome)'義大利'首都、最大城及經濟、文化、藝術、交通中心。跨'臺伯河'(Tiber R.)兩岸，距海25公里。為古'羅馬帝國'首都，有'聖彼得大教堂'、'梵蒂岡'宮殿和'科利色姆'(Colosseum)鬥牛場等著名古蹟，旅遊業盛。人口350萬(2003年)。

11**【羅斛】** ㄌㄨㄛˊ ㄏㄨˊ

古國名。即'暹羅'北部之地。'暹羅'由古時'暹'及'羅斛'二國合併而成，今稱'泰國'。

13**【羅蒂】** ㄌㄨㄛˊ ㄉㄧˋ

(Pierre Loti,1850～1923)'法國'小說家'威烏'(Louis-Marie-Julien Viaud)的筆名。以寫異國情調而名噪一時。其筆下之一些主題如現代人的逃避傾向、不受拘束和沉迷於非理性的事物等，後來在第一和第二次世界大戰期間即成爲'法國'文學的中心課題。著有"冰島漁夫"(*Pêcheur d'Islande*)、"菊花夫人"(*Madame Chrysanthème*)和"一位貧窮的年輕軍官"(*Un Jeune Officier Pauvre*)等。

羅蒂像

14**【羅漢】** ㄌㄨㄛˊ ㄏㄢˋ

小乘佛學修行最高的果位。即阿羅漢。參阿羅漢。

【羅睺】 ㄌㄨㄛˊ ㄏㄡˊ

梵語Rāhu的音譯。1六道輪迴中阿修羅道的惡神王。2又譯作羅護。星宿之一。能障蔽日月的光明。3'釋迦'的親子'羅睺羅'(Rāhula)的簡稱。在胎六年，生於佛成道之夜。十五歲出家，於佛十大弟子中密行第一，成阿羅漢果。後於法華會上迴向大乘，受佛記，號'蹈七寶華如來'。

【羅網】 ㄌㄨㄛˊ ㄨㄤˇ

1捕捉鳥獸的網。2比喻法網、世網或名利網。

15**【羅敷】** ㄌㄨㄛˊ ㄈㄨ

1'戰國'時'邯鄲'(今'河北''邯鄲')人。貌美，曾在陌上採桑，被'趙國'國君遇見，想娶她，'羅敷'乃作"陌上歌"，以示拒絕。2美女的通稱。3指有夫之婦。

【羅盤】 ㄌㄨㄛˊ ㄆㄢˊ

利用地球磁場之特性，構成測定方向的圓盤型儀器。又稱羅經，或稱指南針。於圓盤中的央裝置一磁針，令磁針可以自由水平轉動。可用以測量方位、航海、航空、旅行、行軍以及勘輿相地等。一般分爲陸用、航用兩種：陸用盤面記東西南北四方位三六〇度，由南北點到東西點各分九十度，以數字記之，如記爲北幾度東、南幾度東；航用盤面分爲三十二方位，以北爲基點與時針同方向迴轉順次記之。

18**【羅織】** ㄌㄨㄛˊ ㄓ

虛構罪名。

5**【羅布泊】** ㄌㄨㄛˊ ㄅㄨˋ ㄅㄛˊ

位於'新疆省''塔里木盆地'東部的湖泊。古稱'蒲昌海'，又名'鹽澤'。乃由'塔里木河'流注而成，是盆地最低窪處。因'塔里木河'下游數次改道，'羅布泊'位置歷來屢有遷移且面積變化不定。

10**【羅家倫】** ㄌㄨㄛˊ ㄐㄧㄚ ㄌㄨㄣˊ

(1895～1969)'浙江''紹興'人，字'志希'。'北京大學'畢業，後遊學'美'、'英'、'德'、'法'等國。參與五四運動，鼓吹新文化。曾任'清華'、'中央'諸大學校長、駐'印度'大使、'國史館'館長等職。著有"逝者如斯集"、"新人生觀"、"文化教育與青年"等書。

羅家倫像

【羅馬法】 ㄌㄨㄛˊ ㄇㄚˇ ㄈㄚˇ

'羅馬'古代的法律。主要由習慣形成，但國民根據執政官或法務官等之提案，而於民會中所決議之法律，亦爲法律之另一形態。原僅屬平民集會之決議，後因貴族與平民之融合，西元前三世紀初葉，仍具有法律之效力。西元前450年，刊布"十二銅表法"，形成成文法典，其後歷經演進，至'查士丁尼'編纂法典，集其大成。'羅馬'法在'歐'陸盛行，發展成大陸法系，我國間接受其影響；'英''美'法系，系統雖異，但法之思考及法律用語，亦不乏藉重'羅馬'法之處。

【羅振玉】 ㄌㄨㄛˊ ㄓㄣˋ ㄩˋ

(1866～1940)'浙江''上虞'人，字'叔言'，一作'叔蘊'，號'雪堂'，又號'貞松老人'。'清'末爲學部參事，後隨'溥儀'赴東北，任職僞'滿洲國'。在學術上，以甲骨文字的考訂，貢獻最大。著有"殷虛書契考釋"、"雪堂檢刊群書敘"等。

羅振玉像

11**【羅貫中】** ㄌㄨㄛˊ ㄍㄨㄢˋ ㄓㄨㄥ

(1330?～1400?)名'本'。'太原'(今'山西''太原市')人，一說'錢塘'(今'浙江''杭縣')人。相傳曾學於'施耐庵'。根據民間傳說和講史，編有"三國志演義"、"隋唐志傳"、"三遂平妖傳"、"粉妝樓"等小說。

12**【羅斯福】** ㄌㄨㄛˊ ㄙ ㄈㄨˊ

1(Theodore Roosevelt,1858～

1919)‘美國’政治家。於西元1901～1909年任‘美國’第26任總統。任內大力整頓商業上的托辣斯，外交上爭取到‘巴拿馬運河’的管轄與應用權，干預‘拉丁美洲’國家的政策。1906年因調停‘日’‘俄’戰爭獲‘諾貝爾’和平獎。2 (Franklin D. Roosevelt, 1882～1945)‘美國’政治家。於1933～1945年任‘美國’第32任總統，爲‘美國’史上唯一三度連任的總統。任內爲舒解經濟危機，提出新政(New Deal)；對外標榜民主政治，於三十年代保持中立，直到‘珍珠港’事件後始參與二次世界大戰，而成爲盟軍軍事上的領導中心。在‘德國’投降前一個月去世。

羅斯福像

羅斯福像

13【羅福星】 ㄌㄨㄛˊ ㄈㄨˊ ㄒㄧㄥ
(1884～1914)‘廣東’‘鎮平’(今‘廣東’‘蕉嶺’)人，字‘東亞’，號‘國權’。二十歲時，初次來‘臺’，後因不堪‘日’人壓迫，舉家返籍，並加入‘同盟會’，獻身革命。曾參與辛亥三二九之役，負傷脫險。‘民國’元年十月奉國父命再度來‘臺’，密組‘同盟會’支部，事洩被捕，爲國捐軀。‘臺灣’光復，政府於四十二年明令褒揚。

14【羅賓漢】 ㄌㄨㄛˊ ㄅㄧㄣ ㄏㄢˋ
(Robin Hood)‘英國’民間傳說中的人物。武藝出眾，機智勇敢。主要出沒於‘英格蘭’中部的‘薛伍德森林’(Sherwood Forest)中，抑強扶弱、殺害貪官汙吏，爲俠客的化身。中世紀民謠多歌頌其事蹟，常被採爲文學創作的題材。

【羅漢拳】 ㄌㄨㄛˊ ㄏㄢˋ ㄑㄩㄢˊ
以佛教十八羅漢形體編創的拳術。傳自‘少林寺’，有南北派之分。

20【羅耀拉】 ㄌㄨㄛˊ ㄧㄠˋ ㄌㄚ
(St. Ignatius of Loyola, 1491～1556)‘西班牙’教士、‘耶穌’會創始人、十六世紀天主教改革運動中影響力最大的人物之一。弱冠從軍，後在戰場受傷跛足，乃決定獻身宗教。西元1528年至‘巴黎大學’就讀，1535年獲神學碩士。1534年8月15日，與同志數人至‘巴黎’北區的‘蒙恩馬特赫’(Montmartre)宣誓組織‘耶穌’會，以抵制新教徒爲目的。其主張首在尊重教皇的權能，採用階級制，以順從、貞固、清廉相勖勉。晚年大都居住在‘羅馬’。1540年‘耶穌’會組織獲得教宗‘保羅三世’(Paul Ⅲ)批准，他即成爲首任會長(general)。1623年受封爲聖人。

10【羅馬尼亞】 ㄌㄨㄛˊ ㄇㄚˇ ㄋㄧˊ ㄧㄚˋ
(Romania)位於‘巴爾幹半島’東北部的國家。面積23.7萬方公里，人口2,233.0萬(2005年)，首都‘布加勒斯’(Bucharest)。‘外西凡阿爾卑斯山’(Transilvanian Alps)及‘喀爾巴阡山’將國土分為東、西部平原。‘多瑙河’流經南部‘瓦拉幾亞平原’(Wallachia Plains)，入‘黑海’處沖積成寬廣的三角洲。屬過渡溫帶大陸性氣候。農作主產小麥、玉米、向日葵、甜菜、馬鈴薯、亞麻及水果。畜牧以牛、羊、豬爲多。盛產石油、天然氣。冶金、化學、機械、石油、汽車和拖拉機工業發達。

【羅馬帝國】 ㄌㄨㄛˊ ㄇㄚˇ ㄉㄧˋ ㄍㄨㄛˊ
(Roman Empire)古‘羅馬城’相傳建於西元前753年，曾行王政和共和。前46年，‘凱撒’建立獨裁政體，前27年‘屋大維’建立‘羅馬帝國’，此爲帝國之始。帝國全盛時期的領域，包括現在的‘英國’南部、‘法國’、南‘歐’三半島(‘巴爾幹’、‘希臘’、‘伊比利’)、西‘亞’和北‘非’等地。395年，‘羅馬’皇帝‘狄奧多西’(Theodosius)逝世後，帝國分裂爲二：‘西羅馬帝國’以‘羅馬’爲首都，476年亡於蠻族；‘東羅馬帝國’以‘君士坦丁堡’爲首都，1453年亡於‘鄂圖曼土耳其’。

【羅特列克】 ㄌㄨㄛˊ ㄊㄜˋ ㄌㄧㄝˋ ㄎㄜˋ
(Henri Marie Raymond de Toulouse-Lautrec-Monfa, 1864～1901) 後期印象派畫家之一。生於‘法國’的南部，西元1882年至‘巴黎’學畫，認識‘梵谷’和‘竇加’(Degas)，在技巧和題材上受到很大影響。之後，開創自己的風格，以速寫式的快速筆法描繪迅速運動的題材，如馬戲團、賽馬、康康舞、妓女院、紅磨坊夜總會等，故被稱爲「紅磨坊畫家」。代表作有“紅磨坊的舞會”(*The Ball at the Moulin Rouge*)、“紅磨坊一角”(*At the Corner of the Moulin Rouge*)、“磨坊街的沙龍”(*In the Salon, Rue des Moulins*)等油畫，以及許多石版印刷的海報。

11【羅掘俱窮】 ㄌㄨㄛˊ ㄐㄩㄝˊ ㄐㄩˋ ㄑㄩㄥˊ
可羅的雀、可掘的鼠皆已窮盡。比喻非常窮困。

【羅曼蒂克】 ㄌㄨㄛˊ ㄇㄢˋ ㄉㄧˋ ㄎㄜˋ
‘英’語 romantic 的音譯。指熱情的、浪漫的、傳奇的、英雄的、虛構的。常與古典的或節制的相對。

【羅曼羅蘭】 ㄌㄨㄛˊ ㄇㄢˋ ㄌㄨㄛˊ ㄌㄢˊ
(Romain Rolland, 1866～1944)‘法國’小說家、音樂史家。早先想成爲劇作家，創作了許多歷史劇及討論戲劇藝術的論文；後來寫

羅曼羅蘭像

了'米開蘭基羅'、'貝多芬'、'托爾斯泰'、'甘地'等偉人的傳記,以及多種音樂方面的論著。最大的成就是長篇小說"約翰克利斯朵夫"(*Jean-Christophe*),這部題材與筆調變化豐富的傑作爲他贏得世界性的聲譽及1915年的'諾貝爾'文學獎。

【羅雀掘鼠】 ㄌㄨㄛˊ ㄑㄩㄝˋ ㄐㄩㄝˊ ㄕㄨˇ
網鳥雀,挖老鼠。比喻在極端匱乏的環境中竭力搜尋食物。

10【羅馬化藝術】 ㄌㄨㄛˊ ㄇㄚˇ ㄏㄨㄚˋ ㄧˋ ㄕㄨˋ
(Romanesque art) 又稱'羅馬'式藝術。西元八世紀末葉到十二世紀間,西'歐'的教堂建築均模倣古代'羅馬'教堂建築,故稱。其教堂建築的特色是圓形拱門、厚重的牆壁和窄小的窗;雕刻是表現濃厚宗教感情的樣式化雕刻;壁畫是以色彩強烈而平塗的宗教繪畫見稱。

【羅夏克測驗】 ㄌㄨㄛˊ ㄒㄧㄚˋ ㄎㄜˋ ㄘㄜˋ ㄧㄢˋ
(Rorschach test) 也稱'羅'氏墨漬測驗(Rorschach ink blot test)。投射法人格測驗之一。爲'瑞士'精神病學家'羅夏克'(H. Rorschach)於西元 1921 年所設計。首先要求受試者對命題不清之墨漬圖片作自由解釋,主試者分析其解釋內容,根據評分手冊以了解其人格特質。

【羅倫茲曲線】 ㄌㄨㄛˊ ㄌㄨㄣˊ ㄗ ㄑㄩ ㄒㄧㄢˋ
(Lorenz curve) 代表家庭戶數累計百分數與稅前所得分配累計百分數之間關係的一條曲線。是測量家庭(個人)所得分配不平均之程度所常用的工具。

13【羅溫獎勵薪資制】 ㄌㄨㄛˊ ㄨㄣ ㄐㄧㄤˇ ㄌㄧˋ ㄒㄧㄣ ㄗ ㄓˋ
(Rowan premium plan) 凡員工完成工作之實用時間超過標準時間者,給予計時薪資之薪資;實用時間未達標準時間者,給予獎勵薪資,但最高不得超過計時薪資的兩倍。此制適用於對完成工作之標準時間有所規定之工作。爲'羅溫'(Rowan)所設計,故名。

15

⿱罒貢 罣的或體。

罍 ㄌㄟˊ *lei*² 音雷
百囊魚網。見"廣韻"。

⿱罒欽 ㄎㄨㄣ *k'un*¹ 音昆
網名。見"集韻"。

16

⿱罒歷 ㄌㄧˋ *li*⁴ 音歷
覆蓋食物的布巾。見"玉篇"。

17

羇 ㄐㄧ *chi*¹ 音基
通羈。①寄居他鄉。②寄居他鄉的人。

19

羉 ㄌㄨㄢˊ *luan*² 音鑾
捕兔的網。見"爾雅·釋器"。

䍦 ㄌㄧˊ *li*² 音離
頭巾。同䍦。見"集韻"。

羈 ㄐㄧ *chi*¹ 音雞
①馬絡頭。見"說文"。②拘束;牽制。如:羈誘。③寄居他鄉。也指寄居他鄉的人。如:羈旅。④髮髻。見"正字通"。

2【羈人】 ㄐㄧ ㄖㄣˊ
客居他鄉的人。

7【羈束】 ㄐㄧ ㄕㄨˋ
約束。

8【羈押】 ㄐㄧ ㄧㄚ
指爲使刑事被告受裁判或刑之執行爲目的,而將其留置於看守所,暫時剝奪其自由的強制處分。羈押係於檢察官或推事訊問被告後,認爲被告犯罪嫌疑重大,有予以羈押之必要,且合乎羈押之事由時爲之。羈押事由計有:一、被告無一定之住居所。二、被告逃亡或有事實足認爲有逃亡之虞。三、被告有事實足認爲湮滅、僞造、變造證據或勾串共犯或證人之虞。四、被告所犯爲死刑、無期徒刑或最輕本刑爲五年以上有期徒刑之罪等四種。羈押被告,應用押票。

9【羈思】 ㄐㄧ ㄙ
作客他鄉的愁思。

10【羈旅】 ㄐㄧ ㄌㄩˇ
寄居他鄉;寄居他鄉的人。

11【羈勒】 ㄐㄧ ㄌㄜˋ
馬頭的絡索。比喻拘束。

【羈絆】 ㄐㄧ ㄅㄢˋ
馬絡頭和絆索。比喻牽制束縛。

13【羈愁】 ㄐㄧ ㄔㄡˊ
作客他鄉的愁緒。

7【羈束力】 ㄐㄧ ㄕㄨˋ ㄌㄧˋ
裁判經成立生效後,除依法定程序(如上訴、再審)外,爲裁判之人受其拘束不得自行將裁判撤銷或變更,此種裁判之效力,稱爲裁判之羈束力,又稱裁判之自縛性。無論是民事訴訟、刑事訴訟或行政訴訟之裁判,皆有此效力。故"民事訴訟法"規定,判決經宣示後,爲該判決之法院受其羈束,不宣示者,經送達後受其羈束;裁定經宣示後,爲該裁定之法院、審判長、受命推事或受託推事受其羈束,不宣示者,經送達後受其羈束。但關於指揮訴訟或別有規定者,不在此限。

羂 罥的或體。

羊部

羊 ㄧㄤˊ *yang*² 音陽
①(sheep)屬脊椎動物亞

門、哺乳綱、偶蹄目(order Artiodactyla)、牛科(family Bovidae)、羊屬(genus *Ovis*)中的動物。共6種。與山羊(goat; *Capra*)爲相近的種類,豢養的種類與野生羊在體型大小、顏色、產乳量等方面均有差異。有的有角、有的無角,若具有角,其角由於種類不同而互有差異。[2]吉祥。通祥。如:吉羊。[3]姓。'晉'有'羊曇'。見"萬姓統譜·四八"。

4【羊水】 ㄧㄤˊ ㄕㄨㄟˇ
(amniotic fluid)充滿於子宮內包裹胎兒之膜囊的液體。對胎兒有保護作用,減少胎兒受震盪;若懷疑胎兒有問題,如先天異常,可藉羊膜穿刺術抽取羊水來檢驗胎兒細胞,斷定胎兒是否正常。

11【羊毫】 ㄧㄤˊ ㄏㄠˊ
羊毛。可製筆。

15【羊齒】 ㄧㄤˊ ㄔˇ
綠色維管束植物中蕨類植物的舊稱。參蕨類植物。

【羊膜】 ㄧㄤˊ ㄇㄛˊ
(amnion)即胚胎的外層膜。此膜圍繞胚胎形成一囊袋構造,其內充滿羊水,其間之腔稱爲羊膜腔,胚胎即浸潤其中,具有保護胚胎的功用。

7【羊角風】 ㄧㄤˊ ㄐㄧㄠˇ ㄈㄥ
盤旋上升的風,形如羊角,故名。

24【羊癲風】 ㄧㄤˊ ㄉㄧㄢ ㄈㄥ
(epilepsy)又名癲癇、豬頭瘋。也作羊癎風。由於頭部外傷、腫瘤、藥物中毒、腦開刀、腦梅毒、尿毒、腦瘤或腦病變而引起的神經性病變。酒精中毒者也能引起此病。患者病發時,呈昏迷狀態,意識喪失,手足痙攣,並口吐白沫,然後經一段睡眠期始蘇醒。採對因治療法,若找不出病因或無法除去病根者,可長期服用抗癲癇藥物。

2【羊入虎口】 ㄧㄤˊ ㄖㄨˋ ㄏㄨˇ ㄎㄡˇ
比喻絕無倖還的機會。

9【羊狠狼貪】 ㄧㄤˊ ㄏㄣˇ ㄌㄤˊ ㄊㄢ
比喻凶暴貪婪。

13【羊腸九曲】 ㄧㄤˊ ㄔㄤˊ ㄐㄧㄡˇ ㄑㄩ
指小路盤旋曲折。

【羊腸小徑】 ㄧㄤˊ ㄔㄤˊ ㄒㄧㄠˇ ㄐㄧㄥˋ
狹窄而曲折的小路。

【羊腸鳥道】 ㄧㄤˊ ㄔㄤˊ ㄋㄧㄠˇ ㄉㄠˋ
形容山間曲折險惡的小路。羊腸,形容小道如羊腸;鳥道,形容道路難行,惟飛鳥可渡。

15【羊質虎皮】 ㄧㄤˊ ㄓˊ ㄏㄨˇ ㄆㄧˊ
羊披虎皮。比喻外強內弱,虛有其表。

16【羊頭狗肉】 ㄧㄤˊ ㄊㄡˊ ㄍㄡˇ ㄖㄡˋ
掛羊頭,賣狗肉。比喻名實不符。

4【羊毛出在羊身上】 ㄧㄤˊ ㄇㄠˊ ㄔㄨ ㄗㄞˋ ㄧㄤˊ ㄕㄣ ㄕㄤˋ
比喻自己所得的利益,實出於己身。

2

羌 ㄑㄧㄤ *ch'iang*^{1} 音槍
[1]古族名。原爲'三苗'的後代,'舜'時流遷於'三危'。'東漢'時,分爲東'羌'、西'羌'。'晉代'爲五胡之一。後散處於今'甘肅省''岷縣'、'臨潭'及'四川省''松潘'、'茂縣'等地。[2]助詞。用於句首。

19【羌鶄】 ㄑㄧㄤ ㄐㄧㄥ
鳥名。產於我國南方。見"集韻"。

芈 ㄇㄧㄝ *mieh*^{1} 音咩 讀音 ㄇㄧˇ *mi*^{3} 音米
羊鳴聲。也作哶、咩。見"集韻"。

3

美 ㄇㄟˇ *mei*^{3} 音每
[1]可口。如:滋味鮮美。[2]善;良好。與惡相對。如:美德。[3]姣好;漂亮。如:美觀。[4]使姣好;使完善。如:美容。[5]稱讚。如:美言。

4【美元】 ㄇㄟˇ ㄩㄢˊ
(dollar)'美國'貨幣單位。以十進位爲計算標準。一圓等於100分(cents)。

7【美育】 ㄇㄟˇ ㄩˋ
運用美學原理,啟發美之興趣,陶冶美之感情,培養美之情操,鍛鍊美之意志,以美化人生的教育。

8【美味】 ㄇㄟˇ ㄨㄟˋ
[1]美好的味道。[2]好吃的菜餚。

9【美洲】 ㄇㄟˇ ㄓㄡ
(America)位於'大西洋'和'太平洋'間的大陸。西元1492年'哥倫布'首先登陸'巴哈馬群島'(Bahamas Isls.),但以爲該地爲'印度';'阿美利哥'(Amerigo)繼至,以爲此地屬新大陸,後人紀念此一發現,命之爲'阿美利亞'。

10【美容】 ㄇㄟˇ ㄖㄨㄥˊ
[1]美好的容貌。[2]使容貌美麗。

11【美國】 ㄇㄟˇ ㄍㄨㄛˊ
(United States)位於'北美洲',濱'太平洋'、'大西洋'、'北極海'及'墨西哥灣'。面積962.9萬方公里,人口29,573.0萬(2005年),首都'華盛頓特區'。境內種族複雜,白人最多。東部'阿帕拉契山'有大煤田,爲最重要的工業帶;山以東海岸平原南寬北狹,自'波士頓'經'紐約'、'費城'至'華盛頓',爲最大都會區。西部'落磯山'與'海岸山'(Coast Ra.)並列,乾燥的高原、盆地縱貫其間;'落磯山'東南側盛產石油。中部大平原有'密士失必河'縱貫,爲穀物、畜牧及棉花主產區;五大湖沿岸酪農及園藝性農業發達,湖西岸鐵產盛。森林、水力資源豐富。中部的'芝加哥'和西岸的'舊金山'、'洛杉磯'均爲重要都市。

【美術】 ㄇㄟˇ ㄕㄨˋ
(fine arts)指不具實用性目的的視覺藝術,或以創造美爲主的藝術。可分廣、狹二義,廣義的美術包括素描、繪畫、雕刻、建築及設計等;狹義的美術則專指素描、繪畫及雕刻等。

12【美景】 ㄇㄟˇ ㄐㄧㄥˇ
[1]美麗的風景。[2]比喻情況良好。

13【美意】 ㄇㄟˇ ㄧˋ
1好意;善意。2樂意。指心情舒暢,無憂無慮。

【美感】 ㄇㄟˇ ㄍㄢˇ
(sense of beauty) 指對於美的感覺。屬於意識與情感的範疇,不同於生理上之快感。其來源有三:感覺之材料(形狀、色彩、聲音、體積、姿態等)、運用材料之形式,以及透過材料與形式所表現之內容。

15【美談】 ㄇㄟˇ ㄊㄢˊ
1令人樂於談論的好事。2頌揚他人的話。

【美德】 ㄇㄟˇ ㄉㄜˊ
美好的品德。

16【美學】 ㄇㄟˇ ㄒㄩㄝˊ
(aesthetics; esthetics) 研究美及其相關概念的學科。如「美有無客觀標準?」「美感經驗與其他類型的經驗有何不同?」「自然之美與藝術之美有何關聯?」等,均爲美學探討的問題。

20【美饌】 ㄇㄟˇ ㄓㄨㄢˋ
美味的食物。

21【美譽】 ㄇㄟˇ ㄩˋ
美好的聲譽。

25【美觀】 ㄇㄟˇ ㄍㄨㄢ
1值得觀賞的美好事物。2好看。

2【美人計】 ㄇㄟˇ ㄖㄣˊ ㄐㄧˋ
利用美女姿色爲誘餌的騙局。

【美人魚】 ㄇㄟˇ ㄖㄣˊ ㄩˊ
神話中半人半魚的生物。

17【美聯社】 ㄇㄟˇ ㄌㄧㄢˊ ㄕㄜˋ
(Associated Press; AP)‘美國’最早、歷史最悠久的通訊社。西元1848年5月,由‘紐約市’“太陽報”等六家報社聯合經營,初名‘海港新聞社’(Harbor News Association)。1856年,改組爲‘紐約美聯社’(N.Y. Associated Press),總社設於‘紐約’,國內外分社林立。該社每日24小時發稿,採用通訊衛星和電腦進行收發稿件、寫作與編輯作業。除供應電訊和照片外,並大約對1,100家‘美國’調幅、調頻廣播電臺及電視臺,供應無線電廣播新聞。

4【美元短缺】 ㄇㄟˇ ㄩㄢˊ ㄉㄨㄢˇ ㄑㄩㄝ
(dollar shortage) 第二次世界大戰結束之後,世界各國亟需‘美’元,以向‘美國’購買物資,進行戰後重建計畫。但在西元1946至1949年這段期間,‘美國’的國際收支產生持續的順差,世界其他各國國際收支逆差,國際準備一‘美’元嚴重缺乏,直到1958年,‘美’元短缺的情形才告消失。

【美元過剩】 ㄇㄟˇ ㄩㄢˊ ㄍㄨㄛˋ ㄕㄥˋ
(dollar glut) 西元1958年‘歐洲’各主要貿易國家廢除經常帳的外匯管制,並恢復通貨的自由兌換性。此後,‘美國’國際收支逆差的情況也日益惡化,‘美’元逐漸大量外流,各國逐漸感受到手上的‘美’元數量過多,而開始‘美’元過剩時期,‘布萊頓森林’制度(Bretton Woods System)也開始腐蝕、動搖,以至崩潰。

【美中不足】 ㄇㄟˇ ㄓㄨㄥ ㄅㄨˋ ㄗㄨˊ
事物雖美,仍有缺陷。

6【美式砌法】 ㄇㄟˇ ㄕˋ ㄑㄧˋ ㄈㄚˇ
(American bond) 疊砌磚塊的方法之一。指每隔3～5層採用順磚,再夾以一層丁磚的方法。因其牆背不完全破縫,構造上不夠堅固,已少採用。

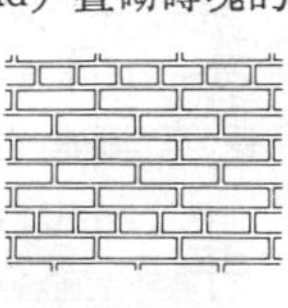
美式砌法圖

【美西戰爭】 ㄇㄟˇ ㄒㄧ ㄓㄢˋ ㄓㄥ
(Spanish-American War) 十九世紀末,‘美國’經濟發達,國力大增,欲以餘力向外擴張,乃藉同情‘古巴’反抗‘西班牙’統治爭取獨立的立場,於西元1898年向‘西’宣戰。結果‘西班牙’戰敗,‘古巴’獲獨立,‘西’割‘波多黎各’、‘菲律賓’、‘關島’予‘美’,‘美國’勢力從此進入遠東。

8【美制比重】 ㄇㄟˇ ㄓˋ ㄅㄧˇ ㄓㄨㄥˋ
(API gravity) ‘美國石油組織’(API)用以表示石油化學產品比重的方法。以比重1.076爲零,比重0.6112爲100,與一般比重之換算公式爲:‘美’式比重=〔141.5/60°F之比重〕－131.5。

15【美輪美奐】 ㄇㄟˇ ㄌㄨㄣˊ ㄇㄟˇ ㄏㄨㄢˋ
形容房屋高大寬敞,富麗堂皇。

6【美式計費制度】 ㄇㄟˇ ㄕˋ ㄐㄧˋ ㄈㄟˋ ㄓˋ ㄉㄨˋ
(American Plan; AP) 指包括三餐的旅館計費制度。不管旅客在旅館用餐與否,均照價收費。創始於‘美國’,故名。目前度假旅館多採用之。

9【美洲國家組織】 ㄇㄟˇ ㄓㄡ ㄍㄨㄛˊ ㄐㄧㄚ ㄗㄨˇ ㄓ
(Organization of American States; OAS) 二次大戰後,‘美洲’各國爲加強政經文教合作而成立的國際組織。西元1948年第九屆泛‘美’會議中通過此組織的憲章,規定會員大會爲最高權力機構,下設理事會及祕書處,另設主管經濟、文化、社會、人權等專門機構。總部設在‘華盛頓’。

11【美國獨立革命】 ㄇㄟˇ ㄍㄨㄛˊ ㄉㄨˊ ㄌㄧˋ ㄍㄜˊ ㄇㄧㄥˋ
(American Revolution) ‘英國’於十七世紀時,在今‘美國’‘大西洋’岸建立「北美十三州」殖民地。西元1763年,‘英’‘法’七年戰爭後,‘英國’爲彌補戰費的損失,加強對「北美十三州」的徵稅,遂引起不滿,‘波士頓’居民首先反抗,‘英國’加以鎮壓;次年,十三州代表召開第一次大陸會議,主張脫離‘英國’獨立;1775年推選‘華盛頓’爲總司令,開始獨立戰爭;1776年發表“獨立宣言”,成立‘美利堅合眾國’(United States of America);

至1783年簽訂"巴黎條約",才獲得完全的獨立。

【美國資訊交換標準碼】ㄇㄟˇ ㄍㄨㄛˊ ㄗ ㄒㄩㄣˋ ㄐㄧㄠ ㄏㄨㄢˋ ㄅㄧㄠ ㄓㄨㄣˇ ㄇㄚˇ

(American standard code for information interchange; ASCII)'美國國家標準協會'訂定的字符集。含控制字符與顯示字符,每一字符由七個數元所構成(或加上偵錯數元而由八個數元所構成)。可於不同的電腦系統或資料處理系統間傳送資料,是許多電腦系統使用的字符集。

【美國國家航空暨太空總署】ㄇㄟˇ ㄍㄨㄛˊ ㄍㄨㄛˊ ㄐㄧㄚ ㄏㄤˊ ㄎㄨㄥ ㄐㄧˋ ㄊㄞˋ ㄎㄨㄥ ㄗㄨㄥˇ ㄕㄨˇ

(National Aeronautics and Space Administration; NASA)'美國'根據西元1958年頒布之"國家航空暨太空法案"所設立的組織。爲一文職機構,下設各專責單位,負責管制'美國'所舉辦之各種航空與太空活動,包括:一、研究及解決有關地球大氣層以內或以外之各項飛行問題;二、發展、建造、試驗及操作爲研究目的所需之航空與太空載具;三、爲探測太空所需之其他有關活動。

羑 ㄧㄡˇ yu^3 音有

誘導向善。見"說文"。

7【羑里】ㄧㄡˇ ㄌㄧˇ

古地名。'殷紂'囚禁'周文王'的地方。即今'河南省''湯陰縣'北的'牖城'。也作'牖里'。

羍 ㄊㄚˋ $t'a^4$ 音踏

1初生的羊。見"說文·羍·段注"。2出生。見"玉篇"。

4

羔 ㄍㄠ kao^1 音高

小羊。見"說文"。

6【羔羊】ㄍㄠ ㄧㄤˊ

1小羊。2比喻性情溫良或品德高潔。3形容個性懦弱或天眞純潔的人。4"新約聖經·啟示錄"中比喻殉道者或受難者。

12【羔雁】ㄍㄠ ㄧㄢˋ

小羊和雁。是上古卿大夫初次相見時所贈送的禮物。後來也作爲徵聘或訂婚禮物。

14【羔幣】ㄍㄠ ㄅㄧˋ

小羊和幣帛。古代用以徵聘賢士的禮品。

6【羔羊跪乳】ㄍㄠ ㄧㄤˊ ㄍㄨㄟˋ ㄖㄨˇ

小羊跪著吃母乳。比喻盡孝道。

羌 羌的或體。

羓 ㄆㄛˋ $p'o^4$ 音破

1閹割過的羊。見"廣雅·釋獸"。2公羊。見"集韻"。

羒 ㄅㄚ pa^1 音巴

臘肉一類的食品。見"集韻"。

羖 ㄍㄨˇ ku^3 音古

黑色的公羊。見"說文"。

羗 養的古文。

羙 ㄈㄣˊ $fên^2$ 音焚

公羊。見"說文"。

羘 牂的訛字。

5

羕 ㄧㄤˋ $yang^4$ 音漾

1水流長遠。見"說文"。2長。見"爾雅·釋詁"。

羛 ㊀ ㄧˋ i^4 音義

合宜。同義。見"說文"。

㊁ ㄒㄧ hsi^1 音西

參羛陽。

12【羛陽】ㄒㄧ ㄧㄤˊ

古地名。在今'河南省''內黃縣'南。

羞 ㄒㄧㄡ $hsiu^1$ 音修

1好吃的食物。也作饈。如:珍羞。2進獻。3恥辱;難爲情。如:羞愧。

8【羞怯】ㄒㄧㄡ ㄑㄩㄝˋ

害羞畏縮的樣子。

10【羞恥】ㄒㄧㄡ ㄔˇ

羞愧恥辱。

【羞辱】ㄒㄧㄡ ㄖㄨˇ

1侮辱。2恥辱。

11【羞赧】ㄒㄧㄡ ㄋㄢˇ

因內心慚愧而面色通紅。

13【羞愧】ㄒㄧㄡ ㄎㄨㄟˋ

羞恥慚愧。

17【羞澀】ㄒㄧㄡ ㄙㄜˋ

1因羞愧而舉動拘束不自然。2匱乏;缺乏。

12【羞答答】ㄒㄧㄡ ㄉㄚ ㄉㄚ

難爲情的樣子。

羜 ㄓㄨˋ chu^4 音住

出生五個月的小羊。見"說文"。

羝 ㄊㄨㄛˊ $t'o^2, t'uo^2$ 音駝

獸名。似羊。也作羢。見"廣韻"。

羠 ㄨㄚˋ wa^4 音襪

參羠羯。

15【羠羯】ㄨㄚˋ ㄐㄧㄝˋ

1胡羊名。見"集韻"。2種族名。也作'靺鞨'。

羡 羝的或體。

羢 ㄉㄧ ti^1 音低

公羊。見"說文"。

羚 ㄌㄧㄥˊ $ling^2$ 音零

參羚羊。

6【羚羊】ㄌㄧㄥˊ ㄧㄤˊ

(antelope) 羚羊一詞,在生物學上並無確定的定義,一般係指哺乳動物、食肉目中屬於牛科的許多種類,有時叉角羚科

羚羊圖

(family Antilocapridae)的動物也稱爲羚羊。居平地,大多產於'非洲','歐''亞'大陸亦有。體修長優美、行動快速。體型小者如侏儒羚羊(*Neotragus pygmaeus*),肩高僅25公分;大者如牛型扭角

羚羊(*Taurotragus derbianus*),肩高達175公分,兩者皆產於'非洲'。羚羊雌雄者均具有向後彎的角,雄者有時有。角的形狀隨種類而異,有的短而呈矛狀,有的長而呈螺旋狀折曲。角、皮、肉皆爲人們獵取的目的,有些種類已列爲保護動物,甚至有的已瀕臨絕種。

【羚羊掛角】ㄌㄧㄥˊ ㄧㄤˊ ㄍㄨㄚˋ ㄐㄧㄠˇ
比喻不著痕跡。傳說羚羊夜裡睡覺,把兩角掛在樹上,四腳懸空,可使獵人尋不著足跡。

6

善 ㄕㄢˋ *shan*^{4} 音扇
①美好。與惡相對。如:善政。②倫理學上指美好的品行。如:改過遷善。③友好;親近。如:友善。④穩當。如:妥善。⑤擅長;善於。如:善詩文。⑥熟悉。如:面善。⑦改良。如:敦本善俗。

3【善才】ㄕㄢˋ ㄘㄞˊ
'唐代'泛稱才藝高超的樂師。

5【善本】ㄕㄢˋ ㄅㄣˇ
①書籍中精印、精鈔或經過精校而難得的版本。②佛家指能爲善的本性。

7【善忘】ㄕㄢˋ ㄨㄤˋ
健忘;記性不好。

9【善後】ㄕㄢˋ ㄏㄡˋ
指妥善處理事後遺留的問題。

10【善根】ㄕㄢˋ ㄍㄣ
指信佛者,堅定實踐身、口、意三業的善行,絕不動搖,如入土深根。善根能生美果,大善能生更多小善,故稱。

【善財】ㄕㄢˋ ㄘㄞˊ
佛弟子名。也稱'善財童子'。相傳'善財'生時,種種珍寶自然湧出,故名。今'觀音'像右側多設'善財童子'像。

11【善堂】ㄕㄢˋ ㄊㄤˊ
由慈善人士捐錢合營各項慈善救濟工作的機構。

【善終】ㄕㄢˋ ㄓㄨㄥ
①妥善處理喪事。②指人不遭禍患,得以終其天年。③結局圓滿。

13【善意】ㄕㄢˋ ㄧˋ
①美意;好意。②喜好猜測。意,通臆。③(good faith)法律上所謂善意,係指不知情而言。

【善歲】ㄕㄢˋ ㄙㄨㄟˋ
豐年。

15【善緣】ㄕㄢˋ ㄩㄢˊ
佛教徒稱與佛門有緣分。

17【善舉】ㄕㄢˋ ㄐㄩˇ
善行。

23【善變】ㄕㄢˋ ㄅㄧㄢˋ
多變。

7【善良風俗】ㄕㄢˋ ㄌㄧㄤˊ ㄈㄥ ㄙㄨˊ
乃指一般國民之倫理與道德觀念。係屬不確定之法律概念,必須在具體個案加以具體化始能適用。「善良風俗」除可適用控制民事習慣外,尚能決定法律行爲是否有效。依"民法"第七十二條規定:法律行爲有背於公共秩序或善良風俗者,無效。所謂有背於善良風俗之法律行爲,如同居之約定、買賣娼館、故買贓物、圍標、爲操縱市場而訂立之禁止競爭契約、買空賣空……等等不一而足。要言之,法律行爲禁止違反善良風俗,其目的在防止私法自治之濫用,涉及價值判斷之問題。

【善男信女】ㄕㄢˋ ㄋㄢˊ ㄒㄧㄣˋ ㄋㄩˇ
指信奉佛教的男女教徒。

8【善門難開】ㄕㄢˋ ㄇㄣˊ ㄋㄢˊ ㄎㄞ
指一做善事,則求援者眾,以致難以應付。

【善始善終】ㄕㄢˋ ㄕˇ ㄕㄢˋ ㄓㄨㄥ
自始至終都能敬慎從事。

12【善善惡惡】ㄕㄢˋ ㄕㄢˋ ㄨˋ ㄜˋ
喜愛善人善事,厭恨惡人惡事。

13【善意占有】ㄕㄢˋ ㄧˋ ㄓㄢˋ ㄧㄡˇ
占有依無權占有人主觀上是否知悉其占有爲無權占有爲區別標準,可分爲善意占有與惡意占有。占有人不知其爲無權占有者爲善意占有,明知其爲無權占有者爲惡意占有。由於無權占有人不知其係無權占有者爲常態,知其無權占有者爲變態,因此"民法"規定「占有人,推定其爲以所有之意思,善意、和平及公然占有者。」善意占有與惡意占有區別之實益,主要有數點:一、不動產所有權取得時效長短不同:惡意占有人適用二十年長期時效,善意占有人若占有之始爲善意並無過失者適用十年短期時效。二、占有人責任不同:善意占有人,因可歸責於自己之事由,致占有物滅失或毀損者,對於回復請求人,僅以因滅失或毀損所受之利益爲限,負賠償之責。但惡意占有人或無所有意思之占有人,因可歸責於自己之事由,致占有物滅失或毀損者,對於回復請求人負損害賠償之責。三、必要費用求償權之範圍不同:善意占有人,因保存占有物所支出之必要費用,得向回復請求人請求償還,但已就占有物取得孳息者,不得請求償還。但惡意占有人,因保存占有物所支出之必要費用,對於回復請求人,只得依關於無因管理之規定,請求償還。四、有益費用求償範圍不同:善意占有人,因改良占有物所支出之有益費用,於其占有物現存之增加價值限度內,得向回復請求人請求償還;惡意占有人之有益費用只得依不當得利請求償還。

【善意取得】ㄕㄢˋ ㄧˋ ㄑㄩˇ ㄉㄜˊ
動產之受讓人占有動產,而受關於占有規定之保護者,縱讓與人無移轉所有權之權利,受讓人仍取得其所有權,此即善意取得。係屬原始取得。善意取得爲法律明文規定取得所有權之原因,故有法律上之原因,不得依不當得利請求返還所有權。盜贓物或遺失物縱屬善意取得,其被害人或遺失人自被盜或遺失之時起二年內，仍得向占有人請求回復其物。此情形，善意受讓人是否取得所有權頗有爭論，有主張被害人或遺失人仍爲所有權人，有主張善意取得人已取得所有權，必待被害人或遺失人請求回復始喪失所有權。前者論點淵源於'德國'"民法"，後者論點著眼於我國"民法"第九百四十九條之規定。此外，在不動產，如第三人信賴登記，並已爲物權設定或移轉登記者，則依"土地法"第四十三條，該第三人亦取得該設定或移轉之物權，斯爲廣義善意取得。

【善意受讓】 ㄕㄢˋ ㄧˋ ㄕㄡˋ ㄖㄤˋ

又稱即時取得。指動產之受讓人占有動產，而受關於占有規定之保護者，縱讓與人無移轉所有權之權利，受讓人仍取得其所有權。所謂受關於占有規定之保護，係指"民法"第九百四十八條「以動產所有權或其他物權之移轉或設定爲目的，而善意受讓該動產之占有者，縱其讓與人無讓與之權利，其占有仍受法律之保護。」法律所以承認善意受讓制度，旨在保護交易之安全。善意受讓之要件有：一、須動產無權處分。二、須第三受讓人爲善意。三、須已爲動產之交付。四、須無權處分人與第三人基於移轉所有權之意思而爲交付或受讓。

【善頌善禱】 ㄕㄢˋ ㄙㄨㄥˋ ㄕㄢˋ ㄉㄠˇ

形容人善於在贊頌中隱寓規諫之意，而聞者又能及時誠服接納。

15【善罷甘休】 ㄕㄢˋ ㄅㄚˋ ㄍㄢ ㄒㄧㄡ

甘心罷休，不再計較。

13【善意第三人】 ㄕㄢˋ ㄧˋ ㄉㄧˋ ㄙㄢ ㄖㄣˊ

指不知情而爲法律行爲之第三人。所謂不知情，有時指不知其相對人無所有權或無處分權而言，有時指不知其相對人無被抗辯之事由而言，至其種類，須視具體情況而定。所謂「爲法律行爲之第三人」，係有別與「非法律行爲之第三人」—例如繼承人—而言。法律爲保護交易之安全，常有保護善意第三人或使第三人免於被抗辯之規定，例如動產之受讓人占有動產，而受關於占有規定之保護者(指"民法"第九百四十八條至九百五十一條)，縱讓與人無移轉所有權之權利，受讓人仍取得其所有權，此種動產善意受讓之規定，只有受讓人爲善意第三人，始有其適用。又如票據債務人不得以自己與發票人或執票人之前手間所存抗辯事由對抗執票人。但執票人取得票據出於惡意者，不在此限。此之執票人亦以善意第三人爲限。

7【善良管理人之注意】 ㄕㄢˋ ㄌㄧㄤˊ ㄍㄨㄢˇ ㄌㄧˇ ㄖㄣˊ ㄓ ㄓㄨˋ ㄧˋ

即從事各該行業之專家應屬之注意。按過失有重大過失、具體輕過失、抽象輕過失之分，其中抽象輕過失即屬欠缺善良管理人之注意。原則上，如僅債務人受有利益者，大多應具善良管理人之注意，例如有償委任、有償寄託，其受任人、受寄人即應爲善良管理人之注意。應負善良管理人注意之抽象輕過失責任者，縱僅有具體輕過失，仍應負責。抽象輕過失之責任，得以特約預先免除("民法"第二百二十二條之反面推論)。無規定或約定債務人應負何種注意義務者，依"民法"第二百二十條第二項規定：「過失之責任，依事件之特性而有輕重，如其事件非予債務人以利益者，應從輕酌定。」亦即應依事件之特性予以酌定，以定債務人究否應負善良管理人之注意義務。

善 善的俗體。

善 善的俗體。

羡 ㄧˊ *i*² 音夷

參沙羡。

羠 ㄧˊ *i*² 音夷

1閹割過的公羊。見"說文"。2野生的母羊。

羢 ㄖㄨㄥˊ *jung*² 音戎

纖細的羊毛。見"字彙補"。

䍜 ㄓㄠˋ *chao*⁴ 音肇

1未滿一歲的羊。見"說文"。2百斤左右的閹羊。見"說文"。

7

羨 ㄒㄧㄢˋ *hsien*⁴ 音線

1貪求；愛慕。如：羨慕。2盈餘。如：羨餘。3超過。

13【羨煞】 ㄒㄧㄢˋ ㄕㄚˋ

非常羨慕。

義 ㄧˋ *i*⁴ 音意

1人的威儀容止。見"說文"。2合宜、正當的行爲或事情。如：見義勇爲。3道理；意思。如：含義。4假的；非親屬而認做親屬的。如：義肢。5姓。'漢'有'義縱'。見"萬姓統譜・九三"。

3【義工】 ㄧˋ ㄍㄨㄥ

自願義務工作而不取報酬的人。

4【義方】 ㄧˋ ㄈㄤ

做人的正道。

5【義民】 ㄧˋ ㄇㄧㄣˊ

1有俠義心腸的人。2循規蹈矩、本性善良的百姓。3反抗異族統治的人民。

【義田】 ㄧˋ ㄊㄧㄢˊ

爲救助貧困者所購置的田地。其所收田租，用以救助族人或貧困的人。

6【義行】 ㄧˋ ㄒㄧㄥˊ

合乎正義，足爲人楷模的行爲。

8【義法】 ㄧˋ ㄈㄚˇ

1合理的法令。2'清''桐城'派古文家所主張的古文作法。義求其有內容，法求其有條理。

【義肢】 ㄧˋ ㄓ

供殘障者使用的假手假腳。

【義例】 ㄧˋ ㄌㄧˋ
①書籍的凡例。指著書的主旨和體例。②合乎古禮的事例。

9【義勇】 ㄧˋ ㄩㄥˇ
①見義勇爲；勇於去做正義之事。②義勇兵。本指‘宋代’的鄉兵，後指自願服勤，不支官俸之兵。

10【義氣】 ㄧˋ ㄑㄧˋ
①至大至剛的正氣。②忠義的節操和精神。

11【義理】 ㄧˋ ㄌㄧˇ
①指道理、倫理。②指文章的內容思想。③指理學。‘宋代’理學通稱義理之學，簡稱義理。

【義務】 ㄧˋ ㄨˋ
①泛指國民應盡的職責。②出勞力而不接受報酬。③指作爲或不作爲的拘束。義務與權利原則上爲對立的概念，義務的履行即爲權利的實現；義務的不履行，即生責任。

【義莊】 ㄧˋ ㄓㄨㄤ
古代的一種公益事業。立莊置田，收取田租，以賑濟窮苦的族人，莊產爲全族所公有。

13【義塚】 ㄧˋ ㄓㄨㄥˇ
掩埋無主屍骸的墳場。因收埋者出諸一片仁義之心，故稱。

14【義演】 ㄧˋ ㄧㄢˇ
爲公益而非爲利潤所作的表演。

【義旗】 ㄧˋ ㄑㄧˊ
義軍的旗幟。也指義軍、義師。

15【義賣】 ㄧˋ ㄇㄞˋ
爲公益而售賣物品的活動。

17【義舉】 ㄧˋ ㄐㄩˇ
伸張正義的行爲和舉動。

20【義蘊】 ㄧˋ ㄩㄣˋ
義理蘊涵。

3【義大利】 ㄧˋ ㄉㄚˋ ㄌㄧˋ
(Italy) 古‘羅馬帝國’核心、文藝復興的發源地。位於南‘歐’。由‘義大利半島’、‘西西里島’(Sicilia Is.)、‘薩丁尼亞島’(Sardinia Is.)及附近諸小島組成。面積30.1萬方公里，人口5,810萬(2005年)，首都‘羅馬’。‘亞平寧山’斜貫半島，多石灰岩地層及火山，以‘維蘇威火山’(Vesuvius)最著名。背倚‘阿爾卑斯山’，山南‘波河平原’爲農業精華區，復因‘阿爾卑斯山’豐富水力而成爲主要工業區。糧食不足。多溫夏熱。水銀、大理石產量居世界首位，且有石油、煤、硫磺、鋅、雲母等。‘熱內亞’(Genoa)、‘那不勒斯’(Naples)和‘威尼斯’爲三大航海中心，‘羅馬’、‘熱內亞’爲航空中心。觀光業盛。

8【義和團】 ㄧˋ ㄏㄜˊ ㄊㄨㄢˊ
原名‘義和拳’。爲白蓮教分支。主要分布於‘山東’西部。‘山東’民風強悍，因憤教士教民的欺淩，相率習拳弄棒，高唱「殺洋滅教」、「扶清滅洋」，自稱降神附體，槍砲不入。‘山東’巡撫‘毓賢’一意庇徇，並爲之改名‘義和團’，任其毀教堂、殺教民。‘袁世凱’繼任，力剿拳民，拳民竄入‘北京’、‘天津’一帶。時‘毓賢’向‘慈禧’力讚拳民忠勇可恃，得有神助，‘慈禧’遂明予袒縱，欲利用拳民以制外人，拳民氣燄愈張，肆行燒殺，終於引發八國聯軍的戰火。

11【義務說】 ㄧˋ ㄨˋ ㄕㄨㄛ
(the theory of duty)國家有權向人民課徵租稅的理論根據之一。此說認爲個人是國家的一分子，爲維護國家機能之正常運作，人民有義務將部分財富貢獻給國家，就像及齡男子有服兵役的義務一樣，至於人民納稅後是否獲取利益，則非所問。

4【義不帝秦】 ㄧˋ ㄅㄨˋ ㄉㄧˋ ㄑㄧㄣˊ
指不順從、不擁戴暴虐的政權。‘戰國’時‘秦’圍‘趙’，戰事緊急，‘魏’派‘辛垣衍’入‘趙’，勸‘趙國’擁護‘秦’爲帝。正逢‘齊’人‘魯仲連’在場，於是對‘辛垣衍’曉以大義，勸他絕對不可擁護‘秦國’爲帝，‘秦’將得知消息，馬上退兵五十里。見“戰國策·趙策三”。

【義不容辭】 ㄧˋ ㄅㄨˋ ㄖㄨㄥˊ ㄘˊ
在道義上不容推辭。

5【義正辭嚴】 ㄧˋ ㄓㄥˋ ㄘˊ ㄧㄢˊ
指說話或作文章，義理正大，措辭嚴厲。

11【義務教育】 ㄧˋ ㄨˋ ㄐㄧㄠˋ ㄩˋ
國民在規定的年齡階段內有接受教育的義務，國家有提供適當教育機會、父母有送子女至學校受若干年教育的義務。

【義務勞動】 ㄧˋ ㄨˋ ㄌㄠˊ ㄉㄨㄥˋ
出勞力服務而不接受報酬的行爲。

12【義無反顧】 ㄧˋ ㄨˊ ㄈㄢˇ ㄍㄨˋ
正義所在，勇往直前，決不退縮。

15【義憤塡膺】 ㄧˋ ㄈㄣˋ ㄊㄧㄢˊ ㄧㄥ
因正義而激發的憤慨，充滿胸中。

17【義薄雲天】 ㄧˋ ㄅㄛˊ ㄩㄣˊ ㄊㄧㄢ
形容人非常重視道義。

3【義大利半島】 ㄧˋ ㄉㄚˋ ㄌㄧˋ ㄅㄢˋ ㄉㄠˇ
(Italy Pen.) 南‘歐’三大半島之一。位於‘地中海’中部。形若長靴。爲‘義大利’領土。

羦 ㄏㄨㄢˊ *huan*^{2} 音桓
細角的山羊。也作萈、羱。見“集韻”。

羥 ㊀ ㄎㄥ *k'êng*^{1} 音坑
羊名。見“說文”。
㊁ ㄑㄧㄤ *ch'iang*^{1} 音槍
參羥基。

10【羥胺】 ㄑㄧㄤ ㄢ
(hydroxyl amine) 泛指一切具有羥胺基(NH_2OH)的有機化合物。

11【羥基】 ㄑㄧㄤ ㄐㄧ
(hydroxyl group)氫原子和氧原子連接而成的氫氧基(即 −OH 基)。有機化合物中之醇類、酚類和酸類分子中，都含有羥基。

羧 ㊀ ㄗㄨㄟ *tsui*^{1} 音朘
①羊病。見“篇海”。②毛織物。見“字彙補”。
㊁ ㄙㄨㄛ *so*^{1}, *suo*^{1} 音縮
參羧基。

11【羧基】 ㄙㄨㄛ ㄐㄧ

(carboxyl group) 有機酸分子中所含有的 -COOH 基。

5【羧甲基纖維素】 ㄙㄨㄛ ㄐㄧㄚˇ ㄐㄧ ㄒㄧㄢ ㄨㄟˊ ㄙㄨˋ

(carboxyl methyl cellulose; CMC) 纖維素的衍生物。具增加黏稠性、濃厚感、防止沈澱的功效。可作食品添加物,常用於果汁加工。其本身會吸水膨脹產生飽足感,且不被人體吸收,常用作減肥食品的增量劑。因其可減低水游動性,造成良好的冰體及平滑的質地,有安定及增加乳化之效,故用於冰淇淋。此外,亦用於麵包、餅乾,防止水分蒸發及老化;並可作油脂與香料之固定劑。

羣 群的本字。

群 ㄑㄩㄣˊ ch'ün² 音裙

同羣。①朋輩;聚在一起的同類。如:離群索居。②種類;屬類。如:類聚群分。③眾;多。如:群芳。④與大眾和睦相處。如:群而不黨。⑤(group)代數體系之一。包括非空集合G和定義在G上的運算$*$,且滿足下列四個條件:一、封閉性:對G中任意元素x、y, $x*y$亦為G中元素;二、結合律:$(x*y)*z=x*(y*z)$;三、有單位元素$e\in G$,對任意$x\in G$,都有$e*x=x*e=x$;四、任意G中元素皆有運算$*$的逆元素存在,即對任意$x\in G$,都有$y\in G$使$x*y=y*x=e$。若對所有G中元素x、y, $x*y=y*x$,則稱為可換群。整數在加法之下為可換群,其單位元素為0,任意非零整數之加法逆元素為絕對值相同、符號相反的整數。所有正分數n/m在乘法之下亦為一可換群,此時單位元素為1,任意正分數之乘法逆元素為其倒數。同餘整數與定義在同餘整數上的加法成有限可換群。若取所有餘數和模互質的同餘整數,其全體在乘法下亦為有限可換群。對稱群是重要的有限不可換群。一般的變換群對幾何的研究有很密切的關係,它們可分成連續和不連續的變換群兩大類。群是現代數學的中心概念之一,其研究既深且廣,乃'伽羅瓦'(Galois)於十九世紀前半,在研究多項式方程式的根時引入的,後來'凱利'(Cayley)才用公理加以定義。

3【群小】 ㄑㄩㄣˊ ㄒㄧㄠˇ

①眾妾。②眾小人。③眾小國。

5【群生】 ㄑㄩㄣˊ ㄕㄥ

①指百姓。②泛指一切生物。③指眾儒生。

7【群育】 ㄑㄩㄣˊ ㄩˋ

啟發群體意識,建立人際關係,培養團體觀念,尊重別人人格與權益,陶冶優良品德,以促進社會和諧進步的一種教育。

10【群島】 ㄑㄩㄣˊ ㄉㄠˇ

(archipelago) 也稱列島。海洋中或廣大水體中,呈點狀分布且集中於一區域內的島嶼。

【群倫】 ㄑㄩㄣˊ ㄌㄨㄣˊ

眾人。

11【群情】 ㄑㄩㄣˊ ㄑㄧㄥˊ

群眾的心意;群眾的情緒。

【群眾】 ㄑㄩㄣˊ ㄓㄨㄥˋ

①為某種目的或興趣,暫時聚集一處的眾人。②泛指社會上的一般人。

13【群落】 ㄑㄩㄣˊ ㄌㄨㄛˋ

(community)同一種生物,聚集好幾個族群共同生活在一起,而形成群落。群落若遭嚴重破壞,可能影響原有的生態體系。

15【群黎】 ㄑㄩㄣˊ ㄌㄧˊ

人民。

8【群芳譜】 ㄑㄩㄣˊ ㄈㄤ ㄆㄨˇ

'明''王象晉'撰,三十卷。論述蔬果花木等物,略於種植而詳於療治之法與典故藝文。

10【群島國】 ㄑㄩㄣˊ ㄉㄠˇ ㄍㄨㄛˊ

(archipelagic state) 全部由一個或多個群島構成的國家。群島係指一群島嶼,包括若干島嶼的若干部分、相連的水域和其他自然地形,彼此密切相關,以致這種島嶼、水域和其他自然地形在本質上構成一個地理、經濟和政治的實體,或在歷史上已被視為這種實體。

6【群而不黨】 ㄑㄩㄣˊ ㄦˊ ㄅㄨˋ ㄉㄤˇ

合群而不結黨營私。

11【群眾基礎】 ㄑㄩㄣˊ ㄓㄨㄥˋ ㄐㄧ ㄔㄨˇ

指群眾支持或肯定的後援力量。

【群組技術】 ㄑㄩㄣˊ ㄗㄨˇ ㄐㄧˋ ㄕㄨˋ

(group technology; GT)指將各種工件分類成族群,並在個別族群內用類似的製造技術去生產的方法。此種生產方法的主要好處在使小批量生產也能得到大量生產的利益。

12【群策群力】 ㄑㄩㄣˊ ㄘㄜˋ ㄑㄩㄣˊ ㄌㄧˋ

聚集眾人的智謀和力量。

16【群龍無首】 ㄑㄩㄣˊ ㄌㄨㄥˊ ㄨˊ ㄕㄡˇ

比喻群眾失去領袖。

19【群蟻附羶】 ㄑㄩㄣˊ ㄧˇ ㄈㄨˋ ㄕㄢ

比喻利之所在,眾人爭相趨附。

14【群聚生態學】 ㄑㄩㄣˊ ㄐㄩˋ ㄕㄥ ㄊㄞˋ ㄒㄩㄝˊ

(community ecology) 研究生物群聚與環境間之相互關係的學問。

23【群體生態學】 ㄑㄩㄣˊ ㄊㄧˇ ㄕㄥ ㄊㄞˋ ㄒㄩㄝˊ

(synecology) 研究某一環境內,同種或異種的生物群體與環境間之相互關係的學問。

【群體行為規範】 ㄑㄩㄣˊ ㄊㄧˇ ㄒㄧㄥˊ ㄨㄟˊ ㄍㄨㄟ ㄈㄢˋ

(group norm) 又稱群體行為標準。係由一個群體自行發展訂定的行為標準,用於團結其情感基礎。不同的群體往往有不同的價值觀、不同的環境，因而產生不同的標準。

8

羫 ㄑㄧㄤ chʻiang¹ 音腔
1羊的肋骨。見"玉篇"。2體內中空的部分。同腔。見"集韻"。

羵 ㄉㄨㄥ tung¹ 音東
參羵羵。

14【羵羵】 ㄉㄨㄥ ㄉㄨㄥ
古神話中怪獸名。狀如羊，一角一目，目在耳後。見"山海經·北山經"。

羬 絨的或體。

羭 一 ㄑㄩㄝ chʻüeh¹ 音缺
羊病。見"集韻"。
二 ㄓㄨㄛˊ cho², chuo² 音濁
1跳躍的樣子。見"玉篇"。2羊跳躍而死。見"集韻"。

羳 ㄓㄥ chêng¹ 音爭
1小羊。見"玉篇"。2羚羊名。見"集韻"。

羶 ㄨㄟˇ wei³ 音委
參羶羷。

17【羶羷】 ㄨㄟˇ ㄗˋ
羊群聚在一起。

羷 ㄋㄧˊ ni² 音泥
參羺羷。

9

羴 ㄨㄟˇ wei³ 音偉
公羊。見"集韻"。

羵 ㄧㄢ yen¹ 音煙 又讀 ㄧㄣ yin¹ 音因
1群羊聚集。見"說文"。2黑羊。同羫。見"說文"。3黑色。見"廣雅·釋器"。

羸 ㄑㄧㄢˊ chʻien² 音前
六尺大羊。見"爾雅·釋畜"。

羯 ㄐㄧㄝˊ chieh² 音竭
1被閹割的羊。見"說文"。2古族名。'晉'時居'羯室'，因號'羯'。在今'山西省''遼縣'境。

13【羯鼓】 ㄐㄧㄝˊ ㄍㄨˇ
古代打擊樂器。也稱兩杖鼓。源自'西域''羯族'，'南北朝'傳入中原，盛行於'唐''開元'、'天寶'間，為'隋''唐'燕樂常用之樂器。形似漆桶，有小牙床承載，用兩杖敲擊。'唐玄宗'善擊羯鼓，並創製數十首羯鼓獨奏曲。

羯鼓圖

【羯鼓錄】 ㄐㄧㄝˊ ㄍㄨˇ ㄌㄨˋ
'唐''南卓'撰，一卷。分前後二錄：前錄完成於'大中'二年，記載羯鼓的源流、形狀等，並敘'玄宗'以後有關羯鼓的故事；後錄完成於'大中'四年，記載'崔鉉'所說'宋璟'知音事及羯鼓諸曲名。是研究'唐代'音樂重要的著作。近人'任二北'的校本最完善。

羰 ㄊㄤ tʻang¹ 音湯
參羰基。

11【羰基】 ㄊㄤ ㄐㄧ
(carbonyl group) 即碳原子和氧原子以雙鍵結合所成的 C=O 官能基。有機化合物中之醛類、酮類、酸類和酯類分子中都含有羰基。

羭 ㄩˊ yü² 音魚
1黑色母羊。見"說文"。2美好的東西。見"集韻"。

鞪 ㄨˋ wu⁴ 音務
出生六個月的小羊。見"說文"。

10

羲 ㄒㄧ hsi¹ 音希
1古帝名。'伏羲'的簡稱。2姓。'堯'時有'羲仲'。見"萬姓統譜·五"。

8【羲和】 ㄒㄧ ㄏㄜˊ
1指'羲氏'與'和氏'，是'唐''虞'時掌管天地四時的官員。2神話中的古國名。3神話中太陽之母。4神話中太陽的御者。

9【羲皇上人】 ㄒㄧ ㄏㄨㄤˊ ㄕㄤˋ ㄖㄣˊ
太古時代的人。後用以形容生活恬淡無慾的人。

羳 ㄐㄧㄚˊ chia² 音夾
母羊。見"集韻"。

羴 一 ㄅㄛˊ po² 音博
閹割過的白羊。見"廣雅·釋畜"。
二 ㄈㄨˋ fu⁴ 音附
獸名。似羊，四耳，無尾，目附於背。見"集韻"。

羱 ㄩㄢˊ yüan² 音原
野羊。見"爾雅·釋獸"。

11

羷 ㄗˋ tzŭ⁴ 音字
參羶羷。

羸 ㄌㄡˊ lou² 音樓
參土羸。

羹 ㄏㄨㄢˋ huan⁴ 音患
古神話中怪獸名。似羊而無口。見"山海經·南山經"。

羺 ㄐㄧㄣˋ chin⁴ 音晉
羊名。見"說文"。

羻 鞪的或體。

12

羼 羶的本字。

羶 ㄊㄨㄥˊ tʻung² 音同
沒有角的羊。也作狪。通作童。見"集韻"。

羵 ㄈㄣˊ fên² 音焚
或作羵。雌雄不分的怪羊。見"廣韻"。

羼 ㄒㄩㄢˋ hsüan⁴ 音眴 又讀 ㄒㄩㄢˇ hsüan³ 音選
出生不滿一年的小羊。見"集韻"。

羾 一 ㄗㄣ tsên¹ 音臢
鹽醃的羊肉。見"廣韻"。
二 ㄗㄢ tsan¹ 音簪

①埋藏在土中的肉。見"集韻"。②獸名。樣子像羊。見"集韻"。③羊的氣味。見"集韻"。

羳 ㄈㄢˊ fan2 音煩
黃腹羊。見"說文"。

⿰羊幾 ㄐㄧ chi1 音機
切割。通刉。

13

羸 ㄌㄟˊ lei2 音雷
①瘦弱。見"說文"。②疲憊。

10【羸病】 ㄌㄟˊ ㄅㄧㄥˋ
瘦弱多病。

【羸弱】 ㄌㄟˊ ㄖㄨㄛˋ
疲憊衰弱。

羹 ㊀ ㄍㄥ kêng1 音庚
用肉、菜等煮成的濃湯。如:魚羹。
㊁ ㄌㄤˊ lang2 音郎
參不羹。

羶 ㄕㄢ shan1 音山
①羊的氣味。本作羴。見"說文"。②指牛羊等肉類。如:羶葷。③指草食動物的氣味。④羊脂。

13【羶腥】 ㄕㄢ ㄒㄧㄥ
羊和魚類所發出的臭臊味。

羷 ㄌㄧㄢˇ lien3 音臉
角捲三匝的羊。見"爾雅·釋畜"。

14

羺 ㄋㄡˊ nou2 音譨
參羺⿰羊兒。

14【羺⿰羊兒】 ㄋㄡˊ ㄋㄧˊ
一種胡羊。

15

羼 ㄔㄢˋ ch'an4 音懺
①群羊雜聚。見"說文"。②泛指攙雜。③爭先竄出。見"說文"。④從旁插入。見"集韻"。

18【羼雜】 ㄔㄢˋ ㄗㄚˊ
攙雜;混雜。

16

⿰羊歷 ㄌㄧˋ li4 音歷
黑色公羊。見"字彙"。

⿰羊曆
⿰羊歷的俗體。

24

⿰羊靈
羚的或體。

羽部

羽 ㄩˇ yü3 音語
①鳥類的長毛。見"說文"。②鳥類的代稱。③鳥蟲的翅膀。④箭翎。裝在箭的尾端,用以保持方向。也用以代指箭。如:羽獵。⑤五音之一。⑥指嘍囉。如:黨羽。⑦姓。'漢'有'羽公'。見"萬姓統譜·七八"。

2【羽人】 ㄩˇ ㄖㄣˊ
道士的別稱。原指神話中的飛仙,因道士喜言飛升成仙,故稱羽人。

3【羽士】 ㄩˇ ㄕˋ
道士的別稱。道士多喜言飛升成仙之事,故稱。

4【羽化】 ㄩˇ ㄏㄨㄚˋ
①昆蟲由蛹化而爲蛾,長出羽翼的過程。②指人得道成仙。

8【羽林】 ㄩˇ ㄌㄧㄣˊ
①星宿名。又名羽林天軍。在寶瓶座與南魚座以南,共四十五星,光度微弱。②帝王衛軍名。'漢武帝'置建章營騎,後改稱羽林騎。'宣帝'時令中郎將騎都尉監羽林,領郎百人,故稱羽林郎。'唐'置左右羽林軍,並置大將軍、將軍等官。

9【羽客】 ㄩˇ ㄎㄜˋ
①道士。②仙人。

10【羽書】 ㄩˇ ㄕㄨ
古代軍中的緊急文書。文書上插有羽毛,表示重要急速。

11【羽族】 ㄩˇ ㄗㄨˊ
泛指鳥類。

【羽球】 ㄩˇ ㄑㄧㄡˊ
球類運動之一。球係以羽毛和軟木製成,故稱。於球場中間懸網,雙方運用各種技術以球拍擊球過網落入對方場地上,使其不及救球而失分。出界、不過網均算失球。每局十五分。分男、女、單打、雙打及混合雙打。

17【羽翼】 ㄩˇ ㄧˋ
①鳥類的翅膀。②比喻輔佐。③比喻在左右輔佐的人。

【羽檄】 ㄩˇ ㄒㄧˊ
同羽書。

18【羽觴】 ㄩˇ ㄕㄤ
飲酒器。形如鳥雀,左右有兩翼。一說在酒器兩側插羽,促人速飲。

【羽獵】 ㄩˇ ㄌㄧㄝˋ
打獵。

8【羽林軍】 ㄩˇ ㄌㄧㄣˊ ㄐㄩㄣ
宿衛宮廷的軍隊。參羽林②。

4【羽毛未豐】 ㄩˇ ㄇㄠˊ ㄨㄟˋ ㄈㄥ
①比喻年輕人不夠充實成熟,尚待扶助。②比喻勢力尚未形成。

10【羽扇綸巾】 ㄩˇ ㄕㄢˋ ㄍㄨㄢ ㄐㄧㄣ
手搖羽毛扇,頭著青絲巾。三國兩'晉'名士常好此打扮,後世乃以形容人神態的飄逸瀟脫。

3

⿱羽亡
舞的古文。

⿱羽于
雩的或體。

⿱羽亏
雩的或體。

羾 ㄍㄨㄥˋ kung4 音貢
①飛聲。見"玉篇"。②至;飛至。見"集韻"。

羿 ㄧˋ i4 音意
①羽毛隨風盤旋而上。本作羿。見"說文"。②人名。'夏'時'有窮氏'之君,即'后羿'。善射,篡'夏相'之位自立,後被'寒浞'所殺。

翍 ㄔˊ ch'ih² 音馳
參翄翍。

翗 狃的或體。

翃 狃的或體。

翛 ㄒㄧㄠ hsiao¹ 音消
羽毛。見"字彙"。

4

翃 ㄏㄤˊ hang² 音航 又讀 ㄏㄤˋ hang⁴ 音沆
從高處向下飛。也作晌、鴴，通作頏。見"集韻"。

翉 ㄩㄢˇ yüan³ 音遠
或作翢。飛的樣子。見"玉篇"。

翐 翄的或體。

翍 翅的或體。

翇 ㄆㄚ p'a¹ 音葩
飛的樣子。見"集韻"。

翃 翃的或體。

翀 ㄔㄨㄥ ch'ung¹ 音沖
一直向上飛。通作沖。見"集韻"。

翜 ㄙㄜˋ sê⁴ 音澀
飛的樣子。見"玉篇"。

翄 翅的或體。

翂 ㄈㄣ fên¹ 音分
長有羽毛的樣子。見"字彙"。

翃 ㄒㄩㄝˋ hsüeh⁴ 音穴
小鳥飛的樣子。見"集韻"。

翅 ㄔˋ ch'ih⁴ 音赤
①昆蟲或鳥類的翅膀。見"說文"。②(fin)熱交換器中爲增加熱交換速率，時常於其表面加上許多像魚翅之突出固體來增加熱傳送面積，此突出物稱爲翅。

8【翅果】 ㄔˋ ㄍㄨㄛˇ
(samara)果實的一種。屬於乾果中的閉果類，具有單一種子，其果皮延伸成翅狀。如榆樹及木麻黃的果實。

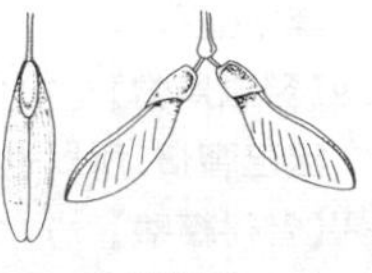
翅果圖

翃 ㄏㄨㄥˊ hung² 音宏
飛。也作翃。見"廣雅·釋詁"。

翆 ㄊㄚˋ t'a⁴ 音榻
高飛的樣子。見"字彙"。

翢 翢的或體。

翅 ㄔ ch'ih¹ 音蚩
鳥羽盛多的樣子。見"說文"。

翁 翂的或體。

翁 ㄨㄥ wêng¹ 音嗡
①鳥的頸毛。見"說文"。②父親。如：尊翁。③年老的男子。如：漁翁。④對人的敬稱。如：仁翁。⑤姓。'漢'有'翁君'。見"萬姓統譜·一"。

6【翁仲】 ㄨㄥ ㄓㄨㄥˋ
'秦始皇'的勇士，姓'阮'。據說身長一丈三，氣質端勇，異於常人，'秦始皇'遂命把守宮門，卒後，以銅鑄其像，仍把守'咸陽宮'。'漢朝'以其像把守墳墓，而成墓前石人；時亦有以小塊玉簡單雕琢出寬衣博袖之'翁仲'，隨身佩戴，用以辟邪，玉'翁仲'遂爲'漢代'流行之玉珮。

8【翁姑】 ㄨㄥ ㄍㄨ
丈夫的父母。即公婆。

12【翁婿】 ㄨㄥ ㄒㄩˋ
岳父與女婿。

4【翁方綱】 ㄨㄥ ㄈㄤ ㄍㄤ
(1733～1818)'清'"大興"(今'河北''大興')人。字'正三'，號'覃溪'。'乾隆'進士，官至內閣學士。精研經術，對於金石譜錄書畫碑版之學，皆能剖析毫芒；書法遒勁，尤見重於世。著有"復初齋全集"等書。

5

翊 ㄧˋ i⁴ 音意
①鳥飛的樣子。見"說文"。②輔佐。通翼。如：翊贊。③次。通翌。見"正字通"。

19【翊贊】 ㄧˋ ㄗㄢˋ
輔助襄贊。

翌 ㄧˋ i⁴ 音弋
次。如：翌年。

翋 ㄌㄚ la¹ 音拉
飛。見"廣雅·釋詁"。

翍 ㄧˋ i⁴ 音曳 又讀 ㄒㄧㄝˋ hsieh⁴ 音泄
飛。也作𦐇、翍。見"廣雅·釋訓"。

翍 ㄒㄩㄝˋ hsüeh⁴ 音穴
飛走的樣子。見"廣韻"。

翇 ㄈㄨˊ fu² 音扶
祭祀社稷的樂舞。也作翍。見"說文"。

翐 咫的或體。

翐 ㄓˋ chih⁴ 音秩
飛行的樣子。見"玉篇"。

翑 ㄅㄠˇ pao³ 音寶
①五彩的羽毛。見"玉篇"。②箭翎。見"集韻"。

翍 ㊀ ㄆㄧ p'i¹ 音披
也作翄。①鳥羽張開的樣子。見"玉篇"。②披散。通披。見"正字通"。
㊁ ㄆㄛ p'o¹ 音坡
飛翔的樣子。見"集韻"。

翑 ㄑㄩˊ ch'ü² 音渠
也作翎。①彎曲的羽毛。見"說文"。②後足都是白色的馬。見"爾雅·釋畜"。

習 ㄒㄧˊ hsi² 音席
①反覆誦讀、鑽研。如：學而時習之。②學；練。如：習字。③熟練；通曉。如：熟習。④慣常；常常地。如：習聞。⑤習慣。如：舊習。⑥親近的人。如：近習。⑦姓。'晉'有'習鑿齒'。見"萬姓統譜·一二三"。

8【習尚】 ㄒㄧˊ ㄕㄤˋ
習俗風尚。

10【習氣】 ㄒㄧˊ ㄑㄧˋ
1習慣;習性。2佛家將一切煩惱分現行、種子及習氣三者,其中習氣是指雖已克服現行之煩惱,且已斷了煩惱之種子,然尚有殘存煩惱餘氣,使人現煩惱相。

11【習得】 ㄒㄧˊ ㄉㄜˊ
(acquisition) 學習過程中,建立並強化某一特定反應的歷程。

14【習慣】 ㄒㄧˊ ㄍㄨㄢˋ
1積久養成的生活方式。2泛指一地區的禮俗、好尚、道德傳統等。3"民法"第一條規定:「民事,法律所未規定者,依習慣。」所謂習慣,通說認係指習慣法而言。然有學者認僅指事實上之習慣而言。習慣法之成立須具備二要件:一、客觀要件:在社會上反覆實施之行爲。二、主觀要件:具有法之確信。此與事實上之習慣僅屬一種慣行,尙欠缺法之確信者,有所不同。習慣具有兩種效力,即補充效力及優先效力。原則上習慣僅於法律未規定時,有補充法律之效力。法律已設有規定時,習慣即無適用之餘地,但有時法律特別規定「另有習慣者,依其習慣」,此時應優先適用習慣,是爲習慣之優先效力。習慣法法則之存在與否,法院應依職權調查;民事所適用之習慣,以不背於公共秩序或善良風俗者爲限。

【習慣法】 ㄒㄧˊ ㄍㄨㄢˋ ㄈㄚˇ
一國之風尙禮俗,未經明文制定,而爲國民確信其爲法律而奉行者。

28【習鑿齒】 ㄒㄧˊ ㄗㄠˊ ㄔˇ
(?～384) '晉'襄陽'(今'湖北''襄陽')人,字'彥威'。博學能文,'桓溫'召爲從事,屢遷別駕,出任'滎陽'太守。後因'桓溫'陰謀稱帝,故'鑿齒'作"漢晉春秋",以'蜀'爲繼'漢'的正統,貶'曹魏'爲簒逆,用以規諫'桓溫'。

5【習以爲常】 ㄒㄧˊ ㄧˇ ㄨㄟˊ ㄔㄤˊ
因已習慣,所以也就視爲平常。

11【習得經驗】 ㄒㄧˊ ㄉㄜˊ ㄐㄧㄥ ㄧㄢˋ
(learning experiences) 指經由學習而得到的經驗。在研究消費者購買行爲的刺激與反應理論(stimulus-response theory)裡,學者認爲習得過程 (learning process)是由刺激(drive)、暗示(cues)、反應(response)與加強(reinforcement)等四個因素構成。消費者先感到需要(刺激),看到廣告(暗示),前去購買(反應),然後經由對商品的滿意(加強)或不滿意(不加強)的經驗學習到繼續購買或改換其他代替品,以求得需要的滿足。

14【習慣皮重】 ㄒㄧˊ ㄍㄨㄢˋ ㄆㄧˊ ㄓㄨㄥˋ
(customary tare; customary tare weight)某些貨物的包裝材料及其重量在習慣上已成一定時,不必逐件計算其皮重,而僅以習慣上認定的皮重乘以總件數,作爲該批貨物的總皮重。

【習慣包裝】 ㄒㄧˊ ㄍㄨㄢˋ ㄅㄠ ㄓㄨㄤ
(customary packing)國際貿易貨物,依其性質、運往地區及運送方式等的不同,在習慣上大都已有一定的包裝方式。所謂習慣,多是由經驗、研究及環境逐漸演變而成,或爲保護貨物,或爲減輕運費負擔,或爲便於運輸,其爲合理的表現則一,遂爲行業中一般所採用者,所以又稱合理包裝(reasonable packing)。耐航包裝就是習慣包裝的一種。依國際商會貿易條件的規定,買賣雙方對於包裝無約定時,賣方對貨物應施以習慣包裝。

9【習俗道德觀】 ㄒㄧˊ ㄙㄨˊ ㄉㄠˋ ㄉㄜˊ ㄍㄨㄢ
(conventional morality) '美國'心理學家'柯爾柏'(Kohlberg)道德發展論的第二階段。九歲以上之孩童,其道德判斷係以他人對其本身行爲之許可與否爲主要衡量標準。

11【習得無助感】 ㄒㄧˊ ㄉㄜˊ ㄨˊ ㄓㄨˋ ㄍㄢˇ
(learned helplessness) 個體經歷多次無可避免之懲罰後,顯現冷淡、漠不關心的現象。是爲憂鬱的導因。

14【習慣性流產】 ㄒㄧˊ ㄍㄨㄢˋ ㄒㄧㄥˋ ㄌㄧㄡˊ ㄔㄢˇ
指連續三次或多次流產者。大多因胚胎不正常以致胎兒不能繼續發育成嬰兒,其他如子宮構造先天異常、子宮頸功能失常等亦會造成。

9【習俗前道德觀】 ㄒㄧˊ ㄙㄨˊ ㄑㄧㄢˊ ㄉㄠˋ ㄉㄜˊ ㄍㄨㄢ
(preconventional morality)'美國'心理學家'柯爾柏'(Kohlberg)道德發展論的第一階段。九歲以下之孩童,其道德觀來自外界或權威,初以懲罰和服從爲準則,後則以相對之功利爲準則。

翏 ㄌㄧㄠˊ liao² 音聊
高飛。見"說文"。

翻 翻的或體。

翉 ㄆㄣˇ p'ên³
鳥向上飛。見"集韻"。

翎 ㄊㄧㄠˊ t'iao² 音迢
也作𣯍。參𣯍毹。

翑 ㄒㄧㄚˊ hsia² 音狎
羽毛莖上的短羽。見"廣韻"。

翗 ㄖㄢˇ jan³ 音冉 又讀 ㄋㄢˇ nan³ 音赧
鳥的毦毛。也作䎃。見"玉篇"。

翖 ㄌㄧㄥˊ ling² 音零
1昆蟲或鳥類的翅膀。2箭羽。如:箭翎。

4【翎毛】 ㄌㄧㄥˊ ㄇㄠˊ
1羽毛。2以鳥類爲題材的國畫。

以五代'黃荃'和'徐熙'爲兩大振興者。'黃荃'的翎毛畫用筆極細,骨氣豐滿,窮神極態;'徐熙'的翎毛均爲水鳥雜禽、池塘白鷺,用筆清逸,落墨鮮活,意態自然。

⿰皮羽 ⿰犭皮的或體。

⿰句羽 狗的或體。

6

⿰亥羽 ㄏㄞˋ hai4 音亥
飛的樣子。見"玉篇"。

翔 ㄒㄧㄤˊ hsiang2 音詳
[1]盤旋飛行。如:翱翔。[2]指飛鳥。[3]躍升;上升。如:物價翔貴。[4]慢行。如:翔步。[5]詳細。通詳。如:翔實。[6]吉祥。通祥。

14【翔實】 ㄒㄧㄤˊ ㄕˊ
詳明而確實。

⿰戌羽 ㄒㄩˋ hsü4 音序
飛走的樣子。見"玉篇"。

⿰曳羽 ⿰犭曳的或體。

⿰狗羽 翎的或體。

翓 ㄒㄧㄝˊ hsieh2 音協
參翓⿰亢羽。

10【翓⿰亢羽】 ㄒㄧㄝˊ ㄏㄤˊ
鳥一上一下飛行的樣子。也作頡頏。

翖 翕的或體。

⿰发羽 ㄆㄛˋ p'o4 音魄
飛去。見"集韻"。

翢 ㄓㄡ chou1 音周
[1]急速。見"玉篇"。[2]細弱的羽毛。見"集韻"。

翕 ㄒㄧˋ hsi4 音細
同翖。[1]歛;合。如:翕翼。[2]和順;安定。如:天下翕然。[3]隆盛。如:翕赫。

11【翕張】 ㄒㄧˋ ㄓㄤ
開闔;開閉。

12【翕然】 ㄒㄧˋ ㄖㄢˊ
和順安定的樣子。

7

⿰宏羽 翃的或體。

翜 ㄕㄚˋ sha4 音煞
[1]飛得很快。見"說文"。[2]棺上的羽飾。通翣。見"集韻"。

⿰足羽 ㄔㄨˋ ch'u4 音矗
[1]鳥飛的樣子。見"廣韻"。[2]羽毛整齊的樣子。見"集韻"。

⿰志羽 ⿰山羽的或體。

⿰肖羽 ㄒㄧㄠ hsiao1 音蕭
[1]羽翼衰敝零落的樣子。也作⿰肖毛。見"玉篇"。[2]鳥羽。見"廣韻"。

⿰含羽 ㄏㄢˊ han2 音含
小鳥飛行的樣子。見"集韻"。

翛 [一] ㄒㄧㄠ hsiao1 音蕭
鳥羽零亂的樣子。見"正字通"。
[二] ㄕㄨˋ shu4 音倏
疾速。通倏、儵。

12【翛然】 [一] ㄒㄧㄠ ㄖㄢˊ
自在逍遙的樣子。
[二] ㄕㄨˋ ㄖㄢˊ
快速的樣子。

8

⿰卒羽 ㄗㄨˊ tsu2 音卒
飛得很快的樣子。見"集韻"。

翣 ㄕㄚˋ sha4 音霎
[1]古代棺飾。形似扇。天子八,諸侯六,大夫四,士二,置於棺的兩旁。柩車行,使人手持跟隨。既窆,樹立壙中。見"說文"。[2]大扇。通箑、箑。見"儀禮·既夕禮"。

翠 ㄘㄨㄟˋ ts'ui4 音脆
[1]鳥名。即青羽雀。見"說文"。[2]青綠色的玉。即翡翠。[3]青綠色。如:翠葉。[4]姓。'漢'有'翠鴛鴦'。見"萬姓統譜·九三"。

11【翠鳥】 ㄘㄨㄟˋ ㄋㄧㄠˇ
(eastern little blue kingfisher; *Alcedo atthis bengalensis*) 又名魚狗、鴗、翡翠等。爲脊椎動物,屬於鳥綱(class Aves)、佛法僧目(order Coraciiformes)、翠鳥科 (family Alcedinidae) 的一種。在'臺灣省'爲各河川沿岸常見的留鳥。體小型,長約16公分;嘴強大、尖銳;飛行力強,常作直線飛行。體背面藍綠色,腹面深黃土色。食物以水中之魚或無脊椎動物爲主。

翠鳥圖

13【翠微】 ㄘㄨㄟˋ ㄨㄟ
[1]淺青的山色。[2]指青山。

5【翠玉婚】 ㄘㄨㄟˋ ㄩˋ ㄏㄨㄣ
西俗稱結婚五十五週年。

18【翠繞珠圍】 ㄘㄨㄟˋ ㄖㄠˋ ㄓㄨ ㄨㄟˊ
[1]形容女子華麗的裝飾。後也指美女的圍繞。[2]比喻花木繁茂。

⿰或羽 ㄏㄨㄛˋ ho4, huo4 音獲
鳥飛的聲音。也作翽。見"集韻"。

⿰戔羽 ㄓㄢˇ chan3 音展
鷙鳥俯衝攫擊的樣子。見"玉篇"。

⿰奄羽 ㄧㄢˋ yen4 音厭
收斂羽毛。見"集韻"。

⿰彔羽 ㄌㄨˋ lu4 音祿
在水面上飛行。見"廣韻"。

翟 [一] ㄉㄧˊ ti2 音狄
[1]鳥名。即長尾的山雉。見"說文"。[2]作爲服飾或舞具的雉羽。見"正字通"。[3]古時北方種族名。通'狄'。見"字彙"。
[二] ㄓㄞˊ chai2 音宅 讀音 ㄓㄜˊ chê2 音折
姓。'漢'有'翟方進'。見"萬姓統譜·一二二"。

24【翟灝】 ㄓㄞˊ ㄏㄠˋ

(?～1788)'清''仁和'(今'浙江''杭縣')人,初字'大川',後改字'晴江'。'乾隆'進士,官'金華'、'衢州'府學教授。見聞淹博。著有"通俗編"、"四書考異"等書。

䎗 ㄒㄩˋ hsü⁴ 音洫
鳥飛的聲音。見"廣韻"。

16【䎗𦒍】 ㄒㄩˋ ㄏㄨㄛˋ
飛翔的樣子。

翥 ㄓㄨˋ chu⁴ 音柱
或作翥。高飛。見"說文"。

翡 ㄈㄟˇ fei³ 音匪
鳥名。即赤羽雀。見"說文"。

14【翡翠】 ㄈㄟˇ ㄘㄨㄟˋ
①半透明翠綠色的輝玉。色澤優美,常被琢磨成各種飾物,深為東方人所喜愛。②即翠鳥。參翠鳥。

䎓 ㄊㄚˋ t'a⁴ 音踏
鳥飛的樣子。見"集韻"。

翢 ㈠ ㄓㄡ chou¹ 音周
參翢翢。
㈡ ㄊㄠˊ t'ao² 音濤 又讀 ㄉㄠˋ tao⁴ 音到
纛。同翿。見"爾雅·釋言"。

14【翢翢】 ㄓㄡ ㄓㄡ
傳說中一種重首屈尾的鳥。也作周周。見"韓非子·說林下"。

9

翧 ㄒㄩㄢ hsüan¹ 音宣
飛翔。見"廣雅·釋詁"。

翦 ㄐㄧㄢˇ chien³ 音剪
①羽毛初生。見"說文"。②箭幹上的羽毛。見"說文"。③通剪。⑴裁剪。如:翦字。⑵消滅;消除。如:翦滅。④洗滌。通湔。⑤攔截。如:翦徑。

10【翦徑】 ㄐㄧㄢˇ ㄐㄧㄥˋ
攔路搶劫。

𦑊 䎎的或體。

翬 ㄏㄨㄟ hui¹ 音輝
①疾飛;大飛。見"說文"。②五采雉鳥。見"正字通"。

𦐺 翬的或體。

䎎 ㄔㄚ ch'a¹ 音插
鳥飛的樣子。見"集韻"。

翨 ㄕˋ shih⁴ 音是
猛禽。見"說文"。

䎫 ㄗㄨㄥ tsung¹ 音宗
鳥振翅上下而飛。見"爾雅·釋鳥"。

𦑣 𦒀的或體。

翫 ㄨㄢˋ wan⁴ 音萬
①習以為常。見"說文"。②輕忽;忽略。③通玩。⑴戲弄。如:翫世不恭。⑵欣賞。如:翫古。④貪求。通忨。如:翫歲愒日。

翭 ㄏㄡˊ hou² 音侯
也作翭。①羽毛的根部。見"說文"。②初生的細羽。見"說文"。

䎅 ㄍㄜˊ ko², kê² 音隔 又讀 ㄏㄜˊ ho², hê² 音核
①鳥翅。見"說文"。②羽毛。見"玉篇"。

䎍 ㄒㄧㄢˊ hsien² 音咸
參䎍𦒍。

22【䎍𦒍】 ㄒㄧㄢˊ ㄏㄨㄛˋ
疾速飛行。

𦑺 ㄒㄩㄢ hsüan¹ 音宣
鳥飛的樣子。見"玉篇"。

𦑡 ㄔˊ ch'ih² 音匙 又讀 ㄕˊ shih² 音時
群飛的樣子。也作翄。見"集韻"。

翩 ㄆㄧㄢ p'ien¹ 音偏
①疾飛。見"說文"。②搖曳飄忽的樣子。

15【翩翩】 ㄆㄧㄢ ㄆㄧㄢ
①鳥飛輕疾的樣子。②形容動作輕快。③形容風采美好。

22【翩躚】 ㄆㄧㄢ ㄒㄧㄢ
輕舉、飛舞的樣子。

10

𦒍 ㄏㄨㄛˋ ho⁴, huo⁴ 音霍
參䎗𦒍。

𦑑 ㄘˊ tz'ŭ¹ 音雌
參𦑑䎟。

9【𦑑䎟】 ㄘ ㄔˊ
燕群飛翔參差不齊的樣子。通作差池。

𦒀 ㄏㄨㄥ hung¹ 音轟
飛翔。也作翃。見"廣雅·釋詁"。

翯 ㄏㄜˋ ho⁴, hê⁴ 音鶴
①鳥肥的樣子。見"說文"。②鳥羽潔白的樣子。見"字彙"。

𦑶 ㄈㄨ fu¹ 音夫
羽莖根部的氄毛。見"廣韻"。

𦒉 翮的或體。

翮 ㄏㄜˊ ho², hê² 音合 又讀 ㄍㄜˊ ko², kê² 音隔
①羽毛中央的莖。見"說文"。②指鳥身上的健羽。見"正字通"。③指鳥翼。④指笙管。

翰 ㄏㄢˋ han⁴ 音漢
①鳥名。即天雞。見"說文"。②鳥羽。見"字彙"。③指毛筆。④文辭;辭章。⑤高飛。⑥長毛的馬。⑦姓。'春秋''曹'有'翰胡'。見"萬姓統譜·一〇一"。

9【翰苑】 ㄏㄢˋ ㄩㄢˋ
文士薈萃的地方。

15【翰墨】 ㄏㄢˋ ㄇㄛˋ
①筆墨。②文辭;文章。

8【翰林院】 ㄏㄢˋ ㄌㄧㄣˊ ㄩㄢˋ
官署名。'唐'初置翰林,為內廷供奉之官,本以文學備顧問,得參謀議。'開元'初始置'翰林院',置翰林供奉,掌四方表疏批答、應和文字。後改翰林供奉為學士,別置'學士院',選文學之士為翰林學士,專掌制誥。'宋'設'翰林學士院',職掌起草詔旨。'明'改'學士院'為'翰林院',掌管國家典籍著作;'清'沿其制,其長官為掌院學士,所屬職官有侍讀、侍講、修撰、庶吉士等。

【翰林學士】 ㄏㄢˋ ㄌㄧㄣˊ ㄒㄩㄝˊ

ㄕˋ

官名。'唐玄宗'初置翰林供奉，掌撰擬詔敕。後改翰林學士。'宋'承'唐'制。'明'爲'翰林院'長官，不復參與機要，僅爲文學侍從之臣。'清'廢。

䎓 ㄊㄚˋ t'a⁴ 音踏

鳥相次群飛。也作䍇。見"正字通"。

翺 ㄠˊ ao² 音遨

俗作翱。1飛翔。如：翺翔。2往來自得的樣子。如：翺遊。

12【翺翔】 ㄠˊ ㄒㄧㄤˊ

1飛翔。2悠閒遨遊的樣子。

11

翴 ㄌㄧㄢˊ lien² 音連

參翴翩。

15【翴翩】 ㄌㄧㄢˊ ㄆㄧㄢ

鳥相連而飛的樣子。

𦒱 ㄏㄢˋ han⁴ 音漢

鳥飛的樣子。見"字彙"。

翼 ㄧˋ i⁴ 音異

1蟲鳥的翅膀。也泛指其他飛行體的翅膀。2戰陣的兩側或左右兩軍。如：右翼。3魚鰭；魚翅。4覆蔽；庇護。如：卵翼。5輔佐。如：翼助。6星宿名。二十八宿之一。參翼宿。7姓。'漢'有'翼奉'。見"通志·氏族略三"。

11【翼宿】 ㄧˋ ㄒㄧㄡˋ

二十八宿之一。南方朱雀七宿的第六宿。主要有二十二星，多屬巨爵座，其中翼宿一、二、三、四、六、七、八、九、十、十三、十六依次即巨爵座α、γ、ζ、λ、η、δ、ι、κ、ε、θ、β，翼宿五即長蛇座ν，翼宿二十爲雙星，即長蛇座χ_1、χ_2。此外，東甌星亦歸入翼宿。

14【翼輔】 ㄧˋ ㄈㄨˇ

輔佐；幫助。

15【翼蔽】 ㄧˋ ㄅㄧˋ

蔽護；掩護。

17【翼戴】 ㄧˋ ㄉㄞˋ

輔佐擁戴。

19【翼贊】 ㄧˋ ㄗㄢˋ

輔佐；輔助。

翲 ㄆㄧㄠ p'iao¹ 音飄

1高飛。見"廣韻"。2輕。如：翲忽。

翳 ㄧˋ i⁴ 音藝 又讀 ㄧ i¹ 音衣

1羽毛製成的車蓋。即華蓋。見"說文"。2遮蔽。也指遮蔽物。如：翳日。3眼疾的一種。即角膜爲一層退化性障膜所遮蔽。

12【翳然】 ㄧˋ ㄖㄢˊ

隱蔽的樣子。

17【翳翳】 ㄧˋ ㄧˋ

1晦暗不明的樣子。2隱蔽的樣子。

𦓂

翳的或體。

12

𦒍 ㄊㄨㄥˊ t'ung² 音童

鳥飛的樣子。見"玉篇"。

翷 ㄌㄧㄣˊ lin² 音鄰

飛翔。見"廣雅·釋詁"。

䎖 ㄗㄥ tsêng¹ 音增

飛舉。見"廣雅·釋詁"。

𦒉

翹的或體。

𦒛 ㄏㄨㄟˋ hui⁴ 音惠

羽毛。也作䙡。見"集韻"。

𦒇

翹的或體。

翹 一 ㄑㄧㄠˊ ch'iao² 音喬

1鳥尾的長羽毛。見"說文"。2鳥尾。見"字彙"。3舉起；高舉。如：翹首。4婦女頭飾的一種。見"正字通"。

二 ㄑㄧㄠˋ ch'iao⁴ 音俏

突起；高起。如：翹起尾巴。

6【翹企】 ㄑㄧㄠˊ ㄑㄧˋ

伸長脖子舉起腳跟。殷切盼望的樣子。也作翹跂。

9【翹首】 ㄑㄧㄠˊ ㄕㄡˇ

舉頭，表示仰望或形容盼望殷切。

13【翹楚】 ㄑㄧㄠˊ ㄔㄨˇ

高出雜樹叢的荊樹。比喻特出的人才。

20【翹辮子】 ㄑㄧㄠˋ ㄅㄧㄢˋ ·ㄗ

俗稱死亡。也作蹺辮子。

䎘 ㄙㄨˋ su⁴ 音肅

飛行。見"廣雅·釋詁"。

𦒑 ㄆㄣˇ p'ên³

或作翸。鳥飛的樣子。見"玉篇"。

𦒘 ㄩˋ yü⁴ 音裕

鳥飛的樣子。見"玉篇"。

翻 ㄈㄢ fan¹ 音番

同飜。1飛翔。2轉向；翻轉。如：翻身。3掀動。如：翻閱。4越過。如：翻山越嶺。5反而。6轉；重新。如：翻印。

5【翻本】 ㄈㄢ ㄅㄣˇ

1設法撈回失去的本金。2翻印的書籍。

6【翻印】 ㄈㄢ ㄧㄣˋ

重印已出版的書籍或圖畫等。

7【翻身】 ㄈㄢ ㄕㄣ

1翻轉身子。2比喻從困厄中解脫出來。

8【翻拍】 ㄈㄢ ㄆㄞ

(lift)也稱翻錄。爲省錢或維持主要情節的統一，將從前用過的影片或錄音帶等舊材料複印或錄下。照片的翻拍(reproduction)通常稱爲翻攝。

10【翻案】 ㄈㄢ ㄢˋ

1推翻已經判定的案子。2推翻已經論定的學說。

【翻悔】 ㄈㄢ ㄏㄨㄟˇ

後悔；反悔。

【翻修】 ㄈㄢ ㄒㄧㄡ

將受損的建築物或其他物品依原式加以修理。

17【翻臉】 ㄈㄢ ㄌㄧㄢˇ

因生氣而變臉色，示與對方決裂。

20【翻譯】 ㄈㄢ ㄧˋ

將一種語言文字，依照其原來的意義，用另一種語言文字表達出來。

【翻騰】 ㄈㄢ ㄊㄥˊ

①上下翻滾。②搗亂。

7【翻車捶】 ㄈㄢ ㄔㄜ ㄔㄨㄟˇ
國術手法。兩手輪番自外向內、由上向下擊。

12【翻筋斗】 ㄈㄢ ㄐㄧㄣ ㄉㄡˇ
把身體翻騰三百六十度，再恢復原來站立的姿勢。也比喻曾失敗，受過教訓。又作翻觔斗、翻跟頭。

4【翻天覆地】 ㄈㄢ ㄊㄧㄢ ㄈㄨˋ ㄉㄧˋ
形容巨大而徹底的改變。

6【翻江攪海】 ㄈㄢ ㄐㄧㄤ ㄐㄧㄠˇ ㄏㄞˇ
使江海翻騰。形容威勢浩大。

12【翻雲覆雨】 ㄈㄢ ㄩㄣˊ ㄈㄨˋ ㄩˇ
翻手成雲，覆手成雨。比喻反覆無常，或撥弄是非、玩弄手段。

15【翻箱倒篋】 ㄈㄢ ㄒㄧㄤ ㄉㄠˇ ㄑㄧㄝˋ
翻開、傾倒箱篋。形容找東西的樣子。

18【翻簧工藝】 ㄈㄢ ㄏㄨㄤˊ ㄍㄨㄥ ㄧˋ
將竹鋸成筒狀，去節去皮，留下竹肉，經過煮、曬、壓平之後，膠合或鑲嵌在木胎上，然後施工雕刻。產品色澤光潤，類似象牙，是竹材在工藝方面另闢的途徑。我國'浙江''黃岩'、'湖南''邵陽'、'四川''江安'等地爲名產地。

10【翻書式測驗】 ㄈㄢ ㄕㄨ ㄕˋ ㄘㄜˋ ㄧㄢˋ
(open book test) 允許受試者參考書本內容作答的測驗方式。

翹 ㄑㄧㄠˊ *ch'iao*^{2} 音喬
高飛的樣子。見"正字通"。

翶 翱的俗體。

13

翾 ㄒㄧㄢ *hsien*^{1} 音先
飛行的樣子。見"廣韻"。

翽 ㄏㄢˇ *han*^{3} 音喊
飛行的樣子。見"集韻"。

翽 ㄏㄨㄟˋ *hui*^{4} 音會
鳥飛聲。見"說文"。

翾 ㄒㄩㄢ *hsüan*^{1} 音宣
①輕輕地飛。見"說文"。②輕薄巧慧。通假。見"正字通"。

14

翸 ㄆㄧㄣ *p'in*^{1} 音拼
飛行的樣子。見"廣韻"。

翿 ㄉㄠˋ *tao*^{4} 音到 又讀 ㄊㄠˊ *t'ao*^{2} 音陶
古代樂舞舞者所執的道具。也用以導引靈柩。見"廣韻"。

耀 ㄧㄠˋ *yao*^{4} 音要 又讀 ㄩㄝˋ *yüeh*^{4} 音月
①光輝。見"廣韻"。②照射；照亮。如：浮光耀金。③炫誇；誇示。如：耀武揚威。④顯揚。如：光宗耀祖。

11【耀眼】 ㄧㄠˋ ㄧㄢˇ
光線強烈，人眼不能正視。多形容事物的顯耀。

6【耀州窯】 ㄧㄠˋ ㄓㄡ ㄧㄠˊ
'宋代'著名瓷窯之一。窯址在今'陝西省''銅川縣'南'黃堡鎮'。'唐代'開始燒造白釉或黑釉瓷器，'北宋'時亦燒造青釉瓷器，釉較'汝窯'爲淡，略呈姜黃色，紋飾渾樸厚重。'金代'仍有燒造，至'元'而衰。

8【耀武揚威】 ㄧㄠˋ ㄨˇ ㄧㄤˊ ㄨㄟ
炫耀武力，顯示威風。

15

䎐 䎏的或體。

䎏 ㄌㄚˋ *la*^{4} 音臘
飛行的樣子。也作鸕。見"集韻"。

16

䎗 ㄏㄨㄛˋ *ho*^{4}, *huo*^{4} 音獲
飛走的樣子。見"玉篇"。

老 部

老 ㄌㄠˇ *lao*^{3}
①年紀大。也指年紀大的人。如：野老。②陳舊；歷時長久。如：老交情。③嫺熟；精熟。如：老練。④衰頹；疲困。如：老化。⑤尊奉；尊敬。如：老吾老以及人之老。⑥對人的敬稱。如：'米'老。⑦'老子'的簡稱。如：佛'老'學說。⑧極；總是。如：老愛胡鬧。⑨助詞。常用於名詞或人的姓氏之前。如：老'張'。⑩姓。'春秋''衛'有'老祈'。見"萬姓統譜·八四"。

3【老大】 ㄌㄠˇ ㄉㄚˋ
①年紀大。②兄弟中排行最長的人。③指年代久遠而組織結構的機能衰退、行事效率差。④極；非常。如：老大不高興。⑤黑社會幫派的領袖。⑥傲慢自大的樣子。

【老子】 ㊀ ㄌㄠˇ ㄗˇ
①'周''楚''苦縣'（今'河南''鹿邑'）人，姓'李'，名'耳'，字'聃'。一說姓'李'，名'耳'，字'伯陽'，諡'聃'。一說姓'老'，名'聃'。'周'守藏室之史。爲道家之祖。相傳'孔子'曾向他問禮。②書名。'周''老聃'撰，又稱"道德經"，共上下兩篇。主要內容在發揚無爲的思想。③老人自稱。義同老夫。
㊁ ㄌㄠˇ ˙ㄗ
父親。

【老千】 ㄌㄠˇ ㄑㄧㄢ
騙子；拐子。

4【老夫】 ㄌㄠˇ ㄈㄨ
老年男人的自稱。

【老手】 ㄌㄠˇ ㄕㄡˇ
指對某事經驗豐富的人。

【老化】 ㄌㄠˇ ㄏㄨㄚˋ
(aging)①指有機體體內逐步的改變，最後變得衰弱，染上疾病，以至死亡的現象。②材料由於長時間暴露於環境中產生逐漸變質的現象。例如硫化橡膠與熱塑性塑膠之氧化與光反應、食物之酸敗、油漆之乾裂、金屬之腐蝕等。可加入抗氧化劑、防腐劑或加入不易受腐蝕金屬而形成合金等予以避免或降低。

5【老本】 ㄌㄠˇ ㄅㄣˇ

①樹的主幹。②指本錢。

【老外】ㄌㄠˇ ㄨㄞˋ
①戲劇腳色名。專演老年男子。②俗稱外國人。

6【老朽】ㄌㄠˇ ㄒㄧㄡˇ
①年老體衰而無用。②老人自稱的謙詞。

【老成】ㄌㄠˇ ㄔㄥˊ
①年老且品德修養高。②指人情練達、閱世豐富。③指文筆熟練深刻。

【老早】ㄌㄠˇ ㄗㄠˇ
很早。

7【老伴】ㄌㄠˇ ㄅㄢˋ
①老年夫婦的互稱。②比喻經常伴隨身邊的心愛物品。

8【老到】ㄌㄠˇ ㄉㄠˋ
老練周到。

【老花】ㄌㄠˇ ㄏㄨㄚ
(long-sightedness) 人通常到四十歲左右，由於眼睛睫狀肌之收縮能力及水晶體之彈性減少，變得無法看清近物的生理現象。目前無藥物能預防，唯有戴老花眼鏡來改善(一般都是凸透鏡)。

【老舍】ㄌㄠˇ ㄕㄜˋ
(1899～1966) '滿族'人，生於'北平'。原名'舒慶春'，字'舍予'。早年受新文學運動影響，使用白話寫作。曾在'倫敦''東方學院'教'中國'語文，其後擔任'齊魯'、'青島'等大學教授。大陸淪陷，曾任文教職務。文革期間，被紅衛兵汙辱迫害，投湖自盡。

老舍像

9【老衲】ㄌㄠˇ ㄋㄚˋ
①老僧。②僧人的自稱。

【老眊】ㄌㄠˇ ㄇㄠˋ
也作老耄。①老人。一說為八十歲以上的老人。②衰老的樣子。

10【老家】ㄌㄠˇ ㄐㄧㄚ
①故鄉。②指歸宿。

【老叟】ㄌㄠˇ ㄙㄡˇ
老人。

11【老粗】ㄌㄠˇ ㄘㄨ
性情鹵莽、動作粗野又沒知識的人。

【老莊】ㄌㄠˇ ㄓㄨㄤ
①'老子'與'莊子'。也指"老子"與"莊子"。②指道家思想。

【老巢】ㄌㄠˇ ㄔㄠˊ
指匪徒的根據地。

12【老鄉】ㄌㄠˇ ㄒㄧㄤ
同鄉。

14【老嫗】ㄌㄠˇ ㄩˋ
老婦人。

15【老鴇】ㄌㄠˇ ㄅㄠˇ
妓女的養母；妓院的女老闆。

【老練】ㄌㄠˇ ㄌㄧㄢˋ
①閱歷深；經驗豐富。②動作純熟。

17【老闆】ㄌㄠˇ ㄅㄢˇ
同老板。①稱商店主人。②今俗部屬私下指稱上司。

【老邁】ㄌㄠˇ ㄇㄞˋ
年老體衰。

【老臉】ㄌㄠˇ ㄌㄧㄢˇ
①不害羞；沒有廉恥。也作老臉皮。②國劇中花臉的別稱。

22【老饕】ㄌㄠˇ ㄊㄠ
指貪吃的人。相傳饕餮為古代惡獸之名，其性貪食、貪財。

2【老人星】ㄌㄠˇ ㄖㄣˊ ㄒㄧㄥ
(Canopus) 星宿之一。又名南極老人或壽星。即船底座α星。亮度0.73等，青白色，是全天第二亮星。由於南天極沒有亮星，所以一般都把較近南天極的老人星稱為南極星。

【老人院】ㄌㄠˇ ㄖㄣˊ ㄩㄢˋ
為孤苦老人提供生活照料的收養所。

6【老字號】ㄌㄠˇ ㄗˋ ㄏㄠˋ
著名的老店鋪。

【老江湖】ㄌㄠˇ ㄐㄧㄤ ˙ㄏㄨ
指社會閱歷豐富的人。

8【老油條】ㄌㄠˇ ㄧㄡˊ ㄊㄧㄠˊ
指老於世故而遇事圓滑敷衍、不負責任的人。

【老來少】ㄌㄠˇ ㄌㄞˊ ㄕㄠˋ
年紀雖老而有少年的心情。

【老虎窗】ㄌㄠˇ ㄏㄨˇ ㄔㄨㄤ
(dormer) 從斜屋面挑出所構成的窗子。

【老虎鉗】ㄌㄠˇ ㄏㄨˇ ㄑㄧㄢˊ
(vice clamp)一種用以夾緊小型工件的夾具。具有兩個顎夾，一個顎夾固定於底座上，另一個用螺桿導動，使能放鬆或夾緊工件。

10【老骨董】ㄌㄠˇ ㄍㄨˇ ㄉㄨㄥˇ
①指骨董。②指陳舊的事物。③指固執保守不知變通的人。

11【老掉牙】ㄌㄠˇ ㄉㄧㄠˋ ㄧㄚˊ
形容非常陳腐老舊。

13【老爺車】ㄌㄠˇ ㄧㄝˊ ㄔㄜ
年代久、性能差的車子。

【老鼠會】ㄌㄠˇ ㄕㄨˇ ㄏㄨㄟˋ
一種欺詐性的多階層營銷規劃(multilevel marketing plan)公司。以會員增加快速，如老鼠之繁殖，且善用宣傳來吸收會員，'日本'始稱「鼠講」，講是傳教所。其方式是以銷售某高價商品獲取暴利為誘餌，會員須繳會費，入會後再令其用同法吸收若干人入會，形成金字塔式的結構。最下層會員所存的貨品最後如果無法銷售，即成為最大的受害者。老鼠會於西元1964年起於'美國'，不久流轉西'歐'、'日本'及世界各地。

16【老學究】ㄌㄠˇ ㄒㄩㄝˊ ㄐㄧㄡˋ
指迂腐的書生。學究，書生的通稱，俗用以諷刺不通世務的書生。

2【老人醫學】ㄌㄠˇ ㄖㄣˊ ㄧ ㄒㄩㄝˊ
(gerontology) 專門處理老化及老人問題的科學。為二十世紀才發展出來的一門學問，以應付人口中不斷增加的老人數目。目的不在延長生命，而是療治老人群中個人的、社會的、經濟的以及軀體上的問題。'美國'所推行的社會安全制度和醫療保險制度即是用政府的力量來協助老人。

4【老化指數】 ㄌㄠˇ ㄏㄨㄚˋ ㄓˇ ㄕㄨˋ
(index of aging)用以表示社會人口老化現象的指數。其計算公式：$\frac{65歲以上人口}{未滿15歲人口}\times 100$。

5【老生常談】 ㄌㄠˇ ㄕㄥ ㄔㄤˊ ㄊㄢˊ
老書生的平常之談。指平凡無奇的議論。

6【老成持重】 ㄌㄠˇ ㄔㄥˊ ㄔˊ ㄓㄨㄥˋ
學養深厚，性情穩健沈著。

【老成凋謝】 ㄌㄠˇ ㄔㄥˊ ㄉㄧㄠ ㄒㄧㄝˋ
年長而品德學問高尚者逝世。

【老成練達】 ㄌㄠˇ ㄔㄥˊ ㄌㄧㄢˋ ㄉㄚˊ
穩重老練，圓熟通達。

【老奸巨猾】 ㄌㄠˇ ㄐㄧㄢ ㄐㄩˋ ㄏㄨㄚˊ
指非常奸詐狡猾的人。

【老年保險】 ㄌㄠˇ ㄋㄧㄢˊ ㄅㄠˇ ㄒㄧㄢˇ
(old age insurance) 被保險人約定於年老退休期間，為維持生活所需，由保險人按期給付一定金額的保險。此種保險，即所謂年金制度。

10【老馬識途】 ㄌㄠˇ ㄇㄚˇ ㄕˋ，ㄊㄨˊ
比喻富於經驗，堪為先導。

【老蚌生珠】 ㄌㄠˇ ㄅㄤˋ ㄕㄥ ㄓㄨ
1讚美人有賢子。2比喻晚年生子。

【老氣橫秋】 ㄌㄠˇ ˙ㄑㄧ ㄏㄥˊ ㄑㄧㄡ
老練而自負的氣概。

【老師宿儒】 ㄌㄠˇ ㄕ ㄙㄨˋ ㄖㄨˊ
年高德劭、學問廣博的學者。

12【老殘遊記】 ㄌㄠˇ ㄘㄢˊ ㄧㄡˊ ㄐㄧˋ
'清''劉鶚'撰，二十章。以'老殘'遊歷各地之見聞，寄託作者對當代政治、社會的批評，和挽救時局的主張。為'清代'著名的諷刺小說。

13【老當益壯】 ㄌㄠˇ ㄉㄤ ㄧˋ ㄓㄨㄤˋ
年紀雖老，心志更壯盛。

14【老態龍鍾】 ㄌㄠˇ ㄊㄞˋ ㄌㄨㄥˊ ㄓㄨㄥ
年老體衰、行動不便的樣子。

16【老謀深算】 ㄌㄠˇ ㄇㄡˊ ㄕㄣ ㄙㄨㄢˋ
形容思慮周詳，計畫精密。

26【老驥伏櫪】 ㄌㄠˇ ㄐㄧˋ ㄈㄨˊ ㄌㄧˋ
比喻年紀雖老而胸懷壯志。

3【老大徒傷悲】 ㄌㄠˇ ㄉㄚˋ ㄊㄨˊ ㄕㄤ ㄅㄟ
年老而一事無成，只有空自悲嘆。

【老子想爾注】 ㄌㄠˇ ㄗˇ ㄒㄧㄤˇ ㄦˇ ㄓㄨˋ
注釋"道德經"之作，二卷。原注者不詳，一云'張魯'。該書發揮'老子'思想，多與"太平經"相合，為研究早期道教的重要資料。現存'敦煌'殘卷。

6【老年社會學】 ㄌㄠˇ ㄋㄧㄢˊ ㄕㄜˋ ㄏㄨㄟˋ ㄒㄩㄝˊ
(sociology of aging) 社會學的一支。以社會學觀點研究分析老年人之社會生活與其社會互動的一門學科。

8【老虎掛佛珠】 ㄌㄠˇ ㄏㄨˇ ㄍㄨㄚˋ ㄈㄛˊ ㄓㄨ
比喻假冒為善。

16【老學庵筆記】 ㄌㄠˇ ㄒㄩㄝˊ ㄢ ㄅㄧˇ ㄐㄧˋ
'宋''陸游'撰，十卷。記軼聞舊典及當代典制、史實，足供參證。

考 ㄎㄠˇ k'ao³ 音烤
1老；長壽。如：壽考。2古稱父親，後只稱死去的父親。如：先考。3稽覈；查核。如：考覈。4測驗；試驗。如：考驗。5查證；研究。如：考據。6拷問。通拷。

7【考究】 ㄎㄠˇ ㄐㄧㄡˋ
1仔細考察研究。2指對事物的要求很高，力求完美。3指事物的精美細緻。

【考妣】 ㄎㄠˇ ㄅㄧˇ
稱已過世的父母。

9【考訂】 ㄎㄠˇ ㄉㄧㄥˋ
稽考修訂。

10【考核】 ㄎㄠˇ ㄏㄜˊ
考查審核。也作考覈。

14【考察】 ㄎㄠˇ ㄔㄚˊ
考核觀察。

16【考據】 ㄎㄠˇ ㄐㄩˋ
對歷代名物、典章、制度等，依據文獻資料，加以考核辨證。又稱考證。

17【考績】 ㄎㄠˇ ㄐㄧ
一個組織之各級主管，對所屬員工之工作及言行，平時應予考核記錄，於年終時再作年終考績。為期考績確實，應將工作及言行區分為若干項目，再按項目考績。考績結果，依其成績高低區分為甲、乙、丙、丁四等，並分別予以獎懲。如公務人員之考績，其獎懲為：列甲等者晉俸一級並發一個月俸額獎金；列乙等者晉俸一級或改發一個月俸額獎金；列丙等者不予獎懲；列丁等者免職。

23【考驗】 ㄎㄠˇ ㄧㄢˋ
1考查驗證。2試驗；歷練。

5【考古學】 ㄎㄠˇ ㄍㄨˇ ㄒㄩㄝˊ
利用遺物、遺跡等資料，以研究人類歷史、社會、文化的一門學問。其資料包括的範圍很廣，諸如各種金屬器、陶器、石器、骨、貝、木器、紡織、編織、甲骨、簡牘、碑碣等遺物，城牆、房屋、溝渠、窖穴、墓葬等遺跡，以及與人類活動有關的各種自然遺存等。

13【考試院】 ㄎㄠˇ ㄕˋ ㄩㄢˋ
我國的最高考試機關。在五種治權中係行使考試權。設院長、副院長各一人，考試委員十九人，由總統提名經'監察院'同意任命之。院長之下置有祕書長一人、參事若干人及祕書處。考試院會議，以院長、副院長、考試委員及'考選'、'銓敘'兩部部長組織之，決定有關考試、任用、銓敘、考績、級俸、陞遷、保障、褒獎、撫卹、養老等之政策及重大事項。'考試院'得於各省設'考銓處'。

16【考選部】 ㄎㄠˇ ㄒㄩㄢˇ ㄅㄨˋ
與'銓敘部'同為'考試院'下之行政單位。'考選部'掌理全國考選行政事宜，其主要工作為：一、關於辦理考選公務人員事項。二、關於辦理考選專門職業及技術人員事項。三、關於辦理組織典試委員會事項。四、關於考取人員之冊報事項。五、關於舉行考試其他應辦事項。

5【考用合一】 ㄎㄠˇ ㄩㄥˋ ㄏㄜˊ ㄧ
考試用人的基本原則。指考試與任用密切配合,亦即在任用上需要多少人、需要那些類人、何時需要人,在考選上則考選多少人、考選那些類人、何時考選人員。

13【考試委員】 ㄎㄠˇ ㄕˋ ㄨㄟˇ ㄩㄢˊ
由總統提名,經'監察院'同意任命,出席'考試院'院會以決定公務員考試、任用、銓敘、考績、級俸、陞遷、保障、褒獎、撫卹、退休、養老等事項的人員。考試委員須超出黨派以外,依據法律獨立行使職權。

14【考銓制度】 ㄎㄠˇ ㄑㄩㄢˊ ㄓˋ ㄉㄨˋ
有關公務人員考試、任用、銓敘、級俸、考績、陞遷、保障、褒獎、撫卹、退休、養老等人事法規所訂立的制度。

17【考績升等】 ㄎㄠˇ ㄐㄧ ㄕㄥ ㄉㄥˇ
員工經由考績而取得高一職等的任用資格。依現制規定,各機關薦任職人員,經銓敘機關審定合格實授,敘薦任最高俸級後,連續三年考績一年列甲等二年列乙等以上,並有大學畢業學歷者,可取得簡任職升等任用資格。

【考績程序】 ㄎㄠˇ ㄐㄧ ㄔㄥˊ ㄒㄩˋ
各組織辦理員工考績時須經過的程序。考績程序雖有繁簡之不同,但通常多包括:一、主管人員初評:員工的考績成績,由主管人員初步考評,並擬具成績分數,彙送考績委員會。二、考績委員會審議:審議時應注意不使各單位員工的考績有過寬或過嚴情事,必要時得調整考績分數,並擬具考績獎懲建議後送組織首長。三、組織首長核定:組織首長對員工考績及獎懲核定後,應即執行,但公務人員之考績,尚須送銓敘機關審定。四、考績覆審:公務人員考績受免職處分者,如有不服,得於接到考績免職通知書後,於規定期限內向上級機關聲請覆審,經覆審認爲聲請無理由者,應維持原案;認爲聲請有理由者,應變更原考績等次及懲處。對考績覆審案之核定仍有不服者,得向人事主管機關聲請再覆審。

13【考試取得學分法】 ㄎㄠˇ ㄕˋ ㄑㄩˇ ㄉㄜˊ ㄒㄩㄝˊ ㄈㄣ ㄈㄚˇ
(credit by examination) 國外有些大專院校,允許學生毋需經由付費選課,可直接自修,通過考試而獲得學分。獲准由考試取得學分的學科多是大學一、二年級的基礎學科。

4

耄 ㄇㄠˋ *mao*^{4} 音冒
①指八、九十歲的老人。見"正字通"。②昏亂。見"正字通"。

12【耄耋】 ㄇㄠˋ ㄉㄧㄝˊ
年壽高。也指老年人。

【耄期】 ㄇㄠˋ ㄑㄧˊ
泛指高齡長壽。

20【耄齡】 ㄇㄠˋ ㄌㄧㄥˊ
八、九十歲的年齡。也泛稱高齡。

者 ㄓㄜˇ *chê*^{3} 音赭
或作者。①人或事物的代稱。如:仁者。②此;這。如:者番。③助詞。⑴用於句中,表停頓。⑵用於句末,表語氣完結。

10【者拿在】 ㄓㄜˇ ㄋㄚˊ ㄗㄞˋ
(Jahājah)'阿拉伯'語的音譯。意爲殯禮。回教徒在殯禮中,站在亡人前共同向主爲亡人生前所做的錯事求恕,並求主讓亡人在生時活在伊斯蘭中,死時給予信仰。

5

耉 耇的或體。

耈 耇的或體。

者 耇的或體。

耇 ㄍㄡˇ *kou*^{3} 音苟
或作耈、耉。①老人面色黧黑如垢。見"說文"。②長壽。見"廣韻"。

6

耋 ㄉㄧㄝˊ *tieh*^{2} 音跌
①年八十。見"說文"。②泛指年老。見"正字通"。

耆 ㄑㄧˊ *ch'i*^{2} 音棋
①年老。也指老年人。如:耆舊。②強悍。如:不懦不耆。

6【耆老】 ㄑㄧˊ ㄌㄠˇ
①老年人。②受人尊崇的老者。

11【耆宿】 ㄑㄧˊ ㄙㄨˋ
①年長而有德望的人。②佛教稱出家爲僧逾五十年者。

18【耆舊】 ㄑㄧˊ ㄐㄧㄡˋ
年高有德望的人。

6【耆年碩學】 ㄑㄧˊ ㄋㄧㄢˊ ㄕㄨㄛˋ ㄒㄩㄝˊ
年紀老而學問淵博。

耊 耋的或體。

而 部

而 ㄦˊ *êrh*^{2} 音兒
①鬚;頰毛。見"說文"。②你;你們。③連詞。⑴如果。如:人而不仁,如禮何?⑵則;於是。如:衣食足而知榮辱。⑶且;又。如:能哲而惠。⑷猶;尚且。④助詞。⑴相當於之。如:君子恥其言而過其行。⑵相當於兮。

5【而立之年】 ㄦˊ ㄌㄧˋ ㄓ ㄋㄧㄢˊ
指三十歲。

3

耐 ㄋㄞˋ *nai*⁴ 音奈
1忍受。如：耐寒。2'漢代'剃去頰毛的刑罰。也作耏。見"正字通"。

4【耐火板】 ㄋㄞˋ ㄏㄨㄛˇ ㄅㄢˇ
(Formica)俗稱美耐板、富美家。表面用三聚氰胺，內層採酚樹脂所製成的耐火、耐高溫積層板。可作貼面用。

【耐火物】 ㄋㄞˋ ㄏㄨㄛˇ ㄨˋ
(refractory)在高溫環境下(1650～2200°C)無任何本質上改變之陶瓷、土質材料。可分為酸性、鹼性與兩性三類。因具有耐高溫與低熱傳導係數特性，故廣用於火爐內襯。例如耐火土、矽土，以及鋁、鎂、鈣之氧化物等。

【耐火磚】 ㄋㄞˋ ㄏㄨㄛˇ ㄓㄨㄢ
(fire brick)用於砌造工廠煙囪、爐窯、冶金熔爐內膛的一種建築材料。由耐火黏土製成。其性質耐高熱，不軟化、不變形。一般具有1,580°C以上之熔點。

6【耐曲板】 ㄋㄞˋ ㄑㄩ ㄅㄢˇ
一種塑膠積層板。由石油化工副產品製成，質硬具彈性，適作轉弧度彎曲的裝飾貼面。

2【耐人尋味】 ㄋㄞˋ ㄖㄣˊ ㄒㄩㄣˊ ㄨㄟˋ
含義深遠，足供尋思玩味。

5【耐用年限】 ㄋㄞˋ ㄩㄥˋ ㄋㄧㄢˊ ㄒㄧㄢˋ
(useful life)指固定資產可供使用的年限，或其所能提供的服務數量。計算固定資產每期應分配的折舊費用前，必須先行估計其耐用年限。

耎 ㄖㄨㄢˇ *juan*³ 音軟
1前較大於後。見"說文"。2柔弱；軟弱。見"正字通"。

耍 ㄕㄨㄚˇ *shua*³
1嬉戲。如：玩耍。2施展。如：耍手段。

20【耍寶】 ㄕㄨㄚˇ ㄅㄠˇ
賣弄滑稽的動作，引人注意和歡樂。

4【耍手藝】 ㄕㄨㄚˇ ㄕㄡˇ ㄧˋ
以技藝為生。

7【耍把戲】 ㄕㄨㄚˇ ㄅㄚˇ ㄒㄧˋ
1表演雜耍、雜技。2比喻施展詭計。

8【耍花招】 ㄕㄨㄚˇ ㄏㄨㄚ ㄓㄠ
施展技藝時，玩弄巧妙招數。比喻使用詭計。

【耍狗熊】 ㄕㄨㄚˇ ㄍㄡˇ ㄒㄩㄥˊ
以熊表演雜耍，娛樂觀眾。比喻玩弄人於股掌之中。

16【耍嘴皮子】 ㄕㄨㄚˇ ㄗㄨㄟˇ ㄆㄧˊ ·ㄗ
1賣弄說笑的本領。2只說不做。

耏 一 ㄦˊ *êrh*² 音而
1頰鬚。見"玉篇"。2鬚毛多。見"字彙"。3姓。'漢'有'耏跖'。見"萬姓統譜·五"。
二 ㄋㄞˋ *nai*⁴ 音奈
'漢代'剃去頰毛的刑罰。也作耐。見"正字通"。

耑 一 ㄉㄨㄢ *tuan*¹ 音端
1植物萌芽的尖端。見"說文"。2泛指事物的開端。也作端。如：耑緒。
二 ㄓㄨㄢ *chuan*¹ 音專
特別。通專。如：耑奉。

4

烐 ㄦˊ *êrh*² 音而
煮熟。也作胹。見"集韻"。

⿱而火 ㄋㄨㄢˇ *nuan*³ 音暖
畏縮。見"字彙補"。

6

需 一 ㄦˊ *êrh*² 音而
聯在一起繫縛。見"六書統"。
二 ㄒㄩ *hsü*¹ 音須
需的俗字。

7

恧 ㄋㄩˋ *nü*⁴ 音忸
憂愁的樣子。見"字彙補"。

8

⿰耑犮 黻的或體。

⿰卮耑 ㄓㄨㄢˇ *chuan*³ 音轉
小酒器。同⿰卮耑。見"說文"。

10

⿰耑甫 黼的古文。

⿰卮耑 ⿰卮耑的或體。

耒部

耒 ㄌㄟˇ *lei*³ 音磊
耜上的曲木柄。如：耒耜。

11【耒耜】 ㄌㄟˇ ㄙˋ
翻土用的農具。即犁。

3

耔 ㄗˇ *tzŭ*³ 音紫
在禾根上培土。見"字彙"。

4

耘 ㄩㄣˊ *yün*² 音雲
除草。見"集韻"。

耕 ㄍㄥ *kêng*¹ 音庚
翻鬆田土。如：耕種。

15【耕鋤】 ㄍㄥ ㄔㄨˊ
土壤物理改良法之一。是整地的第一步工作。即將心土掘出，並將表土鋤入。因作物栽培時間過久，土壤漸次固結，有礙空氣水分的流通，故需耕鋤以利植物生長。有精粗及深淺之分，有用人力、畜力及機械力等法。

8【耕者有其田】 ㄍㄥ ㄓㄜˇ ㄧㄡˇ ㄑㄧˊ ㄊㄧㄢˊ
土地改革的第三步驟。即扶植佃農或雇農，使其成為自耕農。於'民國'四十二年起實施，規定凡私有出租耕地地主可保留相當於中等水田三甲或旱田六甲，餘者由政府徵收轉放農民。地價依各等則耕地正產物的兩倍半收購，以實物土地債券七成，公營事業股票三成撥發。土地由現耕佃農或雇農承領，於十年內分二十期償還。

耙　ㄆㄚˊ p'a² 音琶　又讀 ㄅㄚˋ pa⁴ 音霸
農具。①犁田後用以擊碎土塊。如圖。②用以聚攏穀物及平整泥土。同杷。如：鐵耙。

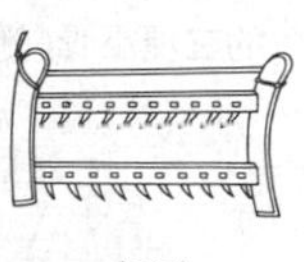
耙圖

耖　ㄔㄠˋ ch'ao⁴ 音趠
①覆耕。見"廣韻"。②一種像耙的農具。齒長，可以疏鬆田泥。

耖圖

耗　ㄏㄠˋ hao⁴ 音浩
①荒年。如：豐耗有時。②減損。如：消耗。③消息；音訊。如：噩耗。

12【耗費】 ㄏㄠˋ ㄈㄟˋ
消耗浪費。

13【耗損】 ㄏㄠˋ ㄙㄨㄣˇ
消耗減損。

14【耗腿】 ㄏㄠˋ ㄊㄨㄟˇ
國術練腿方法的一種。將腿高伸過頂，貼在訓練工具上，維持一段時間不動。

17【耗斁】 ㄏㄠˋ ㄉㄨˋ
耗損；敗壞。

5

耟　ㄐㄩˋ chü⁴ 音巨
農具。即耜。見"字彙補"。

耞　ㄐㄧㄚ chia¹ 音嘉
打穀的農具。即連枷。也作枷。見"集韻"。

耝　ㄑㄩˋ ch'ü⁴ 音趣
耕田時翻起泥土。同𠟭。見"集韻"。

耜　ㄙˋ szŭ⁴, ssŭ⁴ 音似
耒下端用以翻土的部分。形狀似鍬，初由木製，後改用鐵製。見"正字通"。

6

耝　ㄍㄨㄟ kuei¹ 音歸
①收麥用的杷叉。見"說文"。②耕田。也作桂。見"集韻"。

耠　ㄏㄜˊ ho², hê² 音合
耕田。同秴。見"集韻"。

7

耡　ㄐㄩˊ chü² 音局
①耕麥地。見"玉篇"。②泛指耕田。見"廣韻"。

耢　ㄕㄠˋ shao⁴ 音哨
任意撒布種子。見"集韻"。

耡　㊀ ㄓㄨˋ chu⁴ 音助
①古稅法名。見"說文"。②相佐助。見"集韻"。③古代里宰的辦事處。見"正字通"。
㊁ ㄔㄨˊ ch'u² 音除
耕作。見"正字通"。

8

耪　ㄅㄤˋ pang⁴ 音蚌
和耜相似的耕具。見"集韻"。

耤　㊀ ㄐㄧˊ chi² 音籍
天子親耕的田。見"說文"。
㊁ ㄐㄧㄝˋ chieh⁴ 音藉
借助。見"廣韻"。

𦓤　ㄌㄞˊ lai² 音來
耕田。見"集韻"。

耛　ㄧㄝˋ yeh⁴ 音葉
犁田下種。見"玉篇"。

耥　ㄊㄤˇ t'ang³ 音倘
①農具。用以推拉石塊、草穢或稻穀。②用耥推拉。

耨　ㄋㄜˋ nê⁴ 音訥
一種用來槌穀的農具。見"正字通"。

𦔀　ㄌㄨㄣˇ lun³
①禾束。同綸、稐。見"集韻"。②捆紮。

耔　ㄗ tzŭ¹ 音姿
①第一年耕種的荒地。見"玉篇"。②耕種。見"集韻"。

耧　ㄨㄟ wei¹ 音威
農具。用以耘田。同稜。見"集韻"。

耣
稐的或體。

9

耦　ㄊㄨˊ t'u² 音突
耕種。見"集韻"。

耜　ㄅㄧˋ pi⁴ 音必
禾。見"字彙"。

耦　ㄡˇ ou³ 音偶
①古代耕具的一種。耜類，用以翻土。見"說文"。②通偶。⑴兩人。如：耦耕。⑵配偶。如：佳耦。⑶雙數。如：奇耦。⑷遇合。如：流落不耦。③姓。'漢'有'耦加'。見"萬姓統譜·八八"。

6【耦合】 ㄡˇ ㄏㄜˊ
(coupling)①兩個或多個電路或系統相結合的關係。功率能由系統轉移至另一系統。②飛機作飛行動作時所顯示的慣性現象。如偏航會引發滾轉，滾轉會導致偏航者。

【耦合電容器】 ㄡˇ ㄏㄜˊ ㄉㄧㄢˋ ㄖㄨㄥˊ ㄑㄧˋ
(coupling capacitor) 用來將兩電路耦合在一起，並提供一容抗使交流能通過但阻絕直流的電容器。

【耦合變壓器】 ㄡˇ ㄏㄜˊ ㄅㄧㄢˋ ㄧㄚ ㄑㄧˋ
(coupling transformer)利用互感將兩電路耦合在一起的變壓器。

耧　ㄧㄥ ying¹ 音英
草柔密叢生的樣子。見"篇海類編"。

耯　ㄕㄥˇ shêng³ 音省
麥。見"篇海類編"。

䎌 堫的或體。

10

耪 ㄆㄤˇ *p'ang*³ 音嗙
除草。

耩 ㄐㄧㄤˇ *chiang*³ 音講
鋤地播種。也作耩。見"集韻"。

16【耩耨草】 ㄐㄧㄤˇ ㄋㄡˋ ㄘㄠˇ
蒲公英的別名。

䎢 ㄑㄧˊ *ch'i*² 音旗
播麥種。也作稽。見"集韻"。

耨 ㄋㄡˋ *nou*⁴
1除草的農具。形似鏟。也作槈、鎒。見"集韻"。2除草。

耨圖

䎣 ㄖㄨㄥˇ *jung*³ 音茸
草長得茂密的樣子。見"字彙"。

䎤 耘的或體。

䎧 ㄘㄜˋ *ts'ê*⁴ 音測
1耜。見"廣韻"。2犁田深耕。見"集韻"。

11

䎮 ㄊㄧˋ *t'i*⁴ 音替
不耕田而下種。見"廣韻"。

䅻 ㄌㄧˊ *li*² 音離
種植。或作穛。見"集韻"。

䎬 一 ㄓㄚˊ *cha*² 音紮
農具。見"廣韻"。
二 ㄗㄜˊ *tsê*² 音責
種植。見"廣雅·釋地"。

䅸 ㄏㄢˋ *han*⁴ 音漢
1多耕。見"玉篇"。2在旱田耕種。見"集韻"。

𦔔 徹的俗體。

耬 ㄌㄡˊ *lou*² 音婁
1耕土成畦。同穊。見"集韻"。2農具。形似三足犁，中有漏斗，可播撒種子。見"正字通"。

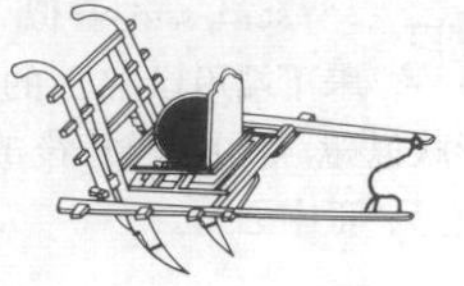
耬圖

䅼 一 ㄇㄢˊ *man*² 音瞞
任意撒種的樣子。見"廣韻"。
二 ㄇㄢˋ *man*⁴ 音慢
不能耕種的田地。見"廣韻"。

𦔵 ㄧˋ *i*⁴ 音異
耕田。見"廣雅·釋地"。

耖 ㄘㄠ *ts'ao*¹ 音操
農具。用荊條編成，套在牛上以耕田。也叫耮、耱。

12

耮 橯的或體。

䎲 ㄐㄧ *chi*¹ 音機
耕田。見"集韻"。

14

䎱 穫的或體。

15

𦔷 穮的或體。

耰 ㄧㄡ *yu*¹ 音憂
1用以擊碎土塊剷平田地的農具。同櫌。2播種後，用土覆蓋種子。3泛指耕種。

䎱 鑼的或體。

16

耲 ㄏㄨㄞˊ *huai*² 音懷
參耲耙。

10【耲耙】 ㄏㄨㄞˊ ㄆㄚˊ
農具。似鋤，東北地區用以翻土。

耱 ㄇㄛˋ *mo*⁴ 音莫
耕具。用以平整田地。又叫耮、耖。

耳部

耳 ㄦˇ *êrh*³ 音爾
1耳朵。具有聽與平衡兩種功能。分為外耳、中耳、內耳三部分。外耳為聲波的通道，經中耳的三塊小骨(鎚骨、砧骨、鐙骨)傳至內耳的耳蝸，產生聽覺。此外，內耳中尚有半規管，司個體的平衡覺。2聽；聞。如：久耳大名。3助詞。(1)同而已。(2)同矣。(3)同也。

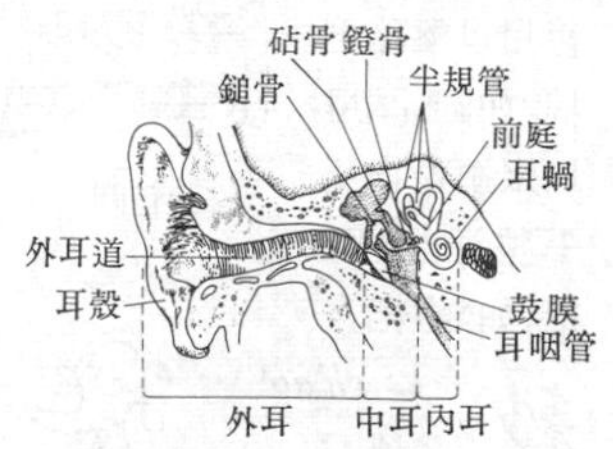

耳的構造圖

5【耳目】 ㄦˇ ㄇㄨˋ
1耳朵和眼睛。2指視聽。3比喻帝王左右輔佐的人。4眼線；探聽消息的人。

8【耳門】 ㄦˇ ㄇㄣˊ
1庭院、正房的側門。2穴位之一。位於耳的前方，相當於耳屏上前方張口呈現凹陷處。屬手少陽三焦經。3即耳屏。為外耳孔前方的小球狀突起部分。

9【耳食】 ㄦˇ ㄕˊ
用耳朵品嚐食物。比喻俗學淺識，輕易相信傳聞。

10【耳根】 ㄦˇ ㄍㄣ
1耳朵的根部。2佛家六根之一。根為生長的意思；耳根指耳的聽覺功能，能滋生善業、惡業。

12【耳順】 ㄦˇ ㄕㄨㄣˋ
對所聽到的話都能有精闢透徹的了解，而予以正確的判斷。是'孔子'對自己六十歲的描述。後人用為六十歲的代稱。

13【耳道】 ㄦˇ ㄉㄠˋ

(auditory canal; external auditory meatus)即外耳構造中的聽道(聽管)。指由外耳開口至鼓膜間的管道，作用在於接受聲波傳至中耳，使鼓膜震動引起聽覺。

14【耳漏】ㄦˇ ㄌㄡˋ
(otorrhea)又稱爲耳聤、耳道加答兒。通常因爲中耳炎、外耳炎及骨瘍等疾病而引發。症狀是外聽道流出黏液或膿汁，發惡臭。必須治療病原，且時常以消毒棉花擦拭乾淨。

【耳語】ㄦˇ ㄩˇ
緊靠別人耳朵邊低聲說話。

【耳鳴】ㄦˇ ㄇㄧㄥˊ
(tinnitus aurium)耳內自感有聲音的症狀。常由於疲勞或血壓高所引起。

15【耳輪】ㄦˇ ㄌㄨㄣˊ
①耳朵。②即耳廓。指外耳道以外，全部耳殼的統稱。

【耳蝸】ㄦˇ ㄍㄨㄚ
(cochlea)內耳構造之一。由二個螺旋捲曲管及一個半捲的管所組成，形狀似蝸牛殼，故稱。耳蝸內有許多毛細胞，可發動聽神經纖維之衝動，傳至腦部產生聽覺。

3【耳下腺】ㄦˇ ㄒㄧㄚˋ ㄒㄧㄢˋ
(parotid gland)又名腮腺。位於耳前的頰部，是唾液腺的一種，可分泌唾液，使乾燥食物溶解、軟化，易於吞嚥，並幫助消化。平時可保護口內襯免受乾燥，且可清潔、溼潤口腔而便利說話。

【耳小骨】ㄦˇ ㄒㄧㄠˇ ㄍㄨˇ
(ossiculum auditus)又稱聽骨。位於中耳內，共三枚，分別爲錘狀的錘骨、砧狀的砧骨、馬鐙狀的鐙骨。三者彼此成一系列連接，將聲波由鼓膜傳至內耳的耳蝸，以產生聽覺。

6【耳朵軟】ㄦˇ ˙ㄉㄨㄛ ㄖㄨㄢˇ
形容沒有主見，容易聽信好話或可憐的話。

9【耳咽管】ㄦˇ ㄧㄢ ㄍㄨㄢˇ
(Eustachian tube)又稱'歐'氏管。爲自中耳之空腔通至咽腔的管道。管的末端有活瓣，平時關閉，但在吞嚥或乘坐電梯、飛機等突然升降時便打開，容空氣進入中耳，以平衡鼓膜內外的氣壓。

19【耳邊風】ㄦˇ ㄅㄧㄢ ㄈㄥ
比喻對所聽聞的話不經意、不重視。

3【耳下腺炎】ㄦˇ ㄒㄧㄚˋ ㄒㄧㄢˋ ㄧㄢˊ
(parotitis)因葡萄球菌感染耳下腺所引起的疾病。症狀爲腫脹、疼痛及發燒，特別在耳下有壓迫性的疼痛。若感染於青春期或成年男子，可能會蔓延至睪丸，造成不孕。

5【耳目之欲】ㄦˇ ㄇㄨˋ ㄓ ㄩˋ
對聲色的欲望。

12【耳提面命】ㄦˇ ㄊㄧˊ ㄇㄧㄢˋ ㄇㄧㄥˋ
當面叮嚀教誨。有懇切告誡、殷殷指導之意。

15【耳熟能詳】ㄦˇ ㄕㄡˊ ㄋㄥˊ ㄒㄧㄤˊ
因經常聽說而能詳細知道。

17【耳濡目染】ㄦˇ ㄖㄨˊ ㄇㄨˋ ㄖㄢˇ
經常聽到看到，慢慢地受到影響。

22【耳聽八方】ㄦˇ ㄊㄧㄥ ㄅㄚ ㄈㄤ
形容知覺靈活機敏。

24【耳鬢廝磨】ㄦˇ ㄅㄧㄣˋ ㄙ ㄇㄛˊ
兩人的耳朵和鬢髮互相接觸磨擦。比喻非常親密。

14【耳聞不如目見】ㄦˇ ㄨㄣˊ ㄅㄨˋ ㄖㄨˊ ㄇㄨˋ ㄐㄧㄢˋ
耳朵聽聞不如親眼目睹爲眞切。

1

耴 ㄓㄜˊ *chê*^{2} 音輒
耳朵下垂。見"說文"。

2

耵 ㄊㄧㄥ *t'ing*^{1} 音聽
參耵聹。

20【耵聹】ㄊㄧㄥ ㄋㄧㄥˊ
耵聹腺的分泌物。俗稱耳垢。

【耵聹腺】ㄊㄧㄥ ㄋㄧㄥˊ ㄒㄧㄢˋ
(ceruminous glands)位於外耳道內一種汗腺的變型構造。可分泌蠟樣的色素物質—耵聹(即耳垢)，有時會阻塞外耳聽道，引起疼痛或耳聾。

3

耶 ㊀ ㄧㄝˊ *yeh*^{2} 音爺
①父親。通爺。見"韻增"。②助詞。用在句末，表示疑問。
㊁ ㄧㄝ *yeh*^{1}
專用於翻譯外國字音時的音讀。如:'耶路撒冷'。

8【耶林】ㄧㄝ ㄌㄧㄣˊ
(Rudolf von Jhering, 1818～1892)'德國'法學家。爲社會法學的鼻祖。提倡社會功利主義，以別於'邊沁'的個人功利學說。西元1852年後，曾在'基森'(Giessen)、'哥丁根'(Göttingen)等大學任教'羅馬'法。著有四卷"羅馬法精神"(*Geist des römischen Rechts*)和兩卷"法律的目的"(*Der Zweck im Recht*)等書。

16【耶穌】ㄧㄝ ㄙㄨ
(Jesus, 前6～後30)也稱'耶穌基督'(Jesus Christ)。基督教的創始者。傳說爲上帝的兒子，爲了救贖人類而降生。先於'加利利'傳教，有驅魔癒病的奇蹟；後至'耶路撒冷'，被'猶太'教當權派仇視，慫恿其門徒'猶大'(Judas Iscariot)告密出賣，而被釘死在十字架上。

8【耶和華】ㄧㄝ ㄏㄜˊ ㄏㄨㄚˊ
(Jehovah)'猶太'民族稱上帝爲'耶和華'，基督教"舊約聖經"中也沿用此稱呼。

16【耶穌教】ㄧㄝ ㄙㄨ ㄐㄧㄠˋ
即基督教。參基督教。

【耶穌會】ㄧㄝ ㄙㄨ ㄏㄨㄟˋ
(Society of Jesus; SJ)爲宗教改革'羅馬'教會勢力衰微後，'西班牙'人'羅耀拉'(St. Ignatius of Loyola)於西元1534年在'巴黎'所創立之天主教會的教團。以推行教育、慈善事業及傳教爲宗旨。入會者須宣誓謹守安貧、貞節、服從及効忠宗教的規律。今爲世界上最大的修會及傳教機構。

13【耶路撒冷】 ㄧㄝ ㄌㄨˋ ㄙㄚ ㄌㄥˇ
(Jerusalem)'以色列'首都。位於'以色列'和'約旦'國界'錫安山'(Zion Mt.)上。為'巴力斯坦'地區交通重心。有'耶穌基督'墓地,'猶太'人故都及伊斯蘭教'穆罕默德'升天處,係耶、猶、伊斯蘭三教聖地。人口68萬(2004年)。

16【耶穌基督】 ㄧㄝ ㄙㄨ ㄐㄧ ㄉㄨ
(Jesus Christ) 即'耶穌'。參耶穌。

耷 ㄉㄚ *ta*¹ 音搭
大耳。見"集韻"。

4

耽 ㄉㄢ *tan*¹ 音單
1耳朵大而下垂。見"說文"。2沈迷;過度喜愛。也作湛。如:耽湎。3延遲;延誤。如:耽誤。

4【耽心】 ㄉㄢ ㄒㄧㄣ
掛念。

9【耽思】 ㄉㄢ ㄙ
深思;專心探究。

12【耽湎】 ㄉㄢ ㄇㄧㄢˇ
沈溺。

13【耽溺】 ㄉㄢ ㄋㄧˋ
沈迷;陷溺。

14【耽誤】 ㄉㄢ ㄨˋ
延誤。

15【耽憂】 ㄉㄢ ㄧㄡ
耽心憂慮。

【耽樂】 ㄉㄢ ㄌㄜˋ
沈迷於逸樂。

17【耽擱】 ㄉㄢ ˙ㄍㄜ
延遲;耽誤。

耿 ㄍㄥˇ *kêng*³ 音哽
1光明。見"字彙"。2剛正;剛直。如:耿介。3姓。'東漢'有'耿弇'。見"萬姓統譜·八七"。

4【耿介】 ㄍㄥˇ ㄐㄧㄝˋ
1剛正有操守。2光明正大。

8【耿直】 ㄍㄥˇ ㄓˊ
剛毅正直。

10【耿耿】 ㄍㄥˇ ㄍㄥˇ
1牽掛的樣子。2光明的樣子。

【耿耿於懷】 ㄍㄥˇ ㄍㄥˇ ㄩˊ ㄏㄨㄞˊ
心中牽掛某事而煩躁不安。

耺 ㄩㄣˊ *yün*² 音云
1耳鳴。見"集韻"。2鐘鼓聲。見"正字通"。

𦔮 ㄑㄧˋ *ch'i*⁴ 音砌
聽覺靈敏。同聺。見"集韻"。

聀 職的俗體。

耾 ㄏㄨㄥˊ *hung*² 音紅
1私語;耳語。見"玉篇"。2耳聾。見"集韻"。

耻 恥的俗體。

耼 聃的本字。

耹 ㄑㄧㄣˊ *ch'in*² 音勤
聲音。見"廣韻"。

5

聇 ㄓㄥ *chêng*¹ 音征
參聇聇。

11【聇聇】 ㄓㄥ ㄓㄥ
行走。

聃 ㄉㄢ *tan*¹ 音丹
本作耼。1耳朵大而沒有輪廓。見"說文"。2沈迷。通耽。

𦕈 ㄉㄧㄢ *tien*¹ 音顛
稍爲下垂的耳朵。見"說文"。

聅 ㄔㄜˋ *ch'ê*⁴ 音徹 又讀 ㄊㄢˊ *t'an*² 音談
古代軍中的一種刑罰。用箭貫穿耳朵。見"說文"。

聈 ㄧㄡˇ *yu*³ 音有
幽靜深遠。見"字彙"。

聊 ㄌㄧㄠˊ *liao*² 音遼
1依賴;憑藉。如:民不聊生。2姑且。如:聊勝於無。3閒談。如:聊天。

16【聊賴】 ㄌㄧㄠˊ ㄌㄞˋ
依賴;寄託。

12【聊勝於無】 ㄌㄧㄠˊ ㄕㄥˋ ㄩˊ ㄨˊ
比沒有稍微好一些。

17【聊齋志異】 ㄌㄧㄠˊ ㄓㄞ ㄓˋ ㄧˋ
'清'蒲松齡'撰,八卷,或分十六卷,計四百三十一篇。其書多記神仙狐鬼之事,偶寓警世之意。是'清代'著名的短篇小說集。

聆 ㄌㄧㄥˊ *ling*² 音靈
聽聞。見"說文"。

聄 ㄓㄣˇ *chên*³ 音診
1聽。見"玉篇"。2告。見"集韻"。

聓 婿的俗體。

6

联 聯的俗體。

聐 ㄧㄚˋ *ya*⁴ 音軋
不能聽受聲音。見"集韻"。

聑 ㄉㄧㄝˊ *tieh*² 音碟
1穩妥。見"說文"。2耳朵下垂的樣子。見"廣韻"。

聏 ㄦˊ *êrh*² 音而
調合;調和。見"字彙"。

聎 ㄊㄧㄠ *t'iao*¹ 音挑
1一種耳病。見"廣韻"。2耳鳴。見"集韻"。

聒 ㄍㄨㄚ *kua*¹ 音瓜
吵雜。如:聒噪。

6【聒耳】 ㄍㄨㄚ ㄦˇ
聲雜亂耳。

16【聒噪】 ㄍㄨㄚ ㄗㄠˋ
1吵鬧不止。2打擾。

7

聘 一 ㄆㄧㄣˋ *p'in*⁴ 音牝
1訪問;遣使通問修好。如:聘問。2招請。如:禮聘名士。
二 ㄆㄧㄥˋ *p'ing*⁴
女兒出嫁。如:出聘。

5【聘用】 ㄆㄧㄣˋ ㄩㄥˋ
聘請任用。

15【聘請】 ㄆㄧㄣˋ ㄑㄧㄥˇ
延請擔任職務。

5【聘用制】 ㄆㄧㄣˋ ㄩㄥˋ ㄓˋ
人事體制的一種。係以契約定期方式用人，並無一定資格之規定，聘約期滿除續聘者外，自然解聘，報酬亦於聘約中規定。各機構爲應業務需要，對專業或技術人員，得適用聘用制。

6【聘任制】 ㄆㄧㄣˋ ㄖㄣˋ ㄓˋ
人事體制的一種。係對具有一定資格之人員，由首長聘任，聘期爲一學年，期滿得續聘。中等學校教員及專科以上學校之助教、講師、副教授、教授，均適用之。

聖 ㄕㄥˋ *shêng*^{4} 音剩
①聰明睿智。如：聖明。②人格崇高，對人類社會貢獻極大的人。如：古聖先賢。③專制時代臣民對天子的尊稱。如：聖駕。

2【聖人】 ㄕㄥˋ ㄖㄣˊ
①人格崇高對人類社會貢獻極大的人。②君主時代對帝王的尊稱。

4【聖火】 ㄕㄥˋ ㄏㄨㄛˇ
運動會開幕時所點燃的象徵自由與光明的神聖之火。古‘希臘’人在‘奧林匹亞’‘宙斯’神殿舉行競技前，先由女巫用聚光鏡吸取太陽光點燃火炬，再以接力方式於開幕時傳送到會場，在聖火臺上燃點。現今各種運動會均仿效此一儀式。

【聖手】 ㄕㄥˋ ㄕㄡˇ
稱贊精於某種技藝的人。

5【聖主】 ㄕㄥˋ ㄓㄨˇ
①聖明的君主。②佛的尊號。佛爲所有聖者中之上首，最尊，故稱。

【聖代】 ㄕㄥˋ ㄉㄞˋ
(sundae) 配有糖漿、水果、核仁、奶油泡沫等的冰淇淋。

6【聖旨】 ㄕㄥˋ ㄓˇ
①皇帝的詔書。②教徒對教主旨意的敬稱。

【聖行】 ㄕㄥˋ ㄒㄧㄥˊ
(Sunna; Sunnah) 伊斯蘭教徒指‘穆罕默德’的言行，即日常親自所做，信徒隨其實行的事。如五番拜中的聖行拜、禮拜時的喚詞、兩會禮的虎圖白及割包皮等，皆是‘穆’聖叮嚀的聖行，教徒必須確實奉行。在仲裁事情於“古蘭經”無據時，即以聖行裁決。

8【聖明】 ㄕㄥˋ ㄇㄧㄥˊ
①英明而無所不通。②皇帝的代稱。

9【聖胎】 ㄕㄥˋ ㄊㄞ
道教金丹的別名。也稱仙胎。喻凝聚精、氣、神三者煉成內丹，如母體結胎。在煉丹的九轉過程之後，可脫去凡胎，換成聖胎，脫去凡骨，換成仙骨。

10【聖哲】 ㄕㄥˋ ㄓㄜˊ
指聖人和賢人。也指達到最高境界的才德。

【聖·桑】 ㄕㄥˋ ㄙㄤ
(Charles Camille Saint-Saëns, 1835～1921) ‘法國’作曲家，也是著名的鋼琴、風琴演奏家。西元1871年協助創立‘法國國家音樂學會’，在‘法國’樂壇擁有重要地位。作品有歌劇十四部、交響曲三首、小提琴協奏曲三首、鋼琴協奏曲五首及爲數甚多的室內樂曲。其中最膾炙人口的是管弦樂組曲“動物狂歡節”(*Carnival of Animals*)。

聖·桑像

12【聖雄】 ㄕㄥˋ ㄒㄩㄥˊ
具備聖人道德與英雄氣概的人。

13【聖裔】 ㄕㄥˋ ㄧˋ
聖人的後代。

16【聖學】 ㄕㄥˋ ㄒㄩㄝˊ
聖人之學。常指儒學。

5【聖母峰】 ㄕㄥˋ ㄇㄨˇ ㄈㄥ
世界第一高峰。亦稱‘埃佛勒斯峰’(Everest M.)。位於我國‘西藏地方’和‘尼泊爾’間的‘喜馬拉雅山脈’上，高8,848公尺。

8【聖芳濟】 ㄕㄥˋ ㄈㄤ ㄐㄧˋ
(Saint Francis; Francis of Assisi, 1181?～1226)‘義大利’僧侶。‘聖芳濟’修會的創立人。其善良、純潔的心性，對自然界的熱愛及對飛鳥傳教都成爲日後藝術家最好的素材。卒後第二年被冊封爲聖徒。

9【聖保羅】 ㄕㄥˋ ㄅㄠˇ ㄌㄨㄛˊ
(São Paulo) ‘巴西’第一大城、工業中心、咖啡集散地及‘南美洲’主要交通、工業中心。位於‘巴西高原’東麓。有鋼鐵、紡織、藥品、煉油、化工及出版等工業，並擁有完整的國民休閒設施。人口1,790萬 (2004年)。

13【聖經紙】 ㄕㄥˋ ㄐㄧㄥ ㄓˇ
(Bible paper)重量輕、紙質薄且不很透明的一種紙張。常被用來印製聖經和字典，報社也常用來印製海外航空版。

5【聖尼古拉】 ㄕㄥˋ ㄋㄧˊ ㄍㄨˇ ㄌㄚ
(Saint Nicholas; Nicholas of Myra) 東西方教會最著名的聖人之一。四世紀‘土耳其’‘麥爾勒’(Myra)地區的主教。年輕時，曾赴‘巴勒斯坦’和‘埃及’，回國後就任家鄉‘麥爾勒’的主教。‘羅馬’皇帝‘戴克里先’ (Diocletian) 迫害基督教徒時曾被囚禁，直至‘君士坦丁大帝’當政才被釋放，並參與第一屆‘尼西亞會議’ (Nicaea Conference)。西元 1087 年，‘義大利’商人將其屍骨移到‘義大利’的‘巴利’(Bari)，聲名因而遠播。有關之傳說及奇蹟甚多，相傳是‘蘇俄’和‘希臘’等國的守護神，所以許多國家的地方和教堂均以其命名。而在‘英’‘美’國度裡，‘尼古拉’則是耶誕節的守護神。

10【聖馬利諾】 ㄕㄥˋ ㄇㄚˇ ㄌㄧˋ ㄋㄨㄛˋ
(San Marino)位於‘義大利半島’中北部‘亞平寧山’中的小國。面積

60方公里，人口2.9萬（2005年），首都'聖馬利諾'。以農、工、旅遊業及銷售郵票為重要財源。

17【聖濟總錄】 ㄕㄥˋ ㄐㄧˋ ㄗㄨㄥˇ ㄌㄨˋ

又名"政和聖濟總錄"。'宋徽宗''政和'年間詔集天下名醫，蒐集古今祕笈編纂而成，二百卷。收載醫方近二萬首，分六十六門，有內、外、婦、兒、五官、針灸各科，以及雜治、養生之類。後亡佚不全，至'清'經'程林'蒐購、刪定，'項睿'補闕，重編爲今書二十六卷。書中所載諸方，並不膠執古法，療效一般可靠，後代醫家頗爲推崇。

21【聖露西亞】 ㄕㄥˋ ㄌㄨˋ ㄒㄧ ㄧㄚˋ

（St. Lucia）位於'西印度群島''迎風群島'（Windward Isls.）中的島國。面積620方公里，人口16.6萬（2005年），首都'卡斯翠'（Castries）。境內多火山，土壤肥沃。輸出糖、可可、椰子和香料。

19【聖羅倫斯河】 ㄕㄥˋ ㄌㄨㄛˊ ㄌㄨㄣˊ ㄙ ㄏㄜˊ

（St. Lawrence R.）'加拿大'水運大動脈。源於'安大略湖'（Ontario L.），沿'阿帕拉契山'北側斷層線，東北注入北'大西洋'。全長3,060公里，水量大，季節變化小，有4～5個月的結冰期。上游急流多，富水力；西元1955年經'美'、'加'兩國合作修改航道，海輪可直抵五大湖畔各港。

7【聖克里斯多福】 ㄕㄥˋ ㄎㄜˋ ㄌㄧˇ ㄙ ㄉㄨㄛ ㄈㄨˊ

（St. Kitts and Nevis）'西印度群島''小安地列斯群島'（Lesser Antilles）中的島國。西元1983年脫離'英國'獨立。面積269方公里，人口3.9萬（2005年），首都'巴斯地'（Basseterre）。

4【聖文森及格瑞那丁】 ㄕㄥˋ ㄨㄣˊ ㄙㄣ ㄐㄧˊ ㄍㄜˊ ㄖㄨㄟˋ ㄋㄚˋ ㄉㄧㄥ

（St. Vincent and the Grenadines）'西印度群島''小安地列斯群島'（Lesser Antilles）中的島國。西元1979年脫離'英國'獨立。面積340方公里，人口11.7萬（2005年），首都'京師鎮'（Kingstown）。

6【聖多美及普林西比】 ㄕㄥˋ ㄉㄨㄛ ㄇㄟˇ ㄐㄧˊ ㄆㄨˇ ㄌㄧㄣˊ ㄒㄧ ㄅㄧˇ

（São Tomé and Príncipe）位於'非洲''幾內亞灣'（Gulf of Guinea）內的島國。面積0.1萬方公里，人口18.7萬（2005年），首都'聖多美'（São Tomé）。赤道橫過本區。輸出可可、咖啡、椰子果和棕櫚油。

8

聙 ㄐㄧㄥ *ching*¹ 音精
聽覺靈敏。見"廣韻"。

聝 ㄍㄨㄛˊ *ko*², *kuo*² 音國
古代戰爭中，割去敵屍的耳朵，以爲戰功的憑證。也作馘。見"說文"。

⿰耳奇 ㄑㄧˊ *ch'i*² 音旗
側耳。見"集韻"。

聚 ㄐㄩˋ *chü*⁴ 音巨
[1]會合；集攏。如：類聚。[2]村落；村鎮。如：聚落。

9【聚首】 ㄐㄩˋ ㄕㄡˇ

會面。

11【聚訟】 ㄐㄩˋ ㄙㄨㄥˋ

眾人爭論不休。

13【聚塊】 ㄐㄩˋ ㄎㄨㄞˋ

（chunking）個體將欲記憶之資訊聚集一處，以利存留於記憶系統的歷程。

【聚落】 ㄐㄩˋ ㄌㄨㄛˋ

人群聚居的地方。如市、鎮、村等。一般分爲鄉村聚落及都市聚落二大類。以聚落爲研究對象的地理學稱爲聚落地理學。

【聚會】 ㊀ ㄐㄩˋ ㄏㄨㄟˋ

聚集會合。

㊁ ㄐㄩˋ ˙ㄏㄨㄟ

聚合的事。

17【聚斂】 ㄐㄩˋ ㄌㄧㄢˋ

[1]收集。[2]搜刮財貨。

1【聚乙烯】 ㄐㄩˋ ㄧˇ ㄒㄧ

（polyethylene；PE）化學式CH_2CH_{2n}。爲乙烯的加成聚合物，呈乳白色之透明或半透明固體，不透水。用於製造塑膠袋、塑膠布、塑膠杯、塑膠管、塑膠瓶、玩具等。

5【聚丙烯】 ㄐㄩˋ ㄅㄧㄥˇ ㄒㄧ

（polypropylene；PP）是一種由丙烯（$CH_2=CHCH_3$）聚合而成的塑膠。具有堅韌、耐壓、耐撕等特性。常用於製造噴嘴、活塞、奶瓶、防水地毯、杯皿等。

6【聚同論】 ㄐㄩˋ ㄊㄨㄥˊ ㄌㄨㄣˋ

（convergence theory）現代化理論之一。認爲只要社會往現代化方向變，就會產生與西方社會類似的特質。現代社會的特質源自於西方社會，包括高度經濟發展、理性、文化的普遍性與政治的民主參與等。因此，非西方社會若要現代化，就自然地朝西化的方向走，且社會與社會之間的距離會縮短。代表人物有'美國'社會學家'派深思'（Talcott Parsons）、'艾森斯達特'（S.N. Eisenstadt）。

【聚合體】 ㄐㄩˋ ㄏㄜˊ ㄊㄧˇ

（polymer）由具有官能基或未飽和鍵之簡單分子（稱爲單體），經縮合或加成反應所合成之具有高分子量的化合物。依來源可分天然與合成聚合體；依用途可分塑膠、橡膠、纖維、塗料與黏合劑；依合成方式可分加成與縮合聚合體；依對溫度之作用可分熱塑性與熱固性聚合體。

9【聚珍版】 ㄐㄩˋ ㄓㄣ ㄅㄢˇ

俗稱聚珍本。'清高宗''乾隆'年間纂修"四庫全書"，命擇其中罕見的善本，用棗木刻活字排印，因活字名稱不雅，'高宗'改名聚珍版，印成"武英殿聚珍版叢書"。

18【聚醯胺】 ㄐㄩˋ ㄒㄧ ㄢ

（polyamide）俗稱尼龍。由二元

胺與二元酸經縮合聚合反應,或由內醯胺類化合物自行縮合聚合而成的熱塑性塑膠。常見者有尼龍11、尼龍12、尼龍6、尼龍10等,具抗火性、抗化學品、硬韌性、耐磨性、耐高溫性與電絕緣性。價錢較貴,主要用在工業成型品(如軸承、齒輪、管件、線圈)及電線被覆材料。

1【聚乙烯醇】 ㄐㄩˋ ㄧˇ ㄒㄧ ㄔㄨㄣˊ
(polyvinyl alcohol)可在酸或鹼水溶液下,由聚醋酸乙烯水解而得,亦可從其他單體(或醋酸乙烯酯、乙烯醚、乙醛等)合成。比重1.3,抗張強度極佳,化性活潑,可進一步醚化或酯化。主要用途爲製造膠膜、黏合劑、成型材料(如人造海綿、管子與滾軸等)。

5【聚丙烯腈】 ㄐㄩˋ ㄅㄧㄥˇ ㄒㄧ ㄑㄧㄥ
(polyacrylonitrile; PAN)是一種丙烯腈(CH_2CHCN)的聚合物。質地輕暖、耐磨、抗風、抗蟲蛀,且不溶於一般溶劑。可作羊毛的代用品,用於製衣料、毛毯等。

6【聚合反應】 ㄐㄩˋ ㄏㄜˊ ㄈㄢˇ ㄧㄥˋ
(polymerization)於適當之反應條件下,以人工方法將單體聚合成分子量極大之聚合物的化學反應。常用的聚合反應有加成聚合和縮合聚合兩種。參加成聚合、縮合聚合。

7【聚沙成塔】 ㄐㄩˋ ㄕㄚ ㄔㄥˊ ㄊㄚˇ
①指童子將沙聚成佛塔,足見其具有佛性。②比喻積少成多。

9【聚苯乙烯】 ㄐㄩˋ ㄅㄣˇ ㄧˇ ㄒㄧ
(polystyrene; PS)是一種由苯乙烯($C_6H_5CH=CH_2$)聚合而成的塑膠。質輕、堅硬、易染色。常用作絕緣材料、電器外殼、玩具及杯盤等日用品。

10【聚蚊成雷】 ㄐㄩˋ ㄨㄣˊ ㄔㄥˊ ㄌㄟˊ
蚊子相聚飛鳴,發出音響有如雷聲。①比喻積小可以成大。②比喻小人群聚,出語中傷,聲勢浩大。

12【聚氯乙烯】 ㄐㄩˋ ㄌㄩˋ ㄧˇ ㄒㄧ
(polyvinyl chloride; PVC)是一種由氯乙烯($CH_2=CHCl$)聚合而成的塑膠。具有耐水、耐酸、耐鹼、絕緣等性質。常用於製造塑膠地板、塑膠管、塑膠布、塑膠皮、人造皮、電線外皮等。

13【聚酯樹脂】 ㄐㄩˋ ㄓˇ ㄕㄨˋ ㄓ
(polyester resin)由二元酸與二元醇於觸媒作用下,經縮合聚合反應得到的聚酯。依照單體的種類與添加其他單體形成之共聚合體,可得耐候性(如添加二甲基丙烯酸甲酯)、抗火性(如添加二氯苯乙烯)、耐高溫性(如添加三聚氰酸三丙烯酯)、耐腐蝕性(如添加甲基苯乙烯)等聚酯。由於其易與加強材料結合,而廣泛用於模製、層合與塗裝之加工;此外,亦可當做黏合劑、塗料、膠合與密封材料。

【聚酯纖維】 ㄐㄩˋ ㄓˇ ㄒㄧㄢ ㄨㄟˊ
(polyester fiber)一種紡織材料。又稱人造棉。西元1939~1941年開發成功,由85%以上的乙二醇(dihydric alcohol)和對苯二甲酸(terephthalic acid)所合成。由於吸水性差,穿著時相當不舒適,且易起靜電,遂與棉混紡以求改善,市面上的T/C布,即包含65%聚酯纖維與35%棉纖維;又因過於強韌而易起毛球,須與羊毛及纖維素纖維(棉、麻等)混紡,或者織造成毛圈或毛絨織物;其主要缺點爲不易用清潔劑去除汙物,若用熱水洗濯雖有助於去汙,但卻可能產生更多縐紋或褪色。其商品'美國'稱達克隆(dacron),'英國'稱特麗綾(terylene)、'日本'稱特多隆(tetoron)。

14【聚碳酸酯】 ㄐㄩˋ ㄊㄢˋ ㄙㄨㄢ ㄓˇ
(polycarbonate; PC)以二元酚A、光氣、觸媒於溶劑中經縮合聚合反應而得的熱塑性塑膠。其熱變形溫度爲140°C,熱膨脹係數極低,無色,無味,無臭,具優良之機械性質、熱安定性與透明性。主要用於成型品之製造。

17【聚斂思考】 ㄐㄩˋ ㄌㄧㄢˋ ㄙ ㄎㄠˇ
(convergent thinking) 智力結構中思考運用的一環。係爲某問題選取最佳或最合適之解決方法的思考方式。

18【聚繖花序】 ㄐㄩˋ ㄙㄢˇ ㄏㄨㄚ ㄒㄩˋ
(cymose)有限花序的一種。即一花序中,花軸頂端先開一花,然後其花梗下部兩側各有一分枝,每枝頂端各開一花。例如香石竹的花序。

聚繖花序圖

1【聚乙烯甲醛】 ㄐㄩˋ ㄧˇ ㄒㄧ ㄐㄧㄚˇ ㄑㄩㄢˊ
(polyvinyl formal)由聚乙烯醇與甲醛於酸性酒精溶液或加入氯化鋅,經縮合反應得到的熱塑性塑膠。可溶於氯仿、醚類、酚類等,比重1.2,抗張強度甚大,可與酚類樹脂化合作爲電線之被覆材料,與酚甲醛樹脂混合成爲強黏合劑,也是一種常用的人造海綿。

5【聚四氟乙烯】 ㄐㄩˋ ㄙˋ ㄈㄨˊ ㄧˇ ㄒㄧ
(polytetrafluoroethylene)俗稱特夫綸。是一種由四氟乙烯($CF_2=CF_2$)聚合而成的塑膠。具有耐高溫、不沾水及油汙、質輕、堅韌、不受化學藥品腐蝕等特性。常用於製造墊圈、電絕緣材料、炒鍋裡墊等。

15【聚醋酸乙烯】 ㄐㄩˋ ㄘㄨˋ ㄙㄨㄢ ㄧˇ ㄒㄧ
(polyvinyl acetate)以醋酸乙烯爲單體,過氧化物爲觸媒,經總體、溶液、懸浮或乳化聚合法合成的熱塑性塑膠。無色透明,可溶於一般有機溶劑,軟化點低,故主要用作塗料、黏合劑、纖維用膠料及口香糖之基材。

17【聚環氧乙烷】 ㄐㄩˋ ㄏㄨㄢˊ ㄧㄤˇ ㄧˇ ㄨㄢˊ
(polyethylene oxide)又稱聚乙二醇。於觸媒(如氫氧化鈉)作用下由環氧乙烷聚合而成的熱塑性塑膠。比重1.15～1.26,不溶於有機溶劑,完全溶於水,熔點66°C,可當做紡織用之漿料、氣溶膠(aerosol)、糖衣、保護膜、牙齒鑲補材料等。

18【聚醯胺纖維】 ㄐㄩˋ ㄒㄧ ㄢ ㄒㄧㄢ ㄨㄟˊ
(polyamide fiber)俗稱尼龍。合成方法與聚醯胺塑膠類似,已商業化者有尼龍6(由己內醯胺單體合成)、尼龍66(由己二酸與己二醇合成)等。較嫘縈或醋酸纖維輕,比重約1.14,具耐磨性。主要用途為工業用纖維(如輪胎)、安全用纖維、地氈、衣料等。

5【聚丙烯腈纖維】 ㄐㄩˋ ㄅㄧㄥˇ ㄒㄧ ㄑㄧㄥ ㄒㄧㄢ ㄨㄟˊ
(polyacrylonitrile fiber)以丙烯腈為單體,水溶性過氧化物或氧化還原型化合物為觸媒,經懸浮聚合法反應而得。其軟化點為230～240°C,玻璃轉變溫度為90～110°C,故不易染色,而常與其他單體合成共聚合體。不溶於有機溶劑,綜合性質僅次於多元酯纖維。主要用途為衣料與家庭用品,著名之商品為奧隆(orlon),與達克隆、尼龍合稱為三種主要合成纖維。

11【聚偏二氯乙烯】 ㄐㄩˋ ㄆㄧㄢ ㄦˋ ㄌㄩˋ ㄧˇ ㄒㄧ
(polyvinylidene chloride)以偏二氯乙烯為單體,經加成聚合反應得到的聚合體。由於其熱安定性不佳,故商業上常與其他單體(如聚氯乙烯、丙烯腈)合成共聚合體出售。其最大用途為製造合成纖維(如假髮、濾布等);此外,亦可用於塑膠膜、乳液、塗料等。

5【聚甲基丙烯酸甲酯】 ㄐㄩˋ ㄐㄧㄚˇ ㄐㄧ ㄅㄧㄥˇ ㄒㄧ ㄙㄨㄢ ㄐㄧㄚˇ ㄓˇ
(polymethyl methacrylate; PMMA)一種最受歡迎且用途最廣的壓克力(即丙烯酸屬樹脂)。為以甲基丙烯酸甲酯為單體,於啟發劑作用下,經總體、溶液、乳化聚合而得的熱塑性塑膠。比重1.2,軟化點80～125°C,可溶於酮類、酯類與芳香族烴,透光性極佳,易著色且加工性良好,耐衝強度佳。主要用於各種成型品、乳化壓克力或液化壓克力(可用於塗料、黏合劑、纖維表面處理劑)之製造。

10【聚胺基甲酸酯樹脂】 ㄐㄩˋ ㄢ ㄐㄧ ㄐㄧㄚˇ ㄙㄨㄢ ㄓˇ ㄕㄨˋ ㄓ
(polyurethane resin; PU)簡稱聚胺酯樹脂或聚脲酯樹脂。可由二異氰酸酯或多異氰酸根化合物與二元醇或多元醇縮合聚合反應而成。主要作為軟質及硬質塑膠泡綿之原料,而用於家具中之墊子、車輛中之保溫材料、包裝襯墊、隔音材料;此外,亦可當做黏合劑、塗料、聚脲酯彈性橡膠等。

𦗊 ㄌㄨˋ lu^4 音碌
1 竊聽。見"集韻"。2 耳鳴。見"集韻"。

𦖿 ㄨㄤˇ $wang^3$ 音罔
一種耳病。見"廣韻"。

聛 ㄅㄧˋ pi^4 音俾
1 側耳。見"篇海"。2 耳穀。見"字彙"。

聞 ㊀ ㄨㄣˊ $wên^2$ 音文
1 聽見。如:百聞不如一見。2 知識。如:見聞。3 著稱;知名。如:以孝聞於鄉里。4 嗅。如:久而不聞其香。5 姓。'宋'有'聞見昌'。見"萬姓統譜·二〇"。
㊁ ㄨㄣˋ $wên^4$ 音問
名聲;名譽。見"正字通"。

2【聞人】 ㊀ ㄨㄣˋ ㄖㄣˊ
有聲望、名譽的人。
㊁ ㄨㄣˊ ㄖㄣˊ
複姓。'漢'有'聞人通'。見"通志·氏族略四"。

13【聞達】 ㄨㄣˋ ㄉㄚˊ
名譽卓著,地位顯達。

1【聞一多】 ㄨㄣˊ ㄧ ㄉㄨㄛ
(1899～1945)'湖北''浠水'人,原名'家驊',又名'多',號'一多'。'清華大學'畢業,留學'美國'。歷任'中央'、'武漢'諸大學教授。曾與'徐志摩'等創"新月雜誌"。精於神話學、'中'西文學、書畫、篆刻。著有"聞一多全集"。

聞一多像

12【聞喜宴】 ㄨㄣˊ ㄒㄧˇ ㄧㄢˋ
慶賀進士及第的一種喜宴。'唐'時,進士放榜,每集錢宴於'曲江'亭子,稱'曲江'宴,也稱聞喜宴。'後唐''明宗'時賜錢新進士,以舉辦宴會。至'宋太宗'明定由朝廷置宴,皇帝及大臣賜詩,以示寵異。因曾設宴'瓊林苑',故至'明''清'賜新進士宴又稱'瓊林'宴。

1【聞一知十】 ㄨㄣˊ ㄧ ㄓ ㄕˊ
聽得一個道理,便能領悟出其他許多道理。形容智慧高,領悟力強。

8【聞所未聞】 ㄨㄣˊ ㄙㄨㄛˇ ㄨㄟˋ ㄨㄣˊ
不曾聽過。形容新鮮奇特。

9【聞香下馬】 ㄨㄣˊ ㄒㄧㄤ ㄒㄧㄚˋ ㄇㄚˇ
聞到酒菜香便停下來享用。

18【聞雞起舞】 ㄨㄣˊ ㄐㄧ ㄑㄧˇ ㄨˇ
比喻有志之士及時奮起。'晉''祖逖'與'劉琨'立志中興,夜半聞雞鳴,即起身舞劍。見"晉書·祖逖傳"。

聟 婿的俗體。

9

聕 ㄦˇ *êrh*³ 音餌
聽見聲音不敢說話。見"廣韻"。

聤 ㄊㄧㄥˊ *t'ing*² 音亭
耳朵發炎流膿。見"廣韻"。

聙 𦖻的或體。

聡 聰的俗體。

聧 ㄎㄨㄟ *k'uei*¹ 音虧
耳聾很重。見"方言·六"。

𦖋 ㄉㄨㄛˇ *to*³, *tuo*³ 音朵
1耳垂。見"五音類聚"。2聽覺靈敏。見"字彙"。

𦖻 ㄐㄧㄡ *chiu*¹ 音啾
耳鳴。同聙。見"玉篇"。

聦 聰的俗體。

聥 ㄩˇ *yü*³ 音禹 又讀 ㄐㄩˇ *chu*³ 音舉
1張著耳朵聽聲音。見"說文"。2驚嚇。見"集韻"。

10

𦗟 ㄗㄞˇ *tsai*³ 音宰
聽不清楚。即半聾。見"玉篇"。

䁅 ㄇㄧㄣˇ *min*³ 音泯 又讀 ㄇㄧㄢˊ *mien*² 音眠
聽;注意聽。見"玉篇"。

䁠 ㄌㄧㄢˊ *lien*² 音連
參䁠聑。

11【䁠聑】 ㄌㄧㄢˊ ㄌㄧㄢ
耳朵下垂的樣子。

𦗩 ㄊㄧㄢˊ *t'ien*² 音田
1塞耳孔的玉。也作瑱。見"玉篇"。2聲音盈耳。見"集韻"。

聴 恧的或體。

𦗖 𦗩的或體。

11

聱 ㄠˊ *ao*² 音敖
不聽人家的意見。見"說文新附"。

4【聱牙】 ㄠˊ ㄧㄚˊ
1形容文辭晦澀難讀。2乖違;忤逆。

聲 ㄕㄥ *shêng*¹ 音笙
1音響。見"說文"。2曲調;音樂。如:聲樂。3言語。如:聲色俱厲。4名望;名譽。如:聲望。5信息;音訊。6氣勢。如:聲勢。7宣布;宣稱。如:聲明作廢。8指字音調值的變化。如:上聲。

5【聲母】 ㄕㄥ ㄇㄨˇ
'漢'字音節前的輔音。以標注符號而言,又稱聲符。國音注音符號有二十一個聲母,如ㄅ、ㄆ、ㄇ等是。

6【聲名】 ㄕㄥ ㄇㄧㄥˊ
名譽;聲譽。

【聲色】 ㄕㄥ ㄙㄜˋ
1音樂與女色。2聲音與表情。

8【聲波】 ㄕㄥ ㄅㄛ
(acoustic wave)聲音的傳播,乃借助於介質(如空氣、水、地面等)內分子的振動;如此的振動符合波的特性,且爲縱波,稱之爲聲波。

【聲明】 ㄕㄥ ㄇㄧㄥˊ
1聲音和光彩。2聲教文明。3公開說明。4古'印度'的文法訓詁之學。

9【聲音】 ㄕㄥ ㄧㄣ
(sound) 聲音爲一種波動,透過介質傳至人耳以引起聽覺的作用。產生聲音的聲源爲振動體,當振動體振動時,影響附近的空氣產生疏密相間的波動,往四周傳播出去,故聲波爲一種縱波。人耳所能聽聞的聲波頻率範圍,約在20～20,000赫之間,聲波在空氣中的傳播速度(20°C時)約爲343公尺/秒。

【聲威】 ㄕㄥ ㄨㄟ
聲名威望。

【聲律】 ㄕㄥ ㄌㄩˋ
1古代音樂的五聲六律。2指詩詞歌賦的聲韻與格律。

10【聲浪】 ㄕㄥ ㄌㄤˋ
聲音。

【聲討】 ㄕㄥ ㄊㄠˇ
聲明其罪狀而加以討伐。

【聲氣】 ㄕㄥ ㄑㄧˋ
1聲音和氣息。指朋友間的思想和性格。2指消息。3鼓動氣勢。

【聲納】 ㄕㄥ ㄋㄚˋ
(sonar) sonar 係由'英'文 sound navigation and ranging 縮寫而來。是利用水中聲波或超音波之發送及接收,以偵測海中或海底物體的種類、距離及其方向、位置的裝置。軍用聲納運作之聲頻有低至數赫者,有高到百萬赫者;常用聲納的聲頻約在一至五萬赫(週波)之間。有的聲納單純接受海中物體(如潛艇及魚群)所發出的聲音;有的則如雷達般由本身發出聲波,然後接收其由物體反射回來的回音,以偵測其方向、距離位置;更可利用'都卜勒'效應從回音的波長變更,判斷海中物體的速度。

11【聲部】 ㄕㄥ ㄅㄨˋ
音樂演奏的方式如果由數種不同的樂器(或人聲)組成時,則每一個樂器(人聲)所奏的旋律,稱爲聲部。所以音樂的層次出自多聲部的結構及搭配。

【聲望】 ㄕㄥ ㄨㄤˋ
聲譽名望。

【聲張】 ㄕㄥ ㄓㄤ
傳揚開來,使眾人盡知。

【聲帶】 ㄕㄥ ㄉㄞˋ
1(vocal cord)位於喉部的發聲器。爲兩對緊鄰的黏膜構造,一對爲在上、在外側的假聲帶,另一對爲在下、在內側的眞聲帶。眞聲帶才是眞正的發聲器,它綳於喉頭軟骨兩側,不出聲時,中間留有一略成三角形的聲門,以暢通氣道;發聲時,氣過聲門,振動聲帶而發出聲音。2記錄聲音於電影、電視軟片左側的曝光部分。通常分面

積式、密度式兩種，另有一種磁性聲帶。

【聲問】 ㄕㄥ ㄨㄣˋ

同聲聞。

12【聲援】 ㄕㄥ ㄩㄢˊ

1聲勢互通，相與援助。2發表聲明，表示支持。

13【聲勢】 ㄕㄥ ㄕˋ

1聲威氣勢。2名聲和勢力。

14【聲聞】 ㊀ ㄕㄥ ㄨㄣˊ

1名譽；聲望。2訊息。

㊁ ㄕㄥ ㄨㄣˊ

佛教三乘之一。參聲聞乘。

15【聲請】 ㄕㄥ ㄑㄧㄥˇ

聲明請求。通常係指訴訟當事人向法院或人民向司法機關有所聲明或請求。如聲請上訴、聲請強制執行、聲請大法官會議解釋等是。

【聲調】 ㊀ ㄕㄥ ㄉㄧㄠˋ

1指聲音的長短、高低、強弱、快慢、輕重等情形。2指聲韻學上「平、上、去、入」等讀法。

㊁ ㄕㄥ ㄊㄧㄠˊ

聲音和諧。

【聲樂】 ㄕㄥ ㄩㄝˋ

(vocal music) 以人聲歌唱的音樂。表現方式有齊唱、獨唱、重唱、合唱等。依性質則可分男聲、女聲、童聲三種。

16【聲頻】 ㄕㄥ ㄆㄧㄣˊ

(audio-frequency) 人類耳朵能聽到之音波的頻率。其範圍約由20Hz～20kHz。

21【聲譽】 ㄕㄥ ㄩˋ

聲名；名譽。

8【聲明書】 ㄕㄥ ㄇㄧㄥˊ ㄕㄨ

(representation letter) 審計證據的一種。委託公司主管應審計人員之請，而出具的一封或多封信札，具體說明有關公司財務狀況或營業的某些事實。

14【聲聞乘】 ㄕㄥ ㄨㄣˊ ㄕㄥˋ

佛教三乘之一。省作聲聞。指由聽聞佛的聲教，悟苦、集、滅、道四諦的眞理，斷見思二惑，而得道果這一層次的修行人。對大乘佛法言，是佛道中的下根。

19【聲韻學】 ㄕㄥ ㄩㄣˋ ㄒㄩㄝˊ

研究'漢'語古今字音的組成、演變及各時代語音系統的學問。

6【聲名大噪】 ㄕㄥ ㄇㄧㄥˊ ㄉㄚˋ ㄗㄠˋ

聲名傳播一時。

【聲名狼藉】 ㄕㄥ ㄇㄧㄥˊ ㄌㄤˊ ㄐㄧˊ

名聲非常惡劣。

【聲色犬馬】 ㄕㄥ ㄙㄜˋ ㄑㄩㄢˇ ㄇㄚˇ

各種玩好對象的總稱。

【聲色俱厲】 ㄕㄥ ㄙㄜˋ ㄐㄩˋ ㄌㄧˋ

聲音和表情，都十分嚴厲。

8【聲波耦合】 ㄕㄥ ㄅㄛ ㄡˇ ㄏㄜˊ

(acoustic coupling)電傳通信中傳送資料的方法之一。將電腦終端機與普通電話線相連接，進而透過電話網路傳送資料。由於電話網路所傳送的是聲波信號，此技術遂稱聲波耦合。

【聲東擊西】 ㄕㄥ ㄉㄨㄥ ㄐㄧˊ ㄒㄧ

在東邊虛張聲勢，實則集中主力攻擊西邊。多指用兵出奇制勝的策略。

9【聲律通考】 ㄕㄥ ㄌㄩˋ ㄊㄨㄥ ㄎㄠˇ

'清''陳澧'撰，十卷。考訂古今樂律，辨正俗樂之失，旨在使人由工尺而識宮商，由宮商而識律呂，從而恢復古樂之本來面目。

10【聲氣相求】 ㄕㄥ ㄑㄧˋ ㄒㄧㄤ ㄑㄧㄡˊ

比喻彼此志同道合。

11【聲淚俱下】 ㄕㄥ ㄌㄟˋ ㄐㄩˋ ㄒㄧㄚˋ

一邊哭號，一邊流淚。形容極度傷痛或悲憤。

14【聲聞過情】 ㄕㄥ ㄨㄣˋ ㄍㄨㄛˋ ㄑㄧㄥˊ

名聲超過實際。

15【聲請再議】 ㄕㄥ ㄑㄧㄥˇ ㄗㄞˋ ㄧˋ

告訴人對於檢察官所爲之不起訴處分，向直接上級法院首席檢察官或檢察長表示不服，請求撤銷變更之行爲。聲請再議應於接受不起訴處分書後七日內，以書狀向原檢察官爲之，原檢察官認爲有理由者，應撤銷其處分，繼續偵查或起訴；認爲無理由者，應即將該案卷宗及證物送交上級法院首席檢察官或檢察長。原法院首席檢察官認爲必要時，於前述之送交前，得親自或命令其他檢察官再行偵查，分別撤銷或維持原處分，其維持原處分者，應即送交。上級法院首席檢察官或檢察長認再議之聲請爲無理由者，應駁回之；認爲有理由者，如偵查未完備，應命令原法院檢察官續行偵查，如偵查已完備，應命令原法院檢察官起訴。

【聲請迴避】 ㄕㄥ ㄑㄧㄥˇ ㄏㄨㄟˊ ㄅㄧˋ

爲求法院執行職務之公正，推事或其他法院職員具有法定事由而執行職務有偏頗之虞時，當事人得聲請其迴避之制度。聲請推事迴避時，應舉其原因向推事所屬法院爲之，該推事對於該聲請得提出意見書。推事迴避之聲請，由該推事所屬法院以合議裁定之；其因不足法定人數不能合議者，由院長裁定之，如並不能由院長裁定者，由直接上級法院裁定之；被聲請迴避之推事，以該聲請有理由者，毋庸裁定，應即迴避。聲請被駁回者，得於五日內抗告；其以聲請爲正當者，不得聲明不服。於聲請事件終結前，除有法定事由外，應停止訴訟程序；如有急迫情形，仍應爲必要處分。聲請推事迴避之事由，"民事訴訟法"、"刑事訴訟法"分別有規定。上述情形於法院書記官及通譯準用之。

【聲嘶力竭】 ㄕㄥ ㄙ ㄌㄧˋ ㄐㄧㄝˊ

聲音沙啞，力氣用盡。

【聲耦合器】 ㄕㄥ ㄡˇ ㄏㄜˊ ㄑㄧˋ

(acoustic coupler) 接收數位訊號將其轉換爲聲波並耦合至電話網路上的裝置。

16【聲頻信號】 ㄕㄥ ㄆㄧㄣˊ ㄒㄧㄣˋ

ㄏㄠˋ
(audio signal) 頻率在聲頻範圍內的信號。

17【聲應氣求】ㄕㄥ ㄧㄥˋ ㄑㄧˋ ㄑㄧㄡˊ
同聲相應，同氣相求。比喻志同道合。

16【聲頻放大器】ㄕㄥ ㄆㄧㄣˊ ㄈㄤˋ ㄉㄚˋ ㄑㄧˋ
(audio amplifier; audio-frequency amplifier) 可用以放大頻率爲 15 Hz～20 kHz 訊號的放大器。

䎭 ㄘㄠˊ *ts'ao*^{2} 音曹 又讀 ㄑㄧㄠˊ *ch'iao*^{2} 音橋
耳鳴。見“廣韻”。

𦗖 ㄆㄧㄠˋ *p'iao*^{4} 音票
[1]聲音小到僅可聽聞。見“廣韻”。[2]道聽塗說。見“集韻”。

聺 ㄑㄧˋ *ch'i*^{4} 音砌
[1]聽。見“廣韻”。[2]聽覺靈敏。見“集韻”。

聯 ㄌㄧㄢˊ *lien*^{2} 音連
[1]連續；銜接。如：聯綿。[2]結合。如：聯盟。[3]指對偶的文辭。如：賀聯。

6【聯名】ㄌㄧㄢˊ ㄇㄧㄥˊ
聯合簽名。

9【聯袂】ㄌㄧㄢˊ ㄇㄟˋ
衣袖相連。比喻攜手同行。也作連袂。

【聯苯】ㄌㄧㄢˊ ㄅㄣˇ
(diphenyl)爲白色結晶。化學式$(C_6H_5)_2$，分子量 154.08，比重 1.0，沸點256°C，熔點70°C。可溶於酒精、醚，不溶於水。由苯徐徐通過紅熱鐵管合成，可應用於有機合成及供作熱媒等。

12【聯絡】ㄌㄧㄢˊ ㄌㄨㄛˋ
[1]連接；聯繫。[2]接頭洽辦。

【聯集】ㄌㄧㄢˊ ㄐㄧˊ
(union of sets) 兩集合 A 及 B 的聯集 $A\cup B$，由一切 A 中的元素及 B 的元素所組成。此概念可推廣於許多集合之聯集，不限於兩集合。

13【聯運】ㄌㄧㄢˊ ㄩㄣˋ
(through traffic; through transportation) 客貨之起運站與抵達站分別隸屬一路或一運輸事業，而可以一票或一次托運直達目的地的運輸方式。辦理聯運時，若各運輸事業所規定之運價等級不同，多經協定使用聯運等級(through class)；而聯運全程之運費，以一次收取後，按期依協定核算各路之所得。

【聯想】ㄌㄧㄢˊ ㄒㄧㄤˇ
(association)一刺激或情境呈現於個體時，在個體內導引另一刺激或情境出現的歷程。

14【聯語】ㄌㄧㄢˊ ㄩˇ
作成對聯的文字。

【聯綴】ㄌㄧㄢˊ ㄓㄨㄟˋ
連繫；聯結。

15【聯誼】ㄌㄧㄢˊ ㄧˋ
聯絡感情。

【聯翩】ㄌㄧㄢˊ ㄆㄧㄢ
鳥飛的樣子。形容連續不絕的樣子。同連翩。

18【聯襟】ㄌㄧㄢˊ ㄐㄧㄣ
姊妹夫婿的合稱。

【聯璧】ㄌㄧㄢˊ ㄅㄧˋ
並列的美玉。比喻兩者可相媲美。

【聯鎖】ㄌㄧㄢˊ ㄙㄨㄛˇ
[1]防備罪犯脫逃的一種器具。通常在外役作業時，圍鎖於人犯腰間，並相互聯結，以防脫逃。[2](interlocking)係利用機械或電氣，使號誌機與號誌機間，或號誌機與轉轍器間相互配合，俾操作時不致發生任何衝突動作，以確保運轉安全、提高行車效率的裝置。

6【聯合國】ㄌㄧㄢˊ ㄏㄜˊ ㄍㄨㄛˊ
(United Nations; UN) 西元1945年4月25日，‘中’、‘美’、‘英’、‘蘇’等50個國家，在‘美國’‘舊金山’召開制憲會議，通過“聯合國憲章”，於同年6月26日簽署，憲章經半數以上簽字國批准後，於10月24日生效。1946年1月10日在‘倫敦’‘西敏寺’舉行第一屆大會第一期會，其後設永久會址於‘紐約市’。‘聯合國’之宗旨：一、維持國際和平與安全；二、發展國際間之友好關係；三、促成國際合作；四、構成一協調各國行動之中心，以達成上述共同目的。主要機構爲：‘大會’、‘安全理事會’、‘經濟暨社會理事會’、‘託管理事會’、‘國際法院’、‘祕書處’。1971年10月，‘聯合國’准許‘中共’入會，我國遂退出‘聯合國’。

7【聯邦國】ㄌㄧㄢˊ ㄅㄤ ㄍㄨㄛˊ
(federal state) 對單一國而言。係二個以上的政治個體組成的聯合體。其地方有自主組織權，可以制定根本組織法，同時又有參政權選任代表，組織一個議院，參加中央政府，行使立法權。各分子邦間有共同的憲法及共同的賦稅與貨幣制度，且除保留部分對內主權外，其對外主權通常由聯邦的中央政府代表行使。因此，從國際法觀點，聯邦爲獨立的國際法人，分子邦則非。‘美國’爲典型的聯邦國。

12【聯結論】ㄌㄧㄢˊ ㄐㄧㄝˊ ㄌㄨㄣˋ
(connectionism)學習理論之一。個人經過多次對刺激之反應，終會使刺激與反應間建立一種聯結，此種刺激與反應間的聯結，就是學習。至於聯結的強弱，則因應練習次數的多寡、學習者自身的準備狀態及反應後的效果而定。

【聯結器】ㄌㄧㄢˊ ㄐㄧㄝˊ ㄑㄧˋ
(coupling)軸由於使用上及製造上之限制，必須分段設計製造，然爲了傳遞動力，分段的軸必須加以連接，此種軸的連接裝置，稱爲聯結器。

15【聯緜字】ㄌㄧㄢˊ ㄇㄧㄢˊ ㄗˋ
聯綴二字以構成單一的意義，古稱聯緜字，今稱雙音節衍聲複詞。

6【聯合公報】ㄌㄧㄢˊ ㄏㄜˊ ㄍㄨㄥ ㄅㄠˋ

ㄅㄠˋ
兩國或多國政府領袖會晤後聯合具名所發布的一項聲明。屬政治文件的一種。

【聯合目錄】ㄌㄧㄢˊ ㄏㄜˊ ㄇㄨˋ ㄌㄨˋ
將某一圖書館系統中的各圖書館或數個獨立圖書館的全部或部分館藏(如經過選擇後屬同一主題或爲同一類型的資料)聯合編成的目錄。目錄中各件資料除分別載有書目紀錄外,並指明其收藏處。

【聯合帳戶】ㄌㄧㄢˊ ㄏㄜˊ ㄓㄤˋ ㄏㄨˋ
(joint account) 指以二人或二人以上名義向銀行開立存款戶者。帳戶名義如屬夫妻,稱爲夫妻帳戶;如屬工商業的合夥人,則稱普通聯合帳戶。聯合帳戶在開戶時,銀行必須要求顧客出具全體簽名的書面文件,並特別註明:一、一人或全體簽字,始可取款;二、聯合帳戶顧客,如有人死亡時,該戶存款的處理方式,以供銀行執行的依據。

【聯合貸款】ㄌㄧㄢˊ ㄏㄜˊ ㄉㄞˋ ㄎㄨㄢˇ
(joint loan) 由各有關銀行訂定聯貸比率,共同提供資金,聯合給予借戶某一較大數額的貸款。辦理聯合貸款應有一家主辦銀行,負責與借款人洽商有關放款的各項條件及辦理徵信、估價、設定、簽約及貸放等手續。

【聯合廣告】ㄌㄧㄢˊ ㄏㄜˊ ㄍㄨㄤˇ ㄍㄠˋ
(tie-in advertisement) 介紹一種以上之商品或服務的廣告。涉及的廣告主也在一位以上。

【聯合獨占】ㄌㄧㄢˊ ㄏㄜˊ ㄉㄨˊ ㄓㄢˋ
寡占市場中的個別廠商,爲增加利潤減少競爭,而達成君子協定或勾結成爲托辣斯的情形。此時市場型態有如獨占。

【聯合關稅】ㄌㄧㄢˊ ㄏㄜˊ ㄍㄨㄢ ㄕㄨㄟˋ
(combined tariffs) 從量關稅與從價關稅聯合課徵的一種關稅制度。

【聯行交換】ㄌㄧㄢˊ ㄏㄤˊ ㄐㄧㄠ ㄏㄨㄢˋ
指同一地區、同一銀行各分行之間的內部票據交換。此種交換通常係將其他銀行及聯行付款的票據,先與總行營業部或統轄行交換清理,再由總行營業部或統轄行併同其本身所收其他銀行付款的票據,與其他銀行辦理票據交換(即一般所謂的他行交換)。

【聯行利息】ㄌㄧㄢˊ ㄏㄤˊ ㄌㄧˋ ㄒㄧˊ
銀行對於分支行間所提供或所使用的聯行資金,依照一般借貸關係所計算之聯行間往來的利息。目的在使各分支行間的業務及損益,能表現眞實公平的結果,並可促進全行存放款業務的經營,平衡各分支行資金的營運。

【聯行往來】ㄌㄧㄢˊ ㄏㄤˊ ㄨㄤˇ ㄌㄞˊ
(inter-branch accounts) 銀行總分支行各單位相互間款項的往來。

9【聯俄容共】ㄌㄧㄢˊ ㄜˊ ㄖㄨㄥˊ ㄍㄨㄥˋ
'孫中山'先生改組'中國國民黨'前後所進行的革命政策之一。對外和'蘇俄'聯合,以獲取援助;對內允許'中國共產黨'員以個人資格加入'中國國民黨',從事國民革命的工作。此政策始於'民國'十一年八月,容共止於十六年四月之清黨,聯'俄'至十七年二月結束。

5【聯立方程式】ㄌㄧㄢˊ ㄌㄧˋ ㄈㄤ ㄔㄥˊ ㄕˋ
(simultaneous equations) 代數中,兩個以上的方程式,求其所含諸未知數的值,使能同時滿足各方程式之解者,稱爲聯立方程式。

6【聯合財產制】ㄌㄧㄢˊ ㄏㄜˊ ㄘㄞˊ ㄔㄢˇ ㄓˋ
爲法定財產制。夫妻未以契約訂立夫妻財產制者,除"民法·親屬"編另有規定外,以聯合財產制爲其夫妻財產制。聯合財產制中,結婚時屬於夫妻之財產及婚姻關係存續中夫妻所取得之財產,均爲其聯合財產;但專供夫或妻個人使用之物、夫或妻職業上必需之物、夫或妻所受贈與物經贈與人聲明爲其特有財產者,以及夫妻以契約訂定一定財產爲特有財產者,不屬於聯合財產。聯合財產之所有權、管理權、使用、收益權、處分權分別支配如下:一、所有權:聯合財產中夫或妻於結婚時所有之財產,以及婚姻關係存續中取得之財產,爲夫或妻之原有財產,各保留其所有權。二、管理權:聯合財產由夫管理,但約定由妻管理時,從其約定,其管理費用由有管理權之一方負擔。三、使用、收益權:夫對於妻之原有財產,有使用、收益之權,但收取之孳息於支付家庭生活費用及聯合財產管理費用後,如有剩餘,其所有權仍歸屬於妻。四、處分權:夫對於妻之原有財產爲處分時應得妻之同意,但爲管理上所必要之處分不在此限;妻對於夫之原有財產,於日常家務代理權之範圍內得處分之。

7【聯邦準備制度】ㄌㄧㄢˊ ㄅㄤ ㄓㄨㄣˇ ㄅㄟˋ ㄓˋ ㄉㄨˋ
(Federal Reserve System) '美國'的中央銀行制度。係由十二個地位平等之聯邦準備銀行組成,另外有二十四個分行,聯合執行中央銀行的任務。理事會爲其最高權力機構,負責決策與監督聯邦準備體系。理事會下設有:(1)'聯邦公開市場委員會',是一個執行性質的委員會,主要功能是對聯邦準備銀行在'紐約'公開市場進行證券買賣時,作政策性的決定,俾達到控制貨幣供給的目的。⑵'聯邦諮詢委員會',主要功能在提供理事會實際問題的建議,作爲其決策時的參考。

9【聯省自治運動】ㄌㄧㄢˊ ㄕㄥˇ ㄗˋ ㄓˋ ㄩㄣˋ ㄉㄨㄥˋ

發生於'民國'七至十三年的政治運動。簡稱聯治運動,又稱省憲運動。淵源於'清'末'民'初的聯邦論、地方分治論與聯邦制度等主張。辦法是先由各省制定省憲,組織省政府,實行自治;再由聯省會議,制定聯省憲法,組成中央政府。其目的在保全地方,消弭戰禍。'湖南'因遭受北洋軍閥及南北戰禍獨甚,爲運動的急先鋒。因實力派武人藉此以維持割據局面,故以失敗告終。

0【聯合國糧農組織】ㄌㄧㄢˊ ㄏㄜˊ ㄍㄨㄛˊ ㄌㄧㄤˊ ㄋㄨㄥˊ ㄗㄨˇ ㄓ

(Food and Agriculture Organization of the United Nations; FAO)西元1945年10月16日於'加拿大''魁北克'(Quebec)正式成立,1946年12月14日成爲'聯合國'專門機構,目前總部設於'羅馬'。其宗旨在促進糧食及農作物之生產效能及合理分配,提高人民的營養水平及生活水準,並確保人類免於飢餓。主要機構有'大會'、'理事會'、'祕書處'。

11【聯動閉塞行車制】ㄌㄧㄢˊ ㄉㄨㄥˋ ㄅㄧˋ ㄙㄜˋ ㄒㄧㄥˊ ㄔㄜ ㄓˋ

(interlocking block system)行車制度之一。將兩鄰站間之出發號誌,以軌道電路連接互制,即閉塞區間有列車時,出發號誌機均自動顯示險阻,非兩鄰站合作不得使出發號誌解鎖;且列車開行,壓過軌道接觸器,使出發號誌自動顯示險阻,可阻止次一列車進入,以確保行車安全。

6【聯合國教育科學暨文化組織】ㄌㄧㄢˊ ㄏㄜˊ ㄍㄨㄛˊ ㄐㄧㄠˋ ㄩˋ ㄎㄜ ㄒㄩㄝˊ ㄐㄧˋ ㄨㄣˊ ㄏㄨㄚˋ ㄗㄨˇ ㄓ

(United Nations Educational, Scientific and Cultural Organization; UNESCO)西元1945年11月16日,依據在'倫敦'通過的"聯教組織憲章"而成立,1946年成爲'聯合國'專門機構,總部設於'巴黎'。其宗旨在透過科學、教育暨文化的交流,促進各國之了解與合作,維護世界和平,進而增進人類對於正義、法治、人權與自由的普遍尊重。主要機構有'大會'、'執行理事會'、'祕書處'。

聰

ㄘㄨㄥ *ts'ung*^{1} 音聰

①聽覺靈敏。也指耳聞聲音或言語而心能分辨其眞假是非。如:耳聰目明。②有才智。如:聰慧。

14【聰睿】ㄘㄨㄥ ㄖㄨㄟˋ

聰明睿智。也作聰叡。

16【聰穎】ㄘㄨㄥ ㄧㄥˇ

聰明穎悟。

聳

ㄙㄨㄥˇ *sung*^{3} 音竦

①先天性耳聾。見"方言·六"。②獎勵;勸勉。如:聳善抑惡。③矗立;高起。如:層巒聳翠。④驚恐。如:聳人聽聞。

8【聳拔】ㄙㄨㄥˇ ㄅㄚˊ

高聳挺拔。

9【聳峙】ㄙㄨㄥˇ ㄓˋ

高聳直立。

11【聳動】ㄙㄨㄥˇ ㄉㄨㄥˋ

驚動。

12【聳然】ㄙㄨㄥˇ ㄖㄢˊ

高起直立的樣子。

21【聳懼】ㄙㄨㄥˇ ㄐㄩˋ

恐懼;畏懼。

2【聳人聽聞】ㄙㄨㄥˇ ㄖㄣˊ ㄊㄧㄥ ㄨㄣˊ

言詞誇大,使聽者驚駭。

12

職

ㄓˊ *chih*^{2} 音直

①分內所應作的事務。如:盡職。②掌管。如:職司。③官位。如:文職。④惟;基於。如:職是之故。⑤姓。'漢'有'職洪'。見"萬姓統譜·一二三"。

4【職分】ㄓˊ ㄈㄣˋ

職責本分。

6【職守】ㄓˊ ㄕㄡˇ

職務上應負的責任。

7【職志】ㄓˊ ㄓˋ

①官名。掌管旗幟。②志願。

【職系】ㄓˊ ㄒㄧˋ

工作性質的區分,凡性質相似的工作可設定爲一個職系。如人事行政職系、土木工程職系、診療職系。

10【職級】ㄓˊ ㄐㄧˊ

工作之性質、繁簡難易、責任輕重及所需資格條件相似之職位。一個職級所包括之職位,或數個,或可多至數千個。

12【職掌】ㄓˊ ㄓㄤˇ

職位上所掌管的事務。

【職等】ㄓˊ ㄉㄥˇ

指工作之繁簡難易、責任輕重及所需資格程度之區分。如政府機關所適用之職位分類制,區分爲十四個職等,以第十四職等之程度爲最高。

14【職稱】ㄓˊ ㄔㄥ

各機關組織法規中所明定之職務名稱。如處長、科長、科員。

【職銜】ㄓˊ ㄒㄧㄢˊ

官職的頭銜。

22【職權】ㄓˊ ㄑㄩㄢˊ

執行職務的範圍及權力。

13【職業病】ㄓˊ ㄧㄝˋ ㄅㄧㄥˋ

(occupational disease) 指勞工由於長時期暴露於不良工作環境中,受到化學的、物理的、生物的或其他因素影響而引起的疾病。各國對職業病審查認定標準,大抵根據"國際勞工組織"第四十二號公約加以擴大而成。

5【職外訓練】ㄓˊ ㄨㄞˋ ㄒㄩㄣˋ ㄌㄧㄢˋ

員工暫時離開現職及處所,至有關學術機構或訓練機構,參加爲期較久的訓練。受訓期間,多由組織予以留職停薪或留資停薪。

7【職位分析】 ㄓˊ ㄨㄟˋ ㄈㄣ ㄒㄧ
依據職位分類因素,就職位的職務與責任內容詳加分析,並了解其特徵,以便於職位之品評。

【職位品評】 ㄓˊ ㄨㄟˋ ㄆㄧㄣˇ ㄆㄧㄥˊ
根據職位分析之結果,衡量職位相對價值或職位程度之高低。

【職位規範】 ㄓˊ ㄨㄟˋ ㄍㄨㄟ ㄈㄢˋ
(job specification) 又稱工作規範。爲記載一項職位所需任職人員之必備條件的書面說明。惟有時與職位說明混淆使用。

【職位管理】 ㄓˊ ㄨㄟˋ ㄍㄨㄢˇ ㄌㄧˇ
對已辦理歸級之職位,採用各種措施,隨時注意職位之職務與責任有無變動,如有重大變動,應立即考慮廢止職位或調整原有的歸級,俾保持職位內容與其歸級的一致。

【職位調查】 ㄓˊ ㄨㄟˋ ㄉㄧㄠˋ ㄔㄚˊ
由上級派員至各機關辦理職位之職務與責任現況的調查,並就所得資料作成紀錄或塡入職位調查表,供了解職位內容及辦理職位歸級的依據。

【職位歸級】 ㄓˊ ㄨㄟˋ ㄍㄨㄟ ㄐㄧˊ
將各組織之職位,依職位分類標準歸入適當之職級;凡歸同一職級之職位,其工作人員之考試、任用、俸給、考績,適用同一的標準處理。

9【職前訓練】 ㄓˊ ㄑㄧㄢˊ ㄒㄩㄣˋ ㄌㄧㄢˋ
各組織對考選新進之人員,在任職前所爲之訓練。主要目的在向新進人員介紹本組織的概況、處理業務的一般程序,以及在組織內須遵守之一般規定,俾增進新進人員對組織的認識與信心。

10【職級規範】 ㄓˊ ㄐㄧˊ ㄍㄨㄟ ㄈㄢˋ
規定與敘述每一職級之工作性質、繁簡難易、責任輕重及所需資格條件之文書。有多少個職級,就須訂定多少種職級規範。

12【職期調任】 ㄓˊ ㄑㄧˊ ㄉㄧㄠˋ ㄖㄣˋ
對經已任用之人員,所作定期的平調。期間多爲三年,亦即三年一任期,當第一次任期屆滿,若認爲有必要,可在原職上再延長一個任期。實施職期調任者,多爲機關首長或單位主管。

13【職業工人】 ㄓˊ ㄧㄝˋ ㄍㄨㄥ ㄖㄣˊ
我國“工會法施行細則”第六條說明:職業工人係指同一職業、同一技術之工人。另在“工會法”上規定:職業工人各依其職業分別組織各業職業工會,參加此業工會的職業工人,包括有一定雇主與無一定雇主的各該業的工人,與受僱於生產事業的產業工人不同。

【職業工會】 ㄓˊ ㄧㄝˋ ㄍㄨㄥ ㄏㄨㄟˋ
一種職業組合。依據我國“工會法”規定,即聯合同一職業或同一職業而工作部門不同的職業工人所組織的工會。例如印刷業的排字工、裝訂工及印刷工所組成的印刷工會,以及理髮、司機、成衣等業工人,各依其職業分別組成的各該業工會,均屬之。

【職業交換】 ㄓˊ ㄧㄝˋ ㄐㄧㄠ ㄏㄨㄢˋ
(employment exchange) 指就業服務機構受理的求職、求才登記,每因本機構的求才、求職登記中無適當的就業機會與求職人選,乃形成許多人事未能充分遇合的情事,這對求職人與求才雇主是很大的損失,而在其他地區的就業服務機構,則可能有與本機構恰好相反的情形,爲求有效調劑人力供需,對未能利用的就業機會與求職人選辦理人力清結,而與其他就業服務機構密切配合,進行職業交換,以達到調節就業市場人力供需的目的。

【職業指導】 ㄓˊ ㄧㄝˋ ㄓˇ ㄉㄠˇ
(vocational guidance) 利用專業性的工作方法,協助個人選擇、準備、調整職業,以求其對職業有圓滿而有效之適應的一種過程。其內容包括協助接受指導者了解其本身的天賦能力與興趣,作妥善的就業準備,獲得足以發揮其能力與興趣的就業機會,以及於就業後繼續謀求進步與作必要的調整。

【職業訓練】 ㄓˊ ㄧㄝˋ ㄒㄩㄣˋ ㄌㄧㄢˋ
指透過有系統的訓練,使需要就業的求職者有一技之長,以便能順利就業;或爲已經就業的在職者,增進其工作上所需要的技能與知識,使能勝任工作;或爲需要轉業的國民,傳授其轉任新行業所需的技能與知識,俾能順利轉業。世界多數國家都把職業訓練納入勞工行政的體系。我國於‘民國’七十六年八月一日成立‘行政院’“勞工委員會’,將‘內政部’“職業訓練局’改爲其附屬機構,該局即專掌全國職業訓練、技能檢定及就業輔導等業務。

【職業教育】 ㄓˊ ㄧㄝˋ ㄐㄧㄠˋ ㄩˋ
(vocational education) 一種以就業爲目標,並以培育基層技術人力爲主的教育。其教育內容著重於工作技能、知識的傳授,以及工作習慣與服務道德等的培養。因此,現代的職業教育不僅注重基本職業技能的傳授,而且兼重德智體群四育的均衡發展。

【職業復健】 ㄓˊ ㄧㄝˋ ㄈㄨˋ ㄐㄧㄢˋ
(vocational rehabilitation) 個人因受傷失去工作能力後,經由醫療、心理治療、社會福利協助、職業技能訓練與工作介紹等努力而得以恢復工作能力的歷程。

3【職工福利金】 ㄓˊ ㄍㄨㄥ ㄈㄨˊ ㄌㄧˋ ㄐㄧㄣ
依我國現行“職工福利金條例”第二條之規定,職工福利金依下列規定提撥:一、創立時就其資本總額提撥1%～5%；二、每月營業收入總額內提撥0.05%～0.15%；三、每月於每個職員工人薪津內各扣0.5%；四、下腳變價時提撥20%～40%。

7【職位分類制】ㄓˊ ㄨㄟˋ ㄈㄣ ㄌㄟˋ ㄓˋ

人事體制的一種。對各組織業務之性質及程度均作較精細的區分，其所交錯而成的架構較為細密，並以各組織的職位為對象，根據職位分類標準分別列入架構，以為運行人事管理的基礎。生產事業機構及部分政府機關適用之。分類時所依據的標準包括職系說明書、職等標準、職級規範三種文書。

10【職能式組織】ㄓˊ ㄋㄥˊ ㄕˋ ㄗㄨˇ ㄓ

(functional organization)為科學管理學者'泰勒'所倡。認為工廠領班係專門技術人員，每一位領班均應負責一項專門職能，分別指導協助其所屬員工。由於是將專員或專家(specialists)安置在作業單位上，因此每一屬員都有專家的協助，每一專家只需負責其專門的事務，但亦會因同一屬員可能會有一人以上的主管而造成指揮系統紊亂，以及太過強調專門智識的偏差。

【職能式職權】ㄓˊ ㄋㄥˊ ㄕˋ ㄓˊ ㄑㄩㄢˊ

(functional authority) 指由於某一部門的主管缺乏特別的智識或管理監督的能力，而由更高級的主管所授予另一部門的主管或專家以執行的職權。在企業裡職能式職權多授予會計、財務、法律、人事等服務或幕僚部門。

13【職業代表制】ㄓˊ ㄧㄝˋ ㄉㄞˋ ㄅㄧㄠˇ ㄓˋ

(professional representation) 在代議政治國家，選民選舉代表不以地域為基礎，而以職業團體(如農會、工會、商會、教育會等)為基礎的制度。

【職業訓練法】ㄓˊ ㄧㄝˋ ㄒㄩㄣˋ ㄌㄧㄢˋ ㄈㄚˇ

於'民國'七十二年十二月五日由總統明令公布施行，從此我國職業訓練制度的建立與業務的推展乃有基本的法律依據。本法內容完整，分總則、職業訓練機構、職業訓練之實施、職業訓練師、事業機構辦理訓練之費用、技能檢定及發證、輔導及獎勵、罰則及附則等九章，共四十四條。為配合本法而頒訂的主要附屬法規，計有"職業訓練法施行細則"、"職業訓練師甄審遴聘辦法"、"技術士技能檢定及發證辦法"等。

3【職工福利設施】ㄓˊ ㄍㄨㄥ ㄈㄨˊ ㄌㄧˋ ㄕㄜˋ ㄕ

工業先進國家的職工福利設施，現大都透過勞資雙方的集體談判而達成；我國則以現行"職工福利金條例"及其附屬法規的規定辦理職工福利設施，分為下列各項：一、便利工作設施：浴室、交通車等；二、充實生活設施：食堂、平價供應品等；三、增進知能設施：圖書館、閱覽室；四、促進康樂設施：醫療室、俱樂部等；五、人事服務設施：詢問、代筆、職業介紹等；六、儲蓄與補助家庭收入設施：互助會、輔導家庭副業等。

7【職位分類因素】ㄓˊ ㄨㄟˋ ㄈㄣ ㄌㄟˋ ㄧㄣ ㄙㄨˋ

決定一個職位分類時所需考慮的因素。凡因素內容充分相似的職位，則可歸為一個職級。分類因素主要包括下列八種：一、工作複雜性：處理職位工作時，所需運用之學識、技能之廣度與深度。二、所受監督：上級施於本職位之監督，包括工作前之指示、工作中之督導及工作成果之考核。三、所循例規：工作時需應用法令、手冊、事例等之繁簡，以及使用判斷上之困難程度。四、所需創造力：工作處理上所需機智、審辨、規劃、革新及創造能力的程度。五、與人接觸：處理工作時，與人接觸之性質、重要性及困難之程度。六、職權範圍與影響：本職位所作之建議或決定之性質、效力及影響程度。七、所予監督：本職位施於所屬之監督，包括工作前之指示、工作中之督導、工作成果之考核及所轄員工之人數。八、所需資格：擔任職位工作所需要的資格，包括所需教育程度、經驗、訓練等。

13【職業前程計畫】ㄓˊ ㄧㄝˋ ㄑㄧㄢˊ ㄔㄥˊ ㄐㄧˋ ㄏㄨㄚˋ

根據個人狀況之分析，預定其職業前程之目標，以及為達成這些目標所需發展的計畫。職業前程計畫包括一個人在一生中之一系列的增進學識與經驗的計畫。

【職業前程發展】ㄓˊ ㄧㄝˋ ㄑㄧㄢˊ ㄔㄥˊ ㄈㄚ ㄓㄢˇ

指導個人進入組織，並在組織內發展之整體的、有系統的做法。包括評估個人的能力與興趣、各種工作機會的選擇與比較、訂定前程目標及規劃合適的發展活動。

【職業前程階段】ㄓˊ ㄧㄝˋ ㄑㄧㄢˊ ㄔㄥˊ ㄐㄧㄝ ㄉㄨㄢˋ

一個人之一種繼續不斷的過程，包括自一個人之準備階段開始至退休以後階段所從事之各種活動。至於階段的區分，大致為試探前程階段、確立前程階段、保持及發展前程階段、維持階段、衰退階段等。

【職業前程管理】ㄓˊ ㄧㄝˋ ㄑㄧㄢˊ ㄔㄥˊ ㄍㄨㄢˇ ㄌㄧˇ

從組織觀點訂定職業前程管理辦法，以配合員工的職業前程發展計畫，使員工的職業前程得以順利的發展。包括與人力資源規劃的配合、開放職業前程途徑、提供有關資訊、加強員工輔導、增進員工知能等。

【職業責任保險】 ㄓˊ ㄧㄝˋ ㄗㄜˊ ㄖㄣˋ ㄅㄠˇ ㄒㄧㄢˇ (professional liability insurance) 又稱業務過失保險 (malpractice insurance)。此種保險以醫師、藥劑師、會計師或律師等專業人員爲被保險人,承保其在執行業務時,因作爲或不作爲而使他人遭受損害,依法應負的賠償責任。

【職業道德規範】 ㄓˊ ㄧㄝˋ ㄉㄠˋ ㄉㄜˊ ㄍㄨㄟ ㄈㄢˋ (codes of professional ethics) 會計師公會爲約束會員,而由全體會員共同制定,於執行業務時必須遵守的行爲準則。目的在提供從業人員保持專業態度和立身處己的南針,以期加強職業風紀的進展。

【職業傷害保險】 ㄓˊ ㄧㄝˋ ㄕㄤ ㄏㄞˋ ㄅㄠˇ ㄒㄧㄢˇ (occupation accident insurance) 職業勞動者因職務上偶然危險而遭受傷害,因而暫時或永久喪失其工作能力,以致遭受醫藥費用及薪工收入之損失,由保險人負責補償的保險。

3【職工福利金條例】 ㄓˊ ㄍㄨㄥ ㄈㄨˊ ㄌㄧˋ ㄐㄧㄣ ㄊㄧㄠˊ ㄌㄧˋ '國民政府'於'民國'卅二年一月十六日公布,卅七年十二月十六日復經總統明令修正。政府遷'臺'後,'內政部'依據修正後的條例,修訂其附屬法令三種,一併於四十四年四月十六日公布施行,作爲近三十餘年我國辦理職工福利的主要依據。本條例凡十四條,其主要目的在爲職工福利事業開闢財源,故其內容對於各廠礦及其他企業組織辦理職工福利事業而提撥職工福利金的標準、保管動用及保障等事項,均詳加規定。

10【職能式專案管理】 ㄓˊ ㄋㄥˊ ㄕˋ ㄓㄨㄢ ㄢˋ ㄍㄨㄢˇ ㄌㄧˇ (functional project management) 指集合不同職能的人員,以專案方式進行工作的一種管理方式。企業爲因應環境變遷,必須集合各種提供專門智識的人才組成專案小組,小組人員雖然仍隸屬原主管指揮,但必須充分支持專案的進行,以達成專案的目標。

聶 ㄋㄧㄝˋ *nieh*^{4} 音臬
1附耳低語。見"說文"。2姓。'戰國'有'聶政'。見"萬姓統譜·一二四"。

聮 ㄏㄨˊ *hu*^{2} 音斛
1耳鳴。見"玉篇"。2長在耳朵上的黑斑。見"廣韻"。3汙垢。見"字彙"。

聵 ㄎㄨㄟˋ *k'uei*^{4} 音潰
1耳聾。見"說文"。2不明事理。如:昏聵。

聯 一 ㄌㄩㄢˊ *lüan*^{2} 音攣
攣的或體。
二 ㄌㄧㄢˊ *lien*^{2} 音連
聯的本字。

13

璫 ㄉㄤ *tang*^{1} 音當
耳下垂。也作璫。見"集韻"。

聺 ㄐㄧㄠˇ *chiao*^{3} 音剿
耳鳴。見"集韻"。

聻 ㄋㄨㄥˊ *nung*^{2} 音農
耳鳴。見"廣韻"。

聸 ㄉㄢ *tan*^{1} 音單
下垂的耳朵。見"說文"。

14

聻 ㄐㄧㄢˋ *chien*^{4} 音見
死去的鬼。見"正字通"。

聽
聽的俗體。

聹 ㄋㄧㄥˊ *ning*^{2} 音寧
參耵聹。

聺 ㄑㄧㄝˋ *ch'ieh*^{4} 音竊
聽力好。見"五音集韻"。

聻 ㄕ *shih*^{1} 音溼
牛耳聳動起來的樣子。見"廣韻"。

15

聵 ㄍㄨㄛ *ko*^{1}, *kuo*^{1} 音郭
大耳。見"廣韻"。

16

聾 ㄌㄨㄥˊ *lung*^{2} 音籠
1耳朵聽不見聲音。常見的有先天性及老年性二種。前者又分部分、一側或完全失聰,發生原因大多不明,但可能與遺傳、妊娠服用某種藥物等有關。主要是影響聽覺神經功能,而阻礙說話能力的發展。後者則因年老退化,內耳功能漸喪失所致。改善方法可配戴助聽器,若爲先天性失聰者,尚需專門老師作語言訓練。2愚昧無知。如:聾昧。

聽 一 ㄊㄧㄥ *t'ing*^{1} 音廳
1用耳朵感受聲音。如:道聽塗說。2服從;接受。如:聽命。3(tin)以錫片製成之洋鐵罐的'英'語音譯。作爲罐裝貨品的計數單位。如:一聽奶粉。
二 ㄊㄧㄥˋ *t'ing*^{4} 音侹
1任由。如:聽天由命。2治事;裁斷。如:聽訟。

5【聽石】 ㄊㄧㄥ ㄕˊ (otolith) 動物內耳中的石灰質顆粒或板狀構造。

6【聽任】 ㄊㄧㄥˋ ㄖㄣˋ 任從方便,不加約束。

9【聽勁】 ㄊㄧㄥ ㄐㄧㄣˋ 太極拳習練者,憑周身皮膚的敏銳感覺,隨時察知對手動靜意圖的技巧。

【聽信】 ㄊㄧㄥ ㄒㄧㄣˋ 聽從信任。

【聽便】 ㄊㄧㄥˋ ㄅㄧㄢˋ 任從自便;隨意。

10【聽差】 ㄊㄧㄥ ㄔㄞ 聽候差遣。也指僕役。

16【聽憑】 ㄊㄧㄥˋ ㄆㄧㄥˊ 任憑。

20【聽覺】 ㄊㄧㄥ ㄐㄩㄝˊ
(hearing)聲波經由外耳道進入，使鼓膜產生振動，再進而使內耳耳蝸管之淋巴液流動，使神經受到刺激，把消息傳到大腦之聽覺中樞而引起的知覺。

12【聽診器】 ㄊㄧㄥ ㄓㄣˇ ㄑㄧˋ
(stethoscope) 一種用以間接聽取或研究身體某部位發聲的工具。係一中空的管或筒，一端有一喇叭口狀物。將其一端放置在要聽的地方，另一端插入耳中，可清晰聽見人體內發出的細微聲音。通常用以診斷胸、腹腔及脈搏。

19【聽證會】 ㄊㄧㄥ ㄓㄥˋ ㄏㄨㄟˋ
議會或政府機關爲特殊事件或問題所舉行，以聽取有關人員說明作證的一種會議。

4【聽天由命】 ㄊㄧㄥˋ ㄊㄧㄢ ㄧㄡˊ ㄇㄧㄥˋ
聽從天意；任由命運安排。

17

聵 ㄎㄨㄟˋ k'uei^4 音潰
[1]沒有耳朵的人。見"說文"。[2]聽覺不靈敏。見"方言·六"。

聿部

聿 ㄩˋ yü^4 音玉
[1]毛筆。筆的古字。見"說文"。[2]助詞。用於句首或句中。如：聿修厥德。

4

肁 ㄓㄠˋ chao^4 音兆 又讀 ㄉㄠˋ tao^4 音道
[1]開啟；開端。通作肇。見"說文"。[2]謀畫；謀算。見"字彙"。[3]姓。'戰國'時'趙'有'肁買'。見"廣韻"。

7

肆 ㄙˋ szŭ^4, ssŭ^4 音四
[1]處死犯人，陳屍示眾。見"說文"。[2]陳列。[3]市場；店鋪。如：茶樓酒肆。[4]恣意；放縱。如：肆無忌憚。[5]數目字四的大寫。

2【肆力】 ㄙˋ ㄌㄧˋ
努力；盡力。

9【肆虐】 ㄙˋ ㄋㄩㄝˋ
任意做出殘暴的事。

13【肆意】 ㄙˋ ㄧˋ
任性；任意。

17【肆應】 ㄙˋ ㄧㄥˋ
[1]善於應付各種事情。[2]因應；應付。

12【肆無忌憚】 ㄙˋ ㄨˊ ㄐㄧˋ ㄉㄢˋ
任意妄爲，毫無顧忌。

肅 ㄙㄨˋ su^4 音宿
[1]恭敬；謹慎。如：敬肅。[2]威嚴；莊重。如：嚴肅。[3]引導。如：肅客而入。[4]衰萎。如：草木皆肅。

9【肅客】 ㄙㄨˋ ㄎㄜˋ
迎接賓客。

11【肅殺】 ㄙㄨˋ ㄕㄚ
嚴酷摧殘。

12【肅然】 ㄙㄨˋ ㄖㄢˊ
恭敬的樣子。

16【肅穆】 ㄙㄨˋ ㄇㄨˋ
莊敬和穆。

17【肅霜】 ㄙㄨˋ ㄕㄨㄤ
深秋霜降，大地充滿肅殺之氣。

肄 ㄧˋ i^4 音義
[1]學習。如·肄業。[2]勞苦。見"正字通"。[3]再生的嫩枝。見"正字通"。

13【肄業】 ㄧˋ ㄧㄝˋ
修習學業。指讀書、求學。

8

書 或作書。書的古文。

肈 肇的本字。

肇 ㄓㄠˋ chao^4 音趙
[1]開始。如：肇造。[2]引發。如：肇禍。

9【肇建】 ㄓㄠˋ ㄐㄧㄢˋ
創立；始立。

11【肇造】 ㄓㄠˋ ㄗㄠˋ
開始建立。

13【肇禍】 ㄓㄠˋ ㄏㄨㄛˋ
引起災禍。

14【肇端】 ㄓㄠˋ ㄉㄨㄢ
開始。

肉 部

肉

㊀ ㄖㄡˋ *jou*[4]

[1]動物皮膚下附著骨骼的柔韌纖維部分。[2]蔬果皮層之內可食的部分。[3]靈魂所寄託的軀體。對精神而言。

㊁ ㄖㄨˋ *ju*[4] 音入

㊀[1]、[2]的讀音。

2【肉丁】 ㄖㄡˋ ㄉㄧㄥ

[1]身上長的瘡。同肉疔。[2]細切的肉塊。

6【肉刑】 ㄖㄡˋ ㄒㄧㄥˊ

殘害罪人肉體的刑罰。古代有墨、劓、剕、宮等類。

8【肉果】 ㄖㄡˋ ㄍㄨㄛˇ

(fleshy fruit)果實的一大類。即果實成熟後，果皮含較多水分，肉質柔軟者。依構造與性狀可分為漿果、瓜果、柑果、核果、梨果等。

9【肉食】 ㄖㄡˋ ㄕˊ

[1]肉類食品。[2]以肉為食物。

10【肉桂】 ㄖㄡˋ ㄍㄨㄟˋ

(*Cinnamomum cassia* Bl.) 又名桂、牡桂、連桂、筒桂。常綠喬木，莖高至數十尺。葉厚、革質、有光澤，長橢圓形而尖，具三大脈，互生，枝梢或葉腋抽花梗，綴生淡黃綠色小花，成圓錐花序。漿果橢圓形，黑熟。此植物帶有辛甘之味與香氣，皮供藥用。分布於我國、'日本'及'蘇門答臘'等地。

肉桂圖

11【肉麻】 ㄖㄡˋ ㄇㄚˊ

對於難堪事物所產生的感受。

【肉票】 ㄖㄡˋ ㄆㄧㄠˋ

歹徒所挾以勒贖的人質。

13【肉搏】 ㄖㄡˋ ㄅㄛˊ

兩軍用短兵或徒手搏鬥。

15【肉彈】 ㄖㄡˋ ㄉㄢˋ

謔稱身材豐滿的女子。

【肉慾】 ㄖㄡˋ ㄩˋ

指男女之間的情慾。

18【肉鬆】 ㄖㄡˋ ㄙㄨㄥ

(pork fibre) 以豬肉或魚肉為主，添加調味料、香辛料等，焙炒至肉絲成絨狀之製品。有油鬆(fried pork fibre)、肉絨(dried pork fibre)及魚鬆(fried fish meat)三種。

9【肉食者】 ㄖㄡˋ ㄕˊ ㄓㄜˇ

指享有厚祿的官吏。

10【肉袒負荊】 ㄖㄡˋ ㄊㄢˇ ㄈㄨˋ ㄐㄧㄥ

犯錯後親自向人請罪。'戰國'時'趙國'名將'廉頗'妒忌'藺相如'因完璧歸'趙'而位居己上，乃橫加羞辱。'相如'相忍為國，不與計較。後'廉頗'知錯懊悔，乃袒露上身，背著荊木，親自到'相如'家請罪，二人遂結為好友。見"史記·廉頗藺相如列傳"。

11【肉眼凡胎】 ㄖㄡˋ ㄧㄢˇ ㄈㄢˊ ㄊㄞ

形容眼光短窄、見識淺薄的人。

14【肉腐出蟲】 ㄖㄡˋ ㄈㄨˇ ㄔㄨ ㄔㄨㄥˊ

肉類腐敗後，蛆蟲附生。比喻事物本身敗壞，才被他物所侵。

5【肉包子打狗】 ㄖㄡˋ ㄅㄠ ·ㄗ ㄉㄚˇ ㄍㄡˇ

歇後語。有去無回。

月

肉的或體。作偏旁用。

1

肊

ㄧˋ *i*[4] 音臆

胸骨。也作臆。見"說文"。

2

肎

肯的本字。

肋

ㄌㄜˋ *lê*[4] 音勒 語音 ㄌㄟˋ *lei*[4] 音類

參肋骨。

10【肋骨】 ㄌㄜˋ ㄍㄨˇ

(ribs) 又稱脅骨。人體骨骼的一部分。從胸部脊椎骨延伸至人體的正面，形成弧狀而構成胸廓，為人體胸部可摸到的主要骨骼。人體共有十二對肋骨，分列左右兩邊，上面七對直接接在胸骨，下面五對則由軟骨部分相連接，再間接接於胸骨或呈游離狀態。

11【肋膩】 ㄌㄜˋ ㄊㄜˋ

容止不正。

肌

ㄐㄧ *chi*[1] 音機

[1]動物的筋肉。[2]皮膚。如：肌理細膩。

6【肌肉】 ㄐㄧ ㄖㄡˋ

(muscle) 一群特化成具有收縮性的細胞，可分為三類：一、骨骼肌，可牽動骨骼使動物運動。二、心肌，構成心臟壁，藉其收縮使血液於循環系統中流動。三、平滑肌，構成消化管壁及其他臟器之內壁。骨骼肌及心肌之肌纖維特殊染色時具有明暗帶，特稱橫紋肌；而骨骼肌因可受意志支配收縮，故稱隨意肌；心肌及平滑肌則不受意志支配而收縮，故稱不隨意肌。

11【肌理】 ㄐㄧ ㄌㄧˇ

(texture) [1]物體表面凹凸的紋理。[2]在畫面上作出有凹凸感的紋理描寫。

13【肌腱】 ㄐㄧ ㄐㄧㄢˋ

(tendon) 一強壯的索，一端與肌肉的肌外膜相連，另一端與骨膜相連。此結構非常堅韌，骨折時，常常肌肉也裂，但肌腱卻無損傷。

肏

ㄘㄠˋ *ts'ao*[4]

男子與女人性交的俗稱。

肸

ㄒㄧˋ *hsi*[4] 音細

振動傳揚。也作肹。見"說文"。

3

肓

ㄏㄨㄤ *huang*[1] 音荒

人體中心臟以下橫膈膜以

上的部位。俗稱膏肓，是藥力難以通達的地方。

育 ㄩˋ yü4 音毓
①生子。如：育一女。②泛指滋生長大。如：萬物並育。③撫養。如：養育。④培植。如：教育。

肖 ㄒㄧㄠˋ hsiao4 音孝
①像；類似。如：維妙維肖。②姓。'漢'有'肖安國'。見"萬姓統譜·一〇三"。

14【肖像】 ㄒㄧㄠˋ ㄒㄧㄤˋ
①相似；類似。②以繪畫、攝影、雕塑、刺繡等方法所製成的人像。

肙 ㄩㄢ yüan1 音冤
小蟲。見"說文"。

肝 ㄍㄢ kan1 音干
①五臟之一。參肝臟。②比喻心意、情感。如：忠肝義膽。

4【肝火】 ㄍㄢ ㄏㄨㄛˇ
①指肝氣亢盛的熱證。多因七情過度，肝陽化火或肝經蘊熱所致。主要症狀有頭暈、面紅、目赤、煩躁易怒、睡不安穩、脈弦數等。多見於高血壓、更年期症候群、急性結膜炎等。②怒氣。

8【肝炎】 ㄍㄢ ㄧㄢˊ
(hepatitis) 肝臟發炎性的疾病。病因很多，可由藥物中毒、細菌感染、寄生蟲感染所引起。肝炎病毒可分爲A型、B型、非A非B型。症狀有眼珠變黃、皮膚出現黃疸、容易疲累、發燒、小便呈濃茶色等。採對因治療法，如屬病毒感染，則需採維持性藥物療法。A型肝炎治癒後，病人即得痊癒；B型肝炎病人於恢復後，有部分病人會成帶原者，傳染給他人，而本身則可能轉變成慢性肝炎、肝硬化，甚至肝癌。

17【肝癌】 ㄍㄢ ㄞˊ
(hepatoma) 統稱發生於肝臟的一切惡性腫瘤。以原發性的肝癌占絕大部分，繼發性的肝癌主要是由消化道惡性腫瘤轉移而來。病人會自覺全身倦怠、厭食，偶有黃疸出現、腹漲。如早期發現，手術治療是最好的方法；若末期才發現，只能用化學治療或放射線治療及阻塞療法，但效果不彰。其發病原因尚不明，但有許多證據顯示和B型肝炎有密切關係。

【肝醣】 ㄍㄢ ㄊㄤˊ
(glycogen) 一種儲存於動物體內的醣類。與澱粉極相似，水解時也產生葡萄糖，只是分子量較小而已，所以又稱動物澱粉。分子式爲$(C_6H_{10}O_5)_n$。當動物體內葡萄糖過剩時，便會形成肝醣儲存於肝或肌肉中。

【肝膽】 ㄍㄢ ㄉㄢˇ
①肝與膽。借指生命。②比喻兩者關係密切。③比喻眞心誠意。④比喻豪情壯志。

22【肝臟】 ㄍㄢ ㄗㄤˋ
(liver) 脊椎動物器官之一。人的肝臟位於腹部的右上方，頂部緊貼著橫膈膜的下面。由許多微小的小肝葉所組成，有來自肝動脈及門靜脈的雙重血液供應。肝的功能包括：貯存及過濾血液、分泌膽汁、排出膽紅素及體內他處器官所形成的廢物，且具多種新陳代謝的功能，如把葡萄糖轉變成肝醣以供貯存、製造蛋白質等。

13【肝腦塗地】 ㄍㄢ ㄋㄠˇ ㄊㄨˊ ㄉㄧˋ
①形容死得極慘烈。②比喻竭智盡忠，不惜犧牲。

17【肝膽相照】 ㄍㄢ ㄉㄢˇ ㄒㄧㄤ ㄓㄠˋ
比喻彼此以眞誠相待。

【肝膽塗地】 ㄍㄢ ㄉㄢˇ ㄊㄨˊ ㄉㄧˋ
同肝腦塗地。

肟 ㄨ wu1 音汙
(oxime) 泛指一切由醛或酮與羥胺反應生成的化合物。通式爲 R_1R_2NOH，其中 R_1 與 R_2 表烷基。

肘 ㄓㄡˇ chou3 音帚
上下臂交接的關節處。如：捉襟見肘。

12【肘腋】 ㄓㄡˇ ㄧㄝˋ
臂肘與胳肢窩。多用以比喻近身之處。

14【肘管】 ㄓㄡˇ ㄍㄨㄢˇ
(elbow) 用以連接不同方向但管徑相同之彎管。常用者有45°與90°肘管。

3【肘下拳】 ㄓㄡˇ ㄒㄧㄚˋ ㄑㄩㄢˊ
國術手法。前手屈肘對敵，後手自前手肘下擊出。

肛 ㄍㄤ kang1 音剛
參肛門。

8【肛門】 ㄍㄤ ㄇㄣˊ
(anus) 消化道末端糞便排出的門戶。

【肛門期】 ㄍㄤ ㄇㄣˊ ㄑㄧˊ
(anal stage) '奧地利'心理學家'弗洛依德'分析人格發展的第二階段。孩童在一、二歲時，係於排除大、小便之活動中滿足其快感。

肚 ㊀ ㄉㄨˋ tu4 音杜
腹部。見"正字通"。
㊁ ㄉㄨˇ tu3 音賭
動物的胃。如：豬肚。

11【肚兜】 ㄉㄨˋ ㄉㄡ
女子圍在前胸、前腹的內衣。

12【肚量】 ㄉㄨˋ ㄌㄧㄤˋ
①食量。②度量。

肕 ㄖㄣˋ jên4 音認
①硬肉。見"玉篇"。②又堅硬又柔軟。也作韌、靭。見"集韻"。

肐 ㄍㄜ ko1, kê1 音哥
參肐膊。

14【肐膊】 ㄍㄜ ·ㄅㄛ
手臂自肩至肘的部分。

【肐膝】 ㄍㄜ ·ㄉㄚ
①用力的；緊緊的。②正正的；一點不差的。③凹凸不平的。

肔 ㄉㄨ tu1 音督
參胍肔。

肒 ㄏㄨㄢˋ huan4 音換
皮膚搔破而生瘡。見"說文"。

肜 ㄖㄨㄥˊ jung2 音容
古代祭名。即在祭後第二日再行祭祀。見"爾雅·釋天"。

4

肯 肯的或體。

肯 ㄎㄣˇ k'ên³ 音懇 又讀 ㄎㄥˇ k'êng³

[1]緊緊附著骨上的肉。如:肯綮。[2]許可;願意。

8【肯定】ㄎㄣˇ ㄉㄧㄥˋ

(affirmation)邏輯學名詞。與否定相對。[1]正面的判斷。[2]不含有不或非這類否定語詞的判斷。

【肯亞】ㄎㄣˇ ㄧㄚˋ

(Kenya)位於東'非'的國家。東南濱'印度洋'。面積58.2萬方公里,人口3,383萬(2005年),首都'奈洛比'(Nairobi)。西部多山,有'東非大地塹'貫穿,最高峰'肯亞山'高5,199公尺。主產咖啡、小麥、玉米、茶、水果和家畜。

14【肯綮】ㄎㄣˇ ㄑㄧㄥˋ

[1]骨肉相連的地方。[2]比喻事理關鍵所在。

11【肯堂肯構】ㄎㄣˇ ㄊㄤˊ ㄎㄣˇ ㄍㄡˋ

比喻兒子能繼承父親的志業。

8【肯定式函證】ㄎㄣˇ ㄉㄧㄥˋ ㄕˋ ㄏㄢˊ ㄓㄥˋ

(positive confirmation)應收帳款函證的一種。當債務人收到此函證時,不論內中所顯示的金額是否相符,均須回函答覆,故稱。

肴 ㄧㄠˊ yao² 音搖 又讀 ㄒㄧㄠˊ hsiao²

[1]煮熟的魚肉。如:佳肴。[2]雜亂。通淆。如:肴亂。

20【肴饌】ㄧㄠˊ ㄓㄨㄢˋ

菜肴。

肪 ㄈㄤˊ fang² 音房 又讀 ㄈㄤ fang¹ 音方

厚的油膏。也特指動物腰部的厚脂。如:豬肪。

肮 ㄏㄤˊ hang² 音航

喉嚨。通作吭。見"集韻"。

肬 ㄊㄢˇ t'an³ 音坦

肉汁滓。見"說文"。

肼 ㄐㄧㄥˇ ching³ 音井

(hydrazine)一種無色液體或晶體。化學式爲NH_2NH_2,熔點1.4°C,沸點113.5°C,可溶於水和酒精。由亞硝胺和鋅粉、乙酸反應而得。爲有機合成之原料。

肤 膚的或體。

肺 [一] ㄈㄟˋ fei⁴ 音廢

五臟之一。參肺臟。

[二] ㄆㄟˋ p'ei⁴ 音沛

茂盛的樣子。見"集韻"。

7【肺肝】ㄈㄟˋ ㄍㄢ

肺與肝。比喻內心。

8【肺炎】ㄈㄟˋ ㄧㄢˊ

(pneumonia; pneumonitis)肺臟的炎性疾病。病因有細菌性、病毒性、披衣菌性、黴菌性、化學性或過敏性等。常見的症狀爲發冷發熱、咳嗽、呼吸困難、咳痰等。治療則依病因而予以抗生素或各種維持呼吸功能的治療法。

11【肺魚】ㄈㄟˋ ㄩˊ

(lungfish)現存的肺魚共有6種,分布於'澳洲'、'南美'和'非洲'。屬硬骨魚綱、內鼻亞綱、肺魚目。生活於河、湖中,其鰾特化成肺,可用以呼吸空氣;當水分充裕時,雖可用鰓呼吸水中的氧,但仍時常露出水面吞嚥空氣。'澳洲'的肺魚不能離水生活,而'南美'和'非洲'的肺魚,在江、湖的水乾涸時,會分泌黏液將泥土黏成一繭,蟄居其中,繭之上方有一小孔,以流通空氣。內鼻亞綱的動物因爲用肺呼吸,故具有內鼻孔。鰭的基部有一肉質柄,柄內的骨骼與四足類者相似。

肺魚圖

12【肺腑】ㄈㄟˋ ㄈㄨˇ

肺和六腑。比喻內心。

22【肺臟】ㄈㄟˋ ㄗㄤˋ

(lung)呼吸系統中氣體交換的器官。脊椎動物的肺在胸腔,通常成對,分別由許多薄而小的肺泡組成。肺泡潮溼且有繁密的微血管網,氧與二氧化碳分子易於擴散通過肺泡壁而進出微血管壁。

7【肺吸蟲】ㄈㄟˋ ㄒㄧ ㄔㄨㄥˊ

(*Paragonimus westermani*)屬扁形動物門、吸蟲綱。寄生於人的肺部,會引起肺部潰爛和類似肺病的種種症狀。卵隨寄主痰沫排至外界,於水中孵化爲纖毛幼蟲,進入淡水中某些種類的螺體內,發育爲孢囊幼蟲,再經雷迪幼蟲而產生搖尾幼蟲,搖尾幼蟲進入淡水的蝦或蟹體內,形成後搖尾幼蟲,人若誤食,便被感染。

肺吸蟲圖

9【肺活量】ㄈㄟˋ ㄏㄨㄛˊ ㄌㄧㄤˋ

(vital capacity)臨床上經常用以評價肺功能的重要指標。人體做最大的吸氣動作後,再儘可能把氣體呼出,此時所呼出氣體的容量就稱爲肺活量。

10【肺氣腫】ㄈㄟˋ ㄑㄧˋ ㄓㄨㄥˇ

(emphysema)慢性肺病名。患者由於肺泡大量破壞,肺容量增加,但有效的換氣量減少,而容易感到呼吸急促,間或咳嗽,甚至胸廓變形。

11【肺動脈】ㄈㄟˋ ㄉㄨㄥˋ ㄇㄛˋ

(pulmonary artery)連接肺部與右心室的動脈管。心臟內由上、下大靜脈攜回含有二氧化碳的血液,便經肺動脈流至肺部,以交換氣體,然後含有氧氣的血液再經肺靜脈流回左心房。

12【肺循環】ㄈㄟˋ ㄒㄩㄣˊ ㄏㄨㄢˊ

(pulmonary circulation)又稱小循環。血液由右心室推出,經肺動脈至肺泡表面所分布的肺毛細血管,進行氣體交換後,再經肺靜脈流入左心房,此段循環路徑稱肺循環。與體循環相對。肺循環和體循環在兩棲類以上的脊椎動物才有。

16【肺靜脈】ㄈㄟˋ ㄐㄧㄥˋ ㄇㄛˋ
(pulmonary vein) 連接肺部與左心房的靜脈管。肺部交換氣體後,含有氧氣的血液,便經由肺靜脈流回左心房。

12【肺腑之言】ㄈㄟˋ ㄈㄨˇ ㄓ ㄧㄢˊ
發自內心的話。

肫 ㄓㄨㄣ chun¹ 音諄
鳥類的胃。也稱砂囊。

肢 ㄓ chih¹ 音支
[1]人的手腳。見“說文”。[2]鳥獸的翼、腳。如:前肢。

23【肢體語言】ㄓ ㄊㄧˇ ㄩˇ ㄧㄢˊ
(body language)非語文傳播的一種形式。指訊息經由表情、動作及空間關係等傳播的方式。

𦙶 ㊀ ㄋㄧㄡˇ niu³ 音狃
持肉而食。見“說文”。
㊁ ㄓㄡˇ chou³ 音肘
手肘。也作肘。見“集韻”。
㊂ ㄖㄡˋ jou⁴
精肉;上肉。也作腬。見“集韻”。
㊃ ㄖㄨˋ ju⁴ 音入
流鼻血。也作衄。見“集韻”。

肥 ㄈㄟˊ fei² 音淝
[1]多肉;多脂肪。如:肥胖。[2]養分;多養分。如:土地肥沃。[3]豐盛;茂盛。如:綠肥紅瘦。[4]寬大;寬鬆。[5]利益;好處。如:分肥。[6]姓。‘戰國’‘趙’有‘肥義’。見“萬姓統譜·六”。

4【肥水】ㄈㄟˊ ㄕㄨㄟˇ
在‘安徽省’‘合肥縣’西北。也作‘淝水’。分爲三支:一、‘南肥河’,即古‘淝水’,又稱‘東肥河’。源出‘合肥縣’西南,‘淮陽山脈’北麓,北流入‘淮河’。二、‘西肥河’。源出‘河南省’‘鹿邑縣’,東南流入‘安徽省’,注入‘淮河’。三、‘北肥河’。源出‘安徽省’‘渦陽縣’,東南流入‘淮河’。‘東晉’‘謝安’曾敗‘前秦’‘苻堅’於此。

10【肥缺】ㄈㄟˊ ㄑㄩㄝ
俗稱外快或非法利益豐厚的職位。

14【肥碩】ㄈㄟˊ ㄕㄨㄛˋ
肥大。

7【肥皂劇】ㄈㄟˊ ㄗㄠˋ ㄐㄩˋ
(soaper) 指‘美國’廣播或電視臺白天播映的連續劇。因早期大多由肥皂公司提供廣告而得名。

9【肥胖症】ㄈㄟˊ ㄆㄤˋ ㄓㄥˋ
(obesity) 成人身體的理想體重大約是身高減去105而算出的體重,加減10%,倘是正常體重,但如果比加上20%以後的體重更重,則可以診斷爲肥胖症。肥胖症的病人,容易有心臟病、高血壓、糖尿病等疾病,應該少吃多運動,以維持正常體重。

10【肥效率】ㄈㄟˊ ㄒㄧㄠˋ ㄌㄩˋ
也稱有效率。爲肥料效應的測定方法。指肥料中養分被作物吸收利用之量與其所含總量的比。以百分比表示。肥料成分的含量與其肥效率相乘,則爲肥料中實際的有效成分,可作爲施肥量依據。

11【肥粒鐵】ㄈㄟˊ ㄌㄧˋ ㄊㄧㄝˇ
(ferrite)碳在α鐵或δ鐵中所形成的固溶體。爲體心立方(BCC)的構造。有α相和δ相兩種,其穩定溫度爲910°C,910°C以下爲α相,在1,400~1,539°C爲δ相。一般通稱的肥粒鐵常指α相,在723°C時有碳的最大溶解度0.02%,常溫下碳的溶解度約爲0.006%,質軟,富延性,硬度爲Hg90~100。

4【肥水之戰】ㄈㄟˊ ㄕㄨㄟˇ ㄓ ㄓㄢˋ
‘前秦’‘苻堅’統一北方後,於‘晉’‘孝武帝’‘太元’八年(383),命‘苻融’率軍八十餘萬爲前鋒侵‘晉’,自率騎兵二十七萬爲後繼。‘晉’‘謝安’遣‘謝石’、‘謝玄’督師八萬拒之於‘肥水’,‘晉’軍少而利於速戰,‘謝玄’遣使請‘秦’軍稍退,俾‘晉’軍渡水決勝負。‘苻堅’欲俟‘晉’軍半渡時截擊,揮軍退卻,不料‘秦’軍眾多,退不可復止,‘晉’軍渡水急擊,‘苻融’馳騎絆倒被殺,‘秦’軍自相踐藉而死者不可勝數,‘苻堅’中流矢,遁還‘淮’北。是爲‘肥水’之戰。

10【肥馬輕裘】ㄇㄟˊ ㄇㄚˇ ㄑㄧㄥ ㄑㄧㄡˊ
騎肥碩的馬,穿輕暖的皮衣。指富貴人家豪華奢侈的生活。

4【肥水不落外人田】ㄈㄟˊ ㄕㄨㄟˇ ㄅㄨˋ ㄌㄨㄛˋ ㄨㄞˋ ㄖㄣˊ ㄊㄧㄢˊ
比喻好處自己人享受。

肧 胚的本字。

肬 ㄧㄡˊ yu² 音尤
人體皮膚上所長的贅瘤。也作疣。見“正字通”。

肰 ㄖㄢˊ jan² 音然
狗肉。見“說文”。

肽 ㄊㄞˋ t'ai⁴ 音太
參肽酶。

14【肽酶】ㄊㄞˋ ㄇㄟˊ
(peptidase)一種存於腸液中的酵素。蛋白質的食物,經胃蛋白酶和胰蛋白酶分解爲分子較小的肽類後,由腸液中的肽酶予以徹底分解,產生游離的胺基酸。

17【肽鍵】ㄊㄞˋ ㄐㄧㄢˋ
(peptide)在蛋白質分子中,一個α—胺基酸的胺基(—NH_2)與另一個α—胺基酸的羧基(—COOH),以醯胺結合(—CONH—)相連接,這種醯胺結合稱爲肽鍵。蛋白質分子中即是以這種肽鍵將數千個胺基酸連結在一起。

肱 ㄍㄨㄥ kung¹ 音公
上臂。即肩關節至肘關節的部分。見“說文”。

肭 ㄋㄚˋ na⁴ 音納
參膃肭。

股 ㄍㄨˇ ku³ 音古
[1]大腿。如:股顫。[2]分支;部分。如:股份。[3]不等腰直角三角形直角旁的長邊。[4]量詞。一陣

或一縷。如:一股香味。

5【股本】 ㄍㄨˇ ㄅㄣˇ

(capital stock)公司依法登記的資本總額爲股本總額,股份有限公司將其股本總額劃分爲若干股份,每股的股本即爲有面值股的面值。發行有面值股時,應將每股的面值記入股本帳戶。

7【股利】 ㄍㄨˇ ㄌㄧˋ

(dividend)公司將經營所獲得的盈餘,按照股東持有股份之比例分配予股東的部分。我國習慣上所稱之股利,係指股息及紅利。公司分配股利的方式,可分爲現金股利、財產股利、負債股利及股票股利等四種。

8【股東】 ㄍㄨˇ ㄉㄨㄥ

表彰股東權之股份的歸屬者,稱爲股份有限公司之股東。爲股份有限公司之構成員。股東資格之取得,有基於認股行爲者,如公司設立時之認股;有基於繼受而取得者,如遺贈、買賣股份。依"公司法"規定,可分爲普通股股東、特別股股東,或記名股東、無記名股東。股東基於股東權,對公司享有權利、負有義務。無限公司之股東,則爲表彰股東權之出資的所有人,爲無限公司之構成員。

【股肱】 ㄍㄨˇ ㄍㄨㄥ

大腿和手臂。①輔佐。②比喻輔佐君主的重臣。

11【股票】 ㄍㄨˇ ㄆㄧㄠˋ

(stock certificate)股份有限公司爲籌集資本,依"公司法"規定所發行之一定數量和一定股份或面額的證書,交由出資人收執,作爲對公司投資的憑證。股票的持有人即爲股東。股票是表明持有公司股份,藉以分享盈餘、分配公司剩餘財產的權利憑證,爲有價證券的一種。

13【股慄】 ㄍㄨˇ ㄌㄧˋ

兩腿發抖。形容極端恐懼。

16【股戰】 ㄍㄨˇ ㄓㄢˋ

即股慄。

22【股權】 ㄍㄨˇ ㄑㄩㄢˊ

持有公司股份之權利。通常以股票表示之。

8【股東會】 ㄍㄨˇ ㄉㄨㄥ ㄏㄨㄟˋ

由股份有限公司全體股東所組成,決定公司內部意思之法定必備之最高機關的會議體。可分爲股東常會及股東臨時會,前者每年至少召集一次,後者於必要時召集之;其召集應於二十日前通知各股東,對於持有無記名股票者,應於三十日前公告之。股東會之重要權利有:一、變更公司章程。二、議定董事會及監察人之報酬。三、選任及改選董事及監察人。四、查核董事會造具的各項表冊及監察人報告。五、決議承認董事會所送之表冊。六、決議分派盈餘及股息紅利。七、決議將全部營業或財產讓與、受讓、出租、委託經營或共同經營事項。八、決議公司存續或解散。

5【股本折價】 ㄍㄨˇ ㄅㄣˇ ㄓㄜˊ ㄐㄧㄚˋ

(discount on capital stock)股票發行價格低於面值,其差額稱爲股票折價。折價發行時,股本仍應按面值記載,並另將折價記入股本折價帳戶。在資產負債表上,股本折價列爲股本的減項。我國"公司法"規定,股票不得折價發行。

【股本溢價】 ㄍㄨˇ ㄅㄣˇ ㄧˋ ㄐㄧㄚˋ

(premium on capital stock)指股票發行價格超過股票面值或設定價值的部分。應另行設帳記載。屬於股東權益中資本公積的一種。

6【股份分割】 ㄍㄨˇ ㄈㄣˋ ㄈㄣ ㄍㄜ

(stock split)指將股票的面值降低,增加股數。例如股票面值原爲100元,若將一股分割爲兩股,則面值改爲50元。當股票市價過高時,利用股份分割可使股票市價下降,而增加股票的流通性。

8【股東權益】 ㄍㄨˇ ㄉㄨㄥ ㄑㄩㄢˊ ㄧˋ

(stockholder's equity) 參業主權益。

11【股票股利】 ㄍㄨˇ ㄆㄧㄠˋ ㄍㄨˇ ㄌㄧˋ

(stock dividend)公司以自己的股票分配給股東作爲股利,稱爲股票股利或無償配股。實質上,分配股票股利乃將公司保留盈餘轉爲股本,故又名盈餘轉增資。當公司有盈餘而無足夠現金,或有現金而另有用途,致不宜用於分配現金股利時,採用股票股利方式,既可達到分配股利的目的,企業資產又未減少,同時企業的股本得以增加。

15【股價指數】 ㄍㄨˇ ㄐㄧㄚˋ ㄓˇ ㄕㄨˋ

(stock price index)代表股票價位高低的標準。通常分爲簡單算術指數及加權指數。我國係採發行量加權股價指數,以五十五年爲基期,以每種股票的發行量爲權數所計算的指數,當年之平均值爲一百點。

6【股份有限公司】 ㄍㄨˇ ㄈㄣˋ ㄧㄡˇ ㄒㄧㄢˋ ㄍㄨㄥ ㄙ

指七人以上之股東所組織,全部資本分爲股份,股東就其所認股份對公司負其責任的公司。股份有限公司適合於大規模企業之經營,公司之經濟活動著重於公司財產數額之多寡,而不注重股東之個人條件。其特徵爲:一、股東多(至少七人),法人性濃。二、股東地位移轉容易。三、企業所有與企業經營分離,公司業務之執行,係由股東會自股東中選出之董事(至少三人)所組成之董事會擔任,非由全體股東充任。

8【股東權益比率】 ㄍㄨˇ ㄉㄨㄥ ㄑㄩㄢˊ ㄧˋ ㄅㄧˇ ㄌㄩˋ

(equity ratio)爲股東權益總額對資產總額的比率。本比率顯示企業以自有資本所取得的資產占總資產的百分比。就股東而言,此比率愈大,資本結構愈佳,但可能因負債較少,失去運用財務槓桿作用之利。

【股東權益報酬率】 ㄍㄨˇ ㄉㄨㄥ ㄑㄩㄢˊ ㄧˋ ㄅㄠˋ ㄔㄡˊ ㄌㄩˋ (rate of return on stockholder's equity) 爲本期淨利對平均股東權益總額的比率。用以衡量所有股東投資所產生的報酬。如果股東權益報酬率大於總資產報酬率,表示有利的財務槓桿作用,即企業能以較低的利率借入資金,而獲取較高的利潤,增加股東的投資報酬率。

肣 ㈠ ㄏㄢˊ *han*² 音含 舌。本作函。見"說文"。
㈡ ㄏㄢˋ *han*⁴ 音旱 牛腹。見"廣韻"。

肸 ㄒㄧˋ *hsi*⁴ 音細 聲響布散。見"說文"。

肵 ㈠ ㄐㄧㄣˋ *chin*⁴ 音進 恭敬。見"集韻"。
㈡ ㄑㄧˊ *ch'i*² 音其 古代祭祀時放置牲禮心舌的器皿。見"集韻"。

肹 肸的或體。

肦 ㄅㄢ *pan*¹ 音頒 又讀 ㄈㄣˊ *fên*² 音墳 ①大頭的樣子。見"廣韻"。②頒賜。通頒。見"正字通"。

肩 ㄐㄧㄢ *chien*¹ 音堅 ①脖子之下,身體和兩臂相連的部位。見"說文"。②擔負。如:肩起重任。③姓。'明'有'肩固'。見"萬姓統譜·二八"。

4【肩井】 ㄐㄧㄢ ㄐㄧㄥˇ 穴位名。位於大椎穴(第七頸椎與第一胸椎棘突正中處)與肩峰聯線的中點,即肩部高處陷下部。

9【肩負】 ㄐㄧㄢ ㄈㄨˋ 擔負;承擔。

17【肩輿】 ㄐㄧㄢ ㄩˊ 轎子。最初只於二長竿中設置軟椅,供一人乘坐,而由二人扛行;其後於椅上加覆蓋成箱形。

15【肩摩轂擊】 ㄐㄧㄢ ㄇㄛˊ ㄍㄨˇ ㄐㄧˊ 肩膀與肩膀相互摩擦,車轂與車轂相互撞擊。形容路上行人車輛來往擁擠。

肩 肩的或體。

5

胥 ㄒㄩ *hsü*¹ 音須 ①蟹醢;蟹醬。見"說文"。②都;皆。③古代官府中的小吏。如:胥吏。④輔助。⑤姓。'春秋'時'晉'有'胥臣'。見"萬姓統譜·八"。

6【胥吏】 ㄒㄩ ㄌㄧˋ 古代官府中的小吏。

10【胥挪】 ㄒㄩ ㄩˊ 殘餘。

胡 ㄏㄨˊ *hu*² 音湖 ①牛頸下的垂肉。見"說文"。②古代對北方邊地和'西域'各族的通稱。③隨意;任意妄爲。如:胡思亂想。④疑問詞。用與何同。如:胡不歸?⑤姓。'春秋'時'齊'有'胡齕'。見"萬姓統譜·一一"。

6【胡同】 ㄏㄨˊ ㄊㄨㄥˊ 即衚衕。

7【胡床】 ㄏㄨˊ ㄔㄨㄤˊ 一種可折疊的輕便坐椅。又名交椅。本爲胡人所製,故名。

【胡佛】 ㄏㄨˊ ㄈㄛˊ (Herbert Clark Hoover, 1874～1964) '美國'第三十一任總統。西元1891年入'史丹福大學'習地質及礦學。1899年來'華',任'唐山'礦務工程師,曾參與'秦皇島'的建築工程。第一次世界大戰期間,致力於海外的'美國救濟委員會'活動。回國後,1921～1928年任商務部長。1928年當選總統。1932年再度參選,敗給'羅斯福'。1947～1949年和1953～1955年爲'胡佛委員會'委員長,搜集有關第一和第二次世界大戰的資料極豐富,後捐贈給'史丹福大學',成立'胡佛研究所'。

胡佛像

10【胡桃】 ㄏㄨˊ ㄊㄠˊ (Persian walnut; *Juglans regia* L.) 又名核桃。落葉喬木,高4～9公尺。葉爲奇數羽狀複葉,小葉廣橢圓形,具短柄,全緣或具淺鋸齒。夏季葇荑花序腋生。果實爲核果。核仁含豐富油脂,可供食用,木材可供製作器具。分布於'亞洲'及'歐洲'東南部。

胡桃圖

11【胡荽】 ㄏㄨˊ ㄙㄨㄟ 一種香菜。葉圓,有花。根歧而軟白。相傳係由'張騫'出使'西域'帶回,故名。俗稱蒝荽。見"正字通"。

【胡笳】 ㄏㄨˊ ㄐㄧㄚ 古代吹奏樂器。簡稱笳。'漢代'流行於西北一帶,是'漢'、'魏'鼓吹樂中的重要樂器。初時,胡人捲蘆葉吹之以作樂,故稱胡笳;其後以蘆哨插在木管上吹奏。'清代'的胡笳形制爲:木管三孔,兩端加角,末翹而上,口張開。

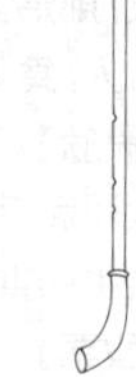
胡笳圖

12【胡琴】 ㄏㄨˊ ㄑㄧㄣˊ ①古代泛指從西北傳入的弦樂器。如琵琶、五弦、箜篌等。②拉弦樂器。琴桿上設木軫,下部有琴筒,以蒙蛇皮、薄木板、筍殼等做共鳴膜,膜上置馬,左手按弦,右手持馬尾弓拉奏。廣泛地運用於戲曲伴奏及器樂合奏。有'京'胡、二胡、四胡、板胡等不同的形制。

【胡椒】 ㄏㄨˊ ㄐㄧㄠ (pepper; *Piper nigrum* L.)蔓

性木本，高約5～6公尺。葉互生，具柄，卵橢圓形，全緣。夏季開黃綠色小花，呈穗狀花序，無花被，漿果球形，紅熟，乾後變爲黑色。可供做調味料及藥用。原產於我國。

胡椒圖

13【胡瑗】 ㄏㄨˊ ㄩㄢˋ
(993～1059)'北宋''海陵'(今'江蘇''泰縣')人，字'翼州'，世稱'安定先生'。博通經術，注重實學。因'范仲淹'的推薦，任校書郎。後教授'湖州'，置'經義'、'治事'二齋，使諸生各就其志向學，時稱'湖'學。著有"周易口義"、"洪範口義"、"中庸義"等書。

【胡虜】 ㄏㄨˊ ㄌㄨˇ
古代蔑稱居於我國北方邊地及'西域'的少數民族。

【胡亂】 ㄏㄨˊ ㄌㄨㄢˋ
1任意妄行。2隨便；將就。

14【胡銓】 ㄏㄨˊ ㄑㄩㄢˊ
(1102～1180)'宋''廬陵'(今'江西''吉安')人，字'邦衡'。'高宗'時進士，任'樞密院'編修官。'金'人南侵，'秦檜'主和，'銓'上疏乞斬'秦檜'、'王倫'、'孫近'，被謫'昭州'。'檜'死，再入爲兵部侍郎，以'資政殿'學士致仕。卒諡'忠簡'。有"澹庵集"。

15【胡適】 ㄏㄨˊ ㄕˋ
(1891～1962)'安徽''績溪'人，字'適之'。'美國''哥倫比亞大學'哲學博士。五四運動之際，以提倡白話文學開風氣之先。曾任'北京大學'教授、文學院院長；抗戰時，出任駐'美'大使；勝利後，任'北京大學'校長，並膺選'國民大會'代表；晚年任'中央研究院'院長。著有"中國哲學史大綱"、"白話文學史"、"胡適文存"等數十種。

胡適像

【胡璉】 ㄏㄨˊ ㄌㄧㄢˊ
(1907～1977)'陝西''華縣'人，字'伯玉'。'黃埔軍校'畢業。先後參加北伐、剿'共'、討逆、抗戰、戡亂諸役。大陸淪陷，率部前往'金門'，所部曾締造'古寧頭'、'登步島'兩次大捷。'民國'四十六年，任'金'防部司令官。八二三砲戰起，力挫來犯'共'軍。後任駐'越'大使、總統府戰略顧問。

17【胡謅】 ㄏㄨˊ ㄗㄡ
隨意亂說。

18【胡簶】 ㄏㄨˊ ㄌㄨˋ
箭袋。

3【胡三省】 ㄏㄨˊ ㄙㄢ ㄒㄧㄥˇ
(1230～1287)'宋''天台'(今'浙江''天台')人，字'身之'，號'梅磵'。'寶祐'進士，官至朝奉郎。'宋'亡，隱居不出。著有"資治通鑑音注"。

5【胡母生】 ㄏㄨˊ ㄇㄨˇ ㄕㄥ
'西漢''齊'人，字'子都'。治"公羊春秋"，'景帝'時爲博士，晚年歸教於'齊'。

【胡母敬】 ㄏㄨˊ ㄇㄨˇ ㄐㄧㄥˋ
'秦'太史令。作"博學篇"。

6【胡安國】 ㄏㄨˊ ㄢ ㄍㄨㄛˊ
(1073～1138)'宋''崇安'(今'福建''崇安')人，字'康侯'。官至中書舍人兼侍講，卒諡'文定'。潛心研究"春秋"二十餘年。有"春秋傳"、"上蔡語錄"等書。

8【胡宗南】 ㄏㄨˊ ㄗㄨㄥ ㄋㄢˊ
(1896～1962)'浙江''孝豐'人。'黃埔軍校'第一期畢業。曾參加第一、二次東征、北伐、討逆、剿'共'等多次戰役。抗戰軍興，率部參戰，曾任第一戰區司令官。勝利後，參加戡亂，任'西安'、'川'、'陝'、'甘'邊區綏靖主任。'民國'三十八年，率部駐'大陳'，兼'浙江'省政府主席。後任'澎'防部司令官、戰略顧問。

13【胡塞爾】 ㄏㄨˊ ㄙㄜˋ ㄦˇ
(Edmund Husserl, 1859～1938)'德國'哲學家。現代現象學運動的祖師。反對十九世紀的實證主義和唯名論。提倡現象學的方法以重構哲學。重要著作有"算術哲學"(*The Philosophy of Arithmetic*)、"邏輯探究"(*Logical Investigations*)、"純粹現象學"(*Ideas: General Introduction to Pure Phenomenology*)、"現象學的哲學之理念"(*The Idea of Phenomenology*)等書。

14【胡漢民】 ㄏㄨˊ ㄏㄢˋ ㄇㄧㄣˊ
(1879～1936)'廣東''番禺'人，字'展堂'，號'不匱室主'。留學'日本''東京弘文學院'、'法政大學'，加入'同盟會'。辛亥'廣州'光復任'粵'督。二次革命後，追隨'孫中山'先生討'袁'、護法。歷任'廣州'軍政府交通部長、政治部長，'廣東'省長、'廣州'國府常委兼外交部長、'南京'國府主席、'立法院'長等。著有"胡漢民先生文集"。

胡漢民像

17【胡應麟】 ㄏㄨˊ ㄧㄥˋ ㄌㄧㄣˊ
(1551～1602)'明''蘭谿'(今'浙江''蘭谿')人，字'元瑞'，又號'少室山人'。'萬曆'舉人。著有"少室山房類稿"、"少室山房筆叢"等書。

23【胡蘿蔔】 ㄏㄨˊ ㄌㄨㄛˊ ˙ㄅㄛ
(cultivated carrot; *Daucus carota* Linn.)一年生或多年生草本，莖高1公尺，具肉質之直根，黃色或紅色。2～3回羽狀複葉。初夏，抽出大複繖形花序，密生白色小花，花瓣5枚，果實長橢圓形，

胡蘿蔔圖

有剛毛。根可供食用,原產於'歐洲'或'亞洲',今各地均有栽培。

4【胡天胡帝】ㄏㄨˊ ㄊㄧㄢ ㄏㄨˊ ㄉㄧˋ

"詩·鄘風·君子偕老"中的句子。諷刺'衛宣公'夫人'宣姜'品德淫亂,何以能如天帝之尊貴而爲夫人。後因此語與「忽天忽地」音近,遂用作胡作非爲的意思。

15【胡適文存】ㄏㄨˊ ㄕˋ ㄨㄣˊ ㄘㄨㄣˊ

'胡適'撰,四集,共約一百五十萬字。收集'民國'二十四年以前有關新文學運動、國故整理,以及學術思想方法的文章。其中第四集曾以"胡適論學近著"單行。

23【胡蘿蔔素】ㄏㄨˊ ㄌㄨㄛˊ ˙ㄅㄛ ㄙㄨˋ

(carotene)爲黃橙色的色素。在植物亦存於葉綠體中,可助葉綠素吸收光能;在胡蘿蔔根、橙子果皮等處,則單獨存於雜色體中;動物的乳汁、肝油和卵黃中也含有胡蘿蔔素。分子式爲$C_{40}H_{56}$,爲維生素A的先驅物,在動物體內經水解便成維生素A:

$$\underset{\text{胡蘿蔔素}}{C_{40}H_{56}} + \underset{\text{水}}{2H_2O} \longrightarrow \underset{\text{維生素A}}{2C_{20}H_{29}OH}。$$

11【胡笳十八拍】ㄏㄨˊ ㄐㄧㄚ ㄕˊ ㄅㄚ ㄆㄞ

樂府琴曲歌辭名。'東漢''蔡琰'撰,依胡笳之音,作詩言志,且全篇分十八章,每章一拍,故名。詩中自述被胡騎所擄,入'南匈奴',後雖爲'曹操'遣使贖歸,卻親子永別,字字血淚,淒楚動人。"樂府詩集·五九"除收'琰'原辭,另附'唐''劉商'仿作一首。

胃 ㄨㄟˋ *wei*4 音謂

[1](stomach)動物體中貯存、消化食物的器官。橫臥於橫膈膜下,形如囊,左方大而右方小。連於食道部分名賁門,連於小腸部分名幽門,均有括約肌。胃壁分三層,外層有強韌之漿膜;中層由輪狀、縱走、斜走之筋肉纖維構成;內層爲厚黏膜,富皺襞,藏有多數胃腺,食物入胃,由胃腺分泌胃液以消化之。[2]星宿名。二十八宿之一。參胃宿。

3【胃口】ㄨㄟˋ ㄎㄡˇ

[1]指食慾。[2]比喻接受外物的興趣。

11【胃宿】ㄨㄟˋ ㄒㄧㄡˋ

星宿名。二十八宿之一。西方白虎七宿的第三宿。主要有三星,皆屬白羊座,胃宿一即白羊座第三五號星,胃宿二即第三九號星,胃宿三即白羊座C。此外,大陵、積尸、天船、積水、天廩、天囷等星,也都歸入胃宿。

【胃液】ㄨㄟˋ ㄧㄝˋ

(gastric juice)胃所分泌的液體。俗稱胃酸。含多量的鹽酸、黏液及胃蛋白酶,有助於消化。當胃液太多,而保護胃的黏膜因任何原因損傷以致壞死時,胃液的作用如同在消化肉類一般,極易造成胃潰瘍或十二指腸潰瘍;當胃液太少時,則容易發生消化不良。

12【胃寒】ㄨㄟˋ ㄏㄢˊ

指胃陽氣虛弱,導致嘔吐清水或冷涎、口淡喜熱飲、胃部隱隱作痛等。

19【胃鏡】ㄨㄟˋ ㄐㄧㄥˋ

(gastroscope)用以檢查胃內部的醫學用具。由金屬管及可彎曲的橡皮管所組成。將其導入胃內作活體組織檢查,可檢查出胃內病變之處,對胃部之診斷工作助益極大。

15【胃潰瘍】ㄨㄟˋ ㄎㄨㄟˋ ㄧㄤˊ

(gastric ulcer)爲胃部發生潰爛的疾病。可分良性和惡性,胃癌即常合併惡性胃潰瘍,故發現胃潰瘍時應做組織切片,以排除惡性潰瘍的可能性。治療以減輕痛苦、潰瘍之癒合、防止再發爲目標。治療藥物以制酸劑爲主,牛奶是很弱的抗酸劑,故以牛奶治療胃潰瘍是一錯誤的觀念。應停止吃消夜,因吃下之食物可引發胃酸大量分泌而造成腹痛,而睡前服制酸劑常可使病人安眠。

冑 ㄓㄡˋ *chou*4 音晝

[1]後裔。見"說文"。[2]嫡;長。如:冑子。

13【冑裔】ㄓㄡˋ ㄧˋ

後代子孫。

背 [一] ㄅㄟˋ *pei*4 音輩

[1]前胸的後面,脊骨外表及其周圍的部位。[2]事物的後面或反面。如:刀背。[3]背對。如:背水一戰。[4]違反;乖逆。如:背叛。[5]離開。如:離鄉背井。[6]記誦。如:背誦。

[二] ㄅㄟ *pei*1 音碑

負荷。也作揹。如:背黑鍋。

9【背風】ㄅㄟˋ ㄈㄥ

背對著風。

10【背書】ㄅㄟˋ ㄕㄨ

[1]憑記憶背誦文章。[2]指在有價證券之背面書寫權利人(欲處分有價證券之權利人)之名字,以作爲有效移轉、設質或其他目的之行爲的一部分。背書若以移轉有價證券之權利爲目的者,稱爲轉讓背書,此時須完成背書及交付兩個手續,權利之移轉才完成。背書若以設定質權爲目的者,稱爲設質背書,除須背書寫明設質意旨外,尚須交付,設質行爲才完成。背書以委任取款爲目的者,稱爲委任取款背書,此時應將有價證券交付予受任人,使其得以出示該有價證券行使權利。凡記名有價證券,其權利之移轉、設質……等均須以背書方法爲之,無記名證券則不以背書爲必要。依"票據法"之規定,背書由背書人在票據之背面或其黏單上爲之。背書人記載被背書人,並簽名於票據者爲記名背書。背書人不記載被背書人,僅簽名於票據者,爲空白背書。轉讓背書之背書人須負擔保責任。委任取款背書,執票人應於票據上記載其目的。

12【背景】ㄅㄟˋ ㄐㄧㄥˇ

①指人物或事件過去的經歷或前因。②指可以依恃的人物或勢力。③繪畫中所描繪之主體背後及上下左右之環境，稱爲背景。背景爲襯托主體而存在，故須配合主體。④戲劇中腳色所處的環境。多用舞臺設計或布景來表現。

13【背運】 ㄅㄟˋ ㄩㄣˋ
不好的運氣。

17【背壓】 ㄅㄟˋ ㄧㄚ
(back pressure)蒸汽機、內燃機或汽輪機出口處的氣體壓力。其壓力高於大氣壓力，亦即這些氣體並未完全作功，故效率將較差。

4【背水陣】 ㄅㄟˋ ㄕㄨㄟˇ ㄓㄣˋ
背水而列的戰陣。此戰陣置士卒於死地，藉以激勵其奮戰求生的鬥志。

6【背地裡】 ㄅㄟˋ ㄉㄧˋ ·ㄌㄧ
暗中。

9【背信罪】 ㄅㄟˋ ㄒㄧㄣˋ ㄗㄨㄟˋ
行爲人爲他人處理事務，意圖爲自己或第三人不法之利益，或損害本人之利益，而爲違背其任務之行爲，致生損害於本人之財產或其他利益所構成之犯罪。本罪兼含財產處分權之濫用與信託義務違背之性質。成立本罪者，依"刑法"第三百四十二條第一項之規定，應處五年以下有期徒刑、拘役或科或併科一千元以下罰金。

10【背書人】 ㄅㄟˋ ㄕㄨ ㄖㄣˊ
於票據上爲背書之人。背書人於匯票應照票據文義擔保承兌及付款，於本票及支票應照票據文義擔保付款。其與發票人、承兌人及其他票據債務人，對於執票人連帶負責。背書人於淸償票據債務後，對其前手有追索權，惟執票人爲背書人時，對該背書之後手無追索權。背書人得於票面上記載禁止轉讓，爲此記載者，該票據仍得依背書而轉讓之，惟禁止轉讓之背書人，對於禁止後再由背書取得票據之人，不負票據責任，只負一般債務人之責任。

11【背斜層】 ㄅㄟˋ ㄒㄧㄝˊ ㄘㄥˊ
(anticlinal stratum)地層受外力推擠，所成高低起伏的外觀，稱爲褶曲。其向上凸起的部分稱爲背斜層。背斜層往往成山。

12【背黑鍋】 ㄅㄟ ㄏㄟ ㄍㄨㄛ
指代人受過。

4【背水一戰】 ㄅㄟˋ ㄕㄨㄟˇ ㄧ ㄓㄢˋ
背對著水，無後路可退，與敵人作最後一場決戰。

9【背城借一】 ㄅㄟˋ ㄔㄥˊ ㄐㄧㄝˋ ㄧ
與敵人作最後的決戰。

12【背景投影】 ㄅㄟˋ ㄐㄧㄥˇ ㄊㄡˊ ㄧㄥˇ
(back projection)爲省去搭景工作，當演員在幕前表演時，由幕後向透明銀幕放映幻燈片或影片做爲背景的方法，稱爲背景投影。

【背景噪音】 ㄅㄟˋ ㄐㄧㄥˇ ㄗㄠˋ ㄧㄣ
(background noise; ground noise)針對某些特定場合之聲音作爲測定對象時，附近之其他聲音稱爲背景噪音。

13【背道而馳】 ㄅㄟˋ ㄉㄠˋ ㄦˊ ㄔˊ
①比喻行動和所要達到的目的相反。②比喻相互間的行動相反。

21【背襯音樂】 ㄅㄟˋ ㄔㄣˋ ㄧㄣ ㄩㄝˋ
(background music)廣播、電視節目或廣告影片中，襯托背景或氣氛的音樂效果。

肞 ㊀ ㄑㄧˋ *ch'i*[4] 音泣
肉羹。見"字彙"。
㊁ ㄌㄚ *la*[1] 音拉
參肞䐶。

17【肞䐶】 ㄌㄚ ㄙㄚˋ
肉雜。

脉 脈的俗體。

胘 ㄒㄩㄢˊ *hsüan*[2] 音玄
牛的重瓣胃。即牛百葉。見"說文"。

胖 ㊀ ㄆㄤˋ *p'ang*[4]
體形肥大。見"說文"。
㊁ ㄆㄢˊ *p'an*[2] 音盤
安舒。如：心廣體胖。

䏨 ㄓㄥ *chêng*[1] 音爭
煮魚煎肉。見"集韻"。

胇 ㊀ ㄅㄧˋ *pi*[4] 音必
參胇肸。
㊁ ㄈㄟˋ *fei*[4] 音肺
肺臟。也作肺。見"集韻"。

8【胇肸】 ㄅㄧˋ ㄒㄧˋ
巨大的樣子。

胠 ㄑㄩ *ch'ü*[1] 音區
①腋下。見"說文"。②從旁開啟。如：胠篋。

胒 尻的或體。

胚 ㄆㄟ *p'ei*[1] 音醅
本作肧。①(embryo)生物發生過程中，由受精卵發育而成的早期構造，稱爲胚。植物的胚位於種子內，爲一全由分生組織構成的幼植物，處於休眠狀態，待種子萌發才開始生長。胚包括胚根(radicle)、上胚軸(epicotyl)、下胚軸(hypocotyl)、胚芽(plumule)和子葉等。②泛指器物粗具的形體。如：陶胚。

5【胚布】 ㄆㄟ ㄅㄨˋ
由織布機取下未經任何加工處理的布匹。通常手感澀硬且光澤較差；日常所能見者爲麵粉袋、擠豆汁袋之類的用布；於服裝製作方面，則須上漿和壓光，以作爲立體裁剪或做試樣的材料。

8【胚芽】 ㄆㄟ ㄧㄚˊ
(plumule)種子植物的胚由胚軸和子葉構成。胚軸上端稱爲胚芽。它可能包括了一到數片的幼葉和極短的節間，或只是一頂端分生組織而已。種子萌發時，胚芽會向上生長，伸出地面發育成爲莖、葉和枝條。

9【胚胎】 ㄆㄟ ㄊㄞ
本作肧胎。①(embryo)多細胞生物在發生過程中的早期稱爲胚胎。②孕育的初期。如：胚胎期。③比喻事物的本源或開始。

10【胚珠】 ㄆㄟ ㄓㄨ

(ovule) 種子植物雌性生殖器官中的一種構造。受精後可發育爲種子。裸子植物的胚珠位於球果的鱗片內側；被子植物的胚珠位於子房中。內有一個大孢子，經有絲分裂而含有八個核，中央的兩個稱爲極核；一端的三個，中央者爲卵核，其餘兩核及他端的三個核皆漸消失。卵受精後，發育爲胚，極核受精後發育爲種子中的胚乳。

15【胚盤】 ㄆㄟ ㄆㄢˊ
(blastoderm) 鳥類及爬蟲類的卵，均屬端黃卵，內含有大量卵黃，其細胞質及細胞核僅呈一小點而已。卵黃上方的小白點即是胚盤。胚盤係由該細胞質及核分裂而成，內含多數細胞，由此等細胞可繼續發育爲幼體。

8【胚芽米】 ㄆㄟ ㄧㄚˊ ㄇㄧˇ
由稻穀碾製而成，其碾製程度介於糙米與白米之間。亦即糙米去其米糠層而保留胚芽的白米。胚芽米一般的碾白度約爲25～30度，胚芽存在率約爲60%左右。胚芽爲稻米營養的精華所在，故又稱爲營養米。

胈 ㊀ ㄅㄚˊ *pa*[2] 音拔
人腿上的細毛。見"廣韻"。
㊁ ㄅㄟˋ *pei*[4] 音背
人大腿內側的肉。見"集韻"。

胩 ㄎㄚˇ *k'a*[3] 音卡
(carbylamines)有機化合物中含有異氰基(—NC)者稱爲胩，又名異腈(isonitriles)。如CH_3CH_2NC稱爲乙胩。胩類具有毒性。

胆 ㊀ ㄊㄢˊ *t'an*[2] 音談
塗口的胭脂。今稱口紅、脣膏。見"廣韻"。
㊁ ㄉㄢˇ *tan*[3] 音膽
膽的俗體。

胛 ㄐㄧㄚˇ *chia*[3] 音甲
手臂與背相連的部位。也稱肩胛。見"正字通"。

胂 ㄕㄣ *shên*[1] 音申
①裡脊肉。見"說文"。②(arsine)白色劇毒氣體。分子式AsH_3。可溶於水，略溶於酒精和鹼。用作有機合成原料及化學戰毒氣。

胑 ㄓ *chih*[1] 音支
四肢。同肢。見"說文"。

胦 ㄧㄤ *yang*[1] 音央
參脖胦。

胐 ㄎㄨ *k'u*[1] 音哭
①曲腳。見"廣雅·釋親"。②屁股。又作䐊。見"廣韻"。

胎 ㄊㄞ *t'ai*[1] 音苔
①受孕三月的幼體。見"說文"。②泛指母體內尚未出生的幼體。如：懷胎十月。③事物的根源。如：禍胎。④器物的坯子、底托或骨幹。如：輪胎。

5【胎生】 ㄊㄞ ㄕㄥ
(viviparous) 動物的卵受精後，留在母體子宮內發育成熟後始行產出者。胎兒在子宮內經由臍帶和胎盤從母體血液中獲得養分；胎兒所產生的廢物，也經臍帶和胎盤而釋放到母體的血液中。

8【胎兒】 ㄊㄞ ㄦˊ
(fetus) 哺乳動物的胚胎若初具雛形時，便稱爲胎兒。人類的胚胎至第二個月末時，已有頭、臉和四肢等而初具人形，即稱爲胎兒。

9【胎便】 ㄊㄞ ㄅㄧㄢˋ
(meconium) 嬰兒出生第一天的大便。呈黑綠色，富黏性，爲胎兒在母體內最後數週所積聚的黏液、膽汁和各種廢物。

10【胎記】 ㄊㄞ ㄐㄧˋ
嬰兒皮膚上的瘢。也稱胎痣。

【胎氣】 ㄊㄞ ㄑㄧˋ
指胎兒在母體內所承受的精氣。人在胚胎成長過程，皆賴胎氣而逐漸滋長，離開母體後，生長發育的正常與否，與胎氣稟受有關。

【胎息】 ㄊㄞ ㄒㄧˊ
即服氣。道教修煉方法之一。得胎息者，閉氣，不以口鼻呼吸，如人在胞胎之中。乃謂煉氣功之深至者，有如胎兒在母腹中，不以鼻呼吸氣。

11【胎教】 ㄊㄞ ㄐㄧㄠˋ
婦女懷孕後，其思想、行爲、感情影響到胎兒出生後之行爲、心理的作用。

15【胎髮】 ㄊㄞ ㄈㄚˇ
初生嬰兒的頭髮。也稱胎毛。

6【胎死腹中】 ㄊㄞ ㄙˇ ㄈㄨˋ ㄓㄨㄥ
比喻事情已有腹案卻未能完成。

胜 ㊀ ㄒㄧㄥ *hsing*[1] 音腥
①犬膏的腥臭氣味。見"說文"。②不熟。見"說文"。
㊁ ㄕㄥ *shêng*[1] 音生
生肉。見"集韻"。

胣 ㄧˇ *i*[3] 音倚
剖腸。也作肔。見"集韻"。

胅 ㄉㄧㄝˊ *tieh*[2] 音蝶
①骨節突出的部分。見"說文"。②腫。見"廣雅·釋詁"。

胙 ㄗㄨㄛˋ *tso*[4], *tsuo*[4] 音作
①古代祭祀用的祭肉。見"說文"。②賜給；答報。③君位；帝世。通祚。④保祐；賜福。

胞 ㄅㄠ *pao*[1] 音包
①包裹在胎兒外邊的一層皮膜。即胞衣、胎衣。見"說文"。②稱同父母所生的兄弟姊妹。如：胞兄。

6【胞衣】 ㄅㄠ ㄧ
(after birth)胎兒出生後約十到十五分鐘，母體子宮發生一陣收縮，胎盤和胚外膜便自子宮脫落而排出母體外，這些排出物稱爲胞衣。

胊 ㄑㄩˊ *ch'ü*[2] 音劬
屈曲的乾肉。見"說文"。

胕 ㊀ ㄈㄨ *fu*[1] 音膚
①腳。見"集韻"。②皮膚。通膚。
㊁ ㄈㄨˋ *fu*[4] 音付
人體內部器官的總名。腑的省文。見"正字通"。

胉 ㄆㄛˋ p'o⁴ 音破
牲體脊椎兩旁的肋骨。同髆。見"正字通"。

胏 ㄗˇ tzŭ³ 音紫
帶筋骨的肉。見"正字通"。

胝 ㄓ chih¹ 音知
手足的厚繭。如:胼胝。

胍 ㄍㄨ ku¹ 音孤
(guanidine ; amino-methanamide; carbamidine)無色結晶,分子式NIIC(NII₂)₂。熔點50°C,在160°C分解。可溶於水和酒精。用於有機合成。

7【胍肵】 ㄍㄨ ㄉㄨ
大腹。

胗 ㊀ ㄓㄣˇ chên³ 音診
脣瘡。見"說文"。
㊁ ㄓㄣ chên¹ 音珍
鳥類的胃。

胤 ㄧㄣˋ yin⁴ 音印
①子孫世代繼承。見"說文"。②後代。③曲調。通引。

13【胤嗣】 ㄧㄣˋ ㄙˋ
子孫;後代。

㱿 胏的或體。

6

脔 臠的俗體。

胾 ㄗˋ tzŭ⁴ 音自
切成大塊的肉。見"說文"。

脅 ㄒㄧㄝˊ hsieh² 音協
也作脇。①從兩腋下至肋骨盡處的部位。見"說文"。②挾持;逼迫。如:威脅。③收斂;斂縮。

8【脅制】 ㄒㄧㄝˊ ㄓˋ
脅迫控制。

9【脅迫】 ㄒㄧㄝˊ ㄆㄛˋ
以暴力或恐嚇之不法行為,使他人心理發生恐怖或危險。被脅迫而為意思表示者,表意人得撤銷其意思表示,但撤銷權之行使,應於脅迫終止後一年內為之,但自意思表示後,經過十年者,不得撤銷。又在刑法上,以脅迫使人行無義務之事或妨害人行使權利者,處三年以下有期徒刑、拘役或三百元以下罰金。

11【脅從】 ㄒㄧㄝˊ ㄗㄨㄥˋ
強迫聽從。

8【脅肩諂笑】 ㄒㄧㄝˊ ㄐㄧㄢ ㄔㄢˇ ㄒㄧㄠˋ
聳高肩膀,做出討好人的笑容。

脀 ㄓㄥ chêng¹ 音爭
①愚笨。見"說文"。②將切塊的牲體放在俎上。見"正字通"。

胔 ㄗˋ tzŭ⁴ 音自
①禽獸的殘骨。見"廣韻"。②腐肉。見"正字通"。

能 ㄋㄥˊ nêng² 音儜
①才幹。如:技能。②有才幹的人。如:選賢與能。③勝任。④親善;和睦。⑤及;到。⑥可以。⑦(energy)凡是具有作功本領的物體,便稱物體具有能,因此能可由作功量之多寡來量度,其MKS單位為焦耳。能有很多種形式,例如:力學中的動能與位能,聲波的聲能,光也具有能,生活中不可缺的熱能、電能及儲存在物質中潛在的化學能(如石油、木柴等),另外核分裂或熔合時所放出的核能等都是。能除可作功外,也可從一種形式轉換成另一種形式,但其總能仍保持一定值,此便是能量守恆定律。

2【能力】 ㄋㄥˊ ㄌㄧˋ
①個體現階段所具有的知識和本領。有別於性向和潛能。②能力者,即資格。權利能力者,即享受權利與負擔義務之資格。自然人之權利能力,始於出生,終於死亡;法人之權利能力,始於成立,終於解散後清算完結。行為能力者,即得為法律行為之資格,滿二十歲之人或未成年人已結婚者均有行為能力,法人得為法律行為,亦有行為能力,其為法律行為由董事代表為之。侵權行為能力者,即有為侵權行為主體之資格,自然人之有識別能力者皆有侵權行為能力,法人對於其董事或其他有代表權之人因執行職務所加於他人之損害,與該行為人連帶負賠償之責任,故法人亦有侵權行為能力。

4【能手】 ㄋㄥˊ ㄕㄡˇ
擅長某種技藝或本領的人。

8【能事】 ㄋㄥˊ ㄕˋ
①能做到的事。②擅長的事。

9【能耐】 ㄋㄥˊ ㄋㄞˋ
本領;技能。

11【能帶】 ㄋㄥˊ ㄉㄞˋ
(energy band)任何物質的原子,其電子具有之能量高低,常以能階圖加以表示,但晶體中之電子能階為數甚多且相隔甚近,此種能階緊密地排列在一起,形成帶狀,是為能帶。

12【能階】 ㄋㄥˊ ㄐㄧㄝ
(energy level)由於原子中只有某些特殊軌道存在,並且隨著軌道距離原子核遠近之不同,能量隨之不同,所以原子的軌道能量成階梯狀分布,而每一軌道的能量值便稱之為能階。

7【能見度】 ㄋㄥˊ ㄐㄧㄢˋ ㄉㄨˋ
指一定方向肉眼所能看見並識別物體的最大距離。通常應用在氣象或航空、航海的觀測上。

8【能屈能伸】 ㄋㄥˊ ㄑㄩ ㄋㄥˊ ㄕㄣ
形容善於適應環境。

12【能量密度】 ㄋㄥˊ ㄌㄧㄤˋ ㄇㄧˋ ㄉㄨˋ
(energy density)每單位重量電池所能輸出之電能。

2【能力測量說】 ㄋㄥˊ ㄌㄧˋ ㄘㄜˋ ㄌㄧㄤˊ ㄕㄨㄛ
一個人的能力,不但有個別差異,而且此種個別的差異是可以測量得出來的。如人格、智力、性向、學識、經驗、技能的差異,可分別用人格、智力、性向及成就測驗測量。

【能力本位教育】 ㄋㄥˊ ㄌㄧˋ ㄅㄣˇ ㄨㄟˋ ㄐㄧㄠˋ ㄩˋ
(competency-based education) 注重實際能力之獲得與表現的教學制度。此制度要求教師明白列舉每一教學單元應習得的能力，並訂定獲得這些能力的最低行爲標準，然後選擇適當的教材與教法以達致。

12【能量守恆定律】 ㄋㄥˊ ㄌㄧㄤˋ ㄕㄡˇ ㄏㄥˊ ㄉㄧㄥˋ ㄌㄩˋ
(law of conservation of energy) 能量有很多種形式，它們之間可以互相的轉換，即可從一種形式轉變成另一種形式，亦可從一個系統轉移至另一系統，但能量的總和恆保持不變，爲一定值，此便是能量守恆定律。或稱能量不滅定律。

胺 ㄢ *an*¹ 音安
1肉類腐臭。見"廣韻"。2(amine) 氨(NH_3)中之氫爲烴基所取代而成之化合物，總稱爲胺，稱爲某胺。如甲胺(methyl amine, CH_3NH_2)。參胺類。

11【胺基】 ㄢ ㄐㄧ
(amino group) 即—NH_2官能基。

19【胺類】 ㄢ ㄌㄟˋ
(amines) 氨(NH_3)分子中氫原子(H)爲一個、二個或三個烴基(如CH_3^-, $C_6H_5^-$等)所取代而形成的化合物，稱爲胺類。如甲胺(CH_3NH_2)、二甲胺〔$(CH_3)_2NH$〕、苯胺($C_6H_5NH_2$)、三苯胺〔$(C_6H_5)_3N$〕等。

11【胺基酸】 ㄢ ㄐㄧ ㄙㄨㄢ
(amino acid) 爲構成蛋白質的基本單元。其分子中含有一個羧基(—COOH)和胺基(—NH_2)，其通式爲$RCH(NH_2)(COOH)$，R代表烴基或烴基衍生物。一般胺基酸都具有旋光性，從蛋白質水解所得的胺基酸，都具左旋光性。

胶 ㄒㄧㄠˊ *hsiao*² 音洨
小腿骨。見"集韻"。

胲 ㊀ ㄍㄞ *kai*¹ 音該
1大腳趾上有毛地方的肉。見"說文"。2奇特；不同尋常。通侅。見"正字通"。
㊁ ㄍㄞˇ *kai*³ 音改
頰下。見"正字通"。

胼 ㄆㄧㄢˊ *p'ien*² 音駢
或作胼。手掌足底因摩擦而形成的厚皮。俗稱繭子。如：胼手胝足。

4【胼手胝足】 ㄆㄧㄢˊ ㄕㄡˇ ㄓ ㄗㄨˊ
手掌腳底生出厚繭。形容努力的工作。

胰 ㄧˊ *i*² 音夷
1夾脊肉。見"廣韻"。2參胰臟。

22【胰臟】 ㄧˊ ㄗㄤˋ
(pancreas) 脊椎動物的器官之一。人的胰臟位於胃後方，橫於十二指腸的C字形彎曲處。分泌的消化液經由胰管注入十二指腸中幫助消化。另能分泌胰島素及昇糖激素，用以影響和調整醣類的代謝。

10【胰島素】 ㄧˊ ㄉㄠˇ ㄙㄨˋ
(insulin) 由胰臟分泌具有降低血糖功能的激素。糖尿病是因缺乏胰島素所引起。因此注射胰島素可以控制糖尿病。若胰島素分泌過多，會引起心悸、飢餓、神經緊張及痙攣等症狀。

22【胰臟炎】 ㄧˊ ㄗㄤˋ ㄧㄢˊ
(pancreatitis) 即胰臟發炎。多由喝酒、膽道感染、腹部外傷等引起，可分爲急性與慢性兩種。急性胰臟炎常造成腹部激烈的疼痛，又可分爲水腫性與出血性兩種。水腫性一般較輕微，而出血性會發生休克、死亡。慢性胰臟炎病人常有腹痛、消化不良、下痢、糖尿病等症狀。治療方法以內科支持性療法爲主。若有併發糖尿病則須用胰島素治療。

脂 ㄓ *chih*¹ 音支
1油膏。見"正字通"。2胭脂的簡稱。如：口脂。3姓。'漢'有'脂習'。見"萬姓統譜·五"。

8【脂肪】 ㄓ ㄈㄤˊ
(fat) 長鏈脂肪酸與三元醇合成之酯類化合物。存在於動植物組織中，常溫下爲固態，不溶於水，溶於一般有機溶劑。一般稱常溫下呈液態之脂肪爲油。

14【脂膏】 ㄓ ㄍㄠ
動物的油脂。1比喻富裕的境地。2比喻人民的財物。

8【脂芳烴】 ㄓ ㄈㄤ ㄑㄧㄥ
(arenes) 指具有鏈狀烴的芳香烴。例如甲苯($CH_3C_6H_5$)、乙烯苯($CH_2=CHC_6H_5$)等。

【脂肪酸】 ㄓ ㄈㄤˊ ㄙㄨㄢ
(fatty acid) 指分子可表示成RCOOH，且R爲鏈狀烴的有機酸。分子量較小的脂肪酸大部分爲液體，可溶於水，且帶有難聞氣味。分子量較大的脂肪酸大部分爲固體，難溶於水且無氣味。

10【脂粉氣】 ㄓ ㄈㄣˇ ㄑㄧˋ
比喻柔豔的姿態或近於女性的風格。

脃 脆的本字。

脇 脅的或體。

脥 脢的或體。

胵 ㄔ *ch'ih*¹ 音吃
1鳥的胃。見"說文"。2五臟的總稱。見"說文"。

胹 ㄦˊ *êrh*² 音而
1煮爛。見"說文"。2烹煮。見"字彙"。

胯 ㄎㄨㄚˋ *k'ua*⁴ 音跨
兩大腿之間。見"廣韻"。

3【胯下之辱】 ㄎㄨㄚˋ ㄒㄧㄚˋ ㄓ ㄖㄨˋ
從人胯下爬過去的羞恥。指有大志的人，能忍一時的恥辱。'韓信'年輕時，被'淮陰'惡少所欺，當眾從惡少胯下爬過。見"史記·淮陰侯列傳"。

胱 ㄍㄨㄤ kuang1 音光
參膀胱。

胴 ㄉㄨㄥˋ tung4 音洞
[1]大腸。見"集韻"。[2]軀體。如:胴體。

23【胴體】ㄉㄨㄥˋ ㄊㄧˇ
人的身體。

胭 ㄧㄢ yen1 音煙
參胭脂。

10【胭脂】ㄧㄢ ㄓ
一種紅色的顏料。女子用以化妝。

朓 ㊀ ㄊㄧㄠˋ t'iao4 音跳
[1]遷廟的祭祀。也作祧。見"說文通訓定聲"。[2]祭肉。見"集韻"。
㊁ ㄧㄠˊ yao2 音遙
喜好。見"方言·一三"。

胸 ㄒㄩㄥ hsiung1 音凶
本作匈,也作胷。[1]位於頸部以下、腹部以上的部分。[2]心中;心懷。

6【胸次】ㄒㄩㄥ ㄘˋ
胸中;胸懷。

12【胸景】ㄒㄩㄥ ㄐㄧㄥˇ
(bust shot)也稱半身像。電視節目運用鏡頭的一種。只拍攝演員胸部以上。

【胸腔】ㄒㄩㄥ ㄑㄧㄤ
(thorax cavity)鳥類、哺乳類和部分爬蟲類胸部的空腔。胸腔內主要是一對肺臟,其空間可供肺在呼吸時脹縮之用,周圍體壁有骨骼支持,以維持固定形狀。形成胸腔的在背面有脊椎骨,腹面有胸骨,兩側有多對肋骨,以連接脊椎骨和胸骨,使胸腔更牢固。胸腔下方以一層膈膜和腹腔為鄰。低等的脊椎動物沒有這層膈膜,胸腔和腹腔不分,統稱為胸腹腔。

17【胸臆】ㄒㄩㄥ ㄧˋ
心;心懷。如:胸臆開朗。

18【胸襟】ㄒㄩㄥ ㄐㄧㄣ
人的意志、抱負、氣度。

19【胸懷】ㄒㄩㄥ ㄏㄨㄞˊ
[1]人的意志、抱負、氣度。[2]心中所懷想的事。

4【胸中生塵】ㄒㄩㄥ ㄓㄨㄥ ㄕㄥ ㄔㄣˊ
比喻心中萌生世俗的雜念。

6【胸有成竹】ㄒㄩㄥ ㄧㄡˇ ㄔㄥˊ ㄓㄨˊ
畫竹前先要有竹的腹稿。是'北宋'畫家'文同'的主張。後比喻做事前已有確定的見解或完整的計畫。

12【胸無城府】ㄒㄩㄥ ㄨˊ ㄔㄥˊ ㄈㄨˇ
比喻坦白爽直。

【胸無點墨】ㄒㄩㄥ ㄨˊ ㄉㄧㄢˇ ㄇㄛˋ
比喻毫無知識。

19【胸羅萬卷】ㄒㄩㄥ ㄌㄨㄛˊ ㄨㄢˋ ㄐㄩㄢˋ
形容學識淵博。

脆 ㄘㄨㄟˋ ts'ui4 音翠
本作脃。[1]不堅韌,易斷易碎。如:脆裂。[2]酥鬆爽口。如:香脆。[3]聲音清越響亮。[4]懦弱。如:脆弱。[5]說話做事簡捷爽快。如:乾脆。

4【脆化】ㄘㄨㄟˋ ㄏㄨㄚˋ
(embrittlement)共聚合塑膠(如ABS樹脂)中由於玻維化結構產生,或金屬受腐蝕或長久暴露於氫氣環境而硬化之現象。此種現象會減低材料強度與其他物性。

8【脆性狀態】ㄘㄨㄟˋ ㄒㄧㄥˋ ㄓㄨㄤˋ ㄊㄞˋ
(brittle state)呈脆性的岩石或土壤受外力作用時,在所引致的變形量尚小的階段就已完全斷裂的現象。通常土壤的含水量低於縮限時即呈脆性;高於縮限時則呈塑性。堅硬岩石主要由圍壓的高低決定其脆性與否,通常在低壓時呈脆性,在高壓時呈輾性狀態。至於軟岩,圍壓及含水量高低皆為影響其脆性與否的重要因素。

【脆性指數】ㄘㄨㄟˋ ㄒㄧㄥˋ ㄓˇ ㄕㄨˋ
(brittleness index; I_B)判別岩石或土壤為脆性或輾性材料的一種指標。為岩石或土壤的尖峰強度S_p與剩餘強度S_r之差對尖峰強度S_p的比值。即脆性指數$I_B=\frac{S_p-S_r}{S_p}$,若脆性指數大於1,則為脆性材料,否則為輾性材料。

【脆性與韌性破壞】ㄘㄨㄟˋ ㄒㄧㄥˋ ㄩˇ ㄖㄣˋ ㄒㄧㄥˋ ㄆㄛˋ ㄏㄨㄞˋ
(brittle and ductile failure)鋼筋混凝土構件承受荷重至極限強度時,若拉力鋼筋仍在彈性範圍內或只剛達降伏應力,則構件會發生無預警突然性的脆性破壞;若拉力鋼筋應變已逾降伏應變,則構件會發生韌性破壞,即在一段相當時間內逐漸毀壞,以警示構件已不勝負荷即將崩毀。一般梁柱構件之設計多要求為韌性構件設計,以免造成突然性的大災害。

胮 ㄆㄤˊ p'ang2 音旁
參胮肛。

7【胮肛】ㄆㄤˊ ㄍㄤ
脹大的樣子。

胳 ㄍㄜ ko1, kê1 音疙
腋下。見"說文"。

8【胳肢窩】ㄍㄜ ·ㄓ ㄨㄛ
腋下。

胻 ㄏㄥˊ hêng2 音橫
小腿中靠近膝蓋的部分。見"說文"。

脈 ㄇㄛˋ mo4 音陌 又讀 ㄇㄞˋ mai4 音賣
俗作脈。[1]人體中周布全身,以流通血液的血管。[2]即脈搏。[3]連貫而有系統的事物。如:山脈。

3【脈口】ㄇㄛˋ ㄎㄡˇ
即寸口。參寸口。

8【脈波】ㄇㄛˋ ㄅㄛ
(pulse)電壓、電流或電磁波短暫起伏的現象。可用作訊號、同步及時間量度之用。

10【脈脈】ㄇㄛˋ ㄇㄛˋ
[1]凝視的樣子。[2]含情不語的樣子。

12【脈診】　ㄇㄛˋ　ㄓㄣˇ
'中'醫診察脈象的方法。又稱切脈、按脈、持脈。即以食、中、無名三指指端切按病患橈動脈的寸口部位，探查脈象的變化，以了解病況。

【脈絡】　ㄇㄛˋ　ㄌㄨㄛˋ
1'中'醫指人身上的動脈和靜脈。2條理；線索。

【脈象】　ㄇㄛˋ　ㄒㄧㄤˋ
診脈時橈動脈回應指頭的形象。包括頻率、節律、充盈度、通暢情況、動勢和緩及強弱、波動的幅度。可分數十種，但常用的有二十八脈，臨床上則常見二種以上脈象的綜合，如浮數、沈細而遲。為切診辨證的重要依據之一。

13【脈搏】　ㄇㄛˋ　ㄅㄛˊ
(pulse)隨著心臟的收縮，動脈也會傳導這種由收縮而來的壓力變動，這種搏動稱為脈搏。正常人的脈搏每分鐘約60～80次，平均為72次。一般而言，脈搏在靠近身體表面的動脈，或在骨骼等堅硬物的底面上，均可以感覺出來，最容易感覺脈搏的位置，如腕部的橈動脈、耳前的顳動脈。

12【脈絡膜】　ㄇㄛˋ　ㄌㄨㄛˋ　ㄇㄛˋ
(choroid)位於眼的鞏膜內側，富於血管及神經的薄膜。功用在於輸送養料給視網膜。參眼1。

8【脈波調變】　ㄇㄛˋ　ㄅㄛ　ㄊㄧㄠˊ　ㄅㄧㄢˋ
(pulse modulation; PM)通信系統中調變方式之一種。以脈波為載波來傳送信號。較振幅調變(AM)或頻率調變(FM)有較高的信號/雜訊比，且多工化比較簡單，因此逐漸被採用。

胷　胸的本字。

脊　ㄐㄧˇ　*chi*^{3}　音戟　又讀　ㄐㄧˊ　*chi*^{2}　音及
1動物的背脊骨。即脊椎。2物體中間高起的部分。如：屋脊。3條理。如：有倫有脊。

10【脊索】　ㄐㄧˇ　ㄙㄨㄛˇ
(notochord)為脊索動物所特有的構造，位於身體背面，自前至後縱走，可以支持身體。但是脊索動物中，除頭索動物亞門外，脊索僅在胚胎時期出現，以後即行消失。在脊椎動物則由脊柱所取代。

12【脊椎】　ㄐㄧˇ　ㄓㄨㄟ
(vertebra)支撐個體軀幹的骨骼。人的脊椎包括頸椎7塊、胸椎12塊、腰椎5塊、薦椎5塊、尾椎4塊。但薦椎常癒合為1塊，尾椎後3塊也常癒合在一起。

23【脊髓】　ㄐㄧˇ　ㄙㄨㄟˇ
(spinal cord)指脊椎骨中的圓條形物。質軟，灰白色。是腦脊髓神經系的一部分。外界的情況，可經脊髓傳送到大腦。

9【脊神經】　ㄐㄧˇ　ㄕㄣˊ　ㄐㄧㄥ
(spinal nerve)為自脊髓發出的成對神經。人體的脊神經共三十一對，其末梢分布於軀幹和四肢。所有的脊神經皆含有感覺和運動兩種神經纖維。各脊神經的兩種纖維分別分布於身體同一部位的受器和動器。每一脊神經分為背枝、腹枝和自律枝；背枝分布於身體背面的皮膚和肌肉，腹枝分布於腹面的皮膚和肌肉，自律枝則分布於各內臟。

12【脊椎動物】　ㄐㄧˇ　ㄓㄨㄟ　ㄉㄨㄥˋ　ㄨˋ
(vertebrate)動物中具有脊椎骨者，稱為脊椎動物。為脊索動物門中的一亞門(subphylum)。在胚胎時期具有脊索，以後脊索由脊椎所替代。脊椎由多個脊椎骨連接而成，為動物體的中軸骨骼。魚類、兩生類、爬蟲類、鳥類及哺乳類皆屬脊椎動物。

10【脊索動物門】　ㄐㄧˇ　ㄙㄨㄛˇ　ㄉㄨㄥˋ　ㄨˋ　ㄇㄣˊ
(phylum Chordata)為動物界中演化程度較高的一門。包括人類在內的所有脊椎動物、頭索動物(如文昌魚)及尾索動物(如海鞘)。本門動物具有三大共同特徵：一、具有脊索；二、具有背神經管；三、具有成對的鰓裂。

7

脣　ㄔㄨㄣˊ　*ch'un*^{2}　音純
也作唇。1嘴的邊緣。見"說文"。2泛指東西的邊緣。如：澗脣。

6【脣舌】　ㄔㄨㄣˊ　ㄕㄜˊ
比喻口才或言辭。

3【脣亡齒寒】　ㄔㄨㄣˊ　ㄨㄤˊ　ㄔˇ　ㄏㄢˊ
無脣則齒必受寒。比喻休戚與共、存亡相關。

12【脣焦舌敝】　ㄔㄨㄣˊ　ㄐㄧㄠ　ㄕㄜˊ　ㄅㄧˋ
費盡口舌。

14【脣腐齒落】　ㄔㄨㄣˊ　ㄈㄨˇ　ㄔˇ　ㄌㄨㄛˋ
形容勤於讀書念誦。

【脣槍舌劍】　ㄔㄨㄣˊ　ㄑㄧㄤ　ㄕㄜˊ　ㄐㄧㄢˋ
形容言辭銳利，或爭辯激烈。

15【脣齒相依】　ㄔㄨㄣˊ　ㄔˇ　ㄒㄧㄤ　ㄧ
嘴脣和牙齒相互依存。比喻關係密切，不可分離。

脘　ㄨㄢˇ　*wan*^{3}　音晚　讀音　ㄍㄨㄢˇ　*kuan*^{3}　音管
胃的內腔。見"廣韻"。

脝　ㄏㄥ　*hêng*^{1}　音哼
參膨脝。

腣　㊀ ㄊㄧ　*t'i*^{1}　音梯
參腨腣。
㊁ ㄉㄧㄝˊ　*tieh*^{2}　音迭
胅的古文。

腻　ㄊㄜˋ　*t'ê*^{4}　音特
參肋腻。

脖　ㄅㄛˊ　*po*^{2}　音勃
頸子。

9【脖胦】　ㄅㄛˊ　ㄧㄤ
即氣海穴。參氣海2。

脙　ㄑㄧㄡˊ　*ch'iu*^{2}　音求
瘦瘠。見"爾雅·釋言"。

脰 ㄉㄡˋ *tou*⁴ 音豆
頸子。見"說文"。

脯 ㊀ ㄈㄨˇ *fu*³ 音甫
①乾肉。見"說文"。②果乾。如:棗脯。
㊁ ㄆㄨˊ *p'u*² 音蒲
胸部。

脚 腳的俗體。

脲 ㄋㄧㄠˋ *niao*⁴ 音尿
(urea) 又稱尿素或碳醯胺。白色結晶或白色粉末。分子式 $CO(NH_2)_2$。熔點 132.7°C, 比重 1.335, 沸騰之前分解。可溶於水、酒精和苯。略溶於醚, 不溶於三氯甲烷。存在於尿液中。可作肥料、製造樹脂、醫藥及其他合成之原料。
5【脲甲醛樹脂】 ㄋㄧㄠˋ ㄐㄧㄚˇ ㄑㄩㄢˊ ㄕㄨˋ ㄓ
(urea formaldehyde resin) 種由尿素 (H_2NCONH_2) 和甲醛 (HCHO) 縮合而成的聚合物。堅硬、耐熱、耐溶且無色透明, 用於製造餐具、日用品、收音機外殼、傘柄、假象牙等。

脃 ㄧˊ *i*² 音夷
豬的胰臟。也作胰。見"廣韻"。

脛 ㄐㄧㄥˋ *ching*⁴ 音徑
自膝至踵的部分。俗稱小腿。也稱胻。見"說文"。

脥 ㄒㄧㄝˊ *hsieh*² 音脅
腋下。同胠。見"集韻"。

脤 ㄕㄣˋ *shên*⁴ 音慎
①古時祭社稷用的生肉。見"說文"。②嘴脣。同脣。見"字彙補"。

脭 ㄔㄥˊ *ch'êng*² 音程
肥厚味美的肉。見"集韻"。

脟 ㊀ ㄌㄧㄝˋ *lieh*⁴ 音烈
①肋骨肉。見"說文"。②禽獸肚腸中的脂肪。見"說文"。
㊂ ㄌㄨㄢˊ *luan*² 音臠
將肉切成塊。通臠。見"集韻"。

脬 ㄆㄠ *p'ao*¹ 音拋
膀胱。見"說文"。

脮 ㊀ ㄊㄨㄟˇ *t'ui*³ 音腿
參腲脮。
㊁ ㄋㄟˇ *nei*³ 音餒
魚腐敗。同鮾。見"集韻"。

脫 ㊀ ㄊㄨㄛ *t'o*¹, *t'uo*¹ 音托
①剝皮去骨。見"字彙"。②解;除。如:脫鞋。③失落;掉落。如:脫髮。④離開;逃開。如:脫身。⑤疏略;不莊重。如:輕脫。⑥或許;倘或。
㊁ ㄊㄨㄛˇ *t'o*³, *t'uo*³ 音妥
同㊀④。
3【脫口】 ㄊㄨㄛ ㄎㄡˇ
言辭出口;隨口說出。
4【脫水】 ㄊㄨㄛ ㄕㄨㄟˇ
(dehydration) ①體液排出量超過攝入量, 造成體液不平衡的現象。②將物質中所含之水分藉加熱、冷凍等方法去除之操作。其目的在於減少體積以便於保存與運送。食品工業上之脫水意指水分之去除需達95%以上。
【脫手】 ㄊㄨㄛ ㄕㄡˇ
①事物離開手。②貨品賣出去。
7【脫肛】 ㄊㄨㄛ ㄍㄤ
(rectal prolapse)由於直腸括約肌或腹膜組織因感染或其他病變, 或因痔瘡、痔漏致發生鬆弛而脫出肛門的現象。輕微者可能黏膜流出, 重者直腸流出, 必須開刀治療。常發生於小孩或老人。
【脫身】 ㄊㄨㄛ ㄕㄣ
脫離危險或束縛。
8【脫卸】 ㄊㄨㄛ ㄒㄧㄝˋ
脫開;解除。
【脫兔】 ㄊㄨㄛ ㄊㄨˋ
脫逃的兔子。形容動作敏捷快速。
9【脫軌】 ㄊㄨㄛ ㄍㄨㄟˇ
①脫離軌道。②違反正常法度。
【脫胎】 ㄊㄨㄛ ㄊㄞ
①指修煉成仙之術。內丹家修煉聖胎功成, 脫去凡胎, 出神入化而成仙。②脫去原來的模樣。多指模仿別人的詩文書畫而能加以變化, 呈現出不同的形貌。
【脫俗】 ㄊㄨㄛ ㄙㄨˊ
不染俗氣;超脫塵俗的氣習。
10【脫班】 ㄊㄨㄛ ㄅㄢ
公共車船或航空器沒有按照既定的時間表, 中間有脫漏缺班的情形。
【脫氣】 ㄊㄨㄛ ㄑㄧˋ
(deaeration) 將罐中食品與其空間的空氣, 予以除去, 使罐內成適當眞空的操作。可抑制微生物的生長, 減少食品色澤、香味及脂肪酸等的劣變;並能防止罐材的腐蝕、罐器的變形。在加熱殺菌時, 也不致因空氣膨脹, 造成膨罐。
11【脫略】 ㄊㄨㄛ ㄌㄩㄝˋ
輕慢;疏略。
【脫脫】 ㄊㄨㄛ ㄊㄨㄛ
①(1271～1327) 即'康里脫脫'。'元武宗'、'仁宗'朝官至中書左丞相。②(1314～1355)'元''蒙古'人。也作'托克托'。字'大用'。'元順帝'朝兩任中書右丞相。'至正'三年(1343), 詔修'遼'、'金'、'宋'三史, 命'脫脫'爲都總裁官。後爲人所構陷, 流放'雲南', 被迫服毒而死。
12【脫粟】 ㄊㄨㄛ ㄙㄨˋ
僅脫去稃殼的粟米。指糙米。
【脫然】 ㄊㄨㄛ ㄖㄢˊ
①舒適暢快的樣子。②倘然。
13【脫節】 ㄊㄨㄛ ㄐㄧㄝˊ
①骨節脫落。即脫臼。②前後不相銜接。③落伍;跟不上時代。
14【脫碳】 ㄊㄨㄛ ㄊㄢˋ
(decarburization) 鋼表面的碳或由內部擴散到表面的碳和 O_2、H_2O、CO_2、H_2 等發生化學反應而使表面層的碳量減少的現象。在高溫下, 鋼鐵在含有 O_2、H_2O、CO_2 之氧化性氣氛或在含 H_2(或 NH_3) 之還原性氣體內都會脫碳。在氧化性氣氛內的脫碳現象, 起因於表面部位碳原子被氧化, 內部碳原子擴散至表面, 繼續氧

化的現象,亦即:〔C〕$+O_2=CO_2$;2〔C〕$+O_2=2CO$;〔C〕$+H_2O=CO+H_2$;〔C〕$+CO_2=2CO$。在還原性氣氛內的脫碳現象,起因於表面部位碳原子與H_2反應產生CH_4氣體逸失,內層原子擴散至表面,繼續作用的現象,亦即:〔C〕$+2H_2=CH_4$。在氧化性氣氛內,除脫碳外,會伴生氧化,但在還原性氣體內不生氧化。

16【脫險】 ㄊㄨㄛ ㄒㄧㄢˇ
脫離危險。

18【脫簡】 ㄊㄨㄛ ㄐㄧㄢˇ
簡片散失。古書寫於竹簡上,再用皮繩編繫成冊,若繩斷簡散,常有脫失。今泛指書有缺頁,或文有缺漏。

19【脫韁】 ㄊㄨㄛ ㄐㄧㄤ
馬匹脫離韁繩的控制。今多比喻擺脫束縛或任性不拘。

24【脫鹽】 ㄊㄨㄛ ㄧㄢˊ
(desalting)為適合工業或家庭的各種用途,應用冷凍法、蒸發法、逆滲透法、電透析法等物理或化學方法,除去或降低水中鹽類、礦物含量的作業。如除去鹼水中的鹽分或將其化為淡水。

10【脫脂乳】 ㄊㄨㄛ ㄓ ㄖㄨˇ
(skim milk)全脂乳的脂肪經乳脂分離機除去後剩下的部分即為脫脂乳。一般而言,含90.5%水分、0.1%脂肪、3.6%蛋白質、5.1%乳糖及0.7%礦物質。經噴霧乾燥所得的粉末製品稱為脫脂奶粉,含水分3%、脂肪0.8%、蛋白質35.9%、乳糖52.3%及礦物質8%。風味上沒有全脂乳香醇,熱量亦稍低。

13【脫鉤拳】 ㄊㄨㄛ ㄍㄡ ㄑㄩㄢˊ
國術手法。一手屈肘下沈將敵手拔出,另手直拳擊出。

3【脫口而出】 ㄊㄨㄛ ㄎㄡˇ ㄦˊ ㄔㄨ
未經考慮,就很快地說出來。

9【脫胎換骨】 ㄊㄨㄛ ㄊㄞ ㄏㄨㄢˋ ㄍㄨˇ
[1]本指道家修煉後,脫去凡胎俗骨而成仙人。後泛指人徹底蛻變,重新做人。[2]比喻舊物經劇烈、徹底的變化,變成新物。

12【脫氮作用】 ㄊㄨㄛ ㄉㄢˋ ㄗㄨㄛˋ ㄩㄥˋ
(denitrification)由植物組織將硝酸鹽還原為亞硝酸鹽或氨,或經由土壤中的細菌將這些含氮物還原為氮氣。

【脫然無累】 ㄊㄨㄛ ㄖㄢˊ ㄨˊ ㄌㄟˋ
舒暢輕快,無絲毫羈絆。

16【脫穎而出】 ㄊㄨㄛ ㄧㄥˇ ㄦˊ ㄔㄨ
[1]比喻有才能的人終會顯現出來。[2]比喻超越他人而有突出的表現。

21【脫蠟鑄造法】 ㄊㄨㄛ ㄌㄚˋ ㄓㄨˋ ㄗㄠˋ ㄈㄚˇ
鑄造精密金屬工藝品的方法之一。常用於製造金銀首飾。先以蠟材製成原型,再以石膏漿包覆之,待凝固成模後,在石膏模上加熱,使蠟熔化流脫,餘下蠟型的空穴,再將金屬熔液灌入穴內,鑄成各種作品。

脞 ㄘㄨㄛˇ ts'o^3, ts'uo^3 音瑳
細微;細碎。見"集韻"。

朘 ㊀ ㄗㄨㄟ tsui^1
男童的生殖器。見"說文"。
㊁ ㄐㄩㄢ chüan^1 音捐
[1]縮減;剋扣。見"集韻"。[2]汁少的肉羹。通臇。

脢 ㄇㄟˊ mei^2 音枚
背肉。見"說文"。

脡 ㄊㄧㄥˇ t'ing^3 音挺
[1]直條乾肉。[2]直。通挺。

脗 ㄨㄣˇ wên^3 音吻
兩脣相合。引申指事物相合。見"正字通"。

6【脗合】 ㄨㄣˇ ㄏㄜˊ
切合;符合。同吻合。

脕 ㊀ ㄨㄢˋ wan^4 音萬
光澤鮮豔。見"廣韻"。
㊁ ㄨㄣˋ wên^4 音問
新生草。同莬。見"廣韻"。

脩 ㄒㄧㄡ hsiu^1 音修
[1]乾肉條。見"說文"。[2]枯乾。見"正字通"。[3]通修。(1)整治;整理。如:脩城。(2)涵養。如:脩身。(3)高;長。如:脩長。(4)美;善。如:脩名。[4]姓。'漢'有'脩炳'。見"萬姓統譜·六三"。

8

腐 ㄈㄨˇ fu^3 音府
[1]潰爛發臭;朽爛敗壞。[2]陳舊;迂陋。如:腐儒。[3]古代酷刑的一種。即割去男性罪犯的生殖器。

4【腐化】 ㄈㄨˇ ㄏㄨㄚˋ
陳腐;敗壞。如:生活腐化。

6【腐朽】 ㄈㄨˇ ㄒㄧㄡˇ
[1]腐爛朽壞。[2]陳舊不合時宜。

11【腐敗】 ㄈㄨˇ ㄅㄞˋ
[1](spoilage)食品中除極少數的無機物及添加物外,均為有機物,若保存不當,極易變質,發生腐敗。造成腐敗的因素包括嚙齒類、昆蟲類之破壞及微生物、酵素、氧氣、光線、水分、溫度等的相互作用。[2]指行政不上軌道,或個人生活放縱奢靡。

13【腐鼠】 ㄈㄨˇ ㄕㄨˇ
腐爛的死老鼠。比喻輕微卑賤的東西。

14【腐蝕】 ㄈㄨˇ ㄕˊ
[1](corrosion)金屬或合金與環境中之物質發生反應,而有氧化、電位下降之現象。[2]醫學上指因病理變化或藥物引起的組織破壞現象。[3]比喻惡劣環境或思想的不良影響。

16【腐儒】 ㄈㄨˇ ㄖㄨˊ
思想陳腐的儒生。

12【腐植土】 ㄈㄨˇ ㄓˊ ㄊㄨˇ
腐植質為許多複雜有機物的混合體,若土壤中所含腐植質在20%以上者,稱為腐植土。一般腐植土含有適量腐植質,保水力及吸收養分力均大,有利農作,但腐植質

過多時，遇水成泥狀，則易成不毛之地。

【腐植質】 ㄈㄨˇ ㄓˊ ㄓˊ

植物體在土壤中受微生物的作用而分解，其中木素和一部分複雜的蛋白質因不易分解而保留在土壤中，此殘留在土壤中的木素與蛋白質相互結合便成爲土壤中的有機質，即爲腐植質。

4【腐心切齒】 ㄈㄨˇ ㄒㄧㄣ ㄑㄧㄝˋ ㄔˇ

形容憤恨到極點。

腎 ㄕㄣˋ *shên*⁴ 音甚

(kidney) 動物的排泄器官之一。參腎臟。

4【腎元】 ㄕㄣˋ ㄩㄢˊ

(nephron) 爲腎臟的構造單位。包括腎小球和腎小管兩部。腎小球爲一團血管有過濾作用，其內的血液成分，除蛋白質外，皆可濾入'鮑'氏囊中。腎小管爲迂曲的小管，有再吸收的作用，能將'鮑'氏囊內濾液中有用物質，如葡萄糖、胺基酸、脂肪酸、甘油和大部分的水等，再收回至血液中，於是，在腎小管末端之濾液，即成爲尿液。

8【腎盂】 ㄕㄣˋ ㄩˊ

(renal pelvis) 尿液由腎臟進入輸尿管時，在腎臟和輸尿管交接處有一膨大的構造，呈漏斗狀，稱爲腎盂，爲收集尿液入膀胱的一個管道。

12【腎虛】 ㄕㄣˋ ㄒㄩ

一般稱爲腎虧。參腎虧。

17【腎虧】 ㄕㄣˋ ㄎㄨㄟ

也稱腎虛。'中'醫指精氣不足、腎氣耗損過度的病變。有腎陰虛、腎陽虛二種。症狀爲：精神倦怠、頭暈耳鳴、健忘、腰酸背痛、遺精早洩、陽痿滑精、夜尿頻多等

22【腎臟】 ㄕㄣˋ ㄗㄤˋ

(kidney) 排泄器官之一。又稱腰子。形狀像蠶豆。一般左腎較右腎大，右腎較左腎稍低。位於後腹壁，腹膜後方。內部構造分外層及內層，外層爲皮質，內層爲髓質。腎臟是由許多長而彎曲之漏斗管子組成，此構造上部稱爲腎球囊，腎球囊內的微血管群稱爲腎小球。腎小球與腎球囊構成腎小體。腎臟的生理單位稱腎元或腎單位，包括腎小球、'鮑'氏囊、曲管、'亨利'氏環和腎集合小管。其功能除製造尿液以排除體內代謝廢物外，尙可影響血液。

3【腎上腺】 ㄕㄣˋ ㄕㄤˋ ㄒㄧㄢˋ

(adrenal gland) 爲一種內分泌腺，位於腎臟的上方，左右各一。其外層稱爲皮質，內部稱爲髓質，兩者分別分泌激素。

【腎上腺素】 ㄕㄣˋ ㄕㄤˋ ㄒㄧㄢˋ ㄙㄨˋ

(adrenaline) 爲腎上腺髓質所分泌的一種激素，是某種胺基酸的衍生物。平時儲於髓質中，當有適當的神經衝動從自律神經傳導至此，方始將激素釋出。腎上腺素可以促進交感神經的作用，例如使腸胃運動變慢、心跳和呼吸加快；並可促進肝臟和肌肉中的肝糖分解爲葡萄糖。通常在發怒或恐懼時腎上腺素的分泌量便增多。

8【腎盂腎炎】 ㄕㄣˋ ㄩˊ ㄕㄣˋ ㄧㄢˊ

(pyelonephritis) 多由細菌引起的一種上尿道感染症。病菌經由膀胱、輸尿管進一步傷害腎臟。多由於結石、前列腺肥大、腫瘤或天生異常造成的尿路不暢所致。病人有發燒、畏寒、腰痛、小便灼熱感、頻尿等症狀。發作時，多爲急性，若不及時治療，可造成菌血症休克而死；若反覆的發作，會造成腎功能衰竭。治療方法爲補充體液、保持尿路通暢、投予抗生素等。

10【腎病症候群】 ㄕㄣˋ ㄅㄧㄥˋ ㄓㄥˋ ㄏㄡˋ ㄑㄩㄣˊ

(nephrosis) 是一種慢性病，患者腎臟不能處理尿液，以致蛋白質隨尿液流失。其特徵包括顯著水腫、蛋白尿、血漿蛋白減少等。成因不明，通常藥物治療對腎病無效，故僅給患者高蛋白質及低鹽的飲食。

3【腎上腺皮質素】 ㄕㄣˋ ㄕㄤˋ ㄒㄧㄢˋ ㄆㄧˊ ㄓˊ ㄙㄨˋ

(corticoids) 爲腎上腺皮質所分泌的一種激素。可促使蛋白質和胺基酸轉變爲葡萄糖，以增加血糖的濃度，此 作用可以補充抗胰島素作用之不足；此外，尙可防止結締組織分泌的潤滑物被分解。

腙 ㄗㄨㄥ *tsung*¹ 音宗

(hydrazone) 肼 (H_2NNH_2) 加於羰基 (>C=O) 而生成的衍生物 (>C=NNH_2)。例如苯甲醛 (C_6H_5CHO) 和肼反應生成苯甲醛腙 ($C_6H_5CH=NNH_2$)。

腕 ㄨㄢˋ *wan*⁴ 音萬

本作掔，或作捥。1前臂與手掌相連的關節部位。見"說文通訓定聲"。2手段；伎倆。

腔 ㄑㄧㄤ *ch'iang*¹ 音槍

1體內中空處。如：胸腔。2曲調。如：'崑'腔。3口音。如：土腔。4量詞。除掉內臟的牲體，一隻叫一腔。

15【腔調】 ㄑㄧㄤ ㄉㄧㄠˋ

1詞曲的音律。2說話的聲音和語調。

13【腔腸動物門】 ㄑㄧㄤ ㄔㄤˊ ㄉㄨㄥˋ ㄨˋ ㄇㄣˊ

(phylum Coelenterata) 爲無脊椎動物中的一門，包括水螅、水母及珊瑚蟲等。主要特徵爲身體呈輻射對稱，體內具有一空腔，兼有體腔及腸腔的功用，故稱腔腸。此外，體壁的細胞中有刺囊細胞，細胞內有刺囊。刺囊受刺激時，囊中的細管便會彈出，用以捕食。腔腸動物的身體，一端有口，口的周圍有觸手，觸手上的刺囊細胞特多。

脺 ㄘㄨㄟˋ *ts'ui*⁴ 音粹

1脆弱易破。同肥、脆。見"集韻"。2胰臟。

腋 ㄧㄝˋ *yeh*^{4} 音夜 讀音 ㄧˋ *i*^{4} 音亦
本作亦。1肩膀下手臂內側與身體交接的部位。俗稱胳肢窩。2禽獸翅膀或前腿的內側與胸部相連的部分。

腑 ㄈㄨˇ *fu*^{3} 音府
人體的內臟。古作府。如:臟腑。

腃 ㊀ ㄑㄩㄢˊ *ch'üan*^{2} 音全
口吻。見"字彙"。
㊁ ㄎㄨㄟˋ *k'uei*^{4} 音愧
筋節曲緊。見"廣韻"。

腈 ㊀ ㄐㄧㄥ *ching*^{1} 音精
精肉。見"集韻"。
㊁ ㄑㄧㄥ *ch'ing*^{1} 音青
(nitrile) 泛指一切含有氰基(—CN)之有機化合物。

脿 臕的或體。

脹 ㄓㄤˋ *chang*^{4} 音帳
1皮肉腫大。如:腫脹。2泛指體積變大。如:膨脹。

腖 ㄉㄨㄥˋ *tung*^{4} 音凍
凍肉。見"玉篇"。

脼 ㄌㄧㄤˇ *liang*^{3} 音兩
乾肉;醃肉。即膎。見"說文"。

腒 ㄐㄩ *chü*^{1} 音居
鳥肉乾。見"說文"。

䐁 ㄎㄨ *k'u*^{1} 音枯
1臀部。見"玉篇"。2髀上大骨。即髖。見"集韻"。

腊 ㊀ ㄒㄧˊ *hsi*^{2} 音息
1乾肉。本作昔。見"說文"。2曬乾。3劇烈。如:腊毒。
㊁ ㄌㄚˋ *la*^{4} 音辣
臘的簡體。

腏 ㄓㄨㄟˋ *chui*^{4} 音墜
1挑取骨頭中間的肉。見"說文"。2連續祭祀。見"字彙"。

腃 踡的或體。

腌 ㊀ ㄧㄢ *yen*^{1} 音淹
用鹽醃肉。見"說文"。
㊁ ㄤ *ang*^{1} 音骯 又讀 ㄚ *a*^{1} 音啊
參腌臢。

16【腌臢】 ㄤ ㄗㄢ
不乾淨。

23【腌臢】 ㄤ ㄗㄤ
也作骯髒。1不乾淨。2醜惡;惡劣。3不明不白。

腄 ㊀ ㄏㄨㄣˋ *hun*^{4} 音混
圓長的樣子。見"篇海類編"。
㊁ ㄏㄨㄣˊ *hun*^{2} 音魂
也作餛。參餛飩。

腆 ㄊㄧㄢˇ *t'ien*^{3} 音忝
1厚;豐盛。2善;美好。3挺出;抬起。如:腆胸。

腜 ㄘㄞˇ *ts'ai*^{3} 音采 又讀 ㄘㄞˋ *ts'ai*^{4} 音菜
大腹。見"廣韻"。

腓 ㄈㄟˊ *fei*^{2} 音肥
1小腿肚。2躲避;庇護。通厞。3病;枯萎。通痱。4古代剔除膝蓋骨或斷足的酷刑。通剕。

2【腓力二世】 ㄈㄟˊ ㄌㄧˋ ㄦˋ ㄕˋ
(Philip Ⅱ)1(前382～前336)'馬其頓'王。'亞歷山大'之父,'厄明多士二世'(Amyntas Ⅱ)的幼子,幼年爲'提比'(Thebes)人的人質,學'希臘'文化。西元前 359 年返回'馬其頓',擊敗群雄,於翌年繼其兄即位,前338年征服'希臘'全土;前 336 年,欲伐'波斯',爲部下所殺。2(1165～1223)'法蘭西'王。'路易七世'子。西元1180年即位,極力抑制貴族,擴張王權,國稱強盛。在任內曾參與第三次十字軍東征,與'英'王'亨利二世'及'理查'多所糾葛。大力提拔平民,又大事興建'巴黎';爲'巴黎大學'的創始人之一。3(1527～1598)'西班牙'王。'神聖羅馬帝國'皇帝'查理五世'之子。西元 1554 年爲'那不勒斯'王,娶'英'女王'瑪利一世',1555年即位爲'荷'王,1556年即位爲'西班牙'王;又領有'美洲'和'菲律賓'等地。1571 年大敗'土耳其',接著因迫害新教徒,翌年引起'荷蘭'獨立戰爭。1588年以無敵艦隊伐'英'失敗,國勢頓衰。

【腓力五世】 ㄈㄟˊ ㄌㄧˋ ㄨˇ ㄕˋ
(Philip V, 1683～1746) '法'王'路易十四'之孫。西元 1700 年繼'查理二世'爲'西班牙'國王,稱'波旁王朝','英'、'德'、'荷'、'葡'等國出面干涉,造成'西班牙'繼位之戰。在其任內,使'西班牙'與世界各地建立了關係。

5【腓尼基人】 ㄈㄟˊ ㄋㄧˊ ㄐㄧ ㄖㄣˊ
(Phoenicians)原爲'閃族'的游牧部落,約西元前 2000年自'阿拉伯沙漠'遷徙至今'敘利亞'一帶定居。約前 1300 年左右,建立'太爾'(Tyre)、'西頓'(Sidon)等城邦,因擅航海經商而掌握'地中海'霸權,並廣建殖民地,其中以北'非''迦太基'(Carthage)最有名。'腓尼基'人吸取'埃及'、西'亞'文化,源自'埃及'字母的'腓尼基'表音字母傳入'歐洲',成爲'歐洲'拼音字母之始。

10【腓特烈一世】 ㄈㄟˊ ㄊㄜˋ ㄌㄧㄝˋ ㄧ ㄕˋ
(Frederick I, 1123～1190) '神聖羅馬帝國'皇帝,綽號'紅鬍子'(Barbarossa)。西元1152年即位爲'德'王,1155年登基爲'神聖羅馬帝國'皇帝。征服'丹麥'、'瑞典'、'匈牙利',並六次攻擊'義大利',威震全'歐'。1189年,發動第三次十字軍,遠征'薩拉丁',溺斃於'敘利亞'的'古蘇河'(Göksu R.)。

【腓特烈二世】 ㄈㄟˊ ㄊㄜˋ ㄌㄧㄝˋ ㄦˋ ㄕˋ
(Frederick Ⅱ, 1712～1786)'普魯士'王,世稱'腓特烈大帝'(Frederick the Great)。'腓特烈威廉一世'之子。博學多能,是個卓越的軍事家與外交家,爲十八世紀標準的開明專制君主,改良法律、開發經濟、提倡教育,聯絡'法國'發動'奧國'帝位承繼之戰,國土日廣,從此‘普魯士’成為‘歐洲’強國之一。

腇 ㄋㄟˇ nei3 音餒
參萎腇。

脗 一 ㄔㄨㄣˊ ch'un2 音脣
脣的或體。
二 ㄨㄣˇ wên3 音穩
吻的或體。

脽 ㄕㄨㄟˊ shui2 音誰
臀部。見“說文”。

腴 ㄩˊ yü2 音魚
①禽畜肚下的肥肉。見“說文”。②美好的。如:腴辭。③肥沃。如:膏腴。④肥胖。如:肥腴。⑤豐裕。如:處腴能約。

脾 ㄆㄧˊ p'i2 音皮
①五臟之一。參脾臟。②牛胃。通膍。見“字彙補”。

9【脾胃】ㄆㄧˊ ㄨㄟˋ
脾臟與胃臟。①指胃口或消化能力。②指人的性格。

10【脾氣】一 ㄆㄧˊ ˙ㄑㄧ
指人的習性、性情。
二 ㄆㄧˊ ㄑㄧˋ
脾臟的病。

22【脾臟】ㄆㄧˊ ㄗㄤˋ
(spleen)器官之一。人的脾臟位於左腹上方,橫膈膜正下方。呈橢圓形,大小因人而異,同一個人其大小亦會隨身體情況而變,如得傳染病變肥大,老年時萎縮。內有許多淋巴組織,為體內最大淋巴器官。具有防衛、造血、儲血及破壞老弱的紅血球等功能。

9【脾胃論】ㄆㄧˊ ㄨㄟˋ ㄌㄨㄣˋ
‘金’“李杲”撰,三卷。為‘李’氏創導脾胃論學說的代表作。書中以脾胃虛實傳變、脾胃盛衰等,闡述各種疾病的辯證與治療方法。

脠 一 ㄕㄢ shan1 音山
生肉醬。見“說文”。
二 ㄔㄢ ch'an1 音攙
魚醬。見“廣韻”。

腍 ㄖㄣˇ jên3 音忍
①味好。見“廣韻”。②熟食。見“正字通”。

䏿 ㄑㄧˇ ch'i3 音啟
小腿肚。即腓。見“說文新附”。

9

腤 ㄢ an1 音安
烹煮。見“集韻”。

腠 ㄘㄡˋ ts'ou4 音湊
①肌膚的紋理。見“集韻”。②切割整齊的肉。見“正字通”。

11【腠理】ㄘㄡˋ ㄌㄧˇ
①事物的條理。②皮膚與肌肉相交接的地方。又稱皮腠。即今所說的皮下。

腱 ㄐㄧㄢˋ chien4 音健
即肌腱。參肌腱。

腷 ㄅㄧˋ pi4 音必
參腷臆。

17【腷臆】ㄅㄧˋ ㄧˋ
情意鬱結。

腰 一 ㄧㄠ yao1 音妖
本作要。①臀上胸下的部位。見“說文”。②腎臟的俗稱。如:豬腰。③事物的中間部分。如:山腰。④佩帶在腰間。如:腰金衣紫。⑤量詞。古稱腰帶一條為一腰。
二 ㄧㄠˋ yao4 音要
靿的或體。

3【腰子】ㄧㄠ ˙ㄗ
腎臟的俗稱。

5【腰包】ㄧㄠ ㄅㄠ
束於腰間的帶子,夾層有袋,可以收藏財物。

11【腰斬】ㄧㄠ ㄓㄢˇ
古代酷刑。將犯人齊腰斬為兩段。

13【腰鼓】ㄧㄠ ㄍㄨˇ
打擊樂器。古今形狀不同。古代的腰鼓,大的用瓦做成,小的用木做成,廣首細腹,演奏時掛在腰間,以兩手掌拍擊,用於‘隋’‘唐’燕樂。現代的腰鼓,形似圓筒,兩面蒙皮,鼓身有兩只鐵環,用以繫帶,掛在腰間,演奏時雙手各執一木槌擊,並伴有舞蹈動作。

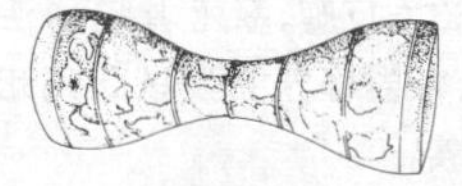
腰鼓圖

21【腰纏萬貫】ㄧㄠ ㄔㄢˊ ㄨㄢˋ ㄍㄨㄢˋ
形容富有或攜有大量錢財。

腛 ㄨㄛˋ wo4 音握
厚的油脂。見“廣韻”。

腜 ㄇㄟˊ mei2 音梅
婦人初有孕時的徵兆。見“說文”。

腩 ㄋㄢˇ nan3 音赧
①乾肉。見“廣雅·釋器”。②動物腹部靠近肋骨部位的肉。如:牛腩。

䐑 ㄓㄜˊ chê2 音折
把肉切成薄片。見“說文”。

腼 靦的俗體。

腝 一 ㄋㄧˊ ni2 音泥
雜有碎骨的肉醬。也作臡。見“說文”。
二 ㄋㄠˋ nao4 音鬧
牲畜的前肢臂節。也作臑。見“廣韻”。
三 ㄦˊ êrh2 音而
熟爛。也作胹。見“集韻”。
四 ㄖㄨㄢˇ juan3 音軟
腳病。見“集韻”。

腞 一 ㄉㄨㄣˋ tun4 音鈍
腳後跟拖著地面行走。見“集韻”。
二 ㄓㄨㄢˋ chuan4 音篆
雕飾。通瑑。見“字彙補”。

腸 ㄔㄤˊ ch'ang2 音長
①(intestine)胃下方消化系統中的一部分。由小腸及大腸構成。參小腸、大腸。②心地。如:古道熱腸。

腢 ㄡˇ ou3 音偶
肩頭。本作髃。見“集韻”。

腥 ㄒㄧㄥ hsing1 音星
①生肉。見“字彙”。②魚肉類的腥臊臭味。如:腥羶。③穢惡。

17【腥臊】ㄒㄧㄥ ㄙㄠ

1又腥又臊的惡味。2形容事物穢惡。

19【腥羶】 ㄒㄧㄥ ㄕㄢ
泛指牛羊魚肉等的臭味。也作腥膻。

9【腥風血雨】 ㄒㄧㄥ ㄈㄥ ㄒㄧㄝˇ ㄩˇ
形容殺戮的悽慘恐怖。

腮 ㄙㄞ *sai*¹ 音鰓
本作顋。1面頰居下的部分。如:香腮。2水棲動物的呼吸器官。通鰓。

13【腮腺】 ㄙㄞ ㄒㄧㄢˋ
唾液腺的一種。即耳下腺。

17【腮幫子】 ㄙㄞ ㄅㄤ ˙ㄗ
俗稱面頰。

腲 ㄨㄟˇ *wei*³ 音偉
參腲腇。

11【腲腇】 ㄨㄟˇ ㄊㄨㄟˇ
肥胖的樣子。

腭 ㄜˋ *o*⁴, *ê*⁴ 音餓
(palate) 1口腔本部的上壁部分。是口腔與鼻腔的分界。腭的前部爲骨所支持,稱硬腭,後部稱軟腭。今或通作顎。2齒齦肉。或作齶。見"字彙"。

腡 ㄌㄨㄛˊ *lo*², *luo*² 音騾
手指螺紋。見"廣韻"。

腨 ㄕㄨㄢˋ *shuan*⁴ 音涮
小腿肉。見"說文"。

騣 ㄗㄨㄥ *tsung*¹ 音宗
狂病。見"玉篇"。

腳 ㄐㄧㄠˇ *chiao*³ 音矯 讀音 ㄐㄩㄝˊ *chüeh*² 音爵
俗作脚。1脛。膝下踝上的部分。見"說文"。2足的別稱。如:手腳並用。3指物體的下部、末端、基底。如:山腳。

2【腳力】 ㄐㄧㄠˇ ㄌㄧˋ
1從前稱傳遞文書或運送貨物的差役。2步行的耐力。

4【腳夫】 ㄐㄧㄠˇ ㄈㄨ
替旅客搬運行李或物品的人。

5【腳本】 ㄐㄧㄠˇ ㄅㄣˇ
1著作原始的稿本。2今專指劇本。

6【腳色】 ㄐㄧㄠˇ ㄙㄜˋ
1指個人的家世及履歷。'宋代'初入仕途的人,必須塡具籍貫、戶籍所在、前三代名銜、家庭人口、年齡、出身、履歷等資料。若是現任官經考績而將調升他職,還要看保薦人有沒有過失或罪嫌。這些資料,稱爲腳色。2同角色。

10【腳氣病】 ㄐㄧㄠˇ ㄑㄧˋ ㄅㄧㄥˋ
(beriberi) 兩腳浮腫,腳趾間有水疱滲液的疾病。舊說因腎虛挾風溼而發。近代研究證明爲長期缺乏維生素 B_1 所引起,不但有水腫現象,另有多發性神經炎、心臟病變等。以白米爲主食的'亞洲'地區發生較多。

20【腳鐐手銬】 ㄐㄧㄠˇ ㄌㄧㄠˋ ㄕㄡˇ ㄎㄠˋ
拘繫犯人的刑具。

15【腳踏兩條船】 ㄐㄧㄠˇ ㄊㄚˋ ㄌㄧㄤˇ ㄊㄧㄠˊ ㄔㄨㄢˊ
比喻投機取巧或沒有主見,兩面討好。

腦 ㄋㄠˇ *nao*³ 音惱
1(brain) 中樞神經系統位於顱腔內的部分。包括大腦、中腦、小腦、間腦、橋腦、延腦。見附圖。2泛稱頭部。如:腦袋。

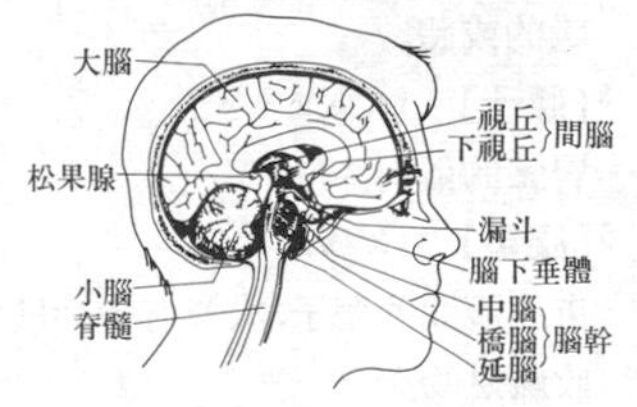

腦的各部位圖

6【腦死】 ㄋㄠˇ ㄙˇ
(brain death) 指腦失去了生命力。認定的條件有三:一、腦的周邊、運動、腦幹反射及感覺反應均無;二、腦電波器上查無電位(成直線);三、檢波器上聽、視、嗅覺都沒有反應。腦死者絕無法再復生,故醫學界主張以此爲死亡的定義。

8【腦波】 ㄋㄠˇ ㄅㄛ
(electro-encephalogram) 大腦神經活動的紀錄。測定方法是將電極黏貼在頭皮上、直接接觸大腦或插入腦組織,藉偵測到的電位起伏變化,可看出腦細胞之間的電訊傳遞槪況。西元 1929 年首次提出不同波型、頻率所代表的意義,腦科醫師可從異樣的波型,判讀出可能的病情。

10【腦海】 ㄋㄠˇ ㄏㄞˇ
即腦。'中'醫以爲腦爲諸髓匯聚之海,故稱。後世則以腦主知覺、記憶、思想等活動,起伏如海濤洶湧,亦以腦海稱之。

13【腦幹】 ㄋㄠˇ ㄍㄢˋ
(brain stem)指連接大腦半球與脊髓的幹狀部位。包括橋腦、延腦、中腦,或間腦。亦即包括呼吸調節中樞,管理意識、覺醒、血循環、心跳等中樞,故又稱生命中樞。一般常說的腦死,即指腦幹死。

23【腦髓】 ㄋㄠˇ ㄙㄨㄟˇ
腦的俗稱。

9【腦神經】 ㄋㄠˇ ㄕㄣˊ ㄐㄧㄥ
(cranial nerve) 由腦發出的成對神經,稱爲腦神經。人體的腦神經共有十二對,分別源自腦的不同部位,其末梢主要分布於頭部的感覺器官、肌肉或腺體。如視神經分布於眼,動眼神經分布於使眼球轉動的肌肉,舌咽神經分布於唾腺。有的腦神經僅含有感覺神經纖維,有的僅含有運動神經纖維,也有的兼含感覺和運動兩種神經纖維。

【腦垂腺】 ㄋㄠˇ ㄔㄨㄟˊ ㄒㄧㄢˋ
(pituitary gland) 爲一種內分泌腺,位於顱骨底部,下視丘的下方,大小似豌豆。分爲前葉和後葉,兩者的發生來源不同,分泌的激素亦迥異。前葉分泌的激素可歸納爲生長激素、促內分泌的激素和有關生殖的激素等三大類;後葉儲存的激素有催產素和血管

加壓素兩種。

15【腦震盪】 ㄋㄠˇ ㄓㄣˋ ㄉㄤˋ

(concussion)腦因外物的衝擊而受到震動。有嘔吐、呼吸遲緩、體溫下降、瞳孔縮小等現象。

【腦膜炎】 ㄋㄠˇ ㄇㄛˋ ㄧㄢˊ

(meningitis) 腦膜發炎的疾病。病人會有發燒、頭痛、嘔吐、頸部強直、意識或精神障礙，以及抽筋、半身不遂、失語症等症狀。可分為：一、感染性腦膜炎，指細菌性、眞菌性、病毒性腦膜炎等；二、非感染性腦膜炎，指由癌症、結締組織疾病引起的腦膜炎等。治療方法則必須針對病因，細菌性及眞菌性腦膜炎對抗生素一般會有反應，而病毒性腦膜炎只有維持性療法，通常在兩週內自然痊癒。非感染性腦膜炎也只有維持性療法，如能去除病因，病況才有痊癒的可能。

2【腦力激盪】 ㄋㄠˇ ㄌㄧˋ ㄐㄧ ㄉㄤˋ

(brain storming)由'奧斯朋'(A. F. Osborn) 所創的一種集體創造性思考方法。利用集會研討的方式，激勵與會人員自由發揮創造性思考，儘量提出各種新構想，待研討會告一段落後，進而對各種構想加以評價，從中選出最適合的方案。惟採行該法應把握下列幾項原則：一、參加人數不宜過多；二、創意愈多愈好；三、不准批評他人構想；四、可利用他人的構想去聯想等。

14【腦滿腸肥】 ㄋㄠˇ ㄇㄢˇ ㄔㄤˊ ㄈㄟˊ

指飽食終日，無所用心，有壯盛的外表，而無實學。

腫

ㄓㄨㄥˇ *chung*^{3} 音冢

①癰。如：瘡腫。②膚肉浮脹。如：腫脹。

14【腫瘍】 ㄓㄨㄥˇ ㄧㄤˊ

(tumor)傳統醫學指瘡之未潰爛者，而現代醫學則指人體組織細胞的異常過度增生。依病理組織切片診斷，可分為良性和惡性兩種，惡性者又稱為癌。有時腫瘍和腫瘤視為同義而混用；有時把腫瘍視為腫瘤中的惡性者，即同癌混用。

腄

㊀ ㄓㄨㄟ *chui*^{1} 音追

①腳跟所生的厚繭。見"集韻"。②馬及鳥脛上的結骨。見"正字通"。

㊁ ㄓㄨㄟˋ *chui*^{4} 音墜

舊縣名。故城在今'山東省''文登縣'西。

腹

ㄈㄨˋ *fu*^{4} 音複

①胸部以下腿部以上的部位。俗稱肚。內有胃、腸、肝、脾、胰、膽、腎、膀胱、內生殖器等內臟。②物體居中的部分。如：山腹。③懷抱。④指人身的前面。與背相對。如：腹背受敵。⑤比喻內心或內在。如：腹稿。⑥姓。'戰國'有'腹擊'。見"萬姓統譜·一一二"。

4【腹心】 ㄈㄨˋ ㄒㄧㄣ

腹與心。①也作心腹。(1)比喻極為親信的人。(2)比喻要害。②比喻衷誠。

【腹水】 ㄈㄨˋ ㄕㄨㄟˇ

(ascites)腹部積水。可因肝硬化、肝門脈壓升高、惡性腫瘤、心臟、腎臟功能衰竭，或寄生蟲感染而引起。

6【腹地】 ㄈㄨˋ ㄉㄧˋ

(hinterland)供給商港出口貨物或消費商港入口貨物的區域。目前多指內陸城市貨物集散、經濟、文化所及的勢力範圍。

10【腹案】 ㄈㄨˋ ㄢˋ

預先設想好的計畫或辦法。

11【腹笥】 ㄈㄨˋ ㄙˋ

形容人有學識，心裡記誦的書籍詞章甚多，有如藏書的笥。

12【腹腔】 ㄈㄨˋ ㄑㄧㄤ

(abdominal cavity)由橫膈膜下至骨盆腔上之腔室。主要含有消化器。

15【腹稿】 ㄈㄨˋ ㄍㄠˇ

①已經擬定綱領內容而尚未寫出的文章。②泛指處理事務的方案或計畫。

17【腹點】 ㄈㄨˋ ㄉㄧㄢˇ

(antinode)等振幅、等波長(頻率)的兩個波，在某點交會重疊而產生干涉。若任一時刻，二波在該點的振動都為同相振動，則形成建設性的干涉，而合成波的振幅變成最大，增為原有之二倍，此點便是腹點，或稱波腹。

14【腹語術】 ㄈㄨˋ ㄩˇ ㄕㄨˋ

不動嘴巴而能說話的一種技術。

15【腹膜炎】 ㄈㄨˋ ㄇㄛˋ ㄧㄢˊ

(peritonitis) 腹膜發炎。由腸子破裂、菌血症、外傷等病因所引起。病人腹部疼痛，檢查時有壓痛、反跳痛，常有發燒、白血球增加的情形。必須給予對因性治療。

4【腹心之患】 ㄈㄨˋ ㄒㄧㄣ ㄓ ㄏㄨㄢˋ

比喻能置人於死地的大憂患。

15【腹膜透析】 ㄈㄨˋ ㄇㄛˋ ㄊㄡˋ ㄒㄧ

(peritoneal dialysis) 早期治療慢性腎衰竭的方法。利用腹腔內腹膜之選擇性半透膜性質，灌入成分接近體液之清潔溶液，使與此膜接觸，而換出體內無法排除的廢物，部分代替失去功能的腎臟以維持病人生命。此法可能引起感染、體液電解質不平衡、腹膜纖維化、內出血、腸穿孔等副作用。但由於操作簡單，在沒有血液透析器使用下，仍不失為一理想方法。

腶

ㄉㄨㄢˋ *tuan*^{4} 音段

捶搗的乾肉。見"六書故"。

腺

ㄒㄧㄢˋ *hsien*^{4} 音線

(glandula; gland) 指細胞的群體。有內分泌腺和外分泌腺之分。內分泌腺的分泌液稱激素或音譯為荷爾蒙，可以進入血液循環中，調節全身的新陳代謝機能。外分泌腺則分泌消化液或排泄廢物，如唾液腺、胃腺、腸腺具有消化功能，汗腺、皮脂腺有排汗、排脂肪的功能，而其分別具有散熱或保護皮膚的功能。

10【腺病毒感染】 ㄒㄧㄢˋ ㄅㄧㄥˋ ㄉㄨˊ ㄍㄢˇ ㄖㄢˇ

(adenovirus infection) 濾過性病毒的一種。可以在正常人的呼吸道找到，也可以是造成呼吸道感染、結膜炎的病因。至西元1980年，已發現31種腺病毒，而分別以數字命名。第一、二、五型可以在正常人及呼吸道病患者的扁桃腺中找到；三、四、七、十四、二十一型可以在呼吸道病患的呼吸道找到。而第三型被認爲是咽喉結膜熱的病因，第八型是流行型角結膜炎的病原體。其他動物也有腺病毒感染，而其中某些感染可以導致惡性腫瘤。

⿰月扁 ㊀ ㄅㄧㄣˇ *pin*³

腿肉；腱肉。見“集韻”。

㊁ ㄅㄧㄢˋ *pien*⁴ 音辨

血管鼓脹成腫瘤。見“集韻”。

11【⿰月扁腣】 ㄅㄧㄢˋ ㄊㄧ

鼻子不正。

腯 ㄊㄨˊ *t'u*² 音突

指動物的肉脂肥滿。

腧 ㄩˊ *yü*² 音逾

人體的穴道。通作俞。

10

膏 ㊀ ㄍㄠ *kao*¹ 音高

[1]肥；脂油。如：膏油。[2]土地肥沃。如：膏腴之地。[3]德澤；恩惠。如：膏澤下於民。[4]形容甘美的食物。如：膏粱。[5]用藥熬製而成的脂狀物。如：藥膏。

㊁ ㄍㄠˋ *kao*⁴ 音告

[1]塗抹脂膏。[2]滋潤；潤澤。[3]將筆蘸墨在硯上掭。

4【膏火】 ㄍㄠ ㄏㄨㄛˇ

[1]燈火。[2]借指供貧苦學生讀書的津貼。

7【膏肓】 ㄍㄠ ㄏㄨㄤ

[1]心之下、膈之上的部位。在體內深隱處，藥物、針灸難以達到治療效果。[2]經穴名。在第四胸椎下外方，第四、五肋骨間，當第四胸椎下兩旁各三寸處。屬足太陽膀胱經。

8【膏味】 ㄍㄠ ㄨㄟˋ

甘美柔滑，易於下嚥的美味。

11【膏淋】 ㄍㄠ ㄌㄧㄣˊ

病名。症狀爲小便混濁如淘米水，或如脂膏，小便不通暢。尿道熱澀疼痛的屬實症，不熱不痛的屬虛症。

12【膏腴】 ㄍㄠ ㄩˊ

[1]油脂和肥肉。[2]形容土地肥沃。[3]比喻華美高貴。

13【膏粱】 ㄍㄠ ㄌㄧㄤˊ

[1]肥肉與美穀。比喻美好的食物。[2]比喻豪門貴族。

20【膏壤】 ㄍㄠ ㄖㄤˇ

肥沃的土地。

4【膏火自煎】 ㄍㄠ ㄏㄨㄛˇ ㄗˋ ㄐㄧㄢ

脂膏因爲能夠照明所以受煎熬。比喻禍害是因爲自己具有才能或錢財而引起。

13【膏粱子弟】 ㄍㄠ ㄌㄧㄤˊ ㄗˇ ㄉㄧˋ

比喻豪門貴族的子弟。以其但知飽食，不識他務，故稱。

膂 ㄌㄩˇ *lü*³ 音呂

背脊骨。同呂。見“說文”。

2【膂力】 ㄌㄩˇ ㄌㄧˋ

體力；氣力。

膋 ㄌㄧㄠˊ *liao*² 音聊

腸間的脂肪。見“廣韻”。

膀 ㊀ ㄅㄤˇ *pang*³ 音榜

肩部和肩下肘上的部位。

㊁ ㄅㄤˋ *pang*⁴ 音棒

參吊膀子。

㊂ ㄆㄤ *p'ang*¹ 音滂

浮脹。見“集韻”。

㊃ ㄆㄤˊ *p'ang*² 音旁

參膀胱。

4【膀手】 ㄅㄤˇ ㄕㄡˇ

國術手法。曲肘向下向內旋轉，以前臂近肘處消解敵人的攻擊。

10【膀胱】 ㄆㄤˊ ㄍㄨㄤ

(bladder)動物的泌尿系統之一。人的膀胱位於正中骨盤腔，呈倒三角形，肌肉肥厚。其功能爲承接腎臟、輸尿管的尿液，再經由尿道排出體外。正常成人的膀胱容量約爲500～700毫升。

【膀胱炎】 ㄆㄤˊ ㄍㄨㄤ ㄧㄢˊ

(cystitis) 膀胱因尿道受細菌或黴菌的感染而發炎。病人常有頻尿、小便時疼痛、發燒等症狀。治療方法爲針對根本病因，給予抗生素治療。

【膀胱癌】 ㄆㄤˊ ㄍㄨㄤ ㄞˊ

(bladder cancer)泌尿道最常見的一種惡性新生物。早期症狀爲血尿或尿路感染。及早開刀治療，開刀後規則性地接受檢查，兼以藥物治療，可以痊癒。

【膀胱結石】 ㄆㄤˊ ㄍㄨㄤ ㄐㄧㄝˊ ㄕˊ

(bladder stone) 指結石出現在膀胱。其實結石大多在腎臟產生而排入膀胱。平時多半無症狀，有時會有小便感染、發生頻尿或血尿、排尿中尿流中斷等情形。應多喝水、常小便，以內科治療，避免惡化。嚴重時可以開刀將結石取出。

⿰月隺 ㄏㄨㄛˋ *ho*⁴, *huo*⁴ 音霍

肉羹。同臛。見“說文”。

膁 ㄑㄧㄢˇ *ch'ien*³ 音淺

腰兩邊虛肉的地方。見“廣韻”。

膉 ㄧˋ *i*⁴ 音益

[1]肥。見“集韻”。[2]頸部的肌肉。見“正字通”。

膆 ㄙㄨˋ *su*⁴ 音素

[1]肥。見“集韻”。[2]鳥類喉部受食的地方。同嗉。見“正字通”。

腿 ㄊㄨㄟˇ *t'ui*³

脛股的總稱。今俗稱股爲大腿，腓爲小腿。見“正字通”。

膊 ㄅㄛˊ *po*² 音博

[1]曝乾的肉。見“說文”。[2]曝曬。[3]切塊的肉。[4]身體上肢近肩的部位。即肩骨。[5]古代分裂四肢的一種酷刑。即磔。見“字彙”。

膈 ㄍㄜˊ ko², kê² 音隔
1動物體腔中分隔胸腔和腹腔的肌膜。又名膈膜、橫膈膜。2古代懸鐘的架子。見"正字通"。
8【膈肢】 ㄍㄜˊ ·ㄓ
用手指搔人癢處。
15【膈噎】 ㄍㄜˊ ㄧㄝ
病名。同噎膈。咽喉阻塞，飲食無法下咽，或吃下去未入胃部即嘔吐出來。

膹 ㄔㄣ ch'ên¹ 音嗔
腫脹。見"廣韻"。

朊 ㄏㄨㄤ huang¹ 音荒
肉中空隙。見"玉篇"。

膃 ㄨㄚˋ wa⁴ 音襪
參膃肭。
8【膃肭】 ㄨㄚˋ ㄋㄚˋ
1肥。2海狗。

膎 ㄒㄧㄝˊ hsieh² 音鞋
肉乾。見"說文"。

膈 一 ㄓㄡˋ chou⁴ 音皺
肉乾。見"集韻"。
二 ㄓㄨˋ chu⁴ 音住
1膳食。見"廣韻"。2妍美。見"集韻"。3皺紋。見"集韻"。

腿 ㄓㄨㄟˋ chui⁴ 音墜
足腫。見"集韻"。

膍 ㄆㄧˊ p'i² 音皮
牛胃。也泛指反芻動物如羊、麋、鹿等的胃。也作肶。

膌 ㄐㄧˊ chi² 音瘠
瘦。同瘠。見"說文"。

11

膚 ㄈㄨ fu¹ 音夫
1身體的表皮。2淺薄；浮淺。如：膚淺。3古代長度單位名。一指之寬為寸，四指之寬為膚。
3【膚寸】 ㄈㄨ ㄘㄨㄣˋ
1四指寬的長度。也作扶寸。2比喻微小。
8【膚泛】 ㄈㄨ ㄈㄢˋ
浮淺空泛。
【膚受】 ㄈㄨ ㄕㄡˋ
1肌膚的感受。比喻切身的利害。2比喻所知不深。
11【膚淺】 ㄈㄨ ㄑㄧㄢˇ
淺薄；浮淺。
【膚理】 ㄈㄨ ㄌㄧˇ
肌膚的文理。
14【膚廓】 ㄈㄨ ㄎㄨㄛˋ
浮淺空洞，大而無當。
6【膚如凝脂】 ㄈㄨ ㄖㄨˊ ㄋㄧㄥˊ ㄓ
形容皮膚潔白細嫩。
8【膚受之愬】 ㄈㄨ ㄕㄡˋ ㄓ ㄙㄨˋ
如肌膚受到痛苦一般的訴冤。指言辭急切，想使人信以為眞的誣告或讒言。
11【膚淺末學】 ㄈㄨ ㄑㄧㄢˇ ㄇㄛˋ ㄒㄩㄝˊ
沒有根基的淺薄學問。
13【膚電反應】 ㄈㄨ ㄉㄧㄢˋ ㄈㄢˇ ㄧㄥˋ
(galvanic skin response; GSR) 皮膚表面因刺激而引起的電流反應變化。該反應通常與情緒變化有關，故可用以測量情緒形態。
16【膚橈目逃】 ㄈㄨ ㄋㄠˊ ㄇㄨˋ ㄊㄠˊ
肌膚怕人打而抽搐，眼睛怕人刺而轉避。比喻勇氣不足。

膣 ㄓˋ chih⁴ 音志
女子生殖器的一部分。即陰道。

膪 ㄓㄜˊ chê² 音折
挑取嵌在骨頭上的肉。見"集韻"。

膟 ㄌㄩˋ lü⁴ 音律
1古代祭祀時所用的牲血。同膋。見"說文"。2腸間的脂肪。見"集韻"。

膤 ㄓˊ chih² 音直 又讀 ㄓㄜˊ chê² 音摺
1生肉。見"玉篇"。2半生半熟的肉。見"玉篇"。

膠 ㄐㄧㄠ chiao¹ 音交
1用動物的皮、角或骨熬成的黏性濃汁。如：鹿膠。2泛指帶有黏性的東西。如：強力膠。3黏合；牢固。如：膠固。4欺；詐。見"正字通"。
8【膠固】 ㄐㄧㄠ ㄍㄨˋ
1牢固；堅固。2團結；鞏固。3固執；閉塞。
12【膠著】 ㄐㄧㄠ ㄓㄨㄛˊ
1黏固；黏著。2比喻不能進展。
【膠結】 ㄐㄧㄠ ㄐㄧㄝˊ
1(cementation) 欲於金屬(如鋼、鐵)表面包覆另一種金屬(如鋅、鉻、鋁、銅等)時，將其置於欲包覆之金屬粉末，再加熱至兩種金屬熔點以下之溫度，由於界面合金之生成而使兩種金屬鏈結在一起之操作。2(agglutination) 於特別蛋白質影響下，物體顆粒產生結合之現象。例如抗原或抗體與細菌之反應而產生膠合作用。
14【膠漆】 ㄐㄧㄠ ㄑㄧ
膠與漆。1比喻結合緊密。2比喻交情堅厚。
9【膠柱鼓瑟】 ㄐㄧㄠ ㄓㄨˋ ㄍㄨˇ ㄙㄜˋ
用膠黏住瑟的絃柱，由於音調不能調節，乃無法彈奏。比喻拘泥不知變通。
23【膠體溶液】 ㄐㄧㄠ ㄊㄧˇ ㄖㄨㄥˊ ㄧㄝˋ
(colloidal solution)外觀上溶質似均勻地分散於溶劑中，而整個系統中只存在一個相的不透明溶液。由於膠體的表面積遠大於體積，其一些性質與一般粒子之性質不同，例如無法藉重力使其沈澱，因此膠體溶液即使靜置後，溶質與溶劑也不分離。如乳膠、血液、牛奶等。
6【膠合安全玻璃】 ㄐㄧㄠ ㄏㄜˊ ㄢ ㄑㄩㄢˊ ㄅㄛ ㄌㄧˊ
(lominated safety glass) 由二片或二片以上的平板玻璃，中間夾以柔軟、強韌而透明(有色或無色)的塑膠膜(polyvinyl butyral film)膠合而成。其特性為一旦破裂，玻璃碎片黏於塑膠膜不致飛散傷人，因此除車輛門窗多使用外，其他需要強度及安全性的場所亦普遍使用，如建築門窗、隔間、銀行出納口及商店陳列櫥窗

等。此種玻璃可以切割，但須由二面併齊始能切斷，因具此特質，故可防盜。

膞 ㊀ ㄓㄨㄢˇ chuan^{3} 音轉
①切成大塊的肉。見"說文"。②膝頭。見"釋名·釋形體"。③大腿骨。見"字彙補"。
㊁ ㄓㄨㄢ chuan^{1} 音專
①鳥類的胃。見"廣韻"。②製造陶器所用的轉盤。見"正字通"。

膙 ㄐㄧㄤˇ chiang^{3} 音獎
①筋頭。見"廣韻"。②筋節堅強。見"集韻"。

膘 ㄆㄧㄠˇ p'iao^{3} 音殍
①牛小腹兩旁的肉。見"說文"。②肥肉。

膝 ㄒㄧ hsi^{1} 音悉
大腿、小腿相接處的身體結構。包括膝關節及外面的肌肉、皮膚等，但通常以膝關節作爲此處所有結構的代表稱呼。

14【膝語蛇行】 ㄒㄧ ㄩˇ ㄕㄜˊ ㄒㄧㄥˊ
兩膝跪地而語，匍匐如蛇而行。形容極爲畏服的樣子。

膛 ㄊㄤˊ t'ang^{2} 音堂
①胸腔的俗稱。②指器物中空的地方。如：鎗膛。

䐢 ㄓㄚ cha^{1} 音渣
長在鼻上的小瘡。也作皻。見"集韻"。

膢 ㄌㄩˊ lü^{2} 音驢
古代祭飲食之神的一種祭祀。見"說文"。

膜 ㊀ ㄇㄛˋ mo^{4} 音莫
(membrane)指一切扁平而薄的構造，可以是表皮或一層組織，用以包覆動物或植物體的一部分。例如腸繫膜、肌膜，或者如包在細胞外的細胞膜，都是保護生物體，維持其一定形態所必需的。
㊁ ㄇㄛˊ mo^{2} 音磨
參膜拜。

9【膜拜】 ㄇㄛˊ ㄅㄞˋ
合掌加額，伏地跪拜。我國古代西北部族，對其最尊敬或畏服者，多行此禮。今也稱合掌禮佛而拜爲膜拜。

膕 ㄍㄨㄛˊ ko^{2}, kuo^{2} 音國
膝後彎曲的地方。俗稱膝彎兒、腿彎兒。

膗 ㄔㄨㄞˊ ch'uai^{2}
肥胖的樣子。

膓 腸的俗體。

12

䏻 龍的俗體。

膪 腩的或體。

膧 ㄊㄨㄥˊ t'ung^{2} 音同
肥胖的樣子。見"集韻"。

膱 ㄓˊ chih^{2} 音職
乾肉條。見"集韻"。

膳 ㄕㄢˋ shan^{4} 音善
①飯食。②用餐；進食。

11【膳宿】 ㄕㄢˋ ㄙㄨˋ
飲食和住宿。

膦 ㄌㄧㄢˇ lien^{3} 音臉
參膦軟。

11【膦軟】 ㄌㄧㄢˇ ㄖㄨㄢˇ
沒有力氣。

膩 ㄋㄧˋ ni^{4} 音匿
①肥肉。引申指油脂過多的食物。②滑潤；滑澤。如：肌理細膩。③厭倦；厭煩。如：膩煩。

4【膩友】 ㄋㄧˋ ㄧㄡˇ
極爲親密的朋友。

膮 ㄒㄧㄠ hsiao^{1} 音消
豬肉羹。見"說文"。

䐹 ㊀ ㄙㄡ sou^{1} 音搜
乾魚。或作鱐。見"說文"。
㊁ ㄒㄧㄠˋ hsiao^{4} 音笑
把肉切碎揉成圓團。見"廣韻"。

膨 ㄆㄥˊ p'êng^{2} 音彭
脹滿。見"廣韻"。

11【膨脝】 ㄆㄥˊ ㄏㄥ
腹脹。

12【膨脹】 ㄆㄥˊ ㄓㄤˋ
①(expansion) 指物體受熱以後，其體積變大，或面積變大，或長度變長；或指氣體在減壓或加熱時，體積變大。②借指數量或力量的增大。

24【膨罐】 ㄆㄥˊ ㄍㄨㄢˋ
(swell) 罐頭食品之罐蓋或罐底向外凸起的現象。此現象的可能原因爲：一、食品裝填過量，冷凍時因物理作用體積增大；二、罐頭的鐵皮與內容物作用或食物本身的化學成分分解，而產生氣體所導致；三、殘留的微生物在罐內生長，而產生二氧化碳及氫氣。貯藏期發生膨罐現象，多半由微生物所造成，食品已遭汙染，不可食用。

12【膨脹劑】 ㄆㄥˊ ㄓㄤˋ ㄐㄧˋ
(leavening agent) 在製造麵包、餅乾時，用以幫助消化及提高口味的添加物。其在麵糰中作用，產生氣體，烘焙時，氣體隨空氣、水蒸氣的膨脹而放出，造成食品特有的多孔現象。

【膨脹係數】 ㄆㄥˊ ㄓㄤˋ ㄒㄧˋ ㄕㄨˋ
(expansion coefficient) 物體受熱膨脹，溫度升高1度時，長度之增加量與原長度之比值。亦可將此定義擴充至面或體積之膨脹係數。

【膨脹缺口】 ㄆㄥˊ ㄓㄤˋ ㄑㄩㄝ ㄎㄡˇ
(inflationary gap) 在充分就業的所得水準之下，實際的總需求大於能維持充分就業所得水準所必要的總需求，其超出的差額即爲膨脹缺口。將會有物價膨脹的後果發生。

膹 或作膹。㊀ ㄈㄣˋ fên^{4} 音憤
①肉羹。見"說文"。②粗切熟肉。見"廣韻"。③粗切生肉。見"急就篇·三"。④憤懣。通憤。
㊁ ㄈㄟˋ fei^{4} 音費
多汁的肉羹。見"廣韻"。

䐣 ㄙㄨㄣˇ *sun*^{3} 音損 又讀 ㄓㄨㄢˋ *chuan*^{4} 音饌
將已煮熟的肉,切了後再煮。見“廣韻”。

䐶 ㄗㄢ *tsan*^{1} 音簪
參腌臢。

膫 ㄌㄧㄠˊ *liao*^{2} 音聊
牛腸中的脂膏。或作膋。見“說文”。

膵 ㄘㄨㄟˋ *ts'ui*^{4} 音萃
胰臟。

膰 ㄈㄢˊ *fan*^{2} 音煩
①宗廟祭祀用的熟肉。見“正字通”。②致送燔肉。如:有祀必膰。

膬 ㄘㄨㄟˋ *ts'ui*^{4} 音翠
①柔脆。同脆。見“說文”。②鳥獸的絨毛。通毳。見“正字通”。

膴 ㈠ ㄏㄨ *hu*^{1} 音呼
①去骨的乾肉。見“說文”。②祭祀時所用切成大塊的肉。見“正字通”。
㈡ ㄨˇ *wu*^{3} 音武
①豐厚;肥美。見“字彙”。②法則。如:民雖靡膴。

膷 ㄒㄧㄤ *hsiang*^{1} 音香
或作膷。牛肉羹。見“正字通”。

膲 ㄐㄧㄠ *chiao*^{1} 音焦
①通焦。即三焦。參三焦。②肉不豐滿。見“字彙補”。

13

膺 ㄧㄥ *ying*^{1} 音英
①胸。如:義憤塡膺。②馬的胸帶。③討伐;攻擊。如:戎狄是膺。④擔當;承受。如:膺選。

16【膺選】 ㄧㄥ ㄒㄩㄢˇ
當選。

臋 臀的或體。

臀 ㄊㄨㄣˊ *t'un*^{2} 音屯
(rump)兩股上端與腰相接的部位。

臂 ㄅㄧˋ *pi*^{4} 音蔽 又讀 ㄅㄟˋ *pei*^{4} 音貝
①由肩至腕的部位。見“正字通”。②昆蟲、獸類的前肢。如:螳臂當車。

7【臂助】 ㄅㄧˋ ㄓㄨˋ
幫助。

4【臂木式號誌】 ㄅㄧˋ ㄇㄨˋ ㄕˋ ㄏㄠˋ ㄓˋ
(semaphore signal)於柱上裝置長方形之臂木與色燈,白晝依臂形、夜間依色燈顯示,而指示列車運行條件的號誌機。

臆 ㄧˋ *i*^{4} 音億
①胸骨。引申爲胸部。如:胸臆。②私意;偏私、主觀的意見。如:臆斷。

9【臆度】 ㄧˋ ㄉㄨㄛˋ
沒有根據,僅憑己意猜測。

11【臆造】 ㄧˋ ㄗㄠˋ
杜撰;揑造。

12【臆測】 ㄧˋ ㄘㄜˋ
猜度;憑主觀推測。

14【臆說】 ㄧˋ ㄕㄨㄛ
①任意胡說。②毫無根據的言論。

18【臆斷】 ㄧˋ ㄉㄨㄢˋ
憑主觀判斷。

膻 ㈠ ㄉㄢˋ *tan*^{4} 音但
①裸露上身。也作袒、襢。見“說文”。②即膻中。參膻中。
㈡ ㄕㄢ *shan*^{1} 音山
羊臭。同羶、羴。見“集韻”。

4【膻中】 ㄉㄢˋ ㄓㄨㄥ
①胸部正中。即兩乳中間的部位。②穴位名。位於左右第四肋間胸骨的中央。屬任脈經。

臁 ㄌㄧㄢˊ *lien*^{2} 音廉
小腿骨。見“集韻”。

臃 ㄩㄥˇ *yung*^{3} 音擁 又讀 ㄩㄥ *yung*^{1} 音雍
皮肉因發炎而腫脹。

臌 ㄍㄨˇ *ku*^{3} 音鼓
膨脹。如:氣臌。

臄 ㄐㄩㄝˊ *chüeh*^{2} 音決
①口腔內部上腭凹曲的部位。本作谷。見“說文”。②切肉。見“集韻”。

𦢈 孕的古文。

臈 ㄌㄚˋ *la*^{4} 音蠟
祭名。於十二月舉行。同臘。見“集韻”。

臊 ㈠ ㄙㄠ *sao*^{1} 音騷
①獸肉腥臭的氣味。見“說文”。②醜惡的。如:臊聲。
㈡ ㄙㄠˋ *sao*^{4}
①碎肉。如:肉臊。②羞愧。如:害臊。

膿 ㄋㄨㄥˊ *nung*^{2} 音農 語音 ㄋㄥˊ *nêng*^{2} 音能
①細菌或黴菌侵入體內造成局部性組織傷害時,則被侵害的組織會發生壞死,且白血球會大量聚集患部,以消滅病原體。如此一來,患部壞死的組織、白血球、病原體的混合液就稱爲膿。常因病原體的不同,而有各種顏色、氣味,因此檢查膿對於疾病的診斷很重要。②腐爛。③肥肰。

臅 ㄔㄨˋ *ch'u*^{4} 音觸
狼胸腔中的脂膏。見“廣韻”。

膽 ㄉㄢˇ *tan*^{3} 音疸
俗作胆。①(gallbladder)一種囊狀器官。人的膽位於肝臟下方,具有貯藏膽汁的功能。膽汁可促進脂肪的消化,即將未乳化的脂肪轉變爲乳化的脂肪,以利於胰液再消化成脂肪酸和甘油。②勇氣。如:一身是膽。

5【膽石】 ㄉㄢˇ ㄕˊ
(gallstones)爲卵石般的固體物質。含有膽色素、膽醇、鈣等,普通多形成於膽囊,亦可發生於肝內。主要原因是膽囊受感染,致使溶解於膽汁的物質沉澱出來形成結石。因此其症狀、預後、處理均與膽囊炎相似。平均每十個人有一個患膽石。症狀爲消化不良、噁心、噯氣、飽脹感及上腹部中間陣痛。一般治療可給藥物，或許可將膽石溶解，但大多數患者須動手術將含有膽石的膽囊切除。

8【膽怯】 ㄉㄢˇ ㄑㄩㄝˋ
畏懼；害怕。

10【膽破】 ㄉㄢˇ ㄆㄛˋ
形容極度恐懼。

11【膽略】 ㄉㄢˇ ㄌㄩㄝˋ
膽識和謀略。

12【膽寒】 ㄉㄢˇ ㄏㄢˊ
形容非常驚懼。

【膽量】 ㄉㄢˇ ㄌㄧㄤˋ
勇氣。

19【膽識】 ㄉㄢˇ ㄕˋ
膽量見識。

8【膽固醇】 ㄉㄢˇ ㄍㄨˋ ㄔㄨㄣˊ
(cholesterol)體內膽汁、血液、腦組織、乳汁、肝、腎、腎上腺和神經纖維的成分之一。爲一種類似脂肪的針狀晶體物質，蛋黃、奶油、牛奶、牛油、豬油、魚子等食物含量較高。攝取不足將引起許多疾病；過多又可能導致動脈硬化等。

22【膽囊炎】 ㄉㄢˇ ㄋㄤˊ ㄧㄢˊ
(cholecystitis)膽囊發炎的疾病。由感染細菌而引起，多半併有膽結石。臨床上，病人常有右上腹痛，可以轉移至右肩疼痛、發冷、發熱。治療方法以給予強力抗生素、維持性療法爲主，必要時進行膽囊切除術，杜絕後患。

3【膽大包天】 ㄉㄢˇ ㄉㄚˋ ㄅㄠ ㄊㄧㄢ
形容膽量極大。

【膽小如鼠】 ㄉㄢˇ ㄒㄧㄠˇ ㄖㄨˊ ㄕㄨˇ
形容膽量極小。

16【膽戰心驚】 ㄉㄢˇ ㄓㄢˋ ㄒㄧㄣ ㄐㄧㄥ
形容極害怕。

膆 ㄙㄚˋ sa⁴ 音薩
參肚膆。

膗 ㄐㄩㄢˇ chüan³ 音捲
肉羹。見“說文”。

膞 ㄩˋ yü⁴ 音玉 又讀 ㄠˋ ao⁴ 音奧
鳥胃。見“集韻”。

臉 ㄌㄧㄢˇ lien³
1面頰。也指整個面部。如：臉孔。2顏面；面子。如：丟臉。

19【臉譜】 ㄌㄧㄢˇ ㄆㄨˇ
傳統戲劇中，演員用油彩在臉上畫出各種不同的圖案，用來表示腳色的忠奸性情。此種繪飾有一定的圖案顏色和象徵，可以分類區別，故稱臉譜。如：‘關羽’紅臉，表示忠勇；‘張飛’黑臉，表示剛猛；‘曹操’粉臉，表示奸詐。

21【臉臢】 ㄌㄧㄢˇ ㄔㄢˇ
一種羹類食品。用豬腸屑、椒芥、醯鹽等煮成。

11【臉蛋兒】 ㄌㄧㄢˇ ㄉㄚˋ ㄦ
臉孔；臉頰。

9【臉紅脖子粗】 ㄌㄧㄢˇ ㄏㄨㄥˊ ㄅㄛˊ ˙ㄗ ㄘㄨ
形容憤怒生氣的樣子。

膾 ㄎㄨㄞˋ k'uai⁴ 音快
1切細的魚或肉。見“說文”。2割；切細。見“廣雅·釋詁”。

8【膾炙人口】 ㄎㄨㄞˋ ㄓˋ ㄖㄣˊ ㄎㄡˇ
細切的魚肉和烤肉爲人所同好。後因以比喻事物的美好，爲眾人所稱道。

14

臋 ㄋㄧㄥˊ ning² 音凝
肥胖。見“字彙補”。

臏 ㄅㄧㄣˋ pin⁴ 音鬢
同髕。1膝蓋骨。見“說文”。2古代切斷膝蓋骨的刑罰。即刖。見“集韻”。

臍 ㄑㄧˊ ch'i² 音齊
1(umbilicus)肚臍。也稱臍眼。胎兒初生有臍帶繫於胎盤，出生後將其剪斷而逐漸乾瘪脫落所留下的痕跡稱臍。2蟹的腹部小，屈曲於頭胸部的下方，俗稱臍。雌者呈圓形，雄者呈三角形。

11【臍帶】 ㄑㄧˊ ㄉㄞˋ
(umbilical cord) 連接在胎兒肚臍及胎盤間繩索狀的構造。內有兩條動脈、一條靜脈，具有運送養分及廢物的功能。胎兒出生後，臍帶就要剪斷，留在胎兒身上的一段，約三至五天即行脫落，脫落後所留下的痕跡即是肚臍。

臑 ㊀ ㄖㄨˊ ju² 音儒 又讀 ㄋㄠˋ nao⁴ 音鬧
人的手臂或牲畜的前肢。見“字彙”。
㊁ ㄦˊ êrh² 音而
1熟爛。同胹。見“集韻”。2煮熟的肉類。如：熊蹯之臑。

臎 ㄘㄨㄟˋ ts'ui⁴ 音翠
1鳥尾上的肉。見“廣韻”。2肥實。見“集韻”。

朦 ㄇㄥˊ mêng² 音蒙
1豐滿。見“廣雅·釋詁”。2巨大。見“字彙”。

臒 ㄏㄨˋ hu⁴ 音護
精肉；上肉。見“玉篇”。

臐 ㄒㄩㄣ hsün¹ 音薰
羊肉羹。見“集韻”。

15

臗 ㄎㄨㄢ k'uan¹ 音寬
兩股間。即會陰。同髖。見“集韻”。

臕 ㄅㄧㄠ piao¹ 音標
肥壯。同膘。見“字彙”。

臙 殰的或體。

臛 ㄅㄛˊ po² 音薄 又讀 ㄅㄠˊ pao² 音雹
1肉鼓起。見“集韻”。2皮膚皺裂。見“字彙補”。

臘 ㄌㄚˋ la⁴ 音蠟
1歲末所舉行的祭祀。2和尚出家或受戒後的年歲。如：僧臘。

2【臘八】 ㄌㄚˋ ㄅㄚ
農曆十二月初八日的俗稱。即冬至後第三個戌日。也稱臘日。

4【臘月】 ㄌㄚˋ ㄩㄝˋ
農曆十二月。因古代在十二月間舉行臘祭，故名。

6【臘肉】 ㄌㄚˋ ㄖㄡˋ

冬季以鹽或醬醃漬後風乾、曬乾或燻乾的肉。

8【臘味】 ㄌㄚˋ ㄨㄟˋ
1醃魚、醃肉的總稱。2臘月釀造的酒。

13【臘鼓】 ㄌㄚˋ ㄍㄨˇ
臘日的鼓聲。古代於臘日或臘日前一天,有擊鼓以驅除疫鬼、祈求平安的習俗。

2【臘八粥】 ㄌㄚˋ ㄅㄚ ㄓㄡ
舊俗於十二月初八日取香穀及多種果實所煮成的粥。又稱七寶粥。本爲寺院供佛所用,後民間亦相沿成俗。

7【臘克噴漆】 ㄌㄚˋ ㄎㄜˋ ㄆㄣ ㄑㄧ
(spray lacquer varnish) 以硝化綿爲主要原料,再加樹脂、揮發性溶劑、樟腦及色料所製成的漆料。塗膜堅硬、耐水、耐油、耐磨及無黏著性。多用於汽車車身、鐵門或木製家具。

16

臛 ㄏㄨㄛˋ ho⁴, huo⁴ 音霍
不加菜的肉羹。同脽。見"正字通"。

臙 ㄧㄢ yen¹ 音煙
參臙脂。

10【臙脂】 ㄧㄢ ㄓ
即胭脂。

臚 ㄌㄨˊ lu² 音盧
1腹前。見"字彙"。2陳列;鋪排。如:臚列。3陳述。如:臚情。

13【臚傳】 ㄌㄨˊ ㄔㄨㄢˊ
1從上傳語告下。2科舉時代殿試後,皇帝傳旨詔見新科進士,一一唱名。

17

臝 ㊀ ㄌㄨㄛˇ lo³, luo³ 音裸
1赤身露體。見"廣雅·釋詁"。2短毛的。如:臝物。
㊁ ㄌㄨㄛˊ lo², luo² 音羅
家畜名。由雄驢與雌馬交配而生。通騾。

臟 ㊀ ㄑㄧㄢ ch'ien¹ 音千
肉羹。見"集韻"。
㊁ ㄔㄢˇ ch'an³ 音產
參臉臟。

18

臞 ㄑㄩˊ ch'ü² 音衢
瘠瘦。也作臒。見"說文"。

臟 ㄗㄤˋ tsang⁴ 音葬
人體或動物內部器官的總稱。或作藏、贓。如:臟腑。

12【臟腑】 ㄗㄤˋ ㄈㄨˇ
1人體或其他動物內部器官的總稱。2比喻胸懷。

16【臟器移植】 ㄗㄤˋ ㄑㄧˋ ㄧˊ ㄓˊ
(organ transplantation) 以他人或自身身上正常之器官來代替病態器官行使正常生理功能之治療步驟。又稱器官移植。目前較常使用的移植手術有胃臟移植、心臟移植、皮膚移植、骨髓移植、肝臟移植及胰臟移植等。

19

臠 ㄌㄨㄢˊ luan² 音鑾 又讀 ㄌㄩㄢˇ lüan³
1瘦瘠。見"說文"。2切成塊狀的肉。3切割肉塊或肢體。如:臠割。

臡 ㄋㄧˊ ni² 音泥
雜有碎骨的肉醬。也作腝。見"說文"。

臢 ㄗㄤ tsang¹ 音髒 又讀 ㄗㄚ tsa¹ 音紮
參腌臢。

臣 部

臣 ㄔㄣˊ ch'en² 音辰
1君主時代的官吏。2君主時代對庶民的稱呼。3古代對人的謙稱。'秦''漢'以前稱臣,'漢'以後稱僕。4指男性奴僕或俘虜。5姓。'漢'有'臣綜'。見"萬姓統譜·一九"。

8【臣服】 ㄔㄣˊ ㄈㄨˊ
屈服而聽命於人。

臣 臣的或體。

1

臣 頤的古文。

2

臤 ㄑㄧㄢ ch'ien¹ 音千
堅固。見"說文"。

臥 ㄨㄛˋ wo⁴ 音沃
1躺下;倒下。如:臥病。2橫跨;橫置。如:長橋臥波。3潛伏。如:臥底。

8【臥底】 ㄨㄛˋ ㄉㄧˇ
潛伏在敵人的陣營裡,刺探消息或作內應。

12【臥游】 ㄨㄛˋ ㄧㄡˊ
臥於床榻,神遊名山勝景。多指觀畫或閱讀遊記。

15【臥鞋】 ㄨㄛˋ ㄒㄧㄝˊ
國術練腿方法的一種。一腳前伸,腳尖翹起,腳跟著地,另腳略蹲,上身前傾,以額碰腳尖。

16【臥龍】 ㄨㄛˋ ㄌㄨㄥˊ
1臥睡的龍。2比喻特出而未被重用的奇才。

24【臥蠶眉】 ㄨㄛˋ ㄘㄢˊ ㄇㄟˊ
形如臥蠶的眉毛。

6【臥冰求鯉】 ㄨㄛˋ ㄅㄧㄥ ㄑㄧㄡˊ ㄌㄧˇ
二十四孝故事之一。'晉''王祥'的繼母生病想吃魚,時值寒冬,河已結冰,'王祥'臥冰上,冰化而得魚。見"晉書·王祥傳"。

8【臥虎藏龍】 ㄨㄛˋ ㄏㄨˇ ㄘㄤˊ ㄌㄨㄥˊ
1比喻潛藏不爲世知的英才。2比喻英才薈萃。

17【臥薪嘗膽】 ㄨㄛˋ ㄒㄧㄣ ㄔㄤˊ ㄉㄢˇ
'吳王''夫差'被'越國'所敗,朝夕臥薪上,以示睡臥不敢自安。'越王'

‘句踐’被‘吳國’所敗，常在座位間放置苦膽，飲食時嘗其苦味，以示飲食不求美味。後用以比喻刻苦自勵，奮發圖強。

6

臦 ㊀ ㄍㄨㄤˋ *kuang*4 音逛
乖違。見“說文”。
㊁ ㄐㄩㄥˇ *chiung*3 音迥
人名。‘周’有‘伯臦’。通作冏、臩。見“集韻”。

8

臧 ㄗㄤ *tsang*1 音髒
①善；美好。見“說文”。②古代對奴僕的賤稱。③給予好評。如：臧否人物。④以非法手段取得財物。通贓。⑤姓。‘漢’有‘臧宮’。見“後漢書·臧宮傳”。

7【臧否】ㄗㄤ ㄆㄧˇ
①善惡得失。②評論是非。

11

臨 ㊀ ㄌㄧㄣˊ *lin*2 音林
①監視；由上視下。如：居高臨下。②面對。如：臨財毋苟得。③依傍；靠近。如：臨窗而坐。④至；到。如：光臨。⑤治理。⑥照著別人的字畫寫字繪畫。如：臨帖。⑦“易”卦名。六十四卦之一。兌下坤上。⑧姓。‘漢’有‘臨孝存’。見“萬姓統譜·六五”。

臨卦圖

㊁ ㄌㄧㄣˋ *lin*4 音吝
眾人哭弔死者。見“字彙”。

2【臨了】ㄌㄧㄣˊ ㄌㄧㄠˇ
終了；最後。

6【臨池】ㄌㄧㄣˊ ㄔˊ
①練習書法。②指書寫的時候。

7【臨床】ㄌㄧㄣˊ ㄔㄨㄤˊ
診斷疾病。醫生診病，常須臨病人床前診察，故稱診病為臨床，意指在病房所用或所作的各種醫學醫療工作。

8【臨歧】ㄌㄧㄣˊ ㄑㄧˊ
臨別；到了歧路該分手的地方。

【臨帖】ㄌㄧㄣˊ ㄊㄧㄝˋ
臨摹字帖，練習寫字。

9【臨盆】ㄌㄧㄣˊ ㄆㄣˊ
生產；分娩。

10【臨時】ㄌㄧㄣˊ ㄕˊ
①事到臨頭的時候。②暫時。

11【臨產】ㄌㄧㄣˊ ㄔㄢˇ
待產；將要生產。

【臨眺】ㄌㄧㄣˊ ㄊㄧㄠˋ
登臨高處向遠方眺望。

【臨終】ㄌㄧㄣˊ ㄓㄨㄥ
瀕臨死亡的時刻。

12【臨朝】ㄌㄧㄣˊ ㄔㄠˊ
親臨朝廷，處理政事。

【臨場】ㄌㄧㄣˊ ㄔㄤˊ
①親自到達現場。②指正式比賽或考試的時候。

15【臨摹】ㄌㄧㄣˊ ㄇㄛˊ
指學習書畫。

16【臨機】ㄌㄧㄣˊ ㄐㄧ
面臨關鍵的時刻；面臨某種事態。

9【臨界角】ㄌㄧㄣˊ ㄐㄧㄝˋ ㄐㄧㄠˇ
(critical angle) 光線由光密介質射向光疏介質時，使折射角成90°時的入射角，稱為臨界角。即入射角大於此角時，會有全反射現象產生。

【臨界點】ㄌㄧㄣˊ ㄐㄧㄝˋ ㄉㄧㄢˇ
(critical point) ①在微積分裡，$y=f(x)$ 圖形上的臨界點的切線是水平或垂直的，就是導數 $f'(x)$ 為 0 或無窮大。若 $f(x)$ 的導數處處存在(可以為無窮大)，則 $f(x)$ 的極值必發生於臨界點或端點。導數為零的點常稱為平穩點或靜止點。②又稱臨界狀態。飽和液體線及飽和蒸汽線之交點。該點之溫度、壓力、比容分別稱為臨界溫度、臨界壓力、臨界比容。當溫度大於臨界溫度時，則物質不可能以液體存在。

10【臨時河】ㄌㄧㄣˊ ㄕˊ ㄏㄜˊ
(ephemeral stream) 河流平常均呈乾涸狀態，僅在大雨時始有流水，雨後很快又乾涸，並無固定河道，是一種暫時性的河流。乾燥的沙漠地區，較多此類河流。

【臨時稅】ㄌㄧㄣˊ ㄕˊ ㄕㄨㄟˋ
(temporary taxation) 為滿足特別情形的特定財政需要，以臨時性租稅措施而課徵的租稅。往昔由於國家支用不大，且預算制度尚未確立，國家有權向人民隨時徵用，故當時的租稅多屬臨時稅，至於經常稅是近代才形成的。

3【臨川四夢】ㄌㄧㄣˊ ㄔㄨㄢ ㄙˋ ㄇㄥˋ
‘明’末劇曲家‘湯顯祖’所作的四種傳奇：“還魂記”、“紫釵記”、“南柯記”、及“邯鄲記”的合稱。也稱“玉茗堂四夢”。

6【臨危不亂】ㄌㄧㄥˊ ㄨㄟˊ ㄅㄨˋ ㄌㄨㄢˋ
在危險困難中，仍能保持鎮定而不慌亂。

【臨危授命】ㄌㄧㄣˊ ㄨㄟˊ ㄕㄡˋ ㄇㄧㄥˋ
面臨危險，為維護正義，不惜付出生命。

8【臨事而懼】ㄌㄧㄣˊ ㄕˋ ㄦˊ ㄐㄩˋ
面臨該做的事情，心存戒懼而特別謹慎。

9【臨界日照】ㄌㄧㄣˊ ㄐㄧㄝˋ ㄖˋ ㄓㄠˋ
(critical day length) 對某種植物言，其適當與不適當光周期的分界，稱為臨界日照。例如白芥菜在光照時間超過 14 小時便開花，低於14小時就不開花，故白芥菜的臨界日照為14小時。

【臨界坡度】ㄌㄧㄣˊ ㄐㄧㄝˋ ㄆㄛ ㄉㄨˋ
(critical slope) 在一定狀況下，土坡或岩石坡無需支撐的最大傾角。

【臨界高度】ㄌㄧㄣˊ ㄐㄧㄝˋ ㄍㄠ ㄉㄨˋ
(critical height) 在一定狀況下，垂直或傾斜的土坡或岩坡，無需支撐的最大高度。

【臨界溫度】ㄌㄧㄣˊ ㄐㄧㄝˋ ㄨㄣ

ㄉㄨˋ
(critical temperature) 在三態點以上的氣態物質若遭受等溫壓縮使壓力增加的過程中，當壓力增加到某一特殊值時會發生氣體液化的相變。隨著溫度的增加所需液化的壓力亦隨之增加。但當溫度增加到某一溫度，稱爲該物質的臨界溫度時，壓力再怎樣增加亦無相變的現象發生。這表示當物質的溫度高於臨界溫度時，整個物質爲單一的流體相，無氣態、液態的明顯差別。

【臨界壓力】ㄌㄧㄣˊ ㄐㄧㄝˋ ㄧㄚ ㄌㄧˋ
(critical pressure) 在臨界溫度時，液體的蒸氣壓。即是在臨界溫度時，使氣體液化的最低壓力。

10【臨陣磨鎗】ㄌㄧㄣˊ ㄓㄣˋ ㄇㄛˊ ㄑㄧㄤ
臨上戰場才磨厲武器。比喻事到臨頭才著手準備。

【臨時工程】ㄌㄧㄣˊ ㄕˊ ㄍㄨㄥ ㄔㄥˊ
(temporary construction; temporary work) 又稱假設工程。爲完成全部工程，在工程施工中所必要的臨時設施，即在建築工程完成後必須拆除者。除對安全有密切關係者另有規定外，其設備內容、使用材料及構造等，一般未在設計圖上表示，僅在施工說明書上作原則性的指示。如擋土板、模板、鷹架、支撐、天棚、水平標板、臨時水電之配線及配管、拌合臺架等機械設備均屬之。

【臨時存欠】ㄌㄧㄣˊ ㄕˊ ㄘㄨㄣˊ ㄑㄧㄢˋ
乃虛存虛欠的臨時過渡科目，有暫時存款與暫時欠款的含意。在每筆交易中，借貸均可自動抵銷，而無餘額存在，因此總帳上也不專設帳戶記載。

【臨時政府】ㄌㄧㄣˊ ㄕˊ ㄓㄥˋ ㄈㄨˇ
一國之內，經由叛亂或內戰推翻原有政府之革命團體，於軍事未結束、政治秩序未定之際，爲免於各處組織與行動上之各自爲政，互不相屬，以致形渙勢弱，很需要一個統一的組織，在軍事外交上運籌帷幄，統率指揮，以求迅赴事功。但於倉促之際，未能作長遠正常之設計，只能求臨時組成統治組織，是爲臨時政府。如‘中山’先生領導革命運動，‘武昌’舉義之後，各省代表會議於‘漢口’，通過“臨時政府組織大綱”，宣布成立臨時政府即是。

【臨時條款】ㄌㄧㄣˊ ㄕˊ ㄊㄧㄠˊ ㄎㄨㄢˇ
在動員戡亂時期，爲配合國家之特殊需要，加強“憲法”之適應性，‘國民大會’不修改“憲法”，而於“憲法”之外，另訂條款，由於該條款無永久性質，故稱臨時條款。臨時條款全名爲“動員戡亂時期臨時條款”，其主要內容有總統之緊急處分權、總統、副總統連任限制之排除、動員戡亂機構之設置及職權、中央政府行政機構與人事機構之調整權、充實中央民意代表機構之方法等等。

11【臨深履薄】ㄌㄧㄣˊ ㄕㄣ ㄌㄩˇ ㄅㄛˊ
面臨深淵，踏著薄冰。比喻戒懼謹愼。

【臨淵羨魚】ㄌㄧㄣˊ ㄩㄢ ㄒㄧㄢˋ ㄩˊ
比喻祇是空想而無實際行動。

【臨崖勒馬】ㄌㄧㄣˊ ㄧㄞˊ ㄌㄜˋ ㄇㄚˇ
面臨高崖，能及時勒馬不進。比喻及時悔悟。

12【臨渴掘井】ㄌㄧㄣˊ ㄎㄜˇ ㄐㄩㄝˊ ㄐㄧㄥˇ
比喻事到臨頭才想辦法解決。

16【臨機應變】ㄌㄧㄣˊ ㄐㄧ ㄧㄥˋ ㄅㄧㄢˋ
面對事機的變化，採取適當的應付方法。

9【臨界剪應力】ㄌㄧㄣˊ ㄐㄧㄝˋ ㄐㄧㄢˇ ㄧㄥˋ ㄌㄧˋ
(critical shear stress) 金屬的結晶受某程度以上的外力時，部分結晶面便會產生滑動而變形，能使結晶面發生滑動的最小外力在滑動方向的分力所產生的剪力，稱爲臨界剪應力。

【臨界雷諾數】ㄌㄧㄣˊ ㄐㄧㄝˋ ㄌㄟˊ ㄋㄨㄛˋ ㄕㄨˋ
(critical Reynold's number) ‘雷諾’數常在達某一定値時，使流動狀況由層流轉移爲擾流，或由擾流轉移爲層流，此轉移點之‘雷諾’數値，稱爲臨界‘雷諾’數。

10【臨時再保險】ㄌㄧㄣˊ ㄕˊ ㄗㄞˋ ㄅㄠˇ ㄒㄧㄢˇ
(facultative reinsurance) 又稱任意分保或就地分保。分保公司與再保公司間事先並無訂立再保險契約，分保公司可任意選擇某一業務分與再保公司，再保公司也有任意取捨之權。分保公司在合約總限額已滿時，可藉此以移轉超額部分責任於其他再保公司；或爲保護合約再保險使能更爲有利起見，也可採用。

【臨時抱佛腳】ㄌㄧㄣˊ ㄕˊ ㄅㄠˋ ㄈㄛˊ ㄐㄧㄠˇ
比喻平常不作準備，事到臨頭才設法求援。

【臨財毋苟得】ㄌㄧㄣˊ ㄘㄞˊ ㄨˊ ㄍㄡˇ ㄉㄜˊ
遇到財利，不可妄取。

【臨時全國代表大會】ㄌㄧㄣˊ ㄕˊ ㄑㄩㄢˊ ㄍㄨㄛˊ ㄉㄞˋ ㄅㄧㄠˇ ㄉㄚˋ ㄏㄨㄟˋ
‘民國’二十七年三月二十九日至四月二日，‘中國國民黨’在‘武昌’召開的大會。出席代表 355 人，由軍事委員會委員長‘蔣中正’先生主持，大會在於確立抗戰必勝、建國必成的信心。決議有四：一、設置總裁爲黨的最高領袖，推舉‘蔣中正’爲總裁；二、制訂抗戰建國綱領；三、結束‘國防參議會’，另設‘國民參政會’；四、設立‘三民主義青年團’。

臩 ㊀ ㄍㄨㄤˋ *kuang*4 音逛
驚跑。見“說文”。

三 ㄐㄩㄥˇ *chiung*[3] 音炯
冏的古文。

自部

自 ㄗˋ *tzŭ*[4] 音字
①鼻子。見"說文"。②本身;己身。如:自我。③本來。如:自然美。④起源:開始。如;其來有自。⑤從;由。如:登高自卑。

2【自力】 ㄗˋ ㄌㄧˋ
①自然而生的力量。②勉力;盡自己的力量。③佛家語。靠自身修行的力量,成道成佛。與他力相對。

【自了】 ㄗˋ ㄌㄧㄠˇ
①自然解決。②自知。③只顧自己,不管他人。

3【自大】 ㄗˋ ㄉㄚˋ
自以爲了不起而瞧不起他人。

4【自反】 ㄗˋ ㄈㄢˇ
①自我反省。②恢復原來的容貌。

【自分】 ㄗˋ ㄈㄣˋ
自料。

5【自立】 ㄗˋ ㄌㄧˋ
①靠自己的力量有所建樹。②指自行即位爲王。

【自主】 ㄗˋ ㄓㄨˇ
依自己的主張與權力行事,不受外力干涉。

【自由】 ㄗˋ ㄧㄡˊ
①隨自己的意志行動,不受拘束。②係基本人權之一,包括一、人身自由:人民身體自由應予保障,除現行犯之逮捕由法律另訂外,非經司法或警察機關依法定程序,不得逮捕拘禁。非由法院依法定程序,不得審問處罰。非依法定程序之逮捕、拘禁、審問、處罰,得拒絕之。二、不受軍事審判之自由:人民除現役軍人外,不受軍事審判。三、居住遷徙之自由:人民有居住及遷徙之自由。四、表現意見之自由:人民有言論、講學、著作及出版之自由。五、祕密通訊之自由:人民有祕密通訊之自由。六、信仰宗教之自由:人民有信仰宗教之自由。七、集會結社之自由:人民有集會結社之自由。

【自白】 ㄗˋ ㄅㄞˊ
自我表白。

6【自守】 ㄗˋ ㄕㄡˇ
①靠自己的力量守護自己。如:閉關自守。②以道德理想或處世原則自我持守。

【自在】 ㄗˋ ㄗㄞˋ
①任意。②安閒、舒適的樣子。③佛家語。指心離煩惱的繫縛,空寂無礙。

【自如】 ㄗˋ ㄖㄨˊ
①像自己本來的樣子。多用來形容臨事鎮定,毫不恐慌。②一切行動隨著自己的意思,不受外界的影響或拘束。

【自刎】 ㄗˋ ㄨㄣˇ
割頸自殺。

【自伐】 ㄗˋ ㄈㄚ
①自誇。②傷害自己。

【自行】 ㄗˋ ㄒㄧㄥˊ
①自動的去作。②(proper motion)指地球上所觀測到恆星在空間的運動。單位是每年若干弧秒,即觀測者所看到恆星在天球上的投影位置在垂直於視線方向每年所產生的弧秒差。自行的速度一般都小於0.1弧秒/年。

7【自決】 ㄗˋ ㄐㄩㄝˊ
①自己作決定。②自殺。③自然崩潰。④指一地區或民族的成員決定自己的政治前途。

【自我】 ㄗˋ ㄨㄛˇ
(ego) ①一個人的意識、思想、知覺、記憶、想像、行爲等一切經驗的主體。②'奧地利'心理學家'弗洛依德'(S. Freud)分析人格結構所提出的概念之一。係個體接觸現實而學習形成之人格核心部分,行爲動機受現實原則支配,調理本我之原始性衝動得於環境許可之情況下獲得滿足。

8【自況】 ㄗˋ ㄎㄨㄤˋ
比擬自己。

【自治】 ㄗˋ ㄓˋ
指自己管理自己的事務,不依賴他人。在政治制度的領域內,自治係與官治一詞相對而言。指地方上的公共事務,由人民自行處理,或由人民選出之官員代爲處理。其權操之人民,以人民意思爲出發點,是對人民負責。

【自奉】 ㄗˋ ㄈㄥˋ
對自己日常生活的供應。

【自表】 ㄗˋ ㄅㄧㄠˇ
表明自己的心意。

【自來】 ㄗˋ ㄌㄞˊ
①原來;本來。②從來。

【自戕】 ㄗˋ ㄑㄧㄤˊ
自己傷害自己。

【自牧】 ㄗˋ ㄇㄨˋ
自我修養、約束。

【自咎】 ㄗˋ ㄐㄧㄡˋ
把過錯歸於自己。

【自卑】 ㄗˋ ㄅㄟ
①從低處起。②自我謙卑。

【自供】 ㄗˋ ㄍㄨㄥ
對大眾表白自己的心意或過錯。

【自命】 ㄗˋ ㄇㄧㄥˋ
①自認;自許。②由於天命。

9【自恃】 ㄗˋ ㄕˋ
①自以爲有所依靠。②過分自信;自以爲是。

【自首】 ㄗˋ ㄕㄡˇ
係指對於未發覺之犯罪,向偵查機關自動供述其犯罪事實,願受裁判而言。所謂未發覺,係指未被檢察官及司法警察人員發覺而言。

【自相】 ㄗˋ ㄒㄧㄤˋ
佛家語。指萬物萬象各別的本體面目。如人與樹木、魚蟲之相迥異。人的面目,主觀上稱自相,因它與其他生物不同。

【自矜】 ㄗˋ ㄐㄧㄣ
①自我炫耀。②自我矜持。

【自剄】 ㄗˋ ㄐㄧㄥˇ
以刀割頸自殺。
【自是】 ㄗˋ ㄕˋ
①自以爲是；認爲自己對。②從此。③自然是；應該是。
【自若】 ㄗˋ ㄖㄨㄛˋ
同自如。
【自省】 ㄗˋ ㄒㄧㄥˇ
①自我反省；省察自身。②自然省悟。
【自重】 ㄗˋ ㄓㄨㄥˋ
尊重自己的人格。
【自負】 ㄗˋ ㄈㄨˋ
①自恃；自以爲了不起。②自己負擔。
【自信】 ㄗˋ ㄒㄧㄣˋ
(self-confidence)個體認可且接受自己的能力，並認爲其能力足以適應工作所需的一種心理狀態。
【自律】 ㄗˋ ㄌㄩˋ
(self-disciplined)個人能自我獎勵或懲誡以增強或減弱其行爲。與他律相對。
10【自家】 ㄗˋ ㄐㄧㄚ
自己。
【自貢】 ㄗˋ ㄍㄨㄥˋ
省轄市。位於‘四川省’西南部，臨‘沱江’西岸。爲‘自流井’、‘貢井’兩地的併稱。因其地下含鹽層豐足，自古即有鹽井開發，初以‘自流井’和‘貢井’爲中心，後漸發展，彼此相連，遂於‘民國’三十年經政府明令合併爲一市。
【自個】 ㄗˋ ㄍㄜˋ
自己。
11【自許】 ㄗˋ ㄒㄩˇ
①自己稱許自己。②自我期勉。
【自訟】 ㄗˋ ㄙㄨㄥˋ
①責備自己。②替自己申訴。
【自惕】 ㄗˋ ㄊㄧˋ
自我戒愼、警惕。
【自責】 ㄗˋ ㄗㄜˊ
責備自己。
【自專】 ㄗˋ ㄓㄨㄢ
自作主張，獨斷獨行。
【自陳】 ㄗˋ ㄔㄣˊ
①主動陳述。②自我表白。
【自處】 ㄗˋ ㄔㄨˇ
安排自己。
【自得】 ㄗˋ ㄉㄜˊ
①融會貫通，自然得之於己。②自在。③自覺得意。
12【自割】 ㄗˋ ㄍㄜ
(autotomy)指某些動物(如蟹類)爲了自救，自去肢體之一部分以逃生，然後再生新肢。
【自訴】 ㄗˋ ㄙㄨˋ
①自我申訴；自我訴說。②自訴係相對於公訴之用語。刑事訴訟由犯罪之被害人或其一定關係之人提起者爲自訴，刑事訴訟由代表國家之檢察官提起者爲公訴。自訴人得爲自然人或法人。自訴人提起自訴，係爲本身之利益，與被告完全處於敵對立場，此與檢察官提起公訴，以發現眞實爲目的，對被告有利與不利之情形，應一併斟酌注意者不同。
【自尊】 ㄗˋ ㄗㄨㄣ
①自重；尊重自己。②提高自己的地位。
【自裁】 ㄗˋ ㄘㄞˊ
自殺。
【自欺】 ㄗˋ ㄑㄧ
欺騙自己。
【自然】 ㄗˋ ㄖㄢˊ
①天然。與人爲相對。②不勉強；不造作。③當然。④國民小學課程科目之一，即自然科學的簡稱。⑤(nature)⑴與超自然相對。一般指可由感官直接或間接加以覺知的事物或其集合。⑵與文化相對。指事物未經人工修飾或未攙入人爲因素的原始狀態。
【自絕】 ㄗˋ ㄐㄩㄝˊ
①自行脫離或斷絕原有的關係。②自殺。
13【自新】 ㄗˋ ㄒㄧㄣ
改正過失，重新做人。
【自試】 ㄗˋ ㄕˋ
自己要求試用，以便施展自己的抱負。
【自詡】 ㄗˋ ㄒㄩˇ
自誇。
【自愛】 ㄗˋ ㄞˋ
愛重自己。
【自經】 ㄗˋ ㄐㄧㄥ
上吊自殺。
14【自滿】 ㄗˋ ㄇㄢˇ
滿足於自己的成就。
【自豪】 ㄗˋ ㄏㄠˊ
自負；自傲。
【自慚】 ㄗˋ ㄘㄢˊ
自己感到慚愧。
【自盡】 ㄗˋ ㄐㄧㄣˋ
①竭盡自己的心力。②自殺。
【自誓】 ㄗˋ ㄕˋ
自己立誓。
15【自寬】 ㄗˋ ㄎㄨㄢ
安慰自己。
【自適】 ㄗˋ ㄕˋ
自求順心適意；自覺順心適意。
【自課】 ㄗˋ ㄎㄜˋ
自我省察；自我要求。
【自慰】 ㄗˋ ㄨㄟˋ
①自我安慰。②指經由性交以外途徑，自己撫弄性器以達性高潮。即手淫。
【自衛】 ㄗˋ ㄨㄟˋ
①保衛自己。②自衛者，正當防衛之簡稱。正當防衛乃對於現時不法之侵害，爲防衛自己或他人之權利所爲之行爲，不負損害賠償之責，但已逾必要程度者，仍應負相當賠償之責。正當防衛之反擊對象，須係原加害人。至於防衛是否過當，應視具體之客觀情事，及各當事人之主觀事由定之。③對於外國不法之侵略，基於國家領土主權完整之需要，行使必要之自我防衛行爲，稱爲自衛。
16【自燔】 ㄗˋ ㄈㄢˊ
焚燒自己。
【自燃】 ㄗˋ ㄖㄢˊ

(spontaneous combustion) 可燃物在不通風的地方慢慢氧化所放出的熱量，如果沒有立刻散失，則物質將因達到燃點而自行發火燃燒的現象。

【自縊】 ㄗˋ ㄧˋ
上吊自殺。

17【自營】 ㄗˋ ㄧㄥˊ
(autotrophic nutrition)生物攝入二氧化碳和其他無機物、合成醣類或蛋白質等作爲食物，完全不依賴外界的有機物，這種營養方法，稱爲自營。

【自薦】 ㄗˋ ㄐㄧㄢˋ
自我推薦。

18【自轉】 ㄗˋ ㄓㄨㄢˇ
[1]自行轉動。[2](rotation)天體繞著自身的軸心旋轉的運動。恆星、行星、衛星、彗星以至星系都有自轉。

【自鎖】 ㄗˋ ㄙㄨㄛˇ
(self-closed)一個運動對不需要依靠外力而本身可以維持接觸而運動，此種現象稱爲自鎖。

20【自覺】 ㄗˋ ㄐㄩㄝˊ
(soul-searching) 個體評鑑自己之行爲、思想或態度的覺知歷程。

2【自了漢】 ㄗˋ ㄌㄧㄠˇ ㄏㄢˋ
佛家語。不能發大心濟渡眾生，只圖自己修道、出離生死、求得涅槃的人。引申爲只顧自己的人。

5【自主國】 ㄗˋ ㄓㄨˇ ㄍㄨㄛˊ
主權國家、獨立國家之別稱。一個獨立國家在行使權限時，不受外部的干涉、命令或指揮，而得自行決定其行爲，因此亦稱之爲自主國。

【自主權】 ㄗˋ ㄓㄨˇ ㄑㄩㄢˊ
一個獨立國家在一定的空間以內，原則上得排除外部的干涉，而單獨行使其權限。這種獨占性或排他性權力，即稱爲自主權。

【自由式】 ㄗˋ ㄧㄡˊ ㄕˋ
[1]指潛泳外的任何游泳姿勢。[2]專指捷泳。參捷泳。

【自由刑】 ㄗˋ ㄧㄡˊ ㄒㄧㄥˊ
以剝奪自由爲內容的刑罰，稱自由刑。包括無期徒刑、有期徒刑、拘役三種。

【自由伐】 ㄗˋ ㄧㄡˊ ㄈㄚˊ
間伐之一。指爲使幼林可獲自由的生育而將可能發生上方凌壓的老株予以伐除。

【自由車】 ㄗˋ ㄧㄡˊ ㄔㄜ
自行車；腳踏車。

【自由度】 ㄗˋ ㄧㄡˊ ㄉㄨˋ
(degree of freedom) 機器人可以移動的方向數，或一動態機構可以改變的方向數。

【自由球】 ㄗˋ ㄧㄡˊ ㄑㄧㄡˊ
足球比賽重要規則之一。球員於比賽中故意犯規或發生不正當行爲等情形時，裁判即應判對方罰自由球，使比賽繼續進行。分直接自由球(直接射門)及間接自由球(至少經一次傳球後始能射門)兩種。

【自由能】 ㄗˋ ㄧㄡˊ ㄋㄥˊ
(free energy) 熱力學中所定義之狀態函數。常被用來估計自發轉變之系統所能作之最大功，或是化學反應中所能達到之最大程度(或產率)。

【自由基】 ㄗˋ ㄧㄡˊ ㄐㄧ
(free radical) 帶有奇數電子之原子或原子團，稱爲自由基。通常有機之過氧化物或偶氮化合物(具有—N＝N—結構的有機化合物)，在光或熱的作用下，最容易分解成自由基。自由基不安定，容易與其他物質反應。

【自由港】 ㄗˋ ㄧㄡˊ ㄍㄤˇ
(free port) 關稅制度上視同外國領土的國際港。所有出入港埠之貨物，均准於港內儲存、裝配、加工、製造後轉運他國，且予以免稅，俟其輸入內地時，再課以一定之關稅。如'香港'。

【自由黨】 ㄗˋ ㄧㄡˊ ㄉㄤˇ
'英國'主要政黨之一。參保守黨。

7【自決權】 ㄗˋ ㄐㄩㄝˊ ㄑㄩㄢˊ
由自己作決定的權利。

【自作孽】 ㄗˋ ㄗㄨㄛˋ ㄋㄧㄝˋ
自己作惡而招致災禍。

8【自拍機】 ㄗˋ ㄆㄞ ㄐㄧ
(self-timer) 裝有延遲快門開啟時間裝置的相機。可使拍攝者有時間進入預留位置。通常有效時間約10～12秒。

【自卑感】 ㄗˋ ㄅㄟ ㄍㄢˇ
(inferiority) 個體自覺無助、不如他人與無法適應環境的情緒狀態。

9【自流井】 ㄗˋ ㄌㄧㄡˊ ㄐㄧㄥˇ
[1](artesian well)一地的含水層緩緩傾斜，露頭直接暴露在多雨之區，由此直接補注地下水，且含水層夾於上下不透水層之間，則在低於地下水位的地方開井，因水頭壓力，地下水自動湧流地面，稱爲自流井。在乾燥地區，如果有自流井可供灌溉，則漠地也可變成良田。如'澳洲'中部低地、'美國''落磯山脈'東麓'南達科他州'，即因開發自流井灌溉，多已闢成耕地或牧草地，農牧業得以發展。[2]地名。在今'四川省''富順縣'西北，盛產井鹽。

【自度曲】 ㄗˋ ㄉㄨˋ ㄑㄩˇ
自己譜創新曲。

【自負額】 ㄗˋ ㄈㄨˋ ㄜˊ
(deductible) 又稱減扣額。即在保險單中訂立某一確定金額，損失在此金額以下者，保險人不負補償責任；超過此金額者，則僅對超過部分負補償之責。此一確定金額，稱爲自負額。一般財產保險、健康保險與傷害保險都適用。

10【自耕農】 ㄗˋ ㄍㄥ ㄋㄨㄥˊ
耕地的所有權爲農場主所自有。即對耕地具有完全所有權的農場主稱爲自耕農。

【自留額】 ㄗˋ ㄌㄧㄡˊ ㄜˊ
(retention) 在再保險業務中，原保公司基於各種因素的考慮，對每一危險單位或每次損失,自身所願保留承擔的承保責任額。在自留額以上之業務,乃分出由其他保險公司承擔。自留額的多寡,應視財務狀況、業務性質、營業方針及保險金額等因素而決定。

11【自陳法】 ㄗˋ ㄔㄣˊ ㄈㄚˇ
(self-report) 受試者自我檢視、報告一己之行爲的心理評量法。

【自閉症】 ㄗˋ ㄅㄧˋ ㄓㄥˋ
(autism) 指患者自出生後幾個月就開始孤僻成性,不與周圍的人有感情接觸,事事以自我爲中心,但智能並不一定比一般人低的病症。發生原因仍不明,但目前較被採納的是與先天性體質、腦障礙有關。

【自動人】 ㄗˋ ㄉㄨㄥˋ ㄖㄣˊ
(self-actualizing man) '謝恩'(E. H. Schein)所提出組織對員工的一種看法。認爲員工均希望對工作能有某種程度的獨立自主,以發展才華;員工多能自動、自發、自制,外在的誘因與控制,可能對員工形成威脅。組織認爲員工是自動人,則應採用適應自動人的管理策略,如管理者需使員工感到工作有意義,並從中滿足員工之自尊心,且適度的放棄對員工的控制權。

【自動化】 ㄗˋ ㄉㄨㄥˋ ㄏㄨㄚˋ
(automation) 泛指結合各型電腦、應用軟體、感測器、控制及通訊等技術,應用於製造或生產上,以取代或節省人工,達到增加生產力、提高品質及經濟效益的措施。以其應用對象概分爲:⑴工業自動化;⑵辦公室自動化;⑶家庭自動化;⑷工廠自動化。

【自動梯】 ㄗˋ ㄉㄨㄥˋ ㄊㄧ
(escalator) 又稱自動電梯或自動扶梯。外表與普通樓梯相似,但梯級能自動行動。停止行動時,仍可作普通樓梯應用。

12【自然人】 ㄗˋ ㄖㄢˊ ㄖㄣˊ
指由出生而存在於自然界之人類。與法人對稱。自然人爲權利主體之一,有權利能力(人格),亦即有享受權利、負擔義務之資格。

【自然法】 ㄗˋ ㄖㄢˊ ㄈㄚˇ
(natural law) 1指支配自然界中之因果關係的法則。2根據人類固有之理性彼此必得互相遵守的法律。被認爲比主權者頒布之法律更高一層的法律。

【自然門】 ㄗˋ ㄖㄢˊ ㄇㄣˊ
國術門派。近人'杜心五'所傳。無固定拳套,僅有鍛鍊方法及應用手法,注重腰腿柔軟,關節靈活,動作快捷。

【自然界】 ㄗˋ ㄖㄢˊ ㄐㄧㄝˋ
宇宙間生物界和非生物界的總稱。

【自然堤】 ㄗˋ ㄖㄢˊ ㄊㄧˊ
(natural levee) 河流氾濫期間,河水挾帶泥沙溢出河道,因河水深度突減,摩擦力驟增,搬運力減小,泥沙乃沿著河道兩側堆積成低而寬廣的沖積層小脊,由於重複氾濫而積高,終於高出附近的平原而成爲河川兩側的堤防。因係自然生成而非人工修建,故稱自然堤,也稱天然堤。我國'黃河'自然堤發達,自然堤內側因沈積泥沙,河床漸高,終於高出兩側平原,故有「河在天上行」之諺語。

【自然數】 ㄗˋ ㄖㄢˊ ㄕㄨˋ
(natural number)即正整數1,2,3,……。它是所有普通的數(整數、有理數、實數)的基礎,所有這些數都可以從正整數以數學方式導出。所有自然數形成無限序列的事實,有時稱做無限公理。自然數是基數,也是序數。基數指的是集合的大小,例如「屋裡有8人」;序數可以指出一個有序序列的位置,例如「他是第8個進來的」。可以用公理系統描述自然數。最常用的是'匹亞諾'(Peano)公理系統,以自然數及後繼元爲未定義名詞:一、每一自然數有一後繼元爲自然數;二、有唯一的自然數1,它不是其他自然數的後繼元;三、自然數不等,則其後繼元亦不等;四、任何子集若包含1,以及此子集的所有元素的後繼元,則此子集即爲自然數全體。前三個公理敘述自然數集和去掉1的自然數集之間的後繼的一一對應關係;最後的公理就是數學歸納法原理。'匹亞諾'是'義大利'的數學及邏輯學家,他在十九世紀末提出這個系統。由此公理出發,可以用遞迴方法定義加法及乘法,並證明它們滿足各種運算規律。

13【自感量】 ㄗˋ ㄍㄢˇ ㄌㄧㄤˋ
(self-inductance)當電路裡的電流變化時,用來表示電路本身之感應電動勢的參數。

【自感應】 ㄗˋ ㄍㄢˇ ㄧㄥˋ
(self-induction) 當電感器(線圈)中的電流有了改變,則所產生的磁通量變化,會使線圈本身感應生成一感應電動勢,此種效應稱爲自感應。

17【自償性】 ㄗˋ ㄔㄤˊ ㄒㄧㄥˋ
(self-liquidating) 指放款本身具有清償能力。凡基於眞實交易行爲而放款或接受票據的貼現,俟交易全部完成即有資金可以回收,用以償還銀行的放款或貼現。

21【自顧自】 ㄗˋ ㄍㄨˋ ㄗˋ
只管自己。

2【自力更生】 ㄗˋ ㄌㄧˋ ㄍㄥ ㄕㄥ
盡自己的力量,謀求生存,創造前途。

【自力救濟】 ㄗˋ ㄌㄧˋ ㄐㄧㄡˋ ㄐㄧˋ
以私力保護或實現自己權利之行爲。法治國家原則上禁止自力救濟,凡權利受到侵害,須循合法管道尋求救濟,不得以自己之力量,實現救濟該權利之行爲,否則應負損害賠償責任並成立犯罪,惟例外因情勢急迫,不能依賴法律程序或有關機關及時援助，於符合特定要件時，得爲自力救濟。

3【自己保險】 ㄗˋ ㄐㄧˇ ㄅㄠˇ ㄒㄧㄢˇ (self-insurance) 規模較大的企業，由本身經驗可正確預知可能承受的損失，爲能加以有效控制，而使危險得以分散，而建立自己保留並承擔危險的計畫或方案。

4【自不量力】 ㄗˋ ㄅㄨˋ ㄌㄧㄤˋ ㄌㄧˋ 不估計自己的力量，而做自己做不到的事。

5【自主占有】 ㄗˋ ㄓㄨˇ ㄓㄢˋ ㄧㄡˇ 占有以占有人是否以所有之意思而占有，可分爲自主占有與他主占有。自主占有謂占有人以所有之意思而占有，他主占有謂占有人非以所有之意思而占有。占有以所有人占有爲常態，以非所有人占有爲變態，因此"民法"第九百四十四條第一項規定：「占有人，推定其爲以所有之意思，善意、和平及公然占有者。」因此主張占有人爲他主占有者須負舉證責任。自主占有與他主占有區別之實益是自主占有才可能時效取得所有權，他主占有縱然完成時效，亦不可能時效取得所有權，只可能時效取得限定物權。他主占有可變爲自主占有，"民法"第九百四十五條規定：「占有依其所由發生之事實之性質，無所有之意思者，其占有人對於使其占有之人表示所有之意思時起，爲以所有之意思而占有，其因新事實變爲以所有之意思占有者，亦同。」即揭明斯旨。

【自主管理】 ㄗˋ ㄓㄨˇ ㄍㄨㄢˇ ㄌㄧˇ (autonomy) 指企業在其組織的大原則下給予員工較大自由，由員工自行約束行爲的管理方式。在自主管理下通常只問結果是否達成，而不問其過程。研究發現，此種方式是養成員工負責意念的基本因素。此外，科學家、專業人員是最要求自主管理的人。

【自由心證】 ㄗˋ ㄧㄡˊ ㄒㄧㄣ ㄓㄥˋ 證據之證明力，應由法院加以實質的價值判決，亦即法院有爲證據判斷之自由。"刑事訴訟法"規定，證據之證明力由法院自由判斷，採自由心證主義。自由心證主義，賦推事或審判官以廣泛之證據價值判斷權力，使其不受干涉、限制或拘束，目的在採擇正確證據，據之認定事實，適用法律，達到公正裁判之目的。推事或審判官對證據之判斷不得任意自由憑空取捨，而應依一般經驗法則，爲公平之判斷。

【自由水分】 ㄗˋ ㄧㄡˊ ㄕㄨㄟˇ ㄈㄣˋ (free moisture) 一定溫度與溼度下，物料所含之總水分與其平衡水分之差，稱爲自由水分。故物料於此條件下乾燥，最多可去除之水分即爲此自由水分。

【自由主義】 ㄗˋ ㄧㄡˊ ㄓㄨˇ ㄧˋ (liberalism)十七世紀以來，由'英國'學者'洛克'等所倡導的一種思想、信仰與運動。就政治內涵言，主張減少乃至排除國家權力對個人自由的干涉；在經濟內涵言，主張市場經濟自由競爭。

【自由回憶】 ㄗˋ ㄧㄡˊ ㄏㄨㄟˊ ㄧˋ (free recall) 測量記憶的主要方法之一。受試者於學習某些材料後，可依任何順序喚起回憶。

【自由沈降】 ㄗˋ ㄧㄡˊ ㄔㄣˊ ㄐㄧㄤˋ (free setting) 一種利用水力的類析方法。即將固體混合物置於流動液體中，調整液體流速介於大小粒子之沈降速度間，使大粒子下降，小粒子上浮而達分離之目的。

【自由流體】 ㄗˋ ㄧㄡˊ ㄌㄧㄡˊ ㄊㄧˇ (free fluid) 流體與物體作相對運動時，不因物體之存在而受擾動的流體。亦即在受擾動區域外的流體。自由流體的流動狀態稱爲自由流(free stream)，經常自由流即指自由流體。

【自由裁量】 ㄗˋ ㄧㄡˊ ㄘㄞˊ ㄌㄧㄤˊ 指於法律規定之範圍內，行政機關可自由判斷、衡量如何處分，始合於公益。自由裁量縱有錯誤，僅係不當行爲，並不發生違法問題，不得爲提起行政訴訟之標的。然自由裁量亦非絕對自由，因爲外部不可超越法定範圍，內部也要受法律目的之約束。自由裁量之外部界限，如誠信原則、禁止過分原則、規定行政行爲成立之法律(如"行政手續法"、"公務員法")、具體對於該個別行政行爲有效之特別法，以及行政習慣法等等。自由裁量之內部限制，如不得違反平等原則、比例原則、須附處分理由、禁止恣意、不得爲與事件無關連性或違背目的性之考慮等等。自由裁量處分如違反外部界限或內部限制，即係逾越權限或濫用權力之行政處分，非僅不當，已屬違法，得爲提起訴願、再訴願、行政訴訟之標的。

【自由意志】 ㄗˋ ㄧㄡˊ ㄧˋ ㄓˋ (free will)個人能夠作決定或進行思慮選擇的心靈能力。

【自由電子】 ㄗˋ ㄧㄡˊ ㄉㄧㄢˋ ㄗˇ (free electron) 不受特定原子能量束縛，而成爲所有原子所共有，可以自由運動的電子。

【自由資源】 ㄗˋ ㄧㄡˊ ㄗ ㄩㄢˊ (free resources) 不必付出代價就能取得的自然資源。例如陽光、空氣及水對於靠近河邊的人而言。

【自由經濟】 ㄗˋ ㄧㄡˊ ㄐㄧㄥ ㄐㄧˋ (free economy) 即市場經濟。是指每個人可以根據市場和價格的條件，自由從事各種經濟活動之選擇的經濟制度。在此制度下，政府只須提供最基本的服務，其他都由個人自由選擇，經過價格機能的引導，可以促成公共的利益。

【自由對流】 ㄗˋ ㄧㄡˊ ㄉㄨㄟˋ ㄌㄧㄡˊ (free convection) 在對流過程

中,若沒有使流體產生運動之外加力量存在,則流體的運動僅爲壁附近因溫度差產生之密度梯度的結果,此對流現象稱爲自由對流。

【自由聯想】ㄗˋ ㄧㄡˊ ㄌㄧㄢˊ ㄒㄧㄤˇ
(free association) 進行心理分析治療時,患者於身心舒適順暢之狀態下,將一切浮現於意識中之事物全盤吐出的歷程。

【自由競爭】ㄗˋ ㄧㄡˊ ㄐㄧㄥˋ ㄓㄥ
(free competition)一產業若新生產者可以自由進入,原來生產者亦可自由退出,並無任何法律或人爲的障礙,稱爲自由競爭。亦即生產因素的移動絕對自由。

【自出機杼】ㄗˋ ㄔㄨ ㄐㄧ ㄓㄨˋ
比喻別出心裁、自創風格。

6【自成一家】ㄗˋ ㄔㄥˊ ㄧ ㄐㄧㄚ
創立獨特的體系或風格。

【自成一格】ㄗˋ ㄔㄥˊ ㄧ ㄍㄜˊ
獨創一種與眾不同的風格。

7【自言自語】ㄗˋ ㄧㄢˊ ㄗˋ ㄩˇ
對自己說話。

【自求多福】ㄗˋ ㄑㄧㄡˊ ㄉㄨㄛ ㄈㄨˊ
自己去求取厚福。

【自投羅網】ㄗˋ ㄊㄡˊ ㄌㄨㄛˊ ㄨㄤˇ
鳥獸自己衝進羅網裡。比喻自取其害。

【自助人助】ㄗˋ ㄓㄨˋ ㄖㄣˊ ㄓㄨˋ
自求上進而後能獲得別人的幫助。

【自助行爲】ㄗˋ ㄓㄨˋ ㄒㄧㄥˊ ㄨㄟˊ
"民法"第一百五十一條規定:「爲保護自己權利,對於他人之自由或財產施以拘束、押收或毀損者,不負損害賠償之責。但以不及受法院或其他有關機關援助,並非於其時爲之,則請求權不得實行或其實行顯有困難者爲限。」是爲自助行爲。自助行爲是違法阻卻事由之一。舉例言之,某甲爲某乙之債權人,某乙變賣家產,意欲遠逃國外,某甲可逕將某乙拘束是。但行使自助行爲而拘束他人自由或押收他人財產者,須即時向法院聲請援助,若該聲請被駁回,或聲請遲延者,行爲人應負損害賠償責任。

【自吹自擂】ㄗˋ ㄔㄨㄟ ㄗˋ ㄌㄟˊ
自我誇耀;自我宣傳。

【自私自利】ㄗˋ ㄙ ㄗˋ ㄌㄧˋ
不顧公眾,只謀求自己的利益。

【自我作古】ㄗˋ ㄨㄛˇ ㄗㄨㄛˋ ㄍㄨˇ
不墨守成法,而能開創先例。古,通故。指成例、典故。

【自我刺激】ㄗˋ ㄨㄛˇ ㄘˋ ㄐㄧ
(self-stimulation) 心理治療法之一。以電極刺激大腦之快樂中心,而改善情緒,達到治療目的。

【自我展示】ㄗˋ ㄨㄛˇ ㄓㄢˇ ㄕˋ
(self-presentation)個體毛遂自薦,使人視爲特出,因而獲得權勢的歷程。

【自我晉升】ㄗˋ ㄨㄛˇ ㄐㄧㄣˋ ㄕㄥ
(self-promotion) 個體竭能盡力,使人視爲才器,因而得獲擢拔的歷程。

【自我教導】ㄗˋ ㄨㄛˇ ㄐㄧㄠˋ ㄉㄠˇ
(autoinstruction) 依據已編定的教學程序與準備好的教材,自行教導自己學習。電腦編序教學即是一種自我教導的方式。

【自我教學】ㄗˋ ㄨㄛˇ ㄐㄧㄠ ㄒㄩㄝˊ
(self-teaching)經由書本、雜誌、唱片、錄音帶、錄影帶、電視教材與各種教具的安排而自行學習的歷程。也泛指不需教師或他人直接教導的自我學習。

【自我陶醉】ㄗˋ ㄨㄛˇ ㄊㄠˊ ㄗㄨㄟˋ
自己認定自己的優點;自以爲很好而沈醉其中。

【自我鑑定】ㄗˋ ㄨㄛˇ ㄐㄧㄢˋ ㄉㄧㄥˋ
(self-verification) 個體經由他人之回映,以證實自己對本身的觀感。

【自我觀念】ㄗˋ ㄨㄛˇ ㄍㄨㄢ ㄋㄧㄢˋ
(self-concept) 個體對自己之思想、感情、態度、價值與目標的自我評估或衡量。

【自作自受】ㄗˋ ㄗㄨㄛˋ ㄗˋ ㄕㄡˋ
自己承受錯失的不良後果。

【自作聰明】ㄗˋ ㄗㄨㄛˋ ㄘㄨㄥ ㄇㄧㄥˊ
自以爲很聰明而率然行事,不接納他人的規勸。

8【自取其咎】ㄗˋ ㄑㄩˇ ㄑㄧˊ ㄐㄧㄡˋ
自己招取禍患。

【自拉自唱】ㄗˋ ㄌㄚ ㄗˋ ㄔㄤˋ
自說自話,而無人應和。

【自明眞理】ㄗˋ ㄇㄧㄥˊ ㄓㄣ ㄌㄧˇ
(self-evident truth) 不待證明而眞理性自顯的命題或其內容。

【自命不凡】ㄗˋ ㄇㄧㄥˋ ㄅㄨˋ ㄈㄢˊ
自以爲和眾人不同。

9【自相矛盾】ㄗˋ ㄒㄧㄤ ㄇㄠˊ ㄉㄨㄣˋ
比喻自己的言行前後不一致或自相牴觸。

【自矜自是】ㄗˋ ㄐㄧㄣ ㄗˋ ㄕˋ
自我炫耀,自以爲是。

【自致地位】ㄗˋ ㄓˋ ㄉㄧˋ ㄨㄟˋ
(achieved status) 經由個人努力或成就而獲得的地位。如教育與職業地位。與先賦地位相對。

【自怨自艾】ㄗˋ ㄩㄢˋ ㄗˋ ㄧˋ
悔恨自己的錯誤,而加以改正。後多僅用爲悔恨的意思。

【自食其力】ㄗˋ ㄕˊ ㄑㄧˊ ㄌㄧˋ
靠自己的能力謀生。

10【自家消化】ㄗˋ ㄐㄧㄚ ㄒㄧㄠ ㄏㄨㄚˋ
生物體在無菌狀態下,利用體內所含的酵素,自行分解、腐敗。

【自書遺囑】ㄗˋ ㄕㄨ ㄧˊ ㄓㄨˇ
遺囑人親自書寫之遺囑。自書遺囑者應自書遺囑全文,記明年、月、日,並親自簽名。如有增減、塗改,應註明增減、塗改之處所及字數,另行簽名,以防變造。

11【自淨作用】ㄗˋ ㄐㄧㄥˋ ㄗㄨㄛˋ ㄩㄥˋ
(self-purification)受汙染的河川、湖泊或海洋等水體,本身具有因長時間之沉澱、輸氧、生物等作用而減低汙染程度的機制。

【自強不息】ㄗˋ ㄑㄧㄤˊ ㄅㄨˋ ㄒㄧˊ
不斷奮發努力,以求上進。

【自強運動】ㄗˋ ㄑㄧㄤˊ ㄩㄣˋ ㄉㄨㄥˋ
'清''咸豐'十一年(1861)'英''法'聯軍之役後,至'光緒'二十年(1894)甲午戰爭爆發的三十餘年間,朝野開明大臣通力合作,模仿西法,舉辦新政,以期能夠自強圖存,史稱自強運動或洋務運動。

【自掘墳墓】ㄗˋ ㄐㄩㄝˊ ㄈㄣˊ ㄇㄨˋ
比喻自毀前途。

【自閉敵對】ㄗˋ ㄅㄧˋ ㄉㄧˊ ㄉㄨㄟˋ
(autistic hostility) 衝突之當事者易減少或中斷雙方之溝通,以致關係更加惡化,彼此仇視、懷疑、攻擊。

【自動升級】ㄗˋ ㄉㄨㄥˋ ㄕㄥ ㄐㄧˊ
(automatic promotion)一般中小學所採用的升級制度。學生經一學年的學習,無論其所學程度的優劣,一律獲准升上次一年級。因其忽視學科進度的差異,故又稱社會升級(social promotion)。

【自動追蹤】ㄗˋ ㄉㄨㄥˋ ㄓㄨㄟ ㄗㄨㄥ
(automatic tracking)利用向目標物發射某種波束所得之回波訊號,以追蹤一移動中目標的方法。可應用在:一、空優戰鬥機藉雷達、紅外線、光學或其他系統自動對空中目標之鎖定並追蹤;二,地面追蹤站追蹤人造衛星、飛機、遙控飛機或其他移動物體,以保持指揮系統、攔截系統、資訊傳送系統或其他定向波束之效用。

【自動設限】ㄗˋ ㄉㄨㄥˋ ㄕㄜˋ ㄒㄧㄢˋ
(voluntary restrictive agreement; VRA)'美國'貿易設限的一種。當'美國'政府認爲外國產品過量輸入其市場,影響其同類廠商之權益,或危及其國家、國防安全時,即主動與該國政府談判,要求對方採取每年不得超過某一限額的輸'美'措施。

【自動控制】ㄗˋ ㄉㄨㄥˋ ㄎㄨㄥˋ ㄓˋ
(automatic control) 即藉著偵測器之偵測,將程序中之控制變數(如溫度、壓力、流量等)轉變爲電壓或壓力信號至控制器,再經回饋控制或前饋控制以調整操縱變數,使程序維持穩定或所欲保持之狀態。其與自動化不同。

【自得其樂】ㄗˋ ㄉㄜˊ ㄑㄧˊ ㄌㄜˋ
自己領略、肯定其中的樂趣。

12【自尊需要】ㄗˋ ㄗㄨㄣ ㄒㄩ ㄧㄠˋ
(self-respect need)'馬斯婁'(A. H. Maslow) 所提出的人們五大基本需要之一。爲較高層次的需要。即人們不但希望他人能給予高度的評價與尊敬,而且還需要自己能感到自我的重要性,獲得自我的認可。

【自欺欺人】ㄗˋ ㄑㄧ ㄑㄧ ㄖㄣˊ
欺騙別人,實爲騙自己。

【自貽伊戚】ㄗˋ ㄧˊ ㄧ ㄑㄧ
自招憂患。

【自然主義】ㄗˋ ㄖㄢˊ ㄓㄨˇ ㄧˋ
(naturalism)1主張自然界是一個自足的體系,不需藉超自然的存有或使用目的論來加以說明。2文學的自然主義興起於十九世紀的'法國',爲寫實主義的擴充,主張應取材於現實生活,而趨於客觀及外在的描寫,重視科學並尊重個性。'左拉'爲自然主義小說的創始者,'莫泊桑'爲其繼起者。

【自然恢復】ㄗˋ ㄖㄢˊ ㄏㄨㄟ ㄈㄨˋ
(spontaneous recovery)古典制約學習的基本現象之一。制約反應消除一段時間後,受試者不需再學習即可對制約刺激恢復反應。

【自然科學】ㄗˋ ㄖㄢˊ ㄎㄜ ㄒㄩㄝˊ
(natural science)探討自然界物體的本質、型態及其運作程序、規律的學科。包括生物學、物理學、化學、天文學等。一指別於人文科學,或研究純粹抽象形式或理論的學科。如數學、邏輯學等。

【自然哲學】ㄗˋ ㄖㄢˊ ㄓㄜˊ ㄒㄩㄝˊ
(natural philosophy)以自然界的事物爲研究對象的哲學。尤指古代'希臘'對於自然界的哲學探討。當時亦名之爲物理學。

【自然接種】ㄗˋ ㄖㄢˊ ㄐㄧㄝ ㄓㄨㄥˋ
指空氣中的菌種與動植物接觸的過程。以往民間製作香腸、醋、酒或培養酵母,都採自然接種的醱酵過程。然而直接利用空氣中的菌種,成分或比例並不單純,對人體不利的菌種常會跟著進入。近年科技界改以人工的方式,把良好的菌種培養在隔離的環境中,避免不良菌種滲入,即所謂的「菌酛」,採用菌酛得到的發酵食品品質穩定,安全性較高。

【自然債務】ㄗˋ ㄖㄢˊ ㄓㄞˋ ㄨˋ
又稱不完全債務;即無責任之債務。履行與否,依債務人之意思,如債務人不履行時,債權人不得依訴權或強制執行請求權強制其履行。反之,債務人業已履行,則其履行有效,與非債清償有別,債務人不得依不當得利之規定,請求返還。自然債務之由當事人約定而發生者,稱爲約定之自然債務;由"民法"或其他法律規定而發生者,稱爲法定之自然債務,例如消滅時效完成後之債務、基於不法原因之債務、基於道德上義務之債務、超過利息限制之利息債務及依調協或破產程序未受清償部分之債務等是。

【自然對數】ㄗˋ ㄖㄢˊ ㄉㄨㄟˋ ㄕㄨˋ
(natural logarithm) 即以 e 爲底的對數,或等於 $\int_1^N \frac{1}{t}dt$。常用對數係以10爲底。

【自然增長】ㄗˋ ㄖㄢˊ ㄗㄥ ㄓㄤˇ
(natural growth) 指生育人口多於死亡人口所導致的人口增長。

【自然獨占】ㄗˋ ㄖㄢˊ ㄉㄨˊ ㄓㄢˋ
(natural monopoly) 由於市場

力量自然而然所形成的獨占。如電力、瓦斯、自來水、鐵路等公用事業均爲自然獨占的例子。這些產業均具有重大的規模經濟，產量愈大，成本愈低，長期平均成本最低點的產量足以供應全部市場的需求，因此允許獨家廠商以最合適的生產規模、最低的長期成本從事獨占生產，對社會福利最爲有益。

【自給自足】ㄗˋ ㄐㄧˇ ㄗˋ ㄗㄨˊ
自己所供應的能滿足自己的需要。

13【自圓其說】ㄗˋ ㄩㄢˊ ㄑㄧˊ ㄕㄨㄛ
找理由來支持自己的說法。

【自亂陣腳】ㄗˋ ㄌㄨㄢˋ ㄓㄣˋ ㄐㄧㄠˇ
自己弄亂了行事的步驟；同一立場的人自己亂了步調。

14【自慚形穢】ㄗˋ ㄘㄢˊ ㄒㄧㄥˊ ㄏㄨㄟˋ
本指儀容舉止，相形見絀，後來借作自愧遠不如人的謙詞。

15【自暴自棄】ㄗˋ ㄅㄠˋ ㄗˋ ㄑㄧˋ
自甘墮落，不求上進。

19【自壞長城】ㄗˋ ㄏㄨㄞˋ ㄔㄤˊ ㄔㄥˊ
1比喻自己毀壞保護的屏障。2比喻自己去除得力的良臣或助手。

21【自顧不暇】ㄗˋ ㄍㄨˋ ㄅㄨˋ ㄒㄧㄚˊ
顧全自己都來不及。

5【自由貿易區】ㄗˋ ㄧㄡˊ ㄇㄠˋ ㄧˋ ㄑㄩ
(free trade area)爲最初步的一種經濟結合型態。在自由貿易區內，各會員國的內部貿易障礙如關稅等，都予以廢除，但各會員國對其餘國家仍舊維持他們自己的關稅、限額及其他貿易限制措施。最有名的自由貿易區爲西元1960年成立的'歐洲自由貿易協會'(European Free Trade Association; EFTA)及'拉丁美洲自由貿易協會'(Latin American Free Trade Association; LAFTA)。

11【自掃門前雪】ㄗˋ ㄙㄠˇ ㄇㄣˊ ㄑㄧㄢˊ ㄒㄩㄝˇ
比喻獨善其身，不管他人。

【自動性繪畫】ㄗˋ ㄉㄨㄥˋ ㄒㄧㄥˋ ㄏㄨㄟˋ ㄏㄨㄚˋ
(automatism) 超現實主義或抽象表現主義畫家常用的表現手法。在理性意識尚未控制之前，利用潛意識的自動想像（超現實主義）來表現夢及幻想之內涵；或隨著手部自發性的揮動行爲（抽象表現主義），來作抽象繪畫的表現技法。這種自動性繪畫，可以收到意想不到的內涵或畫面。

【自動索引法】ㄗˋ ㄉㄨㄥˋ ㄙㄨㄛˇ ㄧㄣˇ ㄈㄚˇ
(automatic indexing; auto-indexing) 即以電腦編製索引的方法。此種索引法，又可分爲兩種方式：一是先在電腦中存入剔除字表（stop word list），此表列出不具意義的冠詞、介繫詞等剔除字，再輸入各文獻的書名/篇名，以電腦來刪除剔除字，並將其餘具有意義的詞彙，依字母順序分別列爲索引用語。二是輸入各文獻的書名/篇名、摘要或全文，利用電腦統計出最常出現的詞彙，將這些詞彙分別列爲索引用語。有的系統，事先在電腦中儲存索引典，依據索引典，選用適切的敘述語來替代最常出現的詞彙，做爲索引用語，如此同義字、同形異義字等得以被控制，使相同主題的文獻不致分散於不同的索引用語之下。

【自動駕駛儀】ㄗˋ ㄉㄨㄥˋ ㄐㄧㄚˋ ㄕˇ ㄧˊ
(automatic pilot; autopilot) 又稱副駕駛儀 (copilot)。飛機上具有陀螺儀之電子操縱系統。一經預先校定航向及高度，即能自動控制操縱面，改正偏差，保持穩定之航行及高度而無需人力幫助。

【自偏壓電路】ㄗˋ ㄆㄧㄢ ㄧㄚ ㄉㄧㄢˋ ㄌㄨˋ
(self-bias circuit) 電晶體偏壓電路的一種。如圖所示，加 R_1 與 R_2 於電源、基極與地之間，以供應基極的順向偏壓。在射極與地之間加 R_e，當溫度上升 I_C 上升，則抑制射極與基極間的電壓，因此也抑制 I_C 的增加，故有溫度變化的穩定性。

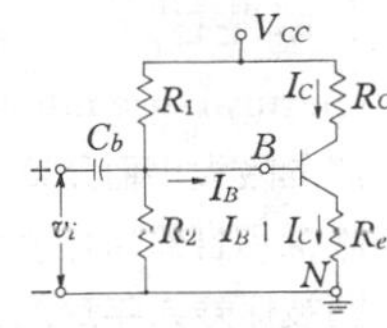

自偏壓電路圖

12【自發性投資】ㄗˋ ㄈㄚ ㄒㄧㄥˋ ㄊㄡˊ ㄗ
(autonomous investment) 投資不隨經濟體系內國民所得水準的變化而改變，其改變只受經濟體系外，如戰爭、預期、新資源發現及創新等因素影響。

【自發性消費】ㄗˋ ㄈㄚ ㄒㄧㄥˋ ㄒㄧㄠ ㄈㄟˋ
(autonomous consumption)不隨所得之變化而改變的消費。是總消費中與所得無關的部分。

【自然失業率】ㄗˋ ㄖㄢˊ ㄕ ㄧㄝˋ ㄌㄩˋ
(natural unemployment rate) 一個經濟社會於任何時候所無法避免的摩擦性、結構性、技術性與季節性失業的總和。自然失業與勞動力的相對比率即爲自然失業率。此失業率事實上代表著充分就業，其數值的高低視個別經濟結構之不同而定。目前'歐''美'各先進國家以4～5%的自然失業率爲充分就業的標準。

【自然地理學】ㄗˋ ㄖㄢˊ ㄉㄧˋ ㄌㄧˇ ㄒㄩㄝˊ
(physical geography)地理學三大分門之一。指研究地表自然環境的地理學。自然地理學所研討的自然環境，內容十分廣泛而複雜,其中以地形、氣候、水文、土壤、生物爲主要部門。故地形學、氣候學、水文地理學、土壤地理學、生物地理學爲主要研究學科。

【自然保險費】ㄗˋ ㄖㄢˊ ㄅㄠˇ ㄒㄧㄢˇ ㄈㄟˋ

(natural premium)保險費率按照危險大小而分高低。如人壽保險採用自然保險費制,其費率應隨被保險人年齡遞長而遞增,因死亡率隨年齡而增加,保險費率自應隨之逐年提高。

【自然觀察法】ㄗˋ ㄖㄢˊ ㄍㄨㄢ ㄔㄚˊ ㄈㄚˇ

(naturalistic observation)觀察法之一。研究者於自然環境中,對個體之行爲進行系統性之觀察與記錄。

15【自耦變壓器】ㄗˋ ㄡˇ ㄅㄧㄢˋ ㄧㄚ ㄑㄧˋ

(autocoupled-transformer)僅以一個繞組線圈構成的變壓器。

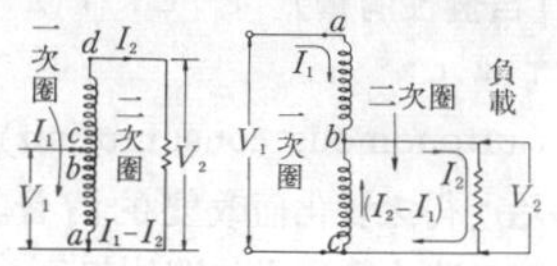

升壓自耦變壓器圖　降壓自耦變壓器圖

以整個繞組爲初級繞組,而以其中一部分線圈爲次級繞組,或反之而爲。

19【自願性失業】ㄗˋ ㄩㄢˋ ㄒㄧㄥˋ ㄕ ㄧㄝˋ

(voluntary unemployment)勞動人口自己不願意工作,或其要求較市場現行工資水準更高而失業者。

5【自主神經系統】ㄗˋ ㄓㄨˇ ㄕㄣˊ ㄐㄧㄥ ㄒㄧˋ ㄊㄨㄥˇ

(autonomic nervous system)又稱自律神經系統。由交感神經及副交感神經所組成,二者有互相拮抗的作用。分布於內臟器官及許多腺體上,作用並不受大腦意志的支配。如交感神經促使心臟跳動加快、血管收縮和遲緩胃腸蠕動;而副交感神經則相反。

【自由飛行彈道】ㄗˋ ㄧㄡˊ ㄈㄟ ㄒㄧㄥˊ ㄉㄢˋ ㄉㄠˋ

(free flight trajectory)泛指一般飛行體在推力終止後無導引作用之彈道。

【自由報業理論】ㄗˋ ㄧㄡˊ ㄅㄠˋ ㄧㄝˋ ㄌㄧˇ ㄌㄨㄣˋ

(Theory of Libertarianism)四種報業理論之一。起源於十七世紀的‘英國’與十八世紀的‘美國’。認爲人類具有理性及天賦基本的權利,堅認政府對於出版事業不得干涉,報紙只須負起人民與政府間溝通的任務,因此眞實、客觀、公正爲新聞報導的原則。並強調報業是一個⌊第四階級⌉,功能在補助政府行政、司法與立法機關的不足。十九世紀中葉後,成爲世界報業理論的主導。

【自用住宅用地】ㄗˋ ㄩㄥˋ ㄓㄨˋ ㄓㄞˊ ㄩㄥˋ ㄉㄧˋ

指土地所有權人或其配偶、直系親屬於該地辦竣戶籍登記,且無出租或供營業用之住宅用地。自用住宅用地於課徵地價稅及土地增值稅時均可適用優惠稅率,惟在地價稅之優惠方面以一處爲限,在土地增值稅之優惠方面則以一生一次爲限。

7【自我崇拜人格】ㄗˋ ㄨㄛˇ ㄔㄨㄥˊ ㄅㄞˋ ㄖㄣˊ ㄍㄜˊ

(narcissistic personality)一種自視完美與自我情愛的人格。具有該人格者渴求他人之注意與敬佩,卻對他人極盡剝削、冷漠之能事。

【自我實現預言】ㄗˋ ㄨㄛˇ ㄕˊ ㄒㄧㄢˋ ㄩˋ ㄧㄢˊ

(self-fulfilling prophecy)個體預期發生某事,無形中導致該事件之發生。常指個人之表現係自我期望所致。

【自我實現需要】ㄗˋ ㄨㄛˇ ㄕˊ ㄒㄧㄢˋ ㄒㄩ ㄧㄠˋ

(self-actualization need)爲‘馬斯婁’(A. H. Maslow)所提出人們五大基本需要中最高層次的需要。即希望能成就其個人的自我表現與成就。人們莫不希望能成就他本人所希望完成的成就,充分發揮其潛力,實現自我,以完成自我發展。

11【自動穩定因子】ㄗˋ ㄉㄨㄥˋ ㄨㄣˇ ㄉㄧㄥˋ ㄧㄣ ㄗˇ

(automatic stabilizer)即經濟體系中存有自動穩定,無需政府特意採取政策行動的機能。如累進所得稅、社會安全保險、農產價格支持、公司紅利分配等。這些原就存在經濟體系中的制度或現象,能夠在經濟繁榮時使政府的預算盈餘增加或赤字減少,防制膨脹;經濟衰退時使政府的預算赤字增加或盈餘減少,防制蕭條。

7【自我晉升者矛盾】ㄗˋ ㄨㄛˇ ㄐㄧㄣˋ ㄕㄥ ㄓㄜˇ ㄇㄠˊ ㄉㄨㄣˋ

(self-promoter's paradox)欲自我晉升者,不在表現上顯耀其具高度才識,反而自我浮誇,處處顯現膚淺、無能,導致他人之不信任。

11【自動閉塞行車制】ㄗˋ ㄉㄨㄥˋ ㄅㄧˋ ㄙㄜˋ ㄒㄧㄥˊ ㄔㄜ ㄓˋ

(automatic block system)行車制度之一。將兩鄰站間之閉塞裝置與號誌機合而爲一,允許二列以上之列車於二站間進行同向跟蹤行駛,並利用軌道電路自動實施閉塞。採行該制度時,鐵路正線軌道及站內主要側線,均設軌道電路,其與站內各號誌機間具有自動連鎖關係,各站除進出站號誌機外,並於二站間,視行車密度及制軔距離酌設閉塞號誌,一切號誌顯示,均由軌道電路控制,因列車經過而自動變換,以控制列車之行止。

5【自由度(m, n)之F分布】 ㄗˋ ㄧㄡˊ ㄉㄨˋ m n ㄓ F ㄈㄣ ㄅㄨˋ
(F distribution of degrees of freedom (m, n))兩個獨立的卡方變數U、V,自由度各爲m、n,則$(U/m)\div(V/n)$爲F變數自由度(m, n),而其分布稱爲F分布。其密度爲$f(x)=\left(\frac{m+n-2}{2}\right)!\left(\frac{m}{n}\right)^{\frac{m}{2}}x^{\frac{(m-2)}{2}}\div\left[\left(\frac{m-2}{2}\right)!\left(\frac{n-2}{2}\right)!\left(1+\frac{m}{n}x\right)^{\frac{(m+n)}{2}}\right](x>0)$,期望值爲$\frac{n}{n-2}$,變異數$2n^2(m+n-2)\div[m(n-2)^2(n-1)]$。

4

皇 皇的本字。

臬 ㄋㄧㄝˋ nieh⁴ 音孽
①箭靶。見"說文"。②測日影的標竿。引申爲法度。如:圭臬。

臭 ㊀ ㄒㄧㄡˋ hsiu⁴ 音秀
①用鼻子聞氣味。今作嗅。見"正字通"。②氣味。如:無色無臭。
㊁ ㄔㄡˋ ch'ou⁴
①難聞的氣味。與香相對。如:腐爛發臭。②不好的名聲。如:遺臭萬年。

10【臭氧】 ㄔㄡˋ ㄧㄤˇ
(ozone)一種無色無味的氣體,分子式O_3,是氧的同素異形體。可由過氧化鋇(或過錳酸鉀)與硫酸共熱而製得。常用作氧化劑、殺菌劑等。

5【臭皮囊】 ㄔㄡˋ ㄆㄧˊ ㄋㄤˊ
指人的軀殼。

10【臭氧層】 ㄔㄡˋ ㄧㄤˇ ㄘㄥˊ
(ozonosphere)大氣中高於地面約20哩以上之氣層。爲平流層之上層,能強烈吸收來自太陽之短波紫外線輻射,使氧分子變化成臭氧而形成臭氧層,並在上方形成一高溫氣層。此層對地面生物有保護作用,使免受紫外線輻射的損害。

6【臭肉來蠅】 ㄔㄡˋ ㄖㄡˋ ㄌㄞˊ ㄧㄥˊ
比喻利益所在,眾皆趨之。

8【臭味相投】 ㄔㄡˋ ㄨㄟˋ ㄒㄧㄤ ㄊㄡˊ
比喻彼此意氣與嗜好相投合。多用來譏諷品行、嗜好不正當的人聚集在一起。

6

臯 皋的俗體。

臮 ㄐㄧˋ chi⁴ 音季
與;及。也作曁。見"正字通"。

10

臲 ㄋㄧㄝˋ nieh⁴ 音孽
參臲卼。

9【臲卼】 ㄋㄧㄝˋ ㄨˋ
動盪不安。

至部

至 ㄓˋ chih⁴ 音志
①抵達;到來。如:賓至如歸。②極;最。如:至高無上。③大。④節氣名。冬至、夏至的省稱。

2【至人】 ㄓˋ ㄖㄣˊ
言行與自然大道合一的人;道德修養達到最高境界的人。

3【至上】 ㄓˋ ㄕㄤˋ
①至高無上;最高等的。②最重要的。

4【至公】 ㄓˋ ㄍㄨㄥ
①極爲公正,毫無偏私。②科舉時代的考場。本稱至公堂或至公樓,省稱至公。

5【至正】 ㄓˋ ㄓㄥˋ
極端正、公正。

6【至交】 ㄓˋ ㄐㄧㄠ
①極深厚的友誼。②最要好的朋友。

8【至性】 ㄓˋ ㄒㄧㄥˋ
最純眞敦厚的性情。

11【至情】 ㄓˋ ㄑㄧㄥˊ
最眞誠的感情。

【至理】 ㄓˋ ㄌㄧˇ
①極正確的道理。②極玄奧的眞理。③即至治。國事治理到最完美的境界。

12【至善】 ㄓˋ ㄕㄢˋ
最完善的境界。

【至尊】 ㄓˋ ㄗㄨㄣ
①極爲尊貴。②最尊貴的地位,後多用作帝王的尊稱。

13【至誠】 ㄓˋ ㄔㄥˊ
①最眞實無妄的心意。②指最眞誠無妄的人。

【至聖】 ㄓˋ ㄕㄥˋ
①至高無上的聖人。②對'孔子'的尊稱。參至聖先師。

15【至德】 ㄓˋ ㄉㄜˊ
最高尚的品德。

16【至親】 ㄓˋ ㄑㄧㄣ
關係最親近的親屬。

2【至人無夢】 ㄓˋ ㄖㄣˊ ㄨˊ ㄇㄥˋ
指修養到家的人,無情慮貪欲。

3【至大至剛】 ㄓˋ ㄉㄚˋ ㄓˋ ㄍㄤ
極廣大剛健。

0【至死不貳】 ㄓˋ ㄙˇ ㄅㄨˋ ㄦˋ
到死都不改變初衷。

11【至情至性】 ㄓˋ ㄑㄧㄥˊ ㄓˋ ㄒㄧㄥˋ
最爲自然眞摯的性情。

13【至聖先師】 ㄓˋ ㄕㄥˋ ㄒㄧㄢ ㄕ
對'孔子'的尊稱。始於'明''嘉靖'九年(1530),改正祀典,題'至聖先師孔子'神位,沿用至今。

15【至德要道】 ㄓˋ ㄉㄜˊ ㄧㄠˋ ㄉㄠˋ
最高尚的道德,最切要的道理。

16【至親無文】 ㄓˋ ㄑㄧㄣ ㄨˊ ㄨㄣˊ
與最親的人相處,無需任何矯飾。

3

致 ㄓˋ chih⁴ 音至
①送到;送給。如:致贈。②捨棄;奉獻。如:見危致命。③招來;獲取。如:致富。④傳達;表示。如:致敬。⑤竭盡。如:致力。⑥歸

還。如:致政。7情趣意態。如:雅致。8細密。通緻。如:功力密致。

2【致力】　ㄓˋ　ㄌㄧˋ

盡力。

5【致用】　ㄓˋ　ㄩㄥˋ

發揮功能,盡其效用。

【致仕】　ㄓˋ　ㄕˋ

辭去官職。

7【致志】　ㄓˋ　ㄓˋ

集中心志。

8【致知】　ㄓˋ　ㄓ

"大學"八條目之一。'朱熹'解作推極窮究知識。'王守仁'解作盡力實踐良知。

【致命】　ㄓˋ　ㄇㄧㄥˋ

1效命;捨棄生命。2傳達命令。

13【致意】　ㄓˋ　ㄧˋ

表達自己的心意。

7【致良知】　ㄓˋ　ㄌㄧㄤˊ　ㄓ

'明''王陽明'承'孟子'良知之說,所提出來的講學宗旨。以爲人要不斷反省,去掉情欲,使良知顯發出來,並付諸實踐,以成聖人。

8【致命傷】　ㄓˋ　ㄇㄧㄥˋ　ㄕㄤ

足以致死的傷害。也用以比喻事情失敗的關鍵。

11【致動器】　ㄓˋ　ㄉㄨㄥˋ　ㄑㄧˋ

(actuator) 1在伺服系統中,移動負載的裝置。2將電能轉變爲機械運動的裝置。

14【致遠恐泥】　ㄓˋ　ㄩㄢˇ　ㄎㄨㄥˇ　ㄋㄧˋ

推行久遠,恐怕拘泥難行。

4

致　致的俗體。

5

庢　ㄓˋ　*chih*⁴　音至

參偫庢。

6

臷　一　ㄉㄧㄝˊ　*tieh*²　音迭

1老。通耋。見"集韻"。2更換。通迭。見"字彙補"。

二　ㄓˋ　*chih*⁴　音至

參臷國。

11【臷國】　ㄓˋ　ㄍㄨㄛˊ

古神話中的國名。

臸　ㄓˋ　*chih*⁴　音制

致;到。見"說文"。

7

𡋟　臺的俗體。

8

臺　ㄊㄞˊ　*t'ai*²　音颱

1高而上平,可以遠望四方的建築物。見"說文"。2泛稱高的建築物。3器物的底座。如:鏡臺。4對人的尊稱。如:兄臺。5量詞。如:一臺電視機。6'臺灣省'的簡稱。7姓。'漢'有'臺崇'。見"萬姓統譜·一七"。

4【臺尺】　ㄊㄞˊ　ㄔˇ

長度單位。即舊'日'尺。1公尺等於3.3'臺'尺。

【臺中】　ㄊㄞˊ　ㄓㄨㄥ

1省轄市。位於'臺灣島'西部中央,'臺中盆地'內。居縱貫鐵路及公路的中樞,並有橫貫公路通聯'臺灣'東部。是一文化、工業都市。2縣名。位於'臺灣島'西部中央。縣治在'豐原市'。

【臺刈】　ㄊㄞˊ　ㄧˋ

一種最深度的剪枝,施行於離地面6～9公分處。一般茶園採用此法以更新衰老茶樹,更是本省小葉種茶樹恢復樹勢所常用的古老方法。

【臺升】　ㄊㄞˊ　ㄕㄥ

或稱'日'升。'日本'容量單位。1'臺'升等於1.80391公升。

5【臺北】　ㄊㄞˊ　ㄅㄟˇ

1直轄市。位於'臺灣島'北部,'臺北盆地'內。最初的發展地在今'萬華'('艋舺')、'延平北路'與'迪化街'一帶('大稻埕')。現爲我國臨時首都,'臺灣省'省會、政治、經濟、交通、文化中心。2縣名。位於'臺灣島'北部。是全'臺'人口最多的一縣;縣治在'板橋市'。

6【臺地】　ㄊㄞˊ　ㄉㄧˋ

(terrace) 表面平坦的階地。其生成是由於地盤上升、河床下切或海平面下降所致。

7【臺車】　ㄊㄞˊ　ㄔㄜ

在鐵軌上行駛的手推車。通常用在山中礦場。

【臺步】　ㄊㄞˊ　ㄅㄨˋ

戲劇演員在舞臺上的步法。

8【臺東】　ㄊㄞˊ　ㄉㄨㄥ

縣名。舊稱'寶桑',後稱'卑南'。位於'臺灣島'東南部;縣治設於'臺東市'。

9【臺度】　ㄊㄞˊ　ㄉㄨˋ

(dado; wainscot) 室內牆面下半部部分,通常高度爲 90～150 cm,表面用油漆塗裝、織品、磁磚或其他材料裝飾者,稱爲臺度。

【臺柱】　ㄊㄞˊ　ㄓㄨˋ

本指戲班中的重要角色,引申爲團體中的主要人物。

【臺南】　ㄊㄞˊ　ㄋㄢˊ

1省轄市。位於'臺灣島'西南岸。爲一古老的城市,名勝古蹟甚多。現發展爲'臺灣島'南部的交通、農、漁、鹽業的中心。2縣名。位於'臺灣島'西南部;縣治設於'新營市'。

【臺風】　ㄊㄞˊ　ㄈㄥ

在講臺或舞臺上表現的風度。

12【臺詞】　ㄊㄞˊ　ㄘˊ

表演節目中,演員的對話詞。

14【臺端】　ㄊㄞˊ　ㄉㄨㄢ

書信或公文中對對方的尊稱。

【臺閣體】　ㄊㄞˊ　ㄍㄜˊ　ㄊㄧˇ

'明成祖''永樂'至'憲宗''成化'年間的一種文風。作品多出於內閣('文淵閣'、'東閣')大學士及六部尚書(古稱中臺)之手,故名。特徵是辭藻華美,內容多歌頌功德。代表作家有'楊士奇'、'楊榮'、'楊溥',時稱三'楊'。

25【臺灣玉】 ㄊㄞˊ ㄨㄢ ㄩˋ
俗稱軟玉。綠色，產於'花蓮'，爲'臺灣'產量最大的寶石原料。實即閃玉。

【臺灣省】 ㄊㄞˊ ㄨㄢ ㄕㄥˇ
位於我國東南海域中，隔'臺灣海峽'與'福建省'相望。古稱'夷州'，又名'東番'，亦稱'琉求'、'瑠求'。簡稱'臺'。包括'臺灣島'(除卻'臺北市'與'高雄市')、'澎湖群島'及其他附屬島嶼；其發展重心在'臺灣島'。目前以'臺北市'爲法定省會，'南投縣''中興新村'爲臨時省會所在地。

【臺灣島】 ㄊㄞˊ ㄨㄢ ㄉㄠˇ
位於我國東南海上，隔'臺灣海峽'與'福建省'相望。是我國第一大島。'葡'人讚之爲「美麗之島」(Formosa)，故外人多稱之爲「福爾摩沙」。因位於'歐''亞'大陸地塊與'太平洋'深海盆地地塊交接地帶，以及'琉球弧'與'菲律賓弧'的會合點上，故地殼極不穩定。島上山多；平原狹小，不及全島面積的三分之一；河川多，唯缺航利而富水力；全區屬季風氣候，北回歸線橫過'嘉義市'南，全年無嚴寒氣候，平均年雨量2,430公厘。雖地狹又山多田少，更缺乏煤、鐵、石油、棉花等資源，但因善用地理環境，配合正確的經濟政策，發展出極發達的農業與工商業，此經濟的蓬勃，舉世譽爲奇蹟。

【臺灣海峽】 ㄊㄞˊ ㄨㄢ ㄏㄞˇ ㄒㄧㄚˊ
介於'臺灣島'與'福建省'之間的海峽。最狹處僅130公里，水深約80公尺。是大陸移民至'臺灣'的捷徑，地控東北'亞'與'南洋'往來的海運要衝，爲'歐''亞'航線必經之地。

【臺灣通史】 ㄊㄞˊ ㄨㄢ ㄊㄨㄥ ㄕˇ
'連橫'撰，三十六卷。起於'隋''大業'元年(605)，止於'清''光緒'二十一年(1895)，以紀傳體記'臺灣'歷史。是研究'臺灣'史的重要書籍。

【臺灣黑熊】 ㄊㄞˊ ㄨㄢ ㄏㄟ ㄒㄩㄥˊ
(Formosan black bear; *Ursus tibetanus formosanus*) 屬於哺乳綱、食肉目 (order Carnivora)、熊科 (family Ursidae)。亦名狗熊。體肥碩，腳短，各具五趾，爪長而屈曲，適於挖掘地面搜尋食物。尾短，前臼齒及臼齒粗大，適於磨碎食物。毛黑色，胸部有白色V字形斑紋。

臺灣黑熊圖

【臺灣區運動會】 ㄊㄞˊ ㄨㄢ ㄑㄩ ㄩㄣˋ ㄉㄨㄥˋ ㄏㄨㄟˋ
'民國'六十三年起，每年由'臺灣省'、'臺北市'，六十七年又增加'高雄市'，輪流主辦的全國性運動會。不計算第幾屆而冠以年度。比賽項目包括田徑、游泳、自由車、射箭、舉重、健美、體操、射擊、柔道、摔角、跆拳道、劍道、空手道、拳擊、角力、保齡球、國術、足球、籃球、排球、橄欖球、網球、軟式網球、棒球、壘球、羽球、桌球、巧固球、曲棍球、手球等。

14【臺維斯杯網球錦標賽】 ㄊㄞˊ ㄨㄟˊ ㄙ ㄅㄟ ㄨㄤˇ ㄑㄧㄡˊ ㄐㄧㄣˇ ㄅㄧㄠ ㄙㄞˋ
(Davis Cup Match) 又名'國際草地網球錦標賽'(International Lawn Tennis Championship)。西元1900年世界杯網球錦標賽冠軍得主'美國'人'臺維斯'(Dwight F. Davis)，捐贈一純銀獎杯，由'英''美'兩國選手比賽，勝者可保有該杯一年。自1900年在'波士頓'舉行首屆比賽後，今已發展爲國際性大賽，並有「網球的奧林匹克運動大會」之譽。

25【臺灣壽險業經驗生命表】 ㄊㄞˊ ㄨㄢ ㄕㄡˋ ㄒㄧㄢˇ ㄧㄝˋ ㄐㄧㄥ ㄧㄢˋ ㄕㄥ ㄇㄧㄥˋ ㄅㄧㄠˇ
(Taiwan Standard Ordinary Experience Mortality Table; TSO) 我國人壽保險業依據自身經驗編製而成的生命表。'民國'六十三年，我國壽險業編製第一回經驗表(依據'民國'五十八年至六十一年之實際經驗)。七十三年編製第二回生命表(依據'民國'六十六年至七十年實際經驗)，公布施行，爲我國人壽保險核算保險費的依據。

10

臻 ㄓㄣ chên[1] 音眞
1到；及。見"說文"。2聚合。見"玉篇"。

臼部

臼 ㄐㄧㄡˋ chiu[4] 音救
1舂米的器具。用木、石製成。見"說文"。2姓。'春秋'時'晉'有'臼季'。見"萬姓統譜・八八"。

15【臼齒】 ㄐㄧㄡˋ ㄔˇ
一般指後臼齒。參後臼齒。

臼 ㄐㄩˊ chü[2] 音局
1雙手相叉。見"說文"。2雙手捧物。同掬。見"廣韻"。

2

臽 ㄒㄧㄢˋ hsien[4] 音陷
小的陷阱。見"說文"。

臾 一 ㄩˊ yü[2] 音余
1疲倦至極而稍微歇息。見"說文"。2姓。'漢'有'臾駢'。見"漢書・揚雄傳下"。
二 ㄩˇ yü[3] 音雨
適合近射的弱弓。
三 ㄩㄥˇ yung[3] 音勇
勸導。通慂。見"集韻"。

3

臿 ㄔㄚ ch'a¹ 音插
①舂去麥皮。見"說文"。②農具名。即鍬。同鍤。見"方言・五"。③夾入。通插。如:雜臿。

4

舀 ㄧㄠˇ yao³ 音咬 又讀 ㈠ ㄨㄞˇ wai³ ㈡ㄎㄨㄞˇ k'uai³
①取出臼中舂好的米。見"說文"。②以瓢杓挹取液體。如:舀水。

舁 ㄩˊ yü² 音余
扛;共舉。見"說文"。

5

舂 ㄔㄨㄥ ch'ung¹ 音衝
①用杵臼擣去穀子的皮、殼。如:舂米。②撞擊。見"字彙補"。

6

舄 舃的本字。

舃 ㈠ ㄑㄩㄝˋ ch'üeh⁴ 音鵲
喜鵲。也作雒、鵲。見"說文"。
㈡ ㄒㄧˋ hsi⁴ 音戲
①大的樣子。見"集韻"。②古時一種複底又在鞋底加木頭的鞋。可防泥溼。見"字彙"。③柱下的石礎。通磶。④鹹鹵地區。如:潟鹵。

7

與 ㈠ ㄩˇ yü³ 音雨
①共同結黨;共同結合在一起。見"說文"。②交好;親附。如:相與。③贊成。如:吾與汝。④協助。如:與人爲善。⑤等候。如:時不我與。⑥連詞。和;及。⑦給予。如:取與。⑧如;比得上。⑨替;爲。⑩選拔。通舉。如:選賢與能。
㈡ ㄩˋ yü⁴ 音預
參加。如:與會。
㈢ ㄩˊ yü² 音余
句末助詞。同歟。

11【與國】 ㄩˇ ㄍㄨㄛˊ
關係友好的國家。

2【與人爲善】 ㄩˇ ㄖㄣˊ ㄨㄟˊ ㄕㄢˋ
助人爲善;勸人爲善。

4【與日俱增】 ㄩˇ ㄖˋ ㄐㄩˋ ㄗㄥ
隨著時間而增加。

5【與世長辭】 ㄩˇ ㄕˋ ㄔㄤˊ ㄘˊ
永遠離開世間。即逝世。

【與世浮沈】 ㄩˇ ㄕˋ ㄈㄨˊ ㄔㄣˊ
隨世俗的好惡趨向而行事。

【與生俱來】 ㄩˇ ㄕㄥ ㄐㄩˋ ㄌㄞˊ
生來就具有的。

8【與虎謀皮】 ㄩˇ ㄏㄨˇ ㄇㄡˊ ㄆㄧˊ
與老虎商量,求取老虎皮。比喻與所要求的對象利害衝突,絕無成功之理。

10【與時推移】 ㄩˇ ㄕˊ ㄊㄨㄟ ㄧˊ
隨時代而改變、進退。

舅 ㄐㄧㄡˋ chiu⁴ 音臼
①母親的兄弟。見"說文"。②妻的兄弟。如:妻舅。③妻稱夫的父親。④古代天子對異姓諸侯、諸侯對異姓大夫的稱呼。

8【舅姑】 ㄐㄧㄡˋ ㄍㄨ
稱丈夫的父母。

9

興 ㈠ ㄒㄧㄥ hsing¹ 音星
①起。如:振興。②昌盛。如:興旺。③發動。如:興師問罪。④開辦。如:興學。⑤流行。如:時興。⑥姓。'漢'有'興渠'。見"萬姓統譜・五七"。
㈡ ㄒㄧㄥˋ hsing⁴ 音姓
①趣味。如:興趣。②詩歌的一種表現方法。即先寫他物以引出所詠的主題。

8【興味】 ㄒㄧㄥˋ ㄨㄟˋ
趣味;情趣。

9【興革】 ㄒㄧㄥ ㄍㄜˊ
創新與改革。

【興致】 ㈠ ㄒㄧㄥ ㄓˋ
引起;導致。
㈡ ㄒㄧㄥˋ ㄓˋ
興味情致。

11【興訟】 ㄒㄧㄥ ㄙㄨㄥˋ
提起訴訟。

12【興替】 ㄒㄧㄥ ㄊㄧˋ
隆盛與衰廢。

13【興會】 ㄒㄧㄥˋ ㄏㄨㄟˋ
①指思潮或興致來到的時候。②即興致。

15【興趣】 ㄒㄧㄥˋ ㄑㄩˋ
個體對某事物特別注意並伴隨喜好情感的心理狀態。

16【興頭】 ㄒㄧㄥˋ ㄊㄡˊ
趣味;興趣。

【興奮】 ㄒㄧㄥ ㄈㄣˋ
情緒高昂,精神振作。

4【興中會】 ㄒㄧㄥ ㄓㄨㄥ ㄏㄨㄟˋ
我國近代第一個革命團體。'清''光緒'二十年(1894)十月,'孫中山'先生聯合'華'僑,成立於'檀香山'。重要領袖有'孫中山'、'陳少白'、'楊衢雲'、'鄭士良'等。會員入會誓詞爲「驅逐韃虜,恢復'中華',創立合眾政府」。並在'廣州'、'香港'、'橫濱'、'南非'、'臺灣'、'河內'、'舊金山'等地設立分會。先後發動'廣州'起義(1895年)、'惠州'起義(1900年)及會員'史堅如'謀刺兩'廣'總督'德壽'。'香港'"中國日報"爲機關報。三十一年(1905),合併其他革命團體,成立'中國同盟會'。

5【興匆匆】 ㄒㄧㄥˋ ㄘㄨㄥ ㄘㄨㄥ
欣喜而行動急速的樣子。

6【興安省】 ㄒㄧㄥ ㄢ ㄕㄥˇ
東北九省之一。西以'額爾古納河'與'蘇俄'爲界。全境地勢高亢,一般在1,000公尺左右,'大興安嶺'呈震旦走向盤結於中央。屬大陸性氣候,雨量少,多季嚴寒且長,大部爲杳無人跡的荒涼地帶,是全國氣溫最低的省分。惟'大興安嶺'東側'嫩江'河谷有狹小耕地;西部'呼倫貝爾高原'上的'海拉爾河流域'草原肥美,爲'蒙'胞放牧區;然極富煤、森林等天然資源。因省境緊鄰'蘇俄',且有鐵路直通'西伯利亞',國防地位極重要。以

'海拉爾'爲省會。

12【興登堡】 ㄒㄧㄥ ㄉㄥ ㄅㄠˇ
(Paul von Hindenburg, 1847～1934)'德國'名將、政治家。畢業於'柏林''中央警官學校'。曾參加西元1866年的'普''奧'戰爭、1870～1871年的'普''法'戰爭。第一次世界大戰曾任東軍總司令及參謀總長等職。1914年8月於'坦能堡'(Tannenberg)一役大勝'俄'軍。於1925、1932年連續當選總統。1933年任命'希特勒'爲首相。

興登堡像

【興凱湖】 ㄒㄧㄥ ㄎㄞˇ ㄏㄨˊ
位於'合江省'東南邊境。係一陷落湖，最深處僅6公尺，且分屬'中''蘇'兩國所有，故利用價值不大。

16【興奮劑】 ㄒㄧㄥ ㄈㄣˋ ㄐㄧˋ
1提振中樞神經系統，尤其是腦部機能的藥物之總稱。可刺激大腦皮質，使人意識清醒，不會感到疲乏，但藥效過後，即有身心疲乏與情緒低落的現象。2泛指一切能振作精神的事物。

9【興風作浪】 ㄒㄧㄥ ㄈㄥ ㄗㄨㄛˋ ㄌㄤˋ
比喻借機生事，挑撥是非。

10【興高采烈】 ㄒㄧㄥˋ ㄍㄠ ㄘㄞˇ ㄌㄧㄝˋ
1旨趣高超，辭采峻切。2指興致高昂，情緒熱烈。

【興師動眾】 ㄒㄧㄥ ㄕ ㄉㄨㄥˋ ㄓㄨㄥˋ
勞動大量人力。

13【興滅繼絕】 ㄒㄧㄥ ㄇㄧㄝˋ ㄐㄧˋ ㄐㄩㄝˊ
使滅亡的國家再復興，斷絕的世族再繼續。

10

舉 ㄐㄩˇ chü³ 音莒
也作舉。1抬高；向上托。如：舉重。2起；興建。3引薦；選用。如：推舉。4古代科舉考試。如：應舉。5行動。如：舉止文雅。6攻取；占領。7提出。如：舉一反三。8皆；完全。如：舉國上下。

2【舉人】 ㄐㄩˇ ㄖㄣˊ
1選用人才。2指地方薦舉人才。'漢代'取用士人不用考試，令郡國守相薦舉賢才到中央。3'唐'、'宋'被地方薦舉參加進士考試的士人。4'明'、'清'二代，稱各省鄉試及第的士人。舉人可再到京城參加會試和殿試，及格的爲進士。

3【舉子】 ㄐㄩˇ ㄗˇ
1生子；育子。2舉薦自己的兒子。3被推舉應試的士人。4舉人。考中鄉試的人。

4【舉止】 ㄐㄩˇ ㄓˇ
舉動；行爲。

5【舉世】 ㄐㄩˇ ㄕˋ
全世界；全世界的人。

8【舉劾】 ㄐㄩˇ ㄏㄜˊ
檢舉彈劾。

【舉事】 ㄐㄩˇ ㄕˋ
1辦事；行事。2起事；發動事變。

9【舉重】 ㄐㄩˇ ㄓㄨㄥˋ
藉助體力使槓鈴往上位移的運動。分抓舉及挺舉兩種方式。西元1896年'奧運會'復興後，即列入比賽項目。比賽時按體重分十級。同重量之槓鈴有三次試舉機會，試舉成功後，可附加鈴片進行更高重量的試舉，以得最高舉重成績。

11【舉措】 ㄐㄩˇ ㄘㄨㄛˋ
1措施。2舉止動作。

12【舉發】 ㄐㄩˇ ㄈㄚ
1行事發令。2檢舉罪犯。

13【舉意】 ㄐㄩˇ ㄧˋ
回教徒在做每一件事之前，必須誠心誠意地將做事的意圖，由口中輕聲道出，稱爲舉意。

【舉債】 ㄐㄩˇ ㄓㄞˋ
欠債；借債。

1【舉一反三】 ㄐㄩˇ ㄧ ㄈㄢˇ ㄙㄢ
物有四角，舉其一角，便可推知其他三角。比喻由一事加以類推而能知曉相關各事。

5【舉世矚目】 ㄐㄩˇ ㄕˋ ㄓㄨˇ ㄇㄨˋ
爲全世界所注目。

7【舉足輕重】 ㄐㄩˇ ㄗㄨˊ ㄑㄧㄥ ㄓㄨㄥˋ
一舉起腳放在左邊或右邊，就使兩邊失去均衡，而有輕重之別。比喻一個人地位重要，足以影響全局。

8【舉直錯枉】 ㄐㄩˇ ㄓˊ ㄘㄨㄛˋ ㄨㄤˇ
舉用正直的人，安置在邪曲的人之上。

10【舉案齊眉】 ㄐㄩˇ ㄢˋ ㄑㄧˊ ㄇㄟˊ
恭敬地舉起托盤，與眉同高。形容夫婦間能相敬如賓。

12【舉棋不定】 ㄐㄩˇ ㄑㄧˊ ㄅㄨˋ ㄉㄧㄥˋ
拿起棋子猶豫不決，不知下在何處。比喻做事猶豫不決。

13【舉鼎絕臏】 ㄐㄩˇ ㄉㄧㄥˇ ㄐㄩㄝˊ ㄅㄧㄣˋ
因舉鼎而折斷脛骨。比喻力小而不勝重任。

【舉債經營】 ㄐㄩˇ ㄓㄞˋ ㄐㄧㄥ ㄧㄥˊ
(trading on the equity) 又名財務槓桿作用。係指企業借入資金運用所產生的報酬率，若高於借款利率，則所獲的利潤於支付利息後，尚有剩餘增加股東的報酬率。

19【舉證責任】 ㄐㄩˇ ㄓㄥˋ ㄗㄜˊ ㄖㄣˋ
指當事人有提出證據以證明某事項之責任。"民事訴訟法"第二百七十七條規定：當事人主張有利於己之事實者，就其事實有舉證之責任。但法律若有推定之規定，則主張該推定事實者，不必負舉證責任，否定該事實者，須負反證責任。

11

[illegible] ㄔㄚˊ ch'a² 音查
1古代的一種農具。見"篇海類編"。2揚麥去糠的一種器具。見"字彙"。

12

舊 ㄐㄧㄡˋ *chiu*⁴ 音救

1鳥名。與貓頭鷹同類。也作鵂。見"說文"。2古老。與新相對。如:陳舊。3故交;老朋友。如:故舊。4以前;昔日。如:舊時。5姓。'漢'有'舊疆'。見"正字通"。

9【舊染】 ㄐㄧㄡˋ ㄖㄢˇ

舊有的惡習。

11【舊貫】 ㄐㄧㄡˋ ㄍㄨㄢˋ

慣例;舊制。

12【舊惡】 ㄐㄧㄡˋ ㄜˋ

1從前的怨恨。2從前的罪惡、過失。

14【舊聞】 ㄐㄧㄡˋ ㄨㄣˊ

過去的傳說。

15【舊醅】 ㄐㄧㄡˋ ㄆㄟ

從前釀的未經過濾的酒。

21【舊屬】 ㄐㄧㄡˋ ㄕㄨˇ

1舊日的部屬。2書信中對舊時長官的自稱。

8【舊金山】 ㄐㄧㄡˋ ㄐㄧㄣ ㄕㄢ

(San Francisco)'美國''太平洋'岸最大商港。又稱'三藩市'。位於'舊金山灣'西側半島上,有'金門大橋'(Golden Gate)與北岸相通。為文化、工商業及觀光旅遊中心。橡膠、紙、電子、飛彈零件、罐頭食品、工具等業極盛。人口75.1萬(2003年)。

10【舊唐書】 ㄐㄧㄡˋ ㄊㄤˊ ㄕㄨ

二十五史之一。'後晉''劉昫'監修,二百卷,記載'唐'一代史事,大抵根據"唐國史"舊文及各朝實錄而增減。本名"唐書",其後'歐陽脩'等別撰"唐書",遂名'劉昫'"唐書"爲"舊唐書",'歐陽脩'"唐書"爲"新唐書"。

3【舊大陸猴】 ㄐㄧㄡˋ ㄉㄚˋ ㄌㄨˋ ㄏㄡˊ

即獮猴科(Cercopithecoidae)的俗稱。主要分布在舊大陸,亦即'亞'、'歐'、'非'三洲的赤道及南、北回歸線之間的森林區。與分布在'中南美洲'的新大陸猴相對。

4【舊五代史】 ㄐㄧㄡˋ ㄨˇ ㄉㄞˋ ㄕˇ

二十五史之一。'宋''薛居正'等奉敕撰,一百五十卷。記載'後梁'、'後唐'、'後晉'、'後漢'、'後周'等五代時事。初本各爲一史,後始合爲一書。此書本名"五代史",其後'歐陽脩'別撰"五代史",遂名'薛居正'"五代史"爲"舊五代史",'歐陽脩'"五代史"爲"新五代史"。

8【舊雨新知】 ㄐㄧㄡˋ ㄩˇ ㄒㄧㄣ ㄓ

指新舊朋友或顧客。

9【舊約全書】 ㄐㄧㄡˋ ㄩㄝ ㄑㄩㄢˊ ㄕㄨ

(*Old Testament*)'猶太'教的經典。作者多爲'猶太'教的先知及其他賢哲,內容記載'以色列'的歷史及上帝爲'以色列'民族所訂立的戒律等。基督教興起後,將以記載'耶穌'言行生平爲主的"新約全書"(*New Testament*)合併,而成爲"聖經"(*The Holy Bible*)。

11【舊瓶新酒】 ㄐㄧㄡˋ ㄆㄧㄥˊ ㄒㄧㄣ ㄐㄧㄡˇ

在舊瓶子裡裝入新釀的酒。比喻沿用舊有的形式,改換新的內容。

15【舊調重彈】 ㄐㄧㄡˋ ㄉㄧㄠˋ ㄔㄨㄥˊ ㄊㄢˊ

比喻再提出從前發表過的議論,或再做從前做過的事。

5【舊石器時代】 ㄐㄧㄡˋ ㄕˊ ㄑㄧˋ ㄕˊ ㄉㄞˋ

指人類開始出現於地球上一直到大約一萬年前這段期間而言,歷時約三、四百萬年。以文化及人類體質發展的程度,可分爲早、中、晚三期;早期人類爲〔直立猿人〕,中期爲〔尼安德塔人〕,晚期是〔現代人〕。此期人類文化發展緩慢,石器以打製方法製成,營狩獵採集生活。

舋 ㄒㄧㄣˋ *hsin*⁴ 音信

也作釁。1縫隙。如:舋罅。2爭端。3動。4塗抹。

舌 部

舌 ㄕㄜˊ *shê*² 音蛇

1(tongue)哺乳類司味覺的器官。爲口腔底部能活動的肉質構造,後部稱舌根,游離的一端稱舌尖,下面爲舌背,上面爲舌面,兩側稱舌緣;全舌表面均包以黏膜,舌面上並長有無數的小突起,名爲味蕾。舌具有協助咀嚼、吞嚥、發音及感知食物性狀等功能。2鈴或鐸內的錘。也指管樂器的簧。3言語。

9【舌苔】 ㄕㄜˊ ㄊㄞ

(tongue-coating)長於舌面上的垢膩。'中'醫師常依此推驗病人的症狀,如消化不良爲白苔,傷寒症者苔色暗褐,腦脊髓膜炎者舌苔白而厚。

10【舌耕】 ㄕㄜˊ ㄍㄥ

1指教師授徒謀生。2比喻努力讀書。

16【舌戰】 ㄕㄜˊ ㄓㄢˋ

比喻從事激烈的爭辯。

3【舌下腺】 ㄕㄜˊ ㄒㄧㄚˋ ㄒㄧㄢˋ

(sublingual gland)唾液腺之一。左右成對,生長於口腔底部的舌下方,具有分泌唾液的功能。

6【舌尖現象】 ㄕㄜˊ ㄐㄧㄢ ㄒㄧㄢˋ ㄒㄧㄤˋ

(tip-of-the-tongue phenomenon)個體確知某字詞,然無法道出之現象。

11【舌敝脣焦】 ㄕㄜˊ ㄅㄧˋ ㄔㄨㄣˊ ㄐㄧㄠ

因說話過多而舌頭破損、嘴脣乾裂。形容費盡口舌,反覆申說、勸導。

15【舌劍脣槍】 ㄕㄜˊ ㄐㄧㄢˋ ㄔㄨㄣˊ ㄑㄧㄤ

比喻言辭鋒利。

17【舌燦蓮花】 ㄕㄜˊ ㄘㄢˋ ㄌㄧㄢˊ ㄏㄨㄚ

比喻能言善道。

舏 ㄐㄧㄡˇ chiu³ 音久
用舌頭舔取食物。見"字彙補"。

舍 ㊀ ㄕㄜˋ shê⁴ 音社
1房屋;住宅。如:屋舍。2止息;住宿。3赦免。通赦。4'宋''元'戲曲小說中稱官家子弟。
㊁ ㄕㄜˇ shê³ 音捨
通捨。1放棄。如:鍥而不舍。2停止。如:不舍晝夜。3除開。如:舍我其誰?4布施。如:施舍。

7【舍利】 ㄕㄜˋ ㄌㄧˋ
1佛家語。梵語 Śāriputra 的音譯。又作舍利子。⑴佛身火化後所結成的珠狀物。其色有三種,骨爲白舍利,髮爲黑舍利,肉爲赤舍利。⑵佛弟子'舍利弗'之母。參舍利弗。2佛經中鳥名。梵語 śārikā 的音譯。即鶖鷺。3遺骨。梵語 śarīra。即死人遺體。

【舍利子】 ㄕㄜˋ ㄌㄧˋ ㄗˇ
1佛家語。即舍利。參舍利1。2即'舍利弗'。參舍利弗。

【舍利弗】 ㄕㄜˋ ㄌㄧˋ ㄈㄨˊ
佛弟子之一。'舍利'是他母親的名字,弗(弗多羅的簡略)爲子的意思。初爲外道,後因其師死,遇'馬勝比丘'說偈而出家。又作'舍利子'、'舍利弗多羅'。

5【舍本逐末】 ㄕㄜˇ ㄅㄣˇ ㄓㄨˊ ㄇㄛˋ
捨棄根本,追逐末節。比喻行事不得要領,本末倒置。

【舍生取義】 ㄕㄜˇ ㄕㄥ ㄑㄩˇ ㄧˋ
犧牲自己的生命而求取正義和公理。

7【舍我其誰】 ㄕㄜˇ ㄨㄛˇ ㄑㄧˊ ㄕㄟˊ
除了我還有誰。形容人勇於擔當。也作捨我其誰。

8【舍近求遠】 ㄕㄜˇ ㄐㄧㄣˋ ㄑㄧㄡˊ ㄩㄢˇ
比喻做事好高騖遠,不切實際。

3

舓 舐的或體。

4

舑 ㄊㄢ t'an¹ 音貪 又讀 ㄉㄢ tan¹ 音單
伸出舌頭。見"字彙補"。

舙 ㄑㄧˋ ch'i⁴ 音企
走路時喘息。或作跂。見"集韻"。

舓 舚的或體。

舐 ㄕˋ shih⁴ 音氏
用舌頭舔物。如:舐犢情深。

19【舐犢情深】 ㄕˋ ㄉㄨˊ ㄑㄧㄥˊ ㄕㄣ
比喻父母對子女的愛心深長。舐犢,老牛以舌頭舔小牛。

舲 ㄐㄧㄣˋ chin⁴ 音近
1一種牛舌病。見"廣韻"。2閉口。同噤。見"正字通"。

5

舚 ㄊㄧㄢˇ t'ien³ 音忝
伸出舌頭的樣子。也作䑙、丙、舔。見"集韻"。

6

舒 ㄕㄨ shu¹ 音書
1伸展。如:舒眉。2徐緩。如:舒緩。3安適。如:舒暢。4姓。'唐'有'舒元輿'。見"萬姓統譜·八"。

8【舒坦】 ㄕㄨ ㄊㄢˇ
心情平坦舒適。

10【舒展】 ㄕㄨ ㄓㄢˇ
1伸張開展。2使身心舒暢。

11【舒捲】 ㄕㄨ ㄐㄩㄢˇ
1或舒展,或捲束。2比喻得志則出仕,不得志則退隱。

【舒曼】 ㄕㄨ ㄇㄢˋ
(Robert Schumann, 1810~1856)'德國'浪漫派作曲家及評論家。曾與友人合辦"新音樂雜誌",是當時樂壇的指南針。其夫人'克拉拉'(Clara),在女鋼琴家中具有崇高地位,曾努力介紹'舒曼'的作品。'舒曼'的作品中有室內樂、交響曲、歌劇與合唱曲等,而以鋼琴曲最多也最著名,尤以短曲集最具特色。

舒曼像

13【舒解】 ㄕㄨ ㄐㄧㄝˇ
寬緩,解除。

14【舒暢】 ㄕㄨ ㄔㄤˋ
舒適暢快。

15【舒適】 ㄕㄨ ㄕˋ
舒服安適。

17【舒翼】 ㄕㄨ ㄧˋ
1伸展雙翼;振翅高飛。2比喻人能施展意願。

19【舒懷】 ㄕㄨ ㄏㄨㄞˊ
暢舒情懷。

7【舒伯特】 ㄕㄨ ㄅㄛˊ ㄊㄜˋ
(Franz Schubert, 1797~1828)'奧地利'浪漫派的作曲家。有「藝術歌曲之王」的雅號。在他短短的一生中所完成的作品,包括六百首以上的歌曲,及鋼琴曲、絃樂四重奏、歌劇、交響曲等。聯篇歌集"美麗的磨坊少女"(*Die schöne Müllerin*)(二十首)、"冬之旅"(*Winterreise*)(二十四首)及"天鵝之歌"(*Schwanengesang*)(十四首)等,都是他最重要的代表作品。

舒伯特像

12【舒筋活血】 ㄕㄨ ㄐㄧㄣ ㄏㄨㄛˊ ㄒㄧㄝˇ
使筋骨舒展,血脈流通。

8

舕 ㄧㄢˇ yen³ 音演
火光。見"集韻"。

舔 䑛的或體。

舕 ㄊㄢˋ t'an⁴ 音探
伸出舌頭的樣子。同舑。見"集韻"。

舔 ㄊㄧㄢˇ t'ien³ 音忝
①用舌頭引取東西入口。見"字彙"。②用舌頭接觸東西。

7【舔肘】 ㄊㄧㄢˇ ㄓㄡˇ
國術肘擊法。肘由下向上擊敵胸，如舌之舔物。

舓 舐的或體。

䑙 ㄊㄚˋ t'a⁴ 音沓
啜飲。見"說文"。

舚 ㄊㄧㄢ t'ien¹ 音天
參舚䑙。

18【舚䑙】 ㄊㄧㄢ ㄊㄢ
言語不正。

䑚 䑙的本字。

舙 ㄏㄨㄚˊ hua² 音滑
細帛。見"集韻"。

9

䑜 ㊀ ㄊㄚˋ t'a⁴ 音榻
①狗吃東西。見"玉篇"。②啜飲。見"集韻"。
㊁ ㄊㄧㄝ t'ieh¹ 音貼
小舐。見"廣韻"。

舖 ㄆㄨˋ p'u⁴ 音曝
同鋪。①商店。如：書舖。②市集。③床。如：舖位。

10

䑝 ㄍㄨㄚ kua¹ 音刮
舌頭伸出來的樣子。見"集韻"。

舘 館的俗體。

11

舝 䑜的或體。

12

譮 ㄏㄨㄚˋ hua⁴ 音話
①說別人的壞話。見"六書精蘊"。②話的或體。

䑥 話的古文。

䑤 ㄊㄢ t'an¹ 音灘
參䑤䑳。

23【䑤䑳】 ㄊㄢ ㄌㄢˊ
言語不正。

13

䑥 ㄊㄧㄢˇ t'ien³ 音忝
伸出舌頭的樣子。也作西、舑。見"集韻"。

14

䑦 ㄓㄨㄢˋ chuan⁴ 音撰
專。見"字彙補"。

15

䑨 ㄏㄨㄚ hua¹ 音花
舌頭短的樣子。見"篇海類編"。

17

䑳 ㄌㄢˊ lan² 音蘭
參䑤䑳。

䑴 饞的或體。

舛 部

舛 ㄔㄨㄢˇ ch'uan³ 音喘
①違背。如：舛逆。②錯誤；錯亂。如：舛誤。③困厄。如：命途多舛。

4【舛互】 ㄔㄨㄢˇ ㄏㄨˋ
①交相雜錯。②互相牴觸。

11【舛訛】 ㄔㄨㄢˇ ㄜˊ
乖違錯誤。

14【舛誤】 ㄔㄨㄢˇ ㄨˋ
同舛訛。

16【舛錯】 ㊀ ㄔㄨㄢˇ ㄘㄨㄛˋ
交錯；夾雜。
㊁ ㄔㄨㄢˇ ˙ㄘㄨㄛ
意外的錯失。

18【舛謬】 ㄔㄨㄢˇ ㄇㄧㄡˋ
舛誤；差錯。

6

舜 ㄕㄨㄣˋ shun⁴ 音順
①草名。即木槿。見"字彙"。②古帝名。受'堯'禪，爲天子，國號'虞'。③姓。'宋'有'舜俞咨'。見"萬姓統譜·九九"。

舝 舜的訛字。

7

舝 ㄒㄧㄚˊ hsia² 音俠
車軸前端固定車輪的鍵釘。見"說文"。

8

舞 ㄨˇ wu³ 音武
①樂舞。一種隨音樂節奏而迴旋、伸屈手足身體，以展示各種姿態的運動。②飛翔。③揮動。如：舞劍。④伸張展示。如：張牙舞爪。⑤興起；鼓動。如：鼓舞。⑥玩弄；運用。如：舞文弄法。

7【舞伴】 ㄨˇ ㄅㄢˋ
共舞的伴侶。

14【舞弊】 ㄨˇ ㄅㄧˋ
作弊。

17【舞蹈】 ㄨˇ ㄉㄠˋ
舞蹈爲原始人類內心情感的發抒，藉有韻律的動作，配以簡單的手勢與腳步，加上軀體的搖擺，逐漸變爲有節拍而講求優美姿態的肢體語言。

4【舞文弄墨】 ㄨˇ ㄨㄣˊ ㄋㄨㄥˋ ㄇㄛˋ
①賣弄文筆以炫耀才學。②玩弄文字，顛倒是非。

14【舞榭歌臺】 ㄨˇ ㄒㄧㄝˋ ㄍㄜ ㄊㄞˊ
泛稱表演歌舞供人歡樂的場所。

10

𡿺

𡿺的本字。

舟部

舟

ㄓㄡ chou[1] 音州

[1]船。[2]姓。'宋'有'舟宗閔'。見"萬姓統譜·六三"。

3【舟子】 ㄓㄡ ㄗˇ

船夫。

【舟山群島】 ㄓㄡ ㄕㄢ ㄑㄩㄣˊ ㄉㄠˇ

群島名。南北縱列於'浙江省''杭州灣'口外側。大小島嶼眾多,以'舟山島'最大;其東有'普陀山',爲佛教聖地。附近海域魚群密集,漁業相當發達,'舟山島'上的'定海縣'是主要漁市及商港;因群島羅列於我國海岸中央,扼南北海上交通中樞,爲海防重地。

7【舟車勞頓】 ㄓㄡ ㄔㄜ ㄌㄠˊ ㄉㄨㄣˋ

旅途勞累。

1

𦨂

ㄧˋ i[4] 音意

船在行進。見"廣韻"。

2

𦨍

ㄉㄧㄥ ting[1] 音丁

小船的一種。見"字彙補"。

舠

ㄉㄠ tao[1] 音刀

小船的一種。因形如刀而得名。見"集韻"。

𦨊

ㄌㄧㄠˇ liao[3] 音瞭

小船。見"玉篇"。

𦨖

ㄨˋ wu[4] 音兀

船行不安穩。見"說文"。

3

舡

ㄒㄧㄤ hsiang[1] 音香

船。見"玉篇"。

11【舡魚】 ㄒㄧㄤ ㄩˊ

(paper nautilus; *Argonauta*)屬軟體動物門、頭足綱(class Cephalopoda)、八足目(order Octopoda)。體分頭部及軀幹部,頭部有四對腕。雌體分泌半透明白色的薄殼,殼呈平面螺旋狀捲曲,似鸚鵡螺的殼,但內部無隔壁,雌者居於殼內並產卵其中。雄者甚小,無殼,居於雌者的殼內。

舡魚圖

𦨣

舦的或體。

𦨵

艖的或體。

舢

ㄕㄢ shan[1] 音山

參舢舨。

10【舢舨】 ㄕㄢ ㄅㄢˇ

一種行駛便捷、構造簡單的小船。

𦨴

㊀ ㄨˋ wu[4] 音兀

𦨖的或體。

㊁ ㄧˋ i[4] 音益

𦨂的或體。

𦨶

ㄊㄚˋ t'a[4] 音踏

[1]小船。見"五音集韻"。[2]搭乘舟船。見"字彙"。

𦨺

ㄔㄣ ch'ên[1] 音嗔

船在行進。見"說文"。

4

舫

ㄈㄤˇ fang[3] 音訪

[1]方舟。兩船相併而成的水上交通工具。也作方。見"集韻"。[2]泛指船。如:畫舫。

航

ㄏㄤˊ hang[2] 音杭

[1]船。[2]以船相連而成的浮橋。[3]行駛。如:航海。

6【航向】 ㄏㄤˊ ㄒㄧㄤˋ

[1](course)又稱預定航跡。船艦預定航行的方向。以某一參考角距表示,通常是在000度至360度之間。[2](heading)航行中的飛機或艦艇其縱軸所指的方向。通常以羅盤方位表示;如遇天候惡劣,則須用地面雷達導航。

8【航空】 ㄏㄤˊ ㄎㄨㄥ

狹義的航空,指駕駛飛機或其他重航空器的技術而言;廣義的航空,則指以航空器從事飛航作業及其有關事宜,包括公務通勤、客貨運輸、漁業探測、農業散布種籽、驅蟲防害、森林消防、交通管制、攝影測量、醫療救護、廣告宣傳、電視傳播、救難緝私、空中娛樂、飛行教育訓練,乃至於軍事作戰等。

12【航程】 ㄏㄤˊ ㄔㄥˊ

(range)飛機、船舶在已定作業情況下,自起航至燃料用完時,所能到達的距離。

13【航運】 ㄏㄤˊ ㄩㄣˋ

船舶或飛機的客貨運輸。

【航道】 ㄏㄤˊ ㄉㄠˋ

深度、寬度適中,且具航行標誌,可供船舶通行的水面或水道。

【航路】 ㄏㄤˊ ㄌㄨˋ

(air route)兩點間的航行空域。一般由航路管制中心管制,以避免空中飛機相撞。航路之設定通常採固定式。

15【航線】 ㄏㄤˊ ㄒㄧㄢˋ

船舶或飛行器航行所經的路線。

8【航空站】 ㄏㄤˊ ㄎㄨㄥ ㄓㄢˋ

(airport)簡稱機場。供民航客機、貨機起飛與降落的場所。爲減少噪音干擾,必須遠離市區且交通便利。爲加速飛機、旅客、貨物等之流通,站內各種設計必須互相配合,以爭取時間。

【航空器】 ㄏㄤˊ ㄎㄨㄥ ㄑㄧˋ

(aircraft)任何能在空中行駛的器具。有二大基本分類:一類稱爲浮升器(aerostat),即輕航空器(lighter-than-air craft),其浮力或升力係由裝於氣囊或氣室內之輕於空氣的氣體所產生,包括氣球與氣艇。另外一類爲動力航空器(aerodyne),就是重航空器(heavier-than-air craft),其升力主要係由空氣動力產生,包括普通之飛機、直升機與滑翔機等。

【航空學】ㄏㄤˊ ㄎㄨㄥ ㄒㄩㄝˊ
(aeronautics) 泛指所有關於航空器之研究、設計、製造、使用、試驗及維護等之科學。所涵蓋的學科極廣，包括航空、機械、電子、電腦、控制、材料、氣象等。

13【航照圖】ㄏㄤˊ ㄓㄠˋ ㄊㄨˊ
(aerial photographic map) 根據航空攝影照片繪成的地圖。此種地圖的繪製，是以航空攝影測量爲基礎，從照片上求得各種正確資料的繪圖技術。目前地圖繪製以應用航空攝影測量爲主，可以直接製成1/500至1/100,000之各種比例尺地圖。具有迅速、準確、詳盡的優點。

8【航空工程】ㄏㄤˊ ㄎㄨㄥ ㄍㄨㄥ ㄔㄥˊ
(aeronautical engineering) 有關飛機或飛機組成件之設計與製造之工程技術。具有此項設計與製造之工程技術者稱爲航空工程師。

【航空母艦】ㄏㄤˊ ㄎㄨㄥ ㄇㄨˇ ㄐㄧㄢˋ
(aircraft carrier) 載有飛機，並作其作戰基地的巨形船艦。具有起飛與降落甲板。最大優點爲具移動性，可將作戰飛機載運至最接近敵人的領域及控制領海，發揮其最大的戰力效果。

【航空保險】ㄏㄤˊ ㄎㄨㄥ ㄅㄠˇ ㄒㄧㄢˇ
(aviation insurance) 承保有關航空方面各種危險事故的保險。大概可分爲三類：航空機體保險、航空運輸保險及航空責任保險。'美國'將航空運輸保險，歸於內陸運輸保險範圍內。

10【航海日誌】ㄏㄤˊ ㄏㄞˇ ㄖˋ ㄓˋ
(maritime logbook) 船隻航行必備的文書之一。係自新船下水起，至拆卸報廢止，由值班人員條列記存船上之各項事務，使能有系統地了解船隻之操作情形，而維持運轉之安全、正常。由於該日誌之記錄完備，一旦發生海難或碰撞等意外事件，即爲追究責任、索取賠償之法定證件。

12【航程傭船】ㄏㄤˊ ㄔㄥˊ ㄩㄥ ㄔㄨㄢˊ
(voyage charter; trip charter) 又稱計程傭船、論程傭船、定程傭船。船東（包括 shipowner, chartered owner 及 deponent owner）自己保留船舶的占有與管理，並自行僱用船長、船員，而將船舶艙位的一部分或全部，以一次或多次的一定航程爲條件，供傭船人運送貨物之用的，稱爲航程傭船。一般大宗物資或散裝貨物的運送，貨主向船東傭船時，通常多採航程傭船方式。航程傭船按租傭艙位是一部分或全部，可分爲部分傭船及全部傭船兩種。至於運費的支付則按實際裝載噸數或按約定噸數計算，而有關航程的航行、管理責任及費用等，均由船東負責，但裝卸貨費用則視船東及傭船人雙方的協議而定。

8【航空管制區】ㄏㄤˊ ㄎㄨㄥ ㄍㄨㄢˇ ㄓˋ ㄑㄩ
國家基於國防或航空管制之顧慮，將其領域管轄權有限度延伸至領空以外之上空區域，謂之航空管制區。於航空管制區內，國家雖無領域主權，但卻得規律一切進入或離開該國之航空飛行問題，外國飛機違反規定時，即得於其進入國家領空後，予以一定處罰。因此，航空管制區之設，也可說是國家領域主權之延伸。

12【航程保險單】ㄏㄤˊ ㄔㄥˊ ㄅㄠˇ ㄒㄧㄢˇ ㄉㄢ
(voyage policy) 在海上保險中，承保一定航程內保險標的遭受損失的保險單。主要以貨物保險爲主，無固定航程的不定期船舶也採用之。

10【航海人員考試】ㄏㄤˊ ㄏㄞˇ ㄖㄣˊ ㄩㄢˊ ㄎㄠˇ ㄕˋ
經考試及格者可取得擔任海員各種職務資格之考試。分甲種、乙種、丙種，每種又分若干級舉行。凡經各種級考試及格者，分別取得擔任相當職務的資格。

【航海與測地衛星】ㄏㄤˊ ㄏㄞˇ ㄩˇ ㄘㄜˋ ㄉㄧˋ ㄨㄟˋ ㄒㄧㄥ
(navigation and geodetic surveying satellite) 利用所攜帶之追蹤遙測系統以增強航海與測地定位精確性的人造衛星。用來指導船隻在海上循正確的方向航行及提供詳盡資料以繪製精確的地圖。現代的搜索和救援系統，已能將遇險訊號經由此種衛星轉播到地面站作進一步處理。

8【航空工業發展中心】ㄏㄤˊ ㄎㄨㄥ ㄍㄨㄥ ㄧㄝˋ ㄈㄚ ㄓㄢˇ ㄓㄨㄥ ㄒㄧㄣ
(Aero Industry Development Center; AIDC) 我國發展航空工業的國營機構。設於'臺中市'，於'民國'五十八年成立，隸屬空軍，至七十二年初改隸'中山科學研究院'。先後自行製造或合作生產成功 PL-1B 介壽號初級教練機、UH-1H 直升機、T-CH-1B 中興號中級教練機、F-5E 中正號戰鬥機、AT-3 自強號高級教練機、XA-3 雷鳴號攻擊機；及合作生產 T53-L-13B 渦輪噴射發動機、T53-L-701A 渦輪螺槳發動機、TFE-731-2L 噴射發動機供有關飛機使用。七十二年以後從事 XF 高級戰鬥機和 XJE 噴射發動機的發展計畫。

舥 ㄆㄚ $p'a^{1}$ 音葩
把小船連接起來作水上的浮橋。見"集韻"。

舭 ㄅㄧˇ pi^{3} 音比
參舭𦫸。

19【舭𦫸】ㄅㄧˇ ㄉㄚˊ
船名。

舨 ㄅㄢˇ *pan*^{3} 音板
參舢舨。

舦 ㄊㄞˋ *t'ai*^{4} 音太
船行。也作⿰舟犬。見"集韻"。

⿰舟戈 舸的或體。

舯 ㄓㄨㄥ *chung*^{1} 音中
今造船學稱船體首尾之間的部位。

⿰舟少 ㄔㄠˋ *ch'ao*^{4} 音秒
船不平穩。見"廣韻"。

般 [一] ㄅㄢ *pan*^{1} 音班
[1]移動。同搬。[2]種類。如:百般。[3]通班。(1)頒賜。(2)分;布。(3)還;回。如:般師。[4]通斑。(1)雜亂。(2)彩紋。
[二] ㄆㄢˊ *p'an*^{2} 音盤
通盤。[1]安樂;遊樂。如:般遊。[2]大。如:般樂。[3]盤旋;徘徊不前。如:般桓。
[三] ㄅㄛ *po*^{1} 音缽
參般若。

9【般若】 ㄅㄛ ㄖㄜˇ
[1]佛家語。梵語 prajña 的音譯,又譯作波若、班若、般賴若等多音。義爲智慧。[2]'唐'高僧名。'天竺''迦畢試國'人。姓'喬答摩'。'唐德宗''建中'初年,自'師子國'('斯里蘭卡')東北行,抵'廣州','貞元'二年(786)抵'長安',譯經甚多。

13【般遊】 ㄆㄢˊ ㄧㄡˊ
遊樂。

15【般樂】 ㄆㄢˊ ㄌㄜˋ
[1]大樂。[2]玩樂;遊樂。

9【般若經】 ㄅㄛ ㄖㄜˇ ㄐㄧㄥ
佛經名。般若波羅蜜體系經典的總名。是討論[空]哲理的一系列經籍。以六百卷"大般若經"爲主;習見的"金剛般若經"、"心經"等均屬之。

⿰舟厄 ㄜˋ *o*^{4}, *ê*^{4} 音厄
船浮動的樣子。同⿰舟合。見"集韻"。

⿰舟今 ㄐㄧㄣˋ *chin*^{4} 音禁
船名。同艕。見"集韻"。

舩 船的俗體。

5

舵 ㄉㄨㄛˋ *to*^{4}, *tuo*^{4} 音惰
設於船隻、飛機等尾部,用來控制航行升降方向的工具。

舷 ㄒㄧㄢˊ *hsien*^{2} 音賢
船身的兩側船殼。正向船艏左邊之船殼稱左舷,右邊者稱右舷,外邊者稱外舷,裡邊者稱內舷。

舸 ㄍㄜˇ *ko*^{3}, *kê*^{3} 音葛
大船的總稱。見"字彙"。

⿰舟弗 ㄈㄨˊ *fu*^{2} 音拂
大船。見"集韻"。

⿰舟召 ㄉㄧㄠ *tiao*^{1} 音雕
'吳'地船名。見"廣韻"。

舺 ㄐㄧㄚˊ *chia*^{2} 音夾
參⿰舟解舺。

舳 ㄓㄡˊ *chou*^{2} 音軸 讀音
ㄓㄨˊ *chu*^{2} 音逐
[1]船尾。見"方言·九"。[2]代指船隻。如:舳艫千里。

22【舳艫】 ㄓㄨˊ ㄌㄨˊ
[1]泛指船隻。[2]計算舟船面積的單位。每一平方丈爲一舳艫。

舴 ㄗㄜˊ *tsê*^{2} 音則
參舴艋。

14【舴艋】 ㄗㄜˊ ㄇㄥˇ
小船。

⿰舟句 ㄍㄡ *kou*^{1} 音溝
參⿰舟句艛。

17【⿰舟句艛】 ㄍㄡ ㄌㄨˊ
船名。也作⿰舟冓艛。

舶 ㄅㄛˊ *po*^{2} 音博
海中大船。見"廣韻"。

8【舶來品】 ㄅㄛˊ ㄌㄞˊ ㄆㄧㄣˇ
從外國輸入的貨物。

船 ㄔㄨㄢˊ *ch'uan*^{2} 音傳
水中航行的工具。如:輪船。

8【船長】 ㄔㄨㄢˊ ㄓㄤˇ
(master) 執有證書且深具航行資歷,總理全船事務的主管。

10【船家】 ㄔㄨㄢˊ ㄐㄧㄚ
以撐船爲生的人家。

【船席】 ㄔㄨㄢˊ ㄒㄧˊ
(berth)指有足夠水深,可安全停靠船舶以裝卸貨物的水域。可分碼頭船席、浮筒船席。

【船級】 ㄔㄨㄢˊ ㄐㄧˊ
(classification) 船舶構建完成後,經試俥滿意,而依其總噸位所認可的規格。凡總噸位在一百噸以上之海船,必於官方認可之船級協會監督下,且依其規則及鋼船構造之船材寸法建造,方可取得船級證書。

11【船舶】 ㄔㄨㄢˊ ㄅㄛˊ
(ship; vessel) 可航行於水面或水中的運輸工具。狹義之船舶,僅指供運送客貨之商船;廣義之船舶,則除軍用船舶及不能航行之浮碼頭、燈塔船、倉庫船、繫留船、躉船等之外,均統括在內。

13【船塢】 ㄔㄨㄢˊ ㄨˋ
港灣中修理或建造船隻的設備。有乾船塢、浮船塢兩種。

【船閘】 ㄔㄨㄢˊ ㄓㄚˊ
(lock) 爲保持港內泊地水位,以便利船舶行駛的設施。其附屬固定設備包括閘門、輸水道、閘門開啟機械等。

16【船艙】 ㄔㄨㄢˊ ㄘㄤ
(hold) 指甲板下的空間。包括艏艙、艉艙、貨艙、機艙、鍋爐艙、彈藥艙及雙重底艙等。

8【船底座】 ㄔㄨㄢˊ ㄉㄧˇ ㄗㄨㄛˋ
(Carina; Car) 南天星座之一。位於赤經6時03分至11時21分;赤緯 −50.8度至 −75.7度。其α星亮度 −0.73星等,青白色,是全天第二亮的恆星。古人稱它爲南極老人星、老人星或壽星。相當於我國星座老人、海石、南船、海山等。

11【船舶扣押】 ㄔㄨㄢˊ ㄅㄛˊ ㄎㄡˋ ㄧㄚ
根據有執行力之裁判,依強制執行程序,將船舶予以查封、拍賣之

程序。“海商法”規定,除爲使航行可能所生之債務外,船舶之扣押,自運送人或船長發航準備完成時起,以迄航行完成時止,不得爲之,惟“強制執行法”特別規定,對船舶之扣押,無論是否爲使航行可能所生之債務,自運送人或船長發航準備完成時起,以迄航行完成時止,仍得爲之。

【船舶抵押】 ㄔㄨㄢˊ ㄅㄛˊ ㄉㄧˇ ㄧㄚ
船舶抵押權之設定,即將船舶不移轉占有,而擔保自已或第三人之債務,使債權人於債權屆清償期未獲清償時,除“海商法”另有規定外,得就船舶賣得之價金優先受償之行爲。就建造中之船舶亦得爲船舶抵押。船舶抵押除法律別有規定外,僅船舶所有人或受其特別委任之人始得爲之,且應以書面爲之,非經登記不得對抗第三人。船舶抵押得就船舶之應有部分爲之,且其不因該應有部分分割或出賣而受影響。

【船舶租賃】 ㄔㄨㄢˊ ㄅㄛˊ ㄗㄨ ㄖㄣˋ
訂定船舶租賃契約,以取得空船之使用收益權之行爲。船舶承租人須係指自僱船長、海員及提供給養品。船舶租賃權非經登記不得對抗第三人。船舶承租人通常係租賃船舶以從事航海業務活動,其因利用船舶從事航海業務活動而生對於第三人之關係,與船舶所有人(運送人)相同,承租人得主張船舶所有人責任限制。

【船舶碰撞】 ㄔㄨㄢˊ ㄅㄛˊ ㄆㄥˋ ㄓㄨㄤˋ
指兩艘以上之船舶互相接觸致生損害或船舶因不遵守航行規則或駕駛上之過失,致他船或他船上之人貨發生損害。船舶碰撞之訴訟可向一、被告之住所或營業所所在地之法院。二、碰撞發生地之法院。三、被告船舶船籍港之法院。四、船舶扣押地之法院提起訴訟。碰撞之法律效果原則上是:一、碰撞係因不可抗力而發生者,被害人不得請求損害賠償。二、碰撞係由於一船舶之過失所致者,由該船舶負損害賠償責任。三、碰撞之各船舶有共同過失時,各依其過失程度之比例負其責任,不能判定其過失之輕重時,雙方平均負其責任,但有過失之各船舶,對於因死亡或傷害所生之損害,應負連帶責任。

【船舶噸位】 ㄔㄨㄢˊ ㄅㄛˊ ㄉㄨㄣˋ ㄨㄟˋ
(tonnage) 類分重量噸位及容量噸位二種。其中重量噸位乃計算船舶之重量或載重量,而以噸位表示,包括排水噸位及載重噸位;容量噸位則是計算船舶之容積,而轉換成噸位表示,有總噸位、淨噸位之別。

【船舶讓與】 ㄔㄨㄢˊ ㄅㄛˊ ㄖㄤˋ ㄩˇ
船舶之所有權因法律行爲而移轉者,稱爲船舶讓與。船舶全部或一部之讓與,除作成書面外,在‘中華民國’,應聲請讓與地或船舶所在地航政主管機關蓋印證明;在外國,應聲請‘中華民國領事館’蓋印證明,否則不生效力,且非經登記,不得對抗第三人。共有船舶之讓與,應以共有人過半數並其應有部分之價值合計過半數之同意爲之。

19【船邊提貨】 ㄔㄨㄢˊ ㄅㄧㄢ ㄊㄧˊ ㄏㄨㄛˋ
(take delivery at ship's side) 一般貨物,通常是卸船後先存進聯鎖倉庫,再由各收貨人至倉庫提貨。若進口物爲鮮貨、易腐物品、活動物、植物、危險品,或數量龐大無法存儲,或倉庫不允許代爲保管的貨物等,收貨人可向海關及船公司申請直接在船邊提領貨物。這種提貨方式稱爲船邊提貨。收貨人應於卸貨開始前的一定時日,以提單向船公司提出申請,船公司向海關呈遞預報進口艙單後,向海關提出預報報單,申請預報進口。經海關核准簽發船邊卸貨准單,並將提貨單移送驗貨單位,經查驗放行後始可提貨。就船公司立場而言,這種交貨方式,稱爲船邊交貨(alongside delivery);就海關查驗立場而言,則稱爲船邊驗放。

11【船務代理業】 ㄔㄨㄢˊ ㄨˋ ㄉㄞˋ ㄌㄧˇ ㄧㄝˋ
(shipping agent)純以服務換取報酬(代理費或代理佣金)爲目的之商業組織。以其既非託運人,也非傭船人或船舶所有人,故不負任何商業上之盈虧責任和風險。大致可分爲總代理與分代理、傭方代理與監督代理、照料代理與攬貨代理、臨時代理與長期代理等。

【船舶抵押權】 ㄔㄨㄢˊ ㄅㄛˊ ㄉㄧˇ ㄧㄚ ㄑㄩㄢˊ
對於債務人或第三人不移轉占有而供擔保之船舶,債權人於債權屆清償期未受清償時,得就其賣得價金,優先於一般債權受償之權利。惟“海商法”規定之優先權,大部分之受償順序先於船舶抵押權。參船舶抵押。

【船舶總噸位】 ㄔㄨㄢˊ ㄅㄛˊ ㄗㄨㄥˇ ㄉㄨㄣˋ ㄨㄟˋ
(gross tonnage) 船舶甲板以上及甲板以下遮蔽部分的全部容積。通常以100立方呎或2.83立方公尺爲丈量計算標準,而以噸位爲單位。

23【船體保險單】 ㄔㄨㄢˊ ㄊㄧˇ ㄅㄠˇ ㄒㄧㄢˇ ㄉㄢ
(hull policy)承保各種類型的船舶,如貨輪、客輪、油輪、漁船、遊艇等的保險單。包括船舶本體及各種機器、設備和用具等在內。運費保險通常附加於船體保單中,另立保單者甚少。

3【船上交貨條件】 ㄔㄨㄢˊ ㄕㄤˋ

ㄐㄧㄠ ㄏㄨㄛˋ ㄊㄧㄠˊ ㄐㄧㄢˋ
(free on board；FOB) 爲國際貿易應用最多的貿易條件之一。依此條件交易時，賣方須在規定日期或期間內，將約定貨物依習慣包裝妥當，運到指定出口港，裝上買方所指定的船舶，當貨物越過船欄後，一切風險及費用即由賣方移轉到買方，賣方應將貨物已裝上指定船舶等事宜立即通知買方，並將其證明文件(即清潔單證)交給買方。賣方須負責取得輸出許可證或其他出口簽證，繳納出口稅捐、規費及其他手續費。另須以買方的費用及風險代買方申請產地證明書，換取提單並申請輸入目的國或通過第三國所需而由裝運國簽發的文件。上述清潔單證(clean documents)，通常指大副收據而言。在此條件下，裝船費用理論上歸賣方負擔，實際上，在定期輪的件貨運送，其裝船費用已包括在海運運費中，歸買方負擔。所以，就費用負擔而言，與船邊交貨條件並無多大出入。關於船運的安排，依本條件規定，由買方負責；但實務上，如屬零星的什貨，習慣上都交由定期輪承運，所以一般都由賣方代爲安排運船事宜。但這並非賣方的當然義務，除非買賣雙方事先約定由賣方負責洽船。以此條件交易時，必須在條件後面附列指定裝貨港名稱。

11【船舶登記噸位】 ㄔㄨㄢˊ ㄅㄛˊ ㄉㄥ ㄐㄧˋ ㄉㄨㄣˋ ㄨㄟˋ
(register tonnage; net tonnage) 又稱淨噸位。係船舶總噸位扣除無法直接裝載客貨的艙位容積，以100立方呎丈量計算，而以噸位表示。

19【船邊交貨條件】 ㄔㄨㄢˊ ㄅㄧㄢ ㄐㄧㄠ ㄏㄨㄛˋ ㄊㄧㄠˊ ㄐㄧㄢˋ
(free alongside ship；FAS) 爲貿易條件的一種。依此條件交易時，賣方須負責以自己的費用及風險將約定貨物運到碇泊於指定裝貨港船舶的船邊交貨。所謂船邊是指船上索具可及的範圍。買方則須負擔貨物自船邊吊上船的裝貨費，以及其後的一切費用與貨物交到船邊以後的一切風險。但如以定期輪裝運時，由於裝運費由船公司負擔，包括在運費之內，所以，就運費負擔而言，與船上交貨條件並無出入。按'國際商會'所制定的國貿條規說明，依此條件交易時，須在FAS後面載明裝貨港名，例如 FAS Kaohsiung。但依"1941年修訂美國對外貿易定義"(*Revised American Foreign Trade Definitions, 1941*)，則船邊交貨條件應在 FAS 後面加上 vessel 字樣。因爲'美國'定義下的 FAS 只是 free along side 之縮寫的緣故，例如裝貨港爲'紐約'，應以 FAS vessel New York 表示。

11【船舶所有人責任限制】 ㄔㄨㄢˊ ㄅㄛˊ ㄙㄨㄛˇ ㄧㄡˇ ㄖㄣˊ ㄗㄜˊ ㄖㄣˋ ㄒㄧㄢˋ ㄓˋ
各國爲促進國際貿易，鼓勵海上運送，多以法律規定海上運送人只負有限責任，而不負無限責任。國際間有西元1924年8月25日在'布魯塞爾'簽訂之"海船所有人責任限制統一公約"與1957年10月10日在'布魯塞爾'簽字之"海船所有人責任限制國際公約"各國立法計有委付主義、船價主義、金額主義及海產主義四種制度，我國採船價主義爲主、委付主義爲輔，船舶所有人責任限於以本次航行之船舶價值、運費及其他附屬費用，但船舶所有人亦得不提供船舶價值而委棄其船舶。得主張船舶所有人責任限制者爲運送人，得主張船舶所有人責任限制之事由有一、船長、海員或其他一切服務於船舶之人員，因執行業務所加損害於第三人之賠償。二、交付船長運送之貨物或船上其他一切財產物品所受損害之賠償。三、本於載貨證券所生之債務。四、在履行契約中所犯航行過失之賠償。五、船舶所加於港埠、倉庫、航路、設備及工作物之損害所應修理之義務。六、關於除去沉船漂流物之義務及其從屬之義務。七、救助及撈救之報酬。八、在共同海損中屬於船舶所有人應分擔之部分。九、船長在船籍港外，以其職權因保存船舶價值或繼續航行之實在需要所爲行爲或契約所生之債務，而其需要非由發航時準備不足、船具缺陋或設備疏忽而生者。

䑯 ㄉㄧˋ *ti*⁴ 音第 又讀 ㄉㄧˇ *ti*³ 音抵
參䑯艡。

19【䑯艡】 ㄉㄧˋ ㄉㄤ
古代的一種戰船。

舲 ㄌㄧㄥˊ *ling*² 音陵
篷側有窗的小船。見"集韻"。

6

䑫 ㄆㄥ *pêng*¹ 音繃
或作䑫。船名。見"集韻"。

舼 ㄑㄩㄥˊ *ch'iung*² 音窮
艙很深的小船。也作槳。見"集韻"。

𦨨 舼的或體。

䑵 艟的或體。

䑬 ㊀ ㄊㄠ *t'ao*¹ 音滔
船名。也作䑦。見"集韻"。
㊁ ㄧㄠˋ *yao*⁴ 音耀
大船。也作艞。見"集韻"。

䑽 ㄏㄨㄛˊ *ho*², *huo*² 音活
船在行進。見"集韻"。

䑸 ㄆㄤˊ *p'ang*² 音旁
'吳'地船名。見"玉篇"。

䑪 般的或體。

䑪 ㄏㄤˊ *hang*² 音杭
雙併的船隻。即方舟。同
杭。見"集韻"。

7

䑮 ㄓㄡ *chou*¹ 音舟
射鳥用的箭。也作艁。見
"玉篇"。

艆 ㄌㄤˊ *lang*² 音郎
1海船。見"玉篇"。2船
舷。同桹。見"正字通"。

艇 ㄏㄥ *hêng*¹ 音亨
載鹽船。見"字彙補"。

艃 ㄉㄧˋ *ti*⁴ 音第
船名。見"集韻"。

艉 ㄨㄟˇ *wei*³ 音尾
(stern) 船舶的後端。

艄 ㄕㄠ *shao*¹ 音梢
船尾。見"集韻"。

艃 ㄌㄧˊ *li*² 音釐 又讀 ㄌㄧˇ
*li*³ 音里
參䑸艃。

艀 ㄅㄨˋ *pu*⁴ 音步
短而深的船。也作䑺。見
"集韻"。

艀 ㄈㄨˊ *fu*² 音浮
短小的船。多作駁運之用。
見"集韻"。

艁 䑮的或體。

艇 ㄊㄧㄥˇ *t'ing*³ 音挺
小船。見"說文新附"。

艁 造的古文。

艂 ㄈㄥˊ *fêng*² 音逢
舟名。見"五音集韻"。

艅 ㄩˊ *yü*² 音余
參艅艎。

15【艅艎】 ㄩˊ ㄏㄨㄤˊ
古代裝設極豪華的一種船。也作
餘皇。

8

艐 ㄗㄨㄥ *tsung*¹ 音宗
船隊。

䑹 ㄨㄢˇ *wan*³ 音宛
船名。見"集韻"。

艒 ㄋㄨㄛˊ *no*², *nuo*² 音挪
船名。見"字彙補"。

艓 ㄐㄧㄝˊ *chieh*² 音捷
船在行進。見"集韻"。

艑 ㄑㄧㄢˋ *ch'ien*⁴ 音倩
輕快的船。見"集韻"。

䑸 ㄑㄧˊ *ch'i*² 音其
參䑸艃。

13【䑸艃】 ㄑㄧˊ ㄌㄧˊ
船名。

艋 ㄇㄥˇ *mêng*³ 音猛
參舴艋。

艁 ㄓㄠˋ *chao*⁴ 音趙
划船。也作櫂、棹。見"集
韻"。

艕 ㄅㄞˋ *pai*⁴ 音敗
船後横木。見"廣韻"。
䑺的或體。

艌 ㄋㄧㄢˋ *nien*⁴ 音念
挽船前行的繩索。也作縴、
䉬。見"正字通"。

艑 ㄌㄨㄣˊ *lun*² 音倫
1船名。見"集韻"。2船前
横木。見"集韻"。

15【艑艅】 ㄌㄨㄣˊ ㄩˊ
船名。

9

艐 艘的或體。

艓 ㄊㄨˊ *t'u*² 音突
釣魚用的小船。見"集韻"。

艕 ㄧㄡˊ *yu*² 音遊
1船在行進。見"集韻"。2
船上帷簾。見"字彙"。

艖 ㄕㄥˊ *shêng*² 音繩
稻田畦。見"字彙補"。

艏 ㄕㄡˇ *shou*³ 音首
1船名。見"玉篇"。2
(bow)船舶的前端。

17【艏艛】 ㄕㄡˇ ㄌㄡˊ
(forecastle) 位於艏柱附近的船
體結構建築。通常供作存放船燈、
纜索、油漆及木匠工具等器物之
處所。

艓 ㄑㄧˋ *ch'i*⁴ 音契
船名。見"廣雅·釋水"。

艏 ㄈㄨˊ *fu*² 音福
參艏艐。

17【艏艐】 ㄈㄨˊ ㄙㄨˋ
大船。

艓 ㄉㄧㄝˊ *tieh*² 音蝶
小船。見"字彙"。

艌 ㄒㄧㄢˋ *hsien*⁴ 音現
船名。見"集韻"。

艒 ㄇㄠˋ *mao*⁴ 音冒
小船。見"方言·九"。

艓 ㄒㄧㄥ *hsing*¹ 音星
船名。見"集韻"。

艓 䑿的或體。

艒 ㄨㄟˋ *wei*⁴ 音胃
漕運船。見"集韻"。

艐 ㄗㄨㄥ *tsung*¹ 音宗
1船擱淺不能前行。見"說
文"。2到達。見"廣韻"。

艘 ㄈㄨˊ *fu*² 音伏
船名。見"玉篇"。

艎 ㄏㄨㄤˊ *huang*² 音皇
渡船。見"字彙補"。

艑 ㄅㄧㄢˋ *pien*⁴ 音便
'吳'地船名。見"廣韻"。

艅 ㄩˊ *yü*² 音俞
參艑艅。

10

艕 ㄅㄤˋ *pang*⁴ 音棒
併船。見"集韻"。

艦 ㄐㄧㄢˋ *chien*⁴ 音鑑
船名。見"集韻"。

艖 ㄔㄚ *ch'a*¹ 音叉
小船。見"玉篇"。

艗 ㄧˋ *i*⁴ 音益
船的別稱。古時多畫鷁鳥
於船首，故稱。見"正字通"。

艕 舸的或體。

艄 ㄖㄨㄛˋ jo⁴, juo⁴ 音弱
船名。見"篇海類編"。

艏 ㄍㄨㄥˋ kung⁴ 音貢
船名。見"字彙補"。

艓 艓的或體。

艒 艙的或體。

艎 ㄞˊ ai² 音皚
船名。見"集韻"。

艐 ㄒㄧˋ hsi⁴ 音夕
繫船的繩索。同筊。見"集韻"。

艑 舭的或體。

艗 ㄗㄡ tsou¹ 音鄒
船名。見"集韻"。

艘 ㄙㄠ sao¹ 音騷 又讀 ㄙㄡ sou¹ 音搜
1船的總名。見"廣韻"。2量詞。船艦一隻稱一艘。

艙 ㄘㄤ ts'ang¹ 音倉
船或飛行器等內部的統稱。如:客艙。

16【艙壁】 ㄘㄤ ㄅㄧˋ
(watertight bulkhead) 又稱水密艙壁。係可將船體橫向或縱向分成若干艙間的垂直間壁。

11

鳌 ㄠˊ ao² 音敖
船頭橫木。同鰲。見"集韻"。

艚 ㄙㄨˋ su⁴ 音肅
參艒艚。

艛 ㄌㄨˋ lu⁴ 音鹿
船名。見"廣韻"。

艖 ㄒㄧㄡ hsiu¹ 音羞
使船前進。見"玉篇"。

艒 ㄒㄧˊ hsi² 音習
1繫在大船後,供接駁客貨的小船。見"玉篇"。2覆船的篷蓆。同簹。見"集韻"。

艚 ㄘㄠˊ ts'ao² 音曹
小船。見"玉篇"。

艜 ㄉㄞˋ tai⁴ 音帶
長而淺的小船。見"方言·九"。

艞 ㄔㄜˋ ch'ê⁴ 音徹
1船名。見"玉篇"。2船在行進。見"廣韻"。

艛 ㄌㄡˊ lou² 音樓
樓船。也泛稱船。

15【艛艓】 ㄌㄡˊ ㄌㄧㄝˊ
樓船。

艜 ㄅㄨˋ pu⁴ 音步
小船。見"字彙"。

11【艜艒】 ㄅㄨˋ ㄐㄧㄚˊ
古代船名。

艞 ㄆㄤˊ p'ang² 音旁
船隻的形貌。見"篇海類編"。

12

艏 ㄈㄨˋ fu⁴ 音富
1船名。見"集韻"。2船載貨很多。見"篇海類編"。

艟 ㄊㄨㄥˊ t'ung² 音同
船名。見"集韻"。

22【艟艫】 ㄊㄨㄥˊ ㄌㄨˊ
戰船。

艠 ㄉㄨㄣˋ tun⁴ 音頓
大船。見"字彙"。

艡 ㄊㄥˊ t'êng² 音疼
繩索。見"說文"。

艢 ㄗㄨㄣˋ tsun⁴
船底的漏洞。見"廣韻"。

艣 ㄍㄢˇ kan³ 音敢
大船的兩旁。見"字彙補"。

艤 ㄈㄟˋ fei⁴ 音肺
或作艪。1船縉釘。見"廣韻"。2船邊木。通櫝。見"集韻"。

艥 ㊀ ㄏㄨㄤˊ huang² 音黃
也作艎。參艅艎。
㊁ ㄏㄥˊ hêng² 音橫
1雙併的船隻。見"廣韻"。2竹筏。見"字彙"。

艦 ㄐㄩㄝˊ chüeh² 音掘
1船頭。見"篇海類編"。2繫住船的木樁。同橛。見"正字通"。

艧 ㄅㄛ po¹ 音撥 又讀 ㄈㄚ fa¹ 音發
海中大船。見"集韻"。

艨 ㄌㄧㄠˊ liao² 音聊
小而長的船。見"正字通"。

艩 ㄨㄟˋ wei⁴ 音位
運輸船。見"字彙"。

艪 ㄈㄢ fan¹ 音翻
船的裝飾物。見"集韻"。

艫 ㊀ ㄧㄠˋ yao⁴ 音耀
江中大船。見"廣韻"。
㊁ ㄊㄧㄠˋ t'iao⁴ 音跳
架在岸和船間的踏板。俗稱艞板,今作跳板。見"正字通"。

艬 ㄘㄢ ts'an¹ 音餐
參底艬。

艭 ㄑㄧㄠˊ ch'iao² 音橋
(bridge)俗稱船橋、艦橋。參艦橋。

17【艭艛】 ㄑㄧㄠˊ ㄌㄡˊ
(bridge) 一般稱為駕駛室。凡舵輪室、海圖室、電信室及駕駛部高級船員之住室均規劃在此,故為船舶上管理與指揮的司令處。

艮 ㄊㄚˋ t'a⁴ 音踏
大船。也作艡。見"集韻"。

13

艤 ㄧˇ i³ 音乙
移舟靠岸。見"廣韻"。

艥 舲的或體。

艦 ㄉㄚˊ ta² 音達
參舭艦。

艪 檣的或體。

艫 ㄉㄤ tang¹ 音當
參舐艫。

艣 ㄌㄨˇ lu³ 音魯
撥水使船前進的器具。

20【艣艩】 ㄌㄨˇ ㄑㄧˊ
船旁架櫓的木樁。

艬 ㄒㄧㄝ hsieh¹ 音歇
參艬艎。

15【艥艎】 ㄒㄧㄝ ㄏㄨㄤˊ
古代的一種大船。也作艒艎。

艬 ㄘㄢ *ts'an*^{1} 音餐
船名。見"集韻"。

艂 ㄆㄥˊ *p'êng*^{2} 音蓬
用竹子編成的船篷。也作笐。見"集韻"。

14

艩 ㄐㄧˇ *chi*^{3} 音己
船名。見"玉篇"。

艩 ㄑㄧˊ *ch'i*^{2} 音齊
參艥艩。

艦 ㄐㄧㄢˋ *chien*^{4} 音劍
戰船。

12【艦隊】 ㄐㄧㄢˋ ㄉㄨㄟˋ
通常指在艦隊司令作戰及行政管制之下,所有艦船、飛機、陸戰隊及艦隊基地等之編組。

18【艦橋】 ㄐㄧㄢˋ ㄑㄧㄠˊ
(bridge) 橫越艦船之透空式甲板,或其上之突出物。如駕駛臺即爲艦橋之一部分。

艨 ㄇㄥˊ *mêng*^{2} 音蒙
參艨衝。

15【艨衝】 ㄇㄥˊ ㄔㄨㄥ
外型狹長,用以衝撞敵舟的戰船。也作蒙衝、艨艟。

艧 ㄨㄛˋ *wo*^{4} 音臥
船。見"玉篇"。

艣 ㄨˇ *wu*^{3} 音武
細長的小船。見"廣韻"。

15

艬 ㄌㄧˇ *li*^{3} 音禮
小舟。見"正字通"。

艫 ㄇㄛˋ *mo*^{4} 音墨
小舟。也作艒。見"集韻"。
艪的或體。

16

艭 ㄒㄧˊ *hsi*^{2} 音習
用竹箬編織而成的船篷。也作箬。見"玉篇"。

艨 ㄌㄨㄥˊ *lung*^{2} 音龍
1有篷的小船。見"廣韻"。2小船上的篷蓋。見"集韻"。

艫 ㄌㄧˋ *li*^{4} 音歷
船。見"集韻"。

艫 ㄌㄨˊ *lu*^{2} 音盧
1船頭。見"說文"。2泛指船。見"字彙"。

17

艫
舲的或體。

艬 ㄔㄢˊ *ch'an*^{2} 音蟬
1大船。見"玉篇"。2合木船。見"廣韻"。

18

艭 ㄕㄨㄤ *shuang*^{1} 音雙
小船。見"廣韻"。

19

艬
艬的或體。

21

艬 ㄌㄧˇ *li*^{3} 音禮
江中大船。也作欐。見"集韻"。

24

艫
舲的或體。

艮 部

艮 一 ㄍㄣˋ *kên*^{4} 音茛
1違背;不聽從。見"說文·艮·段注"。2堅固。見"方言·一二"。3"易"卦名。(1)八卦之一。(2)六十四卦之一。艮下艮上。4姓。'漢'有'艮當'。見"萬姓統譜·一〇〇"。

艮卦圖(1)

艮卦圖(2)

二 ㄍㄣˇ *kên*^{3}
1堅韌。2耿直。

1

良 ㄌㄧㄤˊ *liang*^{2} 音梁
1美好。如:良策。2賢能。如:賢妻良母。3副詞。(1)甚。如:感慨良深。(2)確實。如:良有以也。4姓。'漢'有'良兢'。見"萬姓統譜·五二"。

2【良人】 ㄌㄧㄤˊ ㄖㄣˊ
1善良的人。2平民;良家子。3古時丈夫稱妻子或妻子稱丈夫。

3【良久】 ㄌㄧㄤˊ ㄐㄧㄡˇ
很久。

4【良方】 ㄌㄧㄤˊ ㄈㄤ
1良好的藥方。2好方法;好策略。

【良心】 ㄌㄧㄤˊ ㄒㄧㄣ
1人類與生俱來的善心。2個人藉以評斷是非之內在化的行爲標準。

5【良史】 ㄌㄧㄤˊ ㄕˇ
1記事忠實、無所曲諱的史官。2優良的史書。

6【良多】 ㄌㄧㄤˊ ㄉㄨㄛ
很多。

7【良伴】 ㄌㄧㄤˊ ㄅㄢˋ
1志同道合的伴侶。2最好的陪伴物。

8【良知】 ㄌㄧㄤˊ ㄓ
天賦本然,不待思索即能判斷是非的知。

10【良能】 ㄌㄧㄤˊ ㄋㄥˊ
1指人類天賦爲善的能力。2指賢良而多才的人。

12【良策】 ㄌㄧㄤˊ ㄘㄜˋ
好計策。

14【良圖】 ㄌㄧㄤˊ ㄊㄨˊ
好的計畫;好的策略。

15【良窳】 ㄌㄧㄤˊ ㄩˇ
優劣;好壞。

【良緣】 ㄌㄧㄤˊ ㄩㄢˊ
1好緣分。2好機緣。

16【良機】ㄌㄧㄤˊ ㄐㄧ
好機會。

7【良序集】ㄌㄧㄤˊ ㄒㄩˋ ㄐㄧˊ
(well-ordered set)參有序集。

10【良家子】ㄌㄧㄤˊ ㄐㄧㄚ ㄗˇ
清白人家的子女。

7【良辰美景】ㄌㄧㄤˊ ㄔㄣˊ ㄇㄟˇ ㄐㄧㄥˇ
美好的時光與景物。

8【良知良能】ㄌㄧㄤˊ ㄓ ㄌㄧㄤˊ ㄋㄥˊ
生而具有的分辨是非善惡的知識和能力。

11【良渚文化】ㄌㄧㄤˊ ㄓㄨˇ ㄨㄣˊ ㄏㄨㄚˋ
分布於'浙江省'北部及'太湖流域',爲新石器時代晚期文化,年代約爲西元前3310～前2250年。最具代表性的遺物是漆黑色陶器,器形有鬹、鼎、豆、簋等。石器、骨器、木器及各種編織製作皆精良。農業發達,除種植稻米外,並有花生、芝麻、蠶豆、瓜子、菱角、核桃等發現。在'浙江省''吳興縣''錢山漾'遺址發現了絹片、絲帶等。

【良莠不齊】ㄌㄧㄤˊ ㄧㄡˇ ㄅㄨˋ ㄑㄧˊ
好壞參差不等。

13【良禽擇木】ㄌㄧㄤˊ ㄑㄧㄣˊ ㄗㄜˊ ㄇㄨˋ
比喻有才德的人選擇賢明的主人而效勞。

19【良藥苦口】ㄌㄧㄤˊ ㄧㄠˋ ㄎㄨˇ ㄎㄡˇ
能治病的好藥,味道很苦。比喻忠言逆耳。

6【良好作業規範】ㄌㄧㄤˊ ㄏㄠˇ ㄗㄨㄛˋ ㄧㄝˋ ㄍㄨㄟ ㄈㄢˋ
(good manufacturing practices; GMP)'美國食品藥物管理局'規定工廠製造食品應遵守之作業條件。此規範僅限於食品加工、處理及儲藏等,目的在防止食品被直接或間接汙染。可分成幾個部分:一、列出與食品加工有關的名詞定義;二、說明爲保護食品衛生,所需之工廠設計與結構;三、簡介加工單位用具和設備之設計,強調其易清洗性;四、製造和加工之控制,以確保原料、添加物的適當性及成品之安全性;五、要求保持紀錄和報告;六、採法律行動限制缺點容許量不能作爲不良作業的辯解。

11

艱 ㄐㄧㄢ chien^{1} 音堅
困難;險阻。如:艱險。

11【艱深】ㄐㄧㄢ ㄕㄣ
艱難深奧,不易明白。

13【艱鉅】ㄐㄧㄢ ㄐㄩˋ
困難繁重。

16【艱險】ㄐㄧㄢ ㄒㄧㄢˇ
困難危險。

17【艱澀】ㄐㄧㄢ ㄙㄜˋ
①文詞隱晦難解。②文思遲緩不順。③食物味道苦澀。

19【艱難】ㄐㄧㄢ ㄋㄢˊ
艱苦困難。

色部

色 ㊀ㄙㄜˋ sê^{4} 音濇
①光射入眼睛網膜所引起的視覺作用。②面部的表情、神態。如:察言觀色。③指美豔的姿容。多指女性而言。如:好色。④景色;景象。如:春色。⑤佛家語。指一切物質的存在。如:色即是空。⑥種類。如:各色各樣。⑦品質;成分。多指金銀等物而言。如:成色。
㊁ㄕㄞˇ shai^{3} 音骰
㊀①的語音。

8【色盲】ㄙㄜˋ ㄇㄤˊ
(color blindness)不能辨認顏色的一種疾病。可爲遺傳性,亦可爲後天性;後者多因錐細胞本身的疾病或其與視網膜、視神經聯繫不良所致。依辨色力可分三類:一、可分辨三原色(紅、黃、藍),但對分辨三者混合色與常人略異。二、對於三原色中之一不能辨認。三、不能分辨任何顏色。

9【色相】ㄙㄜˋ ㄒㄧㄤˋ
①佛家語。指一切物質存在的外在形狀。特別指人或物的外在相貌、狀態。②(hue)指色的特質、色彩的相貌。爲色彩三要素之一。依每一顏色的屬性而定名,用以區別色彩相貌的差異。如黃、青、綠等,不同的名稱代表了不同的色彩相貌。與色彩的強弱、明暗沒有關係。

【色界】ㄙㄜˋ ㄐㄧㄝˋ
佛家語。①三界之一。在欲界之上,爲無淫、食二欲的眾生住所,其身體及宮殿國土的物質,皆極精好,故稱色界。色,是物質的意思;界,是範圍、種類的意思。因此,色界,是指物質享受特別精好的那一類眾生。色界又分初禪、二禪、三禪、四禪等四天。其中,每一天又有許多天。②十八界之一。即十八界中之眼根界(視覺器官)所認識之對象。亦即可以被眼睛看到的一切有顏色的物質存在。

10【色狼】ㄙㄜˋ ㄌㄤˊ
指貪好女色的人。

12【色散】ㄙㄜˋ ㄙㄢˋ
(dispersion)使一束白色光射入三稜鏡內,經折射後,白光即被分解成許多色光,可在鏡後之屏幕上出現一彩色的光帶,此種現象稱爲光的色散。

【色階】ㄙㄜˋ ㄐㄧㄝ
(scale)又名色列。將色彩的調子,依照階段次序排列起來即是。如色相的色階、明度的色階等是。

13【色溫】ㄙㄜˋ ㄨㄣ
表示光色調的一種數值。'英國'物理學家'凱爾文'(Kelvin)於西元1848年發現發光體(如鎔化的鋼鐵、太陽、攝影燈等)所放射出來的光線色彩與溫度有一種固定的關係。如將黑體加熱到500°C時,即呈現肉眼可見的暗紅色；加熱到5100°C時，即呈現與日光相似的顏色；加熱到11000°C時，即呈現天藍色。亦即發光體所放射出來的光線可用溫度來注解。計算方式是以絕對溫度－273°C爲計量單位起點，每升高1°C爲1°K，K是色溫單位。一般以5400°K作爲日光的標準光譜成分，高於或低於這個數值的色溫，就分別被認爲偏藍或偏紅。色溫不平衡的現象可用濾光鏡來調整。

15【色調】 ㄙㄜˋ ㄉㄧㄠˋ
(colour tone)即色彩的明、暗、濃、淡、強、弱等調子。由於色彩三要素中，色相最容易區別，明度和彩度則不易確切分辨，因此有一種色彩分類法，將明度高低和彩度強弱合併，而仍保留色相之別，使成爲明、暗、濃、淡、強、弱等調子的色彩，此種分法稱爲色調。

【色樣】 ㄙㄜˋ ㄧㄤˋ
樣子；種類。

【色價】 ㄙㄜˋ ㄐㄧㄚˋ
(valeur) 色彩強度的總稱。色彩的強度往往由高明度和高彩度的色彩，以及它在畫面上的對比而產生。如暗背景上的高明度及高彩度之黃色，比起棕色或綠色，其色價較高。

16【色澤】 ㄙㄜˋ ㄗㄜˊ
色彩光澤。

9【色相環】 ㄙㄜˋ ㄒㄧㄤˋ ㄏㄨㄢˊ
(color wheel) 又稱色環。把紅、橙、黃、綠、青、紫等色彩，依序排列下去時，就會構成一個圓周，即爲色相環。有6色相環、12色相環與24色相環等。

14【色像差】 ㄙㄜˋ ㄒㄧㄤˋ ㄔㄚ
(chromatic aberration)由於玻璃對各種色光具有不同的折射率，因此透鏡對各種色光也有不同的焦點(或焦距)。故當平行光束的白色光經透鏡折射後，各種色光會聚的位置都不一樣(紫光較靠近鏡心，而紅光較遠)，此種現象稱爲色像差。

7【色即是空】 ㄙㄜˋ ㄐㄧˊ ㄕˋ ㄎㄨㄥ
佛家語。指世間一切色法(物質)的本性(內在眞實性)都是空無所有。

8【色板玻璃】 ㄙㄜˋ ㄅㄢˇ ㄅㄛ ㄌㄧˊ
(tinted glass)經著色處理，可保永不變色與褪色的玻璃。其特點爲可吸收光之熱能及輻射，以減低太陽光熱進入室內，並具濾光效能以降低眩目感，增進視覺上之美觀及舒適感，降低熱耗率，節省空調用電並保護室內家具防止褪色。

9【色面繪畫】 ㄙㄜˋ ㄇㄧㄢˋ ㄏㄨㄟˋ ㄏㄨㄚˋ
(color-field painting)「繪畫性抽象後的抽象」繪畫的一種。以色面爲主的幾何性抽象繪畫，無圖與地之分，畫面內的每一個形均是圖。代表畫家有'路易斯'(Morris Louis)、'紐曼'(Barnett Newmann)、'諾蘭德'(Noland)等。

10【色衰愛弛】 ㄙㄜˋ ㄕㄨㄞ ㄞˋ ㄕˇ
指人因姿色衰減而不再受到寵愛。後世多指女子容顏憔悴消瘦而言。

【色素細胞】 ㄙㄜˋ ㄙㄨˋ ㄒㄧˋ ㄅㄠ
(chromatophore)爲一種含有色素的細胞，見於動物的皮膚內。色素可向細胞的中心聚集，或向細胞邊緣擴散，其移動係受自律神經或激素的控制。不同顏色的色素細胞，其色素分別作離心或向心的移動，不僅可改變體色的深淺，亦會改變其顏色。

11【色授魂與】 ㄙㄜˋ ㄕㄡˋ ㄏㄨㄣˊ ㄩˇ
目見美色，神魂即被吸去。極言爲美色所迷醉。

15【色厲內荏】 ㄙㄜˋ ㄌㄧˋ ㄋㄟˋ ㄖㄣˇ
外表威猛，而內心怯懦。

11【色彩遠近法】 ㄙㄜˋ ㄘㄞˇ ㄩㄢˇ ㄐㄧㄣˋ ㄈㄚˇ
(color perspective)用色彩的變化和強弱、濃淡來表現遠近感的繪畫技法。如近景的樹木呈墨綠色，中景的樹木就呈青綠色，遠景的樹木就呈現淡青色等。巴洛克美術的風景畫家喜用此法。

15【色層分析法】 ㄙㄜˋ ㄘㄥˊ ㄈㄣ ㄒㄧ ㄈㄚˇ
(chromatography) 利用物質本身極性和對於固定相附著力不同等物理性質上的差異，以適當移動相將其帶動，由於各種物質移動速度的不同，而將混合物分離的方法，稱爲色層分析法。例如濾紙色層分析法、管柱色層分析法、氣體色層分析法等。

4

䒦 ㄒㄧ *hsi*¹ 音兮
1黃膽病患者的臉色。也作䒦。見"玉篇"。2疼痛時的叫聲。見"廣韻"。

艳 豔的俗體。

5

䒧 ㄇㄛˋ *mo*⁴ 音末
參䒨䒧。

艴 ㄈㄨˊ *fu*² 音弗
1淡的顏色。見"廣韻"。2慍怒的臉色。見"說文"。

䒨 ㄆㄛ *p'o*¹ 音潑
參䒨䒧。

11【䒨䒧】 ㄆㄛ ㄇㄛˋ
1無色。2色淺。

䒩 ㄧㄤˇ *yang*³ 音癢
氣體流動的樣子。見"集韻"。

䒪 ㄅㄚˋ *pa*⁴ 音罷
顏色不眞。見"廣韻"。

6

艵 ㄆㄧㄥ *p'ing*¹ 音俜
或作艵。青白色。見"說文"。

10

⿰窊色 ㄨㄚˋ *wa*⁴ 音襪
顏色敗壞。見"集韻"。

⿰旁色 ㄆㄤˇ *p'ang*³ 音髈
參⿰旁色⿰莽色。

17【⿰旁色⿰莽色】 ㄆㄤˇ ㄇㄤˇ
1無色。2色澤明朗。

⿰冥色 ㄇㄧㄥˋ *ming*⁴ 音命
閉目。通瞑。見"字彙"。

⿰翁色 ㄧㄤˇ *yang*³ 音仰
顏色太深不好看的樣子。見"集韻"。

11

⿰莽色 ㄇㄤˇ *mang*³ 音莽
或作⿰莽色。參⿰旁色⿰莽色。

12

⿰曾色 ㄙㄥ *sêng*¹ 音僧
參⿰瞢色⿰曾色。

13

艶 豔的俗體。

14

⿰夢色 ㄇㄥˊ *mêng*² 音蒙
參⿰夢色⿰夢色。

20【⿰夢色⿰夢色】 ㄇㄥˊ ㄇㄥˊ
醜陋的樣子。

⿰熏色 ㄒㄩㄣˋ *hsün*⁴ 音訓
物體被熏成黑色。見"集韻"。

16

⿰瞢色 ㄇㄥˊ *mêng*² 音蒙
參⿰瞢色⿰曾色。

18【⿰瞢色⿰曾色】 ㄇㄥˊ ㄙㄥ
1心神不爽。2顏色不好。

18

艷 豔的或體。

艸 部

艸 ㄘㄠˇ ts'ao³ 音草
草的總稱。即百卉。今作草。見"說文"。

1

𦫳 ㄍㄨㄞˇ kuai³ 音拐 又讀 ㄍㄨㄚˇ kua³ 音寡
本作丫。①羊角分開的樣子。見"廣韻"。②通拐。(1)手杖。如:𦫳杖。(2)轉彎。如:𦫳角。

2

艼 ㊀ ㄊㄧㄥ t'ing¹ 音汀
參艼熒。
㊁ ㄊㄧㄥˇ t'ing³ 音挺
同町。

14【艼熒】 ㄊㄧㄥ ㄧㄥˊ
草名。即朐。

芀 ㊀ ㄊㄧㄠˊ t'iao² 音條
蘆花。見"說文"。
㊁ ㄕㄠˊ shao² 音韶
草名。同苕。見"集韻"。

艻 ㄌㄜˋ lê⁴ 音勒
手指之間。通扐。見"字彙"。

艿 ㊀ ㄖㄥˊ jêng² 音仍
①草名。見"說文"。②老的草根還沒除去,新草又生長出來。見"廣韻"。
㊁ ㄋㄞˇ nai³ 音乃
參芋艿。

艽 ㊀ ㄑㄧㄡˊ ch'iu² 音求
①荒遠。如:艽野。②禽獸巢穴中的墊草。見"廣韻"。
㊁ ㄐㄧㄠ chiao¹ 音交
草名。即秦艽。見"本草綱目·草部·秦艽"。

艾 ㊀ ㄞˋ ai⁴ 音愛
①(sagebrush; mugwort; *Artemisia*)爲菊科植物(Compositae)中之艾屬。全世界約有200種。植物體大都具香味,有一年生、二年生草本或多年生灌木。葉互生,全緣或裂葉;筒狀花,白色、黃色、棕色至紫色均有;冠毛無或只一短圈。②艾草的顏色。(1)蒼白色。(2)綠色。③對老年人的敬稱。如:艾老。④美好。如:少艾。⑤終止;停止。如:方興未艾。⑥(exa)代號爲E。國際通用倍數譯音,爲10^{18},或稱百萬兆。⑦姓。'唐'有'艾敬直'。見"通志·氏族略三"。

艾圖

㊁ ㄧˋ i⁴ 音義
①收割。通刈。見"正字通"。②治理。通乂、[illegible]。如:天下乂安。

7【艾里斯】 ㄞˋ ㄌㄧˇ ㄙ
(Havelock Ellis, 1859～1939)'英國'心理學家及作家。與'弗洛伊德'同爲性心理學的始祖。著有"性心理研究"(*Studies in the Psychology of Sex*)七冊、"性與社會"(*Sex in Relation to Society*)、"生之舞蹈"(*The Dance of Life*)、"婚姻之今日與明日"(*Marriage Today and Tomorrow*)等。

9【艾美獎】 ㄞˋ ㄇㄟˇ ㄐㄧㄤˇ
(Emmy Award)'美國''電視藝術與科學學院'(Academy of Television Arts and Sciences)舉辦的頒獎。一年一度頒贈給最傑出的電視節目、電視製作人及電視表演者等。

11【艾略特】 ㄞˋ ㄌㄩㄝˋ ㄊㄜˋ
(Thomas Stearns Eliot, 1888～1965)'英國'詩人。生於'美國',後入'英'籍。他致力於恢復'英國'詩劇的傳統,寫了不少傑出的詩劇及文學評論。代表作"荒原"(*The Waste Land*),反映第一次世界大戰後西方頹廢虛無的精神狀態,對現代文學的影響極深遠。於西元1948年獲'諾貝爾'文學獎。其他作品有"詩歌"(*Poems*)、"四重奏"(*Four Quartets*)、文學評論集"聖林"(*The Sacred Wood*)等。

艾略特像

12【艾森豪】 ㄞˋ ㄙㄣ ㄏㄠˊ
(Dwight D. Eisenhower, 1890～1969)'美國'將領和政治家。第二次世界大戰的盟軍總司令官,以指揮北'非'進攻及'諾曼第'登陸享名。戰後以英雄的姿態接受'共和黨'的徵召,終獲選爲'美國'第三十四任和第三十五任總統。

艾森豪像

14【艾爾加】 ㄞˋ ㄦˇ ㄐㄧㄚ
(Edward Elgar, 1857～1934)'英國'作曲家,被譽爲二十世紀'英國'音樂復興的重要人物。'艾'氏作品,以歌曲及合唱曲著名,器樂作品,有交響曲二首、小提琴協奏曲、大提琴協奏曲各一首及其他室內樂多種。

16【艾儒略】 ㄞˋ ㄖㄨˊ ㄌㄩㄝˋ
(Giulio Aleni, 1582～1649)'義大利'天主教'耶穌'會傳教士。'明''萬曆'三十八年(1610)抵'澳門',三年後至內地,在今'江蘇'、'陝西'、'山西'一帶傳教,並在'福建'興建教堂。著有"職方外紀"、"西學發凡"等書。

5【艾布拜克】 ㄞˋ ㄅㄨˋ ㄅㄞˋ ㄎㄜˋ
(Abu Bakr, 573～634)伊斯蘭教四大哈利發之一。爲'穆罕默德'死後第一位繼承者。是'穆'氏童年好友,當'穆'氏受封爲聖時,第一個歸信伊斯蘭教。其女'阿伊夏'嫁給'穆'氏爲妻。生前曾極力收集"可蘭經"文並加以記錄。

7【艾狄生症】ㄞˋ ㄉㄧˊ ㄕㄥ ㄓㄥˋ
(Addison's disease) 爲一種慢性腎上腺機能不全,主要是因兩側腎上腺遭受破壞所致。其二大特殊症狀是漸漸進行不止的衰弱及皮膚色素沈著。爲'英國'的'艾狄生'醫生所發現,故名。

13【艾達語言】ㄞˋ ㄉㄚˊ ㄩˇ ㄧㄢˊ
(ADA) 電腦高階程式語言的一種。由'美國''國防部'所主持之研究計畫於西元1979年所設計發展出來。爲了紀念十九世紀'英國'的'艾達·拜倫'(Ada Byron) 而命名,她是全世界第一位程式員。'艾達'語言的主要特性包括:具有即時處理能力,適合於大型電腦運作,提供模組化設計、多工件處理、例外岔斷處理等能力,且具有一般資料與抽象資料之處理能力,適合大型系統之模組化設計。

12【艾森豪主義】ㄞˋ ㄙㄣ ㄏㄠˊ ㄓㄨˇ ㄧˋ
(Eisenhower Doctrine) '美'總統'艾森豪'於西元1957年3月9日獲得國會通過的一項中東政策。依此,'美國'得運用武力協助任何被共產主義國家侵略,並請求援助之國家,以解除該項威脅。稍後有兩度獲得實踐,第一次是'約旦'國內左翼分子叛亂,'胡笙'向'美國'求援,'美'艦隊開入東'地中海',叛亂隨即敉平。第二次爲協助解除了 1958 年的'黎巴嫩'危機。

【艾斯特拉達主義】ㄞˋ ㄙ ㄊㄜˋ ㄌㄚ ㄉㄚˊ ㄓㄨˇ ㄧˋ
(Estrada Doctrine)西元1930年9月27日,'墨西哥'外長'艾斯特拉達'(Don Genaro Estrada) 在一次聲明中表示,關於外國政府之變動,'墨西哥'不擬對其合法性問題予以審究,因爲此舉不僅損害該國主權,且有干涉該國內政之虞。申言之,承認問題只對新國家爲之,對新政府則不發生承認的問題。

3

芒 ㄇㄤˊ *mang*² 音忙
1禾穀實上的纖毛或草葉的尖端。如:麥芒。2泛指物體的尖端。如:鋒芒。3指四射的光線。如:光芒。4(eulalia; *Miscanthus sinensis*) 多年生高大禾草。葉片條形;圓錐花序扇形,主軸長不超過花序的1/2,小穗內有膝曲的芒。生於山坡草地或河邊溼地。小穗基長成束銀色毛,使整個花序呈銀白色,常供作掃帚。5姓。'戰國''魏'有'芒卯'。見"萬姓統譜·五二"。

芒圖

14【芒種】ㄇㄤˊ ㄓㄨㄥˋ
1農曆二十四節氣之一。在國曆六月六日或七日。2指稻麥。因稻麥穗端有芒,故稱。

15【芒鞋】ㄇㄤˊ ㄒㄧㄝˊ
草鞋;芒草製成的鞋子。

8【芒刺在背】ㄇㄤˊ ㄘˋ ㄗㄞˋ ㄅㄟˋ
比喻恐懼不安。

芋 ㄩˋ *yü*⁴ 音遇
(taro; *Colocasia esculenta*) 多年生草本。具卵形塊莖;葉卵形,盾狀著生;佛焰苞下部綠色,上部黃色。廣植於熱帶各地,供作食用;凡灌溉容易、水分充足處均易栽種。

芋圖

6【芋艿】ㄩˋ ㄋㄞˇ
大的芋頭。

苄 ㄏㄨˋ *hu*⁴ 音戶
草名。1地黃。見"說文"。2蒲苹。見"廣韻"。

芏 ㈠ ㄊㄨˇ *t'u*³ 音土
草名。生海邊,可用以製草席。見"廣韻"。
㈡ ㄉㄨˋ *tu*⁴ 音杜
草名。即海莧。見"集韻"。

芑 ㄑㄧˇ *ch'i*³ 音起
1一種白苗的嘉穀。見"說文"。2菜名。似苦菜,可生食。見"正字通"。3草名。即地黃。見"正字通"。

芎 ㈠ ㄑㄩㄥ *ch'iung*¹ 音穹
又讀 ㄑㄩㄥˊ *ch'iung*²
參芎藭。
㈡ ㄒㄩㄥ *hsiung*¹ 音凶
參川芎。

19【芎藭】ㄑㄩㄥ ㄑㄩㄥˊ
(*Cnidium officinale*) 草本植物。葉 3～4 回羽狀裂,柄成鞘狀抱莖。花小,多數密集成複繖形花序。主產於我國,'日本'也有栽培,稱'日本'川芎。根莖可入藥,有鎮靜、治頭痛之效。

芎藭圖

弋 ㄧˋ *i*⁴ 音弋
參銚弋。

芓 ㈠ ㄗˋ *tzŭ*⁴ 音字
有實的麻。即麻母。也作茡。見"說文通訓定聲"。
㈡ ㄗˇ *tzŭ*³ 音紫
用土培育植物的根苗。也作秄、耔。見"集韻"。

芊 ㄑㄧㄢ *ch'ien*¹ 音千
草木茂盛的樣子。見"說文新附"。

芍 ㄕㄠˊ *shao*² 音韶　讀音 ㄕㄨㄛˋ *shuo*⁴ 音朔
參芍藥。

19【芍藥】ㄕㄠˊ ㄧㄠˋ
(Chinese peony; *Paeonia lactiflora*) 多年生草本。莖下部葉爲二回三出複葉,小葉邊緣密生骨質白色小齒。花頂生或腋生；花瓣以白色爲主，常帶粉紅或紅色。分布於我國'蒙古'、東北及'西伯利亞'等地。有上百種栽培品。根入藥，有鎭痛、鎭痙、祛瘀等功效。

芍藥圖

芃 ㄆㄥˊ *p'êng*^{2} 音蓬
草木茂密的樣子。見"說文"。

芄 ㄨㄢˊ *wan*^{2} 音丸
參芄蘭。

21【芄蘭】ㄨㄢˊ ㄌㄢˊ
草名。枝葉柔弱，常蔓生於地，有所依緣則攀附而起。也叫蘿藦、雀瓢。見"正字通"。

芔 ㄏㄨㄟˋ *hui*^{4} 音惠
①草的總名。也作卉。見"說文"。②忽；突。如：芔然。

4

芳 ㄈㄤ *fang*^{1} 音方
①草香；香氣。如：芳香。②指香的花、草。如：眾芳蕪穢。③形容美好。如：芳年。④比喻盛德或美名。也比喻有賢德的人。如：萬古流芳。⑤姓。'漢'有'芳垂敷'。見"通志·氏族略五"。

16【芳澤】ㄈㄤ ㄗㄜˊ
①婦人滋潤頭髮的香油。今多用指女性的肌膚。②美好的德行。

18【芳蹤】ㄈㄤ ㄗㄨㄥ
對別人行蹤的美稱。多用於女子。

9【芳香族】ㄈㄤ ㄒㄧㄤ ㄗㄨˊ
(aromatics)含有類似苯之環狀結構碳氫化合物。例如苯、萘等。

【芳香烴】ㄈㄤ ㄒㄧㄤ ㄑㄧㄥ
(aromatic hydrocarbon) 苯或化學性質與苯相類似的烴類，稱爲芳香烴。芳香烴分子中雖含有不飽和鍵，但卻不易發生加成反應，而較易於發生取代反應。例如甲苯、萘、蒽等都是。

【芳香酸】ㄈㄤ ㄒㄧㄤ ㄙㄨㄢ
(aromatic acid) 分子中含有芳香烴的有機酸。例如苯甲酸、苯乙酸等。

10【芳草蕭艾】ㄈㄤ ㄘㄠˇ ㄒㄧㄠ ㄞˋ
由芳草變爲臭草。比喻由君子變節爲小人。

苀 ㄏㄤˊ *hang*^{2} 音航
草名。即東蠡。似蒲。見"爾雅·釋草·苀東蠡·義疏"。

芠 ㄨㄣˊ *wên*^{2} 音文
①草名。見"玉篇"。②天地未成形前的混沌狀態。如：芒芠。

芝 ㄓ *chih*^{1} 音之
瑞草名。有青、赤、黃、白、黑、紫六色，相傳服食後可成仙，故稱仙草。見"本草綱目·菜部·芝"。

5【芝加哥】ㄓ ㄐㄧㄚ ㄍㄜ
(Chicago)'美國'第二大城、內陸最大商埠及重要工商業、交通中心。濱'密西根湖' (Michigan L.) 南岸。有鋼鐵、化學藥品、柴油引擎、電子、農業機械、塑膠電話裝置、家具、金屬及極盛的食品加工業。人口286.9萬 (2003年)。

6【芝艾俱焚】ㄓ ㄞˋ ㄐㄩˋ ㄈㄣˊ
香草和雜草同時燒毀。比喻不分好壞貴賤，同歸於盡。

21【芝蘭玉樹】ㄓ ㄌㄢˊ ㄩˋ ㄕㄨˋ
對優秀子弟的讚美詞。

芯 ㊀ ㄒㄧㄣ *hsin*^{1} 音心
草名。見"集韻"。
㊁ ㄒㄧㄣˋ *hsin*^{4} 音信
物體的中心。如：蠟芯。

芸 ㄩㄣˊ *yün*^{2} 音云
①草名。似目宿。見"說文"。②除草。通耘。③姓。'春秋'時'晉'有'芸賢'。見"萬姓統譜·二〇"。

8【芸芸】ㄩㄣˊ ㄩㄣˊ
眾多的樣子。

12【芸窗】ㄩㄣˊ ㄔㄨㄤ
指書齋。芸香能避蠹，書房常貯之，故名。

8【芸芸眾生】ㄩㄣˊ ㄩㄣˊ ㄓㄨㄥˋ ㄕㄥ
指世間眾人。

芫 ㄩㄢˊ *yüan*^{2} 音元
參芫花。

8【芫花】ㄩㄢˊ ㄏㄨㄚ
(*Daphne genkwa*) 落葉灌木。葉對生，披針形至橢圓形；花開於前一年的枝上，較當年之葉先長出，淡紫色，成簇腋生；核果白色。產於我國。3～4月開花，曬乾可入藥，爲利尿劑，治水腫。

芫花圖

芙 ㄈㄨˊ *fu*^{2} 音扶
參芙蕖。

14【芙蓉】ㄈㄨˊ ㄖㄨㄥˊ
①荷花的別名。②木名。即木芙蓉、地芙蓉。

16【芙蕖】ㄈㄨˊ ㄑㄩˊ
草名。即荷。

14【芙蓉樹】ㄈㄨˊ ㄖㄨㄥˊ ㄕㄨˋ
(*Jatropha curcas*) 又名痲瘋樹。灌木。葉近卵狀圓形，基部心形，柄很長；花單性，同株，雄花之萼及瓣各5片，雌花則無花瓣；蒴果卵形。分布於熱帶地區。種子含油，可入藥，有瀉下和催吐作用。

芙蓉樹圖

芛 ㄨㄟˇ *wei*^{3} 音偉 又讀 ㄙㄨㄣˇ *sun*^{3} 音損
草木初生的花。見"說文"。

芾 ㊀ ㄈㄟˋ *fei*^{4} 音肺
微小。見"爾雅·釋言"。
㊁ ㄈㄨˊ *fu*^{2} 音伏
①草木茂盛的樣子。見"集韻"。②古代官服上的蔽膝。同韍、紱。見"正字通"。

芚 ㄊㄨㄣˊ *t'un*^{2} 音豚
[1]菜名。似莧。見"集韻"。[2]草木初生的樣子。見"正字通"。

芽 ㄧㄚˊ *ya*^{2} 音牙
(buds) 維管束植物所具休眠的枝梢,由芽鱗所保護。一般可依其將發育成何種器官而分爲葉芽、花芽和混合芽。又按其出現枝條上的位置可分頂芽和側芽。正常情況下,側芽出現在葉與莖所成夾角的葉脈處,故又稱腋芽;若出現於其他部位如根或葉上者,則稱爲不定芽。植物的頂芽在生理上具有優勢,被抑制的側芽處於休眠狀態,稱爲休眠芽。

11【芽接】 ㄧㄚˊ ㄐㄧㄝ
接木方法之一。凡取一簡單芽爲接穗而接合於砧木的方法,稱爲芽接法,簡稱芽接。

芵 ㄐㄩㄝˊ *chüeh*^{2} 音決
參芵茪。

10【芵茪】 ㄐㄩㄝˊ ㄍㄨㄤ
草名。即決明。葉黃尖銳,開紅花,果實如山茱萸。見"爾雅·釋草·薢茩芵茪·注"。

芰 ㄐㄧˋ *chi*^{4} 音技
果名。生水中,四角;與兩角的菱,總稱爲水栗。見"字彙"。

11【芰荷】 ㄐㄧˋ ㄏㄜˊ
泛指荷葉或荷花。

芭 ㄅㄚ *pa*^{1} 音巴
參芭蕉。

16【芭蕉】 ㄅㄚ ㄐㄧㄠ
(*Musa basjoo*) 多年生草本。葉大,呈橢圓形,葉鞘重疊而成僞莖,綠色或黃綠色。葉不具白粉;花序平展,先端略下垂;雌花排成 2 列;雄花苞之苞片有溝,黃綠色,也成 2 列。果皮黃綠色,果肉白色。'琉球'、'臺灣'有栽培,供食用。

芭蕉圖

17【芭蕾】 ㄅㄚ ㄌㄟˇ
(ballet) 舞臺舞蹈之一。起源於'義大利'文藝復興時期,後在'法國'蓬勃發展,而今已成爲國際性的藝術。是戲劇、音樂、舞蹈三位一體的綜合性產物,常將一個故事或觀念藉舞蹈型態一幕幕地表達出來。無論是個人舞、雙人舞、團體舞,或快動作、慢動作,均需有高深的動作技術,如以雙足或單足足尖快速旋轉數圈,或連續不斷地空跳作各種姿勢的旋轉,均爲芭蕾舞技術性的表現。今又發展出冰上和水上芭蕾。

苏 蘇的俗體。

芘 [一] ㄅㄧˋ *pi*^{4} 音必
[1]草名。見"說文"。[2]蔭蔽。通庇。
[二] ㄆㄧˊ *p'i*^{2} 音皮
同[一][1]。

苧 [一] ㄓㄨˋ *chu*^{4} 音佇
草名。即三棱。可用以製繩。也作苧。見"集韻"。
[二] ㄒㄩˋ *hsü*^{4} 音序
[1]木名。即橡木。見"字彙"。[2]指橡實。見"正字通"。

芔 '唐'寫佛經中菩薩兩字的合寫。

芣 ㄈㄡˊ *fou*^{2}
花開得很多的樣子。見"說文"。

9【芣苡】 ㄈㄡˊ ㄧˇ
草名。葉大穗長,多生道旁或牛馬跡中。可入藥。見"正字通"。

芤 ㄎㄡ *k'ou*^{1} 音摳
[1]蔥的別名。見"本草綱目·菜部·蔥"。[2]旁實中虛的一種脈象。見"字彙"。

10【芤脈】 ㄎㄡ ㄇㄛˋ
脈象之一。脈搏浮大而軟,按之中空,如按蔥管。即上下兩旁皆見脈形,中間空虛。多見於大失血後。

芷 ㄓˇ *chih*^{3} 音止
香草名。也稱澤芳。可作面脂,也可用以沐浴。見"字彙"。

苘 茼的或體。

芮 ㄖㄨㄟˋ *jui*^{4} 音瑞
[1]細小的樣子。見"字彙"。[2]姓。'漢'有'芮珍'。見"萬姓統譜·九六"。

芞 ㄒㄧˋ *hsi*^{4} 音細
參芞輿。

17【芞輿】 ㄒㄧˋ ㄩˊ
香草名。也叫揭車。

芼 ㄇㄠˋ *mao*^{4} 音帽
[1]雜草叢生的樣子。見"說文"。[2]擇取。[3]菜蔬。如:芼羹。

芟 ㄕㄢ *shan*^{1} 音衫
[1]刈草。見"說文"。[2]大鐮刀。見"字彙補"。[3]除去。如:芟除。

6【芟夷】 ㄕㄢ ㄧˊ
刪除;削除。

9【芟削】 ㄕㄢ ㄒㄩㄝˋ
除去;刪削。

10【芟除】 ㄕㄢ ㄔㄨˊ
割除;消滅。

芴 [一] ㄨˋ *wu*^{4} 音物
蔬菜名。即菲。見"說文"。
[二] ㄏㄨ *hu*^{1} 音忽
[1]突;忽。通忽。[2]恍惚。通惚。

芨 ㄐㄧˊ *chi*^{2} 音級
草名。即堇草。見"說文"。

芺 ㄧㄠ *yao*^{1} 音妖
草名。味苦,可食,能降低火氣。見"說文"。

芡 ㄑㄧㄢˋ *ch'ien*^{4} 音欠
(prickly water lily; *Euryale ferox*) 水生草本。葉圓形,上面暗綠色,網狀皺折摺;下面紫色;花單生。萼片外面綠色,密生鉤刺,內面紅色。花瓣多數,紫紅色。我國大陸、'日本'和'印度'均產。生

芡圖

於湖塘池沼中。種子即芡實，供食用和釀酒。全草可作飼料及綠肥。

花 ㄏㄨㄚ *hua*¹ 音嘩

1(flower)爲被子植物門(Anthophyta)特有的器官。一般由4輪特化的葉組成，以達成有性生殖，包括傳粉、受精作用及產生種子等功用。四輪花葉包括：一、花萼，由萼片組成；二、花冠，由花瓣組成；三、雄器，由雄蕊組成；四、雌器，由心皮形成的雌蕊所組成。雄蕊包括兩部分，一爲產

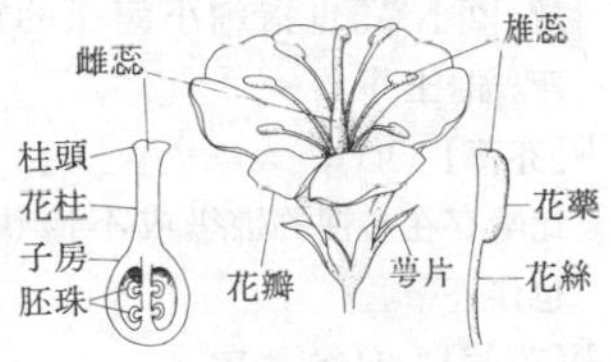

花的構造模型圖

生花粉的花藥，一爲支持花蕊的花絲。雌蕊則包括三部分，即柱頭、花柱和子房；柱頭可接受花粉，子房則含有胚珠；經受精作用後，胚珠發育成種子，而子房則發育成果實。2指開花供觀賞的植物。如：花卉。3雜色的；有花紋的。如：花貓。4模糊不清。如：眼花。5虛僞的；使人迷亂的。如：花言巧語。6比喻美女。如：名花有主。7耗費。如：花錢。8姓。'唐'有'花季睦'。見"通志·氏族略五"。

5【花甲】 ㄏㄨㄚ ㄐㄧㄚˇ
一甲子；六十年。後亦用指年滿六十。

7【花材】 ㄏㄨㄚ ㄘㄞˊ
插花的材料。如花朵、葉片、樹枝、草芒等。

8【花招】 ㄏㄨㄚ ㄓㄠ
1奇巧的騙人手段。2舞術中變化的動作。3海報或招貼。

【花押】 ㄏㄨㄚ ㄧㄚˊ
文書契據上的簽名。往往依個人書寫習慣將字形稍加變化，以避免他人冒簽僞造，故稱。

9【花信】 ㄏㄨㄚ ㄒㄧㄣˋ
1花卉開放的信息。2稱女子二十四歲。

【花俏】 ㄏㄨㄚ ㄑㄧㄠˋ
1妝扮豔麗活潑。2指靈巧活潑，卻不實際。

10【花息】 ㄏㄨㄚ ㄒㄧˊ
紅利與利息。花，花紅；紅利。商家分配給員工的獎金。

11【花部】 ㄏㄨㄚ ㄅㄨˋ
'清''乾隆'時，戲曲有花、雅兩部，雅部指'崑'曲，花部指'崑'曲以外的'京'腔、梆子腔、二簧調等。

12【花腔】 ㄏㄨㄚ ㄑㄧㄤ
戲曲、曲藝腔調的一種。指在基本唱腔中增加裝飾音，使曲調更加宛轉流利、曲折變化。

13【花道】 ㄏㄨㄚ ㄉㄠˋ
'日本'人稱插花藝術。

【花鼓】 ㄏㄨㄚ ㄍㄨˇ
民間歌舞的一種。流行於'安徽'、'江蘇'、'浙江'、'湖北'、'湖南'、'四川'、'山東'、'山西'、'陝西'、'甘肅'。通常男女二人表演，一人執鑼，一人背鼓，邊歌邊舞，以鑼鼓伴奏，'鳳陽'花鼓即是這種形式。另有在旋轉中以鼓穗擊鼓的'山東'花鼓；背有數鼓，輪番擊奏而舞的'山西'花鼓。這種歌舞形式逐漸增加戲劇情節，成各地的花鼓戲。

【花塢】 ㄏㄨㄚ ㄨˋ
中間凹下而四周高起的花圃。

【花鈿】 ㄏㄨㄚ ㄉㄧㄢˋ
用金或銀製成的花形頭飾。

14【花槍】 ㄏㄨㄚ ㄑㄧㄤ
1古代的一種兵器。比長槍短，便於攜帶、使用。2詭計；花樣。

15【花樣】 ㄏㄨㄚ ㄧㄤˋ
1各種式樣。2繡花的樣本。3如花一般的。4詭計。

【花蓮】 ㄏㄨㄚ ㄌㄧㄢˊ
縣名。位於'臺灣島'東部。縣治設於'花蓮市'。

4【花木蘭】 ㄏㄨㄚ ㄇㄨˋ ㄌㄢˊ
古孝女。相傳女扮男裝，代父從軍，最後勝利歸來。

8【花青素】 ㄏㄨㄚ ㄑㄧㄥ ㄙㄨˋ
(anthocyanin)爲存於植物細胞中液泡內的色素，溶於細胞液中。其顏色在酸性液內呈紅色，中性液內呈紫色，鹼性液內呈藍色。見於花、葉、果實和莖中，一切花與果實的顏色，除了綠色、黃色和橙色外，都是花青素的顏色。

【花果山】 ㄏㄨㄚ ㄍㄨㄛˇ ㄕㄢ
"西遊記"中'孫悟空'居住的地方。

【花乳石】 ㄏㄨㄚ ㄖㄨˇ ㄕˊ
又名花蕊石。爲變質岩蛇紋石大理岩的石塊。呈不規則塊狀，形偏斜多楞角。性平、味酸澀。可止血化痰。

9【花柳病】 ㄏㄨㄚ ㄌㄧㄡˇ ㄅㄧㄥˋ
即性病。參性病。

11【花崗岩】 ㄏㄨㄚ ㄍㄤ ㄧㄢˊ
(granite)爲酸性火成岩之最重要者，與花崗閃長岩合占大陸地殼組成的95%。屬深成岩，故顆粒粗。以石英、長石和雲母爲主要礦物。因含鐵鎂礦物量低，故顏色淺，呈白色或粉紅色，帶黑色斑點，比重小，約爲2.6。爲高級建材。

【花梨隼】 ㄏㄨㄚ ㄌㄧˊ ㄓㄨㄣˇ
(Siberian peregrine falcon; *Falco peregrinus calidus*)又名隼、鶻、遊隼、鴨虎。爲脊椎動物中屬於鳥綱(class Aves)、鷹形目(order Falconiformes)、隼科(family Falconidae)的一種。隼科中的鳥類，屬於*Falco*一屬者約有35種，爲飛行快速的晝猛禽。花梨隼在'臺灣'產於'臺北'、'淡水'、'新竹'、'臺南'、'高雄'、'澎湖'等地。

花梨隼圖

12【花間集】 ㄏㄨㄚ ㄐㄧㄢ ㄐㄧˊ
五代'後蜀''趙崇祚'編，十卷。選錄晚'唐'、五代十八家詞五百首。內容大都描寫冶遊享樂、離情別緒，

詞語華美濃豔。是詞的最早總集。當時詞作,多賴此編保存。

19【花邊婚】ㄏㄨㄚ ㄅㄧㄢ ㄏㄨㄣ
西俗稱結婚十三週年。

6【花好月圓】ㄏㄨㄚ ㄏㄠˇ ㄩㄝˋ ㄩㄢˊ
花盛開,月圓滿。1形容美好的時光。2比喻夫妻相處融洽,生活美滿。常用來祝賀新婚。

7【花言巧語】ㄏㄨㄚ ㄧㄢˊ ㄑㄧㄠˇ ㄩˇ
甜蜜動聽而沒有誠意的話。

8【花枝招展】ㄏㄨㄚ ㄓ ㄓㄠ ㄓㄢˇ
比喻婦女裝扮得豔麗。

【花花公子】ㄏㄨㄚ ㄏㄨㄚ ㄍㄨㄥ ㄗˇ
沈溺於聲色遊樂的富貴子弟。

10【花拳繡腿】ㄏㄨㄚ ㄑㄩㄢˊ ㄒㄧㄡˋ ㄊㄨㄟˇ
指中看而不中用的武術。

11【花晨月夕】ㄏㄨㄚ ㄔㄣˊ ㄩㄝˋ ㄒㄧˋ
指美景良辰。

12【花開並蒂】ㄏㄨㄚ ㄎㄞ ㄅㄧㄥˋ ㄉㄧˋ
比喻夫婦恩愛,永不分離。常用爲賀人新婚的頌詞。

【花開連理】ㄏㄨㄚ ㄎㄞ ㄌㄧㄢˊ ㄌㄧˇ
同花開並蒂。

【花街柳巷】ㄏㄨㄚ ㄐㄧㄝ ㄌㄧㄡˇ ㄒㄧㄤˋ
風化區;妓女聚集的地方。

13【花園公路】ㄏㄨㄚ ㄩㄢˊ ㄍㄨㄥ ㄌㄨˋ
(parkway)沿途風景優美,專供汽車行駛的公園式公路。車道連同綠園寬度在90～200公尺,路基良好,並在展望度良好的中途據點設有停車場、野營區,使旅客享有舒適的駕車旅行。

14【花團錦簇】ㄏㄨㄚ ㄊㄨㄢˊ ㄐㄧㄣˇ ㄘㄨˋ
形容繁華豔麗的景象。

芪

ㄑㄧˊ *ch'i*² 音旗
參黃芪。

芿

ㄖㄥˋ *jêng*⁴
草沒有修剪。見"廣韻"。

䒗

ㄑㄧㄡˊ *ch'iu*² 音求
草名。即白芷。見"字彙"。

芩

ㄑㄧㄣˊ *ch'in*² 音勤
草名。莖如釵股,葉如竹,蔓生於低窪地區,牛馬喜歡食用。見"正字通"。

芹

ㄑㄧㄣˊ *ch'in*² 音琴
(celery; *Apium graveolens dulce*) 草本。又名旱芹或洋芹菜。全株無毛。莖高達60公分,直立,常分枝,表面有稜凸,內中空。基生葉1～2回羽狀全裂,莖生葉爲3全裂。花小,綠白色,排成複繖形花序。雙懸果橢圓形。栽培作蔬菜。全草可入藥,有健胃和降血壓之效。

芹圖

20【芹獻】ㄑㄧㄣˊ ㄒㄧㄢˋ
微薄的獻禮。贈人禮物的謙稱。

芲

花的俗體。

芬

ㄈㄣ *fên*¹ 音紛
1草香。也泛指一切香氣。如:芬芳。2比喻盛德美名。如:高芬遠映。3眾多的樣子。通紛。

5【芬生】ㄈㄣ ㄕㄥ
(Niels Ryberg Finsen, 1860～1904)'丹麥'內科醫生。因創用紫外線來治療狼瘡及其他皮膚病,又發明'芬生'燈(Finsen lamp),而於西元1903年獲得'諾貝爾'醫學獎。

21【芬蘭】ㄈㄣ ㄌㄢˊ
(Finland)位於北'歐'的國家。面積33.8萬方公里,人口522.0萬(2005年),為'亞洲''蒙古'人後裔,首都'赫爾辛基'(Helsinki)。全境為冰蝕高地,僅西南海岸有低地可發展農牧。冰蝕湖、冰磧湖密布,有「千湖國」之稱。河湖間多瀑布急灘,不利航行而富水力。海岸曲折多良港。冬季寒長夏季短。森林為主要富源,和水力配合發展木材工業。近年正積極發展造船、機械、紡織、製革等工業。

芥

ㄐㄧㄝˋ *chieh*⁴ 音介
1(brown mustard; *Brassica juncea*) 一年生草本。植株常帶粉霜。莖分枝;開淡黃色花,結條形長角果,種子紫褐色,球形。各地栽培,葉鹽醃供食用;種子和全株可入藥,有化痰、消腫及止痛之效。2小草。也指細小輕微的東西。如:土芥。

芥圖

13【芥蒂】ㄐㄧㄝˋ ㄉㄧˋ
比喻存在心裡的嫌怨或不愉快。也作芥蔕。

18【芥藍】ㄐㄧㄝˋ ㄌㄢˊ
(common kale; *Brassica oleracea* L. var. *acephala* DC.) 二年生草本。莖通常不分枝,葉展開不包捲成球形,葉質厚多汁,倒卵形或長橢圓形,花爲長總狀花序,花黃白色,疏生花序軸上。熟時結長角果。我國有栽培。又名捲葉菜。

芥藍圖

3【芥子須彌】ㄐㄧㄝˋ ㄗˇ ㄒㄩ ㄇㄧˊ
即芥子納須彌。佛家比喻宇宙間一切事物的形相皆非眞實,不論大小,皆可互相涵攝。芥子,芥菜或芥草的種子,比喻極微小。'須彌',山名,梵語 Sumeru 的音譯,即'喜馬拉雅山',又名'雪山'。義爲妙高、妙光、積善等。

芻

ㄔㄨˊ *ch'u*² 音除
1割草。見"說文"。2指割草的人。如:芻蕘。3餵牲畜的草料。如:芻秣。4指牛羊等吃草的牲畜。如:芻豢。

8【芻狗】ㄔㄨˊ ㄍㄡˇ
比喻犧牲品。古時用草紮假狗求

雨禱神，用時細心裝飾，用畢即丟棄。

13【芻豢】 ㄔㄨˊ ㄏㄨㄢˋ
牛羊豬狗。1指美味的食物。2指祭祀用的犧牲。

16【芻蕘】 ㄔㄨˊ ㄖㄠˊ
指割草打柴的樵夫。比喻見聞不廣的人。

20【芻議】 ㄔㄨˊ ㄧˋ
草野之民的言論。用以謙稱自己的議論。

5

苧 ㄓㄨˋ chu⁴ 音住
參苧麻。

11【苧麻】 ㄓㄨˋ ㄇㄚˊ
(ramie; *Boehmeria nivea*) 木質草本。葉卵形，先端漸尖，上面粗糙，下面密生網狀白色柔毛，有長柄；雌雄同株，雌花成簇球形在上，雄花小，在下；瘦果密生短毛。熱帶'亞洲'栽培爲纖維作物，可製布和造紙；根可入藥，供利尿及解毒；種子油可食。

苧麻圖

范 ㄈㄢˋ fan⁴ 音犯
1草名。見"說文"。2蜂。見"字彙"。3鑄器的模子。通笵。4榜樣；模範。5姓。'戰國''秦'有'范雎'。見"萬姓統譜·九〇"。

13【范滂】 ㄈㄢˋ ㄆㄤ
(137～169)'東漢''征羌'(今'河南''郾城'東南)人，字'孟博'。少厲清節，舉孝廉光祿四行。'桓帝'時，'冀州'盜起，以'滂'爲清詔使。後爲'汝南'太守'宗資'屬吏，抑制豪強，結交大學生。'靈帝'時，宦官大誅清議黨人，下令捕'滂'，'滂'自投案，被誅。

【范雎】 ㄈㄢˋ ㄐㄩ
(？～前225)'戰國''魏'人，字'叔'。有謀略，善辯。初事'魏'中大夫'須賈'，後改名爲'張祿'入'秦'，以遠交近攻的策略說服'秦昭王'，官拜'秦'相，封於'應'，號稱'應侯'。

16【范曄】 ㄈㄢˋ ㄧㄝˋ
(398～445)'南朝''宋''順陽'(今'河南''淅川')人，字'蔚宗'。初爲尚書吏部郎，左遷'宣城'太守。後被誣告參與'孔熙先'謀逆，伏誅。著有"後漢書"。

【范縝】 ㄈㄢˋ ㄓㄣˇ
'南朝''梁''南鄉''舞陰'(今'河南''泌陽')人，字'子眞'。博通經術，對於三"禮"研究尤深。'齊'時任尚書殿中郎，'梁'時任國子博士。著有"神滅論"，否定神、佛的存在。

21【范蠡】 ㄈㄢˋ ㄌㄧˇ
'春秋''楚'人，字'少伯'。與'文種'同事'越王''句踐'二十餘年，助'越'滅'吳'，被尊爲上將軍。後去'越'入'齊'，改名'鴟夷子皮'。經商致富，因居'陶'地，自號'陶朱公'。

4【范氏圖】 ㄈㄢˋ ㄕˋ ㄊㄨˊ
(Venn diagram) 用圖形來表示邏輯代數之基本運算的方法。如圖⑴表示$A+B$，圖⑵表示$A \cdot B$。

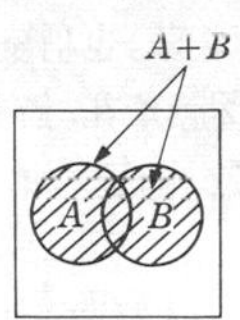

范氏圖⑴

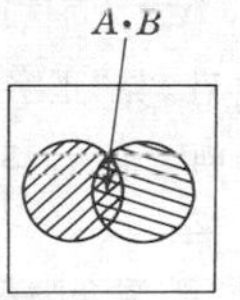

范氏圖⑵

6【范成大】 ㄈㄢˋ ㄔㄥˊ ㄉㄚˋ
(1126～1193)'南宋''吳郡'(今'江蘇''吳縣')人，字'致能'，號'石湖居士'。'紹興'進士，官至參知政事。有文名，尤工於詩。著有"石湖詩集"。

【范仲淹】 ㄈㄢˋ ㄓㄨㄥˋ ㄧㄢ
(989～1052)'北宋''蘇州''吳縣'(今'江蘇''吳縣')人，字'希文'。自幼貧苦力學，崇尚風節，以天下爲己任。嘗守'陝'邊，'西夏'人不敢犯。官至參知政事，卒諡'文正'。有"范文正公集"。

苙 ㄌㄧˋ li⁴ 音立
1草名。即白芷。見"廣韻"。2飼養牲畜的圈欄。見"集韻"。

苾 ㄅㄧˋ pi⁴ 音必
芳香。見"正字通"。

苹 ㄆㄧㄥˊ p'ing² 音平
草名。1浮萍。見"說文"。2蒿的一種。又稱藾蒿。見"字彙"。

茉 ㄇㄛˋ mo⁴ 音末
參茉莉。

11【茉莉】 ㄇㄛˋ ·ㄌㄧ
(Arabian jasmine; *Jasminum sambac*) 常綠木質藤本。葉對生，寬卵形；葉柄有柔毛；花白色，有芳香，3朵至多朵成束。原產地可能在'亞洲'，栽培於我國南部各地。其花用於熏茶；根入藥，爲'中'醫傷科用，有麻醉之效。

茉莉圖

苣 ㄐㄩˋ chü⁴ 音巨
1葦稈紮成的火把。也泛指火燭。同炬、筥。見"說文"。2即萵苣。

苛 ㄎㄜ k'o¹, k'ê¹ 音科　又讀 ㄏㄜˊ ho², hê² 音何
1小草。見"說文"。2繁細；煩瑣。3嚴厲；刻薄。如：苛求。4騷擾；擾亂。5沈重；劇烈。如：苛疾。6譴責。通呵。如：苛難。7姓。'漢'有'苛異'。見"萬姓統譜·三五"。

8【苛刻】 ㄎㄜ ㄎㄜˋ
刻薄嚴厲。

9【苛政】 ㄎㄜ ㄓㄥˋ
苛刻暴虐的政治。

【苛虐】 ㄎㄜ ㄋㄩㄝˋ
苛刻暴虐。

11【苛責】 ㄎㄜ ㄗㄜˊ
過於嚴厲的責備。

14【苛察】 ㄎㄜ ㄔㄚˊ
嚴峻細察，不放過微小處。

10【苛捐雜稅】ㄎㄜ ㄐㄩㄢ ㄗㄚˊ ㄕㄨㄟˋ
煩苛紛雜的稅捐。形容稅捐名目眾多而苛重。

9【苛政猛於虎】ㄎㄜ ㄓㄥˋ ㄇㄥˇ ㄩˊ ㄏㄨˇ
苛虐政治的可怕，遠超過猛虎。

苐 第的俗體。

茀 ㄈㄨˊ *fu*² 音伏
①雜草阻塞道路。見"說文"。②用竹或皮革所做的車帷。③清除。④吉祥；福氣。通福。⑤牽引棺木的繩子。通紼。

苨 ㄋㄧˇ *ni*³ 音你
草名。根莖似人參而葉小異。見"爾雅·釋草·苨菧苨·義疏"。

苷 ㄍㄢ *kan*¹ 音甘
甘草。見"說文"。

苦 ㄎㄨˇ *k'u*³
①蔬菜名。即荼。見"正字通"。②五味的一種。③艱辛；困苦。如：貧苦。④勞動；勞累。如：苦人心志。⑤病痛。如：病苦。⑥憾恨；厭煩。如：去日苦多。⑦哀愁；憂傷。如：苦悶。⑧極力；盡力。如：苦勸。⑨姓。'漢'有'苦灼'。見"萬姓統譜·七八"。

2【苦力】ㄎㄨˇ ㄌㄧˋ
①艱苦盡力。②(coolie) 指在商埠碼頭為人搬運貨物的工人。'英'語的原義特別指來自'亞洲'的憑勞力而無技能的工人。

4【苦水】ㄎㄨˇ ㄕㄨㄟˇ
①苦澀的水。②比喻鬱積的怨忿苦悶。

5【苦主】ㄎㄨˇ ㄓㄨˇ
被害人的親屬。

6【苦行】ㄎㄨˇ ㄒㄧㄥˊ
刻苦修行。指佛家比丘修苦行的住山岩、日一食、靜坐不臥、嚴格實踐戒律生活。此外，'印度'外道以忍受肉體難以忍受的行為，作為追求解脫的手段，如挨餓、自埋、拔髮、刺身、露身等都是。在世界各種宗教中，都有苦行派，如婆羅門教和古代基督教都有。

10【苦海】ㄎㄨˇ ㄏㄞˇ
比喻世俗人生。因人間煩惱如海一樣無邊無際，故稱。今多用以形容痛苦的境遇。

【苦衷】ㄎㄨˇ ㄓㄨㄥ
心中的苦悶。常用指難言之隱。

12【苦惱】ㄎㄨˇ ㄋㄠˇ
痛苦煩惱。

13【苦楚】ㄎㄨˇ ㄔㄨˇ
痛苦。

6【苦肉計】ㄎㄨˇ ㄖㄡˋ ㄐㄧˋ
故意損傷自己身體，以取得別人信任的計策。

9【苦哈哈】ㄎㄨˇ ㄏㄚ ㄏㄚ
窮苦的樣子。

3【苦口婆心】ㄎㄨˇ ㄎㄡˇ ㄆㄛˊ ㄒㄧㄣ
慈愛的心腸，誠摯的言語。形容諄諄告誡、教誨的樣子。

4【苦心孤詣】ㄎㄨˇ ㄒㄧㄣ ㄍㄨ ㄧˋ
用心深苦，造詣獨到。多用以讚許專心從事事業而有獨創成就的人。

苕 ㄊㄧㄠˊ *t'iao*² 音迢
①草名。即紫葳。也稱淩霄花。見"正字通"。②蘆葦花。通艻。如：葦苕。③高；遠。通迢。如：苕苕。

13【苕溪漁隱叢話】ㄊㄧㄠˊ ㄒㄧ ㄩˊ ㄧㄣˇ ㄘㄨㄥˊ ㄏㄨㄚˋ
'南宋''胡仔'撰，前集六十卷，後集十卷。蒐集前人詩話或筆記中論詩資料，按人物或時代歸類，而後依年代為次編列，可供文學史研究之參考。

茄 ㊀ ㄐㄧㄚ *chia*¹ 音加
荷梗；荷莖。見"爾雅·釋草"。
㊁ ㄑㄧㄝˊ *ch'ieh*² 音伽
(eggplant; *Solanum melongena*) 高大草本至灌木。全株常被星狀絨毛，莖上有刺；葉卵形，邊緣波狀或淺裂；花單生，花冠紫色；果暗紫色，圓柱形，下垂。有些品種果實白色或有條紋。原產於'亞洲'熱帶，我國各地均有栽培，果作蔬菜。

茄圖

12【茄萣】ㄐㄧㄚ ㄉㄧㄥˋ
鄉名。在'臺灣省''高雄縣'西部海濱。

苯 ㄅㄣˇ *pên*³ 音本
(benzene) 俗稱安息油。是一種無色透明，具特殊氣味的揮發性液體。分子式 C_6H_6，沸點為 80°C，不溶於水。用來製造各種醫藥、染料、塑膠及其他芳香族衍生物，也是一種用途很廣的有機溶劑。

1【苯乙烯-丁二烯橡膠】ㄅㄣˇ ㄧˇ ㄒㄧ ㄉㄧㄥ ㄦˋ ㄒㄧ ㄒㄧㄤˋ ㄐㄧㄠ
(styrene-butadiene rubber; SBR) 以不同比例之苯乙烯與丁二烯單體為原料，經乳化聚合反應而得。依反應溫度可分為熱橡膠與冷橡膠。其玻璃轉變溫度隨苯乙烯含量增加而昇高。為合成橡膠中用量最大者，常與其他橡膠摻配，製造車輛外胎、膠鞋等。

茅 ㄇㄠˊ *mao*² 音毛
①(*Imperata cylindrica* var. *major*) 多年生草本。具白色有節的長根狀莖橫走地中。桿叢生，直立，有2～5節，節上有鬚毛，莖密集莖基，葉鞘硬挺，葉身線狀披針形向葉基漸狹，近葉先端也漸尖，老葉常具矽質齒緣。圓錐花序緊縮為穗狀，有白色絲狀柔毛，又稱白茅。為分布廣而難除的雜草，常見於荒廢地、火燒跡地及路旁。其

茅圖

根狀莖入藥作利尿劑，是'臺灣'常見的民間藥之一。[2]姓。'漢'有'茅容'。見"萬姓統譜·三一"。

8【茅坤】 ㄇㄠˊ ㄎㄨㄣ
'明''歸安'(今'浙江''吳興')人，字'順甫'，號'鹿門'。'嘉靖'進士，官至'大名'兵備副使。曾選編"唐宋八大家文鈔"，影響極大。著有"茅鹿門集"。

9【茅盈】 ㄇㄠˊ ㄧㄥˊ
道教'茅山'派所奉的祖師。'漢景帝'時'咸陽'(今屬'陝西')人，字'叔申'。傳說十八歲入'恆山'修道，四十九歲返家。後隱於'句曲山'(今'江蘇'西南)邊修煉採藥，爲世人治病。其二弟，名'固'，字'季偉'，季弟名'衷'，字'思和'，從之學道，後人稱之爲'大茅君'、'中茅君'、'小茅君'，合稱'三茅眞君'。

【茅盾】 ㄇㄠˊ ㄉㄨㄣˋ
(1896–1981)'浙江''桐鄉'人，原名'沈德鴻'，字'雁冰'。'北京大學'預科畢業。曾供職'上海''商務印書館'編譯所，主編"小說月報"。'民國'十年加入'共產黨'，從事文藝創作。'中共'政權建立後，歷任黨政職務。

茅盾像

10【茅根】 ㄇㄠˊ ㄍㄣ
'中'藥名。禾本科植物白茅的乾燥根莖。含大量鉀鹽。性寒、味甘。可清熱生津、涼血止血、利尿。

【茅茨】 ㄇㄠˊ ㄘˊ
用茅草所覆蓋的屋頂。

14【茅臺】 ㄇㄠˊ ㄊㄞˊ
即'茅臺'酒。我國名酒之一，因產於'貴州省''仁懷縣''茅臺鎮'而得名。

3【茅山志】 ㄇㄠˊ ㄕㄢ ㄓˋ
'元''劉大彬'撰，十二篇，三十二卷。記'茅山'的地理形勢、'茅山'派的仙眞、人物傳記，及其經書目錄，爲道教史的重要資料。

【茅山道】 ㄇㄠˊ ㄕㄢ ㄉㄠˋ
道教早期的重要道派。'南朝''陶弘景'所創。'江蘇省''句容縣'東南的'茅山'，據傳爲'漢''茅盈'兄弟得道之處，'梁''陶弘景'亦隱居於此，開道教'茅山'宗，尊奉'三茅眞君'。其道法原以存想爲主，並用符咒，經典以"大洞眞經"爲首，故又稱上清經派。

13【茅塞頓開】 ㄇㄠˊ ㄙㄜˋ ㄉㄨㄣˋ ㄎㄞ
比喻蔽塞的心經人指引而豁然開悟。

7【茅利塔尼亞】 ㄇㄠˊ ㄌㄧˋ ㄊㄚˇ ㄋㄧˊ ㄧㄚˋ
(Mauritania)位於西'非'的國家。西濱'大西洋'。面積103萬方公里，人口309.0萬(2005年)，首都'諾克少'(Nouakchott)。全境多屬'撒哈拉沙漠'，僅西南'塞內加爾河'(Senegal R.)沿岸有肥沃沖積土適於耕種。主要輸出有稻米、加工魚類和銅、鐵礦。

茺 ㄔㄨㄥ *ch'ung*^{1} 音充
參茺蔚。

15【茺蔚】 ㄔㄨㄥ ㄨㄟˋ
(*Leonurus sibiricus* Linn.)又名益母草、蓷。二年生草本。莖方形，高50～100公分，根際之葉具長柄，卵心形，粗鋸齒緣。莖下方的葉深3裂，裂片有羽狀缺刻，銳鋸齒緣，上方的葉漸小，終呈披針形或線形而全緣。夏秋間，枝梢葉腋各著生數朵淡紫色的唇形花。果實由四分果所成，可作利尿劑。分布於我國及'西伯利亞'。

茺蔚圖

苤 ㄆㄧㄝˇ *p'ieh*^{3} 音撇 讀音 ㄆㄧˇ *p'i*^{3} 音痞
草木茂盛的樣子。見"集韻"。

若 ㈠ ㄖㄨㄛˋ *jo*^{4}, *juo*^{4} 音弱
[1]擇菜。見"說文"。[2]順從；順應。[3]如；好像。如：大智若愚。[4]比得上。[5]稱代詞。(1)汝；你。(2)如此；這樣。[6]連詞。(1)或；或者。(2)如果。[7]助詞。用於詞尾，相當於然。[8]姓。'漢'有'若章'。見"萬姓統譜·一二〇"。

㈡ ㄖㄜˇ *jê*^{3} 音惹
參般若。

3【若干】 ㄖㄨㄛˋ ㄍㄢ
約略計數之語。

7【若何】 ㄖㄨㄛˋ ㄏㄜˊ
[1]怎樣；如何。[2]奈何。

【若即若離】 ㄖㄨㄛˋ ㄐㄧˊ ㄖㄨㄛˋ ㄌㄧˊ
好像接近，又好像疏遠的樣子。

茇 ㄅㄚˊ *pa*^{2} 音拔
[1]草根。見"說文"。[2]在草中住宿。如：茇舍。[3]行走。通跋。

茂 ㄇㄠˋ *mao*^{4} 音帽 又讀 ㄇㄡˋ *mou*^{4}
[1]林木繁盛的樣子。見"說文"。[2]泛指繁盛。[3]優秀的；出眾的。如：茂才。[4]姓。'漢'有'茂負'。見"萬姓統譜·一一〇"。

6【茂年】 ㄇㄠˋ ㄋㄧㄢˊ
壯年。

莓 ㄇㄟˊ *mei*^{2} 音梅
草名。種類不一，最著名的有大麥莓、寒莓、蛇莓等。見"正字通"。

苜 ㄇㄨˋ *mu*^{4} 音目
參苜蓿。

15【苜蓿】 ㄇㄨˋ ㄙㄨˋ
(alfalfa; lucerne; *Medicago sativa*)多年生草。葉有3小葉，每小葉倒卵形上緣有鋸齒，兩面有白色長柔毛；葉披針形；花紫色；莢果螺旋形；種子腎形。各國均有栽培。是一種重要牧草，也可作綠肥。

苜蓿圖

苴 ㊀ ㄐㄩ chü¹ 音居
①包裹。如：包苴。②彌補。如：補苴罅漏。③麻；用麻做成的。④粗劣的。如：苴服。⑤同㊁。
㊁ ㄐㄩˇ chü³ 音舉
古時鞋中的草墊。見“說文”。

12【苴絰】ㄐㄩ ㄉㄧㄝˊ
粗麻做成結在頭上或腰間的帶子。為守重喪的子女所服。

苣 苡的本字。

苫 ㄕㄢ shan¹ 音山
①用白茅草製成的覆蓋物。引申指一切東西的頂蓋。見“爾雅·釋器”。②用蒿、茅編成的草墊。居喪時寢臥其上，以表示哀戚。如：寢苫枕塊。③遮蓋。④姓。‘春秋’‘齊’有‘苫夷’。見“萬姓統譜·六七”。

6【苫次】ㄕㄢ ㄘˋ
指居親喪。

苗 ㄇㄧㄠˊ miao² 音描
①初生而尚未開花抽穗的穀類。②泛指初生的植物或動物。如：魚苗。③古稱夏季狩獵。④事情的開端；事物的預兆。如：禍苗。⑤後裔。如：苗裔。⑥族名。參苗族①。⑦姓。‘漢’有‘苗浦’。見“萬姓統譜·三〇”。

2【苗刀】ㄇㄧㄠˊ ㄉㄠ
刀名。刀身窄長而厚，形如苗禾，故名。

7【苗床】ㄇㄧㄠˊ ㄔㄨㄤˊ
為養成健康優良之苗而設置專為播種育苗之用的場所。在蔬菜花卉上多稱為苗圃；在林業上係專指苗圃上的建築而言。一般苗床可分為冷床與溫床兩類。

9【苗胤】ㄇㄧㄠˊ ㄧㄣˋ
後代子孫。

10【苗栗】ㄇㄧㄠˊ ㄌㄧˋ
縣名。原名‘貓裡’。位於‘臺灣島’中北部。設縣治於‘苗栗市’。

11【苗族】ㄇㄧㄠˊ ㄗㄨˊ
①我國少數民族之一。主要分布在‘貴州省’，其次是‘湘’西，餘則散處在‘桂’、‘滇’、‘川’省西南部及‘康’省東南部；人口約有503.09萬(1982年)。居處國外者，則分布在‘泰國’北部山區、‘緬甸’‘撣邦’土司境、‘越南’‘東京’山地、‘寮國’北部；人口數不詳。營農耕生活，間或從事漁獵，信仰泛靈。②後裔。

【苗條】ㄇㄧㄠˊ ˙ㄊㄧㄠ
纖細柔美。

16【苗頭】ㄇㄧㄠˊ ˙ㄊㄡ
比喻事情的端緒或起因。引申指事情變化的徵象。

6【苗而不秀】ㄇㄧㄠˊ ㄦˊ ㄅㄨˋ ㄒㄧㄡˋ
植物發芽生長，而不吐穗開花。①比喻才質秀美而早夭折。②比喻虛有其表而不成材。

苖 ㄉㄧˊ ti² 音狄
植物名。即羊蹄。又名蓨。見“說文”。

苒 ㄖㄢˇ jan³ 音染
草長得茂盛的樣子。見“廣韻”。

9【苒苒】ㄖㄢˇ ㄖㄢˇ
同冉冉。①草茂盛的樣子。②輕柔的樣子。③漸漸。同荏苒。形容時間的消逝。

英 ㄧㄥ ying¹ 音鶯
①花。如：落英繽紛。②事物的精華。如：精英。③優異；出眾。如：英明。④盛；美。如：英聲。⑤姓。‘漢’有‘英布’。見“萬姓統譜·五四”。

6【英年】ㄧㄥ ㄋㄧㄢˊ
年輕英發的年齡。

8【英明】ㄧㄥ ㄇㄧㄥˊ
才能卓越，識見高遠。

9【英姿】ㄧㄥ ㄗ
俊偉的儀表。

【英風】ㄧㄥ ㄈㄥ
①傑出的氣概。②美好的聲名。

【英俊】ㄧㄥ ㄐㄩㄣˋ
①才能出眾的人。②形容男子容貌俊美。

10【英挺】ㄧㄥ ㄊㄧㄥˇ
英偉特出。今也用來形容人的姿態端正，神采煥發。

【英氣】ㄧㄥ ㄑㄧˋ
威武的氣概。

11【英國】ㄧㄥ ㄍㄨㄛˊ
(United Kingdom) 介於‘北海’與‘大西洋’之間的島國。由‘大不列顛群島’(The Great British Isls.)、‘愛爾蘭島’(Ireland Is.) 東北部及附近許多小島組成。面積24.4萬方公里，人口6,044.0萬 (2005年)，首都‘倫敦’。島的西、北面為丘陵性山地，‘英格蘭’(England) 東南部及‘蘇格蘭’(Scotland) 中部為波狀平原。海岸曲折，多深廣海灣及天然良港，航海、造船及漁業發達。河川短小而水量豐沛，河運稱便。多暖夏涼，雨霧多。糧食和畜產均不足自給。盛產煤、鐵、石油及天然氣，工商業為其經濟基礎。

12【英發】ㄧㄥ ㄈㄚ
才華顯露於外。

【英華】ㄧㄥ ㄏㄨㄚˊ
①指人的神采之美。②指花木之美。③指玉的光采。④精英；精華。

【英傑】ㄧㄥ ㄐㄧㄝˊ
傑出的人才。

14【英語】ㄧㄥ ㄩˇ
(English)‘英’、‘美’民族的語言。屬‘印’‘歐’語系‘日耳曼’語族。分布於‘英’、‘美’、‘加’、‘澳’、‘南非’等地，使用人數約三億二千萬人。現代‘英’文是由‘英國’東中部方言逐漸形成，今為世界通行的語言之一。

【英魂】ㄧㄥ ㄏㄨㄣˊ
英靈；為正義事業英勇犧牲之人的魂魄。對死者的美稱。

【英髦】ㄧㄥ ㄇㄠˊ
才華傑出的人。也作英旄。

24【英靈】ㄧㄥ ㄌㄧㄥˊ
①傑出的人才。②英魂。對死者的美稱。

5【英仙座】ㄧㄥ ㄒㄧㄢ ㄗㄨㄛˋ
(Perseus; Per) 北天星座之一。

位於赤經1時30分至4時51分；赤緯＋30.9度至＋59.1度之間。其α星('中'名天船三)爲2等星，β星(大陵五)是著名的蝕變星，亮度在2.3至3.5等之間，與天琴座β星(漸臺二)同屬蝕變星的典型。相當於我國星座大陵、天船、卷舌、積水等。

9【英美法】 ㄧㄥ ㄇㄟˇ ㄈㄚˇ

指以'英國'、'美國'爲主流的法律系統。自歷史言，'英''美'法律乃隸屬於西方各法律制度系統的一部分，其主要架構及理論基礎均建立於十一世紀末葉及十二世紀西方信奉基督的社會中之修院、大學、王室和教會家庭內。十二世紀末'英'王'亨利二世'在'英格蘭'建立與當時教會法律制度平行的'中央法院'，設專任法官，其裁判逐漸發展爲習慣法 (common law)；又關於侵權行爲發展成侵權行爲法 (law of torts)。在十四和十五世紀，由於國王的法庭在解釋其本身任務和規則時過分僵化，因此在國內職位重要性僅次於國王的御任法官設立了一個特別官廳，受理國王的普通法庭所不能或不願充分處理的案件，此一特別官廳即'大法院' (Court of Chancery)。由於其審理秉承良心，而爲衡平處理，因此又發展出衡平法 (law of equity)。'英國'之法律於十七、八世紀時因移民關係，而向'美國'擴散，形成'英''美'法。

11【英國管】 ㄧㄥ ㄍㄨㄛˊ ㄍㄨㄢˇ

(English horn)雙簧木管樂器的一種。體型頗似雙簧管，但略長。

英國管圖

音程較雙簧管低五度。音域甚廣，超過三個八度音程，音色極富田園色彩。

6【英式砌法】 ㄧㄥ ㄕˋ ㄑㄧˋ ㄈㄚˇ

(English bond) 疊砌磚塊的方法之一。由一層順砌與一層丁砌交互組成。其特色爲於轉角或牆端第一塊用丁砌，旁邊再砌上半條磚爲出發點。

英式砌法圖

12【英雄本色】 ㄧㄥ ㄒㄩㄥˊ ㄅㄣˇ ㄙㄜˋ

英雄所具的氣概、風範。

15【英熱單位】 ㄧㄥ ㄖㄜˋ ㄉㄢ ㄨㄟˋ

(British thermal unit; Btu) 熱的'英'制單位。在物理學上不常用，一般冷氣機常用此單位。一'英'熱單位定義爲：使一'英'磅的水從'華'氏63°升高至64°所需的熱量，簡稱爲1Btu。1Btu＝252卡。

6【英吉利海峽】 ㄧㄥ ㄐㄧˊ ㄌㄧˋ ㄏㄞˇ ㄒㄧㄚˊ

(English Channel) 位於'英'、'法'兩國之間的水域。爲世界最重要水路之一。長563公里，寬34～160公里，深61～91公尺。'多佛海峽' (Dover Str.)爲最窄處。因受'北海'及'大西洋'洋流之沖激，海峽內波濤洶湧，暴風頻仍。

16【英諾森三世】 ㄧㄥ ㄋㄨㄛˋ ㄙㄣ ㄙㄢ ㄕˋ

(Innocent Ⅲ, 1160?～1216) '羅馬'教皇。西元1198～1216年任教皇，在他的治理下，中世紀教廷的威望和權勢達到最高峰。即位後，即捲入'神聖羅馬帝國'皇帝及其他'歐洲'君主的紛爭之中。1201年以破門律處罰'法'王'腓力二世' (Philip Ⅱ)；1208年因任命'坎特布里' (Canterbury)大主教事以破門律對付'英'王'約翰' (John Lackland)，'約翰'於1213年至'羅馬'求和。1214年與'神聖羅馬帝國'皇帝'鄂圖四世' (Otto Ⅳ)爭鬥，並於翌年將他廢位，另立新帝。他曾發動第四次十字軍東征。1215年召開第四次'拉特蘭'宗教會議 (Lateran Council)。

【英諾森四世】 ㄧㄥ ㄋㄨㄛˋ ㄙㄣ ㄙˋ ㄕˋ

(Innocent Ⅳ, ?～1254)'羅馬'教皇。於西元1243～1254年任教皇。在位期間，與'神聖羅馬帝國'皇帝'腓特烈二世' (Frederick Ⅱ) 爭鬥，成爲教皇與'神聖羅馬帝國'紛爭史上重要的一章。在位期間，主張絕對神權，因與'腓特烈二世'的政治目標產生衝突，後被迫遷居'里昂'，到'腓特烈二世'逝世後才返回'羅馬'。

9【英美編目規則】 ㄧㄥ ㄇㄟˇ ㄅㄧㄢ ㄇㄨˋ ㄍㄨㄟ ㄗㄜˊ

(Anglo-American Cataloguing Rules; AACR) '英''美'的編目規則一向各行其是，雙方均感不便。西元1961年'國際圖書館協會聯盟'於'巴黎'召開國際編目原則會議，調合'英''美'及'日耳曼'的傳統，制定"巴黎原則"，以爲今後制定編目規則的依據。但仍有若干無法消弭的歧見，1966年'美國'首先出版"英美編目規則"：'北美'版；次年，'英國'亦出版"英美編目規則"：'英國'版。1969年，國際編目專家會議在'哥本哈根'召開，公布國際標準書目著錄。1978年，'美國圖書館協會'、'大英圖書館'、'加拿大編目委員會'、'英國圖書館協會'、'美國國會圖書館'共同修訂出版"英美編目規則"第二版；1982年及1983年又經兩次改訂後，成爲目前處理'英'文資料最常用的編目規則，並爲圖書館自動化作業中機讀編目 (machine readable cataloging; MARC) 制定格式之基準。

12【英雄無用武之地】 ㄧㄥ ㄒㄩㄥˊ ㄨˊ ㄩㄥˋ ㄨˇ ㄓ ㄉㄧˋ

比喻有才能的人，沒有施展的機會。

茪 ㄏㄨㄤˇ huang³ 音恍

模糊。同恍。見"字彙"。

茁 ㄓㄨㄛˊ cho², chuo² 音拙
①草剛剛長出地面的樣子。見"說文"。②泛指生物長大。如:茁壯。

7【茁壯】 ㄓㄨㄛˊ ㄓㄨㄤˋ
長得肥碩健壯。

茵 ㄑㄧㄡˊ ch'iu² 音球
芝草。見"爾雅·釋草"。

苡 ㄧˇ i³ 音以
參芣苡。

苔 ㊀ ㄊㄞˊ t'ai² 音臺
(mosses) 爲植物分類上的名稱。苔類和蘚類均屬陸生有胚植物中構造較簡單的一類。苔類全世界約有600屬14,000種,一般還可分爲水苔類、眞苔類及黑苔類。

㊁ ㄊㄞ t'ai¹ 音胎
舌苔;病人舌面上的苔狀物。

10【苔原】 ㄊㄞˊ ㄩㄢˊ
(tundra) 或稱凍原。無林木的北極平原,分布於北極冰床與針葉林帶之間。本區年均溫在0°C以下,最暖月均溫亦很少超過8°C,地面幾終年被冰雪覆蓋,心土是常年冰凍的永凍層。植物以稀疏的草、苔蘚和地衣等爲主。

19【苔類】 ㄊㄞˊ ㄌㄟˋ
(moss;bryophyte;Bryophyta) 爲與蘚類相近的一群陸生非維管束 (non-vascular) 植物;因雌性藏卵器能保護其內受精後的卵至發育成胚,此點較藻類進化,另一方面植物體小型,且不具維管束組織,因此較蕨類以上的植物原始。生活史中常見到的是配子體時期,孢子體之成長仍靠配子體供應養分。苔類的孢子有蒴帽、蒴齒等複雜構造,且配子體不成腹背性等特徵,可和蘚類相區別。

22【苔癬】 ㄊㄞˊ ㄒㄧㄢˇ
(tinea) 一種不明原因的慢性、非特異性皮膚炎。其病變乃多數大丘疹密生或散生,並且長久保持丘疹狀態,多分布在軀幹、顏面或四肢的屈側,自覺症狀是癢感。有扁平苔癬、光澤苔癬、毛孔苔癬等。治療方法有塗擦軟膏、紫外線照射,或使用砷劑、鉍劑。

21【苔蘚植物】 ㄊㄞˊ ㄒㄧㄢˇ ㄓˊ ㄨˋ
(bryophytes) 綠色之隱花植物。不具維管束,分爲苔類、角苔類和蘚類,植物體無眞正的根、莖、葉。由孢子萌發形成綠色的絲狀體,叫做原絲體,其後原絲體再發育而成植物體。苔類爲葉狀,大抵都橫臥地上,背腹不同,如地錢;蘚類則直立生活或匍匐,有莖狀、葉狀的分別,如土馬騌。

苵 ㄉㄧㄝˊ tieh² 音蝶
一種似稗的雜草。即蕛草。見"爾雅·釋草"。

苲 ㄓㄚˇ cha³ 音眨
糞土和草混合而成的東西。即土苴。同苴。見"集韻"。

苞 ㄅㄠ pao¹ 音包
①草名。可以編織草鞋、蓆子。見"正字通"。②(bract) 爲特化的葉,由其腋處可抽出花朵或長出花序。當花已全開,在花梗下部的葉狀構造即是苞片,或稱苞葉。③包裹。通包。

9【苞苴】 ㄅㄠ ㄐㄩ
①包裹魚肉的草包。②指餽贈的禮物。也指餽贈。③指賄賂的財物。也指行賄。

【苞苴公行】 ㄅㄠ ㄐㄩ ㄍㄨㄥ ㄒㄧㄥˊ
公然行賄。

苟 ㄍㄡˇ kou³ 音狗
①草名。見"說文"。②隨便;輕率。如:一絲不苟。③暫且;勉強。如:苟延殘喘。④假若;假使。如:苟日新,日日新。⑤姓。'宋'有'苟師顏'。見"通志·氏族略四"。

5【苟且】 ㄍㄡˇ ㄑㄧㄝˇ
①馬虎草率。②不守禮法,不合道義。

6【苟安】 ㄍㄡˇ ㄢ
貪圖眼前的安樂。

【苟同】 ㄍㄡˇ ㄊㄨㄥˊ
隨便附和他人。

【苟全】 ㄍㄡˇ ㄑㄩㄢˊ
苟且求全;苟且保全。

【苟合】 ㄍㄡˇ ㄏㄜˊ
①隨便附和。②指男女間非婚姻的性關係。

7【苟免】 ㄍㄡˇ ㄇㄧㄢˇ
苟且求免。

9【苟活】 ㄍㄡˇ ㄏㄨㄛˊ
苟且偸生。

11【苟得】 ㄍㄡˇ ㄉㄜˊ
以不正當的方式取得財物或名利。

5【苟且因循】 ㄍㄡˇ ㄑㄧㄝˇ ㄧㄣ ㄒㄩㄣˊ
做事草率敷衍,保守而不求進步。

6【苟合取容】 ㄍㄡˇ ㄏㄜˊ ㄑㄩˇ ㄖㄨㄥˊ
委曲自己去附和別人,以求被接納。

8【苟延殘喘】 ㄍㄡˇ ㄧㄢˊ ㄘㄢˊ ㄔㄨㄢˇ
勉強維持生存。

苑 ㊀ ㄩㄢˋ yüan⁴ 音怨
①古代帝王諸侯放養禽獸、種植花木的園囿。②薈萃、集中之處。如:文苑。③枯萎。如:形苑。

㊁ ㄩㄢˊ yüan² 音原
姓。見"尙友錄·一五"。

㊂ ㄩˋ yü⁴ 音鬱
積聚。通鬱。

苻 ㄈㄨˊ fu² 音扶
①草名。即鬼目草。赤色,叢生。莖似葛,葉圓有毛,形如耳璫。見"正字通"。②葭類植物內的薄膜。通莩。③姓。三國有'苻駒'。見"萬姓統譜·一三"。

11【苻堅】 ㄈㄨˊ ㄐㄧㄢ
(338~385)'晉'時十六國中'前秦'君主。'臨渭'(今'甘肅''秦安'東南)人,'氐族'。任用賢臣'王猛',修明國政,並先後攻滅'前燕'、'前涼'、'代國',又攻取'東晉'的'益州',占領'成都'。'建元'十九年(383),大

舉侵'晉',與'謝玄'等人戰於'肥水',大敗而還,後爲'姚萇'所殺。

茌 ㄔˊ ch'ih² 音池

草盛的樣子。同荏。見"集韻"。

茆 ㄇㄠˇ mao³ 音卯

1蔬菜名。即鳧葵。葉大如手,赤圓而滑。也叫蓴菜。見"字彙"。2茅草。通茅。如:茆屋。3姓。'明'有'茆永慶'。見"正字通"。

10【茆茨】 ㄇㄠˇ ㄘˊ

茅屋。

苓 ㄌㄧㄥˊ ling² 音靈

1草名。⑴即卷耳。見"說文"。⑵即大苦。通蘦。2爲菌類。即茯苓。參茯苓。3草木凋落。通零。如:苓落。

苶 ㄋㄧㄝˊ nieh²

疲倦。俗作苶。見"集韻"。

苽

菰的或體。

6

荸

荸的或體。

茫 ㄇㄤˊ mang² 音芒

1廣遠遼闊,模糊不清。如:茫昧。2姓。'宋'有'茫端臣'。見"萬姓統譜·五二"。

9【茫昧】 ㄇㄤˊ ㄇㄟˋ

廣闊幽暗,不可測度的樣子。

10【茫茫】 ㄇㄤˊ ㄇㄤˊ

1曠遠遼闊的樣子。2模糊不清的樣子。

茳 ㄐㄧㄤ chiang¹ 音江

參茳蘺。

23【茳蘺】 ㄐㄧㄤ ㄌㄧˊ

香草名。即蘼蕪。也作江蘺。見"集韻"。

荒 ㄏㄨㄤ huang¹ 音肓

1田地長草,無人種植。如:荒蕪。2農作物歉收。如:饑荒。3廢棄;棄置。如:荒廢。4迷亂;享樂過度。如:荒淫。5浮誇;虛妄不實。如:荒誕。6邊遠。也指邊遠的地方。如:八荒。7推廣;擴展。如:大王荒之。8掩蓋;覆蓋。如:葛藟荒之。

6【荒年】 ㄏㄨㄤ ㄋㄧㄢˊ

沒有收成或收成很少的年歲。

10【荒唐】 ㄏㄨㄤ ㄊㄤˊ

廣大而不著邊際。引申爲誇大不實或荒謬無理。

11【荒涼】 ㄏㄨㄤ ㄌㄧㄤˊ

荒蕪。

【荒淫】 ㄏㄨㄤ ㄧㄣˊ

迷亂狂放,縱情享樂。

【荒陬】 ㄏㄨㄤ ㄗㄡ

遙遠偏僻的地方。

14【荒歉】 ㄏㄨㄤ ㄑㄧㄢˋ

農作物收成不足。

15【荒廢】 ㄏㄨㄤ ㄈㄟˋ

田地棄置不耕。引申爲凡事棄置不治理。

【荒僻】 ㄏㄨㄤ ㄆㄧˋ

荒涼偏僻。

16【荒蕪】 ㄏㄨㄤ ㄨˊ

土地棄置不耕作,以致雜草叢生的樣子。

18【荒謬】 ㄏㄨㄤ ㄇㄧㄡˋ

虛妄錯誤。

【荒穢】 ㄏㄨㄤ ㄏㄨㄟˋ

1荒蕪。2指雜草。

6【荒地稅】 ㄏㄨㄤ ㄉㄧˋ ㄕㄨㄟˋ

(uncultivated land tax)凡經編定爲農業用地或其他直接生產用地,未經依法使用者,稱爲荒地。對荒地所加徵之賦額,稱爲荒地稅。例如經地政機關通知所有權人復耕而逾復耕期限仍未恢復耕作者,加徵應納田賦稅額三倍的荒地稅。

12【荒腔走板】 ㄏㄨㄤ ㄑㄧㄤ ㄗㄡˇ ㄅㄢˇ

1指唱歌時拿不準腔調節拍。2比喻做事不依照一定的規矩或法則。

13【荒煙蔓草】 ㄏㄨㄤ ㄧㄢ ㄇㄢˋ ㄘㄠˇ

荒野上的煙霧,蔓生的雜草。形容荒涼蕭瑟。

15【荒誕不經】 ㄏㄨㄤ ㄉㄢˋ ㄅㄨˋ ㄐㄧㄥ

虛妄誇大而不合常道。

茭 ㊀ ㄐㄧㄠ chiao¹ 音交

1飼養家畜的乾草。見"說文"。2水草名。⑴長於水邊,花青白色,子黃黑,可供調味。葉像芹,可食用。見"爾雅·釋草·茭牛蘄·義疏"。⑵茭白。生淺水中,穀或莖可食,葉可飼牛馬。見"本草綱目·草部·菰"。3用竹篾編成的繩索。通筊。見"說文通訓定聲"。

㊁ ㄐㄧ chi¹ 音激

輔正弓弩的器具。見"集韻"。

荄 ㄍㄞ kai¹ 音該

草根。見"說文"。

荓 ㄆㄧㄥˊ p'ing² 音平

或作荓。草名。叢生,葉小圓,莖紫赤,疏直而瘦勁,可作掃帚。見"爾雅·釋草·荓馬帚·義疏"。

荑 ㊀ ㄊㄧˊ t'i² 音題

1茅草的嫩芽;初生的茅草。見"說文通訓定聲"。2泛指草木的嫩芽。3比喻女子細白柔軟的手。

㊁ ㄧˊ i² 音夷

割除。通夷。見"正字通"。

茨 ㄘˊ tz'ŭ² 音瓷

1草名。即蒺藜。見"字彙"。2用茅草、蘆葦蓋的屋頂。如:茅茨。3姓。'漢'有'茨先'。見"通志·氏族略五"。

荊 ㄐㄧㄥ ching¹ 音京

或作荆。1(*Vitex*)爲植物中馬鞭草科(Verbenaceae)的一屬,包括杜荊(*Vitex negundo* var. *cannabifolia*)、黃荊(*Vitex negundo*)、蔓荊(*Vitex trifolia*)及山牡荊(*Vitex quinata*)等。全世界約有270種。有喬木、灌木,大多原產熱帶或亞熱帶。葉對生,掌狀複葉,小葉3～7

荊圖

片，花色多種，白、黃、紅、藍或紫色均有。花冠 5 裂，二唇形；結小型核果。②用荊木製成的鞭子。古代用作刑杖。如：負荊請罪。③古時對人謙稱自己的妻子。如：拙荊。④古國名。即'楚國'。⑤姓。'戰國'有'荊軻'。見"通志・氏族略二"。

6【荊州】ㄐㄧㄥ ㄓㄡ
古九州之一。約有今'湖北'、'湖南'、'四川'、'貴州'、'廣西'、'廣東'等省的部分屬地。

12【荊軻】ㄐㄧㄥ ㄎㄜ
(?～前227)'戰國'時'衛'人。又稱'慶卿'、'荊卿'，也稱'荊叔'。好讀書擊劍，後為'燕'太子'丹'上客，帶著'秦'叛將'樊於期'的首級與夾有匕首的'督亢'地圖，入獻'秦'王。圖窮匕見，刺'秦'王不中，被殺。

【荊棘】ㄐㄧㄥ ㄐㄧˊ
叢生的灌木。①比喻紛亂的局勢或艱險的處境。②比喻讒臣小人。③比喻心計或違逆不順的心意。

14【荊榛】ㄐㄧㄥ ㄓㄣ
①灌木林。②指荒僻的地方。

11【荊釵記】ㄐㄧㄥ ㄔㄞ ㄐㄧˋ
戲曲名。'元'末'明'初五大傳奇之一。一說'元''柯丹邱'撰，一說'明''朱權'撰。演'南宋'詩人'王十朋'與'錢玉蓮'的故事。二人以荊釵為聘而成親，'王'上京應試，修書回家，被財主'孫汝權'改為休書，以致'錢'投水自殺，幸遇救，幾經波折，終得團圓。

3【荊山之玉】ㄐㄧㄥ ㄕㄢ ㄓ ㄩˋ
比喻優異的人才。

4【荊天棘地】ㄐㄧㄥ ㄊㄧㄢ ㄐㄧˊ ㄉㄧˋ
比喻充滿困難的境地。

12【荊棘銅駝】ㄐㄧㄥ ㄐㄧˊ ㄊㄨㄥˊ ㄊㄨㄛˊ
宮殿殘破，荊棘叢生，掩蔽了門前的銅鑄駱駝。形容故宮荒涼的景象。

13【荊楚歲時記】ㄐㄧㄥ ㄔㄨˇ ㄙㄨㄟˋ ㄕˊ ㄐㄧˋ
'南朝''梁''宗懍'撰。原書久佚，今本一卷乃後人所輯。記'荊楚'一帶歲時節令及風物故事，保存不少古代的神話傳說和民俗資料。

茙 ㄖㄨㄥˊ jung^{2} 音容
參茙葵。

13【茙葵】ㄖㄨㄥˊ ㄎㄨㄟˊ
草名。即蜀葵。見"廣韻"。

䒭 等的俗體。

茥 ㄍㄨㄟ kuei^{1} 音圭
草名。即覆盆子。子赤黃，下有莖，如柿蒂，皮如荔枝，大如櫻桃，味道酸甘。見"正字通"。

茛 ㄍㄣˋ kên^{4} 音艮
草名。①即鉤吻草。一名野葛。味辛溫，莖、葉、根、苗皆有毒。見"廣雅・釋草・茛・疏證"。②草烏頭的苗。見"本草綱目・草部・烏頭"。

荁 ㄏㄨㄢˊ huan^{2} 音桓
(*Viola vaginata*)多年生草本。地下莖粗大，基生葉，心形，頂端漸尖，邊緣有鈍鋸齒；花白色，有紫色條紋，或淡紫色花而有深色條紋；果橢圓形，有腺點。分布於我國、'日本'及'韓國'。全草可入藥，可解毒。

荁圖

茦 ㄘㄜˋ ts'ê^{4} 音策
草的芒刺。見"說文"。

茜 ㄑㄧㄢˋ ch'ien^{4} 音倩
①草名。參茜草。②大紅色。如：茜袖。

10【茜素】ㄑㄧㄢˋ ㄙㄨˋ
(alizarin) 即1,2—二羥基蒽醌。化學式$C_6H_4(CO)_2C_6H_2(OH)_2$。是一種紅黃色不溶於水的固體，熔點289～290°C。供作媒染染料，可染絲及羊毛料。

【茜草】ㄑㄧㄢˋ ㄘㄠˇ
(*Rubia cordifolia*)草質攀援藤本。小枝有明顯的四稜，上有倒生小刺。葉四片輪生、卵形，上表面粗糙，下表面脈上有小刺，基部有三出或五出脈，葉柄長短不一。花黃白色，小型，多數聚成大型花序。漿果球形，熟時黑色。根可入藥，有止血之效。

茜草圖

荖 ㄌㄠˇ lao^{3} 音老
草名。葉可食，'閩''廣'一帶常以其葉裹製檳榔。見"西溪叢話・上"。

茸 ㊀ ㄖㄨㄥˊ jung^{2} 音戎
①草木初生柔細的樣子。見"說文"。②柔細的毛。如：裘茸。③鹿茸的省稱。④刺繡用的絨線。通絨。
㊁ ㄖㄨㄥˇ jung^{3} 音冗
①推入；推致。②低賤；卑微。

茘 荔的俗體。

荔 ㄌㄧˋ li^{4} 音麗
①草名。形似蒲，較小，根可以做刷子。見"說文"。②果樹名。即荔枝。見"廣韻"。

8【荔枝】ㄌㄧˋ ㄓ
(litchi; *Litchi chinensis*) 多年生喬木。葉為羽狀複葉，由2～8枚小葉組成，小葉橢圓至長橢圓形或披針形，先端銳尖，革質；花黃色，聚成頂生圓錐花序，花萼4～5片，無花瓣；果實熟時鮮紅色；種子單一，具白色、肉質多汁可食的假種皮。

荔枝圖

茿 ㄓㄨˊ chu^{2} 音築
參萹茿。

茬 ㄔˊ ch'ih² 音遲
木名。即刺榆。見"廣韻"。

19【茬藸】 ㄔˊ ㄔㄨˊ
草名。即蒢。見"爾雅·釋草"。

茢 ㄌㄧㄝˋ lieh⁴ 音列
①蘆葦尖端長花的部分。即艻。見"說文"。②用蘆葦花做成的掃帚。見"正字通"。③草名。也稱石芸。味甘,無毒。見"正字通"。

茌 ㊀ ㄔˊ ch'ih² 音遲
草盛的樣子。俗作茌。見"廣韻"。
㊁ ㄗ tzŭ¹ 音茲
丘名。見"廣韻"。
㊂ ㄔㄚˊ ch'a² 音茶
①斜砍。通槎。②農作物收割後殘留的莖枝。③農作物種植或收割的次數。

荐 ㄐㄧㄢˋ chien⁴ 音見
或作薦。①鋪草在蓆子下。見"說文"。②重複;一再。③聚集。④推舉。

荂 ㊀ ㄎㄨㄚ k'ua¹ 音誇
草木的花。同雩。見"說文"。
㊁ ㄏㄨㄚ hua¹ 音花
參皇荂。
㊂ ㄈㄨ fu¹ 音夫
①草蔬開花後結的果實。見"正字通"。②㊁的又讀。

茪 ㄍㄨㄤ kuang¹ 音光
參芺茪。

草 ㄘㄠˇ ts'ao³ 音慅
①草本植物的總稱。同艸。如:芳草。②田野;山野。如:草澤。③粗糙;粗率。如:潦草。④文稿。如:起草。⑤起稿;擬稿。如:草擬。⑥開始。如:草創。⑦書體的一種。如:行草。⑧姓。'漢'有'草中'。見"萬姓統譜·八四"。

5【草民】 ㄘㄠˇ ㄇㄧㄣˊ
古代老百姓的自稱。

【草本】 ㄘㄠˇ ㄅㄣˇ
①草稿;底本。②參草本植物。

【草包】 ㄘㄠˇ ㄅㄠ
俗指沒有學問、常識的人。

8【草芥】 ㄘㄠˇ ㄐㄧㄝˋ
小草。比喻卑賤而微不足道的東西。

9【草昧】 ㄘㄠˇ ㄇㄟˋ
①指文明還未發達的狀況。②泛指事物的創始。③草長而茂密。④比喻混亂不安定的時代。

【草約】 ㄘㄠˇ ㄩㄝ
條約的草案。

10【草案】 ㄘㄠˇ ㄢˋ
經擬定而尚未正式通過公布的法律、命令或計畫、條例等。

【草書】 ㄘㄠˇ ㄕㄨ
書體名。約始於'秦''漢'之交。字體簡化而氣脈不斷,書寫極爲快速。千餘年來已爲我國書法藝術之一,流傳於'韓''日',且爲後世簡體字的張本。廣義的草書包括各個時期、各種形式的草書,如草篆、草隸、藁草、章草、今草、狂草等。

【草原】 ㄘㄠˇ ㄩㄢˊ
因雨量稀少,高大植物不易繁殖,僅生長灌木、雜草的平原。適宜發展畜牧業。可分爲:一、溫帶草原:分布於溫帶大陸性氣候區,有明顯的乾溼兩季,故又有乾草原、溼草原之分;二、熱帶草原:又稱莽原,分布於熱帶半乾燥區。

【草草】 ㄘㄠˇ ㄘㄠˇ
①憂慮的樣子。②匆促或苟且的樣子。

11【草寇】 ㄘㄠˇ ㄎㄡˋ
盜賊。

【草率】 ㄘㄠˇ ㄕㄨㄞˋ
粗率;敷衍隨便。

【草野】 ㄘㄠˇ ㄧㄝˇ
①鄉野。也指隱居的地方。②鄙俗;粗俗。

【草莽】 ㄘㄠˇ ㄇㄤˇ
①雜草。比喻草野、田間。②鄉野;民間。

12【草萊】 ㄘㄠˇ ㄌㄞˊ
①叢生的雜草。②雜草叢生而沒有開墾的土地。③指鄉野或民間。也用來指一般百姓。

【草創】 ㄘㄠˇ ㄔㄨㄤˋ
初創;始創。

14【草酸】 ㄘㄠˇ ㄙㄨㄢ
(oxalic acid) 即乙二酸。化學式 $(COOH)_2$。是一種無色無臭可溶於水的固體,熔點187°C。可供製甘油、染料、煙火、金屬及皮鞋擦光劑、洗滌劑、媒染劑等。

【草圖】 ㄘㄠˇ ㄊㄨˊ
初步畫成,還不精細的圖。

15【草標】 ㄘㄠˇ ㄅㄧㄠ
插在物品上的草稈。作爲出售的標記。

【草編】 ㄘㄠˇ ㄅㄧㄢ
以當地特產草類爲材料的一種編織工藝。可編成提籃、果盒、草帽、草蓆等。我國北方各省有麥草編,'江蘇'、'廣東'有黃草編,'浙江'有金絲草編,'湖南'有龍鬚草編,'臺灣'則以藺草('大甲'草)編享譽'中'外。

17【草屨】 ㄘㄠˇ ㄐㄩˋ
草鞋。

【草擬】 ㄘㄠˇ ㄋㄧˇ
初步擬訂。

19【草藥】 ㄘㄠˇ ㄧㄠˋ
草本的藥材。

10【草根法】 ㄘㄠˇ ㄍㄣ ㄈㄚˇ
(straw root method) 由企業的第一線的業務開始,經各層級的銷售人員與主管提供預估未來業務資料,以評估未來的銷售情況而作成銷售預售的方法。

11【草帶法】 ㄘㄠˇ ㄉㄞˋ ㄈㄚˇ
水土保持方法之一。即在坡面上按適當間距沿等高栽植草帶,其目的在減少水土損失、滯留下移土壤或減緩坡度以期適應耕作。

14【草臺戲】 ㄘㄠˇ ㄊㄞˊ ㄒㄧˋ
在野外臨時搭建的臺子演出的戲。也稱野臺戲。

15【草履蟲】 ㄘㄠˇ ㄌㄩˇ ㄔㄨㄥˊ
(*Paramecium*) 屬原生動物門、纖毛綱。常見於溝水、池水中,

身體形似鞋底,故名。全身密布纖毛,身體一側有口溝,

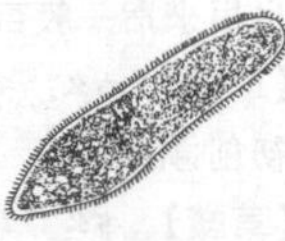
草履蟲圖

口溝底部有胞口。細胞核有大核、小核兩種,前者與新陳代謝有關,後者與生殖有關。一般原生動物在環境不適宜時,便形成孢囊,不吃也不動,以度過不良環境;但草履蟲則無孢囊時期。

16【草頭露】 ㄘㄠˇ ㄊㄡˊ ㄌㄨˋ
草上的露水。比喻不能持久。

4【草木皆兵】 ㄘㄠˇ ㄇㄨˋ ㄐㄧㄝ ㄅㄧㄥ
見草木以爲是敵兵。形容驚懼過度。'肥水'之戰,'苻堅'和'苻融'登城而望,見'晉'軍陣勢整齊,將士精銳。又北望'八公山',見草木搖動,以爲皆是'晉'軍。見"晉書・前秦載記・苻堅下"。

5【草本植物】 ㄘㄠˇ ㄅㄣˇ ㄓˊ ㄨˋ
(herbaceous plant)開花植物根據其莖的外形和構造,可分爲草本和木本兩大類。凡植物地上部不具木質莖者即是,有別於木本植物。一般可依其生活史分爲一年生草本、二年生草本和多年生草本。草本植物的莖柔弱,生長時莖的高度和粗細都受到限制,例如常見的各種蔬菜和野草等。

6【草行露宿】 ㄘㄠˇ ㄒㄧㄥˊ ㄌㄨˋ ㄙㄨˋ
在草野中行走,露天下睡覺。形容行旅的艱苦或急迫。

10【草根大使】 ㄘㄠˇ ㄍㄣ ㄉㄚˋ ㄕˇ
'四健會'派往他國從事農村訪問的人。

【草草了事】 ㄘㄠˇ ㄘㄠˇ ㄌㄧㄠˇ ㄕˋ
粗率地把事情了結。

11【草偃風行】 ㄘㄠˇ ㄧㄢˇ ㄈㄥ ㄒㄧㄥˊ
比喻在上位者的作爲能夠容易而快速地感化人民。

12【草菅人命】 ㄘㄠˇ ㄐㄧㄢ ㄖㄣˊ ㄇㄧㄥˋ
把人命看得和茅草一樣輕賤。

茼 ㄊㄨㄥˊ *t'ung*² 音同
参茼蒿。

14【茼蒿】 ㄊㄨㄥˊ ㄏㄠ
(*Chrysanthemum coronarium spatiosum*)一年生草本。根生葉較大,莖生葉愈往先端愈小,葉形多變化,常成長匙形,邊緣有不規則羽裂。頭狀花序單生枝端,舌狀花黃色。瘦果無冠毛。栽培作蔬菜用。

茼蒿圖

[illegible] ㄑㄩ *ch'ü*¹ 音區
用蘆葦或竹片編織成的養蠶器具。也作筁。見"廣韻"。

茵 ㄧㄣ *yin*¹ 音因
1墊子、褥子、毯子的通稱。如:茵褥。2柔嫩的草類。如:芳茵。

茴 ㄏㄨㄟˊ *hui*² 音回
藥草名。即防風葉。見"集韻"。

9【茴香】 ㄏㄨㄟˊ ㄒㄧㄤ
(fennel; *Foeniculum vulgare*)多年生草本。全株有強烈香氣。莖生葉3～4回羽狀細裂,呈細絲狀;花小,金黃色,排成大型複繖形花序。原產'地中海'附近,其莖葉作蔬菜。果實入藥,有祛痰、健胃和止痛之效。

茴香圖

[illegible] 茵的或體。

茈 一 ㄗˇ *tzŭ*³ 音子
1草名。(1)即藐。可作紫色染料。也叫茈莀。見"爾雅・釋草・藐茈草・注"。(2)蕨屬。見"集韻"。2紫色。通紫。如:茈薑。

二 ㄘˊ *tz'ŭ*² 音疵
参鳧茈。

三 ㄔㄞˊ *ch'ai*² 音柴
参茈胡。

13【茈胡】 ㄔㄞˊ ㄏㄨˊ
即柴胡。生於山中,嫩苗可食。見"正字通"。

荍 ㄑㄧㄠˊ *ch'iao*² 音喬
草名。即錦葵。見"廣韻"。

茹 ㄖㄨˊ *ju*² 音如 又讀 ㄖㄨˋ *ju*⁴ 音入
1蔬菜的總稱。2吞;吃。如:茹毛飲血。3含;包。如:茹古涵今。4根相連屬的樣子。通挐。5柔軟的。6腐臭的。7姓。'南齊'有'茹法亮'。見"萬姓統譜・八"。

10【茹素】 ㄖㄨˊ ㄙㄨˋ
吃素。

19【茹藘】 ㄖㄨˊ ㄌㄩˊ
草名。即蒨草。可做紅色染料。見"爾雅・釋草・茹藘茅蒐・注"。

4【茹毛飲血】 ㄖㄨˊ ㄇㄠˊ ㄧㄣˇ ㄒㄧㄝˇ
連毛帶血生吃鳥獸之肉。形容未開化人民的生活情形。

21【茹蘗含辛】 ㄖㄨˊ ㄅㄛˋ ㄏㄢˊ ㄒㄧㄣ
形容遍嚐辛苦。

茱 ㄓㄨ *chu*¹ 音朱
参茱萸。

12【茱萸】 ㄓㄨ ㄩˊ
又名越椒。落葉喬木,果實紫赤色,可供藥用。俗以農曆九月九日佩帶茱萸可避災禍。

荀 ㄒㄩㄣˊ *hsün*² 音巡
1草名。形狀似蒩,黃花赤實,根如藁本,可食以養顏。見"正字通"。2姓。'漢'有'荀悅'。見"通志・氏族略三"。

3【荀子】 ㄒㄩㄣˊ ㄗˇ
1(前315?～前238)'戰國''趙'人,名'況'。"史記"稱'荀卿',"漢書"稱'孫卿'。曾講學於'齊'。後適'楚','春申君'以爲'蘭陵'令。'況'認爲人性本惡,需用禮義以矯正之。有"荀子"三十二篇。2'周''荀況'撰,"漢書・藝文志"稱"孫卿子",'劉

向"別錄"稱"荀卿新書"，'唐''楊倞'編爲二十卷，三十二篇，改稱"荀子"，流傳至今。此書思想承繼'孔子'，兼融百家，以禮爲治人治世之手段，以達成善的目標。爲'戰國'儒家之重要典籍。

5【荀白克】ㄒㄩㄣˊ ㄅㄞˊ ㄎㄜˋ (Arnold Schoenberg, 1874～1951)'美國'作曲家、小提琴家。早年受浪漫學派影響，後突破傳統音樂，倡導無調音樂，並於西元1921年創立「十二音列作曲法」。著有女聲與管絃樂的獨白式歌劇"期待愛人"(*Erwartung*)、"命運之手"(*Die glückliche Hand*)，以及論著"和聲論"(*Harmonielehre*)、"風格與觀念"(*Style and Idea*)。

荀白克像

3【荀子集解】ㄒㄩㄣˊ ㄗˇ ㄐㄧˊ ㄐㄧㄝˇ '清''王先謙'撰，二十卷。集錄'唐代'以至'清朝'各家校釋"荀子"的文字，分別注於文句之下，有時也加入自己的意見。採擇廣博而精審，爲研讀"荀子"必備的書籍。

荈 ㄔㄨㄢˇ *ch'uan*³ 音舛
晚採的茶。見"集韻"。

茗 ㄇㄧㄥˇ *ming*³ 音酩　又讀 ㄇㄧㄥˊ *ming*² 音鳴
茶芽或晚採的茶。也泛指茶。如：品茗。

6【茗艼】ㄇㄧㄥˇ ㄊㄧㄥˇ
大醉的樣子。也作酩酊。

荄 ㄐㄧˋ *chi*⁴ 音計
植物名。即蔆。見"說文"。

茲 ㈠ ㄗ *tzŭ*¹ 音孜
1草木增殖。通作滋。見"說文"。2此；這。如：茲事體大。3年。4益；更加。
㈡ ㄘˊ *tz'ŭ*² 音慈
參龜茲。

茖 ㄍㄜˊ *ko*², *kê*² 音格
參茖蔥。

15【茖蔥】ㄍㄜˊ ㄘㄨㄥ (*Allium victorialis platyphyllum*) 草本。鱗莖圓柱狀，外皮黑褐色、纖維質；花莖柱形，葉2～3片，寬橢圓形；白色花多數聚成球狀的繖形花序。分布於我國北部、'歐洲'和'北美洲'。生於潮溼山坡地。

茖蔥圖

荏 ㄖㄣˇ *jên*³ 音忍
1(soya bean; *Glycine max*) 即大豆。一年生直立草本，莖密生褐色毛。三片小葉，卵形；花小，白色或淡紫色；莢果下垂，密生黃色毛。廣泛栽培於世界各地。種子供食用，作豆餅當飼料。也是重要的油料作物。2柔弱；怯懦。如：色厲內荏。3漸進；推移。如：光陰荏苒。

荏圖

9【荏苒】ㄖㄣˇ ㄖㄢˇ
1指時間漸漸消逝。2草葉柔弱的樣子。3因循苟且，蹉跎光陰。

10【荏弱】ㄖㄣˇ ㄖㄨㄛˋ
柔弱；軟弱。

12【荏菽】ㄖㄣˇ ㄕㄨˊ
大豆。

茠 ㈠ ㄏㄠ *hao*¹ 音蒿
除去田草。同薅。見"說文"。
㈡ ㄒㄧㄡ *hsiu*¹
1休息。通休。見"集韻"。2蔭蔽。通庥。見"正字通"。
㈢ ㄏㄡˋ *hou*⁴ 音候
豆蔻。通蔻。見"集韻"。

茷 ㈠ ㄈㄚˊ *fa*² 音伐
草葉繁盛的樣子。見"說文"。
㈡ ㄅㄟˋ *pei*⁴ 音貝
旗尾。通旆。

茯 ㄈㄨˊ *fu*² 音伏
參茯苓。

9【茯苓】ㄈㄨˊ ㄌㄧㄥˊ (*Poria cocos*) 菌類。一種擔子菌門 (Basidiomycota)、多孔菌科 (Polyporaceae) 的菌類。常生於馬尾松、黑松、'臺灣'二葉松等已枯死松樹的根部。菌核經乾燥後可入藥，可當補藥、利尿劑及鎮靜劑。

茯苓圖

荃 ㄑㄩㄢˊ *ch'üan*² 音全
1用芥醃製成的鬆脆可口的醬菜。見"說文"。2香草名。3竹製的捕魚器。通筌。如：得魚忘荃。4細布。通絟。

14【荃察】ㄑㄩㄢˊ ㄔㄚˊ
書信中希望對方明察或諒解的敬辭。

荅 ㈠ ㄉㄚˊ *ta*² 音答
1小豆。見"說文"。2盛食物的器具。通㪲。見"說文通訓定聲"。3粗厚。4應對。今作答。如：對荅。5沮喪。如：荅焉。
㈡ ㄉㄚ *ta*¹ 音搭
允許；承諾。今作答。

茩 ㄍㄡˇ *kou*³ 音苟
參蔛茩。

茶 ㄔㄚˊ *ch'a*² 音搽
1(tea; tea plant; *Camellia sinensis*) 落葉灌木或小喬木。葉薄革質，緣有短鋸齒；花白色，下彎；果熟時會開裂。主產於東'亞'及'東南亞'溫帶地區。幼葉製茶，種子製茶油。2指烘製加工過的茶葉。如：烏龍茶。3用草

茶圖

木葉或其他食物做成，可供沖泡的飲料。如：多瓜茶。

8【茶房】 ㄔㄚˊ ˙ㄈㄤ
舊稱公共場所的服務員。

12【茶棚】 ㄔㄚˊ ㄆㄥˊ
供人喝茶休息的棚子。

13【茶道】 ㄔㄚˊ ㄉㄠˋ
'日本'人稱泡茶與喝茶的方法及藝術。

【茶經】 ㄔㄚˊ ㄐㄧㄥ
'唐''陸羽'撰，三卷。詳述茶的性狀、品質、產地、製造、茶具及烹飲。爲我國第一部關於茶的專著。

14【茶餅】 ㄔㄚˊ ㄅㄧㄥˇ
1即茶磚。2婚禮中，男方送給女方的禮品，因有茶葉、龍鳳餅等，故名。

24【茶鹼】 ㄔㄚˊ ㄐㄧㄢˇ
是茶葉中的重要成分，藥理學書上列於血管擴張劑項下；分類上屬黃嘌呤，與咖啡因、可可豆素同屬。其功能非常廣泛，在神經中樞方面可以產生醒神作用；在心臟方面可刺激收縮，使心輸出量增加，並使平滑肌放鬆，此爲其擴張血管、氣管的主因；此外還利尿，並會刺激胃酸分泌—胃潰瘍者應注意。如與乙烯二胺結合，便成氨基菲林，是治療急性氣喘發作極有效的藥，但副作用也極大。最近醫學界並提出建議，認爲茶鹼可能是挽救腎衰竭的選擇藥物。

12【茶博士】 ㄔㄚˊ ㄅㄛˊ ㄕˋ
本指善於茶道的人。後泛稱賣茶或茶館替人泡茶的人。

13【茶葉末】 ㄔㄚˊ ㄧㄝˋ ㄇㄛˋ
1細碎的茶葉。2瓷器結晶釉色的一種。釉料含鐵和錳，生坯掛釉，入窯經高溫還原焰燒成，在暗綠底色上閃出猶如茶葉末的黃褐色細點。

荇 ㄒㄧㄥˋ hsing⁴ 音杏
1即荇菜。參荇菜。2姓。'漢'有'荇不意'。見"萬姓統譜·八七"。

12【荇菜】 ㄒㄧㄥˋ ㄘㄞˋ
(*Nymphoides peltatum*) 多年生水生草本。又名莕菜。地下莖匍匐泥中，圓柱形莖多分枝，沉水中，節處生不定根和飄浮的葉。葉圓形，基部心形，葉柄長達10公分，柄基抱莖。花黃色，束生於葉腋，結長橢圓形兩側扁平的蒴果。生於池塘或緩緩流動的小河中。

荇菜圖

茻 ㄇㄤˇ mang³ 音莽
眾草。通作莽。見"說文"。

7

莞 ㊀ ㄍㄨㄢ kuan¹ 音官
1(*Schoenoplectus validus*)高大多年生草本。有粗壯水平伸展的根莖，稈稀疏列於其上，圓形，基部有3～5個葉鞘圍住，葉大多退化，偶有長達10公分者。由多數小穗聚成的假側生花序下垂。生長於淺塘、溪邊、河口或沼地。2莞草製造的蓆子。3姓。'周'有'莞蘇'。見"正字通"。

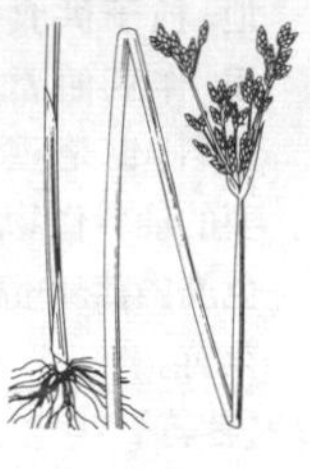
莞圖

㊁ ㄍㄨㄢˇ kuan³ 音管
地名用字。如：'東莞'。

㊂ ㄨㄢ wan¹ 音彎
也作豌。參豌豆。

㊃ ㄨㄢˇ wan³ 音晚
參莞爾。

14【莞爾】 ㄨㄢˇ ㄦˇ
微笑的樣子。

莐 ㄔㄣˊ ch'ên² 音沉
草名。同芜。見"集韻"。

茓 芙的或體。

莎 ㊀ ㄙㄨㄛ so¹, suo¹ 音蓑
參莎草。

㊁ ㄕㄚ sha¹ 音沙
參莎雞。

10【莎草】 ㄙㄨㄛ ㄘㄠˇ
(*Cyperus rotundus*) 爲多年生草本。一名香附子。莖三角形，葉三列，線形，表面光亮；小穗細長，扁平，紅棕色。爲適應性極強的雜草；其地下球莖可入藥，爲芳香性健胃劑。

莎草圖

18【莎雞】 ㄕㄚ ㄐㄧ
一種紅頭黑身的小蟲。俗稱紡織娘。見"爾雅·釋蟲·翰天雞·注"。

3【莎士比亞】 ㄕㄚ ㄕˋ ㄅㄧˇ ㄧㄚˋ
(William Shakespeare, 1564～1616)'英國'劇作家、詩人。其最重要的成就在十四行詩及劇本。劇作包括歷史劇、悲劇、喜劇，以"羅密歐與茱麗葉"(*Romeo and Juliet*)、"哈姆雷特"(*Hamlet*)、"李爾王"(*King Lear*)、"馬克白"(*Macbeth*)、"仲夏夜之夢"(*A Midsummer Night's Dream*)等最爲著名。作品多采多姿，具有豐富的想像力及巧妙的戲劇感，筆調熱烈、華麗。他的戲曲對後世影響普遍又深遠，在西洋文學史上有極重要的地位。

莎士比亞像

莘 ㊀ ㄕㄣ shên¹ 音身
1眾多。見"玉篇"。2長的樣子。見"正字通"。3姓。'宋'有'莘融'。見"萬姓統譜·一九"。

㊁ ㄒㄧㄣ hsin¹ 音辛
1㊀的又讀。2草名。即細辛，可供藥用。生於山澤，形如蒲黃，葉似芥。見"正字通"。

11【莘莘】 ㄕㄣ ㄕㄣ
眾多的樣子。多用以指人。

莣 ㊀ ㄨㄤˊ *wang*² 音亡
草名。①即杜榮。形狀像茅，皮可製繩索、草鞋。也作芒。見"說文·莣·段注"。②即忘憂草。也稱萱草。見"集韻"。
㊁ ㄨˋ *wu*⁴ 音物
參蟌莣。

莨 ㊀ ㄌㄤˊ *lang*² 音狼
草名。即狼尾草。見"說文·莨·段注"。
㊁ ㄌㄤˋ *lang*⁴ 音浪
參莨菪。
㊂ ㄌㄧㄤˊ *liang*² 音良
參薯莨。

12【莨菪】 ㄌㄤˋ ㄌㄤˋ
草名。也稱天仙子。苗莖高二、三尺，葉似地黃，四月開花，色紫，五月結實，殼如小石榴。見"正字通"。

荸 ㄅㄧˊ *pi*² 音鼻
參荸薺。

18【荸薺】 ㄅㄧˊ ㄑㄧˊ
(Chinese water chestnut; *Eleocharis dulcis*) 多年生水生的植物。植株叢生，走莖蔓延生長，末端成球莖或塊莖；地上莖圓柱狀，葉退化只剩基部紅棕色鞘狀部分；小穗單獨頂生，具50多朵花，花小，有剛毛狀花被。熱帶東'亞'、'太平洋'諸島及西'非'等地廣泛栽培；球莖可食。

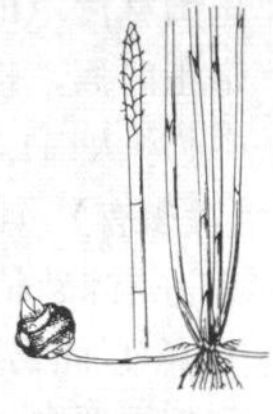
荸薺圖

莍 ㄑㄧㄡˊ *ch'iu*² 音求
椒樧類植物的果實彙聚成房的樣子。見"說文"。

莭 節的俗體。

莙 ㄐㄩㄣˋ *chün*⁴ 音郡
①草名。即牛藻。形狀像藻，葉較大，'江'東人稱馬藻。見"正字通"。②萃聚；凝結。

䓇 ㄐㄧˋ *chi*⁴ 音忌
①草名。見"集韻"。②禾莖。通萁。見"正字通"。

荳 ㄉㄡˋ *tou*⁴ 音豆
植物名。也作豆。見"正字通"。

15【荳蔻】 ㄉㄡˋ ㄎㄡˋ
也作豆蔻。①香草名。②比喻少女。

莆 ㊀ ㄈㄨˇ *fu*³ 音甫
參萐莆。
㊁ ㄆㄨˊ *p'u*² 音蒲
①草名。長水邊，可製蓆。通蒲。見"楚辭·屈原·天問·莆雚是營·補注"。②姓。'明'有'莆森'。見"萬姓統譜·一三"。

莤 ㊀ ㄙㄨˋ *su*⁴ 音速
①用茅草濾酒以祭神。見"說文"。②濾去酒的雜質使酒質清純。
㊁ ㄧㄡˊ *yu*² 音由
草名。即蔓于。蔓生水面，形如細蘆，隨水飄浮。也作蕕。見"爾雅·釋草·莤蔓于·義疏"。

茝 ㄔㄞˇ *ch'ai*³ 又讀 ㄓˇ *chih*³ 音止
參蘄茝。

荵 ㄖㄣˇ *jên*³ 音忍
參蘟荵。

莕 ㄒㄧㄥˋ *hsing*⁴ 音杏
草名。也作荇。見"正字通"。

莁 ㄨˊ *wu*² 音無
參莁荑。

10【莁荑】 ㄨˊ ㄧˊ
草名。即蔱蘠。也稱白蕢。見"爾雅·釋草·莁荑蔱蘠·注"。

荴 ㄈㄨ *fu*¹ 音夫
敷散。

茿 筑的本字。

莏 ㄘㄨㄛ *ts'o*¹, *ts'uo*¹ 音搓
讀音 ㄙㄨㄛ *so*¹, *suo*¹ 音蓑
兩手相擦。如：挼莏。

荺 ㄩㄣˇ *yün*³ 音殞 又讀 ㄩㄣˊ *yün*² 音雲
可吃的一種草根。即茭。見"爾雅·釋草"。

莖 ㄐㄧㄥ *ching*¹ 音經
①(stem) 維管束植物的營養器官。主要功能爲支持作用；其上可長葉、花和果實。又具輸導作用，可傳送水分、無機鹽類、養分、荷爾蒙及各種代謝產物。此外多年生草本和木本植物也可靠莖內的形成層產生新的組織，使植物產生橫向的生長；至於莖往上長高則是由枝梢產生新的組織來達成。莖尚會因特殊功能而改變原有直立向上的性狀，如走莖、根狀莖、球莖、鱗莖和塊莖均屬特化的莖。②柄幹像莖的東西。如：承露金莖。③挺拔；特出。④量詞。條狀物一根稱一莖。如：數莖白髮。

莢 ㄐㄧㄚˊ *chia*² 音頰
①莢果類的外殼。②形狀像莢的東西。如：莢錢。

8【莢果】 ㄐㄧㄚˊ ㄍㄨㄛˇ
(legume) 果實的一種，爲乾果中的裂果類。係由單心皮子房發育而成。成熟時，果皮沿著內縫線及外縫線裂開成爲兩片。例如豆科植物的果實。

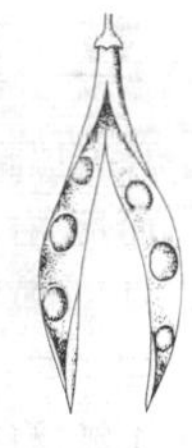
莢果圖

莽 ㄇㄤˇ *mang*³ 音蟒
或作莾。①草名。葉子光厚，開紅色花，心有紅蕊，漁人採來搗飯毒魚。見"正字通"。②草深的樣子。見"字彙"。③泛指草、叢草。通茻。如：榛莽。④粗率；不精細。如：鹵莽。⑤曠遠的樣子。

4【莽夫】 ㄇㄤˇ ㄈㄨ
鹵莽的男子。

10【莽原】 ㄇㄤˇ ㄩㄢˊ
(savanna) 一種以高草爲主，間雜灌木和疏林的植物群落。分布在乾雨季明顯的熱帶氣候區。

11【莽莽】 ㄇㄤˇ ㄇㄤˇ

①草木繁茂的樣子。②廣漠無際的樣子。

14【莽漢】 ㄇㄤˇ ㄏㄢˋ
鹵莽的男子；粗率冒失的男子。

【莽蒼】 ㄇㄤˇ ㄘㄤ
①形容郊野景色遠望不分明的樣子。②指郊野。

15【莽撞】 ㄇㄤˇ ㄓㄨㄤˋ
形容言語舉止冒失、粗魯。

莧 ㄒㄧㄢˋ *hsien*4 音現 (*Amaranthus tricolor*) 爲一年生的草本植物。莖常分枝，葉橢圓形至卵形。花密集成簇，有腋生成球形的，有頂生下垂的。栽培種的葉除綠色外，常呈紅色、紫色或綠紫雜色。其嫩莖葉供食用，全草入藥可解毒。

莧圖

莫 ㊀ ㄇㄨˋ *mu*4 音慕
①太陽將落的時候。今作暮。見"說文"。②菜名。似柳，葉厚而長，有毛刺，可作羹，也可生食。見"字彙"。
㊁ ㄇㄛˋ *mo*4 音寞
①無；沒有。②毋；勿。③姓。'唐'有'莫宣卿'。見"萬姓統譜·一二〇"。

4【莫內】 ㄇㄛˋ ㄋㄟˋ
(Claude Monet, 1840～1926) '法國'印象派大師，印象派繪畫運動的實際推動者。他的繪畫是直接到戶外，把握一瞬間陽光所帶來的對象色彩變化，以亮麗的補色色彩和快速的筆點法，把它收容在畫面。於西元1874年第一屆印象派畫展中參展的作品"印象—日出"(*Impression: Sunrise*)，爲其團體被命名爲印象主義的來源。他描繪了一系列在不同時間所看到的同一對象之色彩變化，如"盧昂主教堂"(*Rouen Cathedral*)、"白楊樹"(*Poplars*)、"麥草堆"(*Haystacks*)等頗著名。晚年卻創作了具有壁畫規模的巨大油畫"睡蓮"(*Water Lily*)。

6【莫耳】 ㄇㄛˋ ㄦˇ
(mole)代號爲mol。物質量單位。西元1971年'國際度量衡大會'決議通過，一莫耳等於物質系統中所含基本顆粒數等於碳12之質量爲12/1000公斤時，所含原子顆粒數的物質量。

7【莫邪】 ㄇㄛˋ ㄧㄝˊ
'春秋''楚國'(一說'吳國')'干將'的妻子。相傳因助其夫鑄劍，投身鑪中，而成名劍。也作'莫耶'。

13【莫愁】 ㄇㄛˋ ㄔㄡˊ
①古女子名。一爲'南北朝'時'梁''洛陽'人。一爲'唐''石城'(今'湖北''鍾祥')人，善歌謠。②湖名。在'南京市''水西門'外，風景秀麗。

5【莫札特】 ㄇㄛˋ ㄓㄚˊ ㄊㄜˋ
(Wolfgang Amadeus Mozart, 1756～1791)'奧地利'音樂家。五歲就能作曲，六歲旅行演奏。是'維也納'古典樂派中重要的作曲家。作品甚多，包括鋼琴奏鳴曲、小提琴奏鳴曲、交響曲、協奏曲、歌劇、宗教樂曲及甚多的室內樂。其中"朱彼特交響曲"、"布拉格交響曲"，歌劇"費加洛婚禮"(*Le nozze di Figaro*)、"魔笛"(*Die Zauberflöte*)及宗教樂曲"安魂曲"(*Requiem*)等，都爲世人所激賞。

莫札特像

7【莫里哀】 ㄇㄛˋ ㄌㄧˇ ㄞ
(Molière, 1622～1673)'法國'最偉大的喜劇作家。本名'波柯郎'(Jean-Baptiste Poquelin)。深得'路易十四'的賞識，在宮中生活了15年，寫下許多優秀的風俗喜劇，一面組織劇團演出。他由人物性格中可笑、愚蠢及不合時宜的部分提煉出喜劇成分，作品對當時及後世都有很大的影響。主要作品有"婦女學校"(*L'École des femmes*)、"僞君子"(*Le Tartuffe*)、"守財奴"(*L'Avare*)等。

8【莫泊桑】 ㄇㄛˋ ㄅㄛˊ ㄙㄤ
(Guy de Maupassant, 1850～1893)'法國'小說家。深受'福祿貝爾'及'左拉'的影響，取材自中下階層的生活，以同情心剖析人物的卑劣、詭詐及庸俗，文筆質樸簡練而深刻感人。代表作有"脂肪球"(*Boule de suif*)、"她的一生"(*Une Vie*)、"皮耶和約翰"(*Pierre et Jean*)。

莫泊桑像

12【莫斯科】 ㄇㄛˋ ㄙ ㄎㄜ
(Moscow)'俄羅斯'首都、最大城、最大鐵路中心及農產集散中心。位於'歐俄'中央，濱'莫斯科河'。棉、毛、麻織業發達，出版業冠於東'歐'。寺院多而宏偉，'克里姆林宮'(the Kremlin)為歷代帝王所居，現為'俄羅斯'的行政中心。人口1,012.6萬(2003年)。

【莫須有】 ㄇㄛˋ ㄒㄩ ㄧㄡˇ
也許有；恐怕有。未定之詞。'宋''秦檜'以此爲藉口殺害'岳飛'。後指揑造罪名，誣陷他人。

3【莫三比克】 ㄇㄛˋ ㄙㄢ ㄅㄧˇ ㄎㄜˋ
(Mozambique)位於'非洲'東南部的高原國。東濱'印度洋'。面積80.2萬方公里，人口1,491.0萬(2005年)，首都'馬布多'(Maputo)。

4【莫氏硬度】 ㄇㄛˋ ㄕˋ ㄧㄥˋ ㄉㄨˋ
(Mohs' scale)礦物間的相對硬度爲鑑定礦物的重要物理性質之一。'莫'氏依據礦物互相擦刮受損之難易程度，選出十種礦物，自最軟到最硬排列之，依序爲滑石、石膏、方解石、螢石、磷灰石、正長石、石英、黃玉、剛玉、金剛石。所需強調者爲,各級之差並非數學值之差,例如金剛石爲礦物之最硬者,其硬度較次硬之剛玉要高出多倍。

6【莫耳濃度】 ㄇㄛˋ ㄦˇ ㄋㄨㄥˊ ㄉㄨˋ
即體積莫耳濃度。參體積莫耳濃度。

【莫名其妙】 ㄇㄛˋ ㄇㄧㄥˊ ㄑㄧˊ ㄇㄧㄠˋ
1指事物深奧離奇,不能解說。2不知道其中的緣故。3斥人言行荒謬、不講理。

10【莫衷一是】 ㄇㄛˋ ㄓㄨㄥ ㄧ ㄕˋ
說法很多,無所適從。

【莫逆之交】 ㄇㄛˋ ㄋㄧˋ ㄓ ㄐㄧㄠ
心意相通,毫無阻逆的交遊。指情投意合、非常要好的朋友。

莊 ㄓㄨㄤ chuang¹ 音妝
1草茂盛。見"玉篇"。2端正;嚴肅。如:莊重。3四通八達的大路。如:康莊。4村落。如:田莊。5別墅。如:山莊。6商鋪。如:茶莊。7姓。'戰國'有'莊周'。見"萬姓統譜·五〇"。

3【莊子】 ㄓㄨㄤ ㄗˇ
1參莊周。2'戰國''莊周'著。共三十三篇。內容記載'莊周'的思想,多用重言或寓言的方式,以明道德、一死生、齊是非、發揚虛無恬澹和寂寞無爲的思想。是我國道家思想的重要著作。

8【莊周】 ㄓㄨㄤ ㄓㄡ
(前369?~前295?)'戰國''宋''蒙縣'(今'河南''商丘')人。曾經做過漆園吏。與'老子'同爲道家思想的代表人物。有"莊子"一書。

13【莊園】 ㄓㄨㄤ ㄩㄢˊ
1田園與別墅。2(manor)中古'歐洲'封建制度下自給自足的經濟單位。大都由以貴族的堡壘或教會的教堂爲中心,鄰近集居許多依附貴族或教會保護的農戶所形成。貴族有保護農戶安全的義務,相對的,農戶需賦稅給貴族。莊園中的生活必需品可自行生產,故成爲一自供自足的經濟單位。

15【莊稼】 ㄓㄨㄤ ㄐㄧㄚˋ
農作物的總稱。

16【莊頭】 ㄓㄨㄤ ·ㄊㄡ
1田莊的一頭。2佃戶之長。

莂 ㄅㄧㄝˊ pieh² 音別
移植植物。見"玉篇"。

莒 ㄐㄩˇ chü³ 音舉
1即芋。見"說文"。2姓。'漢'有'莒誦'。見"萬姓統譜·七六"。

10【莒拳】 ㄐㄩˇ ㄑㄩㄢˊ
綜合我國國術、'日本'空手道、'韓國'跆拳的精華而成的拳術。講求功力,著重精神貫注。運用拳、掌、手肘、足部及前額等部位,發揮勇、猛、快、狠、準的攻防效果。爲國軍必備的戰鬥技能。

莔 ㄇㄥˊ mêng² 音萌
草名。即貝母。根如小貝圓,花碧綠色,葉似韭。見"爾雅·釋草·莔貝母·義疏"。

莩 ㊀ ㄈㄨˊ fu² 音扶
1草名。即鬼目草。蔓生,實圓。同苻。見"說文通訓定聲"。2蘆葦內層的白皮。常用以比喻同出一源的關係。如:葭莩之親。3草木萌芽。
㊁ ㄆㄧㄠˇ p'iao³ 音殍
餓死。也指餓死的人。通殍。如:餓莩。

荽 ㄙㄨㄟ sui¹ 音綏
參胡荽。

莃 ㄒㄧ hsi¹ 音希
草名。即菟葵。形狀像葵而小,葉像藜有毛,可煮食。見"爾雅·釋草·莃菟葵·注"。

莌 ㄊㄨㄛ t'o¹, t'uo¹ 音脫
參活莌。

莝 ㄘㄨㄛˋ ts'o⁴, ts'uo⁴ 音剉
1斬碎牧草。見"說文"。2鍘草;砍伐。如:斫莝。

荾 ㄙㄨㄟ sui¹ 音綏
1香菜。也作葰。見"集韻"。2花蕊。見"正字通"。

莓 ㄇㄟˊ mei² 音梅
草名。1即木莓。果實像藨莓而大,可食。也作苺。見"爾雅·釋草·葥山莓·注"。2即苔。見"古今韻會舉要"。

莛 ㄊㄧㄥˊ t'ing² 音廷
1草莖。見"說文"。2屋梁。

莉 ㄌㄧˋ li⁴ 音利
參茉莉。

莠 ㄧㄡˇ yu³ 音有 又讀 ㄧㄡˋ yu⁴ 音又
1草名。生在禾粟間,莖葉似禾。因穗的形狀像狗尾,又稱狗尾草。見"說文·莠·段注"。2醜惡的;不良的。如:莠民。

5【莠民】 ㄧㄡˇ ㄇㄧㄣˊ
壞人;不良之人。

莪 ㄜˊ o², ê² 音娥
草名。即蘿。今稱莪蒿。生澤田、低溼地,葉似邪蒿而細,莖可生食,亦可蒸食,味香美頗似蔞蒿。見"爾雅·釋草·莪蘿·疏"。

莑 ㊀ ㄈㄥ fêng¹ 音豐
草開始發芽。見"集韻"。
㊁ ㄆㄥˊ p'êng² 音彭
蓬的籀文。

莅 蒞的或體。

荷 ㊀ ㄏㄜˊ ho², hê² 音何
(sacred lotus; *Nelumbo nucifera*)多年生水生草本。又名蓮。根莖橫生,肥厚,有長節,稱蓮藕。葉圓形,挺出水面;柄有刺。花單生,花瓣多數,粉紅、紅色,偶有白色;心皮多而離生,嵌生於花托穴內;花托隨果熟而逐漸膨大,海綿質,稱

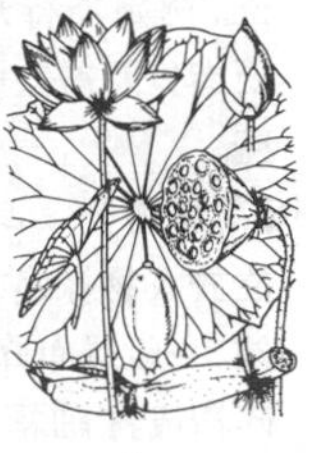
荷圖

爲蓮蓬。蓮藕、蓮子均可食用;全株各部均可入藥,有止血及降血壓等功效。

□ ㄏㄜˋ ho⁴, hê⁴ 音賀

1挑;扛。如:荷鋤。2擔負;承受。如:感荷。3手拿。如:荷筆。

4【荷月】 ㄏㄜˊ ㄩㄝˋ

指農曆六月。因荷花盛開,故名。

5【荷包】 ㄏㄜˊ ㄅㄠ

1隨身佩帶的小袋子。用來裝錢幣或小東西。今多專指錢包、錢袋。2食品的一種。

9【荷負】 ㄏㄜˋ ㄈㄨˋ

擔負;承當。

10【荷馬】 ㄏㄜˊ ㄇㄚˇ

(Homer, 前9~前8世紀) 古'希臘'詩人。生平不詳。古代二首口傳史詩"伊里亞特"(*Iliad*)、"奧德賽"(*Odyssey*),是由他或經由他的協助而記錄下來的,詩中對人性有深刻的探討及優美生動的描寫,對西方文學產生極深遠的影響。

16【荷擔】 ㄏㄜˋ ㄉㄢˋ

肩挑東西。

21【荷蘭】 ㄏㄜˊ ㄌㄢˊ

(The Netherlands) 位於西'歐'的著名低地國。面積4.1萬方公里,人口1,560.0萬(2005年),首都'阿姆斯特丹'。全境有40%的土地低於海平面,'荷'人以堤壩及風車排水,造成圩田及牧地。氣候冬溫夏涼。沙岸平直,良港不多。盛產煤、石油和天然氣。農牧並行,爲世界主要蛋、乳輸出國。航運漁撈並重,運河分布密度居世界首位。'阿姆斯特丹'及'鹿特丹'爲重要港口及航空中心。觀光旅遊業盛。

13【荷葉邊】 ㄏㄜˊ ㄧㄝˋ ㄅㄧㄢ

位於衣物緣邊或衣身上的條狀裝飾。一般以布條、花邊、緞帶等抽碎褶或打細褶製成。車縫固定時可一邊或二邊呈飄浮狀;亦可將布片圓裁或斜裁,而接附於衣物時則呈波浪起伏狀,頗富裝飾性。

14【荷爾蒙】 ㄏㄜˊ ㄦˇ ㄇㄥˊ

(hormone)內分泌腺的分泌物。即激素。

21【荷蘭式砌法】 ㄏㄜˊ ㄌㄢˊ ㄕˋ ㄑㄧˋ ㄈㄚˇ

(Dutch bond)疊砌磚塊的方法之一。與'英'式砌法相似,即一層順砌與一層丁砌交相互砌,惟相間的順砌層豎縫錯開。其特點爲於轉角或牆端改砌七五磚。

荷蘭式砌法圖

苲

ㄐㄧˊ chi² 音即

草名。即茹草。也作葃。見"集韻"。

荼

□ ㄊㄨˊ t'u² 音途

1苦菜。見"字彙"。2菅茅草開的白花。3害;使痛苦。如:荼毒生靈。

□ ㄕㄨ shu¹ 音舒

參荼與。

8【荼毒】 ㄊㄨˊ ㄉㄨˊ

傷害。

14【荼與】 ㄕㄨ ㄩˇ

門神名。傳說主治厲鬼。後人誤[與]字爲連詞,而稱'神荼'。

荻

ㄉㄧˊ ti² 音狄

(Amur silver grass; *Miscanthus sacchariflorus*)多年生禾草。高達1~2公尺。葉寬1~2公分以上。圓錐花序扇形柔軟;小穗無芒,密生長柔毛。可栽培供觀賞。

荻圖

茥

ㄔㄡˇ ch'ou³ 音丑

鹿藿的果實。見"說文"。

8

莛

ㄉㄧㄥˋ ting⁴ 音定

參茄莛。

菪

ㄉㄤˋ tang⁴ 音宕

參莨菪。

菅

ㄐㄧㄢ chien¹ 音奸

1(*Themeda*)爲禾本科(Gramineae)的一屬。約50種。分布於'亞洲'及'澳洲'。大型花序由多數短小總狀花序組成,每一總狀花序之下托有佛焰苞狀的苞片,小穗於每一總狀花序中有7枚。常生於山坡草地。2茅的嫩苗。俗稱茅針。3蘭草。通蕑。4姓。'漢'有'菅禹'。見"萬姓統譜·二六"。

菅圖

菀

□ ㄨㄢˇ wan³ 音婉

參紫菀。

□ ㄩˋ yü⁴ 音鬱

1草木茂盛。見"集韻"。2枯病。如:菀柳。3鬱結。

□ ㄩㄢˋ yüan⁴ 音苑

種花木的地方。通苑。見"正字通"。

萍

ㄆㄧㄥˊ p'ing² 音平

水草名。即苹。見"說文"。

6【萍合】 ㄆㄧㄥˊ ㄏㄜˊ

浮萍暫時聚在一起。比喻偶然、短暫的聚合。

8【萍泊】 ㄆㄧㄥˊ ㄅㄛˊ

浮萍到處飄泊。比喻行蹤不定。

10【萍浮】 ㄆㄧㄥˊ ㄈㄨˊ

浮萍漂流水面。比喻飄泊不定。

11【萍寄】 ㄆㄧㄥˊ ㄐㄧˋ

浮萍寄跡水面。比喻行止不定、無法安居。

18【萍蹤】 ㄆㄧㄥˊ ㄗㄨㄥ

比喻飄泊不定的行蹤。

4【萍水相逢】 ㄆㄧㄥˊ ㄕㄨㄟˇ ㄒㄧㄤ ㄈㄥˊ

比喻偶然相遇。

20【萍飄梗逐】 ㄆㄧㄥˊ ㄆㄧㄠ ㄍㄥˇ ㄓㄨˊ

比喻飄泊流徙,居無定所。

菹 ㄐㄩ *chü*^{1} 音居

[1]醃菜。即酸菜。見"說文"。[2]肉醬。[3]古代一種剁碎屍體的酷刑。[4]泛指殺害。[5]潮溼。如:菹漏。

菭 ㄊㄞˊ *t'ai*^{2} 音臺

苔蘚。也作苔。見"說文"。

菠 ㄅㄛ *po*^{1} 音波

參菠菜。

12【菠菜】 ㄅㄛ ㄘㄞˋ

(spinach; *Spinacia oleracea*) 一年生草本。又稱菠薐。莖軟弱多水分;根圓錐形;葉戟形或卵形,肥厚,深綠色;花單性,雌雄異株,均很小。原產於'伊朗',世界各地有栽培。為常見蔬菜,富含維他命、磷及鐵。可入藥,根及葉可通腸胃和解酒毒。

菠菜圖

17【菠薐】 ㄅㄛ ㄌㄥˊ

菜名。即菠菜。

菩 ㄆㄨˊ *p'u*^{2} 音蒲

[1]草名。⑴可用以蓋屋頂。見"說文·菩·義證"。⑵古時野祭時用為神主。見"字彙補"。[2]用菩草編成的草蓆。見"字彙補"。[3]佛家語。參菩提。

12【菩提】 ㄆㄨˊ ㄊㄧˊ

佛家語。梵語 bodhi 的音譯。意指覺、正覺或道。可分聲聞菩提、緣覺菩提及諸佛菩提。聲聞菩提、緣覺菩提,指修聲聞行或緣覺行的人,自己發菩提心,但不勸化眾生發菩提心,也不學習大乘經義,只求自己獲得解脫;諸佛菩提,指諸佛在因地中自發菩提心,又勸一切眾生也發菩提心,學習大乘法義,自己能獲得解脫,也使眾生得到解脫。

18【菩薩】 ㄆㄨˊ ㄙㄚˋ

梵語 bodhi-sattva 的音譯,菩提薩埵的省略。菩提意指覺悟,薩埵意指有情,合稱覺有情,即覺悟的眾生,又作大道心眾生,也引申作正士、開士、大士,是稱求得佛果而布施大慈悲於眾生的人。在佛教中,品位低於佛,而高於羅漢,居第二位。如'文殊菩薩'、'觀音菩薩'。

12【菩提樹】 ㄆㄨˊ ㄊㄧˊ ㄕㄨˋ

[1](bo-tree; *Ficus religiosa* L.) 又名畢鉢羅樹。因'釋迦佛'在此樹下成道,故名菩提樹。義譯為道樹、覺樹。落葉大喬木,高可達30公尺。葉互生,具長柄,革質,卵三角形,先端長尾狀漸尖,基部微凹,波狀緣。隱花果無梗,腋出,成雙。可觀賞、製器具,花供藥用。在'印度'、'緬甸'視為神聖之樹。原產於'印度'。[2](Manchurian linden; *Tilia mandshurica* Rupr. et Maxim.) 又名糠椴。喬木。葉為闊卵形,先端漸尖,基部心形,表面具短柔毛,疏生,背面具灰白色絨毛,葉柄長。夏天開花,聚繖花序,具一大型苞片,花瓣黃色,果實球形,有五稜。樹皮纖維可供製繩及麻袋,木材可製器具,花可供藥用,果實稱菩提子,可作念珠及供榨油。分布於我國及'蘇俄'。

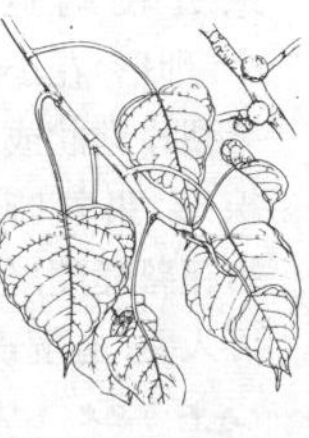

菩提樹圖

17【菩賽爾】 ㄆㄨˊ ㄙㄞˋ ㄦˇ

(Henry Purcell, 1659～1695) 十七世紀'英國'重要作曲家。在他短暫的生涯中,創作了為數甚多並極具特色的聲樂及器樂曲,有「英國的莫札特」之稱。作品聲樂曲有歌劇"狄多與安尼亞"(*Dido and Aeneas*)、劇樂、清唱劇及讚美歌等;器樂曲有絃樂合奏曲、管樂合奏曲、幻想曲、奏鳴曲等。

12【菩提達磨】 ㄆㄨˊ ㄊㄧˊ ㄉㄚˊ ㄇㄛˊ

(?～536)'南北朝'時的'印度'高僧。也作'菩提達摩'。簡稱'達磨'。為'中國'禪宗的初祖。'梁武帝'時來我國,在'嵩山''少林寺'面壁九年,時號壁觀。傳"楞伽經"與二祖'慧可',開創'中國'禪宗一脈。'唐代宗'時追諡為'圓覺大師'。

18【菩薩心腸】 ㄆㄨˊ ㄙㄚˋ ㄒㄧㄣ ㄔㄤˊ

慈悲的心懷。

【菩薩低眉】 ㄆㄨˊ ㄙㄚˋ ㄉㄧ ㄇㄟˊ

比喻性情慈悲。

菨 [1] ㄐㄧㄝ *chieh*^{1} 音接

參菨餘。

[2] ㄕㄚˋ *sha*^{4} 音霎

棺的羽飾。通翣。見"集韻"。

15【菨餘】 ㄐㄧㄝ ㄩˊ

草名。即莕。也作接余。見"說文"。

萃 ㄘㄨㄟˋ *ts'ui*^{4} 音翠

[1]草密集叢生的樣子。見"說文通訓定聲"。[2]泛指聚集。如:薈萃。[3]至;停留。如:萃止。[4]群;類。如:出類拔萃。[5]憔悴。通悴。如:勞苦頓萃。[6]"易"卦名。六十四卦之一。坤下兌上。

萃卦圖

8【萃取】 ㄘㄨㄟˋ ㄑㄩˇ

(extraction) 以適當溶劑溶解混合物中可溶解的物質,而將物質從混合物中分離的方法。例如以丙酮萃取樹葉中的葉綠素。

⿱艹兗 ㄧㄢˇ *yen*^{3} 音兗

草名。即雀弁。見"集韻"。

菸 [1] ㄩˊ *yü*^{2} 音魚

枯萎。如:菸邑。

[2] ㄧㄢ *yen*^{1} 音烟

草名。同煙。參菸草。

10【菸草】 ㄧㄢ ㄘㄠˇ

(tobacco; *Nicotiana tabacum* L.) 多年生草本,高可達2公尺。葉互生,橢圓形,先端銳,波狀全緣,具短柄。夏季開花,總狀花序頂生。萼筒5裂,花冠細漏斗形,淡紅色,先端5裂,雄蕊5枚,雌蕊1枚。蒴果卵形,包藏於花萼中。種子小而多,葉含菸鹼酸,用以製香菸及殺蟲劑。分布於熱帶'美洲',今廣爲栽培。

菸草圖

菧 ㄉㄧˇ *ti*³ 音底
參菧苨。

9【菧苨】 ㄉㄧˇ ㄋㄧˇ
草名。即薺苨。根莖都似人參,而葉稍異,根味甜。見"爾雅·釋草·苨菧苨·疏"。

菤 ㄐㄩㄢˇ *chüan*³ 音捲
也作卷。參卷耳。

菼 ㄊㄢˇ *t'an*³ 音毯
草名。似葦而小,實中,'江'東呼爲烏蓲。也稱薍。見"爾雅·釋草·菼薍·注"。

菶 ㄅㄥˇ *pêng*³ 音琫
草茂盛的樣子。見"說文"。

萐 ㄕㄚˋ *sha*⁴ 音霎
參萐莆。

11【萐莆】 ㄕㄚˋ ㄈㄨˇ
瑞草名。相傳'堯'時生於庖廚,形狀像蓬,不搖自扇,可防食物腐敗。見"說文"。

萋 ㄑㄧ *ch'i*¹ 音妻
草茂盛的樣子。見"說文"。

12【萋萋】 ㄑㄧ ㄑㄧ
1草盛的樣子。2華麗。

菁 ㄐㄧㄥ *ching*¹ 音精
1韭菜的花。見"說文"。2草木之花。見"正字通"。3茂盛的樣子。見"字彙"。4精英。通精。如:菁華。

9【菁英】 ㄐㄧㄥ ㄧㄥ
草木的花。引申爲人或事物的精英、精華。

12【菁菁】 ㄐㄧㄥ ㄐㄧㄥ
草木茂盛的樣子。

【菁華】 ㄐㄧㄥ ㄏㄨㄚˊ
事物中最精粹的部分。

[illegible] 芳的或體。

菾 ㄊㄧㄢˊ *t'ien*² 音甜
參菾菜。

12【菾菜】 ㄊㄧㄢˊ ㄘㄞˋ
(beet; sea beet; *Beta vulgaris*) 即甜菜。多年生或二年生草本。根肥厚,紡錘形;基生葉橢圓形,葉面皺縮不平;莖生葉,愈近枝端愈小,卵形;花小,萼裂片匙狀或線形;果熟時宿存萼變硬,包住果實。根和種子可入藥,有解毒和止血之效。

菾菜圖

萇 ㄔㄤˊ *ch'ang*² 音長
姓。'唐'有'萇緫'。見"姓觿·三"。

華 一 ㄏㄨㄚ *hua*¹ 音花
今作花。1草木開的花。見"說文"。2開花。如:桃始華。
二 ㄏㄨㄚˊ *hua*² 音划
1光彩;光輝。如:日月光華。2美觀。如:華麗。3精粹;精英。如:物華天寶。4粉。如:鉛華。5虛浮不實。如:崇實去華。6頭髮花白。如:華髮。7指'中國'。'華夏'的省稱。
三 ㄏㄨㄚˋ *hua*⁴ 音化
1山名。參華山。2姓。三國有'華歆'。見"萬姓統譜·一〇五"。

3【華山】 ㄏㄨㄚˋ ㄕㄢ
位於'陝西省'東部,'潼關'的西南方。高2,200公尺。是我國五嶽之一,稱「西嶽」。

6【華年】 ㄏㄨㄚˊ ㄋㄧㄢˊ
少年;青春年少。

7【華沙】 ㄏㄨㄚˊ ㄕㄚ
(Warsaw)'波蘭'首都及經濟、文化、交通中心。位於'維斯杜拉河'(Vistula R.)中游。爲'歐洲'水、陸、空交通樞紐之一。有鋼鐵、機械、汽車、電機、藥品、化學和紡織等工業。人口169萬(2004年)。

【華佗】 ㄏㄨㄚˊ ㄊㄨㄛˊ
(?~208)'東漢''沛國''譙'('安徽''亳縣')人,字'元化'。精通方藥、內、外、兒、婦科和針灸麻醉術;並創五禽戲,教人以健身除病。以忤'曹操',下獄被殺。

9【華胄】 ㄏㄨㄚˊ ㄓㄡˋ
1貴族子孫。2指'華夏'民族的後裔。

10【華夏】 ㄏㄨㄚˊ ㄒㄧㄚˋ
'中國'的古稱。

11【華埠】 ㄏㄨㄚˊ ㄅㄨˋ
'華'僑在海外聚集的地方。也稱'中國'城。

12【華陽】 一 ㄏㄨㄚˋ ㄧㄤˊ
1古地名。故址在今'陝西省''商縣'境內。2複姓。'秦''華陽君''華戎'的後裔。見"通志·氏族略三"。
二 ㄏㄨㄚˊ ㄧㄤˊ
1山名。在'安徽省'東部,'黃山'東北走向者爲'華陽山'。2縣名。在'四川省''成都市'西南。

13【華裔】 ㄏㄨㄚˊ ㄧˋ
1我國荒遠的邊疆地帶。2旅居國外,且取得他國國籍的'中國'人後代。

14【華實】 一 ㄏㄨㄚ ㄕˊ
花與果實。常指作品中優美的文字與充實的內容。
二 ㄏㄨㄚˊ ㄕˊ
華麗與樸實。

【華蓋】 ㄏㄨㄚˊ ㄍㄞˋ
1華麗的傘蓋。2道教語。指眉毛。

【華僑】 ㄏㄨㄚˊ ㄑㄧㄠˊ
寄居在外國的'中國'人。

15【華誕】 ㄏㄨㄚˊ ㄉㄢˋ
1虛浮而不實在。2尊稱他人的生日。

【華髮】 ㄏㄨㄚˊ ㄈㄚˇ
1斑白的頭髮。2指老人。

10【華格納】 ㄏㄨㄚˊ ㄍㄜˊ ㄋㄚˋ
1 (Rudolf Wagner, 1805~1864)'德國'生理學家。西元1835

年發現人類卵細胞中的生發泡。1854年發表“關於人類之創造及精神之本質”(*Über Menschen-Schöpfung und Seelensubstanz*)一文,主張精神非自然科學所能判斷。②(Wilhelm Richard Wagner, 1813～1883)‘德國’音樂家、樂劇的創作者、浪漫派的集大成者。著有“飄泊的荷蘭人”(*Der fliegende Holländer*)、“紐倫堡的名歌手”(*Die Meistersinger von Nürnberg*)、“尼布龍根的指環”(*Der Ring des Nibelungen*)等樂劇。並著有“藝術與革命”(*Die Kunst und die Revolution*)、“歌劇與戲劇”(*Oper und Drama*)等論文。

華格納像

【華倫海】ㄏㄨㄚˊ ㄌㄨㄣˊ ㄏㄞˇ
(Gabriel Daniel Fahrenheit, 1686～1736)‘德國’物理學家,‘華’氏溫度計的發明人。溫度計中的液體,以前用酒精,西元1714年‘華’氏改用水銀。其一生大半的時間在‘荷蘭’度過,潛心研究物理及精密測量儀器的製造。

11【華盛頓】ㄏㄨㄚˊ ㄕㄥˋ ㄉㄨㄣˋ
(George Washington, 1732～1799)‘美國’開國者、第一任總統。領導‘美國’獨立戰爭獲得勝利,於西元1789年被選爲第一任總統,並連任一次。任內制衡了聯邦派與反聯邦派,外交上對‘法國’革命採取中立,與‘英’、‘西’締約復交,政績卓著。後‘美國’人以其姓氏爲首都名,以資紀念。

華盛頓像

14【華爾柏】ㄏㄨㄚˊ ㄦˇ ㄅㄛˊ
(Otto Heinrich Warburg, 1883～1970)‘德國’生物化學家。西元1906年獲化學學位,1911年獲醫學博士學位,1931年任剛成立的‘凱撒威廉研究所’所長,在其領導下,該研究所在生物化學界取得領導地位。1931年因對細胞呼吸功能的卓越貢獻,榮獲‘諾貝爾’醫學獎。

【華爾街】ㄏㄨㄚˊ ㄦˇ ㄐㄧㄝ
(Wall Street)‘美國’‘紐約市’‘曼哈頓區’的一條街。聚集許多著名的銀行、保險公司、證券交易所,是‘美國’金融、保險、證券的中心,同時也是世界最大的金融中心。

【華爾滋】ㄏㄨㄚˊ ㄦˇ ㄗ
(waltz)三拍子的圓舞曲。十八世紀發源於‘德國’的民間舞曲“蘭德拉”(*Ländler*),速度較慢。後‘維也納’編製的圓舞曲,速度則較快。以‘奧國’作曲家‘小約翰·史特勞斯’所作的圓舞曲,如“藍色多瑙河”、“維也納森林”等,最爲著名。

16【華興會】ㄏㄨㄚˊ ㄒㄧㄥ ㄏㄨㄟˋ
‘清’末革命團體之一。‘光緒’二十九年(1903)‘黃興’創立於‘湖南’‘長沙’,與‘秦毓鎏’分任正、副會長,重要會員有‘宋教仁’、‘陳天華’等。次年十月‘長沙’起義挫敗後,‘黃’、‘宋’等逃往‘日本’,在‘東京’創刊“二十世紀之支那”。三十一年與‘興中會’合併爲‘中國革命同盟會’。

20【華嚴經】ㄏㄨㄚˊ ㄧㄢˊ ㄐㄧㄥ
“大方廣佛華嚴經”的簡稱。‘東晉’時來‘華’的西土比丘‘佛馱跋陀羅’,初譯六十卷“華嚴”,共三十四品,四十九萬字,稱爲“晉經”,有‘智儼’、‘賢首’等造疏記。盛‘唐’西土沙門‘實叉難陀’再譯八十卷,共三十九品,五十三萬八千字,有‘慧苑’、‘清涼’爲之作疏記。中‘唐’‘德宗’‘建中’初來‘華’的‘般若’三譯四十卷,二十五萬字,爲縮譯本。據“探玄記”引‘西域’“眞諦三藏”傳說,此經是‘釋迦’成道後第一次所說法,義理最爲宏深。

3【華山廟碑】ㄏㄨㄚˋ ㄕㄢ ㄇㄧㄠˋ ㄅㄟ
‘漢’碑刻名。全名“西嶽華山廟碑”,簡稱“華山碑”。‘東漢’‘延熹’四年(161)‘袁逢’爲‘弘農’郡守,以‘華嶽’舊碑文字磨滅,乃按典籍原本重刻,立‘陝西省’‘華陰縣’‘西嶽廟’中,記帝王祭山修廟等事。碑末題有「郭香察書」,或以爲‘郭香察’所書,或以爲‘郭香’督察寫碑;據‘徐浩’“古迹記”之說,則爲‘蔡邕’所書。‘明’‘嘉靖’三十四年(1555)地震,碑毀。傳世的拓本有‘商丘’、‘四明’、‘山史’三種,以‘商丘’最早,文字齊全。

6【華而不實】ㄏㄨㄚˊ ㄦˊ ㄅㄨˋ ㄕˊ
開花而不結果。形容只有表面而沒有實際。

7【華肝吸蟲】ㄏㄨㄚˊ ㄍㄢ ㄒㄧ ㄔㄨㄥˊ
(*Clonorchis sinensis*)屬扁形動物門、吸蟲綱。寄生於人的輸膽管中,會引起黃疸、腹水等症狀。卵隨寄主糞便排出,在水中孵化爲纖毛幼蟲,進入淡水中某種特定的螺體內,發育爲孢囊幼蟲(sporocyst)、雷迪幼蟲(redia),再由雷迪幼蟲產生搖尾幼蟲,乃離開螺體,至淡水中某些小型魚類(如鱒魚)的體內,形成後搖尾幼蟲,人若誤食,便在輸膽管中發育爲成體。成體前端口的周圍有口吸盤,腹面中央線上靠近前端處有腹吸盤,利用該兩個吸盤吸著在寄主的輸膽管內壁。

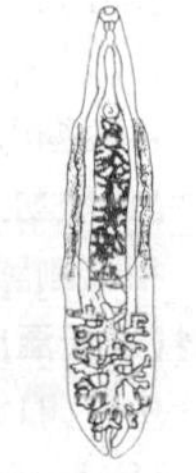
華肝吸蟲圖

【華佗再世】ㄏㄨㄚˋ ㄊㄨㄛˊ ㄗㄞˋ ㄕˋ
稱讚人醫術高妙。

9【華亭鶴唳】ㄏㄨㄚˊ ㄊㄧㄥˊ ㄏㄜˋ ㄌㄧˋ
指臨死前思念平生的事物。‘晉’‘陸機’於‘吳’亡入‘洛’以前,與弟‘雲’常共遊‘華亭’別墅;後受人中傷而被殺，臨刑感歎不得再聞'華亭'鶴唳。見"晉書·陸機傳"。

【華屋山丘】 ㄏㄨㄚˊ ㄨ ㄕㄢ ㄑㄧㄡ
生居華美大屋，死歸丘墓。形容人生短促，富貴者終亦死亡。

10【華茲華斯】 ㄏㄨㄚˊ ㄗ ㄏㄨㄚˊ ㄙ
(William Wordsworth, 1770～1850)'英國'浪漫派詩人。作品多描寫自然，富沈思。西元1843年被封爲桂冠詩人。曾與'科律芝'(Samuel Taylor Coleridge)合著"抒情詩歌集"(*Lyrical Ballads*)，其第二版的序文被奉爲浪漫主義的美學宣言。代表作有"旅遊"(*The Excursion*)、"前奏曲"(*The Prelude*)等。

12【華陽國志】 ㄏㄨㄚˊ ㄧㄤˊ ㄍㄨㄛˊ ㄓˋ
'東晉''常璩'撰，十二卷，附錄一卷。記述遠古至'東晉''永和'三年(347)間'巴'、'蜀'的歷史、地理、風俗。爲研究我國西南區域歷史的重要參考資料。

16【華燈初上】 ㄏㄨㄚˊ ㄉㄥ ㄔㄨ ㄕㄤˋ
指天剛黑的時候。

4【華氏溫度計】 ㄏㄨㄚˊ ㄕˋ ㄨㄣ ㄉㄨˋ ㄐㄧˋ
(Fahrenheit's thermometer) 以'德國'物理學家'華倫海'所發明的溫度標刻法所標刻的溫度計。以32°爲冰點，212°爲沸點，中間等分80°而成。其測得的溫度略記爲°F。'華'氏與'攝'氏溫度的換算公式爲：$°F=\frac{9}{5}°C+32$。

8【華拉斯法則】 ㄏㄨㄚˊ ㄌㄚ ㄙ ㄈㄚˇ ㄗㄜˊ
(Walras' law) 認爲在n種產品模型中，只要其中$n-1$個產品的市場達於均衡，則第n個產品市場必亦達於均衡。

11【華盛頓特區】 ㄏㄨㄚˊ ㄕㄥˋ ㄉㄨㄣˋ ㄊㄜˋ ㄑㄩ
(Washington, D. C.) '美國'首都、教育中心、科學研究重鎮及國際政治領導中心。位於東部'波多馬克河'(Potomac R.)航運起點的東岸。觀光業盛。

【華盛頓會議】 ㄏㄨㄚˊ ㄕㄥˋ ㄉㄨㄣˋ ㄏㄨㄟˋ ㄧˋ
西元1921年11月至1922年2月，'美國'總統'哈定'(W. G. Harding)，邀請'英'、'法'、'義'、'日'、'中'、'比'、'荷'、'葡'等國參加所舉行的會議。討論限制軍備及'太平洋'與遠東問題，期能約束'日本'，補救'巴黎和會'的不當處置。會中通過由我國代表團所提出，而由'美國'代表'羅脫'(E. Root)歸納而成的⌊羅脫原則⌉，內容爲：一、尊重我國主權與獨立，以及領土與行政的完整；二、給予我國完全無礙的機會，期發展並維持一有力而穩定的政府；三、施用各國權力，保障在'華'商務、實業的機會均等；四、不得利用我國現狀，取得特別權利，致減少友邦權利，並不得獎許有妨友邦安全的舉動。該項原則後納入"九國公約"的第一條。會議期間並簽訂四項國際條約：一、'英'、'美'、'法'、'日'四國公約：互相尊重'太平洋'區域主權，取消'英'、'日'同盟；二、'英'、'美'、'日'、'法'、'義'五國海軍條約：規定主力艦比率，'英'、'美'與'日'爲五比三；三、'英'、'美'、'法'、'義'、'日'、'中'、'荷'、'比'、'葡'九國公約：在尊重我國領土主權完整的前提下，各國謀門戶開放、機會均等的發展；四、九國代表簽訂關稅條約。此外，'中'、'日'兩國經由會外解決'山東'懸案問題獲得協議，由我國收回'膠州灣'及海關權，'膠濟鐵路'於十五年內分期付款贖回，沿線'日'軍定期撤退，'濟順'、'高徐鐵路'借款權讓與國際銀行團。

7【華沙公約組織】 ㄏㄨㄚˊ ㄕㄚ ㄍㄨㄥ ㄩㄝ ㄗㄨˇ ㄓ
(Warsaw Treaty Organization; WTO)西元1955年5月14日，'蘇俄'、'保加利亞'、'匈牙利'、'羅馬尼亞'、'東德'、'捷克'、'波蘭'等國依據在'莫斯科'簽訂的一項友好合作互助條約而成立。該條約規定各締約國間對被攻擊之國家應使用包括武力在內之援助，以保障'歐洲'地區之安全。該組織因與'北大西洋公約組織'(NATO)互相抗衡，故又稱⌊赤色的北約⌉(Red NATO)。

10【華特森特性因素】 ㄏㄨㄚˊ ㄊㄜˋ ㄙㄣ ㄊㄜˋ ㄒㄧㄥˋ ㄧㄣ ㄙㄨˋ
(Watson characteristic factor) 一種可用以表示原油特性之指標。其定義爲$\sqrt[3]{T_B}/S$，T_B表原油之平均分子沸點(°F)，S表60°F之比重。此值與原油之'美'制比重、黏度、平均分子量、碳氫百分數皆有關。

菫 ㄐㄧㄣˇ *chin*³ 音僅 又讀 ㄐㄧㄣˋ *chin*⁴ 音進
①一種野菜。花紫而味苦。見"說文通訓定聲"。②草名。生於田野，氣味酸溫。也稱蒴藋、灰藋。見"本草綱目·草部·蒴藋"。

菣 ㄑㄧㄣˋ *ch'in*⁴ 音沁
草名。即香蒿。也稱青蒿。見"說文"。

萅 春的本字。

莿 ㄘˋ *tz'ŭ*⁴ 音刺
①草木枝幹上所長的刺。見"玉篇"。②譏笑；諷刺。見"字彙補"。

著 或作著。俗作着。㊀ ㄓㄨˋ *chu*⁴ 音助
①顯露；顯明。如：顯著。②撰寫；寫作。如：著述。③作品。如：巨著。
㊁ ㄓㄨㄛˊ *cho*², *chuo*² 音酌
①塗抹。如：著色。②穿上。如：著衣。③用；動；把力量放在某一點上。如：著手。④處事的計策、方法。如：高著。⑤事情的歸宿、結果。如：著落。⑥接近；連接。如：不著邊際。⑦差使；命令。如：著他主

持。

三 ㄓㄠˊ chao²

①中;切實承受。如:猜著。②沉迷;陷入。如:著迷。③恰好;得當。

四 ㄓㄠ chao¹ 音朝

①受;感染。如:著涼。②發生。如:著急。③是;對。

五 ·ㄓㄜ ·chê

助詞。①表示動作或事態的持續。如:站著。②表示某種情形的程度。③表示命令或囑咐的語氣。如:記著!

4【著火】 ㄓㄠˊ ㄏㄨㄛˇ

起火燃燒。

【著手】 ㄓㄨㄛˊ ㄕㄡˇ

動手;開始做。

9【著急】 ㄓㄠ ㄐㄧˊ

焦急。

10【著迷】 ㄓㄠˊ ㄇㄧˊ

入迷;迷戀。

11【著眼】 ㄓㄠˊ ㄧㄢˇ

①注目;注視。②著重。

13【著意】 ㄓㄨㄛˊ ㄧˋ

注意;留意。

【著落】 ㄓㄨㄛˊ ·ㄌㄨㄛ

①事情的結果、歸結。②命令。

14【著實】 ㄓㄨㄛˊ ㄕˊ

實在;切實。

【著稱】 ㄓㄨˋ ㄔㄥ

著名。

6【著先鞭】 ㄓㄨㄛˊ ㄒㄧㄢ ㄅㄧㄢ

搶先一步。

【著色劑】 ㄓㄨㄛˊ ㄙㄜˋ ㄐㄧˋ

(coloring agent)食品添加物的一種。一般天然食品在調理、加工時,常有變色、褪色等現象,爲改善此缺點,常添加著色劑以增加美觀,提高吸引力。有來自天然動物、植物、礦物及人工合成二種。

7【著作權】 ㄓㄨˋ ㄗㄨㄛˋ ㄑㄩㄢˊ

(copyright)與專利權、商標權等同爲無體財產權之重要內容。依"著作權法"之規定,凡"著作權法"第四條第一項所列舉之文字著述、語言著述……等十七種著作,著作人於著作完成時享有著作權。著作權人依著作性質除得專有重製、公開口述、公開播送、公開上映、公開演奏、公開展示、編輯、翻譯、出租等權利外,並得專有改作之權。著作權因係精神作用之創作物,故具有類似人格權之性質。但現代各國法律多重視經濟利益,不以著作權爲專屬權,承認其爲財產權,得爲讓與或繼承之標的。爲保障著作權,凡擅自重製、仿製他人著作,或以其他方法侵害他人之著作權,或銷售、出租或意圖銷售、出租而陳列、持有該等物品,均受輕重不等之刑事處罰及負擔民事損害賠償之責任。

4【著手成春】 ㄓㄨㄛˊ ㄕㄡˇ ㄔㄥˊ ㄔㄨㄣ

①形容作詩用字遣詞的高妙。②稱讚醫生醫術精良,指一著手就能使人病癒,如草木回春。也作著手回春。

7【著作等身】 ㄓㄨˋ ㄗㄨㄛˋ ㄉㄥˇ ㄕㄣ

著作與其身高相等。形容著作很多。

【著作發明審查】 ㄓㄨˋ ㄗㄨㄛˋ ㄈㄚ ㄇㄧㄥˊ ㄕㄣˇ ㄔㄚˊ

考試方式之一。由主試者審查應試者之專門性的學術著作(通常須近期內出版及一定字數以上)或發明(須具有關發明之憑證、圖式、樣品或模型),並評定其成績。

菱 ㄌㄧㄥˊ ling² 音陵

(waternut;water chestnut;*Trapa*)也作蔆。爲菱科(Trapaceae)植物唯一的一屬。一年生水生草本。莖細長,近下部處長根;葉有兩型,沈浸葉細裂,漂浮葉卵狀菱形,葉柄中部膨脹成海綿質氣囊;花單生於浮葉葉腋;堅果熟時不開裂,具2~4角,生於池塘、水流緩慢之江河。果實富含澱粉,供食用。

菱圖

7【菱角】 ㄌㄧㄥˊ ·ㄐㄧㄠ

菱的果實。兩端有尖角,故名。

8【菱花鏡】 ㄌㄧㄥˊ ㄏㄨㄚ ㄐㄧㄥˋ

六角形或背面刻有菱花的銅鏡。

萁 一 ㄑㄧˊ ch'i² 音其

①豆莖。見"說文"。②野菜名。似蕨。見"廣韻"。

二 ㄍㄞ kai¹ 音該

木名。見"字彙補"。

三 ㄐㄧ chi¹ 音基

草名。似荻草,較細。見"字彙補"。

菆 一 ㄗㄡ tsou¹ 音鄒

①去掉外皮的麻稈。即麻蒸。也稱麻稭。見"說文"。②泛指植物的莖。③上好的箭。見"正字通"。

二 ㄘㄨㄥˊ ts'ung² 音叢

草叢生的樣子。見"集韻"。

菈 ㄌㄚ la¹ 音拉

參菈藗。

18【菈藗】 ㄌㄚ ㄊㄚˋ

即蘿蔔。

菥 ㄒㄧ hsi¹ 音析

參菥蓂。

14【菥蓂】 ㄒㄧ ㄇㄧㄥˊ

一種植物。即大薺。也作析蓂。見"本草綱目·菜部·菥蓂"。

菘 ㄙㄨㄥ sung¹ 音松

一種蔬菜。生於'江'南,與'江'北之蔓菁相似而異。長於秋末的稱晚菘,即今之白菜。見"正字通"。

菝 ㄅㄚˊ pa² 音拔

參菝葀。

13【菝葀】 ㄅㄚˊ ㄍㄨㄚ

①一種瑞草。見"集韻"。②薄荷的別名。見"正字通"。

【菝葜】 ㄅㄚˊ ㄑㄧㄚˋ

(*Smilax China*)攀援灌木。莖與枝疏生刺;葉寬卵形,下面有時具粉霜;具狹鞘,有卷鬚;花單性,異株，黃綠色，成繖形花序於嫩枝上；漿果球形，熟時紅色。根狀莖富含澱粉，可入藥，有醫治關節炎、利尿及發汗之效。

菝葜圖

萢 ㄅㄠˋ pao⁴ 音抱
1鳥類孵卵。見“集韻”。2覆蓋。見“古今韻會舉要”。

萊 ㄌㄞˊ lai² 音來
1草名。葉香可食。見“字彙”。2郊外休耕的田。見“正字通”。3荒蕪多雜草。如：草萊。4除草。5姓。‘漢’有‘萊章’。見“萬姓統譜·一七”。

12【萊菔】 ㄌㄞˊ ㄈㄨˊ
蘿蔔的別名。見“本草綱目·菜部·萊菔”。

6【萊因河】 ㄌㄞˊ ㄧㄣ ㄏㄜˊ
(Rhine R.)‘歐洲’航運最盛的河川。源於‘瑞士’南境‘阿爾卑斯山’，東流折向西北，經‘列支敦斯登’、‘奧地利’、‘德國’、‘法國’，於‘荷蘭’‘鹿特丹’注入‘北海’。全長1，320公里，流域面積22.4萬方公里。上游建有水力發電廠，中、下游工業城密布，‘波昂’以下航運最盛。貨運量居世界各河首位。

5【萊布尼茲】 ㄌㄞˊ ㄅㄨˋ ㄋㄧˊ ㄗ
(Gottfried Wilhelm Leibniz, 1646～1716)‘德國’數學家、哲學家。在數學上確立了微分算法，史家公認其與‘牛頓’個別發明了微積分。哲學上主張神祕的唯心主義，爲理性主義者，反對‘洛克’的經驗主義，創「預定協調說」(pre-established harmony)。主要著作有“辨神論”(*Essais de théodicée*)、“人類悟性新論”(*Nouveaux essais sur l'entendement humain*)、“單子論”(*Monadologia*)等。

萊布尼茲像

10【萊特兄弟】 ㄌㄞˊ ㄊㄜˋ ㄒㄩㄥ ㄉㄧˋ
(Wilbur Wright, 1867～1912; Orville Wright, 1871～1948)‘美國’飛機發明家。兄弟二人起初從事腳踏車的設計製造與銷售，西元1902年合作製造出第一架滑翔機，而於1903年完成人類第一架實際飛行的動力飛機。

萊特兄弟像
(左：Orville 右：Wilbur)

5【萊布尼茲定理】 ㄌㄞˊ ㄅㄨˋ ㄋㄧˊ ㄗ ㄉㄧㄥˋ ㄌㄧˇ
(Leibniz theorem) 即函數乘積的 n 階導數的公式：$D^n(f\cdot g)=\sum_{k=0}^{n}C_k^n D^{n-k}f\cdot D^k g$，此處 $C_k^n=\frac{n!}{k!(n-k)!}$。

菿 ㄉㄠˋ tao⁴ 音到
1草長得很高大。見“說文”。2大。見“爾雅·釋詁”。

菡 ㄏㄢˋ han⁴ 音憾
參菡萏。

12【菡萏】 ㄏㄢˋ ㄉㄢˋ
荷花。

萘 ㄋㄞˋ nai⁴ 音奈
(naphthalene) 俗稱蕉油腦。是一種具揮發性、有特殊臭味、不溶於水的白色片狀結晶。分子式 $C_{10}H_8$，熔點80.2°C。可由石油和煤溚中製取。供製造染料，或製成萘丸，用作殺菌劑與防腐劑。

菴 ㊀ ㄢ an¹ 音庵
1草屋。通庵。2小寺廟。指尼姑居住的地方。如：菴堂。
㊁ ㄢˋ an⁴ 音暗
參菴藺。

8【菴舍】 ㄢ ㄕㄜˋ
搭建於墓旁以守喪的草屋。

19【菴廬】 ㄢ ㄌㄨˊ
茅草屋。

【菴藺】 ㄢˋ ㄌㄩˊ
(*Artemisia keiskeana*) 多年生草本。莖成叢而生。葉由下而上變化多端，倒卵形，羽狀淺裂至橢圓形；下表面有絹毛。頭狀花序多數排成略展開的圓錐花序；總苞球形，苞片3～4層，花黃色。分布於我國東北、‘韓國’及‘日本’。

菴藺圖

菹 葅的或體。

菰 ㄍㄨ ku¹ 音孤
1(wild rice; *Zizania latifolia*) 多年生挺水草本。有肥厚根狀莖；葉身扁平；圓錐花序大，頂生；小穗單性，雌性位花序上部，圓柱形。莖由黑粉菌(*Ustilago esculenta*)寄生後變肥大，即茭白筍，可作蔬菜。我國廣泛栽培。2菌類植物。通菇。見“本草綱目·菜部·土菌”。

菰圖

6【菰米】 ㄍㄨ ㄇㄧˇ
菰所結的種子。也作苽米。色白而滑，可食。

菉 ㄌㄩˋ lü⁴ 音律 讀音 ㄌㄨˋ lu⁴ 音錄
1草名。即王芻。葉如竹，花深碧色，可做染料。也稱菉蓐、鴟腳沙。見“爾雅·釋草·菉王芻·義疏”。2綠色。通綠。

菽 ㄕㄨˊ shu² 音叔
豆類的總稱。本作尗。如：

啜菽飲水。

4【菽水之養】 ㄕㄨˊ ㄕㄨㄟˇ ㄓ ㄧㄤˋ
以豆和清水孝養雙親。謙稱自己對父母的奉養十分簡陋。

【菽水承歡】 ㄕㄨˊ ㄕㄨㄟˇ ㄔㄥˊ ㄏㄨㄢ
形容家境雖貧困但能克盡孝道。

菵 ㄨㄤˇ wang^{3} 音往
草名。也作莣、罔。①生水中,苗似小麥而小。見"爾雅翼·釋草·稗"。②即莽草。有毒。傳說人食後會產生迷惘症狀。見"正字通"。

菎 ㊀ ㄎㄨㄣ k'un^{1} 音昆
香草名。也作蘔。見"玉篇"。
㊁ ㄍㄨㄣˇ kun^{3} 音滾
草名。即蓍。見"廣雅·釋草"。

菓 ㄍㄨㄛˇ ko^{3}, kuo^{3} 音果
草木結的果實。果的俗體。見"集韻"。

菋 ㄨㄟˋ wei^{4} 音味
草名。即荎藸。又稱五味。可入藥。也作莯。見"爾雅·釋草·菋荎藸·義疏"。

萈 ㄏㄨㄢˊ huan^{2} 音桓
細角的山羊。見"說文"。

菖 ㄔㄤ ch'ang^{1} 音昌
草名。菖蒲的簡稱。

14【菖蒲】 ㄔㄤ ㄆㄨˊ
草本植物。有數種:生於池澤,根肥,高二、三尺的,稱白菖;生於溪澗,根瘦,高二、三尺的,稱水菖蒲;生於水石之間,根瘦節密,高尺餘的,稱石菖蒲。見"本草綱目·草部·菖蒲"。

萌 ㄇㄥˊ mêng^{2} 音盟
①草木的芽。也指草木發芽。②泛指事情的開端或預兆。如:杜漸防萌。③發生。如:災禍不萌。④人民。通氓。⑤姓。五代有'萌慮'。見"萬姓統譜·五四"。

5【萌生】 ㄇㄥˊ ㄕㄥ
發生;產生。

6【萌兆】 ㄇㄥˊ ㄓㄠˋ
預兆;徵兆。即事情發生前的跡象。

8【萌芽】 ㄇㄥˊ ㄧㄚˊ
①發芽。②比喻事情的開端。

11【萌動】 ㄇㄥˊ ㄉㄨㄥˋ
①發芽生長。②比喻事機發動。

12【萌發】 ㄇㄥˊ ㄈㄚ
①(germination)種子內的胚開始發育,稱爲萌發。種子萌發受水分、溫度和氧三種因素的影響。②意念、動機的產生或事物的開端。

21【萌櫱】 ㄇㄥˊ ㄋㄧㄝˋ
①新芽。②比喻微小的事物。

8【萌芽造林】 ㄇㄥˊ ㄧㄚˊ ㄗㄠˋ ㄌㄧㄣˊ
天然造林法之一。又稱萌芽更新。即先行伐採林木的樹幹或枝條,樹體由於伐採及刺激作用,而於切口處附近發生萌芽,由此而建成新林。由伐採的部位可分爲矮林、頭木及截枝造林等法。

菌 ㄐㄩㄣˋ chün^{4} 音郡
(germ; bacteria; fungus)爲細菌或菌類的簡稱。依近代分類學觀點,兩者有極大差別。細菌的細胞不具眞正的核,屬於原核類(Prokaryote),通常由外形可分爲球菌、桿菌和螺旋菌。至於菌類因細胞具眞正的核而歸於眞核類(Eukaryote),一般再分兩大類:一是兼具動植物特性的黏菌類,二是種類多而富變化的眞菌類。

12【菌絲】 ㄐㄩㄣˋ ㄙ
(hyphae)構成眞菌類個體的基本構造。呈絲狀,故稱。

13【菌解】 ㄐㄩㄣˋ ㄐㄧㄝˇ
(biodegradability)藉著細菌與自然環境因素將化合物分解。常指清潔劑或殺蟲劑之菌解。

19【菌類】 ㄐㄩㄣˋ ㄌㄟˋ
(fungus)包括黏菌和眞菌。不含葉綠素,故不能行光合作用。其中黏菌兼有動物和植物的特徵;眞菌行有性生殖時,雌雄配子藉菌絲的延伸而結合,無需以水分爲媒介,故能生活於乾燥的地方。

菜 ㄘㄞˋ ts'ai^{4} 音蔡
①蔬類植物的總稱。見"說文"。②泛指一切肴饌。如:酒菜。③素食。'閩''臺'一帶稱吃素爲吃菜。

6【菜色】 ㄘㄞˋ ㄙㄜˋ
指營養不良的臉色。

10【菜圃】 ㄘㄞˋ ㄆㄨˇ
菜園。

【菜根譚】 ㄘㄞˋ ㄍㄣ ㄊㄢˊ
'明''洪自誠'撰,分上、下集。上集二百二十五章,下集一百三十五章。採語錄形式,闡述儒道佛三家的思想,平易雋永,耐人尋味。

菑 ㊀ ㄗ tzŭ^{1} 音滋
①荒蕪的田地。見"說文"。②開墾一年的田地。見"爾雅·釋地"。③芟除草木,埋入土中。④姓。'東漢'有'菑莊'。見"通志·氏族略三"。
㊂ ㄗㄞ tsai^{1} 音災
災害。通災。見"正字通"。

菇 ㄍㄨ ku^{1} 音姑
(mushroom)泛指擔子菌門(Basidiomycota)中的蕈類或菇類,特別是可食的種類。也作菰。如草菇(Chinese mushroom; *Volvaria volvaceae*),以及松茸(pine mushroom; *Tricholoma matsutake*)等。

菲 ㊀ ㄈㄟˇ fei^{3} 音翡
①一種蔬菜。即芴。也稱葸菜或土瓜。見"字彙"。②微薄。如:菲薄。
㊁ ㄈㄟ fei^{1} 音非
草花香氣洋溢。如:芳菲。
㊂ ㄈㄟˋ fei^{4} 音費
草鞋。通屝。見"字彙補"。

15【菲儀】 ㄈㄟˇ ㄧˊ
微薄的禮物。爲送禮的謙辭。

17【菲薄】 ㄈㄟˇ ㄅㄛˊ
①微薄。②鄙賤;不自重。③節儉。

9【菲律賓】 ㄈㄟ ㄌㄩˋ ㄅㄧㄣ
(Philippines)位於'南海'與'太平

洋'間的群島國。大小島嶼共7,107個，以'呂宋島'、'民答那峨島'（Mindanao Is.）最大。西化頗深。面積30萬方公里，人口8,786萬（2005年），首都'馬尼拉'。山多平原少，多地震、颱風。屬熱帶季風氣候。以稻米、玉米為主食，甘蔗、菸草、椰子及'馬尼拉'麻為四大經濟作物。椰乾、椰油輸出居世界首位。

14【菲爾多西】 ㄈㄟ ㄦˇ ㄉㄨㄛ ㄒㄧ

(Firdousi; Firdawsī; Ferdowsī, 935?～1020?) 本名爲 Abū ol-Qāsem Manṣūr,'波斯'詩人。以三十餘年時間完成偉大史詩"帝王之書"（*Shāhnāmeh*），內容記述'塔吉克'人從古代到'阿拉伯'人侵入'波斯'和'中亞細亞'時期的歷史，兼具歷史和文學價值。

2【菲力普斯曲線】 ㄈㄟ ㄌㄧˋ ㄆㄨˇ ㄙ ㄑㄩ ㄒㄧㄢˋ

(Phillips curve) 一條表示失業率與通貨膨脹率之間相互抵換關係的曲線。通常是一條負斜率的曲線，表示降低失業率與維持物價穩定無法同時兼得；要降低失業率，必須付出通貨膨脹率提高的代價；要降低通貨膨脹率，必須付出失業率提高的代價。圖中縱軸表示物價上漲率，橫軸表示失業率，*PP*曲線即是'菲力普斯'曲線。

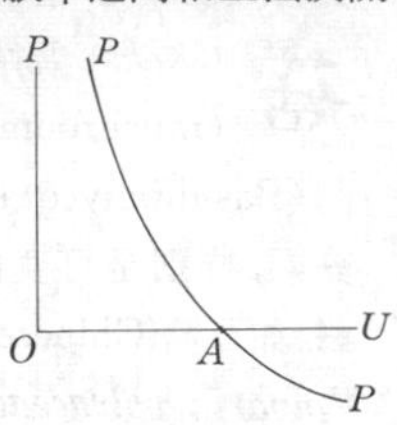

菲力普斯曲線圖

萉 ㊀ ㄈㄟˋ *fei*⁴ 音狒
麻子；麻實。見"說文"。
㊁ ㄈㄟˊ *fei*² 音肥
迴避；躲避。見"集韻"。
㊂ ㄅㄛˊ *po*² 音伯
也作菔。參蘆菔。

菊 ㄐㄩˊ *chü*² 音鞠
(Florist's chrysanthemum; mum; *Chrysanthemum* × *morifolium*) 多年生草本。莖直立，基部常木質化。葉厚，有香味，披針形至卵形，具裂片，全緣至粗鋸齒。頭狀花序變化頗大，舌狀花白色、粉紅色、黃色或紫色等。可能原產於我國，目前已無野生類型，均爲人工雜交（學名中×表示雜交）生產的栽培品種，瘦果不發育，靠分根或嫁接法繁殖。

菊圖

4【菊月】 ㄐㄩˊ ㄩㄝˋ
指農曆九月。此月菊花盛開，故名。

萞 蓖的或體。

菔 ㊀ ㄅㄛˊ *po*² 音伯
參蘆菔。
㊁ ㄈㄨˊ *fu*² 音服
參萊菔。

萎 ㊀ ㄨㄟ *wei*¹ 音威
[1]草木枯死。"見集韻"。[2]衰病；亡故。如：哲人其萎。
㊁ ㄨㄟˇ *wei*³ 音偉
一種藥草。葉似竹，根大如指，可食。見"字彙"。

12【萎腇】 ㄨㄟ ㄋㄟˇ
軟弱的樣子。

17【萎謝】 ㄨㄟ ㄒㄧㄝˋ
枯萎凋謝。

【萎縮】 ㄨㄟ ㄙㄨㄛ
[1]縮小、減退或衰弱。[2]（atrophy）指細胞組織、器官的容積減少。與肥大相反。形成原因有：一、廢用：如骨折後包石膏過久所致的肌肉萎縮；二、神經受損：肌肉麻痺之細胞萎縮；三、飢餓過久，招致器官萎縮；四、壓迫：如動脈瘤壓迫器官致萎縮；五、高年所致的生理萎縮。

19【萎靡】 ㄨㄟ ㄇㄧˊ
衰敗；不振作。

萟 藝的俗體。

菞 ㄌㄧˊ *li*² 音黎
百姓。同黎。見"正字通"。

萄 ㄊㄠˊ *t'ao*² 音桃
草名。見"說文"。

菟 ㊀ ㄊㄨˋ *t'u*⁴ 音兔
參菟絲。
㊁ ㄊㄨˊ *t'u*² 音徒
參於菟。

12【菟絲】 ㄊㄨˋ ㄙ
(*Cuscuta chinensis*) 爲寄生於其他植物的蔓性草本植物。和牽牛花同爲旋花科（Convolvulaceae)。莖多汁。表面常帶淡紫色或棕色斑，不具葉，而以逆時針方向纏捲寄主，由吸器可穿入寄主體內藉以吸其養分；花小，白色；果熟時會開裂；其種子可入藥，稱菟絲子。

菟絲圖

萏 ㄉㄢˋ *tan*⁴ 音淡
參菡萏。

萑 ㊀ ㄓㄨㄟ *chui*¹ 音錐
[1]草長得茂盛的樣子。見"說文"。[2]木名。似桂。見"集韻"。[3]草名。即益母草。又名蓷葉。見"字彙"。
㊁ ㄏㄨㄢˊ *huan*² 音還
細葦。見"字彙"。

15【萑蘆】 ㄓㄨㄟ ㄏㄨˋ
色彩明豔的樣子。

萸 ㄩˊ *yü*² 音魚
參茱萸。

萆 ㊀ ㄅㄧˋ *pi*⁴ 音避
[1]蓑衣。見"說文"。[2]隱蔽。通蔽。見"正字通"。
㊁ ㄅㄟ *pei*¹ 音卑
草名。蒿類。見"集韻"。

莚 ㄧㄢˊ *yen*² 音延
[1]草名。見"集韻"。[2]蔓延不斷的樣子。見"玉篇"。

菂 ㄉㄧ ti^1 音低
蓮子。見"集韻"。

荃 ㄑㄧㄣ ch'in^1 音欽
草名。似蒿。見"廣韻"。

莀 ㄌㄧˋ li^4 音力
草名。可用以染流黃。見"說文"。

菕 ㄌㄨㄣˊ lun^2 音侖
木名。見"管子·地員·其木宜蚖菕與杜松·注"。

菺 ㄐㄧㄢ chien^1 音肩
草名。即戎葵。也稱蜀葵。花如木槿。見"爾雅·釋草·菺戎葵·注"。

9

萱 ㄒㄩㄢ hsüan^1 音宣
(orange day lily; *Hemerocallis fulva*) 多年生草本。靠根狀莖繁衍成叢;塊根肥大。葉基生,左右兩列。花無香味,金黃或橘紅色,花被合生成筒;蒴果矩圓形。我國各地均有栽培,根可作解熱利尿藥。

萱圖

10【萱草】ㄒㄩㄢ ㄘㄠˇ
即金針菜、忘憂草。

11【萱堂】ㄒㄩㄢ ㄊㄤˊ
指母親的居室。也指母親。

葖 ㄊㄨˊ t'u^2 音突
蘿蔔。見"爾雅·釋草"。

荓 ㄆㄧㄥˊ p'ing^2 音瓶
或作蓱。水草名。無根,浮水而生。也作苹。見"說文"。

葓
葒的或體。

萿 ㄎㄨㄛˋ k'o^4, k'uo^4 音廓
草名。即麋舌草。春生,葉似舌。見"正字通"。

落 ㊀ ㄌㄨㄛˋ lo^4, luo^4 音洛
[1]下墜;下降。如:水落石出。[2]剝去;除去。如:落髮。[3]衰敗。如:家道中落。[4]死亡。如:先帝殂落。[5]人所聚居的地方。如:村落。[6]停留。如:落腳。[7]歸屬;得到。[8]姓。'漢'有'落下閎'。見"通志·氏族略二"。

㊁ ㄌㄠˋ lao^4 音澇 又讀 ㄌㄜˋ lê^4 音樂
[1]同㊀[1]。[2]得到。如:落不是。[3]剩餘。如:落了幾百元。

㊂ ㄌㄚˋ la^4 音辣
[1]遺漏。[2]落後。

3【落子】㊀ ㄌㄨㄛˋ ㄗˇ
下棋子。
㊁ ㄌㄠˋ ˙ㄗ
地方曲藝名。即蓮花落。相傳出於'遼寧',故有'奉天'落子之稱。

6【落成】ㄌㄨㄛˋ ㄔㄥˊ
始成。多指房屋建造完成。

【落伍】ㄌㄨㄛˋ ㄨˇ
[1]行動緩慢,跟不上隊伍。[2]跟不上時代潮流。

7【落坐】ㄌㄨㄛˋ ㄗㄨㄛˋ
坐下。

8【落拓】ㄌㄨㄛˋ ㄊㄨㄛˋ
通落托、落泊。[1]放浪不拘。[2]困窮失意。

【落果】ㄌㄨㄛˋ ㄍㄨㄛˇ
果梗基部與結果枝間發生離層。有因病蟲爲害、藥害、風害而發生,亦有生理性的落果。

9【落英】ㄌㄨㄛˋ ㄧㄥ
[1]落花。[2]剛開的花。

10【落差】ㄌㄨㄛˋ ㄔㄚ
(fall of level) 河川上下二地點間,水面的高度差。落差的大小,與河床坡度密切相關;大體落差大者,河床坡度陡,落差小者,河床坡度小。

【落草】ㄌㄨㄛˋ ㄘㄠˇ
到山林中爲盜賊或謀反。

11【落第】ㄌㄨㄛˋ ㄉㄧˋ
古時科舉考試沒有上榜。今指考試沒有被錄取。

12【落款】ㄌㄨㄛˋ ㄎㄨㄢˇ
在書畫上題寫姓名年月或詩句跋語。

【落單】ㄌㄨㄛˋ ㄉㄢ
單獨落在人後;單獨無伴。

13【落腳】ㄌㄨㄛˋ ㄐㄧㄠˇ
棲身;生活。

14【落實】ㄌㄨㄛˋ ㄕˊ
[1]掉落的果實。[2]實在;踏實。[3]將理論運用到實際。

【落塵】ㄌㄨㄛˋ ㄔㄣˊ
[1](dust)粒徑在10微米以上,能因重力而逐漸落下的物質。如自然界的火山爆發及人爲的營建工程等均會產生。[2](fallout)因原子彈爆炸或核子裝置的意外所產生的輻射性塵埃,經漂浮於空中一段時間後,再落到地面的輻射塵。

【落幕】ㄌㄨㄛˋ ㄇㄨˋ
表演完畢後,放下舞臺布幕。比喻事情結束。

【落網】ㄌㄨㄛˋ ㄨㄤˇ
魚鳥落入漁網中。比喻罪犯被捕獲。

15【落潮】ㄌㄨㄛˋ ㄔㄠˊ
(ebb tide)或稱退潮。在高潮之後,海面降落達低潮的海水運動過程。與漲潮相對。落潮時,濱海之潮間帶會露出水面。

【落髮】ㄌㄨㄛˋ ㄈㄚˇ
剃光頭髮。指出家當和尚或尼姑。

【落魄】ㄌㄨㄛˋ ㄊㄨㄛˋ
困窮失意。

【落磐】ㄌㄨㄛˋ ㄆㄢˊ
隧道或礦坑中,上方的岩石失去支持而落下。落磐常造成礦坑災變。

17【落霞】ㄌㄨㄛˋ ㄒㄧㄚˊ
晚霞;日落時的雲霞。

19【落難】ㄌㄨㄛˋ ㄋㄢˋ
陷入災難。

20【落籍】ㄌㄨㄛˋ ㄐㄧˊ
[1]除去名籍。[2]在他鄉設籍居住。[3]指妓女從良。

4【落水狗】ㄌㄨㄛˋ ㄕㄨㄟˇ ㄍㄡˇ
比喻失勢或挫敗的人。

【落水頭】 ㄌㄨㄛˋ ㄕㄨㄟˇ ㄊㄡˊ
(basket strainer)裝設於落水管頂端，以金屬製成的多孔形濾罩。水由此導入，經濾罩及落水管而至下水道，可避免將雜物帶入管內，發生阻塞。

8【落花生】 ㄌㄨㄛˋ ㄏㄨㄚ ㄕㄥ
(peanut; *Arachis hypogaea* L.)又名花生、土豆、長生果。一年生草本。莖由根際分歧橫走，長約0.5公尺，葉互生，具長柄，偶數羽狀複葉，小葉僅2對，橢卵形，全緣，無柄，托葉先端尖長。夏秋間，腋生黃色蝶形花，萼筒伸長成花柄狀。果實在土中成熟。莢果橢圓形，果皮硬而厚，內藏1～3個種子。供食用及榨油。原產於'巴西'，我國廣爲栽植。

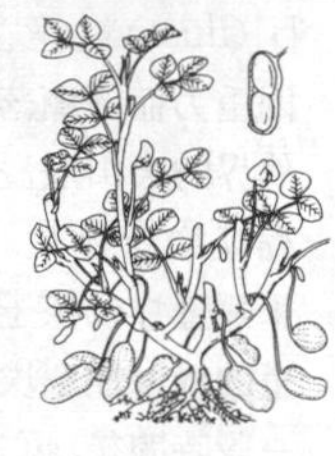
落花生圖

11【落梅風】 ㄌㄨㄛˋ ㄇㄟˊ ㄈㄥ
指農曆五月所吹的風。

12【落湯雞】 ㄌㄨㄛˋ ㄊㄤ ㄐㄧ
①比喻掉在水裡或全身被水淋溼的人。②指處境困難。

4【落井下石】 ㄌㄨㄛˋ ㄐㄧㄥˇ ㄒㄧㄚˋ ㄕˊ
比喻趁人危難時加以陷害。

6【落地簽證】 ㄌㄨㄛˋ ㄉㄧˋ ㄑㄧㄢ ㄓㄥˋ
(visa upon passengers' arrival)指駐在國際機場港口的移民機構就地爲旅客辦理簽證，准許其入境作短暫停留(通常二至三天)。

9【落後指標】 ㄌㄨㄛˋ ㄏㄡˋ ㄓˇ ㄅㄧㄠ
(lagging indicators) 總體經濟活動變化後所產生的時間數列。例如失業率、稅前公司利潤等。

【落後補償】 ㄌㄨㄛˋ ㄏㄡˋ ㄅㄨˇ ㄔㄤˊ
(lag compensation) 在運算放大器中用來作頻率響應補償的一種方法。利用一極點與一零點所組成的函數乘入電路的轉移函數，使零點與最低極點相互抵消，而將外加極點取代最低極點，且提高極點頻率，如此造成相位落後的方式，稱爲落後補償，又稱極點一零點補償。

13【落落大方】 ㄌㄨㄛˋ ㄌㄨㄛˋ ㄉㄚˋ ㄈㄤ
舉止自然，毫不拘束的樣子。

【落落寡合】 ㄌㄨㄛˋ ㄌㄨㄛˋ ㄍㄨㄚˇ ㄏㄜˊ
性情孤獨而很難與人合得來。

【落葉知秋】 ㄌㄨㄛˋ ㄧㄝˋ ㄓ ㄑㄧㄡ
比喻見到細微的徵兆，便能推知未來情勢的發展。

【落腮鬍子】 ㄌㄨㄛˋ ㄙㄞ ㄏㄨˊ ˙ㄗ
長滿兩頰的鬍子。即大鬍子。

17【落磯山脈】 ㄌㄨㄛˋ ㄐㄧ ㄕㄢ ㄇㄛˋ
(Rocky Mts.)'北美洲'西部的主體山脈。自'阿拉斯加'(Alaska)北部經'加拿大'、'美國'，南至'墨西哥'，略呈西北一東南走向。海拔2,000～3,000公尺，最高峰'麥京來峰'(Mckinley Mt.)高6,194公尺。山脈北段有高山冰河，爲'北美洲'重要河川的分水嶺；中、南段植物作垂直分布，自下而上爲草原、針葉林高山草地。除'美國'中部屬各自隆起的山體外，其他皆爲狹長而平行的小山脈，有盆地及高原分布其間，重要山口即成爲橫越大陸的主要交通孔道。山區富藏金屬和煤礦。

蒂 ㄉㄧˋ *ti*^{4} 音帝
同蔕。①花、果與枝幹相連的部分。見"說文通訓定聲"。②姓。'漢'有'蒂惲'。見"萬姓統譜·九六"。

葷 ㊀ ㄏㄨㄣ *hun*^{1} 音昏
①有辛臭氣味的蔬菜。如蒜、葱、韭等。見"爾雅翼·釋草·茖"。②肉食的俗稱。如：斷葷。
㊁ ㄒㄩㄣ *hsün*^{1} 音熏
參葷粥。

12【葷粥】 ㄒㄩㄣ ㄩˋ
'匈奴'的別名。也作'熏粥'、'獯鬻'、'熏鬻'。

葶 ㊀ ㄊㄧㄥˊ *t'ing*^{2} 音廷
參葶藶。
㊁ ㄉㄧㄥˇ *ting*^{3} 音頂
參葶薴。

16【葶薴】 ㄉㄧㄥˇ ㄋㄧㄥˇ
草名。形狀像蘇，開赤花，可以毒魚。見"山海經·中山經"。

20【葶藶】 ㄊㄧㄥˊ ㄌㄧˋ
(*Draba nemorosa*) 一年生草本。全體有星狀毛；基生葉成蓮座狀，倒卵形；莖生葉卵形，邊緣有不整齊齒狀淺裂，兩面密生灰白色毛；花黃色，成總狀花序；短角果近水平展出。種子可入藥，有袪痰、治喘和利尿之效。

葶藶圖

葹 ㄕ *shih*^{1} 音施
①草名。即枲耳。形似鼠耳，叢生。也稱卷耳。見"廣雅·釋草"。②豆屬。見"增修互註禮部韻略"。

葅 ㄗㄨˇ *tsu*^{3} 音祖
菜的一種。見"說文"。

蔿 ㄨㄟˇ *wei*^{3} 音委
或作蒍。①草名。也作薳。見"說文通訓定聲"。②姓。'漢'有'蔿勝'。見"萬姓統譜·七四"。

葥 ㄐㄧㄢˋ *chien*^{4} 音箭
草名。①即山莓。見"說文"。②即王彗。似藜。可製掃帚。見"正字通"。

葧 ㄅㄛˊ *po*^{2} 音勃
①草名。見"集韻"。②花蕊。見"正字通"。

蔇 ㄐㄧˋ *chi*^{4} 音旣
或作蔇。①草多的樣子。見"說文"。②至；來。見"正字通"。

葑 ㄈㄥ *fêng*^{1} 音封
①即蔓菁。見"字彙"。②即

茭白筍。見“字彙”。

15【葑蓯】 ㄈㄥ ㄗㄨㄥˇ

草名。即須草、蔓菁。見“爾雅·釋草·須葑蓯·義疏”。

12【葑菲可採】 ㄈㄥ ㄈㄟˇ ㄎㄜˇ ㄘㄞˇ

葑菲的莖葉與根皆可食，根有時長得不好，採之者不可因此而棄其莖葉。比喻應該擇取事物美善之處，不可因其不好的一面而全然摒棄。

蒹 ㄌㄧㄢˋ *lien*^{4} 音練

草名。即白蘞。見“字彙”。

葍 ㄈㄨˊ *fu*^{2} 音福

草名。蔓生被樹，葉大，花白；根如指，可食。見“正字通”。

葞 ㄇㄧˇ *mi*^{3} 音米

藥草名。即白薇。一名春草。見“本草綱目·草部·莽草”。

葦 ㄨㄟˇ *wei*^{3} 音韋

[1]長成的蘆草。即大葭。見“說文”。[2]比喻小船。

葽 ㄧㄠ *yao*^{1} 音腰

[1]草名。見“說文”。[2]草盛的樣子。見“字彙”。

蒑 ㄧㄣ *yin*^{1} 音因

參蒑蔯。

15【蒑蔯】 ㄧㄣ ㄔㄣˊ

香草名。見“集韻”。

葚 ㄕㄣˋ *shên*^{4} 音甚

桑樹的果實。見“說文”。

葉 [一] ㄧㄝˋ *yeh*^{4} 音業

[1](leaf)維管束植物營養器官的主要部分之一。其重要功能包括光合作用和蒸散作用。外形上，被子植物的葉通常有扁平的葉身，由葉柄或葉鞘和莖相連，並以葉脈支撐葉身和傳送養分、水分。裸子植物則葉形常呈鱗片狀或針狀。葉也常可變形，功能上特化，如芽鱗具保護作用，鱗莖上的葉專司儲存養分，食蟲植物的葉可捕捉昆蟲。[2]花瓣。[3]世代；時期。如：‘唐朝’末葉。[4]書頁。通頁。[5](nappe)完全在頂點同側的圓錐面或角錐面的兩個部分之一。[6]姓。三國有‘葉雄’。見“萬姓統譜·一二四”。

[二] ㄕㄜˋ *shê*^{4} 音攝

[1]同[一][6]。[2]‘春秋’‘楚’邑名。‘漢’於此置縣，歷代沿置。在今‘河南省’‘襄城縣’西南。

8【葉門】 ㄧㄝˋ ㄇㄣˊ

(Yemen)位於‘阿拉伯半島’西南端的國家。西元1990年5月由‘南葉門’及‘北葉門’合併而成。面積52.8萬方公里，人口2,072萬(2005年)，首都‘沙那’(Ṣanā)。全境雨少乾熱。

13【葉慈】 ㄧㄝˋ ㄘˊ

(William Butler Yeats, 1865～1939)‘愛爾蘭’詩人及劇作家，西元1923年‘諾貝爾’文學獎得主，也是一位‘愛爾蘭’民族主義者。當其最熱衷於‘愛爾蘭’民族運動時，也是詩歌創作的顛峰，作品多收在“塔”(*The Tower*)及“迴旋梯及其他”(*The Winding Stair, and Other Poems*)裡。

葉慈像

14【葉蒸】 ㄧㄝˋ ㄓㄥ

(transpiration)植物由根部吸收養料後，再經過植物本體將水汽發散於大氣中的過程。目的在減低葉面本身之溫度以適應其生存環境，並且排出多餘水分以適應本身之生長。日照、土壤含水量及植物種類爲影響葉蒸的主因。

4【葉天士】 ㄧㄝˋ ㄊㄧㄢ ㄕˋ

‘清代’名醫。名‘桂’，以字行，號‘香巖’。博通各種醫術，對奇經、脾胃、兒科尤爲專精，又長於治療時疫、痧痘；對溫熱病研究極深，爲溫熱學派奠下根基。生平不喜著述，門人集其驗方爲“臨證指南醫案”。

【葉公超】 ㄧㄝˋ ㄍㄨㄥ ㄔㄠ

(1904～1981)‘廣東’‘番禺’人，名‘崇智’，以字行。‘英國’‘劍橋大學’文學碩士。曾任教‘北京’、‘暨南’、‘清華’等大學。歷任外交部長、駐‘美’大使、總統府資政，爲我國近代外交界傑出人物。著有“葉公超散文集”、‘英’文本“中國古代文化生活”等書。

葉公超像

12【葉黃素】 ㄧㄝˋ ㄏㄨㄤˊ ㄙㄨˋ

(xanthophyll)葉綠體中黃色或褐色的植物色素。種類很多，如褐藻類所特有的藻褐素(fucoxanthin)便是葉黃素的一種。可輔助葉綠素吸收光能。秋天時，某些植物葉內的葉綠素消失，顯露出葉黃素的顏色，葉乃呈紅色或橙紅色。

14【葉夢得】 ㄧㄝˋ ㄇㄥˋ ㄉㄜˊ

(1077～1148)‘南宋’‘吳縣’(今‘江蘇’‘吳縣’)人，字‘少蘊’，號‘石林居士’。‘紹聖’進士。南渡後，任‘江東’安撫制置大使兼知‘建康’府、行宮留守，致力於防務及軍餉供應。學問博洽，精熟掌故，詞風簡淡閒雅，筆力雄偉豪邁。著有“建康集”、“石林詞”、“石林燕語”等書。

【葉綠素】 ㄧㄝˋ ㄌㄩˋ ㄙㄨˋ

(chlorophyll)見於綠色植物，通常葉內的含量最多，存於葉綠體內，是行光合作用所必須的色素。種子植物所含的葉綠素a ($C_{55}H_{72}O_5N_4Mg$)和葉綠素b ($C_{55}H_{70}O_6N_4Mg$)，對紅光和藍光的吸收效果最佳，可吸收日光中的能。

【葉綠體】 ㄧㄝˋ ㄌㄩˋ ㄊㄧˇ

(chloroplast)植物行光合作用的細胞，在其細胞質內有葉綠體。葉綠體內部具有許多囊狀膜，膜上有葉綠素，可以吸收光能使轉變爲化學能。葉綠體本身也含有DNA和核糖體，能自行合成小部分本身所需的蛋白質。

4【葉公好龍】 ㄕㄜˋ ㄍㄨㄥ ㄏㄠˋ ㄌㄨㄥˊ

比喩表面上愛好某物，卻不確知其眞實。'葉'公，即'葉公子高'，好龍，屋壁及日用器物皆繪龍形；一日，眞龍出現，'葉'公驚懼逃走。見"新序·雜事五"。

13【葉落歸根】 ㄧㄝˋ ㄌㄨㄛˋ ㄍㄨㄟ ㄍㄣ

比喩回歸本源。多指遠走外地的人，年老後仍歸死故鄉。

葫 ㄏㄨˊ *hu*^{2} 音胡

大蒜。見"玉篇"。

20【葫蘆】 ㄏㄨˊ ㄌㄨˊ

(white flower gourd; *Lagenaria siceraria* (Mol.) Standl.) 又名壺蘆、蒲蘆。攀緣草本，莖具軟黏毛，卷鬚二分叉。葉心形至卵形，葉柄頂端具二腺體。花單性，白色，雌雄同株。瓠果大，中間狹隘，上下部膨大，下部大於上部。成熟後果皮木質化，可作容器，也供藥用。

葫蘆圖

葙 ㄒㄧㄤ *hsiang*^{1} 音鄉

參青葙。

葀 ㄍㄨㄚ *kua*^{1} 音括

參菝葀。

葽 ㄒㄩㄝ *hsüeh*^{1} 音薛

姓。'唐代''吐蕃'有'葽'姓。字或作'薛'。見"舊唐書·吐蕃傳上"。

葇 ㄖㄡˊ *jou*^{2} 音柔

參香葇。

10【葇荑花序】 ㄖㄡˊ ㄊㄧˊ ㄏㄨㄚ ㄒㄩˋ

(ament; catkin) 穗狀花序的一種。在細長的主軸上，密生無花瓣的單性花。例如柳樹、樺木、栗等的花序。

葇荑花序圖

葝 ㊀ ㄑㄧㄥˊ *ch'ing*^{2} 音情

草名。生山中，葉子像韭。見"爾雅·釋草·葝山巔·疏"。

㊁ ㄐㄧㄥˋ *ching*^{4} 音勁

鼠尾草。見"爾雅·釋草·葝鼠尾·注"。

葵 ㄎㄨㄟˊ *k'uei*^{2} 音魁

①蔬菜名。有錦葵、蜀葵、秋葵、冬葵等多種。見"正字通"。②姓。'明'有'葵弘宇'。見"萬姓統譜·五"。

10【葵扇】 ㄎㄨㄟˊ ㄕㄢˋ

用蒲葵葉製成的團扇。可用煨熱或電熱的鐵筆在葉上作畫，別具風格，亦稱火畫葵扇。盛產於'廣東省''新會縣'一帶。

葴 ㄓㄣ *chên*^{1} 音針

草名。①即馬藍。見"說文"。②即酸漿。又名燈籠草。見"正字通"。

葬 ㄗㄤˋ *tsang*^{4} 音臟

埋藏；掩埋屍體。如：安葬。

10【葬送】 ㄗㄤˋ ㄙㄨㄥˋ

斷送；埋沒。

葳 ㄨㄟ *wei*^{1} 音威

參葳蕤。

16【葳蕤】 ㄨㄟ ㄖㄨㄟˊ

也作威蕤。①草木茂盛的樣子。②繁盛鮮麗的樣子。③委靡不振的樣子。

葢

蓋的本字。

蒴 ㄕㄨㄛˋ *shuo*^{4} 音朔

蕭疏的樣子。見"正字通"。

葭 ㄐㄧㄚ *chia*^{1} 音佳

①初生的蘆葦。見"字彙"。②樂器名。通笳。③姓。'漢'有'葭眾'。見"萬姓統譜·三六"。

葥 ㄗㄜˊ *tsê*^{2} 音則

參葥子。

3【葥子】 ㄗㄜˊ ㄗˇ

草名。即初生一年的附子。見"廣雅·釋草"。

萺 ㊀ ㄇㄠˋ *mao*^{4} 音冒

①草名。見"說文"。②草芥覆地的樣子。見"正字通"。

㊁ ㄇㄨˋ *mu*^{4} 音目

也作苜。參苜蓿。

葺 ㄑㄧˋ *ch'i*^{4} 音泣

①用茅草覆屋或修屋。也泛指覆蓋、修補。②重疊；累積。

9【葺屋】 ㄑㄧˋ ㄨ

①草屋。②修理房屋。

葃 ㊀ ㄗㄨㄛˊ *tso*^{2}, *tsuo*^{2} 音昨

參葃菇。

㊁ ㄗㄜˊ *tsê*^{2} 音則

草名。即菇草。見"廣韻"。

12【葃菇】 ㄗㄨㄛˊ ㄍㄨ

草名。也稱水芋、烏芋。見"廣雅·釋草"。

葛 ㊀ ㄍㄜˊ *ko*^{2}, *kê*^{2} 音隔

(*Pueraria*) 豆科 (Leguminosae; Fabaceae)、蝶形花亞科 (subfamily Faboideae) 的一屬。約15種。爲草質或木質藤本。三出複葉；花爲腋生，近成叢的總狀花序，藍色或紫色，呈蝶形，旗瓣常直立；果爲線形，扁平，會開裂之莢果。葛屬植物全株各部均具用途，莖皮纖維可供紡織或造紙原料，塊根製澱粉，花供藥用，有解熱和解毒之效；野葛 (*Pueraria lobata*) 還可大量栽培作水土保持及觀賞之用。原產於'東南亞'。

葛圖

㊁ ㄍㄜˇ *ko*^{3}, *kê*^{3}

姓。'漢'有'葛興'。見"通志·氏族略二"。

5【葛玄】 ㄍㄜˇ ㄒㄩㄢˊ

(164～244)三國'句容'(今'江蘇''句容')人，字'孝先'。'葛洪'的從祖父。曾從'左慈'學道，修道於'江西''閣皂山'，能用符，行諸奇術。道教尊爲'葛仙公'，又稱'太極左仙公'。也是民間魔術業者的行神。

9【葛洪】 ㄍㄜˇ ㄏㄨㄥˊ

(250?～330?)'晉''句容'(今'江蘇''句容')人，字'稚川'。'葛玄'的姪

孫,人稱'小葛仙翁',自號'抱朴子'。博通經典,尤好神仙導養之術。'元帝'召爲丞相掾,因平賊有功,賜爵'關內侯'。著有"抱朴子"、"神仙傳"、"金匱藥方"、"肘後備急方"及碑誄詩賦雜文數百卷。

10【葛根】 ㄍㄜˊ ㄍㄣ
藥草名。爲豆科植物葛的塊根。性平、味甘辛,無毒。食之可生津解渴、滋潤筋脈、緩解肌肉痙攣,且有治療感冒、發熱、惡寒、無汗、頸部強直之效。

15【葛摩】 ㄍㄜˊ ㄇㄛˊ
(Comoros)位於'非洲'東南方'印度洋'上的島國。面積0.21萬方公里,人口67萬(2005年),首都'莫洛尼'(Moroni)。主要輸出糖、椰果和瓊麻。

19【葛羅】 ㄍㄜˇ ㄌㄨㄛˊ
(Jean Baptiste Louis Gros, 1793～1870)'法國'外交官。曾任'法國'駐'葡萄牙'、'西班牙'、'埃及'及我國的外交代表。西元1857年和1859年兩次代表'法國'和'英國'的'額爾金'(Lord Elgin)率'英''法'聯軍侵略我國,迫'清'廷簽訂"中法天津條約"和"中法北京條約"。

4【葛天氏】 ㄍㄜˊ ㄊㄧㄢ ㄕˋ
傳說中的上古帝王。是古代理想化的政治領袖,當時的社會不言而信,不教而行。

7【葛利格】 ㄍㄜˊ ㄌㄧˋ ㄍㄜˊ
(Edvard Grieg, 1843～1907)'挪威'偉大的鋼琴演奏家及作曲家。作品非常多,具有浪漫及民族的風格。其中又以歌曲集十冊,以及管絃樂組曲"皮爾金"(*Peer Gynt*)、"霍爾寶"(*Holberg*)最爲著名。

葛利格像

9【葛洛傑定律】 ㄍㄜˇ ㄌㄨㄛˋ ㄐㄧㄝˊ ㄉㄧㄥˋ ㄌㄩˋ
(Gloger's rule)指出動物之體色受溫度、溼度影響的理論。如生長於溫暖潮溼地區的哺乳類、鳥類的體色較深;而生長在寒冷、乾燥地區者體色較淡。

12【葛萊興定律】 ㄍㄜˇ ㄌㄞˊ ㄒㄧㄥ ㄉㄧㄥˋ ㄌㄩˋ
(Gresham's law)又稱劣幣驅逐良幣定律。當一國採用複本位制度,同時有兩種具有相同法償能力的不同金屬貨幣流通時,若兩種金屬的市場價比與法定價比不同,市場上較貴金屬的貨幣將被窖藏、熔毀或輸出,直到完全從市場流通中消失,只剩較便宜金屬的貨幣成爲流通交易的媒介爲止。因此,便宜的貨幣驅逐了較貴的貨幣。

葸 ㄒㄧˇ *hsi*³ 音璽
1謹慎。見"廣雅·釋言"。2畏懼的樣子。見"字彙"。3質樸誠實的樣子。見"集韻"。

萼 ㄜˋ *o*⁴, *ê*⁴ 音鄂
指圍列在花朵外面的葉狀薄片。也作蕚。如:花萼。

⿱艹品 ㄈㄨ *fu*¹ 音夫
參⿱艹品蕍。

13【⿱艹品蕍】 ㄈㄨ ㄩˊ
開花的樣子。

萵 ㄨㄛ *wo*¹ 音窩
參萵苣。

9【萵苣】 ㄨㄛ ㄐㄩˋ
(garden lettuce; *Lactuca sativa*)草本。全株富含乳汁。莖粗,肉質厚。基生葉叢生,莖生葉抱莖;頭狀花序有15個舌狀花組成;瘦果略壓扁,每面有縱肋。有長喙,冠毛白色。爲歷史悠久、廣泛栽培的作物,品種頗多。

萵苣圖

萲 一 ㄒㄩㄢ *hsüan*¹ 音宣
忘憂草。也作萱、蘐。見"集韻"。
二 ㄒㄩㄢˇ *hsüan*³ 音選
欺詐。也作諼。見"集韻"。

葼 ㄗㄨㄥ *tsung*¹ 音宗
1樹木的細枝。見"說文"。2草名。即小藍。可用作染料。見"正字通"。

葅 ㄐㄩ *chü*¹ 音居
也作菹。1醃菜。見"玉篇"。2肉醬。見"集韻"。3古代酷刑。把人剁成肉醬。見"正字通"。

17【葅醢】 ㄐㄩ ㄏㄞˇ
1肉醬。2把人剁成肉醬的酷刑。

葌 ㄐㄧㄢ *chien*¹ 音奸
香草名。見"說文"。

葈 ㄒㄧˇ *hsi*³ 音洗
參葈耳。

6【葈耳】 ㄒㄧˇ ㄦˇ
(*Xanthium strumarium*)一年生草本。葉三角狀卵形,兩面有糙伏毛;雌頭狀花序呈橢圓形,內屬總苞片結成囊狀,果熟時總苞變硬,外面疏生刺,瘦果2枚,倒卵形。產於'日'、'韓'及我國。果實又稱蒼耳,食之有鎮痙、鎮痛作用。

葈耳圖

葃 ㄗㄨㄛˋ *tso*⁴, *tsuo*⁴ 音胙
草名。即水芋。也作葄。見"集韻"。

⿱艹朐 ㄑㄩˊ *ch'ü*² 音劬
草名。即芋熒。見"爾雅·釋草"。

董 ㄉㄨㄥˇ *tung*³ 音懂
1督導;匡正。如:董正。2姓。'春秋''晉'有'董狐'。見"通志·氏族略三"。

8【董事】 ㄉㄨㄥˇ ㄕˋ
股份有限公司董事會之構成員,而爲公司法定常設之業務執行機

關。董事由股東會就有行爲能力之股東中選任之，任期不得逾三年，連選得連任。其經選任後，應向主管機關申報，其選任當時所持有之公司股份數額，在任期中不得轉讓其二分之一以上，超過二分之一時，董事當然解任，任期中股份有增減時，應向主管機關申報並公告之。除公司章程訂定得由其他董事代理外，其應親自出席董事會；董事會之決議違反法令章程或股東會之決議，致公司受損害時，除有表示異議，且有紀錄或書面聲明可證者外，參與決議者應對公司負損害賠償責任。其報酬未經章程訂明者，應由股東會議定。其與公司間之關係，除"公司法"另有規定外，依"民法"關於委任之規定。

【董卓】 ㄉㄨㄥˇ ㄓㄨㄛˊ
(?～192)'東漢''臨洮'(今'甘肅''岷縣')人，字'仲穎'。'桓帝'時官羽林郎，'靈帝'時爲'并州'牧。帝死，帶兵進'洛陽'，誅殺宦官，立'獻帝'；淫亂凶暴，'袁紹'等起兵討伐，後爲'呂布'所殺。

【董狐】 ㄉㄨㄥˇ ㄏㄨˊ
'春秋''晉國'史官。'晉''趙穿'弒'靈公'，'趙盾'爲正卿，未懲罰兇手，'狐'爲太史，直書「'趙盾'弒其君」，'孔子'稱之爲良史。

6【董仲舒】 ㄉㄨㄥˇ ㄓㄨㄥˋ ㄕㄨ
(前179?～前104?)'西漢''廣川'(今'河北''棗強'東)人。少時研治"春秋公羊傳"，'景帝'時爲博士。'武帝'時，以賢良對策稱旨見重，拜'江都'相。平生推尊儒術，抑黜百家。著有"春秋繁露"。

7【董作賓】 ㄉㄨㄥˇ ㄗㄨㄛˋ ㄅㄧㄣ
(1895～1963)'河南''南陽'人，字'彥堂'，號'平廬'。'北京大學''國學研究所'畢業。曾當選'中央研究院'院士，後兼'歷史語言研究所'所長。早歲參與'殷墟'發掘工作，終身研究甲骨文，對'殷商'文化頗多新發現。著有"殷曆譜"、"平廬文存"等書。

董作賓像

8【董事長】 ㄉㄨㄥˇ ㄕˋ ㄓㄤˇ
股份有限公司之法定業務執行及代表機關。董事長應具有董事之資格，依我國"公司法"規定，董事會未設常務董事者以董事，設常務董事者以常務董事三分之二以上之出席，以及出席之董事或常務董事過半數之同意，互選一人爲董事長。董事長對內爲股東會、董事會及常務董事會主席，對外代表公司。董事長請假或因故不能行使職權時，由副董事長代理之；無副董事長或其亦請假或因故不能行使職權時，由董事長指定常務董事一人代理之；未設常務董事者，指定董事一人代理之；董事長未指定代理人者，由常務董事或董事互推一人代理之。

【董事會】 ㄉㄨㄥˇ ㄕˋ ㄏㄨㄟˋ
由全體董事所組成，用以決定公司內部意思及業務執行之股份有限公司之法定必備執行機關的會議體。董事會爲意思決定機關而非代表機關，決議須由董事長爲意思表示，始對外發生效力。其無當事人能力，公司與人涉訟時，以公司爲當事人。董事會由股東會所選任之董事組成，董事人數至少爲三人。其權限除"公司法"與章程規定，應由股東會決議之事項外，均得由董事會決議行之；而召集由董事長爲之，但每屆第一次董事會由所得選票代表選舉權最多之董事召集之。

【董其昌】 ㄉㄨㄥˇ ㄑㄧˊ ㄔㄤ
(1555～1636)'明''華亭'(今'江蘇''松江')人，字'元宰'，號'思白'、'香光居士'。'萬曆'進士，官至禮部侍郎。通禪理，詩文俱佳，又工書擅畫，對後世書壇影響頗大。著有"畫禪室隨筆"、"容臺文集"等。

13【董解元】 ㄉㄨㄥˇ ㄐㄧㄝˇ ㄩㄢˊ
'金章宗'時詞曲家。生卒年及名號、籍貫均不詳，以作"西廂記諸宮調"而著名。解元，'金''元'時對讀書人的尊稱。

菙
ㄔㄨㄟˊ ch'ui² 音垂
[1]木名。見"集韻"。[2]鞭打。也作箠。見"集韻"。

葡
ㄆㄨˊ p'u² 音蒲
參葡萄。

12【葡萄】 ㄆㄨˊ ㄊㄠˊ
(winegrape; European grape; *Vitis vinifera*) 落葉蔓藤，幼枝光滑或有綿毛；葉薄，寬心狀卵形至近圓形，有3～5裂片，粗鋸齒緣，光滑或有時於下面長毛；果實成串，大小、形狀和顏色富變化；果皮和果肉緊密相連。廣泛栽培，供食用和釀酒。

葡萄圖

【葡萄牙】 ㄆㄨˊ ㄊㄠˊ ㄧㄚˊ
(Portugal)位於'伊比利半島'西部的國家。濱'大西洋'，出海位置優越。面積9.2萬方公里，人口1,056.0萬(2005年)，首都'里斯本'。內陸多高地，沿海平原狹長，沙丘、潟湖廣布。北部屬溫帶海洋性氣候，南部爲'地中海'型氣候。政治不穩，經濟落後，僅畜牧較盛。主要工礦業爲燒製水泥，軟木生產居世界首位。主要輸出爲葡萄酒、橄欖油，'波多'葡萄酒(Port wine)尤其著名。以觀光業爲主要財富來源。

【葡萄胎】 ㄆㄨˊ ㄊㄠˊ ㄊㄞ
(hydatid mole) 當精子與卵結合後，由於不明因素造成不正常妊娠組織充滿於子宮腔內的一種受孕現象。因似一串串懸掛在肉狀組織與血塊中的葡萄，故名。懷孕時，噁心、嘔吐比一般正常妊娠嚴重，下體容易出血。葡萄胎會分泌人類絨毛膜性腺激素，導致絨毛膜癌。

【葡萄酒】 ㄆㄨˊ ㄊㄠˊ ㄐㄧㄡˇ
(wine) 以葡萄果汁爲原料，經酵母菌發酵及陳熟後所得到的酒精性飲料。主要產地在'地中海'一帶。一般分自然葡萄酒及甜酒二大類。前者酒精含量爲9～14%，如進餐酒；後者則爲15～21%，具甜味。依色澤又分白葡萄酒、紅葡萄酒及粉紅色葡萄酒。

【葡萄糖】 ㄆㄨˊ ㄊㄠˊ ㄊㄤˊ
(glucose)一種可溶於水的白色非結晶性粉末。化學式 $C_6H_{12}O_6$。可由澱粉或澱粉質在稀酸溶液中水解而得，在適當情況下可完全轉化成爲右旋糖。用於製造糖果、各種食物或病人之營養補充劑。

14【葡聚糖】 ㄆㄨˊ ㄐㄩˋ ㄊㄤˊ
(dextran)微生物利用蔗糖糖漿或其他糖質原料生成的黏液。是由α—D—葡萄糖聚合而成的多醣類，易溶於水。在醫學上是優良的代用血漿。

12【葡萄球菌】 ㄆㄨˊ ㄊㄠˊ ㄑㄧㄡˊ ㄐㄩㄣˋ
(staphylococci)'革蘭'氏陽性球菌的一類。細胞球狀，直徑0.5～1.5μm。因細胞往 x、y、z 軸三方向不規則分裂，使細胞群聚如同一串串的葡萄，故名。無鞭毛，不能運動，兼氣性。在血液培養基內培養時，會產生白色至金黃色之色素。葡萄球菌頗能抗乾熱及化學劑，有些也能抗盤尼西林，有些甚至會釋放外毒素，功能類似酵素，可使細胞解體，受感染後，往往造成患者局部膿腫。

萩 ㄑㄧㄡ ch'iu¹ 音秋
①草名。蒿類。葉白，似艾而多歧；莖如蔞蒿，高可丈餘。又稱蕭或牛尾蒿。見"爾雅·釋草·蕭荻·義疏。②木名。通楸。見"字彙補"。

葱 ㄘㄨㄥ ts'ung¹ 音匆
蔥的俗體。

17【葱嶺】 ㄘㄨㄥ ㄌㄧㄥˇ
在'新疆省'西南部，爲'亞洲'中部褶曲山系的總匯。西'亞'山脈往東行，愈東愈高，到'葱嶺'而極；東'亞'山脈往西行，愈西愈高，也到'葱嶺'而極。爲西陲天然一大堡壘，由此西向可扚'伊朗高原'，南下可窺視'印度半島'。地勢高亢，平均高度5,000公尺以上，多季積雪遍地，幾無人跡；夏季積雪漸溶，間生牧草，爲'維吾爾族'山牧季移區。

葒 ㄏㄨㄥˊ hung² 音紅
(prince's-feather; *Polygonum orientale*) 又名紅蓼或東方蓼。多年生草本。植物體具毛，高達2～3公尺。葉寬卵形，長可達20公分，托葉鞘筒狀。花淡紅色或玫瑰色，密聚成穗狀花序。'亞洲'及'澳洲'均有栽培，後植入'北美洲'。果及全草可入藥，有化痰、活血及明目之效。

葒圖

葯 ㄧㄠˋ yao⁴ 音耀
①草名。即白芷。見"集韻"。②指花中雄蕊頂端藏有花粉的部分。③藥的俗體。

萯 ㊀ ㄈㄨˋ fu⁴ 音負
草名。即王萯。見"說文"。
㊁ ㄅㄟˋ pei⁴ 音倍
參萯陽。

12【萯陽】 ㄅㄟˋ ㄧㄤˊ
'秦'、'漢'宮殿名。'秦文王'所建。在今'陝西省''鄠縣'北。

葂 ㄨㄢˇ wan³ 音晚
人名用字。或作'莬'。見"集韻"。

葪 ㊀ ㄐㄧˋ chi⁴ 音計
薊的俗體。
㊁ ㄐㄧㄝˋ chieh⁴ 音介
參蘮葪。

葠 ㄕㄣ shên¹ 音申
人參。本作蓡。通作蔘、參。見"集韻"。

葟 ㄏㄨㄤˊ huang² 音皇
草木的花。見"爾雅·釋草"。

葩 ㄆㄚ p'a¹ 音趴
草木的花。如：奇葩。

萬 ㊀ ㄩˇ yü³ 音禹
①草名。見"說文"。②姓。'漢'有'萬章'。見"萬姓統譜·七八"。
㊁ ㄐㄩˇ chü³ 音矩
畫、測直角或方形的器具。即曲尺。通矩。見"正字通"。

葆 ㄅㄠˇ pao³ 音保
①草木茂盛的樣子。見"說文"。②隱藏；保護。如：葆光。③大；廣。④珍貴。通寶。⑤姓。'明'有'葆光先'。見"萬姓統譜·八四"。

葰 ㊀ ㄙㄨㄟ sui¹ 音綏
香菜名。薑類。見"說文"。
㊁ ㄐㄩㄣˋ chün⁴ 音俊
盛大。見"字彙"。

葬
葬的古文。

萹 ㊀ ㄆㄧㄢ p'ien¹ 音篇
參萹茿、萹蓄。
㊁ ㄅㄧㄢˇ pien³ 音扁
也作扁。參扁豆。

10【萹茿】 ㄆㄧㄢ ㄓㄨˊ
草名。赤莖，有節。可食，又可殺蟲。見"字彙"。

14【萹蓄】 ㄆㄧㄢ ㄒㄩˋ
(*Polygonum aviculare*)一年生草本。莖平臥或斜上，於基部分枝；葉披針形，全緣；托葉鞘膜質，上部透明白色；花小，1～5朵簇生全株葉腋

萹蓄圖

處;瘦果卵形,有三稜。爲常見野草,生於荒地、溼地。全草入藥,有利尿及解毒之效。

葐 ㊀ ㄈㄣˊ *fên*² 音汾
參葐蒀。
㊁ ㄆㄣˊ *p'ên*² 音盆
參蕻葐。

14【葐蒀】 ㄈㄣˊ ㄩㄣ
雲氣盛多的樣子。

蕍 ㄩˊ *yü*² 音俞
參莔蕍。

葎 ㄌㄩˋ *lü*⁴ 音律
(*Humulus scandens* (Lour.) Merr.)又名葎草。一年生蔓性草本。莖及葉柄均有刺,葉對生,具長柄,掌狀5~7尖裂,裂片卵形,先端尖,鋸齒緣。花單性,雌雄異株。雄花腋生,爲圓錐狀葇荑花序,淡黃綠色,萼片及雄蕊均5枚;雌花腋生,成短穗狀花序,包被於鱗狀苞片內。瘦果橢圓形,可供藥用。分布於我國及'日本'。

葎圖

10

蓉 ㄖㄨㄥˊ *jung*² 音容
參芙蓉。

蒗 ㄌㄤˋ *lang*⁴ 音浪
參蒗蕩渠。

16【蒗蕩渠】 ㄌㄤˋ ㄌㄤˋ ㄑㄩˊ
今名'賈魯河'。源出今'河南省''滎陽縣',經'鄭縣'北轉東南流,注入'潁水'。

蓡的俗體。

蒲 ㄆㄨˊ *p'u*² 音菩
[1] (common cattail; *Typha latifolia*) 香蒲的簡稱。多年生草本。沼生或長於溼地。高達4公尺。葉狹條形,寬10~20毫米。穗狀花序圓柱狀,黃色雄花序位於上方,與綠褐色雌花序彼此連接。結果時雌的部分呈暗棕色至黑色,果實紡錘形,多數密生。北'美'、'歐洲'及'亞洲'均產。花粉稱蒲黃,爲消炎性利尿劑。乾燥之花序爲插花材料。[2]姓。'漢'有'蒲昌'。見"萬姓統譜·一三"。

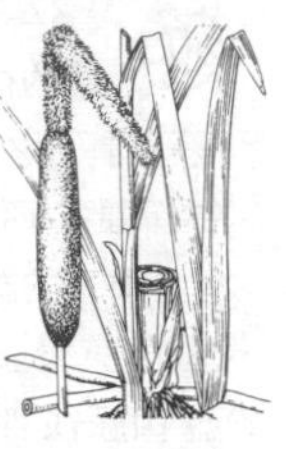
蒲圖

4【蒲月】 ㄆㄨˊ ㄩㄝˋ
農曆五月。因五月五日端午節,民俗以菖蒲作劍掛在門上避邪,故名。

12【蒲黃】 ㄆㄨˊ ㄏㄨㄤˊ
'中'藥名。爲香蒲科植物寬葉香蒲的乾燥熟花粉。呈鮮黃色,故名。性平、味甘、無毒。有收斂止血、活血去瘀的效果。

14【蒲寧】 ㄆㄨˊ ㄋㄧㄥˊ
(Ivan Alekseyevich Bunin, 1870~1953)'蘇俄'小說家和詩人。以文體優雅著稱。早年翻譯'英'詩及寫詩,作品多流露對舊日莊園生活的留戀,後致力於小說的創作。著有小說"舊金山來的紳士"(*Gospodin iz San- Frantsisko*)、"黑街"(*Tyomnye alley*)、"鄉村"(*Derevnya*)、"艾森耶夫的一生"(*Zhizn Arsenyeva*)等。西元1919年流落'巴黎',成爲'蘇俄'流放海外知識分子的領袖。1933年爲'蘇俄'贏得第一個'諾貝爾'文學獎。

蒲寧像

【蒲團】 ㄆㄨˊ ㄊㄨㄢˊ
用蒲草編成的圓墊。可供坐或跪拜。

18【蒲豐】 ㄆㄨˊ ㄈㄥ
(Georges-Louis Leclerc Buffon, 1707~1788)'法國'博物學家。原習法律,後轉攻自然科學和數學。西元1749年開始撰寫"植物志"(*Histoire naturelle, générale et particulière*)一書,至1788年逝世時僅出版構想五十卷中的三十六卷,餘八卷由合著者完成。此書推想生物進化的原理,堪稱進化論派的先驅。

4【蒲公英】 ㄆㄨˊ ㄍㄨㄥ ㄧㄥ
(dandelion; *Taraxacum*)屬於菊科(family Asteraceae)。原產於'歐''亞','北美'溫帶分布亦廣。爲多年生草本。花黃色;果實呈紡錘形,內有單個種子,上部有小梗狀突起,頂端著生白色冠毛,便於隨風散布。許多小果實叢生在球狀的果托上。生長在沙漠中的種類,其種子可冬眠直至明春,下雨時便萌發。自種子萌發至成熟、開花、結果,只要數星期。

蒲公英圖

6【蒲安臣】 ㄆㄨˊ ㄢ ㄔㄣˊ
(Anson Burlingame, 1820~1870)'美國'律師及外交家。爲'美國'派往'清'廷的第一位使節。西元1861~1867年任駐'清'大使,1868年承認我國人民無限制移民條約,代表'美國'簽署。1867年辭職後,受聘爲'清'廷的外交特使。

蒲安臣像

【蒲式耳】 ㄆㄨˊ ㄕˋ ㄦˇ
(bushel)'英''美'制容量單位。1'英'蒲式耳等於8'英'加侖、36.3677公升,1'美'蒲式耳等於35.2383公升。

8【蒲林尼】 ㄆㄨˊ ㄌㄧㄣˊ ㄋㄧˊ
(Gaius Plinius Secundus, 23~79)"羅馬百科全書"的編纂人。

被公認爲西方中世紀時的科學權威。僅存的鉅著"博物學"(*Historia naturalis*)共有三十七卷,約完成於西元77年,內容旁徵博引,有如百科全書。'蒲'氏以海船先見桅杆後見船身爲證,主張地球爲圓之說,至今仍爲地理學家所採用。

【蒲松齡】 ㄆㄨˊ ㄙㄨㄥ ㄌㄧㄥˊ (1640～1715)'清''山東''淄川'人,字'留仙',一字'劍臣',別號'柳泉居士'。少時即有文名,但屢次應試皆落第,至七十一歲始成貢生。曾以二十年時間完成文言體志怪小說"聊齋誌異"。另有"聊齋文集"、"詩集"和關於農醫的通俗讀物多種。

10**【蒲朗克】** ㄆㄨˊ ㄌㄤˇ ㄎㄜˋ (Max Planck, 1858～1947)'德國'物理學家。任'柏林大學'物理學教授四十多年,創立放射能的量子說(quantum theory)。西元1930年任'凱撒威廉學會'(Kaiser Wilhelm Society, 二次世界大戰後改爲'蒲朗克學會')會長。著有"理論物理學概論"(*Introduction to Theoretical Physics*)。1918年榮獲'諾貝爾'物理學獎。

12**【蒲隆地】** ㄆㄨˊ ㄌㄨㄥˊ ㄉㄧˋ (Burundi) 位於東'非''坦干伊喀湖'(Tanganyika L.)東北岸的內陸國。面積2.8萬方公里,人口637.0萬(2005年),首都'布松布拉'(Bujumbura)。居民多從事農耕。主產玉米、咖啡、豆類、香蕉和家畜。

9**【蒲柳之姿】** ㄆㄨˊ ㄌㄧㄡˇ ㄓ ㄗ 比喻虛弱早衰的體質。

13**【蒲福風級】** ㄆㄨˊ ㄈㄨˊ ㄈㄥ ㄐㄧˊ (Beaufort wind scale)西元1805年'英國'海軍'蒲福'將軍所估計的風力標度。係根據風吹在當時船上之帆所生的效應來定標準,共分爲0～12等級,以每小時風速之'英'里數來表示。1946年"巴黎國際會議"加上13～17風力等級,因而確定地面上10公尺的相當風速,如下:

開闊平地高10m的風速(m/sec)	0.0～0.3～1.6～3.4
風力等級	0　1　2
～5.5～8.0～10.8～13.9～17.2	
3　4　5　6　7	
～20.8～24.5～28.5～32.7～37.0	
8　9　10　11　12	
～41.5～46.2～51.0～56.1～61.3	
13　14　15　16　17	

其中8級以上爲颱風,8～11級爲輕度颱風,12～15級爲中度颱風,16級以上爲強烈颱風。

10**【蒲朗克常數】** ㄆㄨˊ ㄌㄤˇ ㄎㄜˋ ㄔㄤˊ ㄕㄨˋ (Planck's constant)'蒲朗克'爲解釋理想黑體頻譜,假設電磁波與空腔交換能量時,一定是一個能量單位的整數倍,此能量單位與電磁波的頻率成比例,即$h\nu$,此比例常數h稱爲'蒲朗克'常數。西元1905年'愛因斯坦'爲解釋光電效應,延伸'蒲朗克'的想法,認爲電磁波其實是由一大堆光子組成的,每顆光子具有$h\nu$的能量。根據光電效應可精確量出'蒲朗克'常數$h=6.6262\times10^{-27}$爾格-秒。

蒞

ㄌㄧˋ *li*^{4} 音力

本作竦。也作莅。通作涖。1到。如:蒞臨。2君臨。如:蒞祚。

17**【蒞臨】** ㄌㄧˋ ㄌㄧㄣˊ 光臨。

蒤

ㄊㄨˊ *t'u*^{2} 音徒

草名。即虎杖。似紅草而大,有細刺,可作紅色的染料。見"字彙"。

蒡

ㄅㄤˋ *pang*^{4} 音棒

草名。形狀像蘇,有毛,'江'東人呼爲隱荵,可食。見"爾雅·釋草·蒡隱荵·注"。

13**【蒡葧】** ㄅㄤˋ ㄅㄛˊ 草名。也稱繁母。即白蒿。春始生,至秋香美,可生食或蒸食。蒡也作菊。見"廣雅·釋草·繁母菊葧·疏證"。

蒟

ㄐㄩˇ *chü*^{3} 音矩

參蒟蒻。

14**【蒟蒻】** ㄐㄩˇ ㄖㄨㄛˋ (*Amorphophalus rivieri* Durien)多年生草本,具有扁球形大球莖,葉頂生於球莖中部,葉柄20～50公分,圓柱形,具紫斑,葉片3全裂,小葉再羽狀分裂,小裂片卵披針形。春季,由老球莖抽出長約1公尺的粗莖,頂生大形肉穗花序,具惡臭,佛燄花序下部生紅紫色的雌花,其上方密生褐色雄花。漿果球形。球莖可供食用及藥用。原產於我國。

蒟蒻圖

18**【蒟醬】** ㄐㄩˇ ㄐㄧㄤˋ (betel; betel pepper; *Piper betle*)一名老藤。藤本,近木質。葉互生,革質,心形,有長柄;花單性,雌雄異株,無花被,成穗狀花序;雄花序常下垂,雌花序有肉質的軸,漿果與之合生。原產'印尼','臺灣'大量栽培。其花序爲檳榔咀嚼時的添加料。

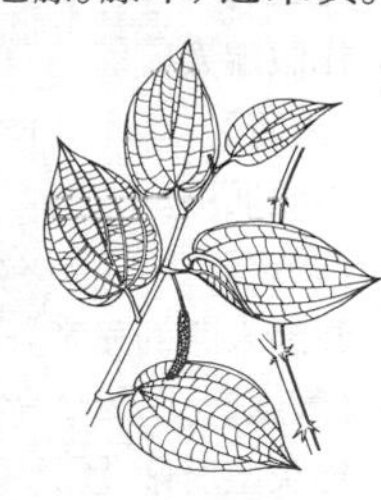
蒟醬圖

蒙

ㄇㄥˊ *mêng*^{2} 音盟

1草名。即女蘿。見"字彙"。2遮掩;覆蓋。如:蒙頭大睡。3隱瞞;欺騙。如:蒙混。4承受;沾染。如:蒙恩。5冒犯。如:蒙死。6幼稚;愚昧。如:蒙鈍。7雜亂的樣子。如:蒙茸。

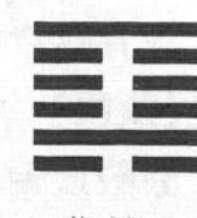
蒙卦圖

⑧“易”卦名。六十四卦之一。坎下艮上。⑨‘蒙古’的簡稱。參蒙古地方。⑩姓。‘秦’有‘蒙恬’。見“通志·氏族略三”。

5【蒙田】ㄇㄥˊ ㄊㄧㄢˊ
(Michel de Montaigne, 1533～1592)‘法國’散文家，也是西方現代小品文的開山鼻祖。曾任‘波爾多市’議員及市長；宗教戰爭時，曾數度出使鄰邦斡旋。其散文娓娓道來，至情流露。

蒙田像

9【蒙恬】ㄇㄥˊ ㄊㄧㄢˊ
(?～前210)‘秦’將。祖先‘齊國’人。‘秦’統一六國後，‘恬’率兵三十萬，北擊‘匈奴’，並修築‘長城’。‘始皇’死，‘二世’立，‘趙高’矯詔命‘恬’自殺。傳說他曾以兔毫竹管改良毛筆。

【蒙昧】ㄇㄥˊ ㄇㄟˋ
昏暗不清的樣子。引申為無知或幼稚不懂事。同矇昧。

11【蒙混】ㄇㄥˊ ·ㄏㄨㄣ
作假騙人。

【蒙羞】ㄇㄥˊ ㄒㄧㄡ
承受恥辱。

12【蒙童】ㄇㄥˊ ㄊㄨㄥˊ
知識未開的兒童。

14【蒙塵】ㄇㄥˊ ㄔㄣˊ
為灰塵所蔽。①比喻蒙受恥辱或苦難。②指帝王蒙羞流亡。

15【蒙蔽】ㄇㄥˊ ㄅㄧˋ
①昏昧無知。②隱瞞眞相，欺騙他人。

16【蒙懂】ㄇㄥˊ ㄉㄨㄥˇ
①模糊不清。②迷糊無知的樣子。也作懵懂。

【蒙館】ㄇㄥˊ ㄍㄨㄢˇ
教育孩童的學館。

19【蒙騙】ㄇㄥˊ ㄆㄧㄢˋ
蒙蔽欺騙。

【蒙難】ㄇㄥˊ ㄋㄢˋ
遭遇災難。

4【蒙太奇】ㄇㄥˊ ㄊㄞˋ ㄑㄧˊ
(montage)①將照片上的某形剪下來，黏貼在另一張照片的背景上，造成奇異或不調和之效果的一種技法。例如剪下一大廈的造形，把它黏貼在另一張照片的人的口中，就會產生巨人吃大廈的感覺。②在美術上，將畫報的某形剪下來，再把它黏貼在畫面上，造成超現實或奇異效果之手法。如立體派的拼貼畫及普普藝術家‘羅森柏格’(Rauschenberg)的彩色畫報剪貼等。

5【蒙古包】ㄇㄥˊ ㄍㄨˇ ㄅㄠ
‘蒙古’人所住的半圓形帳幕。帳頂有隙，可透光。可隨游牧而遷建。

【蒙古症】ㄇㄥˊ ㄍㄨˇ ㄓㄥˋ
(mongolism)又名‘當’氏症候群。由於染色體異常所造成之先天性智能低下的病症。病人的第二十一對染色體不是正常的一對，而是三條。除智能不足外，常有斷掌紋、異樣眼皮皺摺等特徵。母親年紀在四十歲以上，則產下蒙古症小孩的機會比年輕媽媽多100倍；亦有遺傳性的病人。目前無治療方法，只有注意優生學及做好產前檢查來避免產下‘蒙古’症嬰兒。

【蒙古族】ㄇㄥˊ ㄍㄨˇ ㄗㄨˊ
我國少數民族之一。分布在‘蒙古’草原，包括‘興安省’、‘遼北省’與‘熱河’、‘察哈爾’、‘綏遠’、‘寧夏’諸省的北部，以及‘新疆’‘準噶爾盆地’、‘青海’‘柴達木盆地’。人口約581萬(2000年)。可分為四支：一、‘外蒙古’人，即‘喀爾喀蒙古’，人口約100餘萬，信喇嘛教，營游牧生活；二、‘西蒙古’人，自稱‘額魯特蒙古’，40餘萬人，信喇嘛教，營游牧生活；三、‘內蒙古’人，人口約200餘萬，信喇嘛教，營游牧或農耕生活；四、‘布萊雅’及‘巴爾虎’人，大部分在‘蘇俄’‘貝加爾湖’南部，信喇嘛教或薩滿教，營游牧生活。

6【蒙汗藥】ㄇㄥˊ ㄏㄢˋ ㄧㄠˋ
一種足以使人失去知覺的藥物。大都用天仙子為主，加入枫心等物製成。誤服則頭重腳輕、口吐涎沫、意識不清。

5【蒙古大夫】ㄇㄥˊ ㄍㄨˇ ㄉㄞˋ ㄈㄨ
對庸醫的譏稱。

【蒙古地方】ㄇㄥˊ ㄍㄨˇ ㄉㄧˋ ㄈㄤ
位於我國北境。地勢高亢，東部是高1,000公尺左右的高原，西部為斷層作用所形成的山岳和盆地。全境氣候乾燥，惟北部可獲來自西北或北方海洋溼氣的滋潤，屬溫帶草原氣候，畜牧業盛；南部地勢較低，為戈壁沙漠地帶。因北部緊鄰‘蘇俄’，又無天然國界，而戈壁沙漠阻隔，與內地聯絡不便，國防極為不利；政府曾於‘民國’三十五年“中蘇友好同盟條約”中承認其獨立，但因‘蘇俄’屢次破壞約定，乃於四十二年宣布廢止該條約，亦不承認‘蒙古’獨立。‘庫倫’為其首府。居民以‘蒙古’人為主。

【蒙古高原】ㄇㄥˊ ㄍㄨˇ ㄍㄠ ㄩㄢˊ
位於我國北部。北與‘蘇俄’接壤，西界‘阿爾泰山’，南界‘北山’、‘賀蘭山’、‘陰山’、‘大興安嶺’。平均高度1,300公尺。地表因受斷層及風蝕作用，大抵東半部為一系列的盆地狀臺地(塔拉)，為戈壁沙漠；西半部則為山岳盆地，起伏很大。此地為‘蒙’胞家鄉，也是我國北方的屏藩，國防地位重要。

6【蒙地卡羅】ㄇㄥˊ ㄉㄧˋ ㄎㄚˇ ㄌㄨㄛˊ
(Monte Carlo)位於‘摩納哥’，濱‘地中海’。依山面海，風景秀麗，氣候溫和，為四季旅遊勝地。又開放賭場，為國際著名的銷金窟。

10【蒙特利安】ㄇㄥˊ ㄊㄜˋ ㄌㄧˋ ㄢ
(Piet Mondrian, 1872～1944)生於‘荷蘭’，逝世於‘美國’‘紐約’的新造形主義畫家。早年在‘荷蘭’習畫時就以新印象主義和野獸派風格傾向於現代美術運動。在'巴黎'期間(1911～1917),接觸到立體派後其繪畫就把自然形象還原於L+7與L-7的抽象造形。回到'荷蘭'的一段時間(1914～1919),受到哲學家'薰馬可'(Schoenmaekers)之影響,找尋普遍性的記號來代替描寫殊相(particular)的寫實形像,於西元1917年時完全走入抽象。"風格派"(*de Stijl*)期刊提供其新造形主義理論與作品發表的場所。其作品以垂直與水平、無彩色與有彩色、陰與陽、實與虛等表達宇宙普遍的兩極要素的對立與諧和之精神。代表作有"構成之一,藍與黃"(*Composition 1 with Blue and Yellow*)、"百老匯爵士樂"(*Broadway Boogie Woogie*)等油畫。

【蒙特利爾】 ㄇㄥˊ ㄊㄜˋ ㄌㄧˋ ㄦˇ

(Montreal)也譯作'蒙特婁'。'加拿大'第二大城,主要河口港及東部鐵路交通樞紐。位於'聖羅倫斯河'北岸。電子儀器、飛機、化學藥品及食品加工業發達。人口360.7萬(2004年)。

14【蒙臺梭利】 ㄇㄥˊ ㄊㄞˊ ㄙㄨㄛ ㄌㄧˋ

(Maria Montessori, 1870～1952)'義大利'女教育家。爲'蒙臺梭利'教學法的創始人。西元1894年獲'羅馬大學'醫學學位後,任母校精神疾病醫生,開始對智能不足兒童的教育問題發生興趣;1907年在'羅馬''聖羅倫梭'(San Lorenzo)的貧民窟中,開辦了一所兒童之家。1911年以後,專心從事著作講演及安排師資訓練計畫,發表"蒙臺梭利教學法"(*The Montessori Method*)、"童年的祕密"(*The Secret of Childhood*)、"新世界之教育"(*Education for a New World*)、"人類潛能的教育"(*To Educate the Human Potential*)等書。是二十世紀偉大的兒童教育家,對'歐''美'小學教育有深遠的影響。

蒙臺梭利像

6【蒙地卡羅術】 ㄇㄥˊ ㄉㄧˋ ㄎㄚˇ ㄌㄨㄛˊ ㄕㄨˋ

(Monte-Carlo method)係一項隨意抽樣供作模擬基礎的技術。以模擬的方式,創造一種人爲的環境,從而衡量各種不同的決策在此項環境中的效益。

蓂 ㄇㄧㄥˊ ming^2 音明

參蓂莢。

11【蓂莢】 ㄇㄧㄥˊ ㄐㄧㄚˊ

一種莢果植物。每月初一至十五日各生一莢,十六至三十日各掉一莢,可用來計算曆數。也稱曆莢。見"竹書紀年·上"。

蓑 ㄙㄨㄛ so^1, suo^1 音梭

1草名。可製雨衣。見"正字通"。2用蓑草或棕櫚葉編成的雨衣。本作衰。也作簑。如:蓑笠。3用草覆蓋在上面。見"正字通"。

6【蓑衣】 ㄙㄨㄛ ㄧ

用棕櫚皮或蓑草編成的雨衣。

11【蓑笠】 ㄙㄨㄛ ㄌㄧˋ

簑衣與箬笠。

蒿 ㄏㄠ hao^1 音嚆

1植物名。又名青蒿、香蒿。參青蒿。2氣體上升的樣子。如:焄蒿悽愴。3極目遠望。通睢。如:蒿目時艱。4姓。'明'有'蒿賓'。見"萬姓統譜·三三"。

5【蒿目】 ㄏㄠ ㄇㄨˋ

極目遠望。後用爲放眼塵世而含有憂時之意。

7【蒿里】 ㄏㄠ ㄌㄧˇ

地名。在'山東省''泰山'南麓。'秦''漢'時爲墳場,後因用爲墓場的通稱。

【蒿里薤露】 ㄏㄠ ㄌㄧˇ ㄒㄧㄝˋ ㄌㄨˋ

二輓歌名。旨在抒發生命短暫的感歎。

 蓑的俗體。

蒺 ㄐㄧˊ chi^2 音疾

參蒺藜。

19【蒺藜】 ㄐㄧˊ ㄌㄧˊ

(puncture vine; *Tribulus terrestris*)蒺藜科,莖平臥的草本植物。全株被絹絲狀柔毛。偶數羽狀複葉互生,小葉對生,全緣。花小,黃色,單生葉腋;果由5個分果組成;各具1對長短棘刺。分布舊世界熱帶地區外,全球溫帶地區均有歸化。爲難除之雜草,果可入藥治眼疾。

蒺藜圖

蓎 ㄊㄤˊ t'ang^2 音唐

草名。見"集韻"。

蓆 ㄒㄧˊ hsi^2 音息

1草長得又多又廣。見"說文"。2寬;大。3可供坐、臥的草墊子。同席。如:草蓆。

蓄 ㄒㄩˋ hsü^4 音續

1儲存;聚積。也指儲積的東西。如:蓄水。2含藏。如:蓄謀。

6【蓄血】 ㄒㄩˋ ㄒㄧㄝˇ

瘀血的一種。指血液運行受阻,瘀結於體內一定部位,如經脈管或器官之內。

13【蓄意】 ㄒㄩˋ ㄧˋ

故意;存心。

【蓄電池】 ㄒㄩˋ ㄉㄧㄢˋ ㄔˊ

(accumulator)可將化學能轉變爲電能而放電,或將電能轉爲化學能而充電之裝置。例如鉛蓄電池。

16【蓄積中毒】 ㄒㄩˋ ㄐㄧ ㄓㄨㄥˋ ㄉㄨˊ

(accumulation intoxication)由於長期攝入某些微量金屬(如汞、鉛等),或因某些藥物(如農藥、殺蟲劑)在人體的代謝率慢,或當人

體代謝毒物的能力受到損傷(如肝衰竭、腎衰竭)時，導致這些稀有金屬或藥物累積在體內，使肝臟及腎臟來不及將之清除而產生的中毒症狀。

蒬 ㄩㄢ yüan^1 音鴛
參棘蒬。

蒮 ㄩˋ yü^4 音育
草名。即山韭。見"爾雅·釋草"。

蒹 ㄐㄧㄢ chien^1 音兼
還沒有開花的蘆荻。見"說文"。

蒫 ㄘㄨㄛˊ ts'o^2, ts'uo^2 音瘥 又讀 ㄐㄧㄝ chieh^1 音嗟
薺菜的果實。見"爾雅·釋草"。

蒴 ㄕㄨㄛˋ shuo^4 音朔
(capsule) 蘚苔植物的孢子囊。位於孢子體的頂端，內藏許多孢子。蒴成熟以後，被覆於蒴頂的苔帽及內部的蓋相繼脫落，孢子便散出。

8【蒴果】ㄕㄨㄛˋ ㄍㄨㄛˇ
(capsule) 在果實的類型中屬會開裂的乾果。其子房由二個以上的心皮合生而成，成熟時開裂的方式有胞背開裂，即沿心皮背線開裂；胞間開裂，即沿隔板開裂；孔裂，即由小孔開裂；蓋裂，即橫向周圍開裂，果上端呈蓋狀脫落。

蓁 ㊀ ㄓㄣ chên^1 音針
①草茂盛的樣子。見"說文"。②木叢生。見"集韻"。③眾多。見"玉篇"。
㊁ ㄑㄧㄣˊ ch'in^2 音勤
參蓁艽。

6【蓁艽】ㄑㄧㄣˊ ㄐㄧㄠ
藥草名。也作秦艽。見"字彙"。

14【蓁蓁】ㄓㄣ ㄓㄣ
①草木茂盛的樣子。②眾物積聚的樣子。③頭上戴東西的樣子。

蒜 ㄙㄨㄢˋ suan^4 音算
①(garlic; *Allium sativum*) 草本。鱗莖球狀，由多個瓣狀小鱗莖緊密排列而成，外皮白色或帶紫色。花稈圓柱形，實心；葉扁平，頂端漸尖；花淡紅色，聚成繖形花序。全國均有栽培，供食用。②指銀白色。如：蒜髮。

蒜圖

蒪 ㄆㄛˋ p'o^4 音迫
芭蕉。見"玉篇"。

蒻 ㄖㄨㄛˋ jo^4, juo^4 音弱
①初生的嫩蒲。也稱蒲蒻。見"說文"。②蒲草編成的蓆。見"字彙"。

蒚 ㄌㄧˋ li^4 音歷
①草名。即山蒜。見"爾雅·釋草"。②莞蒲的莖。見"正字通"。

蓋 ㊀ ㄍㄞˋ kai^4 音概
①一切遮蔽物的總稱。如傘、車篷及臥具、炊具的蓋子或天空等是。②遮蔽；覆在上面。如：掩蓋。③搭建。如：蓋房子。④勝過；壓倒。如：蓋世奇人。⑤吹牛；亂說。如：蓋仙。⑥將圖章印在文件上。如：蓋章。⑦大概；或許。⑧連詞。用同因為。⑨助詞。用以發語，以提起下文。
㊁ ㄏㄜˊ ho^2, hê^2 音曷
通盍。①為什麼。②為什麼不。
㊂ ㄍㄜˇ ko^3, kê^3 音葛
①古地名。'戰國'齊'邑。故城在今'山東省''沂水縣'西北。②姓。'漢'有'蓋延'。見"萬姓統譜·一二四"。

4【蓋片】ㄍㄞˋ ㄆㄧㄢˋ
(shingles) 覆蓋在屋頂上，便於雨水流洩的面板。有木蓋片、石綿水泥蓋片、瀝青蓋片等。

5【蓋世】ㄍㄞˋ ㄕˋ
指才智、能力超越當代。

【蓋仙】ㄍㄞˋ ㄒㄧㄢ
俗稱擅長吹噓的人。

【蓋加林】ㄍㄞˋ ㄐㄧㄚ ㄌㄧㄣˊ
(Yuri Gagarin, 1934～1968) '蘇俄'太空人。為世界繞地球軌道飛行的第一人，時間是西元1961年4月12日。1968年3月在例行飛行中，飛機失事而喪生。

7【蓋希文】ㄍㄞˋ ㄒㄧ ㄨㄣˊ
(George Gershwin, 1898～1937) '美國'鋼琴演奏家及作曲家。作品有管絃樂"藍色狂想曲"(*Rhapsody in Blue*)、鋼琴協奏曲、"在巴黎的美國人" (*An American in Paris*)、歌劇"乞丐與蕩婦" (*Porgy and Bess*)等。

8【蓋亞納】ㄍㄞˋ ㄧㄚˋ ㄋㄚˋ
(Guyana) 位於'南美洲'北部的新興國家。濱'大西洋'。面積21.5萬方公里，人口76.5萬(2005年)，首都'喬治城' (Georgetown)。境內有低溼的沼澤，也有低地、平原及高原，河流均注入'大西洋'。北半部為生產地帶，主產咖啡、糖、鋁土、金礦及稻米。

【蓋舍爾】ㄍㄞˋ ㄕㄜˋ ㄦˇ
(Herbert Spencer Gasser, 1888～1963) '美國'生理學家。曾先後任教於'威斯康辛大學'、'華盛頓大學'、'康奈爾大學'。西元1935年起擔任'洛克菲勒醫學研究中心'主任。1944年以在神經纖維多重功用上的研究成果，榮獲'諾貝爾'醫學獎。

5【蓋世太保】ㄍㄞˋ ㄕˋ ㄊㄞˋ ㄅㄠˇ
(Gestapo) '希特勒'統治'德國'的祕密警察。負責安全、情報工作，可以任意逮捕敵人，送往集中營管束。隸屬創立於西元1929年的黑衫衛隊，由'希姆萊' (Heinrich Himmler) 統領。

12【蓋棺論定】ㄍㄞˋ ㄍㄨㄢ ㄌㄨㄣˊ ㄉㄧㄥˋ
指人一生的是非成敗，必須等到死後才能論定。

蓍 ㄕ shih^1 音尸
(yarrow; *Achillea alpina; Achillea sibirica*) 多年生草本。莖疏生長柔毛。葉無柄，為

羽狀中深裂，基部裂片抱莖。頭狀花序多數，密集成繖房花序，具白色舌狀花和筒狀花。分布於我國東北、‘蒙古’及‘西伯利亞’等寒帶地區。全株可作健胃藥，莖葉可作香料原料。

蓍圖

16【蓍龜】 ㄕ ㄍㄨㄟ
蓍草與龜殼。爲古代占卜用的工具。引申指卜筮。

蒱 ㄆㄨˊ p'u² 音蒲
參摴蒱。

蓺 藝的俗體。

蓐 ㄖㄨˋ ju⁴ 音入
1枯草重新生芽。見“說文”。2草蓆；草墊。通褥。如：床蓐。

12【蓐勞】 ㄖㄨˋ ㄌㄠˊ
婦女產後由於氣血虧損、調養失宜、勞累過度，導致外感風邪侵入的病症。症狀爲頭昏、肢節疼痛、盜汗、咳嗽、消瘦等。

蒧 ㊀ ㄉㄧㄢˇ tien³ 音點
人名用字。通作‘點’。‘孔子’弟子姓‘曾’名‘蒧’。見“史記·仲尼弟子傳”。
㊁ ㄓㄣ chên¹ 音針
姓。見“古今姓氏書辯證·一九”。

蒸 ㄓㄥ chêng¹ 音爭
1剝去纖維後的麻稈。可用以蘸取油脂，點燃照明。後因用以泛指火炬。2指細小的柴薪。3通烝。(1)蒸熟的祭品。(2)暑熱。(3)熱氣上騰的樣子。也指用熱氣蒸物。如：蒸發。4眾多。通眾。如：蒸民。

5【蒸民】 ㄓㄥ ㄇㄧㄣˊ
眾民。

10【蒸氣】 ㄓㄥ ㄑㄧˋ
(vapor) 簡稱汽。乃加大壓力可以冷凝之氣體。其溫度須在臨界溫度以下。

12【蒸發】 ㄓㄥ ㄈㄚ
(evaporation) 液體表面的分子掙脫液體的束縛而飛離液體的汽化現象。液體置於空氣中，會逐漸消失，即爲蒸發作用。這是因爲液面上的蒸氣壓，一直無法達到其飽和蒸氣壓，液體汽化的速率快過於蒸氣返回液體之速率的緣故。

29【蒸鬱】 ㄓㄥ ㄩˋ
水氣或雲霧蒸騰瀰漫。

10【蒸氣壓】 ㄓㄥ ㄑㄧˋ ㄧㄚ
(vapor pressure)一置密閉室中的液體，液面不斷蒸發，形成蒸氣，這些蒸氣對室壁及液體所產生的壓力，稱爲蒸氣壓。液體在蒸發的同時，蒸氣分子也會繼續不斷的返回液體中；當蒸氣增加到一個程度時，液體蒸發的速率會等於蒸氣返回液體的速率，而達平衡狀態，此時之蒸氣壓稱爲飽和蒸氣壓。飽和蒸氣壓隨溫度而變化。

12【蒸發熱】 ㄓㄥ ㄈㄚ ㄖㄜˋ
(heat of evaporation) 單位質量液體蒸發時所吸收之熱量。若溫度爲沸點則其值等於汽化熱。

【蒸發器】 ㄓㄥ ㄈㄚ ㄑㄧˋ
(evaporator)將工作介質由液體狀態變成氣體狀態的裝置。於蒸汽動力廠內，蒸發器的作用在於淨化系統的補充水；於冷凍空調系統內，蒸發器之作用是將冷媒控制器送來的液體冷媒在低壓低溫下蒸發變成氣體，吸收周圍空氣或被冷凍物之熱量，將周圍的空間或被冷凍物冷卻至所需低溫。

18【蒸餾法】 ㄓㄥ ㄌㄧㄡˋ ㄈㄚˇ
(distillation) 利用物質沸點不同的特性，將沸點較低的液體物質先行汽化，再使其凝結成液體，而將物質分離的方法。

【蒸餾酒】 ㄓㄥ ㄌㄧㄡˋ ㄐㄧㄡˇ
將釀造酒予以蒸餾而成的酒類。含高度酒精成分。如白蘭地、威士忌、高粱酒、伏特加等均屬之。

7【蒸汽機車】 ㄓㄥ ㄑㄧˋ ㄐㄧ ㄔㄜ
(steam locomotive) 以蒸汽爲原動力、蒸汽機爲原動機，使車輛迴轉於軌道上，以牽引客貨車輛的動力車。依煤水車之有無，蒸汽膨脹情形、蒸汽性質、汽缸數量、車輪排列、牽引列車種類及路線狀態等，而有不同分類。

9【蒸砂成飯】 ㄓㄥ ㄕㄚ ㄔㄥˊ ㄈㄢˋ
佛家語。比喻不可能成功的事情。

12【蒸散作用】 ㄓㄥ ㄙㄢˋ ㄗㄨㄛˋ ㄩㄥˋ
(transpiration)植物自根部吸收的水分，輸送到葉肉細胞後，可經由氣孔散失到外界的現象。

14【蒸蒸日上】 ㄓㄥ ㄓㄥ ㄖˋ ㄕㄤˋ
比喻蓬勃進展，一天比一天興盛。也作烝烝日上。

7【蒸汽渦輪機】 ㄓㄥ ㄑㄧˋ ㄨㄛ ㄌㄨㄣˊ ㄐㄧ
(steam turbine) 利用蒸汽作爲原動力的渦輪機。

蒝 ㄩㄢˊ yüan² 音原
草木莖葉展布的樣子。見“廣韻”。

11【蒝荽】 ㄩㄢˊ ㄙㄨㄟ
香菜。可食。也作胡荽。見“本草綱目·菜部·胡荽”。

蒢 ㄔㄨˊ ch'u² 音除
草名。見“玉篇”。

蒰 ㄙㄨㄣ sun¹ 音孫
香草名。見“玉篇”。

蒔 ㄕˊ shih² 音時
移植秧苗。也泛指栽種花木。如：蒔花。

8【蒔花】 ㄕˊ ㄏㄨㄚ
種花。

蓇 ㄍㄨˇ ku³ 音骨
草名。只開花而不結果實。見“集韻”。

13【蓇葖果】 ㄍㄨˇ ㄊㄨˊ ㄍㄨㄛˇ

(follicle) 果實的一種，爲乾果中的裂果類。由單心皮子房發育而成的果實，成熟時僅沿一側縫線裂開，常見於木蘭科、毛莨科及八角茴香科等之果實。

蓇葖果圖

蒽 ㄣ ên1 音恩
1草名。見"集韻"。2(anthracene)俗稱綠油腦。是一種會發出藍色螢光的無色晶體，分子式 $C_{14}H_{10}$，熔點218°C。可由分餾煤溚所得的綠油中提取，也可以由石油提煉而得。是製造茜素染料的原料。

薀 ㄩㄣ yün1 音暈
參䓘薀。

蒵 一 ㄒㄧ hsi1 音兮
草名。見"集韻"。
二 ㄒㄧˋ hsi4 音系
屐帶。見"集韻"。

蔢 ㄘㄨㄛ ts'o4, ts'uo4 音挫
跪不至地，稍蹲即起。

蒘 ㄋㄨˊ nu2 音奴
草名。見"玉篇"。

蒛 ㄑㄩㄝ ch'üeh1 音缺
參蒛葐。

13【蒛葐】 ㄑㄩㄝ ㄆㄣˊ
草名。果實似莓而小，可食。即覆盆。見"爾雅·釋草·茥蒛葐·注"。

蒯 ㄎㄨㄞˇ k'uai3 又讀 ㄎㄨㄞˋ k'uai4 音快
1(*Scirpus wichurai concolor*) 高大草本。莖鈍三角形，堅硬。葉叢生於稈基部，少數生於稈上，葉鞘較節間短。小穗卵圓形，多數密集成3～4個頂生或側生的繖房花序。其基部葉狀苞1～2枚，略長於花序。主產於'日本'。2姓。'春秋''衛'有'蒯聵'。見"通志·氏族略三"。

蒯圖

蒭 芻的或體。

蒩 ㄗㄨ tsu1 音租
1草名。即葴。見"爾雅·釋草"。2茅草墊。通作苴。見"正字通"。

蒓 蓴的或體。

蒶 ㄈㄣˊ fên2 音墳
參蒶蒀。

20【蒶蒀】 ㄈㄣˊ ㄩㄣˋ
累積。

蓓 ㄅㄟˋ pei4 音倍
蓓蕾的簡稱。

17【蓓蕾】 ㄅㄟˋ ㄌㄟˇ
花苞。

蒦 ㄏㄨㄛˋ ho4, huo4 音獲
1商量；規劃。見"說文"。2驚視的樣子。見"說文"。3持拿。通擭。見"廣雅·釋詁"。

蒨 ㄑㄧㄢˋ ch'ien4 音欠
1草名。也作茜。見"字彙"。2紅色。3草長得茂盛的樣子。通芊。如：夏曄冬蒨。

葸 ㄒㄧˊ hsi2 音息
參葸菜。

12【葸菜】 ㄒㄧˊ ㄘㄞˋ
菜名。即菲。生低溼地，似蕪菁，花紫赤色，可食。見"爾雅·釋草·菲葸菜·注"。

蒒 ㄕ shih1 音師
草名。俗稱自然穀、禹餘糧。見"博物志·六"。

10【蒒草】 ㄕ ㄘㄠˇ
(*Carex kobomugi*) 多年生草本。根狀莖粗壯，木質；稈粗壯，基部有黑褐色纖維狀的舊葉鞘留存，葉革質，邊緣有粗糙細齒。雌雄異株。雌穗狀花序橢圓形，栗色。生長於海邊或河邊沙地。種子入藥，爲健腸藥；莖葉可造紙。

蒒草圖

蒐 ㄙㄡ sou1 音搜
1草名。醫家稱爲地血。見"字彙"。2打獵。通獀。3聚集；點閱。4搜集。通搜。如：蒐羅。

12【蒐集】 ㄙㄡ ㄐㄧˊ
搜集。

19【蒐羅】 ㄙㄡ ㄌㄨㄛˊ
搜集網羅。

蓖 ㄅㄧˋ pi4 音必
參蓖麻。

11【蓖麻】 ㄅㄧˋ ㄇㄚˊ
(castor bean; wonder tree; *Ricinus communis*)通常爲一年生草本，但於熱帶地區則可長成小喬木。嫩枝常被白粉；葉輪廓圓形，盾狀著生，掌狀中裂，裂片頂端漸尖，邊緣有鋸齒；花單性，無花瓣，雄花在花序下部，雌花在上部；蒴果球形，有軟刺；種子光滑，有類似國劇臉譜的斑紋。原產'非洲'，我國各地有栽培。種子提製工業用油原料，也可作瀉劑；根、莖及葉均可入藥，治盲腸炎、風溼和腫毒等病痛。種子大型，可達 1～2 公分，是觀察種子構造實驗的最佳材料。

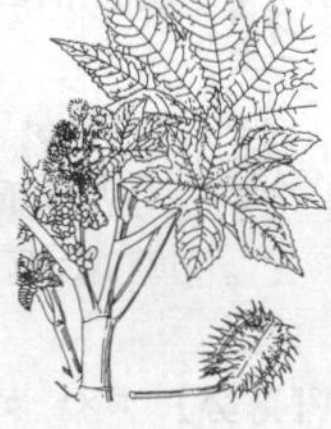
蓖麻圖

蓚 蓨的或體。

蒼 ㄘㄤ ts'ang1 音倉
1草綠色；深青色。如：蒼苔。2灰白色。如：白髮蒼蒼。3茂盛眾多的樣子。如：蒹葭蒼蒼。4姓。'漢'有'蒼英'。見"通志·氏族略四"。

4【蒼天】 ㄘㄤ ㄊㄧㄢ
1指天。因天色蒼蒼而得名。2指春。因春日大地青翠而得名。3指

東方的天空。

5【蒼生】 ㄘㄤ ㄕㄥ

1生長草木的地方。2指百姓、眾生。

8【蒼穹】 ㄘㄤ ㄑㄩㄥ

天空。

9【蒼勁】 ㄘㄤ ㄐㄧㄥˋ

蒼老挺拔的樣子。

10【蒼冥】 ㄘㄤ ㄇㄧㄥˊ

天地。

11【蒼涼】 ㄘㄤ ㄌㄧㄤˊ

蒼茫淒涼。

12【蒼黃】 ㄘㄤ ㄏㄨㄤˊ

1黃綠色。2慌亂的樣子。3形容反覆不定。

【蒼華】 ㄘㄤ ㄏㄨㄚˊ

1道教語。指髮神。2蒼髮。形容頭髮灰白。

14【蒼翠】 ㄘㄤ ㄘㄨㄟˋ

碧綠色。

16【蒼龍】 ㄘㄤ ㄌㄨㄥˊ

四象之一。二十八宿中東方七宿的合稱。也作青龍。古人把角、亢、氐、房、心、尾、箕七宿想像爲飛騰在大的大龍,又因東方屬木,色青,故稱。

【蒼頭】 ㄘㄤ ㄊㄡˊ

1古代用青巾包裹頭部的兵卒。2指僕役。'漢代'僕役以深青色巾包頭,故稱。

29【蒼鬱】 ㄘㄤ ㄩˋ

翠綠茂盛的樣子。

15【蒼頡篇】 ㄘㄤ ㄐㄧㄝˊ ㄆㄧㄢ

'秦''李斯'撰,七章。所收文字根據'史籀'大篆加以選擇省改,世稱小篆。'漢'人將此與'趙高''爰歷篇'、'胡母敬''博學篇'合爲一篇,亦稱"蒼頡篇"或"三蒼"。

蓊 ㄨㄥˇ wêng³

1草名。可用以染黃色。見"集韻"。2茂盛的樣子。如:蓊鬱。

9【蓊勃】 ㄨㄥˇ ㄅㄛˊ

濃密蓬勃的樣子。

29【蓊鬱】 ㄨㄥˇ ㄩˋ

茂密繁盛的樣子。

蓏 ㄌㄨㄛˇ lo³, luo³ 音裸

蔓藤生長在地面的瓜類果實。見"說文"。

11

蔤 ㄇㄧˋ mi⁴ 音蜜

藕芽。俗稱藕鞭。見"本草綱目·果部·蓮藕"。

蔻 ㄎㄡˋ k'ou⁴ 音叩

參豆蔻。

4【蔻丹】 ㄎㄡˋ ㄉㄢ

(cotex)一種著名的進口指甲油廠牌名。後借用爲指甲油的通稱。

蔩 ㄧㄣˊ yin² 音寅

草名。即菟瓜。見"爾雅·釋草"。

蓿 ㄙㄨˋ su⁴ 音肅

參苜蓿。

蔆 菱的本字。

蔀 ㄅㄨˋ pu⁴ 音部

1草名。即魚薺。見"廣雅·釋草"。2小席子。見"廣韻"。3用草席覆蓋。4古代曆法。參蔀法。

8【蔀法】 ㄅㄨˋ ㄈㄚˇ

古曆法。以十九年爲一章,四章爲一蔀,二十蔀爲一紀,三紀爲一元。

蔏 荻的或體。

蔏 ㄕㄤ shang¹ 音商

參蔏蔞。

15【蔏蔞】 ㄕㄤ ㄌㄡˊ

草名。即蔞蒿。生於下田,可食。見"爾雅·釋草·蔏蔞·注"。

蔎 ㄕㄜˋ shê⁴ 音設

1香草名。見"說文"。2茶的別名。見"陸羽·茶經·上"。

蔙 耄的或體。

蓘 ㄍㄨㄣˇ kun³ 音滾

用土培壅秧苗。見"集韻"。

蔗 ㄓㄜˋ chê⁴ 音浙

參甘蔗。

16【蔗糖】 ㄓㄜˋ ㄊㄤˊ

(sucrose)一種味甜、易溶於水的無色晶體。分子式 $C_{12}H_{22}O_{11}$。其分子是由一分子葡萄糖和一分子果糖脫去一分子水而形成的。主要來源是甘蔗或甜菜的汁液。爲人類日常生活中最常食用的糖,多用於調味、食物防腐及製造糖果等。

蔍 ㄌㄨˋ lu⁴ 音鹿

草名。1即鹿蹄草。見"集韻"。2即萱草。見"正字通"。

蔟 ㄘㄨˋ ts'u⁴ 音促

通簇。1給蠶做繭用的竹器。見"說文"。2聚集。如:花團錦蔟。3量詞。一團、一叢叫做一蔟。

蔴 麻的俗體。

蔽 ㄅㄧˋ pi⁴ 音敝

1覆蓋;屏障。如:蔽野。2欺瞞;詐騙。如:蒙蔽。3概括;總括。如:一言以蔽之。

13【蔽塞】 ㄅㄧˋ ㄙㄜˋ

1阻塞;堵塞。2指耳目思想被蒙蔽。

14【蔽障】 ㄅㄧˋ ㄓㄤˋ

遮蔽阻隔。

蔊 ㄏㄢˇ han³ 音喊

菜蔬名。通稱蔊菜。也作蘣。見"本草綱目·菜部·蔊菜"。

12【蔊菜】 ㄏㄢˇ ㄘㄞˋ

(*Nasturtium montanum*)一年生草本。莖柔弱。根生葉羽狀淺裂,頂生裂片大,側生者小;莖生葉卵形,兩種葉之葉緣爲不整齊鋸齒或齒芽。花淡黃色,小型,呈頂生總狀花序。長角果條狀,種子褐色。常生於潮溼的荒地或路旁。可作野菜或飼料。

蔊菜圖

蔧 ㄏㄨㄟˋ hui⁴ 音慧 又讀 ㄨㄟˋ wei⁴ 音味

草名。見"集韻"。

蓼 ㊀ ㄌㄧㄠˇ *liao*³ 音了

①(knotweed; *Polygonum*)爲蓼科(Polygonaceae)的一大屬。全世界有將近150種。大多爲一年生或多年生草本，少數爲木質化或爲藤本。葉單一，互生，全緣，有各種形狀；托葉鞘很發達。花小，偶有鮮豔花色；果爲小堅果，常由花萼包住。'臺灣'平地至山區常見到的火炭母草(*P. chinense*)、高山最普遍的虎杖(*P. cuspidatum*)及著名的何首烏(*P. multiflorum*)均爲蓼屬植物。②姓。'唐'有'蓼崇業'。見"正字通"。

蓼圖

㊁ ㄌㄨˋ *lu*⁴ 音鹿

草木長大的樣子。見"集韻"。

蔜 ㄠˊ *ao*² 音敖

草名。即雞腸草。又名蕿蘉草。見"字彙"。

蓻 ㊀ ㄐㄧˊ *chi*² 音楫

①茅的根芽。見"說文"。②草木繁多的樣子。見"廣韻"。

㊁ ㄐㄩˊ *chü*² 音局

草名。也作蘜。見"集韻"。

蔒 ㊀ ㄒㄩㄣ *hsün*¹ 音熏

氣味蒸出。通薰。

㊁ ㄏㄨㄣ *hun*¹ 音昏

指薑、葱、韭一類氣味辛烈的菜。即臭菜。同葷。見"集韻"。

蓮 ㄌㄧㄢˊ *lien*² 音連

荷；荷實。如：蓮房。

7【蓮社】 ㄌㄧㄢˊ ㄕㄜˋ

原是'東晉'高僧'慧遠'所組成的佛教社團。後世凡修淨土宗的道場，多稱蓮社。參白蓮社。

15【蓮蓬】 ㄌㄧㄢˊ ㄆㄥˊ

蓮的果實及其外苞。也作蓮房。

19【蓮霧】 ㄌㄧㄢˊ ㄨˋ

(*Syzygium samarangense*(Bl.) Merr. et Perry) 高大喬木。葉對生，厚革質，長橢圓形，頂端漸尖，基部狹心形，近無柄。數朵花聚成聚繖花序，花白色，萼成筒，倒圓錐形，宿存裂片4枚，花瓣4，逐片脫落；離生雄蕊多數，花絲長，伸出花瓣。漿果呈鐘狀，先端半球形，基部漸細，肉質，淡紅色，表面光亮、蠟質。原產'印度'、'印尼'等地。我國南部各省及'臺灣'均廣泛栽培，爲重要經濟果樹。

【蓮藕】 ㄌㄧㄢˊ ㄡˇ

蓮花的莖部。有節，中有小孔，可食。

8【蓮花落】 ㄌㄧㄢˊ ㄏㄨㄚ ㄌㄠˋ

民間曲藝的一種。舊時多爲乞丐所唱，或以槌鼓，或以竹四片，搖之以爲節拍。本作"蓮花樂"，後作"蓮花落"。'宋朝'已有，'清''乾隆'後演變成一種專門的曲藝，演唱民間故事。

蔪 ㊀ ㄐㄧㄢˋ *chien*⁴ 音漸

參蔪苞。

㊁ ㄐㄧㄢ *chien*¹ 音肩

參蔪蔪。

㊂ ㄕㄢ *shan*¹ 音山

除去；割除。通芟。見"字彙"。

9【蔪苞】 ㄐㄧㄢˋ ㄅㄠ

草相包裹而生長。也作漸包。

15【蔪蔪】 ㄐㄧㄢ ㄐㄧㄢ

麥子開花的樣子。

蔫 ㊀ ㄧㄢ *yen*¹ 音煙

①不新鮮。見"廣韻"。②衰枯；衰老。

㊁ ㄋㄧㄢ *nien*¹

①暗中。②花草缺少水分，顯得沒有生氣的樣子。

蓴 ㄔㄨㄣˊ *ch'un*² 音純

(water-shield; *Brasenia schreberi*) 多年生水生草本。亦稱蒓菜。根莖細長橫走，根著於深水泥底中。葉互生細長莖上，飄於水面，其柄盾狀著生；花單生於花梗先端，紫紅色。葉柄和花梗均有黏液。可供作蔬菜食用。

蓴圖

27【蓴鱸之思】 ㄔㄨㄣˊ ㄌㄨˊ ㄓ ㄙ

指居官遠地，對故鄉的思念。'晉'時'吳'人'張翰'任官於'洛陽'，見秋風起，想起故鄉的蓴羹和鱸魚膾，馬上辭官回家。見"晉書·文苑傳·張翰"。

蓲 ㊀ ㄡ *ou*¹ 音歐

木名。即刺榆。也作樞。見"集韻"。

㊁ ㄒㄩ *hsü*¹ 音須

暖和。通煦。見"集韻"。

蔌 ㄙㄨˋ *su*⁴ 音速

菜蔬總名。見"正字通"。

蔈 ㄅㄧㄠ *piao*¹ 音標

①草名。指開黃花的苕草。見"說文"。②指禾草的穗毛。通秒。見"說文通訓定聲"。

蔚 ㊀ ㄨㄟˋ *wei*⁴ 音未

①植物名。也叫牡蒿。見"說文"。②繁盛；盛多。如：雲蒸霞蔚。

㊁ ㄩˋ *yü*⁴ 音郁

①煩悶。通鬱。如：蔚結。②姓。'漢'有'蔚贕'。見"萬姓統譜·一一六"。

10【蔚起】 ㄨㄟˋ ㄑㄧˇ

繁盛興起。

12【蔚然】 ㄨㄟˋ ㄖㄢˊ

茂盛的樣子。

15【蔚蔚】 ㊀ ㄨㄟˋ ㄨㄟˋ

盛多的樣子。

㊁ ㄩˋ ㄩˋ

愁悶鬱結的樣子。通鬱鬱。

18【蔚藍】 ㄨㄟˋ ㄌㄢˊ

深藍色。

9【蔚爲大觀】 ㄨㄟˋ ㄨㄟˊ ㄉㄚˋ ㄍㄨㄢ

形成盛大壯觀的場面。

蓺 ㄧˋ *i*⁴ 音藝

本作埶。今作藝。①種植。見"集韻"。②技能。

蓳 堇的本字。

蔕 ㄉㄧˋ ti⁴ 音帝
花、果與枝莖相連的地方。同蒂。見"說文"。

蓷 ㄊㄨㄟ t'ui¹ 音推
草名。即茺蔚、益母草。也作萑。見"爾雅·釋草·萑蓷·注"。

蓩 ㄇㄠˋ mao⁴ 音冒
草名。①即葶藶。有毒。見"集韻"。②即卷耳。見"集韻"。

蓪 ㄊㄨㄥ t'ung¹ 音通
參蓪草。

10【蓪草】 ㄊㄨㄥ ㄘㄠˇ
草名。中有小孔通氣,可供藥用。見"廣韻"。

蔬
蔬的或體。

蔬 ㄕㄨ shu¹ 音疏 又讀 ㄙㄨ su¹ 音蘇
①泛指一切可作菜吃的草本植物。如:蔬果。②粗陋。通疏。如:蔬食。

21【蔬糲】 ㄕㄨ ㄌㄧˋ
蔬菜和粗米。比喻粗食。

8【蔬果雕】 ㄕㄨ ㄍㄨㄛˇ ㄉㄧㄠ
以蔬菜水果爲材料的一種雕刻。常視果菜的特殊造形即興奏刀,手法俐落迅速。蔬果的色澤各異,常可互相襯托,刻就的花飾,陳列在菜肴四周,可收色、香、味俱全的效果。

蔯 ㄔㄣˊ ch'ên² 音陳
參茵蔯。

蔭 ㄧㄣˋ yin⁴ 音印
①陰影。如:綠樹成蔭。②遮蔽。③庇護。通廕。如:庇蔭。④古代貴族或功勳子弟受祖先恩澤而世襲爵位或得官。

蓫 ㄓㄨˊ chu² 音逐
草名。即羊蹄菜。見"字彙"。

17【蓫薚】 ㄓㄨˊ ㄊㄤ
草名。即馬尾。見"爾雅·釋草"。

蔖 ㊀ ㄘㄨㄛˊ ts'o², ts'uo² 音嵯
草名。可以做鞋墊。見"爾雅·釋草·菌蔖·注"。
㊁ ㄓㄚ cha¹ 音渣
草名。即楚葵。或作蒩。見"集韻"。

菌 ㄐㄩㄣˋ chün⁴ 音菌
草名。①即鹿豆。蔓生,葉像大豆,根黃色而香。見"爾雅·釋草·菌鹿藿·注"。②即地蕈。同菌。見"集韻"。

蔝 ㄇㄧˇ mi³ 音米
草名。即菽。見"爾雅·釋草"。

蔞 ㊀ ㄌㄡˊ lou² 音樓
草名。可以烹魚。見"說文"。
㊁ ㄌㄧㄡˊ liu² 音流
古代匡正車輪的器具。也稱萬蔞。見"集韻"。
㊂ ㄌㄧㄡˇ liu³ 音柳
古代喪車的裝飾。通作柳。見"集韻"。

蔓 ㊀ ㄇㄢˋ man⁴ 音慢
①(vine)植物莖不能直立,需攀緣或纏繞他物作爲支撐,特稱此種性狀爲蔓性。許多豆類具蔓性的莖,如豌豆、蝶豆及菜豆等。②擴大滋長。如:蔓延。③雜亂。如:枝詞蔓說。
㊁ ㄇㄢˊ man² 音蠻
參蔓菁。

8【蔓延】 ㄇㄢˋ ㄧㄢˊ
擴大延伸。也作曼延。

9【蔓衍】 ㄇㄢˋ ㄧㄢˇ
同蔓延。

12【蔓詞】 ㄇㄢˋ ㄘˊ
雜亂繁瑣的文字。

【蔓菁】 ㄇㄢˊ ·ㄐㄧㄥ
菜名。即蕪菁。也稱諸葛菜。芥屬,根長而白,莖粗葉大,可食用;開黃花,四出如芥。見"本草綱目·菜部·蕪菁"。

蓽 ㄅㄧˋ pi⁴ 音必
①豆。見"集韻"。②荊。見"集韻"。

9【蓽茇】 ㄅㄧˋ ㄅㄚˊ
(Indian long pepper; *Piper longum*)爲胡椒屬植物。多年生草本。莖高大,可達1公尺以上。葉心形或卵狀心形,先端漸尖,基部有柄,葉面光滑。花小,白色,只具苞片,多數聚成長條形的穗狀花序。原產於'印度'、'馬來','臺灣'也有栽培。果芳香,食之可健胃和鎮痛。

8【蓽門圭竇】 ㄅㄧˋ ㄇㄣˊ ㄍㄨㄟ ㄉㄡˋ
用荊、竹和樹枝所編造的圭狀小門。形容屋舍的破舊簡陋。

13【蓽路藍縷】 ㄅㄧˋ ㄌㄨˋ ㄌㄢˊ ㄌㄩˇ
坐柴車,穿破舊衣服。形容開荒、創業的艱辛。也作蓽露藍蔞。

蔮 ㄍㄨㄟˋ kuei⁴ 音貴
包頭巾。同幗。見"字彙補"。

蔂
蘽的或體。

蓾 ㄌㄨˇ lu³ 音魯
草名。可做鞋墊。同蘆。見"說文·蘆·段注"。

蓶 ㄨㄟˇ wei³ 音偉
菜名。形似韭菜而色黃。見"玉篇"。

蔣 ㄐㄧㄤˇ chiang³ 音獎
①草名。即菰。見"說文"。②姓。'漢'有'蔣滿'。見"萬姓統譜·八六"。

4【蔣中正】 ㄐㄧㄤˇ ㄓㄨㄥ ㄓㄥˋ
(1887~1975)'浙江省''奉化縣'人,字'介石'。'日本''振武學校'畢業。加入'同盟會',矢志革命。返國後,參加辛亥'杭州'光復之役。後奉'孫中山'先生之命,參加討'袁'、護法諸役。'民國'十三年,任'黃埔軍官學校'校長。十五年,任國民革命軍總司令,誓師北伐。十七年,統一全國,就任國民政府主席。二十六年起,領導全民對'日'

蔣中正像

抗戰，獲得最後勝利。其間曾當選‘中國國民黨’總裁，任盟軍‘中國’戰區最高統帥。三十七年當選行憲後首任總統。三十八年來‘臺’，領導反共復國，建設‘臺灣’。著有“中國之命運”、“民生主義育樂兩篇補述”、“蘇俄在中國”等書。

6【蔣百里】 ㄐㄧㄤˇ ㄅㄞˇ ㄌㄧˇ
(1882～1938)‘浙江省’‘海寧縣’人，名‘方震’，字‘百里’。‘日本士官學校’畢業。歷任‘保定陸軍軍官學校’校長、‘國民參政會’參政員、‘陸軍大學’代理校長。著有“蔣百里全集”。

蔣百里像

7【蔣廷黻】 ㄐㄧㄤˇ ㄊㄧㄥˊ ㄈㄨˊ
(1895～1965)‘湖南省’‘邵陽縣’人。‘美國’‘哥倫比亞大學’歷史博士。歸國後，任教‘南開’、‘清華大學’，爲研究我國近代史的先驅之一。並歷任‘行政院’政務處長、駐‘俄’大使、駐‘聯合國’常任代表、‘中央研究院’院士、駐‘美’大使。著有“最近三百年東北外患史”、“中國近代史大綱”等。

蔣廷黻像

12【蔣渭水】 ㄐㄧㄤˇ ㄨㄟˋ ㄕㄨㄟˇ
(1890～1931)‘臺灣省’‘宜蘭縣’人，字‘雪谷’。‘臺灣醫學專科學校’畢業。深受‘孫中山’先生思想影響，組織‘臺灣文化協會’，鼓吹新文化，反對‘日本’統治。曾兩度被捕入獄，終身爲爭取‘臺’胞的民主自由而奮鬥。

13【蔣經國】 ㄐㄧㄤˇ ㄐㄧㄥ ㄍㄨㄛˊ
(1910～1988)‘浙江省’‘奉化縣’人。早年留學‘俄國’。回國後，擔任‘江西省’第四區行政督察專員，以建設「新贛南」著名於時。抗戰勝利，辦理東北外交，督導‘上海’經濟。政府播遷來‘臺’，出任‘救國團’主任、‘國防部’部長、‘行政院’院長。革新政治風氣，推動十大建設。‘民國’六十七年，當選第六任總統，七十三年再當選連任。著有“負重致遠”、“風雨中的寧靜”等書。

蔣經國像

14【蔣夢麟】 ㄐㄧㄤˇ ㄇㄥˋ ㄌㄧㄣˊ
(1886～1964)‘浙江省’‘餘姚縣’人，原名‘夢熊’，字‘兆賢’，號‘孟鄰’。‘美國’‘哥倫比亞大學’哲學博士。歸國後，歷任‘浙江省’‘教育廳’廳長、‘教育部’部長、‘北京大學’教授、校長、‘行政院’祕書長、‘中國農村復興委員會’主任委員。著有“中國教育原理”、“孟鄰文存”、“西潮”等。

蔣夢麟像

蔑 ㄇㄧㄝˋ mieh⁴ 音滅
1眼睛疲勞無神。見“說文”。2輕視；欺侮。如：侮蔑。3細；小。4無；沒有。5忽略；拋棄。如：不蔑民功。

11【蔑視】 ㄇㄧㄝˋ ㄕˋ
輕視；鄙視。

【蔑棄】 ㄇㄧㄝˋ ㄑㄧˋ
因賤視而拋棄。

蔱 ㄕㄚ sha¹ 音殺
草名。即茱萸。見“廣韻”。

蔘 一 ㄕㄣ shên¹ 音申
人蔘。本作蓡、葠。通作參。見“集韻”。
二 ㄙㄢ san¹ 音三
參蔘綏。

13【蔘綏】 ㄙㄢ ㄙㄨㄟ
旣廣且大。

蔔 ㄅㄛˊ po² 音博
參蘿蔔。

蓬 ㄆㄥˊ p'êng² 音朋
1(fleabane; *Erigeron*)飛蓬屬的簡稱。爲菊科(Compositae)中的一屬，約有200種。大多爲多年生草本。主產‘北美’，也有不少爲泛世界性分布者。葉互生，常無柄。筒狀花黃色，舌狀花兩列，白色、粉紅色、藍色或紫色。堅果扁平。如‘加拿大’蓬(*E. canadensis*)。2散亂。如：蓬頭垢面。

8【蓬門】 ㄆㄥˊ ㄇㄣˊ
1用蓬草編成的門戶。一說用蘆柴編製的門戶。比喻貧窮的家庭。也作蓬戶。2謙稱自己門戶的簡陋。

9【蓬勃】 ㄆㄥˊ ㄅㄛˊ
興盛的樣子。

12【蓬萊】 ㄆㄥˊ ㄌㄞˊ
1古代傳說中東方海上的仙山。也作‘蓬壺’。2長滿蓬草和萊草的地方。指隱士所居之處。

14【蓬蒿】 ㄆㄥˊ ㄏㄠ
1蓬草與蒿草。也指雜草。2比喻草野田舍。3即茼蒿菜。見“本草綱目·菜部·茼蒿”。

15【蓬髮】 ㄆㄥˊ ㄈㄚˇ
形容頭髮散亂。

18【蓬鬆】 ㄆㄥˊ ㄙㄨㄥ
披散紛亂的樣子。

4【蓬戶甕牖】 ㄆㄥˊ ㄏㄨˋ ㄨㄥˋ ㄧㄡˇ
用蓬草編成門，以甕作爲窗。形容窮人的住家。

5【蓬生麻中】 ㄆㄥˊ ㄕㄥ ㄇㄚˊ ㄓㄨㄥ
蓬草生於麻中，不扶而直。比喻環境可以影響人的品德。

8【蓬門蓽戶】 ㄆㄥˊ ㄇㄣˊ ㄅㄧˋ ㄏㄨˋ
形容窮人簡陋的住家。

15【蓬蓽生輝】 ㄆㄥˊ ㄅㄧˋ ㄕㄥ ㄏㄨㄟ
使貧賤之家增添光彩。多用爲獲別人贈書、畫或有客光臨的謙辭。

16【蓬頭垢面】 ㄆㄥˊ ㄊㄡˊ ㄍㄡˋ ㄇㄧㄢˋ
頭髮散亂，臉容髒汙。形容人儀容不整。

蔡 一 ㄘㄞˋ ts'ai⁴ 音菜
1草長得散亂。見“說文”。2占卜用的大龜。見“字彙”。3

姓。‘春秋’‘晉’有‘蔡墨’。見“萬姓統譜·九七”。

㊂ ㄙㄚˋ *sa*^{4} 音薩

流放。通粲。見“正字通”。

7【蔡沈】 ㄘㄞˋ ㄔㄣˊ

(1167～1230)‘南宋’‘建陽’(今‘福建’‘建陽’)人,字‘仲默’,‘蔡元定’之子。年少時師事‘朱熹’,並得其父之傳。屢薦不就,隱居‘九峰’,學者稱‘九峰先生’。著有“書集傳”、“洪範皇極”等書。

10【蔡邕】 ㄘㄞˋ ㄩㄥ

(133～192)‘東漢’‘陳留’(今‘河南’‘陳留’)人,字‘伯喈’。博學多能,精通辭章、天文、術數、書畫、音樂。‘靈帝’時拜郎中,奏請校定六經文字,立碑太學門外,以爲學者之法式,後稱“熹平石經”。‘獻帝’時,‘董卓’強迫徵召,拜中郎將。後‘董卓’被殺,受累死於獄中。著有“獨斷”、“蔡中郎集”。

【蔡倫】 ㄘㄞˋ ㄌㄨㄣˊ

(?～121)‘東漢’‘桂陽’(今‘湖南’‘耒陽’)人。‘和帝’時爲中常侍,‘安帝’時封‘龍亭侯’,後因事受累,服毒自殺。‘倫’曾用樹皮、麻頭、破布、魚網等材料製造紙張,世稱‘蔡侯’紙。

12【蔡琰】 ㄘㄞˋ ㄧㄢˇ

(162?～239?)‘東漢’‘陳留’(今‘河南’‘陳留’)人,字‘文姬’。‘蔡邕’之女。學問淵博,精通音律。初嫁‘河東’‘衛仲道’,夫亡無子,歸娘家。‘興平’年間,天下喪亂,‘文姬’輾轉爲‘匈奴’騎兵所獲,嫁給‘左賢王’,居十二年,生二子。後爲‘曹操’贖回,再嫁屯田都尉‘董祀’。今存“悲憤詩”二篇,一爲五言體,一爲辭賦體。又“胡笳十八拍”也傳爲‘文姬’所作。

17【蔡襄】 ㄘㄞˋ ㄒㄧㄤ

(1012～1067)‘北宋’‘福建’‘仙遊’人,字‘君謨’。工詩文,通史學,並擅長書法。‘仁宗’‘天聖’時進士,歷任‘開封’、‘福州’、‘泉州’、‘杭州’知府;曾在‘泉州’‘萬安渡’督建長1,200公尺之巨石型梁式橋,即所謂‘洛陽橋’,爲世界橋梁工程史上的傑作。卒諡‘忠惠’。著有“茶錄”、“荔枝譜”及“蔡忠惠集”等書。

【蔡鍔】 ㄘㄞˋ ㄜˋ

(1882～1916)‘湖南’‘邵陽’人,原名‘艮寅’,字‘松坡’。‘日本陸軍士官學校’騎兵科畢業。歸國後,於‘江西’、‘湖南’、‘廣西’等地督練新軍。辛亥‘雲南’光復後,任‘雲南’都督,後‘袁世凱’解除其兵權。帝制議起,乃輾轉回‘雲南’,籌組護國軍,通電討‘袁’。‘袁’死後,任‘四川’督軍兼省長。著有“蔡松坡先生遺集”。

蔡鍔像

4【蔡元培】 ㄘㄞˋ ㄩㄢˊ ㄆㄟˊ

(1867～1940)‘浙江省’‘紹興縣’人,字‘鶴卿’,號‘孑民’。早年加入‘同盟會’,從事革命工作。‘民國’成立,曾任教育總長、‘北京大學’校長、‘大學院’院長、‘中央研究院’院長等職。著有“蔡元培先生全集”。

蔡元培像

7【蔡李佛拳】 ㄘㄞˋ ㄌㄧˇ ㄈㄛˊ ㄑㄩㄢˊ

南派拳術。流行於‘廣東’、‘香港’。合‘蔡’家步法、‘李’家拳法、佛家掌法爲一家,長橋大馬,快速靈活,左右開弓,步法多變。

蔠 ㄓㄨㄥ *chung*^{1} 音終

草名。葵類。大莖小葉,花紫黃色。也稱蘩露、承露。見“字彙”。

蔛 ㄏㄨˊ *hu*^{2} 音胡

草名。生於水旁,可以用來蒸魚吃,味道鮮美。見“本草綱目·草部·蔛草”。

蔦 ㄋㄧㄠˇ *niao*^{3} 音裊

(*Ribes ambiguum*)灌木。嫩枝有短毛。葉互生,聚集枝端,有柄,葉身腎圓形,基部心形,3～5淺裂,鈍鋸齒緣。花淡綠白色,1～2個束生枝端。果實球形,綠色,密生腺毛。種子黑褐色。主產於‘日本’。

蔦圖

蔥 ㄘㄨㄥ *ts'ung*^{1} 音匆

① (two-bladed onion; *Allium fistulosum*)草本。鱗莖柱狀,外皮白色或淡紅褐色。花莖圓柱形,中空。葉圓柱形,中空,向頂端漸狹。繖形花序球形,花多而密,花被鐘形,白色。全國各地栽培。作蔬菜食用,爲極普遍之佐料。② 青草色。即綠色。如:蔥翠。

蔥圖

蓧 ㊀ ㄉㄧㄠˋ *tiao*^{4} 音掉

除田草用的竹器。見“說文”。

㊁ ㄉㄧˊ *ti*^{2} 音狄

盛穀種的竹器。見“廣韻”。

㊂ ㄊㄧㄠ *t'iao*^{1} 音挑

草名。即苗。通蓨。見“集韻”。

蓨 ㊀ ㄊㄧㄠ *t'iao*^{1} 音挑

草名。即苗。通作蓧。見“說文通訓定聲”。

㊁ ㄒㄧㄡ *hsiu*^{1} 音脩

喜悅。見“集韻”。

蔰 ㄏㄨˋ *hu*^{4} 音戶

參萑蔰。

蓰 ㄒㄧˇ *hsi*^{3} 音徙

① 草名。見“集韻”。② 五倍。見“正字通”。

蓯 ㊀ ㄗㄨㄥˇ *tsung*^{3} 音總

參葑蓯。

㊁ ㄘㄨㄥ ts'ung¹ 音聰
參蓯蓉。
㊂ ㄙㄨㄥˇ sung³ 音竦
參蘅蓯。
14【蓯蓉】 ㄘㄨㄥ ㄖㄨㄥˊ
藥名。

蓹 ㄩˇ yü³ 音語
禁苑。見"字彙"。

12

藎 薴的本字。

薴 ㄋㄧㄥˇ ning³
參葶薴。

蕖 ㄑㄩˊ ch'ü² 音渠
①即芋。見"廣雅・釋草"。②荷的別稱。如:芙蕖。

蕩 ㄉㄤˋ tang⁴ 音盪
①疏通而使水流暢。如:疏蕩。②流水匯聚的地方。③搖動。如:蕩舟。④舒坦;廣大。如:王道蕩蕩。⑤行爲放縱。如:浪蕩。⑥洗雪;消滅。如:掃蕩。⑦耗盡。如:傾家蕩產。⑧姓。'春秋''宋'有'蕩意諸'。見"萬姓統譜・八六"。
3【蕩子】 ㄉㄤˋ ㄗˇ
①遊蕩而不務正業的人。②遠遊他鄉而流連忘返的人。
5【蕩平】 ㄉㄤˋ ㄆㄧㄥˊ
指平定禍亂。
12【蕩然】 ㄉㄤˋ ㄖㄢˊ
①完全損毀。②放縱的樣子。
14【蕩漾】 ㄉㄤˋ ㄧㄤˋ
①水波流動的樣子。②形容搖動或飄動的樣子。
【蕩滌】 ㄉㄤˋ ㄉㄧˊ
清除洗淨。
16【蕩蕩】 ㄉㄤˋ ㄉㄤˋ
也作盪盪。①水勢浩大的樣子。②心胸開闊的樣子。③廣大的樣子。④平坦寬廣的樣子。⑤動盪不定的樣子。⑥法度廢壞。
10【蕩氣迴腸】 ㄉㄤˋ ㄑㄧˋ ㄏㄨㄟˊ ㄔㄤˊ
形容纏綿悱惻、感人至深。

蕅 藕的本字。

蕍 ㄩˊ yü² 音俞
①藥草名。即澤蕮。見"爾雅・釋草・藗蕮・疏"。②花盛開的樣子。通萮。見"集韻"。

蕫 ㄉㄨㄥˇ tung³ 音董
藕根。見"說文"。

蕑 ㄏㄜˋ ho⁴, hê⁴ 音賀
參蓙蕑。

蕊 ㄖㄨㄟˇ jui³
俗作蕋、蘂、蕋、㮃。①植物的生殖器官。位於花的中心。分雄蕊、雌蕊。②尚未開花的花苞。③果實。

蕁 ㄗㄨㄣˇ tsun³ 音撙
①叢草。見"說文"。②聚集。見"廣雅・釋詁"。

蕓 ㄩㄣˊ yün² 音雲
參蕓輝。
15【蕓輝】 ㄩㄣˊ ㄏㄨㄟ
香草名。見"杜陽雜編・上"。
18【蕓薹】 ㄩㄣˊ ㄊㄞˊ
(*Brassica campestris*) 一年生草本。根生葉呈羽狀分裂,頂生裂片較大,側生裂片5對較小,莖生葉變化多,均抱莖。花黃色,排成總狀花序。長角果條形,先端有喙突。栽培供作蔬菜。因種子可製油,故又名油菜。

蕓薹圖

蕁 ㊀ ㄊㄢˊ t'an² 音談
①藥草名。即知母。形似菖蒲而柔潤。也作蕁。見"字彙"。②火氣向上升。見"說文通訓定聲"。
㊁ ㄒㄩㄣˊ hsün² 音尋
參蕁痲。
11【蕁痲】 ㄒㄩㄣˊ ㄇㄚˊ
(nettle; *Urtica thunbergiana*) 又名咬人貓。爲一年生草本。全株密生刺毛;葉對生,具長柄,有托葉,具重鋸齒緣;花細小成束,腋生,綠色。其刺毛也稱焮毛,內含蟻酸,碰觸人體能引起刺痛及皮膚腫脹。

蕁痲圖

【蕁痲疹】 ㄒㄩㄣˊ ㄇㄚˊ ㄓㄣˇ
(urticaria)人們對吸入性抗原、花粉、孢子、食品(如魚、蝦)等敏感,使小血管的滲透性亢進,血漿洩漏於眞皮結締組織內,造成大小不一之膨疹,並伴隨奇癢的一種皮膚病。通常迅速消退,不留痕跡。以往人們接觸蕁痲後便會產生上述情況,故稱蕁痲疹;遇冷風亦會產生類似反應,故又稱風疹塊。

蕘 ㄖㄠˊ jao² 音饒
①柴草。見"說文"。②打柴的人。③菜蔬名。即蕪菁。見"方言・三"。④(*Wikstroemia canescens*) 落葉灌木。葉常對生,下具柔毛,柄短。花黃色,花被筒狀,有灰黃色絹狀毛。果狹卵形,包於宿存花被內。分布於1,500～2,600公尺山區。花可供藥用,有祛痰之效。

蕘圖

蕭 ㄒㄧㄠ hsiao¹ 音宵
①植物名。即艾蒿。見"說文"。②寂寥冷清的樣子。如:蕭條。③騷動的樣子。④姓。'漢'有'蕭何'。見"萬姓統譜・二九"。
7【蕭邦】 ㄒㄧㄠ ㄅㄤ
(Frédéric François Chopin, 1810～1849)'波蘭'鋼琴家及作曲

蕭邦像

家。平生專力於鋼琴樂曲的寫作，作品有鋼琴協奏曲、奏鳴曲、夜曲、練習曲等，有「鋼琴詩人」的雅稱。因作品中多懷憂國意識，又被稱爲「愛國音樂家」。

【蕭何】ㄒㄧㄠ ㄏㄜˊ
(?～前193)'沛''豐邑'(今'江蘇''豐縣')人。佐'劉邦'建立'漢朝'，封'酇侯'。'西漢'的典章法律，大多由他訂定。

10【蕭索】ㄒㄧㄠ ㄙㄨㄛˇ
衰敗冷清。

11【蕭疏】ㄒㄧㄠ ㄕㄨ
冷清稀疏。

【蕭統】ㄒㄧㄠ ㄊㄨㄥˇ
(501～531)'南朝''梁武帝''蕭衍'的長子，字'德施'，小字'維摩'。'天監'元年(502)立爲太子，'中大通'三年(531)卒，諡'昭明'，世稱'昭明太子'。愛好文學，曾招集文士編撰"文選"，收錄'秦''漢'以來的詩文，是我國最早的純文學總集。並自著文集二十卷。

【蕭條】ㄒㄧㄠ ㄊㄧㄠˊ
①寂寥冷落。②草木凋零。③(depression)經濟循環中的一階段。在蕭條期生產減少，物價下跌，失業增加，成長停滯，從而投資減少，社會有效需求不足，待生產設備透過損耗急需補充時，經濟才能進入復甦期。

12【蕭森】ㄒㄧㄠ ㄙㄣ
①陰晦冷寂的樣子。②錯落聳立的樣子。

【蕭然】ㄒㄧㄠ ㄖㄢˊ
①空寂冷落的樣子。②騷動的樣子。

13【蕭瑟】ㄒㄧㄠ ㄙㄜˋ
①形容風吹樹木的聲音。②寂靜的樣子。③寂寞淒涼。

14【蕭颯】ㄒㄧㄠ ㄙㄚˋ
形容風吹樹木的聲音。

16【蕭蕭】ㄒㄧㄠ ㄒㄧㄠ
①狀聲詞。多用以形容淒清的馬鳴聲、風聲、雨聲、草木搖落聲。②頭髮稀疏的樣子。③聳立的樣子。

17【蕭牆】ㄒㄧㄠ ㄑㄧㄤˊ
宮室內的門屏。比喻宮廷內部或一國之內。

4【蕭友梅】ㄒㄧㄠ ㄧㄡˇ ㄇㄟˊ
(1884～1940)近代音樂教育家、作曲家。字'雪朋'，號'思鶴'。'廣東''中山縣'人。曾留學'日本'、'德國'；回國後，主持'北京女子高等師範學校'音樂科；1927年在'上海'成立我國第一所國立音樂院。著有"普通樂學"、"和聲學"等書及"問"、"國恥"等歌曲。

蕭友梅像

7【蕭伯納】ㄒㄧㄠ ㄅㄛˊ ㄋㄚˋ
(George Bernard Shaw, 1856～1950)'英國'作家。早先寫作藝術評論及小說，後受'易卜生'影響，改寫劇本。劇作富於機智與奇辯，運用幽默以表達他對當時社會及道德問題的看法，但許多作品的藝術價值也被此社會思想主義所掩蓋。西元1925年獲'諾貝爾'文學獎。代表作有"人與超人"(*Man and Superman*)、"武器與人"(*Arms and the Man*)、"聖女貞德"(*Saint Joan*)等。

蕭伯納像

8【蕭抱珍】ㄒㄧㄠ ㄅㄠˋ ㄓㄣ
(?～1166)'金'道士，太一道創始人。'衛州'(今'河南''汲縣')人。以祕籙濟人，'天眷'初，道法大行，'熙宗'召見，賜庵爲'太一萬壽觀'。入'元'後，'忽必烈'贈以'太一悟傳教眞人'號，'王若虛'曾撰"一悟眞人傳"。

13【蕭道成】ㄒㄧㄠ ㄉㄠˋ ㄔㄥˊ
(427～482)即'南朝''齊高帝'。'南蘭陵'(今'江蘇''武進')人，字'紹伯'。仕'宋'爲鎭軍將軍，乘'劉宋'諸王內鬨，遙控朝政，封'齊王'，後受禪爲帝，國號'齊'。在位四年。

16【蕭穎士】ㄒㄧㄠ ㄧㄥˇ ㄕˋ
(717～768?)'唐''蘭陵'(今'山東''嶧縣')人，字'茂挺'。'開元'進士，官至'揚州'功曹參軍。卒後私諡'文元'。高才博學，工古文辭，爲'唐代'古文運動的先驅；詩多淒清之音。有"蕭茂挺文集"。

11【蕭規曹隨】ㄒㄧㄠ ㄍㄨㄟ ㄘㄠˊ ㄙㄨㄟˊ
比喻按照前人成規辦事，不加改易。'漢高祖'任'蕭何'爲相，創制律法制度。'何'卒，'曹參'繼任，多依成法行事。

17【蕭牆之禍】ㄒㄧㄠ ㄑㄧㄤˊ ㄓ ㄏㄨㄛˋ
比喻內亂。

10【蕭特基二極體】ㄒㄧㄠ ㄊㄜˋ ㄐㄧ ㄦˋ ㄐㄧˊ ㄊㄧˇ
(Schottky diode)利用金屬與半導體接觸而形成的二極體。與一般*PN*接面不同的是其順向電流爲多數載子所帶動，故可以做高速之轉換。

12【蕭斯塔高維奇】ㄒㄧㄠ ㄙ ㄊㄚˇ ㄍㄠ ㄨㄟˊ ㄑㄧˊ
(Dmitry Shostakovich, 1906～1975)'俄國'作曲家。'蕭'氏是'俄國'自'柴可夫斯基'以來最重要的器樂作曲家，作品數量多而氣勢磅礴，深具'俄羅斯'民族特色。有交響曲十五首、絃樂四重奏十三首及歌劇、舞劇及協奏曲多種。

蕭斯塔高維奇像

蕙 ㄏㄨㄟˋ hui^4 音惠
香草名。又名薰草。似蘭而香，一莖十花。見"字彙"。

4【蕙心】ㄏㄨㄟˋ ㄒㄧㄣ
比喻女子內心的純美。

21【蕙蘭】ㄏㄨㄟˋ ㄌㄢˊ
(*Cymbidium pumilum*)一名金稜邊蘭。著生草本。假球莖卵形。葉線形,3~4片,長達50公分,寬2公分;革質,暗綠色。花莖直立,長20公分左右,可開20~30朵花。花紅色,花瓣邊緣帶黃條紋,唇瓣爲白色,有不規則紅斑。產於我國南部。可供觀賞。

蕙蘭圖

7【蕙折蘭摧】ㄏㄨㄟˋ ㄓㄜˊ ㄌㄢˊ ㄘㄨㄟ
比喻才女死亡。多用爲哀輓。

15【蕙質蘭心】ㄏㄨㄟˋ ㄓˊ ㄌㄢˊ ㄒㄧㄣ
比喻女子芬芳高潔的品格或聰慧的才智。

蕡 ㄈㄣˊ fên² 音墳
或作萉。①香草名。見"說文"。②麻的種子。通黂。見"說文通訓定聲"。③草木多實的樣子。見"正字通"。

蕈 ㊀ ㄒㄩㄣˋ hsün⁴ 音巽 又讀 ㄒㄧㄣˋ hsin⁴ 音信
菌類子實體的俗稱。通常指由地上長出之軟質子實體。如:松蕈。
㊁ ㄊㄢˊ t'an² 音覃
草名。生於'淮'南平澤,可作鹽。見"集韻"。

蕀 ㄐㄧˊ chi² 音集
也作棘。參棘蒬。

蕛 ㊀ ㄊㄧˊ t'i² 音提
草名。或作蕛。見"集韻"。
㊁佛經上菩提二字合寫的略字。

蕨 ㄐㄩㄝˊ chüeh² 音決
(brake; pasture brake; *Pteridium aquilinum*) 多年生草本。根狀莖長而橫走,有黑色茸毛。葉近革質,三回羽狀或四個羽裂;孢子囊堆生於小脈頂端的聯結脈上,沿葉緣分布,有眞苞膜和葉緣反捲而成的假苞膜蓋著。溫帶和暖溫帶地區常見。嫩芽可充蔬菜或醃漬。一般中海拔以上山區新開過的道路兩旁或森林火災後之跡地最易見大量繁殖。

蕨圖

19【蕨類植物】ㄐㄩㄝˊ ㄌㄟˋ ㄓˊ ㄨˋ
(Pteridophyta)俗稱羊齒植物。爲隱花植物。有明顯的世代交替。其孢子體發達,具根、莖、葉等器官,有維管束。孢子囊著生於葉背,孢子遇適當環境即萌發爲心形的配子體,稱爲原葉體,藏卵器及藏精器即位於配子體上。卵受精後,又發育爲孢子體。

蕆 ㄔㄢˇ ch'an³ 音產
①完備。見"廣雅·釋詁"。②完成;完畢。見"字彙"。

8【蕆事議定書】ㄔㄢˇ ㄕˋ ㄧˋ ㄉㄧㄥˋ ㄕㄨ
(final act)爲締結一項國際多邊條約而召開國際會議時,就會議經過情形及有關事項所作的摘要紀錄文件。記載會議的目的、時間、地點、參加國家代表及會議通過的決議或宣言等,須經各國代表簽署,但不須批准。

蕤 ㄖㄨㄟˊ jui² 音綏
①花木下垂的樣子。見"說文"。②指草木的花。如:芳蕤。

14【蕤賓】ㄖㄨㄟˊ ㄅㄧㄣ
古代樂律名。古樂律有十二,陰陽各六,陽律第四稱蕤賓。

蕞 ㄗㄨㄟˋ tsui⁴ 音最
①一點點。形容小的樣子。如:蕞爾小島。②聚合;叢集。

14【蕞爾】ㄗㄨㄟˋ ㄦˇ
微小的樣子。

蕄 ㄇㄥˊ mêng² 音瞢
參蕄蕄。

16【蕄蕄】ㄇㄥˊ ㄇㄥˊ
心意所在。

蕑 ㄐㄧㄢ chien¹ 音艱
①蘭。見"正字通"。②蓮。見"古今韻會舉要"。

蕢 ㄎㄨㄟˋ k'uei⁴ 音愧
草器名。用來盛土或貯物。見"說文"。

蕇 ㄉㄧㄢˇ tien³ 音典
草名。即亭歷。見"說文"。

蕚 萼的俗體。

蕋 蕊的俗體。

萑 ㄏㄨㄢˊ huan² 音還
已開花的蘆荻。見"說文·萑·段注"。

蕣 ㄕㄨㄣˋ shun⁴ 音舜
木名。即木槿。花朝開而暮落。見"說文"。

蕃 ㊀ ㄈㄢˊ fan² 音煩
①草木繁茂。見"說文"。②滋長;繁殖。如:蕃殖。③屏障。通藩。如:以蕃王室。④眾多。通繁。如:蕃庶。
㊁ ㄈㄢ fan¹ 音番
通番。①附屬。如:蕃國。②蠻夷的通稱。如:蕃夷。③泛指外國。如:蕃邦。

7【蕃育】ㄈㄢˊ ㄩˋ
繁殖生長。

9【蕃衍】ㄈㄢˊ ㄧㄢˇ
①繁盛眾多。也作繁衍。②同蕃殖。

12【蕃殖】ㄈㄢˊ ㄓˊ
繁衍生長。

蓃 ㄙㄠˇ sao³ 音掃
參蓃蔞。

21【蓃蔞】ㄙㄠˇ ㄌㄩˇ
草名。石竹科,葉可食。又名蘩蔞或雞腸草。見"爾雅·釋草·薂蓃蔞·注"。

蕠 ㊀ ㄖㄨˊ ju² 音如
也作茹。參茹藘。
㊁ ㄋㄨˊ nu² 音奴
黏著。見"集韻"。

蕪 ㄨˊ wu² 音無

[1]野草叢生，田地荒廢不用。如：荒蕪。[2]雜草。如：庭蕪。[3]雜亂。如：蕪亂。

12【蕪湖】 ㄨˊ ㄏㄨˊ

[1]縣名。位於'安徽省'南部，濱'長江'東岸。因有'長江'航運之便，又是鐵路要站，爲'皖'省最大商埠及著名的米市，商業繁盛；有冶金、機械、造船、紡織等工業。[2]湖名。在'安徽省''蕪湖縣'東。以蓄水不深，多生蕪藻，故名。

【蕪菁】 ㄨˊ ㄐㄧㄥ

(field mustard; *Brassica rapa* L.) 又名大頭菜、圓頭菜、結頭菜、圓菜頭。一年生或二年生草本。根扁形或球形，白色多肉。根生葉長而狹，軟而有刺；莖上葉倒披針形。春季開黃色花，總狀花序，十字形花冠。果實爲長角果。有許多品種，食用部分爲地下肥大的塊根。原產於'歐洲'。

蕪菁圖

13【蕪亂】 ㄨˊ ㄌㄨㄢˋ

雜亂。

14【蕪漫】 ㄨˊ ㄇㄢˋ

[1]雜亂散漫。[2]野草叢生，景象淒涼。

18【蕪雜】 ㄨˊ ㄗㄚˊ

雜亂不清。

【蕪穢】 ㄨˊ ㄏㄨㄟˋ

[1]農地荒廢，雜草叢生。[2]雜亂；汙濁。

【蕪雜支蔓】 ㄨˊ ㄗㄚˊ ㄓ ㄇㄢˋ

繁雜混亂；糾纏不清。

蕂 ㄕㄥˋ shêng⁴ 音勝

胡麻。也作藤。見"集韻"。

蕛 稊的本字。

蕱 ㄕㄠˇ shao³ 音少

細小的藕根。見"集韻"。

蔾 ㄌㄧˊ li² 音黎

通作藜。參蒺藜。

蕵 蕵的本字。

蕝 ㄐㄩㄝˊ chüeh² 音絕 又讀 ㄗㄨㄟˋ tsui⁴ 音最

[1]古代盟會時，束茅立於地上，表示位次。見"說文"。[2]浮漂。如：漁蕝。

薌 ㄒㄧㄤ hsiang¹ 音鄉

或作薌。[1]稻穀的香氣。見"說文新附考"。[2]芬芳；香美。

蕎 ㄑㄧㄠˊ ch'iao² 音橋

藥草名。即大戟。見"爾雅·釋草·蕎邛鉅·注"。

11【蕎麥】 ㄑㄧㄠˊ ㄇㄞˋ

(buckwheat; *Fagopyrum esculentum*) 一年生草本。莖直立，多分枝，淡綠色或紅褐色；下部葉有長柄，上部葉近無柄；葉卵狀三角形，基部心形或戟形，頂端漸尖；托葉鞘短筒狀，早落；花淡紅色或白色，密集。種子含澱粉，供食用；花和葉入藥，可防中風。

蕎麥圖

蕉 (一) ㄐㄧㄠ chiao¹ 音嬌

[1]生麻。見"說文"。[2]芭蕉的略稱。見"字彙"。[3]甘蕉的略稱。俗稱香蕉。

(二) ㄑㄧㄠˊ ch'iao² 音橋

[1]柴木。通樵。[2]通顦。見"正字通"。

10【蕉扇】 ㄐㄧㄠ ㄕㄢˋ

芭蕉葉製成的扇子。

蕮 ㄒㄧˋ hsi⁴ 音夕

藥草名。也稱蕍。見"字彙"。

蕧 ㄈㄨˋ fu⁴ 音復

草名。[1]狀似菊花。也稱金盞花、毛耳朵、盜庚。見"爾雅·釋草·蕧盜庚·義疏"。[2]即蕧葐草。見"廣韻"。

蕕 ㄧㄡˊ yu² 音遊

[1](bluebeard; *Caryopteris*)爲馬鞭草科(Verbenaceae)的一屬，約有6種。落葉灌木或多年生草本。東'亞'原產。葉對生，全緣或有鋸齒；花藍色或白色，萼5深裂，果期增大；花冠5裂，有一片較大；果實成熟後分裂爲4小堅果。[2]比喻惡人敗類。

蕕圖

蕦 ㄒㄩ hsü¹ 音須

草名。即蕵蕪。見"爾雅·釋草"。

13

薃 ㄏㄠˋ hao⁴ 音浩

草名。即莎。見"爾雅·釋草·薃侯莎其實媞·注"。

薓 葠的本字。

薄 (一) ㄅㄛˊ po² 音泊

[1]草木叢生的地方。[2]簾子。如：帷薄。[3]用竹篾或籐片編的養蠶器具。[4]不厚。如：如履薄冰。[5]微少。如：薄禮。[6]淡。如：薄酒。[7]不肥沃。如：薄田。[8]卑賤。如：出身微薄。[9]減輕。如：薄賦斂。[10]輕視。如：'梁武'薄其爲人。[11]輕微。如：躬自厚而薄責於人。[12]迫近。如：薄暮。[13]姓。'漢'有'薄昭'。見"元和姓纂·一〇"。

(二) ㄅㄠˊ pao²

(一)[4]、[5]、[6]、[11]的語音。

(三) ㄅㄛˋ po⁴ 音播

參薄荷。

7【薄技】 ㄅㄛˊ ㄐㄧˋ

微小的才能或技藝。

10【薄弱】 ㄅㄛˊ ㄖㄨㄛˋ

柔弱。

【薄倖】 ㄅㄛˊ ㄒㄧㄥˋ

無情。多指男人對女人負心。

11【薄情】 ㄅㄛˊ ㄑㄧㄥˊ

寡情;沒有情意。

【薄荷】 ㄅㄛˋ ·ㄏㄜ

(field mint; *Mentha arvensis* L.)爲多年生芳香性的草本植物。莖方形,上有毛。葉披針形,最寬處在中部或中部以上。花白色,少數爲粉紅色。‘歐洲’、‘亞洲’均有栽培。供提製精油、薄荷腦,作芳香劑之用。

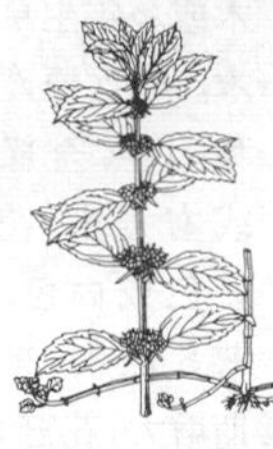
薄荷圖

15【薄暮】 ㄅㄛˊ ㄇㄨˋ

傍晚。

7【薄伽丘】 ㄅㄛˊ ㄑㄧㄝˊ ㄑㄧㄡ

(Giovanni Boccaccio, 1313~1375)‘義大利’詩人、小說家。與‘佩脫拉克’同爲文藝復興奠定人文主義的基礎,並提高俗文學到古典文學的地位。其首創八行體(ottava rima),成爲‘義’、‘西’、‘葡’等國史詩的傳統格律;同時也爲近代散文的先驅,傑作“十日談”(*Decameron*)由百篇中篇小說組成,結構巧妙,對話生動,具有極高的藝術價值,在‘歐洲’引起相當大的影響。

6【薄地陽刻】 ㄅㄛˊ ㄉㄧˋ ㄧㄤˊ ㄎㄜˋ

也稱薄地陽文。特指竹雕而言。其浮凸的紋飾與竹地極爲接近,完全是利用竹纖維的堅實特性來雕製。這種技法創於‘清’前期,由‘嘉定’派名工‘吳之璠’發揚光大。到‘清’末,薄地陽刻的作品比‘吳之璠’所雕製的更薄。

9【薄祚寒門】 ㄅㄛˊ ㄗㄨㄛˋ ㄏㄢˊ ㄇㄣˊ

福淺貧寒的人家。

10【薄海騰歡】 ㄅㄛˊ ㄏㄞˇ ㄊㄥˊ ㄏㄨㄢ

全天下都歡欣鼓舞。

15【薄膜積體電路】 ㄅㄛˊ ㄇㄛˊ ㄐㄧ ㄊㄧˇ ㄉㄧㄢˋ ㄌㄨˋ

(thin film integrated circuit)併合積體電路依其晶膜之厚度分成薄膜積體電路與厚膜積體電路。薄膜積體電路是在基板上以眞空蒸著的方法蒸著1微米(μm)厚度的物質,以形成電阻、電容或配線等。在配線處蒸著上金屬;在電阻體部分蒸著上電阻係數較大的金屬;在絕緣體部分蒸著上非金屬氧化物;在電容器部分則於上下兩層導體間蒸著不導電之介質。

蘊 ㄩㄣˋ yün^{4} 音運

①儲積。見“說文”。②豐饒。見“方言·一三”。③熱。如:蘊火。

薪 ㄒㄧㄣ hsin^{1} 音新

①供作燃料的草木。見“說文”。②俸給;工資。如:月薪。

4【薪火】 ㄒㄧㄣ ㄏㄨㄛˇ

①小火;火炬。②比喻相傳不絕的精神或技藝。

13【薪資】 ㄒㄧㄣ ㄗ

各事業對任用之現職員工,所定期支付的薪金或工資。對職員所支給者,多稱爲薪金;對工人所支給者,多稱爲工資。

【薪傳】 ㄒㄧㄣ ㄔㄨㄢˊ

薪火相傳。比喻師生以道相傳。

14【薪餉】 ㄒㄧㄣ ㄒㄧㄤˇ

薪水;俸給。

13【薪資表】 ㄒㄧㄣ ㄗ ㄅㄧㄠˇ

規定支付員工薪資的表格。薪資表的結構有採縱向規定者,有採縱橫二向規定者,薪資表內應表明區分爲若干薪資等,每一薪資等區分爲若干薪資級,每一薪資級中表明應支的薪資數額或薪資點數。

【薪資級】 ㄒㄧㄣ ㄗ ㄐㄧˊ

在同一薪資等內所設的薪資級數。一般機構對薪資級數的設計,有增多趨勢,如設爲十個或二十個薪資級。薪資級數的增加,有利於員工的久任,員工即使未有升調職務,仍可在原職務內按年加薪資,直至一二十年之久。

【薪資等】 ㄒㄧㄣ ㄗ ㄉㄥˇ

薪資表中之薪資等。一種薪資表通常區分爲若干個薪資等,在每一薪資等中再區分爲若干薪資級,在每一薪資級中規定應支的薪資數額,亦有以薪資點數來代替薪資數額者。

【薪資點】 ㄒㄧㄣ ㄗ ㄉㄧㄢˇ

對各薪資級規定其應支的薪資點數,每一薪資點折算薪資數額,視財力隨時調整。如某一薪資等設五個薪資級,其第一、第二、第三、第四、第五級之薪資點,分別爲二百一十、二百二十、二百三十、二百四十、二百五十。

【薪資額】 ㄒㄧㄣ ㄗ ㄜˊ

對各薪資級規定其應支的薪資數額。如在某薪資等設定五個薪資級,第一級薪資額爲一萬元,第二、第三、第四、第五級之薪資額,分別爲一萬一千、一萬二千、一萬三千、一萬四千元。

3【薪工原理】 ㄒㄧㄣ ㄍㄨㄥ ㄩㄢˊ ㄌㄧˇ

(principles of wage system)安排員工薪金與工資的基本原則。其主要內容爲:一、生活保障;二、公平合理;三、激勵工作績效;四、簡單明瞭;五、社會地位感等。

10【薪桂米珠】 ㄒㄧㄣ ㄍㄨㄟˋ ㄇㄧˇ ㄓㄨ

薪價似桂,米價如珠。形容物價昂貴。

13【薪資曲線】 ㄒㄧㄣ ㄗ ㄑㄩ ㄒㄧㄢˋ

各組織訂定員工薪資表之薪資級及薪資額時,所參據的曲線。薪資曲線係根據組織內各種工作之職責程度高低的差距、其他組織員工的薪資水準,以及本組織現有員工的薪資實況而研製,目的在求薪資的合理化。

【薪資所得】 ㄒㄧㄣ ㄗ ㄙㄨㄛˇ ㄉㄜˊ

(income from salary)爲綜合

所得稅制度下的一種所得。凡軍、公、教、警、公私事業職工薪資及提供勞務者之所得均屬之。而所謂薪資，包括薪津、俸給、工資、津貼、歲費、獎金、紅利、各種補助費及分期給付之退休金、養老金等。

14【薪盡火傳】 ㄒㄧㄣ ㄐㄧㄣˋ ㄏㄨㄛˇ ㄔㄨㄢˊ
某一薪柴雖已燒盡，其火卻可由其他薪柴相傳不熄。比喻師生傳道不斷。

13【薪資所得特別扣除】 ㄒㄧㄣ ㄗ ㄙㄨㄛˇ ㄉㄜˊ ㄊㄜˋ ㄅㄧㄝˊ ㄎㄡˋ ㄔㄨˊ
(special deduction for salary income) 指納稅義務人及與其合併申報之親屬有薪資所得者，每人每年得就其申報之薪資所得扣除一定百分比，免納所得稅之謂。稅法訂定薪資所得特別扣除額之目的，在於輕課勤勞所得者，以符公平之旨。

薏 ㄧˋ *i*^{4} 音意
蓮心。見"爾雅·釋草"。

9【薏苡】 ㄧˋ ㄧˇ
(Job's-tears; *Coix lachryma-jobi*) 一年生草本。高大多分枝，葉寬線形，先端漸尖；花序多數長於葉腋，軸很堅硬；小穗單性；雄小穗成對或3枚長於同一軸上，穎膜質，稃透明；雌小穗子3枚，其中1孕性，餘位於基部者不孕；均有筒狀的外穎，孕性者其內尙具內穎、外稃和內稃；成熟時，外穎增大呈球形或卵形，白色至藍灰色。有時帶斑紋或條紋。栽培供觀賞或藥用。外穎所成之硬殼可串成念珠，去殼後其內穎果稱薏仁，可食用，有利尿、健胃、鎮咳及抗癌之效。

薏苡圖

【薏苡之謗】 ㄧˋ ㄧˇ ㄓ ㄅㄤˋ
指本無貪瀆之事，卻受到不實的誹謗。'東漢'時，'馬援'在'交阯'，喜食薏苡。後軍還，載薏苡一車。'援'死後，或中傷其先前所載回者全是明珠。見"後漢書·馬援傳"。

[illegible] 耄的或體。

薧 ㊀ ㄏㄠ *hao*^{1} 音蒿
墓地。通作蒿。見"說文"。㊁ ㄎㄠˇ *k'ao*^{3} 音考
乾；枯。通槁。見"集韻"。

薕 ㄌㄧㄢˊ *lien*^{2} 音廉
1草名。即蒹。見"說文"。2薑。見"集韻"。

薦 ㄐㄧㄢˋ *chien*^{4} 音箭
也作荐。1獸類所吃的草。見"說文"。2草蓆；草墊。3進獻。4推舉；介紹。如：推薦。5頻仍；一再。見"正字通"。

6【薦任】 ㄐㄧㄢˋ ㄖㄣˋ
政府機關之各種職務，依其職責的重輕及擔任職務所需資格的高低，區分爲簡任、薦任、委任三個職等。列入薦任職等的各種職務如科長、專員等，稱爲薦任職；擔任薦任職務的人員，稱爲薦任官；任命擔任薦任職務的狀紙，稱爲薦任狀。

8【薦拔】 ㄐㄧㄢˋ ㄅㄚˊ
推薦拔舉。

11【薦紳】 ㄐㄧㄢˋ ㄕㄣ
同縉紳。

17【薦舉】 ㄐㄧㄢˋ ㄐㄩˇ
推舉。

8【薦枕席】 ㄐㄧㄢˋ ㄓㄣˇ ㄒㄧˊ
鋪好枕頭和床席。指服侍人就寢。

蕹 ㄩㄥ *yung*^{1} 音雍
參蕹菜。

12【蕹菜】 ㄩㄥ ㄘㄞˋ
(*Ipomoea aquatica*; *I. reptans*) 又稱空心菜。一年生蔓性草本。莖中空，匍匐地上或浮水上。葉互生。橢圓狀卵形，有長柄；花白色或紫色，花冠漏斗狀。爲我國南部常見栽種的蔬菜。

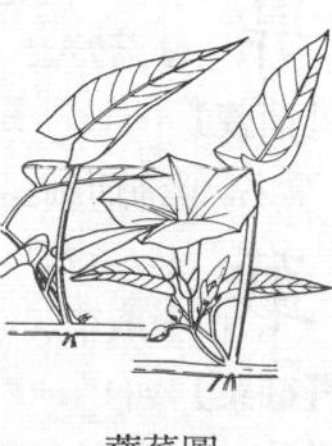
蕹菜圖

薠 ㄈㄢˊ *fan*^{2} 音煩
參青薠。

蕿 萱的俗體。

蕾 ㄌㄟˇ *lei*^{3} 音儡
含苞未放的花。如：蓓蕾。

12【蕾絲】 ㄌㄟˇ ㄙ
(lace) 由網狀空花部分及刺繡狀精緻圖案組合而成的疏鬆織物。可利用針織機或手工編織製作，圖案則可於織造時一起完成，或者在網狀布料上以刺繡、補綴或其他方法將圖案花紋附著其上。以'義大利''威尼斯'爲世界性的發展先驅，而始於14～16世紀的文藝復興時期。蕾絲布雖以裝飾爲首要用途，但它的成品應用卻很廣，由小小的花邊、面紗，以至桌巾、服飾布料等均可；有時做以成套的領片及卡大等組合式商品。

薋 ㄘˊ *tz'ŭ*^{2} 音瓷 又讀 ㄗ *tzŭ* 音資
1草盛多的樣子。見"說文"。2蒺藜。通薺。見"正字通"。

薘 ㄉㄚˊ *ta*^{2} 音達
草名。即馬舄。見"集韻"。

蕼 ㄙˋ *szŭ*^{4}, *ssŭ*^{4} 音四
1草名。(1)即赤蕼。見"說文"。(2)即堇。見"集韻"。(3)即菙。見"字彙"。2寬舒的樣子。見"字彙補"。

蕻 ㄏㄨㄥˋ *hung*^{4} 音閧
茂盛。見"集韻"。

薣 ㄍㄨˇ *ku*^{3} 音鼓
草名。即蘢薣。見"字彙"。

薑 ㄐㄧㄤ *chiang*^{1} 音疆
(common ginger; *Zingiber officinale*) 多年生草本。根狀莖肥厚，有芳香和辛辣味。葉披針形，長可達30公分；花莖單獨自

根莖抽出，花黃綠色，脣瓣紫色，有淡黃色斑點；廣泛栽培於'亞洲'熱帶地區。根狀莖爲烹調配料，也可供藥用。

薑圖

薜 ㊀ ㄅㄧˋ *pi*⁴ 音避
參薜荔。
㊁ ㄅㄛˋ *po*⁴ 音擘
①山麻。見"爾雅·釋草"。②藥草名。即當歸。見"說文通訓定聲"。

10【薜荔】 ㄅㄧˋ ㄌㄧˋ
①(climbing fig; *Ficus pumila*)依根攀爬他物而蔓延，僅有結果之枝條直立。匍匐莖上葉無柄或甚短，葉心狀卵形，基部歪斜；結實枝上葉長橢圓形或橢圓形。隱頭果梨形，黃色。枝葉和莖可入藥治風溼，果實充當愛玉子，爲清涼飲料。②佛家語。梵語的音譯。也譯爲薜荔多、卑帝梨。是餓鬼的總稱。

薜荔圖

薔 ㄑㄧㄤˊ *ch'iang*² 音牆
參薔薇。

17【薔薇】 ㄑㄧㄤˊ ㄨㄟˊ
(baby rose; *Rosa cathayensis; Rosa multiflora*)落葉蔓性木本。葉由5～11枚小葉構成複葉，小葉倒卵形至披針形，托葉疏狀；花白色，多數成束；果熟時紅色，狀如豆大。有許多栽培品種，花色及花瓣數互異，可供觀賞。

薔薇圖

【薔薇戰爭】 ㄑㄧㄤˊ ㄨㄟˊ ㄓㄢˋ ㄓㄥ
(Wars of the Roses)'英''法'百年戰爭後，'英國'貴族仍擁有軍隊，國內擾攘不安。西元1455年'約克'(York)公爵'理查'(Richard以白色薔薇爲標誌)起而與當時統治的'蘭開斯特'(Lancaster)王室(以紅色薔薇爲標誌)互爭王位，是爲薔薇戰爭。1485年戰爭結束，由屬'蘭開斯特'家族的'亨利·都鐸'(Henry Tudor)即位，是爲'亨利七世'。此役許多封建貴族戰死，因而王權得以進一步伸張。

蕷 ㄩˋ *yü*⁴ 音裕
參薯蕷。

薤 ㄒㄧㄝˋ *hsieh*⁴ 音械
(*Allium chinensis*)百合科，草本植物。有短根狀莖。鱗莖長卵形，簇生，皮白色或帶紅色。花莖圓柱形，側生；葉基生，爲呈5稜的條狀柱形，中空。花淡紫色至藍紫色，排成鬆散的繖形花序。原產於我國。鱗莖供食用，也可入藥作健胃、整腸劑。

薤圖

蕩 ㄊㄤ *t'ang*¹ 音湯
參蓫蕩。

蕵 ㄙㄨㄣ *sun*¹ 音孫
參蕵蕪。

16【蕵蕪】 ㄙㄨㄣ ㄨˊ
植物名。似羊蹄，葉細，味酢，可食。見"爾雅·釋草·須蕵蕪·注"。

蕸 ㄒㄧㄚˊ *hsia*² 音狹
荷葉。見"爾雅·釋草"。

薡 ㄉㄧㄥˇ *ting*³ 音頂
參薡董。

16【薡董】 ㄉㄧㄥˇ ㄉㄨㄥˇ
草名。似蒲而細。見"集韻"。

蕺 ㄐㄧˊ *chi*² 音及
參蕺菜。

12【蕺菜】 ㄐㄧˊ ㄘㄞˋ
(*Houttuynia cordata*)多年生草本。全株有腥味，故又名魚腥草或臭菜。莖下部伏地，節處生根，上部直立，葉心形或寬卵形；有卵腺點，花小，無花被，於莖頂排成穗狀花序。基部有4片白色苞片，狀似花瓣，使花序看似一朵花。生於溼地。全草入藥，有消腫、解毒和利尿等功效。

蕺菜圖

薉 ㄏㄨㄟˋ *hui*⁴ 音晦
也作穢。①田中雜草。見"說文繫傳"。②汙穢。見"字彙"。

蒒 ㄏㄨㄚˊ *hua*² 音華
俗作驊。參驊騮。

蕗 ㄌㄨˋ *lu*⁴ 音路
草名。即甘草。一名蜜草。見"急就篇·四·甘草·注"。

薖 ㄎㄜ *k'o*¹, *k'ê*¹ 音科
或作薖。①草名。即蒿苣。見"說文句讀"。②寬大的樣子。見"集韻"。

薨 ㄏㄨㄥ *hung*¹ 音烘
①古代稱諸侯死亡。見"禮記·曲禮下"。②古代稱諸侯夫人死亡。見"春秋·隱二年"。③'唐'時稱二品以上官員死亡。見"新唐書·百官志一"。

薎 ㄇㄧㄝˋ *mieh*⁴ 音蔑
細小。見"字彙補"。

薯 ㄕㄨˇ *shu*³ 音暑
番薯的簡稱。或作藷、藷。見"集韻"。

11【薯莨】 ㄕㄨˇ ㄌㄧㄤˊ
(*Dioscorea cirrhosa*)粗壯藤本。塊狀莖形狀多變，表面棕黑色，斷面呈紅色。葉近革質，長橢圓形，基部闊心形。蒴果光滑，

薯莨圖

有三稜翅。栽培供藥用,可止血;塊莖含澱粉,可供釀酒。

17【薯蕷】 ㄕㄨˇ ㄩˋ (*Dioscorea opposita*) 草質藤本。塊莖近圓柱形。葉形多變化,寬卵形、三角狀卵形或基部呈耳狀淺裂至深裂;葉腋間有無性芽。蒴果表面被有白色粉狀物,三稜翅呈半月形。栽培取塊莖供作滋補藥。

薯蕷圖

薆 ㄞˋ *ai*^{4} 音愛 1隱蔽。見"爾雅·釋言"。2形容草木茂盛。見"集韻"。

薍 一 ㄨㄢˋ *wan*^{4} 音萬 初生的荻。見"爾雅·釋草·菼薍·義疏"。
二 ㄌㄨㄢˋ *luan*^{4} 音亂 小蒜根。見"集韻"。

薅 ㄏㄠ *hao*^{1} 音蒿 1拔去田地裡的雜草。見"廣韻"。2泛指拔除。

薙 ㄊㄧˋ *t'i*^{4} 音剃 1除草。見"說文"。2剃髮。通剃。見"正字通"。

15【薙髮】 ㄊㄧˋ ㄈㄚˇ 1剃除頭髮。2指男子依'滿洲'俗,以兩耳繞頭頂之弧線為界,剃去前面的頭髮;而將後半所留的長髮結辮垂於腦後。

薐 ㄌㄥˊ *lêng*^{2} 音稜 參菠薐。

薝 ㄓㄢ *chan*^{1} 音詹 木名。見"集韻"。

薊 ㄐㄧˋ *chi*^{4} 音計 (thistle; plume thistle; *Cirsium*) 菊科(Compositae)植物的一屬。約 100 種以上。植株具刺。為一年生、二年生或多年生草本。分布於北半球。葉根生或互生於莖上,大多羽狀裂,邊緣有刺;頭狀花序之總苞片多列覆瓦狀排列;花全為筒狀花,有白色、紫色、紅色或黃色;瘦果扁平或有 4 稜,其上之冠毛呈羽狀,基部癒合一體。薊屬植物有些可供觀賞,有些種類的根部曬乾後可入藥,主治吐血、外傷出血。

薊圖

薢 ㄐㄧㄝ *chieh*^{1} 音皆 又讀 ㄒㄧㄝˋ *hsieh*^{4} 音蟹 參薢茩。

10【薢茩】 ㄐㄧㄝ ㄍㄡˇ 植物名。即蔆。葉銳,黃赤花,實如山茱萸。見"爾雅·釋草·薢茩英茪·注"。

薂 ㄒㄧˊ *hsi*^{2} 音息 蓮實。見"字彙"。

薬 藥的俗體。

薛 ㄒㄩㄝ *hsüeh*^{1} 音靴 1草名。即莎。見"正字通"。2姓。'漢'有'薛宣'。見"萬姓統譜·一一八"。

4【薛仁貴】 ㄒㄩㄝ ㄖㄣˊ ㄍㄨㄟˋ (612~681)'唐''龍門'(今'山西''河津'西)人,名'禮'。少貧賤,'太宗'征'遼東',應募從軍,屢建奇功,'太宗'稱之為虓將。又奉命征'高麗',破'吐蕃',伐'突厥',討'賀魯',所向披靡,威震四夷,累官左武衛將軍。

8【薛居正】 ㄒㄩㄝ ㄐㄩ ㄓㄥˋ (912~981)'浚儀'(今'河南''開封')人,字'子平'。'後唐''清泰'年間舉進士,歷仕'後晉'、'後漢'、'後周','宋''乾德'初,官兵部侍郎,以本官參加政事(副宰相),又監修"五代史",其後拜門下侍郎、平章事(宰相),'太平興國'初進位司空。有"文惠集"。

13【薛福成】 ㄒㄩㄝ ㄈㄨˊ ㄔㄥˊ (1838~1894)'清''江蘇''無錫'人,字'叔耘',一字'庸盦'。'光緒'間歷游'曾國藩'、'李鴻章'幕,後奉使'英'、'法'、'義'、'比'諸國,官至右副都御史。平生講求經世之學,為古文有義法。

薁 ㄩˋ *yü*^{4} 音裕 果名。即郁李。一名唐棣。見"字彙"。

薟 一 ㄒㄧㄢ *hsien*^{1} 音先 辛烈的氣味。見"集韻"。
二 ㄌㄧㄢˋ *lien*^{4} 音練 草名。即白蘞。見"說文"。

薈 ㄏㄨㄟˋ *hui*^{4} 音會 又讀 ㄨㄟˋ *wei*^{4} 音衛 1草木盛多的樣子。見"說文"。2聚集。如:薈萃。

12【薈萃】 ㄏㄨㄟˋ ㄘㄨㄟˋ 1聚集。2興盛的樣子。

薇 ㄨㄟˊ *wei*^{2} 音微 1似藿的一種植物。見"說文"。2(*Osmunda japonica*; *O. regalis japonica*) 蕨類,多年生草本。植物體有兩型葉:營養葉除頂部以外為二回羽狀,小羽片矩圓形,先端鈍或短尖,邊緣有鈍鋸齒;實葉則緊縮,小羽片條形,沿主脈兩側密生孢子囊。有些植株同一葉上可見營養羽片和實羽片。生長於林下,其嫩葉可食。

薇圖

14

薴 ㄋㄧㄥˊ *ning*^{2} 音寧 1草亂的樣子。見"集韻"。2泛指紛亂的樣子。

藆 ㄐㄧㄢˇ *chien*^{3} 音簡 草名。即蕳。見"爾雅·釋草"。

薸 ㄆㄧㄠˊ *p'iao*^{2} 音瓢 浮萍。見"字彙"。

藻　藻的或體。

薺　㊀ ㄐㄧˋ chi^{4} 音濟
(*Capsella bursa-pastoris*)一或二年生草本。根生葉叢生，羽狀分裂；頂裂片較大，莖生葉狹披針形，基部抱莖；花白色，排成總狀花序；短角果倒三角形，先端略凹。分布世界溫帶地區。常見於田埂或路旁。莖葉可充作蔬菜；全草入藥，有止血之效。

薺圖

㊁ ㄑㄧˊ ch'i^{2} 音齊
參荸薺。

藁　槁的或體。

蔽　㊀ ㄏㄠˋ hao^{4} 音浩
物體因乾燥收縮而翹起。見"玉篇"。
㊁ ㄏㄜˋ ho^{4}，hê^{4} 音赫
草肥的樣子。見"集韻"。

葵　ㄧㄥˊ ying^{2} 音熒
草名。即萎蕤。見"爾雅‧釋草"。

薷　ㄖㄨˊ ju^{2} 音儒
木耳。見"集韻"。

藋　ㄉㄧㄠˋ tiao^{4} 音掉
草名。1即董草。見"說文"。2即拜商。一名蘿草。見"說文通訓定聲"。

薵　㊀ ㄔㄡˊ ch'ou^{2} 音籌
1覆；戴。見"方言‧一二"。2草名。見"集韻"。
㊁ ㄓㄡˋ chou^{4} 音紂
用草包物。也作葤。見"集韻"。

藎　ㄐㄧㄣˋ chin^{4} 音盡
1(*Arthraxon hispidus*)一年生禾草。莖纖細，基部傾斜，節處長根；葉卵狀披針形，基部心形抱莖，下部葉緣生纖毛；總狀花序呈指狀排列。常生於林緣、草坡地或陰溼處。可供作牧草；莖和葉均可入藥，供治咳嗽。2燒餘的柴薪；剩餘的事物。通燼。如：餘藎。

藎圖

薹　ㄊㄞˊ t'ai^{2} 音臺
1(sedge; *Carex*)爲莎草科(Cyperaceae)中最大的一屬。多年生草本。約有2,000種。大多爲雌雄同株。有根狀莖。花莖三角形，實心；葉三列，細長，具平行脈；花序由少數至多個小穗組成，小穗內花的性別有各種組合，全爲雄花、全爲雌花、雄花在雌花之上或雌花在雄花之上；花單生於一苞鱗腋處，缺花被；雌花有一大蕊，由一囊狀果囊圍住，其內的瘦果有各種形狀。分布遍及世界各地，但以溫帶及寒帶地區爲主，'臺灣'則多產於高山。2蔬菜抽生的花莖。

薹圖

薳　ㄨㄟˇ wei^{3} 音偉
草名。即遠志。見'鄭珍'"說文新附考"。

藍　ㄌㄢˊ lan^{2} 音蘭
1(*Polygonum tinctorium*)即蓼藍。一年生草本。莖直立有分枝。葉卵形，全緣，沿革脈有短毛，灰綠色，乾後變暗藍色；托葉鞘有長睫毛。花淡紅色，密集成穗狀花序。多栽培或半野生狀態。葉供藥用，有清熱解毒之效，也可加工作染料。2深青色。

藍圖

5【藍本】　ㄌㄢˊ ㄅㄣˇ
建築所依據的設計圖樣。因呈藍色，故稱。後也泛指事物的根據。

14【藍圖】　ㄌㄢˊ ㄊㄨˊ
1(blue print)一種複製圖樣。以特製之感光紙與繪有圖形之描圖紙重合，經由日照或曬圖機之強光曝曬，再行定影，即得與原圖完全相同之藍底白線圖樣。因紙呈藍色，故稱。2比喻建設的計劃或行動的構想、方針。

15【藍調】　ㄌㄢˊ ㄉㄧㄠˋ
(blues)又稱布魯斯。爵士樂的一種。尤指'美國'南方的黑人歌曲。風格憂鬱而緩慢。

5【藍田人】　ㄌㄢˊ ㄊㄧㄢˊ ㄖㄣˊ
西元1963～1964年我國'陝西省''藍田縣''灞河'流域發現的化石人。化石產地包括'陳家窩'及'公王嶺'兩處。'陳家窩'出土的下顎骨化石形態與「北京人」十分近似，其最大特徵是先天性的缺少第三大臼齒(即智齒)。'公王嶺'出土的頭蓋骨及若干破碎臉骨化石，形態上也與「北京人」相近，但具更顯著的原始特徵，腦容量只有780立方公分。因此研究者認爲「藍田人」與'吉蒂斯'地層出土的「爪哇人」最接近，被命名爲「藍田直立人」(*Homo erectus lantianensis*)。根據遺址的動物相與層位資料，其年代被定在中更新世的早期，而據古地磁定年法測出其絕對年代約爲65萬年。

8【藍采和】　ㄌㄢˊ ㄘㄞˇ ㄏㄜˊ
'唐'末逸士。衣著襤褸，一足靴，一足赤，夏著棉襖，冬臥雪地，自號'藍采和'。在'長安'市上常醉酒踏歌，歌詞含有濃厚的神仙意趣。世傳酒醉乘鶴而去，爲八仙之一。

14【藍遜姆】　ㄌㄢˊ ㄒㄩㄣˋ ㄇㄨˇ
(John Crowe Ransom, 1888～1974)'美國'詩人和批評家。也是'美國'南方文藝復興中在理論上的主將。其學術論著"新批評"

(*The New Criticism*)成爲二十世紀四、五、六十年代文學研究教學法的名稱。著有“宇宙體”(*The World's Body*)和“詩散文集”(*Poems and Essays*)等。

18【藍騎士】 ㄌㄢˊ ㄑㄧˊ ㄕˋ
(Der Blaue Reiter)‘德國’表現主義的一支。西元1911年成立於‘慕尼黑’，其宣傳刊物亦以此命名。主要畫家有‘康丁斯基’、‘克利’(Klee)、‘馬克’(Marc)、‘馬可’(Macke)、‘雅夫楞斯基’(Jawlensky)等。雖然不像橋派一樣有嚴密的組織，然而他們都有強烈的敘述內在精神與神祕性之意圖。最後有幾個人如‘康丁斯基’等，完全走進純粹抽象的表現。第一次世界大戰的爆發，帶來藍騎士的結束。

6【藍色申報】 ㄌㄢˊ ㄙㄜˋ ㄕㄣ ㄅㄠˋ
(the blue return of business income tax) 在形式上係指使用藍色申報書辦理營利事業所得稅結算申報之申報；在實質上則是爲鼓勵營利事業誠實申報而設。採用藍色申報者既意謂其爲誠實申報，如無特殊情形，稅捐稽徵機關僅作書面審查，當時不再查帳，惟採用此制者須經稅捐稽徵機關之核准始可。

14【藍領階級】 ㄌㄢˊ ㄌㄧㄥˇ ㄐㄧㄝ ㄐㄧˊ
(blue-collar class)‘歐’‘美’工業社會對以體力勞動爲主之勞工的習稱。也稱藍領勞工。即我國一般所稱的粗工。包括無技術工人、半技術工人及技術工人。由於這類工人在工作時常需接觸工作原料，所以都穿著藍色的襯衣，因而被稱爲藍領階級，以與白領階級有所區分。在整個勞工人數中，藍領勞工逐漸減少，現已少於白領勞工。

20【藍寶石婚】 ㄌㄢˊ ㄅㄠˇ ㄕˊ ㄏㄨㄣ
西俗稱結婚四十五週年。

薾 ㄋㄧˇ *ni*³ 音你
花盛開的樣子。見“說文”。

蘁 ㄓㄣ *chên*¹ 音眞
草名。即豕首。見“說文”。

蕇 ㄒㄩˋ *hsü*⁴ 音旭
美好的樣子。見“集韻”。

薿 ㄋㄧˇ *ni*³ 音你
茂盛。見“說文”。

藄 ㄑㄧˊ *ch'i*² 音其
草名。形狀似蕨，可食。也稱月爾。見“爾雅·釋草·藄月爾·注”。

藂 ㊀ ㄘㄨㄥˊ *ts'ung*² 音叢
又讀 ㄘㄨㄥ *ts'ung*¹ 音蔥
草木叢生。同叢。見“集韻”。
㊁ ㄘㄨㄥˋ *ts'ung*⁴ 音欉
草木幼嫩。見“集韻”。

藏 ㊀ ㄘㄤˊ *ts'ang*²
①收集貯存。如：收藏。②隱匿。如：躲藏。③懷；含。如：藏怒。
㊁ ㄗㄤˋ *tsang*⁴ 音葬
①收藏財物的府庫。如：寶藏。②內臟。通臟。如：五藏。③族名。參藏族。

8【藏青】 ㄗㄤˋ ㄑㄧㄥ
深藍近黑的顏色。

【藏拙】 ㄘㄤˊ ㄓㄨㄛˊ
隱藏短處。

11【藏族】 ㄗㄤˋ ㄗㄨˊ
我國少數民族之一。自稱‘博’。分布在‘青康藏高原’。可分爲四支：一、營農耕生活的‘博巴’、‘門巴’；二、營遊牧生活的‘洛巴’、‘唐古特’、‘果洛’；三、營遊牧或農耕生活的‘康巴’、‘嘉戎’、‘估倧’；四、營農耕生活兼事漁獵的‘羌民’，信仰泛靈。前三支人口約有387萬(1982年)，大都信奉喇嘛教。‘羌民’人口則有10.2萬(1982年)。

【藏匿】 ㄘㄤˊ ㄋㄧˋ
躲藏；隱藏。

15【藏鋒】 ㄘㄤˊ ㄈㄥ
①書法用語。指筆鋒藏而不露的運筆方法。②比喻才能深藏而不顯露。

16【藏頭露尾】 ㄘㄤˊ ㄊㄡˊ ㄌㄨˋ ㄨㄟˇ
①比喻有意隱瞞而被人識破。②說話作事，若隱若現，不願表露眞相。

【藏器待時】 ㄘㄤˊ ㄑㄧˋ ㄉㄞˋ ㄕˊ
涵養自己，等待時機。

薩 ㄙㄚˋ *sa*⁴ 音颯
①菩薩的簡稱。爲梵語sat的音譯，義譯爲濟。②姓。‘明’有‘薩琦’。見“奇姓通·九”。

6【薩伊】 ㄙㄚˋ ㄧ
(Zaire) 位於中‘非’‘剛果盆地’內的大國，1997年改為‘剛果民主共和國’。面積234.5萬方公里，人口6,008萬 (2005年)，首都‘金夏沙’(Kinshasa)。赤道橫貫國土中央，氣候溼熱，‘剛果河’流貫全境。熱帶作物及礦產為主要經濟基礎，鈾、銅及工業用鑽石聞名世界。

7【薩克斯管】 ㄙㄚˋ ㄎㄜˋ ㄙ ㄍㄨㄢˇ
(saxophone)又譯作薩克斯風。西元1846年‘法’人‘薩克斯’(Adolphe Sax)所發明，故稱。吹口和單簧管相同，而鍵盤裝置與雙簧管相似；管身由金屬製造，屬於銅管樂器。由於音域廣，音色變化多端，近代作曲家多喜應用，在爵士樂中常爲主要獨奏樂器。

薩克斯管圖

【薩克遜族】 ㄙㄚˋ ㄎㄜˋ ㄒㄩㄣ ㄗㄨˊ
(Saxons)‘日耳曼’族的一支。原居於‘德意志’北部‘易北河’口及其附近諸島。西元450年，其一部越海入‘不列顚’，爲今‘英國’人之祖。

14【薩滿信仰】 ㄙㄚˋ ㄇㄢˇ ㄒㄧㄣˋ ㄧㄤˇ
(Shamanism) 也譯作黃教。是對巫醫、巫師或其他操作神靈力量之專人的信仰。這些巫醫、巫師能夠任意把神靈引進體內，並加以支配他們，目的在爲人治病或驅鬼。這種靈魂崇拜流行於北'亞'、'亞洲'內地高原及'歐洲'的東北部。

【薩爾瓦多】 ㄙㄚˋ ㄦˇ ㄨㄚˇ ㄉㄨㄛ (El Salvador) '中美洲'人口密度最高、唯一不濱臨'大西洋'的國家。南臨'太平洋'。面積2.1萬方公里，人口670萬 (2005年)，首都'聖薩耳瓦多' (San Salvador)。

藈 ㄎㄨㄟ k'uei[1] 音虧
參藈姑。

8【藈姑】 ㄎㄨㄟ ㄍㄨ
草名。實如瓝瓜，正赤色，味苦。一名王瓜。見"爾雅・釋草・鉤藈姑・注"。

藅 ㄈㄚˊ fa[2] 音伐
草名。即蘗。見"爾雅・釋草"。

藗 ㄊㄚˋ t'a[4] 音沓
參菈藗。

薱 ㄉㄨㄟˋ tui[4] 音隊
草木茂盛的樣子。見"集韻"。

薶 ㊀ ㄇㄞˊ mai[2] 音埋
埋藏。同埋。見"集韻"。
㊁ ㄌㄧˊ li[2] 音梨
堵塞孔穴。見"爾雅・釋言"。

藐 ㄇㄧㄠˇ miao[3] 音秒
1弱小。如：藐小。2輕視；瞧不起。如：藐視。3悠遠；廣袤。通邈。如：藐遠。

11【藐視】 ㄇㄧㄠˇ ㄕˋ
輕視；小看。

藉 ㊀ ㄐㄧㄝˋ chieh[4] 音借
1草墊。古代祭祀時用以置祭品。見"說文"。2依憑。如：憑藉。3安慰。如：慰藉。4坐臥其上。如：枕藉。
㊁ ㄐㄧˊ chi[2] 音即
參狼藉。

3【藉口】 ㄐㄧㄝˋ ㄎㄡˇ
借用別人的話，作爲自己論說的依據。後用指假託理由。

4【藉手】 ㄐㄧㄝˋ ㄕㄡˇ
1持物以贈人。2依靠他人的力量以成事。

9【藉甚】 ㄐㄧㄝˋ ㄕㄣˋ
聲名盛大。同籍甚。

【藉故】 ㄐㄧㄝˋ ㄍㄨˋ
假借事故；藉口。

12【藉詞】 ㄐㄧㄝˋ ㄘˊ
藉口；託詞。

薰 ㄒㄩㄣ hsün[1] 音勳
1香草名。也稱蕙草、零陵香。葉可佩戴以去癘。見"說文通訓定聲"。2花草的香氣。如：草薰風暖。3用火煙灼烤東西。通熏。如：薰肉。4溫和；溫煦。如：薰風。

7【薰沐】 ㄒㄩㄣ ㄇㄨˋ
以香料塗身而沐浴。表示恭敬潔淨。

9【薰染】 ㄒㄩㄣ ㄖㄢˇ
1薰香染色。2感化；陶冶。

【薰風】 ㄒㄩㄣ ㄈㄥ
和暖的風。指夏日的南風。也作熏風。

11【薰陶】 ㄒㄩㄣ ㄊㄠˊ
薰染陶冶。比喻感化或培育人材。

13【薰煙】 ㄒㄩㄣ ㄧㄢ
(fume) 指直徑小於1微米的固體粒子。可因凝結、昇華或化學作用而產生，尤其指凝結作用所產生的金屬氧化物。

【薰煙作用】 ㄒㄩㄣ ㄧㄢ ㄗㄨㄛˋ ㄩㄥˋ
(fumigation) 地面受日光照射，溫度逐漸上升至某一限度而破壞逆溫層，再加以強烈對流的影響，大量汙染物便形成煙扇，使整個地區遭到汙染，稱爲薰煙作用。

藒 ㄑㄧㄝˋ ch'ieh[4] 音妾
參藒車。

7【藒車】 ㄑㄧㄝˋ ㄔㄜ
香草名。味辛辣，高數尺，黃葉白華。見"爾雅・釋草・藒車芞輿・義疏"。

藊 ㄅㄧㄢˇ pien[3] 音扁
豆名。也作稨。本作扁。見"集韻"。

蘤 ㄨㄟˇ wei[3] 音偉 又讀 ㄏㄨㄚ hua[1] 音花
或作蔿。花朵。同花。見"集韻"。

15

藭 ㄑㄩㄥˊ ch'iung[2] 音窮
參芎藭。

藫 ㄊㄢˊ t'an[2] 音潭
1草名。即水苔。又名石衣、石髮。生水底，可供食用。見"爾雅・釋草・藫石衣・注"。2一種海藻。形如亂髮。又名海蘿。見"玉篇"。

藩 ㄈㄢˊ fan[2] 音凡
1籬笆。如：藩籬。2遮蔽；屏障。如：藩屏。3姓。'漢'有'藩嚮'。見"萬姓統譜・二三"。

11【藩國】 ㄈㄢˊ ㄍㄨㄛˊ
分封或臣服的國家。也作蕃國。

18【藩鎮】 ㄈㄢˊ ㄓㄣˋ
1屏藩鎮守。2屏藩鎮守某地的大臣。3指'唐'及五代之節度使。參節度使。

21【藩屬】 ㄈㄢˊ ㄕㄨˇ
屬地；屬國。因其圍繞在國土四周，有如藩屏，故稱。

25【藩籬】 ㄈㄢˊ ㄌㄧˊ
1籬笆。爲房舍之外蔽。引申爲屏障、守衛。2門戶；範圍。

【藩籬之鷃】 ㄈㄢˊ ㄌㄧˊ ㄓ ㄧㄢˋ
棲息在籬笆上的鷃鳥。比喻見識淺陋的人。

藙 ㄧˋ i[4] 音毅
草名。即煎茱萸。見"說文"。

藡 ㄉㄧˊ ti[2] 音狄
草名。也作荻。見"玉篇"。

藷 或作藷。㊀ ㄓㄨ chu[1] 音諸
參藷蔗。
㊁ ㄕㄨˇ shu[3] 音蜀
同薯。如：甘藷。

15【藷蔗】 ㄓㄨ ㄓㄜˋ
甘蔗。

藁 稿的或體。

蘬 ㊀ ㄏㄨㄟˋ *hui*⁴ 音匯
草名。即懷羊。見"爾雅·釋草"。
㊁ ㄏㄨㄟˊ *hui*² 音回
草名。劣質的芋。見"集韻"。

藨 ㊀ ㄅㄧㄠˋ *piao*⁴ 音鰾
草名。①即鹿藿。見"說文"。②蒯屬。可以織蓆。見"玉篇"。
㊁ ㄅㄧㄠ *piao*¹ 音標
草莓的一種。果子似覆盆而大,可食。見"爾雅·釋草·藨麃·注"。

藦 ㄇㄛˋ *mo*⁴ 音末
參藦訶。
16【藦訶】 ㄇㄛˋ ㄏㄜˋ
草名。

蘎 ㄈㄟˋ *fei*⁴ 音肺
用蘆葦編成的蓆。見"正字通"。

藚 ㄒㄩˋ *hsü*⁴ 音序
草名。即水蕮。寸寸有節,拔之可復生。也稱牛脣。見"爾雅·釋草·藚牛脣·注"。

藗 ㄙㄨˋ *su*⁴ 音速
草名。白茅之類,不結實。也稱牡茅。見"爾雅·釋草·藗牡茅·義疏"。

藝 ㄧˋ *i*⁴ 音義
①種植。②才能;技術。
4【藝文】 ㄧˋ ㄨㄣˊ
①古時泛指六藝群書。②泛指藝術和文學。
6【藝名】 ㄧˋ ㄇㄧㄥˊ
藝人於本名之外另取之名。
9【藝苑】 ㄧˋ ㄩㄢˋ
圖書文物薈聚的地方。
11【藝術】 ㄧˋ ㄕㄨˋ
有廣狹二義:廣義的泛指含技巧與思慮的活動及其製作,義與技術相當。狹義的指含有審美價值的活動或其活動的產物,如詩歌、音樂、戲劇、繪畫、雕刻、建築等;有時也專指繪畫而言,義與美術相同。
12【藝廊】 ㄧˋ ㄌㄤˊ
陳列藝術品供人欣賞或購買之處。
4【藝文志】 ㄧˋ ㄨㄣˊ ㄓˋ
史書把當時所存的圖書分類編成目錄,列入書中,稱藝文志。始於"漢書"。後世也稱經籍志。
【藝文類聚】 ㄧˋ ㄨㄣˊ ㄌㄟˋ ㄐㄩˋ
'唐'歐陽詢'等奉敕撰,一百卷。集'唐'以前古籍一千四百三十一種,分類摘錄,加以編排,事實居前,詩文列後。在諸類書中體例最好,除供詩文典故之尋檢,尚可據以輯古書之佚文或校勘古書。
8【藝林瑰寶】 ㄧˋ ㄌㄧㄣˊ ㄍㄨㄟ ㄅㄠˇ
稱藝術界、學術界重要的人或珍貴的事物。
11【藝術工業】 ㄧˋ ㄕㄨˋ ㄍㄨㄥ ㄧㄝˋ
(arts industries) 提供情感資訊的一種行業。計分一、個人創作:如小說、歌曲、繪畫等;二、情感資訊服務業:如戲院、歌劇院等;三、提供情感資訊設備的行業:如錄音設備製造業、攝影器材業等。

⿱艹滯 蔕的或體。

⿱艹殤 蕩的俗體。

蘈 ㄊㄨㄟˊ *t'ui*² 音頹
草名。即牛蘈。見"爾雅·釋草"。

藸 或作蕏。㊀ ㄔㄨˊ *ch'u*² 音除
參荎藸。
㊁ ㄓㄨ *chu*¹ 音豬
參藸蒘。
14【藸蒘】 ㄓㄨ ㄋㄨˊ
亂草。也作藸茹。

藘 ㄌㄩˊ *lü*² 音驢
參茹藘。

⿱艹閭 ㄌㄩˊ *lü*² 音驢
參⿱艹閭茹。
10【⿱艹閭茹】 ㄌㄩˊ ㄖㄨˊ
草名。生山原中,春初生苗,高二、三尺。根長大如蘿蔔、蔓菁。皮黃赤,內白色,刺破有黃漿汁流出。葉長微闊,開細紫花,結實如豆大,一顆三粒相合,生青、熟黑。見"本草綱目·草部·⿱艹閭茹"。

藪 ㄙㄡˇ *sou*³ 音叟
①大湖泊。見"說文"。②人物歸聚的地方。如:淵藪。③叢林。

藟 ㄌㄟˇ *lei*³ 音儡
①古代祭祀時降神的酒。用鬱金草及黑黍釀造。即秬鬯。見"說文"。②藤類植物的總稱。見"說文·藟·段注"。③糾纏;纏繞。④含苞未放的花。如:梅藟。

蕜 ㄅㄟ *pei*¹ 音悲
①草名。見"說文"。②古時舞者手中所持的旄牛尾。見"爾雅·釋器"。

藕 ㄡˇ *ou*³ 音偶
蓮的地下莖。見"字彙"。
18【藕斷絲連】 ㄡˇ ㄉㄨㄢˋ ㄙ ㄌㄧㄢˊ
比喻表面上斷了關係,實際上仍有糾葛牽連。多指男女間情意之似斷非斷。

藤 ㄊㄥˊ *t'êng*² 音騰
①蔓生植物名。種類很多,有鉤藤、黃藤、甘藤、赤藤、地龍藤、含水藤等。見"正字通"。②蔓生植物之莖的通稱。如:葡萄藤。③姓。'明'有'藤文澤'。見"萬姓統譜·五七"。

藜 ㄌㄧˊ *li*² 音黎
(pigweed; white goose foot; *Chenopodium album*) 一年生草本。莖直立,多分枝,有稜和條紋。葉菱狀卵形至披針形,全緣或具裂片及不整齊鋸齒,下面生白粉。廣布世界各地。常生於荒廢地、路邊、田埂等處。幼苗多作飼料,偶也供食用。

藜圖

蘊 蘊的俗體。

藑 ㄑㄩㄥˊ ch'iung² 音窮
參藑茅。

9【藑茅】 ㄑㄩㄥˊ ㄇㄠˊ
草名。即葍。一名舜。見"說文"。

藥 ㄧㄠˋ yao⁴ 音曜 讀音 ㄩㄝˋ yüeh⁴
俗作葯。1可以治病的草。也泛指可治病之物。如:良藥苦口。2花名。芍藥的簡稱。3姓。'漢'有'藥崧'。見"萬姓統譜·一二〇"。

4【藥方】 ㄧㄠˋ ㄈㄤ
醫生治病時,針對病象、病名所開藥品與劑量、服法的單子。

5【藥石】 ㄧㄠˋ ㄕˊ
1治病的藥物和砭石。泛指藥劑。2比喻規戒過失之言。3佛教禪林晚餐的象徵詞。也作藥食。含有療病的意味。

12【藥補】 ㄧㄠˋ ㄅㄨˇ
用藥物滋補身體。

14【藥餌】 ㄧㄠˋ ㄦˇ
藥物。

11【藥理學】 ㄧㄠˋ ㄌㄧˇ ㄒㄩㄝˊ
(pharmacology)研究藥物在生物體內之吸收、分布、作用機轉、代謝及排出的科學。關於藥物的劑量、給法及其副作用也屬於其研究範圍。

16【藥劑學】 ㄧㄠˋ ㄐㄧˋ ㄒㄩㄝˊ
(pharmacy)研究藥品之製造、調配及儲存的科學。藥品的製造乃依藥物的性質,製成適當的劑型,使服用後能發揮最佳之療效。

藰 ㄌㄧㄡˊ liu² 音留
草名。也作劉。見"集韻"。

16

藼 萱的本字。

藻 ㄗㄠˇ tsao³ 音早
本作薻。1水中植物的一種。參藻類。2用以繫玉的五采絲繩。3文彩。4指文辭。如:辭藻。

4【藻井】 ㄗㄠˇ ㄐㄧㄥˇ
我國皇宮或廟宇等傳統木造建築物中,最繁複的一種天花板形制。雕好的木構件由周圍向中心層層向上對稱搭接,構成一往天空凹入的井式穹頂,中間高起如傘狀(圓頂)或蓋狀(平頂)。

藻井圖

9【藻思】 ㄗㄠˇ ㄙ
文思。多指優美清麗的文思。

10【藻海】 ㄗㄠˇ ㄏㄞˇ
(Sargasso Sea)指位於北'大西洋''西印度群島'及'亞速群島'間的一片廣大漩渦海域。因有大量漂浮的海藻聚集而得名。深度達7,000公尺,四周有許多重要海流,是北'大西洋'環流中心。

13【藻飾】 ㄗㄠˇ ㄕˋ
妝飾;修飾。也指文章的潤色、雕琢。

19【藻類】 ㄗㄠˇ ㄌㄟˋ
(algae)爲植物界中的一大類。一般生活於水中或潮溼處,有的爲單細胞,有的爲多細胞;有各種體形,如群體、絲狀、膜狀及管狀等,但不具維管束,缺少根、莖、葉等構造。細胞內含有葉綠素,皆能自製養分。個體大者如昆布,可長達60公尺;小者如單胞藻,需用顯微鏡方能觀察到。

【藻繪】 ㄗㄠˇ ㄏㄨㄟˋ
花紋華美,色彩繽紛。比喻有文采。

蘢 ㄌㄨㄥˊ lung² 音龍
草名。即天蘥。見"說文"。

藹 ㄞˇ ai³ 音矮
1草木叢雜的樣子。見"字彙"。2慈祥;謙和。如:藹然可親。

6【藹如】 ㄞˇ ㄖㄨˊ
平易可親的樣子。

12【藹然】 ㄞˇ ㄖㄢˊ
1即靄然。雲集的樣子。2和藹的樣子。

蘐 萱的或體。

藺 ㄌㄧㄣˇ lin³ 音凜
草名。蒿類。見"集韻"。

蘑 ㄇㄛˊ mo² 音磨
參蘑菰。

12【蘑菰】 ㄇㄛˊ ·ㄍㄨ
(*Clavaria pistillarius*)爲擔子菌門(Basidiomycota)、掃帚菰科(Clavariaceae)的眞菌類。產於我國。其菌體含維生素多種,也富含鈣、鐵及鉀等,可食用。

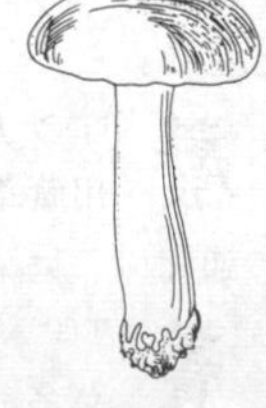
蘑菰圖

蘂 蕊的俗體。

蘶 ㄓㄨㄛ cho¹, chuo¹ 音桌
藥草名。又名蔞毒、附子。也作蘸。見"集韻"。

藿 ㄏㄨㄛˋ ho⁴, huo⁴ 音霍
1豆葉。嫩時可食。見"正字通"。2香草。藿香的簡稱。參藿香。

9【藿香】 ㄏㄨㄛˋ ㄒㄧㄤ
(wrinkled giant hyssop; *Agastache rugosa*)多年生草本。莖上部分枝,具白色短細毛;葉心狀卵形,齒緣,上面近光滑,下面白色。花萼筒先端有三角形齒裂5片,花冠紫色;花多數密集成頂生穗狀花序。全草可入藥,有鎮嘔作用。

藿香圖

藾 ㄌㄞˋ lai⁴ 音賴
蔭庇。見"古今韻會舉要"。

蘛 ㄩˋ *yü*4 音育
茂盛。見"廣韻"。

蘁 ㊀ ㄨˋ *wu*4 音悟
忤逆。見"集韻"。
㊁ ㄜˋ *o*4, *ê*4 音咢
驚恐。見"字彙補"。

藔 ㄌㄠˇ *lao*3 音老
乾梅。見"說文"。

蘀 ㄊㄨㄛˋ *t'o*4, *t'uo*4 音拓
①枯槁落地的草木皮葉。見"說文"。②草名。根似葵而葉像杏,黃花而莢實。見"山海經·中山經"。③筍殼。通籜。

藶 ㄌㄧˋ *li*4 音力
參葶藶。

蘆 ㄌㄨˊ *lu*2 音盧
參蘆菔。

12【蘆菔】 ㄌㄨˊ ㄅㄛˊ
即蘿蔔。

【蘆筍】 ㄌㄨˊ ㄙㄨㄣˇ
石刁柏的嫩莖,俗稱蘆筍。味微甜,可作蔬菜食用。參石刁柏。

13【蘆葦】 ㄌㄨˊ ㄨㄟˇ
(*Phragmites communis*) 高大多年生禾草。有粗狀根狀莖。葉細長披針形,長達60公分以上,寬達3公分。小穗有多朵小花,外稃基盤有長柔毛。多數小穗排成大型圓錐花序。生於池沼、湖河旁、魚塭邊或積水溼地。

蘆葦圖

17【蘆薈】 ㄌㄨˊ ㄏㄨㄟˋ
(*Aloe vera* L. var. *chinensis* (Haw.) Berger)多年生草本。葉密生於莖上,狹長披針形,肥厚多肉,銳鋸齒緣。夏秋時,花莖自小葉間抽出,上端著生穗狀花序,花黃色或紅色。供盆栽觀賞用,也可供藥用。產於我國及'地中海'沿岸,各地有栽培。

蘆薈圖

18【蘆鮄】 ㄌㄨˊ ㄈㄨˊ
一種形似鰌螿而紋理更細的魚。見"集韻"。

藺 ㄌㄧㄣˋ *lin*4 音吝
①草名。一名馬藺,又名燈心草。參燈心草。②姓。'戰國'時'趙'有'藺相如'。見"通志·氏族略三"。

9【藺相如】 ㄌㄧㄣˋ ㄒㄧㄤ ㄖㄨˊ
'戰國'時'趙國'大臣。'趙惠文王'時,'秦昭襄王'欲以十五城換取'趙國'的'和'氏璧,'相如'懷璧入'秦',見'秦王'無償城的誠意,乃運用智謀,完璧歸'趙'。後隨'趙王'至'澠池'與'秦王'相會,使'趙王'不致屈辱,因功拜爲上卿。

蘄 ㄑㄧˊ *ch'i*2 音祈
①草名。即山蘄。一名當歸。見"字彙"。②希望;請求。通祈。③姓。'漢'有'蘄良'。見"通志·氏族略二"。

11【蘄茝】 ㄑㄧˊ ㄔㄞˇ
香草名。即芎藭的嫩苗。見"爾雅·釋草"。

蘋 ㊀ ㄆㄧㄣˊ *p'in*2 音頻
(European water clover; *Marsilea quadrifolia*)水生或長於沼地的蕨類植物。根狀莖細長橫走,葉一至數枚疏生其上。葉由4小葉排成狀若「田」字,故又名田字草。'歐''亞'溫熱兩帶均可見及,又東北'美'也見其歸化。爲水田中的雜草。全草入藥,具利尿及解毒之療效。

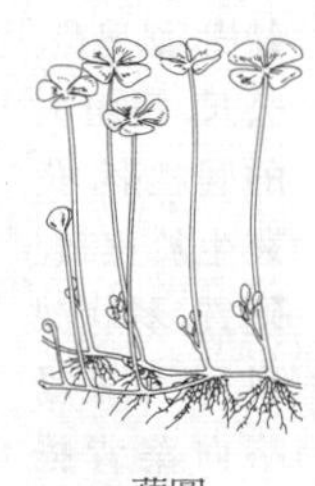
蘋圖

㊁ ㄆㄧㄥˊ *p'ing*2 音平
參蘋果。

8【蘋果】 ㄆㄧㄥˊ ㄍㄨㄛˇ
(common apple; *Malus pumila*) 小樹或灌木。很少具刺,枝剛長出時有毛,隨後逐漸變光滑。葉先端鈍至銳尖,下面有毛;花白色透粉紅色,排成繖形狀花序;花梗、萼筒及萼片外面均有毛;果實大且甜,可供食用。

蘋果圖

【蘋果酸】 ㄆㄧㄥˊ ㄍㄨㄛˇ ㄙㄨㄢ
(malic acid)爲一無色結晶。化學式 $COOHCH_2$ OHCHCOOH, 分子量134.05,比重1.59,沸點140°C,熔點100°C。易溶於水與酒精,微溶於醚。存於水果中,可由苯經觸媒氧化,再於眞空下與水蒸氣共熱而得,用於各種酯與鹽類合成及酒的製造。

蘉 ㄇㄤˊ *mang*2 音忙
竭盡心力。見"集韻"。

蘊 ㄩㄣˋ *yün*4 音韻
①積聚;含藏。如:蘊怒。②鬱熱。如:蘊暑。③水草名。如:蘊藻。

7【蘊育】 ㄩㄣˋ ㄩˋ
蘊積培育。

11【蘊涵】 ㄩㄣˋ ㄏㄢˊ
蘊藏;包含。也作蘊含。

13【蘊奧】 ㄩㄣˋ ㄠˋ
深遠奧妙。

18【蘊藏】 ㄩㄣˋ ㄘㄤˊ
積存;積藏。

【蘊藉】 ㄩㄣˋ ㄐㄧㄝˋ
①溫厚含容。②積藏;蓄藏。

蘇 ㄙㄨ *su*1 音酥
①藥草名。即桂荏。見"說文"。②泛指草薪。③取草;割草。④死而復生。通甦。⑤困而得以休息。如:蘇息。⑥睡醒;覺醒。如:蘇醒。⑦下垂的東西。如:流蘇。⑧'江蘇省'的簡稱。⑨姓。'戰國'有'蘇秦'。見"萬姓統譜·一二"。

4【蘇丹】　ㄙㄨ ㄉㄢ

1(The Sudan)位於'非洲'東北部的國家。東北濱'紅海'。面積250.3萬方公里，人口4,019萬(2005年)，首都'喀土木' (Khartoum)。北部為沙漠或半沙漠區，南部為熱帶雨林，中部為草原區。主產棉花，小米、花生、小麥和畜牧亦重要。2(sultan)回教國家的統治者或國王的稱號。sultan 一字是由最初'阿拉密'語(Aramaic,古代西南'亞'通用語) shultāna 輾轉演變而成，原意即是權勢。

5【蘇打】　ㄙㄨ ㄉㄚˇ

(soda)即碳酸鈉。參碳酸鈉。

8【蘇武】　ㄙㄨ ㄨˇ

(前140～前60)'漢''杜陵'(今'陝西''長安')人，字'子卿'。'武帝'時，出使'匈奴'，單于逼他投降，'武'不肯，被送到'北海'牧羊，歷經十九年才被釋回，受命爲典屬國。

9【蘇洵】　ㄙㄨ ㄒㄩㄣˊ

(1009～1066)'北宋''眉山'(今'四川''眉山')人，字'明允'，號'老泉'。二十七歲始發憤讀書，後得'歐陽脩'推薦而任官，曾任祕書省校書郎、'文安縣'主簿。散文筆力雄健，與子'軾'、'轍'均以文名，世稱三'蘇'。有"嘉祐集"。

【蘇俄】　ㄙㄨ ㄜˊ

(Union of Soviet Socialist Republics) 原為世界面積最大國。又稱'蘇聯'。1991年解體後，由其中最大加盟共和國俄羅斯(Russian)繼承其國際法人地位。面積1,707萬方公里，人口14,342萬 (2005年)，首都'莫斯科'。地形單調，缺乏溫暖海港。氣候乾冷，耕地少，糧食不足。'歐俄'南部為主要農業區，主產小麥和甜菜。'俄'屬中'亞'北部草原為主要畜牧區；南部為重要棉產區。是世界煤、鐵、石油、天然氣、金、銅、鉻、錳、鋁土和鎢砂等礦的重要生產國。

10【蘇秦】　ㄙㄨ ㄑㄧㄣˊ

(?～前317)'戰國''洛陽'人，字'季子'。相傳師事'鬼谷子'，研究當時諸侯國之間的政治關係。'周顯王'時，以合縱游說六國，訂約合力抗'秦'，因佩六國相印，且使'秦國'的軍隊不敢出'函谷關'達十五年之久。

13【蘇軾】　ㄙㄨ ㄕˋ

(1036～1101)'北宋' '眉山'(今'四川''眉山')人，字'子瞻'，號'東坡居士'。文章、詩詞、書畫均冠絕一時。有"東坡七集"。

蘇軾像

16【蘇醒】　ㄙㄨ ㄒㄧㄥˇ

從昏迷或衰頹中醒轉過來。

18【蘇轍】　ㄙㄨ ㄔㄜˋ

(1039～1112)'北宋''眉山'(今'四川''眉山')人，字'子由'，號'潁濱遺老'。與兄'軾'同登進士，累官尚書右丞、門下侍郎。詩文淡泊自然。著有"欒城集"。

【蘇繡】　ㄙㄨ ㄒㄧㄡˋ

以'江蘇''蘇州'爲中心之刺繡產品的總稱。'蘇州'一帶，刺繡素爲副業，產品以室內裝飾用品爲主。

21【蘇鐵】　ㄙㄨ ㄊㄧㄝˇ

(*Cycas revoluta* Thunb.)又名鐵樹、鳳尾蕉、鳳尾松。莖高約4公尺，呈粗大的圓柱形，葉叢生於莖頂，硬質，羽狀深裂，小葉葉緣略向葉背捲曲。花單性，雌雄異株，夏季開花，雄花圓柱形，著生於莖頂，長約50～60公分，寬約10餘公分。雌花由多枚分離的大孢子葉(心皮)所組成，種子扁平形，朱紅色。分布於我國、'琉球'及'日本'。

蘇鐵圖

5【蘇尼派】　ㄙㄨ ㄋㄧˊ ㄆㄞˋ

(Sunnites; Sunnahs)伊斯蘭教教派之一。占伊斯蘭教徒90%，常被視爲正統派。遵"古蘭經"及哈迪斯 (聖訓，Hadeeth)，'穆罕默德'之後有四位繼位者。另有四大學者成爲四大法學派：一、'哈乃飛' (Majhab Al-Hanafy)派：多分布於近東及中'亞'、'印度'。我國教徒即屬該學派。教法嚴謹，教徒多居內陸，禁食無鱗魚。二、'馬利克' (Majhab Al-Maliky)派：教徒多分布於北'非'一帶。三、'夏非葉' (Majhab Al-Shafiey)派：教徒多爲海島及沿海一帶居民，如'馬來西亞'、'印尼'、'菲律賓'南部等地。四、'漢白力' (Majhab Al-Hanbaly)派：堅守舊俗，教徒多分布於'阿拉伯半島'南部。

7【蘇利南】　ㄙㄨ ㄌㄧˋ ㄋㄢˊ

(Suriname) 位於'南美洲'的新興國家，北臨'大西洋'。面積16.3萬方公里，人口43.8萬 (2005年)，首都'巴拉馬利波' (Paramaribo)。鋁土產量居世界第四位。

9【蘇祇婆】　ㄙㄨ ㄓ ㄆㄛˊ

'北周''武帝'時'西域''龜茲'人。善彈琵琶，精通音律，出身於音樂世家。西元568年隨'突厥'皇后'阿史那'入'周'，向'鄭譯'傳述'龜茲'音樂中"五旦七調"的宮調體系。該理論後來演變成'隋''唐'燕樂二十八調。

【蘇美人】　ㄙㄨ ㄇㄟˇ ㄖㄣˊ

(Sumerians)約西元前五千年左右，定居於'兩河流域'下游的民族。已有農業的產生，並建立許多小城邦。西'亞'的文字系統、宗教、法律、科學及商業法則都起源於'蘇美'人，是西'亞'文化的先驅者。

11【蘇曼殊】　ㄙㄨ ㄇㄢˋ ㄕㄨ

(1884～1918)'廣東''中山'人，幼名'子穀'，更名'元瑛'、'玄瑛'，法名'博經'，號'曼殊'，世稱'曼殊上人'。早年隨母赴'日'，就讀'東京''早稻田大學'。後奔走國內各地，致力革命運動。通曉'英'、'日'、梵文，長於藝文、繪事、譯作。有"蘇曼殊全集"傳世。

蘇曼殊像

12【蘇富比】ㄙㄨ ㄈㄨˋ ㄅㄧˇ
(Sotheby)又譯作'蘇士比'。國際有名的拍賣公司。成立於西元1744年，總公司在'英國''倫敦'，世界各國均有分公司。拍賣物包羅萬象，而以藝術品占大宗，由於鑑定眞確，信譽卓著，深受藝術市場重視。

14【蘇維埃】ㄙㄨ ㄨㄟˊ ㄞ
(Soviet)蘇維埃一詞，指工農兵的委員會。根據'蘇俄'憲法，在中央設有聯邦最高'蘇維埃'，在各共和國與自治共和國也設有最高'蘇維埃'，在各層行政區內也設有各級'蘇維埃'。其爲名義上的最高權力機關，所屬代表名義上由人民選舉產生，實則由共黨控制。

6【蘇州玉雕】ㄙㄨ ㄓㄡ ㄩˋ ㄉㄧㄠ
'江蘇''吳縣'古稱'蘇州'，自'明'中葉以後，當地玉石雕刻品名聞遐邇，深受'中'外人士推崇。玉雕作品以文房用品和婦女首飾最多，特點乃細緻精巧，雕工圓潤，造形生動。

10【蘇格拉底】ㄙㄨ ㄍㄜˊ ㄌㄚ ㄉㄧˇ
(Socrates, 前470?～前399)古'希臘'哲學家。倡導知識與美德合一說，認爲人之不善在於不能辨別善惡。常在街頭開導人破除成見及謬誤。後被控以腐化年輕人及不信仰國家所尊奉諸神的罪名，判處服毒自盡。'蘇'氏以善辯著稱，但述而不作，生平及哲學觀主要見於弟子'柏拉圖'及'齊諾芬'(Xenophon)的著作之中。

12【蘇黃米蔡】ㄙㄨ ㄏㄨㄤˊ ㄇㄧˇ ㄘㄞˋ
指'北宋'四大書法家'蘇軾'、'黃庭堅'、'米芾'和'蔡襄'(字'君謨')。一說'蔡'指'蔡京'。

6【蘇伊士運河】ㄙㄨ ㄧ ㄕˋ ㄩㄣˋ ㄏㄜˊ
(Suez Canal)位於'埃及'東北部。西元1869年開鑿完成，自'塞得港'(Port Said)至'陶菲克港'(Port Taufiq)長161公里，寬365公尺，水深15公尺，可行8萬噸級巨輪。當'歐'、'亞'、'非'三洲要衝，爲'地中海'通往'紅海'、'印度洋'的捷徑。現由'埃及'管轄。

7【蘇里曼一世】ㄙㄨ ㄌㄧˇ ㄇㄢˋ ㄧ ㄕˋ
(Süleyman I, 1494?～1566)'土耳其'王。1520年即位，翌年占據'貝爾格勒'；1522年攻下'羅得斯'；1526年在'匈牙利'南部'木哈赤'(Mohács)擊敗'匈牙利'人，把'匈'國中南部納入版圖；1529年包圍'維也納'。後又三度進攻'波斯'，占領'埃爾斯倫'(Erzurum)、'伊拉克'及'凡湖'(Lake Van)附近地區。又建立海軍，於1551年攻占北'非'的'的黎波里'。對內改革行政、軍備、法制，奬勵學問藝術。'土耳其'的國勢以此時最爲強盛。

8【蘇門四學士】ㄙㄨ ㄇㄣˊ ㄙˋ ㄒㄩㄝˊ ㄕˋ
指'北宋'的'秦觀'、'晁補之'、'張耒'、'黃庭堅'四人。因俱以文學遊'蘇軾'之門，又於'哲宗''元祐'元年(1086)同在祕書省各館任職，故稱。

9【蘇俄第一次對華宣言】ㄙㄨ ㄜˊ ㄉㄧˋ ㄧ ㄘˋ ㄉㄨㄟˋ ㄏㄨㄚˊ ㄒㄩㄢ ㄧㄢˊ
'民國'八年七月，'蘇俄'代理外交人民委員會委員長'加拉罕'(Leo Karakhan)發表的對'華'宣言。聲稱放棄帝'俄'時代在'華'侵略之權利及庚子賠款，並希望恢復正式邦交。

【蘇俄第二次對華宣言】ㄙㄨ ㄜˊ ㄉㄧˋ ㄦˋ ㄘˋ ㄉㄨㄟˋ ㄏㄨㄚˊ ㄒㄩㄢ ㄧㄢˊ
'民國'九年九月，'蘇俄'代理外長'加拉罕'署名發表。聲明八事：廢除帝'俄'時代條約，交還各種權利，恢復商務，取締舊黨，取銷在'華'領事裁判權，放棄庚子賠款，交還'中東鐵路'，並互派外交官。

蘌 ㄩˇ yü^3 音語
捕鳥的設置。

蘅 ㄏㄥˊ hêng^2 音衡
也作衡。參杜衡。

17

蘘 ㄖㄤˊ jang^2
參蘘荷。

11【蘘荷】ㄖㄤˊ ㄏㄜˊ
(*Zingiber mioga*)多年生草本。根狀莖淡黃色，有辛辣味。葉似薑，而稍寬大些，頂端尾尖；花白色，有淡黃色而中部顏色較深的脣瓣，花排成穗狀花序，總花梗直接由根狀莖發出；蒴果卵形。產於我國、'日本'。根莖入藥，可治腎臟病。

蘘荷圖

蘼 ㄇㄧˊ mi^2 音迷
也作蘪。參蘪蕪。

蘦 ㄌㄧㄥˊ ling^2 音菱
①草名。即大苦，又名黃藥。見"說文"。②零落。通零。見"字彙"。

蘗 ㄅㄛˋ po^4 音播
木名。即黃木。見"說文"。

蘣 ㄊㄡˇ t'ou^3 音黈
①美好的樣子。見"廣韻"。②樹木長出苗芽。見"廣韻"。

蘜 ㄐㄩˊ chü^2 音菊
草名。又名治牆。也作菊。見"集韻"。

蘙 ㄧˋ i^4 音意
①草名。見"集韻"。②草木茂盛的樣子。如：山林蘙薈。

蘟 ㄧㄣˇ yin^3 音隱
參蘟葱。

11【蘟葱】 ㄧㄣˇ ㄖㄣˇ
菜名。形狀像蕨。見"集韻"。

蘧 ㄑㄩˊ ch'ü^2 音渠
[1]草名。即蘧麥。見"說文"。[2]荷花。通蕖。[3]驚喜的樣子。[4]姓。'春秋''衛'有'蘧伯玉'。見"萬姓統譜·八"。

12【蘧然】 ㄑㄩˊ ㄖㄢˊ
驚愕的樣子。

蘡 ㄧㄥ ying^1 音櫻
參蘡薁。

17【蘡薁】 ㄧㄥ ㄩˋ
(*Vitis adstricta*)一名野葡萄。木質藤本。葉寬卵形,三深裂,有時各裂片再裂,有長柄。花小,花瓣早落,花萼盤狀,多數花聚成圓錐花序。漿果熟時紫色。產於我國。果實可釀酒。

蘡薁圖

蘭 ㄌㄢˊ lan^2 音闌
[1](orchid family; Orchidaceae) 單子葉植物之大科,估計有15,000～30,000種左右。爲多年生草本,遍及世界各地;熱帶地區盛產,但沙漠地區則極罕見。有陸生、著生,偶有藤本,也有腐生者。其中陸生及腐生者具鬚根及根狀莖或塊莖,著生者具根被的氣根。莖直立,常於基部或全部膨大呈種種形狀的假球莖。葉常互生,大多無毛,基部有鞘,抱莖。花通常鮮豔並有香味。花被6片,成2輪,外輪爲萼片,內輪爲花瓣,其一特化爲唇瓣,呈各種形狀,富多變的構造與顏色。唇瓣特徵是鑑別蘭花的重要依據;又雄蕊與雌蕊合生形成蕊柱,是蘭花的主要特性。蘭科植物的果爲蒴果,成熟時開裂成3～6片,種子數量很多,極細小,膜質或具翅狀種皮。[2]木名。即木蘭。參木蘭。[3]姓。'漢'有'蘭廣'。見"萬姓統譜·二五"。

4【蘭月】 ㄌㄢˊ ㄩㄝˋ
農曆七月。

6【蘭州】 ㄌㄢˊ ㄓㄡ
省轄市。古稱'金城',又名'皋蘭'。位於'甘肅省'中部,北臨'黃河'。爲'甘肅省'省會。現有四條鐵路在此接軌,是'甘''寧''青'三省的貿易中心,也是我國西北部的交通文化中心。毛織、皮革、機械工業發達。

8【蘭姆】 ㄌㄢˊ ㄇㄨˇ
(Charles Lamb, 1775～1834)'英國'散文家、文學批評家。早年寫詩,與其姐改寫'莎士比亞'的戲劇爲"莎士比亞故事集"(*Tales from Shakespeare*)。後以'伊利亞'的筆名發表韻味十足的小品文,其中有回憶、自白、文學的反省等,輯爲"伊利亞隨感錄"(*Essays of Elia*)。

蘭姆像

9【蘭若】 ㄌㄢˊ ㄖㄜˇ
梵語的音譯。本意爲森林,引申爲閑靜處、意樂處。指沙門幽隱、靜修的地方。亦爲佛寺的別稱。

8【蘭姆酒】 ㄌㄢˊ ㄇㄨˇ ㄐㄧㄡˇ
(rum)一種從甘蔗汁或糖蜜的發酵物蒸餾而成的烈酒。

9【蘭亭帖】 ㄌㄢˊ ㄊㄧㄥˊ ㄊㄧㄝˋ
'晉''王羲之'著名的行書法帖。也稱"禊帖"。'東晉''穆帝''永和'九年(353),'羲之'和'謝安'、'孫綽'等四十一人於'山陰''蘭亭'修祓禊之禮,眾人飲酒賦詩,'羲之'以繭紙、鼠鬚筆爲之作序,共二十八行,三百二十四字,書法遒媚勁健,爲絕世之作。後眞跡爲'唐太宗'所得,命'趙模'等摹搨幾十本,分賜皇子近臣;'太宗'駕崩,眞跡殉葬於'昭陵'。其後翻刻本很多,存世者以'唐'摹墨跡的'神龍'本較出名,而'宋''宣和'中所刻"定武蘭亭"爲石刻本中之善本。

16【蘭穆爾】 ㄌㄢˊ ㄇㄨˋ ㄦˇ
(Irving Langmuir, 1881～1957)'美國'物理化學家。於西元1909～1950年在'紐約州'的'通用電器公司'(General Electric Company)主持研究。他除了促使許多基本的科學發明陸續實現外,並對原子的結構和化學鍵(chemical bond)提出公式說明,創用「共價」(covalence)一詞。因對膠體和生物化學的研究有傑出的貢獻,於1932年榮獲'諾貝爾'化學獎。

6【蘭艾同焚】 ㄌㄢˊ ㄞˋ ㄊㄨㄥˊ ㄈㄣˊ
香草與臭草同時焚毀。比喻不分貴賤賢愚,同歸於盡。

10【蘭桂騰芳】 ㄌㄢˊ ㄍㄨㄟˋ ㄊㄥˊ ㄈㄤ
讚美他人子孫優秀繁昌。

14【蘭摧玉折】 ㄌㄢˊ ㄘㄨㄟ ㄩˋ ㄓㄜˊ
比喻賢材死去。

18【蘭薰桂馥】 ㄌㄢˊ ㄒㄩㄣ ㄍㄨㄟˋ ㄈㄨˋ
比喻恩德長留人間。後也喻稱他人的子孫優秀繁昌。

蘠 ㄑㄧㄤˊ ch'iang^2 音牆
參蘠蘼。

23【蘠蘼】 ㄑㄧㄤˊ ㄇㄧˊ
即薔薇。見"爾雅·釋草·蘠蘼虋冬·義疏"。

薊 ㄐㄧˋ chi^4 音計
參薊蕠。

14【薊蕠】 ㄐㄧˋ ㄋㄨˊ
植物名。也稱竊衣。似芹,可食。子大如麥,兩兩相合,外表有毛,會黏著人的衣服。見"爾雅·釋草·薊蕠竊衣·注"。

蘞 [一] ㄌㄧㄢˊ lien^2 音廉
草名。形似栝樓,葉細而盛。見"字彙"。
[二] ㄌㄧㄢˋ lien^4 音練

參白蘞。

蘩 ㄈㄢˊ *fan*² 音煩
草名。①即白蒿。見"說文"。②即菟葵。見"爾雅·釋草"。

蘲 ㄌㄩˇ *lü*³ 音縷
參蔞蘲。

蘚 ㄒㄧㄢˇ *hsien*³ 音險
(liverwort; Hepaticae; Hepatophyta; Hepatopsida)爲非維管束植物。常呈葉狀,莖很少分化中軸,葉也無中肋。孢子體之蒴,構造較苔類簡單,無蒴帽、蒴蓋和蒴齒等分化。

9【蘚苔植物】 ㄒㄧㄢˇ ㄊㄞˊ ㄓˊ ㄨˋ (bryophyte) 分蘚和苔兩類。爲陸生植物中較低等的一類。體內沒有維管束,故個體不能長高。無眞正的根、莖和葉等構造。不能完全離水,分布於陰溼的土壤、石塊或樹木上。

藷 ㄕㄨˇ *shu*³ 音署 讀音 ㄓㄨ *chu*¹ 音諸
或作蕏。植物名。①即薯蕷。見"集韻"。②甘藷的簡稱。

蘖 ㊀ ㄋㄧㄝˋ *nieh*⁴ 音孽
①樹木被砍後所長的新嫩枝芽。見"集韻"。②樹木幼苗。
㊁ ㄅㄛˋ *po*⁴ 音播
檗的俗體。

蘥 ㄩㄝˋ *yüeh*⁴ 音月
草名。即燕麥。也作雀麥。見"爾雅·釋草·蘥雀麥·注"。

18

蘳 ㊀ ㄏㄨㄚˋ *hua*⁴
①黃花。見"說文"。②形容花葉盛美。如:蘳熒。
㊁ ㄏㄨㄟ *hui*¹
果實顯露的樣子。見"集韻"。

藢 ㄓˊ *chih*² 音職
草名。葉似酸漿,花小而白,中心黃色,可食。也稱黃蒢。見"爾雅·釋草·藢黃蒢·注"。

蘴 ㊀ ㄈㄥ *fêng*¹ 音峰
菜名。即蕪菁。又名蕘。見"方言·三"。
㊁ ㄙㄨㄥ *sung*¹ 音松
菜名。同菘。見"集韻"。

藍 ㄐㄧㄝ *chieh*¹ 音皆
①藳稈。後爲稻稈、麥稈等的通稱。見"廣韻"。②去掉穗和皮的禾莖。同秸。見"集韻"。

蘷 ㄘㄨㄥˊ *ts'ung*² 音叢
草叢生的樣子。見"說文"。

蘬 ㊀ ㄎㄨㄟ *k'uei*¹ 音虧
①薺所結的實。見"說文"。②草名。指大龍古草。見"玉篇"。
㊁ ㄍㄨㄟ *kuei*¹ 音歸
草名。即葵。見"廣雅·釋草"。
㊂ ㄏㄨㄟˇ *hui*³ 音誨
'湯'左相名。通'虺'。或作'䖶'。見"集韻"。

19

蘼 蒻的或體。

虀 ㄐㄧ *chi*¹ 音齎
①調味。見"釋名·釋飲食"。②將薑、蒜等辛味蔬菜搗碎或切細,調入醬酢,醃泡而成的鹹菜。③碎。如:虀骨粉身。

蘺 ㄌㄧˊ *li*² 音離
①水稗。見"淮南子·泰族訓·離先稻熟·集解"。②籬笆。通籬。如:藩蘺。

蘼 ㄇㄧˊ *mi*² 音靡
參蘼蕪。

16【蘼蕪】 ㄇㄧˊ ㄨˊ
植物名。即芎藭的幼苗。見"本草綱目·草部·蘼蕪"。

櫰 ㄏㄨㄞˊ *huai*² 音懷
草名。見"集韻"。

蘱 ㄌㄟˋ *lei*⁴ 音類
草名。似蒲但較細長,性韌,可做繩索。見"爾雅·釋草·蘱薡蕫·義疏"。

蘻 ㄐㄧˋ *chi*⁴ 音計
草名。即狗毒。見"說文"。

蘸 ㄓㄢˋ *chan*⁴ 音站
①把東西浸入水中。見"說文"。②以液體沾染他物或用物沾取液體。如:蘸墨。

蘵 ㄉㄧㄢ *tien*¹ 音顛
草葉末端。見"集韻"。

蘶 ㄖㄢˊ *jan*² 音然
①草名。見"說文"。②燃燒。見"說文"。

蘾 ㄏㄨㄞˋ *huai*⁴ 音壞
水草名。即烏蓲。見"爾雅·釋草"。

蘴 虋的或體。

虆 ㄌㄟˇ *lei*³ 音壘
指蔓生植物。也作虆。見"集韻"。

蘿 ㄌㄨㄛˊ *lo*², *luo*² 音羅
草名。即莪。見"說文"。

15【蘿蔔】 ㄌㄨㄛˊ ·ㄅㄛ
(radish; *Raphanus sativus*)二年生草本。又名萊菔或菜頭。根粗狀肉質;基生葉爲羽狀裂葉,先端裂片較大,上部葉橢圓形;花淡紫色或白色;長角果圓柱形,先端漸尖,在種子間縮縊。根作蔬菜,種子或根入藥,可祛痰、消腫及止瀉。

蘿蔔圖

蘻 ㊀ ㄗㄚˊ *tsa*² 音雜
草木叢生。見"集韻"。
㊁ ㄗㄢˋ *tsan*⁴ 音贊
草名。見"字彙"。

20

蘸 ㄐㄧㄢ *chien*¹ 音尖
草名。即地蜈蚣草。又名山韭、百足。見"爾雅·釋草·蘸百足·義疏"。

蘵 ㄧˋ *i*⁴ 音益
草名。即綬草。見"說文"。

21

蘷 ㄎㄨㄟˊ k'uei² 音葵
菜名。見"集韻"。

蕗 ㄌㄨˋ lu⁴ 音路
草名。即落葵。可食。見"本草綱目·菜部·落葵"。

虉 ㄧˋ i⁴ 音益
一種小草。有雜色如綬。見"字彙"。

虇 ㄑㄩㄢˇ ch'üan³ 音綣 又讀 ㄑㄩㄢˋ ch'üan⁴ 音券
蘆葦等草類初生的芽。見"爾雅·釋草"。

虈 ㄒㄧㄠ hsiao¹ 音囂
香草名。即白芷。又名茝、虈。見"說文"。

虆 ㊀ ㄌㄟˊ lei² 音纍
1蔓生的植物。也作藟。見"集韻"。2盛土的籠子。也作虆。見"字彙"。
㊁ ㄌㄟˇ lei³ 音磊
同㊀1。

22

虀 虀的或體。

蘺 蘺的或體。

23

虊 ㄌㄨㄢˊ luan² 音鸞
水菜名。即鳧葵。見"說文"。

虋 稍的或體。

虌 燃的古文。

24

虆 ㄍㄢˋ kan⁴ 音幹
草名。薏苡。仁爲薏米，也稱虆米。見"說文"。

虌 ㄅㄧㄝ pieh¹ 音鱉
草名。'江'西人稱蕨。初生無葉，可食。見"爾雅·釋草·蕨虌·注"。

虇 虇的或體。

虈 ㄖㄤˇ jang³ 音壤 又讀 ㄋㄧㄤˋ niang⁴ 音釀
1菜名。見"說文"。2用鹽漬菜。見"正字通"。

25

虋 虋的或體。

虋 ㄇㄣˊ mên² 音門
草名。即赤苗。是一種嘉穀。見"說文"。

29

虌 ㄩˋ yü⁴ 音鬱
香草名。通作鬱。見"集韻"。

33

虌 ㄘㄨ ts'u¹ 音粗
草鞋。見"說文"。

虍 部

虍 ㄏㄨ hu¹ 音呼
虎皮的紋彩。見"說文"。

2

虎 ㄏㄨˇ hu³ 音滸
1(tiger; *Panthera tigris*) 屬脊椎動物亞門、哺乳綱、食肉目(order Carnivora)、貓科(family Felidae)。分布於'亞洲'，由於地區及種族的不同，其體型大小、體色及條紋等互有差異，可分爲七個不同的種族。分布於南部者較北部者爲小、體色較淺，例如分布於'東南亞'的虎呈鮮明的紅褐色，有深色(幾乎是黑色)的橫條紋，四肢內側、腹面、面頰及兩眼上方的斑點皆爲白色；產於我國北方及'蘇俄'的虎，毛色較淡，亦較長而軟，體型則大。居於森林、有草的溼地，通常在地面活動，偶會上樹，善游泳。夜間捕獵，食鹿、野豬等動物。雄者較雌者大，體長達2.2公尺(包括尾長1公尺)，重達160～230公斤。在炎熱地帶，一年四季皆可繁殖，

虎圖

在寒冷地帶則於春天繁殖；懷孕平均約113天，每次產2～3隻幼兒，偶爾有多達5或6隻者。母虎在幼兒能獨立生活以前，不會懷孕。平均壽命約11年。2姓。'漢'有'虎旗'。見"萬姓統譜·七八"。

3【虎口】 ㄏㄨˇ ㄎㄡˇ
1比喻危險的地方。2俗稱大拇指與食指之間的部位。

4【虎牙】 ㄏㄨˇ ㄧㄚˊ
1老虎的牙齒。也指狀似虎牙的東西。2古將軍名號。'漢'有虎牙將軍。3突出的犬齒。

9【虎威】 ㄏㄨˇ ㄨㄟ
1猛虎的雄威。對武人推重的敬語。2指虎脅兩旁皮下的骨。3官署名。'漢'置，主管打更警夜。

11【虎將】 ㄏㄨˇ ㄐㄧㄤˋ
將軍名。後沿用爲勇將的通稱。

【虎帳】 ㄏㄨˇ ㄓㄤˋ
1用虎皮縫製的帳幕。2軍中的營幕。

【虎符】 ㄏㄨˇ ㄈㄨˊ
虎形的兵符。古代帝王授予臣子兵權或調遣軍隊的信物。一剖爲二，各執一半，驗合，方能生效。

12【虎賁】 ㄏㄨˇ ㄅㄣ
1如猛虎之奔走。比喻勇猛，故用作勇士之通稱。2官名。"周禮""夏官"有'虎賁氏'，掌護衛天子出入。'漢武帝'時置期門郎，'平帝''元始'元年(西元元年)更名虎賁郎；多至千人，置虎賁中郎將爲首

領，掌宿衛。歷代沿之。‘唐’廢。

15【虎踞】 ㄏㄨˇ ㄐㄩˋ
①像虎一樣地蹲踞。②比喻形勢險要雄偉。③形容形狀險怪。

7【虎尾腳】 ㄏㄨˇ ㄨㄟˇ ㄐㄧㄠˇ
國術腿擊法。以腳後跟向後踢擊敵人下檔。

14【虎圖白】 ㄏㄨˇ ㄊㄨˊ ㄅㄞˊ
(Al Khutubah)‘阿拉伯’語的音譯。意爲演說、演講、訓誡。每聚禮日，先單禮四拜聖行，禮畢，教長升坐講臺，以‘阿拉伯’語唸虎圖白，分二段，第一段先讚主、講道、讚聖，第二段爲各先賢求平安，再向主爲父母、親友及本人求饒恕。

2【虎入羊群】 ㄏㄨˇ ㄖㄨˋ ㄧㄤˊ ㄑㄩㄣˊ
比喻銳不可當，爲所欲爲。

3【虎口拔牙】 ㄏㄨˇ ㄎㄡˇ ㄅㄚˊ ㄧㄚˊ
比喻激怒對方，自取其禍。

【虎口餘生】 ㄏㄨˇ ㄎㄡˇ ㄩˊ ㄕㄥ
①比喻經歷極大災難而能保全生命。②‘明’末‘邊長白’撰，一卷。作者自述其掘‘李自成’祖墓之危險事蹟。其後‘曹寅’演爲劇曲。③‘清’初‘曹寅’作，題‘遺民外史’撰，四十四齣。又名“鐵冠圖”、“表忠記”。演‘明’末忠奸諸臣的故事。在遊戲筆墨之中，寓有勸懲之意。‘崑’曲“貞娥刺虎”一齣即出此劇。

7【虎克定律】 ㄏㄨˇ ㄎㄜˋ ㄉㄧㄥˋ ㄌㄩˋ
(Hooke's law)將一條彈簧用力拉長，可發現彈簧的伸長長度與作用力成正比。若在彈性限度以內，應力與應變間成一線性(正比例)的關係，此即‘虎克’定律。

【虎兕出柙】 ㄏㄨˇ ㄙˋ ㄔㄨ ㄒㄧㄚˊ
猛虎或野牛闖出柵欄。形容氣勢凶猛。

8【虎門條約】 ㄏㄨˇ ㄇㄣˊ ㄊㄧㄠˊ ㄩㄝ
‘清’‘道光’二十三年(1843)‘耆英’與‘英’代表‘樸鼎查’(Sir Henry Pottinger)所簽訂“中英五口通商章程”及“五口通商附黏善後條款”的合稱。旨在議定商務問題。前者主要內容有三：一、規定關稅爲百分之五，取消各項陋規；商欠不再由‘清’廷負責追償。二、‘中’‘英’訴訟案件均先由‘英’領事設法調解，調解不成，再移請‘清’廷官員共同查明，而後各依本國法律處理。三、准‘英’方在五口(‘廣州’、‘廈門’、‘福州’、‘寧波’、‘上海’)各停泊官船一艘，並免船鈔。是爲外人侵犯我國關稅、裁判及領海權之始。後者則規定通商只限五口，‘英’人不得至鄉間及內地，並不得容留逃犯。此外，‘英’得享最惠國待遇，若有新惠，一體均霑。

9【虎背熊腰】 ㄏㄨˇ ㄅㄟˋ ㄒㄩㄥˊ ㄧㄠ
形容身體魁偉健壯。

11【虎視眈眈】 ㄏㄨˇ ㄕˋ ㄉㄢ ㄉㄢ
老虎注視獵物，伺機撲捉的樣子。比喻強者欲侵略、占有弱者的凶猛表情。

15【虎嘯鷹揚】 ㄏㄨˇ ㄒㄧㄠˋ ㄧㄥ ㄧㄤˊ
虎長嘯，鷹奮揚。比喻威武勇猛。

16【虎頭蛇尾】 ㄏㄨˇ ㄊㄡˊ ㄕㄜˊ ㄨㄟˇ
比喻做事有始無終。

8【虎毒不食子】 ㄏㄨˇ ㄉㄨˊ ㄅㄨˋ ㄕˊ ㄗˇ
比喻一個人不論如何狠毒，總不會傷害自己的親生子女。

13【虎落平陽被犬欺】 ㄏㄨˇ ㄌㄨㄛˋ ㄆㄧㄥˊ ㄧㄤˊ ㄅㄟˋ ㄑㄩㄢˇ ㄑㄧ
老虎離開山，流落平原，失去依恃，連狗都要欺侮牠。比喻人一旦失勢，連低賤的人都欺侮他。

3

虐 ㄋㄩㄝˋ nüeh⁴ 音瘧
①殘害；侵害。如：虐待。②殘暴。如：虐政。③酷烈。如：虐暑。④災害。如：天降大虐。

4

虔 ㄑㄧㄢˊ ch'ien² 音前
①老虎行走的樣子。見“說文”。②恭敬。如：虔誠。③劫掠；殺害。④姓。‘周’有‘虔天根’。見“萬姓統譜·二八”。

13【虔誠】 ㄑㄧㄢˊ ㄔㄥˊ
態度恭敬，內心眞誠。

【虔敬】 ㄑㄧㄢˊ ㄐㄧㄥˋ
恭敬。

虓 ㄒㄧㄠ hsiao¹ 音消
①虎怒吼。如：虎虓。②敲打。通敲。見“說文通訓定聲”。

虒 ㄙ szŭ¹, ssŭ¹ 音斯
獸名。似虎，有角，能行水中。見“廣韻”。

5

虙 ㄈㄨˊ fu² 音服
老虎伏行的樣子。見“說文”。

虛 虛的俗體。

虖 ㈠ ㄏㄨ hu¹ 音呼
①老虎的吼聲。見“說文”。②助詞。通乎。③歎詞。通呼。如：嗚虖。
㈡ ㄏㄨˊ hu² 音胡
㈠②、③的又讀。

虜 虜的俗體。

處 也作処。㈠ ㄔㄨˇ ch'u³ 音杵
①居住。如：穴居野處。②置身；居位。如：處變不驚。③治理。如：處事。④裁制。如：處罰。⑤姓。‘春秋’‘趙’有‘處子’。見“萬姓統譜·七六”。
㈡ ㄔㄨˋ ch'u⁴ 音觸
①居住或處理事務的地方。如：收費處。②機關或機關的一個部門。如：訓導處。

3【處士】 ㄔㄨˇ ㄕˋ
無官職的男子。多指有道德、學問而不做官的人。

【處子】 ㄔㄨˇ ㄗˇ
①處女。②處士。

4【處方】 ㄔㄨˇ ㄈㄤ
(prescription)由醫師開具的一

種醫療說明。記載病人服用的藥品名稱、劑量、用法及數量，藥劑師得據以配藥。

【處分】 ㄔㄨˇ ㄈㄣˋ

①處置；安排。②懲罰。

7【處決】 ㄔㄨˇ ㄐㄩㄝˊ

①處置裁決。②執行死刑。

【處身】 ㄔㄨˇ ㄕㄣ

立身。①指在所處的環境中能卓然自立。②指置身於某種環境。

8【處事】 ㄔㄨˇ ㄕˋ

處理事情；應對事情。

【處所】 ㄔㄨˋ ㄙㄨㄛˇ

場所；地方。

11【處理】 ㄔㄨˇ ㄌㄧˇ

安排；辦理。

12【處暑】 ㄔㄨˇ ㄕㄨˇ

農曆二十四節氣之一。在國曆八月二十三日或前後。

13【處置】 ㄔㄨˇ ㄓˋ

①處理；安排。②處罰。

14【處境】 ㄔㄨˇ ㄐㄧㄥˋ

指所居處的情況、環境或地位。

3【處女地】 ㄔㄨˇ ㄋㄩˇ ㄉㄧˋ

尚未開發的土地。

【處女膜】 ㄔㄨˇ ㄋㄩˇ ㄇㄛˊ

(hymen)人類及部分猿類位於陰道口之圓形薄膜狀結締組織。中有一缺孔，亦有半月形及其他各種變異型。性交、外傷或其他原因，此膜便破成許多小瓣的處女膜痕。

11【處理器】 ㄔㄨˇ ㄌㄧˇ ㄑㄧˋ

(processor)①電腦系統內可以接受並執行一指令序列的單元。又稱處理機。②指具有特定功能之電腦系統。

4【處心積慮】 ㄔㄨˇ ㄒㄧㄣ ㄐㄧ ㄌㄩˋ

計畫、考慮已久。

彪 ㄅㄧㄠ *piao*1 音標

①老虎身上的花紋。見"說文"。②小老虎。③文彩顯著。如：彪炳。④姓。'宋'有'彪虎臣'。見"萬姓統譜·六三"。

9【彪炳】 ㄅㄧㄠ ㄅㄧㄥˇ

燦爛輝煌的樣子。

7【彪形大漢】 ㄅㄧㄠ ㄒㄧㄥˊ ㄉㄚˋ ㄏㄢˋ

身體魁梧高大的男子。

6

虛 ㄒㄩ *hsü*1 音胥

①土山；大丘。也作墟。見"說文"。②市集。也作墟。如：市虛。③空幻；不眞實。如：虛榮。④謙遜。如：虛心。⑤衰。如：虛弱。⑥徒然。如：虛有其表。⑦洞穴；孔竅。如：循虛出入。⑧星宿名。二十八宿之一。參虛宿。

4【虛文】 ㄒㄩ ㄨㄣˊ

①文章中多餘無用的文字。②不切實際的儀節。

【虛心】 ㄒㄩ ㄒㄧㄣ

①謙卑；不自滿自大。②內心有所愧疚膽怯。

【虛火】 ㄒㄩ ㄏㄨㄛˇ

①指因身體虛弱、陰氣虧損而引起的熱性亢進病症。症狀爲持續性低熱不退，或午後潮熱、手足心灼熱、口乾、盜汗、脣舌嫩紅、脈搏虛弱而快數等。②比喻憑藉他人的權勢。

【虛幻】 ㄒㄩ ㄏㄨㄢˋ

空幻；不眞實。

6【虛字】 ㄒㄩ ㄗˋ

①文章中多餘無用的字。②同虛詞。

【虛妄】 ㄒㄩ ㄨㄤˋ

荒誕不實。

【虛式】 ㄒㄩ ㄕˋ

國術架式。後腳屈膝半蹲，前腳尖或腳掌虛沾地面。

【虛朾】 ㄒㄩ ㄊㄧㄥ

古地名。'春秋''宋'地。在今'山東省''泗水縣'境。

【虛名】 ㄒㄩ ㄇㄧㄥˊ

①沒有實際權益的名位。②與實際才學不符的聲譽。

7【虛位】 ㄒㄩ ㄨㄟˋ

①空出座位。②虛而不實的職位。

10【虛浮】 ㄒㄩ ㄈㄨˊ

不務實際。

【虛根】 ㄒㄩ ㄍㄣ

(imaginary root)實係數多項式方程式的根若爲虛數，則稱爲虛根。例如 $x^2-2x+10=0$ 有虛根 $1+3i$ 及 $1-3i$。虛根必成對出現。

【虛套】 ㄒㄩ ㄊㄠˋ

空有形式而不實際的行事。

【虛脈】 ㄒㄩ ㄇㄛˋ

脈象的一種。指脈搏虛軟而無力。多見於氣血俱虛的病症，如氣虛、血虛、失血、脫水等。

11【虛宿】 ㄒㄩ ㄒㄧㄡˋ

二十八宿之一。北方玄武七宿的第四宿。主要有二星，虛宿一即寶瓶座 β，虛宿二即小馬座 α，都是三等以下的暗星。此外，司命、司祿、司危、司非、哭、泣、天壘城、敗臼、離瑜等星，也都歸入虛宿。

【虛脫】 ㄒㄩ ㄊㄨㄛ

疾病過程中由於氣血大量耗損，元氣虛弱，導致身體極度衰弱，精神逐漸消竭的症狀。

【虛僞】 ㄒㄩ ㄨㄟˋ

不眞實。

12【虛詞】 ㄒㄩ ㄘˊ

文句中表示關係、語氣、情貌的詞。分關係詞、語氣詞二種。如把、與、乎、哎喲等。

【虛勞】 ㄒㄩ ㄌㄠˊ

即虛損勞傷的簡稱。又稱勞怯。乃因氣血不足、五臟虛損，而引發之多種虛損性、慢性疾病的總稱。一般說來，先天不足、後天失調、久病失養、正氣損傷等各種虛弱症候，都屬虛勞範圍。

【虛無】 ㄒㄩ ㄨˊ

①道家主要思想之一。'老子'稱宇宙萬物的本體爲「道」，「道」是虛無的。「道」沒有形狀、顏色、氣味，不占空間，非人類感官所能觸及，所以稱之爲「無」；但不是「沒有」，只是不以具體的形象存在，所以又可形容爲「虛」。②指天空。

13【虛飾】 ㄒㄩ ㄕˋ
①虛僞。②粉飾;掩飾。

14【虛實】 ㄒㄩ ㄕˊ
①空虛和充實。②指某事的實際情況。

【虛榮】 ㄒㄩ ㄖㄨㄥˊ
虛浮不實的榮耀。

【虛構】 ㄒㄩ ㄍㄡˋ
①憑空構思。也作虛搆。②文藝創作的一種手法。以想像塑造的情節來補充現實生活中人物和事件的不足。

【虛像】 ㄒㄩ ㄒㄧㄤˋ
(virtual image)當物體經面鏡或透鏡成像時,若所成的像並無實際光線會聚,而是由光線在反向的延長線相交而成,因此眼睛所見到的物體光線,如同由此處發射而來,此種像稱爲虛像。如平面鏡所成的像,便是虛像。

15【虛寫】 ㄒㄩ ㄒㄧㄝˇ
作文章的手法之一。即從反面立論。與實寫相對。

【虛談】 ㄒㄩ ㄊㄢˊ
抽象不切實的談論。

【虛誕】 ㄒㄩ ㄉㄢˋ
虛假荒誕。指言行的誇張不實。

【虛熱】 ㄒㄩ ㄖㄜˋ
由於陰陽氣血不足而引起的發熱。有陽虛、陰虛、氣虛、血虛等不同症候。症狀爲消瘦、落髮、自汗、氣短、脈虛弱無力等。

【虛數】 ㄒㄩ ㄕㄨˋ
凡負數的平方根稱純虛數。如$\sqrt{-1}$、$\sqrt{-2}$等是。故純虛數的平方爲負數。又$\sqrt{-1}$常記爲i,故$\sqrt{-2}=i\sqrt{2}$。今更推廣而指複數$a+ib$(a、b爲實數),只須b非零。

17【虛聲】 ㄒㄩ ㄕㄥ
①虛張聲勢。②虛名。

【虛擬】 ㄒㄩ ㄋㄧˇ
假設;假想。

18【虛擲】 ㄒㄩ ㄓˋ
虛度;浪費。

21【虛譽】 ㄒㄩ ㄩˋ
不實的美譽。

23【虛驚】 ㄒㄩ ㄐㄧㄥ
受到驚嚇而沒有受到傷害。

11【虛帳戶】 ㄒㄩ ㄓㄤˋ ㄏㄨˋ
(nominal account)又名臨時性帳戶。即收入與費用兩類帳戶。收入與費用實爲業主權益的一部分,爲計算期間損益而臨時設置的帳戶。每期結帳時,此等帳戶均予結清,並轉入業主權益相關帳戶。由於結帳後其餘額均爲零,故稱爲虛帳戶。

14【虛榮心】 ㄒㄩ ㄖㄨㄥˊ ㄒㄧㄣ
貪慕虛名或崇尚榮華的心理。

17【虛擬碼】 ㄒㄩ ㄋㄧˇ ㄇㄚˇ
(pseudo code)被電腦執行之前必須經過轉譯處理的代碼。

4【虛文套禮】 ㄒㄩ ㄨㄣˊ ㄊㄠˋ ㄌㄧˇ
空洞不實的條文或禮節。

5【虛功原理】 ㄒㄩ ㄍㄨㄥ ㄩㄢˊ ㄌㄧˇ
(principle of virtual work)當結構體於受外力平衡狀態下,設一符合束制條件的虛位移,則由各作用力所作虛功之總和應爲零。依據虛功原理,可以解得結構體上之各作用力,包括彎矩、剪力、軸力及位移,故常應用於靜定與靜不定結構之分析。

6【虛而爲盈】 ㄒㄩ ㄦˊ ㄨㄟˊ ㄧㄥˊ
內在空虛,卻自以爲充實。

【虛有其表】 ㄒㄩ ㄧㄡˇ ㄑㄧˊ ㄅㄧㄠˇ
空有華麗的外表而無充實的內涵。

9【虛則補之】 ㄒㄩ ㄗㄜˊ ㄅㄨˇ ㄓ
'中'醫臨床上針對虛症的補法治療。依症候的不同,有補氣、補血、補陰、補陽等療法;且根據病情緩急與虛弱程度,又有峻補與緩補之別。

10【虛晃一招】 ㄒㄩ ㄏㄨㄤˇ ㄧ ㄓㄠ
①以假的事況或行動來混淆別人的視聽。②敷衍應付,沒有誠意。

11【虛設引數】 ㄒㄩ ㄕㄜˋ ㄧㄣˇ ㄕㄨˋ
(dummy argument)電腦程式中定義巨指令(macro-instruction)、函數(function)或次常式(subroutine)所用到的變數。當巨指令、函數或次常式被呼叫時,該變數即轉入眞正的數值。

【虛張聲勢】 ㄒㄩ ㄓㄤ ㄕㄥ ㄕˋ
假裝威武以震懾別人。

【虛僞表示】 ㄒㄩ ㄨㄟˋ ㄅㄧㄠˇ ㄕˋ
表意人與相對人通謀所爲之虛僞意思表示。也稱通謀虛僞意思表示。虛僞表示之法律效果,依"民法"第八十七條第一項「表意人與相對人通謀而爲虛僞意思表示者,其意思表示無效,但不得以其無效對抗善意第三人。」因爲此種意思表示,雙方皆明知其非眞意,故於當事人間無加以保護之必要,但爲保護交易安全,法律特規定不得以其無效對抗善意第三人。例如甲因經商失敗,爲避免其所有之房屋被查封拍賣,乃與乙通謀,將房屋所有權虛僞移轉予乙,就甲乙間之所有權移轉行爲言,應屬無效;惟假定乙將該房屋賣予善意之第三人丙,且已登記完成,則甲不得以甲乙間通謀虛僞意思表示無效爲理由,對抗善意第三人丙。

12【虛無主義】 ㄒㄩ ㄨˊ ㄓㄨˇ ㄧˋ
(nihilism)①又稱虛無論。主張宇宙一切,皆非實有或皆不可知或皆無價值的學說或立場。②無政府主義的一種。主張破壞政治上與社會上的一切組織與建制,以謀求社會進步的學說。

【虛無飄渺】 ㄒㄩ ㄨˊ ㄆㄧㄠ ㄇㄧㄠˇ
虛幻渺茫,若有若無,使人捉摸不著。

14【虛與委蛇】 ㄒㄩ ㄩˇ ㄨㄟ ㄧˊ
①全然無心,隨物自化。②毫無誠意,勉強應付。

17【虛應故事】 ㄒㄩ ㄧㄥˋ ㄍㄨˋ ㄕˋ
按照往例敷衍一番。形容消極被動或沒有誠意。

【虛擬位址】 ㄒㄩ ㄋㄧˇ ㄨㄟˋ ㄓˇ

(virtual address)表示電腦程式在虛擬記憶體中位置的形式。實際執行程式時，虛擬位址必須經電腦作業系統轉換爲眞實記憶體位址。

【虛擬指令】 ㄒㄩ ㄋㄧˇ ㄓˇ ㄌㄧㄥˋ
(pseudo instruction)組合程式語言中，對組譯器有所指示，但不對應於電腦指令集內之符號代碼的指令，稱爲虛擬指令。

【虛擬負債】 ㄒㄩ ㄋㄧˇ ㄈㄨˋ ㄓㄞˋ
狹義的虛擬負債，係指政府基於法定預算，有替人民服務或支付經費的責任。如歲出預算數爲財政年度之估計應付數額，故可謂爲虛擬負債。

【虛擬資產】 ㄒㄩ ㄋㄧˇ ㄗ ㄔㄢˇ
狹義的虛擬資產，係指政府基於法定預算，有向人民徵稅或募債的權力。此種權力的實施，終必變成實際的資產。如歲入預算數，乃財政年度之估計應收金額，故可謂爲虛擬資產。

【虛擬機器】 ㄒㄩ ㄋㄧˇ ㄐㄧ ㄑㄧˋ
(virtual machine)使用軟體模擬之技術以達成與他種機器相同功能的機器。就使用方面而言，虛擬機器與眞實的機器具有相同的特性與功能。

19【虛懷若谷】 ㄒㄩ ㄏㄨㄞˊ ㄖㄨㄛˋ ㄍㄨˇ
心胸像山谷般空曠。形容人虛心謙卑，氣度寬宏。

17【虛擬記憶體】 ㄒㄩ ㄋㄧˇ ㄐㄧˋ ㄧˋ ㄊㄧˇ
(virtual memory)又稱虛擬儲存體。爲減少電腦系統主記憶體容量之有限所產生的不便，並增加主記憶體的使用效率，而將外界的輔助儲存體(通常爲磁碟或磁鼓)當作主記憶體使用的一種技術。其原理爲：執行中的程式並不需要全部存放於主記憶體內，而將一部分程式存放於輔助儲存體內，需要時才載入主記憶體內。此種方式由作業系統配合硬體功能而實現，使用者感覺有大量的記憶體空間，故稱爲虛擬記憶體。

【虛擬位址空間】 ㄒㄩ ㄋㄧˇ ㄨㄟˋ ㄓˇ ㄎㄨㄥ ㄐㄧㄢ
(virtual address space)電腦虛擬記憶體系統中，分配或指定給一工件、程式或任務等之虛擬記憶體範圍，稱爲虛擬位址空間。

䖑 ㄇㄧˋ *mi*⁴ 音密
白虎。見“說文”。

7

䖒 ㄒㄧ *hsi*¹ 音羲
陶器的一種。形似豆。見“說文”。

虜 ㄌㄨˇ *lu*³ 音魯 又讀 ㄌㄨㄛˇ *lo*³, *luo*³ 音裸
①俘獲；活捉。也指擒獲的敵人。如：俘虜。②掠奪。如：虜掠。③指奴隸。如：虜役。④對外族或敵人的蔑稱。如：胡虜。

11【虜掠】 ㄌㄨˇ ㄌㄩㄝˋ
掠奪財物。

17【虜獲】 ㄌㄨˇ ㄏㄨㄛˋ
俘虜敵人，獲取戰利品。

虞 ㄩˊ *yü*² 音愚
①傳說中的仁獸。即騶虞。白虎黑文，長尾。見“說文”。②古代掌管山澤鳥獸的官。見“字彙”。③祭名。指葬後所行安神的祭禮。見“字彙”。④憂慮。⑤意料；預料。如：不虞之譽。⑥欺騙。如：爾虞我詐。⑦歡樂。通娛。如：安虞和睦。⑧國號。‘舜’繼‘堯’爲帝，國號‘虞’，都‘蒲阪’(今‘山西’‘永濟’)。⑨姓。‘漢’有‘虞延’。見“萬姓統譜·九”。

4【虞允文】 ㄩˊ ㄩㄣˇ ㄨㄣˊ
(1110～1174)‘宋’‘仁壽’(今‘四川’‘仁壽’)人，字‘彬父’。以進士累官中書舍人，直學士院。‘金’人入寇，督師‘江’‘淮’，大破‘金’人於‘采石’。‘孝宗’時拜相，封‘雍國公’。著有“經筵春秋講義”。

5【虞世南】 ㄩˊ ㄕˋ ㄋㄢˊ
(558～638)‘餘姚’(今‘浙江’‘餘姚’)人，字‘伯施’。初仕‘陳’，入‘隋’爲祕書郎。‘唐太宗’時爲‘弘文館’學士，改祕書監。工文章，精書法。‘太宗’曾稱其德行、忠直、博學、文詞、書翰爲五絕。有文集三十卷。

9【虞美人】 ㄩˊ ㄇㄟˇ ㄖㄣˊ
①‘楚霸王’‘項羽’的愛妾。即‘虞姬’。‘項羽’兵敗‘垓下’，‘虞姬’也自刎而死。②詞牌名。源於‘唐’教坊曲。又名“一江春水”、“玉壺冰”。雙調，五十六字。③曲牌名。南曲入南呂宮引，僅詞的半闋，句法與詞同。④(corn poppy; *Papaver rhoeas*)一年生草本。莖直立具分枝，有平展的剛毛；葉呈不規則之羽狀複葉，偶有全緣者；花長於有毛的長梗上，花瓣朱紅色、深紫色、緋紅色，偶有白色。原產於‘歐洲’，‘臺灣’亦有栽培，供觀賞。花的色素可供調製藥物及酒的顏色。

虞美人圖

甝 ㄏㄢˊ *han*² 音含
①白虎。見“爾雅·釋獸”。②凶暴。

號 ㊀ ㄏㄠˊ *hao*² 音毫
①高呼；大叫。如：呼號。②大聲哭。如：號泣。
㊁ ㄏㄠˋ *hao*⁴ 音浩
①命令；發令。如：發號施令。②揚言；宣稱。如：號稱百萬。③名稱。如：國號。④標誌。如：記號。⑤別名；別字。也指取別名、別字。⑥聲譽。⑦軍用的樂器。如：號角。⑧指軍用喇叭吹奏出來表示某種意義的樂音。如：衝鋒號。⑨召喚。如：號召。

5【號召】 ㄏㄠˋ ㄓㄠˋ
以一種名義或訴求召集眾人，使行動一致。

【號外】 ㄏㄠˋ ㄨㄞˋ

(extra)報紙遇突發重大新聞時，臨時印成單張向讀者作迅速報導的一種方式。因屬逐日出版編號之外，故稱。

【號令】 ㄏㄠˋ ㄌㄧㄥˋ
命令。

11【號咷】 ㄏㄠˊ ㄊㄠˊ
大聲哭叫。也作號咷，嚎咷，嚎啕。

14【號誌】 ㄏㄠˋ ㄓˋ
記號；標誌。

15【號碼】 ㄏㄠˋ ㄇㄚˇ
記數的數字、符號。

5【號令如山】 ㄏㄠˋ ㄌㄧㄥˋ ㄖㄨˊ ㄕㄢ
形容命令嚴明，不可更改動搖。

8

虡 ㄐㄩˋ chü⁴ 音巨
𧇊的篆文。①懸掛鐘磬的木架。見"說文"。②高的几。見"方言·五"。

9

虢 ㄍㄨㄛˊ ko², kuo² 音國
①虎爪的抓痕。見"說文"。②國名。'姬'姓。分東、西、北等三'虢'。見"正字通"。③姓。'虢仲'、'虢叔'之後。見"通志·氏族略二"。

10

虣 ㄅㄠˋ pao⁴ 音暴
也作虣。①暴虐。②突起。

虥 虦的或體。

虠 ㄧㄠˋ yao⁴ 音要
參䖑虠。

虦 ㄓㄢˋ chan⁴ 音棧
淺毛虎。也作虥。見"說文"。

虤 ㄧㄢˊ yen² 音顏
虎怒。見"說文"。

䖘 ㄊㄨˊ t'u² 音徒
古代'楚國'人稱老虎。見"方言·八"。

11

虧 ㄎㄨㄟ k'uei¹ 音窺
①虛弱。如：體虧。②缺欠。如：功虧一簣。③耗損。如：虧本。④幸而；微幸。⑤枉費。用於斥責或諷刺。

4【虧欠】 ㄎㄨㄟ ㄑㄧㄢˋ
欠缺；不足。多指商業上的虧損，欠債。引申爲辜負、對不起別人。

7【虧折】 ㄎㄨㄟ ㄓㄜˊ
虧損；賠本。

8【虧空】 ㄎㄨㄟ ㄎㄨㄥˋ
①指負債。②侵吞；挪用。

9【虧盈】 ㄎㄨㄟ ㄧㄥˊ
①減損盈滿者。②指自然的循環消長。

11【虧累】 ㄎㄨㄟ ㄌㄟˋ
收入不夠支出，以致負債。

13【虧損】 ㄎㄨㄟ ㄙㄨㄣˇ
①缺損；不健全。②(deficit)又名虧絀。指企業經營的結果，使其投入資本遭受減損的數額。在公司組織發生虧損時，其保留盈餘帳戶即產生借方餘額(負數)。

14【虧蝕】 ㄎㄨㄟ ㄕˊ
虧本。

4【虧心事】 ㄎㄨㄟ ㄒㄧㄣ ㄕˋ
違背良心的事。

12

𧇊 虡的本字。

𧇸 ㄏㄠˋ hao⁴ 音浩
土鍋子。同墥。見"廣韻"。

虩 ㄒㄧˋ hsi⁴ 音隙
①蠅虎的別名。見"說文"。②虎驚的樣子。見"廣韻"。

21

虪 ㄕㄨˋ shu⁴ 音樹
黑虎。見"說文"。

22

𧇽 ㄊㄥˊ t'êng² 音騰
黑虎。見"說文"。

虫部

虫 ㊀ ㄏㄨㄟˇ *hui*³ 音悔
一種小毒蛇。又名蝮。見"說文"。
㊁ ㄔㄨㄥˊ *ch'ung*² 音蟲
蟲的簡體。

1

虬 虯的俗體。

2

虱 蝨的或體。

虰 ㄉㄧㄥ *ting*¹ 音丁
螳螂。見"方言·一一"。

13【虰蛵】 ㄉㄧㄥ ㄒㄧㄥ
蟲名。即蜻蛉。一名負勞。見"正字通"。

虭 ㄉㄧㄠ *tiao*¹ 音凋
參虭蟧。

18【虭蟧】 ㄉㄧㄠ ㄌㄠˊ
昆蟲名。即蛥蚗。別稱螗蛄。見"方言·一一"。

虯 ㄑㄧㄡˊ *ch'iu*² 音球
①有角的小龍。見"說文通訓定聲"。②通稱龍。③捲曲的樣子。如:虯髯。

15【虯髯】 ㄑㄧㄡˊ ㄖㄢˊ
卷曲的鬍子。

【虯髯客】 ㄑㄧㄡˊ ㄖㄢˊ ㄎㄜˋ
'唐''杜光庭'"虯髯客傳"的主角。鬚赤而蜷曲,有雄才大略,見世方亂,欲起事爭天下。與'李靖'、'紅拂'遇於旅舍,三人結爲兄妹。至'太原',得見'李世民',識爲英主,自度難與爭勝,乃以家產贈送'李靖',決計另圖發展。後入'扶餘國',殺其主自立。

虮 ㄐㄧ *chi*¹ 音肌
飢餓。通作飢。見"集韻"。

3

虳 虹的或體。

虺 ㊀ ㄏㄨㄟˇ *hui*³ 音毀
蛇的一種。紅頸大頭,色如文綬,大者長七、八尺。見"字彙"。
㊁ ㄏㄨㄟ *hui*¹ 音灰
參虺隤。

15【虺隤】 ㄏㄨㄟ ㄊㄨㄟˊ
疲憊衰頹的一種病。也作虺頹。

虽 雖的俗體。

虻 ㄇㄥˊ *mêng*² 音盟
蟲名。同䖟。見"集韻"。

虷 ㊀ ㄏㄢˊ *han*² 音寒
一種長在井中的紅色小蟲。見"集韻"。
㊁ ㄍㄢ *kan*¹ 音干
侵犯。見"字彙"。

虾 蝦的簡體。

虹 ㄏㄨㄥˊ *hung*² 音紅 又讀 ㄐㄧㄤˋ *chiang*⁴ 音絳 語音 ㄍㄤˋ *kang*⁴
(primary rainbow) 指在雨過天晴之後,晨昏之時,於太陽反方向的天空中所出現的七彩弧形光暈。有時在其上方,會出現光度較弱的光暈,色彩排列與虹次序相反,稱爲霓。虹、霓均是由於光線受懸浮於空中的水滴色散所形成的現象。色散現象是折射進入小水滴內的光線經反射後再折射出來所產生的。在水滴內經一次反射者,仰角較小,爲虹;在水滴內經二次反射者,仰角較大,爲霓。

11【虹視】 ㄏㄨㄥˊ ㄕˋ
(halo vision)指眼壓急驟升高,角膜發生水腫時,病人注視燈光,會在光源周圍看到一圈光暈的現象。常見於青光眼的病人。

【虹彩】 ㄏㄨㄥˊ ㄘㄞˇ
①虹的光彩。②眼球構造之一。即虹膜。

15【虹膜】 ㄏㄨㄥˊ ㄇㄛˋ
(iris)又名虹彩。眼球內部由角膜、鞏膜交界處往內長成的一環狀構造。其中央部分即爲瞳孔。虹膜表面有色素細胞,其顏色因人種而異。虹膜內部有環狀縮瞳肌及放射狀散瞳肌,前者收縮時瞳孔縮小,進入眼底之光線即減少;後者收縮時瞳孔放大,進入眼底之光線即增多。瞳孔的大小全由虹膜中此二肌肉之收縮與放鬆程度來協調。參眼①。

7【虹吸管】 ㄏㄨㄥˊ ㄒㄧ ㄍㄨㄢˇ
(siphon)一種利用大氣壓力,使液體沿著略呈Ω型的管連續流出的彎管裝置。其特徵是液體似乎能克服重力先往上爬再往下落,如圖所示。其原理是:大氣壓力減去h_1高之液柱壓力等於使液體在C點處向右流動的壓力;但在C點使液體向左流動的壓力爲大氣壓力減去h_2液柱高的壓力。由於$h_2>h_1$,所以大氣壓力就驅使液體不斷的流出。要起動虹吸管,須先將虹吸管裝滿液體或使虹吸管長臂的一端先呈半眞空(以口吸或其他方法均可)。

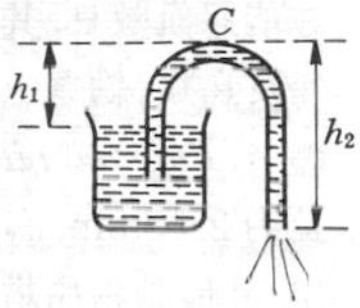

虹吸管圖

15【虹膜炎】 ㄏㄨㄥˊ ㄇㄛˋ ㄧㄢˊ
(iritis)又名眼簾炎、虹彩炎。因梅毒、淋菌、痛風、結核病或外傷所引起虹膜發炎的疾病。急性者流淚、怕光、充血、疼痛,終至瞳孔縮小、視力減退。慢性者水晶體混濁、視力不良,症狀較輕。

虵 蛇的俗體。

虸 ㄗˇ *tzŭ*³ 音子
參虸蚄。

10【虸蚄】 ㄗˇ ㄈㄤ
食害農作物的一種害蟲。見"集韻"。

虼 ㄗㄜˊ *tsê*² 音則
參虼蜢。

14【虼蜢】 ㄗㄜˊ ㄇㄥˇ
蟲名。似蝗而小，善跳。見"爾雅·釋蟲·蜇蟊蜙蝑·疏"。

4

蚕 ㊀ ㄊㄧㄢˇ *t'ien*³ 音舔
參蜸蚕。
㊁ ㄘㄢˊ *ts'an*² 音蠶
蠶的俗體。

蚤 ㄗㄠˇ *tsao*³ 音早
[1](flea)屬節肢動物門、昆蟲綱。體小(長1～10mm)，無翅，善跳躍，口器適於刺入寄主皮膚並吸食血液。通常每天攝食，但亦能忍飢數日，其寄主爲哺乳動物及鳥類。約有1,600種，寄生人體者(*Pulex irritans*)體紅棕色，長約2～3mm，壽命數月至一年半。其他動物如貓、狗、雞、鼠等皆有蚤寄生，但種類不同。[2]早。通早。[3]指甲。通爪。

11【蚤莫】 ㄗㄠˇ ㄇㄨˋ
朝暮；早晚。

蚪 ㄉㄡˇ *tou*³ 音斗
參蝌蚪。

蚄 ㄈㄤ *fang*¹ 音方
參虸蚄。

蚢 ㄏㄤˊ *hang*² 音杭
[1]一種大貝。也作魧。見"集韻"。[2]野蠶的一種。食蒿葉，能作繭。見"字彙"。

蚊 ㄨㄣˊ *wên*² 音文
(mosquito)屬節肢動物門、昆蟲綱。翅一對，其後翅退化成平衡棍。約有2,500種。雄者吸食植物的液汁或花蜜；雌者在卵成熟時要吸血，由於雌蚊有吸血的習性，故會傳染疾病，如瘧疾、象皮病、腦炎及黃熱病等皆以蚊蟲爲媒介。在公共衛生上極重要者有三屬，其中 *Anopheles*（瘧蚊)傳染瘧疾、*Culex*（普通蚊)傳染腦炎及象皮病、*Aedes* 傳染黃熱病及腦炎。

蚈 ㄑㄧㄢ *ch'ien*¹ 音牽
或作蚈。螢火蟲。見"集韻"。

蚖 ㊀ ㄩㄢˊ *yüan*² 音元
[1]四腳蛇。形似壁虎而大。見"說文通訓定聲"。[2]原尾蟲的俗稱。參原尾蟲。
㊁ ㄨㄢˊ *wan*² 音完
毒蛇。與蝮同類。一作虺。見"本草綱目·鱗部·蚖"。

蚨 ㄈㄨˊ *fu*² 音扶
參青蚨。

蚓 ㄧㄣˇ *yin*³ 音引
參蚯蚓。

蚜 ㄧㄚˊ *ya*² 音牙
參蚜蟲。

18【蚜蟲】 ㄧㄚˊ ㄔㄨㄥˊ
(aphid)爲屬於昆蟲綱、同翅目(order Homoptera)、蚜蟲科(family Aphididae)的動物。體小型，大小似針頭。不特阻滯植物的生長，且會引起植物產生蟲癭，並傳染病毒引起的疾病。蚜蟲的生活史複雜，無翅的雌蟲稱爲幹母(stem mother)，可行單性生殖，於夏季產生後代。當個體數目多時，某些個體便產生二對翅，離開原來的植物而另覓新的植物。在夏末產生的雄性(有翅或無翅)、雌性(無翅)，雌雄交尾，雌者產出卵，用以度冬，至翌春孵化。腹部第5節背面，一般有一對小突起，可以分泌蠟狀物質以保護身體。肛門可以產生蜜液，供螞蟻採食。蚜蟲危害農作物，但螞蟻卻會幫助蚜蟲防禦天敵或不良的氣候，並將蚜蟲自枯萎的植物搬遷至生長良好的植物。

蚜蟲圖

蚗 ㄐㄩㄝˊ *chüeh*² 音決
參蛥蚗。

蚑 ㄑㄧˊ *ch'i*² 音奇
[1]蟲類緩慢爬行的樣子。見"說文"。[2]蟲類總稱。

蚇 ㄔˇ *ch'ih*³ 音尺
參蚇蠖。

20【蚇蠖】 ㄔˇ ㄏㄨㄛˋ
蟲名。今作尺蠖。能屈伸行走。見"埤雅"。

蚆 ㄅㄚ *pa*¹ 音巴
一種中央寬兩頭尖的貝。見"字彙"。

蚍 ㄆㄧˊ *p'i*² 音皮
參蚍蜉。

13【蚍蜉】 ㄆㄧˊ ㄈㄨˊ
大蟻。

蚞 ㄇㄨˋ *mu*⁴ 音木
參蜓蚞。

蚅 ㄜˋ *o*⁴, *ê*⁴ 音厄
蟲名。一名烏蠋。似蠶。見"字彙"。

蚘 ㊀ ㄏㄨㄟˊ *hui*² 音回
人體腸胃中的一種寄生蟲。本作蛕，也作蛔。見"正字通"。
㊁ ㄧㄡˊ *yu*² 音尤
古代諸侯'蚩尤'也作'蚩蚘'。見"集韻"。

蚎 ㄩㄝˋ *yüeh*⁴ 音越
參蟚蚎。

蚒 蚺的本字。

蚋 ㄖㄨㄟˋ *jui*⁴ 音瑞
(blackfly)是屬於昆蟲綱、雙翅目(order Diptera)、蚋科(family Simuliidae)的動物。約有300種，分布全球各處。體小型，觸角及足皆短，口器適於吸血。幼蟲棲於水流湍急處，成蟲則生活於溪流附近，吸食鳥類、哺乳類(包括人類)的血液，常有侵入寄主眼、鼻、耳等部的習性，非僅被害部位紅腫疼痛，且能傳播疾病，導致寄主死亡，爲醫學上

蚋圖

甚爲重要的一類動物。

蚐 ㄇㄧㄠˊ miao² 音苗
初生的蠶。見“玉篇”。

蚥 ㄈㄨˇ fu³ 音斧
蝦蟆。見“廣雅·釋魚”。

蚌 ㄅㄤˋ pang⁴ 音棒 又讀 ㄅㄥˋ pêng⁴ 音蹦
(mussel)屬軟體動物門、斧足綱。約有1,000種。生活於淡水,屬於蚌科(family Unionidae)動物。棲於河、湖的底部,以斧狀的足於水底挖泥沙而行走。身體左右有二片等大的殼,外層黑色,稱角質層,有保護作用,可防酸性物質等腐蝕殼;內層爲眞珠質。殼係由套

蚌圖

膜所分泌,若有異物進入殼與套膜間,便會刺激套膜分泌眞珠質而將異物包裹,形成珍珠。蚌所形成的珍珠,其顆粒形狀不正,色澤亦較差。

蚝 ㄘˋ tz'ŭ⁴ 音次
毛蟲。也作䖪。見“廣韻”。

蚏 蚷的或體。

蚔 ㊀ ㄑㄧˊ ch'i² 音其
1蛙。見“說文”。2土蝱。見“玉篇”。
㊁ ㄔˊ ch'ih² 音遲
蟻卵。也作蚳。見“正字通”。

蚙 ㄑㄧㄣˊ ch'in² 音勤
蟲名。見“字彙”。

蚚 ㄑㄧˊ ch'i² 音奇
一種米蟲。‘廣東’人稱爲米牛,‘紹興’人稱爲米象。見“正字通”。

蚡 ㄈㄣˊ fên² 音汾
地鼠。同鼢。見“集韻”。

蚣 ㊀ ㄍㄨㄥ kung¹ 音公
蟲名。見“集韻”。
㊁ ㄙㄨㄥ sung¹ 音松
參蚣蝑。

15【蚣蝑】 ㄙㄨㄥ ㄒㄩ
螽斯的別稱。也作蜙蝑。見“爾雅·釋蟲·蜙蝑·注”。

蚧 ㄐㄧㄝˋ chieh⁴ 音介
參蛤蚧。

蚩 ㄔ ch'ih¹ 音喫
1痴呆;無知。2醜惡。通媸。如:妍蚩好惡。3嘲笑。通嗤。4輕慢;欺侮。如:蚩辱。

4【蚩尤】 ㄔ ㄧㄡˊ
我國史前傳說時代‘九黎’部族的酋長。相傳與‘黃帝’大戰於‘涿鹿’,時值大霧,‘黃帝’造指南車指示方向而擒殺之。

5

蛋 ㄉㄢˋ tan⁴ 音旦
1(egg)鳥類及爬蟲類所產的卵。大型,含多量卵黃,卵黃外層又有卵白,表面有卵殼以司保護。此類動物行體內受精。2族名。同‘蜑’。分布在‘閩’‘粵’沿海,以船爲家,以捕魚、行船爲業。

5【蛋白版】 ㄉㄢˋ ㄅㄞˊ ㄅㄢˇ
用蛋白膠配成感光液,經光學方法曬製而成的平面印刷版。是平版印刷中最廉價的一種版式。

【蛋白質】 ㄉㄢˋ ㄅㄞˊ ㄓˊ
(protein)由各種胺基酸聚合而成的高分子量天然聚合物。是構成動植物細胞的主要成分。組成元素包括碳、氫、氧、氮、硫、磷和少量的鐵、錳等。目前所知道的蛋白質有數十種,依來源可分植物性蛋白和動物性蛋白兩類。

11【蛋彩畫】 ㄉㄢˋ ㄘㄞˇ ㄏㄨㄚˋ
(tempera painting)又稱卵彩畫。使用蛋彩來描繪的畫。蛋彩是用色粉調以醋水與新鮮蛋黃(有時蛋白與蛋黃均用)製成,將之畫在塗好石膏底的畫板上,即成蛋彩畫。十五世紀以前,油彩尙未開發時,大多數畫家都製作蛋彩畫。

蚻 ㄓㄚˊ cha² 音札
吹沫蟲的別名。參吹沫蟲。

蛇 ㊀ ㄕㄜˊ shê² 音舌
(snake)屬於脊椎動物中的爬蟲綱(class Reptilia)、有鱗目(order Squamata)、蛇亞目(suborder Ophidia)的動物。共13科,3,000種。其最大特徵爲缺少四肢(少數種類有肢的痕跡)。體細長,體表有鱗片。體型小者僅約12公分,大者可達10公尺。身體終生生長,故與鳥類及哺乳類的情形不同。分布全球各洲,但冬季長的地區僅有數種,熱帶地區則種類繁多。以其他動物爲食,尤其是脊椎動物,如哺乳動物、鳥類及蛙,其他尙包括蚯蚓、昆蟲、魚及鳥卵等。通常將活的食物整個吞入,然後利用消化液將之殺死;有些種類則可用身體纏絡活物,使其窒息而死;也有的種類唾腺演化爲毒腺,毒液由毒牙流出;毒牙有管牙及溝牙兩種。蛇爲卵生,有些種類爲卵胎生。屬變溫動物,有冬眠或夏眠現象。少數種類的毒蛇會致人於死。
㊁ ㄧˊ i² 音移
參委蛇。

5【蛇矛】 ㄕㄜˊ ㄇㄠˊ
古兵器。鋒刃彎曲如蛇。

6【蛇行】 ㄕㄜˊ ㄒㄧㄥˊ
1像蛇一樣地屈曲爬行。2曲折延伸。

13【蛇腹】 ㄕㄜˊ ㄈㄨˋ
(bellows)應用於近接攝影的器材。裝置於主鏡頭與相機機身之間。鏡頭因與底片的距離增長,而有了近攝能力。其各項性能均優於與其類似的接寫環,尤其可連續對焦,對於畫面的控制、對景及對焦方面等均極爲自如。鏡頭加上蛇腹後,底片的影像最高可達實物的5～6倍大。用以拷貝圖書或幻燈片極爲便利。

3【蛇口蜂針】 ㄕㄜˊ ㄎㄡˇ ㄈㄥ ㄓㄣ
蛇的口,蜂的尾針。比喻惡毒兇狠。

15【蛇蝎心腸】ㄕㄜˊ ㄒㄧㄝ ㄒㄧㄣ ㄔㄤˊ
比喻心地惡毒。

12【蛇無頭不行】ㄕㄜˊ ㄨˊ ㄊㄡˊ ㄅㄨˋ ㄒㄧㄥˊ
比喻沒有領袖則無法成事。

13【蛇腹型鏡頭罩】ㄕㄜˊ ㄈㄨˋ ㄒㄧㄥˊ ㄐㄧㄥˋ ㄊㄡˊ ㄓㄠˋ
(bellows lensshade) 爲避免內面反射和光斑,置於攝影鏡頭前的圓筒形覆蓋物。可自由伸縮而將視角外光線摒除。有些鏡頭本身附有遮光罩,也有鏡頭深陷於鏡筒內而形成天然遮光罩者。

𧊅 ㄒㄩㄝˋ hsüeh⁴ 音穴
即埋葬蟲。參埋葬蟲。

蛀 ㄓㄨˋ chu⁴ 音注
①蟲名。俗稱蛀蟲。見“正字通”。②東西被蛀蟲咬蝕。如:蛀蝕。

11【蛀船蛤】ㄓㄨˋ ㄔㄨㄢˊ ㄍㄜˊ
(ship worm; *Teredo*) 原稱鑿船貝。屬於軟體動物門、斧足綱。殼小,身體僅前端部分位於兩殼間,其他皆裸露在外。利用殼可以鑽木,

蛀船蛤圖

生活於海中的木材中,常破壞船木及碼頭木柱。

蚿 ㄒㄧㄢˊ hsien² 音絃
蟲名。即馬蚿。見“莊子·秋水·夔憐蚿·釋文”。

蚲 ㄆㄧㄥˊ p'ing² 音平
壁蝨的俗稱。參壁蝨。

蚷 ㄐㄩˋ chü⁴ 音巨
參商蚷。

蚵 ㊀ ㄎㄜˋ k'o⁴, k'ê⁴ 音課
蟲名。見“集韻”。
㊁ ㄎㄜ k'o¹, k'ê¹ 音科
‘閩’、‘臺’方言稱牡蠣。

蛃 ㄅㄧㄥˇ ping³ 音丙
蟲名。即白蟫魚。見“字彙”。

蚶 ㄏㄢ han¹ 音憨
魁蛤的俗稱。參魁蛤。

蛄 ㄍㄨ ku¹ 音姑
參螻蛄。

15【蛄䗐】ㄍㄨ ㄕ
蛀蟲的一種。黑色,形小,專藏米穀中。一名強蛘。見“字彙”。

蛁 ㄉㄧㄠ tiao¹ 音貂
蟬。見“集韻”。

蛂 ㄅㄧㄝˊ pieh² 音別
甲蟲名。大如虎豆,綠色。又名蟦蛢。見“字彙”。

蛆 ㊀ ㄑㄩ ch'ü¹ 音趨
(maggot)蠅的幼蟲。體的前端尖、後端鈍;後端有一對氣孔,肉眼視之呈黑點狀。大部分種類以腐敗的有機物爲食,也有的以活的或腐敗的植物爲食。

蛆圖

㊁ ㄐㄩ chü¹ 音居
參蝍蛆。

𧊧 ㄍㄨㄞˇ kuai³ 音拐
青蛙的一種。似田雞而無腰股。見‘李調元’“南越筆記·蛤”。

蚰 ㊀ ㄧㄡˊ yu² 音由
參蚰蜒。
㊁ ㄓㄨˊ chu² 音逐
參馬蚰。

14【蚰蜒】ㄧㄡˊ ㄧㄢˊ
(house centipede; *Scutigera forceps*)又稱爲蠼螋。與昆蟲中的蠼螋爲同名異物。屬於節肢動物門、唇足綱。此綱的動物統稱蜈蚣。體長約 25mm,分頭部及軀幹部,頭部有一對長觸角。軀幹部第一節的附肢呈爪狀,體內毒腺所分泌的毒液,自該附肢先端之孔排出。軀幹部尚有步足15對,步足細長,運動快速。呼吸器官爲氣管肺(tracheal lung)。

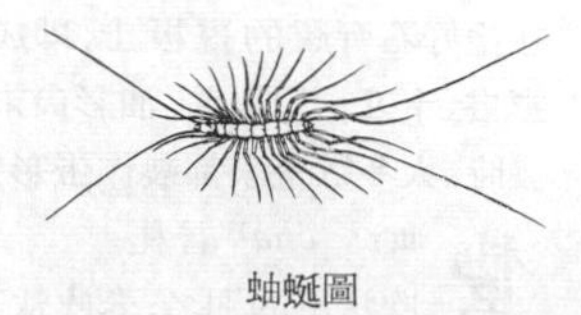
蚰蜒圖

蛅 ㄓㄢ chan¹ 音沾
參蛅蟴。

18【蛅蟴】ㄓㄢ ㄙ
一種蛓屬的昆蟲。俗稱毛蟲。見“爾雅·釋蟲·螺蛅蟴·注”。

蚺 ㊀ ㄖㄢˊ jan² 音然
動物名。。又名南蛇。蟒蛇的一種。體長約十公尺,尾圓,無鱗,斑紋如暗錦,無毒。牙長五、六寸,膽可入藥。見“正字通”。
㊁ ㄊㄧㄢˋ t'ien⁴ 音瑱
參蚺蛟。

14【蚺蛟】ㄊㄧㄢˋ ㄊㄢˋ
動物吐舌的樣子。

𧊒 ㊀ ㄑㄩ ch'ü¹ 音屈
參蛣𧊒。
㊁ ㄓㄨㄛˊ cho², chuo² 音拙
蜘蛛。同蝃。見“集韻”。

蛈 ㄊㄧㄝˋ t'ieh⁴ 音帖
參蛈蝪。

15【蛈蝪】ㄊㄧㄝˋ ㄊㄤ
一種蜘蛛。又名螲蟷。見“爾雅·釋蟲·王蛈蝪·注”。

蚱 ㄓㄚˋ cha⁴ 音炸
參蚱蜢。

14【蚱蜢】ㄓㄚˋ ㄇㄥˇ
(grasshopper)蝗蟲的俗稱。參蝗蟲。

18【蚱蟬】ㄓㄚˋ ㄔㄢˊ
(cicada; *Cryptotympana pustulata*)屬昆蟲綱、同翅目(order Homoptera)、蟬科(family Cicadidae)。體黑而有光,翅透明,翅脈綠色。於盛夏晴日早晨發出鳴聲,待太陽漸高,鳴聲亦漸止。

蚼 ㊀ ㄍㄡˇ kou³ 音狗
參蚼犬。
㊁ ㄑㄩˊ ch'ü² 音渠
參蚼蟓。

4【蚼犬】ㄍㄡˇ ㄑㄩㄢˇ
吃人犬。

18【蚼蟓】ㄑㄩˊ ㄒㄧㄤˋ
蟲名。即蚍蜉。見“方言·一一”。

蚴　ㄧㄡˇ yu³ 音黝
參蚴蟉。

17【蚴蟉】　ㄧㄡˇ ㄌㄧㄡˊ
龍蛇爬行的樣子。也作蜐蟉。

蚹　ㄈㄨˋ fu⁴ 音附
蛇腹下用以爬行的橫鱗。見"廣韻"。

蚯　ㄑㄧㄡ ch'iu¹ 音丘
參蚯蚓。

10【蚯蚓】　ㄑㄧㄡ ㄧㄣˇ
(earthworm) 屬環節動物門、環帶綱、貧毛目。爲該目中棲於陸地的種類，約 1,800 種。生活於潮溼且富有機物的土壤中。身體由許多相同的環節前後相連而成，節與節之間在體腔內有隔膜，許多器官如排泄器常每節內有一對；第一節的前面有口前節，前端無眼或觸角等感覺器。皮膚內有散生的感覺細胞，對光線或震動等能發生反應。食物爲腐敗的有機物。攝食時，常會同時攝入泥土、沙粒等物。平時居於近地面的穴中，但在乾旱或冬天時，則居於深達 2 公尺的穴中。蚯蚓在土中不斷穿鑿、嚙食，會使土壤變鬆，因而增加土壤中的空氣，改進土壤的排水，有利植物的根往下生長。蚯蚓爲雌雄同體，但需異體受精，

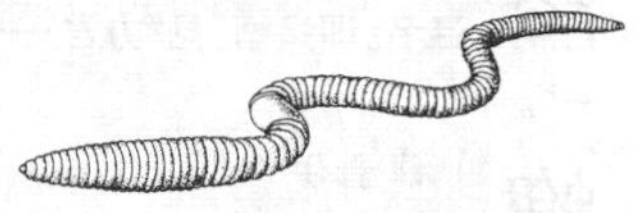
蚯蚓圖

故必需交尾以互換精液。受精卵產於卵袋中，遺留土內，孵化發育爲成體。我國分布最廣且最爲常見者爲西亞環毛蚯蚓(*Pheretima asiatica*)，生殖帶爲十四、十五及十六節癒合而成，雌性生殖孔位於生殖帶(第十四節)腹面中央，雄性生殖孔位於第十八節腹面兩側。每節中央有一圈剛毛，肉眼觀之爲一圈小白點。

蚳　ㄔˊ ch'ih² 音遲
1蟻卵。古人常取以做醬，供食用。見"正字通"。2蠍。見'玄應'"一切經音義"。

蛉　ㄌㄧㄥˊ ling² 音零
參蜻蛉。

蚸　ㄌㄧˋ li⁴ 音歷
參蜈蚸。

6

蛮　蠻的俗體。

蛪　ㄑㄧㄝˋ ch'ieh⁴ 音挈
參蛪蚼。

11【蛪蚼】　ㄑㄧㄝˋ ㄑㄩˊ
蟲名。似蟬而小。見"集韻"。

蛓　ㄘˋ tz'ŭ⁴ 音刺
毛蟲。見"說文"。

蛬　ㄍㄨㄥˇ kung³ 音鞏
蟋蟀的別名。見"爾雅·釋蟲"。

蛩　ㄑㄩㄥˊ ch'iung² 音窮
1蟲名。即蝗。見"字彙補"。2吟蛩的簡稱。即蟋蟀。

12【蛩蛩】　ㄑㄩㄥˊ ㄑㄩㄥˊ
1古代傳說中的獸名。也作邛邛。2憂懼的樣子。

蛰　蟄的俗體。

蛇　ㄓㄚˋ cha⁴ 音咤
水母。見"集韻"。

蛖　ㄇㄥˊ mêng² 音蒙
參蛖鳩。

13【蛖鳩】　ㄇㄥˊ ㄐㄧㄡ
鳥名。即鶻鵃。見"大戴禮記·勸學·名曰蛖鳩·補注"。

蛟　ㄐㄧㄠ chiao¹ 音交
古傳說中的一種龍類動物。似蛇，四足，無角，細頸上有白瘿。能吞食人。見"字彙"。

20【蛟騰】　ㄐㄧㄠ ㄊㄥˊ
蛟龍騰躍。比喻英雄豪傑之士，乘時奮起。

蛘　㊀ ㄧㄤˇ yang³ 音養
1皮膚受刺激而產生需要抓搔的感覺。同癢。見"說文"。2螞蟻的一種。見"字彙"。
㊁ ㄇㄧˇ mi³ 音米
蟲名。生在穀中。也作蝆。見"正字通"。

蛢　ㄆㄧㄥˊ p'ing² 音屏
或作蛢。參蟥蛢。

蛦　ㄧˊ i² 音夷
參蝳蛦。

蛙　ㄨㄚ wa¹ 音哇
(frog)屬脊椎動物亞門、兩生綱、無尾目。成體生活於陸地，用肺呼吸，但其體表無外骨骼，不能防止體內水分的散失，生活時只能侷處於水邊，有的生活於樹上。善於跳躍，例如牛蛙(*Rana catesbeiana*)能跳至1.5公尺遠。行體外受精，卵與精子皆產於水中，受精卵發育爲蝌蚪；蝌蚪生活水中，用鰓呼吸，有長尾，變態爲蛙時，尾消失，長出四肢而爲成體。

8【蛙泳】　ㄨㄚ ㄩㄥˇ
泳姿的一種。身體必須完全爲俯姿，兩肩與水面平行，兩手在水面或水面下由胸前伸出，同時向後划動，兩腿同時收屈向外向後伸踢併攏夾水。臂腿動作配合連貫不斷，有如青蛙的動作，故名。適合長途游泳。

蛝　ㄒㄧㄢˊ hsien² 音閑
蟲名。又名馬蠲。即馬蚿。見"正字通"。

蛣　㊀ ㄐㄧㄝˊ chieh² 音詰
參蛣蚍。
㊁ ㄑㄧㄝˋ ch'ieh⁴ 音挈
參蠘蛣。

11【蛣蚍】　ㄐㄧㄝˊ ㄑㄩ
蟲名。即蝎。見"說文"。

蛭　㊀ ㄓˋ chih⁴ 音至
(leech)俗稱馬蟥。凡環節動物門、生殖帶綱、蛭目中的動物，統稱蛭。身體前端和後端各有一個吸盤，前吸盤較小，中央有口。體

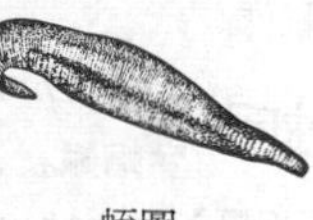
蛭圖

表自前至後有多數體環(annulus),此非眞正的體節;體節係指身體內部所表現的分節現象,主要根據神經節的數目。所有的蛭體節數目皆爲33(也有學者認爲34)。蛭生活於淡水或溼地。有的捕食昆蟲等小型無脊椎動物,捕食時,自口伸出吻。有的種類缺少吻,但口腔內有三個排列成Y形的齒,利用齒咬破寄主皮膚而吸取血液;吸血時,其唾腺所分泌的唾液含有水蛭素(hirudin),可防寄主的血液凝固,並含有組織胺(histamine),可使小血管擴張,血液乃源源不斷流出。蛭飽餐一頓,可供作其數月的糧食。往昔'歐洲'利用醫用水蛭(*Hirudo medicinalis*, 見圖)治療某些需要排放血液的疾病,如腫瘤、痛風、百日咳及精神病等。在十九世紀時,尤普遍用以治療頭痛,治療時,係將數個蛭置放於顳顬部位,任其吸食血液。

㊁ ㄉㄧㄝˊ *tieh*2 音蝶

參蛭石。

5【蛭石】 ㄉㄧㄝˊ ㄕˊ

(vermiculite)屬單斜晶系,硬度1.5,比重2.4。化學成分爲$Mg_3Si_4O_{10}(OH)_2 \cdot XH_2O$。黃或褐色,珍珠或半金屬光澤。加熱會膨脹。可用做建築的絕緣材料,亦可加入水泥成爲輕質混凝土。

蛚 ㄌㄧㄝˋ *lieh*4 音列

參蛣蛚。

蛕 ㄏㄨㄟˊ *hui*2 音回

腹中長蟲。見"說文"。

蚰 ㄎㄨㄣ *k'un*1 音昆

蟲的總名。見"說文"。

蛐 ㄑㄩ *ch'ü*1 音區

參蛐蛐兒。

12【蛐蛐兒】 ㄑㄩ ·ㄑㄩㄜㄦ

蟋蟀。

蛔 ㄏㄨㄟˊ *hui*2 音回

參蛔蟲。

12【蛔厥】 ㄏㄨㄟˊ ㄐㄩㄝˊ

由於蛔蟲感染而引起急性腹痛和四肢抽搐冰冷的病症。症狀爲腹部絞痛、嘔吐,或伴隨寒熱、胃腸功能紊亂等。

18【蛔蟲】 ㄏㄨㄟˊ ㄔㄨㄥˊ

(*Ascaris*)屬線形動物門。行寄生,寄生於人、豬或馬等動物的腸中。寄生人體者(如圖),學名爲*Ascaris lumbricoides*, 雌雄異體。長約20～40公分,直徑6～8公厘。卵隨食物或飲水攝入,在腸中孵化爲幼蟲,幼蟲穿過腸壁,經血管至心,再至肺,在肺部幼蟲要蛻皮,生長一段時間後,上升至氣管、喉頭,再由食道返回腸中,發育爲成體。其幼蟲會引起寄主肺部的疾病,成蟲則引起腸閉塞症等。

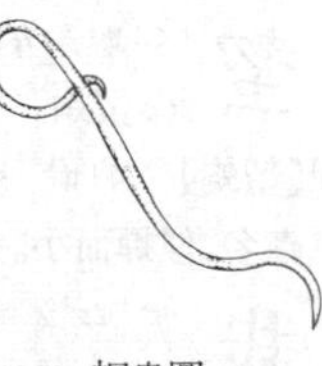

蛔蟲圖

蛧 ㄨㄤˇ *wang*3 音網

參蛧蜽。

14【蛧蜽】 ㄨㄤˇ ㄌㄧㄤˇ

傳說中的山川精怪名。也作魍魎、方良。

蛑 ㄇㄡˊ *mou*2 音謀

蟲名。嗜吃草根。見"說文"。

蛛 ㄓㄨ *chu*1 音朱

參蜘蛛。

12【蛛絲馬跡】 ㄓㄨ ㄙ ㄇㄚˇ ㄐㄧ

蜘蛛的細絲,馬所留下的足跡。比喻事情的線索、跡象。

14【蛛網塵封】 ㄓㄨ ㄨㄤˇ ㄔㄣˊ ㄈㄥ

形容長期荒廢棄置的景象。

【蛛網膜下出血】 ㄓㄨ ㄨㄤˇ ㄇㄛˊ ㄒㄧㄚˋ ㄔㄨ ㄒㄧㄝˇ

(subarachnoid hemorrhage)腦出血的一種。病人常在一陣劇烈頭痛後昏迷,醒過來時有頸項強直,少數有局部性神經症狀,有些病人會有意識障礙。最常見的病因是顱內血管瘤破裂,此外有腦血管畸形、動靜脈瘻管等。診斷方法爲電腦斷層攝影、血管攝影等。治療方法以外科手術爲主,不宜手術者,則以放射線治療或其他內科方法降低腦壓,以減輕疼痛,預防再發。

蛞 ㄎㄨㄛˋ *k'o*4, *k'uo*4 音闊

參蛞螻。

15【蛞蝓】 ㄎㄨㄛˋ ㄩˊ

(slug)亦稱蜒蚰。軟體動物門、腹足綱,與蝸牛同屬有肺目,但其殼退化藏於體內或全部消失。體柔軟、黏滑,生活於溼地。有的食植物,危害園藝作物;有的食菌類或腐葉;也有的肉食,以蚯蚓等爲食。

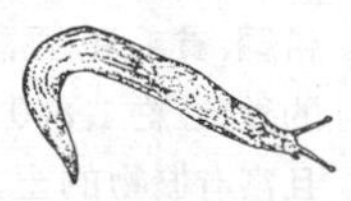

蛞蝓圖

17【蛞螻】 ㄎㄨㄛˋ ㄌㄡˊ

螻蛄。見"廣雅·釋蟲"。

蛥 ㄕㄜˊ *shê*2 音舌

參蛥蚗。

10【蛥蚗】 ㄕㄜˊ ㄐㄩㄝˊ

蟲名。即蟪蛄。見"方言·一一"。

蛫 ㄍㄨㄟˇ *kuei*3 音詭

1蟹。見"說文"。2傳說中獸名。形狀如龜,白身赤首。見"山海經·中山經"。

蛒 ㄍㄜˊ *ko*2, *kê*2 音格

蟲名。即蠐螬。見"方言·一一"。

蛜 ㄧ *i*1 音伊

參蛜蝛。

15【蛜蝛】 ㄧ ㄨㄟ

蟲名。一名鼠負。見"集韻"。

蛤 ㊀ ㄍㄜˊ *ko*2, *kê*2 音格

(clam)廣義而言,係指所有軟體動物門、斧足綱的動物,其數目超過12,000種,其中約500種生活於淡水,其他則生活於海水中。棲於水底的泥沙,以足掘泥沙而緩慢移動。具有兩片殼。狹義而言,蛤則指兩殼等大,具有前、後閉殼肌的種類,例如蚌。蛤的身體大小,自0.1mm(*Condylocardia*)

至1.2m(*Tridacna gigas*)不等。許多種類可供食用;有些種類其體內形成的珍珠,頗具經濟價值。
㊁ ㄏㄚˊ *ha*²
大蝦蟆。見"字彙補"。

10【蛤蚧】 ㄍㄜˊ ㄐㄧㄝˋ
(*Gekko verticillatus*)爲脊椎動物中屬於爬蟲綱(class Reptilia)、有鱗目(order Squamata)、蜥蜴亞目(suborder Lacertilia)、守宮科(family Gekkonidae)的一種。爲該科中身體最大者,體長可達30公分。'粵'人以此浸酒,稱爲蛤蚧酒,謂功可滋補。

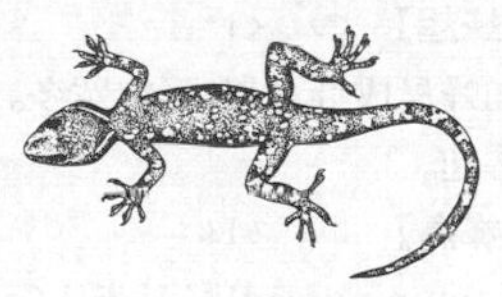
蛤蚧圖

13【蛤蜊】 ㄍㄜˊ ㄌㄧˊ
文蛤的俗稱。參文蛤。

蚩 ㄗ *tzŭ*¹ 音資
蟲名。似蟬。見"廣韻"。

蝗 ㄈㄨˋ *fu*⁴ 音阜
參蝗螽。

17【蝗螽】 ㄈㄨˋ ㄓㄨㄥ
蟲名。即蝗子。見"字彙"。

7

蜇 ㄓㄜˊ *chê*² 音哲
蟲類刺人。見"集韻"。

蜃 ㄕㄣˋ *shên*⁴ 音慎
1大蛤。見"說文"。2古傳說中有角的蛟。見"本草綱目·鱗部·蛟龍"。

蜋 ㊀ ㄌㄤˊ *lang*² 音郎
也作螂。參螳螂。
㊁ ㄌㄧㄤˊ *liang*² 音良
參蜣蜋。

蛂 ㄅㄧㄝˊ *pieh*² 音別
參蛂蛺。

12【蛂蛺】 ㄅㄧㄝˊ ㄧˊ
鳥名。即山雞。見"文選·左思·蜀都賦·蛂蛺山棲·注"。

蛷 ㄑㄧㄡˊ *ch'iu*² 音求
參蛷螋。

15【蛷螋】 ㄑㄧㄡˊ ㄙㄡ
蟲名。如小蜈蚣,青黑色,長足。見"廣雅·釋蟲·蛷螋·疏證"。

蝍 ㄐㄧㄝˊ *chieh*² 音節
或作蝍。參蝍蛆。

11【蝍蛆】 ㄐㄧㄝˊ ㄐㄩ
蜈蚣。

蛼 ㄔㄜ *ch'ê*¹ 音車
參蛼螯。

17【蛼螯】 ㄔㄜ ㄠˊ
蟲名。似蜆而大。見"集韻"。

蜐 ㄐㄧㄝˊ *chieh*² 音劫
參石蜐。

蛶 ㄒㄩㄥˊ *hsiung*² 音雄
赤蟲。同蛶。見"正字通"。

蛵 ㄅㄧˋ *pi*⁴ 音必
蚌的一種。長而狹。又名螷。見"正字通"。

蛹 ㄩㄥˇ *yung*³ 音永
(pupa) 昆蟲的發生過程中,有些種類有蛹的時期,其幼蟲長大後即不吃不動,體表形成有保護作用的外殼,再由蛹羽化爲成蟲。凡發生過程中經由卵→幼蟲→蛹→成蟲者,稱爲完全變態(complete metamorphosis);而缺少蛹期者,稱爲不完全變態(incomplete metamorphosis)。

蛵 ㄒㄧㄥ *hsing*¹ 音星
參虰蛵。

蛺 ㄐㄧㄚˊ *chia*² 音夾
參蛺蝶。

15【蛺蝶】 ㄐㄧㄚˊ ㄉㄧㄝˊ
(brush-footed butterfly) 屬於昆蟲綱、鱗翅目(order Lepidoptera)、蛺蝶科(family Nymphalidae)中的動物。前足退化,常有毛,狀似刷子。體長37～88公厘,翅白、黃或棕色,有顯著花紋。

蛺蝶圖

蜄 ㊀ ㄓㄣˋ *chên*⁴ 音震
振動。見"集韻"。
㊁ ㄕㄣˋ *shên*⁴ 音愼
貝名。大蛤。也作蜃。見"玉篇"。

蛖 ㄇㄤˊ *mang*² 音尨
參蛖蝼。

17【蛖蝼】 ㄇㄤˊ ㄌㄡˊ
一種螻蛄。見"爾雅·釋蟲·蟍蛖蝼·注"。

蛸 ㊀ ㄒㄧㄠ *hsiao*¹ 音宵
參螵蛸。
㊁ ㄕㄠ *shao*¹ 音梢
即章魚。參章魚。

蛘 蛘的本字。

蜆 ㄒㄧㄢˇ *hsien*³ 音顯
1(*Corbicula*)屬於軟體動物門、斧足綱(class Pelecypoda)、眞瓣鰓目(order Eulamellibranchiata)、蜆科(family Corbiculidae) 的動物。殼的形狀呈心形,表面有同心紋的生長線,呈褐至黑色帶綠。產於河川湖沼,棲於泥底。肉可供食用,但味不甚佳。2蝶類的幼蟲。頭赤身黑。也稱縊女。見"正字通"。

蜆圖

蜈 ㄨˊ *wu*² 音吳
參蜈蚣。

10【蜈蚣】 ㄨˊ ㄍㄨㄥ
(centipede)俗稱百足蟲。屬節肢動物門、脣足綱(class Chilopoda)。通常與該門中的其他數綱合稱多足類(Myriapoda)。體分頭及軀幹兩部,頭部有一對觸角,軀幹部每節有附肢(足)一對,足的數目隨種類而異,少者14對,多者177對。第一對足的基部有毒腺,毒液自該足先端的孔流出。蜈蚣晝伏夜出,

蜈蚣圖

捕捉其他無脊椎動物爲食。

蜎 ㄩㄢ yüan^1 音淵

[1]蚊的幼蟲。即孑孓。見“爾雅·釋魚·蜎蠉·注”。[2]撓；彎曲。見“正字通”。[3]蟲蠕動的樣子。見“字彙”。

14【蜎蜵】 ㄩㄢ ㄩㄢ

蟲名。見“字彙”。

蛶 ㄌㄧㄝˋ lieh^4 音裂

蟲名。即螪蚵。見“玉篇”。

蜉 ㄈㄨˊ fu^2 音符

參蜉蝣。

15【蜉蝣】 ㄈㄨˊ ㄧㄡˊ

(mayfly)爲昆蟲綱、蜉蝣目(order Ephemeroptera)的動物。體細長，小型至中型(大者達數公分)，前翅膜狀、三角形，後翅較小、圓形，尾部有二或三個絲狀構造；休息時，翅向上豎起。壽命短，

蜉蝣圖

活至交配繁殖便死亡，壽命長者不過十餘日，短者僅數小時。幼蟲水生，不完全變態；成蟲多見於流水附近，有趨光性。

蜕 ㄕㄨㄟˋ shui^4 音稅 又讀 ㄊㄨㄟˋ t'ui^4 音退

[1]蟲蛇脫皮。也指蟲蛇所脫的皮、殼。[2]佛家與道家用以泛指解脫、死亡。

4【蛻化】 ㄕㄨㄟˋ ㄏㄨㄚˋ

[1](exuviation)具有較硬外皮或外骨骼的生物，如蛇、蟬等，蛻皮後，形體常變得較原先大而不同。[2]比喻人形質上的改變。也用作死的諱辭。

5【蛻皮】 ㄕㄨㄟˋ ㄆㄧˊ

(molt)節肢動物及部分爬蟲類，在生長過程中一次或多次脫去外表的現象。節肢動物體表有由表皮所分泌的外骨骼，爬蟲類體表的角鱗爲表皮外層角質化的死細胞，生長後便不能再行長大，必須定期將此等外骨骼脫落，身體才能長大。

23【蛻變】 ㄕㄨㄟˋ ㄅㄧㄢˋ

[1]昆蟲脫去皮殼，而轉變成他種不同形態的現象。[2]比喻事物形質的轉變。[3](disintegration)一種元素的原子核放射出帶電粒子，而轉變爲另一種元素之原子核的現象。包括自然及人工的蛻變。前者爲放射性元素的自然蛻變；後者通常是用質子、γ射線、中子撞擊而引起。

蜁 ㄒㄩㄢˊ hsüan^2 音旋

參蜁蝸。

15【蜁蝸】 ㄒㄩㄢˊ ㄍㄨㄚ

貝的一種。即蝸螺。見“廣韻”。

蜓 ㄊㄧㄥˊ t'ing^2 音廷

參蜻蜓。

10【蜓蚞】 ㄊㄧㄥˊ ㄇㄨˋ

蟲名。即蟪蛄。見“方言·一一”。

蜊 ㄌㄧˊ li^2 音梨

參蛤蜊。

蛾 [一] ㄜˊ o^2, ê^2 音峨

(moth)屬於節肢動物門、昆蟲綱、鱗翅目。體表具有鱗，爲其表皮的突出物，呈扁平狀或細長如毛。頭部有一對觸角，呈羽狀，有嗅覺作用，嗅覺敏銳。

蛾圖

除一對複眼外，大部分種類尚有一對很小的單眼；胸部有鼓膜，司聽覺。蛾的聽覺敏銳，能聽到人類所不能感覺到的音波。口器爲吸吮型，用以吸食液汁。

[二] ㄧˇ i^3 音以

[1]蟻的或體。[2]姓。‘春秋’‘晉’有‘蛾析’。見“正字通”。

9【蛾眉】 ㄜˊ ㄇㄟˊ

蠶蛾的觸鬚。[1]比喻女子長而美的眉毛。[2]指美女。[3]比喻新月。

蜂 ㄈㄥ fêng^1 音封

(bee)屬節肢動物門、昆蟲綱、膜翅目。也作蠭、𧒂。凡蜜蜂首科(superfamily Apoidea)的動物皆俗稱蜂。約有12,000種，許多種類可以傳播花粉，蜜蜂可以釀花蜜、產製蜂蠟，與人類的關係尤爲密切。除了蜜蜂科(family Apidae)中的蜜蜂亞科(subfamily Apinae)行社會生活外，其他皆行單獨生活。

5【蜂出】 ㄈㄥ ㄔㄨ

像群蜂一般湧出。比喻眾多。也作蠭出。

8【蜂房】 ㄈㄥ ㄈㄤˊ

蜂巢；蜂窩。

10【蜂起】 ㄈㄥ ㄑㄧˇ

如蜂兒成群飛起。形容眾多。也作蠭起。

11【蜂鳥】 ㄈㄥ ㄋㄧㄠˇ

(hummingbird)屬雨燕目(order Apodiformes)、蜂鳥科(family Trochilidae)。爲鳥類中體型最小者，最大的種類體長20公分，重20克，比麻雀小；最小者稱蜜蜂鳥(bee hummingbird)，長僅5.5公分，重2克。分布於‘美洲’大陸，‘南美’的種類特多。翼狹長呈刀片狀，飛翔敏捷，能向上、下、左右或向後移動，並能於花前一邊鞠翔，一邊採食花蜜。喙細長而向下彎，便於採食花蜜。築小杯狀的巢，產卵2枚或更多，孵卵約15～20天。

蜂鳥圖

14【蜂聚】 ㄈㄥ ㄐㄩˋ

像群蜂似的聚集在一起。

5【蜂目豺聲】 ㄈㄥ ㄇㄨˋ ㄔㄞˊ ㄕㄥ

形容凶暴的容貌與聲音。

11【蜂巢結構】 ㄈㄥ ㄔㄠˊ ㄐㄧㄝˊ ㄍㄡˋ

(honeycomb structure)一種質輕、高強度結構的航空器用複合材料。先以低密度結構技術製成一呈六角孔形蜂巢狀之材料，再夾於二片極薄的材料中，以保持

穩定。中間蜂巢狀構材與上下二覆蓋薄片可均爲金屬材料或三種各不相同之材料，用不同的黏合劑予以結合。

12【蜂湧而至】ㄈㄥ ㄩㄥˇ ㄦˊ ㄓˋ
像成群的蜜蜂一樣大量來到。也作蜂擁而至。

19【蜂蠆有毒】ㄈㄥ ㄔㄞˋ ㄧㄡˇ ㄉㄨˊ
比喻即使微細之物也能傷害人。

14【蜂窩組織炎】ㄈㄥ ㄨㄛ ㄗㄨˇ ㄓ ㄧㄢˊ
(cellulitis)皮下組織引起急性化膿的炎症疾病。主要原因是受葡萄菌感染，症狀爲畏寒、發燒、手腳紅腫、觸痛。治療以休息安靜爲主，並以抗生素治療。

蜍 ㈠ ㄔㄨˊ *ch'u*² 音除
參蟾蜍。
㈡ ㄩˊ *yü*² 音余
參蝳蜍。

蜀 ㄕㄨˇ *shu*³ 音黍
1蛾、蝶類的幼蟲。同蠋。見"正字通"。2三國之一。即'劉備'據'蜀'地所建'蜀漢'。參蜀漢。3地名。指'四川'。'四川'在'夏'、'周'時爲古'蜀國'的領土，'秦'以後爲'蜀郡'的轄地，故別稱'蜀'。

5【蜀本】ㄕㄨˇ ㄅㄣˇ
'宋代''四川'刻印的書籍。因字體稍大，又稱'蜀'大字本。參大字本。

12【蜀黍】ㄕㄨˇ ㄕㄨˇ
(sorghum; *Sorghum bicolor* (L.) Moench)又名高粱。一年生草本。莖圓柱形，有節，高約2公尺。葉互生，具長鞘。圓錐花序頂生。小穗成對，一有柄一無柄。內穎及外穎均革質，外稃及內稃膜質，內稃有屈折的芒。爲重要的雜糧作物。原產於我國，今各地廣爲栽培。

蜀黍圖

14【蜀漢】ㄕㄨˇ ㄏㄢˋ
(221～263) 三國之一。'劉備'以'漢'宗室據'蜀'地所建。都'成都'(今'四川''成都市')，史稱'蜀漢'。'諸葛亮'輔政，五次伐'魏'，皆因糧運不繼而敗。領有今'四川'全部及'雲南'、'貴州'二省北部與'陝西省''漢中'一帶。在三國中勢力最弱。傳至'後主''禪'，昏庸無能，爲'魏''司馬昭'所滅。共二世，二主，四十三年。

4【蜀犬吠日】ㄕㄨˇ ㄑㄩㄢˇ ㄈㄟˋ ㄖˋ
比喻少見多怪。'四川'盆地多霧，一旦有日，狗皆驚吠。

䖸 蛾的或體。

𧍯 ㄊㄧㄠˊ *t'iao*² 音條
水蟲名。見"集韻"。

17【𧍯蟰】ㄊㄧㄠˊ ㄩㄥˊ
古神話中形如黃蛇、魚翼的爬蟲。見"山海經·東山經"。

8

蜜 ㄇㄧˋ *mi*⁴ 音密
1蜜蜂採取花中汁液所釀成的濃稠液狀物。可供食用與入藥。2甘美。如：甜言蜜語。

4【蜜月】ㄇㄧˋ ㄩㄝˋ
(honeymoon)'歐''美'舊俗，於新婚後三十日內，每日飲用蜜糖水或蜂蜜酒，因稱該月爲蜜月。又以婚後第一個月生活最爲甜蜜，因有此稱。後引申指二人建立關係後彼此和諧的初期爲蜜月期。

13【蜜蜂】ㄇㄧˋ ㄈㄥ
(honeybee)昆蟲綱、膜翅目(order Hymenoptera)、蜜蜂科(family Apidae)的昆蟲。爲人們最熟知的蜂類，數千年來即爲人們所飼養。體長8～12 mm，體色黑褐，被密毛。後足的脛節上有集粉構造。狹義而言，蜜蜂僅指 *Apis* 屬中的四種，一般所飼養者，爲 *Apis mellifera*；此外，尚有 *A. dorsata*、*A. indica* 及 *A. florea* 等。*A. dorsata* 往往建巨大之巢，直徑可達1公尺，性獰猛，受其攻擊時，可導致致命傷害。蜜蜂科的昆蟲，皆有蠟腺分泌蠟以造成蠟巢，懸掛於樹木、岩石，乃至屋簷下，內儲蜜及花粉，以供作幼蟲的食物。雌蜂、職蜂皆有針刺。蜜蜂行社會生活，每一巢中，有女王、雄蜂及職蜂，其中職蜂之個體最多，擔任造巢、覓食、飼幼、防護等工作。同一蜂巢，能連年使用。新增雌蟲，往往由多數職蜂隨伴飛離老巢，另建新窩，形成一新的社會。

蜜蜂圖

4【蜜月膀胱炎】ㄇㄧˋ ㄩㄝˋ ㄆㄤˊ ㄍㄨㄤ ㄧㄢˊ
(honey cystitis)新婚者過度性接觸所引起的膀胱炎。又稱新婚膀胱炎。女性較易罹患，因其尿道比男性短且較近肛門，本就較易患膀胱炎，再加上短時間頻繁交合，易引起尿道口腫脹、尿液不易流出而增加細菌繁衍之機會。發生時應儘量多休息及喝大量流質。

蜸 ㄑㄧㄢˇ *ch'ien*³ 音遣
參蜸蚕。

10【蜸蚕】ㄑㄧㄢˇ ㄊㄧㄢˇ
蚯蚓。

蝁 ㄜˋ *o*⁴, *ê*⁴ 音惡
毒蛇名。大眼。也稱蛈。見"字彙"。

蜤 ㄙ *szŭ*¹, *ssŭ*¹ 音斯
參蜤螽。

17【蜤螽】ㄙ ㄓㄨㄥ
即螽斯。

蜚 ㈠ ㄈㄟˇ *fei*³ 音翡
1害蟲名。形體細小似蚊，生於草中，善飛，專食稻花。見"正字通"。2傳說中的怪獸。狀似牛而白首，一目而蛇尾，出現則天下大疫。見"山海經·東山經"。

㊂ ㄈㄟ *fei*¹ 音非
飛。如:蜚短流長。

14【蜚語】 ㄈㄟ ㄩˇ
1沒有根據的傳言。2誹謗、誣陷他人的話。

17【蜚聲】 ㄈㄟ ㄕㄥ
聲名飛揚。

19【蜚蠊】 ㄈㄟˇ ㄌㄧㄢˊ
(cockroach; roach) 屬於昆蟲綱、直翅目(order Orthoptera)、蜚蠊科(family Blattidae)中的動物。約有2,000種以上。爲有翅昆蟲中最原始種類之一。與古代祖先無大差異,故有活化石之稱。雄者有翅二對,雌者無翅或翅退化。棲於溫暖、黑暗且潮溼的地方,僅少數種類侵入屋內,成爲人們的危害物,會損壞衣物,並發出異味。食物包括植物及動物的產物,如人們的食物、紙、衣服、書及死的昆蟲等。雌者將卵藏於卵囊中,每一卵囊內有卵二列,約數十個;此卵囊或位於雌體內,有時一部分突出於體外。

蜚蠊圖

12【蜚短流長】 ㄈㄟ ㄉㄨㄢˇ ㄌㄧㄡˊ ㄔㄤˊ
流傳於眾人之間的各種閒話或謠言。也作飛短流長。

蜿 ㄨㄢ *wan*¹ 音彎 又讀 ㄨㄢˇ *wan*³ 音晚
彎曲;蟠屈。多用以形容龍蛇行走或物狀屈曲的樣子。如:蛟騰龍蜿。

14【蜿蜒】 ㄨㄢ ㄧㄢˊ
1龍蛇等屈曲爬行的樣子。2形容河川、山脈、道路等屈曲延伸的樣子。

18【蜿蟤】 ㄨㄢ ㄓㄨㄢ
龍蛇蟠屈的樣子。

蜳 ㄉㄨㄣ *tun*¹ 音敦
參蜳蜳。

蜾 ㄌㄩㄝˋ *lüeh*⁴ 音略
參蝁蜾。

蜣 ㄑㄧㄤ *ch'iang*¹ 音羌
參蜣蜋。

13【蜣蜋】 ㄑㄧㄤ ㄌㄧㄤˊ
蟲名。以獸糞爲食。一名蛣蜣。見"字彙"。

蜷 ㄑㄩㄢˊ *ch'üan*² 音權
1蟲身捲曲、盤旋的樣子。見"廣韻"。2泛指捲曲、盤旋。

6【蜷曲】 ㄑㄩㄢˊ ㄑㄩ
彎曲不伸的樣子。

17【蜷縮】 ㄑㄩㄢˊ ㄙㄨㄛ
彎曲收縮身體。比喻畏怯退縮。

蛢 ㄅㄧㄥˋ *ping*⁴ 音並
水蟲名。似蛤。見"集韻"。

蜨 ㄊㄢˋ *t'an*⁴ 音探
參蚺蜨。

蜯 蚌的俗體。

蜨 蝶的本字。

蝂 ㊀ ㄉㄨˊ *tu*² 音毒
參蝂蜍。
㊁ ㄉㄞˋ *tai*⁴ 音代
也作玳。參玳瑁。

13【蝂蜍】 ㄉㄨˊ ㄩˊ
蜘蛛的別名。

蜻 ㄑㄧㄥ *ch'ing*¹ 音青
參蜻蜓。

11【蜻蛉】 ㄑㄧㄥ ㄌㄧㄥˊ
(dragonfly)昆蟲中屬於蜻蛉目(order Odonata)、蜻蛉科(family Libellulidae)的動物。大多數普通種皆屬於蜻蛉科,前翅大於後翅,腹部黑色,有黃色條紋。腹部較蜻蜓爲短。

蜻蛉圖

12【蜻蛚】 ㄑㄧㄥ ㄌㄧㄝˋ
蟲名。蟋蟀的一種。見"正字通"。

13【蜻蜓】 ㄑㄧㄥ ㄊㄧㄥˊ
(dragonfly)屬於昆蟲綱、蜻蛉目(order Odonata)、不均翅亞目(suborder Anisoptera)、蜻蜓科(family Aeschnidae)的動物。翅大型,有許多翅脈,膜狀,休息時,翅伸展呈水平狀而與身體縱軸垂直。眼大而突出,占頭部的大部分。飛行快速,掠食。產卵於水中。

蜻蜓圖

【蜻蜓點水】 ㄑㄧㄥ ㄊㄧㄥˊ ㄉㄧㄢˇ ㄕㄨㄟˇ
1比喻只有表面膚淺的接觸,沒有深入的體會。2比喻輕描淡寫。

蝜 ㄈㄨˋ *fu*⁴ 音婦
蟲名。即鼠蝜。見"玉篇"。

蝀 ㄉㄨㄥ *tung*¹ 音東 又讀 ㄉㄨㄥˋ *tung*⁴ 音凍
參螮蝀。

蜮 ㊀ ㄩˋ *yü*⁴ 音玉
1傳說中動物名。似鱉,三足,能以氣射殺人。一名短狐。見"說文"。2一種食苗蟲。見"呂氏春秋·任地·又無螟蜮·注"。
㊁ ㄏㄨㄛˋ *ho*⁴, *huo*⁴ 音或
動物名。即蝦蟆。見"集韻"。

蜽 ㄌㄧㄤˇ *liang*³ 音兩
參蝄蜽。

蜛 ㄐㄩ *chü*¹ 音居
參蜛蝫。

21【蜛蝫】 ㄐㄩ ㄓㄨ
蟲名。長二、三尺,尾有數條,左右有腳,狀如蠶,可食。見"廣韻"。

蝫 或作蝫。蝫的或體。

蜞 ㄑㄧˊ *ch'i*² 音其
參蟛蜞。

蜡 ㄓㄚˋ *cha*⁴ 音乍 又讀 ㄔㄚˋ *ch'a*⁴ 音詫
年終合祭百神的一種大祭。也作䄍。見"正字通"。

蜥 ㄒㄧ *hsi*¹ 音析
參蜥蜴。

14【蜥蜴】 ㄒㄧ ㄧˋ

(lizard)脊椎動物中屬於爬蟲綱(class Reptilia)、有鱗目(order Squamata)、蜥蜴亞目(suborder Lacertilia)中的動物。體延長,具有四肢及尾,尾長於頭與軀幹的總和。體表被有角質鱗片,體色能隨環境而改變。體長3～300公分,大部分長約30公分。體型小者,以蚯蚓、昆蟲等爲食;大者捕食鳥、獸等。分布於溫帶及熱帶。現存者20科、3,000種。

蜥蜴圖

蜙 ㄙㄨㄥ sung¹ 音松
也作蚣。參蚣蝑。

蝃 ㈠ ㄓㄨㄛˊ cho², chuo² 音拙
參蝃蝥。
㈡ ㄉㄧˋ ti⁴ 音帝
也作螮。參螮蝀。

15【蝃蝥】 ㄓㄨㄛˊ ㄇㄠˊ
蜘蛛。

蜬 ㄏㄢˊ han² 音函
一種小螺。見"字彙"。

蜢 ㄇㄥˇ mêng³ 音猛
參蚱蜢。

蛧 蝄的或體。

蜾 ㄍㄨㄛˇ ko³, kuo³ 音果
參蜾蠃蜂科。

19【蜾蠃蜂科】 ㄍㄨㄛˇ ㄌㄨㄛˇ ㄈㄥ ㄎㄜ
(Eumenidae)屬於昆蟲綱、膜翅目(order Hymenoptera)。爲中型至大型的昆蟲,體長9～20 mm。不行寄生,單獨生活。本科之造巢習性頗不一致,或於土中掘隧道;或於樹幹作管狀巢而以泥隔成若干室;或於樹幹或其他物體上作瓶狀或壺狀之泥巢。產卵前,捕捉鱗翅類的幼蟲,將幼蟲置於巢內,然後產卵於幼蟲上,再以泥土封閉之。本科能消滅不少鱗翅類害蟲,對農林業大有裨益。

蜾蠃蜂圖

蜴 ㄧˋ i⁴ 音易
參蜥蜴。

蜯 蚌的本字。

蝇 蠅的俗體。

蜹 蚋的或體。

蜠 ㄑㄩㄣ ch'ün¹ 音逡
貝的一種。通作䐃。見"集韻"。

蜘 ㄓ chih¹ 音知
參蜘蛛。

12【蜘蛛】 ㄓ ㄓㄨ
(spider)節肢動物門、蛛形綱、蜘蛛目中的動物俗稱蜘蛛,已定名者約有30,000種。皆陸生,體分頭胸部及腹部,頭胸部有附肢六對:第一對的先端爲體內毒腺分泌毒液流出之處;第二對附肢在雄者則作交配之用,另四對爲步足。蜘蛛因爲生活陸地,故身體構造及機能皆有種種改變,例如呼吸器官爲書肺或氣管,可用以呼吸空氣。頭部在第一對附肢的基部有毒腺,分泌的毒液流至外界可用以捕食或禦敵。有的種類如黑寡婦(black widow),其毒液的毒性甚強,爲神經毒,可致人於死。蜘蛛體內有絲腺,分泌的絲液由腹部末端紡織突上的小孔流出,遇空氣便凝結爲絲,可用以結網,作成卵繭以保護卵,或用作交通工具。皆肉食,以昆蟲爲主食。

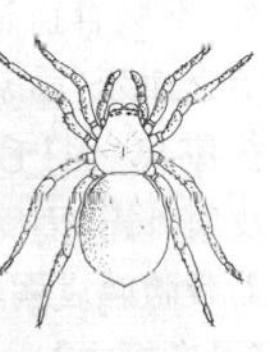
蜘蛛圖

蜩 ㈠ ㄊㄧㄠˊ t'iao² 音條
蟬。見"字彙"。
㈡ ㄉㄧㄠˋ tiao⁴ 音掉
參蜩蟉。

16【蜩螗】 ㄊㄧㄠˊ ㄊㄤˊ
蟬的別稱。也稱螗蜩。

17【蜩蟉】 ㄉㄧㄠˋ ㄌㄧㄠˋ
龍蛇搖首的樣子。

蜲 ㈠ ㄨㄟ wei¹ 音威
一種似蛇的水中精怪。通作蟡。見"集韻"。
㈡ ㄨㄟˇ wei³ 音委
蟲名。即黍負。見"集韻"。

蜪 ㄊㄠˊ t'ao² 音陶
參蝮蜪。

蜭 ㄏㄢˋ han⁴ 音汗
蟲名。即毛蠹。見"說文"。

蜼 ㈠ ㄨㄟˋ wei⁴ 音未
一種仰鼻長尾的猿猴。見"說文"。
㈡ ㄌㄟˇ lei³ 音磊
參蜼彝。

18【蜼彝】 ㄌㄟˇ ㄧˊ
古人用以祭祀的器具。

蝂 ㄅㄢˇ pan³ 音版
參蝜蝂。

蜺 ㄋㄧˊ ni² 音尼
1寒蟬。見"說文"。2虹的外圈。通霓。見"集韻"。

蜱 ㄆㄧˊ p'i² 音皮
壁蝨的俗稱。參壁蝨。

蜒 ㄧㄢˊ yen² 音延
彎曲而緜長的樣子。見"楚辭·屈原·大招·蝮蛇蜒只·注"。

蜵 ㄩㄢ yüan¹ 音淵
參蜎蜵。

蜧 ㄌㄧˋ li⁴ 音力
一種黑色大蛇。傳說能興雲致雨。也作蜦。見"字彙"。

蜦 ㈠ ㄌㄨㄣˊ lun² 音倫 又讀 ㄌㄧˋ li⁴ 音力
1一種黑色大蛇。相傳能興雲致雨。也作蜧。見"說文"。2能吃蛇的大蝦蟆。又名田父。見"本草綱目·蟲部·田父"。
㈡ ㄌㄨㄣˇ lun³
參蜦蜦。

蝕 ㄕˊ shih² 音食
1侵害；腐壞。如：剝蝕。2虧損；耗損。如：蝕本。3(eclipse)當太陽、地球與月球運行成一直線時所發生的日面或月面虧損的現象。

5【蝕本】 ㄕˊ ㄅㄣˇ
虧本。

9【蝕相】 ㄕˊ ㄒㄧㄤˋ
(eclipse phase)日蝕或月蝕過程中所形成的不同相位。可分爲初虧、蝕既、蝕甚、生光、復圓五相。日、月全蝕時五相俱全；日、月偏蝕則只有初虧、蝕既、復圓三相。

8【蝕刻法】 ㄕˊ ㄎㄜˋ ㄈㄚˇ
常用的工藝施工法之一。依照圖案將防蝕藥物塗布於欲保護之部分，再將作品置於腐蝕液中，其中未經保護部分即被侵蝕而顯出深淺圖案。多用於金屬、玻璃等能爲化學藥力腐蝕的工藝材料上。

蜰 ㄈㄟˊ fei² 音肥
臭蟲名。即盧蜰。見"說文"。

𧊅 ㄌㄧˊ li² 音離
參蛦𧊅。

蜑
蜑的本字。

9

蝱 ㄇㄥˊ mêng² 音蒙
1叮牛的小飛蟲。見"說文·蝱·段注"。2傳說中一足一翼一目的怪鳥。見"博物志·一〇"。3草名。即貝母草。通莔。見"字彙"。

螄 ㄕ shih¹ 音施
參蛄螄。

蝥 ㄇㄠˊ mao² 音茅
參蝥賊。

13【蝥賊】 ㄇㄠˊ ㄗㄟˊ
吃穀物的害蟲。

蝨 ㄕ shih¹ 音失
(louse) 爲小形無翅的昆蟲。也作虱。屬於蝨目 (order Anoplura) 及食毛目 (order Mallophaga)。體背腹扁平，體表有毛，觸角短，眼退化或無，跗節有爪以吸附寄主體表。卵附於毛、羽或衣服上，常使寄主受刺激而不安。蝨目的動物體呈長卵形，灰色，頭小，約500種，寄生哺乳類體表，口器爲吸收型，故又名吸蝨，可吸食寄主血液，且媒介回歸熱、發疹傷寒等之病原體。本目包括象蝨、海獸蝨、獸蝨及人蝨等四科，寄生人體的重要種類有頭蝨、衣蝨及毛蝨等。食毛目或稱羽蝨目，約有2,500種，大部分寄生鳥類，故稱鳥蝨，少數寄生哺乳類，口器爲咀嚼型，故亦稱咬蝨。本目以鳥獸之體毛或其他表皮產物爲食，除偶然的機會外，不吸食血液，寄主死亡時，亦隨之而死；爲家禽類的害蟲，寄生後家禽之羽毛或被噬食或脫落，皮膚外露，因受咀咬而難獲安寧，乃致體軀衰弱。

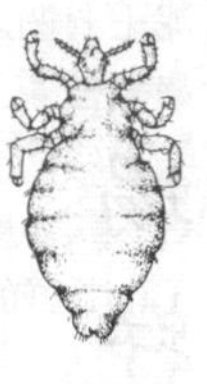
蝨圖

11【蝨處褌中】 ㄕ ㄔㄨˇ ㄎㄨㄣ ㄓㄨㄥ
比喻處於俗世，而有所拘束。

蝬
螋的或體。

蝖 ㄒㄩㄢ hsüan¹ 音宣
1蟲名。即蠐螬。見"玉篇"。2昆蟲飛行的樣子。

螂
或作螂。⊟ ㄌㄤˊ lang² 音郎
參蟑螂。
⊜ ㄌㄧㄤˊ liang² 音良
也作蜋。參蜣蜋。

蝏 ㄊㄧㄥˊ t'ing² 音亭
參蝏螃。

14【蝏螃】 ㄊㄧㄥˊ ㄅㄧㄥˋ
水蟲名。似蚌，形狹，足長。即馬刀。見"正字通"。

螃 ⊟ ㄒㄧˊ hsi² 音席
蟲名。即蜥蜴。見"字彙"。
⊜ ㄌㄧˋ li⁴ 音歷
也作蚸。參螇蚸。

蝣 ㄧㄡˊ yu² 音由
參蜉蝣。

蝺 ㄍㄨㄟˇ kuei³ 音鬼
或作蝺。生於乾涸河川中的水怪。見"集韻"。

蝤 ⊟ ㄑㄧㄡˊ ch'iu² 音酋
參蝤蠐。
⊜ ㄐㄧㄡ chiu¹ 音鳩
參蝤蛑。

12【蝤蛑】 ㄐㄧㄡ ㄇㄡˊ
一名蠘，亦稱梭子蟹。參蠘。

20【蝤蠐】 ㄑㄧㄡˊ ㄑㄧˊ
天牛的幼蟲。

蝼
螻的俗體。

蝺 ㄘˋ tz'ŭ⁴ 音刺
毛蟲。也作蛓。見"字彙"。

蝘 ㄧㄢˇ yen³ 音眼
蟬的一種。見"詩·大雅·蕩·如蜩如螗·釋文"。

蝠 ㄈㄨˊ fu² 音福
參蝙蝠。

蝲 ㄌㄚˋ la⁴ 音辣
蟲名。即蝎。見"集韻"。

蝑 ㄒㄩ hsü¹ 音須
參蚣蝑。

蝶 ㄉㄧㄝˊ tieh² 音跌
參蝴蝶。

4【蝶化】 ㄉㄧㄝˊ ㄏㄨㄚˋ
夢中化身爲蝴蝶。

8【蝶泳】 ㄉㄧㄝˊ ㄩㄥˇ
泳姿的一種。身體完全爲俯姿，兩肩與水面平行，並與前進方向始終垂直，兩臂自水面向上揮向前方，後划時兩臂兩腿的動作必須對稱一致，但兩腿不可交互上下踢動。

蝴 ㄏㄨˊ hu² 音胡
參蝴蝶。

15【蝴蝶】 ㄏㄨˊ ㄉㄧㄝˊ
(butterfly)爲無脊椎動物。屬於節肢動物門 (phylum Arthropoda)、昆蟲綱(class Insecta)、

鱗翅目(order Lepidoptera)。晝間活動。具有美麗色彩,以植物爲食。發育過程中,有卵、幼蟲、蛹及成蟲等時期。求偶時,係由雌性釋出具特有氣味的物質(費洛蒙),雄者利用觸角感覺之。

【蝴蝶裝】 ㄏㄨˊ ㄉㄧㄝˊ ㄓㄨㄤ
古書裝訂形式的一種。流行於'宋代'。每頁不用線綴,只將中縫黏於書脊上;展開時,板心在中間,書葉左右伸展如蝴蝶,故名。

蝴蝶裝圖

蝞 ㄇㄟˋ *mei*⁴ 音妹
一種像蝦的水蟲。寄居龜殼中。見"集韻"。

蝔 ㄐㄧㄝ *chieh*¹ 音皆
蟲名。也稱猥狗。能預知天雨,躲藏到草木下。見"廣韻"。

蝚 ㊀ ㄖㄡˊ *jou*² 音柔
蟲名。即蛖螻。見"爾雅·釋蟲"。
㊁ ㄋㄠˊ *nao*² 音撓
猴類。同夒。見"集韻"。

蝛 ㄨㄟ *wei*¹ 音威
參蛜蝛。

蝒 ㄇㄧㄢˊ *mien*² 音棉
蟬的一種。即馬蜩。見"說文"。

蝡 ㄖㄨㄢˇ *juan*³ 音軟
蟲爬行的樣子。也作蠕。見"說文"。

蝰 ㄎㄨㄟ *k'uei*¹ 音虧
蠶蛹。見"集韻"。

蝝 ㄩㄢˊ *yüan*² 音元
還未生翅膀的小蝗蟲。即蝮蜪。見"爾雅·釋蟲·蝝蝮蜪·注"。

蝦 ㊀ ㄒㄧㄚ *hsia*¹ 音瞎
(shrimp)屬節肢動物門、甲殼綱、十足目。爲 Natantia 亞目動物的俗稱,共2,000種。體分頭胸部與腹部,體表的外骨骼呈半透明,左右側扁,尾部呈扇狀,觸角細長。棲於深海、淺海或河、湖中,身體大小自數公分至20公分以上,大型種類俗稱斑節蝦(prawn)。許多種類可供食用。
㊁ ㄏㄚˊ *ha*² 音蛤
參蝦蟆。

17【蝦蟆】 ㄏㄚˊ ·ㄇㄚ
蛙的一種。又稱土蛙。似蟾蜍而小,居陂澤中,體暗褐色,背有黑點,鳴時作呷呷聲。見"本草綱目·蟲部·蝦蟆"。

【蝦蟆腫】 ㄏㄚˊ ·ㄇㄚ ㄓㄨㄥˇ
(ranula)因舌下腺或頷下腺輸送管道閉塞,而於舌頭下形成囊狀腫瘤的病症。多見於嬰兒及小孩。因舌頭看似蝦蟆,故稱。治療方法爲切除囊腫及移除剩餘的唾液腺組織。

蝭 ㊀ ㄔˊ *ch'ih*² 音池
參蝭母。
㊁ ㄊㄧˊ *t'i*² 音題
參蝭蟧。

5【蝭母】 ㄔˊ ㄇㄨˇ
藥草名。即蕁。也稱知母。見"字彙補"。

18【蝭蟧】 ㄊㄧˊ ㄌㄠˊ
蟲名。即蟪蛄。

蝪 ㄊㄤ *t'ang*¹ 音湯
參蛈蝪。

蝐 ㄇㄟˋ *mei*⁴ 音妹
也作瑂。參玳瑂。

蝎 ㊀ ㄏㄜˊ *ho*², *hê*² 音核
木中蛀蟲。一名蝤蠐、蛣蝠。見"爾雅·釋蟲·蝎蛣蝠·注"。
㊁ ㄒㄧㄝ *hsieh*¹ 音歇
毒蟲名。通蠍。見"正字通"。

蝟 ㄨㄟˋ *wei*⁴ 音胃
1(hedgehog)脊椎動物中屬於哺乳動物綱(class Mammalia)、食蟲目(order Insectivora)、蝟科(family Erinaceidae)的動物。分布於'非洲'、'歐洲'及'亞洲'。約15種。可分兩亞科:一爲月鼠亞科,俗稱月鼠,體表無棘;一爲蝟亞科,俗稱蝟,體表有棘。皆爲雜食,但較喜動物性食物。體長10～44公分。月鼠之活動,或在日間,或在夜間;蝟則在夜間活動,白晝居巢中或穴中。蝟之聽覺極敏銳,受驚時,棘豎立,體向腹面捲曲成球;雖爲陸棲,但亦能攀樹或游泳。2比喻繁雜。如:蝟集。

12【蝟集】 ㄨㄟˋ ㄐㄧˊ
比喻繁多而錯雜。

蝸 ㄍㄨㄚ *kua*¹ 音瓜
參蝸牛。

4【蝸牛】 ㄍㄨㄚ ㄋㄧㄡˊ
(land snail)軟體動物門、腹足綱中,生活於陸地,並具有螺旋狀外殼者,統稱蝸牛。因生活於陸地,故用肺呼吸,其肺實際上係由套膜的一部特化而成,上有許多微血管,用以交換氣體。頭與足可自殼口伸出,頭部有兩對觸角,第一對觸角(即大觸角)的頂端有眼。以植物的莖葉爲食,爲害農作物,但有些種類可供食用。

7【蝸角】 ㄍㄨㄚ ㄐㄧㄠˇ
蝸牛的觸角。比喻極小的境地。

8【蝸居】 ㄍㄨㄚ ㄐㄩ
簡陋窄小的住宅。自謙之辭。

7【蝸角虛名】 ㄍㄨㄚ ㄐㄧㄠˇ ㄒㄩ ㄇㄧㄥˊ
比喻微不足道的虛名。

⿰虫耑 ㄔㄨㄢˇ *ch'uan*³ 音喘
蟲類蠕動的樣子。見"字彙"。

⿰虫幽 ㄧㄡ *yu*¹ 音幽
參⿰虫幽蟉。

17【⿰虫幽蟉】 ㄧㄡ ㄌㄧㄡˊ
龍蛇爬行的樣子。也作蚴蟉、蚴虯。

蝯 猿的本字。

蝬 ㄗㄨㄥ *tsung*¹ 音宗
參三蝬。

蝮 ㄈㄨˋ *fu*⁴ 音複
參蝮蛇。

11【蝮蛇】 ㄈㄨˋ ㄕㄜˊ
百步蛇的俗稱。參百步蛇。

14【蝮蜪】 ㄈㄨˋ ㄊㄠˊ
尙未長翅膀的小蝗蟲。見"爾雅·釋蟲·蝝蝮蜪·注"。

蝌 ㄎㄜ k'o1, k'ê1 音科
參蝌蚪。

10【蝌蚪】 ㄎㄜ ㄉㄡˇ
(tadpole)脊椎動物中兩生綱如蛙、蟾蜍等的幼蟲。水生,用鰓呼吸,草食;變態後長爲成體,成體則陸生,用肺呼吸。

【蝌蚪文】 ㄎㄜ ㄉㄡˇ ㄨㄣˊ
我國古時文字形體的一種。書寫時,蘸油漆寫在竹簡上,因漆黏不流暢,字體頭大尾細,形似蝌蚪,故名。也稱科斗文、蝌蚪書。

蝜 ㄈㄨˋ fu4 音父
參蝜蝂。

14【蝜蝂】 ㄈㄨˋ ㄅㄢˇ
一種善負重的小蟲。也作負版。見"柳宗元·蝜蝂傳"。

蝗 ㄏㄨㄤˊ huang2 音黃
參蝗蟲。

18【蝗蟲】 ㄏㄨㄤˊ ㄔㄨㄥˊ
(grasshopper) 亦稱飛蝗。屬於昆蟲綱、直翅目(order Orthoptera)、蝗蟲科 (family Acrididae) 的動物。見於草原、熱帶森林、半不毛之地等,顏色自黃或紅色至橄欖色或棕色。利用頭部的觸角、尾節或腿上的受器產生觸覺,味覺位於口部,嗅覺利用觸角,聽覺則利用鼓膜,視覺有一對複

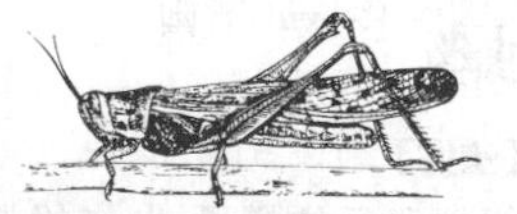
蝗蟲圖

眼及三個單眼。大部分蝗蟲爲草食,僅少數種類危害有經濟價值的農作物(禾木科),往往成群遷移,所到之處,赤地千里,是謂蝗災。後足適於跳躍,雄者能利用翅而發聲。

蝺 ㈠ ㄐㄩˇ chü3 音矩
美好的樣子。見"字彙補"。
㈡ ㄩˇ yü3 音禹
也作傴。參傴僂。

𧍯 ㄏㄡˊ hou2 音侯
參螔𧍯。

蝙 ㄅㄧㄢˇ pien3 音貶 又讀 ㄅㄧㄢ pien1 音鞭
參蝙蝠。

15【蝙蝠】 ㄅㄧㄢˇ ㄈㄨˊ
(bat)爲哺乳類動物中惟一能飛行者,屬翼手目(order Chiroptera)。種類甚多,約有900種。其翼爲有彈性的膜狀皮膚構成,由前肢骨支持。群居,其族群大者有數百萬個體,居於洞穴、樹洞或建築物中。大多數每年生產一次,一次一個幼體,懷孕2～6個月。夜間活動,藉回音以飛行或覓食;休息時,身體倒懸。在演化史上,其最早的種類食蟲,故目前仍有很多種類的蝙蝠食蟲,其他種類則分別食果實、魚、蛙、囓齒類、花蜜和血液等,此種生活方式的變異,乃使蝙蝠廣布世界各地,而爲哺乳類中的第二大目(第一大目爲囓齒目)。

蝙蝠圖

蝓 ㄩˊ yü2 音俞
參螔蝓。

𧍵 ㄧㄢˇ yen3 音眼
蟲類爬行的樣子。見"集韻"。

10

𧎢 ㄏㄢˊ han2 音寒
參𧎢蟺。

22【𧎢蟺】 ㄏㄢˊ ㄒㄧㄣˇ
蚯蚓。

螡 蚊的或體。

螢 ㄧㄥˊ ying2 音瑩
(firefly; lightning bug) 也稱螢火蟲。爲昆蟲綱中屬於鞘翅目 (order Coleoptera)、螢科 (family Lampylidae) 的動物。約有1,000種。體長5～25公厘,身體末端具有發光器,夜出活動。有些種類的成蟲不攝食,有的以花粉或花蜜爲食,幼蟲則多取食螺類。部分雌者無翅,狀似幼蟲。雌雄皆能發光,通常發出短而有節律的閃光,此乃雌雄相聚的重要訊號之一,且閃光的速率及爲時久暫,於雌性對雄性發生反應上十分重要。發光係發光細胞在神經控制下產生,這些細胞有許多呼吸器官的氣管分布其上,可以供應氧。在生物學上,細胞發光係細胞內有螢光素(luciferin),螢光素由ATP供給能量,在有 O_2 和 Mg^{++} 存在時,由螢光素酶將螢光素分解而產生光。

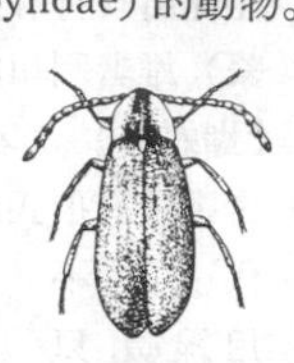
螢圖

6【螢光】 ㄧㄥˊ ㄍㄨㄤ
(fluorescence)化學物質吸收其他電磁波而產生的一種可視光。因如螢蟲所發出的光,故稱。

【螢光劑】 ㄧㄥˊ ㄍㄨㄤ ㄐㄧˋ
螢光增白劑的簡稱。目前較常使用的是二氨基二苯乙烯衍生物,爲一種化學物質,主要用途是漂白以增加物品附加價值。然根據醫學研究,其對人體有害,長期使用有致癌可能性。

【螢光爝火】 ㄧㄥˊ ㄍㄨㄤ ㄐㄩㄝˊ ㄏㄨㄛˇ
微弱的光亮。比喻個人微弱的力量。

螜 ㄏㄨˊ hu2 音胡
蟲名。即螻蛄。見"廣韻"。

融 ㄖㄨㄥˊ jung2 音容
[1]炊氣上出。見"說文"。[2]

消溶;溶解。如:融化。[3]流通;暢達。如:金融。[4]變通;調和。如:通融。[5]明亮;明朗。[6]和樂的樣子。如:其樂融融。[7]'高辛氏'的火正。相傳死後爲火神。參祝融。

6【融合】ㄖㄨㄥˊ ㄏㄜˊ
融化而合爲一體。

9【融洽】ㄖㄨㄥˊ ㄒㄧㄚˊ
和諧;和睦。

11【融通】ㄖㄨㄥˊ ㄊㄨㄥ
[1]融合通達。[2]流通。

13【融資】ㄖㄨㄥˊ ㄗ
(capital finance)指廠商自有資金不足,向金融機構借入資金的行爲。

【融會】ㄖㄨㄥˊ ㄏㄨㄟˋ
融合。

16【融融】ㄖㄨㄥˊ ㄖㄨㄥˊ
[1]和樂的樣子。[2]和暖的樣子。[3]光潔溫潤的樣子。

22【融鑄】ㄖㄨㄥˊ ㄓㄨˋ
[1]融化金屬以鑄造器物。[2]陶冶訓練。

11【融通物】ㄖㄨㄥˊ ㄊㄨㄥ ㄨˋ
物(包括動產及不動產)於私法上得爲交易之客體者,稱爲融通物,否則爲不融通物。契約訂立時,以不融通物爲交易客體者,該契約無效;契約訂立時,交易客體雖爲融通物,但於契約履行前,該融通物變爲不融通物者,則發生契約履行不能之問題。物究竟爲融通物或不融通物,應依該物之性質或法令之規定決定之,一般認爲國家及其他公共團體所有且用於公共目的之公有物(例如要塞地、公園等)、供公眾使用之公用物、依法令禁止交易之禁制物(例如行政機關依"出版法"禁止出版之出版品,以及"刑法"禁止之猥褻文書圖畫、僞造之貨幣等)均爲不融通物;又國寶、重要古物、私有古物與嗎啡,原則上爲不融通物,但依"文化資產保存法"或"痲醉藥品管理條例"之規定爲移轉者得爲融通物,以符合保護文化資產、充實國民精神生活、保障國民身體健康、提供醫療需要之宗旨。

13【融會貫通】ㄖㄨㄥˊ ㄏㄨㄟˋ ㄍㄨㄢˋ ㄊㄨㄥ
全面透徹的瞭解。

6【融合過程組織論】ㄖㄨㄥˊ ㄏㄜˊ ㄍㄨㄛˋ ㄔㄥˊ ㄗㄨˇ ㄓ ㄌㄨㄣˋ
(fusion process)認爲組織係一項融合過程的結果。企業與個人間相互影響,相互發揮社會化與人格化的過程,而形成實際的組織結構。

螒 ㄏㄢˋ *han*4 音汗
小蟲名。即天雞。頭紅身黑。又名莎雞。見"字彙"。

 蠹的古文。

螛 [一] ㄏㄜˊ *ho*2, *hê*2 音核
參蝸螛。
[二] ㄒㄧㄚˊ *hsia*2 音俠
蟲名。即仙姑。見"集韻"。

螃 ㄆㄤˊ *p'ang*2 音旁
參螃蟹。

19【螃蟹】ㄆㄤˊ ㄒㄧㄝˋ
(crab)蟹的俗稱。參蟹。

螟 ㄇㄧㄥˊ *ming*2 音明
專吃禾心的害蟲。見"說文"。

13【螟蛾】ㄇㄧㄥˊ ㄜˊ
(snout moth; pyralid moth)是屬於昆蟲綱、鱗翅目(order Lepidoptera)、螟蛾科 (family Pyralididae)的動物。約有12,000種,廣布全球各地,大部分生活於熱帶。通常前翅細長,後翅較寬,色不鮮明,有明顯的口吻(snout)。幼蟲的習性隨種類而異,許多種類的幼蟲會爲害積儲的穀類。

螟蛾圖

11【螟蛉子】ㄇㄧㄥˊ ㄌㄧㄥˊ ㄗˇ
指養子。蜾蠃是蜂的一種,常取螟蛉幼蟲餵養其子,古人誤以爲代螟蛉養子。

螏 ㄐㄧˊ *chi*2 音疾
參螏蟍。

14【螏蟍】ㄐㄧˊ ㄌㄧˊ
蟲名。形似蝗,腹大觸角很長,吃蛇腦。見"集韻"。

螗 ㄊㄤˊ *t'ang*2 音唐
參螗蜩。

12【螗蛦】ㄊㄤˊ ㄧˊ
蟬的一種。見"字彙"。

14【螗蜩】ㄊㄤˊ ㄊㄧㄠˊ
一種小蟬。背青綠色,頭有花冠,鳴聲清圓。見"爾雅·釋蟲·螗蜩·義疏"。

螊 ㄌㄧㄢˊ *lien*2 音廉
一種貝類動物。可食。見"說文"。

螠 ㄧˋ *i*4 音縊
(echiurid) 屬於螠蟲門(phylum Echiurida)的動物。海產,生活於海底泥沙中,也有生活於岩石縫或空的螺殼中,自潮間帶至深海皆有分布。體的前端有一長吻(proboscis),吻的腹面有一縱溝,藉溝中纖毛的擺動,可使食物沿溝而向軀幹前端的口移動,食物爲水中的有機碎片。

螠圖

螓 ㄑㄧㄣˊ *ch'in*2 音秦
蟬的一種。形體短小,方頭廣額,有文彩,鳴聲清宛。見"爾雅·釋蟲·蚻蜻蜻·義疏"。

9【螓首蛾眉】ㄑㄧㄣˊ ㄕㄡˇ ㄜˊ ㄇㄟˊ
額頭如螓額般寬廣,眉毛如蠶蛾觸鬚般彎曲而細長。形容女子容貌美麗。

螦 ㄙㄨㄛˇ *so*3, *suo*3 音索
蟲名。見"玉篇"。

螞 [一] ㄇㄚˇ *ma*3 音馬
參螞蟻。
[二] ㄇㄚ *ma*1 音媽

參螞螂。

二 ㄇㄚˋ ma4 音罵

參螞蚱。

11【螞蚱】 ㄇㄚˋ ㄓㄚˋ

我國北方一帶對蝗蟲或蚱蜢的俗稱。

15【螞螂】 ㄇㄚ ·ㄌㄤ

蜻蜓一類的小昆蟲。

19【螞蟻】 ㄇㄚˇ ㄧˇ

即蟻。參蟻[1]。

[虫尃] ㄅㄛˊ po2 音博

蟹類。見"字彙補"。

18【[虫尃]蟭】 ㄅㄛˊ ㄐㄧㄠ

蟲名。即螵蛸。見"集韻"。

螈 ㄩㄢˊ yüan2 音元

一年中可收成兩次的蠶。即再蠶。見"埤雅"。

螖 ㄏㄨㄚˊ hua2 音滑

一種螺類軟體動物。見"字彙"。

[虫蚩] 嗤的或體。

蝹 一 ㄩㄣ yün1 音暈

參蝹蜦。

二 ㄠˇ ao3 音襖

傳說中常在地下吃死人腦的怪物。見"廣韻"。

14【蝹蜦】 ㄩㄣ ㄌㄨㄣˊ

蛇類爬行的樣子。

螘 ㄧˇ i3 音以

蟲名。也作蟻。見"集韻"。

螇 ㄒㄧ hsi1 音奚

參螇螰。

11【螇蚸】 ㄒㄧ ㄌㄧˋ

蟲名。即蟿螽。見"爾雅·釋蟲"。

17【螇螰】 ㄒㄧ ㄌㄨˋ

蟲名。即蟪蛄。見"方言·一一"。

螋 ㄙㄡ sou1 音搜

也作蛥。參蠼螋。

螅 一 ㄒㄧ hsi1 音析

蟋的或體。

二 ㄘˋ tz'ŭ4 音次

蛓的或體。

螑 ㄒㄧㄡˋ hsiu4 音嗅

參赳螑。

螐 ㄨ wu1 音烏

參螐蠋。

19【螐蠋】 ㄨ ㄓㄨˊ

蟲名。形狀像蠶。通作烏。見"集韻"。

螄 ㄙ szŭ1, ssŭ1 音司

參螺螄。

螝 ㄏㄨㄟˋ hui4 音會

[1]蟲的蛹。見"爾雅·釋蟲"。[2]蛇的一種。通虺。見"字彙"。

螕 ㄅㄧ pi1 音逼

蟲名。即牛蝨。見"說文·螕·義證"。

螔 一 ㄧˊ i2 音移

參螔蝓。

二 ㄙ szŭ1, ssŭ1 音斯

參螔蝬。

15【螔蝓】 ㄧˊ ㄩˊ

蝸牛。

【螔蝬】 ㄙ ㄏㄡˊ

即守宮。似蜥蜴,大而有鱗。見"方言·八"。

螉 ㄨㄥ wêng1 音翁

小蜂。見"玉篇"。

17【螉蝬】 ㄨㄥ ㄗㄨㄥ

生在牛馬皮膚上的蟲。

螚 ㄋㄞˋ nai4 音耐

蟲名。即小蝱。見"集韻"。

螣 一 ㄊㄥˊ t'êng2 音騰

一種神蛇。見"說文"。

二 ㄊㄜˋ t'ê4 音特

食禾苗葉的害蟲。見"字彙"。

11【螣蛇】 ㄊㄥˊ ㄕㄜˊ

傳說中的神蛇。

螌 一 ㄅㄢ pan1 音班

參螌蝥。

二 ㄆㄢˊ p'an2 音槃

參負螌。

15【螌蝥】 ㄅㄢ ㄇㄠˊ

毒蟲名。

11

[广里虫] 蟺的或體。

螷 ㄆㄧˊ p'i2 音皮

狹長的蚌。或作蠯。見"集韻"。

蟞 ㄅㄧㄝ pieh1 音鱉

魚名。同鱉。見"字彙補"。

螯 ㄠˊ ao2 音敖

(chela)節肢動物中甲殼綱及蛛形綱的動物,某些附肢的先端分叉爲二,開合如鉗,可用以取食或作防衛之用。

6【螯合劑】 ㄠˊ ㄏㄜˊ ㄐㄧˋ

(chelating agents)可和金屬或鹼土金屬離子反應,形成複合物的物質。葉綠素中的鎂及許多酵素中的銅、鋅、鎂等,在分解或水解反應中釋出,並參與其他反應,造成食品的變色、氧化酸敗及混濁等現象。螯合劑的添加,可與之形成複合物,使其失去反應能力,藉以穩定食品的特性。常用的螯合劑都是天然物質,如多羧基酸(檸檬酸、蘋果酸、酒石酸、草酸、琥珀酸)、多磷酸(ATP及ADT)及大分子物質(如蛋白質)等。

蟄 ㄓˊ chih2 音直 語音 ㄓㄜˊ chê2 音折

蟲類伏藏在洞穴裡。如:蟄伏。

6【蟄伏】 ㄓˊ ㄈㄨˊ

[1](dormancy)動物在環境條件改變時,如溫度過高或過低,以致無法進行正常的生理活動,便靜止不動,稱爲蟄伏。冬眠及夏眠亦爲蟄伏。[2]比喻人隱居或藏匿不出。

8【蟄居】 ㄓˊ ㄐㄩ

隱居不出。

18【蟄蟲】 ㄓˊ ㄔㄨㄥˊ

伏藏在土中過多的昆蟲。

螶 ㄑㄩˊ ch'ü2 音渠

參螶蠊。

14【螶蠊】 ㄑㄩˊ ㄌㄩㄝˋ

蟲名。即蜉蝣。也作螶蟟。見"說文"。

蟁 蚊的本字。

螱 ⿰虫尉的或體。

螫 ㄓㄜ chê[1] 音遮 讀音 ㄕˋ shih[4] 音識
蟲蛇用毒牙或尾針刺傷人獸。見"說文"。

蟊 ㄇㄠˊ mao[2] 音矛
一種專食農作物根部的害蟲。也作蝥。見"集韻"。

13【蟊賊】 ㄇㄠˊ ㄗㄟˊ
1吃禾苗的害蟲。2比喻爲害群體的小人。

螴 ㄔㄣˊ ch'ên[2] 音陳
參螴蜳。

14【螴蜳】 ㄔㄣˊ ㄉㄨㄣˊ
1蟲類爬行的樣子。2不安定的樣子。

蟇 蟆的或體。

螾 ㄧㄣˇ yin[3] 音引
1蚯蚓。同蚓。見"字彙補"。2蠢動的樣子。如：螾然。

螲 ㄉㄧㄝˊ tieh[2] 音疊
參螲蟷。

19【螲蟷】 ㄉㄧㄝˊ ㄉㄤ
(trap-door spider) 統稱屬於節肢動物門、蛛形綱、蜘蛛目、螲蟷科的動物。其第一對附肢適於挖掘泥土，在地下築巢而居；巢的內面黏以蛛絲，入口處有一蓋，蓋的外表及入口周圍皆有植物作爲掩護，平時守於洞口以待食物來臨，食物主要爲昆蟲。多分布於'美國'的南部及西部。

螲蟷圖

蟑 ㄓㄤ chang[1] 音章
參蟑螂。

15【蟑螂】 ㄓㄤ ㄌㄤˊ
(cockroach) 蜚蠊的俗稱。參蜚蠊。

螪 ㄕㄤ shang[1] 音商
參螪何。

7【螪何】 ㄕㄤ ㄏㄜˊ
蟲名。蜥蜴類。也作螪蚵。見"爾雅·釋蟲·蛶螪何·義疏"。

⿰虫离 ㄔ ch'ih[1] 音吃
傳說中動物名。1形似龍而色黃。見"說文"。2無角的龍。見"說文"。

15【⿰虫离魅魍魎】 ㄔ ㄇㄟˋ ㄨㄤˇ ㄌㄧㄤˇ
傳說山林中害人的怪物。也作魑魅罔兩。

⿰虫庸 ㄩㄥˊ yung[2] 音庸
參螩⿰虫庸。

蟅 ㄓㄜˋ chê[4] 音蔗 又讀 ㄓˊ chih[2] 音蹠
蟲名。即螽。見"說文"。

螰 ㄌㄨˋ lu[4] 音鹿
參螇螰。

蟀 ㄕㄨㄞˋ shuai[4] 音帥 讀音 ㄕㄨㄛˋ shuo[4] 音朔
參蟋蟀。

蟉 一 ㄌㄧㄡˊ liu[2] 音留 又讀 ㄑㄧㄡˊ ch'iu[2] 音求
參蚴蟉。
二 ㄌㄧㄠˋ liao[4] 音料
參蛁蟉。

螹 ㄑㄧㄢˊ ch'ien[2] 音潛 又讀 ㄐㄧㄢˋ chien[4] 音漸
參螹胡。

0【螹胡】 ㄑㄧㄢˊ ㄏㄨˊ
獸名。似猿。見"集韻"。

⿰虫焉 ㄧㄢˊ yen[2] 音延
參⿰虫焉⿰虫彎。

28【⿰虫焉⿰虫彎】 ㄧㄢˊ ㄨㄢ
蟲類蜷曲休息。

螬 ㄘㄠˊ ts'ao[2] 音曹
參蠐螬。

螵 ㄆㄧㄠ p'iao[1] 音飄
參螵蛸。

13【螵蛸】 ㄆㄧㄠ ㄒㄧㄠ
螳螂的卵房。可入藥。常黏於桑樹上，也稱桑螵蛸。

⿰虫尉 ㄨㄟˋ wei[4] 音尉
蟲名。即飛蟻。見"廣韻"。

螼 ㄑㄧㄣˇ ch'in[3] 音寢
蚯蚓。見"說文"。

蟎 ㄇㄢˇ man[3] 音滿
(mite) 屬於節肢動物門、蛛形綱、蟎目 (order Acarina) 的動物。體小。或以植物的葉汁爲食，或寄生於植物、動物及人體。疥蟎寄生人的皮膚，會引起疥瘡；毛囊蟎寄生於毛髮根部的毛囊，能使毛髮脫落。恙蟲 (*Trombidium*) 的幼蟲以植物的液汁爲食，可自人體皮膚鑽入，引起恙蟲病，狀似斑疹傷寒，重則致人於死，目前可用氯黴素治療。

螮 ㄉㄧˋ ti[4] 音帝
參螮蝀。

14【螮蝀】 ㄉㄧˋ ㄉㄨㄥ
虹的別稱。

蟱 ㄨˋ wu[4] 音務
蟲名。見"集韻"。

⿰虫戚 ㄑㄧ ch'i[1] 音戚
蟾蜍。見"集韻"。

⿰虫逐 ㄓㄨˊ chu[2] 音逐
參馬⿰虫逐。

螳 ㄊㄤˊ t'ang[2] 音唐
參螳螂。

15【螳螂】 ㄊㄤˊ ㄌㄤˊ
(mantis; mantid) 屬於昆蟲綱、直翅目 (order Orthoptera)、螳螂科 (family Mantidae) 的動物。約有2,000種。前胸延長，前足特化後，其小腿部的脛節正好嵌於大腿部腿節的溝中。主食活的昆蟲，常見於草叢中，用前足捕捉餌蟲，步行時僅使用中足及後足。

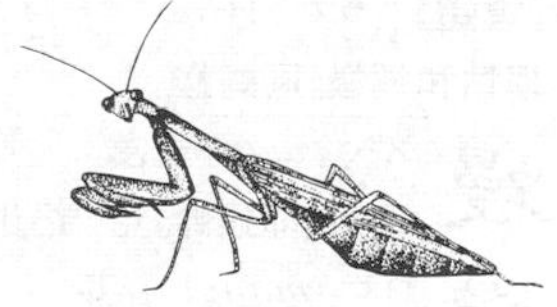
螳螂圖

常僞裝成綠或棕色的樹葉、枯葉、細長的小樹枝、地衣及顏色鮮豔的花朵或螞蟻等，以逃避敵人或等待食餌。雌雄交配後，雌者即將雄者食下，產卵於卵囊中，內藏卵約200個。大部分生活於熱帶或亞熱帶。

【螳螂拳】 ㄊㄤˊ ㄌㄤˊ ㄑㄩㄢˊ
模仿螳螂動作的拳術。特色爲手法綿密。有六合螳螂、七星螳螂等多種流派。

【螳螂掌】 ㄊㄤˊ ㄌㄤˊ ㄓㄤˇ
國術螳螂派最基本的組掌法。又名螳螂爪。拇指與其他四指分開，食、中二指併攏伸直，無名指和小指併攏彎曲，用於鉤採。

【螳螂捕蟬】 ㄊㄤˊ ㄌㄤˊ ㄅㄨˇ ㄔㄢˊ
比喻只圖眼前的利益而不顧後患。

17【螳臂當車】 ㄊㄤˊ ㄅㄧˋ ㄉㄤ ㄔㄜ
螳螂奮舉腿臂以阻擋車輪轉動。比喻不自量力。

螻 ㄌㄡˊ *lou*² 音樓
參螻蛄。

11【螻蛄】 ㄌㄡˊ ㄍㄨ
(mole cricket) 屬於昆蟲綱、直翅目(order Orthoptera)、螻蛄科(family Gryllotalpidae)的動物。約有65種。分類上，有時將其列爲蟋蟀科中的一亞科(螻蛄亞科)。生活於地面下深約15～20公分處，前足特化適於掘土。體圓柱形，頭尖。夜間離開洞穴活動，用翅飛翔。卵產於地下。

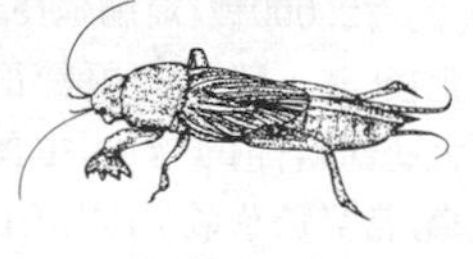

螻蛄圖

16【螻螘】 ㄌㄡˊ ㄧˇ
螻蛄和螞蟻。同螻蟻。

蟃 ㄨㄢˋ *wan*⁴ 音萬
蟲名。即螟蛉。見"廣韻"。

蟒 ㄇㄤˇ *mang*³ 音莽
或作蠎。(python) 屬於脊椎動物中爬蟲綱(class Reptilia)、蟒蛇科(family Pythonidae)的動物。約有20～25種。分布於熱帶及溫帶地區，西'非'、'太平洋'諸島及我國皆有。無毒，捕食時，用身體纏繞動物使窒息而死，一般以鼠、兔等小動物爲食，體型大者能捕食豬或鹿等。卵生，大多數種類雌者能孵卵，約60～80天孵出。性溫馴，行動遲緩。肉可供食用，皮可供工業用。

蟒圖

蟆 ㈠ ㄇㄚˊ *ma*² 音麻
參蝦蟆。
㈡ ㄇㄛˋ *mo*⁴ 音莫
蟲名。像蚊子。色黑而體小，常聚在日光下，人被叮後會起腫塊。見"古今韻會舉要"。

蟈 ㄍㄨㄛ *ko*¹, *kuo*¹ 音郭
蛙的別名。見"玉篇"。

螺 ㄌㄨㄛˊ *lo*², *luo*² 音羅
1 (snail) 屬軟體動物門、腹足綱。本綱動物通常具有一呈螺旋狀或錐形的殼，少數則殼退化或闕如，凡屬前者則俗稱爲螺。螺的身體藏於殼中，頭及足可自殼口伸出，頭部有觸角、眼及口。種類繁多，有的可供食用，有的會危害植物。許多淡水中的螺，爲吸蟲類的中間寄主。2 指酒杯。青螺可作酒器，故稱。3 軍中或僧道用螺殼製成的吹器。4 指螺旋形的指紋。5 畫眉的墨。螺黛的簡稱。

10【螺栓】 ㄌㄨㄛˊ ㄕㄨㄢ
(bolt) 一較重型的木接合構件。有一個圓的頭與一個方的螺帽。與釘頭相接部分的釘身是方形的，其餘部分的釘身是圓的。螺栓的尺寸由釘身的長度與直徑而定，用吋表示。在螺栓頭及螺帽下，通常加設平墊片以增加支承面積。

【螺釘】 ㄌㄨㄛˊ ㄉㄧㄥ
(screw) 爲一木接合構件。分爲木用光面螺釘和方頭螺釘二種。螺釘頭多具凹槽，可用旋鑿方式將釘鑽入。鑽入前須先鑽孔，以避免木材開裂並使螺釘容易鑽入。

【螺紋】 ㄌㄨㄛˊ ㄨㄣˊ
(thread) 於圓柱體或圓錐體之內面或外面所具有的均勻螺旋線。

11【螺旋】 ㄌㄨㄛˊ ㄒㄩㄢˊ
(spin) 飛機轉彎時左右機翼未協調，致一機翼較另一機翼先略有失速，使此一機翼與機頭均呈下墜而失去控制，並循一螺線一方面繞軸線旋轉，一方面俯衝而下的飛行姿態。螺旋若在故意操縱下爲之，則爲一種特技飛行動作。

12【螺距】 ㄌㄨㄛˊ ㄐㄩˋ
(pitch) 平行軸線方向兩相鄰螺紋的距離。

【螺帽】 ㄌㄨㄛˊ ㄇㄠˋ
(nut) 具有陰螺紋之幾何形體機件。與螺栓配合使用。

13【螺鈿】 ㄌㄨㄛˊ ㄉㄧㄢˋ
我國漆器藝術的一種。將裁截成形狀不一的介殼片鑲嵌或黏貼於器表，髹塗漆液後，再打磨揩光顯出；或將所鑲、黏的蚌片高凸於漆面者。這類漆藝興盛於'唐代'，延續至今，並影響近鄰，在'韓國'、'日本'、'琉球'及'東南亞'諸國均可見螺鈿漆器藝術。

14【螺管】 ㄌㄨㄛˊ ㄍㄨㄢˇ
(solenoid) 以導體繞成而具有同心柱體的線圈。當電流通過時，可將含鐵物質吸向線圈中心位置。

15【螺線】 ㄌㄨㄛˊ ㄒㄧㄢˋ
(spiral) 一般指平面或曲面上，繞一定點旋轉的曲線。這種形式的曲線常用極坐標 (r, θ) 表示，旋轉的效應用 θ 的增加表示，每增360°即多轉一圈。下列平面螺線

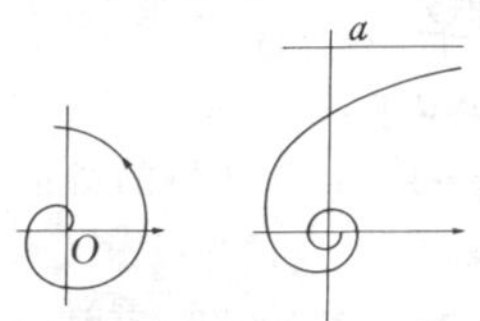

阿基米得螺線圖　雙曲螺線圖

較爲常見:'阿基米得'螺線$r=a\theta$, $a>0$;雙曲或倒數螺線 $r=a/\theta$;對數螺線 $logr=a\theta$, 亦稱等角螺線;拋物螺線 $r^2=a\theta$, 或稱'費爾馬'螺線。

16【螺螄】 ㄌㄨㄛˊ ㄙ

貝蟲名。形似蝸牛。也稱蝸蠃。見"本草綱目·介部·蝸蠃"。

11【螺旋角】 ㄌㄨㄛˊ ㄒㄩㄢˊ ㄐㄧㄠˇ

(helix angle) 一個螺旋線上,任一點的切線和同一點處圓柱母線(和圓柱中心線平行的線)相交且取小於90°的角。

【螺旋梯】 ㄌㄨㄛˊ ㄒㄩㄢˊ ㄊㄧ

(spiral stair) 旋轉直上樓面的樓梯。又稱旋轉梯。占地面積小,以鐵構造最爲簡便,大部分爲組立式,按其圓的等分數而定級高。有懸臂式及外端支持式兩種。

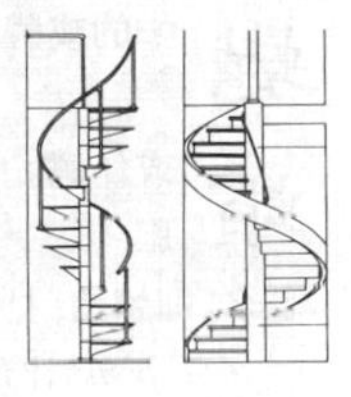

螺旋梯圖

【螺旋菌】 ㄌㄨㄛˊ ㄒㄩㄢˊ ㄐㄩㄣˋ

(spirillum) 體呈螺旋狀的細菌。具有鞭毛,通常沒有致病能力。生活於水或土壤中。種類遠比球菌、桿菌少。螺旋菌雖呈螺旋狀,但其性狀與螺旋體不同。

【螺旋槳】 ㄌㄨㄛˊ ㄒㄩㄢˊ ㄐㄧㄤˇ

(propeller) 一種由動力帶動的旋轉具。具有一個槳轂及兩片或更多的槳葉,可用以將飛機或船向前推動。

【螺旋體】 ㄌㄨㄛˊ ㄒㄩㄢˊ ㄊㄧˇ

(spirochete) 爲形態及構造上較爲特殊的一類細菌。身體雖呈螺旋狀,但細胞壁較薄,故具扭曲性。不具鞭毛。菌體自前至後,於細胞膜和細胞壁間有軸絲,軸絲沿著菌體盤旋,兩端分別固定於體之前後,由軸絲的收縮與放鬆可使菌體運動。

12【螺絲攻】 ㄌㄨㄛˊ ㄙ ㄍㄨㄥ

(tap) 在周緣上具有一個或數個所須螺紋形狀切削部分之圓柱形或錐形的螺紋切削刀具。結合迴轉和軸向運動,利用螺絲前端之切入部切削出內螺紋,且依其所產生之螺紋作爲主要支撐,迴轉而前進,由此產生一連貫的切削螺紋作用,切除材料而產生和螺絲攻相同的牙形。

【螺絲模】 ㄌㄨㄛˊ ㄙ ㄇㄛˊ

(die) 製作外螺絲的刃具。其刃部爲精製的內螺絲,刃部周圍有間隙孔、間隙角等。作用與螺絲攻相同,但對被切削工件材料的位置關係恰與螺絲攻相反。

10【螺紋接管】 ㄌㄨㄛˊ ㄨㄣˊ ㄐㄧㄝ ㄍㄨㄢˇ

(nipplc) 用以連接管徑相同的直管。係利用其外徑上的螺紋以接合。

11【螺旋差排】 ㄌㄨㄛˊ ㄒㄩㄢˊ ㄔㄚ ㄆㄞˊ

(screw dislocation) 如圖(一)所示,在結晶的一側施以剪力,而使 $ABCD$ 面上的原子群向右發生一原子距離的滑動時,在結晶內已經發生滑動的部分和尙未發生滑動部分會產生界面 $EFCB$, EF 稱爲差排線。由圖(二)所示,在差排線周圍沿原子面旋轉時,每旋轉一次便會移次相鄰之原子面而呈螺旋狀,故稱螺旋差排。螺旋差排的滑動方向與差排線平行。

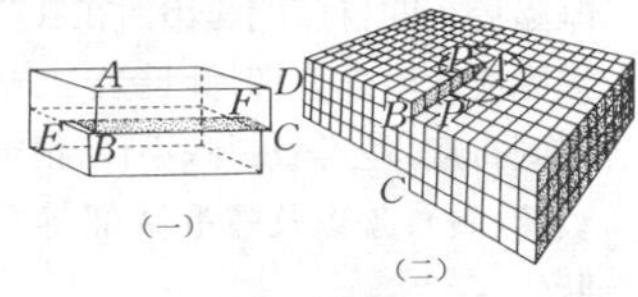

螺旋差排圖

【螺旋齒輪】 ㄌㄨㄛˊ ㄒㄩㄢˊ ㄔˇ ㄌㄨㄣˊ

(helical gear) 齒廓面元線爲直線而不與軸平行之齒輪。

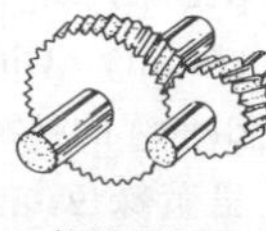

螺旋齒輪圖

蠑 ㄌㄩㄝˋ lüeh[4] 音略
參蠑蛣。

12【蠑蛣】 ㄌㄩㄝˋ ㄑㄧㄝˋ

蟲名。長寸餘,腹中有蟹子,如榆莢合體共生。見"字彙"。

蟋 ㄒㄧ hsi[1] 音悉
參蟋蟀。

17【蟋蟀】 ㄒㄧ ㄕㄨㄞˋ

(cricket) 爲昆蟲綱、直翅目 (order Orthoptera)、蟋蟀科 (family Gryllidae) 中的動物。約有2,400種,長度自3~50公厘,具有細長的觸角,後肢適於跳躍。雄者能發音,係由前翅摩擦而發出,目的在吸引同種的雌性或抗拒其他雄性。大部分雌者在秋天產卵於泥中或植物的莖內,卵孵化後,幼蟲經6~12次蛻皮而變爲成蟲。壽命約6~8週。

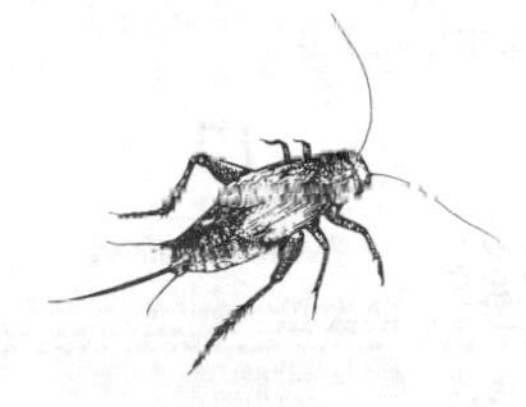

蟋蟀圖

螝 ㄇㄠˊ mao[2] 音矛
參螝蔤。

11【螝蔤】 ㄇㄠˊ ㄨˋ

蟲名。即青蛉。見"字彙補"。

螐 ㄐㄧㄠ chiao[1] 音澆
水蟲。形似蛇,有四足,能害人。見"廣韻"。

蟌 ㄘㄨㄥ ts'ung[1] 音聰
蜻蜓。或作蟌。見"集韻"。

蠍 ㄗㄨㄥ tsung[1] 音蹤 又讀 ㄘㄨㄥ ts'ung[1] 音聰
參蝑蠍。

蟞 ㄐㄧㄤ chiang[1] 音將
蟬一類的昆蟲。見"集韻"。

螸 ㄩˊ yü[2] 音俞
蜂類腹部肥大下垂的部分。見"字彙"。

蠭 蜂的或體。

螽 ㄓㄨㄥ *chung*¹ 音終
蝗蟲類的總名。見“說文·螽·段注”。

12【螽斯】 ㄓㄨㄥ ㄙ
(long-horned grasshopper)屬於昆蟲綱、直翅目(order Orthoptera)、螽斯科(family Tettigoniidae)的動物。其聽覺器位

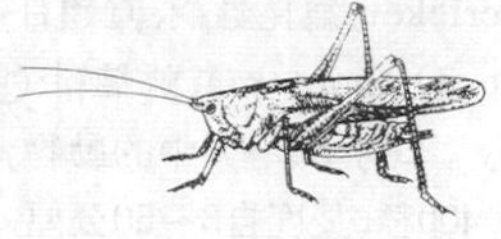
螽斯圖

於前足，毛狀的觸角與體長相等或較長。大部分螽斯在產卵的時期度冬；雄者摩擦翅會發出聲音，其聲隨種類而異。

【螽斯衍慶】 ㄓㄨㄥ ㄙ ㄧㄢˇ ㄑㄧㄥˋ
祝人子孫繁昌。今用作祝人結婚及生子的賀辭。

12

蝵 ㄑㄧㄡ *ch'iu*¹ 音秋
參次蝵。

蟚 蟛的或體。

蟴 ㄙ *szŭ*¹, *ssŭ*¹ 音斯
參蛅蟴。

蟨 ㄐㄩㄝˊ *chüeh*² 音厥
獸名。善取食而不善走，常由蛩蛩背負而行，並爲蛩蛩取食。見“廣韻”。

蟙 ㄓˊ *chih*² 音職
(*Macrocheira kampferi*)又名高腳蟹。爲無脊椎動物中屬於節肢動物門(phylum Arthropoda)、甲殼綱(class Crustacea)、十足目(order Decapoda)的一種。甲殼呈石榴狀，表面多皺襞，有疣狀突起；步腳甚長，長達1.5公尺，爲節肢動物中體型最大的種類。棲於淺海的泥沙底。

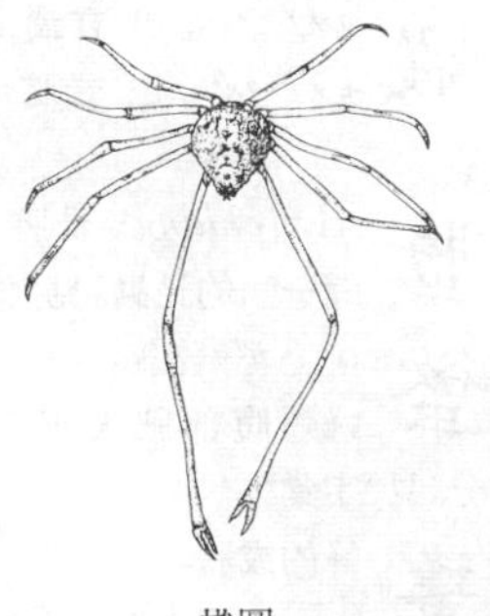
蟙圖

蟮 蟺的或體。

蟧 ㊀ ㄌㄠˊ *lao*² 音勞
①一種小螺。見“爾雅·釋魚·螖蠌小者蟧·注”。②小蟬。見“集韻”。
㊁ ㄌㄧㄠˊ *liao*² 音遼
大蟬。見“方言·一一”。

蟳 ㄒㄩㄣˊ *hsün*² 音尋
蟹的一種。即青蟳。見“六書故”。

蟯 ㄖㄠˊ *jao*² 音饒
參蟯蟲。

18【蟯蟲】 ㄖㄠˊ ㄔㄨㄥˊ
(pinworm; *Enterobius vermicularis*)爲人體寄生蟲之一，屬於線形動物門(phylum Nematoda)。寄生於人體大腸中，吞食腸的內容物，有時亦會吸血，在幼兒最爲常見。雌蟲於夜間自肛門爬出而在肛門周圍或會陰部產卵，此時寄主會感到奇癢，並導致睡眠不佳、精神衰落、胃口差以及體重減輕等症狀。

蟯蟲圖

蟪 ㄏㄨㄟˋ *hui*⁴ 音惠
參蟪蛄。

11【蟪蛄】 ㄏㄨㄟˋ ㄍㄨ
(*Platypleura kaempferi*) 屬於昆蟲綱、同翅目(order Homoptera)、蟬科(family Cicadidae)的動物。呈黃綠色，有黑條紋；翅脈黃綠色，翅有黑斑。

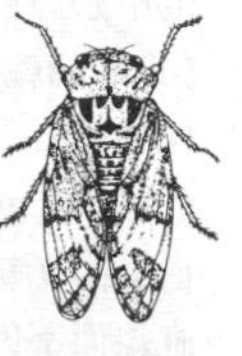
蟪蛄圖

【蟪蛄不知春秋】 ㄏㄨㄟˋ ㄍㄨ ㄅㄨˋ ㄓ ㄔㄨㄣ ㄑㄧㄡ
比喻生命短促，見識淺薄。蟪蛄夏生秋死，不知有四季。

蟢 ㄒㄧˇ *hsi*³ 音喜
一種長腳蜘蛛。即蠨蛸。也稱蟢子。見“集韻”。

蟛 ㄆㄥˊ *p'êng*² 音彭
參蟛蜞。

10【蟛蚎】 ㄆㄥˊ ㄩㄝˋ
水蟲名。似蟹而小。也作蟚蠘、蟚蚏。見“集韻”。

14【蟛蜞】 ㄆㄥˊ ㄑㄧˊ
蟹的一種。見“正字通”。

蠘 蚎的或體。

蟦 或作蟦。㊀ ㄈㄟˊ *fei*² 音肥
蟲名。即蠐螬。見“爾雅·釋蟲”。
㊁ ㄅㄣ *pên*¹ 音奔
牡蠣。見“集韻”。

蟫 ㄊㄢˊ *t'an*² 音潭
衣服書籍中的蛀蟲。也稱白魚、蛃魚。見“爾雅·釋蟲·蟫白魚·注”。

蟤 ㄓㄨㄢ *chuan*¹ 音專 又讀 ㄑㄩㄢˊ *ch'üan*² 音全
參蜿蟤。

蟖 蟴的或體。

蟥 ㄏㄨㄤˊ *huang*² 音黃
參馬蟥。

12【蟥蛢】 ㄏㄨㄤˊ ㄆㄧㄥˊ
一種大如虎豆的綠色甲蟲。見“爾雅·釋蟲·蛂蟥蛢·注”。

蟩 ㄐㄩㄝˊ *chüeh*² 音厥
孑孓。見“玉篇”。

蟟 ㄌㄧㄠˊ *liao*² 音寮
蟲名。即馬蜩。見“集韻”。

蟔 ㄇㄛˋ *mo*⁴ 音莫
毛蟲的一種。即蛅蟴。也作蟆。見“爾雅·釋蟲”。

蟬 ㄔㄢˊ *ch'an*² 音禪
(cicada)屬於昆蟲綱、同

翅目(order Homoptera)、蟬科(family Cicadidae)的動物。約有2,000種以上。具有兩對膜狀的翅,複眼顯著,小眼三個。雄者腹部基端兩側有發音器,振動時能發出大聲音,有的種類鳴聲美妙;雌蟲產卵於樹木中,孵出之幼蟲墜落地面至泥土中,吸食植物根部的液汁。

11【蟬連】 ㄔㄢˊ ㄌㄧㄢˊ
繼續不絕。也作蟬聯。

13【蟬蛻】 ㄔㄢˊ ㄕㄨㄟˋ
1蟬脫掉外殼。2比喻解脫。

17【蟬翼】 ㄔㄢˊ ㄧˋ
蟬的翅膀。常用來形容極輕或極薄的事物。

【蟬聯】 ㄔㄢˊ ㄌㄧㄢˊ
連續不斷。也作蟬連。今指再度當選或連任。

20【蟬矍】 ㄔㄢˊ ㄑㄩˊ
古代車子的一種。

蟲 ㄔㄨㄥˊ ch'ung² 音崇
1 (worm) 無脊椎動物中,多數門的動物其身體細長呈管狀或扁平呈葉狀且無足者,稱爲蟲。例如扁形動物、紐形動物、線形動物、棘頭動物及環節動物等。國人的習慣,則將原生動物、節肢動物中的蜈蚣及昆蟲等統稱爲蟲。2泛指動物。3蟲害。4姓。'漢'有'蟲達'。見"萬姓統譜·一"。

7【蟲豸】 ㄔㄨㄥˊ ㄓˋ
1昆蟲的通稱。2斥罵人的話。意指下賤。

17【蟲臂鼠肝】 ㄔㄨㄥˊ ㄅㄧˋ ㄕㄨˇ ㄍㄢ
比喻微賤之物。

蟠 ㄆㄢˊ p'an² 音盤
1遍及;充滿。2屈曲;盤伏。如:龍蟠虎踞。

10【蟠桃】 ㄆㄢˊ ㄊㄠˊ
1古代神話中的仙桃。2桃的一種。形扁圓,味道與平常桃子一樣,汁液較少。

15【蟠踞】 ㄆㄢˊ ㄐㄩˋ
形容山嶺或龍等盤曲蹲踞的樣子。

16【蟠據】 ㄆㄢˊ ㄐㄩˋ
1同盤踞。2占據。

18【蟠繞】 ㄆㄢˊ ㄖㄠˋ
盤曲環繞。

9【蟠虺紋】 ㄆㄢˊ ㄏㄨㄟˇ ㄨㄣˊ
青銅器上狀若小蛇彎曲蟠繞的紋飾。見於'春秋'中期,行於'春秋'晚期及'戰國'。'春秋'中期時銅器上花紋的模印方法出現,此法縮小了花紋單位,鑄工只須雕刻一模,即可以此模反覆印製,既省時,又可專注於一小單位,盡其複雜之能事。

蟠虺紋圖

10【蟠桃會】 ㄆㄢˊ ㄊㄠˊ ㄏㄨㄟˋ
神話中'西王母'以蟠桃宴請諸仙的盛會。相傳農曆三月三日爲'西王母'誕辰,是日'西王母'大開蟠桃盛會,諸仙均來賀壽。

【蟠根錯節】 ㄆㄢˊ ㄍㄣ ㄘㄨㄛˋ ㄐㄧㄝˊ
1盤曲的樹根,錯雜的枝節。2比喻根深柢固或錯綜複雜。

蟣 ㄐㄧˇ chi³ 音己
1蝨的卵。也稱蟣子。見"說文"。2水蛭。見"爾雅·釋魚"。

15【蟣蝨】 ㄐㄧˇ ㄕ
蝨子和蝨卵。

蟓 ㄒㄧㄤˋ hsiang⁴ 音象
蟲名。1螞蟻。見"廣雅·釋蟲"。2蠶。見"字彙"。

蟜 ㄐㄧㄠˇ chiao³ 音矯
毒蟲名。見"玉篇"。

蟭 ㄐㄧㄠ chiao¹ 音焦
參蟳蟭。

蟘 ㄊㄜˋ t'ê⁴ 音特
吃苗葉的害蟲。見"字彙"。

蠁 ㄒㄧㄤˋ hsiang⁴ 音向
或作蠁。蟲名。即地蛹。形狀似蠶而體型較蠶爲大,生於土中。見"爾雅·釋蟲·國貉蟲蠁·義疏"。

13

蠃 (一) ㄌㄨㄛˇ lo³, luo³ 音裸
參蜾蠃蜂科。
(二) ㄌㄨㄛˊ lo², luo² 音螺
蚌的一種。同螺。見"集韻"。

蟿 ㄑㄧˋ ch'i⁴ 音氣
蛙的一種。見"集韻"。

蠈 ㄗㄜˊ tsê² 音則
蝗蟲的一種。喜吃稻禾的節。也作蠘。見"廣韻"。

蠆 ㄔㄞˋ ch'ai⁴ 音瘥
毒蟲名。似蠍而尾部較長。見"字彙"。

7【蠆尾】 ㄔㄞˋ ㄨㄟˇ
蠍子的尾部。其末端有毒鉤,故以比喻害人的毒物。

蟺 (一) ㄕㄢˋ shan⁴ 音善
1蟲名。即蚯蚓。見"玉篇"。2蛻變。通嬗。
(二) ㄔㄢˊ ch'an² 音禪
蟲名。同蟬。見"集韻"。

蠊 ㄌㄧㄢˊ lien² 音連
參蜚蠊。

蟻 ㄧˇ i³ 音已
1(ant)屬節肢動物門、昆蟲綱、膜翅目。凡是蟻科 (family Formicidae) 的動物皆俗稱蟻。約有8,000種。世界各地皆有分布,熱帶地區尤爲普遍。皆行社會生活,社會結構分蟻后、雄蟻和工蟻。大部分居於巢中,巢位於石下、埋於地中,或在地面用泥沙、樹枝等築成。食動物或植物,有些種類專門以蚜蟲分泌的液汁爲食,攝食時會以觸角輕擊蚜蟲的腹部以促其分泌。2酒的泡沫。如:浮蟻。3姓。'漢'有'蟻逢'。見"萬姓統譜·七四"。

8【蟻附】 ㄧˇ ㄈㄨˋ
如螞蟻一般群集攀附。

14【蟻聚】 ㄧˇ ㄐㄩˋ
像螞蟻般聚集。比喻眾多。

蠀 ㄘ *tz'ŭ*[1] 音雌
參蠀螬。

17【蠀螬】 ㄘ ㄘㄠˊ
蟲名。即蠀。見"方言·一一"。

蟶 ㄔㄥ *ch'êng*[1] 音撐
蚌類動物。參蟶蛤。

12【蟶蛤】 ㄔㄥ ㄍㄜˊ
(razor shell) 屬於軟體動物門、斧足綱 (class Pelecypoda)、眞瓣鰓目(order Eulamellibranchiata)、蟶蛤科(family Solenidae)的動物。外殼狹長,狀似刀或劍的鞘,顏色呈白至粉紅色;足向前端伸展,狀似刀或劍的柄。棲息於淺海底,肉味鮮美,爲有名的海鮮。

蟶蛤圖

蟷 ㄉㄤ *tang*[1] 音當
參蟷蠰。

23【蟷蠰】 ㄉㄤ ㄋㄤˊ
即螳螂。

蠍 ㄒㄧㄝ *hsieh*[1] 音歇
(scorpion)屬節肢動物門、蛛形綱,蠍目的動物。約有800種,大小自13～175公厘。體分頭胸部及腹部,頭胸部有六對附肢,第一對稱鋏角(chelicera),較小,用以撕碎食物;第二對稱鋏肢(pedipalp),大而先端呈鉗狀,用以捕食,並有感覺作用;後面四對爲步足。腹部分節,近體後端者細、形似尾;末端的球狀部內有毒腺,其先端有一刺,毒液自刺先端的小孔流出。食物主爲昆蟲和蜘蛛,捕食時,以鋏肢握住食物,並用體末端的刺穿入捕捉的動物體內,注入毒液使之痲醉,而後吸食其組織。有些種類的毒液對人類無礙,但有些種類的毒液爲神經毒,可致人於死。

蠍圖

蠅 ㄧㄥˊ *ying*[2] 音螢
(fly) 屬昆蟲綱、雙翅目 (order Diptera)、蠅首科 (superfamily Muscoidea)的動物。翅一對,後翅退化成平衡棍(halteres),用以平衡身體。廣布於世界各地,包括兩極及高山,許多種類如家蠅,常爲傳播疾病的媒介,與人類關係密切。

16【蠅頭小利】 ㄧㄥˊ ㄊㄡˊ ㄒㄧㄠˇ ㄌㄧˋ
比喻利潤微薄。

17【蠅營狗苟】 ㄧㄥˊ ㄧㄥˊ ㄍㄡˇ ㄍㄡˇ
像蒼蠅一般逐食腐物;像狗一樣苟且覓食。比喻人的無恥鑽營。

蠇 蠆的俗體。

蠌 ㄗㄜˊ *tsê*[2] 音澤
水蟲。似蟹而小。見"字彙"。

蠉 ㄒㄩㄢ *hsüan*[1] 音宣
[1]蟲在爬行。見"說文"。[2]孑孓。又名蜎。見"爾雅·釋魚·蜎蠉·疏"。

蠋 ㄓㄨˊ *chu*[2] 音竹
桑蟲的一種。似蠶。見"字彙"。

蠵 ㄗㄨㄟ *tsui*[1] 音朘
參蠵蠵。

24【蠵蠵】 ㄗㄨㄟ ㄒㄧ
大靈龜。

蟾 ㄔㄢˊ *ch'an*[2] 音蟬
[1]蟾蜍的簡稱。[2]月亮的代稱。傳說月中有蟾蜍,故名。如:玉兔銀蟾。

10【蟾宮】 ㄔㄢˊ ㄍㄨㄥ
月宮。古人傳說月中黑影爲蟾蜍,故名。

12【蟾酥】 ㄔㄢˊ ㄙㄨ
'中'藥名。爲蟾蜍肥腺和皮脂腺內所分泌的白色液體。性溫,味甘,有毒,可散毒消腫。外敷可治皮膚感染性病症,內服可治癰疽、發背疔瘡等。

13【蟾蜍】 ㄔㄢˊ ㄔㄨˊ
[1](toad)脊椎動物中屬於兩生綱(class Amphibian)、無尾目(order Anura)、蟾蜍科(family Bufonidae)的動物。皮膚表面有瘤,瘤內有毒腺。眼後方的瘤大而顯著,其內有腮腺(parotid gland),爲主要分泌毒液的腺體。毒性強者可導致大型動物如狗等死亡,'中'藥常利用蟾蜍毒治療多種疾病。陸棲,晝伏夜出,以昆蟲或其他小動物爲食。[2]指月。

蟾蜍圖

15【蟾魄】 ㄔㄢˊ ㄆㄛˋ
月的別名。

10【蟾宮折桂】 ㄔㄢˊ ㄍㄨㄥ ㄓㄜˊ ㄍㄨㄟˋ
比喻科舉及第。

蠏 蟹的本字。

蟼 ㄐㄧㄥˇ *ching*[3] 音景
蝦蟆的一種。見"爾雅·釋蟲·蟼蟆·疏"。

䖸 蛾的或體。

蟹 ㄒㄧㄝˋ *hsieh*[4] 音懈
(crab) 屬節肢動物門、甲殼綱、十足目的動物。體分頭胸部及腹部;腹部小,屈曲於頭胸部之下。約4,500種。生活於海水、淡水或陸地。有步足五對,第一對步足形成鉗狀,俗稱螯。許多種類可供食用。

蠭 蜂的或體。

14

蠠 [illegible]的俗體。

蠅 ㄋㄧㄥˊ *ning*[2] 音寧
蟲名。似蛙。見"集韻"。

蠙 ㄅㄧㄣ *pin*[1] 音賓
[1]蚌的別名。見"說文通訓定聲"。[2]水苔。見"集韻"。

蠐 ㄑㄧˊ ch'i² 音其
參蠐螬。

17【蠐螬】 ㄑㄧˊ ㄘㄠˊ
(white grub) 金龜子的幼蟲。棲於土壤中，以植物的根爲食物，爲害植物。

蠔 ㄏㄠˊ hao² 音豪
牡蠣的別名。見"正字通"。

蠑 ㄖㄨㄥˊ jung² 音榮
參蠑螈。

16【蠑螈】 ㄖㄨㄥˊ ㄩㄢˊ
(newt)屬兩生綱、有尾目 (order Urodela) 的動物。體狹長，有尾，體表滑潤無鱗。幼時以鰓呼吸，成體用肺呼吸，也有終生用鰓呼吸者，如泥狗 (*Necturus*)，或成體無鰓無肺而以皮膚呼吸者，如'箱根'山椒魚(*Onychodactylus*)。'臺灣'產的有尾類，皆屬山椒魚科。

蠕 ㄖㄨㄢˇ juan³ 音輭 又讀 ㄖㄨˊ ju² 音儒
蟲類伸縮爬行。如：蠕動。

11【蠕動】 ㄖㄨㄢˇ ㄉㄨㄥˋ
[1]蟲類緩緩爬行的樣子。[2](peristalsis)消化管等管壁富含肌肉的管道，由於管壁肌肉自前至後連續發生舒張與收縮交替進行的活動，遂使管壁呈現一張一縮的連續波動，稱爲蠕動。以其狀似蠕蟲身體的運動，故名。

20【蠕蠕】 ㄖㄨㄢˇ ㄖㄨㄢˇ
[1]蟲伸縮爬行的樣子。[2]古代北方種族名。初號'柔然'，'劉宋''蕭齊'時謂之'芮芮'，'後魏'時改稱'蠕蠕'。參柔然。

蠗 ㄓㄨㄛˊ cho², chuo² 音卓
一種黃毛的猿猴。或作獾。見"說文·蠗·義證"。

蠘 ㄐㄧㄝˊ chieh² 音截
〔*Portunus trituberculatus; Portunus* (*Neptunus*) *pelagicus; Neptus trituberculatus*〕亦名蝤蛑、梭子蟹。屬節肢動物門、甲殼綱、軟甲亞綱的動物。額有三齒，鉗腳的長節有四個大棘；此兩特點與鋸蝤蛑〔*Portunus* (*portunus*) *pelagicus; Neptunus pelagicus*〕可資區別，後者的額有四齒，鉗腳長節有三個大棘。穴居近海的泥沙底。秋天時(9～11月間)交尾，12～3月至水底越冬，5～8月間產卵，雌者抱卵於腹部附肢約2～3週。肉可供食用，秋天時尤爲肥大。我國與'韓國'、'日本'均有分布。

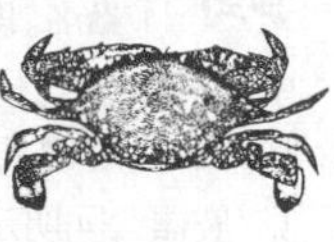

蠘圖

蠓 ㄇㄥˇ mêng³ 音猛
一種似蚋的小蟲。即蠛蠓。見"爾雅·釋蟲·蠓蠛蠓·注"。

蠖 ㄏㄨㄛˋ ho⁴, huo⁴ 音獲 又讀 ㄨㄛˋ wo⁴ 音沃
參尺蠖蛾。

𧕃 ㄨㄟˋ wei⁴ 音胃
蟲名。[1]即蛘。見"集韻"。[2]即小虻。見"正字通"。

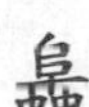 蟲的或體。

15

蠤 ㄑㄧㄡ ch'iu¹ 音秋
蜘蛛。見"字彙補"。

蠢 ㄔㄨㄣˇ ch'un³
[1]蟲在爬動。見"說文"。[2]泛指騷動。[3]愚笨。同惷。

11【蠢動】 ㄔㄨㄣˇ ㄉㄨㄥˋ
[1]蟲類爬動。多指蟲類從蟄伏中剛甦醒過來。[2]率性而動，出於自然。[3]騷動。意圖擾亂的行動。

21【蠢蠢】 ㄔㄨㄣˇ ㄔㄨㄣˇ
[1]蠕動的樣子。[2]眾多而雜亂的樣子。

蠆 ㊀ ㄔㄞˋ ch'ai⁴ 音蠆
毒蟲。同蠆。見"集韻"。
㊁ ㄌㄧˋ li⁴ 音厲
也作蠣。參牡蠣。

蠠 ㄇㄧˋ mi⁴ 音蜜
參蠠沒。

7【蠠沒】 ㄇㄧˋ ㄇㄛˋ
黽勉。

蠡 ㊀ ㄌㄧˇ li³ 音禮
[1]蟲蛀木。見"說文"。[2]器物用久因腐蝕或磨損而快斷絕的樣子。見"正字通"。
㊁ ㄌㄧˊ li² 音離
瓠瓢。如：以蠡測海。

蠚 ㄔㄨㄛˋ ch'o⁴, ch'uo⁴ 音綽
[1]蟲螫。見"廣韻"。[2]蟲毒。見"類篇"。[3]苦痛。見"字彙補"。

蠩 ㄓㄨ chu¹ 音朱
或作蠩。蟾蜍。也作蜍。見"集韻"。

蠣 ㄌㄧˋ li⁴ 音例
參牡蠣。

蠃 螺的或體。

蠝 ㄌㄟˇ lei³ 音壘
鼯鼠。也作鸓。見"集韻"。

蠛 ㄇㄧㄝˋ mieh⁴ 音滅
參蠛蠓。

20【蠛蠓】 ㄇㄧㄝˋ ㄇㄥˇ
蟲名。似蚋而小，生於朽壤之上，常旋飛如磨。見"正字通"。

蠟 ㄌㄚˋ la⁴ 音臘
[1](wax)長鏈醇與長直鏈脂肪酸合成之酯類。常溫下爲固體，不溶於水，可溶於一般有機溶劑。[2]蠟燭。如：紅蠟短。[3]用蠟潤滑物品，使其光澤。

8【蠟版】 ㄌㄚˋ ㄅㄢˇ
也作蠟板。用蠟紙刻寫而成的印刷版。供油印用。

10【蠟染】 ㄌㄚˋ ㄖㄢˇ
印染工藝之一。係以蠟刀蘸蠟液，在白布上描繪幾何、花鳥、蟲魚等紋樣，再浸入靛缸染色，染成之物經脫蠟後即現花紋。

11【蠟梅】 ㄌㄚˋ ㄇㄟˊ
(*Meratia praecox* Rehd. et Wils.)落葉灌木，高2～4公尺。葉有柄，對生，先端漸尖，基部圓，全緣。一、二月間，花密生於節上，花

被排成3層，內層暗紫色，中層黃色，下層呈小鱗片狀。假果長卵形，內有1～4個瘦果。花供觀賞及藥用。特產於我國。

蠟梅圖

蠫 ㄌㄧˋ *li*⁴ 音戾
割。見"字彙補"。

蠜 ㄈㄢˊ *fan*² 音凡
蟲名。即蛗螽。見"爾雅·釋蟲"。

16

蠪 ㄌㄨㄥˊ *lung*² 音龍
一種紅色有斑紋的大螞蟻。即丁螘。見"說文"。

蠧 蠹的俗體。

⿰虫憲 ㄒㄧㄣˇ *hsin*³
參⿱𡨄虫⿰虫憲。

蠬 ㄌㄨㄥˊ *lung*² 音龍
參蠬⿱夆䖵。

19【蠬⿱夆䖵】 ㄌㄨㄥˊ ㄈㄥ
蟲名。附生於橄欖樹上，發聲或清或濁，相傳可藉以卜禍福。見"廣東新語·蟲語·蠬⿱夆䖵"。

蠦 ㄌㄨˊ *lu*² 音盧
蟲名。即蜀蟲。見"字彙"。

蠨 ㄒㄧㄠ *hsiao*¹ 音蕭
參蠨蛸。

13【蠨蛸】 ㄒㄧㄠ ㄕㄠ
蜘蛛的一種。形小，長腳。俗稱喜子。見"正字通"。

蠥 ㄋㄧㄝˋ *nieh*⁴ 音孽
禽、獸、蟲、蝗的精怪。見"說文"。

⿱能虫 ㄋㄜˋ *nê*⁴ 又讀 ㄋㄞˋ *nai*⁴ 音耐
蟲名。似蝨而小。同蟹。見"玉篇"。

17

⿸庶䖵 䗪的或體。

蠲 ㄐㄩㄢ *chüan*¹ 音涓
1蟲名。即馬蠲。生於腐草中。見"說文"。2捐除；除去。通捐。如：去煩蠲苛。3清潔。通涓。見"廣韻"。4明示；顯明。如：蠲其大德。

7【蠲免】 ㄐㄩㄢ ㄇㄧㄢˇ
免除。多指免除賦稅勞役。

10【蠲除】 ㄐㄩㄢ ㄔㄨˊ
除去；免除。

【蠲租】 ㄐㄩㄢ ㄗㄨ
免除稅租。

14【蠲滌】 ㄐㄩㄢ ㄉㄧˊ
洗滌。

⿱尉䖵 螱的或體。

蠰 一 ㄋㄤˊ *nang*² 音囊
參蟷蠰。
二 ㄕㄤˋ *shang*⁴ 音尚
蟲名。喜齧桑樹。見"爾雅·釋蟲"。
三 ㄖㄤˇ *jang*³ 音壤
參蠰谿。

17【蠰谿】 ㄖㄤˇ ㄒㄧ
蚱蜢。

⿰虫應 ㄧㄥ *ying*¹ 音膺
寒蟬。見"廣韻"。

⿰虫營 ㄧㄥˊ *ying*² 音營
參⿰虫營虰。

8【⿰虫營虰】 ㄧㄥˊ ㄉㄧㄥ
腸中的寄生蟲。

蠮 ㄧㄝ *yeh*¹ 音噎
參蠮螉。

16【蠮螉】 ㄧㄝ ㄨㄥ
蟲名。即土蜂。黑色，腰細。又稱細腰蜂。見"本草綱目·蟲部·蠮螉"。

蠳 ㄧㄥ *ying*¹ 音英
參蠳龜。

16【蠳龜】 ㄧㄥ ㄍㄨㄟ
龜的一種。又名攝龜。見"本草綱目·介部·攝龜"。

蠱 ㄍㄨˇ *ku*³ 音古
1一種人工培養的毒蟲。聚百蟲於盆盂中，使互相啖食，最後僅存者，即蠱。見"本草綱目·蟲部·蠱蟲"。2指一切毒害人的東西。如：蠱毒。3指符咒等害人邪術。如：巫蠱。4迷亂；誘惑。如：蠱惑。5"易"卦名。六十四卦之一，巽下艮上。

蠱卦圖

8【蠱毒】 ㄍㄨˇ ㄉㄨˊ
本指以毒蟲之液置人飲食之中，使受毒害而不自知。後泛稱一切誘人的有害之物。

12【蠱惑】 ㄍㄨˇ ㄏㄨㄛˋ
使人心意迷亂。

蠭 蜂的或體。

18

蠺 蠶的俗體。

蠹 ㄉㄨˋ *tu*⁴ 音妒
1蛀蟲。見"說文"。2蛀朽；腐蝕。如：戶樞不蠹。

10【蠹害】 ㄉㄨˋ ㄏㄞˋ
1禍害；災殃。2爲害。

11【蠹魚】 ㄉㄨˋ ㄩˊ
1蛀蝕衣物、書籍的蠹蟲。因體形似魚，故名。也稱蟫。2比喻死啃書或終日埋首書冊的人。

蠶 ㄘㄢˊ *ts'an*² 音殘
(silkworm larva)爲蠶蛾(silkworm moth; *Bombyx mori*)的幼蟲。食桑葉，長可達75公厘，體微透明，末端具一尾角；經多次蛻皮，停止一切活動，即吐絲作繭；數日後，成體(即蠶蛾)破繭而出，雌體產卵300～500枚，不久即亡。一般而言，繭呈白或黃色，以熱水或蒸氣處理後，可抽出完整無損的蠶絲，平均長約1,000公尺，強韌而滑澤，頗具經濟價值。

蠶圖

4【蠶月】 ㄘㄢˊ ㄩㄝˋ
指農曆三月。

7【蠶豆】 ㄘㄢˊ ㄉㄡˋ
(broad bean; *Vicia faba L.*)
二年生草本。高約60公分。葉具短柄，互生，偶數羽狀複葉，小葉1～3對，呈卵橢圓形，鋸齒緣。總狀花序

蠶豆圖

腋生，開少數蝶形花，花白色或淡紫色，翼瓣有黑斑點，萼筒5裂，雄蕊10枚，9枚合生單體。莢果長橢圓形，種子扁橢圓形。供食用。原產'亞洲'西南部，我國廣爲栽培。

9【蠶食】 ㄘㄢˊ ㄕˊ
比喻逐漸侵占。

14【蠶蓐】 ㄘㄢˊ ㄖㄨˋ
養蠶的草墊。

16【蠶頭燕尾】 ㄘㄢˊ ㄊㄡˊ ㄧㄢˋ ㄨㄟˇ
寫字的筆法之一。形容起筆如蠶首之凝重，末筆如燕尾之輕倩。

18【蠶叢鳥道】 ㄘㄢˊ ㄘㄨㄥˊ ㄋㄧㄠˇ ㄉㄠˋ
通往'蜀'地的險路。形容道路狹隘崎嶇，不易通行。'蠶叢'，古'蜀'王名，借指'蜀'地。

蠹 ㄊㄨㄛˊ t'o², t'uo² 音駝
神話中獸名。形狀如人，羊角虎爪。見"正字通"。

蠷 ㄑㄩˊ ch'ü² 音渠
猿猴的一種。見"字彙"。

蠸 ㄑㄩㄢˊ ch'üan² 音權
一種喜食瓜葉的黃甲小蟲。又名輿父、守瓜。見"爾雅·釋蟲·蠸輿父守瓜·注"。

蠵 ㄒㄧ hsi¹ 音西
大龜名。見"漢書·揚雄傳·扶靈蠵·注"。

19

蠻 ㄇㄢˊ man² 音瞞
1古時泛稱南方的種族。見"說文"。2驕橫；專斷而不講理。如：蠻橫。3很；非常。如：蠻不錯。

9【蠻勁】 ㄇㄢˊ ㄐㄧㄣˋ
強悍的精神或氣力。

10【蠻荒】 ㄇㄢˊ ㄏㄨㄤ
邊遠荒涼的地方。

13【蠻幹】 ㄇㄢˊ ㄍㄢˋ
沒有理性地硬幹。

16【蠻橫】 ㄇㄢˊ ㄏㄥˋ
強橫而不講理。

13【蠻貊之邦】 ㄇㄢˊ ㄇㄛˋ ㄓ ㄅㄤ
南蠻和北狄所建立的國家。泛指文化低落的異國。

20

蠼 ㄐㄩㄝˊ chüeh² 音矍
獼猴。同玃。見"說文"。

16【蠼螋】 ㄐㄩㄝˊ ㄙㄡ
1(earwig) 又稱鋏蟲。昆蟲綱、革翅目(order Dermaptera)的動物。約千餘種，一般出沒於塵芥及腐敗的有機物中，亦有捕食其他小蟲者，養蠶人家視之爲害蟲。性喜夜行，日間

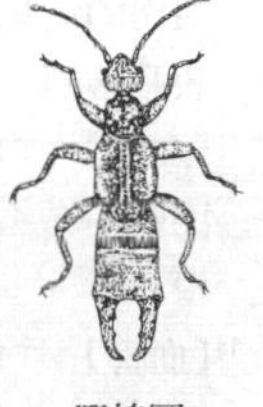
蠼螋圖

藏匿於落葉、朽木或其他可供營養的有機物中。雌者產卵後伏於卵上，待幼蟲自卵孵出予以哺育。爲小型至中型的昆蟲，體長自2.5～37公厘，細長而背腹略扁。一般具二對翅，但亦有無翅者。有些種類具有臭腺(stink gland)，分泌臭液。另一形態特徵爲腹端有鉗狀尾毛，特稱尾鉗，可助後翅折疊、禦敵、握食及交尾等，雄者尾鉗較雌者發達。2即蚰蜒。參蚰蜒。

21

蠾 ㄓㄨˊ chu² 音竹
跳蚤。見"廣韻"。

蠽 ㄐㄧㄝˊ chieh² 音潔
一種形狀特小的青蟬。見"爾雅·釋蟲·蠽茅蜩·注"。

蠿 ㄓㄨㄛˊ cho², chuo² 音拙
參蠿蟊。

17【蠿蟊】 ㄓㄨㄛˊ ㄇㄠˊ
蟲名。作網的鼅鼄。見"說文"。

22

蠻 ㄨㄢ wan¹ 音彎
參蝹蠻。

血部

血 ㄒㄧㄝˇ hsieh³ 音寫 讀音 ㄒㄩㄝˋ hsüeh⁴ 音穴
1 (blood) 循環於動物體內的一種結締組織液。色暗紅至鮮紅，略帶鹹味，具特殊腥氣，pH 值約爲7.40，即略呈鹼性。全血包括紅血球、白血球、血小板及血漿。血液具有負責各種新陳代謝、攜帶氧和二氧化碳以完成呼吸作用、供給組織營養、運送激素、酵素、代謝廢物及調節體溫、調節體液滲透壓並製造抗體以進行免疫等各種作用的重要功能。2赤誠；剛直。如：血性漢子。3比喻深重。如：血仇。

4【血水】 ㄒㄧㄝˇ ㄕㄨㄟˇ
1血液。2混有血液的水。

5【血本】 ㄒㄧㄝˇ ㄅㄣˇ
辛苦積蓄的本錢。

6【血汗】 ㄒㄧㄝˇ ㄏㄢˋ
比喻工作所付出的勞力、精神。

7【血尿】 ㄒㄧㄝˇ ㄋㄧㄠˋ
(hematuria) 指腎臟、膀胱或尿道出血，以致尿中含有紅血球及血紅素等物質的異常尿。

8【血泊】 ㄒㄧㄝˇ ㄅㄛˊ
形容血流很多，滿地都是。

【血性】 ㄒㄧㄝˇ ㄒㄧㄥˋ
赤誠剛直的性格。

9【血型】 ㄒㄧㄝˇ ㄒㄧㄥˊ
(blood group) 廣義而言指動物

的血液類型,西元1927年'美國'免疫學家'蘭特史坦納'(Karl Landsteiner)及血清學家'列偉因'(P. Levine) 發現,以血球含有M、N凝集原而分類,則哺乳動物可分爲M、N及MN三型(兔子除外)。狹義而言指人體的血液類型,如以其血球所含物質的種類分類,可分A、B、AB及O等四型;以其血球中是否含有Rh抗原分類,則有Rh陽性及Rh陰性之分。血型分類法甚多,是人類學、遺傳學、犯罪學及確定可否輸血的重要研究資料。

10【血海】 ㄒㄧㄝˇ ㄏㄞˇ

[1]指衝脈。參衝脈。[2]指肝臟。肝臟有貯藏、調節血液循環的功能,故名。[3]經穴名。在膝蓋骨內側上二寸五分處。屬足太陰脾經。[4]佛家語。比喻地獄等惡道,雖歷多生多世,難以出離。

【血粉】 ㄒㄧㄝˇ ㄈㄣˇ

動物性飼料之一。將屠畜的血經加熱凝固,再榨除水分所研製而成的粉末。

【血書】 ㄒㄧㄝˇ ㄕㄨ

用血書寫的文字。多於極度激憤、哀痛、危急時,表示決心或迫切。

【血栓】 ㄒㄧㄝˇ ㄕㄨㄢ

(thrombus) 即血管中血液凝結成血塊。若器官由數血管供血,其中一血管有血栓形成,影響不大;若單一血管供血,一旦發生血栓,則會影響血液的供應並阻礙器官的功能,如腦組織或心臟血管的栓塞,會造成生命的危險。

【血氣】 ㄒㄧㄝˇ ㄑㄧˋ

指人的精力意氣。

【血脈】 ㄒㄧㄝˇ ㄇㄛˋ

[1]動物體內流通血液的脈絡。[2]指血統。

11【血清】 ㄒㄧㄝˇ ㄑㄧㄥ

(serum) 血液凝固後,由血漿所析出的清澄液。色略黃,已無血纖維蛋白的成分,但仍具有抗體。通常血清又專指含有特殊抗體,用以對抗某種抗原或疾病的液體。

【血淚】 ㄒㄧㄝˇ ㄌㄟˋ

血和淚。形容極度悲痛、辛酸。

【血崩】 ㄒㄧㄝˇ ㄅㄥ

又稱崩中。婦女不在行經期間,子宮急遽地大量出血的病症。

【血祭】 ㄒㄧㄝˇ ㄐㄧˋ

殺牲取血以祭神。

【血統】 ㄒㄧㄝˇ ㄊㄨㄥˇ

指人或動物的血緣關係。

12【血虛】 ㄒㄧㄝˇ ㄒㄩ

指營血不足導致身體虛弱的病症。失血過多、臟腑虛損,以致造血機能減退或發生障礙,均會造成血虛,而出現貧血症狀。

13【血路】 ㄒㄧㄝˇ ㄌㄨˋ

[1]奮勇作戰以突圍、前進的路。[2]指血脈。

【血腥】 ㄒㄧㄝˇ ㄒㄧㄥ

血肉的氣味。[1]指手段殘忍。[2]指殺戮慘烈。

【血債】 ㄒㄧㄝˇ ㄓㄞˋ

因戰爭或殺戮而積累的深仇大恨。

14【血管】 ㄒㄧㄝˇ ㄍㄨㄢˇ

(blood vessels)動物體內運送血液的管狀構造。分動脈管、靜脈管及微血管三大類。凡自心臟輸送血液於組織者,稱爲動脈;凡引導組織的血液流入心臟者,稱爲靜脈;聯絡動脈與靜脈的微細血管,稱爲微血管。除微血管外,血管壁均具有肌肉層,並有神經的分布。動脈管管壁肌肉層較厚,彈性較大;靜脈管較薄,內具有靜脈瓣,可避免血液回流。

15【血漿】 ㄒㄧㄝˇ ㄐㄧㄤ

(plasma)血液中無細胞性的液體。正常人的血漿約值全血的55%,比重1.03,其中包括90%的水及10%的溶質,溶質又以蛋白質含量最多,其他尙有胺基酸、醣類、脂肪、鹽類、激素、酶、抗體等。血漿由於含有造成正常的血液黏稠度、滲透壓血量的血蛋白,故可影響血壓、血量。

【血餘】 ㄒㄧㄝˇ ㄩˊ

'中'藥名。亂髮的別名。以人頭髮加工煅炭後而成。味苦,微溫,無毒。有收斂止血效果,多用於治療崩漏、吐血。

【血緣】 ㄒㄧㄝˇ ㄩㄢˊ

血統關係。

16【血親】 ㄒㄧㄝˇ ㄑㄧㄣ

基於血統關係的親屬。分爲三種:一爲直系血親,即己身所從出或從己身所出的血親。所謂己身所從出,如父母、祖父母及曾祖父母是,稱爲直系尊親屬;所謂從己身所出,如子女、孫子女及曾孫子女是,稱爲直系卑親屬。二爲旁系血親,即非直系血親,而與己身同出一源的血親。如兄弟姊妹、表兄弟姊妹及叔伯姑母是,其尊輩稱爲旁系尊親屬,低輩稱爲旁系卑親屬。三爲擬制血親,即非基於血統所生的親屬。如收養他人子女爲子女的,收養者稱爲養父、養母,被收養者稱爲養子、養女。

【血糖】 ㄒㄧㄝˇ ㄊㄤˊ

(blood sugar; blood glucose)高等動物體中,溶解於血漿中的葡萄糖。主要功能在於提供能量,擔任和維持細胞功能,並調節細胞代謝作用。血糖量端視細胞之糖分解率及肝糖合成率而定,常受激素(如胰島素、醣質固醇等)及神經的調節。正常人血糖濃度範圍在80~120mg/100ml,太高,則腎無法百分之百再全吸收而自尿中排出,是謂糖尿病;太少,則組織細胞失卻正常功能,尤其腦組織缺少血糖時,會很快導致昏迷及頭暈。

【血戰】 ㄒㄧㄝˇ ㄓㄢˋ

劇烈的戰鬥。

17【血癌】 ㄒㄧㄝˇ ㄧㄢˊ

(leukemia) 由造血系統之細胞異常增生所造成的癌症。最常見的是由白血球異常所造成的白血病，此外還有眞性紅血球增生症、多發性骨髓癌等。

【血壓】ㄒㄧㄝˇ ㄧㄚ
(blood pressure)包括心縮壓及心舒壓兩種。心臟收縮壓出血液時，其產生而及於血管的壓力，稱爲心縮壓。心臟舒緩時，測得的血壓稱爲心舒壓。動脈血壓較靜脈血壓高。血壓受性別、年齡及人的生理、心理狀態影響。正常人心縮壓約120 (100～140) mmHg，心舒壓約80(60～100)mmHg。

3【血小板】ㄒㄧㄝˇ ㄒㄧㄠˇ ㄅㄢˇ
(blood platelets；thrombocyte)血液有形成分中，除血球以外的小形圓板狀構造。哺乳類外之脊椎動物的血小板具核、卵圓而尖；人及哺乳類之血小板爲圓盤狀而無核，更小，由紅骨髓中的巨核細胞演變而來。當血液離體時，血小板即釋出凝血因子，促使血液凝固。

4【血友病】ㄒㄧㄝˇ ㄧㄡˇ ㄅㄧㄥˋ
(hemophilia)一種具有遺傳性而缺乏血液凝固力的血液疾病。病人缺乏第八凝血因子，因此身上常有瘀斑或血腫塊，且可能因爲小小的受傷而流血致死。該疾病係一種與性染色體有關的生理缺陷，雖經女性遺傳，但病人多爲男性。治療方法爲輸入第八凝血因子。此外，缺乏第九凝血因子也稱爲血友病，但一般症狀較爲輕微。今通稱缺乏第八凝血因子的血友病爲A型血友病，而缺乏第九凝血因子者爲B型血友病。

7【血吸蟲】ㄒㄧㄝˇ ㄒㄧ ㄔㄨㄥˊ
(*Schistosoma*)屬扁形動物門、吸蟲綱的動物。寄生人體者，共有三種，生活於血管中。血吸蟲爲雌雄異體，與一般扁形動物爲雌雄同體者不同。乃隨寄主尿液排出，在水中孵化爲纖毛幼蟲(miracidium)；若遇適當的螺，便至螺體內繼續發育，經孢囊幼蟲、雷迪幼蟲至搖尾幼蟲，然後離開螺體，在水中活動，可自寄主的皮膚直接鑽入體內，再發育爲成蟲。

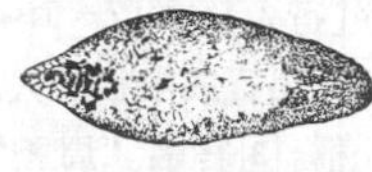
血吸蟲圖

8【血青素】ㄒㄧㄝˇ ㄑㄧㄥ ㄙㄨˋ
(hemocyanin)血液中的一種呼吸色素。其分布及重要性僅次於血紅素。節肢動物中的甲殼類、蜘蛛類血液中均含有血青素，色素溶於血漿中。血青素的分子中不含鐵而含銅，利用銅與氧結合，結合後呈現淡藍色，還原時則無色，而運氧能力較血紅素低得多。

9【血紅素】ㄒㄧㄝˇ ㄏㄨㄥˊ ㄙㄨˋ
(hemoglobin)血液中的一種呼吸色素。有攜帶氧氣的功能。一般存於紅血球中，但有些無脊椎動物(如蚯蚓)則存於血漿中。血紅素的基本物質爲一種球蛋白及一個含有鐵元素的血紅質。

11【血淋淋】ㄒㄧㄝˇ ˙ㄌㄧㄣ ˙ㄌㄧㄣ
1滴血淋漓的樣子。2狠戾的樣子。3慘痛的樣子。

17【血壓計】ㄒㄧㄝˇ ㄧㄚ ㄐㄧˋ
(sphygmomanometer)測定血壓高低的儀器。傳統的血壓計由一定容積之橡皮氣袋及造於其上之畫有刻度的水銀壓力計所構成。診測時，將氣袋纏於肱動脈，並充氣壓迫動脈管，使血流無法通過血管，此刻按於動脈管上之聽診器無法測得血管振動聲，當慢慢放氣時(減壓)，開始有血流流過動脈血管，便可聽到振動聲，此時水銀柱高的壓力即代表心縮壓；繼續放氣減壓，直到聲音消失，表示動脈血管完全暢通，無額外壓力所迫，此時水銀柱高的壓力即指心舒壓。心縮壓減心舒壓即脈搏壓。

13【血口噴人】ㄒㄧㄝˇ ㄎㄡˇ ㄆㄣ ㄖㄣˊ
以惡言或不實之言誣害人。

6【血光之災】ㄒㄧㄝˇ ㄍㄨㄤ ㄓ ㄗㄞ
被殺流血的災禍。

【血肉相連】ㄒㄧㄝˇ ㄖㄡˋ ㄒㄧㄤ ㄌㄧㄢˊ
比喻關係緊密不可分割。

【血肉淋漓】ㄒㄧㄝˇ ㄖㄡˋ ㄌㄧㄣˊ ㄌㄧˊ
血肉飛濺的樣子。

【血肉橫飛】ㄒㄧㄝˇ ㄖㄡˋ ㄏㄥˊ ㄈㄟ
形容戰鬥時殺戮的慘烈。

9【血流成渠】ㄒㄧㄝˇ ㄌㄧㄡˊ ㄔㄥˊ ㄑㄩˊ
形容戰事激烈，死傷慘重。

【血流漂杵】ㄒㄧㄝˇ ㄌㄧㄡˊ ㄆㄧㄠ ㄔㄨˇ
所流的血足以使木杵漂浮。形容殺人眾多。

【血盆大口】ㄒㄧㄝˇ ㄆㄣˊ ㄉㄚˋ ㄎㄡˇ
形容嘴巴大而可怕。

10【血海深仇】ㄒㄧㄝˇ ㄏㄞˇ ㄕㄣ ㄔㄡˊ
比喻極深的仇恨。

【血氣之勇】ㄒㄧㄝˇ ㄑㄧˋ ㄓ ㄩㄥˇ
意氣衝動所產生的勇氣。

【血脈僨張】ㄒㄧㄝˇ ㄇㄛˋ ㄈㄣˋ ㄓㄤ
血液經絡擴張，血流循環加速。指人因發怒而情緒激動的樣子。

11【血液透析】ㄒㄧㄝˇ ㄧㄝˋ ㄊㄡˋ ㄒㄧ
(haemodialysis)治療急慢性腎衰竭的一種方法。將身體血液引流出來，與由矽質、碳質或纖維叢所構成的透析棒接觸，再靠透析棒濾過作用將血中廢物排入調製好的近體液溶液而達治療效果。此法比早期之腹膜透析法較優之處爲廢物之排除較徹底，且可反複治療；缺點爲容易有出血傾向、循環系統動力不穩、肝炎之傳染、中樞系統之不平衡症候等。

【血液循環】ㄒㄧㄝˇ ㄧㄝˋ ㄒㄩㄣˊ ㄏㄨㄢˊ

(blood circulation)高等動物血液在心臟血管中，周而復始地繼續運轉的作用。以哺乳類而言，血液由左心室輸出大動脈，達於身體各部組織，完成營養與代謝廢物之交換作用，然後靜脈血由上腔及下腔靜脈回來右心耳，移行於右心室，再經肺動脈而達於肺臟，進行氣體交換作用，於是充氧血由肺靜脈流入左心耳，衝過二尖瓣移入左心室，再度由此輸出心臟本身及其他身體組織，如此循環不已。

14【血管攝影】 ㄒㄧㄝˇ ㄍㄨㄢˇ ㄕㄜˋ ㄧㄥˇ
(angiography) 放射線檢查學的診斷方法之一。即利用血管導管，打入顯影劑，將血管顯現出來。由顯影劑的所在位置，可以判讀血管是否堵塞、破裂，血管有否異常，血管外有否腫瘤壓迫，腫瘤所賴以爲生的血管是那一條。爲診斷腦中風、腦腫瘤、心肌梗塞、上消化道出血、肝癌、肝膿腫，或其他腹部腫瘤的良好工具，特別是對開刀前病況的評斷助益頗大。

15【血漿蛋白】 ㄒㄧㄝˇ ㄐㄧㄤ ㄉㄢˋ ㄅㄞˊ
(plasma protein) 血漿中的蛋白質。具有緩衝劑的作用，以維持血液酸鹼度的穩定。又因蛋白質分子大，血漿中的含量亦多，乃使血液具有適宜的黏度和濃度。血漿蛋白包含若干不同的種類，有些與血液凝固有關；有些可與脂質結合，使易溶於血漿，以便運輸。此外，尙有抗體、酵素和某些激素，其本質亦是蛋白質。除抗體、激素和酵素外，血漿蛋白幾全由肝臟負責製造。

16【血濃於水】 ㄒㄧㄝˇ ㄋㄨㄥˊ ㄩˊ ㄕㄨㄟˇ
指血緣關係勝過地緣關係。

23【血纖維素】 ㄒㄧㄝˇ ㄒㄧㄢ ㄨㄟˊ ㄙㄨˋ
(fibrin) 血液凝固時，由血漿中一種水溶性血纖維素原，經催化轉變生成一種不溶解於水的纖維狀物。血纖維素呈絲狀，富黏性，具有纏絡紅、白血球而形成血塊的作用，因此受傷時，傷口的血液得以凝固，防止失血。

3

衁 ㄏㄨㄤ *huang*¹ 音荒
1血液。見"說文"。2蟹黃的俗名。見"正字通"。

衂 衄的俗體。

4

衄 ㄋㄩˋ *nü*⁴ 音恧 又讀 ㄋㄧㄡˋ *niu*⁴
俗作衂。1鼻出血。見"說文"。2挫敗。見"廣韻"。3收縮。通朒。見"廣雅·釋言"。

衃 ㄆㄟ *p'ei*¹ 音胚
壞死凝聚的血。見"說文"。

5

衅 釁的或體。

6

衆 眾的訛字。

衈 ㄦˋ *êrh*⁴ 音二
取牲耳或牲鼻的血以塗祭祀之器。見"玉篇"。

衉 ㄎㄜˋ *k'o*⁴, *k'ê*⁴ 音客
吐血。或作喀。見"集韻"。

衇 脈的或體。

䘑 脈的或體。

7

䘒 ㄗㄨㄟ *tsui*¹ 音朘
男孩的生殖器。也作朘。見"集韻"。

15

衊 ㄇㄧㄝˋ *mieh*⁴ 音蔑
1汙血。見"說文"。2毀謗。如：汙衊。

18

衋 ㄒㄧˋ *hsi*⁴ 音細
傷痛。見"說文"。

行部

行 ㊀ ㄒㄧㄥˊ *hsing*² 音形
1走動。如：步行。2道路。如：行有死人。3離去；前往。如：南行。4傳布；流通。如：發行。5經歷。如：行年二十。6從事；實踐。如：見機行事。7兼代官職。'唐''宋'時，凡職位高的官員兼代職位低的職務稱行。8能幹。如：那人眞行。9可以。表示同意。10滿足；足夠。11古代詩體的一種。泛指合樂的詩。又稱歌行體。如："琵琶行"。12書體的一種。行書的省稱。13將要。如：行將就木。14姓。'漢'有'行祐'。見"萬姓統譜·五四"。
㊁ ㄒㄧㄥˋ *hsing*⁴ 音性
品格；行爲。如：德行。
㊂ ㄏㄤˊ *hang*² 音杭
1直排。與列相對。如：行列。2古代軍制，二十五人爲一行。3輩分；長幼的次序。如：行輩。4買賣交易的營業處所。如：商行。5職業。如：三百六十行。
㊃ ㄏㄤˋ *hang*⁴
參行㊁。

2【行人】 ㄒㄧㄥˊ ㄖㄣˊ
1出行或出征的人。2使者的通稱。3官名。"周禮"秋官有大行人、小行人，掌諸侯朝覲之事。'春秋''戰國'時，列國多有行人，掌出使聘問。'漢武帝'時改行人爲大行

令,隸屬大鴻臚。‘魏’以後廢。至‘明’,復置行人司,有司正、左右司副、行人等官;其中行人掌持節出使,凡遇頒行赦令、冊封宗室、安撫外族、徵聘賢才及賞賜、慰問、賑濟等,皆遣其行之。‘清’又廢。④修行佛道的人。

4【行文】ㄒㄧㄥˊ ㄨㄣˊ

①機關間文書往來。②寫文章。

【行止】ㄒㄧㄥˊ ㄓˇ

泛指人的行爲舉止。

5【行世】ㄒㄧㄥˊ ㄕˋ

流通於世。

6【行在】ㄒㄧㄥˊ ㄗㄞˋ

①天子所在之處。②京師以外,臨時建置的都城。

【行年】ㄒㄧㄥˊ ㄋㄧㄢˊ

經歷過的年歲。即年齡。

【行色】ㄒㄧㄥˊ ㄙㄜˋ

①行旅的神態。②行程的安排。

【行伍】ㄏㄤˊ ㄨˇ

軍隊的泛稱。古時兵制,五人爲伍,二十五人爲行。

【行行】㊀ ㄒㄧㄥˊ ㄒㄧㄥˊ

行走不停的樣子。

㊁ ㄏㄤˋ ㄏㄤˋ

剛強的樣子。

㊂ ㄏㄤˊ ㄏㄤˊ

①每一行業。②每一行列。

7【行李】ㄒㄧㄥˊ ㄌㄧˇ

①外出時攜帶的衣物。②使者。也作行理、行吏。③‘唐代’官府中引導隨從的人。

【行步】ㄒㄧㄥˊ ㄅㄨˋ

國術步法。身體微蹲,後腳尖挖地再挑起,雙腳交互向前。

【行役】ㄒㄧㄥˊ ㄧˋ

①因服兵役、勞役或公務等而在外奔波。②旅行。

8【行幸】ㄒㄧㄥˊ ㄒㄧㄥˋ

天子出巡。

【行板】ㄒㄧㄥˊ ㄅㄢˇ

(andante) 樂曲的進行上採不疾不徐的溫和速度。介於快板與慢板之間。

【行狀】ㄒㄧㄥˋ ㄓㄨㄤˋ

①文體名。敘述死者籍貫、生平行誼等,以供作傳或撰墓誌銘參考的文章。‘漢’時稱狀,六朝以後稱行狀。②指品行、事蹟。

【行使】㊀ ㄒㄧㄥˊ ㄕˇ

使用。

㊁ ㄒㄧㄥˊ ㄕˋ

使者。

9【行軍】ㄒㄧㄥˊ ㄐㄩㄣ

①軍隊爲執行任務而由甲地移至乙地之陸上行動。行軍的方式有徒步及乘車兩種。②用兵;調遣軍隊。

【行爲】ㄒㄧㄥˊ ㄨㄟˊ

①指可被直接觀察、間接評量或自行報告而得的個體活動。②指行爲(包括作爲與不作爲)足以發生法律上的效果而言。有適法行爲與違法行爲之分,前者包括法律行爲、事實行爲及準法律行爲;後者包括侵權行爲、債務不履行與刑事法上之犯罪行爲等。

【行政】ㄒㄧㄥˊ ㄓㄥˋ

①就性質而言,係指一群人爲達成某種目的或使命,而團結合作所進行之決策、規劃、組織、溝通、領導、執行、控制、考核,以及用人與財務管理等一系列定型的行動過程。就行動主體及目標而言,包括兩大類:一、公共行政:以政府爲主體,目標是爲社會整體及人民之生存、發展與福祉,偏重政治性。二、私人行政:以民間組織與團體爲主體,依性質可分爲兩次類:⑴企業行政:以工商企業爲主體,目標是謀個人或少數人的利潤,偏重經濟性。⑵社團行政:以社會、文化團體爲主體,目標在爲某類民眾服務、謀福利,偏重於社會文化性。就層次而言,廣義的行政包含三個層次:一、執政:政策層,主要作用在決定施政方針、路線或基本策略。二、行政:規劃層,主要作用在規劃、協調與監督。三、管理:執行層,主要在運用資源,執行計畫,達成任務或目標。狹義的行政則指後兩個層次。②掌理政事。

【行省】ㄒㄧㄥˊ ㄕㄥˇ

‘元代’地方最高行政機關。全稱‘行中書省’。置官略同於朝廷的‘中書省’,爲日後省制的起源。

【行星】ㄒㄧㄥˊ ㄒㄧㄥ

(planet)依橢圓軌道環繞太陽運行的星體。太陽系中有九大行星,按其與太陽距離的近遠,依次爲:水星、金星、地球、火星、木星、土星、天王星、海王星、冥王星。此外還有許多質量較小的小行星,大都分布在火星與木星之間。

【行香】ㄒㄧㄥˊ ㄒㄧㄤ

①拜佛的儀式。主持儀式的僧人執香爐繞行道場中,或散撒香末,或自持香爲禮,或手取香分授眾僧。也稱傳香。②‘清代’京師以外各省的文武官員,每逢朔望循例至文武廟焚香叩拜。

【行紀】ㄒㄧㄥˊ ㄐㄧˋ

指以自己之名義爲他人之計算,爲動產之買賣或其他商業上之交易,而受報酬之營業。行紀契約具有委任之性質,其當事人爲委託人與行紀人,至於行紀人行爲交易之相對人,並非行紀契約之當事人,與委託人不生直接之權利義務關係。因此,行紀人因該交易所得之權利或負擔之債務,非依讓與或債務承擔之方式移轉於委託人者,則委託人對該交易之相對人不得行使任何權利,亦不負任何義務,委託人至多僅能代位行紀人行使權利;而行紀人所爲交易之相對人不履行債務時,亦應由行紀人直接對委託人負責。行紀人爲委託人之計算所買入或賣出之物爲其占有時,適用寄託之規定。由於行紀具有委任性質,因此,未規定之事項得適用關於委任之規定。

10【行家】 ㄏㄤˊ ㄐㄧㄚ
①內行人。②商號。
【行宮】 ㄒㄧㄥˊ ㄍㄨㄥ
古代帝王出行時的臨時住處。
【行旅】 ㄒㄧㄥˊ ㄌㄩˇ
①在外旅行的人。②旅行在外。③行李。
【行書】 ㄒㄧㄥˊ ㄕㄨ
書法的一體。始於'東漢',筆勢介於楷書與草書之間,有行走流動之勢。
【行陣】 ㄏㄤˊ ㄓㄣˋ
①軍隊作戰的陣法。②指軍隊。
【行氣】 ㄒㄧㄥˊ ㄑㄧˋ
①又名利氣、化氣、通氣。即行散阻塞不通之氣,以治療由氣滯產生的病症(如胸腹脹悶疼痛等)。②道教語。又稱食氣、服氣、煉氣。指呼吸吐納及導引等養生方法的內修功夫。
【行徑】 ㄒㄧㄥˊ ㄐㄧㄥˋ
①步行的小路。②行爲;舉動。
11【行商】 ㊀ ㄒㄧㄥˊ ㄕㄤ
不設店鋪,攜貨入市求售的商販。與坐賈相對。
㊁ ㄏㄤˊ ㄕㄤ
設貨棧供客商投宿、存放貨物,而居間從事賤買貴賣的生意人。
【行都】 ㄒㄧㄥˊ ㄉㄨ
首都之外的都城。備必要時政府暫駐。
【行動】 ㄒㄧㄥˊ ㄉㄨㄥˋ
(action)人類行爲的基本單位。通常建立在人的良知上,經思考而表現出。
12【行款】 ㄏㄤˊ ㄎㄨㄢˇ
古人書寫文字或雕版刻書的款式。
【行距】 ㄏㄤˊ ㄐㄩˋ
(leading)指報刊排檢文字時,使每行字中間保持距離的作業過程。以手工排檢時,每行鉛字之間的距離是用鉛條插入造成。現在常用的冷排和照相排字已不用鉛條,而用齒數。
【行程】 ㄒㄧㄥˊ ㄔㄥˊ
①旅行的日程、路程。②動身。
13【行痺】 ㄒㄧㄥˊ ㄅㄧˋ
又稱風痺、周注。俗稱走注。爲痺症類型之一。症狀爲肢體關節疼痛,且游走無定,以腕、肘、踝、膝等關節最常發生。
【行當】 ㄏㄤˊ ˙ㄉㄤ
①行業。指百工技藝的職業。②傳統戲劇中腳色的類別。
【行跡】 ㄒㄧㄥˊ ㄐㄧ
①行蹤。②行爲所顯現的跡象。
【行業】 ㊀ ㄏㄤˊ ㄧㄝˋ
職業。
㊁ ㄒㄧㄥˊ ㄧㄝˋ
佛家語。即行爲、造作。指身、口、意的一切行爲。
【行腳】 ㄒㄧㄥˊ ㄐㄧㄠˇ
①步行;行走。②佛家語。指出家比丘爲尋師求道而走遍各地。今泛指走遍名山勝水,到處旅行。
【行會】 ㄏㄤˊ ㄏㄨㄟˋ
一種手工業的同業團體。由同一行業的工人組織而成,互定行規,負有解決同業糾紛或對外進行交涉的責任。
15【行誼】 ㄒㄧㄥˋ ㄧˋ
品行;行爲。
【行銷】 ㄒㄧㄥˊ ㄒㄧㄠ
(marketing)指利用調查、分析、預測、產品發展、訂價、推廣、交易及實體配銷等技術,來發掘、擴大及滿足社會各階層對商品或勞務需求的一系列活動。
【行樂】 ㊀ ㄒㄧㄥˊ ㄌㄜˋ
作樂;享受。
㊁ ㄒㄧㄥˊ ㄩㄝˋ
奏樂。
16【行憲】 ㄒㄧㄥˊ ㄒㄧㄢˋ
實行憲政。
【行頭】 ㊀ ㄏㄤˊ ㄊㄡˊ
①古代軍隊中一行之長。②'唐代'行會的領導人。
㊁ ㄒㄧㄥˊ ˙ㄊㄡ
①傳統戲劇所用的衣服、冠帶及道具等。②行李。
【行險】 ㄒㄧㄥˊ ㄒㄧㄢˇ
冒險。
【行館】 ㄒㄧㄥˊ ㄍㄨㄢˇ
古代帝王出行時所居住的館舍。也作行宮。
17【行營】 ㄒㄧㄥˊ ㄧㄥˊ
①奔走營求。②巡視軍營。③出征時的軍營。④指軍事長官在戰區的辦事處。
【行轅】 ㄒㄧㄥˊ ㄩㄢˊ
古代帝王或高級官吏出行暫住的地方。
18【行醫】 ㄒㄧㄥˊ ㄧ
爲人治病。
【行藏】 ㄒㄧㄥˊ ㄘㄤˊ
①出仕和退隱。②行跡;來歷。
【行蹤】 ㄒㄧㄥˊ ㄗㄨㄥ
活動的蹤跡、方向。
19【行騙】 ㄒㄧㄥˊ ㄆㄧㄢˋ
作欺騙別人的事。
22【行囊】 ㄒㄧㄥˊ ㄋㄤˊ
旅行時攜帶的袋子。
【行權】 ㄒㄧㄥˊ ㄑㄩㄢˊ
權宜行事。
6【行刑權】 ㄒㄧㄥˊ ㄒㄧㄥˊ ㄑㄩㄢˊ
國家對於犯罪人執行刑罰的權利。即犯罪行爲人因其犯罪行爲致侵害國家、社會或個人之法益,經刑事法院依法定程序判決有罪確定者,國家本於其統治作用,對確定判決所宣告之刑罰加以執行之權利。行刑權之發動,乃在貫徹刑事司法制度,實現國家之刑罰權。
【行列式】 ㄏㄤˊ ㄌㄧㄝˋ ㄕˋ
(determinant) n^2個數組成一個方陣A,如式:

$$A=\begin{bmatrix} a_{11} & a_{12} & a_{13}\cdots a_{1n} \\ a_{21} & a_{22} & a_{23}\cdots a_{2n} \\ \vdots & \vdots & \vdots \quad \vdots \\ a_{n1} & a_{n2} & a_{n3} \quad a_{nn} \end{bmatrix}$$

a_{ij} 稱爲方陣或行列式的元素或項,則其行列式的值記爲$detA$, $detA=\sum(-1)^s a_{1j1}a_{2j2}a_{3j3}\cdots a_{njn}$。即在每一行各取一項,(但

各項須不同列)所得乘積加以適當符號再作和,其中 s 爲(j_1, j_2, $\cdots j_n$)的奇偶逆序數。行列式亦可視爲方陣的 n 個列向量所張的平行 $2n$ 面體的有向體積,其性質爲 i 。(1) $det(A_1,\cdots,A_i,\cdots,A_j,\cdots,A_n)=-det(A_1,\cdots,A_j,\cdots,A_i,\cdots,A_n)$, A_i、A_j 互換;(2) $det(A_1,\cdots,\alpha A_i,\cdots,A_n)=\alpha det(A_1,\cdots,A_i,\cdots,A_n)$;(3) $det(A_1,\cdots,A_i+A_i',\cdots,A_n)=det(A_1,\cdots,A_i,\cdots,A_n)+det(A_1,\cdots,A_i',\cdots,A_n)$;(4) $det(e_1,e_2,\cdots e_n)=1$, 此處 e_i 是標準單位坐標向量。

8【行事曆】 ㄒㄧㄥˊ ㄕˋ ㄌㄧˋ
機關團體所預擬的行事日程。

9【行爲人】 ㄒㄧㄥˊ ㄨㄟˊ ㄖㄣˊ
凡從事於一定不法行爲之人,謂之行爲人。不法行爲有民事不法行爲及刑事不法行爲之分,前者主要指侵權行爲而言,後者則指犯罪行爲而言。故凡直接或間接從事民事不法行爲之人,謂之侵權行爲人,如共同侵權行爲是;凡直接或間接從事刑事不法行爲之人,謂之犯罪行爲人,如共同正犯、教唆犯、幫助犯是。

【行政犯】 ㄒㄧㄥˊ ㄓㄥˋ ㄈㄢˋ
又稱法定犯。國家爲達到行政上的目的,依照行政法規而課人民以行政法的義務時,爲期其效果確實起見,對於違反義務者,多加以某種制裁。違反義務而受處罰的人,即爲行政犯。

【行政院】 ㄒㄧㄥˊ ㄓㄥˋ ㄩㄢˋ
我國最高行政機關。在五種治權中係行使行政權。爲國家樞紐,凡屬行政機關無論爲中央或地方均直接間接隸屬於'行政院',且受其指揮監督。在中央層次,'行政院'負責處理全國性行政事務;即凡性質上非專屬於總統及其他四院職權者,均應屬於'行政院'職權之範圍。'行政院'設'行政院'會議,爲決策機構,由'行政院'院長、副院長、各部會首長(亦均爲政務委員)及不管部會之政務委員組織之。其一般性職權有:一、對總統依法公布法律、發布命令之副署權;二、提出法案權;三、移請'立法院'覆議權;四、向'立法院'陳述意見權;五、提出預算及決算權;六、重要政策決定權;七、行政系統之最高指揮權;八、行政事項執行權。

【行政罰】 ㄒㄧㄥˊ ㄓㄥˋ ㄈㄚˊ
行政機關或法院依照法令的規定,對於違反行政法上之義務者所施的制裁。其用意在維護法令的效力和達到行政上的目的。大致可分爲兩種:一、對於違反行政法上的義務者,科以刑法上所定刑名的制裁。如"妨害國家總動員懲罰暫行條例"對於違反國家總動員法令者所科的死刑,無期徒刑是。二、對於違反行政法上的義務者,科以刑法上刑名以外的制裁。此種制裁,稱爲行政上的秩序罰。如"違警罰法"上的拘留、罰鍰、罰役、申誡是。

11【行動論】 ㄒㄧㄥˊ ㄉㄨㄥˋ ㄌㄨㄣˋ
(action theory) 社會學理論之一。認定社會行動應經由分析社會環境裡行動者之經驗著手。'德國'社會學者'韋伯'(Max Weber)和'美國'社會學者'派深思'(Talcott Parsons)爲主要代表人物。

15【行銷學】 ㄒㄧㄥˊ ㄒㄧㄠ ㄒㄩㄝˊ
(marketing) 有關引導商品或服務自生產者到消費者或使用者的過程中,所從事之一切商業活動的研究。包括行銷研究與調查、產品研究、設計與發展、價格訂定、銷售路線選擇、廣告媒體運用選擇及人員推銷等方面的研究。

3【行己有恥】 ㄒㄧㄥˊ ㄐㄧˇ ㄧㄡˇ ㄔˇ
以羞恥心來約束自己的行爲。

4【行不由徑】 ㄒㄧㄥˊ ㄅㄨˋ ㄧㄡˊ ㄐㄧㄥˋ
走路不抄小路。比喻行爲光明正大。

7【行車設備】 ㄒㄧㄥˊ ㄔㄜ ㄕㄜˋ ㄅㄟˋ
(training facilities)鐵路車站爲確保行車安全、提高行車效率,而不可或缺的設備。包括正線、側線、號誌裝置、閉塞裝置、照明裝置、轉向裝置、洗車裝置、給水裝置及煤臺油庫等。

9【行爲主義】 ㄒㄧㄥˊ ㄨㄟˊ ㄓㄨˇ ㄧˋ
(behaviorism) 一種心靈哲學的理論。認爲心靈現象應由軀體物理現象(行爲)加以界定或闡釋,而心理學應只限於研究可觀察的行爲。

【行爲形成】 ㄒㄧㄥˊ ㄨㄟˊ ㄒㄧㄥˊ ㄔㄥˊ
(shaping) 應用操作制約學習之原理,確立期望目標,而後以增強使逐漸接近理想行爲的歷程。

【行爲能力】 ㄒㄧㄥˊ ㄨㄟˊ ㄋㄥˊ ㄌㄧˋ
得獨立爲有效法律行爲之能力。有廣義及狹義之分,前者包括得爲適法行爲之能力及得爲違法行爲之能力,亦即債務不履行及侵權行爲之能力;後者則僅指得爲適法行爲之能力,亦即得爲法律行爲及準法律行爲之能力。關於行爲能力制度,我國採三分主義,區分爲無行爲能力人、限制行爲能力人及有行爲能力人三種。未滿七歲之未成年人及禁治產人無行爲能力,滿七歲而未結婚之未成年人有限制行爲能力,滿二十歲或未成年人已結婚者,有完全行爲能力。

【行爲評量】 ㄒㄧㄥˊ ㄨㄟˊ ㄆㄧㄥˊ ㄌㄧㄤˊ
(behavior assessment)觀察個體在頗具代表性之自然情境中的行爲表現,以評量其人格特質的歷程。

【行爲模式】 ㄒㄧㄥˊ ㄨㄟˊ ㄇㄛˊ ㄕˋ
個人的行爲常可用某種模式來解

析。此乃認爲人的行爲是有目標、有原因的，是由動機所引發的。因此，當人的行爲目標達到時，則爲行的原因消失，接著行爲的動機消失，行爲也就停止。

【行爲學派】 ㄒㄧㄥˊ ㄨㄟˊ ㄒㄩㄝˊ ㄆㄞˋ
(behaviorism) 心理學派之一分支。由'美國'心理學家'華森'(J. B. Watson) 所創始。強調心理學的探究，應以可直接觀察的行爲爲要務。

【行政人員】 ㄒㄧㄥˊ ㄓㄥˋ ㄖㄣˊ ㄩㄢˊ
在一般行政機關從事行政工作的人員。公務人員中除從事性質較爲特殊之工作的人員外，均以行政人員稱之。

【行政行爲】 ㄒㄧㄥˊ ㄓㄥˋ ㄒㄧㄥˊ ㄨㄟˊ
行政機關一切行爲的總稱。廣義的包括行政機關對於外部所做的一切行爲；狹義的僅指行政機關對外以發生公法上效果爲目的的行爲。

【行政法院】 ㄒㄧㄥˊ ㄓㄥˋ ㄈㄚˇ ㄩㄢˋ
中央政府審判機關之一。隸屬於'司法院'，掌理全國行政訴訟審判事務。人民對於行政機關的處分，認爲違法而侵害其權利，於提起訴願、再訴願而不服其決定時，得向'行政法院'提起行政訴訟。該院設院長一人、庭長及評事若干人，分庭審理行政訴訟。

【行政爭訟】 ㄒㄧㄥˊ ㄓㄥˋ ㄓㄥ ㄙㄨㄥˋ
適用行政法規的爭訟。與民事訴訟、刑事訴訟相對。其目的在於糾正行政機關的違法或不當處分，並保護人民的權益，以貫徹法治國家的本旨。

【行政命令】 ㄒㄧㄥˊ ㄓㄥˋ ㄇㄧㄥˋ ㄌㄧㄥˋ
指行政機關依法律授權或組織章程所賦予之權力而發布之具有強制拘束力的行爲。其中屬抽象規範性規定者爲行政規章，而就個別具體事項表示處理意見者，則屬單純行政命令。

【行政效率】 ㄒㄧㄥˊ ㄓㄥˋ ㄒㄧㄠˋ ㄌㄩˋ
凡公務機關能以最少的代價，獲致最大的成果，或能完全實現其原計畫的目標，或能及時而有效的解決問題，均可稱爲行政效率。

【行政救濟】 ㄒㄧㄥˊ ㄓㄥˋ ㄐㄧㄡˋ ㄐㄧˋ
人民對行政處分不服，依法請求救濟之制度。包括訴願及行政訴訟。凡中央或地方機關基於職權，就特定之具體事件所爲發生公法上效果之單方面行政行爲，或中央或地方機關對於人民依法聲請之案件，於法定期限內應作爲而不作爲，致損害人民之權利或利益者，皆爲行政處分。人民對於上述行政處分認爲違法或不當，致損害其權利或利益者，原則上得依"訴願法"提起訴願、再訴願，此爲行政救濟之第一步。人民因中央或地方機關之違法行政處分，認爲損害其權利，經依"訴願法"提起再訴願而不服其決定，或提起再訴願逾三個月不爲決定，或延長再訴願決定期間逾二個月不爲決定者，得向'行政法院'提起行政訴訟，此亦行政救濟最後方法。

【行政區域】 ㄒㄧㄥˊ ㄓㄥˋ ㄑㄩ ㄩˋ
國家爲施政管轄之方便而劃分之區域。在此區域內，雖亦設有機關以行使職權，但僅爲國家行政體系中的一種機構，依照上級之命令而行，並不能獨立行使其所有之職權，僅代表國家行使統治權。亦即其機關未具有獨立之人格，更無獨立的意思與行爲。

【行政處分】 ㄒㄧㄥˊ ㄓㄥˋ ㄔㄨˇ ㄈㄣˋ
行政機關依照法規的規定，就某一具體事件所作的處理。如稅務機關命令某納稅義務人納稅、'行政院''新聞局'允許某雜誌出版、警察機關禁止某歌廳營業的行爲，均爲行政處分。

【行政訴訟】 ㄒㄧㄥˊ ㄓㄥˋ ㄙㄨˋ ㄙㄨㄥˋ
人民因中央或地方機關的違法處分，認爲損害其權利，經依"訴願法"提起訴願、再訴願後，不服其決定，而向'行政法院'提起的訴訟。其要點爲：一、須對行政機關的違法處分提起。二、須經過訴願、再訴願的程序。三、須向'行政法院'提起。

【行政裁量】 ㄒㄧㄥˊ ㄓㄥˋ ㄘㄞˊ ㄌㄧㄤˋ
(administrative discretion) 在法定授權範圍內，行政官員能以自己的判斷，決定政策推行的方法與程度，是爲行政裁量。此本爲維持行政的彈性所必需，然現代社會甚爲複雜，行政裁量的範圍擴大，致行政權因而濫用的可能性也大增。

【行屍走肉】 ㄒㄧㄥˊ ㄕ ㄗㄡˇ ㄖㄡˋ
徒具形骸而毫無生命意義的人。俗稱活死人。形容人醉生夢死。

【行星風系】 ㄒㄧㄥˊ ㄒㄧㄥ ㄈㄥ ㄒㄧˋ
(planetary wind system)受全球性氣壓系統的主宰所產生的一般大氣環流系統。以全球爲範圍，風向恆定。行星風系是因日照差異所形成的氣壓帶間有氣壓梯度存在，風由高壓帶輻散外流，向低壓帶輻合，因受地球自轉所產生之'柯'氏力的影響而發生偏向。

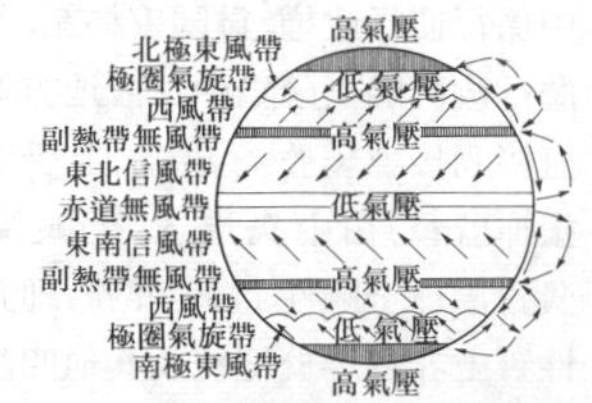

行星風系圖

【行俠仗義】ㄒㄧㄥˊ ㄒㄧㄚˊ ㄓㄤˋ ㄧˋ
秉持正義,從事豪俠之事。

11【行將就木】ㄒㄧㄥˊ ㄐㄧㄤ ㄐㄧㄡˋ ㄇㄨˋ
指年紀老邁,離死亡不遠。

【行動時差】ㄒㄧㄥˊ ㄉㄨㄥˋ ㄕˊ ㄔㄚ
(action lag) 指經濟上出現某種情勢需要採取某項經濟政策時,到政府實際上採取行動,常有一定的時差。

【行動繪畫】ㄒㄧㄥˊ ㄉㄨㄥˋ ㄏㄨㄟˋ ㄏㄨㄚˋ
(action painting)在抽象表現主義畫家中,有特別重視繪畫的行爲和過程者,不預先思考和構圖,完全依據手的自動性揮動所帶來的連鎖性反應來作畫。代表畫家則有'帕洛克'(Pollock)以及'庫寧'(Kooning)等。

12【行雲流水】ㄒㄧㄥˊ ㄩㄣˊ ㄌㄧㄡˊ ㄕㄨㄟˇ
①比喻自然流暢,毫無滯礙。②比喻無足輕重的事物。

13【行業報紙】ㄏㄤˊ ㄧㄝˋ ㄅㄠˋ ㄓˇ
(trade paper)以某一行業或業界中成員爲發行對象的報紙。

【行業雜誌】ㄏㄤˊ ㄧㄝˋ ㄗㄚˊ ㄓˋ
(trade magazine)以某一行業或業界中成員爲發行對象的雜誌。

14【行遠自邇】ㄒㄧㄥˊ ㄩㄢˇ ㄗˋ ㄦˇ
比喻爲學做事須從淺近處著手,然後漸進深入。

15【行銷計畫】ㄒㄧㄥˊ ㄒㄧㄠ ㄐㄧˋ ㄏㄨㄚˋ
(marketing plan) 公司作業計畫的一種。爲公司行銷營造活動之根據。公司的行銷計畫包括:一、公司的銷售目標(產品種類、數量、數值、地區配額、品級);二、行銷研究與計畫;三、廣告方案;四、推銷方案;五、經銷方案;六、外銷方案;七、儲運方案;八、售後服務方案;九、採購方案(有時放在生產計畫中);十、信用徵查及管理方案。

【行銷研究】ㄒㄧㄥˊ ㄒㄧㄠ ㄧㄢˊ ㄐㄧㄡˋ
(market research) 運用科學方法,特別是統計的技術與方法,收集與分析有關行銷的資訊,以幫助主管瞭解與判斷有關的行銷問題。

【行銷管理】ㄒㄧㄥˊ ㄒㄧㄠ ㄍㄨㄢˇ ㄌㄧˇ
(marketing management)指透過計畫、組織、領導、控制、評估等管理機能,從事調查、分析、預測、產品發展、訂價、推廣、交易、實體配銷等活動,以發掘、擴大及滿足社會各階層慾望,並謀取彼此利益的系列活動。

【行銷稽核】ㄒㄧㄥˊ ㄒㄧㄠ ㄐㄧ ㄏㄜˊ
(marketing audit) 係針對企業組織的行銷環境、內部行銷系統及具體的行銷活動,做定期的、全盤的、有系統的且獨立的審查,以有效控制行銷效能。

17【行禮如儀】ㄒㄧㄥˊ ㄌㄧˇ ㄖㄨˊ ㄧˊ
開會或舉行典禮時,一切按照儀式舉行。

18【行藏敗露】ㄒㄧㄥˊ ㄘㄤˊ ㄅㄞˋ ㄌㄨˋ
①祕密被人發現。②行蹤被人發現。

6【行行出狀元】ㄏㄤˊ ㄏㄤˊ ㄔㄨ ㄓㄨㄤˋ ㄩㄢˊ
每一行業都有傑出的人才。

9【行爲治療法】ㄒㄧㄥˊ ㄨㄟˊ ㄓˋ ㄌㄧㄠˊ ㄈㄚˇ
(behavior therapy)又稱行爲改變技術(behavior modification)。心理治療法之一。係直接以患者所表現的外顯症狀爲治療對象,首先確立理想行爲的目標與失常行爲的基線,而後運用學習心理學所立之制約原理,以改變其行爲反應,達到治療目的。

【行爲遺傳學】ㄒㄧㄥˊ ㄨㄟˊ ㄧˊ ㄔㄨㄢˊ ㄒㄩㄝˊ
(behavioral genetics)專事研究遺傳因素與正常、變態行爲間之關係的學問。

【行政三聯制】ㄒㄧㄥˊ ㄓㄥˋ ㄙㄢ ㄌㄧㄢˊ ㄓˋ
指計畫、執行、考核三項公務推行步驟密切配合、聯貫一致的行政實施程序。此乃深合科學管理的辦事方法。

【行政作用法】ㄒㄧㄥˊ ㄓㄥˋ ㄗㄨㄛˋ ㄩㄥˋ ㄈㄚˇ
規範行政作用 (administrative action) 的法規之總稱。行政作用係指行政機關本於行政權所爲一切活動之概稱。行政法學上對行政作用研究的課題包括:行政命令、行政處分、行政罰、行政契約、行政協定、行政程序法及行政指導(行政輔導)等。

【行政習慣法】ㄒㄧㄥˊ ㄓㄥˋ ㄒㄧˊ ㄍㄨㄢˋ ㄈㄚˇ
可細分爲判例法與行政先例法二種。判例法是法院對於某一案件的判決,因其後對於同一案件反覆爲同一判決結果,逐漸獲得法的確信,而發生法之效力者。行政先例法是行政機關對於實際事務的處理方法,因反複遵行,浸成先例,而取得法之效力者。

【行政執行法】ㄒㄧㄥˊ ㄓㄥˋ ㄓˊ ㄒㄧㄥˊ ㄈㄚˇ
規定行政上強制處分的方法及其要件的法律。依該法規定,行政上之強制處分分直接與間接二種。直接強制處分又分對人之管束、對物之扣留、使用或限制其使用,以及對家宅或其他處所之侵入三種。間接強制處分又分爲代執行與罰鍰二種。

【行爲刪除訓練】ㄒㄧㄥˊ ㄨㄟˊ ㄕㄢ ㄔㄨˊ ㄒㄩㄣˋ ㄌㄧㄢˋ
(omission training)操作制約學習之一。當個體有某特定行爲反應時不予以獎勵,唯該行爲消失始予以獎勵，而確切革除不良行為之反應。

10【行員儲蓄存款】ㄏㄤˊ ㄩㄢˊ ㄔㄨˇ ㄒㄩˋ ㄘㄨㄣˊ ㄎㄨㄢˇ

(staff savings deposits)銀行為鼓勵員工節約、提倡儲蓄美德、安定家庭生活，並提高服務精神而設定的存款。此項存款利率因係比照最高放款利率計算，故存戶只限銀行內部員工，且有存款額度的限制，超過部分按活期儲蓄存款利率計息。

15【行銷成長策略】ㄒㄧㄥˊ ㄒㄧㄠ ㄔㄥˊ ㄓㄤˇ ㄘㄜˋ ㄌㄩㄝˋ

(market-growth strategy) 企業自行銷觀點，以增進產品與市場的成長為經營目標的計畫與決策。主要可分為深入成長、整合成長、多角成長等三項。

6【行百里者半九十】ㄒㄧㄥˊ ㄅㄞˇ ㄌㄧˇ ㄓㄜˇ ㄅㄢˋ ㄐㄧㄡˇ ㄕˊ

路程百里，已行九十里，只能視為全程的一半。比喻做事愈接近成功的階段愈困難。

9【行政訴訟審判權】ㄒㄧㄥˊ ㄓㄥˋ ㄙㄨˋ ㄙㄨㄥˋ ㄕㄣˇ ㄆㄢˋ ㄑㄩㄢˊ

'行政法院'對於人民因中央或地方機關之違法行政處分，認為損害其權利，經依"訴願法"提起再訴願而不服其決定，或提起再訴願逾三個月不為決定，或延長再訴願決定期間逾二個月不為決定，而提起行政訴訟之案件有審判權，稱為行政訴訟審判權。

【行政法上的公證行為】ㄒㄧㄥˊ ㄓㄥˋ ㄈㄚˇ ㄕㄤˋ ˙ㄉㄜ ㄍㄨㄥ ㄓㄥˋ ㄒㄧㄥˊ ㄨㄟˊ

準法律行為的行政作用之一。以對於特定的法律事實或法律關係的存在，予以公的證明為目的之行為。如議員當選證書、考試及格證書的發給即是。

【行政法上的受理行為】ㄒㄧㄥˊ ㄓㄥˋ ㄈㄚˇ ㄕㄤˋ ˙ㄉㄜ ㄕㄡˋ ㄌㄧˇ ㄒㄧㄥˊ ㄨㄟˊ

準法律行為的行政作用之一。係以他人的表示為意思表示，而予以受理的行為。如各種聲請書、訴願書的受理是。受理與單純的到達不同，私人文件只到達行政機關不算受理，必須行政機關以其為有效文件，依法處理才算受理。

【行政法上的通知行為】ㄒㄧㄥˊ ㄓㄥˋ ㄈㄚˇ ㄕㄤˋ ˙ㄉㄜ ㄊㄨㄥ ㄓ ㄒㄧㄥˊ ㄨㄟˊ

準法律行為的行政作用之一。指對於特定人、多數不特定人或一般公眾，使其知道某種行政設施的行為。如歸化的告示、罰鍰(執行罰)或代執行的告戒等。

【行政法上的確認行為】ㄒㄧㄥˊ ㄓㄥˋ ㄈㄚˇ ㄕㄤˋ ˙ㄉㄜ ㄑㄩㄝˋ ㄖㄣˋ ㄒㄧㄥˊ ㄨㄟˊ

準法律行為的行政作用之一。指特定的法律事實或法律關係的存在有爭執或疑義時，國家以公的權威，判斷或認定其存在或疑義，而公告於眾的行為。如選舉時當選人的決定是。

【行政法上的賞罰行為】ㄒㄧㄥˊ ㄓㄥˋ ㄈㄚˇ ㄕㄤˋ ˙ㄉㄜ ㄕㄤˇ ㄈㄚˊ ㄒㄧㄥˊ ㄨㄟˊ

準法律行為的行政作用之一。國家或公共團體，對公務員或一般人民，就其職務上行動或其他行動，加以獎賞或懲罰。

【行政法上的聲明異議】ㄒㄧㄥˊ ㄓㄥˋ ㄈㄚˇ ㄕㄤˋ ˙ㄉㄜ ㄕㄥ ㄇㄧㄥˊ ㄧˋ ㄧˋ

指人民不服中央或地方政府的違法不當處分時，向原機關聲明不服，請求變更原處分的方法。聲明異議表面上與訴願相似，但並不相同，其間的差異有二：一、聲明異議向原處分機關為之，訴願向其上級機關為之；二、聲明異議在短時間內為之，訴願時間較長。

3

衍 ㄧㄢˇ *yen*^{3} 音演

①百川歸海的樣子。見"說文"。②滿溢。如：衍溢。③眾多；豐饒。如：家衍人給。④擴展；引申。如：衍繹。⑤多餘。如：衍文。⑥低平的地方。如：墳衍。

4【衍文】ㄧㄢˇ ㄨㄣˊ

指古書中因傳鈔或刊刻而誤增的文字。

13【衍義】ㄧㄢˇ ㄧˋ

推演引申其義理。

17【衍聲】ㄧㄢˇ ㄕㄥ

以同一字為聲符，分別增益不同形符而成的形聲字。如：畋獵的「畋」、租佃的「佃」，古代即用「田」字，後來增益形符「攴」作「畋」、增益形符「人」作「佃」，畋、佃都衍「田」聲。

23【衍變】ㄧㄢˇ ㄅㄧㄢˋ

發展變化。

13【衍聖公】ㄧㄢˇ ㄕㄥˋ ㄍㄨㄥ

'孔子'後裔世襲的封號。'宋仁宗''至和'二年(1055)封'孔子'四十七代孫為'衍聖公'，後沿稱。至'民國'二十四年'國民政府'明令以'孔子'嫡系裔孫為'大成至聖先師'奉祀官，予以特任官待遇，此稱遂廢。

衎 ㄎㄢˋ *k'an*^{4} 音勘

①快樂；安適。如：衎然自得。②亢直；剛正。如：衎然有節義。

5

衒 ㄒㄩㄢˋ *hsüan*^{4} 音眩

①沿街作誇張不實的叫賣。②誇耀；賣弄。如：衒耀。

20【衒耀】ㄒㄩㄢˋ ㄧㄠˋ

誇示；賣弄。

術 ㊀ ㄕㄨˋ *shu*^{4} 音述

①城市中的道路。見"說文"。②學問；技藝。如：學術。③指天文曆法。如：曆術。

㊁ ㄙㄨㄟˋ *sui*^{4} 音遂

古代郊外的行政區域。通遂。

3【術士】ㄕㄨˋ ㄕˋ

①儒生。古時的讀書人。②指精通神仙祈禱、占卜星相等法術的人。③有技藝的人。

9【術科】 ㄕㄨˋ ㄎㄜ

指技藝、技術方面的科目。

13【術業】 ㄕㄨˋ ㄧㄝˋ

學業。

14【術語】 ㄕㄨˋ ㄩˇ

(technical terms)學術上的專門用語。用以表示單一、明確的特殊意義。

15【術數】 ㄕㄨˋ ㄕㄨˋ

①權術;謀略。②用陰陽五行相生相剋的道理來推算人事吉凶的方法。③治國的法制。

6

街 ㄐㄧㄝ *chieh*^{1} 音皆

城市中四通八達的道路。

7【街坊】 ㄐㄧㄝ ˙ㄈㄤ

①村里;里巷。②鄰居。

14【街廓】 ㄐㄧㄝ ㄎㄨㄛˋ

(block)都市中以街道爲界而形成,且不爲穿越性交通所分割的地區。是都市中很容易辨別和分割的地理單元,故常作爲保存紀錄及蒐集統計資料的基本單位。格子式道路網中的街廓成規則的矩形,亦可能由二條相交二次的道路所圍成,或由三條街道圍成三角形而形成街廓。在某些情況下,街廓亦可指由二分離街廓中,面對共同路段所形成的地區。

15【街談巷語】 ㄐㄧㄝ ㄊㄢˊ ㄒㄧㄤˋ ㄩˇ

街巷中的言談話語。比喻無依據的傳聞或民間的議論。

衖 ㊀ ㄒㄧㄤˋ *hsiang*^{4} 音項

小街道。同巷。

㊁ ㄌㄨㄥˋ *lung*^{4}

巷子裡的小巷。同弄。

衕 ㄊㄨㄥˋ *t'ung*^{4} 音痛

①通往大街的巷道。如:衚衕。②腹瀉。如:止衕。

7

衙 ㊀ ㄩˊ *yü*^{2} 音魚

參衙衙。

㊁ ㄧㄚˊ *ya*^{2} 音牙

①古代稱官吏辦公的地方。如:衙門。②'唐代'天子的居所或前殿。如:'宣政衙'。③古代吏員排班參見長官。引申指排列成行的事物。④姓。'漢'有'衙謹卿'。見"萬姓統譜·三六"。

7【衙役】 ㄧㄚˊ ㄧˋ

古代各級衙門裡的差役。

13【衙衙】 ㄩˊ ㄩˊ

行走的樣子。

9

衛 ㄨㄟˋ *wei*^{4} 音位

同衞。①守備;保護。如:自衛。②擔任防護守備的人員。如:警衛。③古代要害地區駐兵編制名。如:'建州衛'。④國名。'周武王'少弟'康叔'的封國。初都'朝歌',後徙都'楚丘',約當今'河南省''黃河'北岸的地方。⑤姓。'漢'有'衛青'。見"萬姓統譜·九六"。

8【衛青】 ㄨㄟˋ ㄑㄧㄥ

(?～前106)'西漢''平陽'(今'山西''臨汾')人,字'仲卿'。姊'衛子夫'得幸於'武帝',以'青'爲大中大夫,遷車騎將軍。曾七伐'匈奴',威震絕域,拜大將軍,封'長平侯'。

【衛所】 ㄨㄟˋ ㄙㄨㄛˇ

'明代'兵制單位。遍設各省,軍戶世襲不改。凡防戍一郡者設所,有二等:千戶所置兵一千二百人,百戶所置一百十二人;兼防數郡者置衛,置五千六百人。外統於都指揮使司,內統於五軍都督府。兵部掌調發之權,戍兵平時屯田習武,有事徵發,事罷兵歸衛所,將歸於朝,頗得'唐'府兵制度遺意。

9【衛星】 ㄨㄟˋ ㄒㄧㄥ

(satellite)圍繞行星運轉的天體。如月球是地球的衛星。在太陽系內,目前已發現的衛星約50顆。

11【衛尉】 ㄨㄟˋ ㄨㄟˋ

官名。'秦'始置,掌宮城警衛,稽察出入。'漢'爲九卿之一,'景帝'時更名中大夫令,不久復舊。'魏''晉''南北朝'多沿置。'北齊'設衛尉寺,有卿及少卿。'隋'及'唐''宋'皆因之,但'隋'以後改掌軍器儀仗及帳幕、甲冑等事,而另由監門衛('隋''唐')或皇城司('宋')掌宮城警衛。'南宋'廢衛尉寺,併其職於工部。'元'置衛尉院,不久即廢。

【衛冕】 ㄨㄟˋ ㄇㄧㄢˇ

指在競賽中,爭取保持上屆冠軍的地位。

13【衛道】 ㄨㄟˋ ㄉㄠˋ

護衛道統。多指護衛儒道而言。

9【衛星國】 ㄨㄟˋ ㄒㄧㄥ ㄍㄨㄛˊ

(satellite states)又稱附庸國。指名義上主權獨立,實際上內政、外交皆聽命於某強國的國家。如第二次世界大戰後,'蘇俄'在東'歐'扶植'東德'、'保加利亞'等爲其衛星國。

5【衛生工程】 ㄨㄟˋ ㄕㄥ ㄍㄨㄥ ㄔㄥˊ

(sanitary engineering)又稱公共衛生工程或環境衛生工程(簡稱環境工程)。廣義的衛生工程爲:以工程方法控制人類之物質環境,藉以促進個人身心乃至社會全體的健康。有關物質環境之衛生問題範圍甚廣,內容包括空氣汙染、水汙染、給水衛生、汙水處理與排除、糞便垃圾之處理與排除、房屋衛生、食品衛生、病媒控制、一般環境衛生之管理等。狹義的衛生工程僅指給水工程與汙水工程;給水工程我國通稱爲自來水工程,汙水工程通稱下水道工程,兩者合稱上下水道工程。

【衛生汙水】 ㄨㄟˋ ㄕㄥ ㄨ ㄕㄨㄟˇ

(sanitary sewage)指用過或廢棄的水。'臺灣'區衛生汙水約爲用水量之60～80%,其餘則爲漏失、蒸發、吸收等。每人每日的汙水量視用水習慣、都市性質、氣候因素、生活方式等而異。

【衛生因素】 ㄨㄟˋ ㄕㄥ ㄧㄣ ㄙㄨˋ
(hygiene factors)'美國'社會學家'赫滋柏'(F. Herzberg)研究企業員工的行爲,提出「衛生一激勵」兩因素理論。發現在工作方面有許多的因素,如工作環境、安全、金錢待遇等項,若處理不當,會使員工對工作產生不滿,因而降低生產力;但此等因素僅能預防不滿的發生,即使不斷改善,亦無積極激勵作用,往往不能帶來眞正的工作滿足及同比例之生產力,所以稱爲衛生因素。

9【衛星市鎭】 ㄨㄟˋ ㄒㄧㄥ ㄕˋ ㄓㄣˋ
(satellite city)在大城市附近有綠帶隔離,但文化及經濟活動仍仰賴大城市的市鎭。具有疏解大城市人口壓力的功能。

【衛星通訊】 ㄨㄟˋ ㄒㄧㄥ ㄊㄨㄥ ㄒㄩㄣˋ
(satellite communication)無線電通訊的一種方式。係由人造衛星執行太空對地面,或太空對太空的通訊。

5【衛生掩埋法】 ㄨㄟˋ ㄕㄥ ㄧㄢˇ ㄇㄞˊ ㄈㄚˇ
(sanitary landfill)一種不易產生公害的垃圾處理法。先將垃圾壓縮至最小體積,而後立即覆上土壤,並對產生之廢氣及滲出水予以有效收集處理。

【衛生證明書】 ㄨㄟˋ ㄕㄥ ㄓㄥˋ ㄇㄧㄥˊ ㄕㄨ
(health certificate; certificate of health; public health certificate)各國爲保護國民健康,防範本國農業生產受損,對於動、植物及食品的進口,都列有相關規定,即必須有出口地公共衛生機構檢驗合格的證明書才准通關進口。此種由出口國公共衛生機構出具的檢驗合格證明書,稱爲衛生證明書。

9【衛星式收集】 ㄨㄟˋ ㄒㄧㄥ ㄕˋ ㄕㄡ ㄐㄧˊ
(satellite collection)以帶有傾卸斗的小型垃圾車,於郊區或狹窄街巷收集垃圾,再轉運至大型垃圾車內的收集方式。

衚 ㄏㄨˊ hu^2 音胡
參衚衕。

12【衚衕】 ㄏㄨˊ ㄊㄨㄥˋ
北方人對巷道的俗稱。也作胡同。

衝 ㊀ ㄔㄨㄥ ch'ung^1 音充
①交通要道。引申指緊要處。如:要衝。②突擊。如:衝鋒。③踫撞;冒犯。如:衝撞。④急遽的;猛烈的。

㊁ ㄔㄨㄥˋ ch'ung^4 音銃
①向;對。②充足;強烈。③勇猛。

2【衝力】 ㄔㄨㄥ ㄌㄧˋ
(impulsive force) 揮棒打球或槍炮發射子彈等,都有極爲短暫的作用力,稱爲衝力。因爲衝量=平均衝力×力的作用時間=動量的變化,故爲防止碰撞所引起之甚大衝力破壞物品,可在物品周圍填上鬆軟如海綿等物質,以延長碰撞時間,使衝力變小。

5【衝犯】 ㄔㄨㄥ ㄈㄢˋ
衝擊冒犯。

7【衝車】 ㄔㄨㄥ ㄔㄜ
舊時兵車的一種。可用以衝城。

8【衝刺】 ㄔㄨㄥ ㄘˋ
盡全力作最後關頭的奮進。

9【衝突】 ㄔㄨㄥ ㄊㄨˊ
①指意見不合,發生爭執。②攻擊;向前突擊。③(conflict)同時出現相反或相互排斥的心理衝動、欲念或行爲傾向。

【衝冠】 ㄔㄨㄥ ㄍㄨㄢ
頭髮豎起,上衝冠帽。形容非常憤怒。

【衝要】 ㄔㄨㄥ ㄧㄠˋ
險要的地方。

10【衝浪】 ㄔㄨㄥ ㄌㄤˋ
運用船形薄板,在海面上順著波浪滑行的一種運動。

【衝脈】 ㄔㄨㄥ ㄇㄛˋ
奇經八脈之一。又名血海。起於小腹內,沿脊椎骨內部上行;同時由陰部的兩側開始,夾臍兩旁向上,到胸部而止。爲諸絡所會聚之處,藏血最多。

11【衝動】 ㄔㄨㄥ ㄉㄨㄥˋ
(impulsiveness)個體缺乏適當思考的快速行動。

12【衝量】 ㄔㄨㄥ ㄌㄧㄤˋ
(impulse)外力作用於一物體,若力的作用時間甚短,設爲Δt,則定義力與作用時間的乘積$\overrightarrow{F}\cdot\Delta t$爲衝量,$\overrightarrow{F}$爲在$\Delta t$時間內的平均作用力。由'牛頓'第二運動定律:$\overrightarrow{F}=\dfrac{\Delta(m\overrightarrow{v})}{\Delta t}=\dfrac{\Delta\overrightarrow{P}}{\Delta t}$,可知衝量等於物體動量之變化($\Delta\overrightarrow{P}$)。

【衝程】 ㄔㄨㄥ ㄔㄥˊ
(stroke)汽缸內活塞由上死點運動至下死點之距離。

15【衝撞】 ㄔㄨㄥ ㄓㄨㄤˋ
①互相撞擊。②冒犯;頂撞。

【衝蓯】 ㄔㄨㄥ ㄙㄨㄥˇ
糾纏在一起的樣子。

【衝鋒】 ㄔㄨㄥ ㄈㄥ
突入敵陣,以短兵衝殺。爲攻擊行動之最高峰。衝鋒射擊爲迫近敵人時之射擊,通常以跪姿或立姿連續射擊。

16【衝激】 ㄔㄨㄥ ㄐㄧ
①衝撞激盪。②唐突;冒犯。

17【衝擊】 ㄔㄨㄥ ㄐㄧˊ
①突擊。②打擊。

9【衝突論】 ㄔㄨㄥ ㄊㄨˊ ㄌㄨㄣˋ
(conflict theory)主張衝突爲社會變遷之主因,社會永遠處於競爭與衝突狀態的一種社會學理論。認爲人類生活的基本條件是爭奪權力、地位,並強調社會內部的分歧與團體間支配與被支配的不平等關係。代表人物爲'德國''達倫多夫'(Ralf Dahrendorf)與'美國''考舍'(Lewis A. Coser)。

6【衝州撞府】 ㄔㄨㄥ ㄓㄡ ㄓㄨㄤˋ ㄈㄨˇ
指奔走各地謀生。

9【衝突漩渦】 ㄔㄨㄥ ㄊㄨˊ ㄒㄩㄢˊ ㄨㄛ
(conflict spiral)衝突之進展,往往如漩渦般地自我擴張,因而導致一發不可收拾的歷程。

15【衝鋒陷陣】 ㄔㄨㄥ ㄈㄥ ㄒㄧㄢˋ ㄓㄣˋ
突入敵軍,攻入敵人陣地。形容人勇敢作戰。

17【衝擊負載】 ㄔㄨㄥ ㄐㄧˊ ㄈㄨˋ ㄗㄞˋ
(impact load)在瞬時間內作用於結構體上的力或壓力,足以產生明顯震動者。可顯著影響構件內的應力大小,並且影響該受力結構的抵抗性質或行爲。

【衝擊強度】 ㄔㄨㄥ ㄐㄧˊ ㄑㄧㄤˊ ㄉㄨˋ
(impact strength)材料接受突然的撞擊或波動而不產生斷裂或其他實質損害的能力。可由標準衝擊試驗機測知。

11【衝動性購買】 ㄔㄨㄥ ㄉㄨㄥˋ ㄒㄧㄥˋ ㄍㄡˋ ㄇㄞˇ
指不在消費者計畫之內,臨時起意購買某一商品的行爲。這類購得的商品,多爲消費者所常用,且不太費心比較品牌的日常用品,如衛生紙、牙膏、肥皂等。

17【衝擊式印字機】 ㄔㄨㄥ ㄐㄧˊ ㄕˋ ㄧㄣˋ ㄗˋ ㄐㄧ
(impact printer)電腦週邊設備的一種。打字頭機械式地衝擊色帶,而將資料印出,故稱。

10

衛 衛的或體。

衝 ㄓㄨㄣ chun¹ 音諄
①眞;純。見"篇海類編"。②儘;老是。

衡 ㄏㄥˊ hêng² 音横
①車轅前端的横木。見"說文"。②稱量輕重的器具。即秤。③稱量;斟酌。如:衡情度理。④平;均。如:均衡。⑤星名。指北斗七星的第五星。又稱玉衡。⑥横。對直而言。通横。如:縱衡。⑦姓。'明'有'衡準'。見"萬姓統譜·五四"。

3【衡山】 ㄏㄥˊ ㄕㄢ
位於'湖南省'南部'湘江'以西的'衡山縣'境內,主峰'祝融峰'高1,266公尺。爲我國五嶽之一,號稱﹂南嶽﹁,係五嶽中最矮者。

5【衡石】 ㄏㄥˊ ㄕˊ
①秤桿及秤錘。②比喻主持人才選拔的職位。

6【衡宇】 ㄏㄥˊ ㄩˇ
屋宇;房舍。

8【衡門】 ㄏㄥˊ ㄇㄣˊ
①用横木做的門。⑴形容房屋簡陋。⑵隱者的住宅。②守衛宮殿的人。

12【衡陽】 ㄏㄥˊ ㄧㄤˊ
省轄市。位於'湖南省'中南部,瀕'湘江'西岸。北倚'衡山',南控'摺嶺',西南扼'湘''桂'走廊;且地當鐵路交會點,'湘江'小輪航運的終點,軍事、交通地位重要。工商業發達,是'湘'南的經濟中心。

【衡量】 ㄏㄥˊ ㄌㄧㄤˊ
考慮;斟酌。

5【衡平責任】 ㄏㄥˊ ㄆㄧㄥˊ ㄗㄜˊ ㄖㄣˋ
無行爲能力人或限制行爲能力人,於行爲時無識別能力,不法侵害他人之權利者,由其法定代理人單獨負責。此時,如法定代理人監督並未疏懈或縱使加以相當之監督仍不免發生損害者,得以免責,結果被害人無所請求賠償,於是"民法"第一百八十七條第三項乃規定:﹂法院因被害人之聲請,得斟酌行爲人與被害人之經濟狀況,令行爲人爲全部或一部之損害賠償。﹁是爲衡平責任。屬無過失責任之一種。"民法"第一百八十八條第二項對於僱用人亦有相同規定:法院因被害人之聲請,得斟酌僱用人與被害人之經濟狀況,令僱用人爲全部或一部之損害賠償。不過,前者爲行爲人之衡平責任;後者則爲非行爲人之僱用人之衡平責任。

12

衝 衝的本字。

18

衢 ㄑㄩˊ ch'ü² 音渠
①四面通達的道路。②分歧的。如:行衢道者不至。③姓。'明'有'衢通'。見"萬姓統譜·五"。

13【衢路】 ㄑㄩˊ ㄌㄨˋ
①歧路。②四通八達的大道。

衣部

衣 ㊀ㄧ i¹ 音依
①上服。對下裳而言。見"說文"。②泛指人身上所穿著,用以蔽體禦寒的服裝。③器物的外罩。④蔬果的皮、膜。
㊁ㄧˋ i⁴ 音意
①穿;穿上衣服。如:衣錦榮歸。②覆蓋;裹紮。如:裂裳衣傷。

10【衣被】 ㊀ㄧ ㄅㄟˋ
衣服和被褥。
㊁ㄧˋ ㄅㄟˋ
比喻加惠於人。

12【衣著】 ㊀ㄧ ㄓㄨㄛˊ
衣服。
㊁ㄧˋ ㄓㄨㄛˊ
穿著。

13【衣鉢】 ㄧ ㄅㄛ
①佛家語。衣指三衣,包括僧伽梨(眾聚時衣)、鬱多羅僧(上衣)、安陀會(內衣);鉢指食具。佛家以衣鉢爲師徒相傳的證物,並作爲佛法承傳的依據。②泛指師長所傳授的學識、技能。

9【衣冠冢】 ㄧ ㄍㄨㄢ ㄓㄨㄥˇ
不得死者屍身,故埋其衣冠以爲紀念的墳墓。

【衣架子】 ㄧ ㄐㄧㄚˋ ·ㄗ

比喻美好的身材。因其高䠷適中,穿任何衣服都顯得合身、好看,故稱。

4【衣不重帛】 ㄧ ㄅㄨˋ ㄓㄨㄥˋ ㄅㄛˊ
穿著簡樸,不求華美。

9【衣冠文物】 ㄧ ㄍㄨㄢ ㄨㄣˊ ㄨˋ
1指一地的風俗文物與居民的生活狀況。2指文物制度發達的太平時代。

【衣冠楚楚】 ㄧ ㄍㄨㄢ ㄔㄨˇ ㄔㄨˇ
服飾整齊鮮明的樣子。

【衣冠禽獸】 ㄧ ㄍㄨㄢ ㄑㄧㄣˊ ㄕㄡˋ
指服飾整齊而品行卑劣的人。

【衣架飯囊】 ㄧ ㄐㄧㄚˋ ㄈㄢˋ ㄋㄤˊ
比喻好吃愛穿而毫無用處的人。

【衣食父母】 ㄧ ㄕˊ ㄈㄨˋ ㄇㄨˇ
指供給生活所需的人。

10【衣被群生】 ㄧˋ ㄅㄟˋ ㄑㄩㄣˊ ㄕㄥ
比喻恩澤普及百姓。

【衣索比亞】 ㄧ ㄙㄨㄛˇ ㄅㄧˇ ㄧㄚˋ
(Ethiopia) 位於東'非'的古老王國。北濱'紅海'。面積112.7萬方公里,人口7,305.0萬(2005年),首都'阿迪斯阿貝巴'(Addis Ababa)。全境屬'衣索比亞高原'。居民主要從事農作,主產咖啡、玉米和甘蔗。有皮革及紡織業。

13【衣缽相傳】 ㄧ ㄅㄛ ㄒㄧㄤ ㄔㄨㄢˊ
佛家大師將其袈裟缽盂等法器傳給其得道弟子,使為繼承人。後世用來泛稱師生以道相傳授。

14【衣褐懷寶】 ㄧˋ ㄏㄜˊ ㄏㄨㄞˊ ㄅㄠˇ
身穿粗麻布衣服,而內藏珍珠財寶。比喻賢能的人不露光芒。

16【衣錦夜行】 ㄧˋ ㄐㄧㄣˇ ㄧㄝˋ ㄒㄧㄥˊ
穿著華麗的衣服在夜間行走。比喻光榮顯達不為人知。

【衣錦還鄉】 ㄧˋ ㄐㄧㄣˇ ㄏㄨㄢˊ ㄒㄧㄤ
在外地獲得功名富貴而榮歸故鄉。

衤 衣的或體。專作偏旁用。

2

初 ㄔㄨ ch'u¹ 音出
1開端;剛剛。如:初生。2從前。如:和好如初。3從來。如:初無是言。4姓。'宋'有'初暐'。見"萬姓統譜・八"。

4【初文】 ㄔㄨ ㄨㄣˊ
指我國文字中獨體的文。包括象形和指事兩類,如「鳥」、「木」、「山」、「人」和「厶」、「八」、「卜」、「一」等是。

5【初民】 ㄔㄨ ㄇㄧㄣˊ
上古時代的人民。

6【初任】 ㄔㄨ ㄖㄣˋ
初次被機關任以職務。政府機關的新進初任人員,多為學校畢業經由考試及格而分發任用者。

7【初步】 ㄔㄨ ㄅㄨˋ
1開始。2指導學者入門的書。

8【初乳】 ㄔㄨ ㄖㄨˇ
(beastings)指哺乳動物之母體在分娩後最初數日所分泌的乳汁。含有豐富的蛋白質、礦物質及維生素A,而且含有母體中的免疫物質,可增加初生兒的抗病能力。

10【初衷】 ㄔㄨ ㄓㄨㄥ
本來的心意。即本心、本意。

16【初學記】 ㄔㄨ ㄒㄩㄝˊ ㄐㄧˋ
'唐''徐堅'等奉敕撰,三十卷。摘錄'唐'以前古籍,分類編排。每一子目皆先敘事,次事對,末列詩文。為'唐代'類書中最為精當者。

5【初出茅廬】 ㄔㄨ ㄔㄨ ㄇㄠˊ ㄌㄨˊ
本指'諸葛亮'初出茅廬輔佐'劉備'用兵。後用以比喻人初入社會,缺乏歷練;或用以譏諷人不知天高地厚;也用作自謙之詞。

【初生之犢】 ㄔㄨ ㄕㄥ ㄓ ㄉㄨˊ
剛出生的小牛。比喻閱歷淺的青年人。

6【初任考試】 ㄔㄨ ㄖㄣˋ ㄎㄠˇ ㄕˋ
原未具備公務人員資格者,初次取得任用資格並進入政府機關擔任公務人員之考試。例如高中畢業者參加普通考試及格,得以進入政府機關擔任辦事員。

10【初唐四傑】 ㄔㄨ ㄊㄤˊ ㄙˋ ㄐㄧㄝˊ
指初'唐''王勃'、'楊炯'、'盧照鄰'、'駱賓王'等四位傑出的詩人。

【初校印樣】 ㄔㄨ ㄐㄧㄠˋ ㄧㄣˋ ㄧㄤˋ
(foul proof)也稱小樣。報刊或其他出版物排檢完成後,打成樣張,供依原稿校對用者。

【初級處理】 ㄔㄨ ㄐㄧˊ ㄔㄨˇ ㄌㄧˇ
(primary treatment)以物理處理為主的廢水初步處理程序。可除去懸浮及沈降性固體,以便後續之生物處理程序。如欄汙柵、沈砂池等處理。

【初級動機】 ㄔㄨ ㄐㄧˊ ㄉㄨㄥˋ ㄐㄧ
(primary motive)又稱原始性驅力(primary drives)。個體滿足其生理需欲所引起的動機。如渴、飢餓、性、冷暖等。

【初級團體】 ㄔㄨ ㄐㄧˊ ㄊㄨㄢˊ ㄊㄧˇ
(primary group)成員關係親密,富情感與關懷,並有頻繁互動的社會團體(如家庭、好朋友們)。與次級團體相對。

13【初試啼聲】 ㄔㄨ ㄕˋ ㄊㄧˊ ㄕㄥ
比喻第一次顯露才技。

【初嗅濃度】 ㄔㄨ ㄒㄧㄡˋ ㄋㄨㄥˊ ㄉㄨˋ
(odor threshold)指空氣中可為人察覺的氣味濃度。

10【初級增強物】 ㄔㄨ ㄐㄧˊ ㄗㄥ ㄑㄧㄤˊ ㄨˋ
(primary reinforcer)無需經由學習歷程,本身即可滿足個體之生理需求而強化行為反應的一切刺激。如水、食物、性等。

5【初生之犢不畏虎】 ㄔㄨ ㄕㄥ ㄓ ㄉㄨˊ ㄅㄨˋ ㄨㄟˋ ㄏㄨˇ
初生的小牛不怕老虎。1比喻年少氣盛,做事不怕一切。2比喻少年勇氣十足,但缺乏經驗。

衤了 ㄌㄧㄠˇ liao³ 音了
參校衤了。

卒 卒的本字。

表 袁的俗體。

3

衦 ㄩˊ *yü*² 音于
婦人的短袍。諸衦的簡稱。本作袞。通作于。見"說文"。

衪 ㄧˊ *i*² 音移
[1]衣裳的邊緣。見"集韻"。[2]衣袖。也作褲。見"集韻"。

衩 ㄔㄚˋ *ch'a*⁴ 音岔
衣裙下端兩旁開叉的部位。如:裙衩。

衫 ㄕㄢ *shan*¹ 音山
[1]衣服的通稱。[2]短衣。

表 ㄅㄧㄠˇ *piao*³ 音錶
[1]外衣。見"說文"。[2]外面;外貌。如:表裡如一。[3]顯示。如:略表心意。[4]模範。如:爲人師表。[5]表親;外姻。如:表兄弟。[6]古代臣子呈給帝王的一種奏章。如'諸葛亮'的"出師表"。

5【表皮】 ㄅㄧㄠˇ ㄆㄧˊ
(epidermis)植物根、莖或葉的表面。係由一層扁平細胞組成,具有保護的功能。脊椎動物皮膚的外層爲表皮,係由複層皮膜構成;無脊椎動物體壁的最外層爲表皮,由一層細胞構成。

【表白】 ㄅㄧㄠˇ ㄅㄞˊ
表明自己的意見或事情的眞相。

9【表面】 ㄅㄧㄠˇ ㄇㄧㄢˋ
外面;外表。

10【表記】 ㄅㄧㄠˇ ㄐㄧˋ
[1]標識;記號。[2]信物。

11【表章】 ㄅㄧㄠˇ ㄓㄤ
[1]顯揚;宣揚。也作表彰。[2]古代臣子上呈君王的奏章。

【表率】 ㄅㄧㄠˇ ㄕㄨㄞˋ
模範;榜樣。

【表情】 ㄅㄧㄠˇ ㄑㄧㄥˊ
臉上表現出來的神態。

12【表揚】 ㄅㄧㄠˇ ㄧㄤˊ
表彰;宣揚。

13【表達】 ㄅㄧㄠˇ ㄉㄚˊ
表現、傳達。

14【表彰】 ㄅㄧㄠˇ ㄓㄤ
顯揚;宣揚。

15【表徵】 ㄅㄧㄠˇ ㄓㄥ
顯露在外,足資徵信。

16【表親】 ㄅㄧㄠˇ ㄑㄧㄣ
指姑表或姨表的親戚。

19【表識】 ㄅㄧㄠˇ ㄓˋ
也作表幟。[1]標幟;記號。[2]標上記號。

21【表露】 ㄅㄧㄠˇ ㄌㄡˋ
表現;顯露。

7【表決權】 ㄅㄧㄠˇ ㄐㄩㄝˊ ㄑㄩㄢˊ
指對於某項議案有參與表示是否贊同之權。表決權之適用頗廣,凡關於一定之會議而須決定一定之議案時,類多以表決之方式爲之,此時,得參與表示決定之權,即爲表決權。表決權之行使,主要有口頭表決、點名表決、舉手表決、投票表決四種,其中以舉手表決或投票表決之方式,較受普遍採用。

9【表面波】 ㄅㄧㄠˇ ㄇㄧㄢˋ ㄅㄛ
(surface waves)地震波的一種。通常緊隨初波及次波之後。其特性爲震波平緩,但振幅大增至一最大值後方才漸漸平息。表面波的傳播多沿地表,故名。

16【表錯情】 ㄅㄧㄠˇ ㄘㄨㄛˋ ㄑㄧㄥˊ
比喩心意用錯地方,自討沒趣。

17【表壓力】 ㄅㄧㄠˇ ㄧㄚ ㄌㄧˋ
(gauge pressure)指壓力表之讀數。其數值爲航空器在絕對高度時所受之壓力與大氣壓力之差;即大氣壓力(14.7磅/平方吋)與表壓力之和爲航空器在某高度之絕對壓力。

7【表見代理】 ㄅㄧㄠˇ ㄐㄧㄢˋ ㄉㄞˋ ㄌㄧˇ
無權代理之一種。由於有相當理由,足以令人相信無權代理人有代理權,因此該無權代理人所爲之代理行爲,實際上雖屬無權代理,但本人對於善意無過失之第三人仍須負授權之責任。表見代理之成立要件有三:一、須本人以自己之行爲表示以代理權授權予他人,或知他人表示爲其代理人而不爲反對之表示。二、須自稱爲代理人之人確無代理權。三、須第三人善意且無過失。表見代理之效果爲本人應負授權之責任,且本人之責任爲履行責任,而非損害賠償責任,本人不論有無過失,均應負責。舉例言之,某乙在某配銷所之職位僅次於某甲,某甲之印章與支票簿常交與某乙保管,簽發支票時係由某乙塡寫,若該支票由某乙私自蓋章而簽發,由於印章及支票已一併交與某乙保管使用,自足以令第三人信其曾以代理權授權某乙,依"民法"關於表見代理之規定,某甲應負授權人之責任。

9【表面文章】 ㄅㄧㄠˇ ㄇㄧㄢˋ ㄨㄣˊ ㄓㄤ
比喩只講究外表的光彩、美觀,而不顧實際的內涵。

【表面特質】 ㄅㄧㄠˇ ㄇㄧㄢˋ ㄊㄜˋ ㄓˊ
(surface trait)'美國"伊里諾大學'教授'卡特爾'(Raymond Cattell)人格理論中,指源本特質具體表現於外的人格特質。諸如「誠實—不誠實」、「情感—冷酷」、「聰慧—愚鈍」等。

【表面張力】 ㄅㄧㄠˇ ㄇㄧㄢˋ ㄓㄤ ㄌㄧˋ
(surface tension)在液體外層的分子,由於受到內部許多分子的吸引力,而有移向液體內部的趨勢,使得液體的表面,猶如張緊的橡皮薄膜,有收縮成最小之表面積的力存在,這種液體表面收縮之力,稱爲表面張力。亦即在液體表面上,與作用力垂直的方向每單位長度所受之力。一般液體的表面張力,可由拉伸液表面所需之力測定,且均隨溫度的升高而減少。水在常溫下之表面張力約爲7.27×10⁻²牛頓/公尺。

【表面硬化】 ㄅㄧㄠˇ ㄇㄧㄢˋ ㄧㄥˋ

ㄏㄨㄚˋ

(case hardening)將鋼件埋入炭屑加熱,或浸入〖鹽浴〗,或在滲碳氣體中加熱,使表面硬度增高,心部仍保持柔韌的一種熱處理方法。

11【表現主義】 ㄅㄧㄠˇ ㄒㄧㄢˋ ㄓㄨˇ ㄧˋ

(expressionism) ①約西元 1910～1925 年間產生於'歐洲'的一種文學運動。主張強調個人的意志,表現純粹內在的、近乎靈視的經驗。與象徵主義、自然主義相對。'瑞典'劇作家'斯特林堡'(August Strindberg)可視爲第一位表現主義劇作家。②二十世紀初葉在'德國'產生的現代藝術運動。主要是反對印象派的自然再現藝術,主張藝術是要表現作者內在的主觀感情和思想。以強烈的色彩、誇張或扭曲的造形、奔放的筆觸、打破平衡的構圖等,強烈地表現出內在心理或感情要素。大致可分爲藍騎士派與橋派兩個派別。前者代表畫家有'康丁斯基'(Kandinsky)、'克利'和'馬克'(Franz Marc)等;後者代表畫家有'克爾赫納'、'貝克'(Becker)和'諾爾德'(Nolde)等。第一次世界大戰後,由於'納粹'抬頭,該派被'希特勒'烙以頹廢藝術(degenerateart)之標誌,加以取締,而結束了表現主義運動。

12【表裡一致】 ㄅㄧㄠˇ ㄌㄧˇ ㄧ ㄓˋ

內外一致。

【表裡山河】 ㄅㄧㄠˇ ㄌㄧˇ ㄕㄢ ㄏㄜˊ

形容地勢險要,有山河作爲屏障。

【表裡如一】 ㄅㄧㄠˇ ㄌㄧˇ ㄖㄨˊ ㄧ

言行與內心所想完全一致。

14【表演藝術】 ㄅㄧㄠˇ ㄧㄢˇ ㄧˋ ㄕㄨˋ

(performance art) 藝術家用其身體行爲來表現的一種藝術。乃西元 1970 年代繼偶發藝術於'歐''美'發展出來的。該藝術欲將美術、音樂、舞蹈與戲劇相互結合,強調行爲的表現要素及其表現出來的內涵。其中注重以身體來表現者,稱爲身體藝術(body art);注重所表現出來的觀念者,稱爲觀念藝術(conceptual art)。

15【表層沖蝕】 ㄅㄧㄠˇ ㄘㄥˊ ㄔㄨㄥ ㄕˊ

大量雨點降落在裸露的地面上,土壤被分離成單粒後,爲漫流地表的逕流移動而將地表薄層土壤均勻沖去,稱爲表層沖蝕。亦即初級的土壤沖蝕。

9【表面電荷密度】 ㄅㄧㄠˇ ㄇㄧㄢˋ ㄉㄧㄢˋ ㄏㄜˋ ㄇㄧˋ ㄉㄨˋ

(surface charge density) 導體表面上每單位面積所集的電量。大小隨表面形狀而異。

4

衺 ㄒㄧㄝˊ *hsieh*² 音斜

不正。通作邪。見"集韻"。

衰 ㊀ ㄕㄨㄞ *shuai*¹ 音摔

微弱;減退。如:衰亡。

㊁ ㄘㄨㄟ *ts'ui*¹ 音崔

用粗麻製成的喪服。同縗。如:斬衰。

10【衰褪】 ㄕㄨㄞ ㄊㄨㄟˋ

(recession) 經濟循環中的一階段。在此階段中,一切經濟指標均比長期趨勢值爲低,經濟成長率降低,生產減少,失業增加,物價下跌,廠商的利潤亦降低。

【衰耗】 ㄕㄨㄞ ㄏㄠˋ

衰敗;衰退。

12【衰替】 ㄕㄨㄞ ㄊㄧˋ

衰敗陵替。

【衰絰】 ㄘㄨㄟ ㄉㄧㄝˊ

泛指喪服。

13【衰落】 ㄕㄨㄞ ㄌㄨㄛˋ

衰敗;零落。

【衰微】 ㄕㄨㄞ ㄨㄟˊ

衰弱微小。

14【衰颯】 ㄕㄨㄞ ㄙㄚˋ

衰落;枯萎。

16【衰遲】 ㄕㄨㄞ ㄔˊ

①衰老;年老。②衰落。

【衰頹】 ㄕㄨㄞ ㄊㄨㄟˊ

①衰老。②精神衰敗頹廢。

17【衰邁】 ㄕㄨㄞ ㄇㄞˋ

年老力衰。

衷 ㄓㄨㄥ *chung*¹ 音忠

①內衣。見"說文"。②心意;內心。如:言不由衷。③適中。如:折衷。

4【衷心】 ㄓㄨㄥ ㄒㄧㄣ

眞心;誠意。

6【衷曲】 ㄓㄨㄥ ㄑㄩ

心事;心意。

11【衷情】 ㄓㄨㄥ ㄑㄧㄥˊ

眞情。

13【衷誠】 ㄓㄨㄥ ㄔㄥˊ

出自內心的誠意。

【衷腸】 ㄓㄨㄥ ㄔㄤˊ

心事;心意。

衮 袞的本字。

衽 ㄖㄣˋ *jên*⁴ 音任

也作袵。①衣襟。如:被髮左衽。②袖口。③床席。如:衽席。④躺;枕。⑤端正;整理。如:衽襟危坐。

衭 ㄈㄨ *fu*¹ 音膚

衣服的前襟。見"說文"。

袂 ㄇㄟˋ *mei*⁴ 音妹

衣袖。也用以專指袖口。如:衣袂。

衼 ㄓ *chih*¹ 音支

毛衣。見"集韻"。

衵 ㄋㄧˋ *ni*⁴ 音逆 又讀 ㄖˋ *jih*⁴ 音日

內衣。見"集韻"。

衶 ㄓㄨㄥˋ *chung*⁴ 音仲

褌。見"玉篇"。

衲 ㄋㄚˋ *na*⁴ 音納

①補綴;縫補。見"字彙"。②僧衣。③僧徒的自稱或代稱。如:老衲。

3【衲子】 ㄋㄚˋ ㄗˇ

指僧徒。

袀 ㄐㄩㄣ *chün*¹ 音均

①黑色的衣服。見"說文"。

②衣服上下一色。③純一不雜。

衱 ㄐㄧㄝˊ chieh^{2} 音結
①衣服的後襟。見"爾雅·釋器"。②衣領。見"方言·四"。

袄 襖的俗體。

衹 ㊀ ㄑㄧˊ ch'i^{2} 音其
參衹衼。
㊁ ㄓ chih^{1} 音支
適;僅僅。見"集韻"。

9【衹衼】 ㄑㄧˊ ㄓ
僧尼的法衣。

衿 ㄐㄧㄣ chin^{1} 音今
①古時衣服的交領。也作裣、襟。如:青衿。②繫衣的帶子。也作紟。③繫結帶子。④心胸。

衯 ㄈㄣ fên^{1} 音分
衣服寬長的樣子。見"說文"。

衳 ㄓㄨㄥ chung^{1} 音鍾
①小褲。見"玉篇"。②布囊。見"類篇"。

衸 ㄐㄧㄝˋ chieh^{4} 音介
①中分的裙衩。即袥。見"說文"。②衣衫寬長的樣子。見"玉篇"。

袁 ㄩㄢˊ yüan^{3} 音爰
①衣服寬長的樣子。見"說文"。②姓。'東漢'有'袁紹'。見"萬姓統譜·二二"。

7【袁宏】 ㄩㄢˊ ㄏㄨㄥˊ
(328~376)'晉''陽夏'(今'河南''太康')人,字'彥伯'。曾爲'桓溫'記室;'太元'初,官至'東陽'太守。著有"後漢紀"、"竹林名士傳"。

8【袁枚】 ㄩㄢˊ ㄇㄟˊ
(1716~1798)'清''浙江''錢塘'人。字'子才',號'簡齋'。歷任'溧水'、'江浦'等縣知縣,後辭官養親,築'隨園'於'江寧''小倉山',時稱'隨園先生'。論詩主張性靈,不拘格律。著有"小倉山房詩文集"、"隨園詩話"等。

11【袁紹】 ㄩㄢˊ ㄕㄠˋ
(?~202)'東漢''汝陽'(今'河南''商水')人,字'本初'。'靈帝'時,爲佐軍校尉。曾起兵討'董卓';後據'河北',與'曹操'戰於'官渡',大敗,病亡。

15【袁樞】 ㄩㄢˊ ㄕㄨ
(1131~1205)'南宋''建安'(今'福建''建甌')人,字'機仲'。'隆興'元年(1163),試禮部第一。官至'右文殿'修撰,知'江寧府'。'樞'喜誦'司馬光''資治通鑑",曾自出新意,以一事爲一篇,著爲"通鑑紀事本末",開史學上紀事本末之新體裁。

3【袁山松】 ㄩㄢˊ ㄕㄢ ㄙㄨㄥ
(?~401)'晉''陽夏'(今'河南''太康')人,也作'袁崧'。官'吳郡'太守,後死於'孫恩'之亂。曾著"後漢書"百篇,已亡佚。

5【袁世凱】 ㄩㄢˊ ㄕˋ ㄎㄞˇ
(1859~1916)'河南''項城'人,字'慰廷',號'容庵主人'。早歲因赴'朝鮮'平亂有功,命爲駐'朝鮮'總理交涉通商事宜。奉調回國後,在'天津'小站編練新軍。戊戌政變起,因告密而得寵,自'山東'巡撫進'直隸'總督兼北洋大臣,嗣官外務部尚書、軍機大臣。辛亥'武昌'革命軍興,'清'廷委以全權,任內閣總理大臣。'清'帝退位後,國父力辭大總統讓之。'民國'二年,當選正式大總統。後謀行帝制,爲各方反對,羞憤病卒。著有"圭塘唱和集"、"洹邨逸興"。

袁世凱像

11【袁崇煥】 ㄩㄢˊ ㄔㄨㄥˊ ㄏㄨㄢˋ
(?~1630)'明''東莞'(今'廣東''東莞')人,字'元素'。'萬曆'進士。'天啟'年間以禦'清'兵而勞績大著,累官右僉都御史,巡撫'遼東'。'崇禎'時以兵部尚書督師'薊''遼',聞警入援京師,被誣通敵而磔死。

袃 ㄔㄞˋ ch'ai^{4} 音瘥
參袃蒯。

14【袃蒯】 ㄔㄞˋ ㄎㄨㄞˇ
刺鯁;芥蔕。比喻不順、不快。

衾 ㄑㄧㄣ ch'in^{1} 音欽　又讀 ㄑㄧㄣˊ ch'in^{2} 音禽
①大被。用以蓋身。見"說文"。②用以覆蓋屍體的單被。如:棺椁衣衾。

8【衾枕】 ㄑㄧㄣ ㄓㄣˇ
被和枕。

13【衾裯】 ㄑㄧㄣ ㄔㄡˊ
棉被。或指大被和床帳。

5

袤 ㄇㄠˋ mao^{4} 音茂　又讀 ㄇㄡˋ mou^{4}
①衣帶以上的長度。見"說文"。②泛指南北之長。如:廣袤千里。

衮 ㄍㄨㄣˇ kun^{3} 音滾
①古代天子或上公的禮服。如:龍衮。②指天子或三公的職位。如:衮職。

[illegible] ㄩˋ yü^{4} 音玉
①育的或體。②袞的訛字。

袠 ㄓˋ chih^{4} 音秩
①書函;書套。也作袟、帙。見"說文"。②十年。通秩。如:七袠。

袌 ㊀ ㄅㄠˋ pao^{4} 音抱
懷抱。也作抱。見"說文"。
㊁ ㄆㄠˊ p'ao^{2} 音袍
長衣。也作袍。見"玉篇"。

袉 ㄊㄨㄛˊ t'o^{2}, t'uo^{2} 音駝　又讀 ㄉㄨㄛˋ to^{4}, tuo^{4} 音舵
①衣裾。見"說文"。②修長的樣子。見"集韻"。

袕 ㄒㄩㄝˋ hsüeh^{4} 音穴
衣服開孔。見"爾雅·釋器"。

袨 ㄒㄩㄢˋ hsüan^{4} 音眩
①華麗的衣服。見"說文新附"。②黑色的衣服。見"玉篇"。

袢 ㄈㄢˊ fan^{2} 音煩
①素色的內衣。見"說文"。

2炎熱。如:袢暑。

袜 ㊀ ㄇㄛˋ mo^4 音末
婦女束肚腹的布。即袜肚、兜肚。或作絉。見"廣韻"。
㊁ ㄨㄚˋ wa^4 音襪
襪子。同襪、韤。

𧘿 ㄓㄥ $chêng^1$ 音征
參𧘿松。

9【𧘿松】 ㄓㄥ ㄓㄨㄥ
小孩的衣服。

袪 ㄑㄩ $ch'ü^1$ 音驅
1衣袖。也指袖口。見"說文"。2舉起。如:袪步。3開散。4除去。如:袪蔽。

10【袪除】 ㄑㄩ ㄔㄨˊ
除去。

袣 ㄧˋ i^4 音意
1衣袖。見"集韻"。2衣衫寬長的樣子。見"集韻"。

袑 ㄕㄠˋ $shao^4$ 音紹
1褲襠。見"廣雅·釋器"。2衣襟。見"集韻"。

䘪 ㄔㄨㄥ $ch'ung^1$ 音充
參䘪䘿。

13【䘪䘿】 ㄔㄨㄥ ㄐㄩㄝˊ
沒有邊飾的粗布短衣。也作䘪袦。

袏 ㄗㄨㄛˋ $tso^4, tsuo^4$ 音坐
1有前襟的單衣。見"方言·四"。2衣包囊。見"玉篇"。

袥 ㄊㄨㄛˋ $t'o^4, t'uo^4$ 音拓
1正前開衩的裙子。見"說文"。2廣大。見"玉篇"。3打開衣領。見"廣韻"。

袚 ㄅㄛ po^1 音剝 又讀 ㄈㄨˊ fu^2 音伏
1我國古代少數民族所穿的衣服。見"說文"。2蔽膝。通韍。見"方言·四"。

袒 ㄊㄢˇ $t'an^3$ 音坦
1裸露。如:袒胸露背。2偏心;偏愛。如:偏袒。3表白;表明。如:袒懷相識。

13【袒裼】 ㄊㄢˇ ㄒㄧˊ
脫去衣服,裸露身體。

21【袒護】 ㄊㄢˇ ㄏㄨˋ
偏袒庇護。

【袒露】 ㄊㄢˇ ㄌㄡˋ
裸露。

袖 ㄒㄧㄡˋ $hsiu^4$ 音秀
衣袂。如:長袖善舞。

9【袖珍】 ㄒㄧㄡˋ ㄓㄣ
可以藏在衣袖中的東西。形容小巧的樣子。

4【袖手旁觀】 ㄒㄧㄡˋ ㄕㄡˇ ㄆㄤˊ ㄍㄨㄢ
在一旁觀望,而不願過問其事。

袡 ㄖㄢˊ jan^2 音然
也作衻。1衣服的邊緣。見"廣韻"。2古時婦女跪拜時用以護膝的圍裙。即蔽膝。見"方言·四"。

袦 ㄐㄩㄝˊ $chüeh^2$ 音掘
也作䘿。參䘪䘿。

袉 ㊀ ㄧˊ i^2 音移
1衣服的中間部分。見"集韻"。2衣服寬長的樣子。
㊁ ㄧˋ i^4 音義
衣裳的下緣。見"集韻"。
㊂ ㄧˇ i^3 音以
衣袖。也作衪。見"正字通"。

袟 ㄓˋ $chih^4$ 音秩
1劍套。見"集韻"。2書套;書函。也作袠、帙。見"字彙"。

袍 ㄆㄠˊ $p'ao^2$ 音庖
寬長有夾裡的衣服。也泛指一般長衣。如:棉袍。

10【袍笏】 ㄆㄠˊ ㄏㄨˋ
古代官員上朝所穿的衣服和所執的手板。

16【袍澤】 ㄆㄠˊ ㄗㄜˊ
1長袍與內衣。2軍人彼此相稱。

10【袍笏登場】 ㄆㄠˊ ㄏㄨˋ ㄉㄥ ㄔㄤˇ
演員登臺扮官相。比喻新官到任。含有諷刺的意味。

被 ㊀ ㄅㄟˋ pei^4 音背
1睡時用以覆蓋身體的物品。如:棉被。2覆蓋。3承受;遭遇。4及;至。如:西被於流沙。5量詞。東西一具或一套稱一被。6姓。'春秋''鄭'有'被瞻'。見"通志·氏族略五"。
㊁ ㄆㄧ $p'i^1$ 音披
1穿著。如:被堅執銳。2披散。通披。3背;負。如:被山帶河。

7【被告】 ㄅㄟˋ ㄍㄠˋ
與原告同爲訴訟當事人,主動提起訴訟者爲原告,被他人起訴者爲被告。在民事訴訟,原告通常爲債權人,被告通常爲債務人或保證人。在刑事訴訟,原告通常爲代表國家法益之檢察官或因犯罪受害之自訴人,而被告則爲犯罪嫌疑人。

11【被動】 ㄅㄟˋ ㄉㄨㄥˋ
受外力之影響而發生之行動。與自動、主動相反。

17【被壓木】 ㄅㄟˋ ㄧㄚ ㄇㄨˋ
劣等樹冠級的林木。一般指在同齡林中居於林冠之下層,上方全遭蔭蔽或凌壓者。是疏伐的第一優先對象,否則多趨於死亡。

18【被覆力】 ㄅㄟˋ ㄈㄨˋ ㄌㄧˋ
(covering power)可在低電流密度電鍍的鍍浴能力。

3【被子植物】 ㄅㄟˋ ㄗˇ ㄓˊ ㄨˋ
(Angiosperm)種子植物中,大部分的種類屬被子植物,其主要特徵是:種子位於果實內、具有維管束。

【被山帶河】 ㄆㄧ ㄕㄢ ㄉㄞˋ ㄏㄜˊ
背山面水。形容地勢險阻。

5【被叫程式】 ㄅㄟˋ ㄐㄧㄠˋ ㄔㄥˊ ㄕˋ
(called program)電腦程式執行中被其他程式單元所呼叫的程式。通常爲函數、程序或次常式。

9【被背書人】 ㄅㄟˋ ㄅㄟˋ ㄕㄨ ㄖㄣˊ
票據以背書轉讓者,背書人記載受讓人於票據上,該受讓人稱作被背書人。空白背書不記載被背書人,惟於記名背書有被背書人。被背書人因背書人之背書,而取得背書人成爲票據上之權利人,且不受讓第三人對背書人之抗辯,於票據不獲付款或受其後手追索後,得對背書人行使追索權。

【被保險人】ㄅㄟˋ ㄅㄠˇ ㄒㄧㄢˇ ㄖㄣˊ
(insured)以其財物、生命或身體為保險標的,在危險事故發生而遭受損失時,享有補償請求權的人。要保人亦得為被保險人。在人壽保險方面,被保險人常稱為保單持有人(policyholder)。

11【被堅執銳】ㄆㄧ ㄐㄧㄢ ㄓˊ ㄖㄨㄟˋ
身穿堅固的盔甲,手拿銳利的兵器。指參與作戰。

【被動元件】ㄅㄟˋ ㄉㄨㄥˋ ㄩㄢˊ ㄐㄧㄢˋ
(passive element)不會產生功率增益的電路元件。如電容器、電阻器、電感器等。

14【被褐懷玉】ㄆㄧ ㄏㄜˊ ㄏㄨㄞˊ ㄩˋ
外披粗布衣服,內懷寶玉。比喻賢德之人,才不外露,不求世知。

15【被髮左衽】ㄆㄧ ㄈㄚˇ ㄗㄨㄛˇ ㄖㄣˋ
披散著頭髮,衣襟開在左邊。為古代少數民族的裝扮和服飾。

20【被繼承人】ㄅㄟˋ ㄐㄧˋ ㄔㄥˊ ㄖㄣˊ
死亡時留下遺產供其血親繼承人及配偶繼承之人。繼承因被繼承人死亡而開始,繼承人自繼承開始時,除限定或拋棄繼承外,承受被繼承人財產上之一切權利義務。但權利義務專屬於被繼承人本身者,不在此限。

11【被動攻擊性人格】ㄅㄟˋ ㄉㄨㄥˋ ㄍㄨㄥ ㄐㄧˊ ㄒㄧㄥˋ ㄖㄣˊ ㄍㄜˊ
(passive-aggressive personality)性格異常之一。患者多以消極方式(如工作時抗命、故意怠慢他人或頑固等)以表達其攻擊性。

袧 ㄍㄡ *kou*^{1} 音鉤
古代裳幅兩側有縐褶而中央無縐褶的喪服。見"正字通"。

袎 ㄧㄠˋ *yao*^{4} 音耀
襪頸。見"集韻"。

袙 ㈠ ㄆㄚˋ *p'a*^{4} 音怕
帷帳。見"集韻"。
㈡ ㄇㄛˋ *mo*^{4} 音墨
頭巾。同帊。見"字彙"。

袛 ㄉㄧ *ti*^{1} 音低
參袛裯。

13【袛裯】ㄉㄧ ㄉㄠ
短衣。

袊 ㄌㄧㄥˇ *ling*^{3} 音領
1衣服的領子。今作領。見"玉篇"。2下裳;裙子。見"字彙"。

袗 ㈠ ㄓㄣˇ *chên*^{3} 音軫
1黑色的衣服。見"說文"。2單衣。也作褌。見"字彙"。
㈡ ㄓㄣ *chên*^{1} 音真
上衣下裳顏色相同的衣服。見"集韻"。

袈 ㄐㄧㄚ *chia*^{1} 音加
參袈裟。

13【袈裟】ㄐㄧㄚ ㄕㄚ
梵語 kaṣāya 的音譯,意思是「不正、壞、染」。佛教出家人以「非正色、壞色、染色」(非青、非黃、非赤、非白、非黑)的布染成暗灰色所製成的衣服,總名袈裟。其目的在消融世情主觀與客觀人際間的俗念。從製作上概分為僧伽梨(眾聚時衣)、鬱多羅僧(上衣)、安陀會(內衣);從使用場合上分法衣、道服等。袈裟由義立名,也稱緇衣、田相衣、割截衣、間色衣、染色衣、功德衣、無垢衣、離塵服。

袋 ㄉㄞˋ *tai*^{4} 音代
盛東西的囊。

10【袋狼】ㄉㄞˋ ㄌㄤˊ
(Tasmanian wolf; *Thylacinus cynocephalus*)屬有袋類的動物。體長130公分,其中尾長50~65公分,黃棕色,有16~18條深色橫紋。後腿短,與長而下垂的尾不成比例。育兒袋淺,袋口向後開,雌者一次產2~4個幼體。於夜間捕食鳥或小袋鼠,常為害人們飼養的羊和雞。由於人們的濫加捕殺,目前已瀕臨絕種。

袋狼圖

13【袋鼠】ㄉㄞˋ ㄕㄨˇ
(kangaroo)為較原始的哺乳動物,屬於有袋目(order Marsupialia)、袋鼠科(family Macropodidae)。約47種,產於'澳洲'、'新幾內亞'等地。大多數種類體大型,體長自23公分~2.5公尺;後腿細長而有力,善於跳躍,尾長;前肢短,功用似人的手臂;頭小、耳小而圓。生活陸地,草食性。大型鳥類、蟒蛇為其天敵,人們捕獵袋鼠以食其肉或取其皮。通常每年產一子,雌性懷孕約三十天(視種類而異),產出時僅長2公分左右,自行爬入母體腹面的育兒袋內,並吸住乳頭,約經六個月發育完全。大型袋鼠行團隊生活,由一體型最大的雄性任領隊。

袋鼠圖

14【袋熊】ㄉㄞˋ ㄒㄩㄥˊ
(wombat)屬有袋類的動物。產於'澳洲'。無尾,體長70~120公分,齒無根,可不斷生長。耳短眼小,育兒袋向後開口,夜間活動,草食。每次產一個幼體,幼體在袋中約五個月。

袋熊圖

18【袋濾器】ㄉㄞˋ ㄌㄩˋ ㄑㄧˋ
(bag filter)一種用來分離氣體中微細固體的袋形過濾器。其中濾袋的網目愈大,可濾掉的固體顆粒愈少。

袲 ㄧˊ *i*² 音宜
‘春秋’‘宋’邑。在今‘安徽省’‘宿縣’西。見“集韻”。

校 ㄐㄧㄠˇ *chiao*³ 音皎
參校衧。

7【校衧】 ㄐㄧㄠˇ ㄌㄧㄠˇ
小褲；短褲。

袿 ㊀ ㄍㄨㄟ *kuei*¹ 音圭
①婦女的上衣。見“釋名·釋衣服”。②衣服的後襟。見“方言·四”。③衣袖。見“廣雅·釋器”。
㊁ ㄍㄨㄚˋ *kua*⁴ 音掛
罩在外面的衫衣。通褂。

裉 ㄎㄣˋ *k'ên*⁴ 音揹
衣服的掛肩或腰身。也作裀。

袺 ㄐㄧㄝˊ *chieh*² 音結
用手提起衣襟兜攏東西。見“字彙”。

裗 ㄌㄧㄡˊ *liu*² 音流
衣襟的垂飾。見“集韻”。

袹 ㄇㄛˋ *mo*⁴ 音莫
參袹腹。

13【袹腹】 ㄇㄛˋ ㄈㄨˋ
背心。也稱裲襠。

袸 ㄘㄨㄣˊ *ts'un*² 音存
①垂有纓繐的小衣帶。見“爾雅·釋器”。②蔽膝的一種。即褒脬衣。見“玉篇”。

袴 褲的或體。

袘 袖的或體。

裥 ㄌㄨㄥˊ *lung*² 音籠
褲襠。通襱。見“玉篇”。

裀 ㄧㄣ *yin*¹ 音因
①有裡的衣服。即重衣。見“廣雅·釋器”。②坐墊；床褥。通茵。

袽 ㄖㄨˊ *ju*² 音如
破衣敗絮。見“字彙”。

袾 ㄓㄨ *chu*¹ 音朱
①美好。通姝。見“說文”。②衣服的中間部分。即衣身、衣中。見“廣雅·釋器”。③紅色的衣服。見“字彙補”。

袶 ㄐㄧㄤˋ *chiang*⁴ 音絳
草名。見“集韻”。

袼 ㄌㄨㄛˋ *lo*⁴, *luo*⁴ 音落
衣袖靠腋下縫合的部分。俗稱掛肩。見“字彙”。

袵 衽的或體。

袱 ㄈㄨˊ *fu*² 音服
包裹東西的布巾。見“字彙”。

袷 ㊀ ㄐㄧㄚˊ *chia*² 音頰
①無棉絮的兩層夾衣。見“說文”。②衣縫。見“集韻”。
㊁ ㄐㄧㄝˊ *chieh*² 音劫
衣領。通襘。見“集韻”。

裁 ㄘㄞˊ *ts'ai*² 音才
①剪布製衣。也泛指剪割紙張或其他片狀物。②刪除；削減。如：裁軍。③抑制；控制。如：制裁。④衡量；鑑別。如：裁鑑。⑤寫作；撰寫詩文。如：裁詩。⑥決斷；判定。如：裁斷。⑦殺。如：自裁。⑧體制；規格。如：別裁。

5【裁正】 ㄘㄞˊ ㄓㄥˋ
裁奪指正。

7【裁決】 ㄘㄞˊ ㄐㄩㄝˊ
判定。

【裁汰】 ㄘㄞˊ ㄊㄞˋ
裁減；淘汰。

【裁判】 ㄘㄞˊ ㄆㄢˋ
①指審判機關（在民事，包括法院、審判長、受命推事、受託推事；在刑事，指法院或審判官）就訴訟事件或其關係事項，對當事人或訴訟關係人所爲意思表示，可分爲判決及裁定。②體育或其他競賽中執行規則、裁斷勝負的人。

【裁抑】 ㄘㄞˊ ㄧˋ
裁制抑止。

【裁兵】 ㄘㄞˊ ㄅㄧㄥ
裁減軍隊的名額。

8【裁定】 ㄘㄞˊ ㄉㄧㄥˋ
法院、審判長、受命推事或受託推事就訴訟程序上之事項，對於當事人及訴訟關係人，以書面審理或任意言詞辯論所爲之意思表示。裁判，除依“民事訴訟法”或“刑事訴訟法”應用判決者外，均以裁定行之。應以裁定行之者，雖以通知、批示或其他名稱爲之，亦不失爲裁定。其原則上就程序上事項爲之，但實體事項有例外以裁定爲之者，如民事訴訟之支付命令，以及刑事訴訟之更定其刑、定其應執行之刑。裁定生效後，除別有規定外，爲裁定者不得自行撤銷或變更之；如有不服，除別有規定外，得抗告於直接上級法院。

9【裁軍】 ㄘㄞˊ ㄐㄩㄣ
(disarmament)強國擴軍備戰會增加戰爭爆發的危險與阻礙經濟發展，因此潛在的敵對國家常會在軍力平衡原則下，裁減武器數量。如‘美’‘蘇’曾一再商討裁減戰略武器，但效果仍有限。

10【裁員】 ㄘㄞˊ ㄩㄢˊ
裁減工作人員。

11【裁剪】 ㄘㄞˊ ㄐㄧㄢˇ
①縫製衣服。②指斟酌事情的取捨。③指對詩文的修飾潤色。

12【裁量】 ㄘㄞˊ ㄌㄧㄤˊ
考量之後，加以裁決。

14【裁奪】 ㄘㄞˊ ㄉㄨㄛˊ
判決；決定可否。

7【裁判離婚】 ㄘㄞˊ ㄆㄢˋ ㄌㄧˊ ㄏㄨㄣ
離婚有兩願離婚及裁判離婚之分。前者應以書面爲之，有二人以上證人之簽名，並應向戶政機關爲離婚之登記；後者指夫妻之一方，於具法定重大事由時，向他方提起離婚之訴，請求消滅婚姻關係。“民法”對於裁判離婚之原因，原則上採限制的列舉主義，於有第一千零五十二條第一項十款之原因時，始允請求離婚；例外，於此十款以外，有重大事由，致難以維持婚姻者，亦得請求裁判離婚（第一千零五十二條第二項）。離婚之訴，專屬於夫或贅夫之妻之

住所地或其死亡時住所地之法院管轄，乃屬形成之訴。離婚之訴於起訴前，應經法院調解。

8【裁定匯率】 ㄘㄞˊ ㄉㄧㄥˋ ㄏㄨㄟˋ ㄌㄩˋ
(arbitrated 〔exchange〕 rate) 對於某一特定國貨幣的匯率，假如是透過該特定國貨幣與第三國貨幣之間的匯率換算出來時，稱該匯率爲裁定匯率。例如在我國，新'臺'幣與'美'元的匯率爲 US$1＝NT$40，如'美'元與'英'鎊的匯率爲 Stg£1＝US$1.20，則新'臺'幣與'英'鎊的匯率爲Stg£1＝NT$48。這種新'臺'幣與'英'鎊的匯率是透過二種已知的匯率間接換算(裁定)出來，所以稱爲裁定匯率。

裂 ㄌㄧㄝˋ lieh⁴ 音列
1 裁剪衣料所剩下的碎布。見"說文"。2 裁剪；撕開。3 張大。4 劃分；剖分。如：裂地而封。5 破裂；裂開。6 古代分解肢體的一種酷刑。即車裂。7 姓。'周''杞'有'裂繻'。見"萬姓統譜·一一八"。

7【裂谷】 ㄌㄧㄝˋ ㄍㄨˇ
(rift valley) 兩條平行斷層面間之地塊陷落而形成的狹長谷地。即地塹。以'非洲'東部的'大裂谷'最著名。

8【裂果】 ㄌㄧㄝˋ ㄍㄨㄛˇ
(dehiscent fruit) 指成熟後果皮會自然裂開的乾果類果實。依其裂開方式的不同，可分爲莢果、蓇葖果、短角果、長角果、蒴果等。

11【裂痕】 ㄌㄧㄝˋ ㄏㄣˊ
破裂的痕跡。

13【裂煉】 ㄌㄧㄝˋ ㄌㄧㄢˋ
(cracking) 分子量高的碳氫化合物，於高溫或觸媒作用下分裂爲低分子量化合物的反應。可分爲熱裂與媒裂兩種。

14【裂隙】 ㄌㄧㄝˋ ㄒㄧˋ
裂縫；縫隙。

4【裂片生殖】 ㄌㄧㄝˋ ㄆㄧㄢˋ ㄕㄥ ㄓˊ
(fragmentation) 身體裂爲許多碎片，每一片可以再生爲一完整個體的生殖法。如某些種類的渦蟲及水綿、顫藻等絲狀型的藻類，可用此法繁殖。

7

裟 ㄕㄚ sha¹ 音沙
參袈裟。

裏 ㄌㄧˇ li³ 音里
裡的或體。

10【裏海】 ㄌㄧˇ ㄏㄞˇ
(Caspian Sea) '歐'、'亞'兩洲的分界湖及全球最大湖泊、鹹水湖。位於'俄'屬中'亞'西部。面積 42.2 萬方公里。北部沙岸水較淺；南部沙、岩岸兼具，水較深，終年不凍，有天然良港。

裛 ㄧˋ i⁴ 音意
1 纏繞。見"說文"。2 書的函套。通帙。見"廣雅·釋器"。3 用香熏衣。見"集韻"。4 沾溼。通浥。

裒 ㄆㄡˊ p'ou² 音抔
1 聚集；積多。見"正字通"。2 削減；減去。如：裒多益寡。

12【裒集】 ㄆㄡˊ ㄐㄧˊ
聚集。

裓 ㄍㄜˊ ko², kê² 音革
1 衣前襟。見"集韻"。2 古代'印度'佛教比丘服式的一種。即行戒衣。爲披在肩上，用以拭手或盛物的長方形布巾。如：衣裓。

裙 ㄑㄩㄣˊ ch'ün² 音群
圍在腰下的服裝。古時男女皆穿著，後世則多爲女子穿著。也作帬、裠。見"廣韻"。

11【裙釵】 ㄑㄩㄣˊ ㄔㄞ
裙子和頭釵。借喻婦女。

10【裙屐少年】 ㄑㄩㄣˊ ㄐㄧ ㄕㄠˋ ㄋㄧㄢˊ
華服遊蕩，無實學而不堪重任的少年。

11【裙帶關係】 ㄑㄩㄣˊ ㄉㄞˋ ㄍㄨㄢ ㄒㄧˋ
由婚姻而建立的關係。多含譏諷之意。

裋 ㄕㄨˋ shu⁴ 音豎
古代貧民僕役所穿的粗布短袍。見"說文"。

補 ㄅㄨˇ pu³ 音捕
1 把破裂、破洞的地方修好。2 把缺欠的添足。3 裨益。如：無補於事。4 滋養。或指滋養的食品。如：多令進補。5 姓。'漢'有'補郎'。見"奇姓通·五"。

5【補正】 ㄅㄨˇ ㄓㄥˋ
1 增補訂正。2 (correction) 爲求得接近眞值，在量測時讀取之值或計算值上，加上該儀器與人爲因素所引起之誤差所定之值。

【補衼】 ㄅㄨˇ ㄉㄧㄥ
縫補衣服、鞋、襪等破損的地方。

【補白】 ㄅㄨˇ ㄅㄞˊ
1 填補空白的地方。2 謙稱自己的作品只可供人聊補空白的牆壁。用在書畫題款上。

6【補色】 ㄅㄨˇ ㄙㄜˋ
(complementary colour) 兩個顏色(光)混合而變成白色光或灰、黑顏色時，該兩色互爲補色。兩個互補的顏色相鄰時，會呈現強烈的對比，且兩色的彩度愈高，其對比的效果愈強烈。而二原色相混時，可得到第三原色的互補色：紅色的互補色爲綠色(黃色＋藍色)，黃色的互補色爲紫色(紅色＋藍色)，藍色的互補色爲橙色(紅色＋黃色)。人的眼睛長久注視高彩度顏色，會在視網膜上形成破碎的互補色。互補色很能增加色彩構成的效果。

9【補苴】 ㄅㄨˇ ㄐㄩ
填補缺漏。

【補品】 ㄅㄨˇ ㄆㄧㄣˇ
滋養身體的藥物食品。

10【補益】 ㄅㄨˇ ㄧˋ
幫助；助益。

【補釘】 ㄅㄨˇ ㄉㄧㄥ
同補衼。

【補缺】 ㄅㄨˇ ㄑㄩㄝ
1 補充缺額。2 彌補缺失。3 修補

缺損。

12【補詞】 ㄅㄨˇ ㄘˊ

在敘事句中，除主要文法成分主語、賓語外，其餘與述詞有關的人物、時、地等，用來作爲補充作用的詞。

【補捶】 ㄅㄨˇ ㄔㄨㄟˊ

國術手法。一手拍去敵人攻擊之手，另一手出拳攻擊敵人之空門。

【補貼】 ㄅㄨˇ ㄊㄧㄝ

①補足欠缺虧損。②(subsidy)指政府爲某種原因，對廠商、消費者或特定人士，予以金錢上的幫助。如政府爲使某種產品能以低價銷售，即可給予生產者補貼。

【補短】 ㄅㄨˇ ㄉㄨㄢˇ

補救缺失。

【補集】 ㄅㄨˇ ㄐㄧˊ

(complementary set; complement)假設確定了一個足夠大的集合，稱之爲宇集，記爲Ω，則其子集A的補集就是Ω中所有不屬於A的元素之全體，記爲A^c或$A'(=\Omega-A)$，且$A''=A$。若所討論之集合均爲實數元素，則宇集即定爲所有實數的集合。

14【補綴】 ㄅㄨˇ ㄓㄨㄟˋ

修補連綴。

15【補數】 ㄅㄨˇ ㄕㄨˋ

(complement)將一數以相同數基且位數相同之最大數相減之後所得的結果，稱爲該數之補數。如十進位之135的補數爲864(＝999－135)。

17【補償】 ㄅㄨˇ ㄔㄤˊ

①個人藉成就以克服自卑的歷程。②塡補被害人之損害。原則上以塡補被害人所受損害及所失利益。例如徵收土地應該發放補償費，且以補償費發放受領完成之時，爲被徵收土地所有權移轉之時。

18【補闕】 ㄅㄨˇ ㄑㄩㄝ

①補救缺失。②官名。'唐''武后'時始置，負責侍從皇帝，規諫過失。分左、右補闕，左屬'門下省'，右屬'中書省'，'宋'改爲左、右司諫。

17【補償法】 ㄅㄨˇ ㄔㄤˊ ㄈㄚˇ

(compensation method)由量度量引出大約相等的已知量，求其量測之差而得知眞確値的量度方法。例如一函數3→4、3.5→?、4→5，由上下關係，可求出3.5所對應之値。

【補償流】 ㄅㄨˇ ㄔㄤˊ ㄌㄧㄡˊ

(compensation current)在海洋中，當某處的海水向他處流動時，因流體有連續的性質，別處的海水流入補償，於是發生洋流，此種洋流稱爲補償流。赤道兩側的南、北赤道洋流，向西流到大陸東岸，受地球自轉偏向力影響，分別以拋物線方式轉向，至中緯度地區折而向東，至大陸西岸又折回低緯區，遂成爲赤道洋流的補償流。

5【補白廣告】 ㄅㄨˇ ㄅㄞˊ ㄍㄨㄤˇ ㄍㄠˋ

(donut)預先錄製好以供地方電臺播放的廣播廣告或電視廣告片，其中留有空白部分，便於地方廣告主塡入資訊。如某清潔劑廠商拍廣告片時，片尾留一段，便於各地分臺塡補該地經銷商名稱及地址以供放映。

7【補助單位】 ㄅㄨˇ ㄓㄨˋ ㄉㄢ ㄨㄟˋ

(supplementary unit)國際單位制的導出單位在組合時所用無次元之量的單位。目前採用的補助單位爲平面角的弳及立體角的立弳。

11【補偏救弊】 ㄅㄨˇ ㄆㄧㄢ ㄐㄧㄡˋ ㄅㄧˋ

矯正偏差，補救弊害。

14【補綴乾坤】 ㄅㄨˇ ㄓㄨㄟˋ ㄑㄧㄢˊ ㄎㄨㄣ

比喻重整河山。

7【補助金制度】 ㄅㄨˇ ㄓㄨˋ ㄐㄧㄣ ㄓˋ ㄉㄨˋ

(the subsidiary system)爲中央與地方財政收入劃分的方法之一。指由中央政府補助地方政府之收入，以充經費之用。此乃因現代各國租稅收入有集中於中央之趨勢，而支出則多分散於地方，兩者無法配合，故有補助金制度之設，並兼有均衡地方發展之作用。

裌 ㄐㄧㄚˊ *chia*^{2} 音頰

無棉絮的雙層衣服。同袷。見"廣韻"。

裖 ㄓㄣˇ *chên*^{3} 音軫

①黑色衣服。同袗。見"說文"。②重疊累積的樣子。如：槃石裖崖。

裡 ㄌㄧˇ *li*^{3} 音里

也作裏。①衣服內層的襯布。②內；中。如：表裡山河。③指某個地方或某段時間。如：這裡。

3【裡子】 ㄌㄧˇ ˙ㄗ

襯在衣服、帽子、鞋子裡面的布料。

7【裡作】 ㄌㄧˇ ㄗㄨㄛˋ

指兩期農業主作之間的中間作。在第一期作之後而在第二期作之前者稱爲夏季裡作；在第二期作之後，次年第一期作之前者稱爲冬季裡作。

10【裡脊肉】 ㄌㄧˇ ㄐㄧˇ ㄖㄡˋ

牲畜脊骨附近的肉。

12【裡裡外外】 ㄌㄧˇ ㄌㄧˇ ㄨㄞˋ ㄨㄞˋ

泛指內外。

17【裡應外合】 ㄌㄧˇ ㄧㄥˋ ㄨㄞˋ ㄏㄜˊ

內部接應和外面進攻，兩相配合。

裍 ㄎㄨㄣˇ *k'un*^{3} 音捆

①成就。見"廣韻"。②細絹做成的衣服。見"字彙"。

裎 ㄔㄥˊ *ch'êng*^{2} 音呈

①繫玉佩的絲帶。見"方言·四"。②脫衣露體。如：裸裎。

裞 ㄕㄨㄟˋ *shui*^{4} 音稅

贈送死者的衣被。同襚。見"說文"。

裕 ㄩˋ *yü*^{4} 音玉

①充足；豐富。如：富裕。②使富足。如：裕國利民。③寬大；寬容。

9【裕度】ㄩˋ ㄉㄨˋ
(allowance)兩配件中,外件尺寸最大極限與內件尺寸最小極限之差。

裔 ㄧˋ i^4 音意
①衣服的邊緣。見“說文”。②邊遠地方。如:四裔。③後代子孫。如:後裔。

裘 ㄑㄧㄡˊ $ch'iu^2$ 音求
①皮製的衣服。如:貂裘。②姓。‘漢’有‘裘仲友’。見“萬姓統譜·六三”。

裠 裙的或體。

裚 ㄐㄧˋ chi^4 音霽
折斷。見“集韻”。

裝 ㄓㄨㄤ $chuang^1$ 音莊
①安置;放置。如:裝冷氣機。②修飾。如:裝扮。③作假。如:裝瘋。④行李。如:整裝待發。⑤服飾。如:青年裝。⑥書籍裝訂或商品包裝的形式。如:線裝。⑦化妝。通妝。如:卸裝。

9【裝訂】ㄓㄨㄤ ㄉㄧㄥˋ
將散葉連綴成冊,使之堅實、美觀,便於翻閱,並訂正其錯誤。

10【裝修】ㄓㄨㄤ ㄒㄧㄡ
①裝置整修。②指傳統建築上,柱與柱間之木製透光、通風的門窗格扇。③(finishing)兼具裝飾與實用之目的的構造物。如臺度、踢腳板、天花板等。

13【裝裱】ㄓㄨㄤ ㄅㄧㄠˇ
裱糊書畫。

【裝傻】ㄓㄨㄤ ㄕㄚˇ
故作愚笨糊塗的樣子。

14【裝蒜】ㄓㄨㄤ ㄙㄨㄢˋ
故作不知的樣子。

15【裝潢】ㄓㄨㄤ ㄏㄨㄤˊ
①裝裱字畫書籍。也作裝池。②指房屋內部的裝修布置。

5【裝甲車】ㄓㄨㄤ ㄐㄧㄚˇ ㄔㄜ
裹覆輕裝甲之輪式車輛。配裝有小口徑槍砲,主要任務爲偵察與巡邏。

8【裝門面】ㄓㄨㄤ ㄇㄣˊ ㄇㄧㄢˋ
修飾門面。比喻講求外表的美觀,不求內在的充實。

10【裝配線】ㄓㄨㄤ ㄆㄟˋ ㄒㄧㄢˋ
(assembly line)一項產品的全部裝配工作,可細分爲若干個工作要素或基本工作,再將各項基本工作要素組成各個耗用工作時間相等或極爲相近的工作站,務使每項基本工作所需時間相同或相近,依工作順序排列成各個工作站,即成爲工作平穩的裝配線。

【裝鬼臉】ㄓㄨㄤ ㄍㄨㄟˇ ㄌㄧㄢˇ
作出滑稽可笑而又帶有揶揄的表情。

13【裝飾音】ㄓㄨㄤ ㄕˋ ㄧㄣ
(ornament)指在樂曲上所加的音。其記號稱裝飾記號。普通常用的有五種:倚音、迴音、碎音、震音、漣音。

15【裝糊塗】ㄓㄨㄤ ㄏㄨˊ ㄊㄨˊ
裝傻;裝迷糊。

18【裝櫃費】ㄓㄨㄤ ㄍㄨㄟˋ ㄈㄟˋ
(stuffing charge)在貨櫃運輸,需要併櫃裝運的一般零星貨物,託運人(貨主)應於船抵埠前送交貨櫃集散站,由船方僱工裝櫃。這種裝櫃服務,船公司向貨主酌收服務費,稱爲裝櫃費,又稱併裝貨收取費(CFS receiving charge)或併裝貨服務費(LCL service charge)。

9【裝神弄鬼】ㄓㄨㄤ ㄕㄣˊ ㄋㄨㄥˋ ㄍㄨㄟˇ
故弄玄虛,以欺惑人。

11【裝船通知】ㄓㄨㄤ ㄔㄨㄢˊ ㄊㄨㄥ ㄓ
(shipping advice; notice of shipment)又稱裝運通知。即指賣方對買方所發出報告貨物已於某月某日或將於某月某日運出的通知。其內容通常包括契約(或訂單)號碼、貨名、裝運數量、船(飛機)名、裝運日期、預定到達日、裝運港(地)、目的港(地)等。這種通知,大多以電報通知,但也有用航郵方式通知的。通知的目的有二:一、便於買方購買保險;二、便於買方事先準備有關提貨及轉售事宜。

12【裝腔作勢】ㄓㄨㄤ ㄑㄧㄤ ㄗㄨㄛˋ ㄕˋ
故意造作各種虛僞的情態。

13【裝運日期】ㄓㄨㄤ ㄩㄣˋ ㄖˋ ㄑㄧˊ
(shipping date;date of shipment)原義爲貨物實際裝上船舶的日期。亦即裝船日期。但也可解釋爲將貨物交給船公司運送的日期。現在則廣義地解釋作:船公司、航空公司、郵政局或陸上運送人收到承運貨物的日期。依“信用狀統一慣例”規定,信用狀要求海運提單時,則以裝運提單的發行日期或備運提單上裝船註記的日期爲裝運日期;若要求航空提單時,則以航空提單上所顯示的發行日期,或要求應顯示實際起飛日時,以其所顯示的實際起飛日爲裝運日期。如信用狀要求海運或航空提單以外的運送單證時,則以該運送單證上所顯示的發行日期或收貨戳記的日期中,較遲的日期爲裝運日期。

【裝置時間】ㄓㄨㄤ ㄓˋ ㄕˊ ㄐㄧㄢ
(setup time)又稱改裝時間。即生產設備或工廠從生產某一種零件或產品改爲生產另一種零件或產品所需花費的改裝(如換模具)、準備(如準備原料)的時間。

【裝置藝術】ㄓㄨㄤ ㄓˋ ㄧˋ ㄕㄨˋ
(installation)從西元1960年代開始盛行的美術設計。把三次元的美術作品裝置在美術館或生活空間,令觀眾對作品及其所包圍的空間產生反應和感動。

【裝飾藝術】ㄓㄨㄤ ㄕˋ ㄧˋ ㄕㄨˋ
(art deco)①將圖案裝飾在家具、建築或工藝品上,以增加美感的一種應用美術。②指西元1920年代到1930年代盛行的裝飾風格。1925年在‘巴黎’舉辦的「現代裝飾、產業美術國際博覽會」上,共同決定採用'法'文的這一個名稱,做爲此時期的裝飾藝術風格之正式名稱。跟新藝術(art nouveau)的注重曲線花紋之裝飾比較,裝飾藝術是考慮機器的大量生產,所以重視簡潔的直線造形。再者,它常把以往的風格加以改變成適合於大量生產的直線性造型。從1970年代末期,隨著都市的消費文化興起,這一種裝飾藝術風格再度受到人們的歡迎。

14【裝瘋賣傻】 ㄓㄨㄤ ㄈㄥ ㄇㄞˋ ㄕㄚˇ
假裝瘋顛糊塗。

15【裝模作樣】 ㄓㄨㄤ ㄇㄛˊ ㄗㄨㄛˋ ㄧㄤˋ
假裝出種種的姿勢態度。也作妝模作樣。

22【裝聾作啞】 ㄓㄨㄤ ㄌㄨㄥˊ ㄗㄨㄛˋ ㄧㄚˇ
故意不聞不問或假裝不知。

10【裝配性生產】 ㄓㄨㄤ ㄆㄟˋ ㄒㄧㄥˋ ㄕㄥ ㄔㄢˇ
(assembly production)先製造產品上的各項零件或外購部分零件,而後將零件裝配成爲產品的生產方式。

13【裝運品質條件】 ㄓㄨㄤ ㄩㄣˋ ㄆㄧㄣˇ ㄓˊ ㄊㄧㄠˊ ㄐㄧㄢˋ
(shipped quality terms; shipping quality terms)又稱運出品質條件。即買賣當事人約定,對於所交付貨物,賣方只保證其品質在裝運地裝運時與契約規定相符爲條件;至於貨物在運輸途中可能發生的品質變化,歸由買方負責。貿易條件爲船邊交貨條件、船上交貨條件、運費在內條件或運費、保險費在內條件時,貨物風險在裝運地裝運時,由賣方移轉買方,故除非另有約定,通常都以裝運品質爲準。至於賣方運出貨物品質的證明,可由買賣雙方約定的公證行證明。

【裝運重量條件】 ㄓㄨㄤ ㄩㄣˋ ㄓㄨㄥˋ ㄌㄧㄤˋ ㄊㄧㄠˊ ㄐㄧㄢˋ
(shipped weight terms; shipping weight terms)又稱運出重量條件。即買賣當事人約定,對於交付重量,以裝運地裝運時的重量爲準,至於運輸途中可能發生的缺重,歸由買方負擔。換句話說,賣方按照裝運重量開製發票,結算貨價。在船邊交貨條件、船上交貨條件、運費在內條件或運費、保險費在內條件下,由於貨物風險在裝運地裝運時,由賣方移轉買方,故除非另有約定,通常都以裝運重量爲準。至於賣方運出重量的證明,可由買賣雙方約定的公證行證明。

8【裝卸船方免責條件】 ㄓㄨㄤ ㄒㄧㄝˋ ㄔㄨㄢˊ ㄈㄤ ㄇㄧㄢˇ ㄗㄜˊ ㄊㄧㄠˊ ㄐㄧㄢˋ
(free in/out term; FIO)爲航程傭船契約中有關貨物裝卸費負擔條件的一種。依此條件,貨物在裝船港的裝貨費用及在卸貨港的卸貨費用,船方不負責,均須由傭船人(貨方)負責。

裊 ㄋㄧㄠˇ niao^{3} 音鳥
①柔軟美好。見"字彙"。②搖曳。③繚繞。

10【裊娜】 ㄋㄧㄠˇ ㄋㄨㄛˇ
也作嫋娜、嬝娜。①枝葉細長柔弱的樣子。②形容女子體態輕盈柔美。

13【裊裊】 ㄋㄧㄠˇ ㄋㄧㄠˇ
同嫋嫋。①搖盪不定的樣子。②繚繞的樣子。③柔弱細長的樣子。

【裊裊婷婷】 ㄋㄧㄠˇ ㄋㄧㄠˇ ㄊㄧㄥˊ ㄊㄧㄥˊ
形容婦女體態纖細柔美的樣子。

8

裹 ㄍㄨㄛˇ ko^{3}, kuo^{3} 音果
①纏束;包紮。如:裹傷。②囊括;包含。如:無物不裹。③指包起來的東西。如:郵寄包裹。④指花房。如:綠葉紫裹。

7【裹足】 ㄍㄨㄛˇ ㄗㄨˊ
①纏足。②止步不敢向前。

10【裹脅】 ㄍㄨㄛˇ ㄒㄧㄝˊ
控制脅迫。

12【裹創】 ㄍㄨㄛˇ ㄔㄨㄤ
包紮傷口。

13【裹腳】 一 ㄍㄨㄛˇ ˙ㄐㄧㄠ
綁腿的布條。也稱綁腿。
二 ㄍㄨㄛˇ ㄐㄧㄠˇ
纏足。

【裹腹】 ㄍㄨㄛˇ ㄈㄨˋ
填飽肚子。

【裹傷】 ㄍㄨㄛˇ ㄕㄤ
包紮傷口。

18【裹糧】 ㄍㄨㄛˇ ㄌㄧㄤˊ
攜帶糧食。

⿰衤定 綻的或體。

裷 一 ㄩㄢ yüan^{1} 音鴛
頭巾;布巾。襎裷的簡稱。見"廣韻"。
二 ㄍㄨㄣˇ kun^{3} 音袞
天子的禮服。同袞。見"正字通"。
三 ㄑㄩㄢˇ ch'üan^{3} 音犬
襪子。見"集韻"。

裧 ㄔㄢ ch'an^{1} 音攙
①蔽膝。同襜。見"玉篇"。②車上的帳帷。同幨。見"正字通"。

⿰衤疌 ㄑㄧˋ ch'i^{4} 音緝
衣襟的邊緣。見"說文"。

裱 ㄅㄧㄠˇ piao^{3} 音表
①婦人用的領巾。見"方言·四"。②裝潢書畫或糊飾房屋。如:裱褙。

14【裱褙】 ㄅㄧㄠˇ ㄅㄟˋ
裝飾書畫、碑帖等的一門特殊技藝。所裱之件,用紙覆托背面,掛軸則加鑲綾、絹或紙的天地頭和邊框;冊頁亦鑲邊框,前後有副頁,上下加板面即成。書畫經裱褙後,便於觀賞收藏,殘破者亦可修補。

褂 ㄍㄨㄚˋ kua^{4} 音卦
罩在外面的衫衣。一般都比袍短。如:馬褂。

3【褂子】 ㄍㄨㄚˋ ˙ㄗ
單外衣。有長短的不同:長外衣,俗稱大褂子,通常罩在長袍的外面;短外衣,俗稱短褂,也常罩在袷襖或棉襖的外面。

裲 ㄌㄧㄤˇ *liang*^{3} 音兩
參裲襠。

18【裲襠】 ㄌㄧㄤˇ ㄉㄤ
古代用以護胸、背的衣物。

裾 ㄐㄩ *chü*^{1} 音居
[1]衣服的前襟。見"說文·裾·段注"。[2]衣後下垂部分。

褚 ㄔㄨˇ *ch'u*^{3} 音楚
或作褚。[1]將棉絮裝入衣服的夾層裡。也指內裝棉絮的衣服。[2]囊袋。見"集韻"。[3]蓋在棺木上的紅色布幕。如:褚幕。[4]姓。'漢'有'褚少孫'。見"萬姓統譜·七五"。

13【褚遂良】 ㄔㄨˇ ㄙㄨㄟˋ ㄌㄧㄤˊ
(596~658)'唐''錢塘'(今'浙江''杭縣')人,字'登善'。'太宗'時任諫議大夫兼起居注,後與'長孫無忌'同受遺命,扶立'高宗',轉任尚書左僕射,封'河南郡公'。全力反對'高宗'廢后改立'武則天'。及'武'氏立,貶爲'愛州'刺史,最後憂憤而死。工楷隸,碑刻有"孟法師碑"、"雁塔聖教序"等。

⿰衤屈 ㄐㄩㄝˊ *chüeh*^{2} 音掘
短衣。見"廣韻"。

褀 帺的或體。

裰 ㄉㄨㄛˊ *to*^{2}, *tuo*^{2} 音掇
縫補。見"廣韻"。

裺 [一] ㄧㄢˇ *yen*^{3} 音眼
[1]小孩子的圍兜。見"方言·四"。[2]衣服的緣邊。見"方言·四"。
[二] ㄢ *an*^{1} 音庵
參裺囊。

22【裺囊】 ㄢ ㄋㄤˊ
餵馬用的飼料袋子。也稱⿰巾婁篼。

裩 褌的或體。

裸 ㄌㄨㄛˇ *lo*^{3}, *luo*^{3} 音倮
赤身露體。見"廣韻"。

11【裸麥】 ㄌㄨㄛˇ ㄇㄞˋ
(rye; *Secale cereale* L.)又名黑麥。一年生或二年生草本,稈高1公尺餘。莖直立,中空有節,葉細長,漸尖,葉鞘包莖,穗狀化,小穗含二小花。穎果頂端具毛,供食用。原產於南'歐'及西南'亞'。

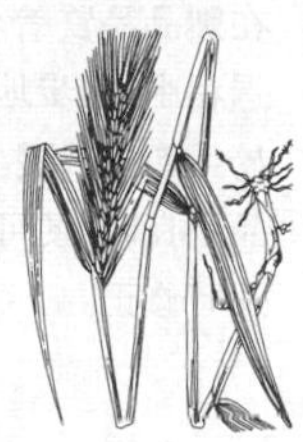
裸麥圖

12【裸裎】 ㄌㄨㄛˇ ㄔㄥˊ
不穿衣服;光著身體。

13【裸跣】 ㄌㄨㄛˇ ㄒㄧㄢˇ
光著身,赤著腳。

3【裸子植物】 ㄌㄨㄛˇ ㄗˇ ㄓˊ ㄨˋ
(gymnosperm)種子植物中,其胚珠露出在外、種子不位於果實內者,稱爲裸子植物。如松、柏、蘇鐵等。

裮 ㄔㄤ *ch'ang*^{1} 音昌
披衣而不繫衣帶。見"玉篇"。

裼 [一] ㄒㄧˊ *hsi*^{2} 音錫
[1]除去外衣,露出內衣或身體。如:袒裼。[2]加在皮衣之外、正服之內的罩衣。
[二] ㄊㄧˋ *t'i*^{4} 音替
嬰兒的包被。也稱⿰衤呆。見"集韻"。

⿰衤肯 裉的或體。

裶 ㄈㄟ *fei*^{1} 音非
衣長拖曳的樣子。見"集韻"。

裯 [一] ㄔㄡˊ *ch'ou*^{2} 音綢
單被。一說是床帳。見"集韻"。
[二] ㄉㄠ *tao*^{1} 音刀
短衣。見"說文"。

⿰衤兒 ㄋㄧˊ *ni*^{2} 音倪
[1]衣縷。見"爾雅·釋器"。[2]衣襟的裝飾。見"字彙"。

裨 [一] ㄅㄧˋ *pi*^{4} 音必
增益;添補。如:裨補。
[二] ㄆㄧˊ *p'i*^{2} 音皮
[1]古代的次等禮服。[2]副;偏。如:裨將。[3]小。如:裨販。[4]姓。'春秋''鄭'有'裨竈'。見"萬姓統譜·四"。

12【裨補】 ㄅㄧˋ ㄅㄨˇ
補益;助益。

⿰衤金 ㄐㄧㄣ *chin*^{1} 音今
衣服胸前交襟處。同衿、襟。見"說文"。

裳 ㄔㄤˊ *ch'ang*^{2} 音常 又讀 ㄕㄤ *shang*^{1} 音商
穿在下身的服裝。即裙。也泛指衣服。見"說文"。

裻 ㄉㄨˇ *tu*^{3} 音篤
[1]穿新衣走動時發出的聲音。見"說文"。[2]衣背縫處。見"說文"。

裴 ㄆㄟˊ *p'ei*^{2} 音培
[1]衣服長的樣子。見"說文"。[2]姓。'漢'有'裴潛'。見"萬姓統譜·一六"。

16【裴駰】 ㄆㄟˊ ㄧㄣ
'南朝''宋''聞喜'(今'山西''聞喜')人,字'龍駒'。'裴松之'的兒子。官至南中郎參軍。著有"史記集解"。

8【裴松之】 ㄆㄟˊ ㄙㄨㄥ ㄓ
(372~451)'南朝''宋''聞喜'(今'山西''聞喜')人,字'世期'。'文帝'時任中書侍郎,奉命注'陳壽'"三國志",資料豐富,注解精詳,價值極高。又著有"文論"、"晉紀"。

7【裴李崗文化】 ㄆㄟˊ ㄌㄧˇ ㄍㄤ ㄨㄣˊ ㄏㄨㄚˋ
分布於'河南省'東北部。爲新石器時代早期文化。陶器用泥條盤築法製成,質地疏鬆,器形有罐壺、鼎、缽等;石器有斧、鏟、鐮、石磨盤及石磨棒等。

12【裴斯塔洛齊】 ㄆㄟˊ ㄙ ㄊㄚˇ ㄌㄨㄛˋ ㄑㄧˊ
(J. H. Pestalozzi, 1746~1827)'瑞士'教育家。曾創設學校,推展實物教學,所創設的'紐霍夫'

(Neuhof)孤兒院是十九世紀'歐洲'教育實驗最著名者。他有教無類的平民主義教育精神，奠定十九世紀後期各民族國家注重國民教育的基礎。

褁 ㄓˊ chih^{2} 音執
囊。見"字彙補"。

製 ㄓˋ chih^{4} 音至
[1]剪裁；縫綴。如：製衣。[2]造作；設計。[3]撰寫；創作。[4]文章；作品。[5]款式。

6【製成品】 ㄓˋ ㄔㄥˊ ㄆㄧㄣˇ
(finished goods) 製造完成而尚未出售的產品。爲製造業存貨的一種。

7【製作人】 ㄓˋ ㄗㄨㄛˋ ㄖㄣˊ
(producer)負責策劃並製作與節目有關的一切管理工作者。是節目成敗的關鍵人物，因此必須：一、瞭解所用的媒體；二、瞭解所製節目內容；三、善於領導統御。

8【製版照相】 ㄓˋ ㄅㄢˇ ㄓㄠˋ ㄒㄧㄤˋ
將原稿照相使成可供製版用底片的方法。

11【製造成本】 ㄓˋ ㄗㄠˋ ㄔㄥˊ ㄅㄣˇ
(manufacturing cost)指所有因製造活動而發生的成本，須全部作爲產品成本。包括直接原料、直接人工及間接製造成本(製造費用)等三項。

【製造程序】 ㄓˋ ㄗㄠˋ ㄔㄥˊ ㄒㄩˋ
(manufacturing process) 指產品自原料至製造完成爲止所包含的施工、運送、檢驗、存放、遲誤等五項活動。其範圍較施工程序廣，即除施工工作之外，尙包含運送、檢驗、存放、遲誤等非施工工作的項目。

12【製程規劃】 ㄓˋ ㄔㄥˊ ㄍㄨㄟ ㄏㄨㄚˋ
(process planning)即對生產零件或產品的所有個別製造操作程序加以安排，並製成加工程序表的工作。通常加工程序表上除了列明操作的順序外，同時也將所需的工具列出。

【製程品質控制】 ㄓˋ ㄔㄥˊ ㄆㄧㄣˇ ㄓˊ ㄎㄨㄥˋ ㄓˋ
(process quality control)也稱在製品品質管制。於產品的製造過程中，逐步地管制其品質，務使於生產中一發生偶然因素導致產品不良時，便可立即發現，而予以及時修正。

9

褏 袖的古文。

褎 [一] ㄒㄧㄡˋ hsiu^{4} 音秀
袖子。俗作袖。見"說文"。
[二] ㄧㄡˋ yu^{4} 音又
[1]禾苗漸長的樣子。見"字彙"。[2]出眾。

12【褎然】 ㄧㄡˋ ㄖㄢˊ
才能出眾的樣子。

褒 ㄅㄠ pao^{1} 音包
也作襃。[1]衣襟寬大。見"說文"。[2]廣大；誇大。[3]讚美；獎勵。如：褒賞。[4]姓。'宋'有'褒希儼'。見"古今姓氏書辯證·一一"。

12【褒揚】 ㄅㄠ ㄧㄤˊ
讚美表揚。

【褒貶】 ㄅㄠ ㄅㄧㄢˇ
稱讚和貶抑。

15【褒獎】 ㄅㄠ ㄐㄧㄤˇ
稱讚獎勵。

6【褒衣博帶】 ㄅㄠ ㄧ ㄅㄛˊ ㄉㄞˋ
寬衣闊帶。爲古代儒者所穿的服裝。

褅 ㄊㄧˋ t'i^{4} 音悌
嬰兒的包衣、包被。即緥。也作[illegible]。見"說文"。

褌 ㄎㄨㄣ k'un^{1} 音昆
同幝。[1]有襠的褲子。[2]內衣。見"廣韻"。

褗 ㄧㄢˇ yen^{3} 音偃
衣領。見"說文"。

褔 ㄈㄨˋ fu^{4} 音副
衣服上下一套稱一褔。見"廣韻"。

褘 ㄏㄨㄟ hui^{1} 音揮
古時男子繫於腹前的一種佩巾。即蔽膝。見"說文"。

褋 ㄉㄧㄝˊ tieh^{2} 音牒
無襯裡的單衣。此乃南'楚'的方言。見"說文"。

褖 ㄊㄨㄢˋ t'uan^{4} 音彖
衣服邊緣的裝飾。即滾邊。

褆 [一] ㄊㄧˊ t'i^{2} 音題 又讀 ㄓˋ chih^{4} 音至
[1]衣服厚重的樣子。見"說文"。[2]衣服美觀的樣子。見"廣韻"。
[二] ㄕˋ shih^{4} 音是
[1]同[一][2]。[2]衣服端正的樣子。見"玉篇"。

褐 ㄏㄜˊ ho^{2}, hê^{2} 音何
[1]用粗毛或粗麻製成的衣服。即粗衣。見"說文"。[2]黃黑色。如：褐煤。[3]姓。'明'有'褐奎'。見"萬姓統譜·二一六"。

23【褐變反應】 ㄏㄜˊ ㄅㄧㄢˋ ㄈㄢˇ ㄧㄥˋ
(browning reaction) 食物或原料發生變色的一種反應。包括：一、酵素性的褐變，主要因酚氧化酶將酚類化合物氧化形成醌類。如蘋果、梨、馬鈴薯等切開後，和空氣接觸的切口部分出現黑褐色。二、非酵素性的梅納反應。參梅納反應。

褙 ㄅㄟˋ pei^{4} 音背
[1]短衣。即襦。見"集韻"。[2]裝裱。如：裱褙。

褑 ㄩㄢˋ yüan^{4} 音院
繫玉佩或其他物品的衣帶。見"爾雅·釋器"。

複 ㄈㄨˋ fu^{4} 音腹
[1]有裡的衣服。即重衣。見"說文"。[2]重疊；多數。如：複雜。

5【複本】 ㄈㄨˋ ㄅㄣˇ
(copy)一分與原有資料內容完全相同的資料。

【複句】 ㄈㄨˋ ㄐㄩˋ
指兩個或兩個以上詞結所構成的句子。

7【複利】 ㄈㄨˋ ㄌㄧˋ
(compound interest) 利息滾入本金滋生利息。例如本金P_0，在年率 r %下產生 $P_0 \cdot r/100$的利息，從第二年開始，本金是 $P_1=P_0+P_0\cdot(r/100)=P_0(1+r/100)=P_0R$，其中 $R=(1+r/100)$。如此一年後，$P_1\cdot r/100$增加到$P_2=P_1+P_1r/100=P_1R=P_0R^2$，對於第3、……第$n$年都可以用相同的手法類推。在第$n$年末，本金 P_0 由於複利，增加到 $P_n=P_0R^n$，此叫做本利和，其中 $R=(r+r/100)$叫做滋長。所以複利公式是$P_n=P_0R^n$。

8【複果】 ㄈㄨˋ ㄍㄨㄛˇ
(compound fruit) 又稱多花果。由許多花密集發育而成的果實。如鳳梨、桑樹、無花果等果實。

11【複眼】 ㄈㄨˋ ㄧㄢˇ
(compound eye) 節肢動物中如昆蟲、蝦、蟹等都具有複眼。係由許多小眼構成，視物時，物體各部的光線可分別由各小眼折射，這種像稱為鑲嵌像；若物體某部的光線可由數個小眼折射，形成的像稱為重疊像。複眼視物時，對物體的移動十分敏感。

13【複道】 ㄈㄨˋ ㄉㄠˋ
樓閣之間架空的通道。也稱閣道、飛閣。俗稱天橋。

14【複製】 ㄈㄨˋ ㄓˋ
[1]照著物品的原形仿造。[2](replication)遺傳學上指核酸(通常為DNA，亦偶為RNA)根據先前存在的分子產生兩個新的分子，新的分子與原來者完全相同。

15【複數】 ㄈㄨˋ ㄕㄨˋ
(complex number)用 $a+bi$ 的形式表示的數。其中 a、b 均為實數，i 滿足$i^2=-1$。兩個用$a+bi$形式表示的數相加或相乘、取負數或取倒數，均能再表為$a+bi$形式，如$\frac{1}{a+bi}=\frac{a}{a^2+b^2}-\frac{b}{a^2+b^2}i$。複數用極式表示時，$a+bi=\sqrt{a^2+b^2}\left(\frac{a}{\sqrt{a^2+b^2}}+\frac{b}{\sqrt{a^2+b^2}}i\right)=|a+bi|(\cos\theta+i\sin\theta)$，此稱'尤拉'公式。此處的$\theta$是向徑和實軸的夾角。複數另有共軛運算$\overline{a+bi}=a-bi$，是複數體的同構，且$|a+bi|^2=(a+bi)(\overline{a+bi})$。由$r(\cos\theta+i\sin\theta)\cdot s(\cos\varphi+i\sin\varphi)=r\cdot s(\cos(\theta+\varphi)+i\sin(\theta+\varphi))$可得出'棣美拂'定理及三角函數的複角公式，更由 $e^{i\theta}=\cos\theta+i\sin\theta$ 得知三角函數和指數函數有密切關係。複數體不是有序體，即無法存在正數的概念：使正數x的和與積仍為正數，且$x\neq0$時，x與$-x$ 中有一為正數。有了複數，任何複數係數的多項式方程式均有解。這就是由'高斯'首先證明的代數學基本定理。

17【複賽】 ㄈㄨˋ ㄙㄞˋ
指初賽與決賽之間的淘汰賽。

18【複雜】 ㄈㄨˋ ㄗㄚˊ
繁複錯雜。

4【複分表】 ㄈㄨˋ ㄈㄣ ㄅㄧㄠˇ
圖書館的圖書資料，都要按照各種不同的分類法加以分類整理，而分類法的體系常是按學科內容系統編列而成的。為了分類更精細，各分類表常在學科類目之下，又可採用一些經常需要的分類體系，諸如時代、地域及標準複分等，分類法中把這些稱之為複分表。把複分表應用在各科類目之後，不但整齊劃一，也給館員和讀者帶來極大的方便。

5【複本法】 ㄈㄨˋ ㄅㄣˇ ㄈㄚˇ
(alternate form method) 建立測驗之信度係數的方法之一。以測試同一目的的兩套試題分別進行測試，由既得分數間的關係來驗證該測驗的穩定性或可靠性。

7【複決權】 ㄈㄨˋ ㄐㄩㄝˊ ㄑㄩㄢˊ
指公民對於立法機關或制憲機關所通過的法律案或憲法案，以投票決定其應否成為法律或憲法之權利。就複決的對象而言，可分為制憲的複決與立法的複決。就行使的方式而言，則有強制複決和任意複決之別。依我國"憲法"之規定，"憲法"及中央法律的複決權操之於國民大會，而縣市公民只得對縣市自治法規行使複決權。關於"憲法"修正之複決案，"憲法"明定採用強制複決，即"憲法"之修改由立法委員四分之一的提議、四分之三的出席及出席委員四分之三的決議，擬定"憲法"修正案，提請國民大會複決。國民大會須有代表三分之一以上出席及出席代表過半數之同意方可複決。有關中央法律和縣市自治法規之複決乃採任意複決。

8【複委任】 ㄈㄨˋ ㄨㄟˇ ㄖㄣˋ
(unterauftrag)"民法"第五百三十七條規定：「受任人應自己處理委任事務。但經委任人之同意或另有習慣或有不得已之事由者，得使第三人代為處理。」委任重在對人的信用關係，故原則上受任人應自己處理委任事務，僅有本條但書之情形，始例外允許第三人代為處理，而為複委任。受任人違反第五百三十七條之規定，使第三人代為處理委任事務，亦即為不合法之複委任者，就該第三人之行為與就自己之行為負同一責任("民法"第五百三十八條第一項)。受任人依第五百三十七條之規定，使第三人代為處理委任事務者，亦即為合法複委任之情形，僅就第三人之選任及其對於第三人所為之指示，負其責任("民法"第五百三十八條第二項)。亦即受任人對於第三人(次受任人)之選任或指示有過失時始負責。

9【複保險】 ㄈㄨˋ ㄅㄠˇ ㄒㄧㄢˇ
(multiple insurance) 指要保人以保險標之價額的全部或一部，分向多數保險人投保同一種類的保險,而所有各契約保險金額的總和,並未超過保險價額者。在保險事故發生時,各保險人各就其保險金額與總保險金額比例,對損失負補償之責。

15【複寫紙】 ㄈㄨˋ ㄒㄧㄝˇ ㄓˇ
表面印有炭質墨層的紙。供一次複寫多份之用。

18【複雜人】 ㄈㄨˋ ㄗㄚˊ ㄖㄣˊ
(complex man)'謝恩'(E. H. Schein)所提出組織對員工的一種看法。認爲員工的動機很多,在不同的組織或單位中,其動機就可能不同;員工能否獻身於組織,決定於他對組織能否感到滿足、適應各種管理方式。因此,組織對屬複雜人之員工的管理需隨機應變。

5【複本位制】 ㄈㄨˋ ㄅㄣˇ ㄨㄟˋ ㄓˋ
(double standard system)與金本位或銀本位的單本位制(monometallic standard)不同的貨幣制度。它是以兩種金屬(一般爲金、銀)做爲本位貨幣,法律上允許金與銀的自由鑄造及交換,並規定二者的兌換比率。這種制度在預防單本位制的貨幣容易發生激變,用二種可以比較平穩,但是實際流通的,仍舊只有價值低(銀)的一種。法定的比率每與市價有差別,價貴的貨幣常被價賤的貨幣所驅逐。'法國'1803年起曾採用此制度達七十年之久。

6【複式滑動】 ㄈㄨˋ ㄕˋ ㄏㄨㄚˊ ㄉㄨㄥˋ
(compound slides)土坡下中等深度之處若有硬層存在時,因轉動式滑動受阻或硬層受阻而繼之以側移式滑動的現象。硬層的深淺與側移式滑動的程度成反比。

【複式匯率】 ㄈㄨˋ ㄕˋ ㄏㄨㄟˋ ㄌㄩˋ
(multiple exchange rates)即對不同的進、出口品分別採用不同的匯率計價。通常是爲了減少進口、增加出口,以改善國際收支而採此種策略。

【複式預算】 ㄈㄨˋ ㄕˋ ㄩˋ ㄙㄨㄢˋ
將政府收支按其性質之不同,分編爲普通預算與資本預算兩種,藉以規劃政府之資本形成,並賴以控制政府之經常支出以租稅收入所能負擔者爲限。

【複合肥料】 ㄈㄨˋ ㄏㄜˊ ㄈㄟˊ ㄌㄧㄠˋ
氮、磷、鉀爲肥料三要素,若一種肥料同時含有其中兩種或兩種以上的成分者,稱爲複合肥料。有經由化學方法合成的,亦有由單質肥料經純物理方法混合而成的。

【複合條件】 ㄈㄨˋ ㄏㄜˊ ㄊㄧㄠˊ ㄐㄧㄢˋ
(compound condition)電腦程式中一敘述所測試之條件,是由兩個以上的條件所組合而成者,稱爲複合條件。

【複合媒體】 ㄈㄨˋ ㄏㄜˊ ㄇㄟˊ ㄊㄧˇ
(mix media)指用兩種以上的媒體來表現的藝術。如混用視覺、觸覺、聽覺、運動感覺等媒體來表現的偶發藝術、環境藝術和集合藝術等,都是複合媒體藝術。

【複合運送】 ㄈㄨˋ ㄏㄜˊ ㄩㄣˋ ㄙㄨㄥˋ
(combined transport)又稱聯合運送。依'國際商會'所制訂"複合運送單證統一規則"(Uniform Rules for a Combined Transport Document),所謂複合運送,是指自接管貨物的一國某地至指定交貨的另一國某地,至少使用兩種以上不同運送方式的貨物運送。又依'聯合國'"國際貨物複合運送公約",所謂國際複合運送,是指「依複合運送契約,以至少二種以上不同運送方式,由複合運送人將貨物自一國境內接管貨物的地點,運至另一國境內的指定交付貨物的地點。爲履行單一方式運送契約而實施的該契約所規定的貨物接送業務,不視爲國際複合運送」。上述所謂不同運送方式包括海上、內河、航空、鐵路、公路等多種運輸方法。

【複合鏡頭】 ㄈㄨˋ ㄏㄜˊ ㄐㄧㄥˋ ㄊㄡˊ
爲改善單片鏡頭的像差問題而設計的鏡頭。由縱切成兩片的凸透鏡組成,中間夾以數片透鏡,這數片透鏡的曲率、類型皆不同,故各透鏡間的色像差會相互抵銷,從而使同一點的各色光能聚焦於膠片上同一位置,不再有模糊或失眞的現象。

7【複利之債】 ㄈㄨˋ ㄌㄧˋ ㄓ ㄓㄞˋ
複利乃將利息滾入原本,再生利息。以此種方法計算利息之債,謂之複利之債。"民法"第二百零七條規定,禁止複利之債,「但當事人以書面約定,利息遲付逾一年後,經催告而不償還時,債權人得將遲延之利息滾入原本者,依其約定。」且如商業上另有習慣者,亦不禁止複利。債權人與債務人預先約定,將利息滾入原本,而不具備"民法"第二百零七條第一項但書或第二項之規定者,其約定無效。惟若逾期延欠之利息,經債務人同意滾入原本者,則爲債之更改,要非複利之債。

【複利現值】 ㄈㄨˋ ㄌㄧˋ ㄒㄧㄢˋ ㄓˊ
(present value of a single sum)指若干期後的一筆金額,按複利折算至現在的價值。

【複利終值】 ㄈㄨˋ ㄌㄧˋ ㄓㄨㄥ ㄓˊ
(future amount of a single sum)指現在的一筆本金,按複利計算至若干期後的本利和。

9【複音音樂】 ㄈㄨˋ ㄧㄣ ㄧㄣ ㄩㄝˋ
(polyphony)凡一個樂曲中,同時有幾個不同的曲調,各自獨立進行,互相呼應,互相模仿,而能組合成和諧樂曲者,稱爲複音音樂。與主音音樂相對。作成複音音樂的方法是對位法。'德國'作曲家'巴赫'的"賦格曲"是複音音樂的典型例子。

10【複圓輪作】 ㄈㄨˋ ㄆㄨˊ ㄌㄨㄣˊ

ㄗㄨㄛˋ

作物輪作的一種。將耕地分為數圃,使圃數與輪作作物數相等,各圃種植不同的作物。

14【複種指數】ㄈㄨˋ ㄓㄨㄥˋ ㄓˇ ㄕㄨˋ

表示一塊土地一年內種植作物次數的指數。以作物總面積與耕地面積的百分比來表示。常作為測定土地利用的指標。

15【複數平面】ㄈㄨˋ ㄕㄨˋ ㄆㄧㄥˊ ㄇㄧㄢˋ

(complex plane)又名'高斯'平面(Gaussian plane)或'阿甘'氏圖示(Argand diagram)。即將複數用平面直角坐標來表示。複數 $a+bi$ 就是點(a,b),因此x軸或橫軸即為實軸,y軸或縱軸即為虛軸。藉著圖示可使複數的加法和乘法具有幾何意義,同時也有助於消滅複數的神祕感。

【複數稅制】ㄈㄨˋ ㄕㄨˋ ㄕㄨㄟˋ ㄓˋ

(multiple tax system)指一國租稅體系,係由多種稅目所組成的租稅制度。'華格納'(A. Wagner)理想中的租稅制度乃指複數稅制度。他認為應從取得、保有、支用等途徑把握稅源。其優點為稅收充分有彈性及稅負普遍;缺點則為稅負總額不易明瞭,稽徵工作繁複。

【複數極式】ㄈㄨˋ ㄕㄨˋ ㄐㄧˊ ㄕˋ

(polar form of complex number) 即將 $x+iy$ 寫成 $r(\cos\theta+i\sin\theta)$的形式。此處之$r,\theta$即極坐標,但限制 $r\geq 0$。

【複數的對數】ㄈㄨˋ ㄕㄨˋ ˙ㄉㄜ ㄉㄨㄟˋ ㄕㄨˋ

(logarithm of complex number)複數的對數只考慮以e為底的情形。故常省略e,而與常用對數使用相同的符號 $\log$。任意複數 $x+iy$ 化成極式為: $x+iy=\sqrt{x^2+y^2}(\cos\theta+i\sin\theta)=|x+iy|e^{i\theta}=re^{i\theta}$, 而 $\log(x+iy)=\log r+i\theta$。由於$\theta$不唯一,故 $\log(x+iy)$為多值函數,各函數值之間相差 $2\pi i$ 的整數倍,例如 $\log(-1)=\pi i, 3\pi i, -\pi i$ 等等。在複變函數論中 $\log Z$ 是重要的基本函數之一。

18【複繞電動機】ㄈㄨˋ ㄖㄠˋ ㄉㄧㄢˋ ㄉㄨㄥˋ ㄐㄧ

(compound-wound motor)直流電動機的一種。包含有兩組場繞組,其中之一為主磁場,與電樞電路並聯,而另一則與電樞電路串聯。

6【複式關稅稅率】ㄈㄨˋ ㄕˋ ㄍㄨㄢ ㄕㄨㄟˋ ㄕㄨㄟˋ ㄌㄩˋ

(multiple tariff rate)指對同一物品的進口,因進口國家的不同,而適用不同稅率。以我國而言,複式稅率有二欄,第一欄為一般稅率,稅率較高,適用於無互惠關稅之國家;第二欄為互惠稅率,稅率較低,適用於有互惠關稅之國家。

【複合運送提單】ㄈㄨˋ ㄏㄜˊ ㄩㄣˋ ㄙㄨㄥˋ ㄊㄧˊ ㄉㄢ

(combined transport bill of lading; CTB/L)又稱聯合運送提單。為複合運送人所簽發,證明收到特定貨物,並承諾利用二種以上不同運送方式(如公路—海運—鐵路—公路),將其由甲國運到乙國的提單。此種提單為聯運提單(through B/L)的一種,但必須為兩國以上的國際性運送。簽發提單的複合運送人為提供全部或部分運送服務者(如貨櫃運送人),或為安排由他人提供全部或部分運送者(如承攬運送人或無船舶營運人)。因自收貨起至交貨止,始終由提單簽發人負全部運送責任,已脫離傳統海上運送以船邊為責任期間的限制而延展到內陸,所以又稱一貫運送提單(inter-modal or start-to-finish through B/L)。

【複合運送單證】ㄈㄨˋ ㄏㄜˊ ㄩㄣˋ ㄙㄨㄥˋ ㄉㄢ ㄓㄥˋ

(combined transport document; CT document)又稱聯合運送單證。依'國際商會'所制定"複合運送單證統一規則",所謂複合運送單證是指證明為履行貨物複合運送及(或)促成其履行而成立契約的單證而言。依'聯合國'"國際貨物複合運送公約",所謂複合運送單證是指證明複合運送契約及證明複合運送人接管貨物,並負責依契約條款交付貨物的單證。其特點為:一、複合運送單證承攬全程始終,包括公路、鐵路、海運或空運等複合運送。二、簽發人為複合運送人。複合運送人不以船公司、船長或其代理人為限,包括本身無船舶的營運人及承攬運送人。三、簽發人負責全部運送過程的複合運送圓滿達成,並對運送過程中任何階段所發生貨物的滅失或損害負責。四、複合運送單證是於貨物交給複合運送人時即發行,所以是一種備運性質的運送單證。常見的複合運送單證有複合運送提單(combined transport B/L)、貨運承攬業者收貨單(FCR)、貨運承攬業者運輸證明書(FCT)等。

15【複數的絕對值】ㄈㄨˋ ㄕㄨˋ ˙ㄉㄜ ㄐㄩㄝˊ ㄉㄨㄟˋ ㄓˊ

(absolute value of complex number)令一複數為$a+bi$,則其絕對值$|a+bi|=\sqrt{a^2+b^2}$。在複數平面上,就是原點到 (a,b) 的距離。例如$|-2+3i|=\sqrt{4+9}=\sqrt{13}$,其重要性質如下:一、$|a+bi|\geq 0$; 二、$|(a+bi)(c+di)|=|a+bi||c+di|$; 三、$|(a+bi)+(c+di)|\leq|a+bi|+|c+di|$(三角不等式)。

16【複頻式電話機】ㄈㄨˋ ㄆㄧㄣˊ ㄕˋ ㄉㄧㄢˋ ㄏㄨㄚˋ ㄐㄧ

(multi-frequency telephone)電話訊號由兩個頻率組成,使號碼在傳遞或轉換時無時間誤差的電話機。複頻式電話機有別於傳統撥盤式的脈衝信號產出方式,還有許多智慧性的功能,是未來現代化通訊的基本設備。

褓 ㄅㄠˇ pao³ 音寶
背負嬰兒所用的布兜。同緥。如:襁褓。

褊 ㊀ ㄅㄧㄢˇ pien³ 音扁
①衣服狹小。見"說文"。②泛指窄小。如:褊狹。
㊁ ㄆㄧㄢˊ p'ien² 音駢
參褊褼。

3【褊小】 ㄅㄧㄢˇ ㄒㄧㄠˇ
狹小。

9【褊急】 ㄅㄧㄢˇ ㄐㄧˊ
度量狹小,性情急躁。

10【褊衷】 ㄅㄧㄢˇ ㄓㄨㄥ
心胸狹小。

【褊狹】 ㄅㄧㄢˇ ㄒㄧㄚˊ
①器量狹小。②土地狹隘。

11【褊淺】 ㄅㄧㄢˇ ㄑㄧㄢˇ
見識狹小。

16【褊褼】 ㄆㄧㄢˊ ㄒㄧㄢ
衣服飄動的樣子。

褕 ㄩˊ yü² 音俞
華美。多用以形容衣飾。如:褕衣。

10

褰 ㄑㄧㄢ ch'ien¹ 音千
①褲子。見"說文"。②撩起;提起。如:褰衣涉水。③收縮。如:褰縮。

褭 ㄋㄧㄠˇ niao³ 音鳥
①用組帶繫在馬身上作爲裝飾。見"說文"。②搖曳;飄動。通裊。如:褭褭。

19【褭驂】 ㄋㄧㄠˇ ㄘㄢ
馬名。見"集韻"。

褱 ㄏㄨㄞˊ huai² 音懷
今通作懷。①將東西夾在腋下。見"說文"。②包裹;包圍。

褢 ㄏㄨㄞˊ huai² 音懷
①衣袖。見"說文"。②懷藏;懷抱。通褱。今通作懷。見"說文通訓定聲"。

䙔 ㄇㄧˋ mi⁴ 音覓
覆在車軾上以擋風塵的帷席。同幦。見"廣韻"。

褌 ㄎㄨˋ k'u⁴ 音庫
穿在腰下及兩腿上的下裳。也作袴、絝。

褯 ㄐㄧㄝˋ chieh⁴ 音借
小兒衣服。見"集韻"。

褠 ㄍㄡ kou¹ 音溝
①單衣。見"集韻"。②衣褶。見"字彙"。

褪 ㄊㄨㄣˋ t'un⁴
①脫去衣服。見"字彙"。②凋謝。如:花褪殘紅。③消減;消除。如:褪色。

6【褪色】 ㄊㄨㄣˋ ㄙㄜˋ
顏色消退。也用以比喻成績、效能、程度的減退。

褥 ㄖㄨˋ ju⁴ 音辱
坐臥用的墊子。如:床褥。

15【褥瘡】 ㄖㄨˋ ㄔㄨㄤ
(bedsore)指久臥病床不起的病人,由於營養攝取及血液循環較差,故於身體承受壓力處,尤其肌肉少的地方容易發生破皮、潰爛的現象。常見於腰薦區的皮膚。最好的預防方法是在兩小時內,至少替病人翻身一次。

褟 ㄊㄚ t'a¹ 音塌
①汗衫。②衣服的花邊。

褡 ㄉㄚ ta¹ 音搭
①衣服破舊。見"集韻"。②背心。③囊袋。如:錢褡子。

16【褡褳】 ㄉㄚ ㄌㄧㄢˊ
放銀錢物品的小袋子。可搭在肩上或繫在腰間。也作搭連、搭褳。

褞 ㄩㄣˇ yün³ 音隕 又讀 ㄨㄣ wên¹ 音溫
粗布絮袍。

褦 ㊀ ㄋㄞˋ nai⁴ 音耐
參褦襶㊀。
㊁ ㄌㄜ lê¹
參褦襶㊁。

22【褦襶】 ㊀ ㄋㄞˋ ㄉㄞˋ
①不曉事。②涼笠。用竹編成,再罩上布,以遮陽光。
㊁ ㄌㄜ ·ㄌㄜ
①衣冠不整的樣子。②衣服厚重的樣子。

褫 ㄔˇ ch'ih³ 音恥
①脫除衣物。如:解珮褫紳。②鬆散;廢弛。③奪去;革除。如:褫奪公權。

14【褫奪公權】 ㄔˇ ㄉㄨㄛˊ ㄍㄨㄥ ㄑㄩㄢˊ
從刑的一種。剝奪犯罪人在公法上應享受的權利資格。"刑法"規定,褫奪的公權包括:一、爲公務員的資格。二、爲公職候選人的資格。三、行使選舉、罷免、創制、複決四權。褫奪時分全部或一部,終身或有期限。處死刑或無期徒刑者,宣告褫奪公權終身;宣告六月以上的有期徒刑,依犯罪的性質,認爲有褫奪公權之必要者,得於裁判時,與主刑一併宣告。

𧝓 ㄨㄥ wêng¹ 音翁
參𧞅𧝓。

褮 ㄧㄥˊ ying² 音螢
①用來殉葬或放在靈座上的死者衣冠。又稱鬼衣、魂衣。見"說文"。②在衣服上開孔。見"爾雅·釋器"。

褧 ㄐㄩㄥˇ chiung³ 音炯
古代用麻布作的罩袍。通作絅。見"說文"。

褩 ㄅㄢ pan¹ 音般
衣服的外層。見"集韻"。

11

褺 ㊀ ㄉㄧㄝˊ tieh² 音牒
重衣。同褺。見"說文"。
㊁ ㄒㄧㄝˋ hsieh⁴ 音屑
褻的訛字。

褻 ㄒㄧㄝˋ hsieh⁴ 音懈
①貼身的內衣。見"說文"。②親近;狎近。如:褻臣。③汙穢不潔。如:褻器。④輕慢;不莊重。如:褻瀆。

18【褻瀆】 ㄒㄧㄝˋ ㄉㄨˊ
也作媟嬻、媟黷。①輕慢不敬。②冒犯。也謙稱以小事擾人。

襄 ㄒㄧㄤ hsiang¹ 音湘
①脫衣耕田。見"說文"。②佐治;助成。如:共襄盛舉。③高;高舉。如:襄首。④上;凌越。如:懷山襄陵。⑤姓。'春秋''齊'有'襄伊'。見"萬姓統譜·五二"。

7【襄助】 ㄒㄧㄤ ㄓㄨˋ
幫助。

19【襄贊】 ㄒㄧㄤ ㄗㄢˋ
贊助;幫助。

13【襄試委員】 ㄒㄧㄤ ㄕˋ ㄨㄟˇ ㄩㄢˊ
舉行考試時襄助典試委員評閱試卷之人員。必要時亦得襄助典試委員命題。襄試委員擔任應考人試卷的初閱,其評分只作典試委員覆閱時評分之參考。襄試委員由典試委員薦請典試委員長聘任,須具一定的資格。

褱 褻的古文。

褵 ㄌㄧˊ li² 音離
古代女性繫於腹前的一種佩巾。即蔽膝。也作縭。通作褵。

16【褵褷】 ㄌㄧˊ ㄕ
羽毛初生的樣子。也作褷褵、離褷。

襒 ㄅㄧㄝˊ pieh² 音別
①衣服。見"集韻"。②拂拭。如:襒席。

襀 ㄐㄧ chi¹ 音積
通作積。參襞襀。

褶 ㊀ ㄉㄧㄝˊ tieh² 音蝶
①夾衣的外層。也稱襲。見"釋名·釋衣服"。②指夾衣。也稱袷衣。見"正字通"。
㊁ ㄒㄧˊ hsi² 音席
①古代騎服的一種。即袴褶。②古代長袍的一種。多在演戲時穿用。
㊂ ㄓㄜˊ chê² 音謫
衣服上的摺疊。如:百褶裙。

6【褶曲】 ㄓㄜˊ ㄑㄩ
(fold)地層受構造力的擠壓力量,部分向上穹隆,部分向下低凹,形成波浪狀的起伏地層。凸起部分是背斜,凹下部分是向斜。

【褶曲山脈】 ㄓㄜˊ ㄑㄩ ㄕㄢ ㄇㄛˋ
(folded mountain)由於地殼發生運動,將山脈衝上形成一塊狀褶曲或山脊,稱爲褶曲山脈。此山脈通常構成一背斜,而鄰近的河谷則爲向斜;不過如因長期遭受侵蝕,也會形成相反的情形,即背斜可被侵蝕成河谷,向斜可變成山峰。現今世界上重要山脈,均屬於褶曲山脈,包括'喜馬拉雅山脈'、'阿爾卑斯山脈'和我國的'秦嶺'等。

褳 ㄌㄧㄢˊ lien² 音連
參褡褳。

褔 ㄡ ou¹ 音歐
①用未績的麻編成的衣服。見"說文"。②嬰兒的圍兜。見"說文"。

襁 ㄑㄧㄤˇ ch'iang³ 音搶
用以背負嬰兒的布兜。如:襁褓。

8【襁抱】 ㄑㄧㄤˇ ㄅㄠˋ
①襁褓和懷抱。②比喻幼小。

14【襁褓】 ㄑㄧㄤˇ ㄅㄠˇ
①背負嬰兒用的布兜和背帶。②比喻幼小。

褾 ㄅㄧㄠˇ piao³ 音表
①袖端;袖口的邊。見"集韻"。②裝裱書畫。同裱。見"字彙"。

褼 ㄒㄧㄢ hsien¹ 音仙
參褊褼。

襆 ㊀ ㄧˋ i⁴ 音藝
袖子。見"玉篇"。
㊁ ㄋㄧㄝˋ nieh⁴ 音臬
有裡的短襖。見"集韻"。

襔 ㄇㄢˇ man³ 音滿
冬天穿的長袍。也作槾。

褸 ㄌㄩˇ lü³ 音呂
①衣襟。見"說文"。②衣服破舊的樣子。如:襤褸。

12【褸裂】 ㄌㄩˇ ㄌㄧㄝˋ
衣服破裂。

槾 ㊀ ㄇㄢˊ man² 音瞞
胡衣。見"集韻"。
㊁ ㄇㄢˇ man³ 音滿
冬天穿的長袍。也作襔。

襂 ㄕㄢ shan¹ 音山
旌旗的飾帶。同縿。見"集韻"。

24【襂纚】 ㄕㄢ ㄕˇ
羽毛下垂的樣子。也作襂纚。

褷 ㄕ shih¹ 音詩
參褵褷。

褺 ㄉㄧㄝˊ tieh² 音蝶
重衣。古人穿衣多重,一層稱爲一褺,也稱一襲。見"說文"。

襃 ㄨㄟˋ wei⁴ 音味
衽席。見"說文"。

12

襓 ㄖㄠˊ jao² 音饒
劍套。見"集韻"。

襁 襁的俗體。

襋 ㄐㄧˊ chi² 音及
衣領。見"說文"。

襏 ㄅㄛˊ po² 音伯
參襏襫。

20【襏襫】 ㄅㄛˊ ㄕˋ
雨衣或蓑衣之類。一說粗糙耐穿的衣服。

襉 ㄐㄧㄢˇ chien³ 音簡 又讀 ㄐㄧㄢˋ chien⁴ 音見
衣裙的褶子。見"集韻"。

襌 ㄉㄢ tan¹ 音丹
沒有裡子的衣服。即單衣。見"字彙"。

襆 ㄆㄨˊ p'u² 音樸
包袱或裹束用的巾帕。同幞。見"正字通"。

襎 ㊀ ㄈㄢˊ fan² 音煩
參襎裷。
㊁ ㄅㄛˋ po⁴ 音播
長袖。見"集韻"。

13【襎裷】 ㄈㄢˊ ㄩㄢ
揩拭或覆蓋器物的布巾。

襐 ㄒㄧㄤˋ *hsiang*^{4} 音象
首飾。見"說文"。

襍 雜的或體。

13

襢 一 ㄓㄢˋ *chan*^{4} 音戰
諸侯中子國男國大夫之妻所穿的一種禮服。色純白,無文采。通作展。見"字彙"。
二 ㄊㄢˇ *t'an*^{3} 音袒
裸露。也作袒。見"集韻"。

襚 ㄙㄨㄟˋ *sui*^{4} 音遂
①贈送衣被給死者。見"說文"。②贈送死者的衣被。見"字彙"。

襟 ㄐㄧㄣ *chin*^{1} 音今
本作裣。①衣服的交領或前幅。如:襟袖。②胸懷;懷抱。如:襟懷。③兩婿互稱。連襟的簡稱。如:襟兄。

8【襟抱】 ㄐㄧㄣ ㄅㄠˋ
胸懷;抱負。

9【襟度】 ㄐㄧㄣ ㄉㄨˋ
胸襟氣度。

17【襟翼】 ㄐㄧㄣ ㄧˋ
(flap)利用鉸鏈或樞軸連結而成機翼後緣,靠近機身的一部分。主要功能為低速時增加飛機的升力和阻力。襟翼的工作原理在於能改變機翼翼形的弧度或曲率,以減少起飛或降落的滑行距離。為避免高攻角時失速,常於翼前緣或襟翼鉸鏈處留縫,以降低失速速度。

19【襟懷】 ㄐㄧㄣ ㄏㄨㄞˊ
胸襟;懷抱。

3【襟山帶河】 ㄐㄧㄣ ㄕㄢ ㄉㄞˋ ㄏㄜˊ
倚山繞河。

襠 ㄉㄤ *tang*^{1} 音當
褲管相連的地方。見"正字通"。

襛 ㄋㄨㄥˊ *nung*^{2} 音濃
①形容衣服很厚。見"說文"。②美麗茂盛。

襗 ㄉㄨㄛˊ *to*^{2}, *tuo*^{2} 音奪
貼身的內衣褲。見"說文"。

襡 ㄕㄨˊ *shu*^{2} 音熟
①短衣。見"說文"。②連腰的衣服。見"廣雅·釋器"。

襜 ㄔㄢ *ch'an*^{1} 音攙
①圍在腰下至膝前的布巾。見"說文"。相當於現在的圍裙。②車上的帷幔。通幨。見"說文通訓定聲"。

⿰衤解 ㄐㄧㄝˋ *chieh*^{4} 音介
北方俗稱包裹嬰兒的尿布。如:⿰衤解子。

襖 ㄠˇ *ao*^{3} 音媼
有襯裡的上衣。如:棉襖。

襝 ㄌㄧㄢˋ *lien*^{4} 音戀
參襝衽。

9【襝衽】 ㄌㄧㄢˋ ㄖㄣˋ
整飭衣襟。表示肅敬。也作斂衽。

襘 ㄍㄨㄟˋ *kuei*^{4} 音貴
衣服與領子縫合的地方。見"說文"。

襞 ㄅㄧˋ *pi*^{4} 音必
摺疊衣物。見"說文"。

16【襞積】 ㄅㄧˋ ㄐㄧ
衣服上的褶子。也作襞積。

【襞褶】 ㄅㄧˋ ㄓㄜˊ
(ruff)將布料上漿後,以圓筒狀的烙鐵逐一地熨燙,固定出圓鼓、高低起伏的波浪狀或細密的褶形,接縫於袖口及領口,能往外平伸呈挺展狀的裝飾物。為西元十六、十七世紀時,西洋相當風行的裝飾。

襞褶圖

14

襧 ㄗ *tzŭ*^{1} 音咨
衣服下緣用線縷縫的邊。也稱緝、緶。見"說文"。

襦 ㄖㄨˊ *ju*^{2} 音如
①短衣襖。見"說文"。②細密的羅網。通繻。

12【襦裙】 ㄖㄨˊ ㄑㄩㄣˊ
短衣與裙子。

襤 ㄌㄢˊ *lan*^{2} 音藍
沒有飾邊的短衣。見"說文"。

16【襤褸】 ㄌㄢˊ ㄌㄩˇ
衣服破舊。也作襤褸。

䙦 ㄇㄥˊ *mêng*^{2} 音萌
古代婦女所穿的長衣。即襹褵衣。見"集韻"。

15【䙦⿰衤翁】 ㄇㄥˊ ㄨㄥ
古代服飾名。

襣 ㄅㄧˋ *pi*^{4} 音必
一種沒有褲管的短褲。見"方言·四"。

15

襫 ㄕˋ *shih*^{4} 音是
參襏襫。

襭 ㄒㄧㄝˊ *hsieh*^{2} 音鞋
用衣服下襬兜東西。見"說文"。

襱 一 ㄌㄨㄥˇ *lung*^{3} 音隴
褲腳管。即襱。見"說文"。
二 ㄕㄨˇ *shu*^{3} 音署
短衣的一種。即連腰衣。又稱長襦。也作襡。見"集韻"。

襮 ㄅㄛˊ *po*^{2} 音伯
①繡有花紋的衣領。見"說文"。②暴露。見"正字通"。

襪 ㄨㄚˋ *wa*^{4} 音膃
穿在腳上的一種織物。同韈。如:長襪。

襬 一 ㄅㄞˇ *pai*^{3} 音擺
衣服前後幅的下端。如:下襬。
二 ㄅㄟ *pei*^{1} 音悲
裙子。見"方言·四"。

16

襲 ㄒㄧˊ *hsi*^{2} 音席
①重衣。也泛指衣服。②加穿衣服。也泛指穿衣。③重疊;重複。④繼承;因沿。如:世襲。⑤攻人不備。如:襲擊。⑥掩蔽;遮蓋。

[7]量詞。衣服一套稱一襲。[8]姓。‘晉’有‘襲元之’。見“通志·氏族略五”。

17【襲擊】 ㄒㄧˊ ㄐㄧˊ

迅速突破敵境，獲得敵方情報或破壞敵方設施之小規模作戰行動。襲擊完畢即行撤退。

襯 ㄔㄣˋ ch'ên4 音趁

[1]內衣。見“廣韻”。[2]貼近。[3]烘托。如：襯托。[4]施捨；幫助。如：幫襯。

6【襯字】 ㄔㄣˋ ㄗˋ

詞、曲中於定格之外增加的字。一般多爲虛字，可作爲轉折、形容、強調語氣或補充詞意之用。襯字須加在板式緊密處，不可加於句末，也不能破壞句式。詞中加襯的情形較少，南北曲則甚多，尤以北曲爲然。

【襯托】 ㄔㄣˋ ㄊㄨㄛ

陪襯烘托，使目標突出或旨意顯明。

8【襯衫】 ㄔㄣˋ ㄕㄢ

在結構上含有領子、袖子，且由前身開襟穿脫的上衣。通常胸前具口袋，長袖者袖口剪接有卡夫。爲男士的基本服飾。西元十九世紀時，婦女由於戶外活動的逐漸頻繁，亦開始穿用，但在用料及裝飾細節上，仍然有別於男用者。

10【襯套】 ㄔㄣˋ ㄊㄠˋ

[1](liner bush)爲防止導套用久磨損，影響整套鑽模作廢，或爲了更換不同內徑的導套，先在葉板上裝置一個直徑較大的固定套，然後將鑽孔實用的導套插入此套內孔中。鑽孔導套磨損，可自固定套中拔出來，換一新套插入固定套中而不影響整套鑽模精度，此一固定套稱爲襯套。[2](bushing)用以連接管徑不同的管子，且又不增加其長度的直管。其內徑與外徑處分別車有螺紋以便接合。

襱 一 ㄌㄨㄥˊ lung2 音龍

褲管。見“說文”。

二 ㄌㄨㄥˋ lung4

參襱褈。

15【襱褈】 ㄌㄨㄥˋ ㄓㄨㄥˋ

衣服寬大的樣子。

17

襶 一 ㄉㄞˋ tai4 音代

參褦襶一。

二 ·ㄉㄜ ·tê

參褦襶二。

⿰衤嬰 ㄧㄥˋ ying4 音映

[1]裙幅的褶子。見“玉篇”。[2]各種色彩互相輝映。見“集韻”。

襴 ㄌㄢˊ lan2 音蘭

上衣與下裳相連的衣服。也作襕。見“集韻”。

襳 一 ㄒㄧㄢ hsien1 音先

[1]小短襖。見“廣韻”。[2]衣上的長帶子。見“字彙”。

二 ㄕㄣ shên1 音申

參襳襹。

24【襳襹】 ㄕㄣ ㄕ

羽衣毛茸茸的樣子。

18

襵 ㄓㄜˊ chê2 音摺

衣服的摺疊。見“集韻”。

19

⿰衤離 褵的或體。

襹 一 ㄕ shih1 音師

參襳襹。

二 ㄕˇ shih3 音史

參褷襹。

襼 ㄧˋ i4 音義

衣袖。見“字彙”。

襺 ㄐㄧㄢˇ chien3 音減

綿袍。見“爾雅·釋言”。

⿰衤羅 ㄌㄨㄛˊ lo2, luo2 音羅

婦女的上衣。見“廣韻”。

襻 ㄆㄢˋ p'an4 音判

[1]結繫衣裙的帶子。見“集韻”。[2]布做的紐扣套。[3]繫上；縫上。

21

⿰衤屬 ㄕㄨˊ shu2 音淑

上下連身的衣服。見“釋名·釋衣服”。

襾　部

襾 ㄒㄧㄚˋ hsia4 音夏

覆蓋。見“說文”。

西 ㄒㄧ hsi1 音犀

[1]方位名。日落的方位。[2]西洋各國的總稱。如：西裝。

4【西方】 ㄒㄧ ㄈㄤ

佛家語。指西方極樂淨土。

【西元】 ㄒㄧ ㄩㄢˊ

‘歐’‘美’紀元的方法。乃以傳說中‘耶穌基督’的誕生年爲西元元年。常用A.D.(‘拉丁’文 anno Domini 之縮寫，意爲主的生年)表示，於西元六世紀開始通行，今世界上大多數國家皆採用。又西元前則用 B.C.(‘英’文 before Christ 之縮寫，意爲基督以前)表示。

【西天】 ㄒㄧ ㄊㄧㄢ

佛家語。[1]指‘天竺’。即‘印度’。‘天竺’在我國的西方，所以古有此稱。[2]指西方極樂世界。

5【西皮】 ㄒㄧ ㄆㄧˊ

[1]漆器。[2]戲曲腔調名。與二‘黃’同爲‘京’戲的主體。起源於西北的梆子腔，‘山’、‘陝’梆子腔流傳到‘湖北’‘襄陽’，演變爲‘襄陽’腔，後稱‘湖’‘廣’腔，又稱西皮。包括倒板、慢板、原板、二六、快板、流水、散板、搖板、迴龍等板式，腔調高亢剛勁，活潑明快。

【西瓜】 ㄒㄧ ㄍㄨㄚ

(watermelon; *Citrullus lanatus*)一年生蔓性植物。莖匍匐於地面，節上生有分歧的卷鬚。葉具柄，卵形或長卵橢圓形，羽狀深裂，羽片3、4對。花單性，雌雄同株，花萼

西瓜圖

及花冠均5裂。果實球形或橢圓形，果肉通常紅色，也有黃色或白色的，味甜而多汁，種子可作茶食。‘中’醫學上以瓜汁和瓜皮入藥，功能清暑解熱，主治暑熱煩渴等症。原產於‘非洲’，熱帶及亞熱帶地區廣爲栽培。

6【西江】 ㄒㄧ ㄐㄧㄤ
有三源：‘鬱江’、‘黔江’、‘桂江’。‘鬱江’上源‘左’、‘右江’分別來自‘桂’‘越’、‘滇’‘桂’邊境；‘黔江’上源‘南’、‘北盤江’源自‘滇’東，曲折東流至‘桂平’與‘鬱江’匯流，東流稱‘潯江’，至‘蒼梧’匯北來的‘桂江’，折入‘粵’省，以下河段始稱‘西江’。其流域廣及‘滇’、‘黔’、‘桂’、‘粵’四省，是‘珠江’最大支流。主幹支流遍布‘桂’省，均有舟楫之利。

【西西】 ㄒㄧ ㄒㄧ
(cc; c.c.) 即立方公分 (cubic centimeter) 的‘英’文縮寫。也就是毫升。爲流體的容量單位。

【西曲】 ㄒㄧ ㄑㄩˊ
1清商樂中出於‘魏’、‘晉’、‘南北朝’時‘江’、‘漢’一帶的民歌。也稱‘荊楚’西聲、西曲歌。內容大多反映水上船家的情調及游宦商旅的別情。聲情節奏，與同時代的‘吳’歌不同。“古今樂錄”所列西曲歌三十四曲，今仍保留在“樂府詩集”中。2‘山西’、‘陝西’等地所唱的小曲。

8【西門】 ㄒㄧ ㄇㄣˊ
(siemens)代號爲S。度量衡導出單位中之電導單位。一西門爲導體兩端的電位差，爲一伏特產生一安培電流時，該導體的電導。

【西周】 ㄒㄧ ㄓㄡ
(前1066～前771)‘周武王’滅‘殷’所建的朝代，國號‘周’。迄‘幽王’皆都於‘鎬’(今‘陝西’‘長安’西南)，史稱‘西周’。疆域西起‘隴’東，東至‘魯’、‘蘇’，南抵‘鄂’北，北達‘冀’、‘遼’。‘成王’時，‘周公’‘旦’輔政七年，平定東方的叛亂，完成封建與宗法制度，並制禮作樂。傳至‘幽王’，昏庸失德，爲‘犬戎’所殺，‘西周’遂亡。共十一世，十二主，二百九十六年。

9【西施】 ㄒㄧ ㄕ
‘春秋’時‘越國’美女。‘浙江’‘諸暨’‘苧蘿山’的賣柴女子。也稱‘先施’、‘西子’。‘越’王‘句踐’在‘會稽’被‘吳’王‘夫差’打敗，‘范蠡’把‘西施’獻給‘夫差’，‘夫差’迷其色，終至亡國。

10【西貢】 ㄒㄧ ㄍㄨㄥˋ
(Saigon)‘越南’舊都、第一大城、最大商港、鐵路樞紐及工業中心。現被‘越’共改名為‘胡志明市’(Ho Chi Minh City)。位‘西貢河’下游東岸，距海65公里，漲潮時，兩萬噸海輪可直航至此。主要工業有食品加工、紡織、菸草、製糖、鋸木、化學等，並有造船廠。西元1975年4月淪陷鐵幕後，已無昔日繁榮景象。人口538.7萬(2004年)。

【西晉】 ㄒㄧ ㄐㄧㄣˋ
(265～316)‘司馬炎’篡‘魏’所建的朝代，國號‘晉’，都‘洛陽’(今‘河南’‘洛陽’)。‘惠帝’時‘賈后’亂政，導致八王之亂，‘晉’元氣盡失，五胡叛亂繼起，‘懷帝’、‘愍帝’先後爲‘匈奴’人‘劉曜’所擄，受盡侮辱而死。‘司馬睿’渡‘江’即位於‘建康’(今‘南京市’)，因‘洛陽’在‘建康’之西，史家因稱‘愍帝’以前的時期爲‘西晉’。共三世，四主，五十二年。

【西夏】 ㄒㄧ ㄒㄧㄚˋ
(1038～1227)‘宋代’‘黨項羌’所建的國家。‘唐’時，酋長‘拓跋思恭’因助討‘黃巢’之亂有功而授以定難節度使，鎮‘夏州’。‘宋’賜姓‘趙’，傳至‘元昊’，雄毅有謀略，自稱‘大夏’皇帝，都‘興慶’(今‘寧夏’‘銀川市’)，史稱‘西夏’。據有今‘綏遠省’境的‘鄂爾多斯’、‘寧夏省’境的‘阿拉善’和‘甘肅’的大部。‘宋’軍屢爲所敗。最後被‘蒙古’‘成吉思汗’所滅。共十主，一百九十年。

12【西陲】 ㄒㄧ ㄔㄨㄟˊ
1西方的邊地。2堂西邊的階上。

14【西寧】 ㄒㄧ ㄋㄧㄥˊ
省轄市。位於‘青海省’東緣，臨‘湟水’南岸。爲‘青海省’省會。地扼‘黃河流域’進入‘青康藏高原’的門戶、鐵公路的交會點，遂爲農牧產品集散地。市西南的‘塔爾寺’(‘金瓦寺’)是喇嘛教名寺。

【西漢】 ㄒㄧ ㄏㄢˋ
(前202～後8) 也稱‘前漢’。‘劉邦’、‘項羽’共同滅‘秦’後，‘劉邦’又敗‘項羽’所建的朝代，國號‘漢’。迄‘孺子嬰’時，皆都‘長安’(今‘陝西’‘長安’)，史稱‘西漢’。‘漢’初採‘黃’‘老’治術，與民休養生息，造成‘文’‘景’及‘昭’‘宣’的治世；‘武帝’時向四域拓展疆土，國勢富強；‘元帝’以後，外戚宦官逐漸掌權，最後爲‘成帝’太后之姪‘王莽’所篡。共十一世，十二主，二百一十年。

【西銘】 ㄒㄧ ㄇㄧㄥˊ
‘宋’‘張載’撰。認爲萬物由陰陽二氣所化生，故主「民胞物與」、「萬物一體」之說。

15【西廠】 ㄒㄧ ㄔㄤˇ
‘明代’偵緝臣民隱事的特務機構。‘憲宗’‘成化’十三年(1477)設立，由宦官‘汪直’主持，搜刮民膏，殘害忠臣。

16【西學】 ㄒㄧ ㄒㄩㄝˊ
1‘周代’小學名。設於國之西郊，故稱。2泛指西方學術。對我國學術而言。

17【西點】 ㄒㄧ ㄉㄧㄢˇ
指‘歐’‘美’式的點心。

18【西魏】 ㄒㄧ ㄨㄟˋ
(535～557)‘南北朝’時‘北朝’之一。‘北魏’‘孝武帝’因‘高歡’專恣，西奔依附鎮守‘長安’的‘宇文泰’；

'宇文泰'弒'孝武帝'而立'文帝',都'長安'(今'陝西''長安'),史稱'西魏'。傳至'恭帝',爲'宇文覺'所篡。共二世,三主,二十三年。

4**【西王母】** ㄒㄧ ㄨㄤˊ ㄇㄨˇ

也稱'西華金母'、'瑤池金母'、'金母'、'王母娘娘'。原爲神話人物,後來衍爲道教女神。"山海經•西山經"載'西王母'是蓬髮戴勝的形象;"穆天子傳"謂西方一女王;兩'漢'石刻所見是端坐高臺,神態儼然,常與'東王公'配列出現。後道經中的'西王母',則是傳達'天帝'旨意、統率女仙的尊神。'杜光庭'"墉城集仙錄"稱爲'九靈太妙龜山金母',到"三教搜神大全"時稱'西靈金母',逐漸反映出民間信仰中'王母'的崇高地位,至今各地仍多有'瑤池金母'廟。

6**【西安市】** ㄒㄧ ㄢ ㄕˋ

直轄市。古稱'長安'。位於'陝西省''渭河盆地'中央。北臨'渭河',南倚'終南山'('秦嶺'),爲著名古都,名勝古蹟甚多。因地處平原中央,物產富饒,又有鐵路經過,工商鼎盛,是'陝'省政治、軍事、經濟、交通、文化中心,也是我國西北最大城市。現爲'陝西省'省會。

8**【西門子】** ㄒㄧ ㄇㄣˊ ㄗˇ

1 (Werner von Siemens, 1816～1892)'德國'電工學家、實業家。西元1842年發明電鍍法,1847年提議以'馬來'樹膠(gutta-percha)爲導體的絕緣物。1847年與'哈爾斯克'(Johann G. Halske)創設電信修理廠。次年爲政府鋪設了'德國'第一條電報電纜,從'柏林'至'法蘭克福'。其後與弟弟'威廉'在'倫敦'、'聖彼得堡'、'維也納'和'巴黎'等處設立電信廠,並鋪設跨越'地中海'的電纜及連接'歐洲'與'印度'的電纜。1881年在'柏林'郊區'李區多菲特'(Lichterfelde)鋪設世界上第一條火車電軌。著有"回憶錄"(*Personal Recollections*)和"科學與技術論文集"(*Scientific and Technical Papers*)。2 (Karl Wilhelm Siemens, 1823～1883)'華諾'之弟。於1851年發明水量計,1861年發明煤氣式重生爐(regenerative furnace),1863年創立一家電纜工廠,1874年鋪設第一條從'里約熱內盧'到'蒙特維多'(Montevideo)的電纜。並於1875年鋪設第一條從'倫敦'到'美國'的海底電纜,於1883年在'愛爾蘭'北部架設電軌道。曾在'英國'獲得113種專利,包括高溫計和深度計等。1862年選爲'皇家學會'院士,並於逝世數月前受封爲爵士。著有"全集"(*Collected Works*)三卷。

【西門豹】 ㄒㄧ ㄇㄣˊ ㄅㄠˋ

'戰國'時'魏'人。'魏文侯'時,爲'鄴縣'(今'河南''臨漳'西)令,曾破除當地河伯娶婦的惡習,又發動百姓開鑿十二條河渠,引'漳河'的水灌溉田地,裨益後世。

9**【西洋棋】** ㄒㄧ ㄧㄤˊ ㄑㄧˊ

(checkers; draughts)一種棋戲。此種棋戲的規則在'英'語系國家都相同。下棋的人共有兩個,一執黑子,一執白子,各有十二子,在64個黑白格子上廝殺。棋盤上共有32個黑格子,黑棋占1～12的位置,而白棋則占21～32的格子。棋必須在黑格上斜走;比賽時,由黑子先攻。

【西洋鏡】 ㄒㄧ ㄧㄤˊ ㄐㄧㄥˋ

一種供人觀賞的鏡箱。箱中預置風景、人物、時事等圖片,外開圓孔,蒙以放大鏡,自外窺之,圖片變大。

【西風帶】 ㄒㄧ ㄈㄥ ㄉㄞˋ

(belt of westerlies)南、北半球的中緯區,緯度35°～60°之間,風由副熱帶反氣旋朝向副極區低壓帶吹動,這些地面風在北半球本應吹南風,因地球自轉偏向的關係,北半球改吹西南風,南半球改吹西北風,到了較高緯度,均偏爲西風。由於終年定向吹拂,故稱盛行西風。西風帶內常有暴風,天氣多變。北半球地區,陸塊導致西風帶相當的分裂;但是南半球緯度40°～60°間,幾爲一完整的海域,西風終年強勁。

10**【西班牙】** ㄒㄧ ㄅㄢ ㄧㄚˊ

(Spain)位於'伊比利半島'東部的國家。東濱'地中海',北臨'比斯開灣'(Bay of Biscay)。面積50.4萬方公里,人口4,034.0萬(2005年),首都'馬德里'。境內高原山脈相間,內部荒涼;沿海多岩岸,有少數狹窄平原。西北部爲溫帶海洋性氣候,東南部屬'地中海'型氣候。原以農牧爲主,最近致力工業發展。'地中海'沿岸平原農業最盛;'美麗奴'(Merino)綿羊世界著名。'阿馬達'(Almadén)汞產量全球第一。'坎達布連山'(Cantabrian Mts.)盛產煤鐵,'畢爾包'(Bilbao)爲鋼鐵工業中心。水泥、軟木同爲出口大宗。航海、漁撈、觀光業均盛。紡織、化學、造船及汽車工業頗具規模。

11**【西康省】** ㄒㄧ ㄎㄤ ㄕㄥˇ

位於我國西南部。簡稱'康'。全境幾爲山河相間的縱谷地形,山高谷深,南北縱貫,對交通、經濟、聚落的發展有極大的影響。其大部分地區爲'藏'胞('康巴')畜牧區,僅東緣鄰接'川'、'滇'二省地帶谷地較廣,氣候較適宜,農業較盛。本省富森林、水力資源。省會'康定'。

【西崑體】 ㄒㄧ ㄎㄨㄣ ㄊㄧˇ

詩派名。以'北宋'初年,'楊億'、'劉筠'、'錢惟演'等人爲主,彼此以詩相唱和,有"西崑酬唱集"行世,故名。此派皆以'李商隱'爲宗師,講究雕章琢句,對偶工麗,詩風甚爲妍美。於'宋'初詩壇風行一時。

【西敏寺】 ㄒㄧ ㄇㄧㄣˇ ㄙˋ

(Westminster Abbey)位於'英

國''倫敦'的一個教堂。歷代'英'皇在此行加冕禮,'英國'歷代王族、名臣、名將、文豪、著名學者多葬於寺內。

12【西廂記】 ㄒㄧ ㄒㄧㄤ ㄐㄧˋ
'元''王實甫'撰,演述書生'張'生與女子'崔鶯鶯'相戀事。故事取材於'唐''元稹'的小說"鶯鶯傳"、'宋''趙令畤'的鼓子詞"商調蝶戀花"及'金''董解元'的諸宮調"董西廂"。是'元'雜劇最著名的作品。

【西雅圖】 ㄒㄧ ㄧㄚˇ ㄊㄨˊ
(Seattle)'美國'西北沿'太平洋'岸的港口、工商業及財政中心。位於'華盛頓州'(Washington State)西部。爲本州最大城,煤、穀類、牛脂的裝運及供應中心,漁獲、木材的集散市場。有鋁品、鋼鐵及飛機製造工業。

13【西塞山】 ㄒㄧ ㄙㄞˋ ㄕㄢ
山名。①在今'浙江省''吳興縣'境。即'張志和'所詠「西塞山'前白鷺飛」的'西塞山'。②在今'湖北省''大冶縣'境。即'劉禹錫'"西塞山懷古"所詠之處。濱臨'長江',爲古代軍事要地。

【西塞羅】 ㄒㄧ ㄙㄜˋ ㄌㄨㄛˊ
(Marcus Tullius Cicero,前106～前43)一譯'西塞祿'。古'羅馬'作家、政治家和演說家。曾遊學'希臘'、'羅馬',研究法律,西元前63年當選執政官,以發表演說揭發'加蒂藍'(Catiline)的陰謀著稱。前58年因反對'凱撒'、'龐貝'和'克拉蘇'三執政而逃亡'馬其頓',後歸國。前51年任'西里西亞'總督。'凱撒'被刺後,力圖恢復共和政體,於是陸續發表了十四篇"演說"(*Philippics*),猛烈攻擊'安東尼',後爲'安'氏所殺。著有有關法律、共和國及哲學專著數種。

【西遊記】 ㄒㄧ ㄧㄡˊ ㄐㄧˋ
'明''吳承恩'撰,一百回。演述'唐'僧'玄奘'赴'印度'取經事,是今日最流行的古典白話小說之一。

3【西山會議】 ㄒㄧ ㄕㄢ ㄏㄨㄟˋ ㄧˋ
'民國'十四年十一月,'中國國民黨'內主張反'共'的'張繼'、'鄒魯'、'林森'、'謝持'、'居正'等人,因'廖仲愷'被刺案牽連,受'國民政府'主席'汪兆銘'與'俄'籍顧問'鮑羅廷'(M. M. Borodin)排擠,而於'北京''西山''碧雲寺'召開'中國國民黨'第一屆執行委員會第四次全體會議,通稱'西山'會議。會中決議取消'中共'黨員之黨籍,解除'鮑羅廷'職務,懲戒'汪兆銘',中央執行委員會遷於'上海'。與會人士被稱爲'西山'會議派。

6【西安事變】 ㄒㄧ ㄢ ㄕˋ ㄅㄧㄢˋ
'民國'二十五年十二月,軍委會'蔣'委員長巡視'西安',籌劃進擊'陝'北的'共黨'。遭抗'日'心切的'張學良'、'楊虎城'劫持,要求停止內戰,立即抗'日'。侍衛多人被槍殺,'陳誠'、'錢大鈞'等亦遭幽禁,史稱「西安事變」。後'張'看'蔣'之日記,悟其抗'日'之決心,並恐'共黨'代表'周恩來'反客爲主,遂不顧'楊'之反對,護送'蔣'返'南京',並自請處分。'張'旋被判刑,隨獲特赦。'楊'、'張'部隊時鬧兵變,政府派兵進駐'西安','陝'局復定。

7【西貝流斯】 ㄒㄧ ㄅㄟˋ ㄌㄧㄡˊ ㄙ
(Jean Sibelius, 1865～1957)'芬蘭'音樂家。出身於軍醫家庭。初習法律,後改學作曲與小提琴。二十四歲到'維也納'留學三年,當時'芬蘭'受'蘇俄'控制,他參與救國運動,作有舉世聞名的"芬蘭頌"(*Finlandia*),激發愛國熱潮。此外,尙有交響曲七首、小提琴協奏曲一首,以及交響詩、室內樂、聲樂曲多種。

西貝流斯像

8【西河之痛】 ㄒㄧ ㄏㄜˊ ㄓ ㄊㄨㄥˋ
本指喪子之痛。後亦用以悼慰他人之喪子。'孔子'弟子'子夏',居'西河',教授生徒。其子死,哭泣以致失明。見"禮記·檀弓上"。

【西京雜記】 ㄒㄧ ㄐㄧㄥ ㄗㄚˊ ㄐㄧˋ
'東晉''葛洪'撰,二卷,後人分爲六卷。記載'西漢''長安'一帶的軼聞,亦有部分怪誕傳說。

【西奈半島】 ㄒㄧ ㄋㄞˋ ㄅㄢˋ ㄉㄠˇ
(Sinai Pen.)'埃及'在'亞洲'的領土。位於'紅海'北端,隔'蘇伊士運河'和'埃及'本土相望。沙漠遍布,有石油生產。

9【西風東漸】 ㄒㄧ ㄈㄥ ㄉㄨㄥ ㄐㄧㄢˋ
指西方的學術思想及社會風氣向東方傳布過來。

【西風漂流】 ㄒㄧ ㄈㄥ ㄆㄧㄠ ㄌㄧㄡˊ
(west-wind drift)西風帶地區一股向東緩慢流動的海水。包括北半球緯度35°～45°間,以及南半球30°或35°～70°間的廣大海洋地帶。世界三大洋各有其個別的西風漂流。當西風漂流到達海洋東側後,沿海岸向南和向北轉向。向赤道方向流動的是一股涼流,即著名的'洪保德'('祕魯')、'本吉拉'、'加利福尼亞'、'加那利'等洋流。向極地方向流動的是一股暖流,如北'大西洋'、'阿拉斯加'洋流。

10【西原借款】 ㄒㄧ ㄩㄢˊ ㄐㄧㄝˋ ㄎㄨㄢˇ
'民國'六年八月,'段祺瑞'政府對'德'、'奧'宣戰,至七年九月間,先後假借各種名目向'日本'借款,總額在3億元以上,多係祕密進行,十分之七是由'日'閣魁'寺內正毅'的親信'西原龜三'與'段'的親信'曹汝霖'經手,通稱'西原'借款。借款半數用於償還內外債,其餘用於內戰。我國付出代價包括經濟方面:抵押'吉長'、'吉會'、'滿''蒙'四路;讓與電信事業管理權、'吉''黑'兩省金礦及森林、'山東''濟順''高徐'兩鐵路;軍事方面:訂立"中日軍事協定"及"中日山東問題換文”。此爲五四運動導火因素之一。

12【西湖十景】 ㄒㄧ ㄏㄨˊ ㄕˊ ㄐㄧㄥˇ

指‘杭州’‘西湖’的十處勝景。即‘平湖秋月’、‘蘇堤春曉’、‘斷橋殘雪’、‘雷峰夕照’、‘南屏晚鐘’、‘曲院風荷’、‘花港觀魚’、‘三潭印月’、‘兩峰插雲’、‘柳浪聞鶯’。

14【西漢會要】 ㄒㄧ ㄏㄢˋ ㄏㄨㄟˋ ㄧㄠˋ

‘宋’‘徐天麟’撰，七十卷。取“漢書”中有關典章制度的資料，分十五門加以編列。詮次精審，貫串詳洽，有助於‘漢’制之研究。

15【西摩孫線】 ㄒㄧ ㄇㄛˊ ㄙㄨㄣ ㄒㄧㄢˋ

(Simson's line)從三角形的外接圓周上任何一點到三個邊(或延線)分別作垂線，則此三垂線的足必在一直線上，此直線稱爲‘西摩孫’線，也稱垂足線。‘西摩孫’線實際上是‘華勒斯’(Wallace)所發明，因爲編入‘西摩孫’所著的書中，世人因稱‘西摩孫’線。

18【西藏地方】 ㄒㄧ ㄗㄤˋ ㄉㄧˋ ㄈㄤ

位於我國西南邊陲。全境高度幾乎皆在4,000公尺以上，‘岡底斯山’以北的‘藏北高原’更達5,000公尺，地表崎嶇，河湖密布，氣候終年嚴寒，空氣稀薄，是我國最荒涼的地區，至今尚無人居住；以南的‘藏南縱谷’，地勢較低，雨量較多，又有‘雅魯藏布江’流貫，農牧較盛。首府設於縱谷東部的‘拉薩’。

【西薩摩亞】 ㄒㄧ ㄙㄚˋ ㄇㄛˊ ㄧㄚˋ

即薩摩亞(Samoa)，位於南‘太平洋’中‘薩摩亞群島’西部的島國。西元1962年脫離‘紐西蘭’獨立。面積2,860方公里，人口17.7萬(2005年)，首都‘阿庇亞’(Apia)。主產椰子乾、鳳梨及漁獲。

6【西印度群島】 ㄒㄧ ㄧㄣˋ ㄉㄨˋ ㄑㄩㄣˊ ㄉㄠˇ

(West Indies Isls.)廣布於‘南’、‘北美洲’間‘加勒比海’中的島群。大致分別屬於一、‘大安地列斯群島’(Greater Antilles)：其中以‘古巴島’最大；二、‘小安地列斯群島’(Lesser Antilles)：各島係由山脈沈海而成，面積均不大；三、‘巴哈馬群島’(Bahama Isls.)：由數百個珊瑚礁島組成，面積最小。

9【西侯度文化】 ㄒㄧ ㄏㄡˊ ㄉㄨˋ ㄨㄣˊ ㄏㄨㄚˋ

以‘山西省’‘芮城縣’‘西侯度村’爲代表的一個舊石器時代早期文化。距今約一百多萬年。石器有砍斫器、刮削器、三棱大尖狀器等。並發現燒過的獸骨，推想當時已知用火。

3

要 ㊀ ㄧㄠ *yao*^{1} 音妖

①腰的本字。②約定。如：要約。③威脅逼迫。如：要挾。④希求。如：要求。⑤姓。‘漢’有‘要兢’。見“通志·氏族略四”。

㊁ ㄧㄠˋ *yao*^{4} 音耀

①重點。如：綱要。②索討。如：要債。③若是；如果。④即將。

2【要人】 ㄧㄠˋ ㄖㄣˊ

有權有勢的人；重要的人。

0【要旨】 ㄧㄠˋ ㄓˇ

主要的意旨。

【要件】 ㄧㄠˋ ㄐㄧㄢˋ

①重要的事務或文件。②必要的條件。

9【要津】 ㄧㄠˋ ㄐㄧㄣ

①重要的渡口。②比喻顯貴、重要的地位。

【要眇】 ㄧㄠˋ ㄇㄧㄠˇ

也作要妙。①美好的樣子。②精微的樣子。

【要約】 ㊀ ㄧㄠ ㄩㄝ

①約束。②盟約。③以訂立契約爲目的，誘發相對人承諾之意思表示。要約得以明示、默示、對話、非對話等方法爲之。契約之要約人因要約而受拘束，但要約當時預先聲明不受拘束，或依其情形或事件之性質，可認當事人無受拘束之意思者，不在此限。

㊁ ㄧㄠˋ ㄩㄝ

①精練；簡練。②宗旨；綱領。

10【要素】 ㄧㄠˋ ㄙㄨˋ

構成事物的重要因素。

【要脅】 ㄧㄠ ㄒㄧㄝˊ

用威勢利害強迫他人順從。也作要挾。

【要員】 ㄧㄠˋ ㄩㄢˊ

政府或社團機構中的重要人員。

11【要訣】 ㄧㄠˋ ㄐㄩㄝˊ

重要的祕訣和方法。

【要埠】 ㄧㄠˋ ㄅㄨˋ

重要的港口或通商口岸。

13【要義】 ㄧㄠˋ ㄧˋ

重要的旨趣。

【要道】 ㄧㄠˋ ㄉㄠˋ

①通行必經的重要道路。②最緊要、切實的道理。

14【要領】 ㊀ ㄧㄠ ㄌㄧㄥˇ

即腰頸。

㊁ ㄧㄠˋ ㄌㄧㄥˇ

比喻事物的要點。

15【要衝】 ㄧㄠˋ ㄔㄨㄥ

交通往來必經的緊要之地。也作衝要。

21【要譽】 ㄧㄠ ㄩˋ

求取聲譽。

9【要保人】 ㄧㄠ ㄅㄠˇ ㄖㄣˊ

(applicant)爲保險契約當事人的另一方。對保險標的具有保險利益，向保險人申請訂立保險契約，並負有交付保險費義務的人。爲自己訂立保險契約者，要保人與被保險人同爲一人；爲他人訂立保險契約者，要保人不同於被保險人。參被保險人。

【要保書】 ㄧㄠ ㄅㄠˇ ㄕㄨ

(application)又稱投保書。要保人以其要保的意思，向保險人提出時所做成的書據。

10【要徑法】 ㄧㄠˋ ㄐㄧㄥˋ ㄈㄚˇ

(critical path method; CPM)係網路結構控制日程與成本的工具之一。與計畫評核術極爲相似。

經由控制最早開始與完成時間及最晚開始與完成時間，並配合成本資料，控制要徑上各項工作的進度。

6【要式行爲】 ㄧㄠˋ ㄕˋ ㄒㄧㄥˊ ㄨㄟˊ
法律行爲之意思表示須以一定方式爲之者，稱要式行爲；反之，意思表示無須以一定方式爲之者，稱不要式行爲。法律行爲以不要式行爲爲原則，以要式行爲爲例外。就要式行爲之發生原因言，要式行爲有由於法律特別規定者，有由於當事人特別約定者，前者如不動產物權因法律行爲而移轉或設定者，須以書面方式爲之，並須登記，始生效力是；後者如當事人約定契約須以一定書面方式爲之是。就要式行爲所須具備之「方式」言，「方式」之種類繁多，例如結婚應以「公開儀式及二人以上之證人」之方式爲之、拍賣應以「拍賣或依其他慣用之方法」之方式爲之、期限一年以上之不動產租賃契約應以「字據」之方式訂立之，均爲適例。

【要式契約】 ㄧㄠˋ ㄕˋ ㄑㄧˋ ㄩㄝ
契約之成立須履行一定之方式者，謂之要式契約；反之，則爲不要式契約。在契約自由原則之下，契約之成立以不要式爲原則，要式爲例外。“民法”所定之要式契約，如不動產租賃契約期限逾一年者應以字據爲之（“民法”第四百二十二條），不動產物權之移轉或設定應以書面爲之（“民法”第七百六十條）是。違反者，依“民法”第七十三條之規定，原則上該契約無效。

【要因行爲】 ㄧㄠˋ ㄧㄣ ㄒㄧㄥˊ ㄨㄟˊ
以財產給付爲標的之法律行爲，若該財產給付行爲以一定原因之存在爲必要者，稱爲要因行爲，否則即爲不要因行爲。要因行爲者，若原因欠缺，法律行爲即不成立。例如買賣，買受人之給付價金是取得相對人移轉物之所有權之原因，而出賣人之移轉物之所有權是取得買受人價金之原因，原因若不存在，買賣即不成立。一般言之，債權行爲通常爲要因行爲。法律行爲若純以財產上之給付本身爲標的，法律上不須有爲財產給付之原因者，稱爲不要因行爲。典型之不要因行爲有物權行爲及票據行爲，例如甲乙訂立買賣契約，甲爲出賣人，乙爲買受人，買賣標的物爲土地一筆，甲乙所訂立之買賣契約爲原因行爲，甲乙互相移轉土地所有權或價金所有權是履行行爲，原因行爲在此亦爲債權行爲，履行行爲在此亦爲物權行爲；苟甲已將土地所有權移轉予乙，物權行爲即已完成，縱嗣後發現甲乙間之買賣契約自始無效或被撤銷，因物權行爲爲無因行爲，不受債權行爲（原因行爲）無效之影響，因此土地所有權仍歸屬於乙，只是乙取得該土地所有權欠缺法律上之原因，因此甲得基於不當得利請求返還。又例如甲簽發支票一張給乙，購買成衣一批，縱乙所給付之成衣規格品質不符買賣契約之約定，而買賣契約被解除，該簽發支票之法律行爲並不受原因行爲之影響，換言之，該發票行爲仍然有效。

7【要言不煩】 ㄧㄠˋ ㄧㄢˊ ㄅㄨˋ ㄈㄢˊ
言論簡明扼要。

8【要物行爲】 ㄧㄠˋ ㄨˋ ㄒㄧㄥˊ ㄨㄟˊ
法律行爲除意思表示外，是否尚以物之給付爲法律行爲之成立要件區分，可分爲要物行爲與不要物行爲。前者須有物之給付，契約始能成立，例如使用借貸、消費借貸等。後者以雙方意思表示合致爲已足，不以物之交付爲必要，例如買賣、互易等。

【要物契約】 ㄧㄠˋ ㄨˋ ㄑㄧˋ ㄩㄝ
契約之成立，於當事人意思合致外，尚須將標的物交付者，稱爲要物契約，也稱踐成契約。如使用借貸、消費借貸、寄託皆屬之。其與不要物契約或諾成契約，於意思合致時契約即成立者有所不同。兩者區別之實益，在於法律行爲成立時期之不同。要物契約如未踐行標的物之交付，則契約根本未成立，更遑論契約是否生效，蓋契約生效與否，必以契約已成立爲前提。

9【要保機關】 ㄧㄠ ㄅㄠˇ ㄐㄧ ㄍㄨㄢ
其所屬職員依規定須參加公務人員保險之機關。包括政府機關、公立學校及公營事業機構。有關保險之各種手續，由要保機關承辦。

【要約交錯】 ㄧㄠ ㄩㄝ ㄐㄧㄠ ㄘㄨㄛˋ
指當事人互爲要約，而偶然地內容互相一致。例如甲寫信給乙，欲購買乙所有坐落某地之房屋，價金新‘臺’幣壹佰萬元，乙尚未收到甲之信前，亦向甲表示願將坐落該地之房屋出售予甲，價金亦新‘臺’幣壹佰萬元，此種一致雖屬巧合，但不待雙方互爲承諾，即可成立契約。

10【要素稟賦】 ㄧㄠˋ ㄙㄨˋ ㄅㄧㄥˇ ㄈㄨˋ
(factor endowment)指一國生產要素相對豐儉的情況。如某些國家富於勞力，而土地面積狹小、資本短缺，某些國家土地面積廣大，而人口稀少、資本不足。要素稟賦不但影響生產要素的相對價格，亦影響一國的貿易結構。

6【要字索引法】 ㄧㄠˋ ㄗˋ ㄙㄨㄛˇ ㄧㄣˇ ㄈㄚˇ
(word indexing)索引者就文獻中出現的字或詞，選擇出能適切表達該文獻主題內容者，做爲其索引用語。由於索引用語擷取自文獻本身，故此種索引法又稱爲摘錄索引法(extraction indexing)。

9【要約之誘引】 ㄧㄠ ㄩㄝ ㄓ ㄧㄡˋ ㄧㄣˇ

乃表示意思，使他人向自己為要約。其性質僅為意思通知，係契約之準備行為，並不發生法律效果，必他人因而向自己要約，更經自己承諾後，始能成立契約。例如價目表之寄送、房屋出租之招貼、商品貨樣之寄送，皆屬要約之誘引。要約之誘引與要約不同，後者其意思表示之內容已具體加以表示，使相對人得據以承諾。

10【要素密集度】 ㄧㄠˋ ㄙㄨˋ ㄇㄧˋ ㄐㄧˊ ㄉㄨˋ
(factor intensity) 指一種產品生產一單位，其所使用之生產要素之間的相對組合比例。假設只使用勞動與資本兩種生產要素，如果相對使用較多的勞動，即為勞動密集財；相對使用較多的資本，即為資本密集財。

【要素平均成本】 ㄧㄠˋ ㄙㄨˋ ㄆㄧㄥˊ ㄐㄩㄣ ㄔㄥˊ ㄅㄣˇ
(average cost of factor) 平均一單位生產要素的成本。即等於生產要素的價格。

【要素邊際成本】 ㄧㄠˋ ㄙㄨˋ ㄅㄧㄢ ㄐㄧˋ ㄔㄥˊ ㄅㄣˇ
(marginal cost of factor) 額外僱用一單位生產要素使總成本增加的數額。在要素市場完全競爭下，要素邊際成本等於要素平均成本，亦等於要素價格。

5

覂 ㄈㄥˇ *fêng*³ 音唪
1 翻覆。見“說文”。2 缺乏。如：覂竭。

6

覃 一 ㄊㄢˊ *t'an*² 音談
1 滋味深長。見“說文”。2 泛指深長。如：覃思。3 蔓延。如：覃及。4 姓。‘唐’有‘覃懷’。見“萬姓統譜·六六”。
二 ㄑㄧㄣˊ *ch'in*² 音秦
姓。見“通志·氏族略二”。

10【覃恩】 ㄊㄢˊ ㄣ
深厚廣大的恩惠。

覄 覆的俗體。

7

覅 ‘吳’語。乃「勿要」二字之合。

12

覆 ㄈㄨˋ *fu*⁴ 音復
1 翻倒；傾倒。如：覆轍。2 敗壞；毀滅。如：覆亡。3 掩蓋。如：覆蓋。4 重；再。如：覆查。5 回答。如：覆函。

3【覆亡】 ㄈㄨˋ ㄨㄤˊ
滅亡。

【覆土】 ㄈㄨˋ ㄊㄨˇ
指種子播入苗床後，即用土壤加以覆蓋。除固定外，亦可保持溼潤與土溫，以利種子的發芽。

7【覆判】 ㄈㄨˋ ㄆㄢˋ
對於軍事審判機關初審之判決，認為不當而請求救濟之方法。當事人不服初審之判決者、軍事檢察官、被告之直屬長官及被告之法定代理人或配偶，得為被告之利益聲請覆判；原審之辯護人，得為被告之利益而聲請覆判，但不得與被告明示之意思相反。對於覆判庭之判決，不得聲請覆判。聲請覆判應自判決送達後起算十日內為之，但判決宣示後送達前之聲請，亦有效力。聲請覆判得對於判決之一部為之，未聲明為一部者，視為全部聲請覆判；對於判決之一部聲請覆判者，其有關係之部分，視為亦已聲請覆判。覆判之審理以書面為之，必要時得提審或莅審，故其以法律審為原則，必要時兼及事實審。覆判於軍事審判度為第二審，亦為終審。

【覆育】 ㄈㄨˋ ㄩˋ
庇護長養。1 指天地化育萬物。2 指父兄對子弟的教養。

8【覆命】 ㄈㄨˋ ㄇㄧㄥˋ
回覆使命；回覆教命。

10【覆核】 ㄈㄨˋ ㄏㄜˊ
再審核一次。

13【覆載】 ㄈㄨˋ ㄗㄞˋ
1 天覆地載。比喻庇護長養。2 指天地。3 (overlay) ⑴電腦系統之主記憶體容量有限，為使必須占用大量記憶體空間的程式仍可執行，並提高主記憶體之使用效率而發展出的技術。其原理為：程式的所有部分並不需要在執行過程中一直都存在於主記憶體內，故經過適當之安排可將程式分割為若干片段；程式執行時，有些片段先儲存於輔助儲存體內，需要時才載入主記憶體內。⑵使用覆載技術所設計的程式片段。

15【覆閱】 ㄈㄨˋ ㄩㄝˋ
再次審閱。

19【覆轍】 ㄈㄨˋ ㄓㄜˊ
1 車子翻覆的軌跡。2 比喻失敗的事例、教訓。同覆車。

15【覆審制】 ㄈㄨˋ ㄕㄣˇ ㄓˋ
第二審之審判構造有覆審制、續審制、事後審制，其中第二審就事件之審理完全重為審理，即重新蒐集訴訟資料、重新為事實之認定者，稱作覆審制。民事訴訟採續審制；而刑事訴訟採覆審制。故刑事訴訟第二審法院應就原審判決經上訴之部分調查之，其審理除別有規定外，準用第一審審判程序之規定，即應就經上訴之部分，重新為證據之調查，本於自由心證為事實之認定而適用法律，與第一審之審理同，故亦稱第二審為新的第一審。

4【覆水難收】 ㄈㄨˋ ㄕㄨㄟˇ ㄋㄢˊ ㄕㄡ
1 比喻已成定局的事，無法挽回。2 比喻夫妻已經離異，難再合好。

13【覆載模組】 ㄈㄨˋ ㄗㄞˋ ㄇㄛˊ ㄗㄨˇ
(overlay module) 使用覆載技術

之電腦程式，經過編譯、鏈接等處理所產生之碼，可載入主記憶體執行，稱爲覆載模組。

20【覆議之核可權】 ㄈㄨˋ ㄧˋ ㄓ ㄏㄜˊ ㄎㄜˇ ㄑㄩㄢˊ
'立法院'對於'行政院'之重要政策不贊同時，得以決議移請'行政院'變更之，但'行政院'對於'立法院'之決議，得經總統核可，移請'立法院'覆議，謂之覆議之核可權。'立法院'覆議時，如經出席立法委員三分之二維持原決議，'行政院'院長應即接受該決議或辭職。

11【覆巢之下無完卵】 ㄈㄨˋ ㄔㄠˊ ㄓ ㄒㄧㄚˋ ㄨˊ ㄨㄢˊ ㄌㄨㄢˇ
比喻國家既亡，個人也不能保全。

13【覆載程式載入器】 ㄈㄨˋ ㄗㄞˋ ㄔㄥˊ ㄕˋ ㄗㄞˋ ㄖㄨˋ ㄑㄧˋ
(overlay loader) 電腦系統內載入程式的一種。可將覆載模組載入主記憶體內執行，並且於程式執行過程中因應程式之需要，將所需要之覆載模組載入主記憶體。

13

覇 霸的俗體。

覈 ㄏㄜˊ ho², hê² 音核
1查驗；考核。通作核。如：覈實。2深刻。3果核。通核。

17

覊 羈的俗體。

19

覊 羈的俗體。

見部

見 ㊀ ㄐㄧㄢˋ chien^{4} 音賤
①看到;遇到。如:見義勇爲。②會見;訪問。如:謁見。③看法;識辨。如:見解。④助動詞。⑴用在動詞前,表示被動。如:見笑。⑵用在動詞前,有指示稱代作用,表示動詞下省略我字。如:見教。⑤姓。'宋'有'見華'。見"萬姓統譜·一〇二"。
㊁ ㄒㄧㄢˋ hsien^{4} 音現
現的本字。①顯露;出現。②薦舉;介紹。③現成的;現有的。

4【見方】ㄐㄧㄢˋ ㄈㄤ
長寬相等的平面。如一尺見方,其長、寬都是一尺。

5【見外】ㄐㄧㄢˋ ㄨㄞˋ
當作外人看待,而不親近。

6【見地】㊀ ㄐㄧㄢˋ ㄉㄧˋ
見解;見識。
㊁ ㄒㄧㄢˋ ㄉㄧˋ
現成的土地。

8【見怪】ㄐㄧㄢˋ ㄍㄨㄞˋ
①看見奇怪的事物。②被人責斥怪罪。

【見性】ㄐㄧㄢˋ ㄒㄧㄥˋ
佛家語。徹見自已本心的佛性。

10【見效】ㄐㄧㄢˋ ㄒㄧㄠˋ
生效。

【見笑】ㄐㄧㄢˋ ㄒㄧㄠˋ
被人譏笑。

11【見習】ㄐㄧㄢˋ ㄒㄧˊ
實地觀察練習。

【見教】ㄐㄧㄢˋ ㄐㄧㄠˋ
賜教;指教。

【見棄】ㄐㄧㄢˋ ㄑㄧˋ
被遺棄。

12【見幾】ㄐㄧㄢˋ ㄐㄧ
能明察事物初露的端倪而知其發展趨向。

13【見道】ㄐㄧㄢˋ ㄉㄠˋ
佛家語。指斷除煩惱,洞察四諦之理。見道的層次,在佛典思想上解釋甚多;不管是聲聞乘見道或菩薩乘見道,要皆以突破煩惱障礙、初悟實相爲界限。

【見解】ㄐㄧㄢˋ ㄐㄧㄝˇ
對事物的看法或辨識能力。

14【見聞】ㄐㄧㄢˋ ㄨㄣˊ
所見所聞。

15【見諒】ㄐㄧㄢˋ ㄌㄧㄤˋ
被人原諒、寬恕。

19【見識】ㄐㄧㄢˋ ㄕˋ
①對事物的看法或辨識能力。②計策;主意。

【見證】ㄐㄧㄢˋ ㄓㄥˋ
①明顯的徵驗。②作證。

4【見不得人】ㄐㄧㄢˋ ㄅㄨˋ ㄉㄜˊ ㄖㄣˊ
不能露面或公開。多指醜惡或慚愧的事。

【見仁見智】ㄐㄧㄢˋ ㄖㄣˊ ㄐㄧㄢˋ ㄓˋ
指對於同一事物,各人有不同的見解。

6【見危授命】ㄐㄧㄢˋ ㄨㄟˊ ㄕㄡˋ ㄇㄧㄥˋ
在危難的關頭,不惜犧牲生命以赴。

7【見利忘義】ㄐㄧㄢˋ ㄌㄧˋ ㄨㄤˋ ㄧˋ
貪圖私利而不顧道義。

【見利思義】ㄐㄧㄢˋ ㄌㄧˋ ㄙ ㄧˋ
遇到有利可得時,應該思慮是否合乎道義。

8【見兔放鷹】ㄐㄧㄢˋ ㄊㄨˋ ㄈㄤˋ ㄧㄥ
比喻當機而行,及時把握。

9【見風駛船】ㄐㄧㄢˋ ㄈㄥ ㄕˇ ㄔㄨㄢˊ
比喻見機行事。

【見風轉舵】ㄐㄧㄢˋ ㄈㄥ ㄓㄨㄢˇ ㄉㄨㄛˋ
①比喻隨機行事。②比喻做事沒有主見。③比喻善於投機取巧。

11【見異思遷】ㄐㄧㄢˋ ㄧˋ ㄙ ㄑㄧㄢ
形容意志不堅。

13【見義勇爲】ㄐㄧㄢˋ ㄧˋ ㄩㄥˇ ㄨㄟˊ
看見應該做的事,便奮勇去做。

【見微知著】ㄐㄧㄢˋ ㄨㄟ ㄓ ㄓㄨˋ
見到事物的細微徵兆,便預知事情的演變及發展。

15【見賢思齊】ㄐㄧㄢˋ ㄒㄧㄢˊ ㄙ ㄑㄧˊ
看見賢人,就想向他看齊。

【見鞍思馬】ㄐㄧㄢˋ ㄢ ㄙ ㄇㄚˇ
比喻睹物思人。

16【見機行事】ㄐㄧㄢˋ ㄐㄧ ㄒㄧㄥˊ ㄕˋ
視客觀情況的變化以處理事情。

【見錢眼開】ㄐㄧㄢˋ ㄑㄧㄢˊ ㄧㄢˇ ㄎㄞ
形容貪財。

18【見獵心喜】ㄐㄧㄢˋ ㄌㄧㄝˋ ㄒㄧㄣ ㄒㄧˇ
比喻舊習未忘,一見他人爲之,便躍躍欲試。

2

覌 觀的俗體。

4

視 ㄕˋ shih^{4} 音示
①觀看;觀察。如:注視。②治理。如:視事。③生存;活著。如:長生久視。④眼力。如:視茫茫而髮蒼蒼。⑤比照。

2【視力】ㄕˋ ㄌㄧˋ
眼睛看東西的能力。

7【視角】ㄕˋ ㄐㄧㄠˇ
(angle of view)也稱攝角。即攝影鏡頭對於無限遠的拍攝對象,能清晰攝入的角度。一般短焦距鏡頭,視角大;長焦距鏡頭,視角小。標準鏡頭的視角約爲50°。

8【視事】ㄕˋ ㄕˋ
就職治事。

9【視爲】ㄕˋ ㄨㄟˊ
法律所規定之擬制。在立法技術上,擬制性之法條通常係使用「視爲」之用語予以表現。例如「因條件成就而受不利益之當事人,如以不正當行爲阻其條件成就者,視爲條件已成就」、「不動產之租賃契約,其期限逾一年者,應以字據訂立之。未以字據訂立者，視爲不定期之租賃」、「非婚生子女，其生父與生母結婚者，視爲婚生子女」等等。綜觀整部"民法"及其他法律，立法者運用爲數甚多的擬制性規定，以達到特定法律政策目的。「視爲」與「推定」不同，後者僅具有舉證責任轉換之效果，如有反證即得加以推翻，但「視爲」則不容以反證推翻之。

10【視差】ㄕˋ ㄔㄚ
(parallax error) ①讀取量得值時，由於視線方向不同所產生的誤差。②從照相機觀景窗內看到的影像位置和拍攝出來的影像位置不一樣的現象。拍攝距離愈遠，視差愈小；距離愈近，視差愈大。單眼反射式相機因使用同一鏡頭取景、拍攝，故不會有此現象。今雙眼反射式或取景器式照相機的取景鏡已有校正視差的性能。③觀測者在兩個不同位置觀測同一天體所產生的方向差。即天體對觀測者移動直線所張之角。因地球自轉而產生者，稱爲周日視差；因地球公轉而產生者，稱爲周年視差；因太陽在空間運動而產生者，稱爲長期視差。根據視差值和所移動的基線長度，利用三角方法可求得天體的距離。天體愈遠，視差值愈小，惟視差測距法僅適用於較近的天體。

【視息】ㄕˋ ㄒㄧˊ
只能用眼睛看，用鼻子呼吸，而無所作爲。比喻偸生苟活。

11【視域】ㄕˋ ㄩˋ
物體可以被觀察到的立體角。尤指通過鏡頭所看到的範圍。可用度數表示。

14【視察】ㄕˋ ㄔㄚˊ
①巡視考察。②一種職稱。以巡視考察爲主要職責。

20【視覺】ㄕˋ ㄐㄩㄝˊ
(vision;sight;visual sensation)動物對外界光之適當刺激而引起的感覺。高等動物常能對物體之形色大小、運動及距離加以判覺；且其最具特化者爲眼睛視網膜上之視覺細胞，能配合眼睛的其他構造，將光的刺激由視神經傳入大腦視覺區，引起形象、色澤等視覺。低等動物如眼蟲則尚無特化之感光細胞，而僅藉由未分化之細胞中存在的特有感光物質進行光化學反應。

22【視聽】ㄕˋ ㄊㄧㄥ
見聞。

2【視力表】ㄕˋ ㄌㄧˋ ㄅㄧㄠˇ
(eye chart)用以測驗視力強弱的一種儀表。又稱視力測驗表。將特製之大小不同及粗細的標準符號表，放置一定距離，在不受光源干擾情況下，令受試者分別以左右兩眼辨認符號，以便間接測出眼睛的視力強弱。

5【視功率】ㄕˋ ㄍㄨㄥ ㄌㄩˋ
(apparent power)交流電路裡，在不考慮相角關係之下，電壓與電流的乘積。

12【視距離】ㄕˋ ㄐㄩˋ ㄌㄧˊ
(sight distance)駕駛者前方可見之距離。公路上行車須有足夠的視距離以便駕駛者在遇見障礙物或車輛時，得以適時停車或超越。因此視距離包括：一、不超車最短視距離，即所謂安全停車視距離，指駕駛人在規定速率下行車，因遇見特殊情況或障礙而必須停車時，自發現障礙開始剎車至完全停車所必經之一段距離。二、超車最短視距離，指高速汽車超越低速汽車而不致發生危險的公路視距離。

14【視網膜】ㄕˋ ㄨㄤˇ ㄇㄛˋ
(retina)眼睛內唯一能感光的部位。係由許多感光細胞組成。當光線落於其上時，刺激的訊息可經由視神經傳至大腦皮層之枕葉上，產生視覺。感光細胞依形狀分成桿狀細胞及錐狀細胞二類。前者大部分散在網膜邊緣，可感知微弱光線，對色彩則無感覺；後者位於網膜中央區，負責強光視覺及彩色視覺。參眼①。

4【視太陽時】ㄕˋ ㄊㄞˋ ㄧㄤˊ ㄕˊ
(apparent solar time)一種時間計量系統。也稱眞太陽時或視時。一地之視太陽時，以太陽視圓心對該地子午圈的時角來量度。日晷所表示的時刻即視太陽時。

5【視民如傷】ㄕˋ ㄇㄧㄣˊ ㄖㄨˊ ㄕㄤ
表示極爲體恤、關懷人民。

6【視死如歸】ㄕˋ ㄙˇ ㄖㄨˊ ㄍㄨㄟ
形容不怕死。

9【視若無睹】ㄕˋ ㄖㄨㄛˋ ㄨˊ ㄉㄨˇ
明明看到了，好像沒有看到一樣。

14【視網膜炎】ㄕˋ ㄨㄤˇ ㄇㄛˊ ㄧㄢˊ
(retinitis)眼球之網膜感染發炎。可因病毒感染（如感冒、梅毒、糖尿病、惡性貧血）及不正當之射線刺激、眼睛過度疲勞、月經不調等疾病而引起。治療則依原因而異。

20【視覺設計】ㄕˋ ㄐㄩㄝˊ ㄕㄜˋ ㄐㄧˋ
(visual design)視覺傳達設計(visual communication design)的簡稱。是以視覺圖形迅速有效地傳達訊息的一種設計。包括商業美術、廣告、海報、封面設計、包裝設計、攝影、電視、電影等。

【視覺藝術】ㄕˋ ㄐㄩㄝˊ ㄧˋ ㄕㄨˋ
(visual art)指主要以視覺媒體表現出來的藝術。包括建築、雕刻、繪畫、工藝與設計等。

【視覺懸崖】ㄕˋ ㄐㄩㄝˊ ㄒㄩㄢˊ ㄧㄞˊ
(visual cliff)一種研究嬰兒之深度視覺的裝置。形似一座斷崖，上置不反光之玻璃，嬰兒爬近崖邊若猶疑或拒絕向前，則假定其具有深度視覺。

22【視聽系統】ㄕˋ ㄊㄧㄥ ㄒㄧˋ ㄊㄨㄥˇ
一種兼具聲像效果的傳播系統。

【視聽教具】ㄕˋ ㄊㄧㄥ ㄐㄧㄠˋ ㄐㄩˋ
(audiovisual aid)電唱機、放映

機、幻燈機、錄放影機、唱片、卡帶、影片、錄影帶等可增加視聽經驗、協助教學的工具。

【視聽資料】 ㄕˋ ㄊㄧㄥ ㄗ ㄌㄧㄠˋ
(audio-visual materials) 強調利用聽覺和視覺進行學習活動,而以聲音及影像作爲主要傳播媒介的資料。與傳統之以文字爲主的資料有別。此類資料極多,如圖表、地圖、圖片、模型、幻燈片、透明圖片、錄音帶、唱片、電影片、錄影帶、影碟等皆屬之。

20【視覺敏銳度】 ㄕˋ ㄐㄩㄝˊ ㄇㄧㄣˇ ㄖㄨㄟˋ ㄉㄨˋ
(visual acuity)個體之眼睛對事物細節的分辨能力。

規 ㄍㄨㄟ *kuei*¹ 音歸
1畫圓的工具。今稱圓規。見"正字通"。2法度;準則。如:規格。3典範;風範。4計畫;謀劃。如:規劃。5勸誡。如:規勸。

8【規制】 ㄍㄨㄟ ㄓˋ
規章制度。

9【規則】 ㄍㄨㄟ ㄗㄜˊ
1辦事的章程。2共同遵守的條文規定。3一定形式的;有規律的。

【規律】 ㄍㄨㄟ ㄌㄩˋ
一定的法則。

10【規格】 ㄍㄨㄟ ㄍㄜˊ
一定的格式。生產事業單位對其產品或使用的原料等所規定的型式和標準。

【規矩】 ㄍㄨㄟ ㄐㄩˇ
校定圓形、方形的器具。引申爲標準或準則。

11【規條】 ㄍㄨㄟ ㄊㄧㄠˊ
法規條例。

12【規程】 ㄍㄨㄟ ㄔㄥˊ
規則章程。

【規復】 ㄍㄨㄟ ㄈㄨˋ
計畫匡復。

14【規劃】 ㄍㄨㄟ ㄏㄨㄚˋ
籌劃;策劃。

15【規模】 ㄍㄨㄟ ㄇㄛˊ
1氣概;氣象。2格局。指一切的形式與設備。3計畫;範圍。

【規範】 ㄍㄨㄟ ㄈㄢˋ
1標準;法則。2模範;典範。

【規箴】 ㄍㄨㄟ ㄓㄣ
規諫;以正言相勸誡。

16【規諫】 ㄍㄨㄟ ㄐㄧㄢˋ
用忠正的言語相勸誡。係下對上的勸誡。

【規諷】 ㄍㄨㄟ ㄈㄥˋ
規勸諷諫。

17【規避】 ㄍㄨㄟ ㄅㄧˋ
設法躲避。

20【規勸】 ㄍㄨㄟ ㄑㄩㄢˋ
用正言相勸誡。

6【規行矩步】 ㄍㄨㄟ ㄒㄧㄥˊ ㄐㄩˇ ㄅㄨˋ
1比喻言行謹愼,舉止端莊。2比喻墨守成規,無所作爲。

15【規模經濟】 ㄍㄨㄟ ㄇㄛˊ ㄐㄧㄥ ㄐㄧˋ
(economy of scale) 隨生產規模的擴大而使平均成本發生遞減者。

【規模不經濟】 ㄍㄨㄟ ㄇㄛˊ ㄅㄨˋ ㄐㄧㄥ ㄐㄧˋ
(diseconomy of scale)隨生產規模的擴大而使平均成本發生遞升者。

【規範經濟學】 ㄍㄨㄟ ㄈㄢˋ ㄐㄧㄥ ㄐㄧˋ ㄒㄩㄝˊ
(normative economics) 又稱唯善經濟學。依主觀的價值標準,分析如何決定經濟政策,並批判某種經濟政策或措施的合理性及利弊得失的取捨問題。

【規模報酬不變】 ㄍㄨㄟ ㄇㄛˊ ㄅㄠˋ ㄔㄡˊ ㄅㄨˋ ㄅㄧㄢˋ
(constant returns to scale)生產規模擴大,所有生產要素的雇用均成同比例增加,經由生產函數,總產出增加的比例等於生產要素增加的比例。

【規模報酬遞減】 ㄍㄨㄟ ㄇㄛˊ ㄅㄠˋ ㄔㄡˊ ㄉㄧˋ ㄐㄧㄢˇ
(decreasing returns to scale) 生產規模擴大,所有生產要素的雇用均成同比例增加,經由生產函數,總產出增加的比例小於生產要素增加的比例。

【規模報酬遞增】 ㄍㄨㄟ ㄇㄛˊ ㄅㄠˋ ㄔㄡˊ ㄉㄧˋ ㄗㄥ
(increasing returns to scale) 生產規模擴大,所有生產要素的雇用均成同比例增加,經由生產函數,總產出增加的比例大於生產要素增加的比例。

䙾 ㄦˊ *êrh*² 音而
小兒嘔奶。見"正字通"。

覔 覓的俗體。

覓 ㄇㄧˋ *mi*⁴ 音密
1尋求;尋找。如:尋覓。2偷竊。

5

覕 ㊀ ㄇㄧㄝˋ *mieh*⁴ 音滅
受遮蔽而不相見。見"說文"。
㊁ ㄆㄧㄝˇ *p'ieh*³ 音瞥
用眼匆匆掃視。通瞥。見"正字通"。

覗 ㄙ *szŭ*¹, *ssŭ*¹ 音司
伺視;偸看。見"廣韻"。

覘 ㄓㄢ *chan*¹ 音沾
窺視。見"說文"。

覚 覺的俗體。

覧 覽的俗體。

6

覜 ㄊㄧㄠˋ *t'iao*⁴ 音跳
1古代諸侯每三年派大夫相聘問之禮。見"說文"。2遠望。同眺。見"集韻"。

覛 ㄇㄛˋ *mo*⁴ 音莫 又讀 ㄇㄧˋ *mi*⁴ 音覓
也作覓。1邪視。見"說文"。2視察。見"爾雅·釋詁"。3尋找。見"集韻"。

7

覝 ㄌㄧㄢˊ *lien*² 音廉
察視。通作廉。見"說文"。

覞 ㄒㄧˊ *hsi*² 音習
男巫。見"說文"。

覠 ㄧㄠˋ *yao*⁴ 音耀
很多人一同觀看。見"說文"。

8

覢 ㄕㄢˇ *shan*³ 音閃
突然見到。見"說文"。

覩 或作覩。睹的古文。

覤 ㄒㄧˋ *hsi*⁴ 音細
參覤覤。

15【覤覤】 ㄒㄧˋ ㄒㄧˋ
驚懼的樣子。

覥 靦的或體。

覣 ㄨㄟ *wei*¹ 音威
①很親善地看。見"說文"。②美好。見"廣雅·釋詁"。③細小。見"方言·二"。

9

親 ㊀ ㄑㄧㄣ *ch'in*¹ 音欽
①接近。如：泛愛眾而親仁。②愛；有好感。如：相親相愛。③指和自己有血緣或親屬關係的人。如：遠親。④自身。如：親筆。⑤用唇接觸，以示親愛。如：親臉頰。⑥姓。'戰國''齊'有'親弗'。見"萬姓統譜·一九"。
㊁ ㄑㄧㄥˋ *ch'ing*⁴ 音慶
參親家。

3【親子】 ㄑㄧㄣ ㄗˇ
父母與子女。

4【親切】 ㄑㄧㄣ ㄑㄧㄝˋ
①親善懇切。②切近妥貼。

【親手】 ㄑㄧㄣ ㄕㄡˇ
親自動手。

5【親民】 ㄑㄧㄣ ㄇㄧㄣˊ
親愛人民。

7【親身】 ㄑㄧㄣ ㄕㄣ
自己；本身。

8【親附】 ㄑㄧㄣ ㄈㄨˋ
親近歸附。

【親炙】 ㄑㄧㄣ ㄓˋ
親身受到教誨。

【親朋】 ㄑㄧㄣ ㄆㄥˊ
親戚和朋友。

【親迎】 ㄑㄧㄣ ㄧㄥˊ
①古代婚禮中六禮之一。即新郎親自到女家迎接新娘。②親自迎接。

9【親故】 ㄑㄧㄣ ㄍㄨˋ
親戚和老朋友。

【親昵】 ㄑㄧㄣ ㄋㄧˋ
也作親暱。①親密；親熱。②極親近的人。

【親信】 ㄑㄧㄣ ㄒㄧㄣˋ
①親近信任。②親近信任的人。③護衛的人。

10【親家】 ㄑㄧㄥˋ ·ㄐㄧㄚ
①古代親戚之通稱。②夫妻雙方的父母，彼此互稱親家。

11【親密】 ㄑㄧㄣ ㄇㄧˋ
親近密切。

【親族】 ㄑㄧㄣ ㄗㄨˊ
同一宗族的人。

【親情】 ㄑㄧㄣ ㄑㄧㄥˊ
①親子間的感情。②親屬間的感情。

【親戚】 ㄑㄧㄣ ㄑㄧ
①親屬的總稱。②指父母。③父母兄弟姐妹的總稱。④親愛。

【親疏】 ㄑㄧㄣ ㄕㄨ
親近與疏遠。

【親眼】 ㄑㄧㄣ ㄧㄢˇ
親身見到。

12【親善】 ㄑㄧㄣ ㄕㄢˋ
親愛友善。

【親等】 ㄑㄧㄣ ㄉㄥˇ
表示親屬關係親疏遠近的等級。血親親等之計算，就直系血親而言，從已身上下數，以一世爲一親等，如自己與父母或子女均爲一親等。就旁系血親而言，從已身數至同源之直系血親，再由同源之直系血親數至與之計算親等之血親，以其總世數爲親等之數，如自己與兄弟姐妹爲二親等。至於姻親之計算，則以配偶之一方與其血親或姻親間之親等，做爲配偶之另一方與該親屬之親等。亦即血親之配偶，從其配偶之親等（如自己與兄嫂之親等，係依自己與兄之親等，自己與兄爲二親等，故與兄嫂即爲二親等）；配偶之血親，從其與配偶之親等（如自己與翁姑之親等，係依翁姑與夫之親等，翁姑與夫爲一親等，故自己與翁姑即爲一親等）；配偶之血親之配偶，從其與配偶之親等（如自己與妯娌之親等，依妯娌與夫之親等，按妯娌與夫爲二親等，故自己與妯娌之親等亦爲二親等）。

13【親睦】 ㄑㄧㄣ ㄇㄨˋ
①親近和睦。②親戚。

15【親潮】 ㄑㄧㄣ ㄔㄠˊ
(Oyashio)北'太平洋'中的一股寒流。係自極區流出，沿'亞洲'大陸東側南下。親潮在'日本'附近與黑潮相會，而形成一個大漁場。

【親暱】 ㄑㄧㄣ ㄋㄧˋ
也作親昵。①親密；親熱。②極親近的人。

21【親屬】 ㄑㄧㄣ ㄕㄨˇ
"民法·親屬"編本男女平等的原則，以血統及婚姻爲標準，分親屬爲血親及姻親兩類。血親又分爲直系血親與旁系血親兩種。前者指已身所從出（如父母、祖父母），或從已身所出（如子女、孫子女）之血親。後者指非直系血親，而與已身出於同源之血親（如兄弟姐妹、伯叔舅姑姨）。姻親可分爲血親之配偶（如兄嫂、姐夫）、配偶之血親（如翁姑、岳父母）與配偶之血親之配偶（如連襟、妯娌）三種。

22【親權】 ㄑㄧㄣ ㄑㄩㄢˊ
指父母對於未成年子女的權利義務。其重要的權利義務有下列六項:一、保護和教養之權利義務。二、懲戒權。三、對未成年子女財產行爲之法定代理權。四、對未成年子女身分行爲(如訂婚、結婚等)之同意權。五、對於未成年子女之特有財產之管理、使用及收益權。六、住所指定權等。若父母濫用其親權,其最近尊親屬或親屬會議得糾正之,糾正無效時,得請求法院宣告停止其權利之全部或一部。

7【親告罪】 ㄑㄧㄣ ㄍㄠˋ ㄗㄨㄟˋ
凡刑事上之犯罪,須被害人本身或其一定親屬提起告訴時,檢察官始得提起公訴者,謂之親告罪。又稱告訴乃論罪。例如通姦罪、普通傷害罪、誹謗罪等。法律所以有親告罪之設,旨在維持家庭和諧、尊重被害人之訴追意思或維護被害人之名譽。按某犯罪是否爲親告罪,依"刑法"各條文之具體規定爲斷。

10【親師會】 ㄑㄧㄣ ㄕ ㄏㄨㄟˋ
(parent-teacher association)由學生家長與教師合組的團體。其目的在增進家長與教師的相互溝通與瞭解,期使學校教育獲致最大的效果。

3【親子關係】 ㄑㄧㄣ ㄗˇ ㄍㄨㄢ ㄒㄧˋ
(filiation)父母及子女之間的關係,或基於此種關係而衍生的各種權利與義務。

【親上加親】 ㄑㄧㄣ ㄕㄤˋ ㄐㄧㄚ ㄑㄧㄣ
原本就是親戚的兩家又再締結親戚關係。

7【親身傳播】 ㄑㄧㄣ ㄕㄣ ㄔㄨㄢˊ ㄅㄛˋ
(interpersonal communication)也稱人際傳播。與大眾傳播不同。指在兩人之間或多人之間個別溝通的情形。包括自身傳播、人與人傳播及小團體傳播等。

12【親痛仇快】 ㄑㄧㄣ ㄊㄨㄥˋ ㄔㄡˊ ㄎㄨㄞˋ
所作所爲,使親人痛心,仇人稱快。

16【親親爲大】 ㄑㄧㄣ ㄑㄧㄣ ㄨㄟˊ ㄉㄚˋ
親愛自己的親人是最重要的事。

【親操井臼】 ㄑㄧㄣ ㄘㄠ ㄐㄧㄥˇ ㄐㄧㄡˋ
親自操持家事。

21【親屬會議】 ㄑㄧㄣ ㄕㄨˇ ㄏㄨㄟˋ ㄧˋ
我國"民法"之親屬會議係指爲保護親屬利益或其身後特定事項之議決或處理,由親屬所組成之會議。親屬會議以會員五人組織之,可分爲法定會員和指定會員。親屬會議之權限,以法律有明文規定之事項爲限,如關於親權濫用之糾正、親權停止宣告之聲請、關於監護人之撤退與報酬之酌定、對於監護人管理使用及處分受監護人財產之監督等等。依本法之規定應開親屬會議時,由當事人、法定代理人或其他利害關係人召集之。親屬會議非有三人以上出席,不得開會,非有出席會員過半數之同意,不得爲決議。若不能召開或召開有困難時,依法應經親屬會議處理之事項,由有召集權人聲請法院處理之;經召開而不爲或不能決議時,亦同。

【親屬關係】 ㄑㄧㄣ ㄕㄨˇ ㄍㄨㄢ ㄒㄧˋ
乃泛指血親關係、配偶關係、姻親關係、養親子關係之謂。發生的原因有出生、婚姻、認領、收養等。由出生而生親子關係及其他血親關係,而非婚生子女經其生父認領者,亦溯及發生親子關係。由婚姻而生配偶關係及姻親關係。因收養行爲而生養親子之擬制法定血親關係。親屬關係亦因死亡、婚姻關係消滅、收養關係終止等原因而消滅。在親屬關係存續中,親屬彼此間互負有特定之權利義務。

16【親親而仁民】 ㄑㄧㄣ ㄑㄧㄣ ㄦˊ ㄖㄣˊ ㄇㄧㄣˊ
愛親人,然後愛及眾民。

21【親屬稱謂制度】 ㄑㄧㄣ ㄕㄨˇ ㄔㄥ ㄨㄟˋ ㄓˋ ㄉㄨˋ
(kinship terminology)一個社會用不同的名稱以稱呼親戚的體系。親屬稱謂係以世代、性別、直系、旁系、父方、母方等作爲區分的標準。該標準可作爲對不同親屬稱謂制度加以分類的根據。

22【親權濫用之禁止】 ㄑㄧㄣ ㄑㄩㄢˊ ㄌㄢˋ ㄩㄥˋ ㄓ ㄐㄧㄣˋ ㄓˇ
父母親行使親權逾越正常之範圍或不盡其應盡之義務,致不合子女之利益時,父母本身之最近尊親屬或親屬會議得糾正之;糾正無效時,得請求法院宣告停止其權利之全部或一部,稱爲親權濫用之禁止。

覫 覭的本字。

覦 ㄩˊ yu² 音魚
想得到分外的東西。如:覬覦。

10

覭 ㊀ ㄇㄛˋ mo⁴ 音莫
草木叢生的樣子。見"字彙補"。
㊁ ㄇㄧㄥˊ ming² 音明
看不清楚。見"說文"。

覮 ㄆㄧㄥ p'ing¹ 音乒
參覮然。

12【覮然】 ㄆㄧㄥ ㄖㄢˊ
聽得見的樣子。一說看得到的樣子。

覯 ㄍㄡˋ kou⁴ 音構
1遇見;遭遇。見"說文"。2構成。通構。

覬 ㄐㄧˋ chi⁴ 音計
希望;企圖。

16【覬覦】 ㄐㄧˋ ㄩˊ
非分的希望或想法。

11

覲 ㄐㄧㄣˇ *chin*³ 音緊 又讀 ㄐㄧㄣˋ *chin*⁴ 音近
①諸侯朝見天子。見"字彙"。②進見;訪謁。③召見;接見。

覰 覷的本字。

12

覷 ㄑㄩˋ *ch'ü*⁴ 音去
本作覰。①窺伺。見"說文"。②看。見"廣雅·釋詁"。③瞄準。

覸 ㄐㄧㄢˋ *chien*⁴ 音見
窺伺。也作瞯。見"廣雅·釋詁"。

覼 ㄌㄨㄛˊ *lo*², *luo*² 音羅
仔細看。俗作覶。見"說文"。

18【覼縷】 ㄌㄨㄛˊ ㄌㄩˇ
詳細敘述。也作羅縷。

13

覻 覷的或體。

覺 ㊀ ㄐㄩㄝˊ *chüeh*² 音絕 又讀 ㄐㄧㄠˇ *chiao*³
①省悟;知曉。如:覺悟。②啟發;使人覺悟。如:使先知覺後知。③辨知事物的能力。如:知覺。④佛家語。梵語bodhi,義爲道、覺,音譯爲菩提。包括:一、覺察,察知惡事;二、覺悟,開悟佛道。
㊁ ㄐㄧㄠˋ *chiao*⁴ 音叫
睡眠。如:一覺醒來。

10【覺悟】 ㄐㄩㄝˊ ㄨˋ
①醒悟。②佛家語。指參悟眞理。

【覺書】 ㄐㄩㄝˊ ㄕㄨ
'日本'稱備忘錄爲覺書。是外交文書的一種。參備忘錄②。

16【覺醒】 ㄐㄩㄝˊ ㄒㄧㄥˇ
①由昏迷狀態或睡夢中醒過來。②省悟;覺悟。

14

覽 ㄌㄢˇ *lan*³ 音懶
觀看。如:一覽無遺。

覾 覽的俗體。

15

覿 ㄉㄧˊ *ti*² 音狄
①相見。②顯露;炫耀。如:覿武。

18

觀 ㊀ ㄍㄨㄢ *kuan*¹ 音官
①看;細看。如:坐井觀天。②示人;給人看。③景象。如:奇觀。④人的意識和對事的看法。如:人生觀。⑤梵語 vipaśyanā,音譯毘婆舍那,義爲觀察、反照感官所觸及之事物,皆是虛妄性而引起之煩惱的自我省悟能力。與止相對,皆爲修定法門。天台宗在修道靜坐時,將心念集中於臍下,爲止;爲了制止昏沈、不安,將心念引到二眉之間,爲觀。⑥姓。'漢'有'觀鵠'。見"萬姓統譜·二五"。
㊁ ㄍㄨㄢˋ *kuan*⁴ 音貫
①宮門前張示法令和布告的地方。即闕。見"爾雅·釋宮"。②臺榭。如:樓觀。③道士修道的地方。如:道觀。④"易"卦名。六十四卦之一。坤下巽上。

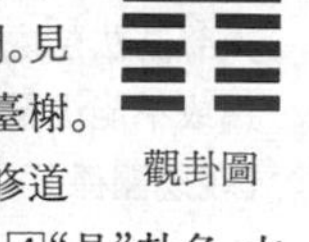
觀卦圖

4【觀止】 ㄍㄨㄢ ㄓˇ
看到此爲止,其餘不足觀。形容所見事物,已達盡善盡美的地步。

6【觀光】 ㄍㄨㄢ ㄍㄨㄤ
①瞻仰國家的盛德光輝。②遊覽異國或異地的政教、習俗、風光、文物等。

8【觀念】 ㄍㄨㄢ ㄋㄧㄢˋ
(idea)①心中的意念或概念。②心象。

11【觀望】 ㄍㄨㄢ ㄨㄤˋ
①外觀。②觀賞;眺望。③觀看事態之變化,而後相機而行。

12【觀測】 ㄍㄨㄢ ㄘㄜˋ
①觀察事物的現象和變化,而預測其發展和結果。②工程上或軍事上的觀察測量。

13【觀感】 ㄍㄨㄢ ㄍㄢˇ
觀察事物後所得的感想。

【觀照】 ㄍㄨㄢ ㄓㄠˋ
對人生各種事物用清虛而無成見的態度去觀察、體驗。

14【觀察】 ㄍㄨㄢ ㄔㄚˊ
①仔細檢視。②'清代'各道道員的俗稱。

15【觀摩】 ㄍㄨㄢ ㄇㄛˊ
觀察別人的優點而模仿學習。

【觀賞】 ㄍㄨㄢ ㄕㄤˇ
觀看欣賞。

17【觀禮】 ㄍㄨㄢ ㄌㄧˇ
觀看典禮的進行。

【觀點】 ㄍㄨㄢ ㄉㄧㄢˇ
觀察研判的立場或基準。

18【觀瞻】 ㄍㄨㄢ ㄓㄢ
①觀看。②外觀。

5【觀世音】 ㄍㄨㄢ ㄕˋ ㄧㄣ
菩薩名。音譯作阿縛盧枳底溼伐羅,義爲'觀自在';舊譯作'光世音',略稱'觀音'。意謂:菩薩於久遠劫前發願救苦救難,只要世人念其聖名,菩薩聞聲,便去救度,故稱'觀世音';又菩薩觀世間苦而能自在地爲眾生拔苦與樂,故稱'觀自在'。在佛教史上,'觀世音'有很多化身,如男身、女身、'白衣觀音'、'送子觀音'、'魚籃觀音'、'千手千眼觀音'等三十多種。在佛教經論中,'觀世音'本是男身,佛法傳至我國後,因其行如慈母,到'南朝'時,已有女身出現。今佛寺中仍多作男身,家庭彩像則多作女身。

6【觀光客】 ㄍㄨㄢ ㄍㄨㄤ ㄎㄜˋ
到外地或他國旅行、參觀的人。

8【觀念論】 ㄍㄨㄢ ㄋㄧㄢˋ ㄌㄨㄣˋ
(idealism)又稱唯心論。與實在論相對。係知識論學說之一。主張所謂實有無非是心中的觀念;或主張除了觀念外,其他一概無法爲人所知。

12【觀景窗】 ㄍㄨㄢ ㄐㄧㄥˇ ㄔㄨㄤ
也稱觀景屏、取景鏡。是引導視野進入鏡頭的裝置,由此可窺見畫面構圖。大部分的設計型式皆和調焦機構組合。

14【觀察使】 ㄍㄨㄢ ㄔㄚˊ ㄕˇ
官名。'唐'初,仿'漢'刺史之制,遣使巡察各道,考覈吏治,初名巡察使,後改按察使,繼改採訪處置使。'肅宗''乾元'元年(758)改爲觀察處置使。多以節度使兼領其職,未設節度使之地區,則專置觀察使,管轄一道或數州的軍事與民政。權位次於節度使,高於刺史。'宋'沿置,但爲虛銜。

【觀察間】 ㄍㄨㄢ ㄔㄚˊ ㄐㄧㄢ
(fishbowl)廣播電臺的錄音室或電視臺的攝影棚內,以玻璃門窗與攝影棚或錄音室隔開,可供廣告客戶及其代理商觀察作業的房間。

21【觀護人】 ㄍㄨㄢ ㄏㄨˋ ㄖㄣˊ
"少年事件處理法"針對少年訓誡之假日生活輔導及保護管束有關事項,特設之輔導機構。觀護人之主要職責爲對於少年之保護管束,故觀護人認爲保護管束之執行已逾六個月,以不繼續執行爲宜,得檢具事證,聲請少年法庭免除其執行("少年事件處理法"第五十五條第一項)。但對於少年違反應遵守之事項情節重大或曾受觀察處分後,再爲違反應遵守之事項,足認爲保護管束難收效果者,觀護人得聲請少年法庭裁定撤銷保護管束,將所餘執行期間交付感化教育。觀護人於少年事件之審理期日應出席陳述意見。

6【觀光事業】 ㄍㄨㄢ ㄍㄨㄤ ㄕˋ ㄧㄝˋ
(tourist industry; tourism industry)爲發展觀光之目的所爲的各種活動。即促進及滿足觀光交流而爲的一切人類活動。我國"發展觀光條例"對該名詞的定義爲:「指有關觀光資源之開發建設與維護、觀光設施之興建、改善及爲觀光旅客旅遊、食宿提供服務與便利的事業。」

【觀光旅館】 ㄍㄨㄢ ㄍㄨㄤ ㄌㄩˇ ㄍㄨㄢˇ
(tourist hotel)以營利爲目的,接待觀光旅客住宿、餐飲及其他有關服務的公共設施。爲維持一定水準以上的設備及服務,政府或公共團體多訂有其標準及分等級的制度。在國際上最普遍實施者爲一至五顆星的分級制度,我國則以梅花朵之多寡(二至五朵)予以分級評鑑。

【觀光資源】 ㄍㄨㄢ ㄍㄨㄤ ㄗ ㄩㄢˊ
(tourism resources)指足以吸引觀光旅客前往觀賞的事物。可分爲自然資源及人文資源兩類。前者包括風景、天象、動植物、地質等;後者包括有形的史蹟、藝術品、建築產業及無形的生活習俗、節慶等。

8【觀念交付】 ㄍㄨㄢ ㄋㄧㄢˋ ㄐㄧㄠ ㄈㄨˋ
爲簡易交付、占有改定及指示交付(或稱返還請求權之讓與)三者之通稱,以別於現實交付。簡易交付,即動產物權之讓與,若受讓人已占有動產者,於讓與合意時,即生效力。例如甲爲出租人,乙爲承租人,租賃標的物在乙的占有中,茲甲乙兩人合意將租賃標的物讓與乙,於讓與合意時,即生交付之效力。占有改定,即讓與動產物權,而讓與人仍繼續占有動產者,讓與人與受讓人間,得訂立契約,使受讓人因此取得間接占有,以代交付。例如甲欲將其所有鋼琴一架賣乙,但甲仍須使用該鋼琴以做教學之用,乃訂約向乙租用,使乙成爲該鋼琴之出租人(間接占有人),甲自己爲承租人(直接占有人),以代鋼琴之現實交付是。指示交付,即讓與動產,如其動產由第三人占有時,讓與人得以對於第三人之返還請求權,讓與於受讓人以代交付。例如甲之鋼琴出租予乙,其後甲將該鋼琴出賣予丙時,不現實交付該鋼琴,而將對乙返還租賃物之請求權讓與於丙,以代現實交付是。

【觀念通知】 ㄍㄨㄢ ㄋㄧㄢˋ ㄊㄨㄥ ㄓ
乃事實觀念之通知,非以意思表示爲基礎,而由表示人表示對一定事實之觀念或認識,致生一定法律效果之謂。例如承諾遲到之通知("民法"第一百五十九條)、代理權授與之通知("民法"第一百六十九條)、債權讓與之通知("民法"第二百九十七條)、買賣標的物瑕疵之告知("民法"第三百五十五條)等均是。觀念通知係基於法律規定而發生一定效力之行爲,屬於準法律行爲。與以意思表示爲基礎之法律行爲有所不同。

【觀念藝術】 ㄍㄨㄢ ㄋㄧㄢˋ ㄧˋ ㄕㄨˋ
(Conceptual Art)西元1960年代末期至1970年代,在'歐''美'產生的一種現代藝術運動。主張藝術的目的在於傳達觀念、思想及訊息,遠甚於硬體作品的創作,所以有一批革命性的藝術家就用速寫、素描、標題、記述、攝影、地圖、電影、錄影、錄音或書本等留下實錄,藉此來傳達觀念、訊息或思想等。代表藝術家有'安得烈'(Carl Andre)、'魯維特'(LeWitt)和'佛列賓'(Flavin)等。

【觀往知來】 ㄍㄨㄢ ㄨㄤˇ ㄓ ㄌㄞˊ
觀察過去的事情便能推知未來的發展。

13【觀過知仁】 ㄍㄨㄢ ㄍㄨㄛˋ ㄓ ㄖㄣˊ
觀察人所犯的過失,便可知道他心中究竟有沒有仁道。

15【觀摩學習】 ㄍㄨㄢ ㄇㄛˊ ㄒㄩㄝˊ ㄒㄧˊ
(observational learning)藉觀察他人之行爲或示範而獲得學習的歷程。

19

觀　ㄌㄧˋ *li*^{4} 音麗
仔細觀察。見"說文"。

角部

角　㊀ ㄐㄧㄠˇ *chiao*^{3} 音矯　讀音 ㄐㄩㄝˊ *chüeh*^{2} 音覺
[1]獸類頭頂或鼻前所生的硬質突起物。[2]額骨。[3]古代未成年人頭頂兩側束髮而成的髻。狀如牛角,故稱。[4]較量;競爭。如:角逐。[5]隅。如:角落。[6]古代酒器。前後揚起,無柱。[7]五音之一。[8]古代吹奏樂器。出於西北游牧民族,傳入中原後多用於軍中及儀仗樂。最初用動物的角,後亦用竹、木、皮革、銅等材料製成。其形制或曲或直,本細而末粗。近代又稱號筒。[9]星宿名。二十八宿之一。參角宿。[10]演員在戲中所扮演的人物。如:主角。[11]指由同一點發出的兩直線互相夾成的平面部分。如直角、鈍角、銳角。[12]輔幣名。爲一元的十分之一。俗稱毛。[13]姓。'漢'有'角閎'。見"古今姓氏書辯證·三六"。

角圖

蒙古角圖

㊁ ㄌㄨˋ *lu*^{4} 音祿
參角里。

2【角力】 ㄐㄧㄠˇ ㄌㄧˋ
[1]徒手相搏,較量氣力。[2]泛指較量勝負。[3]運動類別之一。今稱摔跤,古稱角抵、觳抵。指兩人相抵,較量氣力。

6【角色】 ㄐㄧㄠˇ ㄙㄜˋ
[1]戲劇根據劇中人物不同的性別、年齡、身分、性格而劃分的人物類型。也作腳色。[2]社會對個人在互動過程中所指定的行爲模式與期望。參社會角色。

7【角里】 ㄌㄨˋ ㄌㄧˇ
[1]地名。在'江蘇省''吳縣'西南'太湖'中。[2]複姓。也作'甪里'、'祿里'。'漢'有'角里先生',爲四皓之一。見"字彙"。

8【角果】 ㄐㄧㄠˇ ㄍㄨㄛˇ
(silique)十字花科的果實。屬於乾果中的裂果類,爲一種特化的蒴果。外觀和豆科的莢果相似。係由2心皮的邊緣彼此相連接,而形成單室子房;在接合處產生種子及膜狀的假隔膜。成熟後,果皮自邊相接處裂開,露出假隔膜及附著在其邊緣的種子。

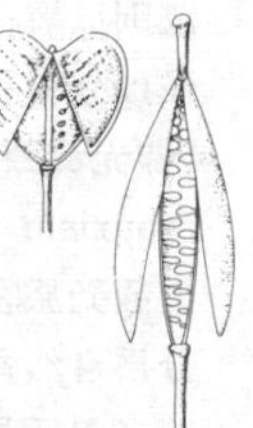
角果圖

9【角度】 ㄐㄧㄠˇ ㄉㄨˋ
(angle)指一端共點的二線段所張的角的大小。描述旋轉的有向角則以一射線爲始邊,另一共頂點的可轉射線爲終邊,可超過360°。

【角柱】 ㄐㄧㄠˇ ㄓㄨˋ
(prism)在一平面上畫一多角形,將此多角形沿垂直於此面之方向平行移動,則得一角柱。原來及最終之平面多角形爲此角柱之上下兩底,多角形頂點移動之軌跡則爲側稜。

11【角宿】 ㄐㄧㄠˇ ㄒㄧㄡˋ
星宿名。二十八宿之一,東方蒼龍七宿之首。主要有二星,夾黃道南北,北星(角宿二)小,即室女座ζ;而南星(角宿一)大,爲蝕變星,相當室女座α(Spica),二者聯結起來,其形似角,故名。此外,平道、天田、周鼎、進賢、天門、平、庫樓、柱、衡、南門等星,也都歸入角宿。

【角球】 ㄐㄧㄠˇ ㄑㄧㄡˊ
足球比賽重要規則之一。球員在本方球門範圍以外的端線使球出界時,由對方在角球區域內主踢的直接自由球,稱爲角球。爲進攻得分的機會。

【角逐】 ㄐㄧㄠˇ ㄓㄨˊ
競爭;爭奪。

12【角牴】 ㄐㄧㄠˇ ㄉㄧˇ
兩人相抵以較量力氣。也作角抵。

13【角落】 ㄐㄧㄠˇ ㄌㄨㄛˋ
指靠角的地方。

15【角膜】 ㄐㄧㄠˇ ㄇㄛˊ
(cornea)眼球膜性囊最外層部分。位於眼球前方中央,透明而薄,狀爲圓形向外略凸,其周緣堅韌不透明的結締組織則稱鞏膜。角膜與鞏膜構成眼球之外殼,維持眼球的型態。光線由角膜部分射入眼底產生視覺。參眼[1]。

16【角錐】 ㄐㄧㄠˇ ㄓㄨㄟ
(pyramid)底面爲多邊形的錐體。角錐的每一錐面均爲三角形,且共一頂點。如圖所示,爲三角錐(triangular pyramid)。設有正三角錐及正四角錐,其側面爲全等的正三角形,將兩側面疊合,則得一斜角柱。

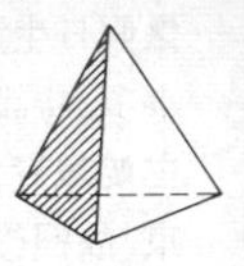
角錐圖

7【角位移】 ㄐㄧㄠˇ ㄨㄟˋ ㄧˊ
(angular displacement)物體或質點繞一轉動軸轉動時,由物體上任一點或質點至轉動軸的垂直連線,在某一時間內所掃過的角度,稱爲物體或質點在此時間內所轉動的角位移。單位通常以弧度表示,記爲 rad。

11【角速度】 ㄐㄧㄠˇ ㄙㄨˋ ㄉㄨˋ
(angular velocity)物體或質點轉動時,每單位時間內所轉動的角位移,稱爲角速度。如物體或質點於 t 至 $t+\Delta t$ 時間內,所轉動的角位移爲 $\Delta\theta$,則在 Δt 時距內平均角速度的大小$\overline{\omega}$可表如下：$\overline{\omega}=\frac{\Delta\theta}{\Delta t}$。在$t$時刻的瞬時角速度$\vec{\omega}$的大小爲$\omega=\lim_{\Delta t\to 0}\frac{\Delta\theta}{\Delta t}$。角速度爲一向量，通常是以右手來定義其方向，伸直右手大拇指，其他四指隨著物體轉動的方向彎曲，則大拇指所指的方向即代表角速度的方向。角速度之單位爲弧度/秒，記爲rad/sec。

【角動量】ㄐㄧㄠˇ ㄉㄨㄥˋ ㄌㄧㄤˋ (angular momentum)物體轉動時，也具有一種運動量，稱爲角動量。其定義爲：物體繞一轉軸轉動時，轉動慣量I與角速度$\vec{\omega}$的乘積，定義爲角動量$\vec{L}$，即$\vec{L}=I\cdot\vec{\omega}$。對質量爲$m$的質點，如以轉動半徑$r$對某點轉動時，其角動量之大小可寫成$L=rmv=r\cdot p$，式中$v$爲質點沿圓周切線方向的速率，$p=mv$，爲質點的線動量。角動量爲向量，其方向爲順著轉動軸的方向，如角速度定義依右手定則而定。

15【角膜炎】ㄐㄧㄠˇ ㄇㄛˊ ㄧㄢˊ (keratitis)指角膜組織之炎性反應。可由外傷、細菌或病毒感染、缺乏維生素甲、過敏反應、輻射傷害等引起。其症狀有畏光、流淚、結膜及睫狀體充血、房水混濁、眼痛、局部潰瘍化膿、耳前淋巴腺腫等。可導致視力減退，嚴重者甚至失明。治療方法輕者可予滴眼劑或塗眼軟膏，並以眼罩覆蓋，以利傷口癒合；嚴重者可以角膜移植以恢復視力。

【角膜翳】ㄐㄧㄠˇ ㄇㄛˊ ㄧˋ (nebula cornea)指角膜炎性反應所留下之瘢痕。依溷濁程度可分爲三種：一、角膜薄翳；二、角膜白翳；三、角膜白斑。前者仍可透見虹膜及瞳孔，其次只能透見瞳孔，但不見虹膜紋理；後者則呈白瓷狀瘢痕，不能透光。若炎性反應更劇，造成角膜擴張波及後側虹膜時，可產生角膜與虹膜之黏連，特稱爲葡萄腫。

【角質化】ㄐㄧㄠˇ ㄓˊ ㄏㄨㄚˋ (cornification)表皮外層細胞，因角質堆積致細胞死亡，並形成硬化的角質層現象。缺乏維生素甲可能容易引起此症。鼠類的陰道皮膜，在發情的不同時期，也能發現角質化的皮膜細胞。

【角質層】ㄐㄧㄠˇ ㄓˊ ㄘㄥˊ (cuticle)植物葉的表面被有一層蠟質。有防止體內水分散失的功效。

【角衝量】ㄐㄧㄠˇ ㄔㄨㄥ ㄌㄧㄤˋ (angular impulse)又名衝量矩(moment of impulse)。一力之衝量力矩$\vec{L}$，定義爲一力$\vec{F}$在時間dt內所生衝量與該力力臂$\vec{r}$之乘積，即$\vec{L_0}=\int_{t_1}^{t_2}\vec{r}\times(\vec{F}dt)$。

6【角色衝突】ㄐㄧㄠˇ ㄙㄜˋ ㄔㄨㄥ ㄊㄨˊ (role conflict)不同角色特徵所造成的衝突或脫序現象。即一個角色或行爲模式妨礙另一角色或行爲模式的義務履行。如職業婦女可能產生工作角色、母親角色、妻子角色的角色衝突。

15【角膜潰瘍】ㄐㄧㄠˇ ㄇㄛˊ ㄎㄨㄟˋ ㄧㄤˊ (corneal ulcer)角膜因外傷、結膜炎、水泡性角膜炎、疱疹、痘瘡、細菌侵入或營養不良等因而引起的疾病。明顯的症狀是患部潰爛、角膜周圍充血、流淚或分泌膿液、怕光，嚴重者甚至化膿，產生葡萄腫或引起穿孔症，導致全眼球炎。

8【角的標準位置】ㄐㄧㄠˇ ˙ㄉㄜ ㄅㄧㄠ ㄓㄨㄣˇ ㄨㄟˋ ㄓˋ (standard position of angle)平面角的頂點在原點上，始邊爲x軸者，稱此角在標準位置上。

11【角動量守恆定律】ㄐㄧㄠˇ ㄉㄨㄥˋ ㄌㄧㄤˋ ㄕㄡˇ ㄏㄥˊ ㄉㄧㄥˋ ㄌㄩˋ (law of conservation of angular momentum)一物體受外力作用，如外力對轉動軸所產生的總力(轉)矩和爲零時，則系統的總角動量L恆保持不變，爲一定值，此即角動量守恆定律，或稱角動量不滅定律。

2

觔 ㄐㄧㄣ *chin*^{1} 音金 ①筋絡。通筋。見"正字通"。②重量單位名。通斤。見"舊唐書·文宗紀上"。

4【觔斗】ㄐㄧㄣ ㄉㄡˇ 以頭著地向前滾翻，或仰身向後躍翻的一種動作。也作筋斗。

觓 ㄑㄧㄡˊ *ch'iu*^{2} 音求 獸角彎曲的樣子。同觩。見"說文"。

4

觕 ㊀ ㄘㄨ *ts'u*^{1} 音粗 粗略；不精。通粗、麤。見"集韻"。

㊁ ㄗㄨˋ *tsu*^{4} 音駔 牛角挺直的樣子。見"集韻"。

觖 ㄐㄩㄝˊ *chüeh*^{2} 音決 ①不滿。②挑剔；擇出。

觙 ㄐㄧˊ *chi*^{2} 音及 人名用字。見"荀子·解蔽"。

5

觝 ㄉㄧˇ *ti*^{3} 音底 用角相撞擊。引申爲排拒、衝突。通牴、抵。如：觝觸。

觚 ㄍㄨ *ku*^{1} 音孤 ①古代飲酒器。長頸，喇叭狀侈口，高圈足。'二里岡'時期之觚體短而粗，'殷'墟時期比較修長，喇叭口坡度較平者多係晚出。'西周'時仍有觚，但數量已減少。據考古資料，觚和爵是'商代'墓葬最基本的成組酒器，'西周'時期，漸爲觶所取代，常見

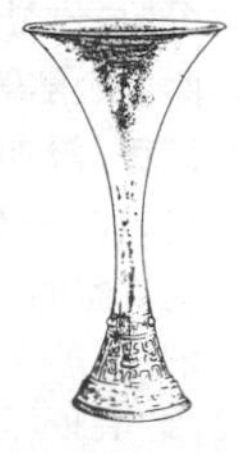
觚圖

爵、觶配對。或有銘文，亦甚簡約，多在足內側或口內壁。②古代書寫所用的木簡。六面或八面，每面均可書寫。如：操觚。③多角稜形的器物。也泛指器物的邊角。

6

觠 ㄑㄩㄢˊ *ch'üan*² 音權
彎曲的角。見"說文"。

觢 ㄕˋ *shih*⁴ 音誓
豎角的牛。見"爾雅·釋畜·皆踊觢·注"。

觜 ㊀ ㄗ *tzŭ*¹ 音資
①鷹類頭上兩側的毛角。見"說文"。②星宿名。二十八宿之一。參觜宿。
㊁ ㄗㄨㄟˇ *tsui*³ 音嘴
同嘴。①鳥嘴。見"廣韻"。②口吻。

11【觜宿】 ㄗ ㄒㄧㄡˋ
星宿名。二十八宿之一，西方白虎七宿的第六宿。主要有三星，皆屬獵戶座。觜宿一即獵戶座λ，是一顆三合星，主星亮度3.56等，伴星分別爲5.54及10.92等；觜宿二即獵戶座φ_1；觜宿三即獵戶座φ_2。此外，司怪、座旗等星，也都歸入觜宿。

觧 解的俗體。

觟 ㊀ ㄏㄨㄚˋ *hua*⁴ 音話
①有角的母羊。見"說文"。②獸角竦起的樣子。見"正字通"。
㊁ ㄒㄧㄝˋ *hsieh*⁴ 音蟹
獸名。通獬。參獬豸。

解 ㊀ ㄐㄧㄝˇ *chieh*³ 音姐
①剖開；切割。如：解剖。②分散；分裂。如：解散。③脫去；排除。如：解嚴。④排泄。如：大解。⑤訓釋；說明。如：解說。⑥明白；懂得。如：一知半解。⑦文體名。爲論辨體的一種。如'韓愈'有"進學解"。
㊁ ㄐㄧㄝˋ *chieh*⁴ 音介
押送；發送。如：起解。
㊂ ㄒㄧㄝˋ *hsieh*⁴ 音懈
①"易"卦名。六十四卦之一。坎下震上。②懈怠；鬆弛。通懈。如：夙夜匪解。③姓。'春秋''晉'有'解狐'。見"萬姓統譜·七九"。

解卦圖

4【解元】 ㄐㄧㄝˋ ㄩㄢˊ
科舉時代稱鄉試第一名。也稱解首。

【解手】 ㄐㄧㄝˇ ㄕㄡˇ
①分離；分手。②小便。③應付的手段。

5【解甲】 ㄐㄧㄝˇ ㄐㄧㄚˇ
脫去盔甲。多用以指解除軍役。

6【解衣】 ㄐㄧㄝˇ ㄧ
脫衣。

7【解決】 ㄐㄧㄝˇ ㄐㄩㄝˊ
①排除困難，解除糾紛而作出決斷。②結束。③消滅；除去。

8【解放】 ㄐㄧㄝˇ ㄈㄤˋ
①釋放囚犯。②解除束縛，獲得自由。

【解事】 ㄐㄧㄝˇ ㄕˋ
懂事；通曉人事。

【解析】 ㄐㄧㄝˇ ㄒㄧ
解釋；分析。

9【解約】 ㄐㄧㄝˇ ㄩㄝ
解除契約。謂當事人之一方因法定或約定解除權之行使，而使契約溯及消滅之一方意思表示。於債務人給付遲延、給付不能，或有約定解除權之事由發生時，他方當事人均得解除契約。解除權之行使應向他方當事人以意思表示爲之，契約當事人之一方有數人者，應由全體或向全體爲解除之意思表示。契約解除僅生債權之效力，祇具回復原狀請求權，而不生所有物返還請求權。契約解除後仍不妨礙損害賠償之請求。當事人因契約解除而生之相互義務，準用"民法"第二百六十四條至第二百六十七條有關雙務契約之規定。

10【解除】 ㄐㄧㄝˇ ㄔㄨˊ
①消除。②當事人一方行使解除權，使契約效力溯及既往地歸於無效。契約之解除，有由於約定原因者，稱爲約定解除權；有由於法定原因者，稱爲法定解除權。前者因當事人約定之內容不同而異，後者主要包括一、給付遲延："民法"第二百五十四條：「契約當事人之一方遲延給付者，他方當事人得定相當期限，催告其履行，如於期限內不履行時，得解除其契約。」又依第二百五十五條：「依契約之性質或當事人之意思表示，非於一定時期爲給付不能達其契約之目的，而契約當事人之一方不按照時期給付者，他方當事人得不爲前條之催告，解除其契約。」二、給付不能："民法"第二百五十六條規定：「債權人於有第二百二十六條之情形，得解除其契約。」所謂第二百二十六條之情形，係指可歸責於債務人之事由，致給付不能而言。解除權之行使以意思表示之方法爲之，契約解除時，當事人雙方互負回復原狀之義務。

【解紛】 ㄐㄧㄝˇ ㄈㄣ
排解紛爭。

11【解理】 ㄐㄧㄝˇ ㄌㄧˇ
(cleavage)礦物受外力以致破裂而沿其結晶面形成平滑之面者，稱爲解理。解理的形成顯示礦物內部的結晶構造，故在特定的礦物，其解理多有固定的方向和一定數目的解理面組，如方鉛礦(galena)有三組相互正交的解理面。解理發達的程度，依其剖開之難易可分爲劣(poor)、可(fair)、良(good)及優(perfect)四級。

【解救】 ㄐㄧㄝˇ ㄐㄧㄡˋ
解除危難並加援助。

【解脫】 ㄐㄧㄝˇ ㄊㄨㄛ
①解除；開脫。②佛家語。即脫離一切煩惱的束縛，此心自在的意思。與悟道同義。

12【解痙】ㄐㄧㄝˇ ㄐㄧㄥˋ
解除震顫、手足痙攣及身軀向後反弓攣縮等症狀的方法。即熄風法。

【解惑】ㄐㄧㄝˇ ㄏㄨㄛˋ
解除心中的疑惑。

【解散】ㄐㄧㄝˇ ㄙㄢˋ
[1]分散。[2]法人之解散,指導致法人人格消滅之法律事實,亦即法人人格消滅之原因。法人並無繼承制度,因此法人解散,其人格並不因之馬上消滅,法人解散後,爲了結束未了結之事務,必須經過清算程序(但因破產而解散者依破產程序爲之),須俟清算完結,法人人格始歸於消滅。法人解散之事由,如宣告破產、社團法人之社員總會所爲解散決議等屬之。[3]實行內閣制的國家,內閣乃爲行政與立法的連鎖。當議會對他們有不信任的表示,或正式通過不信任的議決案,抑或拒絕通過他們提出的重要議案時,內閣只好在兩種途徑中任擇其一:一是內閣全體辭職;另一則是解散議會,直接交由選民判定誰是誰非。故解散議會之舉,無異於以爭端的問題提付選民公斷。在朝黨於大選中如重獲勝利,則證明內閣政策爲選民所擁護,在朝黨繼續執政;反之,在野黨如獲勝利,則由在野黨繼起執政。

【解悶】ㄐㄧㄝˇ ㄇㄣˋ
消解煩悶。

【解圍】ㄐㄧㄝˇ ㄨㄟˊ
[1]解除被敵軍包圍的情勢。[2]替人排除糾紛困難,或擺脫僵持難堪的處境。俗稱打圓場。

【解答】ㄐㄧㄝˇ ㄉㄚˊ
[1]解釋回答。[2]經解析後所獲得的答案。

【解雇】ㄐㄧㄝˇ ㄍㄨˋ
停止雇用。也作解僱。

13【解廌】ㄒㄧㄝˋ ㄓˋ
傳說中神獸。似牛一角,能辨曲直,故古人用以決訟。也作獬豸。

【解聘】ㄐㄧㄝˇ ㄆㄧㄣˋ
解除聘約;終止受聘人的任用資格。

【解禁】ㄐㄧㄝˇ ㄐㄧㄣˋ
解除禁令。

14【解說】ㄐㄧㄝˇ ㄕㄨㄛ
解釋;說明。

【解酲】ㄐㄧㄝˇ ㄔㄥˊ
解除酒後的醉意。

15【解調】ㄐㄧㄝˇ ㄊㄧㄠˊ
(demodulation)將調變後之信號還原成爲原來信號之過程。

【解憂】ㄐㄧㄝˇ ㄧㄡ
消解憂愁。

【解碼】ㄐㄧㄝˇ ㄇㄚˇ
(decode) 確定一代碼所代表之意義的過程。解碼可以視爲編碼的逆過程。

【解數】ㄐㄧㄝˇ ㄕㄨˋ
[1]武術的招式。[2]泛指本領。

【解嘲】ㄐㄧㄝˇ ㄔㄠˊ
對於別人的嘲笑,自我解釋一番。

16【解頤】ㄐㄧㄝˇ ㄧˊ
開顏歡笑。同解顏。

18【解職】ㄐㄧㄝˇ ㄓˊ
解除職務。

20【解嚴】ㄐㄧㄝˇ ㄧㄢˊ
解除戒嚴,恢復平時狀態。

【解釋】ㄐㄧㄝˇ ㄕˋ
[1]消除。[2]分析說明。[3]對文字的注解和解說。

22【解囊】ㄐㄧㄝˇ ㄋㄤˊ
拿出錢財來幫助別人。

23【解體】ㄐㄧㄝˇ ㄊㄧˇ
肢體分散。比喻人心離散或組織崩潰。

27【解纜】ㄐㄧㄝˇ ㄌㄢˇ
解開繫船的纜繩。指準備開船。

9【解約金】ㄐㄧㄝˇ ㄩㄝ ㄐㄧㄣ
契約當事人之一方爲解除契約所支付之代價。其支付係以消滅債權爲目的。現行"民法"並無解約金之規定,純由當事人約定之。債務人本應就原定給付履行其債務,但如支付解約金者,亦足以消滅其債務,因此解約金可謂原定債務之代替,屬任意之債。債權人不得請求原來之給付,復請求解約金,而僅得擇一行使之。解約金不同於解除契約後之回復原狀及損害賠償。

10【解剖學】ㄐㄧㄝˇ ㄆㄡˇ ㄒㄩㄝˊ
(anatomy)生物科學的一支。爲專門研究關於生物體器官構造的學科。如大體解剖學、植物解剖學、脊椎動物比較解剖學等。

【解除權】ㄐㄧㄝˇ ㄔㄨˊ ㄑㄩㄢˊ
指使有效成立之契約,自始歸於消滅之權利。屬於形成權之一種。可分爲約定解除權及法定解除權,前者乃契約當事人於契約成立時或其後所約定者;後者又可分爲一般解除權與特殊解除權,其發生原因爲債務不履行。解除權之行使,未定有期間者,他方當事人得定相當期限,催告解除權人於期限內確答是否解除,如逾期未受解除之通知者,解除權即歸消滅。解除權之行使,應向他方以意思表示爲之,如契約當事人之一方有數人者,應由全體或向其全體爲之。經解除後,當事人雙方各負回復原狀之義務,且解除權之行使,並不妨礙損害賠償之請求,解除權人仍得再請求履行利益之損害賠償。

11【解強調】ㄐㄧㄝˇ ㄑㄧㄤˊ ㄊㄧㄠˊ
(de-emphasis) 一般使用π型低通濾波器,把通過檢波器後的高頻成分加以衰減,避免影響或干擾中頻的音頻信號之作用。

13【解經學】ㄐㄧㄝˇ ㄐㄧㄥ ㄒㄩㄝˊ
(hermeneutics; exegesis)闡釋宗教經典涵義的學科。

14【解語花】ㄐㄧㄝˇ ㄩˇ ㄏㄨㄚ
比喻善解人意的美女。

【解像力】ㄐㄧㄝˇ ㄒㄧㄤˋ ㄌㄧˋ
(resolving power)鏡頭或底片能鮮明記錄細微影像的數值。愈精密的透鏡，解像力愈強，愈能掌握物體細緻的紋理。

15【解調器】 ㄐㄧㄝˇ ㄊㄧㄠˊ ㄑㄧˋ
(demodulator)可將調變後之信號轉換爲原來之信號的裝置。

【解碼器】 ㄐㄧㄝˇ ㄇㄚˇ ㄑㄧˋ
(decoder)具有解碼功能的裝置。

19【解離度】 ㄐㄧㄝˇ ㄌㄧˊ ㄉㄨˋ
(degree of dissociation)於解離反應中，解離之莫耳數與原反應物莫耳數之比值。電解質於溶液中之解離則稱爲電離。

20【解譯器】 ㄐㄧㄝˇ ㄧˋ ㄑㄧˋ
(interpreter)電腦的系統程式之一。其功能爲讀入根源程式的一行敘述，將其翻譯爲機器碼，並立刻執行該敘述所代表的運算；然後，再讀入根源程式的下一行敘述，進行同樣的處理，直到所有的敘述都處理完畢。以高階語言培基(BASIC)所撰寫的程式，即是由解譯器執行的。解譯器與編譯器最大不同點爲：解譯器逐行翻譯、解算，不產生目標程式；編譯器所產生的目標程式，需要靠載入器將之置入主記憶體，才能被中央處理單元處理、運算。

【解嚴權】 ㄐㄧㄝˇ ㄧㄢˊ ㄑㄩㄢˊ
‘立法院’決議移請總統解除戒嚴稱爲解嚴權。自解嚴之日起，一律回復原狀。

【解釋學】 ㄐㄧㄝˇ ㄕˋ ㄒㄩㄝˊ
(hermeneutics)又稱詮釋學。[1]即解經學。[2]研討如何有系統地對典籍中所含之概念、系統與理論加以闡釋的學科。

【解釋權】 ㄐㄧㄝˇ ㄕˋ ㄑㄩㄢˊ
‘司法院’設大法官會議解釋“憲法”及統一解釋法律及命令，稱爲解釋權。“憲法”之解釋由‘司法院’爲之，故中央或地方機關於其職權上適用“憲法”發生疑義時，即得聲請‘司法院’解釋，法律及命令與“憲法”有無牴觸，發生疑義時，亦同。至於適用法律或命令發生其他疑義時，則有適用職權之中央或地方機關，皆應自行研究，以確定其意義，而爲適用，殊無許其聲請‘司法院’解釋之理由。惟此項機關適用法律或命令時，所持見解與本機關或他機關適用同一法律或命令時所已表示之見解有異者，苟非該機關依法應受本機關或他機關見解之拘束，或得變更其見解，則對同一法律或命令之解釋，必將發生歧義之結果，有統一解釋之必要，而於此種情形下，始得聲請統一解釋。

5【解甲歸田】 ㄐㄧㄝˇ ㄐㄧㄚˇ ㄍㄨㄟ ㄊㄧㄢˊ
解除軍職，回鄉種田。今泛指退伍回鄉。

6【解衣推食】 ㄐㄧㄝˇ ㄧ ㄊㄨㄟ ㄕˊ
將衣食贈送他人，以示關懷之意。

8【解放運動】 ㄐㄧㄝˇ ㄈㄤˋ ㄩㄣˋ ㄉㄨㄥˋ
(liberation movements)廣義之解放運動，泛指被壓迫之人民爲爭取獨立或反對帝國主義、殖民主義及新殖民主義而從事之有組織的奮鬥。在‘聯合國’體系下，解放運動係指爲實現“聯合國憲章”所揭櫫之民族自決原則而從事之奮鬥，包括反對殖民統治、外國占領及種族歧視之政權。

【解放戰爭】 ㄐㄧㄝˇ ㄈㄤˋ ㄓㄢˋ ㄓㄥ
(War of Liberation)‘歐洲’各國聯軍爲求自‘拿破崙’霸權體制下解放所發動的戰爭。西元1813年，‘普’、‘英’、‘俄’、‘奧’等國趁‘拿破崙’征‘俄’失敗後，結合陣線，一致反‘法’。不久，‘西班牙’、‘瑞典’亦加入。10月在‘萊比錫’擊敗‘拿破崙’，1814年攻陷‘巴黎’，迫使‘拿破崙’退位，各國終獲自主。

【解析幾何】 ㄐㄧㄝˇ ㄒㄧ ㄐㄧˇ ㄏㄜˊ
(analytical geometry)利用數學解析的方法來瞭解及描述線、面、體等幾何特性的數學。有平面解析幾何、立體解析幾何等。在解析幾何中，點可用一組數字(即其坐標)來表示，任何幾何對象物(如曲線)均爲點的集合，可用方程式或不等式來表示。$f(x,y)=0$即表示點集合$\{(x,y):f(x,y)=0\}$，而點集合之交集即方程式之聯立解，從而可將幾何問題化爲簡單之代數。

9【解約訂金】 ㄐㄧㄝˇ ㄩㄝ ㄉㄧㄥˋ ㄐㄧㄣ
爲保留解除權之行使所支付之定金。解約定金須於訂立契約時交付，屬要物契約。交付解約定金之一方得拋棄其定金，而解除契約；他方當事人亦得加倍償還其定金，以解除契約。

10【解除婚約】 ㄐㄧㄝˇ ㄔㄨˊ ㄏㄨㄣ ㄩㄝ
“民法”第九百七十六條第一項規定，解除婚約之原因有：一、婚約訂定後，再與他人訂定婚約或結婚者。二、故違結婚期約者。三、生死不明已滿一年者。四、有重大不治之病者。五、有花柳病或其他惡疾者。六、婚約訂定後成爲殘廢者。七、婚約訂定後與人通姦者。八、婚約訂定後受徒刑之宣告者。九、有其他重大事由者。兼採例示主義及概括主義。其中第九款所謂「其他重大事由」之概括規定，須於具體個案中，依社會一般通念予以具體化。解除婚約，不若裁判離婚須以訴爲之，僅由一方當事人向他方當事人以意思表示爲之即可。依“民法”第九百七十六條之規定，解除婚約時，無過失之一方得向有過失之一方請求財產上及非財產上之損害賠償；因訂定婚約而爲贈與者，於解除婚約時，得請求他方返還贈與物。

【解除條件】 ㄐㄧㄝˇ ㄔㄨˊ ㄊㄧㄠˊ ㄐㄧㄢˋ
解除條件乃限制法律行爲效力消滅之條件，於條件不成就時保持其效力，於條件成就時，則喪失其效力。附解除條件之法律行爲，其效力業已發生，不過其效力是否消滅，繫於將來客觀不確定之事實。條件在性質上爲法律行爲之附款，原則上，法律行爲本於私法自治之原則，得附以條件。但如有背於公序良俗，或有害於相對人法律上之利益者，則不許附條件。前者如結婚、離婚、收養或收養關係之終止、非婚生子女之認領、拋棄繼承等，因涉及公益及公序良俗，絕對不許附條件；後者如撤銷權、解除權、抵銷權，因屬單獨行爲，性質上又爲形成權，其行使貴在迅速明確，故不許附條件。

13【解鈴繫鈴】 ㄐㄧㄝˇ ㄌㄧㄥˊ ㄒㄧˋ ㄌㄧㄥˊ

佛家語。意指從虎頸上解鈴，只有當初繫鈴的人才能做到。見"指月錄·二三"。後借喻凡事須由當初作此事的人去解決。

10【解除之契約】 ㄐㄧㄝˇ ㄔㄨˊ ㄓ ㄑㄧˋ ㄩㄝ

契約當事人雙方，依合意訂定第二契約以解除第一契約，使原屬有效之第一契約溯及歸於無效之謂。也稱合意解除。此與契約之解除，係依一方意思表示而解除者，有所不同。申言之，前者屬於契約，有否解除權並非所問；而後者則屬單獨行爲，以具有約定或法定解除權爲必要。由於解除之契約"民法"並無規定，而又與契約之解除性質不同，故不得準用有關契約解除之規定，其效力純依當事人訂定。合意解除，得就契約之全部或一部爲之，亦得就物權契約或準物權契約爲合意解除。合意解除，於當事人一經合意即發生解除之效力，此時如第一契約已全部或一部履行者，依不當得利之規定，請求返還，無"民法"第二百五十九條回復原狀之適用。

13【解鈴還須繫鈴人】 ㄐㄧㄝˇ ㄌㄧㄥˊ ㄏㄞˊ ㄒㄩ ㄒㄧˋ ㄌㄧㄥˊ ㄖㄣˊ

參解鈴繫鈴。

觥 ㄍㄨㄥ kung[1] 音公

1古代盛酒器。橢圓形或方形腹，圈足或四足，有流和鋬，蓋作獸頭形，其形狀也有完全仿動物者。觥初見於'殷墟'時期，延用至'西周'中期後逐漸被淘汰。2大；豐盛。

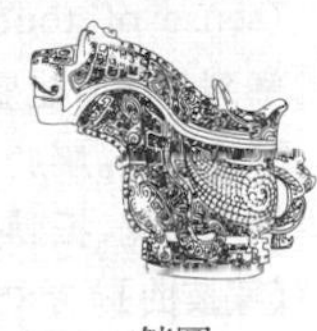

觥圖

20【觥籌交錯】 ㄍㄨㄥ ㄔㄡˊ ㄐㄧㄠ ㄘㄨㄛˋ

形容宴會時暢飲喧囂的樣子。

觤 ㄍㄨㄟˇ kuei[3] 音詭

羊角不齊，一長一短的樣子。見"說文"。

觡 ㄍㄜˊ ko[2], kê[2] 音格

1骨角；如骨一般的角。見"說文"。2歧出的獸角。見"集韻"。

7

觩 ㄑㄧㄡˊ ch'iu[2] 音求

1獸角向上彎曲的樣子。或作斛、觓。見"集韻"。2拉緊弓絃的樣子。見"字彙"。

觫 ㄙㄨˋ su[4] 音速

參觳觫。

8

觰 ㄓㄚ cha[1] 音奓

或作觰。1獸角上長。見"玉篇"。2獸角上廣。見"集韻"。

觭 ㄐㄧ chi[1] 音基 又讀 ㄑㄧˇ ch'i[3] 音綺

1獸角一俯一仰的樣子。見"說文"。2單；隻。通奇。3怪異的。如：觭夢。

觮 ㄉㄞˇ tai[3] 音歹

角心。見"玉篇"。

觪 㦮的或體。

觲 觪的或體。

觬 ㄋㄧˊ ni[2] 音泥 又讀 ㄋㄧˇ ni[3] 音你

獸角不正的樣子。見"說文"。

9

觱 ㄅㄧˋ pi[4] 音必

參觱篥。

16【觱篥】 ㄅㄧˋ ㄌㄧˋ

古代吹奏樂器。也作觱栗、篳篥、悲篥、必篥。源於'西域'，後傳入中原。是'隋''唐'燕樂最重要的樂器之一。以竹爲管，上開八孔(前七後一)，管口插有蘆製的哨子。今民間流行以木爲管，稱管子或管。

觲 ㄔㄜˋ ch'ê[4] 音徹

帶鉤上角製的叉。也叫觚。見"廣雅·釋器"。

觯 ㄙㄞ sai[1] 音顋

1角中骨。見"說文"。2外皮光滑有潤澤的獸角。見"字彙"。

10

觳 ㄏㄨˊ hu[2] 音胡

1古代酒器的一種。即大卮。2古代量穀物的器具。容一斗二升。見"字彙"。

14【觳觫】 ㄏㄨˊ ㄙㄨˋ

戰慄恐懼的樣子。

觲 ㄒㄧㄥ hsing[1] 音星

牛羊運角上仰或下俯都非常利便。見"說文"。

觽 ㄔˇ ch'ih[3] 音恥

獸角歪斜不端正。見"集韻"。

11

觰 或作觰。觰的或體。

觴 ㄕㄤ shang[1] 音商

1盛有酒的杯子。又泛指酒器。2勸人飲酒或自飲。

12

觵 觥的或體。

觶 ㄓˋ *chih*⁴ 音置

古代飲酒器。圓腹，侈口，圈足，或有蓋。'西周'觶之形體略較'商'觶修長，中期以後較罕見。觶之名乃'宋'人根據禮經擬定，'春秋'晚期有自銘爲鍴者，'王國維'以爲與觶同義。就墓葬資料而言，'殷代'禮器組合多是爵觚並出，'西周'時代觚則爲觶所取代。

觶圖

13

觷 ㄒㄩㄝˊ *hsüeh*² 音學

將獸角加工雕琢使成器具。見"集韻"。

觸 ㄔㄨˋ *ch'u*⁴ 音黜

1獸類用角撞物。引申爲撞擊。如：觸礁。2接遇。如：觸電。3干犯；冒犯。如：觸忤。4感動；引發。如：觸類旁通。5姓。'戰國''趙'有'觸龍'。見"萬姓統譜·一一三"。

5【觸犯】 ㄔㄨˋ ㄈㄢˋ
衝撞；冒犯。

7【觸角】 ㄔㄨˋ ㄐㄧㄠˇ
(antenna)節肢動物頭部具有細長而有關節的附肢，稱爲觸角。爲感覺器官。螺及輪蟲等也具有細長而能司感覺作用的觸角，但此等突起不具關節。

9【觸怒】 ㄔㄨˋ ㄋㄨˋ
激怒。

11【觸動】 ㄔㄨˋ ㄉㄨㄥˋ
引發；感動。

12【觸發】 ㄔㄨˋ ㄈㄚ
觸動引發

【觸媒】 ㄔㄨˋ ㄇㄟˊ
(catalysts)同催化劑。參催化劑。

13【觸電】 ㄔㄨˋ ㄉㄧㄢˋ
接觸電流。

14【觸摸】 ㄔㄨˋ ㄇㄛ
接觸撫摸。

17【觸礁】 ㄔㄨˋ ㄐㄧㄠ
1船碰到海中的暗岩。2比喻事情的進行受到阻礙。

20【觸覺】 ㄔㄨˋ ㄐㄩㄝˊ
(sense of touch)指體表皮膚感觸到外物而能覺察出粗糙、銳鈍等的作用。屬於一種複合感覺，包括了壓覺、振動覺及定位覺等。

7【觸技曲】 ㄔㄨˋ ㄐㄧˋ ㄑㄩˇ
(toccata)觸技之名是由觸鍵(touch)變化而來，意指鍵盤樂器的演奏技巧；在鍵盤上展示技巧的樂曲，乃稱爲觸技曲。常列爲組曲內的一章。若專給絃樂器展示技巧的樂曲，則稱爲展技曲(partita)，意指絃樂自成獨立的一部，是絃樂組曲的總稱。

5【觸目驚心】 ㄔㄨˋ ㄇㄨˋ ㄐㄧㄥ ㄒㄧㄣ
同怵目驚心。

12【觸發運動】 ㄔㄨˋ ㄈㄚ ㄩㄣˋ ㄉㄨㄥˋ
(thigmonasty)植物受接觸的刺激後，所產生的一種局部運動。例如含羞草受刺激，葉片便閉合。含羞草的葉柄和小葉基部都具有特殊組織，當其細胞吸水膨脹時便產生膨壓，使葉柄直立，小葉張開。如果受到接觸的刺激，該處的細胞便失水而膨壓降低，導致葉柄下垂，小葉閉合。

【觸景生情】 ㄔㄨˋ ㄐㄧㄥˇ ㄕㄥ ㄑㄧㄥˊ
看到眼前的景物，引起無限的情思。

【觸媒中毒】 ㄔㄨˋ ㄇㄟˊ ㄓㄨㄥˋ ㄉㄨˊ
(catalyst poison)固體觸媒於反應過程中有反應物以外之物質吸附於活性點，當其不易脫附而使活性點失去作用而降低觸媒活性的現象，稱爲觸媒中毒。通常硫化物或含氮化合物皆有此作用。

【觸媒再生】 ㄔㄨˋ ㄇㄟˊ ㄗㄞˋ ㄕㄥ
(catalyst regeneration)當固體觸媒因阻塞、燒結、中毒、磨耗或活性成分揮發而導致活性衰退時，促使觸媒活性恢復之操作。例如通入空氣與孔洞上之積碳燃燒而除去阻塞現象，利用脫附或化學處理法將引起中毒之硫化物或氮化物去除或變成非毒物質等。

【觸媒汽提】 ㄔㄨˋ ㄇㄟˊ ㄑㄧˋ ㄊㄧˊ
(catalyst stripping)一種觸媒再生方法。即將離開反應器之固體觸媒引入蒸汽，以去除觸媒表面上吸附之碳氫化合物。

【觸媒重組】 ㄔㄨˋ ㄇㄟˊ ㄔㄨㄥˊ ㄗㄨˇ
(catalytic reforming)在觸媒作用下，將碳氫化合物之分子結構重新排列或合成之反應。包括將環烷脫氫變成芳香族，直鏈烷脫氫環化，直鏈烷異構化成具支鏈之異構與重的直鏈烷加氫裂解爲輕的直鏈烷等四種。其操作深受反應物流率、溫度、壓力與觸媒種類影響。

16【觸機即發】 ㄔㄨˋ ㄐㄧ ㄐㄧˊ ㄈㄚ
比喻事情醞釀已久，遇到引發的因素即便發作。

19【觸類旁通】 ㄔㄨˋ ㄌㄟˋ ㄆㄤˊ ㄊㄨㄥ
把握某一事物的道理或原則，遇同類事物即可類推了解。

12【觸發正反器】 ㄔㄨˋ ㄈㄚ ㄓㄥˋ ㄈㄢˇ ㄑㄧˋ
(trigger flip-flop；TFF)正反器的一種。只有一個輸入端，當輸入有脈衝進入時，輸出即反轉。其眞値表及表示符號如圖所示。

T	Q_{n+1}
1	$\overline{Q_n}$
0	Q_n

T → [Q / $\overline{Q}$]

14

觺 ㄧˊ *i*² 音疑 又讀 ㄋㄧˋ *ni*⁴ 音嶷

獸角銳利的樣子。見"集韻"。

15

觼 ㄐㄩㄝˊ *chüeh*^{2} 音決
有舌的環。用以繫轡。通作觖。見"說文"。

觻 ㄌㄨˋ *lu*^{4} 音祿 又讀 ㄌㄧˋ *li*^{4} 音歷
獸角。見"說文"。

16

觾 ㄧㄢˋ *yen*^{4} 音燕
參雟觾。

18

觿 ㄒㄧ *hsi*^{1} 音曦
古時以象骨製成,用來解開繩結的錐子。也用作佩飾。見"說文"。

言部

言 ㊀ ㄧㄢˊ *yen*^{2} 音顏
①說;說話。如:仗義執言。②言論;所說的話。如:言猶在耳。③助詞。用於句首或句中。④姓。'春秋'有'孔子'弟子'言偃'。見"萬姓統譜·二三"。
㊁ ㄧㄣˊ *yin*^{2} 音銀
參言言㊁。

6【言行】 ㄧㄢˊ ㄒㄧㄥˊ
言談和行爲。

7【言言】 ㊀ ㄧㄢˊ ㄧㄢˊ
①高大的樣子。②直言。
㊁ ㄧㄣˊ ㄧㄣˊ
和悅的樣子。同誾誾。

9【言重】 ㄧㄢˊ ㄓㄨㄥˋ
①說話謹愼。②所言過重。對他人之言詞表示不敢當或不完全同意的意思。

10【言笑】 ㄧㄢˊ ㄒㄧㄠˋ
談笑。

11【言責】 ㄧㄢˊ ㄗㄜˊ
①負有進言的責任。②言論所應負的責任。

12【言詞】 ㄧㄢˊ ㄘˊ
言談;言談所用的詞句。

【言筌】 ㄧㄢˊ ㄑㄩㄢˊ
指表達情思的工具或符號。

14【言語】 ㄧㄢˊ ㄩˇ
①說話。②所說的話。

15【言談】 ㄧㄢˊ ㄊㄢˊ
談話;談論。

【言論】 ㄧㄢˊ ㄌㄨㄣˋ
①談論。②議論;主張。

4【言之有物】 ㄧㄢˊ ㄓ ㄧㄡˇ ㄨˋ
言談或文章有根據、有內容。

【言之鑿鑿】 ㄧㄢˊ ㄓ ㄗㄨㄛˋ ㄗㄨㄛˋ
言論有依據,且有事實可爲證明。

【言不由衷】 ㄧㄢˊ ㄅㄨˋ ㄧㄡˊ ㄓㄨㄥ
說話沒誠意。

【言不盡意】 ㄧㄢˊ ㄅㄨˋ ㄐㄧㄣˋ ㄧˋ
言語無法將心意完全表達出來。常用於書信結尾,以表示情意不盡。

【言不顧行】 ㄧㄢˊ ㄅㄨˋ ㄍㄨˋ ㄒㄧㄥˊ
所說的和所做的不相符合。

5【言必有中】 ㄧㄢˊ ㄅㄧˋ ㄧㄡˇ ㄓㄨㄥˋ
說話得體中肯。

【言外之意】 ㄧㄢˊ ㄨㄞˋ ㄓ ㄧˋ
言詞中所蘊藏而未明說的含意。

6【言行相顧】 ㄧㄢˊ ㄒㄧㄥˊ ㄒㄧㄤ ㄍㄨˋ
所說的和所做的相符合。

8【言近旨遠】 ㄧㄢˊ ㄐㄧㄣˋ ㄓˇ ㄩㄢˇ
言詞淺近而含意深遠。

12【言詞辯論】 ㄧㄢˊ ㄘˊ ㄅㄧㄢˋ ㄌㄨㄣˋ
當事人於言詞辯論期日以言詞提出訴訟資料之行爲,爲狹義之言詞辯論;法院、當事人及訴訟關係人於言詞辯論期日所爲之一切訴訟行爲,包括狹義之言詞辯論、法院之指揮訴訟、調查證據、行使闡明權等,爲廣義之言詞辯論;廣義之言詞辯論及法院之宣示判決,合稱爲最廣義之言詞辯論。言詞辯論以當事人聲明應受裁判之事項爲始;於言詞辯論終結前,當事人得提出攻擊或防禦方法;辯論達於可爲裁判之程度者,應即終結之,於宣示裁判前如有必要,得命再開言詞辯論。

【言猶在耳】 ㄧㄢˊ ㄧㄡˊ ㄗㄞˋ ㄦˇ
形容記憶猶新,或提醒人不可忘記前言。

13【言過其實】 ㄧㄢˊ ㄍㄨㄛˋ ㄑㄧˊ ㄕˊ
言辭誇大,超過實際。

15【言論自由】 ㄧㄢˊ ㄌㄨㄣˋ ㄗˋ ㄧㄡˊ
民權的一種。指得以言論發表意見的權利,其內容不受非法干涉或阻止。這是近代各國保障權利宣言的傳統自由之一。我國"憲法"第十一條設有明文保障。

18【言簡意賅】 ㄧㄢˊ ㄐㄧㄢˇ ㄧˋ ㄍㄞ
言詞簡約而意義涵蓋詳備。

【言歸正傳】 ㄧㄢˊ ㄍㄨㄟ ㄓㄥˋ ㄓㄨㄢˋ
回歸正題。

【言歸於好】 ㄧㄢˊ ㄍㄨㄟ ㄩˊ ㄏㄠˇ
和好如初。言是助詞,無義。

22【言聽計從】 ㄧㄢˊ ㄊㄧㄥ ㄐㄧˋ ㄘㄨㄥˊ
形容對人極度信任。

12【言詞審理主義】 ㄧㄢˊ ㄘˊ ㄕㄣˇ ㄌㄧˇ ㄓㄨˇ ㄧˋ
訴訟程序上,當事人及法院之訴訟行爲,應以言詞爲之的主義。相對於書面審理主義。換言之,在審理過程中,當事人應以言詞爲事實上或法律上之陳述(所謂之言詞辯論),法院訊問當事人、證人、鑑定人或其他關係人,亦應以言詞爲之。此主義之優點爲能予聽者以新鮮之印象,陳述如有不明瞭或矛盾之處,得立即闡明之或令其補充,使其明確。

【言詞辯論主義】 ㄧㄢˊ ㄘˊ ㄅㄧㄢˋ ㄌㄨㄣˋ ㄓㄨˇ ㄧˋ
即言詞審理主義。參言詞審理主

義。

8【言者諄諄聽者藐藐】 ㄧㄢˊ ㄓㄜˇ ㄓㄨㄣ ㄓㄨㄣ ㄊㄧㄥ ㄓㄜˇ ㄇㄧㄠˇ ㄇㄧㄠˇ
說話的人叮嚀再三，聽的人卻無動於衷。

言 ㄑㄧㄢˇ *ch'ien*^{3} 音淺
參言言。

6【言言】 ㄑㄧㄢˇ ㄧㄢˇ
心急得兩脣發顫說不出話來。

言 ㄧㄢˇ *yen*^{3} 音巘
參言言。

2

計 ㄐㄧˋ *chi*^{4} 音繼
①核算。如：合計。②考核；衡量。如：計件論酬。③商量。如：計議。④謀劃；策略。如：心生一計。⑤姓。'東漢'有'計子勳'。見"萬姓統譜·九六"。

11【計略】 ㄐㄧˋ ㄌㄩㄝˋ
計謀；策略。

12【計畫】 ㄐㄧˋ ㄏㄨㄚˋ
①謀慮；策劃。②辦法；方案。

【計策】 ㄐㄧˋ ㄘㄜˋ
計謀；策略。

13【計較】 ㄐㄧˋ ㄐㄧㄠˋ
①計算較量。②爭論。③商量。

14【計算】 ㄐㄧˋ ㄙㄨㄢˋ
①核算。②計較；較量。

16【計謀】 ㄐㄧˋ ㄇㄡˊ
策略；謀畫。

20【計議】 ㄐㄧˋ ㄧˋ
計畫商議。

14【計算尺】 ㄐㄧˋ ㄙㄨㄢˋ ㄔˇ
(slide rule)'英國'人'干忒'(Gunter)和'文蓋特'(Wingate)二人運用對數原理，先後所發明的一種計算工具。可應用於乘、除、乘方、開方、三角函數及對數等的計算。攜帶便利，用法簡單容易，在計算機(calculator)未問世以前，是理工方面應用很廣的一種計算工具。今則當做簡單的類比計算器，也是介紹對數的好教具。

【計算機】 ㄐㄧˋ ㄙㄨㄢˋ ㄐㄧ
①(computer)可以依照既定之指令執行算術或邏輯運算等的裝置。即電腦。②(calculator)可執行算術運算，但必須由使用者控制或操作按鍵的計算裝置。

15【計數器】 ㄐㄧˋ ㄕㄨˋ ㄑㄧˋ
(counter)可以存放一數，並受輸入信號之控制，將所儲存之數增加1或一特定值的裝置。在電腦、數據處理及工業控制系統，均需使用計數器。

4【計日而待】 ㄐㄧˋ ㄖˋ ㄦˊ ㄉㄞˋ
形容不久即可如願。

10【計時薪資】 ㄐㄧˋ ㄕˊ ㄒㄧㄣ ㄗ
根據員工工作期間爲支付標準的薪資。如按年支付之年薪資、按月支付之月薪資、按日支付之日薪資、按時支付之時薪資。對計時薪資的設計，又有工作薪資、資歷薪資、生活薪資、綜合薪資之分。

12【計畫投資】 ㄐㄧˋ ㄏㄨㄚˋ ㄊㄡˊ ㄗ
(planned investment)又稱事前的(ex-ante)或意願的(intended)投資。經濟主體於國民所得水準發生變化前，預擬進行的投資。

【計畫前提】 ㄐㄧˋ ㄏㄨㄚˋ ㄑㄧㄢˊ ㄊㄧˊ
(premises of planning)指從事任何計畫活動前所必須瞭解與預測的環境因素及高一層級的目標。通常包括企業高階主管的個人價值、企業的社會經濟使命及內外在環境因素。

【計畫期間】 ㄐㄧˋ ㄏㄨㄚˋ ㄑㄧˊ ㄐㄧㄢ
(planning span)指一項計畫本身涵蓋期間的長短。例如年度預算爲一年期間的計畫、五年計畫爲涵蓋五年期間的計畫。

【計畫程序】 ㄐㄧˋ ㄏㄨㄚˋ ㄔㄥˊ ㄒㄩˋ
(planning process)制定計畫的步驟程序。一般包括：一、澄清企業的業務與目標。二、預測與建立計畫的前提。三、建立計畫目標與方案。四、評估與選擇。五、實施。

【計畫儲蓄】 ㄐㄧˋ ㄏㄨㄚˋ ㄔㄨˊ ㄒㄩˋ
(planned saving)又稱事前的(ex-ante)或意願的(intended)儲蓄。經濟主體於國民所得水準發生變化前，預擬進行的儲蓄。

【計量化學】 ㄐㄧˋ ㄌㄧㄤˋ ㄏㄨㄚˋ ㄒㄩㄝˊ
(stoichiometry)計算化學變化時各化合物間重量關係的化學。

16【計學分課】 ㄐㄧˋ ㄒㄩㄝˊ ㄈㄣ ㄎㄜˋ
(credit course)經由修習、通過考試可以獲得學分的課程。與不計學分課相對。

12【計畫評核術】 ㄐㄧˋ ㄏㄨㄚˋ ㄆㄧㄥˊ ㄏㄜˊ ㄕㄨˋ
(program evaluation and review technique; PERT)一種設計、執行與考核的管理技術。最初由'美國'海軍當局所設計並採用。係運用圖表與計算方法，對任何複雜問題，在事前作周密的設計，訂出一套完整的計畫，然後製作網狀作業圖以表示計畫進度及作業關係與工作時間、人力等。

【計量經濟學】 ㄐㄧˋ ㄌㄧㄤˋ ㄐㄧㄥ ㄐㄧˋ ㄒㄩㄝˊ
(econometrics)又稱經濟計量學。爲經濟學、統計學、數學的結合。先經由經濟學與數學的結合，建立經濟變數間數學上的函數關係，再應用統計學上的方法(如最小平方法)來估計函數中的參數值，從而可較明確地知道經濟變數間的關係。例如從經濟學上可知消費是由所得決定的，以數學表示可爲$C=f(Y)$，式中Y指所得，C指消費；由統計學估計過去的統計數字可得$C=a+bY$，此式代表$Y=0$時平均要消費a數額，b代表所得增減一單位時消費所增減的數額，a與b可能是經由最小平方法所估計的。最簡單的模式可以是如上的一條(直)線性方程式來代表,複雜的模式可以是幾千個變數與幾千條線性及非線性的方程式所組成。此等模式對經濟預測、政府擬定經濟政策、工商企業的經營等有相當大的幫助。

【計畫單元發展】 ㄐㄧˋ ㄏㄨㄚˋ ㄉㄢ ㄩㄢˊ ㄈㄚ ㄓㄢˇ
(planned unit development; PUD)一種改良的土地使用分區管制法。通常用在大規模開發地區,以全區的法定密度作爲分區管制之依據,而不用個別基地之管制,如此可以保留一些優美的自然景觀,創造更活潑、生動的建築景觀,而仍不失分區管制之精神。

訂 ㄉㄧㄥˋ ting⁴ 音定
1評議;公平的論斷。見"說文"。2改正;修定。如:校訂。3約定;制定。如:訂約。

9【訂約】 ㄉㄧㄥˋ ㄩㄝ
訂立契約、條約。

12【訂單】 ㄉㄧㄥˋ ㄉㄢ
(order sheet; purchase; order)又稱訂貨單。即買方向賣方所簽發訂購貨物的文件。其內容包括訂購貨物名稱、品質規格、數量、單價、總價、包裝、保險、交貨期、付款條件等交易條件。訂單經賣方簽署確認後,退還一分給買方作爲接受訂貨的憑證,而賣方也可另製售貨確認書交給買方作爲憑證。這些經賣方簽署的訂單或根據訂單所簽發的售貨確認書,均爲買賣契約,雙方均有依其內容履約的義務。

17【訂購點】 ㄉㄧㄥˋ ㄍㄡˋ ㄉㄧㄢˇ
(reorder point)指達到服務水準所應保有的庫存數量。參服務水準。

11【訂貨生產】 ㄉㄧㄥˋ ㄏㄨㄛˋ ㄕㄥ ㄔㄢˇ
(order production)指工廠的生產完全依顧客的訂單而定。通常每一訂單的商品多不相同,即使相似,在型式、尺寸、大小、顏色等方面也有所不同,所以屬於間斷性生產。

訃 ㄈㄨˋ fu⁴ 音赴
1告喪。如:訃聞。2泛指喪事。

4【訃文】 ㄈㄨˋ ㄨㄣˊ
告喪的文字。

7【訃告】 ㄈㄨˋ ㄍㄠˋ
同訃聞。

10【訃訊】 ㄈㄨˋ ㄒㄩㄣˋ
喪事的消息。

14【訃聞】 ㄈㄨˋ ㄨㄣˊ
1報喪。2報喪的文書。

訆 叫的或體。

訅 ㄑㄧㄡˊ ch'iu² 音求
1謀議。見"玉篇"。2安。見"廣韻"。3迫促。同訄。見"集韻"。

訇 ㄏㄨㄥ hung¹ 音轟
1驚叫聲。見"說文"。2形容巨大的聲音。如:訇然震動。3姓。三國有"訇琦"。見"萬姓統譜·五四"。

訄 ㊀ ㄑㄧㄡˊ ch'iu² 音求 又讀 ㄑㄧㄡ ch'iu¹ 音丘
迫促。見"說文"。
㊁ ㄎㄠ k'ao¹ 音尻
戲言。見"廣韻"。

3

訐 ㄐㄧㄝˊ chieh² 音節
揭發別人的陰私;攻擊別人的短處。如:攻訐。

8【訐直】 ㄐㄧㄝˊ ㄓˊ
揭發他人過失而不徇私。

訏 ㄒㄩ hsü¹ 音虛
1巨大。見"字彙"。2和樂。通盱。3感歎詞。通吁。

討 ㄊㄠˇ t'ao³
1征伐。如:討平。2探究;尋覓。如:討論。3索取;乞求。如:討生活。4招惹。如:自討沒趣。

5【討白】 ㄊㄠˇ ㄅㄞˊ
(Tawbah)'阿拉伯'語的音譯。贖罪、悔改、懺悔之意。回教徒中若有人犯錯或對宗教信仰產生動搖,而事後深知悔過,可直接向主懺悔,請求饒恕,稱爲討白。

6【討好】 ㄊㄠˇ ㄏㄠˇ
迎合他人,以獲得好感。

【討伐】 ㄊㄠˇ ㄈㄚ
出兵征伐。

11【討教】 ㄊㄠˇ ㄐㄧㄠˋ
請教。

13【討債】 ㄊㄠˇ ㄓㄞˋ
向人要回欠款。

14【討厭】 ㄊㄠˇ ㄧㄢˋ
惹人厭惡。

15【討論】 ㄊㄠˇ ㄌㄨㄣˋ
相互研討、議論。

20【討饒】 ㄊㄠˇ ㄖㄠˊ
求人寬恕、原諒。

5【討生活】 ㄊㄠˇ ㄕㄥ ㄏㄨㄛˊ
謀生。

15【討價還價】 ㄊㄠˇ ㄐㄧㄚˋ ㄏㄨㄢˊ ㄐㄧㄚˋ
比喩彼此就某事爭取有利的條件。

訌 ㄏㄨㄥˊ hung² 音洪
1潰敗。見"說文"。2爭擾。如:內訌。

記 ㄐㄧˋ chi⁴ 音季
1載錄。如:登記。2存留於腦中而不忘。如:博聞彊記。3回想;想起。4記事文體的一種。如:傳記。5印章;圖章。如:戳記。6標誌;符號。如:記號。

8【記性】 ㄐㄧˋ ㄒㄧㄥˋ
記憶力。

【記者】 ㄐㄧˋ ㄓㄜˇ
從事新聞採訪或編輯工作者。

【記取】 ㄐㄧˋ ㄑㄩˇ
記得;想起。

11【記掛】 ㄐㄧˋ ㄍㄨㄚˋ
惦念。

【記帳】 ㄐㄧˋ ㄓㄤˋ
1將收入與支出的數目登記在簿

冊上。②欠帳。

13【記號】ㄐㄧˋ ㄏㄠˋ
作爲識別、幫助記憶的符號。

【記過】ㄐㄧˋ ㄍㄨㄛˋ
懲戒處分的一種。依"公務員懲戒法"規定予以記過者,自記過之日起,一年內不得晉敘、升職或調任主管職務。一年內記過三次者,依其現職之俸級降一級改敘。

16【記憶】ㄐㄧˋ ㄧˋ
(memory)個體保存和回溯習得知識的能力或歷程。根據資訊處理之觀感和記憶歷程,可分爲感覺記憶、短期記憶和長期記憶三類。

【記錄】ㄐㄧˋ ㄌㄨˋ
①記載。②(record)電腦語言中常用的一種資料結構。將具有相關連性之各資料項集合在一起,視爲一整體單位來處理,以便提供有效之資訊。也稱資料記錄。

16【記憶力】ㄐㄧˋ ㄧˋ ㄌㄧˋ
保存以往事蹟於意識中的能力。

【記憶術】ㄐㄧˋ ㄧˋ ㄕㄨˋ
(mnemonic devices)以增富材料之含義性而協助個體增進記憶的技巧。

6【記名支票】ㄐㄧˋ ㄇㄧㄥˊ ㄓ ㄆㄧㄠˋ
又稱抬頭支票。載明受款人姓名,須由受款人背書銀行方可照付的支票。

【記名背書】ㄐㄧˋ ㄇㄧㄥˊ ㄅㄟˋ ㄕㄨ
背書人記載被背書人,並簽名於票據者,稱爲記名背書。又稱完全背書或正式背書。與無記名背書相對。記名背書票據之轉讓,執票人應依背書及交付爲之,惟票據背書無論記名背書或無記名背書均生票據債權移轉之效力。

【記名證券】ㄐㄧˋ ㄇㄧㄥˊ ㄓㄥˋ ㄑㄩㄢˋ
載明持有者之姓名,轉讓時必須辦理登記及過戶手續的有價證券。

9【記述編目】ㄐㄧˋ ㄕㄨˋ ㄅㄧㄢ ㄇㄨˋ
(descriptive cataloging)泛稱圖書編目過程中,除主題編目(分類)外的其他運作。包括對資料從事書目性的敘述、款目的選擇、款目的形式,以及將書名頁資料、其他稽核事項轉錄於目錄的事務。

11【記問之學】ㄐㄧˋ ㄨㄣˋ ㄓ ㄒㄩㄝˊ
死背硬記,未經貫通的學問。

【記帳憑證】ㄐㄧˋ ㄓㄤˋ ㄆㄧㄥˊ ㄓㄥˋ
(voucher)證明處理會計事項人員的責任,而爲記帳所根據的憑證。依"商業會計法"的規定,記帳憑證有收入傳票、支出傳票及轉帳傳票三種。

16【記憶曲線】ㄐㄧˋ ㄧˋ ㄑㄩ ㄒㄧㄢˋ
表示學習過程的曲線。個人在學習過程中,學習的成績常隨學習次數的增多而進步;如以橫座標代表學習次數、縱座標代表學習成績,則其進步情形呈現出∫型曲線。

6【記名式股票】ㄐㄧˋ ㄇㄧㄥˊ ㄕˋ ㄍㄨˇ ㄆㄧㄠˋ
股票依其是否載明股東姓名於所認購的股票上,可分爲記名式股票與無記名股票兩種。記名式股票,由股票持有人以背書轉讓之,且一經背書交付後,於當事人間即生移轉效力,並得以其轉讓對抗公司以外之第三人;惟股票之轉讓,乃將受讓人之本名或名稱及住所或居所載於公司股東名簿,未過戶以前,不得向公司主張因背書受讓而享有開會及分派股息或紅利之權利,但請求更換股東名義之權利不在此限。無記名股票,以交付股票爲已足,且其轉讓得對抗公司及其他第三人。

16【記憶可及性】ㄐㄧˋ ㄧˋ ㄎㄜˇ ㄐㄧˊ ㄒㄧㄥˋ
(accessibility of memory)經由特別線索或暗示以提取記憶系統中之資訊的程度。

【記憶位址暫存器】ㄐㄧˋ ㄧˋ ㄨㄟˋ ㄓˇ ㄓㄢˋ ㄘㄨㄣˊ ㄑㄧˋ
(memory address register; MAR)電腦中央處理單元內暫存器的一種。用來存放所要存取的記憶單位之位址。

訒 ㄖㄣˋ jên4 音刃
①言語困難。見"說文"。②說話謹慎。

訊 ㄒㄩㄣˋ hsün4 音迅
①問;審問。如:偵訊。②信息。如:音訊。③疾速。通迅。

10【訊息】ㄒㄩㄣˋ ㄒㄧˊ
音信;消息。

11【訊問】ㄒㄩㄣˋ ㄨㄣˋ
法院依訴訟法之規定,對訴訟當事人或其他利害關係人詢問之行爲。

訑 ㈠ ㄊㄨㄛ t'o1, t'uo1 音它
①欺騙。本作詑。見"集韻"。②自足。見"字彙"。
㈡ ㄧˊ i2 音移
拒斥他人意見。見"字彙"。
㈢ ㄕ shih1 音施
多言。同⿰言施。見"集韻"。
㈣ ㄉㄢˋ tan4 音憚
放鬆;放縱。見"集韻"。

10【訑訑】ㄧˊ ㄧˊ
自以爲聰明,不聽別人意見的樣子。

訕 ㄕㄢˋ shan4 音疝
①毀謗;譏刺。②羞愧;難爲情。

10【訕笑】ㄕㄢˋ ㄒㄧㄠˋ
①譏笑。②勉強裝出笑容。

17【訕謗】ㄕㄢˋ ㄅㄤˋ
毀謗。

訖 ㄑㄧˋ ch'i4 音企
①停止。本作訖。見"說文"。②至;到。同迄。見"正字通"。

託 ㄊㄨㄛ t'o1, t'uo1 音托
①寄。如:託身。②委任。如:託付。③請求。如:拜託。④依賴;憑藉。如:託福。⑤推諉。如:託辭。

4【託化】ㄊㄨㄛ ㄏㄨㄚˋ

道教語。指寄跡人世，宣揚教化。

5【託付】 ㄊㄨㄛ ㄈㄨˋ
委託交付。

6【託交】 ㄊㄨㄛ ㄐㄧㄠ
結交。

【託收】 ㄊㄨㄛ ㄕㄡ
(collection)委託代收的簡稱。就買賣商品而產生的跟單託收而言，即出口商依照買賣契約規定，將貨物裝運出口後，開具以進口商爲付款人的金融單證(例如匯票)，檢附商業單證(例如商業發票、運輸單證、保險單證等)，委託本地銀行，轉請進口地銀行向進口商收取貨款的行爲。銀行收妥貨款後，即將扣除一切費用後的餘款付給出口商。此外，客戶因其他關係，持有國外付款的票據，雖無商業單證的跟附，也可委託銀行代收，稱爲光票託收(clean collection)。所以'國際商會'於西元1978年修訂的"託收統一規則"(*Uniform Rules for Collection*)稱「託收」是指銀行依所受指示，處理金融單證及(或)商業單證，以期達成獲得承兌及(或)付款、憑承兌及(或)付款而交付商業單證、依其他條件而交付單證的作業過程而言。

【託名】 ㄊㄨㄛ ㄇㄧㄥˊ
①寄託名聲。②依託他人高名，藉以顯揚己名。③假託名義。

7【託言】 ㄊㄨㄛ ㄧㄢˊ
①寄託心意於言辭。②藉故。

【託庇】 ㄊㄨㄛ ㄅㄧˋ
仰賴別人的庇護。也作托庇。

【託身】 ㄊㄨㄛ ㄕㄣ
棲身。

8【託附】 ㄊㄨㄛ ㄈㄨˋ
①依附。②委託。也作託付。

【託孤】 ㄊㄨㄛ ㄍㄨ
臨終前託付別人照顧自己的子女。

【託命】 ㄊㄨㄛ ㄇㄧㄥˋ
託付性命；寄託命運。

9【託故】 ㄊㄨㄛ ㄍㄨˋ
假借理由。也作托故。

10【託病】 ㄊㄨㄛ ㄅㄧㄥˋ
假託有病。

13【託福】 ㄊㄨㄛ ㄈㄨˊ
仰賴別人的福庇。多用於答覆別人的問安，表示謙遜。

【託跡】 ㄊㄨㄛ ㄐㄧ
託身；寄託蹤跡。

14【託夢】 ㄊㄨㄛ ㄇㄥˋ
①夢中寄情。②鬼神在夢中顯現而有所囑託。

【託管】 ㄊㄨㄛ ㄍㄨㄢˇ
託人管理。

19【託辭】 ㄊㄨㄛ ㄘˊ
同託言。

13【託運人】 ㄊㄨㄛ ㄩㄣˋ ㄖㄣˊ
以個人名義與運送人訂立貨品運送契約，並支付一定運費之人。託運人爲運送契約的當事人之一，通常係貨品之所有人，但亦得爲承攬運送人。託運人因運送人之請求，應塡給託運單，記載託運人之姓名與住址，運送物之種類、品質、數量與包皮之種類、個數、記號、目的地，受貨人之名號與地址，以及託運單之塡給地與塡給之年月日等等。反之，運送人因託運人之請求，則應塡發提單("海商法"稱爲載貨證券)，提單之持有人未必即爲託運人。運送物依其性質，對於人或財產有致損害之虞者，託運人於訂立契約前，應將其性質告知運送人；怠於告知者，對於因此所致之損害應負賠償之責，此乃託運人之告知義務。

【託運單】 ㄊㄨㄛ ㄩㄣˋ ㄉㄢ
(booking note)指記載託運人與船方所協議之託運條件的文書。雖無訂約的型式，但法律上視爲契約的一種。內容包括託運人與收貨人名稱、貨名、件數、噸量、運價、運費付清方法、裝卸條件、船名、裝卸貨港、預定裝船日期等。其作用與運輸契約相同，乃在約束船方預留艙位裝貨、貨方提供約定數量的貨物裝船。我國"民法"規定必須塡具託運單，但"海商法"則未規定。

14【託管地】 ㄊㄨㄛ ㄍㄨㄢˇ ㄉㄧˋ
(trust territory)"聯合國憲章"承襲'國際聯盟'之委任統治制度，特於第十二章專章規定國際託管制度。其目的在增進託管領土居民之政治、經濟、社會及教育之進展，使趨向自治或獨立。託管地包括：一、'國聯'時期之委任統治地；二、二次大戰後自敵國割離之領土；三、負管理責任之國家自願置於該制度下之領土。目前仍屬託管制之領土，尚有'美國'託管之'馬里亞納群島'(Mariana Isls.)、'加羅林群島'(Caroline Isls.)及'馬紹爾群島'(Marshall Isls.)。

6【託收票據】 ㄊㄨㄛ ㄕㄡ ㄆㄧㄠˋ ㄐㄩˋ
(bill for collection; B/C)將國外付款的票據委託本國銀行轉請國外銀行向付款人收取票款的行爲稱爲託收，其委託代收的票據，從受託人立場言是爲代收票據，從委託人立場言則爲託收票據，二者均以 bill of collection 稱之。該票據可包括支票、匯票、本票、債券息票、可轉讓定期存單等。

訓 ㄒㄩㄣˋ *hsün*^{4} 音迅
①教誨；開導。如：教訓。②典式；法則。如：古訓。③解說。如：訓詁。④姓。'明'有'訓濬'。見"萬姓統譜·一○○"。

5【訓示】 ㄒㄩㄣˋ ㄕˋ
教訓指示。

【訓斥】 ㄒㄩㄣˋ ㄔˋ
教訓斥責。

7【訓育】 ㄒㄩㄣˋ ㄩˋ
訓導教育。通常指學校教師對學生所施行的品德陶冶或行爲指導。

9【訓勉】 ㄒㄩㄣˋ ㄇㄧㄢˇ
教訓勉勵。

12【訓詞】 ㄒㄩㄣˋ ㄘˊ
訓勉的言辭。也作訓辭。

【訓飭】 ㄒㄩㄣˋ ㄔˋ
教訓告戒。

13【訓話】 ㄒㄩㄣˋ ㄏㄨㄚˋ
上對下告誡性的演說。

14【訓誡】 ㄒㄩㄣˋ ㄐㄧㄝˋ
訓誨告誡。

【訓誨】 ㄒㄩㄣˋ ㄏㄨㄟˋ
訓導教誨。

【訓蒙】 ㄒㄩㄣˋ ㄇㄥˊ
教導幼童。

15【訓練】 ㄒㄩㄣˋ ㄌㄧㄢˋ
[1]教導演習,使其熟練。[2]與教學意義相近。目的在使受訓者獲得一項行爲方式或技能。

16【訓導】 ㄒㄩㄣˋ ㄉㄠˋ
[1]教誨開導。[2]訓導與訓育涵義大致相同。惟訓導一詞初見於‘明代’,在府學、州學、縣學中均設置訓導一職,襄助教授、學正、教諭等管教學生,至‘清’末始廢除。‘民國’成立前後,學校曾設齋務主任、舍監等職以管理學生,後改稱訓育主任。嗣後名爲訓導主任,旨在沿用舊稱,並加強指導的涵義。但是‘教育部’主持全國各級學校訓育設計策劃的機構仍然稱爲‘訓育委員會’。

12【訓詁學】 ㄒㄩㄣˋ ㄍㄨˇ ㄒㄩㄝˊ
研究以語言文字解釋語言文字之理論、方式、條理、術語的學科。又作訓故學。

15【訓練有素】 ㄒㄩㄣˋ ㄌㄧㄢˋ ㄧㄡˇ ㄙㄨˋ
指技術演練得極爲精熟。

【訓練層次】 ㄒㄩㄣˋ ㄌㄧㄢˋ ㄘㄥˊ ㄘˋ
根據參加訓練者職務的高低、訓練課程程度的深淺及舉辦訓練目標的不同,可將訓練劃分爲若干層次:一、低層次訓練:多爲文書的、職業的、技藝的訓練,參加者多爲低級的職務人員,訓練目的在使工作熟練,能勝任現職。二、中層次訓練:多爲專業的、技術的、科學的訓練,參加者多爲中級的專業職務人員,訓練目的在培養專業、技術或科學工作的專門人才。三、高層次訓練:多爲行政管理及領導理論的訓練,參加者多爲高級的主管職務人員,訓練目的在培育發展專業的高級行政主管,以增進其規劃、改革、領導及解決問題的能力。

訔 ㄧㄣˊ *yin*² 音銀
和顏悅色地諫諍。同誾。見“集韻”。

4

訪 ㄈㄤˇ *fang*³ 音紡
[1]詢問;探尋。如:明察暗訪。[2]探望。如:訪友。[3]姓。‘唐’有‘訪式’。見“萬姓統譜·八六”。

7【訪求】 ㄈㄤˇ ㄑㄧㄡˊ
查訪尋求。

9【訪查】 ㄈㄤˇ ㄔㄚˊ
尋問調查。也作訪察。

11【訪問】 ㄈㄤˇ ㄨㄣˋ
[1]詢問。[2]尋找查訪。[3]拜訪。

【訪問教授】 ㄈㄤˇ ㄨㄣˋ ㄐㄧㄠˋ ㄕㄡˋ
(visiting professor)暫時離開原聘任大學,前往另一所大學作一定期限訪問、教學或研究的教授。

訰 ㄓㄨㄣˋ *chun*⁴ 音稕
心亂的樣子。見“集韻”。

訝 ㄧㄚˋ *ya*⁴
[1]迎接。同迓。見“說文”。[2]吃驚;驚奇。如:訝異。

11【訝異】 ㄧㄚˋ ㄧˋ
感到驚奇意外。

訣 ㄐㄩㄝˊ *chüeh*² 音決
[1]告別;離別。見“字彙”。[2]要領。如:訣竅。[3]自裁。通決。

7【訣別】 ㄐㄩㄝˊ ㄅㄧㄝˊ
告別;話別。後多轉用爲永別、死別。

18【訣竅】 ㄐㄩㄝˊ ㄑㄧㄠˋ
要領;巧妙而有效的方法。

訧 ㄧㄡˊ *yu*² 音尤
罪;過失。見“說文”。

詽
諵的本字。

訥 ㄋㄚˋ *na*⁴ 音納 又讀 ㄋㄜˋ *nê*⁴ 音吶
言語遲鈍。如:木訥。

7【訥言】 ㄋㄚˋ ㄧㄢˊ
言語樸實遲鈍。

訬 ㊀ ㄔㄠ *ch'ao*¹ 音抄
[1]吵鬧。見“說文”。[2]輕疾。見“字彙”。
㊁ ㄇㄧㄠˇ *miao*³ 音眇
高的樣子。見“集韻”。

訩 ㄒㄩㄥ *hsiung*¹ 音凶
[1]爭辯;訴訟。見“說文”。[2]禍亂;災害。見“正字通”。

11【訩訩】 ㄒㄩㄥ ㄒㄩㄥ
喧嘩擾攘。

許 ㊀ ㄒㄩˇ *hsü*³ 音栩
[1]應允;允准。如:許婚。[2]承認;贊同。如:贊許。[3]期待;希望。如:自許。[4]地方;所在。如:何許人氏。[5]約計的數量。如:少許。[6]何;甚麼。[7]助詞。如:奈何許。[8]姓。‘東漢’有‘許慎’。見“萬姓統譜·七六”。
㊂ ㄏㄨˇ *hu*³ 音滸
參許許。

5【許可】 ㄒㄩˇ ㄎㄜˇ
答應;允許。

【許由】 ㄒㄩˇ ㄧㄡˊ
上古高士。也作‘許繇’。字‘武仲’。相傳‘堯’欲讓天下,‘由’不受,隱耕於‘中嶽’‘潁水’之間、‘箕山’之下;‘堯’又召爲九州長,‘由’不欲聽,洗耳於‘潁水’濱。死後,葬於‘箕山’頂。

7【許身】 ㄒㄩˇ ㄕㄣ
[1]立志;對自身的期許。[2]獻身。[3]女子許嫁。

10【許配】 ㄒㄩˇ ㄆㄟˋ
女子許嫁。

11【許許】 ㄏㄨˇ ㄏㄨˇ
伐木聲。也作滸滸。

13【許慎】 ㄒㄩˇ ㄕㄣˋ
(30～124)‘東漢’‘汝南’‘召陵’(今‘河南’‘郾城’)人,字‘叔重’。曾任太尉、南閣祭酒。性淳篤,少博學經籍,時人譽為⌊五經無雙許叔重⌉。所著“說文解字”十四卷,集古人經學、訓詁之大成,為後代研究文字學者所宗。另著有“五經異義”,已佚。

14【許遠】 ㄒㄩˇ ㄩㄢˇ
(709～757)‘唐’‘杭州’‘鹽官’(今‘浙江’‘海寧’)人,字‘令威’。性寬厚,通曉吏治。‘安祿山’反,‘玄宗’召為‘睢陽’太守,累加防禦使。城危,‘張巡’率兵三千至‘睢陽’,‘遠’自以為不才,請‘巡’主軍事,己居其下,專治軍糧戰具,後糧盡城陷被執,不屈而死。

【許遜】 ㄒㄩˇ ㄒㄩㄣˋ
淨明忠孝道所奉祀的主神。世稱‘許真君’。‘遜’少孤,性孝悌,善道術。曾任‘東晉’‘旌陽縣’(今屬‘湖北’)令,能為民除害,濟貧。後至‘江西’‘豫章’‘西山’修道,昇仙而去。族姪及里人於其舊宅建立祠廟,即淨明道中心‘玉隆萬壽宮’的‘許真君’宅。

16【許諾】 ㄒㄩˇ ㄋㄨㄛˋ
允許;承諾。

19【許願】 ㄒㄩˇ ㄩㄢˋ
立下心願,並期完成。

6【許地山】 ㄒㄩˇ ㄉㄧˋ ㄕㄢ
(1893～1941)‘臺灣’‘臺南’人。後隨父內渡,寄籍‘福建’‘龍溪’。原名‘贊堃’,筆名‘落花生’。‘燕京大學’神學士,‘美國’‘哥倫比亞大學’、‘英國’‘牛津大學’文學碩士。

許地山像

並曾往‘印度’習梵文與佛學。返國後,任教各大學。著有“印度文學”、“中國道教史”及小說、散文等。

10【許家窯人】 ㄒㄩˇ ㄐㄧㄚ ㄧㄠˊ ㄖㄣˊ
西元1976～1977年在我國‘山西省’‘陽高縣’‘許家窯’遺址掘出頭骨、顎骨及牙齒等約五、六個個體的人類化石,研究者稱⌊許家窯人⌉,並指出其體質特徵明顯帶有⌊北京人⌉與⌊尼安德塔人⌉的特性,遂認為是⌊北京人⌉的後裔,而演化階段則屬⌊尼安德塔⌉智人亞種。據層位與動物相資料推測是更新世晚期的人類,距今約十萬年。

【許家窯文化】 ㄒㄩˇ ㄐㄧㄚ ㄧㄠˊ ㄨㄣˊ ㄏㄨㄚˋ
在‘山西省’‘陽高縣’‘許家窯’發現的舊石器時代中期文化。所存的動物化石有駝鳥、披毛犀、赤鹿、河套大角鹿等。推測其年代距今約十萬年。石器極為豐富,較細小,有刮削器、尖狀器、雕刻器、小石鑽、石球等。

設

ㄕㄜˋ shê4 音涉
①陳列。如:擺設。②制定;建立。如:設校。③籌劃。如:設計。④假使。如:設若。

5【設立】 ㄕㄜˋ ㄌㄧˋ
設置;建立。

7【設局】 ㄕㄜˋ ㄐㄩˊ
安排圈套騙人。

8【設定】 ㄕㄜˋ ㄉㄧㄥˋ
①以其他權利為標的而創造限定物權之法律行為。設定限定物權有以所有權為標的者,例如以土地所有權為標的設定抵押權是;有以其他限定物權為標的者,例如以地上權為標的而設定抵押權是;有以債權或證券為標的者,例如以債權設定債權質權或以證券設定證券質權是。②指邏輯上必須條件的設置。也稱預設。在從事某一工作或開始某一行動之前,必須預先假定其成立的條件;若不假定其成立,則該工作、行動將無意義。

【設法】 ㄕㄜˋ ㄈㄚˇ
想辦法。

9【設計】 ㄕㄜˋ ㄐㄧˋ
計畫;規畫。

【設施】 ㄕㄜˋ ㄕ
①處置;安排。②設備。

12【設備】 ㄕㄜˋ ㄅㄟˋ
①設施、配備。②設立、具備。

13【設想】 ㄕㄜˋ ㄒㄧㄤˇ
①想像。②著想。

【設置】 ㄕㄜˋ ㄓˋ
①措施;設備。②設立。

7【設身處地】 ㄕㄜˋ ㄕㄣ ㄔㄨˇ ㄉㄧˋ
從他人的立場著想。

9【設計車輛】 ㄕㄜˋ ㄐㄧˋ ㄔㄜ ㄌㄧㄤˋ
(design vehicle)因公路幾何設計與停車系統規劃的需要,將車輛依其重量與大小加以分類。其重量用以決定道路的結構設計;其大小包括車長、車高與車寬,車長用以決定道路容量,車高用以決定道路、橋梁的淨空,車寬用以決定車道寬度。

【設計速率】 ㄕㄜˋ ㄐㄧˋ ㄙㄨˋ ㄌㄩˋ
(design speed)公路路段在某種路況下所能維持的安全行車速率。此並非為公路設施完成後必須達到的行車速率,行車速率乃全視當時的交通狀況與流量而定。影響設計速率的因素有地形、公路型式、經濟因素等,設計速率愈高,所要求各項設計標準也愈高。附表為我國設計速率的分級情形。

公路分級	設計行車速率(公里/小時)		
	平原區	丘陵區	山嶺區
超級路	120	100	80
一、二、三級路	100	80	60
四級路	80	60	40
五級路	60	40	30
六、七級路	40	30	20

10【設帨良辰】 ㄕㄜˋ ㄕㄨㄟˋ ㄌㄧㄤˊ ㄔㄣˊ
指女子的生日。古代生女,設帨於門右,故稱。

9【設計地震力】ㄕㄜˋ ㄐㄧˋ ㄉㄧˋ ㄓㄣˋ ㄌㄧˋ
(design earthquake force)為便於劃一耐震結構設計基準,各國均依其各地區之地震特性制定規範,作為區域特性的設計依據。地震分析通常係指定相當的地震力計算公式而後作靜力分析,且利用與結構體之基本頻率有密切關係的基本剪力(或稱總橫力)為求設計地震力的基礎。西元1976年'美國'新規範規定基本剪力公式為$V=ZKCISW$,式中Z為區域係數(0.25～1.00),K為結構系統形態係數(0.67～1.33),C為結構柔性係數,I為建物重要因素,S為土壤共振因數,W為結構物靜荷重加部分活荷重。通常係將基本剪力分布至結構體之各層,並假設均作用於樓版高的梁柱節點之上,以作耐震分析設計。

12【設備負荷表】ㄕㄜˋ ㄅㄟˋ ㄈㄨˋ ㄏㄜˋ ㄅㄧㄠˇ
(load chart)又稱機器負荷紀錄表。係表示一臺機器設備至目前為止,已被指定分派的工作量,以及可能接受新工作的數量紀錄表。

9【設計洪水歷線】ㄕㄜˋ ㄐㄧˋ ㄏㄨㄥˊ ㄕㄨㄟˇ ㄌㄧˋ ㄒㄧㄢˋ
(design flood hydrograph)洪水自起始,經上漲至峰流量,再至退水的全部流量與時間的關係曲線圖。可供洪流定跡研究及設計大壩溢洪道等之水工結構物。如圖所示Q_{max}為洪水峰流量,可供設計水工結構;T為洪流上漲時間,是洪災搶險的重要資料;λT為洪流退水時間;起始自消退的全部時間稱為洪流時間。

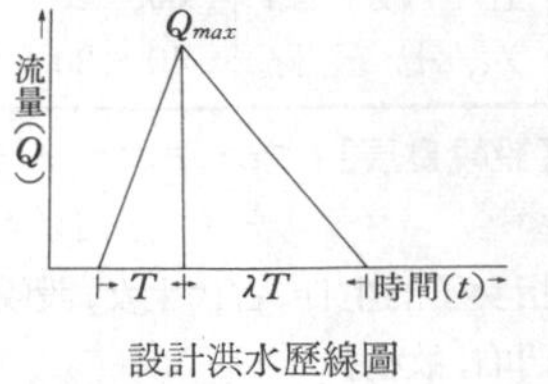

設計洪水歷線圖

9【設計計畫預算制度】ㄕㄜˋ ㄐㄧˋ ㄐㄧˋ ㄏㄨㄚˋ ㄩˋ ㄙㄨㄢˋ ㄓˋ ㄉㄨˋ
將目標設計、計畫訂定與預算籌編融合為一體的一種預算制度。其特性是以設計為中心,將各種計畫型態納入一種設計體系,使預算過程與設計過程相結合,進而利用成本效益分析方法以協助增進政府預算執行之效果。實施步驟為:一、依據施政方針確立目標;二、訂立需要達成之指標與任務及考核衡量標準;三、擬訂方案,確定作業事項及所需財源;四、編製預算,選定作業方案,編審各年度預算計畫;五、照案實施,遂行方案及控制財源之運用;六、隨時追蹤考核,針對任務或目標而予以考核。

訞 ㄧㄠ yao¹ 音妖
①言語工巧的樣子。見"玉篇"。②災禍。見"玉篇"。③怪異的。也指邪惡的事物。通祆。今作妖。見"正字通"。

訛 ㄜˊ o², ê² 音鵝
①謠言。②謬誤。同譌。如:訛誤。③哄騙;恐嚇。如:訛詐。④行動。通吪。見"正字通"。

12【訛詐】ㄜˊ ㄓㄚˋ
詐騙。

13【訛傳】ㄜˊ ㄔㄨㄢˊ
誤傳。

14【訛誤】ㄜˊ ㄨˋ
錯誤。

18【訛謬】ㄜˊ ㄇㄧㄡˋ
錯誤。

訢 ㊀ ㄒㄧㄣ hsin¹ 音欣
喜悅;快樂。見"說文"。
㊁ ㄒㄧ hsi¹ 音西
和諧;融洽。如:天地訢合。

11【訢訢】ㄒㄧㄣ ㄒㄧㄣ
欣喜的樣子。同欣欣。

訟 ㄙㄨㄥˋ sung⁴ 音頌
①爭辯是非曲直。見"說文"。②責備。如:自訟其過。③歌頌。通頌、誦。④"易"卦名。六十四卦之一。坎下乾上。

訟卦圖

10【訟案】ㄙㄨㄥˋ ㄢˋ
訴訟案件。

12【訟棍】ㄙㄨㄥˋ ㄍㄨㄣˋ
教唆興訟以從中取利的人。

14【訟獄】ㄙㄨㄥˋ ㄩˋ
訴訟一類的事務。

䚻 謠的古字。

5

詑 ㊀ ㄊㄨㄛˊ t'o², t'uo² 音駝
欺騙。也作訑。見"集韻"。
㊁ ㄧˊ i² 音移
參詑詑。

12【詑詑】ㄧˊ ㄧˊ
自得的樣子。

註 ㄓㄨˋ chu⁴ 音駐
①注解;解釋。同注。如:註釋。②登記。如:註冊商標。

5【註冊】ㄓㄨˋ ㄘㄜˋ
①以法律上或經濟上之事實向主管機關申請並登記於其所掌管之文書的行為。例如"商標法"第三十五條第一項規定:「申請商標註冊,應指定使用商標之商品類別及商品名稱,以申請書向商標主管機關為之。」其他如商號、法人名稱、著作物、專利品等亦皆有註冊登記之規定,經註冊後,取得專用權,有排除他人使用同一名稱、仿造、盜印等之效力,若有違法侵害情事,須依有關法律規定,負民事損害賠償責任並接受刑事處罰。②學生入學時所辦理的登記手續。

8【註定】ㄓㄨˋ ㄉㄧㄥˋ
先天就已決定。同注定。

【註明】ㄓㄨˋ ㄇㄧㄥˊ
以文字解釋說明。

20【註釋】ㄓㄨˋ ㄕˋ
①註解;解釋。②(comment)依照電腦語言之語法規則,在程式

中對程式之功能、運算方式、執行之流程等所做的說明。註釋對於根源程式之編譯過程與目標程式之執行均無任何影響。

詠 ㄩㄥˇ *yung*^{3} 音永
或作咏。1歌唱；吟唱。如：歌詠。2指詩詞。如：佳詠。

15【詠歎】 ㄩㄥˇ ㄊㄢˋ
長歎。

19【詠懷】 ㄩㄥˇ ㄏㄨㄞˊ
歌詠內心的情思。

8【詠物詩】 ㄩㄥˇ ㄨˋ ㄕ
以各種動物、植物或器物爲歌詠對象的詩。

15【詠歎調】 ㄩㄥˇ ㄊㄢˋ ㄉㄧㄠˋ
即抒情調。參抒情調。

12【詠絮之才】 ㄩㄥˇ ㄒㄩˋ ㄓ ㄘㄞˊ
指有寫作才華的女子。'晉''謝安'姪女'謝道韞'聰慧有才，一日，大雪紛飛，'謝安'問：「白雪紛紛何所似？」姪'謝朗'道：「撒鹽空中差可擬。」'道韞'道：「未若柳絮因風起。」'安'大悅。見"世說新語·言語"。

評 ㄆㄧㄥˊ *p'ing*^{2} 音平
1議論是非高下。如：批評。2考量；估計。如：評價。

4【評介】 ㄆㄧㄥˊ ㄐㄧㄝˋ
評論並介紹。

7【評判】 ㄆㄧㄥˊ ㄆㄢˋ
評論判定。

【評估】 ㄆㄧㄥˊ ㄍㄨ
評定估計。

10【評效】 ㄆㄧㄥˊ ㄒㄧㄠˋ
(benchmark)對電腦功能進行測度的參考標準點。

11【評理】 ㄆㄧㄥˊ ㄌㄧˇ
評定是非曲直。

13【評話】 ㄆㄧㄥˊ ㄏㄨㄚˋ
'唐''宋'以來的一種說唱文學。大多取材於歷史故事或民間傳說。

14【評語】 ㄆㄧㄥˊ ㄩˇ
批評的辭語。

15【評審】 ㄆㄧㄥˊ ㄕㄣˇ
評論審核。

【評論】 ㄆㄧㄥˊ ㄌㄨㄣˋ
批評議論。

【評閱】 ㄆㄧㄥˊ ㄩㄝˋ
評定等次或成績。

【評價】 ㄆㄧㄥˊ ㄐㄧㄚˋ
1討論價格。即討價還價。2評估價值。

18【評斷】 ㄆㄧㄥˊ ㄉㄨㄢˋ
評論；論斷。

20【評議】 ㄆㄧㄥˊ ㄧˋ
批評議論。

【評騭】 ㄆㄧㄥˊ ㄓˋ
評定。

15【評論版】 ㄆㄧㄥˊ ㄌㄨㄣˋ ㄅㄢˇ
(editorial page)西文報紙闢有一頁或兩頁篇幅，刊登評論文字或政治漫畫。如有兩頁，則稱第二頁爲評論對版 (the opposite editorial page, op. ed.)；第一頁之評論，有時會與第一頁之論述恰好相對，因此又可稱「異見版」。國內報章無評論版，評論性文章只用闢欄處理，而分開刊於各版內。

10【評效問題】 ㄆㄧㄥˊ ㄒㄧㄠˋ ㄨㄣˋ ㄊㄧˊ
(benchmark problem)可以用來評估電腦系統效能的標準應用問題。如一組線性聯立方程式之求解問題，或反矩陣運算問題等。

【評效測試】 ㄆㄧㄥˊ ㄒㄧㄠˋ ㄘㄜˋ ㄕˋ
(benchmark test)使用一組特別設計的程式與資料，對電腦系統之硬體或軟體進行效能評估。

【評效程式】 ㄆㄧㄥˊ ㄒㄧㄠˋ ㄔㄥˊ ㄕˋ
(benchmark program) 可以反映電腦典型運作狀況，並提供評估系統效能所需資料的程式。評效程式通常以標準之高階程式語言編寫，以便評估不同電腦系統之相對效能。

証 ㄓㄥˋ *chêng*^{4} 音正
1勸諫。見"說文"。2證據。通證。

詎 ㄐㄩˋ *chü*^{4} 音巨
1豈；何。如：詎料。2若；如果。3曾；曾經。

8【詎知】 ㄐㄩˋ ㄓ
豈知；怎知。

訶 ㄏㄜ *ho*^{1}, *hê*^{1} 音呵
1大聲喝叱。同呵。見"說文"。2指責；譴責。如：詆訶。

詞 ㄘˊ *tz'ŭ*^{2} 音慈
1語文中音義獨立的最基本單位。2言辭；文辭。如：歌詞。3韻文的一種。始於'唐'，盛於'宋'。初稱曲子或曲子詞，後有樂府、詩餘、長短句等名稱。4(term)語詞的簡稱。參語詞2。

8【詞宗】 ㄘˊ ㄗㄨㄥ
擅長詞章的大師。

【詞性】 ㄘˊ ㄒㄧㄥˋ
詞的性質。如名詞、動詞、形容詞之類。

【詞采】 ㄘˊ ㄘㄞˇ
也作詞彩。1詞章的文彩。2有文彩的文詞。

9【詞律】 ㄘˊ ㄌㄩˋ
'清''萬樹'撰，二十卷。列'唐'、'宋'、'元'詞六百六十調，一千一百八十餘體，校訂平仄音韻、句法異同，確定其規格，並糾正其他詞譜、詞集的錯誤。

10【詞素】 ㄘˊ ㄙㄨˋ
(morpheme) 也譯作詞位、語素。指在意義上不能再分析的構詞單位。如地、馬、蟋蟀等詞只包含一個詞素，大地、電視機則包含二個或多個詞素。

11【詞章】 ㄘˊ ㄓㄤ
文辭的通稱。也作辭章。

【詞組】 ㄘˊ ㄗㄨˇ
由兩個或兩個以上的詞，以主從的方式組合而成。其基本構造爲形容詞加名詞；但形容詞可由名詞或動詞充當。如高山、樹葉、流水等。

12【詞結】 ㄘˊ ㄐㄧㄝˊ

由兩個或兩個以上的詞，以造句的方式結合而成。其基本結構爲動詞加名詞。如騎馬、划船、放風箏等等。

【詞牌】 ㄘˊ ㄆㄞˊ
填詞時所依據的樂譜。又稱詞調。如"菩薩蠻"、"點絳脣"等。詞牌僅代表這闋詞所依據的音樂旋律，與詞的內容無關。

13【詞源】 ㄘˊ ㄩㄢˊ
'宋''張炎'撰，二卷。上卷論音律及歌唱方法，下卷論作詞原則。

【詞話】 ㄘˊ ㄏㄨㄚˋ
①評論詞調源流、詞人及作品等的著述。如：'王國維''人間詞話'。②'元''明'時民間文學的一種。因其中有詞有曲，有說有唱，故名。

【詞彙】 ㄘˊ ㄏㄨㄟˋ
一種語言裡所有詞語的總稱。

15【詞窮】 ㄘˊ ㄑㄩㄥˊ
因理屈而說不出話來。

【詞鋒】 ㄘˊ ㄈㄥ
銳利的言詞。

16【詞頭】 ㄘˊ ˙ㄊㄡ
雙音節詞中，前一音節只表音而不表意的字。如阿爺、阿兄的「阿」字，老虎、老鼠的「老」字。

17【詞聯】 ㄘˊ ㄌㄧㄢˊ
由兩個或兩個以上同詞類的詞，以並列的方式聯合而成。其基本構造爲名詞加名詞、動詞加動詞或形容詞加形容詞。如天地、往來、善惡等。

19【詞譜】 ㄘˊ ㄆㄨˇ
①分類編排各種詞調，介紹其來源及填製規則的著作。②"御製詞譜"的省稱。'清''康熙'時'陳廷敬'、'王奕清'等奉敕編撰，四十卷。彙集'唐'、'宋'、'元'詞八百二十六調，二千三百零六體，按詞調字數多少爲次，對平仄聲韻、句法、來源、考訂極爲周詳。

20【詞藻】 ㄘˊ ㄗㄠˇ
也作辭藻。①指詩文中工巧有文采的詞語。②泛稱文辭。

4【詞不達意】 ㄘˊ ㄅㄨˋ ㄉㄚˊ ㄧˋ
說話或行文不能順暢地表達心意。

8【詞林紀事】 ㄘˊ ㄌㄧㄣˊ ㄐㄧˋ ㄕˋ
'清''張宗橚'撰，二十二卷。蒐錄'唐''宋''金''元'詞壇的故事、詞作，並附考證、評論，凡詞家四百二十二人。可供研究考證之資。

詓 ㄑㄩˇ *ch'ü*^{3} 音取
狀聲詞。見"字彙"。

詁 ㄍㄨˇ *ku*^{3} 音古
①古時語言文字的意義。②解釋古時語言文字的意義。

詍 ㄧˋ *i*^{4} 音曳
多話。見"說文"。

訹 ㄒㄩˋ *hsü*^{4} 音續
引誘。見"說文"。

詔 ㄓㄠˋ *chao*^{4} 音照
①告；告諭。如：詔告。②皇帝布告臣民的文書。如：下詔。③訓誨。見"字彙"。

5【詔示】 ㄓㄠˋ ㄕˋ
①君王的指示。②泛指上對下的告誡訓誨。

【詔令】 ㄓㄠˋ ㄌㄧㄥˋ
①命令；通告。②文體名。古代帝王、太后、皇后所頒文書的總稱。

詙 ㄅㄚˊ *pa*^{2} 音拔
古帝妃名。相傳'神農氏'之妃名'聽詙'，爲'奔水氏'之女。見"史記·司馬貞補三皇紀"。

詛 ㄗㄨˇ *tsu*^{3} 音阻
①咒罵。如：詛咒。②立誓。

8【詛咒】 ㄗㄨˇ ㄓㄡˋ
咒罵；祈求神明降禍給他人。

詀 ㊀ ㄓㄢ *chan*^{1} 音沾
多言。見"玉篇"。
㊁ ㄊㄧㄢ *t'ien*^{1} 音添
參詀謕。
㊂ ㄔㄜˋ *ch'ê*^{4} 音徹
參詀讘。

17【詀謕】 ㄊㄧㄢ ㄊㄧˊ
花言巧語。

25【詀讘】 ㄔㄜˋ ㄓㄜˊ
細聲說話。

詽 諵的或體。

詇 ㄧㄤˋ *yang*^{4} 音様 又讀 ㄧㄥˋ *ying*^{4} 音映
①預知。見"說文"。②強人所難。通鞅。如：詇求。

詋 咒的或體。

詗 ㄒㄩㄥˋ *hsiung*^{4} 音敻
①告密。見"說文"。②偵察；刺探。如：詗察。

14【詗察】 ㄒㄩㄥˋ ㄔㄚˊ
偵察。

詘 ㊀ ㄑㄩ *ch'ü*^{1} 音屈
①口吃；言語困難。或作謳。見"說文"。②彎曲；折疊。③屈服；敗退。④窮盡；休止。⑤冤屈；枉曲。⑥短縮；退縮。
㊁ ㄔㄨˋ *ch'u*^{4} 音觸
貶斥。同黜。見"集韻"。

7【詘伸】 ㄑㄩ ㄕㄣ
屈伸。

評 ㊀ ㄏㄨ *hu*^{1} 音呼
招呼。本作誇。見"說文"。
㊁ ㄏㄠˋ *hao*^{4} 音號
欺騙。見"康熙字典"。

詉 ㊀ ㄋㄠˊ *nao*^{2} 音撓
喧嘩聲。同呶。見"集韻"。
㊁ ㄋㄨˋ *nu*^{4} 音怒
惡言。見"集韻"。

詒 ㊀ ㄉㄞˋ *tai*^{4} 音代
欺騙。如：欺詒。
㊁ ㄧˊ *i*^{2} 音夷
給與；贈送。通貽。見"說文"。

䛐 詑的或體。

詄 ㄧˋ *i*^{4} 音逸
遺忘。見"說文"。

詐 ㊀ ㄓㄚˋ *cha*^{4} 音炸
①欺騙；假裝。如：欺詐。②虛假不實的事情或行爲。③倉猝；突然。通乍。
㊁ ㄓㄚˇ *cha*^{3}
用言語試探。

10【詐財】 ㄓㄚˋ ㄘㄞˊ

騙取財物。

11【詐僞】 ㄓㄚˋ ㄨㄟˋ
虛假不實。

【詐術】 ㄓㄚˋ ㄕㄨˋ
行騙的方法。

12【詐欺】 ㄓㄚˋ ㄑㄧ
詐欺人以詐騙行爲使被詐欺人陷於錯誤，並因之而爲意思表示。例如甲向乙稱乙所有坐落某地之土地已被列爲公園預定地，土地勢將跌價，勸乙及早出售，免遭損失，乙信以爲眞，將該筆土地廉售予丙是。因詐欺而爲意思表示，依“民法”第九十二條規定，表意人得撤銷其意思表示，但詐欺係由第三人所爲者，以相對人明知其事實或可得而知者，始得撤銷之。又被詐欺而爲之意思表示，其撤銷不得以之對抗善意第三人。

19【詐譎】 ㄓㄚˋ ㄐㄩㄝˊ
詭詐善變。

【詐騙】 ㄓㄚˋ ㄆㄧㄢˋ
欺騙。

詖 ㄅㄧˋ *pi*4 音閉
①辯論。見“說文”。②偏頗的；邪僻的。如：詖行。

19【詖辭】 ㄅㄧˋ ㄘˊ
偏頗的言論。

詾 詬的或體。

詆 ㄉㄧˇ *ti*3 音底
①責罵。如：詆斥。②毀謗；誣衊。如：詆毀。

5【詆斥】 ㄉㄧˇ ㄔˋ
怒罵；斥責。

12【詆訶】 ㄉㄧˇ ㄏㄜ
斥責。

13【詆訾】 ㄉㄧˇ ㄗˇ
詆毀。

【詆毀】 ㄉㄧˇ ㄏㄨㄟˇ
惡意破壞他人的名譽。

15【詆諆】 ㄉㄧˇ ㄑㄧ
毀謗、攻訐。

18【詆謾】 ㄉㄧˇ ㄇㄢˋ
毀謗、侮辱。

詅 ㄌㄧㄥˊ *ling*2 音靈
①叫賣。見“廣雅·釋詁”。②炫耀；自我吹噓。見“集韻”。

訴 ㄙㄨˋ *su*4 音素
或作愬。①說；陳述。如：訴苦。②控告。如：訴訟。③姓。‘漢’有‘訴梵’。見“萬姓統譜·九五”。

8【訴狀】 ㄙㄨˋ ㄓㄨㄤˋ
民事、刑事或行政訴訟，當事人向法院有所陳述，除法律別有規定或依法得用言詞者外，一律以司法用紙，寫明旨意，遞交法院，此種書狀稱爲訴狀。

9【訴苦】 ㄙㄨˋ ㄎㄨˇ
訴說苦楚。

10【訴冤】 ㄙㄨˋ ㄩㄢ
訴說冤屈。

11【訴訟】 ㄙㄨˋ ㄙㄨㄥˋ
人民或檢察官請求司法機關本於司法權爲裁判之行爲。人民因私權不獲履行或被侵害，得向法院提起訴訟，請求救濟，稱爲民事訴訟。人民因犯罪侵害國家法益或私人法益，由檢察官或被害人向法院提起訴訟，請求對該刑事被告論罪科刑，稱爲刑事訴訟。人民因中央或地方機關之違法行政處分，認爲其損害其權利，經依“訴願法”提起再訴願而不服從其決定，或提起再訴願逾三個月不爲決定，或延長再訴願期間逾二個月不爲決定者，得向行政法院提起訴訟，稱爲行政訴訟。

19【訴願】 ㄙㄨˋ ㄩㄢˋ
人民對中央或地方機關之行政處分，認爲違法或不當，致損其權利或利益者，得向管轄機關提起訴願，請求撤銷或改變原行政處分。所謂行政處分，指中央或地方機關基於職權，就特定之具體事件所爲發生公法上效果之單方行政行爲。中央或地方機關對於人民依法申請之案件，於法定期間內應作爲而不作爲，致損害人民之權利或利益者，視同行政處分。所謂管轄機關，一般指爲行政處分之原機關之上級機關，例如原處分機關爲鄉鎮(市)公所，則訴願之管轄機關爲其上級機關，亦即縣(市)政府。原行政處分機關爲縣(市)政府，則訴願之管轄機關爲省(市)政府，餘類推。但不服中央各部、會、署之行政處分者，其訴願管轄機關仍爲原部、會、署。不服中央各院之行政處分者，其訴願之管轄機關仍爲原院。訴願自行政機關之行政處分書或決定書到達之次日起三十日內，以訴願書提起之。

22【訴權】 ㄙㄨˋ ㄑㄩㄢˊ
欲保護私權之當事人，請求法院依當事人主張之事實及其提出之證據，加以裁判之權利，稱爲訴權。

11【訴訟法】 ㄙㄨˋ ㄙㄨㄥˋ ㄈㄚˇ
規定司法機關就民事事件、刑事案件或行政案件，爲裁判所應遵循之規則的法律。係一種程序法。一般分爲民事訴訟法、刑事訴訟法、軍事審判法及行政訴訟法。

4【訴之合併】 ㄙㄨˋ ㄓ ㄏㄜˊ ㄅㄧㄥˋ
訴訟當事人之一造爲複數，或兩造爲複數，或訴訟標的爲複數者，稱爲訴之合併。前者爲訴之主觀合併，後者爲訴之客觀合併，甚至有兩者並存之訴之合併。參訴之主觀合併、訴之客觀合併。

【訴之撤回】 ㄙㄨˋ ㄓ ㄔㄜˋ ㄏㄨㄟˊ
原告起訴後，向法院表示撤回其訴之全部或一部，不求爲判決之意思。原告於判決確定前得爲訴之撤回，但被告已爲本案之言詞辯論者，應得其同意，如其於收受撤回書狀或筆錄之送達後十日內未提出異議者，視爲同意撤回。訴之撤回，應以書狀爲之，但在言詞辯論時，得以言詞爲之，此時應記載於言詞辯論筆錄，如他造不在場，應將筆錄送達。訴訟因訴之撤回無待法院之裁判而終結，且視同未起訴,惟於本案經終局判決後將訴撤回者,不得復提起同一之訴;又本訴撤回後,反訴之撤回不須得原告之同意。

【訴之聲明】 ㄙㄨˋ ㄓ ㄕㄥ ㄇㄧㄥˊ
應受判決事項之聲明。即原告請求法院就爲訴訟標的之權利或法律關係,爲判決之內容及範圍之聲明。其在給付之訴,應表明被告應爲給付之內容,如被告應支付價金若干元予原告;其在確認之訴,應明確表明爲確認對象之權利或法律關係,如確認原告與被告間就某屋之租賃關係不存在;其在形成之訴,應表明求爲使法律關係發生、變更或消滅之法律效果,如准原告與被告離婚。訴之聲明內容應明確,使法院得爲審理,惟以一訴請求計算及被告因該法律關係所應爲之給付者,得於被告爲計算之報告前,保留關於給付範圍之聲明。訴之聲明爲起訴時訴狀應表明之事項,爲起訴必備之法定程序;欠缺者,法院應定期間先命補正,不補正者,裁定駁回。

11**【訴訟主體】** ㄙㄨˋ ㄙㄨㄥˋ ㄓㄨˇ ㄊㄧˇ
指居於對立地位之訴訟當事人及居於裁判地位之法院。訴訟無論是民事訴訟或刑事訴訟,於繫屬法院後,爲確定當事人間之私權關係,或確定國家對被告之具體刑罰權,一連續之訴訟程序即次第進行,當事人本其訴訟主體之地位,得爲攻擊防禦,法院本其訴訟主體之地位,應爲裁判。當事人以外之訴訟關係人或第三人,如訴訟代理人、輔佐人、辯護人、鑑定人、證人、告訴人、告發人及法院之其他職員,雖於訴訟程序中爲特定之訴訟行爲,或僅是爲他人爲訴訟行爲,或非職司審判之審判機關,均非訴訟主體。

【訴訟繫屬】 ㄙㄨˋ ㄙㄨㄥˋ ㄒㄧˋ ㄕㄨˇ
訴訟因起訴而存在於法院,法院就該事件進行審判之狀態,稱爲訴訟繫屬。也稱訴訟拘束。起訴是否合法,訴訟要件是否具備,不影響訴訟繫屬。民事訴訟上,其發生之時期,或爲訴狀提出於法院之時,或爲法院書記官作成言詞起訴之筆錄時,或爲於言詞辯論之際,或爲以言詞陳述起訴時;其消滅時期,或爲訴之撤回時,或爲訴訟上和解成立時,或爲終局裁判確定時。訴訟繫屬中,當事人不得就已起訴之事件更行起訴,爲訴訟標的之法律關係,雖移轉於第三人,於訴訟無影響。

【訴訟代理人】 ㄙㄨˋ ㄙㄨㄥˋ ㄉㄞˋ ㄌㄧˇ ㄖㄣˊ
依當事人之委任,以當事人之名義爲訴訟行爲或受訴訟行爲之人,稱爲訴訟代理人。凡有訴訟能力者,原則上均得爲訴訟代理人,但非律師而爲訴訟代理人者,法院得以裁定禁止之。訴訟代理人應於最初爲訴訟行爲時,提出委任書,但由當事人以言詞委任,經書記官記明筆錄者,不在此限。訴訟代理人就其受委任之事件,有爲一切訴訟行爲之權,但捨棄、認諾、撤回、和解、提起反訴、上訴或再審之訴及選任代理人,非受特別委任不得爲之。又關於強制執行之行爲或領取所爭物,亦須受特別委任始得爲之。

【訴訟輔佐人】 ㄙㄨˋ ㄙㄨㄥˋ ㄈㄨˇ ㄗㄨㄛˇ ㄖㄣˊ
民事訴訟上,指經法院之許可,於期日偕同當事人或訴訟代理人到場,輔佐其爲訴訟行爲之人。法院得隨時撤銷其輔佐人得於期日偕同到場之許可。輔佐人基於自己之意思爲訴訟行爲所爲之陳述,當事人或訴訟代理人不即時撤銷或更正者,視爲其所自爲。刑事訴訟上,指基於一定之身分關係,於起訴後輔助被告或自訴人爲訴訟行爲,得在法院陳述意見之人。被告或自訴人之配偶、直系或三親等內旁系血親或家長、家屬或被告之法定代理人於起訴後,得向法院以書狀或於審判期日以言詞陳明爲被告或自訴人之輔佐人。

4**【訴之主觀合併】** ㄙㄨˋ ㄓ ㄓㄨˇ ㄍㄨㄢ ㄏㄜˊ ㄅㄧㄥˋ
訴訟當事人之一造或兩造爲複數者,即一原告對數被告,或是數原告對一被告或數被告,稱爲訴之主觀合併。其提起除數訴訟須行同種之訴訟程序,且無禁止合併之規定外,該複數當事人之一方須一、爲訴訟標的之權利或義務爲其所共同者。二、爲訴訟標的之權利或義務本於同一之事實上或法律上原因者。三、爲訴訟標的之權利或義務係同種類,而本於事實上及法律上同種類之原因者,且被告之住所在同一法院管轄區域內,或有特別審判籍之共同管轄法院。訴之主觀合併又稱共同訴訟,可分爲普通共同訴訟、固有必要共同訴訟及類似必要共同訴訟。此外,主參加訴訟亦爲訴之主觀合併之一種型態。

【訴之客觀合併】 ㄙㄨˋ ㄓ ㄎㄜˋ ㄍㄨㄢ ㄏㄜˊ ㄅㄧㄥˋ
於同一訴訟程序,一原告對於一被告,主張複數之訴訟標的之訴,稱爲訴之客觀合併。爲數訴訟之合併,須一、受訴法院就該數宗訴訟中之一訴訟有管轄權。二、該數宗訴訟得行同種訴訟程序。三、該數宗訴訟無禁止合併之規定。四、非專屬管轄之訴訟事件。訴之客觀合併之種類有一、單純之合併:即數種相互獨立之請求之合併。二、競合之合併:即有同一目的之數請求之合併,其訴之聲明單一。三、預備之合併:原告恐其先位請求不爲法院所容認,預先合併與先位請求不能並存之後位請求,於先位請求無理由時,就後位請求裁判。四、選擇之合併。因其是以一訴主張數項標的,故訴訟標的之價額應合併計算之,惟該數項標的互相競合或應為選擇者,應依其中價額最高者充之。

11【訴訟上之和解】 ㄙㄨˋ ㄙㄨㄥˋ ㄕㄤˋ ㄓ ㄏㄜˊ ㄐㄧㄝˇ
當事人於訴訟繫屬中,在受訴法院、受命推事或受託推事前,約定互相讓步,以終止爭執或防止爭執發生,且以終結訴訟之全部或一部為目的之合意,稱為訴訟上之和解。也稱審判上之和解。其除生訴訟法上之效果外,亦生民法上和解之效果。法院不問訴訟程度如何,如認有成立和解之望者,得於言詞辯論時,或使受命推事或受託推事試行和解。試行和解成立者,應作成和解筆錄。訴訟因訴訟上和解之成立,無待裁判而終結;和解成立者,與確定判決有同一之效力;和解有無效或得撤銷之原因者,當事人得請求繼續審判。

【訴訟外之和解】 ㄙㄨˋ ㄙㄨㄥˋ ㄨㄞˋ ㄓ ㄏㄜˊ ㄐㄧㄝˇ
非訴訟上之和解,當事人約定互相讓步,以終止爭執或防止爭執發生之契約。訴訟外之和解有使當事人所拋棄之權利消滅及使當事人取得和解契約所訂明權利之效力,惟非如訴訟上之和解有與確定判決同一之效力,故不得據以聲請強制執行。訴訟外之和解除有法定事由外,不得以錯誤為理由撤銷之。如和解所依據之文件,事後發見為偽造或變造,而和解當事人若知其為偽造或變造即不為和解者;和解事件,經法院確定判決,而為當事人雙方或一方於和解當時所不知者;當事人之一方,對於他方當事人之資格或對於重要之爭點有錯誤而為和解者。

【訴訟代理委任】 ㄙㄨˋ ㄙㄨㄥˋ ㄉㄞˋ ㄌㄧˇ ㄨㄟˇ ㄖㄣˋ
就特定之訴訟事件授與訴訟代理權之單獨訴訟行為。在民事訴訟上,因採當事人本人訴訟主義,得不委任訴訟代理人或委任非律師為訴訟代理人,惟法院得以裁定禁止之。訴訟代理委任,受委任人(代理人)應於最初為訴訟行為時提出委任書,但得由當事人以言詞委任,經法院書記官記明筆錄為之。在刑事訴訟上,自訴人雖得委任代理人到場,但法院認為必要時仍得命本人到場;被告則以最重本刑為拘役或專科罰金之案件為限,於審判中或偵查中得委任代理人到場,但法院或檢察官認為必要時,仍得命本人到場。

4【訴之變更與追加】 ㄙㄨˋ ㄓ ㄅㄧㄢˋ ㄍㄥ ㄩˇ ㄓㄨㄟ ㄐㄧㄚ
當事人、訴訟標的、訴之聲明(應受判決事項之聲明)為訴之三要素。變更訴之要素者,如訴之聲明由請求交付某物變更為請求支付損害賠償若干元;追加新的訴之要素者,如除請求交付某屋外,追加請求交付某地。訴狀送達後,除經被告同意或不甚礙被告之防禦及訴訟之終結者外,原告不得將原訴變更或追加他訴,被告於訴之變更或追加無異議,而為本案之言詞辯論者,視為同意變更或追加。"民事訴訟法"亦有特別規定准訴之變更或追加者。又訴之變更或追加,如新訴專屬他法院管轄或不得行同種之訴訟程序者,不得為之。於第二審為訴之變更或追加,除別有規定外,應經他造之同意。訴之變更或追加除得以書狀為之外,於言詞辯論時得以言詞為之。

診 ㄓㄣˇ *chên*³ 音疹 又讀 ㄓㄣ *chên*¹ 音真
察看;檢視。如:診治。

8【診治】 ㄓㄣˇ ㄓˋ
檢查病情而加以治療。

11【診視】 ㄓㄣˇ ㄕˋ
察看;檢視。

14【診察】 ㄓㄣˇ ㄔㄚˊ
檢查病狀。

18【診斷】 ㄓㄣˇ ㄉㄨㄢˋ
診視而判斷病情。

【診斷程式】 ㄓㄣˇ ㄉㄨㄢˋ ㄔㄥˊ ㄕˋ
(diagnostic program) 用來辨識、定位或解釋電腦系統中硬體設備故障或軟體程式錯誤的程式。

11【診處教學法】 ㄓㄣˇ ㄔㄨˇ ㄐㄧㄠˋ ㄒㄩㄝˊ ㄈㄚˇ
(diagnostic-prescriptive teaching)一種個別教學法。先診斷學生學習的缺陷,然後針對其缺陷予以補救教學。

詈 ㄌㄧˋ *li*⁴ 音利
罵人。見"說文"。

10【詈辱】 ㄌㄧˋ ㄖㄨˋ
責罵侮辱。

6

詫 ㄔㄚˋ *ch'a*⁴ 音岔
1誇耀。見"集韻"。2欺騙。見"字彙"。3驚奇。如:詫異。

詤 謊的或體。

詨 ㊀ ㄐㄧㄠˋ *chiao*⁴ 音叫
呼叫。見"集韻"。
㊁ ㄐㄧㄠ *chiao*¹ 音交
矜誇。見"集韻"。

該 ㄍㄞ *kai*¹ 音賅
1軍紀規約。見"說文"。2統括;完備。通賅。如:該洽。3應當。4欠;負。如:該帳。5稱代詞。指所提過的人或事物。多用於公文。如:該員。

9【該洽】 ㄍㄞ ㄒㄧㄚˊ
完備周詳。

12【該博】 ㄍㄞ ㄅㄛˊ
淵深廣博。

【該備】 ㄍㄞ ㄅㄟˋ
完備;具備。

詶 ㄔㄡˊ ch'ou² 音仇
1 詛咒。同譸。見"說文"。2 對答;報答。通酬。如:詶謝。

詳 ㄒㄧㄤˊ hsiang² 音祥
1 仔細而深入的說明。如:內詳。2 周全;完備。如:詳盡。3 知;知悉。如:姓字不詳。4 審愼。如:詳刑愼罰。

11【詳密】 ㄒㄧㄤˊ ㄇㄧˋ
詳細而周密。

【詳情】 ㄒㄧㄤˊ ㄑㄧㄥˊ
詳細情形。

【詳略】 ㄒㄧㄤˊ ㄌㄩㄝˋ
詳細和簡略。

【詳悉】 ㄒㄧㄤˊ ㄒㄧ
詳知。

15【詳審】 ㄒㄧㄤˊ ㄕㄣˇ
周密謹愼。

20【詳贍】 ㄒㄧㄤˊ ㄕㄢˋ
周備充足。

11【詳細圖】 ㄒㄧㄤˊ ㄒㄧˋ ㄊㄨˊ
(detail drawing) 又稱大樣圖。爲繪明各部分構造方法、詳細尺寸、形狀及用料規格等的圖樣。爲施工上的重要圖樣。

15【詳徵博引】 ㄒㄧㄤˊ ㄓㄥ ㄅㄛˊ ㄧㄣˇ
引證詳細而廣博。

20【詳釋性複習】 ㄒㄧㄤˊ ㄕˋ ㄒㄧㄥˋ ㄈㄨˋ ㄒㄧˊ
(elaborative rehearsal) 將欲記憶之材料賦予意義或加以闡釋以增加復憶的歷程。與保持性複習 (maintenance rehearsal) 相對。

誆 ㄎㄨㄤ k'uang¹ 音筐
欺騙。見"集韻"。

19【誆騙】 ㄎㄨㄤ ㄆㄧㄢˋ
欺騙;詐取。

試 ㄕˋ shih⁴ 音世
1 任用。見"說文"。2 考驗;測驗。如:考試。3 探察;刺探。如:試探。

4【試片】 ㄕˋ ㄆㄧㄢˋ
一部電影或一個電視節目在正式播出前,由有關人員先試看、檢查影片或節目內容,並當場提出修正意見。

6【試行】 ㄕˋ ㄒㄧㄥˊ
正式施行前的試辦。

9【試音】 ㄕˋ ㄧㄣ
(audition) 演藝人員在正式演出前,先在擴音器前作試驗性質的表演,稱爲試音。

10【試紙】 ㄕˋ ㄓˇ
(test paper) 化學檢驗用紙。紙浸有指示劑或試劑,用以檢驗氣體或液體,試驗其酸性、鹼性、某種離子或特定化合物之存在。

11【試教】 ㄕˋ ㄐㄧㄠ
指師範生在結業前對教學的一種實際嘗試。我國師範院校的學生,在結業前一年必須先在校內作假試教,再往校外正式試教數週,實際吸收經驗,以增進教學能力。

【試探】 ㄕˋ ㄊㄢˋ
試驗探測。

【試婚】 ㄕˋ ㄏㄨㄣ
(trial marriage) 婚前同居以測試相處性格的一種暫時性婚姻。也泛指時下流行的非婚姻同居。

13【試煉】 ㄕˋ ㄌㄧㄢˋ
試驗鍛鍊。

14【試演】 ㄕˋ ㄧㄢˇ
正式公演前的排演。

【試圖】 ㄕˋ ㄊㄨˊ
企圖。

【試算】 ㄕˋ ㄙㄨㄢˋ
(taking trial balance) 企業採用雙式簿記,每一交易的記錄均區分爲借貸,且借貸雙方金額相等。基於平衡原理,就總分類帳各帳戶的餘額,查核分錄及過帳有無錯誤的工作稱爲試算。爲此而編製之各帳戶餘額的彙總表即爲試算表。

15【試樁】 ㄕˋ ㄓㄨㄤ
(pile load test) 樁基承載力之現場試驗。即在已完工之樁中抽選若干,實際用千斤頂加壓,以求其承載力。試樁結果係以荷重—沈陷—時間之關係曲線表示。

【試銷】 ㄕˋ ㄒㄧㄠ
(pretesting products) 新商品正式上市前的銷售。以測試消費者對新產品之品質、機能方面的滿意度或對價格的接受度。

16【試辦】 ㄕˋ ㄅㄢˋ
指正式開辦前的嘗試辦理。以觀察效果、檢討得失,作爲決定是否正式辦理的依據。

【試劑】 ㄕˋ ㄐㄧˋ
(reagent) 任何用於化學反應以便偵測、度量、分析及檢定其他物質的化學品。

23【試驗】 ㄕˋ ㄧㄢˋ
實際考察、驗證。

14【試管嬰兒】 ㄕˋ ㄍㄨㄢˇ ㄧㄥ ㄦˊ
(tube baby) 先用荷爾蒙刺激排卵,促進卵巢中的卵子成熟,算出排卵的時間,然後放入腹腔鏡將排出的卵取出,放在含有培養液的培養皿中。其中培養液的溫度、酸鹼度、養分、酵素等均須與自然受孕時輸卵管中的環境一樣。接著把卵子移入精子的懸浮液中,使產生受精作用,結合成受精卵。經過 3 ～ 6 天,受精卵分裂發育成有 8 個細胞的囊胚。在將囊胚植入子宮前,婦女須接受助孕激素注射,使子宮做好懷孕的準備工作,然後借助子宮內視鏡,將囊胚送入子宮腔內著床。世界第一位試管嬰兒於西元1978年在'英國'誕生。我國第一位試管嬰兒於1985年在'臺北''榮民總醫院'誕生。

【試算暫繳】 ㄕˋ ㄙㄨㄢˋ ㄓㄢˋ ㄐㄧㄠˇ
(compute the amount of tax payable and provisional payment) 指應辦暫繳之營利事業,應試算其前半年之營利事業所得額,依當年度稅率,計算其暫繳稅額;執行業務者應以當年度前六個月之綜合所得總額,試算其前半年度之綜合所得淨額,按25%計算其暫繳稅額之謂。

23【試驗買賣】 ㄕˋ ㄧㄢˋ ㄇㄞˇ ㄇㄞˋ
以買受人之承認標的物爲停止條件而訂立之契約。試驗買賣之出賣人,有允許買受人試驗其標的物之義務。標的物經試驗而未交付者,買受人於約定期限內,未就標的物爲承認之表示,視爲拒絕;其無約定期限,而於出賣人所定之相當期限內未爲承認之表示者,亦同。標的物因試驗已交付於買受人,而買受人不交還其物,或於約定期限或出賣人所定之相當期限內,不爲拒絕之表示者,視爲承認;又買受人已支付價金之全部或一部,或就標的物爲非試驗所必要之行爲者,亦視爲承認。

【試驗電臺】 ㄕˋ ㄧㄢˋ ㄉㄧㄢˋ ㄊㄞˊ
(experimental station) 廣播電臺的一種。電磁波在10~3,000 kHz之間,多以科學技術的研究爲主要目標。

詡 ㄒㄩˇ *hsü*^{3} 音許
[1]誇大言詞。如:自詡。[2]普及。如:德詡萬物。

詩 ㄕ *shih*^{1} 音失
[1]韻文的一種。係運用和諧的韻律、節奏及精粹的文字表達美感或寄託情意。[2]"詩經"的簡稱。如:"詩"三百。

5【詩史】 ㄕ ㄕˇ
[1]指敘述時事,足以反映某一時期之歷史和社會現實,供後世借鑒的詩篇。[2]指'唐''杜甫'詩。[3]詩歌發展的歷史。

【詩仙】 ㄕ ㄒㄧㄢ
[1]譽稱才情超凡、氣韻飄逸的詩人。[2]指'唐'詩人'李白'。

7【詩社】 ㄕ ㄕㄜˋ
爲作詩而結合的社團。

9【詩思】 ㄕ ㄙ
[1]作詩的情思。[2]詩的構思。

【詩品】 ㄕ ㄆㄧㄣˇ
[1]'梁''鍾嶸'撰,三卷。又名"詩評"。收'漢'、'魏'至'梁'五言詩一百二十餘家,以上、中、下三品評其優劣,並探討各家詩的源流傳承。爲我國現存最古的詩歌評論專書。[2]'唐''司空圖'撰,一卷。又名"二十四詩品"。分詩歌風格爲雄渾、沖淡、纖穠、沈著、高古、典雅、洗煉、勁健、綺麗、自然、含蓄、豪放、精神、縝密、疏野、清奇、委曲、實境、悲慨、形容、超詣、飄逸、曠達、流動等二十四品,每品各用四言韻語十二句以描摹其特徵。

【詩風】 ㄕ ㄈㄥ
[1]詩人在作品中所顯露的格調。[2]某一時代或地區之詩歌的風氣或格調。

13【詩意】 ㄕ ㄧˋ
[1]詩中的旨趣。[2]作詩的意趣。

【詩話】 ㄕ ㄏㄨㄚˋ
評論詩歌、詩人或記載詩人言論、詩壇掌故的書。

【詩聖】 ㄕ ㄕㄥˋ
指'唐'詩人'杜甫'。

【詩經】 ㄕ ㄐㄧㄥ
十三經之一。本稱"詩",'漢代'始尊稱爲"詩經"。凡"風"、"雅"、"頌"三部分,收'西周'初期至'春秋'中期的民歌及朝廷、宗廟樂歌和舞曲。今存篇目三百十一,其中"小雅"笙詩六篇,有目無詩。

15【詩趣】 ㄕ ㄑㄩˋ
詩中的情趣。

【詩餘】 ㄕ ㄩˊ
詞的別名。以詞爲詩之餘緒,故稱。

16【詩壇】 ㄕ ㄊㄢˊ
[1]詩人會集的地方。因會集時,儀式有如古代的盟會,故稱。[2]泛指詩學界。

【詩興】 ㄕ ㄒㄧㄥˋ
作詩的興致;作詩的靈感。

17【詩謎】 ㄕ ㄇㄧˊ
[1]以詩爲謎面的謎語。如「雪天晴色見蜺虹,千里江山遇帝畿,天子手中朝白玉,秀才不肯著白衣」四句分射'北宋''韓絳'、'馮京'、'王珪'、'曾布'四位達官。[2]指難解如謎的詩。

20【詩鐘】 ㄕ ㄓㄨㄥ
文字遊戲的一種。取絕不相干的兩事、兩字或詞彙爲題,分詠或嵌入對聯中。以湊合自然、對仗工整、意境高遠者爲上乘。

24【詩讖】 ㄕ ㄔㄣˋ
指詩句無意言中未來的禍福。

12【詩集傳】 ㄕ ㄐㄧˊ ㄓㄨㄢˋ
'南宋''朱熹'撰,二十卷。以'毛''傳'、'鄭''箋'爲主,間採三家"詩",而以己意爲取捨,務求探明"詩"之本義,與"詩序"之說頗多出入。

2【詩人玉屑】 ㄕ ㄖㄣˊ ㄩˋ ㄒㄧㄝˋ
'南宋''魏慶之'編,二十卷。書中多採時人論詩之語,大抵前十一卷重在詩之理論與作法,十二卷以後則重在品藻與本事。爲'宋代'現存重要詩話。

11【詩情畫意】 ㄕ ㄑㄧㄥˊ ㄏㄨㄚˋ ㄧˋ
形容景致優美。

17【詩禮傳家】 ㄕ ㄌㄧˇ ㄔㄨㄢˊ ㄐㄧㄚ
書香門第世代以詩書禮教相傳。

詿 ㄍㄨㄚˋ *kua*^{4} 音卦
[1]貽誤。如:詿誤。[2]欺騙。

14【詿誤】 ㄍㄨㄚˋ ㄨˋ
牽累;貽誤他人。

詪 ㊀ ㄏㄣˇ *hên*^{3} 音狠
狠戾。見"說文"。
㊁ ㄒㄧㄢˋ *hsien*^{4} 音現
爭論。見"廣韻"。

詰 ㄐㄧㄝˊ *chieh*^{2} 音節
[1]查問;責問。如:詰責。[2]懲治。[3]曲折。如:詰屈。

5【詰旦】 ㄐㄧㄝˊ ㄉㄢˋ
明日早晨。

6【詰曲】 ㄐㄧㄝˊ ㄑㄩ
彎曲;曲折。

11【詰責】 ㄐㄧㄝˊ ㄗㄜˊ
譴責;責問。

【詰問】 ㄐㄧㄝˊ ㄨㄣˋ
質問;盤問。

12【詰詘】 ㄐㄧㄝˊ ㄑㄩ
屈曲；曲折。

19【詰難】 ㄐㄧㄝˊ ㄋㄢˋ
責問；責難。

8【詰屈聱牙】 ㄐㄧㄝˊ ㄑㄩ ㄠˊ ㄧㄚˊ
形容深奧艱澀。多用在文章方面。

詣 ㄧˋ *i*^{4} 音意
①訪謁；往見。見"說文"。②至；到達。見"玉篇"。

詼 ㄏㄨㄟ *hui*^{1} 音灰
嘲笑；戲弄。見"集韻"。

13【詼詭】 ㄏㄨㄟ ㄍㄨㄟˇ
言語風趣而奇特。

16【詼諧】 ㄏㄨㄟ ㄒㄧㄝˊ
幽默風趣。

誠 ㄔㄥˊ *ch'êng*^{2} 音成
或作誠。①眞心；信實。如：誠懇。②確實；眞的。如：誠然。③假設；如果。

12【誠然】 ㄔㄥˊ ㄖㄢˊ
的確如此。

13【誠意】 ㄔㄥˊ ㄧˋ
①意念眞誠。②眞誠的意念。

【誠敬】 ㄔㄥˊ ㄐㄧㄥˋ
眞誠恭敬。

15【誠愨】 ㄔㄥˊ ㄑㄩㄝˋ
誠懇。

【誠摯】 ㄔㄥˊ ㄓˋ
誠懇眞摯。

16【誠樸】 ㄔㄥˊ ㄆㄨˊ
眞誠樸實。

12【誠惶誠恐】 ㄔㄥˊ ㄏㄨㄤˊ ㄔㄥˊ ㄎㄨㄥˇ
極度惶恐不安。

14【誠實保證】 ㄔㄥˊ ㄕˊ ㄅㄠˇ ㄓㄥˋ
(fidelity bond)又稱信用保證保險。指被保險人(即權利人)因被保證人行爲的不誠實(如竊盜、詐欺、僞造、隱匿、違背職守等)，而遭受損失時，保險人(即保證人)負補償責任的保證保險。

【誠實信用原則】 ㄔㄥˊ ㄕˊ ㄒㄧㄣˋ ㄩㄥˋ ㄩㄢˊ ㄗㄜˊ
法律的最高指導原則。誠實及信用，爲社會生活之基礎，兼爲助成交易發達之根本；違背道德上、法律上誠實及信用之行爲，法律不予保護。誠實信用原則應適用於任何權利之行使及義務之履行，"民法"第一百四十八條第二項：「行使權利，履行義務，應依誠實及信用方法」旨義在此。

誇 ㄎㄨㄚ *k'ua*^{1} 音夸
①炫耀；說大話。如：自誇。②讚美。如：誇獎。

3【誇大】 ㄎㄨㄚ ㄉㄚˋ
言過其實。

【誇口】 ㄎㄨㄚ ㄎㄡˇ
說大話。

5【誇示】 ㄎㄨㄚ ㄕˋ
以得意的事向人宣示。

11【誇張】 ㄎㄨㄚ ㄓㄤ
誇大。

13【誇飾】 ㄎㄨㄚ ㄕˋ
修辭格之一。誇大事實，以增強表達的效果。

14【誇嫚】 ㄎㄨㄚ ㄇㄢˋ
誇張。

20【誇耀】 ㄎㄨㄚ ㄧㄠˋ
誇示炫耀。

10【誇海口】 ㄎㄨㄚ ㄏㄞˇ ㄎㄡˇ
說大話。

詷 ㄊㄨㄥˊ *t'ung*^{2} 音同
共同。通作同。見"說文"。

訿 訾的或體。

詤 謊的本字。

誂 ㊀ ㄊㄧㄠˇ *t'iao*^{3} 音窕
①引誘。見"說文"。②戲弄。見"正字通"。
㊁ ㄉㄧㄠˋ *tiao*^{4} 音弔
突然。見"字彙補"。

誅 ㄓㄨ *chu*^{1} 音朱
①討伐。見"說文"。②殺戮；消滅。如：誅鋤。③懲治；譴責。如：口誅筆伐。

11【誅殺】 ㄓㄨ ㄕㄚ
殺戮有罪的人。

13【誅滅】 ㄓㄨ ㄇㄧㄝˋ
消滅。

15【誅戮】 ㄓㄨ ㄌㄨˋ
殺掉。

4【誅心之論】 ㄓㄨ ㄒㄧㄣ ㄓ ㄌㄨㄣˋ
不問其事蹟，只就其動機、用心而加以責備的言論。

誄 ㄌㄟˇ *lei*^{3} 音壘
①古時在上者累述死者功德並據以作諡的悼辭。見"說文"。②文體名。累記死者功德，並致哀悼的文章。如：銘誄。③爲生者禱告求福。通讄。見"正字通"。

詵 ㄕㄣ *shên*^{1} 音申
①推介他人的才德。見"說文"。②眾多。見"玉篇"。

話 ㄏㄨㄚˋ *hua*^{4} 音畫
①言語。如：無話不談。②敘談。如：話舊。

5【話本】 ㄏㄨㄚˋ ㄅㄣˇ
'唐'、'宋'、'元'間說話人說書、講故事所依據的底本。

9【話柄】 ㄏㄨㄚˋ ㄅㄧㄥˇ
談話的材料；嘲笑的材料。

15【話劇】 ㄏㄨㄚˋ ㄐㄩˋ
戲劇的一種。不用歌舞而純以人物的對白和動作來表現劇情。與歌劇相對。'清'末由一群留'日'學生所推動而傳入國內。初名新劇，又稱爲文明戲，以別於皮'黃'等傳統戲劇。'民國'十七年，由戲劇界人士改稱爲話劇。

16【話頭】 ㄏㄨㄚˋ ㄊㄡˊ
①話題。②談話的開端。③佛家語。參禪者以一句話藉爲學道的工具，多半由指導的老師所提。這句話也許全無邏輯意義，只是在引起疑情，直追到底。

18【話題】 ㄏㄨㄚˋ ㄊㄧˊ
談說議論的題目。

【話舊】 ㄏㄨㄚˋ ㄐㄧㄡˋ
談往事。

7【話匣子】 ㄏㄨㄚˋ ㄒㄧㄚˊ ˙ㄗ
①舊稱收音機。②譏笑人話多。

10【話家常】 ㄏㄨㄚˋ ㄐㄧㄚ ㄔㄤˊ
談論日常瑣事。

4【話不投機】ㄏㄨㄚˋ ㄅㄨˋ ㄊㄡˊ ㄐㄧ
彼此心意不同，談話不相契合。

詢 ㄒㄩㄣˊ hsün² 音荀
查問；徵求意見。如：諮詢。

11【詢問】ㄒㄩㄣˊ ㄨㄣˋ
查問。

19【詢證函】ㄒㄩㄣˊ ㄓㄥˋ ㄏㄢˊ
(confirmation requests)爲了函證而寄交外界人士的信件表格。

3【詢于芻蕘】ㄒㄩㄣˊ ㄩˊ ㄔㄨˊ ㄖㄠˊ
指徵詢民眾的意見。芻蕘，砍柴割草的人。

詾 ㄒㄩㄥ hsiung¹ 音胸
也作訩、哅。1爭訟。見"說文"。2喧譁紛擾。見"正字通"。

誃 ㄔˇ ch'ih³ 音侈
離別。見"說文"。

詭 ㄍㄨㄟˇ kuei³ 音鬼
1責成；要求。見"說文"。2欺詐；不實。如：詭詐。3怪異；奇特。如：詭異。

8【詭奇】ㄍㄨㄟˇ ㄑㄧˊ
奇異；奇特。

9【詭計】ㄍㄨㄟˇ ㄐㄧˋ
詭詐的計謀。

【詭祕】ㄍㄨㄟˇ ㄇㄧˋ
奇異而隱密。

11【詭異】ㄍㄨㄟˇ ㄧˋ
奇異；奇特。

12【詭詐】ㄍㄨㄟˇ ㄓㄚˋ
欺詐。

13【詭雷】ㄍㄨㄟˇ ㄌㄟˊ
布置周密，使敵人誤以爲安全的爆炸裝置。例如設有抗移裝置之詭裝地雷。常藉障礙物或門窗裝設，不愼移動障礙物或門窗時，即有殺傷之虞。

14【詭稱】ㄍㄨㄟˇ ㄔㄥ
虛妄不實的稱述。

15【詭誕】ㄍㄨㄟˇ ㄉㄢˋ
奇異荒誕。

19【詭譎】ㄍㄨㄟˇ ㄐㄩㄝˊ
1怪異；奇特。2變化多端。

【詭辭】ㄍㄨㄟˇ ㄘˊ
1說假話。2顚倒黑白、混淆是非的言論。

21【詭辯】ㄍㄨㄟˇ ㄅㄧㄢˋ
1強辭奪理、顚倒是非的辯說。2奇異詭詐的論說。

14【詭銜竊轡】ㄍㄨㄟˇ ㄒㄧㄢˊ ㄑㄧㄝˋ ㄆㄟˋ
馬不受羈絆，吐出口中的鐵勒，掙脫頭上的籠頭。比喻受控制愈嚴，則求解脫之心愈切。

21【詭辯學派】ㄍㄨㄟˇ ㄅㄧㄢˋ ㄒㄩㄝˊ ㄆㄞˋ
參辯士派哲學。

詻 ㄜˋ o⁴, ê⁴ 音鄂
1直言爭辯。見"說文"。2教令嚴謹。見"字彙"。

詮 ㄑㄩㄢˊ ch'üan² 音全
1解釋；闡明。如：詮釋。2眞理。如：言必中詮。3通銓。(1)品評；衡度。如：詮論。(2)選擇。如：詮次。

20【詮釋】ㄑㄩㄢˊ ㄕˋ
解釋；解說。

詥 ㄏㄜˊ ho², hê² 音合
和諧。見"說文"。

詬 ㄍㄡˋ kou⁴ 音垢
1辱罵。如：詬罵。2恥辱。如：忍辱含詬。

10【詬病】ㄍㄡˋ ㄅㄧㄥˋ
1恥辱；缺失。2非議。

15【詬罵】ㄍㄡˋ ㄇㄚˋ
辱罵。

訾 ㊀ ㄗˇ tzŭ³ 音紫
1毀謗；非議。同呰、訿。如：訾議。2怨恨；厭惡。如：怨訾。3計量。4疾病；缺點。通疵。
㊁ ㄗ tzŭ¹ 音資
1錢財。通貲。如：家訾萬貫。2姓。'漢'有'訾順'。見"萬姓統譜·四"。

20【訾議】ㄗˇ ㄧˋ
指責；非議。

詧 ㊀ ㄔㄚˊ ch'a² 音察
審察。通察。如：詧照。
㊁ ㄑㄧㄝ ch'ieh¹ 音切
正言。也作謙。見"集韻"。

詹 ㄓㄢ chan¹ 音沾
1多言。見"說文"。2至；到。見"字彙"。3選定。如：謹詹於某月某日舉行婚禮。4姓。'宋'有'詹良臣'。見"萬姓統譜·六七"。

4【詹天佑】ㄓㄢ ㄊㄧㄢ ㄧㄡˋ
(1861～1919)'安徽省''婺源縣'人，字'眷誠'。畢業於'耶魯大學'工學院。畢生致力於闢建我國鐵路。先後負責'津蘆'、'滬寧'、'洛潼'、'京奉'、'京張'、'張綏'、'道清'等線鐵路修築工程。著有"京張鐵路紀略"、"圖制"等。

詹天佑像

8【詹姆士】ㄓㄢ ㄇㄨˇ ㄕˋ
(Hnery James, 1843～1916)'美國'小說家。作品以描敘新大陸的淳眞富庶與舊大陸老練腐化的衝突爲主。西元1881年發表的"某夫人的肖像"(*The Portrait of a Lady*)甚受重視；中期小說主題多涉及社會改革，如"波士頓人"(*The Bostonians*)；晚年風格趨向稠密及象徵，如"鴿翼"(*The Wings of the Dove*)、"大使"(*The Ambassadors*)和"金杯"(*The Golden Bowl*)等。

4【詹氏年鑑】ㄓㄢ ㄕˋ ㄋㄧㄢˊ ㄐㄧㄢˋ
刊載全世界各種軍事資料的一種刊物。由'英國'人'湯瑪士·詹'(Frederick Thomas Jane)所創辦。

8【詹姆士一世】ㄓㄢ ㄇㄨˇ ㄕˋ ㄧ ㄕˋ
(James I, 1566～1625)'英格蘭''斯圖亞特王朝'(Stuart)的始祖，也是第一位兼統'英格蘭'與'蘇格蘭'的國王。西元1567年(時年一歲)，即位'蘇格蘭'王；1603年'英格蘭'女王'伊莉莎白一世'去世，繼位爲'英格蘭'國王。在位時力倡王權神授說，擴張在'美洲'的殖民地。因與國會不和，以致繼承人

‘查理一世’時發生革命。

【詹姆士二世】 ㄓㄢ ㄇㄨˇ ㄕˋ ㄦˋ ㄕˋ

(James Ⅱ, 1633～1701)‘英格蘭’國王。‘詹姆士一世’的孫子，‘斯圖亞特王朝’最後一任國王。大革命時，出亡‘法蘭西’，光復後始回國。西元1685年繼兄‘查理二世’爲王。即位後，保護舊教，施政專橫，導致1688年的光榮革命，後再度流亡‘法國’，終老該國。

7

諚 誼的古文。

誩 ㄐㄧㄥˋ ching⁴ 音競
爭論。見“說文”。

誏 ㊀ ㄌㄤˋ lang⁴ 音浪
①閒言。見“玉篇”。②笑謔。見“集韻”。
㊁ ㄌㄤˇ lang³ 音朗
①明朗。同朗。見“廣韻”。②言語清晰。見“集韻”。
㊂ ㄖㄤˋ jang⁴ 音讓
讓的俗體。

誡 ㄐㄧㄝˋ chieh⁴ 音戒
①警戒。見“玉篇”。②訓令；文告。③文體名。

誖 ㄅㄟˋ pei⁴ 音背
也作悖。①亂。見“說文”。②違背。③迷惑。如：誖於所見。

18【誖謾】 ㄅㄟˋ ㄇㄢˋ
忤逆不敬。

誌 ㄓˋ chih⁴ 音志
①記載；記錄。見“字彙”。②記住。如：永誌不忘。③記號；標識。如：標誌。④表示。如：誌慶。

12【誌喜】 ㄓˋ ㄒㄧˇ
表示喜悅。

誋 ㄐㄧˋ chi⁴ 音記
告誡。見“說文”。

誩 ㄉㄡˋ tou⁴ 音豆
參誩譳。

21【誩譳】 ㄉㄡˋ ㄋㄡˋ
說話結結巴巴。

語 ㊀ ㄩˇ yü³ 音雨
①說話；談論。如：自言自語。②所說的話。如：語重心長。
㊁ ㄩˋ yü⁴ 音遇
告訴。見“廣韻”。

4【語文】 ㄩˇ ㄨㄣˊ
語言和文字。

7【語言】 ㄩˇ ㄧㄢˊ
(language)①人類用來表達情意的聲音。是人類最重要的交際工具。也是人類和其他動物不同的基本特質之一。②一套符號系統。有時加上意義系統。參語用學、語法學、語意學。

【語序】 ㄩˇ ㄒㄩˋ
(word order)指語詞組合的次序。也稱詞序。如‘漢’語的語序爲：主語在謂語之前，賓語在動詞之後，定語、狀語在所修飾的語詞之前，補語則在所補充的語詞之後。

【語系】 ㄩˇ ㄒㄧˋ
依照語言分類法所分出的最大語言類屬稱爲語族，語族之下又可分若干語系。如：‘漢’‘藏’語族下分‘漢’語系、‘洞’‘臺’語系、‘苗’‘傜’語系、‘藏’‘緬’語系等。同一語系內，按各語言之間親屬關係的遠近，又可再分爲若干語支。

8【語法】 ㄩˇ ㄈㄚˇ
①求得語言構造合宜，音調優美，使聽者容易領受的練習活動。②研究語言組織法則的學問。即文法。③(syntax)電腦語言之正確表示方式的規則。爲電腦語言定義的主要部分。

9【語音】 ㄩˇ ㄧㄣ
①說話的聲音。②字在口語中所念的音。與讀音相對。

10【語病】 ㄩˇ ㄅㄧㄥˋ
①語文中措詞失當或不合邏輯的毛病。②發音上有缺陷。即言語蹇澀的毛病。

【語氣】 ㄩˇ ㄑㄧˋ
說話的口氣。

11【語族】 ㄩˇ ㄗㄨˊ
(family of language)語言的統系。即把語言與語言之間的關係比擬爲一衍生與統屬的關係。如‘印’‘歐’語族爲‘拉丁’文、‘希臘’文的父母語，而‘法’文、‘義大利’文爲‘拉丁’文的後裔。今全世界的語言可分爲‘印’‘歐’語族、‘哈姆’‘閃’語族、‘烏拉’‘阿爾泰’語族、‘漢’‘藏’語族、‘馬來’‘玻里尼西亞’語族、中部‘非洲’語族、‘德拉威’語族、‘亞美利加’語族、‘高加索’語族等九種。

12【語詞】 ㄩˇ ㄘˊ
①指文言虛字。②(term)⑴在一個語言系統中，具有意義或可用來代表事物的最小表詞。⑵定言命題中的主詞與賓詞。

13【語意】 ㄩˇ ㄧˋ
①語言所包含的意義及情味。②(semantics)電腦程式中符合電腦語法之敘述所代表的意義。電腦語法和語意的關係在一電腦語言設計時就已定義。

【語感】 ㄩˇ ㄍㄢˇ
對語言的心理反應。

【語彙】 ㄩˇ ㄏㄨㄟˋ
即詞彙。指一種語言裡所有詞語的總和。

15【語調】 ㄩˇ ㄉㄧㄠˋ
說話時聲音的輕重、長短、高低、快慢。

16【語錄】 ㄩˇ ㄌㄨˋ
言論的紀錄。‘唐’時僧徒記錄其師言論，純用口語，不加文飾，稱爲語錄。‘宋’儒講學，門弟子記錄其言論，也沿用語錄的名稱。

5【語用學】 ㄩˇ ㄩㄥˋ ㄒㄩㄝˊ
(pragmatics)記號學的一支。研究記號(通常指語言或文字)和記號的使用者之間的關係，以及由此引起之問題的學科。

7【語言學】 ㄩˇ ㄧㄢˊ ㄒㄩㄝˊ
(philology; linguistics)研究語言的社會科學。將語言視爲人互相溝通的工具、社會的產物、書寫的文字而加以研究。可分爲研究一般規律的普通語言學,以及研究個別具體語言存在和發展規律的具體語言學。其中具體語言學又可分研究語言在某一時期之狀態的描寫語言學,以及研究語言古今演變的歷史語言學。

【語助詞】 ㄩˇ ㄓㄨˋ ㄘˊ
即助詞。參助詞。

8【語法圖】 ㄩˇ ㄈㄚˇ ㄊㄨˊ
(syntax diagram)用來表示電腦語言之語法規則的圖表。爲表

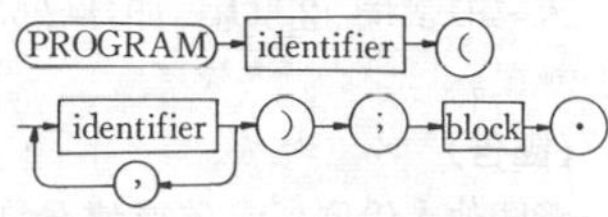

語法圖

示語法規則的一種方式。如圖爲帕司卡(PASCAL)語言中程式之語法圖。

【語法學】 ㄩˇ ㄈㄚˇ ㄒㄩㄝˊ
(syntactics; syntax)記號學的一支。研究記號與記號之間(通常指語言或文字)的關係(如語式與語式之間的關係),以及由此產生之問題的學科。形式邏輯的探討,就常被認爲是語法學的探討。

10【語氣詞】 ㄩˇ ㄑㄧˋ ㄘˊ
虛詞的一種。在文句中,用來表示驚訝、讚賞、慨嘆、希冀、疑問、肯定等語氣的詞。包括九大詞類中的助詞與嘆詞。

13【語源學】 ㄩˇ ㄩㄢˊ ㄒㄩㄝˊ
(etymology)研究語言的來源、構成、字形及意義變遷的學問。

【語意學】 ㄩˇ ㄧˋ ㄒㄩㄝˊ
記號學的一支。研究記號(通常指語言或文字)與意義之間的關係,以及由此引起之問題的學科。

23【語體文】 ㄩˇ ㄊㄧˇ ㄨㄣˊ
用當代通行口語所寫的文章。

4【語文媒介】 ㄩˇ ㄨㄣˊ ㄇㄟˊ ㄐㄧㄝˋ
(verbal mediation)個體於知覺與行動之間,藉語文以指導其行動的歷程。

【語文智商】 ㄩˇ ㄨㄣˊ ㄓˋ ㄕㄤ
(verbal IQ)以語文爲媒介而測得的智力商數。

9【語重心長】 ㄩˇ ㄓㄨㄥˋ ㄒㄧㄣ ㄔㄤˊ
言語誠摯,用意深長。

11【語焉不詳】 ㄩˇ ㄧㄢ ㄅㄨˋ ㄒㄧㄤˊ
說得不夠詳盡。

12【語詞分析】 ㄩˇ ㄘˊ ㄈㄣ ㄒㄧ
(lexical analysis)電腦語言編譯器處理根源程式的一個步驟。主要工作爲將根源程式讀入,分解出程式中的各組成元素或語詞等,並建立符號名稱表,以供進一步的處理。

【語無倫次】 ㄩˇ ㄨˊ ㄌㄨㄣˊ ㄘˋ
說話沒有條理。

13【語意分析】 ㄩˇ ㄧˋ ㄈㄣ ㄒㄧ
(semantic analysis)電腦編譯器編譯根源程式的一個步驟。將語法剖析產生之結果做進一步之處理,檢查根源程式中各敘述指令之語意是否正確,並根據語意產生目標程式之中間碼。

【語意記憶】 ㄩˇ ㄧˋ ㄐㄧˋ ㄧˋ
(semantic memory)係對有組織之知識(包括語言文字的意義與應用)的記憶。與事件記憶(episodic memory)相對。

4【語文決定論】 ㄩˇ ㄨㄣˊ ㄐㄩㄝˊ ㄉㄧㄥˋ ㄌㄨㄣˋ
(linguistic determinism)語言文字之組織和結構形態,決定個體之思考程序,以及對事物之看法、知覺和體認。

7【語言處理器】 ㄩˇ ㄧㄢˊ ㄔㄨˇ ㄌㄧˇ ㄑㄧˋ
(language processor)電腦系統程式的一種。其功能爲對一特定的程式語言進行翻譯、釋意、編譯等處理工作。

13【語意分析器】 ㄩˇ ㄧˋ ㄈㄣ ㄒㄧ ㄑㄧˋ
(semantic analyser)電腦程式語言編譯器中的一部分。主要功能爲:進一步處理語法分析之結果,分析根源程式各敘述之語意,並檢查其正確性,最後據以產生適當之中間碼,以便編譯程式。

7【語言相對假說】 ㄩˇ ㄧㄢˊ ㄒㄧㄤ ㄉㄨㄟˋ ㄐㄧㄚˇ ㄕㄨㄛ
(linguistic-relativity hypothesis)個體之思維內涵受其使用語言影響的理論。

13【語意鑑別量表】 ㄩˇ ㄧˋ ㄐㄧㄢˋ ㄅㄧㄝˊ ㄌㄧㄤˊ ㄅㄧㄠˇ
(semantic differential)一種研究字義的量表。係依個體對某一字義在某些屬性之兩極間的反應而確定其涵義。

認

ㄖㄣˋ jên^{4} 音刃
①知道;辨識。如:認清目標。②承當;不推卸。如:承認。③當作;以爲。如:認賊作父。

5【認可】 ㄖㄣˋ ㄎㄜˇ
①允許;許可。②爲法院對有關公司法人發行公司債或公司重整等重大事項之決議,依法爲肯定效力之意思表示。例如公司發行公司債,公司債債權人之受託人,或有同次公司債總數百分之五以上公司債債權人,得爲公司債債權人之共同利害關係事項,召集同次公司債債權人會議,此項債權人會議之決議,應彙成議事錄,由主席簽名,經申報公司所在地之法院「認可」並公告後,對全體債權人發生效力。又如公司重整,重整計畫經重整債權人及股東會會議可決者,重整人應聲請法院裁定「認可」後執行之。

【認生】 ㄖㄣˋ ㄕㄥ
怕看到陌生人;不願接觸陌生人。多指幼小兒童而言。

6【認同】 ㄖㄣˋ ㄊㄨㄥˊ
(identification)①個體吸取他人之價值觀念以建立自我價值觀念的歷程。②防衛機構之一。個體模倣所崇拜之偶像,或將其某些特質加諸自己身上,以消減焦慮、維護自尊的心理歷程。

8【認定】 ㄖㄣˋ ㄉㄧㄥˋ

①認同肯定。②認定者認定事實之謂。法院依據調查證據及言詞辯論之結果認定法律事實，並以此法律事實適用法律、推論法律效果。因此認定事實是調查證據、言詞辯論之結果，是適用法律、推論法律效果之前提。

【認知】 ㄖㄣˋ ㄓ

指獲得理解與知識的心理過程。

【認股】 ㄖㄣˋ ㄍㄨˇ

公司成立時，股東確認自己所持有之股數，以籌集公司資本。

【認命】 ㄖㄣˋ ㄇㄧㄥˋ

任憑命運的安排；承認人力無法改變命運。

11【認帳】 ㄖㄣˋ ㄓㄤˋ

承認既成的事實。

14【認領】 ㄖㄣˋ ㄌㄧㄥˇ

生父承認非婚生子女爲自己親生子女之謂。非婚生子女經生父認領者，視爲婚生子女。認領若出於生父之自願者，稱爲任意認領；惟非婚生子女或其生母，對於生父之認領得否認之。若生父應認領而不爲認領時，非婚生子女或其生母或其他法定代理人，得向法院請求強制其生父認領，稱爲強制認領；惟此一請求權自非婚生子女成年後二年間，或生母或其他法定代理人自子女出生後七年間不行使而消滅。至於非婚生子女與其生母之關係視爲婚生子女，無須認領。

16【認諾】 ㄖㄣˋ ㄋㄨㄛˋ

被告依原告訴之聲明及其所主張之法律關係，向法院承認其在訴訟上之請求爲有理由之行爲。被告爲認諾後，法院應不調查原告有無此項權利；即以認諾爲基礎，認原告之訴爲有理由，而爲被告敗訴之判決。

19【認識】 ㄖㄣˋ ㄕˋ

①相識；熟悉。②指含有判斷作用的知的作用。

8【認股權】 ㄖㄣˋ ㄍㄨˇ ㄑㄩㄢˊ

(stock right) 指在一定期限內，依一定的價格向公司認購一定股數的權利。

5【認可字符】 ㄖㄣˋ ㄎㄜˇ ㄗˋ ㄈㄨˊ

(acknowledge character; ACK) 電腦系統或網路處理資料或信號傳送時的一個傳輸控制字符。於資料傳送時由接收之一方在收到信號或資料後回應給輸送之一方，表示已接收到所傳送之信號或資料。認可字符在'美國'標準資訊交換碼(ASCII)中是以06表示。於電腦內部之資料傳送中較單純的情形下，認可字符可能只需使用一脈波即可表示。

8【認知時差】 ㄖㄣˋ ㄓ ㄕˊ ㄔㄚ

(recognition lag)指從經濟發生膨脹或衰退開始，至政府意識到問題的存在，有必要採取對策加以補救的這段時間。

【認知意義】 ㄖㄣˋ ㄓ ㄧˋ ㄧˋ

(cognitive meaning) 邏輯實證論者主張哲學上的命題應該有眞假可言。依此構想，則有眞假可言的語句就是(而且才是)有認知意義的語句。命令語句和感嘆語句無眞假可言，故不具認知意義。

13【認賊作父】 ㄖㄣˋ ㄗㄟˊ ㄗㄨㄛˋ ㄈㄨˋ

把仇敵當作主人。

16【認諾判決】 ㄖㄣˋ ㄋㄨㄛˋ ㄆㄢˋ ㄐㄩㄝˊ

被告於言詞辯論時爲訴訟標的之認諾，法院本於該認諾所爲該被告敗訴之判決，稱爲認諾判決。此認諾指被告就原告所主張之訴訟標的，向法院承認原告之聲明爲有理由之陳述而言。

8【認知失調論】 ㄖㄣˋ ㄓ ㄕ ㄊㄧㄠˊ ㄌㄨㄣˋ

(cognitive dissonance theory) 個體之想法與做法一旦不協調，則引發改變其想法或行動之動機，以祛除不愉快之失調狀態，恢復其間之一致關係。

【認知行爲治療法】 ㄖㄣˋ ㄓ ㄒㄧㄥˊ ㄨㄟˊ ㄓˋ ㄌㄧㄠˊ ㄈㄚˇ

(cognitive behavior therapy) 心理治療法之一。治療者引導患者經由認知歷程瞭解其不合理之想法和價值體系，以消除痛楚和焦慮，達到治療目的。

誣

ㄨ *wu*^{1} 音烏　讀音 ㄨˊ *wu*^{2} 音無

①無中生有；捏造事實以加罪於人。如：誣罔。②欺騙。如：以邪說誣民。

7【誣告】 ㄨ ㄍㄠˋ

意圖他人受刑事或懲戒處分，向該管公務員妄爲指控之謂。意圖他人受刑事或懲戒處分，而僞造、變造證據，或使用僞造變造之證據者亦同。

8【誣罔】 ㄨ ㄨㄤˇ

捏造事實，以欺騙他人。

9【誣指】 ㄨ ㄓˇ

不實的指控。

10【誣害】 ㄨ ㄏㄞˋ

捏造事實，以陷害人。

11【誣陷】 ㄨ ㄒㄧㄢˋ

捏造罪狀，以陷害人。

16【誣賴】 ㄨ ㄌㄞˋ

妄指別人有過失。

21【誣衊】 ㄨ ㄇㄧㄝˋ

捏造事實，以破壞他人的名譽。

誦

ㄙㄨㄥˋ *sung*^{4} 音頌

①朗讀。如：背誦。②稱讚。通頌。如：誦美。③述說。

誙

ㄎㄥ *k'êng*^{1} 音坑

言詞確切。見"字彙"。

⿰言夾

唊的或體。

誫

ㄓㄣˋ *chên*^{4} 音震

振動；搖動。見"字彙補"。

誚

ㄑㄧㄠˋ *ch'iao*^{4} 音俏

①譴責。如：譏誚。②全然；渾然。如：誚不知情。

24【誚讓】 ㄑㄧㄠˋ ㄖㄤˋ

譴責；詰問。

誤 ㄨˋ *wu*^{4} 音悟

1差錯；謬失。如：謬誤。2耽擱；妨害。如：誤事。

5【誤卯】 ㄨˋ ㄇㄠˇ
遲到。舊時官衙於卯時開始辦公，由長官點驗在官人役，稱為點卯；點卯時未到者，稱為誤卯。

10【誤差】 ㄨˋ ㄔㄚ
(error)設 b 為眞值，N 為近似值，則 $\varDelta=N-b$ 稱為誤差，$|\varDelta|$ 為絕對誤差，$\varDelta\div b$（或有時為 $|\varDelta|\div b$）為相對誤差。實用上，有絕對值的 $|\varDelta|$ 或 $|\varDelta|\div b$ 較為常見。百分誤差係將相對誤差以百分數表示之。實際上，因眞值通常無法求得（有些僅具抽象意義），故誤差常指其上（正）下（負）限。若取絕對值，則以上下限之較大者表示。相對誤差則以 $|\varDelta|\div N$ 代之。誤差的發生可分數學計算的誤差和度量的誤差兩類。數學計算誤差之發生，多因眞值係定為一種極限，且常為無理數。例如 $e=1+1+\frac{1}{2!}+\frac{1}{3!}+\cdots\cdots$ 計算時，先決定要取幾項。由此決定所產生的理論誤差稱為截斷誤差。又因計算大多以有限十進位小數進行，故必須捨去，此一決定所生之誤差為捨去誤差。至於度量的誤差則不可避免，有理論的誤差上限，且依所採用的度量方式而有不同。又因度量儀具製作上存有不可避免之失誤及度量時之環境干擾，實際誤差較此為大。實驗數據常以 $N\pm\varDelta$ 表示誤差。處理數據時，誤差也會因捨去法之不同而稍有變化。要眞正認識誤差，最好有實際的數值方法和實驗室度量的經驗。

13【誤解】 ㄨˋ ㄐㄧㄝˇ
1錯誤的認識或理解。2誤會。

【誤會】 ㄨˋ ㄏㄨㄟˋ
誤解他人的意思。

5【誤打誤撞】 ㄨˋ ㄉㄚˇ ㄨˋ ㄓㄨㄤˋ
無意中碰巧做成一件事。

10【誤差訊息】 ㄨˋ ㄔㄚ ㄒㄩㄣˋ ㄒㄧˊ
(error message) 資料傳輸中表示錯誤已發生並被檢測出的一段訊息。

【誤差復原程序】 ㄨˋ ㄔㄚ ㄈㄨˋ ㄩㄢˊ ㄔㄥˊ ㄒㄩˋ
(error recovery procedure) 資料傳輸過程用來檢測錯誤，並對所發現的錯誤進行處理，使能恢復正常狀態的程序。

說 一 ㄕㄨㄛ *shuo*^{1}

1講；談話。如：說一不二。2誓言。3言論；主張。如：著書立說。4解釋。如：說明。5責備。

二 ㄕㄨㄟˋ *shui*^{4} 音稅
用言語勸服別人。如：遊說。

三 ㄩㄝˋ *yüeh*^{4} 音岳
喜悅。今作悅。見“說文”。

4【說文】 ㄕㄨㄛ ㄨㄣˊ
“說文解字”的略稱。‘東漢’‘許愼’撰，十四篇，敘目一篇。今通行者為‘宋’‘徐鉉’校定本，每篇分上下，計三十卷。收小篆九千三百五十三字；古文、籀文等為重文，一千一百六十三字。按文字形體及偏旁，分五百四十部，加以分析字形，考查字源，解釋字義，為歷代研究文字學者所宗；但其解說文字全依小篆，有時也難免錯誤。

5【說白】 ㄕㄨㄛ ㄅㄞˊ
我國古典戲劇中的對白。又稱賓白、道白。

6【說合】 ㄕㄨㄛ ㄏㄜˊ
居間介紹而促成其事。

8【說法】 ㄕㄨㄛ ㄈㄚˇ
1論說的觀點和理由。2宣說佛法。

【說服】 一 ㄕㄨㄟˋ ㄈㄨˊ
用語言使對方信服。
二 ㄩㄝˋ ㄈㄨˊ
心悅誠服。同悅服。

9【說客】 ㄕㄨㄟˋ ㄎㄜˋ
指善用言語說服他人的人。

【說穿】 ㄕㄨㄛ ㄔㄨㄢ
用言語揭穿眞相。

【說苑】 ㄕㄨㄛ ㄩㄢˋ
‘漢’‘劉向’撰，二十卷。分類纂輯先‘秦’至‘漢’的軼聞瑣事，並據儒家思想暢發議論，闡明興亡成敗之理。

10【說書】 ㄕㄨㄛ ㄕㄨ
1宣揚學說。2官名。‘宋’置。陪侍天子之側，講說經書。3講說歷史故事的民間藝術。如‘宋’的講史、‘元’的平話及現代北方的評書、‘蘇州’的評話等皆是。

【說破】 ㄕㄨㄛ ㄆㄛˋ
說穿隱情。

11【說情】 ㄕㄨㄛ ㄑㄧㄥˊ
代人關說或有所請求。

【說教】 ㄕㄨㄛ ㄐㄧㄠˋ
用言語教訓他人。

【說唱】 ㄕㄨㄛ ㄔㄤˋ
‘唐’、‘宋’以來的民間藝術。說話人以言語陳述，或配合音樂歌唱表演故事。

12【說項】 ㄕㄨㄛ ㄒㄧㄤˋ
1指宣揚別人的好處。‘唐’‘楊敬之’賞識‘項斯’的才能，到處向人稱讚。見“唐詩紀事·項斯”。2指替人講情。

【說媒】 ㄕㄨㄛ ㄇㄟˊ
替人說合婚姻、親事。

13【說話】 ㄕㄨㄛ ㄏㄨㄚˋ
1講故事。‘唐’‘宋’說唱藝術的一種。2發言；講話。

19【說辭】 ㄕㄨㄛ ㄘˊ
辯解的言辭。

10【說書人】 ㄕㄨㄛ ㄕㄨ ㄖㄣˊ
1宣揚學說或講解書義的人。2講說歷史故事或民間曲藝的人。

【說破嘴】 ㄕㄨㄛ ㄆㄛˋ ㄗㄨㄟˇ
形容勸說的艱苦。

15【說瞎話】 ㄕㄨㄛ ㄒㄧㄚ ㄏㄨㄚˋ
說謊。

1【說一不二】 ㄕㄨㄛ ㄧ ㄅㄨˋ ㄦˋ
1比喻信守諾言。2比喻言詞堅定。

5【說白道綠】 ㄕㄨㄛ ㄅㄞˊ ㄉㄠˋ

ㄌㄩˋ
妄加議論；信口胡說。

6【說好說歹】 ㄕㄨㄛ ㄏㄠˇ ㄕㄨㄛ ㄉㄞˇ
比喻費盡心思，從各種角度勸說。

8【說長道短】 ㄕㄨㄛ ㄔㄤˊ ㄉㄠˋ ㄉㄨㄢˇ
批評他人的是非長短。

【說明敘述】 ㄕㄨㄛ ㄇㄧㄥˊ ㄒㄩˋ ㄕㄨˋ
(specification statement) 電腦符傳 (FORTRAN) 程式中的一種敘述。此種敘述可用來說明程式中所使用的資料或變數的一些性質，以供編譯器作適當之處理，故稱。如 INTEGER、COMMON 等敘述。

13【說話節目】 ㄕㄨㄛ ㄏㄨㄚˋ ㄐㄧㄝˊ ㄇㄨˋ
(talk show)廣播、電視節目型態的一種。以說話爲主要內容，如訪問名人、時事座談會等節目。

16【說學逗唱】 ㄕㄨㄛ ㄒㄩㄝˊ ㄉㄡˋ ㄔㄤˋ
傳統相聲的四種基本方法。說，指說笑話和繞口令等；學，指模仿各種聲音、唱腔和各種人物的風貌、語言等；逗，指以滑稽的語言動作引人發笑；唱，指編一些滑稽可笑的歌詞，演唱以引人發笑。

4【說文解字注】 ㄕㄨㄛ ㄨㄣˊ ㄐㄧㄝˇ ㄗˋ ㄓㄨˋ
‘清’‘段玉裁’撰，十五卷。‘段’氏精研“說文”體例，並參酌‘宋’以前經書所引“說文”校補傳本之訛誤，以求恢復其原貌。注解則貫通群書，相互發明，繫聯字音與字義。引證浩博，考訂精確。

【說文解字詁林】 ㄕㄨㄛ ㄨㄣˊ ㄐㄧㄝˇ ㄗˋ ㄍㄨˇ ㄌㄧㄣˊ
‘民國’‘丁福保’撰，正編六十六冊，補遺十六冊。收輯古今有關“說文解字”研究的著述凡二百餘家，又以甲骨文、金文附列每字之下，加以考訂，爲歷代“說文”研究的總匯。

誒 ㊀ ㄒㄧ hsi^1 音西
1 歎聲。見“說文”。2 強笑。
㊁ ㄝˋ eh^4
1 答應聲。2 招呼聲。

誨 ㄏㄨㄟˋ hui^4 音會 又讀 ㄏㄨㄟˇ hui^3 音毀
1 教導。如：誨人不倦。2 曉示；誘使。如：誨盜誨淫。

2【誨人不倦】 ㄏㄨㄟˋ ㄖㄣˊ ㄅㄨˋ ㄐㄩㄢˋ
樂於教人，不覺厭倦。

12【誨盜誨淫】 ㄏㄨㄟˋ ㄉㄠˋ ㄏㄨㄟˋ ㄧㄣˊ
1 比喻禍害由自己招取。2 誘人犯姦淫盜竊。

誥 ㄍㄠˋ kao^4 音告
1 告誡；勉勵。如：誥誡。2 文體的一種。屬詔令類。(1)用以告誡。如：“康誥”。(2)用以任命或封贈官員。如：誥命。

誘 ㄧㄡˋ yu^4 音又
引導；啟導。如：循循善誘。

6【誘因】 ㄧㄡˋ ㄧㄣ
(incentive)指能引起個體需求或動機的外在刺激或情境。

8【誘拐】 ㄧㄡˋ ㄍㄨㄞˇ
誘騙人口或財物。

9【誘姦】 ㄧㄡˋ ㄐㄧㄢ
引誘他人和自己發生姦情。

10【誘捕】 ㄧㄡˋ ㄅㄨˇ
用計引誘逮捕。

11【誘殺】 ㄧㄡˋ ㄕㄚ
人工防治植物蟲害的方法之一。即利用害蟲的趨光性、食性及潛伏性等弱點，設法引誘而達到殺滅的效果。

12【誘惑】 ㄧㄡˋ ㄏㄨㄛˋ
引誘；迷惑。

14【誘餌】 ㄧㄡˋ ㄦˇ
用來引誘他人或動物的事物。

15【誘敵】 ㄧㄡˋ ㄉㄧˊ
引誘敵軍，使中埋伏。

16【誘導】 ㄧㄡˋ ㄉㄠˇ
1 勸勉教導。2 神經中樞間發生相互作用的形式之一。一神經中樞發生興奮時，引致其他神經中樞產生抑制，稱爲負誘導；一神經中樞發生抑制時，引致其他神經中樞產生興奮，稱爲正誘導。3 指針刺麻醉中，從選定穴位下針，一直到可以進行手術的時間。通常約需二十分鐘。

19【誘騙】 ㄧㄡˋ ㄆㄧㄢˋ
引誘拐騙。

12【誘發性投資】 ㄧㄡˋ ㄈㄚ ㄒㄧㄥˋ ㄊㄡˊ ㄗ
(induced investment) 隨國民所得之水準變化而改變的投資活動。

【誘發性消費】 ㄧㄡˋ ㄈㄚ ㄒㄧㄥˋ ㄒㄧㄠ ㄈㄟˋ
(induced consumption) 隨國民所得之水準變化而改變的消費。一般而言，誘發性消費隨所得水準之提高而增加。

16【誘導性問題】 ㄧㄡˋ ㄉㄠˇ ㄒㄧㄥˋ ㄨㄣˋ ㄊㄧˊ
(leading question) 對受眾進行訪問時，故意使用足以影響答案的問題，稱爲誘導性問題。設計調查問卷時，應避免此類問題。因受訪者一旦受誘導性問題影響，就會有偏向的傾向，容易使調查結果發生誤差。

語 話的本字。

誑 ㄎㄨㄤˊ k'uang^2 音狂
欺騙。見“廣韻”。

7【誑言】 ㄎㄨㄤˊ ㄧㄢˊ
騙人的話。

14【誑語】 ㄎㄨㄤˊ ㄩˇ
同誑言。

誓 ㄕˋ shih^4 音事
1 用言辭約定。也指約定的言辭或條件。如：宣誓。2 告誡。如：誓師。

6【誓死】 ㄕˋ ㄙˇ
立誓爲某種心願而死。

9【誓約】 ㄕˋ ㄩㄝ

[1]發誓立約。[2]盟約。

10【誓師】 ㄕˋ ㄕ

軍隊出征前，集合將士，加以告誡、激勵。

12【誓詞】 ㄕˋ ㄘˊ

誓約的言辭。

8

誼 ㄧˋ i^4 音義 又讀 ㄧˊ i^2 音宜

[1]合宜的事情或行爲。同義。見"說文"。[2]議論。通議。[3]交情。也指情意相合。如：友誼。

諄 ㄓㄨㄣ *chun*¹ 音迍

[1]叮嚀告諭；教誨不倦。見"說文"。[2]誠懇的樣子。見"正字通"。

15【諄諄】 ㄓㄨㄣ ㄓㄨㄣ

[1]告諭叮嚀；教誨不倦。[2]忠厚誠懇。[3]反應遲鈍。

諒 ㊀ ㄌㄧㄤˋ *liang*⁴ 音亮

[1]信實；誠信。[2]料想。如：諒不見怪。[3]固執。[4]寬恕。如：諒解。[5]姓。'戰國'有'諒毅'。見"萬姓統譜・一〇六"。

㊁ ㄌㄧㄤˊ *liang*² 音良

參諒闇。

13【諒解】 ㄌㄧㄤˋ ㄐㄧㄝˇ

了解實情而原諒別人。

14【諒察】 ㄌㄧㄤˋ ㄔㄚˊ

請求別人原諒，並且明察事實。

17【諒闇】 ㄌㄧㄤˊ ㄢ

天子或諸侯居喪。也指居喪的地方。也作涼陰、亮陰。

誶 ㄙㄨㄟˋ *sui*⁴ 音碎

[1]責罵。如：誶罵。[2]規勸；進諫。如：朝誶夕替。

誳 譜的或體。

談 ㄊㄢˊ *t'an*² 音痰

[1]對話；論說。如：高談闊論。[2]言論。如：美談。[3]姓。'漢'有'談巴'。見"萬姓統譜・六六"。

5【談心】 ㄊㄢˊ ㄒㄧㄣ

談說心中之事。

【談天】 ㄊㄢˊ ㄊㄧㄢ

[1]談論天道。[2]閒談。

5【談玄】 ㄊㄢˊ ㄒㄩㄢˊ

談論'老''莊'玄理。

6【談吐】 ㄊㄢˊ ㄊㄨˇ

[1]說話。[2]說話的詞令與態度。

7【談判】 ㄊㄢˊ ㄆㄢˋ

[1]彼此商議解決雙方有關的問題。[2](negotiation)主權國家或其他國際法主體間從事交往之通常方式。按其參加者之數目，可分爲多邊談判與雙邊談判。其目的或爲締結條約，或爲解決國際爭端。談判與其他和平解決爭端之方法(如調停、調解及仲裁)不同，並沒有中立的第三者介入，而由當事國直接接觸。

【談助】 ㄊㄢˊ ㄓㄨˋ

可供談話的資料。

15【談鋒】 ㄊㄢˊ ㄈㄥ

言談的機鋒；言談的銳利氣勢。

16【談興】 ㄊㄢˊ ㄒㄧㄥˋ

談話的興致。

7【談言微中】 ㄊㄢˊ ㄧㄢˊ ㄨㄟˊ ㄓㄨㄥˋ

言談婉轉，暗合事理。

8【談空說有】 ㄊㄢˊ ㄎㄨㄥ ㄕㄨㄛ ㄧㄡˇ

本指談佛法。因佛教有空宗和有宗，有些知解門徒，各執義理，相互爭辯。後泛指聊天、閒談。

【談虎色變】 ㄊㄢˊ ㄏㄨˇ ㄙㄜˋ ㄅㄧㄢˋ

比喻談到可怕的事物就心生恐懼。

10【談笑自如】 ㄊㄢˊ ㄒㄧㄠˋ ㄗˋ ㄖㄨˊ

形容態度從容自然。

【談笑風生】 ㄊㄢˊ ㄒㄧㄠˋ ㄈㄥ ㄕㄥ

言笑間風趣橫生。

請 ㊀ ㄑㄧㄥˇ *ch'ing*³ 音頃

[1]謁見。見"說文"。[2]懇求。如：請託。[3]召致；邀約。如：邀請。

㊁ ㄑㄧㄥˊ *ch'ing*² 音晴

情意；實情。通情。見"正字通"。

㊂ ㄐㄧㄥˋ *ching*⁴ 音淨

朝會名。通覲。見"字彙"。

㊃ ㄑㄧㄥ *ch'ing*¹ 音清

參請室。

5【請示】 ㄑㄧㄥˇ ㄕˋ

請求指示。

6【請安】 ㄑㄧㄥˇ ㄢ

問候平安。

8【請帖】 ㄑㄧㄥˇ ㄊㄧㄝˇ

邀請賓客的帖子。

【請命】 ㄑㄧㄥˇ ㄇㄧㄥˋ

[1]代人請求保全其生命。[2]請示。[3]請求朝廷任命官職。後也用指一切下對上的請求任務或職位。

9【請室】 ㄑㄧㄥ ㄕˋ

古代囚禁官吏的監牢。

【請便】 ㄑㄧㄥˇ ㄅㄧㄢˋ

[1]請人自便，不必拘禮。[2]用來逐客的話。請客人離開。

10【請託】 ㄑㄧㄥˇ ㄊㄨㄛ

[1]以私事相託付。[2]不依法而求情、關說。

【請益】 ㄑㄧㄥˇ ㄧˋ

已受教，請求給予更詳盡的指教。

12【請期】 ㄑㄧㄥˇ ㄑㄧˊ

[1]古代結婚六禮之一。納徵之後，親迎之前，男方的使者備禮到女方，告以結婚的日期，徵求女方的同意。[2]請求給予期限。

13【請罪】 ㄑㄧㄥˇ ㄗㄨㄟˋ

[1]問罪；質問其罪過。[2]服罪；自請加罪。

16【請謁】 ㄑㄧㄥˇ ㄧㄝˋ

求見。

18【請簡】 ㄑㄧㄥˇ ㄐㄧㄢˇ

對簡任職官員，其任用資格經銓敘合格者，由用人機關遞呈請總統簡任。

19【請願】 ㄑㄧㄥˇ ㄩㄢˋ

[1]人民對國家政策、公共利害或其權益之維護，得向職權所屬之民意機關或主管行政機關陳述願望的權利。人民有請願之權，係屬基本人權中之行政上受益權。但

牴觸"憲法"或干預審判之事項或依法應提起訴訟或訴願之事項,不得請願。人民請願應以書面爲之。人民請願得由個人或集體爲之,但人民集體向各機關請願,面遞請願書,有所陳述時,應推代表爲之,其代表人數不得逾十人。人民請願時,不得有聚眾脅迫、妨害秩序、妨害公務或其他不法情事,違者除依法制止或處罰外,受理請願機關得不受理其請願。受理請願機關,對於人民請願事項,有自由決定之權,但對於請願案件,應從速處理,並應將其結果通知請願人,如請願事項非其職掌,應將所當投遞之機關通知請願人。②求神祈福。

23【請纓】 ㄑㄧㄥˇ ㄧㄥ

請求從軍。

7【請求權】 ㄑㄧㄥˇ ㄑㄧㄡˊ ㄑㄩㄢˊ

要求相對人爲特定作爲或不作爲之權利。其特徵是權利人須有他人所爲之介入,始得享受權利標的之利益。請求權有債權請求權、物權請求權、無體財產權之請求權、人身請求權及親屬之請求權。債權請求權,例如請求他人給付金錢若干元;物權請求權,例如基於所有權請求他人返還無權占有之特定動產;準物權(無體財產權)之請求權,例如基於商標權之請求權;人身請求權,例如侵害姓名權之除去侵害請求權;親屬權之請求權,例如夫妻同居請求權及夫對於妻負擔家庭生活費用之請求權、法定親屬間之扶養請求權等。請求權通常因十五年間不行使而消滅,但法律另有五年或二年之短期時效規定者,從其規定。但已登記之不動產之請求權、親屬請求權等,無消滅時效之適用。

【請求乃論】 ㄑㄧㄥˇ ㄑㄧㄡˊ ㄋㄞˇ ㄌㄨㄣˋ

即告訴乃論。參告訴乃論。

【請君入甕】 ㄑㄧㄥˇ ㄐㄩㄣ ㄖㄨˋ ㄨㄥˋ

以其人之道還治其人之身。今多用指誘人入陷阱。

【請求乃論罪】 ㄑㄧㄥˇ ㄑㄧㄡˊ ㄋㄞˇ ㄌㄨㄣˋ ㄗㄨㄟˋ

對於友邦元首或派至我國之外國代表犯妨害名譽罪,或意圖侮辱外國而公然損壞、除去或汙辱外國之國旗、國章者,須外國政府之請求乃論,是爲請求乃論罪。此等請求,得經'外交部'函請司法行政最高長官(即'法務部'部長)會知該管檢察官。故其請求須外國政府或足以代表外國政府者,始得爲之。其僅由領事或人民請求者,尙難認爲合法。請求乃論與告訴乃論同爲訴追條件,請求乃論罪未經請求者,在偵查中,檢察官應爲不起訴處分;在審判中,審判官則諭知不受理之判決。原則上,請求乃論罪準用有關告訴乃論之規定,而有「告訴不可分原則」之適用,但關於告訴乃論之期間,則不在準用之列。是故,外國政府之請求,應解釋爲不受期間之限制。

【請求權消滅】 ㄑㄧㄥˇ ㄑㄧㄡˊ ㄑㄩㄢˊ ㄒㄧㄠ ㄇㄧㄝˋ

請求權人自請求權可行使時起算;以不行爲爲目的之請求權,自爲行爲時起算,經過一定期間繼續不行使其請求權者,則其請求權因時效之完成,而歸於消滅。此即消滅時效制度爲防止權利睡眠、維護法律秩序之安定性所爲之制度上要求。申言之,消滅時效係請求權因時效完成而歸於消滅之制度。依我國"民法"之規定,長期時效爲十五年("民法"第一百二十五條)、短期時效爲五年或二年("民法"第一百二十六條、一百二十七條),此外,其他特別規定並有六個月等更短期時效者。消滅時效完成後,非經當事人提出抗辯,法院不得依職權加以審酌,必也已提出抗辯,其請求權始有消滅之可能。

諴 ㄒㄧㄢˊ *hsien²* 音弦

①急迫。見"集韻"。②堅正。見"集韻"。

諸 ㄓㄨ *chu¹* 音朱

或作諸。①眾多。如:諸侯。②稱代詞。指人、事或物。相當於之。如:告諸往而知來者。③之於二字的合音。如:形諸色。④之乎二字的合音。如:吾得而食諸?⑤助詞。用於句末。相當於乎。如:日居月諸。⑥姓。'漢'有'諸於'。見"萬姓統譜·八"。

3【諸子】 ㄓㄨ ㄗˇ

①"周禮"官名。夏官之屬。主管公卿、大夫、士子。②庶子。③泛稱在學術思想上有論述的人。④眾兒。⑤諸君。⑥眾妾。⑦眾賓客。

5【諸生】 ㄓㄨ ㄕㄥ

①眾儒生。②師長稱眾弟子。③古時經考試進入官辦學校就讀的學生。④泛指各種生物。

9【諸侯】 ㄓㄨ ㄏㄡˊ

封建時代各分封國的國君。

10【諸夏】 ㄓㄨ ㄒㄧㄚˋ

古時泛稱中原諸侯國。'周代'時分封的諸侯國不只一個,故稱。

【諸宮調】 ㄓㄨ ㄍㄨㄥ ㄉㄧㄠˋ

'北宋'時的一種民間說唱藝術。散韻夾雜,說唱並用,以敘述故事。因集合若干套不同宮調的曲子組成,故名。

13【諸葛亮】 ㄓㄨ ㄍㄜˊ ㄌㄧㄤˋ

(181～234)三國'陽都'(今'山東''沂水')人,字'孔明'。隱居'隆中',躬耕隴畝,因'劉備'三顧而出仕,嘗敗'曹操'於'赤壁',使'蜀'和'魏'、'吳'成鼎足三分的局勢。'劉備'即帝位,授丞相職。'備'崩,受遺詔輔政,壯志未伸而病死軍中。

諸葛亮像

有"諸葛丞相集"。

3【諸子平議】 ㄓㄨ ㄗˇ ㄆㄧㄥˊ ㄧˋ

'清''俞樾'撰,三十五卷。論述諸子的學說,並列舉諸子書中疑難之句,正其句讀,審其字義,疏通古文假借。對於瞭解諸子的內容及文辭的意義很有幫助,是研究諸子的重要參考書。

【諸子百家】 ㄓㄨ ㄗˇ ㄅㄞˇ ㄐㄧㄚ

泛稱所有的思想家。諸子指哲學家、思想家,由於人物派別很多,所以概稱爲諸子百家。

誳 詘的或體。

諆 ㄑㄧ *ch'i*[1] 音欺

1 瞞騙。見"說文"。2 計謀。見"集韻"。

諏 ㄗㄡ *tsou*[1] 音鄒

1 相聚商議。見"說文"。2 詢問;訪問。如:諏訪。3 選擇。如:諏日。

11【諏訪】 ㄗㄡ ㄈㄤˇ

諮詢;詢問。

誺 ㄔ *ch'ih*[1] 音痴

1 不知。見"方言·一○"。2 用言語相誣。見"正字通"。

講 講的俗體。

諓 ㄐㄧㄢˋ *chien*[4] 音賤

1 善於說話。見"說文"。2 淺薄的話。見"集韻"。

⿰言奄 ㄧㄢˋ *yen*[4] 音豔

1 藏匿。見"玉篇"。2 毀謗。見"集韻"。

諑 ㄓㄨㄛˊ *cho*[2], *chuo*[2] 音拙

讒言毀謗。如:謠諑。

諔 ㄔㄨˋ *ch'u*[4] 音觸

怪異。如:諔詭。

諕 一 ㄏㄠˊ *hao*[2] 音嚎

大聲號叫。見"說文"。

二 ㄒㄧㄚˋ *hsia*[4] 音嚇

欺誑。見"集韻"。

誷 ㄨㄤˇ *wang*[3] 音罔

虛構事實以欺騙別人。同罔。如:誣誷。

課 ㄎㄜˋ *k'o*[4], *k'ê*[4] 音客

1 考核。如:課績。2 學業;一定的作業和程式。如:課程。3 督促。如:課讀。4 研習。5 稅。也指抽稅。如:課稅。6 占卜。

12【課稅】 ㄎㄜˋ ㄕㄨㄟˋ

抽稅。

18【課題】 ㄎㄜˋ ㄊㄧˊ

1 考試的題目。2 學生的作業。3 正待研究、解決的問題或工作。

5【課外活動】 ㄎㄜˋ ㄨㄞˋ ㄏㄨㄛˊ ㄉㄨㄥˋ

(extracurricular activities) 正式課程以外的學術性或非學術性學生活動。包括體育競技、新聞採訪與報導、寫作、美術創作、戲劇、辯論與講演、各項服務、學生政府組織等。

12【課程銜接】 ㄎㄜˋ ㄔㄥˊ ㄒㄧㄢˊ ㄐㄧㄝ

(curriculum articulation) 各級學校相關課程相互連接以利學習的措施。

【課稅所得】 ㄎㄜˋ ㄕㄨㄟˋ ㄙㄨㄛˇ ㄉㄜˊ

(taxable income)指根據稅法規定所計算之所得。與會計所得係根據公認會計原則計算者不同。由於二者根據不同,目的亦不相同,所以會發生差異,其差異有二,即永久性差異與時間性差異。

【課稅技術原則】 ㄎㄜˋ ㄕㄨㄟˋ ㄐㄧˋ ㄕㄨˋ ㄩㄢˊ ㄗㄜˊ

(the principle of collective technic)爲'德國'著名財政學者'華格納'(A. Wagner)所提倡租稅原則中的第四個原則。意謂租稅的課徵要講究技術。而要實現此原則,必須兼顧課稅明確、課稅便利和徵稅費用節約等原則。

誻 ㄊㄚˋ *t'a*[4] 音踏

胡言亂語。見"說文"。

諍 ㄓㄥ *chêng*[1] 音爭

1 直言規勸他人的過失。如:諫諍。2 論辯是非。如:諍訟。3 競爭;爭奪。通爭。

4【諍友】 ㄓㄥ ㄧㄡˇ

能以直言規勸的朋友。

7【諍言】 ㄓㄥ ㄧㄢˊ

忠誠告誡的話。

16【諍諫】 ㄓㄥ ㄐㄧㄢˋ

用直言勸止他人的過失。

誹 ㄈㄟˇ *fei*[3] 音斐

毀謗。見"說文"。

11【誹訟】 ㄈㄟˇ ㄙㄨㄥˋ

誹謗爭訟。

17【誹謗】 ㄈㄟˇ ㄅㄤˋ

捏造事實,說人壞話。

【誹謗罪】 ㄈㄟˇ ㄅㄤˋ ㄗㄨㄟˋ

意圖散布於眾,而指責或傳述足以毀損他人名譽之事者,爲誹謗罪。以散布文字、圖畫犯誹謗罪者,情節較爲嚴重,刑度較重。對於已死之人,犯誹謗罪者,稱誹謗死者罪,亦應論罪科刑,以保護子女對死者之孝思。

調 一 ㄊㄧㄠˊ *t'iao*[2] 音條

1 和諧;和暢。如:風調雨順。2 使和諧,恰當。如:調色。3 嘲笑;戲弄。如:調侃。4 治理;保養。如:調護。5 訓練;馴服。如:調教。6 彈奏;撥弄。如:調弄琵琶。

二 ㄉㄧㄠˋ *tiao*[4] 音掉

1 更動;更換。如:調包。2 徵發;派遣。如:徵調。3 計算;查對。如:調查。4 耍弄。通掉。如:調嘴。5 聲律;韻律。如:樂調。6 韻致;韻味。如:才調。

3【調子】 ㄉㄧㄠˋ ·ㄗ

音樂中表示所用音階高低的程度。如合字調、四字調、C調、D調等都是。

5【調皮】 ㄊㄧㄠˊ ㄆㄧˊ

1 搗蛋頑皮。2 狡詐奸猾,不好應付。

6【調任】 ㄉㄧㄠˋ ㄖㄣˋ

對經已任用之人員,因業務、管理及員工需要,將之調至另一職務任用。有平調、升調、降調之分。

7【調弄】 ㄊㄧㄠˊ ㄋㄨㄥˋ

①擺布;戲弄。②彈奏樂器;撫弄樂器。

8【調和】 ㄊㄧㄠˊ ㄏㄜˊ
①和諧;融洽。②調停爭執,使雙方和合。③調味;烹調。

【調侃】 ㄊㄧㄠˊ ㄎㄢˇ
譏笑;戲弄。

9【調派】 ㄉㄧㄠˋ ㄆㄞˋ
①調度派遣。②調配;分配。

【調度】 ㄉㄧㄠˋ ㄉㄨˋ
指揮調遣;安排處理。

【調查】 ㄉㄧㄠˋ ㄔㄚˊ
爲了解實際情況或事實眞相所作的考察。

10【調笑】 ㄊㄧㄠˊ ㄒㄧㄠˋ
戲弄取笑。

【調氣】 ㄊㄧㄠˊ ㄑㄧˋ
①調節呼吸。②指應用針刺的補瀉方法以調節人體陰陽的平衡關係,改善人體機能的治療作用。亦即通過針刺,以增強人體免疫方面的抗病能力,糾正各組織及臟腑的病理狀態。

【調息】 ㄊㄧㄠˊ ㄒㄧˊ
調節呼吸。

11【調情】 ㄊㄧㄠˊ ㄑㄧㄥˊ
挑逗對方的情意。

【調理】 ㄊㄧㄠˊ ㄌㄧˇ
①調養病體。②教導訓練。③整理;料理。

【調教】 ㄊㄧㄠˊ ㄐㄧㄠˋ
教養;教育。

【調處】 ㄊㄧㄠˊ ㄔㄨˇ
調解紛爭。

【調動】 ㄉㄧㄠˋ ㄉㄨㄥˋ
①調移軍隊。②調換職位或任務。

【調停】 ㄊㄧㄠˊ ㄊㄧㄥˊ
①居間排解。②照顧料理。③(mediation)爲"聯合國憲章"第三十三條所規定和平解決國際爭端方法之一。即經由第三國或國際組織之介入以解決國家間爭端,前者如'美國'對於西元1978年'埃及'與'以色列'之和談;後者如'世界銀行'對1951~1961年'印度'與'巴基斯坦'間關於'印度河盆地'之用水糾紛。在國際實踐上,亦有個人充任調停人之例。

12【調換】 ㄉㄧㄠˋ ㄏㄨㄢˋ
調動更換。

【調幅】 ㄊㄧㄠˊ ㄈㄨˊ
(amplitude modulation) 參調頻。

【調焦】 ㄊㄧㄠˊ ㄐㄧㄠ
爲使影像清晰,而調整鏡頭和軟片間之距離的操作技術。拍攝對象的距離愈接近,焦距愈大。

13【調節】 ㄊㄧㄠˊ ㄐㄧㄝˊ
調整節制。

【調解】 ㄊㄧㄠˊ ㄐㄧㄝˇ
①從中勸說,以平息紛爭。②法院依當事人之聲請,於起訴前就有爭議之民事事件勸諭杜息爭端,由當事人自行成立合意,以避免訴訟之程序。依"民事訴訟法"第四百零三條之規定,下列事件於起訴前須先經法院調解:一、關於財產權之訴訟,其標的之金額或價額在二千元以下者。二、出租人與承租人間,因接收房屋或遷讓、使用、修繕或因留置承租人之家具、物品涉訟者。三、僱用人與受僱人間,因僱傭期間在一年以下者。四、旅客與旅館主人,飲食店主人或運送人間,因食宿、運送費或因寄存行李、財物涉訟者。五、因請求保護占有涉訟者。六、因不動產之界線或設置界標涉訟者。非屬於強制調解事件,當事人亦得於起訴前,聲請調解。調解應由法院書記官作成調解筆錄,記載調解成立或不成立。調解成立者,與確定判決有同一效力,得作爲執行名義。

14【調製】 ㄊㄧㄠˊ ㄓˋ
調配製造。

15【調適】 ㄊㄧㄠˊ ㄕˋ
①和諧適暢。②(accommodation)'瑞士'心理學家'皮亞傑'(J. Piaget)認知發展論的基本觀念之一。指個體改變其旣有之認知結構,以適應外在環境需求的歷程。

【調養】 ㄊㄧㄠˊ ㄧㄤˇ
調理保養。

16【調劑】 ㄊㄧㄠˊ ㄐㄧˋ
①調配藥物。②調節生活。③整理調節。

【調整】 ㄊㄧㄠˊ ㄓㄥˇ
①調理整頓,使適合現實的需要。②(adjustment)爲會計程序之一。企業於會計期間終了,編製財務報表之前,對於已入帳的項目,其內容已與實際情況不相符者,應先加以修正。對於應入帳而尚未入帳者,則應先行加以記載,使每一帳戶的餘額均能達到正確,而使財務報表得以公允表達企業的財務狀況及營業結果。此種整理的程序即稱爲調整。通常應調整的事項包括應收收入、應付費用、預收收入、預付費用、折舊、折耗、攤銷及呆帳等,調整時須以調整分錄爲之。

【調頻】 ㄊㄧㄠˊ ㄆㄧㄣˊ
(frequency modulation)聲波的頻率不高,如以同樣頻率的電磁波傳遞聲訊,易被地形、地物吸收而傳不遠。在無線電廣播上,是利用較高頻率的電磁波將聲波的訊號傳到遠處,此種電磁波稱爲載波。載波攜帶聲訊的方式有多種,若利用聲波訊號改變載波振幅,以攜帶聲訊者稱爲調幅;若利用聲波訊號改變載波頻率,以攜帶聲訊者稱爲調頻。調頻的載波稱爲調頻波。

17【調戲】 ㄊㄧㄠˊ ㄒㄧˋ
戲弄;嘲謔。今多指戲侮婦女。

21【調護】 ㄊㄧㄠˊ ㄏㄨˋ
調理養護。

【調攝】 ㄊㄧㄠˊ ㄕㄜˋ
調理保養。

23【調變】 ㄊㄧㄠˊ ㄅㄧㄢˋ
(modulation)利用信號控制電

波(稱爲載波)的特性,例如頻率、振幅或相位,以便有效傳播信號的過程。

6【調合漆】 ㄊㄧㄠˊ ㄏㄜˊ ㄑㄧ
(ready mixed paint)以漆料、染色顏料、熟煉乾性油、合成樹脂爲主要原料。主要供建築物室內外鋼鐵製品或木材之防蝕與裝飾用,成品爲油性。

7【調車站】 ㄉㄧㄠˋ ㄔㄜ ㄓㄢˋ
(marshalling station; shunting yard)又稱調車場。設於行車繁忙之處,專門辦理貨運列車到開編組及分解,或辦理旅客列車編組及整備的車站。依其線群配置形式,有單式與複式之分;依其線群與正線相對位置,有貫穿式、偏側式及外抱式之分;依其調車作業方式,則有平面調車場、駝峰調車場及重力調車場之別。

8【調味乳】 ㄊㄧㄠˊ ㄨㄟˋ ㄖㄨˇ
(flavord milk)以牛乳或乳製品爲主要原料,添加其他食品色素、香料等而製成。常見的有咖啡、果汁、巧克力等口味。我國國家標準(CNS) 規定其乳蛋白質含量應在1.5%以上、乳脂肪1.5%以上、非脂肪固體物4.0%以上、乳糖2.25%以上、水分91%以下、細菌數在3萬個/ml 以下,大腸桿菌屬細菌爲陰性。

【調味料】 ㄊㄧㄠˊ ㄨㄟˋ ㄌㄧㄠˋ
(flavoring agents) 用來改善口味、增加食慾的食品添加物。依來源分天然及人工合成二大類。前者大多取自植物及植物的精油、樹脂,如肉桂、薑、蔴油等;後者是用化學方法合成,與天然調味料非常相似,如醋、醬油等。

9【調查權】 ㄉㄧㄠˋ ㄔㄚˊ ㄑㄩㄢˊ
'監察院'爲行使監察職權,得由監察委員持監察證或派員持監察證,赴各機關、部隊、公私團體調查檔案、冊籍及其他有關文件,各該機關部隊或團體主管人員及其他關係人員不得拒絕,遇有詢問時應就詢問地點負責爲詳實之答覆,作成筆錄,由受詢人署名簽押。調查權爲監察權之一部分,是行使彈劾權、糾舉權及糾正權之手段或程序。

13【調節池】 ㄊㄧㄠˊ ㄐㄧㄝˊ ㄔˊ
(balancing reservoir; balancing tank)廢水進入處理廠前的一個暫時儲存場所。目的在調節水量及水質,使能均勻流入廢水處理廠,達到定時定量的最佳操作處理原則。

【調節器】 ㄊㄧㄠˊ ㄐㄧㄝˊ ㄑㄧˋ
(regulator)無論輸入參數或輸出負載如何改變,均能使輸出電壓或電流維持在預定數值的設備。

15【調調兒】 ㄉㄧㄠˋ ˙ㄉㄧㄠㄦ
指人的性情表現、言行舉止等方面的態度格調。

16【調劑學】 ㄊㄧㄠˊ ㄐㄧˋ ㄒㄩㄝˊ
(dispensing pharmacy) 藥劑學的一支。專門研究調配藥品時所可能發生的問題,包括物理、化學、生理上的配伍禁忌。例如有些藥品混合時會發生共熔現象,結成塊狀;有些藥品混合後發生化學反應,產生沈澱現象,如使用於針劑時容易造成危險;有些藥品配合使用,於體內產生不良副作用;再如那些藥物不可用於某些特殊病人等。

【調頭寸】 ㄉㄧㄠˋ ㄊㄡˊ ㄘㄨㄣˋ
指臨時借調款項以便周轉。

8【調虎離山】 ㄉㄧㄠˋ ㄏㄨˇ ㄌㄧˊ ㄕㄢ
設法誘騙對方,使離開某地,以達到預期的目的。

【調和分割】 ㄊㄧㄠˊ ㄏㄜˊ ㄈㄣ ㄍㄜ
(harmonic division) 直線上之四點 A、B、C、D 成爲調和點列,即$\overline{AB}:\overline{BC}=\overline{AD}:\overline{DC}$時,稱$A$、$C$與$B$、$D$互相調和分割。

【調和鼎鼐】 ㄊㄧㄠˊ ㄏㄜˊ ㄉㄧㄥˇ ㄋㄞˋ
1調味煮食。2比喻大臣輔助帝王治理政務。鼎鼐,古代國家之重器,因以比喻三公、宰輔重臣之位。

11【調理包裝】 ㄊㄧㄠˊ ㄌㄧˇ ㄅㄠ ㄓㄨㄤ
指供應商先把魚、肉類的骨頭、內臟等剔除,清洗後,加上作料再予包裝。如此,食物更能保鮮,也使市場較衛生;消費者買回家即可直接下鍋,節省烹調時間,並使家庭的廚餘減少。

13【調解程序】 ㄊㄧㄠˊ ㄐㄧㄝˇ ㄔㄥˊ ㄒㄩˋ
指法院依當事人之聲請,就有爭執之法律關係,居中調停排解,使爲合意解決爭端,俾避免訴訟之程序。適用簡易訴訟程序之事件、離婚事件及夫妻同居事件,於起訴前均應經調解程序。非強制調解事件,當事人得於起訴前聲請調解,有適用簡易程序之合意,而當事人逕行起訴者,經他造抗辯後,視其起訴爲調解之聲請。當事人聲請時,應表明爲標的之法律關係及爭議之情形。調解經當事人合意而成立,調解成立者,與訴訟上和解有同一之效力,如有無效或得撤銷之原因者,當事人得向原法院提起宣告調解無效或撤銷調解之訴。調解不成立者,法院應付與當事人證明書。

14【調製奶粉】 ㄊㄧㄠˊ ㄓˋ ㄋㄞˇ ㄈㄣˇ
(modified milk powder)生乳在預熱之前,先添加滋養糖、乳糖、乳糖分解物、礦物質、維生素B_{12}、尼可丁酸等對熱安定之物質,並加以過濾,或於濃縮過程中添加維生素A及D,再以噴霧乾燥法除去其中水分所製成的奶粉。常供嬰兒食用。

16【調整分錄】 ㄊㄧㄠˊ ㄓㄥˇ ㄈㄣ ㄌㄨˋ
(adjusting entry) 會計期間終了,爲調整之目的而作的分錄。

23【調變指數】 ㄊㄧㄠˊ ㄅㄧㄢˋ ㄓˇ ㄕㄨˋ

(modulation index)將信號加在高頻載波上產生調變時,信號對於載波所產生上下偏移的比值。以公式表示:

$$調變指數m = \frac{最大載波調變偏移}{信號波值}$$

【調變解調器】ㄊㄧㄠˊ ㄅㄧㄢˋ ㄐㄧㄝˇ ㄊㄧㄠˊ ㄑㄧˋ
(modem; modulator-demodulator)通信系統中將信號調變以利傳送,並可將接收之信號解調之裝置。

諉 ㄨㄟˇ *wei*³ 音委
①連累。如:下不諉上。②推辭;推卸責任。如:諉過。

13【諉過】ㄨㄟˇ ㄍㄨㄛˋ
把罪過推卸給別人。

諂 ㄔㄢˇ *ch'an*³ 音產
奉承;曲意迎合。如:諂媚。

7【諂佞】ㄔㄢˇ ㄋㄧㄥˋ
花言巧語,以求得他人喜歡。

10【諂笑】ㄔㄢˇ ㄒㄧㄠˋ
諂媚的笑。

12【諂媚】ㄔㄢˇ ㄇㄟˋ
諂媚阿諛,討好別人。

15【諂諛】ㄔㄢˇ ㄩˊ
諂媚阿諛,討好別人。

誰 ㄕㄨㄟˊ *shui*² 語音 ㄕㄟˊ *shei*²
①甚麼人。②任何人。如:誰都知道。③姓。'明'有'誰龍'。見"萬姓統譜·五"。

7【誰何】ㄕㄨㄟˊ ㄏㄜˊ
①何人;哪一個。②誰敢怎麼樣。

誽 ㊀ ㄧˋ *i*⁴ 音詣
窺伺。見"集韻"。
㊁ ㄋㄞˊ *nai*²
言不正。見"廣韻"。

諛 ㄩˊ *yü*² 音俞
①用言語奉承別人。如:阿諛。②諂言。

諀 ㄆㄧˇ *p'i*³ 音仳　又讀 ㄅㄟ *pei*¹ 音悲
①毀謗。見"廣雅·釋言"。②毀謗的言論。見"廣韻"。

誕 ㄉㄢˋ *tan*⁴ 音旦
①虛妄不實的言論。見"說文"。②虛妄不實。如:荒誕。③廣大。④放肆;行爲怪異。如:怪誕。⑤生育。如:誕辰。

6【誕妄】ㄉㄢˋ ㄨㄤˋ
虛妄不實。

18【誕謾】ㄉㄢˋ ㄇㄢˊ
放縱;散漫。

諗 ㄕㄣˇ *shên*³ 音審
①深諫;講別人所不敢講的勸諫的話。見"說文"。②告知;報知。見"廣韻"。③思念;想念。如:思諗。④知道;知悉。通審。也作讅。如:敬諗。

論 ㊀ ㄌㄨㄣˋ *lun*⁴
①評議;謀議。如:評論。②判定。如:論罪。③看待。如:以棄權論。④文體名。屬論辨類。如'漢''賈誼'有"過秦論"。
㊁ ㄌㄨㄣˊ *lun*² 音倫
①㊀①、②、③的又讀。②"論語"的簡稱。③姓。'唐'有'論維明'。見"萬姓統譜·二三"。

8【論定】ㄌㄨㄣˋ ㄉㄧㄥˋ
經討論而得到結論。

9【論述】ㄌㄨㄣˋ ㄕㄨˋ
議論、敘述。

11【論理】ㄌㄨㄣˋ ㄌㄧˇ
評論事物的道理。

12【論結】ㄌㄨㄣˋ ㄐㄧㄝˊ
(consequence)與論據相對。在一個推論中,由論據推衍出來的結果。

13【論罪】ㄌㄨㄣˋ ㄗㄨㄟˋ
按照法律判定其罪。

14【論語】ㄌㄨㄣˊ ㄩˇ
①十三經之一。爲'孔子'弟子記載'孔子'在世時言行思想的書,共二十篇。'漢代'"論語"有"古論"、"魯論"、"齊論"。"古論"得之於'孔'壁,凡二十一篇;"魯論"爲'魯'人所傳,凡二十篇;"齊論"爲'齊'人所傳,凡二十二篇。"古論"、"齊論"久亡,今所傳"論語"屬"魯論"系統。②文藝半月刊。'林語堂'主編。'民國'二十一年九月十六日創刊於'上海'。提倡幽默閒適和抒寫性靈的小品,多刊掌故叢談。三十八年五月停刊,先後共出177期。

15【論調】ㄌㄨㄣˋ ㄉㄧㄠˋ
議論中所顯現的傾向或態度。

16【論壇】ㄌㄨㄣˋ ㄊㄢˊ
議論的園地。

【論據】ㄌㄨㄣˋ ㄐㄩˋ
(evidence)又稱證據。與論結相對。在一個推論中,充當理由根據,以便推衍出論結的部分。

【論戰】ㄌㄨㄣˋ ㄓㄢˋ
言論文辭的激烈爭辯。

【論衡】ㄌㄨㄣˋ ㄏㄥˊ
'東漢''王充'撰,三十卷。原本八十五篇,今佚"招致"一篇。以[氣]爲萬物本原,解釋人與自然、肉體與精神的關係,並批評當時流行的迷信思想。

17【論點】ㄌㄨㄣˋ ㄉㄧㄢˇ
議論的觀點或立足點。

18【論斷】ㄌㄨㄣˋ ㄉㄨㄢˋ
評論並加以斷定。

19【論證】ㄌㄨㄣˋ ㄓㄥˋ
(argument)使用前提來支持結論。又指前提與結論所組成的語句集合。

21【論辯】ㄌㄨㄣˋ ㄅㄧㄢˋ
議論爭辯。

11【論理學】ㄌㄨㄣˋ ㄌㄧˇ ㄒㄩㄝˊ
即邏輯學。參邏輯學。

【論理解釋】ㄌㄨㄣˋ ㄌㄧˇ ㄐㄧㄝˇ ㄕˋ
斟酌法律之立法理由及其他一切情事,依推理作用而闡明法律之眞義。論理解釋劣於文理解釋,必文理解釋上無法爲合理之說明時,始得引用論理解釋。論理解釋之方法主要有:擴張解釋、縮限解釋、反對解釋、類推解釋等。

14【論語正義】ㄌㄨㄣˊ ㄩˇ ㄓㄥˋ ㄧˋ
①'宋''邢昺'撰,二十卷。又稱"論語注疏"。疏釋三國'魏''何晏'的

“論語集解”，兼採諸儒之說。②‘清’‘劉寶楠’撰，二十四卷。以‘何晏’“論語集解”爲主，詳採各家之說，考據、義理並重，堪稱‘清代’學者對“論語”之考釋的彙編。

諅 ㄐㄧˋ chi^4 音忌
妒忌。見“說文”。

闇 ㄧㄣˊ yin^2 音銀
①和顏悅色地向人勸諫。見“說文”。②姓。‘明’有‘闇敬’。見“萬姓統譜·一九”。

諐 愆的或體。

9

諠 ㄒㄩㄢ hsüan^1 音宣
①欺詐。同諼。見“集韻”。②吵鬧。同喧、讙。如：諠譁。③遺忘。同諼。見“集韻”。

8【諠呶】 ㄒㄩㄢ ㄋㄠˊ
諠嚷吵雜。

14【諠赫】 ㄒㄩㄢ ㄏㄜˋ
聲勢盛大。也作烜赫。

10【諠譁】 ㄒㄩㄢ ㄏㄨㄚˊ
吵嚷雜亂。

諦 ㄉㄧˋ ti^4 音帝
①仔細；詳細審察。如：諦聽。②佛家語。指眞實不虛的道理。例如世俗的道理，稱俗諦；證悟佛道，稱道諦。

11【諦視】 ㄉㄧˋ ㄕˋ
仔細察看。

22【諦聽】 ㄉㄧˋ ㄊㄧㄥ
靜聽；仔細聽。

諳 ㄢ an^1 音安
①熟知；熟悉。見“說文”。②記憶。如：諳誦。

11【諳習】 ㄢ ㄒㄧˊ
熟習；學習純熟。

諢 ㄏㄨㄣˋ hun^4 音混
①戲弄或開玩笑的言詞。如：打諢。②以說滑稽言詞取悅他人的人。如：優諢。

6【諢名】 ㄏㄨㄣˋ ㄇㄧㄥˊ
綽號；外號。

諺 ㄧㄢˋ yen^4 音彥
①俗語。如：古諺。②弔唁死者遺族。通唁。

14【諺語】 ㄧㄢˋ ㄩˇ
俗話。

譌 或作訛。㊀ ㄜˊ o^2, ê^2 音訛
謬誤的言論。同訛。見“說文”。
㊁ ㄍㄨㄟˇ kuei^3 音鬼
欺詐。同詭。見“集韻”。

6【譌字】 ㄜˊ ㄗˋ
錯字。

諮 ㄗ tzŭ^1 音咨
同咨。①詢問。如：諮詢。②謀議。如：同諮合謀。

11【諮商】 ㄗ ㄕㄤ
諮詢商量。

13【諮詢】 ㄗ ㄒㄩㄣˊ
徵求意見；請教。

15【諮諏】 ㄗ ㄗㄡ
問詢謀劃。

20【諮議】 ㄗ ㄧˋ
諮詢謀議。

13【諮詢制度】 ㄗ ㄒㄩㄣˊ ㄓˋ ㄉㄨˋ
(counseling)指行政機關或企業機構爲謀求改善工作效率，延請專家對員工的工作態度作非正式的指導與諮商。

【諮詢意見】 ㄗ ㄒㄩㄣˊ ㄧˋ ㄐㄧㄢˋ
(advisory opinion)常設之國際司法機關就特定之法律問題，所發表之法律意見。此項諮詢意見，並不拘束請求之實體、團體或國家。依據“聯合國憲章”第九十六條及“國際法院規約”第六十五條之規定，‘聯合國大會’、‘安全理事會’及‘大會’所授權之其他機關，就任何法律問題，得請‘國際法院’發表諮詢意見。

【諮詢管理】 ㄗ ㄒㄩㄣˊ ㄍㄨㄢˇ ㄌㄧˇ
(consultative management)參與管理方式的一種。管理主管運用與部屬直接諮詢的方式，處理日常事務，將參與管理建立於企業組織的各層次業務中。

諫 ㄐㄧㄢˋ chien^4 音見
①直言相勸。多用於下對上。如：諫諍。②姓。‘漢’有‘諫忠’。見“萬姓統譜·一〇二”。

5【諫正】 ㄐㄧㄢˋ ㄓㄥˋ
以正直言語規勸他人。

6【諫臣】 ㄐㄧㄢˋ ㄔㄣˊ
敢向國君進諫的臣子。

10【諫院】 ㄐㄧㄢˋ ㄩㄢˋ
諫官的官署。

15【諫諍】 ㄐㄧㄢˋ ㄓㄥ
對上直言勸諫。

諱 ㄏㄨㄟˋ hui^4 音惠
①避忌；顧忌。也指避忌的事物。如：避諱。②隱蔽。如：諱言。

6【諱名】 ㄏㄨㄟˋ ㄇㄧㄥˊ
(name avoidance) 包括諱生者之名及諱死者之名。其主要功能都是表現社會地位的改變、表示舊的地位及義務的結束及新關係的重建。有時須藉對鬼魂的懼怕或倫理精神的合理化，使這種變遷有效地達到且持恆。

7【諱言】 ㄏㄨㄟˋ ㄧㄢˊ
因顧忌而隱諱不說。

10【諱疾忌醫】 ㄏㄨㄟˋ ㄐㄧˊ ㄐㄧˋ ㄧ
諱言疾病，不願就醫。比喻隱飾自己過失，不願接受他人規勸。

11【諱莫如深】 ㄏㄨㄟˋ ㄇㄛˋ ㄖㄨˊ ㄕㄣ
將事情盡力隱瞞，不使人知。

諲 ㄧㄣ yin^1 音因
恭敬。見“爾雅·釋詁”。

諝 ㄒㄩˇ hsü^3 音許
①才智。見“說文”。②詭謀。

謀 ㄇㄡˊ mou^2 音牟
①計議。如：謀議。②策略；計畫。如：足智多謀。③營求。如：謀生。

3【謀士】 ㄇㄡˊ ㄕˋ
貢獻智謀、替人策劃的人。

5【謀生】 ㄇㄡˊ ㄕㄥ
設法維持生活。

8【謀事】 ㄇㄡˊ ㄕˋ

①策劃事務。②求職。

9【謀叛】 ㄇㄡˊ ㄆㄢˋ
謀劃背叛。

【謀面】 ㄇㄡˊ ㄇㄧㄢˋ
會面;見面。

【謀食】 ㄇㄡˊ ㄕˊ
營求食物,以維持生活。

10【謀害】 ㄇㄡˊ ㄏㄞˋ
設計害人。

【謀逆】 ㄇㄡˊ ㄋㄧˋ
圖謀叛逆;計畫反叛。

11【謀略】 ㄇㄡˊ ㄌㄩㄝˋ
計畫;策略。

【謀殺】 ㄇㄡˊ ㄕㄚ
設計殺人。

13【謀猷】 ㄇㄡˊ ㄧㄡˊ
計謀。

14【謀劃】 ㄇㄡˊ ㄏㄨㄚˋ
計議策劃。

15【謀篇】 ㄇㄡˊ ㄆㄧㄢ
指文章的安排布局。

8【謀定後動】 ㄇㄡˊ ㄉㄧㄥˋ ㄏㄡˋ ㄉㄨㄥˋ
計畫確定以後,再採取行動。

15【謀篇布局】 ㄇㄡˊ ㄆㄧㄢ ㄅㄨˋ ㄐㄩˊ
指安排詩文的結構、層次。

13【謀道不謀食】 ㄇㄡˊ ㄉㄠˋ ㄅㄨˋ ㄇㄡˊ ㄕˊ
致力於道德學養,不注重生活的安適。

諶 ㄔㄣˊ ch'ên² 音陳
①相信。見"爾雅·釋詁"。②的確;實在。通忱。見"正字通"。

諵 ㄋㄢˊ nan² 音南
低語聲。或作詽、諵、喃。見"集韻"。

諜 ㄉㄧㄝˊ tieh² 音蝶
①潛伏在敵方以刺探敵情的人。即間諜。見"說文"。②記載系諡的書。即譜諜。通牒。見"字彙補"。

12【諜報】 ㄉㄧㄝˊ ㄅㄠˋ
①刺探敵情,報告上級。②即情報。

諧 ㄒㄧㄝˊ hsieh² 音鞋
①和洽;協和。如:和諧。②戲謔。如:詼諧。

8【諧波】 ㄒㄧㄝˊ ㄅㄛ
(harmonic wave)正弦波的一種。其頻率爲基本頻率的整數倍。

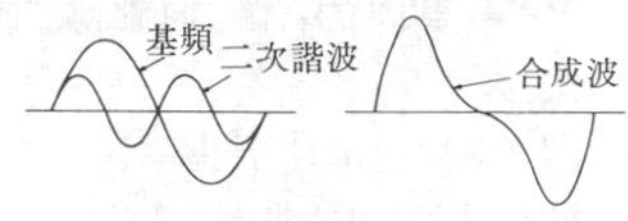

諧波圖

15【諧趣】 ㄒㄧㄝˊ ㄑㄩˋ
①詩歌中以諧音或詼諧所造成的趣味。②詼諧有趣。

16【諧謔】 ㄒㄧㄝˊ ㄋㄩㄝˋ
詼諧戲謔。

17【諧聲】 ㄒㄧㄝˊ ㄕㄥ
即形聲。

諴 ㄒㄧㄢˊ hsien² 音咸
①和同;協和。見"說文"。②眞誠。見"古今韻會舉要"。

謔 ㄋㄩㄝˋ nüeh⁴ 音虐
戲弄;調笑。如:戲謔。

10【謔浪】 ㄋㄩㄝˋ ㄌㄤˋ
戲謔放蕩。

14【謔稱】 ㄋㄩㄝˋ ㄔㄥ
開玩笑的稱呼。

6【謔而不虐】 ㄋㄩㄝˋ ㄦˊ ㄅㄨˋ ㄋㄩㄝˋ
開玩笑而不致刻薄傷人。

諟 ㄕˋ shih⁴ 音是
①料理。見"說文"。②端正。見"集韻"。③審辨。見"字彙"。

諿 ㊀ ㄑㄧˋ ch'i⁴ 音汽
和睦。見"集韻"。
㊁ ㄒㄩˇ hsü³ 音許
謀劃。見"集韻"。

謁 ㄧㄝˋ yeh⁴ 音葉
①稟告。見"說文"。②進見;拜見。如:晉謁。③告假;請假。④謁者的簡稱。古代帝王身邊掌管通接賓客的近侍。⑤姓。'漢'有'謁渙'。見"萬姓統譜·一一六"。

7【謁見】 ㄧㄝˋ ㄐㄧㄢˋ
通名進見。

諾 ㄋㄨㄛˋ no⁴, nuo⁴ 音懦
①答應之詞。如:唯諾。②應承他人的要求。如:許諾。③在文書末端的批字。表示許可。如:畫諾。

7【諾言】 ㄋㄨㄛˋ ㄧㄢˊ
應允他人的話語。

8【諾亞】 ㄋㄨㄛˋ ㄧㄚˋ
(Noah)"舊約聖經"上所載一個正直的人。太古洪水氾濫時,他因得到上帝的指示,刳木爲方舟,率領家人並挑選飛禽走獸各一對避難於舟上,而得以倖免。其後他與三子及飛禽走獸乃成爲重創宇宙萬物的始祖。

15【諾魯】 ㄋㄨㄛˋ ㄌㄨˇ
(Nauru)位於西'太平洋'赤道附近的島國。西元1968年獨立。面積21方公里,人口13萬(2005年),首都'雅連'(Yaren)。全島最高點僅68.6公尺,富藏磷酸礦。

16【諾諾】 ㄋㄨㄛˋ ㄋㄨㄛˋ
答應的聲音。古人稱諾,加重語氣則稱諾諾,相當於今人所說的「是、是」。

7【諾貝爾】 ㄋㄨㄛˋ ㄅㄟˋ ㄦˇ
(Alfred Bernhard Nobel, 1833~1896)'瑞典'化學家。曾用硝酸甘油製成火藥,又發明了硝酸甘油化合物及火箭固體燃料。後因製造火藥及投資石油開採而致富。晚年致力於和平運動,去世時以920萬'美'金設置物理、化學、醫學、文學、和平五種獎金,自西元1901年起每年分別頒給對人類利益有重大貢獻的人。今此獎已成爲一項具有崇高意義的榮譽。

諾貝爾像

11【諾曼第】 ㄋㄨㄛˋ ㄇㄢˋ ㄉㄧˋ
(Normandy)位於'法國'西北沿海的半島。伸入'英吉利海峽',和'英國''朴資茅斯'(Portsmouth)、

'南安普敦'(Southampton) 等著名海港遙遙相對。西元1944年6月6日,'美''英'盟軍由此強行登陸,反攻'歐'陸,逐步擊降'納粹德國'。

6【諾成行為】 ㄋㄨㄛˋ ㄔㄥˊ ㄒㄧㄥˊ ㄨㄟˊ
法律行為僅依意思表示之合致即可成立者,是為諾成行為。或稱不要物行為。反之,除意思表示外,尚需標的物之交付始成立者,則為踐成行為,或稱要物行為。法律行為以諾成行為為原則,例外始為踐成行為。

【諾成契約】 ㄋㄨㄛˋ ㄔㄥˊ ㄑㄧˋ ㄩㄝ
因當事人意思表示合致即可成立之契約。又稱不要物契約。例如買賣、租賃、僱傭、承攬、委任、合夥等契約,均屬諾成契約。此與使用借貸、消費借貸、寄託等契約,須意思合致並交付標的物,其契約始成立者,有所不同。

13【諾頓定律】 ㄋㄨㄛˋ ㄉㄨㄣˋ ㄉㄧㄥˋ ㄌㄩˋ
(Norton's law) 可視為'戴維寧'定律的對偶定律。由某兩端點看入任何一電路,均可用一電流源 I 及一並聯阻抗 Z 來替代此一電路。其中 I 表示流過此兩端點的短路電流,而 Z 表示在所有電源除去後由此兩端點看入電路所得到的等值阻抗。

諰 ㄒㄧˇ *hsi*³ 音喜
[1]邊說邊想。見"廣韻"。[2]直言。見"集韻"。

諤 ㄜˋ *o*⁴, *ê*⁴ 音鄂
參諤諤。

16【諤諤】 ㄜˋ ㄜˋ
直言爭辯的樣子。

謂 ㄨㄟˋ *wei*⁴ 音胃
[1]言;說。見"玉篇"。[2]稱為。[3]為;是。如:此謂何物?[4]姓。'宋'有'謂準'。見"萬姓統譜·九四"。

14【謂語】 ㄨㄟˋ ㄩˇ
在文句中說明主語的性質或狀態的描寫語。如「山清水秀」中的「清」與「秀」、「萬馬奔騰」中的「奔騰」。

諼 ㊀ ㄒㄩㄢ *hsüan*¹ 音宣
[1]同諠。(1)詐騙。見"說文"。(2)遺忘。見"爾雅·釋訓"。[2]吵鬧。也作讙、嚾。[3]草名。通萱。即忘憂草。見"正字通"。
㊁ ㄕㄨㄢˋ *shuan*⁴ 音涮
用謊言欺騙人。也作涮。

諈 ㄓㄨㄟˋ *chui*⁴ 音墜
煩重的樣子。見"字彙"。

諗
諗的俗體。

諷 ㄈㄥˋ *fêng*⁴ 音鳳 又讀 ㄈㄥ *fêng*¹ 音風
[1]背誦。如:諷誦。[2]以委婉言辭託意。通作風。如:諷諫。[3]譏刺。如:嘲諷。

8【諷刺】 ㄈㄥˋ ㄘˋ
[1]用委婉曲折的話譏刺人。[2]文藝創作的一種表現手法。通常用譏刺、反諷和嘲諷的文字,描寫敵對的或落後的事物,有時用誇張的手法加以暴露,以達到貶斥或否定的效果。

12【諷喻】 ㄈㄥˋ ㄩˋ
也作諷諭。[1]用委婉的言詞使人了解,或達到勸說的目的。[2]修辭格的一種。在本意不便明說或為求形象說得明白的情況下,借用故事來寄託作者諷刺教導的意思。

14【諷誦】 ㄈㄥˋ ㄙㄨㄥˋ
朗誦;背誦。

16【諷諫】 ㄈㄥˋ ㄐㄧㄢˋ
用委婉的話相勸告。

1【諷一勸百】 ㄈㄥˋ ㄧ ㄑㄩㄢˋ ㄅㄞˇ
本指辭賦之文,用一事起諷,藉以勸戒百事。後指用婉言譏刺一個人,藉此以儆戒其他的人。

諞 ㊀ ㄆㄧㄢˊ *p'ien*² 音駢
巧言。通便。見"說文"。
㊁ ㄆㄧㄢˇ *p'ien*³
誇耀自己。

諡 ㄕˋ *shih*⁴ 音是
按死者生前行跡而給予的稱號。本作謚。見"正字通"。

8【諡法】 ㄕˋ ㄈㄚˇ
按照其人生前行跡給予稱號的一套法則。始於'周','秦'廢,'漢代'又恢復,以後各朝沿用,直到'民國'才廢除。

諭 ㄩˋ *yü*⁴ 音預
[1]告知;明示。也作喻。如:諭知。[2]得知;明白。如:未諭其意。[3]譬況。如:自諭。[4]從前稱下行的公文。如:手諭。[5]姓。'漢'有'諭琛'。見"萬姓統譜·九四"。

10

謇 ㄐㄧㄢˇ *chien*³ 音簡
[1]口吃。見"玉篇"。[2]貞誠;剛正。如:謇直。[3]助詞。用於句首。

謗 ㄅㄤˋ *pang*⁴ 音棒
[1]以不實的言辭攻訐他人。如:誹謗。[2]議論是非;指責過失。如:謗議。

20【謗議】 ㄅㄤˋ ㄧˋ
[1]毀謗。[2]非議。

謞 ㊀ ㄒㄩㄝˋ *hsüeh*⁴ 音穴
邪惡的言論。見"廣韻"。
㊁ ㄒㄧㄠˋ *hsiao*⁴ 音孝
大叫。也作嗃。見"集韻"。

謐 ㄇㄧˋ *mi*⁴ 音蜜
安寧;寂靜。見"說文"。

16【謐靜】 ㄇㄧˋ ㄐㄧㄥˋ
安寧;寂靜。

謙 ㊀ ㄑㄧㄢ *ch'ien*¹ 音千
[1]遜讓;不自滿。如:謙卑。[2]"易"卦名。六十四卦之一。艮下坤上。[3]姓。'宋'有'謙開善'。見"古今圖書集成·姓氏典·單姓部三"。

謙卦圖

㊁ ㄑㄧㄢˋ *ch'ien*⁴ 音欠
安然;快足。通慊。

6【謙光】 ㄑㄧㄢ ㄍㄨㄤ

因謙讓而益增光輝。

7【謙抑】　ㄑㄧㄢ ㄧˋ
謙遜退讓。

8【謙和】　ㄑㄧㄢ ㄏㄜˊ
謙虛和藹。

【謙卑】　ㄑㄧㄢ ㄅㄟ
謙讓有禮，不敢自居人上。

10【謙退】　ㄑㄧㄢ ㄊㄨㄟˋ
謙遜退讓。

【謙恭】　ㄑㄧㄢ ㄍㄨㄥ
謙遜恭謹。

【謙挹】　ㄑㄧㄢ ㄧˋ
謙遜退讓。

12【謙虛】　ㄑㄧㄢ ㄒㄩ
不自滿。

14【謙遜】　ㄑㄧㄢ ㄒㄩㄣˋ
謙讓。

18【謙謹】　ㄑㄧㄢ ㄐㄧㄣˇ
謙虛恭謹。

19【謙辭】　ㄑㄧㄢ ㄘˊ
1謙遜的言辭。2謙讓推辭。

24【謙讓】　ㄑㄧㄢ ㄖㄤˋ
謙遜退讓。

7【謙沖自牧】　ㄑㄧㄢ ㄔㄨㄥ ㄗˋ ㄇㄨˋ
以謙虛自我修養。

16【謙默自持】　ㄑㄧㄢ ㄇㄛˋ ㄗˋ ㄔˊ
以謙讓寡言自守。

17【謙謙君子】　ㄑㄧㄢ ㄑㄧㄢ ㄐㄩㄣ ㄗˇ
謙虛退讓的君子。

謎　ㄇㄧˊ *mi*² 音迷　又讀 (一) ㄇㄧˋ *mi*⁴ 音蜜 (二) ㄇㄟˋ *mei*⁴ 音媚
1隱含意義於語句中，以供人猜想的語言。如：猜謎。2難以理解的。如：謎團。

8【謎底】　ㄇㄧˊ ㄉㄧˇ
謎語的答案。

9【謎面】　ㄇㄧˊ ㄇㄧㄢˋ
謎語的題目。

14【謎語】　ㄇㄧˊ ㄩˇ
影射人、事、物或文字，供人猜測的一種隱語。古稱廋語。係以某一事物、詩句或文字爲謎底，用隱喻、暗示或描寫其特徵的方法作出謎面，以供人猜測。

謚　(一) ㄕˋ *shih*⁴ 音是
謚的本字。
(二) ㄧˋ *i*⁴ 音益
笑的樣子。見"廣韻"。

講　ㄐㄧㄤˇ *chiang*³ 音獎
1和解。見"說文"。2談說。如：演講。3議論；商討。如：講究。

5【講古】　ㄐㄧㄤˇ ㄍㄨˇ
說書；講故事。

7【講究】　ㄐㄧㄤˇ ㄐㄧㄡˋ
1議論研究。2力求事物的精美。

【講求】　ㄐㄧㄤˇ ㄑㄧㄡˊ
1探討；研究。2追求；注重。

10【講席】　ㄐㄧㄤˇ ㄒㄧˊ
1教師講學時的座位。書信中用以尊稱師長或學者。2僧人講經說法的處所。同講堂。

【講座】　ㄐㄧㄤˇ ㄗㄨㄛˋ
1學者講學、高僧講經的座位。2指學校或學術機構定期或不定期舉辦的專題演講。

【講師】　ㄐㄧㄤˇ ㄕ
1講學的師儒。2大學院校教師的等級之一。在助教之上、副教授之下。

11【講授】　ㄐㄧㄤˇ ㄕㄡˋ
講解傳授。

12【講評】　ㄐㄧㄤˇ ㄆㄧㄥˊ
解說評論。

13【講義】　ㄐㄧㄤˇ ㄧˋ
1講解義理。2古代國君使臣下分日進講經義，臣下爲使所講能詳盡，都預先撰擬，稱爲講義。今稱教師編寫的教學資料。

【講解】　ㄐㄧㄤˇ ㄐㄧㄝˇ
講論；解釋。

16【講學】　ㄐㄧㄤˇ ㄒㄩㄝˊ
1師生朋友間，相聚研討學問。2有關學術方面的講授。

14【講演法】　ㄐㄧㄤˇ ㄧㄢˇ ㄈㄚˇ
(lecture method) 一種教學法。教師面對學生以講演方式教導學生學習，學生主要的活動爲聆聽與筆記要義。

謖　謖的或體。

謌　歌的或體。

謘　ㄔˊ *ch'ih*² 音池
語言遲鈍。見"說文"。

謊　ㄏㄨㄤˇ *huang*³ 音恍
騙人的話。如：說謊。

謖　ㄙㄨˋ *su*⁴ 音宿
1站起；起立。見"廣韻"。2峻挺的樣子。見"字彙補"。

謑　(一) ㄒㄧˋ *hsi*⁴ 音細
恥辱。見"廣韻"。
(二) ㄒㄧㄚˋ *hsia*⁴ 音下
怒言。見"廣韻"。

謟　ㄊㄠ *t'ao*¹ 音滔
疑惑。見"爾雅·釋詁"。

謅　ㄗㄡ *tsou*¹ 音鄒
胡言；妄言。見"集韻"。

謋　ㄏㄨㄛˋ *ho*⁴, *huo*⁴ 音貨
骨和肉剖開時的聲音。見"正字通"。

謠　ㄧㄠˊ *yao*² 音搖
1沒有伴奏的歌唱。見"字彙"。2泛指樂曲。如："採蓮謠"。3虛構或不實的傳言。如：造謠。

7【謠言】　ㄧㄠˊ ㄧㄢˊ
1民間流傳評議時政的歌謠、諺語等。2沒有事實根據的傳言。

13【謠傳】　ㄧㄠˊ ㄔㄨㄢˊ
沒有事實根據的傳聞。

15【謠諑】　ㄧㄠˊ ㄓㄨㄛˊ
用不實的言辭攻擊他人。

謏　ㄒㄧㄠˇ *hsiao*³ 音小
1誘導他人爲善。見"廣韻"。2小。見"字彙"。

謝　ㄒㄧㄝˋ *hsieh*⁴ 音洩
1推辭；拒絕。如：謝絕參觀。2離開。如：謝世。3認錯。如：謝罪。4對他人表示感激。如：致謝。5凋落。如：花開花謝。6姓。'晉'有'謝安'。見"元和姓纂·九"。

5【謝玄】　ㄒㄧㄝˋ ㄒㄩㄢˊ
(343～388)'東晉''陽夏'(今'河南''太康')人，字'幼度'，'謝安'之姪。

‘苻堅’入寇，以建武將軍率精銳八千，破‘苻堅’百萬於‘肥水’，以功封‘康樂縣公’。

【謝世】 ㄒㄧㄝˋ ㄕˋ
逝世；死亡。

6【謝安】 ㄒㄧㄝˋ ㄢ
(320～385)‘東晉’‘陽夏’(今‘河南’‘太康’)人，字‘安石’。‘孝武帝’時爲相。‘肥水’之戰，指揮將帥，大破‘苻堅’。

7【謝忱】 ㄒㄧㄝˋ ㄔㄣˊ
感謝的誠意。

【謝步】 ㄒㄧㄝˋ ㄅㄨˋ
親戚朋友前來拜訪或慶弔，事後到其家答謝。

8【謝林】 ㄒㄧㄝˋ ㄌㄧㄣˊ
(Friedrich Wilhelm von Schelling, 1775～1854) ‘德國’哲學家。主張主體與客體在知性的直覺中得到統一，此種理論稱爲等同哲學 (philosophy of identity)。‘謝’氏和‘斐希特’、‘黑格爾’是三位最重要的‘德國’唯心主義者。

9【謝客】 ㄒㄧㄝˋ ㄎㄜˋ
①辭別賓客。②酬謝賓客。③謝絕會客。

【謝神】 ㄒㄧㄝˋ ㄕㄣˊ
酬謝神靈。

10【謝病】 ㄒㄧㄝˋ ㄅㄧㄥˋ
①藉口生病而謝絕外務。②因病辭職。

【謝朓】 ㄒㄧㄝˋ ㄊㄧㄠˇ
(464～499) ‘南朝’‘齊’‘陽夏’(今‘河南’‘太康’)人，字‘玄暉’。曾爲‘宣城’太守，後因事收付廷尉下獄死。文章清麗，工五言詩。詩多描寫自然景色，後世與‘謝靈運’對舉，亦稱小‘謝’。有“謝宣城集”。

11【謝勒】 ㄒㄧㄝˋ ㄌㄜˋ
(Carl Wilhelm Scheele, 1742～1786) ‘瑞典’化學家。大約於西元1772年發現氧，1774年發現氯，此外還發現了錳、酒石酸、尿素、砷酸、亞砷酸銅、安息酸、甘油、氰酸、蓚酸、檸檬酸、蘋果酸、沒食子酸及焦性沒食子酸等。他的發現紀錄迄今還少有能跟他匹敵的。著有“化學觀察與氧氣試驗”(*Chemical Observations and Experiments on Air and Fire*)一書。

12【謝絕】 ㄒㄧㄝˋ ㄐㄩㄝˊ
推辭；拒絕。

13【謝罪】 ㄒㄧㄝˋ ㄗㄨㄟˋ
承認過錯。

14【謝榛】 ㄒㄧㄝˋ ㄓㄣ
(1495～1575)‘明’‘臨淸’(今‘山東’‘臨淸’)人，字‘茂秦’，號‘四溟山人’。‘嘉靖’中遊京師，與‘李攀龍’、‘王世貞’等結詩社，倡導爲詩摹擬盛‘唐’。其詩以律、絕見長。有“四溟集”。

【謝幕】 ㄒㄧㄝˋ ㄇㄨˋ
表演完畢閉幕以後，演員站在臺上，再將布幕拉起，對觀衆的欣賞表示致謝之意。

16【謝翱】 ㄒㄧㄝˋ ㄠˊ
(1249～1295)‘南宋’‘福建’‘福安’人，字‘皐羽’，號‘晞髮子’。‘元’兵攻下‘臨安’，丞相‘文天祥’檄各州郡勤王，‘翺’盡散家財，募集鄉兵赴難，‘天祥’署爲諮議參軍，不久別去。及聞‘天祥’死節，乃至‘嚴陵’，登‘釣臺’，設奠號泣。其詩風格沈鬱，多寄亡國之痛。著有“晞髮集”。

10【謝晉元】 ㄒㄧㄝˋ ㄐㄧㄣˋ ㄩㄢˊ
(1905～1941) ‘廣東’‘蕉嶺’人，字‘中民’。‘黃埔軍校’畢業。抗戰軍興，參加‘淞’‘滬’戰役，任第五二四團團附，以四百餘人堅守‘上海’‘四行倉庫’，掩護國軍五十餘萬人撤退。後率所部退入公共租界，晉升團長，後士兵四人受敵誘騙，以短刀行刺，傷重不治。

24【謝靈運】 ㄒㄧㄝˋ ㄌㄧㄥˊ ㄩㄣˋ
(385～433) ‘南朝’‘宋’‘陽夏’(今‘河南’‘太康’)人，小名‘客兒’，‘謝玄’孫，襲封‘康樂公’，故稱‘謝康樂’。初爲‘永嘉’太守，‘宋文帝’時徵爲祕書監，遷侍中，尋爲‘臨川’內史，徙‘廣州’，後被殺。性好山水，肆意遨遊，所至輒爲題詠，開文學史上山水詩一派。‘明’人輯有“謝康樂集”。

謒 ㄑㄧㄤ *ch'iang*^{1} 音槍
語聲輕小。見“集韻”。

謕 ㄊㄧˊ *t'i*^{2} 音題
啼哭。同啼。見“正字通”。

謍 ㄧㄥˊ *ying*^{2} 音營
①小聲。見“說文”。②來往不停的樣子。見“玉篇”。

謈 ㄅㄠˋ *pao*^{4} 音抱
大聲喊冤。見“說文”。

謄 ㄊㄥˊ *t'êng*^{2} 音騰
抄寫；傳抄。如：謄錄。

5【謄本】 ㄊㄥˊ ㄅㄣˇ
根據原本抄寫或影印的本子。

11【謄淸】 ㄊㄥˊ ㄑㄧㄥ
照草稿抄寫淸楚。

15【謄寫】 ㄊㄥˊ ㄒㄧㄝˇ
依照原文抄寫。

10【謄錄】 ㄊㄥˊ ㄌㄨˋ
抄錄；抄寫。

11

謫 ㄓㄜˊ *chê*^{2} 音哲
或作讁。①罰罪。多用以指官吏降調至邊遠地區。如：貶謫。②指責；譴責。如：指謫。

5【謫仙】 ㄓㄜˊ ㄒㄧㄢ
被謫遣到人間的仙人。古人多用以稱譽才華高超的人，以爲非人間所有。

6【謫戍】 ㄓㄜˊ ㄕㄨˋ
因犯罪而被遣往邊疆守衛。

謪 ㄕㄤ *shang*^{1} 音商
量度；裁斷。通作商。見“字彙”。

謧 ㄌㄧˊ *li*^{2} 音離 又讀 ㄌㄧㄠˊ *liao*^{2} 音聊
用言詞戲弄人。見“廣韻”。

謣 ㈠ ㄩˊ *yü*^{2} 音魚
狂妄自大的話。見“說文”。

[二] ㄒㄩ *hsü*^{1} 音須
參與謣。

謵 ㄒㄧˊ *hsi*^{2} 音習
用言語恐嚇人。見"說文"。

謬 ㄇㄧㄡˋ *miu*^{4} 音繆 又讀 ㄋㄧㄡˋ *niu*^{4}
[1]錯誤;荒誕。如:荒謬。[2]姓。'漢'有'謬忌'。見"萬姓統譜·二〇"。

6【謬妄】 ㄇㄧㄡˋ ㄨㄤˋ
荒誕狂妄。

8【謬戾】 ㄇㄧㄡˋ ㄌㄧˋ
荒謬乖戾。

14【謬誤】 ㄇㄧㄡˋ ㄨˋ
錯誤。

【謬說】 ㄇㄧㄡˋ ㄕㄨㄛ
荒謬的說法。

15【謬論】 ㄇㄧㄡˋ ㄌㄨㄣˋ
荒謬的言論。

【謬賞】 ㄇㄧㄡˋ ㄕㄤˇ
與事實不符、不正確的獎賞。多用爲對他人獎賞的自謙之詞。

【謬獎】 ㄇㄧㄡˋ ㄐㄧㄤˇ
與事實不符、不正確的誇獎。多用爲對他人誇獎的自謙之詞。

11【謬悠之說】 ㄇㄧㄡˋ ㄧㄡ ㄓ ㄕㄨㄛ
荒謬無稽的言論。

14【謬種流傳】 ㄇㄧㄡˋ ㄓㄨㄥˇ ㄌㄧㄡˊ ㄔㄨㄢˊ
謬誤的文章或言論流傳於世。

謰 ㄌㄧㄢˊ *lien*^{2} 音連
參謰謱。

18【謰謱】 ㄌㄧㄢˊ ㄌㄡˊ
言語繁絮。

謳 ㄡ *ou*^{1} 音歐
[1]歌唱;齊聲歌唱。如:謳歌。[2]歌謠;歌曲。

14【謳歌】 ㄡ ㄍㄜ
[1]歌唱。[2]歌頌。

謹 ㄐㄧㄣˇ *chin*^{3} 音僅
[1]小心;愼重。如:謹愼。[2]恭敬。如:謹愿。[3]嚴禁;防止。

9【謹厚】 ㄐㄧㄣˇ ㄏㄡˋ
恭敬篤實。

13【謹愼】 ㄐㄧㄣˇ ㄕㄣˋ
小心愼重。

20【謹嚴】 ㄐㄧㄣˇ ㄧㄢˊ
謹愼嚴密。

譇 ㄓㄚ *cha*^{1} 音渣
或作譇。參譇拏。

9【譇拏】 ㄓㄚ ㄋㄚˊ
爲辭窮而感羞恥。

謯 [一] ㄐㄧㄝ *chieh*^{1} 音皆
歌詠。見"廣韻"。

[二] ㄗㄨˋ *tsu*^{4} 音駔
求神加禍害於人。同詛。見"集韻"。

謼 [一] ㄏㄨ *hu*^{1} 音呼
號呼。通作呼。見"廣韻"。

[二] ㄒㄧㄠ *hsiao*^{1} 音消
參謼服。

8【謼服】 ㄒㄧㄠ ㄈㄨˊ
呼喊;哭叫。

謱 [一] ㄌㄡˊ *lou*^{2} 音樓
參謰謱。

[二] ㄌㄩˇ *lü*^{3} 音屢
參覶謱。

謾 [一] ㄇㄢˊ *man*^{2} 音瞞
欺騙;欺詐。如:謾語。

[二] ㄇㄢˋ *man*^{4} 音慢
[1]輕侮;傲慢。通慢。如:輕謾。[2]畏懼。[3]廣泛;迂闊。通漫。

15【謾罵】 ㄇㄢˋ ㄇㄚˋ
亂罵。

謨 ㄇㄛˊ *mo*^{2} 音模
[1]謀劃;計議。見"說文"。[2]沒有。通無。

謻 [一] ㄧˊ *i*^{2} 音移
簃的或體。

[二] ㄔˇ *ch'ih*^{3} 音侈
誃的或體。

謥 ㄘㄨㄥˋ *ts'ung*^{4} 音憁
參謥詷。

13【謥詷】 ㄘㄨㄥˋ ㄊㄨㄥˊ
說話匆遽。

謷 [一] ㄠˊ *ao*^{2} 音敖
[1]不理會他人的話。見"說文"。[2]哀哭不止。見"說文"。[3]詆毀。通謷。如:謷醜先王。

[二] ㄠˋ *ao*^{4} 音傲
倨傲。通傲。見"正字通"。

謦 ㄑㄧㄥˋ *ch'ing*^{4} 音磬
輕聲咳嗽。見"說文"。

10【謦欬】 ㄑㄧㄥˋ ㄎㄞˋ
[1]咳嗽。[2]指談笑。

謩 謨的或體。

12

識 [一] ㄕˋ *shih*^{4} 音試
[1]心志;心神。如:意識。[2]知曉;了解。如:識時務。[3]見解;對是非的判斷能力。如:見識。[4]相知。如:舊識。[5]佛家語。心的異名。即思維、認知、判斷等精神活動的主體。

[二] ㄓˋ *chih*^{4} 音志
[1]記憶;記錄。如:博聞強識。[2]可供人辨識的標幟。通幟。如:旗識。

7【識別】 [一] ㄕˋ ㄅㄧㄝˊ
鑒別。

[二] ㄓˋ ㄅㄧㄝˊ
用標記使有區別。

8【識拔】 ㄕˋ ㄅㄚˊ
賞識提拔。

9【識相】 ㄕˋ ㄒㄧㄤˋ
知趣。

10【識破】 ㄕˋ ㄆㄛˋ
看穿;看透。

【識荊】 ㄕˋ ㄐㄧㄥ
見到一向所仰慕的人。

11【識貨】 ㄕˋ ㄏㄨㄛˋ
能夠鑒別貨物的好壞。也用以指有鑒別好壞的能力。

15【識趣】 ㄕˋ ㄑㄩˋ
知趣。多用來比喻能察言觀色,知所進退,不令人討厭。

3【識大體】 ㄕˋ ㄉㄚˋ ㄊㄧˇ
[1]了解事物的大要。[2]懂得顧全大家的體面。[3]懂得爲整體利益著想。

7【識別號】 ㄕˋ ㄅㄧㄝˊ ㄏㄠˋ
(identifier) 電腦程式中由一個或多個字符組成,代表某一資料或作爲資料項的名稱,以供辨識之用者,稱爲識別號。程式中的變數名稱與常數名稱皆爲識別號。

10【識時務】 ㄕˋ ㄕˊ ㄨˋ
明白局勢、潮流。

7【識別章節】 ㄕˋ ㄅㄧㄝˊ ㄓㄤ ㄐㄧㄝˊ
(identification division) 可博(COBOL) 程式中的四個主要部分之一。書寫於程式的開始位置,提供程式整體有關的資料與說明,包含程式名稱、作者名稱、編寫日期、編譯日期、註解等。

譈 ㄉㄨㄟˋ tui^4 音隊
怨恨;憎惡。同憝。見"廣韻"。

譐 噂的或體。

譜 ㄆㄨˇ $p'u^3$ 音普
1記錄事物系統或類別的書籍。如:族譜。2編列;陳述。3作曲;編製歌曲。如:譜曲。

7【譜系】 ㄆㄨˇ ㄒㄧˋ
記載宗族系統等的書籍。

13【譜牒】 ㄆㄨˇ ㄉㄧㄝˊ
記載氏族或宗族世系的書籍。

譊 ㄋㄠˊ nao^2 音撓
1憤怒呼喊。見"說文"。2爭;爭辯。見"字彙"。

譓 ㄏㄨㄟˋ hui^4 音惠
1明察。見"玉篇"。2足智多謀。見"廣韻"。

譆 ㄒㄧ hsi^1 音嘻
1呼痛聲。見"說文·譆·段注"。2嘆聲;恨聲。見"字彙補"。

譀 一 ㄏㄢˋ han^4 音汗 又讀 ㄒㄧㄢˊ $hsien^2$ 音咸
誇口;大言。也作諴。見"說文"。
二 ㄒㄧㄢˋ $hsien^4$ 音現
1同一。2叫怒。見"字彙"。

譚 ㄊㄢˊ $t'an^2$ 音覃
1廣大。見"集韻"。2談論。同談。如:怪譚。3姓。'漢'有'譚平'。見"萬姓統譜·六六"。

8【譚延闓】 ㄊㄢˊ ㄧㄢˊ ㄎㄞˇ
(1879~1930) '湖南''茶陵'人,名'寶璐',字'組安'、'祖庵',號'慈畏'、'无畏'。'光緒'進士。曾參加'清'末立憲運動。辛亥'湖南'光復後,被推爲都督。討'袁'、護法諸役,均著戰功。歷任大本營祕書長、'湘'軍總司令、國民政府主席、'行政院'院長。工書法,有"譚延闓大楷枯樹賦"。

譚延闓像

13【譚嗣同】 ㄊㄢˊ ㄙˋ ㄊㄨㄥˊ
(1865~1898)'清''湖南''瀏陽'人,字'復生',號'壯飛'。少倜儻有大志,曾遊歷西北、東南各省。甲午戰爭後,提倡新學。'光緒'二十四年(1898),'德宗'變法,用爲軍機章京,參新政。後因變法失敗,被'慈禧太后'所殺,爲戊戌六君子之一。著有"仁學"、"寥天一閣文集"等。

譚嗣同像

24【譚鑫培】 ㄊㄢˊ ㄒㄧㄣ ㄆㄟˊ
(1847~1917) '江夏'(今'湖北''武昌')人,名'金福',號'小叫天'。精於國劇老生的表演藝術,世稱'譚'派。以"空城計"、"定軍山"等劇著名。

譔 一 ㄑㄩㄢ $ch'üan^1$ 音圈
專心教誨。見"說文"。
二 ㄓㄨㄢˋ $chuan^4$ 音饌
1善言。見"廣韻"。2著述。通撰。見"集韻"。

譖 ㄗㄣˋ $tsên^4$
惡言誣毀。見"說文"。

14【譖愬】 ㄗㄣˋ ㄙㄨˋ
毀謗;誣告。

譋 嘲的或體。

譎 ㄐㄩㄝˊ $chüeh^2$ 音決
1權詐;權變。如:譎詐。2奇異;變化多端。如:譎怪。3委婉。如:譎諫。4決斷。通決。

12【譎詐】 ㄐㄩㄝˊ ㄓㄚˋ
詭譎狡詐。

13【譎詭】 ㄐㄩㄝˊ ㄍㄨㄟˇ
怪誕;變化多端。

16【譎諫】 ㄐㄩㄝˊ ㄐㄧㄢˋ
委婉地規勸。

證 ㄓㄥˋ $chêng^4$ 音正
1告發。見"說文"。2查驗。如:證件。3佛家語。契合之意。以智慧契合於眞理,稱爲證。如證道、證悟、證入涅槃等。

2【證人】 ㄓㄥˋ ㄖㄣˊ
依法院之命,於他人之訴訟,陳述其見聞事實之第三人。審判長於訊問前,除有不得令具結之法定事由外,應命證人各別具結,且於具結前告以具結之義務及僞證之處罰。除法律別有規定外,不問何人,於他人之訴訟,有爲證人之義務,證人受合法之通知,無正當理由而不到場者,法院得以裁定科五十元以下之罰鍰;證人已受一次罰鍰之裁定,經再次通知,仍不到場者,得再科一百元以下之罰鍰,並得拘提之。

7【證言】 ㄓㄥˋ ㄧㄢˊ
證人應法院之命令,於他人之訴訟所爲見聞事實之陳述,稱爲證言。證人爲證據方法,證言爲證據資料。當事人及訴訟代理人既不得爲證人,故其陳述非爲證言。證人有爲證言之義務,但有法定拒絕證言之事由時,得拒絕證言。證言之證據力(證據價值)由法院依自由心證判斷之,故具結證言之證據力未必較未具結證言之證據力高。

8【證券】 ㄓㄥˋ ㄑㄩㄢˋ
(securities) 又稱有價證券。乃財產權的具體表示。此種財產權,其所有主可以行使、處分、轉讓及持有。可分貨幣證券及資本證券兩類。前者屬信用工具,可代替貨幣使用,如支票、匯票、本票等;後者代表投資收益請求權,如公債、公司債及股票等。

【證明】 ㄓㄥˋ ㄇㄧㄥˊ

1查驗明白。2 (proof) (1)對於一個命題提出其成立的理由根據。(2)在一個理論系統中,根據推論規則推衍出定理的過程。

10【證悟】 ㄓㄥˋ ㄨˋ

透過佛道的修行途徑,經開悟後,契入眞理的情境。

13【證道】 ㄓㄥˋ ㄉㄠˋ

佛家語。1以智慧契入道理。通常是禪宗的用語。2二道之一。諸佛所證得之眞實道理,稱爲證道,又稱證行;證入道理之後而方便教說,稱爲教道,也稱教行。

14【證實】 ㄓㄥˋ ㄕˊ

1驗證;求證其確實性。2經證明爲確實。

16【證據】 ㄓㄥˋ ㄐㄩˋ

證明事情的根據。

23【證驗】 ㄓㄥˋ ㄧㄢˋ

證明;檢驗。

8【證券質權】 ㄓㄥˋ ㄑㄩㄢˋ ㄓˋ ㄑㄩㄢˊ

以有價證券爲標的物之質權。質權以無記名證券爲標的物者,因交付其證券於質權人,而生設定質權之效力。以其他之有價證券爲標的物者,並應依背書方法爲之。所謂無記名證券,乃未記載權利人姓名之證券,如無記名公司債票、無記名票據、無記名股票等。所謂其他之有價證券,乃指記載特定權利人之證券,如指示式倉單、提單等指示證券,以及記名股票、記名票據、載貨證券等記名證券。質權,以有價證券爲標的物者,其附屬於該證券之利息證券、定期金證券或分配利益證券,以已交付於質權人者爲限,其質權之效力,及於此等附屬之證券(“民法”第九百一十條)。

【證券交易所】 ㄓㄥˋ ㄑㄩㄢˋ ㄐㄧㄠ ㄧˋ ㄙㄨㄛˇ

(stock exchange) 爲便利公債、公司債、股票及其他有價證券的買賣與平準市價而設立的交易場所。其功能爲:一、維持市場的連續性。一方面使持有者隨時可脫手變賣,他方面使投資者隨時可以買進。二、形成公平合理的價格。在公開競價情形下,買賣雙方各不吃虧,投資人的權益可受到合理保障。三、引導投資於有利方向。四、預測經濟發展的動態。五、便利股票質押融資。

【證券交易稅】 ㄓㄥˋ ㄑㄩㄢˋ ㄐㄧㄠ ㄧˋ ㄕㄨㄟˋ

(tax on securities and transactions) 指因證券交易,按買賣成交價額所課徵之稅捐。我國證券交易稅只對賣出證券行爲課徵,買進部分則不課,其目的在鼓勵人們作長期投資。其稅率爲千分之三,惟政府於證券市場低迷時,得由‘行政院’決定停徵。

【證券投資信託資金】 ㄓㄥˋ ㄑㄩㄢˋ ㄊㄡˊ ㄗ ㄒㄧㄣˋ ㄊㄨㄛ ㄗ ㄐㄧㄣ

委託人將資金委託信託公司,由信託公司將資金運用於買賣生產事業的上市股票及購買政府債券或公司債,並經發行受益憑證,這筆款項即稱證券投資信託資金。

譁 ㄏㄨㄚˊ *hua*² 音華

大聲吵鬧。如:諠譁。

10【譁笑】 ㄏㄨㄚˊ ㄒㄧㄠˋ

喧譁譏笑。

12【譁然】 ㄏㄨㄚˊ ㄖㄢˊ

人聲嘈雜的樣子。

23【譁變】 ㄏㄨㄚˊ ㄅㄧㄢˋ

士卒鼓噪叛變。

11【譁眾取寵】 ㄏㄨㄚˊ ㄓㄨㄥˋ ㄑㄩˇ ㄔㄨㄥˇ

用浮誇的言行博取眾人的喜愛。

譋 讕的或體。

譓 ㄏㄨㄟˋ *hui*⁴ 音會

中止。見“說文”。

譕 一 ㄇㄨˊ *mu*²

謀議。同謨。見“集韻”。

二 ㄨˊ *wu*² 音無

引誘的言詞。見“廣韻”。

譏 ㄐㄧ *chi*¹ 音機

1用微言非議他人。如:譏諷。2譴責。如:譏呵。3稽查;察問。

8【譏刺】 ㄐㄧ ㄘˋ

譏笑諷刺。

【譏呵】 ㄐㄧ ㄏㄜ

譏諷呵責。

10【譏笑】 ㄐㄧ ㄒㄧㄠˋ

嘲笑。

12【譏評】 ㄐㄧ ㄆㄧㄥˊ

嘲笑批評。

【譏詆】 ㄐㄧ ㄉㄧˇ

諷刺毀謗。

14【譏誚】 ㄐㄧ ㄑㄧㄠˋ

譏刺責備。

15【譏嘲】 ㄐㄧ ㄔㄠˊ

譏諷嘲笑。

16【譏諷】 ㄐㄧ ㄈㄥˋ

譏笑諷刺。

譑 ㄐㄧㄠˇ *chiao*³ 音矯

1多言。見“玉篇”。2揭發他人罪狀。見“字彙”。

譙 一 ㄑㄧㄠˋ *ch'iao*⁴ 音峭

呵責。也作誚。見“字彙”。

二 ㄑㄧㄠˊ *ch'iao*² 音樵

1城門上用以守望的高樓。如:譙門。2姓。‘漢’有‘譙玄’。見“通志·氏族略三”。

䜌 ㄌㄩㄢˊ *lüan*² 音攣

1紊亂。見“說文”。2治理。見“說文”。3不絕。見“說文”。

13

譩 一 ㄧˋ *i*⁴ 音意

痛聲。同噫。見“集韻”。

二 ㄧ *i*¹ 音衣

1同一。2恚恨。見“集韻”。3哀傷。見“集韻”。

譠 ㄊㄢ *t'an*¹ 音貪 又讀 ㄓㄢ *chan*¹ 音沾

1欺詐;欺騙。見“廣韻”。2緩慢。見“廣雅·釋詁”。

議 ㄧˋ *i*⁴ 音義
[1]言論;意見。如:博採眾議。[2]評論;商討。如:議決。[3]文體的一種。用來說理、論事或陳述意見。如:奏議。

7【議決】 ㄧˋ ㄐㄩㄝˊ
經討論後作出決定。

8【議定】 ㄧˋ ㄉㄧㄥˋ
[1]商議決定。[2](protocol) 數據通訊網路中,對資訊交換與傳送之相對時序及格式等之說明與規定。

10【議員】 ㄧˋ ㄩㄢˊ
組成議會的成員。可分爲國會議員及地方議會議員。

13【議會】 ㄧˋ ㄏㄨㄟˋ
代表民意,爲民議事立法的組織。議會的議員,全部或大部由人民選舉。

8【議定書】 ㄧˋ ㄉㄧㄥˋ ㄕㄨ
(protocol) 國際會議結果的一種記載方式。國家間的全權代表,針對某項問題進行協議,其結果的書面紀錄即稱爲議定書。其正式性低於條約,且多附於條約之後,用以修正、解釋或補充,不過效力相等於條約。

譝 ㄕㄥˊ *shêng*² 音繩
稱譽;讚美。見“廣韻”。

譪 ㄞˋ *ai*⁴ 音愛
人臣盡力的美好樣子。同藹。見“說文”。

譟 ㄗㄠˋ *tsao*⁴ 音燥
群呼;喧鬧。同噪。見“說文”。

譨 ㄋㄡˊ *nou*²
參譨譨。

20【譨譨】 ㄋㄡˊ ㄋㄡˊ
多言的樣子。

譤 警的或體。

譯 ㄧˋ *i*⁴ 音亦
將一種語言文字轉換成另一種語言文字。

15【譯碼】 ㄧˋ ㄇㄚˇ
(encoding) 記憶的主要過程之一。將所欲記憶的外界事物譯成個體所能瞭解與記憶之符號的歷程。

13【譯意風】 ㄧˋ ㄧˋ ㄈㄥ
(earphone) 指耳機、聽筒、受信機。也指大型國際會議會場中一種無線電收聽裝置。透過中央翻譯系統,可以此種耳機選取收聽適合的語言翻譯。

譫 ㄓㄢ *chan*¹ 音詹
多言。同噡。見“集韻”。

6【譫妄】 ㄓㄢ ㄨㄤˋ
由於裡熱過盛或痰火內擾,引起意識不清、胡言亂語,或情緒失常、煩躁不安的神經性病症。

14【譫語】 ㄓㄢ ㄩˇ
指病患在意識不清之情況下的胡言亂語。多屬實症的症候。

譣 ㄑㄧㄢ *ch'ien*¹ 音千 又讀 ㄒㄧㄢˇ *hsien*³ 音險
[1]訊問;探問。見“說文”。[2]偏頗邪惡的言詞。見“玉篇”。

譍 ㄧㄥˋ *ying*⁴ 音映
回答;答話。今通作應。見“正字通”。

譱 善的古文。

譬 ㄆㄧˋ *p'i*⁴ 音辟
[1]比喻。[2]明曉;曉諭。

12【譬喻】 ㄆㄧˋ ㄩˋ
[1]修辭格的一種。也稱比喻。運用具有類似點的事物,比擬主題。[2]佛家語。梵語阿波陀那(avadāna)的義譯。‘釋迦’說法,依內容及文體分爲十二種,即十二部經。其中之一即譬喻。以故事或寓言解說教理,稱爲譬喻。

警 ㄐㄧㄥˇ *ching*³ 音景
[1]告誡。如:警告。[2]緊急的消息或通告。如:火警。[3]小心戒慎。如:警惕。[4]靈敏。如:機警。

5【警世】 ㄐㄧㄥˇ ㄕˋ
警惕世人。

【警句】 ㄐㄧㄥˇ ㄐㄩˋ
[1]詩文中精闢的句子。[2]足以警惕世人的話。

7【警戒】 ㄐㄧㄥˇ ㄐㄧㄝˋ
警惕戒備。

【警告】 ㄐㄧㄥˇ ㄍㄠˋ
[1]告誡而使警覺。[2]國際間抗議的一種形式。如:甲國軍艦、飛機侵入乙國的領海、領空時,乙國從外交上向甲國提出警告。

10【警悟】 ㄐㄧㄥˇ ㄨˋ
警覺領悟。

11【警惕】 ㄐㄧㄥˇ ㄊㄧˋ
警覺而有所戒懼。

12【警策】 ㄐㄧㄥˇ ㄘㄜˋ
[1]詩文中精闢的句子。[2]佛家語。禪堂中坐禪時,禪師用來鞭打昏沉之弟子的策鞭。今在寺廟中已少見。

【警備】 ㄐㄧㄥˇ ㄅㄟˋ
警戒防備。

14【警語】 ㄐㄧㄥˇ ㄩˇ
足以警戒世人的語句。

16【警醒】 ㄐㄧㄥˇ ㄒㄧㄥˇ
[1]警覺醒悟。[2]指睡眠中易醒。

20【警鐘】 ㄐㄧㄥˇ ㄓㄨㄥ
報告緊急事變的鐘聲。

【警覺】 ㄐㄧㄥˇ ㄐㄩㄝˊ
[1]對可能發生的事變或危險有敏銳的感覺。[2]佛家語。⑴警醒覺悟。⑵作意。即注意。

5【警世通言】 ㄐㄧㄥˇ ㄕˋ ㄊㄨㄥ ㄧㄢˊ
‘明’‘馮夢龍’纂輯,四十卷。收有‘宋’、‘元’、‘明’話本四十篇。

14【警察人員】 ㄐㄧㄥˇ ㄔㄚˊ ㄖㄣˊ ㄩㄢˊ
在警察機關從事警察工作之人員。如中央的‘警政署’、地方的‘警務處’、‘警察局’等業務單位的人員。警察人員的進用,須經警察人員考試及格。

【警察獎章】 ㄐㄧㄥˇ ㄔㄚˊ ㄐㄧㄤˇ ㄓㄤ
專爲警察人員所規定之獎章制度。依“警察獎章條例”規定,警察人員若有法定勞績之一,如辦理警察行政,於警政之建制及改進著有特殊成績者;值地方騷動、暴動或其他非常事變時能防範制止,或應其他警察機關請求援助保全地方安寧、秩序者等,得由'內政部'發給警察獎章。

【警察人員考試】ㄐㄧㄥˇ ㄔㄚˊ ㄖㄣˊ ㄩㄢˊ ㄎㄠˇ ㄕˋ

特種考試之一。指經考試及格可取得一般警察職務任用資格之考試。依現制規定,警察人員考試分乙等、丙等、丁等三個等別舉行,其應考資格,分別與乙等、丙等、丁等特種考試之應考資格相當。

謷 ㄐㄧㄠˋ *chiao*^{4} 音叫

①痛呼。見"說文"。②揭發他人的陰私。見"廣韻"。

14

𧬠 ㊀ ㄋㄧㄥˊ *ning*^{2} 音寧

私下說人壞話。見"集韻"。

㊁ ㄋㄧㄥˋ *ning*^{4} 音佞

諂諛。通作佞。見"集韻"。

譶 ㄊㄚˋ *t'a*^{4} 音沓

說話快;不停地說。見"說文"。

譹 ㄏㄠˊ *hao*^{2} 音豪

大聲號叫。也作嚎、號。見"正字通"。

譳 ㄋㄡˋ *nou*^{4} 音耨

參譳譳。

譸 ㄓㄡ *chou*^{1} 音州

①詛咒。見"說文"。②揣度。通籌。

𧭹

診的或體。

譺 ㊀ ㄧㄝˋ *yeh*^{4} 音夜

①痴呆。見"說文"。②欺侮。見"廣韻"。

㊁ ㄋㄧˋ *ni*^{4} 音逆

肅敬的樣子。見"字彙補"。

譅 ㄙㄜˋ *sê*^{4} 音澀

說話不流利。

譴 ㄑㄧㄢˇ *ch'ien*^{3} 音遣

①責備;責問。如:譴責。②罪過。③貶官。如:譴謫。

11【譴責】ㄑㄧㄢˇ ㄗㄜˊ

斥責;責備。

18【譴謫】ㄑㄧㄢˇ ㄓㄜˊ

官吏因罪降級,調往偏遠地方。

護 ㄏㄨˋ *hu*^{4} 音互

①守衛;保衛。如:護衛。②助。如:救護。③愛惜;關懷。④掩蓋;隱瞞。如:護短。

8【護法】ㄏㄨˋ ㄈㄚˇ

①維護法制。②佛家語。⑴護持自己所得的道法。⑵指護持佛法的人。⑶佛滅後一千年,生於'南印度''達羅毘荼國'之'建志補羅城',西元七世紀初,傳法與'戒賢','戒賢'授法與'玄奘'。年三十二歲卒。曾為'世親菩薩''唯識論'三十頌作解釋,弘揚唯識思想。

【護岸】ㄏㄨˋ ㄢˋ

(bank protection) 為維護河岸的穩定,於沿岸所加固的土木結構工程措施。通常護岸的建築須達凹岸之全長與全深,以免底部易受沖刷而導致坍潰。護岸之結構亦宜有彈性,例如採用方鉛絲蛇籠;另在低水位以下須有埽工,以防淘挖。

9【護面】ㄏㄨˋ ㄇㄧㄢˋ

(cladding) 利用表面處理法,將異相材料(厚度大於 1mm)覆蓋於母材表面,以改進抗蝕性或其他材質的方法。

10【護航】ㄏㄨˋ ㄏㄤˊ

①以飛行或航行中的飛機或船艦,來保護其他機隊或船隊。如'美國'航空母艦出航時,通常由巡洋艦擔任護航任務。②指助人過關。

11【護理】ㄏㄨˋ ㄌㄧˇ

①古代上級官吏出缺,由次級官員守護印信並且代理其職務。②泛稱對於病患之看護調理工作。

12【護喪】ㄏㄨˋ ㄙㄤ

①主持治喪事宜。②護送靈柩安葬。

【護短】ㄏㄨˋ ㄉㄨㄢˇ

①掩飾自己的缺點。②袒護別人的短處。

13【護照】ㄏㄨˋ ㄓㄠˋ

指本國人在境外用來證明國籍身分,藉以請求外交保護,並准予居留或通行的官方文書。通常由本國政府主管機關依法發給,並經擬往國家的使領館簽證後,始為有效。此屬於國家的重要文件,主管機關於必要時得以收繳或吊銷。我國目前將護照區分為外交護照、公務護照及普通護照三種,均由'外交部'制定發放。

15【護膝】ㄏㄨˋ ㄒㄧ

①俗稱套褲。舊時男子所穿,形式像兩隻褲管,套在褲外,但長度僅及膝蓋。②保護膝蓋的橢圓形裝備。

16【護龍】ㄏㄨˋ ㄌㄨㄥˊ

即廂房。我國農村興建,注重風水形勢,常請地師定位,地師認為正廳是龍脈所在,左右兩列房屋便稱為護龍。

24【護靈】ㄏㄨˋ ㄌㄧㄥˊ

護送或守護靈柩。

7【護身符】ㄏㄨˋ ㄕㄣ ㄈㄨˊ

①佩帶身上以保護安全的符籙。②指用來托庇的勢力。③古代官府頒給出家僧尼戒牒的別稱。

9【護城河】ㄏㄨˋ ㄔㄥˊ ㄏㄜˊ

圍繞在城堡外,用以禦敵護城的河道。

17【護牆板】ㄏㄨˋ ㄑㄧㄤˊ ㄅㄢˇ

(sheathing panel) 又稱臺度。牆自地板起高約1～1.2公尺處為人最常觸及,為免損害及增進木造外牆的剛固性、橫向穩定性、絕緣性,並形成牆面基底的構造。兼具裝飾作用。除用木板外,亦可用大理石、人造石、瓷磚等建材。

8【護法運動】ㄏㄨˋ ㄈㄚˇ ㄩㄣˋ ㄉㄨㄥˋ

'孫中山'先生力倡維護國會及"臨時約法"的運動。分三期:第一期:

'民國'五年六月'袁世凱'死後,發生恢復"約法"及國會問題;六年七月'張勳'復辟,'孫'在'廣州'成立軍政府,倡導護法,戰爭爆發。至七年五月,軍政府改組,'孫'離'粵'。第二期:九年冬,'粵'軍回'粵','孫'返'廣州',繼續護法;至十一年六月'陳炯明'叛變,事後'孫'離'粵'。第三期:十二年一月,'孫'命'滇''桂'軍逐叛軍,歸'廣州'任大元帥,討伐叛逆;十月,'曹錕'賄選總統,國會議員自失立場,護法運動遂告結束。

【護花使者】 ㄏㄨˋ ㄏㄨㄚ ㄕˇ ㄓㄜˇ
指保護女子的男士。

譶 ㄊㄚˋ *t'a*⁴ 音沓
胡言亂語。見"字彙"。

譽 ㄩˋ *yü*⁴ 音預
1稱揚;讚美。如:毀譽參半。2美好的名聲。如:譽滿天下。

譻 ㄧㄥ *ying*¹ 音嬰
形容輕細的聲音。見"廣韻"。

15

讅 ㄕㄣˇ *shên*³ 音審
知悉。同諗。如:不讅詳情。

讁 謫的或體。

譾 ㄐㄧㄢˇ *chien*³ 音剪
淺薄。同謭。

9【譾陋】 ㄐㄧㄢˇ ㄌㄡˋ
淺陋。

譿 ㄏㄨㄟˋ *hui*⁴ 音慧
明辨;詳察。也作譓。見"集韻"。

讖 讖的俗體。

讀 一 ㄉㄨˊ *tu*² 音獨
1念誦。見"正字通"。2閱覽。
二 ㄉㄡˋ *tou*⁴ 音逗
斷句的地方。通逗。如:句讀。

9【讀音】 ㄉㄨˊ ㄧㄣ
1指國字的字音。2指國字在文言文裡的發音。與語音相對。如⌊詩有六義⌉之⌊六⌉,讀音爲ㄌㄨˋ,語音爲ㄌㄧㄡˋ。

【讀架】 ㄉㄨˊ ㄐㄧㄚˋ
(shelf reading)即根據索書號的順序,檢查書架上的資料是否在其應在的位置。通常均於閉館前爲之,以便次日讀者即架求書。

13【讀會】 ㄉㄨˊ ㄏㄨㄟˋ
立法機關討論並表決議案,關係國計民生甚大,所以各國立法機關審議議案,無不鄭重其事,與其失之粗率,寧可失之緩慢。因此立法程序就採用了三讀會(three readings)的方法。三讀會之制發祥於'美國',即三次討論議案之意。其後各國均相模倣,不過各國三讀會制度不盡相同。依我國'立法院'議事規定,第一讀會(簡稱爲初讀或一讀)由主席將議案宣付朗讀,政府提出之議案於朗讀標題後,即交付有關委員會審查,或經出席委員表決通過,逕付二讀;立法委員提出之議案,於朗讀後,提案人得說明其旨趣,經大體討論,議決交付審查,或逕付二讀,或不予審議。第二讀會(簡稱爲二讀)就各委員會之審查意見或原案要旨,先作廣泛討論,再作逐條討論,並加修正。第三讀會(簡稱爲三讀)除發現議案內容有互相牴觸,或與憲法及其他法律相牴觸者外,只得爲文字之修正,而將議案全案付表決。法律案及預算案必經三讀,其他議案只要二讀,就得表決。

5【讀卡機】 ㄉㄨˊ ㄎㄚˇ ㄐㄧ
(card reader)可閱讀打孔卡片,並將卡片上之孔所代表的資料轉換爲電子信號,以供電腦輸入的裝置。

15【讀寫頭】 ㄉㄨˊ ㄒㄧㄝˇ ㄊㄡˊ
(read/write head)也稱讀寫磁頭。磁碟機與磁帶機等電腦週邊設備中,可自磁性資料媒體上讀取資料,或將資料記錄於媒體上之裝置。

8【讀取敍述】 ㄉㄨˊ ㄑㄩˇ ㄒㄩˋ ㄕㄨˋ
(read statement)指電腦程式語言中,用以讀取資料的指令敍述。

10【讀書種子】 ㄉㄨˊ ㄕㄨ ㄓㄨㄥˇ ㄗˇ
有學問而能承繼、傳播文化的人。

【讀書雜志】 ㄉㄨˊ ㄕㄨ ㄗㄚˊ ㄓˋ
'清''王念孫'撰,八十二卷。此書爲'王'氏校勘"逸周書"、"戰國策"、"史記"、"漢書"、"管子"、"晏子春秋"、"墨子"、"荀子"、"淮南子"、"漢隸"等古書的心得,對於文字訛謬、句讀錯亂、音訓異同,皆一一加以釐正,頗爲精覈。

11【讀通鑑論】 ㄉㄨˊ ㄊㄨㄥ ㄐㄧㄢˋ ㄌㄨㄣˋ
'清''王夫之'撰,三十卷,附敍論四篇。就"資治通鑑"所載史事,發表議論,對後代思想界有極深遠的影響。

5【讀史方輿紀要】 ㄉㄨˊ ㄕˇ ㄈㄤ ㄩˊ ㄐㄧˋ ㄧㄠˋ
'清''顧祖禹'撰,一百三十卷。根據二十一史及百餘種地方志書,以'明'末'清'初行政區劃爲準,敍述其建置沿革、疆域及地理、古蹟。爲研究我國歷史地理的重要參考文獻。

讄 ㄌㄟˇ *lei*³ 音壘
祈禱求福。見"說文"。

讂 ㄒㄩㄢˋ *hsüan*⁴ 音絢
1流言。見"說文"。2內心有所營求。見"玉篇"。

讆 ㄨㄟˋ *wei*⁴ 音衛
1稱譽不肖之人。見"管子·形勢"。2詐僞。通僞字。見"正字通"。

16

讋 ㄓㄜˊ *chê*² 音摺
1多話。見"說文"。2驚恐;畏懼。見"正字通"。

讌 ㄧㄢˋ *yen*⁴ 音宴
宴會;聚談。同醼、宴。見

"廣韻"。

讇 諂的或體。

變 ㄅㄧㄢˋ *pien*^{4} 音辨
更改;轉化。見"說文"。

4【變文】 ㄅㄧㄢˋ ㄨㄣˊ
'唐代'講唱文學的一種。內容以佛經故事、歷史故事、民間傳說爲主;形式以韻文和散文相間者多。

【變幻】 ㄅㄧㄢˋ ㄏㄨㄢˋ
變化。

6【變色】 ㄅㄧㄢˋ ㄙㄜˋ
1顏色改變。2因恐懼或憤怒而臉色改變。3礦物旋轉時,產生色彩變換的現象。如變石。

7【變形】 ㄅㄧㄢˋ ㄒㄧㄥˊ
(distortion) 指爲了強烈表達作品之內涵或作者主觀之感情,脫離寫實的外形而有意予以誇張或扭曲,以達到激昂感情或意義表達之目的。野獸派與表現派的畫家均喜用此種變形的造形。

【變更】 ㄅㄧㄢˋ ㄍㄥ
1改變更動。2權利不喪失其同一性,只變更其形態之謂。權利之變更分爲:一、主體之變更;二、內容或客體之變更;三、作用之變更。主體之變更,指權利因移轉而發生繼受取得之情形。例如遺產因被繼承人死亡而移轉於全體繼承人是。內容或客體之變更者,指權利之質或量發生變化。例如債之一部淸償、不動產租金之增減、物權客體之擴大或縮小等是。作用之變更者,指權利之作用發生變化。例如動產抵押權之設定固然於書面契約訂立時即告成立生效,但仍不得對抗善意第三人,嗣後於登記機關爲登記,其抵押權之作用由「不得對抗善意第三人」變更爲「得對抗一切第三人」是。

【變局】 ㄅㄧㄢˋ ㄐㄩˊ
動亂不安的局勢。

【變位】 ㄅㄧㄢˋ ㄨㄟˋ
(deflection) 結構物受荷重引起結構對原來位置的位移。爲所有彈性結構物的共同特性。控制設計經常採用的不是強度而是變位,尤其在設計梁時,因極小的變位也會引起樓版的磨石子地或抹灰的天花板破裂。梁、鋼架、栱、桁架等結構的變位能用結構力學的分析法及圖解法求得。桁架橋易產生變位,建築時通常用反彎來抵消變位的影響。

8【變法】 ㄅㄧㄢˋ ㄈㄚˇ
改變舊有的法制。

【變性】 ㄅㄧㄢˋ ㄒㄧㄥˋ
1(denaturation) 指物質的特性和結構在某種因素下出現不可逆性的改變。如蛋白質加熱後,產生凝固,其性質便永久改變。人體的細胞,在某些致病因素下也會改變性質,出現機能障礙或癌細胞。2指改變性別。

【變卦】 ㄅㄧㄢˋ ㄍㄨㄚˋ
"周易"六十四卦中的某卦,由於爻的改變而成爲另一卦。後用以比喻預定之事忽然更改。

【變易】 ㄅㄧㄢˋ ㄧˋ
改變。

9【變革】 ㄅㄧㄢˋ ㄍㄜˊ
改革。

【變故】 ㄅㄧㄢˋ ㄍㄨˋ
1不幸的事故。2事情的變動。

【變相】 ㄅㄧㄢˋ ㄒㄧㄤˋ
1從原形改變而成新的形相。2佛家語。⑴密宗曼荼羅之一種。畫有極樂世界、地獄等種種動相之圖像。參曼荼羅。⑵將佛經中之道理轉變成爲圖像的一種通俗的藝術作品。是'唐代'寺廟常有的圖畫。常與變文一起展示講唱。

【變星】 ㄅㄧㄢˋ ㄒㄧㄥ
(variable star) 指亮度有變化的恆星。可分爲三類:一、蝕變星:兩顆距離很近的恆星,在互繞時形成交蝕現象,致使亮度產生變化。二、脈動變星:由該星體自身脈動而引起亮度變化。三、爆發變星:因星體發生爆炸,致使亮度突增。蝕變星是外致變星,其他兩類則爲內致變星。

【變風】 ㄅㄧㄢˋ ㄈㄥ
"詩""國風"自"邶風"至"豳風"一百三十五篇爲變風。與正風相對。大都爲反映'周'政衰亂的作品。

11【變通】 ㄅㄧㄢˋ ㄊㄨㄥ
1事物因變化而通達。2順應時勢改變以求通適。

【變動】 ㄅㄧㄢˋ ㄉㄨㄥˋ
1更改。2不尋常的舉動或事故。

【變造】 ㄅㄧㄢˋ ㄗㄠˋ
1把原有的物品改造爲他物。2指無制作權人變更他人作成之眞正文書的內容之意義。變造之前提,必須先有眞正之文書存在,如本無文書存在,或其文書本無一定之內容,因其制作始有其內容,則爲僞造,並非變造。"刑法"對於變造私文書、變造公文書、變造特種文書均有處罰之規定。

12【變雅】 ㄅㄧㄢˋ ㄧㄚˇ
"詩""小雅"自"六月"至"何草不黃"五十八篇爲變"小雅","大雅"自"民勞"至"召旻"十三篇爲變"大雅",總稱變雅。與正雅相對。大都爲反映'周'政衰亂的作品。

【變項】 ㄅㄧㄢˋ ㄒㄧㄤˋ
(variable) 凡足以接受不同數值的屬性,稱爲變項。例如年齡、智商、收入、成就等。變項包括獨立變項 (independent variable)、依變項(dependent variable)與中介變項 (intervening variable)。

【變換】 ㄅㄧㄢˋ ㄏㄨㄢˋ
(transformation) 數學上指映射、函數。將某一類每一個東西對應到別的東西而言。適用於有幾何、運動意義的函數。

13【變亂】 ㄅㄧㄢˋ ㄌㄨㄢˋ
變動混亂。

【變節】 ㄅㄧㄢˋ ㄐㄧㄝˊ

改變本來的志節或操守。

14【變態】 ㄅㄧㄢˋ ㄊㄞˋ

1變動的狀態。泛指形體、外表、言行、態度、習俗等一切有形的變化而言。2(abnormality) 泛指心理狀態異於常人、適應困難與自覺紛擾的失常現象。3(metamorphosis)動物由受精卵發育至成體的過程中,有幼蟲甚至蛹的時期,此種在形態構造上發生改變的情形,稱爲變態。例如昆蟲在發生過程中由卵→幼蟲→成蟲,稱爲不完全變態;或卵→幼蟲→蛹→成蟲,稱爲完全變態。變態亦指由一種構造轉變爲另一種構造,例如由雄蕊變爲花瓣。

15【變賣】 ㄅㄧㄢˋ ㄇㄞˋ

係指查封之動產,不經拍賣程序而以相當價格任意出售之執行行爲。查封之動產得於下列三種情形變賣:一、在拍賣期日前,因債權人及債務人之聲請,執行處得不經拍賣程序,將查封物之全部或一部變賣之。二、查封物易腐壞者,執行處得不經拍賣程序,依職權變賣之。三、金銀物品及有市價之物品得不經拍賣程序,逕依市價變賣之。變賣得隨時隨地行之,無拍賣期日及拍賣場所之限制。動產之變賣,如有市價,應照市價;如無市價,以執行法院認爲相當之價格變賣。

【變遷】 ㄅㄧㄢˋ ㄑㄧㄢ

1變化;改變。2事物的發展演變。

【變數】 ㄅㄧㄢˋ ㄕㄨˋ

(variable) 1代數式中的未知數或不定元均稱爲變數。傳統的函數概念係以變數代換和變數等式形成的。2與常數相對。出現在語式中的意義或指稱未確定之表詞。一般在邏輯裡(比如在謂詞邏輯裡)有命題變數、個體變數和謂詞變數。3電腦程式中,由一組字符所表示,可代表一數值或資料的識別名稱,稱爲變數。變數所代表之數值或資料可在程式執行之過程中被改變。

【變質】 ㄅㄧㄢˋ ㄓˊ

事物的性質改變。

17【變臉】 ㄅㄧㄢˋ ㄌㄧㄢˇ

因生氣而變臉色。

23【變體】 ㄅㄧㄢˋ ㄊㄧˇ

改變形體。

7【變形機】 ㄅㄧㄢˋ ㄒㄧㄥˊ ㄐㄧ

(convertiplane) 隨駕駛員意願,可至少作二種以上不同方式飛行的飛機。如垂直升降可作直升機或旋翼機飛行,向前推進可作固定翼飛機飛行的飛機。

【變形蟲】 ㄅㄧㄢˋ ㄒㄧㄥˊ ㄔㄨㄥˊ

(*Amoeba*) 屬原生動物門、肉足綱(class Sarcodina)。生活於淡水中,爲單細胞動物,體表只有一層細胞膜,所以表面的任何部分都能突出而形成僞足;僞足是其運動胞器,也可用來攝食。體小,必須用顯微鏡才能觀察到。行分裂生殖,由一個細胞經有絲分裂而形成兩個。在冬天天氣寒冷時,身體便收縮成一團,表面有厚壁,稱爲孢囊 (cyst),可用以度過不良環境。

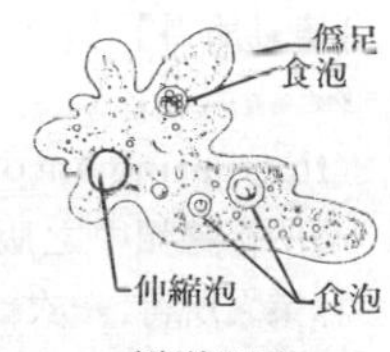

變形蟲圖

【變位法】 ㄅㄧㄢˋ ㄨㄟˋ ㄈㄚˇ

(deflection method) 以量度量爲基準而直接測知眞值的量度方法。如利用彈簧測力,因彈簧位置變化而測得其拉力或壓力大小。

8【變阻器】 ㄅㄧㄢˋ ㄗㄨˇ ㄑㄧˋ

(rheostat) 具有一固定端點及一可動接觸點的可變電阻器。

9【變奏曲】 ㄅㄧㄢˋ ㄗㄡˋ ㄑㄩˇ

(variations) 根據一自成段落之主題,發揮成一系列主題變形的變奏。一般主題係採自較通俗的旋律(如歌劇中之詠歎調)或是作曲家自稿。變奏曲是爲樂器(獨奏或合奏,甚至整個樂團)而寫的。

11【變速器】 ㄅㄧㄢˋ ㄙㄨˋ ㄑㄧˋ

(transmission) 汽車傳動系統中,配合行駛狀況(如路況、行駛速度及載重量等),以變換發動機引擎與傳動軸之轉速比,而調整引擎動力的一種裝置。一般分爲手動機械變速器及液體自動變速器二種。前者採滑動齒輪組以變換扭力和速度關係;後者則採一套活門,藉液體作用,自動變換引擎與傳動軸之轉速比。

【變異值】 ㄅㄧㄢˋ ㄧˋ ㄓˊ

(variation) 量測時,受測物因外界因素影響,使得量度值不準確,而其所得之量度值與其眞值之差即爲變異值。

【變異數】 ㄅㄧㄢˋ ㄧˋ ㄕㄨˋ

(variance) 標準差的平方。即變量之平方的期望值(平均值)減去此變量期望值的平方。

13【變暈法】 ㄅㄧㄢˋ ㄩㄣˋ ㄈㄚˇ

(vignetting) 孤立主題並除去背景區的方法。主要用於人物照片的放大,更適合於色調光亮而明暗對比微弱的肖像照片。將負片的影像投射過一張不透明之硬紙中的小孔,在放大曝光時保持硬紙不停幌動,便可使照片產生變暈效果。

15【變質岩】 ㄅㄧㄢˋ ㄓˊ ㄧㄢˊ

(metamorphic rocks) 岩石的三大類之一。火成岩或沈積岩在地下受到高壓而發生變質作用,此種產生變化的岩塊或岩層,稱爲變質岩。如花岡斑岩、角頁岩、大理石、橄欖石、片麻岩、片岩、黏板岩、黑石墨等均是。

17【變壓器】 ㄅㄧㄢˋ ㄧㄚ ㄑㄧˋ

(transformer) 一種能將交流電的電壓升高或降低的電器裝置。一般變壓器是由二組匝數不同的線圈(稱爲原線圈及副線圈)繞在同一軟鐵心框體上而成。理想變壓器(無能量損失),若輸入原線圈的電壓爲ε_1及電流爲i_1,自副線圈輸出的電壓爲ε_2及電流爲i_2,其和原線圈匝數n_1及副線圈匝數n_2之間,有如下關係:

$$\frac{\varepsilon_1}{\varepsilon_2}=\frac{i_2}{i_1}=\frac{n_1}{n_2}$$ 。

【變戲法】 ㄅㄧㄢˋ ㄒㄧˋ ㄈㄚˇ

1變魔術。2耍手段。

4**【變幻莫測】** ㄅㄧㄢˋ ㄏㄨㄢˋ ㄇㄛˋ ㄘㄜˋ

變化不定,難以推測。

5**【變本加厲】** ㄅㄧㄢˋ ㄅㄣˇ ㄐㄧㄚ ㄌㄧˋ

本指事物變得比原本更進步、美好。今指事情變得更嚴重。

【變生肘腋】 ㄅㄧㄢˋ ㄕㄥ ㄓㄡˇ ㄧㄝˋ

比喻事變發生在身旁。

6**【變向車道】** ㄅㄧㄢˋ ㄒㄧㄤˋ ㄔㄜ ㄉㄠˋ

(reverse-flow lane) 又稱調撥車道。市區道路爲因應交通流方向彈性調撥使用,於街道或公路中央,設計可變向行駛的車道。此乃尖峰時刻,市區道路之交通流均呈顯著之方向分布,譬如晨間上行進城與午後下行出城之交通量,常占該時刻總交通量75%以上,爲增進該情況之道路使用效能,以通暢交通流,故採此不平衡車道之安排。

8**【變性酒精】** ㄅㄧㄢˋ ㄒㄧㄥˋ ㄐㄧㄡˇ ㄐㄧㄥ

(denatured alcohol) 加入甲醇、汽油等變性劑,以防止食用而專作工業用途之酒精。

【變性氣團】 ㄅㄧㄢˋ ㄒㄧㄥˋ ㄑㄧˋ ㄊㄨㄢˊ

當一溫度、溼度等物理性質均勻一致的氣團離開源地後,沿途雖會改變所經地區的天氣,但氣團本身的溫度、溼度亦會受其影響,而改變了物理性質,變成另一種性質的氣團,這種氣團稱爲變性氣團。

9**【變革管理】** ㄅㄧㄢˋ ㄍㄜˊ ㄍㄨㄢˇ ㄌㄧˇ

(management for change) 管理主管於面對日益加快的環境變化(如新制度、新方法、新產品市場的影響所帶來的變革)時,必須尋求適合變革所需的新方法、新設備,以有效處理變革,並協助工作同仁適應此種變革,減低同仁對變革之抗拒的管理方式。

11**【變速機構】** ㄅㄧㄢˋ ㄙㄨˋ ㄐㄧ ㄍㄡˋ

(speed change mechanism) 原動軸等速旋轉,利用適當的撥移裝置,從動軸可得多種不同的轉速,形成不同轉速比的傳動機構。

【變動成本】 ㄅㄧㄢˋ ㄉㄨㄥˋ ㄔㄥˊ ㄅㄣˇ

(variable cost) 當作業量變動時,總成本隨之成比例變動。例如製造一件產品,直接原料5元,製造產品十件,直接原料50元,則直接原料爲一變動成本。

【變動所得】 ㄅㄧㄢˋ ㄉㄨㄥˋ ㄙㄨㄛˇ ㄉㄜˊ

(fluctuating income) 指個人綜合所得總額中之版稅、自力經營林業之所得、一次給付之養老金、退休金、受雇從事遠洋漁業於每次出海後一次分配之報酬等。由於其發生並無固定性,且係長年累積的結果,故我國"所得稅法"規定,該所得得減半課稅。

13**【變溫動物】** ㄅㄧㄢˋ ㄨㄣ ㄉㄨㄥˋ ㄨˋ

(poikilothermal) 又稱冷血動物。動物的體溫會隨環境的溫度而改變者。如蛙、蛇等。

15**【變質作用】** ㄅㄧㄢˋ ㄓˊ ㄗㄨㄛˋ ㄩㄥˋ

(metamorphism) 組成地殼的岩石,不論是火成岩、沈積岩或變質岩,因受高溫、高壓或因化學作用,使其原來的性質改變的現象。其變化過程快慢不一。依外力性質的差異可分爲:一、接觸變質作用,如花岡斑岩、角頁岩、大理石、橄欖石等。二、區域變質作用,如片麻岩、片岩、黏板岩、黑石墨等。

10**【變容二極體】** ㄅㄧㄢˋ ㄖㄨㄥˊ ㄦˋ ㄐㄧˊ ㄊㄧˇ

(varactor diode) 利用壓變電容原理做成之特殊二極體。即利用變化二極體反向偏壓使其空乏區寬度改變而得到變化的電容值。

11**【變異數分析】** ㄅㄧㄢˋ ㄧˋ ㄕㄨˋ ㄈㄣ ㄒㄧ

(analysis of variance; ANOVA) 有各式各樣的方式,範型如下:若某量之變化主要有兩個要因A與B,A在$A_1,\cdots A_m$中變化,B在$B_1,\cdots B_n$中變化,由A_i、B_j從而得到量X_{ij}。設想$X_{ij}=m+a_i+b_j+Y_{ij}$之模式,其中Y_{ij}設爲無偏常態且獨立,欲檢定H_A : $a_1=a_2=\cdots=a_m$,則以$\overline{X}_i=\frac{1}{n}\sum_j x_{ij}$, $U_A=\sum(\overline{X}_i-\overline{X})^2$, $\overline{X}=\frac{1}{mn}\sum X_{ij}$, $U_C=\sum(X_{ij}-\overline{X}_i-\overline{X}_j+\overline{X})^2$,算出自由度$(m-1, n-1)$之$F$變數$F_A=\frac{U_A}{m-1}\div\frac{U_C}{(m-1)(n-1)}$;若$F_A$太小則拒斥$H_A$。

17**【變壓器耦合】** ㄅㄧㄢˋ ㄧㄚ ㄑㄧˋ ㄡˇ ㄏㄜˊ

(transformer coupling) 指經由變壓器將兩電路耦合在一起。

7**【變更判例會議】** ㄅㄧㄢˋ ㄍㄥ ㄆㄢˋ ㄌㄧˋ ㄏㄨㄟˋ ㄧˋ

最高法院各庭審理案件關於法令上之見解與其判決先例有異時,應由最高法院院長呈請'司法院'院長召集變更判例會議決定之。變更判例會議,由'司法院'院長爲主席,以最高法院及所屬庭長、推事三分之二以上出席,出席人數三分之二以上作成決議,並由'司法院'公布之。

18**【變額人壽保險】** ㄅㄧㄢˋ ㄜˊ ㄖㄣˊ ㄕㄡˋ ㄅㄠˇ ㄒㄧㄢˇ

(variable life insurance) 人壽保險的保險金額可隨時調整的保險。人壽保險原爲定額保險,近年因受通貨膨脹影響,對長期壽險業務推展頗爲不利,因而有變額壽險保單的倡行。保單面額或保險費可隨時調整,其調整標準,按生活費用指數或證券市場指數而定。其調整責任,由保單持有人(被保險人)或保險人承擔。

7【變更的意識形態】 ㄅㄧㄢˋ ㄍㄥ ·ㄉㄜ ㄧˋ ㄕˋ ㄒㄧㄥˊ ㄊㄞˋ

(altered states of consciousness)個體之知覺異於正常淸醒狀態下的主觀經驗和心理狀況。如藥物刺激所引起的迷幻狀態、催眠術所導致的半睡眠狀態,以及由打坐冥思所昇華之專心一致、毫無雜念的心靈狀態。

讎 ㄔㄡˊ *ch'ou*^{2} 音仇

1應答;對答。見"說文"。2校對。如:讎校。3相合;應驗。4仇敵;仇恨。如:讎怨。5匹;對手。通儔。6償還。通酬。

10【讎校】 ㄔㄡˊ ㄐㄧㄠˋ

校訂文字。一人校訂爲校,二人共校爲讎。

讐 讎的或體。

17

讓 謇的或體。

讓 ㄖㄤˋ *jang*^{4}

1譴責;責備。如:責讓。2謙退;推辭。如:禮讓。3把物品轉給別人持有。如:出讓。4使;令。5被。6減;減少。如:讓價。

7【讓步】 ㄖㄤˋ ㄅㄨˋ

退讓。

【讓位】 ㄖㄤˋ ㄨㄟˋ

1將自己的權位讓給別人。2將座位讓給別人。即讓座。

12【讓渡】 ㄖㄤˋ ㄉㄨˋ

一般指轉讓之意。轉讓之原因或爲買賣或爲贈與。因讓渡而訂立之契約書一般稱爲讓渡書,與"民法"上的買賣契約具相同效力。

14【讓與】 ㄖㄤˋ ㄩˇ

1讓給別人。2以物或其他財產權移轉予他人之行爲。讓與權利予他人之人,稱爲讓與人,因讓與而取得權利之人爲受讓人。債權契約之訂立,只使當事人負有給付之義務,不發生物權變動效力,必須當事人履行物權行爲後,才發生物權變動之效力。析言之,其在動產,須有移轉所有權之意思,並有交付之行爲,動產所有權才移轉,讓與行爲才完成;其在不動產,必須有書面意思表示而且完成移轉登記,不動產所有權才移轉,讓與行爲才完成。至於有價證券,其爲無記名式者,因有價證券之交付而生讓與之效力,其爲記名證券者,必須背書且交付才發生讓與之效力。

15【讓賢】 ㄖㄤˋ ㄒㄧㄢˊ

把權位讓給賢能的人。

【讓價】 ㄖㄤˋ ㄐㄧㄚˋ

減低物品的售價。

12【讓棗推梨】 ㄖㄤˋ ㄗㄠˇ ㄊㄨㄟ ㄌㄧˊ

比喻兄弟友愛。

讔 ㄧㄣˇ *yin*^{3} 音隱

謎語。見"集韻"。

讕 ㄌㄢˊ *lan*^{2} 音蘭

1抵賴;不承認。見"說文"。2誣賴他人。如:誣讕。3騙人的話。如:讕言。

7【讕言】 ㄌㄢˊ ㄧㄢˊ

謊言;不確實的話。

讖 ㄔㄣˋ *ch'ên*^{4} 音趁

1預言。2專論占驗術數的書籍。如:讖緯。

14【讖語】 ㄔㄣˋ ㄩˇ

預言。

15【讖緯】 ㄔㄣˋ ㄨㄟˇ

讖書和緯書的合稱。爲古代占驗術數的書。

讒 ㄔㄢˊ *ch'an*^{2} 音饞

1說人壞話。2毀謗人的言詞。如:進讒。3小人;奸人。

3【讒口】 ㄔㄢˊ ㄎㄡˇ

1讒人之口。2讒言。

7【讒言】 ㄔㄢˊ ㄧㄢˊ

毀謗他人的話。

11【讒陷】 ㄔㄢˊ ㄒㄧㄢˋ

用讒言陷害別人。

17【讒謗】 ㄔㄢˊ ㄅㄤˋ

說壞話毀謗別人。

18

讘 ㄓㄜˊ *chê*^{2} 音摺

話多。見"說文"。

讙 ㄏㄨㄢ *huan*^{1} 音歡

1吵嚷。見"說文"。2喜悅。通歡、懽。如:讙呼。

19

讛 囈的或體。

讚 ㄗㄢˋ *tsan*^{4} 音贊

通作贊。1稱揚;稱許。如:讚頌。2佐助。3佛經中歌頌的文詞。如:梵讚。

15【讚歎】 ㄗㄢˋ ㄊㄢˋ

稱讚。

4【讚不絕口】 ㄗㄢˋ ㄅㄨˋ ㄐㄩㄝˊ ㄎㄡˇ

稱揚不已。

20

讜 ㄉㄤˇ *tang*^{3} 音黨

正直的言論。見"正字通"。

7【讜言】 ㄉㄤˇ ㄧㄢˊ

正直的言論。

15【讜論】 ㄉㄤˇ ㄌㄨㄣˋ

正直的議論。

讞 ㄧㄢˋ *yen*^{4} 音彥

1平議獄訟案情。見"廣韻"。2報告審理結果。

讝 ㄓㄢ *chan*^{1} 音詹

病中說夢話。見"集韻"。

22

讟 ㄉㄨˊ *tu*^{2} 音讀

1怨恨;怨言。如:怨讟。2誹謗。如:謗讟。

谷部

谷 ㊀ ㄍㄨˇ ku³ 音穀
①兩山之間的川流或低地。如:河谷。②稻穀。穀的俗體。③姓。'漢'有'谷永'。見"萬姓統譜·一一二"。
㊁ ㄩˋ yü⁴ 音欲
參吐谷渾。

6【谷地】 ㄍㄨˇ ㄉㄧˋ
(valley) 地球表面上的狹長窪地。通常是相當規則的向下傾斜,河川常流經其間,切割谷地,故又稱河谷。除乾燥區域外,谷地和河道通常尾閭於海洋或湖泊。此外,構造作用亦可造成河谷,如斷層裂谷、褶曲向斜谷等。

25【谷灣】 ㄍㄨˇ ㄨㄢ
(ria) 由於海岸沈降,海水淹沒了原來的沿海陸地,若海岸山河交錯,原來山谷爲海水侵入,形成漏斗狀的海灣,稱爲谷灣。'臺灣'北端的'基隆港'和'南方澳'等都是谷灣改建而成的港灣。'愛爾蘭'西南部沿岸、'法國''不列塔尼半島'沿岸,均呈谷灣型海岸。

17【谷應泰】 ㄍㄨˇ ㄧㄥ ㄊㄞˋ
'清''豐潤'(今'河北''豐潤')人,字'賡虞',别號'霖蒼'。'順治'進士,官至'浙江'提學僉事。著有"明史紀事本末"、"築益堂集"等書。

25【谷灣式海岸】 ㄍㄨˇ ㄨㄢ ㄕˋ ㄏㄞˇ ㄢˋ
(ria coast)沿海陸地下沈或海面上升,使海水侵入原來河谷而成的海岸。屬沈水海岸的一種。其海岸形態,視沈水前的侵蝕期和地勢而異,可分沈水的山地海岸和沈水的海岸平原二類。前者地勢高,後者地勢低且海岸線相當曲折。'臺灣''基隆港'係利用谷灣式海岸所興建的良港;西'歐''荷蘭'、'比利時'、'丹麥'、'德國'沿海各河口的縮短,係海水上升所致,均屬谷灣式海岸。

𧮫 ㄐㄩㄝˊ chüeh² 音噱
①口上隨脣卷曲的部位。也指嘴脣往上噘起。見"說文"。②笑。見"廣雅·釋詁"。

3

谻 ㊀ ㄓㄣ chên¹ 音珍
谷名。見"玉篇"。
㊁ ㄐㄩㄝˊ chüeh² 音噱
腳相碰觸,行走不便的樣子。見"字彙"。

䜭 ㄑㄧㄢ ch'ien¹ 音千
山谷青青的樣子。見"說文"。

4

谹 谹的或體。

谻 ㊀ ㄐㄩㄝˊ chüeh² 音噱
腳相碰觸。也作谻。見"說文"。
㊁ ㄐㄩˋ chü⁴ 音劇
疲倦。見"字彙補"。

谺 岈的或體。

谹 ㄏㄨㄥˊ hung² 音宏
①山谷中的響聲。見"說文"。②宏大。通閎。如:谹議。

6

谼 ㄏㄨㄥˊ hung² 音洪
大谷;大壑。見"玉篇"。

7

谾 ㊀ ㄌㄠˊ lao² 音牢
參豂谾。
㊁ ㄌㄧㄠˊ liao² 音聊
谷名。見"廣韻"。

谽 ㄏㄢ han¹ 音酣
參谽岈。

7【谽岈】 ㄏㄢ ㄒㄧㄚ
洞谷空大的樣子。也作谽谺。

8

谾 ㊀ ㄏㄨㄥ hung¹ 音烘
山谷深而空的樣子。見"廣韻"。
㊁ ㄌㄨㄥˊ lung² 音龍
大而長的山谷。見"集韻"。

10

豁 ㊀ ㄏㄨㄛˋ ho⁴, huo⁴ 音貨
①前後相通的山谷。見"說文"。②開闊的樣子。如:豁然開朗。③免除。如:豁免。
㊁ ㄏㄨㄛ ho¹, huo¹
①殘缺;裂開。如:豁脣。②捨棄;犧牲。如:豁出生命。
㊂ ㄏㄜˋ ho⁴, hê⁴ 音賀
參豁亮。
㊃ ㄏㄨㄚˊ hua² 音華
也作划。參划拳。

7【豁免】 ㄏㄨㄛˋ ㄇㄧㄢˇ
免除。

9【豁亮】 ㄏㄜˋ ·ㄌㄧㄤ
寬敞明亮。

13【豁達】 ㄏㄨㄛˋ ㄉㄚˊ
①開通的樣子。②形容心胸開闊,度量寬大。

12【豁然開朗】 ㄏㄨㄛˋ ㄖㄢˊ ㄎㄞ ㄌㄤˇ
①開敞明朗的樣子。②形容頓時之間通達領悟。

谿 ㄒㄧ hsi¹ 音希 又讀 ㄑㄧ ch'i¹ 音欺
①谷;山澗。如:谿澗。②空虛。見"字彙"。

䜥 谿的本字。

谿 谿的或體。

豂 ㄏㄠ hao¹ 音蒿
參豂谾。

14【豂谾】 ㄏㄠ ㄌㄠˊ
山谷空闊的樣子。

11

豂 ㄌㄧㄠˊ liao² 音寥
深空的溪谷。見"說文"。

12

豃 ㄏㄢˇ han³ 音喊
開闊的樣子。見"集韻"。

豅 澗的或體。

豄 豄的俗體。

豆 部

豆 ㄉㄡˋ tou⁴ 音竇
1盛放菹醢，包括魚肉和蔬菜醬的食器。器淺如盤，下有柄，稱校；圈足稱鐙，大多數有蓋。'商代'少見，'西周'淺腹束柄，一般無蓋無耳，'春秋'以後兩側兩環耳，高足。

豆圖

2(pea; pulse family; Leguminosae; Fabaceae) 爲雙子葉植物中的一科。約有 12,000 種，有草本、灌木、喬木及蔓性藤本等各種性狀。分布遍及全世界。葉大多互生，常爲複葉，有托葉；花單生或各種花序，花萼 5 裂片，花瓣常 5 數；果實爲莢果，熟時大多由兩緣開裂，少數不裂者稱節莢果。3古代量器名。受四升。4姓。'漢'有'豆如意'。見"萬姓統譜·一一〇"。

11【豆豉】 ㄉㄡˋ ㄔˇ
用豆類蒸煮、發酵，放鹽調拌，密封在甕中而成的食物。

【豆彩】 ㄉㄡˋ ㄘㄞˇ
一名鬥彩。瓷器釉飾的一種。在素坯上用青花顏料勾畫花紋輪廓，罩白釉，入窯經高溫焙燒；再用紅、綠、黃、褐等彩料在青花輪廓線內塡繪，再經烘烤而成。創始於'明''成化'年間。

15【豆蔻】 ㄉㄡˋ ㄎㄡˋ
也作荳蔻。1(Amomum tsao-ko) 一名草果。多年生草本。有匍匐莖。葉片長橢圓形，兩端漸尖，有短柄，和葉鞘間並有葉舌。花序穗狀，自根狀莖抽出。蒴果卵圓形，密集，果熟時紅色，有縱向條紋。分布於我國'雲''貴'等地。栽種供藥用或作香料。2比喻年輕貌美的少女。

豆蔻圖

10【豆剖瓜分】 ㄉㄡˋ ㄆㄡˇ ㄍㄨㄚ ㄈㄣ
如豆莢被剝開，瓜果被切割。比喻國土被分裂。

15【豆蔻年華】 ㄉㄡˋ ㄎㄡˋ ㄋㄧㄢˊ ㄏㄨㄚˊ
比喻少女十三、四歲時。

3

豇 ㄐㄧㄤ chiang¹ 音江
參豇豆。

7【豇豆】 ㄐㄧㄤ ㄉㄡˋ
(asparagus bean; yard-long bean; Vigna sinensis) 一年生蔓性草本。小葉 3，頂生者菱狀卵形，側生者斜卵形；花淡紫色；莢果長條形，下垂，可達 40 幾公分，肉質而柔軟，供作蔬菜。

豇豆圖

豈 一 ㄑㄧˇ ch'i³ 音起
1想要登上高處。見"說文"。2難道；怎麼。表示反問的語氣。如：豈有此理。
二 ㄎㄞˇ k'ai³ 音凱
通愷。俗作凱。1軍隊凱旋所奏的樂曲。見"說文"。2和樂。如：豈弟君子。

4

豉 ㄔˇ ch'ih³ 音恥 讀音 ㄕˋ shih⁴ 音世
參豆豉。

6

豨 ㄒㄧㄤˊ hsiang² 音翔
參豨䝤。

25【豨䝤】 ㄒㄧㄤˊ ㄕㄨㄤ
豇豆的別稱。見"本草綱目·穀部·豇豆"。

豊 ㄌㄧˇ li³ 音理
古代的一種豆形禮器。見"說文"。

豋 ㄉㄥ têng¹ 音登
古代盛肉的一種食器。形似豆而淺，有木質、陶質或銅質等數種。通作登。見"爾雅·釋器"。

8

豌 ㄨㄢ wan¹ 音彎
參豌豆。

7【豌豆】 ㄨㄢ ㄉㄡˋ
(pea; Pisum sativum) 攀緣性一年生草本。全株被白粉。小葉 1～3 對，卵形至長橢圓形，頂端小葉變成卷鬚，托葉爲葉狀；花蝶形，白色大型，1～3 朵或總狀花序；莢果扁平，熟時開裂；種子球形，呈綠色或黃色，平滑或皺縮。栽培供食用。

豌豆圖

豍 ㄘㄜˋ ts'ê⁴ 音策
磨豆。見"廣韻"。

豏 ㄅㄧ pi¹ 音逼 又讀 ㄅㄧㄢˇ pien³ 音貶
即豌豆。也作豍。見"字彙"。

豎 ㄕㄨˋ shu⁴ 音樹
俗作竪。1直立；樹立。見"說文"。2書法的直筆。即永字八法之⌊努⌉。[3]僕役。如：小豎。[4]對人的鄙稱。參豎子[2]。

3【豎子】 ㄕㄨˋ ㄗˇ

[1]童僕。[2]對人的鄙稱。

11【豎笛】 ㄕㄨˋ ㄉㄧˊ

(clarinet) 一種豎著拿在雙手上吹奏的西洋木管樂器。即單簧管。

12【豎琴】 ㄕㄨˋ ㄑㄧㄣˊ

(harp) 一種大型的撥絃樂器。因其形狀豎立，故名。豎琴的種類很多，而且歷史悠久，遠在古代'希臘'神話中便有記載，目前常見的是演奏型大豎琴，琴絃達48條之多，而且有7個升音踏板，利用踏板可以在同一條琴絃撥出高半音或是高兩個半音的效果。

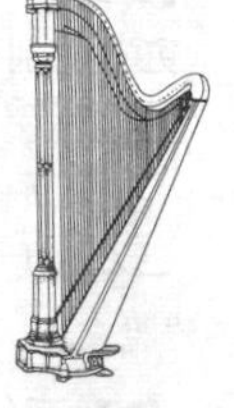
豎琴圖

【豎掌】 ㄕㄨˋ ㄓㄤˇ

國術掌法。五指尖皆向上。

6【豎曲線】 ㄕㄨˋ ㄑㄩ ㄒㄧㄢˋ

(vertical curve)鐵、公路路線改變其縱向坡度處，所佈設的立面曲線。目的乃使縱向線形變化緩和，增加安全視距，以臻行車安全與舒適。通常採用拋物線及圓弧線兩種，而拋物線測量、計算均稱簡易，且便於假設及變化緩和，尤爲常用。

9

𧯷 ㄐㄧㄣˇ *chin*³ 音謹

古代酒器的一種。用於婚禮。也作卺。見"廣韻"。

10

豏 ㄒㄧㄢˋ *hsien*⁴ 音現

尚未成熟的豆子。也指餅中的豆餡。見"集韻"。

11

豐 ㄈㄥ *fêng*¹ 音風

[1]古代放酒器的托盤。形狀像豆而低。[2]盛大；厚多。[3]茂密。如：豐草。[4]肥胖；肌膚盈滿潤澤。如：豐潤。[5]"易"卦名。六十四卦之一。離下震上。[6]姓。'宋'有'豐稷'。見"通志・氏族略四"。

豐卦圖

7【豐沛】 ㄈㄥ ㄆㄟˋ

[1]盛多的樣子。[2]'劉邦'爲'秦''沛縣''豐邑'(今'豐縣')人，後人因稱帝王的故鄉爲豐沛。

8【豐采】 ㄈㄥ ㄘㄞˇ

美好的儀態、風度。也作丰采。

9【豐厚】 ㄈㄥ ㄏㄡˋ

豐富；隆重。

【豐盈】 ㄈㄥ ㄧㄥˊ

[1]體貌豐滿。[2]農作物豐收。[3]富厚。

12【豐登】 ㄈㄥ ㄉㄥ

穀物收穫盛多。

【豐腆】 ㄈㄥ ㄊㄧㄢˇ

豐盛精美。

【豐腴】 ㄈㄥ ㄩˊ

[1]體貌豐滿。[2]安適豐足。

14【豐滿】 ㄈㄥ ㄇㄢˇ

[1]充足。[2]指體貌飽滿潤澤。今多用以形容女子形貌充盈健美。[3]指羽翼健壯豐厚。

【豐歉】 ㄈㄥ ㄑㄧㄢˋ

豐收或歉收。

【豐碩】 ㄈㄥ ㄕㄨㄛˋ

豐富。

15【豐潤】 ㄈㄥ ㄖㄨㄣˋ

[1]豐滿而潤澤。[2]指房舍富麗堂皇。

【豐瘠】 ㄈㄥ ㄐㄧˊ

肥瘦。

20【豐贍】 ㄈㄥ ㄕㄢˋ

豐富；充足。

【豐饒】 ㄈㄥ ㄖㄠˊ

富足。

22【豐穰】 ㄈㄥ ㄖㄤˊ

收穫豐盛。

3【豐子愷】 ㄈㄥ ㄗˇ ㄎㄞˇ

(1898～1975) '浙江''桐鄉'人。早年赴'日本''川端洋畫學校'專攻西畫，回國後，在'上海'、'浙江'、'重慶'等地從事美術和音樂教學，而以漫畫著名藝壇。大陸淪陷後，曾任僞'上海國畫院'院長。著有"現代藝術綱要"、"豐子愷漫畫集"。

豐子愷像

5【豐功偉業】 ㄈㄥ ㄍㄨㄥ ㄨㄟˇ ㄧㄝˋ

偉大的功業。

【豐田式生產】 ㄈㄥ ㄊㄧㄢˊ ㄕˋ ㄕㄥ ㄔㄢˇ

(TOYOTA production system)西元1973年能源危機後，'日本''豐田汽車公司'爲因應產品⌊多樣少量⌉之需求特性的市場情況，並徹底消除各種浪費、提高生產效率所發展出的一套生產系統。即各部門最終製程在某一時間所需之數量，均由前一部門供應，依此以構成流程化的生產網。在其產製過程中，特別採行U字型生產線及個別移送同步化生產、一人兼顧數項製程等技術，以精簡人員；且利用看板、作業自動化及設定作業標準化，以删減庫存，使所有人力、資源各盡其用，有效提升生產效率及產品品質。

18【豐鎬西周遺址】 ㄈㄥ ㄏㄠˋ ㄒㄧ ㄓㄡ ㄧˊ ㄓˇ

'西安市'是'西周'王都'豐'、'鎬'所在地，在其西的'豐河'兩岸發現很多'西周'遺址，出土大量青銅器。重要遺址如西岸的'客省莊'、'張家坡'、'馮村'、'大原村'、'西旺村'，以及東岸的'斗門鎮'、'普渡村'等。在'客省莊'、'張家坡'的'西周'墓葬區，發現多座殉人墓葬及車馬坑。

13

豑 ㄓˋ *chih*⁴ 音秩

古禮的一種。指獻爵的次

第。後泛指次序。通作秩。見"說文"。

18

豒 ㄕㄨㄤ shuang[1] 音雙
參跭豒。

20

豓 豔的本字。

21

豔 ㄧㄢˋ yen[4] 音焰
本作豓。俗作艷。1美麗；美好。如：豔色。2美女。如：'衛'豔'陳'娥。3光色鮮明。如：鮮豔。4羨慕。如：豔羨。5'楚'地的民歌。如：'荊'豔'楚'舞。

7【豔冶】 ㄧㄢˋ ㄧㄝˇ
鮮豔；美麗。

12【豔發】 ㄧㄢˋ ㄈㄚ
光彩四射。

【豔陽】 ㄧㄢˋ ㄧㄤˊ
燦爛的陽光。

13【豔福】 ㄧㄢˋ ㄈㄨˊ
指受美貌或眾多女子喜愛的福分。

【豔羨】 ㄧㄢˋ ㄒㄧㄢˋ
非常羨慕。

【豔遇】 ㄧㄢˋ ㄩˋ
俗稱邂逅美女。

14【豔稱】 ㄧㄢˋ ㄔㄥ
因羨慕而稱說讚美。

19【豔麗】 ㄧㄢˋ ㄌㄧˋ
光豔美麗。

豕 部

豕 ㄕˇ shih[3] 音始
豬彘總名。見"字彙"。

9【豕突狼奔】 ㄕˇ ㄊㄨˊ ㄌㄤˊ ㄅㄣ
野豬、野狼到處奔跑衝撞。比喻賊寇或亂兵四處流竄。

1

豖 ㄔㄨˋ ch'u[4] 音畜
豬的腳被繩索綁絆，行走困難的樣子。見"說文"。

3

豗 ㄏㄨㄟ hui[1] 音恢
1豬掘地洞。見"正字通"。2相擊。見"字彙"。

4

豜 ㄐㄧㄢ chien[1] 音堅
或作豣。大豬。一說指三歲的豬。見"廣韻"。

豝 ㄅㄚ pa[1] 音巴
1兩歲的豬。見"說文"。2母豬。見"爾雅·釋獸"。3乾肉。也作羓。見"古今韻會舉要"。

豚 ㄊㄨㄣˊ t'un[2] 音屯
小豬。也作㹠、豘。見"說文"。

5

豞 ㄏㄡˋ hou[4] 音后
1豬叫。見"集韻"。2豬怒聲。見"字彙"。

豟 ㄜˋ o[4], ê[4] 音戹
1豬力大無窮。見"爾雅·釋獸"。2五尺長的豬。見"爾雅·釋畜"。

象 ㄒㄧㄤˋ hsiang[4] 音向
1(elephant)屬於脊椎動物亞門、哺乳綱、長鼻目(order Proboscidea)。鼻長，腿粗，頭骨圓，下頷短，上頷之犬齒特長。現存者僅'亞洲'象(*Elephas maximus*)與'非洲'象(*Loxodonta africana*)二種。'亞洲'象的耳較小，肩高2.5～3公尺，重約5,000公斤；'非洲'象較大，肩高約3～4公尺，重約7,500公斤。'非洲'象的雌雄兩性皆有長的象牙，'亞洲'象的雌者則無。膚色通常灰色或棕色。象能從事多種工作，象牙具經濟價值。2象牙的簡稱。如：象笏。3形狀。如：圖象。4表現在外的狀態。如：天象。5相似。通像。

印度象圖

7【象形】 ㄒㄧㄤˋ ㄒㄧㄥˊ
六書的一種。描繪實物形象的一種造字法。如日、月、山、川等均屬之。

9【象限】 ㄒㄧㄤˋ ㄒㄧㄢˋ
(quadrant) 利用兩互相垂直的坐標軸將一平面分成四分，每一分即為一個象限。如圖，依反時針方向，分別稱為第一、二、三、四象限。

二	一
三	四

象限圖

15【象數】 ㄒㄧㄤˋ ㄕㄨˋ
1"易經"的象與數。"易經"以天、地、山、澤之類為象，初、上、九、六之類為數。2指占卜吉凶的龜筮。

【象緯】 ㄒㄧㄤˋ ㄨㄟˇ
象數讖緯。指日月五星。

【象徵】 ㄒㄧㄤˋ ㄓㄥ
(symbol) 用符號或較具體之事物，來代表或比喻較抽象的事物或隱含的意義。如帝王權杖是王權的象徵、'維納斯'是愛情的象徵。在文學裡，象徵是一種比喻，這種比喻能把事物的表面、感官特質和其抽象的、暗示的層面結合起來。它是一種意象，能喚起吾人對客觀、具體事物的聯想，同時又能暗示另一層面的意義。

20【象譯】 ㄒㄧㄤˋ ㄧˋ
1傳譯外國語言的人。2翻譯。

4【象牙婚】 ㄒㄧㄤˋ ㄧㄚˊ ㄏㄨㄣ
西俗稱結婚十四週年。

【象牙塔】 ㄒㄧㄤˋ ㄧㄚˊ ㄊㄚˇ

(ivory tower)比喻文藝脫離現實社會與人群，只追求純藝術的孤高境界。原爲‘法國’文學批評家‘聖佩甫’(Sainte-Beuve)批評浪漫詩人‘維尼’(Vigny)之語。今也指任何用以規避現實世界的地方或情境。

【象牙質】 ㄒㄧㄤˋ ㄧㄚˊ ㄓˊ
(dentine)即牙本質。位於牙齒琺瑯質下層。全部鈣化，呈黃白色，質柔韌，內含無數小管。

5**【象皮病】** ㄒㄧㄤˋ ㄆㄧˊ ㄅㄧㄥˋ
(elephantiasis) 又稱象皮腫。絲蟲以蚊爲媒介侵入人體，使皮膚淋巴管阻塞，引起組織異常增生而患處腫大的疾病。多發生在下肢。及早治療絲蟲病是預防此病的重要措施。

3**【象山學派】** ㄒㄧㄤˋ ㄕㄢ ㄒㄩㄝˊ ㄆㄞˋ
‘宋’‘陸九淵’所創立的學派。倡「心即理」之說，以存養本心爲根本，而以道問學爲末節。與‘朱子’學派同爲‘南宋’理學的兩大派。

4**【象牙海岸】** ㄒㄧㄤˋ ㄧㄚˊ ㄏㄞˇ ㄢˋ
(Côte d'Ivoire)位於西‘非’‘幾內亞灣’(G. of Guinea)北岸的國家。因交易象牙而得名。面積32萬方公里，人口1,730.0萬(2005年)，首都‘雅穆索戈’(Yamoussoukro)。主產玉米、香蕉、木材、金和工業用鑽石，可可、咖啡和棕櫚油尤其重要。有紡織及食品加工業。‘阿必尚’(Abidjan)為最大商港。

【象牙雕刻】 ㄒㄧㄤˋ ㄧㄚˊ ㄉㄧㄠ ㄎㄜˋ
用象牙雕製成品。早在新石器時代的遺址中，就曾一再出現雕刻象牙製品，自此代有新作，至‘清代’達鼎盛期。當時北方牙雕工藝以‘北平’爲中心，擅作著色象牙製品，也擅長象牙細刻(今稱毫芒雕刻)；南方以‘廣州’爲代表，多不著色，以象牙套球和樓船等甚受推崇。此外，‘上海’、‘福州’等地也有象牙雕刻工藝。

14**【象鼻蟲科】** ㄒㄧㄤˋ ㄅㄧˊ ㄔㄨㄥˊ ㄎㄜ
(Curculionidae) 爲昆蟲綱中種類最多的一科，業經記載者約有25,000～30,000種，體長小者2～3mm，大者40～50mm。吻明顯，眼小，位於吻的基部，觸角自吻兩側突出。幼蟲色白無腳，成蟲及幼蟲皆爲害植物各部，尤以對果實、種子的爲害最烈，如穀象(*Sitophilus oryzae*)，爲有名的積穀害蟲，分布世界各地。

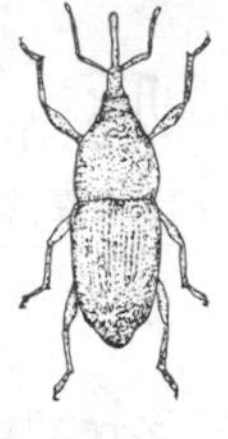
象鼻蟲圖

15**【象徵主義】** ㄒㄧㄤˋ ㄓㄥ ㄓㄨˇ ㄧˋ
(symbolism) 1以符號爲工具，表達一些意義或感情的現象。例如用文字表達觀念。也可指一個社會中約定俗成的象徵符號，例如十字架代表基督信仰、復活、贖罪，是基督教社會中共同認定的象徵。2十九世紀末葉產生於西‘歐’的一種文學與美術的運動。反對寫實主義和印象主義的只直接描繪對象，而沒有其他的感情和暗示的內容。由詩人‘摩里亞斯’(Moréas)首先倡導，主張藝術的本質在於「爲理念披上感性的外形」，繼而有‘摩牟’(Moreau)與‘高更’等畫家響應，在畫面的造形和色彩，均呈現出宗教和精神上的象徵意義。

6

豢 ㄏㄨㄢˋ *huan*⁴ 音煥
1飼養家畜。如：豢養。2指食穀物的家畜。如：芻豢。

15**【豢養】** ㄏㄨㄢˋ ㄧㄤˇ
1飼養。2養育。

豥 ㄏㄞˊ *hai*² 音孩
四蹄皆白的豬。見“爾雅·釋獸”。

豤 ㄎㄣˇ *k'ên*³ 音肯
1豬咬東西。見“說文”。2泛指齧物。見“字彙”。

豦 ㄑㄩˊ *ch'ü*² 音渠 又讀 ㄐㄩˋ *chü*⁴ 音據
1獸類纏鬥猛烈，無法分開。見“說文”。2獸名。似獮猴，大如狗。好舉石擲人。見“正字通”。

7

豪 ㄏㄠˊ *hao*² 音毫
1細長的毛。通毫。如：秋豪。2才智出眾的人。如：英豪。3有權勢或財富的人。如：富豪。4爽快無所拘束。如：豪爽。5強橫無理。如：巧取豪奪。6奢侈無度。如：豪奢。7勢大而量多的。如：豪雨。8姓。‘宋’有‘豪彥’。見“萬姓統譜·三三”。

8**【豪放】** ㄏㄠˊ ㄈㄤˋ
豪邁而不拘小節。

【豪雨】 ㄏㄠˊ ㄩˇ
大雨。

【豪門】 ㄏㄠˊ ㄇㄣˊ
有權勢的家族。

【豪侈】 ㄏㄠˊ ㄔˇ
豪華奢侈。

9**【豪俊】** ㄏㄠˊ ㄐㄩㄣˋ
傑出的人才。

10**【豪氣】** ㄏㄠˊ ㄑㄧˋ
豪放的氣概。

11**【豪情】** ㄏㄠˊ ㄑㄧㄥˊ
豪放的氣概。

【豪強】 ㄏㄠˊ ㄑㄧㄤˊ
強橫而有權勢的人。

【豪爽】 ㄏㄠˊ ㄕㄨㄤˇ
豪放爽朗。

12**【豪富】** ㄏㄠˊ ㄈㄨˋ
非常有錢的人家。

【豪華】 ㄏㄠˊ ㄏㄨㄚˊ
1指富貴之家。2指奢侈鋪張。

【豪飲】 ㄏㄠˊ ㄧㄣˇ
開懷痛飲，毫無節制。

【豪傑】 ㄏㄠˊ ㄐㄧㄝˊ
才智、勇力出眾的人。

15【豪豬】 ㄏㄠˊ ㄓㄨ
(porcupine; quill pig) 屬哺乳動物綱、囓齒目(order Rodentia)。腿短,晝伏夜出,草食。產於新大陸的種類爲樹棲,產於'歐'、'亞'、'非'等舊大陸的種類則生活於地面。毛硬而長,特化成爲棘

豪豬圖

(quill),受驚時,由於皮膚下方肌肉的作用,棘豎起,並相互摩擦而發聲。當有動物觸及時,棘即脫落,棘表面的小刺便刺入該動物體內。

16【豪興】 ㄏㄠˊ ㄒㄧㄥˋ
豪放的興致。

17【豪舉】 ㄏㄠˊ ㄐㄩˇ
①豪俠好義的舉動。②闊綽豪華的舉動。

【豪邁】 ㄏㄠˊ ㄇㄞˋ
性情豪放,不可羈勒。

豩 ㄅㄧㄣ pin¹ 音彬 又讀 ㄏㄨㄢ huan¹ 音歡
①二豕。見"說文"。②頑劣;頑蠻膽大。

豨 ㄒㄧ hsi¹ 音希
①豬邊走邊玩的樣子。見"說文"。②豬。見"方言·八"。

8

豬 ㄓㄨ chu¹ 音諸
或作豬。①小豕。見"爾雅·釋獸"。②(pig)屬哺乳動物綱、偶蹄目(order Artiodactyla)、野豬科(family Suidae)。體肥胖,腿短,皮膚厚有短毛,雜食。家豬係由野豬馴養而來,其肉可供食用,皮、毛可供工業用。③水停積的地方。通潴。見"字彙"。

22【豬玀】 ㄓㄨ ㄌㄨㄛˊ
豬奴。罵人的話。

4【豬丹毒】 ㄓㄨ ㄉㄢ ㄉㄨˊ
由豬丹毒菌所引起的豬傳染病。急性型會引起敗血症、皮膚發疹及胃腸炎;慢性型則引發心臟內膜炎、關節炎等。

22【豬籠草】 ㄓㄨ ㄌㄨㄥˊ ㄘㄠˇ
(*Nepenthes mirabilis*) 葉大革質,有攀卷他物和捕蟲葉之分。後者呈囊袋狀,袋口有蓋,袋內有消化液,蟲類陷入袋內溺死後由酵素分解而被吸收。因造型特殊,營養方式以異營爲主,常栽培供觀賞。

豬籠草圖

9

豫 ㄩˋ yü⁴ 音預
①大象。見"說文"。②安樂;喜樂。如:逸豫。③遲疑不決。如:猶豫。④參與。⑤事先。如:豫知成敗。⑥'河南省'的簡稱。⑦"易"卦名。六十四卦之一。坤下震上。⑧姓。'戰國'有'豫讓'。見"萬姓統譜·九四"。

豫卦圖

13【豫遊】 ㄩˋ ㄧㄡˊ
遊樂。

15【豫劇】 ㄩˋ ㄐㄩˋ
地方戲曲之一。也稱'河南'梆子。流行於'河南'全省、'長江'以北和西北各省。融合了'秦'腔、'蒲州'梆子和'河南'民謠而成。流行於'商丘'、'開封'一帶,音調高亢活潑,用假嗓唱的,稱'豫'東調;流行於'洛陽'一帶,音調低沈,用真嗓唱的,稱'豫'西調。著名戲目有"花木蘭"、"穆桂英掛帥"等。

豭 ㄐㄧㄚ chia¹ 音加
公豬。也泛指豬。見"說文"。

10

豰 ㊀ ㄅㄛˊ po² 音帛
小豬。見"說文"。
㊁ ㄏㄨˋ hu⁴ 音互
獸名。犬屬,似貔而大,食獼猴。見"字彙"。

豲 ㄏㄨㄢˊ huan² 音桓
豬的一種。見"說文"。

豱 ㄨㄣ wên¹ 音溫
豬的一種。頭短小,皮多皺紋。見"正字通"。

豯 ㄒㄧˊ hsi² 音昔
①三個月的小豬。見"說文"。②'楚'地用以泛指小豬。見"方言·八"。

豳 ㊀ ㄅㄧㄣ pin¹ 音彬
也作'邠'。①古國名。'周'祖'公劉'所立。在今'陝西省''栒邑縣'西。②州名。即今'陝西省''邠縣'。'西魏'置,'隋'廢。③山名。在今'陝西省''邠縣'。也稱'鳳凰山'。
㊁ ㄅㄢ pan¹ 音班
通斑。如:豳文。

11

豴 ㄉㄧˊ ti² 音敵
豬蹄。見"集韻"。

⿰豕婁 ㄌㄡˊ lou² 音樓
專供育種的母豬。見"廣韻"。

豵 ㄗㄨㄥ tsung¹ 音蹤
①六個月的小豬。一說一歲的小豬。見"說文"。②泛指小豬。見"小爾雅·廣獸"。

12

豷 ㄧˋ i⁴ 音異
豬喘息。見"說文"。

豶 ㄈㄣˊ fên² 音墳
或作豶。①除去睪丸的公豬。見"說文"。②指男性割除生殖器官。同犢。③拔豬牙。見"字彙"。

18

⿰豕雚 ㄏㄨㄢ huan¹ 音歡
野豬。也作貛、獾。見"玉篇"。

豸 部

豸 ㄓˋ chih^4 音雉
[1]長脊獸。見“說文”。[2]無腳的蟲。見“爾雅·釋蟲”。

3

豻 ㄢˋ an^4 音岸 又讀 ㄏㄢˋ han^4 音翰
也作犴。[1]古時生於北方的一種野狗。見“說文”。[2]監獄。見“字彙”。

豺 ㄔㄞˊ ch'ai^2 音柴
(dhole; red dog; *Cuon alpinus; Cuon javanicus*)屬哺乳綱、食肉目(order Carnivora)、犬科 (family Canidae)。產於中‘亞’及‘東南亞’的森林中。其下面

豺圖

的臼齒較其他犬科動物少一對。毛色自黃至紅褐色,常聚合成群。約30個一群,捕食各種哺乳動物,甚至會攻擊虎、熊等動物。懷孕9週,每胎產子2～6隻。

10【豺狼當道】 ㄔㄞˊ ㄌㄤˊ ㄉㄤ ㄉㄠˋ
比喻奸邪的人掌握大權。

豹 ㄅㄠˋ pao^4 音爆
(leopard; panther; *Panthera pardus*) 屬脊椎動物亞門、哺乳綱、食肉目(order Carnivora)、貓科(family Felidae)、豹屬(genus *Panthera*)。產於‘非洲’及‘亞洲’,個體大小及體色花紋常有很大變異,大小平均自50～90公斤,體長210公分,另尾長90公分,肩高60～70公分。身體底色爲黃色,腹面白色,有深色圓形斑點,花紋甚多變異,故常將之分爲若干不同的種族。豹單獨行動,居於叢林或森林中,晝伏夜出,偶會沐浴於陽光下。善於爬樹,常將食物藏於樹枝間,以羚羊、鹿、鼠等動物爲食。豹無特定的繁殖季節,懷孕約三個月,每次產子2～4隻。

豹圖

23【豹變】 ㄅㄠˋ ㄅㄧㄢˋ
改變得如豹紋一樣的華美。[1]比喻人修德立業,獲得成就。[2]泛指思想行爲的轉變。[3]比喻人由貧賤轉爲顯貴。

4

豽 ㄋㄚˋ na^4 音訥
獸名。[1]猴的一種。見“後漢書·鮮卑傳·又有貂豽鼲子·注”。[2]形狀似狗,豹文,無前足,有角。也作貀。見“廣韻”。

5

貁 ㄧㄡˋ yu^4 音鼬
獸名。[1]鼠的一種。見“說文”。[2]猿的一種。仰鼻長尾。通狖。見“正字通”。

貂 ㄉㄧㄠ tiao^1 音雕
[1](mink)屬脊椎動物亞門、哺乳綱、食肉目(order Carnivora)、鼬鼠(即貂)科 (family Mustelidae)。貂通常指貂屬(genus *Mustela*)中之兩種: *M. vison* 新大陸貂,產於‘北美’; *M. lutreola* 舊大陸貂,產於‘歐’‘亞’。其中新大陸貂體型略大,長 30～

貂圖

50公分(尾除外),尾長13～23公分,重約1.6公斤。兩種貂皆腿短、頸長、頭寬、耳圓。晝伏夜出,半水棲,善游泳。懷孕39～76天,產子有時一次可多達10隻。經過交配繁殖已產生許多顏色方面的突變體。通常捕獵或飼養以取其皮毛;野生貂的毛皮較之培育的貂爲名貴。[2]姓。‘春秋’‘齊’有‘貂勃’。見“萬姓統譜·三〇”。

18【貂蟬】 ㄉㄧㄠ ㄔㄢˊ
[1]貂尾和金蟬。‘漢代’高級武官禮帽上的裝飾品。後借指達官貴人。[2]相傳爲‘東漢’末年‘王允’的歌妓。本許嫁‘呂布’,後又獻給‘董卓’,以離間兩人的情感,‘呂布’因殺‘董卓’而娶‘貂蟬’。

貀 ㄋㄚˋ na^4 音訥
獸名。形狀似狗,豹文,有角。能捕鼠。同豽。見“正字通”。

6

貄 ㄙˋ szŭ^4, ssŭ^4 音四
獸名。身有長毛。見“爾雅·釋獸”。

貆 ㄏㄨㄢˊ huan^2 音桓
獸名。[1]貉的一種。見“說文”。[2]即豪豬。通貛。見“山海經·北山經·其狀如貆而赤豪·注”。

貊 ㄇㄛˋ mo^4 音陌
[1]古代少數民族之一。居於‘朝鮮’一帶。同‘貉’。見“集韻”。[2]獸名。通貘。

貉 一 ㄇㄛˋ mo^4 音陌
我國歷史上的民族之一。通‘貊’。又稱‘濊’、‘濊貊’、‘穢貊’。原居住在‘山東半島’及‘遼東半島’地,後退居‘朝鮮半島’,成爲今‘韓’人之祖。文化深受我國的影響。
二 ㄏㄜˊ ho^2, hê^2 音涸 語音 ㄏㄠˊ hao^2 音豪
獸名。似貍。銳頭,尖鼻,斑色。毛可作裘。見“正字通”。

貅 ㄒㄧㄡ hsiu^1 音休
猛獸名。見“玉篇”。

貈 ㄏㄜˊ ho², hê² 音涸

獸名。似狐,善睡。通作貉。見"說文"。

7

貊 犵的或體。

貍 ㄌㄧˊ li² 音釐

(raccoon dog; *Nyctereutes procyonoides*) 屬於哺乳綱、食肉目(order Carnivora)、犬科(family Canidae)。面部與浣熊一樣有黑色花紋,但尾部無環紋(浣熊有環紋)。體黃褐色,四肢短,耳圓,體壯且長50~60公分,尾長13~18公分,重約7.5公斤。一般在夜間活動,雜食性,食

貍圖

物包括小型動物及植物,亦食動物屍體。懷孕60~79天,每胎生5~12隻。毛長,具經濟價值。產於我國。

貋 狻的或體。

貌 ㄇㄠˋ mao⁴ 音冒

本作皃。1面孔;容色。如:面貌。2外表;外觀。如:貌合神離。3摹寫;描繪。4姓。'春秋'有'貌辨'。見"萬姓統譜·一〇四"。

14【貌寢】 ㄇㄠˋ ㄑㄧㄣˇ

容貌醜陋。

6【貌合神離】 ㄇㄠˋ ㄏㄜˊ ㄕㄣˊ ㄌㄧˊ

外表彼此相合,實際上心志乖離。

8

貎 ㄌㄞˊ lai² 音來

貍的別名。見"玉篇"。

貌 猊的或體。

貏 ㄅㄧˇ pi³ 音彼

參貏豸。

7【貏豸】 ㄅㄧˇ ㄓˋ

山勢漸平的樣子。

9

貑 猰的或體。

貒 ㄖㄠˇ jao³ 音擾

獸名。猴屬。形似獼猴,善捕鼠。見"集韻"。

貓 貌的古文。

貑 ㄐㄧㄚ chia¹ 音加

豭的別名。見"正字通"。

貓 ㄇㄠ mao¹

(cat)屬脊椎動物亞門、哺乳綱、食肉目(order Carnivora)、貓科 (family Felidae)。貓屬(genus *Felis*)中包含25種,野生種類全球各處皆有,典型種爲家貓(*Felis catus*),數千年前即由人們所飼養。現代的家貓有數種不同的品系,爲人們的寵物,亦常作種種表演。掌部有肉墊,故行走時無聲。貓腸可製腸絲(catgut),供外科縫合傷口之用。

10【貓哭耗子】 ㄇㄠ ㄎㄨ ㄏㄠˋ ·ㄗ

比喻假慈悲。

13【貓鼠同眠】 ㄇㄠ ㄕㄨˇ ㄊㄨㄥˊ ㄇㄧㄢˊ

比喻上下一氣,狼狽爲奸。

貒 ㄊㄨㄢ t'uan¹ 音湍

獸名。似豕而肥。見"說文"。

貐 ㄩˇ yü³ 音雨

也作貐。參猰貐。

10

貕 ㄒㄧ hsi¹ 音希

小豚腹大的樣子。通豯。見"說文"。

貔 ㄆㄧˊ p'i² 音枇

猛獸名。豹屬。見"說文"。

11

貙 ㄔㄨ ch'u¹ 音初

獸名。似貍而大。見"字彙"。

貗 ㄐㄩˋ chü⁴ 音具

獸名。即小貓。見"爾雅·釋獸"。

貘 ㄇㄛˋ mo⁴ 音莫

(tapir)屬脊椎動物亞門、哺乳綱、奇蹄目 (order Perissodactyla)、貘科 (family Tapiridae)、貘屬(genus *Tapirus*)。共有4種,其中一種產於'馬來亞'、'泰國'、'緬甸'等地,其餘三種產於'美洲'。眼小,耳短而圓,口吻

貘圖

延長成一肉質吻,毛短而稀,腿短。體長1.8~2.5公尺,肩高1公尺。生活於熱帶森林,常棲水邊,行動敏捷,善爬山、奔跑、滑行,也喜涉水、游泳,遇敵即潛入水中。聽覺及嗅覺皆佳,晝伏夜出,食水生植物及陸生矮小植物,主要敵人爲虎。懷孕400天,每次產一子,偶爾二個。目前數目已漸趨減少。

18

貛 ㄏㄨㄢ huan¹ 音歡

(badger) 屬於食肉目(order Carnivora)、貂科(family Mustelidae)。也作獾、獾。共6屬8種。體胖、腿短、尾短、腳大、爪利、吻尖。善於掘地,以挖取食物或在地下築巢。食小動物,主爲嚙齒類,有些種類食植物。晝伏夜出。有肛門腺,故能放出惡臭。懷

貛圖

孕183～240天，每次產1～7個幼體。人們獵貜以取其皮毛。

20

貜 ㄐㄩㄝˊ *chüeh*^{2} 音決
獸名。似獼猴而大。色蒼黑，喜好顧盼，能攫持人。見“正字通”。

貝部

貝 ㄅㄟˋ *pei*^{4} 音倍
(shell) ①軟體動物。形體側扁，身體的左右分別有一外套膜。腹內有肉足，狀如斧。體外的兩片外殼，可以開合。生長在淡水或鹹水中，種類很多，形狀、大小、色澤也都不同。②軟體動物的殼。通常位於體表，身體藏於殼內可以獲得保護。殼係由套膜所分泌，可分三層：外層爲角質層，內層爲珍珠層，中間爲稜柱層。其中角質層與稜柱層由套膜邊緣分泌，珍珠層則整個套膜表面皆可分泌。殼雖可以保護身體，但卻會妨礙運動，故軟體動物一般皆運動緩慢。軟體動物殼的形狀隨種類而異，腹足類的殼呈螺旋狀或錐形，斧足類有兩片等大的殼，掘足類的殼呈象牙狀；許多種類的殼且有美麗的色彩和花紋。③貨幣。上古時以貝殼爲貨幣。如：龜貝。④吹奏樂器。也稱蠡、海螺。用貝殼製成，吹之以節奏樂曲，出自南蠻。‘藏族’、‘蒙古族’地區則作爲法器，稱梵貝或法螺。⑤姓。‘漢’有‘貝瑗’。見“萬姓統譜·九七”。

9【貝南】 ㄅㄟˋ ㄋㄢˊ
(Benin) 位於西‘非’的國家。南濱‘大西洋’。面積11.2萬方公里，人口746.0萬 (2005年)，首都‘新港’(Porto-Novo)。主產棉花、花生、可可、咖啡和油棕。

11【貝勒】 ㄅㄟˋ ㄌㄜˋ
①用貝裝飾的馬勒。②‘清代’宗室爵位名。多羅貝勒的簡稱。‘清代’宗室封爵分十四等，此爲第五等。

13【貝塚】 ㄅㄟˋ ㄓㄨㄥˇ
古代居民不斷食用貝類後丟棄在居住的地方，久而成塚。在貝塚裡經常發現人類的文化遺留，如陶器、石器、骨器、貝器和一些食過的獸骨、魚骨等，可據以研究當時人類的生活情形。

14【貝爾】 ㄅㄟˋ ㄦˇ
①(Karl Ernst von Baer, 1792～1876)生物學家、比較胚胎學的創始者。生於東‘歐’‘愛沙尼亞’，後來到‘德國’受教育，在西元1834年移居‘俄國’的‘彼得堡’。1827年發現哺乳動物的卵細胞，1828與1837年發表“動物的發育” (*Über Entwickelungsgeschichte der Thiere*)，以爲分類是依門、目、科、屬、種前後出現的特徵來決定，胎胚學稱爲‘貝爾’法則。②(Alexander G. Bell, 1847～1922)‘美國’科學家、電話發明者及耳聾教育學家。生於‘英格蘭’，西元1870年隨父母移居‘加拿大’；翌年在‘波士頓’設立‘耳聾師資訓練學校’，後受聘爲‘波士頓大學’發聲生理學教授。1876年發明電話機，次年成立‘貝爾電話公司’(Bell Telephone Company)。曾創設‘美國促進耳聾教學學會’(American Association to Promote the Teaching of Speech to the Deaf)。③(bell)能量的表示單位。一功率P_x對另一功率P_y的比值之對數值，稱爲一貝爾。電表的刻度上常採用之。

貝爾像

6【貝多芬】 ㄅㄟˋ ㄉㄨㄛ ㄈㄣ
(Ludwig van Beethoven, 1770～1827) ‘德國’作曲家。生於‘波昂’；十七歲後，數度走訪‘維也納’，曾遊學‘莫札特’、‘海頓’之門；中年後定居‘維也納’，是‘維也納’古典樂派的巨擘。‘貝’氏熱愛自由，歌頌生命，雖然屢遭不幸，但作品中充滿了生命的張力，使之成爲音樂史上最具感染力的偉大作曲家，世稱［樂聖］。作品有交響曲九首、鋼琴協奏曲五首、鋼琴奏鳴曲三十二首、小提琴奏鳴曲十首，以及歌劇、彌撒曲和甚多的室內樂。

貝多芬像

7【貝克勒】 ㄅㄟˋ ㄎㄜˋ ㄌㄜˋ
(becquerel) 代號爲 *Bq*。度量衡導出單位中之放射度單位。一貝克勒爲放射性核種每秒蛻變一次時的放射度。

【貝里斯】 ㄅㄟˋ ㄌㄧˇ ㄙ
(Belize) 位於‘中美洲’的新興國家。東濱‘加勒比海’。西元1981年脫離‘英國’獨立。面積2.3萬方公里，人口27.9萬 (2005年)，首都‘貝爾墨邦’ (Belmopan)。

12【貝登堡】 ㄅㄟˋ ㄉㄥ ㄅㄠˇ
(Robert Stephenson Smyth Baden-Powell, 1857～1941)‘英國’將軍。在‘英國’與‘南非’戰爭(1899～1902)中以堅守‘馬菲金’(Mafeking)防線217日，而被推崇爲英雄。西元1908年創立男童軍運動，1910年與其妹創立女童軍運動而名聞國際。1920年被選爲世界童軍總監。

13【貝塞耳】 ㄅㄟˋ ㄙㄜˋ ㄦˇ
(Friedrich Wilhelm Bessel, 1784～1846) ‘德國’天文學家。於西元1813年任‘奧國’‘哥尼斯堡’(Königsberg)天文臺的第一任臺長，在1821～1833年間探測了六萬顆以上的恆星，後來‘德國’天文學家'阿格朗德'(Friedrich Argelander)根據其恆星表加以擴大,寫成"波恩巡天星表"(*Bonner Durchmusterung*),爲十九世紀最重要的恆星表。

【貝葉經】 ㄅㄟˋ ㄧㄝˋ ㄐㄧㄥ
指佛經。一稱貝葉書。因'印度'人用貝多羅葉書寫經文,故稱。

15【貝魯特】 ㄅㄟˋ ㄌㄨˇ ㄊㄜˋ
(Beirut)'黎巴嫩'首都。位於'地中海'東岸。為'地中海'東岸最繁榮的商港,'歐'、'亞'、'非'三洲國際航空要站, 有鐵路通'以色列'及'敘利亞'。依山傍水,風景秀麗,有⌊小巴黎⌉之稱。近十年來,因'阿'、'猶'對抗,市區已不復昔日繁榮景象。人口180萬(2004年)。

4【貝氏定理】 ㄅㄟˋ ㄕˋ ㄉㄧㄥˋ ㄌㄧˇ
(Bayes' theorem)設 $\{A_1, A_2, \cdots\cdots, A_r\}$ 爲樣本空間 S 的一個分割,B 爲任意事件。若 $P(B)>0$, $P(A_i)>0$, $i=1, 2, \cdots r$, 則對任意 $1 \leq k \leq r$, 均有 $P(A_k|B)=\dfrac{(PA_k)P(B|A_k)}{\sum_{i=1}^{r} P(A_i)P(B|A_i)}$。此定理告訴我們,若已知事件 B 發生,則如何重新估計 A_k 的機率。此乃統計學'貝'氏統計推論的理論基礎。其中 $P(A_i)$ 稱事前機率,$P(A_i|B)$ 稱事後機率。

5【貝他射線】 ㄅㄟˋ ㄊㄚ ㄕㄜˋ ㄒㄧㄢˋ
(β-ray)從放射性元素所放射出來的貝他粒子束。由於 β 粒子帶負電,所以通過電場時會往正極板方向偏折。電離效應較 α 射線小,穿透力較 α 射線大。

【貝他粒子】 ㄅㄟˋ ㄊㄚ ㄌㄧˋ ㄗˇ
(β particle)原子核經原子核反應或由放射性原子核所放出之快速電子。以'希臘'字母 β 表示,其'英'文字爲 beta。貝他粒子的能量總在百萬電子伏特左右或以上。因 β 粒子爲電子,故帶負電荷。

10【貝納萬地】 ㄅㄟˋ ㄋㄚˋ ㄨㄢˋ ㄉㄧˋ
(Jacinto Benaventey Martinez, 1866~1954)'西班牙'傑出劇作家。西元1922年'諾貝爾'文學獎得主。早年在'馬德里大學'習法律,後轉攻文學。1893年出版"詩集"(*Versos*),亦曾發表散文和報導文學等,後大量寫作劇本,共150部以上,最著名的有"利息的束縛"(*Los intereses creados*)、"星期六之夜"(*La noche del sábado*)等;大都爲寫實喜劇,兼帶社會批評,並以多對話著稱。

5【貝他粒子衰變】 ㄅㄟˋ ㄊㄚ ㄌㄧˋ ㄗˇ ㄕㄨㄞ ㄅㄧㄢˋ
(β-decay; β-disintegration)放射性原子核放射出貝他粒子的過程。這是原子核中的一個中子轉變成質子,同時放射出貝他粒子和反微中子的過程。可用反應符號 $n \rightarrow p+\beta^- +\bar{\nu}$ 表示。由於貝他衰變伴隨微中子的射出,而反微中子所帶走的能量無一定値,故同種原子核射出之 β 粒子(電子)能量無一定値,有連續性的能量分布。牽涉貝他粒子衰變的力爲弱作用的核力。

2

貞 ㄓㄣ chên[1] 音珍
①卜問;占問。見"說文"。②正直。通正。③精誠;志節堅定。如:忠貞。④姓。'宋'有'貞德林'。見"萬姓統譜·五四"。

3【貞士】 ㄓㄣ ㄕˋ
操守堅定的人。

【貞女】 ㄓㄣ ㄋㄩˇ
堅守婦德的女子。

5【貞石】 ㄓㄣ ㄕˊ
碑石的美稱。

10【貞烈】 ㄓㄣ ㄌㄧㄝˋ
嚴守節操,寧死不屈。

13【貞節】 ㄓㄣ ㄐㄧㄝˊ
堅定不移的節操。多用指婦女。

15【貞潔】 ㄓㄣ ㄐㄧㄝˊ
堅貞高潔。

【貞德】 ㄓㄣ ㄉㄜˊ
(Jeanne d'Arc; Joan of Arc, 1412~1431)'法國'人。本爲農家少女,當時'法國'在百年戰爭中敗退,她自稱受上帝示意挺身救國,率兵抵抗'英'軍,於'康白尼'(Compiégne)被捕。'英國'教庭指其爲異端,遭火焚而死。西元1920年,教宗'班尼狄克十五世'追封爲聖女。

16【貞操】 ㄓㄣ ㄘㄠ
①守正不移的操守。②指女子清白端正的操守。

13【貞節牌坊】 ㄓㄣ ㄐㄧㄝˊ ㄆㄞˊ ˙ㄈㄤ
舊時爲表揚貞烈婦女而建立的牌樓。

25【貞觀之治】 ㄓㄣ ㄍㄨㄢ ㄓ ㄓˋ
'唐'承'隋'末之亂,'太宗'安撫百姓,澄清吏治,提倡文教,與民休息,卒致國內物阜民豐,天下安寧,對外戎狄綏服,恩威遠播,蔚爲我國歷史上罕見的盛世。以'太宗'年號'貞觀',史稱⌊貞觀之治⌉。

【貞觀政要】 ㄓㄣ ㄍㄨㄢ ㄓㄥˋ ㄧㄠˋ
'唐''吳兢'撰,十卷。輯錄'唐太宗'之嘉言善行、良法美政及與群臣問答之語,以備後代人君之觀摩勸戒。

貟 員的俗體。

負 ㄈㄨˋ fu[4] 音婦
①依靠;仗恃。如:自負。②擔負;負荷。如:負荊。③背靠。如:負山面海。④虧欠。如:負債。⑤違背。如:負心。⑥蒙受;承當。如:負傷。⑦失敗。與勝相對。⑧相反。與正相對。如:負數。

4【負心】 ㄈㄨˋ ㄒㄧㄣ
違背良心,忘記別人的情意。

【負片】 ㄈㄨˋ ㄆㄧㄢˋ
拍攝底片經曝光和沖洗,即得被攝體的負像,此時稱爲負片,可用以複印正像(照片或影片拷貝)。黑白負片上的影像,明暗與被攝體相反；彩色負片上的影像，色彩與被攝體互為補色。

9【負重】 ㄈㄨˋ ㄓㄨㄥˋ
①擔負重物。②承當重任。

10【負笈】 ㄈㄨˋ ㄐㄧˊ
背著書箱。指出外求學。

【負氣】 ㄈㄨˋ ㄑㄧˋ
①意氣用事，不肯屈於人下。②生氣。

11【負責】 ㄈㄨˋ ㄗㄜˊ
擔負責任。

【負荷】 ㄈㄨˋ ㄏㄜˋ
背負肩擔。引申為繼承或負擔。

12【負嵎】 ㄈㄨˋ ㄩˊ
憑倚險要。

13【負載】 ㄈㄨˋ ㄗㄞˋ
(load)①在靜態或動態的情形下，對物體作用之力或壓力。或由於物體本身之重量，或由於外加物體或力量所致。如在連續線或面上單位長度或面積之作用力稱分配負載(distributed load)，而作用力集中在一點上則為集中負載(concentrated load)。②在工作時被電路及機械所消耗的功率。③能替代某些線路元件的電阻或阻抗。④能吸收功率而將之轉變成所需能量形式的設備。⑤被施加電能的阻抗。⑥機器所提供的功率。

【負債】 ㄈㄨˋ ㄓㄞˋ
①積欠債務。②(liability)會計上所稱負債，係指基於過去的交易或事項，而須於未來以資產或提供勞務清償的經濟義務，且其金額業已確定或可合理估計者。

【負傷】 ㄈㄨˋ ㄕㄤ
帶傷；受傷。

16【負擔】 ㄈㄨˋ ㄉㄢ
①背負肩挑。②指為某事所付出的辛勞或所承受的壓力。

【負盤】 ㄈㄨˋ ㄆㄢˊ
蟲名。即負盤。見"集韻"。

17【負戴】 ㄈㄨˋ ㄉㄞˋ
①用肩挑物，用頭頂物。指負擔體力勞役之事。②佩戴飾物。

9【負相關】 ㄈㄨˋ ㄒㄧㄤ ㄍㄨㄢ
(negative correlation)一變項升值則另一變項降值的變項關係。

10【負效用】 ㄈㄨˋ ㄒㄧㄠˋ ㄩㄥˋ
(disutility)消費者消費一種財貨或勞務時，不僅得不到滿足感，反而帶給他痛苦的感覺。

13【負電阻】 ㄈㄨˋ ㄉㄧㄢˋ ㄗㄨˇ
(negative resistance)與正常電阻之特性相反的電阻。即電壓增加，電流會減少。

【負載線】 ㄈㄨˋ ㄗㄞˋ ㄒㄧㄢˋ
(load line)電晶體或二極體接上負載後，在其特性曲線上所繪製之電流與電壓的關係線。電晶體電阻負載之負載線如圖所示，為一直線，但如以變壓器等電感性元件為負載時，其負載線將不同。由負載線可以看出與輸入信號波形相對應之輸出電壓或電流波形，以及其失真的情況。

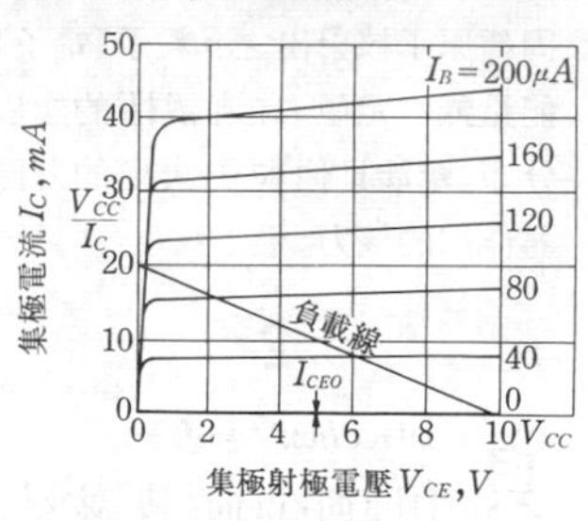

負載線圖

15【負增強】 ㄈㄨˋ ㄗㄥ ㄑㄧㄤˊ
(negative reinforcement)理想行為產生後，立即移去個體痛苦之經驗、事物，以強化該行為反應的歷程。

【負影像】 ㄈㄨˋ ㄧㄥˇ ㄒㄧㄤˋ
白色變成黑色，黑色變成白色的一種電視影像。此種現象係因影像訊號的極性和正常訊號的極性相反引起。

23【負邏輯】 ㄈㄨˋ ㄌㄨㄛˊ ㄐㄧˊ
(negative logic)在數位邏輯電路中，以高電位為0，低電位為1，稱為負邏輯。與正邏輯相對。

3【負子袋鼠】 ㄈㄨˋ ㄗˇ ㄉㄞˋ ㄕㄨˇ
(opossum)產於'美洲'，共66種。常見的種類體長約100公分，毛自灰白(北部地區)至黑(溫暖地區)。尾無毛，能捲物，約為體長之半；趾有尖爪，用以握住樹枝。大部分種類為樹棲，生活於近水處的樹上，主食樹葉、果實等，晝伏夜出。雌者懷孕12～16天，多者一次能產25個(平均10個)幼兒；產出時其大小似蜜蜂，重約2公克，無毛，眼瞎，用前肢爬入母體的育兒袋中，抵達袋中後，乃用口吸住乳頭(通常13個)，在袋中4～5週後，再爬至母背8～9週。雌者在產幼兒前，將頭鑽入袋中以清理育兒袋。

負子袋鼠圖

8【負所得稅】 ㄈㄨˋ ㄙㄨㄛˇ ㄉㄜˊ ㄕㄨㄟˋ
(negative income tax)政府解決貧窮問題，所從事社會福利措施的一種方法。亦即如果個人所得低於貧困水準，不但免繳所得稅，還可領取政府發給的救濟金，故稱為負所得稅。

9【負重致遠】 ㄈㄨˋ ㄓㄨㄥˋ ㄓˋ ㄩㄢˇ
比喻能擔當重大的責任。

10【負荊請罪】 ㄈㄨˋ ㄐㄧㄥ ㄑㄧㄥˇ ㄗㄨㄟˋ
背負荊杖，登門請求鞭罰，表示謝罪。見"史記·廉頗藺相如傳"。

13【負載效應】 ㄈㄨˋ ㄗㄞˋ ㄒㄧㄠˋ ㄧㄥˋ
(loading effect)用於測量的儀表，其與測量端連接後，使待測電路之負載阻抗值改變，造成測量值必較真正值為小，這種效應稱為負載效應。

【負載能力】 ㄈㄨˋ ㄗㄞˋ ㄋㄥˊ ㄌㄧˋ
(carrying capacity)指在某種情況下，一生態系內某種生物個體的總數會因環境的改變而增加或減少的情形。

【負載擾亂】 ㄈㄨˋ ㄗㄞˋ ㄖㄠˇ ㄌㄨㄢˋ
(load disturbance) 或稱負荷干擾。即回饋控制系統中，除了定點不變動外，其他變數突然變動的狀況。其可能影響輸出應變數之值。例如用蒸汽加熱之管式加熱器，若輸出應變數爲出口流體溫度，則蒸汽溫度、待加熱流體之入口溫度與流量等之變動皆可視爲負載擾亂。

【負債比率】 ㄈㄨˋ ㄓㄞˋ ㄅㄧˇ ㄌㄩˋ
(debt ratio) 爲負債總額對資產總額的比率。係顯示企業的全部資產中，由舉債而取得者所占的百分比。就長期債權人而言，負債比率愈小，其債權的保障愈大。

【負債準備】 ㄈㄨˋ ㄓㄞˋ ㄓㄨㄣˇ ㄅㄟˋ
(liability reserve) 即估計負債。近代會計主張，「準備」一詞僅限於用在對保留盈餘的指撥，不宜用於資產及負債科目。參估計負債。

17【負薪之憂】 ㄈㄨˋ ㄒㄧㄣ ㄓ ㄧㄡ
古代士人自稱有病的謙詞。

13【負溫度係數】 ㄈㄨˋ ㄨㄣ ㄉㄨˋ ㄒㄧˋ ㄕㄨˋ
(negative temperature coefficient) 溫度每升高一度，零件(如電容器、電阻器)值之減少量。

【負債對股東權益比率】 ㄈㄨˋ ㄓㄞˋ ㄉㄨㄟˋ ㄍㄨˇ ㄉㄨㄥ ㄑㄩㄢˊ ㄧˋ ㄅㄧˇ ㄌㄩˋ
(debt to stockholder's equity ratio) 爲負債總額對股東權益總額的比率。亦以顯示借入資本與自有資本的關係，當比率大於1時，表示企業的資本中，借入的資本多於自有資本；反之，爲自有資本多於借入資本。

3

貢 ㄍㄨㄥˋ kung^4 音共
①進獻物品給朝廷。②'夏'時一夫授田五十畝，五畝的收穫獻給朝廷作爲田賦的稅。③薦舉。如：貢士。④姓。'漢'有'貢禹'。見"萬姓統譜·九一"。

5【貢生】 ㄍㄨㄥˋ ㄕㄥ
'明''清'府、州、縣學中品學俱優、經薦舉入國子監肄業的生員。

9【貢品】 ㄍㄨㄥˋ ㄆㄧㄣˇ
進獻於朝廷的物品。

17【貢舉】 ㄍㄨㄥˋ ㄐㄩˇ
向朝廷薦舉人才。'漢'以前有鄉舉里選、諸侯貢士的制度，至'漢'而合稱貢舉。'明''清'則泛指科舉。

20【貢獻】 ㄍㄨㄥˋ ㄒㄧㄢˋ
①進貢；進奉。②把自己的生命、智慧、勞力或物質奉獻給他人。③指貢獻出來的東西。

17【貢舉法】 ㄍㄨㄥˋ ㄐㄩˇ ㄈㄚˇ
'宋神宗''熙寧'四年(1071)'王安石'所創育才新法。舊有明經、進士兩科專務文詞及記誦，'王安石'以爲道不在此，遂廢明經科；進士科雖存，亦取消詩賦，改試經義、策、論，以通經有文采者爲合格。另設明法科，試律令及刑統大義，以培養司法人才。

貣 ㄊㄜˋ t'ê^4 音特
①向人乞求物品。或作貸。見"說文"。②差誤。通忒。見"說文通訓定聲"。

𧴪 ㄙㄨㄛˇ so^3, suo^3 音鎖
①貝的聲音。見"說文"。②細碎。③小貝。見"字彙"。

財 ㄘㄞˊ ts'ai^2 音裁
①錢幣貨物的總稱。②節制；裁制。通裁。③資質；才智。

5【財主】 ㄘㄞˊ ㄓㄨˇ
①財物的主人。②指放債取利的人。③富翁。

8【財帛】 ㄘㄞˊ ㄅㄛˊ
①錢幣和絲織品。②泛指財物。

9【財神】 ㄘㄞˊ ㄕㄣˊ
我國民間傳說中招財進寶之神。分文武兩種：武財神'趙公明'，亦稱'趙公元帥'。相傳爲'秦'時人，隱居'終南山'，精修得道，能卻病禳災，買賣求財；俗以三月十五日爲其神誕。文財神'范蠡'，助'句踐'破'吳'，易名入海，號'陶朱公'，理財致富。民間例於正月初拜財神廟，或在家迎接財神，相信財神能助人致富。

【財政】 ㄘㄞˊ ㄓㄥˋ
(public finance) 政府有關經費之取得、支出及管理事項，概稱爲財政。

11【財產】 ㄘㄞˊ ㄔㄢˇ
(wealth) 有形之財物或無形之權利，可作爲占有之標的，並能由持有人使用或處分者，稱爲財產。如土地、房屋、家具、專利權、版權等均是。

【財務】 ㄘㄞˊ ㄨˋ
泛指機關、企業或團體中，有關財產的管理，資金的籌措和運用，以及錢財的出納、計算等方面的事務。

【財貨】 ㄘㄞˊ ㄏㄨㄛˋ
(goods) 指能滿足人類生活需要的物品。可分：一、自由財：如空氣及陽光。二、經濟財：即勞動的產物，如汽車、飛機。三、生產財：如工業的機器。四、消費財：如衣、食。

12【財富】 ㄘㄞˊ ㄈㄨˋ
財產。

13【財源】 ㄘㄞˊ ㄩㄢˊ
財貨的來源。

【財運】 ㄘㄞˊ ㄩㄣˋ
發財致富的時機或運氣。

【財路】 ㄘㄞˊ ㄌㄨˋ
錢財的來源。

14【財閥】 ㄘㄞˊ ㄈㄚˊ
擁有龐大資本，足以支配社會經濟的民間人物或團體。

【財團】 ㄘㄞˊ ㄊㄨㄢˊ
①人類欲達成一定之目的而捐助一定之財產，經登記設立使其享有權利能力，稱爲財團。財團無總會，亦無社員。於登記前，應得主

管機關之許可。於設立時,應訂立捐助章程,但以遺囑捐助者,不在此限。捐助章程應訂明法人之目的及所捐財產。其組織及管理方法,由捐助人以捐助章程或遺囑定之。捐助章程所定之組織不完全,或重要之管理方法不具備者,法院得因主管機關、檢察官或利害關係人之聲請,爲必要之處分。常見之財團如基金會、紀念醫院等是。②同一系統各關係企業所形成的經濟集團。

15【財賦】 ㄘㄞˊ ㄈㄨˋ
①財貨與賦稅。②泛指錢財。

9【財政學】 ㄘㄞˊ ㄓㄥˋ ㄒㄩㄝˊ
(public finance) 研究政府有關經費如何取得、支出及管理之原理原則之學科。

11【財產刑】 ㄘㄞˊ ㄔㄢˇ ㄒㄧㄥˊ
以減少或剝奪犯罪人財產所有權爲內容的刑罰。包括罰金及沒收。前者例如傷害人之身體或健康者,處三年以下有期徒刑、拘役(以上爲自由刑)或一千元以下罰金(財產刑)。後者例如違禁物、供犯罪所用或供犯罪預備之物及因犯罪所得之物均應沒收。

【財產稅】 ㄘㄞˊ ㄔㄢˇ ㄕㄨㄟˋ
(property tax)爲政府以個人財產爲標的所課徵之租稅。在此所稱財產,乃指一個人掌有排他處分權之一切物質財與非物質財而言。在現行稅法中,地價稅、房屋稅、遺產及贈與稅等均屬之。

【財產權】 ㄘㄞˊ ㄔㄢˇ ㄑㄩㄢˊ
依權利之標的爲標準,私權可分爲財產權及非財產權。以財產上之利益爲標的之權利,稱爲財產權。一般可分爲:一、債權,即特定人得請求另一特定人作爲或不作爲之權利。二、物權,即得直接支配管領特定物並具有排他性之權利。三、準物權,例如礦業權、漁業權。四、無體財產權,即以人類精神之創作物爲標的之權利,如專利權、商標權、著作權等。財產權原則上得爲讓與或繼承。非財產權可分人格權及身分權,人格權係以權利人之人格爲標的,且與之同始同終者,例如生命權、身體權、自由權、名譽權、姓名權、肖像權等。身分權係以權利人之特定身分爲標的,且與之同始同終之權利,例如家長權、親權、監護權、繼承權等。

3【財大氣粗】 ㄘㄞˊ ㄉㄚˋ ㄑㄧˋ ㄘㄨ
依恃財富而盛氣凌人。

9【財政拖累】 ㄘㄞˊ ㄓㄥˋ ㄊㄨㄛ ㄌㄟˋ
(fiscal drag)自動穩定因子中的累進所得稅制度,使國民產出(所得)增加的同時,稅收的增加較支出來得快,自動發生預算盈餘,致使充分就業無法維持,可能妨礙經濟成長或阻礙經濟的復甦。這種自動穩定因子於充分就業或經濟復甦的過程中所產生的預算盈餘困擾,稱之爲財政拖累。

【財政花紅】 ㄘㄞˊ ㄓㄥˋ ㄏㄨㄚ ㄏㄨㄥˊ
(fiscal dividend) 在有財政拖累的情況下,爲促進經濟的健全發展,政府應宜布減稅或增加支出,以消除財政拖累,這種措施稱之爲財政花紅。

【財政關稅】 ㄘㄞˊ ㄓㄥˋ ㄍㄨㄢ ㄕㄨㄟˋ
(revenue tariff) 指以獲取財政收入爲目的的關稅。爲增加國庫收入,關稅的課徵常以國內所不能生產或無代替品,以及國內可以大量消費的國外輸入物品爲主。

10【財迷心竅】 ㄘㄞˊ ㄇㄧˊ ㄒㄧㄣ ㄑㄧㄠˋ
因貪圖財物而迷失心智。

11【財產所得】 ㄘㄞˊ ㄔㄢˇ ㄙㄨㄛˇ ㄉㄜˊ
(income from property) 指因財產或資本的存在而獲取之所得。因財產或資本之存在較有恆久性,故屬於確定所得,又因其獲取較易,數額較大,故學者多主張重課財產所得而輕課勞務所得。

【財產股利】 ㄘㄞˊ ㄔㄢˇ ㄍㄨˇ ㄌㄧˋ
(property dividend) 指以現金以外的資產分配給股東作爲股利。如以公司持有之其他公司的證券作爲股利分配,即爲財產股利。

【財產保險】 ㄘㄞˊ ㄔㄢˇ ㄅㄠˇ ㄒㄧㄢˇ
(property insurance)又稱產物保險。以財產爲保險標的,因各種危險事故發生所致毀損、滅失等損失,以金錢、實物或勞務爲補償的保險。

【財務計畫】 ㄘㄞˊ ㄨˋ ㄐㄧˋ ㄏㄨㄚˋ
(financial planning) 係企業計畫的財務部分,屬於部門性作業計畫的一種。企業爲配合生產與銷售等項業務需要,必須估計資金需求,參酌金融市場情勢,對資金的籌集、分配、運用與控制等問題予以周密的規劃。財務計畫的重點在於資金的收益性、流動性與安全性。

【財務會計】 ㄘㄞˊ ㄨˋ ㄎㄨㄞˋ ㄐㄧˋ
(financial accounting) 其主要的工作爲記錄企業的交易及事項,加以整理與彙總,編成財務報表。將企業的財務狀況、經營成果及財務狀況的變動等資料,提供投資人、債權人及其他外界使用人,以協助其作成投資、授信及其他有關的決策。

【財務審計】 ㄘㄞˊ ㄨˋ ㄕㄣˇ ㄐㄧˋ
(audit of properties)政府審計事務之一。係辦理各機關有關現金、票據、證券、不動產等財物之稽察事務。

14【財團法人】 ㄘㄞˊ ㄊㄨㄢˊ ㄈㄚˇ ㄖㄣˊ
簡稱財團。參財團①。

11【財務狀況表】 ㄘㄞˊ ㄨˋ ㄓㄨㄤˋ ㄎㄨㄤˋ ㄅㄧㄠˇ

(statement of financial position)即資產負債表。參資產負債表。

9【財政收入原則】ㄘㄞˊ ㄓㄥˋ ㄕㄡ ㄖㄨˋ ㄩㄢˊ ㄗㄜˊ
(the principle of financial revenue)爲'德國'著名財政學者'華格納'所倡租稅原則中的第一個原則。意謂租稅課徵目的固多，但最重要者是爲獲取財政收入。但要獲取充分的收入，必須兼顧租稅收入充分及租稅收入彈性兩原則。如所得稅即爲符合財政收入原則的重要租稅之一。

11【財產交易所得】ㄘㄞˊ ㄔㄢˇ ㄐㄧㄠ ㄧˋ ㄙㄨㄛˇ ㄉㄜˊ
(income from property transaction) 綜合所得稅制度下的一種所得。凡非爲經常買進、賣出之營利活動而持有之各種財產及權利，因買賣或交換而發生之增益屬之。如房屋交易所得、土地交易所得及股票交易所得等。

【財務報表分析】ㄘㄞˊ ㄨˋ ㄅㄠˋ ㄅㄧㄠˇ ㄈㄣ ㄒㄧ
(financial statement analysis) 指從財務報表中選擇與決策有關的資料，加以整理與分析，以顯示科目間的主要關係，並與過去情況或其他標準相比較，藉以評估企業經營的績效及預測其未來的發展，以供決策的參考。

【財務槓桿作用】ㄘㄞˊ ㄨˋ ㄍㄤˋ ㄍㄢˇ ㄗㄨㄛˋ ㄩㄥˋ
(financial leverage) 也稱舉債經營。參舉債經營。

【財務狀況變動表】ㄘㄞˊ ㄨˋ ㄓㄨㄤˋ ㄎㄨㄤˋ ㄅㄧㄢˋ ㄉㄨㄥˋ ㄅㄧㄠˇ
(statement of changes in financial position)爲企業三種基本財務報表之一。係以資金的來源與運用，彙總說明企業在特定期間重大理財及投資活動，及其所引起資產、負債，及業主權益的變動。本表所稱的資金可以現金或營運資金爲基礎，但不論採用何種基礎，對不影響現金或營運資金的重大理財及投資的交換交易均應列入報表。此種方式稱爲全部財務資源觀念。

貤 ㄧˊ i^2 音怡
轉移。通移。見"字彙"。

4

責 ㊀ ㄗㄜˊ tsê^2 音則
[1]要求；索取。見"說文"。[2]詰問；責備。如：責讓。[3]鞭撻；處罰。如：杖責。[4]應盡的義務。如：負責。
㊁ ㄓㄞˋ chai^4 音寨
所欠的財物。同債。見"字彙"。

5【責付】ㄗㄜˊ ㄈㄨˋ
法院將被告付託於得爲被告輔佐之人或該管區域內其他適當之人，然後停止羈押被告之行爲。受責付者，應出具證書，載明如經傳喚應令被告隨時到場。"少年事件處理法"規定少年法庭於必要時，得將少年責付予法定代理人、家長、最近親屬、現在保護少年之人或其他適當之人，並得在事件終結前，交付觀護人爲適當之輔導，即爲適例。

6【責成】ㄗㄜˊ ㄔㄥˊ
交付他人任務，要求其完成。

【責任】ㄗㄜˊ ㄖㄣˋ
[1]本分應做的事。[2]在道德或法律上，因某種行爲的結果，而有受批評或處分的義務。

11【責問】ㄗㄜˊ ㄨㄣˋ
責備質問。

12【責善】ㄗㄜˊ ㄕㄢˋ
以善相要求。

【責備】ㄗㄜˊ ㄅㄟˋ
要求他人言行完備，沒有缺失。今多用作責罵之意。

14【責罰】ㄗㄜˊ ㄈㄚˊ
責備懲罰。

19【責難】㊀ ㄗㄜˊ ㄋㄢˊ
要求他人做好難做的事情。
㊁ ㄗㄜˊ ㄋㄢˋ
責備；非難。

6【責任中心】ㄗㄜˊ ㄖㄣˋ ㄓㄨㄥ ㄒㄧㄣ
(responsibility center) 組織中對成本的發生或收入的產生負控制責任的部門。

【責任分散】ㄗㄜˊ ㄖㄣˋ ㄈㄣ ㄙㄢˋ
(diffusion of responsibility) 情況緊急而亟需外力救助時，由於多人同時在場，一般人均認爲他人會挺身而出，態度猶豫、觀望，不願立即採取救援行動的現象。

【責任保險】ㄗㄜˊ ㄖㄣˋ ㄅㄠˇ ㄒㄧㄢˇ
(liability insurance) 被保險人因過失侵權行爲使第三者身體財產遭受損害，依法應負損害賠償責任時，由保險人任損失補償的保險。可分爲兩大類：一爲公共責任保險，一爲雇主責任保險。

【責任能力】ㄗㄜˊ ㄖㄣˋ ㄋㄥˊ ㄌㄧˋ
爲犯罪行爲而有被刑事處罰適格之人，稱爲有責任能力。依"刑法"規定：一、未滿十四歲人之行爲，不罰。二、心神喪失人之行爲，不罰。因此未滿十四歲之人及心神喪失之人均無責任能力，其他之人均有責任能力。惟十四歲以上未滿十八歲人之行爲、滿八十歲人之行爲、精神耗弱人之行爲，及瘖啞人之行爲得減輕其刑。

12【責無旁貸】ㄗㄜˊ ㄨˊ ㄆㄤˊ ㄉㄞˋ
無可推卸的責任。

貫 ㄍㄨㄢˋ kuan^4 音灌
[1]穿串銅錢的繩索。即錢串。見"說文"。[2]量詞。舊時一千個銅錢用繩子穿成一串叫一貫。如：腰纏萬貫。[3]穿透；通到底。如：貫徹。[4]通達；統一。如：一以貫之。[5]成例；前例。如：舊貫。[6]世居名籍。如：籍貫。[7]熟習；通曉。通慣。如：不貫嬉戲。[8]姓。'漢'有'貫高'。見"萬姓統譜・一〇一"。

6【貫休】 ㄍㄨㄢˋ ㄒㄧㄡ
(832～912)五代'蘭谿'(今'浙江''蘭谿')人。本姓'姜',字'德隱'。七歲出家,工詩、書、畫,頗受'蜀'主'王建'的優遇,稱之爲'禪月大師'。著有"禪月集"。

7【貫串】 ㄍㄨㄢˋ ㄔㄨㄢˋ
連接貫通。

8【貫注】 ㄍㄨㄢˋ ㄓㄨˋ
把全部精神投注到一個目標上。

9【貫穿】 ㄍㄨㄢˋ ㄔㄨㄢ
1貫通;通達。2穿透。

11【貫通】 ㄍㄨㄢˋ ㄊㄨㄥ
貫徹;通透。

14【貫徹】 ㄍㄨㄢˋ ㄔㄜˋ
貫通到底。

12【貫雲石】 ㄍㄨㄢˋ ㄩㄣˊ ㄕˊ
(1286～1324)'維吾兒族'人。本名'小雲石海涯',因父名'貫只哥',故以'貫'爲姓,自號'酸齋'。'元仁宗'時拜翰林侍讀學士,後稱疾辭官,隱居'杭州'。精通'漢'語,工散曲,作品生動豪放,文字優美。當時另有'徐再思',號'甜齋',也善曲,世人以'酸齋'、'甜齋'並稱,合二人作品爲"酸甜樂府"。

2【貫入抗力】 ㄍㄨㄢˋ ㄖㄨˋ ㄎㄤˋ ㄌㄧˋ
(penetration resistance)一定程序下,將特造貫入錘或針打入或壓入土中後,土壤抵抗貫入的能力。通常以貫入土中單位距離所需之錘擊數或壓力表示。

6【貫朽粟陳】 ㄍㄨㄢˋ ㄒㄧㄡˇ ㄙㄨˋ ㄔㄣˊ
貫錢的線爛掉了,粟米儲存得陳腐了。形容非常富庶。

販

ㄈㄢˋ *fan*[4] 音飯
1買賤賣貴,從中取利的商人。今多指做小生意的人。如:攤販。2買賣;交易。如:販賣。

8【販毒】 ㄈㄢˋ ㄉㄨˊ
販賣毒品。

15【販賣】 ㄈㄢˋ ㄇㄞˋ
出售;出賣。

4【販夫走卒】 ㄈㄢˋ ㄈㄨ ㄗㄡˇ ㄗㄨˊ
販賣貨物和供人遣使的人。今多泛指基層民眾。

15【販賣人口】 ㄈㄢˋ ㄇㄞˋ ㄖㄣˊ ㄎㄡˇ
把人當作商品買賣以圖利。

貨

ㄏㄨㄛˋ *ho*[4], *huo*[4] 音禍
1財物;生產物。2錢幣。如:貨幣。3出賣。如:貨友求榮。

6【貨色】 ㄏㄨㄛˋ ㄙㄜˋ
1財貨與美色。2貨物的品質或種類。

9【貨郎】 ㄏㄨㄛˋ ㄌㄤˊ
挑著擔子,搖著小鼓,賣婦女及家庭用品雜貨的流動小販。

11【貨船】 ㄏㄨㄛˋ ㄔㄨㄢˊ
(cargo ship)以載運貨物爲主要業務的船舶。依裝載貨物的內容,有雜貨船、貨櫃船、散裝貨船、冷藏船、木材船、油輪、液化氣船、礦砂石油兩用船、汽車船、畜牧船、水泥船、子母船之分;依其構造,則有單甲板船、雙甲板船、遮浪甲板船、平甲板船之別。

12【貨殖】 ㄏㄨㄛˋ ㄓˊ
買賣貨物以賺取利潤。即經商。

13【貨腰】 ㄏㄨㄛˋ ㄧㄠ
指伴舞以謀生。

14【貨幣】 ㄏㄨㄛˋ ㄅㄧˋ
(money) 由政府法律規定,得強制使用,可充當交易的媒介、價值的標準、記帳的單位及延期支付的工具者,稱爲貨幣。一般有紙幣和鑄幣。

16【貨艙】 ㄏㄨㄛˋ ㄘㄤ
(cargo holds) 船舶上用以裝載貨物的處所。其容積之大小,與全船之噸位有關。

18【貨櫃】 ㄏㄨㄛˋ ㄍㄨㄟˋ
(container) 又稱貨箱。係一種由頂板、底盤、門框、側板、前框、門板等組合而成的箱形運輸容器,可謂輪船貨艙的延伸。根據'國際標準組織'之規定,其標準規格乃高、寬均爲8呎,至於長度則有數種。由於貨櫃具有下列特性:一、經特殊設計用以裝載貨物,適合多種運輸;二、具永久特質及足夠強度,可反覆使用;三、配備有適當裝置,便於運輸方式轉換時搬動;故其使用頗具國際化功能。

8【貨物稅】 ㄏㄨㄛˋ ㄨˋ ㄕㄨㄟˋ
(commodity tax)指對貨物所課徵的賦稅。爲消費稅的一種。亦稱爲出廠稅。各種依政府"貨物稅條例"規定應繳稅的貨物,由稅務機關派員駐廠徵收貨物稅。

9【貨郎兒】 ㄏㄨㄛˋ ㄌㄤˊ ㄦˊ
1即貨郎。2曲牌名。起源於'宋''元'民間小商販的叫賣聲調,所唱聲調可以靈活改變,後來被作爲曲牌,應用在'元'雜劇和散套中。基本句法爲七七七三三七,共六句。中間也可以插入其他的曲牌腔調,成爲"轉調貨郎兒"。

14【貨幣性】 ㄏㄨㄛˋ ㄅㄧˋ ㄒㄧㄥˋ
(moneyness)任何資產轉變成貨幣的難易、快慢的程度。愈容易、迅速轉變成貨幣的資產,其貨幣性愈高;愈困難、緩慢轉變成貨幣的資產,其貨幣性愈低。

18【貨櫃船】 ㄏㄨㄛˋ ㄍㄨㄟˋ ㄔㄨㄢˊ
(container ship) 甲板與貨艙均經特別設計,使能裝載合於國際標準之大型貨櫃,而得以單位化進行海陸或海空聯合運輸的船舶。依貨櫃化程度,可分爲自備吊桿之半貨櫃船、不具吊桿之全貨櫃船兩種;依裝卸方式,則有吊進吊出型、駛進駛出型及駁進駁出型之別。

10【貨眞價實】 ㄏㄨㄛˋ ㄓㄣ ㄐㄧㄚˋ ㄕˊ
1貨物眞實,價錢公道。2借指事物眞實無僞。

13【貨運單證】 ㄏㄨㄛˋ ㄩㄣˋ ㄉㄢ ㄓㄥˋ
(shipping documents) 有廣狹二義,狹義的指運輸單證(如海運提單、航空提單、郵政(包裹)收據及其他足以證明貨物的裝運或接管或發送的所有單證);廣義的則

又包括商業發票、保險單證、產地證明書、檢驗證明書、包裝單、領事發票等。一般國際貿易實務上所稱的均是廣義的貨運單證。西元1974年修訂“信用狀統一慣例”,將廣義的貨運單證稱爲 documents, 狹義的稱爲 shipping documents;爲免於誤解,復於1983年將狹義的貨運單證改稱運輸單證(transport documents)。貨運單證可分主要單證與補助單證。

14【貨幣工資】ㄏㄨㄛˋ ㄅㄧˋ ㄍㄨㄥ ㄗ
(money wage) 又稱名目工資(nominal wage)。勞動者在每單位時間內提供勞務所得到的貨幣報酬。

【貨幣幻覺】ㄏㄨㄛˋ ㄅㄧˋ ㄏㄨㄢˋ ㄐㄩㄝˊ
(money illusion)指人們往往只注意貨幣的面值,而不注意貨幣的眞實購買力,因而影響物價和工資的一種錯覺。

【貨幣市場】ㄏㄨㄛˋ ㄅㄧˋ ㄕˋ ㄔㄤˇ
(money market) 短期資金的融通市場。由商業銀行、票券公司及貼現公司等組成。

【貨幣法則】ㄏㄨㄛˋ ㄅㄧˋ ㄈㄚˇ ㄗㄜˊ
(monetary rule) 貨幣學派主張貨幣數量每年按一定的百分比增加,而非由貨幣當局作權宜的改變,如此可確保經濟的穩定與成長,所以貨幣學派對於貨幣政策主張以法則代替權宜。

【貨幣供給】ㄏㄨㄛˋ ㄅㄧˋ ㄍㄨㄥ ㄐㄧˇ
(money supply) 存量觀念的一種。最狹義的貨幣供給,係指任何一個經濟社會,在一定的時點,市面上流通的通貨及活期存款兩者的總量。

【貨幣所得】ㄏㄨㄛˋ ㄅㄧˋ ㄙㄨㄛˇ ㄉㄜˊ
(money income) 以貨幣表示的所得。在物價水準不變下,貨幣所得等於實質所得。

【貨幣政策】ㄏㄨㄛˋ ㄅㄧˋ ㄓㄥˋ ㄘㄜˋ
(monetary policy) 即政府用控制貨幣的數量,或控制利率的變動,來影響整個社會的經濟活動,以達成一定的經濟目標之政策。

【貨幣經濟】ㄏㄨㄛˋ ㄅㄧˋ ㄐㄧㄥ ㄐㄧˋ
(money economy) 即以貨幣爲交易媒介物的經濟型態。

【貨幣需求】ㄏㄨㄛˋ ㄅㄧˋ ㄒㄩ ㄑㄧㄡˊ
(money demand)又稱流動性偏好。貨幣具有完全的流動性,人們願意或偏愛將其所得或財富以貨幣型態來保有,即貨幣需求。

【貨幣價值】ㄏㄨㄛˋ ㄅㄧˋ ㄐㄧㄚˋ ㄓˊ
(value of money) 貨幣換取其他商品的能力,即所謂貨幣購買力 (purchasing power of money)。貨幣本身無價格,由所換的商品而訂其價值。但經濟學對於貨幣的價值,各持不同的說法,有以幣材爲根據,有以貨幣數量的增減爲根據,各有專門學說。

【貨幣學派】ㄏㄨㄛˋ ㄅㄧˋ ㄒㄩㄝˊ ㄆㄞˋ
(monetarism) 自西元1950年代中期,以‘美國’‘芝加哥大學’‘弗瑞德曼’(M. Friedman)爲首的一些經濟學家,開始對財政政策展開攻擊,重新認定貨幣在經濟活動中的重要性,並主張以貨幣政策作爲對抗經濟循環的主要工具。這種看法逐漸成爲與‘凱因斯’學派相抗衡的經濟思想主流之一。

15【貨樣買賣】ㄏㄨㄛˋ ㄧㄤˋ ㄇㄞˇ ㄇㄞˋ
依貨樣而定標的物的一種買賣契約。所謂貨樣,指實物之樣品而言,而圖樣或模型如能顯示出標的物之種類及品質者,也可認爲貨樣。按照貨樣約定買賣者,視爲出賣人擔保其交付之標的物,與貨樣有同一之品質。如出賣人交付之標的物不具有與貨樣同一之品質時,即屬具有瑕疵,買受人得解除契約或請求減少價金,或請求不履行之損害賠償。如屬種類買賣,尙得請求另行交付符合貨樣品質之物。貨樣買賣與一般買賣之不同,只在於出賣人瑕疵擔保責任之加重,其他如危險之負擔、價金之支付等問題,仍應適用一般買賣之規定。

8【貨物保險單】ㄏㄨㄛˋ ㄨˋ ㄅㄠˇ ㄒㄧㄢˇ ㄉㄢ
(cargo policy) 海上保險單的一種。承保船舶所裝載的貨物在運送途中遭受毀損、滅失等損失的保單。此處所稱之貨物,專指各種可供買賣的商品而言。貨主所能獲得的預期利益,通常包括於貨物的保險金額內,故無獨立的預期利益保單。

13【貨運承攬業】ㄏㄨㄛˋ ㄩㄣˋ ㄔㄥˊ ㄌㄢˇ ㄧㄝˋ
(freight forwarder; forwarding agent; forwarder) 又稱貨物轉運人、運送承攬人。在海運方面,依我國“航業法”規定,指以自己的名義爲他人的計算,使船舶運送業運送貨物而獲取報酬的事業。其服務範圍起自於賣方倉庫以迄受貨人倉庫;在出口方面代爲安排保險,辦理出口簽證、報關手續,並安排貨物的船運。在進口方面,辦理進口簽證、報關及提貨手續,並運送貨物至受貨人倉庫。在‘歐’‘美’貨運承攬業多聯合其他內陸運輸業者及無船舶公共運送人(non-vessel operating common carrier; NVOCC),以經營貨櫃的內陸運輸、併裝及拆卸等業務並代託運人安排船運。對貿易廠商而言,貨運承攬業提供了戶到戶(door to door)的便利服務。如果貨運承攬業者是以代理託運人安排船運的地位簽發空運提單,此提單只屬一種收據及取得託運人授權簽訂運約的證明文件而已,並非裝船提單。依"信用狀統一慣例"規定,除非信用狀特別授權,此種提單將遭拒絕接受。

14【貨幣性負債】ㄏㄨㄛˋ ㄅㄧˋ ㄒㄧㄥˋ ㄈㄨˋ ㄓㄞˋ
(monetary liabilities)指未來必須償還的負債金額,不因貨幣價值變動而有所增減者。如應付帳款、應付公司債及應付薪資等大部分負債均屬之。

【貨幣性資產】ㄏㄨㄛˋ ㄅㄧˋ ㄒㄧㄥˋ ㄗ ㄔㄢˇ
(monetary asset)指現金及其他定額的貨幣請求權,如應收帳款及存出保證金,其金額不因貨幣購買力的變動而有所增減。因此,在通貨膨脹期間,持有貨幣性資產將發生購買力損失。

【貨幣是面紗】ㄏㄨㄛˋ ㄅㄧˋ ㄕˋ ㄇㄧㄢˋ ㄕㄚ
(money is a veil) 古典學派經濟學家認爲貨幣並不能影響到經濟體系內的任何實質變數,其所能影響的只是名目的價格水準變數,貨幣在經濟活動中所扮演的角色猶如障眼的面紗一般。

【貨幣數量說】ㄏㄨㄛˋ ㄅㄧˋ ㄕㄨˋ ㄌㄧㄤˋ ㄕㄨㄛ
(the quantity theory of money)重要經濟理論之一。認爲如其他情形不變,貨幣數量與物價水準之間有一定關係,貨幣數量增加會促成物價水準的上漲。傳統的貨幣數量方程式可寫爲$MV=PT$,M表貨幣數量,V表貨幣的流通速度,P表物價水準,T表一定期間用財貨的交易總量。短期間假定V與T不變,則M與P之間有一定的正相關,即貨幣數量決定物價水準。若貨幣數量增加,V與T不變,會促使物價水準上漲。現代的貨幣學派學者,更利用貨幣數量說,認爲貨幣供給量的成長率過高,是促成通貨膨脹的唯一因素,因而主張嚴格控制貨幣供給量的成長率。

18【貨櫃化運輸】ㄏㄨㄛˋ ㄍㄨㄟˋ ㄏㄨㄚˋ ㄩㄣˋ ㄕㄨ
(containerization) 將貨物以尺寸畫一之箱櫃裝載,利用運輸網從事一貫作業,而有效地達成及門運輸的一種新興運輸方式。其作業簡化、省工省時,且責任專屬,週轉率高。常見的貨櫃化運輸有戶及戶、戶及終站、終站及戶、終站及終站等方式。

【貨櫃集散場】ㄏㄨㄛˋ ㄍㄨㄟˋ ㄐㄧˊ ㄙㄢˋ ㄔㄤˊ
(consolidation shed; container freight station) 又稱整裝中心、貨櫃通棧或貨櫃工作棚。係將待裝之貨物加以集中、整理、分類、驗關完稅,並依目的地分別裝入貨櫃的場所。此外,進口貨物若須分送不同受貨人,亦須在此加以區分處理,再分由受貨人提取。

14【貨幣本位制度】ㄏㄨㄛˋ ㄅㄧˋ ㄅㄣˇ ㄨㄟˋ ㄓˋ ㄉㄨˋ
(monetary standard system) 以法令規定一國的貨幣單位與品質,並且建立通貨與其本位之間的最後兌換條件,而不再依幣材決定貨幣價值。

【貨幣單位假定】ㄏㄨㄛˋ ㄅㄧˋ ㄉㄢ ㄨㄟˋ ㄐㄧㄚˇ ㄉㄧㄥˋ
(monetary unit assumption) 會計上假定貨幣爲會計衡量及分析最適當的單位。因貨幣爲交易的媒介及價值衡量的尺度,以貨幣爲衡量的單位,則凡不能以貨幣衡量的事項,即不能列入會計紀錄並在財務報表上予以表達。另外,會計上亦假定貨幣價值不變,或變動不大,可以不加考慮,如此不同期間的貨幣始可加減。惟此一假定由於近代各國貨幣的價值均有大幅度的變動,對於財務報表的影響甚大,於此會計界正在研究改進中。

8【貨物稅完稅價格】ㄏㄨㄛˋ ㄨˋ ㄕㄨㄟˋ ㄨㄢˊ ㄕㄨㄟˋ ㄐㄧㄚˋ ㄍㄜˊ
(taxable value of commodities) 爲計徵貨物稅之基準。以完稅價格乘以稅率,即爲該物品應納之貨物稅。由於其高低對稅負有重大影響,故'財政部'設有'貨物稅評價委員會',每月公布完稅價格以資適用,惟顯然與市場價格難於一致,是其缺點。

14【貨幣的所得流通速度】ㄏㄨㄛˋ ㄅㄧˋ ˙ㄉㄜ ㄙㄨㄛˇ ㄉㄜˊ ㄌㄧㄡˊ ㄊㄨㄥ ㄙㄨˋ ㄉㄨˋ
(income velocity of money) 一單位的貨幣於一年之內用以購買最後財貨與勞務的平均次數。其測度公式爲:$V=GNP/M$,式中M爲貨幣供給量,GNP爲國民生產毛額。

貪 ㄊㄢ t'an¹ 音灘
[1]愛財。見"說文"。[2]一味求取而不知滿足。如:貪多務得。[3]過分愛惜。如:貪生怕死。

4【貪心】ㄊㄢ ㄒㄧㄣ
貪得的心。

5【貪生】ㄊㄢ ㄕㄥ
過分眷戀、愛惜生命。

6【貪汙】ㄊㄢ ㄨ
[1]貪婪而卑下。[2]指官吏違法求取財物。

7【貪吝】ㄊㄢ ㄌㄧㄣˋ
貪婪吝嗇。

8【貪杯】ㄊㄢ ㄅㄟ
嗜酒。

【貪戾】ㄊㄢ ㄌㄧˋ
貪婪暴戾。

9【貪昧】ㄊㄢ ㄇㄟˋ
貪圖財利。

【貪狠】ㄊㄢ ㄏㄣˇ
貪婪狠毒。

11【貪婪】 ㄊㄢ ㄌㄢˊ
貪求無厭。
14【貪鄙】 ㄊㄢ ㄅㄧˇ
貪婪卑鄙。
【貪圖】 ㄊㄢ ㄊㄨˊ
貪慕;貪求。
15【貪墨】 ㄊㄢ ㄇㄛˋ
1貪圖財利。2貪汙。
【貪慕】 ㄊㄢ ㄇㄨˋ
貪圖愛慕。
16【貪嘴】 ㄊㄢ ㄗㄨㄟˇ
嘴饞;好吃無厭。
23【貪戀】 ㄊㄢ ㄌㄧㄢˋ
迷戀。
27【貪黷】 ㄊㄢ ㄉㄨˊ
貪財納賄。
4【貪夫殉財】 ㄊㄢ ㄈㄨ ㄒㄩㄣˋ ㄘㄞˊ
貪婪的人,常因求財而喪生。
6【貪多務得】 ㄊㄢ ㄉㄨㄛ ㄨˋ ㄉㄜˊ
1指讀書務求其多而有所獲。2指貪得而不知足。
21【貪贓枉法】 ㄊㄢ ㄗㄤ ㄨㄤˇ ㄈㄚˇ
官吏貪汙納賄,破壞法紀。

貭
質的俗體。

貧
ㄆㄧㄣˊ *p'in²* 音頻
1缺少錢財。如:淸貧。2泛指缺乏、不足。如:貧血。
5【貧乏】 ㄆㄧㄣˊ ㄈㄚˊ
窮困;缺乏。
6【貧血】 ㄆㄧㄣˊ ㄒㄧㄝˇ
(anaemia)指血液中紅血球數目太少或血紅素含量太低或兩者均減少的一種疾病。一般以男性血紅素在12克/100毫升,女性11.5克/100毫升以下爲貧血。患者面色蒼白、心悸亢進、頭痛、暈眩、肢體倦怠。婦人患此病者較多。貧血可因內外傷出血、造血構造(骨髓)病變、造血因子不全或缺如、遺傳性或藥物、毒物致血球破裂等因素而引起。
7【貧困】 ㄆㄧㄣˊ ㄎㄨㄣˋ
貧窮窘困。
9【貧苦】 ㄆㄧㄣˊ ㄎㄨˇ
貧窮困苦。
12【貧寒】 ㄆㄧㄣˊ ㄏㄢˊ
貧苦清寒。
13【貧道】 ㄆㄧㄣˊ ㄉㄠˋ
本爲和尙自謙詞,後轉爲道士專用之詞。
15【貧瘠】 ㄆㄧㄣˊ ㄐㄧˊ
土地不肥沃。
【貧賤】 ㄆㄧㄣˊ ㄐㄧㄢˋ
生活貧窮,地位低微。
16【貧窶】 ㄆㄧㄣˊ ㄐㄩˋ
貧窮。
【貧嘴】 ㄆㄧㄣˊ ㄗㄨㄟˇ
指話多而刻薄。
20【貧礦】 ㄆㄧㄣˊ ㄎㄨㄤˋ
(low-grade ore)含經濟礦物量少或品位低的礦石。貧礦如儲量大,有時也具開採價值。
10【貧草原】 ㄆㄧㄣˊ ㄘㄠˇ ㄩㄢˊ
由耐旱的矮草所組成,以簇生或叢生形態稀疏分布,或完全無樹木,或間有若干矮樹和灌木的一種植物群落。即乾草原。
12【貧無立錐】 ㄆㄧㄣˊ ㄨˊ ㄌㄧˋ ㄓㄨㄟ
連小如錐尖的一點土地都沒有。比喩極度貧窮。
5【貧民窟報業】 ㄆㄧㄣˊ ㄇㄧㄣˊ ㄎㄨ ㄅㄠˋ ㄧㄝˋ
(gutter journalism)'美國'繼黃色報業後的一種報刊。內容多爲極端煽情的新聞事件,爲貧民窟居民所喜愛,故稱。如'麥克費頓'(Bernarr Macfadden)所經營的"紐約圖畫報"(*The New York Evening Graphic*)即屬此類。
15【貧窮的惡性循環】 ㄆㄧㄣˊ ㄑㄩㄥˊ ˙ㄉㄜ ㄜˋ ㄒㄧㄥˋ ㄒㄩㄣˊ ㄏㄨㄢˊ
(vicious cycle of poverty)在經濟發展理論中,認爲落後國家所以貧窮,是由於每人平均所得太低,一方面缺少足夠的需求刺激投資,另一方面亦無足夠的儲蓄提供投資資金,因此投資不足,生產力低下,所得無法提高,長期陷於貧窮中而無法自拔。

5

貳
ㄦˋ *êrh⁴* 音二
1增添使滿。見"說文"。2佐助;幫助。3再次;重複。如:不貳過。4懷疑;不信任。如:任賢不貳。5不忠;離叛。6不同的;前後有別的。如:貳辭。7副的;次於正的。如:貳車。8數字二的大寫。9姓。'南北朝''後魏'有'貳塵'。見"萬姓統譜·九三"。
4【貳心】 ㄦˋ ㄒㄧㄣ
1異心。2背逆之心。
6【貳臣】 ㄦˋ ㄔㄣˊ
先後在兩個不同的朝代任職的臣子。

費
一 ㄈㄟˋ *fei⁴* 音沸
1消耗錢財。也泛指耗損。如:浪費。2錢財。如:繳費。3多餘無用的。如:費詞。4姓。'春秋''楚'有'費無咎'。見"萬姓統譜·九四"。
二 ㄅㄧˋ *pi⁴* 音閉
1'春秋''魯'邑名。在今'山東省''費縣'西北二十里。2姓。'春秋'魯有'費君'。見"字彙補"。
4【費心】 ㄈㄟˋ ㄒㄧㄣ
用心;操心。拜託或感謝別人幫忙的客氣話。
5【費用】 ㄈㄟˋ ㄩㄥˋ
1開支;花用的錢。2(expense)會計上所稱的費用,係指因生產或交付商品、提供勞務或其他活動,而使資產減少或負債增加,同時並使得業主權益減少者。可分爲營業費用及營業外費用兩類。
6【費米】 ㄈㄟˋ ㄇㄧˇ
(Enrico Fermi, 1901～1954)理論物理學家。出生於'義大利''羅馬',西元1938年因利用中子的撞擊產生新的放射性元素,及以慢

費米像

速中子來引發核反應效應的研究,獲得‘諾貝爾’獎金。1942年參加‘美國’‘曼哈坦’計畫,領導科學家負責原子堆的設計,終於在1945年造出世界第一顆原子彈。‘費米’一直在理論物理方面,尤其對處理次原子現象的數學,有很大的貢獻。

8【費事】 ㄈㄟˋ ㄕˋ
指事情做起來很麻煩。

9【費神】 ㄈㄟˋ ㄕㄣˊ
耗費心神。拜託或感謝別人幫忙的客套話。

【費城】 ㄈㄟˋ ㄔㄥˊ
(Philadelphia)‘美國’‘賓州’(Pennsylvania State)最大城及工商業、財政、文化和交通中心。濱‘德拉瓦河’(Delaware R.)。冶金、紡織、石化及食品工業極盛。‘美國’即在此發表“獨立宣言”並敲響鐘聲,以「獨立鐘」聞名。人口147萬(2004年)。

【費勁】 ㄈㄟˋ ㄐㄧㄣˋ
耗費力氣。比喻事情難辦。

10【費時】 ㄈㄟˋ ㄕˊ
耗費時間。

13【費解】 ㄈㄟˋ ㄐㄧㄝˇ
[1]難了解。[2]難解釋。

19【費邊】 ㄈㄟˋ ㄅㄧㄢ
(Quintus Fabius Maximus Cunctator, ?～前203)‘羅馬’將軍。曾五次執政,西元前217年‘羅馬’被‘迦太基’擊敗,他被推選爲主政(dictator),主張用消耗戰、游擊戰來制敵,終於打敗‘漢尼拔’,‘費邊’遂成爲冷靜、沈著、勇敢的象徵。

9【費施爾】 ㄈㄟˋ ㄕ ㄦˇ
又譯作‘費雪’。[1](Emil Fischer, 1852～1919)‘德國’化學家。西元1892年爲‘柏林大學’教授,1902年獲得‘諾貝爾’化學獎。成就非凡,如完成嘌呤化合物的研究、砂糖的化合研究、蛋白質和酵素的研究等。[2](Hans Fischer, 1881～1945)‘德國’化學家。因對氯化紅血素和葉綠素的關係研究而獲得1930年的‘諾貝爾’化學獎。[3](Irving Fisher, 1867～1947)‘美國’經濟學家。曾任‘耶魯大學’教授、‘美國’‘經濟學會’和‘計量經濟學會’會長。提出物幣數量說,以數學公式計算物價和交易數,把預期心理和風險因素加入經濟分析之中,對後世頗多影響。著有“價值與價格理論的數學研究”(*Mathematical Investigations in the Theory of Value and Prices*)等。

11【費商量】 ㄈㄟˋ ㄕㄤ ˙ㄌㄧㄤ
指事情不好辦,需要多作商量才行得通。

【費脣舌】 ㄈㄟˋ ㄔㄨㄣˊ ㄕㄜˊ
[1]指白作說明,徒勞無功。[2]指需要用很多話說明,才能使對方了解。

14【費爾馬】 ㄈㄟˋ ㄦˇ ㄇㄚˇ
(Pierre de Fermat, 1601～1665)‘法國’十七世紀傑出數學家。先在‘土魯斯大學’受教育,後獲‘奧爾良大學’法律學位。空閒時除了寫詩,便鑽研數學。在數論上,百年內無可匹敵者。爲‘費爾馬’數(Fermat's numbers)、‘費爾馬’原理(Fermat's principle)和‘費爾馬’定理(Fermat's theorem)等的發現者。

19【費邊社】 ㄈㄟˋ ㄅㄧㄢ ㄕㄜˋ
(Fabian Society)‘英國’社會主義團體。於西元1883年在‘倫敦’成立。主張以溫和漸進的方法來改革社會,反對共產主義和官僚制度。早年由‘韋伯’夫婦(Beatrice and Sidney Webb)等人領導。成員逐漸促成了‘工黨’的產生。1936年成立‘新費邊社’,廣泛研究社會、政治、經濟問題。

10【費茲哲羅】 ㄈㄟˋ ㄗ ㄓㄜˊ ㄌㄨㄛˊ
(Francis Scott Key Fitzgerald, 1896～1940)‘美國’小說家。早年曾在‘普林斯頓大學’受教育,西元1917年離開學校參加第一次世界大戰。1920年他的第一本小說“天堂這一邊”(*This Side of Paradise*)出版,立刻使他聲名大噪。第二本書“美的與該咒的”(*The Beautiful and Damned*),非常完美地反映了第一次世界大戰結束後冷嘲熱諷而又不動感情的世態。他的傑作“大亨小傳”(*The Great Gatsby*)於1925年出版,揭發當代的虛僞價值,而“夜未央”(*Tender Is the Night*)一書他自己稱是「退化小說」。另未完成的小說“最後的大亨”(*The Last Tycoon*)在他死後才出版。

11【費雪效果】 ㄈㄟˋ ㄒㄩㄝˇ ㄒㄧㄠˋ ㄍㄨㄛˇ
(Fisher's effect)指根據物價膨脹率來調整市場利率(或貨幣利率),以維持實質利率不變。

14【費爾巴哈】 ㄈㄟˋ ㄦˇ ㄅㄚ ㄏㄚ
(Ludwig Andreas Feuerbach, 1804～1872)‘德國’哲學家。當代唯物主義的先導。主要貢獻在於對宗教的重新解釋。重要著作有“基督教之本質”(*The Essence of Christianity*)、“黑格爾哲學批評”(*Toward the Critique of the Hegelian Philosophy*)、“哲學改革論前言”(*Preliminary Theses on the Reform of Philosophy*)等。

【費爾馬數】 ㄈㄟˋ ㄦˇ ㄇㄚˇ ㄕㄨˋ
(Fermat's number)形如$1+2^{2^n}$的整數。頭幾個爲3, 5, 17, 257, 65537,這些都是質數。‘費爾馬’猜測所有‘費爾馬’數均爲質數,但是後來‘尤拉’證明$1+2^{2^5}=4,294,967,297=(641)(6,700,417)$,而推翻此一猜測。設$p$爲質數,則正$p$邊形可以尺規作圖的充要條件爲$p$是‘費爾馬’數。17爲‘費爾馬’質數,‘高斯’首以尺規作正十七邊形，自得之餘，遺囑於墓碑刻上正十七邊形。

11【費雪利息理論】ㄈㄟˋ ㄒㄩㄝˇ ㄌㄧˋ ㄒㄧˊ ㄌㄧˇ ㄌㄨㄣˋ
(Fisher's theory of interest) 即古典學派的利息理論。古典學派的經濟學家認爲均衡利率水準決定儲蓄與投資，而儲蓄主要受時間偏好的影響，投資主要受資本邊際生產力的影響，時間偏好與資本邊際生產力均爲實質因素，而非貨幣因素，故古典學派的利息理論又稱非貨幣學說的利息理論。

12【費堯管理原則】ㄈㄟˋ ㄧㄠˊ ㄍㄨㄢˇ ㄌㄧˇ ㄩㄢˊ ㄗㄜˊ
(Fayol's principles of management) '法'人'費堯'提出十四項管理原則，配合情況應用，可協助解決管理問題。該十四項原則爲：一、分工；二、權力與責任對等；三、紀律；四、統一指揮權；五、統一管理；六、個人利益小於團體利益；七、員工薪酬；八、集權化；九、階層鏈鎖；十、秩序；十一、公正；十二、員工穩定；十三、主動發起；十四、團隊精神。

賁 或作賁。㊀ ㄅㄧˋ pi⁴ 音必
①裝飾；華飾。②"易"卦名。六十四卦之一。離下艮上。

賁卦圖

㊁ ㄅㄣ pên¹ 音奔
①敏捷勇武。如：虎賁。②姓。'漢'有'賁光'。見"萬姓統譜·二三"。
㊂ ㄈㄣˋ fên⁴ 音憤
失敗；覆敗。通僨。如：一言賁事。

8【賁門】ㄅㄣ ㄇㄣˊ
(cardiac orifice) 食道與胃連接的部分。此部分無明顯的括約肌，但其肌肉具有括約肌的作用，可以控制賁門的開閉。當食物由食道下降入胃時，賁門處的肌肉便舒張，使賁門開放，以容食物入胃。

17【賁臨】ㄅㄧˋ ㄌㄧㄣˊ
光臨。歡迎他人來臨的敬詞。

貰 ㄕˋ shih⁴ 音世
①賒欠；借貸。②租賃。如：貰屋。③寬免。通赦。如：貰赦。

賀 ㄏㄜˋ ho⁴, hê⁴ 音赫
①慶祝。如：賀年。②姓。'唐'有'賀知章'。見"萬姓統譜·一〇四"。

7【賀忱】ㄏㄜˋ ㄔㄣˊ
祝賀的誠意。

10【賀悃】ㄏㄜˋ ㄎㄨㄣˇ
祝賀的誠意。

15【賀儀】ㄏㄜˋ ㄧˊ
祝賀喜事所贈送的金錢或禮物。

16【賀龍】ㄏㄜˋ ㄌㄨㄥˊ
(1896～1969) '湖南''桑植'人，字'雲卿'，號'文常'。早年歷任軍職，後因參加'南昌'暴動失敗，輾轉赴'滬'，加入'中國共產黨'。抗戰軍興，'共'軍改編爲國民革命軍第八路軍，任師長。'中共'政權成立後，擔任黨、政、軍要職。文化大革命起，備受攻擊。

22【賀鑄】ㄏㄜˋ ㄓㄨˋ
(1052～1125) '北宋''衛州'(今'河南''淇縣'東北)人，字'方回'，號'慶湖遺老'。因貌醜，人稱'賀鬼頭'。曾任'泗州'、'太平州'通判，晚年退居'蘇''杭'一帶。爲人任俠，學問淵博，詞風活潑，常用樂府及'唐'詩入詞。有"東山寓聲樂府"、"慶湖遺老集"。

8【賀知章】ㄏㄜˋ ㄓ ㄓㄤ
(659～744) '唐''永興'(今'浙江''蕭山')人，字'季眞'。'證聖'進士，'玄宗'時爲禮部侍郎。晚年放誕，自號'四明狂客'。後回鄉里爲道士。因做過祕書監，自號'祕書外監'，世稱'賀監'。其詩清新自然，今僅存二十首。

21【賀蘭山】ㄏㄜˋ ㄌㄢˊ ㄕㄢ
南北縱列於'寧夏省'東部。一般高度在2,800～3,000公尺之間；因地處沙漠氣候區內，除山頂部分有草原及森林分布外，山地岩石裸露而陡峭。然因其屏障，阻擋流沙東侵，遂有'西套平原'的農業。

貯 ㄓㄨˇ chu³ 音煮
①儲藏。如：貯積。②等待。通佇。如：延貯。

16【貯積】ㄓㄨˇ ㄐㄧ
貯藏；積存。

18【貯藏】ㄓㄨˇ ㄘㄤˊ
收藏。

14【貯精囊】ㄓㄨˇ ㄐㄧㄥ ㄋㄤˊ
(seminal vesicle) 雄性生殖器的一部分。在高等動物爲位於膀胱後面，直腸正前方的兩個彎曲袋形體，實際上它並不貯藏精液，只分泌出稍帶黃色的鹼性黏液，它含有供給精子代謝所需的養分，並可使精蟲之運動旺盛。在無脊椎動物中如烏賊、昆蟲等，則用以貯藏精液。

貼 ㄊㄧㄝ t'ieh¹
①抵押。如：典貼。②黏附。如：黏貼。③靠近；依附。如：貼身。④補助不足。如：津貼。⑤適切。如：妥貼。⑥順從。如：服貼。⑦'中'藥一劑。通帖。⑧傳統戲劇腳色名。貼旦的省稱。

3【貼己】ㄊㄧㄝ ㄐㄧˇ
指親密可信的人。

4【貼水】ㄊㄧㄝ ㄕㄨㄟˇ
(discount) 在外匯市場，所謂貼水是指某種貨幣對另種貨幣在將來是呈貶值的狀態而言。例如'美'金在將來一定時點，只能換得較少的新'臺'幣，則稱'美'金對新'臺'幣呈顯貼水。舉例來說，'美'金對新'臺'幣的即期匯率爲US$1＝NT$40，即'美'金對新'臺'幣的90天遠期匯率爲US$1＝NT$39，則'美'金對新'臺'幣呈顯貼水的狀態。至於遠期匯率對即期匯率所以會呈貼水狀態，基本上乃因二種貨幣間利率差異的緣故。所謂「基本上」是假定無外匯管制且無明顯預期投機因素在內而言。一般而言，凡利率較高的貨幣，其遠

期匯率應呈貼水狀態。

5【貼旦】 ㄊㄧㄝ ㄉㄢˋ
傳統戲曲腳色名。簡稱貼。旦行的一支,別於正旦,即同一劇中次要的旦腳。'宋''元'以來戲曲都有這一腳色。'崑'劇、'漢'劇的貼旦則與花旦同義。

7【貼身】 ㄊㄧㄝ ㄕㄣ
1古時'江''浙'一帶稱丫鬟媵妾爲貼身。後泛指親近的人。2近身。

11【貼現】 ㄊㄧㄝ ㄒㄧㄢˋ
(discount) 票據持有人以其所持有的未到期票據,轉讓與銀行,由銀行扣除自貼現日起至票據到期日止的利息,而將餘額付與貼現人的一種銀行業務。而對此票據貼現所採用的利率即爲貼現率。

12【貼補】 ㄊㄧㄝ ㄅㄨˇ
補足所欠缺的費用。

貺 ㄎㄨㄤˋ k'uang⁴ 音況
賜與;賜給。如:貺贈。

貶 ㄅㄧㄢˇ pien³ 音扁
1減損。如:貶值。2降職。如:貶謫。3不好的批評。如:褒貶。

7【貶抑】 ㄅㄧㄢˇ ㄧˋ
貶損壓抑。

10【貶值】 ㄅㄧㄢˇ ㄓˊ
(depreciation) 一國貨幣價值或其購買力降低,稱爲貶值。在國內通常表現於物價水準之上漲,在國外通常表現爲對他國貨幣兌換率之降低。

17【貶黜】 ㄅㄧㄢˇ ㄔㄨˋ
官吏降級或革職。

18【貶謫】 ㄅㄧㄢˇ ㄓㄜˊ
降低官員的職位,並調往遠方任職。

7【貶低自我意識】 ㄅㄧㄢˇ ㄉㄧ ㄗˋ ㄨㄛˇ ㄧˋ ㄕˋ
(deindividuation) 由於多人同時在場,個體僅是群眾中的一份子,其識別性隨之降低,因而削弱對自我行動負責之感。

貽 ㄧˊ i² 音怡
1贈送。見"廣韻"。2遺留;傳留。如:貽人口實。

10【貽害】 ㄧˊ ㄏㄞˋ
把禍害遺留到後世。

11【貽羞】 ㄧˊ ㄒㄧㄡ
把羞恥遺留到後世。

14【貽誤】 ㄧˊ ㄨˋ
耽誤。

2【貽人口實】 ㄧˊ ㄖㄣˊ ㄎㄡˇ ㄕˊ
留下被人攻擊的話柄。

10【貽笑大方】 ㄧˊ ㄒㄧㄠˋ ㄉㄚˋ ㄈㄤ
被有學問或內行的人所譏笑。同見笑大方。

12【貽厥子孫】 ㄧˊ ㄐㄩㄝˊ ㄗˇ ㄙㄨㄣ
遺留恩惠給後代子孫。

貾 ㄔˊ ch'ih² 音池
一種黃色而有白點的貝類動物。見"廣韻"。

貴 ㄍㄨㄟˋ kuei⁴ 音桂
1價格高。如:物價昂貴。2高價的物品。如:販賤賣貴。3崇尚;珍視。如:貴古賤今。4居位尊顯。如:顯貴。5重要。如:禮之用,和爲貴。

2【貴人】 ㄍㄨㄟˋ ㄖㄣˊ
1地位高貴的人。2女官名。位居皇后之次,'漢光武帝'始置,歷代沿用其名,但尊卑不一。3占卜術稱命中將幫助自己的人。

8【貴庚】 ㄍㄨㄟˋ ㄍㄥ
問他人年齡的敬詞。

9【貴胄】 ㄍㄨㄟˋ ㄓㄡˋ
貴族的後代。

11【貴族】 ㄍㄨㄟˋ ㄗㄨˊ
1世襲爵位的家族。2顯貴的豪族。

【貴戚】 ㄍㄨㄟˋ ㄑㄧ
指帝王的姻親。

12【貴陽】 ㄍㄨㄟˋ ㄧㄤˊ
省轄市。位於'貴州省'中部,瀕'南明河'北岸。爲'貴州省'省會。地當四條鐵路交點及全省公路網中心;工商業盛,有冶金、機械、紡織、漆器、雕刻等工業。

13【貴遊】 ㄍㄨㄟˋ ㄧㄡˊ
無官職的王公貴族。

【貴幹】 ㄍㄨㄟˋ ㄍㄢˋ
對他人所作之事的敬稱。

15【貴德】 ㄍㄨㄟˋ ㄉㄜˊ
1崇尚道德。2指地位顯貴而品德高尚的人。

23【貴顯】 ㄍㄨㄟˋ ㄒㄧㄢˇ
尊貴顯赫。

6【貴州省】 ㄍㄨㄟˋ ㄓㄡ ㄕㄥˇ
位於我國西南部。簡稱'黔'。全境爲一石灰岩遍布的高原,因受河川的侵蝕和溶蝕,地表崎嶇不平,有「地無三里平」之諺。山間壩子(小盆地)爲農業、人口聚落的集中地。是我國'苗'胞最多的省分。以'貴陽'爲省會。

8【貴金屬】 ㄍㄨㄟˋ ㄐㄧㄣ ㄕㄨˇ
(noble metals) 指產量稀少,且在高溫不易氧化,又不和普通酸類發生反應的金屬。如金、銀、鉑、銠、鈀、釕、鋨、銥等。

6【貴耳賤目】 ㄍㄨㄟˋ ㄦˇ ㄐㄧㄢˋ ㄇㄨˋ
聽信耳聞的流言,而忽視眼見的實況。

13【貴遊子弟】 ㄍㄨㄟˋ ㄧㄡˊ ㄗˇ ㄉㄧˋ
王公貴族的子弟。

14【貴遠賤近】 ㄍㄨㄟˋ ㄩㄢˇ ㄐㄧㄢˋ ㄐㄧㄣˋ
重視遠方的人或物,而輕視近處的。

買 ㄇㄞˇ mai³
1用錢購物。見"說文"。2招惹;引起。如:買禍。

3【買山】 ㄇㄞˇ ㄕㄢ
購買山林之地。指歸隱。

11【買通】 ㄇㄞˇ ㄊㄨㄥ
用財物打通關節,來做非法的事。

12【買超】 ㄇㄞˇ ㄔㄠ
經營外匯業務的銀行,在每日所辦理的外匯業務交易中,其屬於買匯業務(如出口押匯、買入匯款、匯入匯款等)的承做金額,如大於賣匯業務(如進口押匯、匯出匯款等)的承做金額，即稱爲買超。買超將使該銀行所持有的外匯部位增加。

15【買賣】 ㄇㄞˇ ㄇㄞˋ

謂當事人約定一方移轉財產權於他方，他方支付價金之契約。買賣爲負擔行爲，於當事人就標的物及價金意思合致時，買賣契約即已成立。出賣人即負交付其物於買受人並使其取得所有權之義務，而買受人即負有交付約定價金及受領標的物之義務。即使出賣人係出賣他人之物，買賣契約仍屬有效，並非無權處分。出賣人就買賣標的物負有權利瑕疵擔保及物之瑕疵擔保責任，其以特約免除或限制出賣人關於權利或物之瑕疵擔保義務者，如出賣人故意不告知其瑕疵時，此項特約無效。出賣人違反瑕疵擔保義務時，買受人得解除契約或請求減少價金。買賣之物缺少出賣人所保證之品質或出賣人故意不告知物之瑕疵時，並得請求不履行之損害賠償。

【買醉】 ㄇㄞˇ ㄗㄨㄟˋ

到酒店買酒痛飲。

16【買辦】 ㄇㄞˇ ㄅㄢˋ

1古時官府中專管採購物品的人。2輪船上專管客貨業務的人。3外商在我國所僱用的採買人或管事人。

18【買斷】 ㄇㄞˇ ㄉㄨㄢˋ

交易完成後，賣方喪失對交易標點的一切權利，而由買方完全承受。

13【買路錢】 ㄇㄞˇ ㄌㄨˋ ㄑㄧㄢˊ

1指出殯時沿途拋撒的紙錢。2指盜匪向商旅攔路勒索的財物。

2【買入匯率】 ㄇㄞˇ ㄖㄨˋ ㄏㄨㄟˋ ㄌㄩˋ

(buying rate)正式名稱爲銀行買入匯率(bank's buying rate)。即外匯銀行從客戶買進外匯時所適用的匯率。例如外匯銀行以NT$40 買進一'美'元的外匯，則其買入匯率爲US$1＝NT$40。因出售外匯的客戶多屬出口商，因此又稱出口匯率。

【買入對沖】 ㄇㄞˇ ㄖㄨˋ ㄉㄨㄟˋ ㄔㄨㄥ

(buying hedge) 又稱多頭對沖(long hedge)。在對沖交易，市場參與者預期未來將在現貨市場買入某種商品，爲了避免價格風險，乃先在期貨市場買入與該種商品相同的期貨契約，等到市場參與者須在現貨市場買入該種商品之時，再將原先買入的期貨契約賣出。此種因預期未來將在現貨市場買入，遂先在期貨市場買入的因應措施，即買入對沖。其目的在減少商品價格可能上漲的風險。

15【買賣契稅】 ㄇㄞˇ ㄇㄞˋ ㄑㄧˋ ㄕㄨㄟˋ

(deed tax of buying and selling) 指因買賣不動產所應繳納之契稅。所謂買賣乃當事人約定，一方移轉財產權於他方，由他方支付價金之契約。目前買賣行爲所應繳納契稅之稅率爲7.5%，以買受人爲納稅義務人。

19【買櫝還珠】 ㄇㄞˇ ㄉㄨˊ ㄏㄨㄢˊ ㄓㄨ

比喻去取失當。相傳'楚'人賣珠於'鄭'，'鄭'人見盛珠的木匣裝飾得很精美，於是買其木匣而還其珠。見"韓非子·外儲說左上"。

15【買賣危險負擔】 ㄇㄞˇ ㄇㄞˋ ㄨㄟˊ ㄒㄧㄢˇ ㄈㄨˋ ㄉㄢ

買賣危險負擔包括物及權利買賣之危險負擔。前者乃指買賣標的物於買賣契約成立後，因不可歸責於雙方當事人之事由，致生毀損、滅失時，應由何人負擔者而言。"民法"第三百七十三條規定：買賣標的物之危險，自交付時起，均由買受人負擔；但契約另有訂定者，不在此限。所謂交付，乃指移轉占有，包括現實交付、簡易交付、占有改定及指示交付等皆屬之。至於不動產，如已移轉所有權登記，但未交付，應如何訂危險負擔則有爭論，判例以交付爲準，學說有主張以移轉登記爲準者。後者即在權利買賣時，依"民法"第三百七十七條規定：「以權利爲買賣之標的，如出賣人因其權利而得占有一定之物者，準用前四條之規定。」亦即在權利買賣占有一定之物者，如典權、地上權等，其危險負擔與買賣標的物同。反之，則應以權利移轉之日爲準。

【買賣物的瑕疵擔保】 ㄇㄞˇ ㄇㄞˋ ㄨˋ ˙ㄉㄜ ㄒㄧㄚˊ ㄘ ㄉㄢ ㄅㄠˇ

物之出賣人對於買受人應擔保其物，依"民法"第三百七十三條之規定，危險移轉於買受人時，無滅失或減少其價值之瑕疵，亦無滅失或減少其通常效用，或契約預定效用之瑕疵。但減少之程度，無關重要者，不得視爲瑕疵，是爲買賣物之瑕疵擔保責任。物之瑕疵擔保時點與權利瑕疵擔保時點不同，前者於危險移轉於買受人時，有瑕疵存在者，即應負擔保之責，而不問其瑕疵係於契約成立時業已存在或於契約成立後始發生。後者，則須契約成立時業已存在。

【買賣瑕疵擔保責任】 ㄇㄞˇ ㄇㄞˋ ㄒㄧㄚˊ ㄘ ㄉㄢ ㄅㄠˇ ㄗㄜˊ ㄖㄣˋ

乃出賣人就買賣標的之權利或物之瑕疵，應負法定責任之謂。屬於一種無過失責任，不以出賣人有故意、過失爲必要。此買賣之瑕疵擔保責任，並非強行規定，得以特約免除或限制，但「如出賣人故意不告知其瑕疵」，則其特約無效。買賣瑕疵擔保可分爲權利瑕疵擔保及物之瑕疵擔保，前者乃出賣人應擔保買賣標的物之權利不爲第三人所追奪。後者乃物之出賣人對於買受人應擔保其物依"民法"第三百七十三條之規定，危險移轉於買受人時無滅失或減少其價值之瑕疵，亦無滅失或減少其通常效用，或契約預定效用之瑕疵。出賣人違反權利瑕疵擔保者，買受人得依關於債務不履行之規定行使權利。出賣人因物有瑕疵應負擔保責任者，則買受人得解除契約或請求減少價金。

【買賣權利的瑕疵擔保】 ㄇㄞˇ ㄇㄞˋ ㄑㄩㄢˊ ㄌㄧˋ ·ㄉㄜ ㄒㄧㄚˊ ㄘ ㄉㄢ ㄅㄠˇ

指出賣人就買賣標的之權利，應擔保其權利無缺或權利存在之責任。權利無缺之擔保，即出賣人應擔保第三人，就買賣標的物對於買受人不得主張任何權利。亦即應擔保權利之全部或一部並非第三人所有，或第三人在買賣標的物上不得主張其他權利。權利存在擔保，即債權或其他權利之出賣人應擔保其權利確係存在。有價證券之出賣人，並應擔保其證券未因公示催告而宣示為無效。

貸

㊀ ㄉㄞˋ *tai*^{4} 音代

①借入。如：告貸。②借出。③寬緩；寬免。如：寬貸。④推卸。如：責無旁貸。

㊁ ㄊㄜˋ *t'ê*^{4} 音特

偏失；錯誤。通忒。見"正字通"。

4**【貸方】** ㄉㄞˋ ㄈㄤ

(credit side) 帳簿設有左右兩個金額欄，分別用以記載會計科目之增減，左方稱為借方，右方稱為貸方。

8**【貸放】** ㄉㄞˋ ㄈㄤˋ

把財物租借給別人，以收取利息。

12**【貸項】** ㄉㄞˋ ㄒㄧㄤˋ

(credit item) 凡記入帳戶貸方的帳項稱為貸項或貸方紀錄。

15**【貸餘】** ㄉㄞˋ ㄩˊ

(credit balance) 凡一帳戶的貸方總數大於借方總數者，其差餘稱為貸餘或貸方餘額。

12**【貸項通知單】** ㄉㄞˋ ㄒㄧㄤˋ ㄊㄨㄥ ㄓ ㄉㄢ

(credit memo) 通常貨物的賣方，因貨物有瑕疵或在運送途中發生損壞，應買方之要求減少原發票的金額，而發出的通知單，表示同意減少的貨款。在會計記帳時，應收帳款的減少為貸記，故稱為貸項通知單。

貿

ㄇㄠˋ *mao*^{4} 音茂 又讀 ㄇㄡˋ *mou*^{4}

①買賣；交易。如：貿易。②變換；變易。如：年世貿遷。③混雜；雜亂。如：是非相貿。④謀取；謀求。如：貿利。⑤輕率；考慮不周。如：貿然行事。

8**【貿易】** ㄇㄠˋ ㄧˋ

(trade) 就字義而言，貿為買賣，易為交換，貿易就是商品的買賣和交換。在國內兩地間所進行的商品交易買賣，稱為國內貿易；在國際兩國之間進行的商品交易買賣，則稱為國際貿易或對外貿易。

12**【貿然】** ㄇㄠˋ ㄖㄢˊ

輕率的樣子。

15**【貿遷】** ㄇㄠˋ ㄑㄧㄢ

①買賣；販運。②更改；變換。

8**【貿易利得】** ㄇㄠˋ ㄧˋ ㄌㄧˋ ㄉㄜˊ

(gains from trade) 各國進行分工專業生產而後相互貿易，對全世界及個別國家所產生的利益。

【貿易型態】 ㄇㄠˋ ㄧˋ ㄒㄧㄥˊ ㄊㄞˋ

(trade pattern) 指兩國之間有貿易發生時，每一國應該出口那一種產品，進口那一種產品，即為其貿易型態。

【貿易差額】 ㄇㄠˋ ㄧˋ ㄔㄚ ㄜˊ

(balance of trade) 一國出口與進口之間的差額。如出口大於進口，稱貿易順差；如進口大於出口，則稱貿易逆差。

【貿易逆差】 ㄇㄠˋ ㄧˋ ㄋㄧˋ ㄔㄚ

(unfavorable balance of trade) 又稱入超 (excess of imports) 或貿易入超。即一國在一定時期內(通常為一年，即自1月1日至12月31日)，外國貨物輸入總額超過本國貨物輸出總額。因此，其貿易收入的資金少於貿易支出的資金。不足的資金若無其他收入以為抵補，勢必輸出黃金，或向他國舉債，或出售國內資產予外人。一般認為貿易逆差是不利的，但如輸入品是原料、機器或設備等資本財，則足以促進一國產業的發展，所以，短期內的入超不足為憂，端視輸入品對本國是否具有生產性的效用而定。

【貿易條件】 ㄇㄠˋ ㄧˋ ㄊㄧㄠˊ ㄐㄧㄢˋ

(trade terms) 指國際商業社會為減少國際間因不同主權、法制所造成的貿易障礙，並使國際商品買賣契約得以順利履行，而自然發展成的商事習慣。主要用以規範買賣雙方於交易中所應盡的義務，例如一、交易的價格如何構成；二、確定貨物的交付方式；三、輸出入所需單證的申請與費用事宜。為謀求國際間對於貿易條件解釋的統一，目前有三種規則，分別為"國際商會貿易條件"(Incoterms)、"1941年修訂美國對外貿易定義"(Revised American Foreign Trade Definitions 1941)、"華沙牛津規則"(Warsaw Oxford Rules)，其範圍並不相同，而對同一貿易條件所作的解釋內容也不一致，且均未具備國際法或國際條約的效力。因此，採用時必須在買賣契約上載明是根據何種規則，才能具有法律上的約束力。

【貿易順差】 ㄇㄠˋ ㄧˋ ㄕㄨㄣˋ ㄔㄚ

(favorable balance of trade) 又稱出超(excess of exports)或貿易出超。即一國在一定時期內(通常為一年，即自1月1日至12月31日)，對外貨物輸出的總額超過外國貨物輸入的總額。因此，其貿易收入的資金多於貿易支出的資金。超出的資金可利用以充實外匯存底，增加國富，或可輸入黃金，以充作發行準備及外匯基金，也可轉作國外投資之用，所以貿易順差一般均爲有利。但出超過多則可能引起國內通貨膨脹。

【貿易無異曲線】ㄇㄠˋ ㄧˋ ㄨˊ ㄧˋ ㄑㄩ ㄒㄧㄢˋ
(trade indifference curve) 兩類產品不論有無貿易、貿易量多少，或進、出口何種產品，其進、出口數量的不同組合均使一國之福利水準維持不變，此組合點的軌跡即爲貿易無異曲線。

【貿易無異曲線圖】ㄇㄠˋ ㄧˋ ㄨˊ ㄧˋ ㄑㄩ ㄒㄧㄢˋ ㄊㄨˊ
(trade indifference map) 平行移動一國之生產可能方塊與其不同的社會無異曲線相切，生產可能方塊之原點坐標可以形成不同的貿易無異曲線，即可得到一組的貿易無異曲線圖。

6

賌 ㄍㄞ *kai*¹ 音該
奇祕。見"字彙補"。

資 ㄗ *tzŭ*¹ 音咨
①財貨。如：資產。②費用；財用。如：郵資。③才能；稟賦。如：天資。④幫助。如：以財資敵。⑤憑藉。如：以資參考。⑥經歷。如：年資。

2【資力】ㄗ ㄌㄧˋ
即基金之資力。爲基金之一定財源，其財源經指定並完成法定程序，即爲其歲收預算。

5【資本】ㄗ ㄅㄣˇ
①本錢。②(capital)⑴在法律和商業上，指營業的出資額。⑵在經濟上，指一切供生產和營利所用的財產。也稱生產財、資本財或投資財。可分實物資本和貨幣資本，前者指生產財本身，後者爲用以購買實物資本的債權。

7【資助】ㄗ ㄓㄨˋ
以錢財助人。

8【資斧】ㄗ ㄈㄨˇ
①資財與利斧。引申指旅費。②利斧。引申指征伐或誅戮。

【資金】ㄗ ㄐㄧㄣ
①即資本。參資本。②(fund)會計上對資金之解釋有多種，如現金、營運資金（流動資產或流動負債）、現金及短期投資、全部財務資源等。

9【資政】ㄗ ㄓㄥˋ
官名。'宋'設'資政殿'學士，宰相罷職後，多授此職。'金'設資政大夫，爲正三品文散官；'元'、'明'改爲文官正二品。今'總統府'也設資政，爲總統政治事務的高級顧問，由總統遴聘，可向總統提供意見和接受諮詢。

10【資訊】ㄗ ㄒㄩㄣˋ
①資料和訊息。②(information)即資料經過人工或電腦系統處理之後，所產生之具有意義的結果或訊息。

【資料】ㄗ ㄌㄧㄠˋ
①(data)具表達形式，適合傳遞、溝通、理解、處理等的事實或概念。②代表特定意義，可輸入電腦系統處理的字符或信號等。

【資格】ㄗ ㄍㄜˊ
指人才應試、選舉、詮授、升遷等所應具的年齡、學歷、經歷等條件。

11【資深】ㄗ ㄕㄣ
年資長久。

【資望】ㄗ ㄨㄤˋ
資格和名望。

【資產】ㄗ ㄔㄢˇ
①財產。②(asset)指企業經由交易或其他事項所獲得的經濟資源，預期未來可產生經濟效益，且可以貨幣衡量者。如現金、應收帳款、房屋、機器及設備等均屬之。

13【資源】ㄗ ㄩㄢˊ
①可供利用的物力或人力。②(resource)電腦系統中，可供工件或程序使用的硬體設備與軟體，總稱爲資源。

【資稟】ㄗ ㄅㄧㄥˇ
天賦。

14【資遣】ㄗ ㄑㄧㄢˇ
雇主爲終止勞動契約，對於繼續服務至相當年限之勞工，按其服務年資，依法定或約定標準給與一定金額，而結束勞動關係之行爲。此一定之金額，謂之資遣費，俗稱離職金。其計算標準，如勞動契約之條件較"勞動基準法"爲高者，依其約定條件；否則應依"勞動基準法"所定之標準，原則上以服務年限之長短爲準。

15【資敵】ㄗ ㄉㄧˊ
資助敵人。

【資養】ㄗ ㄧㄤˇ
出錢養育。

【資質】ㄗ ㄓˊ
人的天資、稟賦。

16【資歷】ㄗ ㄌㄧˋ
資格和經歷。

5【資本化】ㄗ ㄅㄣˇ ㄏㄨㄚˋ
(capitalization) 任何收入期限無限之資產的價格，等於每期的收入以市場利率折現的總值，這種折現的過程即是資本化。

【資本家】ㄗ ㄅㄣˇ ㄐㄧㄚ
(capitalist) 在現代經濟制度中，主要以提供資本參與生產活動的人。

【資本財】ㄗ ㄅㄣˇ ㄘㄞˊ
(capital goods) 經濟學上把機器、廠房、汽油、肥料、棉花等由人類所製造，而使用在迂迴生產過程中的生產工具，稱爲資本財。與消費財相對。資本財用於製造或生產其他物品，如機器、廠房等可供多次使用，是耐久的資本財；汽油、肥料等只供一次使用，是非耐久的資本財。

【資本帳】ㄗ ㄅㄣˇ ㄓㄤˋ
(capital account)國際收支帳中的一個帳，係記錄本國常住居民與外國常住居民之間的私人金融交易。它包括直接國外投資、長期證券投資、短期資本流動等。

10【資訊論】 ㄗ ㄒㄩㄣˋ ㄌㄨㄣˋ

(information theory) 通訊的數學理論。‘美國’數學家‘山弄’(C.E. Shannon)於西元1948年創立,首先用於通訊工程。它的基礎是概率的概念,故有時也被視爲概率論的一支。討論一、資訊量的測度;二、通訊通道的容量;三、資訊的編碼;四、傳訊的準確率(由於受到通訊線路上的噪音的影響)。資訊的意義不是普通的有意義的資料,而是一連串的符號(例如‘拉丁’字母)。中心問題是如何使編碼的資訊對通訊通道作最有效的使用。資訊的度量單位稱爲位元。假設只有兩種可能的訊息,而其可能性相等,即每一訊息出現的概率爲1/2,這種狀況下的資訊量定爲1位元,表示知道二者之一的出現的資訊值爲1。如果有四種可能性相等的訊息存在,則此情況的資訊量爲2位元,亦即獲知其中之一的出現的資訊值爲2。一般而言,2^N 可能性相等的訊息的情況的資訊量爲N位元。實際上,訊息的可能性常不相等。假設有一個資訊來源會一個接一個地產生訊息,可能訊息A_1, A_2, ……, A_r的出現概率分別爲P_1,P_2,……, P_r。則此來源的資訊量爲H位元,其公式如下:$H=-〔P_1 logP_1+P_2 logP_2+\cdots\cdots+P_r log P_r〕$,此處的基底爲2。$H$可以想成訊息的平均位元數,亦稱爲資源來源的熵,它可以看成資訊來源在選擇訊息的自由程度。當所有P值均相等時,H值最大。

【資料庫】 ㄗ ㄌㄧㄠˋ ㄎㄨˋ

(data base) 將一組相關或獨立資料項以特定的方式存於電腦系統,以供一個或多個應用程式或系統使用,稱爲資料庫。資料庫的主要特點包括:可減少資料之重複性與不一致性;可以有效地提供各應用程式或系統所需之資料,並達到資料共用之目的;資料之儲存與應用相互獨立,較具彈性;資料之安全性與整體性易於維持等。

【資料鏈】 ㄗ ㄌㄧㄠˋ ㄌㄧㄢˋ

(data link) 爲傳輸或接收資料而將發射站與接收站連接起來之路徑。

12【資陽人】 ㄗ ㄧㄤˊ ㄖㄣˊ

西元1951年在我國‘四川省’“資陽縣’西‘黃鱔溪’畔出土的人類頭骨化石。包括部分上顎骨及腭骨。是迄今所知‘四川’地區發現最早的人類化石。伴隨出土的,還有一件骨錐化石。據1958年的報告指出,「資陽人」及其相伴器物是屬於更新世晚期,亦即舊石器時代的遺留。但據最近(1972年)的報導,根據與「資陽人」同一地層內出土的木頭標本所作的碳十四年代測驗結果,其年代距今大約只有七千五百年之久。因此,「資陽人」的位置重新被釐定在「現代智人」,但具有「類蒙古人」的特徵。

14【資遣費】 ㄗ ㄑㄧㄢˇ ㄈㄟˋ

勞工並無過失而被雇主解雇時,依我國“勞動基準法”規定,應由雇主發給勞工資遣費,予以補償。其資遣費的計算:「以在同一雇主之事業單位繼續工作,每滿一年發給相當於一個月平均工資之資遣費,未滿一年之部分,則以比例計給。」

5【資本支出】 ㄗ ㄅㄣˇ ㄓ ㄔㄨ

(capital expenditure) 凡一項支出其經濟效益可及於未來數年者,稱爲資本支出。此項支出發生時應列爲資產,而於未來受益各期再依合理而有系統的方法將之轉爲費用。例如購買機器設備的支出即屬資本支出。如支出的經濟效益僅及於支出的當年者則稱爲收益支出,應即列爲支出當年的費用。

【資本公積】 ㄗ ㄅㄣˇ ㄍㄨㄥ ㄐㄧ

(capital surplus) 指由非營業結果產生的財源所提列的公積。依我國“公司法”規定,資本公積包括所有非營業結果而產生之權益,計有一、超過票面金額發行股票所得的溢額;二、每一營業年度,自資產的估價增值扣除估價減值的溢額;三、處分資產的溢價收入;四、自因合併而消滅的公司所承受的資產價額,減除自該公司所承擔的債務額及向該公司股東給付額的餘額;五、受領贈與的所得。

【資本主義】 ㄗ ㄅㄣˇ ㄓㄨˇ ㄧˋ

(capitalism) 以生產機關私有爲基礎,資本家投入巨大資本購置機械,雇用勞動者從事生產事業。所得的利潤歸資本家,勞動者只得到工資。這種生產組織和相互結合的政治、社會制度,稱爲資本主義。資本主義肇因於十六世紀時新大陸、新航路的發現,導致產業革命,發生生產過剩現象,必須藉政治勢力開拓國外市場,國際戰爭、帝國主義也隨著產生。資本主義的經濟制度有三個特點:一、強調利潤的獲得;二、重視個人私有財富的擁有;三、生產與消費以市場爲指導原則。

【資本市場】 ㄗ ㄅㄣˇ ㄕˋ ㄔㄤˇ

(capital market) 指買賣長期(一年以上或無限期)信用工具的交易場所。與貨幣市場合稱金融市場。長期信用工具主要有政府債券、公司債券、抵押單據、公債與公司股票等有價證券。

【資本加深】 ㄗ ㄅㄣˇ ㄐㄧㄚ ㄕㄣ

(capital deepening) 資本存量增加,使每位勞工能夠得到更多、更新的資本配備。

【資本收入】 ㄗ ㄅㄣˇ ㄕㄡ ㄖㄨˋ

歲入之由增加債務與減少資產及收回投資者,爲資本收入。

【資本利得】 ㄗ ㄅㄣˇ ㄌㄧˋ ㄉㄜˊ

(capital gain)股票、債券賣出價格大於買進價格之盈餘部分。

【資本移轉】ㄗ ㄅㄣˇ ㄧˊ ㄓㄨㄢˇ
(capital transfer) 又稱金融移轉。在同一時間內,使一國的金融購買力增加,另一國金融購買力減少的一種經濟交易行爲。

【資本損失】ㄗ ㄅㄣˇ ㄙㄨㄣˇ ㄕ
(capital loss) 股票債券賣出價格小於買進價格之虧損部分。

【資本預算】ㄗ ㄅㄣˇ ㄩˋ ㄙㄨㄢˋ
或稱投資預算。就企業觀點而論,乃是資本性資產之增加及其財源籌措方法的一種長期性預算。就政府財政收支言,係以發行公債用以充作公共投資,期充分利用國家資源於公共投資之計畫。

【資本增廣】ㄗ ㄅㄣˇ ㄗㄥ ㄍㄨㄤˇ
(capital widening) 資本存量增加,使更多的勞工能夠得到資本配備。

8【資治通鑑】ㄗ ㄓˋ ㄊㄨㄥ ㄐㄧㄢˋ
‘宋’‘司馬光’撰,二百九十四卷。採取正史、雜史等書三百二十種。記‘戰國’迄於五代的史事,提供‘宋朝’皇帝治國的參考。全書材料豐富,體例一貫,爲重要的史學文獻。

10【資訊工業】ㄗ ㄒㄩㄣˋ ㄍㄨㄥ ㄧㄝˋ
(information industry)泛指從事電腦軟體與硬體之設計、開發、製造、行銷等產業。

【資訊系統】ㄗ ㄒㄩㄣˋ ㄒㄧˋ ㄊㄨㄥˇ
(information system) 對資料與資訊進行蒐集、評估、儲存、檢索與傳輸等處理的系統。

【資訊控制】ㄗ ㄒㄩㄣˋ ㄎㄨㄥˋ ㄓˋ
(information control) 資訊係經過整理的資料,不但對於企業的計畫與決策非常重要,且亦爲回饋控制所不可缺少的內涵。經由資訊系統提供主管所需資訊,快速測知決策的影響,經由回饋控制系統,評估環境因素及其改變,將計畫、執行與控制三項管理機能結合起來,成爲一項專門性的控制工具。

【資料章節】ㄗ ㄌㄧㄠˋ ㄓㄤ ㄐㄧㄝˊ
(data division) 可博(COBOL)程式中四個主要部分之一。用來描述並說明程式所使用處理之資料檔與其他獨立之資料項等。

11【資產組合】ㄗ ㄔㄢˇ ㄗㄨˇ ㄏㄜˊ
(portfolio of assets) 指人們將其財富以各種不同形態的資產組合持有,以求風險最小、孳利最大。

【資產階級】ㄗ ㄔㄢˇ ㄐㄧㄝ ㄐㄧˊ
也稱有產階級,係相對於無產階級而言。‘馬克斯’和‘恩格斯’等一派人認爲人類歷史中,自有社會便有階級,階級之構成全是由於經濟的因素,即由於財產分配之不均,而不均之形成,純屬私有財產的結果。工業革命後,生產工具盡爲富有資產者所獨占,於是富者愈富,貧者愈貧,遂形成有產階級與無產階級。這種解釋從十九世紀末期到二次大戰以後,支配了共產集團和民主世界中左翼人士的思想。但此種主張未盡適合事實,已有許多學者加以批判,並有許多事實可予佐證。

16【資歷薪資】ㄗ ㄌㄧˋ ㄒㄧㄣ ㄗ
員工之薪資,以員工個人所具有之學歷、考試、經歷、訓練、著作、發明(合稱資歷)之深淺爲基礎,凡個人所具資歷深者,支付高薪資;資歷淺者,支付低薪資。

5【資本密集財】ㄗ ㄅㄣˇ ㄇㄧˋ ㄐㄧˊ ㄘㄞˊ
(capital-intensive goods) 在生產過程中,相對使用較多資本的財貨。

7【資位職務制】ㄗ ㄨㄟˋ ㄓˊ ㄨˋ ㄓˋ
人事體制的一種。係資位與職務分立,資位受有保障,同類職務可以調任。資位分長級、副長級、高員級、員級、佐級、士級,資位與職務的關係,另以資位職務薪級表定之。交通事業機構多適用之。

10【資訊興趣檔】ㄗ ㄒㄩㄣˋ ㄒㄧㄥˋ ㄑㄩˋ ㄉㄤˇ
(information profile)又稱興趣檔(interest profile)。在專題選粹資訊服務(SDI)工作中,對於擇定的服務對象準備妥資訊興趣檔,載明讀者姓名、單位、研究計畫名稱、研究方法、研究主題及其相關的術語、可閱讀的語文、必讀的期刊等資料。這個檔案被維護與儲存著,當新的文獻到達時,則予以摘要及編製索引,再以人工或電腦化方式,將文獻的索引用語與興趣檔中的術語配對,相合者則將文獻的摘要遞送給各該讀者,並一一附上回覆卡,請讀者反應這份文獻是否適用,如果有用,再依其要求,提供影印原文等後續服務;如果不適用,則依其意見,修訂其興趣紀錄。

【資料匯流排】ㄗ ㄌㄧㄠˋ ㄏㄨㄟˋ ㄌㄧㄡˊ ㄆㄞˊ
(data bus)電腦內部系統匯流排中傳送資料之部分。由一組信號線所構成,可雙向傳送資料。

11【資產重估價】ㄗ ㄔㄢˇ ㄔㄨㄥˊ ㄍㄨ ㄐㄧㄚˋ
(revaluation of assets) 指透過資產重估,全面按物價指數提高資產之帳面價值,再根據重估後價值提列較高之折舊,以減輕稅負或避免虛盈實虧。依我國"所得稅法"規定,營利事業遇有物價上漲達25%以上時,即可申請辦理資產重估價。

【資產負債表】ㄗ ㄔㄢˇ ㄈㄨˋ ㄓㄞˋ ㄅㄧㄠˇ
(balance sheet) 企業基本財務報表之一。也稱財務狀況表。係用以說明企業在特定日期的財務狀況。內容包括當日企業所有的資產、負債、業主權益及其相關的資料。又因表上資產總額等於負債及業主權益總額,故又名平衡表。

5【資本計畫基金】 ㄗ ㄅㄣˇ ㄐㄧˋ ㄏㄨㄚˋ ㄐㄧ ㄐㄧㄣ

基金收入之款,用以取得資本設備或用於建築工程者,除由特賦基金與營業基金支應者外屬之。其收入之款項,多來自公債之發行、政府機關之援助、其他基金之移轉,或人民之捐贈,而以資本計畫爲其存續期間。

10【資訊自由流通】 ㄗ ㄒㄩㄣˋ ㄗˋ ㄧㄡˊ ㄌㄧㄡˊ ㄊㄨㄥ

(free flow of information) 西元1942年,‘美聯社’社長‘古柏’(Kent Cooper)爲打破‘路透社’、‘法新社’等大通訊社壟斷世界資訊市場的局面所提出的口號。但二十世紀後,該口號反成爲第三世界國家抨擊已開發國家中若干大通訊社,不斷將西方資訊產品輸入第三世界國家的藉口。他們認爲開發中國家以西方利益、價值爲本位,壟斷全球資訊市場,對第三世界國家不僅沒有幫助,反而侵蝕其固有文化。繼而許多開發中國家亦集合起來,提出「重建世界資訊新秩序」的口號相抗衡。

【資料處理系統】 ㄗ ㄌㄧㄠˋ ㄔㄨˇ ㄌㄧˇ ㄒㄧˋ ㄊㄨㄥˇ

(data processing system)由電腦系統與有關之設備所組成,可執行資料之蒐集、輸入、儲存、處理及輸出等功能之系統。

【資料描述語言】 ㄗ ㄌㄧㄠˋ ㄇㄧㄠˊ ㄕㄨˋ ㄩˇ ㄧㄢˊ

(data description language; DDL) 描述資料庫內之資料,並說明各資料項間之關係的電腦語言。爲配合資料庫管理系統所使用的語言。

【資料操作語言】 ㄗ ㄌㄧㄠˋ ㄘㄠ ㄗㄨㄛˋ ㄩˇ ㄧㄢˊ

(data manipulation language; DML)用來描述資料庫與應用程式系統間,資料之傳送與轉換等操作程序之電腦語言。是配合資料庫管理系統所使用的語言,通常與一高階程式語言(如可博)共同使用。

【資格檢定考試】 ㄗ ㄍㄜˊ ㄐㄧㄢˇ ㄉㄧㄥˋ ㄎㄠˇ ㄕˋ

(qualifying examination)爲認定學位候選資格或職位候選資格而舉辦的考試。

11【資產增值準備】 ㄗ ㄔㄢˇ ㄗㄥ ㄓˊ ㄓㄨㄣˇ ㄅㄟˋ

我國法令規定,營利事業的固定資產、遞耗資產及無形資產均可依法辦理資產重估價,在會計處理時,係借記資產、貸記資產增值準備;後者應列爲股東權益的項目。

10【資料庫管理系統】 ㄗ ㄌㄧㄠˋ ㄎㄨˋ ㄍㄨㄢˇ ㄌㄧˇ ㄒㄧˋ ㄊㄨㄥˇ

(data base management system)電腦系統內提供資料庫之建立、維護及使用等功能之軟體系統。

5【資本節省的技術進步】 ㄗ ㄅㄣˇ ㄐㄧㄝˊ ㄕㄥˇ ˙ㄉㄜ ㄐㄧˋ ㄕㄨˋ ㄐㄧㄣˋ ㄅㄨˋ

(capital-saving technical progress)對某一產業而言,在一定的資本—勞動比率下,若其資本邊際生產力提高的比例小於勞動邊際生產力提高的比例,則稱此一產業發生資本節省的技術進步。

賈

㊀ ㄍㄨˇ *ku*^{3} 音古

①買。②賣。③商人。如:富商大賈。④求取;招致。如:賈禍。

㊁ ㄐㄧㄚˇ *chia*^{3} 音假

姓。‘漢’有‘賈誼’。見“萬姓統譜·八五”。

㊂ ㄐㄧㄚˋ *chia*^{4} 音價

價錢。同價。見“集韻”。

2【賈人】 ㄍㄨˇ ㄖㄣˊ

商人。

7【賈利】 ㄍㄨˇ ㄌㄧˋ

求取利益。

9【賈勇】 ㄍㄨˇ ㄩㄥˇ

有多餘的勇氣可分售給他人。形容勇氣過盛。

【賈怨】 ㄍㄨˇ ㄩㄢˋ

招致怨恨。

10【賈島】 ㄐㄧㄚˇ ㄉㄠˇ

(779～843) ‘唐’‘范陽’(今‘河北’‘涿縣’)人,字‘閬仙’,一作‘浪仙’。初爲僧,號‘無本’,後還俗。嘗官‘長江’主簿,時人稱爲‘賈長江’。工詩,好苦吟,與‘孟郊’齊名,有「郊寒島瘦」之稱。著有“長江集”。

12【賈逵】 ㄐㄧㄚˇ ㄎㄨㄟˊ

(30～101) ‘東漢’‘扶風’‘平陵’(今‘陝西’‘咸陽’西北)人,字‘景伯’。通五經、“左傳”及天文曆法。‘永平’中,獻“左氏傳解詁”、“國語解詁”,又與‘班固’同校祕館書籍。著有“經傳義詁”及“論難”百餘萬言。

13【賈禍】 ㄍㄨˇ ㄏㄨㄛˋ

招致禍害。

15【賈誼】 ㄐㄧㄚˇ ㄧˋ

(前201～前169) ‘西漢’‘洛陽’人。少即以能誦詩書、寫文章聞名,‘文帝’召爲博士,超遷至太中大夫,數上疏陳政事。因遭大臣忌,出爲‘長沙王’太傅,遷‘梁懷王’太傅。後因‘懷王’墜馬死,‘誼’亦憂傷而死。世稱‘賈太傅’、‘賈長沙’,又稱‘賈生’。‘誼’通達治體,所上“治安策”爲‘漢’人奏議中第一長篇文字。所作辭賦,上承‘屈原’、‘宋玉’,下開‘枚乘’、‘司馬相如’,是‘楚’辭發展到‘漢’賦間的重要作品。今傳“新書”十卷。

4【賈公彥】 ㄐㄧㄚˇ ㄍㄨㄥ ㄧㄢˋ

‘唐’‘洛水’‘永年’(今‘河北’‘永年’)人。‘高宗’‘永徽’時,官至太常博士。著有“周禮義疏”、“儀禮義疏”,後收入“十三經注疏”。

7【賈似道】 ㄐㄧㄚˇ ㄙˋ ㄉㄠˋ

(1213～1275) ‘南宋’‘台州’(今‘浙江’‘臨海’)人,字‘師憲’。姊爲‘理宗'貴妃，故其官屢次超升。'度宗'立，拜太師，封'魏國公'，專斷朝政，放情恣樂。後'元'兵迫'建康'，'宋'軍屢敗，'似道'被劾貶逐，爲監送人'鄭虎臣'所殺。

9【賈思勰】 ㄐㄧㄚˇ ㄙ ㄒㄧㄝˊ
'南北朝'人。曾任'北魏''高陽'太守。著有"齊民要術"。

16【賈憲法】 ㄐㄧㄚˇ ㄒㄧㄢˋ ㄈㄚˇ
是逐次逼近一多項式實根的方法。西人稱爲'奧納'法(Horner's method)。'唐''王孝通'已發明，但未附細節，故以賈憲爲名。其法首先以連續函數的中間值定理判斷實根在某連續兩整數之間，再以減根變換做綜合除法，使新方程式之根在0與1之間，再以10倍根變換，使新方程式之根在0至10之間，再測其根在某連續兩整數之間，再減根、倍根，如此反覆施行，可以逐位求出根之近似值。其缺點爲：若一位算錯，則以下諸位隨即報銷，故不如'牛頓'法。然稍加改進，亦可一次求取數位。

20【賈寶玉】 ㄐㄧㄚˇ ㄅㄠˇ ㄩˋ
"紅樓夢"一書的男主角。'賈政'的幼子。俊秀聰敏，爲'賈'府上下所鍾愛。與姑表妹'林黛玉'互相愛慕，最後在病中被迫與姨表姊'薛寶釵'結婚，'林黛玉'抱恨而終，遂出家爲僧。

賍 贓的俗體。

賅 ㄍㄞ *kai*[1] 音該
充足；完備。如：言簡意賅。

9【賅洽】 ㄍㄞ ㄒㄧㄚˊ
完備；周遍。

12【賅備】 ㄍㄞ ㄅㄟˋ
充足；完備。

賊 ㊀ ㄗㄟˊ *tsei*[2]
①偷東西的人。如：竊賊。②泛指爲害社會或欺壓良民的人。如：民賊。③狡猾奸詐的；鬼鬼祟祟的。如：賊頭賊腦。

㊁ ㄗㄜˊ *tsê*[2] 音則
①㊀①、②的讀音。②破壞；敗壞。如：賊義。③傷害；殺害。如：戕賊。④姓。'春秋'時'吳'有'賊利'。見"萬姓統譜·一二三"。

10【賊害】 ㄗㄜˊ ㄏㄞˋ
殘害；傷害。

5【賊去關門】 ㄗㄟˊ ㄑㄩˋ ㄍㄨㄢ ㄇㄣˊ
比喻事後才著手防範。

16【賊頭賊腦】 ㄗㄟˊ ㄊㄡˊ ㄗㄟˊ ㄋㄠˇ
形容行動鬼祟。

賄 ㄏㄨㄟˋ *hui*[4] 音匯 又讀 ㄏㄨㄟˇ *hui*[3] 音毀
①貨財。見"說文"。②有事請託而私下贈財給人。如：賄選。

13【賄賂】 ㄏㄨㄟˋ ㄌㄨˋ
私贈財物向人作不正當的請託。

16【賄選】 ㄏㄨㄟˋ ㄒㄩㄢˇ
候選人以財物或期約利益取得選舉人支持的不法行爲。

賂 ㄌㄨˋ *lu*[4] 音路
①把財物送給人。見"說文"。②財物；財富。如：財賂。③以財物求人相助。如：賄賂。

賉 卹的或體。

貲 ㄗ *tzŭ*[1] 音資
①罰鍰。見"說文"。②財貨。如：貲產。③計算物品的價格或數量。如：損失不貲。

賃 ㄖㄣˋ *jên*[4] 音認 語音 ㄌㄧㄣˋ *lin*[4] 音吝
①傭用；受傭。②租借；租用。如：租賃。

9【賃屋】 ㄖㄣˋ ㄨ
租房子。

7

賔 賓的或體。

賓 ㊀ ㄅㄧㄣ *pin*[1] 音彬
①貴客。今多指一般客人。如：賓主盡歡。②以客禮相待。③旅居；作客。④歸順；降服。如：四境賓服。⑤姓。'春秋''齊'有'賓須無'。見"通志·氏族略四"。

㊁ ㄅㄧㄣˋ *pin*[4] 音擯
擯棄；丢棄。通擯。見"正字通"。

4【賓天】 ㄅㄧㄣ ㄊㄧㄢ
做天帝的賓客。對帝王或尊者去世的敬稱。

5【賓白】 ㄅㄧㄣ ㄅㄞˊ
古代戲曲中於歌唱間所夾的說白、臺詞。賓白之名有二說：'明''徐渭'以爲戲曲中歌唱爲主，說白爲賓。'明''姜南'以爲兩人對話爲賓，一人自話爲白。

14【賓語】 ㄅㄧㄣ ㄩˇ
句子中承受主語動作的詞語。

16【賓館】 ㄅㄧㄣ ㄍㄨㄢˇ
①接待賓客的館舍。②旅館。

6【賓至如歸】 ㄅㄧㄣ ㄓˋ ㄖㄨˊ ㄍㄨㄟ
形容主人善於待客，使客人如同在自己家裡一樣自在。

賌 ㄍㄞˋ *kai*[4] 音溉
①深堅。見"說文"。②偶；成雙成對。見"廣韻"。

賕 ㄑㄧㄡˊ *ch'iu*[2] 音求
①行賄賂以求免除罪刑。見"說文"。②用抵押品告貸。見"說文"。③用以賄賂的財物。

賑 ㄓㄣˋ *chên*[4] 音震
①富足。見"說文"。②救濟。通振。如：賑濟。

7【賑災】 ㄓㄣˋ ㄗㄞ
救濟受災害的民眾。

9【賑恤】 ㄓㄣˋ ㄒㄩˋ
救濟。

15【賑窮】 ㄓㄣˋ ㄑㄩㄥˊ
救濟窮人。

17【賑濟】 ㄓㄣˋ ㄐㄧˋ
用財物救濟。

賒 ㄕㄜ *shê*[1] 音奢
①購物不付現款而記帳。如：賒欠。②消滅；衰退。③長久；遙遠。見"字彙"。

15【賒賬】 ㄕㄜ ㄓㄤˋ
買東西暫時不付現款而記賬。

賖 賒的本字。

8

賨 ㄘㄨㄥˊ *ts'ung*[2] 音從

1我國古代南方少數民族所繳納的稅。見"說文"。2族名。散居'四川省''巴中縣'一帶。

賡 ㄍㄥ *kêng*[1] 音庚

連續;繼續。續的古文。如:賡續。

13【賡酬】 ㄍㄥ ㄔㄡˊ

作詩互相贈答。

21【賡續】 ㄍㄥ ㄒㄩˋ

繼續。

賛 贊的俗體。

賢 ㄒㄧㄢˊ *hsien*[2] 音弦

1錢財多過他人。見"說文"。2泛指勝過。3才德兼備的人。如:賢人。4美善。如:賢慧。5推崇;尊重。如:賢賢易色。

9【賢契】 ㄒㄧㄢˊ ㄑㄧˋ

對門生或友人的子姪輩的敬稱。

11【賢淑】 ㄒㄧㄢˊ ㄕㄨˊ

指女子賢能而有美德。

12【賢勞】 ㄒㄧㄢˊ ㄌㄠˊ

勞苦。

13【賢達】 ㄒㄧㄢˊ ㄉㄚˊ

賢能而明達的人。

【賢路】 ㄒㄧㄢˊ ㄌㄨˋ

賢人仕進之路。

15【賢慧】 ㄒㄧㄢˊ ㄏㄨㄟˋ

稱美女子賢能而聰敏。

4【賢內助】 ㄒㄧㄢˊ ㄋㄟˋ ㄓㄨˋ

妻的美稱。

6【賢伉儷】 ㄒㄧㄢˊ ㄎㄤˋ ㄌㄧˋ

稱人夫婦的敬詞。

8【賢昆仲】 ㄒㄧㄢˊ ㄎㄨㄣ ㄓㄨㄥˋ

稱人兄弟的敬詞。

7【賢良方正】 ㄒㄧㄢˊ ㄌㄧㄤˊ ㄈㄤ ㄓㄥˋ

科舉名目之一。'漢文帝'二年(前178)詔郡國舉能直言極諫者為賢良方正。後為定制,'魏'、'晉'、'唐'、'宋'皆沿之。

8【賢妻良母】 ㄒㄧㄢˊ ㄑㄧ ㄌㄧㄤˊ ㄇㄨˇ

既是好妻子,又是好母親。用以稱讚婦女之詞。

15【賢賢易色】 ㄒㄧㄢˊ ㄒㄧㄢˊ ㄧˋ ㄙㄜˋ

以敬重賢人來替代愛好美色的心。

賣 ㄇㄞˋ *mai*[4] 音邁

1售出。如:販賣。2炫耀。如:倚老賣老。

2【賣力】 ㄇㄞˋ ㄌㄧˋ

1出賣勞力以謀生。2盡力。

【賣卜】 ㄇㄞˋ ㄅㄨˇ

靠占卜謀生。

7【賣弄】 ㄇㄞˋ ㄋㄨㄥˋ

炫耀。

【賣身】 ㄇㄞˋ ㄕㄣ

1自賣其身,供人驅使。2指婦人出賣自己的貞操,從事淫業。

8【賣乖】 ㄇㄞˋ ㄍㄨㄞ

張揚自己的乖巧。

【賣命】 ㄇㄞˋ ㄇㄧㄥˋ

不計後果,竭盡己力。

9【賣勁】 ㄇㄞˋ ㄐㄧㄣˋ

盡力做事。

【賣俏】 ㄇㄞˋ ㄑㄧㄠˋ

故作嬌媚俏皮以誘人。

10【賣座】 ㄇㄞˋ ㄗㄨㄛˋ

指影劇或表演等的票房紀錄的好壞。

【賣笑】 ㄇㄞˋ ㄒㄧㄠˋ

娼妓用笑臉媚惑人。引申指操淫業。

11【賣唱】 ㄇㄞˋ ㄔㄤˋ

靠唱歌娛人來謀生。

【賣帳】 ㄇㄞˋ ㄓㄤˋ

比喻給人情面。

12【賣超】 ㄇㄞˋ ㄔㄠ

經營外匯業務的銀行,在每日所辦理的外匯業務交易中,其屬於賣匯業務的承做金額,如大於買匯業務的承做金額,即稱為賣超。賣超將使該銀行所持有的外匯部位減少。

19【賣藝】 ㄇㄞˋ ㄧˋ

表演技藝以謀生。

2【賣人情】 ㄇㄞˋ ㄖㄣˊ ㄑㄧㄥˊ

給人情面。

6【賣字號】 ㄇㄞˋ ㄗˋ ˙ㄏㄠ

指商店不售劣品欺人,以維護其信譽。

9【賣面子】 ㄇㄞˋ ㄇㄧㄢˋ ˙ㄗ

給人情面。

19【賣關子】 ㄇㄞˋ ㄍㄨㄢ ˙ㄗ

說話時在緊要處故作神祕,不肯明說。

5【賣出匯率】 ㄇㄞˋ ㄔㄨ ㄏㄨㄟˋ ㄌㄩˋ

(selling rate) 正式名稱為銀行賣出匯率(bank's selling rate)。即外匯銀行向客戶賣出外匯時所適用的匯率。例如外匯銀行以NT$40.10 向客戶賣出一'美'元的外匯,則其賣出匯率為US$1＝NT$40.10。因賣出外匯的對象多屬進口商,因此又稱進口匯率。

【賣出對沖】 ㄇㄞˋ ㄔㄨ ㄉㄨㄟˋ ㄔㄨㄥ

(selling hedge) 又稱空頭對沖。為買入對沖的相反模式。即在對沖交易,市場參與者預期未來將在現貨市場賣出某種商品,為避免價格風險,乃先在期貨市場賣出與該商品相同的期貨契約,等到市場參與者須在現貨市場賣出該種商品時,再將原先所賣出的期貨契約買入。此種因預期未來將在現貨市場賣出,遂先在期貨市場賣出的因應措施,即賣出對沖。其目的在減低商品價格可能下跌的風險。

7【賣弄風情】 ㄇㄞˋ ㄋㄨㄥˋ ㄈㄥ ㄑㄧㄥˊ

指女子故意展露自己的風騷情態。

8【賣官鬻爵】 ㄇㄞˋ ㄍㄨㄢ ㄩˋ ㄐㄩㄝˊ

指當權者出賣官職爵位,聚斂錢財。

10【賣個破綻】 ㄇㄞˋ ㄍㄜˋ ㄆㄛˋ ㄓㄢˋ

故意露出空隙,引誘對手上當。

15【賣劍買牛】 ㄇㄞˋ ㄐㄧㄢˋ ㄇㄞˇ

ㄋㄧㄡˊ
賣掉武器來買耕牛。即改行務農。

賫 賚的俗體。

賚 ㄌㄞˋ *lai*[4] 音賴
1賜予。見"說文"。2慰勞。通勑。見"玉篇"。

賞 ㄕㄤˇ *shang*[3] 音晌
1獎賜有功的人。如:犒賞。2品評;觀玩。如:鑑賞。3歡娛。如:賞心。4稱讚;讚美。如:讚賞。5姓。'晉'有'賞慶'。見"通志·氏族略四"。

6【賞光】 ㄕㄤˇ ㄍㄨㄤ
請人光臨的敬語。

8【賞玩】 ㄕㄤˇ ㄨㄢˊ
觀賞玩味。

10【賞格】 ㄕㄤˇ ㄍㄜˊ
獎賞的條件、等級。

15【賞賚】 ㄕㄤˇ ㄌㄞˋ
賞賜。也作賚賞。

17【賞臉】 ㄕㄤˇ ㄌㄧㄢˇ
請人接受禮品或邀請的敬語。

19【賞識】 ㄕㄤˇ ㄕˋ
欣賞、栽培。

22【賞鑒】 ㄕㄤˇ ㄐㄧㄢˋ
對人或事物的品評鑑別。

4【賞心悅目】 ㄕㄤˇ ㄒㄧㄣ ㄩㄝˋ ㄇㄨˋ
使人心靈和眼睛並感喜悅。形容事物的美好。

賠 ㄆㄟˊ *p'ei*[2] 音培
1用財物補償別人的損失。如:賠償。2虧損。如:賠本。3道歉;自認過錯。如:賠不是。

5【賠本】 ㄆㄟˊ ㄅㄣˇ
虧本。

12【賠款】 ㄆㄟˊ ㄎㄨㄢˇ
賠償損失的金錢。

13【賠罪】 ㄆㄟˊ ㄗㄨㄟˋ
向人道歉認罪。也作陪罪。

17【賠禮】 ㄆㄟˊ ㄌㄧˇ
向人道歉。也作陪禮。

16【賠錢貨】 ㄆㄟˊ ㄑㄧㄢˊ ㄏㄨㄛˋ
指女兒。古時重男輕女,嫁女兒要賠送嫁妝,故稱。

17【賠償代位】 ㄆㄟˊ ㄔㄤˊ ㄉㄞˋ ㄨㄟˋ
分爲"民法"上之賠償代位及"保險法"上之賠償代位。"民法"上之賠償代位依"民法"第二百二十八條規定:「關於物或權利之喪失或損害,負賠償責任之人,得向損害賠償請求權人請求讓與基於其物之所有權,或基於其權利對於第三人之請求權。」是我國"民法"上之賠償代位採債權主義,尚須經賠償權利人之讓與行爲,始生移轉權利之效果,並非如外國立法例採當然移轉之物權主義。"保險法"上之賠償代位依"保險法"第五十三條第一項則採當然代位之原則:「被保險人因保險人應負保險責任之損失發生,而對於第三人有損失賠償請求權者,保險人得於給付賠償金額後,代位行使被保險人對於第三人之請求權,但其所請求之數額,以不逾賠償金額爲限。」

2【賠了夫人又折兵】 ㄆㄟˊ ˙ㄌㄜ ㄈㄨ ㄖㄣˊ ㄧㄡˋ ㄓㄜˊ ㄅㄧㄥ
比喻雙重損失。

賥 ㄙㄨㄟˋ *sui*[4] 音遂
餟財;財物。見"集韻"。

賝 ㄔㄣ *ch'ên*[1] 音琛
贈人的禮物或路費。見"集韻"。

賦 ㄈㄨˋ *fu*[4] 音付
1徵收稅金。如:賦斂無度。2稅。如:田賦。3給;授。如:賦予。4"詩"六義之一。指鋪敘其事的描寫手法。5歌唱;吟唱。如:賦詩。6文體名。一種用韻的散文,具有鋪采摛文、體物寫志的特色。隨時代不同而體制迭有變異。

4【賦元】 ㄈㄨˋ ㄩㄢˊ
(unit of rural land tax) 指按各地目等則土地單位面積全年收益或地價釐訂全年賦額之單位。現行田賦賦額,係以'日'據時期地租調查檢定之地租率算定表爲基礎,依下式算定之:土地收益－經營費用＝自作收益;平均自作收益×賦率＝賦元。

8【賦性】 ㄈㄨˋ ㄒㄧㄥˋ
天性;本性。

10【賦格】 ㄈㄨˋ ㄍㄜˊ
(fugue) 也稱遁走曲或卡農。西洋複音音樂中最複雜、最嚴謹的一種曲體;是以對位法作成的模仿音樂。用一個短而精的主題爲基礎,先由一聲部單獨唱出或奏出此主題,然後其餘各聲部依一定的規則輪流模倣演出。'巴赫'所作的四十八首"前奏與賦格曲",是音樂中的經典之作。

12【賦閒】 ㄈㄨˋ ㄒㄧㄢˊ
罷官;失業。'晉''潘岳'辭官家居,作"閒居賦"。

【賦稅】 ㄈㄨˋ ㄕㄨㄟˋ
泛指國家稅收。

13【賦詩】 ㄈㄨˋ ㄕ
1吟詩。2作詩。

17【賦斂】 ㄈㄨˋ ㄌㄧㄢˇ
1賦稅。2徵收賦稅。

18【賦歸】 ㄈㄨˋ ㄍㄨㄟ
1辭官。2歸去。

15【賦課保險費】 ㄈㄨˋ ㄎㄜˋ ㄅㄠˇ ㄒㄧㄢˇ ㄈㄟˋ
(assessment premium) 保險費的負擔,事前並不確定,在一定計算期間屆滿時,將所有支出補償金額彙總計算,而由參加者分擔。通常在每期開始時先行繳付一定金額,俟期末結算,多退少補,此爲非營利爲目的的相互保險或交互保險組織所採用。

賬 ㄓㄤˋ *chang*[4] 音帳
同帳。1記載財物收支的簿冊。2債務。如:欠賬。

12【賬單】 ㄓㄤˋ ㄉㄢ
店鋪、行號向顧客要求付款的通知單。

賭 ㄉㄨˇ *tu*[3] 音堵
或作睹。1用財物作注來比輸贏的遊戲。如:賭博。2負氣;爭強。如:賭氣。3發誓。如:賭咒。

7【賭坊】ㄉㄨˇ ㄈㄤ
賭場。

8【賭注】ㄉㄨˇ ㄓㄨˋ
用以押賭的錢財或籌碼。

【賭咒】ㄉㄨˇ ㄓㄡˋ
發誓;立誓。

10【賭氣】ㄉㄨˇ ㄑㄧˋ
意氣用事。

12【賭棍】ㄉㄨˇ ㄍㄨㄣˋ
蔑稱以賭博爲業的人。

賤 ㄐㄧㄢˋ chien[4] 音見
①價錢低廉。如:賤賣。②地位卑微。如:卑賤。③輕視。如:賤物重己。

15【賤賣】ㄐㄧㄢˋ ㄇㄞˋ
以低賤的價錢出售。

10【賤骨頭】ㄐㄧㄢˋ ㄍㄨˇ ˙ㄊㄡ
罵人沒有骨氣、不尊重自己。

賜 ㄘˋ tz'ŭ[4] 音次 讀音 ㄙˋ szŭ[4], ssŭ[4] 音四
①賞給;上給予下。見"說文"。②恩惠。見"字彙"。

8【賜姓】ㄘˋ ㄒㄧㄥˋ
古代帝王把自己的姓或新取的姓賜給功臣,以示恩寵。

11【賜教】ㄘˋ ㄐㄧㄠˋ
請人給予指教的敬語。

13【賜福】ㄘˋ ㄈㄨˊ
賞賜幸福。

賟 ㄊㄧㄢˇ t'ien[3] 音忝
豐富。見"玉篇"。

賙 ㄓㄡ chou[1] 音舟
救濟。如:賙急。

17【賙濟】ㄓㄡ ㄐㄧˋ
以財物助人。

質 ㊀ ㄓˋ chih[4] 音秩
抵押。如:典質。

㊁ ㄓˊ chih[2] 音直
①物品的本體。如:金質。②稟性。如:資質。③樸素;簡約。如:遺華返質。④內在的實情。與文相對。如:文質彬彬。⑤詰問。如:質疑。

3【質子】ㄓˊ ㄗˇ
(proton) 氫原子的原子核即爲質子。質子帶有正電荷$+1.602\times10^{-19}$庫倫,其大小與電子所帶電荷相等。質量爲 1.673×10^{-27} 公斤,自旋角動量$1/2\hbar$,磁矩 $1.410\times10^{-26}\,J/T$。所有原子之原子核除氫原子核單獨由一個質子組成者外,其餘均由質子和中子所組成。因爲原子爲電中性,所以原子核中的質子數目和核外之電子數目相等,此數目即爲原子之原子序。

6【質地】ㄓˊ ㄉㄧˋ
素質;本質。

7【質言】ㄓˊ ㄧㄢˊ
①據實直說。②換另一方式說。

8【質押】ㄓˋ ㄧㄚ
金融界及商界常以不動產設定抵押權擔保借貸債權及以動產設定質權擔保借貸債權,二者合稱爲質押貸款,但法律學上並無質押一辭。

【質物】ㄓˋ ㄨˋ
質權之標的物或客體即爲質物。在動產質權,質物爲債務人或第三人所移交之動產;在權利質權,質物爲可讓與之債權及其他權利。質權人於債權已屆清償期,而未受清償者,得拍賣質物就其賣得價金而受清償。權利質權亦同。

10【質料】ㄓˊ ㄌㄧㄠˋ
①製造物品的材料。②(material)與形式相對。⑴構成某一事物的材料或物質。⑵即內容。

11【質問】ㄓˊ ㄨㄣˋ
①詢問。②詰問;責問。

12【質量】ㄓˊ ㄌㄧㄤˋ
(mass) 物體的一種基本特性。爲物理量的三個基本量之一。所使用的標準單位爲公斤,或稱爲千克,記爲 kg。因物質具有慣性,故物體之質量,實即爲慣性之量度。若物體速度遠比光速 c 爲小,質量可視爲一不變的值,可依'牛頓'運動定律測得慣性質量。速度相近於光速 c 的物體,依相對論,其質量$m=m_0/\sqrt{1-v^2/c^2}$(式中m_0表物體在靜止時(對觀察者言)之質量)。由'牛頓'的萬有引力定理,物體受地心引力作用形成物體的重量。重量和質量成正比,由此測得之質量稱爲重力質量。根據精密實驗的結果,發現所有物質的慣性質量與重力質量的比值皆爲同一常數,令此比例常數爲1,可得慣性質量等於重力質量,兩者不再有區別,統稱爲質量。故欲測物體之質量,可以等臂天平爲之,平衡時之砝碼質量即爲物體之質量。

14【質疑】ㄓˊ ㄧˊ
向人詢問困惑疑難的問題。

15【質數】ㄓˊ ㄕㄨˋ
(prime number) 又名素數。即除了1及本身外,無約數的自然數。例如2、3、5等均是。

16【質樸】ㄓˊ ㄆㄨˊ
樸實。也作質朴。

17【質點】ㄓˊ ㄉㄧㄢˇ
(particle)又稱粒子。指一具有質量的物體,但其大小與形狀就物理學所論及的問題上,可予以忽略而視同幾何上之點而言者。例如考慮地球繞日運行時,地球與太陽皆可視爲質點,因其大小與兩者距離相比可予忽略。

22【質權】ㄓˋ ㄑㄩㄢˊ
乃債權人爲擔保其債權,占有債務人之物,並就其物有優先受償之權利之謂。可分爲動產質權及權利質權,前者因動產之移轉占有而生效力;後者則限於可讓與之債權及其他權利,始得爲其標的物,且應依關於權利讓與之規定設定之。質權人占有動產,而受關於占有規定之保護者,縱出質人無處分其質物之權利,質權人仍取得質權,此爲質權之善意取得。質權所擔保之債權,除契約另有約定外,爲原債權、利息、遲延利息、實行質權之費用,及因質物隱有瑕疵而生之損害賠償。質權

人應以善良管理人之注意義務保管質物。其於質權存續中，得以自己之責任，將質物轉質於第三人，但應負非常事變責任（即不可抗力責任）。

23【質體】ㄓˊ ㄊㄧˇ

(plasmid) 某些細菌除了有染色體外，細胞質內尚有小段游離的DNA，其大小約爲染色體的百分之一。這種額外的DNA，稱爲質體。質體上也有一些基因，本身不能複製，其存在與否雖對細菌的生存無關，但在某些環境之下，例如有抗生素存在時，卻十分重要，因爲質體攜有抵抗抗生素或其他殺菌藥劑的基因。

12【質量數】ㄓˊ ㄌㄧㄤˋ ㄕㄨˋ

(mass number) 原子的質量幾乎全在原子核，原子核中所含質子數和中子數之總和，即稱爲質量數。例如鈉元素之質子數11，中子數12，則其質量數爲23。

13【質詢權】ㄓˊ ㄒㄩㄣˊ ㄑㄩㄢˊ

立法委員於開會時，有向'行政院'院長及'行政院'各部會首長質詢之權，稱爲質詢權。質詢得以口頭或書面爲之。

19【質譜計】ㄓˊ ㄆㄨˇ ㄐㄧˋ

(mass spectrometer) 包括進料系統、離子化室、質量與帶電量比例分析裝置、偵檢器與記錄器，由記錄物料分子斷裂之離子化碎片之質譜，而用以決定物料之結構與分子量的裝置。

12【質量中心】ㄓˊ ㄌㄧㄤˋ ㄓㄨㄥ ㄒㄧㄣ

(center of mass) 簡稱質心。爲物體中之一特定點，該物體之質量乃被想像集中於該點。此集中質量對任一平面之力矩等於該物體內各分布質量對同一平面之力矩和。

【質量效應】ㄓˊ ㄌㄧㄤˋ ㄒㄧㄠˋ ㄧㄥˋ

(mass effect) 熱處理時，金屬組件的心部所能得到的冷卻速度視其大小和形狀如何而定，故金屬組件的最後性質、大小和形狀三者間的相互關係稱爲質量效應。

【質量不滅定律】ㄓˊ ㄌㄧㄤˋ ㄅㄨˋ ㄇㄧㄝˋ ㄉㄧㄥˋ ㄌㄩˋ

(law of conservation of mass) 在一般的物質變化過程中，物質的質量不會改變。也就是說在一個化學反應中，物質雖然發生變化，但反應物的總質量必等於生成物的總質量。

8【質押權利總設定書】ㄓˋ ㄧㄚ ㄑㄩㄢˊ ㄌㄧˋ ㄗㄨㄥˇ ㄕㄜˋ ㄉㄧㄥˋ ㄕㄨ

(general letter of hypothecation; L/H) 出口商初次向外匯銀行申請辦理出口押匯時，向銀行所提出對於該外匯銀行所採取的任何措施或處理方法將予承認的一種概括性的切結書。其內容約有一、授權銀行於遭拒兌或拒付時，得代爲貨物投保適當的保險或存倉，而其費用及風險歸出口商負擔。二、授權銀行或其代理行於付款人拒付或破產清理時，得自由處分貨物，所得貨款不足以抵償票款時，仍須由出口商負全責。三、銀行爲保障其債權，必要時有權要求出口商提供適當擔保（包括人保及擔保品）。四、單證及單證所表彰的貨物，均作爲銀行匯票債權的擔保。五、有關匯票及跟單的處理等。此項文件具有持續效力，只須於初次申請押匯時提出，以後申請時不必再提出。且除由出口商簽具外，尚須覓妥保證人連帶保證，以保障銀行債權。

9

賮 贐的本字。

賴 ㄌㄞˋ *lai*⁴ 音籟

[1]贏利；賺得的利益。見"說文"。[2]推卸；不願承當。如：賴賬。[3]依靠。如：依賴。[4]歸罪。如：誣賴。[5]姓。'漢'有'賴先'。見"通志・氏族略二"。

5【賴皮】ㄌㄞˋ ㄆㄧˊ

[1]刁鑽耍賴的人。[2]抵賴。

10【賴索托】ㄌㄞˋ ㄙㄨㄛˇ ㄊㄨㄛ

(Lesotho) 位於'南非共和國'東南境的國家。面積3萬方公里，人口187.0萬（2005年），首都'馬塞魯'（Maseru）。境內多山，東部'龍山山脈'（Drakensberg Mts.）平均高2,000公尺，主峰'蘇塞斯'（Mt. aus Sources）高3,428公尺，為'非洲'南部最高峰。主產玉米、小麥、豌豆、'安哥拉山'羊毛和鑽石。

4【賴比瑞亞】ㄌㄞˋ ㄅㄧˋ ㄖㄨㄟˋ ㄧㄚˋ

(Liberia) 位於西'非'的國家。西南濱'大西洋'，面積11萬方公里，人口348.0萬（2005年），首都'蒙羅維亞'（Monrovia）。西部海岸潟湖遍布。主產橡膠、棕櫚油、稻米、咖啡、木材、鐵和鑽石。有建材、家具和食品加工業。

5【賴必格最小量定律】ㄌㄞˋ ㄅㄧˋ ㄍㄜˊ ㄗㄨㄟˋ ㄒㄧㄠˇ ㄌㄧㄤˋ ㄉㄧㄥˋ ㄌㄩˋ

(Liebig's law of minimum) 指生物之生長及繁殖，係決定於最低限量之有效養分物質。即當一生物所需的營養物質降到最低需要量以下時，就會限制此生物的生長。由'賴必格'（Jastus Liebig）所提出。

賵 ㄈㄥˋ *fêng*⁴ 音鳳

助葬用的車馬束帛等物。見"廣韻"。

10

賽 ㄙㄞˋ *sai*⁴ 音塞

[1]酬答神明。如：迎神賽會。[2]競爭；較量。如：賽跑。[3]勝過；超過。如：富賽王侯。

10【賽馬】ㄙㄞˋ ㄇㄚˇ

[1]一種長距離的馬術運動。[2]以騎士騎馬賽跑，公開出售馬票的

一種賭博遊戲。

【賽夏】 ㄙㄞˋ ㄒㄧㄚˋ
‘臺灣’原住民的一族。又稱‘獅設’、‘薩衣設特’、‘賽西亞特’。分布在‘新竹縣’屬的‘五指山’和‘苗栗縣’屬的‘大東河’一帶。營農耕生活,間或兼事漁獵,信仰泛靈。人口約3,200。

12【賽程】 ㄙㄞˋ ㄔㄥˊ
比賽的項目和程序。

13【賽會】 ㄙㄞˋ ㄏㄨㄟˋ
①設儀仗、簫鼓、雜戲等迎神出廟遊行的集會。②陳列各式物品,供人觀摩的集會。

6【賽因斯】 ㄙㄞˋ ㄧㄣ ㄙ
(science) ‘英’文[科學]的音譯。又譯作[賽先生]。常與代表民主的[德先生](democracy)並稱,於‘民國’八年五四運動前後流行一時。泛指有組織、有系統的知識,包括自然科學與社會科學。

9【賽珍珠】 ㄙㄞˋ ㄓㄣ ㄓㄨ
(Pearl S. Buck, 1892～1973) ‘美國’小說家。父爲傳教士,幼隨父到我國。其小說多以我國農村爲背景,刻劃苦難中人的奮鬥歷程。“大地”(*The Good Earth*)一書使她得到‘普立茲’獎,並於西元1938年得到‘諾貝爾’文學獎。其他作品有“兒子們”(*Sons*)、“龍子”(*Dragon Seed*)等,以及許多兒童讀物。

10【賽珞凡】 ㄙㄞˋ ㄌㄨㄛˋ ㄈㄢˊ
(cellophane)由黏膠法從木漿中做成的透明膜。俗稱玻璃紙。質地柔軟,強度大,抗油脂與空氣,用於包裝或用做保護膜。

【賽倆目】 ㄙㄞˋ ㄌㄧㄤˇ ㄇㄨˋ
(Al-Salām Alaikum) ‘阿拉伯’文的譯音。意爲平安、致候,爲道安詞。回教兄弟見面時,以此語相互問候。

17【賽璐珞】 ㄙㄞˋ ㄌㄨˋ ㄌㄨㄛˋ
(celluloid) 一種無色透明有光澤的固體。在 80°～90°C 時變軟,120～150°C 時則分解甚至燃燒。不溶於水或酸、鹼溶液,但可溶於丙酮、酒精等有機溶劑。爲硝化纖維素於樟腦酒精溶液中膠化而得。用於製造玩具、軟片等。

6【賽伊法則】 ㄙㄞˋ ㄧ ㄈㄚˇ ㄗㄜˊ
(Say's law)又稱市場法則。十九世紀‘法國’經濟學家‘賽伊’(J. B. Say)所創的市場理論。他認爲供給能自創需求,各物品的生產自然能平衡,因而達到充分就業的經濟目的。

12【賽普勒斯】 ㄙㄞˋ ㄆㄨˇ ㄌㄜˋ ㄙ
(Cyprus) 位於東‘地中海’中的島國。戰略價值極大。西元1960年獨立。面積9,250方公里,人口78萬 (2005年),首都‘尼古西亞’(Nicosia)。大部為山地,東南部沿海平原農業較盛,糧食不足自給。礦產以銅最多,硫化鐵次之。

賫
齎的或體。

賺
㊀ ㄓㄨㄢˋ $chuan^{4}$ 音撰
①獲利;買賣獲得利益。如:賺錢。②誑騙。如:賺人眼淚。
㊁ ㄗㄨㄢˋ $tsuan^{4}$
同㊀②。

12【賺詞】 ㄓㄨㄢˋ ㄘˊ
唱賺所用的腳本。參唱賺。

購
ㄍㄡˋ kou^{4} 音構
①收買。如:採購。②懸賞徵求。③講和。通媾。如:北購於單于。

8【購物報】 ㄍㄡˋ ㄨˋ ㄅㄠˋ
又稱廣告報。爲地方上購物人士所編輯的一種報紙。內容包括廣告、商店訊息與地方新聞等。

6【購回協定】 ㄍㄡˋ ㄏㄨㄟˊ ㄒㄧㄝˊ ㄉㄧㄥˋ
(repurchase agreement) 爲一種抵押貸款。借款者出售信用工具(通常是政府債券)給予放款者(投資者)作爲抵押,同時承諾在未來某一天以相同的價格連同利息購回這些信用工具。商業銀行時常以購回協定來融通短期資金的需求。

12【購買契約】 ㄍㄡˋ ㄇㄞˇ ㄑㄧˋ ㄩㄝ
(purchase contract) 買賣雙方以書信、電報往返接洽交易條件,達成協議後,依慣例須由買方將買賣條件內容製成契約書,然後由買賣雙方共同簽署。此契約書即購買契約,通常至少製作二份,經簽署後寄給賣方,請其簽署後至少寄回一份,以爲將來履約的憑證。

【購買動機】 ㄍㄡˋ ㄇㄞˇ ㄉㄨㄥˋ ㄐㄧ
(buyer's motive) 促使買者購物行爲的原動力。有效的行銷活動,必須先瞭解顧客喜愛產品的原因,以及採取購買行爲的過程。購買動機主要有二類,一、理智性的購買動機:通常係與產品的品質、價格、耐久性、服務等項因素有關;二、衝動性的購買動機:通常係與購買者所需要的好奇心、舒適感、自我表現、愉快或其他情感上的因素有關。

【購買過程】 ㄍㄡˋ ㄇㄞˇ ㄍㄨㄛˋ ㄔㄥˊ
(buying process) 消費者採取購買商品行爲的過程。包括感覺需要、購買前活動、購買決策、使用行爲、使用後感覺等五個階段。

11【購貨確認書】 ㄍㄡˋ ㄏㄨㄛˋ ㄑㄩㄝˋ ㄖㄣˋ ㄕㄨ
(purchase confirmation) 在國際貿易,由一方報價,經他方接受,契約即告成立。而此項交易不論是以電報或信函方式完成,依慣例須由買賣雙方以書面確認,如該確認書是由買方主動發出的,稱爲購貨確認書。相對於由賣方所發出的銷貨確認書。購貨確認書經賣方副署後,即構成購貨契約書 (purchase contract),其效力與買賣契約書相等。

12【購買力平價理論】 ㄍㄡˋ ㄇㄞˇ ㄌㄧˋ ㄆㄧㄥˊ ㄐㄧㄚˋ ㄌㄧˇ ㄌㄨㄣˋ

(purchasing power parity theory;PPP)即一國貨幣對他國貨幣匯價的決定,應依據各國貨幣在其本國的購買力而定。如一'英'鎊在'英國'所能購買的貨物,在'美國'需要一點五'美'元始能購得,則一'英'鎊對'美'元的匯價,便是一'英'鎊應等於一點五'美'元。若兩國貨幣的購買力發生變化,亦應依相同原理而調整。

【購買力平價匯率】 ㄍㄡˋ ㄇㄞˇ ㄌㄧˋ ㄆㄧㄥˊ ㄐㄧㄚˋ ㄏㄨㄟˋ ㄌㄩˋ

(purchasing power parity exchange rate)能夠眞實反映出兩國之間實質成本差異或相對價格差異的匯率。

賻 ㄈㄨˋ *fu*⁴ 音附

1資助喪家。見"廣韻"。2送給喪家辦理喪事的財物。如:賻儀。

15【賻儀】 ㄈㄨˋ ㄧˊ

送給喪家辦理喪事的金錢。

19【賻贈】 ㄈㄨˋ ㄗㄥˋ

以財物慰贈喪家。

賸 ㄕㄥˋ *shêng*⁴ 音剩 又讀 ㄧㄥˋ *ying*⁴ 音映

1增益。見"說文"。2贈送。見"廣韻"。3多餘。同剩。見"字彙"。

11

贅 ㄓㄨㄟˋ *chui*⁴ 音墜

1抵押。見"說文"。2連綴;聚集。3多餘;無用。如:贅述。

4【贅夫】 ㄓㄨㄟˋ ㄈㄨ

婚姻依其形式,可分爲嫁娶婚與贅夫婚。我國現狀以嫁娶婚爲普遍之形式,贅夫婚僅屬例外。在贅夫婚之關係中,除當事人另有訂定外,原則上贅夫以其本姓冠以妻姓,除約定妻以贅夫之住所爲住所外,原則上贅夫以妻之住所爲住所。贅夫之子女從母姓,但約定其子女從父姓者,從其約定。至於未成年子女,則以其父母之住所爲住所,縱贅夫婚亦同("民法"第一千零六十條)。贅夫婚之婚姻事件,專屬於贅夫之妻之住所地或死亡時住所地之法院管轄。

7【贅言】 ㄓㄨㄟˋ ㄧㄢˊ

多餘無用的言詞或文句。

9【贅疣】 ㄓㄨㄟˋ ㄧㄡˊ

1(verruca)由濾過性毒所引起皮膚或黏膜的角質增殖、變厚之腫瘤。呈灰白色或棕紅色,小如針頭,大如豌豆,起初表面平滑,久後分裂成纖維狀。多發生在面部、手臂。2比喻多餘無用的事物。

12【贅旒】 ㄓㄨㄟˋ ㄌㄧㄡˊ

連綴在旌旗上的飄帶。比喻人君爲權臣挾持,徒擁名位而無實權。

【贅婿】 ㄓㄨㄟˋ ㄒㄩˋ

就婚於女家的男子。

15【贅餘構件】 ㄓㄨㄟˋ ㄩˊ ㄍㄡˋ ㄐㄧㄢˋ

(redundant member)桁架結構之接點爲樞接,若構件數多於保持桁架穩定所需之數時,此等過多之構件稱爲贅餘構件。其功能爲分擔受力,並加強結構物的剛性。

贄 ㄓˋ *chih*⁴ 音至

1初次見面時贈送給對方的禮物。2執持禮物去見人。

13【贄敬】 ㄓˋ ㄐㄧㄥˋ

初次拜見人時所贈送的財物。

賾 ㄗㄜˊ *tsê*² 音責

幽深難見。見"集韻"。

12

贇 ㄩㄣ *yün*¹ 音氳

美好的樣子。見"集韻"。

贋 ㄧㄢˋ *yen*⁴ 音雁

假的;僞造的。如:贋品。

9【贋品】 ㄧㄢˋ ㄆㄧㄣˇ

仿冒僞造的物品。

贈 ㄗㄥˋ *tsêng*⁴ 音甑

1奉送。如:贈言。2古代朝廷的一種封典。即將官爵賜人。如:追贈。

7【贈序】 ㄗㄥˋ ㄒㄩˋ

文體名。贈別所作的文章。

14【贈與】 ㄗㄥˋ ㄩˇ

當事人一方以自己之財產,爲無償給與於他方之意思表示,經他方承諾而生效力之契約。贈與性質上爲無償契約及片務契約。以非經登記不得移轉之財產爲贈與者,在未爲移轉登記前,其贈與契約不生效力,判例認此項登記係屬不動產贈與之特別生效要件,贈與人仍負有補正移轉登記之義務,受贈人亦有移轉登記請求權。惟學者有以爲該不動產贈與不生效力,贈與人無補正登記之義務。由於贈與契約係無償契約,因此,贈與人僅就故意或重大過失,對於受贈人負責,其贈與之物或權利有瑕疵者,原則上亦不負擔保責任。例外於贈與人故意不告知其瑕疵,或保證其無瑕疵時,始對於受贈人因瑕疵所生之損害,負賠償之義務。

【贈與契稅】 ㄗㄥˋ ㄩˇ ㄑㄧˋ ㄕㄨㄟˋ

(deed tax of donation)指因贈與財產所應繳納之契稅。目前贈與財產所應繳納契稅之稅率爲7.5%,以受贈人爲納稅義務人。

贉 ㄊㄢˇ *t'an*³ 音坦

1預付訂金。見"玉篇"。2卷軸或書冊前端貼綾的地方。

贆 ㄅㄧㄠ *piao*¹ 音標

一種陸上的貝類動物。見"爾雅·釋魚"。

贊 ㄗㄢˋ *tsan*⁴ 音讚

1導引。2佐助。如:贊理。3告知。4舉薦;選拔。5同讚。⑴稱頌;讚美。如:贊揚。⑵文體的一種。用以讚美和歌頌,多數有韻。6姓。'宋'有'贊寧'。見"琅琊代醉編·三〇"。

7【贊助】 ㄗㄢˋ ㄓㄨˋ

輔佐;幫助。

9【贊述】 ㄗㄢˋ ㄕㄨˋ

稱揚述說。

12【贊揚】 ㄗㄢˋ ㄧㄤˊ

讚美頌揚。

13

贏　ㄧㄥˊ *ying*² 音盈
1 獲得；換取。如：贏得。2 前；伸。如：贏縮。3 勝利。如：輸贏。4 盈滿；充裕多餘。通盈。如：贏餘。5 擔負。如：贏糧。

7【贏利】　ㄧㄥˊ ㄌㄧˋ
營業所得的利益。

15【贏餘】　ㄧㄥˊ ㄩˊ
1 充裕有餘。2 經營的利潤。

䝼　賺的或體。

贍　ㄕㄢˋ *shan*⁴ 音善
1 供給；供養。如：贍養。2 賙濟；輔助。如：贍卹。3 充足；富厚。如：贍學。4 姓。'元'有'贍思'。見"元史·儒學傳·贍思"。

15【贍養】　ㄕㄢˋ ㄧㄤˇ
扶養；供養。

【贍養費】　ㄕㄢˋ ㄧㄤˇ ㄈㄟˋ
指夫妻無過失之一方，因判決離婚而陷於生活困難時，他方不論有無過失，依法所應給付該一方之相當金額。贍養費只於裁判離婚有之，於兩願離婚不適用。

䝻　ㄌㄧㄢˋ *lien*⁴ 音斂　又讀　ㄉㄢˋ *tan*⁴ 音淡
預付訂金。同贉。見"廣韻"。

14

贒　賢的古文。

贐　ㄐㄧㄣˋ *chin*⁴ 音盡
贈人的禮物或路費。

15【贐儀】　ㄐㄧㄣˋ ㄧˊ
送給行者的禮物或金錢。

贓　ㄗㄤ *tsang*¹ 音臧
1 貪汙或竊盜所得的財物。如：分贓。2 貪汙；納賄。

8【贓官】　ㄗㄤ ㄍㄨㄢ
貪汙受賄的官員。

【贓物】　ㄗㄤ ㄨˋ
貪汙或用非法手段所得的財物。

12【贓款】　ㄗㄤ ㄎㄨㄢˇ
貪汙或非法所得的錢財。

8【贓物罪】　ㄗㄤ ㄨˋ ㄗㄨㄟˋ
獨立財產罪之一種，具有事後共犯之性格。本罪包括收受、搬運、寄藏、故買、牙保等普通贓物罪及常業贓物罪。僅處罰故意犯，並以不法領得之意思爲其主觀要件。贓物者，乃指因犯財產罪所得之物，惟犯瀆職罪收受之賄賂，亦屬"刑事訴訟法"第八十八條第三項第二款所稱之贓物。此外，因贓物變得之財物，亦以贓物論。財產罪之共犯，於共犯犯罪行爲完成後，復向他共犯爲收受、搬運、寄藏、故買或牙保之行爲者，通說認爲應成立所共犯之罪及各該贓物罪，依數罪併罰或牽連犯之例處斷，但我國判例認不另成立各該贓物罪。同一贓物同時具備收受、搬運、寄藏、故買或牙保等數種行爲者，基於法條競合之吸收關係，僅成立單純一罪。

贔　ㄅㄧˋ *pi*⁴ 音閉
大；盛。如：贔怒。

15

贗　贗的古字。

贖　ㄕㄨˊ *shu*² 音淑
1 用財物換回人質或抵押品。如：贖身。2 彌補或抵免罪過。如：贖罪。3 購買。

7【贖身】　ㄕㄨˊ ㄕㄣ
用財物換回人身的自由。

8【贖金】　ㄕㄨˊ ㄐㄧㄣ
贖罪或贖身的金錢。

13【贖罪】　ㄕㄨˊ ㄗㄨㄟˋ
1 用財物或功勞抵銷刑罰或罪過。2 (redemption)也作救贖。基督教義指神派遣祂的獨子'耶穌'降生爲人，經歷生、死、復活的方式，以洗滌人的罪惡，使能進入天堂。

6【贖回溢價】　ㄕㄨˊ ㄏㄨㄟˊ ㄧˋ ㄐㄧㄚˋ
(call premium) 公司對發行的可贖回特別股及公司債所訂的贖回價格超過特別股及公司債面值的部分。

贕　ㄉㄨˊ *tu*² 音獨
已敗壞的鳥卵。也指已死亡的獸胎。見"集韻"。

16

贙　ㄒㄩㄢˋ *hsüan*⁴ 音炫
1 分別。見"說文"。2 獸名。似犬。見"集韻"。3 相爭。見"字彙"。

䞋　ㄔㄣˋ *ch'ên*⁴ 音櫬
布施財物。也作噺。見"廣韻"。

17

贛　㊀ ㄍㄢˋ *kan*⁴ 音幹
1 水名。參贛江。2 '江西省'的簡稱。因'贛江'縱貫境內而得名。
㊁ ㄍㄨㄥˋ *kung*⁴ 音貢
賜。通貢。見"字彙"。

6【贛江】　ㄍㄢˋ ㄐㄧㄤ
上源有二，西有'章水'源自'大庾嶺'；東有'貢水'源自'武夷山'，二水匯於'贛縣'後稱'贛江'，向北流縱貫'江西'全省，於'吳城鎭'注入'鄱陽湖'。兩側支流眾多，航運很盛，唯'吉安'與'萬安'間有十八險灘，爲航行上的險惡河段。

18

贜　贓的俗體。

赤　部

赤　ㄔˋ *ch'ih*⁴ 音斥
1 五色之一。紅色。比朱色淺。2 忠誠；眞純。如：赤膽。3 裸露。如：赤足。4 空；一無所有。如：

赤手空拳。⑤姓。‘漢’有‘赤斧’。見“萬姓統譜·一二二”。

3【赤子】 ㄔˋ ㄗˇ

①嬰兒;幼兒。②指人民。

4【赤心】 ㄔˋ ㄒㄧㄣ

①極眞誠的心。②指物品、植物、果實等紅色的內部。

6【赤字】 ㄔˋ ㄗˋ

西式簿記上用赤色字記透支的帳目,因此用赤字代稱支出超過收入的帳目。

7【赤忱】 ㄔˋ ㄔㄣˊ

赤誠;眞誠。

9【赤帝】 ㄔˋ ㄉㄧˋ

①傳說中南方的天帝。②‘炎帝’的別名。③指火神‘祝融’。

11【赤帶】 ㄔˋ ㄉㄞˋ

指婦女由陰道持續流出黏稠的血紅色分泌物。是由於心肝火盛或細菌感染所引起。若長期不斷,則可能是癌症的病變。

【赤貧】 ㄔˋ ㄆㄧㄣˊ

貧無一物。形容極爲貧窮。

12【赤痢】 ㄔˋ ㄌㄧˋ

痢疾的一種。又稱血痢。指下痢挾血或下純血者。由於脾胃溼熱,熱毒傷血,入大腸所致。症狀爲發燒、腹痛、裡急後重、下痢頻繁。可見於阿米巴痢疾、潰瘍性結腸炎、慢性血吸蟲病、細菌性痢疾等。

13【赤誠】 ㄔˋ ㄔㄥˊ

極忠誠的心;極誠懇的心。

【赤禍】 ㄔˋ ㄏㄨㄛˋ

指共產黨對世界造成的禍害。

【赤道】 ㄔˋ ㄉㄠˋ

(equator) 在距南、北兩極相等處,作一通過地球球心而垂直地軸的平面,此時球面和平面相交所成的假想圓圈,稱爲赤道。赤道將地球劃分成兩半,赤道以北稱北半球,以南稱南半球。每年的春分和秋分時,太陽直射赤道,南北半球所受的日照相等,晝夜長短也相等。

【赤經】 ㄔˋ ㄐㄧㄥ

(right ascension) 據天球赤道爲基準以測量天體位置的一種坐標。自春分點開始,沿天球赤道向東計算所歷的弧度,即是該天體的赤經,通常以時、分、秒作爲單位,由0時至24時。

14【赤膊】 ㄔˋ ㄅㄛˊ

裸露上身不穿衣服。

15【赤潮】 ㄔˋ ㄔㄠˊ

(red tide) 由於氣溫升高,海洋中的微生物大量繁殖,以致海水含氧量消耗殆盡,使海洋中的生物突然大量死亡,海水變成綠色、棕色或紅色的現象。

【赤緯】 ㄔˋ ㄨㄟˇ

(declination)據天球赤道爲基準以測量天體位置的一種坐標。在天球上沿時圈向南北天極計算,各分爲90度,向北量的爲正,向南量的爲負。天體的赤緯亦即由天球赤道量到該天體的角距離。

17【赤膽】 ㄔˋ ㄉㄢˇ

赤心;誠心。

19【赤鯮】 ㄔˋ ㄗㄨㄥ

(*Taius tumifrons*)又稱爲鱲、黄鯛。俗名加鱲。爲魚類中鱸目(order Perciformes)、鯛科(family Sparidae)的一種。體側扁而高,呈卵圓形或橢圓形。口小,水平位,上下頜有犬齒。體色鮮紅,有金黃色閃光。海產,爲食用魚,味美。

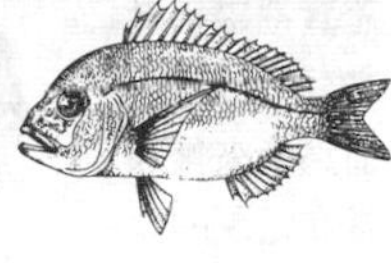

赤鯮圖

8【赤松子】 ㄔˋ ㄙㄨㄥ ㄗˇ

神仙名。相傳爲‘神農’時雨師。

【赤兔馬】 ㄔˋ ㄊㄨˋ ㄇㄚˇ

駿馬名。三國時‘呂布’所有,‘布’死後歸‘關羽’。

11【赤條條】 ㄔˋ ㄊㄧㄠˊ ㄊㄧㄠˊ

①光著身子。②毫無牽掛。

12【赤嵌樓】 ㄔˋ ㄎㄢˇ ㄌㄡˊ

古城樓。也作‘赤崁樓’。在今‘臺灣省’‘臺南市’。‘赤嵌’原爲‘臺灣’‘平埔族’的一個社名,社址即現在的‘臺南市’。西元1633年,‘荷蘭’人在此建城,稱‘普羅文地亞’(Provinditia)。又於1653年建樓,稱爲‘赤嵌樓’,也稱‘紅毛樓’。1661年,‘鄭成功’攻克‘赤嵌城’,以‘赤嵌樓’作爲‘承天府’辦事所。後幾經修建,今所存者僅樓牆是舊物而已。現闢爲‘臺南市歷史陳列館’,列爲第一級古蹟。

13【赤裸裸】 ㄔˋ ㄌㄨㄛˇ ㄌㄨㄛˇ

①光著身子。②毫無掩飾的樣子。

21【赤鐵礦】 ㄔˋ ㄊㄧㄝˇ ㄎㄨㄤˋ

(hematite) 最常見的一種含鐵礦物。化學成分爲氧化鐵,結晶爲六方晶系板狀,硬度5~6,比重5.26。呈鐵灰色或赤褐色,粉末呈紅色,故名。赤鐵礦產出時常呈很特殊的腎狀構造,爲一很好的鑑別特徵。產於火成岩、沈積岩及變質岩中,是鋼鐵的主要來源。

3【赤子之心】 ㄔˋ ㄗˇ ㄓ ㄒㄧㄣ

指純眞無僞的本心。

4【赤手空拳】 ㄔˋ ㄕㄡˇ ㄎㄨㄥ ㄑㄩㄢˊ

兩手空空。①比喻一無所有。②比喻毫無憑藉。

6【赤地千里】 ㄔˋ ㄉㄧˋ ㄑㄧㄢ ㄌㄧˇ

形容大旱時荒涼的景況。

13【赤道雨林】 ㄔˋ ㄉㄠˋ ㄩˇ ㄌㄧㄣˊ

(equatorial rainforest) 在熱帶高溫多雨地區所產生的林帶。即熱帶雨林。植物繁茂,幾乎全爲常綠闊葉樹,樹木高大,樹密成層。

16【赤壁之戰】 ㄔˋ ㄅㄧˋ ㄓ ㄓㄢˋ

決定‘魏’、‘蜀漢’、‘吳’三國鼎立的關鍵之戰。‘曹操’統有‘華’北後,思謀統一天下。‘獻帝’‘建安’十三年(208)‘曹’軍大舉南下,謀取‘荊州’,‘劉備’及‘孫權’聯軍拒之於‘赤壁’(‘湖北’‘嘉魚’的‘長江’南岸)。‘曹’兵約計三十萬,不諳水戰,水土不服,加以長途遠征,補給困難。而‘孫’、‘劉’五萬聯軍以逸待勞,抱必死之心。兩軍交戰,‘周瑜’以快船突襲,並縱火焚燒‘操’艦,‘曹’軍敗回北方。

【赤縣神州】 ㄔˋ ㄒㄧㄢˋ ㄕㄣˊ ㄓㄡ
指‘中國’。‘戰國’時‘鄒衍’認爲世界有九大州,‘中國’爲其中之一,名‘赤縣神州’。

19【赤繩繫足】 ㄔˋ ㄕㄥˊ ㄒㄧˋ ㄗㄨˊ
指結爲夫婦。赤繩,今俗稱紅線。

13【赤道無風帶】 ㄔˋ ㄉㄠˋ ㄨˊ ㄈㄥ ㄉㄞˋ
(doldrums)位於南、北緯5°內的赤道地帶的一個低壓帶。區內多輕微的風或靜風。由於太陽經年直射,氣溫高,氣流上升,氣壓低,誘致兩側高壓帶的氣流向本帶輻合,故又稱間熱帶輻合區。此帶會隨季節在赤道附近位移,氣候極不穩定,多雲雨。每年太陽直射區在南北回歸線間移動,此直射區每爲氣溫最高、氣壓最低的區域,稱爲熱赤道(thermal equator),是形成間熱帶輻合區的主要原因。

【赤道幾內亞】 ㄔˋ ㄉㄠˋ ㄐㄧ ㄋㄟˋ ㄧㄚˋ
(Equatorial Guinea) 位於中‘非’的小國。西濱‘大西洋’。面積2.8萬方公里,人口53.8萬(2005年),首都‘馬拉博’(Malabo)。主產可可、咖啡、棕櫚油、木材及漁獲。

3

䞑 ㄏㄨㄥˊ hung² 音紅
皮肉紅腫。見“集韻”。

4

赧 ㄋㄢˇ nan³ 音腩
因羞愧而臉紅。如:羞赧。

12【赧然】 ㄋㄢˇ ㄖㄢˊ
羞愧的樣子。

赦 ㄕㄜˋ shê⁴ 音設
1原諒;寬免。如:赦過。2姓。‘明’有‘赦敬’。見“萬姓統譜·一〇五”。

13【赦罪】 ㄕㄜˋ ㄗㄨㄟˋ
赦免其罪。

𧹞 ㄒㄧˋ hsi⁴ 音夕
1紅色。見“玉篇”。2笑聲。見“字彙”。

5

䞕 赧的或體。

6

赨 ㄊㄨㄥˊ t'ung² 音同
赤色。見“說文”。

赩 ㄒㄧˋ hsi⁴ 音細
大紅色。見“集韻”。

7

赫 ㄏㄜˋ ho⁴, hê⁴ 音鶴
1火紅的樣子。也泛指紅色。2顯耀;顯盛。如:顯赫。3發怒的樣子。如:赫怒。4恐嚇;驚怖。通嚇。如:震赫。5(hertz)代號爲Hz。度量衡導出單位中之頻率單位。一赫爲每秒振動一週的頻率。6姓。‘明’有‘赫瀛’。見“萬姓統譜·一二二”。

8【赫芝】 ㄏㄜˋ ㄓ
(Heinrich Rudolf Hertz, 1857～1894) ‘德國’物理學家。第一位證實電磁輻射者,研究電波,而爲後來無線電和電視的發明奠定基礎。西元1885～1889年任‘喀斯魯理工學院’(Karlsruhe Polytechnic)物理學教授時,在實驗室導出電磁輻射波,並計算其長度和速率,證實其振動跟光波、熱波一樣,因之指出光和熱俱爲電磁輻射。著有“電波”(*Electric Waves*)和“力學原理”(*Principles of Mechanics*)等書。

赫芝像

12【赫然】 ㄏㄜˋ ㄖㄢˊ
1令人驚懼的樣子。2發怒的樣子。3盛大顯赫的樣子。

14【赫赫】 ㄏㄜˋ ㄏㄜˋ
1顯明盛大的樣子。2乾旱燥熱的樣子。

8【赫底徹】 ㄏㄜˋ ㄉㄧˇ ㄔㄜˋ
(Khadija, 555?～619)爲回教聖人‘穆罕默德’的第一任妻子。‘古萊什’(Koreish)部落‘胡外力’(Khuwailid)的獨生女。偏用‘穆’氏前已結婚兩次,爲一富孀;因見‘穆’氏器宇不凡,才能出眾,遂遣媒自薦爲妻。率先信奉回教,畢生支持並鼓勵‘穆’氏的宗教活動。所生女兒‘法提瑪’(Fatima),爲聖訓的傳人。

9【赫胥黎】 ㄏㄜˋ ㄒㄩ ㄌㄧˊ
(Thomas Henry Huxley, 1825～1895) ‘英國’科學家、哲學家。他在比較解剖學、古生物學和進化論的研究上,對十九世紀的生物學有很深的影響。爲‘達爾文’進化論的熱烈支持者。著有“人類在自然界的位置”(*Evidence as to Man's Place in Nature*)、“進化論與倫理”(*Evolution and Ethics*, ‘嚴復’譯爲“天演論”)等書。

赫胥黎像

12【赫斯特】 ㄏㄜˋ ㄙ ㄊㄜˋ
(William R. Hearst, 1863～1951) ‘美國’報業大王及政治領袖,創辦了‘美國’最大的報業聯鎖。生於‘舊金山’。西元1887年接下‘舊金山’“審查者報”(*Examiner*),改變出版方針,以社會新聞爲號召,銷路大增。1895年買下垂危的‘紐約’“晨報”(*Morning Journal*),改以誇張的報導、低廉的售價,與另一報業鉅子‘普立茲’

赫斯特像

(Joseph Pulitzer)競爭。後來不斷擴充其報業聯鎖,先後在'芝加哥'、'洛杉磯'、'波士頓'、'巴爾的摩'、'匹茲堡'、'底特律'、'密耳瓦基'(Milwaukee)、'亞特蘭大'和'西雅圖'等地買下報紙或創辦新報紙,也經營不少賺錢的雜誌,如"赫斯特國際"(*Hearst's International*)、"哈潑市場"(*Harper's Bazaar*),以及"好家庭"(*Good Housekeeping*)等。

13【赫瑟爾】 ㄏㄜˋ ㄙㄜˋ ㄦˇ
(William Herschel, 1738～1822)'英國'天文學家。他自製精密的望遠鏡觀察天象,於西元1781年發現了天王星,其後又發現天王星的二顆衛星及木星的二顆衛星,提出太陽的空間運動、雙星的物理關係、星雲的理論等。

14【赫爾姆霍斯】 ㄏㄜˋ ㄦˇ ㄇㄨˇ ㄏㄨㄛˋ ㄙ
(Hermann von Helmholtz, 1821～1894)'德國'科學家,十九世紀最偉大的科學家之一。精擅生理和物理。發明神經系生理和視察生理;在物理學上發明旋渦運動,對力學、電學和光學的貢獻最多。著有"音之感覺爲音樂之生理基礎"(*On the Sensations of Tone as a Physiological Basis for the Theory of Music*)和"生理光學手冊"(*Handbook of Physiological Optics*)等書。

19【赫-羅主列序圖】 ㄏㄜˋ ㄌㄨㄛˊ ㄓㄨˇ ㄌㄧㄝˋ ㄒㄩˋ ㄊㄨˊ
(Hertzsprung-Russel diagram)簡稱H-R圖或'赫''羅'圖。是表示恆星光譜型(或溫度)和亮度關係的坐標圖。由'丹麥'天文學家'赫茲普龍'(Ejnar Hertzsprung)和'美國'天文學家'羅素'(Henry Norris Russell)於西元1905～1913年間分別創製而成。圖中橫坐標代表星球的光譜型或表面的'攝'氏溫度,縱坐標代表其絕對星等。將恆星逐一列入,可發現大約百分之九十以上的恆星都集中在幾個明顯的區域內,其中在圖左上方到右下方的狹窄帶區,稱爲主列序。這種發現,對解釋恆星的形成和演化,極爲重要。

7【赫克紹-歐林定理】 ㄏㄜˋ ㄎㄜˋ ㄕㄠˋ ㄡ ㄌㄧㄣˊ ㄉㄧㄥˋ ㄌㄧˇ
(Heckscher-Ohlin theorem)由'瑞典'兩位經濟學者'赫克紹'(E. F. Heckscher)與'歐林'(B. Ohlin)所創立。其內涵爲:一國對於相對密集使用其要素稟賦相對豐富的產品,具有比較利益,應專業生產且出口此種產品,而進口相對密集使用其要素稟賦相對貧乏的產品。例如,勞動豐富的國家應專業生產且出口勞動密集財,而進口資本密集財;資本豐富的國家應專業生產且出口資本密集財,而進口勞動密集財。

【赫克紹-歐林模型】 ㄏㄜˋ ㄎㄜˋ ㄕㄠˋ ㄡ ㄌㄧㄣˊ ㄇㄛˊ ㄒㄧㄥˊ
(Heckscher-Ohlin model)由'瑞典'的兩位經濟學者'赫克紹'(E. F. Heckscher)與'歐林'(B. Ohlin)所建立。認爲兩國之所以會有國際貿易發生,是由於其要素稟賦的不同所致,故又稱爲要素稟賦理論。

14【赫爾賽獎勵薪資制】 ㄏㄜˋ ㄦˇ ㄙㄞˋ ㄐㄧㄤˇ ㄌㄧˋ ㄒㄧㄣ ㄗ ㄓˋ
(Halsey premium plan)凡員工完成工作之實用時間超過標準時間者,給予計時薪資的薪資;實用時間未達標準時間者,視其節省時間之多寡,給予數額不等的獎勵薪資。此制適用於完成工作的標準時間有所規定之工作。爲'赫爾賽'(Halsey)所設計,故名。

䞓 赬的本字。

8

赭 ㄓㄜˇ chê³ 音者
或作赭。①紅土。見"說文"。②紅色;赤褐色。如:赭衣。

9【赭紅】 ㄓㄜˇ ㄏㄨㄥˊ
紅褐色。

9

赮 ㄒㄧㄚˊ hsia² 音霞
朝霞。也作霞。見"玉篇"。

赬 ㄔㄥ ch'êng¹ 音撐
赤色。同䞓。見"廣韻"。

10

赯 ㄊㄤˊ t'ang² 音唐
紅色。俗通作棠。見"廣韻"。

14

𧹞 ㄖㄨˊ ju² 音儒
①火紅色。見"廣韻"。②褪色。見"集韻"。

走部

走 ㄗㄡˇ tsou³
①快步而行。如:循牆而走。②奔逃。如:棄甲曳兵而走。③前往。如:走訪。④離去。如:走開。⑤自稱的謙詞。⑥洩漏。如:走風。⑦運;運行。如:走筆。

4【走火】 ㄗㄡˇ ㄏㄨㄛˇ
①誤觸槍的扳機而射出槍彈。②電流發生短路,冒出火花。③佛家指修行者心涉貪、瞋、痴等雜念。

6【走色】 ㄗㄡˇ ㄙㄜˋ
色彩褪落。

7【走私】 ㄗㄡˇ ㄙ
指不遵守政府管制,或不納關稅的違法私運貨物。方式很多,有的用車船從邊境偷運,有的從港口、航空站夾帶闖關等。

8【走卒】 ㄗㄡˇ ㄗㄨˊ
爲人跑腿的隸卒、差役。

【走板】 ㄗㄡˇ ㄅㄢˇ
唱歌時不合節拍。
【走味】 ㄗㄡˇ ㄨㄟˋ
原味改變。
【走狗】 ㄗㄡˇ ㄍㄡˇ
①供人使喚驅遣的獵狗。②指受人豢養,專作壞事的人。③古代賽狗的遊戲。
11【走堂】 ㄗㄡˇ ㄊㄤˊ
北方稱在茶館、餐廳、酒樓服務的職工。南方叫跑堂。
13【走運】 ㄗㄡˇ ㄩㄣˋ
運氣正好的時候。
14【走漏】 ㄗㄡˇ ㄌㄡˋ
①洩漏。②走私漏稅的簡稱。
15【走樣】 ㄗㄡˇ ㄧㄤˋ
①改變了原來的形狀、模樣。②指行動越軌。
19【走獸】 ㄗㄡˇ ㄕㄡˋ
四腳走動的獸類。
3【走下坡】 ㄗㄡˇ ㄒㄧㄚˋ ㄆㄛ
比喻情況愈來愈糟。
4【走內線】 ㄗㄡˇ ㄋㄟˋ ㄒㄧㄢˋ
比喻巴結有權勢者的家人,以求富貴利達。
6【走江湖】 ㄗㄡˇ ㄐㄧㄤ ㄏㄨˊ
①隱居江湖之間。②四處奔走,賣藝求生。
10【走馬燈】 ㄗㄡˇ ㄇㄚˇ ㄉㄥ
①花燈的一種。多於節慶時點燃賞玩。係利用空氣冷熱對流的原理,驅動燈內飾物(通常為奔跑的馬),投影於燈罩上,使其旋轉不息。②比喻人生之勞碌奔波。
12【走著瞧】 ㄗㄡˇ ˙ㄓㄜ ㄑㄧㄠˊ
等候事情變化的結果。帶有憤激或威脅警告的意味。
4【走火入魔】 ㄗㄡˇ ㄏㄨㄛˇ ㄖㄨˋ ㄇㄛˊ
因過分沈溺於某種事情,而方法又不正確,以致身心受到傷害。為佛家的俗語。
7【走投無路】 ㄗㄡˇ ㄊㄡˊ ㄨˊ ㄌㄨˋ
無路可走;無處投靠。比喻身處絕境。
10【走馬看花】 ㄗㄡˇ ㄇㄚˇ ㄎㄢˋ ㄏㄨㄚ
比喻匆匆觀看,無暇細賞。

2

赴 ㄈㄨˋ *fu*⁴ 音付
①前往;為事情而奔走。如:赴湯蹈火。②告喪。同訃。如:赴告。
13【赴義】 ㄈㄨˋ ㄧˋ
①為正義而奮不顧身。②為正義而犧牲生命。
19【赴難】 ㄈㄨˋ ㄋㄢˋ
為解救國家危難而勇往直前。
12【赴湯蹈火】 ㄈㄨˋ ㄊㄤ ㄉㄠˋ ㄏㄨㄛˇ
比喻勇赴危難。

赳 ㄐㄧㄡ *chiu*¹ 音糾
①矯捷武勇。見"說文"。②材;才幹。見"廣雅·釋詁"。
9【赳赳】 ㄐㄧㄡ ㄐㄧㄡ
雄壯威武的樣子。俗作糾糾。
16【赳螑】 ㄐㄧㄡ ㄒㄧㄡˋ
龍蛇伸頸一低一仰的樣子。

3

赶 ㊀ㄑㄧㄢˊ *ch'ien*² 音前 又讀 ㄐㄩㄝˊ *chüeh*² 音決
獸類翹著尾巴奔跑。見"說文"。
㊁ㄍㄢˇ *kan*³ 音敢
追逐。今作趕。見"正字通"。

起 ㄑㄧˇ *ch'i*³ 音杞
①立;站立。如:站起。②興;舉。如:起義。③高漲;騰昇。如:起落。④出;突出。如:孤峰秀起。⑤開始。如:起步。⑥建築。如:起高樓。⑦提取。如:起貨。⑧量詞。次。如:車禍一起。
3【起士】 ㄑㄧˇ ㄕˋ
(cheese) 即乳酪的音譯。也譯作起酥。是從牛奶凝液裡提煉出的固體食物。
6【起因】 ㄑㄧˇ ㄧㄣ
原因。
【起色】 ㄑㄧˇ ㄙㄜˋ
本指病情好轉。後比喻情況好轉。
【起伏】 ㄑㄧˇ ㄈㄨˊ
①忽高忽低。②一起一落。比喻事物的盛衰、興廢或漲落。
7【起更】 ㄑㄧˇ ㄍㄥ
初更的開始。古代夜晚報時,將一夜分為五更,初更約從晚上七時開始。
【起身】 ㄑㄧˇ ㄕㄣ
①離開席位站起來。②動身;出發。
8【起居】 ㄑㄧˇ ㄐㄩ
日常生活。
9【起勁】 ㄑㄧˇ ㄐㄧㄣˋ
①賣力;努力。②高興。
【起飛】 ㄑㄧˇ ㄈㄟ
①飛機自地面升空。②比喻發展的速度極快。
10【起家】 ㄑㄧˇ ㄐㄧㄚ
①把人從家中徵召出來,授以官職。②立業興家。
【起訖】 ㄑㄧˇ ㄑㄧˋ
事物的開始與終結。
11【起眼】 ㄑㄧˇ ㄧㄢˇ
顯眼;吸引他人的目光。
12【起詞】 ㄑㄧˇ ㄘˊ
文法學名詞。即主語。凡敘事句中,表示動作起始點的詞,或有無句中,表示有無主體的詞,都稱起詞。如「我見青山多嫵媚」中的「我」、「心有靈犀一點通」中的「心」。
【起訴】 ㄑㄧˇ ㄙㄨˋ
向法院提起訴訟之簡稱。析言之,在民事訴訟,乃原告對於被告,請求法院就其主張之私法上權利或其他事項予以裁判之行為。在刑事訴訟,指檢察官經偵察終結提起公訴或被害人依法提起自訴,請求法院對被告為論罪科刑之行為。在行政訴訟,指人民因中央或地方機關之違法行政處分,認為損害其權利,經依訴願法提起再訴願而不服其決定,或提起再訴願逾三個月不為決定,或延長再訴願決定期間逾二個月不為決定而向行政法院提起訴訟,請求以判決撤銷或變更原行政處分之行爲。

【起程】 ㄑㄧˇ ㄔㄥˊ
出發。也作啟程。

13【起源】 ㄑㄧˇ ㄩㄢˊ
根源;開端。

【起義】 ㄑㄧˇ ㄧˋ
仗義舉兵。

【起落】 ㄑㄧˇ ㄌㄨㄛˋ
上升和下降。

【起解】 ㄑㄧˇ ㄐㄧㄝˋ
押送人員或物品上路。

15【起碼】 ㄑㄧˇ ㄇㄚˇ
最低的限度。

16【起鬨】 ㄑㄧˇ ㄏㄨㄥˋ
搗亂;湊熱鬧。也作起哄、起烘。

21【起霸】 ㄑㄧˇ ㄅㄚˋ
傳統戲劇中武將上場,作整理頭盔、扣好鈕甲等準備上陣的舞蹈動作。也作起壩。

8【起泡劑】 ㄑㄧˇ ㄆㄠˋ ㄐㄧˋ
(foaming agents) 使食品產生起泡作用的物質。包括蛋白和一些助泡劑,如植物性蛋白質、植物膠(如羧甲基纖維素)、單甘油脂乳化劑等。

13【起落架】 ㄑㄧˇ ㄌㄨㄛˋ ㄐㄧㄚˋ
(landing gear)飛機著陸或在航空母艦上停落時,用來支持整架飛機之裝置。可固定於飛機之下,亦可爲伸縮式。

17【起點孔】 ㄑㄧˇ ㄉㄧㄢˇ ㄎㄨㄥˇ
(initial hole) 線切割放電加工前,於工件上預先鑽孔,以供線電極穿過進行加工,此孔即稱起點孔。

6【起死回生】 ㄑㄧˇ ㄙˇ ㄏㄨㄟˊ ㄕㄥ
[1]使死人復生。(1)比喻恩德極大。(2)比喻醫術高妙。[2]比喻使衰敗的事物再獲生機。

8【起承轉合】 ㄑㄧˇ ㄔㄥˊ ㄓㄨㄢˇ ㄏㄜˊ
詩文結構的四個步驟。開端爲起,接續爲承,拓展爲轉,收束爲合。

【起岸價格】 ㄑㄧˇ ㄢˋ ㄐㄧㄚˋ ㄍㄜˊ
(cost insurance freight price; CIF price; CIF value)又稱運費、保險費在內價格。爲船上交貨價格加海上保險費及海洋運費而得。常作爲海關課徵進口稅的基礎。

【起始數元】 ㄑㄧˇ ㄕˇ ㄕㄨˋ ㄩㄢˊ
(start bit) 非同步資料通信中,表示資料開始的數元信號。

9【起飛階段】 ㄑㄧˇ ㄈㄟ ㄐㄧㄝ ㄉㄨㄢˋ
(takeoff stage) 爲由傳統社會進展到高度經濟發展的過程中,最重要的階段。依據'美國"羅斯托'(W. W. Rostow)的定義,經濟起飛是指一個低度開發國家,逐漸突破平均所得甚低的停滯困境,而產生使其人民的生活水準持續成長的動力。通常一個經濟的起飛,是由幾種領先產業帶動而起的。

10【起訖調查】 ㄑㄧˇ ㄑㄧˋ ㄉㄧㄠˋ ㄔㄚˊ
(origin and destination survey) 簡稱O-D調查。交通調查之一。調查研究區內居民旅次之起點與終點,以及旅次目的、旅次方式、旅次時間,以明瞭區內居民交通之特性。

13【起落地帶】 ㄑㄧˇ ㄌㄨㄛˋ ㄉㄧˋ ㄉㄞˋ
(landing strip) 機場供飛機起落的地帶。需經整平滾壓堅實,且排水性良好。其範圍包括跑道、道肩及跑道兩端之清除區;寬度在使用儀器飛行之跑道爲300公尺,在目視飛行之跑道爲150公尺。

15【起模斜度】 ㄑㄧˇ ㄇㄛˊ ㄒㄧㄝˊ ㄉㄨˋ
(draft) 鑄造作業中,爲方便脫拔模型且不破壞鑄模,可在垂直面附以斜度,此即起模斜度。

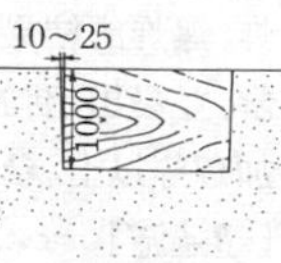

起模斜度圖

依鑄模材料的不同,其起模斜度亦有不同,一般是每1m爲10~25mm左右。

【起徵點法】 ㄑㄧˇ ㄓㄥ ㄉㄧㄢˇ ㄈㄚˇ
(initial exemption)即納稅人的所得如在規定的免稅額以下時,可以免納所得稅,但如超過免稅額時,即需按全部所得課稅。採用此法,高所得者不再享有免稅額的減除,較符免稅額設立的本旨。

赸 ㄕㄢˋ shan⁴ 音善
[1]跳躍。[2]散去。[3]譏刺。通訕。

5

超 ㄔㄠ ch'ao¹ 音抄
[1]躍登;越過。見"說文"。[2]高出;勝過。如:超群。[3]遙遠;高遠。如:超忽。[4]姓。'漢'有'超喜'。見"通志·氏族略五"。

2【超人】 ㄔㄠ ㄖㄣˊ
超越常人的強者。

3【超子】 ㄔㄠ ㄗˇ
(hyperon) 質量比核成子大的基本粒子。爲不穩定的粒子,發生衰變時其生成物中一定會有核成子發生,因此可視爲核成子的激發態(excited state)。

5【超生】 ㄔㄠ ㄕㄥ
藉著修行有成者誦持經咒的力量,使已死而墮入地獄、餓鬼、畜生等惡道眾生,或剛死亡而尚未決定投生處所眾生,超脫、投生到善道,稱爲超生。

7【超我】 ㄔㄠ ㄨㄛˇ
(superego)'奧地利'心理學家'弗洛依德'分析人格結構所提出的概念之一。係個體內化倫理道德、社會規範所形成之理想人格部分。行爲動機受良心、自我理想等指導,使人格朝向至善境界發展。

8【超拔】 ㄔㄠ ㄅㄚˊ
[1]出眾;傑出。[2]指升天。

9【超度】 ㄔㄠ ㄉㄨˋ
[1]超越;越過。[2]佛家語。即超渡、超薦。指爲死者誦經咒,以佛力攝受亡靈消前世罪業,得以解脫沈淪三惡道之苦。此種儀式出處,是根源於"佛說盂蘭盆經"'目連'救母的故事。日後浸漸日久,隨衍爲

替任何亡者超渡。同時道教及我國民間信仰，亦兼採用於對死者的薦亡。參盂蘭盆會。

10【超高】 ㄔㄠ ㄍㄠ
(superelevation)道路彎曲處，路面的傾斜稱爲超高。其設置目的在使車輛得以高速繞過一彎道而不致有側滑或翻覆的危險。而設置重點乃使車輛之重量和離心力的合力通過該車的垂直對稱面，且由平均車速決定，與曲線道之半徑有關，但與車輛大小和重量無關。

【超格】 ㄔㄠ ㄍㄜˊ
超越常規。

【超倫】 ㄔㄠ ㄌㄨㄣˊ
勝過常人。

11【超脫】 ㄔㄠ ㄊㄨㄛ
超凡脫俗。

12【超越】 ㄔㄠ ㄩㄝˋ
1勝過。2渡過。3 (transcendent) 與內在相對。⑴指認識的對象超越獨立於認識者之外，而非存在於認識者之中。例如：自然界的狀態雖爲人類認識的對象，但卻無須人類加以認識，即能獨立存在。⑵指人的認識領域可以超越感官經驗之外。例如：兩個事件之間的因果關係雖然是人類所能認識的，但卻超出感官經驗的範圍之外。感官只能感覺到事件，至於事件之間的因果關係，則非視、聽、味、嗅、觸等五官所能感覺到的。⑶指神存在於其所創造的世界之外。

【超然】 ㄔㄠ ㄖㄢˊ
1超脫世俗，無所繫屬的樣子。2惆悵的樣子。同悵然。3指立場特出，態度公正客觀。

【超絕】 ㄔㄠ ㄐㄩㄝˊ
超越眾人。

13【超群】 ㄔㄠ ㄑㄩㄣˊ
勝過眾人。

3【超三碼】 ㄔㄠ ㄙㄢ ㄇㄚˇ
(excess-three code) 一種二元十進位數字編碼。其編碼之方式爲：每一個十進位數字 n (0~9) 皆以(n+3)之二進位等值數表示，故稱爲超三碼。如超三碼中以0011表示 0，以0110表示 3。

6【超自然】 ㄔㄠ ㄗˋ ㄖㄢˊ
(supernatural) 超乎此一現實世界與人生之外的存在，不能用科學加以證實，也不能全用理性加以說明。如上帝。

9【超音波】 ㄔㄠ ㄧㄣ ㄅㄛ
(ultrasonic) 又稱超聲波。聲波是縱向機械波，產生縱向機械波的頻率範圍甚大，聲波只限於能刺激人耳引起聽覺的成聲範圍約20週/秒至 20,000週/秒。頻率高於成聲範圍的縱向機械波，稱超聲波。

【超音速】 ㄔㄠ ㄧㄣ ㄙㄨˋ
(supersonic) 飛行物速度超過音速時即稱爲超音速。在海平面音速約爲 1,220 公里/小時。由於高空之空氣較稀薄，音速較小。當飛行物之速度接近音速時，由於擠壓前面的聲波而產生聲障，當其超過音速時，會因衝過聲障而產生聲爆。

10【超高頻】 ㄔㄠ ㄍㄠ ㄆㄧㄣˊ
(ultrahigh frequency; UHF) 指 300MHz~3GHz 頻率範圍之電磁波，波長 1m~0.1m。通常用於通信，如對講機及電視之廣播。

13【超新星】 ㄔㄠ ㄒㄧㄣ ㄒㄧㄥ
(super nova) 爆發變星的一種。恆星演化至晚期，星體會發生爆炸，爆炸的結果會導致星體的瓦解，並發出超強的亮光。亮度會增加17等以上。參新星2。

【超過濾】 ㄔㄠ ㄍㄨㄛˋ ㄌㄩˋ
(ultrafiltration) 利用薄膜分離溶質的方法。選用適宜的薄膜孔隙，將溶液中之溶質依據其分子的大小加以分離。

16【超導體】 ㄔㄠ ㄉㄠˇ ㄊㄧˇ
(super conductor) 許多金屬、合金、金屬化合物、半導體等，當溫度降低到某一溫度 T_c 以下時，會呈完全無電阻狀態，且若將之置於磁場中，其內部完全無磁場存在(第一類超導體)或僅局部性的存在有量子化的磁通量(第二類超導體)。我們稱在此狀態之物體爲超導體。T_c 爲超導化溫度，隨物質的種類而不同，並隨外加磁場的增強而降低，一般超導體之超導化溫度均很低，約在 21°K (−252°C) 以下。多年來科學家致力於研究找尋超導化溫度高的物質。'華'裔科學家'朱經武'首先研究出釔鋇銅氧化物，其T_c爲98°K，是一項突破。超導體現已應用於電腦科技及產生強磁場上，未來可能應用於電力傳輸及磁浮火車的設計，此項應用如能成功，對人類未來的科技文明有決定性的影響。

3【超凡入聖】 ㄔㄠ ㄈㄢˊ ㄖㄨˋ ㄕㄥˋ
1指修習佛道已入四果以上，而達到解脫生死煩惱的境域。2指修養或造詣，超越常人，達到登峰造極的境界。

9【超前負載】 ㄔㄠ ㄑㄧㄢˊ ㄈㄨˋ ㄗㄞˋ
(leading load) 主要爲電容性的負載，其電流較電壓領先一角度。若爲純電容則此一領先角度爲90°。

【超前電流】 ㄔㄠ ㄑㄧㄢˊ ㄉㄧㄢˋ ㄌㄧㄡˊ
(leading current) 在電容性網路裡流動的電流。它比電壓早到達最大值。

10【超迷你裙】 ㄔㄠ ㄇㄧˊ ㄋㄧˇ ㄑㄩㄣˊ
(micro-mini skirt) 比西元1965年時流行的膝上15~20公分長的迷你裙更短，而裙緣僅覆及大腿上端的裙類；最初在1960年代末相當風行。

【超級市場】 ㄔㄠ ㄐㄧˊ ㄕˋ ㄔㄤˇ
(supermarket) 又稱自助商店。爲二十世紀初在'美國'興起的一種大規模零售商組織,現已普及於世界各國大小城市。其特色爲將各種食品及日用品分門別類,陳列於貨架上,任顧客自由選取所需商品,再於出口處由管理員包裝、計算價格。有時商店還提供服務,將所購商品送到顧客汽車上。其優點爲管理人員少,可節省開支;大量進貨,成本降低,售價較廉;且設備簡單不需大量資本,加上開架式陳列貨品不僅便利選購,也足以刺激購買動機。缺點爲管理人員少,服務較差,也較易失竊。

【超級強國】 ㄔㄠ ㄐㄧˊ ㄑㄧㄤˊ ㄍㄨㄛˊ
國勢遠超過他國的國家。指‘美’、‘蘇’兩國而言。

【超級電腦】 ㄔㄠ ㄐㄧˊ ㄉㄧㄢˋ ㄋㄠˇ
(super computer) 指計算處理能力極高的電腦。主要特徵爲:應用平行處理或管線處理之技術,具有極大之儲存容量與極快之運算速度;具有向量處理能力等。超級電腦主要應用於需要龐大計算量之科學工程等方面之研究與模擬分析,如流體力學分析、氣象資料分析、核能與物理研究等。

12【超軼絕塵】 ㄔㄠ ㄧˋ ㄐㄩㄝˊ ㄔㄣˊ
本指駿馬疾馳若飛,超越眾馬。比喻才能卓越,出類拔萃。

【超越函數】 ㄔㄠ ㄩㄝˋ ㄏㄢˊ ㄕㄨˋ
(transcendental function)不屬於代數函數的函數,稱爲超越函數。例如三角函數 sin、反三角函數 sin^{-1}、指數函數 $y=a^x$、對數函數 log 等均是。

【超然不群】 ㄔㄠ ㄖㄢˊ ㄅㄨˋ ㄑㄩㄣˊ
行爲或見識卓越高超,不受眾人影響。

【超然物外】 ㄔㄠ ㄖㄢˊ ㄨˋ ㄨㄞˋ
指胸襟淡泊曠達,不被物慾引誘。

13【超群絕倫】 ㄔㄠ ㄑㄩㄣˊ ㄐㄩㄝˊ ㄌㄨㄣˊ
卓越不凡,高出眾人。

【超感知覺】 ㄔㄠ ㄍㄢˇ ㄓ ㄐㄩㄝˊ
(extrasensory perception; ESP)個體之感覺器官尚未直接觸及刺激,即有所覺知的現象。

【超過保險】 ㄔㄠ ㄍㄨㄛˋ ㄅㄠˇ ㄒㄧㄢˇ
(over insurance)保險契約中約定的保險金額,超過保險價額的保險。超過保險出於惡意者,當事人得據以爲解除契約,並對損失有賠償請求權。如出於善意所致者,則其超過部分無效;無效部分的保險費,在保險事故未發生以前,要保人得要求返還。

【超鈾元素】 ㄔㄠ ㄧㄡˇ ㄩㄢˊ ㄙㄨˋ
(transuranium) 原子序大於鈾(92)的元素,都不是天然存在,而是由原子爐中的核反應所生成的人造放射性元素,稱爲超鈾元素。

14【超塵絕俗】 ㄔㄠ ㄔㄣˊ ㄐㄩㄝˊ ㄙㄨˊ
超越凡俗,無人可比。

18【超額利潤】 ㄔㄠ ㄜˊ ㄌㄧˋ ㄖㄨㄣˋ
(superior earnings) 企業的投資報酬率超過同業的一般水準,其超過的部分稱爲超額利潤。爲有商譽存在的證明。

【超額保險】 ㄔㄠ ㄜˊ ㄅㄠˇ ㄒㄧㄢˇ
(excess insurance) 由要保人或被保險人評估保險標的的最大預期損失,以及本身的承擔能力,以其超額購買的保險。

【超額準備】 ㄔㄠ ㄜˊ ㄓㄨㄣˇ ㄅㄟˋ
(excess reserves)凡銀行所持有的庫存現金及存放央行等實有存款準備金,超過或不足於法定應提的存款準備金時,即產生超額準備。超過者稱爲正的超額準備;不足者稱爲負的超額準備;一般所謂超額準備,泛指前者而言。

9【超音波加工】 ㄔㄠ ㄧㄣ ㄅㄛ ㄐㄧㄚ ㄍㄨㄥ
(ultrasonic machining)藉超音波振動的動能做加工的方法。可用於硬脆材料之開孔、切斷、雕刻等加工。

【超音波洗淨】 ㄔㄠ ㄧㄣ ㄅㄛ ㄒㄧˇ ㄐㄧㄥˋ
(ultrasonic cleaning)利用超音波能,將毛刷難以洗淨之複雜形狀或凹部多的製品,如小零件、鐘錶、軸承、精密零件等之汙物去除的一種洗淨方法。

【超音波檢查】 ㄔㄠ ㄧㄣ ㄅㄛ ㄐㄧㄢˇ ㄔㄚˊ
(sonography) 利用頻率超過二萬赫的音波對人體器官作掃描,由反射回來的音波強弱作成圖形,據以判定身體各構造及病變的方法。目前超音波掃描檢查使用最多的器官有心臟、肝臟、胰臟、腎臟、脾臟、睪丸、卵巢、子宮、血管系統及後腹腔。骨骼系統及腦部、肺臟、胃腸道因密度太高或充滿空氣而不適用超音波檢查。

【超音波檢驗】 ㄔㄠ ㄧㄣ ㄅㄛ ㄐㄧㄢˇ ㄧㄢˋ
(ultrasonics inspection)即使用極高頻率(20,000赫以上)的音波來檢驗品質。主要用於材料的非破壞性測試。其原理是利用聲音相位監督法分析由物體表面反射的音波。當音波由聲源向物體傳遞,若物體爲均質,則反射回來的音訊圖案是一致的。在檢驗作業中,電腦程式分析物件的音訊圖案,並與物件標準的波譜比較。

11【超現實主義】 ㄔㄠ ㄒㄧㄢˋ ㄕˊ ㄓㄨˇ ㄧˋ
(surrealism) 西元1924年由詩人‘布荷東’(Andre Breton)所宣言之文學與藝術的運動。它繼承了達達對傳統藝術與生活的反抗性,但跟達達不同的是它建立了自己牢固的理論。猶如‘布荷東’所說:「超現實主義是純粹心理的自動性敘述(pure psychic automatism)。」它藉自動性敘述和夢,來探討平常我們很不易接近的潛意識境界,如此就能得到合理世界不容易看到的幻想意境。由此可知,是受到'佛洛伊德'的精神分析學的影響。他們所開發的許多表現技法,如並置法(juxtaposition)、擦印法(frottage)、轉寫法(decalcomania)等,廣爲後代畫家所應用。代表畫家有'恩斯特'(Ernst)、'米羅'(Miro)、'湯吉'(Tanguy)、'達利'(Dali)、'曼瑞'(Man Ray)等。

12**【超幾何分布】** ㄔㄠ ㄐㄧˇ ㄏㄜˊ ㄈㄣ ㄅㄨˋ

(hypergeometric distribution) 對三個自然數N、k、n,設$N \geq k$且$N \geq n$,若隨機變數X取值爲整數x之機率爲${}_kC_x \cdot {}_{N-k}C_{n-x}/{}_NC_n$($0 \leq x \leq k$和$n$),則$X$之分布爲超幾何分布。

13**【超載保護器】** ㄔㄠ ㄗㄞˋ ㄅㄠˇ ㄏㄨˋ ㄑㄧˋ

(overvoltage protector)當電壓超過某一定值時,可使負載與電路分離的設備。

【超載繼電器】 ㄔㄠ ㄗㄞˋ ㄐㄧˋ ㄉㄧㄢˋ ㄑㄧˋ

(overload relay) 當線圈電流超過某一預定值時才工作的繼電器。

15**【超寫實主義】** ㄔㄠ ㄒㄧㄝˇ ㄕˊ ㄓㄨˇ ㄧˋ

(super realism) 西元1970年代盛行於'歐''美'的一種理性而描繪特別細膩的繪畫運動。畫家往往利用照片而將之描繪放大,所以又稱爲照相寫實主義(photo realism);又它比以往的寫實主義繪畫來得更寫實而精細,所以有人又稱之爲超級寫實主義(hyper realism)。

17**【超壓繼電器】** ㄔㄠ ㄧㄚ ㄐㄧˋ ㄉㄧㄢˋ ㄑㄧˋ

(overvoltage relay) 當線圈電壓超過某一定值時才開始工作的繼電器。

18**【超額再保險】** ㄔㄠ ㄜˊ ㄗㄞˋ ㄅㄠˇ ㄒㄧㄢˇ

(excess reinsurance) 原保公司對任何一次損失金額,在超過約定金額時,由再保公司按約定責任額對超過部分損失金額負責的再保險。超額再保險與合約再保險的主要區別,在於前者不以保險金額而以損失金額作爲原保公司與再保公司分擔責任的基礎。且其分擔責任並無一定的比例,而以超過一定損失金額爲準,故又稱非比例再保險(nonproportional reinsurance)。超額再保險契約,主要可分爲超額損失再保險、累積超額損失再保險、超率損失再保險、平均超額損失再保險、傘形超額損失再保險及卡本特超額損失再保險等數種。

10**【超高溫滅菌法】** ㄔㄠ ㄍㄠ ㄨㄣ ㄇㄧㄝˋ ㄐㄩㄣˋ ㄈㄚˇ

(ultra-high-temperature sterilization) 簡稱UHT滅菌法。利用蒸汽之熱交換將流體食物快速加熱至130°C以上,並維持1至2秒的殺菌法。配合無菌包裝,可延長食物的貯藏期限。

11**【超習俗道德觀】** ㄔㄠ ㄒㄧˊ ㄙㄨˊ ㄉㄠˋ ㄉㄜˊ ㄍㄨㄢ

(postconventional morality) '美國'心理學家'柯爾柏'(Kohlberg)道德發展論的第三階段。十六歲以上之個體,其道德觀初以社會契約和法律爲準則,後則以良知所決定之普遍道德原則爲依歸。

3**【超大型積體電路】** ㄔㄠ ㄉㄚˋ ㄒㄧㄥˊ ㄐㄧ ㄊㄧˇ ㄉㄧㄢˋ ㄌㄨˋ

(very large scale integration; VLSI)在晶片上製作數千個或更多之邏輯閘,或數以萬計之電子元件的積體電路。

5**【超外差式接收機】** ㄔㄠ ㄨㄞˋ ㄔㄚ ㄕˋ ㄐㄧㄝ ㄕㄡ ㄐㄧ

(superheterodyne receiver) 接收機的天線所接收到的信號爲高頻載波,利用混波以變成頻率較低的中頻,再加以放大、檢波的方式,稱爲超外差式。利用此種方式工作的接收機稱爲超外差式接收機。

越 ㄩㄝˋ *yüeh*^{4} 音月

[1]度過;經過。如:翻山越嶺。[2]超出。如:越軌。[3]更加。如:越來越好。[4]悠揚。如:清越。[5]墜落。[6]古代族名。或作'粵'。因部落眾多,又有'百越'之稱。參百越。[7]'春秋'末期'長江'下游的重要諸侯國。'夏''少康'封其庶子於'越',治'會稽'(今'浙江''紹興')。至'句踐',滅'吳'而併有其地,據今'江蘇'、'浙江'及'山東'南部。'句踐'死後,國勢逐衰,爲'楚'所滅。[8]姓。'南北朝'有'越質'。見"萬姓統譜·一一六"。

6**【越次】** ㄩㄝˋ ㄘˋ

超越正規的次序。

9**【越軌】** ㄩㄝˋ ㄍㄨㄟˇ

[1]車輛超出軌道。[2]行爲踰越禮法。

【越南】 ㄩㄝˋ ㄋㄢˊ

(Vietnam) 位於'中南半島'東部的國家。舊稱'安南'(Annam)。面積33.1萬方公里,人口8,354.0萬(2005年)。'安南山脈'(Annam Mts.)縱貫南北。北部'紅河三角洲'盛產稻米,首都'河內'(Hanoi)位三角洲頂點,以'海防'(Haiphong)爲外港。南部'湄公河三角洲'稻產豐富,'西貢'爲最大商港。中部沿海平原狹小而不連續,'順化'(Hue)爲古都,'峴港'(Da Nang)爲軍、商良港。主要輸出爲米、煤、木材。

【越限】 ㄩㄝˋ ㄒㄧㄢˋ

超過限度或界限。

【越界】 ㄩㄝˋ ㄐㄧㄝˋ

超出界限或國境。

10**【越級】** ㄩㄝˋ ㄐㄧˊ

超越正規的等級。

12**【越期】** ㄩㄝˋ ㄑㄧˊ

超過期限。

14【越境】 ㄩㄝˋ ㄐㄧㄥˋ
超越國界。

【越獄】 ㄩㄝˋ ㄩˋ
囚犯從監獄中脫逃。

15【越劇】 ㄩㄝˋ ㄐㄩˋ
戲曲劇種。流行於‘浙江’、‘上海’及其他地區。盛行於‘清’末‘民國’間，本是‘浙江’‘嵊縣’一帶的山歌小調，後來吸收‘餘姚’灘簧和‘紹’劇等劇種的劇目、曲調、表演藝術而形成，當時稱爲小歌班或的篤班。‘民國’以後流行至‘上海’，逐步豐富曲調，擴大劇目，加上二胡、三弦等樂器伴奏，改名‘紹興’文戲。著名演員有‘袁雪芬’、‘范瑞娟’、‘傅全香’、‘徐玉蘭’。著名劇目有“梁山伯與祝英臺”、“紅樓夢”、“西廂記”等。

16【越戰】 ㄩㄝˋ ㄓㄢˋ
自西元1954年“日內瓦協定”，將‘越南’劃分爲‘南’、‘北越’後，‘北越’即支持潛在‘南越’的共黨發展勢力，1963年‘南越’政變，總統‘吳廷琰’被殺，‘美國’改支持‘阮文紹’，並派大軍到‘南越’與共黨作戰，兵額高達58萬人，年耗戰費300億‘美’金，奈因‘阮’政權無能，‘美國’支持乏力，1974年首都‘西貢’終爲共軍占領，‘南越’從此淪入‘越共’手中。

18【越巂】 ㄩㄝˋ ㄙㄨㄟˊ
①郡名。‘漢武帝’置。‘南朝’‘梁’改州。‘隋’改爲‘越巂郡’，‘唐’又改爲‘巂州’，至‘宋’則爲‘大理’所有。在今‘西康省’東南境，故治即今‘西昌縣’。②舊縣名。即‘巂唐縣’。在今‘雲南省’‘雲龍縣’南。③縣名。屬‘西康省’。④山名。在今‘西康省’東境‘越巂縣’西南，爲‘巂水’的發源地。

22【越權】 ㄩㄝˋ ㄑㄩㄢˊ
超出本分職權的範圍。

5【越冬池】 ㄩㄝˋ ㄉㄨㄥ ㄔˊ
爲保護對低溫抵抗力薄弱的魚類，常在冬季來臨前，在魚塭北側近外水路注、排水方便的地方，挖深約2公尺的深水溝，上面搭建防風柵，以供魚類越冬避寒，稱爲越冬池。

6【越州窯】 ㄩㄝˋ ㄓㄡ ㄧㄠˊ
廣義的‘越州窯’，指以‘浙江省’北部爲中心的古‘越’地，於‘漢’、六朝、‘唐代’所燒製的青瓷製品。狹義的‘越州窯’則指‘唐’‘陸羽’“茶經·中”所載，以及‘唐’末五代‘吳越’‘錢’氏於‘浙江省’‘餘姚’所燒製的青瓷製品。相傳‘錢’氏所燒製的作品臣庶不得用，故又稱祕色瓷器。

12【越絕書】 ㄩㄝˋ ㄐㄩㄝˊ ㄕㄨ
‘漢’‘袁康’撰，十五卷。記‘春秋’‘越國’的史事，與“吳越春秋”相出入，而文章更加精博偉麗。

4【越犬吠雪】 ㄩㄝˋ ㄑㄩㄢˇ ㄈㄟˋ ㄒㄩㄝˇ
比喻少見多怪。

9【越俎代庖】 ㄩㄝˋ ㄗㄨˇ ㄉㄞˋ ㄆㄠˊ
尸祝超越掌管樽俎祭祀的職責，而代替庖人工作。比喻超越自己的職權，替代他人工作。

11【越野賽跑】 ㄩㄝˋ ㄧㄝˇ ㄙㄞˋ ㄆㄠˇ
在郊外、田野或公路上舉行的賽跑項目。此項比賽適於秋冬季節舉行，比賽的路線應避免難跑的障礙，如深坑、危險的上下坡和密林等。

趄 ㊀ ㄐㄩ chü^1 音居
腳步歪斜的樣子。
㊁ ㄑㄧㄝˋ ch'ieh^4 音妾
歪斜。

趂 趁的或體。

趋 趨的俗體。

趀 ㄘ tz'ŭ^1 音疵
倉卒；匆忙。見“說文”。

趁 ㄔㄣˋ ch'ên^4 音櫬
①追隨；追逐。見“字彙”。②趕往；趨赴。③乘著；藉著。如：趁勢。④尋求；賺取。如：趁錢用。⑤適合；相稱。如：趁心。

13【趁勢】 ㄔㄣˋ ㄕˋ
①乘機。②順應事物發展的趨勢。

4【趁火打劫】 ㄔㄣˋ ㄏㄨㄛˇ ㄉㄚˇ ㄐㄧㄝˊ
比喻乘人危難時從中取利。

9【趁風揚帆】 ㄔㄣˋ ㄈㄥ ㄧㄤˊ ㄈㄢ
比喻把握機會，順應時勢去做該做的事。

6

趑 ㄗ tzŭ^1 音資
參趑趄。

12【趑趄】 ㄗ ㄐㄩ
徘徊不進的樣子。

趌 ㄑㄧˋ ch'i^4 音迄 又讀 ㄐㄧˊ chi^2 音吉
參趌趨。

16【趌趨】 ㄑㄧˋ ㄐㄧㄝˊ
怒走；昂首直行。

⿺走共 ㄏㄨㄥ hung^1 音烘
驅逐。通作轟。

趔 ㄌㄧㄝˋ lieh^4 音列
參趔趄。

12【趔趄】 ㄌㄧㄝˋ ·ㄐㄩ
腳步歪斜不穩的樣子。

趎 ㄔㄨˊ ch'u^2 音除 又讀 ㄔㄨ ch'u^1 音初
人名用字。“莊子”有‘南榮趎’。

趓 ㄉㄨㄛˇ to^3, tuo^3 音朵
躲避。也作躲。

趏 ㊀ ㄍㄨㄚ kua^1 音刮
走動的樣子。見“廣韻”。
㊁ ㄏㄨㄛˊ ho^2, huo^2 音活
瑟底的小孔。也作越。見“集韻”。

趍 ㊀ ㄔˊ ch'ih^2 音馳
走；奔。見“字彙”。
㊁ ㄑㄩ ch'ü^1 音趨
趨的俗體。

7

趙 ㄓㄠˋ chao^4 音兆
①趨走。見“字彙”。②‘戰國’七雄之一。‘周穆王’封‘造父’於‘趙城’（今‘山西’‘趙城’），其後世與‘韓’、‘魏’、‘范’、‘知’、‘中行’並爲‘晉’六卿。‘周威烈王’二十三年（前

403)與'韓'、'魏'瓜分'晉國'。至'趙武靈王'時，提倡尚武精神，北略胡地，大拓疆土。西元前 222 年爲'秦'所滅。③姓。'春秋''晉'有'趙衰'。見"萬姓統譜・八二"。

7【趙岐】　ㄓㄠˋ　ㄑㄧˊ
(?～201) '東漢''長陵'(今'陝西''咸陽'東北)人，原名'嘉'，字'臺卿'。少明經，有才藝。因得罪中常侍，家屬宗親皆被殺害，乃更名'岐'，字'邠卿'，賣餅'北海'市中。'獻帝'時，官至太常。著有"孟子章句"、"三輔決錄"。

10【趙高】　ㄓㄠˋ　ㄍㄠ
(?～前207) '秦始皇'的宦官。'始皇'死後，和丞相'李斯'假造命令殺太子'扶蘇'，立'胡亥'爲二世皇帝；不久又殺'李斯'和'二世'，立'子嬰'。後爲'子嬰'所殺。

12【趙雲】　ㄓㄠˋ　ㄩㄣˊ
(?～229) 三國'眞定'(今'河北''正定')人，字'子龍'。忠勇善戰，曾救護'劉備'妻兒，官至翊軍將軍，'劉備'稱讚他⌊一身都是膽⌉。

4【趙元任】　ㄓㄠˋ　ㄩㄢˊ　ㄖㄣˋ
(1892～1982) '江蘇'人，生於'天津'。'美國''哈佛大學'哲學博士，曾任'清華大學'教授、'中央研究院'院士、'美國''加州大學'教授，對我國現代語言學、語音學的研究，貢獻甚大。著有"廣西傜族記音"、"中國話的文法"等多種。

趙元任像

5【趙玄壇】　ㄓㄠˋ　ㄒㄩㄢˊ　ㄊㄢˊ
亦稱'趙公元師'。道教所奉的武財神。相傳姓'趙'名'公明'，'秦'時得道於'終南山'。謂'張陵'修煉仙丹，奏請守護神，'玉皇'遣之，授'正一玄壇元帥'。其神像黑面濃鬚，頭戴鐵冠，手執鐵鞭，身跨黑虎，故又稱'黑虎玄壇'。民間常在除夕或元旦，祭拜財神，或抬'趙玄壇'神像，到人家門口送財神、接財神，以求取吉利。

8【趙孟頫】　ㄓㄠˋ　ㄇㄥˋ　ㄈㄨˇ
(1254～1322)'元''湖州'(今'浙江''吳興')人，字'子昂'，號'松雪道人'。本爲'宋'宗室，入'元'後，官翰林學士承旨。工書法，行書及小楷圓潤遒麗，世稱'趙'體。畫入逸品，詩文亦佳。著有"松雪齋詩集"等書。

9【趙飛燕】　ㄓㄠˋ　ㄈㄟ　ㄧㄢˋ
'漢''咸陽侯''趙臨'之女，幼學歌舞，以體輕如燕，故號'飛燕'。後'成帝'立之爲后，與妹'昭儀'擅寵十餘年。'哀帝'時，尊爲皇太后。'平帝'時，廢爲平民，遂自殺。

11【趙執信】　ㄓㄠˋ　ㄓˊ　ㄒㄧㄣˋ
(1662～1744)'清''益都'(今'山東''益都')人，字'伸符'，號'秋谷'，晚號'飴山老人'。'康熙'進士，官至左贊善，因國忌日宴樂而罷官。詩名很盛，作詩主張直寫眞性情。著有"聲調譜"、"飴山堂集"。

【趙崇祚】　ㄓㄠˋ　ㄔㄨㄥˊ　ㄗㄨㄛˋ
'後蜀'人，字'宏基'。事'孟昶'爲衛尉少卿。編有"花間集"，共收晚'唐'、五代詞十八家、五百首。

4【趙氏孤兒】　ㄓㄠˋ　ㄕˋ　ㄍㄨ　ㄦˊ
劇曲名。'元''紀君祥'撰。一本五折('元'刊本作四折)，演'晉國'權臣'屠岸賈'謀害'趙盾'全家，以及'公孫杵臼'、'程嬰'捨命救'趙'氏遺孤的故事。國劇"八義圖"、"搜孤救孤"即本於此。

趕
ㄍㄢˇ　*kan*³　音敢
①追逐；驅逐。如：趕走。②急赴；奔往。如：趕路。③輾壓。通擀。如：趕麵。

12【趕場】　ㄍㄢˇ　ㄔㄤˇ
①指演藝人員在短時間中趕往數地登臺表演。②形容工作忙碌，必須同時處理多項事務。

【趕集】　ㄍㄢˇ　ㄐㄧˊ
鄉村或偏遠地區，沒有常設的商場，通常由附近的居民約定時間和地點，集中交易，稱爲趕集，又稱趁墟。

14【趕盡殺絕】　ㄍㄢˇ　ㄐㄧㄣˋ　ㄕㄚ　ㄐㄩㄝˊ
全部驅走斬殺。比喻心狠手辣，不留餘地。

趖
ㄙㄨㄛ　*so*¹, *suo*¹　音娑
①行走。見"說文"。②日西落。

8

趣
㈠ ㄑㄩˋ　*ch'ü*⁴　音去
①趨向；歸向。如：旨趣。②興味。如：興趣。
㈡ ㄘㄨˋ　*ts'u*⁴　音促
通促。①催促。②急速。

6【趣旨】　ㄑㄩˋ　ㄓˇ
意旨。

8【趣味】　ㄑㄩˋ　ㄨㄟˋ
情趣意味。

14【趣聞】　ㄑㄩˋ　ㄨㄣˊ
有趣的傳聞。

趟
㈠ ㄔㄥˊ　*ch'êng*²　音程
跳躍。見"集韻"。
㈡ ㄊㄤˋ　*t'ang*⁴　音燙
量詞。走一次稱一趟。

3【趟子】　ㄊㄤˋ　・ㄗ
指在一定行程內，往返載運旅客或貨物。

趠
ㄔㄠˋ　*ch'ao*⁴
①遠行。見"說文"。②跳躍。如：騰趠。

趜
ㄐㄩˊ　*chü*²　音菊
①窮困。見"說文"。②身體不能伸直。見'玄應'"一切經音義"。

⿺走周
㈠ ㄓㄠ　*chao*¹　音昭
參⿺走周趟。
㈡ ㄓㄠˋ　*chao*⁴　音罩
行走不正。見"集韻"。

15【⿺走周趟】　ㄓㄠ　ㄔㄥˊ
跳躍的樣子。

趡
ㄘㄨㄟˇ　*ts'ui*³　音璀
奔走。見"玄篇"。

9

趥 ㄑㄧㄡ ch'iu¹ 音秋 又讀 ㄗㄨㄥˋ tsung⁴ 音糉
1走路的樣子。見"說文"。2步行。見"集韻"。3踢;踏。見"字彙"。

趦 趑的俗體。

趧 ㄊㄧˊ t'i² 音題 又讀 ㄉㄧ ti¹ 音低
參趧婁。

11【趧婁】 ㄊㄧˊ ㄌㄡˇ
我國古代邊疆少數民族的舞樂。也作鞮鞻。

⿺走曷 ㄐㄧㄝˊ chieh² 音節
參趌⿺走曷。

10

趨 ㊀ ㄑㄩ ch'ü¹ 音驅
1疾走;奔赴。如:趨拜。2歸向;依附。如:趨之若鶩。
㊁ ㄘㄨˋ ts'u⁴ 音促
通促。1催促。2急促。

6【趨向】 ㄑㄩ ㄒㄧㄤˋ
1走向某一目標。2趨勢傾向。3趨附奉承。

8【趨性】 ㄑㄩ ㄒㄧㄥˋ
(taxis)動物受光、溫度、溼度、地心引力或化學物質等刺激,會產生運動或位置改變等反應,這類反應稱爲趨性。例如果蠅向光飛翔,屬正趨光性;蚯蚓背光運動,稱負趨光性。

【趨附】 ㄑㄩ ㄈㄨˋ
即趨炎附勢。

10【趨庭】 ㄑㄩ ㄊㄧㄥˊ
子承父教。'孔子'曾獨立庭中,其子'孔鯉'疾趨而過,親聞'孔子'「不學詩無以言」、「不學禮無以立」的教誨。見"論語·季氏"。

【趨時】 ㄑㄩ ㄕˊ
1隨時勢移轉;隨機應變。2指追求時尚。

13【趨勢】 ㄑㄩ ㄕˋ
1事物發展的傾向。2巴結有權勢的人。

16【趨謁】 ㄑㄩ ㄧㄝˋ
前往拜見。

4【趨之若鶩】 ㄑㄩ ㄓ ㄖㄨㄛˋ ㄨˋ
比喻趨附的人眾多而急切。

6【趨吉避凶】 ㄑㄩ ㄐㄧˊ ㄅㄧˋ ㄒㄩㄥ
指人憑智慧和努力趨向吉祥,避免災禍。

【趨同演化】 ㄑㄩ ㄊㄨㄥˊ ㄧㄢˇ ㄏㄨㄚˋ
(convergent evolution)不同種類的生物具有相似的構造,而此等構造的發生或演化來源皆不一樣,稱爲趨同演化。如烏賊的眼,其構造與脊椎動物的眼幾無差異,但兩者在發生過程中的形成方式卻不一樣,在演化上亦無血緣關聯,故爲趨同演化。

8【趨炎附勢】 ㄑㄩ ㄧㄢˊ ㄈㄨˋ ㄕˋ
巴結、阿附有權勢的人。

11

⿺走畢 ㄅㄧˋ pi⁴ 音必
止行。古代帝王出行所經的道路,禁止任何閒人行走。同蹕。見"說文"。

⿺走參 ㄘㄢ ts'an¹ 音參
參⿺走參⿺走覃。

19【⿺走參⿺走覃】 ㄘㄢ ㄊㄢˊ
奔馳;疾行。

12

趬 ㄑㄧㄠ ch'iao¹ 音蹺
1行走輕快的樣子。見"說文"。2把腳抬起來。也作蹺、蹻。

⿺走覃 ㄊㄢˊ t'an² 音潭
參⿺走參⿺走覃。

趪 ㊀ ㄏㄨㄤˊ huang² 音黃
參趪趪。
㊁ ㄍㄨㄤ kuang¹ 音光
走動的樣子。見"集韻"。

19【趪趪】 ㄏㄨㄤˊ ㄏㄨㄤˊ
威武的樣子。

趫 ㄑㄧㄠˊ ch'iao² 音喬
1善於爬樹的人。見"說文"。2行動敏捷。3壯健;強盛。

趭 ㄐㄧㄠˋ chiao⁴ 音叫 又讀 ㄧㄠˋ yao⁴ 音耀
1奔跑。見"廣韻"。2躁動。見"通俗編·雜字"。

13

⿺走亶 ㊀ ㄓㄢ chan¹ 音詹
1趁機而往。見"說文"。2轉移。見"集韻"。3走路困難。見"字彙"。
㊁ ㄓㄢˋ chan⁴ 音占
1移行。見"集韻"。2循行。見"集韻"。

趮 ㄗㄠˋ tsao⁴ 音造
急速。見"說文"。

14

趯 ㊀ ㄊㄧˋ t'i⁴ 音替
1跳躍。見"廣韻"。2書法筆法之一。指筆鋒向上挑起的尖鉤。
㊁ ㄩㄝˋ yüeh⁴ 音月
騰躍。同躍。見"說文"。

19

趲 ㄗㄢˇ tsan³ 音攢
1催趕;催逼。見"正字通"。2積聚;儲蓄。通攢。如:積趲。

6【趲行】 ㄗㄢˇ ㄒㄧㄥˊ
趕路;加快速度行走。

12【趲程】 ㄗㄢˇ ㄔㄥˊ
加快行走的速度趕路。

足部

足 ㊀ ㄗㄨˊ tsu² 音族
1(foot)(1)係指陸生脊椎動物其附肢的先端部分,動物可利用足站立,位於腳踝關節以下的腳跟、腳掌及趾等部分的合稱。內有跗骨、蹠骨及趾骨,其功用主在行走。亦指無脊椎動物的運動器官，例如軟體動物用以爬行的肌肉質構造、節肢動物用以步行的附肢。(2)在植物中，苔蘚及蕨類等孢子體的基部，埋於配子體內，利用這一部位可自配子體吸收養料及水分，這一部位亦稱爲足。2物體底部用以支撐的部分。如：鼎足。3充盈；完備。如：充足。4可以；值得。如：足以自豪。5姓。'戰國''韓'有'足強'。見"戰國策·韓策三"。

㊁ ㄐㄩˋ chü⁴ 音句

1增益。2過分。如：足恭。

3【足下】 ㄗㄨˊ ㄒㄧㄚˋ

1腳下。2立足之地。3書信語中同輩之間的提稱詞。

4【足月】 ㄗㄨˊ ㄩㄝˋ

月分足夠。常指胎兒月分已足。

6【足色】 ㄗㄨˊ ㄙㄜˋ

1精純不含雜質的金銀。2比喻完美無缺。

10【足恭】 ㄐㄩˋ ㄍㄨㄥ

過於謙卑以討好別人。

11【足球】 ㄗㄨˊ ㄑㄧㄡˊ

1球類運動之一。競賽時，分兩組在廣場中用腳踢球，以能將球踢入對方的球門爲勝。除守門員在罰球區域內可以用手碰球外，其他球員用手觸球則犯規。2'美國'式的足球，是指橄欖球。

12【足智多謀】 ㄗㄨˊ ㄓˋ ㄉㄨㄛ ㄇㄡˊ

長於智計謀略。

2

趴 ㄆㄚ p'a¹

身體向下伏著。

3

跎 ㄏㄜˊ ho², hê² 音合

參跎蹬。

19【跎蹬】 ㄏㄜˊ ㄉㄥˋ

1形容器物互相碰觸的聲音。2腳步聲。

趵 ㄅㄠˋ pao⁴ 音報

跳躍。見"集韻"。

4

趼 或作研。㊀ ㄐㄧㄢˇ chien³ 音減

腳掌因行走摩擦所生的硬皮。即胝。今通作繭。見"字彙"。

㊁ ㄧㄢˋ yen⁴ 音硯

獸蹄平正。見"集韻"。

䟓 ㄨㄢˊ wan² 音玩

參蹟䟓。

趺 ㄈㄨ fu¹ 音膚

也作跗。1腳背。如：趺坐。2花萼。3碑下的石座。如：龜趺。

7【趺坐】 ㄈㄨ ㄗㄨㄛˋ

結跏趺坐的省稱。參結跏趺坐。

趹 ㄐㄩㄝˊ chüeh² 音抉

1奔馬後蹄踢地騰躍。形容走勢極其快速。見"說文"。2泛指疾奔。見"集韻"。

跂 ㊀ ㄑㄧˊ ch'i² 音奇

1歧生的腳趾。見"說文"。2指腳跟。如：跂骨。

㊁ ㄑㄧˋ ch'i⁴ 音汽

舉起腳跟。通企。如：跂望。

11【跂望】 ㄑㄧˋ ㄨㄤˋ

提起腳跟遠望。形容殷切盼望。

16【跂踵】 ㄑㄧˋ ㄓㄨㄥˇ

舉起腳跟。形容殷切盼望。

跁 ㄅㄚˋ pa⁴ 音罷

小兒爬地。通作爬。見"正字通"。

趾 ㄓˇ chih³ 音止

1腳。也專指腳指。如：舉趾。2器物底下用以支撐的部分。如：鼎趾。3蹤跡。如：芳趾。4基礎。通址。如：石趾。

10【趾高氣揚】 ㄓˇ ㄍㄠ ㄑㄧˋ ㄧㄤˊ

形容驕傲自滿、得意忘形的神態。

跀 ㄩㄝˋ yüeh⁴ 音月

砍斷腳的刑罰。見"說文"。

趿 ㊀ ㄙㄚˋ sa⁴ 音颯

伸腳向前撥取物品。見"說文"。

㊁ ㄊㄚ t'a¹ 音他

拖拉；拖行。如：趿鞋。

跈 ㄔㄣˇ ch'ên³ 音磣

參跈踔。

15【跈踔】 ㄔㄣˇ ㄓㄨㄛˊ

1跳躍。2跛行。

5

跢 堂的或體。

跎 ㄊㄨㄛˊ t'o², t'uo² 音駝

參蹉跎。

跓 ㄓㄨˋ chu⁴ 音柱

1駐足；停下腳步。見"廣韻"。2腳形不正。見"篇海類編"。

跲 ㄅㄧˋ pi⁴ 音必 又讀 ㄅㄧㄝˊ pieh² 音別

蹴踏。見"集韻"。

跘 ㊀ ㄅㄢˇ pan³ 音板

交足而坐。見"集韻"。

㊁ ㄆㄢˊ p'an² 音盤

也作蹣。參蹣跚。

距 ㄐㄩˋ chü⁴ 音巨

1物體彎成角狀的部分。2相隔；相離。如：距離。3抗拒。通拒。4依據。通據。如：距險。5(spur) (1)多數雞形目 (order Galliformes)的動物，如孔雀、火雞及家雞等。其雄鳥小腿後方，有鈍而呈棒狀的突出物，叫做距。爲求愛時作爲爭鬥的構造。大部分每腿有1個，但亦有多達4個者。(2)花部花冠或萼筒基部呈管狀或囊狀而往外突出的構造。其內通常含有能分泌蜜糖的腺體，故摘下後吸舔常帶有甜味。如鳳仙花屬(*Impatiens*)就有長距。

9【距星】 ㄐㄩˋ ㄒㄧㄥ

古人爲觀測或推算日、月、五星的運行，於二十八宿中各選定一顆星作爲精細測量的基準，稱爲距星；本宿與次宿距星間的赤經差，稱爲本宿的距度。不過距星的選取，歷代頗有不同。

19【距離】 ㄐㄩˋ ㄌㄧˊ

(distance) 以地平面爲坐標，則可分爲水平距離及垂直距離等。

如圖:$\overline{CD}$為A、B的水平距離,$\overline{BE}$為A、B的垂直距離。在球面上也可以討論球面距離,即過兩點的劣大圓弧之長;在一般曲面上兩點的距離,則以連接這兩點的測地線的弧長為準。

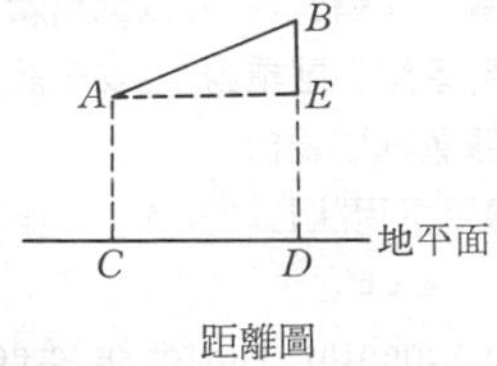

距離圖

【距離衰減】 ㄐㄩˋ ㄌㄧˊ ㄕㄨㄞ ㄐㄧㄢˇ
(distance attenuation) 音源距離增大,而引起波面增廣,以致音壓減少的現象。

跒 ㄑㄧㄚˇ *ch'ia*^{3}
小兒匍匐。見"正字通"。

跜 ㄋㄧˊ *ni*^{2} 音尼
參躨跜。

跇 ㄔˋ *ch'ih*^{4} 音斥
超越。見"廣韻"。

跍 ㄎㄨ *k'u*^{1} 音枯
蹲坐的樣子。見"集韻"。

跏 ㄐㄧㄚ *chia*^{1} 音加
盤膝而坐。見"玉篇"。

11【跏趺】 ㄐㄧㄚ ㄈㄨ
佛教修持中盤足而坐的一種坐法。將兩足背交疊在大腿上。即盤膝而坐。

跖 ㄓˊ *chih*^{2} 音直 又讀 ㄓㄜˋ *chê*^{4} 音浙
①腳掌。如:雞跖。②踐踏。如:跖實。

4【跖犬吠堯】 ㄓˊ ㄑㄩㄢˇ ㄈㄟˋ ㄧㄠˊ
'盜跖'之狗吠'堯',比喻各為其主或倚仗惡人而迫害賢者。

跋 ㄅㄚˊ *pa*^{2} 音拔
①跌倒。見"說文"。②登山;走山路。如:跋山涉水。③踐踏。如:跋前疐後。④反轉;扭轉。⑤驕橫不馴。如:跋扈。⑥文體的一種。題詞於書卷的末尾。即後序。

10【跋涉】 ㄅㄚˊ ㄕㄜˋ
登山涉水。形容旅途艱苦。

11【跋扈】 ㄅㄚˊ ㄏㄨˋ
驕縱蠻橫。

9【跋前疐後】 ㄅㄚˊ ㄑㄧㄢˊ ㄓˋ ㄏㄡˋ
指狼前進就踏到頸下的垂肉,後退則被尾巴絆倒。比喻進退兩難。也作跋前躓後。

跙 ㊀ ㄐㄩˇ *chü*^{3} 音舉
徘徊不進的樣子。見"廣韻"。
㊁ ㄓㄨˋ *chu*^{4} 音柱
走路不正的樣子。見"集韻"。

跕 ㊀ ㄉㄧㄝˊ *tieh*^{2} 音諜
徐行。見"集韻"。
㊁ ㄊㄧㄝ *t'ieh*^{1} 音貼
輕踩;躡腳而行。見"集韻"。

跚 ㄕㄢ *shan*^{1} 音珊
參蹣跚。

跆 ㄊㄞˊ *t'ai*^{2} 音臺
踐踏。見"字彙"。

10【跆拳道】 ㄊㄞˊ ㄑㄩㄢˊ ㄉㄠˋ
一種融合我國'唐代''少林'拳、'日本'空手道、'韓國'武術而成的武術。最早在十四世紀前流行於'朝鮮''新羅朝'的'跆江'一地,西元1955年'韓國'定名為跆拳道。運用手、臂、足部的力量以行阻、閃、攔、截的快速動作,擊敗對方。

跌 ㄉㄧㄝˊ *tieh*^{2} 音迭
①失足;摔倒。如:跌了一跤。②跺腳。如:跌足。③落下;降低。如:跌價。

7【跌足】 ㄉㄧㄝˊ ㄗㄨˊ
頓足;跺腳。

8【跌宕】 ㄉㄧㄝˊ ㄉㄤˋ
①行為放蕩,不拘禮節。也作跌蕩。②指詩文的氣勢抑揚頓挫。

13【跌腳】 ㄉㄧㄝˊ ㄐㄧㄠˇ
頓足。表示惋惜。

11【跌停板】 ㄉㄧㄝˊ ㄊㄧㄥˊ ㄅㄢˇ
與漲停板相對。指某種股票的盤價跌幅到達前一交易日收盤價的法定百分比。此時盤價不得再跌,目的在防止股價大幅波動。

13【跌落人孔】 ㄉㄧㄝˊ ㄌㄨㄛˋ ㄖㄣˊ ㄎㄨㄥˇ
(drop manhole) 設置於二道以上不同埋設高度的下水道交接處,以減少土工量及保持適當坡度;或設置於幹管地面坡度太大處,以減緩其坡度的人孔。若支管進入幹管的高差在60公分以上的均應採用。

跑 ㊀ ㄆㄠˇ *p'ao*^{3}
①快走。如:奔跑。②逃開。③為某事奔忙。如:跑單幫。④漏洩。
㊁ ㄆㄠˊ *p'ao*^{2} 音袍
用腳爪挖地。通刨。見"廣韻"。

11【跑堂】 ㄆㄠˇ ㄊㄤˊ
參走堂。

14【跑腿】 ㄆㄠˇ ㄊㄨㄟˇ
①奔走。②幫別人做雜事。

12【跑單幫】 ㄆㄠˇ ㄉㄢ ㄅㄤ
(smuggling of goods on a small scale by a single individual) 個人利用觀光或商務考察等旅行名義,往返於國內外,從事零星物品的走私行為,稱為跑單幫。

16【跑龍套】 ㄆㄠˇ ㄌㄨㄥˊ ㄊㄠˋ
龍套原是指我國傳統戲曲的腳色名稱,多是劇中的士兵、夫役、丫鬟等隨從。跑龍套是指演員扮演這些隨從腳色。也用為自謙地位低、能力小,為幫閒打雜的一流。

18【跑檯子】 ㄆㄠˇ ㄊㄞˊ ˙ㄗ
本指扒手集團的一種作案方式,後專指在金融單位行竊的扒手。竊賊通常假借種種理由詢問以分散被害人的注意力,再藉機將財物調包離去。

跛 ㊀ ㄅㄛˇ *po*^{3} 音簸
腳因殘病而走路不正常。
㊁ ㄅㄧˋ *pi*^{4} 音閉
傾斜;站立不正。見"字彙"。

22【跛鱉千里】 ㄅㄛˇ ㄅㄧㄝ ㄑㄧㄢ ㄌㄧˇ
比喻資質雖鈍,只要努力堅毅,終有成就。

跔 ㊀ ㄐㄩ chü¹ 音居 又讀 ㄑㄩˊ ch'ü² 音渠
天寒手腳彎曲難伸。見"玉篇"。㊁ ㄑㄩˇ ch'ü³ 音取
行走的樣子。同趣。見"集韻"。

跗 ㄈㄨ fu¹ 音敷
①腳趾;腳背。同趺。見"廣韻"。②花萼的基部。通柎。③支撐器物的臺座。如:石跗。

跅 ㄊㄨㄛˋ t'o⁴, t'uo⁴ 音拓
行爲放逸,不受拘束。見"正字通"。

6【跅弛】 ㄊㄨㄛˋ ㄕˇ
放逸不羈。

跈 ㄋㄧㄢˇ nien³ 音碾
踐踏。見"廣韻"。

6

跫 ㄑㄩㄥˊ ch'iung² 音窮
腳步聲。如:跫音。

9【跫音】 ㄑㄩㄥˊ ㄧㄣ
足音;腳步聲。

跤 ㄐㄧㄠ chiao¹ 音交
①小腿。見"玉篇"。②角力。如:摔跤。③摔倒。如:跌跤。

跡 ㄐㄧ chi¹ 音積
也作迹。①腳印;行蹤。如:人跡。②事物的遺痕。同蹟。如:古跡。③追尋;考究。④仿效;遵循。如:擬跡前賢。⑤(trace)空間之任意線、面或體與主要投影面的交點或交線,稱爲跡。以線而言,有水平跡、直立跡及側面跡,即線分別與水平、直立或側投影面所形成。如圖示之點 b 及 c,爲直線

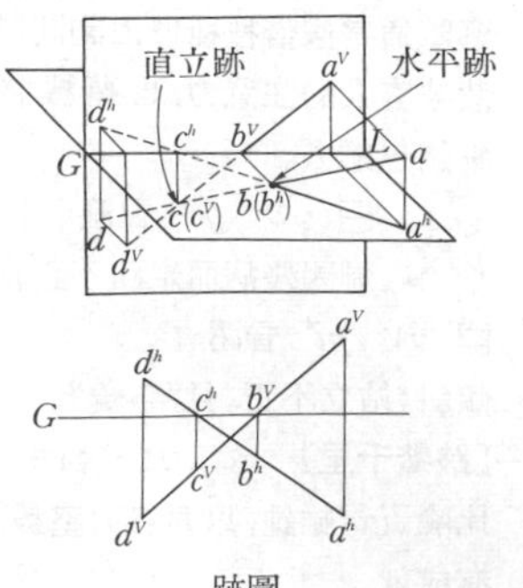

跡圖

ad 之水平跡及直立跡。

12【跡象】 ㄐㄧ ㄒㄧㄤˋ
事情所顯露出來的徵象。

跰 或作跰。㊀ ㄅㄥˋ pêng⁴ 音蹦
散走。也作迸。見"集韻"。
㊁ ㄆㄧㄢˊ p'ien² 音駢
腳掌上所生的厚皮。也作胼。見"集韻"。

跠 ㄧˊ i² 音移
蹲踞。見"廣雅·釋詁"。

跱 ㄓˋ chih⁴ 音至
①靜止;站立。見"廣雅·釋詁"。②據踞;占有。如:跨跱。③具備;儲備。如:儲跱。

跬 ㄎㄨㄟˇ k'uei³ 音傀
①半步。如:跬步。②近;短暫。如:跬譽。

7【跬步】 ㄎㄨㄟˇ ㄅㄨˋ
半步。指很短的距離。

【跬步千里】 ㄎㄨㄟˇ ㄅㄨˋ ㄑㄧㄢ ㄌㄧˇ
比喻做事要獲得大成就,必須從小處著手,持續努力不懈。也作蹞步千里。

跟 ㄍㄣ kên¹ 音根
①足踵。即腳跟。見"說文"。②隨行在後。如:跟隨。③連詞。與;和。

9【跟前】 ㄍㄣ ㄑㄧㄢˊ
身邊;近旁。

10【跟班】 ㄍㄣ ㄅㄢ
隨從。

12【跟進】 ㄍㄣ ㄐㄧㄣˋ
爲了不落人後而採取與他人相同的行動。

18【跟蹤】 ㄍㄣ ㄗㄨㄥ
尾隨在別人的後面,暗中偵查對方的行動。

19【跟鏡】 ㄍㄣ ㄐㄧㄥˋ
(follow shot) 電視攝影運鏡的一種方法。即整個攝影機隨著主體的動作運轉,產生跟蹤效果。

12【跟單匯票】 ㄍㄣ ㄉㄢ ㄏㄨㄟˋ ㄆㄧㄠˋ
(documentary bill) 凡隨附提單、保險單和其他有關提貨單據(如貨物發票、裝箱明細表等)的押匯匯票,商業習慣上稱爲跟單匯票。此種匯票到期後即使付款行、發票人均行拒付,仍可憑附屬提貨單據變賣貨物,以抵票款。故銀行承辦押匯業務,爲安全計,均以跟單匯票爲尚。

【跟單信用狀】 ㄍㄣ ㄉㄢ ㄒㄧㄣˋ ㄩㄥˋ ㄓㄨㄤˋ
(documentary(letter of)credit) 又稱單證信用狀、押匯信用狀。指規定受益人必須提示一定的單證才可請求押匯、承兌或付款的信用狀。一般商業信用狀多屬這一類。此處的單證指表彰貨物所有權的單證(如海洋提單、倉單),或證明貨物已發送的單證(如郵政包裹收據)等。

跴 ㄘㄞˇ ts'ai³ 音採
同踩。①踏。②追逐;緝捕。

跮 ㄔˋ ch'ih⁴ 音斥
參跮踱。

16【跮踱】 ㄔˋ ㄉㄨㄛˋ
徘徊;忽進忽退。

跥 疏的或體。

跨 ㄎㄨㄚˋ k'ua⁴ 音胯
①越過;超越。如:跨過。②乘;騎。如:跨鶴。③占有;據有。④指兩腿之間。通胯。如:跨下之辱。

2【跨刀】 ㄎㄨㄚˋ ㄉㄠ
指輩分、地位較高的演員爲地位較低的演員配戲,以提升他的名望。含有提攜、幫助後進的意思。

7【跨灶】 ㄎㄨㄚˋ ㄗㄠˋ
比喻子勝其父。跨,超越。灶上有釜(鍋子),釜音近父,故稱。

9【跨頁】 ㄎㄨㄚˋ ㄧㄝˋ
(center spread) 報刊、書籍在設計版面時,不受中央空白隔阻,將兩個版面併作一個來處理的情形,稱爲跨頁。

【跨界】 ㄎㄨㄚˋ ㄐㄧㄝˋ

(bleed) 指印刷品內的圖文超出版口的情形。俗稱出血。報刊、廣告有時為求取特殊效果、吸引讀者，也故意將內容，特別是圖片，作跨界處理。

12【跨距】 ㄎㄨㄚˋ ㄐㄩˋ

(span) 梁或桁架左右兩支承中心至中心的距離。又稱跨度。跨距愈長，承重愈大，因此跨距長度為決定梁或桁架形式、所用材料及其斷面大小之主要因素。

21【跨欄】 ㄎㄨㄚˋ ㄌㄢˊ

徑賽項目之一。除跑畢規定之距離外，尚須跨越十座欄架，以需時最少者為勝。由於距離之長短及男女之分，又有低欄、中欄和高欄之別。'奧運會'跨欄比賽，計有男子110公尺高欄和400公尺中欄；女子100公尺低欄和400公尺低欄。

14【跨鳳乘龍】 ㄎㄨㄚˋ ㄈㄥˋ ㄔㄥˊ ㄌㄨㄥˊ

賀人婚嫁之詞。

21【跨鶴西歸】 ㄎㄨㄚˋ ㄏㄜˋ ㄒㄧ ㄍㄨㄟ

悼男性逝世之詞。跨鶴，謂飛升成仙。諱人死為仙去，故稱。

12【跨期間所得稅分攤】 ㄎㄨㄚˋ ㄑㄧˊ ㄐㄧㄢ ㄙㄨㄛˇ ㄉㄜˊ ㄕㄨㄟˋ ㄈㄣ ㄊㄢ

(interperiod tax allocation)一般公認會計原則與稅法，對於每期收入與費用的認定並不完全相同。因此，依會計原則所編製的財務報表中，稅前會計所得及所得稅費用，與依稅法所計算的課稅所得及應付所得稅亦不相等。若某一項支出，依稅法規定應屬本期費用，而依會計原則應為下期費用，則本期所得稅費用大於應付所得稅，而下期的情形則相反。在此種情形下，似將本期的部分所得稅費用遞延至下期始行支付。此種將所得稅分攤於不同會計期間的程序，稱為跨期間所得稅分攤。

踹 ㄔㄨㄞˇ *chuai*^{3}

①超越。見"集韻"。②一搖一擺地走。③形容自大的樣子。

跐 ㊀ ㄘˇ *tz'ŭ*^{3} 音此

①踐踏。見"字彙"。②舉起腳跟。③張開；露出。如：跐牙兒。

㊁ ㄘㄞˇ *ts'ai*^{3} 音採

同㊀①。

㊂ ㄘ *tz'ŭ*^{1} 音疵

腳踏不穩而滑倒。為北方俗語。

跳 ㄊㄧㄠˋ *t'iao*^{4} 音眺

①躍起。如：跳繩。②拋弄；投擲。如：跳丸擊劍。③越過；略去。如：跳頁。④逃脫。通逃。

3【跳丸】 ㄊㄧㄠˋ ㄨㄢˊ

①古代遊戲之一。擲丸上下為戲。②比喻光陰之迅速。

4【跳水】 ㄊㄧㄠˋ ㄕㄨㄟˇ

水上運動之一。有基本跳水及花式跳水。基本跳水係游泳或比賽時從池上出發入水的姿勢；花式跳水則在高跳臺或跳板上，以燕丁式、鐮刀式前後滾翻、空中轉體等多種姿勢入水的動作。

【跳月】 ㄊㄧㄠˋ ㄩㄝˋ

'苗'人習俗的一種。每年初春或暮春的月夜，未婚男女群聚野外，和自己所愛的人唱歌跳舞。舞會完畢，男子就帶女子回家成為夫婦。

8【跳板】 ㄊㄧㄠˋ ㄅㄢˇ

①搭在船和岸之間，以便旅客上下船的長板。②可供跳躍的板子。如跳水或跳箱時的踏板。③比喻用以達到目的的媒介。

10【跳高】 ㄊㄧㄠˋ ㄍㄠ

田賽項目之一。分立定跳高和急行跳高兩種，一般比賽多採後者。在扇形比賽場地，藉助跑若干距離後，單足起跳，以最經濟合理的姿勢躍過橫竿。為比賽高度的運動。急行跳高又可分東方剪式、西方滾式、腹滾式及背向式四種。

【跳馬】 ㄊㄧㄠˋ ㄇㄚˇ

體操項目之一。所用器械像去頭尾之馬狀，由皮革、金屬與木質合製而成。男子為縱馬，女子為橫馬。動作過程分為：助跑、起跳、第一飛躍、撐馬、第二飛躍、著地等六個要素。動作要求的標準在於空中飛躍姿勢的優美、壯觀，動作本身的難度價值與落地的穩定。

【跳蚤】 ㄊㄧㄠˋ ㄗㄠˇ

(flea)為昆蟲綱(class Insecta)、微翅目(order Siphonaptera)中的動物。約有900種。為微小無翅的昆蟲，體左右扁平，此與一般昆蟲背腹扁平之情形不同。寄生於人體及鳥類、哺乳類等定溫動物的體表，吸食血液，且往往傳播疾病，引起嚴重災害，如鼠疫。成體產下的卵墜落於寄主之棲所或巢穴中，不黏於寄主體毛上。室內的蚤類，大抵生育於地板裂縫間，地毯下、草蓆下等不潔處所。蚤類為完全變態，新羽化的成蟲，在遇到適當寄主前，能在不食的飢餓狀態下，作相當長期之生存。蚤類對熱呈趨性反應，故其寄主皆為定溫之鳥類或哺乳類。當寄主死亡時，待軀體冷卻即行離去而另覓新寄主。蚤之步行動力極為微弱，其行動之主要方法為跳躍。

跳蚤圖

【跳級】 ㄊㄧㄠˋ ㄐㄧˊ

(grade skipping)學生因學業成績優異，其所知已超越次一年級應修課程，因而准予跳一級就讀的措施。

11【跳梁】 ㄊㄧㄠˋ ㄌㄧㄤˊ

①跳躍。②形容叛亂者強橫跋扈的樣子。

【跳票】 ㄊㄧㄠˋ ㄆㄧㄠˋ

指支票經提示後，沒有兌現，而遭到退票。退票理由有存款不足、簽章不符、支票破損、掛失止付、撤銷委託付款、背書不連續等。

【跳接】 ㄊㄧㄠˋ ㄐㄧㄝ

(cut)拍製電影、電視節目換鏡頭或場景時，所運用的一種快速換鏡方法，以求取連續效果。

12【跳越】ㄊㄧㄠˋ ㄩㄝˋ
①躍起越過。②(jump)指電腦執行程式時離開指令所指的原來序列。

【跳堰】ㄊㄧㄠˋ ㄧㄢˋ
(leaping weir)在合流管之底部開口，當管內之下水量比截流管容量小時，全部由截流管收集，而流量超過時，因流速加大，超過之流量跳過缺口進入溢流管，以減輕截流管及汙水處理廠的負擔。

【跳開】ㄊㄧㄠˋ ㄎㄞ
(cutaway)一種鏡頭銜接技術。如在訪問節目中，爲避免剪接後出現不連貫畫面，乃將鏡頭跳開，轉播一下主持人或其他不重要的畫面。此法與跳接全景共同採用，可造成較佳效果。

【跳傘】ㄊㄧㄠˋ ㄙㄢˇ
穿戴具有抗空氣以減低下降速度作用的降落傘，從高空跳下的一種運動。一般分體育運動的跳傘和軍事用途的跳傘。

13【跳腳】ㄊㄧㄠˋ ㄐㄧㄠˇ
形容焦急的樣子。

14【跳遠】ㄊㄧㄠˋ ㄩㄢˇ
田賽運動之一。可分立定跳遠和急行跳遠兩種，一般比賽多採後者。藉若干距離的助跑後，自起跳板處以單足跳起，由衝刺的力量將身體拋至沙坑遠端。爲比賽遠度的運動。起跳在空中的姿勢有弓身式、剪式和屈身式三種。

【跳踉】ㄊㄧㄠˋ ㄌㄤˊ
跳躍。

15【跳槽】ㄊㄧㄠˋ ㄘㄠˊ
比喻不安其所，見異而遷。一般指更換職業或工作環境。

【跳箱】ㄊㄧㄠˋ ㄒㄧㄤ
輔助體操的一種運動。跳箱是用木板製成的上狹下闊矩形層格，按技術需要可疊成不同的高度。通常用來代替跳馬，可訓練跨跳、箱上滾翻、蹲撐跳下及騰越等各種簡易動作。

5【跳加官】ㄊㄧㄠˋ ㄐㄧㄚ ㄍㄨㄢ
傳統戲劇在開場時，由一人戴著面具，著袍執笏，手持「天官賜福」、「指日高陞」等吉祥語牌，先行出來表演的稱之。

8【跳板原理】ㄊㄧㄠˋ ㄅㄢˇ ㄩㄢˊ ㄌㄧˇ
(gangplank principle)爲'費堯'所倡的組織原理之一。認爲在組織層級中屬於同一層級而不同單位的同仁可以相互作直接溝通、協調，但應事先獲得主管之許可，並於事後作成報告。其目的在消除大型組織中溝通困難的困擾，同時維繫層級組織的完整，確保指揮的統一性。

12【跳越指令】ㄊㄧㄠˋ ㄩㄝˋ ㄓˇ ㄌㄧㄥˋ
(jump instruction)又稱轉移指令、分支指令。電腦指令集中，可改變指令執行之順序的一種指令。可分爲無條件跳越指令與條件跳越指令。由於跳越指令的存在，而使程式中指令執行的順序不一定相同。

跦 ㊀ㄓㄨ chu^{1} 音朱
跳著行走的樣子。見"集韻"。
㊁ㄔㄨˊ ch'u^{2} 音除
參踟跦。

跺 ㄉㄨㄛˋ to^{4}, tuo^{4} 音惰
用腳猛力踏地。如：跺腳。

7【跺步】ㄉㄨㄛˋ ㄅㄨˋ
國術步法。前腳提起，腳掌頓地出聲，同時提起後腳向前一步，前後腳互換。

13【跺腳】ㄉㄨㄛˋ ㄐㄧㄠˇ
以腳猛力踏地。形容焦急或生氣的樣子。

14【跺腿】ㄉㄨㄛˋ ㄊㄨㄟˇ
國術腿擊法。腳尖向外，以腳底內側下擊敵人之迎面骨。

跣 ㄒㄧㄢˇ hsien^{3} 音顯
赤腳。如：跣走。

跢 ㊀ㄉㄞˋ tai^{4} 音代
①跌倒。見"廣韻"。②小孩學走路的樣子。見"集韻"。
㊁ㄉㄨㄛˋ to^{4}, tuo^{4} 音惰
同㊀②。
㊂ㄓˋ chih^{4} 音志
參跢跦。

13【跢跦】ㄓˋ ㄔㄨˊ
徘徊不前的樣子。

跪 ㄍㄨㄟˋ kuei^{4} 音貴
①兩膝著地，伸直腰股的一種動作。見"正字通"。②足；腳。如：蟹八跪而二螯。

8【跪乳】ㄍㄨㄟˋ ㄖㄨˇ
指羔羊跪地吸母乳。比喻人有孝行。

路 ㄌㄨˋ lu^{4} 音鹿
①道路；途徑。見"說文"。②脈絡；條理。如：思路。③方面；方向。如：四路進兵。④大；正。⑤位置；職位。如：當路。⑥'宋'、'元'行政區域名。⑦姓。'漢'有'路溫舒'。見"元和姓纂·八"。

2【路人】ㄌㄨˋ ㄖㄣˊ
①道路上行走的人。②指陌生人。

5【路史】ㄌㄨˋ ㄕˇ
①'宋''羅泌'撰，四十七卷。記三皇至'夏桀'史事。大多引據緯書、道書，內容往往不足信。但詞采瑰麗，後代文人頗加採摭。②'明''徐渭'撰，二卷。所記皆遠古史事，考訂頗疏陋。

8【路肩】ㄌㄨˋ ㄐㄧㄢ
(shoulder)公路路面兩側略呈傾斜的部分。其功用主要在使雨水排離路面，減少水分滲透路床，延長路面壽年，且使車道獲得側向支持，增進路面使用之強度及交通流量。此外，也可作爲護欄及標誌之設置基地，確保行車安全；增進路段施工視距，確保工作安全；使車道視野開闊，且供拋錨車輛緊急停靠之用。

9【路拱】ㄌㄨˋ ㄍㄨㄥˇ
(crown of pavement)直線道

路路面中心的高出部分與中心線到邊緣寬度的比。在道路直線部分,路面中心常設計稍高,在設有分向緣地的四車道或多車道,每分向用直線斜坡;在雙車道及不設分向緣地的四車道中間2公尺部分用拋物線形,兩側用直線斜坡。外側傾斜度愈大愈容易排水,今因改進路面材料,提高其透水性,路拱已較往日爲小。

11【路基】　ㄌㄨˋ　ㄐㄧ
(road bed) ①指業已整修完成高度、坡度之公路基層部分。通常指基層面與基層邊坡相交線範圍之面積。其上用以構築底層、面層及中央分隔帶。②指軌道中心與道碴接觸之間的土築物。爲路線最下層的基礎,用以安全承載列車通過軌道時所產生的荷重與震動。我國規定,路基必須築至洪水位半公尺以上,且單線鐵路幹線爲6公尺、次要幹線或丘陵區爲5公尺、窄軌鐵路或山岳區爲4公尺4公寸,曲線外側則應酌予加寬。

12【路堤】　ㄌㄨˋ　ㄊㄧˊ
(embankment)公路兩側均係填築而成的路基,稱爲路堤。

15【路數】　ㄌㄨˋ　ㄕㄨˋ
方式;作風。

【路線】　ㄌㄨˋ　ㄒㄧㄢˋ
①爲達某一目的,所沿的一定路徑。②做事的方針、方式。

11【路透社】　ㄌㄨˋ　ㄊㄡˋ　ㄕㄜˋ
(Reuters)'英國'歷史最悠久且最負盛名的通訊社。西元1851年,由'德'人'路透'(Paul Julius von Reuter)在'倫敦'創辦。海外共有六十個分社,每天從世界各地收集的新聞達50萬字。除供給'英國'報紙及電臺新聞外,尚有三千個國外日報,是其直接訂戶。

15【路德會】　ㄌㄨˋ　ㄉㄜˊ　ㄏㄨㄟˋ
(Lutheran Church)即'路德'教派。十六世紀初,'德'人'馬丁路德'因目睹當時基督教會的腐敗而改革創立的新教派。他主張信心得救說,強調聖經及信仰的重要性,極力駁斥'羅馬'教皇的特權,呼籲'德'境政治領袖建立'德意志'民族教會,'路德'之說深富民族主義色彩。西元1555年,'斐迪南'(Ferdinand)始與新教諸侯簽訂"奧古斯堡和約",'路德'新教從此取得合法地位。勢力廣及'德意志'北部及北'歐'各國。

8【路易九世】　ㄌㄨˋ　ㄧˋ　ㄐㄧㄡˇ　ㄕˋ
(Louis Ⅸ, 1214～1270)'法國'國王。世稱'聖路易'(Saint Louis)。十二歲即位。篤信宗教,曾發起第六次及第七次十字軍東征。

9【路面加寬】　ㄌㄨˋ　ㄇㄧㄢˋ　ㄐㄧㄚ　ㄎㄨㄢ
(pavement widening)汽車在曲線道上行車,後輪較前輪移向內側,爲使汽車保持在車道內行車,曲線道上之路面須予加寬,以策安全。通常加寬之計算係以單輛貨車爲準,依單車道、雙車道或四車道等三種路型之加寬計算公式計算而得。我國現行標準規定及設計行車速率每小時大於等於40公里,曲線加寬置路面內外側平均分配,設緩和曲線連接之。

15【路線函數】　ㄌㄨˋ　ㄒㄧㄢˋ　ㄏㄢˊ　ㄕㄨˋ
(path function) 若系統自狀態1改變至狀態2,在其改變之過程中,系統與外界間的作用量乃決定於系統所進行的是何種過程,所經過的是何種途徑者,稱爲路線函數。簡言之,若某一量並非決定於系統存在之狀態,而是決定於系統所進行之過程,則該量即爲路線函數。如功、熱等。就數學之觀點而言,路線函數之微分爲非正合微分。若以$\int$表微分,用以區分正合微分d,Y代表路線函數,則$\int_1^2 dY \neq Y_2-Y_1$。

8【路易十二世】　ㄌㄨˋ　ㄧˋ　ㄕˊ　ㄦˋ　ㄕˋ
(Louis Ⅻ, 1462～1515)'法國'國王。西元1498年即位。征服'那不勒斯'及'米蘭',後被'西班牙'王'斐迪南'和'英'王'亨利八世'所敗。

【路易十四世】　ㄌㄨˋ　ㄧˋ　ㄕˊ　ㄙˋ　ㄕˋ
(Louis ⅩⅣ, 1638～1715)十七世紀時的'法國'國王。西元1643年即位,由母后及大臣攝政。1661年親政後,以君權神授理論將專制王權發展到極致。曾言「朕即國家」,自稱「太陽王」,並欲極力擴大'法國'領域直至「天然疆界」。在位期間'法國'國勢鼎盛,稱霸'歐洲'。其力行的君主專制政體爲'歐洲'各國所效法。

⿰足伏　㊀ ㄈㄨˊ　*fu*² 音伏
屈手彎腳,伏在地上。見"集韻"。
㊁ ㄅㄛˊ　*po*² 音博
崩落;傾跌。通⿰足卜。見"正字通"。

跧　ㄑㄩㄢˊ　*ch'üan*² 音全
①用力踐踏。見"說文"。②蹲伏;匍匐。見"字彙"。

跲　ㄐㄧㄚˊ　*chia*² 音夾
跌倒。見"說文"。

7

踅　㊀ ㄒㄩㄝˊ　*hsüeh*² 音學
①轉回。如:踅轉。②盤旋。
㊁ ㄔˋ　*ch'ih*⁴ 音赤
一腳行走。見"集韻"。

踉　㊀ ㄌㄤˊ　*lang*² 音狼　又讀　ㄌㄧㄤˊ　*liang*² 音良
跳躍。如:跳踉。
㊁ ㄌㄧㄤˋ　*liang*⁴ 音亮
參踉蹌。

17【踉蹌】　ㄌㄧㄤˋ　ㄑㄧㄤˋ
①腳步錯亂、行走不穩的樣子。②急走的樣子。

18【踉蹡】　ㄌㄧㄤˋ　ㄑㄧㄤˋ
①同踉蹌。②比喻困窘不順利。

跽　ㄐㄧˋ　*chi*⁴ 音計
長跪。兩膝著地,股不靠腳跟,聳身直腰而跪。

踈 疏的或體。

跿 ㄊㄨˊ *t'u*^{2} 音徒
參跿跔。

12【跿跔】 ㄊㄨˊ ㄑㄩˇ
跳躍。

跼 ㄐㄩˊ *chü*^{2} 音局
曲屈；困窘。也作局。如：跼促。

9【跼促】 ㄐㄩˊ ㄘㄨˋ
腳步屈曲不舒。引申作拘限不能伸展。

踂 ㄋㄧㄝˋ *nieh*^{4} 音聶
腳病的一種。即兩足相並，無力開步行走。見"集韻"。

踊 ㄩㄥˇ *yung*^{3} 音勇
①跳躍；跳上。見"集韻"。②刖足的人所穿的鞋子。見"集韻"。

踁 ㊀ ㄐㄧㄥˋ *ching*^{4} 音徑
小腿。也作脛。見"玉篇"。
㊁ ㄎㄥ *k'êng*^{1} 音坑
也作硜。參硜硜。

踃 ㊀ ㄑㄧㄠˋ *ch'iao*^{4} 音俏
腳筋抽緊的一種疾病。見"集韻"。
㊁ ㄒㄧㄠ *hsiao*^{1} 音消
跳動。如：跳踃。

踆 ㊀ ㄘㄨㄣ *ts'un*^{1} 音村
①踢；蹴。見"集韻"。②蹲踞。引申爲隱居。見"集韻"。
㊁ ㄑㄩㄣ *ch'ün*^{1} 音逡
①止；退。見"玉篇"。②指天體的運行。也作逡。如：踆躔。

14【踆踆】 ㄑㄩㄣ ㄑㄩㄣ
①跳躍的樣子。②遲疑徘徊的樣子。

踇 ㄇㄨˇ *mu*^{3} 音母
走動的樣子。見"集韻"。

跾 ㊀ ㄕㄨˊ *shu*^{2} 音叔
快速；悠長。見"說文"。
㊁ ㄔㄡ *ch'ou*^{1} 音抽
一種腳病。見"集韻"。

8

踪 蹤的俗體。

踠 ㊀ ㄨㄢˇ *wan*^{3} 音晚
彎曲著腳。見"廣韻"。
㊁ ㄨㄛˋ *wo*^{4} 音臥
跌落；跌傷。也作踒。見"集韻"。

踣 ㄅㄛˊ *po*^{2} 音博
①仆倒；僵仆。如：顛踣。②陳屍；暴屍。③死亡；滅亡。

13【踣頓】 ㄅㄛˊ ㄉㄨㄣˋ
仆倒。

踥 ㄑㄧㄝˋ *ch'ieh*^{4} 音妾
參踥蹀。

16【踥蹀】 ㄑㄧㄝˋ ㄉㄧㄝˊ
①行走的樣子。②互相競行的樣子。

踤 ㊀ ㄗㄨˊ *tsu*^{2} 音卒
①牴觸。見"說文"。②踢；蹴。見"廣韻"。
㊁ ㄘㄨㄟˋ *ts'ui*^{4} 音萃
聚集。見"集韻"。

踮 ㄉㄧㄢˋ *tien*^{4} 音店
舉起腳跟。

踡 ㄑㄩㄢˊ *ch'üan*^{2} 音權
彎曲；曲身。如：踡曲。

6【踡伏】 ㄑㄩㄢˊ ㄈㄨˊ
踡縮藏伏。

17【踡縮】 ㄑㄩㄢˊ ㄙㄨㄛ
彎曲不伸。

踫 ㊀ ㄆㄥˋ *p'êng*^{4} 音碰
同碰、掽。
㊁ ㄆㄢˊ *p'an*^{2} 音盤
渡水；涉水。也作[illegible]。見"集韻"。

踕 ㄐㄧㄝˊ *chieh*^{2} 音捷
行走的樣子。也形容走路快速。見"集韻"。

踞 ㄐㄩˋ *chü*^{4} 音具
①伸開雙腳，彎著膝蓋而坐。本作居。②倚；靠。③驕傲。同倨。④齒狀銳利的刀。通鋸。

踛 ㄌㄨˋ *lu*^{4} 音陸
翹足；舉足騰躍。見"集韻"。

踑 ㊀ ㄑㄧˊ *ch'i*^{2} 音旗
足跡。見"集韻"。
㊁ ㄐㄧˋ *chi*^{4} 音計
張開兩腿，彎膝而坐。見"集韻"。

踙 踂的訛字。

踖 ㄐㄧˊ *chi*^{2} 音及
①踐踏。見"廣韻"。②逾越；跨過。見"字彙"。

踦 ㊀ ㄐㄧˇ *chi*^{3} 音己
①腳脛；小腿。見"字彙"。②倚附。通倚。
㊁ ㄧˇ *i*^{3} 音倚
牴觸。見"字彙補"。
㊂ ㄑㄧˊ *ch'i*^{2} 音旗
①單腳。②跛腳；行走不便。③奇數。引申爲運氣不佳。④偏倚一邊。⑤傾斜不平。同崎。

踐 ㄐㄧㄢˋ *chien*^{4} 音賤
①踩；踏。如：踐履。②實現；履行。如：踐言。③依循；遵守。如：踐跡。

9【踐祚】 ㄐㄧㄢˋ ㄗㄨㄛˋ
踏上主人之階。指皇帝即位。也作踐阼。

【踐約】 ㄐㄧㄢˋ ㄩㄝ
履行約定。

15【踐履】 ㄐㄧㄢˋ ㄌㄩˇ
①踐踏。②實現。

【踐踏】 ㄐㄧㄢˋ ㄊㄚˋ
以腳踩地或踩在物體上。

16【踐諾】 ㄐㄧㄢˋ ㄋㄨㄛˋ
實現諾言。

踧 ㄘㄨˋ *ts'u*^{4} 音促
①驚訝。②皺縮；緊迫。通蹙。如：踧眉。③踏；踢。如：踧踖。

踝 ㄏㄨㄞˊ *huai*^{2} 音懷 讀音 ㄏㄨㄚˋ *hua*^{4} 音化
小腿與腳跟相連處兩旁凸起的圓骨。俗稱螺螄骨。分內、外兩踝。

踢 ㄊㄧ *t'i*^{1} 音梯
用腳蹴物。見"字彙"。

13【踢腳板】 ㄊㄧ ㄐㄧㄠˇ ㄅㄢˇ
(shirting; plinth; baseboard) 位於牆壁下方與地坪相連接的橫向構造物。又稱踢腳線。踢腳板係保護牆面兼作裝飾之用，其高度為10～20公分。除木料外，尚可由石材、磨石子、金屬材、水泥砂及塑膠板等材料製成。

20【踢躂舞】 ㄊㄧ ㄊㄚˋ ㄨˇ
(tap dancing)起源於'墨西哥'民間的一種舞蹈。舞者穿半高筒皮靴，於鞋底釘上金屬片，舞時以腳尖、腳跟或腳掌部位踢、蹬擦地板，發出踢踢躂躂的聲響，節奏清晰而多變，舞蹈形式自由活潑。今已流行於其他地區。

踔 ㄓㄨㄛˊ *cho*^{2}, *chuo*^{2} 音茁
①跛行。見"廣韻"。②超越；超遠。③騰起；跳躍。見"字彙補"。

15【踔厲風發】 ㄓㄨㄛˊ ㄌㄧˋ ㄈㄥ ㄈㄚ
形容議論精湛中肯，而又源源不斷。

踏 ㄊㄚˋ *t'a*^{4} 音榻
①以腳著地。見"集韻"。②行走；踐踩東西。如：踏雪尋梅。

7【踏步】 ㄊㄚˋ ㄅㄨˋ
(tread)樓梯每級的水平面。又稱踏面、級寬。做成踏步的板稱為踏板或踏步板。

8【踏青】 ㄊㄚˋ ㄑㄧㄥ
春天到野外郊游。

11【踏勘】 ㄊㄚˋ ㄎㄢ
親自到現場查勘測量。

14【踏實】 ㄊㄚˋ ㄕˊ
實在；切實。

10【踏破鐵鞋】 ㄊㄚˋ ㄆㄛˋ ㄊㄧㄝˇ ㄒㄧㄝˊ
比喻到處奔波，費力尋找。

踩 ㄘㄞˇ *ts'ai*^{3} 音彩
用腳踐踏。通跴。

19【踩蹺】 ㄘㄞˇ ㄑㄧㄠ
蹺是一種木製的道具，比腳形小，外裹繡緞，底有斜木。傳統戲劇中花旦縛木蹺在腳底，稱為踩蹺。因蹺比腳小，所以走起來搖擺多姿。

踟 ㄔˊ *ch'ih*^{2} 音馳
參踟躕。

22【踟躕】 ㄔˊ ㄔㄨˊ
猶豫不進。

⿰足非 荆的古文。

踘 ㄐㄩˊ *chü*^{2} 音菊
①踩；踏。見"玉篇"。②古時遊戲用的一種皮球。外用牛皮，內塞軟物。也作鞠。

踒 ㊀ ㄨㄛ *wo*^{1} 音倭 又讀 ㄨㄛˋ *wo*^{4} 音臥
①跌傷腳；跌斷腳。見"說文"。②泛指斷折。見"集韻"。
㊁ ㄨㄟ *wei*^{1} 音威
同㊀②。

⿰足彖 蹠的古文。

踓 ㊀ ㄨㄟˇ *wei*^{3} 音委 又讀 ㄘㄨㄟˇ *ts'ui*^{3} 音璀
①踢；踏。見"玉篇"。②走動；狂走。見"集韻"。
㊁ ㄘㄨˋ *ts'u*^{4} 音促
同㊀①。

9

蹄 ㊀ ㄊㄧˊ *t'i*^{2} 音啼
①(hoof)哺乳動物中有蹄類(包括牛、羊等)的動物，足底有由皮膚衍生而來的角質鞘，稱為蹄。有保護作用。②捕兔的器具。如：筌蹄。
㊁ ㄉㄧˋ *ti*^{4} 音弟
用腳踢。見"字彙補"。

踱 ㄉㄨㄛˋ *to*^{4}, *tuo*^{4} 音惰
①光著腳踏地。見"廣韻"。②慢步走。如：踱方步。

踳 ㄔㄨㄣˇ *ch'un*^{3} 音蠢
乖互雜亂。通舛。見"字彙"。

16【踳駁】 ㄔㄨㄣˇ ㄅㄛˊ
舛謬雜亂。

踾 ㊀ ㄈㄨˊ *fu*^{2} 音福
參踾踧。
㊁ ㄅㄧ *pi*^{1} 音逼 又讀 ㄅㄧˋ *pi*^{4} 音閉
①同㊀。②踐踏。見"集韻"。

15【踾踧】 ㄈㄨˊ ㄘㄨˋ
聚集。

踸 ㄔㄣˇ *ch'ên*^{3} 音趻
參踸踔。

15【踸踔】 ㄔㄣˇ ㄓㄨㄛˊ
①跳躍；跛行。②迅速生長的樣子。

蹀 ㄉㄧㄝˊ *tieh*^{2} 音碟
①踐踏。如：蹀血。②小步慢行。如：蹀躞。

蹅 ㄔㄚˇ *ch'a*^{3} 音鑔
①踹。②踐踏。③插足；干預。

蹂 ㄖㄡˊ *jou*^{2} 音柔
踩；踐踏。同内、厹。如：蹂踐。

27【蹂躪】 ㄖㄡˊ ㄌㄧㄣˋ
①踐踏。②摧殘；迫害。

踴 ㄩㄥˇ *yung*^{3} 音勇
跳躍。同踊。如：踴躍。

21【踴躍】 ㄩㄥˇ ㄩㄝˋ
同踊躍。①興奮躍起。②樂於從事。

【踴躍輸將】 ㄩㄥˇ ㄩㄝˋ ㄕㄨ ㄐㄧㄤ
形容慷慨捐獻。

踶 ㄉㄧˋ *ti*^{4} 音弟
用腳踢、踏。見"正字通"。

踼 ㄊㄤˊ *t'ang*^{2} 音唐
跌倒。見"說文"。

踹 ㊀ ㄔㄨㄞˋ *ch'uai*^{4} 音嘬
①踐踏。②踢。③破壞。
㊁ ㄕㄨㄢˋ *shuan*^{4} 音涮
①腳跟。見"玉篇"。②跳；跺。如：踹足。

踵 ㄓㄨㄥˇ *chung*^{3} 音腫
①腳後跟。如：不旋踵。②追隨；繼承。如：踵跡。③抵達。如：踵門。④屢次；接連。如：踵見。

8【踵武】 ㄓㄨㄥˇ ㄨˇ
跟隨前人的腳跡。比喻繼承先人的志業。

【踵門】 ㄓㄨㄥˇ ㄇㄣˊ
親到門前。

11【踵接】 ㄓㄨㄥˇ ㄐㄧㄝ
腳跟一個緊接一個。比喻來的人數眾多。

13【踵跡】 ㄓㄨㄥˇ ㄐㄧ

跟隨前人的腳跡走。比喻繼承前人的事業。

8【踵事增華】 ㄓㄨㄥˇ ㄕˋ ㄗㄥ ㄏㄨㄚˊ
承繼前人事業，而能有所增益進展。

踽 ㄐㄩˇ *chü*³ 音矩
1獨行的樣子。如：踽踽而行。2駝背。通傴。如：踽僂。

16【踽踽】 ㄐㄩˇ ㄐㄩˇ
獨行的樣子。

蹁 ㄆㄧㄢˊ *p'ien*² 音駢
腳步不正。見"說文"。

22【蹁躚】 ㄆㄧㄢˊ ㄒㄧㄢ
旋轉款擺的樣子。用以形容舞姿。

踰 ㄩˊ *yü*² 音魚
越過；超過。同逾。見"說文"。

4【踰分】 ㄩˊ ㄈㄣˋ
越出本分。

10【踰矩】 ㄩˊ ㄐㄩˇ
越出規範。

12【踰越】 ㄩˊ ㄩㄝˋ
超越；超過。

【踰閑】 ㄩˊ ㄒㄧㄢˊ
越出禮法的範圍。

13【踰節】 ㄩˊ ㄐㄧㄝˊ
超越節度。

17【踰牆鑽穴】 ㄩˊ ㄑㄧㄤˊ ㄗㄨㄢ ㄒㄩㄝˋ
翻牆鑽洞。1指男女私相幽會。2指行竊。

10

蹇 ㄐㄧㄢˇ *chien*³ 音簡
1跛腳。如：蹇驢。2行動困難。如：蹇步。3遲鈍；停留。如：凝蹇。4困阨；險阻。如：蹇滯。5正直。通謇。6"易"卦名。六十四卦之一。艮下坎上。7姓。'春秋''秦'有'蹇叔'。見"萬姓統譜·八一"。

蹇卦圖

7【蹇步】 ㄐㄧㄢˇ ㄅㄨˋ
行走艱難。

11【蹇連】 ㄐㄧㄢˇ ㄌㄧㄢˊ
往來皆很艱難。

13【蹇運】 ㄐㄧㄢˇ ㄩㄣˋ
不好的運道。

14【蹇滯】 ㄐㄧㄢˇ ㄓˋ
艱難困頓；遭遇不順。

17【蹇蹇】 ㄐㄧㄢˇ ㄐㄧㄢˇ
處在艱難之時，而能忠誠耿直。

【蹇澀】 ㄐㄧㄢˇ ㄙㄜˋ
1形容步履艱難。2形容文筆生硬。

11【蹇晦否塞】 ㄐㄧㄢˇ ㄏㄨㄟˋ ㄆㄧˇ ㄙㄜˋ
艱危昏昧，滯塞不通。

⿱展足 蹍的或體。

踠 ㄨㄚˇ *wa*³ 音瓦
走路不正的樣子。見"字彙"。

蹉 ㄘㄨㄛ *ts'o*¹, *ts'uo*¹ 音磋
1跌倒。見"廣韻"。2錯失；虛度時光。如：蹉跎。

12【蹉跎】 ㄘㄨㄛ ㄊㄨㄛˊ
1失足跌倒。也用以比喻失意挫折。2指虛度光陰。也作蹉跑。

蹍 ㄓㄢˇ *chan*³ 音展
踩；踐踏。一作⿱展足。見"正字通"。

蹎 ㄉㄧㄢ *tien*¹ 音顛
傾跌。通作顛。見"說文"。

蹋 ㄊㄚˋ *t'a*⁴ 音榻
1踩踏；踐踏。通踏。如：蹋地。2踢。如：蹋鞠。

蹊 ㄒㄧ *hsi*¹ 音奚
1小路。如：蹊徑。2踩踏。

10【蹊徑】 ㄒㄧ ㄐㄧㄥˋ
1小路；狹窄的路。2門徑；途徑。

19【蹊蹺】 ㄒㄧ ㄑㄧㄠ
奇怪；可疑。也作蹺蹊。

蹈 ㄉㄠˋ *tao*⁴ 音道
1踩；踏。如：手舞足蹈。2赴；投入。如：赴湯蹈火。3實行；遵行。如：蹈常襲故。

4【蹈火】 ㄉㄠˋ ㄏㄨㄛˇ
置身火中。形容危險。

10【蹈海】 ㄉㄠˋ ㄏㄞˇ
跳海；投海。

13【蹈義】 ㄉㄠˋ ㄧˋ
行義；赴義。

22【蹈襲】 ㄉㄠˋ ㄒㄧˊ
因循沿襲。

11【蹈常襲故】 ㄉㄠˋ ㄔㄤˊ ㄒㄧˊ ㄍㄨˋ
因襲成規，不能開創新局面。

蹓 ㄌㄧㄡ *liu*¹ 音溜
或作蹈。參蹓躂。

14【蹓腿】 ㄌㄧㄡ ㄊㄨㄟˇ
國術練腿方法的一種。分爲正蹓、斜蹓、側蹓、後蹓等。除後蹓外，均要求腳尖翹起，膝部挺直，後腳跟不可因踢起而離地，上身前傾度不可太大。

20【蹓躂】 ㄌㄧㄡ ㄊㄚˋ
散步；閒逛。也作溜達。

蹐 ㄐㄧˊ *chi*² 音集
小步行走。見"說文"。

蹌 ㊀ ㄑㄧㄤ *ch'iang*¹ 音槍
1動。見"說文"。2形容走路有節奏。見"正字通"。
㊁ ㄑㄧㄤˋ *ch'iang*⁴ 音蹡
走。同蹡。見"集韻"。

⿰𧾷般 ㄆㄢˊ *p'an*² 音盤
同蹣。參蹣跚。

蹏 蹄的或體。

11

蹩 ㄅㄧㄝˊ *pieh*² 音別
1踢。見"說文"。2跛腳。

10【蹩氣】 ㄅㄧㄝˊ ㄑㄧˋ
意氣不順。即負氣或賭氣。

13【蹩腳】 ㄅㄧㄝˊ ㄐㄧㄠˇ
1跛腳。2形容品質不良。3比喻失意潦倒。

24【蹩躠】 ㄅㄧㄝˊ ㄙㄚˋ
1盡力的樣子。2旋轉的樣子。

蹔 ㄓㄢˋ *chan*⁴ 音戰 讀音 ㄗㄢˋ *tsan*⁴ 音贊
1疾進。見"說文"。2不久。通暫。見"集韻"。

蹛 ㊀ ㄉㄧˋ *ti*⁴ 音帝
姓。'漢'有'蹛惲'。見"漢書·

王莽傳”。

㈡ ㄔˋ ch'ih^{4} 音斥

用一腳走路。同踶。見“集韻”。

蹙 ㄘㄨˋ ts'u^{4} 音促

①急迫。如:迫蹙。②減少。如:國土日蹙。③縮;皺。如:蹙眉。④困窮。如:窘蹙。

9【蹙眉】 ㄘㄨˋ ㄇㄟˊ

皺眉頭。形容煩憂的樣子。

【蹙迫】 ㄘㄨˋ ㄆㄛˋ

急迫。

15【蹙頞】 ㄘㄨˋ ㄜˋ

皺眉。煩憂的樣子。

蹜 ㄙㄨˋ su^{4} 音肅

舉步碎細。見“集韻”。

蹢 ㈠ ㄉㄧˊ ti^{2} 音敵

獸蹄。見“正字通”。

㈡ ㄓˊ chih^{2} 音職

①通躑。參蹢躅。②投。通擿。如:投蹢。

20【蹢躅】 ㄓˊ ㄓㄨˊ

徘徊不進的樣子。也作躑躅、蹢躅。

蹠 ㄓˊ chih^{2} 音姪

①踐;踏。見“正字通”。②腳跟;腳板。③雞足底的肉。見“字彙”。

蹗 ㄌㄨˋ lu^{4} 音鹿

①行進的樣子。見“集韻”。②恭敬。見“字彙”。

䠞 蹵的或體。

踳 ㄔㄨㄥ ch'ung^{1} 音春

踐踏。見“廣雅·釋詁”。

蹟 ㄐㄧ chi^{1} 音積

同迹、跡。①行蹤。見“說文”。②事物的遺跡。如:古蹟。

蹥 ㄌㄧㄢˊ lien^{2} 音連

足跟。見“篇韻”。

蹧 ㄗㄠ tsao^{1} 音糟

參蹧蹋。

17【蹧蹋】 ㄗㄠ ㄊㄚˋ

同糟蹋。①浪費;不愛惜。②侮辱。

躇 ㄔㄨˊ ch'u^{2} 音除

或作躕。參跱躇。

蹣 ㈠ ㄆㄢˊ p'an^{2} 音盤

參蹣跚。

㈡ ㄇㄢˊ man^{2} 音瞞

①同㈠。②踰越。見“字彙”。

12【蹣跚】 ㄆㄢˊ ㄕㄢ

①走路一瘸一拐的樣子。②形容旋轉扭動的舞姿。同蹁躚。

蹛 ㈠ ㄉㄞˋ tai^{4} 音帶

蹋。見“說文”。

㈡ ㄓˋ chih^{4} 音滯

貯積。通滯。見“字彙”。

蹞 ㄎㄨㄟˇ k'uei^{3} 音傀

半步。本作跬,也作跓。

蹚 ㄊㄤ t'ang^{1} 音湯

①跌倒。同踼。②踏在泥裡;從水裡走過。如:蹚渾水。③不正的行爲。

12【蹚渾水】 ㄊㄤ ㄏㄨㄣˊ ㄕㄨㄟˇ

①比喻跟隨別人做壞事。②比喻捲入麻煩。

蹕 ㄅㄧˋ pi^{4} 音必

①古代帝王出巡時,清道禁止路人行走。見“正字通”。②帝王的車駕。如:駐蹕。③用一腳站立,致使身體傾斜。

蹡 ㈠ ㄑㄧㄤ ch'iang^{1} 音槍

走路的樣子。同蹌。見“集韻”。

㈡ ㄑㄧㄤˋ ch'iang^{4} 音嗆

參踉蹡。

蹦 ㄅㄥˋ pêng^{4} 音迸

跳躍。

踓 ㄘㄨㄟ ts'ui^{1} 音崔

參躟踓。

蹝 ㄒㄧˇ hsi^{3} 音洗

本作躧,又作屣。①草鞋。如:敝蹝。②拖著草鞋走。如:蹝履。

蹤 ㄗㄨㄥ tsung^{1} 音宗

或作踪。①足跡。如:蹤影。②事物的痕跡。

13【蹤跡】 ㄗㄨㄥ ㄐㄧ

腳跡;行跡。

15【蹤影】 ㄗㄨㄥ ㄧㄥˇ

蹤跡和形影。

12

蹵 蹴的或體。

蹷 蹶的或體。

蹴 ㄘㄨˋ ts'u^{4} 音促

也作蹵。①踏;踩。如:蹴踏。②踢。如:蹴鞠。③驚恐的樣子。

蹲 ㈠ ㄉㄨㄣ tun^{1} 音敦 讀音 ㄘㄨㄣˊ ts'un^{2} 音存

①兩膝彎曲,臀部虛坐而不著地。見“說文”。②聚集。見“集韻”。

㈡ ㄑㄩㄣ ch'ün^{1} 音逡

參蹲蹲。

15【蹲踞】 ㄉㄨㄣ ㄐㄩˋ

張開兩腿蹲在地上。

19【蹲蹲】 ㄑㄩㄣ ㄑㄩㄣ

舞動的樣子。

蹸 ㄌㄧㄣˋ lin^{4} 音吝

車輪輾壓過道路。見“說文”。

蹭 ㄘㄥˋ ts'êng^{4} 音蹭

①緩步而行。②搖動。如:蹭頭晃腦。

19【蹭蹬】 ㄘㄥˋ ㄉㄥˋ

失勢、不得意的樣子。

蹺 ㄑㄧㄠ ch'iao^{1} 音蹺

①把腳舉高。②泛指舉起。

15【蹺課】 ㄑㄧㄠ ㄎㄜˋ

逃學;曠課。

蹶 ㈠ ㄐㄩㄝˊ chüeh^{2} 音厥

也作蹷。①失足跌倒。如:蹶躓。②失敗;受挫。如:一蹶不振。③踏;踢。④竭盡。⑤姓。‘周’有‘蹶由’。見“萬姓統譜·一一八”。

㈡ ㄐㄩㄝˇ chüeh^{3}

馬用後腳跳、踢。

蹬 ㄉㄥˋ têng^{4} 音鄧

①用力踏。②穿;套。如:蹬上鞋子。

12【蹬揣】 ㄉㄥˋ ㄨㄞ

抽搐。

15【蹬鞋】 ㄉㄥˋ ㄒㄧㄝˊ

國術練腿方法的一種。又名朝天蹬。以手將腿由外側向上扳起，膝部打直，高至頭部，腳底朝上。

【蹬撲】 ㄉㄥˋ ㄆㄨ
國術腿擊法。把腳提起，在敵人腳外側落地，同時伸直，轉身後蹬。

蹳 ㄅㄛ *po*¹ 音撥
用腳踐踏東西。見"集韻"。

蹰 躕的俗體。

躇 ㄔㄨˊ *ch'u*² 音除
或作躕。參躊躇。

蹪 ㄊㄨㄟˊ *t'ui*² 音頹
向前傾跌。見"集韻"。

蹼 ㄆㄨˊ *p'u*² 音僕
(web)蛙及水鳥等趾間的皮膜。可助游泳。

蹯 ㄈㄢˊ *fan*² 音煩
野獸的足掌部分。又作蹞。見"廣雅·釋獸"。

蹻 ㊀ ㄑㄧㄠ *ch'iao*¹ 音敲
①把腳舉高。同蹺。見"說文"。②指足踝以下的部位。見"正字通"。
㊁ ㄐㄧㄠˇ *chiao*³ 音矯
①勇壯。如：蹻勇。②身手敏捷。如：蹻捷。
㊂ ㄐㄩㄝˊ *chüeh*² 音絕
①草鞋。②不堅固的樣子。

13

躄 ㄅㄧˋ *pi*⁴ 音必
雙腳殘廢。本作壁、躃。見"廣韻"。

躉 ㄉㄨㄣˇ *tun*³ 音盹
整數；大批。如：躉售。

7【躉批】 ㄉㄨㄣˇ ㄆㄧ
大批發售。

11【躉售】 ㄉㄨㄣˇ ㄕㄡˋ
大批發售。與零售相對。

【躉售物價指數】ㄉㄨㄣˇ ㄕㄡˋ ㄨˋ ㄐㄧㄚˋ ㄓˇ ㄕㄨˋ
(index numbers of wholesale price) 即批發物價指數。由主管單位定期調查國內各主要農、工業產品的產地價位及出廠價位，按照重要性的不同，納入一個固定公式計算所得的指數。與消費者物價指數同為觀察整體物價變動的重要指標。

躂 ㄊㄚˋ *t'a*⁴ 音踏
跌倒。見"廣韻"。

躃 躄的或體。

躆 ㄐㄩˋ *chü*⁴ 音據
用手按地。見"集韻"。

躁 ㄗㄠˋ *tsao*⁴ 音灶
①急切。如：躁急。②心浮；粗暴。如：煩躁。

12【躁進】 ㄗㄠˋ ㄐㄧㄣˋ
急於尋求進身之階。

29【躁鬱症】 ㄗㄠˋ ㄩˋ ㄓㄥˋ
(manic-depressive psychosis) 一種情感精神病。主要的症狀是情緒不穩定，患者呈極度興奮或憂鬱狀態。可用鋰鹽或其他精神藥物控制。

躅 ㄓㄨˊ *chu*² 音竹
足跡。見"正字通"。

躈 ㄑㄧㄠˋ *ch'iao*⁴ 音俏
馬臀部分開成溝形的部位。見"集韻"。

14

躄 ㄑㄧㄥ *ch'ing*¹ 音輕 又讀 ㄑㄧㄥˋ *ch'ing*⁴ 音慶
一足跳行。見"廣韻"。

躋 ㄐㄧ *chi*¹ 音基
登臨；升上。見"說文"。

7【躋身】 ㄐㄧ ㄕㄣ
升高身分地位。

躍 ㄩㄝˋ *yüeh*⁴ 音龠
①快跑。如：飛躍。②跳起。如：躍升。③心動的樣子。如：躍躍欲試。

4【躍升】 ㄩㄝˋ ㄕㄥ
跳級晉升；快速進步。

21【躍躍然】 ㄩㄝˋ ㄩㄝˋ ㄖㄢˊ
因急切期待而心情激動的樣子。

10【躍馬橫戈】 ㄩㄝˋ ㄇㄚˇ ㄏㄥˊ ㄍㄜ
放縱馬匹，橫持長戈，衝殺敵人。

12【躍然紙上】 ㄩㄝˋ ㄖㄢˊ ㄓˇ ㄕㄤˋ
形容文章、繪畫的生動逼眞。

21【躍躍欲試】 ㄩㄝˋ ㄩㄝˋ ㄩˋ ㄕˋ
心動技癢，很想一試的樣子。

躊 ㄔㄡˊ *ch'ou*² 音酬
參躊躇。

19【躊躇】 ㄔㄡˊ ㄔㄨˊ
①猶豫、徘徊的樣子。②從容自得、志得意滿的樣子。

【躊躇滿志】 ㄔㄡˊ ㄔㄨˊ ㄇㄢˇ ㄓˋ
①心滿意足、從容自得的樣子。②驕傲自大、得意洋洋的樣子。

15

躗 ㄨㄟˋ *wei*⁴ 音衛
謬誤；不實。見"字彙"。

躕 ㄔㄨˊ *ch'u*² 音除
參躕躇。

19【躕躇】 ㄔㄨˊ ㄔㄨˊ
猶豫不進。同踟躕。

躔 ㄔㄢˊ *ch'an*² 音廛
①踐踏。見"說文"。②日月星辰運行所經過的軌道。如：躔度。

躑 ㄓˊ *chih*² 音擲
參躑躅。

19【躑躅】 ㄓˊ ㄓㄨˊ
徘徊不前的樣子。

躚 ㄒㄧㄢ *hsien*¹ 音仙
舞動的樣子。見"廣韻"。

躐 ㄌㄧㄝˋ *lieh*⁴ 音獵
①踐踏。見"集韻"。②超越；不按次序。如：躐等。

12【躐等】 ㄌㄧㄝˋ ㄉㄥˇ
超越次序等級。

【躐進】 ㄌㄧㄝˋ ㄐㄧㄣˋ
越級陞擢。

躖 ㄉㄨㄢˋ *tuan*⁴ 音斷
禽獸所踐踏的地方。也作蹍。見"字彙"。

躒 ㊀ ㄌㄧˋ *li*⁴ 音礫
舉動。見"集韻"。
㊁ ㄌㄨㄛˋ *lo*⁴, *luo*⁴ 音洛
參逴躒。

三 ㄩㄝˋ *yüeh*^{4} 音躍
跳躍。同躍。見"集韻"。

躓 ㄓˋ *chih*^{4} 音致
[1]跌倒。[2]阻礙;挫折。

13【躓頓】 ㄓˋ ㄉㄨㄣˋ
受到阻礙而停頓不前。比喻境遇困難。

15【躓踣】 ㄓˋ ㄅㄛˊ
跌倒。引申爲失敗。

19【躓礙】 ㄓˋ ㄞˋ
阻礙。

16

躘 ㄌㄨㄥˊ *lung*^{2} 音隆 又讀 ㄌㄨㄥˋ *lung*^{4}
參躘踵。

16【躘踵】 ㄌㄨㄥˊ ㄓㄨㄥˇ
[1]小兒學走路的樣子。[2]不能行走的樣子。

17

躞 ㄒㄧㄝˋ *hsieh*^{4} 音燮
書卷的軸心。見"正字通"。

16【躞蹀】 ㄒㄧㄝˋ ㄉㄧㄝˊ
同蹀躞。

躟 ㄖㄤˇ *jang*^{3} 音壤 又讀 ㄖㄤˊ *jang*^{2} 音瓤
參躟踓。

18【躟踓】 ㄖㄤˇ ㄘㄨㄟ
非常快速。

躠 ㄙㄚˋ *sa*^{4} 音薩 又讀 ㄒㄧㄝˋ *hsieh*^{4} 音泄
參蹩躠。

18

躥 ㄘㄨㄢ *ts'uan*^{1} 音攛
[1]由低向高處跳。[2]急瀉而下。[3]突然發作。

躡 ㄋㄧㄝˋ *nieh*^{4} 音聶
[1]輕踏;提起腳跟走。如:躡足。[2]登;升。[3]追趕;追隨。如:躡蹤而至。

7【躡足】 ㄋㄧㄝˋ ㄗㄨˊ
[1]踩別人的腳。[2]用腳尖著地輕輕地走。

4【躡手躡腳】 ㄋㄧㄝˋ ㄕㄡˇ ㄋㄧㄝˋ ㄐㄧㄠˇ
輕步行走的樣子。

躣 ㄑㄩˊ *ch'ü*^{2} 音渠
行走的樣子。見"說文"。

躙
躣的或體。

躤 ㄐㄧㄝˋ *chieh*^{4} 音借 又讀 ㄐㄧˊ *chi*^{2} 音籍
用腳踐踏過去。見"集韻"。

19

躧 ㄒㄧˇ *hsi*^{3} 音徙
[1]舞鞋。見"說文"。[2]舞動的;輕快的。如:躧步。[3]拖著鞋子走。如:躧履。

躦 ㄗㄨㄢ *tsuan*^{1} 音鑽
[1]用腳踏。見"集韻"。[2]穿過。通鑽。[3]攀附以求進身。通鑽。

11【躦䟰】 ㄗㄨㄢ ㄨㄢˇ
兩腳合攏。

20

躩 ㄐㄩㄝˊ *chüeh*^{2} 音矍
[1]快走的樣子。如:躩步。[2]跳躍。

躪 ㄌㄧㄣˋ *lin*^{4} 音藺
踐踏;輾壓。如:蹂躪。

21

躨 ㄎㄨㄟˊ *k'uei*^{2} 音葵
參躨跜。

12【躨跜】 ㄎㄨㄟˊ ㄋㄧˊ
動物走動的樣子。

𨇦 ㄓㄨˊ *chu*^{2} 音躅
也作躅。參躑躅。

身部

身 一 ㄕㄣ *shên*^{1} 音申
[1]軀體的總稱。包括人類、動物、植物等軀體。[2]物件的主體。如:車身。[3]人的自稱。相當於我。[4]親自。如:身體力行。[5]懷孕。如:有身。

二 ㄐㄩㄢ *chüan*^{1} 音捐
參身毒。

4【身手】 ㄕㄣ ㄕㄡˇ
[1]技藝或武藝。[2]指人的體格或動作。

【身分】 ㄕㄣ ㄈㄣˋ
人在社會或法律上被認定的地位。

5【身世】 ㄕㄣ ㄕˋ
[1]指人的出生環境、家庭背景。[2]指人一生的境遇。

【身孕】 ㄕㄣ ㄩㄣˋ
指婦女腹中的胎兒。

8【身毒】 ㄐㄩㄢ ㄉㄨˊ
'印度'的古譯。

9【身段】 ㄕㄣ ㄉㄨㄢˋ
[1]指身體高矮肥瘦的姿態。[2]指戲曲演員在場上表演的姿態。

【身後】 ㄕㄣ ㄏㄡˋ
死後。

10【身家】 ㄕㄣ ㄐㄧㄚ
[1]門第;家世。[2]自身和家庭。

15【身價】 ㄕㄣ ㄐㄧㄚˋ
[1]身分地位的高低。[2]舊時娼妓婢妾賣身的價錢。

4【身分證】 ㄕㄣ ㄈㄣˋ ㄓㄥˋ
國民身分證的簡稱。

【身分權】 ㄕㄣ ㄈㄣˋ ㄑㄩㄢˊ
又稱親屬權。係非財產權之一。凡以權利人與他人之特定身分關係爲標的之權利,稱爲身分權。如家長對家屬有家長權、父母對子女有親權、監護人對被監護人有監護權等。

5【身外物】 ㄕㄣ ㄨㄞˋ ㄨˋ
不是自身生來具有的事物。泛指一切功名、利祿、富貴、權勢等。

4【身分行爲】 ㄕㄣ ㄈㄣˋ ㄒㄧㄥˊ ㄨㄟˊ
法律行爲以發生身分關係之變動爲內容者,稱身分行爲;以發生財產關係之變動爲標的者,稱爲財產行爲。如結婚、收養、認領、離婚、終止收養、繼承權之拋棄、繼承之承認等均是身分行爲。

9【身首異處】 ㄕㄣ ㄕㄡˇ ㄧˋ ㄔㄨˋ
頭和軀體分開。指被殺。

11【身敗名裂】 ㄕㄣ ㄅㄞˋ ㄇㄧㄥˊ ㄌㄧㄝˋ
事業失敗，名譽掃地。

12【身無長物】 ㄕㄣ ㄨˊ ㄓㄤˋ ㄨˋ
身邊沒有多餘的東西。形容非常貧窮。

19【身懷六甲】 ㄕㄣ ㄏㄨㄞˊ ㄌㄧㄡˋ ㄐㄧㄚˇ
懷孕；懷胎。

23【身體力行】 ㄕㄣ ㄊㄧˇ ㄌㄧˋ ㄒㄧㄥˊ
親自實踐體驗。

【身體治療法】 ㄕㄣ ㄊㄧˇ ㄓˋ ㄌㄧㄠˊ ㄈㄚˇ
(somatic therapy)心理醫療術之一。藉電擊、腦部手術、腦部刺激、服用藥物等以治療心理或情緒異常的方法。

3

躬 ㄍㄨㄥ *kung*¹ 音弓
也作躳。1身體。2自己；親自。如：躬耕。3彎身。如：躬身。

6【躬行】 ㄍㄨㄥ ㄒㄧㄥˊ
親自實踐。

8【躬奉】 ㄍㄨㄥ ㄈㄥˋ
親自獻上。

11【躬逢】 ㄍㄨㄥ ㄈㄥˊ
親身逢遇。

16【躬親】 ㄍㄨㄥ ㄑㄧㄣ
親身去做。

4

躭 耽的俗體。

5

躰 射的古文。

6

躱 ㄊㄧㄠˇ *t'iao*³ 音窕
身材修長的樣子。見"集韻"。

躲 ㄉㄨㄛˇ *to*³, *tuo*³ 音朵
同躱。1把身體掩藏起來。見"玉篇"。2迴避。如：躲開。

17【躲避球】 ㄉㄨㄛˇ ㄅㄧˋ ㄑㄧㄡˊ
盛行於中、小學的一種球類運動。比賽分兩隊，約各25人，分別站在11公尺寬、22公尺長的球場兩邊，互相投擲對方球員，被投到而接不到球的球員，就被罰出場(可以與內場本隊球員相互投球呼應)，最後以場內所剩球員的多寡決定勝負。

躱 躲的或體。

7

躳 躬的本字。

8

躺 ㄊㄤˇ *t'ang*³ 音倘
平臥。

躶 裸的或體。

9

軀 一 ㄧㄢˇ *yen*³ 音偃
傴僂；身體彎曲。見"集韻"。
二 ㄧㄢˋ *yen*⁴ 音厭
憤怒而瞪視。見"廣韻"。

躴 ㄏㄚ *ha*¹ 音哈
彎著身體。今通作哈。如：躴腰。

11

軀 ㄑㄩ *ch'ü*¹ 音區
1身體。如：身軀。2量詞。稱塑像一尊爲一軀。如：造像千軀。

13【軀幹】 ㄑㄩ ㄍㄢˋ
1(trunk)指身體由頸至臀，即除頭和四肢以外的部分。內有胸腔和腹腔，藏有各種臟腑器官。2泛指身體、身材。3比喻事物的主要部分。

23【軀體】 ㄑㄩ ㄊㄧˇ
身體。

12

軃 ㄉㄨㄛˇ *to*³, *tuo*³ 音朵
1嚲的訛字。2躲的或體。

車 部

車 一 ㄔㄜ *ch'ê*¹
1陸地上的交通工具。2利用機器轉動來製造物品。如：車衣服。3姓。'晉'有'車胤'。見"萬姓統譜·三六"。
二 ㄐㄩ *chü*¹ 音居
一1的讀音。

7【車床】 ㄔㄜ ㄔㄨㄤˊ
(lathe) 處理金屬或木質物品表面的機械工作母機。基本上它需能夾住物體，並且用一切削裝置於工件轉動時處理物品。依用途分，有磨光車床、鏤花車床、數控車床等多種。

9【車胤】 ㄔㄜ ㄧㄣˋ
'東晉''南平'(今'湖南''安鄉'北或'湖北''公安'東北)人，字'武子'。少時勤學而家貧，夏夜便用袋子收集螢火蟲照明讀書。官至吏部尚書，封'臨湘侯'。後因劾奏'元顯'，被迫自殺。

12【車裂】 ㄔㄜ ㄌㄧㄝˋ
古代酷刑之一。用馬車拖裂人體。

13【車鼓】 ㄔㄜ ㄍㄨˇ
'臺灣'的一種民俗曲藝。又叫撐渡、車鼓歌劇。歌詞以七言四句爲原則，內容多男女之情。有濃厚的鄉土氣息。劇目有"番婆弄"、"五更鼓"、"桃花過渡"等。所用樂曲爲'閩'南流行的小調及南管。

18【車轍】 ㄔㄜ ㄓㄜˊ
1車道。2車輛駛過留下的輪跡。

10【車馬器】 ㄔㄜ ㄇㄚˇ ㄑㄧˋ

古代車上青銅部分有轂、軎、轄、軛和鑾。轂安裝在車輪兩側的軸上；軎套在車軸兩端；轄插入軎上和軸端的穿孔，使軎固定；軛一首兩腳，作人字形分叉，軛首繫在車衡上，軛腳架在馬頸上；鑾乃安裝在軛首或車衡的飾物。馬器有銜、鑣、當盧和馬冠等，銜是橫勒於馬嘴以便駕御的馬嚼子；鑣在馬嘴外側，扣連馬銜；當盧和馬冠分別是馬頭和額上的飾物。

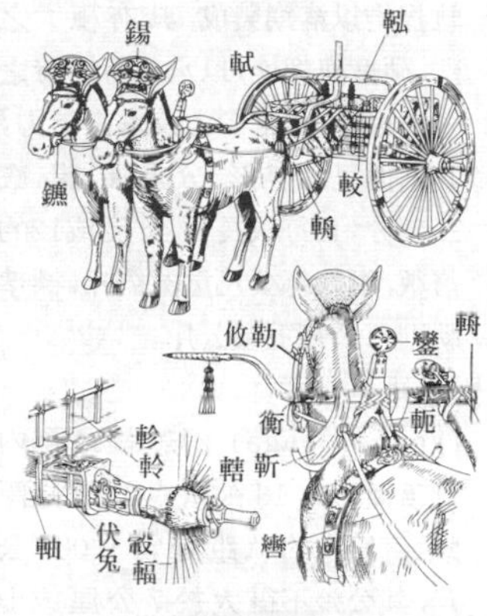

車馬器圖

15【車輪戰】 ㄔㄜ ㄌㄨㄣˊ ㄓㄢˋ

指許多人輪流和一個人交戰或比賽。

4【車水馬龍】 ㄔㄜ ㄕㄨㄟˇ ㄇㄚˇ ㄌㄨㄥˊ

車馬往來不絕的樣子。

7【車床夾具】 ㄔㄜ ㄔㄨㄤˊ ㄐㄧㄚˊ ㄐㄩˋ

(lathe fixtures) 在車床上將工件固定夾緊，以利車削工作實施之夾具。

13【車載斗量】 ㄔㄜ ㄗㄞˋ ㄉㄡˇ ㄌㄧㄤˊ

用車載，用斗量。形容數量很多。

16【車螢孫雪】 ㄔㄜ ㄧㄥˊ ㄙㄨㄣ ㄒㄩㄝˇ

比喻貧苦而勤奮向學。'東晉'"車胤'少時勤學而家貧，夏夜用袋子收集螢火蟲照明讀書。見"晉書·車胤傳"。'晉'"孫康'少時家貧，曾於冬夜映雪讀書。見"蒙求·孫康映雪"。

1

軋 ㊀ ㄧㄚˋ *ya*⁴ 音訝

①輾壓。如：軋棉花。②排擠。如：傾軋。

㊁ ㄍㄚˊ *ka*² 音嘎

參軋頭寸。

8【軋軋】 ㄧㄚˋ ㄧㄚˋ

①車行的聲音。②搖槳的聲音。③物類群生的樣子。④機器運轉的聲音。

11【軋票】 ㄍㄚˊ ㄆㄧㄠˋ

查票。

【軋帳】 ㄍㄚˊ ㄓㄤˋ

查對帳目。

17【軋戲】 ㄍㄚˊ ㄒㄧˋ

指演員同時兼拍幾部戲，而到處趕場。

7【軋別丁】 ㄍㄚˊ ㄅㄧㄝˊ ㄉㄧㄥ

(gabardine)在布匹表面呈現45°或63°經面急斜紋者。其織紋爲2上2下斜紋組織，斜向通常向左且由單股紗織造，若以合股經紗、單股緯紗織造時，其斜向則呈右斜狀；經密通常爲緯密的兩倍，使得斜向紋路更加明顯突出；一般碼重爲8～14盎斯/(碼)^2，質地可爲紡毛、棉、絲等。爲了經濟因素，有時經紗使用棉織，再搭配其他質地的緯紗，而棉質軋別丁由梳棉紗或精梳棉紗織成均可。

16【軋頭寸】 ㄍㄚˊ ㄊㄡˊ ㄘㄨㄣˋ

①銀行經營業務，如資金付出多而收進少，資金短缺，必須預爲籌措，而向'中央銀行'或資金充裕的同業拆借，以應急需，此種資金的調度，俗稱軋頭寸。②商場泛稱資金調度。

2

軍 ㄐㄩㄣ *chün*¹ 音君

①軍隊；部隊。如：軍紀。②士兵的通稱。如：軍人。③軍隊的編制單位。'周代'以一萬二千五百人爲一軍。今爲陸軍編制單位之一。大於師，低於軍團。一般統轄三個師及軍直屬部隊。軍長官階爲中將。④屯戍；駐紮。⑤'宋代'行政區域名。⑥姓。'南北朝'有'軍延賞'。見"萬姓統譜·二〇"。

4【軍心】 ㄐㄩㄣ ㄒㄧㄣ

軍隊的戰鬥、團結、服從等方面的意志。

【軍火】 ㄐㄩㄣ ㄏㄨㄛˇ

泛指軍隊所使用的武器、彈藥。如飛機、艦艇、槍砲、子彈等。

5【軍功】 ㄐㄩㄣ ㄍㄨㄥ

作戰所建立的功績。

【軍令】 ㄐㄩㄣ ㄌㄧㄥˋ

軍事命令。

8【軍官】 ㄐㄩㄣ ㄍㄨㄢ

國軍部隊中，依總統頒發任官令，以保有階級與職稱之軍人。我國軍官體系分將、校、尉三級，各級又分上、中、少三級。

【軍法】 ㄐㄩㄣ ㄈㄚˇ

①泛指治軍的法令。②以軍人爲適用對象之法律。軍法分爲軍事實體法及軍事程序法。前者如"陸海空軍刑法"、"戰時軍律"是。後者如"軍事審判法"是。軍事實體法之刑度較"刑法"之規定爲重。軍事程序法一般採速審速結之原則，且判決須由該管軍事審判機關長官核定後方可宣布或送達，並非完全獨立，所以達到掌握軍機，整飭軍紀，並貫徹軍事指揮權。"憲法"第九條規定：「人民除現役軍人外，不受軍事審判。」旨在保障人權。

【軍事】 ㄐㄩㄣ ㄕˋ

泛指一切與軍隊有關的事務。如部隊稱作軍事機關，軍隊活動資料稱作軍事消息。

9【軍紀】 ㄐㄩㄣ ㄐㄧˋ

軍隊的紀律。

10【軍容】 ㄐㄩㄣ ㄖㄨㄥˊ

泛指軍隊在武器、裝備、士氣和紀律等方面的表現。

【軍旅】 ㄐㄩㄣ ㄌㄩˇ

[1]軍隊。[2]戰陣之事。

【軍師】 ㄐㄩㄣ ㄕ

[1]軍隊。[2]古官名。負責監察軍務。爲避‘晉景帝’諱,改稱軍司。[3]今泛指替人出計謀的人。

11【軍情】 ㄐㄩㄣ ㄑㄧㄥˊ

軍事的情況。

【軍務】 ㄐㄩㄣ ㄨˋ

軍中的事務。

12【軍備】 ㄐㄩㄣ ㄅㄟˋ

軍事用的裝備與補給。包括陸、海、空所用的一切武器,如彈藥、飛機、船艦,及有組織之人員、兵工廠、後勤等。

14【軍閥】 ㄐㄩㄣ ㄈㄚˊ

[1]軍功。[2]指自樹武力,與中央政府若即若離的軍人。如‘漢代’的州牧、‘唐’末的藩鎮、‘民’初的軍閥均是。通常有固定或流動的地盤,行使半獨立或接近獨立的統治權。‘民’初的軍閥源於‘清’末的北洋新軍,主要派系北方有‘直’、‘皖’、‘奉’、‘閻’等;南方有‘滇’、‘桂’系。就其興衰分爲四期:‘民國’五年以前爲孕育期;五至十四年爲興盛期;十四至十七年爲削弱期;十七至二十五年爲反動期。

16【軍機】 ㄐㄩㄣ ㄐㄧ

[1]軍中的機密。[2]軍用飛機的簡稱。

18【軍職】 ㄐㄩㄣ ㄓˊ

武職。

【軍壘】 ㄐㄩㄣ ㄌㄟˇ

軍隊的營牆。

22【軍權】 ㄐㄩㄣ ㄑㄩㄢˊ

管理和調遣軍隊的權力。

5【軍令狀】 ㄐㄩㄣ ㄌㄧㄥˋ ㄓㄨㄤˋ

執行軍事命令時所立下的保證書。

9【軍政府】 ㄐㄩㄣ ㄓㄥˋ ㄈㄨˇ

由軍人執政之政府。軍政府各單位乃根據軍政府長官之職權宣布法律或規章,以管制其控制下之占領區。

16【軍機處】 ㄐㄩㄣ ㄐㄧ ㄔㄨˋ

‘清’官署名。綜理國家軍機大政。除機務外,凡特旨簡放大員,如大學士、六部、九卿、督撫、將軍、提督、學差、主考及駐外使節皆由軍機大臣開單請旨。權位極重。

11【軍國主義】 ㄐㄩㄣ ㄍㄨㄛˊ ㄓㄨˇ ㄧˋ

(militarism)對外爲實行侵略弱小民族的政策,而不斷地擴充軍備,並使文化、經濟、政治等均配合軍事需要的一種侵略主義。

【軍械庫美展】 ㄐㄩㄣ ㄒㄧㄝˋ ㄎㄨˋ ㄇㄟˇ ㄓㄢˇ

(Armory Show)‘美國’的國際現代藝術展(International Exhibition of Modern Art),於西元1913年2月17日在‘紐約市’的69兵團軍械庫(69th Regiment Armory)展出,因而有軍械庫美展之稱。該時展出作品有一萬六千多件,有‘美國’的,有來自外國的;有傳統的,有前衛的。不過這一次的美展卻注重當時激進的畫派,包括印象派、野獸派、主體派與表現派等,使現代美術對‘美國’觀眾、收藏家與美術家產生一次很大的衝擊,成爲‘美國’美術往現代美術發展的一次很重要的教育機會。

軎

害的或體。

軌

ㄍㄨㄟˇ *kuei*^{3} 音鬼

[1]車子兩輪間的距離。如:車同軌。[2]車輪輾過的痕跡。如:軌轍。[3]法則;法度。如:軌範。[4]固定路線。如:軌道。[5]遵循。如:不軌常道。[6]姓。‘周’有‘軌革’。見“尚友錄・一五”。

8【軌枕】 ㄍㄨㄟˇ ㄓㄣˇ

(railway sleeper; tie)鋪設於道碴之上、軌條之下的構造物。其功能係承受車輪之壓力,將之傳播於較大面積之道碴,使軌條得以保持一定距離與方位。依所使用之材質,有木枕、鋼枕、水泥枕之別,而每根之截面必得寬20公分、厚15公分、長2.1公尺,且平均每公里之鋪設不得少於1,700根。

9【軌度】 ㄍㄨㄟˇ ㄉㄨˋ

法則;規範。

11【軌域】 ㄍㄨㄟˇ ㄩˋ

(orbitals)指原子核外電子最可能出現之區域,每個軌域具有特定的波動函數。

【軌條】 ㄍㄨㄟˇ ㄊㄧㄠˊ

(rail)軌道最主要之結構。其功能係直接支承車輪、提供光滑之行走面,以確保行車安全與穩定。軌條均以溶鋼製成,具有極大之堅、硬度與韌性,以承載行車時之各種縱壓力、橫壓力及垂直壓力;其斷面呈工字形,分爲頭、腹、底三部分;且每根長12公尺或12的倍數,鋼軌每公尺重37公斤,標準軌則每公尺重43公斤。

12【軌距】 ㄍㄨㄟˇ ㄐㄩˋ

(gauge; gage)兩軌條頭部內側頂面下方16公厘處的最短距離。直線上的軌距定爲1.067公尺,其公差不得大於7公厘或小於4公厘。‘民國’五十三年三月,‘交通部’公布“鐵路建築規則”,定標準軌距爲1.435公尺,大於此者稱爲寬軌(broad gauge),小於此者稱爲窄軌(narrow gauge)。

13【軌道】 ㄍㄨㄟˇ ㄉㄠˋ

[1]遵循法則而行。[2](track)係由道碴、軌枕、軌條及扣件等組成,供列車及車輛通行的構造物。[3](orbit)一物體受另一物體之引力影響的運行路徑。如任何天體、人造衛星、太空船、飛彈等之運行路徑均屬之。軌道之形狀有橢圓形、圓形、拋物線及雙曲線四種。天體、人造衛星依照軌道運行一整周的時間稱爲軌道週期;一物體沿軌道運行的速度稱爲軌道速度,軌道之形狀、大小與軌道速度間有密切的關係。

【軌跡】 ㄍㄨㄟˇ ㄐㄧ

[1]遺規;舊制。[2]痕跡。[3]途徑。[4]

(locus) 一點依一定條件運動時，此點所經的線或面，稱爲此點適合此條件的軌跡。如一點對於一定點依定距離運動時，此點在一平面中所經的軌跡爲一圓，在空間的軌跡爲一球。5(trajectory; path) 指一質點運動時所循經的路徑。

15【軌撐】 ㄍㄨㄟˇ ㄔㄥ
(braces) 加於軌條外側藉以傳遞其橫向壓力於枕木的構造。曲線的外軌軌頭部分，常因車輪趨於直向行駛而受強大的橫向壓力，造成軌條的外傾之勢，導致軌條壓損枕木，並使內側道釘拔起，故需加設軌撐。其材料多爲生鐵、鍛鐵、鋼或木材。

【軌範】 ㄍㄨㄟˇ ㄈㄢˋ
法則；規範。

18【軌轍】 ㄍㄨㄟˇ ㄓㄜˇ
1車輪輾過的痕跡。借指車輛。2指車輛的型制、規格。3比喻法則或遺規。

13【軌道構造係數】 ㄍㄨㄟˇ ㄉㄠˋ ㄍㄡˋ ㄗㄠˋ ㄒㄧˋ ㄕㄨˋ
(coefficient of track structure) 表示軌道抵抗破壞程度的係數。乃由道碴壓力、道碴振動加速度、車輛行駛衝擊係數三者相乘所得之積。通常以之與標準軌道構造之構造係數相比，該比值與軌道之破壞程度成正比。

3

軒 ㄒㄩㄢ *hsüan*¹ 音宣
1曲轅而左右有屏藩的車。爲古代卿大夫和諸侯夫人所乘坐。見"說文"。2車子的通稱。3車廂後重前輕、前面高起的部分。4車廂後面受重壓而下傾，車前高起。5外圍以欄的廳堂前沿。6有窗的長廊。或指長廊上的窗子。如：軒窗。7小室。如：客居一軒。8樓版；檻版。9飛舉；高揚。如：軒昂。10高大的樣子。如：軒然大波。11姓。'漢'有'軒和'。見"通志·氏族略四"。

7【軒車】 ㄒㄩㄢ ㄔㄜ
1有帷幕的馬車。古代大夫以上的官吏坐車。2攻城用的樓車。

10【軒朗】 ㄒㄩㄢ ㄌㄤˇ
高敞開朗。

11【軒冕】 ㄒㄩㄢ ㄇㄧㄢˇ
1古代官吏的坐車和衣冠。2比喻官爵或達官貴人。

12【軒敞】 ㄒㄩㄢ ㄔㄤˇ
高大寬敞。

【軒然】 ㄒㄩㄢ ㄖㄢˊ
1笑貌。2高大的樣子。

14【軒翥】 ㄒㄩㄢ ㄓㄨˋ
振翅高飛的樣子。

17【軒豁】 ㄒㄩㄢ ㄏㄨㄛˋ
1開朗。2聲勢浩大。

【軒轅】 ㄒㄩㄢ ㄩㄢˊ
1即'黃帝'。2輈的別名。也用作車的代稱。3星宿名。屬於二十八宿中的星宿。相當於獅子座頭部諸星及天貓座、巨蟹座的一部分。其中軒轅十四即獅子座α星，是二合星，目視星等1.35等，光度約爲太陽的260倍。春天黃昏出現在東方的天空，是航海者重要的導航星之一。

12【軒然大波】 ㄒㄩㄢ ㄖㄢˊ ㄉㄚˋ ㄅㄛ
洶湧的波濤。比喻巨大的風潮或糾紛。

軔 ㄖㄣˋ *jên*⁴ 音刃
1放在車輪前後，以防止車子滑動的木塊。見"說文"。2牢固。通韌。如：堅軔。3八尺。通仞。

軏 ㄩㄝˋ *yüeh*⁴ 音月
古代小車轅木前端用來栓住衡木的插梢。見"說文"。

軑 ㄉㄞˋ *tai*⁴ 音代
1包在車轂外的金屬套。見"說文"。2車輪。見"方言·九"。

軎 ㄨㄟˋ *wei*⁴ 音衛 又讀 ㄙㄨㄟˋ *sui*⁴ 音歲
車軸兩端的套子。供轄插入，以固定車輪。也作𨊻。見"集韻"。

軓 ㄈㄢˋ *fan*⁴ 音范
車子前端遮蔽車廂的木板。與軫前後相對。見"說文"。

軕 ㄔㄨㄣ *ch'un*¹ 音春
1古代車廂上用來纏束圍欄的裝置。見"說文"。2下棺安葬時所用的車。見"說文"。

4

軖 ㄎㄨㄤˊ *k'uang*² 音狂
1紡車。見"說文"。2手推的獨輪車。見"說文"。

⿰車元 軏的本字。

軘 ㄊㄨㄣˊ *t'un*² 音屯
古代屯守用的兵車。見"說文"。

軛 ㄜˋ *o*⁴, *ê*⁴ 音厄
車衡兩端扼馬頸的器具。狀如人字形。本作軶。見"正字通"。

⿰車反 ㄈㄢˇ *fan*³ 音反
車子兩旁彎曲如鉤的裝飾。見"說文"。

軜 ㄋㄚˋ *na*⁴ 音納
古代馬車左右驂馬內側綁在軾上的繮繩。見"說文"。

⿰車爻 較的本字。

軞 ㄇㄠˊ *mao*² 音毛
主君的兵車。通作旄。

軟 ㄖㄨㄢˇ *juan*³
或作輭。1不堅硬。如：蘇軟。2柔善。如：欺軟怕硬。

4【軟木】 ㄖㄨㄢˇ ㄇㄨˋ
(soft wood) 材質輕軟的木材。多由針葉樹取出。

【軟水】 ㄖㄨㄢˇ ㄕㄨㄟˇ
(soft water) 含礦物質較少的水。可由硬水軟化而得。

【軟片】 ㄖㄨㄢˇ ㄆㄧㄢˋ
1有刺繡的鋪墊、桌巾、椅披等布片。2(film) 照相機、電影攝影機所用的底片。

【軟化】 ㄖㄨㄢˇ ㄏㄨㄚˋ

①形容人由倔強而改變或屈服。②用方法使人屈服。③(softening)使物質由硬變軟的過程。如製革的程序中，使皮中部分蛋白質水解，促進皮身柔軟，表面細緻。又如水的軟化，是將硬水中所含鈣、鎂鹽類去除。

5【軟玉】 ㄖㄨㄢˇ ㄩˋ
角閃石的俗名。屬於角閃石類(amphibole group)，成分是鈣和鎂的矽酸鹽。盛產於‘新疆’的‘和闐’、‘葉爾羌’，‘臺灣’‘花蓮’所產的‘臺灣’玉也是軟玉的一種。

【軟功】 ㄖㄨㄢˇ ㄍㄨㄥ
①練身體各部筋節柔軟的功夫。②以鼓氣方式練的功夫。

【軟石】 ㄖㄨㄢˇ ㄕˊ
(soft stone) 依物理性質，其壓縮強度在100kg/cm^{2}以下，吸水率在15%以上，漲比重約2g/cm^{3}以下的石材。僅供作裝飾用建材，不能作爲構造用建材。

6【軟光】 ㄖㄨㄢˇ ㄍㄨㄤ
光點均勻，無明顯方向的光源。軟光無法產生高反差及明顯陰影，雖能隱沒物體的表面結構，但容易變成平板無趣的光源。雲彩密布的天空及散射的陽光，均屬之。在室內若以白紗布、描圖紙包住閃光燈、汎光燈，或利用天花板、牆壁反射的方式攝影，也有類似的效果。

8【軟泥】 ㄖㄨㄢˇ ㄋㄧˊ
(ooze) 海源性沈積物的一種。其成分30%以上爲浮游性微生物的骨骼，其餘爲黏土礦物。質軟似湯膏狀。

【軟性】 ㄖㄨㄢˇ ㄒㄧㄥˋ
性質輕柔。與硬性相對。

9【軟風】 ㄖㄨㄢˇ ㄈㄥ
①微風；和風。②指‘蒲福’(Beaufort)風級中，風速每秒0.3～1.5公尺者。此種風力可使海面生鱗狀波紋及約0.1公尺高的波。

10【軟弱】 ㄖㄨㄢˇ ㄖㄨㄛˋ
①體質薄弱。②個性柔弱不剛強。

【軟骨】 ㄖㄨㄢˇ ㄍㄨˇ
(cartilage) 即柔軟而有彈性的骨，不含鈣質鹽。如人體關節兩硬骨的接合處、鼻和外耳等部位，可防止劇烈的碰觸。軟骨內沒有血管，氧及養分須由軟骨膜上的微血管運送。依其組成可分爲透明軟骨、纖維軟骨及彈性軟骨三種。

13【軟禁】 ㄖㄨㄢˇ ㄐㄧㄣˋ
把人安置在一個區域或住宅內，限制其自由。

【軟腭】 ㄖㄨㄢˇ ㄜˋ
(soft palate) 又稱軟口蓋。是形成口與鼻咽部之間的一個區域，由肌肉排成一個弓形，這弓形的開口連通口腔與咽部，而弓形向後延伸形成一小圓錐狀突起，稱爲懸雍垂。

14【軟語】 ㄖㄨㄢˇ ㄩˇ
溫和委婉的言語。

16【軟鋼】 ㄖㄨㄢˇ ㄍㄤ
(mild steel) 即低碳鋼。參低碳鋼。

23【軟體】 ㄖㄨㄢˇ ㄊㄧˇ
(software)與硬體相對。①與電腦系統運作有關之程式、程序、語言、規則，以及相關的說明文件等的總稱。又可分爲系統軟體與應用軟體。②通常指經營管理中，屬於無形的部分。如管理知識等。

4【軟水劑】 ㄖㄨㄢˇ ㄕㄨㄟˇ ㄐㄧˋ
(softener) 可與水中之鈣離子及鎂離子反應，而達到去除這些離子使水軟化成軟水之物質。例如石灰蘇打、離子交換樹脂等。

9【軟玻璃】 ㄖㄨㄢˇ ㄅㄛ ㄌㄧˊ
(soft glass)即鈉鈣玻璃。參鈉鈣玻璃。

10【軟釘子】 ㄖㄨㄢˇ ㄉㄧㄥ ˙ㄗ
比喻委婉的拒絕或責備。

14【軟磁碟】 ㄖㄨㄢˇ ㄘˊ ㄉㄧㄝˊ
(floppy disk) 又稱磁片。電腦系統所使用的一種儲存資料媒體。是一片表面塗有可磁化氧化物之圓形塑膠薄片，包裝於密封套內，可經由特製之磁碟機將資料寫入或讀出。軟磁碟記錄資料之方式有單面單密度、單面雙密度、雙面單密度與雙面雙密度等，記錄容量約爲240～1,200KB。優點爲：可長期儲存資料並可反覆使用；便於保存與攜帶，價格低廉，使用成本低；適合於微電腦系統(如個人電腦)使用等。缺點爲：資料儲存量有限；易於受損，必須妥善保存等。

【軟綿綿】 ㄖㄨㄢˇ ㄇㄧㄢˊ ㄇㄧㄢˊ
形容柔軟或軟弱的樣子。

4【軟化栽培】 ㄖㄨㄢˇ ㄏㄨㄚˋ ㄗㄞ ㄆㄟˊ
利用覆蓋、培土或木板等遮斷光線，使植株或莖葉因失去葉綠素而白化、組織柔軟的栽培法。一般多用於蔬菜，如常見的白蘆筍、韭黃的栽培。

5【軟玉溫香】 ㄖㄨㄢˇ ㄩˋ ㄨㄣ ㄒㄧㄤ
形容女子細膩而芳香的身體。

6【軟式網球】 ㄖㄨㄢˇ ㄕˋ ㄨㄤˇ ㄑㄧㄡˊ
球類運動之一。西元1878年網球流行於‘日本’後逐漸演變而成。因網球場地、設備、球拍、球等用具昂貴，推廣遭遇困難，‘日本’人於1886年發明橡皮球代替羊毛硬球，球拍也自製輕便的軟式球拍。流行於‘中’、‘日’、‘韓’三國。

9【軟紅十丈】 ㄖㄨㄢˇ ㄏㄨㄥˊ ㄕˊ ㄓㄤˋ
形容都會中的繁華景象。

12【軟硬兼施】 ㄖㄨㄢˇ ㄧㄥˋ ㄐㄧㄢ ㄕ
同時施展強硬及溫柔的手段，以求達成目的。

23【軟體動物門】 ㄖㄨㄢˇ ㄊㄧˇ ㄉㄨㄥˋ ㄨˋ ㄇㄣˊ
(phylum Mollusca) 爲無脊椎動物中的第二大門。種類之多，僅次於節肢動物門，常見的蛤、螺及烏賊等皆是。主要特徵爲身體柔軟，呈兩側對稱，具有殼。殼係由套膜分泌而形成，分泌的量常受氣候影響而有多寡，因此在殼的表面便產生高低不平的線條，稱爲生長線。身體分頭、足及內臟團(visceral mass)三部；螺的身體在發生的過程中，有扭轉(torsion)現象，即內臟團繞著足旋轉180°，因此成體的左右便成不對稱狀。軟體動物體表的殼，可以保護藏於其內的身體，但卻會妨礙運動，故一般行動緩慢，但烏賊的殼甚小且藏於軀幹背面的皮膚下，因此能快速運動；章魚的殼則全部退化。

軝 ㄑㄧˊ ch'i² 音旗
1車轂上紅色的皮飾。也作軝。見"說文"。2車輪。見"方言·九"。

5

軯 ㄆㄥ p'êng¹ 音怦
1車行聲。見"玉篇"。2車馬聲。或作駍。見"集韻"。3雷聲。

軻 ㄎㄜ k'o¹, k'ê¹ 音科
1車軸由兩木相接合的軍子。見"說文"。2姓。'明'有'軻興'。見"萬姓統譜·三五"。

軺 ㄧㄠˊ yao² 音遙
小車。見"說文"。

軽 輕的俗體。

軷 ㄅㄛˊ po² 音博
告祭路神。見"說文"。

軸 ㊀ ㄓㄡˊ chou² 讀音 ㄓㄨˊ chu² 音逐
1貫穿車輪中心，用來控制車輛轉動的橫柱。見"說文"。2中心；樞要。如：軸心。3指可以旋轉的器物。4書畫的卷軸。如：畫軸。5量詞。用來計算有軸物體的單位。6(axis)幾何圖形或幾何體的各部分是對稱位置的直線，稱爲軸，如角錐軸、角柱軸、圓錐軸、圓柱軸、對稱軸。又縱橫相交的二直線，各表一組數，此二直線都稱爲軸。如坐標中的縱軸、橫軸、坐標軸是。7(shaft)由軸承所支持，作旋轉而傳遞動力之機件。

㊁ ㄓㄡˋ chou⁴ 音晝
參軸子㊁。

3【軸子】 ㊀ ㄓㄡˊ ·ㄗ
1貫穿車輪中心，用來控制車輪轉動的一種圓柱形零件。2泛指形狀像車軸的東西。
㊁ ㄓㄡˋ ·ㄗ
國劇術語。指一次演出中的最後一齣戲。又稱大軸子。

8【軸承】 ㄓㄡˊ ㄔㄥˊ
(bearing) 機械中可用來支持引導並限制軸之運動的固定機件。

9【軸突】 ㄓㄡˊ ㄊㄨˊ
(axon) 連於神經細胞體的細長平滑部分。它可將神經細胞本體的訊息傳到另一個神經細胞上。其上少有分枝，外面常有神經膠細胞(或許旺細胞)包圍。軸突有時可長達數公尺。

12【軸距】 ㄓㄡˊ ㄐㄩˋ
(wheel base) 汽車前軸中心至後軸中心的距離。

21【軸襯】 ㄓㄡˊ ㄔㄣˋ
(bush) 機械裝置中，用以支持轉軸旋轉，呈套筒狀之機械零件。加潤滑液後，具有減磨及潤滑功用。

4【軸心國】 ㄓㄡˊ ㄒㄧㄣ ㄍㄨㄛˊ
(The Axis) 發動二次大戰的侵略集團。由'德'、'義'、'日'三個極權國家組成。初於西元1936年由'義''德'成立⌊羅馬柏林軸心⌉，1940年'日本'加入，改稱⌊羅馬柏林東京軸心⌉。

14【軸對稱】 ㄓㄡˊ ㄉㄨㄟˋ ㄔㄥˋ
(axial symmetry) 線段、平面或立體上的各點，相對於一已知直線(稱爲對稱軸)形成對稱。例如一線段上的各點對一直線對稱，則此直線必爲該線段的中垂線。此線段若以其對稱軸旋轉360°形成一平面，則平面上各點亦對此軸形成對稱。如圖，爲一立體相對於 AB 軸成軸對稱。

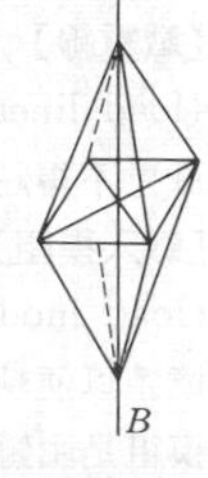

軸對稱圖

9【軸流輪機】 ㄓㄡˊ ㄌㄧㄡˊ ㄌㄨㄣˊ ㄐㄧ
(axial flow turbine)按工作流體流動方向分類，工作流體進入渦輪機後，與軸成平行流動之渦輪機，稱爲軸流輪機。

8【軸承基本額定負荷】 ㄓㄡˊ ㄔㄥˊ ㄐㄧ ㄅㄣˇ ㄜˊ ㄉㄧㄥˋ ㄈㄨˋ ㄏㄜˋ
(basic load rating)一組顯然相同的軸承以外環固定，而內環能有一百萬轉的額定壽命時所受的固定徑向負荷。

軹 ㄓˇ chih³ 音紙
車軸的兩頭。即車轂在輻以外的部分。又稱小穿。見"說文"。

軮 ㄤˋ ang⁴
參軮軋。

8【軮軋】 ㄤˋ ㄧㄚˋ
無涯際的樣子。

軦 ㄏㄨㄤˋ huang⁴ 音晃
參黃軦。

軼 ㄧˋ i⁴ 音逸
1後車超越前車。見"說文"。2超越。如：軼群。3突擊；襲擊。如：侵軼。4散失。通逸、佚。如：軼聞。

8【軼事】 ㄧˋ ㄕˋ
同逸事。1正史沒有記載的事跡。2一般人所不知道的事跡。

13【軼群】 ㄧˋ ㄑㄩㄣˊ
超群。

14【軼聞】 ㄧˋ ㄨㄣˊ
傳聞。

軥 ㊀ ㄑㄩˊ ch'ü² 音劬
車轅前駕馬的器具。即軛。因勾曲夾貼於馬頸，故稱爲軥。見"說文"。
㊁ ㄍㄡ kou¹ 音鉤
'夏后氏'時的兵車名。見"廣韻"。

軵 ㊀ ㄖㄨㄥˇ jung^{3} 音冗 將車倒推到路旁。見"說文"。
㊁ ㄖㄨㄥˊ jung^{2} 音容 擠逼。見"字彙補"。

軝 ㄉㄧˇ ti^{3} 音邸 大車後面的布屏。見"說文"。

軨 ㄌㄧㄥˊ ling^{2} 音靈 [1]車廂圍欄的木條。見"說文"。[2]車轄頭所包的皮。[3]小車名。見"正字通"。

軶 軛的本字。

軱 ㄍㄨ ku^{1} 音姑 大骨頭;骨盤。見"集韻"。

軫 ㄓㄣˇ chên^{3} 音診 [1]車後橫木。見"說文"。[2]車子的通稱。[3]樂器組件名。也稱軫子、琴軸、弦軸。用來拴繫琴弦和調弦定音。有木質和金屬製兩種。[4]傷痛;憐憫。如:軫念。[5]星宿名。二十八宿之一。參軫宿。

8【軫念】 ㄓㄣˇ ㄋㄧㄢˋ
痛念。

11【軫宿】 ㄓㄣˇ ㄒㄧㄡˋ
星宿名。二十八宿之一,南方朱雀七宿之末。主要有四星,皆屬烏鴉座,依次爲烏鴉座ν、ϵ、δ、β。此外,長沙、左轄、右轄、青邱、軍門、土司空、器府等星也歸入軫宿。

軬 ㄈㄢˋ fan^{4} 音飯 遮雨的車篷。見"釋名·釋車"。

6

載 ㊀ ㄗㄞˋ tsai^{4} 音再 [1]乘坐;裝運。如:載貨。[2]承受。如:載福。[3]記錄。如:記載。[4]充滿。如:怨聲載道。[5]開始。[6]乃;且。如:載歌載舞。[7]姓。'明'有'載君用'。見"萬姓統譜·九九"。
㊁ ㄗㄞˇ tsai^{3} 音宰 年。如:一年半載。

2【載入】 ㄗㄞˋ ㄖㄨˋ
(load)[1]將可執行之程式模組置入電腦主記憶體的程序。[2]將資料或指令存入暫存器的動作。

3【載子】 ㄗㄞˇ ㄗˇ
(carrier) 在不純的半導體中擔當電流傳導作用者。在n型半導體中,電子爲其載子;p型半導體中則爲電洞。

8【載波】 ㄗㄞˋ ㄅㄛ
(carrier wave)[1]被含有資料訊息波動所調制的單頻波。[2]訊號的基本頻率。其未經調制以前不帶有訊息。

9【載重】 ㄗㄞˋ ㄓㄨㄥˋ
(load)物體所承受之力量的總稱。也稱負荷。依其作用於物體所產生之效應而言,可分爲中心、扭轉及彎曲載重等;就結構設計而言,則有靜載重與活載重之別。

10【載記】 ㄗㄞˋ ㄐㄧˋ
一種史書體裁。專爲割據一方而非正統政權所作的史傳。

20【載籍】 ㄗㄞˋ ㄐㄧˊ
書籍。

2【載入器】 ㄗㄞˋ ㄖㄨˋ ㄑㄧˋ
(loader) 電腦系統程式之一。其功能爲將目標程式或可執行的程式模組讀入主記憶體內,以便執行或作進一步之處理。載入器分爲多種,如絕對載入器、連接載入器等。

【載入點】 ㄗㄞˋ ㄖㄨˋ ㄉㄧㄢˇ
(load point) 磁帶上的一個位置。當磁帶掛到磁帶機後,此點位於讀寫磁頭下方時,可以開始進行讀出或寫入之操作。

9【載重線】 ㄗㄞˋ ㄓㄨㄥˋ ㄒㄧㄢˋ
(load lines)船舶載貨時,其最大載重不得超過的最高吃水線。

2【載入模組】 ㄗㄞˋ ㄖㄨˋ ㄇㄛˊ ㄗㄨˇ
(load module) 可載入電腦主記憶體以便執行的程式單元。載入模組是由鏈接器所產生的輸出。

6【載色訊號】 ㄗㄞˋ ㄙㄜˋ ㄒㄩㄣˋ ㄏㄠˋ
約爲 3.579545MH_2 彩色副載波的八個週波。該週波係加入合成彩色音訊的水平遮沒基準電壓中,使接收機中的基準振盪器,與發射機中的彩色載波同步,即所謂彩色同步週波。又稱基色訊號。

【載舟覆舟】 ㄗㄞˋ ㄓㄡ ㄈㄨˋ ㄓㄡ
水能浮船,也能翻船。[1]比喻民心的向背,能決定政權的成敗。[2]比喻凡事有利也有弊。

7【載沈載浮】 ㄗㄞˋ ㄔㄣˊ ㄗㄞˋ ㄈㄨˊ
一下沈,一下浮。

9【載胥及溺】 ㄗㄞˋ ㄒㄩ ㄐㄧˊ ㄋㄧˋ
全都落水。比喻一起陷溺。

【載重噸位】 ㄗㄞˋ ㄓㄨㄥˋ ㄉㄨㄣˋ ㄨㄟˋ
(deadweight tonnage) 船舶的裝載能力。即除船體、機器、設備及固定裝備外,所能裝載之客貨燃料、淡水、船員、給養、物料的總重量噸數。

10【載笑載言】 ㄗㄞˋ ㄒㄧㄠˋ ㄗㄞˋ ㄧㄢˊ
一面微笑,一面談話。

11【載貨證券】 ㄗㄞˋ ㄏㄨㄛˋ ㄓㄥˋ ㄑㄩㄢˋ
運送人或船長於貨物裝載後,因託運人之請求,所發給之貨物收受證券。又稱海運提單。其主要功能有三:一、貨物收受之證明;二、運送契約之書面證明;三、表彰運送中貨物所有權之有價證券。

13【載馳載驅】 ㄗㄞˋ ㄔˊ ㄗㄞˋ ㄑㄩ
車馬奔馳的樣子。

14【載歌載舞】 ㄗㄞˋ ㄍㄜ ㄗㄞˋ ㄨˇ
一面唱歌,一面跳舞。

2【載入並執行】 ㄗㄞˋ ㄖㄨˋ ㄅㄧㄥˋ ㄓˊ ㄒㄧㄥˊ
(load-and-go) 電腦系統處理程式的一種方式,是由載入器將程式載入主記憶體並立即執行此程式的操作方式。其載入與執行兩步驟間沒有停頓。

較 ㊀ ㄐㄧㄠˋ chiao^{4} 音叫 又讀 ㄐㄧㄠˇ chiao^{3} 音矯 [1]事物相比。如:長短相較。[2]考

核。同校。如:較其功過。3大略;概略。4明顯。如:較然。5數學上稱兩數相減的結果。又稱差。

二 ㄐㄩㄝˊ chüeh² 音覺

1車廂兩旁橫木,跨於輢上,以容納車軨。見"正字通"。2相競爭。通角。見"正字通"。

12【較量】 ㄐㄧㄠˋ ㄌㄧㄤˋ

1衡量。2比高低。

【較著】 ㄐㄧㄠˋ ㄓㄨˋ

顯著。

【較然】 ㄐㄧㄠˋ ㄖㄢˊ

明顯的樣子。

輆 一 ㄎㄞˇ k'ai³ 音凱

受阻而不能動。見"集韻"。

二 ㄎㄞˋ k'ai⁴ 音愾

參輆沐。

7【輆沐】 ㄎㄞˋ ㄇㄨˋ

古國名。在今'浙江省'東部。

輧 或作軿。一 ㄆㄧㄥˊ p'ing² 音瓶

有帷蓋的車。多爲女子乘坐。見"字彙"。

二 ㄆㄥ p'êng¹ 音烹

參輧訇。

9【輧訇】 ㄆㄥ ㄏㄨㄥ

1眾鳥奮飛的聲音。2車馬聲。也作輧軥。

軭 ㄎㄨㄤ k'uang¹ 音匡

車輪歪曲不正。見"說文"。

軾 ㄕˋ shih⁴ 音識

1車廂前的橫木。可用以扶手。通作式。見"說文"。2用手扶軾。表示敬意。見"說文通訓定聲"。

輁 ㄍㄨㄥˇ kung³ 音拱

參輁軸。

12【輁軸】 ㄍㄨㄥˇ ㄓㄡˊ

古時士喪用以運載靈柩的車子。

輊 ㄓˋ chih⁴ 音志

車廂前面受重壓而下傾,車後高起。見"玉篇"。

輀 ㄦˊ êrh² 音而

靈車。即運載棺柩的車子。也作輭。見"說文"。

䡅 ㄑㄧˇ ch'i³ 音啟

1阻礙。見"說文"。2至。見"字彙"。

輅 一 ㄌㄨˋ lu⁴ 音路

1車軨前橫木。綁在車轅上以供人推挽。同輅。見"說文"。2大車。天子乘坐的車。也作轄,通作路。見"正字通"。

二 ㄧㄚˋ ya⁴ 音訝

迎接。通迓。見"集韻"。

輇 ㄑㄩㄢˊ ch'üan² 音全

1沒有輻條的小車輪。見"說文"。2衡量。通銓。如:輇才。

輈 ㄓㄡ chou¹ 音舟

1車廂前端向前高出用以連接衡軛的曲木條。見"正字通"。2泛指車子。如:龍輈。

輂 ㄐㄩˊ chü² 音局

同梮。1用馬拉的大車。見"說文"。2從後推的車。見"周禮疑義舉要·二"。3登山用的轎子。一說爲爬山時穿的釘鞋。見"說文·輂·段注"。4類似畚箕的盛土器。

輋 ㄕㄜ shê¹ 音奢

1'傜族'的一支。散居'浙江'、'江西'、'福建'、'廣東'等省山區。也作畬。2指'傜族'所居住的地區。

7

輩 ㄔㄞ ch'ai¹ 音釵　又讀 ㄑㄧ ch'i¹ 音欺

1退車。見"說文"。2阻塞。見"廣雅·釋詁"。

輐 ㄨㄢˋ wan⁴ 音翫　又讀 ㄏㄨㄢˋ huan⁴ 音換

圓;削去稜角而成圓。見"集韻"。

輑 一 ㄩㄣˇ yün³ 音允

輅車軾下橫直交錯的木條。見"說文"。

二 ㄑㄩㄣ ch'ün¹ 音逡

相連的樣子。見"集韻"。

輔 ㄈㄨˇ fu³ 音府

1車兩旁的夾木。見"正字通"。2協助;佐助。如:輔佐。3副的;非主要的。如:輔幣。4臉頰。通酺。5姓。'春秋''晉'有'輔躒'。見"萬姓統譜·七八"。

7【輔佐】 ㄈㄨˇ ㄗㄨㄛˇ

1輔助。2指輔助政事的臣子。

【輔系】 ㄈㄨˇ ㄒㄧˋ

(minor)大學學生於主修課程外,另行集中選修一定數量的相關課程,以便發展主系以外之個人潛能或爲另一專業做準備。

9【輔音】 ㄈㄨˇ ㄧㄣ

也稱子音。與元音相對。指氣流從肺部發生時,受到發音器官阻礙所形成的聲音。如ㄅ(p)、ㄆ(p')、ㄇ(m)等是。

12【輔弼】 ㄈㄨˇ ㄅㄧˋ

1輔助政事。2指宰相。

16【輔導】 ㄈㄨˇ ㄉㄠˇ

(guidance)協助學生增加解決問題能力的工作。通常用勸告、諮商、測驗及討論等方法,幫助受輔導者解決困難問題。學校中的輔導,依工作實施對象而言,有個別輔導與團體輔導;依功能而言,有學習輔導、職業輔導和人格或生活輔導。

17【輔翼】 ㄈㄨˇ ㄧˋ

輔助。

7【輔車相依】 ㄈㄨˇ ㄔㄜ ㄒㄧㄤ ㄧ

比喻事物互相依存。輔,車兩旁的夾木。一說輔爲面頰;車,牙床。

【輔助作業】 ㄈㄨˇ ㄓㄨˋ ㄗㄨㄛˋ ㄧㄝˋ

(auxiliary operation)由不與電腦主機直接相連的設備所完成的離線作業。

【輔助設備】 ㄈㄨˇ ㄓㄨˋ ㄕㄜˋ ㄅㄟˋ

(auxiliary equipment)不是直接由電腦中央處理單元所控制的設備。爲電腦系統的周邊設備。

【輔助視圖】 ㄈㄨˇ ㄓㄨˋ ㄕˋ ㄊㄨˊ

(auxiliary view)利用輔助投影對物體上某一斜面作投影而繪得的視圖。主要用途在表現物體斜

面的實形。因斜面有單斜面與複斜面,故輔助視圖亦分爲對單斜面作投影求出實形的一次(初步)輔助視圖,及對複斜面作投影得出實形的二次(複)輔助視圖兩種。

【輔助占有人】 ㄈㄨˇ ㄓㄨˋ ㄓㄢˋ ㄧㄡˇ ㄖㄣˊ
受雇人、學徒,或基於其他類似之關係,受他人之指示,而對於物有管領之力者,爲輔助占有人,該他人爲直接占有人。輔助占有人,係受主人指示之占有機關,雖對於物有管領力,但並非占有人,不過仍得行使"民法"第九百六十條之自力救濟(第九百六十一條)。此外,輔助占有人將其管領之物予以處分時,可能構成侵占罪。

【輔助記憶體】 ㄈㄨˇ ㄓㄨˋ ㄐㄧˋ ㄧˋ ㄊㄧˇ
(auxiliary memory) 即輔助儲存體。參輔助儲存體。

【輔助儲存體】 ㄈㄨˇ ㄓㄨˋ ㄔㄨˊ ㄘㄨㄣˊ ㄊㄧˇ
(auxiliary storage)電腦系統中爲了彌補主記憶體容量的不足,或爲了長期儲存資料所使用的儲存體。可與主機相連而傳送資料。常見的有磁碟、磁鼓與磁帶等。

輒 ㄓㄜˊ *chê*^{2} 音折
[1]車廂圍欄左右板向外伸出的部分。又叫車耳。見"說文"。[2]專擅;妄自作爲。如:專輒。[3]站立不動的樣子。[4]即;則。[5]每每;總是。

輕 ㄑㄧㄥ *ch'ing*^{1} 音卿
[1]車名。即輕車。見"說文"。[2]分量少。與重相對。如:輕於鴻毛。[3]程度淺。[4]數量少。如:年紀輕。[5]隨便;不穩重。如:輕浮。[6]細微;柔弱。如:雲淡風輕。[7]薄的。如:輕紗。[8]方便;快捷。如:輕快。[9]不重視。如:輕敵。

3【輕子】 ㄑㄧㄥ ㄗˇ
(lepton) 基本粒子中的一類。它不能以強作用與其他粒子作用。如電子、微中子等即是。輕子所能參與的交互作用屬於弱作用。

5【輕巧】 ㄑㄧㄥ ㄑㄧㄠˇ
[1]輕便精巧。[2]輕浮不實。

【輕功】 ㄑㄧㄥ ㄍㄨㄥ
國術中,使身體輕靈,縱跳自如的功夫。練法有多種,基礎入門爲跑磚、跑樁、跑沙、跳梯等。

【輕生】 ㄑㄧㄥ ㄕㄥ
[1]指下人、輕賤者。[2]微賤的生命。[3]輕視生命。[4]俗稱自殺。

6【輕舟】 ㄑㄧㄥ ㄓㄡ
小船;輕快的船。

7【輕言】 ㄑㄧㄥ ㄧㄢˊ
[1]隨口亂說。[2]用低微的聲音說話。

8【輕油】 ㄑㄧㄥ ㄧㄡˊ
(light oil) 泛指一切自原油分餾塔得到之較輕液體油料。其沸點約介於20～200°C,分子含碳數介於4與12間,例如汽油、煤油、柴油等。當沸點範圍介於150～200°C時,則稱爲石油腦,爲石油化學品之重要原料,可供裂解產生烯烴。有時亦指煤焓蒸餾時,沸點介於110～200°C之餾分,此時主要成分爲苯、甲苯、酚與二甲苯。

【輕易】 ㄑㄧㄥ ㄧˋ
[1]輕忽簡慢。[2]任意;隨意。

【輕忽】 ㄑㄧㄥ ㄏㄨ
輕率疏忽。

【輕佻】 ㄑㄧㄥ ㄊㄧㄠˊ
輕浮;不莊重。

9【輕盈】 ㄑㄧㄥ ㄧㄥˊ
纖柔輕飄的樣子。

【輕便】 ㄑㄧㄥ ㄅㄧㄢˋ
輕微簡便。

10【輕浮】 ㄑㄧㄥ ㄈㄨˊ
[1]重量輕而飄浮。[2]不莊重。

11【輕率】 ㄑㄧㄥ ㄕㄨㄞˋ
不慎重;輕忽草率。

【輕視】 ㄑㄧㄥ ㄕˋ
看輕;看不起。

【輕微】 ㄑㄧㄥ ㄨㄟ
微小。

14【輕慢】 ㄑㄧㄥ ㄇㄢˋ
輕視怠慢;對人不敬重。

15【輕賤】 ㄑㄧㄥ ㄐㄧㄢˋ
指身分卑下。

【輕蔑】 ㄑㄧㄥ ㄇㄧㄝˋ
輕視;藐視。

17【輕薄】 ㄑㄧㄥ ㄅㄛˊ
[1]不莊重;不敦厚。[2]侮辱;輕視。

3【輕工業】 ㄑㄧㄥ ㄍㄨㄥ ㄧㄝˋ
指生產品重量較輕的工業。與重工業相對。如紡織、食品、皮革等工業。通常所使用的機器較輕,需要的原料及資金也較少。

9【輕音樂】 ㄑㄧㄥ ㄧㄣ ㄩㄝˋ
(light music)又稱休閒音樂、情調音樂。是節奏鮮明活潑,旋律優美流暢,但沒有固定形式或內容的小品器樂曲。其內容包括簡縮的古典音樂、流行歌曲的改編、電影主題曲及配樂、民歌主題器樂曲等。不強調樂曲形式的變化,也不太強調演奏技巧的運用。

13【輕傷害】 ㄑㄧㄥ ㄕㄤ ㄏㄞˋ
"刑法"對於輕傷害並無如重傷害設有立法定義。故輕傷害係泛指重傷害以外之傷害。傷害雖重大,但如未達於不能治療或難於治療之程度,或雖屬不治或難治,但於人之身體或健康並無重大影響者,皆屬此所謂輕傷害。造成輕傷害之結果者,未必皆構成輕傷罪,蓋行爲人如以重傷之故意而犯罪,縱僅生輕傷害,亦構成重傷未遂罪,而非輕傷罪。反之,生重傷害之結果者,亦未必構成重傷罪,蓋如行爲人僅以輕傷害之故意而犯罪,則縱生重傷害,亦僅構成輕傷害之結果加重犯,並非重傷罪。

17【輕薄子】 ㄑㄧㄥ ㄅㄛˊ ㄗˇ
輕佻浮蕩的少年。

7【輕車簡從】 ㄑㄧㄥ ㄔㄜ ㄐㄧㄢˇ ㄗㄨㄥˋ
乘坐輕便的車子,帶著少數隨從的人員。

10【輕財仗義】 ㄑㄧㄥ ㄘㄞˊ ㄓㄤˋ ㄧˋ
不重視錢財，且富有正義感。

12【輕描淡寫】 ㄑㄧㄥ ㄇㄧㄠˊ ㄉㄢˋ ㄒㄧㄝˇ
指作文或說話時，只是簡略的敘述，不作深入的描寫。

15【輕質骨材】 ㄑㄧㄥ ㄓˊ ㄍㄨˇ ㄘㄞˊ
(light weight aggregate)重量爲1,120~880kg/m^{3}的混凝土骨材。可減輕結構物自重，減少梁或杜的斷面，而達經濟要求，且具多孔隔音防熱功效。凝灰岩、火山礫石等爲天然輕質骨材；膨脹黏土、膨脹頁岩的燒成物及煤渣等爲人造輕質骨材。

16【輕諾寡信】 ㄑㄧㄥ ㄋㄨㄛˋ ㄍㄨㄚˇ ㄒㄧㄣˋ
輕易答應人的請求，很少能實踐諾言。

17【輕舉妄動】 ㄑㄧㄥ ㄐㄩˇ ㄨㄤˋ ㄉㄨㄥˋ
不經思考，鹵莽行事。

15【輕質混凝土】 ㄑㄧㄥ ㄓˊ ㄏㄨㄣˋ ㄋㄧㄥˊ ㄊㄨˇ
(light weight aggregate concrete) 以輕質骨材與水泥拌製而成的混凝土。其氣乾比重在2.0以下，可減輕結構物的自重，用於屋頂表面，並具隔音防熱效果。

輷 ㄊㄧㄢˊ *t'ien*^{2} 音田
參輷輷。

14【輷輷】 ㄊㄧㄢˊ ㄊㄧㄢˊ
眾車奔馳的聲音。

輓 ㄨㄢˇ *wan*^{3} 音晚
1拉車。見"說文"。2運轉；運送。3牽引；援引。如：推輓。4助葬牽引喪車。引申有哀悼死者之意。如：輓聯。5後；遲。通晚。如：輓近。

13【輓詩】 ㄨㄢˇ ㄕ
哀悼死者的詩。

14【輓歌】 ㄨㄢˇ ㄍㄜ
喪禮時哀悼死者的歌。也作挽歌。

17【輓聯】 ㄨㄢˇ ㄌㄧㄢˊ
哀悼死者的聯語。

𨋩 ㄊㄧㄢˊ *t'ien*^{2} 音田
參𨋩𨋩。

14【𨋩𨋩】 ㄊㄧㄢˊ ㄊㄧㄢˊ
喜悅的樣子。

8

輹 ㄈㄨˊ *fu*^{2} 音服
古代設在車箱木格欄間的皮篋。見"說文"。

輦 ㄋㄧㄢˇ *nien*^{3} 音撵
1一種用人力拉動的車。見"正字通"。2'漢代'以來專稱天子的車。3拉車。如：輦運。

輨 ㄍㄨㄢˇ *kuan*^{3} 音管
包在車轂外端的金屬套。見"說文"。

輬 ㄌㄧㄤˊ *liang*^{2} 音涼
古代的一種臥車。見"說文"。

輤 ㄑㄧㄢˋ *ch'ien*^{4} 音倩
運柩車的車篷。見"廣韻"。

輛 ㄌㄧㄤˋ *liang*^{4} 音亮
量詞。用以計算車數。

輘 一 ㄌㄧㄥˊ *ling*^{2} 音陵
1車輪輾壓。見"集韻"。2壓迫；踐踏。見"正字通"。
二 ㄌㄥˊ *lêng*^{2} 音稜
狀聲詞。參輘軥。

16【輘軥】 ㄌㄥˊ ㄏㄨㄥ
1車聲。2泛指大聲。

輙 輒的俗體。

輢 ㄧˇ *i*^{3} 音倚
車子兩旁供人倚靠的地方。見"說文"。

輟 ㄔㄨㄛˋ *ch'o*^{4}, *ch'uo*^{4} 音啜
1車隊的行列稍間斷又接合起來。見"說文"。2停止；中止。如：輟學。

輚 ㄓㄢˋ *chan*^{4} 音棧
古代的一種臥車。同輾。見"集韻"。

輞 ㄨㄤˇ *wang*^{3} 音罔
車輪外框的總名。見"釋名·釋車"。

輥 ㄍㄨㄣˇ *kun*^{3} 音滾
1形容車轂排列整齊。見"說文"。2輪子轉動迅速的樣子。見"六書故"。

輠 一 ㄍㄨㄛˇ *ko*^{3}, *kuo*^{3} 音果
古代盛潤滑車軸之油膏的小壺。見"集韻"。
二 ㄏㄨㄟˋ *hui*^{4} 音匯
車輪轉動。也作輠。見"集韻"。

輜 ㄗ *tzŭ*^{1} 音資
1車箱後有布帘的車子。見"說文"。2泛指車子。

7【輜車】 ㄗ ㄔㄜ
外罩有篷帳、布帘的車子。可用以載物或作爲臥車。

9【輜重】 ㄗ ㄓㄨㄥˋ
外罩有車篷、帘子，可載重物的車子。引申指行者攜帶的物資。常用指軍用物資。

輣 ㄆㄥˊ *p'êng*^{2} 音朋
樓車。車上有樓可供眺望。見"廣韻"。

輖 ㄓㄡ *chou*^{1} 音周
車廂沈重。見"說文"。

輡 ㄎㄢˇ *k'an*^{3} 音坎
參輡轗。

20【輡轗】 ㄎㄢˇ ㄌㄢˇ
車子在不平坦的路上行走。

輗 ㄋㄧˊ *ni*^{2} 音倪
古代大車轅木前端用來栓住衡木的插拴。見"說文"。

輪 一 ㄌㄨㄣˊ *lun*^{2} 音倫
1車輪。見"說文"。2泛指車子。3依次更替。如：輪流。4土地的南北寬廣度。5高大。如：輪奐。6姓。'春秋''齊'有'輪扁'。見"萬姓統譜·一九"。
二 ㄌㄨㄣ *lun*^{1}
浪擲金錢。也作掄。

7【輪作】 ㄌㄨㄣˊ ㄗㄨㄛˋ
將數種作物作合理的排列，並依一定的順序反覆耕作。其目的在謀求地力的維持，亦可減少病蟲害的發生。有單圃輪作與複圃輪作兩種。

【輪系】 ㄌㄨㄣˊ ㄒㄧˋ
(wheel train; gear train) 由傳送旋轉運動的輪形機件所組成的機構。

8【輪囷】 ㄌㄨㄣˊ ㄐㄩㄣ
屈曲環繞的樣子。

9【輪流】 ㄌㄨㄣˊ ㄌㄧㄡˊ
依序更替。

【輪指】 ㄌㄨㄣˊ ㄓˇ
撥弦樂器彈奏指法之一。拇指向外,其他四指輪撥琴絃。一般運用在琵琶、古琴、古箏等樂器。依其指法之不同,有長輪、半輪、下出輪、輪帶掃、輪帶拂、挑輪、勾輪、輪雙、滿輪等等。

【輪胎】 ㄌㄨㄣˊ ㄊㄞ
指充滿空氣且富彈性的圓圈形結構物。包括內胎、外胎及襯帶三部分。可承載車輛重量,並吸收地面不平所產生的震動而減少車輛顛簸;又因與地面緊密的貼合作用,可使汽車在加速或煞車或轉彎時不致有滑動現象。按氣壓的能力,可分為低壓胎與高壓胎。

10【輪迴】 ㄌㄨㄣˊ ㄏㄨㄟˊ
①循環不息。②佛家以為世上眾生,輾轉生於六道中,如車輪般旋轉不停,只有修成佛道、解脫生死纏縛的人免受其苦。六道為:天道、人道、阿修羅道,是三善道;地獄道、餓鬼道、畜生道,是三惡道。

11【輪船】 ㄌㄨㄣˊ ㄔㄨㄢˊ
(steamship) ①利用蒸氣的力量使輪葉轉動而行進的船。②泛稱用引擎發動,載運客、貨的船。

12【輪軸】 ㄌㄨㄣˊ ㄓㄡˊ
用軸貫於輪的中心所形成的一種省力機械。

【輪距】 ㄌㄨㄣˊ ㄐㄩˋ
(tread) 汽車兩個前輪或後輪中心之距離。

【輪番】 ㄌㄨㄣˊ ㄈㄢ
輪流按順序更換。

14【輪廓】 ㄌㄨㄣˊ ㄎㄨㄛˋ
物體的外緣、邊緣。

18【輪轉】 ㄌㄨㄣˊ ㄓㄨㄢˇ
①旋轉。②同輪迴。③輪流轉換位置。

5【輪生葉】 ㄌㄨㄣˊ ㄕㄥ ㄧㄝˋ
(whorl leaves)葉序的一種。莖上每一節處長出3枚或更多之葉,呈輪狀排列。如夾竹桃屬之。

輪生葉圖

16【輪機噴射發動機】 ㄌㄨㄣˊ ㄐㄧ ㄆㄣ ㄕㄜˋ ㄈㄚ ㄉㄨㄥˋ ㄐㄧ
(turbo-jet engine; TJ)又名渦輪噴射發動機。利用燃氣渦輪所排燃氣經尾部噴嘴高速噴出以產生巨大反推力的噴射發動機。內部主要的構件為壓縮器、燃燒室、渦輪等,且渦輪之後方裝設推進噴嘴。燃燒室中燃燒所產生的高壓高溫燃氣帶動渦輪,使渦輪旋轉而帶動壓縮器,壓縮器將外界的空氣吸入燃燒室與燃料混合燃燒產生燃氣,燃氣離開渦輪後經尾部噴嘴高速噴出產生巨大反推力。

輝 ㄏㄨㄟ *hui*¹ 音揮
火光;光采。本作煇。如:揚輝。

5【輝玉】 ㄏㄨㄟ ㄩˋ
(jadeite) 屬輝石類,成分以鈉鋁矽酸鹽為主,由細小顆粒狀結晶組合而成,比重約為3.33。純者色白,但因多含有如鐵、錳、鉻等著色元素,或呈綠、藍、棕、黃、黑等色。一般而言,輝玉較閃玉透明度高,可作寶石。

9【輝度】 ㄏㄨㄟ ㄉㄨˋ
(luminosity) 指廣告字體或著色的鮮明度。不管使用任何顏料,圖文縱使在陰暗之處,仍看得清楚。

【輝映】 ㄏㄨㄟ ㄧㄥˋ
光輝映照。

輩 ㄅㄟˋ *pei*⁴ 音背
①一百輛成列的車隊。見"說文"。②類;同類。如:我輩。③輩分。如:長輩。

4【輩分】 ㄅㄟˋ ㄈㄣˋ
指在親族或世交中所居長幼先後的次第。

9

輶 ㄧㄡˊ *yu*² 音由
①輕車。見"說文"。②輕便;輕微。見"字彙"。

10【輶軒】 ㄧㄡˊ ㄒㄩㄢ
古代使臣所乘坐的輕便車子。

輳 ㄘㄡˋ *ts'ou*⁴ 音湊
①車輪上的輻木條聚集於轂上。見"集韻"。②聚集。

輻 ㄈㄨˊ *fu*² 音福
車輪中間連接軸心和輪圈的木條。見"正字通"。

10【輻射】 ㄈㄨˊ ㄕㄜˋ
(radiation) 凡物質受到中子、電子等粒子撞擊,或由於本身之溫度大於絕對零度,而以電磁波形態將能量傳送出去之現象。

12【輻湊】 ㄈㄨˊ ㄘㄡˋ
車輻由四方向中央的轂聚集。泛指人物或道路由四方向中央匯集。

【輻裂】 ㄈㄨˊ ㄌㄧㄝˋ
(check) 由於木的表裡尺寸變化不相等所造成的縱向紋理分裂。通常是由晾乾而發生,會橫過數個年輪。

10【輻射井】 ㄈㄨˊ ㄕㄜˋ ㄐㄧㄥˇ
(radial well)'美國''雷尼'(Ranney)所設計,初用於工業水廠。係以寬口井為中心,而於井下部含水層處埋設輻射式井篩管者。其集水面積數倍於普通水井,且出水量大,常設於河、湖邊集取伏流水。因井篩管伸入河、湖床集取經天然砂層過濾的水,水質佳,可節省部分處理費用,惟若河床移動或沈積淤泥將影響水量。近因開鑿寬口井技術進步,深度可達60公尺左右,逐漸擴展至集取受限地下水。

10【輻射塵】 ㄈㄨˊ ㄕㄜˋ ㄔㄣˊ

(radioactive fallout) 一種放射性落塵。爲核(原)子彈爆炸時,核分裂所產生之大量放射性分裂物。當其逐漸冷卻後,會在空氣中與塵埃、雜質形成懸膠體,而隨風飄散,最後由雨水沖刷或由風徐徐吹送降至地面,造成輻射性的環境汙染。另外,當核能電廠發生意外而又無安全屏蔽時,也會發生輻射塵之汙染。

【輻射霧】 ㄈㄨˊ ㄕㄜˋ ㄨˋ

(radiation fog) 白晝天氣晴朗,入晚空氣平靜無風,地表於白晝所受熱能,入夜後向空中輻射,因而形成下冷上暖的低空逆溫層;黎明前此逆溫層中的水汽受冷而凝結成霧,至日出增溫後始消散。此霧稱輻射霧,又稱地面逆溫霧(ground inversion fog)。

【輻射逆轉】 ㄈㄨˊ ㄕㄜˋ ㄋㄧˋ ㄓㄨㄢˇ

(radiative inversion) 造成汙濁空氣無法排除的原因之一。指當日照減少,地表之輻射冷卻較快,使與地表接觸的空氣也隨之變冷,而與上層之熱空氣形成逆溫層,阻止汙濁空氣上升的現象。

【輻射劑量】 ㄈㄨˊ ㄕㄜˋ ㄐㄧˋ ㄌㄧㄤˋ

(radiation dosage) 放射治療中,當受治療的組織暴露於X射線、γ射線或中子束下,自其中所吸收的能量,稱爲輻射劑量。以侖琴爲單位。

【輻射熱傳遞】 ㄈㄨˊ ㄕㄜˋ ㄖㄜˋ ㄔㄨㄢˊ ㄉㄧˋ

(radiation heat transfer) 不需經由物質做媒介而產生的熱傳遞。其熱傳之作用起因於溫差所引起之電磁波輻射。如太陽能傳至地球即爲輻射熱傳遞之現象。

輮 ㄖㄡˊ jou² 音柔

1車輪的外框。也稱牙、輞。見"說文"。2使彎曲。

輭 軟的本字。

輯 ㄐㄧˊ chi² 音集

1車廂。見"說文"。2和諧;和睦。見"字彙"。3收集;收斂。如:編輯。4成功;成就。

9【輯要】 ㄐㄧˊ ㄧㄠˋ

輯錄重要的部分。

13【輯睦】 ㄐㄧˊ ㄇㄨˋ

和諧親睦。

輵 一 ㄍㄜˊ ko², kê² 音革

參轇輵。

二 ㄜˋ o⁴, ê⁴ 音餓

參輵螛。

16【輵螛】 ㄜˋ ㄏㄜˊ

1旋轉搖動的樣子。2龍蛇搖目吐舌的樣子。

輲 ㄔㄨㄢˊ ch'uan² 音遄

無輻的車。見"廣韻"。

輷 ㄏㄨㄥ hung¹ 音轟

眾車並行發出的響聲。也作轟。見"集韻"。

輹 ㄈㄨˋ fu⁴ 音複

古代車子的零件之一。用皮革或絲帛纏束而成,設於車軸,使車軸牢固。見"說文"。

輴 ㄔㄨㄣ ch'un¹ 音春

1載靈柩的車。見"廣韻"。2古時在泥地行走的交通工具。也作橇。見"正字通"。

輸 ㄕㄨ shu¹ 音書

1運送。如:運輸。2捐獻;繳納。如:輸糧。3敗;負。與贏相對。如:認輸。4表達。如:輸誠。5姓。'漢'有'輸子陽'。見"古今圖書集成·氏族典·輸姓部列傳"。

2【輸入】 ㄕㄨ ㄖㄨˋ

1(import)又稱進口。本國進口商自國外購買商品,運入本國境內,稱爲輸入。2(input) (1)將資料或信號傳入電腦系統之過程。(2)將電流、電壓或其他動力加於電路或裝置上的過程。(3)電路或裝置上的端點。電流、電壓或其他動力即從此端點加入。

5【輸出】 ㄕㄨ ㄔㄨ

1(export)又稱出口或外銷。本國出口商將本國商品運出國境,銷往國外,稱爲輸出。2(output) (1)電腦系統將資料或信號傳出的過程。(2)經由某一電路或設備所產生而向外送出電流、電壓或功率的過程。

6【輸血】 ㄕㄨ ㄒㄧㄝˇ

(blood transfusion) 將人或動物的血注入另一個體中以救急的措施。輸血方法有直接輸入及間接輸入兩種。一般採用間接法,即採血後於血液中加入抗凝血劑,再注入患者靜脈中。輸血的方式很多,端視患者需要而定,一般以輸全血最多,但也可僅輸血漿或血清或其中某種成分,是爲成分輸血。

10【輸財】 ㄕㄨ ㄘㄞˊ

捐獻錢財。

11【輸將】 ㄕㄨ ㄐㄧㄤ

1運送。2指人民向政府納稅捐獻。

13【輸誠】 ㄕㄨ ㄔㄥˊ

1表示誠心。2眞心誠意降服。即投誠。

【輸詢】 ㄕㄨ ㄒㄩㄣˊ

(polling) 1資料數據傳輸系統中,由控制站依照預先編定的順序,詢問各終端資料站是否有資料需要傳送的過程。2電腦處理岔斷的一種方式。即依序詢問各裝置是否發出岔斷申請的過程。

7【輸尿管】 ㄕㄨ ㄋㄧㄠˋ ㄍㄨㄢˇ

(ureter) 連接腎臟與膀胱的長形管道構造。左右各一條,可收集腎臟中所形成的尿,由腎盂將之導入膀胱或泄殖腔暫時加以儲存。輸尿管會產生蠕動,可壓迫尿滴下行至膀胱。

【輸卵管】 ㄕㄨ ㄌㄨㄢˇ ㄍㄨㄢˇ

(fallopian tube; uterine tube; oviduct) 位於子宮上外側角與子

宮闊韌帶皺摺間的管道。具溝通卵巢與子宮間輸送卵的作用,其近卵巢的末端擴張成漏斗狀,黏膜上有纖毛,雖與卵巢不相連,但藉纖毛擺動可將自卵巢釋出的卵輸送到子宮。

11【輸貫量】 ㄕㄨ ㄍㄨㄢˋ ㄌㄧㄤˋ
(throughput) 電腦系統在一定時間內能處理之作業量。可作爲系統效能評估之參考。

14【輸精管】 ㄕㄨ ㄐㄧㄥ ㄍㄨㄢˇ
(seminal duct; vas deferens; ductus deferens) 雄性生殖器官的一部分。人的輸精管位於膀胱背面,屬於一種肌肉性小管,連接於副睪丸與射精管之間,爲睪丸釋出精子的通道。

2【輸入阻抗】 ㄕㄨ ㄖㄨˋ ㄗㄨˇ ㄎㄤˋ
(input impedance) 由設備輸入端往設備內部測量所得的有效阻抗值。

【輸入資料】 ㄕㄨ ㄖㄨˋ ㄗ ㄌㄧㄠˋ
(input data)由電腦程式或裝置讀入以便處理之資料。

【輸入裝置】 ㄕㄨ ㄖㄨˋ ㄓㄨㄤ ㄓˋ
(input device) 電腦系統周邊設備中,可將資料讀入之裝置。如讀卡機、終端機等。

【輸入環境】 ㄕㄨ ㄖㄨˋ ㄏㄨㄢˊ ㄐㄧㄥˋ
環境系統組織之次級環境之一。指從社會輸入於組織的環境。如從社會輸入政府機關之各種亟待解決的問題、從社會輸入學校之就學生及輸入醫院之病人、從社會輸入生產事業之原料,均屬輸入環境。

4【輸水工程】 ㄕㄨ ㄕㄨㄟˇ ㄍㄨㄥ ㄔㄥˊ
(transmission work) 包括將原水自水源導送至淨水廠之導水管渠及將清水自淨水廠輸送至配水系統之送水管線的工程。依水力性質分自由水流式及壓力式兩種。自由水流式輸水渠道多順坡埋設,流水之水力坡度與水面一致,常見者有明渠、渡槽、順坡暗渠、順坡隧道;壓力式輸水渠內部受壓,保持管渠在水力坡降線以下可任意起伏,斷面以圓形爲多,常見者有壓力隧道、壓力暗渠、管線、倒虹吸管。輸水管渠大小係依地勢、材料、水量、壓力等因素而定。自來水系統除大量輸水工程考慮渠道或隧道外,幾全部採用管線。

5【輸出功率】 ㄕㄨ ㄔㄨ ㄍㄨㄥ ㄌㄩˋ
(output power) 設備提供給負載的功率。

【輸出阻抗】 ㄕㄨ ㄔㄨ ㄗㄨˇ ㄎㄤˋ
(output impedance) ①當負載不存在及驅動力爲零時,由設備輸出端所測得的阻抗值。②又稱動態輸出阻抗。即電源相對於負載的阻抗。等於電壓的變化量與引起電壓改變的電流變化量之比。

【輸出保險】 ㄕㄨ ㄔㄨ ㄅㄠˇ ㄒㄧㄢˇ
(export insurance)以鼓勵輸出爲目的,承保輸出貨物在普通海上保險中各種除外危險(如信用危險、政治危險等)的保險。

【輸出格式】 ㄕㄨ ㄔㄨ ㄍㄜˊ ㄕˋ
(output format) 電腦程式對於輸出資料的形式與表示方法所做的安排或說明。

【輸出媒體】 ㄕㄨ ㄔㄨ ㄇㄟˊ ㄊㄧˇ
(output medium) 用來記錄、保存或顯示電腦所產生之輸出資料的媒體。如磁帶、磁碟、報表紙等。

【輸出電容】 ㄕㄨ ㄔㄨ ㄉㄧㄢˋ ㄖㄨㄥˊ
(output capacitance) 在設備輸出端的並聯電容。

【輸出資料】 ㄕㄨ ㄔㄨ ㄗ ㄌㄧㄠˋ
(output data) 由電腦程式或設備處理產生的資料。

【輸出裝置】 ㄕㄨ ㄔㄨ ㄓㄨㄤ ㄓˋ
(output device) 電腦系統中可接收或處理輸出資料的裝置。如印表機、終端機顯示器等。

【輸出環境】 ㄕㄨ ㄔㄨ ㄏㄨㄢˊ ㄐㄧㄥˋ
環境系統組織之次級環境之一。指從組織輸出於社會的環境。如政府機關向社會輸出工作的成果供大眾受益、學校向社會輸出經由教育培養而成的高水準國民、醫院向社會輸出身體康復的國民、生產事業向社會輸出各種產品,均屬輸出環境。

2【輸入許可證】 ㄕㄨ ㄖㄨˋ ㄒㄩˇ ㄎㄜˇ ㄓㄥˋ
(import licence; IL; import permit; I/P)在外匯貿易管制國家,爲管制貨物的進口及外匯的支出,通常都規定貨物的進口必須取得由外匯貿易管理當局核發的許可文件,此文件即稱爲輸入許可證。外匯貿易管理當局可藉輸入許可證的簽發達到管制進口的目的及核配外匯,並可迅速獲得進口貨物及外匯支出的統計資料,俾供貿易管理及外匯調度的參考。

【輸入緩衝區】 ㄕㄨ ㄖㄨˋ ㄏㄨㄢˇ ㄔㄨㄥ ㄑㄩ
(input buffer) 在電腦系統之主記憶體內安排一段區域,用來暫時存放輸入資料,以供處理機或程式處理,此段記憶體稱爲輸入緩衝區。其功能係使電腦之工作效率不受中央處理單元與輸入設備處理速度不同之影響。

5【輸出許可證】 ㄕㄨ ㄔㄨ ㄒㄩˇ ㄎㄜˇ ㄓㄥˋ
(export licence; EL; export permit; E/P) 在外匯管制國家,爲防止外匯的逃避或管制貨物的出口,通常都規定貨物的出口須取得外匯貿易管理當局核發的許可文件,此文件即稱爲輸出許可證。外匯管理當局可藉輸出許可證的簽發達到管制貨物出口與外匯收入的目的,並可迅速獲得出口貨物及外匯收入的統計資料,俾供貿易管理及外匯調度的參考。

【輸出緩衝區】 ㄕㄨ ㄔㄨ ㄏㄨㄢˇ ㄔㄨㄥ ㄑㄩ
(output buffer) 又稱輸出暫留區。電腦系統在主記憶體內預留一段區間，用來接收並暫時保存輸出資料，以供輸出設備處理，此段區間稱爲輸出緩衝區。爲傳送資料時所使用的暫留區，其功能係使電腦之工作效率不受中央處理單元與輸出設備處理速度不同之影響。

【輸出變壓器】 ㄕㄨ ㄔㄨ ㄅㄧㄢˋ ㄧㄚ ㄑㄧˋ
(output transformer)用來使放大器輸出端與負載耦合的變壓器。

2【輸入/輸出裝置】 ㄕㄨ ㄖㄨˋ ㄕㄨ ㄔㄨ ㄓㄨㄤˋ ㄓˋ
(input/output device) 電腦系統中，具有輸入資料與輸出資料之功能的裝置。如磁碟機、磁帶機等。

5【輸出融資保險】 ㄕㄨ ㄔㄨ ㄖㄨㄥˊ ㄗ ㄅㄠˇ ㄒㄧㄢˇ
(export loan insurance) 係因應輸出廠商爲準備外銷產品申貸資金爲主要基礎，貸款銀行於對輸出廠商貸予所需融通之資金後，若該輸出廠商因政治危險及(或)信用危險事故之發生，致貨物無法輸出，或輸出貨物價款之全部或一部不能收回，而使銀行於到期日不能收回其貸出款項時，由保險人負責補償的保險。此種保險以銀行爲要保人及被保險人，亦得以輸出廠商爲要保人，而以銀行爲被保險人。

10【輸送筒控制字符】 ㄕㄨ ㄙㄨㄥˋ ㄊㄨㄥˇ ㄎㄨㄥˋ ㄓˋ ㄗˋ ㄈㄨˊ
(carriage control character) 控制電腦系統印表機的字符。此字符通常是每一輸出行的第一字，印表機在印出此行之前，即依據本字符進行操作(如跳行或跳頁等)。

2【輸入/輸出控制系統】 ㄕㄨ ㄖㄨˋ ㄕㄨ ㄔㄨ ㄎㄨㄥˋ ㄓˋ ㄒㄧˋ ㄊㄨㄥˇ
(input/output control system) 電腦系統內，處理及控制主記憶體與輔助儲存體間資料傳送過程的一組常式或程序。

5【輸出檢驗合格證書】 ㄕㄨ ㄔㄨ ㄐㄧㄢˇ ㄧㄢˋ ㄏㄜˊ ㄍㄜˊ ㄓㄥˋ ㄕㄨ
(certificate of export inspection) 我國'經濟部''商品檢驗局'依"商品檢驗法"及其實施細則，對出口貨物實施檢驗合格後，所簽發的檢驗證明書。是我國唯一的官方檢驗報告。政府對出口貨物實施檢驗的目的，在於提高出口貨物的品質，建立國際市場商譽，以促進對外貿易。

10

輂 輂的木字。

轂 ㊀ ㄍㄨˇ ku^3 音谷
①車輪中間輻木湊集的圓環。中空，車軸能貫穿而過。見"正字通"。②泛指車子。
㊁ ㄍㄨ ku^1 音咕
參轂轆。

18【轂轆】 ㄍㄨ ˙ㄌㄨ
①車輪。②圓柱形的小東西。

轄 ㄒㄧㄚˊ $hsia^2$ 音霞
①車軸兩端扣住害的插閂。又作舝。②管理。如：統轄。③星名。在二十八宿中軫宿的兩旁，故名。西圖屬烏鴉座，左轄即η星，右轄即α星，俱爲四等。

11【轄區】 ㄒㄧㄚˊ ㄑㄩ
指某特定範圍的管轄或影響地區。如界碑或建物圍牆內、行政區、治安機關的管轄地區等。

轃 ㄓㄣ $chên^1$ 音珍
①大車底板的墊子。見"說文"。②到達。通臻。見"正字通"。

轅 ㄩㄢˊ $yüan^2$ 音袁
①車廂前端拉動車體的兩根直木。左右各一。見"說文通訓定聲"。②衙署；行館。如：行轅。③姓。'漢'有'轅固'。見"萬姓統譜·二三"。

8【轅門】 ㄩㄢˊ ㄇㄣˊ
古帝王出外打獵時，在住宿處用車圍成屏障，其出入處翻仰兩車，使車轅相向似門，是爲轅門。後泛指將帥營門或督撫官署的大門。

【轅固生】 ㄩㄢˊ ㄍㄨˋ ㄕㄥ
'西漢''齊'人。'景帝'時爲博士，曾爲"詩經"作傳，世稱'齊''詩'，爲今文家。按："史記"作'轅固生'，"漢書"作'轅固'。生，'王先謙'"漢書補註"以爲即先生之意。

輾 ㊀ ㄓㄢˇ $chan^3$ 音展
轉動。如：輾轉。
㊁ ㄋㄧㄢˇ $nien^3$ 音碾
壓碎。通碾。如：輾米。

18【輾轉】 ㄓㄣˊ ㄓㄨㄢˊ
①躺臥床上翻來覆去的樣子。②遷徙；轉移。③曲折的；不直接的。④反覆不定。

【輾轉相除法】 ㄓㄢˇ ㄓㄨㄢˇ ㄒㄧㄤ ㄔㄨˊ ㄈㄚˇ
求兩個正整數最大公約數的算法。以123與42爲例，則以123除以42得餘數爲39，再以39除42得餘數爲3，再以3除39爲整數。故3爲123及42的最大公約數。

1	42	123	2
	39	84	
	3	39	13
		39	
		0	

對於單元多項式$f(x)$與$g(x)$，欲求其最高公因式HCF也可用此法，以次數較小者去除次數較大者，餘式之次數漸次下降，故必可得HCF。此方法又稱爲'歐'氏('歐幾里得')算則(Euclidean algorithm)，係極有效之工具。其原理爲：若 $A=QB+R$，則 $(A,B)=(B,R)$。

轀 ㄨㄣ $wên^1$ 音溫
可供人躺臥的大車。見"說文"。

輿 ㄩˊ yü² 音余
①車廂。也泛指車子。如：輿馬。②轎子。如：輿夫。③用兩手抬捧。如：輿轎。④大地。取義於地以承載萬物。如：輿圖。⑤公眾的；眾多的。如：輿論。⑥基本；開始。如：權輿。⑦僕役。如：輿臺。

6【輿地】ㄩˊ ㄉㄧˋ
①大地。②地圖。

11【輿情】ㄩˊ ㄑㄧㄥˊ
大眾的意向；民意的傾向。

14【輿圖】ㄩˊ ㄊㄨˊ
①地圖。②疆域；領土。

15【輿論】ㄩˊ ㄌㄨㄣˋ
公眾的議論。

17【輿薪】ㄩˊ ㄒㄧㄣ
一車子的木柴。比喻明顯而易見的事物。

18【輿謣】ㄩˊ ㄒㄩ
用力舉物的呼應聲。也作邪許。

20【輿議】ㄩˊ ㄧˋ
公眾的議論。

6【輿地紀勝】ㄩˊ ㄉㄧˋ ㄐㄧˋ ㄕㄥˋ
'宋''王象之'撰，二百卷。據各郡圖經及各種有關天下地理之書，參訂會萃；各郡自爲一編，記其沿革、風俗、山川、人物。爲'南宋'的地理總志。

11

轆 ㄌㄨˋ lu⁴ 音鹿
狀聲詞。形容車聲。如：宮車轆轆。

18【轆轆】ㄌㄨˋ ㄌㄨˋ
車輛行走的聲音。

23【轆轤】ㄌㄨˋ ㄌㄨˊ
利用滑車原理汲水或牽引重物的裝置。

【轆轤捶】ㄌㄨˋ ㄌㄨˊ ㄔㄨㄟˊ
國術手法。以單手如絞轆轤的方式，由內向外絞鎖敵人前臂。

轊 害的或體。

轇 ㄐㄧㄡ chiu¹ 音鳩
參轇轕。

16【轇轕】ㄐㄧㄡ ㄍㄜˊ
①長遠的樣子。②雜亂的樣子。

轉 ㊀ ㄓㄨㄢˇ chuan³ 音囀
①迴旋；翻動。如：運轉。②遷移。如：轉任。③傳送；傳遞。如：轉告。④改變。如：轉危爲安。⑤丟棄。如：死無轉。⑥道教煉丹，煉成一次叫一轉。

㊁ ㄓㄨㄢˋ chuan⁴ 音撰
繞。如：轉圈子。

3【轉子】ㄓㄨㄢˇ ㄗˇ
(rotor) ①電機機械裡的旋轉部分。在電動機裡，與轉軸連接並驅動轉軸；在發電機裡，切割磁力線以產生電能。②可變電容器的可動極片。

4【轉手】ㄓㄨㄢˇ ㄕㄡˇ
①轉交別人之手。②買賣。③表示時間的短暫和事情的容易。

【轉化】ㄓㄨㄢˇ ㄏㄨㄚˋ
①改變；變化。②修辭格的一種。描述一件事物時，轉變其原來性質，化成另一種本質截然不同的事物，而加以形容敘述。也稱比擬、假擬。

5【轉世】ㄓㄨㄢˇ ㄕˋ
①佛家語。指死後再投生。②喇嘛教寺院爲解決領袖活佛的繼承，而設立的一種制度。凡活佛死後，寺院中的上層人物便經由占卜、降神等活動去尋找恰在當時出生的一些嬰兒，然後再從中選定一個，當作是活佛轉世。該制度於十三世紀時，由噶舉派的噶瑪巴支系所創立，格魯派興起後，因禁娶而流行更廣。

6【轉任】ㄓㄨㄢˇ ㄖㄣˋ
一機關之現職人員，轉至性質不同、適用不同人事制度的他一機關任職。轉任人員須以具有轉任職務所需資格條件者爲限，甚且得經由轉任考試及格。

7【轉折】ㄓㄨㄢˇ ㄓㄜˊ
①轉變方向。②曲折。

8【轉注】ㄓㄨㄢˇ ㄓㄨˋ
六書之一。是一種就某一個字義而孳乳蕃衍出多個字的造字方法。在同一語根之下，由一個初文而孳乳出多個後起字。此一初文的本義，也同時轉授到所孳乳的後起字上。如「老」是初文，由於方言的差異或語言的演變，而由「ㄌㄠˇ」音轉爲「ㄎㄠˇ」音，於是由「老」而加上「ㄎ」作爲聲符，造出「考」字，而「老」的本義也轉授給「考」，「老」和「考」就稱爲轉注。

【轉典】ㄓㄨㄢˇ ㄉㄧㄢˇ
乃典權人於典權存續期中，將典物交付他人使用、收益，而收取典價之謂。除契約另有訂定或另有習慣外，典權人得自由將典物轉典於他人，且轉典之典價不得超過原典價。但典權定有期限者，其轉典之期限不得逾原典權之期限，未定有期限者，其轉典不得定有期限。典權人對於典物因轉典所受之損害，負賠償責任。轉典僅係於典物上設定新典權之行爲，原典權人之典權並未喪失，故出典人回贖典物時，應向典權人及轉典權人各爲回贖之意思表示；倘屆期出典人不回贖典物，則其典物之所有權，應歸由典權人原始取得。

10【轉差】ㄓㄨㄢˇ ㄔㄚ
(slip) 電動機同步轉速與其實際轉速之差值。

【轉矩】ㄓㄨㄢˇ ㄐㄩˇ
(torque)即力矩。爲一向量。乃力臂與力的乘積。參力矩。

【轉租】ㄓㄨㄢˇ ㄗㄨ
承租人不脫離其與出租人之租賃關係，而將租賃物轉租於次承租人之謂。例如甲爲出租人，乙爲承租人，乙將租賃物之一部或全部又租於丙是。此時，甲乙之原租賃契約仍存續，而乙丙則又成立另一租賃關係。承租人非經出租人承諾，不得將租賃物轉租於他人，否則即爲違法轉租。但租賃物爲房屋者,除有反對之約定外,承租人得將其一部分轉租於他人。亦即經出租人承諾,或僅將房屋轉租一部分者,均屬合法轉租。但在耕地租賃,依"土地法"第一百零八條及"耕地三七五減租條例"第十六條之規定,絕對不許轉租,否則原租約無效。

11【轉眼】ㄓㄨㄢˇ ㄧㄢˇ
眨眼。形容時間的短暫。

【轉帳】ㄓㄨㄢˇ ㄓㄤˋ
銀行的會計交易事項中如全爲科目間的沖轉,而不涉及現金的收付者(如以「支票存款」的支票轉存爲「定期存款」),稱爲轉帳交易,簡稱轉帳。

【轉移】ㄓㄨㄢˇ ㄧˊ
轉變。

12【轉換】ㄓㄨㄢˇ ㄏㄨㄢˋ
轉變改換。

【轉進】ㄓㄨㄢˇ ㄐㄧㄣˋ
①轉向推進。②撤退。

13【轉運】ㄓㄨㄢˇ ㄩㄣˋ
①不停地轉動運行。②轉變運氣。③(transhipment)依"信用狀統一慣例",所謂轉運是指自裝運港、發送地或接管地至卸貨港或目的地的運送過程中所發生的換載及轉載。包括同一運輸方式自一運輸工具轉至另一運輸工具,或自一運輸方式轉至另一運輸方式。因此,廣義的轉運包括:一、船舶與船舶間的轉船。二、海陸聯運的轉運。三、海空聯運的轉運。四、陸空聯運的轉運。五、陸運聯運的轉運。六、空運聯運的轉運。狹義的轉運,則專指船與船的轉船。

【轉道】ㄓㄨㄢˇ ㄉㄠˋ
①轉運糧食的道路。②改變路線。

【轉達】ㄓㄨㄢˇ ㄉㄚˊ
託人代爲傳達自己的意思。

【轉嫁】ㄓㄨㄢˇ ㄐㄧㄚˋ
①女人改嫁。②(transfer of tax)對於某種金錢義務不自己負擔,透過某種行爲而轉由他人負擔。如政府向生產者課徵貨物稅,生產者將其加入貨價之內轉由消費者負擔。

15【轉調】ㄓㄨㄢˇ ㄉㄧㄠˋ
音樂從一調轉換到另一新調。廣義的指旋宮轉調之法,旋宮指調高的轉換,轉調指調式的轉換。狹義的指曲調的轉換,以一曲牌爲基礎,插入其他曲牌的腔調。

【轉賣】ㄓㄨㄢˇ ㄇㄞˋ
將買進的東西,轉手賣出。

【轉播】ㄓㄨㄢˇ ㄅㄛˋ
(live coverage)廣播或電視節目製作完成後,播放給閱聽人收看或收聽。通常又分爲現場轉播與實況錄播兩種形式。

【轉踏】ㄓㄨㄢˇ ㄊㄚˋ
'宋代'歌舞劇的一種。也稱傳踏、纏達。開始先朗誦一段駢文,稱爲勾隊詞;接著以一詩一詞相問,伴著歌舞以表演故事,詩用七言絕句,詞用"調笑令",故又稱"調笑令轉踏";末尾朗誦放隊詞作結束。

【轉蓬】ㄓㄨㄢˇ ㄆㄥˊ
隨風飄轉的蓬草。比喻流浪、飄零。

【轉質】ㄓㄨㄢˇ ㄓˋ
質權人於質權存續中,爲供自己債務之擔保,將質物移轉占有於自己之債權,而設定新質權之謂。轉質乃對於質物之處分,性質上係質物再度出質。因此,質權人雖得以自己之責任,將質物轉質於第三人,而無須出質人之同意,但如因轉質而使質物受損者,則質權人必須負責,縱使該質物之損害係由於不可抗力所生者,質權人亦須負責,是爲責任轉質,或稱非常事變責任。申言之,質權人雖得爲擔保自己之債務而自由轉質,但其責任卻因此而加重。此外,如質權人係徵得原出質人之同意而後始轉質者,則爲承諾轉質,理論上,不應使質權人因轉質而加重其責任。

16【轉機】ㄓㄨㄢˇ ㄐㄧ
事情有好轉的機會、跡象。

【轉圜】ㄓㄨㄢˇ ㄏㄨㄢˊ
①轉動圓形的器物。比喻容易而迅速。②扭轉;挽回。

【轉錄】ㄓㄨㄢˇ ㄌㄨˋ
(duplication)俗稱拷貝。指經過電磁設備,將錄音帶或錄影帶節目的母帶,轉錄成一分或多分同樣的子帶,或指將影片節目轉錄成錄影帶。

【轉學】ㄓㄨㄢˇ ㄒㄩㄝˊ
學生自甲校轉入乙校求學。

17【轉瞬】ㄓㄨㄢˇ ㄕㄨㄣˋ
比喻時間的短暫。

18【轉檯】ㄓㄨㄢˇ ㄊㄞˊ
俗稱舞女或酒女自甲檯轉到乙檯陪客。

19【轉韻】ㄓㄨㄢˇ ㄩㄣˋ
換韻。指韻文中隔數句換押一韻。

3【轉口港】ㄓㄨㄢˇ ㄎㄡˇ ㄍㄤˇ
又稱通過貿易港。以貨物轉口爲主要機能的海港。貨物在港口只作中途短暫停留,並非貨運的目的地,因此縱使貨物存入倉庫,也得再度輸出。如'新加坡'、'香港'、'鹿特丹'等。

4【轉化率】ㄓㄨㄢˇ ㄏㄨㄚˋ ㄌㄩˋ
(conversion)化學反應中,以某反應物爲基準,其轉化爲產物之分率。

【轉化糖】ㄓㄨㄢˇ ㄏㄨㄚˋ ㄊㄤˊ
(invert sugar)蔗糖的水解產物。蔗糖爲右旋糖,經酸或酵素水解後,產生左旋性較強的果糖及右旋性較弱的葡萄糖,而使水溶液呈左旋性,故稱爲轉化糖。其甜度爲蔗糖的1.3倍,轉化糖漿經長久保存不會有結晶現象。多用於啤酒、糖果糕餅業。

8【轉法輪】ㄓㄨㄢˇ ㄈㄚˇ ㄌㄨㄣˊ
指轉動佛法的巨輪。法輪指佛所說的教法如巨大的車輪,可爲眾生摧毀一切煩惱。

11【轉速計】 ㄓㄨㄢˇ ㄙㄨˋ ㄐㄧˋ
(tachometer) 1一種利用測量角速度來求機械系統頻率的儀器。2一種用以測量轉軸之旋轉速率的儀器。

【轉捩點】 ㄓㄨㄢˇ ㄌㄧㄝˋ ㄉㄧㄢˇ
轉變的起點。

12【轉貼現】 ㄓㄨㄢˇ ㄊㄧㄝ ㄒㄧㄢˋ
銀行週轉資金的方式之一。在頭寸緊俏時,將承做的貼現票據,在未到期前再轉向'中央銀行'請求貼現,以便貼借款項,融通資金;一俟票據到期,由承做轉貼現的'中央銀行',直接向票據承兌人收回票款。

13【轉運港】 ㄓㄨㄢˇ ㄩㄣˋ ㄍㄤˇ
(transhipment port) 商港的一種。係位居各大航路之交匯點,便於貨物轉運的港埠。

15【轉寫畫】 ㄓㄨㄢˇ ㄒㄧㄝˇ ㄏㄨㄚˋ
(decalcomania)超現實主義畫家所開創的繪畫技法。在不吸水的畫紙上塗上顏料,覆蓋畫紙掀開後就轉寫出偶然的圖形;或在對摺畫紙的任一方塗上顏料,壓印後就會產生左右對稱的抽象畫。

【轉播車】 ㄓㄨㄢˇ ㄅㄛˋ ㄔㄜ
(OB van)也稱獨立作業小組。內部設置全套副控室及攝影場的裝備,甚至附加微波的一種大型車輛。便於開往外景節目場地,執行戶外轉播工作。

3【轉口貿易】 ㄓㄨㄢˇ ㄎㄡˇ ㄇㄠˋ ㄧˋ
(intermediary trade; entrepôt trade)又稱仲繼貿易、居間貿易。即甲國商人(中間商)從乙國(出口國)將貨物先運到甲國通關進口後,存入保稅倉庫稍加整理(如換包裝、更換產地標籤等),待適當時機,將貨物再出口(re-export)到丙國(進口國)的貿易方式。貨物從出口國運出,往往到中間商所在國(甲國)卸船後,甚至經過改包裝或稍為加工後,才確定進口國。做為轉口貿易卸貨的中途港稱為轉口貿易港,如'新加坡'、'香港'就是著名的轉口貿易港。從事轉口貿易的中間商,在買賣契約方面,將一方面與出口國的賣方訂約,他方面又與進口國的買方訂約,但不一定同時訂約。至於盈虧則由中間商自行負責。

6【轉回分錄】 ㄓㄨㄢˇ ㄏㄨㄟˊ ㄈㄣ ㄌㄨˋ
(reversing entry)為便於記帳,期初時將上期期末所作的調整分錄予以沖回所作的分錄。例如上期記載兩個月利息費用的調整分錄為借記利息費用200元,貸記應付利息200元,轉回分錄則為借記應付利息 200 元,貸記利息費用 200 元。然若不作轉回分錄,於本期支付六個月利息 600 元時,必須先行查明其中屬於本期者為若干,然後始能記帳;若已作轉回分錄,則可將此600元全部借記利息費用,故較為簡便。一般情況下,應收收入及應付費用的調整分錄,均以作成轉回分錄為宜。

【轉任考試】ㄓㄨㄢˇ ㄖㄣˋ ㄎㄠˇ ㄕˋ
原已任職之人員,經考試及格後,取得性質不同職務的任用資格,並可轉任至該性質不同職務之考試。如軍人經轉任公務人員考試及格後,可取得擔任文官職務的任用資格並轉任。

10【轉迴時間】 ㄓㄨㄢˇ ㄏㄨㄟˊ ㄕˊ ㄐㄧㄢ
(turnaround time) 自一工件交付給電腦系統處理至取得結果所需之時間。

【轉脆溫度】 ㄓㄨㄢˇ ㄘㄨㄟˋ ㄨㄣ ㄉㄨˋ
(transition temperature) 表示藉由刻痕衝擊試驗而決定出金屬破裂特性急速改變的溫度範圍。例如由剪破裂變化到脆性破裂。通常定義轉脆溫度是在50%脆破裂的溫度。有時候也定義為延性急速降低的溫度範圍。

11【轉敗為勝】 ㄓㄨㄢˇ ㄅㄞˋ ㄨㄟˊ ㄕㄥˋ
由失敗轉變為勝利。

【轉動動能】 ㄓㄨㄢˇ ㄉㄨㄥˋ ㄉㄨㄥˋ ㄋㄥˊ
(rotational kinetic energy) 轉動中的物體也具有作功的本能,此種能稱為轉動動能。轉動動能與動能的形式類似,有 $K=1/2\ I\omega^2$,式中 I 表物體對轉動軸的轉動慣量,ω 為轉動角速度。

【轉動慣量】 ㄓㄨㄢˇ ㄉㄨㄥˋ ㄍㄨㄢˋ ㄌㄧㄤˋ
(moment of inertia) 欲使一物體由靜止而轉動,或由轉動而停止,則有如物體之線運動一樣,具有一種慣性,是為轉動的慣性。此種轉動慣性的大小,即為轉動慣量。轉動慣量的大小除了與轉動體的質量有關外,尚受物體距轉動軸的轉動半徑大小影響。質量為 m,轉動半徑為 r 的質點,其轉動慣量 I 可寫成:$I=mr^2$。一般物體可視為由無限個質點所組成,故物體的轉動慣量為各個質點對轉動軸之轉動慣量的總和,因此有 $I=\sum_i m_i r_i^2$。

【轉移作用】 ㄓㄨㄢˇ ㄧˊ ㄗㄨㄛˋ ㄩㄥˋ
(transference) 進行心理分析治療時,患者將早期干擾其正常生活的衝突及對他人之情緒反應轉移至分析者身上的心理歷程。依轉移的性質可分為正負兩種,正轉移(positive transference)為友善與滿意的情緒依附,負轉移(negative transference)為敵視與不滿的情緒對抗。

【轉移函數】 ㄓㄨㄢˇ ㄧˊ ㄏㄢˊ ㄕㄨˋ
(transfer function) 雙口網路中,由不同端口變數組成之響應函數。通常由輸入信號(即激發)與其響應表示。

【轉船提單】 ㄓㄨㄢˇ ㄔㄨㄢˊ ㄊㄧˊ

ㄉㄢ
(transhipment bill of lading)
自裝運港至目的港之間沒有直接航行的船隻時，貨物的運送必須利用二艘以上的船舶在中途的國際港接續轉運，才能完成運送的任務。在中途港的轉運(船)手續，通常都由裝運港(出口港)的船公司負責代爲辦理。船公司則發行包括自裝運港至目的港全部航程的提單。因此，凡是提單載明裝運的貨物係於中途港移裝另一船舶接續運至目的港，並由發行提單的船公司負責全程運送責任者，稱該提單爲轉船提單。轉船提單爲聯運提單的一種，只是轉船提單項下的聯運公司都爲船公司而已。

13【轉禍爲福】 ㄓㄨㄢˇ ㄏㄨㄛˋ ㄨㄟˊ ㄈㄨˊ
將災禍轉變爲祥福。

【轉業考試】 ㄓㄨㄢˇ ㄧㄝˋ ㄎㄠˇ ㄕˋ
未具專門職業執業資格者，經轉業考試及格後可取得專門職業執業資格之考試。如海軍退除役軍人經河海航行人員考試及格，可取得轉業高級海員職務的資格。

【轉業訓練】 ㄓㄨㄢˇ ㄧㄝˋ ㄒㄩㄣˋ ㄌㄧㄢˋ
各組織爲配合組織或業務的變動，對某部門或某種業務編餘之員工，施予特定學識或技術訓練，俾輔導其轉任新業務的工作，使轉變編餘人力爲有用人力。

4【轉分再保險】 ㄓㄨㄢˇ ㄈㄣ ㄗㄞˋ ㄅㄠˇ ㄒㄧㄢˇ
(retrocession) 又稱轉再保險或再再保險。即再保公司將其所承受的再保險業務，以一部分轉分給其他再保公司的契約行爲。無論合約再保險或超額再保險皆可適用，故又有轉分合約再保險與轉分超額損失再保險。

24【轉讓之禁止】 ㄓㄨㄢˇ ㄖㄤˋ ㄓ ㄐㄧㄣˋ ㄓˇ
記名票據依背書及交付而轉讓，若發票人不欲與受款人以外之第三人發生票據關係，得於票據上記載禁止轉讓之文義；記名票據發票人有禁止轉讓之記載者，不得轉讓。背書人亦得於票據上記明禁止轉讓之意旨，背書人於票據上記載禁止轉讓者，仍得依背書而轉讓之，但禁止轉讓之人，對於禁止後再由背書取得票據之人不負責。禁止轉讓之意旨須記載於票據，其記載方法雖無限制，但以使其禁止轉讓之意思明瞭爲必要。在票據上記載禁止背書轉讓者，必由爲此記載之債務人簽名或蓋章，始生禁止背書轉讓之效力，若未簽名或蓋章，則無法辨悉何人爲禁止背書轉讓之記載，與票據爲文義證券之意義不符，不生禁止背書轉讓之效力。

轍 ㊀ ㄓㄜˊ *chê*² 音折
①車輪輾過的痕跡。如：車轍。②途徑；方法。如：改弦易轍。③歌詞或樂曲所押的韻。如：合轍。④北方俗稱辦法、門徑。如：沒轍。
㊁ ㄔㄜˋ *ch'ê*⁴ 音徹
㊀①、②、③的讀音。

轈 ㄔㄠˊ *ch'ao*² 音巢
古代一種高而可以瞭望敵人的兵車。見"說文"。

12

轔 ㊀ ㄌㄧㄣˊ *lin*² 音鄰
①車行的聲音。如：車轔轔。②戶限；門檻。如：戶轔。
㊁ ㄌㄧㄣˋ *lin*⁴ 音吝
車輪輾過。通蹸、躪。也作轥。

轒 ㄈㄣˊ *fên*² 音墳
或作轒。支撐車蓋的弓形木架。見"說文·轒·段注"。

轏 輚的或體。

轑 ㊀ ㄌㄠˇ *lao*³ 音老
①支撐車蓋的弓形木架。見"說文"。②屋椽。通橑。
㊁ ㄌㄠˊ *lao*² 音勞
刮打。如：轑釜。

轐 ㄆㄨˊ *pu*² 音醭
車廂下用來支撐車軸的木墊。也稱伏兔。見"說文"。

轓 ㄈㄢ *fan*¹ 音翻
①古代車廂兩邊向外翻出的圍屏。俗稱車耳。可以遮擋車輪揚起的塵土。也作軬。見"集韻"。②車的通稱。

轎 ㄐㄧㄠˋ *chiao*⁴ 音叫
一種形如車廂，沒有輪子，前後有槓，由人扛抬的交通工具。

13

䡨 ㄌㄢˇ *lan*³ 音覽
參輡䡨。

轙 ㄧˇ *i*³ 音乙
車衡上用來貫穿轡繩的大環。見"說文"。

轖 ㄙㄜˋ *sê*⁴ 音色
用皮革罩蓋的車廂。見"說文"。

轗 ㄎㄢˇ *k'an*³ 音坎
參轗軻。

12【轗軻】 ㄎㄢˇ ㄎㄜ
車行不順利。比喻人艱困不得志。今通作坎坷。

轕 ㄍㄜˊ *ko*², *kê*² 音革
也作輵。參轇轕。

轘 ㄏㄨㄢˋ *huan*⁴ 音患
古代車裂人體的一種酷刑。見"說文"。

17【轘轅】 ㄏㄨㄢˊ ㄩㄢˊ
形勢險要的道路。

轚 ㄐㄧˊ *chi*² 音急
兩車的車轄相互撞擊。見"說文"。

14

轜 輀的或體。

轟 ㄏㄨㄥ *hung*¹ 音烘
①很多車並行所發出的聲

音。見"說文"。2形容巨大的聲響。如:轟然一聲。3衝擊。如:轟炸。4驅逐。如:轟走。

7【轟走】 ㄏㄨㄥ ㄗㄡˇ
把人趕走。

9【轟炸】 ㄏㄨㄥ ㄓㄚˋ
1對目標區實施炸彈或飛彈之攻擊。目的在摧毀目標區的人員或設施。投彈高度900~8,000呎者爲低空轟炸;8,000~15,000呎者爲中空轟炸;15,000呎以上者爲高空轟炸。2由飛機上向敵軍目標投彈的行動。可分爲區域轟炸、定型轟炸、精確轟炸、單發轟炸、連投轟炸或齊投轟炸等。

11【轟動】 ㄏㄨㄥ ㄉㄨㄥˋ
指引起眾人的注意。

12【轟飲】 ㄏㄨㄥ ㄧㄣˇ
狂飲喧鬧。

9【轟炸機】 ㄏㄨㄥ ㄓㄚˋ ㄐㄧ
(bomber) 能向敵方目標投彈之軍機。可按作戰半徑區分爲輕型、中型(1,000~2,500浬)及重型(2,500浬以上)。

21【轟轟烈烈】 ㄏㄨㄥ ㄏㄨㄥ ㄌㄧㄝˋ ㄌㄧㄝˋ
形容事功或氣勢的盛大。

轞 ㄒㄧㄢˋ *hsien*⁴ 音線
1車聲。見"正字通"。2關囚犯或野獸的車。見"釋名·釋車"。

轛 ㄉㄨㄟˋ *tui*⁴ 音對
車軾下縱橫交接的欄木。見"說文"。

轝 ㄩˊ *yü*² 音魚
1同輿。(1)轎子。(2)車。(3)眾;多。2共抬;共舉。如:共轝。

15

轠 ㄌㄟˊ *lei*² 音雷
碰撞;撞擊。見"字彙"。

轡 ㄆㄟˋ *p'ei*⁴ 音佩
用以控制馬的韁繩。如:執轡。

16【轡頭】 ㄆㄟˋ ㄊㄡˊ
用以控制馬的韁繩。

轢 ㄌㄧˋ *li*⁴ 音力
車輪輾過。見"說文"。

16

轙 轙的或體。

轣 ㄌㄧˋ *li*⁴ 音力
參轣轆。

18【轣轆】 ㄌㄧˋ ㄌㄨˋ
1紡車。2車軌。3車聲。

轤 ㄌㄨˊ *lu*² 音盧
參轆轤。

17

轜 輀的或體。

20

轥 ㄋㄧㄝˋ *nieh*⁴ 音孽
車輛載物高聳的樣子。見"說文"。

车 轔的或體。

辛 部

辛 ㄒㄧㄣ hsin^1 音新

①辣味。如：辛辣。②勞苦；艱苦。如：辛苦。③悲痛。如：辛酸。④天干的第八位。⑤姓。‘周’有‘辛甲’。見“通志·氏族略二”。

13【辛勤】 ㄒㄧㄣ ㄑㄧㄣˊ

辛苦勤勞。

14【辛辣】 ㄒㄧㄣ ㄌㄚˋ

①形容味辣。②比喻狠毒。

【辛酸】 ㄒㄧㄣ ㄙㄨㄢ

辣和酸的滋味。比喻悲慘痛苦。

4【辛巴威】 ㄒㄧㄣ ㄅㄚ ㄨㄟ

(Zimbabwe) 位於‘非洲’南部的內陸國。舊稱‘羅德西亞’(Rhodesia)。西元1980年起黑人當政，並改今名。面積39萬方公里，人口1,275萬 (2005年)，首都‘哈拉雷’(Harare)。全境為西南高東北低的高原地形。畜牧為經濟基礎，玉米為主食，並產黃金。

9【辛迪克】 ㄒㄧㄣ ㄉㄧˊ ㄎㄜˋ

(syndicate)聯營方式的一種。參加此聯營組織者，不可自行對貨品營業及生產獨立作業，而須由聯營機構統一製造或採購，再按比例分配銷售利潤，以期減少同業間之劇烈競爭。參加的企業成員仍維持獨立個體，可隨時申請退出。

11【辛烷值】 ㄒㄧㄣ ㄨㄢˊ ㄓˊ

(octane number)一種表示汽油抗震性能力之指標。係以異辛烷之值爲100，正庚烷之值爲0作爲標準，於試驗引擎比較其爆鳴性而得。例如辛烷值爲90之燃料，其爆鳴性與90%異辛烷、10%正庚烷混合燃料相同。

【辛棄疾】 ㄒㄧㄣ ㄑㄧˋ ㄐㄧˊ

(1140～1207)‘南宋’‘歷城’(今‘山東’‘濟南’)人，字‘幼安’，自號‘稼軒居士’。出生時，‘歷城’陷‘金’已十多年。後率義兵歸‘南宋’，官至兵部侍郎。治軍有度，慷慨有大略。其詞反映愛國憂民的精神，以豪邁雄放爲主。有“稼軒詞”。

4【辛丑和約】 ㄒㄧㄣ ㄔㄡˇ ㄏㄜˊ ㄩㄝ

‘清’‘光緒’二十七年(1901)八國聯軍後，‘李鴻章’與各國議定的和約。主要內容：一、派親王大臣分赴‘德’、‘日’謝罪，並爲‘德’使‘克林德’建紀念碑。二、懲辦禍首。三、禁止軍火輸入二年。四、賠款四億五千萬兩，分三十九年還清。五、劃定使館界址，各國並得駐兵防守。六、拆毀‘大沽’至‘北京’間砲臺。七、允各國於‘北京’至海口間諸要地駐軍，以保交通。八、修改‘中’外商約。九、改‘總理衙門’爲‘外務部’，並變通外國使節朝覲‘清’帝禮儀。

6【辛亥革命】 ㄒㄧㄣ ㄏㄞˋ ㄍㄜˊ ㄇㄧㄥˋ

‘清’‘宣統’三年(1911)，革命黨人運動‘武昌’新軍約期八月二十五日(陽曆10月16日)起義。適‘湖北’部分新軍爲‘清’廷調赴‘四川’鎮壓保路運動，‘武’‘漢’空虛，人心惶惶；又因革命機關多處爲官方破獲，文書名冊、旗幟印信悉被搜去，事態緊急，隸屬新軍的革命黨人乃於十九日提前發難，占領‘武昌’，‘湖廣’總督‘瑞澂’及新軍統制‘張彪’驚慌遁走，‘漢口’、‘漢陽’相繼光復，革命軍擁‘黎元洪’爲都督，組織軍政府，其後各省紛紛響應，終於推翻‘滿清’，創建‘民國’。歲次辛亥，史稱辛亥革命。

10【辛浦森法】 ㄒㄧㄣ ㄆㄨˇ ㄙㄣ ㄈㄚˇ

(Simpson's rule)一種數值積分的方法。將〔a, b〕分成n等分，令其分點爲$a=x_0<x_1<x_2\cdots<x_n=b$，令$y_i=\frac{1}{2}(x_i+x_{i-1})$。考慮過$(x_{i-1},f(x_{i-1}))$、$(y_i,f(y_i))$、$(x_i,f(x_i))$三點的拋物線，以此分段拋物線函數代替$f(x)$，則此分段拋物線函數的積分值可表爲：$\frac{2}{3}\cdot\frac{b-a}{n}\sum_{i=1}^{n}f(y_i)+\frac{1}{3}\cdot\frac{b-a}{n}\cdot\frac{1}{2}\sum_{i=1}^{n}(f(x_{i-1})+f(x_i))$。即中點矩形法和梯形法求得的近似值，以2:1做的加權平均。‘辛浦森’法通常比梯形法優越得多，因其誤差小於$K\cdot\left(\frac{b-a}{n}\right)^4 max|f^{(4)}(x)|$。

5

辜 ㄍㄨ ku^1 音姑

①罪過。如：無辜。②古代分裂肢體的酷刑。③虧負；負欠。如：辜負。④壟斷。通固。⑤姓。‘宋’有‘辜甫’。見“通志·氏族略五”。

10【辜恩】 ㄍㄨ ㄣ

辜負別人的恩惠。

6

辞 辭的俗體。

辟 ㊀ ㄅㄧˋ pi^4 音必

①法；法則。見“說文”。②罪。③天子或諸侯的通稱。如：復辟。④徵召。如：辟舉。⑤驅除；排除。如：辟邪。⑥迴避；躲避。通避。如：辟世不仕。⑦姓。‘漢’有‘辟子方’。見“通志·氏族略五”。

㊁ ㄆㄧˋ p'i^4 音闢

①刑罰。見“字彙”。②不正。如：邪辟。③開拓；開墾。通闢。如：辟田園。④偏遠。通僻。如：辟陋。⑤比喻。通譬。⑥偏側。如：宮闕西辟。

5【辟世】 ㄅㄧˋ ㄕˋ

隱居不仕。同避世。

7【辟邪】 ㊀ ㄅㄧˋ ㄒㄧㄝˊ

①驅除邪惡凶穢。②古代傳說中的一種神獸。外形似獅而有翼。古人多仿其形裝飾器物以驅邪。③香料的一種。

㊁ ㄆㄧˋ ㄒㄧㄝˊ

偏邪不正。通僻邪。

15【辟穀】 ㄆㄧˋ ㄍㄨˇ

道家的修煉術。不吃五穀而食藥物，並行導引之術，以求成仙。

辠 罪的本字。

7

辣 ㄌㄚˋ *la*⁴ 音蠟
①薑、蒜、辣椒等所含辛烈的味道。如:辣味。②猛烈;狠毒。如:潑辣。

12【辣椒】 ㄌㄚˋ ㄐㄧㄠ
(red pepper; *Capsicum frutescens* L.)又名番椒、辣茄。一年生草本,高可達1公尺。葉卵形,互生;花單生於葉腋或枝腋,花冠白色;果實長指狀或圓粒狀,成熟時呈紅、黃、青等色;味辛辣,品種繁多,可供作蔬菜及調味用。原產於'南美',我國廣為栽培。

辣椒圖

4【辣手摧花】 ㄌㄚˋ ㄕㄡˇ ㄘㄨㄟ ㄏㄨㄚ
比喻用殘酷的手段強暴或殺害女子。

辢 辣的或體。

8

辥 ㄘˊ *tz'ŭ*² 音詞
①謙讓不接受。今通作辭。見"說文"。②文詞。通辭。如:絕妙好辥。

9

辨 ㄅㄧㄢˋ *pien*⁴ 音便
①判別;分析。如:明辨是非。②爭論;辯說。通辯。如:辨誣。

5【辨正】 ㄅㄧㄢˋ ㄓㄥˋ
指出錯誤的地方而加以改正。

【辨白】 ㄅㄧㄢˋ ㄅㄞˊ
分辨明白;解釋清楚。

8【辨析】 ㄅㄧㄢˋ ㄒㄧ
辨別分析。

12【辨惑】 ㄅㄧㄢˋ ㄏㄨㄛˋ
辨明使人疑惑的事理。

14【辨駁】 ㄅㄧㄢˋ ㄅㄛˊ
分辨反駁。

15【辨論】 ㄅㄧㄢˋ ㄌㄨㄣˋ
判別議論。

19【辨難】 ㄅㄧㄢˋ ㄋㄢˋ
辯論駁難。

【辨證施治】 ㄅㄧㄢˋ ㄓㄥˋ ㄕ ㄓˋ
又稱辨證論治。為'中'醫臨床由診斷到治療過程的指針與基本原則。即根據四診辨別疾病的症候與病理變化,再擬訂治療的方法。

辦 ㄅㄢˋ *pan*⁴ 音半
①處理;處置。如:主辦。②置備。如:辦裝。

10【辦案】 ㄅㄢˋ ㄢˋ
①處理公事。②偵辦犯罪事件。

辪 薛的古文。

11

辩 斑的古文。

12

辭 ㄘˊ *tz'ŭ*² 音詞
①分辯;解說。見"說文"。②言語;詞句。如:辭令。③告別;離別。如:辭行。④推讓;不受。如:推辭。⑤古代文體之一。屬辭賦類。如'陶潛'有"歸去來辭"。

5【辭世】 ㄘˊ ㄕˋ
①逝世;去世。②隱居。

【辭令】 ㄘˊ ㄌㄧㄥˋ
言辭;文辭。

6【辭行】 ㄘˊ ㄒㄧㄥˊ
遠行之前向人告別。

7【辭呈】 ㄘˊ ㄔㄥˊ
辭職書。

11【辭章】 ㄘˊ ㄓㄤ
辭采文章。也作詞章。後指文學作品。

12【辭費】 ㄘˊ ㄈㄟˋ
浪費言辭。本為說而不做。後指話多而無用。

13【辭歲】 ㄘˊ ㄙㄨㄟˋ
辭別舊歲。傳統習俗在除夕或除夕前一天,家人共餐團聚,稱之。

15【辭賦】 ㄘˊ ㄈㄨˋ
文體名。'漢代'文學以賦為主流,稱'漢'賦。因其形式及精神深受'楚'辭影響,'漢'人視'楚'辭、'漢'賦為一體,並稱辭賦。

18【辭職】 ㄘˊ ㄓˊ
工作人員自動辭去職務。經辭職之人員,其與服務機關間的權利義務關係即告終止。

20【辭藻】 ㄘˊ ㄗㄠˇ
華麗的文詞;經過修飾的文辭。引申為文采。也作詞藻。

6【辭任國書】 ㄘˊ ㄖㄣˋ ㄍㄨㄛˊ ㄕㄨ
(letter of recall)派遣國通知接受國其外交代表之職務終了的正式文書。依慣例,前任使節不親自向接受國元首呈遞辭任國書,而由繼任之使節於呈遞到任國書時,一併呈遞。

14

辯 ㄅㄧㄢˋ *pien*⁴ 音變
①用語言爭論是非。如:爭辯。②文體之一。屬論辨類。如'唐''柳宗元'有"桐葉封弟辯"。

3【辯士】 ㄅㄧㄢˋ ㄕˋ
能言善辯的人。

【辯才】 ㄅㄧㄢˋ ㄘㄞˊ
好口才;能言善辯的才華。

12【辯給】 ㄅㄧㄢˋ ㄐㄧˇ
能言善辯。

14【辯駁】 ㄅㄧㄢˋ ㄅㄛˊ
辯論駁難。

15【辯論】 ㄅㄧㄢˋ ㄌㄨㄣˋ
辯駁爭論。

19【辯難】 ㊀ ㄅㄧㄢˋ ㄋㄢˊ
辯析疑難的問題。
㊁ ㄅㄧㄢˋ ㄋㄢˋ
對他人的質問、責難提出辯駁。

21【辯護】 ㄅㄧㄢˋ ㄏㄨˋ
律師或經法院許可之辯護人於法

院調查證據或言詞辯論時，爲被告之利益，檢閱卷宗與證物、抄錄或影印偵訊筆錄或審判筆錄、聲請調查證據或傳喚證人，俾發現有利於被告之事實，並就法律之適用，爲有利於被告之防禦論述之行爲。

19**【辯證法】** ㄅㄧㄢˋ ㄓㄥˋ ㄈㄚˇ
(dialectics) 具有多層意義：一、'希臘'哲學家'芝諾'的辯證法：分析某一觀念，使成矛盾，以指出所以不可能的方法。二、'柏拉圖'的辯證法：研究最上層的知識，用善的觀念來說明一切事物，並探討理念相互間的關聯。三、'亞理斯多德'的辯證法：由受人接納的臆測爲出發點，而進行的論證。四、'黑格爾'的辯證法：在正、反、合的結構下，洞察事理的思想方法。五、'康德'的辯證法：主要是在純粹理性批判中，用以批判並解決像正反互悖問題的方法。六、'馬克斯'的辯證法：結合'黑格爾'的辯證法及唯物主義的基本主張而成的論證方法。

21**【辯護人】** ㄅㄧㄢˋ ㄏㄨˋ ㄖㄣˊ
指以補充刑事被告之防禦能力爲職務而協助被告之人。相當於民事訴訟之訴訟代理人。辯護人應選任律師充之，但審判中經審判長許可者，亦得選任非律師爲辯護人。辯護人原則上得由被告或犯罪嫌疑人隨時選任；被告或犯罪嫌疑人之法定代理人、配偶、直系血親或三親等內旁系血親或家長、家屬，得獨立爲被告或犯罪嫌疑人選任辯護人。惟最輕本刑爲三年以上有期徒刑或高等法院管轄第一審之案件，於審判中未經選任辯護人者，審判長應指定公設辯護人爲其辯護。

3**【辯才無礙】** ㄅㄧㄢˋ ㄘㄞˊ ㄨˊ ㄞˋ
[1]指佛菩薩爲眾生說法，義理圓融，語辭精妙，通達無礙。[2]能言善辯。

【辯士派哲學】 ㄅㄧㄢˋ ㄕˋ ㄆㄞˋ ㄓㄜˊ ㄒㄩㄝˊ
(philosophy of the Sophists) 又名詭辯學派或詭辯派哲學。始於西元前五世紀，由其他各城到'雅典'教導知識、幫助年輕人從政的教師。由於主要在教人如何善言雄辯，反駁對方，故名辯士。這些辯士懷疑已有見解，甚於追求客觀眞理；並且反對有永恆不變的價值與標準。

21**【辯護新聞學】** ㄅㄧㄢˋ ㄏㄨˋ ㄒㄧㄣ ㄨㄣˊ ㄒㄩㄝˊ
(advocacy journalism) 新聞從業人員之報導取向，一反過去力求不偏不倚、客觀報導的傳統寫作原則，而在言論上，對某些特別論題和事件給予支持。

10**【辯證法唯物論】** ㄅㄧㄢˋ ㄓㄥˋ ㄈㄚˇ ㄨㄟˊ ㄨˋ ㄌㄨㄣˋ
(dialectical materialism) '德國''馬克斯'與'恩格斯'所創的思想學派。在存有論上，肯定物質先於心靈，並強調事物自身引起矛盾和變化的辯證法。

辰部

辰 ㄔㄣˊ ch'ên² 音晨
[1]十二地支的第五位。[2]十二時辰之一。相當於上午七時至九時。[3]時刻；時間。如：生辰。[4]日、月、星的總稱。如：星辰。

3

辱 ㄖㄨˋ ju⁴ 音入 又讀 ㄖㄨˇ ju³ 音汝
[1]羞恥。如：恥辱。[2]屈；委屈。如：辱臨。[3]負；辜負。如：辱命。

7**【辱沒】** ㄖㄨˋ ㄇㄛˋ
玷辱。

8**【辱命】** ㄖㄨˋ ㄇㄧㄥˋ
[1]有負使命。[2]對尊長告誡諭令或他人來信的尊詞。

15**【辱罵】** ㄖㄨˋ ㄇㄚˋ
侮辱謾罵。

17**【辱臨】** ㄖㄨˋ ㄌㄧㄣˊ
承蒙光臨。對來賓光臨表示謙謝之詞。

6

農 ㄋㄨㄥˊ nung² 音濃
[1]耕田的人。見"說文"。[2]耕種或養殖畜牧的行業。如：務農。

7**【農作】** ㄋㄨㄥˊ ㄗㄨㄛˋ
務農耕作。

10**【農家】** ㄋㄨㄥˊ ㄐㄧㄚ
[1]以農業生產維持生活的人。[2]古代學派之一。主張勸勉耕桑，以足衣食。

【農桑】 ㄋㄨㄥˊ ㄙㄤ
種田和種桑養蠶。通常即指農業。

12**【農場】** ㄋㄨㄥˊ ㄔㄤˇ
一個農業經營者（包括自然人或法人）所利用與管理的農業資源及所營耕種業務的總稱。包括耕地、農舍、牲畜、農具、勞動、生產資金和土地上所有的附屬物。

13**【農業】** ㄋㄨㄥˊ ㄧㄝˋ
農耕、畜牧、養殖等的行業。

【農會】 ㄋㄨㄥˊ ㄏㄨㄟˋ
農民組織之一。爲農民自有、自治、自享的團體。其宗旨爲保障農民權益、提高農民知識技能、促進農業現代化、增加生產收益、改善農民生活、發展農村經濟。

14**【農隙】** ㄋㄨㄥˊ ㄒㄧˋ
農事空閒的時候。

16**【農曆】** ㄋㄨㄥˊ ㄌㄧˋ
我國舊時通用的曆法。'民國'成立後，雖以世界通用的陽曆爲國曆，但農曆仍流行於民間。也稱'夏'曆。基本上這是一種陰陽曆，曆年的平均長度接近回歸年，曆月的平均長度則接近朔望月。其特色是以干支紀年、月、日、時，在一年中安排有二十四節氣，每月的起迄又可與月相密切配合。節氣的劃分表示太陽在黃道上的位置,是農業生產的重要參考;朔望月則與農村生活及民俗節日(如元宵節、中秋節)等有關。參陰陽曆。

19【農藥】 ㄋㄨㄥˊ ㄧㄠˋ
(pesticide) 凡用以防治農作物(包括樹木)或農林產物的病菌、蟲類、其他動物、雜草及促進或抑制植物生長的藥劑,均稱農藥。又凡能增強此等藥劑殺滅效力所使用的補助劑,亦可稱爲農藥。

10【農耕隊】 ㄋㄨㄥˊ ㄍㄥ ㄉㄨㄟˋ
派往外國以協助當地改良農業的隊伍。

6【農地重劃】 ㄋㄨㄥˊ ㄉㄧˋ ㄔㄨㄥˊ ㄏㄨㄚˋ
爲改善農業、林業的生產和工作條件,並增進土地利用與發展的一種最有效的綜合性土地改良措施。不僅包括農地的交換分合、區劃整理,同時配合建築農路、興修水利、改良灌溉排水,便利管理耕作及適應機械化的經營,從而減少勞力,增加生產,促進農地利用的合理化及高度化。

7【農村重劃】 ㄋㄨㄥˊ ㄘㄨㄣ ㄔㄨㄥˊ ㄏㄨㄚˋ
政府將農地重劃的領域擴及整個農村社區,就包括耕地、農宅及農村社區公共設施的整體性發展計畫,以重劃方式辦理農村社區更新。已由'內政部'完成"農村社區土地重劃辦法研究"草案,並規定農村社區土地重劃的主管機關,中央爲'內政部',省市爲地政處,縣市爲縣市政府。

8【農事防治】 ㄋㄨㄥˊ ㄕˋ ㄈㄤˊ ㄓˋ
植物保護措施之一。即利用農作制度、習慣、栽培管理方法等以防治病蟲發生。如輪作、耕耘、施肥、消毒、灌溉等均屬之。

【農事教育】 ㄋㄨㄥˊ ㄕˋ ㄐㄧㄠˋ ㄩˋ
農業推廣的首要工作,以教育成年農民爲對象。教育內容包括公民教育、經濟教育與農業生產教育,而以生產教育爲主。其主要工作有各種示範田工作、示範農家工作、農事研究班及農民工作經驗的交換。

9【農政全書】 ㄋㄨㄥˊ ㄓㄥˋ ㄑㄩㄢˊ ㄕㄨ
'明'"徐光啟'撰,六十卷。匯集歷代農業文獻,益以親身試驗與觀察,論述時令、農藝、水利、荒政諸事。爲農業科學的重要著作。

11【農產加工】 ㄋㄨㄥˊ ㄔㄢˇ ㄐㄧㄚ ㄍㄨㄥ
將農產物加以物理的、化學的、生物學的處理,或改變或不改變其形狀、性質,以防止腐敗,便於貯藏,延長應用時間的操作方法。

13【農業政策】 ㄋㄨㄥˊ ㄧㄝˋ ㄓㄥˋ ㄘㄜˋ
政府爲求農業進步及農業在國內整個經濟發展中有相當貢獻,而對農業生產加以計畫、協助和管制的一切措施。一方面要設法維護全體農民的利益,一方面又須使農業和其他各種產業互相調和,以求均衡發展。

【農業保險】 ㄋㄨㄥˊ ㄧㄝˋ ㄅㄠˇ ㄒㄧㄢˇ
(agricultural insurance) 主要包括農作物保險(也稱收穫保險 crop insurance)與家畜保險(livestock insurance) 兩部分。前者即以補償農作物因各種災害而減收所受損失的保險,如水災、火災、風災、蟲災、雹害、霜害、病害等;後者爲補償家畜因死亡、傷害或其他事故所致損失的保險。

【農業推廣】 ㄋㄨㄥˊ ㄧㄝˋ ㄊㄨㄟ ㄍㄨㄤˇ
係對農民實施種種教育。分教育農民與組織農民兩大類。前者有農事指導與家政指導,以改進生產技術、農場經營與農民生活;後者包括四健會、農事研究班、共同運銷等的組織,以培養農村領導及促進農民生產消費的合作。

【農業資源】 ㄋㄨㄥˊ ㄧㄝˋ ㄗ ㄩㄢˊ
包括所有能夠投入農業經營的物質、資產、勞力、技術等因素。可分自然資源及非自然資源兩大部分。自然資源指自然界可以直接或間接有助於農業生產之物,如陸地、海洋、地質、氣候、礦產、土壤、水等;非自然資源包括勞力、資金與科技等。

14【農歌轅議】 ㄋㄨㄥˊ ㄍㄜ ㄩㄢˊ ㄧˋ
農夫之歌,車夫之言。比喻俚俗之言。

13【農業專業區】 ㄋㄨㄥˊ ㄧㄝˋ ㄓㄨㄢ ㄧㄝˋ ㄑㄩ
依市場的需要和環境的適宜,選擇生產最有利的一種作爲一區的重要農產品,以獲得大規模的產銷利益,促進該區生產專業化。

【農業經濟學】 ㄋㄨㄥˊ ㄧㄝˋ ㄐㄧㄥ ㄐㄧˋ ㄒㄩㄝˊ
將經濟學的原理與法則應用於農業經營上,使農業生產資源的利用得以發揮高度效能、農業經營獲得可能最高的利益,且對農業生產者私人和社會公眾均有公平而合理的貢獻。研究這種應用的經濟學,稱爲農業經濟學。

14【農漁牧綜合經營】 ㄋㄨㄥˊ ㄩˊ ㄇㄨˋ ㄗㄨㄥˋ ㄏㄜˊ ㄐㄧㄥ ㄧㄥˊ
結合農場內各種不同之生產系統的經營方式。例如同時養豬、養魚和種植作物是。既可利用各自生產的產品或廢棄物,減少外來的生產成本及運輸費用;且因產品多樣化,可延長現金收入時間,調節資金,避免單一產品的風險;同時又可解決牲畜廢水汙染問題,將有機汙染物變成有用的資源。

11【農產品市場交易法】 ㄋㄨㄥˊ ㄔㄢˇ ㄆㄧㄣˇ ㄕˋ ㄔㄤˇ ㄐㄧㄠ ㄧˋ ㄈㄚˇ
'民國'七十年由總統明令公布,次年九月正式實施。爲確立農產品運銷秩序、調節供需、促進公平交易而制定。內容包括農產品批發市場、販運商的管理、農民團體辦理共同運銷的輔導獎勵、農產品分級包裝標準與實施等辦法。

12

辴 ㄓㄣˇ chên³ 音枕
大笑的樣子。也作囅。

䢉 ㄋㄨㄥˊ nung² 音農
多。見"廣雅·釋詁"。

13

⿸辰會 ㄏㄨㄟˋ hui⁴ 音會 又讀 ㄔㄣˊ ch'ên² 音辰
日月交會。見"說文"。

辵部

辵 ㄔㄨㄛˋ ch'o⁴, ch'uo⁴ 音綽
1忽走忽停。見"說文"。2奔走。見"玉篇"。

辶 辵的或體。用作偏旁。

3

迂 ㄩ yü¹ 音淤
1曲折;迴繞。如:迂道而行。2言行不切實際。如:迂腐。

6【迂曲】 ㄩ ㄑㄩ
迂遠彎曲。

10【迂迴】 ㄩ ㄏㄨㄟˊ
1曲折迴旋。也作迂回。2繞過敵軍的側翼,由後方或側方向其攻擊的過程。靈活應用迂迴戰術,常可避免因攻堅導致的重大傷亡。

14【迂腐】 ㄩ ㄈㄨˇ
守舊固執,不能順應時代潮流。

16【迂儒】 ㄩ ㄖㄨˊ
迂腐的讀書人。

17【迂闊】 ㄩ ㄎㄨㄛˋ
思想言行不切實際。

10【迂迴生產利息說】 ㄩ ㄏㄨㄟˊ ㄕㄥ ㄔㄢˇ ㄌㄧˋ ㄒㄧˊ ㄕㄨㄛ
(roundabout production theory of interest)'奧地利'學派學者'龐巴魏克'(Eugen von Böhm-Bawerk)認爲生產愈迂迴,生產時間愈長,所需資本愈多,產出也愈大。因此,時間本身成爲一種生產要素,資本成爲一種具有生產性的要素。以貨幣資本所購買的實物資本,邊際生產力愈高,迂迴生產的產出愈大,貨幣資本的報酬愈大,即利率愈高;邊際生產力愈低,迂迴生產的產出愈小,貨幣資本的報酬愈小,即利率愈低。

过 過的俗體。

迎 棲的俗體。

达 ㊀ ㄉㄚˊ ta² 音達
達的或體。
㊁ ㄊㄧˋ t'i⁴ 音替
滑動。見"集韻"。

迅 ㄒㄩㄣˋ hsün⁴ 音訓
快速。如:迅捷。

10【迅疾】 ㄒㄩㄣˋ ㄐㄧˊ
快速,急速。

11【迅捷】 ㄒㄩㄣˋ ㄐㄧㄝˊ
迅速敏捷。

13【迅雷不及掩耳】 ㄒㄩㄣˋ ㄌㄟˊ ㄅㄨˋ ㄐㄧˊ ㄧㄢˇ ㄦˇ
比喻事情發生突然,來不及防範。

迆 或作迤。㊀ ㄧˇ i³ 音以
斜行。見"說文"。
㊁ ㄧˊ i² 音移
參逶迆。

11【迆涎】 ㄧˇ ㄧㄢˋ
延伸相連。

23【迆邐】 ㄧˇ ㄌㄧˇ
1接連。2曲折綿延的樣子。

辿 ㄔㄢ ch'an¹ 音摻
緩步;慢行。見"字彙"。

巡 ㄒㄩㄣˊ hsün² 音尋
俗作廵。1到各地視察。如:巡夜。2遍;周。如:酒過三巡。

6【巡行】 ㄒㄩㄣˊ ㄒㄧㄥˊ
出外視察。

7【巡佐】 ㄒㄩㄣˊ ㄗㄨㄛˇ
現行警察職稱之一。負責督導警察勤務聯勤區。

8【巡幸】 ㄒㄩㄣˊ ㄒㄧㄥˋ
舊時天子巡視各地。

9【巡查】 ㄒㄩㄣˊ ㄔㄚˊ
1往來各處察看。2俗指警察。

【巡狩】 ㄒㄩㄣˊ ㄕㄡˋ
指天子外出巡視。

10【巡迴】 ㄒㄩㄣˊ ㄏㄨㄟˊ
由一處轉往另一處,不停地來回。

【巡航】 ㄒㄩㄣˊ ㄏㄤˊ
(cruise)指飛機遵照依經濟與長壽原則所設計之飛行高度、動力定位等條件,保持恆定狀態的飛行。

11【巡視】 ㄒㄩㄣˊ ㄕˋ
往來視察。

15【巡撫】 ㄒㄩㄣˊ ㄈㄨˇ
1巡視安撫。2官名。始於'明'初,'宣德'以後始專設爲地方最高長官。'清'沿置,爲省級最高長官,兼管軍事。

16【巡徼】 ㄒㄩㄣˊ ㄐㄧㄠˋ
軍隊中之巡哨、警衛。

23【巡邏】 ㄒㄩㄣˊ ㄌㄨㄛˊ
巡視警備。

7【巡防艦】 ㄒㄩㄣˊ ㄈㄤˊ ㄐㄧㄢˋ
能獨立或與攻擊船團共同對抗潛艦、飛機之軍艦。一般配備有反潛魚雷、火箭、直升機及防空飛彈等。

9【巡洋艦】 ㄒㄩㄣˊ ㄧㄤˊ ㄐㄧㄢˋ
大型戰艦的一種。具有6,000～15,000 噸的排水量、三十五節航速、中型裝甲及5～8吋砲或導向飛彈等武器。一般分爲重型巡洋艦(CA)、防空巡洋艦 (CLA)、導向飛彈巡洋艦(CAG)等。

【巡按使】 ㄒㄩㄣˊ ㄢˋ ㄕˇ
官名。'民國'初年省級的民政長官。至五年改爲省長。

3【巡弋飛彈】 ㄒㄩㄣˊ ㄧˋ ㄈㄟ ㄉㄢˋ
(cruise missile)一種長程導引飛彈。賴氣動力產生升力與推進力以平衡阻力,而保持幾近等速之

飛行。

迄 ㄑㄧˋ ch'i^4 音泣
①至;到。如:迄今。②竟;終於。如:迄無成功。

迁 遷的俗體。

4

这 這的俗體。

迒 ㄏㄤˊ hang^2 音杭
①獸類蹄跡。見"說文"。②長的道路。見"玉篇"。

迋 ㊀ ㄨㄤˋ wang^4 音旺
前往。見"說文"。
㊁ ㄍㄨㄤˇ kuang^3 音廣
①欺騙。通誑。見"玉篇"。②惶恐;恐懼。通恇。見"說文通訓定聲"。

迊 ㊀ ㄗㄚ tsa^1 音匝
帀的或體。
㊁ ㄧㄥˊ ying^2 音迎
迎的俗體。

迍 ㄓㄨㄣ chun^1 音諄
困窘不順。如:迍邅。

17【迍邅】 ㄓㄨㄣ ㄓㄢ
處境窘困。引申爲挫折失敗。

迓 ㄧㄚˋ ya^4 音訝
迎接。見"說文"。

迖 ㄊㄧˋ t'i^4 音剃
聲音和諧的樣子。見"字彙補"。

返 ㄈㄢˇ fan^3 音反
①回;歸。如:返國。②更換。

10【返航】 ㄈㄢˇ ㄏㄤˊ
飛機或輪船由外地開回來。

13【返照】 ㄈㄢˇ ㄓㄠˋ
①迴照。②指落日。

14【返魂】 ㄈㄢˇ ㄏㄨㄣˊ
死而復活。

6【返老還童】 ㄈㄢˇ ㄌㄠˇ ㄏㄨㄢˊ ㄊㄨㄥˊ
①指老年人的身體由衰老變成健壯。②指老年人言行像兒童一樣。

17【返還請求權】 ㄈㄢˇ ㄏㄨㄢˊ ㄑㄧㄥˇ ㄑㄧㄡˊ ㄑㄩㄢˊ
指基於物權或債權,得向他人請求特定物或利益之返還。通常返還請求權係基於物權或背後隱藏有物權者而爲之,如所有物返還請求權及其他物權返還請求權、租賃物返還請求權、借用物返還請求權等是。基於物權請求返還某特定標的物,訴訟繫屬中,被告將該標的物移轉於第三人者,判決既判力之主觀範圍及於該第三人。除物權返還請求權外,尙有基於債權而請求返還者,例如請求不當得利之返還是。不過,此等返還請求權與具物上追及性之返還請求權尙不可同日而語。返還請求權與交付請求權不同,後者均僅基於債權而爲之,例如因買賣而得請求交付特定物是,僅具債權相對性,要無物權追及性可言。

还 還的俗體。

迕 ㄨˋ wu^4 音誤
①相遇;遭遇。見"玉篇"。②違逆;牴觸。如:乖迕。

迎 ㊀ ㄧㄥˊ ying^2 音盈
①接。如:歡迎。②朝;向。如:迎面。
㊁ ㄧㄥˋ ying^4 音硬
等候接引。

6【迎合】 ㄧㄥˊ ㄏㄜˊ
①投合別人的心意。②約期會合。

8【迎迓】 ㄧㄥˊ ㄧㄚˋ
迎接。

9【迎面】 ㄧㄥˊ ㄇㄧㄢˋ
對面;當面。

【迎香】 ㄧㄥˊ ㄒㄧㄤ
針灸經穴名。位於從眼內角直下,鼻孔旁開一橫指(約五分)處。屬手陽明大腸經,爲手足陽明經之會。針之,可治鼻塞、中風口眼偏斜、顏面神經麻痺等症。

15【迎敵】 ㄧㄥˊ ㄉㄧˊ
正面和敵人交戰。

16【迎親】 ㄧㄥˊ ㄑㄧㄣ
新郎親自到女家迎娶新娘。

17【迎擊】 ㄧㄥˊ ㄐㄧˊ
正面攻擊。

3【迎刃而解】 ㄧㄥˊ ㄖㄣˋ ㄦˊ ㄐㄧㄝˇ
比喻事情很容易解決。

9【迎神賽會】 ㄧㄥˊ ㄕㄣˊ ㄙㄞˋ ㄏㄨㄟˋ
泛指祭祀神明及其相關的民俗活動。

【迎風搖曳】 ㄧㄥˊ ㄈㄥ ㄧㄠˊ ㄧˋ
隨著風勢搖擺。

16【迎頭痛擊】 ㄧㄥˊ ㄊㄡˊ ㄊㄨㄥˋ ㄐㄧˊ
當頭狠狠地給以打擊。

【迎頭趕上】 ㄧㄥˊ ㄊㄡˊ ㄍㄢˇ ㄕㄤˋ
奮起直追,力求超前。

近 ㄐㄧㄣˋ chin^4 音進
①不遠。見"玉篇"。②淺顯易解。如:言近而旨遠。

5【近古】 ㄐㄧㄣˋ ㄍㄨˇ
歷史家指中古以後到近代以前的這段時間。我國約爲'宋'至'元''明'時代,西洋約指新大陸發現到宗教改革這段時間(西元十五~十六世紀)。

【近代】 ㄐㄧㄣˋ ㄉㄞˋ
一般指'清代'以後,或鴉片戰爭以後到五四運動的時代。西洋約指三十年戰爭到工業革命這段時間(西元十六~十九世紀)。

6【近因】 ㄐㄧㄣˋ ㄧㄣ
引發事件的最近原因。與遠因相對。

11【近視】 ㄐㄧㄣˋ ㄕˋ
① (nearsightedness) 不能看清遠物的眼疾。主要因長久讀書或光線不良,眼睛晶體長軸距離增加,致使遠處物像透過晶體後,焦點聚於視網膜前,成像不清楚。須以凹透鏡來矯正。②比喻眼光短淺,不識大體。

15【近憂】 ㄐㄧㄣˋ ㄧㄡ
眼前的憂患。

4【近日點】 ㄐㄧㄣˋ ㄖˋ ㄉㄧㄢˇ
(perihelion) 太陽系的天體在其軌道上距日最近之點。地球約於每年的一月三日位在近日點上，此時日、地相距約一億四千七百萬公里。

7【近似值】ㄐㄧㄣˋ ㄙˋ ㄓˊ
(approximate value) 接近於眞值的值。例如圓周率一般取爲$\pi=3.1416$，此值是一近似值，因爲實際上$\pi=3.14159265\cdots\cdots$。

23【近體詩】ㄐㄧㄣˋ ㄊㄧˇ ㄕ
唐代所形成的新詩體。包括律詩和絕句。也稱今體詩。

4【近水樓臺】ㄐㄧㄣˋ ㄕㄨㄟˇ ㄌㄡˊ ㄊㄞˊ
「近水樓臺先得月」的簡省。比喻因相接近而獲得優先的機會。

6【近因誤差】ㄐㄧㄣˋ ㄧㄣ ㄨˋ ㄔㄚ
心理因素所引起的考績誤差之一。指主管人員考評員工考績成績時，常以最近數月的績效爲依據而評定之。此乃因最近之績效，主管印象較爲深刻所致。

7【近似貨幣】ㄐㄧㄣˋ ㄙˋ ㄏㄨㄛˋ ㄅㄧˋ
(near money) 有些金融資產具有貨幣的大部分功能，但不完全等於貨幣，這種近似貨幣的資產，在必要時可以很快地轉換成通貨或活期存款，具有高度流動性。這類資產主要有定期存款、儲蓄存款、短期政府公債等。又稱準貨幣(quasi-money)。

10【近海漁業】ㄐㄧㄣˋ ㄏㄞˇ ㄩˊ ㄧㄝˋ
(inshore fishery)指20～50噸級漁船，在本國經濟海域以內作業的漁業。

【近悅遠來】ㄐㄧㄣˋ ㄩㄝˋ ㄩㄢˇ ㄌㄞˊ
近處的人悅服，遠方的人歸附。指執政者施行德政，感化人民，使遠近的人都心悅誠服。

12【近鄉情怯】ㄐㄧㄣˋ ㄒㄧㄤ ㄑㄧㄥˊ ㄑㄩㄝˋ
指久別故鄉的人，在將回到家鄉時，驚恐不安的心情。

15【近墨處朱】ㄐㄧㄣˋ ㄇㄛˋ ㄔㄨˇ ㄓㄨ
比喻所處的環境。

16【近親配種】ㄐㄧㄣˋ ㄑㄧㄣ ㄆㄟˋ ㄓㄨㄥˇ
指血緣關係相近的兩個體間的配種。有近親繁殖與純系繁殖兩類。血緣關係最密切，如父女、母子、姊弟、兄妹、祖父母與孫子等爲近親繁殖；表兄妹、堂姊弟等爲純系繁殖。

6【近朱者赤近墨者黑】ㄐㄧㄣˋ ㄓㄨ ㄓㄜˇ ㄔˋ ㄐㄧㄣˋ ㄇㄛˋ ㄓㄜˇ ㄏㄟ
比喻人容易受到環境的影響。

5

迡 ㊀ ㄋㄧˋ ni^{4} 音匿
近。見“玉篇”。
㊁ ㄔˊ ch'ih^{2} 音池
同遲。①晚。見“玉篇”。②行動舒緩的樣子。見“玉篇”。

迣 ㄓˋ chih^{4} 音制
①遮攔。見“說文”。②超越。見“玉篇”。

迢 ㄊㄧㄠˊ t'iao^{2} 音條
遙遠。如：迢遙。

9【迢迢】ㄊㄧㄠˊ ㄊㄧㄠˊ
①遙遠的樣子。②漫長的樣子。③高峻的樣子。

14【迢遙】ㄊㄧㄠˊ ㄧㄠˊ
遙遠的樣子。

【迢遞】ㄊㄧㄠˊ ㄉㄧˋ
也作迢遰。①遙遠的樣子。②高峻的樣子。

迦 ㄐㄧㄚ chia^{1} 音加
‘隋’‘唐’時代對‘梵’語 ka 的音譯。如：‘釋迦’。

10【迦納】ㄐㄧㄚ ㄋㄚˋ
(Ghana) 位於西‘非’的國家。舊稱‘黃金海岸’(Gold Coast)。南臨‘幾內亞灣’(Gulf of Guinea)。面積23.8萬方公里，人口2,103.0萬(2005年)，首都‘阿克拉’(Accra)為最大城及最大港。全境大致平坦，大部屬‘伏塔河流域’。主產可可、油棕、玉米、漁獲、鋁土、黃金、鑽石、褐鐵礦等。

述 ㄕㄨˋ shu^{4} 音術
①遵循。多用以指繼續別人的事業或闡明他人的學說。②申述；說明。如：筆述。

12【述詞】ㄕㄨˋ ㄘˊ
在敘事句中，敘述動作的詞；有無句中，表示有無的詞。如「低頭思故鄉」中的「思」、「人有悲歡離合」中的「有」。

14【述語】ㄕㄨˋ ㄩˇ
在句子裡，對主詞加以敘述的詞。通常是動詞。如「鳥飛」的「飛」、「花開」的「開」。

18【述職】ㄕㄨˋ ㄓˊ
①諸侯朝覲天子，報告自己所掌理的職務。②指就任、到職。③指外交官回國向政府做工作報告。

6【述而不作】ㄕㄨˋ ㄦˊ ㄅㄨˋ ㄗㄨㄛˋ
傳述先哲的思想，而不自創新義。

迪 ㄉㄧˊ ti^{2} 音笛
①道路。見“說文”。②引導；開導。如：啟迪後人。

4【迪化】ㄉㄧˊ ㄏㄨㄚˋ
省轄市。昔名‘烏魯木齊’，‘蒙’語意爲「美好牧場」。位於‘新疆省’中央，居‘天山’北麓的綠洲上。爲‘新疆省’省會。地當‘天山山脈’東段高地與西段山間盆地二地形的分界點，扼‘天山’谷地的北口，有鐵路及數條公路循谷地集中於此，爲‘新’省的交通中樞；工商業發達，有鋼鐵、機械、紡織等工業。

12【迪斯可】ㄉㄧˊ ㄙ ㄎㄜˋ
(disco)一譯狄斯可。爲一種從‘歐’‘美’開始流行的舞蹈。disco 一字源於‘法’文discothèque，意爲「唱片」。六十年代‘法國’將放唱片跳舞的地方稱爲迪斯可之家，此爲迪斯可的起源。迪斯可並無一定的步法，只要能配合音樂的節奏，舞步具有強烈的動感即可。約包括有扭扭舞、阿哥哥、靈魂舞、馬舞和機械舞等。

迥 ㄐㄩㄥˇ chiung^{3} 音窘
遙遠。見“說文”。

11【迴異】 ㄐㄩㄥˇ ㄧˋ
完全不同。

12【迴然不同】 ㄐㄩㄥˇ ㄖㄢˊ ㄅㄨˋ ㄊㄨㄥˊ
大不相同;截然不同。

迨 ㄉㄞˋ *tai*^{4} 音待
①及;等到。通逮。見“方言·三”。②趁著。

迭 ㄉㄧㄝˊ *tieh*^{2} 音蝶
①更替;輪流。如:更迭。②屢。如:迭次。③停息。如:叫苦不迭。

5【迭代】 ㄉㄧㄝˊ ㄉㄞˋ
輪流替換。

6【迭次】 ㄉㄧㄝˊ ㄘˋ
屢次。

10【迭起】 ㄉㄧㄝˊ ㄑㄧˇ
輪流興起。

16【迭興】 ㄉㄧㄝˊ ㄒㄧㄥ
更迭興起。

迤 迆的或體。

迮 ㄗㄜˊ *tsê*^{2} 音責 又讀 ㄗㄨㄛˋ *tso*^{4}, *tsuo*^{4} 音作
①倉卒。見“集韻”。②逼迫。③狹窄。通窄。如:苔生迮地。

迫 ㄆㄛˋ *p'o*^{4} 音魄
①接近。如:迫近。②逼。如:催迫。③摧殘。④狹窄。如:局迫。⑤緊急。如:迫不及待。

4【迫切】 ㄆㄛˋ ㄑㄧㄝˋ
急切;緊急。

8【迫使】 ㄆㄛˋ ㄕˇ
逼使;逼得非如此不可。

【迫近】 ㄆㄛˋ ㄐㄧㄣˋ
逼近。

9【迫降】 ㄆㄛˋ ㄐㄧㄤˋ
(forced landing) 指飛機因機件故障、油料不足或其他因素不能繼續飛行,就近選擇場地降落。降落安全與否端視場地條件、天候和駕駛技術而定。

【迫促】 ㄆㄛˋ ㄘㄨˋ
①短促。②催促。

10【迫害】 ㄆㄛˋ ㄏㄞˋ
逼迫傷害。

17【迫擊砲】 ㄆㄛˋ ㄐㄧˊ ㄆㄠˋ
一種由砲口填裝砲彈的武器。由砲管和座鈑組成。分有膛線與無膛線兩種。射程較輕榴彈砲短,射角較高,砲口長度爲口徑的10~20倍。

4【迫不及待】 ㄆㄛˋ ㄅㄨˋ ㄐㄧˊ ㄉㄞˋ
①情勢非常緊急,無法再等待。②形容心急無法忍耐的樣子。

6【迫在眉睫】 ㄆㄛˋ ㄗㄞˋ ㄇㄟˊ ㄐㄧㄝˊ
比喻事情已到非常緊急的關頭。

6

迹 跡的或體。

送 ㄙㄨㄥˋ *sung*^{4} 音宋
①送行。如:歡送。②餽贈。如:送禮。③輸運。如:送貨。④結束;糟蹋。如:送命。

7【送灶】 ㄙㄨㄥˋ ㄗㄠˋ
送灶神上天廷的民俗。在農曆十二月二十三日或二十四日舉行,先以糖果等物祭拜,而後取下灶神像焚之。

10【送氣】 ㄙㄨㄥˋ ㄑㄧˋ
發音時呼出氣流較強者,稱爲送氣聲,簡稱送氣。如國音中的ㄆ、ㄊ、ㄎ、ㄑ、ㄔ、ㄘ等聲符便是。

11【送終】 ㄙㄨㄥˋ ㄓㄨㄥ
料理喪事。

18【送殯】 ㄙㄨㄥˋ ㄅㄧㄣˋ
參加喪家的殯儀,護送靈柩到葬地。

9【送風機】 ㄙㄨㄥˋ ㄈㄥ ㄐㄧ
(fan)可將氣體之壓力提升到比原來壓力略高的機器。

迸 或作迸。㊀ ㄅㄥˋ *pêng*^{4} 音蹦
①散失;四散奔走。②噴湧;冒出。如:淚迸霑衣。③裂開。如:迸裂。
㊁ ㄅㄧㄥˇ *ping*^{3} 音秉
斥逐。見“字彙”。

12【迸裂】 ㄅㄥˋ ㄌㄧㄝˋ
破裂;裂開。

逆 ㄋㄧˋ *ni*^{4} 音暱
①迎接。如:逆戰。②事先。如:逆料。③不順。如:忠言逆耳。④違背;相反。如:逆倫。

4【逆元】 ㄋㄧˋ ㄩㄢˊ
(inversc element) x的加法逆元爲其相反數$-x$;非零的x的乘法逆元爲其倒數$\frac{1}{x}$。相反數$-x$可表爲使$x+y=0$成立的唯一元素y;倒數$\frac{1}{x}$則可表爲使$y \cdot x=1$成立的元素y。因此對任意二元運算(設爲$*$)皆可考慮逆元的概念。令e爲$*$的么元,則使$y*x=e=x*y$ 成立的元素y稱爲x在$*$下的逆元。逆元不一定存在,但在一群(group)中,每一元素皆有逆元。

6【逆光】 ㄋㄧˋ ㄍㄨㄤ
來自攝影主題背後的光源。是一種特殊光位,爲反差最強的光線類型,容易直接射入鏡頭造成光斑或模糊。然運用得宜,可使主體表現生動而特殊,極盡藝術情趣。

13【逆溫】 ㄋㄧˋ ㄨㄣ
(inversion of temperature)或稱氣溫逆增。有時在不尋常的情況下,大氣溫度非但不隨高度而遞減,反而有隨高度而逆增的現象。近地面的逆溫現象常發生在冬季天氣晴朗的夜晚。有逆溫層發生時,常有輻射逆溫霧產生。都市地區也會導致空氣汙染情形,因爲缺乏對流,汙染物不易擴散。

【逆匯】 ㄋㄧˋ ㄏㄨㄟˋ
銀行應債權人的申請,將其對債務人所發出匯票,先行支付款項,然後再以該匯票向債務人索回款項的匯兌方法。債權人持債務人付款的票據,委託銀行代理收取款項時,也是逆匯的一種。

22【逆襲】 ㄋㄧˋ ㄒㄧˊ
以防禦部隊之一部或全部,對敵方攻擊部隊實施的攻擊。易守爲攻,阻止敵軍攻擊。

9【逆查法】 ㄋㄧˋ ㄔㄚˊ ㄈㄚˇ

(auditing from the trial balance)審計人員按憑證的流程作追本溯源的逆查,根據報表上各個項目逆查分類帳,然後根據分類帳經由日記簿而逆溯到證明交易事項的原始單據。這種方法提供會計師「財務報表數字是根據實際交易事項所產生」的保證。

13【逆溫層】ㄋㄧˋ ㄨㄣ ㄘㄥˊ
有時由於氣象條件的變化,形成一種上熱下冷的大氣現象。例如在山谷地形,冷氣團沿山谷斜面流到谷底,使谷底氣溫較低;又當有暖鋒或冷鋒時,冷空氣在暖氣團之下亦形成逆溫現象;此外,高空的高壓氣團下沈,也會形成逆溫層。有逆溫層存在時,會限制住大氣的對流作用,使空氣汙染情形較嚴重。

14【逆銑法】ㄋㄧˋ ㄒㄧㄢˇ ㄈㄚˇ
(conventional or up milling)銑削時工件之進給方向與銑刀之切削方向相反者。由於切削力向上會使工件有向上翹起的趨勢,造成工件夾件的不穩,且容易引起週期性的震動,但逆銑時可以消除螺桿與螺帽間之配合間隙,因此不需有背隙消除裝置。

16【逆選擇】ㄋㄧˋ ㄒㄩㄢˇ ㄗㄜˊ
(adverse selection; antiselection)要保人通常選擇與自己有利的危險,即較爲次標準的危險,希望能與保險公司訂立保險契約,恰與保險公司作相反的選擇。如體弱年老的人欲加入死亡保險,體力強壯者多選擇生存保險。

18【逆斷層】ㄋㄧˋ ㄉㄨㄢˋ ㄘㄥˊ
(reverse fault)也稱反斷層。即斷層地形中,斷層的上盤沿著斷面對下盤相對的向上移升。逆斷層往往是地殼受到兩側壓力推擠所生成,將較古老岩層推擠到較新岩層之上,使地殼緊縮和加厚。'臺灣'多褶曲山地,岩層遭受推擠上移者甚多,故逆斷層甚爲常見。

6【逆向抑制】ㄋㄧˋ ㄒㄧㄤˋ ㄧˋ ㄓˋ
(retroactive inhibition)新習得之資料或記憶,干擾對先前所學內容之回憶的歷程。

12【逆進稅率】ㄋㄧˋ ㄐㄧㄣˋ ㄕㄨㄟˋ ㄌㄩˋ
(regressive tax rate)指隨著租稅客體的減少而增其稅率;或隨著納稅能力的擴大而降低稅率者。亦即稅負與納稅能力成反比。由於此種稅率違背社會公平原則,故學者大多反對採用。

6【逆向健忘症】ㄋㄧˋ ㄒㄧㄤˋ ㄐㄧㄢˋ ㄨㄤˋ ㄓㄥˋ
(retrograde amnesia)個體於受重傷或經歷可怕災變後,喪失其先前既有之記憶的症候。

10【逆時針方向】ㄋㄧˋ ㄕˊ ㄓㄣ ㄈㄤ ㄒㄧㄤˋ
(counterclockwise)爲數學上的正向。參順時針方向。

迷 ㄇㄧˊ mi² 音彌

①困惑;惑亂。如:財迷心竅。②沈醉,醉心。如:沈迷。③籠罩;瀰漫。如:蒼煙迷樹。

9【迷津】ㄇㄧˊ ㄐㄧㄣ
①佛家語。指迷惑於人生的生死煩惱問題而不知解脫之道,需靠慈航濟渡,方能到達醒悟的彼岸。②(maze)通常指一套作網狀排列的通路,其中有的通路實爲死巷,有的通路則可引往最後的出口或目標。迷津可用以研究動物或人類的智力與學習能力。就動物用的迷津而言,最簡單者爲直巷迷津(只有一條直巷,一端爲起點,另端爲終點),其次爲*T*形或*Y*形迷津,較複雜的迷津則種類頗多。迷津的通路多以板壁隔成,但亦可架高而成高架迷津,鏤空而成指感迷津(矇眼後以手指嘗試)或筆觸迷津(矇眼後以鐵筆或鉛筆嘗試)。

【迷信】ㄇㄧˊ ㄒㄧㄣˋ
(superstition)①從原始巫術社會發展以來,存留在各個時代的一些民間信仰,這些信仰都是超自然的,非科學所能解釋。如深信鬼魂、靈異、扶乩、符咒、占卜、巫醫、招魂、星相、風水等的行爲,被視爲迷信。②指盲目的信仰或崇拜。③操作制約學習中,不論受試者是否表現理想行爲,仍予以固定時間性增強,則理想行爲雖非特定的增強對象,但受試者終能持續表現理想行爲。

11【迷彩】ㄇㄧˊ ㄘㄞˇ
指建築物或軍品裝備上所塗之數種不同色彩與不規則形狀的油漆。可作僞裝之用,使遠方敵人不易辨認。

4【迷幻藥】ㄇㄧˊ ㄏㄨㄢˋ ㄧㄠˋ
(hallucinogen)屬於麥角植物鹼的一種。化學式爲$C_{15}H_{15}N_2CON(C_2H_5)_2$。服食後,可使人在一段時間內產生幻覺或幻像,以致做出違反理性或社會常軌的行爲。

7【迷你裙】ㄇㄧˊ ㄋㄧˇ ㄑㄩㄣˊ
(mini skirt)約西元1965年時,由'英國'設計師'瑪麗闕'(Mary Quant)所推動的裙類流行風潮,裙長至膝上15~20公分。與當代婦女慣穿的裙長相較,實爲極大膽的時裝造形變革。

【迷你課】ㄇㄧˊ ㄋㄧˇ ㄎㄜˋ
(minicourse)因應教師或成人之進修需求所特別設計的濃縮課程。

【迷你電腦】ㄇㄧˊ ㄋㄧˇ ㄉㄧㄢˋ ㄋㄠˇ
(minicomputer)電腦分類的一種。源於西元1960年前後。其特徵爲字長較短(16~32位元),儲存容量不大,但速度快,價格低廉,與周邊設備相連容易,可適合於小單位獨立作業用。初期的迷你電腦結構與功能均較簡單,配合的軟體也較少;隨著時間而發展,近年的迷你電腦已具有較大的容量與較強的處理功能,配合的軟體也日漸增多,應用方面更是大爲增加。

退 ㄊㄨㄟˋ t'ui⁴ 音駾

1後退。與進相反。如：知難而退。2離去。如：退席。3謙讓。如：退讓。4減少。如：衰退。5取消。如：退婚。6歸還。如：退貨。7除下。如：退帽。

4【退火】 ㄊㄨㄟˋ ㄏㄨㄛˇ

1平息病理變化過程中機能亢進的病邪之火，以達治療效果的方法。2(annealing)一種材料熱處理方法。將工件加熱到適當變態溫度(如碳鋼則爲A_1或A_3變態溫度以上左右)，保持一段時間後，使徐徐冷卻，致工件軟化、內應力消除，以增進工件之加工性。

【退化】 ㄊㄨㄟˋ ㄏㄨㄚˋ

(degeneration)在個體發生或系統發生的過程中，形態的單純化、形體的減小、活動力的減退等退步性變化，稱爲退化。此種現象見於個體、器官、細胞、細胞內的胞器，或個體以上的群體、社會等各階層的構造及生物群。如體內寄生蟲因可直接由宿主攝取已消化的養分，故消化器官常退化；洞穴動物的眼，因處於黑暗中長久不使用而退化。

6【退休】 ㄊㄨㄟˋ ㄒㄧㄡ

員工年齡、年資達一定條件，或身體殘廢、心神喪失不堪勝任職務時，從任職機關退休，並領取退休金以安度日後生活的制度。通常分下列兩種，一、自願退休：員工依自己意願退休。如"公務人員退休法"規定，公務人員任職五年以上年滿六十歲，或任職滿二十五年者，得自願退休。二、命令退休：由任職機關命令員工退休。如"公務人員退休法"規定，公務人員任職五年以上年滿六十五歲，或任職五年以上身體殘廢、心神喪失不堪勝任職務者，命令其退休。

9【退卻】 ㄊㄨㄟˋ ㄑㄩㄝˋ

(withdrawal)個人面臨壓力時，表現無精打采、冷漠與避免對外接觸的一種自衛方式。

11【退票】 ㄊㄨㄟˋ ㄆㄧㄠˋ

支票執票人在提示期間內，向付款銀行爲付款的提示，付款銀行依據"票據法"及票據交換所有關的規定而拒絕付款時，應塡具退票理由單，連同原支票退還執票人或提出交換銀行。

15【退潮】 ㄊㄨㄟˋ ㄔㄠˊ

海岸前，由高潮至低潮海面逐漸下降的期間。

18【退轉】 ㄊㄨㄟˋ ㄓㄨㄢˇ

佛家語。指退失所修之道行，又轉變了所證的階位。

6【退休金】 ㄊㄨㄟˋ ㄒㄧㄡ ㄐㄧㄣ

各組織對退休員工給予退休金，以保障退休後之生活。如依"公務人員退休法"規定，公務人員任職年資及年齡達一定規定者，可退休，領退休金。退休金之領受，可分爲：一、一次退休金：由退休公務人員一次具領。其金額多依任職年資及退休時所支月俸額，按月俸之個數計算。二、月退休金：由退休公務人員按月具領。其金額多依任職年資及退休時所支月俸額，按月俸額之百分比計算，如月俸額百分之八十之月退休金。三、部分一次及月退休金：由退休公務人員兼領部分一次退休金及部分月退休金。其兼領方式又有二分之一一次退休金及二分之一月退休金、三分之一一次退休金及三分之二月退休金、四分之一一次退休金及四分之三月退休金三種。公務人員因公致身體殘廢、心神喪失而退休者，其退休金另有增給之規定。領退休金應憑銓敍機關製發之退休金證書；退休金之支給機關，在中央者爲'銓敍部'，在省市者爲省市財政廳局，在縣市者爲縣市政府。如依"勞動基準法"規定，勞工退休金之給付標準爲：一、按其工作年資，每滿一年給與兩個基數，但超過十五年之工作年資，每滿一年給與一個基數，最高總數以四十五個基數爲限。未滿半年者以半年計；滿半年者以一年計。二、因執行職務遭致心神喪失或身體殘廢不堪勝任工作，而被強制退休者，依前款規定加給百分之二十。退休金基數之標準，指核准退休時一個月平均工資。

4【退化作用】 ㄊㄨㄟˋ ㄏㄨㄚˋ ㄗㄨㄛˋ ㄩㄥˋ

(regression)防衛機構之一。個體之潛意識欲排除因挫敗或壓力所引起之焦慮，以致行徑退回童稚的歷程。

6【退伍軍人】 ㄊㄨㄟˋ ㄨˇ ㄐㄩㄣ ㄖㄣˊ

曾投身軍旅而後退伍的人。我國俗稱榮民。各國一般都有退伍軍人組織，我國'行政院'設有'退除役官兵輔導委員會'即是。

【退休後再任】 ㄊㄨㄟˋ ㄒㄧㄡ ㄏㄡˋ ㄗㄞˋ ㄖㄣˋ

公務人員退休後，再次被任用爲有給之公職。依現制規定，再任人員原領有月退休金者，自再任之日起其月退休金應予停止請領，至再次退休時恢復。

4【退化性關節炎】 ㄊㄨㄟˋ ㄏㄨㄚˋ ㄒㄧㄥˋ ㄍㄨㄢ ㄐㄧㄝˊ ㄧㄢˊ

(osteoarthritis)又稱骨性關節炎。因關節內塊骨頭相接間隙處的軟骨受磨損而引起的一種衰退性關節病。主要發生於髖、膝、脊椎、手指關節。是中年後常見疾病，女性患者多於男性，尤其在更年期更爲多見。症狀是一個或多個關節會疼痛、腫脹，嚴重者會變形。

6【退休撫卹基金】 ㄊㄨㄟˋ ㄒㄧㄡ ㄈㄨˇ ㄒㄩˋ ㄐㄧ ㄐㄧㄣ

對公務人員按月所繳費用及組織按月所補助費用，設立退休撫卹基金，以便支應退休金及撫卹金之給付。

【退休人員疾病保險】ㄊㄨㄟˋ ㄒㄧㄡ ㄖㄣˊ ㄩㄢˊ ㄐㄧˊ ㄅㄧㄥˋ ㄅㄠˇ ㄒㄧㄢˇ
爲退休公務人員所舉辦之保險。本保險之主管機關爲'銓敘部',保險事故分疾病、傷害二種,以退休人員自由參加爲原則。

15【退撫經費共同分擔制】ㄊㄨㄟˋ ㄈㄨˇ ㄐㄧㄥ ㄈㄟˋ ㄍㄨㄥˋ ㄊㄨㄥˊ ㄈㄣ ㄉㄢ ㄓˋ
公務人員退休金及遺族撫卹金之經費,由公務人員按月所繳費用及組織按月所補助費用而設立之退休撫卹基金中支應。如'美國'、'法國'、'韓國'均採此制。

【退撫經費政府負擔制】ㄊㄨㄟˋ ㄈㄨˇ ㄐㄧㄥ ㄈㄟˋ ㄓㄥˋ ㄈㄨˇ ㄈㄨˋ ㄉㄢ ㄓˋ
公務人員退休金及遺族撫卹金之經費,全部由政府按年編列預算支應。如'德國'、'英國'均採此制。

6【退休金權利之保障與變更】ㄊㄨㄟˋ ㄒㄧㄡ ㄐㄧㄣ ㄑㄩㄢˊ ㄌㄧˋ ㄓ ㄅㄠˇ ㄓㄤˋ ㄩˇ ㄅㄧㄢˋ ㄍㄥ
退休人員請領退休金權利之特別保障,以及遇有特定事故時之權利變更。如依"公務人員退休法"規定,請領退休金之權利,不得扣押、讓與或提供擔保,是爲退休金權利之保障。請領退休金之權利,自退休之次月起,經過五年不行使而消滅,是爲退休金權利之消滅。退休人員有死亡、褫奪公權終身、犯內亂外患罪經判決確定、喪失'中華民國'國籍等情事之一者,請領退休金之權利即告喪失,是爲退休金權利之喪失。退休人員褫奪公權尚未復權或領受月退休金後再任有給之公職者,停止其領受退休金之權利,至其原因消滅時再行恢復,是爲退休金權利之停止及恢復。

迺 ㄋㄞˇ *nai*³ 音乃
俗作廼。①驚訝的叫聲。見"說文"。②第二人稱代名詞。同汝、爾、你。通作乃。如:迺翁。③此;是。通作乃。如:迺子。④方;始。通作乃。

迾 ㄌㄧㄝˋ *lieh*⁴ 音列
①遮攔;遏阻。見"說文"。②排列。通列。如:迾置。

迵 ㄉㄨㄥˋ *tung*⁴ 音洞
通達。見"玉篇"。

迴 ㄏㄨㄟˊ *hui*² 音回
俗作廻。①轉動;旋轉。如:迴風。②折回。如:迴車。③曲折;環繞。如:迴廊。

6【迴向】ㄏㄨㄟˊ ㄒㄧㄤˋ
佛家語。即回心向大。迴是回轉,向是趣向。指把自己所修行的功德,轉而投向更廣大的眾生群。意即將自己一切善行的果,在心靈發願,捨給待救的廣大生命界。

13【迴路】ㄏㄨㄟˊ ㄌㄨˋ
①彎路;迴旋轉折的道路。②(loop)⑴閉合完整的電路。又稱網目。⑵電腦程式中反覆地執行一組指令,稱爲迴路。可分爲有條件控制之迴路與無條件控制之迴路。通常皆由一組指令所構成,其中最後一個指令將執行控制移轉至已經被執行過的部分,而產生重複執行效果。迴路之結構可分爲迴路本體與迴路控制兩部分。

4【迴文詩】ㄏㄨㄟˊ ㄨㄣˊ ㄕ
一種特別排列,可以倒讀、順讀,甚至於迴環反復都可成文的詩。

18【迴轉門】ㄏㄨㄟˊ ㄓㄨㄢˇ ㄇㄣˊ
(revolving door)可以左右旋轉的門。又稱轉門。使用時不致使外面的空氣大量流入,可免於關門的麻煩,又無擁擠現象。如無迴轉必要時可以折疊,使門全部開放。多用於公共建築、銀行、百貨公司等入口處。

13【迴路本體】ㄏㄨㄟˊ ㄌㄨˋ ㄅㄣˇ ㄊㄧˇ
(loop body)電腦程式中迴路的構成單元之一。是執行特定運算或資料處理的一組指令。當迴路被重複執行時,迴路本體也被重複執行,完成其功能。

【迴路控制】ㄏㄨㄟˊ ㄌㄨˋ ㄎㄨㄥˋ ㄓˋ
(loop control)電腦程式中迴路構成單元之一。爲控制迴路重複執行的部分。其功能爲:修改迴路變數之値,決定是否重複執行迴路等。

【迴路增益】ㄏㄨㄟˊ ㄌㄨˋ ㄗㄥ ㄧˋ
(loop gain)如圖所示,訊號 X_d 經放大器,反饋網路,回到輸入

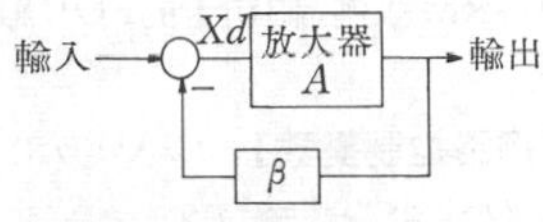

迴路增益圖

端,途中之 $-\beta A$ 乘積即爲迴路增益。

17【迴避制約】ㄏㄨㄟˊ ㄅㄧˋ ㄓˋ ㄩㄝ
(avoidance conditioning)一種操作制約學習。某一信號出現後,即予以個體懲罰,如此歷經數次,一旦信號單獨出現,個體即會採取適當反應,以迴避懲罰。

18【迴轉半徑】ㄏㄨㄟˊ ㄓㄨㄢˇ ㄅㄢˋ ㄐㄧㄥˋ
(radius of gyration)一面積之慣性矩 I_x,在因次上乃是長度之四次方,故可用總面積 A 和距離 k_x 之平方來表示,即 $I_x=A\cdot k_x^2$。距離 k_x 稱爲面積對 x 軸之迴轉半徑,亦可視爲面積 A 集中之一點至 x 軸之假想距離。即 $k_x=\sqrt{\frac{I_x}{A}}$。

【迴歸直線】ㄏㄨㄟˊ ㄍㄨㄟ ㄓˊ ㄒㄧㄢˋ
(regression line)對於兩變量數據 $(X, Y)=((x_i, y_i): i=1, 2, \cdots n)$ 所取一直線 $y=y_o=m(x-x_o)$,而能最適配該數據者。通常取 x_0 爲 X 之平均,$\overline{X}=\frac{\sum x_i}{n}$,$y_0=\overline{Y}=\frac{\sum y_i}{n}$,$m=[n\sum x_iy_i-(\sum x_i)(\sum y_j)]\div[n\sum x_i^2-(\sum x_i)^2]$。

13【迴路計數器】ㄏㄨㄟˊ ㄌㄨˋ ㄐㄧˋ ㄕㄨˋ ㄑㄧˋ

(loop counter)電腦程式中記錄迴路執行次數的計數器。與迴路控制變數的功能相似,用來控制迴路之重複執行。

13【迴路控制敘述】 ㄏㄨㄟˊ ㄌㄨˋ ㄎㄨㄥˋ ㄓˋ ㄒㄩˋ ㄕㄨˋ

(loop control statement)電腦高階程式語言中的一類敘述。可用以定義程式中的迴路部分,說明迴路的控制及執行的方式等,如符傳的DO敘述、可博的PERFORM敘述、帕司卡的FOR敘述等。

【迴路控制變數】 ㄏㄨㄟˊ ㄌㄨˋ ㄎㄨㄥˋ ㄓˋ ㄅㄧㄢˋ ㄕㄨˋ

(loop control variable) 電腦程式中迴路控制部分所使用的變數。其在迴路開始執行時被設定一初值,迴路執行時由迴路控制改變其值,並由迴路控制據以決定是否結束迴路之重複執行。

逃 ㄊㄠˊ *t'ao*^{2} 音桃

①避走;離開。如:逃亡。②迴避。如:逃稅。

12【逃稅】 ㄊㄠˊ ㄕㄨㄟˋ

(tax evasion) 指納稅義務人違反稅法規定,規避稅負,以達免納或少納稅捐的不法行爲。如未辦登記、擅自營業或短報、匿報所得等,均屬逃稅行爲。

13【逃匯】 ㄊㄠˊ ㄏㄨㄟˋ

(capital flight)即資本逃避。俗稱套匯。指因政治、經濟的原因,利用國際貿易的方便,把本國資金轉移到國外的非法行爲。最常用的方法有兩種:一、高報進口價值,如實際進口貨物一百萬,申報二百萬,多匯出一百萬到國外,由國外出口商轉入私人帳戶。二、低報出口價值,如實際出口貨物二百萬,申報爲一百萬,則多出口一百萬貨物的錢,也可以由國外進口商(有時就是自己的分支機構)轉入私人帳戶。

16【逃學】 ㄊㄠˊ ㄒㄩㄝˊ

指學生無故不到校上課,而在外遊蕩。也稱逃課或曠課。

适 ㄍㄨㄚ *kua*^{1} 音瓜 又讀 ㄎㄨㄛˋ *k'o*^{4}, *k'uo*^{4} 音闊

快速。見“說文”。

迿 ㄒㄩㄣˋ *hsün*^{4} 音迅

爭先。見“集韻”。

逄 ㄆㄤˊ *p'ang*^{2} 音龐

閉塞不通。見“集韻”。

迻 ㄧˊ *i*^{2} 音移

遷移。今通作移。見“說文”。

逘 後的古文。

追 ㊀ ㄓㄨㄟ *chui*^{1} 音錐

①從後面趕上。如:追敵。②跟隨。如:追隨。③事後補加或補救。如:來者可追。④回溯。如:追念。⑤催索。如:追討。⑥窮究。如:追根究柢。

㊁ ㄉㄨㄟ *tui*^{1} 音堆

①雕刻金玉。②鐘上的紐帶。

5【追加】 ㄓㄨㄟ ㄐㄧㄚ

起訴後提起新訴,合併於原有之訴者,稱爲訴之追加。訴之追加,以舊訴存在爲前提。在“民事訴訟法”,於訴狀送達後,原則上原告即不得追加他訴,除非經被告之同意或不甚礙被告之防禦及訴訟之終結,或被告不爲異議而爲本案之言詞辯論,或具備第二十五條規定之要件,始例外得爲追加。其於第二審爲追加者,除有第二十五條第二至第四款之情形外,非得他造同意更不得爲之。反之,在“刑事訴訟法”上,檢察官於第一審辯論終結前,均得就與本案相牽連之犯罪或本罪之誣告罪追加起訴,且追加之新訴不以同一被告或同一犯罪事實爲必要。訴之追加,係利用舊訴之程序而提起者,因此,以得依同一訴訟程序進行者爲必要,此於民、刑事案件均同。

8【追肥】 ㄓㄨㄟ ㄈㄟˊ

作物種植於農地之後,爲增加土壤的肥力而施用肥料,此階段的施肥稱爲追肥。爲使肥效能充分發揮,一般均得視作物之生育階段分多次施用。

12【追訴】 ㄓㄨㄟ ㄙㄨˋ

請求法院對被告確定國家對其具體刑罰權存在之行爲。犯罪,非依“刑事訴訟法”或其他法律規定(如“少年事件處理法”、“軍事審判法”)之訴訟程序,不得追訴處罰。對於犯罪之追訴,我國採取國家訴追主義及被害人訴追主義。國家追訴犯罪,由檢察官擔任之,檢察官因告訴、告發、自首或其他情事知有犯罪嫌疑者,應即開始偵查,依偵查所得之證據,足認被告有犯罪疑嫌者,應提起公訴,惟須具備訴訟條件、處罰條件及必要性;犯罪被害人除犯罪行爲人爲直系尊親屬及配偶外,得對犯罪行爲人提起自訴。惟追訴因追訴權經時效期間不行使消滅而不得爲之。對於追訴權時效完成之案件的告訴,檢察官應爲不起訴處分;對於該案件之起訴,法院應諭知免訴之判決。

18【追蹤】 ㄓㄨㄟ ㄗㄨㄥ

①循著蹤跡追趕。②指依照線索,一步一步地調查事情的眞相。③(trace)記錄電腦程式執行的過程。其結果可用以瞭解程式指令執行之順序、程式設計與編寫之細節,並瞭解程式如何完成其功能。

10【追索權】 ㄓㄨㄟ ㄙㄨㄛˇ ㄑㄩㄢˊ

票據不獲付款或不獲承兌或有其他法定原因時,執票人得向其前手請求償還票據金額、利息及費用之一種票據上的權利。

12【追尋項】 ㄓㄨㄟ ㄒㄩㄣˊ ㄒㄧㄤˋ

(tracing)記錄書目紀錄之主題標目和附加款目的項目。通常位於該紀錄的最下端,以‘羅馬’數字代表主題標目、‘阿拉伯’數字表示

附加款目。

5【追加預算】ㄓㄨㄟ ㄐㄧㄚ ㄩˋ ㄙㄨㄢˋ
於年度進行中執行原預算遇有不足,依法定條件辦理追加之預算。我國"預算法"規定,各機關因下列情形,得請求提出追加預算:增加業務或事業致增加經費;增設新機關時;所辦事業因重大事故,經費超過法定預算時;依有關法律應補列追加預算者。

10【追索時效】ㄓㄨㄟ ㄙㄨㄛˇ ㄕˊ ㄒㄧㄠˋ
參票據時效。

18【追蹤新聞】ㄓㄨㄟ ㄗㄨㄥ ㄒㄧㄣ ㄨㄣˊ
對發展中的新聞事件,不斷追蹤報導,也就是繼前日新聞之後的次日新聞。此類新聞須提供追蹤到的新事實,但對原有事實仍應擇要重述。

【追蹤攝影】ㄓㄨㄟ ㄗㄨㄥ ㄕㄜˋ ㄧㄥˇ
(panning) 又稱搖攝。拍攝快速運動體的方式之一。先決定目標及距離,然後透過觀景窗觀描,當目標出現於預定位置時,即按下快門,並隨著目標移動相機,以保持目標於定位。由於二者相對速度爲零,故影像清晰銳利一如未動,背景則變得模糊。

10【追索權之行使】ㄓㄨㄟ ㄙㄨㄛˇ ㄑㄩㄢˊ ㄓ ㄒㄧㄥˊ ㄕˇ
追索權之行使,由執票人向發票人、承兌人(匯票)、背書人及其他票據債務人(如保證人、參加承兌人)爲之。惟執票人爲發票人時,對其前手無追索權;執票人爲背書人時,對該背書之後手無追索權。被追索者已爲清償時,與執票人有同一權利。執票人得不依負擔債務之先後,對於爲追索對象債務人之一人或數人或全體行使追索權;對於債務人之一人或數人已爲追索者,對於其他票據債務人,仍得行使追索權。

【追索權之喪失】ㄓㄨㄟ ㄙㄨㄛˇ ㄑㄩㄢˊ ㄓ ㄙㄤˋ ㄕ
指票據債權人喪失其追索權。追索權喪失之事由有:一、消滅時效之完成;二、追索權人拋棄追索權;三、執票人不於法定期限內,爲行使或保全票據上權利之行爲;四、執票人不於約定期限內,爲行使或保全票據上權利之行爲,對於該約定之前手喪失追索權;五、執票人拒絕參加付款者,對於被參加人及其前手喪失追索權;六、請求參加付款者違反應由能免除最多數之債務者優先參加之規定,對於因此未能免除債務之人喪失追索權;七、執票人於付款人或擔當付款人不於法定期限內付款時,有參加承兌人時對參加承兌人,無參加承兌人而有預備付款人時向預備付款人,未爲付款之提示,或於有爲付款提示未獲清償時,未於拒絕證書載明之,對於被參加人與指定預備付款人之人及其後手喪失追索權。

逈 迴的俗體。

逅 ㄍㄡˋ kou^{4} 音姤 又讀 ㄏㄡˋ hou^{4} 音候
參邂逅。

7

逤 ㄕㄚ sha^{1} 音沙 又讀 ㄙㄨㄛˋ so^{4}, suo^{4}
參邏逤。

這 ㊀ ㄓㄜˋ chê^{4}
[1]稱代詞。此。指較近的時、地、人、事而言。與那相對。如:這個。[2]即刻。如:我這就去。
㊁ ㄓㄟˋ chei^{4}
「這一」二字的合音。如:這些。

逑 ㄑㄧㄡˊ ch'iu^{2} 音求
[1]斂聚;聚集。通作鳩。見"說文"。[2]配偶;伴侶。通仇、儔。見"說文"。

逗 ㄉㄡˋ tou^{4} 音豆
[1]停留;停頓。[2]招引;撩撥。如:逗人喜歡。[3]投;合。如:機緣不逗。

10【逗留】ㄉㄡˋ ㄌㄧㄡˊ
停息;滯留。也作逗遛。

連 ㊀ ㄌㄧㄢˊ lien^{2} 音聯
[1]聯合;接續。如:藕斷絲連。[2]牽繫。如:連帶關係。[3]連詞。(1)表示層進的關係。如:連一隻鳥都看不到。(2)表示連帶關係。如:連車帶人一起翻掉。[4]介詞。與都、也連用。如:連肺都氣炸了。[5]陸軍基層行政與戰術單位。爲高於排、低於營的指揮階層,組成人數約百人。連長之編制階級爲上尉或少校。[6]姓。'宋'有'連庠'。見"萬姓統譜·二八"。
㊁ ㄌㄧㄢ lien^{1}
㊀[1]、[2]的語音。

7【連作】ㄌㄧㄢˊ ㄗㄨㄛˋ
同一塊土地,連年種植同一作物。

【連犿】ㄌㄧㄢˊ ㄏㄨㄢ
宛轉順隨的樣子。

11【連桿】ㄌㄧㄢˊ ㄍㄢˇ
(links) 個具有兩個或兩個以上的配連元素,可和其他物體相連,用來傳送力量或運動的剛體。

13【連署】ㄌㄧㄢˊ ㄕㄨˋ
在同一文書上,由兩人以上簽署姓名,表示共同負責。

14【連綴】ㄌㄧㄢˊ ㄓㄨㄟˋ
[1]連接起來。[2]連續。

15【連遱】ㄌㄧㄢˊ ㄌㄡˊ
連續不斷。

16【連橫】ㄌㄧㄢˊ ㄏㄥˊ
[1]'戰國''秦惠王'時,'秦'相'張儀'乘'秦'大敗'楚懷王'之後,游說各國,勸六國與'秦'親善,以圖各個擊破,此種外交策略稱爲連橫。也作連衡。[2](1878～1936)'臺灣省''臺南市'人,原籍'福建省''龍溪縣'。字'武公',號'雅堂',又號'劍花'。曾任職"臺

連橫像

灣日報”、“臺南新報”，‘民國’入‘清史館’。畢後生致力於保存‘臺灣’文獻。著有“臺灣通史”、“臺灣語典”、“臺灣詩乘”、“劍花室詩集”與“文集”等。

17【連擊】 ㄌㄧㄢˊ ㄐㄧˊ
排球比賽時，一球員未經其他球員觸球前，連續觸球二次以上；或身體任何部位與球接觸二次以上者，稱爲連擊。但攔網觸球除外。

【連接詞】 ㄌㄧㄢˊ ㄐㄧㄝ ㄘˊ
連接詞、句或節的詞。簡稱連詞。如〔戰爭與和平〕中的〔與〕、〔他不但聰明，而且肯用功〕中的〔不但……而且〕。

11【連接鈑】 ㄌㄧㄢˊ ㄐㄧㄝ ㄅㄢˇ
(gusset plate) 用來連接兩個以上具有共同接頭結構構件之金屬板。常見於鋼結構及飛機結構之中。藉著鉚釘、螺栓或銲接，應力經連接鈑可傳遞於各構件之間。連接鈑應有最經濟材料之形狀以及最省力之廠造特性，且其厚度應能足夠地承受應力，使材料或鉚釘不致受損。

【連接器】 ㄌㄧㄢˊ ㄐㄧㄝ ㄑㄧˋ
(couple) 又稱輓鉤。係鐵路列車中用以連掛機車、煤水車及各車輛間的連結裝置。該裝置乃由剛體式或旋轉式之連結器、頭、爪(肘)、爪銷、鎖、鎖提及開爪鐵等構成，可因衝擊而自動連結，藉解放桿而自動分離。常用的連接器有D、E兩種型式；而近年來，高速輕型客車爲避免自由鬆弛，多採行緊密式連接器。

17【連環計】 ㄌㄧㄢˊ ㄏㄨㄢˊ ㄐㄧˋ
[1]‘元’雜劇。撰者不詳，一本四折。演三國時‘王允’與‘蔡邕’設下美人連環計，先將‘貂蟬’許配‘呂布’，後又送給‘董卓’，以激怒‘呂布’殺‘董卓’的故事。[2]比喻計中有計，互相關連。

【連環腳】 ㄌㄧㄢˊ ㄏㄨㄢˊ ㄐㄧㄠˇ
即二起腳。參二起腳。

21【連續梁】 ㄌㄧㄢˊ ㄒㄩˋ ㄌㄧㄤˊ
(continuous beam)具有二個以上支承的梁。因有中間支承的束縛，故其承載量大於同大小跨度的簡支梁。

【連續調】 ㄌㄧㄢˊ ㄒㄩˋ ㄉㄧㄠˋ
(continuous tone) 指在印刷編印過程中，照片或圖畫中影像的濃淡由淺入深，其調子連續無界限可分者。因印刷機所用油墨不能像照片以銀粒的多少表現濃淡，所以連續調的原稿或底片不能直接用來製版印刷，必須經過一次過網照相手續，將連續調變換成疏密、粗細不等的網點或網線，以顯示影像原有的深淺。

7【連串檢定】 ㄌㄧㄢˊ ㄔㄨㄢˋ ㄐㄧㄢˇ ㄉㄧㄥˋ
(runs test)要檢定一列樣本是否純屬隨機，可先算出中位數，超過此者記爲＋，不及者記爲－，把如此的＋與－之序列連接在一起，同號者稱爲串(run)。串之個數分布一定(可查表)，從而可以檢定數列之隨機性。

10【連記投票】 ㄌㄧㄢˊ ㄐㄧˋ ㄊㄡˊ ㄆㄧㄠˋ
(block vote) 舉行選舉時，在大選舉區內，每位選舉人於投票紙上得連記(圈定)所應選出的代表全部姓名，並不限於一人，稱爲連記投票。

【連島沙洲】 ㄌㄧㄢˊ ㄉㄠˇ ㄕㄚ ㄓㄡ
(tied bar)濱海地區沙礫漂積露出水面，即成沙洲。如果沙洲的一端與陸地相連，另一端與沿岸島嶼相接，此種沙洲稱爲連島沙洲。其成因係波浪和沿岸流的作用，將海中沙礫堆積而成。海積作用旺盛之地，可形成此種地形。

11【連帶保證】 ㄌㄧㄢˊ ㄉㄞˋ ㄅㄠˇ ㄓㄥˋ
保證人與主債務人連帶負債務履行責任之保證。連帶保證爲特殊保證之一種，與一般保證不同，後者具有從屬性及補充性，前者則雖有從屬性，但無補充性。所謂從屬性，指保證債務因主債務之成立而成立，因主債務之變更而變更，因主債務之消滅而消滅。所謂補充性，指保證人於主債務人不履行債務時，始有代負履行之責任。由於連帶保證欠缺補充性，連帶保證人與主債務人負連帶責任，連帶保證債務實具有連帶債務性質，債權人自得先向保證人爲全部或一部之請求，保證人不得拒絕。又連帶保證仍具有從屬性，故有關保證債務，除契約另有訂定外，包括主債務之利息、違約金、損害賠償及其他從屬於主債務之負擔之規定，於連帶保證亦適用之。

【連帶債務】 ㄌㄧㄢˊ ㄉㄞˋ ㄓㄞˋ ㄨˋ
數人負同一債務，依明示或法律規定對於債權人各負全部給付之責任者，爲連帶債務。連帶債務之債權人，得對於債務人中之一人或數人或其全體，同時或先後請求全部或一部之給付。連帶債務人中之一人爲清償、代物清償、提存、抵銷或混同而消滅債務者，他債務人亦同免其責任。其中一人對於債權人有債權時，他債務人得以該債務人應分擔部分主張抵銷。在訴訟上，連帶債務人中之一人，受確定判決，而其判決非基於該債務人之個人關係者，爲他債務人之利益，亦生效力(“民法”第二七五條)。此項訴訟之性質，有以爲係類似必要共同訴訟，有以爲僅屬普通共同訴訟。連帶債務人相互間，原則上應平均分擔債務。

15【連篇累牘】 ㄌㄧㄢˊ ㄆㄧㄢ ㄌㄟˇ ㄉㄨˊ
滿篇。也形容文辭冗長。

17【連應作用】 ㄌㄧㄢˊ ㄧㄥˋ ㄗㄨㄛˋ ㄩㄥˋ
兩種肥料同時施用時，對作物的

效應大於每種肥料單獨施用時之效應的總和，稱爲正連應作用；若二者的共同效應小於二者個別之和，則稱爲負連應作用。

19【連繫交換】ㄌㄧㄢˊ ㄒㄧˋ ㄐㄧㄠ ㄏㄨㄢˋ

(handshaking)又稱握手。指電腦系統內兩個裝置間傳送資料時，先依據預定的程序交換信號，以便建立起二者之間的連接，進行資料的傳送。

21【連續函數】ㄌㄧㄢˊ ㄒㄩˋ ㄏㄢˊ ㄕㄨˋ

(continuous function) 圖中顯示單實變數函數在一點 c 連續的意義。f 在 c 點連續，g 在 c 點不連續。連續的概念可以用極限來定義，即若 $\lim_{x\to c} f(x)=f(c)$，則稱 f 在 c 點連續。意即如果變數 x 愈接近 c，則其函數值愈接近 f 在 c 的值。在邏輯上，對任何函數值接近 $f(c)$的要求：$|f(x)-f(c)|<\epsilon$，都可以定出接近 c 之最低限度的要求：$|x-c|<\delta$使

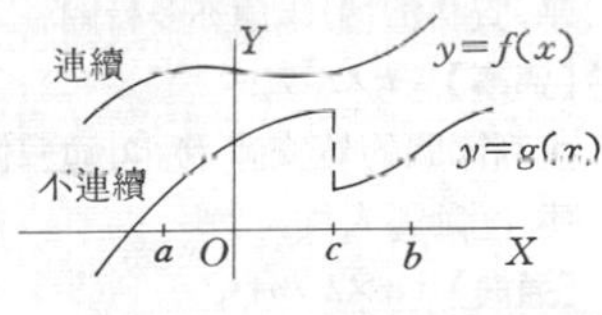

連續函數圖

前者成立。此即近代'法'人'歌西'(Cauchy)對連續所下的定義。若函數 f 在區間〔a,b〕上定義，且 f 在每一點連續，則稱 f 在〔a,b〕連續。因爲算術的四則運算保持近似值的關係，即近似值的和、差、積、商爲眞值的和、差、積、商的近似值。因此多項式函數、分式函數都是連續函數。其他如三角及反三角函數、對數及指數函數及其合成函數皆爲連續函數。連續函數是微積分理論中的基本角色。

【連續梁橋】ㄌㄧㄢˊ ㄒㄩˋ ㄌㄧㄤˊ ㄑㄧㄠˊ

(continuous beam bridge)爲3～5孔之靜不定橋梁結構。最常用者爲3孔。可連續伸過橋墩，而墩上僅需一個支承，因之墩頂寬度較簡支梁者爲小，且其伸縮縫數目較少，故可減低橋梁之造價及保養費。爲達經濟美觀之目的，連續梁橋多採漸變斷面之梁身，中跨處最小，漸向兩端增加，而至支承處爲最大。

【連續模具】ㄌㄧㄢˊ ㄒㄩˋ ㄇㄛˊ ㄐㄩˋ

(progressive die)又稱級進模具。能在同一衝程中，完成兩個或兩個以上之作用的模具。

【連續增強】ㄌㄧㄢˊ ㄒㄩˋ ㄗㄥ ㄑㄧㄤˊ

(continuous reinforcement)每次理想行爲產生後，立即予以增強的歷程。

11【連帶債務人】ㄌㄧㄢˊ ㄉㄞˋ ㄓㄞˋ ㄨˋ ㄖㄣˊ

指就同一債務，依明示之意思或法律之規定，對於債權人各負全部給付責任之多數債務人。由於連帶債務人對債權人各負全部給付之責任，故債權人得對於債務人中之一人或數人或其全體，同時或先後請求全部或一部之給付，且該債務未全部履行前，全體連帶債務人仍應負連帶淸償責任。

【連帶債權人】ㄌㄧㄢˊ ㄉㄞˋ ㄓㄞˋ ㄑㄩㄢˊ ㄖㄣˊ

數人依法律或法律行爲有同一債權，而各得向債務人爲全部給付之請求者，爲連帶債權，此數人爲連帶債權人。連帶債權之債務人，得向債權人中之一人爲全部給付。此時，該連帶債權人得爲全體債權人之利益受領給付。連帶債權人相互間，原則上應平均分受其利益，其中一債權人爲給付之請求者，爲他債權人之利益亦生效力。其中一債權人已受領淸償、代物淸償或經提存、抵銷、混同而債權消滅者，他債權人之權利亦同消滅。連帶債權人中之一人受有利益之確定判決者，爲他債權人之利益亦生效力，受不利益之確定判決者，如其判決非基於該債權人之個人關係者，對於他債權人亦生效力。

21【連續性生產】ㄌㄧㄢˊ ㄒㄩˋ ㄒㄧㄥˋ ㄕㄥ ㄔㄢˇ

(continuous production)生產方式的一種。即從原料的投入開始到產品產出爲止，經過一系列機器設備的製造、加工而連續完成生產。一般如酒廠、水泥廠、煉油廠均採此種生產方式。

【連續冷卻變態】ㄌㄧㄢˊ ㄒㄩˋ ㄌㄥˇ ㄑㄩㄝˋ ㄅㄧㄢˋ ㄊㄞˋ

(continuous cooling transformation)熱處理方式之一。將鋼料加熱至沃斯田鐵化溫度，然後置於各種冷卻媒質裡，使連續冷卻產生變態而得不同組織，此種變態稱連續冷卻變態。一般鋼料之爐內冷卻(得波來鐵)、空氣中冷卻(得糙斑鐵)、油中冷卻(得吐粒散鐵和麻田散鐵)、水中冷卻(得麻田散鐵)等皆屬連續冷卻變態。而此四種不同速度的連續冷卻變態將其變態開始與完成的時間和溫度用圖來表示，即得連續冷卻變態圖(CCT圖)，通常可由恆溫變態圖(TTT曲線)求出。

11【連帶債務人之代位權】ㄌㄧㄢˊ ㄉㄞˋ ㄓㄞˋ ㄨˋ ㄖㄣˊ ㄓ ㄉㄞˋ ㄨㄟˋ ㄑㄩㄢˊ

連帶債務人中之一人因淸償或其他行爲，致他債務人同免責任者，於求償範圍內承受債權人之權利，但不得有害於債權人之利益，稱爲連帶債務人之代位權。

逋

ㄅㄨ pu^1 音餔

[1]逃亡；逃避。如：逋逃。[2]拖欠。如：逋欠。[3]散亂；弄亂。如：逋髮。

9【逋負】ㄅㄨ ㄈㄨˋ

拖欠租稅。後泛指仇恨或債務。

逜 ㄨˋ *wu*4 音悟
[1]醒過來。見“爾雅·釋言”。[2]違反。通牾。見“正字通”。

速 ㄙㄨˋ *su*4 音宿
[1]快;迅疾。如:迅速。[2]召;招請。如:不速之客。

6【速成】 ㄙㄨˋ ㄔㄥˊ
在短期內就能迅速完成或有所成就。

9【速度】 ㄙㄨˋ ㄉㄨˋ
(velocity)物體在單位時間內位移的變化量。由於位移爲一向量,故速度也是向量,因此要敘明速度時,除說明其大小外,尙必須指出其方向。設於Δt時間內,物體的位移爲$\Delta\vec{r}$,則$\vec{V}=\frac{\Delta\vec{r}}{\Delta t}$,即定義爲物體在$\Delta t$時距內的平均速度,如令$\Delta t\to 0$求其極限值,即$\vec{V}=\lim_{\Delta t\to 0}\frac{\Delta\vec{r}}{\Delta t}$,此即定義爲物體在某時刻的瞬時速度。速度所使用之單位爲公尺/秒,記爲m/sec。

10【速記】 ㄙㄨˋ ㄐㄧˋ
(shorthand)用簡略的符號和詞語縮寫等,迅速記錄語言的方法。多在演講或會議時使用,爲求完整,事後須經整理轉寫。

11【速率】 ㄙㄨˋ ㄌㄩˋ
(speed)討論物體運動的快慢時,可用每單位時間內,物體所移動的路徑長表示。設若Δt時間內物體所移動的路徑長爲Δs,則平均速率v有:$v=\frac{\Delta s}{\Delta t}$的關係式。若$\Delta t$趨近於零,則前式表示瞬時速率。速率的單位與速度一樣爲公尺/秒,記爲m/sec,但速度爲一向量,具有方向性,速率爲一純量。物體運動的瞬時速度,如只論其大小而不論其方向時,則爲瞬時速率。但平均速度的大小並不等於平均速率。

13【速禍】 ㄙㄨˋ ㄏㄨㄛˋ
[1]招來禍害。[2]加速禍害的到來。

22【速讀】 ㄙㄨˋ ㄉㄨˊ
快速閱讀。

6【速成課】 ㄙㄨˋ ㄔㄥˊ ㄎㄜˋ
(crash course)短時間內能快速完成應傳授課程的一門課。

7【速克達】 ㄙㄨˋ ㄎㄜˋ ㄉㄚˊ
(scooter)本指形狀像兒童玩具的二輪或三輪踏板車。今稱類似摩托車,但輪子較小、座位較低,由內燃機發動的自動車輛。

9【速度梯度】 ㄙㄨˋ ㄉㄨˋ ㄊㄧ ㄉㄨˋ
(velocity gradient)流體粒子之流動速度與固定板之距離常假設成正比;故粒子速度v對距離y之變率乃以dv/dy表示,稱爲速度梯度。

【速食咖啡】 ㄙㄨˋ ㄕˊ ㄎㄚ ㄈㄟ
(instant coffee)即咖啡精或可溶性咖啡(soluble coffee)。咖啡豆經焙炒磨碎後,注入熱水,萃取可溶物,再以冷凍乾燥法或噴霧乾燥法作成細粒粉末狀製品,以方便消費者沖泡及貯藏。

11【速動比率】 ㄙㄨˋ ㄉㄨㄥˋ ㄅㄧˇ ㄌㄩˋ
(quick ratio)又名酸性測驗比率。速動資產(現金、短期投資及應收帳款)與流動負債的比率。爲評估企業短期償債能力的一項指標。

【速動資產】 ㄙㄨˋ ㄉㄨㄥˋ ㄗ ㄔㄢˇ
(quick assets)指流動資產中變現較快的資產。包括現金、短期投資及應收帳款等三項。

16【速戰速決】 ㄙㄨˋ ㄓㄢˋ ㄙㄨˋ ㄐㄩㄝˊ
[1]快速發動戰爭,快速制服敵人。[2]比喻行事迅速。

迺 遒的古文。

逝 ㄕˋ *shih*4 音世
[1]往;離開。如:流逝。[2]指死亡。

通 ㄊㄨㄥ *t'ung*1 音恫
[1]暢達無阻。如:通用。[2]曉知。如:精通。[3]交相往來。如:通信。[4]總共;全部。如:通國。[5]量詞。⑴鼓一遍爲一通。⑵文章一篇或文件一分爲一通。

2【通人】 ㄊㄨㄥ ㄖㄣˊ
學問廣博而通達的人。

4【通化】 ㄊㄨㄥ ㄏㄨㄚˋ
省轄市。位於‘安東省’中部,濱‘渾江’上游。爲‘安東省’省會、鐵路中點要站,是一政治交通中心。附近盛產煤鐵礦,重工業日趨發達。

5【通史】 ㄊㄨㄥ ㄕˇ
綜貫歷代史事的史書。與斷代史相對。

7【通判】 ㄊㄨㄥ ㄆㄢˋ
官名。‘宋’初鑒於五代藩鎭之弊,以文臣知州,並在各州、府設通判,以京官充任,目的在制衡知府、知州的權力。知府公事須長史、通判簽議連書,始得行下。‘元’廢,‘明’‘清’復置,職權較‘宋’爲輕。

【通志】 ㄊㄨㄥ ㄓˋ
‘宋’‘鄭樵’撰,二百卷。所載上起三皇,終於‘隋代’。體例分紀、傳、年譜和二十略。其二十略爲全書精華,資料浩博,議論亦多警闢。

8【通事】 ㄊㄨㄥ ㄕˋ
[1]列國間的外交事務。[2]通報傳達。[3]翻譯人員。

【通典】 ㄊㄨㄥ ㄉㄧㄢˇ
‘唐’‘杜佑’撰,二百卷。根據‘唐’‘劉秩’“政典”加以擴充,將歷代典制分食貨等八門,敘其沿革、措置;上起‘黃帝’,下迄‘唐代宗’。爲我國現存最早專記典制的通史。

9【通姦】 ㄊㄨㄥ ㄐㄧㄢ
有配偶而與配偶以外之第三人有姦淫行爲者。所謂第三人,包括有夫之婦、有婦之夫、未婚男女、寡婦、鰥夫在內,但以爲通姦之人尙有有效之婚姻爲要件。犯通姦罪,須告訴乃論,檢察官未經告訴,不得提起公訴,且配偶縱容或宥恕者,不得告訴。

【通俗】 ㄊㄨㄥ ㄙㄨˊ
淺近平易,合於一般民眾。

10【通家】 ㄊㄨㄥ ㄐㄧㄚ

[1]兩家世代交好。即世交。[2]姻親。

【通訊】 ㄊㄨㄥ ㄒㄩㄣˋ
傳達訊息。

【通病】 ㄊㄨㄥ ㄅㄧㄥˋ
共同的毛病。

11【通商】 ㄊㄨㄥ ㄕㄤ
互相買賣;往來貿易。

【通婚】 ㄊㄨㄥ ㄏㄨㄣ
兩家結成婚姻關係。

【通貨】 ㄊㄨㄥ ㄏㄨㄛˋ
[1]交易商品。[2](current money)由一國貨幣機構所發行,供作交易之媒介、價值之標準及記帳單位之貨幣,而爲社會所普遍接受並使用者。一般分爲紙幣與鑄幣兩種。

12【通詞】 ㄊㄨㄥ ㄘˊ
(general term)與單詞相對。設計來指謂整個集或整個類中之每一分子的語詞。例如狗、人、整數等語詞即是。

13【通話】 ㄊㄨㄥ ㄏㄨㄚˋ
指在電話中與對方說話。

【通道】 ㄊㄨㄥ ㄉㄠˋ
[1]往來通行的道路。[2]共同遵守的倫理法則。[3](channel)電腦系統內,連接中央處理單元與週邊設備,可以傳送信號或資料,並具有簡單處理能力的裝置。

【通匯】 ㄊㄨㄥ ㄏㄨㄟˋ
即銀行與外埠或國外銀行互相代理收付款項,或相互訂約給予信用額度,以便透借資金。銀行爲經營外埠或國外各地的匯出、匯入匯款,代收款項及進出口押匯等匯兌與外匯業務,常須與外埠或國外的銀行簽訂此通匯合約。

【通達】 ㄊㄨㄥ ㄉㄚˊ
明白人情事理。

【通路】 ㄊㄨㄥ ㄌㄨˋ
(channel)商品的銷售網路。即商品從生產者手中傳送到消費者手中的分配通路。一般的標準通路是:生產者→大盤經銷商(總經銷)→中盤經銷商(地區經銷)→零售店→消費者。

【通牒】 ㄊㄨㄥ ㄉㄧㄝˊ
(information)兩國交換意見,或由一國通知對方,要求對方答覆的書面通知。今天一般通用照會(note)。

15【通敵】 ㄊㄨㄥ ㄉㄧˊ
勾結敵人。

【通論】 ㄊㄨㄥ ㄌㄨㄣˋ
[1]通達的議論。[2]概論。與專論相對。

【通緝】 ㄊㄨㄥ ㄑㄧˋ
法院或檢察機關於被告逃亡或藏匿時,通令緝拿歸案之行爲。通緝應以通緝書記載法定事項爲之。通緝書於偵查中由檢察長或首席檢察官簽名,於審判中由法院院長簽名。通緝應以通緝書通知附近或各處檢察官、司法警察機關,必要時,並得登載報紙或以其他方法公告之。其經通知或公告後,檢察官、司法警察官得拘提被告或逕行逮捕之,利害關係人得逕行逮捕通緝之被告,送交檢察官或司法警察官,或請求檢察官、司法警察官逮捕之。通緝於其原因消滅或已顯無必要時,應即撤銷。

【通盤】 ㄊㄨㄥ ㄆㄢˊ
全部;全面。

16【通融】 ㄊㄨㄥ ㄖㄨㄥˊ
[1]變通調節而不拘泥。多指變通而給人方便。[2]通達明白。[3]暫時借貸。

【通曉】 ㄊㄨㄥ ㄒㄧㄠˇ
[1]了解;明白。[2]徹夜;直到天明。

【通雕】 ㄊㄨㄥ ㄉㄧㄠ
木雕工藝的一種。綜合木雕的各種技法,如圓雕、浮雕等於一個作品上,表現出複雜的多重層次。傳統的通雕作品常再上漆貼金,可收金碧輝煌之效,故又稱金漆木雕。

【通儒】 ㄊㄨㄥ ㄖㄨˊ
博學多識、言行可法的學者。

18【通竅】 ㄊㄨㄥ ㄑㄧㄠˋ
開通竅門。指人明白道理。

19【通關】 ㄊㄨㄥ ㄍㄨㄢ
[1]打開關卡要塞。[2]指‘中’醫用藥疏通關竅。[3]在海關辦理貨物進口手續。[4]指一個人與在座眾人依序划拳飲酒。

20【通寶】 ㄊㄨㄥ ㄅㄠˇ
古稱通行的錢幣。其名始於‘唐朝’。

【通譯】 ㄊㄨㄥ ㄧˋ
[1]譯述不同的語言,使其意義相通。今稱翻譯。[2]舊稱從事口頭翻譯的人。

24【通衢】 ㄊㄨㄥ ㄑㄩˊ
四通八達的大道。

4【通天冠】 ㄊㄨㄥ ㄊㄧㄢ ㄍㄨㄢ
古冠名。又稱卷雲冠。從‘秦’到‘清’,各代帝王乘輿時所常戴,唯‘元代’不用。

5【通古斯】 ㄊㄨㄥ ㄍㄨˇ ㄙ
族系名。分布於我國東北‘黑龍江’、‘嫩江’、‘松花江’、‘烏蘇里江’等流域及‘大’、‘小興安嶺’山地,僅少數居處‘俄’境內。我國境內有‘滿洲’、‘錫伯’、‘赫哲’、‘奇楞’、‘鄂倫春’、‘索倫’及‘畢喇爾’等支。人口包括已‘漢’化者約有二百餘萬人。營農耕、遊牧兼漁獵生活。

10【通訊課】 ㄊㄨㄥ ㄒㄩㄣˋ ㄎㄜˋ
(correspondence course)以通訊方式教學的課程。通常由教師將寫好的單元講義寄給學生,使在家修習或答題後寄回;待學生修完所有規定之課程單元並通過考試後,授予學分、完成課業。

17【通臂拳】 ㄊㄨㄥ ㄅㄧˋ ㄑㄩㄢˊ
效猿猴臂長身捷,講求手快身輕、步靈勁硬的拳術。也作通背拳、通備拳。

19【通關節】 ㄊㄨㄥ ㄍㄨㄢ ㄐㄧㄝˊ
用不正當的方法暗通承辦或經管人員,以求事情進行順利。

3【通才通用】 ㄊㄨㄥ ㄘㄞˊ ㄊㄨㄥ ㄩㄥˋ

將一個人培養成通才,使可勝任各種不同性質之職位。此為用人的理想之一,與專才專業的理想相反,與適才適所的理想亦有距離。通才通用只適用於管理性的職務人員,對技術性、專業性工作難以實現。

5【通功易事】 ㄊㄨㄥ ㄍㄨㄥ ㄧˋ ㄕˋ
互通有無,分工合作。

【通用電腦】 ㄊㄨㄥ ㄩㄥˋ ㄉㄧㄢˋ ㄋㄠˇ
(general-purpose computer)為解決多方面的問題,可作多方面應用而設計的電腦。

【通用語言】 ㄊㄨㄥ ㄩㄥˋ ㄩˇ ㄧㄢˊ
(general-purpose language)電腦程式語言的一類。是高階程式語言中程序導向的語言,適合於解決一般性的問題與多方面的應用。如符傳、培基等。

8【通知放款】 ㄊㄨㄥ ㄓ ㄈㄤˋ ㄎㄨㄢˇ
(call loans)銀行放款的一種。其期限並不固定,但可由借貸任何一方事先通知,而決定隨時清償。

【通知銀行】 ㄊㄨㄥ ㄓ ㄧㄣˊ ㄏㄤˊ
(advising bank;notifying bank)即接到發狀行所寄信用狀後,照信用狀內容通知受益人的銀行。通常為發狀行在受益人所在地的聯行或通匯銀行。通知銀行僅負責通知信用狀的責任,對於信用狀項下的匯票,不負任何承兌或付款的責任。

9【通信介面】 ㄊㄨㄥ ㄒㄧㄣˋ ㄐㄧㄝˋ ㄇㄧㄢˋ
(communication interface) 電腦系統中用來連接處理機與通信線路的裝置。

【通俗文學】 ㄊㄨㄥ ㄙㄨˊ ㄨㄣˊ ㄒㄩㄝˊ
迎合大眾口味的文學作品。

10【通宵達旦】 ㄊㄨㄥ ㄒㄧㄠ ㄉㄚˊ ㄉㄢˋ
由夜晚到天明。

【通訊記者】 ㄊㄨㄥ ㄒㄩㄣˋ ㄐㄧˋ ㄓㄜˇ
(stringer)也稱特約記者、特約通訊員。指按稿致酬的一種報刊通訊人員。

【通訊衛星】 ㄊㄨㄥ ㄒㄩㄣˋ ㄨㄟˋ ㄒㄧㄥ
(communication satellite)提供長程或越洋傳遞電話、電報、電視或其他有關通訊服務,以補救電波不能隨地球表面曲度傳播之不足的人造衛星。可分二大類:一、被動式,即衛星接收地面發射站所送達的信號後,立即反射而由地面其他接收站接收再行放大送出;處理能量小,故較缺商業價值。二、主動式,即衛星接收信號後,經放大再行發射至地面之接收站;處理能量提高,且能提供電視轉播。

11【通常決議】 ㄊㄨㄥ ㄔㄤˊ ㄐㄩㄝˊ ㄧˋ
公司股東會決議採多數決,但其表決比例因事件性質輕重而有區別,其中最輕者,稱通常決議。股東會除“公司法”另有規定外,應有代表已發行股份總數過半股東之出席,以出席股東表決權過半數之同意行之。所謂“公司法”另有規定,指依“公司法”之規定須以特別決議行之者。參特別決議。

【通貨緊縮】 ㄊㄨㄥ ㄏㄨㄛˋ ㄐㄧㄣˇ ㄙㄨㄛ
(deflation)與通貨膨脹相對。指貨幣供給量減少,物價下跌,經濟普遍衰退等現象。其原因為社會總有效需求不足。

【通貨膨脹】 ㄊㄨㄥ ㄏㄨㄛˋ ㄆㄥˊ ㄓㄤˋ
(inflation)與通貨緊縮相對。指物價水準長期持續上漲的現象。促成此種現象的因素甚多,貨幣數量說認為其他因素不變,物價水準與貨幣數量間有正相關,因此貨幣供給量若增加,物價水準將上漲。對於開放性高而經濟規模小的我國,物價水準長期上漲,通常是由於輸入價格,特別是能源及原料價格的上漲,導致我國輸入型的通貨膨脹。

22【通權達變】 ㄊㄨㄥ ㄑㄩㄢˊ ㄉㄚˊ ㄅㄧㄢˋ
做事不固執,能權衡應變。

5【通用暫存器】 ㄊㄨㄥ ㄩㄥˋ ㄓㄢˋ ㄘㄨㄣˊ ㄑㄧˋ
(general-purpose register) 電腦中央處理單元內可作多種用途的暫存器。可存放運算處理所需之資料或所產生的結果,以及存放資料所在的位址,作為指標定址之用等。

11【通常事變責任】 ㄊㄨㄥ ㄔㄤˊ ㄕˋ ㄅㄧㄢˋ ㄗㄜˊ ㄖㄣˋ
除不可抗力或法定之特殊情形外,均須負責者,稱為通常事變責任。通常事變責任較過失責任為重,因此,對於僅負善良管理人注意義務者,如因事變而發生損失,則無須負責。“民法”規定應負通常事變責任者,例如旅店或其他以供客人住宿為目的之場所主人,對於因不可抗力或因其物之性質或因客人自己或其伴侶、隨從或來賓之故意、過失所致者,無須負責;運送人對於運送物之喪失、毀損或遲到僅係不可抗力,或因運送物之性質,或因託運人或受貨人之過失所致者,始無須負責等均是。

【通貨緊縮折扣】 ㄊㄨㄥ ㄏㄨㄛˋ ㄐㄧㄣˇ ㄙㄨㄛ ㄓㄜˊ ㄎㄡˋ
(deflation discount) 當借貸雙方預期物價水準將下跌,貸方為減輕借方本利歸還時的額外負擔,所願意給予借方減讓的金額。

【通貨膨脹貼水】 ㄊㄨㄥ ㄏㄨㄛˋ ㄆㄥˊ ㄓㄤˋ ㄊㄧㄝ ㄕㄨㄟˇ
(inflation premium) 當借貸雙方預期物價水準將上漲,借方為彌補貸方本利收回時購買力的損失,所願意支付給貸方的額外金額。

13【通道狀態字組】 ㄊㄨㄥ ㄉㄠˋ

ㄓㄨㄤˋ ㄊㄞˋ ㄗˋ ㄗㄨˇ
(channel status word; CSW)電腦系統內之一特別暫存器。用以指示通道或通道所連接之控制器、裝置等之狀態的字組。

22【通鑑紀事本末】ㄊㄨㄥ ㄐㄧㄢˋ ㄐㄧˋ ㄕˋ ㄅㄣˇ ㄇㄛˋ
'宋''袁樞'撰,四十二卷。所載始於三家分'晉',終於'後周''世宗'之征'淮南'。根據"資治通鑑"分門別類,以一事爲一篇,詳記其事之起源和結果。此書一出,紀事本末體遂與紀傳體、編年體並行,後人仿效者頗多。

5【通用異步收發器】ㄊㄨㄥ ㄩㄥˋ ㄧˋ ㄅㄨˋ ㄕㄡ ㄈㄚ ㄑㄧˋ
(universal asynchronous receiver transmitter; UART)可以接收或傳送非同步信號,並能將平行傳遞之信號轉換爲串列信號,或將串列信號轉換爲平行信號的裝置。是一種通信介面。

【通用系統模擬語言】ㄊㄨㄥ ㄩㄥˋ ㄒㄧˋ ㄊㄨㄥˇ ㄇㄛˊ ㄋㄧˇ ㄩˇ ㄧㄢˊ
(general purpose system simulator; GPSS)電腦程式語言的一種。爲一種特殊應用的程式語言,可使用於一般性的系統模擬問題。

16【通謀虛僞意思表示】ㄊㄨㄥ ㄇㄡˊ ㄒㄩ ㄨㄟˋ ㄧˋ ㄙ ㄅㄧㄠˇ ㄕˋ
乃指表意人與相對人相互明知爲非眞意之意思表示而言。亦即以表意人與相對人之意思聯絡爲要件。故相對人不僅須知表意人非眞意,並須就表意人非眞意之表示相與爲非眞意之合意,始爲相當。通謀虛僞意思表示在當事人間不生效力,如已基於該虛僞表示而爲給付者,係屬無法律上之原因,得依不當得利之規定請求返還之。虛僞表示在當事人間雖屬無效,但爲保護交易之安全,不得以其無效對抗第三人。虛僞意思表示隱藏他項法律行爲者,謂之隱藏行爲。例如眞買賣假贈與,當事人間眞正之效果意思在於買賣,贈與僅係虛僞表示,欠缺眞意,故贈與契約無效,僅買賣契約發生效力。但此項贈與契約之無效,亦不得對抗善意第三人。

逕

ㄐㄧㄥˋ *ching*⁴ 音徑
同徑。1小路。如:花逕。2直;直接。如:逕行。

6【逕行】ㄐㄧㄥˋ ㄒㄧㄥˊ
直接從事;任性而行。

9【逕流】ㄐㄧㄥˋ ㄌㄧㄡˊ
(run-off)雨水或雪水初在地面流動,尚未進入河川,此時的水流稱爲逕流。

【逕流量】ㄐㄧㄥˋ ㄌㄧㄡˊ ㄌㄧㄤˋ
雨水下降,除地面蒸發、植物吸收和滲透土壤外,其餘的水均由地面流出,此由地面流出的水量即爲逕流量。

【逕流係數】ㄐㄧㄥˋ ㄌㄧㄡˊ ㄒㄧˋ ㄕㄨˋ
(run-off coefficient)逕流深度與實雹深度之比。其逕流即由此排水區之實雹所產生。由於睎暵、入滲、截留等之降雨損失存在,且這些損失計量不易,故在工程設計中常以逕流係數表示之,而此係數值恆小於一。例如,都市排水工程合理公式Q(設計排水流量)$=CIA$,式中C爲逕流係數,I爲降雨強度,A爲排水流域面積。

逐

ㄓㄨˊ *chu*² 音竹
1追趕。如:追亡逐北。2尋求;追求。如:逐臭之夫。3趕走。如:驅逐。4依次。如:逐一。

1【逐一】ㄓㄨˊ ㄧ
一個一個地。

4【逐日】ㄓㄨˊ ㄖˋ
1追趕太陽。2按日;每天。

6【逐次】ㄓㄨˊ ㄘˋ
一次一次地。

7【逐步】ㄓㄨˊ ㄅㄨˋ
一步一步地。

【逐利】ㄓㄨˊ ㄌㄧˋ
求利;追逐利益。

9【逐客】ㄓㄨˊ ㄎㄜˋ
1驅逐外國來的謀士。2被朝廷放逐外地的人。3趕走客人;主人請客人離開。

10【逐臭】ㄓㄨˊ ㄔㄡˋ
追逐臭味。相傳有人身有異臭,無人願與相處,乃往海島獨居,而島上卻有喜愛其臭味者,晝夜相隨,不願離開。見"呂氏春秋·遇合"。

11【逐鹿】ㄓㄨˊ ㄌㄨˋ
獵鹿。比喻爭奪政權、王位。

9【逐客令】ㄓㄨˊ ㄎㄜˋ ㄌㄧㄥˋ
'秦王''政'十年(前237)驅逐列國客卿的命令。今指驅趕客人之語。

5【逐末忘本】ㄓㄨˊ ㄇㄛˋ ㄨㄤˋ ㄅㄣˇ
追求細節,忽略根本。

6【逐次積分】ㄓㄨˊ ㄘˋ ㄐㄧ ㄈㄣ
(iterated integral)一次積一個變數,並將其他變數固定的方法。雖然多變數函數之積分的定義不需要逐次積分,但逐次積分卻是唯一有效計算重積分之確切值的辦法。例如令$R=\{(x,y)|0\leq x\leq 1, 0\leq y\leq x\}$, $\iint_R xydxdy=\int_0^1 x\left\{\int_0^x ydy\right\}dx=\int_0^1 x\cdot\frac{x^2}{2}dx=\frac{1}{8}$。令$R=\{(x,y)|g(x)\leq y\leq h(x), a\leq x\leq b\}$,則$\iint_R f(x,y)dxdy=\int_a^b\left\{\int_{g(x)}^{h(x)} f(x,y)dy\right\}dx$。'富必尼'(Fubini)定理的特例說,任何連續函數的重積分,都可以由逐次積分求得,且與變數的次序無關。

逍

ㄒㄧㄠ *hsiao*¹ 音消
參逍遙。

14【逍遙】ㄒㄧㄠ ㄧㄠˊ
悠閒自在的樣子。

【逍遙法外】ㄒㄧㄠ ㄧㄠˊ ㄈㄚˇ ㄨㄞˋ
犯法而未受法律的制裁。

【逍遙山萬壽宮志】ㄒㄧㄠ ㄧㄠˊ ㄕㄢ ㄨㄢˋ ㄕㄡˋ ㄍㄨㄥ ㄓˋ
記載'江西省''新建縣''逍遙萬壽宮'的道教山志。凡上、下冊,分別記載‘西山’‘玉隆宮’與‘南昌城’‘鐵柱宮’。始於‘明’‘洪武’十年(1377)‘熊常靜’所編的“鐵柱延眞萬年宮紀錄類編”,‘正德’十五年(1520)‘鄧繼禹’重編;‘清’‘雍正’四年(1726),‘熊益華’、‘程以貴’又網羅採訪,乃輯成此書。

逌 ㄧㄡˊ yu² 音由 ①氣流緩慢流動的樣子。見“說文”。②從;自。由的古字。見“字彙補”。

逞 ㄔㄥˇ ch'êng³ 音騁 ①快跑;疾行。見“說文”。②暢快;快意。如:逞志。③施展。④炫耀。如:逞能。

6【逞兇】ㄔㄥˇ ㄒㄩㄥ
行兇。

9【逞威】ㄔㄥˇ ㄨㄟ
誇示自己的威勢。

10【逞能】ㄔㄥˇ ㄋㄥˊ
誇耀自己的才能;儘量展現自己的本領。

11【逞強】ㄔㄥˇ ㄑㄧㄤˊ
逞能爭勝。

13【逞勢】ㄔㄥˇ ㄕˋ
仗勢;誇示自己的勢力。

途 ㄊㄨˊ t'u² 音圖 道路。如:路途。

逡 ㄑㄩㄣ ch'ün¹ ①往來行走。見“說文”。②退卻。見“爾雅·釋言”。

7【逡巡】ㄑㄩㄣ ㄒㄩㄣˊ
①遲疑不前的樣子。也作逡循、逡遁。②頃刻之間。

造 ㊀ ㄗㄠˋ tsao⁴ 音皂 ①到達。如:造訪。②成就。③開始;起始。如:造始。④創製;製作。如:創造。⑤時代;世代。如:‘滿淸’末造。⑥算命先生稱人出生年月日時的干支爲八字或造。如:乾造。⑦打官司的原告及被告。如:兩造。⑧姓。‘周穆王’時有‘造父’。見“萬姓統譜·八四”。

㊁ ㄘㄠˋ ts'ao⁴ 音糙
同㊀①、②、⑧。

4【造反】ㄗㄠˋ ㄈㄢˇ
叛變。

【造父】ㄗㄠˋ ㄈㄨˇ
‘周穆王’時善御者。相傳曾以駿馬獻‘穆王’,並爲‘穆王’駕車西遊,及‘徐偃王’反,‘穆王’日馳千里,破‘徐偃王’,乃賜‘造父’以‘趙城’,由此爲‘趙’氏。

【造化】ㄗㄠˋ ㄏㄨㄚˋ
①造物主。②指大自然的創造化育。③俗稱福分、運氣。

6【造次】ㄗㄠˋ ㄘˋ
①倉猝;匆促。②冒昧;輕率。

7【造作】ㄗㄠˋ ㄗㄨㄛˋ
①製造。②做作;行爲不自然。

8【造林】ㄗㄠˋ ㄌㄧㄣˊ
人工大規模種樹。

【造物】ㄗㄠˋ ㄨˋ
①創造萬物。②運氣。同造化。

9【造型】ㄗㄠˋ ㄒㄧㄥˊ
①設計型態。②設計出的型態。

11【造訪】ㄗㄠˋ ㄈㄤˇ
拜訪。

12【造就】ㄗㄠˋ ㄐㄧㄡˋ
①培養人才,使有所成就。②指拜訪、請教。

13【造詣】ㄗㄠˋ ㄧˋ
①學業或技藝所達到的境地。②前往。指拜訪、請教。

【造福】ㄗㄠˋ ㄈㄨˊ
謀求幸福。

【造業】ㄗㄠˋ ㄧㄝˋ
佛家語。指身心的種種行爲、活動。

14【造端】ㄗㄠˋ ㄉㄨㄢ
開始。也作造耑。

【造境】ㄗㄠˋ ㄐㄧㄥˋ
藉想像或感覺經驗的組合所創造的境界。

17【造謠】ㄗㄠˋ ㄧㄠˊ
散布虛假的話。

20【造孽】ㄗㄠˋ ㄋㄧㄝˋ
①指種下惡因。佛家認爲人前生所種的惡因,會成爲今生的障礙或惡果。②泛稱做惡事。

8【造林伐】ㄗㄠˋ ㄌㄧㄣˊ ㄈㄚ
天然造林時,爲獲得林木的種子而實施的伐採。如皆伐、留伐、傘伐、擇伐等均屬之。造林伐適當與否,爲決定天然造林成敗的關鍵。

13【造意人】ㄗㄠˋ ㄧˋ ㄖㄣˊ
乃教唆他人使生爲侵權行爲決意之人。造意人雖僅唆使他人決意爲侵權行爲,並未自爲侵權行爲,但其對於侵權行爲之促成,卻具有重大之影響,故“民法”第一百八十五條第二項將造意人視爲共同行爲人,使其負共同侵權行爲之連帶責任。造意人相當於“刑法”上之教唆犯,但兩者間仍有稍許不同,教唆犯具犯罪獨立性,雖被教唆人未至犯罪,教唆犯仍以未遂犯論,但造意人於受其唆使之人並未實施侵權行爲者,因無損害,故不負任何責任。

3【造山運動】ㄗㄠˋ ㄕㄢ ㄩㄣˋ ㄉㄨㄥˋ
(orogeny movement)一種山岳形成的過程。通常指地殼岩層因被掀高成褶曲或地塊隆起形成山脈的過程。現代地球科學則認爲是板塊位移而造成山地的作用。山脈幾乎沿著板塊邊緣或其附近形成,這是因爲推移的板塊與另一板塊互相碰撞時,位於板塊之間的海底沈積物被擠壓隆起而成爲山脈。例如‘印度半島’板塊向‘歐’‘亞’大陸板塊推移時,擠壓抬升形成了高大的‘喜馬拉雅山脈’。

7【造形藝術】ㄗㄠˋ ㄒㄧㄥˊ ㄧˋ ㄕㄨˋ
(plastic arts)以一定物質材料(繪畫用顏料、絹、布、紙等;雕塑用木、石、泥、銅等)塑造可視之平面或立體形象,反映客觀世界具體事物的一種藝術。造形藝術必須透過物質材料,表現爲平面(如繪畫、圖案等)或立體(如雕塑、建築等)的造形,占據一定的空間,且訴諸吾人之視覺(雕塑加上觸覺;建築加上空間感覺),故又稱視覺藝術和空間藝術。包括繪畫、雕塑、美術設計、工藝、攝影和建築等。

11【造陸運動】 ㄗㄠˋ ㄌㄨˋ ㄩㄣˋ ㄉㄨㄥˋ

(epeirogenic movement) 地殼緩慢的大規模隆起或下沈運動，但無顯著的褶曲或斷層。'北美洲'北部隆起造成北極圈內許多大島；下沈造成廣闊的'哈得孫灣'，即爲其例。

透 ㄊㄡˋ t'ou⁴

1穿過；通過。如：透氣。2洩露。如：透漏。3顯現；顯露。如：白裡透紅。4超過。如：透支。5徹底；完全。6極；甚。如：笨透了。

4【透支】 ㄊㄡˋ ㄓ

1超過限定的或可以承受的標準。2(overdraft) 支出超過所可供支用的金額。

8【透析】 ㄊㄡˋ ㄒㄧ

(dialysis) 利用半透膜將溶液中之低分子量物質與高分子量化合物分離之操作。例如人工腎臟即利用透析去除血液中之尿酸等有毒物質。

【透明】 ㄊㄡˋ ㄇㄧㄥˊ

光線可以完全通過。

9【透風】 ㄊㄡˋ ㄈㄥ

1通風。2走漏消息；洩露祕密。

10【透骨】 ㄊㄡˋ ㄍㄨˇ

1深入骨頭。2比喻極爲深切。

【透氣】 ㄊㄡˋ ㄑㄧˋ

通氣；流通空氣。

11【透視】 ㄊㄡˋ ㄕˋ

(perspective) 將實體表示在平面上的一種圖示法。其特點爲圖形與人從某一定點所見的圖像相似。從觀測者眼睛(即視點)到物體上諸重要輪廓點之視線(即投射線)形成一角錐形收斂於視點，此一光錐與畫面(即置於視點與實物間之投影面)之穿點交集所成之圖形，即爲透視圖。表示法有一、平行透視：所有原平行於畫面之水平線仍顯得水平，而原所有垂直線則依然垂直，此外其他所有平行線若予延伸將交於一個或多個稱爲消點之共線點；二、斜透視：原所有垂直線保持顯得垂直，其餘所有的平行線若予延伸則將交於一或多個消點。

14【透徹】 ㄊㄡˋ ㄔㄜˋ

1通達靈活。2明切深入。

19【透鏡】 ㄊㄡˋ ㄐㄧㄥˋ

(lens) 將透明物質兩面磨成球面，或者一爲球面一爲平面，可使透過的光形成會聚或發散者，皆稱爲透鏡。可分爲兩大類：一爲凸透鏡，一爲凹透鏡。

21【透露】 ㄊㄡˋ ㄌㄡˋ

顯露；洩漏。

【透闢】 ㄊㄡˋ ㄆㄧˋ

透徹明白，深切入微。

8【透明度】 ㄊㄡˋ ㄇㄧㄥˊ ㄉㄨˋ

海水清濁程度的一種指示法。一般以直徑30公分的白色圓板—透明度板，垂直懸入海中，然後出水面觀察其可能看見的限度，並以公尺表示。海水中固體粒子的多少能影響透明度，一般超過4%則影響魚類，甚至造成大量死亡。

11【透視圖】 ㄊㄡˋ ㄕˋ ㄊㄨˊ

(perspective) 在視眼與物體之間，假設一透明立平面，將眼與物體間的視連線投影於該平面，而描繪物體形象的製圖方法。因視眼方位高度不同可分：一消點、二消點、三消點鳥瞰圖等透視繪法。

4【透支同業】 ㄊㄡˋ ㄓ ㄊㄨㄥˊ ㄧㄝˋ

(overdraft on banks) 爲銀行向國內外同業訂約，在某一額度、期間、利率所透借的款項。在會計上屬於銀行的流動負債。

8【透明圖片】 ㄊㄡˋ ㄇㄧㄥˊ ㄊㄨˊ ㄆㄧㄢˋ

(transparency) 爲透明放映型資料的一種。藉透視放映機，利用光線透射(非反射)的方式，將放大的影像呈現在觀眾面前。可自行用色筆繪製於醋酸鹽膠片上或採底片印刷的方式作商業性的大量生產。

逢 ㈠ ㄈㄥˊ fêng² 音縫

1遇到。如：逢凶化吉。2迎合。如：逢迎。3豐大。

㈡ ㄆㄥˊ p'êng² 音朋

1狀聲詞。如：鼓聲逢逢。2姓。'春秋'齊有'逢丑父'。見"左傳·成二年"。

8【逢迎】 ㄈㄥˊ ㄧㄥˊ

1迎接；接待。2衝擊。3奉承；諂媚。

11【逢逢】 ㄆㄥˊ ㄆㄥˊ

1狀聲詞。形容鼓聲。2煙雲瀰漫的樣子。

4【逢凶化吉】 ㄈㄥˊ ㄒㄩㄥ ㄏㄨㄚˋ ㄐㄧˊ

遇凶險而能轉化爲吉祥。

12【逢場作戲】 ㄈㄥˊ ㄔㄤˊ ㄗㄨㄛˋ ㄒㄧˋ

舊時江湖賣藝人遇到適當場所，當眾搭臺表演。1禪宗語錄多藉以引申爲悟道在心，不拘時地。2比喻順應環境，偶一爲之。

逖 ㄊㄧˋ t'i⁴ 音惕

遠。同逷。見"說文"。

11【逖逖】 ㄊㄧˋ ㄊㄧˋ

1貪圖利益的樣子。2憂懼煩勞的樣子。

逛 ㄍㄨㄤˋ kuang⁴ 音桄

無事閒遊；到處看看。

8

逭 ㄏㄨㄢˋ huan⁴ 音換

逃避。見"說文"。

逿 歸的或體。

逮 ㈠ ㄉㄞˋ tai⁴ 音代

1及；到。如：力有不逮。2追捕；捉拿。如：逮捕。

㈡ ㄉㄞˇ tai³ 音歹

同㈠2。

㈢ ㄉㄧˋ ti⁴ 音弟

參逮逮。

8【逮治】 ㄉㄞˋ ㄓˋ

追捕治罪。

10【逮捕】 ㄉㄞˋ ㄅㄨˇ
以強制力束縛人體之自由，解送警察機關、檢察機關或審判機關，稱爲逮捕。被告因逃亡或藏匿而被通緝者，檢察官、司法警察官得拘提或逕行逮捕之。利害關係人，亦得逕行逮捕通緝之被告，送交檢察官、司法警察官，或請求檢察官、司法警察官逮捕之。現行犯，不問何人得逕行逮捕之。

12【逮逮】 ㄉㄧˋ ㄉㄧˋ
安和的樣子。

19【逮繫】 ㄉㄞˋ ㄒㄧˋ
追捕拘囚。

逺 遠的俗體。

逵 ㄎㄨㄟˊ k'uei² 音葵
九條大路交會的通衢大道。見"爾雅·釋宮"。

遊 遊的俗體。

逩 ㄅㄣˋ pên⁴ 音笨
或作逩。奔走。見"字彙"。

逫 ㈠ ㄐㄩㄝˊ chüeh² 音決
遠。見"玉篇"。
㈡ ㄓㄨㄛˊ cho², chuo² 音拙
行走的樣子。見"廣韻"。

逯 ㄌㄨˋ lu⁴ 音錄
[1]行爲謹愼而無特殊表現的樣子。見"說文"。[2]行走。見"方言·一二"。

逷 逖的古文。

逴 ㄔㄨㄛˋ ch'o⁴, ch'uo⁴ 音輟
[1]跛。見"說文"。[2]遠。見"字彙"。

22【逴躒】 ㄔㄨㄛˋ ㄌㄨㄛˋ
超絕。

週 ㄓㄡ chou¹ 音周
[1]圈；周匝。如：繞場一週。[2]遍；全。如：週身。[3]一個星期。[4](cycle)指交流波形的變化。如圖所示，從零點減少爲負的峰值，再回升通過零點，繼續升到正的峰值，然後再降爲零點。

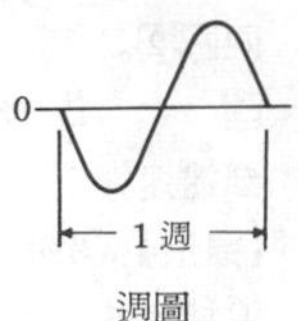

週圖

12【週期】 ㄓㄡ ㄑㄧˊ
(period)凡是物體在運動時，具有周而復始，能在一連續而相等的時間內，重複其運動者，稱爲週期運動或振動。週期運動中，每往回重複一次運動所需之時間，稱爲週期，常以T表之。例如鐘錶的擺，來回擺動的週期，約爲一秒鐘。

【週期表】 ㄓㄡ ㄑㄧˊ ㄅㄧㄠˇ
(periodic table) 將元素按原子序大小排列，使性質相似的排在同一直行，而排列成十六個直行、七個橫列的表格，稱爲元素週期表。

【週期律】 ㄓㄡ ㄑㄧˊ ㄌㄩˋ
(periodic law)'蘇俄'科學家'門得列夫'，將元素按原子量大小順序排列，發現每隔一些元素，就有性質類似的元素出現，大約成週期性的變化，此即所謂週期律。

18【週轉金】 ㄓㄡ ㄓㄨㄢˇ ㄐㄧㄣ
(working fund) 爲某種目的而設置的定額基金，可隨時因需要而加以補充者。

12【週期函數】 ㄓㄡ ㄑㄧˊ ㄏㄢˊ ㄕㄨˋ
(periodic function)若函數具有$f(x+p)=f(x)$ 的性質，稱爲週期函數。此處$p>0$稱爲週期。若$f(x+p)=f(x)$，則 $f(x+2p)=f(x)$，因此$2p$，乃至np皆爲週期。故狹義的週期指最短週期，非常數連續週期函數必有最短週期。$f(x)$的圖形稱爲週期曲線，其振幅爲$|f(x)|$的極大值，其頻率爲最短週期的倒數。週期函數和聲、光、電以及其他振動和波的現象有密切關係，也和圓與球的幾何或物理問題有關。最簡單的週期函數是三角函數：正弦 *sine* 和餘弦 *cosine*。$Asin(2\pi x/k)$或 $Acos(2\pi x/k)$是週期k、振幅A的三角函數，此類函數稱爲簡諧函數。

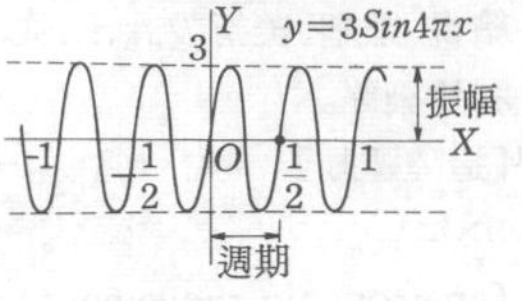

週期函數圖㈠

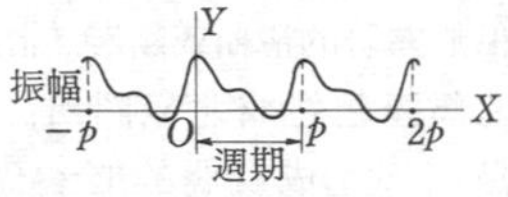

週期函數圖㈡

圖㈠的$A=3$, $k=1/2$。週期函數的圖形可以非常複雜，如圖㈡。將此類函數寫成正、餘弦函數的無窮級數，是數學和物理學中很重要的領域。

【週期性變形】 ㄓㄡ ㄑㄧˊ ㄒㄧㄥˋ ㄅㄧㄢˋ ㄒㄧㄥˊ
(cyclomorphosis)指某些浮游生物的外型可隨季節而變化的特性。如水蚤頭盔在溫暖的月分會加大，以適應水中較低的密度及黏度。

逶 ㄨㄟ wei¹ 音威
參逶迤。

7【逶迤】 ㄨㄟ ㄧˊ
也作逶迆。[1]彎曲而延續不斷的樣子。[2]曲折宛轉的樣子。[3]從容自得的樣子。

逸 ㄧˋ i⁴ 音佚
[1]逃亡；逃跑。如：逃逸。[2]狂奔；奔馳。[3]釋放。[4]散失；亡佚。如：逸文。[5]超越；傑出。如：俊逸。[6]隱遁。如：逸居。[7]安樂；舒適。如：一勞永逸。[8]放縱。如：淫逸。

8【逸事】 ㄧˋ ㄕˋ
[1]未經史書記載的事蹟。[2]指散逸零星的瑣事。

12【逸逸】 ㄧˋ ㄧˋ
往來有次序的樣子。

15【逸樂】 ㄧˋ ㄌㄜˋ
安樂。

16【逸豫】 ㄧˋ ㄩˋ
逸樂；安樂。

【逸興】 ㄧˋ ㄒㄧㄥˋ
幽雅的意興。

8【逸周書】 ㄧˋ ㄓㄡ ㄕㄨ
'戰國'時人編撰。"漢書·藝文志"題爲"周書";舊以爲出自'汲郡''魏安釐王'冢,故題"汲冢周書",誤。十卷,七十篇,序一篇。可爲研究'周'初史事之參考。

5【逸出字符】 ㄧˋ ㄔㄨ ㄗˋ ㄈㄨˊ
(escape character)電腦程式中使用的一種特定的控制字符。用來指示其後所出現的一個或多個字符之意義,或處理方式有所變更,而必須依照特定的方式處理。

15【逸趣橫生】 ㄧˋ ㄑㄩˋ ㄏㄥˊ ㄕㄥ
超俗的趣味流溢四出,形容趣味很濃。

進 ㄐㄧㄣˋ *chin*^{4} 音晉
①向前或向上移動。與退相對。如:上進。②入。與出相對。如:進門。③推薦。如:推賢進士。④奉上。如:進獻。⑤飲;食。⑥收入。如:日進斗金。⑦舊式房屋,從前到後分成幾個庭院,每個庭院叫一進。

3【進士】 ㄐㄧㄣˋ ㄕˋ
①推薦人才。②古代指可以進授爵祿的人。③'隋'以後取士的科目。'隋''唐'凡舉人經禮部考試合格者稱進士。'明''清'舉人經禮部會試及殿試合格者稱進士。'唐'以後進士爲入仕的重要資格。

【進口】 ㄐㄧㄣˋ ㄎㄡˇ
(import)自國外購買產品,運入本國境內的貿易行爲。即輸入。

4【進化】 ㄐㄧㄣˋ ㄏㄨㄚˋ
演化的舊稱。參演化②。

6【進行】 ㄐㄧㄣˋ ㄒㄧㄥˊ
①行走。②施行;辦理。

7【進言】 ㄐㄧㄣˋ ㄧㄢˊ
提出建議或勸告。

【進位】 ㄐㄧㄣˋ ㄨㄟˋ
(carry)進行加法運算時,某一位之各數相加之後所得之和大於或等於所使用之數基,而須向高位傳送之數,稱爲進位。

【進身】 ㄐㄧㄣˋ ㄕㄣ
指獲得職位。

8【進取】 ㄐㄧㄣˋ ㄑㄩˇ
奮發向上,有所作爲。

9【進軍】 ㄐㄧㄣˋ ㄐㄩㄣ
①軍隊向前推進。②比喻朝某方面發展。

【進度】 ㄐㄧㄣˋ ㄉㄨˋ
進展的階段或速度。

【進香】 ㄐㄧㄣˋ ㄒㄧㄤ
到寺廟燒香拜拜。

10【進退】 ㄐㄧㄣˋ ㄊㄨㄟˋ
①前進與後退。②指個人的出處、去留。③泛指行爲舉止。

【進展】 ㄐㄧㄣˋ ㄓㄢˇ
發展。

【進修】 ㄐㄧㄣˋ ㄒㄧㄡ
進德修業。今多指繼續研習。

12【進場】 ㄐㄧㄣˋ ㄔㄤˇ
(approach)飛機接近所欲降落之機場時,在進場燈光及電子設備的導引下安全降落的過程。

13【進逼】 ㄐㄧㄣˋ ㄅㄧ
向前逼進。

2【進入點】 ㄐㄧㄣˋ ㄖㄨˋ ㄉㄧㄢˇ
(entry point)電腦程式單元中,開始執行時的第一個指令所在的位址。

3【進口稅】 ㄐㄧㄣˋ ㄎㄡˇ ㄕㄨㄟˋ
(import duty)即進口關稅。指對國外輸入的外國貨物所課徵的關稅。至於本國產品外銷,後因故自國外復運或退運進口者,因非外國貨物,一般都免徵進口稅。

4【進化論】 ㄐㄧㄣˋ ㄏㄨㄚˋ ㄌㄨㄣˋ
(evolutionism; evolution theory)與創造說相對。有關宇宙與生物發展的一種理論。認爲宇宙萬物及其各方面皆是自然發展的結果。此理論在東西方哲學思想中,自古有之。不過近代以經驗事實支持此種學說的,首推'英國'生物學家'達爾文'。

7【進步黨】 ㄐㄧㄣˋ ㄅㄨˋ ㄉㄤˇ
'民國'二年五月,由'共和'、'統一'、'民主'三黨合併成立於'北京'。由'梁啟超'策劃,'袁世凱'幕後支助,'黎元洪'爲理事長,與'國民黨'相抗衡。政綱爲:取國家主義,建設強善政府;尊重人民公益,擁護法賦自由;應世界大勢,增進和平實利。十月,'袁世凱'干涉制憲,部分'進步黨'議員與'國民黨'中穩健派合組'民憲黨',完成憲法草案。五年,'進步黨'人組成'憲法研究會'。

3【進口押匯】 ㄐㄧㄣˋ ㄎㄡˇ ㄧㄚ ㄏㄨㄟˋ
(negotiation of import documentary bills)進口商於訂購貨物時,請求當地銀行委託出口商所在地的分支行或往來行,以讓購或貼現方式,購入出口商對進口商或代理人(銀行)所簽發的匯票,待進口商付清貨款或承兌匯票後,銀行才將匯票及貨運單證交給進口商。這種以貨運單證爲擔保,利用銀行的匯兌功能,清償進口貨款的作業,稱爲進口押匯。

【進口配額】 ㄐㄧㄣˋ ㄎㄡˇ ㄆㄟˋ ㄜˊ
(import quota)在一段時間內,限定某一種產品所能進口的最大數量限制。

【進口補貼】 ㄐㄧㄣˋ ㄎㄡˇ ㄅㄨˇ ㄊㄧㄝ
(import subsidy)可視爲一種負的關稅,其目的在降低進口產品的價格,以達到鼓勵增加進口數量的目的。

【進口替代】 ㄐㄧㄣˋ ㄎㄡˇ ㄊㄧˋ ㄉㄞˋ
(import substitution)一國因某些產品沒有生產,或產量不足以供應國內所需,而必須進口全部或部分產品,以應國內需要,但爲節省外匯支出,提高本國經濟的自主性和促進國內生產的多樣化,而設法由國內生產進口品以資取代。

【進口關稅】 ㄐㄧㄣˋ ㄎㄡˇ ㄍㄨㄢ ㄕㄨㄟˋ

(import tariff)對進口產品所課的稅。目的在提高進口產品的價格,以達到減少進口數量的目的。

【進口簽證】 ㄐㄧㄣˋ ㄎㄡˇ ㄑㄧㄢ ㄓㄥˋ

(import licensing) 即簽發輸入許可證。在外匯貿易管制國家,爲管制貨物的進口及外匯的支出,通常都規定貨物的進口,必須經過政府外匯貿易管理當局的許可,取得輸入許可證後,才能憑以申請外匯及辦理通關進口手續。依我國外匯貿易管理規定,進口簽證可分爲結匯簽證與不結匯簽證二種。凡以購買貨物(因此有外匯支出)申請貨物進口的簽證者,稱爲結匯簽證;凡非以購買貨物(因此無外匯支出)申請貨物進口者,稱爲不結匯簽證。

7【進汽歧管】 ㄐㄧㄣˋ ㄑㄧˋ ㄑㄧˊ ㄍㄨㄢˇ

(intake manifold) 連接化油器與汽缸蓋進汽口處做爲進汽的管子。

【進汽衝程】 ㄐㄧㄣˋ ㄑㄧˋ ㄔㄨㄥ ㄔㄥˊ

(intake stroke) 新鮮空氣或空氣一燃料混合汽被導入汽缸之衝程。當進汽衝程開始時,進汽門開啟;由於活塞移動,汽缸內之容積擴大而壓力降低造成眞空,空氣或混合汽因受眞空吸力,遂經進汽門而進入汽缸。

【進位旗標】 ㄐㄧㄣˋ ㄨㄟˋ ㄑㄧˊ ㄅㄧㄠ

(carry flag) 電腦內用來指示運算之後所得結果之最高位是否有進位產生之記錄位元。當運算結果的最高位產生進位時,進位旗標將改變狀態,以指示進位之產生。

9【進度圖表】 ㄐㄧㄣˋ ㄉㄨˋ ㄊㄨˊ ㄅㄧㄠˇ

(progress chart)表示生產進度日程所用的圖形與方法。主要有'甘特'圖表、要徑法、計畫評核術與生產平衡線圖四種。

10【進退失據】 ㄐㄧㄣˋ ㄊㄨㄟˋ ㄕ ㄐㄩˋ

行事失去依據,不知如何是好。

【進退維谷】 ㄐㄧㄣˋ ㄊㄨㄟˋ ㄨㄟˊ ㄍㄨˇ

進退兩難。

11【進貨折扣】 ㄐㄧㄣˋ ㄏㄨㄛˋ ㄓㄜˊ ㄎㄡˋ

(purchase discount) 企業賒購商品,因提早付款而獲得的現金折扣。進貨折扣通常在損益表上列爲進貨的減項,但亦有作爲其他收入者。

【進貨淨額】 ㄐㄧㄣˋ ㄏㄨㄛˋ ㄐㄧㄥˋ ㄜˊ

(net purchase)即進貨總額減除進貨折扣、進貨退出及進貨折讓,再加上進貨運費後的餘額。

3【進口平衡稅】 ㄐㄧㄣˋ ㄎㄡˇ ㄆㄧㄥˊ ㄏㄥˊ ㄕㄨㄟˋ

(import countervailing duties) 當貿易對手國實施出口補貼,使產品價格降低時,進口國可提高進口關稅,平衡價格,防止對方廉價傾銷。

【進口替代產業】 ㄐㄧㄣˋ ㄎㄡˇ ㄊㄧˋ ㄉㄞˋ ㄔㄢˇ ㄧㄝˋ

(import-substitution industry) 從事生產代替進口品或與進口品競爭之產品的產業。

【進口的通貨膨脹】 ㄐㄧㄣˋ ㄎㄡˇ ˙ㄉㄜ ㄊㄨㄥ ㄏㄨㄛˋ ㄆㄥˊ ㄓㄤˋ

(import inflation) 由於進口品的價格上漲所引起的通貨膨脹。

【進口需求所得彈性】 ㄐㄧㄣˋ ㄎㄡˇ ㄒㄩ ㄑㄧㄡˊ ㄙㄨㄛˇ ㄉㄜˊ ㄊㄢˊ ㄒㄧㄥˋ

(income elasticity of demand for import) 進口數量隨國民所得變動而發生的相對反應程度。亦即進口數量變動的百分比與國民所得變動的百分比的相對比率。其計算公式爲: $\varepsilon=\dfrac{\Delta M/M}{\Delta Y/Y}=\dfrac{\Delta M\cdot Y}{\Delta Y\cdot M}$, 式中$M$表進口量, ΔM表進口的變動量, Y表所得, ΔY表所得的變動量。

【進口需求價格彈性】 ㄐㄧㄣˋ ㄎㄡˇ ㄒㄩ ㄑㄧㄡˊ ㄐㄧㄚˋ ㄍㄜˊ ㄊㄢˊ ㄒㄧㄥˋ

(price elasticity of import demand)進口數量隨其相對價格變動而發生的相對反應程度。亦即進口數量變動的百分比與進口品相對價格變動的百分比之相對比率。其計算公式爲:

$$\eta=\frac{dM/M}{d\left(\frac{p_m}{p_x}\right)\Big/\left(\frac{p_m}{p_x}\right)}$$

,上式d代表變量, p_m 代表進口品價格, p_x 代表出口品價格, M代表進口數量。

9

運 ㄩㄣˋ yün4 音韻

1移動;轉動。如:運轉。2使用;靈活應用。如:運筆。3氣數;命運。如:鴻運當頭。4地的南北距離。如:廣運百里。

5【運用】 ㄩㄣˋ ㄩㄥˋ

使用;應用。

6【運行】 ㄩㄣˋ ㄒㄧㄥˊ

物體循一定的軌跡或法則,周而復始的運動。

8【運河】 ㄩㄣˋ ㄏㄜˊ

(canal) 一種人工挖掘以供運輸的河道。有的河流過於窄淺不適航行,於是整治加以[運河化],使船舶能通行。我國的'大運河'南起'杭州',北達'通州'(今'河北''通縣'),是最著名的一條運河。

9【運祚】 ㄩㄣˋ ㄗㄨㄛˋ

國運。

10【運氣】 ㄩㄣˋ ㄑㄧˋ

1命運氣數。指一個人遭遇的好壞。2聚合體內力氣,作爲舒展身手的預備。3專指好運。

11【運動】 ㄩㄣˋ ㄉㄨㄥˋ

可促進健康的身體活動。包括各種遊戲、競賽、技能訓練。

13【運會】 ㄩㄣˋ ㄏㄨㄟˋ

時運際會;時代潮流。

15【運銷】 ㄩㄣˋ ㄒㄧㄠ
指貨物的運輸及銷售。

16【運輸】 ㄩㄣˋ ㄕㄨ
運送;輸送。

18【運轉】 ㄩㄣˋ ㄓㄨㄢˇ
1運行轉動。2運數轉變。

10【運送機】 ㄩㄣˋ ㄙㄨㄥˋ ㄐㄧ
(conveyor)能連續將物料自某地傳送至另一地點的機械裝置。可分爲鏈式、帶式、螺旋式、升降式、氣運式與振動式運送機。

11【運動學】 ㄩㄣˋ ㄉㄨㄥˋ ㄒㄩㄝˊ
(kinematics)力學的一支。僅說明物體本身的運動情形,而不涉及物體爲何運動或運動變化之原因。描述物體的運動,只需空間和時間兩個基本物理量。

12【運費噸】 ㄩㄣˋ ㄈㄟˋ ㄉㄨㄣˋ
(freight ton)又稱收益噸(revenue ton)、運輸噸(shipping ton)、提單噸(bill of lading ton)。指作爲計算貨物運費基準的體積噸或重量噸。就海運費計算基準的沿革而言,其計算運費的單位向以貨物的體積或重量爲基準。其後,爲解決此二種基礎取捨的困難,乃將貨物的體積與重量之間訂立一定的關係,將貨物區分爲體積貨與重量貨,即前者以體積計算運費,後者則以重量計算運費。兩者的關係,是指體積噸(1立方公尺)與重量噸(1公噸)的對比。如果1立方公尺的貨物,其重量超過1公噸,則作爲重量貨,而以重量噸計算運費;如果1立方公尺的貨物,其重量不足1公噸,則作爲體積貨,而以體積噸計算運費。

14【運算元】 ㄩㄣˋ ㄙㄨㄢˋ ㄩㄢˊ
(operand)又稱運算資料。即運算式中參與運算的資料。如 $X+Y$ 運算式中,X與Y爲運算元。

【運算碼】 ㄩㄣˋ ㄙㄨㄢˋ ㄇㄚˇ
(operation code)電腦指令格式中的一部分。用來表示電腦應執行的運算或處理。運算碼也是指令中用來描述電腦運算的代碼。

15【運價表】 ㄩㄣˋ ㄐㄧㄚˋ ㄅㄧㄠˇ
(freight tariff)又稱運費率表。即由船公司編製,列明各類貨物由某一港口運至其他各港口的貨運費率,以供計算運費依據的一種費率表。航運同盟會員船公司的運價表,由航運同盟統一編製,分發給各會員船公司共同遵守。至於盟外船公司,其運價表則由各船公司自行編製,但基於競爭關係,通常多不對外公布。

16【運輸網】 ㄩㄣˋ ㄕㄨ ㄨㄤˇ
運輸系統的連接線網。其發達程度,可以路線互相連接的點、線來衡量。計算方法很多,其中 $\beta=\dfrac{e}{v}$ 公式較爲簡便(e表運輸網路線數,v表頂點或節點數,β表運輸網的發達程度指數)。如圖爲某地運輸網,其發達程度指數爲$\beta=\dfrac{e}{v}=\dfrac{6}{4}=1.50$。

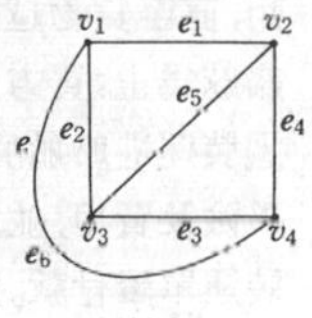

運輸網圖

【運積土】 ㄩㄣˋ ㄐㄧ ㄊㄨˇ
(transported soil)土壤堆積方式之一。經流水、冰河、風等營力搬運他處堆積而成的土壤。與當地的母岩無關。如'華北平原'的土壤概由'黃河'中游'黃土高原'上搬運下來的黃土沖積而成,即爲運積土。

4【運斤成風】 ㄩㄣˋ ㄐㄧㄣ ㄔㄥˊ ㄈㄥ
揮動斧頭,快得發出風聲來。引申指精神專一,技藝超絕。

9【運思前期】 ㄩㄣˋ ㄙ ㄑㄧㄢˊ ㄑㄧˊ
(preoperational period)'瑞士'心理學家'皮亞傑'(J. Piaget)認知發展論的第二階段。孩童於二至七歲期間,漸具運用抽象符號、意象的能力,思考顯示自我中心的特色,無法客觀分析與處理外在事物,對他人所持不同看法往往感到不可思議。

10【運送契約】 ㄩㄣˋ ㄙㄨㄥˋ ㄑㄧˋ ㄩㄝ
當事人約定,一方爲他方運送物品或旅客,他方給付運費之契約。屬諾成契約、雙務有償契約,並爲不要式之獨立有名契約。在"海商法"上,運送契約可分爲貨物運送、旅客運送及船舶拖帶等契約。其中貨物運送契約,又有件貨運送契約及傭船契約之分,後者應以書面爲之,並須記載特定事項,否則不生效力,是爲運送契約不要式性之例外。運送契約之當事人爲託運人及運送人,在實際運用上,運送人大多訂有定型化契約條款,以限制或排除其責任。運送契約原則上得自由決定是否締結,但在鐵公路運送等攸關大眾利益之運送契約,運送人不得拒絕,亦即具有強制締約之性格。

11【運動失調】 ㄩㄣˋ ㄉㄨㄥˋ ㄕ ㄊㄧㄠˊ
(motor dysfunction)指大腦皮層管制運動中樞發出的命令,不能達到運動器官,或運動中樞發出異常的訊號,使個體失去正常的運動機能。腦部組織病變不能產生合宜的命令,或神經傳導系統障礙等因,均可引致運動失調。

【運動神經】 ㄩㄣˋ ㄉㄨㄥˋ ㄕㄣˊ ㄐㄧㄥ
(motor nerve)又稱傳出神經或離心性神經。將中樞神經(腦或脊髓)的衝動,傳到肌肉或腺體的神經。可促使肌肉收縮,腺體分泌。

【運動精神】 ㄩㄣˋ ㄉㄨㄥˋ ㄐㄧㄥ ㄕㄣˊ
經由體育活動及運動競技之陶冶,所培養出來光明正大的精神及情操。內涵包括公平、守法、服從、負責、勇敢、熱誠、互助合作,以及勝不驕、敗不餒等精神。

15【運銷成本】 ㄩㄣˋ ㄒㄧㄠ ㄔㄥˊ ㄅㄣˇ

指物品在運銷過程中，每單位物品所耗的種種費用。包括集貨、分級、包裝、加工、儲藏、保險、稅捐、廣告與售賣等。運銷成本的高低，依產品的性質、生產的季節性、比值大小、運輸距離以及加工的程度而異。

【運銷價差】 ㄩㄣˋ ㄒㄧㄠ ㄐㄧㄚˋ ㄔㄚ
(marketing margin) 指商品生產者所得價格和最後消費者所付價格的差額。就學理上言，運銷成本中所包含的利潤是指運銷商所應得的合理利潤，此時運銷成本即等於運銷價差，倘運銷商榨取了過多利潤，則運銷價差就大於運銷成本。

16**【運輸保險】** ㄩㄣˋ ㄕㄨ ㄅㄠˇ ㄒㄧㄢˇ
(transportation insurance) 包括海上保險及內陸運輸保險。參海上保險、內陸運輸保險。

20**【運籌帷幄】** ㄩㄣˋ ㄔㄡˊ ㄨㄟˊ ㄨㄛˋ
在營帳裡計畫戰略。

14**【運算放大器】** ㄩㄣˋ ㄙㄨㄢˋ ㄈㄤˋ ㄉㄚˋ ㄑㄧˋ
(operational amplifier; OP; OPA)線性積體電路的一種。具有接近理想放大器的特性。一、開路電壓放大率無限大；二、放大之頻帶寬度無限大；三、輸入阻抗無限大；四、輸出阻抗接近於0。其表示符號如圖所示。具有反相與非反相兩個輸入端，一個輸出端，通常使用 ±15V 兩個電源。因開路放大率無限大，容易飽和，故通常使用閉路式。其用途極廣，較常見的爲反相放大器、非反相放大器、積分電路，微分電路、比較器等。

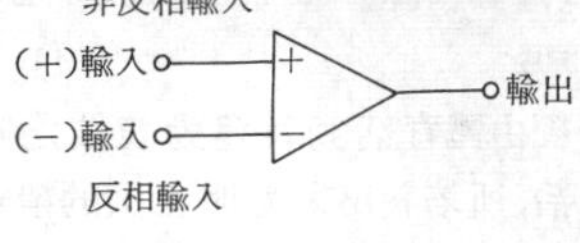

運算放大器符號圖

5**【運用資本基金】** ㄩㄣˋ ㄩㄥˋ ㄗ ㄅㄣˇ ㄐㄧ ㄐㄧㄣ
以定額的資本，爲供應及便利政府各部門提供內部服務的經營管理而設置者。又稱政府內部服務基金。

12**【運費在內條件】** ㄩㄣˋ ㄈㄟˋ ㄗㄞˋ ㄋㄟˋ ㄊㄧㄠˊ ㄐㄧㄢˋ
(cost and freight; C&F) 爲貿易條件的一種。在電報上常寫成CANDF。依此條件交易，賣方須以自己的費用及風險，將約定的貨物於約定期限內，裝上開往約定目的港的船舶，並負擔裝運港至目的港的海洋運費。因此賣方須將運費預付的清潔海運提單及其他單證提供買方，才視爲已交貨。賣方負擔對貨物的風險及費用，直至貨物越過裝運港船舶的船舷爲止；買方則須負擔貨物越過裝運港船舶的船舷以後的一切風險及費用，並須憑賣方提出的裝運單證付款。實際上，除保險的投保及其費用由買方自理外，其他各項條件在本質上與運費保險費在內條件相同。

【運費保險費在內條件】 ㄩㄣˋ ㄈㄟˋ ㄅㄠˇ ㄒㄧㄢˇ ㄈㄟˋ ㄗㄞˋ ㄋㄟˋ ㄊㄧㄠˊ ㄐㄧㄢˋ
(cost , insurance and freight; CIF ; cost, assurance and freight ; CAF) 常用貿易條件之一。依此條件交易時，賣方須以自己的費用及風險將約定的貨物於約定期限內，裝上往約定目的港的船，辦理海上保險，並將運費預付的清潔海運提單及保險單等裝運單證提供買方，才視爲已交貨。賣方負擔對貨物的風險及費用直至貨物越過裝運港船舶的船舷爲止；買方則須負擔貨物越過裝運港船舶的船舷之後的一切風險及費用，並須憑賣方提供的裝運單證付款。因此，賣方實際上須訂立三個契約，即買賣契約、運送契約及保險契約。而且買賣契約的履行是以單證的交付爲憑，而非以貨物的實際交付爲要件，所以，只要賣方依約將貨物裝上船，提供符合買賣契約的裝運單證，貨物即使在運輸途中遭受滅失或毀損，買方仍須依約履行付款義務。

【運費保險費佣金在內條件】 ㄩㄣˋ ㄈㄟˋ ㄅㄠˇ ㄒㄧㄢˇ ㄈㄟˋ ㄩㄥˋ ㄐㄧㄣ ㄗㄞˋ ㄋㄟˋ ㄊㄧㄠˊ ㄐㄧㄢˋ
(cost, insurance, freight and commission; CIF&C)此項條件除附加佣金外，其他各項條件與運費保險費在內條件均相同。此處所指佣金可能爲購貨佣金、售貨佣金或回佣。當受國外進口商的委託代爲採購時，其所報價格內必須加入購貨佣金，作爲自身應得報酬。又當委託國外代理商代爲推銷貨物時，其所報價格內應包括代理商的售貨佣金。而'中南美'、中東與'非洲'地區的進口商，他們受內地買主之託代向國外採購，要求國外出口商於報價內包含其佣金，即回佣；成交後先按金額(即CIF&C)開發信用狀，出口商則按金額押匯，並於押匯時將其應得佣金退還進口商，作爲其代經手交易的報酬。有時，也可按扣除應得佣金後的餘額開發信用狀，出口商則按信用狀金額押匯，不另退還佣金。三種押金以第三種情形最爲常見。在實務上，其佣金究屬那一種，應就個別交易案件而定。此外，爲免計算佣金時發生爭執，應於報價時另以文字說明其計算基礎。例如 The above price includes your commission 3% on FOB (or CIF, or CIFC 5%)basis.。

遊

ㄧㄡˊ *yu²* 音由
[1]走動；閒逛。如：遊逛。[2]旅行；外出。如：旅遊。[3]玩樂。如：遊戲。[4]移動不定的。如：遊魂。[5]和朋友往來，或拜師受教。如：交遊。[6]放任；馳騁。如：遊目騁懷。

3**【遊子】** ㄧㄡˊ ㄗˇ
羈留在外的人。

4【遊心】 ㄧㄡˊ ㄒㄧㄣ
[1]用心於某一方面。[2]心靈獲得解脫，不爲物欲所累。

5【遊民】 ㄧㄡˊ ㄇㄧㄣˊ
四處遊蕩，不務正業的人。也作游民。

【遊目】 ㄧㄡˊ ㄇㄨˋ
眼睛隨意觀覽。也作游目。

【遊仙】 ㄧㄡˊ ㄒㄧㄢ
遊心於仙境；與仙人交往。

6【遊行】 ㄧㄡˊ ㄒㄧㄥˊ
[1]隨意遨遊。[2]民眾爲表示意願所進行的街頭活動。

9【遊宦】 ㄧㄡˊ ㄏㄨㄢˋ
在外地做官。

【遊俠】 ㄧㄡˊ ㄒㄧㄚˊ
喜好交遊、救人急難，以俠義自任的人。也作游俠。

12【遊街】 ㄧㄡˊ ㄐㄧㄝ
押著犯人遊行街市以示眾。

13【遊群】 ㄧㄡˊ ㄑㄩㄣˊ
(band)一種層次最簡單的社會組織。通常包含幾個家族群，政治組織比較簡單，成員間團結與群體的分合，完全由成員的共同意志決定。同一遊群內的人，通常尋求與其他遊群的人結婚。

14【遊說】 ㄧㄡˊ ㄕㄨㄟˋ
奔走各處，爲自已或所代表的利益進行說服別人的活動。

16【遊歷】 ㄧㄡˊ ㄌㄧˋ
到處遊覽。

【遊蕩】 ㄧㄡˊ ㄉㄤˋ
到處閒遊，不務正業。也作游蕩。

【遊學】 ㄧㄡˊ ㄒㄩㄝˊ
到外地求學。

17【遊戲】 ㄧㄡˊ ㄒㄧˋ
[1]遊樂嬉笑。[2]指有規律、有趣味、能增進智力或體力的活動。

5【遊仙詩】 ㄧㄡˊ ㄒㄧㄢ ㄕ
藉描寫靈異仙境以寄託作者思想懷抱的詩。以‘晉’郭璞“遊仙詩”十四首最爲出名，後人頗多擬作。

15【遊樂場】 ㄧㄡˊ ㄌㄜˋ ㄔㄤˇ
供大眾娛樂玩耍的場所。

3【遊刃有餘】 ㄧㄡˊ ㄖㄣˋ ㄧㄡˇ ㄩˊ
用幾乎沒有厚度的刀刃，砍入有空隙的骨節，自然寬綽而有運轉的餘地。[1]形容操刀技術高絕，得心應手。[2]比喻辦事能力很強，綽綽有餘。

5【遊必有方】 ㄧㄡˊ ㄅㄧˋ ㄧㄡˇ ㄈㄤ
出遊必有固定的地點。指孝子爲免父母擔心，外出時必將去處稟知父母。

14【遊說團體】 ㄧㄡˊ ㄕㄨㄟˋ ㄊㄨㄢˊ ㄊㄧˇ
(lobbics)一群爭取有利於本身利益法案通過的社會政治團體。

17【遊戲人間】 ㄧㄡˊ ㄒㄧˋ ㄖㄣˊ ㄐㄧㄢ
[1]在人世間遊樂。[2]做人的態度不嚴肅、認眞。

12【遊程經營業】 ㄧㄡˊ ㄔㄥˊ ㄐㄧㄥ ㄧㄥˊ ㄧㄝˋ
(tour operator)又稱遊程承攬業。指以設計、安排及舉辦附有全程費用的個人或團體遊程爲其主要業務的旅行業。遊程經營業通常將已設計安排就緒的「現成」遊程自行銷售或委由旅行代理店代售，或依照客戶的興趣及旅行條件安排「訂製」遊程。

17【遊戲治療法】 ㄧㄡˊ ㄒㄧˋ ㄓˋ ㄌㄧㄠˊ ㄈㄚˇ
(play therapy)一種心理治療法。利用玩具及遊戲以治療情緒或心理失常的兒童。

遒 ㄑㄧㄡˊ *ch'iu*^{2} 音求
[1]迫近。也作迺。見“說文”。[2]終；盡。[3]強勁；堅固。如：遒勁。[4]聚集。如：百祿是遒。

9【遒勁】 ㄑㄧㄡˊ ㄐㄧㄥˋ
強勁有力。

道 ㄉㄠˋ *tao*^{4} 音稻
[1]行走的路。見“說文”。[2]方法；技能。如：誠身有道。[3]規律；事理。如：立人之道曰仁曰義。[4]思想；學說。如：吾道一以貫之。[5]‘先秦’九流十家之一。後爲宗教名。如：道教。[6]遵從。[7]指示途徑。通導。[8]說。如：能言善道。[9]治理。如：道千乘之國。[10]行政區劃名。‘唐’分天下爲十五道。[11]‘清’官職名。掌管某區域某事的主官。也稱道員。[12]量詞。計算事物的單位。如：一道命令。[13]知覺；料想。[14]佛家語。梵語bodhi，義譯爲道，音譯爲菩提，是通、覺的意思。如：菩薩道。

2【道人】 ㄉㄠˋ ㄖㄣˊ
[1]有道術的人。亦指道士。[2]和尚的舊稱。‘晉’‘宋’間佛教徒通稱道人，道教徒爲道士。

3【道士】 ㄉㄠˋ ㄕˋ
[1]奉守道教經典規戒並熟悉各種齋醮科儀的人。[2]指方士。[3]指佛教僧侶。佛教初入我國，稱僧爲道士。

【道巾】 ㄉㄠˋ ㄐㄧㄣ
道士所戴的帽子。有多種式樣，如混元巾、純陽巾、方山巾等。

【道山】 ㄉㄠˋ ㄕㄢ
[1]傳說中仙人所居住的山。[2]比喻人文薈萃、文風鼎盛的場所。‘東漢’朝廷藏書處‘東觀’，是文人聚集的地方，當時學者稱它爲道家‘蓬萊山’。見“後漢書·竇融傳”。

4【道心】 ㄉㄠˋ ㄒㄧㄣ
[1]本乎天理，合於道德的心。與人心相對。[2]佛家語。指菩提心。即學道的心。

6【道安】 ㄉㄠˋ ㄢ
(314～385)‘東晉’‘常山’‘扶柳’(今‘河北’‘冀縣’西南)人，俗姓‘魏’，‘佛圖澄’弟子。避亂南至‘襄陽’，‘秦’‘苻堅’攻陷‘襄陽’，挾而北居‘長安’，很受優禮，爲北方佛教的宗師。他認爲佛門以‘釋迦’爲師，因此改姓‘釋’，從此佛教徒便以‘釋’爲姓。著作很多，曾參加多次翻譯工作，整理新舊譯的經典，編纂目錄。

【道地】 ㄉㄠˋ ㄉㄧˋ
眞實的；毫無虛假。多指產品。

【道行】 ㄉㄠˋ ˙ㄏㄤ

修道的功力。

7【道君】 ㄉㄠˋ ㄐㄩㄣ
道教對高位仙官的稱謂。如‘太上道君’等。

【道岔】 ㄉㄠˋ ㄔㄚˋ
(switch)通稱轉轍器。係由轍舌、轍叉及導軌三部分組成,爲列車或車輛自一軌道進入另一軌道的分歧裝置。因配線方式之不同,有單開、雙開、三歧及交叉之分。

8【道官】 ㄉㄠˋ ㄍㄨㄢ
古代管理道教事務的官吏。一般由道士充任。‘明代’設道籙司,由中央至府、州、縣均有,‘清’襲之。

【道具】 ㄉㄠˋ ㄐㄩˋ
①佛家語。指佛教徒一切日常修道應用的物品、工具。②電影、電視、戲劇或技藝表演中的陳設,或表演者使用的各種表演工具。

【道姑】 ㄉㄠˋ ㄍㄨ
指女道士。

【道服】 ㄉㄠˋ ㄈㄨˊ
①即僧衣。袈裟的別稱。②道士的衣服。

10【道家】 ㄉㄠˋ ㄐㄧㄚ
①古代學派之一。主張順任自然。②指道教。

【道袍】 ㄉㄠˋ ㄆㄠˊ
①舊時居家穿著的長袍。也叫直裰。②道士穿著的長袍。

【道破】 ㄉㄠˋ ㄆㄛˋ
說破;說穿。

【道院】 ㄉㄠˋ ㄩㄢˋ
出家道士所居的屋宇。較宮、觀稍小。道院爲清修之所,以幽靜爲宜,較大的宮觀多有幽深的道院。

【道釘】 ㄉㄠˋ ㄉㄧㄥ
(spike)鐵路軌條扣接固定於軌枕上的釘子。可分爲鉤頭道釘與螺旋道釘二種。前者施工維修容易,但固結力遠遜於後者,較易鬆動拔出致破損軌枕;後者不易鬆動拔起,但施工維修不便,故不常被使用。

11【道情】 ㄉㄠˋ ㄑㄧㄥˊ
①道義和人情。②曲藝的一種。起源於‘唐代’“承天”、“九眞”等道曲,本是不用樂器伴奏,‘南宋’時始用漁鼓、簡板擊節伴奏,故也稱漁鼓。‘元’雜劇和散曲中都有道情的作品,內容大多表現道家出世的思想。‘清’‘徐大椿’、‘鄭燮’也有道情的作品。後來又和各地的民間音樂結合而形成各地的曲藝,如‘陝’北道情、‘江西’道情、‘湖南’漁鼓等。

【道理】 ㄉㄠˋ ㄌㄧˇ
①事物的原理。②做人處事的法則。③理由。④辦法;打算。

【道教】 ㄉㄠˋ ㄐㄧㄠˋ
我國固有的民族宗教。以巫祝信仰爲基礎、神仙說爲中心,附益道家、“易”學、陰陽五行、卜筮、天文、星占及讖緯諸說,模倣佛教的宗教體系與組織形式,並吸收儒家所倡的倫理道德而成;爲以長生不老爲主要目的,重視現世利益的本土宗教。自‘東漢’末‘張陵’及其孫‘張魯’倡五斗米道(也稱天師道),其後教派頗多,名稱不一。道教的經典編爲“道藏”,保存甚多我國古代思想、文藝、科學及社會資料。

【道統】 ㄉㄠˋ ㄊㄨㄥˇ
儒家聖哲傳承的統系。即‘堯’、‘舜’、‘禹’、‘湯’、‘文’、‘武’、‘周公’、‘孔’、‘孟’聖道傳承的統系。

【道術】 ㄉㄠˋ ㄕㄨˋ
①指醫卜星相方技之術。②道德學術。

12【道場】 ㄉㄠˋ ㄔㄤˇ
①佛家語。義爲‘佛陀’成道之處,即‘印度’‘摩揭陀國’‘尼連禪河’邊,菩提樹下的‘佛陀’座位處。今指僧家誦經行道的場所。道教亦沿用。②指練習武功的地方。

13【道義】 ㄉㄠˋ ㄧˋ
道德義理。

【道號】 ㄉㄠˋ ㄏㄠˋ
修道之人的法號。

14【道歉】 ㄉㄠˋ ㄑㄧㄢˋ
向人表示歉意。

【道碴】 ㄉㄠˋ ㄔㄚˊ
(ballast)鋪設於路基之上、軌枕之下的石築物。其功能係均勻分布行車壓力於路基、固定軌枕與軌條以抵抗行車壓力,排除軌枕周圍與下方之水分以保護軌道,以及增加軌道之彈力。道碴所用之材質以堅硬、不易風化、吸水率較低之碎石或礫石爲宜,且鋪設厚度不得小於20公分,寬度則應超出軌枕二端各20公分以上。

15【道德】 ㄉㄠˋ ㄉㄜˊ
人類所應遵循的公理及合於此一公理的行爲。

16【道學】 ㄉㄠˋ ㄒㄩㄝˊ
①指‘宋’儒所講性命義理的學說。也稱理學。②稱道家的學問。

18【道藏】 ㄉㄠˋ ㄗㄤˋ
道教經書的總集。‘漢’末到‘唐’初爲“道藏”的形成期,‘東晉’‘葛洪’“抱朴子·遐覽”篇爲早期道籍的目錄,已達千餘卷。從‘唐玄宗’到‘宋徽宗’,爲道教的發展期。道書歷經整編、重修,漸具規模。‘金章宗’至‘明成祖’時再經補修,直到‘英宗’‘正統’十年(1445)完成“正統道藏”,凡四百八十函,五百三十五卷;‘神宗’又命‘張國祥’補修,‘萬曆’三十五年(1607)續入三十二函,一百八十卷,爲“萬曆續道藏”。此即現今通行的“道藏”。大綱分三洞四輔十二類,內容龐雜,爲一部極有價值的大叢書。

25【道觀】 ㄉㄠˋ ㄍㄨㄢˋ
①道士修道的地方。②供奉道教神明的廟宇。

8【道林紙】 ㄉㄠˋ ㄌㄧㄣˊ ㄓˇ
一種質堅、色白的印刷用紙。初爲‘美國’的‘道林公司’所造,故名。

11【道問學】 ㄉㄠˋ ㄨㄣˋ ㄒㄩㄝˊ
講求學與問。即重視知識的擴充。與尊德性相對。

15【道德律】 ㄉㄠˋ ㄉㄜˊ ㄌㄩˋ

(moral law)道德上的規律，亦即指導人類倫理行爲的法則。

【道德經】ㄉㄠˋ ㄉㄜˊ ㄐㄧㄥ
即"老子"。

4【道不拾遺】ㄉㄠˋ ㄅㄨˋ ㄕˊ ㄧˊ
不撿拾他人遺失在道路上的東西。形容政治清明，民風廉潔。也作路不拾遺。

0【道在屎溺】ㄉㄠˋ ㄗㄞˋ ㄕˇ ㄋㄧㄠˋ
形容道無所不在。

10【道格拉斯】ㄉㄠˋ ㄍㄜˊ ㄌㄚ ㄙ
(Frederick Douglass, 1817～1895)'美國'小說家、演講家及黑奴解放運動先驅。原名'費德瑞克·貝利'(Frederick A. W. Bailey)。母親是黑奴，父親是白人，因父親生平不詳，故從母姓。幼兒時期即被迫與母親分開，八歲時被賣到'巴爾的摩'一富豪家爲童僕。西元1838年逃到'麻薩諸塞州'，改姓'道格拉斯'，以躲避奴販的追捕。1841年後，成爲'麻州'反奴隸制度的領導人。1855年出版自傳"我的束縛與自由"(*My Bondage and My Freedom*)，修訂後更名爲"道格拉斯的生命與時代"(*Life and Times of Frederick Douglass*)。1845～1847年間曾遠走'英國'巡迴演講，一則躲避以前雇主的追捕，一則賺取贖身費。1847年回到'紐約'，不僅贖回自由身，而且利用餘款創辦"北方星報"(*North Star*)。'美國'內戰期間，曾任'林肯'總統的顧問。1889～1891年出任'美國'駐'海地'領事，是第一位出任公職的'美國'黑人。

道格拉斯像

13【道路以目】ㄉㄠˋ ㄌㄨˋ ㄧˇ ㄇㄨˋ
路上相遇，只敢以眼睛表示不滿。形容人民在暴政之下，敢怒而不敢言。

14【道貌岸然】ㄉㄠˋ ㄇㄠˋ ㄢˋ ㄖㄢˊ
本指學道者莊敬的容貌。後用以形容人嚴肅、虔敬的樣子。

15【道德天尊】ㄉㄠˋ ㄉㄜˊ ㄊㄧㄢ ㄗㄨㄣ
'太淸道德天尊'的簡稱。道教三淸尊神之一。即被尊爲'太上老君'的'老子'，居於天界之太淸仙境，亦即三天中的'大赤天'；與'元始天尊'、'靈寶天尊'並爲三洞教主。

【道德行爲】ㄉㄠˋ ㄉㄜˊ ㄒㄧㄥˊ ㄨㄟˊ
(moral behavior)處於任何文化體系中，均合乎倫理或道德的行爲反應。

【道德知識】ㄉㄠˋ ㄉㄜˊ ㄓ ㄕˋ
(moral knowledge)指對預期之道德行爲已有的瞭解或知識。

【道德哲學】ㄉㄠˋ ㄉㄜˊ ㄓㄜˊ ㄒㄩㄝˊ
(moral philosophy)即倫理學。

18【道藏輯要】ㄉㄠˋ ㄗㄤˋ ㄐㄧˊ ㄧㄠˋ
道教叢書。'淸''康熙'年間，'彭定求'收道書二百多種，編成"道藏輯要"二百餘冊。凡道教重要經典、歷代祖師眞人著作、科儀戒律、碑傳譜記，均有收錄，實爲"道藏"的節本，其中尙有"道藏"未收的晚出道書，爲研究'明'以後道教史的重要史料。

22【道聽塗說】ㄉㄠˋ ㄊㄧㄥ ㄊㄨˊ ㄕㄨㄛ
在道路上聽到的話，不管是非眞假，又在路上轉告他人。指毫無根據的傳說。

13【道義性規勸】ㄉㄠˋ ㄧˋ ㄒㄧㄥˋ ㄍㄨㄟ ㄑㄩㄢˋ
(moral suasion)指'中央銀行'不採取直接的行動，而由總裁口頭或書面發表政策性談話，陳述對當前經濟情況與信用的看法，暗示未來可能的政策方向，以影響銀行的放款活動，達到改變貨幣供給量的目的。

6【道耳呑原子說】ㄉㄠˋ ㄦˇ ㄊㄨㄣ ㄩㄢˊ ㄗˇ ㄕㄨㄛ
(Dalton's atomic theory)西元1802年，'英國'的'道耳呑'根據實驗資料所提出的原子學說。主要的內容是：一、所有物質都是由原子所構成。二、原子無法再分割。三、相同元素，其原子也相同。四、化學反應只是其原子重新排列的過程。

15【道德危險因素】ㄉㄠˋ ㄉㄜˊ ㄨㄟˊ ㄒㄧㄢˇ ㄧㄣ ㄙㄨˋ
(moral hazard)因個人不誠實或不正直的行爲或企圖，故意促使危險事故發生，而構成引起或增加損失機會的條件。如火災保險的縱火索賠、人壽保險的自殺行爲等。

4【道不同不相爲謀】ㄉㄠˋ ㄅㄨˋ ㄊㄨㄥˊ ㄅㄨˋ ㄒㄧㄤ ㄨㄟˊ ㄇㄡˊ
彼此主張不同，不必相互商議。

0【道耳呑分壓定律】ㄉㄠˋ ㄦˇ ㄊㄨㄣ ㄈㄣ ㄧㄚ ㄉㄧㄥˋ ㄌㄩˋ
(Dalton's law of partial pressure)二種或二種以上的氣體混合時，若不發生化學反應，則混合氣體的總壓力，即等於各種氣體單獨充滿該容器的壓力的總和，而成分氣體的壓力，稱爲分壓。此定律是'英國''道耳呑'在西元1803年首先發現，故稱爲'道耳呑'分壓定律。

10【道高一尺魔高一丈】ㄉㄠˋ ㄍㄠ ㄧ ㄔˇ ㄇㄛˊ ㄍㄠ ㄧ ㄓㄤˋ
比喻眞理、正義雖然存在，但邪惡、破壞的勢力卻更加強大。

遂 ㄙㄨㄟˋ sui⁴ 音碎　又讀 ㄙㄨㄟˊ sui² 音隨
1前進。見"字彙"。2道路。見"字彙"。3古代以五縣爲一遂。見"字彙"。4郊外的地方。'周代'指王畿百里以外的地方。見"字彙"。5田間排水的小溝。見"字彙補"。6成就。7順；如意。如：遂心。8於是。

4【遂心】ㄙㄨㄟˋ ㄒㄧㄣ
稱心如意。

19【遂願】ㄙㄨㄟˋ ㄩㄢˋ
達成心願。

達 ㊀ ㄉㄚˊ *ta*^{2} 音答
[1]道路暢通，行走時互不阻擋。見"說文"。也泛指暢通。[2]至；到。如：欲速則不達。[3]通曉事理。[4]表明；表現。如：詞不達意。[5]顯貴。如：達官。[6]普遍。如：達德。[7]致；送到。如：鄉書何處達？
㊁ ㄊㄚˋ *t'a*^{4} 音踏
輕忽。如：挑達。

2【達人】 ㄉㄚˊ ㄖㄣˊ
[1]通達事理的人。[2]放曠達觀的人。[3]教人通達事理。

3【達士】 ㄉㄚˊ ㄕˋ
見識通達的人。

6【達因】 ㄉㄚˊ ㄧㄣ
(dyne) 力的單位。一達因爲作用於質量1公克的物體，使其產生1公分每平方秒(cm/s^2)加速度的力。即1dyn＝10^{-5}N。

7【達言】 ㄉㄚˊ ㄧㄢˊ
通達事理的話。

【達材】 ㄉㄚˊ ㄘㄞˊ
[1]使才能通達。[2]博通各類學術的人才。

8【達官】 ㄉㄚˊ ㄍㄨㄢ
顯達的官吏。

9【達玲】 ㄉㄚˊ ㄌㄧㄥˊ
(darling) 對所親愛的人的稱呼。爲'英'語民族親人之間一種親暱的稱謂。

11【達理】 ㄉㄚˊ ㄌㄧˇ
[1]通達事理。[2]清晰的紋理。

13【達意】 ㄉㄚˊ ㄧˋ
表達心意。

【達道】 ㄉㄚˊ ㄉㄠˋ
[1]世人共同遵行的大道。指五常。[2]通曉大道。

【達達】 ㄉㄚˊ ㄉㄚˊ
(dada)西元1916年產生於'瑞士''蘇黎世''伏爾泰酒店'(Cabaret Voltaire)後，不久傳播於'歐洲'和'美國'的一種文學和視覺藝術的反藝術運動。「達達」一詞是'查拉'(Tzara)臨時從'德''法'字典翻出來的，意味著「木馬」或幼兒學講話的「第一個發音」，其發音和意義均符合達達主義者之精神，遂以之爲反藝術運動的名稱。達達並沒有一套固定的理論和思想，而是由第一次世界大戰的恐怖引起反戰和反傳統的心理，所以對一切傳統或權威產生懷疑和反抗。達達主義者所用來反傳統或諷刺既有價值觀的手段是把現成物(ready made)做藝術作品，其拼貼法 (collage)、偶然性(chance)和不合理性(irrationality)等技法，對後來的藝術產生很大的影響。達達的藝術運動，後來由超現實主義所繼承而開花結果。再者第二次世界大戰後的「新達達」亦是達達的死灰復燃。達達的代表藝術家有'杜象'、'畢卡比亞'(Picabia)、'恩斯特'(Ernst)和'阿爾普(Arp)等。

15【達德】 ㄉㄚˊ ㄉㄜˊ
世人所共有、常行不變的德行。

16【達磨】 ㄉㄚˊ ㄇㄛˊ
佛家語。梵語 dharma 的音譯。又譯作達摩。[1]意譯爲法。指覺法或道法。[2]'菩提達磨'的簡稱。參菩提達磨。

【達賴】 ㄉㄚˊ ㄌㄞˋ
'西藏'前'藏'宗教領袖的尊號。達賴是'蒙古'語，意指大海，比喻德大如海。原是'蒙古''土默特部'首領'俺答汗'贈給黃教領袖'索南嘉措'的名號。後來追認黃教'宗喀巴'的大弟子爲一世，'索南嘉措'爲三世，'清世祖'於'順治'十年(1653)賜封五世達賴金印。1933年十三世達賴逝世，1940年十四世達賴坐床，1959年自'西藏'流亡至'印度'迄今。

25【達觀】 ㄉㄚˊ ㄍㄨㄢ
[1]能看透一切，不受環境際遇的影響。[2]遍覽；到處觀察。

7【達克綸】 ㄉㄚˊ ㄎㄜˋ ㄌㄨㄣˊ
(dacron)一種由乙二醇($HOCH_2CH_2OH$)和對一苯二甲酸($HOOCC_6H_4COOH$) 聚合而成的聚酯類合成纖維。具有抗皺、抗蟲蛀、不伸縮、不吸水、快乾等優點。常用於製造夏季衣料、襪、雨衣、風衣等。

8【達芬奇】 ㄉㄚˊ ㄈㄣ ㄑㄧˊ
(Leonardo da Vinci, 1452～1519)'義大利'文藝復興時期最傑出的畫家。與'米開蘭基羅'、'拉斐爾'並稱文藝復興三傑。同時亦爲著名自然科學家、哲學家、數學家與機械工程家。生於'弗羅倫斯'附近'芬奇'小鎮。其創作乃結合科學知識與藝術想像，樹立了繪畫的新里程碑。代表作有"最後的晚餐"(*Last Supper*)及"蒙娜麗莎"(*Mona Lisa*)。在繪畫理論方面，將解剖、透視、構圖等整理成爲系統的知識，對後世有巨大影響；在哲學、數學、力學、地質、物理、生物、生理等學術上有許多創造性的成就；在軍事、水利、機械工程等方面，也有許多重要的設計和發明。向來是歷史上公認的罕見天才。

14【達爾文】 ㄉㄚˊ ㄦˇ ㄨㄣˊ
(Charles Robert Darwin, 1809～1882)'英國'生物學家。進化論的創立者。畢生致力於生物進化的研究，深信物種乃逐漸演化而經自然淘汰的原則。西元1859年發表"物種源始"(*On the Origin of Species*)，提出生物進化的原則是物競天擇、適者生存的理論，對生物學的發展造成極大的影響。

達爾文像

8【達到主義】 ㄉㄚˊ ㄉㄠˋ ㄓㄨˇ ㄧˋ
意思表示可分爲無相對人之意思表示及有相對人之意思表示，後者又有對話人間之意思表示及非對話人間之意思表示之分。在非對話人間之意思表示,其意思表示以通知達到相對人時發生效力,是爲達到主義。所謂達到,指意思表示達到相對人之支配範圍,置於其隨時可得瞭解其內容之客觀狀態。是故通知已送達於相對人之居住所或營業所即爲達到,不必交付相對人本人或其代理人,亦不問相對人之閱讀與否,該通知即可發生意思表示之效力。意思表示達到相對人後,表意人受其拘束,不得任意撤銷或變更其意思表示,但撤回之通知同時或先時到達者,不在此限("民法"第九十五條第一項但書)。

24**【達靈頓電路】** ㄉㄚˊ ㄌㄧㄥˊ ㄉㄨㄣˋ ㄉㄧㄢˋ ㄌㄨˋ
(Darlington circuit) 用兩個特性一致的電晶體,連接成如圖所示的電路,就稱爲'達靈頓'電路,或稱'達靈頓'對。其特性爲具有高的總 h_{fe} 參數,故輸入阻抗增大,通常提供爲電流放大之用。其缺點爲第一級電晶體的漏電流被第二級放大,而使整個漏電流增高。

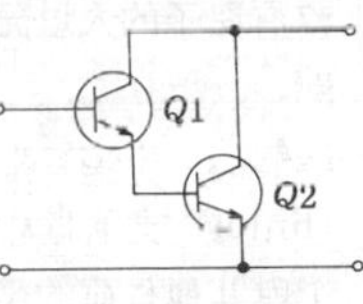

達靈頓電路圖

8**【達松耳微流計】** ㄉㄚˊ ㄙㄨㄥ ㄦˇ ㄨㄟˊ ㄌㄧㄡˊ ㄐㄧˋ
(D'Arsonval galvanometer)在永久磁鐵間懸掛有一方形線圈的直流微流計。當電流通過線圈時,所感應到的磁場與永久磁鐵的磁場相互作用,使連接於線圈上的指針移動,指示出所流過的電流。如圖所示。

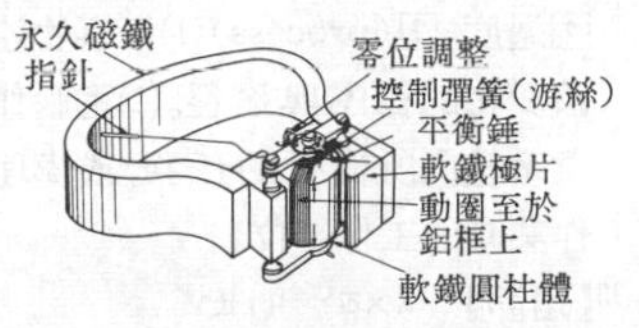

達松耳微流計圖

13**【達達尼爾海峽】** ㄉㄚˊ ㄉㄚˊ ㄋㄧˊ ㄦˇ ㄏㄞˇ ㄒㄧㄚˊ
(Dardanelles Str.)位於'馬摩拉海'(Marmara Sea)和'愛琴海'之間,隔開'歐'、'亞'大陸的狹窄水域。和'博斯普魯斯海峽'共扼'黑海'通往'地中海'的水道。

逼

ㄅㄧ pi^1 音偪 又讀 ㄅㄧˋ pi^4 音避

[1]非常接近。如:靠山逼水。[2]強迫。如:逼迫。[3]狹窄。如:逼窄。[4]緊急。如:勢危事逼。

7**【逼肖】** ㄅㄧ ㄒㄧㄠˋ
極像。

8**【逼供】** ㄅㄧ ㄍㄨㄥ
用暴力逼人供認。

【逼近】 ㄅㄧ ㄐㄧㄣˋ
(approximation) 近似值的數列,接近一所欲值爲其極限,稱爲持續逼近;產生持續逼近的程序,稱爲持續逼近法,例如 $a_{n+1}=\frac{1}{2}(a_n+\frac{d}{a_n})$爲求$\sqrt{d}$的一種有效持續逼近法。求方程式的根有各種持續逼近法。

9**【逼迫】** ㄅㄧ ㄆㄛˋ
施加壓力,使人就範。

10**【逼害】** ㄅㄧ ㄏㄞˋ
逼迫殘害。

【逼眞】 ㄅㄧ ㄓㄣ
近於眞實;像是眞的一樣。

11**【逼視】** ㄅㄧ ㄕˋ
靠近去看。

3**【逼上梁山】** ㄅㄧ ㄕㄤˋ ㄌㄧㄤˊ ㄕㄢ
指逼人走上絕路。'梁山'爲"水滸傳"中各路英雄落草的所在。

違

ㄨㄟˊ wei^2 音危

[1]離開。見"說文"。[2]乖戾;違背。如:違心之言。[3]避開。如:違難。[4]過失。如:違失。[5]怨恨。如:違怨。[6]心緒不安定。

5**【違失】** ㄨㄟˊ ㄕ
過失。

7**【違忤】** ㄨㄟˊ ㄨˇ
違背忤逆。

8**【違法】** ㄨㄟˊ ㄈㄚˇ
違反法律。

【違拗】 ㄨㄟˊ ㄠˋ
違抗不屈。

【違和】 ㄨㄟˊ ㄏㄜˊ
指血脈不調和。即生病。

【違例】 ㄨㄟˊ ㄌㄧˋ
籃球比賽違反規則的行動。如持球走步、兩次運球、球回後場、三秒鐘等。違例時即成爲死球,控球權應由對方獲得。

10**【違逆】** ㄨㄟˊ ㄋㄧˋ
違命不從。

11**【違章】** ㄨㄟˊ ㄓㄤ
違背法令規章。

【違規】 ㄨㄟˊ ㄍㄨㄟ
違反法規。

16**【違憲】** ㄨㄟˊ ㄒㄧㄢˋ
[1]違背國法。[2]指法律或命令違背憲法。'德國'及'美國'等司法機關都有違憲審查權。我國"中央法規標準法"第十一條規定:「法律不得牴觸"憲法",命令不得牴觸"憲法"或法律,……」關於一、法律或命令,有無牴觸"憲法"之事項;二、關於省自治法、縣自治法、省法規及縣規章有無牴觸"憲法"等事項,均得依'司法院'"大法官會議法"聲請大法官會議解釋。

9**【違約金】** ㄨㄟˊ ㄩㄝ ㄐㄧㄣ
當事人爲確保債務之履行,約定債務人於債務不履行時應支付之金錢。違約金依其性質之不同,可分爲賠償額預定性違約金及懲罰性違約金。前者祇須債權人證明有債務不履行之事實,不必證明損害之發生及損害額之多寡即可請求;反之,債務人不得證明未生損害或實際損害額較少,而請求減免賠償。後者於債務人不履行時,除須支付違約金外,債權人並得請求其履行債務,或不履行之損害賠償。"民法"第二百五十條第二項規定:以賠償額預定性之違約金爲原則,懲罰性之違約金爲例外。

11【違章建築】 ㄨㄟˊ ㄓㄤ ㄐㄧㄢˋ ㄓㄨˊ
“建築法”適用地區內,依法應申請當地主管機關之審查許可並發給執照方能建築,但未經上述之手續,而擅自建築之建築物則爲違章建築。違章建築原則上應強制拆除。

4【違反和平之犯罪】 ㄨㄟˊ ㄈㄢˇ ㄏㄜˊ ㄆㄧㄥˊ ㄓ ㄈㄢˋ ㄗㄨㄟˋ
(crimes against peace) 國際犯罪的一種。依‘紐倫堡’‘國際軍事法庭’之規章,係指計畫、預備、發動侵略戰爭,或違反國際條約、協定暨保證之戰爭,或參與上述計畫與陰謀。此種犯罪在第二次世界大戰後始被承認。

遐 ㄒㄧㄚˊ hsia^2 音霞
①遙遠。如:遐邇。②長久。如:遐齡。③盛大。如:遐福。

9【遐思】 ㄒㄧㄚˊ ㄙ
①長遠的思念。②幻想。

10【遐荒】 ㄒㄧㄚˊ ㄏㄨㄤ
偏遠的地方。

13【遐想】 ㄒㄧㄚˊ ㄒㄧㄤˇ
幻想。

【遐跡】 ㄒㄧㄚˊ ㄐㄧ
高遠的蹤跡。指前人的功業與典型。

17【遐舉】 ㄒㄧㄚˊ ㄐㄩˇ
①遠行。②宣揚於遠方。③指功業。

18【遐邇】 ㄒㄧㄚˊ ㄦˇ
遠近。

20【遐齡】 ㄒㄧㄚˊ ㄌㄧㄥˊ
高齡;高壽。

4【遐方殊俗】 ㄒㄧㄚˊ ㄈㄤ ㄕㄨ ㄙㄨˊ
遠方異俗。

逿 ㄉㄤˋ tang^4 音蕩
①失去依靠而倒下。見“集韻”。②振盪。見“字彙補”。

遇 ㄩˋ yü^4 音寓
①相逢。見“說文”。②時機;機會。如:際遇。③對待。如:遇人恭謹。④投合。如:遇合。⑤姓。‘漢’有‘遇冲’。見“萬姓統譜・九五”。

6【遇合】 ㄩˋ ㄏㄜˊ
①指臣子遇到善用其才的國君。②指賓主相處甚歡。

2【遇人不淑】 ㄩˋ ㄖㄣˊ ㄅㄨˋ ㄕㄨˊ
指女子嫁了不好的丈夫。

遏 ㄜˋ o^4, ê^4 音厄
阻止;禁絕。如:阻遏。

7【遏抑】 ㄜˋ ㄧˋ
阻止;壓制。

12【遏雲】 ㄜˋ ㄩㄣˊ
使行雲停止。形容歌聲響亮高亢。

11【遏密八音】 ㄜˋ ㄇㄧˋ ㄅㄚ ㄧㄣ
停止音樂的聆賞。指元首逝世,百姓哀傷。

遉 ㄓㄣ chên^1 音貞
偵察巡視。同偵。見“集韻”。

過 ㊀ ㄍㄨㄛˋ ko^4, kuo^4
①經過。如:三過其門。②度過。如:過生日。③超越。如:好勇過我。④罪;錯誤。如:罪過。⑤轉移。如:過戶。⑥拜訪。如:過故人莊。⑦量詞。一次;一遍。
㊁ ㄍㄨㄛ ko^1, kuo^1 音鍋
①㊀的又讀。②姓。‘漢’有‘過急’。見“萬姓統譜・三五”。
㊂ ·ㄍㄨㄛ ·ko, ·kuo
表示動作已完成。如:喝過茶。

4【過火】 ㄍㄨㄛˋ ㄏㄨㄛˇ
①超過適當的程度。②乩童以赤腳走在炭火之上,以顯神通。

【過手】 ㄍㄨㄛˋ ㄕㄡˇ
經手;轉手。

【過片】 ㄍㄨㄛˋ ㄆㄧㄢˋ
指一首詞由上片轉到下片的地方。即下一片的開頭。

5【過世】 ㄍㄨㄛˋ ㄕˋ
①去世;死亡。②超越世俗。

【過失】 ㄍㄨㄛˋ ㄕ
①錯誤;過錯。②因疏忽而犯的罪。

6【過曲】 ㄍㄨㄛˋ ㄑㄩˇ
南曲套數中,除開頭的引子和末尾的尾聲外,統稱爲過曲。

7【過冷】 ㄍㄨㄛˋ ㄌㄥˇ
(supercooling) 溫度低於液體凝固點以下尚無結晶產生的現象。其可由達凝固點之液體徐徐降溫而得。

【過步】 ㄍㄨㄛˋ ㄅㄨˋ
國術步法。又名蓋步。後腳在前腳前方交叉側進,以接近敵人。

8【過門】 ㄍㄨㄛˋ ㄇㄣˊ
戲曲、曲藝中,在歌唱間歇時,由樂器所奏出的音樂片段。在戲曲中又稱過板。長度由一小節至幾十小節不等,有定調、定腔、醞釀情緒、陪襯表演等作用。有時歌唱開始前的引子及結束時的尾聲,也稱過門。

【過房】 ㄍㄨㄛˋ ㄈㄤˊ
沒有兒子的人以兄弟的兒子爲後嗣。

11【過梁】 ㄍㄨㄛˋ ㄌㄧㄤˊ
(lintel) 支承牆中開口以上的圬工與其他負荷的梁。

【過堂】 ㄍㄨㄛˋ ㄊㄤˊ
到法院聆聽審判。

【過問】 ㄍㄨㄛˋ ㄨㄣˋ
干預;查問。

【過帳】 ㄍㄨㄛˋ ㄓㄤˋ
(posting) 將日記簿或分錄簿中各分錄所記各科目的增減,分別或彙總轉記於分類帳中各相關帳戶的一項程序。

【過從】 ㄍㄨㄛˋ ㄘㄨㄥˊ
往來。

12【過量】 ㄍㄨㄛˋ ㄌㄧㄤˋ
(overshoot) 階段反應時,從訊號處理裝置送出的訊號超出過度的最終值,其偏離最終值的最大量。

【過程】 ㄍㄨㄛˋ ㄔㄥˊ
①過度。②(process) (1)指事物連續變化的程序與途徑。(2)電腦作業系統內所執行的任務,或處理作業時的工作單位。

13【過節】 ㄍㄨㄛˋ ㄐㄧㄝˊ
①歡度節日。②禮節。③怨隙。

15【過熱】 ㄍㄨㄛˋ ㄖㄜˋ
(superheating)指溫度上升至液體沸點仍無沸騰現象產生。可由達沸點的液體徐徐加熱而得。

【過磅】 ㄍㄨㄛˋ ㄅㄤˋ
1用磅秤量東西的輕重。2指機場人員檢查旅客的行李。

18【過濾】 ㄍㄨㄛˋ ㄌㄩˋ
(filtration)利用有孔隙介質將混合物中的固體與流體分開的單元操作。

19【過關】 ㄍㄨㄛˋ ㄍㄨㄢ
度過關口；度過困難。

20【過繼】 ㄍㄨㄛˋ ㄐㄧˋ
把兒子送給兄弟或親戚作後嗣。

22【過癮】 ㄍㄨㄛˋ ㄧㄣˇ
嗜慾得到滿足。

5【過失犯】 ㄍㄨㄛˋ ㄕ ㄈㄢˋ
過失犯之處罰，以法律有明文規定者為限。無論為應注意、能注意而不注意之無認識過失，或預見構成犯罪事實能發生而確信其不發生之有認識過失，均屬過失行為。現行"刑法"僅罰及實害犯與危險犯之過失犯，對於行為犯及純正不作為犯之過失犯則不加以處罰。自社會行為論、目的行為論及規範責任論倡行以來，過失犯在犯罪理論體系中儼然已成一獨立犯罪結構，而成為與故意犯平行之犯罪類型。過失行為不但係責任要素，同時也屬構成要件該當性及違法性之要素。鑑於過失犯罪有日漸升高之趨勢，故對於過失犯理論體系之掌握尤見重要性。過失犯依犯罪主體注意能力標準之不同，可區分為普通過失犯及業務過失犯。

11【過敏性】 ㄍㄨㄛˋ ㄇㄧㄣˇ ㄒㄧㄥˋ
(allergic disorders)和導致過敏物質(如花粉、羽毛、動物異蛋白及藥物等)接觸而引起的過敏現象。症狀為全身或局部紅腫、蕁麻疹、發癢，甚至休克死亡。過敏性疾病有極大的家族性傾向。治療原則有三：一、避開過敏原；二、症狀療法，即以藥物治療；三、減過敏療法。

13【過電壓】 ㄍㄨㄛˋ ㄉㄧㄢˋ ㄧㄚ
(over voltage)電解過程中，由於電極上之不可逆反應，使得外加電壓超過所需的可逆電動勢，此超過部分稱為過電壓。

【過飽和】 ㄍㄨㄛˋ ㄅㄠˇ ㄏㄜˊ
(supersaturation)溶液中溶質的含量大於其溶解度的現象。其為不平衡狀態，且可由飽和溶液慢慢降溫而得。

4【過水堤防】 ㄍㄨㄛˋ ㄕㄨㄟˇ ㄊㄧˊ ㄈㄤˊ
(overflow dike)為'西德''漢森'(Hensen)所創之消滅洪災的堤防工程方法。具二項特點：一、堤頂及背水面的堤腳處均有向上及向下彎之圓滑曲線，適合堤頂溢流之水力特性，減少沖刷力；二、材料為不怕水暫時淹沒的瀝青混凝土等。因其可節省一般舊式堤防的出水高，故可提高堤防的經濟效益，但其占地較寬，在土地昂貴的都市須經研考才能應用。

6【過江之鯽】 ㄍㄨㄛˋ ㄐㄧㄤ ㄓ ㄐㄧˋ
比喻來來往往的人很多。

【過共析鋼】 ㄍㄨㄛˋ ㄍㄨㄥˋ ㄒㄧ ㄍㄤ
(hypereutectoid steel)含碳量超過0.8%的鋼。其正常組織為波來鐵與網狀之初析雪明碳鐵。

8【過河卒子】 ㄍㄨㄛˋ ㄏㄜˊ ㄗㄨˊ ˙ㄗ
走過界河後的卒子。依象棋規則，不可再走回。故以比喻只能進而不能退。

【過河拆橋】 ㄍㄨㄛˋ ㄏㄜˊ ㄔㄞ ㄑㄧㄠˊ
比喻忘恩負義，利用過了就翻臉無情。

9【過度引申】 ㄍㄨㄛˋ ㄉㄨˋ ㄧㄣˇ ㄕㄣ
(overextension)兒童於語言學習中，將某些字義過分類化的現象。

【過度學習】 ㄍㄨㄛˋ ㄉㄨˋ ㄒㄩㄝˊ ㄒㄧˊ
(overlearning)學習某材料達致純熟程度後，仍繼續重複練習的歷程。

10【過氧化氫】 ㄍㄨㄛˋ ㄧㄤˇ ㄏㄨㄚˋ ㄑㄧㄥ
(hydrogen peroxide)為無色、略帶黏性的液體。分子式 H_2O_2，沸點為158°C，比水重，可與水自由混合。3％水溶液(稱為雙氧水)在醫療上用作傷口的殺菌劑；工業上常用30％水溶液作為羊毛、羽毛等的漂白劑。

11【過眼雲煙】 ㄍㄨㄛˋ ㄧㄢˇ ㄩㄣˊ ㄧㄢ
比喻迅速消逝的事物。

12【過渡元素】 ㄍㄨㄛˋ ㄉㄨˋ ㄩㄢˊ ㄙㄨˋ
(transitional elements)週期表中的B族元素，包括ⅢB、ⅣB、ⅤB、ⅥB、ⅦB、ⅧB、IB及ⅡB等八族元素。因其位置介於典型金屬和非金屬之間，故名。

【過渡金屬】 ㄍㄨㄛˋ ㄉㄨˋ ㄐㄧㄣ ㄕㄨˇ
(transition metal)一原子價帶以下之能階未被填滿，而其最高軌道殼層含1～2個價電子之金屬。

【過猶不及】 ㄍㄨㄛˋ ㄧㄡˊ ㄅㄨˋ ㄐㄧˊ
過度和不達標準都不適當。指凡事應求適中。

13【過路財神】 ㄍㄨㄛˋ ㄌㄨˋ ㄘㄞˊ ㄕㄣˊ
比喻僅經管或轉手錢財的人。

5【過失致死罪】 ㄍㄨㄛˋ ㄕ ㄓˋ ㄙˇ ㄗㄨㄟˋ
本罪因過失致人於死而成立，其行為主體並無身分或特定關係之限制。稱過失致人於死者，乃指行為人本無殺人之故意，而於致死之事實，應注意並能注意而不注意，或雖預見其能發生而確信其不發生，致發生死亡之結果者而言。本罪之成立，過失行為與死亡之結果間須有相當因果關係，且無論被害人是否與有過失，均無礙本罪之成立。本罪與傷害致死有所不同，後者乃屬傷害罪之結果加重犯，而前者則屬純粹過失致生死亡結果。又行爲利用原因自由行爲，以達殺人之目的者，應成立普通殺人罪，而非本罪。是否有過失，應依一般人之注意能力爲判斷標準。

【過失傷害罪】 ㄍㄨㄛˋ ㄕ ㄕㄤ ㄏㄞˋ ㄗㄨㄟˋ

因過失傷害人者，爲過失傷害罪。本罪之行爲主體爲一般人，如係從事業務者，則成立業務過失傷害罪。過失行爲與傷害結果間須有相當因果關係。本罪包括過失輕傷罪及過失重傷罪，兩者性質並無不同，後者不同於傷害致重傷罪，並非結果加重犯。犯本罪須告訴乃論。

13【過飽和溶液】 ㄍㄨㄛˋ ㄅㄠˇ ㄏㄜˊ ㄖㄨㄥˊ ㄧㄝˋ

(supersaturated solution)溶液中之溶劑所溶解的溶質已超過最大量，此種溶液稱爲過飽和溶液。它是一種不穩定的狀態，稍加振盪或加入外來物質，便會析出過多的溶質而成飽和溶液。

14【過境通行權】 ㄍㄨㄛˋ ㄐㄧㄥˋ ㄊㄨㄥ ㄒㄧㄥˊ ㄑㄩㄢˊ

(right of transit passage)在公海或專屬經濟區的一個部分和公海或專屬經濟區的另一部分之間，用於國際航行的海峽中，各國所有的船舶和飛機均享有爲繼續不停和迅速過境的目的而行使航行和飛越的自由。行使該項權利應：一、毫不遲延地通過或飛越海峽；二、不對海峽沿岸國的主權、領土完整或政治獨立造成任何威脅或使用武力；三、遵守有關之規定。

5【過失責任主義】 ㄍㄨㄛˋ ㄕ ㄗㄜˊ ㄖㄣˋ ㄓㄨˇ ㄧˋ

以故意過失爲構成責任要件之主義。與契約自由原則、所有權絕對原則同爲“拿破崙法典”以來市民法的三大原則。初民時代，只要行爲與損害之間有因果關係，不論行爲人有無識別能力，均應負損害賠償責任。迨十七、八世紀，自然法思想昌明，理性主義抬頭，認爲肇致損害之結果，若非由於有識別能力人意思之發動，即不應負責，此種過失責任主義之觀點，於“拿破崙法典”中獲得確立，各國立法多從之。十九世紀末葉，由於高度精密儀器使用日益普遍，保護消費者思潮日漸興起，爲排除舉證證明故意過失之困難，以及有鑑於「刑事責任，旨在對行爲人處罰，故必須行爲人有故意過失」、「民事責任，旨在塡補受害人之損失，故不以行爲人有故意過失爲必要」的觀點，無過失責任主義在某些行業被採用。我國採過失責任主義爲原則，無過失責任主義爲例外，“民法”第一百八十四條：「因故意或過失，不法侵害他人之權利者，負損害賠償責任。」即爲侵權行爲之原則性規定，至於採無過失責任主義者，只見諸“民用航空法”、“核子損害賠償法”、“礦場法”等高度危險事業之法律。

13【過飽和固溶體】 ㄍㄨㄛˋ ㄅㄠˇ ㄏㄜˊ ㄍㄨˋ ㄖㄨㄥˊ ㄊㄧˇ

(supersaturated solid solution)固溶體溶有的溶質量超過此時溫度的平衡溶解量的一種固溶體。其造成方法經常是將固體加熱到高溫，使溶質溶進固溶體中，然後急冷，使得溶質來不及析出，而仍停留在固溶體中。

遄 ㄔㄨㄢˊ ch'uan² 音傳

1往來頻繁。見“說文”。2快速。如：遄急。

逾 ㄩˊ yü² 音余

1超過；越過。通踰。如：逾越。2更加。如：逾甚。

12【逾越】 ㄩˊ ㄩㄝˋ

超過。

【逾期】 ㄩˊ ㄑㄧˊ

過期。

17【逾邁】 ㄩˊ ㄇㄞˋ

過去；消逝。

20【逾齡】 ㄩˊ ㄌㄧㄥˊ

1超過年齡。2超過使用的年限。

遑 ㄏㄨㄤˊ huang² 音皇

1閒暇。見“正字通”。2急促不安。通惶。見“字彙”。

遍 ㄅㄧㄢˋ pien⁴ 音變 語音 ㄆㄧㄢˋ p'ien⁴ 音片

1普及；周帀。如：周遍。2量詞。表示次數。如：一遍又一遍。

23【遍體鱗傷】 ㄅㄧㄢˋ ㄊㄧˇ ㄌㄧㄣˊ ㄕㄤ

全身傷痕。

遁 ㄉㄨㄣˋ tun⁴ 音鈍

1逃走。如：遁逃。2隱藏；隱避。如：遁跡銷聲。

5【遁世】 ㄉㄨㄣˋ ㄕˋ

避世。指隱居。

13【遁跡】 ㄉㄨㄣˋ ㄐㄧ

避世隱居。

19【遁辭】 ㄉㄨㄣˋ ㄘˊ

支吾搪塞的言辭。即避重就輕，另說他事，以閃避別人追問的言辭。

10

遡 ㄙㄨˋ su⁴ 音素

1逆水向上行。同溯。見“說文”。2迎向；面向。如：遡風。3告訴。通愬。見“字彙補”。

遘 ㄍㄡˋ kou⁴ 音夠

1遭遇。見“說文”。2造成。通構。如：逆臣遘難。

遠 ㊀ ㄩㄢˇ yüan³

1不近。與近相對。如：遙遠。2深奧。如：言近旨遠。3指先祖。如：愼終追遠。

㊁ ㄩㄢˋ yüan⁴ 音怨

遠離；疏遠。如：去讒遠色。

7【遠志】 ㄩㄢˇ ㄓˋ

(*Polygala tenuifolia* Willd.)常綠多年生小草本。莖由根基叢生，長10～20公分。葉小卵形，互生，具短葉柄。總狀花序頂生，花兩性，綠白色，左右對稱。萼片5枚，兩側的萼片較大，呈花瓣狀，花瓣3枚，下部合生，成蝶形狀。蒴果扁平，基部具有宿存萼片。可供藥用。分布於'蘇俄'及我國。

遠志圖

【遠足】 ㄩㄢˇ ㄗㄨˊ
短程的徒步郊遊。

8【遠東】 ㄩㄢˇ ㄉㄨㄥ
(Far East)'歐'、'美'人稱'亞洲'的東部。通常指'中'、'韓'、'日'等地區。

【遠征】 ㄩㄢˇ ㄓㄥ
1遠行。2到遠方去攻打敵人。

11【遠視】 ㄩㄢˇ ㄕˋ
(farsightedness; hypermetropia) 眼睛折射能力缺陷所引起的眼疾。當睫肌完全鬆弛時，眼球軸徑太短或晶體折光太弱，此時平行光受晶體折射程度不够，故物體成像於視網膜後方，眼睛只能看清遠物，故稱遠視。可用凸透鏡矯正。

【遠略】 ㄩㄢˇ ㄌㄩㄝˋ
1指開拓邊地。2遠大的謀略。

13【遠裔】 ㄩㄢˇ ㄧˋ
1遠代子孫。2邊疆子民。

【遠猷】 ㄩㄢˇ ㄧㄡˊ
遠大的謀略。

【遠遁】 ㄩㄢˇ ㄉㄨㄣˋ
逃遁到遠方。

14【遠圖】 ㄩㄢˇ ㄊㄨˊ
遠大的謀略或計畫。

15【遠慮】 ㄩㄢˇ ㄌㄩˋ
長遠的考慮；久遠的打算。

18【遠颺】 ㄩㄢˇ ㄧㄤˊ
遠走高飛。

4【遠日點】 ㄩㄢˇ ㄖˋ ㄉㄧㄢˇ
(aphelion)太陽系的天體在其軌道上距日最遠之點。地球約於每年的七月四日，位在遠日點上，是時日、地相距約一億五千二百萬公里。

6【遠交近攻】 ㄩㄢˇ ㄐㄧㄠ ㄐㄧㄣˋ ㄍㄨㄥ
結交遠方的國家，而攻打鄰近的國家。

9【遠洋航線】 ㄩㄢˇ ㄧㄤˊ ㄏㄤˊ ㄒㄧㄢˋ
遠離本國港口的運輸航線。與內河航線和近海航線不同。其所用的船隻，噸位較大，設備較好；海員也要經過特別訓練，以適應各國港口環境。例如我國'高雄'、'基隆'駛往'南洋'、中東、'歐洲'、'非洲'、'美洲'、'澳洲'的貨輪和油輪，即屬於遠洋航線。

【遠洋漁業】 ㄩㄢˇ ㄧㄤˊ ㄩˊ ㄧㄝˋ
指五十噸級以上漁船在公海或外國經濟海域內作業的漁業。

12【遠期支票】 ㄩㄢˇ ㄑㄧˊ ㄓ ㄆㄧㄠˋ
以尚未屆至的日期記載爲發票日的支票。

【遠期外匯】 ㄩㄢˇ ㄑㄧˊ ㄨㄞˋ ㄏㄨㄟˋ
(forward exchange) 外匯交易成立時，約定以一定匯率於將來某一日期交割的外匯。

13【遠罪豐家】 ㄩㄢˋ ㄗㄨㄟˋ ㄈㄥ ㄐㄧㄚ
遠離罪罰，富裕家庭。

12【遠期信用狀】 ㄩㄢˇ ㄑㄧˊ ㄒㄧㄣˋ ㄩㄥˋ ㄓㄨㄤˋ
(usance credit)信用狀上規定受益人應簽發見票後若干日(如三十日、六十日、一百二十日或一百八十日等)付款的遠期匯票者屬之。可分爲二種：一種是遠期匯票的利息由賣方負擔，另一種是遠期匯票的利息由買主負擔。遠期信用狀可使進口商獲得銀行資金的融通。

6【遠地整批處理】 ㄩㄢˇ ㄉㄧˋ ㄓㄥˇ ㄆㄧ ㄔㄨˇ ㄌㄧˇ
(remote batch processing)在與電腦主機距離較遠之處，使用終端設備經由通信線路與主機相連接，將作業成批地輸入主機進行處理，並將結果送回的作業處理方式。與本地整批處理相對。

12【遠期外匯交易】 ㄩㄢˇ ㄑㄧˊ ㄨㄞˋ ㄏㄨㄟˋ ㄐㄧㄠ ㄧˋ
(forward exchange transaction)凡外匯交易的交割日在成交日後兩個營業日以上者，統稱爲遠期外匯交易。遠期外匯交易成立當時，買賣雙方實際上並無外匯的支付，而另約定將來某一特定日期，以約定的匯率買賣某一種外匯。這種經雙方同意的約定，即稱爲遠期外匯契約。其買賣目的主要是避免將來匯率變動的損失。例如某出口商以'美'金10,000元售出一批貨物，訂約當時的匯率爲1'美'元等於新'臺'幣40元，而辦理出口押匯時的匯率爲1'美'元等於新'臺'幣39元，則出口商將因匯率變動而損失新'臺'幣1萬元；出口商倘於訂立買賣契約時，即向外匯銀行預約賣出外匯，則可避免買賣契約成立至押匯時這段期間匯率變動的風險。

【遠期外匯匯率】 ㄩㄢˇ ㄑㄧˊ ㄨㄞˋ ㄏㄨㄟˋ ㄏㄨㄟˋ ㄌㄩˋ
(forward exchange rate; forward exchange quotation) 指適用於遠期外匯買賣的匯率。我國遠期外匯匯率是由外匯交易中心參照國際外匯市場的匯率裁定後，通知各外匯銀行參考。

4【遠水救不了近火】 ㄩㄢˇ ㄕㄨㄟˇ ㄐㄧㄡˋ ㄅㄨˋ ㄌㄧㄠˇ ㄐㄧㄣˋ ㄏㄨㄛˇ
比喻緩不濟急。

遷 遷的俗體。

遲 遲的古文。

遜 ㄒㄩㄣˋ *hsün*^{4} 音訓 又讀 ㄙㄨㄣˋ *sun*^{4}

1辭讓。如：遜謝。2和順謙恭。如：謙遜。3差；不如。如：略遜一籌。

6【遜色】 ㄒㄩㄣˋ ㄙㄜˋ

減色；不如。

7【遜位】 ㄒㄩㄣˋ ㄨㄟˋ

退位；讓位。

遢 ㄊㄚˋ *t'a*^{4} 音踏

1穩步行走的樣子。見"玉篇"。2急急行走的樣子。見"正字通"。

遣 ㄑㄧㄢˇ *ch'ien*^{3} 音淺

1送走。如：遣送。2放逐。如：遣戍。3排解；消解。如：排遣。4指派；命令。如：差遣。

12【遣悶】 ㄑㄧㄢˇ ㄇㄣˋ

解悶。

16【遣興】 ㄑㄧㄢˇ ㄒㄧㄥˋ

抒發心中的情致。

19【遣懷】 ㄑㄧㄢˇ ㄏㄨㄞˊ

抒發心中的情思。

【遣辭】 ㄑㄧㄢˇ ㄘˊ

安排、運用文詞。

10【遣唐使】 ㄑㄧㄢˇ ㄊㄤˊ ㄕˇ

'日本''奈良'時代，因仰慕'唐代'文化，自'太宗''貞觀'四年(630)至'唐'末，曾先後十九次派遣使臣前來我國，考察典章制度，學習文化教育，稱爲遣'唐'使。

遝 ㄊㄚˋ *t'a*^{4} 音沓

1及。見"方言·三"。2混雜眾多的樣子。如：雜遝。

遉 道的本字。

遙 ㄧㄠˊ *yao*^{2} 音搖

1遠；長。如：遙遠。2漂流；飄蕩。

14【遙遠工件進入】 ㄧㄠˊ ㄩㄢˇ ㄍㄨㄥ ㄐㄧㄢˋ ㄐㄧㄣˋ ㄖㄨˋ

(remote job entry; RJE)將工件經過遠方的終端設備，藉著通信網路進入電腦主機以便處理，稱爲遙遠工件進入。

遛 或作遛。一 ㄌㄧㄡˊ *liu*^{2} 音留

通作留。參逗留。

二 ㄌㄧㄡˋ *liu*^{4} 音六

慢步行走，舒散身心。如：遛馬。

遞 ㄉㄧˋ *ti*^{4} 音弟

1更易；更替。見"說文"。2依次。如：遞加。3傳送。如：投遞。

10【遞送】 ㄉㄧˋ ㄙㄨㄥˋ

傳送；傳交。

【遞迴】 ㄉㄧˋ ㄏㄨㄟˊ

(recursive)1運算之定義中使用其本身，稱爲遞迴。如正整數階乘(!)可定義爲(1) 0!＝1，(2)若n爲正整數，則$n!=n\cdot(n-1)!$。綜合(1)與(2)的結果爲$n!=n\cdot(n-1)\cdot\cdots\cdots3\cdot2\cdot1$。而(2)中定義$n$階乘($n!$)時，使用了($n-1$)階乘(($n-1$)!)，所以是一種遞迴。2連續重複相同的運算，而本次運算常用到上次運算的結果，以求得更精確的答案，這種性質的運算方式稱爲遞迴。

12【遞減】 ㄉㄧˋ ㄐㄧㄢˇ

1依次減少。2(decreasing)參遞增2。

【遞補】 ㄉㄧˋ ㄅㄨˇ

依次補充。

13【遞解】 ㄉㄧˋ ㄐㄧㄝˋ

古時押送人犯到遠地，沿途由地方官派人輪流接替押送。

15【遞增】 ㄉㄧˋ ㄗㄥ

1依次增多或加重。2 (increasing)遞增(遞減)序列的後項大於(小於)前項。例如$\frac{1}{2}$，$\frac{2}{3}$，$\frac{3}{4}$，…$\frac{n}{n+1}$爲遞增序列。遞增(遞減)函數的函數值隨自變數的增加而增加(減少)的，亦稱單調遞增(遞減)。

17【遞邅】 ㄉㄧˋ ㄕㄢˋ

更迭；轉變。也作遞嬗。

23【遞變】 ㄉㄧˋ ㄅㄧㄢˋ

更迭；變化。

11【遞眼色】 ㄉㄧˋ ㄧㄢˇ ㄙㄜˋ

用眼光示意。

12【遞減法】 ㄉㄧˋ ㄐㄧㄢˇ ㄈㄚˇ

(vanished exemptions) 免稅額自所得總額中減除，但納稅人的所得達到一定數額以後，其免稅額開始隨所得的增加而遞減。採用此法，可以在避免稅負劇增的情形下，使高所得者負稅較重，較符合公平原則。

8【遞延成本】 ㄉㄧˋ ㄧㄢˊ ㄔㄥˊ ㄅㄣˇ

(deferred cost)一項支出的結果能產生經濟效益者，稱爲成本。在尚未產生經濟效益以前可稱遞延成本，亦即應列爲資產。

【遞延收入】 ㄉㄧˋ ㄧㄢˊ ㄕㄡ ㄖㄨˋ

(deferred revenue)即遞延貸項。參遞延貸項。

【遞延年金】 ㄉㄧˋ ㄧㄢˊ ㄋㄧㄢˊ ㄐㄧㄣ

(deferred annuity) 指遞延數期後才開始收受或支付年金。如自現在算起，第三年一月一日開始，每年可領取50,000元，共領五年，即爲一遞延年金。

【遞延借項】 ㄉㄧˋ ㄧㄢˊ ㄐㄧㄝˋ ㄒㄧㄤˋ

(deferred charges) 又稱遞延資產或遞延費用。係指一筆支出的預期效益超過一年以上，應於以後各年再行攤爲費用，而又不宜歸屬於他類資產者。如長期預付費用及公司債發行成本均屬之。

【遞延費用】 ㄉㄧˋ ㄧㄢˊ ㄈㄟˋ ㄩㄥˋ

(deferred expense)即遞延借項。參遞延借項。

【遞延貸項】 ㄉㄧˋ ㄧㄢˊ ㄉㄞˋ ㄒㄧㄤˋ

(deferred credits) 亦稱遞延負債或遞延收入。係指一項負債，其償還時間不確定，而不宜列入流動負債或長期負債者。又或已收到的款項須於將來若干年中逐漸轉爲收入者。

10【遞耗資產】 ㄉㄧˋ ㄏㄠˋ ㄗ ㄔㄢˇ

(wasting assets) 指天然資源。

如森林及礦藏等。其價值因砍伐或開採逐漸耗竭，故稱。每期開採後，應將已耗的成本轉爲折耗費用或存貨。

13【遞解出境】ㄉㄧˋ ㄐㄧㄝˋ ㄔㄨ ㄐㄧㄥˋ
即驅逐出境。凡對非法居留或不受歡迎的外國人，政府均有將其驅逐出境之權利。檢察官在執行時，應先通知外交部，再由外交部轉告被驅逐者之使領館。被驅逐者將被遣送回其所屬國，或其他准其入境的地區。

8【遞延所得稅】ㄉㄧˋ ㄧㄢˊ ㄙㄨㄛˇ ㄉㄜˊ ㄕㄨㄟˋ
(deferred income tax)稅前會計所得與課稅所得，因時間性差異而不同時，所得稅費用與應付所得稅的差額，即爲遞延所得稅。包括應於以後期間支付，減少以後期間所得稅費用的遞延所得稅負債，以及已於本期支付而應於以後期間轉爲所得稅費用的預付所得稅。

14【遞遠遞減制】ㄉㄧˋ ㄩㄢˇ ㄉㄧˋ ㄐㄧㄢˇ ㄓˋ
(tapering principle)鐵路對於長途的客貨運輸，採行運程愈遠而單位運價越低的計價制度。其目的在減輕長途客貨運送者的負擔，俾應付水、空運等長途運輸方式的競爭，並增加運量。一般而言，該制度經常採行的方式有固定遞減法、連接遞減法、遞近遞加法及另加發到手續費法等。

12【遞減成本產業】ㄉㄧˋ ㄐㄧㄢˇ ㄔㄥˊ ㄅㄣˇ ㄔㄢˇ ㄧㄝˋ
(decreasing-cost industry)長期供給曲線爲負斜率的產業。整個產業增加產量時，導致生產成本下降，市場均衡價格跟著下降，廠商仍只獲得正常利率。

15【遞增成本產業】ㄉㄧˋ ㄗㄥ ㄔㄥˊ ㄅㄣˇ ㄔㄢˇ ㄧㄝˋ
(increasing-cost industry)長期供給曲線爲正斜率的產業。整個產業增加產量時，引起生產成本提高，故市場均衡價格跟著提高，廠商才能繼續獲得正常利潤。

11

適 ㈠ ㄕˋ *shih*^{4} 音是
[1]到；往。見"說文"。[2]歸向。如：無所適從。[3]女子出嫁。如：適人。[4]切合；正好。如：適當。[5]舒服。如：舒適。[6]僅僅；只是。
㈡ ㄉㄧˊ *ti*^{2} 音敵
[1]通嫡。(1)正妻所生的兒子。如：適子。(2)專主。[2]通敵。(1)匹敵。(2)敵人。

2【適人】ㄕˋ ㄖㄣˊ
女子嫁人。

3【適才】ㄕˋ ㄘㄞˊ
剛才；方才。

9【適度】ㄕˋ ㄉㄨˋ
[1]適當。[2]合乎節度。

10【適時】ㄕˋ ㄕˊ
適逢其時；正是時候。

12【適量】ㄕˋ ㄌㄧㄤˋ
適當的分量。

13【適意】ㄕˋ ㄧˋ
[1]合意；如意。[2]心情愉快。

17【適應】ㄕˋ ㄧㄥˋ
(adaptation)[1]指生物在生理機能方面能作某種程度的調整，以適合在環境中生存的過程。[2]個人調整其心理、生理、情緒或社會行爲以符合新情境需求的歷程。此外，也指教師或學校改變其教學方法、教材或教學環境以適合個別學習差異、增進教學效率的過程。

3【適才適所】ㄕˋ ㄘㄞˊ ㄕˋ ㄙㄨㄛˇ
對具有某種才能的人，應安排在與其才能相當的職位上；任何一個職位，應由與該職位相當之才能的人來擔任，以期人與事的適當配合。適才適所雖亦爲用人的原則，但比專才專業的要求爲寬。

5【適可而止】ㄕˋ ㄎㄜˇ ㄦˊ ㄓˇ
到了適當的程度就停止，不要過分。

9【適度人口】ㄕˋ ㄉㄨˋ ㄖㄣˊ ㄎㄡˇ
(optimum population)指一國的人口，在各種生產因素配合之下，最適當的數量及生長率。人口太少，會引起勞動力不足，生產和市場不能擴張；人口太多，報酬減少，生產也減少。但二次大戰後，隨著電腦、自動工程的發展，人口增加多少已逐漸不顧慮。極開發的國家，人口的生長率多在原有人口1％以下，甚至零生長率。

【適度學派】ㄕˋ ㄉㄨˋ ㄒㄩㄝˊ ㄆㄞˋ
(Appropriate School)一種傳播理論。立論的代表人物爲'美國'學者'史舒梅可'(Schumacher, Ernst F.)。主張採用適度的傳播科技促進國家的發展。例如爲促進社區發展，應使用小型卡式錄音機、鄉間報紙、低功率廣播電臺等適合社區的媒體。如此，可避免西方大眾媒體所發現的浪費、疏離等。

11【適得其反】ㄕˋ ㄉㄜˊ ㄑㄧˊ ㄈㄢˇ
正好相反。

17【適應水平】ㄕˋ ㄧㄥˋ ㄕㄨㄟˇ ㄆㄧㄥˊ
(adaptation level)一般人對某一刺激物之強度或價值判斷，有賴於該刺激物的周遭背景。

遮 ㈠ ㄓㄜ *chê*^{1} 音螫
[1]阻擋；攔阻。[2]蔽。如：遮蓋。[3]這個。通這。
㈡ ㄓㄜˇ *chê*^{3} 音者
掩飾；沖淡。如：遮醜。

9【遮音】ㄓㄜ ㄧㄣ
(sound insulation)指利用圍牆、頂蓋等設施以防止聲音傳送或進入的方式。

11【遮掩】ㄓㄜ ㄧㄢˇ
遮蓋掩藏。

13【遮罩】ㄓㄜ ㄓㄠˋ
(masking)電腦運算的一種。可自一組訊息中取出所需要的部分，但是不改變其他部分的方法。它的方法就是使用罩碼與邏輯運算。

16【遮瞞】 ㄓㄜ ㄇㄢˊ
隱藏；隱瞞。

17【遮醜】 ㊀ ㄓㄜ ㄔㄡˇ
遮掩醜態。
㊁ ㄓㄜˇ ㄔㄡˇ
掩飾或沖淡某些缺點。

20【遮攔】 ㄓㄜ ㄌㄢˊ
①阻攔；阻擋。②顧忌。

6【遮光法】 ㄓㄜ ㄍㄨㄤ ㄈㄚˇ
局部減少曝光量，使相紙的不同部分獲得不同曝光量的方法。乃用手或遮擋板等工具，放在光源與相紙中間，藉著陰影投射且不斷的移動工具，使局部相紙曝光量降低，並可巧妙地避免該工具在相紙上留下輪廓。

遨 ㄠˊ ao² 音敖
出遊。也作敖。見"集韻"。

13【遨遊】 ㄠˊ ㄧㄡˊ
逍遙自在地遊玩。

遻 ㄨˊ wu² 音無
我。吾的古文。見"正字通"。

遬 御的或體。

遭 ㄗㄠ tsao¹ 音糟
①遇到。如：遭殃。②周圍。如：周遭。③次；回。如：第一遭。

9【遭殃】 ㄗㄠ ㄧㄤ
遭遇禍患。

11【遭逢】 ㄗㄠ ㄈㄥˊ
①遭遇；遇到。②人生的際遇、命運。

16【遭罹】 ㄗㄠ ㄌㄧˊ
遭逢；遭受。

10【遭時不遇】 ㄗㄠ ㄕˊ ㄅㄨˋ ㄩˋ
遭逢的時代，沒有機會施展抱負。

遬 ㄙㄨˋ su⁴ 音肅
①急速。速的籀文。見"說文"。②拘謹。見"字彙"。

遫 ㄔˋ ch'ih⁴ 音斥
張開。通憝。見"集韻"。

遷 ㄑㄧㄢ ch'ien¹ 音千
①轉移；更動。如：遷居。②貶謫；放逐。如：遷客騷人。

4【遷化】 ㄑㄧㄢ ㄏㄨㄚˋ
①變化。②指死亡。

8【遷延】 ㄑㄧㄢ ㄧㄢˊ
①退卻。②耽擱延後。③倘佯。

9【遷客】 ㄑㄧㄢ ㄎㄜˋ
①貶居遠方。②貶謫在外的人。

【遷怒】 ㄑㄧㄢ ㄋㄨˋ
把怨憤發洩在不相干的人或事物上。

12【遷就】 ㄑㄧㄢ ㄐㄧㄡˋ
委屈自己以適應環境或配合他人。

13【遷葬】 ㄑㄧㄢ ㄗㄤˋ
遷移靈骨，改葬他處。

11【遷移率】 ㄑㄧㄢ ㄧˊ ㄌㄩˋ
(mobility)在導體中施加電場時，所產生的電子平均速度與電場之比值。

6【遷地爲良】 ㄑㄧㄢ ㄉㄧˋ ㄨㄟˊ ㄌㄧㄤˊ
換個比較好的地方或環境。

11【遷徙流離】 ㄑㄧㄢ ㄒㄧˇ ㄌㄧㄡˊ ㄌㄧˊ
形容飄泊無定。

5【遷出基準時間】 ㄑㄧㄢ ㄔㄨ ㄐㄧ ㄓㄨㄣˇ ㄕˊ ㄐㄧㄢ
(check-out time)又稱房租結帳基準時間。指每家旅館所訂定的客房結帳時間。目前'臺灣'的旅館多訂爲中午十二時。旅客的出發時間如超過結帳基準時間即加收房租。

遰 ㊀ ㄉㄧˋ ti⁴ 音帝
離去。見"說文"。
㊁ ㄕˋ shih⁴ 音逝
①往。見"集韻"。②刀鞘。見"正字通"。

遱 ㄌㄡˊ lou² 音樓
參連遱。

遳 ㄘㄨㄛ ts'o¹, ts'uo¹ 音磋
行走的樣子。見"字彙補"。

遯 ㄉㄨㄣˋ tun⁴ 音鈍
①逃避；藏匿。如：遯世。②"易"卦名。六十四卦之一。艮下乾上。

遯卦圖

5【遯世】 ㄉㄨㄣˋ ㄕˋ
避世；隱居。

10【遯逃】 ㄉㄨㄣˋ ㄊㄠˊ
逃避；躲藏。

17【遯隱】 ㄉㄨㄣˋ ㄧㄣˇ
①避世；隱居。②隱藏。

遳 遙的或體。

12

遵 ㄗㄨㄣ tsun¹ 音尊
①沿著；順著。見"說文"。②依照；奉行。如：遵命。

6【遵行審計】 ㄗㄨㄣ ㄒㄧㄥˊ ㄕㄣˇ ㄐㄧˋ
(compliance audit)根據實際存在的可驗證數據和公認的規範或準則而進行的審計。如一般的營利事業所得稅之審核、非營利事業機關所爲之審計多屬之。

15【遵養時晦】 ㄗㄨㄣ ㄧㄤˇ ㄕˊ ㄏㄨㄟˋ
遭逢晦暗的時局，退隱修養，以等待時機。

6【遵行查核程序】 ㄗㄨㄣ ㄒㄧㄥˊ ㄔㄚˊ ㄏㄜˊ ㄔㄥˊ ㄒㄩˋ
(compliance tests)證明委託人制度內各重要的會計控制正在採用並有效運作的一種審計程序。又稱遵行試驗。

遴 ㊀ ㄌㄧㄣˋ lin⁴ 音吝
①行走困難。見"說文"。②吝嗇；貪吝。通吝。見"字彙補"。
㊁ ㄌㄧㄣˊ lin² 音鄰
謹慎選擇。如：遴選。

9【遴派】 ㄌㄧㄣˊ ㄆㄞˋ
選派。

16【遴選】 ㄌㄧㄣˊ ㄒㄩㄢˇ
選拔。

遶 ㄖㄠˋ jao⁴ 音繞
圍繞。通作繞。見"廣韻"。

選 ㄒㄩㄢˇ hsüan³ 音咺
①揀擇；挑取。如：選賢與能。②柔弱；畏怯。通巽。

4【選手】 ㄒㄩㄢˇ ㄕㄡˇ

參加比賽的人。

6【選任】 ㄒㄩㄢˇ ㄖㄣˋ

(staffing)管理機能之一。係指如何有效選用適當的人員，以達成企業目標。

10【選修】 ㄒㄩㄢˇ ㄒㄧㄡ

①選擇所要研習的課程。②可選擇修習的科目。與必修相對。

11【選務】 ㄒㄩㄢˇ ㄨˋ

與選舉有關的事務。

16【選輯】 ㄒㄩㄢˇ ㄐㄧˊ

選擇編輯。

17【選舉】 ㄒㄩㄢˇ ㄐㄩˇ

①選拔推舉品德才能優異的人。②現指投票選出政府首長、各級議會代表、公司理監事的方式。

【選舉區】 ㄒㄩㄢˇ ㄐㄩˇ ㄑㄩ

選舉時，若國家領土大、人口多，很難把全國合為一個選舉單位，勢必劃為若干單位，令各單位分別選出代表，此單位即為選舉區。選舉區一般皆以人數或地區為基礎。

【選舉權】 ㄒㄩㄢˇ ㄐㄩˇ ㄑㄩㄢˊ

人民得以投票方法，選舉其代表或官吏之權利。選舉權之取得有積極條件和消極條件。依據“動員戡亂時期公職人員選舉罷免法”之規定，積極條件有三：一、須具有國籍，但外國人民因歸化取得國籍者，須經過一定期間始取得選舉權。二、須年滿二十歲。三、須在選舉區內，繼續居住六個月以上。消極條件有二：一、褫奪公權尚未復權者。二、受禁治產宣告尚未撤銷者。我國“憲法”所規定之各種選舉，除另有規定外，以普通、平等、直接、無記名投票之方法行之。“動員戡亂時期公職人員選舉罷免法”也規定，公職人員選舉以普通、平等、直接及無記名單記投票法行之。但監察委員選舉，由省(市)議會議員以無記名限制連記投票法行之，其連記人數以不超過應選名額二分之一為限。

15【選賢舉能】 ㄒㄩㄢˇ ㄒㄧㄢˊ ㄐㄩˇ ㄋㄥˊ

選拔賢能的人。

16【選擇之債】 ㄒㄩㄢˇ ㄗㄜˊ ㄓ ㄓㄞˋ

數宗給付中得選定其一宗為給付標的之債，稱為選擇之債。選擇之債於債之關係成立時，即已確定，所未確定者僅為給付標的而已；給付標的經由選擇權之行使乃得以確定，並使選擇之債溯及於債成立之日，變為單純之債。選擇權原則上歸由債務人行使，例外始歸由債權人或第三人行使。其行使須以意思表示向他方為之。數宗給付中，有自始不能或嗣後不能給付者，債之關係僅存於餘存之給付。但其不能之事由，係可歸責於無選擇權之當事人者，選擇權人仍得選擇該不能之給付為標的。此時，選擇之債仍有自始不能或嗣後不能之情形發生。

17【選舉訴訟】 ㄒㄩㄢˇ ㄐㄩˇ ㄙㄨˋ ㄙㄨㄥˋ

凡選舉委員會辦理選舉違法，足以影響選舉結果；當選票數不實，足以影響選舉結果；當選人舉辦政見發表會違反法令規定或當選人之候選資格不合法時，得依“動員戡亂時期公職人員選舉罷免法”之規定，於法定期間，分別提起選舉無效之訴，當選無效之訴或資格不合當選無效之訴，通稱為選舉訴訟。

【選舉就職】 ㄒㄩㄢˇ ㄐㄩˇ ㄐㄧㄡˋ ㄓˊ

經由選舉程序當選後，始予就職。如民意代表係由選舉產生，當選人取得當選證書後即可就職。依法由選舉產生的機關首長，如縣市長、鄉鎮長，亦須經由選舉程序當選，領得當選證書後，始行就職行使職權。

16【選擇法排序】 ㄒㄩㄢˇ ㄗㄜˊ ㄈㄚˇ ㄆㄞˊ ㄒㄩˋ

(selection sort)電腦程式將資料項依照一特定之順序排列的一種方法。其原理為：每次由一組資料項中依所需之順序規則(如由小至大或由大至小)選出一適合的資料項排列，並重複此程序至所有資料項皆被選取完畢為止，此時該組資料項已被依照所需的順序排好。

【選擇性注意】 ㄒㄩㄢˇ ㄗㄜˊ ㄒㄧㄥˋ ㄓㄨˋ ㄧˋ

指讀者的注意力往往較集中於其所喜好或最感興趣的事物，而非對眼前所見的一概皆予以注意。因此廣告在布局或文案上均強調此點，以便吸引讀者的注意力。

17【選舉權行使】 ㄒㄩㄢˇ ㄐㄩˇ ㄑㄩㄢˊ ㄒㄧㄥˊ ㄕˇ

選舉權是人民基本人權中參政權的一種。關於選舉權之行使，我國“憲法”規定原則上以普通、平等、直接及無記名投票之方法為之。即選舉權之取得不受財產、教育、性別等之限制。每一選舉權人只有一個投票權，每票等值，且選票上僅記明候選人姓名，而不寫明選舉權人姓名。此外選舉權人行使其選舉權與否，完全自由，人民無故放棄選舉權，國家不得干涉制裁，即採自由投票制。我國“憲法”為力求選舉之公正，明文規定選舉應嚴禁威脅、利誘，此外，以其他不正當之方法，妨害選舉權之公正行使者，如意圖妨害或擾亂投票而抑留、毀壞、奪取選舉票，或將選舉票攜出場外，或以詐術使投票發生不正確之結果等，“刑法”及“動員戡亂時期公職人員選舉罷免法”均有處罰之規定。

遲

㊀ ㄔˊ ch'ih^2 音池

①緩慢。如：遲鈍。②晚。與早相對。如：遲到。③停留；游息。如：棲遲。④姓。‘商’有‘遲任’。見“通志·氏族略五”。

三 ㄓˋ *chih*^{4} 音至

①等待；希望。通徲。見"字彙"。②及；等到。如：遲明。

6【遲回】 ㄔˊ ㄏㄨㄟˊ

遲疑徘徊。

8【遲明】 ㄓˋ ㄇㄧㄥˊ

天亮時。即黎明。

10【遲脈】 ㄔˊ ㄇㄛˋ

脈象的一種。脈搏跳動遲緩。即一分鐘脈搏不及六十次。多見於寒症，或因陽氣被實邪阻滯所致。

12【遲鈍】 ㄔˊ ㄉㄨㄣˋ

①不敏捷。②愚魯；不聰慧。

14【遲滯】 ㄔˊ ㄓˋ

①緩慢。②停止不進。

【遲疑】 ㄔˊ ㄧˊ

猶豫不決。

15【遲暮】 ㄔˊ ㄇㄨˋ

①比喻衰老。②徐緩。

8【遲延利息】 ㄔˊ ㄧㄢˊ ㄌㄧˋ ㄒㄧˊ

"民法"第二百三十三條第一項規定：﹁遲延之債務，以支付金錢爲標的者，債權人得請求依法定利率計算之遲延利息。但約定利率較高者，仍從其約定利率。﹂是爲遲延利息。乃兼具損害賠償性質之法定利息。在一般債務之給付遲延，債權人應就其損害之發生及其數額，負舉證責任。但在金錢債務，不僅舉證困難，且金錢之使用亦可視爲相當於法定利率或約定利率之利益，故特設金錢債務之給付遲延，債務人至少應依法定利率支付遲延利息，其約定利率較高者，從其約定。此爲法律擬制之債權人最低限度賠償額，債務人不得以債權人所受損害較少或未受損害而主張減免其賠償責任。反之，債權人如證明有其他損害者，則得依第二百三十三條第三項一併請求賠償。

【遲延責任】 ㄔˊ ㄧㄢˊ ㄗㄜˊ ㄖㄣˋ

債務人因給付遲延，或債權人因受領遲延所應負之責任。給付有確定期限者，債務人自期限屆滿時起負遲延責任。給付無確定期限者，債務人於債權人得請求給付時，經其催告而未爲給付，自受催告時起，其催告定有期限者，自期限屆滿時起負遲延責任。此時，債權人得請求其賠償因遲延而生之損害，縱該損害係因不可抗力所致者，亦同。債權人對於已提出之給付，拒絕受領或不能受領者，自提出時起負遲延責任。但一時受領遲延者，基於誠信原則，並不負遲延責任("民法"第二百三十六條)。在債權人受領遲延中，債務人僅就故意或重大過失負其責任。綜言之，在債務人給付遲延時，加重債務人之責任。反之，在債權人受領遲延中，則減輕債務人之責任。

【遲延給付】 ㄔˊ ㄧㄢˊ ㄐㄧˇ ㄈㄨˋ

債務已屆清償期，債務人有爲給付之義務且給付可能，因可歸責於債務人之事由，致未爲給付者，是爲債務人之遲延給付，或稱履行遲延。遲延給付，本質上係給付義務之違反，形態上又爲消極的侵害債權，自應由債務人負遲延責任。其要件有：一、須有給付義務且給付可能；二、須已屆履行期(清償期)：在給付有確定期限者，債務人自期限屆滿時起負遲延責任；給付無確定期限者，尚須催告始負遲延責任；三、須因可歸責於債務人之事由致未爲給付。

遼

ㄌㄧㄠˊ *liao*^{2} 音聊

①遙遠；開闊。如：遼遠。②長久。③(916～1125)'後梁'時'契丹族''耶律阿保機'用'韓延徽'力行'漢'化，遂統一'契丹'各部，進而稱帝，都'臨潢'('熱河''林東')。又東滅'渤海國'，西取'突厥'故地。子'德光'嗣位，取得'燕''雲'十六州，繼滅'後晉'。據有今'遼'、'吉'、'黑'、'熱'、'察'、'綏'諸省，以及'河北'、'山西'二省北部與大漠以北之地。'蕭太后'主政時大舉侵'宋'，訂立'澶淵'之盟。後因奸佞握權，政治日壞，終爲'金'所滅。共九世，九主，二百一十年。

5【遼史】 ㄌㄧㄠˊ ㄕˇ

二十五史之一。'元''脫脫'等撰，一百十六卷。大抵據'遼''耶律儼'、'陳大任'所修"遼史"而成。此書歷時僅三月而修成，故其述事，失於簡略。

8【遼河】 ㄌㄧㄠˊ ㄏㄜˊ

位於我國東北。上源有三：'西遼河'、'新遼河'、'東遼河'。主源'西遼河'源自'熱河省'西部山地，東流入'遼北省'，於'遼源縣'與源自'熱河省'北境的'新遼河'匯流，東南流至'三江口'附近，'東遼河'自西北來會，以下河段始稱'遼河'；又南流折入'遼寧省'，於'營口市'附近注入'遼東灣'。因泥沙淤積、冬季結冰，航運不盛。

13【遼源】 ㄌㄧㄠˊ ㄩㄢˊ

縣名。原名'鄭家屯'。位於'遼北省'中南部，當'新遼河'與'西遼河'的匯流處。有鐵路在此交會，是農牧產品的集散地。現爲'遼北省'省會。

3【遼三彩】 ㄌㄧㄠˊ ㄙㄢ ㄘㄞˇ

'遼代'的三彩陶瓷。多於施加化妝土的器坯上，以線雕或模印方式呈現出牡丹等紋飾，然後施罩黃、綠、白等鉛釉，入窯燒成。作品有碗、盤、壺、罐等，其中又以皮囊式壺和模倣金銀器的花口碟最具特色。'遼寧省''赤峰''乾瓦窯'是著名的'遼'三彩窯址之一。

5【遼北省】 ㄌㄧㄠˊ ㄅㄟˇ ㄕㄥˇ

東北九省之一。全境除西部爲臺地及東南邊緣有低丘分布外，概爲廣闊的平原。因其氣候屬過渡地帶，雨量分布自東南向西北遞減，故土地利用差異頗大：西部臺地盛行放牧；北部平原農牧並重；南部平原較溼潤，土壤肥沃，農業稱盛，是人口集中地。省會'遼源'。

14【遼寧省】 ㄌㄧㄠˊ ㄋㄧㄥˊ ㄕㄥˇ

我國東北九省最南的省分。面臨‘黃海’,以‘遼河平原’爲中心,‘遼東半島’和‘遼西走廊’夾‘遼東灣’分列兩側。‘遼河平原’土壤肥沃,夏季高溫多雨,農業極盛。作物以高粱爲主。煤、鐵、鎂、油頁岩等天然資源極富;沿海多天然良港,工商業發達。省會‘瀋陽市’。

8【遼東半島】ㄌㄧㄠˊ ㄉㄨㄥ ㄅㄢˋ ㄉㄠˇ

位於我國東北,突出於‘渤海’、‘黃海’之間,爲東北地方進出的門戶。半島上以‘千山山脈’爲骨幹,地勢自東北向西南低降,高度多在400公尺以下。其海岸線曲折多島嶼,農漁鹽業發達,且煤、鐵、鎂等礦產豐富,工業甚盛。

【遼東白豕】ㄌㄧㄠˊ ㄉㄨㄥ ㄅㄞˊ ㄕˇ

比喻少見多怪。相傳‘遼東’人有豕,生子白頭,異而欲獻之,行至‘河東’,見羣豕皆白,乃慚愧而還。見“後漢書·朱浮傳”。

遹 ㄩˋ yü^4 音聿

①邪僻。見“說文”。②遵循。見“爾雅·釋詁”。

邆 ㄊㄥˊ t'êng^2 音騰 又讀 ㄌㄥˋ lêng^4 音蹬

參邆賧。

13【邆賧】ㄊㄥˊ ㄕㄢˇ

‘唐’時南蠻六詔之一。

遻 ㊀ㄜˋ o^4, ê^4 音愕

兩人相遇而十分驚訝。見“說文”。

㊁ㄨˋ wu^4 音誤

相遇。見“集韻”。

遺 ㊀ㄧˊ i^2 音夷

①亡失;脫漏。見“說文”。②丟棄;割捨。如:遺棄。③過失。如:遺行。④存留。如:遺愛。⑤便溺。如:小遺。⑥姓。‘漢’有‘遺登’。見“萬姓統譜·五”。

㊁ㄨㄟˋ wei^4 音未

通饋。①贈送。②交付。

5【遺民】ㄧˊ ㄇㄧㄣˊ

①指亡國的百姓。②指改朝換代後,不肯在新朝任職的人。

【遺世】ㄧˊ ㄕˋ

棄絕俗世;遁世。

6【遺老】ㄧˊ ㄌㄠˇ

①歷經世事,見多識廣的老人。②指改朝換代後的前朝舊臣。③先帝舊臣。

7【遺言】ㄧˊ ㄧㄢˊ

①遺囑。②前人留下的教訓。

【遺志】ㄧˊ ㄓˋ

先人還未實現的願望。

【遺尿】ㄧˊ ㄋㄧㄠˋ

(bed-wetting)主要因控制膀胱機能的神經系統發育緩慢所引起的疾病。有些小孩會因睡得太熟,無法起來小便而遺尿。此病具遺傳性,男童較女童易患。

8【遺孤】ㄧˊ ㄍㄨ

死者遺留下來的兒女。

【遺物】ㄧˊ ㄨˋ

①超然物外。②指死者生前所用的一切物品。③遺失的東西。④過去所留下來的東西。

9【遺恨】ㄧˊ ㄏㄣˋ

未盡的心願、理想;至死仍覺惋惜的事。

【遺風】ㄧˊ ㄈㄥ

①前代遺留下來的風尚。②餘音。③指良馬、千里馬。④指疾風。

【遺俗】ㄧˊ ㄙㄨˊ

以前留傳下來的習俗。

10【遺訓】ㄧˊ ㄒㄩㄣˋ

①前人留下的訓誨。②臨終的教誨。

【遺珠】ㄧˊ ㄓㄨ

比喻埋沒人才或遺漏精華。

【遺烈】ㄧˊ ㄌㄧㄝˋ

前人的功業。

【遺臭】ㄧˊ ㄔㄡˋ

流傳惡名於後世。

11【遺產】ㄧˊ ㄔㄢˇ

根據我國“民法”,遺產指被繼承人之積極財產而言。得由遺產繼承人中互推一人管理之;若繼承人之有無不明者,應由親屬會議選定遺產管理人,以管理、執行遺產有關之事務。至於其管理,分割及執行遺囑之費用,則由遺產中支付。

【遺族】ㄧˊ ㄗㄨˊ

死者的家族。

【遺教】ㄧˊ ㄐㄧㄠˋ

同遺訓。

12【遺跡】ㄧˊ ㄐㄧ

又作遺迹、遺蹟。①腳印。②前人留下的陳跡。包括事跡和遺物等。③遺忘形跡。指精神的超脫。

【遺蛻】ㄧˊ ㄕㄨㄟˋ

遺體。佛、道觀念中,認爲人死如蟬之蛻殼,故稱。

【遺愛】ㄧˊ ㄞˋ

仁心德澤遺留於後世。

【遺傳】ㄧˊ ㄔㄨㄢˊ

(heredity, inheritance)生物體的性狀特徵,經由親代及祖先傳遞至後代的現象。該性狀特徵係由染色體上的基因控制,當精卵結合時,染色體自由組合,使子代具有與親代相似的遺傳特質。

14【遺精】ㄧˊ ㄐㄧㄥ

(pollution)一種非經性行爲而在無意中漏出精液的射精現象。

【遺緒】ㄧˊ ㄒㄩˋ

先人未完成或留下的志業。

15【遺墨】ㄧˊ ㄇㄛˋ

生前所留下來的書畫。

16【遺澤】ㄧˊ ㄗㄜˊ

遺留後世的恩澤。

【遺憾】ㄧˊ ㄏㄢˋ

感到不滿、惋惜或歉疚。

19【遺贈】ㄧˊ ㄗㄥˋ

係遺囑人以遺囑對受遺贈人無償讓與財產上之利益。單純遺贈自遺贈人死亡時發生效力。受遺贈人如於遺囑發生效力前已死亡者,其遺贈不生效力。遺贈人以一定之財產爲遺贈,而其財產在繼承開始時有一部分不屬於遺產者,其一部分遺贈爲無效。全部不屬於遺產者,其全部遺贈爲無效。

但遺囑另有意思表示者從其意思。遺囑人因遺贈物滅失、毀損、變造或喪失物之占有而對於他人取得權利時，推定以其權利爲遺贈。以遺產之使用、收益爲遺贈，而遺囑未定返還期限，並不能依遺贈之性質定其期限者，以受遺贈人之終身爲其期限。受遺贈人在遺囑人死亡後得拋棄遺贈，遺贈之拋棄溯及遺囑人死亡時發生效力。遺贈無效或拋棄時，其遺贈之財產仍屬於遺產。

20【遺孀】　ㄧˊ　ㄕㄨㄤ
寡婦。

24【遺囑】　ㄧˊ　ㄓㄨˇ
1臨死前交代後人的話。2於生存時所爲，以死亡爲停止條件，關於其財產或事務處理之意見表示，稱爲遺囑。無行爲能力人，不得爲遺囑；限制行爲能力，無須經法定代理人之允許，得爲遺囑，但未滿十六歲者，不得爲遺囑。遺囑人於不違反特留分規定之範圍內，得以遺囑自由處分財產。遺囑依其制作方式之不同，可分：一、自書遺囑，二、公證遺囑，三、密封遺囑，四、代筆遺囑，五、口授遺囑，均須依法定方式爲之。

13【遺腹子】　ㄧˊ　ㄈㄨˋ　ㄗˇ
在丈夫生前懷孕而在丈夫死後纔生下來的孩子。

5【遺世獨立】　ㄧˊ　ㄕˋ　ㄉㄨˊ　ㄌㄧˋ
超然世外，與人無爭。

7【遺言墜緒】　ㄧˊ　ㄧㄢˊ　ㄓㄨㄟˋ　ㄒㄩˋ
前人留下的教訓及事業。

【遺忘曲線】　ㄧˊ　ㄨㄤˋ　ㄑㄩ　ㄒㄧㄢˋ
表示學習後遺忘過程的曲線。個人對某種事物學習完成後，如經過一段期間不再學習或回憶，則對原已學習的事物會產生遺忘現象，期間過得愈久，遺忘亦愈多。如以橫坐標表示期間，縱坐標表示遺忘量，則呈現出乚型曲線。

11【遺族範圍】　ㄧˊ　ㄗㄨˊ　ㄈㄢˋ　ㄨㄟˊ
在撫卹制度中，依規定可領撫卹金之遺族的範圍。如依"公務人員撫卹法"規定，亡故公務人員之父母、配偶、子女、寡媳、祖父母、孫子女、未成年或已成年不能謀生之兄弟姊妹，以及配偶之父母、祖父母而無人扶養者，均爲領撫卹金之遺族。爲免發生領撫卹金之糾紛，又規定請領之先後順位，如父母、配偶、子女、寡媳爲第一順位，祖父母、孫子女爲第二順位，未成年或已成年不能謀生之兄弟姊妹爲第三順位，無人扶養之配偶的父母、祖父母爲第四順位。

13【遺傳工程】　ㄧˊ　ㄔㄨㄢˊ　ㄍㄨㄥ　ㄔㄥˊ
(genetic engineering) 近年來，生物學家設法選取需要研究的基因(DNA)，與另一段來自不同生物的 DNA 互相接合，兩者的DNA經接合後，稱爲重組DNA。然後將重組 DNA 置入細菌或其他細胞中，該重組 DNA 便可在細胞中複製以產生多數所選取的基因，或產生該選取基因經轉錄轉譯以合成蛋白質。此種 DNA 的操作技術，屬遺傳工程的範圍。

【遺傳密碼】　ㄧˊ　ㄔㄨㄢˊ　ㄇㄧˋ　ㄇㄚˇ
(genetic code) 細胞內合成蛋白質時，DNA 核苷酸鏈上三個相鄰的含氮鹽基構成一組，用以決定一種胺基酸，這三個含氮鹽基稱爲遺傳密碼。

【遺傳觀眾】　ㄧˊ　ㄔㄨㄢˊ　ㄍㄨㄢ　ㄓㄨㄥˋ
(inherit audience) 觀眾在看完前面的節目之後，繼續收看後者，稱爲遺傳觀眾。此類觀眾多未具有自由選擇的意識，電視臺編排節目時刻意以頭等節目來帶動緊接著的次等節目。同理，前一個收視率低的節目，對後面較好的節目的收視率也會產生壞的影響。

24【遺囑方式】　ㄧˊ　ㄓㄨˇ　ㄈㄤ　ㄕˋ
遺囑之方式可分爲自書遺囑、公證遺囑、密封遺囑、代筆遺囑及口授遺囑。其中口授遺囑限於遺囑人因生命危急或其他特殊情形，不能依其他方式爲遺囑者，始得爲之。且自遺囑人能依其他方式爲遺囑之時起，經過三個月而失其效力。

【遺囑能力】　ㄧˊ　ㄓㄨˇ　ㄋㄥˊ　ㄌㄧˋ
得基於獨立自足之意思表示爲遺囑之資格。無行爲能力人，不得爲遺囑。限制行爲能力人，無須經法定代理人允許，亦得爲遺囑，但未滿十六歲者，不在此限。

11【遺產管理人】　ㄧˊ　ㄔㄢˇ　ㄍㄨㄢˇ　ㄌㄧˇ　ㄖㄣˊ
繼承開始時，繼承人之有無不明者，由親屬會議於一個月內選定遺產管理人，並將繼承開始及選定遺產管理人之事由向法院報明("民法"第一千一百七十七條)。亦即在繼承人之有無不明時始有選任遺產管理人之餘地。否則，如有繼承人，自應由繼承人管理遺產。遺產管理人之職務主要有：編製遺產清冊；爲保存遺產之必要處置；聲請公示催告公告被繼承人之債權人及受遺贈人於一年以上之特定期間內報明債權及爲願受遺贈與否之聲明，被繼承人之債權人及受遺贈人爲管理人所已知者，應分別通知之；清償債權及交付遺贈物；遺產之移交；遺產狀況之報告或說明等。遺產管理人之報酬由親屬會議酌定之，其受有報酬者，應負善良管理人之注意義務。

5【遺失物之拾得】　ㄧˊ　ㄕ　ㄨˋ　ㄓ　ㄕˊ　ㄉㄜˊ
有識別能力之人發現並占有他人遺失之動產，稱爲遺失物之拾得。遺失物拾得人應即通知其所有人；不知所有人或所有人所在不明者，應爲招領之揭示，或報告警署或自治機關。報告時，應將其物一併交存。其自爲揭示後，所有人不於相當期間認領者，拾得人仍應報告警署或自治機關，並將其物交存。遺失物經揭示，有人認領者，於揭示及保管費用受償還後，應將其物返還予遺失人，但拾得人對所有人(遺失人)得請求其物價值之十分之三。經揭示後六個月，所有人未認領者，拾得人原始取得遺失物之所有權。拾得遺失物不依上開程序揭示招領，反而意圖自己或第三人不法之所有侵占遺失物者，成立侵占遺失物罪。

11【遺產及贈與稅】 ㄧˊ ㄔㄢˇ ㄐㄧˊ ㄗㄥˋ ㄩˇ ㄕㄨㄟˋ
(estate and gift tax)包括遺產稅與贈與稅二者。遺產稅是人於死亡時遺有財產者，應就其遺產課徵稅捐，其目的是爲平均社會財富，亦含有補捉生前所遺漏的稅捐之意；贈與稅則對財產爲贈與者課稅，其主要目的爲防利用生前贈與以規避遺產稅，故亦爲遺產稅之輔助稅。

13

邅 ㄓㄢ chan¹ 音沾
參迍邅。

避 ㄅㄧˋ pi⁴ 音壁 又讀 ㄅㄟˋ pei⁴ 音背
1躲開。見"玉篇"。2離去。如：避位。

5【避世】 ㄅㄧˋ ㄕˋ
遠離世俗而隱居。

【避孕】 ㄅㄧˋ ㄩㄣˋ
避免懷孕。主要用以控制人口的增加。其法分永久性與暫時性兩種，前者如男女結紮；後者如計算安全期法、服避孕藥、裝子宮環套(包括樂普)、保險套等。

6【避地】 ㄅㄧˋ ㄉㄧˋ
1爲避禍亂而遷居他鄉。2隱居。

11【避匿】 ㄅㄧˋ ㄋㄧˋ
躲避；藏匿。

12【避暑】 ㄅㄧˋ ㄕㄨˇ
避開夏天的炎熱。

【避稅】 ㄅㄧˋ ㄕㄨㄟˋ
(tax avoidance) 指納稅人尋求法律漏洞，以達到免除納稅或減少納稅目的之行爲。類此行爲，雖不違反稅法的規定，並不能予以法律制裁，但卻有違立法精神，甚且被指責不合乎社會道德觀念。積極之道乃應修改稅法上的缺點，堵住漏洞。

16【避諱】 ㄅㄧˋ ㄏㄨㄟˋ
1避稱前賢或長輩的名字。2避免觸犯他人的忌諱。

9【避風港】 ㄅㄧˋ ㄈㄥ ㄍㄤˇ
(well sheltered port)由於海灣的天然形勢具有屏障巨大風浪的條件，而專供航路上之船舶駛入避難的港口。

【避風頭】 ㄅㄧˋ ㄈㄥ ㄊㄡˊ
暫時躲避對自己不利的情勢。

15【避震器】 ㄅㄧˋ ㄓㄣˋ ㄑㄧˋ
(absorber)安裝於車架與車輪軸間，用來緩和汽車從路面所受之衝擊的裝置。

7【避坑落井】 ㄅㄧˋ ㄎㄥ ㄌㄨㄛˋ ㄐㄧㄥˇ
比喩躲避一禍害反遭到另一更大的災難。

9【避重就輕】 ㄅㄧˋ ㄓㄨㄥˋ ㄐㄧㄡˋ ㄑㄧㄥ
1避開艱難繁重，而選擇輕鬆容易。2說話支吾，避開重要部分，而用無關緊要的話敷衍。

遽 ㄐㄩˋ chü⁴ 音據
1驛車。見"說文"。2急速；倉猝。3惶懼。見"字彙"。

9【遽信】 ㄐㄩˋ ㄒㄧㄣˋ
立刻相信；輕易相信。

12【遽然】 ㄐㄩˋ ㄖㄢˊ
1匆促的樣子；疾速的樣子。2突然。

15【遽增】 ㄐㄩˋ ㄗㄥ
急速增加。

8【遽返道山】 ㄐㄩˋ ㄈㄢˇ ㄉㄠˋ ㄕㄢ
突然去世。用於男性的輓詞。

邁 ㄇㄞˋ mai⁴ 音賣
1遠行；前行。見"說文"。2逝去；過去。如：日月逾邁。3超過；跨越。4衰老。如：年邁。5勉力。通勱。如：邁德。

還 ㊀ ㄏㄨㄢˊ huan² 音環
1返回；回復。見"說文"。2退下。見"字彙"。3償付。如：還債。4圍繞。5㊂的讀音。6姓。'春秋'有'還無社'。見"萬姓統譜·二六"。
㊁ ㄏㄞˊ hai² 音孩
1猶；尚。2再；又。3更加。
㊂ ㄒㄩㄢˊ hsüan² 音旋
1同㊀4。2旋轉。通旋。3隨即。

4【還丹】 ㄏㄨㄢˊ ㄉㄢ
道教語1金丹的別稱。丹砂燒成水銀，積變又還成丹砂之色，故名還丹。據說能令老者返壯，死者返活，枯者返榮。2九丹之一。另有小還丹、大還丹、金液還丹、玉液還丹等多種專名。

9【還俗】 ㄏㄨㄢˊ ㄙㄨˊ
指僧尼、道士或神父、修女，中途放棄修行，重返世俗生活。

10【還原】 ㄏㄨㄢˊ ㄩㄢˊ
1恢復原來的狀態。2(reduction)氧化的逆向過程。狹義的定義，指從氧化物移去氧的反應。廣義的定義，則指物質得到電子的反應。3(recover)在算式演算完後，按原運算順序逆運算，可以回復原式，稱爲還原。由還原可以驗證運算有無錯誤。

14【還魂】 ㄏㄨㄢˊ ㄏㄨㄣˊ
人死又復活。也稱回魄。

17【還擊】 ㄏㄨㄢˊ ㄐㄧˊ
反擊。

19【還願】 ㄏㄨㄢˊ ㄩㄢˋ
實踐諾言。指向神明祈求以後，得遂所願，則依祈願時的承諾祭神酬謝。

10【還原乳】 ㄏㄨㄢˊ ㄩㄢˊ ㄖㄨˇ
(reconstituted milk) 將牛乳製成奶粉貯藏，於飲用時恢復原來之液狀者。通常是將全脂奶粉或全脂濃縮乳加水稀釋至原來乳之濃度。藉此可調度市場所需，維持供求均衡,補充生乳生產之不足。

【還原焰】 ㄏㄨㄢˊ ㄩㄢˊ ㄧㄢˋ

(reducing flame) 氣體火焰中,如乙炔與氧氣排出量比例爲1:0.85～0.95間,則燃燒生成的火焰稱爲還原焰。此時多餘的乙炔會使羽部長度變長,外焰心也因多餘的乙炔再燃燒而使火焰明亮些。此種火焰具有滲碳的功能,故又名碳化焰。

【還原劑】 ㄏㄨㄢˊ ㄩㄢˊ ㄐㄧˋ

(reducing agent)在氧化還原反應中失去電子,本身發生氧化的物質,稱爲還原劑。

【還原電位】 ㄏㄨㄢˊ ㄩㄢˊ ㄉㄧㄢˋ ㄨㄟˋ

(reduction potential)各元素或離子在陰極反應趨勢的強弱,即各元素或離子獲得電子(被還原)的趨勢大小,稱之。還原電位愈大的物質,愈容易獲得電子。

遾 ㄕˋ *shih*^{4} 音逝
①逮;及。見"字彙"。②遠。見"字彙補"。

邂 ㄒㄧㄝˋ *hsieh*^{4} 音謝
參邂逅。

10【邂逅】 ㄒㄧㄝˋ ㄍㄡˋ

無意中相遇。

邀 ㄧㄠ *yao*^{1} 音腰
①攔截。②迎接。③求取。如:邀功。④約定;請求。如:邀請。

5【邀功】 ㄧㄠ ㄍㄨㄥ

求取功勞。

15【邀賞】 ㄧㄠ ㄕㄤˇ

求取獎賞。

14

邃 ㄙㄨㄟˋ *sui*^{4} 音遂
深遠。見"說文"。

5【邃古】 ㄙㄨㄟˋ ㄍㄨˇ

遠古。

11【邃密】 ㄙㄨㄟˋ ㄇㄧˋ

深密。

邇 ㄦˇ *êrh*^{3} 音爾
①不遠;近處。如:名聞遐邇。②接近。如:不邇聲色。③淺近。如:邇言。

8【邇來】 ㄦˇ ㄌㄞˊ

近來。

邈 ㄇㄧㄠˇ *miao*^{3} 音藐
①廣遠;久遠。見"洪武正韻"。②輕視。通藐。見"集韻"。

18【邈邈】 ㄇㄧㄠˇ ㄇㄧㄠˇ

①遙遠的樣子。②憂悶的樣子。

邉 邊的俗體。

15

邋 ㊀ ㄌㄧㄝˋ *lieh*^{4} 音列
旌旗搖動的樣子。見"字彙補"。
㊁ ㄌㄚˊ *la*^{2}
參邋遢。

14【邋遢】 ㄌㄚˊ ·ㄊㄚ

①做事糊塗的樣子。②行走的樣子。③骯髒;凌亂。

邌 ㄌㄧˊ *li*^{2} 音黎
①細小的樣子。見"玉篇"。②慢慢行走的樣子。見"廣韻"。

邊 ㄅㄧㄢ *pien*^{1} 音編
①旁;近側。如:街邊。②方位;方面。如:東邊。③(arm)角的邊。在有向角中,角的邊分始邊及終邊。④姓。'明'有'邊貢'。見"萬姓統譜·二八"。

5【邊功】 ㄅㄧㄢ ㄍㄨㄥ

在邊境抗敵所建的功勞。

7【邊沁】 ㄅㄧㄢ ㄑㄧㄣˋ

(Jeremy Bentham,1748～1832)'英國'思想家。爲功利主義的創始者。主張社會制度是以最大多數人的利益爲依歸,個人及政府的行爲必須合乎最大多數人的福祉。一生致力於批判、改革各種社會制度的努力上。重要的著作有"政府論"(*Fragment on Government*)、"道德與立法原理"(*Introduction to the Principles of Moral and Legislation*)等。

邊沁像

【邊材】 ㄅㄧㄢ ㄘㄞˊ

(sapwood)位於心材外方的木材。材質較鬆,收縮性大,易腐爛。

【邊防】 ㄅㄧㄢ ㄈㄤˊ

邊地的防務。

9【邊城】 ㄅㄧㄢ ㄔㄥˊ

邊疆地區的城堡。

11【邊務】 ㄅㄧㄢ ㄨˋ

邊疆的防務。

【邊患】 ㄅㄧㄢ ㄏㄨㄢˋ

邊境上的外患。

12【邊隅】 ㄅㄧㄢ ㄩˊ

邊疆;邊陲。

【邊陲】 ㄅㄧㄢ ㄔㄨㄟˊ

邊境;邊疆。

【邊幅】 ㄅㄧㄢ ㄈㄨˊ

①布帛或紙張的寬窄度。②比喻儀容、舉止和衣著。③比喻文章的潤飾。

13【邊塞】 ㄅㄧㄢ ㄙㄞˋ

邊境的關塞。

14【邊境】 ㄅㄧㄢ ㄐㄧㄥˋ

邊界附近的地區。

【邊際】 ㄅㄧㄢ ㄐㄧˋ

①邊界。②頭緒;端倪。

【邊鄙】 ㄅㄧㄢ ㄅㄧˇ

靠近邊界的地區。

15【邊樁】 ㄅㄧㄢ ㄓㄨㄤ

(batter board)房屋施工開挖前,在距各角隅點約0.5公尺以外處,首先釘立由垂直樁與水平板組成的結構。其作用在於角隅樁挖失後,能重新標出房屋邊緣各線及各邊線交點,供作以後施工的依據。

【邊緣】 ㄅㄧㄢ ㄩㄢˊ

周圍。

【邊線】 ㄅㄧㄢ ㄒㄧㄢˋ

分隔報刊或廣告的標題、內容所用的邊緣線條。呈直線、波紋、雙線條和星星等各種形狀。使用鉛字拼版時,邊線由鉛條製成。在照相製版剪貼製稿的過程中,邊線則印在有背膠的紙上或透明膠帶上,甚至可用製圖筆直接將邊線畫在原稿上。

19【邊疆】 ㄅㄧㄢ ㄐㄧㄤ
邊境。

【邊關】 ㄅㄧㄢ ㄍㄨㄢ
邊界上的關塞。

4【邊心距】 ㄅㄧㄢ ㄒㄧㄣ ㄐㄩˋ
(apothem)從正多邊形的中心到邊的垂線段或其長度。

9【邊界層】 ㄅㄧㄢ ㄐㄧㄝˋ ㄘㄥˊ
(boundary layer)流體流經一物體時,受物體表面摩擦影響而產生之緊貼於物體表面的薄流層。邊界層外的流體爲自由流體,其運動不受影響。邊界層的厚度通常以其流體速度達自由流體速度的99%爲準。

13【邊塞詩】 ㄅㄧㄢ ㄙㄞˋ ㄕ
以邊塞爲題材的詩歌。盛行於'唐',體裁以七言歌行及絕句爲主;內容多寫邊塞景物及征戰場面。代表作家有'王昌齡'、'王之渙'、'岑參'、'高適'等。

14【邊爾生】 ㄅㄧㄢ ㄦˇ ㄕㄥ
(Bjørnstjerne Martinius Bjørnson, 1832~1910)'挪威'詩人、劇作家、小說家。西元1903年'諾貝爾'文學獎得主。最著名的劇作有"破產"(*Enfallit*)、"編輯人"(*Redaktøren*),小說有"索爾巴墾"(*Synnøve solbakken*)、"阿諾"(*Arne*)及抒情詩、政論文等。作品中處處流露對國家及人民的關愛。

邊爾生像

【邊際人】 ㄅㄧㄢ ㄐㄧˋ ㄖㄣˊ
(marginal man) 稱未充分參與任何社會團體或同時參與對立之兩個以上的團體,而行爲比較浮動尚未定型的個人。邊際人社會地位較低,情緒多不穩定。如移民和他們的後裔、混血人等,由於受兩種文化的衝突,產生兩面性的價值體系。

【邊際地】 ㄅㄧㄢ ㄐㄧˋ ㄉㄧˋ
(marginal land) 1指圍繞在都市區域邊緣的土地。其原爲農地者,在都市擴大過程中,將逐漸轉變成住宅、工業、娛樂或其他都市用地。2指土地的品質或區位不良,供任何使用,其所需的成本與收益相等。此類邊際土地通常不會被利用,除非影響土地使用的某種因素發生變化,使其收益足以超過成本。

【邊際人格】 ㄅㄧㄢ ㄐㄧˋ ㄖㄣˊ ㄍㄜˊ
(borderline personality)個體的人際關係雖熱情,然具喜作弄、情緒欠穩定、又易發怒的人格傾向。

【邊際分析】 ㄅㄧㄢ ㄐㄧˋ ㄈㄣ ㄒㄧ
(marginal analysis)當增加一個額外的單位投入時,觀察所能獲得的額外產出,並比較此一額外投入成本(即邊際成本)與額外產出收益(即邊際收益)的一種分析方法。當邊際收益大於邊際成本時,應再繼續投入,反之則應減少投入,一直到二者相等爲止,即達最佳狀況(如達到最大利潤或最低成本)。經濟學上,當邊際收益等於邊際成本時可決定最佳產量,爲一典型的邊際分析。

【邊際成本】 ㄅㄧㄢ ㄐㄧˋ ㄔㄥˊ ㄅㄣˇ
(marginal cost)廠商每增加一單位產品的生產,總成本的增加量稱爲邊際成本。如生產10單位,總成本100元,生產11個單位,總成本115元,則邊際成本爲15元。

【邊際收入】 ㄅㄧㄢ ㄐㄧˋ ㄕㄡ ㄖㄨˋ
(marginal revenue)廠商每增加一單位產品的銷售,其總收入的增加量。即第n單位產品的邊際收入=銷售n單位產品的總收入-銷售$(n-1)$單位產品的總收入。

【邊際效用】 ㄅㄧㄢ ㄐㄧˋ ㄒㄧㄠˋ ㄩㄥˋ
(marginal utility)消費者使用或保有某種財貨,心理上所感到的滿足程度,稱爲效用。消費者所使用或保有的某種財貨若增加一單位,其總效用的增加量,稱爲邊際效用。如消費者使用或保有4件襯衣時,其總效用爲200,若增加爲5件,其總效用增加爲240,則第5件襯衣的邊際效用便爲40。

【邊際產出】 ㄅㄧㄢ ㄐㄧˋ ㄔㄢˇ ㄔㄨ
(marginal product)在技術水準與固定生產要素不變的條件下,額外變動一單位可變生產要素的使用所引起總產出改變的數量。

【邊際稅率】 ㄅㄧㄢ ㄐㄧˋ ㄕㄨㄟˋ ㄌㄩˋ
(marginal tax rate)指稅收增加數額與稅基增加數額的比值。亦即隨稅基增加,其適用稅率增加的程度。如以Y代表所得,T代表租稅,t代表稅率,則邊際稅率可以下面公式表示之:$t=dT/dY$。

15【邊緣地區】 ㄅㄧㄢ ㄩㄢˊ ㄉㄧˋ ㄑㄩ
(rimland) 和心臟地區相對。指'德國'、'法國'、'奧國'、'土耳其'、'印度'、'東南亞'和我國東南部等地區所形成的內新月形地帶。爲強調海權觀念的'美'人'斯匹克曼'(N. J. Spykman)所創,認爲:「誰控制邊緣地區,誰就統治'歐''亞'大陸;誰統治'歐''亞'大陸,誰就控制世界命運。」

【邊緣福利】 ㄅㄧㄢ ㄩㄢˊ ㄈㄨˊ ㄌㄧˋ
(fringe benefits) 指公務人員在正式薪俸之外所附加的福利性給與。如假期、病假、團體保險、養老金等。

14【邊際替代率】 ㄅㄧㄢ ㄐㄧˋ ㄊㄧˋ ㄉㄞˋ ㄌㄩˋ
(marginal rate of substitution)也稱邊際替換率。爲維持消費者的偏好不變,若增加某一種財貨的使用品,則必須減少另一種財貨的使用量,這兩種財貨變動量比率的絕對值,稱爲邊際替代率。若以ΔY及ΔX表示X及Y兩種財貨的變動量,則邊際替代率的公式爲 $MRS_{xy}=\Delta Y/\Delta X$。

【邊際轉換率】 ㄅㄧㄢ ㄐㄧˋ ㄓㄨㄢˇ ㄏㄨㄢˋ ㄌㄩˋ

(marginal rate of transformation; MRT)在生產因素使用量不變的情況下,每增加額外一單位的X產品產量與所必須放棄的Y產品產量的相對比率。以公式表示,即$-\Delta Y/\Delta X$,上式中ΔY表Y產品的變動量,ΔX表X產品的變動量。

【邊境交貨條件】 ㄅㄧㄢ ㄐㄧㄥˋ ㄐㄧㄠ ㄏㄨㄛˋ ㄊㄧㄠˊ ㄐㄧㄢˋ

(delivered at frontier; DAF)爲定型貿易條件的一種。依此條件交易時,賣方須負擔將貨物運至指定邊境關卡交貨地的風險及費用;買方則須於邊境關卡交貨地提取貨物,並負責嗣後貨物的一切費用及風險。此條件多用於利用鐵、公路運輸或其他類型運輸的陸地毗鄰國家間的交易。

【邊際成本取價】 ㄅㄧㄢ ㄐㄧˋ ㄔㄥˊ ㄅㄣˇ ㄑㄩˇ ㄐㄧㄚˋ

(marginal-cost pricing)以價格等於邊際成本,作爲公用事業取價的方法。此種取價方法可使社會福利達到最大,社會資源得到最有效的派用,但有時會有經濟損失發生,而需政府的補貼。

【邊際收入產出】 ㄅㄧㄢ ㄐㄧˋ ㄕㄡ ㄖㄨˋ ㄔㄢˇ ㄔㄨ

(marginal revenue product; MRP)若其他生產因素的使用量不變,某一生產因素的使用量增加一單位,所增加的邊際實物產出,乘以產品的邊際收入稱之。

【邊際投資傾向】 ㄅㄧㄢ ㄐㄧˋ ㄊㄡˊ ㄗ ㄑㄧㄥ ㄒㄧㄤˋ

(marginal propensity to invest; MPI)每增加一單位國民所得所引起投資增加的比率。以公式表示,即 $MPI=\Delta I/\Delta Y$, ΔI 表投資變動量, ΔY 表國民所得變動量。

【邊際消費傾向】 ㄅㄧㄢ ㄐㄧˋ ㄒㄧㄠ ㄈㄟˋ ㄑㄧㄥ ㄒㄧㄤˋ

(marginal propensity to consume; MPC)增加的消費對增加所得的比率。以符號表示,即 $MPC=\Delta C/\Delta Y$, ΔC 爲消費的增加量, ΔY爲可支用所得的增加量。

【邊際產出價值】 ㄅㄧㄢ ㄐㄧˋ ㄔㄢˇ ㄔㄨ ㄐㄧㄚˋ ㄓˊ

(value of marginal product; VMP)若其他生產因素的使用量不變,某一生產因素的使用量增加一單位,所增加的邊際實物產出,乘以產品的市場價格稱之。

【邊際進口傾向】 ㄅㄧㄢ ㄐㄧˋ ㄐㄧㄣˋ ㄎㄡˇ ㄑㄧㄥ ㄒㄧㄤˋ

(marginal propensity to import; MPI)國民所得變動所引起進口變動的相對比率。以公式表示,即$MPI=\Delta M/\Delta Y$, ΔM表進口的變動量, ΔY 表所得的變動量。

【邊際儲蓄傾向】 ㄅㄧㄢ ㄐㄧˋ ㄔㄨˊ ㄒㄩˋ ㄑㄧㄥ ㄒㄧㄤˋ

(marginal propensity to save; MPS) 儲蓄變動量對可支配所得水準變動量的比率,表示可支配所得每額外變動一塊錢時,其中留作儲蓄的比例是多少。以公式表示,即 $MPS=\Delta S/\Delta Y$, ΔS 表儲蓄的變動量, ΔY表可支配所得變動量。

【邊際技術替代率】 ㄅㄧㄢ ㄐㄧˋ ㄐㄧˋ ㄕㄨˋ ㄊㄧˋ ㄉㄞˋ ㄌㄩˋ

(marginal rate of technical substitution; MRTS)在等產量曲線上,爲維持一定的產量水準,一種生產要素每額外增加一單位使用,則另一種生產要素就必須減少若干使用的數量,此後者對前者的比率即是邊際技術替代率。以公式表示,即 $MRTS=-\Delta Y/\Delta X$, ΔY 表生產要素Y的變動量, ΔX表生產要素X的變動量。爲使此一比率爲正,故加一負號。

【邊際效用均等法則】 ㄅㄧㄢ ㄐㄧˋ ㄒㄧㄠˋ ㄩㄥˋ ㄐㄩㄣ ㄉㄥˇ ㄈㄚˇ ㄗㄜˊ

(principle of equal marginal utility)又稱最大法則。當消費者花在各種財貨與勞務的最後一塊錢,所獲得的邊際效用均相等時,總效用達到最大。

【邊際效用遞減法則】 ㄅㄧㄢ ㄐㄧˋ ㄒㄧㄠˋ ㄩㄥˋ ㄉㄧˋ ㄐㄧㄢˇ ㄈㄚˇ ㄗㄜˊ

(law of diminishing marginal utility)當消費者保有或消費某項財貨的數量增加時,該財貨的總效用雖增加,但邊際效用則遞減。亦即每增加一單位財貨,總效用的增加量遞減。如消費者所擁有的水量過少時,必先滿足其最重要的慾望(即飲用與烹煮食物)以維持生命,故其邊際效用極高;當水量較多時,則可進一步用於滿足次要及不重要之慾望(如沐浴、洗衣、澆花、洗車等),故其邊際效用乃逐漸遞減。

【邊際報酬遞減法則】 ㄅㄧㄢ ㄐㄧˋ ㄅㄠˋ ㄔㄡˊ ㄉㄧˋ ㄐㄧㄢˇ ㄈㄚˇ ㄗㄜˊ

(law of diminishing marginal rate of return)指當所使用之其他生產因素的數量不變,某一生產因素的使用量不斷增加時,則此一生產因素的邊際報酬有逐漸遞減的現象。

【邊際資本產出比率】 ㄅㄧㄢ ㄐㄧˋ ㄗ ㄅㄣˇ ㄔㄢˇ ㄔㄨ ㄅㄧˇ ㄌㄩˋ

(incremental capital-output ratio; ICOR)額外生產一單位的產出與所需增加之資本量的相對比率。例如邊際資本產出比率爲3:1,表示生產額外一單位的產出,需要增加三單位的資本。

【邊際收入-邊際成本分析】 ㄅㄧㄢ ㄐㄧˋ ㄕㄡ ㄖㄨˋ ㄅㄧㄢ ㄐㄧˋ ㄔㄥˊ ㄅㄣˇ ㄈㄣ ㄒㄧ

(marginal revenue-marginal cost analysis)廠商以邊際收入等於邊際成本來決定產量,可達到利潤最大或損失最小的均衡。此一原則可以應用到任何追求利益最大或損失最小的經濟決策分析。

【邊際技術替代率遞減法則】 ㄅㄧㄢ ㄐㄧˋ ㄐㄧˋ ㄕㄨˋ ㄊㄧˋ ㄉㄞˋ ㄌㄩˋ ㄉㄧˋ ㄐㄧㄢˇ ㄈㄚˇ ㄗㄜˊ
(law of diminishing marginal rate of technical substitution)在等產量曲線上,為維持一定的產量水準,一種生產要素若不斷增加其使用量,則其對另一種生產要素的替代能力不斷遞減。即$\Delta X\uparrow\rightarrow-\Delta Y/\Delta X\downarrow$。參邊際技術替代率。

16

邍 ㄩㄢˊ yüan² 音元
高而平的土地,通作原。見"說文"。

19

邐 ㄌㄧˇ li³ 音里
紆迴地行走。見"說文"。

9【邐迤】 ㄌㄧˇ ㄧˇ
曲折連延的樣子。

邏 ㄌㄨㄛˊ lo², luo² 音羅
①巡行。如:巡邏。②遮掩。如:遮邏。

11【邏娑】 ㄌㄨㄛˊ ㄕㄚ
古地名。'唐''吐蕃'都城。即今'西藏'的'拉薩'。也作'邏娑'、'邏些'。

16【邏輯和】 ㄌㄨㄛˊ ㄐㄧˊ ㄏㄜˊ
(logic sum) 經由邏輯加法或是或運算計算所得的結果。

【邏輯階】 ㄌㄨㄛˊ ㄐㄧˊ ㄐㄧㄝ
(logic level)在數位電路系統中,代表0或1之電壓準位。

【邏輯閘】 ㄌㄨㄛˊ ㄐㄧˊ ㄓㄚˊ
(logic gate)由電子元件所設計而成的電路。可以執行'布林'代數的各種邏輯運算。經常使用的邏輯閘之眞值表、符號及電路例,可圖示如下:

邏輯機能	邏輯符號與邏輯式	電路例	眞理值表
及閘	A, B → F $F=A\cdot B$	$+V_{CC}$, A, B, F	A B F 0 0 0 0 1 0 1 0 0 1 1 1
或閘	A, B → F $F=A+B$	$+V_{CC}$, A, B, F	A B F 0 0 0 1 0 1 0 1 1 1 1 1
反閘	A → F $F=\overline{A}$	$+V_{CC}$, A, F	A B F 0 1 1 0

邏輯閘圖

【邏輯圖】 ㄌㄨㄛˊ ㄐㄧˊ ㄊㄨˊ
(logic diagram)將邏輯設計的結果以圖形表示,此圖形即稱為邏輯圖。可表示電腦系統中各組成部分彼此間的關係。

【邏輯學】 ㄌㄨㄛˊ ㄐㄧˊ ㄒㄩㄝˊ
(logic)研究正確之推論形式的學科。又名理則學、名學、辨學、論理學等。

【邏輯元件】 ㄌㄨㄛˊ ㄐㄧˊ ㄩㄢˊ ㄐㄧㄢˋ
(logic element)邏輯電路中可執行基本邏輯運算的電子元件。如或閘、反閘等。

【邏輯比較】 ㄌㄨㄛˊ ㄐㄧˊ ㄅㄧˇ ㄐㄧㄠˋ
(logical comparison) 邏輯運算中用來比較兩項資料是否完全相同的運算。

【邏輯加法】 ㄌㄨㄛˊ ㄐㄧˊ ㄐㄧㄚ ㄈㄚˇ
(logical add) 即'布林'代數中的加法。也就是或運算。

【邏輯指令】 ㄌㄨㄛˊ ㄐㄧˊ ㄓˇ ㄌㄧㄥˋ
(logic instruction) 電腦指令集中可執行邏輯運算的指令。

【邏輯乘法】 ㄌㄨㄛˊ ㄐㄧˊ ㄔㄥˊ ㄈㄚˇ
(logical multiply)即'布林'代數中的乘法。也就是及運算。

【邏輯設計】 ㄌㄨㄛˊ ㄐㄧˊ ㄕㄜˋ ㄐㄧˋ
(logic design)對電腦系統內各組成部分之間的關係進行規劃,並以圖形、符號的方式表達規劃的內容,稱為邏輯設計。為系統設計中的一個步驟。

【邏輯常數】 ㄌㄨㄛˊ ㄐㄧˊ ㄔㄤˊ ㄕㄨˋ
(logical constant)即'布林'常數。參布林常數。

【邏輯移位】 ㄌㄨㄛˊ ㄐㄧˊ ㄧˊ ㄨㄟˋ
(logical shift) 電腦內對資料的一種移位運算。邏輯移位對於資料的全部內容都作相同的移位運算,包括向左或向右移位、循環或非循環移位。

【邏輯運算】 ㄌㄨㄛˊ ㄐㄧˊ ㄩㄣˋ ㄙㄨㄢˋ
(logic operation) 係照邏輯的規則所進行的運算。又稱'布林'運算。如邏輯加法、邏輯乘法等。

【邏輯電路】 ㄌㄨㄛˊ ㄐㄧˊ ㄉㄧㄢˋ ㄌㄨˋ
(logic circuit) 由電子元件所構成,能夠實現邏輯函數或表達邏輯運算的電路。

【邏輯資料】 ㄌㄨㄛˊ ㄐㄧˊ ㄗ ㄌㄧㄠˋ
(logical data) 電腦程序內具有邏輯型態的資料。即只能表示眞或假的資料。

【邏輯裝置】 ㄌㄨㄛˊ ㄐㄧˊ ㄓㄨㄤ ㄓˋ
(logic device) 可以執行邏輯運算的裝置。

【邏輯算子】 ㄌㄨㄛˊ ㄐㄧˊ ㄙㄨㄢˋ ㄗˇ
(logic operator) 表示邏輯運算的符號。

【邏輯表達式】 ㄌㄨㄛˊ ㄐㄧˊ ㄅㄧㄠˇ ㄉㄚˊ ㄕˋ
(logical expression) 電腦程式中的一種表達式。經過運算後可以得到一邏輯值或邏輯常數。

【邏輯實證論】 ㄌㄨㄛˊ ㄐㄧˊ ㄕˊ ㄓㄥˋ ㄌㄨㄣˋ
(logical positivism) 又名邏輯經驗論(logical empiricism)。是'施

立克'(Moritz Schlick)所領導的'維也納'學圈所發展出來的哲學學說。主張任何理論或學說,必須與感官經驗有邏輯上的關聯,才有認知的意義。傳統形上學因不具備此種認知意義,故為此派所摒棄。

邑部

邑　ㄧˋ i4 音意
①京城。見"說文"。②泛稱諸侯的封地或大夫的采地。③城市;聚落。如:通都大邑。

3

邙　ㄇㄤˊ mang2 音忙
①古邑名。在今'河南''洛陽''北芒山'上。②姓。五代'南唐'有'邙燦'。見"萬姓統譜·五二"。

邗　ㄏㄢˊ han2 音寒
①古地名。在今'江蘇省''江都縣'。②姓。'明'有'邗端'。見"萬姓統譜·二五"。

邘　ㄩˊ yü2 音于
'周武王'之子的封邑。在今'河南省''沁陽縣'西北。

邔　ㄑㄧˇ ch'i3 音起　又讀　ㄐㄧˋ chi4 音記
舊縣名。故城在今'湖北省''自忠縣'東北。

邛　ㄑㄩㄥˊ ch'iung2 音窮
①土丘。見"正字通"。②勞;病。見"正字通"。③姓。'明'有'邛林'。見"萬姓統譜·二"。

邕　ㄩㄥ yung1 音雍
①環繞在城郭四周的天然護城河。見"說文"。②和睦。通雍。③堵塞。通壅。見"字彙"。

4

邡　ㄈㄤ fang1 音方
謀慮。見"字彙"。

邟　㊀ ㄎㄤˋ k'ang4 音抗　又讀　ㄎㄤ k'ang1 音康
舊縣名。在今'河南省''臨汝縣'。
㊁ ㄏㄤˊ hang2 音杭
地名。也作'杭'。參餘杭。

邥　ㄕㄣˇ shên3 音瀋
古國名。在今'河南省'境內。通作'沈'。見"廣韻"。

邞　ㄈㄨ fu1 音夫　又讀　ㄈㄨˊ fu2 音扶
舊縣名。'漢'置,屬'琅邪郡'。在今'山東省''膠縣'西南。

䢵　郎的或體。

邢　ㄒㄧㄥˊ hsing2 音形
或作'郉'。①'周公'之子的封邑。在今'河北省''邢臺縣'西南。見"說文"。②姓。'宋'有'邢昺'。見"萬姓統譜·五五"。

9【邢昺】　ㄒㄧㄥˊ ㄅㄧㄥˇ
(932～1010)'北宋''濟陰'(今'山東''曹縣'西北)人,字'叔明'。'太宗'時官至禮部尚書。'眞宗'時為翰林侍講學士。曾與'孫奭'等校定"周禮"、"儀禮"、"公羊傳"、"穀梁傳"及"孝經"、"論語"、"爾雅義疏"等書。

邧　ㄩㄢˊ yüan2 音元　又讀　ㄩㄢˇ yüan3 音遠
'春秋'時'秦'邑。在今'陝西省''澄城縣'境內。見"廣韻"。

那　㊀ ㄋㄨㄛˊ no2, nuo2 音挪
①多。見"字彙"。②「奈何」二字的合音。③移動。通挪。④姓。'南北朝'有'那椿諾'。見"萬姓統譜·三五"。
㊁ ㄋㄚˋ na4 音納
稱代詞。遠指人、物、地方。與這相對。如:那地方。
㊂ ㄋㄟˋ nei4 音內
稱代詞。「那」(ㄋㄚˋ)和「一」的合音。遠指單一的人、物或地方。
㊃ ㄋㄚˇ na3
①何;怎麼。如:那能。②奈。
㊄ ㄋㄟˇ nei3 音餒
稱代詞。「那」(ㄋㄚˇ)和「一」的合音。表疑問。同哪。
㊅ ㄋㄜˋ nê4
同㊁。
㊆ ㄋㄨㄛˋ no4, nuo4 音諾
歎詞。同哪。
㊇ ·ㄋㄚ ·na
助詞。同哪。
㊈ ㄋㄚ na1
同㊀④。

15【那廝】　ㄋㄚˋ ㄙ
那個傢伙。含鄙視的意思。

4【那比派】　ㄋㄚˋ ㄅㄧˇ ㄆㄞˋ
(Nabis) 西元1891年在'巴黎''朱利安藝術學院'的成員所成立的畫會。由於受到'塞魯西葉'(Sérusier)的影響,遂轉向'高更'似的富於裝飾性色彩和象徵性內涵的平塗性畫面。除繪畫外,尚有版畫、雕刻、舞臺設計、衣飾和視覺設計等作品。代表畫家有'波納爾'(Bonnard)、'德尼'(Denis)和'烏依亞爾'(Vuillard)等人。

16【那壁廂】　ㄋㄚˋ ㄅㄧˋ ㄒㄧㄤ
那邊。

11【那密比亞】　ㄋㄚˋ ㄇㄧˋ ㄅㄧˇ ㄧㄚˋ
(Namibia) 位於'非洲'南部的國家。原名'西南非',為'英國'殖民地,後由'南非'託管,西元1990年3月脫離'南非'而獨立。面積82.3萬方公里,人口127.0萬(1989年),首都'文豪克'(Windhoek)。境內大多為900～1,200公尺的沙漠或半沙漠高原。主產銅、錫、鉛、鑽石和鹽、漁獲,並為世界羔羊皮主要供應地。

邨　村的本字。

邪　㊀ ㄒㄧㄝˊ hsieh2 音斜
①不正。如:邪念。②妖異怪誕的事。如:妖邪。③指風、寒、暑、溼、燥、火等病因。參六淫。
㊁ ㄧㄝˊ yeh2 音耶
助詞。①表疑問或感歎。同耶。②表決定。同也。

三 ㄩˊ yü² 音餘
多餘。通餘。見"說文通訓定聲"。
四 ㄒㄩˊ hsü² 音徐
緩慢。通徐。見"正字通"。
五 ㄒㄧㄚˊ hsia² 音匣
同一。

6【邪妄】 ㄒㄧㄝˊ ㄨㄤˋ
不正當;不誠實。

7【邪佞】 ㄒㄧㄝˊ ㄋㄧㄥˋ
奸邪的小人。

8【邪念】 ㄒㄧㄝˊ ㄋㄧㄢˋ
邪惡的念頭。

11【邪術】 ㄒㄧㄝˊ ㄕㄨˋ
邪惡的方術。

14【邪說】 ㄒㄧㄝˊ ㄕㄨㄛ
不正的言論或主張。

15【邪僻】 ㄒㄧㄝˊ ㄆㄧˋ
乖戾不合理。

8【邪門兒】 ㄒㄧㄝˊ ㄇㄜˊㄦ
指事情出乎意料之外或不合乎常軌。

21【邪魔外道】 ㄒㄧㄝˊ ㄇㄛˊ ㄨㄞˋ ㄉㄠˋ
1佛家以不正確思想、行爲,足以引人痛苦、煩惱,折磨修行人者爲邪魔;佛法以外的各種宗教、哲學爲外道。2不正派。

邠 ㄅㄧㄣ pin¹ 音賓
古國名。也作'豳'。在今'陝西省''邠縣'。

邦 ㄅㄤ pang¹ 音幫
1國。如:多難興邦。2指都城。3(barn)原子核截面積單位。一邦等於 $10^{-24}cm^2$ 或 $10^{-28}m^2$。4姓。'明'有'邦嚴'。見"萬姓統譜·三"。

6【邦交】 ㄅㄤ ㄐㄧㄠ
1諸侯之間的交往。2指外交關係中,兩國互爲法律的承認,表示履行國際義務之意願,並交換使節。

7【邦克】 ㄅㄤ ㄎㄜˋ
(bank)'波斯'語的音譯。'阿拉伯'語爲athan。爲通知回教徒禮拜時間已至之呼喚詞。其作用如同基督教或佛教寺廟中的打鐘,而回教是用人聲來呼喚做禮拜。

15【邦畿】 ㄅㄤ ㄐㄧ
帝王直接管轄的地區。

17【邦聯】 ㄅㄤ ㄌㄧㄢˊ
(confederation)二個以上的國家,爲求對外保護領土安全,對內維持彼此間和平,而締結條約所組成的國家聯合。各分子國仍保有完整的主權(即脫離邦聯,各分子國仍是獨立的國際法人),惟邦聯本身設有共同機構處理某些共同問題。例如西元1815～1866年間的'日耳曼('德國')邦聯'、1848年以前之'瑞士'及1787年以前之'美國'。

11【邦國楨幹】 ㄅㄤ ㄍㄨㄛˊ ㄓㄣ ㄍㄢˋ
國家的支柱棟梁。

5

邲 ㄅㄧˋ pi⁴ 音必
'春秋'時'鄭'地。在今'河南省''鄭縣'境內。見"廣韻"。

邴 ㄅㄧㄥˇ ping³ 音丙
1'春秋'時'宋'邑。見"說文"。2'春秋'時'鄭'邑。在今'山東省''費縣'東南。見"廣韻"。

邯 ㄏㄢˊ han² 音寒
參邯鄲。

15【邯鄲】 ㄏㄢˊ ㄉㄢ
1古邑名。故城在今'河北省''邯鄲縣'西南。2縣名。在今'河北省'。3宮名。在今'河北省''邯鄲縣'西北。相傳爲'趙王''如意'所建。

【邯鄲記】 ㄏㄢˊ ㄉㄢ ㄐㄧˋ
'明'傳奇。又名"邯鄲夢"。'湯顯祖'撰。根據'唐''沈既濟'"枕中記"小說改編而成。演'唐''盧'生在'邯鄲'道上遇'呂洞賓','呂'以枕授生,生睡枕上入夢,夢中享受了數十年的榮華富貴,醒後一切虛幻,乃隨'呂'學道的故事。

【邯鄲學步】 ㄏㄢˊ ㄉㄢ ㄒㄩㄝˊ ㄅㄨˋ
比喻模仿他人沒有成功,反而失去原有的本事。

邵 ㄕㄠˋ shao⁴ 音紹
1'春秋'時'晉'邑。在今'河南省''濟源縣'西。2姓。'戰國'有'邵平'。見"萬姓統譜·一〇三"。

13【邵雍】 ㄕㄠˋ ㄩㄥ
(1011～1077)'宋''范陽'(今'河北''涿縣')人,字'堯夫'。卒諡'康節'。精於"易"理,在'宋代'"易"學中,獨樹一幟。著有"先天卦位圖"、"皇極經世"、"伊川擊壤集"等。

邳 ㄆㄟˊ p'ei² 音陪
1'商湯'左相'仲虺'的封邑。在今'山東省''滕縣'南。見"說文"。2縣名。在今'江蘇省''徐州市'東北,與'山東省''郯城縣'接界。

邶 ㄅㄟˋ pei⁴ 音背
古國名。'周武王'封'紂'之子'武庚'於此。故城在今'河南省''湯陰縣'東南。

邰 ㄊㄞˊ t'ai² 音臺
'炎帝'之後,'姜'姓封國。相傳'周'始祖自'后稷'至'公劉'都定居於此。故城在今'陝西省''武功縣'西南。也作'台'。見"說文"。

邹
鄒的俗體。

邱 ㄑㄧㄡ ch'iu¹ 音丘
1縣名。屬'山東省'。2姓。本作'丘','清世宗'爲避'孔丘'諱,下令除四書五經外,凡丘字都改作邱。

6【邱吉爾】 ㄑㄧㄡ ㄐㄧˊ ㄦˇ
(Winston Churchill, 1874～1965)'英國'政治家。西元1940年繼'張伯倫'爲'英國'首相。第二次世界大戰中以簡短有力的演說激勵士氣民心,後世傳爲美談。1951～1955年再度出任首相,勵行戰後的經濟重建。'邱'氏同時也

邱吉爾像

是位作家,1953年獲‘諾貝爾’文學獎。主要作品有“第二次世界大戰史”(*The Second World War*)、“英語民族史”(*A History of the English Speaking Peoples*)等。

11【邱清泉】ㄑㄧㄡ ㄑㄧㄥ ㄑㄩㄢˊ

(1902～1949)‘浙江省’‘永嘉縣’人,字‘雨菴’。‘黃埔軍校’第二期、‘德國’‘柏林’‘陸軍大學’畢業。曾參與北伐、抗戰諸役,歷任師長、軍長。且於‘滇’西與‘緬’北反攻之役中,與國內外遠征軍協同作戰,建樹奇勛。後‘徐蚌’會戰失利,自戕殉國。

【邱逢甲】ㄑㄧㄡ ㄈㄥˊ ㄐㄧㄚˇ

(1864～1912)祖籍‘廣東省’‘蕉嶺縣’,生於‘臺灣’,字‘仙根’。二十六歲中進士,任工部主事,後返‘臺’講學。甲午之戰後,‘臺灣’割讓‘日本’,助‘唐景崧’抗‘日’。後失敗,回‘廣東’。‘民國’成立,被推爲‘臨時參議院’議員。有“嶺雲海日樓詩鈔”。

邱逢甲像

邸 ㄉㄧˇ ti^{3} 音底

①古代諸侯入京朝見天子時所住的客館。見“說文”。②王侯的府第。後泛指達官要人的住所。如:官邸。③指旅舍、酒店、茶館等。如:客邸。④姓。‘漢’有‘邸杜’。見“萬姓統譜·七九”。

6

郎 ㄌㄤˊ $lang^{2}$ 音廊

或作郞。①古官名。如:侍郎。②‘漢’‘魏’以後對少年男子的美稱。如:‘周’郎。③妻子對丈夫或女子對情人的暱稱。④稱他人的兒子。如:令郎。⑤姓。‘漢’有‘郎顗’。見“萬姓統譜·五一”。

4【郎中】ㄌㄤˊ ㄓㄨㄥ

①官名。‘隋’‘唐’以後,朝廷六部各司的長官。②指醫生。③尊稱他人的親隨。④指職業賭徒或騙子。

7【郎君】ㄌㄤˊ ㄐㄩㄣ

①門生故吏稱長官或師門子弟。②指貴族子弟。③婦女對丈夫或情人的暱稱。

13【郎當】ㄌㄤˊ ㄉㄤ

①衣服寬大不合身的樣子。②亂七八糟的樣子。③破破爛爛的樣子。④不成器,自甘墮落。⑤疲困的樣子。

5【郎世寧】ㄌㄤˊ ㄕˋ ㄋㄧㄥˊ

(Guiseppe Castiglione, 1698～1768)‘義大利’神父、畫家兼建築家。出生‘米蘭’。西元1715年(‘清’‘康熙’五十四年)來我國傳教,‘康熙’、‘雍正’、‘乾隆’三朝任宮廷畫家。擅長肖像、花鳥、走獸,尤工畫馬。作品注重透視和明暗,刻畫細緻,偏於寫實。代表作有“百駿圖”、“香妃像”、“春郊閱駿圖”等。

8【郎肯循環】ㄌㄤˊ ㄎㄣˇ ㄒㄩㄣˊ ㄏㄨㄢˊ

(Rankine cycle)一簡單蒸氣動力廠的理想循環。如圖所示,組成循環的過程如下:1→2表在泵內進行可逆絕熱壓縮過程。2→3表在鍋爐內,以等壓將熱傳至鍋爐。3→4表在輪機內,進行可逆絕熱膨脹。4→1表在凝結器內,以等壓向外傳熱。‘郎肯’循環同時亦有包含過熱蒸汽的可能性,如循環1—2—3′—4′—1。

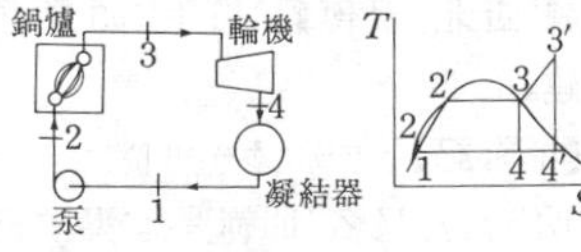

郎肯循環圖

郊 ㄐㄧㄠ $chiao^{1}$ 音交

①‘周’時稱都城周圍百里以內的地區。後泛指城外、田野。②古代祭天地的典禮。

7【郊祀歌】ㄐㄧㄠ ㄙˋ ㄍㄜ

郊祀典禮所用的歌曲。起源於‘周代’,至‘漢’最盛。‘漢武帝’定郊祀之禮,立樂府,命‘李延年’爲協律都尉,‘司馬相如’等作“郊祀歌”,共十九章,供帝王祭拜天地時吟誦。

11【郊區化】ㄐㄧㄠ ㄑㄩ ㄏㄨㄚˋ

(suburbanization)即郊區都市化。指人口及各種服務從大都市向周圍地帶移動的現象。其原因起於大都市的居民追求郊區的生活方式。就都市發展模式而言,郊區化是不可避免的;而郊區化的結果,在大都會區之中存在著許多規模較小、行政上不相統屬的單位。以‘臺北’爲例,人們的活動中心逐漸由‘西門町’或火車站東移至民生社區,住宅也擴張至‘內湖’、‘景美’等郊區,此即郊區化的證明。

12【郊寒島瘦】ㄐㄧㄠ ㄏㄢˊ ㄉㄠˇ ㄕㄡˋ

‘蘇軾’對‘唐代’‘孟郊’、‘賈島’詩風的評語。兩人的詩都清峭瘦硬,喜作悽苦之語,故稱。

郱 ㄆㄧㄥˊ $p'ing^{2}$ 音平

或作‘郉’。‘春秋’時‘紀國’邑。在今‘山東省’‘臨朐縣’東南。一作‘絣’、‘駢’。見“說文·郱·段注”。

邿 ㄕ $shih^{1}$ 音詩

①古國名。故城在今‘山東省’‘濟寧縣’東南。②地名。在‘山東省’‘濟陽縣’西。③山名。在‘山東省’‘平陰縣’西。

邽 ㄍㄨㄟ $kuei^{1}$ 音圭

①山名。在‘甘肅省’‘天水縣’西北。相傳爲‘伏羲’畫卦的地方,故又名‘卦山’。②姓。‘明’有‘邽仲德’。見“萬姓統譜·一四”。

郅 ㄓˋ $chih^{4}$ 音至

大;盛。如:郅隆。

8【郅治】ㄓˋ ㄓˋ

指太平盛世。

郕 ㄔㄥˊ $ch'\hat{e}ng^{2}$ 音成

或作‘郕’。①古國名。一作‘盛’、‘成’。故城在今‘山東省’‘寧陽縣’北。②‘春秋’時‘魯’邑。在今‘山東省’‘寧陽縣’東北。

𨚵 ㄘㄨㄣˊ *ts'un*^{2} 音存
參𨚵䣕。

13【𨚵䣕】 ㄘㄨㄣˊ ㄇㄚˋ
舊縣名。'漢'初置。故城在今'四川省''宜賓縣'西北。

郁 ㄩˋ *yü*^{4} 音玉
1溫暖。通燠。如:溫郁。2姓。'周'有'郁貢'。見"萬姓統譜·一一一"。

9【郁郁】 ㄩˋ ㄩˋ
1文采豐盛的樣子。2香氣濃盛的樣子。

18【郁馥】 ㄩˋ ㄈㄨˋ
香氣濃烈的樣子。

13【郁達夫】 ㄩˋ ㄉㄚˊ ㄈㄨ
(1896～1945)'浙江省''富陽縣'人,名'文'。'日本''東京帝國大學'政治經濟學部畢業。歸國後,組'創造社',擔任教職,主編刊物,並從事翻譯與著作。抗戰軍興,到南洋從事反'日'工作,後在'蘇門答臘'被'日本'憲兵殺害。著有"郁達夫全集"。

郁達夫像

9【郁郁青青】 ㄩˋ ㄩˋ ㄑㄧㄥ ㄑㄧㄥ
形容花樹香氣濃烈、枝葉茂盛的樣子。

郃 ㊀ ㄍㄜˊ *ko*^{2}, *kê*^{2} 音閣
參郃陽。
㊁ ㄏㄜˊ *ho*^{2}, *hê*^{2} 音合
1㊀的又讀。2姓。'後魏''大莫干'氏改爲'郃'氏。見"魏書·官氏志"。

12【郃陽】 ㄍㄜˊ ㄧㄤˊ
舊縣名。'漢'始置。本古'有莘國'。在今'陝西省'東境'韓城縣'西南。

𨛬 郃的或體。

邾 ㄓㄨ *chu*^{1} 音朱
1古國名。即'邾婁國'。也稱'鄒'。故城在今'山東省''鄒縣'東南。2舊縣名。'晉'置。故城即今'湖北省''黃岡縣'治。

郇 ㄒㄩㄣˊ *hsün*^{2} 音旬
1古國名。故地在今'山西省''猗氏縣'西南。2姓。'漢'有'郇越'。見"萬姓統譜·一九"。

郋 ㄒㄧˊ *hsi*^{2} 音習
古里名。'漢代'屬'汝南郡''召陵縣'。故地在今'河南省''郾城縣'東。

𨚓 卹的俗體。

郈 ㄏㄡˋ *hou*^{4} 音后
'春秋'時'魯''叔孫氏'邑。在今'山東省''東平縣'南。

7

郞 郎的或體。

郣 ㄅㄛˊ *po*^{2} 音勃
1隆起的土地。見"說文"。2'春秋'時'齊'地。

郡 ㄐㄩㄣˋ *chun*^{4} 音俊
1古代地方行政區域名。見"說文"。2姓。'明'有'郡敬'。見"萬姓統譜·一〇〇"。

8【郡姓】 ㄐㄩㄣˋ ㄒㄧㄥˋ
指'西晉'末年留居中原的'漢'士族,雖爲胡人統治,仍留心實學,五胡君主也引爲輔佐;爲了與胡人區別,乃於姓氏之上冠以郡名,是爲郡姓。

11【郡望】 ㄐㄩㄣˋ ㄨㄤˋ
郡中顯貴的氏族。三國'魏文帝'採納吏部尙書'陳羣'的建議,推選州郡中有聲望的人任中正官,以九等評定州郡士人,授予官職。'晉'以後,則以士族豪門爲任大中正的標準,這些世家大族遂形成一股掌握政權的力量,成爲郡望。後世族以標榜郡望爲區別士庶的標準,郡望遂成身分尊貴的表徵。至'唐',仍襲此風。

16【郡縣】 ㄐㄩㄣˋ ㄒㄧㄢˋ
'秦'統一天下,分全國爲三十六郡,郡下設縣,由朝廷派官治理。其後歷代多有郡有縣,制度稍有不同。

17【郡齋讀書志】 ㄐㄩㄣˋ ㄓㄞ ㄉㄨˊ ㄕㄨ ㄓˋ
'南宋''晁公武'撰,四卷。'晁'氏任官'榮州'時,得'南陽''井憲孟'所藏書,乃親自校讎,並作解題,而成此書。後續有所作,經'趙希弁'編爲"後志"二卷。二書所收,皆至'宋'室南渡而止,可藉以考知'南宋'之前的書籍,是一部重要的藏書目錄。

11【郡國並行制度】 ㄐㄩㄣˋ ㄍㄨㄛˊ ㄅㄧㄥˋ ㄒㄧㄥˊ ㄓˋ ㄉㄨˋ
'漢代'地方制度。'高祖'兼採'周'、'秦'制度之長,於全國並置郡與國。王國兼統數郡,設官與朝廷略同,其丞相由朝廷任命,總理政務。王都所在之郡長官爲內史,餘郡則設太守。七國亂平,王國官吏均由朝廷直接任免,改丞相爲相,秩及職掌皆如郡守;'武帝'又大行推恩衆建政策,王國領土更加縮小,行政權直屬朝廷,雖名爲國而實與郡同。

郖 ㄉㄡ *tou*^{1} 音兜 又讀 ㄉㄡˋ *tou*^{4} 音豆
津渡名。在今'河南省''靈寶縣'西。

郙 ㄈㄨˇ *fu*^{3} 音甫
1古亭名。在今'河南省''上蔡縣'西南。2古閣名。在今'陝西省'西南境'略陽縣'西。

郠 ㄍㄥˇ *kêng*^{3} 音梗
'春秋'時'莒'邑。在今'山東省''沂水縣'東境。

郚 ㄨˊ *wu*^{2} 音吾
'春秋'時'齊'邑。故地在今'山東省''安丘縣'西南。

郝 ㄏㄠˇ *hao*^{3} 音好 讀音 ㄏㄜˋ *ho*^{4}, *hê*^{4} 音赫
1古地名。在今'陝西省''鄠縣'與'盩厔縣'間。2姓。'漢'有'郝賢'。見"萬姓統譜·一二〇"。

14【郝爾斯】 ㄏㄠˇ ㄦˇ ㄙ
(Walter Norman Haworth, 1883～1950)'英國'有機化學家。

西元1937年由於解決了醣和維他命C的化學結構,而與'瑞士'化學家'卡勒'(Paul Karrer)同獲'諾貝爾'化學獎。

郟 ㄐㄧㄚˊ chia² 音夾
[1]古地名。參郟鄏。[2]縣名。屬'河南省'。[3]姓。'春秋'時'鄭'有'郟張'。見"萬姓統譜·一二四"。

13【郟鄏】 ㄐㄧㄚˊ ㄖㄨˋ
古地名。相傳'周成王'曾定鼎於此。在今'河南省''洛陽縣'西。

郥 ㄅㄟˋ pei⁴ 音貝
古地名。見"字彙補"。

郢 ㄧㄥˇ ying³ 音影
[1]'春秋''楚'國都。在今'湖北省''江陵縣'西北。[2]'春秋''楚'別邑。在今'湖北省''江陵縣'東北。

10【郢書燕說】 ㄧㄥˇ ㄕㄨ ㄧㄢ ㄕㄨㄛ
比喻穿鑿附會、以訛傳訛。'楚國''郢'人寫信給'燕'相,誤書「舉燭」二字,'燕'相以舉賢爲解,勸'燕王'舉用賢人,國遂大治。見"韓非子·外儲說左上"。

郘 ㄌㄩˇ lü³ 音呂
古亭名。見"集韻"。

郛 ㄈㄨˊ fu² 音扶
外城。見"字彙"。

郗 ㄔ ch'ih¹ 音痴
[1]'周'邑。在今'河南省''沁陽縣'。見"說文"。[2]姓。'東晉'有'郗鑒'。見"萬姓統譜·四"。

郤 ㄒㄧˋ hsi⁴ 音細
[1]'春秋'地名。在今'河南省''泌陽縣'。[2]通隙。(1)空隙。(2)怨隙。[3]姓。'春秋''晉'有'郤芮'。見"萬姓統譜·一二二"。

郜 ㄍㄠˋ kao⁴ 音告
[1]古國名。故城在今'山東省''城武縣'東南。世稱'南郜'。[2]'春秋'時'晉'邑。故城在今'山西省''祁縣'西。今名'高城村'。

8

部 ㄅㄨˋ pu⁴ 音步
[1]統率;統領。見"集韻"。[2]官署或機構中之單位。如古有吏、戶、禮、兵、刑、工六部,今有'教育部'、'國防部'等。[3]軍隊。如:部伍。[4]全體中的一部分。如:局部。[5]量詞。今稱一整套的東西爲一部。

6【部曲】 ㄅㄨˋ ㄑㄩ
[1]古代軍隊編制單位。'漢'制,大將軍營五部,部下有曲。[2]指豪族名門的私人軍隊。

【部伍】 ㄅㄨˋ ㄨˇ
部隊;行伍。

8【部長】 ㄅㄨˋ ㄓㄤˇ
現行中央政制,直屬於'行政院'的'內政'、'外交'、'國防'、'財政'、'教育'、'法務'、'經濟'、'交通'等八部,及直屬於'考試院'的'考選'、'銓敘'等二部的首長。

【部門】 ㄅㄨˋ ㄇㄣˊ
指相對於整體的局部。習慣上,部門與單位交互替代使用。就行政法的觀點而言,單位係指機關內部職務上的分組,即在機關的組織體內分別設置較小的組織,負責執行機關職權範圍內的各部分業務。就行政學的組織理論而言,單位即組織結構分化結果所形成的各部門。再者,行政機關相對於國家整體,亦可稱爲行政部門,如立法部門、司法部門等。

9【部首】 ㄅㄨˋ ㄕㄡˇ
'東漢''許愼'撰"說文解字",收9,353字,分爲540部。每部中,以一具有各字基本形體的字爲首,稱爲部首。如一、艸、水、火等字皆是。至'明''梅膺祚'"字彙",依"說文解字"540部首簡化爲214部首,"康熙字典"從之,爾後'中'文字典的編排多沿用之。

11【部族】 ㄅㄨˋ ㄗㄨˊ
聚居在一起的部落、氏族。

【部勒】 ㄅㄨˋ ㄌㄜˋ
布置約束。

13【部落】 ㄅㄨˋ ㄌㄨㄛˋ
[1]族群聚居的地區。[2]自成一個文化風尙的區域、鄉里。

【部署】 ㄅㄨˋ ㄕㄨˋ
布置;安排。

4【部內制】 ㄅㄨˋ ㄋㄟˋ ㄓˋ
各機關的人事業務,分由各機關內部所設置之人事機構主管,並受所在機關首長之指揮監督者。如'法國'、'德國'均採用此制。

5【部外制】 ㄅㄨˋ ㄨㄞˋ ㄓˋ
將各機關的人事業務,歸由各機關以外獨立設置之機關主管者。如'日本'的'人事院'、我國的'考試院',均爲獨立於各級機關之外而設置之全國最高人事主管機關。

4【部分分式】 ㄅㄨˋ ㄈㄣˋ ㄈㄣ ㄕˋ
(partial fractions)若$P(x)$、$Q(x)$爲兩個互質的多項式,且$degR(x) < degP(x)+degQ(x)$,則存在$F(x)$、$G(x)$使$\frac{R(x)}{P(x)\cdot Q(x)}=\frac{F(x)}{P(x)}+\frac{G(x)}{Q(x)}$,且$degF(x)<degP(x)$, $degG(x)<degQ(x)$。這個定理是部分分式的理論基礎。因任意實係數多項式皆可分解爲一次及二次多項式的連乘積。故透過部分分式,任何分式函數皆可形式積分。因部分分式後的一般項的形式爲:
$\frac{A}{(ax+b)^n}$ 或 $\frac{Ax+B}{(ax^2+bx+c)^n}$
皆可形式積分。一般於實際計算時都採用恆等式原理和未定係數法配合使用。

【部分增強】 ㄅㄨˋ ㄈㄣˋ ㄗㄥ ㄑㄧㄤˊ
(partial reinforcement)理想行爲產生後,斷斷續續予以增強的歷程。

【部分獨占】 ㄅㄨˋ ㄈㄣˋ ㄉㄨˊ ㄓㄢˋ
(partial monopoly)指有其他產品競爭存在的獨占。

8【部門劃分】 ㄅㄨˋ ㄇㄣˊ ㄏㄨㄚˋ ㄈㄣ
(departmentation)爲企業組織的本質。即將複雜而龐大的工作,劃分成許多業務項目,分配由適當的部門掌理,達成專業分工的目的。

13【部落社會】 ㄅㄨˋ ㄌㄨㄛˋ ㄕㄜˋ ㄏㄨㄟˋ
(tribal society)在權力未集中的社會裡,由家庭、血緣、經濟、社會或宗教連結而成的社會組織。組織中的人們,定居在一起,有相同的方言、同質的文化,一年四季中使用相同的資源。

4【部分準備原理】 ㄅㄨˋ ㄈㄣˋ ㄓㄨㄣˇ ㄅㄟˋ ㄩㄢˊ ㄌㄧˇ
(fractional reserve principle)通常商業銀行的資產負債平衡表中之現金準備資產只占活期與定期存款負債的一小比例而已,這種商業銀行實際營運作業的作法,稱爲部分準備原理。

【部分增強效應】 ㄅㄨˋ ㄈㄣˋ ㄗㄥ ㄑㄧㄤˊ ㄒㄧㄠˋ ㄧㄥˋ
(partial-reinforcement effect)經由部分增強歷程而習得之行爲,較之經由連續增強歷程而習得之行爲,更能抗拒消弱歷程的現象。

郭 ㄍㄨㄛ ko¹, kuo¹ 音鍋
①外城。古代城牆分爲兩重,內重稱城,外重稱郭。見“正字通”。②姓。‘戰國’‘燕’有‘郭隗’。見“萬姓統譜·一一九”。

10【郭泰】 ㄍㄨㄛ ㄊㄞˋ
(127～169)‘東漢’‘界休’(今‘山西’‘介休’)人,字‘林宗’。博通墳典,閉門教書,弟子數千人。生平好評論人物,而不批評政治,故不受黨錮之禍的牽連,得免宦官迫害。

12【郭象】 ㄍㄨㄛ ㄒㄧㄤˋ
(?～312)‘晉’‘河南’(今‘河南’‘洛陽’)人,字‘子玄’。好‘老’‘莊’之學。‘東海王’‘越’引爲太傅主簿。世傳‘象’竊據‘向秀’“莊子”解義爲已有,復補‘秀’未竟之業;後‘秀’義別本出,故今之“莊子”有‘向’‘郭’二注。

13【郭解】 ㄍㄨㄛ ㄐㄧㄝˇ
‘西漢’‘河內’‘軹’(今‘河南’‘濟源’)人,字‘翁伯’。勇猛任俠,仗義不伐,以德報怨,人爭相交結。‘武帝’時獲罪被誅。

16【郭霍】 ㄍㄨㄛ ㄏㄨㄛˋ
(Robert Koch, 1843～1910)‘德國’醫學家及細菌學的創始人之一。西元1866年畢業於‘哥丁根大學’。1876年發現脾脫疽菌,1882年發現結核病菌,次年又發現霍亂菌。此外尚發現變形蟲、痢疾原蟲等,對醫學界貢獻卓著。1905年榮獲‘諾貝爾’醫學獎。

【郭璞】 ㄍㄨㄛ ㄆㄨˊ
(276～324)‘東晉’‘聞喜’(今‘山西’‘聞喜’)人,字‘景純’。精於詩賦、陰陽曆算、卜筮五行。著有“爾雅注”、“山海經注”、“穆天子傳注”、“楚辭注”等。

3【郭子儀】 ㄍㄨㄛ ㄗˇ ㄧˊ
(697～781)‘唐’‘華州’(今‘陝西’‘華縣’)人。‘肅宗’時,平‘安’‘史’之亂,封‘汾陽郡王’;‘代宗’即位,抵禦‘回紇’、‘吐蕃’,升太尉中書令。治軍嚴明,深得人心,一身繫‘唐朝’安危達二十年。‘德宗’時,尊爲‘尚父’。

8【郭沫若】 ㄍㄨㄛ ㄇㄛˋ ㄖㄨㄛˋ
(1892～1978)‘四川’‘樂山’人,原名‘開貞’,字‘鼎堂’。早年赴‘日’留學,課餘從事翻譯及新詩寫作。返國後,與‘郁達夫’等人組‘創造社’,提倡浪漫文學。後從事古文字學、古代史研究。‘民國’十六年投効‘共’黨,大陸淪陷後,任‘中共’黨政、文教要職。

郭沫若像

9【郭茂倩】 ㄍㄨㄛ ㄇㄠˋ ㄑㄧㄢˋ
‘宋’‘須城’(今‘山東’‘東平’)人。編有“樂府詩集”,其解題徵引浩博,援據精審,爲今日研究樂府詩最重要的一部寶典。

4【郭公夏五】 ㄍㄨㄛ ㄍㄨㄥ ㄒㄧㄚˋ ㄨˇ
指典籍上的文字脫誤。“春秋·莊二四年”有〔郭公〕兩字,“春秋·桓一四年”有〔夏五〕二字,顯然都有闕文。

郯 ㄊㄢˊ t'an² 音談
①古國名。在今‘山東省’‘郯城縣’西南。②姓。‘春秋’‘魯’有‘郯子’。見“萬姓統譜·六六”。

郪 ㄑㄧ ch'i¹ 音妻
①舊縣名。⑴‘漢’置。故城在今‘四川省’‘中江縣’東南。⑵‘隋’置。故城在今‘四川省’‘三臺縣’。②江名。源出‘四川省’‘中江縣’南,東流至‘蓬溪縣’注入‘涪江’。

都 或作都。㊀ ㄉㄨ tu¹ 音督
①中央政府所在地。②匯聚。③美好盛大的樣子。④總;共。如:都十萬言。⑤姓。‘漢’有‘都稽’。見“萬姓統譜·一三”。
㊁ ㄉㄡ tou¹
①皆;完全。②尚且。

5【都市】 ㄉㄨ ㄕˋ
有相當人口集居,街道密布的聚落。與鄉村相對。必須具備二大條件:一、人口必須達到一定標準(此人口標準各國不一);二、居民必須以從事非農活動爲主(如工業、商業、運輸業、公教業及其他服務業等)。

13【都督】 ㄉㄨ ㄉㄨ
①統領;率領。②官名。⑴‘漢’末稱軍政長官或帶兵的將帥。⑵‘民國’初年稱各省軍政長官,後改稱督軍。

【都會】 ㄉㄨ ㄏㄨㄟˋ
(metropolis)指人口特多,並兼具大商業中心的大都市。如‘臺北市’、‘高雄市’。‘歐’‘美’有以人口八十萬以上都市始稱都會。都會的影響力,沿著交通路線可達遠方距離不等的外圍市、鎮,使之成爲該都會的衛星城。

15【都德】 ㄉㄨ ㄉㄜˊ
(Alphonse Daudet,1840～1897)

'法國'小說家。善於描寫兒童、民衆，作品中雖刻劃'巴黎'低層的現實生活，也著墨於詩意的想像與回憶，而用輕快的手法，以幽默感、同情心構成自然主義的風格。其主要的作品有"小東西"(*Le Petit Chose*)和"磨坊文札"(*Lettres de mon moulin*)、"沙孚"(*Sapho*)等。

都德像

5【都市化】ㄉㄨ ㄕˋ ㄏㄨㄚˋ (urbanization) ①都市的內部結構及其機能不斷地發生變化，範圍也無時不向外延伸。支配這現象的活動稱爲都市化。②一個社會由鄉村社會轉變到都市社會的過程。③人口由鄉村遷移到都市的過程。

6【都江堰】ㄉㄨ ㄐㄧㄤ ㄧㄢˋ 爲一防洪水利灌溉工程。位於'四川省''灌縣'境內。由於'岷江'水量大，自山區轉入平原後，流速陡降，每每發生水災，遠在2,200餘年前，'秦''蜀郡'太守'李冰'父子即著手研究地理形勢並修築水利工程，後代屢有擴建，稱'都江堰'。主要設施乃於'岷江'中游輸水道成內、外兩股：'外江'係'岷江'正流，下游闢有許多灌溉渠道；'內江'則分江水向下穿入'成都平原'，除具灌溉之利外，並將餘水洩於'沱江'，促使'成都平原'沃野千里、農業稱盛。

13【都會區】ㄉㄨ ㄏㄨㄟˋ ㄑㄩ (metropolitan area) 指一個大都市與其鄰近的各型都市及郊區，因發展而聯合一氣所成之一密不可分的複合體區域。如我國的'臺北'都會區，除本市之外，還包括'臺北盆地'各大小市鎮，如'淡水'、'板橋'、'新店'等。

14【都察院】ㄉㄨ ㄔㄚˊ ㄩㄢˋ '明'置，掌監察百官，糾舉不法。設左都御史爲最高長官，下有右都御史、左右副都御史、左右僉都御史及監察御史。'清'沿之。

5【都市計畫】ㄉㄨ ㄕˋ ㄐㄧˋ ㄏㄨㄚˋ 在都市地區內，對有關都市生活的經濟、交通、衛生、保安、國防、文教、康樂各方面措施，作有計畫的發展，並對土地使用作合理的規劃。'歐''美'一般國家都是指現在都市爲了促進其機能所訂的實施方案。其型態包括：一、作業計畫，例如車輛交通疏導計畫和空氣汙染防治計畫等；二、開發計畫，例如都市更新和外圍新市計畫等；三、修護計畫，例如古蹟維護。

【都市景觀】ㄉㄨ ㄕˋ ㄐㄧㄥˇ ㄍㄨㄢ 都市的景色特性。一爲人文景觀，指都市文化的表現和歷史的演進；二爲自然景觀，指山川風物等景色。

【都市輻散】ㄉㄨ ㄕˋ ㄈㄨˊ ㄙㄢˋ 參都市輻輳。

【都市輻輳】ㄉㄨ ㄕˋ ㄈㄨˊ ㄘㄡˋ 大小城市群聚一處，與遠處城市之間的關係疏密，主要是依交通運輸的快捷與否而定。大都市與大都市之間，一般距離都相當遙遠，但因航空路線暢通，鐵路、公路進步，所以旅運便捷，雖遠猶近，稱爲都市輻輳。各大都市與附近小城市的距離雖短，但因交通阻滯，雖近猶遠，稱爲都市輻散。

2【都卜勒效應】ㄉㄨ ㄅㄨˇ ㄌㄜˋ ㄒㄧㄠˋ ㄧㄥˋ (Doppler effect) 當火車鳴笛駛過站在鐵路旁的聽者時，聽者會覺得笛聲的音調由高而變低。這種由於聲源與聽者間有相對運動時，使音調(頻率)產生變化的現象，稱爲'都卜勒'效應。設 f_0 表聲源所發聲音的頻率，聲源不動，如聽者以 v_0 向聲源移近或離開時，由理論可求得聽者所聽到的頻率 f 爲：$f=f_0\frac{v\pm v_0}{v}$(移近時取正，遠離取負)，式中 v 表聲波之傳播速度。若聽者不動，聲源以 v_s 移近而離開時，則聽者聽到的頻率 f 爲：$f=f_0\frac{v}{v\mp v_s}$(移近時取負，遠離取正)，合併上二式可得：$f=f_0\frac{v\pm v_0}{v\mp v_s}$。光與聲一樣亦爲波動，若光源與觀察者之間有相對運動，觀察者亦可觀測到光的'都卜勒'效應，根據相對論，可求得其頻率關係爲：$f=f_0\sqrt{\frac{c-v}{c+v}}$，式中 c 爲光速，v 爲光源與觀察者之相對速度，當兩者相互接近時 v 取負值，兩者相離開時 v 取正值。天文學家利用光的'都卜勒'效應，可了解遠處星球與地球的相對運動情形。

郰 ㄗㄡ tsou¹ 音鄒

'春秋'時'魯'地。爲'孔子'的故鄉。即今'山東省''曲阜縣'東南之'鄹城'。同'鄹'。見"說文"。

郴 ㄔㄣ ch'ên¹ 音琛

①州名。'隋'置。'清'爲'直隸州'，轄有今'湖南省''永興'、'桂東'、'資興'、'桂陽'、'宜章'、郴縣'等六縣地區。'民國'裁州留縣，仍隸'湖南省'。②縣名。在'湖南省'。③江名。一名'黃水'，又名'郴水'。源出'湖南省''郴縣'南'黃岑山'，北流注入'耒水'。

⿰奄阝 ㄧㄢˇ yen³ 音奄

古國名。'嬴'姓。在今'山東省''曲阜縣'城東。也通作'奄'。

郲 ㄌㄞˊ lai² 音來

'春秋''鄭國'地名。在今'河南省''滎陽縣'東。見"集韻"。

⿰尚阝 ㄉㄤˇ tang³ 音黨

①古地名。見"說文"。②居。見"廣雅·釋詁"。

郳 ㄋㄧˊ ni² 音倪

古國名。即'小邾'。故城在今'山東省''滕縣'東。見"說文"。

郫 ㄆㄧˊ p'i² 音皮

'春秋'時'晉'邑。在今'河南

省''濟源縣'境。

郔 ㄧㄢˊ yen² 音延
1'春秋'時'鄭'地。在今'河南省''鄭縣'境。見"說文"。2'春秋'時'楚'地。在今'河南省''項城縣'境。

9

鄆 ㄩㄣˋ yün⁴ 音運
'春秋'時'魯'邑。有二:'東鄆'在今'山東省''沂水縣'北,'西鄆'在今'山東省''鄆城縣'東。

鄬 ㄨㄟˊ wei² 音爲
或作'鄔'。'春秋''鄭國'地。在今'河南省''魯山縣'境。見"說文"。

郾 ㄧㄢˇ yen³ 音演
參郾城。

9【郾城】 ㄧㄢˇ ㄔㄥˊ
縣名。屬'河南省'。在'臨潁縣'南。'平漢鐵路'經此,爲地方貨物集散地。

郼 ㄧ i¹ 音衣
'商代'國名。見"字彙"。

鄄 ㄐㄩㄢˋ chüan⁴ 音絹
'春秋'時'衛'邑。在今'山東省''濮縣'東。見"說文"。

郿 ㄇㄟˊ mei² 音眉
1'周'邑。故城在今'陝西省''郿縣'東北。2'春秋'時'魯'邑。故城在今'山東省''東平縣'西。

郊 ㄎㄨㄟˊ k'uei² 音葵
'漢代'祭祀后土的地方。即今'山西省''汾城縣'南之'臨汾'故城。見"說文"。

郹 ㄐㄩˊ chü² 音局
'春秋'時'蔡'邑。在今'河南省''上蔡縣'。見"說文"。

鄡 ㄑㄧㄠ ch'iao¹ 音蹺
古縣名。在'鉅鹿郡'。也作'鄡'。見"字彙"。

鄀 ㄖㄨㄛˋ jo⁴, juo⁴ 音若
1古國名。在今'河南省''內鄉縣'境。2舊縣名。故城在今'湖北省''自忠縣'東南。

鄂 ㄜˋ o⁴, ê⁴ 音萼
1邊際。見"字彙"。2花萼。通萼。3驚愕的樣子。通愕。4直言的樣子。通諤。

14【鄂爾泰】 ㄜˋ ㄦˇ ㄊㄞˋ
(1677～1745)'清''滿洲'鑲藍旗人,姓'西林覺羅氏',字'毅庵'。'康熙'舉人。'雍正'時累官'雲南'、'貴州'、'廣西'三省總督,平定諸'苗'有功,授'保和殿'大學士,兼兵部尚書,甚受倚重。'乾隆'間爲軍機大臣,加太保。著有"西林遺稿"。

【鄂圖循環】 ㄜˋ ㄊㄨˊ ㄒㄩㄣˊ ㄏㄨㄢˊ
(Otto cycle)空氣標準鄂圖循環爲一趨近火花點火內燃引擎的理想循環。下圖代表此循環的 P-V 圖及 T-S 圖。係由下列四個過程組成:1→2表等熵壓縮過程,活塞從曲柄下死點移至上死點。2→3表等容加熱過程,活塞停於上死點,熱量在定容條件下傳入空氣。3→4表等熵膨脹過程,活塞自汽缸上死點移至曲柄下死點。4→1表等容放熱過程,活塞定於曲柄下死點。

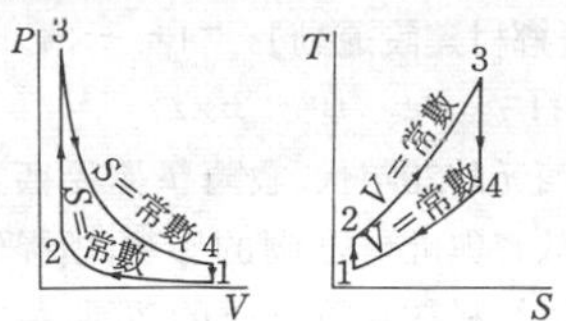

鄂圖循環的 P-V 及 T-S 圖

邶 ㄅㄟˋ pei⁴ 音背
古國名。同'邶'。故城在今'河南省''湯陰縣'東南。

鄃 ㄩˊ yü² 音俞 又讀 ㄕㄨ shu¹ 音輸
舊縣名。1'漢'置。故城在今'山東省''平原縣'西南。一作'隃'、'俞'。2'隋'置。故城在今'山東省''夏津縣'治。

郵 ㄧㄡˊ yu² 音由
1古時設在邊境,用以傳送文書或提供住宿的亭舍。見"說文"。2傳遞信件。如:郵差。3過失。通訧。4姓。'春秋'時'晉'有'郵無正'。見"萬姓統譜·六三"。

7【郵局】 ㄧㄡˊ ㄐㄩˊ
郵政局的簡稱。爲國家專設以辦理郵務的機關。

9【郵政】 ㄧㄡˊ ㄓㄥˋ
以便利公私通信、促進文化經濟建設爲目的的國營事業。我國郵政業務包括政府專營之信函、包裹及儲金匯兌、壽險業務。

17【郵購】 ㄧㄡˊ ㄍㄡˋ
利用郵匯或劃撥向廠商購買物品。

18【郵戳】 ㄧㄡˊ ㄔㄨㄛ
郵局用以蓋銷郵票,或表示處理日期、時刻及地點的戳記。

䣝 ㄩㄥ yung¹ 音邕
多。也作雍。見"方言·一〇"。

鄉 或作鄉。一 ㄒㄧㄤ hsiang¹ 音香
1古制以一萬二千五百戶爲一鄉。今依照"中華民國憲法"有關地方制度之規定,鄉鎮本非自治體,換言之,鄉鎮本爲縣的編制單位(行政單位),而村里又爲鄉鎮的細胞組織;但如依"臺灣省各縣市實施地方自治綱要"之規定:「鄉鎮亦爲法人。」顯然的,鄉鎮亦變爲自治體。鄉與鎮在現行地方體制上處於同層級之地位,其主要差別在於:鄉之內的人口聚落較分散,以農業爲主,交通較不便利;鎮之內的人口聚落較密集,工商較發達,交通較便利。2泛指人口稀少的郊野地區。如:窮鄉僻壤。3通稱一個地方或區域。如:漁米之鄉。4指祖籍或出生的所在地。如:還鄉。

二 ㄒㄧㄤˋ hsiang⁴ 音向
1趨向;朝向。也作向、嚮。如:鄉風慕義。2從前;往日。通曩。如:鄉者。

6【鄉曲】 ㄒㄧㄤ ㄑㄩ
1鄉野偏僻的地方。2故里;家

鄉。

7【鄉村】 ㄒㄧㄤ ㄘㄨㄣ
凡未達城市標準人口的鎮,以及村莊、獨屋等聚落,均稱爲鄉村。農業人口占全人口百分率很低的國家農村很少,所以鄉村並非都是農村。

8【鄉長】 ㄒㄧㄤ ㄓㄤˇ
①一鄉的行政首長。由鄉民直接選出。②稱年長的同鄉,或同鄉間之互稱。

9【鄉音】 ㄒㄧㄤ ㄧㄣ
故鄉的口音;家鄉話。

【鄉勇】 ㄒㄧㄤ ㄩㄥˇ
‘清代’末葉,由地方人士組成的鄉土自衛組織。如‘曾國藩’的‘湘’軍、‘李鴻章’的‘淮’軍等是。

10【鄉貢】 ㄒㄧㄤ ㄍㄨㄥˋ
‘唐’取士方法之一。‘唐’取士,其人才來源有三:出自館監(‘弘文’、‘崇文’二館及國子監)者,稱爲生徒;經由州縣考選者,稱爲鄉貢;由天子下令徵召者,稱爲制舉。每年十一月,生徒與鄉貢生被送往尚書省,由吏部考功員外郎主持考試,錄取後任用。‘開元’末,改由禮部侍郎主試。歷代因之。‘宋’以州貢士,‘元’‘明’‘清’以行省貢士,也稱鄉貢。

【鄉原】 ㄒㄧㄤ ㄩㄢˋ
外表忠厚誠實,頗獲世俗讚譽,其實毫無原則的人。也作鄉愿。

11【鄉梓】 ㄒㄧㄤ ㄗˇ
故鄉;鄉里。

【鄉貫】 ㄒㄧㄤ ㄍㄨㄢˋ
祖籍;籍貫。

【鄉紳】 ㄒㄧㄤ ㄕㄣ
鄉里中有地位名望的人。

13【鄉試】 ㄒㄧㄤ ㄕˋ
科舉時代,各省選拔舉人的考試。每三年舉行一次。

【鄉愁】 ㄒㄧㄤ ㄔㄡˊ
思鄉的情感。

15【鄉誼】 ㄒㄧㄤ ㄧˋ
同鄉的情分。

16【鄉親】 ㄒㄧㄤ ㄑㄧㄣ
同鄉。

19【鄉關】 ㄒㄧㄤ ㄍㄨㄢ
故鄉。

20【鄉黨】 ㄒㄧㄤ ㄉㄤˇ
①家鄉。②同鄉的人。

3【鄉土藝術】 ㄒㄧㄤ ㄊㄨˇ ㄧˋ ㄕㄨˋ
(Heimat Kunst; regionalism) 指以田園農村的題材,表現鄉民淳樸敦厚的思想、感情,以及勞動生活之希求與理想的藝術。興起於十九世紀末的‘德國’。以‘福蘭森’(Gustav Frenssen)、‘蘇德曼’(Hermann Sudermann)爲代表作家。

5【鄉民社會】 ㄒㄧㄤ ㄇㄧㄣˊ ㄕㄜˋ ㄏㄨㄟˋ
(peasant society) ‘美國’人類學家‘瑞德福’(Robert Redfield)所提出的社會類別觀念。其特徵包括:未工業化或部分工業化,以農林業爲主要生計方式,以家族爲最重要的社會單位,對城市中心呈現不同程度的互賴關係,鄉民與土地、傳統和當地社區有密切關係。

7【鄉村建設運動】 ㄒㄧㄤ ㄘㄨㄣ ㄐㄧㄢˋ ㄕㄜˋ ㄩㄣˋ ㄉㄨㄥˋ
西元1920年代,我國學界受西方教育與社會思潮的影響,所提倡以鄉村教育爲中心的運動。較重要者有三派:一、鄉村生活改造派:以‘陶行知’爲代表,倡導生活即教育,社會即學校;二、鄉村建設派:以‘梁漱溟’爲代表,推行鄉村自治;三、平民教育派:以‘晏陽初’爲代表,主張廣設平民學校,培養國人的知識力、生產力和共同心。1930年代前後漸轉爲政府政策,初由‘農村復興委員會’負責,繼由‘全國經委會’推動。

鄊 鄉的俗體。

鄅 ㄩˇ yü3 音禹
古國名。‘妘’姓。在今‘山東省’‘臨沂縣’北。見“說文”。

鄇 ㄏㄡˋ hou4 音候
‘春秋’時‘溫國’別邑。在今‘河南省’‘武陟縣’西南。見“說文”。

10

鄍 ㄇㄧㄥˊ ming2 音明
‘春秋’時‘晉’邑。在今‘山西省’‘平陸縣’東北。見“說文”。

鄗 ㊀ ㄏㄠˋ hao4 音浩
①‘周武王’的首都。在今‘陝西省’‘長安縣’。通作‘鎬’。見“說文通訓定聲”。②‘春秋’時‘晉’邑。在今‘河北省’‘柏鄉縣’北。見“左傳・哀四年”。③‘春秋’時‘齊’地。在今‘山東省’‘蒙陰縣’境。見“公羊傳・桓一五年”。

㊁ ㄑㄧㄠ ch'iao1 音敲
山名。在今‘河南省’‘成皋縣’境。見“集韻”。

㊂ ㄐㄧㄠ chiao1 音郊
‘春秋’時‘晉’地。在今‘山西省’南部。通作‘郊’。見“史記・秦紀”。

鄐 ㄔㄨˋ ch'u4 音畜
①‘春秋’時‘晉’邑。見“說文”。②姓。‘漢’有‘鄐熙’。見“廣韻”。

䣕 ㄇㄚˋ ma4 音罵
參郙䣕。

鄑 ㄗ tzŭ1 音資
①‘春秋’時‘紀’邑。故城在今‘山東省’‘昌邑縣’西北。②‘春秋’時‘宋’、‘魯’間地。在今‘山東省’‘濟寧縣’境。

鄏 ㄖㄨˋ ju4 音辱
參郟鄏。

鄖 ㄩㄣˊ yün2 音云
也作‘郧’。①‘周’時國名。在今‘湖北省’‘安陸縣’。見“說文”。②‘春秋’時‘衛’地。在今‘江蘇省’‘如皋縣’東。見“春秋・哀一二年”。

6【鄖西人】 ㄩㄣˊ ㄒㄧ ㄖㄣˊ
西元1976年我國‘湖北省’‘鄖西縣’‘白龍洞’出土一批脊椎動物化石,其中有兩顆人類的牙齒化石,學者稱為「鄖西人」。由牙齒的形態特徵及哺乳類動物化石推測，其年代或與‘湖北省’的「鄖縣人」相同，都是生存在更新世中期，距今約五十萬至一百萬年之間的原始「直立人」。

16【鄖縣人】 ㄩㄣˊ ㄒㄧㄢˋ ㄖㄣˊ
西元1975年我國‘湖北省’‘鄖縣’‘梅鋪’的‘龍骨洞’中發現四顆人類的臼齒化石、一件有加工痕跡的石核及廿餘種哺乳動物化石。這四顆人齒的形態大致類似「北京人」，但其齒冠、齒根較粗壯碩大，則是較原始的特徵，學者稱為「鄖縣人」。由伴隨出土的哺乳動物推測，「鄖縣人」的年代大約在更新世中期，距今約五十萬至一百萬年前，略早於「北京人」的「直立人」。

鄒 ㄗㄡ tsou¹ 音諏
①本‘春秋’時‘邾國’，至‘戰國’始改稱‘鄒國’。也作‘騶’。故址在今‘山東省’‘鄒縣’境。②族名。參鄒族。③姓。‘戰國’時‘齊’有‘鄒衍’。見“元和姓纂·五”。

9【鄒衍】 ㄗㄡ ㄧㄢˇ
(前305?～前240?)‘戰國’時‘齊’‘臨淄’(今‘山東’‘臨淄’)人。也作‘騶衍’。為陰陽家先驅。著書立說，名重諸侯，‘燕昭王’曾任為相。

10【鄒容】 ㄗㄡ ㄖㄨㄥˊ
(1885～1905)‘四川省’‘巴縣’人，原名‘紹陶’，字‘蔚丹’。早年赴‘日’留學，參加留‘日’學界革命運動。歸國後，入‘愛國學社’，撰有“革命軍”一書，歷數‘滿’人入主‘中國’以來之罪惡，‘章炳麟’曾於“蘇報”撰文介紹。後‘章’被捕，‘容’自動投案，終被迫害死於獄中。

鄒容像

11【鄒族】 ㄗㄡ ㄗㄨˊ
‘臺灣’原住民的一族。又稱‘曹族’。分布於‘玉山’西麓、‘嘉義縣’東境‘阿里山’區及‘高雄縣’東北‘高屏溪’發源地區。又可分為三支：北支為‘阿里山’‘曹族’(Tsou)，中支為‘卡那卡那布’(Kanakanabu)，南支為‘薩阿魯阿’(Sa'arua)，都居住在‘高屏溪’上游。人口約有4,800。營農耕，兼事漁獵生活，信仰泛靈。

15【鄒魯】 ㄗㄡ ㄌㄨˇ
①指文教興盛的地區。‘孔子’為‘魯’人，‘孟子’為‘鄒’人，故稱。②(1885～1954)‘廣東省’‘大埔縣’人，字‘海濱’。‘清’末留學‘日本’，參加‘同盟會’。歷任‘國民黨’中央委員、‘國立中山大學’校長等職。著有“中國國民黨史稿”、“澄廬文選”等書。

鄒魯像

郰 ㄙㄡ sou¹ 音搜
參郰瞞。

16【郰瞞】 ㄙㄡ ㄇㄢˊ
古國名。在今‘山東省’北境。

郋 ㄒㄧˋ hsi⁴ 音隙
古國名。故城在今‘河南省’‘息縣’東。一作‘息’。見“正字通”。

鄔 ㄨ wu¹ 音烏
①‘春秋’‘鄭’地。今名‘鄔聚’，在‘河南省’‘偃師縣’西南。②舊縣名。‘漢’置。故城在今‘山西省’‘介休縣’東北。

11

鄣 ㊀ ㄓㄤ chang¹ 音章
‘春秋’時‘紀’的附庸國。在今‘山東省’‘東平縣’東。見“春秋·莊三〇年”。
㊁ ㄓㄤˋ chang⁴ 音障
通障。①堵塞。②屏障。

鄘 ㄩㄥ yung¹ 音庸 又讀 ㄩㄥˊ yung² 音喁
①古國名。⑴‘周’初所分。故城在今‘河南省’‘汲縣’東北。⑵‘春秋’時‘楚國’的附庸國。一作‘庸’。故城在今‘湖北省’‘竹山縣’東南。②城垣。通墉。

鄜 ㄈㄨ fu¹ 音夫
①州名。‘西魏’置。‘清’改為直隸州，轄有今‘陝西省’‘洛川’、‘黃陵’、‘宜君’三縣地。②舊縣名。故城在今‘陝西省’‘洛川縣’東南。③縣名。屬‘陝西省’。④山名。即‘鄜畤山’。在今‘陝西省’‘洛川縣’南。

鄨 ㄅㄧˋ pi⁴ 音必 又讀 ㄅㄧㄝ pieh¹ 音鱉
①舊縣名。故城在今‘貴州省’‘遵義縣’西。②水名。今名‘烏江’。

鄠 ㄏㄨˋ hu⁴ 音戶
①‘夏’時的‘扈國’、‘秦’時的‘鄠’邑、‘漢’時的‘鄠縣’。在今‘陝西省’‘鄠縣’北。見“說文”。②縣名。屬‘陝西省’。

鄝 ㄌㄧㄠˋ liao⁴ 音料
古國名。一作‘蓼’。在今‘河南省’‘固始縣’東北。

鄢 ㄧㄢ yen¹ 音焉
①古國名。在今‘河南省’‘鄢陵縣’西北。②地名。⑴‘春秋’時‘鄭’邑。即今‘河南省’‘滎陽縣’治。⑵即‘鄢城’。故城在今‘湖北省’‘自忠縣’南‘鄢水’北岸。③水名。一作‘潙’。一名‘夷水’，今名‘蠻河’。源出今‘湖北省’‘南漳’、‘保康’二縣間的‘康狼山’，東南流至‘自忠縣’南注入‘漢水’。④姓。‘明’有‘鄢高’。見“萬姓統譜·二八”。

11【鄢陵】 ㄧㄢ ㄌㄧㄥˊ
也作‘傿陵’。①‘春秋’時‘鄭’邑。在今‘河南省’‘滎陽縣’縣治。②縣名。屬‘河南省’。盛產棉花、胡麻。

鄟 ㄓㄨㄢ chuan¹ 音專
‘春秋’時‘魯’附庸國。故地在今‘山東省’‘郯城縣’東北。

鄞 ㄧㄣˊ yin² 音銀
縣名。屬‘浙江省’。為‘滬杭甬鐵路’南段的起點。

鄙 ㄅㄧˇ pi^{3} 音比 又讀 ㄅㄧˋ pi^{4} 音畢

[1]古五百家爲一鄙。[2]泛指郊野、邊邑。如:西鄙。[3]卑陋;淺薄。如:鄙陋。[4]輕視;賤視。如:鄙笑。

2【鄙人】 ㄅㄧˇ ㄖㄣˊ
[1]邊遠鄉野的人。[2]身分微賤的人。多用爲自稱的謙詞。

6【鄙夷】 ㄅㄧˇ ㄧˊ
輕視;賤視。

7【鄙吝】 ㄅㄧˇ ㄌㄧㄣˋ
鄙陋貪吝。形容器量狹小。

9【鄙俚】 ㄅㄧˇ ㄌㄧˇ
粗俗。

【鄙俗】 ㄅㄧˇ ㄙㄨˊ
[1]鄙陋粗俗。[2]謙稱自己本地的風俗。

11【鄙視】 ㄅㄧˇ ㄕˋ
輕視;瞧不起。

【鄙棄】 ㄅㄧˇ ㄑㄧˋ
鄙視捨棄。

13【鄙意】 ㄅㄧˇ ㄧˋ
謙稱自己的意見。

15【鄙賤】 ㄅㄧˇ ㄐㄧㄢˋ
粗俗低賤。

17【鄙薄】 ㄅㄧˇ ㄅㄛˊ
[1]鄙視;嫌惡。[2]鄙陋;微薄。多用爲自謙之詞。

鄤 ㄇㄢˋ man^{4} 音曼
‘春秋’時‘鄭’地。在今‘河南省’‘汜水縣’境。見“左傳·成三年”。

鄚 ㄇㄛˋ mo^{4} 音寞
舊縣名。‘漢’置,屬‘涿郡’。‘唐’時改州。在今‘河北省’‘任丘縣’北。見“說文”。

鄛 ㄔㄠˊ $ch'ao^{2}$ 音巢
古鄉名。‘漢’屬‘南陽’‘棘陽縣’。在今‘河南省’‘新野縣’。見“說文·鄛·段注”。

鄙
鄙的俗體。

鄡 ㄑㄧㄠ $ch'iao^{1}$ 音蹺
舊縣名。‘漢’置。故城在今‘河北省’‘東鹿縣’東。

12

鄯 ㄕㄢˋ $shan^{4}$ 音善
州名。‘後魏’置。州治在今‘青海省’‘樂都縣’。

鄭 ㄓㄥˋ $ch\hat{e}ng^{4}$ 音政
[1]古國名。‘春秋’初立,都‘新鄭’。在今‘河南省’‘新鄭縣’。[2]慎重;謹慎。如:鄭重。[3]姓。‘漢’有‘鄭玄’。見“萬姓統譜·一〇七”。

5【鄭玄】 ㄓㄥˋ ㄒㄩㄢˊ
(127～200)‘東漢’‘高密’(今‘山東’‘高密’西南)人,字‘康成’。早年入太學受業,後師事‘馬融’。黨禍起,曾被禁錮十四年。爲學以古文經說爲主,兼取今文經說,摒棄陰陽圖讖。曾注“易”、“書”、“詩”、三“禮”等,又著有“六藝論”、“毛詩譜”等。學生纂輯其問答五經之說成“鄭志”八篇。

7【鄭志】 ㄓㄥˋ ㄓˋ
‘鄭玄’門生依“論語”例,追錄師說而成。本八篇,至‘玄’孫‘小同’析爲十一卷。原書‘北宋’初亡佚,今本三卷,補遺一卷,乃後人所輯。

8【鄭和】 ㄓㄥˋ ㄏㄜˊ
(1371～1435)‘明’‘雲南’人,本姓‘馬’,小字‘三保’。從‘燕王’‘朱棣’起兵有功,賜國姓‘鄭’,時稱‘三保太監’。‘成祖’‘永樂’三年(1405)起,二十八年間曾前後七次航海至南洋、‘印度’、‘波斯’、‘非洲’東岸等三十餘國,開‘中’外交通最遠航路,宣揚國威,海外各國遂爭相來貢。

9【鄭昭】 ㄓㄥˋ ㄓㄠ
(Pharya Taksin, 1734～1782)‘暹羅’‘東部利王朝’(Thonburi Dynasty)的國王。父親爲‘漢’人,娶‘暹羅’女子,生‘昭’。西元1767年‘暹羅’被‘緬甸’王‘孟駁’(Hsin-byushin)攻占,‘昭’率軍將‘緬’人驅逐,在‘曼谷’建‘東部利王朝’。晚年精神失常,政治紊亂,1782年被殺,由武將‘卻克里’(Chao Phraya Chakri)繼承。‘卻克里’自稱‘鄭昭’之子,一說女婿,‘漢’名‘鄭華’,曾於‘乾隆’五十一年(1786)入貢,‘清’封之爲‘暹羅’國王。

【鄭重】 ㄓㄥˋ ㄓㄨㄥˋ
莊重審慎。

11【鄭眾】 ㄓㄥˋ ㄓㄨㄥˋ
[1](?～85)‘東漢’‘河南’‘開封’(今‘河南’‘開封’)人,字‘仲師’。‘永平’初,以明經給事中出使‘匈奴’。‘章帝’時任大司農,經學家稱爲‘鄭司農’。又因後有‘鄭玄’,故稱‘眾’爲先‘鄭’。著有“春秋難記條例”,以兼通“易”、“詩”、“三統曆”有名於當時。[2](?～114)‘東漢’宦官。‘南陽’‘犨’(今‘河南’‘魯山’東南)人,字‘季產’。‘章帝’時爲中常侍,‘和帝’初,‘竇憲’專權,‘眾’與帝定計誅‘憲’,以功遷大長秋。

13【鄭經】 ㄓㄥˋ ㄐㄧㄥ
(1642～1681)‘明’末‘鄭成功’長子。一名‘錦’,字‘賢之’,號‘式夫’。工詩賦,善弓馬,但好色寡斷。‘成功’逝世,‘經’嗣立,以‘陳永華’爲輔,在位十九年。

16【鄭樵】 ㄓㄥˋ ㄑㄧㄠˊ
(1104～1162)‘南宋’‘莆田’(今‘福建’‘莆田’)人,字‘漁仲’。居‘夾漈山’,人稱‘夾漈先生’。累官至‘樞密院’編修官。苦學三十年,精通天文、地理、聲韻及草木、鳥獸之學。著作頗豐,以“通志”最著名。

17【鄭燮】 ㄓㄥˋ ㄒㄧㄝˋ
(1693～1765)‘清’‘江蘇’‘興化’人,字‘克柔’,號‘板橋’。爲人疎宕不羈,有狂名,而天性純厚。‘乾隆’進士,知‘濰縣’時,值歲荒,爲民請賑,忤大吏,罷歸。詩、書、畫俱佳,人稱「鄭燮三絕」。有“板橋全集”。

【鄭聲】 ㄓㄥˋ ㄕㄥ
‘鄭國’的音樂。‘東周’時‘鄭國’工商發達,人民富裕,社會開放,男女公開交往,故產生許多感情奔放的情歌,儒者以爲是淫靡的音樂而加以反對。後世遂稱淫蕩不雅正的音樂爲‘鄭’聲。

3【鄭士良】 ㄓㄥˋ ㄕˋ ㄌㄧㄤˊ

(1863～1901)‘廣東省’‘惠陽縣’人。別號‘弼臣’。早歲結交‘洪門’會黨，具排‘滿’復‘漢’思想。後入‘香港’‘博濟醫學院’，與‘孫中山’先生同學，暢言國事，爲‘孫’所吸收的第一位革命同志。曾參加乙未‘廣州’之役、庚子‘惠州’之役，事敗後，走避‘香港’，奸人貪得‘清’廷重賞，設宴毒斃。

6【鄭成功】 ㄓㄥˋ ㄔㄥˊ ㄍㄨㄥ

(1624～1662)‘福建’‘南安’人，初名‘森’，字‘大木’；‘唐王’賜姓‘朱’，改名‘成功’，人稱‘國姓爺’。其父‘鄭芝龍’降‘清’，‘成功’遁入海島，‘桂王’封‘延平郡王’。曾出師‘長江’，攻‘南京’，爲‘清’軍所敗，後退取‘臺灣’爲根據地，仍奉‘明’年號，未幾而卒。

鄭成功像

【鄭光祖】 ㄓㄥˋ ㄍㄨㄤ ㄗㄨˇ

‘元’‘平陽’‘襄陵’(今‘山西’‘襄陵’)人，字‘德輝’。曾任‘杭州’路吏。精於詞曲。著雜劇近二十種，以“倩女離魂”爲代表作。

8【鄭芝龍】 ㄓㄥˋ ㄓ ㄌㄨㄥˊ

(1604～1661)‘明’末‘福建’‘南安’人，字‘飛黃’，小字‘一官’。初航海於‘東海’，繼‘顏思齊’稱霸海上。後受‘明’室招撫，累官總兵。‘明’亡，擁立‘唐王’‘朱聿鍵’於‘福州’，封‘平國公’，但爲‘清’兵所敗，獻‘仙霞嶺’降，後與族人在‘北京’被殺。

9【鄭思肖】 ㄓㄥˋ ㄙ ㄒㄧㄠˋ

(1241～1318)‘南宋’‘福建’‘連江’人，字‘憶翁’，號‘所南’。以太學上舍應博學鴻詞科。‘宋’亡，隱居‘蘇州’，自稱‘三外野人’，常南向痛哭。善畫墨蘭，入‘元’後，畫蘭不畫土。著有“蘭譜”；又記‘宋’亡之痛而著“心史”，稱“鐵函心史”或“井中心史”。今有“鄭所南先生文集”行世。

10【鄭振鐸】 ㄓㄥˋ ㄓㄣˋ ㄉㄨㄛˊ

(1898～1958)‘福建’‘長樂’人，生於‘浙江’‘溫州’，字‘西諦’。畢業於‘北京’‘鐵路管理學校’(‘交大’前身)。新文學運動起，編輯多種報刊雜誌，並從事譯著，任教‘北平’各大學。‘中共’政權成立後，歷任黨政、藝文要職。著有“插圖本中國文學史”、“中國俗文學史”等。

鄭振鐸像

11【鄭國渠】 ㄓㄥˋ ㄍㄨㄛˊ ㄑㄩˊ

‘戰國’時‘韓國’水工‘鄭國’爲‘秦’開鑿的河渠。自今‘陝西省’‘涇陽縣’西北‘仲山’山麓分‘涇水’東流，經‘三原’、‘富平’、‘蒲城’諸縣注入‘洛水’，全長三百餘里。渠成，‘關’中遂爲沃野。

6【鄭州商城】 ㄓㄥˋ ㄓㄡ ㄕㄤ ㄔㄥˊ

發現於‘河南省’‘鄭縣’的‘商代’早期夯土城牆。城牆略作方形，周長近7公里，東、南牆長1,700公尺，西牆約1,870公尺，北牆約1,690公尺。由於城內爲市區，挖掘困難，在東北部發現幾處大型夯土臺基及房基，可能爲宮殿基址。

15【鄭衛之音】 ㄓㄥˋ ㄨㄟˋ ㄓ ㄧㄣ

指淫靡的音樂或文學作品。‘周朝’時‘鄭’、‘衛’兩國的通俗音樂，多男女相思相悅之詞，感情奔放，儒者視爲淫靡之音。

鄰

ㄌㄧㄣˊ *lin*² 音臨

①‘周’時以五家爲鄰。今爲村或里內之編組單位。一鄰通常包括十數戶至數十戶不等，村內之鄰以十戶至三十戶爲原則；里內之鄰以二十戶至五十戶爲原則。②接連；附近。③(ortho)用於有機化合物名稱之字首，表苯之衍生物中取代基位於相鄰(或稱1,2)位置。如：鄰二甲苯。

11【鄰接區】 ㄌㄧㄣˊ ㄐㄧㄝ ㄑㄩ

(contiguous zone)“聯合國海洋法公約”稱爲毗連區。爲鄰接一國之領海，從測算領海寬度的基線量起，不超過24浬之海域。沿海國在此區域內可行使爲下列必要之管制：一、防止其在領土或領海內違犯其海關、財政、移民或衛生的法律和規章；二、懲治在其領土或領海內違犯上述法律和規章的行爲。

7【鄰里單元】 ㄌㄧㄣˊ ㄌㄧˇ ㄉㄢ ㄩㄢˊ

(neighborhood unit) 都市居住環境組構中的基本單位。單元內除住宅區外，尚備有居民日常生活所需的各項公共設施，如學校、教堂、商店、公園綠地及小型服務性工業。其規模以能維持一所國民小學的設置爲準。

鄫

ㄘㄥˊ *ts'êng*² 音層

①‘夏禹’後裔的封邑。故城在今‘山東省’‘嶧縣’東。見“說文”。②‘春秋’時‘鄭’地。在今‘河南省’‘柘城縣’北。見“左傳·襄元年”。

鄩

ㄒㄧㄣˊ *hsin*²

①‘春秋’時‘周’邑。故城在今‘河南省’‘鞏縣’。見“說文”。②姓。‘周’有‘鄩肸’。見“通志·氏族略三”。

鄪

ㄅㄧˋ *pi*⁴ 音必

‘春秋’時‘魯’邑。在今‘山東省’‘魚臺縣’西南。也作‘⿰弗阝’，通作‘費’、‘肸’。見“集韻”。

鄧

ㄉㄥˋ *têng*⁴ 音瞪

①古國名。‘曼’姓，故地在今‘河南省’‘鄧縣’。②古地名。(1)‘春秋’‘魯’地。在今‘山東省’‘滋陽縣’境。(2)‘春秋’‘蔡’地。在今‘河南省’‘郾城縣’東南。③姓。‘漢’有‘鄧禹’。見“萬姓統譜·一〇九”。

6【鄧艾】 ㄉㄥˋ ㄞˋ

(197～264)三國‘義陽’‘棘陽’(今‘河南’‘新野’)人，字‘士載’。初爲‘司馬懿’掾屬，建議屯田兩‘淮’。累官鎭西將軍，都督'隴右'軍事，封'鄧侯'。曾與'鍾會'攻'蜀'，其另帶一軍攻破'成都'。後'鍾會'陰告謀反，被殺。

8【鄧析】 ㄉㄥˋ ㄒㄧ

(前545～前501)'春秋''鄭'人。能操兩可之說，設無窮之辭。曾私撰刑法，書於竹簡，稱爲"竹刑"。後被'鄭國'執政'駟顓'所殺。"漢書·藝文志"著錄有"鄧析子"二篇。

【鄧拓】 ㄉㄥˋ ㄊㄨㄛˋ

(1912～1966)'福建''閩侯'人。早年入'上海''光華大學'。參加'左翼社會科學家聯盟'、'中國共產黨'。後轉入'上海''法政學院'經濟系。抗戰軍興，潛往'中共'邊區，主持文宣工作。此後歷任'中共'黨政職務。文化大革命起，備受凌辱，自殺而死。著有"中國救荒史"、"燕山夜話"、"三家村札記"(與'吳晗'、'廖沫沙'合著)。

鄧拓像

【鄧肯】 ㄉㄥˋ ㄎㄣˇ

(Isadora Duncan, 1878～1927)'美國'女舞蹈家。創立與古典芭蕾相對的自由舞蹈，形式活潑，線條優美，題材廣泛，能反映社會現實。

9【鄧洛普】 ㄉㄥˋ ㄌㄨㄛˋ ㄆㄨˇ

(John Boyd Dunlop, 1840～1921)'蘇格蘭'人。充氣車胎的發明人。原爲獸醫。西元1887年爲其子設計一種充氣車胎，1888年申請'英國'專利權，1890年設立公司開始對一般大眾銷售，該公司後即名之爲'鄧洛普公司'(Dunlop Company)。

鄲 ㄉㄢ *tan*¹ 音單

參邯鄲。

鄱 ㄆㄛˊ *p'o*² 音婆

參鄱陽湖。

12【鄱陽湖】 ㄆㄛˊ ㄧㄤˊ ㄏㄨˊ

我國第一大的淡水湖。古稱'彭蠡'或'彭澤'。位於'江西省'北部。納'修水'、'贛江'、'信江'、'昌江'等水入湖，再北流經'湖口縣'注入'長江'。湖面積大小隨季節變化，夏季水漲，'江'水分洩入湖；多季水落，湖水入'江'，頗具調節'長江'水量的功能。

鄦 ㄒㄩˇ *hsü*³ 音許

'周'時諸侯國。本作'鄦'，通作'許'。'姜'姓。男爵。故地在今'河南省''許昌縣'。見"說文"。

鄮 ㄇㄠˋ *mao*⁴ 音茂

舊縣名。'漢'置。故城在今'浙江省''鄞縣'東。見"說文"。

13

鄳 ㄇㄥˊ *mêng*² 音萌

舊縣名。在今'河南省''羅山縣'西南。

鄵 ㄘㄠˋ *ts'ao*⁴ 音糙

'春秋'時'鄭'地。在今'河南省''新鄭'、'魯山'二縣之間。見"春秋·襄七年"。

鄴 ㄧㄝˋ *yeh*⁴ 音業

①'春秋'時'齊'邑。故城位於今'河南省''臨漳縣'西。②姓。'漢'有'鄴鳳'。見"萬姓統譜·一二四"。

鄶 ㄎㄨㄞˋ *k'uai*⁴ 音快

①古國名。'周'初封'祝融'之後於此。故地在今'河南省''密縣'東北。通作'檜'。見"說文"。②姓。'宋'有'鄶士隆'。見"萬姓統譜·九七"。

14

鄹 ㈠ ㄗㄡ *tsou*¹ 音鄒

①古國名。同'鄒'。故城在今'山東省''鄒縣'。見"玉篇"。②'春秋'時'魯'邑。爲'孔子'的故鄉。即今'山東省''曲阜縣'東南的'鄹城'。通作'郰'。見"集韻"。

㈡ ㄐㄩˋ *chü*⁴ 音聚

民眾聚居的地方。見"集韻"。

鄸 ㄇㄥˊ *mêng*² 音蒙

'春秋'時'曹'邑。在今'山東省''曹縣'北。見"集韻"。

15

鄺 ㄎㄨㄤˋ *k'uang*⁴ 音況 又讀 ㄍㄨㄤˇ *kuang*³ 音廣

姓。'明'有'鄺埜'。見"萬姓統譜·一〇六"。

鄽 ㄔㄢˊ *ch'an*² 音纏

市上的店鋪。同廛。見"集韻"。

鄻 ㄌㄧㄢˇ *lien*³ 音臉

'春秋'時'周'邑。在今'河南省''宜陽縣'境。見"說文"。

鄾 ㄧㄡ *yu*¹ 音憂

'春秋'時'鄧'地。在今'湖北省''襄陽縣'北。見"說文"。

16

鄹 ㄧㄢˋ *yen*⁴ 音宴

古地名。見"說文"。

17

酃 ㄌㄧㄥˊ *ling*² 音零

參酃縣。

16【酃縣】 ㄌㄧㄥˊ ㄒㄧㄢˋ

縣名。在'湖南省''茶陵縣'東南，與'江西省'接界。本'漢''茶陵縣'地，'宋''嘉定'四年(1211)析置，屬'茶陵軍'，'明''清'均屬'衡州府'。'民國'裁府留縣，仍隸'湖南省'。

酁 ㄔㄢˊ *ch'an*² 音讒

'春秋'時'宋'邑。見"說文"。

18

酆 ㄈㄥ *fêng*¹ 音風

①古地名。'周文王'建都於此。故城在今'陝西省''鄠縣'東。②姓。'春秋'有'酆舒'。見"通志·氏族略二"。

11【酆都】 ㄈㄥ ㄉㄨ

①道教稱冥府所在地。②縣名。屬'四川省'。

【酆都大帝】 ㄈㄥ ㄉㄨ ㄉㄚˋ ㄉㄧˋ

道教稱主宰幽冥地府之神。由於'四川''酆都縣''平都山'傳爲'東漢''王方平'、'陰長生'修煉之地,世傳'王'、'陰'爲'陰王',民間遂以'酆都'爲'陰王'冥府所在地,'酆都城'的'閻羅殿'乃被傳爲'酆都大帝'之宮殿。至於'酆都大帝'相傳爲'炎帝''大庭氏',諱'慶甲',爲天下鬼神之宗,治'羅酆山',其山有鬼神宮室;一說'地藏王菩薩'爲'酆都大帝'。

酁 ㊀ ㄏㄨㄢ *huan*^{1} 音歡 '春秋'時'魯'邑。在今'山東省''肥城縣'西南。通作'讙'。見"說文"。

㊁ ㄑㄩㄢ *ch'üan*^{1} 音圈 古鄉名。在今'山西省''聞喜縣'境。

酅 ㄒㄧ *hsi*^{1} 音希 ①'春秋'時'紀'邑。在今'山東省''臨淄縣'東。見"說文"。②'春秋'時'齊'地。在今'山東省''東阿縣'西南。見"春秋·僖二六年"。

19

酈 ㄌㄧˋ *li*^{4} 音麗 ①'春秋'時'楚'地。在今'河南省''內鄉縣'東北。見"說文"。②姓。'漢'有'酈食其'。見"通志·氏族略三"。

9【酈食其】 ㄌㄧˋ ㄧˋ ㄐㄧ
'漢''陳留''高陽'(今'河南''杞縣'西)人。有辯才。'秦'末,'劉邦'攻'高陽','食其'獻計,攻陷'陳留',賜號'廣野君'。後又游說'齊王''田廣'歸'漢',時'韓信'攻'齊','齊王'疑爲'食其'所出賣,遂烹殺'食其'。

13【酈道元】 ㄌㄧˋ ㄉㄠˋ ㄩㄢˊ
(?～527)'北魏''范陽'(今'河北''涿縣')人,字'善長'。曾任御史中尉,執法嚴猛。性好學,多覽奇書。舊有"水經",記述我國河流水道一百三十七條,'道元'爲之作注,文字綺麗,不僅是地理學名作,亦爲後世山水文學的典範。

酇 ㄗㄢˋ *tsan*^{4} 音贊 '周代'以百家爲一酇。見"說文"。

酉部

酉 ㄧㄡˇ *yu*^{3} 音有 ①十二地支的第十位。②十二時辰之一。指下午五時至七時。③姓。'戰國'有'酉牧'。見"萬姓統譜·八八"。

12【酉陽雜俎】 ㄧㄡˇ ㄧㄤˊ ㄗㄚˊ ㄗㄨˇ
'唐''段成式'撰,前集二十卷,續集十卷。分類編纂仙佛鬼怪、人事動植、酒食寺廟等,可供考證之資。

2

酋 ㄑㄧㄡˊ *ch'iu*^{2} 音求 ①陳酒。見"說文"。②部落的領袖。如:酋長。③成就。通就。④短。通遒。⑤聚集。通揂。

8【酋長】 ㄑㄧㄡˊ ㄓㄤˇ
①部落的領袖。②盜匪的首領。

【酋長社會】 ㄑㄧㄡˊ ㄓㄤˇ ㄕㄜˋ ㄏㄨㄟˋ
(chiefdom)社會組織類型的一種。此種社會,有權力逐漸集中的現象,酋長是合法的統治者,有權支配一切可資應用的資源。

酊 ㊀ ㄉㄧㄥˇ *ting*^{3} 音頂 參酩酊。

㊁ ㄉㄧㄥ *ting*^{1} 音丁 (tincture)指含動物性、植物性或化學性藥物的酒精或酒精製溶液。又稱丁幾、酊劑。

3

酒 ㄐㄧㄡˇ *chiu*^{3} 音久 用米、麥、高粱或葡萄等經發酵而製成的一種飲料。

2【酒力】 ㄐㄧㄡˇ ㄌㄧˋ
酒醉人的力量。

5【酒令】 ㄐㄧㄡˇ ㄌㄧㄥˋ
飲酒時助興取樂的遊戲。先推一人爲令官,其餘皆聽令官號令,違者罰酒。

9【酒保】 ㄐㄧㄡˇ ㄅㄠˇ
①賣酒的人。②酒店的侍者。

13【酒肆】 ㄐㄧㄡˇ ㄙˋ
賣酒的店鋪。

14【酒窩】 ㄐㄧㄡˇ ㄨㄛ
笑時出現在臉頰上的渦狀小凹。相傳有此相的人好飲酒,故稱。

【酒精】 ㄐㄧㄡˇ ㄐㄧㄥ
(alcohol)乙醇的俗名。參乙醇。

15【酒德】 ㄐㄧㄡˇ ㄉㄜˊ
①酒的性能作用。②喝酒時所表現的品性。也稱酒品。

17【酒糟】 ㄐㄧㄡˇ ㄗㄠ
釀酒後所剩餘的渣滓。可作動物的飼料或烹煮食用。

12【酒渣鼻】 ㄐㄧㄡˇ ㄓㄚ ㄅㄧˊ
(acne rosacea)又名赤鼻、酒糟鼻。患者鼻部及周圍起不定形深紅或暗紅色斑點,其上並有無數微血管分布,或形成結節及腫瘍。此症可能因飲酒或消化障礙所引致。

6【酒池肉林】 ㄐㄧㄡˇ ㄔˊ ㄖㄡˋ ㄌㄧㄣˊ
貯酒成池,掛肉成林。①形容奢侈縱欲。②形容酒肉之多。

【酒肉朋友】 ㄐㄧㄡˇ ㄖㄡˋ ㄆㄥˊ ㄧㄡˇ
只能共安樂,不能共患難的朋友。

9【酒食徵逐】 ㄐㄧㄡˇ ㄕˊ ㄓㄥ ㄓㄨˊ
不斷地互邀宴飲。

12【酒酣耳熱】 ㄐㄧㄡˇ ㄏㄢ ㄦˇ ㄖㄜˋ
形容人酒興正濃時的歡暢情態。

14【酒精中毒】 ㄐㄧㄡˇ ㄐㄧㄥ ㄓㄨㄥˋ ㄉㄨˊ
(alcoholism)由酒精引起的中毒症狀。可分急性與慢性兩種,前者乃單純進食過量的酒精導致酒醉,而使中樞神經系統的功能受到抑制;後者常由酗酒而引起,病人有肝病、神經系統障礙、智力減退、體重減輕、食慾變差、手顫抖及人格違常等症狀。

22【酒囊飯袋】 ㄐㄧㄡˇ ㄋㄤˊ ㄈㄢˋ ㄉㄞˋ

譏稱只會吃喝而無他用的人。

14【酒精性飲料】 ㄐㄧㄡˇ ㄐㄧㄥ ㄒㄧㄥˋ ㄧㄣˇ ㄌㄧㄠˋ

(alcoholic beverages) 以果汁、大麥或澱粉質等爲原料,利用酵母菌將原料中之糖分發酵成含酒精的飲料。按照國外的分類法,酒精性飲料一般分爲啤酒、葡萄酒及蒸餾酒三大類。

酐 ㄍㄢ *kan*¹ 音甘

(acid anhydrides) 又稱酸酐或酐類。本身不含可游離的氫原子,但溶於水時,將和水作用而使水溶液呈酸性的物質。例如醋酸酐、非金屬氧化物等。

酎 ㄓㄡˋ *chou*⁴ 音晝

醇酒。見"說文"。

配 ㄆㄟˋ *p'ei*⁴ 音佩

①男女結合爲夫婦。如:配偶。②女子出嫁。③妻子。如:元配。④合。如:配義與道。⑤旁附;陪襯。如:配搭。⑥分派;分發。如:配給。⑦充軍;流放。如:刺配。⑧調製;安排。如:配色。⑨增補組件或物品。如:配鑰匙。⑩畜牲交合。如:配種。⑪適當;相稱。

3【配子】 ㄆㄟˋ ㄗˇ

(gamete) 爲生物行有性生殖時,由配子母細胞經減數分裂而產生。雌雄配子結合而形成合子。

4【配方】 ㄆㄟˋ ㄈㄤ

①調配醫藥的處方。②按醫師的處方配藥。③在工業或農業上,把幾種原料,依照一定的比例和方式調配爲成品。④在一個兩項數式中加入一項,使成爲完全平方。如在 x^2 和 $2ax$ 之後加 a^2,就可得$(x+a)^2$式,這種配成完全平方的方法,稱爲配方,也是求二次式的因數和解二次方程式的方法。

5【配平】 ㄆㄟˋ ㄆㄧㄥˊ

(trim)飛機關於其三軸之飛行姿態所達成的一種調整。於直線飛行時,其各主要操縱面回復中立位置而產生平衡。

6【配件】 ㄆㄟˋ ㄐㄧㄢˋ

附件;物品的附屬品。

【配合】 ㄆㄟˋ ㄏㄜˊ

(fit)二個裝配製件的尺寸在裝配以前所產生的差異關係。

7【配克】 ㄆㄟˋ ㄎㄜˋ

(peck)①'美'乾量單位。爲 1/4 蒲式耳或 16 乾量品脫。②'英'液、乾量單位。爲1/4蒲式耳或1/16液品脫。

8【配享】 ㄆㄟˋ ㄒㄧㄤˇ

也作配饗。①指將賢人或功臣附祀於'孔子'廟、帝王的祖廟或其他祠廟。②帝王將歷代祖先與天合祭。

9【配音】 ㄆㄟˋ ㄧㄣ

(dubbing) 拍攝電影或錄製電視節目時,在部分或全部攝製完成之後,對著現有畫面配錄聲音。俗稱旁白或對嘴。

11【配偶】 ㄆㄟˋ ㄡˇ

也作配耦。①婚配。②夫妻彼此間互爲配偶。配偶爲人倫之始,由此而衍生父母、子女,發生血親、姻親關係。

12【配給】 ㄆㄟˋ ㄐㄧˇ

按照需要或規定量分給物資。有收費和不收費兩種,收費的又稱配售。

13【配置】 ㄆㄟˋ ㄓˋ

配備安置。

14【配種】 ㄆㄟˋ ㄓㄨㄥˇ

指動物爲繁殖而行交配。有自然交配與人工授精兩法。傳統的配種多爲自然交配,近代特別是在牲畜的配種上多改以人工授精。

4【配水池】 ㄆㄟˋ ㄕㄨㄟˇ ㄔˊ

(distribution reservoir)設置於配水系統以貯存適當水量的蓄水池。主用以調節供水,改善供水壓力,並助以選擇經濟的配水管徑。通常採自然重力式流下供水,其高度應保持於設計最低水位時配水系統各點最小動水壓在1.5~2.0kg/cm² 左右之處,有效水深以 3~6 公尺爲原則。形式上分地面式、高架式、配水塔式三種,其中以供水區附近有適當地形設置地面配水池最理想。若供水區標高相差甚大,可分區供水並分設配水池。較經濟的是建地下配水池,再配以抽水機加壓。

5【配平片】 ㄆㄟˋ ㄆㄧㄥˊ ㄆㄧㄢˋ

(trim tab)連接於飛機副翼、升降舵、方向舵等主要操縱面上的小型操縱面。可於飛行中自座艙內予以操縱。其活動方向與主操縱面相反,乃藉氣動力之作用以平衡駕駛員的施力,而收操作自如之效。

【配平角】 ㄆㄟˋ ㄆㄧㄥˊ ㄐㄧㄠˇ

(trim angle)①飛機達配平狀態時,一配平片裝置的角度。②水上飛機停於水面上時,機身縱軸與水面所形成的角度。

13【配電盤】 ㄆㄟˋ ㄉㄧㄢˋ ㄆㄢˊ

(distribution board) 裝設分路開關及控制電氣設備儀器的盤面或箱體。可監視電力電路及機器狀態,且依操作開關可遙控機器。一旦遇電路故障或異常狀態,可選擇啟斷,有自動防止故障、施行警報指示的功能。

4【配水管網】 ㄆㄟˋ ㄕㄨㄟˇ ㄍㄨㄢˇ ㄨㄤˇ

(pipe network) 由配水管、制水閥、救火栓所組成的配水系統。以配水管爲主,由配水總管將水分配至幹管,經支管、分管而及於全部供水區域。管網形狀依街道分布、地形、淨水廠、配水池位置等不同,可分爲幹支式、中心幹管棋盤式、環狀幹管棋盤式。三式各有優劣點,配水系統可單獨或合併二式而成。管網設計容量需滿足計畫最大時用水量或最大日用水量加救火用水量兩者中之大者。管網承受壓力視供水區地形、房屋高度、救火需要及用戶水管流過可能最大流量時水管、水表、衛生設備等水頭損失及需要出水壓力而定。

6【配合飼料】ㄆㄟˋ ㄏㄜˊ ㄙˋ ㄌㄧㄠˋ
兩種或兩種以上的飼料原料成比例混合，且依指定量和比例所製成的產品。

13【配置廣播】ㄆㄟˋ ㄓˋ ㄍㄨㄤˇ ㄅㄛˋ
(distribution broadcasting)太空傳播的第二階段。高於點對點的太空傳播。是以50瓦特以上強電力的太空衛星，配合特殊裝置的地面接收機，不經衛星接收站，而直接由電訊臺、電臺、通訊社，甚至學校、家庭接收訊號。

14【配對學習】ㄆㄟˋ ㄉㄨㄟˋ ㄒㄩㄝˊ ㄒㄧˊ
(paired-associate learning)將兩個普通字或無意義字配對成雙，首字爲刺激字，末字爲反應字，如此練習數次後，學習者見刺激字，隨即能聯想其反應字。

19【配類核對】ㄆㄟˋ ㄌㄟˋ ㄏㄜˊ ㄉㄨㄟˋ
(parity check)電腦或通信系統藉著配類數元偵測數據正誤的一種方法。其原理爲藉著配類數元之配合，使傳輸資料中所含「1」的總數固定爲奇數或偶數，接收端只要計算資料中「1」的總數爲奇數或偶數，即可測知其正確與否。

【配類數元】ㄆㄟˋ ㄌㄟˋ ㄕㄨˋ ㄩㄢˊ
(parity bit)電腦或通信系統傳輸一組數元中所多加的一個數元。其目的在核驗該組數元於傳遞時是否有誤。通常分爲奇配類與偶配類。以奇配類爲例，若該組數元中「1」的總數爲奇數，則配類數元爲「0」；若「1」的總數爲偶數，則配類數元爲「1」。兩種情況都使得資訊部分與配類數元合起來之後「1」的總數爲奇數，故稱爲奇配類。

14【配對比較法】ㄆㄟˋ ㄉㄨㄟˋ ㄅㄧˇ ㄐㄧㄠˋ ㄈㄚˇ
考績方法的一種。指員工之言行及工作成績，係由主管作成對比較而評定者。如有員工甲乙丙三人，甲與乙比較結果甲優於乙，乙與丙比較結果乙優於丙，則甲爲優、乙爲中等、丙最差。如所屬員工爲數眾多，則不宜採用。

酏 ㄧˊ *i*² 音夷
①黍酒。見“說文”。②釀酒用的稀粥。見“說文”。

酌 ㄓㄨㄛˊ *cho*², *chuo*² 音灼
①斟酒；倒酒。如：自酌自飲。②飲酒。如：獨酌。③酒的代稱。如：清酌。④估量；商量。如：參酌。⑤挹取。通勺。如：酌焉不竭。

11【酌情】ㄓㄨㄛˊ ㄑㄧㄥˊ
依照事情的情況斟酌處理。

12【酌量】ㄓㄨㄛˊ ㄌㄧㄤˊ
①估量，估計事物的輕重多寡。②斟酌；考慮。

【酌量減輕】ㄓㄨㄛˊ ㄌㄧㄤˊ ㄐㄧㄢˇ ㄑㄧㄥ
“刑法”第五十九條：「犯罪之情狀可憫恕者，得酌量減輕其刑。」此即所謂酌量減輕，簡稱酌減。犯罪之情狀顯可憫恕，雖宜告法定之最低刑度仍嫌過重者，實宜賦予法官適當之裁量權，俾其得酌減其刑至較法定最低刑度更輕之刑度，如此始符合“刑法”謙抑思想之要求。犯罪在客觀上須有憫恕之情狀，且雖科法定最低刑度仍嫌過重者，始有酌減規定之適用，否則，如濫引酌減規定而爲判決，即屬違法判決。又法定最輕本刑爲拘役者，無適用酌減之餘地。依法律規定加重或減輕之後，仍得再酌量減輕其刑，例如累犯加重其徒役，因其犯罪情狀可憫恕者，得依“刑法”第五十九條酌量減輕其刑。

4

酖 ㊀ ㄉㄢ *tan*¹ 音耽
嗜酒。見“說文”。
㊁ ㄓㄣˋ *chên*⁴ 音鴆
通鴆。①毒酒。②用毒酒殺人。

8【酖毒】ㄓㄣˋ ㄉㄨˊ
①用鴆鳥羽毛所浸泡的毒酒。②毒殺；毒害。

酡 醇的或體。

酞 ㄊㄞˋ *t'ai*⁴ 音太
(phthalein; phthaleins)鄰苯二甲酸(phthalicacid)和酚類化合物(phenols)反應而成的一群化合物。如：酚酞。

酗 ㄒㄩˋ *hsü*⁴ 音序
飲酒過度；沈迷於酒。如：酗酒。

10【酗酒】ㄒㄩˋ ㄐㄧㄡˇ
指長期飲用酒精物的一種異常行爲。病人飲用的酒精量遠超過飲食上所需，以致影響病人的健康，或使該病人發生社會生活、經濟生活障礙。酗酒的病人對酒精有精神上的依賴性，甚至成爲酒精的犧牲者。

酕 ㄇㄠˊ *mao*² 音毛
參酕醄。

15【酕醄】ㄇㄠˊ ㄊㄠˊ
大醉的樣子。

酘 ㄊㄡˊ *t'ou*² 音頭
①酒再釀造。見“集韻”。②醉酒的次日再飲小量的酒，以解除酒醉的方法。

酔 醉的俗體。

酚 ㄈㄣ *fên*¹ 音紛
(phenol)又稱苯酚，俗稱石炭酸。是一種具有特臭的無色晶體。化學式C_6H_5OH，熔點41°C，沸點182°C。略溶於水，易溶於氫氧化鈉溶液，會侵蝕皮膚。常用作消毒劑、防腐劑，或供製藥皂、合成樹脂、染料等。

11【酚酞】ㄈㄣ ㄊㄞˋ
(phenolphthalein)一種白色固體。熔點237°C，分子式$C_{20}H_{16}O_4$。不溶於水，可溶於酒精。中性或酸性時無色，遇鹼性溶液即變紅色，

因此可做爲酸鹼指示劑。其變色範圍爲 pH 值在8.2～10之間。此外，酚酞在醫藥上可作瀉藥用。

19【酚類】 ㄈㄣ ㄌㄟˋ

(phenols)在芳香烴分子中，苯環上的氫原子被羥基(－OH)取代所成的衍生物。如苯酚、甲酚等。

16【酚樹脂】 ㄈㄣ ㄕㄨˋ ㄓ

(phenolic resin)由酚與甲醛於酸性或鹼性觸媒作用下，經聚合反應所得之樹脂。加入填料、顏料、活化劑等，再經加熱則可得熱固型塑膠。由於其原料便宜，加工容易，電絕緣性良好，強度大且耐藥品腐蝕，故廣泛用於成型材料(如電氣材料、家具、管件)、層板、黏合劑與塗料。最高使用溫度可達150°C。

酓 ㄧㄢˇ *yen*³ 音眼

1酒味苦。見“說文”。2山桑。通檿。見“正字通”。

5

酡 ㄊㄨㄛˊ *t'o*², *t'uo*² 音駝

因喝酒而臉紅。如：酡顏。

18【酡顏】 ㄊㄨㄛˊ ㄧㄢˊ

因喝酒而臉紅。

酣 ㄏㄢ *han*¹ 音憨

1酒喝得恰到好處，心裡感到舒暢歡悅。如：酒酣而舞。2盡情；縱情。如：酣飲。3濃盛；濃厚。如：綠暗紅酣。4深；沈。如：酣睡。5劇烈；猛烈。如：酣戰。

12【酣飲】 ㄏㄢ ㄧㄣˇ

盡情而暢快的飲酒。

14【酣睡】 ㄏㄢ ㄕㄨㄟˋ

沈睡；熟睡。

【酣暢】 ㄏㄢ ㄔㄤˋ

1盡情暢飲。2舒適；暢快。

15【酣醉】 ㄏㄢ ㄗㄨㄟˋ

大醉。

16【酣戰】 ㄏㄢ ㄓㄢˋ

長久而激烈的交戰。

【酣興】 ㄏㄢ ㄒㄧㄥˋ

盡情喝酒的樂趣。

酤 ㄍㄨ *ku*¹ 音姑

1一夜釀成的酒。或稱雞鳴酒。見“說文繫傳”。2泛指酒。如：清酤。3通買。(1)買酒。見“說文”。(2)賣酒。見“玉篇”。

酟 ㄊㄧㄢ *t'ien*¹ 音添

調和。見“集韻”。

酢 ㊀ ㄗㄨㄛˋ *tso*⁴, *tsuo*⁴ 音作

賓客向主人獻酒回敬。

㊁ ㄘㄨˋ *ts'u*⁴ 音醋

醋的本字。

15【酢漿草】 ㄗㄨㄛˋ ㄐㄧㄤ ㄘㄠˇ

(*Oxalis corniculata* L.)多年生草本。莖葉含有草酸，主根細長。莖匍匐地面，節上可生不定根，葉互生，三出複葉，倒心形，葉柄具托葉。春夏開花，繖形花序腋生，開花一至數朵，黃色，萼片及花瓣均5枚。果實圓柱形。莖葉有酸味，可入藥。分布於溫帶及熱帶地區。

酢漿草圖

䣱 酗的或體。

酥 ㄙㄨ *su*¹ 音蘇

1把牛羊奶煮沸，取其浮皮做成的酪類食物。見“本草綱目·獸部·酥”。2鬆脆。3癱軟；疲軟。如：酥麻。4柔滑；光潔。如：酥手。

8【酥油】 ㄙㄨ ㄧㄡˊ

(shortening)使食物變得鬆脆的脂肪物質。以往豬油、牛油爲常用的酥油，待植物油經氫化作用製得酥油的加工技術發展成功後，植物性酥油爲消費者接受的程度日益增高。黃豆油、橄欖油、棕櫚油、花生油、芝麻油等均可用來製造酥油。依熔點的不同，酥油的軟硬度、可塑性及用途亦不相同，一般多用於小西餅、麵包、蛋糕、奶霜、蛋黃醬的配方中。

11【酥麻】 ㄙㄨ ㄇㄚˊ

麻軟無力。

【酥軟】 ㄙㄨ ㄖㄨㄢˇ

身體軟弱無力。

6

酨 ㄉㄞˋ *tai*⁴ 音代

1酢。見“說文”。2米汁。見“玉篇”。

酧 酬的俗體。

酬 ㄔㄡˊ *ch'ou*² 音仇

也作酧、醻。1主人向客人敬酒。見“說文”。2報答；答謝。如：酬報。3對答；唱和。如：酬和。4交際往來。如：應酬。5實現。如：壯志未酬。

9【酬神】 ㄔㄡˊ ㄕㄣˊ

答謝神明。

11【酬庸】 ㄔㄡˊ ㄩㄥ

1‘清代’封爵制度的一種。2答謝有功勞的人。

12【酬酢】 ㄔㄡˊ ㄗㄨㄛˋ

也作醻酢。1在筵席上，賓主互相敬酒。2應對。3朋友以詩詞相互唱和。

13【酬載】 ㄔㄡˊ ㄗㄞˋ

(payload)對民航機及貨運機而言，除飛機空重、機員重、油料重外，所能用以營利之載重量。主要包括乘客、行李、貨物等。

酯 ㄓˇ *chih*³ 音紙

(ester)羧酸和醇縮去一分子水而產生之化合物，命名爲某酸某酯。例如 $CH_3COOC_2H_5$ 稱爲乙酸乙酯。

4【酯化】 ㄓˇ ㄏㄨㄚˋ

(esterification)有機酸與醇在無機酸存在下，共熱起縮合反應，產生酯類化合物之方法。

19【酯類】 ㄓˇ ㄌㄟˋ

(esters)有機酸羧基上的 OH 基被 OR 基取代，成爲通式爲$R-\overset{\displaystyle O}{\overset{\|}{C}}-O-R'$(R、R′均爲烴基)的化合

物，稱爲酯類。如乙酸乙酯的結構爲$CH_3-C(=O)-O-C_2H_5$

酮 ㊀ ㄊㄨㄥˊ t'ung^2 音銅
[1]馬酪。見"廣韻"。[2]醋。見"集韻"。[3](ketone)羰基(>C=O)上之二鍵，分別與二個烴基結合而成之化合物，稱爲酮。分子內只有一羰基稱爲一元酮，命名爲某酮，或某基某基酮(ketone)，如$CH_3COC_2H_5$命名爲丁酮或甲基乙基酮；分子內含有多個羰基稱爲多元酮，命名爲某若干酮，如$CH_3COCH_2COCH_3$命名爲2,4—戊二酮。
㊁ ㄉㄨㄥˋ tung^4 音動
酒、醋變壞。見"玉篇"。

14【酮酸症】 ㄊㄨㄥˊ ㄙㄨㄢ ㄓㄥˋ
(ketoacidosis)人體因碳水化合物攝取不足或代謝不正常，而使血中或尿中酮酸值升高的現象。人體熱能的轉化最先利用碳水化合物，一旦不足，其能量的來源就轉移到脂肪上，脂肪由脂肪組織解離後，則在肝臟吸收利用，其代謝產物即是酮酸；正常人血中均含有微量酮酸，過量時，血中酸鹼度、電解質會改變，血壓降低，嚴重者可能休克或脫水致死。

酩 ㄇㄧㄥˇ ming^3 音茗 又讀 ㄇㄧㄥˊ ming^2 音名
參酩酊。

9【酩酊】 ㄇㄧㄥˇ ㄉㄧㄥˇ
大醉的樣子。

酪 ㄌㄨㄛˋ lo^4, luo^4 音洛 語音 ㄌㄠˋ lao^4 音嫪
[1]乳漿。用牛羊馬等乳製成。有乾、溼兩種。[2]果實煮成的濃漿。

11【酪蛋白】 ㄌㄨㄛˋ ㄉㄢˋ ㄅㄞˊ
(casein)脫脂乳加酸調整爲pH 4.6時沈澱的蛋白質部分。占牛乳蛋白質的80%。比重爲1.25～1.31，爲非吸溼性白色物質，不溶於水、酒精、有機溶劑中，但溶於鹼性溶液與過剩的酸中。牛乳中酪蛋白與鈣結合存在，加酸至pH 4.6時則放出鈣而凝固沈澱，牛乳酸敗時會凝固即爲這個原理。酪蛋白多用於製造乾酪(或起士)、油漆、膠及塑膠等。

13【酪農業】 ㄌㄨㄛˋ ㄋㄨㄥˊ ㄧㄝˋ
農民在土地上種植牧草以飼養牛、羊等牲畜，而生產乳製品，並作商業化經營的農牧綜合產業。又稱乳酪業。

7

酺 ㄆㄨˊ p'u^2 音蒲
[1]歡聚飲酒。見"說文"。[2]司降災害的神。見"集韻"。

酵 ㄒㄧㄠˋ hsiao^4 音孝 又讀 ㄐㄧㄠˋ chiao^4 音叫
參酵素。

10【酵素】 ㄒㄧㄠˋ ㄙㄨˋ
(enzyme)又稱爲酶。存在於生物體內之活性蛋白質，可以分解食物。因其具有催化效果，使生化反應得以不斷進行。

5【酵母菌】 ㄒㄧㄠˋ ㄇㄨˇ ㄐㄩㄣˋ
(yeast)一種單細胞菌，約有160種。行無性生殖爲二分或出芽。也可行有性生殖，由合子發育爲子囊(囊狀的構造)，子囊內含有子囊孢子。*Saccharomyces* 通常用於釀酒或製麪包等；有些種類可以引起水果、蔬菜等腐爛；也有的會使人類或其他動物生病。

酲 ㄔㄥˊ ch'êng^2 音成
酒醒後感到不適的症狀。見"說文"。

酹 ㄌㄟˋ lei^4 音淚
把酒灑在地上祭奠。見"說文"。

酸 ㄙㄨㄢ suan^1 音痠
[1]醋味。見"說文"。[2]食物剛腐壞的味道。[3]悲痛。如：辛酸。[4]肌肉過度疲勞或因疾病引起微痛無力的感覺。同痠。如：腰酸。[5]貧寒；迂腐。如：窮酸。[6](acid)酸的定義有下列三種：(1)在水中能解離或產生氫離子(H^+)的物質。(2)能夠提供質子(H^+)的物質。(3)能接受電子對的物質。其中以第一種說法最爲常見。

8【酸雨】 ㄙㄨㄢ ㄩˇ
(acid rain)指酸鹼度(pH值)在5.6以下的雨水。空氣中的硫酸鹽類、硝酸鹽類、氯鹽及有機酸等汙染物質，均會使雨水酸鹼度下降。

9【酸洗】 ㄙㄨㄢ ㄒㄧˇ
[1](picking)將金屬浸漬於硫酸、鹽酸、磷酸等無機酸，以除去其表面氧化物、汙垢等雜質之操作。雜質之去除與操作溫度及酸液濃度有關；通常操作溫度大於或等於100°C，濃度約爲15%。[2](acid cleaning)電鍍前，將待鍍物件浸漬於濃酸中以除去其表面油汙之操作。

11【酸蛋】 ㄙㄨㄢ ㄉㄢˋ
(acid egg)爲一種特殊泵。係利用壓縮氣體而使液體升舉。廣用於硫酸工業。

【酸敗】 ㄙㄨㄢ ㄅㄞˋ
(rancid)油脂氧化後最顯著的現象。油脂所含之不飽和脂肪酸因輻射、氧化或酵素催化等作用，生成氫過氧化物，再分解成短鏈之醛、酮及低級脂肪酸，產生刺激味，導致食品風味的劣變。

12【酸棗】 ㄙㄨㄢ ㄗㄠˇ
(*Zizyphus jujuba* Mill.)落葉灌木或小喬木，高1～3公尺。小枝有刺，葉互生，卵橢圓形，先端銳，基部斜形，柄短，細鋸齒緣，有3主脈。花簇生於葉腋，黃綠色，具短梗。萼片、花瓣及雄蕊均5數。果實橢圓形，可供藥用。原產於我國。

酸棗圖

13【酸楚】 ㄙㄨㄢ ㄔㄨˇ

悲傷淒苦。

14【酸腐】 ㄙㄨㄢ ㄈㄨˇ
譏笑人思想、言行保守固執而不知變通。

【酸鼻】 ㄙㄨㄢ ㄅㄧˊ
因哀憐悲傷而鼻酸欲淚。

19【酸類】 ㄙㄨㄢ ㄌㄟˋ
(acids)化合物含有可以給與氫原子之物質的總稱。可分爲無機酸(如硫酸、鹽酸等)和有機酸(如醋酸、檸檬酸等)。

8【酸性土】 ㄙㄨㄢ ㄒㄧㄥˋ ㄊㄨˇ
(acidic soils)又稱淋餘土。土壤兩大分類之一。與鹼性土相對。在多雨地區,淋溶較盛,雨水滲入土壤內,將土壤中的石灰質及其他可溶性鹽類溶解隨水流走,致土壤缺乏石灰質和鹼質,化學反應呈現酸性,稱爲酸性土。因僅含多量的鋁和鐵,故又名聚鐵鋁土。酸性土大致可分爲紅壤及磚紅壤、灰壤及準灰壤、冰沼土等類。'秦嶺'、'淮河'以南地區,是我國酸性土的分布地區。

13【酸溜溜】 ㄙㄨㄢ ㄌㄧㄡ ㄌㄧㄡ
[1]酸酸的滋味。[2]譏笑人言談迂腐。[3]形容嫉妒的感覺。

8【酸性中毒】 ㄙㄨㄢ ㄒㄧㄥˋ ㄓㄨㄥˋ ㄉㄨˊ
(acidosis)又稱酸中毒。指血液中正常之酸鹼平衡系受到破壞,致血液漸趨酸性的現象。正常血液的 pH 值爲 7.35~7.45,一旦人體蛋白質或脂質代謝不完全時,便產生酮醛等物質進入血液,以致血液 pH 值降低而導致人體快速反應,產生倦睡及昏迷等症狀,重者甚至影響胃、心臟、呼吸,導致死亡。

【酸性肥料】 ㄙㄨㄢ ㄒㄧㄥˋ ㄈㄟˊ ㄌㄧㄠˋ
植物吸收肥料後,致土壤酸量增加而呈酸性反應,此類肥料稱爲生理的酸性肥料,簡稱酸性肥料。如過磷酸鈣、硫酸銨、氯化銨等。

【酸性染料】 ㄙㄨㄢ ㄒㄧㄥˋ ㄖㄢˇ ㄌㄧㄠˋ
(acid dye)含硝基、羧基或磺酸等酸性助色團之偶氮、蒽醌染料。易溶於水,呈酸性,可應用於羊毛及絲等纖維的染色。

【酸性食品】 ㄙㄨㄢ ㄒㄧㄥˋ ㄕˊ ㄆㄧㄣˇ
(acid foods)食品入食後,其中之無機成分(如硫、磷、氯等)在體內經代謝作用而產生酸性殘基,此類食品稱爲酸性食品。如魚、肉、蛋、穀類等。

24【酸鹼中和】 ㄙㄨㄢ ㄐㄧㄢˇ ㄓㄨㄥ ㄏㄜˊ
(acid-base neutralization)酸和鹼作用變成鹽類和水的反應,稱爲酸鹼中和。例如鹽酸和氫氧化鈉水溶液中和,會變成食鹽(氯化鈉)和水。

【酸鹼滴定】 ㄙㄨㄢ ㄐㄧㄢˇ ㄉㄧ ㄉㄧㄥˋ
(acid-base titration)應用酸鹼中和的原理,以一種已知濃度的酸溶液或鹼溶液,來測定另一未知鹼溶液或酸溶液之濃度或體積的方法或過程。

8【酸性測驗比率】 ㄙㄨㄢ ㄒㄧㄥˋ ㄘㄜˋ ㄧㄢˋ ㄅㄧˇ ㄌㄩˋ
(acid test)即速動比率。參速動比率。

酶 ㄇㄟˊ mei^2 音梅
[1]酒。見"集韻"。[2]酒母。見"字彙"。[3]酵素。或作脢。通作媒。

酷 ㄎㄨˋ k'u^4 音庫
[1]酒味強烈濃厚。見"說文"。[2]極;甚。如:酷愛。[3]殘暴。如:酷吏。[4]悲痛。如:銜酷茹恨。[5]穀成熟。見"方言·七"。

6【酷刑】 ㄎㄨˋ ㄒㄧㄥˊ
殘酷的刑罰。

【酷吏】 ㄎㄨˋ ㄌㄧˋ
執法嚴苛的官吏。

7【酷似】 ㄎㄨˋ ㄙˋ
非常相似。

12【酷暑】 ㄎㄨˋ ㄕㄨˇ
非常炎熱。

15【酷熱】 ㄎㄨˋ ㄖㄜˋ
非常炎熱。

酳 ㄧㄣˋ yin^4 音印
[1]食畢以酒漱口。見"廣韻"。[2]祭祀時向尸獻酒。

酴 ㄊㄨˊ t'u^2 音徒
[1]酒麴;酒母。見"說文"。[2]指不去滓的麥酒。見"玉篇"。

24【酴醾】 ㄊㄨˊ ㄇㄧˊ
也作酴醿。[1]酒名。即重釀酒。又稱酴淸。[2]花名。可用以漬酒。也作荼靡。見"六書故"。

8

醅 ㄆㄟ p'ei^1 音胚
[1]醉飽。見"說文"。[2]尚未過濾的酒。見"廣韻"。

醇 ㄔㄨㄣˊ ch'un^2 音純
[1]純厚的酒。[2]純樸敦厚。如:醇化。[3]純粹不雜。如:醇儒。[4](alcohol)含有羥基連於鏈烴基之化合物。含有一個羥基稱爲一元醇,命名爲某〔烴(基)〕醇,如 C_2H_5OH 稱爲乙醇(ethanol; ethyl alcohol)。含有兩個以上羥基者稱爲多元醇,命名爲某烴若干醇,如 CH_2OHCH_2OH 稱爲 1,2—乙二醇(1,2-ethanediol)。

5【醇正】 ㄔㄨㄣˊ ㄓㄥˋ
純粹而正直。

10【醇酒】 ㄔㄨㄣˊ ㄐㄧㄡˇ
純美的酒。

19【醇類】 ㄔㄨㄣˊ ㄌㄟˋ
(alcohols)鏈狀烴或脂環烴分子中的氫原子,被羥基(-OH基)取代所成的有機化合物,稱爲醇類。例如甲醇(CH_3OH)、丁醇(C_4H_9OH)等。

10【醇酒美人】 ㄔㄨㄣˊ ㄐㄧㄡˇ ㄇㄟˇ ㄖㄣˊ
美酒與美女。指聲色享樂之事。也作醇酒婦人。

醉 ㄗㄨㄟˋ tsui^{4} 音最
①因喝酒過量而神志不清或暫時失去知覺。②因藥物的作用而暫時昏迷。如：痲醉。③比喻不明是非或糊塗。如：眾人皆醉我獨醒。④沉迷其中。

4【醉心】ㄗㄨㄟˋ ㄒㄧㄣ
比喻心思專注沈迷。

10【醉拳】ㄗㄨㄟˋ ㄑㄩㄢˊ
仿醉酒形態的拳術。其步法踉蹌，身形飄忽，藏機關於跌撲，變幻莫測。

2【醉八仙】ㄗㄨㄟˋ ㄅㄚ ㄒㄧㄢ
拳術名。流行於北方。特色在於身體傾斜跌仆中擊敵。

21【醉醺醺】ㄗㄨㄟˋ ㄒㄩㄣ ㄒㄩㄣ
酒醉的樣子。

4【醉生夢死】ㄗㄨㄟˋ ㄕㄥ ㄇㄥˋ ㄙˇ
罵人昏沈糊塗，如在醉夢之中。

10【醉翁之意不在酒】ㄗㄨㄟˋ ㄨㄥ ㄓ ㄧˋ ㄅㄨˋ ㄗㄞˋ ㄐㄧㄡˇ
比喻意不在此或別有用心。

醋 ㊀ ㄗㄨㄛˋ tso^{4}, tsuo^{4} 音作
客人舉酒回敬主人。今通作酢。見"說文"。
㊁ ㄘㄨˋ ts'u^{4} 音促
①(vinegar)以醋酸為主之液體酸味調味料。除醋酸外，尚有揮發性及不揮發性有機酸類、糖類、胺基酸類及酯類等具有芳香氣味之成分。可分為一、釀造醋：以含有澱粉質、糖類或酒精之原料，經發酵過濾而製得。二、合成醋：將冰醋酸稀釋，調配胺基酸、有機酸、果汁、調味料、香料、著色劑等而製成。風味不及釀造醋。三、加工醋：乃釀造醋進一步加工，或與合成醋及其他材料配製而成。②比喻因嫉妒而產生的情緒。如：醋勁大發。

9【醋勁】ㄘㄨˋ ㄐㄧㄣˋ
指嫉妒心的強烈表現。

14【醋酸】ㄘㄨˋ ㄙㄨㄢ
(acetic acid)即乙酸。化學式CH_3COOH。是一種無色有刺激臭的液體，熔點16.7°C，沸點118.1°C，可溶於水、酒精、乙醚、甘油等，可製造醋酸鹽、酯類、藥物和作為助染劑等。

19【醋罈子】ㄘㄨˋ ㄊㄢˊ ˙ㄗ
指嫉妒心重的人。也稱醋罐子。

10【醋海興波】ㄘㄨˋ ㄏㄞˇ ㄒㄧㄥ ㄅㄛ
男女間因嫉妒而引起糾紛。

醊 ㄔㄨㄛˋ ch'o^{4}, ch'uo^{4} 音綽
①連續祭祀。見"廣韻"。②把酒灑在地上以祭奠。見"集韻"。

醆 ㄓㄢˇ chan^{3} 音展
①一種稍帶混濁的白酒。見"廣韻"。②酒杯。也作盞。

醃 ㄧㄢ yen^{1} 音淹
用鹽及其他作料浸漬食物。如：醃肉。

6【醃肉】ㄧㄢ ㄖㄡˋ
(Chinese ham)泛指臘肉或燻肉。將肉片修淨，加入鹽、香辛料等浸漬，經過晾曬及重複塗布醬油(以增加香味)而成臘肉，因往昔多在農曆年前臘月時醃製，故名；若再以松枝、橘皮等為燃料煙燻之，則成燻肉。風味特殊，久存不壞。我國以'湖南'、'四川'所產最為著名。

14【醃漬】ㄧㄢ ㄗˋ
(pickling)以食鹽和醋來保存食品，並改善食品組織與風味的方法。可分為新鮮醃漬與發酵醃漬二種。通常醃漬時，醋酸濃度為4～6%，食鹽為5～10%，再配以香辛料來增加風味。醃漬常用於蔬菜、水果、肉類等，如醃黃瓜、酸菜、醃肉及蜜餞等食品。

醁 ㄌㄨˋ lu^{4} 音錄
美酒。見"廣韻"。

醄 ㄊㄠˊ t'ao^{2} 音桃
參酕醄。

9

醕 醇的或體。

醓 ㄊㄢˇ t'an^{3} 音坦
肉醬。見"廣雅·釋器"。

醑 ㄒㄩˇ hsü^{3} 音許
①美酒。見"玉篇"。②濾酒。見"集韻"。

醐 ㄏㄨˊ hu^{2} 音胡
參醍醐。

醎 鹹的俗體。

醍 ㄊㄧˊ t'i^{2} 音提
參醍醐。

16【醍醐】ㄊㄧˊ ㄏㄨˊ
①從牛乳中提煉出的最好乳品。製作過程是先將牛乳擠出，由鮮乳凝煉為酪，由酪再煉為生酥，由生酥再煉出熟酥，由熟酥最後提煉為醍醐。②比喻佛性。③美酒。④比喻醇美的人品。

【醍醐灌頂】ㄊㄧˊ ㄏㄨˊ ㄍㄨㄢˋ ㄉㄧㄥˇ
佛家以醍醐灌人的頭頂。比喻把智慧灌輸給人，使人頭腦清醒、靈明。

醖 醞的或體。

醒 ㄒㄧㄥˇ hsing^{3} 又讀 ㄒㄧㄥ hsing^{1} 音星
①從酒醉、痲醉、昏迷或睡眠中恢復知覺。②覺悟。如：醒悟。③神志清明。如：眾人皆醉我獨醒。④顯明；清晰。如：醒目。

4【醒木】ㄒㄧㄥˇ ㄇㄨˋ
說書人的道具。從前說書人在開始說書時，或說到精采緊要處，為使人注意或加強氣氛、助長聲勢，而用來敲打桌子的木塊。也有用玉石製成的。也作醒目。

5【醒世】ㄒㄧㄥˇ ㄕˋ
使世人警覺。

【醒目】ㄒㄧㄥˇ ㄇㄨˋ
①顯明而引人注目。②眼睛睜著。③同醒木。

10【醒悟】ㄒㄧㄥˇ ㄨˋ
覺悟。

5【醒世恆言】ㄒㄧㄥˇ ㄕˋ ㄏㄥˊ ㄧㄢˊ
'明'馮夢龍輯，四十卷。收有'宋'、'元'、'明'話本四十篇。

䤀 ㄊㄡˊ *t'ou*^{2} 音頭
醔䤀的省稱。即榆子醬。見“說文”。

醔 ㄇㄨˊ *mu*^{2} 音模 又讀 ㄇㄡˊ *mou*^{2} 音謀
參醔䤀。

16【醔䤀】 ㄇㄨˊ ㄊㄡˊ
指榆子醬。

10

醟 ㄩㄥˋ *yung*^{4} 音用
酗酒；沈迷於酒。見“說文”。

醐 ㄏㄨˊ *hu*^{2} 音胡
濁酒。見“玉篇”。

醡 ㄓㄚˋ *cha*^{4} 音榨
①一種榨酒的器具。見“集韻”。②指榨酒。

醣 ㄊㄤˊ *t'ang*^{2} 音唐
(carbohydrate) 凡含醛基或酮基之多元醇，或能水解而成此等化合物者，總稱醣。⌊醣⌉字用以表示分類之名，例如單醣(monosaccharides)、丙醣 (triose)；而個別之醣及其衍生物，則以⌊糖⌉字名之，例如葡萄糖、麥芽糖等。

19【醣類】 ㄊㄤˊ ㄌㄟˋ
(carbohydrates)又稱碳水化合物。通式爲 Cx(H_2O)y，包括多羥基醛、多羥基酮或水解後可生成多羥基醛、多羥基酮的物質。是構成生物體的重要成分和能量來源。如糖、澱粉、纖維素等。

醝 ㄘㄨㄛˊ *ts'o*^{2}, *ts'uo*^{2} 音嵯
白色的酒。見“玉篇”。

醚 ㄇㄧˊ *mi*^{2} 音迷
①醉。見“玉篇”。②(ether)具有 R-O-R′ 結構之化合物。命名某基某基醚，或若干某氧(基)某(烴)。例如 $CH_3OC_2H_5$ 稱爲甲基乙基醚(methyl ethyl ether)或甲氧(基)乙烷。R 與 R′ 相同時，稱二某(基)醚，簡稱某醚。例如 CH_3OCH_3 稱爲二甲(基)醚或甲醚。

19【醚類】 ㄇㄧˊ ㄌㄟˋ
(ethers) 醇類分子中羥基 (-OH 基)上的氫原子被烴基取代，所形成的化合物。其通式爲 R-O-R′，R 和 R′ 代表烴基。例如甲乙醚 (CH_3-O-C_2H_5)、乙醚(C_2H_5-O-C_2H_5)等。

醢 ㄏㄞˇ *hai*^{3} 音海
①肉醬。見“說文”。②古代的一種酷刑。把人剁成肉醬。

醠 ㄤˋ *ang*^{4} 音盎
尙未濾掉渣滓的酒。即濁酒。見“說文”。

醛 ㊀ ㄑㄩㄝˋ *ch'üeh*^{4} 音卻
①醃菜。見“玉篇”。②酒味變質。見“集韻”。
㊁ ㄑㄩㄢˊ *ch'üan*^{2} 音全
(aldehyde; aldehydes) 又稱醛類。含有 -CHO 基的有機化合物之總稱。其中 -CHO 原子團稱爲醛基。醛可由醇氧化或羧酸(carboxylic acids)還原而得。乙醛常簡稱爲醛。

17【醛醣】 ㄑㄩㄢˊ ㄊㄤˊ
(aldoses) 含有醛基之醣類。可以和溴水、‘斐林’試液、‘多倫’試液等反應。如葡萄糖便是一種醛醣。

醞 ㄩㄣˋ *yün*^{4} 音運
①釀酒。見“說文”。②酒。③含蓄；深厚。如：醞藉。

18【醞藉】 ㄩㄣˋ ㄐㄧㄝˋ
①溫厚寬容。②含蓄沈厚。同蘊藉。

24【醞釀】 ㄩㄣˋ ㄋㄧㄤˋ
①釀酒。②比喩促使事情逐漸成熟。

醙 ㄙㄡ *sou*^{1} 音搜 又讀 ㄒㄧㄡˇ *hsiu*^{3} 音朽
白酒。又作酸。見“字彙”。

醜 ㄔㄡˇ *ch'ou*^{3} 音丑
①令人厭惡。見“說文”。②憎惡；嫉害。如：惡直醜正。③惡劣；不雅觀。如：醜態。④相貌難看。如：醜八怪。⑤眾多的。⑥相類。如：今天下地醜德齊。⑦羞恥。如：以雪先王之醜。

8【醜事】 ㄔㄡˇ ㄕˋ
醜惡的事。

12【醜詆】 ㄔㄡˇ ㄉㄧˇ
毀謗。

【醜惡】 ㄔㄡˇ ㄜˋ
醜陋惡劣。

14【醜聞】 ㄔㄡˇ ㄨㄣˊ
不名譽的聲名；不體面的事情。

【醜態】 ㄔㄡˇ ㄊㄞˋ
醜惡的態度。

11

醨 ㄌㄧˊ *li*^{2} 音離
①薄酒。見“說文”。②薄。

醪 ㄌㄠˊ *lao*^{2} 音牢
濁酒。見“說文”。

醧 ㄩˋ *yü*^{4} 音育 又讀 ㄡ *ou*^{1} 音歐
①私人宴飲。通作飫。見“說文”。②酒味醇美。見“玉篇”。

醩 糟的古文。

醥 ㄆㄧㄠˇ *p'iao*^{3} 音縹
酒滓已過濾的酒。見“集韻”。

醯 ㄒㄧ *hsi*^{1} 音西
①醋的別名。見“正字通”。②(acyl) 又稱醯基。由羧酸(carboxylic acids)之羧基(-COOH)上減去羥基(-OH)所成之基。如乙醯氯(acetyl chloride)的分子式爲CH_3COCl。

11【醯基】 ㄒㄧ ㄐㄧ
(acyl group)即 R−C(=O) 官能基，存在醯鹽中。

10【醯胺類】 ㄒㄧ ㄢ ㄌㄟˋ
(amides)有機羧酸中的 -OH 基轉變成 $-NH_2$ 基而成的衍生物。如乙醯胺(CH_3CONH_2)等。

𨣧 酴的或體。

醫 ㄧ *i*^{1} 音衣
①治病的人。見“說文”。②

治病。如:醫治。

15【醫德】 ㄧ ㄉㄜˊ
醫師的職業道德。

16【醫學】 ㄧ ㄒㄩㄝˊ
(medical science; medicine)我國醫學發明很早,相傳自'神農'嘗百草而爲藥之祖,'黃帝'作"內經"而爲醫之祖。近代醫學,則指研究疾病的預防與治療以達保持與增進人類健康爲目的的科學。近來,由於新的儀器、藥品及各種手術方法的建立,使人們的生命得到更多的保障,而醫學的內容也更趨複雜,分科也更精細。可分:一、基礎醫學,如解剖學、生理學;二、臨床醫學,如內、外科學、婦產科學等。

17【醫療】 ㄧ ㄌㄧㄠˊ
治病;治療。

8【醫宗必讀】 ㄧ ㄗㄨㄥ ㄅㄧˋ ㄉㄨˊ
'明'"李中梓'撰,十卷。內容通論醫理、脈法,又收集經文名論成"色診"一篇,附其自著的"脈法新參",並論及"本草"與三十六種病症的診治與醫案。內容簡易,選方實用,爲研究'中'醫入門的重要書籍。

【醫宗金鑑】 ㄧ ㄗㄨㄥ ㄐㄧㄣ ㄐㄧㄢˋ
'清''乾隆'十四年(1749)敕撰,九十卷。訂正"傷寒論注"、"金匱要略注",刪補"名醫方論",並編輯各類醫理要訣,各有圖、說、論、方,並有歌訣以便考求記誦。爲頗完備的'中'醫典籍。

16【醫學化驗所】 ㄧ ㄒㄩㄝˊ ㄏㄨㄚˋ ㄧㄢˋ ㄙㄨㄛˇ
又稱醫學檢驗院。可接受開業醫師或病人委託檢驗的處所。檢查項目一般有血液、尿液、糞便的例行檢查,以及肝功能、腎功能檢查,設備較完善的尚有心電圖檢查、X光檢查等。其功能相當於大型醫院的檢驗部,因此對於設備簡單的私人診所很有幫助。執事者必須是國家考試合格的醫學檢驗士或檢驗師。

【醫學文獻分析及檢索系統】 ㄧ ㄒㄩㄝˊ ㄨㄣˊ ㄒㄧㄢˋ ㄈㄣ ㄒㄧ ㄐㄧˊ ㄐㄧㄢˇ ㄙㄨㄛˇ ㄒㄧˋ ㄊㄨㄥˇ
(medical literature analysis and retrieval system; MEDLARS)'美國國家醫學圖書館'(National Library of Medicine)於1964年所創建的資料庫,一直維護沿用至今,已囊括三百餘萬件醫學文獻資料紀錄。這個資料庫有二種功能:一、提供出版醫學索引系列刊物所需之資料;二、提供線上資訊檢索,即所謂的醫學文獻資料庫檢索(medlars online)。

醬 ㄐㄧㄤˋ *chiang*^{4} 音匠
[1]用豆麥麵米等發酵加鹽醃製成的調味品。如:豆瓣醬。[2]搗爛成醬的食物。如:果醬。

8【醬油】 ㄐㄧㄤˋ ㄧㄡˊ
(soy sauce)由黃豆發酵釀造的一種調味料。多爲國人及'日'人所食用。大致分爲一、純釀造醬油:以黃豆、小麥、食鹽及水爲原料,經麴菌分解黃豆中的蛋白質而釀出的一種赤褐色液體;二、蔭油:與釀造醬油相似,但原料以黑豆取代黃豆;三、化學醬油:用鹽酸分解蛋白質原料。其品質與標準隨原料種類、配合比例、醬醪之管理及製法而有差異,依我國國家標準分甲、乙、丙三級。

12

醰 ㄊㄢˊ *t'an*^{2} 音談
酒味醇厚,久不消失。見"說文"。

醱 ㄆㄛˋ *p'o*^{4} 音破
[1]將酒再釀製。[2]發酵。

14【醱酵】 ㄆㄛˋ ㄒㄧㄠˋ
(fermentation)即發酵。有機物質受到微生物所分泌的酵素(酶)作用,發生化學變化,並產生新物質的現象。如澱粉醱酵生成酒精;豬糞、尿醱酵產生沼氣。

醭 ㄅㄨˊ *pu*^{2} 音樸 又讀 ㄆㄨˊ *p'u*^{2} 音朴
已腐敗之酒、醋、醬油上所生的白黴。見"廣韻"。

醮 ㄐㄧㄠˋ *chiao*^{4} 音叫
[1]古代行冠禮、婚禮時的一種禮節。見"說文"。[2]出嫁。[3]僧道設壇作法。如:打醮。

13

醷 ㈠ ㄧˋ *i*^{4} 音意
梅漿。見"字彙"。
㈡ ㄞˋ *ai*^{4} 音愛
聚氣的樣子。見"正字通"。

醵 ㄐㄩˋ *chü*^{4} 音巨
[1]湊錢飲酒。見"字彙"。[2]聚集錢財。

13【醵資】 ㄐㄩˋ ㄗ
湊錢;湊集錢財。

醴 ㄌㄧˇ *li*^{3} 音禮
[1]甜酒。見"正字通"。[2]甘甜。如:醴泉。[3]指甘泉。如:玉醴。

醲 ㄋㄨㄥˊ *nung*^{2} 音濃
[1]醇厚的酒。見"說文"。[2]厚;濃厚。通濃。如:醲郁。

醳 ㈠ ㄧˋ *i*^{4} 音益
[1]苦酒。一說不摻水的醇酒。見"集韻"。[2]賞賜酒食。
㈡ ㄕˋ *shih*^{4} 音釋
釋放。通釋。見"字彙"。

醶 ㈠ ㄔㄢˇ *ch'an*^{3} 音產 又讀 ㄧㄢˋ *yen*^{4} 音驗
醋。見"說文"。
㈡ ㄒㄧㄢ *hsien*^{1} 音鮮
鹵味。見"集韻"。

14

醹 ㄖㄨˊ *ju*^{2} 音如
濃烈的酒。見"說文"。

醻 ㄔㄡˊ *ch'ou*^{2} 音酬
敬酒時,主人先自飲,再斟酒請客人飲。同酬。見"說文"。

醺 ㄒㄩㄣ *hsün*^{1} 音薰
酒醉。見"說文"。

16

醼 ㄧㄢˋ *yen*⁴ 音宴
聚飲。通作讌、燕、宴。見“集韻”。

17

釀 ㄋㄧㄤˋ *niang*⁴
[1]製酒。見“說文”。[2]酒。如:佳釀。[3]比喻事情醞蓄而逐漸形成。如:醞釀。

11【釀造酒】 ㄋㄧㄤˋ ㄗㄠˋ ㄐㄧㄡˇ
將果實或穀物予以發酵釀造,而不經過蒸餾的酒類。酒精含量較低。如蘋果酒、橘子酒、糯米釀造的‘紹興’酒等。

醾 ㄇㄧˊ *mi*² 音迷
參酴醾。

醿 醾的或體。

醽 ㄌㄧㄥˊ *ling*² 音陵
參醽醁。

15【醽醁】 ㄌㄧㄥˊ ㄌㄨˋ
一種美酒。

釂 ㄐㄧㄠˋ *chiao*⁴ 音叫
或作釂。把杯中酒喝盡。見“說文”。

18

釁 釁的或體。

釁 ㄒㄧㄣˋ *hsin*⁴ 音信
[1]血祭。古人用牲口或俘虜的血塗在新造的鐘、鼓的縫隙而舉行的祭禮。見“說文”。[2]縫隙;間隙。如:釁隙。[3]仇隙;爭端。如:挑釁。[4]徵兆。[5]塗抹。如:釁面。

13【釁鼓】 ㄒㄧㄣˋ ㄍㄨˇ
古代戰鼓製成時,殺牲祭神,取其血塗鼓上的禮節。

14【釁隙】 ㄒㄧㄣˋ ㄒㄧˋ
比喻因猜忌而造成的仇恨。

20【釁鐘】 ㄒㄧㄣˋ ㄓㄨㄥ
用牲血塗新鑄的鐘。古代新鐘鑄成時,殺牲祭神,取其血塗鐘隙的禮節。

19

釃 釃的或體。

釃 ㄙ *szŭ*¹, *ssŭ*¹ 音思
濾去渣滓,使濁酒變成清酒。見“說文”。

20

釅 ㄧㄢˋ *yen*⁴ 音驗
濃厚。指酒、醋、茶等之色、香、味。如:釅茶。

釆部

釆 ㄅㄧㄢˋ *pien*⁴ 音辨
辨別。獸類蹄爪分別。辨的本字。見“說文”。

1

采 ㊀ ㄘㄞˇ *ts'ai*³ 音採
[1]摘取。如:采桑。[2]搜集。如:采詩。[3]彩色。通彩。如:五采。[4]彩色的布帛。通綵。如:張燈結采。[5]理會。通睬。如:不采人。
㊁ ㄘㄞˋ *ts'ai*⁴ 音菜
食邑。古時卿大夫受封的土地。

7【采邑】 ㄘㄞˋ ㄧˋ
卿大夫受封的土地。

6

釉 ㄧㄡˋ *yu*⁴ 音柚
(glaze)爲混合之矽酸鹽。與搪瓷或鈉鈣玻璃相似,塗布於陶、瓷器表面以達到美觀、不透氣、防止滲透、增加強度等目的。

3【釉上彩】 ㄧㄡˋ ㄕㄤˋ ㄘㄞˇ
於施罩釉料入窯燒成的瓷器器表,施加彩繪紋飾,再以較低溫度烘烤而成。

12【釉裡紅】 ㄧㄡˋ ㄌㄧˇ ㄏㄨㄥˊ
瓷器釉飾的一種。用銅紅顏料在坯體上作畫,再罩白釉,經還原焰燒成。‘元代’已有。

13

釋 ㊀ ㄕˋ *shih*⁴ 音適
[1]解開;脫去。見“說文”。[2]解說。如:解釋。[3]赦免;釋放。如:開釋。[4]消散;溶解。如:冰釋。
㊁ ㄧˋ *i*⁴ 音義
愉悅。通懌。

4【釋氏】 ㄕˋ ㄕˋ
[1]即‘釋迦牟尼’。又泛指佛門或佛教。[2]自‘東晉’‘道安’開始,以爲佛學皆本‘釋迦’爲師,請以‘釋’爲氏,後遂稱佛徒、和尚爲釋氏。

6【釋名】 ㄕˋ ㄇㄧㄥˊ
‘漢’‘劉熙’撰,八卷。又名“逸雅”。以音同、音近的字解釋字義,推論稱名辨物的原由。雖偶有穿鑿,但足供考求古音及古代制度。

8【釋典】 ㄕˋ ㄉㄧㄢˇ
佛教經典。

9【釋迦】 ㄕˋ ㄐㄧㄚ
(custard apple; *Annona squamosa*)又名番荔枝或林檎。落葉小喬木;樹皮灰白色,葉近革質,橢圓狀披針形;花青黃色,下垂;聚合果球形或心狀圓錐形,綠色,表面有白色粉霜,可食用,果肉甜,子黑色。爲栽培果樹。

釋迦圖

11【釋教】 ㄕˋ ㄐㄧㄠˋ
佛教。

12【釋奠】 ㄕˋ ㄉㄧㄢˋ
陳設酒餚以拜祭神鬼。

【釋然】 ㊀ ㄕˋ ㄖㄢˊ
[1]疑慮消解的樣子。[2]潰散的樣子。
㊁ ㄧˋ ㄖㄢˊ
愉悅的樣子。

13【釋義】 ㄕˋ ㄧˋ

①解釋意義。②指佛教的義理。

14【釋褐】 ㄕˋ ㄏㄜˊ

脫下平民的褐衣，改穿官服。即做官。

【釋疑】 ㄕˋ ㄧˊ

消除疑慮。

19【釋懷】 ㄕˋ ㄏㄨㄞˊ

放心；釋念。

9【釋迦牟尼】 ㄕˋ ㄐㄧㄚ ㄇㄡˊ ㄋㄧˊ

（前563～前485）也稱'釋迦文佛'。佛教的始祖。幼名'悉達多'，'北印度''迦毘羅城'主'淨飯王'的兒子。二十九歲時，因出遊看到生、老、病、死四相，深悟世間無常，又不滿當時婆羅門的神權統治及其梵天創世說教，遂捨棄王族生活，入雪山修行六年，大悟得一切種智，且周遊四方，化導人群，經四十多年，創立佛教，八十歲時示寂。眾弟子將其一生所說教法加以記錄整理，經過四次結集，成爲經、律、論三藏。

里部

里 ㄌㄧˇ *li*³ 音裡

①居住。見"說文"。②古以二十五家爲里，今爲鎭或市以內之編組單位。其地位與村相當，編組之依據及標準亦與村同。③古時計算面積的一種單位。指縱橫各三百步的面積。④計算長度的單位。舊制三百六十步爲一里，即一百八十丈。今制以一千五百市尺爲一市里，合500公尺；一千公尺爲一公里。⑤姓。'春秋'時'晉'有'里克'。見"通志·氏族略四"。

8【里昂】 ㄌㄧˇ ㄤˊ

（Lyon）'法國'第三大都市、第二大鐵路中心。位於'隆河'（Rhône R.）及'蘇因河'（Saône R.）匯流處。絲織及人造纖維業盛，號稱「絲鄉絹城」。化學、皮革業發達。爲東南部政治、商業及銀行中心，水陸交通樞紐。國際博覽會每年於此舉行。人口164.8萬（1999年）。

9【里約】 ㄌㄧˇ ㄩㄝ

（Rio de Janeiro）'巴西'舊都、第二大城及工商業、交通中心。濱'瓜拿巴拉灣'（Guanabara Bay）。爲天然良港，山環水繞，風景秀麗。有食品加工、菸草、家具、玻璃及造船工業。人口610萬（2004年）。

10【里格】 ㄌㄧˇ ㄍㄜˊ

（league）'英'制長度單位。1里格等於3哩。

15【里閭】 ㄌㄧˇ ㄌㄩˊ

①里門。②鄉里。

12【里斯本】 ㄌㄧˇ ㄙ ㄅㄣˇ

（Lisbon）'葡萄牙'首都、主要商港、工業中心及重要軍事基地。位於'太加斯河'（Tagus R.）口，濱'大西洋'。港闊水深，氣候溫和。市區有許多中世紀建築及古蹟，爲'歐洲'著名休養勝地。漁業亦盛，工業有煉油、造船、製鋼、紡織等。人口55.9萬（2001年）。

【里程碑】 ㄌㄧˇ ㄔㄥˊ ㄅㄟ

①設於路旁，用以記載里程數字的木牌或石碑。②比喻一過程中可作爲標誌的重大事件。

14【里爾克】 ㄌㄧˇ ㄦˇ ㄎㄜˋ

（Rainer Maria Rilke, 1875～1926）'德國'詩人、小說家。爲存在主義文學的先驅。作品多描繪作者個人心靈的體驗，展現神祕孤獨的意味。代表作有詩集"安魂曲"（*Requiem*）、自傳性的散文體札記小說"馬爾泰手記"（*Die Aufzeichnungen des Malte Laurids Brigge*）。

12【里程碑排程】 ㄌㄧˇ ㄔㄥˊ ㄅㄟ ㄆㄞˊ ㄔㄥˊ

（milestone scheduling）與甘特表相似，係日程控制所用的圖表工具。乃將各項工作項目完成的階段繪於圖表上，用以控制工作進度日程。

2

重 ㊀ ㄓㄨㄥˋ *chung*⁴ 音眾

①濃厚。見"說文"。②大；緊要的。如：重臣。③優厚。如：重賞。④端莊。如：君子不重則不威。⑤嚴竣。如：重典。⑥尊崇。如：重文輕武。⑦增加。⑧重量。與輕相對。⑨甚；深。如：病重。⑩姓。'明'有'重謙'。見"萬姓統譜·九一"。

㊁ ㄔㄨㄥˊ *ch'ung*² 音崇

①複；疊。如：重席。②再；一再。如：舊地重遊。③量詞。層。如：重重包圍。

2【重力】 ㄓㄨㄥˋ ㄌㄧˋ

（gravitational force）即萬有引力。地球表面上的物體因地心引力的作用，都受有一向地心之作用力，此作用力即爲物體所受之重力。

【重九】 ㄔㄨㄥˊ ㄐㄧㄡˇ

農曆九月九日。或稱重陽。

3【重子】 ㄓㄨㄥˋ ㄗˇ

（baryon）基本粒子中的一類。凡可透過強作用力作用且其自旋爲$\hbar/2$的奇數倍，質量和質子、中子差不多的粒子稱爲重子。常見的重子有質子、中子、Λ粒子等。

4【重文】 ㊀ ㄔㄨㄥˊ ㄨㄣˊ

指字書中同一字而重出的異體字。如"說文"以小篆爲主，各部小篆之下所附的古文、籀文便是重文。

㊁ ㄓㄨㄥˋ ㄨㄣˊ

注重文事。

【重心】 ㄓㄨㄥˋ ㄒㄧㄣ

（center of gravity）①地面上的物體，各部分都受有地心引力的作用，方向皆指向地心。由於地面距地心之距離皆較物體大甚多，故作用於物體上各點之引力可視爲平行力。物體的重量即爲諸平行力的合力，而平行力合力的作用點，便稱爲物體的重心。對於有規則而質量分布均勻的物體，其重心位置即在幾何中心處。2三角形三中線必交於一點，此點稱爲此三角形的重心。如圖，G爲三角形ABC的重心。

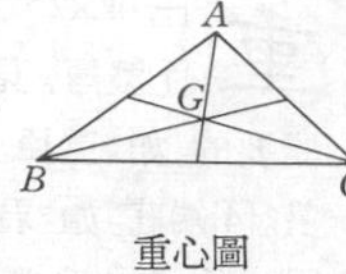

重心圖

【重水】 ㄓㄨㄥˋ ㄕㄨㄟˇ
(heavy water)即氧化氘。分子式D_2O，是一種同位素水，可由電解水後的殘液分餾而得。其性質和正常的水不同，如其凝固點爲3.82°C，沸點爲101.4°C。廣用於核子反應器，作爲中子的減速劑。

8【重油】 ㄓㄨㄥˋ ㄧㄡˊ
(heavy oil)泛指一切自原油分餾塔得到沸點大於200°C以上之液體油料。比重大且黏力強，例如潤滑油即是。亦指煤溚分餾得到沸點介於250～300°C間之餾分。

【重典】 ㄓㄨㄥˋ ㄉㄧㄢˇ
1嚴峻的法令。2重要的典籍。

【重沓】 ㄔㄨㄥˊ ㄊㄚˋ
重疊；重複。

9【重重】 ㄔㄨㄥˊ ㄔㄨㄥˊ
層層；一層又一層。

11【重寄】 ㄓㄨㄥˋ ㄐㄧˋ
重大的付託。

【重設】 ㄔㄨㄥˊ ㄕㄜˋ
(reset) 1將電腦記憶單位、記數器或暫存器等設爲一特定之値作爲初値，稱爲重設。2將電器設備恢復至初始狀態。

【重責】 ㄓㄨㄥˋ ㄗㄜˊ
1重大的責任。2嚴厲的斥責。

【重堂】 ㄔㄨㄥˊ ㄊㄤˊ
1指樓房。2道教語。指喉嚨。3俗稱家有祖父母。

【重氫】 ㄓㄨㄥˋ ㄑㄧㄥ
(deuterium)即氘。參氘。

12【重陽】 ㄔㄨㄥˊ ㄧㄤˊ
1指天。2指農曆九月九日。

【重量】 ㄓㄨㄥˋ ㄌㄧㄤˋ
(weight)根據'牛頓'之萬有引力定律，地球表面上的物體皆受有地球地心引力的作用，物體所受之引力(重力)大小，即爲該物體之重量。若質量爲m的物體，所受之引力大小爲W，則有$W=mg$的關係式，式中g代表地球表面之重力加速度，其標準值爲9.8公尺/秒^2。重量之常用單位有公斤重，或用力的絕對單位牛頓(N)代表，1公斤重＝9.8牛頓。由於引力大小或重力加速度與物體所處之位置有關，故物體之重量非爲一定值。測試物體之重量可用彈簧秤秤之。

【重圍】 ㄔㄨㄥˊ ㄨㄟˊ
層層的包圍。

【重創】 一 ㄓㄨㄥˋ ㄔㄨㄤ
重傷。
二 ㄔㄨㄥˊ ㄔㄨㄤ
再度殺傷已負傷的人。

14【重複】 ㄔㄨㄥˊ ㄈㄨˋ
1事物重見複出。2重疊。

16【重擔】 ㄓㄨㄥˋ ㄉㄢˋ
1很重的擔子。2比喻很重的責任。

【重器】 ㄓㄨㄥˋ ㄑㄧˋ
1寶物。指圭璧鐘鼎等傳國寶。2比喻社稷、國家。3比喻可重用的人才。猶大器。

18【重鎮】 ㄓㄨㄥˋ ㄓㄣˋ
1軍事要地。2比喻擔負重任的人。

22【重巒】 ㄔㄨㄥˊ ㄌㄨㄢˊ
層層的山巒。

【重聽】 ㄓㄨㄥˋ ㄊㄧㄥ
(hearing impairment)因聽覺障礙或年老而聽覺衰退。

【重疊】 ㄔㄨㄥˊ ㄉㄧㄝˊ
一層一層的累積。

2【重力場】 ㄓㄨㄥˋ ㄌㄧˋ ㄔㄤˊ
(gravitational field)宇宙中任二個物體之間都有互相吸引的萬有引力存在。爲說明這種超距力，可使用力場的觀念來描述。即當一質量爲M的物體占有空間某一位置時，便會在它的四周產生一種特殊的性質，此性質便是該物體所建立的重力場，能使進入其重力場的任何物體都受到吸引力(重力)的作用。重力場爲一向量力場，例如地球表面重力場方向爲指向地心，強度與距地心的距離之平方成反比。

3【重工業】 ㄓㄨㄥˋ ㄍㄨㄥ ㄧㄝˋ
指製成品重量較重的工業。如鋼鐵工業等。與輕工業相對。通常重工業需使用龐大的機器和大量原料，借助水路和鐵路運輸，因此多位於鐵路、河道和海港等附近。又工廠旁邊原料常堆積如山，並排出大量汙染物和噪音。

7【重利罪】 ㄓㄨㄥˋ ㄌㄧˋ ㄗㄨㄟˋ
乘他人急迫、輕率或無經驗，貸以金錢或其他物品，而取得與原本顯不相當之重利者，構成重利罪。本罪爲結果犯，須就出貸之財物業已取得與原本顯不相當之重利，犯罪始足成立，其性質雖非使人陷於錯誤而處分其財產，但乘他人危迫、輕率或無經驗之際，取得他人之財物，實已近於詐欺，故本罪規定於詐欺罪章。本罪之方法爲貸以金錢或其他物品，與竊盜、詐欺等奪取罪不同，且須取得與原本顯不相當之重利方足成立，倘所得之利息僅超過"民法"所定之最高利率，而非顯不相當者，僅超過部分之利息無請求權而已，尙難成立本罪。本罪不處罰未遂犯，是否旣遂，以是否已取得重利爲準。

8【重定位】 ㄔㄨㄥˊ ㄉㄧㄥˋ ㄨㄟˋ
(relocation)電腦作業系統處理因程式模組在主記憶體內的起始位置改變，而對有關的位址或位址常數作必要之修改的過程。

11【重婚罪】 ㄔㄨㄥˊ ㄏㄨㄣ ㄗㄨㄟˋ
有配偶而重爲婚姻或同時與二人以上結婚者。所謂重爲婚姻者，乃指有配偶者於婚姻關係存續中，再與他人結婚而言；苟僅事實上同居，並未正式結婚，或僅訂婚而未結婚，或於前婚姻關係消滅後再行結婚，均不構成重婚。重婚罪之成立，必以前婚姻有效成立爲前提，但前婚姻僅具有撤銷之原因者，於未撤銷前，仍不失爲合法婚姻，應受本罪之保護。重婚罪爲己手犯，必須行爲人親自實行重婚行爲，始能成立犯罪，第三人雖可成立重婚罪之教唆犯或幫助犯，但無成立共同正犯或間接正犯之可能。且重婚罪屬即成犯，一經結婚，其犯罪行爲即已既遂。

【重組乳】 ㄔㄨㄥˊ ㄗㄨˇ ㄖㄨˇ
(recombined milk)將脫脂奶粉溶解，調其濃度，溶入乳酪脂肪加以混合，經均質化恢復原來液狀，再經殺菌包裝而成者。

【重啟動】 ㄔㄨㄥˊ ㄑㄧˇ ㄉㄨㄥˋ
(restart)將電腦程式由預先設定之檢查點開始繼續執行的過程。

12【重陽宮】 ㄔㄨㄥˊ ㄧㄤˊ ㄍㄨㄥ
在‘陝西’‘鄠縣’正西十公里之‘祖庵鎮’北。爲道教全眞道祖師‘王重陽’埋骨處。始稱‘祖庭’或‘祖庵’，後其徒‘丘處機’請改名‘重陽宮’。爲‘元代’北方道教集合點，盛時道士近萬人，宮殿樓閣達五千餘間，遺有不少碑刻，頗具考古和藝術價值。

【重量噸】 ㄓㄨㄥˋ ㄌㄧㄤˋ ㄉㄨㄣˋ
(weight ton)爲船公司按貨物毛重(即包括包裝材料重量)作爲計收運費的計算單位。水泥、鋼鐵、五金等重量貨，船公司都按重量噸計收運費。重量噸可分爲公噸、短噸及長噸三種。目前船公司，尤其貨櫃船公司，都按公噸計收運費。運價表中以W字樣表明的，表示將按重量噸計收運費，以W/M字樣表明的，表示將按重量噸或體積噸計收運費。船公司可選擇對自己有利的方式計收運費。

【重貼現】 ㄔㄨㄥˊ ㄊㄧㄝ ㄒㄧㄢˋ
當銀行向‘中央銀行’辦理轉貼現時，在‘中央銀行’方面，稱爲重貼現。重貼現業務是‘中央銀行’對一般銀行融通資金的方法，利率通常均較貼現利率爲低。

【重然諾】 ㄓㄨㄥˋ ㄖㄢˊ ㄋㄨㄛˋ
不輕易許諾，一旦許諾則信守不渝。

13【重塑土】 ㄔㄨㄥˊ ㄙㄨˋ ㄊㄨˇ
(remolded soil)受擾動引致內部結構全毀，然其含水量與密度不變的土壤。

【重傷害】 ㄓㄨㄥˋ ㄕㄤ ㄏㄞˋ
“刑法”第十條第四項規定：稱重傷者，謂毀敗一目或二目之視能；毀敗一耳或二耳之聽能；毀敗語能、味能或嗅能；毀敗一肢以上之機能；毀敗生殖之機能；以及其他於身體或健康有重大不治或難治之傷害。所謂毀敗，係指視能、聽能、語能、味能、嗅能、生殖等器官或身體之四肢受到重大傷害，完全喪失其機能而言。如僅減衰或一時喪失機能，尚非此所謂毀敗。“刑法”第十條第四項第一至第五款採列舉規定，第六款則爲概括規定，例如變更容貌至重大不治之傷害或削掉鼻子，均屬本條所謂之重傷害。

15【重慶市】 ㄔㄨㄥˊ ㄑㄧㄥˋ ㄕˋ
直轄市。簡稱‘渝’。位於‘四川省’南部，當‘長江’與‘嘉陵江’匯流處。市區建設在半島狀的丘陵上，號稱「山城」。有‘長江’、‘嘉陵江’水運及鐵路公路網運輸，是‘川’省和鄰近各區貨物的集散市場；附近盛產煤鐵礦，工業甚盛；爲‘川’省水陸交通、商埠及工業中心。抗戰期間爲中央政府所在地，於還都‘南京市’後，明令定爲陪都。

16【重頭戲】 ㄓㄨㄥˋ ㄊㄡˊ ㄒㄧˋ
指唱作繁重的戲劇。今亦戲稱擔當重要的任務。

17【重瞳子】 ㄔㄨㄥˊ ㄊㄨㄥˊ ㄗˇ
眼中有兩個瞳孔。

22【重讀生】 ㄔㄨㄥˊ ㄉㄨˊ ㄕㄥ
(repeater)①由於成績不及格不能升級而重讀一年的學生。②修習某一門課不及格或成績不理想而再修該課一次的學生。

2【重力位能】 ㄓㄨㄥˋ ㄌㄧˋ ㄨㄟˋ ㄋㄥˊ
(gravitational potential energy)物體在重力場中由位置的改變所具有的能量。參位能。

【重入常式】 ㄔㄨㄥˊ ㄖㄨˋ ㄔㄤˊ ㄕˋ
(reentrant routine)電腦程式中可以重複執行，並且執行結束前可再被呼叫而重入執行的常式。重入常式之主要特點爲其可重入性，可同時被數個執行中的程式所呼叫，但僅需一分程式碼存在於主記憶體中。重入常式之限制爲：常式本身之常數與指令等，於執行中不能被更改；並且其所需之參數與工作變數等資料由呼叫程式提供。

5【重生父母】 ㄔㄨㄥˊ ㄕㄥ ㄈㄨˋ ㄇㄨˇ
①指救命恩人。②指對自己有極大恩情的人。

7【重見天日】 ㄔㄨㄥˊ ㄐㄧㄢˋ ㄊㄧㄢ ㄖˋ
再度看見天日，得到光明。也比喻受壓迫的人重獲自由，或受冤屈的人得到平反。

【重利盤剝】 ㄓㄨㄥˋ ㄌㄧˋ ㄆㄢˊ ㄅㄛ
放高利貸剝削他人。

【重作馮婦】 ㄔㄨㄥˊ ㄗㄨㄛˋ ㄈㄥˊ ㄈㄨˋ
比喻重操舊業。‘馮婦’，‘晉’獵人，善打虎，一度不再打虎；後來在野外見人把虎趕到山嵎，又奮臂下車打虎。見“孟子·盡心下”。

8【重於泰山】 ㄓㄨㄥˋ ㄩˊ ㄊㄞˋ ㄕㄢ
比喻價値極高。

10【重修舊好】 ㄔㄨㄥˊ ㄒㄧㄡ ㄐㄧㄡˋ ㄏㄠˇ
恢復舊日的情誼。

11【重商主義】 ㄓㄨㄥˋ ㄕㄤ ㄓㄨˇ ㄧˋ

(mercantilism)西元十六世紀後半期，到十八世紀前半期，'歐洲'各國採用的一種經濟政策，或是支配這種政策的政治經濟思想。即以商業爲國家根本政策，對內必先使產品工資低廉，藉以謀資本企業的發達，對外則利用關稅，使國貨外銷，開拓市場。

13【重溫舊夢】 ㄔㄨㄥˊ ㄨㄣ ㄐㄧㄡˋ ㄇㄥˋ
重新經歷或回憶以往美好的情景。

【重新編碼】 ㄔㄨㄥˊ ㄒㄧㄣ ㄅㄧㄢ ㄇㄚˇ
(recoding)將知覺或認知材料重組，使零碎資料成易於處理之單元的歷程。

【重置成本】 ㄔㄨㄥˊ ㄓˋ ㄔㄥˊ ㄅㄣˇ
(replacement cost)指現在購買與現有舊資產同功能及同效率的資產所需支付的成本。

14【重複保險】 ㄔㄨㄥˊ ㄈㄨˋ ㄅㄠˇ ㄒㄧㄢˇ
(double insurance)要保人以同一保險利益，對同一危險事故，在同一保險期間，與多數保險人訂立數個保險契約，其保險金額的總和，超過保險價額者。(若保險金額的總和未超過保險價額者，稱爲複保險。)惡意的重複保險，其契約無效；善意的重複保險，各保險人對於保險標的的全部價額，僅就其所保金額，負比例分擔之責。

【重複課稅】 ㄔㄨㄥˊ ㄈㄨˋ ㄎㄜˋ ㄕㄨㄟˋ
(double taxation)在複數稅制度之下，由於各種不同的租稅同時存在，所發生稅捐重複課徵的現象。例如對營利事業課徵營利事業所得稅後，對於股東所分配的股利再課徵綜合所得稅即是。

15【重熱鍋爐】 ㄔㄨㄥˊ ㄖㄜˋ ㄍㄨㄛ ㄌㄨˊ
(reheat boiler)有些蒸汽渦輪機系統爲了提高渦輪機之循環效率，除主鍋爐外另設一小鍋爐，將高壓渦輪機中膨脹至適當段落之蒸汽抽出，並引進小鍋爐中再行加熱，以提高過熱度並減少水分，再將蒸汽引入高壓渦輪機之低壓段或低壓渦輪機中繼續膨脹，此小鍋爐稱爲重熱鍋爐。

【重質骨材】 ㄓㄨㄥˋ ㄓˋ ㄍㄨˇ ㄘㄞˊ
(heavy weight aggregate)比重約3.6以上的混凝土骨材。其結構物對防護X光線及放射線效果極佳。如重晶石、磁鐵礦、赤鐵礦、褐鐵礦等均屬之。

16【重親主義】 ㄓㄨㄥˋ ㄑㄧㄣ ㄓㄨˇ ㄧˋ
(nepotism)指社會活動環繞著親人爲中心。即引用親人，偏袒私人的互動方式。

【重整計畫】 ㄔㄨㄥˊ ㄓㄥˇ ㄐㄧˋ ㄏㄨㄚˋ
於重整程序中，由重整人擬訂，以調整債權人與股東之法律關係，使重整公司能汰舊換新、重振企業爲目的之計畫。重整計畫應連同公司業務及財務報表，提請第一次關係人會議審查。重整計畫經關係人會議可決者，重整人應聲請法院裁定認可後執行之，並報中央主管機關備查，該經認可之重整計畫，對於公司及關係人均有拘束力，其所載之給付義務，適於爲強制執行之標的者，並得逕予強制執行；如未得關係人會議有表決權各組之可決時，重整監督人應即報告法院，法院得依公正合理之原則，指示變更方針，命關係人會議在一個月內再予審查，如仍未獲關係人會議可決時，公司確有重整之價值，法院得就其不同意之組，依法定方法修正重整計畫裁定認可之外，應裁定終止重整。

【重整旗鼓】 ㄔㄨㄥˊ ㄓㄥˇ ㄑㄧˊ ㄍㄨˇ
比喻失敗後，整頓再起。

2【重力加速度】 ㄓㄨㄥˋ ㄌㄧˋ ㄐㄧㄚ ㄙㄨˋ ㄉㄨˋ
(acceleration of gravity)地球表面上的物體，因受地球引力之作用，向地心方向有一加速度存在，此加速度便稱爲重力加速度，常用 g 代表。g 值會隨地表位置之不同而改變，通常使用之標準值爲9.8公尺/秒^2。

8【重金屬含量】 ㄓㄨㄥˋ ㄐㄧㄣ ㄕㄨˇ ㄏㄢˊ ㄌㄧㄤˋ
指食品中所含的重金屬量。常見且對人體爲害較大的重金屬有汞、鎘、鉛、鉮等。有些是天然含有或受土壤、空氣、水所汙染，有些是在製造過程中汙染或爲某些作用而添加進去。人體經由新陳代謝會將微量的重金屬排出，若含量過高，則難以完全排出，而在人體慢慢累積，形成慢性中毒，其規模及後遺症遠較其他食品中毒來得嚴重。

10【重症肌無力】 ㄓㄨㄥˋ ㄓㄥˋ ㄐㄧ ㄨˊ ㄌㄧˋ
(myasthenia gravis)一種病因不明的肌肉疾病。血液中出現乙醯膽鹼受體的抗體時，病人即引起肌肉無力，但通常沒有肌肉萎縮及神經傳導障礙的現象，病人只要輕微的體力活動，即感筋疲力竭。症狀嚴重程度及侵犯肌肉範圍有很大差別，有些人僅犯眼肌，有些人則全身肌肉均受波及，甚至須藉助呼吸器才能維持生命。投予膽鹼類藥物可改善症狀，但目前尚無有效的根治療法。

12【重量證明書】 ㄓㄨㄥˋ ㄌㄧㄤˋ ㄓㄥˋ ㄇㄧㄥˊ ㄕㄨ
(weight certificate) 證明賣方所交付貨物重量的證明書。在國際貿易中，這種證明書或由賣方出具或由第三者(例如公證行)出具，視情形而定。其內容包括貨物的毛重、皮重及淨重等。貨物按重量買賣時，重量證明書即成爲一項重要單證。因此,在買賣契約中宜約定賣方須提供重量證明書,並約定由誰出具。買方爲保護權宜,原則上要求由著名公證行出具較妥。但因其公證費較昂貴,可能增加進貨成本。

14【重複性生產】 ㄔㄨㄥˊ ㄈㄨˋ ㄒㄧㄥˋ ㄕㄥ ㄔㄢˇ
(repetitive production)爲從事標準化產品的生產事業所採的生產方式,其生產的性質爲重複生產該企業的標準產品。

15【重質混凝土】 ㄓㄨㄥˋ ㄓˊ ㄏㄨㄣˋ ㄋㄧㄥˊ ㄊㄨˇ
(heavy weight concrete)以重質骨材與水泥拌製而成的混凝土。對防護X光線與放射線、核子輻射最爲有效。

8【重定位載入器】 ㄔㄨㄥˊ ㄉㄧㄥˋ ㄨㄟˋ ㄗㄞˋ ㄖㄨˋ ㄑㄧˋ
(relocating loader)電腦系統程式中可將程式載入主記憶體並加以重定位的載入程式。

12【重量莫耳濃度】 ㄓㄨㄥˋ ㄌㄧㄤˋ ㄇㄛˋ ㄦˇ ㄋㄨㄥˊ ㄉㄨˋ
(molality(m)) 1,000克溶劑中所含溶質的莫耳數。通常以m表示。此種濃度主要用來表示溶液中溶質對溶劑之比。

【重量百分率濃度】 ㄓㄨㄥˋ ㄌㄧㄤˋ ㄅㄞˇ ㄈㄣ ㄌㄩˋ ㄋㄨㄥˊ ㄉㄨˋ
(weight percentage)以溶液100克中所含溶質的克數表示的濃度。即:重量百分率濃度(%)= $\frac{\text{溶質克數}}{\text{溶液克數}}\times 100\%$ 。

【重創後壓力性異常】 ㄓㄨㄥˋ ㄔㄨㄤ ㄏㄡˋ ㄧㄚ ㄌㄧˋ ㄒㄧㄥˋ ㄧˋ ㄔㄤˊ
(posttraumatic stress disorder)個體歷經重大災變或創傷後所引起的焦慮性異常症候。患者對災變時的記憶強烈,時常出現夢中,凡事缺乏興趣,且易驚動,無法專心或睡眠。

野 ㄧㄝˇ *yeh*³ 音也
古文作埜。[1]郊外。見"說文"。[2]舊指民間。如:在野。[3]配合星宿所劃分的區域。如:分野。[4]粗鄙。如:粗野。[5]自然而非人工的。如:野花。[6]蠻橫不講理;不馴良的。如:野蠻。

5【野史】 ㄧㄝˇ ㄕˇ
私人編撰的史書。也稱稗史。

8【野味】 ㄧㄝˇ ㄨㄟˋ
從山林中獵到可供食用的鳥獸。

10【野乘】 ㄧㄝˇ ㄕㄥˋ
民間記載的史書。也稱野史。

12【野雁】 ㄧㄝˇ ㄧㄢˋ
[1]即野鴨。[2] (bustard)爲脊椎動物中屬於鳥綱(class Aves)、鶴形目(order Gruiformes)、野雁科(family Otididae)的動物。又稱鴇。約23種。分布於'非洲'、'歐洲'、'亞洲'及'澳洲'。體高約1公尺,腿長,善走,一般生活於沙漠或乾草地帶。如姬野雁(*Otis tetrax*)分布於自西'歐'、'摩洛哥'至'阿富汗',利用地面凹陷處築巢,以穀物、昆蟲及爬蟲爲食,善走,飛翔能力亦強。

野雁圖

16【野鴨】 ㄧㄝˇ ㄧㄚ
(wild duck; *Anas platyrhyncha*) 又稱爲鳧、沈鳧、綠頭鴨、紅腿鴨等。爲脊椎動物之中屬於鳥綱(class Aves)、雁形目(order Anseriformes)、雁鴨科(family Anatidae)、海鴨亞科(subfamily Fuligulinae)的一種。嘴扁平似鴨,尾圓形。'臺灣'產於'臺南'、'高雄'。屬游禽類,爲候鳥,常群游於水上,主食穀類、藻類、貝類及小魚等。性敏捷,可馴養,於水邊築巢。秋冬時南來,故在九月至翌春,常於山野湖沼田間等處見之。

野鴨圖

8【野狐禪】 ㄧㄝˇ ㄏㄨˊ ㄔㄢˊ
禪宗指外道異端爲野狐禪。言其欺惑世人,不足證道。

14【野臺戲】 ㄧㄝˇ ㄊㄞˊ ㄒㄧˋ
在農村鄉下臨時搭建戲臺公演的戲。也叫露臺戲。

16【野鴛鴦】 ㄧㄝˇ ㄩㄢ ㄧㄤ
比喻沒有婚姻關係而同居的男女。

18【野雞車】 ㄧㄝˇ ㄐㄧ ㄔㄜ
指違規營運的車輛。

2【野人獻曝】 ㄧㄝˇ ㄖㄣˊ ㄒㄧㄢˋ ㄆㄨˋ
比喻平凡的人所貢獻的平凡事物。提供事物者常用作自謙之詞。'宋國'有個農夫,不知富人有深屋厚衣,想向國君提出曬太陽可以禦寒的意見而求賞。見"列子·楊朱"。

5【野外求生】 ㄧㄝˇ ㄨㄞˋ ㄑㄧㄡˊ ㄕㄥ
在荒野深山沒有食宿的地方,利用自然環境和資源,以謀求生存。

12【野無遺賢】 ㄧㄝˇ ㄨˊ ㄧˊ ㄒㄧㄢˊ
形容賢才充分被任用,無所遺漏。

16【野戰夾克】 ㄧㄝˇ ㄓㄢˋ ㄐㄧㄚˊ ㄎㄜ
(battle jacket)長度及腰且剪接有邊帶的短夾克。領型爲國民領,門襟可釘鈕或上拉鍊,但處理成隱藏式,胸前有加蓋的貼式口袋,袖口另有橫帶狀剪接(卡夫);通常以軋嗶叮、斜紋類堅牢布料裁製。因第二次世界大戰時,'艾森豪'將軍首先穿著此型外套,故亦稱'艾森豪'外套(Eisenhower jacket)。

【野戰部隊】 ㄧㄝˇ ㄓㄢˋ ㄅㄨˋ ㄉㄨㄟˋ
指遂行戰鬥任務爲主之部隊或單位。軍事機關或學校不屬之。

19【野獸主義】 ㄧㄝˇ ㄕㄡˋ ㄓㄨˇ ㄧˋ
(fauvism)二十世紀初發生於'巴黎'的一種現代繪畫運動。西元1905年的秋季沙龍裡,有一批年輕畫家受'梵谷'強烈主觀個性之色彩及‘高更’裝飾性畫面之影響，展出使用強烈原始性的色彩和奔放的筆觸，大膽地表現出主觀個性的作品。藝評家‘渥塞勒’(Louis Vauxcelles) 觀賞後諷刺道:「‘唐那太羅’(Donatello, 文藝復興雕刻家) 被野獸包圍了!」而此諷刺性的「野獸」，就成爲此派的名稱。代表畫家有‘馬蒂斯’、‘盧奥’(Rouault)、‘烏拉曼克’(Vlaminck)、‘德安’(Derain) 和‘杜菲’(Dufy)等。

5

量 ㊀ ㄌㄧㄤˋ *liang*^{4} 音亮

①斗、斛一類用以計算容積的器具。②容受的限度。如:酒量。③人的心胸、器度。如:量小非君子。④估計;審度。如:不自量力。⑤指數目的多寡。如:大量輸出。⑥佛家指經驗、境界、標準。因此有二量、三量、四量、五量、六量的名數施設。例如現量(如眼見外物、耳聞音聲等)、比量(如見遠方有煙,則知有火或有人家)、聖言量(如‘佛陀’已斷生死、證大圓鏡智,四聖六凡境界,無所不屆,‘佛陀’的教諭,是永恆的標準,故云。)之三量。⑦(quantity) 定言命題中,全稱與特稱之分。即集合之全部與部分之分。參全稱命題、特稱命題。

㊁ ㄌㄧㄤˊ *liang*^{2} 音良

①計算物體的輕重、長短及多少。如:車載斗量。②商酌。如:商量。③同㊀④。

6【量刑】 ㄌㄧㄤˋ ㄒㄧㄥˊ

即刑罰裁量。乃法官審理刑事案件時,參酌有關之一切情狀,於“刑法”法定刑範圍內,公正而客觀地量定刑罰之職務行爲。由於“刑法”對各罪所定之刑,除專科死刑或無期徒刑無裁量餘地外,莫不規定最高及最低之法定刑,或同時規定數種主刑及其刑度,以供選科,是故刑罰之裁量,容有廣大之彈性餘地,稱爲刑事司法最重要的一項工作當不爲過,且其於人權之保障,尤見重要性。量刑時,所應考量之因素至多且繁,必也作全體性之審酌,方足以成就客觀公正之評價,是以量刑之運用儼然如法官之藝術,須兼顧法安定性、正義及合目的性之要求。

9【量度】 ㄌㄧㄤˊ ㄉㄨˋ

(measurement) 某量與作爲基準之量比較,而以數值或符號表示者。或表示量度量之大小所使用的量或數。

11【量移】 ㄌㄧㄤˋ ㄧˊ

‘唐’‘宋’時,被貶謫的官吏,如遇大赦,可以酌情移到較近處任職的制度。

12【量詞】 ㄌㄧㄤˋ ㄘˊ

表示一定數量的單位名稱。如尺、斤、個等。

13【量感】 ㄌㄧㄤˋ ㄍㄢˇ

(volume) 指繪畫上的物體描寫有立體感與厚重感之統稱。

3【量子論】 ㄌㄧㄤˋ ㄗˇ ㄌㄨㄣˋ

(quantum theory) 物理學到十九世紀末,舉凡‘牛頓’力學、電磁學、熱力學等理論均被視爲完備。當時一般以爲任何物理現象均可用既有的理論加以解釋,但西元1901年‘蒲朗克’對黑體輻射光譜的理論解釋,1905年‘愛因斯坦’的光電效應理論及其後一連串的實驗及理論如晶體比熱、‘波爾’原子說、‘康普頓’效應、電子繞射等,導致與舊觀點相悖之新觀點的產生。由此發展出來的新理論稱爲量子論或量子物理學。量子論最重要的特點就是‘蒲朗克’常數(以符號 h 表示)的引進。由於 h 值的存在,古典物理學中,許多被認爲是連續變化的物理量,均只能存在有某一含 h 之量的整數倍或做整數倍的變化,即這些量之值是量子化的(quantized),故稱量子論。量子論被視爲是正確、基本的理論,古典力學僅爲近似理論。僅在 h 值可忽略的情況,量子論才會與古典者一致。通常微觀現象宜用量子論觀點,但亦有巨觀之量子現象。

2【量入爲出】 ㄌㄧㄤˋ ㄖㄨˋ ㄨㄟˊ ㄔㄨ

依據收入的情形,作有計畫的支出。

7【量材器使】 ㄌㄧㄤˋ ㄘㄞˊ ㄑㄧˋ ㄕˇ

衡量人的材幹而授予適當的職位。

10【量能課稅原則】 ㄌㄧㄤˋ ㄋㄥˊ ㄎㄜˋ ㄕㄨㄟˋ ㄩㄢˊ ㄗㄜˊ

(principle of ability to pay) 指根據納稅能力之不同,而課以不同稅率。例如我國綜合所得稅採取累進稅率,所得高者適用高稅率,所得低者適用低稅率,即符合量能課稅之原則。

11

釐 ㊀ ㄌㄧˊ *li*^{2} 音離

①治理。②賜予。③更改。如:釐正。④長度單位。古制爲一尺的千分之一,今標準制一公釐爲公尺的千分之一。⑤地積單位。古制爲一畝的百分之一。⑥重量單位。古制爲一兩的千分之一。⑦容量單位。古爲一升的千分之一。⑧貨幣單位。一元的千分之一。⑨慣用分數名。爲 10^{-2}。⑩微小。如:差之毫釐。

㊁ ㄒㄧ *hsi*^{1} 音熹

福。通禧。如:恭賀年釐。

5【釐正】 ㄌㄧˊ ㄓㄥˋ

考訂改正。

8【釐定】 ㄌㄧˊ ㄉㄧㄥˋ

整理制定。

【釐金】 ㄌㄧˊ ㄐㄧㄣ

關卡所徵收的稅金。‘清’末在水陸交通要道設置關卡,徵收貨物通過稅,大抵按貨物價值抽稅若干釐,故稱。

金 部

金 ㄐㄧㄣ *chin*¹ 音斤
1 (gold) 一種過渡元素。元素符號*Au*,原子序79,原子量197.0。元素態是一種具有美麗黃色光澤的金屬,俗稱黃金。熔點1,063°C,比重19.3。質軟而富延展性,化學性質穩定。主要用途爲製造貨幣、裝飾品和器具等。2金屬的通稱。如:五金。3八音之一。金屬做的樂器。鉦、鐃、鐘、鈴屬之。4(1115～1234)'宋徽宗'時,'女眞族''完顏'部領袖'阿骨打'所建的朝代。都'會寧'(今'松江''阿城'南)。弟'太宗'繼位,先後滅'遼'及'北宋',並遷都'汴京'(今'河南''開封'),與'南宋'對峙,相持百餘年。歷代'金'主均力行'漢'化,其程度之深遠過'遼'人。據有今東北、'黃河流域'及'江蘇'、'安徽'二省的'淮'北等地。後在'蒙古'與'宋'聯合進攻下滅亡。共六世,九主,一百二十年。5姓。'元代'有'金履祥'。見"元史·儒學傳·金履祥"。

3【金口】 ㄐㄧㄣ ㄎㄡˇ
1指佛陀之口。象徵佛性的清淨、永恆的眞諦。2比喻人惜言如金,不輕易開口說話。3敬稱師友的教誨之言。

4【金文】 ㄐㄧㄣ ㄨㄣˊ
1鑄或刻在鐘鼎彝器上的文字。2用金泥所封的文書。即詔書。

【金丹】 ㄐㄧㄣ ㄉㄢ
古代方士、道士用黃金煉成的玉液,或用鉛汞等八石燒煉成的黃色藥金(還丹)。道士認爲服之能長生不老。

5【金史】 ㄐㄧㄣ ㄕˇ
二十五史之一。'元''脫脫'等撰,一百三十五卷。敘事較"遼史"爲詳,條例亦明密,於'宋'、'遼'、'金'三史之中,最爲完善。

7【金身】 ㄐㄧㄣ ㄕㄣ
以金貼飾的佛像。

9【金星】 ㄐㄧㄣ ㄒㄧㄥ
(Venus)太陽系九大行星之一。介於水星與地球之間,無衛星。亮度最大時爲−4.4星等,是天空中肉眼能看到最亮的星。赤道半徑約6,050公里,體積爲地球的0.857倍。逆向自轉,週期約爲243日,公轉週期約224.7日。由於金星的出沒,或在晨或在昏,所以古人誤認爲兩顆星。當其在太陽之西,則先太陽東昇,先太陽西落,是爲晨星,古人稱爲啟明;如其在太陽之東,則後太陽東昇,後太陽西落,是爲昏星,古人稱爲長庚。

【金風】 ㄐㄧㄣ ㄈㄥ
秋風。古代以五方、四時配五行,西方爲秋而主金,故稱。

10【金剛】 ㄐㄧㄣ ㄍㄤ
1金剛石。俗稱鑽石。2比喻堅固不可摧折之物。

【金恩】 ㄐㄧㄣ ㄣ
(Martin Luther King,Jr.,1929～1968)'美國'黑人民權運動領袖。基督教牧師,生於'喬治亞州'。早年在教會工作,西元1955年在'阿拉巴馬州''蒙哥馬利城'(Montgomery)領導反對公車黑白隔離制度,1957年組織'南方基督教領袖會議'(Southern Christian Leadership Conference),次年發動南方二十一個城市黑人集會以爭取人權。1963年8月28日領導25萬人在'華盛頓特區'大集會遊行,反對種族歧視,要求民權平等。次年終於贏得'詹森'總統簽署"民權法案",且榮獲'諾貝爾'和平獎。他主張和平改革社會,爲窮人伸張正義。1968年4月4日在'田納西州''孟菲斯市'(Memphis)被極端種族主義者槍殺身亡。

金恩像

【金針】 ㄐㄧㄣ ㄓㄣ
1黃金鑄成的針。後比喻傳授的祕法。2'中'醫以針法治病時所用的金屬刺針。主要是用以刺激穴位,通其血脈,使行營引衛,促進行血作用,以達治療效果。3即萱草。今稱金針菜。可食。

11【金婚】 ㄐㄧㄣ ㄏㄨㄣ
西俗稱結婚五十週年。

14【金匱】 ㄐㄧㄣ ㄍㄨㄟˋ
金製的藏書匱。

【金榜】 ㄐㄧㄣ ㄅㄤˇ
1以金粉漆成的匾額。2科舉時代公布錄取者名單的榜示。

16【金融】 ㄐㄧㄣ ㄖㄨㄥˊ
(monetary circulation)原爲資金融通之意。市場之利率決定於資金之供給與需求,該資金之供給與需求,往往以銀行、信託投資公司、信用合作社等爲中介,吸收社會大眾之存款,再以之貸放於工商業生產事業運用,故此種資金供需的現象亦稱爲金融。

【金樽】 ㄐㄧㄣ ㄗㄨㄣ
黃金製的酒樽。指華美的酒杯。

18【金額】 ㄐㄧㄣ ㄜˊ
金錢的數目。

21【金蘭】 ㄐㄧㄣ ㄌㄢˊ
1比喻朋友情投意合。2結義兄弟的代稱。

4【金日磾】 ㄐㄧㄣ ㄇㄧˋ ㄉㄧ
(前134～前86)'匈奴''休屠王'的太子,字'翁叔'。'武帝'時歸'漢',賜姓'金'。初爲馬監,累官侍中,後以功封爲'秺侯'。'武帝'崩,與'霍光'同受遺詔輔政。

【金牛宮】 ㄐㄧㄣ ㄋㄧㄡˊ ㄍㄨㄥ
(Taurus)黃道十二宮的第二宮。位於黃經30°～60°。每年4月20日前後,太陽進入此宮,節氣爲穀雨。二千年前,原在金牛座,故名。今因歲差之故,已移至白羊座。

【金牛座】 ㄐㄧㄣ ㄋㄧㄡˊ ㄗㄨㄛˋ

(Taurus; Tau)黃道十二星座之一。位於赤經3時23分至6時01分;赤緯＋00.2度至＋30.9度之間。其α星('中'名畢宿五)爲橙色的0.9等星;昴星團(Pleiades)和畢星團(Hyades)都是著名的疏散星團。相當於我國星座昴宿、畢宿、天廩、月、礪石、天街、天節、附耳、諸王、天高、五車、天高、天關、天囷、天陰、参旗、水府、司怪等。

6【金字塔】 ㄐㄧㄣ ㄗˋ ㄊㄚˇ
(pyramids)古代'埃及'帝王的墳墓。爲世界七大奇蹟之最古老者。用石頭築成,底面四方形,側面作三角形的方尖塔,形如'中'文⌊金⌉字,故譯名金字塔。今'埃及'仍遺存不少金字塔,以'古夫'塔最大,乃西元前3700年'古夫王'(Khufu)所建。

【金光黨】 ㄐㄧㄣ ㄍㄨㄤ ㄉㄤˇ
騙取他人財物的非法集團。

8【金門島】 ㄐㄧㄣ ㄇㄣˊ ㄉㄠˇ
位於'福建省''廈門灣'口外的島嶼。隸屬'福建省''金門縣'。東北角距大陸最狹,僅2.3公里;扼'廈門灣'的咽喉及'閩'省沿海水運,交通、戰略地位重要,現由國軍駐守。島上多山丘,但起伏不大,東部的'太武山'僅高253公尺,是全島最高點,聳峙的岩石上有先總統 '蔣'公親筆書題⌊毋忘在莒⌉四字。主要物產有鹽、酒、陶瓷,尤以高粱酒著名。

10【金馬門】 ㄐㄧㄣ ㄇㄚˇ ㄇㄣˊ
'漢''未央宮'的宮門。'武帝'得'大宛'馬,命人以銅鑄像,立於'魯班門'外,而更名爲'金馬門',使學士待詔於此。後世沿用爲官署的代稱。

【金馬獎】 ㄐㄧㄣ ㄇㄚˇ ㄐㄧㄤˇ
'中華民國'電影最高榮譽獎。'民國'四十六年十一月,'臺北市''徵信新聞"(今"中國時報"前身)曾聯合各影劇公會團體舉辦第一屆'臺'語影片的'金馬獎'。至'民國'五十一年由'行政院''新聞局'接辦,每年一次,以鼓勵優良之國語影片及傑出電影從業人員,促使電影事業之蓬勃發展爲目的。自七十三年起,轉由'中華民國電影工作委員會'主辦。

【金剛經】 ㄐㄧㄣ ㄍㄤ ㄐㄧㄥ
全名"金剛般若波羅蜜經",五千餘字。'姚秦''鳩摩羅什'譯。與"大般若經"第九分相同。此經自'姚秦'至'唐'有五種譯本,並以空慧爲體,闡說一切法無我之理,繁簡適中,易於領會。

11【金瓶梅】 ㄐㄧㄣ ㄆㄧㄥˊ ㄇㄟˊ
作者不詳,一百回。根據"水滸傳"中'西門慶'、'潘金蓮'故事擴大觸角而成。

12【金飯碗】 ㄐㄧㄣ ㄈㄢˋ ㄨㄢˇ
俗稱安定而待遇好的職業。

【金絲雀】 ㄐㄧㄣ ㄙ ㄑㄩㄝˋ
(canary; *Serinus canaria*)屬鳥綱、雀形目(Passeriformes)、雀科(family Fringillidae)。爲有名的籠鳥。原產於'大西洋'中的'卡納里'(Canary)、'阿蘇爾'(Azores)及'馬迪拉'(Madeira)等島。原種綠褐色,背部有條紋。鳴聲可愛且易飼養。人類選拔培育此種鳥已有400年歷史。飼養的平均壽命10～15年,亦有達20年者。

金絲雀圖

13【金聖歎】 ㄐㄧㄣ ㄕㄥˋ ㄊㄢˋ
(1608～1661)'長洲'(今'江蘇''吳縣')人,本姓'張',名'采';後改姓'金',名'喟',一名'人瑞',字'若采',號'聖歎'。少有才名,'明'亡,絕意仕進,博覽群書。所批點"水滸傳"、"三國志演義"、"西廂記"等書,發前人所未發,爲世傳誦。後以大不敬罪被誅。

【金嗓子】 ㄐㄧㄣ ㄙㄤˇ ·ㄗ
比喻清脆嘹亮的歌喉。

【金鼎獎】 ㄐㄧㄣ ㄉㄧㄥˇ ㄐㄧㄤˇ
'行政院''新聞局'爲提高各類出版品之素質,促進出版事業之發展,鼓勵出版從業人員的敬業精神,以發揮文化傳播及社會教育功能,而於'民國'六十五年設置此獎。每年舉辦一次。獎勵對象爲新聞、雜誌、圖書及唱片等各類出版品之中,表現最傑出的出版事業及從業人員,並藉以推動全民購書及讀書的風氣。

16【金錯刀】 ㄐㄧㄣ ㄘㄨㄛˋ ㄉㄠ
①古錢幣名。即'漢''王莽'時所鑄的錯刀。②刀名。

【金龜子】 ㄐㄧㄣ ㄍㄨㄟ ㄗˇ
(May beetle; June beetle)屬昆蟲綱、鞘翅目(Coleoptera)、金龜子科(family Scarabaeidae)。種類在14,000種以上,包括小型至大型的甲蟲,體長12～25毫米。食樹葉及花,危害農作物。幼蟲俗稱蠐螬,棲於土中,食植物的根,危害植物。

【金龜婿】 ㄐㄧㄣ ㄍㄨㄟ ㄒㄩˋ
指富貴的夫婿。'唐'時三品以上的官員始得佩金飾龜袋,故稱。

20【金鐘獎】 ㄐㄧㄣ ㄓㄨㄥ ㄐㄧㄤˇ
全名爲⌊廣播電視金鐘獎⌉。創始於'民國'五十四年,由'行政院''新聞局'主辦,目的在於鼓勵優良廣播電視節目、廣告與從業人員,提升節目水準。每年舉行一次。頒獎典禮多於三月廿六日廣播節舉行。前六屆(五十四年至五十九年)獎勵對象僅限廣播節目八項,第七屆(六十年)開始將電視納入;目前獎勵項目包括廣播電視節目、廣播和電視廣告、個人技術、學術理論,以及工程技術貢獻獎等四十一項。

27【金鑾殿】 ㄐㄧㄣ ㄌㄨㄢˊ ㄉㄧㄢˋ
①'唐朝'宮殿名。與'翰林院'相接,皇帝常在此殿召見學士。②泛指

天子的正殿。

4【金戈鐵馬】ㄐㄧㄣ ㄍㄜ ㄊㄧㄝˇ ㄇㄚˇ
金屬製的戈,被鐵甲的馬。形容精銳的軍隊。

5【金玉良言】ㄐㄧㄣ ㄩˋ ㄌㄧㄤˊ ㄧㄢˊ
形容良善之言有如金玉,至足珍貴。

【金玉滿堂】ㄐㄧㄣ ㄩˋ ㄇㄢˇ ㄊㄤˊ
金玉等珍寶充滿廳堂。形容極爲富有。

【金石可鏤】ㄐㄧㄣ ㄕˊ ㄎㄜˇ ㄌㄡˋ
金石之堅,也可以雕刻成器。比喻只要有恆心,天下無難事。

【金石絲竹】ㄐㄧㄣ ㄕˊ ㄙ ㄓㄨˊ
指各種樂器。也借指音樂。

6【金字招牌】ㄐㄧㄣ ㄗˋ ㄓㄠ ㄆㄞˊ
形容商店信譽極好。

7【金吾不禁】ㄐㄧㄣ ㄨˊ ㄅㄨˋ ㄐㄧㄣˋ
古代於特殊節慶時,取消禁令,任百姓通宵遊樂。金吾,即執金吾,‘漢代’掌管京師治安的官。

8【金枝玉葉】ㄐㄧㄣ ㄓ ㄩˋ ㄧㄝˋ
比喻皇族或富貴人家的子孫。

9【金屋藏嬌】ㄐㄧㄣ ㄨ ㄘㄤˊ ㄐㄧㄠ
‘漢武帝’幼時願娶其姑‘館陶長公主’之女‘阿嬌’爲妻,並以金屋居之。今則借指男子背著妻子,在外另築華屋供所愛的女子居住。

【金相玉質】ㄐㄧㄣ ㄒㄧㄤˋ ㄩˋ ㄓˊ
外表和內質都美好優秀。

【金城湯池】ㄐㄧㄣ ㄔㄥˊ ㄊㄤ ㄔˊ
以銅鐵建造的城牆,滿是沸水的護城河。比喻城池或防禦工事險固不易攻破。

【金星凌日】ㄐㄧㄣ ㄒㄧㄥ ㄌㄧㄥˊ ㄖˋ
(transit of Venus)當金星運行至地球與太陽之間時,觀測者見到金星橫過日面的現象。由於金星之軌道與黃道構成3°的傾角,只有在金星和地球都接近升交點或降交點時,才會發生凌日現象,因此十分罕見。上一次發生於西元1882年,下次蓋爲2004年6月8日。

【金科玉律】ㄐㄧㄣ ㄎㄜ ㄩˋ ㄌㄩˋ
重要完善的法令。後借指完美不可更改的法則、規律。

10【金翅擘海】ㄐㄧㄣ ㄔˋ ㄅㄛˋ ㄏㄞˇ
比喻文筆氣勢宏偉壯闊。

【金剛怒目】ㄐㄧㄣ ㄍㄤ ㄋㄨˋ ㄇㄨˋ
金剛菩薩威怒的神情。今比喻人表情憤怒威猛。

【金烏玉兔】ㄐㄧㄣ ㄨ ㄩˋ ㄊㄨˋ
指太陽和月亮。古代傳說中,太陽裡有三足烏,月亮裡有白兔搗藥。

12【金童玉女】ㄐㄧㄣ ㄊㄨㄥˊ ㄩˋ ㄋㄩˇ
道家稱服侍仙人的童男童女。後也比喻清秀可愛的幼童。

13【金塊本位】ㄐㄧㄣ ㄎㄨㄞˋ ㄅㄣˇ ㄨㄟˋ
(gold bullion standard)一個國家的通貨單位以固定的黃金含量來表示。其特點爲:(1)規定每單位通貨的含金量。(2)黃金以金塊(或金條)的形式持有,不再鑄成金幣。(3)黃金不再於交易中流通。(4)國與國之間仍以黃金爲國際貿易清算的工具。

14【金幣本位】ㄐㄧㄣ ㄅㄧˋ ㄅㄣˇ ㄨㄟˋ
(gold coin standard)一個國家根據其黃金數量決定貨幣供給,並規定通貨與黃金之間的兌換關係。其特性爲:一、以法律規定每單位通貨的含金量。二、黃金可以自由且無限制的流進或流出本國。三、金幣對所有債務具無限法償。四、金幣與本國通貨可按規定比率自由兌換。五、可以自由鑄造或熔毀金幣。

【金碧輝煌】ㄐㄧㄣ ㄅㄧˋ ㄏㄨㄟ ㄏㄨㄤˊ
形容建築物或其裝潢陳設華麗奪目。

【金匱要略】ㄐㄧㄣ ㄍㄨㄟˋ ㄧㄠˋ ㄌㄩㄝˋ
‘漢’‘張機’撰,二十四卷。論雜症及婦女疾病和療法,爲‘中’醫重要典籍。

【金銀平脫】ㄐㄧㄣ ㄧㄣˊ ㄆㄧㄥˊ ㄊㄨㄛ
盛於‘唐代’的一種漆器藝術。即在金或銀質薄片(稱金箔、銀箔)上刻鏤花紋,有如剪紙的效果,將其以漆黏著於髹塗漆面後,髹塗罩漆,再經推光作業打磨出金、銀花,耀麗奪目。平是指金、銀花紋鏤空部分與漆面平齊,脫指金、銀花紋白漆面脫露出來。

15【金漿玉醴】ㄐㄧㄣ ㄐㄧㄤ ㄩˋ ㄌㄧˇ
又名靈液、神水、醴泉。道教謂唾液流入舌下爲金漿玉醴,所以灌漑臟腑,潤澤肢體。

16【金融中介】ㄐㄧㄣ ㄖㄨㄥˊ ㄓㄨㄥ ㄐㄧㄝˋ
(financial intermediaries)推動貨幣市場與資本市場交易活動運行的機構。一般而言,一個國家的金融中介有中央銀行、商業銀行及其他的金融機構(如儲蓄銀行、投資銀行、保險公司、信託投資公司與儲蓄貸款合會等)。

【金融市場】ㄐㄧㄣ ㄖㄨㄥˊ ㄕˋ ㄔㄤˇ
(money market)資金借貸的中心場所。包括貨幣市場與資木市場,有世界的、一國的或一地方的金融市場。

【金融債券】ㄐㄧㄣ ㄖㄨㄥˊ ㄓㄞˋ ㄑㄩㄢˋ
(bank bonds payable)銀行爲供給中期或長期信用,依照“銀行法”之規定所發行的債券。發出的債券即爲銀行的債務憑證,亦爲銀行取得資金的一種方法。

【金錢借貸】ㄐㄧㄣ ㄑㄧㄢˊ ㄐㄧㄝˋ ㄉㄞˋ
以金錢爲標的物的消費借貸。常見的資金融通、民間借貸大多屬於金錢借貸。金錢借貸之返還,“民法”第四百八十條設有特別規定。以貨物折算金錢而爲借貸者,縱有反對之約定,仍應以該貨物按照交付時交付地之市價所應有之價值爲其借貸金額。金錢借貸因屬消費借貸之下位概念,故屬要物契約,並爲雙務、有償之契約。

【金錢寄託】 ㄐㄧㄣ ㄑㄧㄢˊ ㄐㄧˋ ㄊㄨㄛ

以金錢爲標的物的寄託。如銀行之存款是。寄託物爲金錢時，推定受寄人無返還原物之義務，祇須返還同一數額即可。亦即金錢之所有權已移轉於受寄人，其寄託物之利益及危險，於該物交付時，移轉於受寄人。金錢寄託，如其返還定有期限者，寄託人非有不得已之事由，不得於期限屆滿前請求償還。受寄人返還金錢之債務，僅有給付遲延之情形，要無給付不能可言。現行的銀行定期存款、活期存款及郵政儲金等金錢寄託，均有利息之支付。

【金錢債務】 ㄐㄧㄣ ㄑㄧㄢˊ ㄓㄞˋ ㄨˋ

以一定金額之通用貨幣爲標的所生的債務，或因金錢借貸所生的債務。按貨幣之債有本國與外國之分，而此兩種貨幣之債又各有特定貨幣之債（即以貨幣爲特定物之債）、金額貨幣之債（即所謂金錢債務）、特種貨幣之債（又有相對及絕對特種貨幣之債之分）等形態。所以金錢債務或可謂爲貨幣之債之下位概念。特定貨幣之債及絕對特種貨幣之債均有給付不能之可能，但金錢債務卻僅有給付遲延或履行不能之情形，要無給付不能可言。至於相對特種貨幣之債，乃以特種通用貨幣之一定金額爲標的之債，本質上即係金錢債務，祇不過注重特種貨幣之給付而已。因此，該特種貨幣，如於給付期已喪失通用效力者，即成爲金錢債務（金額貨幣之債）。

17【金聲玉振】 ㄐㄧㄣ ㄕㄥ ㄩˋ ㄓㄣˋ

演奏音樂時，用金鐘的聲音發端，以玉磬的聲音收尾，集諸樂章的大成。比喻德行純美齊備，或盛名洋溢。

【金縷玉衣】 ㄐㄧㄣ ㄌㄩˇ ㄩˋ ㄧ

'漢代'貴族的一種壽衣。以玉片和金線（或銀線、銅線）縫綴而成，認爲可保屍體不朽。'河北''滿城''漢'墓墓主'中山靖王''劉勝'和妻子'竇綰'即身穿此種玉衣。

18【金蟬脫殼】 ㄐㄧㄣ ㄔㄢˊ ㄊㄨㄛ ㄎㄜˊ

比喻設計脫身。

【金雞獨立】 ㄐㄧㄣ ㄐㄧ ㄉㄨˊ ㄌㄧˋ

武術的一種姿勢。像金雞般用一腳站立。

21【金屬元素】 ㄐㄧㄣ ㄕㄨˇ ㄩㄢˊ ㄙㄨˋ

(metal)新切表面具光澤，延展性良好，且易導電、導熱的元素。位於週期表左方及中間。除汞外，其'中'文名稱都帶［金］字旁，如鈉、銅、鐵等。

15【金蓮正宗記】 ㄐㄧㄣ ㄌㄧㄢˊ ㄓㄥˋ ㄗㄨㄥ ㄐㄧˋ

道教典籍。題'林間羽客''樗櫟道人'（即'秦志安'）編，五卷。'王重陽'假託神人示以七朵金蓮結子，乃收徒七人（即北七眞）以足七朵金蓮之數，以名此書。記述北五祖、北七眞等修道成仙傳說，爲研究全眞派歷史的要籍。

13【金匯兌本位制】 ㄐㄧㄣ ㄏㄨㄟˋ ㄉㄨㄟˋ ㄅㄣˇ ㄨㄟˋ ㄓˋ

(gold exchange standard)又稱虛金本位制。指一國通貨的發行並不與黃金相聯繫，規定一定的含金量，而與另一實施金本位制國家的貨幣相聯繫，規定一定的兌換率，且由政府設置基金，維持此一兌換率。實施此一本位制的國家多屬黃金存量不足，無法提供足夠的黃金準備，或爲某一國家的屬地而採用獨立的貨幣制度者。如'印度'的盧比早期即與'英'鎊相聯繫。

16【金融事業人員】 ㄐㄧㄣ ㄖㄨㄥˊ ㄕˋ ㄧㄝˋ ㄖㄣˊ ㄩㄢˊ

國家及省市金融銀行及保險公司的從業人員。如'中央'、'農民'、'交通'等國家銀行，'臺灣'、'土地'、'臺北'等省市銀行，以及保險公司之從業人員。金融事業人員之進用，多須經金融保險人員考試及格。

21【金屬間化合物】 ㄐㄧㄣ ㄕㄨˇ ㄐㄧㄢ ㄏㄨㄚˋ ㄏㄜˊ ㄨˋ

(intermetallic compound)指合金系中間相中，由兩種或兩種以上之金屬生成的化合物，而此化合物具有特定的結晶構造及一定組成成分，且其特性趨向於非金屬類，如銅鋁合金 ($CuAl_2$) 及鎂矽合金 (Mg_2Si) 即是。

10【金氧半場效電晶體】 ㄐㄧㄣ ㄧㄤˇ ㄅㄢˋ ㄔㄤˇ ㄒㄧㄠˋ ㄉㄧㄢˋ ㄐㄧㄥ ㄊㄧˇ

(metal - oxide - semiconductor field effect transistor; MOS FET) 由金屬—氧化膜—半導體構成的場效電晶體。分爲 n 通道或 p 通道，加強型或空乏型。爲三端子的元件，分別爲源極、汲極及閘極。半導體的基板，常接地作爲參考端；閘極接金屬，利用其電位，控制氧化層下半導體的載子濃度，造成通道的消長，而控制源極與汲極間之電流。圖⑴爲金氧半電晶體的電路符號，圖⑵爲加強型 *PMOS* 的構造。

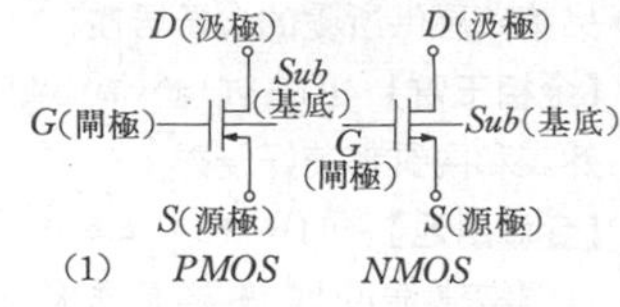

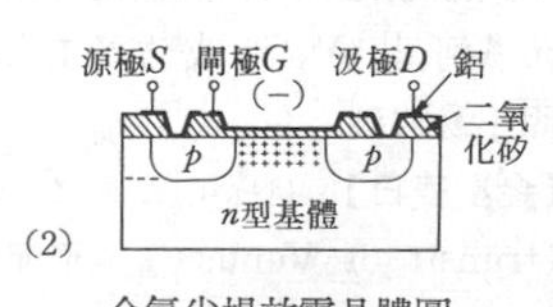

金氧半場效電晶體圖

21【金屬-半導體二極體】 ㄐㄧㄣ ㄕㄨˇ ㄅㄢˋ ㄉㄠˇ ㄊㄧˇ ㄦˋ ㄐㄧˊ ㄊㄧˇ

(metal-semiconductor diode) 即'蕭特基'二極體。參蕭特基二極體。

釔 ㄧˇ i³ 音以
(yttrium)週期表ⅢB族元素。係一種過渡元素(transition elements)。元素符號Y,原子序39,原子量88.906。存於礦物中,深灰色,溶於稀酸類和氫氧化鉀溶液,且能分解水。

釓 ㄍㄚˊ ka² 音軋
(gadolinium)鑭系元素,稀土金屬元素之一。元素符號Gd,原子序64,原子量157.25。具金屬光澤,與水慢慢作用,又可溶於稀酸。為製造合金的原料之一。

2

針 ㄓㄣ chên¹ 音珍
1縫衣的工具。或作鍼。見"說文"。2醫療用具,用石或金屬做成。如:針灸。

4【針孔】 ㄓㄣ ㄎㄨㄥˇ
底片因灰塵所引起的透明斑點。可用沾有遮光塗料的細毛筆塗掉。

7【針灸】 ㄓㄣ ㄐㄧㄡˇ
針法和灸法的合稱。針法是以針刺經脈穴位以診治疾病;灸法則是用火燃艾絨等物薰灼經脈穴位治療疾病。

10【針砭】 ㄓㄣ ㄅㄧㄢ
也作鍼砭。1用針刺入經脈穴道以治病。2比喻規勸告誡。

11【針眼】 ㄓㄣ ㄧㄢˇ
1針上穿線的孔。2被針所刺的孔。3生於眼瞼毛睫間的眼疾。主要是由於細菌感染。即今西醫所說的麥粒腫。

12【針黹】 ㄓㄣ ㄓˇ
刺繡、縫紉等工作的總稱。

【針筆】 ㄓㄣ ㄅㄧˇ
(technic pen)利用自來水筆之原理,灌入黑色繪圖墨水,能畫出線條寬度準確的製圖筆。一套針筆至少包括四種針筆,可繪出0.1、0.2、0.4、0.8公釐四種粗細線條。

14【針閥】 ㄓㄣ ㄈㄚˊ
(needle valve)構造與球閥相似的一種控制閥。惟盤狀構造改為針狀,故更能精確地控制流量。

23【針鼴】 ㄓㄣ ㄧㄢˇ
(spiny anteater; echidna)屬哺乳動物綱、一穴目、針鼴科。共有兩種,分別是*Zaglossus bruijni* 和 *Tachyglossus aculeatus*,前者體長45~78公分,產於'新幾內亞';後者體長35~53公分,產於'澳洲'。居森林中,以長管狀的嘴、舌捕食白蟻及蟻。體表的棘有毒,具保護作用。雌者腹部有一育兒袋,卵產於袋內,每次產一枚,幼體約經一星期孵出。

針鼴圖

13【針葉林】 ㄓㄣ ㄧㄝˋ ㄌㄧㄣˊ
(coniferous forest)指常綠的松柏目(coniferalcs)各種喬木組成的植物群落。葉片呈針形,故名。其特徵是樹幹直聳,樹枝短、樹冠圓,樹葉細小呈針狀,耐寒又耐旱。針葉林種類不多,但分布頗廣,寒帶及高山均有廣大面積。北半球以松科、杉科和柏科為主,其中以松科適應性最強、分布最廣。

15【針鋒相對】 ㄓㄣ ㄈㄥ ㄒㄧㄤ ㄉㄨㄟˋ
1互相匹敵。2指雙方以尖銳的言辭,互相辯駁攻擊。

釘 ㊀ ㄉㄧㄥ ting¹ 音丁
1(nail)木構造常用的機械扣件。包括頭、桿身、尖端三部分。釘頭呈扁平狀,以利鐵錘夯打;桿身為細長的光面或凹凸面(即竹節面);尖端呈錐型變化的尖銳狀。種類有鐵釘、銅釘、鋼釘、鋁釘等。2尾隨不放。如:緊迫釘人。

㊁ ㄉㄧㄥˋ ting⁴ 音訂
1用釘子固定東西。見"字彙"。2用針線縫住東西。如:釘鈕扣。

釕 ㊀ ㄌㄧㄠˇ liao³
(ruthenium)一種過渡元素。元素符號Ru,原子序44,原子量101.1。元素態是銀白色的稀有金屬。比重12.2,熔點2450°C,不溶於酸及王水。常用於首飾、電接觸器及合金等。

㊁ ㄌㄧㄠˋ liao⁴ 音料
參釕銱兒。

14【釕銱兒】 ㄌㄧㄠˋ ㄌㄧㄠˋㄦ
門窗上的鉸鈕。也叫屈戌。

釙 ㄆㄛˋ p'o⁴ 音破
1金針。見"玉篇"。2(polonium)週期表ⅥA族的元素。化學符號Po,原子序84,原子量210.0。具放射性,可放出 α 射線及 γ 射線,半衰期138天。

釗 ㄓㄠ chao¹ 音招
1挖削。見"說文"。2明見。通昭。見"爾雅·釋詁"。3弩牙。見"集韻"。4勸勉。見"廣韻"。5姓。'明'有'釗朝佩'。見"萬姓統譜·三〇"。

釚 ㄑㄧㄡˊ ch'iu² 音求
弩上發矢的機關。見"玉篇"。

釜 ㄈㄨˇ fu³ 音甫
1烹飪器。今稱鍋子。如:破釜沈舟。2古代量器名。可容六斗四升。見"正字通"。

3【釜山】 ㄈㄨˇ ㄕㄢ
(Pusan)'韓國'第一大港、第二大城和漁業、造船中心。位於'朝鮮半島'南端'洛東江'(Naktong R.)口附近,臨'大韓海峽'(Korea Str.)。合板工業獨步全'韓'。人口351.6萬(1985年)。

4【釜中游魚】 ㄈㄨˇ ㄓㄨㄥ ㄧㄡˊ ㄩˊ
比喻生命不保的人。

8【釜底抽薪】 ㄈㄨˇ ㄉㄧˇ ㄔㄡ ㄒㄧㄣ
比喻從根本上解決問題。

3

釬 ㊀ ㄏㄢˋ han⁴ 音汗
1古時戰士臂上的鎧甲。

見"說文"。②戈戟等兵器柄末所套的圓椎形銅帽。即鐏。見"廣雅·釋器"。③使金屬熔接固著。通銲。見"廣韻"。

㊁ ㄍㄢ kan1 音干
急。見"集韻"。

【釬錫】 ㄏㄢˋ ㄒㄧˊ
(pewter; solder) 又稱錫蠟、白蠟、錫劑。係錫和5～15%銻、0～3%銅、0～15%鋅的合金。白色,易熔,是一種良好的銲料,多用來銲接各種金屬。

釫 ㊀ ㄏㄨㄚˊ hua2 音華
一種兩面都是刃的農具。同茉。見"集韻"。
㊁ ㄨ wu1 音烏
泥鏝。同杇。見"集韻"。

釭 ㄍㄤ kang1 音剛　又讀 ㄍㄨㄥ kung1 音工
①車轂內用以穿軸的鐵圈。見"說文"。②燈。見"廣韻"。

釷 ㄊㄨˇ t'u3 音土
(thorium)錒系元素之一。元素符號 Th,原子序90,原子量232.0。元素態是灰色的無定形或結晶軟固體。比重11.0～11.7,熔點高於1,700°C。用來製造釷的化合物。

釴 ㄧˋ i4 音亦
附耳在外的鼎。見"爾雅·釋器"。

鉇 ㊀ ㄕ shih1 音施
矛。同鍦。見"字彙補"。
㊁ ㄧㄝˇ yeh3 音也
化學元素釔的異譯。

釱 ㄉㄧˋ ti4 音弟　又讀 ㄉㄞˋ tai4 音待
①腳鐐。見"說文"。②車轄。通軑。③化學元素釔的舊譯。

釵 ㄔㄞ ch'ai1 音拆
婦女頭髮上的飾物。見"正字通"。

6【釵光鬢影】 ㄔㄞ ㄍㄨㄤ ㄅㄧㄣˋ ㄧㄥˇ
形容婦女裝飾的華貴和姿容的豔麗。

釦 ㄎㄡˋ k'ou4 音扣
①用金粉或銀粉塗飾器物的緣口。見"說文"。②用漆飾階。見"正字通"。③衣服的鈕扣。通扣。見"正字通"。

釥 ㊀ ㄑㄧㄠˇ ch'iao3 音巧
①純美的黃金。見"玉篇"。②美好。見"方言·二"。③潔淨。見"字彙"。
㊁ ㄐㄧㄠˇ chiao3 音剿
鋒利。見"字彙"。

釹 ㄋㄩˇ nü3 音女
(neodymium) 稀土金屬元素之一。元素符號 Nd,原子序60,原子量144.24。黃色金屬,容易被氧化而變色。可溶於稀酸。其鹽類多數呈玫瑰紅色。爲製造有色玻璃、合金、電子器材之材料。釹和鎂之合金很耐熱,可以製造飛機及火箭。

釳 ㄒㄧˋ hsi4 音穴　又讀 ㄧˋ i4 音藝
本作鎎。①古代天子乘輿馬首上插翟尾的鐵翮。見"說文"。②鐵孔。見"玉篇"。

釣 ㄉㄧㄠˋ tiao4 音弔
①釣鉤。也指用鉤捕魚。見"說文"。②謀取;盜取。如:沽名釣譽。

6【釣名】 ㄉㄧㄠˋ ㄇㄧㄥˊ
詐取名譽。

21【釣譽】 ㄉㄧㄠˋ ㄩˋ
詐取名譽。

11【釣魚臺事件】 ㄉㄧㄠˋ ㄩˊ ㄊㄞˊ ㄕˋ ㄐㄧㄢˋ
'釣魚臺列嶼'位於'臺灣'本島北部海面中,東距'琉球''宮古島'200浬,南距'基隆'120浬。無論就歷史紀錄、地理位置及地質聯結方面,'中國'均擁有主權。'民國'五十八年起,'中''日'間發生'釣魚臺列嶼'('日'人稱'尖閣群島')主權問題的爭議。'臺灣'青年學生及海外留學生群情激憤,形成保衛'釣魚臺'運動。六十年六月,'美''國務院'將'琉球'主權交還'日本',聲明'釣魚臺'主權留待'中''日'兩國洽商解決。'琉球'與'釣魚臺'主權問題遂爲'中''日'間外交懸案。

釩 ㊀ ㄈㄢˇ fan3 音反
①拂。見"玉篇"。②器皿的一種。見"集韻"。
㊁ ㄈㄢˊ fan2 音凡
(vanadium)週期表VB族元素,稀有金屬元素之一。元素符號V,原子序23,原子量50.94。銀白色,易展伸金屬。不溶於水,可溶於硝酸、濃硫酸,易被鹼腐蝕。可供製造合金,或可當做觸媒。

釧 ㄔㄨㄢˋ ch'uan4 音串
①臂環;手鐲。見"正字通"。②姓。'明'有'釧佩'。見"萬姓統譜·一〇二"。

釤 ㊀ ㄕㄢˋ shan4 音汕
①大鐮刀。見"集韻"。②砍;劈。
㊁ ㄒㄧㄢ hsien1 音纖
鋒利。如:釤利。
㊂ ㄕㄢ shan1 音杉
(samarium)稀土金屬元素之一。元素符號 Sm,原子序62,原子量150.36。質硬而脆,在空氣中很容易被氧化而變色。可作核子反應爐控制棒、中子防禦物和合金等用途。

4

鈄 ㄊㄡˇ t'ou3　又讀 ㄉㄡˋ tou4 音豆
①鋀的俗體。②姓。五代'漢'有'鈄滔'。見"通志·氏族略一"。

鈁 ㄈㄤ fang1 音方
古代用以盛酒漿或糧食的方形壺。見"說文"。

鈧 ㄎㄤˋ k'ang4 音抗
(scandium)週期表IIIB族元素之一。元素符號Sc,原子序21,原子量44.956。銀白色金屬,其鹽類都爲無色結晶。可供製造半導體。

鈊　㊀ ㄒㄧㄣ hsin¹ 音心
金屬名。見"玉篇"。
㊁ ㄑㄧㄣˋ ch'in⁴ 音沁
銳利。見"集韻"。

鈥　ㄏㄨㄛˇ ho³, huo³ 音火
(holmium)鑭系元素,稀土金屬元素之一。元素符號 Ho,原子序67,原子量164.93。係帶有金屬光澤的固體。與水慢慢反應,可溶於稀酸。其氧化物可當做催化劑。

鈃　或作鈃。㊀ ㄒㄧㄥˊ hsing² 音形
1古酒器。似鍾而長頸。見"說文"。2古代一種盛羹器。形如小鼎。通鉶。見"集韻"。
㊁ ㄐㄧㄢ chien¹ 音堅
參宋鈃。

鈇　ㄈㄨ fu¹ 音夫
1鍘草的長刀。俗稱鍘刀。見"說文通訓定聲"。2斧頭。通斧。見"正字通"。

13【鈇鉞】 ㄈㄨ ㄩㄝˋ
斧與鉞。古時殺人用的刑具。

鈣　ㄍㄞˋ kai⁴ 音蓋
(calcium)週期表ⅡA族元素。元素符號 Ca,原子序20,原子量40.1。元素態是白色質軟的金屬。比重 1.5446,熔點 805°C。遇水會起反應,因此須貯存於乾燥的密閉瓶中。其用途爲供有機合成或作爲還原劑。

15【鈣層土】 ㄍㄞˋ ㄘㄥˊ ㄊㄨˇ
(pedocal)即鹼性土。在乾燥少雨地區,淋溶少,蒸發量超過降水量,水汽蒸發常將地下鹼質逐漸吸引至地表之上,土壤中富含鈣等鹼性物質,化學反應呈鹼性。

釿　ㄧㄣˇ yin³ 音引 又讀 ㄧㄣˋ yin⁴ 音印
錫。見"說文"。

鈍　ㄉㄨㄣˋ tun⁴ 音遁
1笨拙。見"玉篇"。2不鋒利。見"正字通"。

7【鈍角】 ㄉㄨㄣˋ ㄐㄧㄠˇ
(obtuse angle)大於 90° 而小於 180°的角。參銳角。

10【鈍根】 ㄉㄨㄣˋ ㄍㄣ
佛家指對佛義反應遲頓的人。與利根人相對而言。又作頓根。根,指根性。

【鈍氣】 ㄉㄨㄣˋ ㄑㄧˋ
(inert gas)週期表最右邊的一族元素,包括氦 (He)、氖 (Ne)、氬(Ar)、氪(Kr)、氙(Xe)、氡(Rn)等六種元素。均是無色、無味、無臭的氣體,活性很小,不易和其他物質起反應,故稱鈍氣或惰性氣體。

釾　ㄧㄝˊ yeh² 音爺
也作邪。參莫邪。

鈌　ㄐㄩㄝˊ chüeh² 音決
刺。見"說文"。

鈕　ㄋㄧㄡˇ niu³ 音紐
1印璽上端突出的部分。多雕刻成虎、獅、龜等形狀。見"說文"。2套住釦的套子。見"正字通"。3事物的重要部分。如:樞鈕。

龜鈕圖

鈀　㊀ ㄅㄚ pa¹ 音巴
1古代兵車的一種。見"說文"。2箭鏃的一種。見"方言·九"。
㊁ ㄆㄚ p'a¹ 音趴
一種農具。五齒平齊,用以鬆土除穢。也作耙。見"正字通"。
㊂ ㄅㄚˇ pa³ 音把
(palladium)一種過渡元素。元素符號 Pd,原子序46,原子量106.4。元素態是銀白色金屬,多與金或硒成合金狀態存在。常用作氫化接觸劑,或與金、銀、銅等製成合金,用於牙醫、鐘錶軸承等。

鈚　ㄆㄧ p'i¹ 音批
一種箭鏃廣長、稜角薄而鋒利的箭。見"廣韻"。

鈑　ㄅㄢˇ pan³ 音板
金屬版片。即鉼。見"爾雅·釋器"。

11【鈑梁】 ㄅㄢˇ ㄌㄧㄤˊ
(plate girder)用鉚釘或銲接接合的鋼鈑與型鋼之組合梁。其斷面除用工形者外,亦可用箱形鈑梁。由於其對於扭轉力之抵抗甚大,且能避免側向的皺曲,故多應用於長跨度或彎曲之橋梁。

鈈　㊀ ㄆㄧ p'i¹ 音披
醫家用來破癰的大針。同鈹。見"正字通"。
㊁ ㄅㄨˋ pu⁴ 音布
化學元素鈽的又譯。

鈦　ㄊㄞˋ t'ai⁴ 音太
(titanium)一種過渡元素。元素符號 Ti,原子序22,原子量 47.9。元素態是一種質輕的金屬。比重4.43,熔點1812°C。強度大,膨脹率小,最大特點是耐蝕性強,爲很好的化工材料。此外,鈦的合金也常用作飛機和太空船的機件材料。

5【鈦白】 ㄊㄞˋ ㄅㄞˊ
同二氧化鈦。參二氧化鈦。

鈜　ㄏㄨㄥˊ hung² 音弘
鐘鼓聲。見"廣韻"。

鈉　ㄋㄚˋ na⁴ 音納
1打鐵。見"玉篇"。2(sodium)週期表ⅠA族元素。元素符號Na,原子序11,原子量22.99。元素態爲銀白色、質軟且具延展性的金屬。比重0.9712,熔點97.6°C。化性活潑,常貯存於石油中,可作爲還原劑、脫水劑、氫氣發生劑、熔劑等。

12【鈉鈣玻璃】 ㄋㄚˋ ㄍㄞˋ ㄅㄛ ㄌㄧˊ
(soda-lime glass)又稱普通玻璃或軟玻璃。是由碳酸鈣、碳酸鈉和氧化矽等共熱熔化而成的混合物。通常含有73%氧化矽(SiO_2)、15.5%氧化鈉(Na_2O)、8%氧化鈣(CaO)、3%氧化鎂(MgO)及0.5%氧化鋁(Al_2O_3)。加熱時易軟化而適於加工成各種形狀的玻璃器具。

鈔 ㊀ ㄔㄠ *ch'ao*^{1} 音抄
[1]掠奪;強取。見"廣雅·釋言"。[2]謄寫。今作抄。如:鈔錄。[3]紙幣。如:鈔票。[4]錢財。[5]姓。'明'有'鈔秀'。見"萬姓統譜·三一"。
㊁ ㄔㄠˋ *ch'ao*^{4}
同㊀[3]、[4]。

鈘 釳的本字。

鈞 ㄐㄩㄣ *chün*^{1} 音均
[1]古代重量單位。三十斤爲一鈞。見"說文"。[2]製造陶器所用的轉輪。[3]下對上的敬辭。如:鈞座。

15【鈞窯】 ㄐㄩㄣ ㄧㄠˊ
又作'均窯'。是一種施罩帶青或帶紫失透性釉的陶瓷器。古於'鈞州'的'河南省'東北部設窯燒瓷,故稱。主要的窯址在今'河南省''禹縣',以銅、鐵質料氧化還原,燒製出各種紅紫斑紋,此即所謂窯變。'明''清'時期'江蘇省'的'宜興窯'('宜''鈞')、'廣東省'的'石灣窯'('廣''鈞'、泥'鈞')都可見到做'鈞窯'作品。

4【鈞天廣樂】 ㄐㄩㄣ ㄊㄧㄢ ㄍㄨㄤˇ ㄩㄝˋ
天帝的樂曲。

鈎 鉤的俗體。

鈒 ㄙㄚˋ *sa*^{4} 音颯　又讀 ㄙㄜˋ *sê*^{4} 音色
[1]古代兵器的一種。短小的矛。即鋋。見"說文"。[2]在金銀器上鏤刻的細紋。見"六書故"。

鈐 ㄑㄧㄢˊ *ch'ien*^{2} 音前
[1]鎖;關鍵。如:鈐鍵。[2]蓋章;用印。

6【鈐印】 ㄑㄧㄢˊ ㄧㄣˋ
用印;蓋章。也作鈐章。

10【鈐記】 ㄑㄧㄢˊ ㄐㄧˋ
'清'制稱輔佐官員或由地方長官委辦事務的人員所使用的印信。

20【鈐鑼】 ㄑㄧㄢˊ ㄌㄨㄛˊ
大犂。

釿 ㊀ ㄧㄣˇ *yin*^{3} 音尹
以斧劕之類斫斷金屬物。見"說文"。
㊁ ㄐㄧㄣ *chin*^{1} 音斤
砍木的斧頭。同斤。如:釿鋸。
㊂ ㄧㄣˊ *yin*^{2} 音銀
參釿鍔。

17【釿鍔】 ㄧㄣˊ ㄜˋ
器物上凹凸的線紋。也作垠鄂、沂鄂。

鈚 ㄆㄧ *p'i*^{1} 音批
也作鎞。[1]裂開。見"字彙"。[2]裁割;切開。見"方言·二"。[3]破碎。如:鈞鈚折亂。[4]劍身現出的文采。

鈆 ㄑㄧㄢ *ch'ien*^{1} 音鉛
青金。鉛的俗體。見"正字通"。

5

鉈 ㊀ ㄕㄜˊ *shê*^{2} 音蛇　又讀 ㄕ *shih*^{1} 音施
短矛。或作鉇、鍦、矠。見"說文"。
㊁ ㄊㄚ *t'a*^{1} 音他
(thallium)週期表 ⅢA 族元素。元素符號 Tl,原子序 81,原子量 204.4。元素態是一種白色帶藍的金屬。比重11.85,熔點 302°C。可由碘化鉈與鈉共熱而製得。用來製造鉈鹽和合金。

鉒 ㄓㄨˋ *chu*^{4} 音柱
[1]安置。見"廣韻"。[2]礦產。見"正字通"。

鈰 ㄕˋ *shih*^{4} 音市
[1]劍名。見"集韻"。[2](cerium)鑭系元素,屬稀土金屬元素之一。元素符號 Ce,原子序 58,原子量140.12。灰色、易拉長、可鍛、有展性的金屬。在空氣中易變色,可溶於酸,會把水分解。可供製造合金。

鉉 ㄒㄩㄢˋ *hsüan*^{4} 音泫
[1]扛鼎的工具。穿入鼎耳,兩人共舉。見"說文"。[2]指三公宰輔。如:鉉司。

鉍 ㄅㄧˋ *pi*^{4} 音必
[1]矛柄。同柲。見"玉篇"。[2](bismuth)週期表VA族元素。元素符號 Bi,原子序 83,原子量 209.0。元素態是一種帶有淡紅光澤的銀白色金屬固體。熔點 271°C。脆而易碎,常用來製作低熔點合金,例如電路保險絲、'伍德'合金等。

鈺 ㄩˋ *yü*^{4} 音玉
質地堅硬的金屬。見"字彙"。

鉦 ㄓㄥ *chêng*^{1} 音征
[1]古代打擊樂器。也稱丁寧、鐲。銅製,形似鈴,有柄可執。用於行軍。如圖。[2]鐘體上端的正面部分。見"正字通"。

鉦圖

鉅 ㄐㄩˋ *chü*^{4} 音巨
[1]鋼鐵。見"說文"。[2]巨大。通巨。見"廣韻"。

3【鉅子】 ㄐㄩˋ ㄗˇ
[1]墨家對宗師的尊稱。[2]指學術或事業上有重大成就或影響力的人。

鈳 ㄜ *o*^{1},*ê*^{1} 音痾
參鈳鏻。

19【鈳鏻】 ㄜ ㄇㄨˇ
小釜。

鉕 ㊀ ㄆㄛ *p'o*^{1} 音坡
參鉕鑼。
㊁ ㄆㄛˇ *p'o*^{3} 音頗
(promethium) 鑭系元素,稀土金屬元素之一。元素符號 Pm,原子序 61,原子量 147。由鈾(U)分裂而首次被發現。可以在加速器中,用正子撞擊釹(Nd)而得。有同位素,其最長的半衰期是3.7年。

21【鉕鑼】 ㄆㄛ ㄌㄨㄛˊ
一種銅器。

鈮 ㊀ ㄋㄧˇ *ni*^{3} 音你
繞絲的工具。柅的古文。見"玉篇"。

㊂ ㄋㄧˋ ni⁴ 音昵 又讀 ㄋㄧˊ ni² 音尼
(niobium) 週期表 VB 族元素。元素符號 Nb, 原子序 41, 原子量 92.906。灰色或銀白色, 質硬, 不容易被氧化而變色。加熱時會與氧和鹵素反應。除硝酸和氫氟酸之混合物以外, 不溶於酸。

鉗 ㄑㄧㄢˊ ch'ien² 音前
①夾東西的金屬用具。②夾住; 箍緊。③挾持; 脅迫。如: 鉗制。④古代刑罰的一種。以鐵圈箍束犯人的頸部。

8【鉗制】 ㄑㄧㄢˊ ㄓˋ
脅迫控制。

6【鉗合物】 ㄑㄧㄢˊ ㄏㄜˊ ㄨˋ
(chelate complex) 由多牙基與金屬原子或離子所形成的錯合物。例如用草酸溶液除鐵鏽時所形成的可溶性錯離子〔$Fe(C_2O_4)_3$〕$^{3-}$便是一種鉗合物。參多牙基。

3【鉗口撟舌】 ㄑㄧㄢˊ ㄎㄡˇ ㄐㄧㄠˇ ㄕㄜˊ
口似被鉗住, 舌翹起而僵硬。形容閉口不言。

鈷 ㊀ ㄍㄨˇ ku³ 音古
參鈷鉧。
㊁ ㄍㄨ ku¹ 音姑
(cobalt) 一種過渡元素。元素符號 Co, 原子序27, 原子量58.9。元素態是微帶紅色的銀白色金屬。具磁性, 不易生鏽, 熔點1,493°C。主要用途為製造合金, 例如鋼中加入鈷可增加硬度, 鋁鎳鈷合金可製永久磁鐵。

13【鈷鉧】 ㄍㄨˇ ㄇㄨˇ
熨斗的舊稱。

4【鈷六十】 ㄍㄨ ㄌㄧㄡˋ ㄕˊ
(cobalt 60) 鈷的同位素。原子序27, 質量數 60。具放射性, 可用於治療癌症。

鉊 ㄓㄠ chao¹ 音昭
大鎌。見"說文"。

鉫
鎵的或體。

鉞 ㄩㄝˋ yüeh⁴ 音越
①車鈴聲。見"說文"。②大斧。通戉。③星名。井宿西方的曲星。即雙子星 η 星。見"史記·天官書"。

鉥 ㄕㄨˋ shu⁴ 音術
①長針。見"說文"。②導引。見"字彙補"。

鉢
缽的本字。

銃 ㄔㄨㄥˋ ch'ung⁴
①斧頭上用以裝柄的孔。同銎。見"廣韻"。②近代火器的一種。即火銃。見"字彙"。

鈽 ㊀ ㄅㄨ pu¹ 音逋
金屬版塊。見"玉篇"。
㊁ ㄅㄨˋ pu⁴ 音布
(plutonium) 人造放射性元素之一。元素符號 Pu, 原子序94, 代表性質量數242。有同位素, 其半衰期有的26分鐘, 有的50萬年, 質量在 232~243 之間。金屬鈽的化性與鈾(U)和錼(Np)相似, 可以生成其氧化物等。

鈸 ㄅㄚˊ pa² 音拔 又讀 ㄅㄛˊ po² 音博
打擊樂器。由兩個中央隆起為半球形的圓形銅片組成, 相擊以發聲。參鐃鈸。

鈸圖

鉲 ㄎㄚ k'a¹
(californium) 人造放射性元素之一。屬於錒系元素(actinides)。元素符號Cf, 原子序98, 代表性質量數251。其化性和其他的超鈾元素(transuranium elements)相似。

鉧 ㄇㄨˇ mu³ 音母
參鈷鉧。

鉭 ㄉㄢˋ tan⁴ 音但 又讀 ㄊㄢˇ t'an³ 音袒
(tantalum) 週期表 VB 族元素, 稀有金屬元素之一。元素符號Ta, 原子序73, 原子量 180.948。銀白色, 具有延展性。可做電燈泡中鎢絲的代用品。

鉬 ㄇㄨˋ mu⁴ 音目
(molybdenum) 一種過渡元素。元素符號Mo, 原子序42, 原子量 95.9。元素態是銀灰色的金屬。質硬而重, 熔點2,610°C。由於高溫時仍具很好的強度和硬度, 所以常被用來製造高速鋼。

鉏 ㊀ ㄔㄨˊ ch'u² 音鋤
鋤的本字。①鋤頭。見"集韻"。②用鋤頭挖地、除草。如: 鉏草。③剷除; 誅除。
㊁ ㄒㄩˊ hsü² 音徐
古國名。在今'河南省''滑縣'東。見"左傳·襄四年"。
㊂ ㄗㄨˇ tsu³ 音阻
參鉏鋙。

15【鉏鋙】 ㄗㄨˇ ㄩˇ
互相牴觸。也作齟齬。

鉀 ㄐㄧㄚˇ chia³ 音甲
①護身的鐵甲衣。通作甲。見"集韻"。②(potassium) 週期表 ⅠA 族元素。元素符號K, 原子序19, 原子量39.1。元素態是一種銀白色蠟狀質軟的金屬。熔點64°C。化性活潑, 在溼空氣中會立即被氧化, 因此需貯存於煤油或乙醚中。常用作還原劑。

8【鉀肥】 ㄐㄧㄚˇ ㄈㄟˊ
(potash fertilizer) 鉀元素對於植物合成碳水化合物(如纖維素等)有很大的幫助, 能使禾穀類植物的莖稈堅硬而不致脆斷, 因此鉀肥也稱做莖肥。人工鉀肥主要的有氯化鉀、硫酸鉀和硝酸鉀等。

9【鉀玻璃】 ㄐㄧㄚˇ ㄅㄛ ㄌㄧˊ
(potash glass) 又稱硬玻璃。是由碳酸鉀、氧化矽、碳酸鈣等共熱熔化而成的混合物。通常含有 80% 氧化矽 (SiO_2)、12% 氧化鉀 (K_2O)、0.7% 氧化鈣 (CaO)、

0.6%氧化鈉(Na_2O)及0.4%氧化鋁(Al_2O_3)。其熔化溫度比軟玻璃高，適於製造硬試管、燒杯等化學玻璃儀器。

鈿　ㄉㄧㄢˋ *tien*⁴ 音電　又讀 ㄊㄧㄢˊ *t'ien*² 音田

1用金嵌成花狀的飾物。見"廣韻"。2用金銀貝玉等物鑲嵌器物。

鈾　ㄧㄡˊ *yu*² 音由

(uranium)錒系元素。元素符號U，原子序92(爲所有天然存在的元素中原子序最大者)，原子量238.03。元素態是一種白色的重金屬。比重18.68，熔點約1,500°C。是國防和能源工業最重要的資源。

鈷　㊀ ㄓㄢ *chan*¹ 音沾

1鑷子。見"說文"。2古代在車轂上加油，使車輪潤滑易轉的器具。見"說文"。3古代刑罰名。用鐵束頸。如：鈷鑽。

㊁ ㄑㄧㄢˊ *ch'ien*² 音箝

1用金屬夾住。通鉗。見"集韻"。2器物兩頭交合處，鎔鑄鐵片使之固定。見"正字通"。

鉠　ㄧㄤ *yang*¹ 音央

鈴聲。同鍈。見"廣韻"。

鉳　ㄊㄨˊ *t'u*² 音圖

1鈍。見"廣韻"。2小刃。見"廣韻"。

鈚　ㄅㄛˋ *po*⁴ 音播　又讀 ㄅㄟˇ *pei*³ 音北

(berkelium)人造放射性元素之一。元素符號Bk，原子序97，最穩定同位素之質量數247。由鋂(Am)分裂而首次被發現。其化性和其他超鈾元素(transuranium elements)相似。

鉟　鑛的古文。

鉛　㊀ ㄧˊ *i*² 音怡

耒頭。本作枱。見"集韻"。

㊁ ㄙˋ *szŭ*⁴, *ssŭ*⁴ 音似

矛的一種。見"集韻"。

鉈　鉈的俗體。

鉄　㊀ ㄊㄧㄝˇ *t'ieh*³ 音鐵

鐵的俗體。

㊁ ㄓˋ *chih*⁴ 音秩

鉄的或體。

鉋　ㄅㄠˋ *pao*⁴ 音暴

一種刮平木材的工具。通作刨。見"正字通"。

鈹　㊀ ㄆㄧ *p'i*¹ 音披

1醫家用以破癰的大針。見"說文"。2長矛。即鎩。見"方言·九"。3兩邊鋒利的小刀。4紛亂。通披。如：鈹滑。

㊁ ㄆㄧˊ *p'i*² 音皮

(beryllium)週期表ⅡA族元素。元素符號Be，原子序4，原子量9.01。元素態是一種銀白色、質輕的金屬。熔點1,277°C。機械強度大，導電性良好，可溶於酸性溶液，也可溶於鹼性溶液。用於製造特種合金，如銅鈹合金可製造彈簧。

鉤　ㄍㄡ *kou*¹ 音溝

俗作鈎。1一種彎曲而可以鉤取、連結或懸掛物品的用具。2古兵器。形似劍而彎曲。如：'吳'鉤。3書法筆畫的一種。4鉤取。5探索。如：鉤深致遠。6用鉤針織衣服。如：鉤毛衣。7畫出粗略的輪廓。如：鉤臉譜。

吳鉤圖

11【鉤勒】　ㄍㄡ ㄌㄜˋ

花鳥畫法的一種。據傳始創於五代'後蜀''翰林圖畫院'的'黃荃'，故又稱'黃'體。其畫法是先用淡墨細筆或柳炭條在絹上作出輪廓，再填以色彩。'宋代'畫院畫家踵其續，如'李安忠'、'李嵩'等皆爲鉤勒畫名家。

15【鉤稽】　ㄍㄡ ㄐㄧ

核對稽查。

17【鉤縫】　ㄍㄡ ㄈㄥˋ

(pointing)細琢石圬工的水平及垂直接縫砂漿在砌石時退縮少許或傾斜約3/4吋，並在此空隙內塡入一種特製之砂漿，使接縫更緊密美觀的作業方法。

5【鉤玄提要】　ㄍㄡ ㄒㄩㄢˊ ㄊㄧˊ ㄧㄠˋ

探索深奧的義理，提取精要的旨趣。

11【鉤章棘句】　ㄍㄡ ㄓㄤ ㄐㄧˊ ㄐㄩˋ

艱澀險僻的文辭。

鉌　ㄏㄜˊ *ho*², *hê*² 音和

車鈴。見"字彙"。

鉜　ㄈㄨˊ *fu*² 音符

參鉜鏂。

19【鉜鏂】　ㄈㄨˊ ㄡ

1鏡匣的裝飾。2大釘。也作鋢鏂。

鉑　ㄅㄛˊ *po*² 音泊

1金屬薄片。即金箔。見"集韻"。2(platinum)一種過渡元素。俗稱白金。元素符號Pt，原子序78，原子量195.1。元素態是一種銀灰色、有光澤的金屬。富延展性，且爲熱和電的良導體。常用於製造電極、筆尖、裝飾品等。

鉛　ㄑㄧㄢ *ch'ien*¹ 音千

(lead)週期表ⅣA族元素。元素符號Pb，原子序82，原子量207.2。元素態是灰色、質軟的重金屬。熔點327.5°C。可用來製造排水管、鉛蓄電池等。鉛的合金由於熔點低，導電、導熱性佳，所以廣用於製造銲條、保險絲等。

4【鉛丹】　ㄑㄧㄢ ㄉㄢ

1鉛粉和丹砂。古人校勘文字所使用的顏料。2即四氧化三鉛。參四氧化三鉛。

6【鉛字】　ㄑㄧㄢ ㄗˋ

用鉛、銻、錫合金熔液在銅模上鑄造出來的活字。以鉛爲主，故名。

8【鉛版】　ㄑㄧㄢ ㄅㄢˇ

用鉛、銻、錫合金熔液或活字排鑄的印刷版。

11【鉛條】　ㄑㄧㄢ ㄊㄧㄠˊ

(lead)用鉛合金鑄造的長條薄片。

報刊或其他出版品排版時，行與行之間疏密不同，可用鉛條插入隔開，高度比活字字粒爲低，上機印刷時不沾印墨，因此在印件上呈現空白。

12【鉛華】 ㄑㄧㄢ ㄏㄨㄚˊ
化妝用的白色鉛粉。

15【鉛槧】 ㄑㄧㄢ ㄑㄧㄢˋ
鉛粉筆和木板。泛指著作或校勘。

17【鉛黛】 ㄑㄧㄢ ㄉㄞˋ
鉛粉與黛墨。古代婦女粉面和畫眉的化妝品。

4【鉛中毒】 ㄑㄧㄢ ㄓㄨㄥˋ ㄉㄨˊ
(lead poisoning)鉛及鉛化合物經由口、皮膚或呼吸道進入人體而造成的中毒現象。多半發生在含鉛製品的工廠工人或誤食含鉛顏料的小孩身上。急性中毒時，會產生頭痛、意識障礙、顫抖、幻覺、嘔吐等症狀；慢性中毒時，可能出現精神症狀、全身倦怠、食慾不振、神經炎、牙齦有鉛線沈積等。預防方法爲注意工廠衛生，治療則使用 EDTA、BAL 等促使鉛排出的藥物。

9【鉛室法】 ㄑㄧㄢ ㄕˋ ㄈㄚˇ
(chamber process)將硫磺或硫化礦置於燒礦爐，經氧化得到之二氧化硫與空氣、水蒸氣混合，在鉛室中以氮之氧化物爲觸媒合成硫酸的製造法。其得到之硫酸濃度低且不純物多，已逐漸被接觸法取代。

14【鉛蓄電池】 ㄑㄧㄢ ㄒㄩˋ ㄉㄧㄢˋ ㄔˊ
(lead storage battery)俗稱電瓶。其構造包括一組海綿狀的鉛板做爲陽極(負極)，和一組表面塗有二氧化鉛的鉛板做爲陰極(正極)。兩組極板交互排列地浸於25～40%的硫酸溶液中。此種電池能夠反覆充電使用，用途很廣。

鉚 ㊀ ㄌㄧㄡˇ *liu*³ 音柳
美好的金屬。見"集韻"。
㊁ ㄇㄠˇ *mao*³ 音卯
參鉚釘。

10【鉚釘】 ㄇㄠˇ ㄉㄧㄥ
(rivet)一端具幾何形頭部，用於金屬板永久性接合的圓柱體介件。

鈴 ㄌㄧㄥˊ *ling*² 音玲
①古代樂器的一種。用金屬做成，形似鐘而略小，中間有小銅舌，可搖動發聲。見"廣韻"。②作用和鈴相似的響器。如：電鈴。③鈴狀的東西。如：啞鈴。

6

銎 ㄑㄩㄥ *ch'iung*¹ 音穹
①斧頭上用以裝柄的孔。見"說文"。②矛刃的下口。見"方言·九"。③恐懼。見"廣韻"。

銨 ㄢ *an*¹ 音安
(ammonium)鹵素或烴基之第四銨化合物(quarternary ammonium compounds)稱爲某化若干某銨，例如氯化四甲銨($(CH_3)_4NCl$)。或者胺之鹽類，通常以「銨」字代替「胺」並加陰離子之名稱，例如硫酸乙銨($(C_2H_5NH_3^+)_2SO_4^{2-}$)，銨離子指 NH_4^+ (ammonium ion)。

鉸 ㄐㄧㄠˇ *chiao*³ 音絞
①剪刀。也稱鉸刀。見"廣韻"。②剪。③用金屬裝飾器物。④工業鑽孔的一種加工法。如：鉸孔。

2【鉸刀】 ㄐㄧㄠˇ ㄉㄠ
①剪刀。②(reamer)爲一旋轉運動刀具。沿其軸線有數條直線或螺旋線的刀刃，用於鉸削工件上已鑽孔或鏜孔部位，使成爲光滑精確的圓孔。

19【鉸鏈】 ㄐㄧㄠˇ ㄌㄧㄢˋ
(hinge; butt)用以支持門(窗)扇重量，並作開關之轉動主軸，以利門窗使用的設備。由兩片金屬活頁組成，活頁上開有一串圓孔以利螺絲釘或鐵件置入，而將門(窗)扇固定於門(窗)框，使活頁隨著門窗之開關轉動而張合自如。

銥 ㄧˇ *i*³ 音倚
(iridium)一種過渡元素。元素符號 Ir，原子序 77，原子量 192.2。元素態是一種銀白色的結晶狀金屬。比重22.42，熔點2,450°C；或是一種白色海綿狀的金屬，比重15.86，熔點2,250°C。可供製造合金，用於鋼筆筆尖。

鉼 或作鉼。㊀ ㄅㄧㄥˇ *ping*³ 音餅
金屬版片。見"爾雅·釋器"。
㊁ ㄆㄧㄥˊ *p'ing*² 音瓶
'漢'時國名。故城在今'山東省''臨朐縣'東南。見"集韻"。

銕 ㊀ ㄊㄧㄝˇ *t'ieh*³ 音鐵
鐵的古文。
㊁ ㄧˊ *i*² 音夷
也作夷。參嵎夷。

銩 ㄉㄧㄡ *tiu*¹ 音丟
(thulium)鑭系元素，稀土金屬元素之一。元素符號 Tm，原子序 69，原子量 168.934。有金屬光澤，與水慢慢反應，可溶於稀酸。有同位素。可製X-光。

銛 ㄒㄧㄢ *hsien*¹ 音先
①鐵鍬一類的器具。見"說文"。②鋒利。見"玉篇"。③捕魚具。即魚叉。見"廣韻"。

7【銛利】 ㄒㄧㄢ ㄌㄧˋ
鋒利；銳利。

鉶 ㄒㄧㄥˊ *hsing*² 音刑
或作鈃。古代盛放羹湯的容器。也稱鉶鼎。見"說文"。

銈 ㄐㄧ *chi*¹ 音雞
金圭。見"字彙"。

銀 ㄧㄣˊ *yin*² 音寅
①(silver)一種過渡元素。元素符號 Ag，原子序47，原子量107.9。元素態是白色具有光澤的貴金屬。熔點960.5°C，比重10.5。富延展性，且導電、導熱性居所有金屬元素之冠。主要用途爲製造銀幣、裝飾品等。②銀製的貨幣。也用以泛指金錢。如：收銀機。③

色白如銀的。如:銀杏。

3【銀川】 ㄧㄣˊ ㄔㄨㄢ

省轄市。舊名'寧夏'。位於'寧夏省'東南隅,臨'黃河'西岸。爲'寧夏省'省會。因處'西套平原'中央,農牧業發達,又有鐵路經過,交通便捷,工商業稱盛。

4【銀元】 ㄧㄣˊ ㄩㄢˊ

舊時用白銀鑄成的貨幣。也作銀圓。

6【銀行】 ㄧㄣˊ ㄏㄤˊ

(bank) 在銀行學理上,有廣義和狹義兩種解釋,如將銀行業務的重點著眼於貨幣的借貸,則所有經營貨幣借貸業務者,均可稱爲銀行;如將銀行業務的重點著眼於貨幣的創造或消滅功能,則所有經營貨幣借貸業中,祇有能夠創造或消滅貨幣的商業銀行方可稱爲銀行,其餘則統稱爲非銀行的金融中介業。依照我國"銀行法"第二條的定義,銀行係依"銀行法"組織登記,經營銀行業務的機構。

7【銀杏】 ㄧㄣˊ ㄒㄧㄥˋ

(ginkgo; *Ginkgo biloba*) 又名公孫樹(maidenhair tree)。原產於我國,屬裸子植物,於古生代二疊紀時便已出現。目前生存的銀杏被稱爲是活化石,因爲在地球上已無野生的銀杏。我國及'日本'古代廟宇的庭園中常種植銀杏。爲防昆蟲、防眞菌的觀賞樹,能忍受寒冷或其他不適宜的天氣環境。樹幹高者達40公尺,直徑2.5公尺,葉呈扇形,葉脈平行。雌雄異株,種子圓形、黃白色、核果狀,外有肉質包被,腐爛時會發出惡臭。

銀杏圖

10【銀海】 ㄧㄣˊ ㄏㄞˇ

[1]以水銀裝飾成海的景觀。古代帝王墳中常有此裝飾。[2]道家稱眼睛。[3]指大的酒器。[4]形容天地光耀明亮。[5]俗稱影劇界。

11【銀票】 ㄧㄣˊ ㄆㄧㄠˋ

'南宋'以後由錢莊發行用來代替銀兩的紙幣。

【銀釭】 ㄧㄣˊ ㄍㄤ

燈。

【銀婚】 ㄧㄣˊ ㄏㄨㄣ

西俗稱結婚二十五週年。

13【銀圓】 ㄧㄣˊ ㄩㄢˊ

舊貨幣名。銀鑄,圓形。初由'歐''美'傳入,以'墨西哥'銀圓最通行。'清''光緒'十四年(1888),'廣東'始自造,其後各省相繼仿效。國幣通行後遂廢。

14【銀幕】 ㄧㄣˊ ㄇㄨˋ

(screen) 供放映電影或幻燈片用的布幕。有時也用作電影的代名。

16【銀錠】 ㄧㄣˊ ㄉㄧㄥˋ

鎔鑄成錠的銀塊。是'明'、'清'兩代大宗交易所用的通貨。其重量由一兩至五十兩不等,形式也不一致,大致可分爲元寶、中錠、小錁、福珠四種。至'民國'二十二年廢兩改元,才停止使用。

19【銀蟾】 ㄧㄣˊ ㄔㄢˊ

指月亮。相傳月中有蟾蜍,故稱。

8【銀河系】 ㄧㄣˊ ㄏㄜˊ ㄒㄧˋ

(Galaxy; Milky Way) 指含太陽系在內的扁平旋渦星系。由恆星、星團、星雲、星塵、氣體等集結而成。可分成核心、圓盤、旋臂和銀暈、銀冕等。圓盤直徑約爲30萬光年,核心的位置在人馬座的方向。

6【銀行貨幣】 ㄧㄣˊ ㄏㄤˊ ㄏㄨㄛˋ ㄅㄧˋ

(bank money) 在高度商業化的經濟社會,爲應付鉅額交易及支付的頻繁,而以對銀行所存的活期存款開發支票作爲支付的工具,這種活期存款支票即爲銀行貨幣。爲近代工商社會最普遍使用的支付工具。

【銀行會計】 ㄧㄣˊ ㄏㄤˊ ㄎㄨㄞˋ ㄐㄧˋ

(bank accounting) 爲適應銀行業務性質特殊的需要,根據雙式簿記的原理,就銀行所發生的各種交易事項,作有系統的記錄、整理、分析,以明確表示銀行財務狀況及經營結果的特種會計方法。

【銀行擠兌】 ㄧㄣˊ ㄏㄤˊ ㄐㄧˇ ㄉㄨㄟˋ

(runs on bank) 如果公眾對某銀行失去信任,則不僅不存入新的款項,並且爭先恐後將原有存款紛紛提出,形成所謂的銀行擠兌。如此,銀行將迅速喪失流動能力及支付能力,此時如無中央銀行的支持,勢必造成銀行的倒閉。如果多數銀行均受困於擠兌風潮,則整個經濟必陷於混亂局面。

8【銀河倒瀉】 ㄧㄣˊ ㄏㄜˊ ㄉㄠˋ ㄒㄧㄝˋ

形容瀑布從高處直瀉而下的壯觀景象。

【銀板攝影】 ㄧㄣˊ ㄅㄢˇ ㄕㄜˋ ㄧㄥˇ

(daguerreotype) 西元1839年'法國''路易·達居爾' (Daguerre) 所發明的攝影術。在磨光的銀板(後改爲銅板上鍍銀)上,用碘蒸氣與銀結合成碘化銀,曝光後因水銀蒸氣的化學反應,可得到尙未顯影的潛像。雖然是負像,但因銀板的反射,影像反轉,從正面亦可看到正像。由於角度及光線方向的不同,看到的銀板照片可能是負像、是正像,或是正、負混合像。銀板照片的淸晰度及色調梯度,至今仍是攝影界的奇蹟。

11【銀堆玉砌】 ㄧㄣˊ ㄉㄨㄟ ㄩˋ ㄑㄧˋ

形容雪景像銀、玉堆砌而成,潔白耀眼。

19【銀鏡反應】 ㄧㄣˊ ㄐㄧㄥˋ ㄈㄢˇ ㄧㄥˋ

(silver mirror reaction) 當醛類和'多倫'試液(硝酸銀的氨溶液)混合共熱時,銀離子會被還原析出而附著在試管壁上,如同銀鏡一般,所以稱爲銀鏡反應。

6【銀行詢證函】 ㄧㄣˊ ㄏㄤˊ ㄒㄩㄣˊ ㄓㄥˋ ㄏㄢˊ

(bank confirmation inquiry)

直接寄交銀行,以證實委託人的銀行帳戶餘額、未清貸款和其他涉及銀行之交易的文書證據。

15【銀樣鑞槍頭】 ㄧㄣˊ ㄧㄤˋ ㄌㄚˋ ㄑㄧㄤ ㄊㄡˊ
比喻虛有其表,中看而不中用。

6【銀行承兌匯票】 ㄧㄣˊ ㄏㄤˊ ㄔㄥˊ ㄉㄨㄟˋ ㄏㄨㄟˋ ㄆㄧㄠˋ
(bank acceptance; B/A)乃銀行就國內外商品交易或勞務提供所產生的遠期匯票,由出售商品或提供勞務的相對人委託銀行爲付款人,而經銀行承兌者。銀行是授信機關,匯票一經銀行承兌,銀行負有絕對付款責任,票信立即增強,易於流通轉讓,對生產事業的發展及信用制度的建立,均有很大幫助。在信用制度發達的國家,銀行承兌匯票爲貨幣市場重要的交易工具。

【銀行往來調節表】 ㄧㄣˊ ㄏㄤˊ ㄨㄤˇ ㄌㄞˊ ㄊㄧㄠˊ ㄐㄧㄝˊ ㄅㄧㄠˇ
(bank reconciliation)企業在銀行開立支票存款戶,每月銀行對帳單所載的期末存款餘額與企業帳上的銀行存款餘額常不相符。其原因多爲雙方記帳時間不同,亦可能係一方的錯誤。企業爲瞭解不符的原因,並確定正確的銀行存款餘額,應指定非經管現金收支人員將銀行對帳單與企業現金記錄加以核對。通常在核對時,應編製銀行往來調節表,列出雙方記錄間的差異項目加以調節,並求出正確的銀行存款餘額。

銠 ㄌㄠˇ *lao*³ 音老
(rhodium)週期表Ⅷ族元素,鉑族貴金屬元素之一。元素符號 Rh,原子序45,原子量 102.91。爲鉑族金屬中最白金屬。延展性不太好,但可作成薄片或絲條。不溶於酸,也不溶於王水。可用作催化劑或作成合金。

銬 ㄎㄠˋ *k'ao*⁴ 音靠
①拘手的刑具。如:鐐銬。②加上手銬。

鉺 ㊀ㄦˋ *êrh*⁴ 音二
金屬鉤。見"玉篇"。
㊁ㄦˇ *êrh*³ 音耳
(erbium)鑭系元素,稀土金屬元素之一。元素符號 Er,原子序68,原子量 167.26。爲帶金屬光澤之固體。不溶於水,可溶於酸。可作成合金。

鉷 ㄏㄨㄥˊ *hung*² 音洪
弩上發矢的裝置。即弩牙。見"玉篇"。

銍 ㄓˋ *chih*⁴ 音至
①割禾的小鐮刀。見"說文"。②收割。見"廣韻"。③割下的禾穗。見"小爾雅·廣物"。

鋮 ㄔㄥˊ *ch'êng*² 音成
或作鋮。人名用字。'明'有'阮大鋮'。

鉟 ㄆㄧ *p'i*¹ 音丕 又讀 ㄆㄟˊ *p'ei*² 音陪
有刃的矛戟。見"正字通"。

銙 ㄎㄨㄚˇ *k'ua*³ 音垮
古時腰帶上的飾物。或作銙、銙。見"集韻"。

銪 ㄧㄡˇ *yu*³ 音有
(europium)鑭系元素,稀土金屬元素之一。元素符號 Eu,原子序 63,原子量 151.96。鋼灰色,具延展性。在空氣中很容易被氧化,也會自燃。是最活潑的稀土金屬,可以從水游離氫氣。

銅 ㄊㄨㄥˊ *t'ung*² 音同
①(copper)一種過渡元素。元素符號Cu,原子序29,原子量63.5。元素態是黃紅色的金屬,俗稱紅銅。熔點 1,083°C,富延展性及導電、導熱性。用途很廣,最重要的是用來製造電線和其他導電、導熱器材。②銅製的貨幣。也用以泛指金錢。如:銅臭。

8【銅版】 ㄊㄨㄥˊ ㄅㄢˇ
用銅製作的印刷版。如雕刻銅版、電鍍銅版、照相銅版等。

11【銅婚】 ㄊㄨㄥˊ ㄏㄨㄣ
西俗稱結婚七週年。也稱毛婚。

13【銅鼓】 ㄊㄨㄥˊ ㄍㄨˇ
青銅器時代的一種樂器或祭祀重器。爲權威的象徵。其表面常鑄有各種繁縟紋飾。推測可能發生於'春秋'早期,直到'秦''漢'仍甚普遍。其分布甚廣,我國'滇'、'川'、'黔'、'桂'、'海南島'及'越南'、'泰國'、'馬來西亞'、'爪哇'等地均有發現。

14【銅綠】 ㄊㄨㄥˊ ㄌㄩˋ
(verdigris)銅如果置於潮溼的空氣中,會慢慢和空氣中的水分、二氧化碳作用,生成綠色有毒的鹼式碳酸銅〔$CuCO_3 \cdot Cu(OH)_2$〕,俗稱銅綠。可用來製造顏料。

15【銅模】 ㄊㄨㄥˊ ㄇㄛˊ
用以鑄造鉛合金活字的字模。係由銅雕刻或電鍍而成。

19【銅鏡】 ㄊㄨㄥˊ ㄐㄧㄥˋ
我國利用青銅光可鑑人的特點,鑄造銅鏡,可早到'齊'家文化。當時背面已有紋飾,也有懸鈕。歷經'商'及'西周'至'戰國',銅鏡背面紋飾已極複雜,背面的鈕,可能用以懸掛。'漢代'銅鏡背後且飾有反映當時神話傳說與神仙思想的紋飾,紋飾中且有鏡銘。'唐'鏡可謂銅鏡藝術的高峰,形制上不只有早期的方、圓,且呈花瓣狀,鏡體厚重,紋飾高、淺浮雕以花鳥、瑞獸、葡萄、神仙爲主,也有與佛教思想有關的蓮花、寶相花等,'宋'以後銅鏡日衰,'清代'玻璃鏡代銅鏡而興。

9【銅活字】 ㄊㄨㄥˊ ㄏㄨㄛˊ ㄗˋ
銅質字模。先用木刻活字,再以銅液翻砂澆鑄。流行於'明''弘治'、'正德'(1488~1521)年間。

12【銅筋鐵骨】 ㄊㄨㄥˊ ㄐㄧㄣ ㄊㄧㄝˇ ㄍㄨˇ
比喻身體強壯。

14【銅綠中毒】 ㄊㄨㄥˊ ㄌㄩˋ ㄓㄨㄥˋ ㄉㄨˊ
(copper intoxication) 因誤食

銅器上所生之銅綠，而引起的中毒現象。每因急性胃腸炎而嘔吐，甚至吐血、下血、呼吸困難、陷於虛脫而死亡。

15【銅駝荊棘】 ㄊㄨㄥˊ ㄊㄨㄛˊ ㄐㄧㄥ ㄐㄧˊ

銅鑄的駱駝掩蔽在荊棘中。形容繁華的城市變成廢墟。

16【銅頭鐵額】 ㄊㄨㄥˊ ㄊㄡˊ ㄊㄧㄝˇ ㄜˊ

形容強壯勇武的相貌。

17【銅牆鐵壁】 ㄊㄨㄥˊ ㄑㄧㄤˊ ㄊㄧㄝˇ ㄅㄧˋ

比喻防禦工作極爲堅固嚴密。

鋽 ㄉㄧㄠˋ *tiao*⁴ 音吊

煮水烹茶的金屬壺。本作銚。

鉵 ㄊㄨㄥˊ *t'ung*² 音同

一種枱類的農具。見"說文"。

銦 ㄧㄣ *yin*¹ 音因

(indium)週期表ⅢA族元素。元素符號In，原子序49，原子量114.8。元素態是一種銀白色金屬。比重7.362，熔點155°C。具延展性，比鉛還軟。可供製造低熔點合金、承軸合金或製造貴金屬合金供珠寶及鑲牙用。

銚 ㊀ ㄉㄧㄠˋ *tiao*⁴ 音吊

一種有柄的炊具。見"正字通"。

㊁ ㄧㄠˊ *yao*² 音搖

①大鋤頭。②姓。'漢'有'銚期'。見"萬姓統譜·三〇"。

7【銚芅】 ㄧㄠˊ ㄧˋ

草名。即萇楚，也叫羊桃。葉似桃，花白色，子如小棗。見"正字通"。

鉫 ㄖㄨˋ *ju*⁴ 音入

(rubidium)週期表IA族元素。元素符號Rb，原子序37，原子量85.5。元素態是一種銀白色的軟金屬。比重1.532，熔點39°C。在空氣中極易氧化，故須貯存於煤油、燈油等油類中。

銖 ㄓㄨ *chu*¹ 音朱

①古代重量單位。爲一兩的二十四分之一。見"正字通"。②比喻極細微。如：錙銖之利。

8【銖兩悉稱】 ㄓㄨ ㄌㄧㄤˇ ㄒㄧ ㄔㄥˋ

①雙方分量相當。②精確地權衡輕重。③形容極細微處也能相稱。

16【銖積寸累】 ㄓㄨ ㄐㄧ ㄘㄨㄣˋ ㄌㄟˇ

一點一滴的累積。有積少成多或得來不易之意。

銑 ㄒㄧㄢˇ *hsien*³ 音險

①富有光澤的金屬。見"說文"。②鐘口的兩角。見"正字通"。③(milling)將粗石改成成品的過程。

2【銑刀】 ㄒㄧㄢˇ ㄉㄠ

安裝於銑床上的刀具。在銑切工件中，銑刀爲銑削效率最具影響力之因素。銑刀種類繁多，依其齒形型式可分爲鋸齒、成形齒與嵌入齒三大類。

7【銑床】 ㄒㄧㄢˇ ㄔㄨㄤˊ

爲工作母機中工作範圍最廣泛的一種工具機。係利用旋轉之多鋒刀具(銑刀)切削工件，以獲得所需之平面、曲面、齒形等不同形狀及尺寸的工具機。

15【銑鋧】 ㄒㄧㄢˇ ㄒㄧㄢˇ

小鑿子。

銘 ㄇㄧㄥˊ *ming*² 音名

①題記；鏤刻。②文體名。是一種刻於金石器物以歌頌功德的文字。

4【銘文】 ㄇㄧㄥˊ ㄨㄣˊ

鑄於青銅器上的文字。也稱金文或鐘鼎文。始見於'商'，相當簡短，或一、二字，大概是族徽或祖先名；'商'末始見較長之銘文，長篇銘文則在'西周'以後。銘文內容包羅甚廣，或祭祀、或訓誥、或記征伐功勳、或載錫賞策命，亦有盟誓或契約。銘文字體，'商代'近似甲骨文，'西周'前期雄肆，中晚期規整，'春秋''戰國'則多樣化。青銅器銘文是研究'商''周'歷史的重要史料。

13【銘感】 ㄇㄧㄥˊ ㄍㄢˇ

感恩不忘，有如深刻心頭。

6【銘肌鏤骨】 ㄇㄧㄥˊ ㄐㄧ ㄌㄡˋ ㄍㄨˇ

形容感念深切。

銐 ㄔˇ *ch'ih*³ 音侈 又讀 ㄧˊ *i*² 音移

一種炊器。即甑。見"廣韻"。

銫 ㄙㄜˋ *sê*⁴ 音色

(cesium)週期表IA族元素。元素符號Cs，原子序55，原子量132.9。元素態是一種銀白色的軟金屬。比重1.903，熔點28.45°C。遇水即產生氫氣而燃燒，故須貯存於煤油中。可使用於光電池中。

鈍 ㄍㄨㄟˇ *kuei*³ 音詭

鐵鍬。見"說文"。

鉻 ㊀ ㄌㄨㄛˋ *lo*⁴, *luo*⁴ 音洛

剃髮。見"說文"。

㊁ ㄍㄜˋ *ko*⁴, *kê*⁴ 音各

①兵器名。即鉤。見"集韻"。②(chromium)一種過渡元素。元素符號Cr，原子序24，原子量52.0。元素態是銀白色的金屬。比重6.9，熔點1,615°C。質硬且脆，耐蝕性強。可鍍於其他金屬表面防止蝕鏽，或用來製造各種耐蝕合金。

銋 ㄖㄣˊ *jên*² 音壬

刀刃鈍折。見"廣雅·釋詁"。

銓 ㄑㄩㄢˊ *ch'üan*² 音全

通作詮。①衡器。即稱。見"說文"。②稱量；衡量。如：銓時論道。

6【銓次】 ㄑㄩㄢˊ ㄘˋ

選擇並排定次序。

11【銓敘】 ㄑㄩㄢˊ ㄒㄩˋ

也作銓序。①考量官吏的資歷、功績，以核定官職的升降。②評論序次。

16【銓選】 ㄑㄩㄢˊ ㄒㄩㄢˇ

評選人才，授予官職。

【銓衡】 ㄑㄩㄢˊ ㄏㄥˊ

①衡量物體輕重的用具。②評選人才，而授給適當的官職。

11【銓敘部】 ㄑㄩㄢˊ ㄒㄩˋ ㄅㄨˋ

隸屬於‘考試院’,是全國最高銓敘機關。掌理全國銓敘行政事宜。如關於公務人員之登記,考取人員之分類登記,公務人員之成績考核登記,公務人員之任免,公務人員之升降、轉調及敘資之審查,公務人員俸給及獎勵之審查登記,公務人員之保障、撫卹、退休及養老,各機關人事機構之管理等是。‘銓敘部’置部長一人,綜理部務,監督所屬職員;政務次長、常務次長各一人,輔助部長處理部務;並設若干司,各置司長一人。

15【銓審互核】 ㄑㄩㄢˊ ㄕㄣˇ ㄏㄨˋ ㄏㄜˊ

銓敘機關對各機關公務人員銓定資格與敘定級俸之結果,應送請審計機關查考,作爲核銷薪給經費的依據。審計機關對未送審、未敘定級俸、敘定不合格人員之俸給,以及不依照銓敘機關核定數額支給者,應不予核銷。

8【銓定資格考試】 ㄑㄩㄢˊ ㄉㄧㄥˋ ㄗ ㄍㄜˊ ㄎㄠˇ ㄕˋ

對原已依法進用任職之人員,因改用新人事制度,致原有人員的資格不合規定時,對原有人員舉行考試,凡考試及格者即可取得新人事制度之任用資格的考試。如臨時機關之派用人員,經銓定考試及格取得任用資格。

鉿 ㊀ ㄐㄧㄚˊ *chia*^{2} 音夾

器物陷入他物中所發出的聲音。見“玉篇”。

㊁ ㄏㄚ *ha*^{1} 音哈 又讀 ㄏㄜˊ *ho*^{2}, *hê*^{2} 音合

(hafnium) 週期表 ⅣB 族元素。元素符號 Hf, 原子序 72, 原子量 178.49。化學性質似鋯(Zr),用於製作鎢絲。

銗 ㊀ ㄏㄡˊ *hou*^{2} 音侯

參銗鏤。

㊁ ㄒㄧㄤˋ *hsiang*^{4} 音項

古代收受書信的器具。同缿。

19【銗鏤】 ㄏㄡˊ ㄌㄡˋ

古代烹煮食物的器具。

銢 釽的本字。

銜 ㄒㄧㄢˊ *hsien*^{2} 音咸

①勒馬口的橫鐵。見“說文”。②口中含有東西。今作啣。見“正字通”。③懷有;蘊於胸中。如:銜冤。④領受;奉接。如:銜命。⑤官階;職稱。如:官銜。

8【銜枚】 ㄒㄧㄢˊ ㄇㄟˊ

口中含枚,以禁喧囂。多用於行軍時。枚形如竹筷,兩端有帶可繫頸上。

【銜命】 ㄒㄧㄢˊ ㄇㄧㄥˋ

奉命;奉行命令。

10【銜冤】 ㄒㄧㄢˊ ㄩㄢ

含冤。

12【銜結】 ㄒㄧㄢˊ ㄐㄧㄝˊ

銜環結草的省稱。比喻報人恩德。參銜環、結草。

17【銜環】 ㄒㄧㄢˊ ㄏㄨㄢˊ

比喻報人恩德。‘漢’‘楊寶’少時救一受傷的黃雀,夜夢黃衣童子贈白環四枚。見“後漢書·楊震傳·父寶·注”。

5【銜石填海】 ㄒㄧㄢˊ ㄕˊ ㄊㄧㄢˊ ㄏㄞˇ

銜石頭將海填平。比喻力量雖小,意志卻極堅強。神話傳說‘炎帝’女兒,名‘女娃’,遊於‘東海’而溺死,靈魂化爲精衛鳥,常常銜‘西山’的木石投入‘東海’,要把‘東海’填平。見“山海經·北山經”。

17【銜環結草】 ㄒㄧㄢˊ ㄏㄨㄢˊ ㄐㄧㄝˊ ㄘㄠˇ

比喻報人恩德。參銜環、結草。

7

鋈 ㄨˋ *wu*^{4} 音兀

①白金。見“說文”。②鍍。見“古今韻會舉要”。

鋬 ㄆㄢˋ *p'an*^{4} 音畔

器物上的提梁。見“篇海”。

鋆 ㄩㄣˊ *yün*^{2} 音勻

金屬。見“五音集韻”。

銴 ㄕˋ *shih*^{4} 音誓

車樘上的繩結。見“說文”。

鋎 ㄏㄨㄢˋ *huan*^{4} 音喚

刀刃。見“集韻”。

鋐 ㄏㄨㄥˊ *hung*^{2} 音宏

①鈜的俗體。②器皿。見“玉篇”。

⿰金牢 ㄌㄠˊ *lao*^{2} 音牢

參⿰金牢鑪。

24【⿰金牢鑪】 ㄌㄠˊ ㄌㄨˊ

箭鏃。見“廣韻”。

⿰金沙 ㄙㄨㄛ *so*^{1}, *suo*^{1} 音娑

參⿰金沙鑼。

27【⿰金沙鑼】 ㄙㄨㄛ ㄌㄨㄛˊ

一種銅器。似鑼而小,古代快馬傳遞文書時敲打以示警。

鋅 ㄒㄧㄣ *hsin*^{1} 音辛

(zinc)一種過渡元素。元素符號 Zn, 原子序 30, 原子量 65.4。元素態是青白色有光澤的金屬。熔點 419.5°C。常溫時質硬而脆,在100～150°C 時則極富延展性。主要用途爲製造白鐵(即鋅鍍鐵)、乾電池及各種合金等。

8【鋅版】 ㄒㄧㄣ ㄅㄢˇ

用鋅製成的印刷版。有鋅凸版與鋅平版兩種,均屬照相製版類。

鋃 ㄌㄤˊ *lang*^{2} 音郎

參鋃鐺。

21【鋃鐺】 ㄌㄤˊ ㄉㄤ

拘鎖犯人的鐵鍊。

【鋃鐺入獄】 ㄌㄤˊ ㄉㄤ ㄖㄨˋ ㄩˋ

手腳鐐銬著關入監獄。

銻 ㄊㄧˋ *t'i*^{4} 音涕

(antimony)週期表VA族元素。元素符號 Sb, 原子序51, 原子量121.8。元素態是一種銀灰色有金屬光澤的固體,質脆而易碎。比重9.78, 熔點 271°C。液態銻凝固時,有稍微膨脹的性質,因此適用於製造鉛字。

鉽 ㄊㄜˋ *t'ê*^{4} 音忒

(terbium) 鑭系元素,稀土金屬元素之一。元素符號 Tb, 原子序 65, 原子量 158.925。具有

金屬光澤，可溶於稀酸，與水慢慢作用。在空氣中變成氧化物。

錽 ㄨㄢˇ *wan*^{3} 音晚
馬頭上的飾物。或作鋄。見"集韻"。

鋳 鑄的俗體。

鋍 ㊀ ㄅㄛˊ *po*^{2} 音伯
①化學元素鈋的又譯。②化學元素鈹的舊譯。③食物煮沸時，湯汁溢出。也作鬻。見"集韻"。
㊁ ㄆㄨ *p'u*^{1} 音撲
㊀③的又讀。

銶 ㄑㄧㄡˊ *ch'iu*^{2} 音求
鑿的一種。用以穿木。見"集韻"。

鋕 ㄓˋ *chih*^{4} 音志
銘刻。見"集韻"。

鋟 ㄑㄧㄢ *ch'ien*^{1} 音籤 又讀 ㄑㄧㄣˇ *ch'in*^{3} 音寢
①銳。見"廣雅·釋器"。②刻。或作鑯。見"集韻"。

8【鋟板】ㄑㄧㄢ ㄅㄢˇ
①刻書板。②雕刻在木板上。

鋀 ㄉㄡˋ *tou*^{4} 音豆
①酒器。同鐙。見"集韻"。②化學元素釷的又譯。

鋪 ㊀ ㄆㄨ *p'u*^{1} 音撲
陳設；布置。見"廣雅·釋詁"。
㊁ ㄆㄨˋ *p'u*^{4} 音瀑
俗作舖。①商店。如：店鋪。②床。如：床鋪。

11【鋪張】ㄆㄨ ㄓㄤ
①布置。②擴大其事。

【鋪排】ㄆㄨ ˙ㄆㄞ
①布置。②作法事時，專管布置道場壇臺的僧人或道士。

【鋪陳】ㄆㄨ ㄔㄣˊ
①用文字詳細敘述。②布置陳設。③鋪蓋。即被褥。

【鋪張揚厲】ㄆㄨ ㄓㄤ ㄧㄤˊ ㄌㄧˋ
①鋪敘陳述，加以宣揚。②過分誇大渲染。

16【鋪錦列繡】ㄆㄨ ㄐㄧㄣˇ ㄌㄧㄝˋ ㄒㄧㄡˋ
比喻堆砌華美的文辭。

鋙 ㊀ ㄩˇ *yü*^{3} 音語
①樂器名。通敔。見"玉篇"。②不安的樣子。見"洪武正韻"。
㊁ ㄩˊ *yü*^{2} 音魚
鋤頭類的農具。見"廣韻"。
㊂ ㄨˊ *wu*^{2} 音吾
參鉏鋙。

銾 ㊀ ㄏㄨㄥˋ *hung*^{4} 音閧
①㊁的又讀。②鐘聲。見"集韻"。
㊁ ㄍㄨㄥˇ *kung*^{3} 音汞
汞的或體。

鋣 釾的或體。

鋦 ㄐㄩˊ *chü*^{2} 音局
①用鐵箍捆束東西。見"集韻"。②(curium)超鈾元素 trans-uranium elements) 之一，屬錒系元素。元素符號Cm，原子序96，最穩定同位數之質量數247。其化性與其他人造放射性元素相似。

銸 ㄓㄜˊ *chê*^{2} 音折
鐵鉗、火夾一類的工具。見"說文通訓定聲"。

銿 ㄩㄥˊ *yung*^{2}
大鐘。同鏞。見"集韻"。

鋞 ㄒㄧㄥˊ *hsing*^{2} 音形
一種溫東西的器具。見"說文"。

鋏 ㄐㄧㄚˊ *chia*^{2} 音夾
①夾鐵入爐冶鍊的長鉗子。見"說文"。②劍。見"集韻"。

錥 ㄩˋ *yü*^{4} 音育
參鎢錥。

鋠 ㄕㄣˋ *shên*^{4} 音慎
圓鐵。見"集韻"。

鉚 鏐的或體。

銷 ㄒㄧㄠ *hsiao*^{1} 音消
①熔化金屬。見"說文"。②消滅；消散。通消。如：銷失。③賣出。如：行銷。④去掉；刪除。如：註銷。

13【銷毀】ㄒㄧㄠ ㄏㄨㄟˇ
把物品用火燒掉或毀壞。

18【銷鎔】ㄒㄧㄠ ㄖㄨㄥˊ
本為金屬加熱而鎔化。也泛指鎔化、鎔冶。

23【銷鑠】ㄒㄧㄠ ㄕㄨㄛˋ
損毀；鎔化。

8【銷金窟】ㄒㄧㄠ ㄐㄧㄣ ㄎㄨ
指豪華奢靡使人花費大量金錢的場所。

11【銷售量】ㄒㄧㄠ ㄕㄡˋ ㄌㄧㄤˋ
貨品賣出的數量。

【銷售稅】ㄒㄧㄠ ㄕㄡˋ ㄕㄨㄟˋ
(sales tax)對市場交易所課徵的租稅。可分為一般適用的銷售稅與特定財貨與勞務的銷售稅。前者如附加價值稅、零售稅、轉手稅及廣泛的開支稅等；後者如關稅、國產稅等。

【銷售通路】ㄒㄧㄠ ㄕㄡˋ ㄊㄨㄥ ㄌㄨˋ
(distribution channel) 係商品所有權自生產者轉移到最終消費者或使用者所歷經的過程。為現代經濟體系中的主要一環。包括生產者、中間商及最終消費者。

【銷售預測】ㄒㄧㄠ ㄕㄡˋ ㄩˋ ㄘㄜˋ
(sales forecasting)企業衡量其外在環境及企業本身之能力與限制，而對其未來一定期間內之業務銷售數量所作的合理預估。

【銷售管理】ㄒㄧㄠ ㄕㄡˋ ㄍㄨㄢˇ ㄌㄧˇ
(sales management) 為行銷管理中的主要工作。包括銷售計畫的設計與執行、廣告管理，以及市場研究等項主要業務。

【銷貨毛利】ㄒㄧㄠ ㄏㄨㄛˋ ㄇㄠˊ ㄌㄧˋ
(gross profit on sales)指銷貨收入減除銷貨成本後的餘額。以其尚未減除銷售及管理等費用，故稱。

【銷貨成本】ㄒㄧㄠ ㄏㄨㄛˋ ㄔㄥˊ ㄅㄣˇ
(cost of goods sold)為已銷售商品的成本。買賣業之會計期間的銷貨成本總額可由當期進貨成本(包括進貨價款、進貨退出、折讓、進貨折扣及進貨運費等)加上期初存貨,再減除期末存貨而求得。

【銷貨折扣】ㄒㄧㄠ ㄏㄨㄛˋ ㄓㄜˊ ㄎㄡˋ (sales discount) 銷貨者因賒購的顧客提早付款,而給予的現金折扣。在損益表上銷貨折扣列為銷貨收入的減項。

【銷貨淨額】ㄒㄧㄠ ㄏㄨㄛˋ ㄐㄧㄥˋ ㄜˊ (net sales)銷貨收入減除銷貨折扣、銷貨退回及銷貨折讓後的餘額。

17【銷聲匿跡】ㄒㄧㄠ ㄕㄥ ㄋㄧˋ ㄐㄧ 隱藏行蹤。

11【銷貨毛利率】ㄒㄧㄠ ㄏㄨㄛˋ ㄇㄠˊ ㄌㄧˋ ㄌㄩˋ (gross profit ratio)銷貨毛利對銷貨淨額的比率。用以說明銷貨毛利占銷貨淨額的百分比。其大小對於營業結果最具影響力,為分析企業經營績效的重要比率之一。

【銷貨確認書】ㄒㄧㄠ ㄏㄨㄛˋ ㄑㄩㄝˋ ㄖㄣˋ ㄕㄨ (sales confirmation)又稱售貨確認書。在國際貿易,由一方報價,經他方接受,契約即告成立,此項交易不論是以電報或信函方式完成,依慣例須由買賣雙方以書面確認。如該確認書是由賣方主動發出,則稱為銷售確認書,相對於由買方所發出的購貨確認書。銷售確認書經買方副署後,即構成銷售契約書,其效力與買賣契約書相等。

【銷售信用管理】ㄒㄧㄠ ㄕㄡˋ ㄒㄧㄣˋ ㄩㄥˋ ㄍㄨㄢˇ ㄌㄧˇ (credit management) 企業於銷售產品時,由於不能當時立即收取現金,為配合分期付款、應收票據與帳款等方式之賒銷而制定的賒銷方式及收回賒帳的政策(如分期付款期限與利率、應收票據與帳款的期限、付現優待折扣率等)。

【銷貨收入成長率】ㄒㄧㄠ ㄏㄨㄛˋ ㄕㄡ ㄖㄨˋ ㄔㄥˊ ㄓㄤˇ ㄌㄩˋ (sales growth rate)表示企業銷貨成長情況的比率。可以下式表示:銷貨收入成長率＝

$$\frac{\text{本年銷貨收入}-\text{上年銷貨收入}}{\text{上年銷貨成本}}。$$

鋩 ㄇㄤˊ *mang*² 音忙 刀口最銳利的部分。見“集韻”。

銲 ㄏㄢˋ *han*⁴ 音汗 (solder) 以低熔點之合金於熔後流過潔淨之金屬面,待冷卻後,可使各種金屬互相接合的加工過程。同焊、釬。

11【銲接】ㄏㄢˋ ㄐㄧㄝ (welding) 在材料接合處加熱至某一需要溫度,使其彼此熔解或部分熔化,並加填料或不加填料、施壓力或不施壓力,經冷卻後,凝固結合為一體的加工過程。

14【銲蝕】ㄏㄢˋ ㄕˊ (undercutting)指因銲道趾端附近電流過大、銲條擺動方式不當、母材溫度過高、接頭處鏽汙未經清除或其他不良原因,造成母材表面的凹陷現象。

鋰 ㄌㄧˇ *li*³ 音里 (lithium)週期表 IA 族元素。元素符號 Li,原子序 3,原子量 6.94。元素態是一種銀白色的金屬。熔點 181°C,為鹼金屬中最高的;密度只有 0.534g/ml,是已知金屬中最輕的。

鋇 ㄅㄟˋ *pei*⁴ 音貝 1未經提煉的銅鐵礦石。見“廣雅·釋器”。2 (barium) 週期表 ⅡA 族元素。元素符號 Ba,原子序 56,原子量 137.3。元素態是一種銀白色質軟的金屬。熔點約 710°C。本身無多大用途,大部分以化合物狀態供應用。

鋧 ㄒㄧㄢˇ *hsien*³ 音險 參銑鋧。

鋤 ㄔㄨˊ *ch'u*² 音除 本作鉏。1農具名。用以鬆土或除草。俗稱鋤頭。2用鋤頭挖地或除草。3剷除;誅滅。如:鋤奸。

6【鋤奸】ㄔㄨˊ ㄐㄧㄢ 鏟除奸惡的人。

鋘 一 ㄏㄨㄚˊ *hua*² 音華 兩刃銛,一種翻土的工具。也作鏵。見“集韻”。

二 ㄨˊ *wu*² 音吳 也作鋙。參鋘鋙。

鋜 ㄓㄨㄛˊ *cho*², *chuo*² 音濁 腳鎖。見“玉篇”。

鋗 一 ㄒㄩㄢ *hsüan*¹ 音宣 1小盆子。見“說文”。2溫器名。圓形無足。與銚、鐎斗相似。見“廣雅·釋器”。

二 ㄒㄩㄢˋ *hsüan*⁴ 音漩 車鐶。同梋、鏆。見“集韻”。

鋁 ㄌㄩˇ *lü*³ 音呂 (aluminum) 週期表 ⅢA 族元素。元素符號 Al,原子序13,原子量26.98。元素態是銀白色質輕的金屬。熔點 660°C,比重2.7。由於易傳熱,不易生鏽且無毒性,可用以製造烹飪器具;又由於展性大,可製成鋁箔,供包裝用。

12【鋁窗】ㄌㄩˇ ㄔㄨㄤ (aluminum window) 窗框與窗扇均由鋁料擠型所製成的窗。具氣密性強、水密性佳、不透風雨、防火性高及耐酸等優點,且各部構件細巧美觀。

24【鋁罐】ㄌㄩˇ ㄍㄨㄢˋ (aluminum can) 鋁合金製成的罐頭。鋁質的重量輕,延展性大,可做成鐵罐無法製成的特殊外形;同時也能防鏽,防鏽性能視產品類別而不同。通常噴霧罐、啤酒罐、鮪魚罐,都可使用鋁罐。但鋁罐價格較貴,且銲接困難,不耐酸性,不能做成大罐,加壓殺菌與冷卻時得有壓力之控制。

3【鋁土礦】ㄌㄩˇ ㄊㄨˇ ㄎㄨㄤˋ

(bauxite)又稱鐵鋁氧石。以含水氧化鋁爲主要成分,是煉鋁的主要原料。在熱帶高溫多雨地區十分普遍,形成殘積礦床。'澳洲''塔斯馬尼亞島'和'中美洲''牙買加'是主要產地。'臺灣'煉鋁的鋁土主要來自南洋和'金門'。

15【鋁熱劑】ㄌㄩˇ ㄖㄜˋ ㄐㄧˋ

(thermite)鋁粉和氧化鐵的混合物。點火燃燒後,鐵將被還原並放出大量的熱,由於反應溫度可高達3,500°C,能使還原的鐵熔化,因此可用以熔接鐵軌或斷裂的鐵器等。

14【鋁箔容器】ㄌㄩˇ ㄅㄛˊ ㄖㄨㄥˊ ㄑㄧˋ

(aluminum foil container)鋁箔製成的容器。可供烘焙食品及冷凍食品工業之用。外表明亮光澤,具有重量輕、價格便宜及用過即可拋棄等優點,且對食品有極佳的保護作用。

鋝 ㄌㄩㄝˋ *lüeh*⁴ 音略

量詞。古代重量單位,十一又二十五分之十三銖爲一鋝。見"說文"。

銳 ㄖㄨㄟˋ *jui*⁴ 音瑞

1鋒利。見"廣雅·釋詁"。2鋒利的兵器。如:披堅執銳。3急速。4精明。如:銳敏。5堅定。如:銳志。

7【銳志】ㄖㄨㄟˋ ㄓˋ

1堅定其意志。2堅定的意志。

【銳角】ㄖㄨㄟˋ ㄐㄧㄠˇ

小於直角之角。如圖兩線 $\overline{AA'}$ 及 $\overline{BB'}$ 相交於一點 O,所成之角,銳鈍相補,$\angle AOB$ 爲銳角,$\angle BOA'$ 爲鈍角。

銳角圖

10【銳氣】ㄖㄨㄟˋ ㄑㄧˋ

銳利勇猛之氣。

12【銳減】ㄖㄨㄟˋ ㄐㄧㄢˇ

大減。

13【銳意】ㄖㄨㄟˋ ㄧˋ

堅定意志;專心一意。

銼 ㄘㄨㄛˋ *ts'o*⁴, *ts'uo*⁴ 音剉

1小釜。見"正字通"。2銼刀的簡稱。3用銼刀磨東西。

2【銼刀】ㄘㄨㄛˋ ㄉㄠ

(file)一種鋼製工具。上有細條紋或細齒,可將物體凸出之小部分銼去,而條紋細密者,可將物體面銼得平滑;有時用來銼鋸齒,使之銳利。依使用方便打造成各種樣子,其條紋或齒亦有粗、細之分,如圖所示:(1)爲三角細銼。(2)爲半圓粗銼。

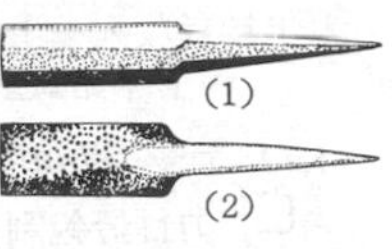

銼刀圖

27【銼鑼】ㄘㄨㄛˋ ㄌㄨㄛˊ

小釜。

鋊 ㄩˋ *yü*⁴ 音欲

1鉤取鼎耳或爐炭的器具。見"說文"。2銅屑。見"說文"。3磨損;磨光。見"正字通"。

鋂 ㄇㄟˊ *mei*² 音枚

1一環貫串二小環的子母環。見"說文"。2(americium)人造放射性元素,錒系之超鈾元素之一。元素符號Am,原子序95,原子量243。元素態爲銀白色金屬。在空氣中會慢慢變色,可以生成其氧化物。

鋌 一 ㄉㄧㄥˋ *ting*⁴ 音定

1未經提煉的銅鐵礦石。見"說文"。2條形的金錠。見"六書故"。

二 ㄊㄧㄥˇ *t'ing*³ 音挺

快走的樣子。如:鋌而走險。

6【鋌而走險】ㄊㄧㄥˇ ㄦˊ ㄗㄡˇ ㄒㄧㄢˇ

指人在窮途末路時被迫做出冒險或非常的事情。

鋯 ㄍㄠˋ *kao*⁴ 音告

(zirconium)週期表ⅣB族元素。元素符號Zr,原子序40,原子量91.22。爲質硬、有光澤的灰色結晶狀薄片或灰色無定形粉末。可溶於很濃的熱酸,不溶於水和冷酸。用於核子反應爐或爐中的管子,也供作合金。

鋓 ㄔㄢ *ch'an*¹ 音攙

銳利。見"集韻"。

銹 鏽的或體。

鋨 ㄜˊ *o*², *ê*² 音蛾

(osmium)一種過渡元素。元素符號Os,原子序76,原子量90.2。元素態是質硬而脆、白色帶藍的金屬。比重22.5,熔點270°C。加熱時會放出三氧化鋨毒煙。一般由鉑之精鍊過程而得。爲鉑之硬化劑,可用於製造筆尖。

鋔 ㄨㄢˇ *wan*³ 音挽

引。見"字彙"。

鋒 ㄈㄥ *fêng*¹ 音峰

1兵器的尖端。見"說文"。2物體的尖端。如:筆鋒。3隊伍的前列。如:前鋒。4(front)氣象學上稱鋒面與地面相切之線。

3【鋒刃】ㄈㄥ ㄖㄣˋ

刀口;武器最銳利的地方。

7【鋒芒】ㄈㄥ ㄇㄤˊ

刀劍的尖端和草初生的尖端。1形容極微細的事物。2比喻人的銳氣。

【鋒利】ㄈㄥ ㄌㄧˋ

1銳利。2形容言辭或文筆氣勢逼人。

9【鋒面】ㄈㄥ ㄇㄧㄢˋ

(front)當兩種性質不同之氣團相遇時,其交界所形成一溫度、溼度、風向等的不連續面。可分爲四種,即冷鋒、暖鋒、囚錮鋒、滯留鋒。

13【鋒稜】ㄈㄥ ㄌㄥˊ

物體上鋒利的稜角。

15【鋒銳】ㄈㄥ ㄖㄨㄟˋ

鋒利;銳利。

16【鋒頭】ㄈㄥ ㄊㄡˊ

指特出的銳氣。

19【鋒鏑】ㄈㄥ ㄉㄧˊ

鋒刃和箭鏃。泛指各種武器。

9【鋒面雨】ㄈㄥ ㄇㄧㄢˋ ㄩˇ

(frontal rain)冷、暖氣團相遇時,冷氣團插入暖氣團下方,暖氣團被迫沿冷氣團之鋒面向上滑升,且內部水汽被冷卻而凝結或昇華成雲,進而形成降水現象,由於降水都發生在鋒面,故稱鋒面雨。

19【鋒鏑餘生】 ㄈㄥ ㄉㄧˊ ㄩˊ ㄕㄥ
飽經戰亂的劫後餘生。

銵 ㄎㄥ k'êng^1 音坑
碰撞。見"廣雅·釋言"。

銽 銛的或體。

鋡 ㄏㄢˊ han^2 音含
裝盛;容納。見"方言·六"。

鍛 ㄧˋ i^4 音役
小矛。見"集韻"。

鋚 ㄊㄧㄠˊ t'iao^2 音條
1鐵。見"說文"。2轡頭上的銅飾。見"說文"。

8

鋻 ㊀ ㄐㄧㄢˋ chien^4 音見
刀鋒;刀口。見"說文"。
㊁ ㄐㄧㄢ chien^1 音堅
1硬鐵。見"集韻"。2堅硬。見"字彙"。

錝 ㄗㄨㄥˋ tsung^4 音粽
金毛。見"玉篇"。

錠 ㄉㄧㄥˋ ting^4 音定
1油燈。見"說文"。2盛熟食的蒸器。有足,與甗相似。見"正字通"。3熔鑄成一定形式的金屬。如:金錠。4量詞。成錠的東西,一塊稱一錠。5紡紗時用來引棉絞成線縷的工具。也稱筳子。

𨨏 ㄊㄤˋ t'ang^4 音燙
一種磨平木料的器具。也作鐋。見"集韻"。

錧 ㄍㄨㄢˇ kuan^3 音管
1套在車軸兩端當轂處的鐵套。同輨。見"集韻"。2農具名。即犂刃。見"集韻。

鍅 ㄈㄚˇ fa^3 音法
(francium)週期表IA族的元素。元素符號Fr,原子序87,原子量223。是一種放射性元素,只在放射性元素的放射過程中產生。元素態是銀白色的金屬。

錇 ㄈㄨˊ fu^2 音浮 又讀 ㄈㄡˊ fou^2
參錇鏂。

19【錇鏂】 ㄈㄨˊ ㄡ
大釘。也作鈇鏂。

錞 ㊀ ㄉㄨㄟˋ tui^4 音隊
矛、戟柄下端的平底銅套。也作鐓。見"正字通"。
㊁ ㄔㄨㄣˊ ch'un^2 音純
軍樂器名。一種大鐘。也稱錞于。

𨧺 ㄧㄝˋ yeh^4 音夜
鏡子。見"集韻"。

錈 ㄐㄩㄢˋ chüan^4 音倦
金屬物屈曲不直。見"集韻"。

錟 ㊀ ㄊㄢˊ t'an^2 音談
長矛。見"說文"。
㊁ ㄒㄧㄢ hsien^1 音纖
鋒利。見"字彙"。

錆 ㄑㄧㄤ ch'iang^1 音槍
精純。見"五音集韻"。

6【錆色】 ㄑㄧㄤ ㄙㄜˋ
(tarnish)礦物或金屬經久暴露於空氣或溼氣中,表面上生成一種與新鮮斷面所呈不同的顏色。

錶 ㄅㄧㄠˇ piao^3 音表
也作表。1隨身攜帶的小型計時器。2表示度數的儀器。如:水錶。

17【錶壓】 ㄅㄧㄠˇ ㄧㄚ
(gage pressure)物質絕對壓力與大氣壓力的差值。以Pg表示。檢測裝置大多量取物質之錶壓。

𨧫 ㄙㄠˋ sao^4 音臊
碎鐵。見"集韻"。

𨧰 釓的或體。

錏 ㊀ ㄧㄚ ya^1 音鴉
參錏鍜。
㊁ ㄧㄚˋ ya^4 音亞
使鋼鐵軟化。見"集韻"。

17【錏鍜】 ㄧㄚ ㄒㄧㄚˊ
護頸的鎧甲。

鋸 ㊀ ㄐㄩˋ chü^4 音踞
鋼製的長條薄片,邊緣有齒刃,爲鋸開金屬或石料、木料的工具。有圓鋸、手鋸、弓形鋸、拉鋸、架鋸、條鋸、帶鋸等不同種類。
㊁ ㄐㄩ chü^1 音居
用鉤釘綴合陶瓷等器具。

15【鋸齒波】 ㄐㄩˋ ㄔˇ ㄅㄛ
(sawtooth wave)一種在固定時區內,以線性方式增加然後折返零點並循環重複的波形。

鍺 或作鍩。㊀ ㄉㄨㄛˇ to^3, tuo^3 音朵
包在車軸上的鐵。見"廣韻"。
㊁ ㄓㄜˇ chê^3 音者
(germanium)週期表ⅣA族元素。元素符號Ge,原子序32,原子量72.6。元素態是灰白色的金屬。比重5.46,熔點958°C。爲電的半導體,可做爲無線電收音機中的高電阻材料。

𨨠 ㄑㄩ ch'ü^1 音屈
一種小斧頭。見"字彙"。

錤 ㄐㄧ chi^1 音基 又讀 ㄑㄧˊ ch'i^2 音期
參鎡錤。

錯 ㊀ ㄘㄨㄛˋ ts'o^4, ts'uo^4 音措
1鍍金;塗金。見"說文"。2銼刀。見"集韻"。3厲石。通厝。4間雜。如:錯雜。5相交;相會。如:交錯。6謬誤。如:錯誤。7乖違。如:錯過良機。
㊁ ㄘㄨˋ ts'u^4 音醋
通措。1安置。2施行。3停止。

8【錯怪】 ㄘㄨㄛˋ ㄍㄨㄞˋ
因誤會而責怪他人。

【錯迕】 ㄘㄨㄛˋ ㄨˋ
雜錯;交錯。

12【錯愕】 ㄘㄨㄛˋ ㄜˋ
倉卒驚惶。

13【錯落】 ㄘㄨㄛˋ ㄌㄨㄛˋ
1交錯相雜。2鳥名。鶬鴰的俗

名。

【錯愛】 ㄘㄨㄛˋ ㄞˋ
誤愛;不當愛而愛。常用爲受人崇敬與照顧的謙詞。

14【錯誤】 ㄘㄨㄛˋ ㄨˋ
乃表意人爲表示行爲時,因誤認客觀事實或欠缺認識,致內心之效果意思與表示上之效果意思不一致之謂。錯誤以有意思表示爲前提,其形態可分爲意思表示內容之錯誤及表示行爲之錯誤兩大類。意思表示有錯誤時,表意人得撤銷其意思表示,經撤銷後,其錯誤之意思表示始歸於無效,但其錯誤必須非由表意人自己之過失所引起者始得撤銷。所謂過失,應認係抽象輕過失,即表意人應盡善良管理人之注意義務。撤銷時,表意人對於信賴其意思表示爲有效而受損害之相對人或第三人應負賠償責任。其賠償範圍限於信賴利益而不及於履行利益。

【錯綜】 ㄘㄨㄛˋ ㄗㄨㄥˋ
1交錯聚合。2修辭學辭格的一種。把形式整齊的辭格,如類疊、對偶、排比、層遞等,故意抽換詞彙、交蹉語次、伸縮文句、變化句式,使其形式參差,詞彙別異。

18【錯雜】 ㄘㄨㄛˋ ㄗㄚˊ
交錯混雜。

【錯簡】 ㄘㄨㄛˋ ㄐㄧㄢˇ
指古書竹簡前後次序錯亂。

20【錯覺】 ㄘㄨㄛˋ ㄐㄩㄝˊ
(illusion) 指外界物質現象與內在心理現象有所差異的知覺歷程。換言之,即個人由感覺經驗所得之物象與實際物象互異的現象。

24【錯鹽】 ㄘㄨㄛˋ ㄧㄢˊ
(complex salt) 由兩種不同鹽類結合而成,在水中能解離出錯離子者。例如銀氰化鉀〔$KAg(CN)_2$〕。

6【錯合物】 ㄘㄨㄛˋ ㄏㄜˊ ㄨˋ
(complex compound)過渡元素之化合物以中性金屬原子或金屬離子爲中心,並與周圍具有未共用電子對之陰離子或分子相結合成複雜的原子團。例如氫氧化二氨銅 ($Cu(NH_3)_2(OH)_2$)、亞鐵氰化鉀($K_4[Fe(CN)_6]$)等。

7【錯車站】 ㄘㄨㄛˋ ㄔㄜ ㄓㄢˋ
(crossing station)又稱號誌站。設於區間較大之二站間,專門辦理客貨列車之錯讓,以縮短站間距離的車站。

錡 ㄑㄧˊ ch'i² 音奇
1烹飪用的金屬鍋,有足。見"說文"。2用來鑿穿器物的工具。見"集韻"。

錣 ㄓㄨㄟˋ chui⁴ 音綴
1馬鞭頂端的鐵刺。見"集韻"。2古代計數的籌碼。見"字彙補"。

錸 ㄌㄞˊ lai² 音來
(rhenium) 週期表ⅦB族元素,鉑族貴金屬元素之一。元素符號 Re,原子序 75,原子量 186.207。元素態爲銀白色金屬或灰色至黑色粉末。可溶於濃硝酸,慢慢溶於硫酸,幾乎不溶於鹽酸。可作催化劑及耐熱耐腐蝕合金。

錢 一 ㄑㄧㄢˊ ch'ien² 音前
1指金屬貨幣。2泛指財物。如:錢財。3重量單位。古以十錢爲一兩,標準制以十公克爲一公錢,十公錢爲一公兩。4姓。'戰國'時有'錢丹'。見"萬姓統譜·二七"。
二 ㄐㄧㄢˇ chien³ 音簡
古農器名。即銚。見"字彙"。

11【錢莊】 ㄑㄧㄢˊ ㄓㄨㄤ
一種舊式的金融機構。經營存款、放款、兌換及匯兌等業務。

22【錢癬】 ㄑㄧㄢˊ ㄒㄧㄢˇ
(tinea corporis)由黴菌感染所引起的一種皮膚病。產生的病變有時僅爲單純的鱗片,有時可爲深部的肉芽腫。最常見者是一種環形紅斑狀丘疹鱗片的病變,其中間部分披覆鱗片,周緣常綴著痂皮化的水泡和膿皰,大小在0.5～5公分之間。此病多由動物傳染,尤以孩童較易感染。一般治療方法是塗敷抗眞菌乳劑、軟膏,或服食灰黃黴素的藥片一至二個月。

3【錢大昕】 ㄑㄧㄢˊ ㄉㄚˋ ㄒㄧㄣ
(1728～1804)'清''嘉定'(今'江蘇''嘉定')人,字'曉徵',號'辛楣',又號'竹汀'。'乾隆'進士。歷主'鍾山'、'婁東'、'紫陽'諸書院講席。著有"潛研堂集"、"廿二史考異"、"十駕齋養新錄"等書。

5【錢玄同】 ㄑㄧㄢˊ ㄒㄩㄢˊ ㄊㄨㄥˊ
(1887～1939)'浙江''吳興'人,原名'夏',字'潛德',號'疑古'。早年赴'日'留學,並從'章炳麟'研治國學,亦加入革命運動。歸國後,任教各大學。精於文字、音韻之學。新文學運動起,倡導文學革命,爲"新青年"雜誌編輯之一,又與國語研究會會員致力國語運動。著有"文字學音篇"、"說文部首今讀表"等。

錢玄同像

9【錢思亮】 ㄑㄧㄢˊ ㄙ ㄌㄧㄤˋ
(1908～1983)'浙江''杭縣'人。'清華大學'化學系畢業。後留學'美國''伊利諾大學',得哲學博士學位。歷任'北京大學'、'西南聯合大學'教授,'臺灣大學'教務長、校長,'中央研究院'院長。

錢思亮像

13【錢塘江】 ㄑㄧㄢˊ ㄊㄤˊ ㄐㄧㄤ
'浙江省'最大河川。又名'浙江'。上源有三:'新安江'、'金華江'、'信安江'。'信安江'源自'浙'、'贛'省界山地,東北流至'蘭谿縣'匯源自'會稽山'南麓的'金華江',至'建德縣'

匯來自'皖'南丘陵的'新安江',續流至'杭州市',以下河段始稱'錢塘江',注入'杭州灣'。航利雖不大,但富水力。

15【錢德洪】 ㄑㄧㄢˊ ㄉㄜˊ ㄏㄨㄥˊ
(1496~1574)'明''餘姚'(今'浙江''餘姚')人,本名'寬',字'德洪',後以字行,改字'洪甫',號'緒山'。'嘉靖'進士,官至刑部郎中。爲'王陽明'弟子,曾在'江'、'浙'一帶講學,傳播'王'學。著有"緒山會語"。

17【錢謙益】 ㄑㄧㄢˊ ㄑㄧㄢ ㄧˋ
(1582~1664)'江蘇''常熟'人,字'受之',晚號'蒙叟',又號'東澗遺老'。'明''萬曆'進士,官至禮部侍郎。'清'兵南下,以'明'舊臣迎降。工於詩,沈鬱藻麗,頗負盛名。著有"初學"、"有學"二集;輯有"列朝詩集"。

鋡 ㄏㄢˊ *han*² 音含
鎧甲。見"廣雅·釋器"。

錼 ㄋㄞˋ *nai*⁴ 音奈
(neptunium)人造放射性元素,錒系之超鈾元素之一。元素符號 Np,原子序93,原子量237.048。同位素之半衰期有的7.3分鐘,有的2百萬年。元素態爲銀白色金屬。化性似鈾,可生成氧化物。

錳 ㄇㄥˇ *mêng*³ 音猛
(manganese)一種過渡元素。元素符號Mn,原子序25,原子量54.9。元素態是略帶紅色的銀灰色金屬。比重7.26,熔點1244°C。質硬而脆,不易生鏽。最大用途是做爲鋼料中的塡加物,以及製造各種特殊用途的合金。

10【錳核】 ㄇㄥˇ ㄏㄜˊ
(manganese nodule)分布在深海沈積物中一種含錳極高的礦物結核。平均含錳量達20%,並含有少量鐵、銅、鎳等元素。生成原因不詳。

錛 ㄅㄣ *pên*¹ 音奔
或作錛。創平木頭的一種工具。也稱錛子。見"集韻"。

錌 ㊀ ㄧㄢˇ *yen*³ 音掩
鐵槌。見"集韻"。
㊁ ㄢ *an*¹ 音庵
一種溫器。見"字彙"。

錒 ㄚˋ *a*⁴
(actinium)一種放射性元素,錒系元素之一。元素符號Ac,原子序89,原子量227。衰變時放出α和β粒子,半衰期2,157年。一般以氧化物狀態存在。

7【錒系】 ㄚˋ ㄒㄧˋ
(actinide series)原子序90~103的十四種元素,大部分是不穩定的放射性元素。包括釷(Th)、鏷(Pa)、鈾(U)、錼(Np)、鈽(Pu)、鋂(Am)、鋦(Cm)、鉳(Bk)、鉲(Cf)、鑀(Es)、鐨(Fm)、鍆(Md)、鍩(No)、鐒(Lr)等。

錩 ㄔㄤˊ *ch'ang*² 音常
1磨。見"集韻"。2車輪上所繞的鐵皮。見"集韻"。

錄 ㄌㄨˋ *lu*⁴ 音祿
1記載;抄寫。如:手錄遺稿。2採取。如:錄用。3逮捕。4記載事物的冊子或書籍。如:回憶錄。

8【錄供】 ㄌㄨˋ ㄍㄨㄥ
記錄口供。

10【錄鬼簿】 ㄌㄨˋ ㄍㄨㄟˇ ㄅㄨˋ
'元''鍾嗣成'撰,二卷。記錄'元'雜劇和散曲作家一百餘人姓名,並附小傳及作品目錄。

8【錄取分數】 ㄌㄨˋ ㄑㄩˇ ㄈㄣ ㄕㄨˋ
(cutting point)在考試前後,根據事先擬定的錄取標準或擬錄取人數的多少而訂定的分數值。此分數值是個人被錄取與否的分際。

鋼 ㄍㄤ *kang*¹ 音岡
(steel)以鐵爲主要成分,加上少量碳、錳及矽的合金。

8【鋼版】 ㄍㄤ ㄅㄢˇ
用鋼製成的印刷版。如雕刻軟鋼版、轉壓鋼版、不鏽鋼平版等。

10【鋼索】 ㄍㄤ ㄙㄨㄛˇ
(cable)以數根鋼線向中心鋼線旋繞爲對稱形所成的繩索。其所用鋼線乃由鋼棒經冷拉而成。鋼纜係以數股鋼索向中心旋繞成對稱形狀而得。鋼索或鋼纜只能承受張力,且其全部面積皆能產生最大應力,故多應用爲長跨橋梁及巨大屋頂的構材。

11【鋼婚】 ㄍㄤ ㄏㄨㄣ
西俗稱結婚十一週年。

12【鋼窗】 ㄍㄤ ㄔㄨㄤ
(steel window)窗框、窗扇均用鋼製的窗。可避免木製窗之可燃性及氣密性差等缺點,並可使玻璃面積增大。

【鋼琴】 ㄍㄤ ㄑㄧㄣˊ
(pianoforte;piano)鍵盤樂器的一種。由一排鍵盤(通常爲85或88個鍵)間接傳調指力於琴槌,敲擊金屬琴絃而發音。有平型和立型兩種。音域廣大,音色和美,音量豐富,被譽爲「樂器之王」。

鋼琴圖

【鋼鈑樁】 ㄍㄤ ㄅㄢˇ ㄓㄨㄤ
(steel sheet pile)由鋼軋製成橫剖面爲U形、Z形或匣形等形狀,縱向兩側均有特製咬接口的鈑樁。通常用於臨時基礎開挖的擋土壁,具水密性、不易折損及可反復使用多次的經濟利益。

10【鋼骨構造】 ㄍㄤ ㄍㄨˇ ㄍㄡˋ ㄗㄠˋ
(steel skeleton construction)建築物主體(如柱、梁等)利用各種斷面型式之型鋼及鋼板以鉚釘或銲接法接合構成框架,並以混凝土版、金屬版或其他防護版等防火材料裹覆而成的構造形式。

最適於高層建築的構造。

12【鋼筋混凝土】 ㄍㄤ ㄐㄧㄣ ㄏㄨㄣˋ ㄋㄧㄥˊ ㄊㄨˇ
(reinforced concrete)於純混凝土中加入鋼筋或鋼棒，以增加強度者。純混凝土可承受相當大的壓應力，但無法承受稍大之張應力，因此不適用於結構中的彎曲和張力構件；若適當的加入鋼筋，使構件中的張應力由鋼筋承受，則此鋼筋混凝土構件將能安全而適宜地承受同型甚或較大尺寸之純混凝土構件所不能承受的載重。鋼筋混凝土具堅固之耐久性，不易風化而崩潰，經濟且易於施工，可澆製成所欲之形狀，可免震動之破壞，而且有相當的阻抗特性，故已成為工程師和建築師所樂於採用的建築材料。

【鋼筋混凝土構造】 ㄍㄤ ㄐㄧㄣ ㄏㄨㄣˋ ㄋㄧㄥˊ ㄊㄨˇ ㄍㄡˋ ㄗㄠˋ
(reinforced concrete construction)簡稱 RC 構造。以鋼筋紮成框架，並組立外形模板，然後於模板內搗灌混凝土，硬化後形成各種堅固的整體構造物。

10【鋼骨鋼筋混凝土構造】 ㄍㄤ ㄍㄨˇ ㄍㄤ ㄐㄧㄣ ㄏㄨㄣˋ ㄋㄧㄥˊ ㄊㄨˇ ㄍㄡˋ ㄗㄠˋ
(steel reinforced concrete construction)簡稱SRC構造。即以輕型鋼骨為主要材料，再輔以鋼筋混凝土材料構築而成的構造物。

鍀 ㄉㄜˊ *tê*² 音得
化學元素鎝的又譯。

錕 ㄎㄨㄣ *k'un*¹ 音昆
參錕鋙。

14【錕鋙】 ㄎㄨㄣ ㄨˇ
也作錕鋘。1赤銅。2山名。產赤銅，可鑄劍。也作'昆吾'、'琨珸'。3寶劍名。'周穆王'時'西戎'所獻，切玉如切泥。

錁 ㄎㄜˋ *k'o*⁴, *k'ê*⁴ 音課
金銀鑄成的小錠。

鍆 ㄇㄣˊ *mên*² 音門
(mendelevium)人造放射性元素，錒系之超鈾元素之一。元素符號 Md，原子序 101，最穩定同位素之質量數256。半衰期約30分鐘。化學性質似稀土金屬銩(Tm)。

錫 ㄒㄧˊ *hsi*² 音習
1(tin)週期表 ⅣA 族元素。元素符號 Sn，原子序50，原子量118.7。元素態是銀白色的軟金屬。熔點僅 232°C，延展性佳。主要用途為製造馬口鐵，用於罐頭；此外，又可供製多種合金，如銲條、活字金、保險絲等。2賜與。通賜。如：錫福。3細布。通緆。4僧用錫杖的簡稱。如：駐錫。5姓。'漢'有'錫光'。見"萬姓統譜·一二三"。

11【錫婚】 ㄒㄧˊ ㄏㄨㄣ
西俗稱結婚十周年。

14【錫箔】 ㄒㄧˊ ㄅㄛˊ
1(tin foil)錫金屬的薄片。2喪事、祭祀時焚燒的冥錢。

錮 ㄍㄨˋ *ku*⁴ 音固
1熔銅鐵以塡塞空隙。見"說文"。2泛指堵塞。如：錮蔽。3幽禁。4壟斷；包攬。5久病。通痼。如：錮疾。

15【錮蔽】 ㄍㄨˋ ㄅㄧˋ
阻塞；閉塞。

錪 ㄊㄧㄢˇ *t'ien*³ 音腆
釜。見"說文"。

錔 ㄊㄚˋ *t'a*⁴ 音榻
金屬製的器物頭套。

錚 ㄓㄥ *chêng*¹ 音爭
1金屬聲。見"說文"。2古樂器名。通鉦。見"字彙"。

16【錚錚】 ㄓㄥ ㄓㄥ
1金屬、玉器等撞擊的聲音。2形容有名聲。

【錚錚然】 ㄓㄥ ㄓㄥ ㄖㄢˊ
聲音清脆鏗鏘。

【錚錚鏦鏦】 ㄓㄥ ㄓㄥ ㄘㄨㄥ ㄘㄨㄥ
形容金屬器撞擊的聲音。

錙 ㄗ *tzŭ*¹ 音滋
1古代重量單位名。六銖為一錙，四錙為一兩。見"說文"。2比喻細微。如：錙銖之利。

14【錙銖】 ㄗ ㄓㄨ
比喻極細小、輕微。

錭 一 ㄊㄠˊ *t'ao*² 音陶
不銳利。見"說文"。
二 ㄉㄧㄠ *tiao*¹ 音雕
雕刻。見"字彙"。

錎 ㄒㄧㄢˋ *hsien*⁴ 音陷 又讀 ㄎㄢˇ *k'an*³ 音坎
1連環。見"集韻"。2沈沒。通陷。見"字彙"。

錐 ㄓㄨㄟ *chui*¹ 音隹
1鑽孔的器具。似鑽而小。見"正字通"。2頭尖如錐形的東西。3用錐刺物。如：錐股。

8【錐股】 ㄓㄨㄟ ㄍㄨˇ
用錐自刺大腿以驅除睡意。形容發憤求學。

9【錐面】 ㄓㄨㄟ ㄇㄧㄢˋ
(cone) 一線段之一端固定，另一端沿一曲線而運動，此線段移動所生之面，稱為錐面。錐面與截錐面之平面間的立體則稱為錐。

12【錐畫沙】 ㄓㄨㄟ ㄏㄨㄚˋ ㄕㄚ
錐鋒畫入沙裡，沙形兩邊凸起，中間凹成一線。比喻書法用筆功夫精深，下筆有力，既穩且準；中鋒美，藏鋒妙。

4【錐心蝕骨】 ㄓㄨㄟ ㄒㄧㄣ ㄕˊ ㄍㄨˇ
比喻傷痛至深。

11【錐處囊中】 ㄓㄨㄟ ㄔㄨˇ ㄋㄤˊ ㄓㄨㄥ
比喻有才智必會顯露，不致久被埋沒。

錦 ㄐㄧㄣˇ *chin*³ 音僅
1有彩色圖案、花紋的一種絲織品。見"說文"。2形容鮮豔美麗。如：錦雲。

11【錦蛇】 ㄐㄧㄣˇ ㄕㄜˊ
(Taiwan beauty snake; *Elaphe taeniura*) 屬於爬蟲綱、有鱗目 (order Squamata)、蛇亞目

(suborder Ophidia)、黃頷蛇科(family Colubridae)。爲大型蛇類，長可達3公尺以上。背面橄黃色，有四列黑色稜形斑，中央二列向後逐漸相連而成爲橫紋，更後則完全消失；左右兩列愈後愈大，

錦蛇圖

終連成黑色縱帶。自眼後至口角有一黑色條紋。肉可供藥用，皮可製革。我國'華'北地區，稱爲黃長蟲。

18【錦雞】　ㄐㄧㄣˇ ㄐㄧ
(golden pheasant; *Chrysolophus pictus*)爲脊椎動物中屬於鳥綱(class Aves)、雞形目(order Galliformes)、雉科(family Phasianidae)的一種。爲雉科中最吸引人者，集所有飼鳥之美麗、溫順、堅忍等優點於一身。我國於紀元前即已飼養，且常爲藝術家描繪的對象。原產於我國西南部山野約2,500公尺高處。雄者的紅色及金色羽毛，遠處即可見其閃閃發亮。在自然界，錦雞爲一夫一妻，四、五月間，遠在400或500公尺外即可聞雄者在叢林中求偶的叫聲，求偶方式十分壯觀，其冠羽及頸毛皆向雌者方向散開，繞著其所選中之雌者優雅地舞蹈，並發出似蛇一樣的嘶嘶聲。下蛋12～16枚，孵化期約23天。

錦雞圖

6【錦衣衛】　ㄐㄧㄣˇ ㄧ ㄨㄟˋ
'明代'的禁衛軍。本掌侍衛儀仗，後專主巡察緝捕，爲皇帝心腹。更後附勢驕橫，酷毒天下，爲'明代'弊政之一。

3【錦上添花】　ㄐㄧㄣˇ ㄕㄤˋ ㄊㄧㄢ ㄏㄨㄚ
比喻美上加美或喜上加喜。

4【錦心繡口】　ㄐㄧㄣˇ ㄒㄧㄣ ㄒㄧㄡˋ ㄎㄡˇ
讚美人文思精巧，詞藻富麗。

6【錦衣玉食】　ㄐㄧㄣˇ ㄧ ㄩˋ ㄕˊ
①華麗精美的衣食。②形容尊貴。

18【錦繡前程】　ㄐㄧㄣˇ ㄒㄧㄡˋ ㄑㄧㄢˊ ㄔㄥˊ
形容光明美好的前途。

22【錦囊妙計】　ㄐㄧㄣˇ ㄋㄤˊ ㄇㄧㄠˋ ㄐㄧˋ
指高明的計策。'建安'十四年，'趙雲'從'劉備'前往'東吳'結親，'諸葛亮'交給他三個錦囊，囊中各藏一計。'趙雲'依次行計，果然化險爲夷，護'備'安返'荊州'。見"三國演義·五四"。

錍　ㄆㄧ *p'i*^{1} 音批　又讀 ㄅㄟ *pei*^{1} 音悲
①短斧。見"說文"。②廣長而鋒利的箭鏃。見"方言·九"。

鋋　ㄔㄢˊ *ch'an*^{2} 音蟬　又讀 ㄧㄢˊ *yen*^{2} 音延
鐵柄小矛。見"方言·九"。

錉　ㄇㄧㄣˊ *min*^{2} 音民
錢貫。也作緍、緡、鍲。見"正字通"。

錜　ㄋㄧㄝ *nieh*^{1} 音捏
①小釵。見"集韻"。②小釘。見"字彙"。

錑　ㄌㄟˋ *lei*^{4} 音類
磨平木版的工具。也作銇。見"集韻"。

鍁　ㄒㄧㄢ *hsien*^{1} 音掀
鍬。

⿱制金　ㄔˋ *ch'ih*^{4} 音赤
除草器。也作掣。見"集韻"。

9

鎏　ㄌㄧㄡˊ *liu*^{2} 音留
質地精美的金屬。見"集韻"。

鍌　ㄒㄧㄢˇ *hsien*^{3} 音險
人名用字。見"集韻"。

鍪　ㄇㄡˊ *mou*^{2} 音謀
①鍋子。見"急就篇·三"。②戴在頭上以防禦兵刃的冠帽。

鍐　鋑的或體。

鍹　ㄒㄩㄢ *hsüan*^{1} 音宣
小燉鍋。即銚。見"集韻"。

鍗　ㄊㄧˊ *t'i*^{2} 音題
器皿名。也作鏣。見"集韻"。

鍕　ㄐㄩㄣ *chün*^{1} 音軍
參鍕⿰金持。

17【鍕⿰金持】　ㄐㄩㄣ ㄔˊ
指'千手觀音'手中所拿的瓶子。也作軍持、君遲。

鎯　或作鎯。鏩的訛字。

鍍　ㄉㄨˋ *tu*^{4} 音度
將一種金屬附著在他種金屬或物品的表面，以防生鏽，並增加美觀。

鍦　ㄕ *shih*^{1} 音施
矛。又作鉈、鉇。見"方言·九"。

鎂　ㄇㄟˇ *mei*^{3} 音美
(magnesium)週期表ⅡA族元素。元素符號Mg，原子序12，原子量24.31。元素態是一種銀白色的輕金屬。熔點651°C，質強韌，燃燒時會產生耀眼白光。可供製造鎂鋁合金，用於航空工業上，也常用於製造閃光燈、照明彈等。

鎡　ㄗ *tzŭ*^{1} 音茲
參鎡錤。

16【鎡錤】　ㄗ ㄐㄧ
鋤頭。

鍤　ㄔㄚˊ *ch'a*^{2} 音察
①縫綴衣服的針。見"說文"。②挖掘泥土的器具。即鍫。見"釋名·釋用器"。

鍿　ㄗ *tzŭ*^{1} 音姿
參鍵鍿。

鍥　ㄑㄧㄝˋ *ch'ieh*^{4} 音挈
①鐮刀。見"說文"。②刻鏤。如:鍥而不舍。③截斷。

6【鍥而不舍】　ㄑㄧㄝˋ ㄦˊ ㄅㄨˋ ㄕㄜˇ
雕刻不停。比喻持續努力。

鍵　ㄐㄧㄢˋ *chien*^{4} 音建
①扛鼎的工具。即鉉。見"說文"。②門閂;門上的鎖鑰。如:門鍵。③關閉。如:鍵戶著述。④供手按壓的小板。如:琴鍵。⑤(bond)又稱化學鍵。即原子間或分子間的吸引力。原子間吸引力大者,其間之化學鍵強,小者則弱。強化學鍵有離子鍵、共價鍵、金屬鍵,較弱的有氫鍵等。⑥(key)⑴將飛輪、圓盤或齒輪等固定於軸上,以防止發生相對轉動所用的方形或矩形機件。⑵由一個或多個字符所組成,用來識別資料者。又稱識別鍵、資料鍵。儲存大量資料時,爲提高存取效率並方便處理,每一資料必須以識別鍵作爲資料辨識的依據。使用隨機存取資料檔時,若需要直接讀取某一資料紀錄,必須先知道其識別鍵,方能直接讀取。

12【鍵場】　ㄐㄧㄢˋ ㄔㄤˇ
(key field)電腦程式記錄型資料中用來存放識別鍵的部分。

15【鍵盤】　ㄐㄧㄢˋ ㄆㄢˊ
(keyboard)①風琴、鋼琴、鐵琴、木琴等樂器上所排列的黑白鍵。每十二個音爲一組,琴上可連續排列三組至八組。大型風琴附有用腳踏的鍵盤。②由一組按鍵所組成的裝置。其主要功能爲產生字符或信號的代碼,可作爲許多設備的輸入裝置,如打字機的鍵盤、終端機的鍵盤與打卡機的鍵盤等。

17【鍵鎡】　ㄐㄧㄢˋ ㄗ
指出家受具足戒者的食具。即淺鐵缽。也作鍵鎡。

15【鍵盤樂器】　ㄐㄧㄢˋ ㄆㄢˊ ㄩㄝˋ ㄑㄧˋ
(keyboard instruments)泛稱裝有鍵盤,按鍵而發音的樂器。如大鍵琴、鋼琴、風琴等都是。

鍊　ㄌㄧㄢˋ *lien*^{4} 音練
①用火冶製金屬或其他物質。也作煉。見"說文"。②修鍊;涵養。如:鍊氣。③由金屬環相連而成的繩狀物。也作鏈。如:鐵鍊。

6【鍊字】　ㄌㄧㄢˋ ㄗˋ
推敲字句,以求工穩精鍊。

5【鍊石補天】　ㄌㄧㄢˋ ㄕˊ ㄅㄨˇ ㄊㄧㄢ
古代傳說'共工氏'與'祝融'交戰,'共工氏'因不勝而怒,頭觸'不周山',山崩,天柱折。'女媧氏'乃鍊五色石以補天。見"史記·司馬貞補三皇紀"。

6【鍊式串列】　ㄌㄧㄢˋ ㄕˋ ㄔㄨㄢˋ ㄌㄧㄝˋ
(chained list)高階電腦語言常用的一種資料結構。表示一組資料項所構成的串列,各資料項之順序與其在主記憶體所存放之位置無關,但每一資料項內皆含有一指標以指示下一個資料項所在的位置。

鍸　
鍤的或體。

鍏　ㄨㄟˊ *wei*^{2} 音危
一種鐵鍬。見"集韻"。

鍖　㊀ ㄓㄣ *chên*^{1} 音針
砧板。同椹。見"集韻"。
㊁ ㄔㄣˇ *ch'ên*^{3} 音磣
參鍖銋。

14【鍖銋】　ㄔㄣˇ ㄖㄣˊ
聲音迴旋的樣子。

鍱　ㄧㄝˋ *yeh*^{4} 音葉
金屬鎚打成的薄片。見"說文"。

鍉　ㄔˊ *ch'ih*^{2} 音持
參鍕鍉。

鍇　ㄎㄞˇ *k'ai*^{3} 音楷
①鐵的別稱。見"說文"。②指好鐵。見"廣韻"。③白鐵。即錫。見"集韻"。④堅固。見"方言·二"。

鍭　
鍭的或體。

鍼　㊀ ㄓㄣ *chên*^{1} 音針
針的或體。
㊁ ㄑㄧㄢˊ *ch'ien*^{2} 音錢
姓。'春秋''秦'有'鍼虎'。見"萬姓統譜·六七"。

7【鍼灸資生經】　ㄓㄣ ㄐㄧㄡˇ ㄗ ㄕㄥ ㄐㄧㄥ
舊本不著撰作者姓名,經考證應爲'宋''王執中'所撰,七卷。首卷總載諸穴,後六卷分論諸症。議論條理清晰,爲針灸臨床重要著作。

鍜　ㄒㄧㄚˊ *hsia*^{2} 音遐
參鍜鍜。

鍉　㊀ ㄊㄧˊ *t'i*^{2} 音題
古代結盟歃血所用的器皿。見"集韻"。
㊁ ㄔˊ *ch'ih*^{2} 音匙
鑰匙。同匙。見"集韻"。
㊂ ㄉㄧˊ *ti*^{2} 音笛　又讀 ㄉㄧ *ti*^{1} 音低
箭鏃。通鏑。見"字彙"。

鍘　ㄓㄚˊ *cha*^{2} 音札
用長刀切斷草。見"字彙"。

鍚　ㄧㄤˊ *yang*^{2} 音陽
①馬額上的金屬飾物。振動時有鳴聲。也稱當盧。本作鐊。見"集韻"。②盾背的裝飾。見"字彙"。

鍩　ㄋㄨㄛˋ *no*^{4}, *nuo*^{4} 音諾
(nobelium)人造放射性元素,錒系之超鈾元素之一。元素符號No,原子序102,其最穩定同位素之質量數爲254。半衰期僅10分鐘,其他性質似稀土金屬。

鍶　㊀ ㄙㄨㄥ *sung*^{1} 音松
鐵器。見"五音集韻"。
㊁ ㄙ *szŭ*^{1}, *ssŭ*^{1} 音思
(strontium)週期表ⅡA族元素。元素符號 Sr,原子序38,原子量87.6。元素態是具銀白色光澤的金屬。熔點 757°C。可由電解熔化的氯化鍶而得。本身用途不多,其鹽類因爲燃燒時會發生深紅色的火焰,而被用於製造煙火和信號彈。

鍡 ㄨㄟˇ *wei*³ 音偉
參鍡鑸。

26【鍡鑸】 ㄨㄟˇ ㄌㄟˇ
不平坦。

鍔 ㄜˋ *o*⁴, *ê*⁴ 音愕
1刀劍的刃。見"說文"。2邊際。同堮。見"洪武正韻"。

錨 ㄇㄠˊ *mao*² 音矛
(anchor) 沈於水底,使船艦固定的裝備。由鍛鋼或鑄鋼製成。有前錨、後錨、中錨之別。

6【錨地】 ㄇㄠˊ ㄉㄧˋ
(anchorage) 也稱泊地。供船隻拋錨的水域。一般指等候檢疫之檢疫錨地。該水域必須具有相當水深、充分水面、適宜之水底地質、無顯著之潮流與巨浪等條件。

19【錨鏈】 ㄇㄠˊ ㄌㄧㄢˋ
(cable) 海事長度單位。約為100噚、608呎。

鍋 ㄍㄨㄛ *ko*¹, *kuo*¹ 音郭
一種烹煮食物的器具。即釜。

4【鍋巴】 ㄍㄨㄛ ㄅㄚ
黏附在鍋底的米飯焦層。

9【鍋垢】 ㄍㄨㄛ ㄍㄡˋ
(boiler scale) 鍋爐中之管件或爐壁所結成岩石般的沈澱物。其主要成分為碳酸鈣與硫酸鎂。鍋爐一旦生成該沉澱物會減少熱傳效率,可藉鍋爐用水之軟化處理為軟水以避免其生成,亦可加入碳酸氫銨去除。

12【鍋貼】 ㄍㄨㄛ ㄊㄧㄝ
1一種以平底鍋用油煎熟的麵食品。形似餃子而略大。2俗稱打耳光。

20【鍋爐】 ㄍㄨㄛ ㄌㄨˊ
(boiler)泛稱利用燃料燃燒所釋出之熱能,使密閉容器內之水吸熱而產生蒸汽的設備。

【鍋爐馬力】 ㄍㄨㄛ ㄌㄨˊ ㄇㄚˇ ㄌㄧˋ
(boiler horsepower) 將鍋爐蒸發量所吸收之能量換算成馬力之功率,即為鍋爐馬力。

【鍋爐及機器保險】 ㄍㄨㄛ ㄌㄨˊ ㄐㄧˊ ㄐㄧ ㄑㄧˋ ㄅㄠˇ ㄒㄧㄢˇ
(boiler and machinery insurance)承保汽鍋、煤氣槽、壓縮機、透平機、引擎、火爐、電氣設備等爆炸破裂之損失的保險。此種保險特別重視損失預防工作,保險人經常派員實地檢查並提供意見,以期減少損失。

鍰 ㄏㄨㄢˊ *huan*² 音桓
1古衡名。即鋝。等於十一又二十五分之十三銖。一說等於六兩半,一說等於六兩。2指金錢。如:罰鍰。3門上的圓環。通環。見"字彙"。

鍐 ㄗㄨㄥ *tsung*¹ 音騣
馬頭的裝飾物。通作嵕。見"古今韻會舉要"。

鍧 ㄏㄨㄥ *hung*¹ 音烘
參鏗鍧。

鍾 ㄓㄨㄥ *chung*¹ 音忠
1盛酒的器具。後也用以指茶杯。見"說文"。2古代量器名。受六斛四斗。見"字彙"。3古樂器。通鐘。見"正字通"。4匯集;聚集。如:鍾情。5姓。'春秋''楚'有'鍾子期'。見"通志·氏族略三"。

11【鍾情】 ㄓㄨㄥ ㄑㄧㄥˊ
情愛有所專屬。

【鍾馗】 ㄓㄨㄥ ㄎㄨㄟˊ
神名。傳說巨眼多髯,著黑衣冠,捕食小鬼。民間常將其像貼於門上以驅鬼。

12【鍾惺】 ㄓㄨㄥ ㄒㄧㄥ
(1574～1625)'明''竟陵'(今'湖北''天門')人,字'伯敬',號'退谷'。'萬曆'進士,官至'福建'提學僉事。工詩,與同里'譚元春'齊名,並稱'鍾''譚'。其詩幽深孤峭,號'竟陵'體。著有"隱秀軒集"。

13【鍾愛】 ㄓㄨㄥ ㄞˋ
傾心相愛;極其喜愛。

17【鍾嶸】 ㄓㄨㄥ ㄖㄨㄥˊ
(480?～552?)'南朝''梁''潁川''長社'(今'河南''長葛')人,字'仲偉'。官至'晉安王'記室。所著"詩品"三卷,評'漢''魏'以來諸詩人,為我國早期詩論中的名著。

【鍾繇】 ㄓㄨㄥ ㄧㄡˊ
(151～230)三國'魏''潁川'人,字'元常'。'漢'末舉孝廉,累遷侍中尚書僕射。入'魏',累官太傅。卒諡'成'。'繇'工書法,與'胡昭'並師'劉德升',世稱'胡'肥'鍾'瘦;'張懷瓘'"書斷"稱其隸行入神,八分入妙。

3【鍾子期】 ㄓㄨㄥ ㄗˇ ㄑㄧˊ
'春秋''楚'人。通曉音律。'伯牙'鼓琴,意在高山或流水,'子期'聽而善解其意;'子期'死,'伯牙'謂今世再無知音,終身不復鼓琴。

19【鍾離權】 ㄓㄨㄥ ㄌㄧˊ ㄑㄩㄢˊ
又稱'漢鍾離'。傳說中的道教八仙之一。據說姓'鍾離',名'權',字'雲房','京兆''咸陽'(今屬'陝西')人。全眞道尊為'正陽祖師',為北五祖之一。據傳為'唐'末人,授道給'呂洞賓'。

24【鍾靈毓秀】 ㄓㄨㄥ ㄌㄧㄥˊ ㄩˋ ㄒㄧㄡˋ
天地靈氣所會聚的地方,能孕育出俊秀的人物。即地靈人傑之意。

錘 ㄔㄨㄟˊ *ch'ui*² 音鎚
1古代的重量單位。重八銖。見"說文"。2掛在秤桿上用以測定重量的金屬塊。又稱權。如:秤錘。3鐵鎚。通鎚。4搗擊;鎚擊。如:千錘百鍊。

17【錘鍊】 ㄔㄨㄟˊ ㄌㄧㄢˋ
1冶金。2比喻磨練考驗。3比喻斟酌修飾文句。

鍑 ㄈㄨˋ *fu*⁴ 音富
大口的釜。見"說文"。

鍬 ㄑㄧㄠ *ch'iao*¹ 音敲
掘土器。也作鍫。見"集韻"。

鍯
鏓的俗體。

鍛 ㄉㄨㄢˋ *tuan*⁴ 音段
1將鐵放入火中燒紅,然後搥打成器。俗稱打鐵。2泛指搥擊。3經過捶治的肉脯。通腶。

11【鍛造】 ㄉㄨㄢˋ ㄗㄠˋ
(forging)對金屬材料施以壓力、衝擊力、輾輥或擠壓等方式的外力,使其產生塑性變形至所需形狀的加工法。

15【鍛模】 ㄉㄨㄢˋ ㄇㄛˊ
(forging die)爲鍛造出特定形狀所用的鍛造模具。一般分成上下兩模。

16【鍛燒】 ㄉㄨㄢˋ ㄕㄠ
(calcination)將固體置於其熔點以下之溫度加熱,使其產生熱分解或固態相轉移的操作。例如將鋁氧石鍛燒爲鋁、二氧化鈦由銳鈦礦(anatase)鍛燒爲金紅石(rutile)、玻璃鍛燒產生失透明現象等。

17【鍛鍊】 ㄉㄨㄢˋ ㄌㄧㄢˋ
1冶鍊金屬。2指對事物加工,使更爲精純。3比喻羅織罪名。

鍠 ㄏㄨㄤˊ *huang*² 音皇
1鐘聲。見"說文"。2一種似鉞的兵器。'漢'、'唐'時用作儀仗。見"正字通"。

鍭 ㄏㄡˊ *hou*² 音侯
1一種金屬箭頭而無箭羽的箭。見"說文"。2泛指箭。見"方言·九"。3劍口。見"急就篇·三"。

鍮 ㄊㄡ *t'ou*¹ 音偸
一種色澤似金的礦石。見"玉篇"。

鍪 鍬的或體。

10

鎣 ㄧㄥˋ *ying*⁴ 音映
1一種磨光金屬的器具。見"說文"。2磨光金屬。見"集韻"。

鎵 ㄐㄧㄚ *chia*¹ 音家
(gallium)週期表ⅢA族元素。元素符號Ga,原子序31,原子量69.7。元素態是一種灰色有光澤的金屬。熔點29.7°C,比重5.9(25°C)。可用來製造旋光鏡及核反應的熱交換劑。

鎔 ㄖㄨㄥˊ *jung*² 音容
1用以鑄造金屬器物的模型。見"說文"。2古兵器名。矛屬。即鈹。見"廣雅·釋器"。3用火融化金屬。也泛指熔解。今作熔。如:鎔解。

7【鎔冶】 ㄖㄨㄥˊ ㄧㄝˇ
以火鎔化金屬。

12【鎔裁】 ㄖㄨㄥˊ ㄘㄞˊ
指作文時構思主旨,剪裁文詞。

鎋 ㄒㄧㄚˊ *hsia*² 音轄
車軸兩頭扣住害的插閂。同轄。見"集韻"。

鎊 一 ㄆㄤ *p'ang*¹ 音滂
刀鞘。見"集韻"。
二 ㄅㄤˋ *pang*⁴ 音棒
(pound sterling)1'英國'及其殖民地之貨幣稱鎊。殖民地獨立後,其貨幣仍有稱鎊者。一'英'鎊原等於二十先令,一先令等於十二便士,現已改制爲十進位,一鎊等於一百便士。2'土耳其'的本位貨幣。重7.216公分,含純金6.6147公分。3'埃及'的本位貨幣。重8.50公分,成色千分之八七五。

鎵 ㄇㄥˊ *mêng*² 音蒙
參鏵鎵。

鎁 ㄌㄨㄛˇ *lo*³, *luo*³ 音裸
曳釣。訛作鄹。見"集韻"。

鎬 一 ㄏㄠˋ *hao*⁴ 音浩
1溫熱食物的一種金屬用具。見"說文"。2古地名。'西周'國都的所在地。在今'陝西省''長安縣'西南。
二 ㄎㄠˇ *kao*³ 音稿
掘土的用具。俗稱十字鎬。

鏃 ㄐㄧˊ *chi*² 音疾
參鏃鑗。

20【鏃鑗】 ㄐㄧˊ ㄌㄧˊ
鐵製的杖箠。

鎕 ㄊㄤˊ *t'ang*² 音唐
參鎕銻。

15【鎕銻】 ㄊㄤˊ ㄊㄧˋ
一種赤色的珠子。即火齊。

鎐 ㄩㄝˋ *yüeh*⁴ 音岳
大鎚。見"集韻"。

鎌 ㄌㄧㄢˊ *lien*² 音簾
用以割稻、刈草的一種彎刀。俗稱鎌刀。也作鐮。見"正字通"。

鎈 ㄔㄚ *ch'a*¹ 音叉
錢的異名。見"字彙"。

鎙 ㄕㄨㄛˋ *shuo*⁴ 音朔
長矛。也作矟、槊。見"集韻"。

鎰 ㄧˋ *i*⁴ 音益
重量名。古代以二十兩、二十四兩或三十兩爲一鎰,無定數。通作溢。見"正字通"。

鎝 ㄍㄡ *kou*¹ 音鉤
1曲鉤。同鉤。見"集韻"。2水溝。通溝。見"釋名·釋用器"。

鐭 鍥的或體。

鎍 ㄙㄨㄛˇ *so*³, *suo*³ 音索
鐵索。見"集韻"。

鎛 ㄅㄛˊ *po*² 音博
也作鑮。1鋤田的農具。見"說文"。2樂器。如鐘而大。見"字彙"。

20【鎛鐘】 ㄅㄛˊ ㄓㄨㄥ
古代銅製打擊樂器。即鑮。

鎘 一 ㄌㄧˋ *li*⁴ 音歷
鼎一類的器皿。也作鬲。見"集韻"。
二 ㄍㄜˊ *ko*², *kê*² 音隔
(cadmium)一種過渡元素。元素符號Cd,原子序48,原子量112.4。元素態是青白色有光澤的金屬。比重8.6,熔點320.9°C。可鍍於其他金屬表面以防止氧化,也可用來製造'伍德'低熔點合金。

鎑 ㄧㄝˋ *yeh*⁴ 音葉
1鐵器。見"字彙"。2堅硬的金屬。見"字彙"。

鎮 ㄓㄣˋ *chên*⁴ 音陣
1壓物的用具。如:文鎮。2壓止;壓服。如:鎮痛。3安定。如:鎮宅。4稱較大的市集。如:城

鎭。5依"中華民國憲法"之規定，鎭非自治體，而是縣之編制單位(行政單位)；但依"臺灣省各縣市實施地方自治綱要"之規定，鎭爲自治體。鎭與鄉，在現行地方體制上處於同層級之地位。6姓。'明'有'鎭海'。見"萬姓統譜·九九"。

4【鎭日】 ㄓㄣˋ ㄖˋ
整天；一天到晚。

6【鎭宅】 ㄓㄣˋ ㄓㄞˊ
使用法術符咒，以驅除邪魔，保家宅的平安。

【鎭江】 ㄓㄣˋ ㄐㄧㄤ
'江蘇省'省會。又名'丹徒'、'京口'。位於'江蘇省'南部，濱'長江'南岸。地當'長江'與'大運河'的交匯點，又爲'京滬鐵路'要站，水陸交通便捷，多風景名勝；釀造業發達，以特產香醋著名。

9【鎭星】 ㄓㄣˋ ㄒㄧㄥ
土星的別稱。也作塡星。我國古代測得土星約二十八年一周天(實爲29.458年)，宛若每年輪流鎭守二十八宿中之一宿，故稱。

10【鎭紙】 ㄓㄣˋ ㄓˇ
文具的一種。可壓在紙張或書籍上，防止其翻動。所用材料不一。

15【鎭暴】 ㄓㄣˋ ㄅㄠˋ
用警察或軍隊，鎭壓暴亂。

16【鎭靜】 ㄓㄣˋ ㄐㄧㄥˋ
沈著穩定。

17【鎭壓】 ㄓㄣˋ ㄧㄚ
1以武力壓制。2覆壓。

21【鎭懾】 ㄓㄣˋ ㄓㄜˊ
以強力使人畏懼而順服。

12【鎭痛劑】 ㄓㄣˋ ㄊㄨㄥˋ ㄐㄧˋ
(analgesic) 用來阻止痛覺傳遞與發生的藥物。又稱止痛藥。應具備下列特性：一、無習慣性。二、止痛作用時間長。三、對呼吸、循環及腎臟等功能的影響小。四、應用後其產生的作用快速。五、可用爲麻醉前給藥。常用的有嗎啡、阿司匹靈等。

16【鎭靜劑】 ㄓㄣˋ ㄐㄧㄥˋ ㄐㄧˋ
(sedative) 具有減輕焦慮、減少活動及使人入睡作用的藥劑。包括海洛英、嗎啡、巴比妥類安眠藥等。

鎒 ㄉㄨㄢˋ tuan⁴ 音段
1打鐵。見"字彙"。2泛指搥打。見"字彙"。

鎟 ㄙㄤˇ sang³ 音嗓
鈴聲。見"集韻"。

鎠 鎒的本字。

鎒 ㈠ ㄋㄡˋ nou⁴ 音耨
除草器。同耨、槈。見"說文"。
㈡ ㄏㄠ hao¹ 音蒿
用鎒除草。通薅。見"玉篇"。

鎝 ㄘㄨˋ ts'u⁴ 音醋
塗金。見"集韻"。

鎩 ㄙㄠ sao¹ 音騷
參鎩鉾。

15【鎩鉾】 ㄙㄠ ㄌㄠˊ
銅器的一種。

鎲 ㄊㄤˇ t'ang³ 音躺
參鎲鈀。

12【鎲鈀】 ㄊㄤˇ ㄅㄚ
古代兵器的一種。刃有兩鋒，中有一脊，可兼矛、盾兩用。

鎖 ㄙㄨㄛˇ so³, suo³ 音所
1封閉門戶箱櫃的器具。2用鎖關閉。也泛指拘禁或關閉。如：鎖門。3刑具的一種。即鏈條。如：枷鎖。4蹙；合。如：雙眉緊鎖。5縫紉法的一種。用線沿邊縫緊。

11【鎖國】 ㄙㄨㄛˇ ㄍㄨㄛˊ
指國家採取閉關自守的政策。

12【鎖陽】 ㄙㄨㄛˇ ㄧㄤˊ
藥草名。爲鎖陽科植物鎖陽的肉質莖。性溫、味甘。有補腎壯陽益精、潤燥滑腸養筋等作用。可治腎虛陽痿、遺精滑泄等症。

3【鎖口拳】 ㄙㄨㄛˇ ㄎㄡˇ ㄑㄩㄢˊ
國術拳法之一。仰拳擊敵人下巴。

11【鎖國時代】 ㄙㄨㄛˇ ㄍㄨㄛˊ ㄕˊ ㄉㄞˋ
指'日本'在西元1638～1853年間實行閉關自守政策的時代。天主教傳入'日本'後，民間因信仰差異頻起衝突，造成社會不安。'江戶'幕府乃驅逐'葡'、'西'等國教士、商人，只准'中國'、'荷蘭'商船至'長崎'一地貿易，開始其鎖國政策。在此期間，'日本'慢慢發展出具有特色的'日本'文化。至1854年'美國'以武力威脅幕府，強行簽訂'日''美'修好和約("神奈川條約")，允許'美國'船艦停泊'下田'、'函館'兩港，各國跟進，相繼派艦來'日'要求開港，而結束此兩百餘年的鎖國時代。

鎉 ㄌㄚˊ la² 音達
裝於長木末端，用以揭取東西的鐵鉤。即鎉鉤。見"集韻"。

鎝 ㈠ ㄙㄚˋ sa⁴ 音薩
刻鏤。通作鈒。見"集韻"。
㈡ ㄉㄚˊ ta² 音達
(technetium) 週期表ⅦB族元素，人造放射性元素之一。元素符號Tc，原子序43，其最穩定的同位素質量數爲99。元素態爲銀白色金屬。可溶於水、丙酮、苯、乙醚、乙醇等。

鎠 ㄍㄤ kang¹ 音鋼
強勁。同剛。見"字彙"。

鎶 ㄍㄨㄢ kuan¹ 音官
犁頭後壁用以翻土的擋鐵。即犁鈃。見"集韻"。

鎧 ㄎㄞˇ k'ai³ 音凱
護身的鐵甲。見"說文"。

5【鎧甲】 ㄎㄞˇ ㄐㄧㄚˇ
泛指護身的戰衣。

【鎧仗】 ㄎㄞˇ ㄓㄤˋ
鎧甲與兵器。

鎦 ㄊㄠ t'ao¹ 音滔
弓劍的套子。見"正字通"。

鎻 鎖的俗體。

鎚 ㄓㄨㄟˋ chui⁴ 音墜
彎曲的刀。見"集韻"。

鎎 ㄒㄧˋ hsi⁴ 音係 又讀 ㄎㄞˋ k'ai⁴ 音愾

懥怒而戰。通作懥。見"說文"。

鎐 ㄧㄠˊ yao² 音遙
一種酒器。見"集韻"。

鎪 ㄙㄡ sou¹ 音搜
本作鋑。1刻鏤。同鎪。見"集韻"。2馬耳上的金飾。見"古今韻會舉要"。

鎳 ㄋㄧㄝˋ nieh⁴ 音孽
(nickel)一種過渡元素。元素符號 Ni,原子序 28,原子量 58.7。元素態是銀白色的金屬。熔點 1555°C。性質堅韌,抗腐蝕性強,且導電性佳。常被鍍於鐵器表面,以防止鐵器生鏽;也常被用於製造耐蝕合金。

14【鎳銀】 ㄋㄧㄝˋ ㄧㄣˊ
(nickel silver)銅、鋅、鎳之合金。以前稱爲德銀。組成中含銅 55~60%、鋅 20%、鎳 25~20%。銀白色,質堅硬,電阻大。常用於製造電阻箱、電熱器、裝飾品等。

18【鎳鎘電池】 ㄋㄧㄝˋ ㄍㄜˊ ㄉㄧㄢˋ ㄔˊ
(nickel-cadmium cell)一種最常用且可再充電的電池。具有平穩的放電特性,標準電壓爲 1.25 伏,且可在低溫工作。其以鎳及氧化物爲正極,鎘爲負極,並以氫氧化鉀爲電解質。

鎢 ㄨˋ wu⁴ 音物
(tungsten)一種過渡元素。元素符號 W,原子序 74,原子量183.9。元素態是一種銀灰色的金屬。質硬而重,熔點 3380°C,爲所有金屬元素中熔點最高的。常用來製造高速鋼及電燈泡的燈絲。

15【鎢錡】 ㄨˋ ㄩˋ
小釜。

12【鎢絲鹵素燈】 ㄨˋ ㄙ ㄌㄨˇ ㄙㄨˋ ㄉㄥ
封入鹵素的鎢絲燈。是一種攝影用燈光。因熱蒸發的金屬鎢與鹵素分子結合爲鹵化鎢,其後又分解、還原,循環不已,故能永保色溫於 3,400K。由於光量強,特別適合家庭電影拍攝之用。

鎚 ㄔㄨㄟˊ ch'ui² 音垂
1秤錘。見"集韻"。2用鐵、石或木製成的敲擊工具。俗稱榔頭。3敲擊。如:鎚破。

鎞 一 ㄅㄧˋ pi⁴ 音畢
1釵。見"集韻"。2一種梳齒很密的梳子。今作篦。見"正字通"。

二 ㄆㄧ p'i¹ 音批
1廣長而鋒利的箭鏃。通鈚。見"集韻"。2古代'印度'用來治療眼疾的工具。是一種像箭鏃的刀子。

鎦 ㄌㄧㄡˊ liu² 音留
或作鐂。1殺。或作劉。見"集韻"。2(lutetium)以前稱爲lutecium。鑭系元素,稀土金屬元素之一。元素符號 Lu,原子序71,原子量174.967。有金屬光澤,和水慢慢反應,能溶於稀酸。用於核化科技。

鎗 一 ㄑㄧㄤ ch'iang¹ 音槍
1鐘聲。也泛指金屬相擊聲。2通槍。(1)刺擊的武器。(2)能發射子彈的武器。如:鳥鎗。

二 ㄑㄧㄤˋ ch'iang⁴
將金屬嵌在器物上。通戧。如:鎗金。

三 ㄔㄥ ch'êng¹ 音撐
1同一1。2三足的溫酒器。3指淺而平的鍋子。通鐺。

鎕 ㄊㄧˊ t'i² 音題
釜的一種。見"集韻"。

鎓 ㄨㄥ wêng¹ 音翁
鐵鍬。見"集韻"。

11

鏖 ㄠˊ ao² 音遨
1煨煮食物的一種金屬炊器。見"字彙補"。2苦戰;激戰。如:鏖兵。3喧擾。

7【鏖兵】 ㄠˊ ㄅㄧㄥ
雙方交兵苦戰。

16【鏖戰】 ㄠˊ ㄓㄢˋ
竭力纏鬥;苦戰不休。

鐅 ㄆㄧㄝ p'ieh¹ 音瞥
同鐅。1鍬頭鐵。見"說文"。2鍬頭銳利的部分。見"玉篇"。3煮鹽的大鍋。見"六部成語補遺"。

鏊 ㄠˊ ao² 音遨 又讀 ㄠˋ ao⁴ 音傲
古時烙餅用的三足圓形平底鍋。見"廣韻"。

鏨 ㄗㄢˋ tsan⁴ 音贊
1穿鑿木石的一種器具。即小鑿或石鑿。也稱鏨子。見"說文"。2穿鑿。3雕刻。見"字彙"。

鏔 ㄧˊ i² 音夷
沒有鋒刃的戟。見"廣韻"。

鏥
鏽的或體。

鏿
鋞的或體。

鏡 ㄐㄧㄥˋ ching⁴ 音竟
1映照形貌的一種用具。由銅或玻璃製成。2映照。3鑒戒。如:鏡戒。4姓。'漢'有'鏡斂'。見"萬姓統譜·一〇八"。

16【鏡頭】 ㄐㄧㄥˋ ㄊㄡˊ
照相機前部裝置。是由單片或數片精密透鏡所組成之平滑、可準確移動且進行調焦的機械單元。其能聚集光線,透過鏡片形成焦點,並在膠片上集結出與被攝體上下顛倒、左右對調的影像。依焦距長短可分爲標準鏡頭、長鏡頭、短鏡頭等,各有不同性能。

8【鏡花緣】 ㄐㄧㄥˋ ㄏㄨㄚ ㄩㄢˊ
'清'李汝珍'撰,一百回。書中以'唐''武后'開科試才女爲背景,作者將其對學術和詩文的見解,透過書中女性表現出來,以宣揚其男女平權的理想。爲'清代'著名小說。

【鏡花水月】 ㄐㄧㄥˋ ㄏㄨㄚ ㄕㄨㄟˇ ㄩㄝˋ
鏡中的花,水中的月。比喻世事虛幻不可捉摸。

鏑 ㄉㄧˊ *ti*² 音笛
[1]箭頭。見"說文"。[2]箭矢。[3](dysprosium) 鑭系元素，稀土金屬元素之一。元素符號Dy，原子序66，原子量162.50。具金屬光澤，和水慢慢反應，溶於稀酸。可作合金。

⿰金烹 ㄆㄥ *p'êng*¹ 音烹
鍊金。見"集韻"。

鏟 ㄔㄢˇ *ch'an*³ 音產
[1]用以剷削的一種鐵製器具。俗稱鏟子。見"正字通"。[2]剷除；削平。見"正字通"。

鏞 ㄩㄥ *yung*¹ 音雍 又讀 ㄩㄥˊ *yung*²
大鐘。見"說文"。

鏕 ㄌㄨˋ *lu*⁴ 音鹿
古代的一種斧。見"集韻"。

鏇 ㄒㄩㄢˋ *hsüan*⁴ 音眩
[1]圓鑪。見"說文"。[2]溫酒的銅器。見"六書故"。[3]一種引紲轉軸，使刀刃運轉以裁物的工具。即車床。見"廣韻"。

鏃 ㄗㄨˊ *tsu*² 音族 又讀 ㄘㄨˋ *ts'u*⁴ 音促
[1]鋒利。見"說文"。[2]箭頭。見"廣雅·釋器"。

⿰金敖 鏊的或體。

鏏 ㄏㄨㄟˋ *hui*⁴ 音慧
鼎。見"說文"。

鏐 [一] ㄌㄧㄡˊ *liu*² 音留
質美的黃金。也稱紫磨金。見"爾雅·釋器"。
[二] ㄌㄧㄠˊ *liao*² 音聊
白金；美好的白銀。通鐐。見"集韻"。

⿰金敖 鏊的或體。

鏈 ㄌㄧㄢˋ *lien*⁴ 音練
[1]由金屬環連成的索狀物。也作鍊。如：鐵鏈。[2](chain) '英'制長度單位。一哩的1/80。

4【鏈反應】 ㄌㄧㄢˋ ㄈㄢˇ ㄧㄥˋ
(chain reaction) 一個反應包含一系列之步驟，且步驟中之各個步驟均會產生誘發下一反應步驟之反應物質的歷程。

8【鏈狀烴】 ㄌㄧㄢˋ ㄓㄨㄤˋ ㄑㄧㄥ
(open-chain hydrocarbon) 碳氫化合物分子中，碳原子相連結成鏈狀而無環狀結構者。如：$CH_3CH_2CH_2CH_2CH_3$ 等。

12【鏈結節】 ㄌㄧㄢˋ ㄐㄧㄝˊ ㄐㄧㄝˊ
(linkage section) 可博 (COBOL) 語言程式中資料章節的一節。用以描述可與其他程式單元交換資料的部分。

18【鏈鎖律】 ㄌㄧㄢˋ ㄙㄨㄛˇ ㄌㄩˋ
(chain rule) 求合成函數之導函數的計算方法。令 $z=f(y)$, $y=g(x)$，則 $z=f(g(x))$。$\frac{dz}{dx}=\frac{dz}{dy}\cdot\frac{dy}{dx}$ 或 $(f(g(x))'=f'(g(x))\cdot g'(x)$。例如 $\frac{d}{dx}sin(log(x^2+1))=\frac{2x}{x^2+1}\cdot cos(log(x^2+1))$。

23【鏈黴素】 ㄌㄧㄢˋ ㄇㄟˊ ㄙㄨˋ
(streptomycin) 抗生素的一種。由一種鏈球菌 *Streptomyces griseus* 所產生。繼青黴素以後發現，是最早用以治療結核病的有效抗生素。

18【鏈鎖反應】 ㄌㄧㄢˋ ㄙㄨㄛˇ ㄈㄢˇ ㄧㄥˋ
(chain reaction) 中子撞擊鈾-235原子核時，會導致鈾核發生分裂。平均每41個鈾核分裂約產生100個中子。其中一部分的中子會被雜質吸收，一部分會逃掉；另一部分雖被鈾-235吸收，但只放出γ-射線；最後剩下一部分的中子再撞擊其他的鈾-235原子核，而產生新的原子核分裂。如果最後用來產生新分裂的中子數目比原來的中子數多或相等時，則原子核分裂可持續的發生下去，這種現象稱爲鏈鎖反應。

6【鏈式載入器】 ㄌㄧㄢˋ ㄕˋ ㄗㄞˋ ㄖㄨˋ ㄑㄧˋ
(linking loader) 電腦系統載入程式的一種。可將欲執行之目標程式載入電腦主記憶體，安排記憶體位置，調整程式中所使用之位址，並且處理與其他程式單元的鏈結，產生可執行的程式模組。

12【鏈結編輯器】 ㄌㄧㄢˋ ㄐㄧㄝˊ ㄅㄧㄢ ㄐㄧˊ ㄑㄧˋ
(linkage editor) 電腦系統程式之一。其功能爲將一個或多個經由程式語言編譯器或組合語言組譯器產生的目標程式鏈結在一起，產生一個可以載入記憶體內執行的程式模組。

鏩 ㄐㄧㄢˋ *chien*⁴ 音漸
參鏩鏩。

19【鏩鏩】 ㄐㄧㄢˋ ㄐㄧㄢˋ
[1]銳進的樣子。[2]火燄上升的樣子。

鏄 ㄊㄨㄢˇ *t'uan*³ 音團
塊狀的鐵。見"集韻"。

鏂 [一] ㄡ *ou*¹ 音歐
參鏂鉤。
[二] ㄎㄡ *k'ou*¹ 音摳
挖；剜。同剾。見"集韻"。

14【鏂鉤】 ㄡ ㄏㄡˊ
護門的金屬。即門鋪。

⿰金⿱卪豆 ㄉㄡˋ *tou*⁴ 音豆
酒器。也作⿱卪豆。見"說文"。

鏗 ㄎㄥ *k'êng*¹ 音坑
[1]金石相擊的聲音。也指琴瑟或咳嗽聲。如：鏗鏘。[2]撞擊。

12【鏗然】 ㄎㄥ ㄖㄢˊ
聲音清脆的樣子。

17【鏗訇】 ㄎㄥ ㄏㄨㄥ
鐘鼓聲。

19【鏗鏘】 ㄎㄥ ㄑㄧㄤ
[1]金石相擊聲。[2]樂器演奏聲。

鏉 [一] ㄕㄡˋ *shou*⁴ 音瘦
[1]鋒利。見"說文"。[2]鐵生鏽。見"廣韻"。
[二] ㄙㄡ *sou*¹ 音搜
鏤刻。同鎪。見"集韻"。

鏹 [一] ㄑㄧㄤˇ *ch'iang*³ 音搶
[1]串錢的繩索。同繈。見

"廣韻"。2金的別名。也叫白鏹。見"正字通"。

三 ㄑㄧㄤ ch'iang¹ 音槍

參鏹水。

4【鏹水】 ㄑㄧㄤ ㄕㄨㄟˇ

硫酸的俗稱。

鏢 ㄅㄧㄠ piao¹ 音標

1刀鞘末端的銅飾。見"說文"。2刀鋒。見"集韻"。3也作鑣。⑴古代武器的一種。尖端作三角形,可遙擲以傷人。⑵從事護送行旅或財物的。如:鏢局。⑶指委託護送的行旅或財物。如:失鏢。

7【鏢局】 ㄅㄧㄠ ㄐㄩˊ

古代以保護旅客及財物安全爲業務的機構。

10【鏢師】 ㄅㄧㄠ ㄕ

鏢局所僱用的武士。

鏤 ㄌㄡˋ lou⁴ 音陋

鏤鏽。見"廣韻"。

鏋 ㄇㄢˇ man³ 音滿

經過精鍊的金屬。見"廣韻"。

鏚 ㄑㄧˋ ch'i⁴ 音泣

兵器的一種。似斧。也作戚。見"集韻"。

鏜 ㄊㄤ t'ang¹ 音湯

1鐘鼓聲。也指壯盛如鐘鼓的聲音。見"說文"。2樂器名。即小鑼。俗稱鏜兒。

鏛 鋿的或體。

鏄 鎛的訛字。

鏤 ㄌㄡˋ lou⁴ 音漏

1可供刻鏤的硬鐵。見"說文"。2雕刻。見"廣韻"。3修飾。4開鑿;疏通。如:鏤山開道。5烹飪的鍋子。即釜。見"廣雅·釋器"。

8【鏤空】 ㄌㄡˋ ㄎㄨㄥ

在金屬或木板上雕刻出空隙,呈現花紋或圖案。

【鏤刻】 ㄌㄡˋ ㄎㄜˋ

雕刻。

【鏤板】 ㄌㄡˋ ㄅㄢˇ

雕板印刷。也作鏤版。

17【鏤膺】 ㄌㄡˋ ㄧㄥ

繫於馬胸前雕鏤的金飾。

8【鏤金錯采】 ㄌㄡˋ ㄐㄧㄣ ㄘㄨㄛˋ ㄘㄞˇ

比喻詩文詞采華麗。

鏝 ㄇㄢˋ man⁴ 音慢

1塗牆抹泥的器具。俗稱瓦刀或鏝刀。見"說文"。2古時銅錢背面的字。通幕。

2【鏝刀】 ㄇㄢˋ ㄉㄠ

(trowel) 用於砌磚與粉刷的工具。有作爲鏝平粉刷用的木鏝,有作爲修飾用的小平鏝、內角鏝、圓面鏝,以及鈎縫用的V槽形、凸圓形等鏝刀。

鏻 ㄇㄨˇ mu³ 音母

或作鉧。也作鉧。參鈷鉧。

錍 ㄅㄧˋ pi⁴ 音必

書簡。通作畢、篳。見"集韻"。

鏌 ㄇㄛˋ mo⁴ 音莫

也作莫。參莫邪。

鏍 鏍的或體。

鏘 ㄑㄧㄤ ch'iang¹ 音槍

金石相擊的聲音。見"集韻"。

19【鏘鏘】 ㄑㄧㄤ ㄑㄧㄤ

1狀聲詞。形容玉磁擊聲、鈴聲、鳳凰聲、樂聲。2高聳的樣子。3行走的樣子。

鏙 ㄘㄨㄟ ts'ui¹ 音催

參鏙錯。

16【鏙錯】 ㄘㄨㄟ ㄘㄨㄛˋ

1鱗甲。2文采交錯的樣子。

鎩 ㄕㄚ sha¹ 音殺 又讀 ㄕㄞˋ shai⁴ 音曬

1兩刃的小刀。也指大矛。2傷殘。如:鎩羽。

6【鎩羽】 ㄕㄚ ㄩˇ

羽毛摧敗,不能高飛。比喻失意或受挫。

鏁 鎖的或體。

鏒 ㄘㄢˋ ts'an⁴ 音燦

鋤頭。見"集韻"。

鏠 ㄈㄥ fêng¹ 音風

兵器銳利的部分。同鋒。見"說文"。

鏓 ㄘㄨㄥ ts'ung¹ 音忽

也作鍯。1大的鑿子。見"集韻"。2刨木的鏟子。見"集韻"。

鏦 ㄘㄨㄥ ts'ung¹ 音聰

短矛。同錄。見"說文"。

鏕 ㄩˇ yü³ 音語

1齟齬不合。見"說文"。2白錫。見"集韻"。

12

鐅 鐓的或體。

鐍 ㄐㄩㄝ chüeh² 音決

磨。也作鐝。見"集韻"。

鐋 一 ㄊㄤˋ t'ang⁴ 音燙

木工用以磨平木頭的工具。見"洪武正韻"。

二 ㄊㄤ t'ang¹ 音湯

參鐋鑼。

27【鐋鑼】 ㄊㄤ ㄌㄨㄛˊ

古樂器名。似鑼而小,以木片敲打,奏凱歌時用。

鐘 ㄓㄨㄥ chung¹ 音忠

1樂器的一種。其形包括扁體共鳴箱和懸柄,下口彎曲。一鐘可發雙音。始見於'西周',大概從'商代'的鐃發展而來,鐃執而鐘懸。懸柄曰甬,這種鐘稱作甬鐘;至'西周'晚期出現懸紐的鈕鐘。有的大鐘單獨懸掛,稱爲特鐘;有的大小相次,稱爲編鐘。另有扁環紐或伏獸形紐之平口鐘,稱爲鎛。2報時的器具。

鐘圖

8【鐘乳石】 ㄓㄨㄥ ㄖㄨˇ ㄕˊ

(stalactite) 高懸在石灰岩洞頂

的碳酸鈣沈積地形。自洞頂下垂，其狀如鐘似乳，因名。

13【鐘鼎文】 ㄓㄨㄥ ㄉㄧㄥˇ ㄨㄣˊ
鑄刻在鐘鼎彝器上的文字。也叫金文。

【鐘鼎山林】 ㄓㄨㄥ ㄉㄧㄥˇ ㄕㄢ ㄌㄧㄣˊ
比喻人各有志。鐘鼎爲廟堂重器，比喻在朝爲官；山林則遠離人寰，比喻在野隱逸。

14【鐘鳴鼎食】 ㄓㄨㄥ ㄇㄧㄥˊ ㄉㄧㄥˇ ㄕˊ
指富貴家族繁侈的盛況。古時富貴人家，屋舍廣闊，家口眾多，開飯時鳴鐘而集，列鼎而食。

鐓 也作鐜。㊀ ㄉㄨㄟˋ *tui*^{4} 音隊
戈矛柄末端的平底銅套。見"說文"。
㊁ ㄉㄨㄟ *tui*^{1} 音堆
千斤椎。見"說文"。
㊂ ㄉㄨㄣ *tun*^{1} 音敦
①家畜閹割。見"正字通"。②用土石、金屬等建造而成的建築物底座。也作墩。如：石鐓。③重量單位名。'法'制噸簡稱鐓。
㊃ ㄉㄨㄣˋ *tun*^{4} 音頓
㊂③的又讀。

鐏 ㄗㄨㄣ *tsun*^{1} 音尊
戈柄下端的圓錐形銅套。可以插進地內，使戈直立。見"說文"。

鐠 ㄆㄨˇ *p'u*^{3} 音普
(praseodymium) 鑭系元素，稀土金屬元素之一。元素符號Pr，原子序59，原子量140.908。爲黃色金屬，於空氣中易被氧化而變色。會使水分解而放出氫。可溶於稀酸。其鹽類可用來製造著色玻璃或琺瑯。

鏻 ㄌㄧㄣˊ *lin*^{2} 音鄰
①強健的樣子。見"集韻"。②(phosphonium)PH_4根。爲非金屬之陽性離子，其性質與金屬原子相似，故以金旁之字表示。

鐒 ㄌㄠˊ *lao*^{2} 音勞
①也作鉾。參鉾鑪。②(lawrencium)錒系超鈾元素之一。元素符號Lr，原子序103，原子量約257。其半衰期只有8秒。

⿰金款 ㄎㄨㄢˇ *k'uan*^{3} 音款
①用燒紅的鐵來烤炙物品。見"廣韻"。②在書牘騎縫上刻記，以防改動。見"廣韻"。③在竹簡上火烙記號表示次序。見"集韻"。

鐃 ㄋㄠˊ *nao*^{2} 音呶
①銅製打擊樂器。⑴小鉦。形似鈴，有柄無舌。古代用於軍中，擊以止鼓。如圖。⑵形似鈸，有兩面，合擊以和樂。參鐃鈸。②擾亂。通撓。見"集韻"。

鐃圖

13【鐃鈸】 ㄋㄠˊ ㄅㄚˊ
打擊樂器。也稱銅盤、鐐。鐃與鈸都是兩片銅盤組成，中間隆起的部分如水泡形，相擊發聲。鐃隆起的部分較小，聲音響亮；鈸隆起的部分較大，聲音渾厚。運用於戲曲及民間器樂。

鏽 ㄒㄧㄡˋ *hsiu*^{4} 音秀
鐵因氧化而生成的一層黃色氧化物。俗稱鐵鏽。也作銹。見"集韻"。

鏸 ㊀ ㄏㄨㄟˋ *hui*^{4} 音惠
①尖銳。見"廣韻"。②三隅矛。見"廣韻"。
㊁ ㄙㄨㄟˋ *sui*^{4} 音歲
一種大鼎。同鏏。見"集韻"。

⿰金强 鏹的俗體。

鐨 ㄈㄟˋ *fei*^{4} 音費
(fermium)人造放射性元素之一，屬錒系超鈾元素。元素符號Fm，原子序100，其最穩定同位素爲253。化學性質與稀土金屬元素鉺(erbium, Er)相似。

⿰金越 鉞的俗體。

⿰金敢 ㄌㄢˊ *lan*^{2} 音藍
參⿰金敢鏒。

19【⿰金敢鏒】 ㄌㄢˊ ㄘㄢˋ
馬口鐵。

鐔 ㄊㄢˊ *t'an*^{2} 音談
①劍鼻。劍柄下端兩旁突出的部分。見"說文"。②一種小劍。見"正字通"。

16【鐔器】 ㄊㄢˊ ㄑㄧˋ
'泰國'著名的手工藝品之一。大部分爲銀製品，其裝飾圖紋是銀與銅鋁的合金鑲嵌物，有時還在鑲嵌材料中摻入硫磺使呈黑色，具黑白對比之美。這種古老的銀器手工藝最先由'葡萄牙'商人傳入'泰國'，後經'泰國'工藝專家的研究與改造，始成今日著名的鐔器。

鐉 ㄑㄩㄢˊ *ch'üan*^{1} 音圈
古時轉動門樞用的鉤環。見"說文"。

鐕 ㄗㄢ *tsan*^{1} 音簪
用作榫頭的釘子。見"說文"。

鐁 ㄙ *szŭ*^{1}, *ssŭ*^{1} 音斯
刨木用的小鉋。見"釋名·釋用器"。

鐄 ㄏㄥˊ *hêng*^{2} 音衡
①鐘聲。見"玉篇"。②大鐘。見"集韻"。

⿰金辜 ㄍㄨ *ku*^{1} 音姑
參鏷⿰金辜。

鏾 ㄒㄧㄢˋ *hsien*^{4} 音線
家畜閹割。見"正字通"。

鐍 ㄐㄩㄝˊ *chüeh*^{2} 音絕
①一種有舌的金屬環。其作用猶如現今皮帶上的套環。見"說文"。②鎖鑰。見"正字通"。

鐝 ⿱厥金的或體。

鐙 ㊀ ㄉㄥ *têng*^{1} 音登
①油燈。也作燈。見"說文"。②古代的一種金屬食器。豆屬，用以盛熟食。通登。見"集韻"。

㊂ ㄉㄥˋ *têng*^{4} 音鄧
垂於馬鞍兩旁供人踏腳的東西。見"正字通"。

鏺 ㄆㄛ *p'o*^{1} 音潑
①割草的農具。見"說文"。②割草。見"字彙"。

鐐 ㄌㄧㄠˊ *liao*^{2} 音遼 又讀 ㄌㄧㄠˋ *liao*^{4} 音料
①上好的白銀。見"說文"。②刑具的一種。即繫腳的鐵鍊。

鑇 ㄉㄨㄛˋ *to*^{4}, *tuo*^{4} 音惰
參鈴鑇。

鐊 ㄧㄤˊ *yang*^{2} 音陽
①馬頭上的飾物。見"說文"。②包在車輪外面的鐵皮。見"說文"。

鏵 ㄏㄨㄚˊ *hua*^{2} 音華
一種耕田翻土的農具。與鍤、鍬等同類。見"玉篇"。

18【鏵鎵】 ㄏㄨㄚˊ ㄇㄥˊ
臿鍬的金屬頭。即鏨。

鐗 鐧的或體。

鐧 也作鐗。㊀ ㄐㄧㄢˇ *chien*^{3} 音簡
①車軸鐵。見"說文"。②古代的一種兵器。似鞭而方形。
㊁ ㄐㄧㄢˋ *chien*^{4} 音諫
㊀①的又讀。

鐀 ㄍㄨㄟˋ *kuei*^{4} 音匱
藏物的匣子。同匱。見"正字通"。

鏷 ㄆㄨˊ *p'u*^{2} 音僕
①未經鍛鍊的生鐵、生銅。同鏷。見"篇海類編"。②(protactinium)放射性元素之一，屬錒系元素。元素符號 Pa，原子序91，原子量約231. 04。具有金屬光澤。

20【鏷鏄】 ㄆㄨˊ ㄍㄨ
矢名。也作僕姑。

鐇 ㄈㄢˊ *fan*^{2} 音煩
①鐵椎。見"廣雅·釋詁"。②一種刃口廣闊的斧。見"廣韻"。

鑗 ㄌㄧˊ *li*^{2} 音犂
參鍬鑗。

鐖 ㊀ ㄐㄧ *chi*^{1} 音機
魚鉤上的倒刺。見"集韻"。
㊁ ㄞˊ *ai*^{2} 音皚
大鐮。同剴。見"集韻"。

鐈 ㄑㄧㄠˊ *ch'iao*^{2} 音喬
長腳的鼎。見"說文"。

鐎 ㄐㄧㄠ *chiao*^{1} 音焦
古代炊煮食物的三足銅器。有柄。後來軍中用來敲擊巡夜。又名刁斗。見"正字通"。

鏶 ㄐㄧˊ *chi*^{2} 音集
金屬打成的薄片。見"說文"。

13

鐿 ㄧˋ *i*^{4} 音意
(ytterbium) 鑭系元素，稀土金屬元素之一。元素符號 Yb，原子序70，原子量173. 04。有金屬光澤，易展伸，與水慢慢反應，溶於稀酸及液態氨。可作特種合金。

鐮 鎌的或體。

鏖 ㄠˊ *ao*^{2} 音熬
①溫熱食物的銅器。見"說文"。②釜；鍋。見"廣雅·釋器"。③用慢火煮肉類食物。見"六書故"。

鐳 ㄌㄟˊ *lei*^{2} 音雷
①金屬製成的瓶或壺。見"廣韻"。②(radium) 週期表 IIA 族元素。元素符號 Ra，原子序88，原子量 226。為'居里'夫人在西元1910年所發現。具有放射性，可放出 α 射線後蛻變為氡，半生期為1620年。主要用於放射性療法，以治療癌症。

鐵 ㄊㄧㄝˇ *t'ieh*^{3} 音帖
①(iron) 一種過渡元素。元素符號 Fe，原子序26，原子量55. 9。元素態是光亮銀白色的金屬。比重7. 8，熔點1,535°C。富延展性，且有很強的磁性。純鐵很脆弱，強度小，用途較少，用於製造磁鐵、貧血治療劑等。②鐵製品。⑴農具。如：以鐵耕田。⑵武器。如：手無寸鐵。③比喻強固或堅定。如：鐵石心腸。④確定；一定。如：鐵不是。⑤姓。'隋'有'鐵士雄'。見"萬姓統譜·一一八"。

2【鐵人】 ㄊㄧㄝˇ ㄖㄣˊ
形容體魄特別強健的人。

4【鐵牛】 ㄊㄧㄝˇ ㄋㄧㄡˊ
①古人於治水或築橋時所使用的器物。用鐵鑄成牛形，投入水中，以鎮水固橋。故名。②比喻意志剛強的人。

6【鐵衣】 ㄊㄧㄝˇ ㄧ
①古代用鐵片製成的鎧甲。②用鐵製成的外殼。③鐵鏽。

8【鐵花】 ㄊㄧㄝˇ ㄏㄨㄚ
又稱鐵畫。以鐵片和鐵線為材料，經煅打後銲成各種山水、花鳥等圖案，可作掛燈、掛屏等工藝品。

9【鐵面】 ㄊㄧㄝˇ ㄇㄧㄢˋ
①鐵製的面罩，作戰時用以護面。②比喻人剛正無私。

10【鐵馬】 ㄊㄧㄝˇ ㄇㄚˇ
①披甲的戰馬。也指精銳的騎兵。②指風鈴。也稱簷馬。③俗稱腳踏車。

11【鐵勒】 ㄊㄧㄝˇ ㄌㄜˋ
'南北朝'時，自'伏爾加河'以東至'土拉河'間之游牧民族的統稱。為'丁零'之後。其部族達十五種之多，著名者有'薛延陀'、'僕固'、'回紇'、'拔野古'等。'突厥'盛時臣屬之。'唐太宗''貞觀'二十一年(647)改'鐵勒'諸部為府、州，各以其酋長為都督、刺史，並置'燕然都護府'統其地。'高宗''龍朔'年間諸部皆叛，為'薛仁貴'所平。'玄宗''天寶'四年(745)，'回紇'部盡有'東突厥'故地，成為'唐'北方強鄰，其後更助'唐'討平'安''史'之亂。

【鐵婚】 ㄊㄧㄝˇ ㄏㄨㄣ
西俗稱結婚六週年。

12【鐵窗】 ㄊㄧㄝˇ ㄔㄨㄤ
①鐵製的窗欄。②牢獄的別稱。

【鐵腕】 ㄊㄧㄝˇ ㄨㄢˋ

鐵般的手腕。比喻堅強有力的作風。

13【鐵道】 ㄊㄧㄝˇ ㄉㄠˋ

鐵路。

【鐵路】 ㄊㄧㄝˇ ㄌㄨˋ

就狹義而言,係在道路以外之陸路路線上敷設路軌,以供動力車輛行駛的軌道及其有關運轉的輔助設施。就廣義而言,則係包括路線、場站、機車、客貨車輛、號誌通訊,以及一切爲辦理客貨運輸所需設備等的陸路運輸系統。

14【鐵漢】 ㄊㄧㄝˇ ㄏㄢˋ

①比喻剛正不屈的人。②比喻孔武有力、特別健壯的人。

【鐵幕】 ㄊㄧㄝˇ ㄇㄨˋ

(iron curtain) 指共產國家實行嚴厲管制,並封鎖對外消息,避免其本國與非共國家接觸,似與外界有一道鐵幕。此語由'邱吉爾'於西元 1946 年首次使用,用來描述二次大戰末期'蘇俄'對其占領或控制下之'歐洲'領土的消息封鎖。

16【鐵樹】 ㄊㄧㄝˇ ㄕㄨˋ

蘇鐵的別名。參蘇鐵。

【鐵蹄】 ㄊㄧㄝˇ ㄊㄧˊ

比喻敵人暴虐的侵略、摧殘。

【鐵嘴】 ㄊㄧㄝˇ ㄗㄨㄟˇ

也作鐵口。①戲稱說話時語氣堅定,判斷準確的人。②算命卜卦的人自詡之詞。

18【鐵騎】 ㄊㄧㄝˇ ㄐㄧˋ

①披甲的戰馬。②指精強的騎兵。

19【鐵證】 ㄊㄧㄝˇ ㄓㄥˋ

比喻無法推翻或改變的確實證據。

3【鐵三角】 ㄊㄧㄝˇ ㄙㄢ ㄐㄧㄠˇ

比喻三方面力量均衡穩固的結構。

4【鐵公雞】 ㄊㄧㄝˇ ㄍㄨㄥ ㄐㄧ

①比喻一毛不拔、非常吝嗇的人。②比喻互相打鬥。

7【鐵沙掌】 ㄊㄧㄝˇ ㄕㄚ ㄓㄤˇ

國術掌功。以捧、拍、切、點、印五種掌法擊打沙袋,使手掌堅硬;功成可以斷磚,殺傷力極大。

11【鐵將軍】 ㄊㄧㄝˇ ㄐㄧㄤ ㄐㄩㄣ

指鎖。

14【鐵算盤】 ㄊㄧㄝˇ ㄙㄨㄢˋ ㄆㄢˊ

①指江湖術士不用探囊開箱,能以術取人財物。②譏人精打細算。

5【鐵石心腸】 ㄊㄧㄝˇ ㄕˊ ㄒㄧㄣ ㄔㄤˊ

①比喻性情剛毅,不動情感。②譏人冷酷無情。

6【鐵血政策】 ㄊㄧㄝˇ ㄒㄧㄝˇ ㄓㄥˋ ㄘㄜˋ

指'普魯士'首相'俾斯麥'(Otto von Bismarck)當政時採行的強硬手段。西元1862年'俾'氏出任首相,指出:欲救'日耳曼',只有血(指軍隊、武器)和鐵(指戰爭)。他不顧國會反對,逕行增稅擴軍,終使'日耳曼'於數次戰爭後獲得統一。'俾'氏也因而被稱爲鐵血宰相。

8【鐵板快書】 ㄊㄧㄝˇ ㄅㄢˇ ㄎㄨㄞˋ ㄕㄨ

民俗曲藝的一種。演唱者以兩塊鐵板互相觸擊發聲伴奏。音節是「叮叮噹、叮叮噹」。流行於'山東',內容以述說'武松'故事爲主。

9【鐵面無私】 ㄊㄧㄝˇ ㄇㄧㄢˋ ㄨˊ ㄙ

形容公正嚴明,不講情面。

10【鐵案如山】 ㄊㄧㄝˇ ㄢˋ ㄖㄨˊ ㄕㄢ

證據確鑿,像山一樣不可動搖的案件或結論。

12【鐵雲藏龜】 ㄊㄧㄝˇ ㄩㄣˊ ㄘㄤˊ ㄍㄨㄟ

'清'"劉鶚"撰。收龜甲拓印一千零六十一片,爲甲骨文字流布於世最早的書。

【鐵硯磨穿】 ㄊㄧㄝˇ ㄧㄢˋ ㄇㄛˊ ㄔㄨㄢ

比喻勤苦力學。

【鐵畫銀鉤】 ㄊㄧㄝˇ ㄏㄨㄚˋ ㄧㄣˊ ㄍㄡ

比喻書法遒勁有力。

14【鐵幕國家】 ㄊㄧㄝˇ ㄇㄨˋ ㄍㄨㄛˊ ㄐㄧㄚ

鐵幕以內的國家。泛指以'蘇俄'爲首的共產國家。

16【鐵樹開花】 ㄊㄧㄝˇ ㄕㄨˋ ㄎㄞ ㄏㄨㄚ

①鐵樹開出了花朵。比喻很難發生的事情。②鐵製的樹開花。比喻絕對不可能發生的事情。

14【鐵磁性物質】 ㄊㄧㄝˇ ㄘˊ ㄒㄧㄥˋ ㄨˋ ㄓˋ

(ferromagnetic material)相對導磁係數$K_m=\frac{\text{物質的導磁係數}\mu'}{\text{真空中導磁係數}\mu}$。若物質之$K_m$值大於 1 甚多,例如鐵、鈷、鎳等物質,稱爲鐵磁性物質。有些超導磁合金,其K_m值可高達一百萬之多。這類物質放置於磁場中時,可大大增強磁場強度,故常使用於很多的電磁零件、儀器上。與磁鐵磁極可產生顯著的磁力作用。

13【鐵路交貨條件】 ㄊㄧㄝˇ ㄌㄨˋ ㄐㄧㄠ ㄏㄨㄛˋ ㄊㄧㄠˊ ㄐㄧㄢˋ

(free on rail/free on truck; FOR/FOT) 定型貿易條件的一種。FOR 使用於零擔貨物,FOT 使用於整車貨物。此處的 truck 一詞是指火車的無蓋貨車而言,並非指卡車(motor truck)。依此條件交易時,賣方須以自己的風險及費用,負責將貨物在約定時間、車站裝上貨車箱(整車貨時),或交給鐵路當局(零擔貨時),取得運輸單證,並立即通知買方說明貨物業經裝載,或已交鐵路當局保管。至其後的一切風險與費用移轉買方負擔。

【鐵路國有政策】 ㄊㄧㄝˇ ㄌㄨˋ ㄍㄨㄛˊ ㄧㄡˇ ㄓㄥˋ ㄘㄜˋ

'清''宣統'三年四月(1911 年 5 月),因給事中'石長信'建議,郵傳部尚書'盛宣懷'大力推行,'清'廷下令鐵路幹線收歸國有。主要幹線是'粵漢'、'川漢'兩線。'盛'向'英'、'法'、'德'、'美'四國銀行團以極苛刻條件借債修路,因實行時機與辦法不當,引發'粵'、'川'、'湘'、'鄂'四省爭路風潮,以'川'省最激烈。是'武昌'起義的導火因素之一。

8【鐵杵磨成繡花針】 ㄊㄧㄝˇ ㄔㄨˇ ㄇㄛˊ ㄔㄥˊ ㄒㄧㄡˋ ㄏㄨㄚ ㄓㄣ
比喻只要下苦功，事情必可成功。

鏢 ㄅㄧㄠ piao¹ 音標
刀鋒。見"集韻"。

鐺 ㊀ ㄉㄤ tang¹ 音當
參鋃鐺。
㊁ ㄔㄥ ch'êng¹ 音撐
1古代一種有足的釜。用以溫、煮東西。見"集韻"。2今通用的平底淺鍋。用來烙餅或炒菜。

鐻 ㄐㄩˋ chü⁴ 音據
1懸掛鐘磬的直架子。也作虡。見"說文"。2樂器名。削木製成，形似夾鐘。見"廣韻"。

鑥 ㄌㄨˇ lu³ 音魯
1煎膠的一種器具。見"說文"。2化學元素鑥的又譯。

鏴 ㄌㄨˋ lu⁴ 音路
車上的金飾。即金路。也叫金輅。見"字彙"。

鐸 ㄉㄨㄛˊ to²,tuo² 音奪
古代銅製打擊樂器。形制與銅鈴略似。體短有柄，體腔內有舌，執柄搖之以發聲。舌有木製和銅製兩種，銅舌者稱金鐸，武事所用；木舌者稱木鐸，文事所用。

鐶 ㄏㄨㄢˊ huan² 音環
中間有孔可穿繫的圓形物。通作環。見"正字通"。

鐲 ㄓㄨㄛˊ cho²,chuo² 音濁
1古代銅製打擊樂器。形如小鐘，軍行擊之以爲鼓節。2套在手腕、手背上的環狀飾物。如：手鐲。

鑀 ㄞˋ ai⁴ 音愛
(einsteinium) 人造放射性元素，屬錒系超鈾元素。元素符號 Es，原子序 99，其最穩定同位素之質量爲254。西元1952年因氫彈爆破而發現，爲紀念科學家'愛因斯坦'(Albert Einstein)而命名。

鐫 ㄐㄩㄢ chüan¹ 音娟
1鑿子。見"廣雅·釋言"。2穿鑿；雕刻。如：鐫刻。3削降；削職。如：鐫級。4詰責；責求。5深切；深刻。如：鐫說。

8【鐫刻】 ㄐㄩㄢ ㄎㄜˋ
雕刻。

14

罄 ㊀ ㄑㄧㄥˋ ch'ing⁴ 音罄
1蹤觸金屬所發出的聲音。見"說文"。2用一腳走路。也作躄。見"正字通"。
㊁ ㄑㄧㄥ ch'ing¹ 音輕
㊀1的又讀。

鑒 ㄐㄧㄢˋ chien⁴ 音健
1同鑑。(1)鏡子。(2)照。(3)明察；視察。如：明鑒。(4)警惕。如：鑒戒。2姓。'明'有'鑒文猷'。見"萬姓統譜·一一〇"。

14【鑒察】 ㄐㄧㄢˋ ㄔㄚˊ
鑒別明察。

15【鑒諒】 ㄐㄧㄢˋ ㄌㄧㄤˋ
明察詳情後予以諒解。

鑌 ㄅㄧㄣ pin¹ 音賓
精鐵；上好的鐵。見"集韻"。

鑔 ㄔㄚˇ ch'a³ 音蹅
打擊樂器。形似鈸而較小。也稱小鑔、鉸子。直徑約15～20厘米。在戲曲及民間樂隊中普遍應用。

鑐 ㊀ ㄒㄩ hsü¹ 音須
鎖門時插入鎖牝之中使鎖鍵關閉的器具。即鎖簧。也叫鎖牡。見"集韻"。
㊁ ㄖㄨˊ ju² 音如
1銷熔的金屬。通作濡。見"集韻"。2鎧甲。通襦。如：鎧鑐。

鑄 ㄓㄨˋ chu⁴ 音注
1鑄造。熔煉金屬或以液態非金屬(如塑料)澆製而成器。如：鑄幣。2教化栽培或造就人才。

6【鑄字】 ㄓㄨˋ ㄗˋ
澆合金熔液於銅模上鑄造活字。

【鑄印】 ㄓㄨˋ ㄧㄣˋ
鑄造金屬以成印章。一般採用撥蠟法，即先雕刻蠟模，外以泥作范，熔金屬注入泥范便成。古代鑄印或只鑄印坯，然後鑿刻印文；或連同印文和印坯一齊澆鑄，精巧工整，別具藝術價值。'清''順治'元年(1644)，設鑄印局，屬禮部，掌鑄造金寶、金印及內外百官的印信。

【鑄件】 ㄓㄨˋ ㄐㄧㄢˋ
(castings) 將熔化金屬注入鑄模而製造所期望形狀的金屬成品。與機械加工成形的成品不同。

11【鑄造】 ㄓㄨˋ ㄗㄠˋ
(casting) 將熔化金屬注入鑄模，製成所需形狀的製品之作業。鑄造主要材料爲鐵、鋼、銅合金、鋁合金等，一般而言質脆無法鍛造，不耐拉張。而具有強韌且耐壓性的鑄件有鑄鋼、強力鑄鐵、可鍛鑄鐵等。鑄造法除普通鑄造法外，尚有離心鑄造法、壓鑄法、包模鑄造法等。

15【鑄模】 ㄓㄨˋ ㄇㄛˊ
(mold) 以砂、金屬或其他包模材料所製成之內含孔穴，以供金屬液注入製成鑄件的模。

16【鑄錠】 ㄓㄨˋ ㄉㄧㄥˋ
(ingot) 使用生鐵模鑄製成一半成品，備爲將來作爲熱加工或再熔解用的一種金屬坯。

【鑄鋼】 ㄓㄨˋ ㄍㄤ
(cast steel) 將鋼水澆注於各種不同之鑄模內，冷卻後所得之各種不同形狀的鋼鑄件。鋼之鑄造性甚佳，幾乎任何含碳量的鋼都可鑄造，唯因熔融溫度較高，鑄縮率較大，作業比鑄鐵困難。鑄鋼可分爲低碳鑄鋼(C<0.20%)、中碳鑄鋼(0.20～0.50%C)及高碳鑄鋼(C>0.50%)三種。澆鑄時可任意採一種鍊鋼爐，過去喜用酸性平爐，今則較少，以採用電

弧爐及感應電爐者居多。熔鋼內常須加入矽鐵、錳鐵或鋁等,以行還原而除去氣體。鑄鋼品的形狀複雜,大多數是不能淬火的,通常實施正常化處理,將組織改善後才使用;不實施正常化時,須施以退火,以消除鑄造時的內部應力。

21【鑄鐵】 ㄓㄨˋ ㄊㄧㄝˇ
(cast iron) 含碳一般高於2.5%的一種碳鐵合金。鑄鐵與鋼不同處,在於鑄鐵中有較高量之石墨,以致不適於加工用。鑄鐵具有熔點低之性質,可翻製成各種複雜之形狀。

14【鑄幣稅】 ㄓㄨˋ ㄅㄧˋ ㄕㄨㄟˋ
(seigniorage) 在金屬幣可以自由鑄造下,人民持有金屬,請求鑄幣單位代鑄金屬幣,鑄幣單位向人民所索取的鑄幣費。換言之,鑄幣稅爲發行金屬幣可能獲得的毛利潤。

3【鑄山煮海】 ㄓㄨˋ ㄕㄢ ㄓㄨˇ ㄏㄞˇ
採山裡的銅礦鑄成錢幣,取海水煮成食鹽。指開發水陸資源。

8【鑄版印刷】 ㄓㄨˋ ㄅㄢˇ ㄧㄣˋ ㄕㄨㄚ
(mat print)複製凸版的一種。將紙型鑄成圓筒鉛版,再上機印刷的一種報刊印刷方式。

13【鑄鼎象物】 ㄓㄨˋ ㄉㄧㄥˇ ㄒㄧㄤˋ ㄨˋ
在鼎上鑄造百物的圖象。

鑑 ㄐㄧㄢˋ chien⁴ 音健
1大盆。盛水或盛物的圜器。見"說文"。

鑑圖

2同鑒。⑴鏡子。⑵照。如:光可鑑人。⑶視察;察看。如:明鑑。⑷眼光;見識。如:識鑑。⑸警戒;可引以爲法戒的。如:鑑戒。⑹光澤。3姓。'明'有'鑑復明'。見"萬姓統譜·一一〇"。

7【鑑戒】 ㄐㄧㄢˋ ㄐㄧㄝˋ
以過去的經驗作爲教訓。

【鑑別】 ㄐㄧㄢˋ ㄅㄧㄝˊ
審察辨別事物。

8【鑑定】 ㄐㄧㄢˋ ㄉㄧㄥˋ
判定是非眞假。指爲取得證據資料而選任有特別知識經驗之第三人,就特別事項報告其判斷意見。係一種調查證據的方法。

12【鑑裁】 ㄐㄧㄢˋ ㄘㄞˊ
審察;識別。

15【鑑賞力】 ㄐㄧㄢˋ ㄕㄤˇ ㄌㄧˋ
鑑別和欣賞的能力。

8【鑑於止水】 ㄐㄧㄢˋ ㄩˊ ㄓˇ ㄕㄨㄟˇ
在靜水上照自己的容顏。比喻心地澄明,才能洞見事理。

【鑑往知來】 ㄐㄧㄢˋ ㄨㄤˇ ㄓ ㄌㄞˊ
審察過去的事情,而推知未來的情勢。

鑯 鐵的古文。

鑉 ㄏㄜˊ ho², hê² 音何 又讀 ㄊㄚˋ t'a⁴ 音踏
參鑉鑪。

24【鑉鑪】 ㄏㄜˊ ㄌㄨˊ
箭的一種。小而長,中穿兩孔。也作鉀鑪。

鑝 ㄇㄥˋ mêng⁴ 音夢
子母鐶。即重鐶。見"集韻"。

鑊 ㄏㄨㄛˋ ho⁴, huo⁴ 音穫
古代烹煮食物的一種大釜。也用作刑具。見"說文"。

15

鑛 礦的或體。

鑣 ㄅㄧㄠ piao¹ 音標
1馬銜。見"說文"。2馬的代稱。3也作鏢。⑴暗器名。同鏢。如:飛鑣。⑵從事護送行旅或財物業務的。如:鑣車。⑶指護送的行旅或財物。如:索鑣。

鑢 ㄌㄩˋ lü⁴ 音慮
1銼刀。用以磨治骨、角、銅、鐵等。見"說文"。2磨治。見"廣雅·釋詁"。

鑤 ㄅㄠˋ pao⁴ 音暴
用鐵器刮平木材。也作鉋。通作暴。見"新方言·釋言"。

鑥 一 ㄌㄩˋ lü⁴ 音慮
1錐光銅鐵。見"玉篇"。2銼刀。同鑢。見"字彙"。
二 ㄌㄩˊ lü² 音閭
矛戟裝柄處。見"集韻"。

鑭 ㄅㄟ pei¹ 音杯
一種耜類農具。也作耚。見"集韻"。

鑞 ㄌㄚˋ la⁴ 音臘
錫的別名。也作鑞。見"集韻"。

鑠 ㄕㄨㄛˋ shuo⁴ 音爍
1以高溫熔化金屬或礦物等。見"說文"。2鍛鍊;陶冶。如:外鑠。3毀謗。4明亮。通爍。

鑕 ㄓˋ chih⁴ 音至
1鐵砧。見"玉篇"。2古代的一種刑具。即承受鍘刀的墊座。也作櫍,通作質。見"正字通"。

16

鑪 ㄌㄨˊ lu² 音盧
1盛火的器具。或作爐。2燃火以熔化金屬的器具。3焚香的器皿。如:香鑪。4古代酒店前擺酒甕的土臺。形似鑪,故名。如:'文君'當鑪。

17【鑪錘】 ㄌㄨˊ ㄔㄨㄟˊ
陶冶鍛鍊。

鑡 鏌的或體。

鑫 ㄒㄧㄣ hsin¹ 音心
多金。

17

鑲 ㄒㄧㄤ hsiang¹ 音襄
物相嵌或相配合。如:鑲邊。

12【鑲嵌】 ㄒㄧㄤ ㄑㄧㄢ
1把珠、玉、寶石等嵌在首飾或器物上。2修辭格的一種。在詞語中,故意插入數目字、虛字、特定

字、同義或異義字，來拉長文句。可分鑲字、嵌字、配字和增字四類。

【鑲嵌圖案】 ㄒㄧㄤ ㄑㄧㄢ ㄊㄨˊ ㄢˋ
(external key)攝影機在掃描訊號時，將圖案嵌入，使背景出現鑲嵌的圖案。

【鑲嵌彩色玻璃】 ㄒㄧㄤ ㄑㄧㄢ ㄘㄞˇ ㄙㄜˋ ㄅㄛ ㄌㄧˊ
(stained glass)鑲嵌各種彩色玻璃片在以鉛條做的輪廓線上，構成一幅具象或抽象的畫。鑲嵌彩色玻璃發明於'拜占庭'時代，不久西'歐'的教堂競相採用，尤其是'哥德'式教堂。

鎛 ㄅㄛˊ *po²* 音博
1古代銅製的打擊樂器。也作鑮，即鎛鐘。形似鐘而大；無柄有紐，可懸掛敲擊；或單件、或成組編懸；口圓下平；體有紋飾，且大多有稜飾。'漢'以後，其形制漸與鐘混淆。2鋤草的農具。通鑮。見"六書故"。

鎛圖

鑭 一 ㄌㄢˋ *lan⁴* 音爛
金光閃鑠的樣子。見"玉篇"。
二 ㄌㄢˊ *lan²* 音闌
(lanthanum) 鑭系元素，稀土金屬元素之一。元素符號 La，原子序 57，原子量 138.906。元素態爲白色金屬，質軟，具延展性。可溶於酸，使水分解而產生氫氧化鑭和氫。可製作合金、還原劑及火箭發射劑。

7【鑭系】 ㄌㄢˊ ㄒㄧˋ
(lanthanide series)原子序58至71的十四種元素，其原子大小和化學性質都很相近。包括鈰(Ce)、鐠(Pr)、釹(Nd)、鉕(Pm)、釤(Sm)、銪(Eu)、釓(Gd)、鋱(Tb)、鏑(Dy)、鈥(Ho)、鉺(Er)、銩(Tm)、鐿(Yb)、鎦(Lu)等。

鑯 ㄐㄧㄢ *chien¹* 音尖
1銳利的鐵器。見"說文"。2銳利。俗作尖。見"廣雅·釋詁"。3雕刻。見"集韻"。

鑱 ㄔㄢˊ *ch'an²* 音讒
1銳利。見"說文"。2錐。見'玄應'"一切經音義"。3犂。見"集韻"。4古時掘土掘藥用的鐵器。也稱長鑱。見"廣韻"。5錐刺。通劖。見"玉篇"。

鑰 一 ㄩㄝˋ *yüeh⁴* 音岳
1關閉門戶的鍵。同闟。見"方言·五"。2開鎖的工具。俗稱鑰匙。3比喻事物扼要處。如：樞鑰。
二 ㄧㄠˋ *yao⁴* 音藥
一2的語音。

18

鑹 一 ㄘㄨㄢˋ *ts'uan⁴* 音竄
古代兵器的一種。即小矟。見"集韻"。
二 ㄘㄨㄢ *ts'uan¹* 音攛
鑿冰的鐵器。也作攛。如：冰鑹。

鑷 ㄋㄧㄝˋ *nieh⁴* 音聶
1拔除毛髮的鉗子。見"釋名·釋首飾"。2拔去毛髮。3髮夾之類的首飾。

鑸 ㄌㄟˇ *lei³* 音磊
參鏍鑸。

鑵 ㄍㄨㄢˋ *kuan⁴* 音貫
汲水器。同罐。見"集韻"。

鑴 ㄒㄧ *hsi¹* 音西
1大盆。見"說文"。2大鍋。見"玉篇"。3大鐘。見"廣韻"。4環繞在太陽周圍的光氣。即日暈。見"集韻"。5利錐。通觿。見"廣雅·釋器"。

19

鑾 ㄌㄨㄢˊ *luan²* 音鸞
1繫在馬銜兩旁的鈴。見"說文"。2天子的車駕。也作鸞。如：鑾輿。

[金羸] ㄌㄨㄛˊ *lo², luo²* 音羅
參銼[金羸]。

鑼 ㄌㄨㄛˊ *lo², luo²* 音羅
打擊樂器。以銅鑄成，平圓如盤，以繩繫於邊上小孔，可懸掛木架或提起敲擊而發聲。因形制與音色不同，又分大鑼、小鑼、雲鑼、十面鑼等。

鑽 也作鑚。一 ㄗㄨㄢˋ *tsuan⁴*
1穿孔的器具。見"說文"。2刑具的一種。3金剛石。如：鑽戒。
二 ㄗㄨㄢ *tsuan¹*
1用鑽子鑽磨或穿刺。如：鑽洞。2深入探求。如：鑽研。3刻意以求進用。如：鑽營。
三 ㄗㄨㄢˇ *tsuan³* 音纂
同二1。

5【鑽石】 ㄗㄨㄢˋ ㄕˊ
(diamond)又稱金剛石。不傳熱，不導電，比重 3.5，是碳的同素異形體。硬度非常高，適用於切割玻璃。純的金剛石無色，折射率大，且當含有微量雜質時，會呈藍、綠、紅、紫、黑等各種顏色，因此常被用做飾物。

9【鑽研】 ㄗㄨㄢ ㄧㄢˊ
深入研究。

11【鑽探】 ㄗㄨㄢ ㄊㄢˋ
用鑽井法探測地層的結構，或探測地下蘊藏的資源。

15【鑽模】 ㄗㄨㄢ ㄇㄛˊ
(jigs) 大量生產之機件上有孔需要鑽削時，爲免於一般鑽孔之劃線、打中心沖、鑽臺上定位、夾牢、試鑽、調整等複雜程序，而設計一能使工件快速、精確定位、夾緊且經由導套引導鑽頭進入鑽削位置的專用鑽孔工具。其優點爲：當工件鑽妥後可迅速卸下，換上新工件；不必依賴高級技術，即使非技術工人亦可操作；所製造出的產品一致，可互換裝配，不會因人而異。

17【鑽燧】 ㄗㄨㄢ ㄙㄨㄟˋ

鑽木取火。

【鑽營】 ㄗㄨㄢ ㄧㄥˊ

刻意營求。指鑽門路、講人情，以求取名利。

5【鑽石婚】 ㄗㄨㄢˋ ㄕˊ ㄏㄨㄣ

西俗稱結婚六十週年。

9【鑽故紙】 ㄗㄨㄢ ㄍㄨˋ ㄓˇ

指死讀古書，不求悟解。

4【鑽木取火】 ㄗㄨㄢ ㄇㄨˋ ㄑㄩˇ ㄏㄨㄛˇ

上古時代的取火方法。用硬木爲鑽子鑽木，因磨擦生熱而取得火種。

【鑽牛角尖】 ㄗㄨㄢ ㄋㄧㄡˊ ㄐㄧㄠˇ ㄐㄧㄢ

①比喻思想偏執，自尋苦惱。②比喻不識大體，只注意微小而不重要的事物。

5【鑽石地帶】 ㄗㄨㄢˋ ㄕˊ ㄉㄧˋ ㄉㄞˋ

形容都市中地價最高的地區。

20

鑿 ㄗㄠˊ tsao^{2} 讀音 ㄗㄨㄛˋ tso^{4}, tsuo^{4} 音作

①穿木石的工具。見"說文"。②挖穿。如：鑿井。③牽強附會。如：穿鑿。④確實。如：證據確鑿。⑤舂米使之精白。通鑿。

8【鑿空】 ㄗㄠˊ ㄎㄨㄥ

①開通兩地間的道路。②憑空附會。

【鑿枘】 ㄗㄠˊ ㄖㄨㄟˋ

①器物的卯眼和榫頭。比喻相互投合。②圓鑿方枘的略語。比喻格格不入。

28【鑿鑿】 ㄗㄠˊ ㄗㄠˊ

①鮮明的樣子。②明確可信。

8【鑿枘不入】 ㄗㄠˊ ㄖㄨㄟˋ ㄅㄨˋ ㄖㄨˋ

比喻二者不能相合。

16【鑿壁偷光】 ㄗㄠˊ ㄅㄧˋ ㄊㄡ ㄍㄨㄤ

比喻勤苦力學。'西漢''匡衡'幼時家貧，夜中無燈，於是在牆壁上鑽洞，利用鄰家燈光讀書。見"西京雜記·二"。

鑵 ㄊㄤˇ t'ang^{3} 音倘

也作鎲。參鎲鈀。

钀 ㄋㄧㄝˋ nieh^{4} 音孽

馬銜兩邊的鐵飾。即鑣。見"爾雅·釋器"。

钁 ㄐㄩㄝˊ chüeh^{2} 音決

農具的一種。即大鋤。用以挖土石或野草。見"說文"。

21

钃 ㄕㄨˇ shu^{3} 音蜀

①鋤頭的一種。用以剷除植物根株。見"釋名·釋用器"。②剷除。見"集韻"。③有機化學上金屬元素的省稱。

長部

長 ㊀ ㄔㄤˊ ch'ang^{2} 音腸

①兩端的距離。如：杖長六尺。②兩端的距離大。與短相反。③優點；獨特的技能。④永久；時間久遠。如：長壽。⑤經常。⑥(length)即長度。度量長的十進單位爲公尺。

㊁ ㄓㄤˇ chang^{3} 音掌

①生長；增益。與消相對。如：長進。②養育。③成年。④年紀大或輩分高。如：長老。⑤主管；領導人。如：部長。⑥排行第一。如：長兄。⑦崇尚。

㊂ ㄓㄤˋ chang^{4} 音帳

多餘的。如：長物。

3【長工】 ㄔㄤˊ ㄍㄨㄥ

長期受僱的工人。

6【長江】 ㄔㄤˊ ㄐㄧㄤ

我國最長、最重要的水運動脈及世界第四長河。東西流貫於我國中部，共經九省。上源有二，皆發源於'青海省''可可稀立山'南麓，匯合後稱'通天河'，東南流至'稱多'附近改稱'金沙江'，再東南流經'西康省'入'雲南省'，蜿蜒入'四川省'，自'宜賓'以下始稱'長江'，再東流經'湖北省'、'湖南省'、'江西省'、'安徽省'、'江蘇省'而注入'東海'。'宜賓'以上河段，落差大、水流急，少航利而富水力；'宜賓'以下河段及其支流均有航運之利。

【長舌】 ㄔㄤˊ ㄕㄜˊ

比喻多話或好搬弄是非。

【長老】 ㄓㄤˇ ㄌㄠˇ

①泛稱年紀大的人。②佛教通稱年高有德的比丘爲長老。③(presbyter)'英'文⌊長老⌉一詞源自'希臘'文 presbyteros，即長者(elder)。基督教長老會中執事者，由年高識廣者擔任。

【長年】 ㄔㄤˊ ㄋㄧㄢˊ

①長壽。②全年；整年。

7【長沙】 ㄔㄤˊ ㄕㄚ

省轄市。位於'湖南省'東部中央，濱'湘江'東岸。爲'湖南省'省會。有'湘江'水運，且當鐵路線要站，交通便捷，爲稻米集散市場；工商業發達，是'湘'省政治、文化、工商業中心。

8【長者】 ㄓㄤˇ ㄓㄜˇ

①年長的人。②有德行的人。③顯貴的人。

【長物】 ㊀ ㄓㄤˋ ㄨˋ

多餘的東西。

㊁ ㄓㄤˇ ㄨˋ

長養萬物。

【長征】 ㄔㄤˊ ㄓㄥ

①遠行。②軍隊遠征。

9【長亭】 ㄔㄤˊ ㄊㄧㄥˊ

古代設在官道旁供旅客休息的亭舍。

【長春】 ㄔㄤˊ ㄔㄨㄣ

①省轄市。土名⌊寬城子⌉。位於'吉林省'西南部，濱'伊通河'西岸。地居東北最適中的位置，並有鐵路交會於此，交通極便利，爲農產集散地；汽車、農機、紙菸、橡膠、電器等工業發達，是'吉林省'交通樞紐、工商業中心，且爲全國著名

的汽車工業城。②多青樹或月季花的別稱。

【長相】ㄓㄤˇ ㄒㄧㄤˋ
相貌;外表模樣。

【長城】ㄔㄤˊ ㄔㄥˊ
①'戰國''秦'、'趙'、'燕'三國爲防游牧民族南侵,均在北境構築長城。'秦始皇'加以修葺連貫,西起'臨洮'('甘肅''岷縣'),東至'遼東'('浿水'),以防北方的'匈奴'。'漢武帝'、'拓跋魏'、'北齊'、'後周'及'隋'續有增修。至'明代',大致以'北魏'、'北齊'與'隋'之長城增補成今之長城,西起'嘉峪關',東到'山海關'(一說'遼寧''丹東'的'虎山'),全長2,300餘公里,通稱'萬里長城'。②比喻能負保衛國家重任的人。

【長勁】ㄔㄤˊ ㄐㄧㄣˋ
以沈雄勁力長擊的勁道。

10【長浪】ㄔㄤˊ ㄌㄤˋ
由於風力之時間變異、氣壓梯度或氣壓軸之不穩定所引起的廣範圍及長週期波浪。

【長拳】ㄔㄤˊ ㄑㄩㄢˊ
①與短打相對。指縱跳長擊的拳趟。②指太極拳。③門派名。含查、花、紅、砲、彈腿等拳系。

【長眠】ㄔㄤˊ ㄇㄧㄢˊ
長睡不起。指人已死去。

【長徑】ㄔㄤˊ ㄐㄧㄥˋ
(majoraxis)通過曲線之中心,兩端到曲線界之直線稱爲徑,徑最長者稱長徑。也稱長軸或橫軸。

11【長逝】ㄔㄤˊ ㄕˋ
①遠去。②長去不返。指人已死亡。

【長處】ㄔㄤˊ ㄔㄨˋ
好處;優點。

【長崎】ㄔㄤˊ ㄑㄧˊ
(Nagasaki)'日本'距我國最近、與西方接觸最早的港口。位於'九州島'(Kyushu Is.)西岸。煉鋼、造船、漁撈均盛,附近有煤田及規模龐大的'三菱造船所'。西元1945年8月9日。'美'軍投擲第二顆原子彈於此。

【長笛】ㄔㄤˊ ㄉㄧˊ
(flute)無簧木管樂器的一種。近代有用金屬製造的,但仍屬木管

長笛圖

樂器。音色透明純潔,有田園的清雅風味;既可獨奏,也是樂隊裡常用的高音樂器。

12【長期】ㄔㄤˊ ㄑㄧˊ
(long time)可從兩個觀點來說:對廠商而言,指足以容許生產能量完成改變的時間;對產業而言,指足以容許改變廠商數目的時間。

【長揖】ㄔㄤˊ ㄧ
拱手爲禮。是舊時一般的敬禮。

【長進】ㄓㄤˇ ㄐㄧㄣˋ
進步。

13【長號】ㄔㄤˊ ㄏㄠˊ
(trombone)又稱伸縮喇叭。爲沒有活塞裝置,而以雙套管的伸縮來決定音高的銅管樂器。分高音、中音、次中音、低音四種。

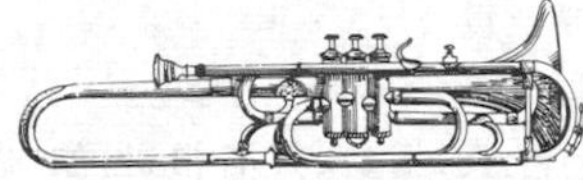
長號圖

【長跪】ㄔㄤˊ ㄍㄨㄟˋ
伸直腰股的跪姿。用以表示敬意。

15【長調】ㄔㄤˊ ㄉㄧㄠˋ
篇幅長的詞調。一般多以接近百字或以上者屬之。

【長靠】ㄔㄤˊ ㄎㄠˋ
戲劇用語。靠,戲服中鎧甲的便稱。由於扮演腳色不同,武生戲服有長靠和短打的區別。長靠武生多著鎧甲,穿厚底靴,扮演武將,如"長坂坡"的'趙雲'。

16【長噸】ㄔㄤˊ ㄉㄨㄣˋ
(long ton)又稱'英'噸(British (English)ton)。爲'英'制的重量單位。以2,240磅或20cwt.(hundred weight)爲一噸,有別於'美國'以2,000磅爲一噸的短噸。貨櫃運輸及公制盛行以後已很少使用。

17【長齋】ㄔㄤˊ ㄓㄞ
佛家指長期齋戒。今俗稱終年吃素爲長齋。

5【長生殿】ㄔㄤˊ ㄕㄥ ㄉㄧㄢˋ
我國古典戲曲最著名的作品。'清''洪昇'撰。演'唐玄宗'與'楊貴妃'故事,取'白居易'"長恨歌"「七月七日長生殿」爲曲名。曲詞優美,音律諧和,排場尤好。'崑'曲"定情"、"密誓"、"驚變"、"埋玉"、"聞鈴"、"哭像"、"酒樓"、"彈詞"皆出於此。

【長白山】ㄔㄤˊ ㄅㄞˊ ㄕㄢ
位於我國東北地方,盤亙於'松遼平原'的東南側。係由多條呈震旦方向的平行山嶺所組成,多爲高度在500~600公尺的丘陵地,嶺圓谷廣,只有'長白山'主脈地勢較高,平均高度2,000公尺,最高峰'白頭山',高2,744公尺。山勢向西南遞減而伸入海中,形成'遼東半島'。山間分布許多小盆地,山地森林茂密,煤、鐵礦蘊藏豐富。

6【長老會】ㄓㄤˇ ㄌㄠˇ ㄏㄨㄟˋ
(Presbyterian Church; Presbyterians)基督教的教派之一。與'路德'派、'英國'國教並爲新教三大派。源於'英國',以'喀爾文'的教義爲宗旨,欲以政治上的共和制度行於教會,而以會員自選的長老主理會務。盛行於'英'、'美'、'愛爾蘭'等地。

7【長沙窯】ㄔㄤˊ ㄕㄚ ㄧㄠˊ
窯址在今'湖南省''長沙''瓦渣坪'一帶。始於'唐',而終於五代。產品多銷往國外,是'唐代'著名的外銷陶瓷之一。常見的裝飾技法有釉上褐斑和釉下褐、綠彩,紋樣有花鳥、詩句等。其釉下彩繪技法是目前我國發現最早者。

8【長明燈】ㄔㄤˊ ㄇㄧㄥˊ ㄉㄥ

供在佛前晝夜不滅的燈。又名無盡燈、續明燈。

11【長蛇座】 ㄔㄤˊ ㄕㄜˊ ㄗㄨㄛˋ

(Hydra; Hya) 赤道帶星座之一。位於赤經8時11分至15時02分；赤緯＋06.6度至－35.7度之間。是全天最大的星座。相當於‘中國’星座柳宿、外廚、星宿、張宿、翼宿、平、折威、陣車、靑邱等。

12【長陽人】 ㄔㄤˊ ㄧㄤˊ ㄖㄣˊ

西元1956～1957年我國‘湖北省’‘長陽縣’‘下鍾家灣’‘龍洞’出土一批脊椎動物化石，其中有人類的化石遺留，學者稱「長陽人」。化石包括：保存有第一前臼齒、第一大臼齒的左上顎骨殘片，以及一顆單獨的左下第二前臼齒。「長陽人」具有與現代人相似的體質特徵，但也略帶原始的性質。學者認爲其具有類似西方「尼安德塔人」的特徵，故屬於古老的「智人」，並根據其相伴出土的貓熊—劍齒象動物群，判定其年代爲中更新世晚期或晚更新世早期。是我國化石人類史上介於「北京人」與「山頂洞人」之間的重要化石之一。

【長短句】 ㄔㄤˊ ㄉㄨㄢˇ ㄐㄩˋ

詞的異名。塡詞時要按照樂譜塡入文字，每一句或長或短，悉隨樂調之節奏旋律而定，與詩之整齊句式不同，故稱。

15【長慶體】 ㄔㄤˊ ㄑㄧㄥˋ ㄊㄧˇ

指‘元稹’、‘白居易’的詩風。‘唐’‘元和’、‘長慶’年間，‘元稹’、‘白居易’相與酬唱，二人並於‘長慶’年間，分別編集其詩文爲“元氏長慶集”、“白氏長慶集”。

16【長頸鹿】 ㄔㄤˊ ㄐㄧㄥˇ ㄌㄨˋ

(giraffe; *Giraffa camelopardalis*)屬於哺乳綱、偶蹄目(order Artiodactyla)、長頸鹿科 (family Giraffidae)。爲哺乳動物中體最高的動物，可達5.5公尺以上。頸及腿均長，其頸雖長，但與一般哺乳類相同，僅有七個頸椎，頸部有短鬃。雌雄皆有短角2～4個，兩眼間有一隆起。毛淺黃色，散生紅棕色斑點。根據毛之斑紋及角之數目，可分爲許多亞種(subspecies)。生活於平原，以樹葉爲食。疾行時，時速可達48公里。嗅覺、視覺及聽覺皆甚敏銳。

長頸鹿圖

17【長臂猿】 ㄔㄤˊ ㄅㄧˋ ㄩㄢˊ

(gibbon; *Hylobates*)共有6種，產於‘馬來西亞’森林中。爲猿類中身體最小者，以比例言，其臂特長。樹棲，常以兩臂攀樹枝而行；在地面，體直立，以兩足走路。日間活動，食嫩芽、果實、某些昆蟲、鳥卵及小鳥等。無尾，體長40～65公分。

長臂猿圖

19【長鏡頭】 ㄔㄤˊ ㄐㄧㄥˋ ㄊㄡˊ

又稱望遠鏡頭。係焦距比底片對角線長的鏡頭。因焦距長、視角小、景深淺，能將遠處特定物體放大數倍，並使背景拍成模糊，凸顯主題。特別適於遠處人物特寫。對35厘米的攝影機而言，最有用的長鏡頭是85及105厘米。拍攝時爲避免長鏡頭過重使畫面振動，可用三腳架來支撐。

5【長平之役】 ㄔㄤˊ ㄆㄧㄥˊ ㄓ ㄧˋ

‘周赧王’五十五年(前260)，‘秦’將‘白起’與‘趙’將‘趙括’戰於‘長平’(今‘山西’‘長平’西二十里)，‘趙’軍被‘秦’軍圍困四十六日，糧盡援絕，‘趙括’自率精兵突圍，爲‘秦’軍射殺，‘趙’軍大潰，降者四十萬，盡爲‘秦’軍所埋。戰後，‘趙’國力大削。

6【長江三峽】 ㄔㄤˊ ㄐㄧㄤ ㄙㄢ ㄒㄧㄚˊ

‘長江’切穿‘巫山山脈’所形成的峽谷。西起‘四川省’‘奉節縣’東的‘白帝城’，東止於‘湖北省’‘宜昌縣’西郊的‘南津關’，全長204公里。包括‘瞿塘峽’(‘夔峽’)、‘巫山峽’(‘巫峽’)、‘西陵峽’(‘歸峽’)。兩岸高山夾峙，岸壁陡峭，奇峰秀麗；峽谷灘多水急，極富水力。

【長吁短嘆】 ㄔㄤˊ ㄒㄩ ㄉㄨㄢˇ ㄊㄢˋ

不停的歎息。形容非常憂愁。

8【長治久安】 ㄔㄤˊ ㄓˋ ㄐㄧㄡˇ ㄢ

國家永久保持太平安樂。

【長林豐草】 ㄔㄤˊ ㄌㄧㄣˊ ㄈㄥ ㄘㄠˇ

豐茂的山林草野。指隱居之地。

【長命百歲】 ㄔㄤˊ ㄇㄧㄥˋ ㄅㄞˇ ㄙㄨㄟˋ

活到一百歲的長壽。祝人長壽的吉利話。

9【長風萬里】 ㄔㄤˊ ㄈㄥ ㄨㄢˋ ㄌㄧˇ

強勁的風，吹拂萬里。

10【長袖善舞】 ㄔㄤˊ ㄒㄧㄡˋ ㄕㄢˋ ㄨˇ

比喻有所憑藉則做事容易成功。後多用以喻人善於鑽營。

【長孫無忌】 ㄓㄤˇ ㄙㄨㄣ ㄨˊ ㄐㄧˋ

(?～659) ‘唐’‘洛陽’(今‘河南’‘洛陽’)人，字‘輔機’。佐‘太宗’平定天下，累遷太子太師，封‘齊國公’。‘高宗’即位，進封太尉，以諫立‘武昭儀’爲皇后，削爵流放‘黔州’，被逼投繯死。

12【長期地位】 ㄔㄤˊ ㄑㄧˊ ㄉㄧˋ ㄨㄟˋ

(long position) 對外國通貨資產處於淨資產的狀態。即對於外國通貨之總求償權大於總負債，或所買進之外國通貨數量大於所賣出之外國通貨數量的狀態。

【長期投資】 ㄔㄤˊ ㄑㄧˊ ㄊㄡˊ ㄗ

(long-term investment) 企業投資於其他公司的證券，如其目的爲控制被投資公司或爲保持某種業務上的關係，則屬長期投資。除此以外，長期投資尚包括購入而未於營業中使用的長期性資產及因特定目的而設立的長期基金。

【長期放款】 ㄔㄤˊ ㄑㄧˊ ㄈㄤˋ ㄎㄨㄢˇ

(long-term loans) 指約定期限超過七年而無擔保品的放款。

【長期記憶】 ㄔㄤˊ ㄑㄧˊ ㄐㄧˋ ㄧˋ

(long-term memory)訊息材料於記憶系統中之存留具有長久性的記憶。

【長期飯票】 ㄔㄤˊ ㄑㄧˊ ㄈㄢˋ ㄆㄧㄠˋ

可長期使用的餐飲票券。多用以謔稱他人或自己的丈夫。

【長程計畫】 ㄔㄤˊ ㄔㄥˊ ㄐㄧˋ ㄏㄨㄚˋ

(long range planning) 係依據企業之基本社會與經濟目的、高階主管價值觀,以及內外環境因素等項而訂立的有關企業使命、長期目標、企業策略、企業發展政策等項的長期間計畫。

17【長濱文化】 ㄔㄤˊ ㄅㄧㄣ ㄨㄣˊ ㄏㄨㄚˋ

在'臺灣省''臺東縣''長濱鄉''八仙洞'發現的一個先陶文化遺址。距今約一萬五千年到五千年之間。西元 1968 年由'臺灣大學'考古學系挖掘,發現大量石片器、砍器及骨角器。因無陶器出現,故知其爲先陶時期的文化。

21【長驅直入】 ㄔㄤˊ ㄑㄩ ㄓˊ ㄖㄨˋ

毫無阻礙地闖進敵境。

9【長春藤聯盟】 ㄔㄤˊ ㄔㄨㄣ ㄊㄥˊ ㄌㄧㄢˊ ㄇㄥˊ

(Ivy League) '美國''勃朗大學'(Brown University)、'哥倫比亞大學' (Columbia University)、'康乃爾大學'(Cornell University)、'達特模斯學院'(Dartmouth College)、'哈佛大學'(Harvard University)、'普林斯頓大學'(Princeton University)、'賓西法尼亞大學'(University of Pennsylvania) 和'耶魯大學' (Yale University)等八所大學的總稱。

12【長期性資產】 ㄔㄤˊ ㄑㄧˊ ㄒㄧㄥˋ ㄗ ㄔㄢˇ

凡資產之具有實體存在、價值貴重,其壽命超越一財政年度者屬之。

【長期總成本】 ㄔㄤˊ ㄑㄧˊ ㄗㄨㄥˇ ㄔㄥˊ ㄅㄣˇ

(long run total cost)長期間各個不同產量水準下,能使生產成本達於最低的總成本。由於長期間所有的生產要素都是可變的,所以長期總成本只有可變成本而沒有固定成本。

13【長跨式建造】 ㄔㄤˊ ㄎㄨㄚˋ ㄕˋ ㄐㄧㄢˋ ㄗㄠˋ

(longspan construction)大空間的建築結構物,因其柱與柱間的跨度甚大,一般之梁柱式結構及型綱梁柱式結構已無法勝任,而須採用鈑梁、蓋鈑梁、箱形梁或桁架、拱架等長跨式結構建造之。例如體育館、大禮堂、工廠、戲院、庫房等皆屬此類。

【長期平均成本】 ㄔㄤˊ ㄑㄧˊ ㄆㄧㄥˊ ㄐㄩㄣ ㄔㄥˊ ㄅㄣˇ

(long run average cost) 長期間生產一單位產出所需的平均總成本。長期平均成本等於長期總成本除以產量。

【長期邊際成本】 ㄔㄤˊ ㄑㄧˊ ㄅㄧㄢ ㄐㄧˋ ㄔㄥˊ ㄅㄣˇ

(long run marginal cost)長期間每改變一單位產量所引起之長期總成本的變動量。長期邊際成本等於長期總成本的變量除以產量的變量。

【長期負債類帳戶】 ㄔㄤˊ ㄑㄧˊ ㄈㄨˋ ㄓㄞˋ ㄌㄟˋ ㄓㄤˋ ㄏㄨˋ

凡負債之償還期限在一年以上者屬之。政府的普通基金,其歲出、歲入乃按年度結計,不能預留資產以爲將來到期負債之償付,故另立一套帳戶,用以記載一般非屬於特別基金的長期負債。

【長期性資產類帳戶】 ㄔㄤˊ ㄑㄧˊ ㄒㄧㄥˋ ㄗ ㄔㄢˇ ㄌㄟˋ ㄓㄤˋ ㄏㄨˋ

政府機關對長期性資產之會計,另設一組自相平衡帳戶,用以記載除特別基金外,該類財產之取得、掌管與處分。

【長期投資未實現跌價損失】

ㄔㄤˊ ㄑㄧˊ ㄊㄡˊ ㄗ ㄨㄟˋ ㄕˊ ㄒㄧㄢˋ ㄉㄧㄝˊ ㄐㄧㄚˋ ㄙㄨㄣˇ ㄕ

(unrealized less in value of long-term investment in marketable equity securities) 持有其他上市公司的普通股作爲長期投資,如所持有的股份不及被投資公司普通股股權的 20%,期末時應按成本與市價孰低法評價,若所有股票的總市價低於總成本時,其差額稱爲長期投資未實現跌價損失。此項損失應予入帳,並列爲資產負債表中股東權益的減項。

镸 長的古文。

4

镺 ㄠˇ ao³ 音襖 又讀 ㄠˋ ao⁴ 音傲

長的樣子。見"集韻"。

5

跌 ㄉㄧㄝˊ tieh² 音蝶

一種極毒的蛇。又名蛋。見"說文"。

6

䏧 ㄋㄠˇ nao³ 音惱

長的樣子。見"字彙"。

8

镼 ㄑㄩ ch'ü¹ 音屈

婦女的短袖上衣。同裾。見"正字通"。

12

镽 ㄌㄧㄠˇ liao³ 又讀 ㄌㄧㄠˊ liao² 音遼

細長的樣子。見"集韻"。

門部

門 ㄇㄣˊ mên² 音捫
①房屋或牆垣等建築物,在出入通口處所設可開關轉動的裝置。②關鍵;入門的途徑。如:眾妙之門。③家族;家庭。如:豪門。④宗派。如:'孔'門。⑤類;類別。如:專門。⑥量詞。礮一尊爲一門。⑦(phylum)生物分類上的階層之一。在界之下常分爲若干門,例如動物界中,有原生動物、海綿動物、腔腸動物及其他各門。

2【門人】ㄇㄣˊ ㄖㄣˊ
①弟子;學生。②食客;門客。③守城門的人。

3【門下】ㄇㄣˊ ㄒㄧㄚˋ
①門庭之下。②門客;食客。③門生,弟子。④對人的尊稱。同閣下。

4【門戶】ㄇㄣˊ ㄏㄨˋ
①房屋的出入口。②關鍵;途徑。③形勢險要的地方。④派別。⑤門第。⑥家庭。

5【門市】ㄇㄣˊ ㄕˋ
①官名。"周禮"地官之屬。掌國內與國外通關買賣之事。②指商人在店鋪做零售生意。

【門生】ㄇㄣˊ ㄕㄥ
①'漢代'稱再傳弟子。後世亦稱弟子。②門客。兩'晉''南北朝'時,自附於勢族門下以求進身之人。③科舉時代,考試錄取的人對主考官自稱。

8【門房】ㄇㄣˊ ㄈㄤˊ
①即今之傳達室。②指門房中的工作人員。③遠親。

9【門客】ㄇㄣˊ ㄎㄜˋ
①門下的食客。②'宋代'稱家塾教師。

【門派】ㄇㄣˊ ㄆㄞˋ
各家的派別。

【門神】ㄇㄣˊ ㄕㄣˊ
守護門戶之神。①傳說'荼與'、'鬱壘'二神居'桃都山'下,手執葦繩以治厲鬼。'漢代'民間乃於門之左右貼其畫像以驅鬼。②相傳'唐太宗'患病,聞門外鬼魅呼號。'秦叔寶'請與'尉遲敬德'戎裝立門外伺守,夜果無事。'太宗'乃繪二人畫像懸於宮門左右,後民間相沿成習。③道壇之門以'趙光明'、'康妙威'爲護法神。

【門面】ㄇㄣˊ ㄇㄧㄢˋ
①商店的外觀。②泛指外表、外觀。

【門限】ㄇㄣˊ ㄒㄧㄢˋ
門下作爲內外界限的橫木。即門檻。

【門風】ㄇㄣˊ ㄈㄥ
①家族傳統的作風或聲譽。②流派的風氣。

10【門徒】ㄇㄣˊ ㄊㄨˊ
①弟子。②信徒。

【門徑】ㄇㄣˊ ㄐㄧㄥˋ
也作門逕。①門前的小路。②途徑;方法。

11【門票】ㄇㄣˊ ㄆㄧㄠˋ
作爲入場憑證的票券。

【門堂】ㄇㄣˊ ㄊㄤˊ
(vestibule) 設於門廊內,爲全宅交通的孔道。由此出入各室或由室外至各房間,均以此爲公共走道,俾免穿過其他房間,以保持各室之獨立性。

【門第】ㄇㄣˊ ㄉㄧˋ
①家世。②指顯貴的家族。

12【門診】ㄇㄣˊ ㄓㄣˇ
(out patient department;OPD) 專爲病情較輕或無法住院之病人所設的一種追蹤治療部門。醫師依據病情研判病人可在家自行服藥者,准其定期來追蹤並取藥;宜住院者亦可逕行收入住院,病情趨於穩定者,出院後亦在此追蹤診療。

【門廊】ㄇㄣˊ ㄌㄤˊ
(porch) 位於入口之前,兩面、三面露空或裝置玻璃門窗,其上蓋以屋面或設平臺的走道。

13【門道】ㄇㄣˊ ㄉㄠˋ
①途徑;步驟。②要領;方法。

【門楣】ㄇㄣˊ ㄇㄟˊ
①門上橫梁。②指門第。

【門禁】ㄇㄣˊ ㄐㄧㄣˋ
門戶出入的守衛管制。

【門路】ㄇㄣˊ ㄌㄨˋ
①門前的路。②同門道。

14【門隙】ㄇㄣˊ ㄒㄧˋ
門縫。

【門閥】ㄇㄣˊ ㄈㄚˊ
世代有功勳而顯貴的家族。

15【門齒】ㄇㄣˊ ㄔˇ
(incisor tooth)哺乳動物異型齒列中中央的牙齒。齒面截平成刀刃狀,用以切斷食物。參齒①。

17【門聯】ㄇㄣˊ ㄌㄧㄢˊ
貼在門兩旁的對聯。

【門牆】ㄇㄣˊ ㄑㄧㄤˊ
門與牆。①指師門。②指權貴者的門下。

3【門下士】ㄇㄣˊ ㄒㄧㄚˋ ㄕˋ
①門客。②門生。

【門下省】ㄇㄣˊ ㄒㄧㄚˋ ㄕㄥˇ
官署名。'隋''唐'中央政府三省制中的一省。掌審查詔令,簽署奏章,駁正違失。以侍中爲長官,下有黃門侍郎、給事中、散騎常侍、諫議大夫、起居郎等官。

5【門市部】ㄇㄣˊ ㄕˋ ㄅㄨˋ
公司行號零售商品的店面。

【門外漢】ㄇㄣˊ ㄨㄞˋ ㄏㄢˋ
外行人。

4【門戶之見】ㄇㄣˊ ㄏㄨˋ ㄓ ㄐㄧㄢˋ
囿於派別立場的看法。通常指人固守某種觀念,而排斥或反對與他不同的觀念主張。

5【門可羅雀】ㄇㄣˊ ㄎㄜˇ ㄌㄨㄛˊ ㄑㄩㄝˋ
門前可張設羅網,捕捉鳥雀。形容門庭冷落,訪客稀少。

9【門限爲穿】ㄇㄣˊ ㄒㄧㄢˋ ㄨㄟˊ ㄔㄨㄢ

ㄔㄨㄢˊ
出入的人很多,門檻因而損壞。

10【門庭若市】 ㄇㄣˊ ㄊㄧㄥˊ ㄖㄨㄛˋ ㄕˋ
形容出入門庭的人極多。

【門脈循環】 ㄇㄣˊ ㄇㄛˋ ㄒㄩㄣˊ ㄏㄨㄢˊ
(portal circulation) 自腹腔中的小腸、大腸、胰、脾等器官通至肝臟的靜脈,以便養分在肝臟中轉化或儲藏的循環途徑。

13【門禁森嚴】 ㄇㄣˊ ㄐㄧㄣˋ ㄙㄣ ㄧㄢˊ
門口的防衛管制很嚴格。

【門當戶對】 ㄇㄣˊ ㄉㄤ ㄏㄨˋ ㄉㄨㄟˋ
門第或家境彼此相當。

19【門羅主義】 ㄇㄣˊ ㄌㄨㄛˊ ㄓㄨˇ ㄧˋ
(Monroe Doctrine) 十九世紀初,'美國'擔心'歐洲'列強恢復'西班牙'殖民地,而'英國'爲保障在'拉丁美洲'的商業利益,因此與'美國'發表聯合宣言,以防止'拉丁美洲'殖民化;西元 1823 年'美國'總統'門羅'(James Monroe)乃指出:'美國'不干涉'歐洲'事務,'歐洲'國家也不可干涉'美洲'事務,若有違反,將被視爲對'美國'不友好而予以武力抵抗。

4【門戶開放政策】 ㄇㄣˊ ㄏㄨˋ ㄎㄞ ㄈㄤˋ ㄓㄥˋ ㄘㄜˋ
(Open Door Policy)'美國'欲尋求在'華'利益而提出的外交政策。西元1898年'美''西'戰爭後,'美國'奪得'菲律賓',勢力進入遠東,且欲在我國求發展,然當時我國已爲列強各自劃分勢力範圍,'美國'大有無可插足之感,國務卿'海·約翰'(John Hay)遂於 1899年提出開放列強勢力範圍的主張,欲藉自由競爭,以打破列強的壟斷。

1

閂 ㄕㄨㄢ shuan¹ 音拴
①門栓。見"字彙補"。②拴門。

8【閂定電路】 ㄕㄨㄢ ㄉㄧㄥˋ ㄉㄧㄢˋ ㄌㄨˋ
(latch circuit) 在數位系統中,可使資訊通過或保持的電路。其符號及特性如圖表所示:

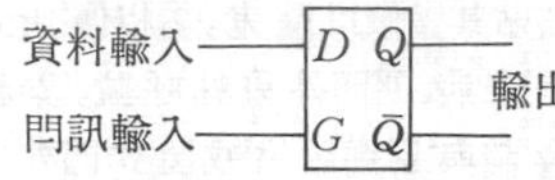

輸入		輸出		備考
D	G	Q	$\bar{Q}$	
0	1	0	1	輸入通到輸出
1	1	1	0	
×	0	Q_0	$\bar{Q}_0$	保持原來之狀態

2

閃 ㄕㄢˇ shan³ 音陝
①探頭窺視。見"說文"。②突然顯現;一瞥即逝。如:閃光。③側身躲避。如:閃開。④動作太猛,扭痛筋絡。如:閃了腰。

5【閃玉】 ㄕㄢˇ ㄩˋ
(nephrite)俗稱軟玉。屬角閃石類,成分以鈣鎂矽酸鹽爲主,是長纖維結晶交錯而成的。純者色白,半透明或不透明,但常因含少量鐵與鉻等元素,而成爲綠色、棕褐色及紅色。滑潤質堅,比重約 2.9～3.1。在'臺灣省''花蓮縣'有分布,爲'臺灣'產量最大的寶石原料。

【閃失】 ㄕㄢˇ ㄕ
意外;差錯。

11【閃族】 ㄕㄢˇ ㄗㄨˊ
(Semites)西洋史上的古代民族。分布於'亞洲'的'阿拉伯'、'巴勒斯坦'及'非洲'東北部,包括'希伯來'人、'阿拉伯'人、'亞述'人、'腓尼基'人及'巴比倫'人等。今特指'猶太'人。

13【閃電】 ㄕㄢˇ ㄉㄧㄢˋ
(lightning)大氣雲層中的小水滴及小冰粒受氣流影響而帶電,其中積雨雲的下層帶負電,上層部分帶正電。當雲層接近地面時,地面因感應而帶正電,在雲層與地面間產生約數千萬伏特的電壓,導致雲層對地面產生火花放電的現象。此外,雲層與雲層間亦可發生火花放電的閃電現象。一次閃電所產生的電流可高達一萬安培,放電的總電量可達約20庫倫。沿著同一放電路徑,可在一秒內斷續發生數次至數十次的閃電。

17【閃點】 ㄕㄢˇ ㄉㄧㄢˇ
(flash point) 指於空氣中或試驗箱內徐徐加熱揮發性固體或液體,當其放出之蒸汽高到引燃火苗即閃火燃燒,但瞬間即熄滅時的溫度。約等於初始沸點乘以 0.73 減去 122,單位 °F。其值愈高,表示油料愈易揮發,一般在 70°F 以下者視爲危險品。

19【閃爍】 ㄕㄢˇ ㄕㄨㄛˋ
①光芒明滅不定的樣子。②語意曖昧、吞吐遮掩的樣子。

5【閃示卡】 ㄕㄢˇ ㄕˋ ㄎㄚˇ
(flash cards) 爲協助學生學習、記憶與熟練而使用的一種教具。將教學資料記於卡片上作爲一種刺激,讓學生作出適當的反應。因出示卡片的時間頗短,故稱。

19【閃爍其詞】 ㄕㄢˇ ㄕㄨㄛˋ ㄑㄧˊ ㄘˊ
說話吞吐遮掩,不肯直截了當道出眞情。

3

閆 ㄧㄢˊ yen² 音鹽
姓。通'閻'。'晉'有'閆亭'。見"萬姓統譜·六七"。

閈 ㄏㄢˋ han⁴ 音漢
①古時里巷的大門。見"說文"。②牆垣。見"字彙"。

閉 ㄅㄧˋ pi⁴ 音畢
①關門。見"說文"。②停止;禁止。如:禁閉。③阻塞;不通。如:閉塞。④古時稱二十四節氣中的立秋、立冬爲閉。

8【閉果】 ㄅㄧˋ ㄍㄨㄛˇ
(indehiscent fruit) 成熟後果皮

不裂開的乾果類果實。乾果中的翅果、穎果、堅果及瘦果等均屬此類。也有人將不依正常線痕裂開的果實列入閉果。

10【閉海】ㄅㄧˋ ㄏㄞˇ
又稱內陸海。由兩個或兩個以上國家環繞而成，且有一狹窄出口連接另一個海。因與大洋幾乎隔絕，所以受河川注入之影響頗大。又因封閉在內陸，水氣蒸發大，所以鹽分較一般海水爲高。如'裏海'與'黑海'等。

【閉氣】ㄅㄧˋ ㄑㄧˋ
停止呼吸。

13【閉塞】ㄅㄧˋ ㄙㄜˋ
①阻塞不通；與外界隔絕。②固執不開通。

【閉路】ㄅㄧˋ ㄌㄨˋ
(closed circuit) ①含有電流可以完整流動路徑的電路。②使電路閉合而讓電流流通。

14【閉幕】ㄅㄧˋ ㄇㄨˋ
①指戲劇表演、運動會或大規模的會議的結束。②比喻事情的終結。

15【閉廠】ㄅㄧˋ ㄔㄤˇ
雇主爲抗議勞工行動或迫使勞工接受其條件所採取的停工措施。當勞工以罷工、怠工、杯葛、糾察等方法來對付雇主時，雇主亦常用閉廠方法來對抗。

17【閉環】ㄅㄧˋ ㄏㄨㄢˊ
(closed loop) 電腦程式中沒有出口的環路。閉環執行時，周而復始，不會自動停止或結束。

18【閉藏】ㄅㄧˋ ㄘㄤˊ
①收藏保管。②掩閉隱藏。

19【閉關】ㄅㄧˋ ㄍㄨㄢ
①關閉城門。後多指與他人隔絕。②指動物蟄伏。③佛家修道者自我限定活動範圍，定期作爲修道開悟之期限，以求激勵勉行。

6【閉曲線】ㄅㄧˋ ㄑㄩ ㄒㄧㄢˋ
(closed curve) 首尾相連而無端點的曲線。若更有不自交之性質，

閉曲線圖

則稱簡單封閉曲線，將空間分割爲內部及外部。曲線的嚴格定義是：閉區間〔a,b〕映到平面上的連續函數。以參數表示時，$t\in$〔a,b〕；$x=f(t), y=g(t)$。閉曲線的面積指其內部的面積。

8【閉門腳】ㄅㄧˋ ㄇㄣˊ ㄐㄧㄠˇ
國術腿擊法。提腳斜擊敵人之下腹或襠部，手同時做封閉的動作。大都在退步時使用。

【閉門羹】ㄅㄧˋ ㄇㄣˊ ㄍㄥ
僅作羹待客而拒與相見。本是妓女拒客的表示，後泛指拒見客人。

4【閉月羞花】ㄅㄧˋ ㄩㄝˋ ㄒㄧㄡ ㄏㄨㄚ
形容女子姿色極其美豔，足使月退掩，化羞慚。

6【閉合系統】ㄅㄧˋ ㄏㄜˊ ㄒㄧˋ ㄊㄨㄥˇ
(closed system) 又稱固定質量系統。質量固定不變，而能量以功及熱之形式經由邊界與外界進行交換的系統。其邊界可移動。與開放系統相對。

8【閉門卻掃】ㄅㄧˋ ㄇㄣˊ ㄑㄩㄝˋ ㄙㄠˇ
緊閉門戶，不掃庭園小徑。比喻不與外人交往。也作杜門卻掃。

【閉門造車】ㄅㄧˋ ㄇㄣˊ ㄗㄠˋ ㄔㄜ
比喻只憑主觀想像辦事，不問是否符合實際。

13【閉路電視】ㄅㄧˋ ㄌㄨˋ ㄉㄧㄢˋ ㄕˋ
(closed circuit television)以有線方式傳送影像、聲響等電視訊號，但不靠天線發射電波的一種設備。又稱專用電纜電視。

19【閉關自守】ㄅㄧˋ ㄍㄨㄢ ㄗˋ ㄕㄡˇ
①指不與他國來往。②指不與他人溝通、交往。

13【閉路控制系統】ㄅㄧˋ ㄌㄨˋ ㄎㄨㄥˋ ㄓˋ ㄒㄧˋ ㄊㄨㄥˇ
(closed-loop system) 刀具在接受數值控制器之指令脈衝信號後，開始依照信號運動，而刀具在運動過程中，實際運動量隨時被檢出並回饋到數值控制器，以便隨時和輸出信號比較，並使兩者偏差爲零的控制系統。與開路控制系統相對。

18【閉鎖循環系統】ㄅㄧˋ ㄙㄨㄛˇ ㄒㄩㄣˊ ㄏㄨㄢˊ ㄒㄧˋ ㄊㄨㄥˇ
(closed circulatory system) 動物的血液，由心臟經由動脈、微血管、靜脈，再回心臟，其血液始終保持在血管內流動的循環系統。與開放循環系統相對。見於兩棲、爬蟲、鳥類及哺乳類等動物。

4

閔 ㄇㄧㄣˇ min^3 音敏
①臨門弔喪。俗作憫。見"說文"。②憐恤；同情。同憫。③憂患；憂傷。④愚昧；昏昧。⑤黽勉。⑥強悍。通暋。⑦姓。'春秋'有'閔子騫'。見"萬姓統譜・八〇"。

3【閔子騫】ㄇㄧㄣˇ ㄗˇ ㄑㄧㄢ
(前536～前487) '春秋''魯國'人，名'損'，字'子騫'。'孔子'弟子，以孝友聞。

閍 ㄈㄤ $fang^1$ 音方
①廟宇的門。見"爾雅・釋宮"。②宮中門。見"集韻"。

閌 ㄎㄤˋ $k'ang^4$ 音抗
高大的門。見"字彙"。

閏 ㄖㄨㄣˋ jun^4 音潤
①由於曆法中之年、月、日的劃分與回歸年的長度不能密切配合，曆學家爲調整曆法與天象間的差距，故在適當年分中增加完整的一日或一個月，稱爲閏。在現行的陽曆中，每400年置97閏日；在陰陽曆中，每19年置7個閏月。②偏；副。與正相對。

4【閏日】ㄖㄨㄣˋ ㄖˋ
(intercalary day) 現在通行的陽曆中，平年只有365日，比地球繞太陽公轉一周所需的眞正時間少0.24219日，爲校正此一誤差，所以每四年便有一年要增加一

日，稱爲閏日。閏日加在當年的二月。但由於每400年中僅需要97個閏日，故逢整百年的年分時只有能被400除盡的才會有閏日。這樣每年的平均長度爲 365.2425 日，更能接近一個回歸年。

【閏月】 ㄖㄨㄣˋ ㄩㄝˋ
(leap month ; intercalary month)陰陽曆中，曆月的計算是以月相週期爲準，每 12 個朔望月爲一年，僅有 354 日，比回歸年的長度少 11.24219 日，爲彌補曆法與天象間的差距，須每隔三兩年在曆年中加插一個獨立的月分，稱爲閏月。大致來說，19年中要加插 7 個閏月。閏月加插在某月之後，就稱爲閏某月。這種置閏法可使曆月與節氣密切地配合。

6【閏年】 ㄖㄨㄣˋ ㄋㄧㄢˊ
(leap year) 陽曆中有閏日或陰陽曆中有閏月的年分。

開 ㄎㄞ *k'ai*¹ 音揩
①張啟；拉開。如：開弓。②創始；起始。如：開國。③擴展；拓殖。如：開疆闢土。④啟發。如：開導。⑤綻放。如：開花。⑥解除。如：開禁。⑦分離。⑧赦免。如：開釋。⑨舉行。如：開會。⑩展示。如：開誠布公。⑪廣闊。如：開朗。⑫駕駛。如：開車。⑬發射。如：開槍。⑭計算紙幅的單位。全開長43'英'寸，寬31'英'寸。⑮(karat)爲[K]的音譯。[K]爲 karat或carat的簡稱。用以表示純金含量的單位。在'美國' carat 只用作寶石重量單位，譯作克拉，而 karat 則用於表示純金含量單位。但在'英國'則不加區別，均用 carat 一詞。⑯姓。'漢'有'開章'。見"萬姓統譜·一七"。

2【開刀】 ㄎㄞ ㄉㄠ
①外科醫生爲人動手術。②對人採取嚴懲的行動。③指用刀殺。

3【開弓】 ㄎㄞ ㄍㄨㄥ
①張弓。②國術拳法。以拳背橫擊，架勢如開弓，故名。

【開山】 ㄎㄞ ㄕㄢ
①尋找名山開創寺院。②指一宗一派的創始人。

4【開方】 ㄎㄞ ㄈㄤ
(evolution)又稱求根。求一數或一式方根的算法。求二次根的，稱開平方；求三次根的，稱開立方。

【開心】 ㄎㄞ ㄒㄧㄣ
①打開心懷，表現誠意。②啟發心智。③愉快；高興。④取笑。

【開火】 ㄎㄞ ㄏㄨㄛˇ
①引火；打開火源。②開戰。

【開弔】 ㄎㄞ ㄉㄧㄠˋ
擺設靈堂供人弔祭。也稱開喪。

【開片】 ㄎㄞ ㄆㄧㄢˋ
瓷器釉面的一種自然開裂現象。開裂的原因有二：一、成型時坯泥沿一定方向延伸，影響分子的排列；二、坯、釉膨脹係數不同，焙燒後冷卻時釉層收縮率大。開裂原是瓷器燒製中的一個缺點，但人們有意利用開裂的規律製造開片釉，作爲瓷器的一種特殊裝飾。

【開化】 ㊀ ㄎㄞ ㄏㄨㄚˋ
①開導教化；啟發文化。②思想開通，觀念進步。③河水解凍。
㊁ ㄎㄞ ·ㄏㄨㄚ
心情舒展。

5【開示】 ㄎㄞ ㄕˋ
佛菩薩對眾生開發啟示佛理，使其覺悟而證入涅槃。其後師父對弟子們之說法，也稱開示。

【開本】 ㄎㄞ ㄅㄣˇ
(page size) 報刊或其他出版物的版面單位。例如對開、四開、八開之類。

【開外】 ㄎㄞ ㄨㄞˋ
在某種範圍以外、以上。

6【開光】 ㄎㄞ ㄍㄨㄤ
①開設窗戶使通光線。②喪事習俗的一種。大殮之際，在合棺蓋以前，子女取棉醮水拭死者之目。③又稱開眼或開眼光。爲佛像塑成後擇日開始供奉的禮儀。即選定吉時，以鏡子反射陽光進入室內，打開罩住佛像頭部之紅布或紅紙的一剎那，陽光正好射進佛像眼睛，使佛像開眼而賦予靈性。④在瓷器的某些部分畫出邊框，邊框中畫山水、人物、花卉等的裝飾方式。邊框外飾以錦紋者，稱爲錦地開光。

8【開放】 ㄎㄞ ㄈㄤˋ
①釋放。②取消禁制，任人自由。③指花開。

【開府】 ㄎㄞ ㄈㄨˇ
成立府署，編設官員。'漢代'只有三公才可以開府，'魏''晉'以後，將軍或地方主官也可開府。

【開拓】 ㄎㄞ ㄊㄨㄛˋ
開闢擴展。

【開拔】 ㄎㄞ ㄅㄚˊ
指軍隊開始移往他處。

【開明】 ㄎㄞ ㄇㄧㄥˊ
①通達事理。②指人類社會由野蠻進步到文明。③開列清楚。④作風新穎，不守舊。

【開金】 ㄎㄞ ㄐㄧㄣ
(karat gold)又稱K金(K-gold)。與純金相對。以 24K 表示純金(pure gold)。因純金較軟，不適於工業及飾金用，所以通常都用混合其他金屬的合金。開金即指含有金成分的合金而言。如18K表示 24 分的合金中含有 18 分純金，即含有75％純金之意。依'美國'聯邦法律，合金含有黃金成分10K以上者，才稱爲開金。

9【開封】 ㄎㄞ ㄈㄥ
①拆開緘封。②開拓疆土。③府名。'五代''梁'置。舊治在今'河南省''開封市'。④位於'河南省'中北部、'黃河'以南。古稱'大梁'或'汴梁'。爲我國著名的古都，名勝古蹟多。地當鐵路線上的要站及公路的會集點，是'豫'省省會及文化、陸運交通中心。

【開革】 ㄎㄞ ㄍㄜˊ
開除。

【開胃】 ㄎㄞ ㄨㄟˋ
[1]增進食慾。[2]取笑；逗樂。
10【開消】 ㄎㄞ ㄒㄧㄠ
[1]解雇。[2]支付費用。也作開銷。
【開朗】 ㄎㄞ ㄌㄤˇ
[1]開闊明朗。[2]性情豁達爽朗。
【開悟】 ㄎㄞ ㄨˋ
[1]開導使領悟。[2]領會覺悟。
【開展】 ㄎㄞ ㄓㄢˇ
擴大；推廣。
【開除】 ㄎㄞ ㄔㄨˊ
辭退人員或取消名籍。
【開恩】 ㄎㄞ ㄣ
施恩赦免。請求寬恕的話。
【開缺】 ㄎㄞ ㄑㄩㄝ
指官吏犯過失而罪不及降級、革職者，飭令開去本職，另候任用。
11【開張】 ㄎㄞ ㄓㄤ
[1]開展擴大。[2]商店開業。
【開基】 ㄎㄞ ㄐㄧ
開創基業。
【開通】 ㄎㄞ ㄊㄨㄥ
[1]開明而不閉塞；通達人情世故。[2]疏通；暢通。
【開脫】 ㄎㄞ ㄊㄨㄛ
設法解脫。
12【開發】 ㄎㄞ ㄈㄚ
[1]拆開。[2]啟發。[3]開拓；舒展。[4]支付。[5]處置。[6]打發。
【開陽】 ㄎㄞ ㄧㄤˊ
北斗七星的第六星。即大熊座ζ_1星，西名 Mizar，意爲大熊面紗。是目視雙星，主星2.26等，伴星3.94等，相距14秒，二星又分別爲分光雙星，所以實際包括四顆星。
【開腔】 ㄎㄞ ㄑㄧㄤ
開口說話。
13【開溜】 ㄎㄞ ㄌㄧㄡ
偷偷溜掉、走開。
【開葷】 ㄎㄞ ㄏㄨㄣ
停止吃素，開始進食葷腥。
【開路】 ㄎㄞ ㄌㄨˋ
[1](open circuit)⑴電流缺乏完整流動迴路的電路。⑵使電路開關打開而不讓電流流通。[2](open loop) 輸出不被回饋到輸入端以修正系統功能的控制方式。
【開罪】 ㄎㄞ ㄗㄨㄟˋ
得罪；冒犯。
【開歲】 ㄎㄞ ㄙㄨㄟˋ
一年的開始。
14【開端】 ㄎㄞ ㄉㄨㄢ
開始；開頭。
【開幕】 ㄎㄞ ㄇㄨˋ
[1]建立府署，設置屬官。[2]揭幕。劇場臺前張掛幃幕，開始演出時即揭開，謂之開幕。後泛指會議、競賽、營業、表演等的開始。
15【開標】 ㄎㄞ ㄅㄧㄠ
(bid opening)工程發包時，在公告時間與地點，由主辦人當眾公開投標廠商之標價，並與工程底價(工程發包單位所定的最高價)相比較，終由最低標價且低於底價之投標廠商得標的過程。
【開銷】 ㄎㄞ ㄒㄧㄠ
開支；花費。
【開價】 ㄎㄞ ㄐㄧㄚˋ
(quote)在貿易實務上，正式進入交易談判之前，常有問價的習慣。例如買方向賣方拍電“Please quote…”(請開價…)，賣方即以“We quote…”(謹開價…)答覆。在‘日本’及沿用‘英國’習慣的地區，多將其解釋爲通知價格(quotation)，而不視爲願按此價格簽訂契約的意思表示，即不視爲報價(offer)，而只是要約的誘引。然而，在與‘美國’商人交易的場合，卻不一定作如此解釋，‘美國’商人常將quote視爲報價。因此，在實務上，quotation 究竟是否offer，須從其內容判定；如 quotation 的內容已具備 offer 的條件時，儘管使用 quotation 的字樣，仍將視爲 offer。
16【開戰】 ㄎㄞ ㄓㄢˋ
兩敵對國於宣戰後的直接行動。
18【開顏】 ㄎㄞ ㄧㄢˊ
臉上綻開笑容。
19【開懷】 ㄎㄞ ㄏㄨㄞˊ
舒展胸懷。
【開羅】 ㄎㄞ ㄌㄨㄛˊ
(Cairo)‘非洲’第一大都市及‘埃及’首都、空運中心。位‘尼羅河’下游右岸。建於西元960年。有水泥、化學、紡織、皮革及食品加工業。人口728.3萬 (2001年)。
20【開釋】 ㄎㄞ ㄕˋ
[1]釋放；赦免。[2]加以解釋使人開悟了解。
27【開鑼】 ㄎㄞ ㄌㄨㄛˊ
[1]指在戲劇上演以前，先打一陣鑼聲，以吸引觀眾。[2]比喻事情的開始。
3【開山祖】 ㄎㄞ ㄕㄢ ㄗㄨˇ
[1]指開山破土創建寺廟的高僧。並借爲對宗派的首創者的敬稱。[2]泛稱事物的創始人。
【開小差】 ㄎㄞ ㄒㄧㄠˇ ㄔㄞ
[1]軍隊中稱士兵逃亡。[2]比喻臨事逃避。
4【開心果】 ㄎㄞ ㄒㄧㄣ ㄍㄨㄛˇ
比喻使人喜悅開懷的人。
【開天窗】 ㄎㄞ ㄊㄧㄢ ㄔㄨㄤ
[1](news hole)指新聞之圖片或字數不足，未能排滿整個新聞版面，以致版面留下空白的情形。[2]比喻進行中的活動，無以爲繼。
8【開放性】 ㄎㄞ ㄈㄤˋ ㄒㄧㄥˋ
(openness)一個國家之貿易財部門和非貿易財部門的相對重要性。貿易財部門所占比重愈大，則一國的開放性愈大。
9【開洋葷】 ㄎㄞ ㄧㄤˊ ㄏㄨㄣ
初次見到或嚐試到新鮮的事物。
10【開倒車】 ㄎㄞ ㄉㄠˋ ㄔㄜ
比喻言論或措施退步落伍，違反潮流。
11【開麥拉】 ㄎㄞ ㄇㄞˋ ㄌㄚ
(camera) ‘英’文攝影機的音譯。電影、電視開始拍攝時，導演叫演員注意攝影機，口呼「開麥拉！」意即開始拍攝。
【開眼界】 ㄎㄞ ㄧㄢˇ ㄐㄧㄝˋ

擴大見聞的領域。

【開啟檔】 ㄎㄞ ㄑㄧˇ ㄉㄤˇ

(open file) 電腦程式中,使用一資料檔之前必須先進行開啟之處理,其功能為將資料檔準備好,以供讀取資料或寫入資料。

12【開場白】 ㄎㄞ ㄔㄤˇ ㄅㄞˊ

①指戲劇在開演前說明故事的道白。②指書刊報章雜誌的緒論、引言、發刊詞等一類的文字。③指演講人開頭所說的客套話或引言。

16【開辦費】 ㄎㄞ ㄅㄢˋ ㄈㄟˋ

(organization cost)公司自籌設至成立日止所發生的支出。如發起人酬勞、公司登記費用、律師及會計師公費等均為開辦費,可先列為公司資產,再於爾後分若干年轉為費用。我國一般多將公司成立日至開始營業前的支用也列入開辦費。

18【開竅兒】 ㄎㄞ ㄑㄧㄠˋㄦ

①曉悟了;想通了。②俗稱男女情竇初開。

19【開關門】 ㄎㄞ ㄍㄨㄢ ㄇㄣˊ

(swinging door) 又稱搖門。指門的啟閉,通常是繞著垂直軸移動者。這些軸用絞鏈或樞軸與門及門框相連。門的寬度約1公尺時,用單開門;1公尺以上時,用雙開門。

雙開關門圖

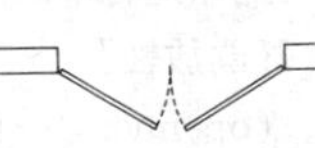

單開關門圖

【開關窗】 ㄎㄞ ㄍㄨㄢ ㄔㄨㄤ

(casement window)又稱推窗。窗扇之一邊用絞鏈聯結於窗框上,他邊可自由向外、內、上、下推動而開關者。適用於溼氣大、氣溫高的地區。

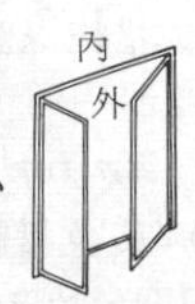

外開窗圖

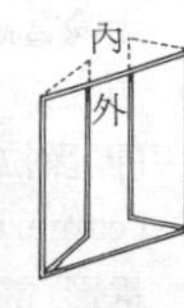

內開窗圖

3【開山祖師】 ㄎㄞ ㄕㄢ ㄗㄨˇ ㄕ

指開闢山林建立寺院的第一代高僧。也沿用為首創一宗一派者的稱呼。

4【開元之治】 ㄎㄞ ㄩㄢˊ ㄓ ㄓˋ

'唐玄宗''開元'年間,重用'姚崇'及'宋璟',勵精圖治,改革'武后'、'韋后'以來貪縱的政風,賦役寬緩,刑罰清省,財貨盈積,民樂其業;鄰邦君長均來輸誠,蔚為'唐朝'繼'貞觀'以後的盛世。

【開天闢地】 ㄎㄞ ㄊㄧㄢ ㄆㄧˋ ㄉㄧˋ

①天地初開。②泛指事情的開始或第一次。

5【開司米龍】 ㄎㄞ ㄙ ㄇㄧˇ ㄌㄨㄥˊ

(cashmilon)'日本'產製的一種人造纖維商標。因以合成之壓克力纖種仿效'喀什米爾'山羊毛(cashmere)性能,而延用雷同的稱呼;目前,則已演變為與合成纖維毛線類同意之勢。'喀什米爾'山羊毛纖維長達1~3.5'英'吋,毛狀捲曲而富光澤,大都用來產製高級毛料。

6【開成石經】 ㄎㄞ ㄔㄥˊ ㄕˊ ㄐㄧㄥ

又稱'唐'石經。'唐文宗''大和'七年(833),'唐玄度'奉敕覆定石經字體,刻有九經及"孝經"、"論語"、"爾雅",共一百五十九卷,於'開成'二年(837)立於國子監兩廊,故名。五代兵亂,蕪沒荒草中;'宋''元祐'間,遷今'西安'府學中;'明''嘉靖'間,逢地震毀損,後世僅存殘片。

8【開宗明義】 ㄎㄞ ㄗㄨㄥ ㄇㄧㄥˊ ㄧˋ

本為"孝經"第一章的章名。義取開張一經之宗本,顯明五孝之義理。後用以泛指行文或發言時,先說明其要點。

【開放入學】 ㄎㄞ ㄈㄤˋ ㄖㄨˋ ㄒㄩㄝˊ

(open admission) 一般指大學允許高中畢業生或具同等學力者,無須經由考試或甄選而一律可申請入學的制度。其目的在增加學生就學機會。

【開放系統】 ㄎㄞ ㄈㄤˋ ㄒㄧˋ ㄊㄨㄥˇ

(open system) 質量、能量皆可經由邊界與外界進行交換的系統。與閉合系統相對。開放系統有時又稱控制體積,其外形為研究方便,採固定無形體積。

【開放組織】 ㄎㄞ ㄈㄤˋ ㄗㄨˇ ㄓ

各種制度、規劃均對外界環境保持開放及高度適應的組織。組織自社會輸入其所需者,而排除其所不需者;輸入之事物經轉化後,再輸出於社會,而後又由社會回饋於組織。

【開放經濟】 ㄎㄞ ㄈㄤˋ ㄐㄧㄥ ㄐㄧˋ

(open economy) 若一經濟社會有對外貿易之關係,則其為一開放經濟。開放經濟可分為國內部門與國外部門,前者包括家計、企業及政府三部門;後者的經濟主體則是一國從事國際貿易的進、出口商。

【開放醫院】 ㄎㄞ ㄈㄤˋ ㄧ ㄩㄢˋ

指醫院開放給提出申請、院方審查合格之醫師使用,醫師可將病人帶到醫院開刀或住院,並向病人收取診療費,而材料、藥品、住院、伙食等費用則歸醫院所有。院中除住院醫師及實習醫師外,無專屬之專科醫師。此醫療機構首創於'美國','臺灣'現有之開放醫院均非正統,皆由數位醫師投資組成,並未真的開放,只能算是集體執業。

【開卷有益】 ㄎㄞ ㄐㄩㄢˋ ㄧㄡˇ ㄧˋ

打開書卷,便會有所收益。

【開門弟子】 ㄎㄞ ㄇㄣˊ ㄉㄧˋ ㄗˇ

武術教師正式教拳後所收的第一個入室弟子。因老師教導較仔細,加上跟隨的時間較久,有時還需代師傳藝,在眾弟子中,地位最為崇高。

【開門見山】 ㄎㄞ ㄇㄣˊ ㄐㄧㄢˋ ㄕㄢ

比喻說話或寫文章一開始就直入本題,明白表示。

【開門揖盜】 ㄎㄞ ㄇㄣˊ ㄧ ㄉㄠˋ

開門迎接寇盜。比喻引進壞人,自

取其禍。

【開明專制】ㄎㄞ ㄇㄧㄥˊ ㄓㄨㄢ ㄓˋ
政權由獨裁者掌握,行政措施以謀取人民福利爲依歸的政體。

【開狀銀行】ㄎㄞ ㄓㄨㄤˋ ㄧㄣˊ ㄏㄤˊ
(opening bank) 也稱發狀銀行(issuing bank)。即簽發信用狀的銀行。開狀銀行係保證賣方所簽發之匯票必獲付款的保證人,信用狀交易是否能順利進行,開狀銀行的信用至關重要。

【開物成務】ㄎㄞ ㄨˋ ㄔㄥˊ ㄨˋ
開發萬物的功能,成就造福天下的事業。

11【開堂歃血】ㄎㄞ ㄊㄤˊ ㄕㄚˋ ㄒㄧㄝˇ
祕密幫會吸收新會員的入會儀式。其儀式不一,大多在考驗會員的勇氣和忠誠。

13【開源節流】ㄎㄞ ㄩㄢˊ ㄐㄧㄝˊ ㄌㄧㄡˊ
開闢財源,節省開支。

【開誠布公】ㄎㄞ ㄔㄥˊ ㄅㄨˋ ㄍㄨㄥ
待人處事,坦誠無私。

【開路阻抗】ㄎㄞ ㄌㄨˋ ㄗㄨˇ ㄎㄤˋ
(open circuit impedance) 在雙口網路裡,若輸出端爲開路時,由驅動點看入所得到的阻抗。

【開路電壓】ㄎㄞ ㄌㄨˋ ㄉㄧㄢˋ ㄧㄚ
(open circuit voltage) 未接上負載時,存於電壓源輸出端點之間的電壓。

14【開齊合撮】ㄎㄞ ㄑㄧˊ ㄏㄜˊ ㄘㄨㄛˋ
開口呼、齊齒呼、合口呼、撮口呼的省稱。

19【開疆闢土】ㄎㄞ ㄐㄧㄤ ㄆㄧˋ ㄊㄨˇ
開拓疆土;擴大國家的領土。

【開羅會議】ㄎㄞ ㄌㄨㄛˊ ㄏㄨㄟˋ ㄧˋ
(Cairo Conference) 西元1943年十一月,我國'蔣中正'主席、'美國'總統'羅斯福'、'英國'首相'邱吉爾'在'開羅'舉行聯合參謀會議。十二月三日發表"開羅會議宣言",內容爲:懲處'日本'侵略,奪回其自1941年以來所占領之'太平洋'島嶼,將其自所有以暴力取得之領土中逐出;歸還東北、'臺灣'、'澎湖'予我國;'朝鮮'應令自由獨立;重申'日本'必須無條件投降。

8【開放式系統】ㄎㄞ ㄈㄤˋ ㄕˋ ㄒㄧˋ ㄊㄨㄥˇ
(open system) 能與外界環境互動交感的系統。其組織(如企業組織)能測知其經營環境的改變,而採取適當因應對策。例如企業因市場需求變化、金融體系或運作變化、科技變化、原材料供應變化或其他種種的環境變化而採取因應的對策。

【開狀申請人】ㄎㄞ ㄓㄨㄤˋ ㄕㄣ ㄑㄧㄥˇ ㄖㄣˊ
(applicant for the credit; accountee; accreditor) 向銀行申請開發信用狀的人。通常買方依買賣契約所定付款條件,由其向往來銀行申請開狀,因此,開狀申請人通常即爲買方(或進口商)。但在擔保信用狀的情形,由於其申請開狀未必是源於買賣契約,所以開狀申請人未必是買方,而爲其基礎交易的當事人。例如可能是投標商、工程承攬商、得標商或借款人等。

12【開發中國家】ㄎㄞ ㄈㄚ ㄓㄨㄥ ㄍㄨㄛˊ ㄐㄧㄚ
(developing country) 一國經濟正由未開發狀態迅速發展之中,產業結構逐漸轉變,個人平均所得逐漸提高,經濟維持適度成長,假以時日,即能成爲已開發國家。

8【開放式次常式】ㄎㄞ ㄈㄤˋ ㄕˋ ㄘˋ ㄔㄤˊ ㄕˋ
(open subroutine) 電腦次常式的一種。程式呼叫開放式次常式時,編譯器或組譯器在編譯目的碼時,將其直接插入程式中呼叫之處。

【開放循環系統】ㄎㄞ ㄈㄤˋ ㄒㄩㄣˊ ㄏㄨㄢˊ ㄒㄧˋ ㄊㄨㄥˇ
(open circulatory system) 指動物的血液,由心臟經血管而進入組織間隙,後經體腔再回到心臟的循環系統。如節肢動物屬之。與閉鎖循環系統相對。因其與閉鎖循環系統的淋巴液循環相同,故稱此類血液混合物爲血淋巴。

13【開路控制系統】ㄎㄞ ㄌㄨˋ ㄎㄨㄥˋ ㄓˋ ㄒㄧˋ ㄊㄨㄥˇ
(open-loop system) 刀具在接受數值控制器之指令脈衝信號後,開始依照信號運動,而刀具的實際運動量未作檢出及回饋的控制系統。與閉路控制系統相對。

8【開放系統人口成長】ㄎㄞ ㄈㄤˋ ㄒㄧˋ ㄊㄨㄥˇ ㄖㄣˊ ㄎㄡˇ ㄔㄥˊ ㄓㄤˇ
指一地的人口成長,不僅受出生和死亡的影響,同時亦受移入和遷出的影響。與封閉系統人口成長相對。

閱 ㄍㄨㄢˇ *kuan*3 音管
開啟鎖鍵的工具。通作管。見"篇海"。

閑 ㄒㄧㄢˊ *hsien*2 音閒
1柵欄。見"說文"。2防止。見"廣韻"。3範圍。如:大德不踰閑。4馬廄。如:閑廄。5安閒。通閒。6通嫻。(1)熟練。(2)文雅。

閎 ㄏㄨㄥˊ *hung*2 音宏
1里巷的門。見"說文"。2大;高。如:閎論。3姓。'漢'有'閎孺'。見"通志·氏族略四"。

13【閎達】ㄏㄨㄥˊ ㄉㄚˊ
學識淵博而通達。

間 本作閒。㈠ ㄐㄧㄢ *chien*1 音奸
1中;當中。見"集韻"。2量詞。用以數房屋。如:數間茅屋。
㈡ ㄐㄧㄢˋ *chien*4 音諫
1空隙;縫隙。見"說文"。2嫌隙。如:君臣多間。3分隔。如:間斷。4分化。如:離間。5夾雜。如:間雜。6偶爾。如:間或。7病好轉。如:病間。8(meta)用於有機化合物名稱之字首,表苯之衍生物中取代基位於間隔(或稱1、3)位置。例如間二甲苯中兩個甲基分

別位於1、3位置。

5【間出】 ㄐㄧㄢˋ ㄔㄨ
[1]乘隙私出。[2]交替而出。[3]隔代而出。指難得的人才。

6【間色】 ㄐㄧㄢˋ ㄙㄜˋ
(secondary colors) 指用原色(第一次色)混合而成的色彩。又稱第二次色。如紅＋黃＝橙、黃＋青＝綠、青＋紅＝紫，此橙、綠與紫三色就是間色。

【間伐】 ㄐㄧㄢˋ ㄈㄚ
將密植的林木作部分的砍伐。有隔株間伐、隔列間伐之別。對密植的果樹行間伐，由於養分、日照充足，可使果實發育良好，著色佳，改進品質效果甚大，故常施用於果樹。

7【間作】 ㄐㄧㄢˋ ㄗㄨㄛˋ
(interculture) [1]在兩期農作物之交接空檔期間，種植快長快收的作物。[2]在兩行主要作物間種植不相牴觸的作物。[3]在主要作物失收後，趕種成長迅速的作物以爲補救。

9【間架】 ㄐㄧㄢ ㄐㄧㄚˋ
[1]房屋的結構。[2]比喻字畫、文章的布局和結構。

【間苗】 ㄐㄧㄢˋ ㄇㄧㄠˊ
作物種植於土地上，爲維持株枝生長所需的一定空間，而於發芽後淘汰不良的植株，使不致過密的操作。

13【間道】 ㄐㄧㄢˋ ㄉㄠˋ
近路；小路。

【間歇】 ㄐㄧㄢˋ ㄒㄧㄝ
週期性的時作時停。

【間腦】 ㄐㄧㄢ ㄋㄠˇ
(diencephalon)位於大腦與中腦之間。分爲丘腦、丘腦上部、丘腦下部(下視丘)等三部分。功能包括幫助控制自律神經系、維持正常體溫、維持意識清醒等。

14【間隙】 ㄐㄧㄢˋ ㄒㄧˋ
同閒隙。[1]空隙。[2]可乘的機會。[3]空閒。[4]嫌隙。情感破裂，互相猜忌。[5](clearance)圓柱形機件部分(如螺栓與孔，或是軸頸與軸承)配對的一般術語。間隙一詞僅適用於內部元件小於外部元件的情況。直徑間隙(diametral clearance)係指兩直徑差異之度量；徑向間隙(radial clcarance)則爲兩半徑的差異。

16【間諜】 ㄐㄧㄢˋ ㄉㄧㄝˊ
指接受派遣或指使，運用各種方法，以偵探敵方情報，進行顚覆活動的人員。又稱細作。

19【間關】 ㄐㄧㄢ ㄍㄨㄢ
也作閒關。[1]狀聲詞。⑴車行聲。⑵鳥鳴聲。[2]指崎嶇輾轉，歷盡道途的艱險。[3]比喻文字艱澀難讀。

9【間奏曲】 ㄐㄧㄢˋ ㄗㄡˋ ㄑㄩˇ
(intermezzo)原是介於曲與曲之間，或歌劇裡幕與幕間的簡短器樂曲。後來漸演變爲獨立的自由抒情器樂曲。'德國''布拉姆斯'所作的數首鋼琴獨奏間奏曲即最著名的例子。

11【間接稅】 ㄐㄧㄢˋ ㄐㄧㄝ ㄕㄨㄟˋ
(indirect taxes) 指繳納租稅者與負擔租稅者並非同屬一人，具有轉嫁性質的租稅。例如貨物稅廠商繳納貨物稅後，將稅負加到貨價中，轉給購買者負擔，則貨物稅即屬間接稅；他如關稅、營業稅、屠宰稅、娛樂稅等，均爲具有明顯轉嫁現象的租稅。

13【間歇河】 ㄐㄧㄢˋ ㄒㄧㄝ ㄏㄜˊ
(intermittent stream)俗稱時令河。河流的流水隨季節間歇出現，乾季時河床乾涸，雨季時流水滾滾。以乾、雨季顯著地區較多見。

【間歇泉】 ㄐㄧㄢˋ ㄒㄧㄝ ㄑㄩㄢˊ
(geyser) 地殼內泉水受高溫積聚，此高溫的熱水和水蒸汽相伴，作定時或不定時的間歇噴發者。其特徵爲間歇噴發，當聚集的水汽壓力蓄積至一定威力時，即噴水。主要分布於'冰島'、'紐西蘭'和'美國''黃石國家公園'，均爲晚期地質時代火山活動的證據。'美國''黃石公園''老忠實間歇泉'是最著名的間歇泉，大約每小時噴水一次，水溫高達39°C，噴發時間約數分鐘，間歇期間再塡滿熱水，逐漸增熱至臨界點再噴發。

4【間不容髮】 ㄐㄧㄢˋ ㄅㄨˋ ㄖㄨㄥˊ ㄈㄚˇ
間隔極微，容不下一根髮絲。比喻形勢非常危急。

11【間接人工】 ㄐㄧㄢˋ ㄐㄧㄝ ㄖㄣˊ ㄍㄨㄥ
(indirect labor) 係指工廠中非直接從事製造產品之工作人員的薪資等。如監工、警衛及清潔工等的薪資均屬之。

【間接代理】 ㄐㄧㄢˋ ㄐㄧㄝ ㄉㄞˋ ㄌㄧˇ
以自己之名義，爲他人(本人)之計算所爲之行爲。如行紀、承攬運送等是。間接代理人(如行紀人、承攬運送人)須先取得其行爲之法律效果，再移轉於本人，亦即自己成爲交易行爲之主體，此與代理係以本人名義爲之，其效果直接及於本人者有所不同。間接代理僅有間接代理人與相對人，及間接代理人與本人之兩面關係，本人與相對人(即第三人)並無直接權利義務關係，不同於代理之三面關係。

【間接成本】 ㄐㄧㄢˋ ㄐㄧㄝ ㄔㄥˊ ㄅㄣˇ
(indirect cost) 凡成本標的(如產品或部門)應負擔的成本，而無法直接歸屬至成本標的，必須採用某種方式分配者。例如數種產品均用同一機器製造，則機器折舊即爲該數產品的間接成本。

【間接位址】 ㄐㄧㄢˋ ㄐㄧㄝ ㄨㄟˋ ㄓˇ
(indirect address) 電腦主記憶體內一位址之內容不是所需的運算資料，而是運算資料存放的位置，則此位址稱爲間接位址。

【間接定址】 ㄐㄧㄢˋ ㄐㄧㄝ ㄉㄧㄥˋ ㄓˇ

(indirect addressing)電腦指令定址的方式之一。指令的位址部分所含的不是運算資料所在的位址，而是運算資料的間接位址。

【間接肥料】ㄐㄧㄢˋ ㄐㄧㄝ ㄈㄟˊ ㄌㄧㄠˋ
施之於土地的物料，其本身並不含有肥料三要素，但能改良土壤的機械物理性、中和酸性或幫助物質分解而放出植物養分，或對植物生長具有刺激作用，因而促進其發育者。石灰即是最典型的間接肥料。

【間接故意】ㄐㄧㄢˋ ㄐㄧㄝ ㄍㄨˋ ㄧˋ
行爲人對於構成犯罪之事實，預見其發生而其發生並不違背其本意者。又稱未必故意。乃謂行爲人主觀上對於構成犯罪事實之實現有所預見，但容任該構成犯罪事實之實現或聽任其結果之發生，而終至實現法定構成要件者而言。具間接故意者，即屬故意犯，此與有認識之過失應加區別，後者之行爲人對於構成犯罪事實，雖與間接故意同預見其能發生，但卻確信其不發生，亦即其發生違背行爲人之本意。

【間接指令】ㄐㄧㄢˋ ㄐㄧㄝ ㄓˇ ㄌㄧㄥˋ
(indirect instruction)電腦指令集中使用間接定址方式的指令。

【間接套匯】ㄐㄧㄢˋ ㄐㄧㄝ ㄊㄠˋ ㄏㄨㄟˋ
(indirect arbitrage; three-point arbitrage)即利用三個市場匯率高低之不同，同時在三個市場中買低賣高，從中賺取匯率差額的外匯交易。

【間接原料】ㄐㄧㄢˋ ㄐㄧㄝ ㄩㄢˊ ㄌㄧㄠˋ
(indirect material)係指工廠中所用之材料及物料，不成爲產品實體的部分者。如燃油、潤滑油及清潔用材料等均屬之。

【間接貿易】ㄐㄧㄢˋ ㄐㄧㄝ ㄇㄠˋ ㄧˋ
(indirect trade)又稱代理商經手的交易(transaction through agent)或佣金制貿易(business on commission)。即輸出入兩國之買賣雙方，透過中間商或代理商之媒介而間接達成交易的貿易方式。另在‘美國’，製造業者或生產者將其產品透過專業貿易商輸銷國外者，也稱爲間接貿易。

【間接溝通】ㄐㄧㄢˋ ㄐㄧㄝ ㄍㄡ ㄊㄨㄥ
發送者將意念發送後，需經一個第三者的傳遞或經數個第三者的依次傳遞，始能達到接受者。當參與傳遞的第三者人數愈多時，愈會影響到意見溝通的正確性。

【間接匯率】ㄐㄧㄢˋ ㄐㄧㄝ ㄏㄨㄟˋ ㄌㄩˋ
(indirect exchange rate)又稱交叉匯率(cross exchange rate)。經由第三種通貨換算而成的兩種通貨之間的兌換比率。

【間接證明法】ㄐㄧㄢˋ ㄐㄧㄝ ㄓㄥˋ ㄇㄧㄥˊ ㄈㄚˇ
(indirect proof method)指利用淨值增加法、銀行存款法、超額現金支出法及百分比等間接方法，依據所得之情況證據，以證明納稅義務人是否有短漏匿報所得或虛報費用情事之謂。因其異於以直接編製申報書之方法來證明課稅所得，故稱。

【間接製造成本】ㄐㄧㄢˋ ㄐㄧㄝ ㄓˋ ㄗㄠˋ ㄔㄥˊ ㄅㄣˇ
(indirect manufacturing cost)又稱製造費用。指製造成本中直接原料及直接人工以外的各項成本。如間接原料、間接人工、廠房及設備之折舊及水電費等都是。間接製造成本雖與產品無直接關係，但爲製造產品所必須的成本，故應採用某種方式分攤，計入產品的成本。

閒

㊀ ㄐㄧㄢ *chien*^{1} 音奸
同間。

㊁ ㄐㄧㄢˋ *chien*^{4} 音澗
同間。

㊂ ㄒㄧㄢˊ *hsien*^{2} 音閑
通作閑。①空暇。如：閒暇。②恬靜。如：閒適。

10【閒時】ㄒㄧㄢˊ ㄕˊ
(idle time)指某一段時間內電腦系統機器設備能夠正常運作但並未被使用。

【閒氣】㊀ ㄐㄧㄢˋ ㄑㄧˋ
指傑出的人才。古人以爲英雄豪傑上應星象，稟受天地之氣而出。也作間氣。
㊁ ㄒㄧㄢˊ ㄑㄧˋ
由不關緊要的事所引發的氣惱。也作閑氣。

11【閒聊】ㄒㄧㄢˊ ㄌㄧㄠˊ
談天。

13【閒話】ㄒㄧㄢˊ ㄏㄨㄚˋ
也作閑話。①閒談；聊天。②題外話；不相關的話。③背後議論別人是非的話。

15【閒磕牙兒】ㄒㄧㄢˊ ㄎㄜ ㄧㄚˊ ㄦ
閒談。也作閑磕牙兒、閒磕打牙兒。

8【閒花野草】ㄒㄧㄢˊ ㄏㄨㄚ ㄧㄝˇ ㄘㄠˇ
比喻不正經的女子。

11【閒情偶寄】ㄒㄧㄢˊ ㄑㄧㄥˊ ㄡˇ ㄐㄧˋ
‘清’李漁撰，十六卷。是作者表現其生活品味及藝術欣賞的著作。其中以詞曲部、演習部最爲精要，代表他在戲曲藝術方面的心得，爲研究我國古典戲曲的重要參考資料。

【閒情逸致】ㄒㄧㄢˊ ㄑㄧㄥˊ ㄧˋ ㄓˋ
安閒幽雅的情趣。

12【閒雲野鶴】ㄒㄧㄢˊ ㄩㄣˊ ㄧㄝˇ ㄏㄜˋ
閒逸的浮雲，山野的孤鶴。①比喻來去自如，無所羈絆。②指隱居閒適的生活。

13【閒置貨幣】ㄒㄧㄢˊ ㄓˋ ㄏㄨㄛˋ ㄅㄧˋ
(idle money)被金融機構用來作爲庫存準備金的通貨。這一部分的貨幣不在市場上流通，對經濟活動不發生作用。

5

閙 鬧的訛字。

閟 ㄅㄧˋ pì⁴ 音必

1閉門。見"說文"。2泛指封閉。見"正字通"。3謹慎。見"字彙"。4幽深。通祕。見"字彙"。

14【閟爾當人】 ㄅㄧˋ ㄦˇ ㄉㄤ ㄖㄣˊ

(Piltdown Man) 發生在'英國'的一件僞造化石人。'英'籍業餘古生物學家'道森'(C. Dawson)於西元1909～1915年間,陸續報告在'塞色克斯'(Sussex)的'閟爾當'(Piltdown)發現一個具有現代人形狀的頭骨及一個非常原始而極像猿的下顎骨,並且伴有石器及動物化石等出土。這個頭骨被命名爲「道森氏曉人」(*Eoanthropus dawsoni*)。在當時廣被學術界所接受。直到1950年代,以氟素測驗年代法始發現該下顎骨實際是犬齒經磋磨過的黑猩猩的下顎,而該頭骨也是現代人頭骨僞裝的;另外,伴隨石器也是事先埋下的。

閛 ㄆㄥ p'êng¹ 音烹

關門的聲音。見"集韻"。

閜 ㈠ ㄒㄧㄚˇ hsia³

大開。見"說文"。

㈡ ㄜˇ o³, ê³ 音噁

門戶傾斜。見"集韻"。

閘 ㄓㄚˊ cha² 音札

1門樞轉動聲。見"說文·閘·段注"。2控制水流大小和船隻通行的水門。如:水閘。3車輛上的煞車或使車減速的裝置。4點閱;查對。5狀聲詞。參閘喋。6(gate)組合數位電路的一種。此種電路具有一輸出端與一個或多個輸入端;輸出端之信號由輸入端之信號所決定。種類繁多,常見的有及閘、或閘等。

8【閘門】 ㄓㄚˊ ㄇㄣˊ

(gate)渠道、壩、運河或其他控制水通道等水工結構物的開口門。具有孔口之水理性質與調節流量作用。

12【閘喋】 ㄓㄚˊ ㄉㄧㄝˊ

形容鳥、魚、昆蟲咬食發出的聲音。

13【閘極】 ㄓㄚˊ ㄐㄧˊ

(gate)場效電晶體元件的一連接端。以其電位大小控制通道之有無,而控制源極與汲極間之電流,故稱。

14【閘閥】 ㄓㄚˊ ㄈㄚˊ

(gate valve)用於大管子且不需要精確控制流量的管線。其控制流量之動作主要靠與流動方向垂直之盤狀閘的上下移動而達成。

9【閘流體】 ㄓㄚˊ ㄌㄧㄡˊ ㄊㄧˇ

(thyristor) 利用激發脈衝來進行轉換動作之多層接合型半導體元件的總稱。大部分爲PNPN四層構造,可做爲轉換、相位控制、

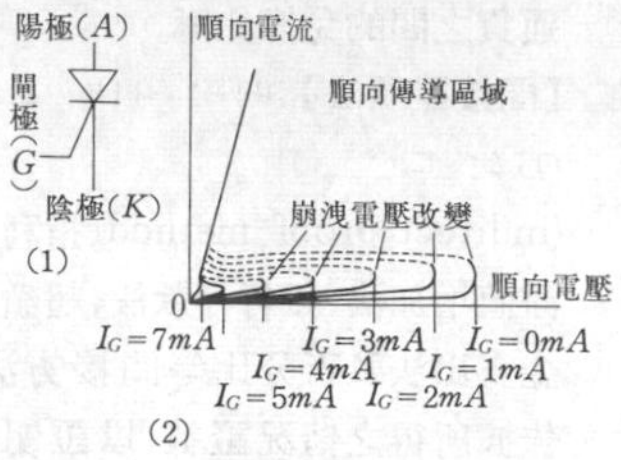

閘流體圖

整流、穩壓穩流等元件,以矽控整流器(SCR)爲代表。圖(1)所示爲SCR的符號;圖(2)所示爲其特性曲線。

閞 ㄅㄧㄢˋ pien⁴ 音辨

門柱上的方形木頭。又稱枅、栱。見"爾雅·釋宮"。

6

閡 ㄏㄜˊ ho², hê² 音核

1自門外關閉。見"說文"。2隱藏。見"集韻"。3阻礙。見"集韻"。4級;層。通垓、陔。如:九閡。

閨 ㄍㄨㄟ kuei¹ 音圭

1上圓下方的獨立小門。見"說文"。2泛指宮中小門。見"爾雅·釋宮"。3內室;婦女的居室。見"正字通"。

15【閨闈】 ㄍㄨㄟ ㄎㄨㄣˇ

1婦女所居的內室。2指女子。

閧 ㈠ ㄒㄧㄤˋ hsiang⁴ 音巷

里中的道路。或作巷、衖、鄉。見"集韻"。

㈡ ㄏㄨㄥˋ hung⁴ 音鬨

鬨的訛字。

閩 ㄇㄧㄣˇ min³ 音抿 又讀 ㄇㄧㄣˊ min² 音民

1族名。分布於'福建省'及'浙江省'東部一帶。2(909～945)五代十國之一。'王審知'所建,據今'福建省'大部分。共三世,六主,三十七年。3'福建省'的簡稱。

6【閩江】 ㄇㄧㄣˇ ㄐㄧㄤ

'福建省'最大河川。上有三大源流,北源'建溪'、西源'富屯溪'、南源'沙溪'皆源於'武夷山'東麓,流至'南平縣'匯合後稱'劍溪',至'水口'以下河段始稱'閩江',再東南流經'馬尾'附近注入'東海'。有航行之利。

23【閩變】 ㄇㄧㄣˇ ㄅㄧㄢˋ

又稱'福州'事變。'民國'二十二年,赴'閩'剿'共'的第十九軍,受'陳銘樞'、'李濟琛'等人蠱惑,萌生叛意。十一月,'陳'與'蔣光鼐'、'蔡廷鍇'、'徐謙'、'陳友仁'等人宣布成立'中華共和國人民政府',取銷'中華民國'國號、國旗及黨旗,撤除'孫中山'遺像,並與'江西''中共'訂立"反日反蔣的初步協定",圖謀全面叛變,是爲'閩'變。國府主席'林森'回'閩'勸誡無效,改採武力討伐。次年一月敉平,'陳銘樞'等逃往'香港'。

9【閩南語】 ㄇㄧㄣˇ ㄋㄢˊ ㄩˇ

'漢'語方言的一種。分布於'福建'南部沿海和'廣東''潮州'一帶,以及'臺灣'地區。

閣 ㈠ ㄍㄜˊ ko², kê² 音格

1樓房。見"玉篇"。2內室;臥室。如:閨閣。3棧道。如:棧閣。4姓。'唐'有'閣輔'。見"萬姓統

譜・一二〇”。

二 ㄍㄜ *ko*1, *kê*1 音歌

放置。也作擱。如:閣手。

三 ㄍㄠˇ *kao*3 音稿

庵觀中用以祀神的小樓。如:‘呂祖’閣。

15【閣樓】 ㄍㄜˊ ㄌㄡˊ

(attic; blind story; garret)指位在屋頂內之樓層。但“建築法規”規定:樓地板面積在該建築物建築面積三分之一以上時,須視爲另一層。

閥 ㄈㄚˊ *fa*2 音筏

①建於門左的柱子。見“玉篇”。②門第。如:世閥。③指在某方面有特殊勢力的團體或個人。如:財閥。④(valve)管線中用來調整壓降以控制流量的裝置。

15【閥閱】 ㄈㄚˊ ㄩㄝˋ

①功績和經歷。②指豪門勳族。

閤 一 ㄍㄜˊ *ko*2, *kê*2 音格

①正門旁的小門。見“說文”。②樓閣夾室。古代藏書的地方。通閣。見“正字通”。

二 ㄏㄜˊ *ho*2, *hê*2 音合

全;總。通闔。如:閤府。

7

閬 ㄌㄤˇ *lang*3 音朗 又讀 ㄌㄤˋ *lang*4 音浪

門高。見“說文”。

閫 ㄎㄨㄣˇ *k'un*3 音捆

①門檻;門限。見“廣韻”。②郭門;國門。如:閫外。③婦人居住的內室。如:閨閫。④指婦女。如:新閫。⑤姓。‘明’有‘閫立道’。見“萬姓統譜・八〇”。

5【閫令】 ㄎㄨㄣˇ ㄌㄧㄥˋ

妻子的命令。常用以譏諷懼內者之詞。

9【閫威】 ㄎㄨㄣˇ ㄨㄟ

妻子的威嚴。用以譏諷懼內者之詞。

15【閫範】 ㄎㄨㄣˇ ㄈㄢˋ

婦女的品德規範。

閭 ㄌㄩˊ *lü*2 音櫚

①里巷大門。見“說文”。②古代基層行政單位名。二十五家爲一閭。

16【閭閻】 ㄌㄩˊ ㄧㄢˊ

里巷的門。①泛指民間。②指平民。

閱 ㄩㄝˋ *yüeh*4 音悅

①在門內考察計算。也泛指計算。見“說文”。②省察;檢閱。如:閱兵。③看;觀覽。如:閱讀。④經歷。如:閱世。⑤立在門右的柱子。見“玉篇”。

5【閱世】 ㄩㄝˋ ㄕˋ

經歷世事。

7【閱兵】 ㄩㄝˋ ㄅㄧㄥ

檢閱軍隊。

16【閱歷】 ㄩㄝˋ ㄌㄧˋ

①經歷。②指過去所經歷的事跡或歷任的職務。

22【閱讀速率】 ㄩㄝˋ ㄉㄨˊ ㄙㄨˋ ㄌㄩˋ

(reading rate)指每分鐘能理解的閱讀字數。

【閱讀實驗室】 ㄩㄝˋ ㄉㄨˊ ㄕˊ ㄧㄢˋ ㄕˋ

(reading laboratory)爲增進閱讀技巧、閱讀速率、理解能力與改善閱讀困難而設置的實驗場所。內有閱讀測驗、閱讀機、閱讀材料與閱讀專家等。

⿵門坐 ㄓㄞˋ *chai*4 音債

參掙⿵門坐。

⿵門电 閹的俗體。

8

閼 一 ㄜˋ *o*4, *ê*4 音惡

①壅遏;阻塞。見“說文”。②阻水的閘板。如:堤閼。

二 ㄧㄢ *yen*1 音煙

參閼氏。

三 ㄩˋ *yü*4 音裕

參閼與三。

4【閼氏】 ㄧㄢ ㄓ

‘漢’時‘匈奴’皇后的稱號。

13【閼塞】 ㄜˋ ㄙㄜˋ

壅塞不通。

14【閼與】 一 ㄩˋ ㄩˇ

古地名。‘戰國’‘韓’的城邑,故城在今‘山西省’東境‘和順縣’西北。

三 ㄜˋ ㄩˇ

阻攔猶豫未定的人。

閾 ㄩˋ *yü*4 音裕

①門檻。見“說文”。②阻隔。③(threshold)適足以引起感官反應的平均刺激強度。也指感官適足以分辨之兩種不同刺激強度的差異量。

闍 或作闍。一 ㄉㄨ *tu*1 音都

城門上的土臺。作瞭望用。見“說文”。

二 ㄕㄜˊ *shê*2 音蛇

參闍王。

4【闍王】 ㄕㄜˊ ㄨㄤˊ

佛家語。‘阿闍世王’的略稱。也稱‘闍世’。

閹 ㄧㄢ *yen*1 音淹

①負責關閉宮門的人。見“說文”。②指宦官。③男子或雄性動物割去生殖器官。④屈意迎合。

2【閹人】 ㄧㄢ ㄖㄣˊ

宦官;太監。

12【閹然媚世】 ㄧㄢ ㄖㄢˊ ㄇㄟˋ ㄕˋ

昧藏己意以討好他人。

閺 閿的訛字。

閶 ㄔㄤ *ch'ang*1 音昌

參閶闔。

18【閶闔】 ㄔㄤ ㄏㄜˊ

也作閶闔。①傳說中的天門。②宮門。也泛指門。

閿 閿的或體。

閻 ㄧㄢˊ *yen*2 音鹽

①里中的門。見“說文”。②姓。‘春秋’‘晉’有‘閻嘉’。見“萬姓統譜・六七”。

4【閻王】 ㄧㄢˊ ㄨㄤˊ

‘閻羅王’的簡稱。參閻羅。

7【閻系】 ㄧㄢˊ ㄒㄧˋ

‘民’初北方軍閥派系之一。首領‘閻錫山’，據‘山西’。‘民國’五年起，先後與‘皖’、‘直’、‘奉’、國民軍系相結。十六年，響應‘國民政府’統一號召，所部編爲國民革命軍，參加北伐，兵力約 20 萬人。北伐結束，與中央時分時合。

19【閻羅】 ㄧㄢˊ ㄌㄨㄛˊ
佛家地獄之神，爲十王之一。俗稱‘閻王’。也作‘閻摩羅’、‘閻魔羅闍’、‘剡摩’、‘琰魔’。義譯爲平等王，或譯爲縛，即收縛罪人的意思；或譯爲遮，即遮令不使人造惡的意思；或言雙世，因此王日夜苦樂相半；或稱雙王，因兄妹皆爲地獄王，兄治男事，妹理女事。又言‘閻羅’掌理人間生死、壽命、善惡獎罰之事。

9【閻若璩】 ㄧㄢˊ ㄖㄨㄛˋ ㄑㄩˊ
(1636～1704)‘清’‘山西’‘太原’人，遷居‘江蘇’‘淮安’，字‘百詩’，號‘潛邱’。博通經史，長於考據，撰有“古文尚書疏證”，確證‘東晉’‘梅賾’所獻“古文尚書”爲僞作。又精於地理，撰有“四書釋地”，多所貫通。另著有“潛邱劄記”、“孟子生卒年月考”等。

10【閻浮提】 ㄧㄢˊ ㄈㄨˊ ㄊㄧˊ
佛家語。即‘南贍部洲’。或譯爲‘贍部洲’、‘剡浮洲’、‘譫浮洲’、‘澹部洲’。閻浮，樹名；提，提鞞波的略稱，義譯爲洲。洲上閻浮樹最多，所以稱‘閻浮提’或‘閻浮洲’。俗稱‘閻浮提洲’指‘中國’及東方諸國，實則佛經專指‘印度’而言。

【閻海文】 ㄧㄢˊ ㄏㄞˇ ㄨㄣˊ
(1907～1937)‘遼寧’‘北鎮’人。‘中央航校’畢業。‘民國’二十六年八月十三日，奉命空襲‘上海’的‘日’軍，不幸被敵炮擊中，墜落敵陣被圍，乃佯死臥地，以手槍連擊‘日’軍數人，留一彈自盡殉國。

16【閻錫山】 ㄧㄢˊ ㄒㄧˊ ㄕㄢ
(1883～1960) ‘山西’‘五台’人，字‘伯川’，號‘龍池’。‘日本’‘陸軍士官學校’畢業。‘民國’肇建後，歷任督軍、省長等職。抗戰軍興，任第二戰區司令長官，屢挫‘日’軍。三十八年，任‘行政院’長兼‘國防部’長。大陸淪陷後，隨政府遷‘臺’，任總統府資政。著有“世界和平與世界大戰”、“大同之路”等。

閻錫山像

閵 ㄌㄧㄣˋ *lin*⁴ 音吝
踐踏；輾過。同蹸。見“字彙”。

閬 閬的俗體。

閽 ㄏㄨㄣ *hun*¹ 音昏
1守門人。見“說文”。2門；宮門。如：帝閽。

2【閽人】 ㄏㄨㄣ ㄖㄣˊ
1官名。爲“周禮”天官的屬官。掌管王宮、中門的門禁。2守門人。

9

闊 ㄎㄨㄛˋ *k'o*⁴, *k'uo*⁴ 音擴
俗作濶。1疏遠；久遠。見“說文”。2寬大；廣大。3寬度。如：闊一尺。4寬緩；不細密。5奢侈豪華。如：闊氣。

6【闊老】 ㄎㄨㄛˋ ㄌㄠˇ
富有而豪侈的人。

10【闊氣】 ㄎㄨㄛˋ ㄑㄧˋ
生活豪華，捨得花錢的作風。

14【闊綽】 ㄎㄨㄛˋ ㄔㄨㄛˋ
花費大方奢華。

13【闊葉林】 ㄎㄨㄛˋ ㄧㄝˋ ㄌㄧㄣˊ
(broadleaf forest) 樹林依樹葉形狀可區分成闊葉林和針葉林兩大類。闊葉林生長於高溫多雨的地區，可分爲落葉闊葉林及常綠闊葉林兩種。特徵是：葉片寬薄，木質多屬硬木材。楓樹、山毛櫸、石南等屬溫帶常見的闊葉林木；印度橡膠樹、銀葉樹、黃連木、錫蘭肉桂等爲熱帶常見的闊葉林木。

闇 一 ㄢˋ *an*⁴ 音暗
1閉門。見“說文”。2隱暗。見“廣韻”。3日月蝕。見“正字通”。4愚昧；昏憒。如：闇弱。
二 ㄢ *an*¹ 音庵
1守喪的廬舍。見“集韻”。2熟悉。通諳。如：闇練。

10【闇弱】 ㄢˋ ㄖㄨㄛˋ
愚昧懦弱。

12【闇然】 ㄢˋ ㄖㄢˊ
幽暗不明的樣子。

闖 ㄨㄟˇ *wei*³ 音偉
或作闔。閉門。見“說文”。

闌 ㄌㄢˊ *lan*² 音攔
1門遮。俗稱櫳檻。見“說文”。2遮闌；阻隔。見“廣韻”。3豢養牲畜的柵欄。通欄。4盡；衰落。如：夜闌。5妄；擅自。

3【闌干】 ㄌㄢˊ ㄍㄢ
1以竹、木、金屬等製成的遮攔物。也作欄杆。2横斜的樣子。3淚流縱横的樣子。

7【闌尾】 ㄌㄢˊ ㄨㄟˇ
(vermiform appendix) 從盲腸下部分歧而出的盲管構造。由於形狀與大小似一大而彎曲的蟲，故又稱蟲樣垂或蚓突。大小因人而異，一般長約6～8公分，直徑約 6 公釐。作用不明，但其黏膜層常常發炎，而引起闌尾炎。

9【闌珊】 ㄌㄢˊ ㄕㄢ
衰落；將盡。

闈 ㄨㄟˊ *wei*² 音圍
1古代宮中相通的小門。見“說文”。2內室。指父母所住的房間，引申指父母。3舊稱科舉考試的會場。現指考試時命題及印製試卷的場所。如：闈場。

12【闈場】 ㄨㄟˊ ㄔㄤˇ
1古代科舉考試的試場。2近代大規模考試，命題與印製試卷者的工作場所。

闉 ㄧㄣ *yin*¹ 音因
1古時在城門外所築曲城

的重門。見"說文"。②卷曲。見"集韻"。③塡;塞。通堙。見"正字通"。

闀 ㄒㄧㄤˋ *hsiang*⁴ 音巷
巷陌;街巷。見"字彙"。

闋 ㄑㄩㄝˋ *ch'üeh*⁴ 音卻
①事情做完,將門閉上。見"說文"。②事畢。③音樂終了。④量詞。歌曲一首叫一闋。⑤止息。⑥曲調。如:新闋。

闍 ㄓˋ *chih*⁴ 音緻
密閉而無間隙。見"集韻"。

闃 ㄑㄩˋ *ch'ü*⁴ 音去
寂靜。見"廣韻"。

11【闃寂】 ㄑㄩˋ ㄐㄧˊ
寂靜無聲。

12【闃然】 ㄑㄩˋ ㄖㄢˊ
寂靜無聲的樣子。

闅 ㄨㄣˊ *wên*² 音聞
壓低眼睛看東西。也作閺。見"說文"。

闔 ㄏㄜˊ *ho*², *hê*² 音何 又讀 ㄧㄚˋ *ya*⁴ 音軋
門扇開闔聲。見"說文"。

闆 ㄅㄢˇ *pan*³ 音板
參老闆。

闟 ㄩˊ *yü*² 音俞
偸看。見"玉篇"。

䦱
䦱的或體。

10

闕 ㊀ ㄑㄩㄝˋ *ch'üeh*⁴ 音卻
①古代宮廟門外建立的臺觀。見"說文"。②泛指宮門、宮殿。③墓門左右所立的石柱。用以題氏諱、官爵等。④姓。'漢'有'闕翊'。見"萬姓統譜・一一六"。
㊁ ㄑㄩㄝ *ch'üeh*¹ 音缺
通缺。①過失。見"廣韻"。②空隙;遺漏。如:闕如。③虧損;短少。④除去;消滅。如:闕翦。

3【闕下】 ㄑㄩㄝˋ ㄒㄧㄚˋ
本指宮闕之下。後借指朝廷。

6【闕如】 ㄑㄩㄝ ㄖㄨˊ
空缺;欠缺。

14【闕漏】 ㄑㄩㄝ ㄌㄡˋ
①空隙。②缺失;遺漏。

【闕疑】 ㄑㄩㄝ ㄧˊ
對於疑惑不解的問題擱置不論。

闖 ㊀ ㄔㄣˋ *ch'ên*⁴ 音櫬
①馬銜出門的樣子。見"說文"。②出頭的樣子。見"集韻"。
㊁ ㄔㄨㄤˊ *ch'uang*⁰
①突然直入。如:闖席。②任意出入。同串。如:闖蕩江湖。③歷練。④惹起。⑤稱人勇猛善戰。
㊂ ㄔㄨㄤˋ *ch'uang*⁴ 音創
①擾亂。②撞到。如:闖倒。

12【闖越】 ㄔㄨㄤˇ ㄩㄝˋ
①不遵守交通規則而違規超越。②故意進入禁區。

13【闖禍】 ㄔㄨㄤˇ ㄏㄨㄛˋ
惹出禍事。

19【闖關】 ㄔㄨㄤˇ ㄍㄨㄢ
企圖以違規的方式通過關口。

4【闖天下】 ㄔㄨㄤˇ ㄊㄧㄢ ㄒㄧㄚˋ
比喻出外奮鬥歷練,建立事業。

6【闖江湖】 ㄔㄨㄤˇ ㄐㄧㄤ ㄏㄨˊ
出入江湖,流浪四方。

8【闖空門】 ㄔㄨㄤˇ ㄎㄨㄥ ㄇㄣˊ
小偸趁人不在家時,潛入室內,竊取財物。

闘
鬥的俗體。

闔 ㄏㄜˊ *ho*², *hê*² 音合
①門扉。見"說文"。②關閉;關上。③總合;全部。如:闔府光臨。④何不。通盍。⑤姓。'明'有'闔謹'。見"萬姓統譜・一二四"。

8【闔府】 ㄏㄜˊ ㄈㄨˇ
全家。尊稱對方全家人。

11【闔第】 ㄏㄜˊ ㄉㄧˋ
同闔府。

15【闔閭】 ㄏㄜˊ ㄌㄩˊ
也作闔廬。①居室;住宅。②(?～前496)'春秋'末年'吳國'國君'光'的稱號。'周敬王'六年(前514)弒王'僚'自立,用'楚'亡臣'伍子胥'的建議,大敗'楚國'。後與'越王'"句踐'戰於'檇李',重傷而死,在位十九年。

闐 ㄊㄧㄢˊ *t'ien*² 音田
①充滿;盛滿。見"說文"。②大聲。如:闐闐。

闒 ㄊㄚˋ *t'a*⁴ 音蹋
樓上的單扇小門。見"說文"。

闓 ㄎㄞˇ *k'ai*³ 音凱
①開門。見"說文"。②啟發;啟導。③和樂。通愷。如:闓懌。

闗
關的俗體。

闑 ㄋㄧㄝˋ *nieh*⁴ 音孽
古時門中央所豎的短木。見"說文"。

11

闚 ㄎㄨㄟ *k'uei*¹ 音窺
同窺。①窺視。見"說文"。②觀察。③檢閱。④炫耀;誇示。

7【闚兵】 ㄎㄨㄟ ㄅㄧㄥ
檢閱軍隊。有誇示兵強、耀武揚威之意。

闛 ㊀ ㄊㄤˊ *t'ang*² 音唐
盛滿的樣子。見"說文"。
㊁ ㄔㄤ *ch'ang*¹ 音昌
通閶。參閶闔。

闝 ㄆㄧㄠˊ *p'iao*² 音嫖
狎妓。同嫖。見"字彙補"。

關 ㄍㄨㄢ *kuan*¹ 音官
①門閂;閉門。見"說文"。②門閂的橫木。③設於出入要道的隘門。④事物的樞紐或重要的轉捩點。如:關鍵。⑤寸口脈所分的三個部位之一。參寸關尺。⑥人體重要孔竅。如:關節。⑦交通;貫穿。如:關託。⑧涉及;牽連。如:關連。⑨古代公文的一種。用於互相質詢。如:關文。⑩發放;發給。如:關餉。⑪姓。'漢'有'關陽'。見"通志・氏族略三"。

2【關刀】 ㄍㄨㄢ ㄉㄠ
一種長柄大刀。刀頭形如偃月,刀面有青龍紋,俗稱青龍偃月刀。相傳爲'關羽'所用,故稱。

3【關子】 ㄍㄨㄢ ㄗˇ
'南宋'紙幣名。全名見錢關子。'高宗''紹興'元年(1131)發行。初僅作爲邊郡與京師間流通的匯票,凡商人將穀麥及軍事物資運至邊郡,即可換取關子至京師請錢,或至指定地區取得茶、鹽;以後亦充作紙幣之用。

【關口】 ㄍㄨㄢ ㄎㄡˇ
①來往必經的要道。也指事情重要的階段。②徵稅的地方。

4【關元】 ㄍㄨㄢ ㄩㄢˊ
針灸穴位名。在臍下三寸。爲小腸的募穴。足三陰任脈會聚於此,也是衝脈的起點。屬任脈經。

【關尹】 ㄍㄨㄢ ㄧㄣˇ
守關的官吏。

【關切】 ㄍㄨㄢ ㄑㄧㄝˋ
留意;關心。

【關內】 ㄍㄨㄢ ㄋㄟˋ
①指'河北省''山海關'以內的地區。②泛指關隘以內的地區。

【關中】 ㄍㄨㄢ ㄓㄨㄥ
指'陝西省''渭河盆地'。

【關公】 ㄍㄨㄢ ㄍㄨㄥ
指'關羽'。參關羽。

5【關卡】 ㄍㄨㄢ ㄎㄚˇ
檢查人車或徵收稅的關口。

【關目】 ㄍㄨㄢ ㄇㄨˋ
我國古典戲劇中重要的情節或結構。

【關外】 ㄍㄨㄢ ㄨㄞˋ
①指'遼寧'、'吉林'、'黑龍江'等省在'山海關'以外的地區。②泛指關隘以外的地區。

6【關羽】 ㄍㄨㄢ ㄩˇ
(?~219) 三國'解縣'(今'山西''臨晉'西南)人,字'雲長'。佐'劉備'成大業,督守'荊州',威震一時。'吳'將'呂蒙'襲破'荊州'時遇害,追諡'壯繆侯'。世稱'關公',或尊爲'關帝'。

7【關防】 ㄍㄨㄢ ㄈㄤˊ
①印信的一種。長方形。原係'明太祖'爲防止群臣作弊,改以半印,以便勘合驗對,取「關防嚴密」之意。今稱刻有政府機關全銜的印信,又稱大印。②有重兵駐守的關隘地方。③防備;防範。

8【關注】 ㄍㄨㄢ ㄓㄨˋ
關心留意。

【關河】 ㄍㄨㄢ ㄏㄜˊ
①指'函谷關'、'蒲津關'、'龍門關'、'合河關'與'黃河'。②泛指山河險要的地方。

9【關津】 ㄍㄨㄢ ㄐㄧㄣ
水陸交通的要道。

【關係】 ㄍㄨㄢ ㄒㄧˋ
(relation) 一個集合中的元素之間的某種連繫。例如「y是x的子孫」是所有人的集合的一個關係。嚴密的數學定義如下:令$A\times A$表所有A中元素的有序對的集合,則關係R爲$A\times A$的一個子集合。xRy和$(x, y)\in R$同義。又X集合至Y集合的關係就是$X\times Y$的子集合。數學上許多常見的符號都是關係的符號,如等號=、小於號<、同餘號≡、全等號≅等。

11【關情】 ㄍㄨㄢ ㄑㄧㄥˊ
關懷;關心。

12【關稅】 ㄍㄨㄢ ㄕㄨㄟˋ
(customs duty; customs; tariffs) 一個國家對於通過其國境的貨物所課徵的租稅。可分爲進口關稅與出口關稅,但今很少課出口關稅,一般所謂關稅乃指進口關稅而言,爲一種國境關稅。所謂通過其國境,意謂關稅爲通過稅的一種,而國境並不僅限於一個國家的政治領域,乃指經濟的國境,亦即關稅的地域。貨物如通過非經濟的國境或非關稅的地域,則不課徵關稅。例如通過自由港的商品即不課稅。且關稅乃對通過國境的貨物才課稅,如非貨物則不屬課稅對象。如旅客出入國境從事運送客貨,雖爲過境但不課稅。

13【關隘】 ㄍㄨㄢ ㄞˋ
關卡隘口。

【關照】 ㄍㄨㄢ ㄓㄠˋ
①通知。②照應;照顧。

【關愛】 ㄍㄨㄢ ㄞˋ
關懷愛護。

【關節】 ㄍㄨㄢ ㄐㄧㄝˊ
①(articulation joint)廣義而言,指骨與骨相互間的聯接。狹義而言,指骨與骨間的轉動結合。脊椎動物的關節,其硬骨面上有薄層軟骨,關節周圍並有由骨膜延伸而接連成的結締組織性膜,造成關節囊及關節腔,並有少量的滑液分泌於關節腔內,以減少骨與骨之間的摩擦。②泛指事物重要的地方。

14【關說】 ㄍㄨㄢ ㄕㄨㄛ
①進諫勸阻。②請人代爲疏通說情。

【關餉】 ㄍㄨㄢ ㄒㄧㄤˇ
領取薪俸。

16【關頭】 ㄍㄨㄢ ㄊㄡˊ
①關卡。②盤髮爲髻。關,通綰。③事情成敗的關鍵或時機。

【關學】 ㄍㄨㄢ ㄒㄩㄝˊ
(detention)又稱拘留。校方將犯過學生於放學後留在學校做指定工作以示處罰的方式。

17【關聯】 ㄍㄨㄢ ㄌㄧㄢˊ
相互牽聯;關係。

【關鍵】 ㄍㄨㄢ ㄐㄧㄢˋ
①關閉門戶的橫木或木閂。同關楗。②比喻事物中最緊要的部分或對事情發展有決定性作用的因素。③機關。

19【關懷】 ㄍㄨㄢ ㄏㄨㄞˊ
關心。

3【關山月】 ㄍㄨㄢ ㄕㄢ ㄩㄝˋ
'漢'樂府橫吹曲。多述傷別、思歸、久戍等情感。今存者多爲'南北朝'以來文人所作。

9【關係人】 ㄍㄨㄢ ㄒㄧˋ ㄖㄣˊ
指當事人或者他的代理人、證人、鑑定人等。

【關係詞】 ㄍㄨㄢ ㄒㄧˋ ㄘˊ
文法學名詞。虛詞的一種。在文句中用來介紹或連接詞、句。包括九大詞類中的介詞與連詞。如「把紗線拿來」中的「把」、「愛情與麵包」中的「與」。

11【關閉檔】 ㄍㄨㄢ ㄅㄧˋ ㄉㄤˇ
(close file) 電腦程式處理資料檔後,於程式結束執行之前,必須將資料檔關閉,便於以後再使用。

13【關節炎】 ㄍㄨㄢ ㄐㄧㄝˊ ㄧㄢˊ
(arthritis)因感染而影響關節和有關關節構造組織的病症。如急性關節炎,常爲外傷或細菌感染所致。患者常引起關節腫脹,舉動不便,嚴重者其肢腿關節處變形,不能行動。

14【關漢卿】 ㄍㄨㄢ ㄏㄢˋ ㄑㄧㄥ
'大都'(今'北平市')人,號'已齋叟'。'金'末解元,入'元'不仕。與'馬致遠'、'鄭光祖'、'白樸'合稱'元'曲四大家。曾續'王實甫'"西廂記"作"續西廂",又著有"救風塵"、"竇娥冤"、"玉鏡臺"等雜劇多種,對'元代'的雜劇和後來的戲曲都有很大的影響。

17【關鍵字】 ㄍㄨㄢ ㄐㄧㄢˋ ㄗˋ
(keyword)電腦程式語言之語法定義已指定其意義的字。如符傳語言中的 INTEGER, 培基語言中的 IF、DIM 等。

【關鍵期】 ㄍㄨㄢ ㄐㄧㄢˋ ㄑㄧˊ
(critical period) 最適合個體學習某種反應型式的發展階段。

6【關西孔子】 ㄍㄨㄢ ㄒㄧ ㄎㄨㄥˇ ㄗˇ
指'後漢''楊震'。'震',字'伯起','華陰'人,好學深思,博覽群籍,時人比之'孔子',因'華陰'在'函谷關'以西,故稱。

8【關門弟子】 ㄍㄨㄢ ㄇㄣˊ ㄉㄧˋ ㄗˇ
師傅歸隱前所收的最後一個弟子。自此以後,不再收徒入門,故稱。

9【關係表式】 ㄍㄨㄢ ㄒㄧˋ ㄅㄧㄠˇ ㄕˋ
(relational expression) 電腦程式中表示兩個運算式之間相互關係的運算式。由關係算子與兩個算術運算式所組成;其結果爲一邏輯值:眞或假。如 $(x+5)\cdot GT\cdot(y+2)$,便是關係表示,其中$\cdot GT\cdot$爲大於,是關係算子。

12【關稅工廠】 ㄍㄨㄢ ㄕㄨㄟˋ ㄍㄨㄥ ㄔㄤˇ
(tariff factory) 爲逃避關稅貿易障礙,一國的生產者直接到另一國投資設廠生產。吸引關稅工廠的設置,成爲許多開發中國家促進經濟發展的一種手段。

【關稅同盟】 ㄍㄨㄢ ㄕㄨㄟˋ ㄊㄨㄥˊ ㄇㄥˊ
(customs union)一種區域經濟整合。兩個以上的國家,不僅彼此之間商品貿易的關稅完全廢除,並且對外採取共同一致的關稅。

【關稅壁壘】 ㄍㄨㄢ ㄕㄨㄟˋ ㄅㄧˋ ㄌㄟˇ
政府提高關稅稅率,有如壁壘,使國外產品進口後,在價格上根本無法與本國產品競爭,以達到不再進口或減少進口的目的。

13【關聖帝君】 ㄍㄨㄢ ㄕㄥˋ ㄉㄧˋ ㄐㄩㄣ
民間崇奉的武聖。係由歷史人物神格化的典型。民間傳說三國'蜀'將'關羽'的事蹟,多爲忠義、感恩的表現,早爲時人尊爲國殤。'隋''唐'之際,更升爲戰神、兵主;'宋徽宗'封祀;至'元'世崇奉之風益盛,成爲'關聖帝君'。其廟祀隆盛,遍於各地。參關羽。

17【關鍵通貨】 ㄍㄨㄢ ㄐㄧㄢˋ ㄊㄨㄥ ㄏㄨㄛˋ
(key currency) 有些國家的通貨爲國際間所共同接受,且能夠迅速地轉換爲其他形式的國際準備資產,這種通兌通貨對其他國家而言,是可以作爲國際準備的外匯,通常稱爲關鍵通貨。

9【關係人交易】 ㄍㄨㄢ ㄒㄧˋ ㄖㄣˊ ㄐㄧㄠ ㄧˋ
(related party transactions) 一筆交易中,一方具有影響他方管理或業務政策之極大能力,以致交易的另一方無法全力爭取本身個別的利益,此種交易稱爲關係人交易。

12【關稅暨貿易總協定】 ㄍㄨㄢ ㄕㄨㄟˋ ㄐㄧˋ ㄇㄠˋ ㄧˋ ㄗㄨㄥˇ ㄒㄧㄝˊ ㄉㄧㄥˋ
(General Agreement on Tariffs and Trade; GATT)西元1948年1月1日正式生效,原始簽字國包括'美'、'英'、'法'、'比利時'、'荷蘭'等二十三國,總部設於'瑞士''日內瓦'。其宗旨係在互惠之基礎上,削減關稅和其他貿易之壁壘,消除國際貿易中的差別待遇,充分利用世界資源,促進各國之經濟發展。會員國承允在其相互之貿易關係上,無條件地彼此畀予最惠國待遇。

12

闞 ㊀ ㄎㄢˋ k'an^4 音看 又讀 ㄎㄢˇ k'an^3 音坎
1望;視。見"說文"。2姓。'漢'有'闞樂'。見"萬姓統譜·一一〇"。
㊁ ㄏㄢˇ han^3 音喊
怒吼的樣子。見"字彙"。

闠 ㄏㄨㄟˋ hui^4 音匯
市場的外門。見"說文"。

闡 ㄔㄢˇ ch'an^3 音產
顯揚;宣明。如:闡述。

20【闡釋】 ㄔㄢˇ ㄕˋ
解釋說明。

8【闡明權】 ㄔㄢˇ ㄇㄧㄥˊ ㄑㄩㄢˊ
審判長應注意令當事人得爲適當完全之辯論,應向當事人發問或曉諭,令其陳述事實、聲明證據或爲其他必要之聲明及陳述,其所聲明或陳述有不明瞭或不完足者,應令其敘明或補充之,此稱爲審判長之闡明權。陪席推事告明審判長後,得向當事人發問或曉諭,亦屬闡明權。行使闡明權之範圍包括:對不明瞭者爲適當的闡明使能明瞭;就陳述未完足者使其完足;令其聲明證據。闡明權之行使,不但爲法院之權利,亦爲其義務,故法院對訴訟關係未盡闡明之義務者,其訴訟程序即有重大瑕疵,基此所爲之判決屬違背法令,得執爲上訴第三審之理由。

20【闡釋性報導】 ㄔㄢˇ ㄕˋ ㄒㄧㄥˋ ㄅㄠˋ ㄉㄠˇ
(interpretative reporting)又稱三度空間報導、深度報導。爲新聞報導的一種方式。即在事件的事實外,再探訪其背景與意義的報導。'魯斯'(Henry Robinson Luce, 1898~1967)所創辦的"時代"雜誌,即爲闡釋性報導新聞的先河。

闟 ㊀ ㄒㄧˋ *hsi*4 音戲
停住的樣子。如:闟然而止。
㊁ ㄊㄚˋ *t'a*4 音蹋
踐踏。通踏。見"字彙補"。

13

闥 ㄊㄚˋ *t'a*4 音踏
①門。見"說文新附"。②門樓上的小屋。③車上作高樓,可以瞭望敵軍的巢車。④迅疾的樣子。

闢 ㄆㄧˋ *p'i*4 音僻
①打開;開拓。見"說文"。②屏除;駁斥。如:闢謠。

7【闢邪】 ㄆㄧˋ ㄒㄧㄝˊ
駁斥邪惡不當的言論。

【闢佛】 ㄆㄧˋ ㄈㄛˊ
排斥佛教。

17【闢謠】 ㄆㄧˋ ㄧㄠˊ
駁斥謠言;澄清謠言。

闤 ㄏㄨㄢˊ *huan*2 音還
市區;市垣。見"說文新附"。

19

䦨 ㄌㄢˊ *lan*2 音闌
擅自闌入宮掖。通作闌。見"說文"。

阜部

阜 ㄈㄨˋ *fu*4 音附
①土山;丘陵。見"說文"。②大;肥大。③豐盛;富厚。如:物阜民豐。

2

阞 ㄌㄜˋ *lê*4 音勒
①地脈。見"廣韻"。②數餘;零數。見"正字通"。

3

阠 ㄒㄧㄣˋ *hsin*4 音信
古代八陵之一。即'東陵'。見"廣韻"。

阢 ㄨˋ *wu*4 音兀
頂上有土的石頭山。見"說文"。

12【阢隉】 ㄨˋ ㄋㄧㄝˋ
危急不安的樣子。

阤 ㊀ ㄓˋ *chih*4 音制
小崩。見"說文"。
㊁ ㄕˇ *shih*3 音使
毀壞;敗壞。見"廣韻"。
㊂ ㄧˇ *i*3 音以
參阤靡。
㊃ ㄉㄨㄛˋ *to*4, *tuo*4 音墮
崩落。同陀。見"韻會小補"。
㊄ ㄊㄨㄛˊ *t'o*2, *t'uo*2 音駝
山坡。見"正字通"。

19【阤靡】 ㄧˇ ㄇㄧˇ
山勢傾斜綿延的樣子。也作陁靡。

阡 ㄑㄧㄢ *ch'ien*1 音千
①田間小路;田界。見"廣韻"。②墓道;墳墓。如:阡表。③草木茂盛的樣子。通芊。④姓。'唐'有'阡能'。見"萬姓統譜·二八"。

8【阡表】 ㄑㄧㄢ ㄅㄧㄠˇ
墓碑;墓碑碑文。

9【阡陌】 ㄑㄧㄢ ㄇㄛˋ
田間小路。

4

阧 陡的或體。

防 ㄈㄤˊ *fang*2 音房
①隄岸。見"說文"。②戒備;禁止。見"玉篇"。③遮蔽。如:防風。④姓。'漢'有'防廣'。見"萬姓統譜·五二"。

4【防止】 ㄈㄤˊ ㄓˇ
預先制止。

8【防空】 ㄈㄤˊ ㄎㄨㄥ
防禦或摧毀敵方飛機或飛彈對我之攻擊的各項措施。包括:防空砲、火箭、飛彈、攔截機等防空武器的使用,以及防空地下室的建立、生產物資的地下化、滅火和救護人員的組織等。

9【防洪】 ㄈㄤˊ ㄏㄨㄥˊ
防止洪水氾濫。

11【防堵】 ㄈㄤˊ ㄉㄨˇ
屏蔽阻塞。

【防患】 ㄈㄤˊ ㄏㄨㄢˋ
預防禍患。

12【防閑】 ㄈㄤˊ ㄒㄧㄢˊ
防範禁止。

14【防腐】 ㄈㄤˊ ㄈㄨˇ
預防腐爛。

15【防範】 ㄈㄤˊ ㄈㄢˋ
防備。

8【防波堤】 ㄈㄤˊ ㄅㄛ ㄊㄧˊ
(breakwater)位於海港外廓的一種堤防建築。主要功用係阻隔港外波浪及海流侵襲,以蔽護港內船舶之安全。依其構造,可分爲斜波、直立、混成防波堤等三種。

【防爬器】 ㄈㄤˊ ㄆㄚˊ ㄑㄧˋ
(anticreeper)爲防止軌條產生縱向爬行,避免其所引致之弊害及行車之不安全,而依施工與維修便利之原則所設計的一種精簡構造。

9【防風林】 ㄈㄤˊ ㄈㄥ ㄌㄧㄣˊ
(wind break forest)以防止強

風吹襲爲主要目的而經營的林木。海岸地帶或乾燥地區，強風吹颳地面，使乾燥塵土飄揚，並挾帶飛砂磨蝕地表，如'美國'大平原西部各州，乾季時常發生塵暴，不利耕種，爲維護土壤及作物生長，乃於畏風作物之田地上，沿迎盛行風之側種植成行林木，以減低風速、減少風力吹蝕。

10【防凍劑】ㄈㄤˊ ㄉㄨㄥˋ ㄐㄧˋ
(antifreeze)加入汽油之後，能使其於低溫下不凝固的物質。例如甲醇、乙二醇等。

14【防腐劑】ㄈㄤˊ ㄈㄨˇ ㄐㄧˋ
(antiseptic) 加於人體或動物體以防止或延遲微生物滋長的物質。例如酒精、甲醇、過氧化氫、碘酒、酚等。

4【防火區劃】ㄈㄤˊ ㄏㄨㄛˇ ㄑㄩ ㄏㄨㄚˋ
(fire preventing separation) 我國建築法規中，特將建物之空間大小分隔及建材之防火特性詳加規定，以防止建物遭受回祿時不斷蔓延災害。

13【防微杜漸】ㄈㄤˊ ㄨㄟˊ ㄉㄨˋ ㄐㄧㄢˋ
在禍害剛有徵兆時，就加以防止，使其不至於擴大。

15【防衛機構】ㄈㄤˊ ㄨㄟˋ ㄐㄧ ㄍㄡˋ
(defense mechanism)個體用以減低焦慮並維護自尊的一些行爲模式。包括反向、投射、退化、認同、替代、合理化等作用。

8【防空識別區】ㄈㄤˊ ㄎㄨㄥ ㄕˋ ㄅㄧㄝˊ ㄑㄩ
(air defence identification zone)各國設置於領土、領空外的防空緩衝區。外國飛機必須在該區獲得許可後，方可進入該國領土、領空。其目的在防衛國家安全，防止外國飛機擅自闖入領空。

阬 ㊀ ㄎㄥ k'êng¹ 音坑
也作坑。①地面凹陷之處。也指所掘採礦之洞穴。如：深阬。②挖坑穴殺人；活埋。如：阬儒。

㊁ ㄎㄤˋ k'ang⁴ 音抗
①門。見"廣韻"。②抵禦。通抗。如：阬爭。

阱 ㄐㄧㄥˇ ching³ 音井
用以陷獸的深坑。同穽。見"說文"。

阮 ㄖㄨㄢˇ juan³ 音軟
①'殷代'國名。在今'甘肅省''涇川縣'。②姓。'漢'有'阮瑀'。見"三國志·魏志·王粲傳"。

4【阮元】ㄖㄨㄢˇ ㄩㄢˊ
(1764～1849)'清''江蘇''儀徵'人，字'伯元'，號'芸臺'。歷任巡撫、總督、大學士，卒諡'文達'。一生官高富有，提倡學術。在'廣州'設'學海堂'，在'杭州'設'詁經精舍'。曾校刻"十三經注疏"、彙刻"皇清經解"，編有"經籍籑詁"，著有"揅經室集"等書。

9【阮咸】ㄖㄨㄢˇ ㄒㄧㄢˊ
①'西晉''陳留''尉氏'(今'河南''尉氏')人，字'仲容'。精通音律，善彈琵琶，瀟灑不羈。曾任散騎侍郎，爲竹林七賢之一。與叔父'籍'齊名，有人小'阮'之稱。②彈撥樂器。簡稱阮。古琵琶的一種。'晉'人'阮咸'善彈，故稱。因音箱圓形如月，聲音如琴，故也稱月琴。四絃，有柱，十二品位；現在也有三絃阮，並分少阮、中阮、大阮、低阮四種，用撥子或假指甲彈奏。

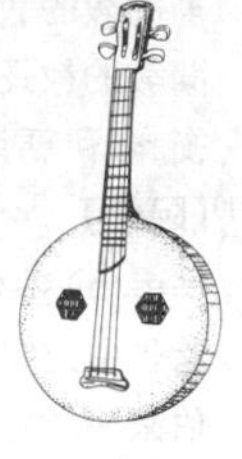

阮咸圖

13【阮瑀】ㄖㄨㄢˇ ㄩˇ
(165?～212) '東漢''陳留'(今'河南''陳留')人，字'元瑜'。爲'曹操'司空軍謀祭酒。能詩文，擅長章表書記。'明'人輯有"阮元瑜集"。

20【阮籍】ㄖㄨㄢˇ ㄐㄧˊ
(210～263) 三國'魏''陳留''尉氏'(今'河南''尉氏')人，字'嗣宗'，'阮瑀'的兒子。爲竹林七賢之一。生性豪放，崇尚自由，因遭時多忌，故藉酒自我麻醉，以避禍患，官至步兵校尉。有"阮步兵集"。

3【阮大鋮】ㄖㄨㄢˇ ㄉㄚˋ ㄔㄥˊ
(1587～1646)'明''懷寧'(今'安徽''懷寧')人，字'圓海'，號'百子山樵'。曾投靠'魏忠賢'，而爲'東林'、'復社'士人所抨擊。'福王'即位，'馬士英'當政，引他爲兵部尚書。'清'兵南下，'大鋮'投降，後死於'仙霞嶺'。精於詞曲，著有傳奇九種。

7【阮孝緒】ㄖㄨㄢˇ ㄒㄧㄠˋ ㄒㄩˋ
(479～536)'南朝''梁''陳留''尉氏'(今'河南''尉氏')人，字'士宗'。性至孝而清介絕俗，十三歲時已遍讀五經。曾將'宋'、'齊'以來的公私藏書編成"七錄"，是六朝重要的目錄學名作。死後門人私諡'文貞處士'。

22【阮囊羞澀】ㄖㄨㄢˇ ㄋㄤˊ ㄒㄧㄡ ㄙㄜˋ
比喻袋中無錢或生活匱乏。'晉''阮孚'只有一錢，恐其羞澀，故置皂囊中。見"韻府羣玉·一錢囊"。

阰 ㄆㄧˊ p'i² 音琵
'楚'山名。也作'𨸏'。見"廣韻"。

阨 本作阸。㊀ ㄜˋ o⁴, ê⁴ 音厄
通作厄。①阻塞；險要。見"說文"。②困窮。如：阨窮。

㊁ ㄞˋ ai⁴ 音愛
狹隘；狹窄。通隘。見"集韻"。

阪 ㄅㄢˇ pan³ 音板
①山坡。②崎嶇不平的地。

3【阪上走丸】ㄅㄢˇ ㄕㄤˋ ㄗㄡˇ ㄨㄢˊ
斜坡上滾動彈丸。比喻隨著形勢潮流而快速的發展。

阫 ㄆㄟˊ p'ei² 音陪
牆。見"集韻"。

阯 ㄓˇ chih³ 音止
①基址。見"說文"。②水渚。通沚。見"說文通訓定聲"。

阳 陽的或體。

阴 陰的或體。

5

陀 ㄊㄨㄛˊ $t'o^{2}, t'uo^{2}$ 音駝
或作柁、阤。參陂陀。

17【陀螺】ㄊㄨㄛˊ ㄌㄨㄛˊ
木製的兒童玩具。形狀像鎗礮彈頭。用繩子從尖腳繞向上部，再以尖腳向地拋下，快速抽拉繩子，陀螺就會直立旋轉。尖腳可用竹、鐵製成。

【陀螺儀】ㄊㄨㄛˊ ㄌㄨㄛˊ ㄧˊ
(gyroscope) 又稱迴轉儀。一種可測知飛行器之飛行姿態及其變化率等的圓輪或圓盤裝置。其配置通常以一種可自由在一個或一個以上方向旋轉的穩環裝架，使之迅速旋轉，並保持一固定之旋轉軸。

际 際的俗體。

阿 ㈠ ㄜ $o^{1}, \hat{e}^{1}$ 音婀
1大丘陵；曲折的山陵。見"說文"。2曲隅；角落。如：山阿。3曲從；迎合。如：阿諛。4循私；偏袒。如：阿黨。5屋棟。6柔美的樣子。通婀。7細繒。8通屙。如：阿屎。9姓。'元'有'阿晝'。見"萬姓統譜·三五"。
㈡ ㄚˋ a^{4}
衍聲詞頭。多加在人名或稱謂上。
㈢ ㄚ a^{1} 音啊
1助詞。用與啊同。2狀聲詞。3(atto)代號爲a。國際通用分數譯音，爲10^{-18}，或稱微微微。
㈣ ㄚˇ a^{3}
歎詞。表驚訝或懷疑。

7【阿里】ㄚˋ ㄌㄧˇ
(Alī ibn Abī-Tālib, 600?～661)或譯作'阿利'。伊斯蘭教第四代哈利發，什葉派(Shiite)的第一代伊瑪目(Imam)。爲'穆罕默德'堂弟，娶'穆'氏之女'法提瑪'爲妻。'歐斯曼'遇刺後，自封爲繼任者。西元656～661年在位時，內部分裂，後被刺殺，其子'哈山'繼立，自此伊斯蘭教遂分爲蘇尼派和什葉派。

【阿私】ㄜ ㄙ
偏袒；循私。

8【阿拉】ㄚˋ ㄌㄚ
(Allah)'阿拉伯'語的音譯。意爲神或獨一的造物主，爲天地萬物的主宰。回教以之爲唯一的眞神，是創造者、裁判者、酬報者，無所不能，悲天憫人。在我國稱眞主，以別於其他宗教對神的稱呼(如上帝、神、天主等)。

9【阿美】ㄚˋ ㄇㄟˇ
'臺灣'原住民的一族。自稱'邦則'(Pangtsah)。分布地區南起'屏東縣''恆春'、'臺東'，北至'花蓮縣'沿海縱谷平原。人口約10.4萬餘人。營農耕兼事漁獵生活。原多信仰泛靈，近來改信奉'耶穌'者日眾；'恆春'一帶也有受'漢'人影響而燒香敬祖者。

【阿飛】ㄚˋ ㄈㄟ
俗稱不良少年。

【阿訇】ㄚˋ ㄏㄨㄥ
(ākhūnd)'波斯'語的音譯。指伊斯蘭教的教師。在我國泛指伊斯蘭教的教長。也作阿吽、阿洪、阿衡。參伊瑪目。

10【阿們】ㄚˋ ㄇㄣˊ
(amen)基督教徒及猶太教徒在禱告中或完畢時的用語。原爲'希伯來'文，義爲眞誠，表示贊同或同蒙聖恩之意。也譯作阿門。

11【阿曼】ㄚˋ ㄇㄢˋ
(Oman) 位於'阿拉伯半島'東南隅的國家。面積21萬方公里，人口300萬（2005年），首都'馬斯喀特'（Muscat)。中部、南部地勢崎嶇；'阿克德山脈'（Jabal Akdar Mts.）斜貫北部；沿海平原滿布沙漠，不宜耕種，農產僅有少許椰棗和棉花。沿海產珍珠，石油為主要富源，'阿拉伯'純種馬和'阿曼'駱駝世界著名。

13【阿塞】ㄚˋ ㄙㄜˋ
(Tobias Michael Carel Asser, 1838～1913)'荷蘭'法學家。西元1862～1893年任'阿姆斯特丹大學'的國際商事法及國際私法教授。1869年與同事創辦"國際法與比較法律評論"(*Revue de Droit International et de Législation Comparée*)，1873年創辦'國際法學院'(Institute of International Law)。1891年敦請'荷蘭'政府召集'海牙'會議謀求統一國際私法，且於1893年召開第一次會議，成爲一永久性國際組織。1911年獲'諾貝爾'和平獎。

阿塞像

15【阿膠】ㄜ ㄐㄧㄠ
又名驢皮膠。用驢皮熬製而成。性平，味甘。可補血、止血、滋陰潤燥。主治虛勞、咯血、暈眩、心悸。也可用以淨水。

6【阿米乃】ㄚˋ ㄇㄧˇ ㄋㄞˇ
(Ameen)'阿拉伯'語的音譯。本意爲誠信、歸信。用於誦完"古蘭經"首章之後及禱告中。相當於基督徒禱告中或完畢時的用語[阿們]。

7【阿育王】ㄜ ㄩˋ ㄨㄤˊ
(Aśoka, 前273?～前232?)古'印度''摩揭陀國''孔雀王朝'的國王。或稱'阿輸迦'。'阿輸伽'，梵語爲無憂之意。西元前266年，除'印度半島'南端外，全'印度'幾乎爲其統一。因感殺孽過眾，而皈依佛教，在全'印'廣建寺院，提倡慈悲寬容，保護貧民、奴隸，並派僧侶前往'希臘'、'波斯'、'錫蘭'等地布教，對佛教的傳播貢獻很大。

8【阿波敦】ㄚˋ ㄅㄛ ㄉㄨㄣ
(Edward Victor Appleton, 1892～1965)'英國'物理學家。西元1939年當任政府部門的'科學與工業研究局'祕書，主持雷達與

原子彈的研究。以研究電磁波及游離層無線電波著名,1947年獲得'諾貝爾'物理學獎。

【阿波羅】 ㄚˋ ㄅㄛ ㄌㄨㄛˊ
(Apollo)'希臘'神話中的太陽神。爲'宙斯'與'拉托娜'(Latona)之子。掌管詩歌、音樂、醫藥,是'希臘'神話中最榮耀的神祇、光明的象徵。被塑造爲一個手拿七弦琴或駕著由四匹駿馬拖曳之日車的美男子。

9【阿是穴】 ㄜ ㄕˋ ㄒㄩㄝˊ
又稱天應穴、不定穴。指以患者本身疼痛的部位當作穴位,不按照經絡、經穴的位置,直接在痛的部位體表取穴,進行針灸等治療。

10【阿哥哥】 ㄚˋ ㄍㄜ ˙ㄍㄜ
(a-go-go) 又稱搖擺舞。起源於'法國'的小型夜總會中,和著音樂舞蹈,節奏奔放、狂熱。後傳至'美國',於六十年代大爲風行。

【阿根廷】 ㄚˋ ㄍㄣ ㄊㄧㄥˊ
(Argentina)位於'南美洲'南部的農牧大國。東南濱'大西洋',西倚'安地斯山'。國土北寬南狹,面積277萬方公里,人口3,954.0萬(2005年),首都'布宜諾斯艾利斯'。北部'大廈谷'(Gran Chaco)及南部高原人煙稀少,中部'彭巴'(Pampas)草原爲農牧精華區,人口集中。玉米及肉類輸出占世界重要地位。

11【阿堵物】 ㄚˋ ㄉㄨˇ ㄨˋ
錢的別稱。

12【阿富汗】 ㄚˋ ㄈㄨˋ ㄏㄢˋ
(Afghanistan) 西'亞'唯一內陸國。位於'伊朗高原'東部。面積65.2萬方公里,人口2,993萬(2005年)。全境為一高約三千公尺的高原,冬季冰雪遍地,夏季山谷炎熱。'喀布爾河'(Kābul R.)谷地為精華區。以畜牧為主,糧食尚足自給。交通僅有公路,或賴騾、馬、駱駝搬運。首都'喀布爾'(Kābul),有航空站。

19【阿羅漢】 ㄜ ㄌㄨㄛˊ ㄏㄢˋ
小乘佛教修證的最高果位。略稱羅漢。有三譯:一譯殺賊,指斷盡一切煩惱;二譯應供,指當受人天供養;三譯不生,指永入涅槃不再受生死果報。

5【阿司匹靈】 ㄚˋ ㄙ ㄆㄧ ㄌㄧㄥˊ
(aspirin)一白色結晶性粉末。化學式爲 $CH_3COOC_6H_4COOH$。熔點132~135°C。由醋酸酐與水楊酸(柳酸)作用而得。醫藥上用作解熱鎮痛劑。參乙醯水楊酸。

6【阿伐射線】 ㄚˋ ㄈㄚˊ ㄕㄜˋ ㄒㄧㄢˋ
(α-ray) 從放射性元素所放射出來的阿伐(α)粒子束。由於α粒子帶正電,當它通過電場時會向負極板偏折;又由於α粒子質量較大,在物質中的穿透力較小,所以在空氣中的射程只有幾公分,並且只要普通紙張便可將它擋住。參阿伐粒子。

【阿伐粒子】 ㄚˋ ㄈㄚˊ ㄌㄧˋ ㄗˇ
(α particle) 放射性原子核所可能放射出的一種粒子。係由兩個質子和兩個中子組成。α粒子其實就是快速運動的氦原子核,帶有兩個單位正電荷,穿透性弱,具強游離性。

8【阿拉伯海】 ㄚˋ ㄌㄚ ㄅㄛˊ ㄏㄞˇ
(Arabian Sea) 位於'印度半島'西側的水域。西行經'亞丁灣'(G. of Aden)可通'紅海'及'蘇伊士運河',西北行經'阿曼灣'(G. of Oman)可進入'波斯灣'。

11【阿基米德】 ㄚˋ ㄐㄧ ㄇㄧˇ ㄉㄜˊ
(Archimedes, 前287~前212)古'希臘'數學家、物理學家。首先測定π值以推算圓及球的面積。又發現槓桿、浮力等定律,發明滑輪、機械裝置等。

14【阿爾泰山】 ㄚˋ ㄦˇ ㄊㄞˋ ㄕㄢ
'蒙'語意指「金山」。呈西北—東南走向,斜亙於'蒙古地方'和'新疆省'界上。係一斷層山地,平均高度3,000餘公尺。山區富藏金礦及森林資源;且牧草豐美,爲'蒙'胞畜牧區。

【阿鼻地獄】 ㄜ ㄅㄧˊ ㄉㄧˋ ㄩˋ
佛家語。義爲無間地獄,即痛苦沒有間斷的地獄。是八熱地獄中的第八獄。

15【阿諛取容】 ㄜ ㄩˊ ㄑㄩˇ ㄖㄨㄥˊ
藉巴結、奉承而爲他人所接納。

【阿諛苟合】 ㄜ ㄩˊ ㄍㄡˇ ㄏㄜˊ
巴結逢迎,苟同他人。

【阿摩尼亞】 ㄚˋ ㄇㄛˊ ㄋㄧˊ ㄧㄚˋ
(ammonia) 一種無色、有刺激臭的氣體。即氨。

16【阿賴耶識】 ㄜ ㄌㄞˋ ㄧㄝˊ ㄕˋ
佛家八識中的第八識。新譯義爲藏,是心的異名,言一切有漏無漏法的種子都貯藏在此。又音阿梨耶、阿陀那。義譯爲所知依、種子識、異熟識、無垢識、現識、本識、根本識、宅識。

17【阿彌陀佛】 ㄜ ㄇㄧˊ ㄊㄨㄛˊ ㄈㄛˊ
爲梵語 Amita-buddha 的音譯,也譯作'無量清淨佛'、'無量壽佛'或'無量光佛'。義譯有三:無量壽、無量光和甘露(此譯爲密教所用)。淨土宗以'阿彌陀佛'爲西方極樂世界的教主,凡願往生極樂淨土者,口唸'阿彌陀佛'的名號,臨終時佛即出現,引導其進入極樂國土。

【阿彌陀經】 ㄜ ㄇㄧˊ ㄊㄨㄛˊ ㄐㄧㄥ
佛經名。內容陳述極樂淨土的景象,勸人專心唸誦'阿彌陀佛'名號,臨終即能往生於淨土。與"無量壽經"、"觀無量壽經"共爲淨土宗三部最重要的經典。'漢'譯本一卷,先有'姚秦''鳩摩羅什'譯本,後有'唐''玄奘'譯本,前譯本較通行。

20【阿黨比周】 ㄜ ㄉㄤˇ ㄅㄧˋ ㄓㄡ
結黨營私。

4【阿太堡限度】 ㄚˋ ㄊㄞˋ ㄅㄠˇ ㄒㄧㄢˋ ㄉㄨˋ
(Atterberg limits) 以含水量的界限劃分黏性土壤所呈現之液性狀態、塑性狀態、半固體狀態及固體狀態的區別。此法爲北‘歐’‘阿太堡’(A. Atterberg)所創。

5【阿古利可拉】ㄚˋ ㄍㄨˇ ㄌㄧˋ ㄎㄜˇ ㄌㄚ
(Georgius Agricola, 1494～1555)‘德國’人文主義學家和礦物學之祖。曾在‘來比錫’、‘波隆那’、‘帕度亞’和‘威尼斯’等地遊學。曾任記者，西元1527年後在‘薩克森’當醫生，開始研究礦物。1530年出版第一部申論礦物學的著作。1546年出版“天然化石”(*De natura fossilium*)，爲礦物學的經典之作。

7【阿里山山脈】ㄚˋ ㄌㄧˇ ㄕㄢ ㄕㄢ ㄇㄛˋ
呈震旦走向，斜列於‘臺灣島’西南部的山脈。立處‘玉山山脈’西側，北起‘濁水溪’谷，南沒於‘嘉南平原’；高度在1,000～2,000公尺之間，最高峰‘大塔山’，高2,676公尺。

【阿里尼阿斯】ㄚˋ ㄌㄧˇ ㄋㄧˊ ㄚˋ ㄙ
(Svante August Arrhenius, 1859～1927)‘瑞典’化學家。爲物理化學的創始人。西元1889年發現化學反應隨溫度增高而加速。1901年膺選爲‘瑞典科學院’院士。榮獲1903年‘諾貝爾’化學獎、1914年‘法拉第’(Faraday)獎。1905～1927年爲‘諾貝爾物理化學研究所’的所長。著有“進化中之世界”(*Worlds in the Making*)、“電化學”(*Electrochemistry*)等書。

8【阿拉伯半島】ㄚˋ ㄌㄚ ㄅㄛˊ ㄅㄢˋ ㄉㄠˇ
(Arabian Pen.) 世界最大半島。位於‘波斯灣’、‘地中海’、‘紅海’與‘印度洋’之間。地勢由西南傾向東北。包括‘沙烏地阿拉伯’、‘科威特’、‘巴林’、‘卡達’、‘阿拉伯聯合大公國’、‘阿曼’、‘葉門’七國。

【阿帕拉契山】ㄚˋ ㄆㄚˋ ㄌㄚ ㄑㄧˋ ㄕㄢ
(Appalachian Mts.) 斜貫‘北美洲’東部的山脈。自‘加拿大’‘聖羅倫斯河’口向西南延伸至‘美國’‘阿拉巴馬州’(Alabama State)北部，全長3,000公里，大致與海岸平行。山勢愈南愈高，最高峰‘密契耳峰’(Mitchell Mt.)，高2,073公尺。山脈西南段多海拔1,000公尺的平行山脊和相間谷地，各河上游富水力；其餘則爲600公尺左右的低丘。爲著名煤藏區，亦產鐵、石油和石棉。

【阿姆斯特丹】ㄚˋ ㄇㄨˇ ㄙ ㄊㄜˋ ㄉㄢ
(Amsterdam)‘荷蘭’首都、鐵路樞紐及經濟、文化中心。位於‘須德海’(Zuider Zee)西南端。市街整潔美觀，水道橋梁縱橫，有運河直通‘北海’及‘瓦爾河’(Vaal R.)、‘萊因河’，為西‘歐’著名國際港口，國內進出口貨物多集中於此。紡織和造船業盛，金剛石琢磨技術獨步全球。人口73.9萬(2004年)。

14【阿爾巴尼亞】ㄚˋ ㄦˇ ㄅㄚ ㄋㄧˊ ㄧㄚˋ
(Albania) 位於‘巴爾幹半島’西部的國家。西部濱‘亞得里亞海’。面積2.8萬方公里，人口356.0萬(2005年)，首都‘地拉那’(Tiranë)。全境為高山盤踞，僅西部沿海有狹窄平原，地脊民貧。屬‘地中海’型氣候。山地牧羊尙盛，富水力，煤和石油尙豐，鉻產居世界重要地位。工業以化學肥料、水泥業爲主。爲南‘歐’最貧窮、‘歐洲’人口出生率最高的國家。

【阿爾及利亞】ㄚˋ ㄦˇ ㄐㄧˊ ㄌㄧˋ ㄧㄚˋ
(Algeria)位於北‘非’的國家。濱‘地中海’。面積238.1萬方公里，人口3,253.0萬(2005年)，首都‘阿爾及爾’(Algiers)。‘亞特拉斯山’(Atlas Mts.)及‘撒哈拉沙漠’橫亙境內，北部沿海有狹小平原，河流短淺。主產小麥、葡萄、無花果、橄欖和家畜，礦產有石油、天然氣、鐵和磷灰石。

【阿爾卑斯山】ㄚˋ ㄦˇ ㄅㄟ ㄙ ㄕㄢ
(The Alps) ‘歐洲’最主要、最高大的山脈。屬新褶曲山，呈弧狀分布於‘法’、‘義’、‘瑞’、‘奧’、‘德’各國境內。長1,200公里，海拔3,000公尺。最高峰‘白朗峰’(Mt. Blanc)，高4,807公尺，位於‘瑞’、‘法’、‘義’三國交界處。‘萊因河’、‘波河’及‘隆河’(Rhône R.)發源於此。有‘布里納’(Brenner)、‘聖哥達’(St. Gotthard)、‘辛普倫’(Simplon)及‘聖伯納’(St. Bernard)著名關隘。高山終年積雪，山谷有冰河存在。觀光旅遊業盛。

6【阿伐粒子衰變】ㄚˋ ㄈㄚ ㄌㄧˋ ㄗˇ ㄕㄨㄞ ㄅㄧㄢˋ
(α-decay; α-emission) 放射性原子核放射出阿伐粒子的原子核轉變過程。又稱α-衰變。例如$^{226}_{88}$Ra(鐳原子核)→$^{222}_{86}$Rn(氡原子核)＋$^{4}_{2}$He(氦原子核，即α粒子)即是。同一種會作α-衰變的原子核會放射出一種或數種固定動能的α粒子，視原子核之種類而定，且每一種能量的α-粒子各有固定、不同的放射機率。α粒子動能愈大者，衰變的半衰期愈短，其關係可用經驗式$ln\tau=AK^{-1/2}-B$表示，式中之τ爲半衰期，K爲α粒子之動能，A、B爲常數。α-衰變的理論是在質量數大的原子核中，由於兩個質子和兩個中子有較大的結合性，所以可視爲它們結合成α粒子，受核力侷限在原子核內，透過量子力學的穿隧效應，α粒子有固定機率可跑出來，接著受‘庫倫’排斥力的作用而射出。

10【阿留申低氣壓】ㄚˋ ㄌㄧㄡˊ ㄕㄣ ㄉㄧ ㄑㄧˋ ㄧㄚ
(Aleutian low) 北半球大氣環

流主要活動中心之一。其中心位於‘阿留申群島’附近。此低氣壓在冬季各月最強,夏季北移到北極,幾乎不存在。且該低氣壓所在地區之冬季常爲多雲、狂風的天氣,如‘加拿大’西海岸,受‘阿留申’低氣壓影響,冬季多雨,年雨量達2,000～3,000公釐。

11【阿基米德原理】 ㄚˋ ㄐㄧ ㄇㄧˇ ㄉㄜˊ ㄩㄢˊ ㄌㄧˇ
(Archimedes' principle)物體全部或部分浸入液體中時,均受一向上浮力,此浮力之大小等於物體所排開之液體的重量,是爲‘阿基米德’原理。若在空中重量爲W的物體,浸入液體中後秤得重量變爲W',而液體之密度爲ρ、物體所排開之液體體積爲V,則物體所受之浮力B可表示爲:
$B=\rho gV=W-W'$。

13【阿瑞尼士學說】 ㄚˋ ㄖㄨㄟˋ ㄋㄧˊ ㄕˋ ㄒㄩㄝˊ ㄕㄨㄛ
(Arrhenius theory)西元1887年‘阿瑞尼士’所提出的酸鹼學說。‘阿’氏定義酸爲在溶液中游離或經水作用可產生氫離子(H^+)的物質;鹼爲在溶液中游離或經水作用可產生氫氧根離子(OH^-)的物質。

18【阿豐索十二世】 ㄚˋ ㄈㄥ ㄙㄨㄛˇ ㄕˊ ㄦˋ ㄕˋ
(Alfonso Ⅻ, 1857～1885)‘西班牙’國王。是‘伊薩伯拉女王’(Queen Isabella Ⅱ)長子,1868年女王被逐,王族流亡海外,由他繼位,奠下日後‘西班牙’君主立憲的基礎。

【阿豐索十三世】 ㄚˋ ㄈㄥ ㄙㄨㄛˇ ㄕˊ ㄙㄢ ㄕˋ
(Alfonso ⅩⅢ, 1886～1941)‘西班牙’國王。西元1886～1931年在位,是‘阿豐索十二世’的遺腹子。即位之初,由母后‘克麗斯蒂娜’(Cristina)攝政,1902年以後親自主政。在位期間,急於擴張王權,又先後喪失海外殖民地‘古巴’及‘菲律賓’,引起人民不滿。1931年4月不得已同意全國普選,‘共和黨’獲勝,宣布國王遜位,流亡國外。

7【阿里斯多芬尼斯】 ㄚˋ ㄌㄧˇ ㄙ ㄉㄨㄛ ㄈㄣ ㄋㄧˊ ㄙ
(Aristophanes, 前450～前388)古‘希臘’最偉大的喜劇作家。劇作共40本,現今僅傳世“騎士”(*The Knights*)、“雲”(*The Clouds*)、“和平”(*The Peace*)、“蛙”(*The Frogs*)、“女議員”(*Women in Parliament*)、“鳥”(*The Birds*)、“蜂”(*The Wasps*)等11本。以喜劇手法嘲諷當時‘雅典’社會的政治、外交、文學、哲學;形式自由奔放,語言機智鋒利,對後世喜劇作家影響甚大,世稱喜劇之父。

8【阿拉伯國家聯盟】 ㄚˋ ㄌㄚ ㄅㄛˊ ㄍㄨㄛˊ ㄐㄧㄚ ㄌㄧㄢˊ ㄇㄥˊ
(The League of Arab States; LAS)簡稱‘阿聯’。西元1945年由‘埃及’、‘伊拉克’、‘敘利亞’、‘黎巴嫩’、‘約旦’、‘沙烏地阿拉伯’、‘葉門’七國共同成立於‘開羅’的國際性組織。目的在團結有共同歷史傳統、宗教信仰的‘阿拉伯’國家,促進經濟、軍事上合作,並對抗‘以色列’。今有22個會員國。

【阿拉伯聯合大公國】 ㄚˋ ㄌㄚ ㄅㄛˊ ㄌㄧㄢˊ ㄏㄜˊ ㄉㄚˋ ㄍㄨㄥ ㄍㄨㄛˊ
(United Arab Emirates)位於‘阿拉伯半島’東部的國家。由‘阿布達比’(Abu Dhabi)、‘杜拜’(Dubai)、‘沙加’(Sharjah)、‘阿茲曼’(Ajman)、‘富加雷’(Fujairah)、‘科瓦恩’(Umm al-Qaiwain)和‘開瑪’(Ras al-Khaimah)七酋長國組成。面積8.3萬方公里,人口256萬(2005年),首都‘阿布達比’。除東北部有山地外,多為海拔200公尺以下的沙漠,氣候炎熱乾燥。石油為主要富源。‘杜拜’爲要港。

阹 ㄑㄩ ch'ü¹ 音區
依循山谷形勢而圍成的圈牢。見“說文”。

阻 ㄗㄨˇ tsu³ 音組
[1]險要之地。見“說文”。[2]隔斷;隔絕。見“廣韻”。[3]艱難困苦。[4]依恃;仰賴。

2【阻力】 ㄗㄨˇ ㄌㄧˋ
[1]阻礙事情發展的力量。[2](resistive force; retarding force)當一物體在一具有黏滯性之流體中運動時(例如飛機在空氣中、潛艇在水中之航行等),會受一反抗其運動之力,稱爲阻力。阻力與物體的形狀、大小、速率均有關係,當速率不大時,阻力的大小約與速率成比例。

5【阻尼】 ㄗㄨˇ ㄋㄧˊ
(damping)指振動之振幅因時間而逐漸減少的情形。這是因爲有耗散效應存在,使振盪系統之機械能或電磁能逐漸轉化爲熱能的現象。

7【阻抗】 ㄗㄨˇ ㄎㄤˋ
(impedance)在電路中反抗交流電流動的總能力。爲跨於電路之電壓與流通於電路之電流的比值。以歐姆爲單位,符號爲Z,其倒數爲導納。

11【阻梗】 ㄗㄨˇ ㄍㄥˇ
阻礙不通;阻攔作梗。

12【阻絕】 ㄗㄨˇ ㄐㄩㄝˊ
阻礙斷絕,不能往來。

15【阻撓】 ㄗㄨˇ ㄋㄠˊ
阻擋;抗拒。

19【阻礙】 ㄗㄨˇ ㄞˋ
妨礙。

2【阻力傘】 ㄗㄨˇ ㄌㄧˋ ㄙㄢˇ
(drag parachute)繫在飛機或滑翔機上的特種降落傘。又稱減速傘、煞車傘。通常在降落時即行打開,以增大阻力,減低速度,縮短滑行距離。

5【阻尼比】 ㄗㄨˇ ㄋㄧˊ ㄅㄧˇ

(damping ratio) 表示制動情形之無因次常數。如以下式表示,即 $\frac{d^2y}{dt^2}+2\rho w_n\frac{dy}{dt}+w_n{}^2y=w_n{}^2x$, 其中 ρ 爲阻尼比, y 爲輸出訊號, x 爲輸入訊號, w_n 爲自由振動之角頻率。阻尼比爲1之阻尼振動稱爲臨界阻尼振動,大於1稱爲過阻尼振動,小於1稱爲不足阻尼振動。

7【阻抗角】 ㄗㄨˇ ㄎㄤˋ ㄐㄧㄠˇ
(impedance angle) 阻抗向量與電阻間的夾角。即阻抗之電壓與流經之電流間的相位角。

9【阻風門】 ㄗㄨˇ ㄈㄥ ㄇㄣˊ
(choke valve) 裝置於化油器進口,限制進入化油器中之空氣量,使混合比變濃,容易起動之閥門。

14【阻滯流】 ㄗㄨˇ ㄓˋ ㄌㄧㄡˊ
(choked flow) 流體在超音速噴嘴中加速至喉部(throat)時,流體之馬赫數爲1,而質量流率達最高值,此時不論上游壓力增到多高皆不可能使流量再升高。

2【阻力係數】 ㄗㄨˇ ㄌㄧˋ ㄒㄧˋ ㄕㄨˋ
(drag coefficient; C_D) 物體在流體中運動時,會受到流體的阻力,當物體的速度甚大時,此阻力與物體速度的平方成比例,可寫成下式: $D=\frac{1}{2}C_D\rho V^2S$, 其中 D 爲阻力, V 爲物體相對於流體的速度, ρ 爲流體的密度, S 爲物體垂直於速度方向之截面積,而 C_D 即爲阻力係數。因此 C_D 可定義爲: $C_D=D/\frac{1}{2}\rho V^2S$, 此爲一無單位因次的係數。

7【阻抗匹配】 ㄗㄨˇ ㄎㄤˋ ㄆㄧ ㄆㄟˋ
(impedance match)元件或電路的阻抗等於電源之內阻抗的現象。符合此一條件則負載可得到最大功率轉移、最小反射及最小失眞。

阽 ㄉㄧㄢˋ *tien*⁴ 音店 又讀 ㄧㄢˊ *yen*² 音言
1危險。2臨近;接近。

6【阽危】 ㄉㄧㄢˋ ㄨㄟˊ
危險。

陁 一 ㄓˋ *chih*⁴ 音志
山小崩。也作阤。見"集韻"。
二 ㄊㄨㄛˊ *t'o*², *t'uo*² 音陀
也作陀。參陂陀。

阼 ㄗㄨㄛˋ *tso*⁴, *tsuo*⁴ 音作
1主人升降所循的東階。見"說文"。2天子即位踐阼升殿,因稱天子之位爲阼。3祭肉。通胙。見"說文通訓定聲"。

12【阼階】 ㄗㄨㄛˋ ㄐㄧㄝ
古代堂前的東階,爲主人上、下之階。

陂 一 ㄆㄧˊ *p'i*² 音皮
1山坡地,或指傾斜不平之地。見"說文"。2蓄水池。3邊涯;旁邊。如:'東海'之陂。
二 ㄆㄛ *p'o*¹ 音坡
參陂陀。

8【陂陀】 ㄆㄛ ㄊㄨㄛˊ
也作陂阤、陂陁。1傾斜的樣子。2石階;臺階。

13【陂塘】 ㄆㄧˊ ㄊㄤˊ
池塘。

附 ㄈㄨˋ *fu*⁴ 音付
1增加。通坿。見"字彙"。2附著。如:魂不附體。3歸從。如:附和。4接近;靠近。如:附耳交談。5相合;符合。如:名實相附。6寄。通付。如:附書。7姓。'漢'有'附都'。見"萬姓統譜・九五"。

6【附合】 ㄈㄨˋ ㄏㄜˊ
二個以上屬於不同所有人之物相結合,交易上得認爲一物者,謂之附合。有不動產之附合與動產之附合兩種。前者,動產因附合而爲不動產之重要成分者,不動產所有人原始取得動產之所有權。例如取他人磚頭,建築於自己之房屋是。後者,動產與他人之動產附合,非毀損不能分離,或分離需費過鉅者,各動產所有人按其動產附合時之價值共有合成物,但附合之動產有可視爲主物者,該主物所有人原始取得合成物之所有權。因附合而取得動產所有權者,係原始取得,因此該動產上之其他權利(如質權、租賃權等),亦同歸於消滅;但因喪失權利而受損害者,得依關於不當得利之規定請求償金。

8【附肢】 ㄈㄨˋ ㄓ
(appendage)附於體軀的器官或分支構造。如脊椎動物的前後肢和節肢動物的觸角、步足、游泳肢等。

【附和】 ㄈㄨˋ ㄏㄜˋ
應和他人的意見或主張。

11【附庸】 ㄈㄨˋ ㄩㄥ
1封建制度下,不能朝見天子而附屬於大國的小國。2指附屬的事物。3依附;依託。

12【附款】 ㄈㄨˋ ㄎㄨㄢˇ
行政處分之附款,一般係指就法律行爲之行政處分爲補充、限制或確保其法律效果,對主意思表示所附加之從意思表示。行政處分之附款就其內容可分五種:一、條件,乃指規定給付利益或課予負擔之發生或消滅,繫於將來不確定之事實者。二、期限,指行政處分效力之發生與否繫於將來確定之事實。三、負擔,指行政機關爲給予特定人利益之行政處分同時命該特定人一定義務爲內容之附款,其內容爲一定之作爲、容忍或不作爲。四、廢止權之保留,指於爲行政處分時,保留於某種情形之下得將其處分廢止之意思表示。五、法律效果之一部除外,指附加於主意思表示,使法令對於該處分所與之效果一部分不發生之意思表示。行政官署僅在法令有特別規定或該行政處分屬於其自由裁量之範圍時,始得附加附款。附款行爲係屬裁量行爲,若有逾越權限或濫用權力則屬違法,也可爲提起行政訴訟之標的。

【附著】 ㄈㄨˋ ㄓㄨㄛˊ
1依附;黏附。2(adhesion)⑴兩表面藉著界面之化學鍵或交連作用而緊密黏合在一起之狀態,通常可藉黏合劑之塗抹達到附著目的。⑵種類不同的分子,其間具有引力因而依著的現象。如水銀附著於玻璃上、塵埃附著於壁上等。

13【附會】 ㄈㄨˋ ㄏㄨㄟˋ
1把原本不相關的勉強湊合在一起。2附和;依從。

20【附議】 ㄈㄨˋ ㄧˋ
附屬動議。會議中的任何提議或動議,都必須有與會者的附議,始能成立。根據"民權初步"的解釋,附議乃基於本題而發生,用以修正或處理本題爲目的。附議分爲七種,依其優先次序爲:動議暫行延期、動議即付表決、動議限制或延長辯論、動議定期延期、動議交付委員會審查、動議修正以及動議無期延期。

10【附骨疽】 ㄈㄨˋ ㄍㄨˇ ㄐㄩ
發生於筋骨部位,由於化膿性細菌侵入骨內繁殖感染所引起的病症。今稱化膿性骨髓炎。症狀爲筋骨疼痛,久則寒鬱化熱,腐肉成膿,膿潰後則膿水淋漓不盡,不易收口。

12【附著力】 ㄈㄨˋ ㄓㄨㄛˊ ㄌㄧˋ
(adhesive force)各物質分子間皆有吸引力存在,吸引力如產生於不同類之分子間者,稱爲附著力。例如水滴能沾附玻璃片上,便是水分子和玻璃分子間之附著力大於水分子本身之內聚力的結果。

5【附加科目】 ㄈㄨˋ ㄐㄧㄚ ㄎㄜ ㄇㄨˋ
(adjunct account) 評價科目的一種。在財務報表上列爲資產或負債科目的加項者。如應付公司債溢價即爲應付公司債的附加科目。

【附加價值】 ㄈㄨˋ ㄐㄧㄚ ㄐㄧㄚˋ ㄓˊ
(value added) 指原料在加工爲成品時所增加的價值。附加價值高,表示技術的密集;附加價值低,則表示勞力的密集。

11【附庸風雅】 ㄈㄨˋ ㄩㄥ ㄈㄥ ㄧㄚˇ
攀附雅人、雅事或冒充風雅之士。

【附帶上訴】 ㄈㄨˋ ㄉㄞˋ ㄕㄤˋ ㄙㄨˋ
當事人之一造提起上訴後,被上訴人對原判決聲明不服,請求廢棄或變更第一審判決不利於己之部分,而擴張有利於己部分之判決的行爲。據"民事訴訟法"第四百六十條第一項:「被上訴人於言詞辯論終結前,得爲附帶上訴。」第二項:「附帶上訴,雖在被上訴人之上訴期間已滿,或曾捨棄上訴權或撤回上訴後,亦得爲之。」又第四百六十一條規定:「上訴經撤回或因不合法而被駁回者,附帶上訴失其效力。但附帶上訴備上訴之要件者,視爲獨立之上訴。」

17【附點音符】 ㄈㄨˋ ㄉㄧㄢˇ ㄧㄣ ㄈㄨˊ
(dotted note) 音樂記譜法的一種。在音符後加一附點,即表示該音符的時值增加二分之一;如附點二分音符,等於二個四分音符。音符後如加兩附點,則其時值增加二分之一再增加四分之一。如附表:

𝅗𝅥. = 𝅗𝅥 ♩　　𝅗𝅥.. = 𝅗𝅥 ♩ ♪
♩. = ♩ ♪　　♩.. = ♩ ♪ 𝅘𝅥𝅯

18【附贅懸疣】 ㄈㄨˋ ㄓㄨㄟˋ ㄒㄩㄢˊ ㄧㄡˊ
長在皮膚上的肉瘤。比喻多餘無用之物。

21【附屬學校】 ㄈㄨˋ ㄕㄨˇ ㄒㄩㄝˊ ㄒㄧㄠˋ
(affiliated school) 師範學院或大學所附設以供其學生實習的學校。

5【附加保險費】 ㄈㄨˋ ㄐㄧㄚ ㄅㄠˇ ㄒㄧㄢˇ ㄈㄟˋ
(loading) 純保險費率計算確定後,再附加一定比率保險費率,作爲佣金、業務費用、安全費、利潤及準備等項目之用。

【附加稅制度】 ㄈㄨˋ ㄐㄧㄚ ㄕㄨㄟˋ ㄓˋ ㄉㄨˋ
(the additional tax system) 指正稅以外,附帶加收的稅。亦爲中央與地方財政收入劃分的方法之一。如在中央稅源中,徵以附加稅,歸之地方;在地方稅源中徵以附加稅,歸之中央。其優點爲納稅人不易自覺,可節省稽徵費用及簡化稅目;缺點則爲有重複課稅之嫌,且稅額總數不易確定。

11【附條件買賣】 ㄈㄨˋ ㄊㄧㄠˊ ㄐㄧㄢˋ ㄇㄞˇ ㄇㄞˋ
買受人先占有動產之標的物,約定至支付一部或全部價金或完成特定條件時,始取得標的物所有權的交易。附條件買賣與一般買賣不同,僅以動產爲標的,通常存在於分期付款買賣中,應於其契約中記載「出賣人保留標的物所有權」,其性質乃屬附保有所有權約款之讓與契約,亦即以買受人履行支付價金,爲其停止條件之物權契約。由於出賣人仍保留其標的物之所有權,因此,如買受人不依約定償還價款,或不依約定完成特定條件,或將標的物移轉、出賣或爲其他處分者,出賣人均得取回占有標的物;如契約載明其取回被拒絕時,得逕受強制執行者,出賣人並得聲請法院爲強制執行。

【附條件贈與】 ㄈㄨˋ ㄊㄧㄠˊ ㄐㄧㄢˋ ㄗㄥˋ ㄩˇ
以將來客觀上不確定事實之成就與否,決定贈與效力發生或消滅之謂。其附停止條件者,自條件成就時起,贈與發生效力,受贈人得據以向贈與人請求贈與物。其附解除條件者,因贈與於意思合致時,即已成立生效(在不動產贈與時,雖意思合致,仍須經登記始生效力),受贈人自得據以請求贈與物，而贈與人亦得履行其交付贈與物之義務，但於解除條件成就時，其贈與契約溯及失其效力，此時，受贈人如已受領贈與物者，應依關於不當得利之規定返還之。

9【附負擔之贈與】 ㄈㄨˋ ㄈㄨˋ ㄉㄢ ㄓ ㄗㄥˋ ㄩˇ

贈與契約約定受贈人須履行一定義務者。例如甲乙兩人約定，甲將樓房一幢連同基地贈與予乙，但乙須扶養丙二年是。附負擔之贈與，贈與人之責任提高，與有償契約類似，“民法”第四百十四條：「附有負擔之贈與，其贈與之物或權利如有瑕疵，贈與人於受贈人負擔之限度內，負與出賣人同一之擔保責任。」規定甚明。附有負擔之贈與，受贈人自應履行其負擔，但其贈與不足償其負擔者，受贈人僅於贈與之價值限度內有履行其負擔之責任。附負擔之贈與，若贈與人已爲給付，而受贈人不履行其負擔時，贈與人得請求受贈人履行其負擔，或撤銷其贈與。若負擔以公益爲內容者，於贈與人死亡後，主管官署得命受贈人履行其負擔。

11【附條件之遺贈】 ㄈㄨˋ ㄊㄧㄠˊ ㄐㄧㄢˋ ㄓ ㄧˊ ㄗㄥˋ

以將來客觀上不確定事實之成就與否，決定遺贈效力發生或消滅之謂。遺贈係遺囑人以遺囑對他人（受遺贈人）無償讓與財產上利益之謂。原則上，遺贈自遺贈人死亡時發生效力，附停止條件之遺贈，則自條件成就時始發生效力，但其條件之成就係在遺囑人死亡以前者，則仍自遺囑人死亡時始發生效力。又受遺贈人於遺囑發生效力前死亡者，其遺贈不生效力，故其條件事後縱已成就，遺贈仍不生效力。附解除條件之遺贈，於遺贈人死亡時即生效力，但於發生解除條件事由時，溯及失其效力。

21【附屬單位決算】 ㄈㄨˋ ㄕㄨˇ ㄉㄢ ㄨㄟˋ ㄐㄩㄝˊ ㄙㄨㄢˋ

特種基金以其歲入、歲出之一部編入總決算者，其決算爲附屬單位決算。

【附屬單位預算】 ㄈㄨˋ ㄕㄨˇ ㄉㄢ ㄨㄟˋ ㄩˋ ㄙㄨㄢˋ

特種基金以其歲入、歲出之一部編入總預算者，其預算爲附屬單位預算。

【附屬單位會計】 ㄈㄨˋ ㄕㄨˇ ㄉㄢ ㄨㄟˋ ㄎㄨㄞˋ ㄐㄧˋ

政府或其所屬機關附屬之營業機關、事業機關或作業組織之會計，或各機關附屬之特種基金，以歲入、歲出之一部編入總預算之會計。

8【附始期之法律行爲】 ㄈㄨˋ ㄕˇ ㄑㄧˊ ㄓ ㄈㄚˇ ㄌㄩˋ ㄒㄧㄥˊ ㄨㄟˊ

期限係將法律行爲效力之發生或消滅，繫於將來確定發生之事實之附款的法律行爲。期限並非獨立之法律行爲，而僅係法律行爲之附款，其內容之事實雖必然到來，但到來時期卻未必確定，此與條件成就與否並未確定尙有不同。附始期之法律行爲，例如約定「自今年九月一日開始承租房屋」是，其法律行爲效力發生之起點即係「今年九月一日」，亦即因此期限之屆至，其法律行爲之效力才發生。附始期之法律行爲於期限屆至前，在當事人間雖尙未具體發生權利義務關係，但若有損害相對人因期限屆至所應得利益之行爲者，仍應負損害賠償責任。

11【附條件之法律行爲】 ㄈㄨˋ ㄊㄧㄠˊ ㄐㄧㄢˋ ㄓ ㄈㄚˇ ㄌㄩˋ ㄒㄧㄥˊ ㄨㄟˊ

條件係將法律行爲效力之發生或消滅，繫於將來客觀上不確定事實之成就或不成就之附款的法律行爲。條件並非獨立之法律行爲，而僅係法律行爲之一部分，其成就或不成就客觀上尙未確定。法律行爲是否附有條件，應依客觀情事及當事人之眞意認定之；其附條件之目的大抵在對於將來之效果加以控制，至於條件之內容事實，則舉凡出生、天災等自然事實，乃至於結婚、出國進修、行政機關之許可等人爲事實均屬之。附條件之法律行爲當事人，於條件成否未定前，若有損害相對人因條件成就所應得利益之行爲者，負損害賠償之責任。且因條件成就而受不利益之當事人，如以不正當行爲阻其條件之成就者，視爲條件已成就。

【附停止條件之法律行爲】 ㄈㄨˋ ㄊㄧㄥˊ ㄓˇ ㄊㄧㄠˊ ㄐㄧㄢˋ ㄓ ㄈㄚˇ ㄌㄩˋ ㄒㄧㄥˊ ㄨㄟˊ

附停止條件之法律行爲，於條件成就時始發生效力。例如某甲與某乙約定，於乙與丙結婚時，將贈與轎車一部，當事人於爲此項約定時，其贈與契約即已成立，但須待乙丙結婚時，始生效力。當事人亦得以特約，使條件成就之效力不於條件成就之時發生。

13【附解除條件之法律行爲】 ㄈㄨˋ ㄐㄧㄝˇ ㄔㄨˊ ㄊㄧㄠˊ ㄐㄧㄢˋ ㄓ ㄈㄚˇ ㄌㄩˋ ㄒㄧㄥˊ ㄨㄟˊ

附解除條件之法律行爲，於條件成就時失其效力。例如某甲贈與某乙房屋一棟，約定某乙出國進修時應返還該屋，則贈與契約已成立生效，但於某乙出國進修條件成就時，贈與契約失其效力。又如因訂立婚約而授受聘金禮物者，乃以婚約解除或違反爲解除條件之贈與，嗣後婚約經解除或違反時當然失其效力，受贈人依“民法”第一百七十九條，自應將其所受利益返還於贈與人。解除條件之效力，亦得依特約之約定使其不溯及既往。

阺

㊀ ㄉㄧˇ ti^{3} 音抵

陵阪；大阜。同坻。見“說文”。

㊁ ㄔˊ $ch'ih^{2}$ 音池

①處理；治理。見"玉篇"。②低下。見"玉篇"。

陒 阨的本字。

6

陔 ㄍㄞ kai^1 音該
①臺階石級的次序。引申指層次。②田隴。見"字彙"。

15【陔餘叢考】ㄍㄞ ㄩˊ ㄘㄨㄥˊ ㄎㄠˇ
'清'"趙翼"撰，四十三卷。體例近於'顧炎武'"日知錄"，爲考訂經史諸子及詩文之作，內容並及於瑣事俗語之類。

陕 ㄧˊ i^2 音移
參陝陕。

限 ㄒㄧㄢˋ $hsien^4$ 音現
①險阻。見"說文"。②門檻。如：戶限。③指定而不可逾越的範圍。如：期限。④窮盡；際涯。如：有限。⑤禁制。如：限禁。

8【限制詞】ㄒㄧㄢˋ ㄓˋ ㄘˊ
實詞的一種。用來限制動作或行爲的程度、範圍、時間、可能性、否定作用等的詞。也稱副詞。如⌊更上一層樓⌉中的⌊更⌉、⌊先遣小姑嘗⌉中的⌊先⌉。

【限制器】ㄒㄧㄢˋ ㄓˋ ㄑㄧˋ
(limiter) 通常指電壓振幅限制器。可將輸入電壓信號之變化限制於某一範圍內，而截去超出的部分。

9【限流器】ㄒㄧㄢˋ ㄌㄧㄡˊ ㄑㄧˋ
(current limiter)可限制電流以避免因短路而損壞設備的元件。

13【限義詞】ㄒㄧㄢˋ ㄧˋ ㄘˊ
(qualifier) 又稱識別詞。指爲區分同形異義的標目而附加於標目之後的字或詞。例如 mercury 一字，有水銀、水星及'羅馬'神話的使神'麥丘里'三種意義，加上限義詞而成 mercury (metal)、mercury (planet)、mercury (mythology)，分別代表三種不同的標目。限義詞形同標目的一部分，編製主題索引及索引典時，多應用此種方式。

18【限額表】ㄒㄧㄢˋ ㄜˊ ㄅㄧㄠˇ
(table of limits) 保險公司對於某種業務每一分類危險單位自身所能負擔承保責任的最重金額，事先按照各項因素考慮決定後，列表備用，稱限額表。自留限額與自留額並非必然相等，限額爲保險公司對某種危險所能自留之基準額；而自留額則爲對特定危險，依其種類及性質，基於其基準額所實際保留之金額。

8【限定繼承】ㄒㄧㄢˋ ㄉㄧㄥˋ ㄐㄧˋ ㄔㄥˊ
繼承人限定以繼承所得之遺產償還被繼承人債務之制度，或以如此保留而爲繼承承認之意思表示。爲限定之繼承者，應於繼承開始時起三個月內，開具遺產清冊呈報法院。繼承人有數人，其中一人主張爲限定之繼承時，其他繼承人視爲同爲限定之繼承。爲限定之繼承者，其對於被繼承人之權利、義務，不因繼承而消滅。繼承人有下列情事之一者，不得主張限定繼承：一、隱匿遺產。二、在遺產清冊爲虛僞之記載。三、意圖詐害被繼承人之債權人之權利而爲遺產之處分。

【限制住居】ㄒㄧㄢˋ ㄓˋ ㄓㄨˋ ㄐㄩ
法院限制被告行動自由的方法。羈押之被告，得不命具保而限制其住居，停止羈押。凡被限制者，未經法院同意不得隨意變更住所，也不能申請出國，以免將來開庭審理或執行刑罰發生困難。

18【限額支票】ㄒㄧㄢˋ ㄜˊ ㄓ ㄆㄧㄠˋ
係銀行之⌊限額支票存款⌉戶所簽發的支票。簽發此項支票的存戶，限爲軍公教機關、公賣事業、金融機構編制內現職人員或現役軍官。存戶取款須開具由'中央銀行'統一訂定格式及大小的橫式支票，每張支票金額最高不得超過新'臺'幣壹萬元；如超過限額時，銀行概予退票，並限制其空白支票的領用。

8【限押信用狀】ㄒㄧㄢˋ ㄧㄚ ㄒㄧㄣˋ ㄩㄥˋ ㄓㄨㄤˋ
(restrictive letter of credit) 又稱特別信用狀 (special letter of credit)。即狀上特別註明規定只能在某指定的銀行（通常爲通知銀行）辦理讓購（押匯）的信用狀。此種信用狀因無選擇押匯銀行的自由，對受益人較不利。限押的條款表示的方法不一，常見的是"This L/C is restricted to ××× Bank for negotiation"。

【限制貿易論】ㄒㄧㄢˋ ㄓˋ ㄇㄠˋ ㄧˋ ㄌㄨㄣˋ
保護貿易理論之一種。認爲如貿易使一國之經濟福利降低，即應加以限制。與自由貿易論相對。

12【限期新聞稿】ㄒㄧㄢˋ ㄑㄧˊ ㄒㄧㄣ ㄨㄣˊ ㄍㄠˇ
指新聞發布單位預先向傳播媒體提供的稿件，上面註明希望刊出日期，以使傳播媒體把握時宜性。如政府首長文告、重要聲明等。

8【限制行爲能力】ㄒㄧㄢˋ ㄓˋ ㄒㄧㄥˊ ㄨㄟˊ ㄋㄥˊ ㄌㄧˋ
滿七歲以上而未婚之未成年人，爲限制行爲能力人，僅有限制行爲能力。限制行爲人爲意思表示及受意思表示，應得法定代理人事前之允許或事後之承認，始生效力。但純獲法律上之利益或依其年齡、身分爲日常生活所必需者（如購書、看電影等），則不必得到法定代理人之允許。限制行爲能力人未得法定代理人之允許，所爲之單獨行爲，無效。惟法定代理人允許限制行爲能力人處分之財產，限制行爲能力人就該財產有處分之能力，但該限制行爲能力人在訴訟上仍無訴訟能力。法定代理人允許限制行爲能力人獨立營業者，限制行爲能力人關於其營業有行爲能力，在訴訟上亦有訴訟能力。限制行爲能力人未得法定代理人允許所訂立之契約，並非無效，而僅係效力未定。

【限制責任能力】ㄒㄧㄢˋ ㄓˋ ㄗㄜˊ ㄖㄣˋ ㄋㄥˊ ㄌㄧˋ
法律規定：「十四歲以上未滿十八歲人之行爲，得減輕其刑」，「滿八十歲人之行爲，得減輕其刑」，「精神耗弱人之行爲，得減輕其刑」，是爲限制責任能力。"刑法"對於此等人是否應負完全之刑事責任，委由裁判官於具體個案依個人在心智上之成熟程度、道德倫理觀念，乃至公序良俗之要求而作判斷。裁判官得自由裁量是否減輕其刑。其係「十四歲以上未滿十八歲」者，並有"少年事件處理法"之適用。

18【限額保證支票】ㄒㄧㄢˋ ㄜˊ ㄅㄠˇ ㄓㄥˋ ㄓ ㄆㄧㄠˋ
凡與付款銀行簽訂「保證付款」契約，同時並向保險機構辦妥「信用保險」的限額支票存款戶，其所簽發的限額支票（每張不得超過新'臺'幣壹萬元），可由付款銀行保證付款，但目前每戶最高墊款透支額最高以新'臺'幣壹拾萬元爲限。

陋 ㄌㄡˋ *lou*^{4} 音漏
①狹小；狹隘。見"說文"。②粗劣。如：簡陋。③粗野；低下。如：陋習。④疏淺。如：孤陋寡聞。⑤吝嗇。⑥鄙薄；輕視。

9【陋室】ㄌㄡˋ ㄕˋ
簡陋狹小的房屋。

【陋巷】ㄌㄡˋ ㄒㄧㄤˋ
狹小的巷道。指窮人居住的地方。

11【陋規】ㄌㄡˋ ㄍㄨㄟ
歷來相沿的不良成例。

【陋習】ㄌㄡˋ ㄒㄧˊ
不良的習俗。

陌 ㄇㄛˋ *mo*^{4} 音歿
①田間小路。如：阡陌。②街道。如：街陌。③一百文錢。通百。見"夢溪筆談·四"。

13【陌路】ㄇㄛˋ ㄌㄨˋ
①田間的路。②指素不相識的人。同陌路人。

5【陌生人焦慮】ㄇㄛˋ ㄕㄥ ㄖㄣˊ ㄐㄧㄠ ㄌㄩˋ
(stranger anxiety) 指八至十二個月大的嬰兒，初見陌生人時所引起的懼怕。

陑 ㄦˊ *êrh*^{2} 音而
古山名。即'雷首山'，一名'首陽山'。在今'山西省''永濟縣'境。

陓 ㄩ *yü*^{1} 音迂 又讀 ㄨ *wu*^{1} 音汙
參楊陓。

隋 ㊀ ㄉㄨㄛˋ *to*^{4}, *tuo*^{4} 音墮
瓜類等蔓生植物的果實。通蓏。見"正字通"。
㊁ ㄙㄨㄟˊ *sui*^{2} 音隋
古國名。見"篇海"。

陚 ㄖㄢˇ *jan*^{3} 音冉
參駺陚。

陊 ㊀ ㄉㄨㄛˋ *to*^{4}, *tuo*^{4} 音墮
①崩落。同阤。見"說文"。②毀壞。見"廣雅·釋詁"。③傾斜的山坡。見"廣韻"。
㊁ ㄓˋ *chih*^{4} 音制
①崖際。見"說文"。②小崩。見"集韻"。

陒 ㊀ ㄍㄨㄟˇ *kuei*^{3} 音詭
毀壞的牆垣。同垝。見"說文"。
㊁ ㄒㄧ *hsi*^{1} 音羲
毀壞。同墻。見"集韻"。

降 ㊀ ㄐㄧㄤˋ *chiang*^{4} 音絳
①落；下。見"說文"。②貶低。見"字彙"。
㊁ ㄒㄧㄤˊ *hsiang*^{2} 音翔
①屈服；服從。如：投降。②制服對方。如：降龍伏虎。

4【降火】ㄐㄧㄤˋ ㄏㄨㄛˇ
治病方法之一。即降低體內過於旺盛的火氣。如陰虛火旺，表現爲咳嗽、痰多、頭痛、牙痛、口苦、舌乾、苔厚、骨蒸、寒熱等症狀，則宜用降火法治療。

【降水】ㄐㄧㄤˋ ㄕㄨㄟˇ
(precipitation) 大氣中之水氣經冷卻凝結過程而降落到地面爲雨、雪、雹、霰等。因之，降水包括流體（雨）及固體（雪、雹）兩類。

10【降級】ㄐㄧㄤˋ ㄐㄧˊ
懲戒處分之一。指依其現職之俸級，降一級或兩級改敘，自改敘之日起，二年內不得晉敘、升職或調任主管職務。受降級處分而無級可降者，按每級差額減其月俸，期間爲二年。

11【降婁】ㄐㄧㄤˋ ㄌㄡˊ
星次名。相當二十八宿的奎、婁、胃三宿。自奎宿五度至胃宿六度。以十二辰言，屬戌；以分野言，當'魯'；以節氣言，值驚蟄、春分；以黃道十二宮言，相當於白羊宮；以星座言，相當於仙女、雙魚、白羊三座。

15【降調】ㄐㄧㄤˋ ㄉㄧㄠˋ
對經任用之人員，由原有職務調至地位、層次較低，或職責程度較低，或所支薪給幅度較低之他職。降調員工偶有需要，爲免降調發生困擾，應以自願爲原則，且原有待遇宜予維持。

6【降伏點】ㄐㄧㄤˋ ㄈㄨˊ ㄉㄧㄢˇ
(yield point) 即降伏現象。具有高度延性的材料（如軟鋼）中，當外加拉力時，由於材料中存有碳及氮原子與差排交互作用結果，材料應變至某一程度，即有應力值降低，而應變大量增加的現象。如圖所示。

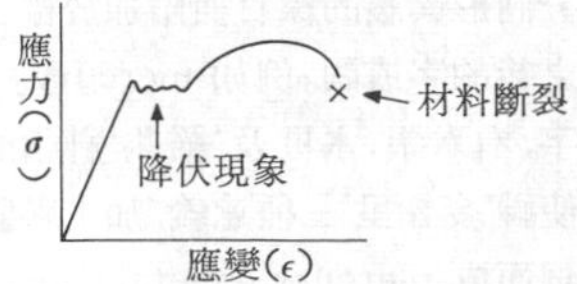

降伏點圖

8【降雨量】ㄐㄧㄤˋ ㄩˇ ㄌㄧㄤˋ
(rainfall) 也稱雨量。單位時間

內，降雨多寡的總數量。係由平面上所降雨水的深度測出。降雨高度一公釐，約合一平方公尺的面積上受雨一公升或一公斤(以重量計)。雨量的觀測，通常藉助雨量器或雨量計儀器，以測定所降水柱高度公釐數。雨量的表示方式，以各月和全年降雨量、雨日及各月降雨的最大日雨量等方式較爲常見。

13【降落傘】 ㄐㄧㄤˋ ㄌㄨㄛˋ ㄙㄢˇ
(parachute) 一種使掛於其上之物體，能自大氣層中緩慢降落於地面的裝置。係十五世紀'義大利'藝術家'達文西'所想像，直到十八世紀始正式出現。通常包含導傘、主傘、吊綳、套帶及開傘繩。係藉拉動開傘繩或固定於飛機上之引張帶以張傘。

7【降志辱身】 ㄐㄧㄤˋ ㄓˋ ㄖㄨˋ ㄕㄣ
貶抑志氣，屈辱身分。

8【降河洄游】 ㄐㄧㄤˋ ㄏㄜˊ ㄏㄨㄟˊ ㄧㄡˊ
指某些魚類在河川上游或內陸湖泊中生長，長大後，順流至海中產卵的行爲。例如成鰻集體游向海洋，而每年的某一季節，成群的鰻苗又再溯河而上。

【降雨強度】 ㄐㄧㄤˋ ㄩˇ ㄑㄧㄤˊ ㄉㄨˋ
(rainfall intensity)指在單位時間內天空所降的雨量。通常以每小時公釐爲單位。降雨強度有大有小，大者如'臺灣'在'民國'四十八年的八月七日，'斗六''梅林里'曾在九小時內降豪雨1,001公釐，降雨強度高達每小時111.2公釐，因而釀成嚴重水災；小者如'臺灣'北部冬季的小雨，全日不過數公釐。

10【降格以從】 ㄐㄧㄤˋ ㄍㄜˊ ㄧˇ ㄘㄨㄥˊ
降低自己的標準以遷就現實。

16【降龍伏虎】 ㄒㄧㄤˊ ㄌㄨㄥˊ ㄈㄨˊ ㄏㄨˇ
①比喻道行高深者的神力。'宋''蘇軾''東坡集·十八大阿羅漢頌'載十八羅漢中有'降龍'、'伏虎'二尊者。②制服兇暴。③道教指修煉丹藥、馴服情慾。以龍虎比喻坎(水)離(火)兩卦，離上坎下爲水火未濟，坎上離下爲水火既濟，水火交和則丹藥煉成；以龍虎比喻心火腎水，認爲能克制嗔怒色慾，使心火下降，腎水上潤，則心腎相交，養生得道。

7

院 ㄩㄢˋ yüan^4 音願
①四周有牆垣的宮室。見"正字通"。②圍牆內房屋四周的空地。如：庭院。

3【院士】 ㄩㄢˋ ㄕˋ
指'中央研究院'院士。我國最高學術機構中的研究者。每兩年選舉一次，爲終身名譽職。有議定國家學術方針、辦理學術設計、調查、審查及研究等職權。

5【院本】 ㄩㄢˋ ㄅㄣˇ
①'金'、'元'時代妓院所演的戲劇腳本。②'宋代'畫院中畫家的畫。

13【院落】 ㄩㄢˋ ㄌㄨㄛˋ
庭院。也稱院子。

17【院轄市】 ㄩㄢˋ ㄒㄧㄚˊ ㄕˋ
直轄市的別稱。參直轄市。

23【院體畫】 ㄩㄢˋ ㄊㄧˇ ㄏㄨㄚˋ
即'唐代'以來，流行於宮廷中，具有特殊風格之繪畫。歷代的院體畫以'北宋''徽宗'朝最稱極盛，風格細膩而寫眞，色彩富麗而典雅。

陣 ㄓㄣˋ chên^4 音鎮
本作敶，通作陳。①軍隊的行列或攻防隊形。見"正字通"。②行列。如：雁陣。③量詞。表示事情或動作所經歷的次數。如：一陣風。

6【陣地】 ㄓㄣˋ ㄉㄧˋ
在前線，爲軍事部隊所盤踞的位置或所占領的地區。爲確保陣地之安全，通常在其周圍築有阻絕工事或雷區等。

【陣列】 ㄓㄣˋ ㄌㄧㄝˋ
①隊伍行列。②(array)高階電腦語言常用的資料結構之一。將多項性質相似的資料以一特定的順序表示與處理，並視爲一整體資料。依形式之不同，可分爲一維陣列與多維陣列。

8【陣雨】 ㄓㄣˋ ㄩˇ
(shower) 由強烈垂直對流所生的降雨。其特徵爲：天空晴雨變化迅速，驟始驟止，強度變化很快，放晴所需的時間很短，有時兩次陣性降雨時沒有顯明的放晴。主要發生於熱帶及溫帶夏季午後。

10【陣容】 ㄓㄣˋ ㄖㄨㄥˊ
①軍隊排列的形式或氣勢。②指團體中成員的配置、選用的情形。

12【陣痛】 ㄓㄣˋ ㄊㄨㄥˋ
一陣陣發作的疼痛。

13【陣腳】 ㄓㄣˋ ㄐㄧㄠˇ
原指作戰陣形的前列。引申指隊伍全體。

15【陣線】 ㄓㄣˋ ㄒㄧㄢˋ
戰線；戰區。

17【陣營】 ㄓㄣˋ ㄧㄥˊ
①軍營。②集團。

6【陣列元素】 ㄓㄣˋ ㄌㄧㄝˋ ㄩㄢˊ ㄙㄨˋ
(array element) 電腦程式之陣列資料結構中的一項資料。通常以陣列名稱配合註標之使用來表示，而註標表示元素在陣列中的位置。如程式中一陣列名稱爲M，則$M(3)$表示陣列M中的第三個元素；又如N爲一二維陣列的名稱，則$N(2,2)$表示陣列中第二行、第二列之元素。

【陣列宣告】 ㄓㄣˋ ㄌㄧㄝˋ ㄒㄩㄢ ㄍㄠˋ
(array declaration)電腦程式設計中，如需使用陣列資料結構，必須依照所用的程式語言之規則加以宣告者。通常包含陣列的名稱、元素個數、陣列的維次與組列方式等。

陡 ㄉㄡˇ tou³ 音斗
①山勢峻峭。見"集韻"。②突然;忽然。

8【陡坡】ㄉㄡˇ ㄆㄛ
峻峭的山坡。

10【陡峭】ㄉㄡˇ ㄑㄧㄠˋ
山勢險峻。

【陡峻】ㄉㄡˇ ㄐㄩㄣˋ
山勢高險。

12【陡然】ㄉㄡˇ ㄖㄢˊ
突然。

陛 ㄅㄧˋ pi⁴ 音避
天子殿前的臺階。見"玉篇"。

3【陛下】ㄅㄧˋ ㄒㄧㄚˋ
古代臣民對帝王的尊稱。

陘 ㄒㄧㄥˊ hsing² 音形
①山脈相連而中斷的地方。見"說文"。②山嶺。③山坡。見"廣雅·釋丘"。④灶邊突出承器之物。見"正字通"。

陜 ㄒㄧㄚˊ hsia² 音狹
①窄。俗作狹。見"集韻"。②峽谷。

陝 ㄕㄢˇ shan³ 音閃
①地名。即今'河南省''陝縣'。②'陝西省'的簡稱。

6【陝西省】ㄕㄢˇ ㄒㄧ ㄕㄥˇ
位於我國北部地方的中央。簡稱'陝'或'秦'。大部分屬黃土高原。'秦嶺'綿亙於中南部,以南屬'長江流域',氣候溫潤,農業發達,主產稻、棉花;以北屬'黃河流域',氣候乾燥,然'渭河盆地'因灌溉渠道遍布,農業發達,主產麥、棉花、雜糧,為全省精華區。'陝'北則為一河川切割高原,氣候乾燥,畜牧盛,居民利用黃土特性鑿窯洞為室,形成⌊人家半鑿山腰住,車馬多從頭頂過⌉的特殊景觀。省會'西安市'。

5【陝甘新疆回變】ㄕㄢˇ ㄍㄢ ㄒㄧㄣ ㄐㄧㄤ ㄏㄨㄟˊ ㄅㄧㄢˋ
'清穆宗''同治'初年,部分太平軍竄入'陝''甘',當地'回'民乘機響應,'天山'南路'回'民亦同時占據'天山'南北路。'陝''甘'總督'左宗棠'平西捻後,復於'同治'十二年(1873)平定'陝''甘''回'亂。'光緒'二年(1876),又率軍出'玉門關',攻克'迪化',肅清'天山'北路。次年,'回'酋'阿古柏'自盡,'劉錦棠'收復南路各城,殘部逃入'俄'境,失陷十餘年的'新疆'重歸版圖。

陗 峭的或體。

陟 ㄓˋ chih⁴ 音置
升;登上。見"說文"。

14【陟罰臧否】ㄓˋ ㄈㄚˊ ㄗㄤ ㄆㄧˇ
褒舉善人,懲罰惡人。

陖 ㄐㄩㄣˋ chün⁴ 音峻
①高峻。見"說文"。②急。見"廣雅·釋詁"。

陞 ㄕㄥ shêng¹ 音升
登高;上升。通作升。見"廣雅·釋詁"。

除 ㄔㄨˊ ch'u² 音芻
①臺階。如:灑掃庭除。②指門與屏風之間。③去掉。如:除暴安良。④更易。⑤開展。⑥算法的一種。即均分某數為若干分。

3【除夕】ㄔㄨˊ ㄒㄧˋ
農曆十二月最後一天的夜晚。

6【除名】ㄔㄨˊ ㄇㄧㄥˊ
開除名籍,取消其原有身分。

【除伐】ㄔㄨˊ ㄈㄚˊ
間伐的一種。實施於林分未超過小桿材期之間。凡為年齡相同的無用單株,因對有用林木發生凌壓,則予以伐除。

13【除溼】ㄔㄨˊ ㄕ
(dehumidification)將高溼度的氣體通過具有吸溼性之物料,或藉冷凝冷卻成液體,以降低其溼度的單元操作。一般指降低空氣中之水蒸氣含量而言。

16【除錯】ㄔㄨˊ ㄘㄨㄛˋ
(debug)對電腦程式或軟體進行檢測,找出所發生之錯誤並改正的過程。

8【除沫劑】ㄔㄨˊ ㄇㄛˋ ㄐㄧˋ
(antifoam agent)泛指一切可用來消除液體之泡沫或防止泡沫產生的界面活性劑。例如脂肪酸與脂肪醇溶於烴類溶劑、脂肪族胺分散於溶有界面活性劑之溶劑或石英、礦物粉末塗以矽氧樹脂分散於溶劑等。常使用在造紙、製糖、醱酵等工業。

5【除斥期間】ㄔㄨˊ ㄔˋ ㄑㄧˊ ㄐㄧㄢ
係法律對某種權利所預定之存續或行使期間。其權利人必須於該期間內行使權利,逾期未行使者,無論其情事為何,概生失權之效果。例如,債務人所為之詐害債權行為("民法"第二百四十四條),其撤銷權自債權人知有撤銷原因時起,一年間不行使而消滅。除斥期間大抵適用於形成權,特別是撤銷權,於存續期間內不生中斷或不完成之問題,除斥期間經過後,形成權即歸消滅,與消滅時效不同,縱當事人未曾援用,法院仍得依職權調查之,且通常較消滅時效為短,最長亦不超過十年。

12【除惡務盡】ㄔㄨˊ ㄜˋ ㄨˋ ㄐㄧㄣˋ
除惡力求徹底。

15【除暴安良】ㄔㄨˊ ㄅㄠˋ ㄢ ㄌㄧㄤˊ
誅除殘暴,安撫善良。

18【除舊布新】ㄔㄨˊ ㄐㄧㄡˋ ㄅㄨˋ ㄒㄧㄣ
除去舊景觀,布陳新氣象。

22【除權判決】ㄔㄨˊ ㄑㄩㄢˊ ㄆㄢˋ ㄐㄩㄝˊ
得依背書轉讓之證券及其他法律有規定得為公示催告對象之權利,當公示催告所指定之申報權利期間已滿,而利害關係人未申報權利時,法院依公示催告聲請人之聲請,所為宣告失權效果(如證券無效或權利消滅)的判決。

5【除去妨害請求權】ㄔㄨˊ ㄑㄩˋ ㄈㄤˊ ㄏㄞˋ ㄑㄧㄥˇ ㄑㄧㄡˊ ㄑㄩㄢˊ
所有人對於妨害其所有權者,請求除去之權能。所謂妨害,乃客觀上不法侵害所有人行使其所有權之意。不限於妨害人自身之行爲，即因自然力或由第三人所爲者，亦屬妨害事由之發生原因。具相鄰關係，所有人依法有容忍之義務者，無此請求權之行使可言。已登記不動產所有人之除去妨害請求權，依其性質，並無"民法"第一百二十五條消滅時效規定之適用。行使除去妨害請求權時，得以妨害人之費用除去其妨害，縱該妨害人對於妨害事由之發生並無故意、過失，亦得以其費用除去之。

8

陪 ㄆㄟˊ p'ei² 音培
①增益；增加。見"廣雅·釋詁"。②輔助。如：陪審。③伴隨。如：陪伴。

6【陪臣】 ㄆㄟˊ ㄔㄣˊ
古代諸侯的大夫對天子、諸侯之大夫的家臣對諸侯，都稱陪臣。

10【陪笑】 ㄆㄟˊ ㄒㄧㄠˋ
對人作笑臉。含道歉或討好之意。

11【陪都】 ㄆㄟˊ ㄉㄨ
國都以外另設置的臨時首都。

13【陪話】 ㄆㄟˊ ㄏㄨㄚˋ
賠不是；道歉。

【陪葬】 ㄆㄟˊ ㄗㄤˋ
陪同死者一齊下葬。

【陪罪】 ㄆㄟˊ ㄗㄨㄟˋ
道歉。

【陪嫁】 ㄆㄟˊ ㄐㄧㄚˋ
女子出嫁時，母家贈送的妝奩或僕從。

15【陪審】 ㄆㄟˊ ㄕㄣˇ
法院審理訴訟案件，依法在民間選出陪審員陪同承審法官聽訟。'英'、'美'等國有此制。

21【陪襯】 ㄆㄟˊ ㄔㄣˋ
以別的事物襯托主體。

4【陪不是】 ㄆㄟˊ ㄅㄨˊ ·ㄕ
陪罪。

10【陪笑臉】 ㄆㄟˊ ㄒㄧㄠˋ ㄌㄧㄢˇ
裝出笑臉，討好別人。

【陪席推事】 ㄆㄟˊ ㄒㄧˊ ㄊㄨㄟ ㄕˋ
參與合議審判之推事，除審判長外，其餘均爲陪席推事。陪席推事爲明瞭案情，於民事訴訟審判時，經告明審判長後，得向當事人發問或曉諭，令其陳述事實、聲明證據或爲其他必要之聲明及陳述；於刑事訴訟告知審判長後，訊問被告或證人、鑑定人。審判長應於言詞辯論筆錄或審判筆錄簽名，審判長有事故時，由資深之陪席推事簽名。

陳 ㊀ ㄔㄣˊ ch'ên² 音塵
①古國名。'周'初封'舜'的後裔'嬀滿'於'陳'。在今'河南省''淮陽縣'一帶。②鋪列。如：陳設。③述說。如：慷慨陳言。④張揚。⑤久；舊。如：陳年。⑥(557～589)'南北朝'時'南朝'之一。'陳霸先'篡'梁'所建，都'建康'(今'南京市')。其疆域在'南朝'中最小。傳至後主'叔寶'，爲'隋'所滅。共三世，五主，三十三年。⑦姓。'漢'有'陳平'。見"漢書·陳平傳"。

㊁ ㄓㄣˋ chên⁴ 音陣
戰陣。通陳，今作陣。見"正字通"。

5【陳平】 ㄔㄣˊ ㄆㄧㄥˊ
(?～前178)'陽武'(今'河南''陽武')人，字'孺子'。少家貧，好'黃''老'之術，善出奇計，佐'劉邦'定天下，封'曲逆侯'。'惠帝'、'呂后'時爲丞相，'呂后'死，定計迎立'文帝'，遂安'漢'室。

【陳皮】 ㄔㄣˊ ㄆㄧˊ
'中'藥名。係芸香科植物茶枝柑果實的乾燥外層果皮，性溫味苦辛，有理氣、健脾、燥溼化痰作用，主治喘咳、脹滿疼痛、嘔吐、腹瀉等症。

7【陳言】 ㄔㄣˊ ㄧㄢˊ
①陳述意見。②陳舊的言辭。

9【陳亮】 ㄔㄣˊ ㄌㄧㄤˋ
(1143～1194)'南宋''永康'(今'浙江''永康')人，字'同甫'，學者稱'龍川先生'。才氣超邁，喜談兵。爲文氣勢縱橫，筆鋒犀利；又長於詞，風格豪放眞切。有"龍川文集"、"龍川詞"。

【陳奐】 ㄔㄣˊ ㄏㄨㄢˋ
(1786～1863)'清''長洲'(今'江蘇''吳縣')人，字'碩甫'，號'師竹'，晚年居'蘇州''南園'，號'南園老人'。少時受學於'段玉裁'，後又與'王念孫'、'引之'父子、'郝懿行'等學者相交，研究"毛詩"及文字聲韻。著有"詩毛氏傳疏"、"毛詩音"等書。

10【陳書】 ㄔㄣˊ ㄕㄨ
二十五史之一。'唐''姚思廉'撰，三十六卷。記載'南朝''陳'一代史事。

11【陳情】 ㄔㄣˊ ㄑㄧㄥˊ
陳述衷情、實情。

12【陳琳】 ㄔㄣˊ ㄌㄧㄣˊ
(?～217)'漢''廣陵'(今'江蘇''江都')人，字'孔璋'。曾爲'袁紹'撰寫攻訐'曹操'的檄文；'紹'敗，'操'愛其才，使任司空軍謀祭酒，管記室。擅長章表和樂府詩。'明'人輯有"陳記室集"。

【陳勝】 ㄔㄣˊ ㄕㄥˋ
(?～前208)'秦'末'陽城'(今'河南''登封'東南)人，字'涉'。'二世'元年(前209)，被徵屯戍'漁陽'，途中經'蘄縣''大澤鄉'，因雨誤期，於法當斬，於是聯合'吳廣'揭竿起義，建立'張楚'政權，自立爲'楚王'。後兵敗，爲'莊賈'所殺。

13【陳誠】 ㄔㄣˊ ㄔㄥˊ
(1898～1965)'浙江''青田'人，字'辭修'，別號'石叟'。'保定軍官學校'畢業。參加東征、北伐、剿'共'、討逆、抗戰諸役，歷任'臺灣'省政府主席、東南軍政長官、'行政院'長，第二、三屆副總統。

陳誠像

【陳跡】 ㄔㄣˊ ㄐㄧ
以往的事跡。

14【陳腐】ㄔㄣˊ ㄈㄨˇ
1陳舊腐敗。2比喻不合時宜。

【陳壽】ㄔㄣˊ ㄕㄡˋ
(233～297)‘西晉’‘安漢’(今‘四川’‘南充’)人,字‘承祚’。初仕‘蜀’爲觀閣令史,入‘晉’,任著作郎、治書侍御史。著有“三國志”、“古國志”、“益都耆舊傳”。

【陳摶】ㄔㄣˊ ㄊㄨㄢˊ
(?～989)五代‘北宋’間道士。‘眞源’(今‘河南’‘鹿邑’東)人,字‘圖南’,號‘扶搖子’。隱居‘華山’,‘宋太宗’賜號‘希夷先生’。著有“指玄篇”、“無極圖”等。

15【陳儀】ㄔㄣˊ ㄧˊ
(1883～1950)‘浙江’‘紹興’人,字‘公俠’、‘公洽’。‘日本’‘陸軍士官學校’畢業。辛亥‘武昌’革命軍興,任‘浙’督府軍政司長。此後歷任‘浙江’省長、‘福建’省政府主席、‘行政院’祕書長、‘臺灣’行政長官、‘浙江’省政府主席。三十八年,因通敵陰謀叛國,在‘臺北’被處死刑。

16【陳澧】ㄔㄣˊ ㄌㄧˇ
(1810～1882)‘清’‘廣東’‘番禺’人,字‘蘭甫’,號‘東塾’。‘道光’舉人。爲‘學海堂’學長數十年,晚年主講‘菊坡精舍’。‘澧’泛覽群籍,凡天文、地理、樂律、算術、音韻、詩詞無不研究。著有“漢儒通義”、“切韻考”、“東塾讀書記”等書。

【陳蕃】ㄔㄣˊ ㄈㄢˊ
(?～168)‘東漢’‘汝南’‘平輿’(今‘河南’‘汝南’東南)人,字‘仲舉’。官至太傅,封‘高陽侯’。爲人方峻疾惡,受太學生所敬重,爲當時士大夫領袖。‘靈帝’時,與‘竇武’謀誅宦官,事洩被害。

3【陳子昂】ㄔㄣˊ ㄗˇ ㄤˊ
(661～702)‘唐’‘射洪’(今‘四川’‘三臺’東南)人,字‘伯玉’。‘武后’時官至右拾遺,後辭官回鄉,被縣令迫害,死於獄中。擅長五言詩,意境清高豪放,一掃六朝華靡詩風。有“陳伯玉集”。

4【陳友諒】ㄔㄣˊ ㄧㄡˇ ㄌㄧㄤˋ
(1320～1363)‘沔陽’(今‘湖北’‘沔陽’)人,本漁家子,參加‘徐壽輝’紅巾軍,奪得領導權,並攻下‘江西’諸路,‘至正’二十年(1360)稱帝於‘采石磯’,國號‘漢’,年號‘大義’。後與‘朱元璋’戰於‘鄱陽湖’,中箭而死。

【陳少白】ㄔㄣˊ ㄕㄠˇ ㄅㄞˊ
(1869～1934)‘廣東’‘新會’人。幼名‘聞韶’,又名‘白’,字‘夔石’。因結識‘孫中山’先生,同入‘香港’‘西醫書院’,與‘尤列’、‘楊鶴齡’、‘陸皓東’四人倡談革命。後在‘廣州’起義失敗,逃亡‘日本’。曾赴‘臺灣’,成立‘興中會’‘臺北’分會。又在‘香港’創辦“中國日報”,爲最早之革命報刊。辛亥‘廣東’光復後,任軍政府外交司長。旋組‘粵航公司’,此後未曾參與政事。著有“興中會革命史要”。

5【陳布雷】ㄔㄣˊ ㄅㄨˋ ㄌㄟˊ
(1890～1948)‘浙江’‘慈谿’人,原名‘訓恩’,字‘彥及’,號‘畏壘’。‘浙江高等學校’畢業。長於議論文字,早年撰文發表於“天鐸報”、“申報”、“上海商報”、“時事新報”等。歷任侍從室第二處主任、‘國民政府’委員、總統府國策顧問。助先總統 ‘蔣公’筆札垂二十年。後以體力日衰,服藥過量去世。著有“陳布雷回憶錄”等。

陳布雷像

8【陳其美】ㄔㄣˊ ㄑㄧˊ ㄇㄟˇ
(1878～1916)‘浙江’‘吳興’人,字‘英士’。留學‘日本’‘東京警監學校’,加入‘同盟會’。辛亥‘武昌’革命軍興,率部光復‘上海’,被推任‘滬’軍都督,旋克‘南京’,穩定‘江南’。後因‘袁世凱’稱帝,在‘上海’計謀討‘袁’軍事,被‘袁世凱’遣人暗殺。

陳其美像

【陳果夫】ㄔㄣˊ ㄍㄨㄛˇ ㄈㄨ
(1892～1951)‘浙江’‘吳興’人,名‘祖燾’。早年矢志革命,先後參加辛亥‘武昌’、‘贛寧’、討‘袁’之役。歷任‘國民政府’委員兼‘監察院’副院長、‘江蘇省’主席、軍委會委員長侍從室主任。著有“陳果夫先生全集”。

9【陳炯明】ㄔㄣˊ ㄐㄩㄥˇ ㄇㄧㄥˊ
(1878～1933)‘廣東’‘海豐’人,字‘競存’。‘廣東法政學堂’畢業。‘武昌’革命軍興,參加‘惠州’光復之役,初任‘廣東’軍政府副督,後代理都督。‘民國’九年,任‘廣東’省長兼‘粵’軍總司令。十一年,倡議聯省自治,暗通‘直’系軍閥,背叛‘孫中山’先生。十四年,被國民革命軍擊敗,後逃到‘香港’病死。

陳炯明像

10【陳振孫】ㄔㄣˊ ㄓㄣˋ ㄙㄨㄣ
‘南宋’‘安吉’(今‘浙江’‘安吉’)人,字‘伯玉’,所居號‘直齋’。官至侍郎。博通古今,家藏舊書至萬卷。著有“直齋書錄解題”。

【陳納德】ㄔㄣˊ ㄋㄚˋ ㄉㄜˊ
(Claire Lee Chennault, 1890～1958)‘美’空軍將領、飛虎隊隊長。本爲中學校長,第一次世界大戰時加入陸軍,曾爲戰鬥機中隊長,駐紮在‘夏威夷’三年。西元1935年在‘阿拉巴馬州’任戰鬥機教練隊長,試驗各種飛行戰技,並出版“自衛性追逐的角色”(*The Role of Defensive Pursuit*)爲戰鬥機的價值辯護。1937年擔任我國‘航空委員會’顧問。第二次世界大戰時,在‘中國’率領十四航空隊迎擊‘日本’空軍,並和向他採訪的戰地記者'陳香梅'結婚。戰後在'中國'協助成立'民航空運公司',自任總裁。

【陳師道】 ㄔㄣˊ ㄕ ㄉㄠˋ
(1053～1101)'北宋''彭城'(今'江蘇''徐州市')人,字'履常',一字'無己',號'後山'。其詩工力深刻,奇峭清新,擅長律體,多反映貧士落魄的心懷,是'江西'詩派中的主要人物。著有"後山集"。

11【陳寅恪】 ㄔㄣˊ ㄧㄣˊ ㄎㄜˋ
(1890～1969)'江西''義寧'人。留學'美國''哈佛大學'、'德國''柏林大學'、'法國''巴黎大學',通曉外文十三種,以史學精湛,爲世所稱。先後任教'清華大學'、'香港大學'、'西南聯大'、'中山大學'。著有"唐代政治史述論稿"、"元白詩箋證稿"等。

陳寅恪像

13【陳靖姑】 ㄔㄣˊ ㄐㄧㄥˋ ㄍㄨ
'閩''臺'民間信仰中,解產厄的生育神。亦稱'臨水夫人'。'福州''古田縣'人。曾入'許眞君'門下,習劍術及道法。'閩'中大旱,求雨靈驗,後爲仇妖所害。卒後爲神,爲民除害,又護祐產婦,使解產厄。

【陳圓圓】 ㄔㄣˊ ㄩㄢˊ ㄩㄢˊ
(1623～1695)'明'末'姑蘇'名妓。本姓'邢',名'沅',字'畹芬',從養母姓'陳'。'吳三桂'以千金聘爲妾。'李自成'破'北京'時,擄'圓圓','三桂'怒開'山海關'降'清','清'兵破'自成','圓圓'又歸'三桂'。後'三桂'爲'滇王','圓圓'隨往,晚年請爲尼,法名'寂靜',字'玉庵'。

14【陳與義】 ㄔㄣˊ ㄩˇ ㄧˋ
(1090～1138)'宋''洛陽'(今'河南''洛陽')人,字'去非',號'簡齋'。曾任參知政事。才華高逸,工詩詞,是'江西'詩派的主要人物。著有"簡齋集"、"無住詞"。

【陳維崧】 ㄔㄣˊ ㄨㄟˊ ㄙㄨㄥ
(1625～1682)'江蘇''宜興'人。字'其年',號'迦陵'。'康熙'中舉博學鴻詞,授'翰林院'檢討,與修"明史"。學問淵博,擅長詩文,而詞尤爲'清代'巨擘,詞風雄渾。著有"迦陵詞"、"湖海樓詩集"、"迦陵文集"等。

16【陳獨秀】 ㄔㄣˊ ㄉㄨˊ ㄒㄧㄡˋ
(1879～1942)'安徽''懷寧'人,名'乾生',字'仲甫'。留學'日本''東京高等師範學校'速成科。'民國'四年,創刊"新青年雜誌",爲新文學運動的先驅。十年,參與組織'中國共產黨',並任總書記,後遭鬥爭,開除黨籍。二十一年被捕,二十六年釋放,抗戰時病死'四川'。著有"獨秀文存"等。

陳獨秀像

20【陳獻章】 ㄔㄣˊ ㄒㄧㄢˋ ㄓㄤ
(1428～1500)'明''廣東''新會''白沙里'人,字'公甫',號'石齋',世稱'白沙先生'。三試不第,乃潛心理學,以薦授'翰林院'檢討,後求歸。著有"白沙集"。

21【陳霸先】 ㄔㄣˊ ㄅㄚˋ ㄒㄧㄢ
(501～559)'南朝''陳武帝'。'吳興''長城'(今'浙江''長興')人,字'興國'。'梁'時,與'王僧辯'討滅'侯景'之亂。後殺'僧辯',立'敬帝',自爲相國,封'陳王'。'太平'二年(557)受禪爲帝,都'建業',爲'南朝'中唯一由南方人所建立的王朝。卒諡'武',廟號'高祖'。

2【陳力就列】 ㄔㄣˊ ㄌㄧˋ ㄐㄧㄡˋ ㄌㄧㄝˋ
在自己崗位上盡力。

11【陳陳相因】 ㄔㄣˊ ㄔㄣˊ ㄒㄧㄤ ㄧㄣ
本指舊穀逐年累積。後用以比喻因襲舊有事物,缺少創新。

12【陳腔濫調】 ㄔㄣˊ ㄑㄧㄤ ㄌㄢˋ ㄉㄧㄠˋ
指陳腐而無創意的言論。

18【陳舊提單】 ㄔㄣˊ ㄐㄧㄡˋ ㄊㄧˊ ㄉㄢ
(stale bill of lading) 又稱過時提單。指於發行後未在合理時間內向銀行提示請求押匯、承兌或付款的提單。依西元1962年修訂的"信用狀統一慣例",信用狀項下的一切單證,應於各該單證作成後,於合理時間內提示,銀行如認爲所提示的單證業經不當的耽擱,則可拒絕受理。提單爲所有單證中最重要者,如其提示期日距提單發行日期過久,即將被視爲陳舊提單;至於合理時間的久暫及何種情況下才認爲「陳舊」或「業經不當的耽擱」,並無明確的國際慣例可遵循。但依銀行習慣,出口商於貨物裝船後,未於適當時間內將提單交給銀行或延誤提示,致不能適時寄交開狀銀行轉交進口商,俾於貨物一運抵目的港時即可報關提貨者,將被視爲陳舊提單。但在航程較短的情形,例如'臺''港'間或'臺''日'間的貿易,於提單發行後,不論如何迅速處理,也無甚可能在貨物運抵目的港之前寄達,但只要出口商無不當的耽擱,通常銀行仍受理。因陳舊提單的認定標準常發生爭議,所以"信用狀統一慣例"於1974年修訂後,已刪除陳舊提單的規定,而改爲:「所有信用狀……必須規定自提單發行後若干日內,向銀行提示單證的特定期間……。」

9【陳炯明叛變】 ㄔㄣˊ ㄐㄩㄥˇ ㄇㄧㄥˊ ㄆㄢˋ ㄅㄧㄢˋ
'民國'十一年二月,非常大總統'孫中山'先生下令北伐,'廣東'省長、'粵'軍總司令兼陸軍總長'陳炯明',倡議聯省自治,復與'直'系暗通款曲,陰阻北伐。三月,發生'鄧鏗'遇刺案,'孫'免'陳'本兼各職,專任'廣東'省長,並回師鎭撫。六月,'陳'叛變舉兵圍攻總統府。

'孫'脫險後,令北伐軍回師平亂。八月,'孫'離'粵'赴'滬'。

陼 或作陼。㊀ ㄓㄨˇ *chu*³ 音煮

水中的小沙洲。同渚。見"說文"。

㊁ ㄉㄨˇ *tu*³ 音賭

牆垣。同堵。見"集韻"。

陸 ㊀ ㄌㄨˋ *lu*⁴ 音戮

①高平的土地。見"說文"。②水以外的乾地。如:陸地。③六字的大寫。④姓。'南宋'有'陸游'。見"宋史·陸游傳"。

㊁ ㄌㄧㄡˋ *liu*⁴ 音六

㊀③的語音。

4【陸水】 ㄌㄨˋ ㄕㄨㄟˇ

(inland water)地球上存於陸地的水。河川水、湖沼水、地下水及固體之冰雪等均屬之,約占地球上總水量的2.799%(其中冰雪占2.15%)。陸水是人類生活中直接而不可或缺的用水,主要有河川水、湖沼水和地下水,三者約占地球水量的0.649%,故人類可利用的水資源不到1%。

6【陸羽】 ㄌㄨˋ ㄩˇ

(733~804)'唐''竟陵'(今'湖北''天門')人,字'鴻漸';一名'疾',字'季疵',自稱'桑苧翁',又號'竟陵子'、'東岡子'。性情幽默,不願爲官。能詩文,長於音樂,尤其嗜茶,著有"茶經",後世以他爲茶神。

7【陸沈】 ㄌㄨˋ ㄔㄣˊ

①比喻隱居在人世之中。②比喻不爲人所知。③比喻頑固昏昧,不合時宜。④陸地沈沒。指國土淪亡。

12【陸游】 ㄌㄨˋ ㄧㄡˊ

(1125~1209)'南宋''越州''山陰'(今'浙江''紹興')人,字'務觀',號'放翁'。仕途多蹇,官至'寶章閣'待制。詩、文、詞俱工,尤以創作詩歌最多,今存九千多首。懷有崇高的政治抱負,關心民生疾苦,才氣超逸縱橫,風格雄渾豪放,有愛國詩人之稱。著有"渭南文集"、"劍南詩稿"、"放翁詞"等。

【陸雲】 ㄌㄨˋ ㄩㄣˊ

(262~303)'西晉''華亭'(今'江蘇''松江')人,字'士龍'。與兄'機'並有才名,時稱二'陸'。同事'成都王''穎','雲'爲'清河'內史,世稱'陸清河'。後'機'被殺,'雲'亦遇害。詩多亡佚,後人輯有"陸士龍集"。

13【陸賈】 ㄌㄨˋ ㄐㄧㄚˇ

'漢'初'楚'人。有辯才,曾助'劉邦'定天下,後並多次出使'南越',官至太中大夫。力主提倡儒學,並輔以'黃''老'的無爲而治思想,對'漢'初政治影響很大。著有"新語";又擅長辭賦,惜作品已佚。

16【陸璣】 ㄌㄨˋ ㄐㄧ

參陸機②。

【陸機】 ㄌㄨˋ ㄐㄧ

①(261~303)'華亭'(今'江蘇''松江')人,字'士衡'。出身'江'南士族,少時任'吳'牙門將。'吳'亡後,於'晉武帝'時,與弟'雲'同至'洛陽',文才大噪,時稱二'陸'。曾任'平原'內史,世稱'陸平原'。八王之亂時,爲人所譖,兄弟皆被殺。'機'爲'太康'重要詩人,詩風趨於豔麗,文句雕琢。又作有"文賦",是兩'晉'重要的文學批評論著。後人輯有"陸士衡集"。②三國'吳''吳郡'(今'江蘇''吳縣')人,字'元恪'。官太子中庶子、'烏程'令。著有"毛詩草木鳥獸蟲魚疏"。至'宋''李濟翁'始有從玉旁作璣之說,'宋'人著錄此書遂多作'陸璣'。

【陸橋】 ㄌㄨˋ ㄑㄧㄠˊ

橫跨道路上空,專供行人穿越的橋梁。

18【陸贄】 ㄌㄨˋ ㄓˋ

(754~805)'唐''嘉興'(今'浙江''嘉興')人,字'敬輿'。'大曆'進士。'德宗'時爲翰林學士,參與機謀,很受信任,時稱內相。後任中書侍郎、同平章事。在朝時論諫剴切,所作奏議,多用駢文,結構縝密,後世奉爲典範。著有"陸宣公翰苑集",一稱"陸宣公奏議"。

21【陸續】 ㄌㄨˋ ㄒㄩˋ

前後相繼不斷。

2【陸九淵】 ㄌㄨˋ ㄐㄧㄡˇ ㄩㄢ

(1139~1193)'南宋''金谿'(今'江西''金谿')人,字'子靜'。'乾道'進士。'光宗'時知'荊門軍',後還鄉講學,居'貴溪''象山',自號'象山翁',學者稱'象山先生'。論學以尊德性爲主,與'朱熹'的道問學不同,所以'宋代'理學有'朱''陸'之別。著有"象山集"。

陸九淵像

【陸九齡】 ㄌㄨˋ ㄐㄧㄡˇ ㄌㄧㄥˊ

(1132~1180)'宋''金谿'(今'江西''金谿')人,字'子壽'。'乾道'進士。曾任'興國軍'教授。性周謹,肆力於學,兼通陰陽、星曆、五行、卜筮之說,與弟'九淵'合稱二'陸'。著有"復齋文集"。

7【陸秀夫】 ㄌㄨˋ ㄒㄧㄡˋ ㄈㄨ

(1236~1279)'南宋''楚州''鹽城'(今'江蘇''鹽城')人,字'君實'。'景定'進士。性沈靜,有節操。'元'軍南下,在'福州'擁'趙昰'爲'益王','趙昰'死,又與'張世傑'等立'趙昺'爲'衛王',在'厓山'抵抗'元'軍。'元'軍破'厓山'時,'秀夫'先驅妻子投海,再背負'帝昺'跳海而死。著有"陸忠烈集"。

8【陸法言】 ㄌㄨˋ ㄈㄚˇ ㄧㄢˊ

'隋''臨漳'(今'河南''臨漳')人,名'詞',一作'慈';字'法言',以字行。'開皇'中爲承奉郎。'仁壽'初,與'劉臻'、'顏之推'等人共同討論音韻,而編成"切韻"。

10【陸修靜】 ㄌㄨˋ ㄒㄧㄡ ㄐㄧㄥˋ

(406~477)'南朝''劉宋''茅山'道士,早期道書的編輯者。'吳興''東遷'(今'浙江''吳興'東)人。早年棄家修道,常爲'宋'帝召請,'明帝'時更廣收道經,撰"三洞經書目錄",

又編修齋儀等，道教儀式遂大備。卒諡'簡寂先生'。

11【陸連島】 ㄌㄨˋ ㄌㄧㄢˊ ㄉㄠˇ

(landtied island) 一條沙嘴或沙洲一端和陸地相連，另一端則延伸而和岸外島嶼相接的島嶼。如我國東北的'葫蘆島'。

12【陸皓東】 ㄌㄨˋ ㄏㄠˋ ㄉㄨㄥ

(1868～1895) '廣東''香山'人，原名'中杜'。追隨'孫中山'先生從事革命，創製青天白日旗爲革命軍旗。後因籌劃'廣州'起義，事洩被捕，慷慨就義，乃爲'中國'革命而犧牲的第一人。

陸皓東像

15【陸德明】 ㄌㄨˋ ㄉㄜˊ ㄇㄧㄥˊ

(556～627) '蘇州''吳'(今'江蘇''吳縣')人，名'元朗'，以字行。'隋煬帝'時，擢祕書學士，遷國子助教。'唐高祖'時，任國子博士，封'吳縣'男。著有"經典釋文"，後世群經音讀，多以此爲據。

16【陸龍捲】 ㄌㄨˋ ㄌㄨㄥˊ ㄐㄩㄢˇ

(tornado) 一種規模小而中心氣壓極低的強烈旋風。由濃密的積雨雲所形成，呈漏斗狀，尖端伸達地面，是一種極具破壞性的風暴。其移動速率達每小時30～60公里，中心風速則達每小時320公里以上。'美國'中西部各州如'堪薩斯'、'密蘇里'、'伊利諾'於每年的春末夏初最常發生，是全球龍捲風發生最多的地區。

4【陸王學派】 ㄌㄨˋ ㄨㄤˊ ㄒㄩㄝˊ ㄆㄞˋ

指由'宋'儒'陸九淵'、'明'儒'王守仁'所形成的學派。強調尊德性、即心即理，與'程''朱'學派強調道問學的學風形成對立。

6【陸地環境】 ㄌㄨˋ ㄉㄧˋ ㄏㄨㄢˊ ㄐㄧㄥˋ

(terrestrial environment) 指以土壤及空氣爲主要生存空間的環境。

16【陸橋作業】 ㄌㄨˋ ㄑㄧㄠˊ ㄗㄨㄛˋ ㄧㄝˋ

(landbridge service) 又稱陸橋運輸。爲海運與橫越大陸鐵路的聯合運送。即利用大陸鐵路作爲中間橋梁，將貨櫃以船運至大陸某一港口後，以火車接運到另一海洋航線的起點，再以貨櫃船運到目的港。目前主要的陸橋作業有二，一爲自'臺灣'、'香港'或'日本'等'太平洋'海岸地區運送貨物到'歐洲'時，先以海船運到'美國'西岸港口，然後改以鐵路運送到'大西洋'海岸港口，再轉海運，直放'歐洲'。另一爲'遠東'地區各國運送貨物到'歐洲'時，先以船舶運到'海參崴'後，由'西伯利亞鐵路'接運到'波羅的海'沿岸港口，再以貨櫃船運往西'歐'、北'歐'及'英國'的各主要港口。這種陸橋作業既可縮短運送時間，又可節省運費，爲業者所樂於採用。

【陸橋聯運】 ㄌㄨˋ ㄑㄧㄠˊ ㄌㄧㄢˊ ㄩㄣˋ

(land bridge movement) 以大陸爲居中橋梁而溝通兩大洋地區的聯運方式。世界之主要陸橋有二：一、'北美洲'大陸；二、'蘇俄''歐''亞'大陸。

9【陸宣公奏議】 ㄌㄨˋ ㄒㄩㄢ ㄍㄨㄥ ㄗㄡˋ ㄧˋ

'唐''陸贄'撰，一名"陸宣公翰苑集"，二十二卷。內容包括制誥、奏草、奏議等。其文多用駢體，結構縝密，對偶工整，文筆流暢，後世奉爲奏議的典範。

陵 ㄌㄧㄥˊ *ling*² 音玲

①高大的土山。見"說文"。②小山。③帝王的墳墓。④逾越。如：陵駕。⑤侵侮。如：欺陵。⑥升；攀登。如：陵空。⑦姓。'明'有'陵茂'。見"萬姓統譜‧五七"。

6【陵夷】 ㄌㄧㄥˊ ㄧˊ

逐漸地衰敗。

12【陵替】 ㄌㄧㄥˊ ㄊㄧˋ

①綱紀敗壞，上下失序。②衰敗；沒落。

14【陵寢】 ㄌㄧㄥˊ ㄑㄧㄣˇ

古稱帝王的陵墓。今多稱國家元首的陵墓。

15【陵駕】 ㄌㄧㄥˊ ㄐㄧㄚˋ

超越；高居其上。

16【陵遲】 ㄌㄧㄥˊ ㄔˊ

也作凌遲。①衰頹。②折磨。③古代的一種酷刑。即剮刑。

陬 ㄗㄡ *tsou*¹ 音鄒

①角落；角隅。見"說文"。②正月。見"爾雅‧釋天"。

陭 ㈠ ㄧ *i*¹ 音衣

山坡名。在今'山西省''安澤縣'。見"說文"。

㈡ ㄑㄧˊ *ch'i*² 音奇

參陭嶇。

14【陭嶇】 ㄑㄧˊ ㄑㄩ

道路險阻不平。也作崎嶇。

陫 ㈠ ㄆㄟˊ *p'ei*² 音陪

山名。見"集韻"。

㈡ ㄈㄟˇ *fei*³ 音匪

鄙陋。同陋。見"集韻"。

㈢ ㄈㄟˋ *fei*⁴ 音沸

隱衷。同厞。見"集韻"。

陶 ㈠ ㄊㄠˊ *t'ao*² 音桃

①瓦器。見"字彙"。②燒製瓦器。③教化。如：薰陶。④和樂；喜悅。如：陶然忘機。⑤姓。'東晉'有'陶潛'。見"晉書‧隱逸傳‧陶潛"。

㈡ ㄧㄠˊ *yao*² 音搖

人名用字。'虞舜'時有賢臣'皋陶'。

7【陶冶】 ㄊㄠˊ ㄧㄝˇ

①製作陶器，冶鍊金屬。②指製作陶器冶鍊金屬的工人。③教化；培育。

8【陶侃】 ㄊㄠˊ ㄎㄢˇ

(259～334)'東晉''潯陽'(今'江西''九江')人，字'士行'(或作'士衡')。'明帝'時，官侍中太尉，封'長沙郡公'加都督'交'、'廣'、'寧'七州軍事，拜大將軍。

9【陶范】ㄊㄠˊ ㄈㄢˋ
鑄造青銅器的陶質模型。也作陶笵。我國古代鑄造青銅器大多使用陶范,少數用石范。一般分作內范和外范,外范按器物外形製造,經常分割成數塊;內范是范心。外范有〔子母口〕接合,內外范之間保留空隙,以容受銅液。范上雕刻紋飾或銘文,澆注銅液後,冷卻,將范打掉,再修整磋磨,便成銅器。這種製造青銅器的方法通常稱作塊范法或合范法。

11【陶瓷】ㄊㄠˊ ㄘˊ
(ceramic) 將黏土或黏土與其他物質混合,於高熱下燒成的產物。產品包括陶瓷、火磚、玻璃、水泥等。其結構可爲多孔性(如陶器)或緻密性(如瓷器)。

12【陶鈞】ㄊㄠˊ ㄐㄩㄣ
製造陶器的轉盤。①比喻對事物的控制、調節。②比喻造物者。

【陶然】ㄊㄠˊ ㄖㄢˊ
快樂的樣子。

14【陶說】ㄊㄠˊ ㄕㄨㄛ
'清''朱琰'撰,六卷。'琰'客遊'饒州','饒'之'景德'尤以陶瓷名世,'琰'以所見製造法,參舊聞以成是書。分說今、說古、說明、說器四類,考證極詳。

15【陶醉】ㄊㄠˊ ㄗㄨㄟˋ
①歡暢地醉飲。②熱衷或沈迷於某種事物或境界裡。

16【陶器】ㄊㄠˊ ㄑㄧˋ
陶器一般不施釉,入窯以較低溫燒成。具有吸水性,叩之則發出鬆鈍的音響。我國最早的陶器,見於'華'北新石器時代早期遺址。

22【陶鑄】ㄊㄠˊ ㄓㄨˋ
①用土作坯子鑄銅器。②培育;鍛鍊。

5【陶弘景】ㄊㄠˊ ㄏㄨㄥˊ ㄐㄧㄥˇ
(456?~536)'南朝''梁''秣陵'(今'南京市')人,字'通明'。'齊'時爲左工殿中將軍,入'梁',隱居'句曲山','武帝'禮聘不出,但常向他請教政事,時人稱爲山中宰相,卒謚'貞白先生'。對於書法、曆法、天文、醫藥都有研究。注"神農本草"。

11【陶淵明】ㄊㄠˊ ㄩㄢ ㄇㄧㄥˊ
(365~427)'東晉''潯陽''柴桑'(今'江西''九江')人,字'元亮';一說入'宋'後,改名'潛'。性高潔,工詩文,曾任'彭澤'令,僅八十餘日,即辭職歸隱。作品恬淡眞醇,爲田園詩人之宗,世稱'靖節先生'。著有"陶淵明集"。

陶淵明像

16【陶器婚】ㄊㄠˊ ㄑㄧˋ ㄏㄨㄣ
西俗稱結婚九週年。

11【陶猗之富】ㄊㄠˊ ㄧ ㄓ ㄈㄨˋ
形容非常富有。'陶',指'陶朱公'。'猗',指'猗頓'。皆古代富豪。

陷

㈠ ㄒㄧㄢˋ $hsien^4$ 音限
①落入;下沈。見"說文"。②缺點;過失。如:缺陷。③設計害人。如:陷害。④攻破。如:衝鋒陷陣。
㈡ ㄒㄩㄢˋ $hsüan^4$ 音泫
㈠②的語音。

5【陷穴】ㄒㄧㄢˋ ㄒㄩㄝˋ
(sinkhole)石灰岩區受雨水淋溶所形成的小淺窪地。參滲穴。

7【陷阱】ㄒㄧㄢˋ ㄐㄧㄥˇ
也作陷穽。①誘捕野獸的深坑。古代作戰時也用以陷捕敵人。②比喻陷害人的圈套。③(trap)電腦處理或執行程式時,若發生例外之狀況,如定址錯誤、上溢、下溢、以零爲除數等,而自動轉移至一特定之程序進行處理,此種轉移稱爲陷阱。

13【陷溺】ㄒㄧㄢˋ ㄋㄧˋ
①沈沒;陷入。②虐待;迫害。

【陷落】ㄒㄧㄢˋ ㄌㄨㄛˋ
①落入陷阱或深谷中。②失落;淪陷。

陴

ㄆㄧˊ $p'i^2$ 音皮
①城上小牆,留有洞口,可供觀望。見"說文"。②補益。通裨。見"集韻"。

陰

㈠ ㄧㄣ yin^1 音因
①山之北、水之南。見"說文"。②陽的相對名稱。③背陽的一面。也泛指背面。④日影;月影。引申指時間。如:光陰。⑤隱;暗中。如:陰私。⑥不明亮。如:陰暗。⑦生殖器。⑧凹進去的。如:陰文。⑨冥間;地府。如:陰司。⑩姓。'漢'有'光武'皇后'陰麗華'。見"後漢書·皇后紀·光烈陰皇后"。
㈡ ㄧㄣˋ yin^4 音印
①覆蔭。通蔭。②掩藏。見"集韻"。
㈢ ㄢ an^1 音安
守喪的廬舍。見"集韻"。

3【陰山】ㄧㄣ ㄕㄢ
古爲'北嶺'。東西橫亙於'綏遠省'中部和'察哈爾省'南部,爲'蒙古高原'的南界。山勢不高,大多低於2,000公尺,以主脈'大青山'最高。南坡陡峭,北坡平緩而漸沒入'蒙古高原'。

4【陰文】ㄧㄣ ㄨㄣˊ
鏤刻器物,凹陷的文字或花紋。也稱陰識。在印章上又稱白文。

5【陰平】ㄧㄣ ㄆㄧㄥˊ
聲韻學名詞。即陰平聲。是'漢'語聲調中的第一聲,也是國語四聲的第一聲。調型高而平,如〔陰〕、〔天〕等是。

【陰司】ㄧㄣ ㄙ
①陰間;陰曹。②陰間的官府或官吏。

7【陰私】ㄧㄣ ㄙ
隱祕不可告人的事情。

8【陰毒】ㄧㄣ ㄉㄨˊ
奸險惡毒。

9【陰柔】ㄧㄣ ㄖㄡˊ
柔弱和順。與陽剛相對。

10【陰拳】ㄧㄣ ㄑㄩㄢˊ
國術拳法。握拳出擊而拳心向下。

【陰核】ㄧㄣ ㄏㄜˊ

(clitoris) 又稱陰蒂或陰挺。哺乳類雌性生殖器的一部分。位左右大陰脣上端連合處下方，形如圓柱。遇刺激時興奮而有勃起特性。

11【陰曹】 ㄧㄣ ㄘㄠˊ
陰司；陰間的官府。

【陰脣】 ㄧㄣ ㄔㄨㄣˊ
(labia) 雌性外生殖器。可分大陰脣及小陰脣兩部分，前者在生殖器陰道開口外兩側，後者在大陰脣內側，兩者均屬性感組織。

【陰莖】 ㄧㄣ ㄐㄧㄥ
(penis) 爲雄性動物交配用之外生殖器。也是泄尿器。位於恥骨下方，形狀大小因動物種類而異。主要由二陰莖海綿體與一尿道海綿體組成，內布滿血管，易於充血。

12【陰森】 ㄧㄣ ㄙㄣ
①形容樹木繁茂而濃密。②陰暗的樣子。

【陰掌】 ㄧㄣ ㄓㄤˇ
國術掌法。組掌時掌背向上。

【陰間】 ㄧㄣ ㄐㄧㄢ
俗傳人死後所歸往的地方。與陽間相對。

13【陰道】 ㄧㄣ ㄉㄠˋ
(vagina) 屬雌性生殖器官，爲自子宮通至生殖孔的管道。

【陰極】 ㄧㄣ ㄐㄧˊ
(cathode) ①電子管裡發射電子的電極。②任何負電極的通稱。③電池的低電位電極。

15【陰影】 ㄧㄣ ㄧㄥˇ
①光線遇不透光的物體時，在物體背光的一面產生的影子。②比喻心中無從解消的疑慮。

【陰德】 ㄧㄣ ㄉㄜˊ
①帝王後宮的事務。②不爲人知的善行。

16【陰謀】 ㄧㄣ ㄇㄡˊ
①軍事謀畫；兵謀。②暗中計謀。③陰險的計畫。

【陰曆】 ㄧㄣ ㄌㄧˋ
(lunar calendar) 以月相變化的週期所制成的曆法。參太陰曆。

【陰險】 ㄧㄣ ㄒㄧㄢˇ
深沈奸詐。

17【陰隲】 ㄧㄣ ㄓˋ
本作陰騭。①保護。②陰德；陰功。即不爲人知的善行。

19【陰證】 ㄧㄣ ㄓㄥˋ
'中'醫依疾病臨床的辨證理論所歸類的病症屬性之一。指慢性的、虛弱的、靜的、抑制的、功能低下的、代謝減退的、向內的證候。八綱中的寒證、虛證、裡證都屬於陰證。

21【陰譴】 ㄧㄣ ㄑㄧㄢˇ
冥冥中受鬼神懲罰。

22【陰鷙】 ㄧㄣ ㄓˋ
深沈凶猛。

【陰囊】 ㄧㄣ ㄋㄤˊ
(scrotum) 俗稱腎囊。哺乳類雄性生殖器。懸於軀幹下方兩腿之間，爲一囊狀構造，內含睪丸、副睪丸。睪丸自腹腔降入陰囊，因陰囊內溫度較腹腔低 0.5～1.0°C，以利精子形成。

12【陰陽人】 ㄧㄣ ㄧㄤˊ ㄖㄣˊ
①古代以算命、卜卦、看風水爲業的人。又稱陰陽生。②生理上同時具有男女性徵的人。

【陰陽家】 ㄧㄣ ㄧㄤˊ ㄐㄧㄚ
先'秦'學派之一。以'戰國''鄒衍'、'鄒奭'爲代表人物。學說內容以陰陽五行曆律爲主，進而論及天象及人事。後世舉凡兵家、陰陽、術數、天文曆譜、雜占、醫經、房中等，和陰陽五行都有密切關係，均被視爲廣義的陰陽家。

【陰陽質】 ㄧㄣ ㄧㄤˊ ㄓˋ
(androgynous)個體於心理上同時具有男女兩性的行爲特質。

【陰陽曆】 ㄧㄣ ㄧㄤˊ ㄌㄧˋ
(lunisolar calendar) 曆法的一類。我國自'商'至'清'所用的曆法，共一百多種，除了'太平天國'所頒行的天曆外，全屬此一類型。即今民間所用的農曆，也稱陰陽合曆。是一種兼顧月相週期與季節變化的曆法。曆月的計算以月相爲準，大月三十日，小月廿九日，每十二個朔望月爲一年，平年僅 354 日，與回歸年相差 11.24219 日，故須每三年設置一個閏月，五年再閏，十九年七閏，才能使曆年的平均長度接近回歸年。

19【陰離子】 ㄧㄣ ㄌㄧˊ ㄗˇ
(anion)帶負電的原子或原子團。如 Cl^-、ClO_4^- 等。電解時會向正極移動。

12【陰陽五行】 ㄧㄣ ㄧㄤˊ ㄨˇ ㄒㄧㄥˊ
一種起源於'周代'，流行於'漢代'的思想。以陰、陽解釋對立和消長的原理，以木、火、土、金、水說明事物的起源，又以爲陰陽與五行相互作用，是一切變化的根源。

【陰陽怪氣】 ㄧㄣ ㄧㄤˊ ㄍㄨㄞˋ ㄑㄧˋ
形容言行怪異。

13【陰極射線】 ㄧㄣ ㄐㄧˊ ㄕㄜˋ ㄒㄧㄢˋ
(cathode ray) 陰極所放出帶負電的電子束。通過電場或磁場時，會發生偏折現象。

【陰極燈絲】 ㄧㄣ ㄐㄧˊ ㄉㄥ ㄙ
(cathode filament)在眞空管裡構成陰極的燈絲結構。

【陰極還原】 ㄧㄣ ㄐㄧˊ ㄏㄨㄢˊ ㄩㄢˊ
(cathodic reduction) 通直流電於電解槽中，槽中之陽離子游向陰極而還原爲金屬的現象。

16【陰錯陽差】 ㄧㄣ ㄘㄨㄛˋ ㄧㄤˊ ㄔㄚ
比喻各種偶然的因素湊在一起，而造成的錯誤。

13【陰極加熱器】 ㄧㄣ ㄐㄧˊ ㄐㄧㄚ ㄖㄜˋ ㄑㄧˋ
(cathode-heater)眞空管的陰極有直熱式及間熱式兩種形態，在直熱式裡，發射電子的陰極本身即通有電流以加熱；在間熱式裡，陰極本身不通以電流來發熱，而是利用一加熱器使其發熱。

【陰極射線管】 ㄧㄣ ㄐㄧˊ ㄕㄜˋ ㄒㄧㄢˋ ㄍㄨㄢˇ
(cathode-ray tube; CRT) 電子管的一種。可將電子束聚焦後並顯示於顯示幕上，且電子束的位置和強度都能被控制。

【陰極隨耦器】ㄧㄣ ㄐㄧˊ ㄙㄨㄟˊ ㄡˇ ㄑㄧˋ
(cathode follower)也稱屏極接地放大器。輸入訊號加入於控制柵極，而輸出取之於陰極的一種眞空管電路。此類電路具有高輸入阻抗、低輸出阻抗特性，且增益低於1。

19【陰離子交換樹脂】ㄧㄣ ㄌㄧˊ ㄗˇ ㄐㄧㄠ ㄏㄨㄢˋ ㄕㄨˋ ㄓ
(anion exchange resin)一種聚合樹脂。樹脂中含有可游離的氫氧根(OH^-)，可以和水中的Cl^-、SO_4^{2-}、CO_3^{2-}等陰離子交換而去除這些陰離子，當使用多次而失效時，可用濃氫氧化鈉溶液使之再具效用。

【陰離子聚合反應】ㄧㄣ ㄌㄧˊ ㄗˇ ㄐㄩˋ ㄏㄜˊ ㄈㄢˇ ㄧㄥˋ
(anionic polymerization) 乙烯系單體上之取代基(如苯基)具有陰電性或抽取電子能力，則加入電子施體(如路易斯鹼)作為啟發劑，而產生鏈鎖的聚合反應。例如苯乙烯以正丁基鋰為啟發劑之陰離子聚合反應。

【陰離子界面活性劑】ㄧㄣ ㄌㄧˊ ㄗˇ ㄐㄧㄝˋ ㄇㄧㄢˋ ㄏㄨㄛˊ ㄒㄧㄥˋ ㄐㄧˋ
(anionic surfactant) 指界面活性劑中之親水性基溶於水後可解離成陽離子者。例如肥皂、合成清潔劑等。

9

隊 ㄉㄨㄟˋ tui^4 音兌
1軍旅；部卒。如：部隊。2集合多人而成的團體。如：籃球隊。3行列。如：車隊。

6【隊列】ㄉㄨㄟˋ ㄌㄧㄝˋ
(queue) 1電腦系統中等待被處理之工件所形成的序列。2電腦程式中，一種以先入先出方式依序處理的資料結構。

陿 陜的或體。

隁 堰的或體。

陻 堙的或體。

階 ㄐㄧㄝ $chieh^1$ 音皆
1梯級；登堂臺的石級。如：臺階。2緣由；途徑。如：亂階。3等級。如：官階。4音樂中音高頻率的等級。如：音階。5段落；層次。如：階層。6(order)(1)微分的次數。$y'=\frac{dy}{dx}, y''=\frac{d^2y}{dx^2}, \cdots\cdots y^{(n)}=\frac{d^ny}{dx^n}$各為第一階、第二階、……第$n$階的導函數。(2)$n$行$n$列之行列式或方陣，$n$則稱為行列式或方陣之階或維數(以維數為佳)。(3)複解析函數f於一點z_0處有一m階之極(a pole of order m)，或有一m階之零點(a zero of order m)，乃指其'羅蘭'(Laurent)展開式為$f(z)=\sum_{n\geq -m}c_n(z-z_0)^n$或$\sum_{n\geq m}c_n(z-z_0)^n$，此地$m$為正整數，而$c_{-m}$或$c_m$不為0。又若$x\to\alpha$時，$f(x)\to 0$，且$f(x)/(x-\alpha)^m\to A$(或$\to 0$)$\neq 0$，則$f(x)$為$m$階(或高於$m$階)之無窮小、無窮大之情形相似。7(stage)在期之地質時間內形成的岩層。

9【階段】ㄐㄧㄝ ㄉㄨㄢˋ
事件發展的次序與段落。

10【階乘】ㄐㄧㄝ ㄔㄥˊ
(factorial)對一自然數n，$n!=n\cdot(n-1)\cdot(n-2)\cdots\cdots 3\cdot 2\cdot 1$，稱為$n$之階乘。又記為$\Gamma(n+1)$。

【階級】ㄐㄧㄝ ㄐㄧˊ
1建築物的臺階。2地位的高低等級。

3【階下囚】ㄐㄧㄝ ㄒㄧㄚˋ ㄑㄧㄡˊ
堂下的囚犯。也泛指囚犯或俘虜。

10【階級制度】ㄐㄧㄝ ㄐㄧˊ ㄓˋ ㄉㄨˋ
(class system) 指社會依個人的職業、財富、權力或聲望而安排其地位高低。個人之社會地位有升降流動的可能性。功能論者認為社會有必要依個人不同的職業而給予高低不同的酬賞或地位；衝突論者則認為這是上層社會用以剝削下層社會，並維持自己聲勢、地位的藉口。

【階級鬥爭】ㄐㄧㄝ ㄐㄧˊ ㄉㄡˋ ㄓㄥ
'馬克斯'基本學說之一。'馬克斯'把階級鬥爭看作推翻現有的社會秩序、消滅有產階級、實現無產階級社會的唯一手段，其不僅是一種無可避免的必然，且是推動社會進步的力量。事實上，從西元1917年'俄國'革命以來的共產世界裡，所謂階級鬥爭只是在共產黨取得控制地區，實行恐怖統治的一種手段而已。

【階級意識】ㄐㄧㄝ ㄐㄧˊ ㄧˋ ㄕˋ
(class consciousness) 個人或一群人對其所處階級特質有共同體認所發展出的意識型態。此概念由'馬克斯'所提出，認為工人們雖受資本家的剝削，但往往沒能對其所處環境有共識，因此無法反抗或革命，必須要先有階級意識才能共同反抗並爭取利益。

隋 ㄙㄨㄟˊ sui^2 音隨
(581～618)'楊堅'篡'北周'所建的朝代。國號'隋'，都'大興'(今'陝西''長安')。後滅'陳'、'梁'而統一天下。'文帝'在位期間國勢興隆，後因'煬帝'好大喜功，驕奢荒暴，建新都，築'長城'，修御道，開運河，繼又三征'高麗'，終至國敝民怨。傳至'恭帝'，為'李淵'所篡。共四世，四主，三十八年。

10【隋書】ㄙㄨㄟˊ ㄕㄨ
二十五史之一。'唐''魏徵'等奉敕撰，八十五卷。記'隋'一代史事，人物只取'隋'人，志三十卷則兼取'梁'、'陳'、'北齊'、'北周'、'隋'五代。

4【隋文帝】ㄙㄨㄟˊ ㄨㄣˊ ㄉㄧˋ
(541～604) '隋朝'開國君主，姓'楊'名'堅'，'華陰'(今'陝西''華陰')人。'北周'豪族出身，襲父爵，封

‘隨公’。後廢‘靜帝’自立,改‘隨’爲‘隋’,以爲國號。‘開皇’九年(589)舉兵平‘陳’,統一‘南北朝’二百多年分裂局面。在位二十四年,政治、經濟上頗多建樹,後被次子‘廣’所弑。諡‘文’,廟號‘高祖’。

13【隋煬帝】 ㄙㄨㄟˊ ㄧㄤˊ ㄉㄧˋ
(569~618)‘隋文帝’次子,名‘廣’,小字‘阿麼’。即位後,荒淫奢侈,好大喜功,造‘西苑’,置離宮四十餘所,開運河,築‘長城’,賦重役繁,民怨沸騰。南巡‘江都’時,被禁軍將領‘宇文化及’所弑。在位十二年,諡‘煬’。

隇 ㄨㄟ wei¹ 音威
參隇陝。

9【隇陝】 ㄨㄟ ㄧˊ
險阻。

陾 ㄖㄥˊ jêng² 音仍
築牆聲。見“說文”。

隄 ㄊㄧˊ t'i² 音啼 又讀 ㄉㄧ ti¹ 音低
河海岸邊爲防水而建的長形建築物。通作堤。

陽 ㄧㄤˊ yang² 音羊
①山之南或水之北。見“說文·陽·段注”。②日頭;日光。如:豔陽。③陰的相對名稱。如:天地陰陽。④男性的生殖器。⑤凸出。如:陽文。⑥表面。如:陽奉陰違。⑦活人所居。如:陽間。⑧暖和。如:陽春。⑨鮮明。⑩僞裝。通佯。⑪姓。‘春秋’‘晉’有‘陽畢’。見“萬姓統譜·四八”。

2【陽九】 ㄧㄤˊ ㄐㄧㄡˇ
①古代陰陽家、方士以四千六百一十七歲爲一元,初入一元爲一百零六歲,有旱災九年,稱爲陽九。其餘尙有陰九、陰七、陽七、陰五、陽五、陰三、陽三等。陽爲旱災,陰爲水災。②太乙數以四百五十六年爲一陽九,二百八十八年爲一百六。陽九,奇數,爲陽數之窮;百六,偶數,爲陰數之窮。③災異;厄運。

4【陽文】 ㄧㄤˊ ㄨㄣˊ
指雕鏤在器物上凸起的文字。

5【陽平】 ㄧㄤˊ ㄆㄧㄥˊ
聲韻學名詞。各地調値不同。在國語屬於第二聲。

【陽世】 ㄧㄤˊ ㄕˋ
活人的世界。與陰世、陰間相對。

6【陽宅】 ㄧㄤˊ ㄓㄞˊ
堪輿家稱活人的房子。與陰宅相對。

8【陽明】 ㄧㄤˊ ㄇㄧㄥˊ
經脈名。爲陽氣發展到最後階段,也是太陽與少陽兩經陽氣的延續,有兩陽合明的意義。位於太陽與少陽的裡面,所以又有陽明爲合的說法。

9【陽春】 ㄧㄤˊ ㄔㄨㄣ
溫暖的春天。

10【陽拳】 ㄧㄤˊ ㄑㄩㄢˊ
國術拳法。握拳出擊而拳心向上。

12【陽掌】 ㄧㄤˊ ㄓㄤˇ
國術掌法。組掌時掌心向上。

【陽間】 ㄧㄤˊ ㄐㄧㄢ
活人的世界。

13【陽痿】 ㄧㄤˊ ㄨㄟˇ
(impotence)又稱陰痿。即性行爲能力障礙,症狀爲男人之陰莖無法勃起,因而無法性交。多因心理因素所造成,也有因內分泌系統障礙、糖尿病、血管硬化、局部傷害等造成。

【陽極】 ㄧㄤˊ ㄐㄧˊ
(anode)①眞空管中用來吸引陰離子的正電位電極。②在陰極射線管裡,連接到電源高電位的電極。用以集中及加速聚焦電子射束。③電解質電池的高電位電極。

14【陽壽】 ㄧㄤˊ ㄕㄡˋ
人活著的壽命。

【陽臺】 ㄧㄤˊ ㄊㄞˊ
(balcony)兩面或三面露空無牆,上蓋屋面,可以蔽日、阻雨、乘涼之處。多設於樓層。

16【陽曆】 ㄧㄤˊ ㄌㄧˋ
(solar calendar)依太陽在黃道上視行之週期及其位置之變換而制成的曆法。參太陽曆。

19【陽證】 ㄧㄤˊ ㄓㄥˋ
‘中’醫判斷疾病最基本綱領之一。其中表證、熱證、實證都屬於陽證。主要證候表現爲人體功能亢進或能量代謝增高。

12【陽湖派】 ㄧㄤˊ ㄏㄨˊ ㄆㄞˋ
‘清代’古文流派之一。提倡者‘惲敬’和‘張惠言’皆‘常州’‘陽湖’(今‘江蘇’‘武進’)人,故名。‘張惠言’出自‘桐城’派,但其駢散並用,兼採佛、道、諸子的主張,與‘桐城’派不同。

19【陽離子】 ㄧㄤˊ ㄌㄧˊ ㄗˇ
(cation)帶正電的原子或原子團。如Na^+、NH_4^+等。電解時會向負極移動。

8【陽奉陰違】 ㄧㄤˊ ㄈㄥˋ ㄧㄣ ㄨㄟˊ
表面上遵從,暗地裡違命。

【陽明學派】 ㄧㄤˊ ㄇㄧㄥˊ ㄒㄩㄝˊ ㄆㄞˋ
‘王守仁’的思想學派。主張致良知、心外無物的唯心哲學。又稱‘姚江’學派。

9【陽春白雪】 ㄧㄤˊ ㄔㄨㄣ ㄅㄞˊ ㄒㄩㄝˇ
①古代二樂曲名。後世琴曲譜中也有“陽春”、“白雪”二曲。②泛指格調高尙的歌曲。

13【陽極處理】 ㄧㄤˊ ㄐㄧˊ ㄔㄨˇ ㄌㄧˇ
(anodizing)又稱陽極氧化法。乃是鋁及其合金之防蝕處理,使鋁或鋁合金之表面產生具有抗蝕性的氫氧化鋁薄膜。亦做陽極電化學處理之總稱。

19【陽關三疊】 ㄧㄤˊ ㄍㄨㄢ ㄙㄢ ㄉㄧㄝˊ
盛‘唐’詩人‘王維’有“送元二使安西”詩:「‘渭城’朝雨浥輕塵,客舍青青柳色新。勸君更盡一杯酒,西出‘陽關’無故人。」‘唐’人收入樂府,配合音樂,用作送別之詞。又稱“陽關曲”或“渭城曲”。三疊指其歌唱時應疊唱,惟如何疊法,則歷來說法不一。

【陽關大道】 ㄧㄤˊ ㄍㄨㄢ ㄉㄚˋ ㄉㄠˋ

1自'陽關'通往'西域'的交通要道。'陽關'在今'甘肅省''敦煌縣'西南，爲'漢''唐'通'西域'的門戶。2泛稱寬闊平坦的大道。

【陽離子交換樹脂】 ㄧㄤˊ ㄌㄧˊ ㄗˇ ㄐㄧㄠ ㄏㄨㄢˋ ㄕㄨˋ ㄓ
(cation exchange resin) 一種聚合樹脂。其中含有氫離子(H^+)，可以和水中的陽離子(如 Ca^{2+}、Mg^{2+} 等)交換而去除陽離子。

【陽離子聚合反應】 ㄧㄤˊ ㄌㄧˊ ㄗˇ ㄐㄩˋ ㄏㄜˊ ㄈㄢˇ ㄧㄥˋ
(cationic polymerization) 乙烯系單體上之取代基(如乙烷基)具有陽電性或能施予電子，則加入電子受體(如路易斯酸)作爲啟發劑，而產生鏈鎖的聚合反應。例如異丁烯以氟化硼爲啟發劑之陽離子聚合反應。

【陽離子界面活性劑】 ㄧㄤˊ ㄌㄧˊ ㄗˇ ㄐㄧㄝˋ ㄇㄧㄢˋ ㄏㄨㄛˊ ㄒㄧㄥˋ ㄐㄧˋ
(cationic surfactant) 又稱逆性肥皂。指界面活性劑分子中之親水性基溶於水後可解離成陽離子者。例如氯化烷基吡啶。

隅 ㄩˊ yü² 音魚
1角落。見"說文"。2偏遠的地方。3旁側。

隈 ㄨㄟ wei¹ 音威
1水流或山的彎曲處。見"說文"。2弓的彎曲處。見"正字通"。3角落。4股間。

隕 隕的俗體。

陲 ㄔㄨㄟˊ ch'ui² 音垂
國境邊界線內附近的土地。見"廣韻"。

隆 ㄌㄨㄥˊ lung² 音龍
1豐大；豐厚。如：隆情。2高；高起。如：隆起。3尊崇。如：隆禮。4嚴；酷。如：隆冬。5興盛。如：興隆。

9【隆重】 ㄌㄨㄥˊ ㄓㄨㄥˋ
1盛大而莊重。如：典禮隆重。2指地位尊貴高顯。

12【隆替】 ㄌㄨㄥˊ ㄊㄧˋ
興盛與衰敗。

13【隆準】 ㄌㄨㄥˊ ㄓㄨㄣˇ
高鼻。

15【隆誼】 ㄌㄨㄥˊ ㄧˋ
崇高厚重的情誼。

9【隆美爾】 ㄌㄨㄥˊ ㄇㄟˇ ㄦˇ
(Erwin Rommel, 1891～1944) '德國''納粹'陸軍元帥。爲'希特勒'黨衛軍將領。西元1940年組織'非洲'軍團入侵'北非'，勇敢善戰，被稱爲⌊沙漠之狐⌉。後因謀殺'希特勒'不成，自殺身亡。

隉 ㄋㄧㄝˋ nieh⁴ 音孽
1危險。見"說文"。2不安。見"說文"。3法度。通臬。見"說文"。

隍 ㄏㄨㄤˊ huang² 音皇
1無水的城濠。見"說文"。2空虛。見"爾雅·釋詁"。

陰 陰的或體。

隃 一 ㄕㄨˋ shu⁴ 音樹
1山名。即'雁門山'。一名'句注山'。在今'山西省''代縣'西北。'雁門關'在此。見"說文"。2陵名。見"集韻"。
二 ㄩˊ yü² 音余
超越。通踰。如：卑不隃尊。
三 ㄧㄠˊ yao² 音搖
遙遠。通遙。見"正字通"。

17【隃麋】 ㄩˊ ㄇㄧˊ
1水澤名。在今'陝西省''汧陽縣'東。今已湮沒。2舊縣名。故城在今'陝西省''汧陽縣'東。

10

隒 ㄧㄢˇ yen³ 音眼
1陡峭的石岸。見"說文"。2形如兩甑重疊的山。見"爾雅·釋山"。3旁邊。見"廣雅·釋詁"。

隘 一 ㄞˋ ai⁴ 音愛
1狹窄。如：狹隘。2險要。如：險隘。3小。4窮；困窘。
二 ㄜˋ o⁴, ê⁴ 音厄
阻止；隔絕。通阨。見"正字通"。

3【隘口】 ㄞˋ ㄎㄡˇ
(pass) 或稱山口、埡口。在一條具有障壁性之山脊間，較低而窄狹的山口。如'印度半島'西陲通過'興都庫什山'的'開伯爾'山口(Khyber Pass)、'瑞士'通過'阿爾卑斯山'的'大聖伯納隘'(Great St. Bernard Pass)、我國通過'太行山'的'娘子關'等都是。

13【隘路】 ㄞˋ ㄌㄨˋ
1狹隘的通道。2軍事用語。指足以限制部隊行動的天然或人爲的地形。常於山隘、叢林、河川、沼澤地區形成。

隔 一 ㄍㄜˊ ko², kê² 音革
1阻絕；障蔽。見"集韻"。2不合。3遠；疏遠。如：懸隔。
二 ㄍㄜ ko¹, kê¹ 音哥
隔褙之隔的讀音。
三 ㄐㄧㄝ chieh¹ 音接
一的語音、又讀。
四 ㄐㄧㄝˊ chieh² 音節
參隔斷三。
五 ㄐㄧㄝˋ chieh⁴ 音界
隔壁之隔的又讀。

5【隔世】 ㄍㄜˊ ㄕˋ
1生死相隔；生死異世。2隔代。

11【隔梁】 ㄍㄜˊ ㄌㄧㄤˊ
(diaphram beam) 預力混凝土橋或鋼筋混凝土橋施工時，安裝於各大梁間的梁。安裝時同時施以橫向預力或以鋼筋混凝土連接，期使所有大梁各自承載比例大致相等的靜荷重與活荷重，俾使其有相等的撓度，以防止因就地施鑄混凝土面版或摩擦層的可能生裂。

12【隔絕】 ㄍㄜˊ ㄐㄩㄝˊ
分隔斷絕。

14【隔閡】 ㄍㄜˊ ㄏㄜˊ
斷絕；不相通。

15【隔膜】 ㄍㄜˊ ㄇㄛˊ
1隔閡；不相通。2指橫膈膜。

18【隔斷】 一 ㄍㄜˊ ㄉㄨㄢˋ

阻絕不通。

㈡ ㄐㄧㄝˊ ˙ㄉㄨㄢ

房間的板壁、屏障。

19【隔離】 ㄍㄜˊ ㄌㄧˊ

①隔絕;阻絕。② (isolation) 將患有高度危險性傳染病的病人安置於特殊環境,使其傳染機會減至最低的措施。醫學上,對於具有高能量放射線的物品、操作中的儀器、放射線治療中的物品,也都採取隔離措施,以維護安全。

8【隔岸觀火】 ㄍㄜˊ ㄢˋ ㄍㄨㄢ ㄏㄨㄛˇ

隔著河水觀看對岸火災。比喻對別人的危難袖手旁觀,不加救援。

13【隔靴搔癢】 ㄍㄜˊ ㄒㄩㄝ ㄙㄠ ㄧㄤˇ

比喻不切實際、不得要領。

17【隔牆有耳】 ㄍㄜˊ ㄑㄧㄤˊ ㄧㄡˇ ㄦˇ

勸人說話謹愼,以免被人偸聽。

6【隔地行車法】 ㄍㄜˊ ㄉㄧˋ ㄒㄧㄥˊ ㄔㄜ ㄈㄚˇ

(space interval system)行車制度之一。又稱車站本位制。係以二站爲一閉塞區間,而該區僅准一列車運轉。採行此制時,列車之行駛均聽命於辦理閉塞區間之車站。

【隔行如隔山】 ㄍㄜˊ ㄏㄤˊ ㄖㄨˊ ㄍㄜˊ ㄕㄢ

比喻各種行業都有專門知識,外行人不容易了解。

10【隔時行車法】 ㄍㄜˊ ㄕˊ ㄒㄧㄥˊ ㄔㄜ ㄈㄚˇ

(time interval system) 行車制度之一。又稱列車本位制。係以時刻表或列車命令之時間隔離列車運轉。採行此制時,行車命令乃以列車爲對象,車站僅負傳達命令之責任。

8【隔板式膠凝池】 ㄍㄜˊ ㄅㄢˇ ㄕˋ ㄐㄧㄠ ㄋㄧㄥˊ ㄔˊ

(baffle type flocculation basin) 藉水流速度差以促進膠凝作用的水池。池深3~5公尺,池內間隔50公分左右以木製或混凝土製隔板隔開,水流在隔板上下或左右迴流以產生速度差。一般面積及水力坡降較小的水廠多用上下迴流式池,面積及水力坡降大者用左右迴流池。

隓 ㈠ ㄏㄨㄟ *hui*¹ 音揮

城牆敗壞。見"說文"。

㈡ ㄉㄨㄛˋ *to*⁴, *tuo*⁴ 音墮

墜落。同陊。見"集韻"。

隕 ㈠ ㄩㄣˇ *yün*³ 音允

通殞。①從高處下墜。見"說文"。②流;滴。如:隕涕。③喪失;失去。如:隕越。④坍塌;毀壞。⑤死亡。如:隕歿。

㈡ ㄩㄢˊ *yüan*² 音員

周圍。也作員。如:幅隕。

5【隕石】 ㄩㄣˇ ㄕˊ

(meteorite) 自外太空掉落到地球上的物質。由鐵鎳合金及矽酸鹽物質所組成。依隕石中鐵鎳合金與矽酸鹽物質的比例又可細分爲:一、鐵隕石:由鐵鎳的天然合金所組成,合金含量高達98%;二、石隕石:由結晶質矽酸鹽類(主要是橄欖石及輝石)及硫化鐵礦物所組成;三、石鐵隕石:成分介於上述兩者之間。

7【隕身】 ㄩㄣˇ ㄕㄣ

喪失生命。

8【隕命】 ㄩㄣˇ ㄇㄧㄥˋ

喪失生命。

12【隕越】 ㄩㄣˇ ㄩㄝˋ

①墜落;敗壞。②比喻失職。

13【隕滅】 ㄩㄣˇ ㄇㄧㄝˋ

消失。

【隕落】 ㄩㄣˇ ㄌㄨㄛˋ

①墜落。②比喻死亡。

隑 ㄍㄞ *kai*¹ 音該 又讀 ㄞˊ *ai*² 音捱

①長。見"方言·一三"。②站立。見"廣雅·釋詁"。③梯子。見"玉篇"。④曲折的水邊。見"集韻"。

𨻶 隙的本字。

隝 塢的或體。

隗 ㄨㄟˇ *wei*³ 音偉

①高峻的樣子。見"說文"。②姓。'漢'有'隗囂'。見"通志·氏族略三"。

11

障 ㄓㄤˋ *chang*⁴ 音帳

①阻隔;阻擋。見"說文"。②防衛;保護。如:保障。③隄防。如:隄障。④遮蔽。如:障眼法。

11【障眼法】 ㄓㄤˋ ㄧㄢˇ ㄈㄚˇ

①魔術的一種。②比喻詭計。

16【障壁通風】 ㄓㄤˋ ㄅㄧˋ ㄊㄨㄥ ㄈㄥ

(barrier vents) 爲防止垃圾層所生之氣體側向移動至掩埋區外,在掩埋區四周地下,利用較周圍土壤更易滲透之材料(如碎石)所築成的通風集氣設備。

19【障礙賽跑】 ㄓㄤˋ ㄞˋ ㄙㄞˋ ㄆㄠˇ

跨越欄架、水坑之障礙物的一種徑賽項目。運動員必須跨欄或以單足踏於欄上而過,並須涉水或跨過水坑。正式障礙賽分18個欄架、8個水坑的2,000公尺及28個欄架、8個水坑的3,000公尺兩項。

隞 ㄠˊ *ao*² 音遨

古地名。在今'河南省''廣武縣'境。

隁 ㈠ ㄧㄢˋ *yen*⁴ 音燕

隄防。同堰。見"集韻"。

㈡ ㄧㄢ *yen*¹ 音焉

也作鄢。參鄢陵。

𨺙 ㄑㄩ *ch'ü*¹ 音區

參陭𨺙。

隔 隔的俗體。

隙 ㄒㄧˋ *hsi*⁴ 音夕

也作隟、𨻶。通作郤、郄。①孔穴;裂縫。見"說文"。②空閒;暇時。如:農隙。③機會;時機。④怨恨;瑕釁。見"正字通"。⑤聚集。⑥接連。

隟 隙的或體。

隟 隙的古文。

際 ㄐㄧˋ *chi*^{4} 音祭
[1]會合;交接。如:風雲際會。[2]當中;兩者之間。如:人際關係。[3]邊緣;涯岸。如:邊際。[4]時期;時候。如:擾攘之際。[5]至;接近。如:際天接地。

11【際涯】ㄐㄧˋ ㄧㄚˊ
邊際;界限。

13【際遇】ㄐㄧˋ ㄩˋ
遭遇。

【際會】ㄐㄧˋ ㄏㄨㄟˋ
[1]交接;會合。[2]遇合;時機。

12

隣 鄰的俗體。

隥 ㄉㄥˋ *têng*^{4} 音鄧
[1]石階。見"說文"。[2]陡的山坡。見"玉篇"。

隤 ㄊㄨㄟˊ *t'ui*^{2} 音頹
[1]下墜。見"說文"。[2]崩塌。[3]敗壞。[4]衰退。[5]遺失。

13

隧 ㄙㄨㄟˋ *sui*^{4} 音碎
[1]掘地而成的墓道。古代帝王葬禮所用。[2]地道。[3]要道;通路。[4]郊外之地。通遂。[5]邊界上設有烽火的亭子。通燧。

13【隧道】ㄙㄨㄟˋ ㄉㄠˋ
地下通道。

【隧道效應】ㄙㄨㄟˋ ㄉㄠˋ ㄒㄧㄠˋ ㄧㄥˋ
(tunnel effect)半導體接面的位能障壁對於電子之移動有阻絕的作用,但是障壁較電子平均動能高時,電子仍有可能穿過。當PN接合之半導體加上逆向偏壓,並逐漸增高此電壓時,則空乏區造成的位能障壁不可能克服。但是外加電壓愈大,則障壁愈薄,因此,在P型之價電子帶中之電子不必超越電位障壁,直接穿過空乏層而進入能階相同之N型半導體中,成爲自由電子,產生電流。此種現象,稱爲隧道效應。

【隧道二極體】ㄙㄨㄟˋ ㄉㄠˋ ㄦˋ ㄐㄧˊ ㄊㄧˇ
(tunnel diode)又稱透納二極體。一種在順向偏壓下有負電阻的二極體。即'江崎'二極體。

隨 ㄙㄨㄟˊ *sui*^{2} 音隋
[1]跟從;依循。見"說文"。[2]聽任;放任。如:隨心所欲。[3]"易"卦名。六十四卦之一。震下兌上。[4]姓。'漢'有'隨何'。見"萬姓統譜·四"。

隨卦圖

4【隨心】ㄙㄨㄟˊ ㄒㄧㄣ
任意;隨意。

8【隨和】[一] ㄙㄨㄟˊ ㄏㄜˊ
'隨侯'的寶珠、'卞和'的璧玉。傳說'春秋'時'隨侯'曾救治一條受傷的大蛇,後大蛇從江中口銜明月珠報答他。見"淮南子·覽冥訓·隨侯之珠·注"。'春秋'時'楚國'的'卞和'在山中發現一塊寶玉,先後呈獻給'厲王'、'武王',都被認爲是普通石頭。直到'文王'時,才被鑑定爲寶玉。見"韓非子·和氏"。[1]泛指稀罕的珍寶。[2]比喻才德之美。
[二] ㄙㄨㄟˊ ㄏㄜˋ
隨聲附和。
[三] ㄙㄨㄟˊ ·ㄏㄜ
不固執己見。

9【隨俗】ㄙㄨㄟˊ ㄙㄨˊ
順應世俗。

10【隨時】ㄙㄨㄟˊ ㄕˊ
[1]順應時勢。[2]隨著季節。[3]不論何時。

12【隨喜】ㄙㄨㄟˊ ㄒㄧˇ
[1]佛家見人行善,生歡喜心,因稱隨人行善布施爲隨喜。[2]指遊觀寺廟。

【隨筆】ㄙㄨㄟˊ ㄅㄧˇ
[1]文體的一種。讀書、見聞或思考有心得時的隨手筆錄。'民國'以後成爲一種雜記性質的散文,大多文筆簡練,內容雋永。[2]隨意抒寫。

13【隨意】ㄙㄨㄟˊ ㄧˋ
任意。

15【隨緣】ㄙㄨㄟˊ ㄩㄢˊ
佛家語。指隨順外在因緣而定行止,不勉強求成某事。

16【隨興】ㄙㄨㄟˊ ㄒㄧㄥˋ
任隨興致。

13【隨意肌】ㄙㄨㄟˊ ㄧˋ ㄐㄧ
(voluntary muscle)肌肉分類的一種。指肌肉的收縮或舒緩可由意志控制者。如連於骨骼的肌肉及構成舌的肌肉均屬之。此等肌肉之細胞皆具橫紋,故爲橫紋肌。

8【隨波逐流】ㄙㄨㄟˊ ㄅㄛ ㄓㄨˊ ㄌㄧㄡˊ
隨著波浪水流而起伏流動。比喻不由自主或沒有主見。

【隨波盪漾】ㄙㄨㄟˊ ㄅㄛ ㄉㄤˋ ㄧㄤˋ
隨著波浪上下起伏。

9【隨風披靡】ㄙㄨㄟˊ ㄈㄥ ㄆㄧ ㄇㄧˇ
[1]隨著風勢而傾倒。[2]比喻順從、降服。

10【隨珠彈雀】ㄙㄨㄟˊ ㄓㄨ ㄊㄢˊ ㄑㄩㄝˋ
用寶珠打鳥。比喻處理事情,輕重失當。'隨',也作'隋'。

13【隨意抽樣】ㄙㄨㄟˊ ㄧˋ ㄔㄡ ㄧㄤˋ
(haphazard sampling)依專業判斷而主觀選取樣本的抽樣方法。

【隨遇而安】ㄙㄨㄟˊ ㄩˋ ㄦˊ ㄢ
安於所處的任何環境。

15【隨賦徵購】ㄙㄨㄟˊ ㄈㄨˋ ㄓㄥ ㄍㄡˋ
依"田賦徵收實物條例"中的規定而採行的糧政措施。'民國'三十六年開始在'臺灣'實施。即按田賦賦額每元徵購稻穀12公斤,於田賦開徵期間,照公定價格以現款徵購。

【隨緣不變】ㄙㄨㄟˊ ㄩㄢˊ ㄅㄨˋ ㄅㄧㄢˋ
佛家語。意指隨順世間環境而取捨行止,但有所不爲。與不變隨緣相反相成。

16【隨機存取】 ㄙㄨㄟˊ ㄐㄧ ㄘㄨㄣˊ ㄑㄩˇ
(random access)電腦記憶體之存取資料所需之平均時間與上次存取資料之位置無關，稱爲隨機存取。

【隨機抽樣】 ㄙㄨㄟˊ ㄐㄧ ㄔㄡ ㄧㄤˋ
(random sampling)指抽樣時不依任何規則，使群體中每一個體被抽取之機率均等的一種抽樣方法。

【隨機過程】 ㄙㄨㄟˊ ㄐㄧ ㄍㄨㄛˋ ㄔㄥˊ
(stochastic process; random process)按不同的時間而有不同的⌊狀態⌉，並且具有下列特性：未來的狀態與到目前爲止的歷史有關，同時也和機率有關。例如：一個說話者所吐出的一連串的字，第n個字可以看成第n個狀態，這個和說話者的自由選擇有關，故有機會因素；但也和他前面說的字有關(例如文法結構的影響)。'馬可夫'過程的未來狀態只和現在狀態有關，而與此狀態過去的歷史無關；離散狀態係以1, 2, 3, …稱之；而連續狀態則以連續實數標示，表示狀態的發生隨著連續的時間而變。如果一個隨機過程的長程統計性質不受起點向後移動的影響，亦即對時間是齊性的，則稱之爲平穩的；如果這個平穩的過程跑了一段很長的時間，其所經歷狀態的統計性質和將此過程重新開始多次而檢查它們在某一固定時間出現之狀態的統計性質相同，則稱爲遍歷的。

【隨機應變】 ㄙㄨㄟˊ ㄐㄧ ㄧㄥˋ ㄅㄧㄢˋ
隨著事情的變化而靈活應付。

【隨機變數】 ㄙㄨㄟˊ ㄐㄧ ㄅㄧㄢˋ ㄕㄨˋ
(random variable)隨著機會(碰運氣)而變的數。例如，骰子的六面從0寫到5，擲兩次，把所得的數相乘，即隨機變數，若記做X則可算出X的機率分布最可能值是0(機會爲11/36)，其次是4(機會爲1/12)，X爲2、3、5、6、8、10、12、15或20的機會爲1/18；至於X取值1、9、16、25的機會爲1/36；期望值即是其值乘機率的和，即6.25。

【隨機存取檔】 ㄙㄨㄟˊ ㄐㄧ ㄘㄨㄣˊ ㄑㄩˇ ㄉㄤˇ
(random access file)電腦檔案系統內，可直接存入或取出一資料紀錄的資料檔。

【隨機存取記憶體】 ㄙㄨㄟˊ ㄐㄧ ㄘㄨㄣˊ ㄑㄩˇ ㄐㄧˋ ㄧˋ ㄊㄧˇ
(random access memory; RAM)半導體記憶元件的一種。電腦可依需要將資料存入所指定的記憶體位置，或由指定之記憶體位置讀取資料。其存取時間爲一定值。

隩 ㊀ ㄩˋ *yü*[4] 音玉
①水邊彎曲的厓岸。見"說文"。②可居住的地方。通墺。見"集韻"。
㊁ ㄠˋ *ao*[4] 音奧
①深。②室內西南隅。③㊀①的又讀。

險 ㄒㄧㄢˇ *hsien*[3] 音顯
①高峻難行的地方。見"說文"。②要衝之地。③危惡。如：險釁。④邪惡；狠戾。如：陰險。⑤艱難；怪異。如：險韻。⑥幾乎。如：險遭不測。

8【險阻】 ㄒㄧㄢˇ ㄗㄨˇ
①艱險阻塞。②比喻人世的艱辛困厄。

【險固】 ㄒㄧㄢˇ ㄍㄨˋ
險要鞏固。

9【險要】 ㄒㄧㄢˇ ㄧㄠˋ
險峻重要。

10【險峻】 ㄒㄧㄢˇ ㄐㄩㄣˋ
艱險高峻。

12【險惡】 ㄒㄧㄢˇ ㄜˋ
①險峻而難行。②陰險凶惡。

13【險隘】 ㄒㄧㄢˇ ㄞˋ
道路危險狹隘。比喻處境艱危。

14【險境】 ㄒㄧㄢˇ ㄐㄧㄥˋ
危險的環境或狀況。

19【險韻】 ㄒㄧㄢˇ ㄩㄣˋ
韻字艱僻難押的詩韻。

22【險灘】 ㄒㄧㄢˇ ㄊㄢ
險阻的沙灘。

25【險釁】 ㄒㄧㄢˇ ㄒㄧㄣˋ
指命運惡劣。

12【險象環生】 ㄒㄧㄢˇ ㄒㄧㄤˋ ㄏㄨㄢˊ ㄕㄥ
危險的現象不斷出現。

14

隮 ㄐㄧ *chi*[1] 音基
①登；上升。見"廣韻"。②隕墜。見"字彙"。

隰 ㄒㄧˊ *hsi*[2] 音習
低溼的地方。見"說文"。

隲 騭的俗體。

隱 ㊀ ㄧㄣˇ *yin*[3] 音引
①掩蔽，藏匿。見"說文"。②祕而不顯。如：幽隱。③憐憫。如：惻隱。④憂傷；哀痛。如：民隱。
㊁ ㄧㄣˋ *yin*[4] 音印
憑依；倚靠。如：隱几而臥。

3【隱士】 ㄧㄣˇ ㄕˋ
隱居的人。

7【隱沒】 ㄧㄣˇ ㄇㄛˋ
隱藏沈埋。

【隱忍】 ㄧㄣˇ ㄖㄣˇ
忍耐。

【隱私】 ㄧㄣˇ ㄙ
隱祕而不欲人知的事。

8【隱性】 ㄧㄣˇ ㄒㄧㄥˋ
(recessive)生物的遺傳性狀常有相對的兩種情形，其一爲顯性性狀，另一爲隱性性狀，控制該等性狀的基因分別稱爲顯性基因和隱性基因。當顯性基因和隱性基因組合時，隱性性狀便隱而不現，而表現顯性性狀。

【隱居】 ㄧㄣˇ ㄐㄩ

退隱不問世事。

9【隱祕】 ㄧㄣˇ ㄇㄧˋ

①隱藏的祕密。②隱藏而不易發現。

【隱括】 ㄧㄣˇ ㄍㄨㄚ

①矯治彎曲竹木的器具。也作隱栝、檃栝。②修改訂正。

【隱約】 ㄧㄣˇ ㄩㄝ

①不明顯、不分明的樣子。②窮困不得志。

10【隱疾】 ㄧㄣˇ ㄐㄧˊ

不易發現或不便告人的疾病。

11【隱淪】 ㄧㄣˇ ㄌㄨㄣˊ

①神人。天下神人有五，隱淪爲其二。②沈淪；埋沒。③指隱士。

【隱情】 ㄧㄣˇ ㄑㄧㄥˊ

①不便告人的事情。②外人不易得知的實情。

【隱匿】 ㄧㄣˇ ㄋㄧˋ

隱藏。

【隱荵】 ㄧㄣˇ ㄖㄣˇ

草名。形狀像蘇，有毛，可煮食、醃藏。也作忍蘟。見"爾雅·釋草·蒡隱荵·注"。

12【隱痛】 ㄧㄣˇ ㄊㄨㄥˋ

深藏在心中的痛楚。

【隱喻】 ㄧㄣˇ ㄩˋ

以兩物之間的相似性來作間接暗示的比喻。

【隱逸】 ㄧㄣˇ ㄧˋ

①隱居不仕；遁跡山林。②隱士。

14【隱語】 ㄧㄣˇ ㄩˇ

隱藏含意的語言，其本意須經深思或猜測才可知道。

15【隱憂】 ㄧㄣˇ ㄧㄡ

①深憂。②潛伏未發的憂患。

【隱遯】 ㄧㄣˇ ㄉㄨㄣˋ

隱居避世。也作隱遁。

16【隱諱】 ㄧㄣˇ ㄏㄨㄟˋ

隱瞞其事，不願表明。

【隱瞞】 ㄧㄣˇ ㄇㄢˊ

掩蔽事實，不讓別人知道。

17【隱隱】 ㄧㄣˇ ㄧㄣˇ

①不分明的樣子。②憂慮的樣子。

7【隱私權】 ㄧㄣˇ ㄙ ㄑㄩㄢˊ

西元1968年出版的"國際社會科學百科全書"，將人權區分爲積極與消極人權兩類，而消極人權中又分爲個人權利、經濟權利及政治權利三種。隱私權乃個人權利中的一項。意指個人的私事、祕密、私生活及隱居處所等方面的自由，享有不受政府侵犯或他人干擾的權利。它和人身、宗教、居住、遷徙、言論及集會等自由權利一樣，原則上皆採直接保障主義。就一般而言，隱私權在內涵上包括獨居權、親密權、匿名權及保留權四種。獨居權是指個人的生活方式與住宅，不受干擾與窺視；親密權意指密友的選擇與關係，不受監視與威脅；匿名權則指個人的身分或地位，乃至於姓名的公開與否，外人不得強行主張；至於保留權則指個人保有不表示意見的權利，外人不得強迫其發言或擅作主張。

8【隱函數】 ㄧㄣˇ ㄏㄢˊ ㄕㄨˋ

(implicit function)函數之義即映射，由集合A至集合B之映射φ，乃依一規則φ，將A之元素x變爲B之元素$\varphi(x)$。即使A與B均爲實數系之子集，函數φ亦可能難以一簡單之形式表達出來。例如對於x，令$\varphi(x)$爲滿足$y-0.8\sin y=x-\epsilon y$之y；此時，y難以用⌊明顯⌉(explicit)之x運算式表出，稱爲隱函數。一般言之，若有二元函數$f(x,y)$，而令函數φ係$y=\varphi(x)$以使$f(x,y)=0$者，則稱函數φ係依關係式$f(x,y)=0$而定之隱函數。例如函數$\sqrt{1-x^2}$係$x^2+y^2=1$所定之隱函數的一支。

4【隱天蔽日】 ㄧㄣˇ ㄊㄧㄢ ㄅㄧˋ ㄖˋ

隱蔽天空和太陽。比喻高而廣。

6【隱名合夥】 ㄧㄣˇ ㄇㄧㄥˊ ㄏㄜˊ ㄏㄨㄛˇ

指當事人約定，一方對於他方所經營之事業出資，而分受其營業所生之利益及分擔其所生損失之契約。隱名合夥與合夥主要之不同爲：一、隱名合夥人之出資，其財產權應移屬於出名營業人，以應事實之便利，而維護業務之信譽；此與合夥情形，各合夥人之出資及其他合夥財產爲合夥人全體之公同共有者不同。二、隱名合夥人，僅於其出資之限度內，負分擔損失之責；此與合夥情形，合夥財產不足清償合夥之債務時，各合夥人對於不足之額，連帶負其責任者不同。三、隱名合夥之事務，專由出名營業人執行之，隱名合夥人就出名營業人所爲之行爲，對於第三人不生權利義務之關係；此與合夥情形，合夥之事務除契約另有訂定外，應由合夥人全體共同執行者亦不同。

7【隱含DO】 ㄧㄣˇ ㄏㄢˊ DO

(implied DO) 符傳電腦程式中不使用DO敘述但具有與DO敘述效果相似的語法結構；於輸入或輸出等敘述中使用指標格式表示一組資料，即爲此用法。例如：READ(5, 1)(LIST(I), I=1, N) PRINT2, (A(K), K=1, 5) 輸入或輸出敘述執行時，指標將在所設定的區間變化，與DO迴路中指標值變化的方式相同。因不直接使用DO敘述，但具相似的效果，故稱隱含DO。

【隱含成本】 ㄧㄣˇ ㄏㄢˊ ㄔㄥˊ ㄅㄣˇ

(implicit cost) 生產者將自己所擁有的生產要素投入生產之中，此部分代價因無明顯的帳面支出，故稱隱含成本。

【隱含定址】 ㄧㄣˇ ㄏㄢˊ ㄉㄧㄥˋ ㄓˇ

(implied addressing) 電腦指令定址方法的一種。指令中的運算碼部分直接指定運算資料，而不需要由指令中的位址部分說明運算資料之所在。

8【隱花植物】 ㄧㄣˇ ㄏㄨㄚ ㄓˊ ㄨˋ

(cryptogam) 指不產生種子的植物。包括不具維管束的藻類、菌類、苔蘚類及具有維管束的蕨類植物等。

【隱姓埋名】 ㄧㄣˇ ㄒㄧㄥˋ ㄇㄞˊ ㄇㄧㄥˊ
改換姓名,不讓人知道過去的身分或經歷。

12【隱惡揚善】 ㄧㄣˇ ㄜˋ ㄧㄤˊ ㄕㄢˋ
隱蔽過失,宣揚善行。

17【隱隱約約】 ㄧㄣˇ ㄧㄣˇ ㄩㄝ ㄩㄝ
略具形貌,看不分明的樣子。

7【隱含人格論】 ㄧㄣˇ ㄏㄢˊ ㄖㄣˊ ㄍㄜˊ ㄌㄨㄣˋ
(implicit personality theory) 人格特質具有內含的特定人格體系,因此人格特徵的具體表現均有其隱含的特定體系作基礎。

18【隱藏性失業】 ㄧㄣˇ ㄘㄤˊ ㄒㄧㄥˋ ㄕ ㄧㄝˋ
(disguised unemployment) 一個人表面上雖有一分工作,但對生產並無貢獻,故邊際生產力爲零(即邊際產出爲零),稱爲隱藏性失業。

15

隳 ㄏㄨㄟ hui^1 音揮
[1]毀壞。本作隓。見“說文·隓·段注”。[2]廢棄。

19【隳壞】 ㄏㄨㄟ ㄏㄨㄞˋ
毀壞;敗壞。

16

隴 ㄌㄨㄥˇ $lung^3$ 音攏
[1]山名。即今‘甘肅省’的‘隴山’。[2]‘甘肅省’的簡稱。[3]田埂。通壟。如:隴畝。

3【隴山】 ㄌㄨㄥˇ ㄕㄢ
又名‘六盤山’。南北縱列於‘甘肅省’東部。平均高度約2,500公尺,主峰‘六盤山’位於‘隆德’與‘平涼’二縣間,高3,300公尺。爲我國季風氣候區與草原氣候區的分界線。

10【隴畝】 ㄌㄨㄥˇ ㄇㄨˇ
田野;田畝。也作壠畝。

18【隴斷】 ㄌㄨㄥˇ ㄉㄨㄢˋ
也作龍斷、壟斷。[1]高地;高而陡峭的岡壟。[2]獨家控制市場某種貨物的供應,可操縱價格,而獨享利益。

隶部

隶 ㄉㄞˋ *tai*⁴ 音代 又讀 ㄧˋ *i*⁴ 音邑

1 追及。同逮。見"說文"。2 與。見"集韻"。3 本。見"廣韻"。

8

隸 隸的或體。

9

隸 ㄌㄧˋ *li*⁴ 音利

1 附著;附屬。見"說文"。2 地位卑賤,受人支配的人。如:奴隸。3 書法體式的一種。參隸書。

10【隸書】 ㄌㄧˋ ㄕㄨ

'漢'字書體之一。其特點是,筆畫由篆書的圓轉變爲方折,結構刪繁就簡,便於書寫,是繼小篆之後通行的一種書體。一般認爲由'秦''程邈'所製。隸書隨著時代稍有改變,有'秦'隸、'漢'隸、古隸、八分、飛白之分,以'東漢'最爲流行。

隹部

隹 ㈠ ㄓㄨㄟ *chui*¹ 音錐

1 短尾鳥的總稱。見"說文"。2 助詞。通惟、維。

㈡ ㄗㄨㄟ *tsui*¹ 音朘

高大的樣子。通崔。見"集韻"。

2

隺 ㈠ ㄏㄨˊ *hu*² 音鵠

極高。見"說文"。

㈡ ㄑㄩㄝˋ *ch'üeh*⁴ 音確

參隺然。

㈢ ㄏㄜˋ *ho*⁴, *hê*⁴ 音赫

1 鳥飛得很高。見"集韻"。2 鶴的俗體。

12【隺然】 ㄑㄩㄝˋ ㄖㄢˊ

高遠的樣子。

难 難的俗體。

隼 ㄓㄨㄣˇ *chun*³ 音準

(falcon)爲脊椎動物中屬於鳥綱(class Aves)、鷹形目(order Falconiformes)、隼科(family Falconidae)的動物。約60種。在日間活動,爲晝猛禽,飛行快速,飛翔力強。上嘴兩側近先端處有一個或兩個缺刻,爲本科鳥類之特徵。分布全球各地。身體大小爲15~60公分,於樹洞中或懸崖的自然棚架上築巢,一窩通常生4或5個卵,白色,有紅色斑點,孵卵期約爲28或35天。有些種類以其他鳥類爲食,有的則捕食兔、鼠、蜥蜴或昆蟲。

隼圖

隻 ㄓ *chih*¹ 音支

1 鳥一隻。見"說文"。2 單獨;單一。如:形單影隻。3 奇數。4 量詞。計算物體的件數。

7【隻身】 ㄓ ㄕㄣ

單獨一人。

4【隻手遮天】 ㄓ ㄕㄡˇ ㄓㄜ ㄊㄧㄢ

比喩獨自掩藏事實。

6【隻字不提】 ㄓ ㄗˋ ㄅㄨˋ ㄊㄧˊ

一個字也不提起,不說明。

隽 雋的或體。

3

雉 ㄧˋ *i*⁴ 音弋

用繩繫箭繳射飛鳥。通作弋。見"說文"。

奞 ㄙㄨㄟ *sui*¹ 音雖 又讀 ㄒㄩㄣˋ *hsün*⁴ 音迅

鳥張羽奮飛的樣子。見"說文"。

雀 ㈠ ㄑㄩㄝˋ *ch'üeh*⁴ 音確 語音 ㄑㄧㄠˇ *ch'iao*³ 音巧

古作爵。1 (finch)係指小型、食種子、嘴呈圓錐形的鳴鳥。尤其是鳥類中屬雀形目(order Passeriformes)、雀科(family Fringillidae)的動物。2 像雀鳥的顏色。即赤黑色。

㈡ ㄑㄧㄠ *ch'iao*¹ 音敲

雀斑之雀的語音。

12【雀斑】 ㄑㄩㄝˋ ㄅㄢ

(freckle) 色素細胞在陽光刺激下,活性異常增加,使色素成群的在臉部皮膚出現。

21【雀躍】 ㄑㄩㄝˋ ㄩㄝˋ

如麻雀般跳躍。形容非常歡欣。

9【雀屏中選】 ㄑㄩㄝˋ ㄆㄧㄥˊ ㄓㄨㄥˋ ㄒㄩㄢˇ

被選爲女婿。'唐高祖'射中屏風上的孔雀眼睛,而娶得'竇'后。見"新唐書·后妃傳上·高祖太穆順聖皇后竇氏"。

4

雃 ㄈㄤ *fang*¹ 音方

鳥名。鵔鷸的別名。見"說文句讀"。

雙 雙的俗體。

雅 ㈠ ㄧㄚˇ *ya*³ 音啞

1 "詩"六義之一。見"正字通"。2 正確;標準。如:雅言。3 脫俗;高尚。如:雅人雅事。4 平常;平素。如:雅善鼓瑟。5 交情;交誼。如:同窗之雅。6 對他人的敬辭。如:雅教。7 甚;頗。如:雅以爲美。8 古代打擊樂器。即雅鼓。形如漆桶,腹大口小,長五尺六寸,大二圍,以羊皮爲鼓面,有兩組疏畫。武舞時,工人持之擊地以節奏舞蹈。

㈡ ㄧㄚ *ya*¹ 音鴉

鴉的本字。

8【雅典】 ㄧㄚˇ ㄉㄧㄢˇ

(Athens) 1 上古'希臘'著名城邦

之一。建於西元前800年左右，位於今'巴爾幹半島'的中部。'雅典'人崇尚自由，實行民主政治，善於航海經商，並發展出以城市爲主體的文化。政治型態恰與'斯巴達'相反，爲'希臘'城邦民主政治的典型代表。②'希臘'首都、最大城、鐵路航空樞紐及經濟、藝術中心。位於'巴爾幹半島'南端'阿提喀'(Attica)海角上。風景綺麗，爲半島上最優美的都市。紡織、葡萄釀製、冶金、化學及造船業頗盛。與外港'比里夫斯'（Piraievs）之間為'希臘'主要工業地帶。人口376.2萬（2001年）。

9【雅美】 ㄧㄚˇ ㄇㄟˇ
'臺灣'原住民的一族。又稱'野眉'、'耶美'(Yami)，自稱'達悟'(Tao)。居住在'蘭嶼島'。人口約3,000餘人。營漁獵生活，信仰泛靈。

【雅致】 ㄧㄚˇ ㄓˋ
①高尚的意趣。②指景觀、色彩、裝扮等的高雅、秀逸。

11【雅部】 ㄧㄚˇ ㄅㄨˋ
'清''乾隆'時，戲曲有花、雅兩部，雅部指'崑'曲。

【雅望】 ㄧㄚˇ ㄨㄤˋ
①高尚的名聲。②莊重的儀表。

12【雅量】 ㄧㄚˇ ㄌㄧㄤˋ
寬宏的氣度。

【雅集】 ㄧㄚˇ ㄐㄧˊ
風雅的集會。通常指詩文書畫或音樂的聚會。

13【雅馴】 ㄧㄚˇ ㄒㄩㄣˊ
典雅；高雅。

【雅號】 ㄧㄚˇ ㄏㄠˋ
對別人名號的敬稱。

15【雅潔】 ㄧㄚˇ ㄐㄧㄝˊ
高雅潔淨。

【雅樂】 ㄧㄚˇ ㄩㄝˋ
高雅的音樂。與俗樂相對。

16【雅興】 ㄧㄚˇ ㄒㄧㄥˋ
高雅的興致。

18【雅癖】 ㄧㄚˇ ㄆㄧˇ
風雅的癖性或愛好。

25【雅觀】 ㄧㄚˇ ㄍㄨㄢ
高雅的外觀。

5【雅加達】 ㄧㄚˇ ㄐㄧㄚ ㄉㄚˊ
(Jakarta)'印尼'首都、最大都市、最大商港，海陸空交通樞紐及經濟、文化中心。舊名'巴達維亞'（Batavia）。位於'爪哇島'（Java I.）西北部，距海不遠。沿海泥沙淤塞，乃闢'丹絨不祿'（Tandjungpriok）為外港。人口830萬（2000年）。

8【雅典娜】 ㄧㄚˇ ㄉㄧㄢˇ ㄋㄚˋ
(Athena) 也叫'雅典妮'(Athene)、'帕拉司·雅典娜'(Pallas Athena)。'希臘'神話中的智慧女神。曾以技藝和戰術傳授人類，爲'雅典'城邦的守護神。奉祀她的'帕提儂神廟'（Parthenon)，是古'希臘'最著名的建築物之一。

12【雅斯培】 ㄧㄚˇ ㄙ ㄆㄟˊ
(Karl Jaspers, 1883～1969)'德國'哲學家。原從事心理分析研究，後轉而研究存在主義哲學。'雅'氏注重人對宇宙所採取態度的分析，尤其是對於人在面對不可逃避之生命情境時應做決定的研究。代表作爲"哲學"(*Philosophie*)。

雅斯培像

2【雅人深致】 ㄧㄚˇ ㄖㄣˊ ㄕㄣ ㄓˋ
風雅之士深邃幽遠的意趣。

7【雅利安族】 ㄧㄚˇ ㄌㄧˋ ㄢ ㄗㄨˊ
即'印歐族'。參印歐族。

9【雅俗共賞】 ㄧㄚˇ ㄙㄨˊ ㄍㄨㄥˋ ㄕㄤˇ
風雅之士與世俗之人皆能欣賞。

14【雅爾達會議】 ㄧㄚˇ ㄦˇ ㄉㄚˊ ㄏㄨㄟˋ ㄧˋ
(Yalta Conference) 西元1945年2月，'美'總統'羅斯福'、'英'首相'邱吉爾'、'俄'總理'史達林'於'俄'境'雅爾達'所舉行的祕密會議。會中決定同盟國對'德國'戰敗後之處置方策、世界秩序之重建等，甚至締結祕密協定，不惜犧牲我國東北及'外蒙'之權益，以爭取'蘇俄'對'日'作戰，史稱"雅爾達密約"。事後經我方力爭，於8月簽訂"中蘇友好同盟條約"，始將對我國的權益損害減至最低。

15【雅魯藏布江】 ㄧㄚˇ ㄌㄨˇ ㄗㄤˋ ㄅㄨˋ ㄐㄧㄤ
源出'西藏地方''岡底斯山'南麓的'公珠湖'附近，循'藏南縱谷'東流，納'年楚河'、'拉薩河'後東流入'西康省'境，續東流至東經95°附近突折轉南流，而後入'印度'境內，稱'布拉馬普得拉河'(Brahmaputra R.)，最後注入'孟加拉灣'(Bay of Bengal)。

雊

ㄍㄜ *ko*^{1}, *kê*^{1} 音哥
鳥名。同鴝。見"字彙"。

雄

ㄒㄩㄥˊ *hsiung*^{2} 音熊
①公鳥。見"說文"。②(male) 生物的性別之一。雄性個體會產生精子或精細胞。植物通常爲雌雄同株，開花植物的生殖器官是花，其雄蕊部分是雄性生殖器，雄蕊的花藥中有花粉，花粉落在柱頭上即會萌芽，其細胞核經有絲分裂而產生雄核（或精細胞)及管核。動物通常爲雌雄異體，雄性動物的生殖腺稱爲睪丸，睪丸內可以產生精子。③宏大的；偉大的。如：雄才大略。④威武的。如：雄姿英發。⑤勇武傑出的人。如：英雄。⑥強盛的國家。如：'戰國'七雄。⑦勝利。如：一決雌雄。⑧姓。'宋'有'雄飛'。見"萬姓統譜·一"。

9【雄風】 ㄒㄩㄥˊ ㄈㄥ
威風；威武出眾的氣概。

11【雄視】 ㄒㄩㄥˊ ㄕˋ
傲視一切。

【雄健】 ㄒㄩㄥˊ ㄐㄧㄢˋ
雄偉有力。

【雄偉】 ㄒㄩㄥˊ ㄨㄟˇ
雄壯偉大。

12【雄渾】ㄒㄩㄥˊ ㄏㄨㄣˊ
雄壯而渾厚。

【雄黃】ㄒㄩㄥˊ ㄏㄨㄤˊ
(realgar)俗稱雞冠石。其成分爲硫化砷,紅色或橘黃色,常與雌黃及其他含砷礦物共生。是提煉砷的很好材料,也廣泛被人使用於'中'藥材。

14【雄圖】ㄒㄩㄥˊ ㄊㄨˊ
宏大的計畫。

21【雄辯】ㄒㄩㄥˊ ㄅㄧㄢˋ
強健有力的辯論。

9【雄赳赳】ㄒㄩㄥˊ ㄐㄧㄡ ㄐㄧㄡ
形容威武的樣子。

12【雄黃酒】ㄒㄩㄥˊ ㄏㄨㄤˊ ㄐㄧㄡˇ
摻了雄黃的酒。俗傳端午飲之,可避邪解毒。

3【雄才大略】ㄒㄩㄥˊ ㄘㄞˊ ㄉㄚˋ ㄌㄩㄝˋ
過人的才能和謀略。

4【雄心勃勃】ㄒㄩㄥˊ ㄒㄧㄣ ㄅㄛˊ ㄅㄛˊ
形容志向宏大、躍躍欲試的樣子。

雁

ㄧㄢˋ yen⁴ 音燕
(goose)爲鳥類中屬於雁形目(order Anseriformes)、雁鴨科(family Anatidae)、雁亞科(subfamily Anserinae)的動物。也作鴈。體大而壯,頸長,嘴寬而扁、先端呈圓形。大小介於天鵝與鴨之間,屬水鳥,取食自水或泥中。雌雄體色相似,唯雄者體較大。性溫和、喜群居、飛行力強、飛時成群排列成一或人字形隊伍。冬天向南遷,夏天則往北移,是著名的候鳥。一次孵卵3~12個,經24~33天孵出,壽命約12~15年。

雁圖

6【雁字】ㄧㄢˋ ㄗˋ
雁子在天空飛,常排成⌊一⌉字或⌊人⌉字形,故稱。

【雁行】ㄧㄢˋ ㄏㄤˊ
①飛雁的行列。②形容排列有次序。③比喻兄弟。④前行的行列。

7【雁序】ㄧㄢˋ ㄒㄩˋ
①飛雁的行列。②指官吏上朝時整齊的行列。③比喻兄弟。

8【雁門關】ㄧㄢˋ ㄇㄣˊ ㄍㄨㄢ
'山西省'北部'句注山'關隘之一。地屬'山西省''代縣'。自古爲我國邊防要隘。

11【雁翎刀】ㄧㄢˋ ㄌㄧㄥˊ ㄉㄠ
單刀的一種。刀窄長,介於刀與劍之間,形如雁翎,故名。

6【雁行失序】ㄧㄢˋ ㄏㄤˊ ㄕ ㄒㄩˋ
比喻兄弟離散。

【雁行有序】ㄧㄢˋ ㄏㄤˊ ㄧㄡˇ ㄒㄩˋ
比喻兄弟和諧,長幼有序。

【雁行折翼】ㄧㄢˋ ㄏㄤˊ ㄓㄜˊ ㄧˋ
比喻兄弟離散或喪亡。

7【雁序分行】ㄧㄢˋ ㄒㄩˋ ㄈㄣ ㄏㄤˊ
比喻兄弟間長幼有序,十分和諧。

【雁足傳書】ㄧㄢˋ ㄗㄨˊ ㄔㄨㄢˊ ㄕㄨ
'蘇武'留'匈奴','漢昭帝'使使者至'匈奴'求'武','匈奴'不許,'漢'使詐稱'漢'天子射'上林'中,得雁,足有帛書,言'武'在某澤中,單于乃釋'武'。見"漢書·蘇武傳"。後用作傳遞書信的故事。

8【雁杳魚沈】ㄧㄢˋ ㄧㄠˇ ㄩˊ ㄔㄣˊ
比喻毫無音信。

雈

ㄏㄨㄢˊ huan² 音桓
貓頭鷹的一種。見"說文"。

雂

㊀ ㄑㄧㄢˊ ch'ien² 音箝
又讀 ㄑㄧㄣˊ ch'in² 音琴
一種嘴巴鉤曲的鳥。見"說文通訓定聲"。
㊁ ㄢˊ an² 音唅
人名。"左傳"有'苦雂'。見"說文"。

集

ㄐㄧˊ chi² 音疾
本作雧。①群鳥棲在樹上。見"說文"。②停留。③聚合。如:集大成。④成就;成功。如:大勳未集。⑤市集;交易的場所。如:趕集。⑥古圖書分類的四部之一。⑦姓。'漢'有'集一'。見"萬姓統譜·一二三"。

4【集中】ㄐㄧˊ ㄓㄨㄥ
把分散的聚集在一起。

5【集句】ㄐㄧˊ ㄐㄩˋ
集古人句以成詩。最早見於'晉'人'傅咸'的"七經詩"。

6【集曲】ㄐㄧˊ ㄑㄩˇ
南曲小令的一種。由若干支宮調相同或由可以相通的曲調中,各擷取若干樂句,重新組成一支新的曲調,故名。如"五馬江兒水"一曲,乃由"五供養"、"駐馬聽"及"江兒水"三曲集成。

【集合】ㄐㄧˊ ㄏㄜˊ
①聚集;會合。②(set)通常所說的團體,在數學上加以抽象化即是集合。其個體則爲集合之元素,元素a屬於集合B,記爲 $a\subset B$。例如:$\{n^2+1:n$ 爲整數$\}$,即是由1、2、5、10、17、26、……等等所組成之團體。集合之間有如下關係:一、若集合A之一切元素均爲集合B之元素,則稱A爲B之子集(subset),B爲A之父集(superset),記爲$A\subset B$,或$B\supset A$。二、集合A與B毫無共同元素,則稱二者互斥或不相交(disjoint),記爲$A\cap B=\phi$,右端指空集合,乃空無一物之團體。集合之間又有下面幾種運算:一、聯集(union),對諸集合$A\alpha$,將其元素總括在一起成一集合即爲其聯集$\cup A\alpha$,換言之,此即$\{x:x$屬於某$A\alpha\}$。二、交集(intersection),此爲諸$A\alpha$共有之元素全體,$\cap A\alpha=\{x:$對一切α,均$x\in A\alpha\}$。三、差集,對集合A及B,自A中將屬於B者去除,則得$A/B=\{x\in A;x\notin B\}$。四、直積,$A\times B$乃將A之元素a與B之元素b合成一序對(a,b),此種耦組之全體。

13【集煙】ㄐㄧˊ ㄧㄢ
(trapping)煙柱被侷限於逆溫層間,僅能在垂直高度內擴散的狀況。通常發生於白天。

【集極】 ㄐㄧˊ ㄐㄧˊ
(collector)電晶體的三連接端之一。爲集中載體之電極，輸出通常接於此端。

14**【集團】** ㄐㄧˊ ㄊㄨㄢˊ
因相同目的或利害關係而形成的團體。

18**【集叢】** ㄐㄧˊ ㄘㄨㄥˊ
舊稱叢書、叢刊。係將多種圖書彙集成一套者。集叢之內容，有以某一專科主題爲範圍者，有不限內容範圍而爲綜合性質者。古今以來，我國所編集叢甚多，對於保存古籍頗多貢獻，讀者利用集叢尋求資料，亦頗方便。

19**【集韻】** ㄐㄧˊ ㄩㄣˋ
'宋''丁度'等撰，十卷。共收五萬三千五百二十五字，分二百零六韻，爲研究文字訓詁和'宋代'語音的重要資料。

22**【集權】** ㄐㄧˊ ㄑㄩㄢˊ
指人類的機構或組織行使權力的集中而言。與分權相對。行政學上，具有下列特徵之一者稱爲集權制組織：一、凡一機關的事權由本機關自行負責處理，而不設置或授權下級或派出機關者。二、下級或派出機關之處理事務須完全秉承中央或中樞機關之意志者。在政治學上，有中央集權制與地方分權制之對稱。凡全國一切政務，皆集中於中央政府，而地方政府對其地方政務不能自行決定，必須聽命於中央政府者，爲中央集權制。

23**【集體】** ㄐㄧˊ ㄊㄧˇ
1集團；集合許多人而形成一個整體。2全體。

3**【集大成】** ㄐㄧˊ ㄉㄚˋ ㄔㄥˊ
集合眾長而成一獨立的體系。

6**【集合物】** ㄐㄧˊ ㄏㄜˊ ㄨˋ
爲達成經濟上之共同目的，由多數單一物(如樹木、書籍等)或結合物(如汽車、房屋等)集合而成之物。例如多數機器、設備集合而成之工廠。單一物與結合物在法律上各具有單獨之所有權，但集合物並非一般意義之物，其本身能否成爲物權之標的物，不無爭論，有以爲除非法律有特別規定(例如"動產擔保交易法")，否則集合物不得成爲一個物權之標的物；有以爲集合物若係一體，具有獨立之客觀經濟上價值，並有排他之支配可能者，亦不妨視爲一個物，得單一的爲物權之標的物。至於集合物因具有經濟上效用之單一性，得成爲一債權行爲之標的，則無異議。此外，並有所謂法律上之集合物，如破產財團、夫妻聯合財產、合夥財產、繼承財產等均是。

8**【集乳圈】** ㄐㄧˊ ㄖㄨˇ ㄑㄩㄢ
由於牛乳易酸腐且不易運輸，供應都市的鮮乳或乳品加工廠之製造用乳的特定供應範圍，稱爲集乳圈。

14**【集塵器】** ㄐㄧˊ ㄔㄣˊ ㄑㄧˋ
(dust collector) 用以分離空氣中固體塵埃的裝置。常用者爲旋風分離器、靜電集塵器與袋濾器。

4**【集中練習】** ㄐㄧˊ ㄓㄨㄥ ㄌㄧㄢˋ ㄒㄧˊ
(massed practice) 練習方式集中實施的學習歷程。與分配練習相對。

【集中趨向】 ㄐㄧˊ ㄓㄨㄥ ㄑㄩ ㄒㄧㄤˋ
心理因素所引起的考績誤差之一。主管人員考評員工考績成績時，其成績分數多集中在某處，致優劣難以分辨。如對絕大部分員工的考績分數均集中在七十九分及八十分間。

6**【集合保險】** ㄐㄧˊ ㄏㄜˊ ㄅㄠˇ ㄒㄧㄢˇ
以一定範圍之物或集合多數人爲保險標的，總括地訂立一個保險契約者。"保險法"規定，就集合之物而總括爲保險者，被保險人家屬、受僱人或同居人之物，亦得爲保險標的，載明於保險契約。在危險發生時，就其損失享受賠償，該保險契約視同並爲第三人利益而訂。此最常見於火災保險。

【集合藝術】 ㄐㄧˊ ㄏㄜˊ ㄧˋ ㄕㄨˋ
(assemblage) 將周遭能發現或撿拾之消費文明的廢物及機器殘片湊合成爲一立體作品的一種藝術。盛行於西元 1960～1970 年代。係自拼貼法 (collage)、結合繪畫 (combine painting)，漸次演變而發展成三度空間的雕刻。集合藝術由'杜象'所命名。代表作家有'金霍茲'(Kienholz)、'奈佛遜'(Nevelson)、'阿爾曼'(Arman)等。

9**【集思廣益】** ㄐㄧˊ ㄙ ㄍㄨㄤˇ ㄧˋ
集合眾人的思慮，廣納各家的意見。

【集約農業】 ㄐㄧˊ ㄩㄝ ㄋㄨㄥˊ ㄧㄝˋ
(intensive agriculture) 又稱精耕。指耕地單位面積平均收成率很高的農業。與粗放農業(廣耕)相對。造成精耕的主要原因是投入密集的勞力及大量的資金，使耕地充分利用至最高境界。

12**【集腋成裘】** ㄐㄧˊ ㄧㄝˋ ㄔㄥˊ ㄑㄧㄡˊ
聚集許多狐腋下的毛皮，可以製成一件上等的皮衣。比喻積少成多或聚集眾力可以完成大事。

13**【集義養氣】** ㄐㄧˊ ㄧˋ ㄧㄤˇ ㄑㄧˋ
事事皆合於義，培養浩然正氣。

15**【集膚效應】** ㄐㄧˊ ㄈㄨ ㄒㄧㄠˋ ㄧㄥˋ
(skin effect) 當頻率升高時，電流集中在導體表面層的效應。此效應會使電阻上升。

【集膚深度】 ㄐㄧˊ ㄈㄨ ㄕㄣ ㄉㄨˋ
(skin depth)在電流流通的導體表面下之深度。其電流密度只有導體表面電流密度的36.8%。

23**【集體安全】** ㄐㄧˊ ㄊㄧˇ ㄢ ㄑㄩㄢˊ
(collective security) 國家之間依據條約，形成世界性或區域性之體系，共同對付來自同一體系之其他會員之侵略行爲或其他非法使用之武力，藉以維護會員間之和平與安全。世界性之集體安全體系，如"聯合國憲章"第五十一條授權'安理會'，於'聯合國'會員國受到武力攻擊時，採取必要之行動；區域性之集體安全體系，如"聯合國憲章"第五十二條所規定之區域辦法。

【集體自衛】 ㄐㄧˊ ㄊㄧˇ ㄗˋ ㄨㄟˋ (collective self-defense) 維護領土完整與政治獨立是國家的基本權利，因此，傳統國際法承認一國對於侵略行爲得採個別的自衛行動。"聯合國憲章"第五十一條，對於會員國遭受武力攻擊時，在'安理會'採取必要辦法之前，允許會員國行使集體之自衛權利。

【集體行爲】 ㄐㄧˊ ㄊㄧˇ ㄒㄧㄥˊ ㄨㄟˊ (collective behavior) 一群組織不嚴謹的人受到某種因素的刺激或影響，而表現出的團體行動。此等行動往往是暫時性和非制度化的行爲。

【集體抽樣】 ㄐㄧˊ ㄊㄧˇ ㄔㄡ ㄧㄤˋ (block sampling) 選取某期間、某組連續數字或某組順序字母中的整體項目做爲樣本的抽樣方法。

【集體採訪】 ㄐㄧˊ ㄊㄧˇ ㄘㄞˇ ㄈㄤˇ (gang coverage) 指由報刊派出數位採訪記者，共同完成一件重要新聞事件的報導。與專人採訪相對。

【集體創作】 ㄐㄧˊ ㄊㄧˇ ㄔㄨㄤˋ ㄗㄨㄛˋ

多人合力共同完成的創作。

【集體農場】 ㄐㄧˊ ㄊㄧˇ ㄋㄨㄥˊ ㄔㄤˇ

(collective farms) 共黨國家爲推行集體所有制所採取的農業制度。'俄共'頭子'史達林'於西元1930年代宣布土地國有後，便實行集體農場計畫，農民隸屬生產大隊，從事集體耕作，農產受政府嚴格控制，農民所得很少。二次大戰以後，方准許農民保有一小塊自留地，自己處理這一小部分農牧產品，但生活仍極艱苦，故農民的工作情緒低落，農產銳減，時常發生反抗暴動及破壞事件。'以色列'亦有集體農場，但在自由經濟制度之下，農產都由耕者支配，人人奮發，成績斐然。

【集體潛意識】 ㄐㄧˊ ㄊㄧˇ ㄑㄧㄢˊ ㄧˋ ㄕˋ

(collective unconscious) '瑞士'心理學家'榮格'(C. G. Jung)所提出的概念。係指人類世代相傳所特有的潛在意識。與個人潛意識相對。

4【集中支付制度】 ㄐㄧˊ ㄓㄨㄥ ㄓ ㄈㄨˋ ㄓˋ ㄉㄨˋ

各機關的經費支出，統由公庫主管機關集中辦理支付，直接付予政府之債權人，依法清償政府各機關所負之債務，使政府之資金能統籌調度。

雇

㊀ ㄏㄨˋ hu⁴ 音戶

鳥名。農桑候鳥的通稱。也作鳸、鶚，通作扈。見"說文"。

㊁ ㄍㄨˋ ku⁴ 音故

①出錢請人辦事。同僱。如：雇役。②出錢租賃。

10【雇員】 ㄍㄨˋ ㄩㄢˊ

①由各機關僱用之人員。其地位比委任官爲低。雇員任職若干年考核成績優良者，得參加升委任職之升等考試，考試及格者取得委任官任用資格。②通稱一般受人僱用的人員。

13【雇農】 ㄍㄨˋ ㄋㄨㄥˊ

自己沒有土地而受僱於他人，以從事農業生產者。

10【雇員考試】 ㄍㄨˋ ㄩㄢˊ ㄎㄠˇ ㄕˋ

特種考試的一種。指經考試及格可取得擔任雇員資格之考試。依現制規定，雇員考試之應考資格，由各用人機關視實際需要而定。

5【雇主責任保險】 ㄍㄨˋ ㄓㄨˇ ㄗㄜˊ ㄖㄣˋ ㄅㄠˇ ㄒㄧㄢˇ

(employer's liability insurance) 雇主應負損害賠償責任時，由保險人代任補償之責的保險。雇主對於勞工須具有某種標準的注意，如有違反而致勞工於傷害或死亡，在法律上應有支付賠償或撫卹費用的責任。

5

雍

ㄩㄥ yung¹ 音邕

本作雝。①鳥名。即水雞。見"正字通"。②和穆；和諧。③阻塞。通壅。如：雍隔。④姓。'漢'有'雍齒'。見"通志·氏族略二"。

6【雍州】 ㄩㄥ ㄓㄡ

州名。①古九州之一。在今'陝西省'北部、'甘肅省'西北部等地。②三國'魏'置。轄境有今'陝西省'中部、'甘肅省'東南部、'寧夏省'南部及'青海省''黃河'以南的地域。治所在'長安'。

10【雍容】 ㄩㄥ ㄖㄨㄥˊ

①溫和從容的樣子。②氣派大方的樣子。

14【雍熙】 ㄩㄥ ㄒㄧ

和樂太平的樣子。

10【雍容華貴】 ㄩㄥ ㄖㄨㄥˊ ㄏㄨㄚˊ ㄍㄨㄟˋ

儀態溫和大方、端莊高貴。多用以形容女子。

雄

雄的俗體。

雎

ㄐㄩ chü¹ 音居

參雎鳩。

13【雎鳩】 ㄐㄩ ㄐㄧㄡ

水鳥名。也作鴡鳩、王雎。見"正字通"。

雉

ㄓˋ chih⁴ 音稚

①(pheasant)屬於鳥綱、雞形目(order Galliformes)、雉科(family Phasianidae)。體型較同科的鵪鶉、竹雞大。約有50種。生活於森林或田野，具有長尾，雄性常有美麗色澤。由我國至'馬

雉圖

來西亞'爲其分布中心,有些種類已廣布全球各地。有很多種類已爲人們所飼養,也有些種類由於人們的捕殺已瀕臨絕種,如'臺灣'特產的帝雉。2計算城牆面積的單位。古代以高一丈、長三丈爲雉。見"正字通"。3牆垣。如:臺雉。

雊 ㄍㄡˋ kou⁴ 音遘
雄雉鳴叫。見"說文"。

雋 或作隽。一 ㄐㄩㄢˋ chüan⁴ 音眷
1鳥肉肥美。見"說文"。2意味深長。如:雋永。3姓。'漢'有'雋不疑'。見"通志·氏族略五"。
二 ㄐㄩㄣˋ chün⁴ 音俊
通俊。1才智出眾。如:英雋。2才智出眾的人。

5【雋永】 ㄐㄩㄢˋ ㄩㄥˇ
意味深長;耐人回味。

23【雋鱌】 ㄐㄩㄢˋ ㄧㄢˋ
鳥名。肉肥美。見"呂氏春秋·本味"。

雌 鴟的或體。

6

雌 ㄘ tz'ŭ¹ 又讀 ㄘˊ tz'ŭ² 音瓷
1母鳥。見"說文"。2(female)生物的性別之一。雌性個體會產生卵。植物通常爲雌雄同株,開花植物的花是生殖器官,構成花的雌蕊部分是雌性生殖器,其子房中含有卵。動物通常爲雌雄異體,雌性個體的生殖腺是卵巢,卵巢內可以產生卵。3泛指母性。如:英雌。

6【雌伏】 ㄘ ㄈㄨˊ
比喻退藏不前,屈居人下。

12【雌黃】 ㄘ ㄏㄨㄤˊ
1 (orpiment) 成分爲硫化砷,呈黃綠色或黃棕色,是一種低溫熱液礦物。有毒。常在礦脈或溫泉沈澱中產出,也可由雄黃或其他含砷礦物轉變而成。常與輝銻礦、雄黃、方解石、重晶石或石膏共生。通常供作'中'藥材,也是提煉砷的一種原料。2古人用雌黃塗改錯字,後因稱改易文字爲雌黃。3不顧事實,隨便評論。

雅 ㄩㄝˋ yüeh⁴ 音岳
圍棋中心的一子。見"字彙補"。

雒 ㄌㄨㄛˋ lo⁴, luo⁴ 音洛
1鳥名。即忌欺。也叫鵂鶹、鵋鵙、貓頭鷹。見"說文"。2白鬃的黑馬。3反覆。通絡。如:雒誦。4水名。通作'洛'。參洛水。5邑名。'洛陽'古名。今作'洛'。6姓。'漢'有'雒功'。見"萬姓統譜·一二〇"。

雑 雜的俗體。

7

雓 ㄩˊ yü² 音余
小雞。見"集韻"。

8

雔 鵲的或體。

嶲 巂的或體。

雕 ㄉㄧㄠ tiao¹ 音刁
1鳥名。同鵰。即鷲。俗稱皁雕。性兇猛,似鷹而大,黑色。見"字彙"。2刁滑;狡詐。通刁。如:雕悍。3刻鏤。通彫。如:雕梁畫棟。4修飾。如:雕章琢句。5損傷;凋傷。通凋。6姓。'漢'有'雕延年'。見"萬姓統譜·三〇"。

8【雕刻】 ㄉㄧㄠ ㄎㄜˋ
在玉、竹、金、石、土、木、牙、角、骨等器材上刻畫花紋圖象,或刻鏤成立體造象,製作實用和裝飾用的工藝品。是我國工藝美術中最早的品類之一。

9【雕砌】 ㄉㄧㄠ ㄑㄧˋ
修飾堆積。

12【雕琢】 ㄉㄧㄠ ㄓㄨㄛˊ
也作彫琢。1雕刻琢磨玉石,使其成器。2修飾;矯正。

13【雕塑】 ㄉㄧㄠ ㄙㄨˋ
1雕木或塑土以爲立體造象。2雕、刻、塑三種方法的總稱。與繪畫並列爲美術的兩大主幹。凡以可雕(木、石、金屬等)或可塑(土、石膏等)之材料,製作各種立體形象,都稱雕塑。

【雕飾】 ㄉㄧㄠ ㄕˋ
雕琢修飾。也作彫飾。

14【雕漆】 ㄉㄧㄠ ㄑㄧ
在漆面雕刻紋飾。其製法爲:先製好胎骨—竹、木、金屬等,修整後,在表面髹塗多至數十層的漆,再在漆面依預先設計好的紋飾加以雕刻。因所髹塗色漆的不同,而有剔紅、剔黑、剔黃、剔綠等不同名稱。此外尚有剔彩、剔犀等之別。至於款彩,也應屬於雕漆類。'唐'、'宋'時已有,盛於'明'、'清'兩朝。

16【雕龍】 ㄉㄧㄠ ㄌㄨㄥˊ
1雕鏤龍文。2比喻善於文辭。

18【雕蟲】 ㄉㄧㄠ ㄔㄨㄥˊ
譏諷文人雕琢辭句。

19【雕鏤】 ㄉㄧㄠ ㄌㄡˋ
1雕刻。也作瑚瑰。2指文人雕辭琢句。

11【雕梁畫棟】 ㄉㄧㄠ ㄌㄧㄤˊ ㄏㄨㄚˋ ㄉㄨㄥˋ
形容建築物的華美。雕,也作彫。

【雕章琢句】 ㄉㄧㄠ ㄓㄤ ㄓㄨㄛˊ ㄐㄩˋ
用心修飾文句。

14【雕漆款彩】 ㄉㄧㄠ ㄑㄧ ㄎㄨㄢˇ ㄘㄞˇ
意即雕漆加款彩。款彩漆器的製作方法是:製好、修整胎骨後,髹塗色漆,乾固後,在漆面凹刻出紋

飾,再依紋飾的需要,填以他種色漆。款彩的製作過程和填漆相似,但後者的漆面平齊,前者所填的色漆略爲高凸。款彩技法常與剔紅等雕漆技法結合,故稱雕漆款彩。

18【雕蟲小技】 ㄉㄧㄠ ㄔㄨㄥˊ ㄒㄧㄠˇ ㄐㄧˋ
輕譏雕琢字句的詞賦小道或指微不足道的技能。

【雕蟲篆刻】 ㄉㄧㄠ ㄔㄨㄥˊ ㄓㄨㄢˋ ㄎㄜˋ
①比喻作賦爲文的雕章琢句。②比喻末技、小道。

21【雕欄玉砌】 ㄉㄧㄠ ㄌㄢˊ ㄩˋ ㄑㄧˋ
雕鏤的欄杆,玉製的階梯。形容宮殿樓臺的精麗華美。

雔 ㄔㄡˊ *ch'ou*² 音酬
雙鳥。見"說文"。

9

雖 ㄙㄨㄟ *sui*¹ 音綏 又讀 ㄙㄨㄟˊ *sui*² 音隋
①蟲名。似蜥蜴而稍大。見"說文"。②連詞。縱然;即使。

10

雜 ㄗㄚˊ *tsa*² 音砸
本作襍。①五色相配合。見"說文"。②攙合;混合。如:混雜。③不純粹。如:雜種。④包含各種形式或特色。如:雜技。⑤多而亂。如:人多嘴雜。⑥正項以外的。如:雜費。

5【雜史】 ㄗㄚˊ ㄕˇ
史書的一種。指僅述一事的始末,不是一代的全編;或僅述作者一時的見聞,考證未必精詳,帶有掌故性質的史書。如"國語"、"戰國策"、"貞觀政要"等均屬之。

6【雜交】 ㄗㄚˊ ㄐㄧㄠ
指不同種的動物或植物,混雜交配。

8【雜沓】 ㄗㄚˊ ㄊㄚˋ
眾多紛雜的樣子。也作雜遝。

9【雜耍】 ㄗㄚˊ ㄕㄨㄚˇ
各種遊戲技藝表演。同雜技。

10【雜家】 ㄗㄚˊ ㄐㄧㄚ
古代學派之一。其學說融會儒、墨、名、法各家學說而成。

【雜訊】 ㄗㄚˊ ㄒㄩㄣˋ
(noise) 在電子或機械系統中任何不希望存在的驅動。

11【雜務】 ㄗㄚˊ ㄨˋ
瑣碎繁雜的事務。

【雜陳】 ㄓㄚˊ ㄔㄣˊ
雜亂無序地陳列。

13【雜碎】 ㄗㄚˊ ·ㄙㄨㄟ
①繁雜瑣碎。②指牛羊雞鴨等家畜的內臟。

14【雜誌】 ㄗㄚˊ ㄓˋ
(magazine) 發表眾多作者所撰各類文章的刊物。一般都是依照規定,定期出版。種類繁多,通常爲綜合性刊物,但有專論政治的、專談社會問題的,也有專爲研究科學或文學而出刊的各種形式刊物。

【雜遝】 ㄗㄚˊ ㄊㄚˋ
眾多紛雜的樣子。同雜沓。

【雜種】 ㄗㄚˊ ㄓㄨㄥˇ
①兩種不同種、屬的動物或植物雜交而生成的新品種。②罵人的話。

15【雜糅】 ㄗㄚˊ ㄖㄡˇ
混雜在一起。

【雜劇】 ㄗㄚˊ ㄐㄩˋ
古代的一種戲劇形式。①'宋代'指滑稽、傀儡、歌舞等。②'金''元'指院本,體製與'宋'雜劇大致相同。③'元代'流行於北方的戲曲。一般又稱爲'元'曲。係配合唱詞及科介、賓白以搬演故事的戲劇形式,通常一本四折,每折演唱同宮調的曲子一套,由一人獨唱,視演唱者爲男主角或女主角,分別稱爲末本或旦本。

【雜質】 ㄗㄚˊ ㄓˊ
(impurity)可以添加入本質半導體材料之中,而形成p型或n型半導體之三價(如 In)或五價(如 As)之元素。

18【雜糧】 ㄗㄚˊ ㄌㄧㄤˊ
主要糧食如稻米、小麥以外的穀類總稱。

10【雜訊邊限】 ㄗㄚˊ ㄒㄩㄣˋ ㄅㄧㄢ ㄒㄧㄢˋ
(noise margin) 在輸入中若有雜訊時,會使輸出產生錯誤功能或動作的最小電壓。

12【雜散電容】 ㄗㄚˊ ㄙㄢˇ ㄉㄧㄢˋ ㄖㄨㄥˊ
(stray capacitance) 因導線或接點等非正規電容器介入電路所引起的電容效果。

13【雜亂函數】 ㄗㄚˊ ㄌㄨㄢˋ ㄏㄢˊ ㄕㄨˋ
(hashing function)電腦程式使用雜亂法存取資料時所選擇的計算式。可將資料的鍵值對應至存放之位置。雜亂函數以具有一對一特性者較理想。

雗 ㄏㄢˋ *han*⁴ 音翰
①山鵲。見"說文"。②白雉。見"爾雅·釋鳥"。

藋 ㊀ ㄍㄨㄢˋ *kuan*⁴ 音貫
水鳥。同鸛。見"說文·藋·段注"。
㊁ ㄏㄨㄢˊ *huan*² 音桓
草名。即芄蘭。見"爾雅·釋草"。

嶲 或作巂。㊀ ㄒㄧ *hsi*¹ 音攜 又讀 ㄍㄨㄟ *kuei*¹ 音規
車輪旋轉一圈。通規。見"字彙"。
㊁ ㄙㄨㄟˇ *sui*³ 音髓
參越嶲。

8【嶲周】 ㄒㄧ ㄓㄡ
鳥名。①燕子。見"說文"。②杜鵑鳥。也稱子規、子嶲。見"說文"。

雞 ㄐㄧ *chi*¹ 音基
或作鷄。① (chicken; *Gallus domesticus*) 是屬於脊椎動物亞門、鳥綱、雞形目 (order Galliformes) 中的雉科 (family Phasianidae)。雉科有6屬180種,包括雉、火雞、孔雀、鵪鶉及雞等。雞係指廣爲培育並有許多變種

的種類,其祖先為 *Gallus gallus* (原雞),產於'東南亞'。人們飼養之,以取食雌者之卵及肉,雄雞在成熟以前,多經過閹割,以供肉用。[2]姓。'明'有'雞鳴時'。見"萬姓統譜·一四"。

6【雞肋】 ㄐㄧ ㄌㄜˋ
雞的肋骨。[1]比喻乏味又不忍捨棄的事物。[2]比喻身體瘦弱。

10【雞胸】 ㄐㄧ ㄒㄩㄥ
(pigeon chest)胸骨異常凸出的現象。可為天生,也可能是佝僂病的一種徵狀。

11【雞眼】 ㄐㄧ ㄧㄢˇ
(corn)足掌因長期機械性刺激而引起的結締組織肥大。形似一倒置的圓錐體,尖端向內側,走動時會壓迫神經引起劇痛。

4【雞心拳】 ㄐㄧ ㄒㄧㄣ ㄑㄩㄢˊ
國術拳法。握拳時,突出中指關節,以點擊敵人肋間。

7【雞尾酒】 ㄐㄧ ㄨㄟˇ ㄐㄧㄡˇ
(cocktail) 以威士忌、白蘭地、蘭姆、琴酒、伏特加等蒸餾酒(烈酒)作為基酒,再配香甜酒、果汁、芳香料、糖水或碎冰等調配成的混合酒。通常作為促進食慾的飯前酒或酒會中的供應酒。約有2,000種配方。

9【雞冠花】 ㄐㄧ ㄍㄨㄢ ㄏㄨㄚ
(cocks comb; *Celosia cristata* L.) 一年生草本,高達90公分。莖常帶紅色。葉互生,具長柄,卵形或卵披針形。夏秋間,花軸頂生,其上緣常扁化,成雞冠狀,並著生多數鱗片,

雞冠花圖

而其基部兩側則密生小花,有紅、黃、白等顏色。萼片5枚。蓋果卵形,有宿存萼。供觀賞用。原產於'美洲'。

4【雞犬不留】 ㄐㄧ ㄑㄩㄢˇ ㄅㄨˋ ㄌㄧㄡˊ
形容趕盡殺絕。

【雞犬不寧】 ㄐㄧ ㄑㄩㄢˇ ㄅㄨˋ ㄋㄧㄥˊ
形容騷擾非常厲害,連雞狗都不得安寧。

【雞毛蒜皮】 ㄐㄧ ㄇㄠˊ ㄙㄨㄢˋ ㄆㄧˊ
比喻微不足道、瑣瑣細細的事物。

5【雞皮疙瘩】 ㄐㄧ ㄆㄧˊ ㄍㄜ ˙ㄉㄚ
皮膚因毛孔聳起所引起的小顆粒。多因受寒、恐懼或其他刺激所引起。

【雞皮鶴髮】 ㄐㄧ ㄆㄧˊ ㄏㄜˋ ㄈㄚˇ
形容老年人皮膚皺、頭髮白。比喻長壽。

7【雞尾酒會】 ㄐㄧ ㄨㄟˇ ㄐㄧㄡˇ ㄏㄨㄟˋ
以雞尾酒及其他點心、飲料,招待客人或慶祝喜事的聚會。

9【雞飛狗跳】 ㄐㄧ ㄈㄟ ㄍㄡˇ ㄊㄧㄠˋ
形容遭受騷擾而不得安寧。

13【雞零狗碎】 ㄐㄧ ㄌㄧㄥˊ ㄍㄡˇ ㄙㄨㄟˋ
零零碎碎。

14【雞鳴狗盜】 ㄐㄧ ㄇㄧㄥˊ ㄍㄡˇ ㄉㄠˋ
'戰國'時,'齊'"孟嘗君"好客,門下有能作雞鳴者,亦有能作狗吠而盜竊者,曾助'孟嘗君'出'秦'關。後世因稱具小技而無大才之人,也用作竊賊的通稱。

20【雞鶩爭食】 ㄐㄧ ㄨˋ ㄓㄥ ㄕˊ
比喻小人相互爭利。

12【雞棲鳳凰食】 ㄐㄧ ㄑㄧ ㄈㄥˋ ㄏㄨㄤˊ ㄕˊ
鳳凰與雞同棲共食。比喻貴賤雜處。

7【雞尾酒會現象】 ㄐㄧ ㄨㄟˇ ㄐㄧㄡˇ ㄏㄨㄟˋ ㄒㄧㄢˋ ㄒㄧㄤˋ
(cocktail party phenomenon) 個體對於由外傳進之兩種或多種訊息,能專注於其中與自己有關之較微弱訊息的現象。

11【雞蛋裡挑骨頭】 ㄐㄧ ㄉㄢˋ ˙ㄌㄧ ㄊㄧㄠ ㄍㄨˇ ˙ㄊㄡ
比喻吹毛求疵、故意找麻煩。

雝 今作雍。[一] ㄩㄥ yung^{1} 音邕
[1]鳥名。參雝渠。[2]鳥聲。見"字彙"。[3]和諧。[4]水澤。古代辟雝,周圍有水環繞。通邕。
[二] ㄩㄥˇ yung^{3} 音勇
壅蔽。通壅。如:雝塞。

12【雝渠】 ㄩㄥ ㄑㄩˊ
雀屬。即鶺鴒鳥。見"爾雅·釋鳥·鶺鴒·疏"。

臒 ㄏㄨㄛˋ ho^{4}, huo^{4} 音獲 又讀 ㄨㄛˋ wo^{4} 音臥
一種可以磨碎作顏料的紅石。見"說文"。

雛 ㄔㄨˊ ch'u^{2} 音除
或作鶵。[1]小雞。見"說文"。[2]泛指幼小動物。

14【雛鳳】 ㄔㄨˊ ㄈㄥˋ
幼鳳。比喻有才華的子弟。

雙 ㄕㄨㄤ shuang^{1} 音霜
俗作双。[1]二隻鳥。引申為兩個或成對的事物。如:出雙入對。[2]偶數。如:雙號。[3]匹敵。如:無雙。[4]姓。'宋'有'雙漸'。見"萬姓統譜·三"。

3【雙工】 ㄕㄨㄤ ㄍㄨㄥ
(duplex) 可以沿兩個方向同時傳送資料或訊息的特性。

5【雙生】 ㄕㄨㄤ ㄕㄥ
孿生;雙胞胎。

9【雙軌】 ㄕㄨㄤ ㄍㄨㄟˇ
[1]兩條鐵軌並列,可同時對駛火車。[2]指兩種不同方式或制度並行。

【雙星】 ㄕㄨㄤ ㄒㄧㄥ
(binary stars) 極為靠近的兩顆恆星。有視雙星與物理雙星之分。視雙星是指在天球上的投影十分靠近,實際距離卻甚遠的兩顆星;物理雙星則指實際相距很近,並在相互吸引作用下繞著公共質心旋轉的兩顆星。其中可經由望遠鏡直接判別的稱為目視雙星;不能經由望遠鏡判別,但可由其光譜擺動週期證知的稱為分光雙星;二星互繞時,在對地球方向形成交蝕現象的稱為蝕雙星。

10【雙料】 ㄕㄨㄤ ㄌㄧㄠˋ
[1]雙倍材料。[2]加倍的;成雙的。

12【雙棲】 ㄕㄨㄤ ㄑㄧ
①禽鳥雌雄同棲。比喻夫妻情好不分離。②指兼有兩種身分。

【雙晶】 ㄕㄨㄤ ㄐㄧㄥ
(twin) 在晶體中具有特定結晶方向關係的二部分,其中一部分是另一部分經由雙晶平面之鏡射而得時,則前部分可稱爲雙晶。

13【雙鉤】 ㄕㄨㄤ ㄍㄡ
①描摹法書,沿其筆墨痕跡,兩邊用細線鉤出。②執筆法之一。以食指與中指上節、中節之間相疊鉤住筆管。別於單鉤而言。用此法運筆,可使點畫遒勁。③畫家寫生,先鉤出莖幹枝葉的輪廓,然後設色。④舊日稱纏足婦女的腳。

14【雙槓】 ㄕㄨㄤ ㄍㄤˋ
體操項目之一。使用器械是由兩條富有彈性的木槓或玻璃纖維所形成。動作內容由擺動、轉體、兩手脫放、靜止及用力動作所構成。

15【雙調】 ㄕㄨㄤ ㄉㄧㄠˋ
①宮調之一。如北曲中之"新水令"、"駐馬聽"。②分上下兩疊的詞。

17【雙聲】 ㄕㄨㄤ ㄕㄥ
聲韻學上指兩個字的聲母相同。如鴟鳩、顚倒、琳瑯等都是。

18【雙簧】 ㄕㄨㄤ ㄏㄨㄤˊ
雜技的一種。由一人坐在前面依照後面另一人的說唱內容表演各種動作,此人藏在身後說話、歌唱,但不露面,二人密切貼合,使觀眾看來好像是全由坐在前面的人說唱動作一樣。

19【雙關】 ㄕㄨㄤ ㄍㄨㄢ
修辭格的一種。語文含有表裡二義,使一句話關涉二件事。可分三種:一、同字同音雙關。如布匹的匹雙關匹配的匹。二、異字同音而雙關。如縫衣的縫雙關相逢的逢。三、歇後相關語。如"讀曲歌":「飛龍落藥店,骨出只爲汝。」「飛龍落藥店」的歇後語即「骨出」。骨出,消瘦之意。

3【雙子宮】 ㄕㄨㄤ ㄗˇ ㄍㄨㄥ
(Gemini) 黃道十二宮的第三宮。位於黃經60°～90°。每年5月21日前後,太陽進入此宮,節氣爲小滿。二千年前,原在雙子座,故名。但由於歲差的緣故,現已移至金牛座。

【雙子座】 ㄕㄨㄤ ㄗˇ ㄗㄨㄛˋ
(Gemini; Gem) 黃道十二星座之一。位於赤經6時00分至8時08分;赤緯+9.8度至+35.4度之間。其β星('中'名北河二)是1.14等星;α星1.6等,由1.97及2.95等的雙星組成。相當於我國星座井宿、鉞、司怪、天樽、五諸侯、北河、水位、積薪、爟等。

6【雙曲線】 ㄕㄨㄤ ㄑㄩ ㄒㄧㄢˋ
(hyperbola) 一點P在平面上運動,可使其至兩定點距離之差爲常數的軌跡。如圖:二定點F及F'稱爲雙曲線的焦點,ND、$N'D'$爲二準線,O爲中心,A與A'爲其頂。若以O爲原點,則AA'謂之雙曲線之貫軸(transverse axis),其長度爲$2a$。若於FF'之垂直二等分線上取B及B',使其至A(或A')之距離等於兩焦點間距離之一半,則BB'謂之雙曲線之共軛軸或屬軸(conjugate axis),其長度爲$2b$。若以OA爲橫軸,以OB爲縱軸時,則雙曲線之方程式

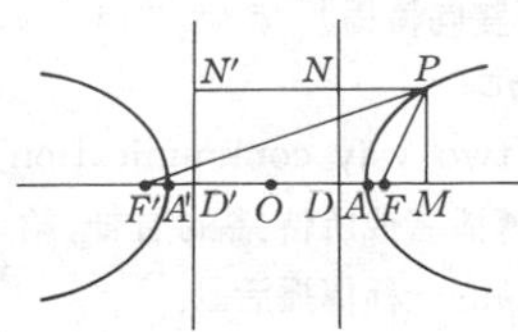

雙曲線圖

爲$\frac{x^2}{a^2}-\frac{y^2}{b^2}=1$。取直線$x=\pm a^2/\sqrt{a^2+b^2}$爲準線,則又可定義雙曲線爲:$P$點到焦點之距離,比起$P$點到準線之距離爲定比$e$(稱爲離心率$=\frac{\sqrt{a^2+b^2}}{a}$大於1)。另外一個定義是:以平面去截兩相等對頂直圓錐表面所得之曲線,其兩支即爲雙曲線之兩支。雙曲線具有兩支,並且有漸近線$\frac{x^2}{a^2}-\frac{y^2}{b^2}=0$,這些都是雙曲線之特徵。雙曲線之參數式爲:$x=a\sec\phi$, $y=b\tan\phi$,而稱P點之離心角爲ϕ。若用極坐標(ρ,θ)表示,則雙曲線之極方程式爲$\rho=\frac{a(e^2-1)}{e\cos\theta-1}$,一般之二次方程式$Ax^2+Bxy+Cy^2+Dx+Ey+F=0$在判別式$B^2-4AC>0$時,代表一雙曲線(但可能退化)。又在$a=b$時,謂之等邊雙曲線,此時其兩漸近線互相直交。將其坐標軸轉動至與漸近線疊合,則等邊雙曲線之方程式爲$xy=\frac{a^2}{2}$。

8【雙性向】 ㄕㄨㄤ ㄒㄧㄥˋ ㄒㄧㄤˋ
(androgyny)混合男女兩性人格的性向。爲一超越男性或女性角色的行動指導原則。

【雙金屬】 ㄕㄨㄤ ㄐㄧㄣ ㄕㄨˇ
(bimetals)通常是指具有二種不同金屬所組成的金屬片。此兩者之膨脹係數不同,常用於製造溫度控制器及溫度指示設備之原料,當溫度變化時,其不同膨脹係數致使薄片發生彎曲現象。

9【雙音節】 ㄕㄨㄤ ㄧㄣ ㄐㄧㄝˊ
相連的兩個音節。參音節②。

11【雙脣音】 ㄕㄨㄤ ㄔㄨㄣˊ ㄧㄣ
指雙脣緊閉或接觸以形成對氣流的阻礙而發出來的一種輔音。如國音字母ㄅ、ㄆ、ㄇ等是。

【雙動泵】 ㄕㄨㄤ ㄉㄨㄥˋ ㄅㄥˋ
(double-acting pump) 參單動泵。

【雙魚宮】 ㄕㄨㄤ ㄩˊ ㄍㄨㄥ
(Pisces) 黃道十二宮之末。位於黃經330°～360°。每年2月19日前後,太陽進入此宮,節氣爲雨水。二千年前,原在雙魚座,故名。由於歲差的緣故,現已移至寶瓶座。

【雙魚座】 ㄕㄨㄤ ㄩˊ ㄗㄨㄛˋ
(Pisces; Psc) 黃道十二星座之一。位於赤經22時51分至2時07分;赤緯−06.3度至+33.7度之

間。現今的春分點即在此座內。相當於我國星座霹靂、雲雨、壘壁陣、土公、外屏、奎宿、右更等。

16【雙學位】 ㄕㄨㄤ ㄒㄩㄝˊ ㄨㄟˋ
(double major) 於大學部就讀的學生,將其課程集中於兩大學科,以便畢業時獲得兩個學士學位。雙學位的設置旨在適應學生的興趣與能力,並使學生於畢業後能在擇業或升學時較具彈性。

17【雙翼機】 ㄕㄨㄤ ㄧˋ ㄐㄧ
(biplane) 具有兩組機翼呈上下並排的飛機。係早期發展出來的,其機翼所產生的升力較爲有限,因此目前已大多採用單翼機。

【雙幫拳】 ㄕㄨㄤ ㄅㄤ ㄑㄩㄢˊ
國術手法。兩拳前後相疊推出,伸一腳落於敵人後方,使敵人失去重心跌出。

【雙醣類】 ㄕㄨㄤ ㄊㄤˊ ㄌㄟˋ
(disaccharides) 由兩個單醣分子失去一個水分子而結合在一起的糖,或是水解時會變成兩個單醣的糖。這類化合物的分子式爲$C_{12}H_{22}O_{11}$。例如蔗糖、麥芽糖、乳糖等都是。

18【雙簧管】 ㄕㄨㄤ ㄏㄨㄤˊ ㄍㄨㄢˇ
(oboe) 一種用雙簧的直吹木管樂器。聲音具田園風味,也具有悽惋的氣質。早年交響樂團多用作定音的樂器。

雙簧管圖

3【雙工傳輸】 ㄕㄨㄤ ㄍㄨㄥ ㄔㄨㄢˊ ㄕㄨ
(duplex transmission) 資料通信中,可在兩個方向同時傳送資料或信號的傳輸方式。

4【雙方代理】 ㄕㄨㄤ ㄈㄤ ㄉㄞˋ ㄌㄧˇ
代理人同時爲本人及第三人之代理人,而爲本人與第三人之法律行爲者。如代理人甲代理本人乙出賣某房屋一棟,同時又代理相對人(第三人)丙買受該房屋是。雙方代理之禁止係爲保護本人之利益而設之規定,因此,如經本人許諾,或法律行爲係專爲履行債務者,則無禁止之必要,蓋此時並無利益衝突之弊。違反雙方代理禁止之規定而爲代理行爲者,原則上其代理行爲無效,除非經本人事後承認。雙方代理之禁止,於法定代理或意定代理均適用。

【雙元經濟】 ㄕㄨㄤ ㄩㄢˊ ㄐㄧㄥ ㄐㄧˋ
(dualistic economy) 落後國家的產業結構以傳統自給自足的農業爲主,但同時又有新興城市的市場經濟存在的雙元現象。

6【雙式簿記】 ㄕㄨㄤ ㄕˋ ㄅㄨˋ ㄐㄧˋ
(double entry bookkeeping) 爲企業記載交易的方法。對每一交易事項所影響的雙方,區分爲借貸,同時加以記錄,而且借貸兩方的金額相等。例如以現金5,000元購買設備一件,依雙式簿記應借記設備及貸記現金各5,000元。

【雙向溝通】 ㄕㄨㄤ ㄒㄧㄤˋ ㄍㄡ ㄊㄨㄥ
(two-way communication) 係指發訊人與受訊人雙方充分的互換地位,隨時可以同時成爲發訊人或受訊人,發出訊息與接受訊息。在企業組織上,尤其指自上而下的溝通與自下而上的溝通,能夠充分相互溝通。

【雙向傳播】 ㄕㄨㄤ ㄒㄧㄤˋ ㄔㄨㄢˊ ㄅㄛˋ
(two-way communication) 對傳播者或所傳播的音訊,給予回饋的一種傳播活動。

【雙向觀光】 ㄕㄨㄤ ㄒㄧㄤˋ ㄍㄨㄢ ㄍㄨㄤ
(two-way tourism) 指招攬及歡迎國外人士前來本國觀光旅行,同時開放其國人自由出國觀光旅行。我國自'民國'六十八年起開放國人出國觀光旅行後,即進入雙向觀光的時代。

【雙行空白】 ㄕㄨㄤ ㄏㄤˊ ㄎㄨㄥˋ ㄅㄞˊ
(double leading) 報刊版面的一種編排型式。在文字的行與行之間,嵌入兩個字粒的鉛條,則所出現的空白即爲雙行空白。目的在使行間有更多空白,易於閱讀。

7【雙址指令】 ㄕㄨㄤ ㄓˇ ㄓˇ ㄌㄧㄥˋ
(two-address instruction)指電腦指令格式中,含有兩個運算元的位址。

9【雙風貫耳】 ㄕㄨㄤ ㄈㄥ ㄍㄨㄢˋ ㄦˇ
國術招式。以兩手打敵人之太陽穴,同時起膝頂敵之下襠。

【雙重人格】 ㄕㄨㄤ ㄔㄨㄥˊ ㄖㄣˊ ㄍㄜˊ
人格障礙的一種。患者失去自我的統一性及連續性,而分裂成兩種或兩種以上(多重)的人格特質。具有雙重性格人格障礙者,在人格的轉換上無法控制,是一種無意識的反應,且在轉移期間,都呈健忘狀態,而在生活中出現不同的性格。

【雙重日期】 ㄕㄨㄤ ㄔㄨㄥˊ ㄖˋ ㄑㄧˊ
(dual-date) 審計報告日期記載的一種方式。一般審計報告日期係指外勤工作結束之日,但若外勤工作結束日後,提出審計報告前,遇有重大期後事件,應於財務報表內揭露,此時審計報告日期即可運用雙重日期方式。例如,外勤工作結束日爲'民國'某年三月五日,但提出報告前,於'民國'某年三月十六日發生重大事項,此事應於財務報表附註內揭露,這時審計報告日期可載明'民國'某年三月五日(附註某某係'民國'某年三月十六日之資料),此種表達方式即爲雙重日期。

【雙重受精】 ㄕㄨㄤ ㄔㄨㄥˊ ㄕㄡˋ ㄐㄧㄥ
(double fertilization) 種子植物行有性生殖時,花粉傳播到柱頭後,即可萌發而產生花粉管。花粉管穿入柱頭,通過花柱向子房中的胚珠延伸。花粉管中原有兩核，一爲生殖核，一爲管核，此時生殖核分裂爲兩精核，管核則漸消失。子房中有胚珠，胚珠內有一大孢子，大孢子經分裂而產生八個核，即爲雌配子體。其中兩個核位於中央，稱爲極核(polar nucleus)，其餘六個核分列於兩端，只有一個爲卵核，另五個皆漸消失。當花粉管穿入雌配子體時，管端破裂，釋出兩個精核，其中一精核與卵核結合而成爲合子，另一精核則與兩個極核結合，成爲胚乳核。這種由兩個精核分別與卵、極核結合的情形，稱爲雙重受精。

【雙重國籍】 ㄕㄨㄤ ㄔㄨㄥˊ ㄍㄨㄛˊ ㄐㄧˊ
一人同時具有兩個以上之國籍。一個主權國家，依照其本國法律，有權決定何人爲其國民，但各國國籍法之規定未盡相同，就生來國籍之取得而言，有採血統主義者，有採出生地主義者，有兼採血統主義及出生地主義者，因此，如果某人之父母之本(甲)國採血統主義，但某人出生於採用出生地主義之乙國，某人即因出生而同時取得甲、乙兩國之國籍。

11**【雙宿雙飛】** ㄕㄨㄤ ㄙㄨˋ ㄕㄨㄤ ㄈㄟ 比喻男女同居共處或夫妻形影不離。

【雙淘汰制】 ㄕㄨㄤ ㄊㄠˊ ㄊㄞˋ ㄓˋ 運動競賽制度之一。賽程分勝部及敗部。在勝部失敗的隊伍或個人，有機會到敗部比賽，若在敗部再失敗一次，即被淘汰出局；而敗部冠軍的隊伍或個人，可向勝部冠軍挑戰，爭取總冠軍。

【雙務契約】 ㄕㄨㄤ ㄨˋ ㄑㄧˋ ㄩㄝ 乃當事人互負對價給付債務之契約。如買賣、互易、租賃、僱傭、承攬、有償委任、有償寄託等屬之。雙務契約必屬有償契約，但有償契約則未必屬雙務契約，如附利息之消費借貸，雖係有償契約，但爲片務契約。雙務契約有同時履行抗辯、危險負擔等規定之適用。

12**【雙晶變形】** ㄕㄨㄤ ㄐㄧㄥ ㄅㄧㄢˋ ㄒㄧㄥˊ (twin deformation)當立方格子的結晶受外力作用，而發生彈性變形和塑性變形時，一組原子相對於另一組原子發生滑動，使此二組之排列成鏡面對稱。如圖所示，以某一個面爲界面(例如AA')，一方的結晶(例如AA'和BB'面)發生滑動小於一隔原子距離，而與另一方不滑動的結晶成爲對稱。

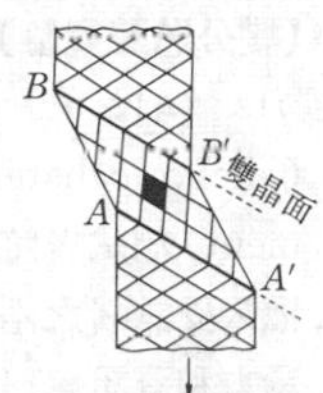

雙晶變形圖

13**【雙極單投】** ㄕㄨㄤ ㄐㄧˊ ㄉㄢ ㄊㄡˊ (double-pole, single-throw; dpst) 有四個端點，其中一對與另一對連接或分離的開關。

雙極單投開關圖

【雙極雙投】 ㄕㄨㄤ ㄐㄧˊ ㄕㄨㄤ ㄊㄡˊ (double-pole, double-throw; dpdt) 有六個端點，其中一對端點和另外兩對中之一對相連接的開關。

雙極雙投開關圖

14**【雙語教育】** ㄕㄨㄤ ㄩˇ ㄐㄧㄠˋ ㄩˋ (bilingual education)大量納入新移民的社會，其學校教學除採用該社會的原使用語言外，同時併用移民所慣用的語言進行教學。'美國'於西元1968年"聯邦雙語教育法"規定人民享有雙語教育的權利。

【雙管齊下】 ㄕㄨㄤ ㄍㄨㄢˇ ㄑㄧˊ ㄒㄧㄚˋ 比喻兩事同時進行。'唐''張璪'善畫松，能手握雙筆，同時繪畫。見"圖畫見聞志·故事拾遺"。

17**【雙趨衝突】** ㄕㄨㄤ ㄑㄩ ㄔㄨㄥ ㄊㄨˊ (approach-approach conflict) 個體對兩種事物，同時具有吸引的動機，而必得從中取捨其一所引起的衝突。

【雙避衝突】 ㄕㄨㄤ ㄅㄧˋ ㄔㄨㄥ ㄊㄨˊ (approach-avoidance conflict) 個體對利弊相等之單一事物，同時具有趨近與排斥的動機，而不得不做取捨時所引起的衝突。

19**【雙邊貿易】** ㄕㄨㄤ ㄅㄧㄢ ㄇㄠˋ ㄧˋ (bilateral trade) 只有兩個國家相互進行國際貿易的情況。

【雙邊獨占】 ㄕㄨㄤ ㄅㄧㄢ ㄉㄨˊ ㄓㄢˋ (bilateral monopoly)指交易的雙方均爲獨占。如國外透過集體議價談判工資便是。鐵路公司與鐵路工會，前者爲買者獨占，後者是賣者獨占，工資的決定便看雙方談判的技巧。

2**【雙丁型面版】** ㄕㄨㄤ ㄉㄧㄥ ㄒㄧㄥˊ ㄇㄧㄢˋ ㄅㄢˇ (double tee deck)一種形似兩丁字並列的預力構材。一般用作屋面面版及樓版。其跨度約15公尺，頂版厚4~6公分，雙腰部之間距爲版寬的一半，各腰寬至少10公分，腰深30公分以上。具有輕巧、跨度長、造價低的優點，應用相當廣泛。

3**【雙子葉植物】** ㄕㄨㄤ ㄗˇ ㄧㄝˋ ㄓˊ ㄨˋ (dicotyledon) 種子植物根據種子內子葉之數目、葉脈、莖內的維管束及花的型式等，分爲單子葉植物和雙子葉植物。其中雙子葉植物之種子具有2枚子葉，葉脈爲網狀脈，葉緣呈裂片或鋸齒狀，莖內的維管束呈環狀排列，萼片、花瓣和雄蕊等花的各部爲4或5，或爲4、5的倍數。

6**【雙曲線函數】** ㄕㄨㄤ ㄑㄩ ㄒㄧㄢˋ

ㄏㄢˊ ㄕㄨˋ
(hyperbolic functions)與三角函數(此時應稱爲圓函數 circular functions)相比擬。令 $e=2.7182818\cdots\cdots=1+1+\frac{1}{2!}+\frac{1}{3!}+\frac{1}{4!}+\cdots\cdots$ 爲自然對數之底,則雙曲餘弦爲 $cosh\,x=(e^x+e^{-x})/2$,另外,$sinh\,x=(e^x-e^{-x})/2$, $tanh\,x=(e^x-e^{-x})/(e^x+e^{-x})$, $sech\,x=2/(e^x+e^{-x})$, $csch\,x=2/(e^x-e^{-x})$, $coth\,x=(e^x+e^{-x})/(e^x-e^{-x})$,此等函數與三角函數諸多類推,事實上有「虛實之關聯」,例如 $cosh\,ix=cos\,x$, $sinh\,ix=isin\,x$ 等。

【雙向三極體】ㄕㄨㄤ ㄒㄧㄤˋ ㄙㄢ ㄐㄧˊ ㄊㄧˇ
(trielectrode AC switch; TRIAC)閘流體的一種。爲雙向三接頭之控制整流器,其特性相當於兩個逆向的SCR並聯。圖(1)

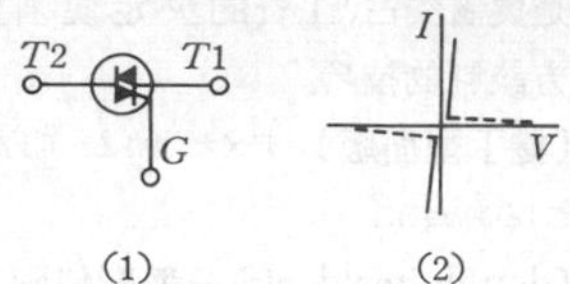

雙向三極體圖

爲其表示符號,圖(2)爲其 I-V 特性。

【雙向流濾池】ㄕㄨㄤ ㄒㄧㄤˋ ㄌㄧㄡˊ ㄌㄩˋ ㄔˊ
(biflow filter)又稱AKX濾池。一種可同時由上而下及由下而上過濾的改良式濾池。其深度較深,砂層厚145～165公分,在距砂面下50～60公分處設孔管系統,將濾池分爲上下二部。進水口有二,一由上而下,一由下而上,清水由孔管系統集取。出水量大,水頭損失小,兼具傳統快濾池及反濾的優點。多應用於工業用水的處理。

8【雙事業家庭】ㄕㄨㄤ ㄕˋ ㄧㄝˋ ㄐㄧㄚ ㄊㄧㄥˊ
(dual career family)指夫婦均從事職業的家庭。近年來由於婦女參與勞動率增高,雙事業家庭已日益增多。

19【雙隱態電路】ㄕㄨㄤ ㄨㄣˇ ㄊㄞˋ ㄉㄧㄢˋ ㄌㄨˋ
(bistable circuit)具有兩種穩定狀態的電子電路。如正反器即是一種雙穩態電路。

4【雙分聆聽實驗】ㄕㄨㄤ ㄈㄣ ㄌㄧㄥˊ ㄊㄧㄥ ㄕˊ ㄧㄢˋ
(dichotic-listening experiment)測試者將不同訊息經耳機灌入受試者之兩耳,以研究其注意力和資訊處理的方法。

6【雙次抽驗計畫】ㄕㄨㄤ ㄘˋ ㄔㄡ ㄧㄢˋ ㄐㄧˋ ㄏㄨㄚˋ
(double acceptance sampling plan)品質管制的方式之一。就某批產品第一次抽取 n_1 個樣本,如其不良率或個數大於允收率或數,但小於拒收率或數時,再抽第二次樣本 n_2,合計一、二次樣本重新計算不良率或個數,如小於允收率或數,則允收該批產品,如大於或等於拒收率或數,則拒收該批產品。一般允收、拒收率或數多不等,第一、二次的允收、拒收率或數也不一定相等。

8【雙金屬溫度計】ㄕㄨㄤ ㄐㄧㄣ ㄕㄨˇ ㄨㄣ ㄉㄨˋ ㄐㄧˋ
(bimetal thermometer)利用兩相異金屬薄片接合時之膨脹率隨溫度變化而改變之特性來量測溫度的裝置。

9【雙軌銀行制度】ㄕㄨㄤ ㄍㄨㄟˇ ㄧㄣˊ ㄏㄤˊ ㄓˋ ㄉㄨˋ
(dual banking system)'美國'的商業銀行按其取得許可證的方式,分爲全國性銀行(national banks)—向聯邦政府註冊取得許可證的銀行,州銀行(state banks)—向州政府註冊取得許可證的銀行,可自由決定是否參加聯邦準備制度成爲其會員銀行。由於這兩種商業銀行同時並存,因此'美國'的銀行制度爲雙軌銀行制度。

13【雙極性電晶體】ㄕㄨㄤ ㄐㄧˊ ㄒㄧㄥˋ ㄉㄧㄢˋ ㄐㄧㄥ ㄊㄧˇ
(bipolar transistor)擔當電流流動之載子有電洞與電子兩種的電晶體。如一般的接合型電晶體。

19【雙邊貿易協定】ㄕㄨㄤ ㄅㄧㄢ ㄇㄠˋ ㄧˋ ㄒㄧㄝˊ ㄉㄧㄥˋ
(bilateral trade agreement)指貿易兩國就雙方進出口貿易數額,以互惠平等的基礎,由協議方式達成其進出口數額相等的一種契約。

9【雙音節衍聲複詞】ㄕㄨㄤ ㄧㄣ ㄐㄧㄝˊ ㄧㄢˇ ㄕㄥ ㄈㄨˋ ㄘˊ
指合兩個音節(兩個字)而成一個詞,只代表一個意義,不能再加以分析。舊稱聯緜字。又分三種:一、雙聲雙音節衍聲複詞,如參差、崎嶇。二、疊韻雙音節衍聲複詞,如婆娑、逍遙。三、非雙聲疊韻衍聲複詞,如芙蓉、模糊。

11【雙眼反射式照相機】ㄕㄨㄤ ㄧㄢˇ ㄈㄢˇ ㄕㄜˋ ㄕˋ ㄓㄠˋ ㄒㄧㄤˋ ㄐㄧ
觀察系統與拍攝系統各自獨立,但裝置於同一鏡頭板上,調焦與取景同時進行的照相機。拍攝時可將相機置於齊腰高度或放在地上,從相機頂部俯視觀察屏,影像呈現左右對調,屏上刻有細線格,有助於精確地進行構圖。一般使用6×6厘米底片,也可用較大的尺寸。適於拍攝人物肖像、風景照、質量較好的快照和普通照。

19【雙穩態多諧振盪器】ㄕㄨㄤ ㄨㄣˇ ㄊㄞˋ ㄉㄨㄛ ㄒㄧㄝˊ ㄓㄣˋ ㄉㄤˋ ㄑㄧˋ
(bistable multivibrator)一種多諧振盪器。其輸出擁有兩種穩

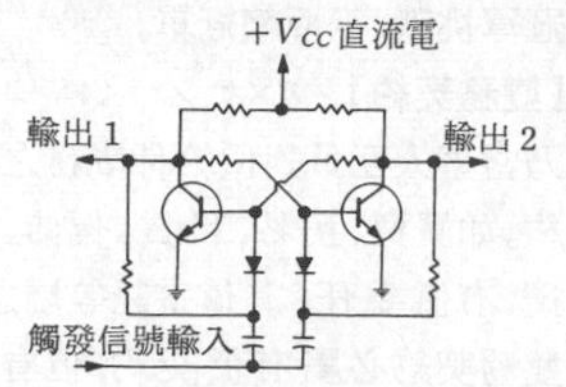

雙穩態多諧振盪器圖

定狀態,不會任意變動,只隨輸入的觸發信號改變其輸出狀態。因此若輸出爲0狀態,則一觸發後,將變爲1狀態;再一次觸發時又變回0狀態,如此往復運作。事實上,一個基本正反器結構就是一個雙穩態多諧振盪器。

11

離 ㄌㄧˊ li^2 音梨

①分散;分開。如:離群索居。②判析。如:離經辨志。③違背;背叛。如:離心離德。④相距。如:距離。⑤遭逢。通罹。如:離殃。⑥並排;相並。如:離立。⑦"易"卦名。⑴八卦之一。⑵六十四卦之一。離下離上。⑧姓。'戰國'時有'離婁'。見"通志·氏族略四"。

離卦圖⑴

離卦圖⑵

3【離子】ㄌㄧˊ ㄗˇ
(ions)中性原子或原子團,因獲得電子或失去電子而成爲帶電的粒子,稱爲離子。有正、負之分。

8【離奇】ㄌㄧˊ ㄑㄧˊ
奇特;不尋常。

11【離異】ㄌㄧˊ ㄧˋ
①分開;分離。②指離婚。

【離婚】ㄌㄧˊ ㄏㄨㄣ
夫妻非因死亡解消其婚姻關係之謂。可分爲兩願離婚和判決離婚。離婚之後,妻脫離夫之戶籍,回復其本姓;贅夫脫離妻家戶籍,回復其本姓。夫妻同居義務、互爲日常家務代理人之權義,以及互爲遺產繼承人之權利均歸消滅。至於子女之監護,原則上由夫任之。所謂監護包括對未成年子女之親權,不任監護之一方固不得行使其親權,但仍與其子女保持血親關係,故扶養權義及子女之遺產繼承權仍然存續。

12【離間】ㄌㄧˊ ㄐㄧㄢˋ
居中挑撥是非。也作離閒。

13【離愁】ㄌㄧˊ ㄔㄡˊ
因離別而產生的愁苦。

15【離線】ㄌㄧˊ ㄒㄧㄢˋ
(off-line)電腦系統的設備或裝置不在中央處理單元控制之下的狀態。

19【離譜】ㄌㄧˊ ㄆㄨˇ
違背常理。

【離離】ㄌㄧˊ ㄌㄧˊ
①繁盛的樣子。②歷歷分明的樣子。③憂傷的樣子。④羅列的樣子。

3【離子鍵】ㄌㄧˊ ㄗˇ ㄐㄧㄢˋ
(ionic bond)陰陽離子互相靠近時,由於相反電荷間所存在的庫倫靜電力使彼此互相吸引之力。

4【離心力】ㄌㄧˊ ㄒㄧㄣ ㄌㄧˋ
(centrifugal force)在繞一固定軸轉動的非慣性參考坐標系中,任何物體所感受有一離開轉動軸心方向之力。由於離心力是僅存於非慣性坐標系(轉動坐標系),故被歸爲假力(pseudo force)。以作等速率圓周運動的物體爲例,在慣性系中的觀察者認爲此物體受有向心力$m\frac{v^2}{r}$(m爲質量,v爲速率,r爲圓周運動的半徑)的作用;但在以角速率$\omega=\frac{v}{r}$轉動的非慣性系中的觀察者而言,此物體除受向心力(繩子的張力或其他力源所產生的力)的作用外,尙受有$-m\frac{v^2}{r}$離心力之作用,所以靜止不動。

【離心泵】ㄌㄧˊ ㄒㄧㄣ ㄅㄥˋ
(centrifugal pump)藉著馬達帶動,使其內之葉輪作高速轉動,而使自轉軸處引入之流體藉離心力作用沿徑向逐出之泵。爲應用最廣之泵,然有氣結之缺點。

【離心率】ㄌㄧˊ ㄒㄧㄣ ㄌㄩˋ
(eccentricity)就二次錐線而言,動點與焦點之距和動點與準線之距的比爲定比,此定比稱爲離心率,記爲e,$e\geq0$。若離心率小於1,則爲橢圓(離心率爲0時,爲正圓);等於1,則爲拋物線;大於1,則爲雙曲線。以標準式$\frac{x^2}{a^2}\pm\frac{y^2}{b^2}=1$論之,則$e=\sqrt{1\mp(\frac{b}{a})^2}$。

6【離合器】ㄌㄧˊ ㄏㄜˊ ㄑㄧˋ
(clutch)汽車發動機飛輪與變速箱之間,使發動機曲軸與變速箱之離合器軸接合或分離的裝置。汽車之傳動系統,即藉離合器片之摩擦力作動力之傳遞,當其與其他機件密合時,動力傳出;反之,則動力切斷。

11【離婚率】ㄌㄧˊ ㄏㄨㄣ ㄌㄩˋ
(divorce rate)指每千名人口中離婚人數的比率。如百分之五離婚率,即每千名人口中有五十人離婚。

4【離心離德】ㄌㄧˊ ㄒㄧㄣ ㄌㄧˊ ㄉㄜˊ
比喻人心渙散,各懷異志。

【離水海岸】ㄌㄧˊ ㄕㄨㄟˇ ㄏㄞˇ ㄢˋ
(emergence coast)又稱上升海岸。沿海陸地上升或海面下降,使原來淺水地區向上移動,露出海面,亦即新海岸線的位置,較原來的海岸線爲低者。其特徵包括出現沙灘或沙洲等堆積地形,海面以上地區發現海相沈積物或有海階、海蝕凹壁、海蝕洞等地形發育。'臺灣'西部'北港溪'至'高屛溪'間的海岸,沿岸多潟湖、濱外有沙洲,是爲離水海岸區。

10【離家受眾】ㄌㄧˊ ㄐㄧㄚ ㄕㄡˋ ㄓㄨㄥˋ
(out of home audience)播映某一廣播或電視節目時,部分受眾因不在家,而未在媒體前暴露,此類受眾稱爲離家受眾。

11【離婁之明】ㄌㄧˊ ㄌㄡˊ ㄓ ㄇㄧㄥˊ
形容眼力很好。

【離婚訴訟】ㄌㄧˊ ㄏㄨㄣ ㄙㄨˋ ㄙㄨㄥˋ
有法定裁判離婚事由時,請求法院判決婚姻關係消滅之訴訟。係消滅婚姻關係之訴訟,爲形成之訴的一種。離婚之訴專屬夫妻之住所地之法院管轄,但訴之原因、事實發生於夫妻之居所地者,得由該居所地之法院管轄。離婚訴訟於起訴前,應經法院調解,且於訴之合併提起、追加、變更或提起反訴及提起獨立之訴的限制,有與普通訴訟程序相異之規定;亦不適用關於訴訟上自認及不爭執事實效力之規定。法院因維持婚姻,得斟酌當事人所未提出之事實,惟於裁判前應令當事人有辯論之機會。因屬於形成之訴,於離婚判決確定時發生效力,且其效力及於第三人。

12【離鄉背井】 ㄌㄧˊ ㄒㄧㄤ ㄅㄟˋ ㄐㄧㄥˇ

遠離故鄉,作客異地。

13【離群索居】 ㄌㄧˊ ㄑㄩㄣˊ ㄙㄨㄛˇ ㄐㄩ

離開朋友,獨自生活。

【離經叛道】 ㄌㄧˊ ㄐㄧㄥ ㄆㄢˋ ㄉㄠˋ

本指違反儒家經典和義理。今多指違背常理。

15【離線處理】 ㄌㄧˊ ㄒㄧㄢˋ ㄔㄨˇ ㄌㄧˇ

(offline processing) 在不與電腦主機直接相連之外部設備上所進行的作業處理。

3【離子交換法】 ㄌㄧˊ ㄗˇ ㄐㄧㄠ ㄏㄨㄢˋ ㄈㄚˇ

(ion-exchange method) 水中所含之金屬離子和陰離子可分別藉陽離子交換樹脂和陰離子交換樹脂去除而得到去離子水的方法。目前工業上,飲水機及家庭淨水器常用此法。

【離子植入法】 ㄌㄧˊ ㄗˇ ㄓˊ ㄖㄨˋ ㄈㄚˇ

(ion implantation) 爲半導體製造技術之一。把帶電雜質離子,用高達 300 Kev 以上的能量使其加速而撞擊矽晶薄層等半導體,使停留在適當的深度,達到摻雜作用。

4【離心鑄造法】 ㄌㄧˊ ㄒㄧㄣ ㄓㄨˋ ㄗㄠˋ ㄈㄚˇ

鑄造精密金屬工藝品的方法之一。常用於製造金銀首飾。由於首飾花紋極爲細緻,鑄造時金屬熔液不易到達模具的細部,所以利用離心機將模具置於離心旋臂上,藉離心力將金屬熔液驅至細部,鑄成成品。

15【離線儲存體】 ㄌㄧˊ ㄒㄧㄢˋ ㄔㄨˊ ㄘㄨㄣˊ ㄊㄧˇ

(offline storage) 電腦系統中不在中央處理單元控制下的儲存體。

3【離子交換樹脂】 ㄌㄧˊ ㄗˇ ㄐㄧㄠ ㄏㄨㄢˋ ㄕㄨˋ ㄓ

(ion exchange resin) 以聚苯乙烯、聚二乙烯苯等樹脂爲骨架,經過化學處理,使其分子鏈上極化,而具有與溶液中其他陰離子或陽離子交換能力的樹脂。可供作吸附劑。

難

㊀ ㄋㄢˊ nan² 音南

1鳥名。也作鷬。見"說文"。2不容易。與易相對。如:艱難。3不好。如:難聽。

㊁ ㄋㄢˋ nan⁴ 音齉

1災殃。如:落難。2詰問;責備。如:問難。3排拒。如:難佞人。

㊂ ㄋㄨㄛˊ no², nuo² 音挪

1茂盛的樣子。見"正字通"。2驅除疫鬼。通儺。見"正字通"。

5【難民】 ㄋㄢˋ ㄇㄧㄣˊ

由於戰爭、自然災害或其他原因而流離失所的人民。

6【難色】 ㄋㄢˊ ㄙㄜˋ

1顯露爲難的臉色。表示勉強、不願意。2難演的腳色。

8【難受】 ㄋㄢˊ ㄕㄡˋ

1難以忍受。2傷心;難過。

9【難耐】 ㄋㄢˊ ㄋㄞˋ

不能忍受。

【難胞】 ㄋㄢˋ ㄅㄠ

逃難的同胞。

11【難產】 ㄋㄢˊ ㄔㄢˇ

1指孕婦生產困難,胎兒久久不能娩出。常由於骨盆異常、胎兒過大、胎位不正、子宮收縮乏力、生殖器官病變等原因所致。2比喻事物不易實現、完成。

【難處】 ㊀ ㄋㄢˊ ㄔㄨˇ

1不容易處理。2不容易相處。

㊁ ㄋㄢˊ ㄔㄨˋ

困難的地方。

【難得】 ㄋㄢˊ ㄉㄜˊ

1不容易得到。2可貴。

12【難堪】 ㄋㄢˊ ㄎㄢ

困窘;難以承受。

13【難道】 ㄋㄢˊ ㄉㄠˋ

莫非;豈是。

【難經】 ㄋㄢˋ ㄐㄧㄥ

原名"黃帝八十一難經"。相傳爲'戰國''秦越'人(即'扁鵲')撰,共二卷。全書以問答體例設八十一難,闡述"內經"中的脈法、經絡、針法等方面的問題。爲研習'中'醫的重要文獻之一。

18【難題】 ㄋㄢˊ ㄊㄧˊ

1不易解答的問題。2不易處理的事情。

19【難關】 ㄋㄢˊ ㄍㄨㄢ

難以度過的關卡。引申爲不易解決的困難。

21【難纏】 ㄋㄢˊ ㄔㄢˊ

不容易應付。

5【難兄難弟】 ㊀ ㄋㄢˊ ㄒㄩㄥ ㄋㄢˊ ㄉㄧˋ

讚美人兄弟才德都很好,難分高下。

㊁ ㄋㄢˋ ㄒㄩㄥ ㄋㄢˋ ㄉㄧˋ

指同處困境的朋友。

10【難能可貴】 ㄋㄢˊ ㄋㄥˊ ㄎㄜˇ ㄍㄨㄟˋ

難於做到並值得重視。

13【難解難分】 ㄋㄢˊ ㄐㄧㄝˇ ㄋㄢˊ ㄈㄣ

1指兩情繾綣,難以分離。2指彼此爭論,糾纏不清,難以排解。

12

雗

鶾的或體。

16

雥 ㄗㄚˊ *tsa*^{2} 音雜
群鳥。見"說文"。

20

雧 集的或體。

雨 部

雨 ㊀ㄩˇ *yü*^{3} 音羽
水汽凝積後從雲層降落的水滴。
㊁ㄩˋ *yü*^{4} 音玉
①下雨;降雨。②自上下落。如:雨雹。③潤澤。如:春雨雨人。

4【雨日】ㄩˇ ㄖˋ
(rainy day)一日之內降雨達0.1公釐以上者,稱為雨日。

【雨水】ㄩˇ ㄕㄨㄟˇ
農曆二十四節氣之一。在國曆二月十九日或前後。

8【雨林】ㄩˇ ㄌㄧㄣˊ
(rainforest)在高溫多雨地區,陸上林木繁茂,種類又多,高大的天然林隨處可見,稱為雨林。世界雨林可分熱帶雨林和季風雨林兩大類型。

【雨果】ㄩˇ ㄍㄨㄛˇ
(Victor Hugo, 1802~1885)'法國'詩人、劇作家、小說家。為'法國'浪漫主義文學的領袖。長於以豐富的想像力創造出動人的人物與象徵,無論是抒情詩、史詩、劇本、小說均有相當的造詣,頗具文學價值。主要作品有詩集"頌歌與敘事詩"(*Odes et ballades*)、劇作"愛爾那尼"(*Hernani*)、歷史小說"巴黎聖母院"(*Notre-Dame de Paris*)及"悲慘世界"(*Les Misérables*)等。

雨果像

【雨季】ㄩˇ ㄐㄧˋ
(rainy season)又稱溼季。在氣候類型中,每年重複出現一或數個月的降雨時期,在此時期內該區降雨最多,是為雨季。氣候學上雨季的劃分,以雨季存在和規則重現的區域為限,故大多出現於熱帶和副熱帶。熱帶雨林氣候區,終年高溫多雨,全年均為雨季;熱帶莽原氣候區,乾、雨季節分明,雨季出現在夏季;季風氣候區,來自海上的季風吹拂時期,即為雨季,而以夏季為主;'地中海'型氣候區,雨季出現在冬季。

15【雨潦】ㄩˇ ㄌㄠˇ
雨水。

【雨影】ㄩˇ ㄧㄥˇ
(rain shadow)或稱雨蔭。指含溼氣流向風坡面的背斜坡面。因迎風坡已產生了地形雨,則氣流越過山嶺到背風坡時,殊難致雨,所以雨影地區通常是少雨地區。例如'印度''德干高原'位於'印度洋'的雨影區,故乾燥少雨。

17【雨篷】ㄩˇ ㄆㄥˊ
(canopy)也稱雨庇。懸臂挑出牆面,造於窗頂或門頂以遮陽光或雨雪者。法規規定其挑出距離自牆心算起不得超過50公分。

21【雨露】ㄩˇ ㄌㄨˋ
雨和露。比喻恩澤。

12【雨傘蛇】ㄩˇ ㄙㄢˇ ㄕㄜˊ
即手巾蛇。參手巾蛇。

9【雨後春筍】ㄩˇ ㄏㄡˋ ㄔㄨㄣ ㄙㄨㄣˇ
春雨過後的竹筍。長得又多又快,故以比喻事物的蓬勃滋長。

12【雨量變率】ㄩˇ ㄌㄧㄤˋ ㄅㄧㄢˋ ㄌㄩˋ
(rainfall variability)一地年雨量與該地年平均雨量的差,對該地年平均雨量的百分比,稱為雨量變率。溼潤氣候區雨量變率通常不大於50%。乾燥氣候區的變率較大,一般均在50%以上,甚至可達100%。

13【雨過天青】ㄩˇ ㄍㄨㄛˋ ㄊㄧㄢ ㄑㄧㄥ
①雨後初晴的天色。②比喻經過黑暗、動亂之後,重現光明、平靜。

3

雩 ㊀ㄩˊ *yü*^{2} 音于
①古代為求雨的祭祀。見"說文"。②古代求雨的祭壇。
㊁ㄩˋ *yü*^{4} 音玉
虹。見"爾雅·釋天"。
㊂ㄒㄩ *hsü*^{1} 音虛
參雩婁。

11【雩婁】ㄒㄩ ㄌㄡˊ
①舊縣名。'漢'置,'東晉'廢。在今'河南省'東南境'商城縣'東北。②山名。在今'河南省'東南境'固始縣'西。為'大灌水'的發源地。

雪 ㊀ㄒㄩㄝˇ *hsüeh*^{3} 音鱈
①又稱雪花(snowflake)。一種白色或半透明冰晶所組成的降水。為六角形的結晶。當溫度低於冰點時,水氣由氣態直接昇華為固態的凝結現象所造成。②下雪;降雪。如:晚來天欲雪。③同㊁。④姓。'明'有'雪霽'。見"萬姓統譜·一一八"。
㊁ㄒㄩㄝˋ *hsüeh*^{4} 音穴
洗除;擦拭。如:雪恥。

3【雪山】ㄒㄩㄝˇ ㄕㄢ
即'喜馬拉雅山'。喜馬拉雅,梵語,意為雪藏。

5【雪白】ㄒㄩㄝˋ ㄅㄞˊ
①如雪般的潔白。②比喻品行純潔無瑕。

9【雪亮】ㄒㄩㄝˋ ㄌㄧㄤˋ
像雪一般地明亮。

【雪恨】ㄒㄩㄝˋ ㄏㄣˋ
洗雪怨恨。

【雪茄】ㄒㄩㄝˇ ㄐㄧㄚ
(cigar)捲煙的一種。將菸草葉捲成一長條形吸食。最早由'西印度群島'土人所發明,'歐洲'人抵'古巴'時首次發現,隨即傳入'美洲'、'歐洲',風行世界。

10【雪冤】ㄒㄩㄝˋ ㄩㄢ

洗刷冤屈。

【雪恥】 ㄒㄩㄝˇ ㄔˇ
洗刷恥辱。

11【雪崩】 ㄒㄩㄝˇ ㄅㄥ
(avalanche) 山上積雪自陡崖上沿山側崩落的現象。每見於冬季,當未凝固的新雪從凝固已久的老雪雪面上滑落,即產生雪崩;在春季,部分積雪下部已開始融化,上部積雪呈鬆動狀態,遂沿坡畔谷道下衝而發生雪崩。雪崩時常挾著坡面岩石碎塊、土壤、植物等而俱下,造成災害。

【雪梨】 ㄒㄩㄝˇ ㄌㄧˊ
(Sydney)‘澳洲’最大城、最大港及商業、製造業中心。位於東南‘太平洋’岸。為世界最好的天然良港之一。化學、電子裝備、造船、煉油和食品加工業發達,輸出以小麥、羊毛及肉類為主。人口417萬(2002年)。

12【雪萊】 ㄒㄩㄝˇ ㄌㄞˊ
(Percy Bysshe Shelley, 1792~1822)‘英國’浪漫主義詩人。擅長以宏偉的思想、豐富而新穎的想像,優美而熱烈地表現詩人的靈魂,尤其抒情詩更被推許爲‘英國’第一。雖英年早夭,卻留下相當多的詩作。以“雲雀”(*The Skylark*)、“西風歌”(*Ode to the West Wind*)等詩篇最爲有名。

雪萊像

15【雪線】 ㄒㄩㄝˇ ㄒㄧㄢˋ
(snow line) 高山頂上積雪終年不消的下限。其高度隨緯度而不同,在‘挪威’約1,200~1,500公尺;‘阿爾卑斯山’約2,700公尺;東‘非’約4,800公尺。

16【雪橇】 ㄒㄩㄝˇ ㄑㄧㄠ
雪地的交通器具。通常用狗拉或用機器推動。

12【雪裡蕻】 ㄒㄩㄝˇ ㄌㄧˇ ㄏㄨㄥˋ
(curled mustard; *Brassica juncea* var. *crispifolia*) 爲芥菜的變種。主要特徵爲葉條裂,邊緣卷且皺縮。栽培供作蔬菜,也可醃製供食用。有辛辣味。

3【雪上加霜】 ㄒㄩㄝˇ ㄕㄤˋ ㄐㄧㄚ ㄕㄨㄤ
比喻災禍接踵而來。

【雪山山脈】 ㄒㄩㄝˇ ㄕㄢ ㄕㄢ ㄇㄛˋ
呈震旦走向斜列於‘臺灣島’上‘中央山脈’的西北側。自東北的‘三貂角’向西南延伸,止於‘濁水溪’畔。平均高度2,000公尺,主峰‘雪山’,高3,884公尺。

4【雪中松柏】 ㄒㄩㄝˇ ㄓㄨㄥ ㄙㄨㄥ ㄅㄛˊ
比喻節操堅貞的人。

【雪中送炭】 ㄒㄩㄝˇ ㄓㄨㄥ ㄙㄨㄥˋ ㄊㄢˋ
下雪天送炭給人,以資升火取暖。比喻救人急難。

8【雪泥鴻爪】 ㄒㄩㄝˇ ㄋㄧˊ ㄏㄨㄥˊ ㄓㄠˇ
雪地上的鴻雁爪印。比喻往事所留下的痕跡。也作雪泥指爪。

【雪明碳鐵】 ㄒㄩㄝˇ ㄇㄧㄥˊ ㄊㄢˋ ㄊㄧㄝˇ
(cementite)生成在鋼中的碳化鐵(Fe_3C)化合物。屬斜方晶系,其結晶的基本單元由12個鐵原子及4個碳原子(塡隙)所構成。經長時間加熱可分解而析出碳成爲石墨。

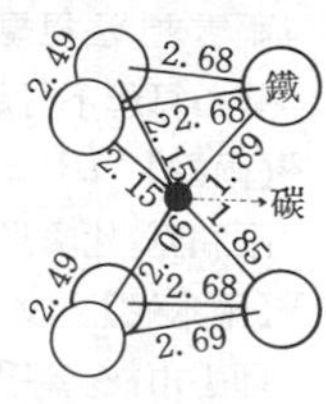

雪明碳鐵圖

15【雪膚花貌】 ㄒㄩㄝˇ ㄈㄨ ㄏㄨㄚ ㄇㄠˋ
雪白的肌膚,花樣的容貌。

4

雱 ㈠ ㄆㄤˊ *p'ang²* 音旁
1雪盛的樣子。2旁的籀文。見“說文”。

㈡ ㄈㄤ *fang¹* 音芳
參雱雱。

雯 ㄨㄣˊ *wên²* 音文
雲彩。見“集韻”。

雲 ㄩㄣˊ *yün²* 音云
1空中水汽所凝成的小水滴、冰晶物,而由肉眼可見之各種形狀的集合體。依其所在高度,可分爲高雲、中雲、低雲及直展雲四類。依其形狀分,線狀者稱卷雲,面狀者稱層雲,體狀者稱積雲。綜合上述兩項分類標準,共得四大類、十種基本雲:一、高雲類:分卷雲、卷積雲、卷層雲三種。二、中雲類:分高積雲、高層雲二種。三、低雲類:分雨層雲、層積雲、層雲三種。四、直展雲類:分積雲、積雨雲二種。2姓。‘唐’有‘雲供嗣’。見“萬姓統譜·二〇”。

4【雲手】 ㄩㄣˊ ㄕㄡˇ
戲曲表演的一種舞蹈動作。以誇大的姿態,表現人物的精神氣度。左右手都提到胸前,左手仰在下,右手俯在上,然後彼此一抄,又拉回;再右手在上,左手在下,又一抄;爾後雙手心都向外,左手握拳,右手開張,即完成雲手的動作。

5【雲母】 ㄩㄣˊ ㄇㄨˇ
(mica) 一種具片狀結晶構造之含水含鋁的矽酸鹽類礦物。有一個方向具有極完整的解理面,外表呈薄片狀。常見的有黑雲母(biotite)及白雲母(muscovite)兩種。黑雲母爲一種鐵鎂矽酸鹽類造岩礦物,化學成分爲$K(Mg, Fe^{2+})_3(Al, Fe^{3+})Si_3O_{10}(OH)_2$,其結晶構造爲矽氧四面體彼此環繞反覆聯結而成之片狀,各相鄰之四面體片則以鐵、鎂、鉀離子聯結。多爲黑褐色或黑綠色,比重2.8~3.2,硬度爲2.5~3.0。爲火成岩及變質岩的重要造岩礦物,亦爲沉積岩的常見礦物。白雲母爲矽酸鹽類造岩礦物之一,化學成分爲 $KAl_3Si_3O_{10}(OH)_2$,結晶構造及物理性質均與黑雲母類似。顏色為淡綠、淡黃或灰白。易剝離，是良好的絕熱絕緣體。

8【雲門】ㄩㄣˊ ㄇㄣˊ
①‘黃帝’樂舞名。也稱“雲門大卷”。卷者，卷聚之意。取義德澤如雲，廣被一切，故名。‘周代’取之為六樂之一，用來祭祀天神。②(864～949)五代‘南漢’高僧。即‘文偃禪師’。‘嘉興’(今‘浙江’‘嘉興’)人，俗姓‘張’。創禪宗五家中的雲門宗。因其長住‘韶州’(在今‘廣東’‘曲江’)‘雲門山’，故稱‘雲門禪師’。

10【雲海】ㄩㄣˊ ㄏㄞˇ
①指綿亙厚積的雲層。從高處俯視，蒼茫、浩渺宛如大海，故稱。②指蒼茫空闊，海天遙接處。

【雲孫】ㄩㄣˊ ㄙㄨㄣ
①從自身算起第九代孫。②泛指遠孫。

11【雲梯】ㄩㄣˊ ㄊㄧ
古代用來攻城或窺望敵方的高梯。今指裝在消防車上，可以升降的消防器具。

12【雲集】ㄩㄣˊ ㄐㄧˊ
形容人眾聚集之盛。

13【雲遊】ㄩㄣˊ ㄧㄡˊ
①雲霧飄遊。②指僧道遨遊四方，行跡不定。

【雲煙】ㄩㄣˊ ㄧㄢ
也作雲烟。①雲氣和煙霧。②雲端；高處。③比喻眾多。

14【雲漢】ㄩㄣˊ ㄏㄢˋ
①天河。②即雲霄。

15【雲霄】ㄩㄣˊ ㄒㄧㄠ
天空；高空。

【雲篆】ㄩㄣˊ ㄓㄨㄢˋ
道教使用的一種文字。字體似篆而筆畫多曲疊。相傳由天空雲氣轉化而成，故名。後用以書寫符籙，謂可遣神役鬼和治病。

16【雲霓】ㄩㄣˊ ㄋㄧˊ
①雲和霓虹。其乃下雨的徵象，為大旱時人們所企盼，故用以比喻人所渴望的事物。②指高空。

【雲髻】ㄩㄣˊ ㄐㄧˋ
形容婦女髮髻濃密。

【雲錦】ㄩㄣˊ ㄐㄧㄣˇ
我國傳統絲織品之一。錦紋瑰麗有如雲彩，故名。始於‘南北朝’，盛於‘明’、‘清’。用緞紋提花紡織。圖案布局嚴謹，富有裝飾性，多以金線顯花或絞邊。

23【雲鬟】ㄩㄣˊ ㄏㄨㄢˊ
即雲髻。

24【雲鬢】ㄩㄣˊ ㄅㄧㄣˋ
形容女子鬢髮秀美烏黑。

27【雲鑼】ㄩㄣˊ ㄌㄨㄛˊ
打擊樂器。也稱雲璈、九雲鑼、九音鑼。通常以大小相同而厚薄不同的十面小銅鑼，分三層編懸在一個有方格的木架上，用小木槌擊奏，每一銅鑼的音高不一。亦有用十三面、十五面、二十面或二十四面者。

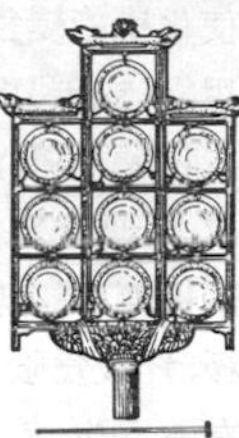
雲鑼圖

9【雲南省】ㄩㄣˊ ㄋㄢˊ ㄕㄥˇ
位於我國西南邊境。簡稱‘滇’。境內東部為高度2,000公尺左右的高原，壩子為精華所在；西部為山河相間，高山、深谷縱列區，富森林、水力資源。因與‘越’、‘寮’、‘緬’、‘印’四國接壤，國界長達2,000公里，並有公路或鐵路通往‘越’、‘緬’、‘印’三國，為我國西南門戶及國防要區。省會‘昆明’。

19【雲霧室】ㄩㄣˊ ㄨˋ ㄕˋ
(cloud chamber)一種偵測α粒子放射線的裝置。乃一有透明窗的密閉盒，內裝氣體(空氣、氮氣等)及飽和水蒸氣(或其他容易液化的飽和蒸氣，如酒精、乙醚蒸氣等)，透過活塞膨脹或減溫過程可使水蒸氣變成過飽和，此時如果有α粒子射過，在α粒子行進的路徑上會游離盒內的氣體使之變成游離子，由於過飽和的水蒸氣乃以游離子為中心凝成白霧狀小水滴，因此可看到α粒子所產生的白霧狀軌跡，根據軌跡可量出α粒子的射程，由氣體的種類及射程可推知α粒子的動能。

8【雲泥殊路】ㄩㄣˊ ㄋㄧˊ ㄕㄨ ㄌㄨˋ
比喻地位懸殊。

【雲雨巫山】ㄩㄣˊ ㄩˇ ㄨ ㄕㄢ
同巫山雲雨。

【雲岡石窟】ㄩㄣˊ ㄍㄤ ㄕˊ ㄎㄨ
位於‘山西省’‘大同市’西郊‘武州山’南麓。石窟依山開鑿，東西綿延一公里，現存主要洞窟有五十三個，大多是‘北魏’‘文成帝’‘和平’年間到‘孝文帝’‘太和’十八年(494)之前的二十多年間開鑿的，其石窟形制、造像內容、樣式的發展有其時代特色。

9【雲南回變】ㄩㄣˊ ㄋㄢˊ ㄏㄨㄟˊ ㄅㄧㄢˋ
‘清代’‘回’民文化程度高，民族及宗教意識強，與‘漢’民時起衝突。‘文宗’‘咸豐’五年(1855)，‘雲南’‘回’民與‘漢’民互相輕侮仇殺，‘回’首‘杜文秀’占據‘大理’稱號建制，奄有‘雲南’大半；‘馬如龍’據有‘昆明’附近州縣。‘咸豐’十一年，‘馬’受撫降‘清’，與巡撫‘岑毓英’共剿‘杜文秀’，‘同治’十二年(1873)‘杜’自盡，‘回’變遂平。

【雲英未嫁】ㄩㄣˊ ㄧㄥ ㄨㄟˋ ㄐㄧㄚˋ
比喻女子尚未出嫁。‘雲英’，‘唐’‘鍾陵’名妓的名字。

10【雲消霧散】ㄩㄣˊ ㄒㄧㄠ ㄨˋ ㄙㄢˋ
①雲氣和煙霧都消散。②比喻疑團、怨氣、愁苦等都解除消散。

【雲笈七籤】ㄩㄣˊ ㄐㄧˊ ㄑㄧ ㄑㄧㄢ
‘北宋’‘張君房’編輯，一百二十二卷。道教稱書箱為雲笈，分為三洞(“洞眞”、“洞玄”、“洞神”)和四輔(“太玄”、“太平”、“太清”、“正一”)，而總稱七籤，故名。內容包括經教宗旨、仙眞位籍、齋戒、服食、煉氣、內外丹、方術乃至詩歌、傳記等。本書不僅集'北宋'以前"道藏"主要內容的大成,而且保存了不少已失傳的道教經籍片段,是研究道教的重要資料。

16【雲霓之望】 ㄩㄣˊ ㄋㄧˊ ㄓ ㄨㄤˋ
指殷切的期望。

【雲興霞蔚】 ㄩㄣˊ ㄒㄧㄥ ㄒㄧㄚˊ ㄨㄟˋ
也作雲蒸霞蔚。①雲霧彩霞升騰聚集的樣子。②比喻景物繁盛。③比喻人才盛多。

19【雲譎波詭】 ㄩㄣˊ ㄐㄩㄝˊ ㄅㄛ ㄍㄨㄟˇ
比喻事物變化多端,不可預測。

雰 ㄈㄣ *fên*¹ 音芬
霧氣。同氛。見"玉篇"。

12【雰雱】 ㄈㄣ ㄈㄤ
下雪的樣子。

5

雺 ㊀ ㄨˋ *wu*⁴ 音務
接近地面之空氣中的水蒸氣,遇冷而凝結成的小水滴。本作霚,俗作霧。見"說文"。
㊁ ㄇㄥˊ *mêng*² 音蒙
浮於天上昏蒙的霧氣。通霿。見"說文·霿·段注"。

電 ㄉㄧㄢˋ *tien*⁴ 音殿
①空中帶電之雲放電時所發出的光。②能的一種形式。可與光能、熱能、化學能、機械能等互換。靜電可由摩擦產生,分正電及負電兩種,同種的電相斥,異種的電相吸。電可由高電位經由導體流到低電位處,此種流動稱為電流。③電報的簡稱。如:賀電。

3【電子】 ㄉㄧㄢˋ ㄗˇ
(electron) 西元1897年'英國'科學家'湯木生'(J. J. Thomson)研究陰極射線,發現其爲帶負電的粒子所組成,此粒子即爲電子。電子的電荷爲 -1.6×10^{-19} 庫侖,質量爲 9.11×10^{-31} 公斤。電子的大小迄未精確量出,但透過實驗知其半徑不會大於 10^{-16} 公尺。電子有自旋角動量 $1/2\hbar$,磁矩 $9.273\times10^{-24}\,J/T$。原子乃由原子核及核外的電子所組成,電子的數目與核內質子數相同,決定了原子的化學性質,此數目稱爲原子的原子序。放射線中的 β 粒子即爲高速的電子。

4【電木】 ㄉㄧㄢˋ ㄇㄨˋ
(bakelite) 即酚甲醛樹脂。爲酚和甲醛經縮合反應而形成的塑膠,比重 1.3~1.4。品質堅固光滑,耐酸鹼之侵蝕,電絕緣性良好,廣用於電氣及裝飾工業上。

6【電池】 ㄉㄧㄢˋ ㄔˊ
(cell) 或稱電瓶。利用化學作用,使化學能變爲電能的裝置。大都用銅(或碳)板及鋅板浸在一種或二種的化學溶液中(如硫酸)而成。若以導線連兩板,則有電流由銅板經導線流向鋅板;銅板爲陽極,鋅板爲陰極。由於用途不同,有蓄電池、乾電池等多種。

7【電抗】 ㄉㄧㄢˋ ㄎㄤˋ
(reactance) 交流電路中,阻礙電流通過的物理量。符號爲 X,單位爲歐姆。可分爲由電容器所產生的容抗 (X_C) 及由電感器所產生的感抗 (X_L) 兩種,其中容抗隨頻率的增加而減少,感抗則隨頻率的增加而上升。

【電位】 ㄉㄢˋ ㄨㄟˋ
(electric potential) 將電量爲 q 的測試正電荷,自距無窮遠處(無電場存在)移至電場內一點,則對電荷所作的功,轉變爲電位能 U 而存儲於電荷上。如測試電量爲單位正電荷,則所作功之大小,爲該點的電位。即電位 (V) 是單位正電量 (q) 在該位置所具的電位能 (U),表爲 $V=\dfrac{U}{q}$,電位的實用單位爲焦耳/庫侖,稱爲伏特。在點電荷 Q 所建立的電場中,任一點之電位可由'庫侖'定律求得,表爲 $V(r)=k\dfrac{Q}{r}$,式中 r 表示自該點至電荷 Q 的距離,k 爲比例常數。若 Q 爲正電荷,則該點的電位爲正電位;反之則爲負電位。此處之正、負電位,係以無窮遠處之電位做爲參考零電位所決定的。一般應用上常以地球爲參考零電位,因此所說的電位即是對地而言。

8【電刷】 ㄉㄧㄢˋ ㄕㄨㄚ
(brush) 電動機中連接電源和換向器的導體。通常以炭或石墨爲材料。

【電阻】 ㄉㄧㄢˋ ㄗㄨˇ
(resistance) 電荷在導體中流動時,導體有阻止其流動的趨勢出現,此即爲電阻。'德國'物理學家'歐姆'(G. S. Ohm)發現導體中流動的電流 I,成比例於導體兩端的電位差 V,寫成等式有 $V=RI$,式中比例常數 R,便是導體的電阻。若電位爲伏特,電流爲安培,則電阻的單位爲伏特/安培,稱爲歐姆,記爲 Ω。由實驗得知,導體的電阻 R 與其長度 L 成正比,而與截面積 A 成反比,有 $R=\rho\dfrac{L}{A}$ 的關係式,式中比例常數 ρ 稱爲電阻係數,用於代表物體導電的性質。

9【電流】 ㄉㄧㄢˋ ㄌㄧㄡˊ
(current) 任何區域若有電荷淨流通時,就稱有電流通過該面積。基本單位爲安培,即1秒鐘內流過1庫侖(等於 6.25×10^{18} 個電子)的電荷。

【電洞】 ㄉㄧㄢˋ ㄉㄨㄥˋ
(hole) 矽或鍺晶體內的原子間共價鍵的結合,在低溫下很穩定;但溫度昇高時,有少數鍵上的價電子,由於有較激烈的熱運動而得以掙脫束縛,形成自由電子。電子脫離後,在原來的價鍵上留下的空位,稱爲電洞。電洞的形成,有助於附近原子的價電子的轉移而形成導電的狀態。又電洞是由於電子的脫離而顯示帶正電,故電子移來填補電洞的位置,如同荷正電的電洞移去一樣,形成導電的電流。如在純半導體中，滲入少數的3A族元素，可製造產生更多的電洞，以利導電。

10【電容】ㄉㄧㄢˋ ㄖㄨㄥˊ

(capacitance) 任何兩導體用絕緣體隔開，即可形成一電容器。當電容器的一導體帶有正電荷Q時，另一導體帶有電荷$-Q$，我們稱此電容器儲存有電荷Q，此時兩導體間會產生電位差V，Q與V成正比，Q與V的比值即定義爲此電容器的電容，以符號C表之，則$C=\frac{Q}{V}$。電容的單位爲法拉，記爲F。由於法拉的電容太大，實用上常取其一百萬分之一作爲單位，稱爲微法拉，記爲μF，即$1\mu F=10^{-6}F$。

【電訊】ㄉㄧㄢˋ ㄒㄩㄣˋ

利用電波電流的通訊方式。

【電能】ㄉㄧㄢˋ ㄋㄥˊ

(electric energy) 電量Q自高電位流經電位差(或電壓)V達一較低電位處時，可釋放出能量而轉變爲其他形式的能量，此由電荷流動所釋出的能量便是電能E，而E(焦耳)=(庫侖)×V(伏特)。實際上電荷所具有的電能，是由於在電場中移動電荷時對其作功成爲電位能的形式儲存起來，或由其他形式的能量轉變而來的(如電池)。當電流一定時，因電流$I=\frac{Q}{t}$，故上式可寫成$E=V$(伏特)$\times I$(安培)$\times t$(秒)。一般家庭用電，以度爲準，1度爲1千瓦小時，爲電功率1千瓦的電器在1小時內所消耗的電能。即1度=1000焦耳/秒×3600秒$=3.6\times10^{6}$焦耳。

【電納】ㄉㄧㄢˋ ㄋㄚˋ

(susceptance) 導納的虛數部分。即電抗的倒數。

11【電瓶】ㄉㄧㄢˋ ㄆㄧㄥˊ

(battery) 將電能與化學能互相轉換，具有充、放電功能的容器。

【電荷】ㄉㄧㄢˋ ㄏㄜˊ

(electric charge) 電的最小單位。其值爲1.6×10^{-19}庫侖。

12【電場】ㄉㄧㄢˋ ㄔㄤˇ

(electric field) 當物體荷電時，會使其周圍的空間產生一種特殊的性質—電場，而往四周傳開。一旦有另一電荷置入其所建立之此電場空間時，其彼此間就會有靜電力的作用產生。

13【電源】ㄉㄧㄢˋ ㄩㄢˊ

(source) 指可提供電能的設備。

【電匯】ㄉㄧㄢˋ ㄏㄨㄟˋ

(telegraphic transfer; T/T) 以電報委託通匯銀行付款給收款人的匯兌方法。即由匯款人填具匯款申請書，註明收款人姓名、地址，連同匯款金額及匯費一併繳付匯款銀行，匯款銀行即以電報通知收款人所在地通匯銀行，請其轉知收款人領款。

【電極】ㄉㄧㄢˋ ㄐㄧˊ

(electrode) 在電化學電池或電解槽中發生氧化或還原反應的導體。

【電感】ㄉㄧㄢˋ ㄍㄢˇ

(inductance) 因電流所產生之磁特性導致反抗電流變化的特性。當電路裡的電流改變時，隨伴所生的磁場也會改變，此時將會在導體裡感應出電動勢，而此一電動勢的方向就是反對電流的變化。電感的單位爲亨利(H)。

【電路】ㄉㄧㄢˋ ㄌㄨˋ

(circuit) 討論一電系統時，將實際電器用數學模型代表，而此代表電器之模型即爲電路或網路(network)。本爲一抽象概念，現亦有實體稱爲電路者，如印刷電路、積體電路等。

【電腦】ㄉㄧㄢˋ ㄋㄠˇ

(computer) 又稱計算機或電子計算機。可依照既定之指令執行算術或邏輯運算等的裝置。基本構造爲中央處理單元、主記憶體及輸入與輸出裝置等。主要特徵爲：具有高速運算與處理的能力；可儲存大量的資料；可依照預先儲存的指令順序執行運算處理等工作。

【電解】ㄉㄧㄢˋ ㄐㄧㄝˇ

(electrolysis) 通電流於電解質水溶液或熔化的電解質，使在兩電極上發生氧化還原反應，而將物質分解的過程。例如電解熔融的氯化鈉時，在陰極得到鈉，在陽極上則產生氯氣。

15【電樞】ㄉㄧㄢˋ ㄕㄨ

(armature) 電機裝置裡的可動部分。例如發電機或電動機裡的轉子、繼電器的可動部分、電鈴或蜂鳴器的振簧部分。

【電影】ㄉㄧㄢˋ ㄧㄥˇ

(movie) 用照相術連續攝取景物及動作，以一定的速度用強烈的弧光放映在銀幕上，觀覽者因視覺暫留的印象，而有與實物動作相等的感覺。發明於西元十九世紀末，至二十世紀二十年代始出現有聲電影，繼而出現彩色電影。電影爲一綜合藝術，具多方面功能，對人類生活與文明影響甚鉅。至電視發明後，其勢稍衰，但仍爲一重要的藝術與傳播媒體。

【電漿】ㄉㄧㄢˋ ㄐㄧㄤ

(plasma) 又稱爲物質的第四態。一種高溫離子化荷電氣體，含陽離子、陰電子及中性原子或分子。存在於星際太空中及行星大氣外層的物質均呈電漿狀態，例如地球大氣層外圍的電離層，及閃電造成的離子化氣體，均爲電漿。由於電離層能反射無線電波，故對無線電通訊大有助益。

16【電導】ㄉㄧㄢˋ ㄉㄠˇ

(conductancc) 電路元件通過電流(I)與其兩端點間的電壓(V)之比。符號爲G，即$G=\frac{I}{V}$。電導乃材料導電性能是否優良之尺度。

17【電擊】ㄉㄧㄢˋ ㄐㄧˊ

雷電的震撃。形容威勢的猛烈。

【電壓】 ㄉㄧㄢˋ ㄧㄚ
(voltage) 當電流在電路中流動時,電阻兩端間的電位差。

【電鍍】 ㄉㄧㄢˋ ㄉㄨˋ
(electroplating) 將具有光澤及抗蝕性的金屬鍍於工件表面,以防止氧化腐蝕並增加美觀的加工處理。其原理係將工件置於電解液中接於陰極,電鍍的金屬材料接於陽極,通入 6~24 伏特的直流電,則電解液中的金屬離子即積集於陰極,損失的金屬離子則由陽極補充。

19【電離】 ㄉㄧㄢˋ ㄌㄧˊ
(ionization) 電解質於溶液中解離爲帶電之原子或原子團的現象。此時溶液中仍維持電中性。

27【電纜】 ㄉㄧㄢˋ ㄌㄢˇ
(cable) 一條或多條導體的組合。可傳送電子訊號,其外圍包有保護層,作絕緣之用。

4【電化學】 ㄉㄧㄢˋ ㄏㄨㄚˋ ㄒㄩㄝˊ
(electrochemistry) 研究因電流而引起化學反應的科學。包括電解、氣體反應所生的電光或電弧。最重要者爲電解,可應用於金屬的精煉及電鍍工業。

5【電功率】 ㄉㄧㄢˋ ㄍㄨㄥ ㄌㄩˋ
(electric power) 電流通過導線時,會釋放電能而轉變爲其他形式的能輸出。每秒輸出的能,便是電功率P。如單純以熱能的形式輸出,電功率可依'焦耳'定律求得:$P=\frac{U}{t}=I^2R=IV=\frac{V^2}{R}$。若電流、電壓、電阻所使用的單位分別爲安培、伏特、歐姆,則電功率的單位爲瓦特。1 瓦特=1焦耳/秒。

6【電池組】 ㄉㄧㄢˋ ㄔˊ ㄗㄨˇ
(battery) 由兩個或多個電池單元組成的電源。可將化學能、日光能或熱能轉換成電能。

7【電位計】 ㄉㄧㄢˋ ㄨㄟˋ ㄐㄧˋ
(potentiometer) 將機械位移輸入變換爲電氣式之輸出的裝置。

【電位差】 ㄉㄧㄢˋ ㄨㄟˋ ㄔㄚ
(electric potential difference; potential difference) 在靜電場中,將單位正電荷自電位爲V_A的A點移至電位爲V_B的B點時,外力對電荷所作的功,稱爲BA兩點間的電位差,記爲V_{BA},此值等於B點的電位減去A點的電位,即$V_{BA}=V_B-V_A$。電位差又簡稱電壓,其單位與電位單位相同,爲伏特,1 伏特=1 焦耳/庫侖。導體中若有電位差存在,可使正電荷自高電位往低電位流動,而形成電流。

8【電阻箱】 ㄉㄧㄢˋ ㄗㄨˇ ㄒㄧㄤ
(resistance box) 一種電阻器的組合。通常以旋轉式開關來改變其電阻值。

【電阻器】 ㄉㄧㄢˋ ㄗㄨˇ ㄑㄧˋ
(resistor) 具特(固)定電阻值之材料所製成的元件。在電路中可用以控制電流、調整電壓或發熱。

9【電流源】 ㄉㄧㄢˋ ㄌㄧㄡˊ ㄩㄢˊ
(current source) 以產生電流爲主要目的的電源。

【電信局】 ㄉㄧㄢˋ ㄒㄧㄣˋ ㄐㄩˊ
辦理電報、電話業務的機構。隸屬'交通部'。

10【電容器】 ㄉㄧㄢˋ ㄖㄨㄥˊ ㄑㄧˋ
(capacitor) 電路的基本零組件之一。由兩導電極板之間夾一具有高絕緣性、高介質係數的物質所構成。可用於調諧、耦合、旁路、定時等。

【電浮標】 ㄉㄧㄢˋ ㄈㄨˊ ㄅㄧㄠ
(radio buoy) 鮪釣漁船作業當中,結附於延繩釣具上,可發射電波,指示漁具漂流狀態的一種浮標。其頂端結附一發亮燈泡,可用於夜間作業。

【電氣化】 ㄉㄧㄢˋ ㄑㄧˋ ㄏㄨㄚˋ
指鐵路交通、工農業生產或日常生活的普遍應用電力。

11【電通量】 ㄉㄧㄢˋ ㄊㄨㄥ ㄌㄧㄤˋ
(electric flux) 表示通過已知面積之電場數量。如對均勻的電場而言,電通量Φ_E等於電場所通過之面積A與電場強度垂直於面積的分量$E_\perp$的乘積。即$\Phi_E=E_\perp\cdot A$。電通量的單位爲$\frac{伏特}{公尺}\times$公尺^2=伏特×公尺。

【電動勢】 ㄉㄧㄢˋ ㄉㄨㄥˋ ㄕˋ
(electromotive force; emf) 電池的內部因化學反應的作用,使得兩電極形成不同的電位,一帶正電,稱爲正極;另一極帶負電,爲負極。一單位的正電荷,由負極經由電池內部電路移向正極時所獲得的能量,稱爲電池的電動勢。常以符號ε表之。此能量是由於電池內部的化學作用,將化學能轉換爲電能,對電荷作功的結果;其大小,除了與兩電極所使用的金屬材料有關外,也與溶液的性質有關。此外,在發電機中,由於發電機的轉動及電磁感應的作用,也可使發電機線圈中的電荷獲得能量,而有一電動勢出現於發電機的正負兩極間。發電機的電動勢成比例於線圈總圈數N、線圈面積A、磁場強度B及轉動角速度ω,對於交流發電機有如下結果:$\varepsilon=NB\omega A\sin\omega t$。電動勢的單位與電位差一樣,爲伏特,1 伏特=1焦耳/庫侖。

【電動機】 ㄉㄧㄢˋ ㄉㄨㄥˋ ㄐㄧ
(motor) 可將電能轉變成機械能的設備。俗稱馬達。按照電源的不同,有直流電動機和交流電動機兩種,前者轉速之可調範圍大;後者轉速幾乎爲定值。

12【電晶體】 ㄉㄧㄢˋ ㄐㄧㄥ ㄊㄧˇ
(transistor)大致可分爲接面電晶體(BJT)與場效電晶體(FET)兩種。接面電晶體有N—P—N型或P—N—P型,如圖所示,中間的半導體稱爲基極(base, 記爲B),箭矢的一端,稱爲射極(emitter, 記爲E),另一極稱爲集極(col-

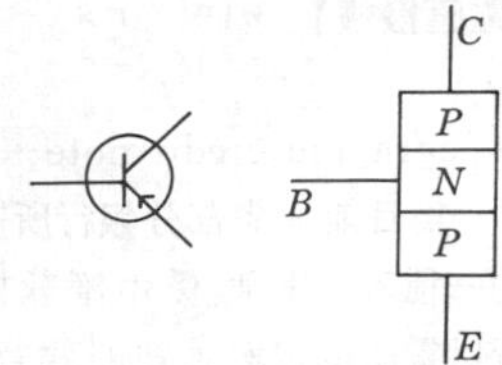

P-N-P型電晶體圖

lector,記爲C),主要用作放大器與切換開關。場效電晶體比接面電晶體容易製造,且可供作電阻或電容器使用,而成爲超大型積體電路之主要元件。

13【電源線】ㄉㄧㄢˋ ㄩㄢˊ ㄒㄧㄢˋ (power line)將電能由某一處傳送到另一處的導線。

【電感器】ㄉㄧㄢˋ ㄍㄢˇ ㄑㄧˋ (inductor)主要特徵爲電感性的元件。可儲存能量於本身的磁場中,通常以導線繞成螺管狀或線圈製成。

【電解槽】ㄉㄧㄢˋ ㄐㄧㄝˇ ㄘㄠˊ (electrolytic cell) 其構造與電池相同。主要由電極與電解質組成,唯其中化學反應的發生需藉外加電壓輸入電能始能進行。依其操作原理,可分爲陰極電解操作與陽極電解操作,前者包括電鍍、電解精煉等;後者包括陽極氣體如氯氣之產生、電解磨光等。

【電解質】ㄉㄧㄢˋ ㄐㄧㄝˇ ㄓˋ (electrolyte)1一種因化學反應而能產生電流的物質。2在電池、蓄電池及電解電容器之間的傳導性膠狀介質。3可溶解在適當的液體中以分解成離子,因而使此液體能導電的物質。

14【電磁波】ㄉㄧㄢˋ ㄘˊ ㄅㄛ (electromagnetic wave) 當有電量在一導線兩端間來回振動,空間的電場與磁場會產生交互變化,而逐次地以波動方式往四周傳播,此種輻射能即稱爲電磁波。電磁波爲一種橫波,其電場與磁場的振動方向互相垂直,且兩者又與電磁波的進行方向垂直。'馬克斯威'(J. C. Maxwell)由理論推得,電磁波在眞空中的傳播速度等於光速,即$v=3\times10^8$公尺/秒。今經科學家研究證實,光波、無線電波、微波、紅外光、紫外光、X-射線、r-射線等均屬於電磁波,頻率f與波長λ各自不同,但其傳播速度皆等於光速c,有$c=f\cdot\lambda$的關係式。

【電磁鐵】ㄉㄧㄢˋ ㄘˊ ㄊㄧㄝˇ (electromagnet) 由螺管及鐵芯所組成的暫時性磁鐵。只有當電流通過螺管時才有磁場的存在。

16【電器婚】ㄉㄧㄢˋ ㄑㄧˋ ㄏㄨㄣ 西俗稱結婚八週年。

17【電療法】ㄉㄧㄢˋ ㄌㄧㄠˊ ㄈㄚˇ (electrocauterization)即電燒療法。以電燒器將電流通入人體,由於病人體內組織之電阻而使電療處溫度大幅增高,遂可切斷組織或殺死組織的壞細胞,達到治療的效果。俗稱放射線治療法爲電療法治療,則不太恰當。

【電鍍液】ㄉㄧㄢˋ ㄉㄨˋ ㄧㄝˋ (electroplating solution) 電鍍時,須以欲鍍金屬的鹽類水溶液置於電鍍槽中,當通以電流時,則電鍍液中的金屬離子,將在陰極還原而逐漸覆蓋在被鍍物表面,此鹽類水溶液稱爲電渡液。

19【電離層】ㄉㄧㄢˋ ㄌㄧˊ ㄘㄥˊ (ionosphere)由電離(即離子化)之空氣質點所組成的大氣外層。包括約自離地面30哩之高度開始至300哩以上高度的空間。其高度隨季節及晝夜而不同,可反射極高頻率的無線電波至地面,溫度可高達數千度。

2【電力機車】ㄉㄧㄢˋ ㄌㄧˋ ㄐㄧ ㄔㄜ (electric locomotive)以軌道上架空電線或軌道旁第三軌條供應電流,並導入牽引馬達,使之帶動機車動輪的動力車。

3【電子自旋】ㄉㄧㄢˋ ㄗˇ ㄗˋ ㄒㄩㄢˊ (electron spin) 西元1925年'荷蘭'人'烏侖貝克'(G. Uhlenbeck)和'高斯密特'(S. Goudsmit)爲解釋光譜線的精細結構,認爲電子具有內秉角動量(intrinsic angular momentum)及伴隨之磁矩。此內秉角動量就是電子自旋角動量,大小爲$1/2\hbar$($\hbar$='蒲朗克'常數$/2\pi$),或稱電子自旋爲1/2。按原發現者的觀點,電子自旋有如陀螺繞其軸自旋一般;實驗證據則僅知其具有角動量磁矩及由此所產生的現象。

【電子伏特】ㄉㄧㄢˋ ㄗˇ ㄈㄨˊ ㄊㄜˋ (electron volt) 代號eV。度量衡單位。1電子伏特爲電子在眞空通過1伏特之電位差所獲得的動能。

【電子軌域】ㄉㄧㄢˋ ㄗˇ ㄍㄨㄟˇ ㄩˋ (electron orbital)電子在原子中出現的區域。通常以1、2、3、……等整數來表示軌域能階的次序,而每一能階又可能有一些副層軌域,分別用s、p、d、f、……等符號表示。

6【電光石火】ㄉㄧㄢˋ ㄍㄨㄤ ㄕˊ ㄏㄨㄛˇ 閃電所放的光和打火石所發的火。比喻短暫或迅速。

8【電弧切割】ㄉㄧㄢˋ ㄏㄨˊ ㄑㄧㄝ ㄍㄜ (arc cutting; AC) 利用電極與母材間產生的電弧熱,熔化金屬的切割部位,再將熔融金屬吹離母材的切割方法。常見的電弧切割法有碳棒電弧切割法、金屬電弧切割、鈍氣鎢極切割法、鈍氣金屬切割法、電漿切割法、空氣碳棒切割法。

【電阻材料】ㄉㄧㄢˋ ㄗㄨˇ ㄘㄞˊ ㄌㄧㄠˋ (resistance material) 單位長度或體積裡具有較高電阻係數而可用以製造電阻器的材料。

【電阻係數】ㄉㄧㄢˋ ㄗㄨˇ ㄒㄧˋ ㄕㄨˋ (resistivity) 一般導體的電阻R,與其長度L成正比,而與截面積

A成反比，有$R=\rho\frac{L}{A}$ 的關係式。式中比例常數ρ爲代表物質導電性質的常數，稱爲電阻係數，單位爲歐姆一公尺。電阻係數甚小者爲良導體，甚大者爲絕緣體。

【電阻損失】ㄉㄧㄢˋ ㄗㄨˇ ㄙㄨㄣˇ ㄕ
(resistance loss) 當電流流過電阻體時所產生的功率損失。等於電阻與電流平方的乘積，即 $W=I^2R$。

9【電流效率】ㄉㄧㄢˋ ㄌㄧㄡˊ ㄒㄧㄠˋ ㄌㄩˋ
(current efficiency)電解時，可逆電化學反應下所需電流與實際所消耗總電流的百分比。

【電流密度】ㄉㄧㄢˋ ㄌㄧㄡˊ ㄇㄧˋ ㄉㄨˋ
(current density) 電極上每單位面積通過之電流。

【電流強度】ㄉㄧㄢˋ ㄌㄧㄡˊ ㄑㄧㄤˊ ㄉㄨˋ
(current strength) 每單位時間內通過電路任一截面的電量。簡稱電流。設在Δt時間內所流過的電量爲ΔQ，則電流強度$I=\Delta Q/\Delta t$。若電量的單位爲庫侖，則電流單位稱爲安培；1安培等於每秒流過的電量爲1庫侖；常以A或Amp符號表示。較小的單位有安培的千分之一的毫安培(mA)，或百萬分之一的微安培(μA)等。

【電流增益】ㄉㄧㄢˋ ㄌㄧㄡˊ ㄗㄥ ㄧˋ
(current gain) 對放大電路而言，其輸出電流(i_o)與輸入電流(i_i)的比值，稱爲電流放大率(A_i)，即 $A_i=\frac{i_o}{i_i}$；而將電流放大率以dB(分貝)表示，則稱爲電流增益。

10【電容耦合】ㄉㄧㄢˋ ㄖㄨㄥˊ ㄡˇ ㄏㄜˊ
(capacitance coupling; capacitive coupling)兩電路之間利用電容器作信號的耦合。

【電氣捕魚】ㄉㄧㄢˋ ㄑㄧˋ ㄅㄨˇ ㄩˊ
利用交流或直流電配合漁具，以捕撈水中魚類的方法。

12【電報交換】ㄉㄧㄢˋ ㄅㄠˋ ㄐㄧㄠ ㄏㄨㄢˋ
(teleprinter exchange; teletypewriter exchange; telex)貿易商爲了節省時間與費用，免除前往電信局拍發電報的麻煩，可在自己辦公室裡利用預先裝設的電傳打字機和國外裝有同樣設備的客戶直接交換信息，此即電報交換。需要利用電報交換的用戶，須事先向國際電信局申請裝設電報交換機及專線一對，由國際電信局列入電報交換用戶，並編列呼叫號碼(猶如電話簿)；另由用戶選定3~8個'英'文字母當作回呼電碼。呼叫號碼及回呼電碼列入國際電報交換號碼簿後，就可經掛號手續正式使用。其優點爲：一、雙方通訊內容均可自動記錄；二、可以打字方式和對方直接交談，猶如電話；三、如電傳打字機無人看管時，也可自動收錄電文，對於時差較大的國際通訊，尤屬便利；四、按通訊時間計費，較普通電報按字計費者，低廉甚多；五、通訊文體自由，明語、密語、簡體字均可使用；六、可在自己的辦公室直接收發。

【電報求償】ㄉㄧㄢˋ ㄅㄠˋ ㄑㄧㄡˊ ㄔㄤˊ
(telegraphic transfer reimbursement; T/T reimbursement; cable reimbursement) 指在償還信用狀下，承兌銀行、付款銀行或押匯銀行於付(墊)款後，以電報向償付銀行請求歸還其所付(墊)之款的求償方法。

【電場強度】ㄉㄧㄢˋ ㄔㄤˇ ㄑㄧㄤˊ ㄉㄨˋ
(electric field strength) 單位正電荷在電場內某點所受之力。

13【電源阻抗】ㄉㄧㄢˋ ㄩㄢˊ ㄗㄨˇ ㄎㄤˋ
(source impedance) 由電源輸入端看入所得的阻抗值。

【電匯撥帳】ㄉㄧㄢˋ ㄏㄨㄟˋ ㄅㄛ ㄓㄤˋ
(telegraphic credit note; TC/N) 爲目前本省部分銀行所辦理的一種入戶電匯。係由匯款匯出行以電話或電報通知解款行，將匯款撥入收款人存款帳內，然後按一般存款的取款手續提款，因此收款人必須於解款行設有存款帳戶。電匯撥帳具有迅速、簡便、安全等優點，爲一般工商企業及社會大眾所樂於採用。

【電腦系統】ㄉㄧㄢˋ ㄋㄠˇ ㄒㄧˋ ㄊㄨㄥˇ
(computer system)一電腦所包括的硬體設備與所執行的軟體程式等，合稱爲電腦系統。

【電腦指令】ㄉㄧㄢˋ ㄋㄠˇ ㄓˇ ㄌㄧㄥˋ
(computer instruction)可以被一電腦的中央處理機所辨認，並據以執行特定運算或處理的數元串列。

【電腦排版】ㄉㄧㄢˋ ㄋㄠˇ ㄆㄞˊ ㄅㄢˇ
利用電腦，按原稿以鍵盤輸入，並經編排、校對、改版，然後輸出，以供製作印刷版用的新式排版方法。較手工法便捷。

【電腦結構】ㄉㄧㄢˋ ㄋㄠˇ ㄐㄧㄝˊ ㄍㄡˋ
(computer architecture) 對於電腦系統各組成單元或裝置等之功能，與彼此間之相互關係的說明與描述，稱爲電腦結構。

【電腦圖學】ㄉㄧㄢˋ ㄋㄠˇ ㄊㄨˊ ㄒㄩㄝˊ
(computer graphics) 利用電腦處理圖形信號的科學。包括圖形資料或信號之輸入、輸出、轉換、顯示，以及圖形之識別、變換與處理等。

【電腦網路】ㄉㄧㄢˋ ㄋㄠˇ ㄨㄤˇ ㄌㄨˋ
(computer network) 以傳輸資料或訊息及資源共享爲目的，將兩個或多個電腦系統經由資料通信線路相互連接而成的系統。

【電腦繪圖】ㄉㄧㄢˋ ㄋㄠˇ ㄏㄨㄟˋ ㄊㄨˊ

(computer graphics) 利用電腦繪圖的一種美術。可將圖形放大、旋轉等,繪製人工不易描繪的各種具象與抽象的圖形。

【電解加工】ㄉㄧㄢˋ ㄐㄧㄝˇ ㄐㄧㄚ ㄍㄨㄥ

(electrolytic machining) 電極與工件在非接觸的狀態下,受到電解作用,將陽極下的工件溶出而得到所需形狀的加工方式。主要用於開孔、雕模等。

【電傳通信】ㄉㄧㄢˋ ㄔㄨㄢˊ ㄊㄨㄥ ㄒㄧㄣˋ

(telecommunication)利用電報或電話等方式所作的遠距離通信。

【電傳處理】ㄉㄧㄢˋ ㄔㄨㄢˊ ㄔㄨˇ ㄌㄧˇ

(teleprocessing) 使用電傳通信的方式,將作業由遠距離之終端設備輸入電腦主機進行處理的作業處理方式。

【電傳照片】ㄉㄧㄢˋ ㄔㄨㄢˊ ㄓㄠˋ ㄆㄧㄢˋ

(wirephoto) 利用無線電快速傳送新聞照片。此是'美國電話電報公司'於西元 1924 年試驗成功的傳播科技。目前,'合眾國際社'等主要通訊社以電傳照片逐日供應各傳播媒體。

14【電臺呼號】ㄉㄧㄢˋ ㄊㄞˊ ㄏㄨ ㄏㄠˋ

(call letters) 簡稱臺號。係各該電臺所用頻率的國際統一名稱。廣播和電視臺爲使國內受眾易於辨認,可依法自訂呼號。在我國,呼號是'英'文字母與'阿拉伯'數字兩者的組合。如'中國廣播公司'的呼號是 BED34。

【電磁偏向】ㄉㄧㄢˋ ㄘˊ ㄆㄧㄢ ㄒㄧㄤˋ

(electromagnetic deflection)利用電磁場使電子前進方向偏轉。映像管頸部的周圍有兩對對稱的偏向線圈,由此二對線圈所產生之磁場可分別控制電子流的水平和垂直偏向。

【電磁感應】ㄉㄧㄢˋ ㄘˊ ㄍㄢˇ ㄧㄥˋ

(electromagnetic induction)當穿過線圈的磁通量改變時,線圈便會產生電壓。電壓值的大小,和磁通量的改變率成正比;電壓的方向(即正、負)則是抵消磁通的改變。這種由磁生電的現象,稱爲電磁感應。

【電磁耦合】ㄉㄧㄢˋ ㄘˊ ㄡˇ ㄏㄜˊ

(electromagnetic coupling) 兩條分離但相近的線路,因磁場作用而使對方產生感應電壓的現象。

16【電橋平衡】ㄉㄧㄢˋ ㄑㄧㄠˊ ㄆㄧㄥˊ ㄏㄥˊ

(bridge balance) 當電橋電路各分支達到某一定關係(通常是兩電橋比相等)時,流過與電橋相連接檢流計之電流爲零的情況。

17【電壓梯度】ㄉㄧㄢˋ ㄧㄚ ㄊㄧ ㄉㄨˋ

(voltage gradient) 沿著電阻器或其他導體路徑每單位長度的電壓變化量。

【電壓增益】ㄉㄧㄢˋ ㄧㄚ ㄗㄥ ㄧˋ

(voltage gain) 又稱電壓放大率。即輸出電壓與輸入電壓的比值,用 A_v 來表示。以射極接地電路爲例: $A_v=\frac{v_o}{v_i}=\frac{v_c}{v_b}=\frac{i_cR_L}{i_bR_i}$,其中 R_L 爲負載, R_i 爲輸入阻抗。射極接地及基極接地電路都有相當大的電壓增益。

【電壓額定】ㄉㄧㄢˋ ㄧㄚ ㄜˊ ㄉㄧㄥˋ

(voltage rating)電子元件工作時所允許的最高電壓。

19【電離常數】ㄉㄧㄢˋ ㄌㄧˊ ㄔㄤˊ ㄕㄨˋ

(ionization constant)一定溫度下,弱電解質於溶液電離達到平衡時的平衡常數。

3【電子電洞對】ㄉㄧㄢˋ ㄗˇ ㄉㄧㄢˋ ㄉㄨㄥˋ ㄉㄨㄟˋ

(electron-hole pair) 在半導體材料中,因能量被吸收而使晶格共價鍵斷裂,產生電子、電洞,因其乃成對出現,故稱電子電洞對。

8【電阻的串聯】ㄉㄧㄢˋ ㄗㄨˇ ˙ㄉㄜ ㄔㄨㄢˋ ㄌㄧㄢˊ

(resistor connected in series) 將各電阻順次聯結成一通路,稱爲串聯。電阻串聯時,代表整個

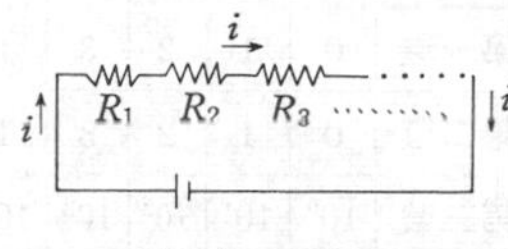

電阻的串聯圖

組合的等效電阻,稱爲總電阻。如以 R 表總電阻,則與各電阻間有如下關係: $R=R_1+R_2+R_3+\cdots\cdots=\sum_{i=1}^{n}R_i$。由此可知,電阻串聯後,其總電阻皆比任一電阻大。

【電阻的並聯】ㄉㄧㄢˋ ㄗㄨˇ ˙ㄉㄜ ㄅㄧㄥˋ ㄌㄧㄢˊ

(resistor connected in parallel) 將各電阻並排聯結,使成爲若干通路,稱爲並聯。電阻並聯時,代表整體組合的單一等效電阻,

電阻的並聯圖

稱爲並聯的總電阻或等效電阻。如以 R 表總電阻,則與各個電阻間有如下關係: $\frac{1}{R}=\frac{1}{R_1}+\frac{1}{R_2}+\frac{1}{R_3}+\cdots\cdots=\sum_{i=1}^{n}\frac{1}{R_i}$。由式子可知,電阻並聯後,其總電阻比任一電阻小。

【電阻器色碼】ㄉㄧㄢˋ ㄗㄨˇ ㄑㄧˋ ㄙㄜˋ ㄇㄚˇ

(resistor color code)一組由'電子工業協會'採用的色碼。可直接印在電阻器上以表示電阻器的阻值。如圖表所示(見次頁),第一色環表示第一位數,第二色環表示第二位數,第三色環表示倍數或冪次,而第四色環則表示其誤差量。

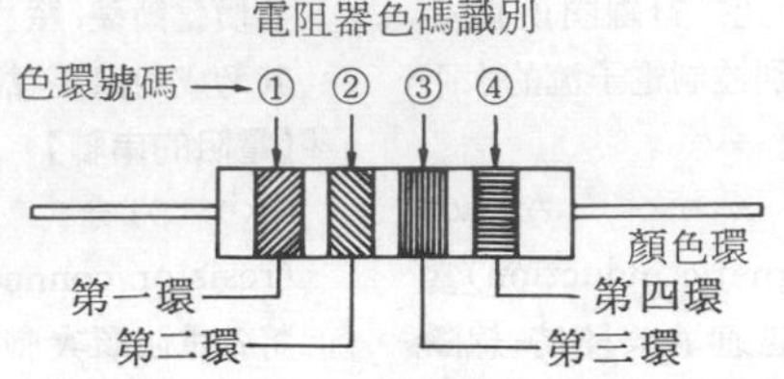

	黑	棕	紅	橙	黃	綠	藍	紫	灰	白	金	銀	無色
第一環	0	1	2	3	4	5	6	7	8	9			
第二環	0	1	2	3	4	5	6	7	8	9			
第三環	10^0	10^1	10^2	10^3	10^4	10^5	10^6	10^7	10^8	10^9	10^{-1}	10^{-2}	
第四環			2%								5%	10%	20%

色	第一色環（第一數字）	第二色環（第二數字）	第三色環（乘數）	第四色環（容許誤差）	色
黑	0	0	1		BLACK
棕	1	1	10^1 =10		BROWN
紅	2	2	10^2 =100		RED
橙	3	3	10^3 =1000		ORANGE
黃	4	4	10^4 =10000		YELLOW
綠	5	5	10^5= 100000		GREEN
藍	6	6	10^6 =1000000		BLUE
紫	7	7	10^7 =10000000		VIOLET
灰	8	8	10^8 =100000000		GREY
白	9	9	10^9 =1000000000		WHITE
金			10^{-1} =0.1	I（±5%）	GOLD
銀			10^{-2} =0.01	K（±10%）	SILVER
無色				M（±20%）	

9【電流產生器】 ㄉㄧㄢˋ ㄌㄧㄡˊ ㄔㄢˇ ㄕㄥ ㄑㄧˋ

(current generator) 指具有兩個端點的電路元件。又稱爲電流源。其所產生的電流與端點電壓無關。

【電流調整器】 ㄉㄧㄢˋ ㄌㄧㄡˊ ㄊㄧㄠˊ ㄓㄥˇ ㄑㄧˋ

(current regulator) 可將發電機或其他電壓源的輸出電流維持在某一定值的設備。

12【電報信用狀】 ㄉㄧㄢˋ ㄅㄠˋ ㄒㄧㄣˋ ㄩㄥˋ ㄓㄨㄤˋ

(cable letter of credit)即以電傳方式，如海纜電報、普通電報、電報交換或透過環球銀行財務通訊系統（SWIFT）所開發的信用狀。又稱電開信用狀。一般金額較大、裝運日期迫切者，可要求銀行以電傳方式開發信用狀。電報信用狀又可分：一、可憑以利用的信用狀（operative credit instrument)。爲正本信用狀，受益人可憑以請求承兌、付款或押匯。二、不能憑以利用的信用狀（non-operative credit instrument)。尙非正本信用狀，不能憑以請求承兌、付款或押匯。此外，必須電文中未載明如 full details to follow 等字，並註明遵守⌊信用狀統一慣例⌉者，始爲正本信用狀。否則，必須於收到電報證實書以後，才能憑以請求承兌、付款或押匯。

13【電源拆拒比】 ㄉㄧㄢˋ ㄩㄢˊ ㄔㄞ ㄐㄩˋ ㄅㄧˇ

(power supply rejection ratio; PSRR）輸入補償電壓（offset voltage)的變化量對某一電源電壓的相對變化量之比。此時，所有其他的電源電壓均保持一個定值。

【電解電容器】 ㄉㄧㄢˋ ㄐㄧㄝˇ ㄉㄧㄢˋ ㄖㄨㄥˊ ㄑㄧˋ

(electrolytic capacitor)一具有兩傳導電極的電容器。其陽極有一層可視作介質的金屬氧化物。當電解質存在時，電容器才能工作。通常可作濾波、旁路、耦合及解耦合之用。

17【電擊治療法】 ㄉㄧㄢˋ ㄐㄧˊ ㄓˋ ㄌㄧㄠˊ ㄈㄚˇ

(electroconvulsive shock therapy)一種用以治療嚴重憂鬱之精神病患的方法。治療者以電流刺激患者頭部，使其暫時昏迷、失去知覺，而減輕憂鬱程度。

【電壓產生器】 ㄉㄧㄢˋ ㄧㄚ ㄔㄢˇ ㄕㄥ ㄑㄧˋ

(voltage generator) 具有兩個端點的電路元件。又稱爲電壓源。其產生的電壓與通過的電流無關。

【電壓駐波比】 ㄉㄧㄢˋ ㄧㄚ ㄓㄨˋ ㄅㄛ ㄅㄧˇ

(voltage standing wave ratio; VSWR)在某一平面上傳輸電場的最大值與其鄰近平面的等效點（equivalent point）最小電場強度之比。

【電壓隨耦器】 ㄉㄧㄢˋ ㄧㄚ ㄙㄨㄟˊ ㄡˇ ㄑㄧˋ

(voltage follower) 電壓增益爲 1 的放大器。其輸入阻抗很高。如圖所示，乃利用運算放大器的電

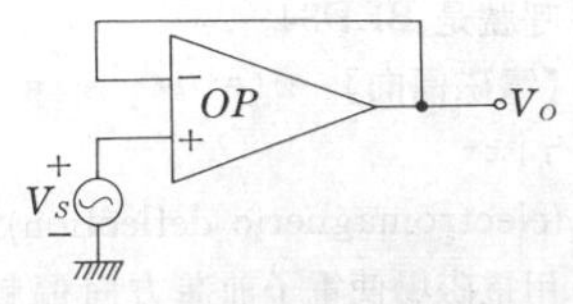

電壓隨耦器圖

壓隨耦器。

3【電子新聞採錄】ㄉㄧㄢˋ ㄗˇ ㄒㄧㄣ ㄨㄣˊ ㄘㄞˇ ㄌㄨˋ

(electronic news gathering; ENG) 包括電視攝影機、電視錄影機、微音器及供電設備的一組新聞採錄器材。

8【電阻溫度係數】ㄉㄧㄢˋ ㄗㄨˇ ㄨㄣ ㄉㄨˋ ㄒㄧˋ ㄕㄨˋ

(resistance temperature coefficient)一元件的電阻變化對溫差與基準電阻乘積之比。即 $\alpha=\frac{1}{R}\frac{\Delta R}{\Delta T}$。其中$\alpha$若為正值則表示電阻體有正溫度係數;若$\alpha$為負值即表示有負溫度係數。

9【電流模式邏輯】ㄉㄧㄢˋ ㄌㄧㄡˊ ㄇㄛˊ ㄕˋ ㄌㄨㄛˊ ㄐㄧˊ

(current mode logic; CML) 將多個電晶體之射極交連的邏輯電路。即射極耦合邏輯。

10【電容溫度係數】ㄉㄧㄢˋ ㄖㄨㄥˊ ㄨㄣ ㄉㄨˋ ㄒㄧˋ ㄕㄨˋ

(temperature coefficient of capacitance; TCC)表示每單位溫度上升後,電容變化的數量。若電容器的容量與溫度成線性關係,則其表示單位為 ppm/°C;若電容器的容量與溫度成非線性關係,則其單位為%/°C。

11【電視廣告單位】ㄉㄧㄢˋ ㄕˋ ㄍㄨㄤˇ ㄍㄠˋ ㄉㄢ ㄨㄟˋ

(commercial unit) 在電視或廣播節目中,插播一次廣告所占的時間長度。

【電荷耦合裝置】ㄉㄧㄢˋ ㄏㄜˊ ㄡˇ ㄏㄜˊ ㄓㄨㄤ ㄓˋ

(charge coupled device; CCD) 利用與 MOS 相似的構造,有很多個閘極交連排列在N型基板的表面而成。信號加在入口處,儲存在其閘極下。隨著脈波的加入,信號電荷即逐步向鄰接的閘極移動,經幾個脈波後即輸出。可做為訊息檢知器(image sensor)或記憶器。

13【電腦輔助設計】ㄉㄧㄢˋ ㄋㄠˇ ㄈㄨˇ ㄓㄨˋ ㄕㄜˋ ㄐㄧˋ

(computer-aided design) 指利用電腦的設備及軟體做為設計的輔助工具,以縮短設計時間,增加效益。

【電腦輔助教學】ㄉㄧㄢˋ ㄋㄠˇ ㄈㄨˇ ㄓㄨˋ ㄐㄧㄠ ㄒㄩㄝˊ

(computer-aided instruction; CAI)經由電腦內預設的程式,使電腦以對話的方式引導學生學習,並使每個學生依其能力與學習效果循序漸進,此種教學方式稱為電腦輔助教學。

【電腦輔助測試】ㄉㄧㄢˋ ㄋㄠˇ ㄈㄨˇ ㄓㄨˋ ㄘㄜˋ ㄕˋ

(computer-aided test; CAT) 利用電腦協助進行測試的工作。

【電腦製作摘要】ㄉㄧㄢˋ ㄋㄠˇ ㄓˋ ㄗㄨㄛˋ ㄓㄞ ㄧㄠˋ

(automatic abstracting) 指以電腦從文獻中摘錄重要句子所組合而成的摘要。通常先將文獻全文輸入電腦中,再由電腦評估並選出代表性的句子,依特定的格式彙整並印出摘要。電腦製作摘要的前提是:文獻中出現最多的字是最重要的字,但冠詞、介繫詞等無實質意義的字除外;而包含這些重要字的句子是最重要的句子。電腦統計每字出現的頻率而決定最重要的字,再依其在各句子中的位置和集中程度,分別估算句子的分數,分數高達某一設定標準,即被擇為代表性的句子,再視全文的長短,決定應取用多少分數較高的句子來構成摘要。

【電腦製程控制】ㄉㄧㄢˋ ㄋㄠˇ ㄓˋ ㄔㄥˊ ㄎㄨㄥˋ ㄓˋ

(computer process control)即電腦藉各種界面(interface)與各製程連接,收集各項生產資料及變數,經過比較分析判斷後,再經界面對機器作出必要的反應,以對製程維持有效的控制。對於連續製程工業中的製程控制,其架構可分為中央控制型、選擇性分散控制型、完全分散控制型。

【電腦數值控制】ㄉㄧㄢˋ ㄋㄠˇ ㄕㄨˋ ㄓˊ ㄎㄨㄥˋ ㄓˋ

(computerized numerical control; CNC)為一種數值控制(NC)系統。係以專用電腦(習稱控制器controller)來執行部分或全部數值控制機器的基本功能。電腦數值控制,可將打孔紙帶讀入並儲存於記憶體中,不需重複讀帶,且具有編輯計算的能力,因此也稱軟體式數值控制。

【電腦斷層攝影】ㄉㄧㄢˋ ㄋㄠˇ ㄉㄨㄢˋ ㄘㄥˊ ㄕㄜˋ ㄧㄥˇ

(computerized tomography) 指利用X光斷層攝影,加上電子計算機的分析,描繪出更精確細緻的器官圖形,對器官或病變的立體結構有更明確之認識的檢查方法。已廣泛使用於所有身體病變的診斷,尤以腦部及腹部的病變運用最廣。其缺點是對器官系統的動態變化無法描述。

15【電漿弧光熱解】ㄉㄧㄢˋ ㄐㄧㄤ ㄏㄨˊ ㄍㄨㄤ ㄖㄜˋ ㄐㄧㄝˇ

(plasma arc pyrolysis) 藉電流通過低壓氣體,使之激動而離子化為電漿,使廢棄物接觸、吸收光能和熱能而導致汙染物分子結構瓦解的反應。其具有化學處理法和熱處理法之雙重性質。

11【電動機發電機組】ㄉㄧㄢˋ ㄉㄨㄥˋ ㄐㄧ ㄈㄚ ㄉㄧㄢˋ ㄐㄧ ㄗㄨˇ

(motor-generator set) 一種將電動機和發電機裝設在同一基座且轉軸相互耦合的組合。用以將電功率由某種形態轉變成另一種形態(例如交流變直流)。

12【電晶體飽和電壓】ㄉㄧㄢˋ ㄐㄧㄥ ㄊㄧˇ ㄅㄠˇ ㄏㄜˊ ㄉㄧㄢˋ ㄧㄚ

(saturation voltage of transistor)電晶體在飽和區工作時的各端電壓。尤其指集一射極間電

壓 V_{CE}。

3【電子處理資料系統】ㄉㄧㄢˋ ㄗˇ ㄔㄨˇ ㄌㄧˇ ㄗ ㄌㄧㄠˋ ㄒㄧˋ ㄊㄨㄥˇ
(electronic data processing system) 即以電腦爲主體的資料處理系統。

12【電晶體電晶體邏輯】ㄉㄧㄢˋ ㄐㄧㄥ ㄊㄧˇ ㄉㄧㄢˋ ㄐㄧㄥ ㄊㄧˇ ㄌㄨㄛˊ ㄐㄧˊ
(transistor transistor logic; TTL)一種飽和型雙載子數位積體電路。價錢便宜、性能好，故被普遍使用的小型邏輯積體電路。如圖所示爲 TTL 的反及閘(NAND gate)。

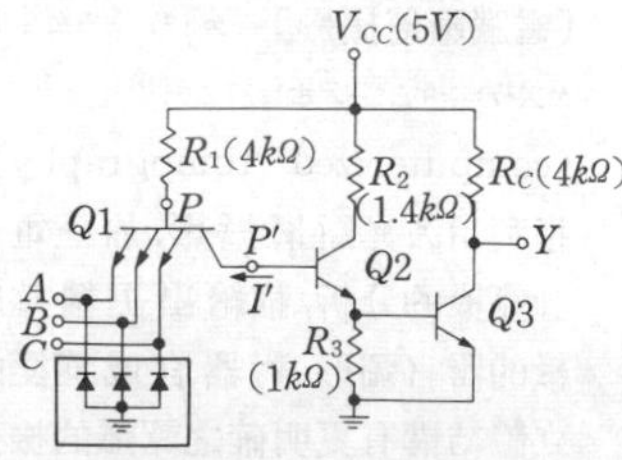

電晶體電晶體邏輯圖

13【電腦輸出縮影系統】ㄉㄧㄢˋ ㄋㄠˇ ㄕㄨ ㄔㄨ ㄙㄨㄛ ㄧㄥˇ ㄒㄧˋ ㄊㄨㄥˇ
(computer output microform; COM)又稱孔姆。此種系統，將電腦處理完成的資料直接印製在微縮型式的媒體上，如微縮捲片、微縮單片，而非列印於紙張上。通常孔姆較撞擊式列表機 (impact printer) 輸出資料的速度快且花費低。

8【電抹除式僅讀記憶器】ㄉㄧㄢˋ ㄇㄛˇ ㄔㄨˊ ㄕˋ ㄐㄧㄣˇ ㄉㄨˊ ㄐㄧˋ ㄧˋ ㄑㄧˋ
(electrical erassable read only memory; EEROM)可以使用電壓感應電荷來完成寫入或消除記憶體內資料的僅讀記憶器。

13【電腦輔助設計/製造系統】ㄉㄧㄢˋ ㄋㄠˇ ㄈㄨˇ ㄓㄨˋ ㄕㄜˋ ㄐㄧˋ ㄓˋ ㄗㄠˋ ㄒㄧˋ ㄊㄨㄥˇ
(CAD/CAM system)由螢幕顯像裝置、鍵盤、繪圖機和一或數具圖形輸入裝置所組成的系統，可和周邊設備(如讀卡機、印列機、打孔機、磁帶和磁碟機等)相連接。此系統可用來協助零件及機械裝置之設計，並可產生製造流程、印刷電路板圖，算出製造清單，列出零件表及提供物料單等。

雷 ㄌㄟˊ *lei*² 音罍 1空中帶電的雲在大量放電時所激發的響聲。2姓。'漢'有'雷義'。見"萬姓統譜·一六"。

3【雷巾】ㄌㄟˊ ㄐㄧㄣ
道士之冠。狀似儒巾，惟腦後綴有片帛及軟帶二條。

4【雷公】ㄌㄟˊ ㄍㄨㄥ
傳說中的雷神。

6【雷池】ㄌㄟˊ ㄔˊ
水名。在'安徽省''望江縣'南，源出'湖北省''黃梅縣'界，東流注入'長江'。今名'楊溪河'。

【雷同】ㄌㄟˊ ㄊㄨㄥˊ
雷發聲時，萬物同時響應。比喻一個人沒有主見，附和別人的說法，或表現的行爲完全與別人相同。

8【雷雨】ㄌㄟˊ ㄩˇ
(thunder storm) 一種強烈上升的氣流風暴，構成發育良好的積雨雲，伴隨有閃電和雷，並常有大雨、強烈陣風，偶有降雹。雷雨發生的條件：一、要有足夠的溼氣，如此才能形成積雨雲；二、要有高的溫度直減率，故強烈的上升氣流厚度至少需高於雲底 3,000 公尺。雷雨的地理分布具世界性，熱帶區域遠較中緯和高緯度爲多且強烈。

9【雷神】ㄌㄟˊ ㄕㄣˊ
一稱'雷公'、'雷師'。古代神話中司雷之神。

10【雷哲】ㄌㄟˊ ㄓㄜˊ
(Fernand Léger, 1881～1955) '法國'立體主義和後期立體主義的畫家。在西元1901年因爲結識'畢卡索'和'布拉克'(Braque)二人，而對藝術發生興趣，1903年進入'巴黎''美術學校'就讀。初期的作品，人物好似木偶，而後達致曲線立體(curvilinear cubism)的形式。主要且有趣的作品都完成於 1910～1930 年間，其中1924年且完成第一部抽象電影"機械芭蕾"(*Le Ballet mécanique*)。

【雷紋】ㄌㄟˊ ㄨㄣˊ
'殷商'青銅器中最典型的一種文飾圖案。又稱雲雷紋。係以細線構成螺旋形態，象徵無限與再生。

雷紋圖

【雷射】ㄌㄟˊ ㄕㄜˋ
(laser) 雷射一詞是音譯，如按'英'文全名意譯應爲「刺激輻射導致光強放大」(light amplification by stimulated emission of radiation)。亦稱激光。其原理是在兩原子能階間灌輸能量導致分布倒轉(population inversion)，即在高能階的原子數比低能階的原子數多，然後用同頻的共振光射入，利用刺激輻射的原理，使原子由高能階躍遷至低能階發出與入射光同調的同調光 (coherent light)，而大大增加射出的光強度。如果所用的能階是分子能階，其頻率在微波範圍，則稱爲雺射(maser)，'英'文字母 m 表示微波(microwave)之意。

13【雷電】ㄌㄟˊ ㄉㄧㄢˋ
(thunder; thunder and lightning) 帶電雲層間或與地面間發生火花放電時，會產生高溫，使放電路徑鄰近的空氣急速膨脹而發出隆隆的聲波，是爲雷電。參閃電。

【雷達】ㄌㄟˊ ㄉㄚˊ
(radio detection and ranging; radar) 無線電波束朝一個方向發出脈波，接收其反射波，並將其顯示在螢光幕上的裝置。脈波發射後，即沿直線前進，遇物體則反射回來被接收，而在螢幕上顯示一個光點，依光點位置，可知反射物的距離，故可以用來偵測，如氣象、港灣、航空、船舶及飛機用雷達等。所使用的電波頻率可爲1,000千赫～400兆赫。如電波由中心作輻射狀掃描，則雷達螢幕上可顯示出反射物的圖形來。

15【雷霆】 ㄌㄟˊ ㄊㄧㄥˊ

1疾速激烈的雷聲。2比喻人的盛怒或聲威。

10【雷馬克】 ㄌㄟˊ ㄇㄚˇ ㄎㄜˋ

(Erich Maria Remarque, 1898～1970)'德國'小說家。十八歲即被徵召參與'歐'戰，在西線上數度受重創。戰後曾當過教師、汽車工人、汽車競賽者和報社記者等。西元1929年出版"西線無戰事"(*All Quiet on the Western Front*)而聲名大噪。此外，尙著有"回歸路上"(*The Road Back*)、"三同志"(*Three Comrades*)和"凱旋門"(*Arc de Triomphe*)等長篇小說。於三十年代定居'瑞士'，1947年歸化'美國'。

雷馬克像

【雷納特】 ㄌㄟˊ ㄋㄚˋ ㄊㄜˋ

(Philipp Lenard, 1862～1947)出生於'匈牙利'的'德國'物理學家。因研究陰極線(cathode ray)及發現其許多特殊性質而於西元1905年榮獲'諾貝爾'物理學獎。

【雷射刀】 ㄌㄟˊ ㄕㄜˋ ㄉㄠ

利用雷射光束可聚焦成微細光束及具相當高能量等特性所製成的手術器材。手術時，雷射光照及之細胞組織會因受熱而蒸發，不但具有開刀之功效，更有下列幾項優點：一、切割時可精密定位；二、切割時可因熱而封閉被切割處微血管出血，故具有止血作用；三、開刀速度快，疼痛較輕；四、由於開刀工具不與人體接觸，可降低細菌感染；五、雷射刀可藉助光導管或反射鏡，對一般手術刀不易碰及的部位施行開刀。

14【雷蒙特】 ㄌㄟˊ ㄇㄥˊ ㄊㄜˋ

(Władysław S. Reymont, 1867～1925)'波蘭'小說家。出身於沒落貴族家庭，26歲始從事寫作。西元1924年以長達四卷的長篇小說"農民"(*The Peasants*)獲得'諾貝爾'文學獎。

【雷蒙樁】 ㄌㄟˊ ㄇㄥˊ ㄓㄨㄤ

(Raymond pile)由'美國''雷蒙公司'開發成功的現場灌注混凝土樁。施工時，首先將薄殼樁模與鐵心同時打入地下，打至定位後，只拔出鐵心而留薄殼樁模於地下，迨檢查樁模情況正常後，再灌注混凝土即成。

16【雷諾瓦】 ㄌㄟˊ ㄋㄨㄛˋ ㄨㄚˇ

(Pierre-Auguste Renoir, 1841～1919)'法國'印象主義運動一位極傑出的畫家。西元1862年進入'格列爾'(Charles Gleyre)畫室，因而得以接觸到'莫內'、'皮沙羅'(Camille Pissarro)和'塞尙'等畫友，且共創印象主義。

【雷諾數】 ㄌㄟˊ ㄋㄨㄛˋ ㄕㄨˋ

(Reynolds number)當流體流經一管筒或物體時，其主要牽涉到的作用力爲黏滯力。在此情況上，決定流體流動狀態的主要參數稱爲'雷諾'數。'雷諾'數R_e定義爲$R_e=\rho VL/\mu$。ρ爲流體密度，V爲流體速度，L爲管筒口徑或物體大小的特性長度，μ爲黏滯係數。當流體速度增大到使得'諾'數超過一個臨界值時，流 流從層流的流動轉變爲亂 滑動，使得阻力大增。例如 值約管壁之管筒中的流 爲$R_e=2,000$。

6【雷州半島】 ㄌㄟ ㄅㄢˋ ㄉㄠˇ 瓊州海峽'位於'廣東省'西 上多丘陵，與'海南島'相

東北岸的'湛江港'爲一天然良港。

8【雷朋原則】 ㄌㄟˊ ㄆㄥˊ ㄩㄢˊ ㄗㄜˊ

(Ranburn principle)'美國''新澤西州''雷朋'住宅社區的規劃原則。由'美'人'史丹'(Clarence Stein)與'萊特'(Henry Wright)首創，今爲各國所普遍採用。該原則之要點如下：一、鄰里範圍以超大街廓方式處理，住宅安排採簇群式；二、採用人車分離的交通系統，人車分行於不同的道路，人行道除通往各住家外，亦可連接鄰里中心、社區中心及鄰里與社區公園；三、住宅配置由於顧及景觀，主要居住空間(起居室、主臥室)面向花園綠地，次要空間(廚房、倉庫、浴廁)則面對巷路，巷路採囊底路式，避免不必要的交通穿越，保持居住環境的寧靜。

15【雷霆之怒】 ㄌㄟˊ ㄊㄧㄥˊ ㄓ ㄋㄨˋ

震怒；大怒。

【雷霆萬鈞】 ㄌㄟˊ ㄊㄧㄥˊ ㄨㄢˋ ㄐㄩㄣ

比喻威勢的強大。

【雷厲風行】 ㄌㄟˊ ㄌㄧˋ ㄈㄥ ㄒㄧㄥˊ

比喻嚴厲迅速，聲勢猛烈。

17【雷聲大雨點小】 ㄌㄟˊ ㄕㄥ ㄉㄚˋ ㄩˇ ㄉㄧㄢˇ ㄒㄧㄠˇ

比喻聲勢超過實際。

雽 ㄏㄨ *hu*[1] 音呼

姓。見"萬姓統譜·一三"。

雹 ㄅㄠˊ *pao*[2] 讀音 ㄅㄛˊ *po*[2] 音博

一種同心圓層狀冰粒。由積雨雲中降落的冰球，呈現出如洋葱樣的層次。常發生在夏季對流旺盛的環境下。當所含溼空氣舉升結凍形成冰球，因受強烈氣流不斷抬高，於是冰球外層增厚而加大，直到氣流不能支撐時，乃降落而成雹暴(hailstorm)。是唯一發生在夏季的固體降水，若雹粒大，可以毀傷田禾，造成雹災。

4【雹水】 ㄅㄠˊ ㄕㄨㄟˇ

源出今'河北省''唐縣'西'狼山'，西

南流注入'唐河'。爲'大清河'上游'唐河'的支流。

零 ㈠ ㄌㄧㄥˊ ling^2 音靈
[1]徐徐落下的雨。見"說文"。[2]殘；凋落。如：凋零。[3]餘數；也用以形容不完整的事物。如：零件。[4](zero)算術中的零，表示起點、分界點、平衡點。在位數法中，又用以確定數位。代數體系中的零，是加法的單位元素。在兼有乘法的體系中，因爲乘法分配律之故，零乘任何數爲零，因此零不能做除數。[5]姓。'明'有'零廣'。見"萬姓統譜·五五"。

㈡ ㄌㄧㄢˊ lien^2 音連
參先零㈡。

2【零丁】 ㄌㄧㄥˊ ㄉㄧㄥ
[1]孤獨無依的樣子。也作伶仃。[2]古時尋人的招帖。也作令丁。

3【零工】 ㄌㄧㄥˊ ㄍㄨㄥ
短期的零散工作。

5【零用】 ㄌㄧㄥˊ ㄩㄥˋ
零碎的花用。

6【零件】 ㄌㄧㄥˊ ㄐㄧㄢˋ
泛指各種機械設備的基本組成單元。

7【零位】 ㄌㄧㄥˊ ㄨㄟˋ
(zero of functio…)設$f(x)$爲函數，$f(x)=a$的解稱爲函數f的a位，若$a=0$，則爲…或零根。

9【零星】 ㄌㄧㄥˊ ㄒㄧㄥ
[1]稀疏；不多。[2]零碎；不…整。

16【零頭】 ㄌㄧㄥˊ ㄊㄡˊ
[1]尾數。[2]殘餘的布疋或鞋…

5【零用金】 ㄌㄧㄥˊ ㄩㄥˋ ㄐㄧㄣ
[1]零用錢。[2](petty cash)企業…加強對現金的控制，對於一般業務上的支出均應使用支票，惟因一些零星小額支出，無法使用支票，故設置定額的零用金以應需要。零用金應由專人保管，於領用時僅作備忘記載，俟零用金將用盡時，由保管人將有關憑證連同領用人的收據向會計部門申請撥補，此時始將各項支出正式入帳。

7【零位法】 ㄌㄧㄥˊ ㄨㄟˋ ㄈㄚˇ
(null method; zero method)將量度量獨立，並準備能調整大小的同種類已知量，使已知量與量度量保持平衡，由已知量大小測知量度量的方法。

【零址指令】 ㄌㄧㄥˊ ㄓˇ ㄓˇ ㄌㄧㄥˋ
(zero-address instruction)指不具有位址部分的電腦指令。此類指令執行時不需要位址資料，或位址資料明顯而且已知。

11【零基預算】 ㄌㄧㄥˊ ㄐㄧ ㄩˋ ㄙㄨㄢˋ
零基預算主要意義乃在每單位主管於提出預算時，應從計畫的起點考慮，並說明其需要該項支出的理由，將每一計畫作爲一項決策方案，予以系統化的分析與評估，按其重要程度排定優先次序。零基預算係一種規劃預算的程序，使預算項目不因襲既往，一切從零點開始，無論舊有或新增項目均應基於相同基礎，詳加評估，對於不合時宜或無效益的現行計畫應予刪除，以期資源分配給優先性較高、效益較大之新興計畫。

【零售價法】 ㄌㄧㄥˊ ㄕㄡˋ ㄐㄧㄚˋ ㄈㄚˇ
(retail method)利用商品成本對零售價的比率(成本率)，估計期末存貨的一種方法。採用此法必須保持商品的成本及零售價兩套紀錄，在最簡單的情況下，以按零售價計算的可供銷售商品總額減銷貨淨額，即得到按零售價計算的期末存貨，再將此存貨乘成本率，算出期末存貨成本。如商品零售價有調整時亦應加以考慮。另外，零售價法亦可按不同成本…動假定計算存貨，惟計算較爲…

15【…價格】 ㄌㄧㄥˊ ㄕㄨˋ ㄐㄧㄚˋ ㄍ…
(od…)廠商…物品訂價法之一。指…的價格品訂以稍低於整數…者直覺價廉而刺激購買慾。該訂價法通常適用於日常應用品。

2【零人口增長】 ㄌㄧㄥˊ ㄖㄣˊ ㄎㄡˇ ㄗㄥ ㄓㄤˇ
(zero population growth)指人口自然增長率等於零的狀態。即生育率與死亡率相等，人口呈零增長的現象。

13【零經濟成長】 ㄌㄧㄥˊ ㄐㄧㄥ ㄐㄧˋ ㄔㄥˊ ㄓㄤˇ
(zero economic growth)有些人基於維護生態環境的觀點，反對一味地追求快速的經濟成長，因此提出零經濟成長的主張，認爲社會應尋求更有效率的生產方法，來改善產品品質，使產出作最佳組合，以減少環境的汙染，如此，實質的產出縱然沒有增加，人類生活的福祉仍然可以獲得提高。

6【零存整付儲蓄存款】 ㄌㄧㄥˊ ㄘㄨㄣˊ ㄓㄥˇ ㄈㄨˋ ㄔㄨˇ ㄒㄩˋ ㄘㄨㄣˊ ㄎㄨㄢˇ
(club savings deposits)一種由銀行存戶約定年限及數額，將本金分次匀存，到期本息一併提取的儲蓄存款。

6

䨛 ㄩˇ yü^3 音羽
[1]水流的聲音。見"說文"。[2]五聲之一。通羽。見"說文通訓定聲"。

需 ㄒㄩ hsü^1 音須
[1]行走時，遇雨而不前進。引申爲等待。見"說文"。[2]猶豫不決。見"正字通"。[3]欲求。如：需要。[4]"易"卦名。六十四卦之一。乾下坎上。

需卦圖

7【需求】 ㄒㄩ ㄑㄧㄡˊ
[1]需要；要求。[2](demand)與供給相對。設其他因素不變，在一定時間內，購買者對某一特定財貨，在各種可能的價格下，所願意購

買的數量，此一價格與購買量之間的關係稱為需求。又分個別需要與市場需要，前者乃個別購買者所表示的需要；後者乃全體購買者所表示的需要。某一財貨的市場需要與市場供給決定該財貨的價格。

【需求量】 ㄒㄩ ㄑㄧㄡˊ ㄌㄧㄤˋ (quantity demanded)也稱需要量。即在某一特定價格下，購買者所願意購買的數量。

【需求法則】 ㄒㄩ ㄑㄧㄡˊ ㄈㄚˇ ㄗㄜˊ (law of demand)在其他情況不變下，一種財貨或勞務的需求量與其價格成減函數的關係。即其價格上升，需求量減少；價格下降，需求量增加。

【需求門檻】 ㄒㄩ ㄑㄧㄡˊ ㄇㄣˊ ㄎㄢˇ (demand threshold) 指支持某一種商品或服務所需之最低需求水準，或剛好使供應該商品或服務之廠商賺取正常利潤之需求水準或銷售量。需求門檻可用以說明為何某種商品或服務僅能由某些中心地提供。

【需求價格】 ㄒㄩ ㄑㄧㄡˊ ㄐㄧㄚˋ ㄍㄜˊ (demand price)任何產品在一定的購買量下，需求者所願意支付的最高價格。

9 **【需要層次】** ㄒㄩ ㄧㄠˋ ㄘㄥˊ ㄘˋ (hierarchy of needs) '美國'心理學家'馬斯婁'(A. H. Maslow)所提出的人類五大基本需要。即生理需要、安全需要、同屬感與愛的需要(即社會性需要)、自尊需要、自我實現需要。'馬'氏認為人類的這些需要是有階層性的，當低層次的生理需要獲得適度滿足後，會進而追求更高層次的需要，終至達到自我實現的最高境界。參生理需要、安全需要、社會性需要、自尊需要、自我實現需要。

7 **【需求的改變】** ㄒㄩ ㄑㄧㄡˊ ˙ㄉㄜ ㄍㄞˇ ㄅㄧㄢˋ (changes in demand)除產品本身的價格外，當影響產品需求的其他因素(如需求者的偏好、需求者的人數、所得、相關財貨的價格及預期因素等)發生改變時，將使產品的需求量與需求價格發生改變。表示在任何一定的價格下，需求者願購買更多或較少的量；或在任何一定購買量下，需求者願支付更高或較低的價格。如圖中

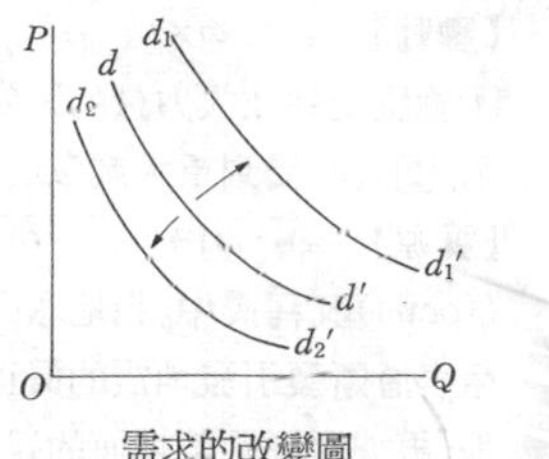

需求的改變圖

需求曲線由 dd' 移至 d_1d_1' 表示需求增加，移至 d_2d_2' 表示需求減少。

【需求量的改變】 ㄒㄩ ㄑㄧㄡˊ ㄌㄧㄤˋ ˙ㄉㄜ ㄍㄞˇ ㄅㄧㄢˋ (changes in the quantity demand) 設其他情況不變，一種產品的需求量與其價格成減函數的關係。即若其價格上升，則需求量減少；若其價格下降，則需求量增加。在圖形上是沿著需求曲線上

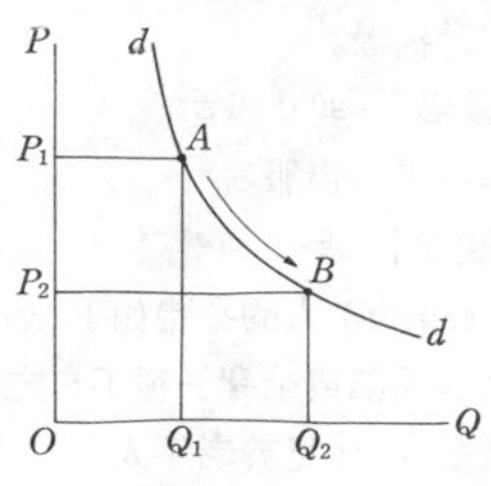

需求量的改變圖

下移動的一種變動，如由A移向B，即表示需求量的增加；如由B移向A，即表示需求量的減少。

【需求價格彈性】 ㄒㄩ ㄑㄧㄡˊ ㄐㄧㄚˋ ㄍㄜˊ ㄊㄢˊ ㄒㄧㄥˋ (price elasticity of demand) 在一定時間內，消費者對一種財貨或勞務的需求量隨其價格變動而發生的相對反應程度。亦即需求量變動的百分比與價格變動的百分比之相對比率。需求價格彈性係數 ε 的計算公式為：$\varepsilon = \dfrac{\frac{\Delta Q}{Q}}{\frac{\Delta P}{P}} = \dfrac{\Delta Q}{\Delta P}\cdot\dfrac{P}{Q}$，式中 ΔQ 表需求量的變動量，Q表原來需求量，ΔP表價格的變動量，P表原來價格。對一般的正常財貨，此一彈性係數為負。

【需求的所得彈性】 ㄒㄩ ㄑㄧㄡˊ ˙ㄉㄜ ㄙㄨㄛˇ ㄉㄜˊ ㄊㄢˊ ㄒㄧㄥˋ (income elasticity of demand) 一種財貨或勞務的需求量隨消費者之貨幣所得變動而發生的相對反應程度。亦即一種財貨或勞務之需求量變動的百分比對貨幣所得變動的百分比之相對比率。

【需求拉升的通貨膨脹】 ㄒㄩ ㄑㄧㄡˊ ㄌㄚ ㄕㄥ ˙ㄉㄜ ㄊㄨㄥ ㄏㄨㄛˋ ㄆㄥˊ ㄓㄤˋ (demand-pull inflation) 由於總需求大於總供給，過多的貨幣追求過少的財貨與勞務而導致的通貨膨脹。

【需求的價格交叉彈性】 ㄒㄩ ㄑㄧㄡˊ ˙ㄉㄜ ㄐㄧㄚˋ ㄍㄜˊ ㄐㄧㄠ ㄔㄚ ㄊㄢˊ ㄒㄧㄥˋ (price cross-elasticity of demand) 在一段時間內，一種財貨的需求量隨另一種相關財貨價格變動而發生的相對反應程度，或一種財貨需求量變動的百分比對另一種相關財貨價格變動的百分比之相對比率。

⿱雨兆

㊀ ㄓㄜˋ chê⁴ 音蔗 高峻的樣子。見"字彙補"。㊁ ㄉㄧㄠˋ tiao⁴ 音掉 參宵⿱雨兆。

⿱雨各

ㄌㄨㄛˋ lo⁴, luo⁴ 音洛 下雨。見"說文"。

7

霃

ㄔㄣˊ ch'ên² 音陳 久陰不晴。見"說文"。

霈 ㄆㄟˋ *p'ei*⁴ 音沛

1大雨。見"玉篇"。2盛大。如:霈焉。3滋潤。比喩恩澤。

霂 ㄇㄨˋ *mu*⁴ 音木

參霢霂。

霅 一 ㄓㄚˊ *cha*² 音札

很多人說話的聲音。見"說文"。

二 ㄒㄧㄚˊ *hsia*² 音狎

參霅煜。

三 ㄙㄚˋ *sa*⁴ 音颯

1雨聲。見"廣韻"。2霎時。通霎。如:霅爾。3割稻聲。如:霅霅。

13【霅溪】 ㄓㄚˊ ㄒㄧ

在今'浙江省''吳興縣'南。由'苕溪'、'前溪'、'餘不溪'、'霅溪'四水匯聚而成。注入'太湖'。

【霅煜】 ㄒㄧㄚˊ ㄩˋ

光亮的樣子。也作煜霅。

震 ㄓㄣˋ *chên*⁴ 音振

1雷電擊打。見"說文"。2搖動;動盪。如:地震。3形容極大的驚懼或憤怒。如:震怒。4威揚。如:名震四方。5"易"卦名。(1)八卦之一。(2)六十四卦之一。震下震上。

震卦圖(1)

震卦圖(2)

5【震旦】 ㄓㄣˋ ㄉㄢˋ

指'中國'。'印度'古時稱'中國'爲'震旦'。或謂震(Cīna)即'秦',旦(sthāna)即⌊斯坦⌉,於義爲地,震旦即'秦'地。又譯爲'眞旦'、'振旦'等,或略爲'支那'(Cīna)。

【震央】 ㄓㄣˋ ㄧㄤ

(epicenter) 由地殼內部的震源垂直引伸到地面上的一點。是地表首先接受到地震波的一點,然後由此點把震波向四方傳送。

6【震耳】 ㄓㄣˋ ㄦˇ

形容聲音很大。

8【震波】 ㄓㄣˋ ㄅㄛ

(shock; shock wave)一物體和流體作超音速相對運動時,使流體速度、壓力、密度、溫度在瞬時間內發生不連續狀態的界面。此界面如與流體運動方向垂直稱爲垂直震波(normal shock wave),否則稱爲斜震波(oblique shock wave)。發生在物體的前方者,稱分離震波(detached shock)。

9【震怒】 ㄓㄣˋ ㄋㄨˋ

大怒;盛怒。

11【震悼】 ㄓㄣˋ ㄉㄠˋ

震驚哀悼。

【震動】 ㄓㄣˋ ㄉㄨㄥˋ

1物體受到強大力量的影響而搖動。2人心受到重大刺激而動搖。

13【震源】 ㄓㄣˋ ㄩㄢˊ

(focus)又稱震中。指地球內部發生岩層斷裂引發地震的眞正發源地。根據震源距離地面的遠近,可將地震分爲三級:震源在地表下70公里以內者,稱爲淺源地震;震源在地表下70～300公里者,爲中源地震;震源深度在300公里以上者,爲深源地震。目前已知最深的地震震源爲地表下725公里。

【震慄】 ㄓㄣˋ ㄌㄧˋ

恐懼顫抖。形容極度懼怕。

16【震駭】 ㄓㄣˋ ㄏㄞˋ

恐懼驚駭。

17【震盪】 ㄓㄣˋ ㄉㄤˋ

震動搖盪。

21【震懾】 ㄓㄣˋ ㄓㄜˊ

極度畏懼懾服。

22【震顫】 ㄓㄣˋ ㄓㄢˋ

(tremor) 人的身體如手、腳、齒、唇等局部或全身一種不自主的發抖動作。多見於老年人和病人。正常人在恐懼、緊張、激動或寒冷時也會有短暫性的發作。

23【震驚】 ㄓㄣˋ ㄐㄧㄥ

極度驚懼。

5【震古鑠今】 ㄓㄣˋ ㄍㄨˇ ㄕㄨㄛˋ ㄐㄧㄣ

形容功業的偉大。

【震旦方向】 ㄓㄣˋ ㄉㄢˋ ㄈㄤ ㄒㄧㄤˋ

(Sinian direction)西元1886年'龐培利'(Raphael Pumpelly)稱我國東部東北一西南走向的山脈爲震旦方向。這些山脈發生於中生代,稱⌊燕山造山運動⌉。

22【震聾發聵】 ㄓㄣˋ ㄌㄨㄥˊ ㄈㄚ ㄎㄨㄟˋ

振發耳聾的人。比喩大聲疾呼,使曚昧無知的人得以驚醒。也作振聾發聵。

霄 ㄒㄧㄠ *hsiao*¹ 音宵

1下小雪粒。見"說文"。2天空;雲際。如:霄漢。3夜晚。通宵。

14【霄漢】 ㄒㄧㄠ ㄏㄢˋ

雲霄天河。1指天空。2比喩朝廷或高遠至極的境界。

20【霄壤】 ㄒㄧㄠ ㄖㄤˇ

天與地。比喩相距甚遠。

霓 霰的或體。

霉 ㄇㄟˊ *mei*² 音枚

1梅雨。'長江'以南地區四、五月間多雨,東西容易生霉,又是梅子成熟時節,因稱梅雨或霉雨。見"正字通"。2東西受溼熱,黴菌繁殖其上而變色或生白毛等。如:發霉。

霆 ㄊㄧㄥˊ *t'ing*² 音庭

1雷響隆隆的餘聲。見"說文"。2迅雷。見"爾雅·釋天"。3電;閃電。見"玉篇"。4震動。如:霆震。

霙 ㄧˋ *i*⁴ 音役

大雨。見"玉篇"。

18【霙霍】 ㄧˋ ㄏㄨㄛˋ

大雨。

8

霐 ㄨㄥ *wêng*¹ 音翁

幽深的樣子。同霟。見"字彙"。

霑 ㄓㄢ *chan*¹ 音沾

1浸溼。同沾。如:霑衣。2潤澤;恩澤。如:霑恩。

4【霑化】 ㄓㄢ ㄏㄨㄚˋ

承受教化。

9【霑染】ㄓㄢ ㄖㄢˇ
沾潤感染。也作沾染。

霎 ㄕㄚˋ sha4 音煞
①小雨。見"廣韻"。②雨聲。見"集韻"。③一陣。指短暫的時間。如:一霎雨。

10【霎時】ㄕㄚˋ ㄕˊ
形容極短暫的時間。

霋 ㄑㄧ ch'i1 音妻
①雨雪停止。見"說文"。②雲朵飄行的樣子。見"玉篇"。

霒 ㄧㄣ yin1 音陰
雲層遮住日光。今通作陰。見"說文"。

霖 ㄌㄧㄣˊ lin2 音林
久雨不止。見"說文"。

霏 ㄈㄟ fei1 音非
①雨雪紛密的樣子。如:霏霏。②雲氣。③煙雲湧起飄揚的樣子。如:煙霏。

16【霏霏】ㄈㄟ ㄈㄟ
①紛飛的樣子。多用以形容雪花、雨絲、雲層、淚水等。②繁盛的樣子。多用以形容青草或露水。

霍 ㄏㄨㄛˋ ho4, huo4 音獲
①鳥飛聲。也泛指飛的聲音。見"說文"。②疾速。③豆葉。通藿。④姓。'漢'有'霍去病'。見"萬姓統譜·一二〇"。

6【霍光】ㄏㄨㄛˋ ㄍㄨㄤ
'西漢''平陽'(今'山西''臨汾'西南)人,字'子孟','霍去病'異母弟。'武帝'時,爲奉車都尉;'昭帝'時,爲大司馬大將軍,封'博陸侯'。'昭帝'崩,迎立'昌邑王''賀',以淫亂廢之,改立'宣帝'。前後執政二十年。

10【霍桑】ㄏㄨㄛˋ ㄙㄤ
(Nathaniel Hawthorne, 1804~1864)'美國'小說家。長於心理分析小說,擅用委婉纖巧的筆調描寫社會風習和人物的性格。曾於'歐洲'居留多年,筆下所刻劃者多是'新英格蘭'區清教徒的生活。代表作品有"紅字"(*The Scarlet Letter*)、"七角屋"(*The House of Seven Gables*)等。

霍桑像

12【霍然】ㄏㄨㄛˋ ㄖㄢˊ
忽然;突然。

13【霍亂】ㄏㄨㄛˋ ㄌㄨㄢˋ
(cholera) 動物體因霍亂病原菌侵入而引起的一種吐瀉、腹痛、體溫下降的病症。除上述病徵外,並有肌肉牽引性疼痛,全身脫水、冰冷,終致昏迷而死。此病在盛夏可能流行時,應預先打預防針以防止感染。治療方法仍以靜脈點滴大量補充水分及鹽分,其次再給予抗生素。民間或稱絞腸痧、瘪螺痧、吊腳痧等。

5【霍去病】ㄏㄨㄛˋ ㄑㄩˋ ㄅㄧㄥˋ
(前140~前117)'西漢''平陽'(今'山西''臨汾'西南)人。善騎射。'武帝'時,爲票騎校尉,前後六次出擊'匈奴',遠涉沙漠,封'狼居胥山'而還,一解'西漢'初年來'匈奴'對'漢朝'的威脅。後拜票騎將軍,封'冠軍侯'。

【霍布斯】ㄏㄨㄛˋ ㄅㄨˋ ㄙ
(Thomas Hobbes, 1588~1679)'英國'哲學家。主張知識起於經驗、用於經驗,並將哲學視爲推究事物因果關係的學科。在政治上,主張君主專制的政府型態。著有"論人"(*Concerning Man*)、"論公民"(*Concerning the Citizen*)、"法律之構成"(*The Elements of Law, Natural and Politic*)及"海獸"(*Leviathan*,有共和政體的含義)等書。

14【霍爾堡】ㄏㄨㄛˋ ㄦˇ ㄅㄠˇ
(Ludvig Holberg, 1684~1754)'丹麥'劇作家。生於'挪威',自幼父母雙亡,由親戚撫養長大。西元1714~1716年間曾步行遊歷'歐'陸主要城市。返回'丹麥'後,於1717年執教於'哥本哈根大學'。1720年代開始編寫喜劇。著名的劇作有"白鐵匠政治家"(*Den politiske kandestøber*),內容旨在諷刺貴族的墮落及社會的庸俗現象;"耶比離開山地"(*Jeppe påa bjerget*),以同情的態度描寫農奴可憐的生活。此外,尙有長篇小說"尼爾克里姆地下旅行記"(*Niels Klims underjordiske reise*)。其劇作奠定了'丹麥'民族戲劇的基礎。1747年受封爲'霍爾堡'男爵。

10【霍桑效應】ㄏㄨㄛˋ ㄙㄤ ㄒㄧㄠˋ ㄧㄥˋ
(Hawthorne effect) 指對於新環境的好奇與興趣,足以導致較高的工作情緒。係於'霍桑'研究中的一項發現而界定之詞。參霍桑實驗。

【霍桑實驗】ㄏㄨㄛˋ ㄙㄤ ㄕˊ ㄧㄢˋ
(Hawthorne study) 係一探討人群關係對工作行爲、生產效率之影響力的研究工作。於西元1927~1932年實施於'美國''西方電氣公司'(Western Electric CO.)之'霍桑廠'(Hawthorne Works),故名。該研究主要包括工廠照明實驗、繼電器裝配試驗室研究、大規模訪談計畫及接線工作室觀察研究等四階段。研究結果發現員工的社會網是影響員工工作動機、工作績效及產品之產量、品質的第一要因,因此工廠管理者若欲提高生產效率,不能只強調員工的標準操作方法、標準時間、獎金制度及工作環境、條件等,對於員工的社會環境、心理因素和人際關係,尤應予以特別重視。

12【霍普特曼】ㄏㄨㄛˋ ㄆㄨˇ ㄊㄜˋ ㄇㄢˋ
(Gerhart Hauptmann, 1862~1946)'德國'戲劇家及詩人。早年有志於雕刻。西元1889年因戲劇"黎明前"(*Vor Sonnenaufgang*)

一舉成名，而潛心致力寫作。思想受'易卜生'影響甚鉅。1912年獲'諾貝爾'文學獎。著名的作品有"沈鐘"（*Die versunkene Glocke*）、"織工"（*Die Weber*）等。

霍普特曼像

14【霍爾效應】 ㄏㄨㄛˋ ㄦˇ ㄒㄧㄠˋ ㄧㄥˋ
(Hall effect) 西元1879年'霍爾'在'美國''約翰霍浦金斯大學'所發現。'霍'氏指出：在均勻磁場中，作用於運動電子的作用力$\overrightarrow{F}$與磁場$\overrightarrow{B}$及運動速度$\overrightarrow{v}$等三向量間，彼此互相垂直，作用於電子上的力會使電子修改其運動方向。若將一塊半導體材料置於均勻磁場$\overrightarrow{B}$中，當通以電流$\overrightarrow{I}$時，則在垂直於$\overrightarrow{I}$與$\overrightarrow{B}$之方向上將感應出一電場$\overrightarrow{E}$。此效應可用來判斷半導體的型態爲n型或p型；亦可用來測量電子或電洞的遷移率；亦可作爲磁力表。

【霍爾電壓】 ㄏㄨㄛˋ ㄦˇ ㄉㄧㄢˋ ㄧㄚ
(Hall voltage) 由於'霍爾'效應的影響，使得電子或電洞受'勞侖茲'力的作用，在半導體相對之兩面積上聚積正、負電荷所產生的電壓。

霓 ㄋㄧˊ *ni*[2] 音倪
[1]副虹。位於虹的外圈。也作蜺。如：彩霓。[2]姓。'明'有'霓濟'。見"萬姓統譜·一四"。

9【霓虹】 ㄋㄧˊ ㄏㄨㄥˊ
(rainbow) 雨後之晨、昏，於太陽反方向的天空中，可見到半圓形的兩條彩色帶，一濃一淡，濃的內側爲紫色，外側爲紅色，稱爲虹；淡的內側爲紅色，外側爲紫色，稱爲霓。虹的視角約在40°～42°（與水平面）；霓的視角爲51°～54°。虹的成因係日光射入懸浮於空中的小水珠時，經兩次的折射及一次全反射，使白光產生色散的結果。霓卻爲白光在水珠中多了一次全反射，因此色散後的光顯得較微弱。

【霓虹燈】 ㄋㄧˊ ㄏㄨㄥˊ ㄉㄥ
(neon lamp) 又稱氖燈。應用其中充有氖氣的蓋斯勒管，通電使發生電化反應而發出橘紅色的光。主要作爲廣告燈或裝飾燈。

14【霓裳羽衣曲】 ㄋㄧˊ ㄔㄤˊ ㄩˇ ㄧ ㄑㄩˇ
'唐代'宮廷歌舞大曲名。一說'玄宗'登'三鄉驛'望'女兒山'所作；一說'玄宗'增飾'西涼'府都督'楊敬述'所進之"婆羅門曲"而成。全曲分三部：散序爲器樂演奏，不舞不歌；中序始有拍，載歌載舞；曲破爲全曲高潮，繁音急節，聲調鏗鏘。

9

霒 ㄧㄣ *yin*[1] 音陰
雲層遮住日光。同黔。見"廣韻"。

⿱雨美 ㄇㄟˇ *mei*[3] 音美
參⿱雨美射。

10【⿱雨美射】 ㄇㄟˇ ㄕㄜˋ
(maser) ⿱雨美射一詞爲音譯，如按'英'文全名意譯應爲「受激輻射導致微波放大」(microwave amplification by stimulated emission of radiation)。西元1953年由'美''湯恩茲'(Townes)首先以氨分子(NH_3)造出。參雷射。

⿱雨弱 靈的古文。

霜 ㄕㄨㄤ *shuang*[1] 音雙
[1]白色無定形之結晶。地面或地上物的溫度降至冰點以下，地上物所接觸的水汽直接昇華而成。[2]年歲的代稱。如：十霜。[3]指喪夫的婦女。通孀。如：霜妻。

9【霜降】 ㄕㄨㄤ ㄐㄧㄤˋ
[1]下霜。[2]農曆二十四節氣之一。在國曆十月廿三日或廿四日。

10【霜害】 ㄕㄨㄤ ㄏㄞˋ
指農作物或養殖物因低溫降霜的影響所遭受的損害。

24【霜鬢】 ㄕㄨㄤ ㄅㄧㄣˋ
白鬢髮。

12【霜硬化】 ㄕㄨㄤ ㄧㄥˋ ㄏㄨㄚˋ
指因霜的作用，使土壤硬化而妨礙植物生長的現象。

21【霜露之思】 ㄕㄨㄤ ㄌㄨˋ ㄓ ㄙ
指對父母的哀思。

霚 霧的本字。

霞 ㄒㄧㄚˊ *hsia*[2] 音遐
[1]日光照射在雲層上所映出的彩色光芒。以紅色爲主，有時也夾有金黃、粉紅等色。多在早晨或黃昏時呈現。[2]遙遠。通遐。如：霞峰。

8【霞帔】 ㄒㄧㄚˊ ㄆㄟˋ
[1]古代受有封號的婦女披在肩上的服飾。隨品級高下而不同，非恩賜不得穿著。[2]道士的一種服飾。上有雲霞花紋，披於肩背。

9【霞飛】 ㄒㄧㄚˊ ㄈㄟ
(Joseph-Jacques-Césaire Joffre, 1852～1931) '法國'名將。有「馬恩戰役的勝利者」(the Victor of the Marne)之稱。'普''法'戰爭時入砲兵團，屢次參戰有功。西元1911年，任'參謀部'長。1914～1916年第一次世界大戰時任'法'軍總司令及'協約軍軍事參議會'會長，1916年升爲元帥。卒後，'法國'政府以國葬安奉之。著有"回憶錄"(*Memoires*)二卷。

霝 ㄌㄧㄥˊ *ling*[2] 音靈
[1]雨水落下。今通作零。見"說文"。[2]墜落。見"廣韻"。[3]善。通令。見"正字通"。

霙 ㊀ ㄧㄥ *ying*[1] 音英
[1]雪花。見"埤雅"。[2]雨雪雜下。見"玉篇"。
㊁ ㄧㄤ *yang*[1] 音央
參霙霙。

17【霙霙】 ㄧㄤ ㄧㄤ

白雲飄浮的樣子。

霢 霡的或體。

10

霣 ㄩㄣˇ *yün*[3] 音殞

[1]雷雨。見“說文”。[2]雲回旋升起。見“說文”。[3]墜落。通隕。如:霣墜。[4]廢棄。如:霣喪。[5]死亡。通殞。

14【霣𩂣】 ㄩㄣˇ ㄌㄨㄛˋ

(precipitation)由大氣中降落至地面之任何液態與固態的水分子。其種類有露、濛、雨、雹、霜、雪等。類型則有山嶺霣𩂣、氣旋霣𩂣及直流霣𩂣三種。

霡 ㄇㄛˋ *mo*[4] 音莫

參霡霂。

15【霡霂】 ㄇㄛˋ ㄇㄨˋ

小雨。也作霢霂、溟濛。

靃 ㄏㄨㄛˋ *ho*[4], *huo*[4] 音獲

參霩靃。

霤 ㄌㄧㄡˋ *liu*[4]

或作雷。[1]水從屋簷下滴。見“說文”。[2]水向下流。[3]屋簷下承雨水的器具。[4]屋簷。

11

霪 ㄧㄣˊ *yin*[2] 音淫

久雨。通作淫。見“集韻”。

8【霪雨】 ㄧㄣˊ ㄩˇ

久雨。

霩 ㄎㄨㄛˋ *k'o*[4], *k'uo*[4] 音廓 又讀 ㄏㄨㄛˋ *ho*[4], *huo*[4] 音霍

[1]雨止雲散。俗作廓。見“說文”。[2]空曠。

䨮 雪的本字。

霫 ㄒㄧˊ *hsi*[2] 音習

[1]下雨的樣子。見“廣韻”。[2]古族名。‘匈奴’的別支，散居在‘遼河’以北一帶。人民擅長騎射，風俗和‘契丹’略同。

霨 ㄨㄟˋ *wei*[4] 音尉

雲升起的樣子。見“集韻”。

霧 ㄨˋ *wu*[4] 音務

[1]集聚於近地面或水面空氣中所含的水汽，遇冷凝成水滴，形成視程障礙，稱爲霧。若形成於低空，則爲低雲。[2]比喻濃密。[3]比喻輕細。如:霧縠。[4]比喻溼潤。

4【霧化】 ㄨˋ ㄏㄨㄚˋ

(atomization) 利用噴霧嘴等機械裝置，藉壓縮空氣等氣體將液體變成霧狀之微滴的操作。其目的在於均勻分散液體於氣體中，使液、氣接觸面積變大而利於反應、燃燒等。

【霧化器】 ㄨˋ ㄏㄨㄚˋ ㄑㄧˋ

(atomizer)將液體霧化變成微細質點的裝置。霧化器的功用爲將液體燃料霧化成細微的質點，然後自燃燒器洞孔射入燃燒場所，成爲圓錐形狀油霧分布，使油的質點能與空氣密切結合而獲致完全燃燒。

7【霧社事件】 ㄨˋ ㄕㄜˋ ㄕˋ ㄐㄧㄢˋ

‘臺灣’‘泰雅族’同胞在‘南投縣’‘霧社’的武裝抗‘日’事件。西元1930年‘霧社’‘泰雅族’‘馬赫坡社’頭目‘莫那魯道’，因兒子結婚受到‘日’警侮辱，乃聯合附近‘司克’、‘浩皐’、‘塔羅灣’、‘保阿龍’、‘東巴拉’六社壯丁，於10月27日‘霧社小學’運動會時，殺死‘日’人一百三十四名，輕重傷則有二百多名，‘日本’軍方派二千多名軍警和軍伕入山鎮壓，族人‘花岡一郎’和警察‘花岡二郎’(‘日本’名字)領導族人抵抗，當時‘日’軍且以飛機施放毒氣。12月，‘莫那魯道’等集體自殺，計戰死和自殺者共九百多人。

12【霧裡看花】 ㄨˋ ㄌㄧˇ ㄎㄢˋ ㄏㄨㄚ

[1]形容人老眼花，看不清楚東西。[2]比喻對事理了解得不夠眞切。

霋 霡的或體。

霬 ㄧˋ *i*[4] 音異

人名用字。三國‘魏’‘荀彧’的孫子名‘霬’。見“三國志·魏志·荀彧傳”。

12

霮 ㄉㄢˋ *tan*[4] 音淡

參霮䨴。

22【霮䨴】 ㄉㄢˋ ㄉㄨㄟˋ

[1]雲密集的樣子。也作黮䨴。[2]露垂的樣子。

霰 ㄒㄧㄢˋ *hsien*[4] 音線

又稱雪珠、軟雹。由過冷水點和降落冰晶的凝聚作用所生成，常和雨同來。是一種白色不透明，近似圓形或圓錐形的冰珠，直徑約2～5公釐，由類似雪的冰質所構成。常於降雪前或降雪時出現。

霱 ㄩˋ *yü*[4] 音聿

[1]瑞雲。通作矞。見“廣韻”。[2]有三種色彩的雲朵。見“西京雜記·五”。

13

霶 滂的或體。

霹 ㄆㄧ *p'i*[1] 音劈

[1]疾雷。如:霹靂。[2]雷擊。

24【霹靂】 ㄆㄧ ㄌㄧˋ

迅疾響亮的雷聲。也用以比喻威嚴。

【霹靂手段】 ㄆㄧ ㄌㄧˋ ㄕㄡˇ ㄉㄨㄢˋ

形容嚴厲、迅捷且有效的方法。

霸 ㊀ ㄆㄛˋ *p'o*[4] 音魄

[1]每月初剛出現的月光。見“說文”。[2]指月體黑暗的部分。見“增韻”。

㊁ ㄅㄚˋ *pa*[4] 音罷

[1]封建時代居於領導地位的諸侯。通伯。如:‘春秋’五霸。[2]仗恃權勢，欺壓善良的惡徒。如:惡霸。[3]強橫。如:霸占。

11【霸術】 ㄅㄚˋ ㄕㄨˋ

霸者的權術。

13【霸道】 ㄅㄚˋ ㄉㄠˋ

[1]一種以武力爲後盾而運用權術的統治策略。與王道相對。[2]蠻橫

不講理。3厲害。

22【霸權】 ㄅㄚˋ ㄑㄩㄢˊ
稱霸的大權；稱霸的政權。

4【霸王肘】 ㄅㄚˋ ㄨㄤˊ ㄓㄡˇ
國術肘擊法。雙肘同時向外頂出。

【霸王硬上弓】 ㄅㄚˋ ㄨㄤˊ ㄧㄥˋ ㄕㄤˋ ㄍㄨㄥ
比喻蠻橫地侵犯他人。

霰 ㄐㄧˊ chi² 音緝
1暴雨的樣子。見"廣韻"。2雨聲。見"集韻"。

露 ㈠ ㄌㄨˋ lu⁴ 音路
1空氣中的水蒸氣夜間遇冷，在靠近地面的物體或花草之上所凝結而成的小水珠。2比喻恩澤。3敗壞。如：田荒室露。4顯現。如：顯露。5姓。'漢'有'露平'。見"萬姓統譜·九五"。
㈡ ㄌㄡˋ lou⁴ 音漏
同㈠4。

4【露天】 ㄌㄨˋ ㄊㄧㄢ
泛指室外。

5【露布】 ㄌㄨˋ ㄅㄨˋ
不封口的公文或布告。

【露白】 ㄌㄨˋ ㄅㄞˊ
1財物露出，被他人看到。2白色的露珠。

10【露骨】 ㄌㄨˋ ㄍㄨˇ
1屍骨暴露在地面上。2不保留；不含蓄。

14【露臺】 ㄌㄨˋ ㄊㄞˊ
(terrace) 無屋簷的陽臺。有時專供曬物之用，故又稱曬臺。

16【露頭】 ㄌㄨˋ ㄊㄡˊ
(outcrop) 統稱露出地表的基岩或礦脈。岩層若有傾斜，其一端易出露地表，而有露頭，可供了解岩層的性質；礦脈的露頭，則可供研判礦物的成分及礦儲量的多寡。

17【露點】 ㄌㄨˋ ㄉㄧㄢˇ
(dew point) 某壓力下蒸氣開始凝結爲液體的溫度。

【露臉】 ㄌㄨˋ ㄌㄧㄢˇ
1出面。2比喻出色、有面子。

10【露馬腳】 ㄌㄨˋ ㄇㄚˇ ㄐㄧㄠˇ
也作露出馬腳。比喻被人看破眞相。

3【露才揚己】 ㄌㄨˋ ㄘㄞˊ ㄧㄤˊ ㄐㄧˇ
顯露才華，炫揚自己。

4【露水夫妻】 ㄌㄨˋ ㄕㄨㄟˇ ㄈㄨ ㄑㄧ
比喻暫時同居而非有正式婚姻關係的男女。

7【露冷椿庭】 ㄌㄨˋ ㄌㄥˇ ㄔㄨㄣ ㄊㄧㄥˊ
悲稱喪父之辭。

【露尾藏頭】 ㄌㄨˋ ㄨㄟˇ ㄘㄤˊ ㄊㄡˊ
也作藏頭露尾。1比喻言行遮掩，不露眞實情況。2形容恐懼畏縮的樣子。3比喻想要遮蔽反而更顯露。

14

霽 ㄐㄧˋ chi⁴ 音濟
1雨停。見"說文"。也引申指雪停、雲霧消散。2明朗。如：霽月。3比喻怒氣消釋，臉色轉和。如：色霽。

霿 ㈠ ㄇㄥˊ mêng² 音蒙
天上昏蒙的霧氣。通作蒙、濛。見"說文"。
㈡ ㄇㄡˋ mou⁴ 音愁
1鄙吝。或作愁、仫、惙、㥄。見"集韻"。2愚昧。
㈢ ㄨˋ wu⁴ 音務
同霧。見"玉篇"。

䨲 ㈠ ㄋㄡˊ nou² 音羺
幼兔。見"集韻"。
㈡ ㄨㄢˋ wan⁴ 音萬
姓。見"廣韻"。

霸 ㄉㄨㄟˋ tui⁴ 音對
參靄霸。

霾 ㄇㄞˊ mai² 音埋
1(haze)懸浮於大氣中的細微煙塵及鹽料所形成的大氣混濁現象。呈淺藍色或微黃色。2埋藏。通埋。如：拚霾。

15

靁 雷的本字。

16

靄 ㄞˇ ai³ 音矮
(mist)浮游於大氣中的細微水滴所構成的水氣現象。在地面上，有如一片灰色的薄幕，對景物的能見度之減低不如霧之嚴重。其相對溼度通常低於95%。

24【靄靄】 ㄞˇ ㄞˇ
雲層密集的樣子。

靆 ㄉㄞˋ tai⁴ 音代
不明的樣子。見"玉篇"。

靂 ㄌㄧˋ li⁴ 音歷
參霹靂。

靈 ㄌㄧㄥˊ ling² 音鈴
1跳舞事神的女巫。見"說文"。2鬼神。如：神靈。3魂魄。如：靈魂。4指人的精神狀態。如：心靈。5精明；機敏。如：萬物之靈。6明曉。如：終身不靈。7應驗；有效驗。如：靈驗。8姓。'春秋'有'靈轍'。見"萬姓統譜·五五"。

2【靈力】 ㄌㄧㄥˊ ㄌㄧˋ
(mana) 一種非物理性的力量或影響力。在某方面是超自然的，可以表現在體力、權力或優勢上，而分散在身體各部位。'大洋洲'的許多民族、'美洲''印地安'人及'澳洲'土著等都相信﹁靈力﹂的存在。

5【靈巧】 ㄌㄧㄥˊ ㄑㄧㄠˇ
機敏巧妙。

6【靈光】 ㄌㄧㄥˊ ㄍㄨㄤ
1神異的光彩。比喻朝廷恩澤。2靈通巧妙。3佛家語。指人人本有的佛性，靈灼光耀，如明珠在塵，時經拭拂，便能顯現本來面目。

7【靈車】 ㄌㄧㄥˊ ㄔㄜ
載運靈柩的車子。

8【靈祇】 ㄌㄧㄥˊ ㄑㄧˊ
神靈；神明。

【靈性】 ㄌㄧㄥˊ ㄒㄧㄥˋ
天賦聰明機敏的本性。

【靈表】 ㄌㄧㄥˊ ㄅㄧㄠˇ
1儀表。2文體名。墓表的一種，用以紀念死者。

【靈明】 ㄌㄧㄥˊ ㄇㄧㄥˊ
1指心靈。2指人心本體的虛靈不昧。

9【靈活】 ㄌㄧㄥˊ ㄏㄨㄛˊ
敏捷輕巧。

【靈柩】 ㄌㄧㄥˊ ㄐㄧㄡˋ
盛有屍體的棺木。

10【靈氣】 ㄌㄧㄥˊ ㄑㄧˋ
靈秀之氣。

【靈修】 ㄌㄧㄥˊ ㄒㄧㄡ
1靈敏而有遠見的人。指國君。2指宗教上的修養。

11【靈異】 ㄌㄧㄥˊ ㄧˋ
鬼神或人類心靈方面的怪異現象。

【靈符】 ㄌㄧㄥˊ ㄈㄨˊ
神靈的瑞符。

【靈敏】 ㄌㄧㄥˊ ㄇㄧㄣˇ
聰明敏捷。

12【靈童】 ㄌㄧㄥˊ ㄊㄨㄥˊ
道教語。指仙童、玉童。招薦時，手執蓮花引導幽魂。

【靈犀】 ㄌㄧㄥˊ ㄒㄧ
神異的犀牛角。古人傳說犀牛角中間色白，通上下兩頭。因此比喻兩心相印，情意相通。

【靈媒】 ㄌㄧㄥˊ ㄇㄟˊ
(spirit mediumship) 在某一種文化、宗教或習俗之下，人們相信其具有特殊能力，可以爲神靈所附體或控制，並藉之溝通人世和靈界之間的人。

13【靈感】 ㄌㄧㄥˊ ㄍㄢˇ
1不經由感覺器官，而能使心靈互相交通。也稱遠隔知覺。2無意識中突然興起的神妙能力。3作家因情緒或景物所引發的創作情思。

14【靈魂】 ㄌㄧㄥˊ ㄏㄨㄣˊ
1精神；心靈。2(soul)指軀體之外的精神實體。有時等於心靈，有時指超乎心靈能夠獨存之實體。

【靈臺】 ㄌㄧㄥˊ ㄊㄞˊ
1古代觀察天象或供遊觀的高臺。2指心。

15【靈樞】 ㄌㄧㄥˊ ㄕㄨ
"內經"之一。'宋''史崧'以家藏舊本校刊分爲十二卷，八十一篇。一名"鍼經"。爲我國古代討論針灸的重要醫書。參內經。

16【靈機】 ㄌㄧㄥˊ ㄐㄧ
1巧妙的計策。2活潑的心思。

23【靈驗】 ㄌㄧㄥˊ ㄧㄢˋ
1神明之指示或卜卦之預言等的應驗。2奇妙的功效。

8【靈長目】 ㄌㄧㄥˊ ㄓㄤˇ ㄇㄨˋ
(Primates) 哺乳綱中的一目。包括所有現今人類、猿、猴、原猴等及其祖先化石。靈長目的始祖大約出現於新生代初(距今約七千萬年)。由於適應樹居生活，缺少特化的解剖性質，故成員間舉不出共有的特徵，但具有下列明顯的演化趨勢：一、保持普通化構造的四肢和自由活動的指(與趾)，拇指與其他四指相對性質，指端爲扁平的甲代替原先的利爪；二、視力越趨精敏，但嗅覺相對的退化，鼻吻縮短；三、維持比較原始的臼齒，但發展逐漸擴大與複雜化的頭腦。

9【靈飛經】 ㄌㄧㄥˊ ㄈㄟ ㄐㄧㄥ
"上清經"之一。"道藏"有"上清瓊宮靈飛六甲左右上符"、"上清瓊宮靈飛六甲籙"、"上清靈飛六甲眞文經"、"白羽黑翮靈飛玉符"等。'唐'書家'鍾紹京'曾節錄，寫成"靈飛經帖"，爲後世習小楷的範本。

11【靈敏度】 ㄌㄧㄥˊ ㄇㄧㄣˇ ㄉㄨˋ
(sensitiveness) 量測儀器對量度量變化的靈敏反應程度。

23【靈鷲山】 ㄌㄧㄥˊ ㄐㄧㄡˋ ㄕㄢ
古'印度'地名。音譯作'耆闍崛'。義爲'靈鷲'、'鷲頭'。新譯作'靈鷲山'。因此山形如鷲鳥，而山中又多鷲鳥，故名。又稱'靈山'。地在中'印度''摩揭陀國''王舍城'的東北。'釋尊'曾在此講"法華經"、"無量壽經"等。我國以此爲山名的很多，如'福建''福清縣'北有'鷲峰'；'浙江省''杭縣'的'飛來峰'一名'靈鷲山'。

20【靈寶天尊】 ㄌㄧㄥˊ ㄅㄠˇ ㄊㄧㄢ ㄗㄨㄣ
'上清靈寶天尊'的簡稱。道教三清尊神之一。據說由赤混太无元(宇宙未形成前從混沌狀態中產生的三元氣之一)所化生。居於天界之上淸仙境，即三天中之'禹餘天'。與'元始天尊'、'道德天尊'並爲三洞教主。

靃 一 ㄏㄨㄛˋ ho⁴, huo⁴ 音霍
霍的本字。見"說文"。
二 ㄙㄨㄟˇ sui³ 音髓
靡。見"玉篇"。

17

靉 ㄞˋ ai⁴ 音愛
參靉靆。

24【靉靆】 ㄞˋ ㄉㄞˋ
1雲多的樣子。2昏暗不明的樣子。

25【靉靉】 ㄞˋ ㄞˋ
1濃郁盛多的樣子。2茂密的樣子。

青部

青 一 ㄑㄧㄥ ch'ing¹ 音輕
1五色之一。如：青出於藍。2黑色。如：青絲。3'青海省'的簡稱。4姓。'宋'有'青傑'。見"萬姓統譜·五五"。
二 ㄐㄧㄥ ching¹ 音精
茂盛的樣子。通菁。如：綠竹青青。

5【青史】 ㄑㄧㄥ ㄕˇ
指史書。古代在竹簡上記載史事，因竹皮是綠色的，遂稱史書爲青史。

6【青衣】 ㄑㄧㄥ ㄧ
1便服。2指婢女。3國劇中旦腳之一。飾演貞靜的女子或端莊的

婦女，表情穩重，偏重唱工。

【青州】 ㄑㄧㄥ ㄓㄡ

①古九州之一。地當今‘山東省’‘渤海’、‘泰山’之間。②州、府名。‘漢’置，‘明’改爲‘青州府’，‘清’因之。舊治在今‘山東省’‘益都縣’。

8【青花】 ㄑㄧㄥ ㄏㄨㄚ

指白色的器坯上施以藍青色花紋的陶瓷器。又稱青花白瓷。其製作過程是於成形的白色器坯上，以鈷藍爲原料繪飾圖案，而後施罩透明釉以高溫一次燒成。我國最早的青花瓷器可早自‘唐代’，但以‘元’以後‘景德鎮’的製品最爲著名。

10【青宮】 ㄑㄧㄥ ㄍㄨㄥ

古代太子所居住的宮室。太子居東宮，東方於五色屬青，故稱。

【青蚨】 ㄑㄧㄥ ㄈㄨˊ

水蟲名。似小蟬而稍長，青金色。也稱蟱蝺。見“正字通”。

【青茶】 ㄑㄧㄥ ㄔㄚˊ

半發酵茶。即部分發酵茶。爲我國‘福建’、‘臺灣’兩省的特產。‘鹿谷’烏龍茶、‘木柵’鐵觀音、‘文山’包種和凍頂等都是有名的青茶。

11【青瓷】 ㄑㄧㄥ ㄘˊ

瓷器的一種。由於坯胎和釉藥含有微量的鐵分，於還原焰中燒成，即成青綠色釉作品。此外，亦有以氧化焰燒成呈黃綠或黃褐色釉作品。我國最早的青瓷爲‘東漢’時期‘浙江省’一帶窯場所燒製者。

【青眼】 ㄑㄧㄥ ㄧㄢˇ

指善意、喜歡的眼色。參青白眼。

【青眸】 ㄑㄧㄥ ㄇㄡˊ

①瞳子。②同青眼。

12【青割】 ㄑㄧㄥ ㄍㄜ

又稱青刈。飼料利用方式之一。即直接以剛割下的新鮮牧草或玉米莖葉等青飼料飼餵禽畜。

【青詞】 ㄑㄧㄥ ㄘˊ

道教語。指齋醮儀式中寫給天神的奏章表文。也稱綠章。六朝道教已用章奏，其後通稱青詞。一說道觀薦告詞文，用青藤紙朱字，故名；一說‘太清宮’專祀太清，故名。

【青雲】 ㄑㄧㄥ ㄩㄣˊ

①指高空。②比喻崇高的地位。③比喻隱逸。

【青貯】 ㄑㄧㄥ ㄓㄨˇ

飼料處理方法之一。爲保持多汁質青草類及根菜類的新鮮狀態，而將之貯藏於適當容器內一定期間，使其乳酸發酵。

【青絲】 ㄑㄧㄥ ㄙ

①青色的絲繩。②比喻黑髮。

13【青塚】 ㄑㄧㄥ ㄓㄨㄥˇ

①‘王昭君’墓。在今‘綏遠省’‘歸綏縣’南。邊地多白草，而‘昭君’塚獨青，故名。②泛指墳墓。

【青睞】 ㄑㄧㄥ ㄌㄞˋ

①喜愛。②器重。

【青葙】 ㄑㄧㄥ ㄒㄧㄤ

藥草名。嫩苗似莧，花葉似雞冠。子可明目。見“本草綱目·釋草·青葙”。

【青稞】 ㄑㄧㄥ ㄎㄜ

稞麥之屬，產於‘川’、‘滇’、‘新疆’、‘西藏’等高寒地。曬乾後研成粉，可製糌粑；又可釀酒，味淡而略酸。是西南地區人民的主食。

14【青蒿】 ㄑㄧㄥ ㄏㄠ

(*Artemisia apiacea* Hance)又名香蒿。一年生草本。根葉叢生，中部葉2回羽狀細深裂。夏日開花，頭狀花序多數，球形，排列成總狀或複總狀。果實爲瘦果。分布於我國、‘韓國’及‘日本’。

青蒿圖

【青銅】 ㄑㄧㄥ ㄊㄨㄥˊ

(bronze) 一種銅錫合金。中含銅82～95%，錫18～5%。赤褐色，硬度大，不易生鏽。常用於製造貨幣、獎牌、銅像等。

15【青樓】 ㄑㄧㄥ ㄌㄡˊ

①指顯貴家的樓閣。②指妓院。

16【青龍】 ㄑㄧㄥ ㄌㄨㄥˊ

①青色的龍。古時以之爲一種祥瑞。②四象之一。二十八宿中東方七宿的總象。也作蒼龍。③星名。即太歲。

17【青薠】 ㄑㄧㄥ ㄈㄢˊ

草名。似莎而大。見“說文”。

4【青少年】 ㄑㄧㄥ ㄕㄠˋ ㄋㄧㄢˊ

①指十二、三歲以上，十九、二十歲以下的年輕人。②在發展心理學上，指由兒童變爲成人的過渡期。

5【青甘鰺】 ㄑㄧㄥ ㄍㄢ ㄘㄢ

(yellow-tail; *Seriola quinqueradiata*)魚類中鱸目 (order Perciformes)、鰺科(family Carangidae)的一種動物。體中型，被小圓鱗，游泳迅速；體側扁，呈紡

青甘鰺圖

錘形，尾柄瘦小有力，兩側各有一隆起稜線。產於熱帶海洋中，可供食用。

【青田石】 ㄑㄧㄥ ㄊㄧㄢˊ ㄕˊ

產於‘浙江省’‘青田縣’‘方山’的美石。其開採約始於‘宋代’。質地細膩，色澤光潤，有白、灰、褐、綠、黃等色，宜刻印章及製玩品。其微透明者，稱‘青田’凍。

【青白眼】 ㄑㄧㄥ ㄅㄞˊ ㄧㄢˇ

指顯露出喜好或厭惡的眼色。相傳‘晉’人‘阮籍’能作青眼與白眼。對所喜歡的人，以青眼待之；對所不喜歡的人，以白眼待之。見“晉書·阮籍傳”。

6【青光眼】 ㄑㄧㄥ ㄍㄨㄤ ㄧㄢˇ

(glaucoma)又稱綠內障。由於眼睛內壓過高，供應視神經的血液不足，造成視神經傷害的疾病。中老年人較易罹患。早期發現，可用手術或藥物予以控制，否則會失明。

【青竹絲】 ㄑㄧㄥ ㄓㄨˊ ㄙ
(bamboo snake; *Trimeresurus gramineus*) 屬爬蟲綱、有鱗目(order Squamata)、蛇亞目(suborder Ophidia)、響尾蛇科(family Crotalidae)。亦名竹葉青、青竹鏢,俗名赤尾鮐。‘臺灣’產有赤尾青竹絲及紅帶青竹絲兩亞種。體鮮綠色,腹面淡黃色;赤尾青竹絲在體側由眼後經口角直至尾部有一白色縱紋,尾端赤色;紅帶青竹絲則在白色條紋之下,尚有一赤色條紋。毒牙為管牙,毒腺發達,位於眼與口角間的部位,頭部特別廣闊為三角形,毒性劇。

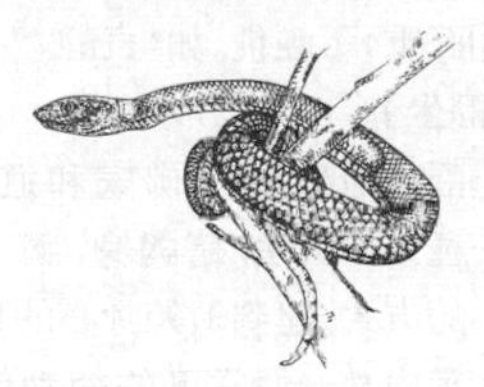

青竹絲圖

8【青花魚】 ㄑㄧㄥ ㄏㄨㄚ ㄩˊ
(scaled sardine; *Sardinella zunasi*)為魚類中屬於鯡目(order Clupeiformes)、鯡科(family Clupeidae)的一種。產於‘太平洋’,為經濟魚類之一。體呈長橢圓形,長為體高的3.1~3.4倍。口及上、下頷等均大。

9【青春痘】 ㄑㄧㄥ ㄔㄨㄣ ㄉㄡˋ
(acne) 因皮脂分泌過多阻塞毛孔及細菌作用產生的皮膚病。常發生於青年時期,故又名青年痤瘡。為紅色的小丘疹,有的則成小膿瘍,多患於面部、肩部、胸部和背部。其成因與遺傳、性激素失調、皮膚不潔及食物不當有關。

【青春期】 ㄑㄧㄥ ㄔㄨㄣ ㄑㄧˊ
(puberty) 指身體發育階段中,生殖腺發育及第二性徵之發生到性成熟的時期。特指人類及哺乳類下視丘開始支配腦下腺活動,促使性腺刺激激素活動,而有性腺發達、卵與精子的成熟等作用。

【青苗法】 ㄑㄧㄥ ㄇㄧㄠˊ ㄈㄚˇ
‘宋神宗’‘熙寧’年間,‘王安石’仿‘陝西’青苗錢所創的理財新法。每年禾苗方青時,常平司以錢、穀低利貸於農民,俟穀熟併本息還官,可避免富豪剝削。參青苗錢。

【青苗錢】 ㄑㄧㄥ ㄇㄧㄠˊ ㄑㄧㄢˊ
‘宋仁宗’‘慶曆’年間在‘陝西’推行的濟糧法。時‘陝西’軍興,兵多而糧食不足,轉運司乃令農民自度穀麥收穫之數,預先貸以官錢,俟收穫再以穀麥償官。

10【青海省】 ㄑㄧㄥ ㄏㄞˇ ㄕㄥˇ
位於我國西部。簡稱‘青’。屬‘青康藏高原’的一部分。南半部是4,000公尺以上的高原,氣候終年寒冷,僅夏季有‘藏’胞於谷地內畜牧;北部為盆地河谷區,‘柴達木盆地’及‘青海湖盆地’畜牧業盛,並主產池鹽;東緣的‘黃河’谷地則為精華區,畜牧發達,並有農業。省會‘西寧’。

【青海湖】 ㄑㄧㄥ ㄏㄞˇ ㄏㄨˊ
位於‘青海省’東北部。是我國面積最大的鹹水湖。產無鱗魚及鹽鹼。湖中有五小島,以‘海心山’最高大,高出湖面100餘公尺,上有喇嘛廟。

【青紗帳】 ㄑㄧㄥ ㄕㄚ ㄓㄤˋ
①青紗製成的帷帳。②指高粱地。夏秋之際,北方高粱成長的時候,一望無際,濃密可藏人,以其似青紗製成之帷帳,當地人稱為青紗帳或青紗障。

【青島市】 ㄑㄧㄥ ㄉㄠˇ ㄕˋ
直轄市。位於‘山東半島’南岸、‘膠州灣’口東岸。因‘膠州灣’灣闊而口狹,水深而多不結冰,為一優良的港口;且有鐵路通往內地,腹地廣大,棉織、榨油及機械等工業盛,是重要的商港、軍港及工業中心。市街依山丘修築,三面環海,富山林之勝,四季氣候溫和,是著名的避暑休閒勝地。

12【青蛙肢】 ㄑㄧㄥ ㄨㄚ ㄓ
指在臀部同一處打針或在一處一次打入大量藥物而引起該處肌肉纖維變性及萎縮攣縮的病症。由於蹲下去時兩膝往外,狀如青蛙,故稱。

14【青精飯】 ㄑㄧㄥ ㄐㄧㄥ ㄈㄢˋ
‘茅山’道士傳承的特製飯。又稱青飿。係將米浸於用南燭草葉煮成的汁中,再蒸作飯。據傳食之可養顏益壽。

【青銅器】 ㄑㄧㄥ ㄊㄨㄥˊ ㄑㄧˋ
一種銅、錫合金的工藝品。我國出土之古青銅物可溯至‘夏’、‘商’時代。器物包括炊器、食器、酒器、樂器、兵器、飾物等。常帶有圖案,並鐫有銘文,除具藝術價值外,亦為文化史上珍貴的考古資料。

23【青黴素】 ㄑㄧㄥ ㄇㄟˊ ㄙㄨˋ
青黴菌等所產生的一種抗生物質。參盤尼西林。

3【青山一髮】 ㄑㄧㄥ ㄕㄢ ㄧ ㄈㄚˇ
青山遠望,細如一髮。

4【青天霹靂】 ㄑㄧㄥ ㄊㄧㄢ ㄆㄧ ㄌㄧˋ
晴天打雷。比喻突然發生的驚人事件。

5【青出於藍】 ㄑㄧㄥ ㄔㄨ ㄩˊ ㄌㄢˊ
①青色顏料本用藍草製成,而其顏色卻比藍草更為青深。比喻人經學習以後,才情勝過他的本質。②比喻弟子勝過老師。③比喻後人超過前人。

6【青州從事】 ㄑㄧㄥ ㄓㄡ ㄘㄨㄥˊ ㄕˋ
指美酒。相傳‘晉’人‘桓玄’的主簿善於甄別酒的品質。‘桓玄’每次喝酒,必先由主簿品嚐一番,好酒便稱‘青州從事’,差的酒便稱‘平原督郵’,因‘青州’有‘齊郡’,‘平原’有‘鬲縣’,齊與臍諧音,鬲與膈諧音,謂美酒喝下,可到臍部,惡酒凝於膈上。見“世說新語·術解”。

9【青面獠牙】 ㄑㄧㄥ ㄇㄧㄢˋ ㄌㄧㄠˊ ㄧㄚˊ
臉色發青,長牙外露。形容面貌兇惡可怕。

11【青梅竹馬】 ㄑㄧㄥ ㄇㄟˊ ㄓㄨˊ ㄇㄚˇ

①小兒女一起嬉戲的天眞情狀。②指小時結識的伴侶。

【青鳥使者】ㄑㄧㄥ ㄋㄧㄠˇ ㄕˇ ㄓㄜˇ
泛指使者或傳遞消息的人。

12【青雲直上】ㄑㄧㄥ ㄩㄣˊ ㄓˊ ㄕㄤˋ
比喻仕途順利,不斷陞遷。

【青黃不接】ㄑㄧㄥ ㄏㄨㄤˊ ㄅㄨˋ ㄐㄧㄝ
舊穀已經吃完,新穀尚未成熟。比喻一時的匱乏。

14【青綠山水】ㄑㄧㄥ ㄌㄩˋ ㄕㄢ ㄕㄨㄟˇ
傳統山水畫的一種形式。青綠山水分成小青綠和大青綠兩種。小青綠是在水墨淡彩或淺絳色的基礎上薄施石青、石綠;大青綠以色爲主,墨骨多鉤勒,少皴筆。青綠山水畫據傳流行於'魏''晉''南北朝'至'唐代'間,其設色清潤而不浮薄、沈厚嚴重而不晦滯、明麗而不甜俗。

16【青錢萬選】ㄑㄧㄥ ㄑㄧㄢˊ ㄨㄢˋ ㄒㄩㄢˇ
比喻文才出眾。或喻文辭佳妙,屢試屢中。'唐''員半千'稱'張鷟'之文如青銅錢,萬選萬中。見"新唐書·張薦傳"。

11【青康藏高原】ㄑㄧㄥ ㄎㄤ ㄗㄤˋ ㄍㄠ ㄩㄢˊ
位於我國西南隅。包括'西藏地方'、'西康省'、'青海省'等地。面積廣大,平均高度在4,500公尺以上,6,000公尺以上的高山綿亙,有⌊世界屋脊⌉之稱。地表有高山、高原、盆地、縱谷,地形複雜,且湖泊眾多。'亞洲'諸大川如'黃河'、'長江'、'瀾滄江'、'怒江'、'雅魯藏布江'、'恆河'、'印度河'皆發源於此。因地勢高,氣候嚴寒,只有東、南部谷地,夏季有少許的農業;居民以'藏'胞爲主,多賴畜牧維生。

8【青果運銷合作社】ㄑㄧㄥ ㄍㄨㄛˇ ㄩㄣˋ ㄒㄧㄠ ㄏㄜˊ ㄗㄨㄛˋ ㄕㄜˋ
由青果生產者所組成,爲'臺灣'辦理青果共同運銷的農民組織之一。其業務係以青果爲限,市場以外銷爲主,內銷爲輔。'臺灣省青果運銷合作社'採總分社制,總社在'臺北',其下有七個分社,以香蕉與柑桔爲主要業務。

5

靖 ㄐㄧㄥˋ *ching*⁴ 音靜
①安定;平安。如:平靖。②平定變亂。如:靖難。③敬愼。如:靖恭。④小巧的樣子。見"說文"。⑤圖謀。如:靖獻。

19【靖難】ㄐㄧㄥˋ ㄋㄢˋ
平定亂事。

11【靖康之難】ㄐㄧㄥˋ ㄎㄤ ㄓ ㄋㄢˋ
促使'北宋'亡國的災禍。'王安石'變法不成,反而引起新舊黨爭;'徽宗'縱情逸樂,'蔡京'亂法,內政更加腐敗。加以聯'金'攻'遼'之役充分暴露'宋'的積弱不振,開啟'金'侵'宋'的野心。'徽宗''宣和'末年,'金'以'宋'納'金'將'張瑴'爲藉口,分兵兩路南侵,'靖康'元年(1126)合師攻陷'汴京',次年,擄'徽宗'、'欽宗'及太子、后妃、宗親、大臣共三千餘人北去,'汴京'文物及府庫剽掠一空,'北宋'滅亡。

【靖國神社】ㄐㄧㄥˋ ㄍㄨㄛˊ ㄕㄣˊ ㄕㄜˋ
'日本'奉祀陣亡將士靈位的地方。相當於我國的忠烈祠。

19【靖難之變】ㄐㄧㄥˋ ㄋㄢˋ ㄓ ㄅㄧㄢˋ
'明太祖'死後,諸王擁兵跋扈,'惠帝'用'齊泰'、'黃子澄'及'方孝孺'之議,進行削藩。'燕王''棣'乃舉兵反抗,自稱⌊靖難⌉之師;轉戰三年,最後自'瓜洲'渡'江'攻入'南京','惠帝'失蹤,'燕王'自即帝位,是爲'明成祖',史稱靖難之變。

6

静 靜的俗體。

艶 ㄑㄧㄥˋ *ch'ing*⁴ 音慶 又讀 ㄑㄧㄥ *ch'ing*¹ 音青
①華麗;秀美。通作靚。②裝飾。③陰翳。如:深艶。

7

靚 ㄐㄧㄥˋ *ching*⁴ 音靜
①召;呼。見"說文"。②形容女子豔麗的妝飾。如:靚妝。

8

靛 ㄉㄧㄢˋ *tien*⁴ 音電
①青藍色的染料。見"集韻"。②顏色的一種。藍色與紫色的中間色。

靜 ㄐㄧㄥˋ *ching*⁴ 音淨
①停止不動。與動相對。如:靜止。②沒有聲音。如:靜默。③莊重;不輕佻。如:貞靜。

7【靜坐】ㄐㄧㄥˋ ㄗㄨㄛˋ
①靜靜地坐著。②佛家和道家的一種修持方法。藉調身、調息、調心的方式,達到鍛鍊身心的目的。③練內功者最常用的練功法。有各種不同姿勢,大體不離⌊尾脅中正⌉、⌊頂頭懸⌉、⌊垂簾扣齒⌉等要領,並須把注意力守在某一特定部位,最常守的部位爲丹田。

10【靜脈】ㄐㄧㄥˋ ㄇㄛˋ
(vein)將血液由組織帶回心臟的血管總稱。所含血液的含氧量較動脈少(肺靜脈及胚胎期的臍靜脈除外),其循環方向與動脈相反,且管壁較薄,彈性纖維較少,血液容量大,管腔較動脈管大。具有靜脈瓣,可阻止血液逆流。

13【靜電】ㄐㄧㄥˋ ㄉㄧㄢˋ
(static electricity; static charge)導體或絕緣體帶電荷(非電中性),若這些電荷不流動就稱靜電。靜電所產生的現象有吸引輕微的物體、靜電感應等。靜電的存在可用驗電器偵測。

14【靜態】ㄐㄧㄥˋ ㄊㄞˋ
靜止的狀態。

15【靜養】ㄐㄧㄥˋ ㄧㄤˇ
①安靜地養病。②靜心修養。

17【靜謐】ㄐㄧㄥˋ ㄇㄧˋ

平靜安寧。

2【靜力學】ㄐㄧㄥˋ ㄌㄧˋ ㄒㄩㄝˊ
(statics)研究物體或質點受力或力矩作用時,呈靜止或作等速運動狀態而平衡的學問。包含力的合成分解、物體的形心及慣性矩等問題在內。

4【靜止角】ㄐㄧㄥˋ ㄓˇ ㄐㄧㄠˇ
(angle of repose)指穀物、沙石、煤等疏鬆物質在自然放置不致下滑時,其斜面與水平面所形成的最大角度。水氣含量及粒子粗細會影響靜止角的大小,在設計擋土牆、土壩及塡土時均須考慮靜止角。

【靜止點】ㄐㄧㄥˋ ㄓˇ ㄉㄧㄢˇ
(quiescent point) 在一元件特性曲線(即電流—電壓曲線)內的點。它代表信號輸入爲零時的情況。

9【靜負載】ㄐㄧㄥˋ ㄈㄨˋ ㄗㄞˋ
(static load)結構體上所受單一方向的作用力。可爲靜定的力,或由零逐漸增大至其最大值的力。

14【靜誤差】ㄐㄧㄥˋ ㄨˋ ㄔㄚ
(static error) 量度量不受時間影響之量測儀器的誤差。

16【靜諾風】ㄐㄧㄥˋ ㄋㄨㄛˋ ㄈㄥ
(Chinook) 又稱'聖大安娜'風(Santa Ana)。發生在'北美''落磯山'麓的乾熱風。亦即'歐洲'所稱的焚風。參焚風。

2【靜力平衡】ㄐㄧㄥˋ ㄌㄧˋ ㄆㄧㄥˊ ㄏㄥˊ
(static equilibrium) 當物體同時受許多力作用時,物體仍能保持靜止狀態,即不產生移動也不轉動,則稱物體處於靜(力)平衡狀態。靜平衡的物體,其所受的合力必爲零。例如以細繩懸掛的物體,物體受有地球的引力及細繩的拉力,此兩力大小相等,方向相反,故合力爲零。另其合力矩亦須爲零,否則物體會發生轉動。

8【靜定結構】ㄐㄧㄥˋ ㄉㄧㄥˋ ㄐㄧㄝˊ ㄍㄡˋ
(determinate structure) 僅利用靜力學條件或方程式便可算出其內在應力和支承等之反力的結構物。與不能單從此等條件建立足夠的方程式以求得應力與反力的靜不定結構相對。

10【靜脈注射】ㄐㄧㄥˋ ㄇㄛˋ ㄓㄨˋ ㄕㄜˋ
(intravenous injection) 指由靜脈打入液體狀態的藥品。通常使用手臂或手背上的靜脈,其次是腳上的血管,不得已時再使用鎖骨下靜脈或股靜脈等大血管。使用的注射液爲各種藥品,如抗生素、利尿劑等。當使用大瓶的注射液,如500cc的葡萄糖液、生理食鹽水、'林格'氏液等時,俗稱打點滴;當輸入的液體是血液時,就是輸血。

13【靜電塗布】ㄐㄧㄥˋ ㄉㄧㄢˋ ㄊㄨˊ ㄅㄨˋ
(electrostatic coating) 一種金屬塗漆技術。以靜電方法使顏料粒子帶電,然後噴灑於欲處理之金屬再烘烤,使帶電粒子緊密地與金屬接合。影響塗布的因素包括帶電性的維持、相對溫度的大小與顏料的化學本性等。

【靜電感應】ㄐㄧㄥˋ ㄉㄧㄢˋ ㄍㄢˇ ㄧㄥˋ
(electrostatic induction) 將一帶電體靠近導體時,導體內與帶電體相異的電荷被吸引而移近帶電體的一端,相同的電荷卻被推離移向遠端,亦即能使導體內的正、負電荷分離,此種現象稱爲靜電感應。

【靜電療法】ㄐㄧㄥˋ ㄉㄧㄢˋ ㄌㄧㄠˊ ㄈㄚˇ
(diathermy) 物理治療方法之一。利用電流產生高頻率的短波或微波,將熱能傳至人體的深部組織,具有治療的效果。一般用在減低肌肉疼痛、降低關節僵硬度、增加局部循環等用途上。

14【靜態分析】ㄐㄧㄥˋ ㄊㄞˋ ㄈㄣ ㄒㄧ
(static analysis)又稱縱的分析。指同期財務報表中,各項目間關係的比較與分析。一般常用的分析方法包括共同比報表及比率分析。

【靜態收斂】ㄐㄧㄥˋ ㄊㄞˋ ㄕㄡ ㄌㄧㄢˋ
(static convergence) 在彩色電視接收機中,有關於畫面中點的收斂。

【靜態組織】ㄐㄧㄥˋ ㄊㄞˋ ㄗㄨˇ ㄓ
從靜態的觀點看組織,認爲組織是一種各有職掌的單位及職位與各層級結合而成的架構,故組織是靜態的而不是動態的,且組織的實況可用組織系統表明示。

【靜態壓力】ㄐㄧㄥˋ ㄊㄞˋ ㄧㄚ ㄌㄧˋ
(static pressure) 簡稱靜壓。①空氣或其他流體所施於一物體的壓力。此種壓力僅由空氣或其他流體之密度與溫度關係對其本身內之分子所生的一種活動,並不因外功而有所增加。②由穩態流動對表面垂直方向所生的力;或由流動流體對其流動方向之垂直方向所生的力。

【靜態變數】ㄐㄧㄥˋ ㄊㄞˋ ㄅㄧㄢˋ ㄕㄨˋ
(static variable) 電腦程式中所使用的變數,若於程式開始執行之前就被分配記憶體位置,且於程式執行過程中維持不變,此類變數稱爲靜態變數。

15【靜摩擦力】ㄐㄧㄥˋ ㄇㄛˊ ㄘㄚ ㄌㄧˋ
(static frictional force)物體要開始運動之前,阻止物體運動所呈現的作用力。又稱靜摩擦。其值在物體開始要運動之瞬間爲最大,稱爲最大靜摩擦;最大靜摩擦力f_s和物體作用於接觸面上的正向力N成正比,即 $f_s=\mu_s \cdot N$。式中μ_s爲靜摩擦係數,和接觸面的性質有關。

4【靜不定結構】ㄐㄧㄥˋ ㄅㄨˋ ㄉㄧㄥˋ ㄐㄧㄝˊ ㄍㄡˋ
(indeterminate structure)不能單獨用靜平衡方程式來分解的結構物。如包含贅構件之桁架結構、剛架構架，無鉸拱或雙鉸拱、連續拱，具有加勁桁架之吊橋及大部分的建築構架等。靜不定結構分析，除須考慮靜力學平衡條件要求外，尚須藉幾何或連續性及彈性變形等諸條件始能得解。除古典結構力學之各種分析方法外，也可用近代之數值分析方法加以分析。

【靜止尾存戶】ㄐㄧㄥˋ ㄓˇ ㄨㄟˇ ㄘㄨㄣˊ ㄏㄨˋ
(inactive account)簡稱靜止戶，也稱存款休眠戶。指存款餘額甚微，又久不與銀行發生往來，呈休眠狀態的存款戶。銀行爲便利帳務整理，乃於各活期性存款科目分戶帳內，另設一靜止尾存戶帳頁，由經辦人按規定將久未往來的存戶予以轉入。

10【靜脈曲張症】ㄐㄧㄥˋ ㄇㄛˋ ㄑㄩ ㄓㄤ ㄓㄥˋ
(varicose vein)因靜脈瓣膜有缺陷，發生血液倒流，血液便囤積於腿部靜脈而致循環不良，逐漸地靜脈壁即會擴張、伸長、彎曲而造成靜脈曲張。症狀以下肢鈍痛、下肢腫大最常見。

13【靜電式偏向】ㄐㄧㄥˋ ㄉㄧㄢˋ ㄕˋ ㄆㄧㄢ ㄒㄧㄤˋ
(static deflection)利用電場使電子鎗所發射的電子束產生偏向的方式。

10

靝 天的或體。

14

雘 ㄏㄨˋ hu⁴ 音護
石青一類的礦物。見"玉篇"。

非部

非 ㊀ ㄈㄟ *fei*¹ 音飛
①不是。如：是非。②不。如：非凡。③不合。如：非禮。④過失；違理的事。如：文過飾非。⑤反對。如：非議。⑥無。
㊁ ㄈㄟˇ *fei*³ 音誹
誹謗。通誹。如：怨非。

3【非凡】ㄈㄟ ㄈㄢˊ
不平凡；不尋常。

4【非分】ㄈㄟ ㄈㄣˋ
不合本分；不是分內應得的。

7【非攻】ㄈㄟ ㄍㄨㄥ
反對攻打、侵略其他國家。'墨子'重要主張之一。

9【非洲】ㄈㄟ ㄓㄡ
(Africa)世界第二大洲。位於'大西洋'和'印度洋'之間。面積 3,029.3 萬方公里，地形以高原爲主，熱帶沙漠、莽原和雨林廣布。海岸平直，島嶼海灣不多。熱帶栽培業盛，礦產豐富。人種複雜，以黑人最多。

10【非笑】ㄈㄟ ㄒㄧㄠˋ
譏笑。

12【非晶】ㄈㄟ ㄐㄧㄥ
(amorphous)或稱爲無定形體。泛指一切原子或分子未排列成規則晶體構造的物質。例如所有的液體、外表像固體的玻璃、瀝青、膠等高黏度液體，或是不規則排列而無晶體特性的固體，均屬之。

17【非禮】ㄈㄟ ㄌㄧˇ
①不合於禮的言行。②俗稱對婦女輕薄或強暴。

19【非難】ㄈㄟ ㄋㄢˋ
批評；責問。

20【非議】ㄈㄟ ㄧˋ
譏評；議論。

6【非同步】ㄈㄟ ㄊㄨㄥˊ ㄅㄨˋ
(asynchronous)又稱異步。指運算處理的速度由電路之功能而非時序信號所決定。

7【非決定論】ㄈㄟ ㄐㄩㄝˊ ㄉㄧㄥˋ ㄌㄨㄣˋ
(indeterminism)與決定論相對。主張宇宙間的事件不全受定律所支配，有些事件是無法用定律來說明或預測的。這些事件之發生並非事前就已決定的。

8【非非之想】ㄈㄟ ㄈㄟ ㄓ ㄒㄧㄤˇ
指離奇虛妄的想法。

9【非軍事區】ㄈㄟ ㄐㄩㄣ ㄕˋ ㄑㄩ
禁止軍事部隊進駐、集中，或禁止建立軍事設施之限定地區。如'南'、'北韓'在北緯三十八度線設非軍事區，以緩衝緊張局勢及避免意外發生。

10【非書資料】ㄈㄟ ㄕㄨ ㄗ ㄌㄧㄠˋ
(nonbook materials)凡非以書籍形態出現，或雖具書籍形態，但在圖書館中不依照書籍的編目規則予以編目之供人學習、研究、參考的資料，均可稱爲非書資料。

【非核地區】ㄈㄟ ㄏㄜˊ ㄉㄧˋ ㄑㄩ
(nuclear free zone)在特定地區內禁止生產、儲存、持有及使用核子武器。依據西元1975年12月11日'聯合國大會'第三四七二號(乙)決議：任何國家集團，依其主權之自由行使，得根據條約，將核武器排除於特定地區之外。目前計有關於'南極'、'拉丁美洲'、外空、海床、月球及其他天體等非核地區之條約。

【非財產權】ㄈㄟ ㄘㄞˊ ㄔㄢˇ ㄑㄩㄢˊ
指與權利主體之人格、身分有不可分離關係之權利。可分爲人格權與身分權。人格權是以權利人自己人格利益之享受爲標的之權利，如生命權、身體權、健康權、自由權、名譽權等是。身分權是基於一定身分關係所享有之權利，如夫妻同居請求權、未成年子女監護權、非婚生子女認領請求權等是。

11【非訟事件】ㄈㄟ ㄙㄨㄥˋ ㄕˋ ㄐㄧㄢˋ
爲與訴訟事件相對之法律概念。指不具有訟爭性、無對立之當事人，不須依一般訴訟程序起訴，公開辯論，然後判決，而僅須簡易、迅速處理或裁定之民事事件。其特色爲：一、證據之蒐集及事實之調查，法院應依職權爲之；二、訊問當事人及其他關係人之程序不公開；三、法院之處分，以裁定爲之；四、事件之性質多具有公益性或須簡便權宜處理。

【非常上訴】ㄈㄟ ㄔㄤˊ ㄕㄤˋ ㄙㄨˋ
最高法院檢察署檢察長，對於確定之判決，以該案件之審判係違背法令，向最高法院請求撤銷原判決或其訴訟程序之非常救濟程序，稱作非常上訴。惟最高法院檢察署檢察長始得提起，但檢察官如發現案件係審判違背法令者，應具意見書將該案卷宗及證物送交最高法院之檢察長，聲請提起非常上訴。提起非常上訴，應以非常上訴書敘述理由，提出於最高法院爲之。最高法院之調查，以非常上訴理由所指摘之事項爲限，但關於訴訟程序及得依職權調查之事項，得調查事實。非常上訴之判決不經言詞辯論爲之。

【非常項目】ㄈㄟ ㄔㄤˊ ㄒㄧㄤˋ ㄇㄨˋ
(extraordinary items) 係指性質特殊且非經常發生的損益項目。例如在甚少發生水災的地區，所遭受的重大水災損失，即一項非常損失。在損益表上應將非常損益項目與正常損益項目加以區分，以利對於企業正常經營績效之評估。

【非常損益】ㄈㄟ ㄔㄤˊ ㄙㄨㄣˇ ㄧˋ
(extraordinary gain and loss) 參非常項目。

12【非貿易財】ㄈㄟ ㄇㄠˋ ㄧˋ ㄘㄞˊ
(non-trade goods) 由於性質特殊，不能充當國際貿易標的的財貨或勞務。如鐵路、公路及都市公用事業的服務業、房屋租賃業等。

13【非電解質】ㄈㄟ ㄉㄧㄢˋ ㄐㄧㄝˇ ㄓˋ
(non-electrolytes)有些物質，如酒精、甘油、糖類等，溶解在水中後，因爲不能導電，所以當通以電流時，不會發生電解，這種物質稱爲非電解質。一般而言，除酸、鹼、鹽三類物質外，其餘物質可以說都是非電解質。

【非飽和色】ㄈㄟ ㄅㄠˇ ㄏㄜˊ ㄙㄜˋ
不純的色彩。例如與白色或其補色混合成的色彩。

15【非歐幾何】ㄈㄟ ㄡ ㄐㄧˇ ㄏㄜˊ
(non-Euclidean geometry) 在'歐幾里得'幾何公理中，只有平行公理不成立的幾何或空間。有兩種不同的方式否定平行公理，由此產生兩種非'歐'幾何：雙曲型及橢圓型的。前者，過線外一點，可做無限條該線之平行線；後者，則任意兩直線必相交。如圖㈠是個

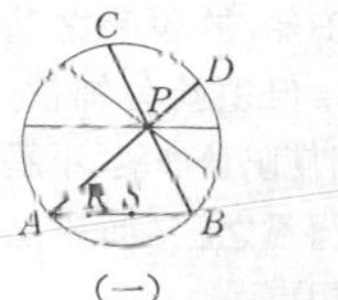

(一)

(二)

非歐幾何圖

雙曲空間的模型。空間由圓內部的點組成，直線就是圓的弦（兩端點除外）。任何過 P 點，夾在 $\overline{AD}$ 和 $\overline{CB}$ 之間的直線都和 $\overline{AB}$ 平行（即不相交）。線段是直線（即弦）的一部分。在此幾何中，三角形的內角和小於 180°（所謂角度另有定義方法，不是模型上呈現的夾角）。'波里艾'(Bolyai) 及'羅巴切夫斯基'(Lobachevsky) 在十九世紀上半，首先獨立地發表雙曲非'歐'幾何的結果。圖㈡顯示的是橢圓幾何。此一空間爲球面全部，「直線」爲大圓。兩點唯一決定「直線」。但是任意兩大圓必相交。其他'歐幾里得'幾何的概念亦需修正，例如「在兩者之間」（因爲空間是封閉的）。線段指大圓圓弧，三角形即普通的球面三角形，其內角和大於180°。'黎曼'在十九世紀中葉引進這種幾何。非'歐'幾何替幾何學開拓新而豐富的概念，對數學及空間的看法都有深遠的影響。

16【非戰公約】ㄈㄟ ㄓㄢˋ ㄍㄨㄥ ㄩㄝ
(*Treaty for the Renounciation of War*)一名"凱洛格—白里安公約"(*Kellogg-Briand Pact*)。'美國'國務卿'凱洛格'(Frank B. Kellogg)所發起，目的在防止戰爭，維護國際和平。西元1928年8月27日由'美''法'等十五國所簽訂。

26【非驢非馬】ㄈㄟ ㄌㄩˊ ㄈㄟ ㄇㄚˇ
形容不倫不類。

4【非公開公司】ㄈㄟ ㄍㄨㄥ ㄎㄞ ㄍㄨㄥ ㄙ
(nonpublic company)公司的股票未在公開市場自由買賣的公司。

5【非正式組織】ㄈㄟ ㄓㄥˋ ㄕˋ ㄗㄨˇ ㄓ
(informal organization) 指非經正式計畫而經由友誼與人際互動所自然發展的一種群體關係。主要在滿足組織內成員的需要，包含正式組織中所有的人際模式及團體之間的關係，其意識與結構，對其成員具有極大的影響力。

【非正常損壞】ㄈㄟ ㄓㄥˋ ㄔㄤˊ ㄙㄨㄣˇ ㄏㄨㄞˋ
(abnormal spoilage) 指產品的損壞在有效率的工作情況下，係可以避免者。如屬非正常損壞，已發生的成本應作爲當期的損失。

【非生物環境】ㄈㄟ ㄕㄥ ㄨˋ ㄏㄨㄢˊ ㄐㄧㄥˋ
(abiotic environment) 指由物理或化學結構，如光、溼度、溫度、水、空氣、土壤、營養物質等所形成的無生命環境。

6【非同步傳輸】ㄈㄟ ㄊㄨㄥˊ ㄅㄨˋ ㄔㄨㄢˊ ㄕㄨ

ㄔㄨㄢˊ ㄕㄨ
(asynchronous transmission)又稱異步傳輸。資料傳輸的方法之一。非同步傳輸中,開始傳輸的時間是任意的,沒有時間上的規律性,但是資料傳輸開始後,所傳輸的資料中每一字符或數元信號皆有相同的時序關係。

【非印刷資料】ㄈㄟ ㄧㄣˋ ㄕㄨㄚ ㄗ ㄌㄧㄠˋ
(non-print materials)利用印刷外的其他方式製作而成的資料。包括各種視聽資料,如錄音帶、影片、幻燈片等。

8【非法人團體】ㄈㄟ ㄈㄚˇ ㄖㄣˊ ㄊㄨㄢˊ ㄊㄧˇ
與法人有同一實質,但無法人資格之團體。通常係指未經登記或未經許可之團體而言。非法人團體因不具法人資格,在實體法上並無權利能力,故可稱爲無權利能力之法人。此等非法人團體,在內部關係上,宜類推適用法人之規定,但在對外關係上,則應適用合夥之規定,由全體成員連帶負責。非法人團體在實體法上雖無權利能力,但如設有代表人或管理人者,"民事訴訟法"第四十條第三項則承認其有形式當事人能力。非法人團體須設有代表人或管理人,須其團體之組織有一定之名稱及事務所或營業所,團體須有一定之目的並有繼續之性質,且有獨立之財產者,始得認有當事人能力。例如同鄉會、合夥、未經認許之外國法人等均屬之。

【非具象繪畫】ㄈㄟ ㄐㄩˋ ㄒㄧㄤˋ ㄏㄨㄟˋ ㄏㄨㄚˋ
(non-figuratif)與非對象繪畫(non-objective)同義。不描寫自然界的一切形象,完全純粹以抽象的造形來表現的繪畫。此名詞爲西元 1932 年的[抽象·創造](Abstraction-Création)畫會所創用。

【非金屬元素】ㄈㄟ ㄐㄧㄣ ㄕㄨˇ ㄩㄢˊ ㄙㄨˋ
(nonmetal element)位於週期表右方的元素,無金屬光澤,不具延展性,爲熱和電之不良導體者,稱爲非金屬元素。除溴外,'中'文名稱都帶[石]或[气]字旁,如碳、氮、氧、氖等。

11【非常規交易】ㄈㄟ ㄔㄤˊ ㄍㄨㄟ ㄐㄧㄠ ㄧˋ
(non-arm's-length transaction)指兩個具有密切關係的營利事業,爲規避或減少納稅義務,透過交易行爲,對彼此間的收益、成本與費用之攤計,作不合營業常規的安排。對此行爲,稽徵機關得報經'財政部'核准按營業常規予以調整。

【非常徵用權】ㄈㄟ ㄔㄤˊ ㄓㄥ ㄩㄥˋ ㄑㄩㄢˊ
(right of angary)一國在戰時或緊急需要時,得就在其領海之內的中立國商船,於暫時之基礎上予以徵用,但須給付補償。目前,非常徵用僅限於商船,軍艦及政府公船不得爲之。又商船之水手亦不得徵用。

【非婚生子女】ㄈㄟ ㄏㄨㄣ ㄕㄥ ㄗˇ ㄋㄩˇ
非由婚姻關係受胎而生之子女。俗稱私生子。非婚生子女在法律上不受保護,對其生父亦無繼承權。非婚生子女其生父與生母結婚者,或經生父認領或撫育者,視爲婚生子女。非婚生子女或其生母或其他法定代理人,亦得依"民法"第一千零六十七條請求強制認領,待勝訴判決確定後,亦發生與生父之婚生關係。要言之,我國"民法"爲保護非婚生子女之身分,已在可能範圍內,使非婚生子女取得婚生子女之身分。

13【非極性溶劑】ㄈㄟ ㄐㄧˊ ㄒㄧㄥˋ ㄖㄨㄥˊ ㄐㄧˋ
(nonpolar solvent)不會減弱離子化合物晶體中靜電力的溶劑。這種溶劑的分子本身常因結構對稱而不具極性,例如二硫化碳(CS_2)、苯(C_6H_6)等。

14【非語文音訊】ㄈㄟ ㄩˇ ㄨㄣˊ ㄧㄣ ㄒㄩㄣˋ
(non-verbal vocalization)以非語文形式表現出來的音訊。如肢體動作、氣味等。

15【非線性元件】ㄈㄟ ㄒㄧㄢˋ ㄒㄧㄥˋ ㄩㄢˊ ㄐㄧㄢˋ
(nonlinear device)電子元件之電流、電壓的變化關係,不呈直線變化者。二極體、電晶體等即爲非線性元件。

【非價格競爭】ㄈㄟ ㄐㄧㄚˋ ㄍㄜˊ ㄐㄧㄥˋ ㄓㄥ
(non-pricing competition)在寡占市場,任何廠商若採取變動價格的方法以增加銷路,因其將影響其他廠商的銷路,其他廠商必將採取同樣的行動加以抵制,結果任何廠商皆不能獲利,因此廠商多採取變動價格以外的方法從事競爭,例如增加售後服務、提供贈品、改進包裝等,此稱爲非價格競爭。

19【非穩態流動】ㄈㄟ ㄨㄣˇ ㄊㄞˋ ㄌㄧㄡˊ ㄉㄨㄥˋ
(nonsteady flow)流體中任意點之壓力、流速或密度隨時間而變化者。

6【非同步電動機】ㄈㄟ ㄊㄨㄥˊ ㄅㄨˋ ㄉㄧㄢˋ ㄉㄨㄥˋ ㄐㄧ
(asynchronous motor)交流電動機的一種。其運轉速率與電源頻率不成正比。

7【非住家用房屋】ㄈㄟ ㄓㄨˋ ㄐㄧㄚ ㄩㄥˋ ㄈㄤˊ ㄨ
(buildings for non-residential purposes)指房屋非供住家用者。依"房屋稅條例"規定,非住家用房屋的稅率較高,其中又以營業用者更高,私人醫院、診所、自由職業事務所及人民團體等非營業用房屋次之。

9【非洲團結組織】 ㄈㄟ ㄓㄡ ㄊㄨㄢˊ ㄐㄧㄝˊ ㄗㄨˇ ㄓ

(Organization of African Unity; OAU) '非洲'國家於脫離西方殖民統治後，逐漸形成的區域性合作組織。西元1963年，由當時'非洲'三十個獨立國家的元首於'衣索比亞'首都'阿迪斯阿貝巴'(Addis Ababa)會議通過組織憲章，其主要原則是尊重每一會員國主權和領土的完整，以及獨立生存的權利。會中並決定每年的五月二十五日爲'非洲'團結日。

10【非破壞性檢驗】 ㄈㄟ ㄆㄛˋ ㄏㄨㄞˋ ㄒㄧㄥˋ ㄐㄧㄢˇ ㄧㄢˋ

(nondestructive testing; NDT) 指不必破壞物件原具有之組織、形狀、功能及品質，而採用儀器就可偵測出物件表面或內部的缺陷，以評鑑物件品質完整性、使用可靠性的技術。又稱非破壞性試驗(NDI)或非破壞性評估(NDE)。能對陶瓷、金屬及有機材料實施。方法包括射線檢測(RT)、超音波檢測(UT)、液滲檢測(PT)、磁粒檢測(MT)、渦電流檢測(ET)等。

11【非常事變責任】 ㄈㄟ ㄔㄤˊ ㄕˋ ㄅㄧㄢˋ ㄗㄜˊ ㄖㄣˋ

對於不可抗力亦須負責者，謂之非常事變責任。"民法"規定對於不可抗力所致之損害亦須負責者，例如在債務人給付遲延中，因遲延所致之損害("民法"第二百三十一條第二項)；質權人於質權存續中，將質物轉質者，對於所受不可抗力之損失，亦應負責("民法"第八百九十一條)等均是。非常事變責任較通常事變責任、抽象輕過失責任等均負較重之責任，是故僅就通常事變負責者，發生非常事變時，即無須負責。

13【非經理人舞弊】 ㄈㄟ ㄐㄧㄥ ㄌㄧˇ ㄖㄣˊ ㄨˇ ㄅㄧˋ

(nonmanagement fraud) 當企業內部發生小型和零星的竊盜、侵占或其他詐欺行爲時，多稱爲非經理人舞弊。此種舞弊雖在管理當局力求防止情形下仍然發生，但對財務報表的全面允當性不發生重大的影響。

5【非正式溝通途徑】 ㄈㄟ ㄓㄥˋ ㄕˋ ㄍㄡ ㄊㄨㄥ ㄊㄨˊ ㄐㄧㄥˋ

(informal communication channel)非經由正式組織徑路的溝通途徑。一般係經由非正式組織的運用而達成。經由相互傳聞或謠聞(grapevine)而獲得溝通。其特色爲以口頭方式行之，易於形成亦易於消失，傳遞速度極快，並具有選擇性的溝通效果。

12【非程序導向語言】 ㄈㄟ ㄔㄥˊ ㄒㄩˋ ㄉㄠˇ ㄒㄧㄤˋ ㄩˇ ㄧㄢˊ

(non-procedure-oriented language) 電腦程式語言的一類。此類程式語言的特點爲：編寫程式時不需要說明問題的解決方法，也不需描述演算過程，只要提供輸入資料，說明所需的輸出結果與運算處理等。RPG、GPSS、APT 等程式語言均屬此類。

17【非營業循環基金】 ㄈㄟ ㄧㄥˊ ㄧㄝˋ ㄒㄩㄣˊ ㄏㄨㄢˊ ㄐㄧ ㄐㄧㄣ

凡經付出仍可收回，可以循環運用，而非用於營業者。

10【非財產上之損害賠償】 ㄈㄟ ㄘㄞˊ ㄔㄢˇ ㄕㄤˋ ㄓ ㄙㄨㄣˇ ㄏㄞˋ ㄆㄟˊ ㄔㄤˊ

損害賠償有財產上及非財產上損害賠償之分。非財產上損害賠償大抵係因對於生命、身體、健康、自由、名譽等非財產上法益之侵害所應爲之損害塡補，又稱爲慰撫金。以法律有明文規定者，始得請求非財產上損害賠償，例如"民法"第十八條第二項、第一百九十四條、第一百九十五條、第九百七十七條第二項、第九百九十九條第二項、第一千零五十六條第二項等是。因侵權行爲或債務不履行所致之損害，原則上不得請求非財產上之損害賠償。但有時一侵權行爲，能同時造成財產上及非財產上之損害，而得同時請求兩種損害賠償，例如某甲毀壞某乙之傳家之寶，乙所受之精神損害，當亦得請求非財產上之損害賠償。

19【非離子性界面活性劑】 ㄈㄟ ㄌㄧˊ ㄗˇ ㄒㄧㄥˋ ㄐㄧㄝˋ ㄇㄧㄢˋ ㄏㄨㄛˊ ㄒㄧㄥˋ ㄐㄧˋ

(nonionic surfactant)指含有多個羥基(−OH)或醚基(−C−O−C−)之界面活性劑。其組成之主要部分雖然是碳鏈的烷基，但也能局部溶於水，例如 $R(OCH_2CH_2)nOH$ 便是一種非離子性界面活性劑的通式。

7

靠 ㄎㄠˋ k'ao⁴ 音犒

1接近。如：靠邊。2依著；依據。如：靠牆坐著。3信任，倚賴。如：忠實可靠。4舊小說、戲劇稱武士的甲衣。如：長靠。

3【靠山】 ㄎㄠˋ ㄕㄢ

1靠近山邊。2比喻所依靠的人。

4【靠天吃飯】 ㄎㄠˋ ㄊㄧㄢ ㄔ ㄈㄢˋ

依靠人力所不能控制的自然界而維持生活。

11

靡 一 ㄇㄧˇ mi³ 音米

1分散下垂的樣子。見"說文"。2傾倒。3柔弱；衰弱。如：委靡。4細緻。5奢侈。如：奢靡。6美好。7無。如：靡常。

二 ㄇㄧˊ mi² 音迷

1碎爛。通糜。見"字彙"。2損傷。3滅。見"字彙"。

11【靡曼】 ㄇㄧˇ ㄇㄢˋ

1美好；柔美。2指肌膚的紋理柔膩細緻。也作靡嫚。3華麗。

19【靡麗】 ㄇㄧˇ ㄌㄧˋ

奢侈華麗。

21【靡爛】㊀ㄇㄧˊ ㄌㄢˋ
也作糜爛。①腐爛。②殘害;毀傷。
㊁ㄇㄧˇ ㄌㄢˋ
生活奢侈、腐化。

6【靡有孑遺】ㄇㄧˇ ㄧㄡˇ ㄐㄧㄝˊ ㄧˊ
沒有一個人留存下來。

19【靡靡之音】ㄇㄧˇ ㄇㄧˇ ㄓ ㄧㄣ
亡國之音。指淫靡放蕩而不純正的音樂。

面部

面 ㄇㄧㄢˋ *mien*⁴ 音麵
①臉。頭的前部,自額以下的部分。②當面;見面。如:素未謀面。③物體的外表。如:地面。④事物的一部分。如:獨當一面。⑤方向。如:四面八方。⑥向著;對著。如:面壁。⑦量詞。如:兩面鏡子。⑧(face; surface)線在空間移動時所造成的二維空間。例如,直線做平行移動所形成的面,稱爲平面;直線繞一軸轉動或曲線移動或轉動所形成的面,稱爲曲面。面也可視爲三維空間之間的境界,或爲立體與周圍空間的境界。

3【面子】ㄇㄧㄢˋ ˙ㄗ
①體面;光彩榮耀。②情面。③物體的外面一層。與裡子相對。

5【面目】ㄇㄧㄢˋ ㄇㄨˋ
①面貌。②顏面;面子。③事物的外表、形態。

【面生】ㄇㄧㄢˋ ㄕㄥ
陌生;不熟識。

【面皮】ㄇㄧㄢˋ ㄆㄧˊ
①臉面的表皮。②情面;面子。

6【面色】ㄇㄧㄢˋ ㄙㄜˋ
臉色。

8【面具】ㄇㄧㄢˋ ㄐㄩˋ
假面。也稱代面。用布、皮、金屬等製成。後來發展成臉譜。

9【面首】ㄇㄧㄢˋ ㄕㄡˇ
面貌俊美,供婦人玩弄的男子。

10【面值】ㄇㄧㄢˋ ㄓˊ
(par value)有價證券票面所載明的金額。

11【面商】ㄇㄧㄢˋ ㄕㄤ
當面商議。

【面授】ㄇㄧㄢˋ ㄕㄡˋ
當面教授。

12【面善】ㄇㄧㄢˋ ㄕㄢˋ
面熟。見人之面而有熟悉之感。

14【面漆】ㄇㄧㄢˋ ㄑㄧ
(top coating) 爲增加絕緣性及密緻性,敷塗漆料均至少兩度以上,其最後一度的面層漆稱爲面漆。

16【面壁】ㄇㄧㄢˋ ㄅㄧˋ
①臉對著牆壁。②比喻無所事事。③佛家指坐禪。後用以指自修苦練而達造詣高深的境界。

【面磚】ㄇㄧㄢˋ ㄓㄨㄢ
(face brick) 黏貼於壁面作爲防水及裝飾用。分釉磚及瓷磚等多種,形式大小不一。

【面積】ㄇㄧㄢˋ ㄐㄧ
(area) 表示平面上二維區域之大小的量。先接受如下公理:⑴若A、B兩集合全等,則A、B之面積相等。⑵若$A\subset B$,則A之面積小於B之面積。其次定義邊長爲一單位之正方形的面積爲一個單位。由此導出長方形的面積爲長乘寬,注意這個導出必須涉及無理數的概念。再由長方形的面積公式導出任何多邊形的面積,利用極限方法可得圓的面積及函數圖形下的面積。求一正方形使其面積等於圓的面積,是古'希臘'三大幾何作圖難題之一。用代數表示爲$l^2=\pi r^2$,即求l使等於$\sqrt{\pi}r$;因$\sqrt{\pi}$爲超越數,故尺規作圖不可能。又兩相似圖形的面積比,等於其相似比的平方。積分的概念源自面積的基本性質:⑴凡面積均不小於零;⑵若兩區域不重疊,則合起來的面積等於兩區域的分面積和。

17【面臨】ㄇㄧㄢˋ ㄌㄧㄣˊ
面對;遇到。

19【面龐】ㄇㄧㄢˋ ㄆㄤˊ
面孔;面貌。

4【面心立方】ㄇㄧㄢˋ ㄒㄧㄣ ㄌㄧˋ ㄈㄤ
(face-centered cubic)結晶構造的一種形式。此種結構的原子占有立方晶體格子的各稜角和每一面的中心。沃斯田鐵、鋁、銅等的組織屬之。因其具有較多的滑移系統,故較富延展性。

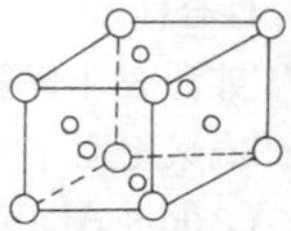

面心立方圖

【面不改色】ㄇㄧㄢˋ ㄅㄨˋ ㄍㄞˇ ㄙㄜˋ
形容遇事從容,毫無畏懼之色。

5【面目全非】ㄇㄧㄢˋ ㄇㄨˋ ㄑㄩㄢˊ ㄈㄟ
樣子完全改變。

6【面有菜色】ㄇㄧㄢˋ ㄧㄡˇ ㄘㄞˋ ㄙㄜˋ
面帶飢饉之色;呈現營養不良的臉色。

7【面折廷爭】ㄇㄧㄢˋ ㄓㄜˊ ㄊㄧㄥˊ ㄓㄥ
在國君面前直諫不諱。

9【面面相覷】ㄇㄧㄢˋ ㄇㄧㄢˋ ㄒㄧㄤ ㄑㄩˋ
互相對視,驚懼得不知該怎麼樣才好。

【面面俱到】ㄇㄧㄢˋ ㄇㄧㄢˋ ㄐㄩˋ ㄉㄠˋ
各方面都注意到。比喻辦事周詳。

【面若敷粉】ㄇㄧㄢˋ ㄖㄨㄛˋ ㄈㄨ ㄈㄣˇ
形容面貌美麗,膚色白嫩。

【面紅耳赤】ㄇㄧㄢˋ ㄏㄨㄥˊ ㄦˇ ㄔˋ
①羞愧的樣子。②與人爭執而發怒的樣子。

11【面授機宜】ㄇㄧㄢˋ ㄕㄡˋ ㄐㄧ ㄧˊ
當面授予應變的方法。

12【面黃肌瘦】ㄇㄧㄢˋ ㄏㄨㄤˊ ㄐㄧ ㄕㄡˋ
臉色發黃,身體消瘦。有病或飢餓過度的樣子。

【面無人色】 ㄇㄧㄢˋ ㄨˊ ㄖㄣˊ ㄙㄜˋ
形容非常害怕的樣子。

17【面牆而立】 ㄇㄧㄢˋ ㄑㄧㄤˊ ㄦˊ ㄌㄧˋ
面對牆壁而站立。如此將無所見，故以比喻不學則無所見識。

16【面積水準測量】 ㄇㄧㄢˋ ㄐㄧ ㄕㄨㄟˇ ㄓㄨㄣˇ ㄘㄜˋ ㄌㄧㄤˊ
(area leveling)將地面劃分爲若干等距離之方格，以水準儀測量各方格角隅之高程，再據以繪出等高線或計算土方的一種測量方法。多應用在丘陵地的地基設計上。

5

靤 皰的或體。

7

䩉 ㄈㄨˇ *fu*³ 音父
面頰。通作輔。見"說文"。

靦 ㊀ ㄊㄧㄢˇ *t'ien*³ 音舔
1懷著羞愧的心情見人。見"說文"。2慚愧的樣子。如：靦顏。
㊁ ㄇㄧㄢˇ *mien*³ 音免
參靦腆。

12【靦腆】 ㄇㄧㄢˇ ㄊㄧㄢˇ
也作靦覥。1面有愧色。2害羞的樣子。

18【靦顏】 ㄊㄧㄢˇ ㄧㄢˊ
羞愧的臉色。

【靦顏事仇】 ㄊㄧㄢˇ ㄧㄢˊ ㄕˋ ㄔㄡˊ
不知羞恥地侍奉敵人。

11

䩋 ㄇㄛˇ *mo*³ 音抹
臉色發青的樣子。見"玉篇"。

12

𩈋 靨的或體。

靧 頮的或體。

䩌 ㄑㄧㄠˊ *ch'iao*² 音喬 又讀 ㄐㄧㄠ *chiao*¹ 音焦
面容焦枯瘦小。見"說文"。

14

靨 ㄧㄝˋ *yeh*⁴ 音葉
1面頰上的酒窩。如：笑靨。2指婦女的兩頰或在頰上化妝。

19

𩉋 㦬的或體。

革 部

革 ㊀ ㄍㄜˊ *ko*², *kê*² 音隔
1去毛的獸皮。如：皮革。2用皮革製成的甲冑。如：兵革。3八音之一。指鼓鼗等用革製成的樂器。4變更；改變。如：改革。5除去。如：革新。6罷絀；開除。如：革職。7"易"卦名。六十四卦之一。離下兌上。8姓。'漢'有'革宋'。見"萬姓統譜・一二二"。

革卦圖

㊁ ㄐㄧˊ *chi*² 音急
危急。如：病革。

8【革命】 ㄍㄜˊ ㄇㄧㄥˋ
1古稱朝代更替，君主易姓。2指政治、經濟、社會上的根本改革。

18【革職】 ㄍㄜˊ ㄓˊ
免職。

8【革命民權】 ㄍㄜˊ ㄇㄧㄥˋ ㄇㄧㄣˊ ㄑㄩㄢˊ
'孫中山'先生所提倡的一種民權。即只有贊成或不反對革命的人才應有參政權。學者均以之與天賦人權相對立，其實天賦人權的重點爲基本人權，革命民權的重點爲參政權。

9【革故鼎新】 ㄍㄜˊ ㄍㄨˋ ㄉㄧㄥˇ ㄒㄧㄣ
革除舊弊，創立新制。

2

靪 ㄉㄧㄥ *ting*¹ 音丁
1修補鞋底。見"說文"。2縫補在衣服、鞋襪上的布、皮。

3

靬 ㊀ ㄎㄢˋ *k'an*⁴ 音看 又讀 ㄎㄢ *k'an*¹ 音刊
1曬乾的獸皮。見"說文"。2盛箭的器具。見"玉篇"。
㊁ ㄐㄧㄢ *chien*¹ 音間
參犛靬。

靭 韌的或體。

靰 ㄨ *wu*¹ 音烏
參靰鞡。

17【靰鞡】 ㄨ ㄌㄚ
鞋名。我國東北農工冬日穿用，以整塊牛皮製成，中襯以烏拉草，能禦嚴寒。

靫 ㄔㄚ *ch'a*¹ 音叉
箭筒；箭袋。見"玉篇"。

𩊁 䩞的或體。

靮 ㄉㄧˊ *ti*² 音嫡
馬韁繩。見"玉篇"。

4

靷 ㄧㄣˇ *yin*³ 音引
繫於車軸的革帶。由兩驂拉挽，引車而行。見"說文"。

靶 ㄅㄚˇ *pa*³ 音把
1轡繩。見"說文"。2射擊的目標。也稱靶子。如：打靶。

3【靶子】 ㄅㄚˇ ˙ㄗ
射擊的目標物。

䩖 ㄕㄚ *sha*¹ 音沙
也作鞦。參鞈䩖。

靸 ㊀ ㄙㄚˇ *sa*³ 音洒
1小孩穿的鞋子。見"說文"。2深頭的皮鞋。見"釋名・釋衣服"。3拖鞋。見"六書故"。4疾

走的樣子。

三 ㄊㄚ t'a¹ 音他

拖;曳。如:靸鞋而走。

靴 ㄒㄩㄝ hsüeh¹ 音薛

長筒的鞋。也作鞾。

11【靴帶作用】 ㄒㄩㄝ ㄉㄞˋ ㄗㄨㄛˋ ㄩㄥˋ

(bootstrap effect) 對雙極性電晶體的自偏射極隨耦器電路,爲改善因偏壓電阻所造成輸入電阻下降的缺點,串接一電阻 R_3(如圖所示),使得等效輸入電阻 R_{eff}

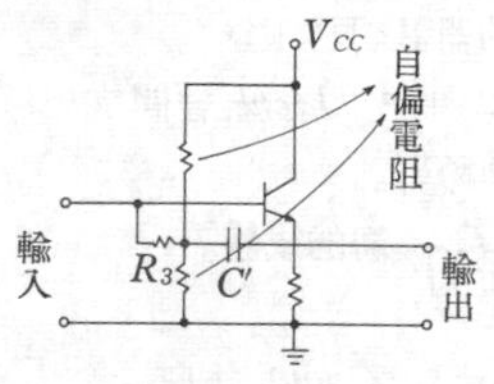

靴帶作用圖

$=\frac{A_3}{1-A_v}$,當 A_v 趨近於1時,R_{eff} 將大增,稱爲靴帶作用。圖中 C' 之值須足以使電路中的最低頻率信號也能通過。

【靴帶式載入器】 ㄒㄩㄝ ㄉㄞˋ ㄕˋ ㄗㄞˋ ㄖㄨˋ ㄑㄧˋ

(bootstrap loader) 電腦系統啟動時所使用的輸入程式。此一程式由簡單之指令所構成,執行單純之輸入操作;啟動之後,可將系統載入程式輸進主記憶體內,再由系統載入程式將系統程式輸進主記憶體。

靯 軝的或體。

靲 一 ㄑㄧㄣˊ ch'in² 音琴

皮鞋。見"說文"。

二 ㄐㄧㄣˋ chin⁴ 音禁

1 束物的皮帶。見"集韻"。2 竹篾。見"集韻"。

靳 ㄐㄧㄣˋ chin⁴ 音近

1 古代馬車夾轅兩馬當胸所繫的革帶。見"說文"。2 指當胸繫有革帶的服馬。即以四馬駕車時當中的兩馬。見"正字通"。3 吝惜。見"字彙"。4 譏笑。5 韌。如:靳道。6 姓。'漢'有'靳歙'。見"通志·氏族略五"。

5

靽 ㄅㄢˋ pan⁴ 音半

絆住馬的後腿,使其不能後退的皮帶。見"釋名·釋車"。

靺 ㄇㄛˋ mo⁴ 音末

參靺鞨。

18【靺鞨】 ㄇㄛˋ ㄏㄜˊ

我國古代民族。'武則天'時建立'渤海國',在今'松花江'以東至海、'混同江'以南抵'長白山'之地。傳二百十五年,滅於'契丹'。

鞃 ㄏㄨㄥˊ hung² 音弘

車軾中間的把手。見"說文"。

靾 ㄧˋ i⁴ 音曳

1 馬韁。見"廣雅·釋器"。2 拿馬韁送給逃亡的人。見"廣韻"。3 馬轡。通紲。見"廣韻"。

鞀 ㄊㄠˊ t'ao² 音陶

有柄的小鼓。搖動時可發聲。也作鞉、鼗、鞀。見"說文"。

靼 ㄉㄚˊ ta² 音達

柔軟的皮革。見"說文"。

靻 ㄗㄨˇ tsu³ 音祖

套在馬頭上的籠頭。見"集韻"。

鞈 ㄒㄧㄚˊ hsia² 音狎

參鞈鞢。

18【鞈鞢】 ㄒㄧㄚˊ ㄒㄧㄝˋ

花朵相次接連的樣子。

鞅 ㄧㄤ yang¹ 音央 又讀 ㄧㄤˇ yang³ 音仰

1 套在馬頸上的皮帶。2 比喻馬。

12【鞅掌】 ㄧㄤ ㄓㄤˇ

公事煩勞。

鞄 一 ㄆㄠˊ p'ao² 音庖

使皮革柔軟的工匠。見"說文"。

二 ㄅㄠ pao¹ 音包

柔革製成的皮包。

鞁 ㄅㄟˋ pei⁴ 音被 又讀 ㄆㄧˋ p'i⁴ 音僻

泛稱駕馬車的用具。見"說文"。1 馬鞍上的坐墊。見"玉篇"。2 馬繮繩。見"古今韻會舉要"。

鞂 ㄐㄧㄚˊ chia² 音夾

去掉外皮的禾稿。古代用來編成祭天所用的草席。也作秸、秸。見"集韻"。

鞃 ㄧㄠˋ yao⁴ 音要

靴或襪的長筒。見"玉篇"。

6

鞌 鞍的本字。

鞍 ㄢ an¹ 音安

騎馬時置於馬背的坐具。中央凹下,前後翹起,左右下垂。

3【鞍山】 ㄢ ㄕㄢ

省轄市。位於'遼寧省'中部。附近盛產鐵礦,距煤產地極近,且有鐵路通過,鋼鐵、機械工業非常發達,是全國著名的鋼鐵工業城市,有「鋼都」之稱。

10【鞍馬】 ㄢ ㄇㄚˇ

男子體操項目之一。起源於'羅馬帝國'的騎術訓練,爲一需要穩定性及確實性的運動。使用器械由皮革、金屬與木質合製而成,於馬背上加兩鐵環。運動時手握鐵環在鞍馬上做各種動作;動作純由擺動及迴旋所構成,包括單腿的動作、兩腿或單腿的迴旋、正反交叉等動作,整套動作不得靜止,必須連續實施。

11【鞍部】 ㄢ ㄅㄨˋ

(saddle)山脊上兩山間的低淺處,形似馬鞍,故稱。鞍部可作爲穿越山嶺的交通要道。但無交通路線通過的兩山間低地,亦稱鞍部;在山地冰河侵蝕區所形成的兩山間低地,也稱鞍部(col)。

17【鞍點】 ㄢ ㄉㄧㄢˇ

(saddle point of surface)曲面上一點,其鄰近形狀一如馬鞍者,如雙曲拋物面、$z=xy$ 的圖形,(0,0,0)即爲鞍點。技術性的定義

爲:函數 $z=f(x,y)$ 的一階偏導數在 $(x_0, y_0, f(x_0, y_0))$ 均爲零,其

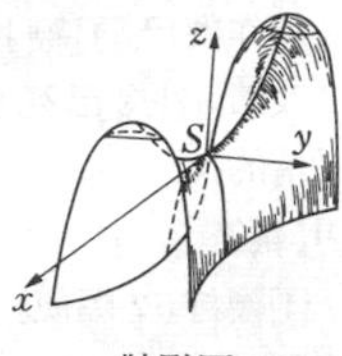

鞍點圖

圖形在 $y-y_0=k(x-x_0)$ 的截面上呈現極小,而在 $y-y_0=k'(x-x_0)$ 的截面上呈現極大,則 $(x_0, y_0, f(x_0, y_0))$ 稱爲鞍點,如圖中點 S。鞍點附近的形狀不必爲馬鞍,按此定義,其可以有兩個以上的截面交互地取極大極小值,例如 $f(x,y)=x^3-3xy^2$ 的圖形。

26【鞍韉】ㄢ ㄐㄧㄢ
騎馬時放在馬背上的坐具。

鞋 ㄒㄧㄝˊ *hsieh*² 音諧
一種腳上的穿著物。用來保護腳,使便於行走。

鞎 ㄏㄣˊ *hên*² 音痕
車箱前面用皮革作裝飾。見"爾雅·釋器"。

鞊 ㄐㄧˊ *chi*² 音吉
①套在馬頸上的皮帶。即鞅。見"集韻"。②馬鞍。見"字彙"。

⿰革夸 ㊀ ㄎㄨㄚˇ *k'ua*³ 音垮
革帶上的裝置。也作銙。見"集韻"。
㊁ ㄎㄨˋ *k'u*⁴ 音庫
套褲。同絝。見"集韻"。

鞇 ㄧㄣ *yin*¹ 音因
坐墊;坐褥。同茵。見"說文"。

鞉 鞀的或體。

⿰革各 ㄌㄨㄛˋ *lo*⁴, *luo*⁴ 音洛
生革。可作繩帶。見"說文"。

⿰革犬 鞁的或體。

鞈 ㊀ ㄍㄜˊ *ko*², *kê*² 音閣 又讀 ㄐㄧㄚˊ *chia*² 音夾
①古代用來保護胸部的革甲。見"說文"。②堅硬的樣子。見"字彙"。
㊁ ㄊㄚˋ *t'a*⁴ 音踏
鼙鼓聲。通鼛。見"說文"。

鞏 ㄍㄨㄥˇ *kung*³ 音拱
①用皮帶捆束東西。見"說文"。②堅固;牢固。見"字彙"。③恐懼。④姓。'漢'有'鞏攸'。見"通志·氏族略三"。

15【鞏膜】ㄍㄨㄥˇ ㄇㄛˋ
(sclera)眼球外面白色的部分。因厚且堅韌如皮,故稱。前與角膜相連,而覆蓋眼球其餘約5/6的部分,在眼球後面與視神經的外套膜相連,具有保護眼球的作用。爲眼球的重要結構之一。參眼①。

【鞏膜炎】ㄍㄨㄥˇ ㄇㄛˋ ㄧㄢˊ
(scleritis)鞏膜發炎的疾病。多因全身性疾病,如膠原病、慢性肉芽腫性疾病等,或局部性感染病毒、寄生蟲、細菌等引起。可造成鞏膜變薄,而使眼球產生變形。

7

⿰革沙 靿的或體。

鞕 ㄧㄥˋ *ying*⁴ 音硬
堅硬。也作硬。見"玉篇"。

⿰革折 ㄓˋ *chih*⁴ 音制
刀劍的鞘。見"玉篇"。

鞘 ㊀ ㄑㄧㄠˋ *ch'iao*⁴ 音翹
①刀劍的套子。見"字彙"。②挖空中央,用以貯存銀錢便於轉運的木筒。
㊁ ㄕㄠ *shao*¹ 音梢
鞭子的末端。見"廣韻"。

15【鞘膜】ㄑㄧㄠˋ ㄇㄛˋ
(tunica vaginalis)覆蓋於睪丸上的漿膜。分壁層及臟層兩層,正常情況下兩者會癒合,或其間只含少量的漿液,漿液含量過多時即爲鞘膜積液,嚴重者需以手術方式將鞘膜切開,取出積液。

⿰革見 ㄒㄧㄝˋ *hsieh*⁴ 音謝 又讀 ㄐㄧˊ *chi*² 音極
①繫牛脛。見"說文"。②急繫。也作乾。見"廣韻"。

鞙 ㄐㄩㄢ *chüan*¹ 音娟
①古代大車上縛軛的皮帶。見"說文"。②佩玉美好的樣子。通琄。見"集韻"。

鞓 ㄊㄧㄥ *t'ing*¹ 音汀
同⿰革延。①皮帶。見"玉篇"。②絲綬。通綎。見"集韻"。

⿰革延 鞓的或體。

鞔 ㊀ ㄇㄢˊ *man*² 音瞞 又讀 ㄨㄢˇ *wan*³ 音晚
①鞋的兩側部分。即鞋幫。見"說文"。②鞋子。③把皮革蒙在鼓框上做成鼓面。④補。見"廣雅·釋詁"。
㊁ ㄇㄣˋ *mên*⁴ 音悶
悶脹。通懣。見"集韻"。

鞗 ㄊㄧㄠˊ *t'iao*² 音迢
本作鋚。①轡首上的銅飾。見"說文"。②轡。見"玉篇"。

8

鞚 ㄎㄨㄥˋ *k'ung*⁴ 音控
①馬勒。見"集韻"。②用馬勒馭馬。③指馬。如:飛鞚。

9【鞚⿰革從】ㄎㄨㄥˋ ㄗㄨㄥˋ
駕馬急遽的樣子。

鞟 鞹的或體。

鞛 ㄅㄥˇ *pêng*³ 音琫
①兵器。見"玉篇"。②佩刀的玉飾。通琫。見"集韻"。③皮鞋。見"集韻"。

鞡 ㄌㄚ *la*¹ 音拉
參靰鞡。

鞝 ㄓㄤˇ *chang*³ 音掌
①覆蓋馬脇的皮具。見"玉篇"。②縫補用的皮。見"字彙"。

鞜 ㄊㄚˋ *t'a*⁴ 音踏
①皮鞋。見"玉篇"。②鼓聲。同鼛。見"集韻"。

鞠 ㄐㄩˊ *chü*² 音菊
①古代一種用腳踢的皮球。②彎曲。通匑。如:鞠躬。③養育。通育。如:鞠育。④幼小。⑤審

問。通鞠、鞫。6姓。'漢'有'鞠譚'。見"元和姓纂·一〇"。

8【鞠育】 ㄐㄩˊ ㄩˋ
撫養;養育。

15【鞠養】 ㄐㄩˊ ㄧㄤˇ
撫養。

10【鞠躬致命】 ㄐㄩˊ ㄍㄨㄥ ㄓˋ ㄇㄧㄥˋ
謹愼做事,不惜奉獻生命。

【鞠躬盡瘁】 ㄐㄩˊ ㄍㄨㄥ ㄐㄧㄣˋ ㄘㄨㄟˋ
敬愼謀國,竭盡心力。

鞞 一 ㄅㄧㄥˇ *ping*³ 音丙
刀劍的套子。即刀鞘。見"說文"。
二 ㄅㄟ *pei*¹ 音卑
參牛鞞。
三 ㄆㄧˊ *p'i*² 音鼙
鼓的一種。通鼙。見"集韻"。

鞚 一 ㄉㄢˋ *tan*⁴ 音但
革帶。見"廣雅·釋器"。
二 ㄔㄢ *ch'an*¹ 音攙
革履。見"集韻"。

9

鞋 鞵的或體。

鞍 鞌的或體。

鞧 緧的或體。

鞬 一 ㄐㄧㄢ *chien*¹ 音堅
盛弓的器具。見"說文"。
二 ㄐㄧㄢˋ *chien*⁴ 音健
參鞬子。

3【鞬子】 ㄐㄧㄢˋ ·ㄗ
玩具的一種。用腳踢,不使落地。也作毽子。

鞢 ㄒㄧㄝˋ *hsieh*⁴ 音謝
參鞊鞢。

鞣 ㄖㄡˊ *jou*² 音柔
1熟皮;柔軟的皮。見"字彙"。2治革使軟。可將生皮浸泡在食鹽、明礬、硼砂、石灰、硫酸等化學藥品或橡樹皮的汁液中使軟。

14【鞣製】 ㄖㄡˊ ㄓˋ
(tanning)爲使皮革免於細菌滋生而腐敗,且爲增加其安定性、耐磨性、抗熱性與保持柔軟性、通氣性所進行的化學處理。其加入之化學物質包括植物丹寧、鹽基性鉻鹽、合成丹寧(syntan)等。

鞮 ㄉㄧ *ti*¹ 音低
1長筒皮鞋。見"說文"。2通譯;傳譯。如:鞮譯。

20【鞮鞻氏】 ㄉㄧ ㄌㄡˊ ㄕˋ
"周禮"官名。屬春官。掌四夷之樂。也作鞮婁氏。

鞨 ㄏㄜˊ *ho*², *hê*² 音曷
鞋子。見"廣雅·釋器"。

鞻 ㄗㄨㄥˋ *tsung*⁴ 音粽
參鞋鞻。

鞫 ㄐㄩˊ *chü*² 音菊
審問。見"字彙"。

8【鞫治】 ㄐㄩˊ ㄓˋ
審問治罪。

鞦 ㄑㄧㄡ *ch'iu*¹ 音秋
絡於牛馬股後的革帶。即車鞦。見"玉篇"。

24【鞦韆】 ㄑㄧㄡ ㄑㄧㄢ
一種遊戲器材。在木架或樹幹上懸掛二繩,下端橫拴一塊木板,人站立或坐在木板上,兩手握繩,引體向前後擺盪爲戲。也作秋千。

鞭 ㄅㄧㄢ *pien*¹ 音邊
1打人及驅策牛馬的器具。2古兵器名。3用鞭抽打。如:鞭笞。4雄性獸類的生殖器。

4【鞭毛】 ㄅㄧㄢ ㄇㄠˊ
(flagellum)爲毛狀的突起,見於原生動物的鞭毛蟲和某些藻類。在此等生物,鞭毛爲其運動的胞器。某些多細胞動物體內細胞的游離端有鞭毛,擺動時可以造成水流。鞭毛的基部有一小顆粒,稱爲基粒,可以控制鞭毛的運動。在電子顯微鏡下,鞭毛的微細構造與纖毛者相同,其中央有二條小纖維,周圍有九個雙重的小纖維。

9【鞭屍】 ㄅㄧㄢ ㄕ
也作鞭尸。1鞭打仇人的屍體以洩憤。2對已死去的人作嚴厲無情的批評。

11【鞭笞】 ㄅㄧㄢ ㄔ
1鞭打。2驅使。

12【鞭策】 ㄅㄧㄢ ㄘㄜˋ
1馬鞭子。2策勵;督促。

16【鞭撻】 ㄅㄧㄢ ㄊㄚˋ
1用鞭子抽打。2驅使;驅遣。

18【鞭蟲】 ㄅㄧㄢ ㄔㄨㄥˊ
(whipworm ; *Trichuris trichiura*) 屬線形動物門 (phylum Nematoda)、有幻器綱 (class Phasmidia)、鞭蟲目(order Trichuroidea) 中的動物。本目動物皆行寄生,寄生於鳥類、哺乳類及其他脊椎動物的消化管中,本種則寄生於人的大腸,尤其是盲腸部位。體前端細長似鞭,用以插入

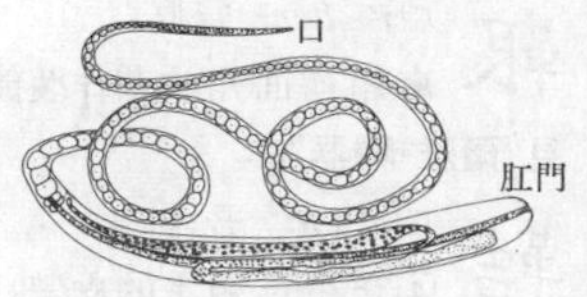

鞭蟲圖

寄主腸壁,先端有口,藉以吸收養分。卵隨寄主糞便排出,在泥土中發育爲胚胎卵(即卵不孵化,內部發育爲胚胎),隨不潔的蔬菜等食物而傳播。

【鞭蟲病】 ㄅㄧㄢ ㄔㄨㄥˊ ㄅㄧㄥˋ
(trichuriasis)吞食爲鞭蟲卵汙染之食物所引起的寄生蟲病。以環境衛生不良地區的小孩較易罹患。感染後,蟲體寄生於腸道,多數人無症狀,但當成蟲數目太多時,會出現血痢、脫肛、貧血等症狀。治療以服用驅蟲藥爲主,並注重個人及公共衛生。

8【鞭長莫及】 ㄅㄧㄢ ㄔㄤˊ ㄇㄛˋ ㄐㄧˊ
本意爲馬鞭雖長,但打不到馬腹。比喻勢力無法到達或能力無法辦到。

13【鞭辟入裡】 ㄅㄧㄢ ㄅㄧˋ ㄖㄨˋ ㄌㄧˇ
1自行鞭策,往事理深處探討研

究。[2]指文章或見解透徹深刻，切中事理。

鞥 ㄜˋ o4, ê4 音餓
[1]馬韁繩。見"說文"。[2]裹角的皮。見"廣韻"。

鞪 ㊀ ㄇㄨˋ mu4 音木
[1]固定車軸的皮帶。見"說文"。[2]固定車轅的皮帶。同楘。見"玉篇"。
㊁ ㄇㄡˊ mou2 音謀
頭盔。通鍪。見"集韻"。

10

鞫 ㄜˊ o2, ê2 音額
也作鞨。[1]鞋頭。見"廣韻"。[2]修補鞋子。見"廣韻"。[3]修補。見"廣雅·釋詁"。

鞤 ㄅㄤ pang1 音幫
修治鞋邊。也作幫、鞤。見"集韻"。

鞯 鞲的或體。

鞬 ㄙㄨㄛˇ so3, suo3 音索
參鞬鞮。

19【鞬鞮】 ㄙㄨㄛˇ ㄉㄨㄛˊ
一種胡人穿的革履。

鞳 ㄐㄧㄚˊ chia2 音夾 又讀 ㄎㄜˋ k'o4, k'ê4 音客
參鞳靸。

13【鞳靸】 ㄐㄧㄚˊ ㄕㄚ
皮鞋。

鞴 ㊀ ㄅㄟˋ pei4 音備
[1]車中人所憑依的革囊。即車紴。同紴。見"說文"。[2]風箱中鼓風使火旺盛的革囊。
㊁ ㄅㄨˋ pu4 音步
參鞴靫。

12【鞴靫】 ㄅㄨˋ ㄔㄚ
箭袋。也作步叉。

鞜 ㄊㄚˋ t'a4 音搨
兵器。見"玉篇"。

鞵 鞋的或體。

鞰 ㄨㄥ wêng1 音翁
靴筒。見"集韻"。

鞶 ㄆㄢˊ p'an2 音盤
[1]束衣服的大帶。見"說文"。[2]盛帨巾的小囊。俗稱荷包。通縏。

11

鞹 ㊀ ㄎㄨㄛˋ k'o4, k'uo4 音廓
同鞟。[1]去毛的皮。即革。見"說文"。[2]張大；擴張。[3]用皮革包裹。
㊁ ㄐㄩㄝˋ chüeh4 音倔
急張弓。通彏。如：扜弓鞹弩。

鞺 ㄊㄤ t'ang1 音湯
鼓聲。同鼞。見"集韻"。

鞻 ㄌㄡˊ lou2 音樓
參鞮鞻氏。

韠 ㊀ ㄅㄧˋ pi4 音畢
[1]蔽膝。也作韠、鞸。見"集韻"。[2]車束。同鞸。見"集韻"。
㊁ ㄅㄧㄥˇ ping3 音丙
刀套。同鞞。見"古今韻會舉要"。

12

鞾 靴的本字。

鞼 ㊀ ㄍㄨㄟˋ kuei4 音櫃
[1]飾有文采的皮革。見"說文"。[2]折。通劌。見"說文通訓定聲"。
㊁ ㄎㄨㄟˋ k'uei4 音愧
馬韁。通䩴。見"集韻"。

鞿 ㄐㄧ chi1 音機
[1]馬韁在馬口中的部分。見"玉篇"。[2]繫馬。見"字彙"。[3]泛指牽繫、牽制。如：鞿羈。

13

韀 韉的或體。

韃 ㄉㄚˊ ta2 音達
參韃靼。

3【韃子】 ㄉㄚˊ ·ㄗ
'元代'以後對'蒙古'人的別稱。

14【韃靼】 ㄉㄚˊ ㄉㄚˊ
'契丹'的一族。也作'達怛'、'達旦'、'達達'。'元'亡後，'漢'人稱'蒙古'人爲'韃靼'。今'中亞細亞'及'歐俄'東部尙有此族。

韁 ㄐㄧㄤ chiang1 音疆 又讀 ㄍㄤ kang1 音剛
繫馬的繩索。本作繮。見"集韻"。

韄 ㄉㄨㄛˊ to2, tuo2 音鐸
參鞬韄。

韂 ㄔㄢˋ ch'an4 音懺
鞍上障泥的器具。見"廣韻"。

14

韅 ㄒㄧㄢˇ hsien3 音顯
經馬腋下繞於馬腹的革帶。也作䪏。見"說文"。

韄 ㄏㄨˋ hu4 音護
[1]佩刀上的絲飾。見"說文"。[2]縛繫。見"集韻"。

15

韇 ㄉㄨˊ tu2 音獨
[1]放弓箭的袋子。見"說文"。[2]藏卜筮用著草的筒子。

韆 ㄑㄧㄢ ch'ien1 音千
參鞦韆。

韈 襪的或體。

16

韉 ㄌㄨㄥˊ lung2 音龍
套在馬頭頸上的器具。即籠頭。通作觻。見"集韻"。

17

韀 ㄐㄧㄢ chien1 音箋
馬鞍的墊子。或作韉。見"廣韻"。

21

韊 籣的或體。

韋部

韋 ㄨㄟˊ wei² 音違
①違背。見"說文"。②去毛加工製成的柔軟皮革。③姓。'漢'有'韋孟'。見"萬姓統譜·六"。

7【韋伯】ㄨㄟˊ ㄅㄛˊ
①(Max Weber, 1864~1920)'德國'社會學家及政治經濟學家。早年專攻法律、法制史，兼修經濟史，後在'柏林''夫來堡'和'海德堡'大學任教。最著名也最受爭議的著作是"基督教的倫理與資本主義的精神"(*Die protestantische Ethik und der Geist das Kapitalismus*)，書中將資本主義經濟的興盛，歸諸於新教的倫理觀，肯定吾人對財富的追求。此外又著有"經濟與社會"(*Wirtschaft und Gesellschaft*)等書。②(weber)代號爲Wb。度量衡導出單位中之磁通量單位。一韋伯爲一匝線圈之磁通量在一秒內均勻遞減至零而產生一伏特的電動勢。

韋伯像

9【韋昭】ㄨㄟˊ ㄓㄠ
(204~273)三國'吳''雲陽'(今'江蘇''丹陽')人，字'弘嗣'。'晉'人避'司馬昭'諱而改爲'韋曜'。好學能文，'孫皓'時爲侍中，領修國史，後以持正爲'皓'所殺。所注"國語"，有聲於世。

11【韋莊】ㄨㄟˊ ㄓㄨㄤ
(836?~910)'杜陵'(今'陝西''長安'東南)人，字'端己'。'唐''乾寧'進士。'昭宗'時應'王建'聘至'蜀'，後'王建'自立稱帝，以'莊'爲相，開國制度多出其手。擅長詩詞，詩豔麗，詞婉柔。有"浣花集"。

12【韋發第】ㄨㄟˊ ㄈㄚ ㄉㄧˋ
(Antonio Vivaldi,1675?~1741)又譯作'韋瓦第'。'義大利'作曲家。建立且確定協奏曲的形式，對'巴赫'以後的作曲家影響甚大。最著名的作品爲一組包含四首小提琴協奏曲的"四季"(*The Four Seasons*)。

韋發第像

17【韋應物】ㄨㄟˊ ㄧㄥˋ ㄨˋ
(737~786)'唐''京兆'(今'陝西''長安')人。歷任'滁州'、'江州'、'蘇州'刺史。性高潔，工詩，尤擅五言，其詩閒澹簡遠，論者比之'陶淵明'。有"韋蘇州集"。

7【韋伯斯特】ㄨㄟˊ ㄅㄛˊ ㄙ ㄊㄜˋ
①(John Webster, 1580?~1634)'英國'戲劇家。著有"白魔"(*The White Devil*)、"麥爾斐女公爵"(*The Duchess of Malfi*)等悲劇。現僅存八部劇本及部分詩文。其悲劇作品之地位僅次於'莎翁'。②(Daniel Webster, 1782~1852)'美國'政治家及雄辯家。畢業於'達特茅斯學院'(Dartmouth College)，曾任律師、眾議員、參議員，且曾兩度當選國務卿，三度競選總統失利。是著名的國家主義者。③(Noah Webster, 1758~1843)'美國'人。西元1778年畢業於'耶魯大學'，三年後任律師。因不滿當時的教科書忽略本地文化，開始撰寫"美語文法典"(*American Spelling Book*)一書，首卷論拼音法。1787年創立"美國雜誌"(*American Magazine*)，1793年辦"美國莫內瓦"(*The American Minerva*)日報和"先鋒"(*The Herald*)半週刊。1806年出版"簡要英文字典"(*Compendious Dictionary of the English Language*)，爲"韋氏英語字典"的編纂鋪路。

韋伯斯特像

15【韋編三絕】ㄨㄟˊ ㄅㄧㄢ ㄙㄢ ㄐㄩㄝˊ
裝訂書的牛皮繩子屢次磨斷。形容讀書非常勤奮。

10【韋恩電容橋】ㄨㄟˊ ㄣ ㄉㄧㄢˋ ㄖㄨㄥˊ ㄑㄧㄠˊ
(Wien capacitance bridge)一種以電阻及頻率來測量電容的四臂交流電容橋。兩相鄰臂包含有電容器，其一與電阻器串聯，另一與電阻器並聯，而另兩臂則爲無感電阻器。其平衡與頻率有關，且電容值可由四臂電阻值及頻率求得，如圖所示：$\frac{C_3}{C_4}=\frac{R_2}{R_1}-\frac{R_4}{R_3}$，$C_3C_4=\frac{1}{\omega^2R_3R_4}$。

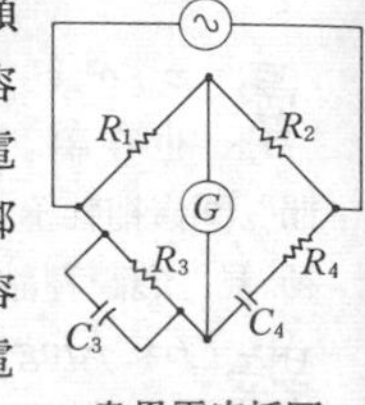

韋恩電容橋圖

【韋恩電感橋】ㄨㄟˊ ㄣ ㄉㄧㄢˋ ㄍㄢˇ ㄑㄧㄠˊ
(Wien inductance bridge)一種以電阻和頻率測量電感的四臂交流電感橋。構造與'韋恩'電容橋相似。如圖所示：$\frac{L_3}{L_4}=\frac{R_1(R_L+R_3)}{R_2R_3-R_1R_4}$，$\omega^2L_3L_4=R_4(R_L+R_3)-R_LR_3\left(\frac{R_2}{R_1}\right)$。

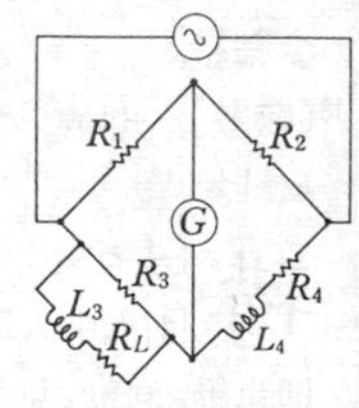

韋恩電感橋圖

3

韌 ㄖㄣˋ jên⁴ 音刃
柔軟而強固。也作靭。見"正字通"。

8【韌性】ㄖㄣˋ ㄒㄧㄥˋ
(toughness)金屬在破裂前的吸

收能量及塑性變形的能力。一般可由凹痕衝擊試驗法中吸收的能量來測得，但由拉伸試驗的應力一應變曲線亦可測得。

11【韌帶】 ㄖㄣˋ ㄉㄞˋ

(ligaments)位於兩骨聯接處，具有彈性的膜。為一種特化的結締組織纖維，可防運動時關節分離。其質韌而形如帶，故名。

23【韌體】 ㄖㄣˋ ㄊㄧˇ

(firmware)電腦系統中儲存於僅讀記憶體內的程式或指令，因其為軟體(程式)、硬體(僅讀記憶體)的綜合結果，故稱。

5【韌皮部】 ㄖㄣˋ ㄆㄧˊ ㄅㄨˋ

(phloem)植物的維管束，包括木質部和韌皮部，其韌皮部包括篩管、伴細胞和韌皮纖維，司養分的運輸，將養分自葉運輸至其他各部。

8【韌性匯率制度】 ㄖㄣˋ ㄒㄧㄥˋ ㄏㄨㄟˋ ㄌㄩˋ ㄓˋ ㄉㄨˋ

(flexible exchange rate system)一國的匯率完全沒有人為的干預，而是由外匯市場供給與需求之力量所決定的一種制度。

【韌性鋼筋混凝土構材】 ㄖㄣˋ ㄒㄧㄥˋ ㄍㄤ ㄐㄧㄣ ㄏㄨㄣˋ ㄋㄧㄥˊ ㄊㄨˇ ㄍㄡˋ ㄘㄞˊ

(ductile reinforced concrete member)依韌性要求設計的鋼筋混凝土構材。用此種構材建造的結構體，在中級至強烈地震時，能吸收由地震引起之震動能量，保持其原有性能，也就是在進行相當大的局部非彈性變形中仍不致喪失其強度，可防止脆性或突發性的破壞。

5

韠 ㄅㄧˋ pi^4 音必

護弓的器具。用竹、木製成。也叫弓檠。見"廣韻"。

韎 或作韎。㊀ ㄇㄟˋ mei^4 音妹

用茅蒐草染皮韋。見"說文"。

㊁ ㄇㄞˋ mai^4 音賣

'東夷'樂名。見"玉篇"。

㊂ ㄨㄚˋ wa^4 音襪

襪子。同韤。見"集韻"。

15【韎韐】 ㄇㄟˋ ㄍㄜˊ

古代祭服上的蔽膝。

韎 韎的或體。

韍 ㄈㄨˊ fu^2 音弗

①古代祭服上的蔽膝，以韋製成。本作市。見"說文"。②繫璽印的綬帶。見"正字通"。

鞊 ㄉㄧㄝˊ $tieh^2$ 音蝶

參鞊韘。

18【鞊韘】 ㄉㄧㄝˊ ㄒㄧㄝˋ

佩帶在衣帶上的用具。

6

韏 ㄐㄩㄢˋ $chüan^4$ 音倦 又讀 ㄑㄩㄢˋ $ch'üan^4$ 音勸

①一張全皮的四分之一。見"說文"。②屈曲；彎曲。見"玉篇"。③車上所用的皮革。見"廣韻"。

𩎔 ㄈㄨˊ fu^2 音伏

車上的坐墊。同鞴。見"玉篇"。

韐 ㄍㄜˊ $ko^2, kê^2$ 音閣

參韎韐。

8

韕 ㄎㄨㄛˋ $k'o^4, k'uo^4$ 音廓

回復；重複。見"字彙補"。

韔 ㄔㄤˋ $ch'ang^4$ 音暢

①裝弓的袋子。見"說文"。②把弓藏在弓袋中。

韓 ㄏㄢˊ han^2 音寒

①井口周圍的木欄。見"字彙"。②國名。⑴'戰國'七雄之一。擁有今'陝西'東部及'河南'西北部地，後被'秦'所滅。⑵位於東北'亞''朝鮮半島'上的'韓國'。參韓國。③姓。'戰國'有'韓非'。見"萬姓統譜·二四"。

8【韓非】 ㄏㄢˊ ㄈㄟ

(前280?～前233?)'韓國'公子。喜刑名法術之學，與'李斯'同為'荀卿'學生。曾屢次上書諫'韓'王而不見用，於是發憤著書十餘萬言，號"韓非子"。後'韓'王遣'非'出使'秦國'，'秦'王悅其說而未信用，為'李斯'所譖，下獄死。

9【韓信】 ㄏㄢˊ ㄒㄧㄣˋ

①(?～前196)'淮陰'(今'江蘇''淮陰')人。善用兵，助'劉邦'滅'項羽'，封為'楚王'，與'張良'、'蕭何'稱'漢'興三傑。'高祖'六年(前201)，被告謀反，執至'雒陽'，赦為'淮陰侯'。十一年，為'呂后'所殺。②'漢'初人，'戰國''趙襄王'之孫。'漢'定'韓'地，立為'韓王'，故亦稱'韓王信'。後因被疑勾結'匈奴'叛'漢'，為'高祖'派人所擊殺。

11【韓國】 ㄏㄢˊ ㄍㄨㄛˊ

(Korea)古名'高麗'。有'馬韓'、'弁韓'、'辰韓'之分，因名'韓國'。位於我國東北與'日本'之間。東濱'日本海'(Japan Sea)，西臨'黃海'(Yellow Sea)。形狀狹長多山，東岸斷層發達，西岸曲折多灣澳，'竹嶺地塹'溝通兩岸。地勢北高南低，東高西低，大河均西南流入'黃海'。屬溫帶季風氣候，林產豐富。西元1945年8月，以北緯38°分裂為'南'、'北韓'。1950年6月爆發'韓'戰，1953年"停戰協定"規定以停戰線為界。'南韓'(South Korea) 面積9.9萬方公里，人口8,420萬(2005年)，首都'首爾'；'北韓'(North Korea) 面積12.2萬方公里，人口2,291萬(2005年)，首都'平壤'。

12【韓琦】 ㄏㄢˊ ㄑㄧˊ

(1008～1075)'宋''安陽'(今'河南''安陽')人，字'稚圭'，自號'贛叟'。'天聖'進士。歷事'仁宗'、'英宗'、'神宗'三朝。'仁宗'時，'西夏'反，率兵拒戰；與'范仲淹'同為朝廷所重，封'魏國公'。著有"安陽集"。

13【韓幹】 ㄏㄢˊ ㄍㄢˋ

'唐''京兆''藍田'(今'陝西''藍田'西)人,一作'大梁'(今'河南''開封')人。以畫馬名世,重寫生,不蹈襲陳規。'玄宗'時官太常府丞。存世作品有"昭夜白圖"等。

【韓愈】 ㄏㄢˊ ㄩˋ
(768~824)'唐''河南''河陽'(今'河南''孟縣'南)人。字'退之'。早孤,由兄嫂撫養長成。刻苦爲學,博通經史百家,崇儒術,排佛'老';反對駢體時文。'蘇軾'嘗稱其文起八代之衰,道濟天下之溺。有"韓昌黎集"。

韓愈像

16【韓戰】 ㄏㄢˊ ㄓㄢˋ
西元1945年'日本'投降後,據'克里米亞'及'波茨坦'會議決定,'美'軍在北緯38°以南接受'日'軍投降,'蘇俄'在38°以北接受'日'軍投降,遂造成'南'、'北韓'的對峙。1950年'美'、'蘇'駐軍分別撤離,'北韓'於該年6月入侵'南韓',於是'韓'戰爆發。以'美國'爲主的'聯合國'會員國紛紛出兵援助'南韓','麥'帥爲聯軍統帥。至1953年雙方簽訂"停戰協定",以38°線爲停戰線,'韓'戰至此結束。

17【韓嬰】 ㄏㄢˊ ㄧㄥ
'漢''燕'人。'文帝'時爲博士,'景帝'時官'常山王'太傅。爲人精悍,說理分明。曾推究詩人作詩的意思,著有"詩內外傳",世稱"韓詩",今僅"韓詩外傳"流傳於世。

3【韓山童】 ㄏㄢˊ ㄕㄢ ㄊㄨㄥˊ
(?~1351)'欒城'(今'河北''欒城')人。'元'末與'潁州'人'劉福通'在'河南'、'江'、'淮'一帶宣揚白蓮教義。'劉'等又宣揚'山童'爲'宋徽宗'八世孫,當主'中國'。'至正'十一年(1351)擁眾三千多人,被推爲'明王',用紅巾爲號,宣誓起義。後被捕,死。

5【韓世忠】 ㄏㄢˊ ㄕˋ ㄓㄨㄥ
(1089~1151)'宋''延安'(今'陝西''延安')人,字'良臣'。'高宗'時,平'苗傅'、'劉正彥'之亂,破'金'將'兀朮'於'黃天蕩',名重當時。後因'秦檜'主和,罷其兵權,自此絕口不談兵,隱居'西湖',自號'清涼居士'。

8【韓林兒】 ㄏㄢˊ ㄌㄧㄣˊ ㄦˊ
(?~1366)'欒城'(今'河北''欒城')人。'元'末,其父'韓山童'與'劉福通'等聚眾反'元'。及'山童'爲'元'兵所擒,'福通'立'林兒'爲'小明王',國號'宋',年號'龍鳳',都'亳州'(今'安徽''亳縣'),立十三年而亡。

【韓非子】 ㄏㄢˊ ㄈㄟ ㄗˇ
'戰國''韓非'撰,二十卷,五十五篇。綜合'戰國'以來法家重勢、重術、重法三派學說而集其大成,以闡揚其政治思想。文字明晰博辨,是'戰國'時期法家學說的代表作。

【韓侂冑】 ㄏㄢˊ ㄊㄨㄛ ㄓㄡˋ
(1151~1207)'南宋''安陽'(今'河南''安陽')人,字'節夫'。'寧宗'時,累官太師,封'平原郡王'。專橫恣肆,排斥道學,請下詔嚴禁,'朱熹'等均獲罪。後欲對外建功以自固,力主伐'金',潰敗,伏誅,'宋'函送其首向'金'人謝罪。

12【韓湘子】 ㄏㄢˊ ㄒㄧㄤ ㄗˇ
傳說中的道教八仙之一。'唐朝''韓愈'的宗姪,性狂放,能奇術。其得道成仙之傳說,'明'人有"韓湘子全傳"三十回演述。

15【韓德爾】 ㄏㄢˊ ㄉㄜˊ ㄦˇ
(George Frideric Handel, 1685 ~ 1759)'德國'音樂家。一生主要歲月在'英國'度過。早期的作品是歌劇;中期之後,致力神劇與器樂曲的寫作。作品有神劇"掃羅"(*Saul*)、"以色列人在埃及"(*Israel in Egypt*)及"彌賽亞"(*Messiah*);器樂曲有管風琴協奏曲、雙簧管協奏曲、管絃樂組曲"水上音樂"(*Water Music*)、"皇家煙火"(*Fireworks Music*)等。

韓德爾像

13【韓詩外傳】 ㄏㄢˊ ㄕ ㄨㄞˋ ㄓㄨㄢˋ
'漢''韓嬰'撰,十卷。雜引古事古語,證以"詩經"文辭,與經義不相比附,故曰外傳。

9

韗 ㄩㄣˋ *yün*^{4} 音運
古代製造皮鼓的工人。同鞾。見"廣韻"。

韘 ㊀ ㄕㄜˋ *shê*^{4} 音攝
扳指。象骨製成,射箭時套於大拇指上鉤弦拉弓的用具。見"說文"。
㊁ ㄒㄧㄝˋ *hsieh*^{4} 音燮
參鞊韘。

韕 ㄒㄧㄚˊ *hsia*^{2} 音遐
鞋子的後跟。在鞋子後跟加上厚皮,使鞋子變得堅厚。見"廣韻"。

韙 ㄨㄟˇ *wei*^{3} 音偉
是;善。見"說文"。

10

韝 ㄍㄡ *kou*^{1} 音鉤
古代射箭或操作時用以束斂衣袖、保護手臂的革製袖套。也作鞲。如:射韝。

19【韝韛】 ㄍㄡ ㄅㄟˋ
風箱、唧筒、抽氣機筒等內面的活塞。

韛 ㄅㄟˋ *pei*^{4} 音備
風箱鼓風的皮囊。見"玉篇"。

韞 ㄩㄣˋ *yün*^{4} 音運
藏;蘊藏。見"正字通"。

韜 ㄊㄠ *t'ao*^{1} 音滔
①藏劍的套子。見"說文"。②盛弓的器具。同弢。見"廣雅·釋器"。③掩藏;隱藏。如:韜隱。④謀略。如:韜略。

6【韜光】ㄊㄠ ㄍㄨㄤ
收斂光采。比喻人懷才不露。

11【韜略】ㄊㄠ ㄌㄩㄝˋ
用兵的謀略。

6【韜光養晦】ㄊㄠ ㄍㄨㄤ ㄧㄤˇ ㄏㄨㄟˋ
比喻隱藏才智,不爲世人所知。

韝 ㄍㄠ *kao*¹ 音皐
弓袋。同櫜。也作韟。見"字彙"。

11

韠 ㄅㄧˋ *pi*⁴ 音畢
1古代朝服上皮製的蔽膝。俗作韡。見"說文"。2胡服的蔽膝。見"廣韻"。

12

韡 ㄨㄟˇ *wei*³ 音偉
明盛。見"說文"。

韢 ㄐㄧㄡ *chiu*¹ 音啾 又讀 ㄐㄧㄠ *chiao*¹ 音焦
收束;收斂。也作韉。見"說文"。

13

韣 ㄉㄨˊ *tu*² 音獨
1裝弓的套子。或作韇、韥。見"說文"。2收藏物品的囊袋。見"六書故"。

15

韥 ㄉㄨˊ *tu*² 音讀
1裝弓的套子。也作韣。見"集韻"。2箭袋。

韤 襪的或體。

16

韈 韤的或體。

18

韉 韢的或體。

韭部

韭 ㄐㄧㄡˇ *chiu*³ 音久
(Chinese chive; *Allium tuberosum*)即韭菜。鱗莖長型,簇生於根狀莖上,外皮網狀纖維質;花莖圓柱形,葉基生,不呈中空,背部有龍骨突而變扁平;花白色,繖形花序近球形。原產於'東南亞',後廣爲栽培供食用。

韭圖

4

韮 韲的俗體。

韮 韭的或體。

7

韰 ㄒㄧㄝˋ *hsieh*⁴ 音械
狹隘。同韰。見"集韻"。

8

韯 ㄒㄧㄢ *hsien*¹ 音纖 又讀 ㄐㄧㄢ *chien*¹ 音尖
1植物名。即山韭。見"說文"。2纖細。通纖。見"集韻"。

韱 ㄙㄚˋ *sa*⁴ 音薩
參韱子。

3【韱子】ㄙㄚˋ ·ㄗ
墊於几案四足不平穩處的小木片。

9

韲 齏的或體。

10

韲 齏的俗體。

11

韲 齏的本字。

14

韲 薤的本字。

音部

音 ㊀ ㄧㄣ *yin*¹ 音陰
1有節奏的聲音。引申爲聲音的泛稱。如:語音。2音樂。如:八音。3腔調。如:鄉音。4泛指語音、消息、信息等。如:回音。5語言或字的音讀。如:音韻。
㊁ ㄧㄣˋ *yin*⁴ 音蔭
樹蔭。通蔭。見"說文通訓定聲"。

6【音名】ㄧㄣ ㄇㄧㄥˊ
(names of notes)在十二平均律中,十二個不同性質的音,以七個音名爲基礎。音名各國不同,我國用宮、商、角、變徵、徵、羽、變宮;'英''美'用 C、D、E、F、G、A、B;'法''義'用 Do(或 U⁺)、Re、Mi、Fa、Sol、La、Si。

【音色】ㄧㄣ ㄙㄜˋ
(quality)即音品。參音品。

9【音品】ㄧㄣ ㄆㄧㄣˇ
(quality; timbre)任何人所發出的聲音各有特色,均可分辨;不同的樂器即使響度、音調完全相同,所產生的樂音仍能分別。此因每一發音體均有其所發出聲波的特性,此特性稱爲音品或音色。此處所稱的特性是指發音體發音時,除基音外,同時會發出許多泛音,不同的發音體其泛音的強弱分布不同,因而產生音品的差異。另外聲音的開始與終結行爲亦會影響音品。

【音信】 ㄧㄣ ㄒㄧㄣˋ
書信；消息。

【音律】 ㄧㄣ ㄌㄩˋ
1樂音的規律。包括音的高低、強弱、長短等。如律呂、宮商等是。2詩文的聲律。3聲音。

10【音訊】 ㄧㄣ ㄒㄩㄣˋ
書信；消息。

【音訓】 ㄧㄣ ㄒㄩㄣˋ
1注明其音而解釋其義。2用音同或音近的字相解釋，以推求文字得名的根源。也稱聲訓。

【音高】 ㄧㄣ ㄍㄠ
(pitch)指各種不同聲音的高低。如木魚、汽車、喇叭、說話的聲調、鑼、鐘、鼓等等。音的高度，決定於發音體振動次數的多寡，振動次數多的，頻率高，其所產生的聲音就高；振動次數少的，頻率低，其所產生的聲音也較低。

【音效】 ㄧㄣ ㄒㄧㄠˋ
(music and sound effects; M&E)節目或影片中所使用的一切音樂和音響效果。其目的在使情景逼眞或製造氣氛。

【音書】 ㄧㄣ ㄕㄨ
書信；消息。

11【音速】 ㄧㄣ ㄙㄨˋ
(velocity of sound)聲波傳送的速度。聲波在海平面標準大氣中傳送之速度約爲1,100呎/秒或331公尺/秒。飛行器飛行的速度通常以音速爲準，飛行速度小於音速者稱次音速(subsonic)；約等於音速者爲穿音速(transonic)；大於音速者稱爲超音速(supersonic)。

【音域】 ㄧㄣ ㄩˋ
(compass; range)或稱聲域。指人聲或樂器由低至高的界限。下列是人聲的音域；黑色的音符，是可能擴展到的音。在混聲四部合唱裡，女中音的唱者併入女高音，男中音的唱者併入男低音。

音域圖

【音符】 ㄧㄣ ㄈㄨˊ
(note)在譜表上記錄音階位置，以及顯示樂音長短時值的符號。一般通行之五線譜上，使用的音符是由符頭、符桿與符尾構成。

12【音階】 ㄧㄣ ㄐㄧㄝ
(musical scale)一群高低不同的樂音，依照法則，像階梯似的排列起來，稱爲音階。近代通行的有大音階(major scale)、小音階(minor scale)。我國有五聲音階、七聲音階，'德國'音樂家'德布西'倡用的則有全音音階。

【音程】 ㄧㄣ ㄔㄥˊ
(interval)也稱音隔。指從一音到他音，二音間的距離。全音階裡所含有的音程，倘以度數分，計有八種：同度、二度、三度、四度、五度、六度、七度、八度。倘以性質分，計有五種：大音程、小音程、完全音程、增音程、減音程。

13【音感】 ㄧㄣ ㄍㄢˇ
對音高、音色等的感受、辨別。

【音節】 ㄧㄣ ㄐㄧㄝˊ
1聲調高下緩急的節奏。2(syllable)也稱音綴。語音在聽覺感受上的最小單位。通常由一個母音或雙母音，時而伴隨子音而構成。'漢'語則是一字一音節。

14【音障】 ㄧㄣ ㄓㄤˋ
(sound barrier; sonic barrier)音波在海平面標準狀況下之空氣中傳播速率約爲1,100呎/秒或750哩/時，當飛機或重航空器或子彈的速率接近該音速時所遭遇的空氣抗力，即稱爲音障。飛機或重航空器以等或超音速飛行時，常因空氣抗力的影響造成音爆。

15【音調】 ㄧㄣ ㄉㄧㄠˋ
1讀字音時各種聲調的變化。2(pitch)指聲音的高低。由聲音的頻率而定，頻率愈大，聲音也愈高。男生的聲音頻率約在95～142次/秒之間，而女生約在272～558次/秒之間，故女生之音調較男生爲高。

【音標】 ㄧㄣ ㄅㄧㄠ
標記語言聲音的符號。

【音樂】 ㄧㄣ ㄩㄝˋ
藝術的一種。人或樂器發出的有一定規則而又和諧悅耳的聲音，能夠傳達人類的思想感情，反映社會的現實生活。音樂是表演的藝術，必須通過演唱、演奏，才能爲聽衆所感受，產生共鳴，進而收到教育的功用。

【音質】 ㄧㄣ ㄓˊ
由發音體所發出的聲音的品質。

19【音爆】 ㄧㄣ ㄅㄠˋ
飛機以等或超音速飛行時所造成的震波，在地面聽似爆炸的聲音。'英''法'所合製的超音速⌊協和號⌉噴射客機，即因音爆太強，受到世界部分機場限制降落。

21【音響】 ㄧㄣ ㄒㄧㄤˇ
1聲音。2(audiophile; audio)播放音樂的電子裝置。一套音響系統可分爲三個部分：一、信號來源部分，包括唱機、錄音座、收音調諧器。二、擴大部分，將信號來源部分所產生的信號，利用電子線路予以擴大；又可分爲前級擴大和功率擴大二級。三、發音部分，即喇叭，將擴大部分所輸出的能量，轉變爲機械能量，推動空氣而發聲。

23【音變】 ㄧㄣ ㄅㄧㄢˋ
(phonetic change)指不影響到音位結構的語音變化。如弱化、減音、增音、同化、異化、換位、類推、交流等作用。目的在使發音更爲容易。

10【音衰減】ㄧㄣ ㄕㄨㄞ ㄐㄧㄢˇ
(attenuation of sound)指聲音強度隨音源距離、空氣、地表、草木的吸收及障礙物回折等引起的衰減。

【音容宛在】ㄧㄣ ㄖㄨㄥˊ ㄨㄢˇ ㄗㄞˋ
人雖已經逝世，而其聲音容貌如同仍然留存在人間。弔喪時的用語。

15【音樂學校】ㄧㄣ ㄩㄝˋ ㄒㄩㄝˊ ㄒㄧㄠˋ
(conservatory)爲培養音樂人才或戲劇人才而設的學校。

16【音學五書】ㄧㄣ ㄒㄩㄝˊ ㄨˇ ㄕㄨ
'清''顧炎武'撰，共五種：一、"音論"三卷，討論古音，訂正俗學之訛，爲五書之綱領；二、"詩本音"十卷，就"詩經"用韻相互參考，證以他書，以訂古音；三、"易音"三卷，就"周易"用韻以考訂古音；四、"唐韻正"二十卷，以古音正"唐韻"之訛；五、"古音表"二卷，分古韻爲十部，定其韻目次第，而以平聲爲部首。

21【音響測深儀】ㄧㄣ ㄒㄧㄤˇ ㄘㄜˋ ㄕㄣ ㄧˊ
(echo sounder)利用超音波探測海水深度的一種儀器。也可測出海底地形或地質。

2

章 ㄓㄤ *chang*^{1} 音彰
①樂曲的節段。凡樂曲首尾完整而告一段落的，稱爲一章。見"說文"。②篇什。也指詩文的段落或詞意完足的單元。如：篇章。③規程；典則。如：憲章。④法律條款。如：約法三章。⑤文采。如：文章。⑥印。如：印章。⑦曆法的單位。十九年爲一章，四章爲蔀。⑧標識。如：徽章。⑨彰明。通彰。如：章灼。⑩姓。'漢'有'章明'。見"萬姓統譜·四九"。

5【章句】ㄓㄤ ㄐㄩˋ
①文章的段落與句子。②分析古書章節句讀並作注解的著述。

9【章則】ㄓㄤ ㄗㄜˊ
機關團體所訂定、遵守的規章或法則。

10【章草】ㄓㄤ ㄘㄠˇ
'漢'通行的草書。相傳爲'漢元帝'時黃門令'史游'所創。解散隸書，而保留隸書之波磔，各字上下不相連緜。一說可用於章奏，故名；一說因'漢章帝'愛好此書體，故名；一說'史游'書成"急就章"，故名。

11【章魚】ㄓㄤ ㄩˊ
(octopus)又名鱆、蛸。爲無脊椎動物中屬於軟體動物門(phylum Mollusca)、頭足綱(class Cephalopoda)、八足目(order Octopoda)的動物。廣布於淺海中。身體大小自5公分至5.4公尺，前端具有八個腕，在海底爬行。受驚時，便從腹面軀幹前端的漏斗射出黑色的水，作爲煙幕，身體迅速後退，此黑色的墨汁可使敵人的感覺器官麻醉。主食魚、蟹和龍蝦等，亦有些種類食浮游生物。肉味鮮美，可供食用。

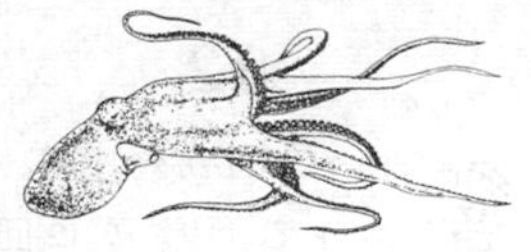
章魚圖

3【章士釗】ㄓㄤ ㄕˋ ㄓㄠ
(1881～1973)'湖南''長沙'人，字'行嚴'，號'孤桐'。早年主編"蘇報"，後留學'日本'、'英國'。返國後，任教各大學。'段祺瑞'執政時，任司法總長、教育總長。'民國'三十八年，與'張治中'等人附'共'，歷任'中共'黨政及文教要職。著有"長沙章氏叢稿"等。

9【章炳麟】ㄓㄤ ㄅㄧㄥˇ ㄌㄧㄣˊ
(1869～1936)'浙江''餘杭'人，初名'學乘'，字'枚叔'；後更名'炳麟'，字'太炎'，嘗易名'絳'。精研國學，尤邃於文字、聲韻、訓詁之學。早年矢志排'滿'救國，曾因爲'鄒容'"革命軍"作序，在'上海'"蘇報"發表，被捕入獄三年。出獄後，赴'日'，助編"民報"。'民國'肇建後，與'袁世凱'意見不合，被幽禁於'北京'。'袁'死後獲釋，乃致力於講學，在'蘇州'創國學講習會。著有"章氏叢書"。

章炳麟像

16【章學誠】ㄓㄤ ㄒㄩㄝˊ ㄔㄥˊ
(1738～1801)'清'"會稽"(今'浙江''紹興')人，字'實齋'。官至國子監典籍，後在'定州'、'保定'等地書院講學。精於史學，主張六經皆史；以纂修方志，名重於時。著有"文史通義"、"校讎通義"、"實齋文集"等書，後人輯爲"章氏遺書"。

6【章回小說】ㄓㄤ ㄏㄨㄟˊ ㄒㄧㄠˇ ㄕㄨㄛ
分回撰寫的長篇小說。'宋'以後，說書人講評長篇故事，一次不能講完，其話本須分若干節段，每一節段稱爲一回。章回小說即由此演變而來。

竟 ㄐㄧㄥˋ *ching*^{4} 音敬
①樂曲演奏完畢。見"說文"。②泛指終了、窮盡。如：窮源竟委。③從頭到尾。如：竟日。④卻；居然。如：竟敢。

4【竟日】ㄐㄧㄥˋ ㄖˋ
終日；整天。

11【竟陵派】ㄐㄧㄥˋ ㄌㄧㄥˊ ㄆㄞˋ
'明代''萬曆'年間的文學派別。以'竟陵'(今'湖北''天門')人'鍾惺'及'譚元春'爲首，反對前後七子的擬古作風。其詩幽深孤峭，往往用怪字、押險韻。

4

韵 韻的或體。

5

韶 ㄕㄠˊ shao² 音芍
1'虞舜'時的音樂。見"說文"。2繼承。通紹。見"廣雅·釋詁"。3美好。如:韶光。4姓。'晉'有'韶石'。見"萬姓統譜·三〇"。

6【韶光】 ㄕㄠˊ ㄍㄨㄤ
1美好的時光。2指春光。

12【韶華虛度】 ㄕㄠˊ ㄏㄨㄚˊ ㄒㄩ ㄉㄨˋ
平白浪費美好時光。

6

韼 ㄏㄨㄥ hung¹ 音烘
大聲。也作啌。見"集韻"。

9

韺 ㄧㄥ ying¹ 音英
帝'嚳'樂名。通作英。又稱五韺。見"集韻"。

韹 ㊀ ㄏㄨㄤˊ huang² 音皇
又讀 ㄏㄥˊ hêng² 音衡
鐘鼓聲。見"玉篇"。
㊁ ㄧㄥ ying¹ 音英
銅器聲。見"集韻"。

10

韻 ㄩㄣˋ yün⁴ 音運
或作韵。1相諧的音響。見"集韻"。2詩賦中叶韻的字。如:押韻。3語音學中韻母的簡稱。如:韻部。4氣韻;風度。如:風韻。5雅致的。如:韻事。

5【韻母】 ㄩㄣˋ ㄇㄨˇ
用來表示韻的符號。如注音符號裡的 ㄚ、ㄛ、ㄜ、ㄝ 等是;又有 ㄧㄣ、ㄨㄟ、ㄩㄢ 等結合韻母。

【韻目】 ㄩㄣˋ ㄇㄨˋ
韻書中同韻字的標目。如詩韻裡的一東、二多、三江等即是。

8【韻事】 ㄩㄣˋ ㄕˋ
1風流雅致的事情。多指文人吟弄詩歌琴棋書畫等的活動。2指男女私情的風流事件。

【韻味】 ㄩㄣˋ ㄨㄟˋ
優雅的風味。1指文章表現的格調與意境。2指人的氣質。

9【韻致】 ㄩㄣˋ ㄓˋ
風度情致。

【韻律】 ㄩㄣˋ ㄌㄩˋ
1某一現象作週期性有規律的循環。2音樂的強弱、速度。3詩歌的節奏。

10【韻書】 ㄩㄣˋ ㄕㄨ
研究或記載音韻的書籍。

13【韻腳】 ㄩㄣˋ ㄐㄧㄠˇ
詩賦詞曲等韻文每聯末押韻的字。

9【韻律體操】 ㄩㄣˋ ㄌㄩˋ ㄊㄧˇ ㄘㄠ
一種利用各種道具(如球、繩、環、帶等),而不含翻滾等特技,並有音樂伴奏的體操。在12公尺正方的地板或墊子上進行。演出力求符合韻律,動作優美。

11

韽 ㊀ ㄢ an¹ 音庵
聲音微小。見"廣韻"。
㊁ ㄧㄢˋ yen⁴ 音厭
聲音下達。見"說文"。

12

響 ㄒㄧㄤˇ hsiang³ 音享
或作嚮。1聲音。2回聲;應聲。3聲音很大。

9【響度】 ㄒㄧㄤˇ ㄉㄨˋ
(loudness)指聲音的強弱。聲音的響度決定於聲波振幅的大小。對人耳言,如離聲源愈遠,所聽到的聲音也愈弱;這是因爲聲波向各方傳播時,傳播愈遠,散布的面積愈廣,其振動振幅會變小之故。

10【響馬】 ㄒㄧㄤˇ ㄇㄚˇ
北方稱攔路搶劫的強盜。因其搶劫時,先放響箭攔路,故使人知,以示豪強。一說騎馬帶鈴,故名。

11【響排】 ㄒㄧㄤˇ ㄆㄞˊ
傳統國劇在正式上演之前,演員與伴奏之樂團做最後一次的排練。與彩排不同之處是演員不必著裝和化妝。

7【響尾蛇】 ㄒㄧㄤˇ ㄨㄟˇ ㄕㄜˊ
(rattlesnake)屬爬蟲綱、有鱗目(order Squamata)、蛇亞目(suborder Ophidia)、響尾蛇科(family Crotalidae)。約有30種。眼與鼻孔間有一小型對熱發生感應的小窩。最顯著特徵爲每蛻皮一次,尾端便增加角質疏鬆相連的一節,成年者約有6~10節,振動尾部時便發聲,爲一示警器。響尾蛇見於自'加拿大'至'南美'間的不毛之地。體長0.3~2.5公尺,體色灰或淡褐色,有深色六角形花紋。大部分種類捕食小動物如嚙齒動物,小型種類捕食蜥蜴,在嚴冬或酷熱時,便行多眠或夏眠。響尾蛇皆有劇毒,爲神經毒,尤以產於'墨西哥'的 *C. basiliscus* 毒性特強。

響尾蛇圖

13【響遏行雲】 ㄒㄧㄤˇ ㄜˋ ㄒㄧㄥˊ ㄩㄣˊ
形容歌聲美妙響亮,可以遏止行雲。

14

頀 ㄏㄨˋ hu⁴ 音護
救護。見"廣雅·釋詁"。

頁部

頁 ㊀ ㄧㄝˋ yeh⁴ 音葉
1量詞。書冊中的紙一張爲一頁。也指一面爲一頁。通葉、枼。2(page)電腦系統使用虛擬記憶體作業方式時,將記憶體分割爲固定長度的區段，作爲虛擬記憶體與眞實記憶體對應處理之單位，此固定長度之區段稱爲頁。大小約512～4,096個數元組。

㊂ ㄒㄧㄝˊ *hsieh*^{2} 音諧

人頭。見"說文"。

8【頁岩】ㄧㄝˋ ㄧㄢˊ

(shale)一種細粒之碎屑沈積岩，其組成顆粒小於1/256公釐，且有顯著之薄層紋理者。主要由黏土礦物及石英等礦物的微細顆粒組成。多灰色、棕色、綠色、紅色也常見。沿層理面，極易呈頁狀剝離，透水性小。

6【頁印機】ㄧㄝˋ ㄧㄣˋ ㄐㄧ

(page printer)電腦周邊設備印表機的一種。爲輸出設備之一。係將一頁字符排好，作爲一工作單位，一次印出，故稱。

11【頁移入】ㄧㄝˋ ㄧˊ ㄖㄨˋ

(page in)電腦虛擬記憶體系統作業程序中，將頁自外在儲存裝置傳送入眞實記憶體(主記憶體)內的過程。

【頁移出】ㄧㄝˋ ㄧˊ ㄔㄨ

(page out)電腦虛擬記憶體系統作業程序中，將頁自眞實記憶體(主記憶體)移出，傳送至外在儲存裝置存放的過程。

15【頁調換】ㄧㄝˋ ㄉㄧㄠˋ ㄏㄨㄢˋ

(page swapping)電腦虛擬記憶體系統中，主記憶體與輔助儲存體之間互相調換頁的過程。

2

頂 ㄉㄧㄥˇ *ting*^{3} 音鼎

①人頭的最上端或物體的最上部。②用頭承戴或觸撞。如：頭頂著包袱。③抵擋；支撐。④觸犯。如：頂嘴。⑤等於；相當於。⑥承當；代替。如：頂罪。⑦最；極。如：頂好。⑧逆。如：頂風。⑨量詞。如：一頂帽子。⑩財產的出價承受或標價出讓。⑪(vertex)數學稱一邊的端點爲頂；二邊交成一角時其交點也稱爲頂；三或三以上的稜交成一立體角時，其交點也稱頂。如多角形之頂、多面角之頂、多面體之頂、錐頂等均屬之。

10【頂眞】ㄉㄧㄥˇ ㄓㄣ

修辭格的一種。用上一句的結尾詞語，做下一句的起頭。也稱頂鍼、頂針。有緊湊流暢，容易朗讀的優點。

【頂針】ㄉㄧㄥˇ ㄓㄣ

服飾縫製器具。手縫衣物時，爲加快速度，故藉助器具由針後端往前頂，以期順利通過串縫的布層而使用之帽狀、環狀或帶狀的護指器。可爲金屬、塑膠或皮革製品。使用時，套在食指或中指上，而帶狀者則紮在指頭或手掌上。頂針表面密布圓形凹痕，可使針不易滑動而全力前戳。有6號(小)→12號(大)等尺碼。

12【頂替】ㄉㄧㄥˇ ㄊㄧˋ

替代別人的名義或職位。

15【頂撞】ㄉㄧㄥˇ ㄓㄨㄤˋ

對人說話不恭敬。

16【頂嘴】ㄉㄧㄥˇ ㄗㄨㄟˇ

和尊長爭辯。

17【頂禮】ㄉㄧㄥˇ ㄌㄧˇ

①佛教徒最恭敬的禮佛儀式。係以五體投地，用頭部禮拜佛菩薩的足。②敬禮；致敬。

【頂戴】ㄉㄧㄥˇ ㄉㄞˋ

①敬禮。②'清代'官服帽上的頂珠。用珊瑚、藍寶石、青金石、水晶、硨磲、金等製成，以區分官吏的等級。

4【頂心肘】ㄉㄧㄥˇ ㄒㄧㄣ ㄓㄡˇ

國術肘擊法。通稱攻擊敵人心窩之肘法，有多種打法。

【頂天立地】ㄉㄧㄥˇ ㄊㄧㄢ ㄌㄧˋ ㄉㄧˋ

頭頂著天，腳立於地。形容氣概豪邁或做人光明磊落。

頃 ㊀ ㄑㄧㄥ *ch'ing*^{1} 音傾

頭不正。通傾。見"說文"。

㊁ ㄑㄧㄥˇ *ch'ing*^{3} 音請

①地積單位。古以田百畝爲一頃，今以100公畝爲一公頃，等於10,000平方公尺(3,025坪)。②片刻；短時間。如：俄頃。③近來。如：頃接來書。

頄 ㄎㄨㄟˊ *k'uei*^{2} 音葵

顴骨。見"集韻"。

3

頇 ㄏㄢ *han*^{1} 音鼾

頭上無髮的樣子。見"集韻"。

項 ㄒㄧㄤˋ *hsiang*^{4} 音向

①頸的後部。見"說文"。②事物的條目。如：事項。③事物的件數。如：十項建設。④種類。⑤(term)代數學上稱不以加號及減號相連接之單式爲項。⑥姓。'周'有'項橐'。見"元和姓纂·六"。

20【項籍】ㄒㄧㄤˋ ㄐㄧˊ

(前232～前202)'秦'末'下相'(今'江蘇''宿遷'西)人，字'羽'。少有奇才，力能扛鼎。'二世'時，從叔父'梁'起兵'吳中'，大破'秦'兵，率諸侯軍入關，殺'秦'降王'子嬰'，自立爲'西楚霸王'。後與'漢王''劉邦'約中分天下，東歸之時，被'漢王'追圍於'垓下'，突圍至'烏江'，自刎而死。

11【項莊舞劍】ㄒㄧㄤˋ ㄓㄨㄤ ㄨˇ ㄐㄧㄢˋ

比喻行動中另有企圖。'項羽'、'劉邦'會宴於'鴻門'，'項羽'弟'項莊'在宴中舞劍，名爲助興，實欲尋找機會擊殺'劉邦'。見"史記·項羽本紀"。

順 ㄕㄨㄣˋ *shun*^{4} 音舜

①遵循；適應。如：順天應人。②歸服。如：歸順。③有條理。如：通順。④沿著。如：順流而下。⑤服從；不違逆。如：孝順。⑥適合；沒阻礙。如：順口。⑦整理。如：順一順頭髮。⑧因便。如：順手關門。

3【順口】ㄕㄨㄣˋ ㄎㄡˇ

①字句唸起來很順當，不彆扭。②

吃的食物很適合自己的口味。3不經心隨口說出來。

11【順眼】 ㄕㄨㄣˋ ㄧㄢˇ
模樣討人喜歡。

13【順遂】 ㄕㄨㄣˋ ㄙㄨㄟˋ
順利無阻。

【順匯】 ㄕㄨㄣˋ ㄏㄨㄟˋ
(to remit)又稱匯付。異地間債權債務的清算，由債務人(如進口商)主動將款項交給銀行，請其委託債權人(如出口商)所在地的總分支行或代理行解付款項給債權人的清償方法。通常多用於清償非由商品交易而生的債務。順匯方式主要有票匯、信匯、電匯等三種。

17【順應】 ㄕㄨㄣˋ ㄧㄥˋ
順從適應。

9【順查法】 ㄕㄨㄣˋ ㄔㄚˊ ㄈㄚˇ
(auditing up to trial balance)審計人員追查特定交易事項，先檢查所有交易之原始憑證單據，再將之與原始紀錄核對，進而查其原始帳簿與明細分類帳、總帳之過帳情形及總帳之結算，直至財務報表之編製止。這種方法提供會計師「交易事項業經適當解釋和處理」的保證。

【順砌法】 ㄕㄨㄣˋ ㄑㄧˋ ㄈㄚˇ
(running or stretcher bond)每層均露出磚之側面的砌牆法。又稱露側砌。搭接分1/2疊及1/4疊二種方式。

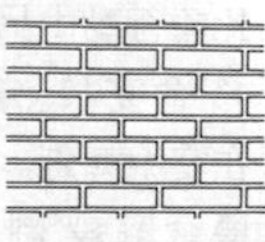
順砌法圖

14【順銑法】 ㄕㄨㄣˋ ㄒㄧㄢˇ ㄈㄚˇ
(climb or down milling)銑削加工時工件之進給方向與銑刀之切削方向相同者。切削時，其切削力向下，使工件對著床臺有較多的支撐，工件較穩定而不容易發生顫震現象；但因切削力和工件移動的方向幾乎相同，當銑刀切入工件時，因導桿和螺帽之背隙使工作臺運動不平順，工件可能會產生跳動現象，造成銑齒過度負荷而破裂，因此切削時必須有螺桿之背隙消除裝置。

4【順天應人】 ㄕㄨㄣˋ ㄊㄧㄢ ㄧㄥˋ ㄖㄣˊ
順從天意而合乎民心。

【順水人情】 ㄕㄨㄣˋ ㄕㄨㄟˇ ㄖㄣˊ ㄑㄧㄥˊ
不費力氣，乘便施與的人情。

【順水行船】 ㄕㄨㄣˋ ㄕㄨㄟˇ ㄒㄧㄥˊ ㄔㄨㄢˊ
比喻相機乘便行事。

【順水推舟】 ㄕㄨㄣˋ ㄕㄨㄟˇ ㄊㄨㄟ ㄓㄡ
比喻乘著方便機會行事，不必多費力氣。

【順手牽羊】 ㄕㄨㄣˋ ㄕㄡˇ ㄑㄧㄢ ㄧㄤˊ
1比喻做事如掌握要領，因利乘便，就能不費力氣，把它完成。2比喻乘機竊取他人的財物。

6【順向偏壓】 ㄕㄨㄣˋ ㄒㄧㄤˋ ㄆㄧㄢ ㄧㄚ
(forward bias)在p-n接面之半導體元件，p型端外接正電壓，而n型端接負電壓，可降低接面的位能障壁，稱爲順向偏壓。

7【順序存取】 ㄕㄨㄣˋ ㄒㄩˋ ㄘㄨㄣˊ ㄑㄩˇ
(sequential access)對於以連續相鄰方式儲存資料的媒體(如磁帶)，電腦系統在讀寫時都要依照既定的前後順序，不得跳接、穿插，稱爲順序存取。

【順序查尋】 ㄕㄨㄣˋ ㄒㄩˋ ㄔㄚˊ ㄒㄩㄣˊ
(sequential search)電腦系統查尋資料的一種方法。在一堆已排妥次序的資料中，從頭開始逐一比對每一資料項的識別鍵，直到發現所需之資料項。

9【順風吹火】 ㄕㄨㄣˋ ㄈㄥ ㄔㄨㄟ ㄏㄨㄛˇ
比喻因利乘便而行事。

11【順理成章】 ㄕㄨㄣˋ ㄌㄧˇ ㄔㄥˊ ㄓㄤ
比喻合理自然，毫不牽強。

4【順反異構物】 ㄕㄨㄣˋ ㄈㄢˇ ㄧˋ ㄍㄡˋ ㄨˋ
(cis–trans isomer)一種有機同分異構物。雙鍵位置同側者稱順式，否則稱反式。例如2-丁烯即有順、反異構物。

10【順時針方向】 ㄕㄨㄣˋ ㄕˊ ㄓㄣ ㄈㄤ ㄒㄧㄤˋ
(clockwise)把角看成始邊固定、終邊旋轉的圖形，其旋轉方向有兩種。舉右手，以拇指方向指示盤

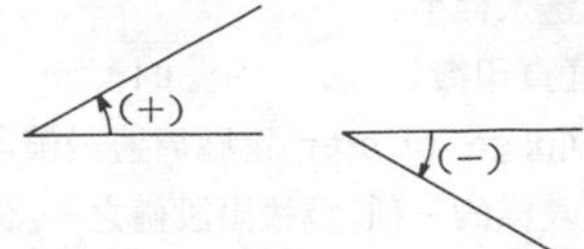

逆時針方向圖　　順時針方向圖

(紙)面上方，則四指的方向爲旋轉正向，即逆時針方向；順時鐘爲旋轉負向。

14【順磁性物質】 ㄕㄨㄣˋ ㄘˊ ㄒㄧㄥˋ ㄨˋ ㄓˊ
(paramagnetic material)相對導磁係數

$$K_m = \frac{\mu(\text{物質的導磁係數})}{\mu_0(\text{眞空中導磁係數})},$$

若K_m值爲略大於1之物質，例如鋁、白金、鎢、氧等物質，稱爲順磁性物質。這些物質放置於磁場中時，會使該處的磁場略爲增大；與磁鐵磁極間的作用力，是非常微弱的吸引力。

7【順序敘述新聞】 ㄕㄨㄣˋ ㄒㄩˋ ㄒㄩˋ ㄕㄨˋ ㄒㄧㄣ ㄨㄣˊ
新聞報導撰寫方式的一種。不嚴格遵守首段爲導言的規定，照情節發生的先後始末敘述。

6【順向電流轉移比】 ㄕㄨㄣˋ ㄒㄧㄤˋ ㄉㄧㄢˋ ㄌㄧㄡˊ ㄓㄨㄢˇ ㄧˊ ㄅㄧˇ
(forward current transfer ratio)又稱順向電流增益。電晶體的混合參數之一。定義爲在集極－射極電壓保持一定時，集極電

流增量與基極電流增量之比值。

7【順序存取儲存體】 ㄕㄨㄣˋ ㄒㄩˋ ㄘㄨㄣˊ ㄑㄩˇ ㄔㄨˊ ㄘㄨㄣˊ ㄊㄧˇ
(sequential access storage) 電腦系統中儲存體之一種。其資料之存取必須依照先後之順序，存取時間依資料所在之位置與前一次存取所在之位置而變，如磁帶。

須 ㄒㄩ hsü¹ 音需
1 鬍鬚。鬚的本字。見"說文"。2 等待。3 需要。通需。如：仍須努力。4 本來；原來。5 必定；應當。如：務須注意。6 姓。'漢'有'須無'。見"萬姓統譜·一三"。

24【須贏】 ㄒㄩ ㄌㄨㄛˊ
水鳥名。似鳧而小。也叫鸕鷀。見"字彙"。

4

頏 ㄏㄤˊ hang² 音航
1 人頸。同亢。見"說文"。2 咽喉。通吭。見"集韻"。3 鳥向下飛。通翃。見"字彙"。

煩 一 ㄓㄣˇ chên³ 音枕
1 項後承枕的骨頭。即玉枕骨。見"說文"。2 垂頭的樣子。見"玉篇"。
二 ㄉㄢˋ tan⁴ 音淡
參煩顉。

22【煩顉】 ㄉㄢˋ ㄏㄢˋ
痴呆的樣子。

項 ㄒㄩˋ hsü⁴ 音旭
恭謹的樣子。見"廣韻"。

頑 ㄨㄢˊ wan² 音完
1 愚拙。如：冥頑不靈。2 粗劣。如：頑石。3 固執。如：頑固。4 嬉戲。通玩。如：頑耍。5 貪婪。也指貪婪的人。如：頑廉懦立。6 淘氣；調皮。如：頑皮。7 深固難除的。如：頑癬。

5【頑石】 ㄨㄢˊ ㄕˊ
1 質地粗糙低劣的石頭。2 比喻魯鈍固執，難以點化的人。

21【頑鐵】 ㄨㄢˊ ㄊㄧㄝˇ
質地堅硬，難以鍛鍊成器的鐵塊。

22【頑癬】 ㄨㄢˊ ㄒㄧㄢˇ
(psoriasis vulgaris)又稱牛皮癬、乾癬。皮膚上出現分明的紅斑、具癢感的一種皮膚病。可能由自己抗原、抗體反應而產生，非外在因素所致。可以侵犯關節。本病不易完全治癒，但可用外用藥物(如煤渣油、皮質素藥膏)加以控制。

14【頑磁性】 ㄨㄢˊ ㄘˊ ㄒㄧㄥˋ
(remanence) 在所加的磁動勢移開後，磁路中仍保有磁通量密度之性質。

5【頑石點頭】 ㄨㄢˊ ㄕˊ ㄉㄧㄢˇ ㄊㄡˊ
比喻說理精闢透徹，連不易感化的人也信服。

13【頑廉懦立】 ㄨㄢˊ ㄌㄧㄢˊ ㄋㄨㄛˋ ㄌㄧˋ
使貪婪的人知道廉潔，懦弱的人勇於爲善。形容教化感人的深刻。

頓 一 ㄉㄨㄣˋ tun⁴ 音鈍
1 用頭或足觸地。如：頓足。2 困厄；受挫。如：困頓。3 暫停；止息。如：停頓。4 立刻；忽然。如：頓悟。5 安置；整理。如：安頓。6 量詞。表次數。如：吃一頓。
二 ㄉㄨˊ tu² 音毒
參冒頓。

7【頓足】 ㄉㄨㄣˋ ㄗㄨˊ
用腳跺地。是著急、悲痛或憤怒等情緒的強烈表現。

9【頓音】 ㄉㄨㄣˋ ㄧㄣ
(staccato) 又稱斷音、斷奏。縮短音符的時值，使音與音不相貫的一種奏(唱)法。註記頓音，通常用實心的小反三角形〔▼〕或圓點〔•〕記於該音符上方表示，如♪、♪。

【頓首】 ㄉㄨㄣˋ ㄕㄡˇ
古時九拜之一。即叩頭至地即起。

10【頓悟】 ㄉㄨㄣˋ ㄨˋ
1 佛家指發大心的人，直聞大乘佛法，行菩薩行，證道果。又修道不久，由於根器深利，便疾速證悟道果，也名頓悟。與漸悟相對。2 (insight)個體領會環境中各事物間之關係後豁然貫通的歷程。

【頓挫】 ㄉㄨㄣˋ ㄘㄨㄛˋ
1 指聲調、音節的停頓轉折。2 形容舞蹈或書法等的回旋轉折。3 指人事上的挫折阻礙。

【頓時】 ㄉㄨㄣˋ ㄕˊ
立刻；馬上。

頍 ㄎㄨㄟˇ k'uei³ 音跬
1 抬頭。見"說文"。2 古代的髮飾。用以固定冠冕。見"後漢書·輿服志下"。

預 ㄩˋ yü⁴ 音譽
1 事先。也作豫。如：預防。2 參與；干涉。通與。見"字彙"。

5【預付】 ㄩˋ ㄈㄨˋ
預先給付。

6【預兆】 ㄩˋ ㄓㄠˋ
事前顯示出來的跡象。

7【預言】 ㄩˋ ㄧㄢˊ
事情尚未發生而先說出將要發生的狀況。

【預冷】 ㄩˋ ㄌㄥˇ
農產品在貯藏或運輸前，爲降低其呼吸率，減緩蒸散作用，並抑制腐敗微生物的生長，須先用水冷、氣冷、眞空冷卻或冰觸等法，迅速除去產品體內具有的田間熱量，以增長貯運壽命，此種處理即稱預冷。又漁船捕獲蝦後，先經過預冷槽(槽內海水與冰塊混合，並使融爲冰水者)浸泡處理，蝦體中心溫度迅速降低，再予冷藏，既可保鮮，亦可解決蝦類黑變的困擾，此處理方法也稱預冷。

9【預約】 ㄩˋ ㄩㄝ
1 事前約定。2 以發生締結本契約之債務爲標的的契約。屬債權契約。其成立要件及生效要件，與一般債權契約並無不同，仍須意思表示合致。其內容乃在使當事人負有成立本契約之債務，此項債務如由雙方負擔者，稱之爲雙務預約；僅一方負此債務者，則爲片務契約。預約無論就何種契約，均得締結，因預約所生之債權，即本契約之締結義務，預約權利人得請求履行，並得聲請法院強制執行。

【預後】ㄩˋ ㄏㄡˋ
(prognosis)在診斷疾病之後，對於病人患此種疾病之後果所作的判斷。判斷疾病的預後，主要是根據所患的疾病、病人健康狀況、醫療水準、醫生的臨床經驗而有所不同。

11【預習】ㄩˋ ㄒㄧˊ
課前自習；事先練習。

13【預感】ㄩˋ ㄍㄢˇ
事情未發生前直覺地感到將要發生。

14【預演】ㄩˋ ㄧㄢˇ
正式演出前的預習演練。

【預聞】ㄩˋ ㄨㄣˊ
干預；參預。

【預算】ㄩˋ ㄙㄨㄢˋ
①事先計算。②指國家歲入歲出的預定計畫，以謀收支的平衡。一完整的預算，爲一財政報告書，包括過去的工作、現在的情況、將來的需要，以及適應此需要的供給方法。③企業對於未來某一特定期間如何取得及使用財務資源的詳細計畫，以貨幣數字敘述者。企業的預算，不僅爲未來經營的準繩，亦爲實施時的主要控制工具。

15【預熱】ㄩˋ ㄖㄜˋ
(preheating)在銲接或切割前，將母材加熱以防止銲裂的方法。

16【預謀】ㄩˋ ㄇㄡˊ
①事前的計畫。②預存的陰謀。

【預燃】ㄩˋ ㄖㄢˊ
(preignition)在火星塞還未點火之前，汽缸內混合氣就自行燃燒的現象。

17【預賽】ㄩˋ ㄙㄞˋ
決賽前的淘汰賽。

22【預鑄】ㄩˋ ㄓㄨˋ
(prefabrication)將建築物各種組件預先在工廠大量製造成幾種標準形式，再運送到現場工地加以組合的營建方式。是爲推動房屋工業化而產生的新營造方法與技術，可藉大量、迅速、廉價的住宅興建來解決日益嚴重之住宅缺乏問題；其經營企業化、操作機械化，企圖以最經濟之成本獲致最快、最好的產品和最大的效益等目標。

2【預力樁】ㄩˋ ㄌㄧˋ ㄓㄨㄤ
(centrifugal prestressed concrete pile)鋼筋混凝土預鑄樁的一種。乃利用預力混凝土工法加以改良鑄成。其抗彎力矩與抗衝擊力均大於混凝土樁，具彈性、安全性高、撓曲性小，在搬運時可避免損壞。

8【預知子】ㄩˋ ㄓ ˙ㄗ
藥草名。又名聖知子、聖先子、仙沼子。味苦寒，無毒。可消宿食，利小便，補五勞、七傷、腎水，又能治勞熱，外敷可治蛇蟲咬傷。

12【預備伐】ㄩˋ ㄅㄟˋ ㄈㄚ
傘伐造林的第一步。擴大母樹的生育空間，以利供給下種的種子，並促進種子結實而施行的伐採。爲準備造林而施行，以伐採中勢木或被壓木樹冠級爲對象。

【預備役】ㄩˋ ㄅㄟˋ ㄧˋ
兵役的一種。主要作用係補充現役的缺額，如我國的補充兵、國民兵補常備士兵，以及預備軍官補常備軍官。

【預備金】ㄩˋ ㄅㄟˋ ㄐㄧㄣ
準備供緊急時運用的金錢。

14【預算案】ㄩˋ ㄙㄨㄢˋ ㄢˋ
政府編製之預算，提送議會審議，尚未完成立法程序前稱預算案。各機關依照施政方針配合施政計畫編成單位預算，經主管機關轉送主計機關彙編成該政府之預算案，以之送立法機關審議。

【預算線】ㄩˋ ㄙㄨㄢˋ ㄒㄧㄢˋ
(budget line)又稱消費可能線(consumption-possibility line)或價格線。消費者將其全部之貨幣所得用於購買兩種產品，所能得到兩種產品組合的軌跡。如圖中的MN線。

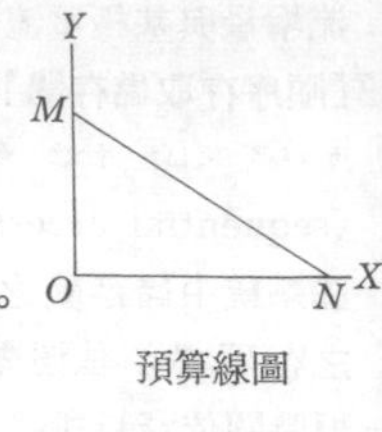

預算線圖

15【預熟米】ㄩˋ ㄕㄡˊ ㄇㄧˇ
(parboiled rice)也稱蒸穀米或半熟米。即經過預熟處理的加工食米。先將稻穀浸水後煮熟，再予以排水冷卻，而後曬乾或烘乾。由於稻穀先浸水，水溶性維生素B群移至米粒中，煮熟時米粒糊化，將維生素B群固定於米粒中，故預熟米的營養價值高、品質好，且較耐貯藏。

7【預見進位】ㄩˋ ㄐㄧㄢˋ ㄐㄧㄣˋ ㄨㄟˋ
(look-ahead carry)數位電子電路之加法器中直接判定是否進位，以提高加法器運算速度的一種技術。預見進位中，由被加數與加數之值直接判定是否產生進位，與每一數位相加後產生進位之方法不同。

【預告登記】ㄩˋ ㄍㄠˋ ㄉㄥ ㄐㄧˋ
爲保全關於土地權利移轉或使其消滅之請求權、土地權利內容或次序變更之請求權，以及附條件或期限之請求權所爲之預告登記。應由請求權人檢附登記名義人之同意書爲之。預告登記具有保全之效力，未塗銷前，登記名義人就其土地所爲之處分，對於所登記之請求權有妨礙者，無效。不過，預告登記對於因徵收、法院判決，或強制執行而爲之新登記，並無排除之效力，此應注意。

【預估暫繳】ㄩˋ ㄍㄨ ㄓㄢˋ ㄐㄧㄠˇ
(estimate of taxable income and provisional payment)指應納營利事業所得稅之營利事業及應納綜合所得稅之執行業務者，應於每年七月一日起一個月內，預估當年度之營利事業所得額或綜合所得淨額,依當年度稅率計算其全年預估應納稅額,以其1/2爲暫繳稅額之謂。

12**【預測效度】** ㄩˋ ㄘㄜˋ ㄒㄧㄠˋ ㄉㄨˋ
(predictive validity)一測驗之結果與另一組評量之成績的相關程度。若測驗結果足以預測受試者未來成就或表現能力,則該測驗具有預測效度。

【預期目標】 ㄩˋ ㄑㄧˊ ㄇㄨˋ ㄅㄧㄠ
在進行某項工作或行動之前,所構想的目標或理想。

【預期發票】 ㄩˋ ㄑㄧˊ ㄈㄚ ㄆㄧㄠˋ
(pro forma invoice)又稱形式發票、試算發票、估算發票。pro forma 是'拉丁'字,其意義爲「純爲形式的」,所以單從字面推敲,pro forma invoice 爲純爲形式的無實際交易的發票。該發票本來是賣方於推銷貨物時,供買方估計進口成本之用,假定交易已成立所簽發的一種發票,但實際上未眞有發出貨物的事實。唯其如此,在'日本'稱之爲試算發票。由於此文件詳載進口貨價及有關費用,所以有些國家規定可憑以申請輸入許可證,或作爲向海關申報貨物價格之用。在實務上,倘預期發票具備報價單的內容而構成法律上的要約,則可用以代替報價單,甚至有時還可做爲售貨確認書。

【預備原則】 ㄩˋ ㄅㄟˋ ㄩㄢˊ ㄗㄜˊ
(principle of preparedness)不同的個體對不同的刺激有不同的反應準備,刺激與反應間之聯結學習效果,端視學習者先天上是否已準備就緒。

2**【預力混凝土】** ㄩˋ ㄌㄧˋ ㄏㄨㄣˋ ㄋㄧㄥˊ ㄊㄨˇ
(prestressed concrete)混凝土之抗拉強度極低,約爲抗壓強度的1/10,但如混凝土構材在承受載重前設法施以壓力,則此預施之壓力即可抵消一部分由載重所產生之拉力。預力混凝土即利用此原理而增強構材強度。

7**【預估收聽率】** ㄩˋ ㄍㄨ ㄕㄡ ㄊㄧㄥ ㄌㄩˋ
對某一廣播電臺之某一將要播放節目的收聽率,所作的一種預估。倘爲電視臺,則稱爲預估收視率。

8**【預拌混凝土】** ㄩˋ ㄅㄢˋ ㄏㄨㄣˋ ㄋㄧㄥˊ ㄊㄨˇ
(ready-mixed concrete)在設備完善之混凝土拌合工廠,利用自動計量控制的電腦作業,依預先設計之配合比例拌合後,裝置在預拌卡車運至工地使用之混凝土。

9**【預約再保險】** ㄩˋ ㄩㄝ ㄗㄞˋ ㄅㄠˇ ㄒㄧㄢˇ
(open cover reinsurance)分保公司爲承保某種性質較爲特殊的危險,或爲防止危險不規則變動,而須與其他業務分離時,與再保公司間所訂立的一種再保險契約。

【預約保險單】 ㄩˋ ㄩㄝ ㄅㄠˇ ㄒㄧㄢˇ ㄉㄢ
(open policy)海上保險中,保險人承保一定期間(自一個月至十二個月內),各次運送貨物的保險單。其內容與流動保險單相同,但無總保險金額及預繳保險費的規定。保險費在貨物裝運時按實際數量計算,每月或每季結算一次。

12**【預期社會化】** ㄩˋ ㄑㄧˊ ㄕㄜˋ ㄏㄨㄟˋ ㄏㄨㄚˋ
(anticipatory socialization)個人對即將扮演的社會角色,加以事先學習的過程。

【預備之合併】 ㄩˋ ㄅㄟˋ ㄓ ㄏㄜˊ ㄅㄧㄥˋ
原告預先顧慮到其請求(先位請求)不爲法院所承認,預先合併與先位請求不能併存之另一請求(後位請求),請求法院於認爲先位請求無理由時,就後位請求爲裁判,稱作訴的預備之合併。爲訴之客觀合併的一種型態。預備之合併是以先位請求有理由爲解除條件,或無理由爲停止條件而合併後位請求。訴之聲明雖不得附有條件,但預備之合併不妨害訴之聲明之確實性,故爲法所允許。先位請求無理由或有理由,當事人不被提起上訴時,雖未就後位請求爲聲明,本於預備之合併之性質,上訴法院應對後位請求加以審理裁判。其計算訴訟標的之價額,應依其中價額最高者充之。

【預備付款人】 ㄩˋ ㄅㄟˋ ㄈㄨˋ ㄎㄨㄢˇ ㄖㄣˊ
匯票發票人於付款人外記載在付款地之一人,預備將來參加承兌或參加付款。預備付款人之制唯於匯票有之,且限於發票人或背書人方得指定,旨在防止追索權之行使。預備付款人與擔當付款人之不同有三:一、預備付款人乃發票人或背書人所指定,擔當付款人則爲發票人或付款人所指定。二、預備付款人爲第二付款人,擔當付款人則僅代付款人付款而已,並非付款人。三、預備付款人限於在付款地之人,而擔當付款人則無所在地之限制。

18**【預壘混凝土】** ㄩˋ ㄌㄟˇ ㄏㄨㄣˋ ㄋㄧㄥˊ ㄊㄨˇ
(prepact concrete)將粗骨材預先塡充於模型內,以特殊混合材料混合之水泥砂漿注入其空隙內而製成的混凝土。因水泥砂漿在水中不致分離,故適用於水中混凝土。

22**【預鑄混凝土】** ㄩˋ ㄓㄨˋ ㄏㄨㄣˋ ㄋㄧㄥˊ ㄊㄨˇ
(precast concrete)將鋼筋混凝土構件或純混凝土構件,於工廠或現場附近地面先行澆製,然後再於現場拼立完成者。在大量使用同一尺寸之構件時,採用預鑄混凝土尤爲經濟,故近年來已被廣泛使用。

9【預約保險契約】ㄩˋ ㄩㄝ ㄅㄠˇ ㄒㄧㄢˇ ㄑㄧˋ ㄩㄝ

(floating or open policy)保險契約當事人,預先約定一定期間、一定地區及一定金額爲契約內容,俟日後各該條件確定時,再由要保人通知保險人,而由保險人負實際承保責任的保險。

7【預估成本控制法】ㄩˋ ㄍㄨ ㄔㄥˊ ㄅㄣˇ ㄎㄨㄥˋ ㄓˋ ㄈㄚˇ

(estimated cost control method)依目前情況,採用合理的估計方法,預估未來工作成本,以作爲各項成本費用支用的準繩,以控制成本。其優點爲較標準成本簡易,而對成本變化性低者,仍有相當準確性。

【預防動機貨幣需求】ㄩˋ ㄈㄤˊ ㄉㄨㄥˋ ㄐㄧ ㄏㄨㄛˋ ㄅㄧˋ ㄒㄩ ㄑㄧㄡˊ

(precautionary motive money demand)社會大衆由於臨時事故的發生不能預知,爲避免以其他資產變現應付急需時所可能招致的資本損失,而保有若干貨幣現金以備不時之需,即爲預防動機的貨幣需求。

頋 顧的俗體。

頒 ㄅㄢ pan¹ 音班

1發給;賜給。如:頒獎。2發布。如:頒行。3黑白相雜;花白。通斑。如:頒白。

5【頒布】ㄅㄢ ㄅㄨˋ

政府將法令、規章布告周知。

6【頒行】ㄅㄢ ㄒㄧㄥˊ

政府將法令、規章公布施行。

11【頒授】ㄅㄢ ㄕㄡˋ

頒發授與。常用於頒贈榮銜、授與學位等。

19【頒贈】ㄅㄢ ㄗㄥˋ

頒發贈送。常用於長官獎賞下屬。

頌 一 ㄖㄨㄥˊ jung² 音容

1儀容;容貌。今通作容。見"說文"。2寬容。見"字彙"。

二 ㄙㄨㄥˋ sung⁴ 音誦

1讚美;頌揚。如:歌功頌德。2誦讀。通誦。如:頌詩。3"詩經"六義之一。如:"周頌"。4文體的一種。

17【頌聲】ㄙㄨㄥˋ ㄕㄥ

歌頌、讚美之聲。

頎 一 ㄑㄧˊ ch'i² 音祈

1頭形美好的樣子。見"說文"。2修長的樣子。見"廣韻"。

二 ㄎㄣˇ k'ên² 音墾

懇切。通懇。

5

頖 ㄆㄢˋ p'an⁴ 音判

也作泮。參泮宮。

䪹 ㄆㄧ p'i¹ 音丕

大臉。見"玉篇"。

頾 髯的或體。

䪼 ㄓㄨㄛˊ cho², chuo² 音拙

顴骨。見"集韻"。

領 ㄌㄧㄥˇ ling³ 音嶺

1頸項;脖子。見"說文"。2衣服當頸之處。即衣領。3量詞。衣物一件叫一領。4了悟;瞭解。如:心領神會。5收取;接受。如:領獎。6統御;統治。如:領兵。7統率衆人的首要人物。如:將領。8美好。通令。如:領聞。

3【領土】ㄌㄧㄥˇ ㄊㄨˇ

也稱領域。國家的構成要素之一。指主權所及的空間範圍。包括國家統治權所及的陸地、流灌一國陸地的河川湖沼、近海國家的沿海部分海面,以及土地上方的空間。換言之,一國的領域包括領陸、領水、領空三者。領陸指地面及地之下層,至於無限深度。領水包括沿海、港灣、海峽、河川、湖沼等。領空指國家領陸及領水的上空;但是否指無限高度,至今尚無定論。此外,一國的軍艦及使館,亦視爲領土的延長。

8【領事】ㄌㄧㄥˇ ㄕˋ

(consul)依西元 1963 年"維也納領事關係公約"之規定,一國派遣至他國承辦領事職務之人員,分爲總領事、領事、副領事及領事代理人四級,總稱領事官員。領事之職務,包括在接受國境內保護派遣國及其國民之利益,增進派遣國與接受國間之商業、經濟、文化等關係。爲使領事有效執行職務,國際法特予若干特權及豁免,例如爲執行領事職務而實施之行爲不受接受國司法或行政機關之管轄等。

【領受】ㄌㄧㄥˇ ㄕㄡˋ

接受。

10【領海】ㄌㄧㄥˇ ㄏㄞˇ

(territorial sea)鄰接一國陸地領土及其內水以外的一帶海域。在群島國則爲鄰接群島水域以外的一帶海域。一國對其領海享有主權,此項主權及於領海上空及其海床和底土。領海的寬度,依"聯合國海洋法公約"以不超過領海基線十二浬爲止。

【領袖】ㄌㄧㄥˇ ㄒㄧㄡˋ

衣領和袖子。1比喻表率。2指領導人。

【領悟】ㄌㄧㄥˇ ㄨˋ

(insight)個體領會環境中各事物間關係的歷程。

【領拳】ㄌㄧㄥˇ ㄑㄩㄢˊ

一人練習拳趟,一人配合對方的動作,餵招給對方,使其體會每招每式的用法。

11【領情】ㄌㄧㄥˇ ㄑㄧㄥˊ

接受別人的好意。

【領教】ㄌㄧㄥˇ ㄐㄧㄠˋ

1受教。一般用爲請人發言或發言後表示客氣的謙詞。2較量。3親近;交往。

【領帶】ㄌㄧㄥˇ ㄉㄞˋ

男西裝所必備的配件。係呈長而細窄狀的飾巾或條帶。通常圍繫於翻折的領片下。依結飾的打法可分作四類:一般結領帶、溫莎結領帶、仿溫莎結領帶、蝶結領帶。

【領域】ㄌㄧㄥˇ ㄩˋ

領土；範圍。

【領略】 ㄌㄧㄥˇ ㄌㄩㄝˋ

1領悟。2欣賞。

13【領罪】 ㄌㄧㄥˇ ㄗㄨㄟˋ

承認過錯，接受懲罰。

【領會】 ㄌㄧㄥˇ ㄏㄨㄟˋ

領悟；體會。

14【領銜】 ㄌㄧㄥˇ ㄒㄧㄢˊ

姓名排列在第一位的。

15【領養】 ㄌㄧㄥˇ ㄧㄤˇ

收養。

6【領先指標】 ㄌㄧㄥˇ ㄒㄧㄢ ㄓˇ ㄅㄧㄠ

(leading indicators)發生在總體經濟活動變化之先的時間數列。例如機器設備與耐久消費財的新訂單、新建房屋的多少等。

【領先產業】 ㄌㄧㄥˇ ㄒㄧㄢ ㄔㄢˇ ㄧㄝˋ

(leading industry)在某一個時期，最適合某個經濟社會發展的產業。由於這些產業的發展，可以帶動其他產業的發展，而使一個經濟社會步上起飛或加速成長的階段。

【領先補償】 ㄌㄧㄥˇ ㄒㄧㄢ ㄅㄨˇ ㄔㄤˊ

(lead compensation)指在轉移函數中加入一零點來修改放大器或反饋網路，藉以增加相位(增益未改變)，以改善相位邊限。

8【領事證書】 ㄌㄧㄥˇ ㄕˋ ㄓㄥˋ ㄕㄨ

(exequatur)派遣駐外之領館館長須經接受國准許，方可在當地執行職務，此項准許不論採何種形式，概稱領事證書。接受國通常依據派遣國之領事委任文憑或類似文書核發領事證書。領館館長獲發證書後，即表示可在指定轄區內執行職務；該證書未送達前，亦得暫時准予執行職務。

13【領試工廠】 ㄌㄧㄥˇ ㄕˋ ㄍㄨㄥ ㄔㄤˇ

(pilot plant)介於實驗室與實際生產工廠規模間之小型實驗工廠。其目的在於提供化學工程師有關實際建廠所需之數據，解決由批次生產至連續生產可能發生之問題，消除實際生產與實驗室間控制條件之差異，以及建立有關成本估計及管理之知識。

14【領銜主演】 ㄌㄧㄥˇ ㄒㄧㄢˊ ㄓㄨˇ ㄧㄢˇ

指演員擔任主角或排名於首席的地位。

16【領導風格】 ㄌㄧㄥˇ ㄉㄠˇ ㄈㄥ ㄍㄜˊ

(leadership style)也稱領導方式。主要有下列三類：一、主管中心或員工中心的領導。二、消極或積極的領導。三、工作導向或人員導向的領導。

【領導情勢】 ㄌㄧㄥˇ ㄉㄠˇ ㄑㄧㄥˊ ㄕˋ

(leadership situation)領導人從事領導工作時所面臨的情勢。主要有：被領導人或團體的期望與態度、任務需求，領導人的權力與威望等項。

8【領事裁判權】 ㄌㄧㄥˇ ㄕˋ ㄘㄞˊ ㄆㄢˋ ㄑㄩㄢˊ

(consular jurisdiction)往昔'歐''美'列強以東西法律制度不同為由，訂立條約，在其他國家，尤其'亞洲'諸國，享有治外法權，使其國民免受所在地法律管轄，而由其外交與領事官員組成領事法庭行使管轄，名為領事裁判權。

16【領導人研究】 ㄌㄧㄥˇ ㄉㄠˇ ㄖㄣˊ ㄧㄢˊ ㄐㄧㄡˋ

(study on leader)就領導人所具有的特質及所面臨的情勢所作如何有效領導的研究。

【領導特質論】 ㄌㄧㄥˇ ㄉㄠˇ ㄊㄜˋ ㄓˋ ㄌㄨㄣˋ

(leadership trait theory)指領導人物所具有之成功或不成功的特性。例如寬容、敏感、同情、智慧、決策分析能力、人群關係能力、果斷膽識、熱忱、內驅力等。

8【領事委任文憑】 ㄌㄧㄥˇ ㄕˋ ㄨㄟˇ ㄖㄣˋ ㄨㄣˊ ㄆㄧㄥˊ

(consular commission)領館館長每次奉派任職，均應由派遣國發給委任文憑或類似文書，其上載明館長全名、職類與等級、領館轄區及領館設置地點等，並經由派遣國循外交途徑或其他適當途徑，轉送給領館館長執行職務所在之國家的政府。

16【領導行為研究】 ㄌㄧㄥˇ ㄉㄠˇ ㄒㄧㄥˊ ㄨㄟˊ ㄧㄢˊ ㄐㄧㄡˋ

(leadership behavior study)對於領導人採用何種方式或風格，以達成其有效領導的研究。

𩑸 ㊀ ㄅㄧㄢˋ *pien*4 音變

1古冠名。見"玉篇"。2冠冕碩大的樣子。見"集韻"。

㊁ ㄈㄢˋ *fan*4 音范

無髮。即禿頭。見"集韻"。

頗 ㊀ ㄆㄛ *p'o*1 音坡

1頭偏。見"說文"。2泛指偏斜不正。如：偏頗。

㊁ ㄆㄛˇ *p'o*3 音叵

1略微。見"廣雅·釋詁"。2很；非常。見"正字通"。3不可。通叵。

6

頞 ㄜˋ *o*4, *ê*4 音遏

鼻梁。見"說文"。

頝 ㊀ ㄑㄧㄠ *ch'iao*1 音敲

參頝顤。

㊁ ㄑㄧㄠˇ *ch'iao*3 音巧

嫵媚。見"集韻"。

18【頝顤】 ㄑㄧㄠ ㄠ

頭部長得不美好。

頦 ㊀ ㄏㄞˊ *hai*2 音孩

1醜。見"說文"。2下巴。見"廣韻"。

㊁ ㄎㄜ *k'o*1, *k'ê*1 音科 又讀 ㄎㄜˊ *k'o*2, *k'ê*2 音咳

㊀2的又讀。

頩 ㄆㄧㄥ *p'ing*1 音娉

或作頩。1鮮明美麗的樣子。見"集韻"。2臉色含怒發青的樣子。

頨 ㊀ ㄆㄧㄢ *p'ien*1 音篇 又讀 ㄒㄩㄢ *hsüan*1 音宣

頭部姣好。見"說文"。

㊂ ㄩˇ yü^3 音羽
頭部凹下如圩。見"廣韻"。

頡 ㊀ ㄒㄧㄝˊ hsieh^2 音協
又讀 ㄐㄧㄝˊ chieh^2 音節
①脖子很直。見"說文"。②向上飛。如：頡頏。③大。如：頡許。④傳說中一種像青狗的獸類。見"山海經·中山經"。
㊁ ㄐㄧㄚˊ chia^2 音夾
剋扣；掠奪。見"增韻"。

13【頡頏】 ㄒㄧㄝˊ ㄏㄤˊ
①鳥忽上忽下飛翔的樣子。②相互抗衡，不相上下。③剛直不屈的樣子。

頷 ㊀ ㄏㄢˋ han^4 音汗
下巴。即頤。見"說文"。
㊁ ㄏㄢˊ han^2 音寒
面色發黃。通顄。見"集韻"。
㊂ ㄍㄜˊ ko^2, kê^2 音閣
參頷骨。

10【頷骨】 ㄍㄜˊ ㄍㄨˇ
(jaw)即顎骨。人有下頷骨及上頷骨。下頷骨爲顏面骨中最大且最堅硬的骨頭，與顳骨形成的關節，是所有頭蓋骨中唯一可動的關節。上頷骨形成部分的眼眶底、口腔頂及鼻腔側壁。

3【頷下腺】 ㄍㄜˊ ㄒㄧㄚˋ ㄒㄧㄢˋ
(submaxillary gland)唾液腺之一。位於下頷角，可產生唾液，協助食物進入食道，並開始初步的食物分解。

頫 ㊀ ㄈㄨˇ fu^3 音輔
低頭。同俯。見"說文"。
㊁ ㄊㄧㄠˋ t'iao^4 音跳
視；看。通覜。見"爾雅·釋詁"。

頢 ㄍㄨㄛˊ ko^2, kuo^2 音國 又讀 ㄏㄨㄛˊ ho^2, huo^2 音活
①臉短。本作顝。見"說文"。②頭小的樣子。見"廣韻"。

頟 ㄜˊ o^2, ê^2 音額
額頭。額的本字。見"說文"。

頠 ㄨㄟˇ wei^3 音委
①頭俯仰靈活。見"說文"。②安靜。見"爾雅·釋詁"。

頣 囟的古文。

7

頩 ㄑㄧㄣˇ ch'in^3 音寢
參頩顩。

25【頩顩】 ㄑㄧㄣˇ ㄧㄣˇ
醜陋的樣子。

頵 ㄐㄩㄣ chün^1 音君
頭很大的樣子。見"說文"。

頭 ㄊㄡˊ t'ou^2 音投
①首。本指人的頭部，後引申爲各類動物頭部的泛稱。②髮。如：蓬頭垢面。③物的頂部或前端。如：山頭。④初；始。如：頭一次。⑤首領。如：頭目。⑥最上；第一。如：頭等。⑦量詞。動物一隻稱一頭。如：一頭牛。⑧面子或聲譽。如：有頭有臉。⑨語尾助詞。如：鋤頭。

3【頭寸】 ㄊㄡˊ ㄘㄨㄣˋ
①合式。買帽子須與頭的尺寸合式，故稱。②銀行資金情況(cash position)的俗稱。指銀行每日資金收付調度情形，因銀行每天經營業務，必有相當數額資金的收進及付出。如收進多於付出，是爲資金充裕，頭寸即增多；如付出多於收進，資金短少，頭寸即不足。

【頭大】 ㄊㄡˊ ㄉㄚˋ
形容煩惱、沒法子的樣子。

【頭子】 ㄊㄡˊ ·ㄗ
首領。帶有貶損之意。

5【頭目】 ㄊㄡˊ ㄇㄨˋ
①頭和眼睛。②部落中的酋長或強盜的首領。③'元朝'領軍將領的稱呼。

9【頭面】 ㄊㄡˊ ㄇㄧㄢˋ
①容貌。②指首飾。

10【頭家】 ㄊㄡˊ ㄐㄧㄚ
①老闆；店東。②聚賭抽頭的人。③民間廟會活動的主事者。

12【頭等】 ㄊㄡˊ ㄉㄥˇ
(first class) 航空客運中最高級的運輸服務。乘客所享受的服務較經濟等級、中間等級爲佳，包括(1)最寬敞、舒適的座位。(2)免費的佳餚、酒類及飲料。(3)免費託運隨身行李30公斤等。

14【頭緒】 ㄊㄡˊ ㄒㄩˋ
①條理。②心緒。

【頭銜】 ㄊㄡˊ ㄒㄧㄢˊ
官銜；職銜。古人的名片往往在姓名上端加上官銜，故稱。

3【頭巾氣】 ㄊㄡˊ ㄐㄧㄣ ㄑㄧˋ
指迂腐的習氣。頭巾，書生所用。書生之見，有時迂闊而不切實際，故稱。

5【頭皮發麻】 ㄊㄡˊ ㄆㄧˊ ㄈㄚ ㄇㄚˊ
形容極端恐怖的感覺。

7【頭角崢嶸】 ㄊㄡˊ ㄐㄧㄠˇ ㄓㄥ ㄖㄨㄥˊ
比喻年少而才氣出眾。

8【頭狀花序】 ㄊㄡˊ ㄓㄨㄤˋ ㄏㄨㄚ ㄒㄩˋ
(head; capitulum) 無限花序的一種。其花軸短縮成圓盤狀的花托，多數無柄小花著生其上，形成頭狀。例如菊科植物的花序。

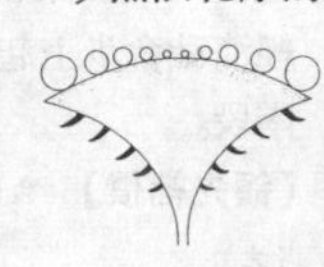
頭狀花序圖

【頭昏腦脹】 ㄊㄡˊ ㄏㄨㄣ ㄋㄠˇ ㄓㄤˋ
頭腦昏雜，思慮不清。

9【頭型指數】 ㄊㄡˊ ㄒㄧㄥˊ ㄓˇ ㄕㄨˋ
(cephalic index)以數據指示頭顱形狀的計算方式。頭型指數 $=\frac{頭寬}{頭長}\times 100$。是人體測量學中最基本的一項測量指數。人類學家稱指數在74.99以下的頭顱爲長頭型(dolichocephalic)；在75—79.99之間的爲中頭型(mesocephalic)；在80—84.99之間者爲寬頭型(brachycephalic)，而指數在85以上者爲超寬頭型(hyperbrachycephalic)。

12【頭童齒豁】 ㄊㄡˊ ㄊㄨㄥˊ ㄔˇ ㄏㄨㄛˋ
頭頂光禿，牙齒脫落。形容衰老。

16【頭頭是道】 ㄊㄡˊ ㄊㄡˊ ㄕˋ ㄉㄠˋ
①指百慮一致，殊途同歸。②形容做事、說話有條理。

12【頭痛醫頭腳痛醫腳】 ㄊㄡˊ ㄊㄨㄥˋ ㄧ ㄊㄡˊ ㄐㄧㄠˇ ㄊㄨㄥˋ ㄧ ㄐㄧㄠˇ
比喻只治標應急，不從根本上解決問題。

頳 赬的或體。

頤 ㄧˊ i^2 音移
本作𦣝。①下巴。如：朵頤。②保養；供養。引申爲宴享。如：頤養。③"易"卦名。六十四卦之一。震下艮上。④助詞。無義。如：夥頤。⑤姓。'隋'有'頤 甖'。見"萬姓統譜·五"。

頤卦圖

15【頤養】 ㄧˊ ㄧㄤˇ
保養。

9【頤指氣使】 ㄧˊ ㄓˇ ㄑㄧˋ ㄕˇ
以略微擺動下巴示意和口鼻出氣作聲而指使他人。形容富貴有權勢的人，指使屬下時所表現的驕橫無禮的態度。

頸 ㊀ ㄐㄧㄥˇ $ching^3$ 音景
脖子。頭下肩上的部位。引申爲各類動物的頸部。
㊁ ㄍㄥˇ $k\hat{e}ng^3$ 音梗
俗稱頸爲脖頸子。

17【頸縮】 ㄐㄧㄥˇ ㄙㄨㄛ
(necking) 將圓筒狀零件一段之直徑予以縮小的加工方法。

頰 ㄐㄧㄚˊ $chia^2$ 音夾
①臉孔的兩旁。如：臉頰。②通夾。如：頰谷。③心意暢快。通愜、㥦。

7【頰車】 ㄐㄧㄚˊ ㄔㄜ
①位於頰骨末端，鉤連於顴骨下的曲環處。嘴巴開合、咀嚼時必須用到。②針灸經穴。位於下頷角的前上方一橫指凹陷部。以指按壓，口乃大開，其按壓處即現陷孔，用力咬緊，則按壓處立即彈起，即其穴位。屬足陽明胃經，刺激此穴，可治顏面神經麻痹、失音、頰腫痛等症。

頻 ㄆㄧㄣˊ pin^2 音貧
①水邊；水涯。同瀕、濱。見"說文"。②屢次；連接。如：頻年。③蹙額；皺眉。通顰。如：頻蹙。④危急。如：國步斯頻。⑤姓。'漢'有'頻陽'。見"通志·氏族略五"。

4【頻仍】 ㄆㄧㄣˊ ㄖㄥˊ
頻繁；連續多次。

9【頻度】 ㄆㄧㄣˊ ㄉㄨˋ
(frequency)統計學上，將一組數據分成幾類，每一類裡的數據數。例如將200人分成三個年齡群；20歲以下、20至40歲及40歲以上，設此三群人數分別爲56,66,78，各類數目除以總數，即爲相對頻率；故此三群的相對頻率爲0.28, 0.33, 0.39。

11【頻率】 ㄆㄧㄣˊ ㄌㄩˋ
(frequency) 物體做週期運動或振動時，每秒往返重複運動或振動的次數。如以 f 代表頻率，物體運動或振動的週期爲 T，則兩者間有 $f=1/T$ 的關係式。例如彈簧的振動週期爲1/5秒，則彈簧每秒可振動5次。

【頻帶寬度】 ㄆㄧㄣˊ ㄉㄞˋ ㄎㄨㄢ ㄉㄨˋ
(frequency bandwidth; bandwidth)某一電子電路的裝置，其所能達到輸出信號不被衰減的頻率範圍。通常由 −3dB(分貝)點的高低頻率差值而定。

頮 ㄏㄨㄟˋ hui^4 音匯
洗臉。同沬、靧。見"集韻"。

頷 ㊀ ㄏㄢˋ han^4 音汗
①下巴。通顄。見"方言·一〇"。②點頭。如：頷首。
㊁ ㄏㄢˊ han^2 音含
面色發黃。見"說文"。

9【頷首】 ㄏㄢˋ ㄕㄡˇ
點頭。表示允許或讚美。

頱 ㄔㄨㄚˋ $ch'ua^4$
①強盛的樣子。見"玉篇"。②超越。如：頱外。

頲 ㄊㄧㄥˇ $t'ing^3$ 音挺
①頭狹長的樣子。見"說文"。②挺直。通挺。見"爾雅·釋詁"。

頶 ㄏㄨˊ hu^2 音胡
鼻子高挺的樣子。見"廣韻"。

頹 頽的俗體。

頽 ㄊㄨㄟˊ $t'ui^2$ 音積
①頭禿。本作穨。見"說文·段注"。②崩壞。如：'泰山'其頽。③下墜；落下。如：紅日西頽。④衰敗；衰老。如：衰頽。⑤消沈。如：頽喪。⑥姓。'漢'有'頽當'。見"萬姓統譜·一七"。

6【頽圮】 ㄊㄨㄟˊ ㄆㄧˇ
墮落；敗壞。

8【頽波】 ㄊㄨㄟˊ ㄅㄛ
①下瀉的水波。②比喻事物或風氣的衰落。

9【頽風】 ㄊㄨㄟˊ ㄈㄥ
①從上而下的暴風。②頽廢的風氣。

10【頽唐】 ㄊㄨㄟˊ ㄊㄤˊ
萎靡不振的樣子。

11【頽敗】 ㄊㄨㄟˊ ㄅㄞˋ
頽廢敗壞。

12【頽喪】 ㄊㄨㄟˊ ㄙㄤˋ
頽廢喪氣；萎靡失志。

15【頽廢】 ㄊㄨㄟˊ ㄈㄟˋ
①崩壞；倒塌。②指精神萎靡不振。

19【頽靡】 ㄊㄨㄟˊ ㄇㄧˇ
萎靡不振的樣子。

頯 ㄎㄨㄟˊ $k'uei^2$ 音葵
①顴骨。見"說文"。②質樸的樣子。見"集韻"。③中央廣闊，兩頭尖銳。

頾 髭的本字。

8

顁 ㊀ ㄉㄧㄥˋ $ting^4$ 音定
額頭。見"爾雅·釋言"。

㊁ ㄉㄧㄥˇ *ting*³ 音頂
頭頂。同頂。見“集韻”。

顇 ㄘㄨㄟˋ *ts'ui*⁴ 音翠
①羸弱。如：羸馬顇奴。②純粹。通粹。

䫏 ㄑㄧ *ch'i*¹ 音欺
醜陋。見“說文”。

顄 ㄏㄢˋ *han*⁴ 音漢
下巴。通作頷。見“說文”。

顆 ㊀ ㄎㄜ *k'o*¹, *k'ê*¹ 音科
①小頭。見“說文”。②量詞。用於計算較小的圓形物或粒狀物。如：一顆花生。
㊁ ㄎㄜˇ *k'o*³, *k'ê*³ 音可
土塊。見“字彙”。

顉 ㊀ ㄢˇ *an*³ 音俺
低頭。見“說文”。
㊁ ㄑㄧㄣ *ch'in*¹ 音欽 又讀 ㄑㄧㄣˇ *ch'in*³ 音寢
搖動。見“廣雅·釋詁”。

頣 ㄧˊ *i*² 音宜
下巴。見“字彙補”。

顅 ㄑㄧㄢ *ch'ien*¹ 音牽 又讀 ㄐㄧㄢ *chien*¹ 音肩
①頭髮稀少的樣子。見“廣韻”。②頸項直長的樣子。見“集韻”。

9

額 本作頟。㊀ ㄜˊ *o*², *ê*² 音娥
①指臉部兩眉之上、髮根之下的部分。②橫匾。如：匾額。③規定的數目。如：名額。
㊁ ㄜˋ *o*⁴, *ê*⁴ 音餓
①面高的樣子。見“玉篇”。②嚴敬。見“廣韻”。

4【額手】 ㄜˊ ㄕㄡˇ
把手放在額上。表示慶幸。

5【額外】 ㄜˊ ㄨㄞˋ
在規定的數額以外。

9【額度】 ㄜˊ ㄉㄨˋ
金額或數量的限度。

5【額外試舉】 ㄜˊ ㄨㄞˋ ㄕˋ ㄐㄩˇ
舉重術語。也稱第四次試舉。此次試舉與名次無關，純為創造單項紀錄而已。按規定，舉重選手所得單項成績與現有紀錄差距在十公斤以內時，即有權要求一次額外試舉。

顐 ㄏㄨㄣˊ *hun*² 音渾 又讀 ㄨㄣˋ *wên*⁴ 音問
①禿頭。見“玉篇”。②通諢。⑴詼諧滑稽。見“正字通”。⑵諧語。見“正字通”。

顏 ㄧㄢˊ *yen*² 音言
①眉目之間。引申為面目。如：容顏。②額顙。如：隆準龍顏。③臉色。如：歡顏。④色彩。如：顏色。⑤姓。‘春秋’有‘顏回’。見“萬姓統譜·二六”。

4【顏元】 ㄧㄢˊ ㄩㄢˊ
(1635～1704)‘河北’‘博望’人，字‘渾然’，號‘習齋’。曾主講‘肥鄉’‘漳南書院’。其學源出‘姚江’，而介然自成一家。主實行，恥空談。著有“四存編”。

【顏回】 ㄧㄢˊ ㄏㄨㄟˊ
(前521～前490)‘春秋’‘魯’人，字‘子淵’，也稱‘顏淵’。‘孔子’弟子，聰敏好學，不遷怒，不貳過，貧居陋巷，雖簞食瓢飲而不改其樂，‘孔子’極稱讚他。後世尊為［復聖］。

【顏色】 ㄧㄢˊ ㄙㄜˋ
①面容表情。②色彩。③俗指教訓、嚴厲手段。

9【顏面】 ㄧㄢˊ ㄇㄧㄢˋ
①臉色。②情面。③名譽。

10【顏料】 ㄧㄢˊ ㄌㄧㄠˋ
(pigment)泛指一切能夠使物體著色之物質。其通常不溶於水及有機溶劑，而以粉末狀懸浮於亞麻仁油等展色劑，塗抹於物體表面達到遮蓋、保護、著色之目的。可分為無機與有機兩大類。

4【顏之推】 ㄧㄢˊ ㄓ ㄊㄨㄟ
(531～590?)‘南北朝’‘臨沂’(今‘山東’‘臨沂’)人，字‘介’。博覽群書，無不賅洽。歷仕‘梁’、‘北齊’、‘北周’，‘隋’‘開皇’中，太子召為學士。著有文集、“顏氏家訓”、“還冤志”。

8【顏杲卿】 ㄧㄢˊ ㄍㄠˇ ㄑㄧㄥ
(692～756)‘唐’‘京兆’‘萬年’(今‘陝西’‘長安’)人，字‘昕’。‘玄宗’時為‘常山’太守，起兵討‘安祿山’，被執，張目罵賊，賊兵鉤斷其舌，仍罵不休，遂殉國。

【顏延之】 ㄧㄢˊ ㄧㄢˊ ㄓ
(384～456)‘南朝’‘臨沂’(今‘山東’‘臨沂’)人，字‘延年’。官至金紫光祿大夫。文章冠絕當世，與‘謝靈運’並稱‘顏’‘謝’。‘明’人輯有“顏光祿集”。

10【顏眞卿】 ㄧㄢˊ ㄓㄣ ㄑㄧㄥ
(708～784)‘唐’‘京兆’‘萬年’(今‘陝西’‘長安’)人，字‘清臣’。‘玄宗’時為‘平原’太守，‘安祿山’反，約從兄‘顏杲卿’討伐。後歷官吏部尚書、太子太師，封‘魯郡公’，世稱‘顏魯公’。‘德宗’時遇害，諡‘文忠’。博學工詞章，善書法，筆力勁拔，雄渾莊重，人稱‘顏’體。後人輯有“顏魯公文集”。

【顏師古】 ㄧㄢˊ ㄕ ㄍㄨˇ
(581～645)‘唐’‘萬年’(今‘陝西’‘長安’)人，字‘籀’(或言名‘籀’)，‘顏之推’孫。官至中書侍郎、祕書少監，封‘琅邪縣’男。曾受詔考訂五經文字，所注“漢書”和“急就章”，大顯於時。另著有“匡謬正俗”。

4【顏氏家訓】 ㄧㄢˊ ㄕˋ ㄐㄧㄚ ㄒㄩㄣˋ
‘北齊’‘顏之推’撰，共二十篇。多述立身治家的方法，辨正世俗的謬誤；兼論字畫音訓，並考正典故，品第文藝。作者謙稱所作不敢誨示世人，僅以教訓子弟，故名。

䫖 ㄔㄣˇ *ch'ên*³ 音碜
懦弱。見“集韻”。

顑 ㄎㄢˇ *k'an*³ 音坎
同顑。①頭搖動。見“集韻”。②面頰；臉頰。

題 ㄊㄧˊ *t'i*² 音啼
①額頭。見“說文”。②物品的頂端。如：榱題。③書籍、詩文的題目或標題。④考試的題目。如：

命題。5書寫。如：題詩。6評論。如：品題。7'明'、'清'公文用語之一。如：題本。

7【題材】 ㄊㄧˊ ㄘㄞˊ
用為作品內容的材料。

10【題庫】 ㄊㄧˊ ㄎㄨˋ
蒐集各類考題，整理、保存以備取用的資料系統。

12【題款】 ㄊㄧˊ ㄎㄨㄢˇ
在書畫上署名題字。

【題跋】 ㄊㄧˊ ㄅㄚˊ
總稱書寫於書籍、字畫、碑帖等前後的文字。

19【題辭】 ㄊㄧˊ ㄘˊ
文體的一種。通常題在作品的前面，或為散文，或用韻語。主要是對作品評介，或標舉全書旨意，或寫讀後感想，作用與序跋近似。

5【題目正名】 ㄊㄧˊ ㄇㄨˋ ㄓㄥˋ ㄇㄧㄥˊ
'元'雜劇概括劇情的標題。題目在前，通常為五至八字之對句，有作一聯者，也有作兩聯者。正名則是劇名的全稱，通常又取其中三、四字作為劇名的簡稱。如'馬致遠'之"漢宮秋"雜劇，題目為「沈黑江明妃青塚恨」，正名為「破幽夢孤雁漢宮秋」，二句道明全劇要旨，而末句則為劇名，簡稱"漢宮秋"。

顒 ㄩㄥˊ *yung*² 音喁
1大頭。見"說文"。2仰首。如：顒望。3嚴正；端正。如：顒坐。

11【顒望】 ㄩㄥˊ ㄨㄤˋ
盼望。

顕 顯的俗體。

題 腮的本字。

顎 ㄜˋ *o*⁴, *ê*⁴ 音餓
1兩顴很高的樣子。見"玉篇"。2骨名。參頜骨。

顓 ㄓㄨㄢ *chuan*¹ 音專
1謹慎的樣子。見"說文"。2善良。如：顓民。3蒙昧。如：顓蒙。4專擅。通專。如：顓擅。5姓。'春秋'有'顓項和'。見"萬姓統譜·二八"。

13【顓頊】 ㄓㄨㄢ ㄒㄩˋ
傳說時代五帝之一。'黃帝'孫，'昌意'子。年十歲，佐'少昊'。二十即位，號'高陽氏'，在位七十八年。

顖 ㄠ *ao*¹ 音凹
頭頂凹陷。見"玉篇"。

顗 髭的本字。

10

顛 ㄇㄧㄥˊ *ming*² 音冥
眉目之間。見"廣韻"。

顜 一 ㄧㄢˊ *yen*² 音嚴
頭狹面長的樣子。見"說文"。
二 ㄑㄧㄢˇ *ch'ien*³ 音淺
醜陋的樣子。見"集韻"。

類 ㄌㄟˋ *lei*⁴ 音淚
1相似。見"說文"。2種別。如：物以類聚。3法式。如：行無類。4大率；大體。如：類皆如此。5乖戾；不平。通纇。如：愎類。6(class)即集(合)(set)。有兩種用法：一、指高階層的集，例如集合的「集合」，為說明方便改稱為集合的「類」。二、泛稱集合，而把「集(合)」保留為較狹義的、「夠小的」集合，以避免論理學的困難。7姓。'明'有'類康'。見"萬姓統譜·九三"。

4【類比】 ㄌㄟˋ ㄅㄧˇ
1又稱比喻。兩種事物有相似處，舉其一以明另一。2又稱類比推論。兩種事物有相似之特性者，推而論其另一特性也相似。

【類化】 ㄌㄟˋ ㄏㄨㄚˋ
1(generalization)某刺激因與制約刺激相類似，遂能引起制約反應的現象。2指應用經驗之類似者解釋新經驗，或運用舊經驗引發新的動機。

8【類析】 ㄌㄟˋ ㄒㄧ
(classification)利用固體粒子於流體中沈降速度之不同，而予以分類的機械操作。

9【類型】 ㄌㄟˋ ㄒㄧㄥˊ
1事物種類的模型。2由各特殊的人、事、物或現象所綜合歸納的共通點。

10【類書】 ㄌㄟˋ ㄕㄨ
採輯群書，按一定體例重新歸類編排書中資料，以便檢尋名物、典故、詞藻，供詩文用典參考的書籍。

11【類推】 ㄌㄟˋ ㄊㄨㄟ
由某一事物而推測其他相類似的事物。

14【類聚】 ㄌㄟˋ ㄐㄩˋ
同類的事物聚合在一起。

8【類毒素】 ㄌㄟˋ ㄉㄨˊ ㄙㄨˋ
(toxoid)外毒素經過蟻醛等化學藥品處理後，雖失去其毒性，但仍保持有原來之抗原性者，稱為類毒素。可用作疫苗，注入人體以產生免疫作用，如破傷風類毒素及白喉類毒素等。

9【類型論】 ㄌㄟˋ ㄒㄧㄥˊ ㄌㄨㄣˋ
(type theory)人格理論之一。個體之人格可依某種表徵區分為幾人類型，而後就其類型解釋、推斷所具有之人格特質。

10【類病毒】 ㄌㄟˋ ㄅㄧㄥˋ ㄉㄨˊ
(viroid)在某些植物病株內所發現比病毒還小的病原體。其構造類似病毒，是由一小段的 RNA 分子組成，但外面沒有蛋白質外鞘包圍。科學家對類病毒的詳細構造、繁殖方法及感染途徑尚未十分清楚。至今只在植物病株內發現過類病毒，尚未在動物體內發現過。目前研究最多的是可引起馬鈴薯紡錘塊莖病的類病毒。

4【類比訊號】 ㄌㄟˋ ㄅㄧˇ ㄒㄩㄣˋ ㄏㄠˋ
(analog signal)訊號之幅度隨時間做連續性變化者。如溫度、壓力等。

【類比電腦】 ㄌㄟˋ ㄅㄧˇ ㄉㄧㄢˋ

ㄋㄠˇ

(analog computer) 1輸入與輸出都是連續性變化訊號的電腦。2將物理量如壓力、溫度、流量、角度等以電子訊號表示;將物理變化的數學模型以對應的電子電路爲其代表;於是從輸入、輸出電子訊號的變化情形便可以解決若干物理問題。按照此種構想所建造的電子電路,便是類比電腦。

【類比資料】 ㄌㄟˋ ㄅㄧˇ ㄗ ㄌㄧㄠˋ

(analog data) 以連續性變化表示的資料。通常以指針配合刻度表顯示,如電壓表、電流表或汽車內的速度表所顯示的即爲類比資料;其資料量的連續變化可由指針的連續移動而顯出讀數。

【類木行星】 ㄌㄟˋ ㄇㄨˋ ㄒㄧㄥˊ ㄒㄧㄥ

(Jovian planets) 指物理性質和木星相類似的行星。如土星、天王星和海王星等。其特徵是體積較大、密度較小、自轉速度快、衛星多及表面溫度極低。

6【類地行星】 ㄌㄟˋ ㄉㄧˋ ㄒㄧㄥˊ ㄒㄧㄥ

(terrestrial planets) 指物理性質和地球相類似的行星,如水星、金星和火星等。其特徵是體積小、密度大、自轉較慢、衛星少及有個堅硬的外殼。

8【類金屬元素】 ㄌㄟˋ ㄐㄧㄣ ㄕㄨˇ ㄩㄢˊ ㄙㄨˋ

(metalloid) 在週期表中位於金屬和非金屬之間,其性質亦介於金屬和非金屬之間的元素。又稱爲兩性元素。如砷、銻等。

4【類比-數位變換器】 ㄌㄟˋ ㄅㄧˇ ㄕㄨˋ ㄨㄟˋ ㄅㄧㄢˋ ㄏㄨㄢˋ ㄑㄧˋ

(A-D converter) 將電氣的類比量 A 轉換成數位量 D 的裝置。功能如圖所示,有兩種方式:一爲計數方式,將類比量變換成電壓,再判斷此電壓值爲單位電壓之多少倍,並以數位量表示之。二爲比較方式,其中包含一 DA 變換器,先以數位信號來表示電壓之值,利用 DA 變換器將信號變換成類比值,加於比較器(OP放大器)與輸入電壓值比較,調整數位信號之大小,直到兩個值一致爲止。

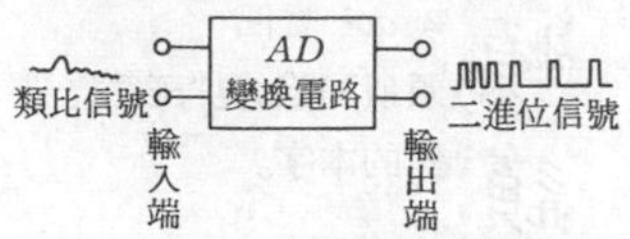

類比一數位變換器圖

顜 ㄐㄧㄤˇ *chiang*³ 音講

明白;直接了當。見"集韻"。

顛 ㄉㄧㄢ *tien*¹ 音巔

1頭頂。如:白髮盈顛。2額頭。見"小爾雅·廣服"。3頂端。如:顛峰。4本;始。如:顛末。5自高處下墜。如:顛墜。6仆倒。如:顛跌。7瘋狂。通癲。如:狂顛。8振盪;搖晃。如:顛簸。9姓。'晉'有'顛頡'。見"萬姓統譜·二八"。

4【顛仆】 ㄉㄧㄢ ㄆㄨ

跌倒;傾倒。引申指覆敗。

5【顛末】 ㄉㄧㄢ ㄇㄛˋ

始末;本末。

7【顛沛】 ㄉㄧㄢ ㄆㄟˋ

1跌倒;傾覆。2潦倒困頓。

10【顛峰】 ㄉㄧㄢ ㄈㄥ

達到最高點。形容最盛行、最純熟或最圓滿的狀態。

【顛倒】 ㄉㄧㄢ ㄉㄠˇ

1上下倒置;本末、前後相反。2比喻困窮或傾覆。3比喻神志錯亂不清,或行事違背常理。4佛家指世人對於事物本體的不正確見解。如以無常爲常,以苦爲樂,以幻爲眞。

11【顛連】 ㄉㄧㄢ ㄌㄧㄢˊ

1形容山勢連綿不斷的樣子。2同顛沛2。

16【顛薺】 ㄉㄧㄢ ㄐㄧˊ

植物名。細葉有刺,蔓生,一名商蕀。見"爾雅·釋草·髦顛蕀·注"。

18【顛覆】 ㄉㄧㄢ ㄈㄨˋ

1傾倒。2破壞;滅亡。

19【顛蹶】 ㄉㄧㄢ ㄐㄩㄝˊ

跌倒。

【顛簸】 ㄉㄧㄢ ㄅㄛˇ

搖晃不定。

22【顛躓】 ㄉㄧㄢ ㄓˋ

1跌倒。2比喻處境困阨。

3【顛三倒四】 ㄉㄧㄢ ㄙㄢ ㄉㄠˇ ㄙˋ

1顛倒錯亂,沒有次序。2形容神志不清,語無倫次。

7【顛沛流離】 ㄉㄧㄢ ㄆㄟˋ ㄌㄧㄡˊ ㄌㄧˊ

潦倒困頓,飄泊無定。

10【顛倒乾坤】 ㄉㄧㄢ ㄉㄠˇ ㄑㄧㄢˊ ㄎㄨㄣ

比喻本領高妙,無所不能。

11【顛唇簸舌】 ㄉㄧㄢ ㄔㄨㄣˊ ㄅㄛˇ ㄕㄜˊ

賣弄口舌;逞口舌之能。也作顛唇簸嘴。

15【顛撲不破】 ㄉㄧㄢ ㄆㄨ ㄅㄨˋ ㄆㄛˋ

比喻道理正確,無法否定或改變。

10【顛倒溫度計】 ㄉㄧㄢ ㄉㄠˇ ㄨㄣ ㄉㄨˋ ㄐㄧˋ

一種搭載於顛倒採水器(如'南森'瓶)的特殊水銀溫度計。用以計測深層海水採水時的現場水溫。分防壓式及非防壓式兩種,測溫範圍在 −2～4°C,精確度可達±0.02°C。

顙 ㄙㄤˇ *sang*³ 音嗓

1額頭。見"說文"。2叩頭。如:再拜顙。

顚

顚的或體。

願 ㄩㄢˋ *yüan*⁴ 音怨

1立意要做的事。如:適願。2希望。如:但願如此。3樂意。如:甘願。

2【願力】 ㄩㄢˋ ㄌㄧˋ

佛家指誓願的力量。

顝 ㄎㄨ *k'u*¹ 音枯　又讀 ㄎㄨㄟ *k'uei*¹ 音盔

1大頭。見"說文"。2醜。見"集韻"。3孤獨。見"正字通"。

顗 ㄧˇ i^3 音以
①謹愼莊敬的樣子。見"說文"。②安靜。見"爾雅·釋詁"。

顉 ㄨㄥ wêng¹ 音翁
頸毛。見"廣韻"。

顖 囟的古文。

11

顡 ㄧˋ i^4 音毅
不聰明。見"集韻"。

顟 ㄌㄧㄠˊ liao² 音聊
高鼻深眼的樣子。見"集韻"。

顠 ㄆㄧㄠˇ p'iao³ 音縹 又讀 ㄅㄧㄠˋ piao⁴ 音鰾
①頭髮斑白的樣子。見"廣韻"。②頭髮雜亂的樣子。

顢 ㄇㄢˊ man² 音瞞 語音 ㄇㄢ man¹
參顢頇。

12【顢頇】 ㄇㄢˊ ㄏㄢ
①疏忽而漫不經心。②頑固而不明事理。

顣 ㄘㄨˋ ts'u⁴ 音蹙
參顣頞。

15【顣頞】 ㄘㄨˋ ㄜˋ
眉頭緊皺的樣子。

顤 髏的或體。

12

顫 ㄓㄢˇ chan³ 音展
傲視他人。見"說文"。

顲 ㄌㄧㄣˋ lin⁴ 音吝
也作髗。①頭髮稀少。見"說文"。②羞慚。見"集韻"。

顤 ㄧㄠˊ yao² 音搖 又讀 ㄧㄠˋ yao⁴ 音要
高長的頭。見"說文"。

顬 ㄓㄣˇ chên³ 音枕
①頭部銳長。見"廣韻"。②低頭的樣子。見"集韻"。

顮 顡的或體。

顨 巽的或體。

顥 ㄏㄠˋ hao⁴ 音皓
①頭髮白的樣子。見"說文"。②浩大的樣子。見"廣韻"。

10【顥氣】 ㄏㄠˋ ㄑㄧˋ
明潔清新之氣。

顰 ㄆㄛˊ p'o² 音婆
①髮白的樣子。也作皤。見"說文"。②衰老的樣子。見"集韻"。

顦 憔的或體。

顧 ㄍㄨˋ ku⁴ 音故
①看;回頭看。見"說文"。②照料;關心。如:顧此失彼。③拜訪;探望。如:三顧茅廬。④連詞。⑴乃。⑵但;只是。⑤姓。'漢'有'顧容'。見"通志·氏族略二"。

6【顧曲】 ㄍㄨˋ ㄑㄩˇ
指出樂曲的正誤。引申指欣賞戲曲、音樂。

7【顧忌】 ㄍㄨˋ ㄐㄧˋ
顧慮、畏忌。

9【顧眄】 ㄍㄨˋ ㄇㄧㄢˇ
回頭看。有眷念的意思。

11【顧問】 ㄍㄨˋ ㄨㄣˋ
①觀看和詢問。引申爲諮詢、商討。原指執政者向謀臣諮詢。今也指向專業人員的諮商。②備諮詢的人員。

8【顧炎武】 ㄍㄨˋ ㄧㄢˊ ㄨˇ
(1613～1682)'江蘇''崑山'人,初名'絳','明'亡,改名'炎武',字'寧人',號'亭林'。'明'末'魯王'時曾起兵勤王。入'清',徵博學鴻儒,不就。講求經世濟民的實學,開'清代'樸學之風。著有"日知錄"、"天下郡國利病書"等書。

9【顧祖禹】 ㄍㄨˋ ㄗㄨˇ ㄩˇ
(1631～1692)生於'常熟',後徙居'無錫'城東的'宛溪',學者稱'宛溪先生'。少承家學,熟諳史地,喜好旅遊,'明'亡後,隱居著作。著有"讀史方輿紀要"。

11【顧野王】 ㄍㄨˋ ㄧㄝˇ ㄨㄤˊ
(519～581)'南北朝''吳郡'(今'江蘇''吳縣')人,字'希馮'。初仕'梁','陳'時官至光祿卿。通天文、地理、卜筮、篆、隸、奇字。著有"玉篇"、"輿地志"等書。

12【顧棟高】 ㄍㄨˋ ㄉㄨㄥˋ ㄍㄠ
(1679～1759)'清''江蘇''無錫'人,字'復初',一字'震滄'。'康熙'進士,授內閣中書,因事罷職。'乾隆'時賜國子監祭酒銜。著有"大儒粹語"、"春秋大事表"等書。

13【顧愷之】 ㄍㄨˋ ㄎㄞˇ ㄓ
(345?～406?)'東晉''無錫'(今'江蘇''無錫')人,字'長康',小字'虎頭'。曾爲'桓溫'及'殷仲堪'參軍。工詩賦及書法,尤精繪事,有「才絕、畫絕、痴絕」之稱。著有"畫論"、"魏晉勝流畫贊"等。

15【顧廣圻】 ㄍㄨˋ ㄍㄨㄤˇ ㄑㄧˊ
(1766～1835)'清''元和'(今'江蘇''吳縣')人,字'千里',號'澗薲',又號'思適居士'。'嘉慶'諸生。通經、史、訓詁、天算、輿地,尤精於目錄之學,兼工校讐。曾校"說文"、"禮記"、"儀禮"、"國語"、"國策"、"文選"諸書,寫成札記,考定文字,有益後學。著有"遯翁苦口"、"思適齋文集"。

15【顧頡剛】 ㄍㄨˋ ㄐㄧㄝˊ ㄍㄤ
(1893～1980)'江蘇''吳縣'人,字'誠吾',號'銘堅'。'北大'文科畢業。曾任教各大學,致力於我國古史之辨僞與沿革地理的研究,編著出版七冊"古史辨"。大陸淪陷後,任'中共'黨政及學術職務。

顧頡剛像

16【顧憲成】 ㄍㄨˋ ㄒㄧㄢˋ ㄔㄥˊ
(1550～1612)'明''無錫'(今'江蘇''無錫')人,字'叔時',人稱'涇陽先生',也稱'東林先生'。'萬曆'進士,官至吏部郎中,因事罷職,講學於

'東林書院',往往諷議朝政,裁量人物,爲當時士大夫首領。著有"小心齋劄記"等書。

6【顧曲周郎】 ㄍㄨˋ ㄑㄩˇ ㄓㄡ ㄌㄤˊ
指精通音律的人。'周'郎,三國'吳''周瑜',精於音律,每聽曲而曲有誤,便回頭一看,故時人稱「曲有誤,'周'郎顧」。見"三國志·吳志·周瑜傳"。

【顧此失彼】 ㄍㄨˋ ㄘˇ ㄕ ㄅㄧˇ
無法面面顧到。指能力不足或事情複雜。

【顧名思義】 ㄍㄨˋ ㄇㄧㄥˊ ㄙ ㄧˋ
觀看名稱而推想其內涵。

9【顧客偏好】 ㄍㄨˋ ㄎㄜˋ ㄆㄧㄢ ㄏㄠˋ
(customer preference) 顧客對一項產品的屬性,如品質、價格、式樣、功能等及其他方面的喜好程度。基本的顧客偏好有三種:同質偏好、擴散偏好、群集偏好。

【顧客導向】 ㄍㄨˋ ㄎㄜˋ ㄉㄠˇ ㄒㄧㄤˋ
(customer oriented) 以滿足顧客需要爲導向。例如產品的設計不僅重視顧客的使用需要,也能進一步注意到顧客的使用方便、對於顏色的愛好,或是其他顧客所重視的需要。

【顧盼生姿】 ㄍㄨˋ ㄆㄢˋ ㄕㄥ ㄗ
形容目光有神,於顧盼間,自有一番丰采。

【顧盼自雄】 ㄍㄨˋ ㄆㄢˋ ㄗˋ ㄒㄩㄥˊ
左顧右盼,目中無人的樣子。

15【顧影自憐】 ㄍㄨˋ ㄧㄥˇ ㄗˋ ㄌㄧㄢˊ
1顧望身影,自傷孤零。2攬鏡自照,自我憐惜。

13

顫 ㄓㄢˋ *chan*⁴ 音戰 又讀 ㄔㄢˋ *ch'an*⁴ 音懺
身體因寒冷、驚慌或物體受振動而抖動搖晃。

9【顫音】 ㄓㄢˋ ㄧㄣ
1(rolled sound) 由口腔中富有彈性之發音器官多次顫動而構成的一種輔音。如'德'文的小舌音〔R〕就是。2(tremolo) 樂器演奏法的一種。絃樂用上下弓急速將一個音密奏,或鋼琴將兩緊鄰的音急速交替奏出,均稱顫音。

10【顫振】 ㄓㄢˋ ㄓㄣˋ
(flutter) 飛機的任何結構元件,在飛行中受到短暫的擾動,而導致定期不穩定震動的現象。由元件本身的空氣動力、慣性力及彈性等之交互作用而產生。

11【顫悸】 ㄓㄢˋ ㄐㄧˋ
驚懼發抖。

⿰禁頁 ㄐㄧㄣˋ *chin*⁴ 音噤
憤怒。見"廣韻"。

顑 顪的或體。

顪 ㄏㄨㄟˋ *hui*⁴ 音穢
1臉頰。見"廣韻"。2頤下的鬍鬚。見"集韻"。

⿰蜀頁 顬的或體。

顩 一 ㄧㄢˇ *yen*³ 音演
牙齒不整齊的樣子。見"說文"。
二 ㄑㄧㄢ *ch'ien*¹ 音牽
參顩頤。
三 ㄏㄢˋ *han*⁴ 音汗
參頩顩。

16【顩頤】 ㄑㄧㄢ ㄧˊ
1收縮下顎,低聲下氣的樣子。2醜陋的樣子。也作顑頤。

25【顩顏】 ㄧㄢˇ ㄧㄢˇ
臉不平。

14

顬 ㄖㄨˊ *ju*² 音儒
參顳顬。

顯 ㄒㄧㄢˇ *hsien*³ 音險
1明晰;明著。如:淺顯。2表露;表現。如:大顯身手。3聞達。如:顯貴。

8【顯性】 ㄒㄧㄢˇ ㄒㄧㄥˋ
(dominance) 生物的遺傳性狀,常有相對的兩種情形,一爲顯性,一爲隱性。控制顯性性狀的基因,稱爲顯性基因;控制隱性性狀的基因,稱爲隱性基因。當顯性基因和隱性基因組合一起時,隱性性狀即隱而不現,而表現顯性性狀。

9【顯要】 ㄒㄧㄢˇ ㄧㄠˋ
有權勢的高官要人。

11【顯密】 ㄒㄧㄢˇ ㄇㄧˋ
佛家之顯教與密教。顯教,意指有文字紀錄的經典、教義公諸於世,如天台、華嚴、禪、淨土等宗派;密教,意指傳法祕密、修持祕密、誦持祕咒,在思想、作法上與顯教相對,如眞言宗。

【顯眼】 ㄒㄧㄢˇ ㄧㄢˇ
很明顯,容易被看出來或受人注視。

12【顯揚】 ㄒㄧㄢˇ ㄧㄤˊ
稱揚;顯耀。

13【顯聖】 ㄒㄧㄢˇ ㄕㄥˋ
俗稱神佛現出形跡以示人。

14【顯赫】 ㄒㄧㄢˇ ㄏㄜˋ
光耀、盛大的樣子。多用來形容權勢、聲名、地位等。

【顯像】 ㄒㄧㄢˇ ㄒㄧㄤˋ
顯示出影像。

15【顯熱】 ㄒㄧㄢˇ ㄖㄜˋ
(sensible heat) 物質不產生相變化情況下,由於溫度變化所吸收或放出的熱量。

【顯影】 ㄒㄧㄢˇ ㄧㄥˇ
使底片曝光後產生的潛影,顯現出可見影像的過程。已感光的鹵化銀經顯影液還原爲銀,成爲黑色的像,未感光的鹵化銀則不受影響。顯影後經定影、水洗等過程,可獲得穩定的影像。顯影液包括促進劑氫氧化鈉、氫氧化鉀,促進顯影進行,縮短時間;保恆劑亞硫酸鈉,防止主藥酸化;抑制劑溴化鉀,防止灰霧的產生等。

16【顯學】 ㄒㄧㄢˇ ㄒㄩㄝˊ
當代著名的學術、學派。如'戰國'時代,儒、墨爲顯學。

17【顯豁】 ㄒㄧㄢˇ ㄏㄨㄛˋ

清楚明白。

24【顯靈】 ㄒㄧㄢˇ ㄌㄧㄥˊ
1神靈顯現。2祈求祖先或神明保佑而得到效驗。

5【顯示幕】 ㄒㄧㄢˇ ㄕˋ ㄇㄨˋ
(screen)可顯示訊息的平面。如電腦終端機上由陰極射線管所構成之顯示資料訊息的螢光屏。

7【顯身手】 ㄒㄧㄢˇ ㄕㄣ ㄕㄡˇ
表現本領。

8【顯函數】 ㄒㄧㄢˇ ㄏㄢˊ ㄕㄨˋ
(explicit function)與隱函數相對。像方程式 $x^2+y^2=5$ 可決定兩支連續顯函數 $y=\sqrt{5-x^2}$ 及 $y=-\sqrt{5-x^2}$;即以明確之代數或其他容許之式子表示的函數爲顯函數;以 $F(x,y)=0$ 來決定 y 和 x 的函數關係的函數爲隱函數。

5【顯尼茲勒】 ㄒㄧㄢˇ ㄋㄧˊ ㄗ ㄌㄜˋ
(Arthur Schnitzler, 1862~1931)'奧地利'醫生、劇作家及小說家。戲劇以分析'威尼斯'中等階級的心理著名。西元1893年以七個獨幕劇"阿拿多"(*Anatol*)闖紅文壇。著名劇作有"旋轉木馬"(*Reigen*)、"免費遊戲"(*Free Game*);長篇小說有"只有勇者"(*None But the Brave*)和"逃入黑暗中"(*Flight into Darkness*)等。

顯尼茲勒像

【顯出功能】 ㄒㄧㄢˇ ㄔㄨ ㄍㄨㄥ ㄋㄥˊ
(manifest function)社會系統有意設計而爲團體分子所能瞭解的功能。與潛在功能相對。如學校的顯出功能是教育新的一代,但同時具有提供年輕人找對象之機會的潛在功能。

8【顯花植物】 ㄒㄧㄢˇ ㄏㄨㄚ ㄓˊ ㄨˋ
(phanerogams)能開花結果實,而產生種子的植物。包含裸子植物與被子植物,此群植物在植物界中占高等之地位,所以又稱爲高等植物。

13【顯微手術】 ㄒㄧㄢˇ ㄨㄟˊ ㄕㄡˇ ㄕㄨˋ
(microsurgery)使用放大鏡或顯微鏡進行的手術方式。手術的目的,是將細微組織的剝離和縫合,目前用得最多的是眼科、耳鼻喉科、手外科等。

【顯微膠片】 ㄒㄧㄢˇ ㄨㄟˊ ㄐㄧㄠ ㄆㄧㄢˋ
(microfilm)將書籍或檔案文件縮影拍攝於膠片上,以供保存與閱讀之用。閱讀顯微膠片時,必須使用顯微閱讀機,將縮影的資料放大於銀幕上以便閱讀。

12【顯然夢內容】 ㄒㄧㄢˇ ㄖㄢˊ ㄇㄥˋ ㄋㄟˋ ㄖㄨㄥˊ
(manifest dream content)個體的夢中情境,既非有所象徵,亦未含有欲念滿足的意味。

顭 ㄏㄨㄥ hung¹ 音轟 又讀 ㄇㄥˊ mêng² 音蒙
暈眩。也作儚、懵。見"集韻"。

15

顰 ㄆㄧㄣˊ p'in² 音貧
皺眉。如:顰蹙。

9【顰眉】 ㄆㄧㄣˊ ㄇㄟˊ
皺眉頭。

18【顰蹙】 ㄆㄧㄣˊ ㄘㄨˋ
眉頭緊鎖,額頭皺起。形容心中憂愁不快樂的樣子。

16

顩 ㊀ ㄧㄣˇ yin³ 音飲
參顉顩。
㊁ ㄑㄧㄢ ch'ien¹ 音謙
參顩頤。
㊂ ㄧㄢˇ yen³ 音掩
參頷顩。

16【顩頤】 ㄑㄧㄢ ㄧˊ
醜陋的樣子。也作頷頤。

顲 ㊀ ㄌㄢˇ lan³ 音覽
面容枯黃瘦瘠的樣子。見"玉篇"。
㊁ ㄌㄧㄣˇ lin³ 音廩
1面部顯出莊重嚴肅的臉色。見"集韻"。2飢餓瘦瘠的樣子。見"集韻"。

顱 ㄌㄨˊ lu² 音盧
1頭蓋骨。見"說文"。2指整個的頭。如:方趾圓顱。

4【顱內腫瘤】 ㄌㄨˊ ㄋㄟˋ ㄓㄨㄥˇ ㄌㄧㄡˊ
(intracranial tumor)生長在頭顱內的腫瘤。俗稱腦瘤。最常見的有腦膜瘤、膠質細胞瘤、腦下垂體瘤、顱咽管瘤等,各有良性、惡性的區別。症狀以顱內壓增高爲主,即頭痛、嘔吐、視神經乳頭水腫等;此外,也可以造成腦組織的壓迫性症狀,如失語症、癲癇、癱瘓等。治療方法以手術爲主,不能切除的可用放射線治療。

17

⿰嬰頁 癭的或體。

⿰薨頁 ㄏㄨㄥ hung¹ 音轟
昏迷。見"廣韻"。

18

顳 ㄋㄧㄝˋ nieh⁴ 音聶
鬢下耳前的臉頰。見"玉篇"。

10【顳骨】 ㄋㄧㄝˋ ㄍㄨˇ
(temporal bone)位於頭顱外側下方的骨骼。內有中、內耳構造。

23【顳顬】 ㄋㄧㄝˋ ㄖㄨˊ
耳前臉部肌肉抽動的樣子。

顴 ㄑㄩㄢˊ ch'üan² 音權
面頰骨。同髖。見"集韻"。

10【顴骨】 ㄑㄩㄢˊ ㄍㄨˇ
(zygomatic bone)指構成臉頰上方突出部的星形骨骼,左右各一塊。同時也構成眼眶外側壁與底面,其後外側與顳骨相銜接形成顴弓,內側與上頂骨相接。

風部

風 ㊀ ㄈㄥ *fêng*¹ 音封
1(wind)係空氣因壓差而產生的水平流動所致。風的觀測包括風向和風速。風向一般分爲十六方位,風速則以秒公尺爲單位。地表的風可分爲二大系,一爲行星風系,一爲地方風系。2自然景象。如:風光。3教化;習俗。如:風尙。4儀範;教養和氣度。如:門風。5風聲;消息。如:聞風而來。6流言;傳言。如:風言風語。7"詩經"六義之一。如:國風。8歌謠;民歌。如:風謠。9動物牝牡相誘。10寵愛。如:爭風吃醋。11六淫之一。是春天的主氣。外感風邪的病變以春天最多,多爲寒暖不適,腠理不密,邪由表而入,俗稱傷風。症狀爲咳嗽、頭痛、鼻塞、流涕等。風邪也常與其他邪氣結合而感染,如與寒邪合則爲風寒,與溼邪合則爲風溼,與燥邪合則爲風燥等。12病理變化過程中的一種神經系統症候群。如眩暈、昏厥、抽搐、半身不遂等。13癲狂症。通瘋。

㊁ ㄈㄥˋ *fêng*⁴ 音諷
1吹拂。比喻感化。2委婉勸告。如:風刺。

2【風力】 ㄈㄥ ㄌㄧˋ
1風的力量。2指人的風骨氣節。3指文章的風格筆力。

3【風土】 ㄈㄥ ㄊㄨˇ
地方的風俗民情和地理環境。

【風口】 ㄈㄥ ㄎㄡˇ
(wind gap)山脊低陷處勁風通過的山口。

4【風水】 ㄈㄥ ㄕㄨㄟˇ
1風力和水力。2堪輿家以爲自然環境的形勢、方位、景觀及其間的關係,具有超自然力量,能影響一個人或家族子孫的盛衰興替、前途和命運,統稱爲風水。

【風月】 ㄈㄥ ㄩㄝˋ
1清風明月。指美好的景色。2比喻男女間的情愛。

【風化】 ㄈㄥ ㄏㄨㄚˋ
1風俗教化。2比喻死亡。3(aeration)水泥由空氣中吸收水分而引起的水化作用。水泥經風化後,可能引起異常的凝結,而降低強度。4(weathering)暴露於地面或接近地面的岩石,因受氣候、生物之作用而軟化崩解或分解成岩屑的現象。可分物理性(機械性)和化學性,此二種作用經常同時並行。

5【風穴】 ㄈㄥ ㄒㄩㄝˋ
生風的洞穴。

6【風池】 ㄈㄥ ㄔˊ
針灸穴位。位於耳後顳顬骨後髮際的凹陷處。屬足少陽膽經。

【風光】 ㄈㄥ ㄍㄨㄤ
1雨後日出,風中草木的閃光。2風景;景象。3風格;風采。4光榮;體面。

【風行】 ㄈㄥ ㄒㄧㄥˊ
1風吹。2指風範、操守。3比喻流行傳播的廣大迅速。

8【風波】 ㄈㄥ ㄅㄛ
1風浪。2比喻動盪不定。3比喻人事上的紛擾和變故。

【風府】 ㄈㄥ ㄈㄨˇ
針灸穴位。在頸後入髮一寸,枕骨和第一頸椎之間,兩筋凹陷處。屬督脈經。

【風析】 ㄈㄥ ㄒㄧ
(air separation)將固體粒子懸浮於氣流中,利用粒子重量與體積之不同,而能予以分類之操作。例如水泥工業即利用此原理將粗粒與微粒逐級分開。

【風尙】 ㄈㄥ ㄕㄤˋ
1風姿;儀態。2風氣;習尙。

【風味】 ㄈㄥ ㄨㄟˋ
1風度;風采。2意味;滋味。

【風采】 ㄈㄥ ㄘㄞˇ
1風度文采。2風俗習慣。3表情和臉色。

【風物】 ㄈㄥ ㄨˋ
風光;景物。

9【風流】 ㄈㄥ ㄌㄧㄡˊ
1教化流行。2風俗教化。3流風餘韻。4風度;儀表。5傑出。6有高才而不拘禮法的氣派。7神情風韻。8指放蕩、不正常的男女關係。

【風洞】 ㄈㄥ ㄉㄨㄥˋ
(wind tunnel)一種能產生可以控制氣流速度的設備。用以對翼形面、飛機、飛彈,或其他物體之縮尺模型乃至實物作氣動力試驗,俾供設計之參考。風洞可依其所產生之氣流的速度與音速比較,而有次音速風洞、穿音速風洞及超音速風洞之分;在結構上,又可依其氣流有無迴路而有閉路式與開口式之別;另其試驗段之是否密封,又有封閉式與開放式的不同。

【風度】 ㄈㄥ ㄉㄨˋ
1指言談、儀態。2指書畫的風格、氣勢。

【風姿】 ㄈㄥ ㄗ
風采。

【風紀】 ㄈㄥ ㄐㄧˋ
綱紀;法度。

【風俗】 ㄈㄥ ㄙㄨˊ
1一地方經過長時間而形成的風尙習慣。2指民間歌謠。

10【風疹】 ㄈㄥ ㄓㄣˇ
(rubella)即'德國'麻疹。是感染濾過性病毒而引起的疾病。特徵是全身發出許多孤立或融合的粉紅色斑疹。潛伏期約2~3週,發疹時,從頭部、顏面開始而遍及全身,在2~3天內消退。發燒多半在39°C以下,也有不發燒的,常有淋巴結腫脹,特別是後頭部、耳後、頸部有輕度壓痛,關節疼痛也很常見。一般預後良好,很少合併症,偶爾有中耳炎、支氣管炎、腦炎等。妊娠前三個月內感染風疹,常造成死產及胎兒先天性畸形,包括白內障、耳聾、心臟病、小頭症等,因此孕婦要格外小心。

【風格】 ㄈㄥ ㄍㄜˊ
①風度品格。②指作家或藝術家在作品中所表現的特有格調。③風韻;神采。

【風骨】 ㄈㄥ ㄍㄨˇ
①品格骨氣。②泛指文章的風格氣韻。

【風氣】 ㄈㄥ ㄑㄧˋ
①指氣候。②指風俗習氣。③指風度氣概。

11【風情】 ㄈㄥ ㄑㄧㄥˊ
①風韻神情。②志趣;抱負。③風土人情。④指男女間的情愛。

【風教】 ㄈㄥ ㄐㄧㄠˋ
風俗教化。

【風笛】 ㄈㄥ ㄉㄧˊ
(bagpipe) 由風袋、吹管、簧管等部組成的管樂器。流行於'歐洲'民間,在'蘇格蘭'等地尤爲盛行。

【風從】 ㄈㄥ ㄘㄨㄥˊ
草順風偃倒。比喻順從之速。

12【風寒】 ㄈㄥ ㄏㄢˊ
冷風與寒氣。

【風琴】 ㄈㄥ ㄑㄧㄣˊ
(organ)用指按鍵盤,由內部裝設的管、簧或電器發出聲音。以風琴定名的有簧風琴 (reed organ)、管風琴 (pipe organ)、電子風琴 (electronic organ)三種。

13【風鉤】 ㄈㄥ ㄍㄡ
(hook)門、窗扇推開後,用以鉤牢固定位置,使門、窗扇不因風吹影響而逕自碰壁或關閉的裝置。通常與門止並置。新式產品多利用磁力設計。

【風鈴】 ㄈㄥ ㄌㄧㄥˊ
一種飾物。用金屬、玻璃、陶瓷或竹木爲材料,聯成串,常掛在簷前、窗下,風吹則響,故稱。

【風會】 ㄈㄥ ㄏㄨㄟˋ
風氣。

14【風聞】 ㄈㄥ ㄨㄣˊ
傳聞。

【風貌】 ㄈㄥ ㄇㄠˋ
①風采容貌。②比喻事物的格調。

【風蝕】 ㄈㄥ ㄕˊ
因風力作用而引起的土壤沖蝕。坡面方向迎風,風蝕較大;廣闊平坦地區較起伏不平的坡地易發生風蝕;沿岸砂土區域,尤其是多季乾旱期間,最易發生嚴重風蝕。

15【風潮】 ㄈㄥ ㄔㄠˊ
①風與潮汐。②指風氣潮流。③指社會或團體中發生的重大事件。

【風趣】 ㄈㄥ ㄑㄩˋ
①風雅幽默,耐人尋味。②風格;意味。

【風暴】 ㄈㄥ ㄅㄠˋ
①急驟的大風。②比喻大動亂。

【風範】 ㄈㄥ ㄈㄢˋ
①風采;風度。②楷模;典範。

16【風憲】 ㄈㄥ ㄒㄧㄢˋ
①風紀;法度。②掌管風紀的官署或官員。指御史臺或御史。③比喻莊嚴整飭。

【風頭】 ㄈㄥ ˙ㄊㄡ
①事情發展的趨勢。②在眾中突出的氣勢。也作鋒頭。

【風操】 ㄈㄥ ㄘㄠ
風骨節操。

【風險】 ㄈㄥ ㄒㄧㄢˇ
①水上或海上行舟,遇有風浪,最易發生危險,因以比喻可能的危險。②(risk)能夠以或然率(或機率)加以預測之變化不定的情況。如水災、火災、竊盜、罷工等。

17【風霜】 ㄈㄥ ㄕㄨㄤ
風和霜。①比喻歲月。②比喻高潔。③比喻嚴明。

【風聲】 ㄈㄥ ㄕㄥ
①風吹的聲音。②風教;良好的風氣。③名聲。④消息;傳聞。

19【風韻】 ㄈㄥ ㄩㄣˋ
風采神韻;風格韻味。

20【風騷】 ㄈㄥ ㄙㄠ
①"詩經"和"楚辭"的合稱。風指"詩經"中的"國風",騷指"楚辭"中的"離騷"。②泛指詩詞文章。③指婦女俊俏、秀麗。④今多指婦女輕佻、放蕩。

7【風冷塔】 ㄈㄥ ㄌㄥˇ ㄊㄚˇ
(atmospheric cooling tower) 一種利用空氣來冷卻溫水的裝置。內分數十層,每層由狹長木條構成,當空氣通過各分層時,將自塔頂流下之溫水降溫,同時一部分水揮發帶走潛熱,故流至塔底而得冷卻水以便再循環使用。

9【風信子】 ㄈㄥ ㄒㄧㄣˋ ˙ㄗ
(hyacinth; *Hyacinthus orientalis* Linn.)
多年生草本,具有卵形鱗莖,根生葉4、5枚叢生,斜立,廣線形。春季,抽出花莖,形成總狀花序,花青紫色,或具各樣顏色。花被筒6裂。蒴果卵球形。供觀賞用。分布於北'非'、'希臘'、'小亞細亞'及'敘利亞'。

風信子圖

10【風疹塊】 ㄈㄥ ㄓㄣˇ ㄎㄨㄞˋ
即蕁麻疹。參蕁麻疹。

【風格派】 ㄈㄥ ㄍㄜˊ ㄆㄞˋ
(de Stijl)西元1917~1928年間,由'都斯柏格'(Theo van Doesburg)所主辦的期刊名,兼指與此雜誌發生關連的一群藝術家。以新造形主義的'蒙特利安'爲中心,在繪畫、建築和平面設計上,主張幾何抽象的純粹造形。風格派代表建築家'李特維德'(Rietveld),將此直線之純粹抽象造形應用到椅子和建築上。

【風扇機】 ㄈㄥ ㄕㄢˋ ㄐㄧ
(fan)風壓在0~0.1kg/cm^{2}之間的低壓空氣機械。當需要較低風速助空氣流動時使用之。

11【風涼話】 ㄈㄥ ㄌㄧㄤˊ ㄏㄨㄚˋ

①帶有冷嘲意味的話。②不負責任的話。

13【風溼病】ㄈㄥ ㄕ ㄅㄧㄥˋ
(rheumatism)泛指各種原因引起肌肉及關節疼痛、難以屈伸的病症。包括骨關節炎、風溼性關節炎、纖維組織炎等多種關節疾病。

【風溼熱】ㄈㄥ ㄕ ㄖㄜˋ
(rheumatic fever)主要是因喉嚨鏈球菌感染而影響到關節、心臟、皮膚及神經的疾病。易發生於兒童,患者會因反覆發作而加重病況。症狀有發燒、全身不適、關節疼痛等。目前已有不少能根治的藥品問世。

【風稜石】ㄈㄥ ㄌㄥˊ ㄕˊ
(ventifacts)岩塊之一面或多面經風力長期磨蝕而磨光成刻面者。通常發生在沙粒豐富而地面缺乏植物保護的地方。有三個磨光面者,特稱爲三稜石;只有一面者,則稱爲單稜石。

16【風積土】ㄈㄥ ㄐㄧ ㄊㄨˇ
(aeolian soil)由風之搬運作用而造成沈積現象的土壤。如砂丘、黃土。其顆粒多細而均勻。

4【風木之思】ㄈㄥ ㄇㄨˋ ㄓ ㄙ
指子女哀思父母之情。

【風木銜悲】ㄈㄥ ㄇㄨˋ ㄒㄧㄢˊ ㄅㄟ
指父母去世,兒女不得盡孝道,而含悲哀痛。

【風中殘燭】ㄈㄥ ㄓㄨㄥ ㄘㄢˊ ㄓㄨˊ
比喻人的老年。

6【風成黃土】ㄈㄥ ㄔㄥˊ ㄏㄨㄤˊ ㄊㄨˇ
又稱原生黃土。分布在我國西北‘陝’、‘甘’、‘晉’三省的黃土。係於地質時代第四紀時由‘蒙古’地區風力吹積而成。其特徵爲:土質疏鬆、無層理、富可溶性礦物質、土粒以粉粒爲主、所含礦物粒爲尖角形。風成黃土對當地人文的影響有:一、富礦物質,如有水灌溉,農產豐富。二、土質疏鬆,故河川含泥沙量大,在‘黃河’下游形成水患。三、富垂直劈開性,能直立不塌墜,故西北居民利用黃土壁鑿⌊窯洞⌉而居。

【風行草偃】ㄈㄥ ㄒㄧㄥˊ ㄘㄠˇ ㄧㄢˇ
比喻德教化民之速。

【風行景從】ㄈㄥ ㄒㄧㄥˊ ㄧㄥˇ ㄘㄨㄥˊ
風吹草偃,形動影隨。比喻歸趨之速。

7【風吹草動】ㄈㄥ ㄔㄨㄟ ㄘㄠˇ ㄉㄨㄥˋ
比喻發生極細微的狀況。

8【風雨不透】ㄈㄥ ㄩˇ ㄅㄨˋ ㄊㄡˋ
形容非常緊密。

【風雨飄搖】ㄈㄥ ㄩˇ ㄆㄧㄠ ㄧㄠˊ
形容動蕩不安。

【風花雪月】ㄈㄥ ㄏㄨㄚ ㄒㄩㄝˇ ㄩㄝˋ
①指四時的景色。②指與經國濟民無關的休閒遊賞。③指男女間的情愛。

【風和日麗】ㄈㄥ ㄏㄜˊ ㄖˋ ㄌㄧˋ
輕風和爽,陽光燦爛。形容晴朗的好天氣。

9【風流倜儻】ㄈㄥ ㄌㄧㄡˊ ㄊㄧˋ ㄊㄤˇ
瀟灑高雅,豪邁不羈。

【風風雨雨】ㄈㄥ ㄈㄥ ㄩˇ ㄩˇ
形容傳聞喧騰。

【風俗通義】ㄈㄥ ㄙㄨˊ ㄊㄨㄥ ㄧˋ
‘東漢’‘應劭’撰,又稱“風俗通”,三十卷,今存十卷。考釋名物典制,糾正時俗謬誤,後世服其博洽。

10【風起雲湧】ㄈㄥ ㄑㄧˇ ㄩㄣˊ ㄩㄥˇ
比喻事物相繼興起,聲勢浩大,發展迅速。

【風骨嶙峋】ㄈㄥ ㄍㄨˇ ㄌㄧㄣˊ ㄒㄩㄣˊ
形容人品高潔。

11【風捲殘雲】ㄈㄥ ㄐㄩㄢˇ ㄘㄢˊ ㄩㄣˊ
比喻一掃而空或消失得很快。

12【風雲人物】ㄈㄥ ㄩㄣˊ ㄖㄣˊ ㄨˋ
①指才情豪邁、足以左右世局的人物。②指出類拔萃的人物。

【風雲際會】ㄈㄥ ㄩㄣˊ ㄐㄧˋ ㄏㄨㄟˋ
本指同類相感。後用以比喻英雄的遇合如風起雲湧。

【風華絕代】ㄈㄥ ㄏㄨㄚˊ ㄐㄩㄝˊ ㄉㄞˋ
形容女子姿容超越當代。

13【風馳電掣】ㄈㄥ ㄔˊ ㄉㄧㄢˋ ㄔㄜˋ
形容非常快速。

14【風塵女郎】ㄈㄥ ㄔㄣˊ ㄋㄩˇ ㄌㄤˊ
從事色情行業的女子。

【風塵僕僕】ㄈㄥ ㄔㄣˊ ㄆㄨˊ ㄆㄨˊ
本是形容旅途勞累,後指因事奔波忙碌。

【風蝕地形】ㄈㄥ ㄕˊ ㄉㄧˋ ㄒㄧㄥˊ
(eolian erosional landforms)統稱因風蝕作用所產生的地形。風蝕作用進行的方式,主要有吹蝕、挖掘、磨蝕和摩擦四種作用。風稜石、風蝕窪地、礫漠、岩漠、白龍堆、蜂窩壁、風穴等地形,均爲常見的風蝕地形。

【風蝕作用】ㄈㄥ ㄕˊ ㄗㄨㄛˋ ㄩㄥˋ
(wind erosion)在乾燥地區,風力剝蝕地面的作用。一方面進行吹蝕,把風化的疏鬆物質捲揚而去;一方面進行磨蝕,挾捲揚而來的砂礫,摩擦或撞擊受風的岩面。

15【風調雨順】ㄈㄥ ㄊㄧㄠˊ ㄩˇ ㄕㄨㄣˋ
風雨調和。常用以形容太平安樂。

16【風險情況】ㄈㄥ ㄒㄧㄢˇ ㄑㄧㄥˊ ㄎㄨㄤˋ
(risk condition)指在決策時,由於對環境瞭解不夠,不能確定未來將發生何種情況,僅能估計該項情況於未來期間內可能發生的機率而已。

【風積地形】ㄈㄥ ㄐㄧ ㄉㄧˋ ㄒㄧㄥˊ
(eolian depositional landforms)統稱由於風積作用所產生的地形。風積作用主要可分沈積、增添和侵入三種類型。沙丘、黃土、砂質沙漠均爲常見的風積地形。

17【風燭殘年】ㄈㄥ ㄓㄨˊ ㄘㄢˊ ㄋㄧㄢˊ
比喻老年。人年邁力衰,如風前的燭火,隨時都會熄滅。

【風聲鶴唳】ㄈㄥ ㄕㄥ ㄏㄜˋ ㄌㄧˋ
形容疑懼驚擾的樣子。

【風檣陣馬】ㄈㄥ ㄑㄧㄤˊ ㄓㄣˋ ㄇㄚˇ

比喻雄壯遒健的氣勢。

4【風水輪流轉】 ㄈㄥ ㄕㄨㄟˇ ㄌㄨㄣˊ ㄌㄧㄡˊ ㄓㄨㄢˋ

比喻禍福吉凶循環無常。

10【風馬牛不相及】 ㄈㄥ ㄇㄚˇ ㄋㄧㄡˊ ㄅㄨˋ ㄒㄧㄤ ㄐㄧˊ

比喻事不相干，毫無關係。

13【風溼性心臟病】 ㄈㄥ ㄕ ㄒㄧㄥˋ ㄒㄧㄣ ㄗㄤˋ ㄅㄧㄥˋ

(rheumatic heart disease)由於鏈球菌感染，在不明原因下發生風溼熱，傷害到心臟而導致的心臟病。常造成瓣膜傷害，以二尖瓣狹窄最常見。可用盤尼西林作有效的預防，嚴重者需開刀治療。

【風溼性關節炎】 ㄈㄥ ㄕ ㄒㄧㄥˋ ㄍㄨㄢ ㄐㄧㄝˊ ㄧㄢˊ

(rheumatoid arthritis) 又稱類風溼關節炎。爲侵犯人體關節(尤其關節面及滑膜)的一種慢性疾病。患部會紅腫熱痛，到了末期，關節會變形、破壞。病因不明，可能與自體免疫有關。治療方法以使用抗發炎性止痛藥物爲主。

8【風雨如晦雞鳴不已】 ㄈㄥ ㄩˇ ㄖㄨˊ ㄏㄨㄟˋ ㄐㄧ ㄇㄧㄥˊ ㄅㄨˋ ㄧˇ

比喻志節堅貞，雖處亂世而不改變。

3

颩 ㊀ ㄉㄧㄡ *tiu*¹ 音丟
甩；擲。

㊁ ㄅㄧㄠ *piao*¹ 音標
斬取。

㊂ ㄘㄨㄛ *ts'o*¹, *ts'uo*¹ 音蹉
北方方言。指大隊人馬。如：一颩人馬。

4

颫 ㄈㄨˊ *fu*² 音扶
大風。也作䬍。見"集韻"。

䬍 颫的或體。

颬 ㄒㄧㄚ *hsia*¹ 音蝦
風吹動。見"集韻"。

䬅 ㄩˋ *yü*⁴ 音玉
大風。見"說文"。

5

颯 ㄙㄚˋ *sa*⁴ 音薩
1 風聲。見"說文"。2 衰落。如：衰颯。3 零亂。

11【颯爽】 ㄙㄚˋ ㄕㄨㄤˇ

1 強勁敏捷的樣子。2 勇武昂揚的樣子。

14【颯颯】 ㄙㄚˋ ㄙㄚˋ

1 狀聲詞。(1)風聲。(2)雨聲。2 形容迅疾。

20【颯飁】 ㄙㄚˋ ㄒㄧˊ

大風。

䬈 颯的或體。

颵 ㄔㄠ *ch'ao*¹ 音超
1 涼風。見"廣韻"。2 淸風。見"集韻"。

颭 ㄓㄢˇ *chan*³ 音展
風吹水動。見"說文新附"。

颱 ㄊㄞˊ *t'ai*² 音臺
旋風的一種。參颱風。

9【颱風】 ㄊㄞˊ ㄈㄥ

(typhoon)發生於西'太平洋'上的強烈低氣壓風暴。學名爲熱帶氣旋。約發生於緯度8～15°的熱帶海面上，由於高溫溼重，空氣極端不穩定，因而發展成一個中心氣壓極低的低氣壓風暴，空氣迴旋很快，風力強勁，水氣充足，常挾帶暴風與豪雨，造成嚴重的災害。'臺灣'正位於颱風行徑上，平均每年總有三、四次颱風侵襲。

【颱風眼】 ㄊㄞˊ ㄈㄥ ㄧㄢˇ

颱風中心(即熱塔邊緣的雲牆以內)。直徑20～40公里。因有高空下沈的乾暖空氣，不但風停雨歇，有時更出現陽光。

颮 ㊀ ㄅㄧㄠ *piao*¹ 音標
暴風。飆的古文。見"說文"。

㊁ ㄆㄠˊ *p'ao*² 音袍
急風；強烈的區域性風暴。包括強風及雷雨。

䬀 ㄧㄡ *yu*¹ 音幽
風吹聲。見"玉篇"。

6

䬉 ㊀ ㄒㄧㄝˊ *hsieh*² 音協
風和。見"集韻"。

㊁ ㄌㄧㄝˋ *lieh*⁴ 音獵
風。見"集韻"。

颲 ㄌㄧㄝˋ *lieh*⁴ 音列
猛烈的風。見"說文"。

颳 ㄍㄨㄚ *kua*¹ 音刮
吹；起。通刮。如：颳風。

8

颶 ㄐㄩˋ *chü*⁴ 音具
海中大風。見"字彙"。

9【颶風】 ㄐㄩˋ ㄈㄥ

(hurricane)發生在北'大西洋''加勒比海'一帶及'美國'東南海域的熱帶氣旋。

䬐 ㄨㄟ *wei*¹ 音威 又讀 ㄖㄨㄟˊ *jui*² 音蕤
風弱；風勢和緩。也作颴。見"集韻"。

9

颼 颼的或體。

䬓 ㄢˋ *an*⁴ 音暗
參䬓颶。

18【䬓颶】 ㄢˋ ㄩˊ

海中大風。

颹 ㄨㄟˇ *wei*³ 音偉
1 颳大風的樣子。見"廣韻"。2 大風。見"集韻"。

颺 ㊀ ㄧㄤˊ *yang*² 音楊
1 飛揚。見"說文"。2 飛起；飛離。如：遠颺。3 通揚。(1)顯揚。(2)揚起。

㊁ ㄧㄤˋ *yang*⁴ 音漾
舟緩行的樣子。通漾。見"正字通"。

颸 ㄙ *szŭ*¹, *ssŭ*¹ 音思
1 涼風。見"說文新附"。2

快疾的風。如：颼風。

颵 ㄩˊ yü² 音俞
參颹颵。

10

颿 ㄈㄢˊ fan² 音凡
1馬飛快地跑。見"說文"。2船上的帆。同帆。見"廣韻"。

颽 ㄎㄞˇ k'ai³ 音凱
南風。通作凱。見"廣韻"。

䬙 ㄧㄠˊ yao² 音搖
也作颻。1自下回旋而上的暴風。即扶搖風。見"集韻"。2飄搖的樣子。如：飄䬙。

18【䬙颺】 ㄧㄠˊ ㄧㄤˊ
1風吹動物體的樣子。2飛翔的樣子。

颾 ㄙㄡ sou¹ 音搜
風聲。同颼。見"玉篇"。

颻 䬙的或體。

颼 ㄙㄡ sou¹ 音搜
1風吹。2狀聲詞。(1)風聲。(2)箭離弦的響聲。

19【颼颼】 ㄙㄡ ㄙㄡ
1風聲。2雨聲。3草動聲。4形容寒冷的樣子。

飀 ㄌㄧㄡˊ liu² 音留
或作飂。高處吹動的風。同飂。見"廣韻"。

11

䬟 飂的或體。

飁 ㄒㄧˊ hsi² 音習
也作飁。參颯飁。

飄 ㄆㄧㄠ p'iao¹ 音漂
1旋風。見"說文"。2隨風飛揚。3吹拂。如：飄拂。4墜落。5流離；浮蕩。如：飄泊。

8【飄泊】 ㄆㄧㄠ ㄅㄛˊ
隨風飛揚或止息。比喻流離無定。

【飄拂】 ㄆㄧㄠ ㄈㄨˊ
飄動吹拂。

【飄忽】 ㄆㄧㄠ ㄏㄨ
輕快迅疾的樣子。

12【飄逸】 ㄆㄧㄠ ㄧˋ
1輕疾高飛的樣子。2比喻灑脫自然。

13【飄零】 ㄆㄧㄠ ㄌㄧㄥˊ
1樹葉零落。2飄泊不定，無所依靠。

15【飄蓬】 ㄆㄧㄠ ㄆㄥˊ
隨風飄蕩的蓬草。1比喻行蹤不定。2比喻飄泊無依。3形容飄舞的樣子。

16【飄蕩】 ㄆㄧㄠ ㄉㄤˋ
1飄浮；搖蕩。2飄泊不定；到處流浪。

9【飄風驟雨】 ㄆㄧㄠ ㄈㄥ ㄗㄡˋ ㄩˇ
突然發生的狂風暴雨。

20【飄飄欲仙】 ㄆㄧㄠ ㄆㄧㄠ ㄩˋ ㄒㄧㄢ
形容輕鬆或陶醉的樣子。

22【飄灑自如】 ㄆㄧㄠ ㄙㄚˇ ㄗˋ ㄖㄨˊ
飄逸灑脫，無拘無束。

飂 一 ㄌㄧㄡˋ liu⁴ 音六
1高處吹動的風。見"說文"。2飄揚。3空虛無形。如：寂飂。4同二。
二 ㄌㄧㄠˊ liao² 音寥
風聲。

8【飂戾】 ㄌㄧㄠˊ ㄌㄧˋ
1風聲。2迅速的樣子。

20【飂飂】 ㄌㄧㄠˊ ㄌㄧㄠˊ
長風聲。也作翏翏。

飃 飄的或體。

12

飈 飆的俗體。

飆 ㄅㄧㄠ piao¹ 音標
也作飊、飇、飈。1自下回旋而上的暴風。即扶搖風。見"說文"。2泛指風。見"廣韻"。

14【飆塵】 ㄅㄧㄠ ㄔㄣˊ
狂風所捲起的塵埃。比喻行止不定、人生無常。

䬞 飉的或體。

飊 飆的俗體。

䫺 ㄏㄥˊ hêng² 音橫 又讀 ㄏㄨㄥ hung¹ 音轟
暴風。也作䫺。見"集韻"。

飇 飆的或體。

䬗 ㄩˋ yü⁴ 音玉
疾風。見"廣韻"。

飉 ㄌㄧㄠˊ liao² 音聊
1微風。見"集韻"。2疾風聲。見"正字通"。

13

飋 ㄙㄜˋ sê⁴ 音瑟
1秋風。見"玉篇"。2清涼的樣子。

15

飅 ㄌㄧㄡˊ liu² 音劉
風吹動的聲音。見"字彙"。

16

䬔 ㄒㄧㄠ hsiao¹ 音蕭
1北風。見"玉篇"。2涼風。見"廣韻"。

18

飌 ㄈㄥ fêng¹ 音楓
風的古文。見"廣韻"。

飍 ㄒㄧㄡ hsiu¹ 音休
1風。見"集韻"。2大風吹起的樣子。見"字彙"。

飛 部

飛 ㄈㄟ fei¹ 音非
1飛行。如：飛翔。2迅疾；急促。如：飛奔。3沒有根據的。如：飛語。4意外突發的。如：飛禍。5 (femto) 代號為 f。國際通用分數譯音，為 10^{-15}。或稱毫微微。

4【飛升】ㄈㄟ ㄕㄥ
道教謂修煉成仙而升天。

5【飛白】ㄈㄟ ㄅㄞˊ
①為一種筆畫中夾白的特殊書體。傳為'漢''蔡邕'所創。飛白不同於枯筆書，枯筆偶見露白，而飛白絲絲夾白。傳世'唐'、'宋'御製碑多以飛白題額，如'唐太宗'所題"晉祠銘"即是。②修辭格的一種。把語言中的方言、俗語、吃澀、錯別，故意加以記錄或援用。

6【飛灰】ㄈㄟ ㄏㄨㄟ
(fly ash)於強制通風下燃燒粉末狀煤炭而得到極細之灰分。其主要成分為鋁、矽、金屬氧化物及未燃燒之碳，在隨燃燒氣體排放前應先用特殊設備(如靜電集塵器)收集，以免造成汙染。主要用在工業廢水重金屬之去除及當做塑膠填充劑等。

11【飛逝】ㄈㄟ ㄕˋ
飛快消逝。

10【飛翔】ㄈㄟ ㄒㄧㄤˊ
飛行；盤旋而飛。

14【飛語】ㄈㄟ ㄩˇ
流言；閒言閒語。

15【飛輪】ㄈㄟ ㄌㄨㄣˊ
(flywheel)裝置於曲軸末端做為引擎起動、動力儲存及動力輸出的圓盤形機件。

【飛彈】ㄈㄟ ㄉㄢˋ
攜有毀滅性彈頭，可自行推進的空中或太空載具。參導引飛彈。

16【飛機】ㄈㄟ ㄐㄧ
(airplane)任何由空氣流經固定翼面或旋轉翼面以產生升力之重於空氣的航空器。包括活塞式推動或噴射推進之飛機、直升機、旋翼機及有翼之導引飛彈。通常含有飛機構架；推進系統；操縱、航行與記錄之儀器；通訊裝備；內部裝設或固定裝置及附件等。

【飛錢】ㄈㄟ ㄑㄧㄢˊ
'唐代'紙券。當時通行的銅錢太重，攜帶不便，商旅可將銅錢納入京師某一'進奏院'，以換取錢券，然後輕裝前往指定之州軍，合券兌領銅錢。為現行匯票的濫觴。

18【飛竄】ㄈㄟ ㄘㄨㄢˋ
飛快地奔逃。

【飛瀑】ㄈㄟ ㄆㄨˋ
瀑布。自高處沖瀉而下，迅疾如飛，故稱。

19【飛鏢】ㄈㄟ ㄅㄧㄠ
①一種暗器。②以鏢擲靶的遊戲。

20【飛騰】ㄈㄟ ㄊㄥˊ
①飛起；升騰。②形容波濤洶湧、起伏不定。③比喻宦途的升遷。

21【飛蠝】ㄈㄟ ㄌㄟˇ
也作飛鸓。即飛鼠、鼯鼠。見"正字通"。

4【飛毛腿】ㄈㄟ ㄇㄠˊ ㄊㄨㄟˇ
俗稱跑得極快的人。

6【飛行器】ㄈㄟ ㄒㄧㄥˊ ㄑㄧˋ
泛指可以裝載人、貨在天空飛行的機具。如飛機、飛艇、滑翔機等。

10【飛馬座】ㄈㄟ ㄇㄚˇ ㄗㄨㄛˋ
(Pegasus; Peg)北天星座之一。位於赤經21時09分至0時15分；赤緯＋02.3度至＋36.6度之間。其β、α、γ星('中'名室宿二、室宿一、壁宿一)與仙女座α星(壁宿二)構成一個顯著的長方形，俗稱飛馬座大方形，是秋夜顯著的星象。相當於我國星座人、危宿、臼、杵、土公吏、雷電、離宮、室宿、壁宿等。

【飛蚊症】ㄈㄟ ㄨㄣˊ ㄓㄥˋ
(myodesopsia)病徵的一種。病人主觀上陳述視野中有黑點隨眼球運動而浮動，如蚊蠅飛舞。最常見的原因是玻璃體混濁。

11【飛現象】ㄈㄟ ㄒㄧㄢˋ ㄒㄧㄤˋ
(phi phenomenon)兩近距離的光點交互快速閃耀時，呈現光點運動的現象。

【飛將軍】ㄈㄟ ㄐㄧㄤ ㄐㄩㄣ
①指'李廣'。'漢'時'匈奴'因'李廣'勇敢善戰，用兵神速，故尊稱他為飛將軍。②稱戰鬥機上的飛行員。

19【飛簷石】ㄈㄟ ㄧㄢˊ ㄕˊ
(cornice stone)具有屋簷功用的石材。

7【飛沙走石】ㄈㄟ ㄕㄚ ㄗㄡˇ ㄕˊ
沙石飛揚流動。形容風力強勁。

12【飛黃騰達】ㄈㄟ ㄏㄨㄤˊ ㄊㄥˊ ㄉㄚˊ
比喻仕途得意，升遷很快。飛黃，神馬名。

【飛揚跋扈】ㄈㄟ ㄧㄤˊ ㄅㄚˊ ㄏㄨˋ
①高傲不馴，任性妄為。②豪放不羈。

【飛短流長】ㄈㄟ ㄉㄨㄢˇ ㄌㄧㄡˊ ㄔㄤˊ
搬弄是非，散布謠言。

13【飛蛾撲火】ㄈㄟ ㄜˊ ㄆㄨ ㄏㄨㄛˇ
比喻自取滅亡。

14【飛熊入夢】ㄈㄟ ㄒㄩㄥˊ ㄖㄨˋ ㄇㄥˋ
帝王將得賢臣輔佐的徵兆。從前'周文王'將出獵，卜之，曰：「所獲非虎非羆，霸王之輔。」果遇'太公'於'渭水'之陽。後人「非羆」誤作「飛熊」，因有'周文王'夢飛熊而遇'太公望'的傳說。

16【飛龍在天】ㄈㄟ ㄌㄨㄥˊ ㄗㄞˋ ㄊㄧㄢ
比喻聖人居天子之位。

【飛機軸線】ㄈㄟ ㄐㄧ ㄓㄡˊ ㄒㄧㄢˋ
(airplane axes)通過飛機重心三互相垂直的軸線。貫穿機身前後方向者為縱軸(longitudinal axis)；貫穿左右機翼翼展方向者為橫軸(lateral axis)；與縱橫二軸皆垂直者為垂直軸(vertial axis)。飛機在空中繞其軸線轉動有三種飛行動作：一、繞縱軸轉動稱為側滾，故縱軸又稱為滾轉軸；二、繞橫軸轉動為俯仰，故橫軸又稱俯仰軸；三、繞垂直軸轉動為偏航，故垂直軸又稱偏航軸。

18【飛觴醉月】ㄈㄟ ㄕㄤ ㄗㄨㄟˋ ㄩㄝˋ
酒杯交傳不斷，醉於月下。形容眾人盡興暢飲的情景。

19【飛簷走壁】ㄈㄟ ㄧㄢˊ ㄗㄡˇ ㄅㄧˋ
在簷、壁上行走如飛。

24【飛鷹走狗】ㄈㄟ ㄧㄥ ㄗㄡˇ ㄍㄡˇ
指狩獵。

6【飛行記錄器】 ㄈㄟ ㄒㄧㄥˊ ㄐㄧˋ ㄌㄨˋ ㄑㄧˋ
(flight recorder)現代民航機規定必須攜帶的記錄器之一。能自動記錄飛機在飛行運作中所發生的各項資訊。新型者爲數字式,係將資訊轉變爲數據儲存於磁帶上。所記錄之變數隨記憶容量而異,惟至少包括高度、空速、航向、垂直加速度、座艙內無線電操作情形等五種,供事後調查專家分析之用。飛行記錄器密封於鮮明橘紅色、防震、防火之金屬盒內,俗稱黑盒子,實與顏色無關。

10【飛航情報區】 ㄈㄟ ㄏㄤˊ ㄑㄧㄥˊ ㄅㄠˋ ㄑㄩ
(flight information region; FIR)'國際民航組織'(ICAO)依各國國界及飛航服務能力所劃分的航空守助服務領域。在劃定領域區域內,航空器飛航期間可獲得充分航路狀況、氣象、地面助航設施等飛航資料及守助服務。他國航空器若欲飛越某特定飛航情報區,必得先向所屬國申請,獲准後方可飛行。

8

⿱雨飛 霏的古文。

⿱者飛 或作翥。翥的或體。

12

飜 翻的或體。

食部

食 ㊀ ㄕˊ *shih*[2] 音蝕
①食物。②吃。③俸祿;生計。如:謀道不謀食。④接受。⑤蟲惑。⑥日月虧蝕。通蝕。

㊁ ㄙˋ *szŭ*[4], *ssŭ*[4] 音寺
①飯。如:一簞食。②拿食物給人吃。

㊂ ㄧˋ *i*[4] 音異
參酈食其。

7【食言】 ㄕˊ ㄧㄢˊ
違背諾言。

9【食客】 ㄕˊ ㄎㄜˋ
①寄食富貴人家的賓客。或稱門客。②飲食店的顧客。

【食指】 ㄕˊ ㄓˇ
①人手的第二指。②比喻家中人口。

10【食氣】 ㄕˊ ㄑㄧˋ
①鬼神饗食供物的香氣。②道教吐納之法。即深吸空氣。

11【食貨】 ㄕˊ ㄏㄨㄛˋ
古人對經濟的統稱。食,食物,指農業生產;貨,財貨,指財政經濟。

12【食補】 ㄕˊ ㄅㄨˇ
服用養分豐富的食品,以滋補身體。

13【食道】 ㄕˊ ㄉㄠˋ
①飲食的方式。②運輸糧食的道路。③(esophagus)又名食管。自咽頭到胃臟的肌肉性管。食道壁會起有節律的收縮,稱蠕動;蠕動波可推動食物往胃移動,但不具消化腺及吸收養分的功能。

19【食譜】 ㄕˊ ㄆㄨˇ
①介紹食物烹調方法的書冊。②經安排的飲食計畫表。

8【食物網】 ㄕˊ ㄨˋ ㄨㄤˇ
(food web)動物攝取的食物常不止一種,所以在不同食物鏈中的生物,彼此間也有取食或被食的關係,由這些食物鏈便連結成食物網。

食物網圖

【食物鏈】 ㄕˊ ㄨˋ ㄌㄧㄢˋ
(food chain)環境中的生物必須自食物中獲得能量,所以生物彼此間不是以其他生物爲食,便是爲其他生物所食。由於此種食性關係,能量乃自太陽在多種生物間依次傳遞,這些生物便構成食物鏈。例如昆蟲吃草,雀以昆蟲爲食,鷹捕食雀,於是由草、昆蟲、雀和鷹便構成了食物鏈。

13【食道癌】 ㄕˊ ㄉㄠˋ ㄞˊ
(esophageal cancer) 指發生於食道的腫瘍。最常發生的部位在食道與左支氣管的交叉點,易引起管腔狹窄和阻塞。多發生於五十歲以上的患者,且80%爲男性。

19【食蟻獸】 ㄕˊ ㄧˇ ㄕㄡˋ
(anteater)屬於哺乳綱、貧齒目(order Edentata)、食蟻獸科(family Myrmecophagidae)的動物。產於自'墨西哥'至'阿根廷'及'烏拉圭'的熱帶平原及森林中。毛茂密,頭長,口吻部呈管狀,口小,舌長,唾腺大,分泌的唾液甚黏,舌面多唾液,用以黏取蟻

食蟻獸圖

及白蟻等食物。單獨或成對生活,共有四種,其中大食蟻獸(giant anteater; *Myrmecophaga tridactyla*)與小食蟻獸(lesser anteater; *Tamandua tetradactyla*)較爲常見。

4【食毛踐土】 ㄕˊ ㄇㄠˊ ㄐㄧㄢˋ ㄊㄨˇ
古代臣民感戴君恩之辭。古人以爲天下爲君主所有,故臣民居住之地及其食用的物產,全屬君主所恩賜。

5【食玉炊桂】ㄕˊ ㄩˋ ㄔㄨㄟ ㄍㄨㄟˋ
比喻物價昂貴。

【食古不化】ㄕˊ ㄍㄨˇ ㄅㄨˋ ㄏㄨㄚˋ
模仿古人,不知靈活運用。

6【食旨不甘】ㄕˊ ㄓˇ ㄅㄨˋ ㄍㄢ
食不知味。形容憂傷焦慮。

【食肉寢皮】ㄕˊ ㄖㄡˋ ㄑㄧㄣˇ ㄆㄧˊ
形容對某人痛恨至極。

7【食言而肥】ㄕˊ ㄧㄢˊ ㄦˊ ㄈㄟˊ
譏諷人言而無信。

8【食物中毒】ㄕˊ ㄨˋ ㄓㄨㄥˋ ㄉㄨˊ
(food poisoning)吃進受汙染的食物而引起急性疾病。醫學名稱爲胃腸炎,症狀爲嚴重嘔吐、腹瀉及腹絞痛。其成因頗多,最常見者爲細菌感染,如食用室溫下未存放好的牛奶、肉類等;或服下有毒化學品(如砷、鉛、殺蟲劑等),數小時內即會發病。症狀輕微者,可以不用就醫,一般一至三天即會逐漸痊癒,此時爲了讓胃腸得到適度休息,除飲少許水外,應暫停進食,直至症狀消退;但若爲化學品或有毒植物所致,則須立刻送醫治療。

【食物過敏】ㄕˊ ㄨˋ ㄍㄨㄛˋ ㄇㄧㄣˇ
(food allergies)人體組織不正常的反應。當異種蛋白質與感受性高的體組織接觸即可發生過敏性反應。食物食入後經不正常消化,爲體組織認爲是異種蛋白質時,即出現過敏反應。

9【食指大動】ㄕˊ ㄓˇ ㄉㄚˋ ㄉㄨㄥˋ
①有美味食品的前兆。②美味當前,想大飽口福的感覺。

【食指浩繁】ㄕˊ ㄓˇ ㄏㄠˋ ㄈㄢˊ
指家中消費者多,負擔沈重。

【食品標示】ㄕˊ ㄆㄧㄣˇ ㄅㄧㄠ ㄕˋ
(food labelling)於食品容器包裝表面列出一、商品名稱;二、製造廠商名稱及地址;三、內容物之成分、重量、容量、數量、規格或等級;四、製造日期或保存期限。其他標示項目尚包括產品形態(如塊狀或片狀)、營養成分、商標及國際商品代號等。

23【食髓知味】ㄕˊ ㄙㄨㄟˇ ㄓ ㄨㄟˋ
比喻貪婪無饜。

9【食品技術家】ㄕˊ ㄆㄧㄣˇ ㄐㄧˋ ㄕㄨˋ ㄐㄧㄚ
(food technologist)指應用科學方法開發新產品,研究改良食品加工後之風味、色澤、質地等,並管理及防止食品在製造過程或貯存銷售時品質劣變等事的食品從業人員。

【食品添加物】ㄕˊ ㄆㄧㄣˇ ㄊㄧㄢ ㄐㄧㄚ ㄨˋ
(food additives)在食品之製造、加工、調配、貯藏等過程中所添加之物。其目的在維持或增加營養,改進色、香、味及形狀和質地,延長保存期限,安定品質以減少損失等。爲安全計,添加物的使用範圍及用量必須遵照政府的法規。

飠 食的或體。今偏旁作飠。

[illegible] 食的古文。

2

湌 ㊀ ㄘㄢ ts'an^{1} 音參
呑食。本作餐。也作飡。見"廣韻"。
㊁ ㄙㄨㄣ sun^{1} 音孫
熟食。同飧。

飣 ㄉㄧㄥˋ ting^{4} 音訂
①貯藏食物。見"玉篇"。②把食物堆疊陳設於器皿中。見"集韻"。③堆砌而不切實際。如:飣餖。

飢 ㄐㄧ chi^{1} 音肌
①餓。見"說文"。②災荒。指五穀沒有收成。通饑。

5【飢戹】ㄐㄧ ㄜˋ
飢餓困窮。

12【飢渴】ㄐㄧ ㄎㄜˇ
腹飢口渴。

4【飢不擇食】ㄐㄧ ㄅㄨˋ ㄗㄜˊ ㄕˊ
飢餓時不挑剔食物。比喻需要急切,顧不得細加選擇。

12【飢寒交迫】ㄐㄧ ㄏㄢˊ ㄐㄧㄠ ㄆㄛˋ
既挨餓又受凍。形容生活貧困至極。

8【飢者易爲食】ㄐㄧ ㄓㄜˇ ㄧˋ ㄨㄟˊ ㄕˊ
比喻急難窮困者易於滿足。

飤 飼的本字。

3

飦 餰的或體。

飥 ㄊㄨㄛ t'o^{1}, t'uo^{1} 音托
參餺飥。

飧 ㄙㄨㄣ sun^{1} 音孫
俗作飱。也作湌。①煮熟的飯菜。見"說文·飧·段注"。②晚飯。如:饔飧。

4

飱 飧的俗體。

飰 飯的俗體。

飪 ㄖㄣˋ jên^{4} 音妊
煮熟。或作餁。見"說文"。

飩 ㄊㄨㄣˊ t'un^{2} 音屯
參餛飩。

飯 ㄈㄢˋ fan^{4} 音販
①吃。見"說文"。②煮熟的五穀食物。③拿食物給人吃或餵牲口。④唅。用珠、玉、貝、米等物塞於死人之口。

7【飯局】ㄈㄢˋ ㄐㄩˊ
宴會。

11【飯匙倩】ㄈㄢˋ ㄔˊ ㄑㄧㄢˋ
(common cobra; Taiwan cobra; *Naja naja atra*)屬蝙蝠蛇科(family Elapidae)。有劇毒,被咬者並不感到劇痛,但毒性侵襲神經系統,可以致死。遇敵時,體軀前半昂起,頸部變扁寬,露出一對黑邊的白斑,如眼鏡狀之花紋,故亦稱眼鏡蛇。'臺灣'南部較北部

飯匙倩圖

多。世界上毒性最強的蛇爲帝王眼鏡蛇(king cobra),產於我國南部至'菲律賓'、'印尼'等地,長可超過3.6公尺,以其他蛇類爲主食。

飥 餺的或體。

[飠少] 麨的或體。

飭 ㄔˋ ch'ih⁴ 音赤
1使堅實。見"說文"。2整頓;治理。如:飭身。3謹愼;嚴謹。4命令。如:飭派。5教導;告誡。通敕。如:飭厲。6巧飾。通飾。

飫 ㄩˋ yü⁴ 音玉
1私人宴飲。也泛指飲宴。見"說文"。2飽足。見"廣韻"。

飲 ㊀ ㄧㄣˇ yin³ 音隱
1喝。如:飲水。2泛指流質食物。如:一瓢飲。3含;忍。如:飲恨。4隱沒。通隱。
㊁ ㄧㄣˋ yin⁴ 音蔭
拿水或飲料給人或牲畜喝。如:飲馬。

9【飲恨】 ㄧㄣˇ ㄏㄣˋ
忍氣吞聲,滿懷忿恨而無從發洩。

10【飲馬】 ㄧㄣˋ ㄇㄚˇ
讓馬喝水。

15【飲彈】 ㄧㄣˇ ㄉㄢˋ
身體中彈。

4【飲水思源】 ㄧㄣˇ ㄕㄨㄟˇ ㄙ ㄩㄢˊ
比喻不忘本。

8【飲泣吞聲】 ㄧㄣˇ ㄑㄧˋ ㄊㄨㄣ ㄕㄥ
暗自流淚而不敢哭出聲來。

【飲泣枕戈】 ㄧㄣˇ ㄑㄧˋ ㄓㄣˇ ㄍㄜ
暫忍悲痛,積極備戰。

9【飲食男女】 ㄧㄣˇ ㄕˊ ㄋㄢˊ ㄋㄩˇ
指人類對食、色的慾望。

11【飲酖止渴】 ㄧㄣˇ ㄓㄣˋ ㄓˇ ㄎㄜˇ
飲毒酒解渴。比喻只圖紓解眼前困難,而不顧日後的大患。

5

飶 ㄅㄧˋ pi⁴ 音必
食物的香味。見"說文"。

䬳 ㄅㄢˇ pan³ 音板
屑米做的餅。同粄、粰。見"廣韻"。

䬴 秣的本字。

飼 ㄙˋ szŭ⁴, ssŭ⁴ 音寺
拿食物給人或牲畜吃。本作飤。如:飼養。

8【飼牧】 ㄙˋ ㄇㄨˋ
在廄舍或圍以欄柵的牧地飼養牲畜的方式。通常以人工飼料代替天然牧草,並從事商業化、科學化現代經營。

飿 ㄉㄨㄛˋ to⁴, tuo⁴ 音惰
參餶飿。

飴 ㄧˊ i² 音移
1用穀類澱粉熬成的糖漿或軟糖。見"說文"。2甘美;美食。

飽 ㄅㄠˇ pao³ 音保
1吃足。如:飽食。2泛指充足。如:飽學。3姓。'宋'有'飽安盈'。見"萬姓統譜·八四"。

8【飽和】 ㄅㄠˇ ㄏㄜˊ
(saturation)在一特定溫度,溶液中可溶解溶質的最大限量。

16【飽學】 ㄅㄠˇ ㄒㄩㄝˊ
學識淵博。

8【飽和烴】 ㄅㄠˇ ㄏㄜˊ ㄑㄧㄥ
(saturated hydrocarbon)分子中的碳原子都是以單鍵結合的碳氫化合物。又稱烷。其通式爲 C_nH_{2n+2}, n表示碳原子的數目。例如甲烷(CH_4)、丁烷(C_4H_{10})等。

【飽和區】 ㄅㄠˇ ㄏㄜˊ ㄑㄩ
(saturation region)一般而言,電晶體之二個接面皆受順向偏壓時即在飽和區。如圖所示爲當電晶體爲共基極時之各工作區標示圖。

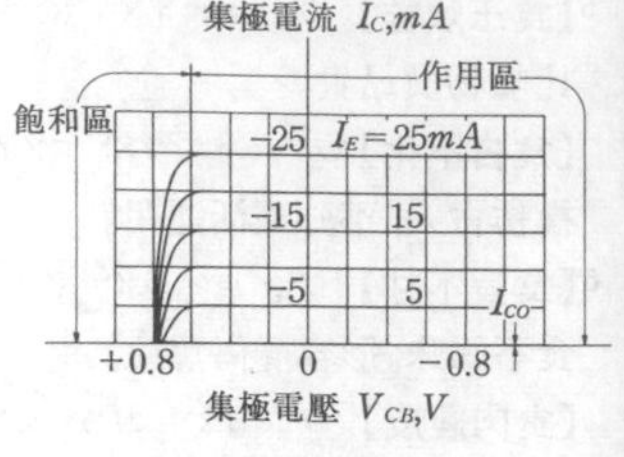

飽和區圖

【飽和帶】 ㄅㄠˇ ㄏㄜˊ ㄉㄞˋ
(saturation zone)地下水面以下的地下水帶。以地下水充滿於地層之孔隙中,故稱。飽和帶中的地下水,大致可分爲自由地下水和受壓地下水兩類,其流動過程,稱爲下滲,呈緩慢移動,移動方向受地下水面之傾斜所約束,流速則受地層的滲透度影響。飽和帶中的地下水,可藉水井、隧道、排水溝等匯集之,並可經由滲水或泉水自然流出地面,也可經由人爲的鑿井而流出地表。

【飽和線】 ㄅㄠˇ ㄏㄜˊ ㄒㄧㄢˋ
(saturated line)飽和蒸汽線和飽和液體線兩者連結的合稱。又稱飽和限界線或飽和曲線。

【飽和溶液】 ㄅㄠˇ ㄏㄜˊ ㄖㄨㄥˊ ㄧㄝˋ
(saturated solution)溶劑所能溶解之溶質已達最大量時的溶液。

【飽和溼度】 ㄅㄠˇ ㄏㄜˊ ㄕ ㄉㄨˋ
(saturation humidity)定溫下,空氣中之水蒸氣達到飽和時的絕對溼度。

【飽和電流】 ㄅㄠˇ ㄏㄜˊ ㄉㄧㄢˋ ㄌㄧㄡˊ
(saturation current)當外加電壓增加時所能得到的最大電流。

【飽和蒸汽】 ㄅㄠˇ ㄏㄜˊ ㄓㄥ ㄑㄧˋ
(saturated vapor)在盛有液體的密閉容器內,由液面蒸發的分子,在超出某一限度後,又會凝結而回液體中,使蒸發與凝結之分子數達到平衡狀態,此種狀態下的蒸汽稱爲飽和蒸汽。

【飽和蒸汽壓】ㄅㄠˇ ㄏㄜˊ ㄓㄥ ㄑㄧˋ ㄧㄚ
(saturated vapor pressure)在一密閉容器中,當某液體蒸發的速率與其蒸汽凝結的速率相等時,則此密閉容器內,該液體的蒸汽分壓即保持一定不變,此分壓即稱爲該液體的飽和蒸汽壓,簡稱蒸汽壓。

13【飽暖思淫慾】ㄅㄠˇ ㄋㄨㄢˇ ㄙ ㄧㄣˊ ㄩˋ
吃飽穿暖後,又起越禮非分的慾念。形容慾望難以塡滿。

飾 ㄕˋ *shih*⁴ 音識
1裝扮;修飾。2指用以裝扮、修飾的物品。如:首飾。3遮掩。如:飾僞。4整治;整修。通飭。

9【飾面】ㄕˋ ㄇㄧㄢˋ
(finish)爲增進構造體之耐久性或裝飾目的,在其表面用各種材料作適當之覆蓋或粉刷。

13【飾過】ㄕˋ ㄍㄨㄛˋ
掩飾過失。

14【飾演】ㄕˋ ㄧㄢˇ
扮演。

19【飾辭】ㄕˋ ㄘˊ
也作飾詞。1爲掩飾過錯而假託的言詞。2修飾文詞,使之優美。

䬲 ㄍㄡ *kou*¹ 音鉤
牛吃飽。見"玉篇"。

6

養 一 ㄧㄤˇ *yang*³ 音仰
1繁殖;生育。見"玉篇"。2撫育。如:養家活口。3飼養。如:養鴨。4涵泳;修鍊。如:養氣。5調護;保護。如:養護。6貯藏;儲存。如:養羞。7姓。'春秋''楚'有'養由基'。見"萬姓統譜·八六"。
二 ㄧㄤˋ *yang*⁴ 音樣
奉養長輩。如:供養。

3【養子】ㄧㄤˇ ㄗˇ
1生育子女。2收養的兒子。與親生子相對。

【養女】ㄧㄤˇ ㄋㄩˇ
1生育女兒。2收養的女兒。與親生女相對。

4【養分】ㄧㄤˇ ㄈㄣˋ
營養的成分。

6【養老】ㄧㄤˇ ㄌㄠˇ
1古禮對於年老而賢能的人,政府按時設宴款待,以示尊崇。2扶養年老而不能自給的人。3年老卸去職務,居家休養。

8【養性】ㄧㄤˇ ㄒㄧㄥˋ
涵養性情。

【養拙】ㄧㄤˇ ㄓㄨㄛˊ
涵養質樸的心性。

【養和】ㄧㄤˇ ㄏㄜˊ
怡養平和淳厚的性情。

9【養神】ㄧㄤˇ ㄕㄣˊ
1涵養心神。2休養體力精神。

10【養病】ㄧㄤˇ ㄅㄧㄥˋ
調理疾病。

【養料】ㄧㄤˇ ㄌㄧㄠˋ
有營養的東西。

【養眞】ㄧㄤˇ ㄓㄣ
涵養心性的本眞。

【養氣】ㄧㄤˇ ㄑㄧˋ
1天地間長養萬物之氣。2指修養、培養心中的正氣。3指道家的鍊氣。即培養先天的元氣。

11【養晦】ㄧㄤˇ ㄏㄨㄟˋ
環境不順利的時候,隱退修養,以等待時機。

12【養殖】ㄧㄤˇ ㄓˊ
培育繁殖。

13【養廉】ㄧㄤˇ ㄌㄧㄢˊ
培養官吏廉潔的操守。

4【養父母】ㄧㄤˇ ㄈㄨˋ ㄇㄨˇ
指收養他人的子女爲子女的父母。在法律上視同親生父母。

6【養老金】ㄧㄤˇ ㄌㄠˇ ㄐㄧㄣ
官吏或職員年老退休時所得養老維生的酬金。

【養老院】ㄧㄤˇ ㄌㄠˇ ㄩㄢˋ
供給無依無靠之老年人安享餘年的機構。

5【養生送死】ㄧㄤˇ ㄕㄥ ㄙㄨㄥˋ ㄙˇ
指對父母生時奉養,死後安葬。

8【養虎貽患】ㄧㄤˇ ㄏㄨˇ ㄧˊ ㄏㄨㄢˋ
比喻姑息敵人,自留後患。

10【養家活口】ㄧㄤˇ ㄐㄧㄚ ㄏㄨㄛˊ ㄎㄡˇ
養活家人;維持家計。

12【養尊處優】ㄧㄤˇ ㄗㄨㄣ ㄔㄨˇ ㄧㄡ
居處尊崇的地位或過著優裕的生活。

【養殖漁業】ㄧㄤˇ ㄓˊ ㄩˊ ㄧㄝˋ
利用內陸水域(河流、湖泊、水庫、池塘等)及沿海地區的潟湖、潮汐灘地等地區從事養殖各種魚、蝦、蟹、貝類等及水生動、植物,統稱爲養殖漁業。依其水質可分爲淡水養殖和鹹水養殖兩大類。我國的養殖漁業主要分布在'臺灣'、'廣東'等地。

14【養精蓄銳】ㄧㄤˇ ㄐㄧㄥ ㄒㄩˋ ㄖㄨㄟˋ
培養精神,積蓄力量。

23【養癰遺患】ㄧㄤˇ ㄩㄥ ㄧˊ ㄏㄨㄢˋ
生膿瘡不及早割治,終成大患。比喻姑息養奸,必遺後患。也作養癰成患。

11【養液栽培法】ㄧㄤˇ ㄧㄝˋ ㄗㄞ ㄆㄟˊ ㄈㄚˇ
又稱化學栽培法或無土栽培法。即不用土壤,而用化學藥品配製成的營養劑來栽培作物。最常見的有水耕法與礫耕法。

餈 ㄘˊ *tz'ŭ*² 音慈
用米飯擣碎做成的餅狀食物。'江蘇'俗稱餈團。也作粢。見"說文"。

飺 ㄘˊ *tz'ŭ*² 音慈　又讀 ㄗˇ *tzŭ*³ 音子
嫌食;挑食。見"玉篇"。

餃 ㄐㄧㄠˇ *chiao*³ 音絞
食品名。用薄麵皮包裹菜肉餡。見"正字通"。

3【餃子】ㄐㄧㄠˇ ·ㄗ
以麵粉爲皮,內包餡,略呈三角形的食品。

餅 ㄅㄧㄥˇ *ping*³ 音丙
或作餠。1扁圓形的一種

麵食。②量詞。餅狀物一枚稱一餅。

餂 ㊀ ㄊㄧㄢˇ t'ien³ 音忝
①用言辭探取實情。見"字彙"。②用舌頭取物。同舔。
㊁ ㄊㄧㄢˊ t'ien² 音恬
甜的古文。

餌 ㄦˇ êrh³ 音耳
①用米、麥粉做成的糕餅。見"說文"。②食物的總稱。見"廣雅·釋詁"。③利誘;詐誘。見"正字通"。④用來引魚、鳥上鉤的東西。

7【餌兵】 ㄦˇ ㄅㄧㄥ
用以誘敵之兵。

餀 ㄏㄞˋ hai⁴ 音害
食物腐臭。見"說文"。

餁 飪的或體。

餉 ㄒㄧㄤˇ hsiang³ 音享
也作饟。①給人送食。引申爲用食物款待別人。②贈人物品。③軍中的糧食。也泛指一切俸給。如:薪餉。④估計時間的用詞。相當於片刻、一會兒。通晌。

14【餉銀】 ㄒㄧㄤˇ ㄧㄣˊ
軍隊的俸給。

7

餐 ㄘㄢ ts'an¹ 音驂
也作湌。俗作飡。①吃;吞食。見"說文"。②飯食;食物。

9【餐風宿露】 ㄘㄢ ㄈㄥ ㄙㄨˋ ㄌㄨˋ
在風塵中進餐,在雨露中住宿。比喻旅途的辛勞。

餅 ㄊㄧˊ t'i² 音提
餅餌。見"集韻"。

餑 ㄅㄛ po¹ 音剝
①麵餅。見"玉篇"。②浮在茶面上的厚泡沫。見"陸羽·茶經·下"。

15【餑餑】 ㄅㄛ ·ㄅㄛ
北方人稱麵製的糕餅點心。

餖 ㄉㄡˋ tou⁴ 音豆
參餖飣。

8【餖版】 ㄉㄡˋ ㄅㄢˇ
也作鬥版。即套板。是我國傳統木版水印畫的舊稱。始於'明''萬曆'年間,將圖畫分板分色套印,因印版多塊堆砌拼湊,有如餖飣,故名。'明''天啟'七年(1627)'胡正言'刊印的"十竹齋書畫譜"與'崇禎'十七年(1644)刊印的"十竹齋箋譜",是當時餖版印刷的代表作。

10【餖飣】 ㄉㄡˋ ㄉㄧㄥˋ
陳列堆積的食品。比喻堆積、重疊。

餔 ㊀ ㄅㄨ pu¹ 音逋
①吃;進食。見"字彙"。②申時進食。引申指申時。通晡。見"正字通"。
㊁ ㄅㄨˋ pu⁴ 音布
①濃濁的飴糖。見"釋名·釋飲食"。②餵人食物。通哺。見"集韻"。

17【餔糟啜醨】 ㄅㄨ ㄗㄠ ㄔㄨㄛˋ ㄌㄧˊ
吃粗食,飲薄酒。

餗 ㄙㄨˋ su⁴ 音速
鼎中的食物。見"廣韻"。

餕 ㄒㄩㄣˋ hsün⁴ 音迅
用藥草蜜汁浸粳米,經九蒸九曝製成的飯。飯粒緊小如珠,可作遠行乾糧。見"正字通"。

餒 ㄋㄟˇ nei³
①飢餓。同餧。見"說文"。②衰;敗。如:氣餒。③腐爛。如:魚餒肉敗。

餙 飾的俗體。

餕 ㄐㄩㄣˋ chün⁴ 音俊
①吃剩的食物。見"說文新附"。②熟食。通飧。如:餕饔。

15【餕餘】 ㄐㄩㄣˋ ㄩˊ
吃剩的食物。

餓 ㄜˋ o⁴, ê⁴ 音扼
腹飢。見"說文"。

11【餓莩】 ㄜˋ ㄆㄧㄠˇ
餓死的人。也作餓殍。

【餓殺】 ㄜˋ ㄕㄚ
餓死。形容餓極。

8【餓虎撲羊】 ㄜˋ ㄏㄨˇ ㄆㄨ ㄧㄤˊ
①比喻極其貪饞。②比喻來勢猛烈。

餘 ㄩˊ yü² 音余
①飽足;充足。見"說文"。②多出;未盡。如:行有餘力。③姓。'晉'有'餘頠'。見"萬姓統譜·八"。

2【餘力】 ㄩˊ ㄌㄧˋ
多餘的精力。

4【餘切】 ㄩˊ ㄑㄧㄝ
(cotangent)參三角函數。

5【餘生】 ㄩˊ ㄕㄥ
①晚年。②遭遇災難而幸存的生命。

6【餘年】 ㄩˊ ㄋㄧㄢˊ
老年;晚年。

8【餘波】 ㄩˊ ㄅㄛ
江河的末流。①比喻前人的餘風遺澤。②比喻事情發生後所留下來的枝節問題或影響。

【餘弦】 ㄩˊ ㄒㄧㄢˊ
(cosine)參三角函數。

【餘杭】 ㄩˊ ㄏㄤˊ
也作'餘邡'。①縣名。屬'浙江省'。②郡名。'秦'爲'會稽郡','明''清'改爲'杭州府'。③山名。即今'陽山'。在'江蘇省''吳縣'西北,近'太湖'。'戰國'時'越王'安置'吳王''夫差'於此。

9【餘風】 ㄩˊ ㄈㄥ
遺風;流風。指前代或前人留下的風範或風氣。

12【餘割】 ㄩˊ ㄍㄜ
(cosecant)參三角函數。

13【餘羨】 ㄩˊ ㄒㄧㄢˋ
盈餘;餘存。

14【餘酲】 ㄩˊ ㄔㄥˊ
殘留的醉意。

15【餘震】 ㄩˊ ㄓㄣˋ
(aftershock)在一次地震之後,震源附近之地殼岩石位置,因可能作局部的調整而不斷發生較輕微的震動。每次大地震之後,總會有若干次的餘震發生。

【餘數】 ㄩˊ ㄕㄨˋ

(remainder) 自然數 a 被 b 除，整數商爲 c，則 $R=a-bc$ 爲餘數，$R\geq 0$ 且 $R<b$。當 a、b 爲一元多項式時，要求 $degR<degb$。

【餘蔭】 ㄩˊ ㄧㄣˋ
祖先德澤的庇護。

16【餘興】 ㄩˊ ㄒㄧㄥˋ
1未盡的興致。2聚會或宴飲後所舉行的娛樂節目。

18【餘額】 ㄩˊ ㄜˊ
(balance) 每一帳戶均有借貸兩方，分別記載其增減的金額，帳戶借方總數與貸方總數的差額即爲其餘額。如帳戶僅有一方有金額，則該方的總數即爲餘額。

【餘燼】 ㄩˊ ㄐㄧㄣˋ
燃燒後剩餘的殘灰。

19【餘韻】 ㄩˊ ㄩㄣˋ
留存的風韻。

20【餘孽】 ㄩˊ ㄋㄧㄝˋ
殘留的壞分子或禍害。

6【餘因子】 ㄩˊ ㄧㄣ ㄗˇ
(co-factor)設一 n 維方陣爲

$$A=\begin{pmatrix} a_{11} & a_{12}\ldots\ldots a_{1n} \\ a_{21} & a_{22}\ldots\ldots a_{2n} \\ \vdots & \\ a_{n1} & a_{n2}\ldots\ldots a_{nn} \end{pmatrix}$$

，則各元素(或成分) a_{ij} 均有一餘因子，即是刪去該元素所在的行及列以後所剩下的小方陣取行列式乘以符號 $(-1)^{i+j}$，i 及 j 分別爲該元素所在的行及列。例如 a_{21} 的餘因子即爲

$$A_{21}=(-1)\begin{vmatrix} a_{12} & a_{13}\cdots\cdots a_{1n} \\ a_{32} & a_{33}\cdots\cdots a_{3n} \\ a_{42} & a_{43}\cdots\cdots a_{4n} \\ \vdots & \\ a_{n2} & a_{n3}\cdots\cdots a_{nn} \end{vmatrix}$$

。此名稱來自'拉普拉斯'(Laplace)展開定理：行列式 $detA=\sum_{j=1}^{n}a_{ij}\cdot Aij$。推廣言之，$A$ 中某 r 行 r 列之小行列式亦有其餘因子，即是去掉此 r 行 r 列後之行列式乘以適當符號。

【餘式定理】 ㄩˊ ㄕˋ ㄉㄧㄥˋ ㄌㄧˇ
(remainder theorem)一元多項式 $f(x)$ 除以一次式 $(x-\alpha)$，所得餘數恰爲 $f(\alpha)$，亦即以 α 代入 $f(x)$ 所得之值。

8【餘弦定律】 ㄩˊ ㄒㄧㄢˊ ㄉㄧㄥˋ ㄌㄩˋ
(cosine theorem)三角形一邊長之平方，即爲另二邊長平方和減去此二邊長之積乘以兩倍之對角餘弦。換言之，$c^2=a^2+b^2-2ab\cos c$。又稱'畢'氏定理的推廣。

0【餘音繞梁】 ㄩˊ ㄧㄣ ㄖㄠˋ ㄌㄧㄤˊ
歌罷，其尾音久久回旋。形容歌聲曼妙。

14【餘隙容積】 ㄩˊ ㄒㄧˋ ㄖㄨㄥˊ ㄐㄧ
(clearance space)指活塞位於上死點時汽缸內的容積。

8

餥 ㄈㄟˇ fei^3 音匪
乾糧。見"說文"。

館 ㄍㄨㄢˇ $kuan^3$ 音管
俗作舘。1接待賓客的房舍。如：客館。2泛指屋舍。如：茶館。3留宿；寓居。

8【館邸】 ㄍㄨㄢˇ ㄉㄧˇ
富貴人家的房宅。

14【館閣】 ㄍㄨㄢˇ ㄍㄜˊ
'宋代'設'昭文館'、'史館'、'集賢院'爲三館，分掌圖書和編修國史的事務；又有'祕閣'、'龍圖閣'、'天章閣'諸閣，以藏經籍及歷代御製典籍，合稱爲館閣。'明'、'清'二朝將其職掌移歸'翰林院'，故'翰林院'也稱館閣。

18【館藏】 ㄍㄨㄢˇ ㄘㄤˊ
圖書館所收藏之圖書及其他資料的總稱。

14【館閣體】 ㄍㄨㄢˇ ㄍㄜˊ ㄊㄧˇ
又稱臺閣體。'明''清'時代館閣及'翰林院'中人應詔撰寫的楷書。字體方正典雅、墨色烏亮而略顯拘謹，自成一體。

餤 一 ㄊㄢˊ $t'an^2$ 音談
1進食。見"說文通訓定聲"。2增多。見"集韻"。
二 ㄉㄢˋ tan^4 音淡
1吃或給人吃。同啗。見"集韻"。2餅名。見"正字通"。

餦 ㄓㄤ $chang^1$ 音張
參餦餭。

17【餦餭】 ㄓㄤ ㄏㄨㄤˊ
乾的飴糖。也作粻程。

餟 ㄓㄨㄟˋ $chui^4$ 音綴
用酒澆地祭神。見"說文"。

餞 ㄐㄧㄢˋ $chien^4$ 音賤
1送行；設宴送行。2用糖、蜜浸漬而成的果品。如：蜜餞。

餴 ㄈㄣ $f\hat{e}n^1$ 音分
或作餴。米煮半熟再濾乾蒸至全熟的飯。同饙。見"玉篇"。

餛 ㄏㄨㄣˊ hun^2 音魂
參餛飩。

12【餛飩】 ㄏㄨㄣˊ ˙ㄊㄨㄣ
用薄麵皮包餡製成的食品。'廣東'稱雲呑，'四川'稱抄手。也作䐊肫、餫飩。

餜 ㄍㄨㄛˇ ko^3, kuo^3 音果
1餅的一種。圓形，有餡。見"集韻"。2一種油炸麵食。即油條。又稱油炸餜。

餬 ㄏㄨˊ hu^2 音胡
1餅。見"玉篇"。2粥。通餬。見"集韻"。

餚 ㄧㄠˊ yao^2 音爻
煮熟的魚、肉類。同肴。見"集韻"。

餧 一 ㄋㄟˇ nei^3 音餒
飢餓。同餒。見"大徐本說文"。
二 ㄨㄟˋ wei^4 音畏
餵食。同餵。見"玉篇"。

餡 ㄒㄧㄢˋ $hsien^4$ 音陷
包在米麵食品中的鹹、甜作料。見"字彙"。

餩 ㄜˋ o^4, $\hat{e}^4$ 音餓
食物噎住的聲音。見"廣韻"。

9

餮 ㄊㄧㄝˋ *t'ieh*^{4}
貪食。同飻。見"集韻"。

餫 ㊀ ㄩㄣˋ *yün*^{4} 音運
運賸糧食。見"說文"。
㊁ ㄏㄨㄣˊ *hun*^{2} 音魂
也作餛。參餛飩。

䭈
餰的或體。

⿰食巽
饌的本字。

餬 ㄏㄨˊ *hu*^{2} 音胡
①寄食;謀生。如:餬口。②稠粥。今作糊。③塗附;黏貼。如:餬風箏。④粉飾;蒙混。

3【餬口】 ㄏㄨˊ ㄎㄡˇ
謀生;維持生活。

餷 ㄔㄚ *ch'a*^{1} 音差
①熬;煮。如:餷粥。②邊煮邊攪。

餪 ㄋㄨㄢˇ *nuan*^{3} 音暖
古時於結婚後三天,由娘家饋送食物給女兒。見"廣韻"。

餯 ㄏㄨㄟˋ *hui*^{4} 音惠
食物腐臭。即餀。見"爾雅·釋器"。

餳 ㊀ ㄒㄧㄥˊ *hsing*^{2} 音行
①一種軟糖。由麥芽或穀芽等熬成。俗稱麥芽糖。②黏住。③瞇眼;眼色矇矓。
㊁ ㄊㄤˊ *t'ang*^{2} 音唐
同㊀①。

餲 ㄞˋ *ai*^{4} 音愛
食物經久而變味。見"說文"。

餵 ㄨㄟˋ *wei*^{4} 音胃
拿食物給人或動物吃。

8【餵招】 ㄨㄟˋ ㄓㄠ
國術練習時,由一人擊出某種攻擊動作,讓另一人設法破解,以培養其應變能力與對本門功夫的純熟度。

餭 ㄏㄨㄤˊ *huang*^{2} 音黃
乾的飴糖。見"玉篇"。

餱 ㄏㄡˊ *hou*^{2} 音侯
乾糧。見"說文"。

餰 ㄐㄧㄢ *chien*^{1} 音尖　又讀 ㄓㄢ *chan*^{1} 音沾
粥。同鬻。通作饘。見"說文"。

10

⿰食高 ㊀ ㄎㄠˋ *k'ao*^{4} 音靠
犒的或體。
㊁ ㄍㄠ *kao*^{1} 音高
糕的或體。

餹
糖的或體。

餻
糕的或體。

餺 ㄅㄛˊ *po*^{2} 音博
參餺飥。

11【餺飥】 ㄅㄛˊ ㄊㄨㄛ
湯餅。一種煮食的麵食。

饁 ㄧㄝˋ *yeh*^{4} 音葉
給耕田者送飯。見"說文"。

餶 ㄍㄨˇ *ku*^{3} 音骨
參餶飿。

13【餶飿】 ㄍㄨˇ ㄉㄨㄛˊ
一種麵食。

餼 ㄒㄧˋ *hsi*^{4} 音細
①穀物或飼料。②活的牲畜。也指生肉。如:餼羊。③贈送。

16【餼廩】 ㄒㄧˋ ㄌㄧㄣˇ
公家每月發給的俸糧。

餿 ㄙㄡ *sou*^{1} 音搜
①食物因腐壞而變味。如:餿水油。②不好;欠高明。如:餿主意。

5【餿主意】 ㄙㄡ ㄓㄨˇ ㄧˋ
不高明的計策。

䭔 ㄉㄨㄟ *tui*^{1} 音堆
蒸餅。見"玉篇"。

餽 ㄎㄨㄟˋ *k'uei*^{4} 音愧
①祭祀鬼神。見"說文"。②贈送。通饋。如:餽贈。③姓。'春秋'時'晉'有'餽開倫'。見"萬姓統譜·九三"。

21【餽贐】 ㄎㄨㄟˋ ㄐㄧㄣˋ
致贈遠行者的禮物。

餾 ㄌㄧㄡˋ *liu*^{4} 音六
或作⿰食畱。用蒸氣蒸熟飯食。見"說文"。

11

⿱將食
漿的或體。

饈 ㄒㄧㄡ *hsiu*^{1} 音羞
美好的食物。見"字彙"。

饇 ㄩˋ *yü*^{4} 音遇
飽。見"廣韻"。

饉 ㄐㄧㄣˇ *chin*^{3} 音僅　又讀 ㄐㄧㄣˋ *chin*^{4} 音晉
①蔬菜沒有收成。見"說文"。②米穀沒有收成。見"墨子·七患"。

饄
糖的或體。

饅 ㄇㄢˊ *man*^{2} 音蠻
參饅頭。

16【饅頭】 ㄇㄢˊ ・ㄊㄡ
一種用麵粉發酵蒸成的食品。為北方人的主要食物。

饆 ㄅㄧˋ *pi*^{4} 音畢
參饆饠。

27【饆饠】 ㄅㄧˋ ㄌㄨㄛˊ
麵製的餡餅。也稱餑餑。

饃 ㄇㄛˊ *mo*^{2} 音摩
參饃饃。

19【饃饃】 ㄇㄛˊ ・ㄇㄛ
北方人對饅頭類的通稱。

12

饍
膳的或體。

饐 ㊀ ㄧˋ *i*^{4} 音益
食物腐臭。見"說文"。
㊁ ㄧㄝˋ *yeh*^{4} 音業
①食物阻塞了食道。通噎。見"集韻"。②哽咽。通咽。

饒 ㄖㄠˊ *jao*^{2} 音蟯
①富裕;充足。如:富饒。②添加;增益。③寬恕;諒讓。如:饒恕。④任憑;儘管。⑤姓。'漢'有'饒威'。見"萬姓統譜·三○"。

2【饒人】 ㄖㄠˊ ㄖㄣˊ
寬恕他人。

6【饒舌】 ㄖㄠˊ ㄕㄜˊ

爨說話。

饎 ㄔˋ ch'ih⁴ 音翅
1酒食。見"說文"。2炊煮食物。如:饎爨。

饙 ㄈㄣ fên¹ 音分
或作餴。蒸熟飯食。見"說文"。

饌 一 ㄓㄨㄢˋ chuan⁴ 音撰
1陳設酒食。見"說文"。2酒食佳餚。見"玉篇"。3食用。
二 ㄒㄩㄢˇ hsüan³ 音選
古代的錢幣單位。一饌等於六兩。見"尚書大傳·甫刑"。

饊 ㄙㄢˇ san³ 音傘
1用稻米熬煎成的食品。見"說文"。2一種油炸的麵食。形如繩索。古稱寒具。

饋 ㄎㄨㄟˋ k'uei⁴ 音愧
1贈送。如:饋遺。2進獻。如:饋薦。3用餐。如:一饋十起。

19【饋贈】 ㄎㄨㄟˋ ㄗㄥˋ
贈送財物。

饑 ㄐㄧ chi¹ 音機
1荒年;五穀歉收。如:饑饉。2飢餓。通飢。如:饑不擇食。

10【饑荒】 ㄐㄧ ㄏㄨㄤ
1農作物歉收。2比喻困頓。

19【饑饉】 ㄐㄧ ㄐㄧㄣˇ
饑荒。即收成不好。

饗 ㄒㄧㄤˇ hsiang³ 音享
或作亯。1鄉人相聚飲酒。見"說文"。2用酒食待客。3祭祀時以祭品獻祭神明。4賞賜。5享受。通享。

13

饔 ㄩㄥ yung¹ 音邕
1熟食;熟肉。見"說文"。2早餐。如:饔飧。3已殺的犧牲。如:饔餼。

12【饔飧不繼】 ㄩㄥ ㄙㄨㄣ ㄅㄨˋ ㄐㄧˋ
形容生活困苦,三餐不繼。

饕 ㄊㄠ t'ao¹ 音滔
貪欲;貪財。見"說文"。

18【饕餮】 ㄊㄠ ㄊㄧㄝˋ
1古代傳說中的貪食惡獸。鐘鼎彝器上多刻鑄其頭象爲飾。2比喻殘暴的人。3比喻貪財貪食的人。

【饕餮紋】 ㄊㄠ ㄊㄧㄝˋ ㄨㄣˊ
青銅器紋飾之一。通行於'商'及'周'初,'西周'後期已罕見。此紋飾乃動物形象,或有鼻有目,裂口巨

饕餮紋圖

眉;或有身如尾下卷,口旁有足;或有首無身,兩眉直立;或身作兩歧,下歧上卷等;其基本結構是由二側面相對的動物,合組成一正面獸首。近代學者多改稱爲動物紋或獸面紋。

饘 ㄓㄢ chan¹ 音瞻
稠粥。即糜。見"說文"。

14

饜 ㄧㄢˋ yen⁴ 音厭
飽足;滿足。如:貪求無饜。

7【饜足】 ㄧㄢˋ ㄗㄨˊ
飽足;滿足。

𩞄 饎的或體。

饛 ㄇㄥˊ mêng² 音蒙
盛器裝滿東西的樣子。見"說文"。

饞 饌的本字。

16

饝 ㄇㄛˊ mo² 音摩
參饝饝。

24【饝饝】 ㄇㄛˊ ·ㄇㄛ
北方人稱饅頭類食品。

17

饟 ㄒㄧㄤˇ hsiang³ 音享
1用食物款待人。見"說文"。2軍糧;糧餉。通餉。見"正字通"。

饞 ㄔㄢˊ ch'an² 音蟬
貪吃。也泛指貪欲。如:饞嘴。

11【饞涎欲滴】 ㄔㄢˊ ㄒㄧㄢˊ ㄩˋ ㄉㄧ
想吃想得口水都要滴下來。

19

饠 ㄌㄨㄛˊ lo², luo² 音羅
參饆饠。

饡 ㄗㄢˋ tsan⁴ 音讚
以菜湯和飯。見"說文"。

22

饢 ㄋㄤˊ nang² 音囊
飯桶。只會吃飯不會做事的人。

首部

首 ㄕㄡˇ shou³ 音手
1頭;腦袋。如:昂首闊步。2領袖;領導人。如:首長。3開始;第一。如:首功。4要領;精義。如:群言之首。5方向;面向。如:東首。6量詞。詩文一篇或音樂一曲爲一首。7姓。'明'有'首謙'。見"萬姓統譜·八八"。

5【首功】 ㄕㄡˇ ㄍㄨㄥ
1以斬獲敵首計算功勞。2第一功;最大的功勞。

7【首邑】 ㄕㄡˇ ㄧˋ
行政區域內最主要的城市。舊時稱省治的所在地。也稱首府。

8【首長】 ㄕㄡˇ ㄓㄤˇ
最高長官。

【首肯】 ㄕㄡˇ ㄎㄣˇ
點頭表示許可。

9【首相】 ㄕㄡˇ ㄒㄧㄤˋ
1即宰相。歷代名稱不同。參宰相。2今稱君主立憲且實行內閣制國家的國務總理。

10【首級】 ㄕㄡˇ ㄐㄧˊ
'秦'法斬敵一首得爵一級。後因稱

所斬之人頭爲首級。

11【首都】 ㄕㄡˇ ㄉㄨ
中央政府的所在地。也稱國都。

【首途】 ㄕㄡˇ ㄊㄨˊ
出發。

12【首惡】 ㄕㄡˇ ㄜˋ
罪首;罪魁。

13【首腦】 ㄕㄡˇ ㄋㄠˇ
領袖人物。

14【首輔】 ㄕㄡˇ ㄈㄨˇ
'明代'首席內閣大學士之稱。主持內閣大政,職權最重。'清代'領班的軍機大臣也稱首輔。

【首領】 ㄕㄡˇ ㄌㄧㄥˇ
指領袖或領導者。

15【首數】 ㄕㄡˇ ㄕㄨˋ
在表示常用對數值時,小數點前的整數稱爲首數。例如 $log 351 = 2 + log 3.51 = 2.5453$, 2 即首數。首數亦可爲負數值,例如 $log 0.351 = \bar{1}.5453(\bar{1} = -1)$。

4【首日封】 ㄕㄡˇ ㄖˋ ㄈㄥ
新郵票發行第一天,加蓋發售首日郵戳的信封。是集郵品之一。

8【首長制】 ㄕㄡˇ ㄓㄤˇ ㄓˋ
行政機關之發號施令或其他措施,由首長一人作最後裁決的制度。也稱單獨制。

10【首烏藤】 ㄕㄡˇ ㄨ ㄊㄥˊ
'中'藥名。即何首烏。又名夜交藤。性平、味甘、無毒。可養心安神、養血通絡、止癢。多用以治療血虛、失眠多夢、皮膚癢疹、全身疼痛等。

8【首屈一指】 ㄕㄡˇ ㄑㄩ ㄧ ㄓˇ
第一。

12【首善之區】 ㄕㄡˇ ㄕㄢˋ ㄓ ㄑㄩ
模範地區。常指京師、首都。

【首陽高義】 ㄕㄡˇ ㄧㄤˊ ㄍㄠ ㄧˋ
譽人明禮守義,不趨名利。'首陽',山名,'伯夷'、'叔齊'隱居之所。

13【首當其衝】 ㄕㄡˇ ㄉㄤ ㄑㄧˊ ㄔㄨㄥ
處於首先受到攻擊或壓力的地位。

【首鼠兩端】 ㄕㄡˇ ㄕㄨˇ ㄌㄧㄤˇ ㄉㄨㄢ
比喻瞻前顧後,遲疑不定。

15【首輪播映】 ㄕㄡˇ ㄌㄨㄣˊ ㄅㄛˋ ㄧㄥˋ
(first run)簡稱首輪。同一電視節目或電影影片,若有先後播出的次序,第一次播出者爲首輪播映。

2

馗 ㄎㄨㄟˊ k'uei^2 音逵
通行各方的大路。即九達道。見"說文"。

6

䭫 ㄑㄧˇ ch'i^3 音起
拜首至地。通作稽。見"正字通"。

8

馘 ㊀ ㄍㄨㄛˊ ko^2, kuo^2 音國
古代作戰時,割取敵人左耳來計算戰功。見"說文"。
㊁ ㄒㄩˋ hsü^4 音序
臉。見"五音集韻"。

香部

香 ㄒㄧㄤ hsiang^1 音鄉
①芬芳的氣味。與臭相對。見"說文"。②香料的製成品。如:線香。③甘甜;美好。④親吻。如:香一香臉。⑤姓。'漢'有'香隆'。見"萬姓統譜·五二"。

4【香火】 ㄒㄧㄤ ㄏㄨㄛˇ
①寺廟中供奉神佛所用的香燭。②指在廟中管香火雜務的人。③神前盟誓。④指子孫或文化的傳承緜延。

【香片】 ㄒㄧㄤ ㄆㄧㄢˋ
①茶葉的一種。將茶葉和茉莉等香花混合封藏而製成。②指散落的花瓣。

6【香妃】 ㄒㄧㄤ ㄈㄟ
(?～1788)'維吾爾族','喀什噶爾'人。相傳爲'清高宗'時'回'部某酋長之妻。'高宗'定'回疆',納爲妃;因生而體有異香,故稱'香妃'。寵愛有加,但'香妃'時時刻刻想復仇,後爲太后所縊殺。

9【香客】 ㄒㄧㄤ ㄎㄜˋ
到寺廟燒香拜佛的人。

10【香案】 ㄒㄧㄤ ㄢˋ
放置香爐燭臺以供上香禮拜的几案。

12【香港】 ㄒㄧㄤ ㄍㄤˇ
原名'大香爐山'。位於'廣東省'南方'珠江'口的東側。西元1842年鴉片戰爭以後割讓予'英國'。因地居世界航運的輻輳點,並控制我國南方出海門戶,遂發展爲世界著名的轉口貿易港,工商業鼎盛。

【香菇】 ㄒㄧㄤ ㄍㄨ
(*Lentinus edodes*(Berk.)Sing.)又稱冬菇、香蕈。擔子菌類。子實體最初呈弓圓形,後慢慢擴張成水平形。菌蓋(傘)表面白色至淡褐色,其上覆蓋褐色鱗片。傘肉白色到淡褐色,強韌,菌褶很密,白色。菌柄圓柱狀,中生,強韌,多於春秋兩季出現於山上的闊葉樹枝幹上,或由人工栽培於楓香、杜英及殼斗科植物等的榾木上。味道鮮香,乾燥時有強烈的香味。分布於我國、'韓國'及'日本'。

13【香葇】 ㄒㄧㄤ ㄖㄡˊ
也作香薷。參香薷。

【香頌】 ㄒㄧㄤ ㄙㄨㄥˋ
(chanson)'法'文歌曲一詞的音譯。相當於'德'文的lied或'英'文的song。

14【香閨】 ㄒㄧㄤ ㄍㄨㄟ
女子居室的美稱。

15【香匳】 ㄒㄧㄤ ㄌㄧㄢˊ
也作香奩。①婦女梳妝用的鏡匣。②放置香料以收藏珍寶的盒子。

16【香蕉】 ㄒㄧㄤ ㄐㄧㄠ
(common banana; *Musa sa-*

pientum L.) 又名甘蕉。多年生草本。高2～4公尺。根莖有粗大鬚根,常長出側枝繁殖。葉鞘構成僞莖,呈粗圓柱形;頂端集生大葉,約有10枚,葉長橢圓形,葉柄長。夏秋間,由葉心抽出花莖,垂生總狀花,苞葉卵形,紅紫色,花淡黃色,排成二列,下部爲雌花,上部爲雄花。果實長三稜形,纍生,黃熟,可供食用,是栽培水果。

香蕉圖

18【香檳】 ㄒㄧㄤ ㄅㄧㄣ
①(Champagne)位於‘法國’東北部的區域名。香檳一詞源自‘拉丁’文campania(平原)。除一些丘陵以外,地勢極爲平坦;丘陵地帶對種植葡萄極爲有利。以產酒著名。②(champagne)一種起泡白葡萄酒。原產‘法國’“香檳區”。將發酵好的白葡萄酒裝入瓶中,加入酵母和糖,在低溫8～12°C下發酵成含二氧化碳的葡萄酒。酒精含量在13～15%。

【香薷】 ㄒㄧㄤ ㄖㄨˊ
(*Elsholtzia ciliata* (Thunb.) Hyland.)植物名。脣形科,香薷屬。一年生草本。莖方形,高30～50公分,全株具香味。葉有柄,對生,長卵形,先端尖,鋸齒緣。花穗頂生,密生淡紫色小脣形花,萼5裂,花冠4裂成脣形。可供藥用。分布於‘亞洲’及‘歐洲’地區。

香薷圖

22【香囊】 ㄒㄧㄤ ㄋㄤˊ
裝有香料的小囊。佩在身上或掛在帳上當裝飾品。

5【香石竹】 ㄒㄧㄤ ㄕˊ ㄓㄨˊ
(carnation; *Dianthus caryophyllus* L.)又名康乃馨。多年生宿根性草本。莖直立,基部梢木質化,高約30公分,葉對生,線形,綠色。花成聚繖花序,通常大形,具有芳香,花色種類繁多,有紅、黃、白、紫及淡紅等。果爲蒴果。可供觀賞。原分布於南‘歐’至‘印度’,今各地皆有栽培。

香石竹圖

7【香辛料】 ㄒㄧㄤ ㄒㄧㄣ ㄌㄧㄠˋ
(spices)做爲食品調味用的添加物。將含特有芳香、辛味成分的植物之根、莖、葉、花、果實、種子等部位,經乾燥後,研磨成粉,用以除去食物不良氣味、促進食慾,或具有殺菌、防腐的保藏效果。

8【香油錢】 ㄒㄧㄤ ㄧㄡˊ ㄑㄧㄢˊ
僧人募化或信徒捐獻給寺廟的錢。本爲燃香點燈之用,今則供作寺廟經費。

12【香港衫】 ㄒㄧㄤ ㄍㄤˇ ㄕㄢ
夏季頗受男士歡迎的便裝款式。領型爲不具領座剪接而直接外翻返折的國民領,故不必打領帶,花色也較爲自由有變化,頗富‘香港’亞熱帶氣候的氣息;穿著時衣襬露出,故兩側脇邊會打個小衩。

【香港腳】 ㄒㄧㄤ ㄍㄤˇ ㄐㄧㄠˇ
(tinea pedis)即足癬。因黴菌寄生於腳上而引起的傳染性皮膚病。趾間會出現小水泡,感覺奇癢。慢性足癬會使趾間的皮膚破裂、剝皮,指甲變脆、變厚、變黃。預防方法是於公眾場所自備拖鞋及保持足部乾爽。治療方法有口服抗癬藥物或擦治癬藥膏。

14【香奩體】 ㄒㄧㄤ ㄌㄧㄢˊ ㄊㄧˇ
‘唐’‘韓偓’有“香奩集”,記閨閣中事,多綺麗香豔之語,後因稱此種內容及風格的作品爲香奩體。

4【香火因緣】 ㄒㄧㄤ ㄏㄨㄛˇ ㄧㄣ ㄩㄢˊ
香和燈火都是佛前所供奉的物品,因稱同爲佛門子弟而且彼此意氣相契合者爲香火因緣。也省作香火緣。後也泛指同信奉佛教的人。

10【香消玉殞】 ㄒㄧㄤ ㄒㄧㄠ ㄩˋ ㄩㄣˇ
比喻女子死亡。也作玉殞香消。

【香格里拉】 ㄒㄧㄤ ㄍㄜˊ ㄌㄧˇ ㄌㄚ
(Shangri-La)①想像中遙遠而隱密的世外桃源。原爲‘詹姆士·希爾頓’(James Hilton)在西元1933年的幻想小說“失去的地平線”(*Lost Horizon*)中虛構的人間樂園。②指‘美國’祕密的航空基地。

12【香象渡河】 ㄒㄧㄤ ㄒㄧㄤˋ ㄉㄨˋ ㄏㄜˊ
①比喻佛教徒悟道的深刻。即大乘菩薩之悟道。“優婆塞戒經·三種菩薩品”:「如‘恆河’水,三獸俱渡:兔、馬、香象。兔不至底,浮水而過,馬或至底,或不至底;象則盡底。」按:兔、馬比喻聲聞、緣覺之小乘人;香象比喻大乘之菩薩。②形容詩詞文字之透徹精闢。

4

馠 ㄏㄢ *han*^{1} 音酣
驟然而來的香氣。見“字彙”。

馚 馩的或體。

5

馝 ㄅㄧˋ *pi*^{4} 音必
濃郁的香氣。見“集韻”。

馜 ㄋㄧˇ *ni*^{3} 音你
香氣濃郁。見“正字通”。

馞 ㄅㄛˊ *po*^{2} 音勃
香氣。見“廣韻”。

馛 ㄆㄛˋ *p'o*^{4} 音魄
香氣很盛。見“集韻”。

7

馡 ㄅㄧㄝˊ *pieh*² 音別
微微的香氣。見"廣韻"。

馞 ㄅㄛˊ *po*² 音勃
①香氣。見"廣雅·釋訓"。②香氣濃郁。見"廣韻"。

馠 ㄏㄢ *han*¹ 音酣
微微的香氣。見"廣韻"。

8

馩 ㄧˇ *i*³ 音倚
參馩馜。

14【馩馜】 ㄧˇ ㄋㄧˇ
香氣。

馢 ㄐㄧㄢ *chien*¹ 音箋
香木名。同棧。見"集韻"。

馣 ㄢ *an*¹ 音安 又讀 ㄧㄢˇ *yen*³ 音掩
參馣馤。

18【馣馤】 ㄢ ㄞˋ
香氣。

馡 ㄈㄟ *fei*¹ 音非
香氣。見"廣韻"。

9

馤 ㄞˋ *ai*⁴ 音愛
香氣。見"廣韻"。

馥 ㄈㄨˋ *fu*⁴ 音複
①香氣。也指香氣濃盛。如:馥郁。②香氣向外擴散。引申爲流播或遍布。如:譽馥宇內。

9【馥郁】 ㄈㄨˋ ㄩˋ
香氣濃烈。

10【馥氣】 ㄈㄨˋ ㄑㄧˋ
濃厚的香氣。

10

馦 ㄒㄧㄢ *hsien*¹ 音仙
①香氣。見"廣韻"。②香氣充溢。見"正字通"。

馧 ㄩㄣ *yün*¹ 音氳
參馩馧。

11

馨 ㄒㄧㄣ *hsin*¹ 音新 又讀 ㄒㄧㄥ *hsing*¹ 音星
①可以傳播到遠處的芳香。也泛指芳香。如:馨香。②比喻德化聲聞。如:垂馨千年。③'晉'、'宋'方言寧馨的省語。即如此、這樣。參寧馨兒。

9【馨香】 ㄒㄧㄣ ㄒㄧㄤ
芳香。

15【馨德】 ㄒㄧㄣ ㄉㄜˊ
芳香久傳的美德。

12

馩 ㄈㄣˊ *fên*² 音墳
或作馚。參馩馧。

19【馩馧】 ㄈㄣˊ ㄩㄣ
香氣。

馬 部

馬 ㄇㄚˇ *ma*³ 音碼

①(horse; *Equus caballus*)屬脊椎動物亞門、哺乳綱、奇蹄目(order Perissodactyla)、馬科(family Equidae)。馬科中僅有一屬,即馬屬(genus *Equus*),包含八種,除馬以外,尚有斑馬、驢、騾、野馬等。馬經人們培育選拔,目前有許多品系。頸部有鬃;頭前部有髮一叢,稱爲額髮;趾三枚,僅第三趾具功能。②古代計數的籌碼。通碼。如:籌馬。③姓。'漢'有'馬融'。見"萬姓統譜・八五"。

2【馬力】 ㄇㄚˇ ㄌㄧˋ

(horsepower) 爲功率的'英'制單位。記爲 HP或 IP。1馬力爲每秒作550呎磅的功,相等於746瓦特。目前在某些電機或動力機械上還使用此單位。

3【馬上】 ㄇㄚˇ ㄕㄤˋ

①馬背上。②即刻;立即。

4【馬內】 ㄇㄚˇ ㄋㄟˋ

(Édouard Manet, 1832~1883)'法國'印象派的領導者。經過一段學院派的訓練後,厭倦學院派的幽暗色調和陳舊的歷史畫,於是直接描繪模特兒和景色,儘量排除中間色調,以明暗色調的對比開創了畫面色彩亮麗的風格。其作品"草地上的午餐"(*Luncheon on the Grass*)在1863年「落選沙龍」(the Salon des Refusés)扮演很重要的角色,奠定向傳統反抗的地位。爾後以"奧林匹亞"(*Olympia*)、"弗莉・貝爾傑酒吧"(*A Bar at the Folies-Bergère*)等作品,建立其不可動搖的藝術地位。

6【馬式】 ㄇㄚˇ ㄕˋ

國術最基本的架式。又名馬襠或騎馬式。兩腳開立,腳尖向前平行,步寬視各門派而不同,兩腳屈膝半蹲至大腿與地平行,頭正身直。以形如騎馬之狀,故名。

7【馬克】 ㄇㄚˇ ㄎㄜˋ

(mark)'德國'貨幣名。一馬克等於100芬尼(pfennig)。

【馬利】 ㄇㄚˇ ㄌㄧˋ

(Mali) 西'非'內陸國。面積124萬方公里,人口1,229萬 (2005年),首都'巴馬科' (Bamako)。全境大致平坦,北部屬'撒哈拉沙漠',南部有'尼日河' (Niger R.) 橫貫。主產棉花、稻米、家畜和漁獲。

9【馬祖】 ㄇㄚˇ ㄗㄨˇ

①星名。又稱天駟。即房宿四星。古人奉爲馬神。②(709~788)'唐'禪宗高僧'道一'。俗姓'馬',故稱'馬祖道一'。'憲宗'賜諡'大寂禪師'。著有"馬祖廣錄"。③即'馬祖列島',散布於'福建省''閩江'口外。由19個島嶼組成,行政上隸屬'福建省''連江縣'。因控制'福建省'沿海及'臺灣海峽'的交通,軍事、交通地位極重要,現由國軍駐守。島多山地,居民以漁業爲生;製酒業頗有名。

10【馬海】 ㄇㄚˇ ㄏㄞˇ

(mohair) 初指'安哥拉'山羊毛紡製的毛線與織物。因其毛纖特長(4~12'英'吋),且粗細均勻、不具任何天然捲曲,頗適合作帶長毛絨狀的紗線或起毛織物,遂引而形容同具長毛絨外觀之任何纖種紗線或織物。

11【馬勒】 ㄇㄚˇ ㄌㄜˋ

(Gustav Mahler, 1860~1911)'捷克'音樂指揮家及作曲家。被譽爲自'布拉姆斯'以來最偉大的交響曲作家。其交響曲沿後期浪漫派的格式,樂曲長大,形式複雜,具有標題性質。作品有歌劇三部、交響曲十首及歌曲"悼亡兒"(*Kindertotenlieder*)、"大地之歌"(*Das Lied von der Erde*)等。

馬勒像

【馬陸】 ㄇㄚˇ ㄌㄨˋ

(millipede) 屬節肢動物門、倍足綱(class Diplopoda)。與蜈蚣等所屬之其他數綱合稱多足類(Myriapod)。廣布世界各地,約8,000種。體分頭部及軀幹部,軀幹部前四節,每節有一對足,其他各節則每節有兩對足,故名倍足;軀幹部的節數隨種類而異,自20~100節。食腐敗植物,在生態系中,屬於清除者。

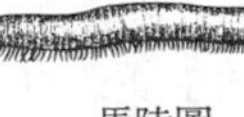

馬陸圖

【馬蚰】 ㄇㄚˇ ㄓㄨˊ

大的馬陸。見"方言・一一"。

【馬偕】 ㄇㄚˇ ㄐㄧㄝ

(George Leslie Mackay, 1844~1901)'加拿大'醫師、長老教會教士。原籍'英國',畢業於'愛丁堡神學院'。西元1872年1月到'臺灣''打狗'('高雄'),與長老會牧師'李庥'(Rev. Hugh Ritchie)學'閩'南語,次年二人經海路到'滬尾'('淡水'),先後在'艋舺'('萬華')、'錫口'('松山')、'大稻埕'、'新莊'、'三角湧'('三峽')及山地行醫傳教,宣揚禁酒、禁菸、戒纏足的思想。1882年在'淡水'設'牛津學校'(Oxford College)。1878年5月與'五股'女子'張聰明'結婚,育有一男二女。1880年回'加拿大',得神學博士。次年回'臺',設'馬偕醫院'。到1893年,在'臺灣'北部共設教堂59所。1901年6月因喉癌病逝'淡水'。

【馬術】 ㄇㄚˇ ㄕㄨˋ

考驗騎士之技術、馬匹之能力及人馬相互配合的運動項目。其正式錦標賽的項目有障礙超越競賽、馬場馬術競賽及綜合馬術競賽等三種。

12【馬超】 ㄇㄚˇ ㄔㄠ
(176～222)三國‘茂陵’(今‘陝西’‘興平’東北)人，字‘孟起’。‘漢’末爲偏將軍，後附‘劉備’，率兵攻‘益州’‘劉璋’，因功，封驃騎將軍、‘涼州’牧。

【馬援】 ㄇㄚˇ ㄩㄢˊ
(前14～後49)‘東漢’‘茂陵’(今‘陝西’‘興平’東北)人，字‘文淵’。‘王莽’末年，任‘新成’大尹，後歸‘劉秀’，任‘隴西’太守，率軍擊破‘先零羌’，拜伏波將軍；又遠征‘交阯’，封‘新息侯’。擅養馬。著有“銅馬相法”。

13【馬褂】 ㄇㄚˇ ㄍㄨㄚˋ
‘滿’族人騎馬時穿在長袍外面的短褂。長袖，對襟，齊腰。後與長袍合穿，沿用爲常服或禮服。

【馬達】 ㄇㄚˇ ㄉㄚˊ
(motor)將電能用電磁效應帶動傳動軸轉換爲機械能的裝置。又稱電動機。家用電器如電扇、電鐘及大部分的工業動力皆利用馬達來帶動。

14【馬赫】 ㄇㄚˇ ㄏㄜˋ
1(Ernst Mach, 1838～1916)‘奧地利’物理學家、心理學家及哲學家。西元1860年獲‘維也納大學’博士學位。曾任‘格拉次’(Graz)大學數學教授、‘捷克’‘布拉格大學’及‘奧國’‘維也納大學’哲學教授。其感官主義及物理主義對‘歐洲’大陸經驗論的發展有深遠的影響；‘維也納’學派的邏輯實證論遂以其理論爲基本的導引。著有“力學的科學”(*The Science of Mechanics*)、“感覺的分析”(*The Analysis of Sensations*)及“通俗科學講稿”(*Popular Scientific Lectures*)等書。2(mach)物體的速度和在相同情況下(如同一介質、同一溫度)之音速的比值。爲紀念最先研究空氣超音速運動之‘奧地利’物理學家‘馬赫’(Ernst Mach)而命名。小於一馬赫爲次音速；接近一馬赫爲穿音速；大於一馬赫爲超音速。

【馬凳】 ㄇㄚˇ ㄉㄥˋ
(horses)也稱馬椅。指將兩支爬梯上端用鉸鏈或插栓鉸接，作業人員坐於其上，利用兩腳即可撐移梯位的簡易施工腳架。

【馬鳴】 ㄇㄚˇ ㄇㄧㄥˊ
(Aśvaghoṣa, 80?～150?)‘印度’哲學家。出身貴族。原本極端反對佛教，後爲佛學高僧所折服，乃潛心研究大乘佛理，並廣爲宣傳。著有“佛所行贊”敘事長詩及“榮耀書”等。

16【馬融】 ㄇㄚˇ ㄖㄨㄥˊ
(79～166)‘東漢’‘茂陵’(今‘陝西’‘興平’東北)人，字‘季長’。曾任校書郎、‘南陽’太守，後從事講學，從學者有數千人，‘鄭玄’、‘盧植’皆出其門。著有“春秋三傳異同說”，並遍注“周易”、“尚書”、“毛詩”、三“禮”、“論語”、“孝經”、“老子”、“淮南子”等。

17【馬賽】 ㄇㄚˇ ㄙㄞˋ
(Marseille)‘法國’第二大都市、最大商港、煉油工業中心及鐵路、航空樞紐。位於‘地中海’岸的‘里昂灣’(Gulf of Lion)。控‘歐’、‘亞’、‘非’三洲航路要衝，爲南、西‘歐’鐵路聯絡站。造船、肥皂、麵粉和菸草工業久負盛名，觀光旅遊業盛。

【馬戲】 ㄇㄚˇ ㄒㄧˋ
古代百戲之一。乃於馬上表演各種驚人的騎術。今之馬戲爲一綜合技藝，有各種驚險特技及兇猛動物的表演。

【馬蠋】 ㄇㄚˇ ㄓㄨˊ
蟲名。即馬陸。見“廣雅・釋蟲”。

18【馬蟥】 ㄇㄚˇ ㄏㄨㄤˊ
即蛭。參蛭㈠。

22【馬驌】 ㄇㄚˇ ㄙㄨˋ
(1620～1673)‘清’‘山東’‘鄒平’人，字‘宛斯’，又字‘驄御’。‘順治’進士，任‘靈壁’知縣。一生精研古史。著有“繹史”、“左傳事緯”。

3【馬士英】 ㄇㄚˇ ㄕˋ ㄧㄥ
(1591?～1646)‘明’末‘貴州’‘貴陽’人。字‘瑤草’。‘萬曆’進士，官至‘鳳陽’總督。‘李自成’破‘北京’，他在‘南京’擁立‘福王’，任東閣大學士兼兵部侍郎，得實權，排斥清議。‘南京’陷落，於‘浙江’被‘清’兵捕殺。

【馬口鐵】 ㄇㄚˇ ㄎㄡˇ ㄊㄧㄝˇ
(tin-plate)即鍍錫(Sn)的鐵片。由於性質安定而不易生鏽，可供製造食品的包裝鐵罐。

4【馬丹陽】 ㄇㄚˇ ㄉㄢ ㄧㄤˊ
(1123～1183)‘金’道士。‘山東’‘寧海’(今‘山東’‘牟平’)人。原名‘從義’，字‘宜甫’，後更名‘鈺’，字‘玄寶’，號‘丹陽子’。‘王重陽’到‘寧海’傳布全眞道，與妻‘孫不二’師事之，以仙術專務清淨。‘元世祖’贈爲‘丹陽抱一无爲眞人’，世稱‘丹陽眞人’，爲北七眞之一。著有“神光燦”、“洞玄金玉集”等。

5【馬可尼】 ㄇㄚˇ ㄎㄜˇ ㄋㄧˊ
(Guglielmo Marconi, 1874～1937)‘義大利’物理學家、無線電報的發明人。西元1890年開始研究無線傳電法。1896年移居‘倫敦’。此後兩年間，在‘倫敦’多次成功地示範無線電通訊。1900年獲得‘英國’專利，1909年獲得‘諾貝爾’物理學獎，1930年當選‘義大利皇家研究院’院長。

馬可尼像

【馬尼拉】 ㄇㄚˇ ㄋㄧˊ ㄌㄚ
(Manila)‘菲律賓’首都、最大商港、最大都市及經濟、文化中心。位於‘呂宋島’西南‘馬尼拉灣’頭。附近有‘美國’重要海、空軍基地。人口158.1萬(2000年)。

7【馬志尼】 ㄇㄚˇ ㄓˋ ㄋㄧˊ
(Giuseppe Mazzini,1805～1872)‘義大利’建國三傑之一。終生爲‘義’國的統一與獨立而奮鬥。初因參加‘燒炭黨’(Carbonari)從事革命工作被逐,至‘法國’又組織‘青年義大利黨’,聯合知識分子鼓吹革命思想,喚起‘義大利’人的民族意識。後爲三執政之一,終於西元1861年完成‘義大利’的統一。

【馬克斯】 ㄇㄚˇ ㄎㄜˋ ㄙ
(Karl Marx,1818～1883)‘德國’經濟學者、社會主義學者。‘馬’氏截取‘黑格爾’的辯證哲學、‘費爾巴哈’(Ludwig Feuerbach)的唯物主義及‘亞當·斯密’的勞工價值說,完成階級鬥爭說、唯物史觀及剩餘價值說,創立‘馬克斯’社會主義,主張用暴力革命建立無產階級專政。其理論主要見於“共產主義宣言”(*Communist Manifesto*)及三卷“資本論”(*Das Kapital*)。

馬克斯像

8**【馬拉松】** ㄇㄚˇ ㄌㄚ ㄙㄨㄥ
(Marathon)‘希臘’“亞地加”(Attica)區內的一塊狹長土地。西元前490年,‘波斯’以十萬大軍進攻‘希臘’,‘希臘’卻以一萬軍隊大敗‘波斯’軍於‘馬拉松海灣’,當時軍中有一善跑青年‘斐德匹第斯’(Pheidippides),爲傳達勝利消息,由‘馬拉松海灣’經‘斯巴達’,歷兩日之久,跑150英里(241.40公里),始抵首都‘雅典’,當高呼「我軍已勝」後,即力竭而逝。後人爲紀念其英勇事蹟,特在‘奧運會’中設立「馬拉松賽跑」項目。由‘馬拉松’至‘雅典’,全長26英里又385碼,合42,195公尺,亦即今日馬拉松賽跑之全程距離。

【馬拉威】 ㄇㄚˇ ㄌㄚ ㄨㄟ
(Malaŵi)位於‘非洲’東南部的內陸國。面積11.8萬方公里,人口1,216萬(2005年)。首都‘里朗威’(Lilongwe)。全境地勢高聳,為東‘非’大裂谷的南端。主要輸出爲茶和菸草,其他物產尚有花生、玉米、稻米和漁獲。有皮革、紡織、水泥及家具等製造業。

9**【馬致遠】** ㄇㄚˇ ㄓˋ ㄩㄢˇ
(?～1321?)‘元’“大都”(今‘北平市’)人,字‘千里’,號‘東籬’。曾任‘江’‘浙’行省務官,後隱居。能詩詞,擅長戲曲,其中多豪放之作,刻繪眞實。與‘關漢卿’、‘鄭光祖’、‘白樸’齊名,號稱‘元’曲四人家。有雜劇十五本,流傳者有“漢宮秋”等七本;散曲則有“東籬樂府”傳世。

【馬後砲】 ㄇㄚˇ ㄏㄡˋ ㄆㄠˋ
比喻失去時效、於事無補的言語或行動。

11**【馬國翰】** ㄇㄚˇ ㄍㄨㄛˊ ㄏㄢˋ
(1794～1857)‘清’‘山東’‘歷城’人。字‘詞溪’,號‘竹吾’。‘道光’進士,任‘隴州’知州。終身收購古書達五萬七千多卷,從事佚書佚文之蒐輯。編有“玉函山房輯佚書”,並著有“玉函山房全集”、“農諺”等。

12**【馬雅谷】** ㄇㄚˇ ㄧㄚˇ ㄍㄨˇ
(James Laidlaw Maxwell)‘英國’長老會教士、‘臺灣’基督教最早的布道者。爲一醫學博士。西元1864年前來我國,先學‘閩’南語,翌年與門徒三人經‘打狗’(‘高雄’)登陸,到府城(‘臺南’)開始行醫傳教,初得‘陳齊’、‘陳侯’、‘高長’、‘陳爲’四人爲教徒;至1871年,教徒多達1,635人。後回國,其子於1901年來‘臺’繼父志傳教。

13**【馬瑞辰】** ㄇㄚˇ ㄖㄨㄟˋ ㄔㄣˊ
(1782～1853)‘清’‘安徽’‘桐城’人,字‘元伯’。‘嘉慶’進士,官至工部員外郎。勤學著書,耄而不倦。著有“毛詩傳箋通釋”。

【馬蒂斯】 ㄇㄚˇ ㄉㄧˋ ㄙ
(Henri Matisse, 1869～1954)‘法國’野獸派創始人之一。由於受到‘梵谷’與‘高更’等人強烈色彩畫面之刺激,終於發展出野獸派獨特之風格。‘馬’氏之繪畫精神乃將自然形狀單純化,以平塗之強烈色彩、嚴密之構圖和簡潔之輪廓線來表現大自然。此外,也從事雕刻的製作,造形簡潔而富變化。代表作有“紅色的和諧”(*Harmony in Red*)、“埃及式窗帘”(*Egyptian Curtain*)等油畫,以及‘道明修女院禮拜堂’的彩色玻璃、祭壇等之設計。

【馬歇爾】 ㄇㄚˇ ㄒㄧㄝ ㄦˇ
[1](Alfred Marshall, 1842～1924)‘英國’新古典經濟學派的創始人之一。西元1885～1908年間在‘劍橋大學’講授政治經濟學,後辭去教職,專事著作。1891～1894年間爲‘英國’“皇家勞工委員會”委員之一。主要著作有“經濟學原理”(*Principles of Economics*)、“實業與貿易”(*Industry and Trade*)、“金錢、信譽與商業”(*Money, Credit and Commerce*),對經濟學界影響鉅深。[2](George Catlett Marshall, 1880～1959)‘美國’政治家。二次世界大戰後以‘杜魯門’總統特使身分來‘華’調停‘國’‘共’爭執失敗,終使我國大陸迅速赤化。後任‘美國’國務卿,推動‘歐洲’復興計畫(又名‘馬歇爾’計畫),主張經援各國恢復戰前正常經濟狀態。1953年獲‘諾貝爾’和平獎。

馬歇爾像

【馬鈴薯】 ㄇㄚˇ ㄌㄧㄥˊ ㄕㄨˇ
(potato; *Solanum tuberosum* L.)又名洋山芋、洋番薯。多年生草本,地下莖先端肥大成塊莖,莖高約0.5～1公尺。葉具長柄,互生,奇數羽狀

馬鈴薯圖

複葉，小葉橢卵形，全緣。六月間，枝梢腋生花枝，著生數朵白色或淡紫色花。花萼及花冠均5裂，雄蕊5枚，雌蕊1枚。漿果圓形。塊莖供食用。原產於‘南美’‘智利’、‘祕魯’，今各地廣為栽培。

14【馬端臨】ㄇㄚˇ ㄉㄨㄢ ㄌㄧㄣˊ
(1254～1323)‘樂平’(今‘江西’‘樂平’)人，字‘貴與’。‘宋’亡不仕，以授徒著作為事，曾任‘衢州路’‘柯山書院’山長。著有“文獻通考”、“大學集傳”等書。

【馬赫錐】ㄇㄚˇ ㄏㄜˋ ㄓㄨㄟ
(Mach cone)指一波源前進的速度(V_s)大於音速(V)時，各波前之表面所形成的圓錐。其軸即為波源的運動方向。形成錐面的斜線稱為‘馬赫’線或‘馬赫’波。運動體超音速運動路線與‘馬赫’線間的角度稱為‘馬赫’角，‘馬赫’角的正弦等於局部音速與波源運動速率之比，公式為：$\sin\theta=\frac{V}{V_s}$。

【馬爾他】ㄇㄚˇ ㄦˇ ㄊㄚ
(Malta)位於‘西西里島’(Sicily Is.)與北‘非’間‘地中海’中的島國。由5座石灰岩島嶼組成，其中‘馬爾他島’最大。西元1964年脫離‘英國’獨立。面積320方公里，人口38.9萬（2005年），首都‘瓦勒他’（Valletta）。居東、西‘地中海’交通要衝，有大規模的‘英國’船塢。人口稠密，主要從事農牧，輸出花卉和蔬菜。觀光旅遊業盛，為國家主要財富來源。

15【馬德里】ㄇㄚˇ ㄉㄜˊ ㄌㄧˇ
(Madrid)‘西班牙’首都、鐵公路、金融和文化中心。位於海拔670公尺的內陸高原上，居全國中央。寒暑均烈。有機械、汽車和飛機製造等工業。人口309.3萬(2003年)。

16【馬蹄鐵】ㄇㄚˇ ㄊㄧˊ ㄊㄧㄝˇ
為保護馬蹄而在蹄上釘套的蹄形鐵。

17【馬賽克】ㄇㄚˇ ㄙㄞˋ ㄎㄜˋ
(mosaic)小磁磚的一種。原意為鑲嵌的藝術。通常將小磁磚以小隔縫排列貼於牛皮紙上，施工時先用水泥漿貼於欲鑲嵌之處，再撕去牛皮紙即成。多用以裝飾地板、牆壁或天花板。

18【馬薩林】ㄇㄚˇ ㄙㄚˋ ㄌㄧㄣˊ
(Jules Mazarin, 1602～1661)‘法國’政治家。本為‘義大利’人。西元1630年奉教皇的命令前往‘法國’，協助首相‘黎希留’(Richelieu)解決‘曼求亞公國’王位繼承戰爭(War of the Mantuan Succession)。1639年入‘法’籍，兩年後為‘法國’樞機主教。1642年繼‘黎希留’為首相，輔佐‘路易十四’平定叛亂，結束三十年戰爭，並在外交上迭獲勝利，使‘法國’成為‘歐’陸的霸主。

24【馬壩人】ㄇㄚˇ ㄅㄚˋ ㄖㄣˊ
西元1958年‘廣東省’‘曲江縣’‘馬壩獅子岩’洞穴內出土的人頭骨化石。包括額骨、頂骨、鼻骨及右眼眶，經鑑定屬於一中年男性。頭骨上最大特徵是明顯粗壯的眶上脊及比現代人低平的頭頂。學者鑑定其為距今約十萬年前的⌊尼安德塔智人⌉。

2【馬丁路德】ㄇㄚˇ ㄉㄧㄥ ㄌㄨˋ ㄉㄜˊ
(Martin Luther, 1483～1546)‘德國’宗教改革者。原為教會修士與神學教授。西元1517年因提出“95條意見書”抨擊當時‘羅馬’教皇統轄下的教會，被教皇逐出教會，於是另組教會，創立了基督新教。

馬丁路德像

4【馬不停蹄】ㄇㄚˇ ㄅㄨˋ ㄊㄧㄥˊ ㄊㄧˊ
比喻不停地奔走忙碌。

【馬氏文通】ㄇㄚˇ ㄕˋ ㄨㄣˊ ㄊㄨㄥ
‘清’‘馬建忠’撰，十卷。採輯我國古籍中文例，參考‘拉丁’文法，以研究古代‘漢’語組織規律。是我國第一部有系統的文法專著。

5【馬可波羅】ㄇㄚˇ ㄎㄜˇ ㄅㄛ ㄌㄨㄛˊ
(Marco Polo, 1254～1324)‘義大利’人。於‘元世祖’時前來我國，任官十七年後回‘威尼斯’，後參與‘熱那亞’戰爭被俘，於獄中講述遊歷東方的見聞，完成“馬可波羅遊記”(*Travels of Marco Polo*)一書。書中對中‘亞’、西‘亞’及我國風物的描寫，激起‘歐洲’人東來通商、傳教的動機，對東西文化的溝通產生很大的影響。

馬可波羅像

6【馬耳東風】ㄇㄚˇ ㄦˇ ㄉㄨㄥ ㄈㄥ
比喻對所聽到的事情毫不關心。

7【馬克吐溫】ㄇㄚˇ ㄎㄜˋ ㄊㄨˇ ㄨㄣ
(Mark Twain,1835～1910)‘美國’小說家。本名‘克勒門茲’(Samuel Langhorne Clemens)。只受過初級教育，善於用淺白詼諧的文字將自己早期艱苦犯難的生活寫入小說中，在幽默中流露動人的情感。作品以描繪‘美國’風土人情的旅行著稱。代表作有“湯姆歷險記”(*The Adventures of Tom Sawyer*)、“頑童流浪記”(*The Adventures of Huckleberry Finn*)等。

馬克吐溫像

8【馬其頓人】ㄇㄚˇ ㄑㄧˊ ㄉㄨㄣˋ ㄖㄣˊ
(Macedonians)‘印歐’民族的一支。居於‘巴爾幹半島’中北部。原比‘希臘’落後，但刻苦善戰，西元前四世紀間，‘腓力二世’(Philip II)改革圖強，領兵打敗‘希臘’聯軍，‘希臘’各城邦便歸‘馬其頓王國’統轄。至‘亞歷山大’即位後,更建立地跨‘歐’‘亞’‘非’三洲的大帝國。

【馬來西亞】 ㄇㄚˇ ㄌㄞˊ ㄒㄧ ㄧㄚˋ
(Malaysia) 位居‘東南亞’中央的國家。包括‘馬來亞’(Malaya) 及‘北婆羅洲’(Borneo N.)。控‘麻六甲海峽’,扼‘印度洋’進出‘南海’的咽喉。面積33萬方公里, 人口2,395萬(2005年),首都‘吉隆坡’。全境多山地及熱帶叢林, 沿海狹小平原稻田密布。橡膠及錫產居世界首位, 石油、鐵砂頗豐。全年溼熱多雨, 海洋調節及午後陣雨足可消暑。

【馬到成功】 ㄇㄚˇ ㄉㄠˋ ㄔㄥˊ ㄍㄨㄥ
戰馬所到,立即成功。後泛指可迅速取得成功。

9【馬首是瞻】 ㄇㄚˇ ㄕㄡˇ ㄕˋ ㄓㄢ
比喻服從領導或樂於追隨。古代作戰時,指揮官的馬首是軍隊進退的指標。

【馬革裹屍】 ㄇㄚˇ ㄍㄜˊ ㄍㄨㄛˇ ㄕ
戰死沙場,用馬鞍下的墊子鞍韉裹屍還葬。形容英雄本色,有視死如歸的豪氣。

10【馬馬虎虎】 ㄇㄚˇ ㄇㄚˇ ˙ㄏㄨ ˙ㄏㄨ
草率敷衍,將就了事。

11【馬陵之戰】 ㄇㄚˇ ㄌㄧㄥˊ ㄓ ㄓㄢˋ
‘周顯王’二十八年(前341),‘魏惠王’遣‘龐涓’挾‘趙’軍伐‘韓’,‘韓’求援於‘齊’;‘齊威王’以‘田忌’爲將,‘孫臏’爲師, 出兵救‘韓’。‘孫臏’設伏於‘馬陵’(今‘河北’‘大名’東南),用減灶之計引誘‘龐涓’,‘龐涓’回師迎擊‘齊’軍,至‘馬陵’中伏自盡,史稱‘馬陵’之戰。

12【馬雅帝國】 ㄇㄚˇ ㄧㄚˇ ㄉㄧˋ ㄍㄨㄛˊ
(Maya Empire)‘印第安’人於西元四世紀在‘中美洲’所建立的古國。其文化程度相當高,在冶金、冶銅、製陶器及石器、雕刻上都有高度水準。使用類似象形文字的‘馬雅’文字。亡於十六世紀‘西班牙’人征服‘中美洲’後, 文明也幾乎完全被摧毀。

14【馬爾地夫】 ㄇㄚˇ ㄦˇ ㄉㄧˋ ㄈㄨ
(Maldives) 位於‘斯里蘭卡’西南方‘印度洋’中的島國。由19個分散的珊瑚裙礁組成。面積298方公里,人口35萬(2005年),首都‘瑪律’(Male)。居民以漁業為生。

【馬爾薩斯】 ㄇㄚˇ ㄦˇ ㄙㄚˋ ㄙ
(Thomas Robert Malthus,1766～1834)‘英國’經濟學家。提倡自由經濟主義學說。代表作“人口論”(*An Essay on the Principle of Population*),提出人口增加率大於食糧增產率的論點,認爲人口是以幾何級數遞增,人口膨脹會帶來貧窮。

15【馬齒徒長】 ㄇㄚˇ ㄔˇ ㄊㄨˊ ㄓㄤˇ
自稱年齡徒然增長而德業一無所成的謙辭。

19【馬關條約】 ㄇㄚˇ ㄍㄨㄢ ㄊㄧㄠˊ ㄩㄝ
甲午戰後,‘中’‘日’代表‘李鴻章’與‘伊藤博文’於‘光緒’二十一年(1895)三月在‘日本’‘馬關’議和所訂的條約。其要點爲:一、‘朝鮮’獨立;二、‘清’割讓‘遼東半島’、‘臺灣’、‘澎湖’;三、‘清’賠款二萬萬兩;四、開‘蘇州’、‘杭州’、‘沙市’、‘重慶’爲商埠;五、‘日’得在通商口岸設立工廠;六、‘日本’得享受最惠國待遇。其後因‘俄’、‘法’、‘德’三國干涉,‘日本’放棄‘遼東半島’,由‘清’廷另付贖金三千萬兩。

4【馬王堆漢墓】 ㄇㄚˇ ㄨㄤˊ ㄉㄨㄟ ㄏㄢˋ ㄇㄨˋ
在‘江西省’‘長沙’‘馬王堆’發現的‘西漢’墓葬。係‘長沙’丞相‘利倉’一家三口之墓。1號墓爲‘利倉’妻,四棺一槨,屍體完整,全身裹殮各式衣著、衾被及絲麻織品共十八層,隨葬器有漆器、紡織衣物、陶器、木器、木俑、樂器、兵器、印章及食品藥物;2號墓爲‘利倉’,已被盜掘,出土〖長沙丞相〗、〖利倉〗、〖軑侯〗等銅、玉印;3號墓爲其子,並出土大批帛書,有“老子”、“易經”、‘戰國’縱横家書等共廿餘種,計十二萬餘字。

5【馬可夫過程】 ㄇㄚˇ ㄎㄜˇ ㄈㄨ ㄍㄨㄛˋ ㄔㄥˊ
(Markov process)考慮一個機率過程或行爲,逐次以〖狀態〗加以描述。如果它滿足下列條件,則稱爲‘馬可夫’鏈:一、從一個狀態至下一狀態的變化,遵循機率法則。二、現在n的狀態會影響以後的狀態,但現在狀態之前的歷史不影響以後的狀態。‘馬可夫’過程常指一個狀態連續地出現,或如上所述,一步一步地出現的過程。同樣地,未來只跟現在有關,但與現在狀態如何得來無關。簡而言之,‘馬可夫’過程是一個沒有〖記憶〗的隨機過程,出現在物理系統及遺傳過程的描述中。例如考慮某股票的市場價格,以收盤價格表示狀態,則條件一可以滿足。但是,假使任何一天的價格僅跟前一天有關,則爲‘馬可夫’鏈;假如價格也受到漲或跌勢的影響,則條件二就不滿足。

【馬卡里奧斯】 ㄇㄚˇ ㄎㄚˇ ㄌㄧˇ ㄠˋ ㄙ
(Makarios Ⅲ;Michael Christodoulos Mouskos , 1913～1977)‘賽普勒斯’開國者。‘希臘’後裔,生在農家,後負笈‘雅典’研習法律和神學。第二次世界大戰後,獲神學獎學金至‘波士頓大學’研究。37歲即膺選爲‘賽普勒斯’的‘希臘’正教大主教,領導與‘希臘’合併運動,曾被‘英國’逮捕。西元1960年8月‘賽島’獨立,當選首任總統,1968和1973年再度當選連任。

馬卡里奧斯像

7【馬克斯主義】ㄇㄚˇ ㄎㄜˋ ㄙ ㄓㄨˇ ㄧˋ

(Marxism) 社會主義的一派。以信奉'馬克斯'學說爲主，故稱。其學說重點爲唯物辯證法、歷史唯物論、勞動價值論、剩餘價值論及階級鬥爭論。'馬克斯'於西元1848年與'恩格斯'共同發表"共產主義者宣言"，經濟方面主張取消私有財產，將生產工具收歸公有；政治方面主張以無產階級暴力奪取政權，清算資產階級，並實施共產主義，最後達到國家的消滅。

8【馬其諾防線】ㄇㄚˇ ㄑㄧˊ ㄋㄨㄛˋ ㄈㄤˊ ㄒㄧㄢˋ

(Maginot Line)第一次世界大戰後，'法國'在與'德國'的邊界上所建築的防禦工事。以當時的'國防部'長'馬其諾'(André Maginot)命名。防線上每隔一段距離建有一陣地，陣地內部配有火力強大的槍砲、自動化的操作機械、作戰人員的生活設備及發電機等。其目的在防禦'德國'的攻擊，但二次大戰時，'德'軍卻從'比利時'繞過此防線，攻占'巴黎'，使之失去防禦作用。

10【馬家濱文化】ㄇㄚˇ ㄐㄧㄚ ㄅㄧㄣ ㄨㄣˊ ㄏㄨㄚˋ

約西元前4746～前3655年的新石器時代中期文化。原被稱爲﹂青蓮崗文化江南類型﹂。主要分布於'蘇'南、'浙'北。重要遺址有'嘉興''馬家濱'、'吳縣''草鞋山'、'張陵山'、'常州''圩墩'、'青浦''崧澤'、'吳興''邱城'等。出土陶器早期以紅陶爲主，晚期黑灰陶漸多，器形有寬沿釜、鼎、豆等；石器有斧、錛、穿孔刀等；且石、玉製的裝飾品很多。農業以稻作爲主。飼養豬、狗、牛、羊等家畜。

13【馬達加斯加】ㄇㄚˇ ㄉㄚˊ ㄐㄧㄚ ㄙ ㄐㄧㄚ

(Madagascar) 位於'印度洋'與'莫三比克海峽'(Mozambique Channel) 間的島國。由'馬達加斯加島'及其周圍小島組成。面積58.7萬方公里，人口1,804.0萬(2005年)，首都'安塔那那利佛'(Antananarivo)。'馬島'略呈南北走向，多山；東岸終年有雨，為主要農業區；西南部乾燥，為畜牧區。主產稻米、咖啡、糖、家畜、石墨和雲母，有水泥、肥皂、紡織和食品加工業。

【馬歇爾計畫】ㄇㄚˇ ㄒㄧㄝ ㄦˇ ㄐㄧˋ ㄏㄨㄚˋ

(Marshall Plan)'美國'國務卿'馬歇爾'於西元1947年6月宣布，爲協助戰後'歐洲'各國重建，'美國'每年將提撥特定數額的援款給外國，該外國政府亦須提撥同等數額之本國貨幣作爲相對基金，而所有援款及相對基金須經'美國'同意，方能使用。同年7月，'英'、'法'等十六國集會於'巴黎'，商訂首四年之'歐洲'復興計畫，並成立'歐洲經濟合作組織'(Organization for European Economic Cooperation)，以處理'美國'的經援。

7【馬克士威電橋】ㄇㄚˇ ㄎㄜˋ ㄕˋ ㄨㄟ ㄉㄧㄢˋ ㄑㄧㄠˊ

(Maxwell bridge)一利用電容及電阻來測量電感的四臂交流電橋。其中一臂爲待測之串聯的電感器與電阻器，相對臂爲標準電容器與電阻器的並聯，而另兩臂則爲無感性電阻器。其平衡條件與頻率無關。如圖所示：$L_x=R_1R_2C$, $R_x=R_1\left(\frac{R_2}{R_3}\right)$。

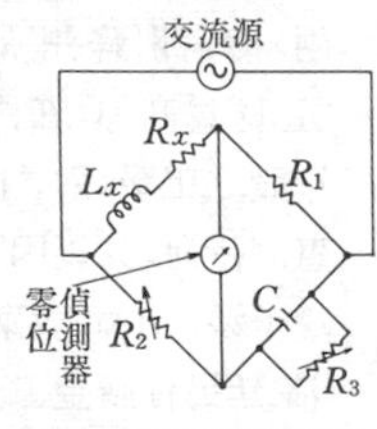

馬克士威電橋圖

8【馬林諾夫斯基】ㄇㄚˇ ㄌㄧㄣˊ ㄋㄨㄛˋ ㄈㄨ ㄙ ㄐㄧ

(Bronisław Kasper Malinowski, 1884～1942)'波蘭'人類學家。西元1908年取得'克拉科大學'物理和數學的博士學位，後在'德國''來比錫大學'研究。1910年赴'英國'研究社會人類學，1916年得'倫敦大學'科學博士。二次大戰時到'美國''康乃爾大學'及'耶魯大學'任教。一生到世界各土著社會從事田野考察，先後到過'新幾內亞'、'澳洲'的'美拉尼西亞'(Melanesia)、'墨西哥'的'印第安'等部落。從1936年起設有'馬林諾夫斯基'獎金，現爲世界最高的人類學榮譽獎。著作有"澳洲土著的家族"(*The Family Among the Australian Aborigines*)、"原始社會的性與壓抑"(*Sex and Repression in Savage Society*)等。

馬林諾夫斯基像

14【馬爾薩斯陷穽】ㄇㄚˇ ㄦˇ ㄙㄚˋ ㄙ ㄒㄧㄢˋ ㄐㄧㄥˇ

(Malthusian trap) 根據維持生存工資理論或工資鐵律，即使新資源或新技術發展，每人平均產出增加，但這只是一種短期現象，人口的擴張終將使人們的生活水準回復到僅維持生存的生活水準，這種維持生存的生活水準是一種人口陷穽，稱爲'馬爾薩斯'陷穽。

15【馬緯度無風帶】ㄇㄚˇ ㄨㄟˇ ㄉㄨˋ ㄨˊ ㄈㄥ ㄉㄞˋ

(horse latitudes)行星風系的一個風帶。即副熱帶無風帶。相傳十六世紀帆船時代，'歐洲'人船載馬匹到'美洲'或'西印度'墾殖，船隻航行時誤入此帶，因無風可乘，水糧將盡，舟人乃投馬入'大西洋'中以減輕載重，故名。

17【馬戲團式版面】ㄇㄚˇ ㄒㄧˋ ㄊㄨㄢˊ ㄕˋ ㄅㄢˇ ㄇㄧㄢˋ

(circus makeup) 報紙版面一種花俏的設計。不講求重點感、平衡感、對照感，採用大、小不同的標題，打破欄的劃分。

13【馬歇爾-婁勒條件】ㄇㄚˇ ㄒㄧㄝ ㄦˇ ㄌㄡˊ ㄌㄜˋ ㄊㄧㄠˊ ㄐㄧㄢˋ (Marshall-Lerner condition)國際貿易均衡達於穩定的充要條件。指兩國的進口需求價格彈性和小於負一(即$\eta_x+\eta_m<-1$)，則國際貿易的均衡即達穩定。

7【馬克布萊德委員會】ㄇㄚˇ ㄎㄜˋ ㄅㄨˋ ㄌㄞˊ ㄉㄜˊ ㄨㄟˇ ㄩㄢˊ ㄏㄨㄟˋ (MacBride Commission)‘聯合國’“教育科學文化組織’(UNESCO)中的一委員會，在西元1977年12月展開工作，主席爲曾任‘愛爾蘭’外長的‘馬克布萊德’(Sean MacBride)，故名。由16位來自各國的傳播專家組成，致力於傳播問題的研究。1980年，提出一項研究報告，認爲各國的傳播系統因社會、經濟、文化型態及傳統、需求和可行性等條件的不同而互有差異，因此沒有一模式可放諸四海而皆準，並強烈要求減少國際傳播資訊流通的不平衡與偏差，支持各國採取適於自己文化背景及應有的傳播政策。

2

馮 ㊀ ㄆㄧㄥˊ *p'ing*^{2} 音平 ①侵犯。如：馮陵。②盛大。如：馮怒。③依靠。通凭。如：馮虛御風。④徒步過河。通淜。如：暴虎馮河。

㊁ ㄈㄥˊ *fêng*^{2} 音逢 姓。‘戰國’有‘馮諼’。見“戰國策·齊策四”。

16【馮諼】ㄈㄥˊ ㄒㄩㄢ ‘戰國’‘齊國’人。也作‘馮煖’、‘馮驩’。爲‘孟嘗君’的食客，曾燒掉‘孟嘗君’封地‘薛’佃農所欠的債券，而替‘孟嘗君’收攬民心。

5【馮玉祥】ㄈㄥˊ ㄩˋ ㄒㄧㄤˊ (1882～1947)‘安徽’‘巢縣’人，字‘煥章’。行伍出身，辛亥‘武昌’革命軍興，在‘灤州’響應。‘民國’肇建後，歷任‘陝西’、‘河南’督軍、國民軍總司令兼第一軍軍長、西北邊防督辦，後率部加入北伐行列，任第二集團軍總司令。抗戰軍興，先後任第三、第六戰區司令長官。勝利後，赴國外考察，因‘俄’輪起火而遇難。

馮玉祥像

8【馮延巳】ㄈㄥˊ ㄧㄢˊ ㄙˋ (903～960)五代‘南唐’‘廣陵’(今‘江蘇’‘江都’)人，一名‘延嗣’，字‘正中’。學問淵博，多才藝，能辯說，初任祕書，後任宰相。工於詩詞及樂府。其詞多寫閨情離思，用字清新秀美。有“陽春集”。

11【馮國璋】ㄈㄥˊ ㄍㄨㄛˊ ㄓㄤ (1858～1919)‘河北’‘河間’人，字‘華甫’。‘天津武備學堂’畢業。爲‘袁世凱’所賞識，歷任‘軍政司’‘教練處’總辦、‘貴冑學堂’總辦、第一軍軍統。‘民國’肇建後，任‘直隸’都督兼禁衛軍軍統、‘江蘇’都督。五年，當選副總統，曾代行大總統職權，爲‘直’系領袖。

馮國璋像

14【馮夢龍】ㄈㄥˊ ㄇㄥˋ ㄌㄨㄥˊ (1574～1646)‘明’‘江蘇’‘吳縣’人。字‘猶龍’，一字‘子猶’，齋號爲‘墨憨齋’。‘崇禎’貢生，知‘壽寧縣’。‘明’亡，殉難。工詩文，著有戲曲數種，編有話本“喻世明言”、“醒世恆言”、“警世通言”，合稱“三言”。

12【馮虛御風】ㄆㄧㄥˊ ㄒㄩ ㄩˋ ㄈㄥ 凌空乘風而飛。

⿱馬十 ㄏㄨㄢˊ *huan*^{2} 音環 又讀 ㄒㄩㄢˋ *hsüan*^{4} 音眩 一歲的小馬。見“說文”。

馭 ㄩˋ *yü*^{4} 音玉 同御。①操轡制馬。見“說文”。②駕車的人。見“正字通”。③統治。如：馭下。

⿰馬八 ㄅㄚ *pa*^{1} 音八 八歲的馬。見“說文”。

3

馯 ㊀ ㄏㄢˋ *han*^{4} 音汗 悍馬脫韁奔突。也作駻。見“集韻”。

㊁ ㄏㄢˊ *han*^{2} 音韓 古族名。散居我國東方。見“集韻”。

㊂ ㄑㄧㄢ *ch'ien*^{1} 音千 青黑色的馬。見“集韻”。

⿱馬廾 ㄓㄨˋ *chu*^{4} 音柱 左後足白色的馬。見“說文”。

馳 ㄔˊ *ch'ih*^{2} 音池 ①驅馬快跑。見“說文”。②快跑；疾走。見“集韻”。③追逐。如：馳競。④嚮往。如：神馳。

13【馳道】ㄔˊ ㄉㄠˋ 供君王行駛車馬的大道。

17【馳騁】ㄔˊ ㄔㄥˇ ①策馬疾馳。②奔走。

19【馳騖】ㄔˊ ㄨˋ 奔跑；急馳。

21【馳驅】ㄔˊ ㄑㄩ ①策馬奔馳。②放肆恣意。③替人奔走效力。

【馳譽】ㄔˊ ㄩˋ 聲譽遠播。

馱 ㊀ ㄊㄨㄛˊ *t'o*^{2}, *t'uo*^{2} 音駝 用馬或其他的動物負載東西。也泛指背負。見“說文新附”。

㊁ ㄉㄨㄛˋ *to*^{4}, *tuo*^{4} 音惰 ①所背負的東西。②量詞。一匹馬所負載的東西稱一馱。

13【馱運】ㄊㄨㄛˊ ㄩㄣˋ 用牲口運載物品。

馰 ㄉㄧˋ *ti*^{4} 音遞 額頭白色的馬。也泛指駿馬。見“說文”。

馲 ㊀ ㄓㄜˊ chê² 音哲
參馲駝。
㊁ ㄌㄨㄛˋ lo⁴, luo⁴ 音洛
也作駱。參駱駝。
16【馲駝】 ㄓㄜˊ ㄇㄛˊ
獸名。公驢母牛雜交而生。也作䭾駝。見"集韻"。

馴 ㊀ ㄒㄩㄣˊ hsün² 音旬
1馬牛順服，聽人指揮。2柔順服從。3善良。如：馴行。4逐漸形成。如：馴致。5使順服。如：調馴。
㊁ ㄒㄩㄣˋ hsün⁴ 音訓
1㊀之又讀。2訓誡。通訓。
11【馴鹿】 ㄒㄩㄣˊ ㄌㄨˋ
(reindeer; *Rangifer tarandus*) 屬於哺乳綱、偶蹄目 (order Artiodactyla) 中鹿科 (family Cervidae) 的動物。僅一種。馴鹿與其他鹿科動物不同處爲雌雄皆有角，角長而分枝，雌者角較小。肩高0.7～1.4公尺，重約300公斤。飼養的品種約似驢般大小，體色自白色至近黑色，一般呈灰色或褐色；毛分內外二層，外層毛硬而脆，內層的毛濃密。馴鹿善游泳，群居，自夏季至多季期間成群遷移。食物爲地衣、草類等，分布於近北極處，多天能在雪堆下尋覓食物。

馴鹿圖

15【馴養】 ㄒㄩㄣˊ ㄧㄤˇ
畜養飛禽走獸，使其順服。

4

䮂 ㄧㄤˇ yang³ 音仰
1馬頭高。見"玉篇"。2馬受驚。同䭫、駠。見"集韻"。

馾 ㄉㄢˋ tan⁴ 音旦 又讀 ㄉㄢˇ tan³ 音膽
1馬睡的樣子。見"集韻"。2馬名。見"集韻"。

馷 ㄆㄟˋ p'ei⁴ 音沛
馬壯的樣子。見"字彙"。

駃 ㊀ ㄐㄩㄝˊ chüeh² 音決
參駃騠。
㊁ ㄎㄨㄞˋ k'uai⁴ 音快
1馬奔跑得很快。見"廣韻"。2快速。3爽快。
19【駃騠】 ㄐㄩㄝˊ ㄊㄧˊ
(hinny) 係雄馬雌驢雜交所生的後代。堪力役，又能耐氣候之變異，但豢之者不多。駃騠因係雜種，故無生殖能力。

駆 驅的俗體。

馹 ㊀ ㄖˋ jih⁴ 音日
傳車。見"說文"。
㊁ ㄧˋ i⁴ 音異
驛的俗體。

馽 ㄓˊ chih² 音直
絆住馬足。見"說文"。

駊 ㄙㄨㄛ so¹, suo¹ 音娑
參駝駊。

駁 ㄅㄛˊ po² 音博
1馬的毛色不純。見"說文"。2混雜不純。如：駁雜。3錯誤。如：踳駁。4糾正。如：駁斥。5轉載。如：駁船。6剝損。通剝。如：斑駁。
5【駁斥】 ㄅㄛˊ ㄔˋ
辯駁斥責；斥正不正當的言論。
11【駁船】 ㄅㄛˊ ㄔㄨㄢˊ
(lighter) 在貨船不停靠碼頭而繫泊浮筒時，用於貨船與碼頭間搬運貨物的港內或沿海小型運貨船。這種小型船舶如本身無動力而需由拖船拖引者，稱爲 barge；如本身備有櫓槳等設備而能划行者，稱爲 lighter。但現在兩者已不加區分，多視爲同義語。lighter 原義爲⌊他船擱淺時，以之橫靠他船，使其得以輕浮，或以之橫靠他船以從事貨物裝卸的船舶⌉。
18【駁雜】 ㄅㄛˊ ㄗㄚˊ
不純粹。
12【駁進駁出船】 ㄅㄛˊ ㄐㄧㄣˋ ㄅㄛˊ ㄔㄨ ㄔㄨㄢˊ
(float on-float off) 即子母船。係利用大型起重機將一批裝貨之駁船(即子船)吊至母船上，抵達目的地後，仍以起重機吊下水面，迅速開至收貨人之處。

駙 ㄈㄨˋ fu⁴ 音父
公馬。見"廣韻"。

馻 ㄩㄣˇ yün³ 音允
馬毛不順。見"廣韻"。

駂 ㊀ ㄇㄠˊ mao² 音毛
馬長毛。見"集韻"。
㊁ ㄌㄧㄝˋ lieh⁴ 音列
車上擋風塵的羽扇。也叫車翣。見"集韻"。

馺 ㄙㄚˋ sa⁴ 音薩
1馬一匹接一匹地行走。見"說文"。2馬行快速。見"廣韻"。3泛指迅疾。
18【馺沓】 ㄙㄚˋ ㄊㄚˋ
1馬跑得很快的樣子。2盛大流行的樣子。

駄 䭾的或體。

䭿 ㄤˊ ang² 音昂
千里馬。見"廣韻"。

驴 驢的俗體。

馚 ㄈㄣ fên¹ 音紛
馬跑得很快的樣子。見"集韻"。

馻 ㄐㄧㄝˋ chieh⁴ 音介
編結馬尾使如人的髻。見"說文通訓定聲"。

駂 ㄅㄠˇ pao³ 音保
毛色黑白相雜的馬。即烏驄。見"玉篇"。

5

駝 ㄊㄨㄛˊ t'o², t'uo² 音陀
1背部隆起。如：駝子。2用背負物。通馱。見"正字通"。
10【駝峰】 ㄊㄨㄛˊ ㄈㄥ
駱駝背上的肉峰。
11【駝鹿】 ㄊㄨㄛˊ ㄌㄨˋ

(Père David's deer; *Elaphurus davidianus*)爲哺乳動物綱、偶蹄目(order Artiodactyla)、鹿科(family Cervidae)中的一屬(genus *Elaphurus*)，該屬僅一種，產於我國北方。肩高1.1公尺，耳小，尾長，蹄大，適於在沼澤中行走。

駝鹿圖

毛色在夏天紅褐色、多天灰褐色。雄者有長的鹿角，角在近基部處即爲兩分枝，一枝向前，一枝向後。駝鹿的角似鹿，頸似駱駝，蹄似牛，尾長似驢，故俗稱四不像。在自然界，大致很久以前便已絕跡。我國古代飼養於'北平''南海公園'中，供帝王打獵。後經'義和團'之亂，乃全部散失，目前僅飼養於少數動物園中。

14【駝䮒】　ㄊㄨㄛˊ　ㄙㄨㄛ
馬行走的樣子。也作駞䮒。

10【駝峰調車場】　ㄊㄨㄛˊ　ㄈㄥ　ㄉㄧㄠˋ　ㄔㄜ　ㄔㄤˇ
(hump yard) 調車站的一種。係於分類線一端之調車線起點，築一高3～5公尺的駝峰形小丘，以機車在調車線一端推送貨車至峰頂，使貨車藉重力作用，自行溜進分類線，而順利完成列車之分解。

駐　ㄓㄨˋ　*chu*⁴　音住
①車馬停立；馬站著不走。見"說文"。②停留。如：駐足。③保持。如：駐顏有術。

4【駐屯】　ㄓㄨˋ　ㄊㄨㄣˊ
駐紮屯戍。

7【駐足】　ㄓㄨˋ　ㄗㄨˊ
停下腳步。

8【駐波】　ㄓㄨˋ　ㄅㄛ
(standing wave)將拉緊之細繩兩端固定，使繩上產生一固定頻率的行進波，繩波碰及固定端後反射，因而產生兩個行進方向相反的波，根據重疊原理兩波會互相干涉，如頻率適當，可形成有固定節點的波形，即爲駐波。例如以指彈弦之中點，波動在A、B兩點來回反射，形成(a)圖的合成波。(b)、(c)、(d)圖所示之弦線振動形式亦爲駐波。圖中固定不動的點稱爲節點或波節。相鄰波節的中點，振幅最大，稱爲波腹或腹點。弦上其他各點則以小於腹點的振幅作同一週期的振動。像這種有固定節點、腹點，其能量不像行進波，可從一個地方傳遞到另一個地方的波，即稱爲駐波。管樂器的吹奏即利用聲波在氣柱中形成駐波的現象發音。

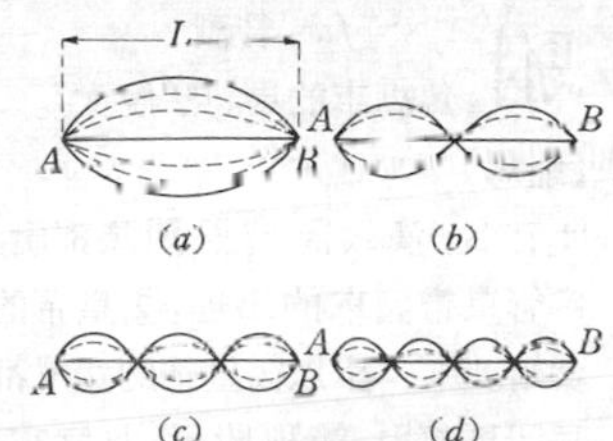

駐波圖

13【駐節】　ㄓㄨˋ　ㄐㄧㄝˊ
大官停留於外；使節駐留於外。

18【駐顏】　ㄓㄨˋ　ㄧㄢˊ
保持容貌的青春，使不衰老。

駽　ㄒㄩㄢˊ　*hsüan*²　音玄　又讀　ㄒㄩㄢˋ　*hsüan*⁴　音眩
①一歲的小馬。同騂。見"集韻"。②黑色的馬。見"集韻"。

駜　ㄅㄧˋ　*pi*⁴　音必
①馬吃得很飽。見"說文"。②馬肥壯的樣子。見"玉篇"。

䮛　ㄅㄢˋ　*pan*⁴　音半　又讀　ㄆㄢˋ　*p'an*⁴　音判
參䮛䮗。

18【䮛䮗】　ㄅㄢˋ　ㄢˋ
馬行走的樣子。

駍　㊀　ㄆㄧˊ　*p'i*²　音皮
馬名。見"玉篇"。
㊁　ㄆㄥ　*p'êng*¹　音怦
車馬聲。見"集韻"。

駏　ㄐㄩˋ　*chü*⁴　音巨
母驢和公馬交配所生的牲畜。見"古今注·鳥獸"。按："古今注"作「騾爲牝，馬爲牡，生駏。」騾無生殖能力，「騾」疑爲「驢」之誤。

22【駏驉】　ㄐㄩˋ　ㄒㄩ
一種似騾而小的牲畜。也作駏虛。見"廣韻"。

駆　驅的俗體。

駠　ㄌㄧㄡˊ　*liu*²　音劉
腹部白色的馬。見"字彙補"。

駋　ㄓㄠ　*chao*¹　音招
馬名。見"集韻"。

駂　ㄅㄨˋ　*pu*⁴　音步
馬名。見"廣韻"。

駓　ㄆㄧ　*p'i*¹　音批
毛色黃白相雜的馬。即桃花馬。見"說文"。

駁　ㄅㄛˊ　*po*²　音勃
參駁䮧。

20【駁䮧】　ㄅㄛˊ　ㄏㄢˋ
產於'西域'的一種駿馬。

駔　㊀　ㄗㄤˇ　*tsang*³
①公馬。見"說文"。②居中介紹買賣馬匹的人。也泛指居中介紹買賣的人。③粗大；粗劣平凡。見"爾雅·釋言·奘駔也·注"。
㊁　ㄗㄨˋ　*tsu*⁴
駿馬。見"廣韻"。
㊂　ㄘㄤˇ　*ts'ang*³
參駔子。
㊃　ㄗㄨˇ　*tsu*³　音阻
①阻止。通阻。②古時繫印信等用的絲帶。通組。

3【駔子】　ㄘㄤˇ　˙ㄗ
'華'北地區稱流氓、無賴。

駎　ㄓㄡˋ　*chou*⁴　音冑
賽馬。見"集韻"。

䮕　ㄖㄢˇ　*jan*³　音冉
參䮕陃。

9【䮕陃】　ㄖㄢˇ　ㄖㄢˇ
地名。'周文王'少子'冉季載'封於此。

駚 ㄧㄤˇ *yang*³ 音養
參駚牽。

8【駚牽】 ㄧㄤˇ ㄈㄣˋ
獸類跳躍自撲。

駛 ㄕˇ *shih*³ 音史
1馬跑得飛快。見"增韻"。2泛指迅速。也指迅速移動。見"集韻"。3划船;駕車。

12【駛進駛出船】 ㄕˇ ㄐㄧㄣˋ ㄕˇ ㄔㄨ ㄔㄨㄢˊ
(roll on/roll off)船尾開一艙門,並有墊板設備,可供貨櫃連同拖車駛進艙內,而艙內仍可裝載其他大件機器或建材,甲板亦可裝載貨櫃的船舶。我國'交通部'明定該船型爲車裝車卸船,一般則取ro/ro之諧音,俗稱轆轆船。

駉 ㄐㄩㄥ *chiung*¹ 音坰
1牧馬的園囿。見"說文"。2馬肥壯的樣子。見"玉篇"。

駘 ㄉㄨㄛˋ *to*⁴, *tuo*⁴ 音惰
參騎駘。

駟 ㄙˋ *szŭ*⁴, *ssŭ*⁴ 音四
1古代四匹馬拉一輛車,故稱四馬之車或一車之四馬爲駟。2泛指馬匹。3數詞。通四。4星名。即房星。

10【駟馬難追】 ㄙˋ ㄇㄚˇ ㄋㄢˊ ㄓㄨㄟ
話已出口,連最快速的馬車也追趕莫及。

駘 一 ㄊㄞˊ *t'ai*² 音臺
1馬銜脫落。也泛指脫落。見"說文"。2劣馬。比喻庸才、駑鈍。3踐踏。通跆。如:駘藉。
二 ㄉㄞˋ *tai*⁴ 音殆
參駘蕩。

16【駘蕩】 ㄉㄞˋ ㄉㄤˋ
1舒緩蕩漾。2形容景色蕩漾。3放蕩;奔放。

駞 駝的或體。

⿰馬失 ㄧˋ *i*⁴ 音逸
馬跑得快。見"玉篇"。

⿰馬乍 馲的或體。

駂 騂的或體。

駊 ㄆㄛˇ *p'o*³ 音叵
參駊騀。

17【駊騀】 ㄆㄛˇ ㄜˇ
1馬搖頭。2馬不馴服的樣子。3高大的樣子。

駒 ㄐㄩ *chü*¹ 音拘
1少壯的馬。2泛指少壯的獸。如:虎豹之駒。3姓。'漢'有'駒幾'。見"萬姓統譜·一三"。

⿰馬匃 ㄍㄜˇ *ko*³, *kê*³ 音葛 又讀 ㄐㄧㄝˊ *chieh*² 音杰
馬跑得很快。或作駶、驕。見"集韻"。

⿰馬幼 ㄧㄠˇ *yao*³ 音咬
用三匹馬駕車。見"字彙"。

駙 ㄈㄨˋ *fu*⁴ 音副
駕副車的馬。見"說文"。

10【駙馬】 ㄈㄨˋ ㄇㄚˇ
1官名。'漢武帝'時設駙馬都尉,掌管皇帝副車的馬匹。2皇帝的女婿。'魏'、'晉'以後皇帝的女婿都拜駙馬都尉,簡稱駙馬,非實官。'清代'稱爲駙額。

駈 驅的俗體。

駠 騮的或體。

駖 ㄌㄧㄥˊ *ling*² 音鈴
馬群的聲音。見"集韻"。

駗 ㄓㄣˇ *chên*³ 音軫
參駗驙。

23【駗驙】 ㄓㄣˇ ㄓㄢ
馬負載重,行走困難。

⿱邛馬 ㄑㄩㄥˊ *ch'iung*² 音邛
獸名。形狀像馬。見"字彙"。

駕 ㄐㄧㄚˋ *chia*⁴ 音嫁
1把車軛套在馬上。見"說文"。2騎;乘。3控馭。如:駕馭。4車乘的總稱。如:御駕。

8【駕返瑤池】 ㄐㄧㄚˋ ㄈㄢˇ ㄧㄠˊ ㄔˊ
返回仙境居住。悼年老婦女逝世之詞。

14【駕輕就熟】 ㄐㄧㄚˋ ㄑㄧㄥ ㄐㄧㄡˋ ㄕㄡˊ
駕輕便的馬車,走熟習的道路。比喻熟習其事,能得心應手。

⿱奞馬 ㄈㄣˋ *fên*⁴ 音忿
驅馬快跑。見"字彙"。

駑 ㄋㄨˊ *nu*² 音奴
1劣馬;能力低下的馬。見"正字通"。2比喻才能低劣。如:駑鈍。

8【駑怯】 ㄋㄨˊ ㄑㄩㄝˋ
懦弱無能。

12【駑散】 ㄋㄨˊ ㄙㄢˇ
比喻才能低劣的人。

【駑鈍】 ㄋㄨˊ ㄉㄨㄣˋ
劣馬鈍刀。比喻才能低劣。

15【駑駘】 ㄋㄨˊ ㄊㄞˊ
比喻低下的才能。

駌 ㄩㄢ *yüan*¹ 音冤
面部不潔的馬。見"字彙"。

6

⿰羽馬 ㄑㄩˊ *ch'ü*² 音衢
後足皆白的馬。同驹。見"集韻"。

⿰馬巟 ㄏㄨㄤ *huang*¹ 音荒
馬奔跑。見"說文"。

駮 ㄅㄛˊ *po*² 音薄
1傳說中的一種野獸。似馬,黑尾,一角,鋸牙,吼聲如鼓,能吃虎豹。見"正字通"。2通駁。(1)雜色。(2)駁正。

駭 ㄏㄞˋ *hai*⁴ 音害 又讀 ㄒㄧㄝˋ *hsieh*⁴ 音謝
1受驚;驚擾。見"說文"。2巨大可怕的。如:驚濤駭浪。

2【駭人聽聞】 ㄏㄞˋ ㄖㄣˊ ㄊㄧㄥ ㄨㄣˊ
使人聽了覺得震驚。

5【駭目驚心】 ㄏㄞˋ ㄇㄨˋ ㄐㄧㄥ ㄒㄧㄣ
形容懼怕驚動的樣子。

駢 ㄆㄧㄢˊ *p'ien*² 音胼
或作騈。1二馬並駕一車。見"說文"。2並列。如:駢肩。3多餘的。如:駢枝。4文體的一種。如:駢文。

4【駢文】 ㄆㄧㄢˊ ㄨㄣˊ
文體的一種。以字句兩兩相對而成篇章，後來多以四字句和六字句相間成文，故又稱四六文。盛行於'魏''晉''南北朝'，經'唐''宋'的發展，一直到'清朝'都有名家。

21【駢儷】 ㄆㄧㄢˊ ㄌㄧˋ
指駢體文。

8【駢拇枝指】 ㄆㄧㄢˊ ㄇㄨˇ ㄑㄧˊ ㄓˇ
比喻多餘無用的東西。駢拇，腳的大拇趾連著第二趾。枝指，手的大拇指旁多生一個小指，而成六指。

【駢肩雜遝】 ㄆㄧㄢˊ ㄐㄧㄢ ㄗㄚˊ ㄊㄚˋ
人多擁擠的樣子。

駏 ㄎㄨㄤ k'uang[1] 音匡
馬耳彎曲。見"字彙"。

䮊 ㄧˊ i[2] 音夷
馬名。見"集韻"。

駥 ㄖㄨㄥˊ jung[2] 音容
1 體高八尺的馬。見"說文新附"。2 極有力氣的馬。見"爾雅·釋畜"。

䮗 ㄑㄧㄝˋ ch'ieh[4] 音妾
馬的顏色。見"集韻"。

䮘 ㄕˋ shih[4] 音試
馬跑得很快。見"集韻"。

駬 ㄦˇ êrh[3] 音耳
參騄駬。

駤 ㄓˋ chih[4] 音至
1 馬躊躇不肯向前走。見"正字通"。2 蠻橫無理。

䮟 ㄒㄩˋ hsü[4] 音洫
群馬奔跑的樣子。

䮝 ㄇㄛˋ mo[4] 音陌
參駈䮝。

駫 ㄐㄩㄥ chiung[1] 音扃
馬肥壯的樣子。見"說文"。

駧 ㄉㄨㄥˋ tung[4] 音洞
馬快速奔跑。見"玉篇"。

駰 ㄧㄣ yin[1] 音因
毛淺黑色和白色相雜的馬。見"說文"。

䮙 ㄏㄨㄟˊ hui[2] 音回
馬名。見"集韻"。

駣 ㄊㄠˊ t'ao[2] 音陶
兩歲的馬。一說三歲的馬；一說四歲的馬。見"集韻"。

22【駣驪】 ㄊㄠˊ ㄌㄧˊ
馬的一種。見"集韻"。

駯 ㄓㄨ chu[1] 音朱
馬口黑色。見"玉篇"。

駪 ㄕㄣ shên[1] 音身
馬眾多的樣子。見"說文"。

駨 ㄒㄩㄣ hsün[1] 音薰
馬青驪色。通騆。見"集韻"。

䮂
馳的或體。

䮑 ㄌㄩˊ lü[2] 音驢
驛傳的快馬。同驉。見"集韻"。

駱 ㄌㄨㄛˋ lo[4], luo[4] 音洛
1 身白頸毛黑的馬。見"說文"。2 姓。'吳'有'駱統'。見"通志·氏族略四"。

12【駱越】 ㄌㄨㄛˋ ㄩㄝˋ
古部族。本稱'駱'。'百越'之一。居今'滇'、'黔'、'桂'諸省之間。

15【駱駝】 ㄌㄨㄛˋ ·ㄊㄨㄛ
(camel, *Camelus*)。屬偶蹄目(order Artiodactyla)。一千萬年前出現於'北美'，經過當時的'白令海峽'陸橋至'亞洲'和'非洲'。現

駱駝圖

有二種，'阿拉伯'駱駝爲單峰，幾乎全爲人們所飼養，自峰頂至地面高約2.8公尺，腿細長，適於中東炎熱的沙漠。'蒙古'駱駝爲雙峰，仍有野生，自峰頂至地面高約2.1公尺，腿粗短，適合'蒙古'冷而多山的沙漠。駝峰內儲藏脂肪，脂肪有絕緣作用，故將體內脂肪集中於駝峰內，使身體其他部分可以散熱。如有綠色植物可食，能數月不喝水；在沙漠中如無水亦無食物，仍可旅行一星期。當食物和水供應充裕時，駝峰中便積儲大量脂肪；缺少水分時，便利用脂肪中的氫和吸入的氧化合而成水。口渴時，可一次喝下110公升的水而不會有水中毒現象，因其紅血球能將喝下的水即時吸收而脹大且不會破裂。一般動物失水過多會死亡，但駱駝失水達體重的30%尚無大礙，若有水分供應時，體重立即恢復。駱駝力健性順，能荷重物行遠，爲沙漠商隊主要交通工具，被稱爲沙漠之舟。

23【駱驛】 ㄌㄨㄛˋ ㄧˋ
往來不絕的樣子。也作絡繹。

14【駱賓王】 ㄌㄨㄛˋ ㄅㄧㄣ ㄨㄤˊ
(640～?)'唐''義烏'(今'浙江''義烏')人。'高宗'末年爲'長安'主簿，後貶'臨海'丞，故又稱'駱臨海'。曾爲'徐敬業'作檄文討'武則天'，'敬業'兵敗，'賓王'失蹤；一說被殺。有"駱賓王文集"。

馸
驕的俗體。

䮢 ㄐㄧㄡˋ chiu[4] 音臼
馬八歲。通馴。見"集韻"。

䮒 ㄈㄨˊ fu[2] 音伏
馬名。見"集韻"。

駠
聊的或體。

駩 ㄑㄩㄢ ch'üan[1] 音圈 又讀 ㄑㄩㄢˊ ch'üan[2] 音全
黑脣白毛的馬。同騡。見"集韻"。

駲 ㄓㄡ chou[1] 音舟
參駲騪。

20【駲騪】 ㄓㄡ ㄙㄡ
馬名。

䮋 ㄌㄧㄝˋ lieh[4] 音列
1 馬排列整齊地奔馳。見"說文"。2 馬名。見"玉篇"。3 馴服。見"集韻"。

駡
罵的俗體。

䮡 ㄘˇ tz'ŭ[3] 音此
馬名。見"說文"。

駦 ㄒㄧㄡ hsiu[1] 音休
馬名。同貅。見"說文"。

7

騂 ㄒㄧㄥ hsing[1] 音星
1赤色的馬。見"說文新附"。2赤色的牲畜。見"集韻"。3泛稱赤色。如:騂衣。

駺 ㄌㄤˊ lang[2] 音郎
尾巴白色的馬。見"爾雅·釋畜"。

駱 ㄌㄧㄣˋ lin[4] 音吝
公馬。見"集韻"。

騃 ㄒㄧㄝˋ hsieh[4] 音謝
1又重又快地擊鼓。見"集韻"。2驚駭。同駭。

騂 ㄅㄛˊ po[2] 音勃
獸名。形似馬,牛尾,一角。同駁。見"廣韻"。

駸 ㄑㄧㄣ ch'in[1] 音侵
馬快跑的樣子。見"說文"。

騁 ㄆㄨ p'u[1] 音撲
馬名。見"廣韻"。

騇 ㄨˊ wu[2] 音吾
參騀騇。

騂 ㄙㄨㄥˇ sung[3] 音聳
拉動馬銜,使馬行走。見"廣韻"。

駷 ㄐㄩˊ chü[2] 音局
馬跼促不安。見"字彙"。

駶 ㄋㄧㄝˋ nieh[4] 音孽
馬快步奔跑。也作驫。見"說文"。

騀 一 ㄆㄧˊ p'i[2] 音皮
馬奔跑。見"集韻"。
二 ㄅㄧˋ pi[4] 音庇
獸類行走的樣子。見"集韻"。

騎 ㄇㄤˊ mang[2] 音茫
1面額全白的馬。見"說文"。2青馬。見"正字通"。3雜色牲口。

騑 騮的本字。

騏 ㄏㄢˋ han[4] 音漢
性悍不馴的馬。見"說文"。

騎 ㄔㄥˇ ch'êng[3] 音逞
1縱馬快跑。如:馳騁。2放任。如:騁懷。3發揮;施展。如:騁能。

5【騁目】 ㄔㄥˇ ㄇㄨˋ
放眼觀看。

7【騁足】 ㄔㄥˇ ㄗㄨˊ
盡力奔跑。

10【騁能】 ㄔㄥˇ ㄋㄥˊ
1施展才能。2強逞才能。有賣弄之意。

19【騁騖】 ㄔㄥˇ ㄨˋ
奔走馳騁。

騲 ㄅㄨˋ pu[4] 音步
學習騎馬。見"集韻"。

騁 ㄒㄩㄢ hsüan[1] 音宣
深黑而帶青色的馬。見"說文"。

騂 ㄋㄧˋ ni[4] 音逆
馬行走的樣子。見"集韻"。

駿 ㄒㄧˋ hsi[4] 音細
馬奔跑的樣子。見"集韻"。

騉 ㄊㄨㄟˋ t'ui[4] 音退
馬快奔的樣子。見"說文"。

騊 一 ㄙˋ szŭ[4], ssŭ[4] 音似
馬行走時姿態勇壯的樣子。見"說文"。
二 ㄞˊ ai[2] 音捱
愚痴。通佁。見"廣雅·釋詁"。

駿 ㄐㄩㄣˋ chün[4] 音俊
1良馬。見"說文"。2才能出眾。通俊。如:駿材。3大;巨大。如:駿業。4迅速。如:駿發。5嚴厲。通峻。如:駿刑。6挺拔。如:筆力勁駿。

12【駿發】 ㄐㄩㄣˋ ㄈㄚ
1迅速開展。2才思敏捷。

騋 ㄜˇ o[3], ê[3] 音噁
參騀騋。

騐 驄的本字。

騊 ㄊㄨˊ t'u[2] 音途
參騊駼。

騋 ㄜˊ o[2], ê[2] 音鵝
馬行走。見"字彙補"。

8

騌 騣的俗體。

騎 ㄑㄧㄤ ch'iang[1] 音腔
馬行走的樣子。見"集韻"。

騏 ㄑㄩㄝˋ ch'üeh[4] 音怯
馬怕石而不敢行走。見"字彙"。

騍 ㄊㄢˋ t'an[4] 音探
馬邁步向前。見"字彙"。

騎 ㄩˋ yü[4] 音域
馬名。見"玉篇"。

騏 ㄓㄜˇ chê[3] 音者
或作赭。馬名。見"集韻"。

騌 ㄌㄨˋ lu[4] 音陸
健壯的好馬。見"廣韻"。

騎 一 ㄌㄥˋ lêng[4] 音楞
參騎驓。
二 ㄌㄧㄥˊ ling[2] 音陵
馬食粟。同餧。見"集韻"。

22【騎驓】 ㄌㄥˋ ㄌㄥˋ
馬傷穀病。

騏 ㄑㄧˊ ch'i[2] 音旗
1青黑色的馬。見"說文"。2駿馬。見"廣韻"。3青黑色。4姓。'漢'有'騏殷'。見"萬姓統譜·五"。

26【騏驥】 ㄑㄧˊ ㄐㄧˋ
古良馬名。

騎 一 ㄑㄧˊ ch'i[2] 音旗
1兩腿分開,跨坐馬背上。2跨坐在物體上。如:騎車。
二 ㄐㄧˋ chi[4] 音寄
1指鞍轡齊備可乘的馬。如:車騎。2騎士;乘馬的兵士。如:鐵騎。3單位詞。指一人一馬。如:千騎。4姓。'戰國''燕'有'騎劫'。見"史記·樂毅傳"。

15【騎樓】 ㄑㄧˊ ㄌㄡˊ
(arcade)指臨建築線建築的房子,其一樓前面退縮成有遮簷的人行道部分。各縣市單行之建築法規,退縮尺寸依其機能、氣候、觀瞻等之不同,而有不盡相同的

條例規定。

17【騎牆】 ㄑㄧˊ ㄑㄧㄤˊ

騎在牆頭。比喻兩邊討巧，沒有堅定的立場。

【騎縫】 ㄑㄧˊ ㄈㄥˋ

兩張紙中間相連的縫。

8【騎虎難下】 ㄑㄧˊ ㄏㄨˇ ㄋㄢˊ ㄒㄧㄚˋ

騎在老虎背上，因恐遭受咬噬而不敢下來。比喻做事因迫於情勢而難以罷手。

26【騎驢覓驢】 ㄑㄧˊ ㄌㄩˊ ㄇㄧˋ ㄌㄩˊ

比喻忘記自己已有的東西，而到他處去尋求。

騣 ㄓㄨㄛˊ cho², chuo² 音濁

白額馬。見"玉篇"。

騋 ㄌㄞˊ lai² 音來

體高七尺的馬。見"說文"。

騎 ㄅㄣ pên¹ 音奔

或作犇。馬奔跑。俗作驞。見"字彙"。

騄 ㄌㄨˋ lu⁴ 音錄

參騄駬。

16【騄駬】 ㄌㄨˋ ㄦˇ

良馬名。'周穆王'八駿馬之一。也作騄耳。

騉 ㄎㄨㄣ k'un¹ 音崑

一種野馬。見"集韻"。

17【騉駼】 ㄎㄨㄣ ㄨˊ

馬名。

騍 ㄎㄜˋ k'o⁴, k'ê⁴ 音課

雌馬的俗稱。見"正字通"。

騔 ㄔㄤ ch'ang¹ 音昌

馬名。見"字彙"。

騲 ㄓㄨㄛˊ cho², chuo² 音卓

參騲驁。

21【騲驁】 ㄓㄨㄛˊ ㄓˋ

馬遲疑不前的樣子。

騳 ㄧㄢ yen¹ 音煙

馬行走的樣子。見"字彙"。

騇 ㄊㄚˋ t'a⁴ 音沓

參駁騇。

騵 ㄢˋ an⁴ 音岸

1從額到脣都是白色的馬。見"廣韻"。2馬頭。見"集韻"。

騑 ㄈㄟ fei¹ 音非

1四馬駕車時，兩旁的馬稱騑，也叫驂。見"說文"。2三歲馬。見"本草綱目·獸部·馬"。

18【騑騑】 ㄈㄟ ㄈㄟ

馬行不停的樣子。

騆 ㄓㄡ chou¹ 音周

神馬。見"玉篇"。

騊 ㄊㄠˊ t'ao² 音陶

參騊駼。

17【騊駼】 ㄊㄠˊ ㄊㄨˊ

神話中的馬。後泛稱良馬。

騟 ㄊㄨˋ t'u⁴ 音兔

參騱騟。

騅 ㄓㄨㄟ chui¹ 音錐

青白色相雜的馬。見"說文·騅·段注"。

騛 ㄋㄧˊ ni² 音倪

小馬。見"正字通"。

騥 ㄈㄨˋ fu⁴ 音婦

馬盛多。

騇 ㄕㄜˋ shê⁴ 音赦

雌馬。見"廣韻"。

騐

驗的俗體。

9

騆 ㄒㄩㄢ hsüan¹ 音宣

參騆頟。

18【騆頟】 ㄒㄩㄢ ㄜˊ

馬名。也作騆頟。見"字彙"。

騨 ㄏㄨㄣˊ hun² 音魂

傳說中的獸名。見"山海經·北山經"。

騁 ㄔㄥˊ ch'êng² 音成

馬停住的樣子。見"集韻"。

騙 ㄑㄧㄢˊ ch'ien² 音前

四蹄都是白色的馬。見"廣韻"。

騚 ㄔㄨㄣˇ ch'un³ 音蠢

1毛色不純的馬。見"集韻"。2駑鈍的馬。見"篇海類編"。

騒 ㄕㄚˋ sha⁴ 音煞

馬快跑的樣子。同騞。見"集韻"。

騝 ㄐㄧㄢ chien¹ 音肩　又讀 ㄑㄧㄢˊ ch'ien² 音前

背脊黃色的騮馬。見"廣韻"。

騞 ㄅㄧ pi¹ 音逼

駱駝。見"廣韻"。

騠 ㄧㄠˇ yao³ 音咬

參騠褭。

16【騠褭】 ㄧㄠˇ ㄋㄧㄠˇ

古駿馬名。後也泛指駿馬。也作要褭。

騡 一 ㄕㄚˋ sha⁴ 音煞

1馬行走。見"玉篇"。2馬快跑的樣子。同騒。見"集韻"。

二 ㄧㄝˋ yeh⁴ 音葉

馬輕快行走的樣子。見"集韻"。

騢 ㄒㄧㄝˊ hsieh² 音諧

馬性溫和。見"廣韻"。

騣 ㄖㄡˊ jou² 音柔

馬名。青黑色，頸上鬃毛又多又美。見"爾雅·釋畜"。

騤 一 ㄎㄨㄟˊ k'uei² 音葵

馬行走時很有威儀的樣子。見"說文"。

二 ㄐㄩㄝˊ chüeh² 音決

背有旋毛的馬。見"廣韻"。

騥 ㄒㄧㄢˊ hsien² 音咸

馬性溫和。見"正字通"。

騦 ㄈㄟ fei¹ 音飛

參騦騟。

18【騦騟】 ㄈㄟ ㄊㄨˋ

古代的駿馬。也作飛兔。

騧 ㄒㄧㄚˊ hsia² 音霞

赤白色相雜的馬。見"說文"。

騩 ㄊㄧˊ t'i² 音題

參駃騩。

騪

顒的或體。

騫

駒的或體。

騆 ㄙ szŭ¹, ssŭ¹ 音思

1馬名。見"集韻"。2馬行走的樣子。見"字彙"。

騧 ㄍㄨㄚ kua¹ 音瓜

毛黃嘴黑的馬。見"說文"。

䮞
ㄉㄨㄢ tuan[1] 音端
馬名。見"集韻"。

騣
ㄗㄨㄥ tsung[1] 音宗
馬頸上的長毛。也作鬉、鬃。見"說文新附"。

䮍
ㄋㄠˇ nao[3] 音腦
參褭䮍。

騞
ㄏㄨㄛˋ ho[4], huo[4] 音或
1行走不止。見"玉篇"。2用刀解剖牛體的聲音。見"集韻"。

騡
ㄗㄨㄟ tsui[1]
馬小的樣子。見"說文"。

䮆
㊀ ㄅㄛˊ po[2] 音駁
馬毛色不純。同駁。見"集韻"。
㊁ ㄅㄧˋ pi[4] 音必
1馬肥壯的樣子。見"玉篇"。2馬飽食的樣子。見"集韻"。

17【䮆駨】 ㄅㄧˋ ㄒㄩㄢ
神馬名。

騘
驄的或體。

䮛
ㄉㄨㄢˋ tuan[4] 音段
參敓䮛。

騜
ㄏㄨㄤˊ huang[2] 音皇
黃白色相雜的馬。同騻。通作皇。見"爾雅·釋畜"。

䮐
駩的或體。

騙
ㄆㄧㄢˋ p'ien[4] 音片
1躍上馬背騎乘。同䮁。見"集韻"。2欺詐。見"正字通"。

7【騙局】 ㄆㄧㄢˋ ㄐㄩˊ
騙人的圈套或計畫。

騟
ㄩˊ yü[2] 音俞
1紫色的馬。見"玉篇"。2雜色的馬。見"集韻"。

騖
ㄨˋ wu[4] 音務
1亂馳。見"說文"。2追逐;追求。如:好高騖遠。3急速。如:騖暴。

13【騖馳】 ㄨˋ ㄔˊ
車馬奔馳。

䮜
ㄕㄨㄚˇ shua[3] 音耍
講的話不恰當。見"字彙"。

䮗
ㄒㄧㄢˊ hsien[2] 音閑
馬步法熟習的樣子。見"六書統"。

騗
騙的或體。

10

騫
㊀ ㄑㄧㄢ ch'ien[1] 音謙
1馬的腹部凹陷。見"說文·騫·段注"。2虧損。見"集韻"。3違背。如:騫義。4抬高或抬頭的樣子。5高飛。通騫。如:騫騰。6拔取。通搴。如:騫旗。7揭起衣服。通褰。如:騫裳。8過錯。通愆。
㊁ ㄐㄧㄢˇ chien[3] 音剪
劣馬。見"集韻"。

䮯
ㄠ ao[1] 音凹
馬行走的樣子。見"玉篇"。

䮨
ㄗㄞˇ tsai[3] 音宰
青白色相雜的馬。見"集韻"。

䮚
ㄧㄚˋ ya[4] 音揠
馬的毛色不純。見"集韻"。

騯
ㄆㄥˊ p'êng[2] 音彭　又讀
ㄆㄤˊ p'ang[2] 音旁
馬盛多。見"說文"。

䮴
ㄇㄥˊ mêng[2] 音蒙　又讀
ㄇㄥˋ mêng[4] 音夢
小驢。見"說文"。

䯪
ㄐㄧㄠ chiao[1] 音交
六尺高的馬。見"字彙"。

䮧
ㄊㄤˊ t'ang[2] 音唐
馬的毛色。見"集韻"。

䮑
騋的或體。

䮤
ㄏㄜˋ ho[4], hê[4] 音鶴　又讀
ㄐㄩㄝˊ chüeh[2] 音決
1白額的馬。見"說文"。2馬名。見"集韻"。

䮪
ㄡˋ ou[4] 音漚
馬馳不齊。見"篇海類編"。

騳
ㄉㄨˊ tu[2] 音獨
1馬奔跑。見"玉篇"。2兩馬一起奔馳的馬蹄聲。見"六書故"。

䮘
ㄑㄧˊ ch'i[2] 音其
馬頭頂上的鬣毛。見"字彙"。

䮲
ㄓㄢˋ chan[4] 音戰
馬在泥土中打滾。見"廣韻"。

䮮
ㄊㄧㄝˋ t'ieh[4] 音餮
赤黑色的馬。見"字彙"。

䮾
ㄉㄧㄢ tien[1] 音顛
白額馬。見"廣韻"。

䮣
ㄙㄤ sang[1] 音桑
黃身白尾的馬。見"集韻"。

騷
ㄙㄠ sao[1] 音搔
1擾動;擾亂。如:騷動。2憂愁。3腥臭;臊臭。通臊。如:騷臭。4"楚辭·離騷"的省稱。如:"詩""騷"。5泛稱詩賦。6放蕩。如:風騷。

2【騷人】 ㄙㄠ ㄖㄣˊ
1詩人。2指"離騷"的作者'屈原'。3泛指憂愁失意的文人。

12【騷然】 ㄙㄠ ㄖㄢˊ
擾動不安的樣子。

16【騷壇】 ㄙㄠ ㄊㄢˊ
指詩壇或文壇。

2【騷人墨客】 ㄙㄠ ㄖㄣˊ ㄇㄛˋ ㄎㄜˋ
指風雅之士。

騵
ㄩㄢˊ yüan[2] 音元
腹部白色的馬。見"集韻"。

䮫
駹的或體。

騴
ㄧㄢˋ yen[4] 音晏
尾根白色的馬。見"爾雅·釋畜"。

䮳
ㄊㄚˋ t'a[4] 音蹋
參驪䮳。

䮩
ㄍㄨˇ ku[3] 音骨
參䮩䮝。

15【䮩䮝】 ㄍㄨˇ ㄉㄨㄛˋ
獸名。出'北海'。見"廣韻"。

騲
ㄘㄠˇ ts'ao[3] 音草
雌馬。見"玉篇"。

䮵
ㄨㄣ wên[1] 音溫
參䮵驪。

29【䮵驪】 ㄨㄣ ㄌㄧˊ

駿馬。

驥 ㄐㄧˋ chi⁴ 音驥

1千里馬。同驥。見"玉篇"。2希冀;冀及。通冀。見"集韻"。

騱 ㄒㄧˊ hsi² 音息

前腳都是白色的馬。見"爾雅·釋畜"。

騊 ㄊㄠ t'ao¹ 音滔

馬行走的樣子。見"說文"。

驨 ㄒㄧˋ hsi⁴ 音夕

馬奔馳。見"字彙"。

騶 ㄗㄡ tsou¹ 音鄒

1駕馭車馬的小吏。見"說文"。2騎士;侍從。如:騶騎。3古國名。通'邾'、'鄒'。

騬 ㄔㄥˊ ch'êng² 音成

閹割過的馬。見"說文"。

騡 騬的俗體。

騪 ㄙㄡ sou¹ 音搜

參騶騪。

騹 ㄕ shih¹ 音師

野馬。同騹。見"集韻"。

騩 ㄍㄨㄟ kuei¹ 音歸 又讀 ㄍㄨㄟˋ kuei⁴ 音貴

淺黑色的馬。見"說文"。

騮 ㄌㄧㄡˊ liu² 音留

或作騮。赤身黑尾的馬。本作駵。見"集韻"。

騸 ㄕㄢˋ shan⁴ 音扇

馬閹割。見"正字通"。

騵 ㄊㄧ t'i¹ 音梯

駿馬名。見"字彙"。

䮷 騠的或體。

韓 ㄏㄢˋ han⁴ 音漢 又讀 ㄏㄢˊ han² 音寒

長毛的馬。見"說文"。

騭 ㄓˋ chih⁴ 音至

1公馬。見"說文"。2乘馬登山。通陟。見"六書故"。3保佑;安定。如:陰騭。4論定。如:評騭。

騴 騶的或體。

騰 一 ㄊㄥˊ t'êng² 音藤

1傳送;快遞。見"說文"。2馬奔馳。如:萬馬奔騰。3跳躍。如:騰越。4上升。如:騰空。5抽出;空出。如:騰出。

二 ㄊㄥ t'êng¹

參騰地。

6【騰地】 ㄊㄥ ㄉㄧˋ

突然;猛然。

8【騰空】 ㄊㄥˊ ㄎㄨㄥ

1上升到空中。2抽出時間。

10【騰挪】 ㄊㄥˊ ㄋㄨㄛˊ

1挪用;掉換。多就款項或職位而言。2拳術中一種跳躍閃躲的動作。3藉故逃避責任或玩弄手段。

【騰笑】 ㄊㄥˊ ㄒㄧㄠˋ

被人傳揚嘲笑。

13【騰達】 ㄊㄥˊ ㄉㄚˊ

1上升;興起。2發跡;升遷。

15【騰播】 ㄊㄥˊ ㄅㄛˋ

傳揚;宣揚。

22【騰歡】 ㄊㄥˊ ㄏㄨㄢ

歡喜跳躍的樣子。

10【騰格里湖】 ㄊㄥˊ ㄍㄜˊ ㄌㄧˇ ㄏㄨˊ

'西藏地方'最大、最著名的湖泊。位於'西藏'東部。'蒙'語意為「天湖」。'藏'人視為「靈湖」,以為繞湖一周即可消除一切罪惡,故每年都有許多喇嘛信徒結群巡拜。

12【騰雲駕霧】 ㄊㄥˊ ㄩㄣˊ ㄐㄧㄚˋ ㄨˋ

1乘雲駕霧而飛騰。2形容行動非常快速。

【騰蛟起鳳】 ㄊㄥˊ ㄐㄧㄠ ㄑㄧˇ ㄈㄥˋ

飛騰的蛟龍和鳳凰。比喻才華優異過人。

11

驁 ㄠˊ ao² 音敖 又讀 ㄠˋ ao⁴ 音傲

1駿馬名。能日行千里。見"說文"。2不馴服的馬。見"正字通"。3傲慢不遜。如:怠驁。4輕視。

騺 ㄓˋ chih⁴ 音致

1馬很笨重的樣子。見"說文"。2馬很兇狠。見"玉篇"。3馬腳彎曲的樣子。見"廣韻"。

驓 ㄓㄤ chang¹ 音章

馬名。見"字彙"。

驝 ㄓㄜˊ chê² 音哲

參驝駋。

20【驝駋】 ㄓㄜˊ ㄇㄥˊ

公牛與驢交配所生的一種動物。見"本草綱目·獸部·騾"。

驜 ㄔㄢˇ ch'an³ 音產

馬名。見"集韻"。

騼 ㄌㄨˋ lu⁴ 音鹿

野馬。見"廣韻"。

䮷 ㄕㄨㄥ shung¹

駑劣的馬。見"集韻"。

騽 ㄒㄧˊ hsi² 音習 又讀 ㄩˋ yü⁴ 音玉

1足脛毛很長的馬。見"說文"。2背上有黃色毛的黑馬。見"爾雅·釋畜"。

驅 ㄑㄩ ch'ü¹ 音區

1鞭馬前進。見"說文"。2奔馳;奔走。見"玉篇"。3趕走;逐出。如:驅逐。4逼迫;迫使。如:驅策。5行進;前進。如:長驅直入。

13【驅馳】 ㄑㄩ ㄔˊ

1策馬快奔。2為人奔走效勞。

11【驅逐艦】 ㄑㄩ ㄓㄨˊ ㄐㄧㄢˋ

一種高速的軍艦。具攻擊、反潛、支援兩棲作戰等性能。裝設飛彈者為飛彈驅逐艦。

驃 ㄆㄧㄠˋ p'iao⁴ 音票

1黃毛而帶有白色斑點的馬。見"說文"。2黃毛而鬣尾白色的馬。見"說文"。3馬跑得很快的樣子。見"集韻"。4驍勇。見"玉篇"。

驪 一 ㄌㄧˊ li² 音離

深黑色的馬。同驪。見"字彙補"。

二 ㄑㄧˊ ch'i² 音其

毛色青黑的馬。同騏。

騖 ㄨˋ wu⁴ 音務

快疾奔馳。見"字彙"。

驂 騖的或體。

騻 驦的或體。

𩧯 ㄓㄨˊ *chu*^{2} 音逐
群馬相追逐。見“正字通”。

騑 ㄈㄟˇ *fei*^{3} 音匪
馬名。見“字彙”。

𩧉 ㄌㄡˊ *lou*^{2} 音樓
1大的騾子。見“集韻”。2驢。見“集韻”。

𩦱 ㄇㄛˋ *mo*^{4} 音莫
馬名。見“字彙”。

騾 ㄌㄨㄛˊ *lo*^{2}, *luo*^{2} 音螺
(donkey; *Equus asinus mulus*)爲雄驢雌馬雜交所生的後代。體較驢大,耳長,蹄小。耐勞苦,堪負重行遠。我國北方多豢之。無生殖能力。

𩦾 ㄇㄧˋ *mi*^{4} 音覓
1馬兇惡。見“玉篇”。2馬咬囓。見“集韻”。3馬受驚的樣子。見“集韻”。

驂 ㄘㄢ *ts'an*^{1} 音參
1用三匹馬駕一輛車。見“說文”。2駕車的馬匹,在兩旁的稱爲驂。如:左驂。3拿著武器在兵車右面的武士。如:驂乘。

𩧈 騋的或體。

𩦤 ㄩˊ *yü*^{2} 音魚
二目白的白馬。見“爾雅·釋獸”。

驄 ㄘㄨㄥ *ts'ung*^{1} 音聰
青白雜毛的馬。見“說文”。

驁 驚的本字。

𩦸 ㄧ *i*^{1} 音衣
黑色的馬。見“集韻”。

驀 ㄇㄛˋ *mo*^{4} 音莫
1上馬;騎馬。見“說文”。2超越。見“正字通”。3突然;忽然。如:驀然回首。

6【驀地】 ㄇㄛˋ ㄉㄧˋ
忽然。

12【驀然】 ㄇㄛˋ ㄖㄢˊ
忽然。

12

𩧃 ㄏㄢˊ *han*^{2} 音寒
馬眾多的樣子。見“集韻”。

𩤉 ㄊㄨㄥˊ *t'ung*^{2} 音同
馬名。見“集韻”。

驐 ㄉㄨㄣ *tun*^{1} 音敦
閹割牲畜。見“廣韻”。

驎 驎的本字。

驎 ㄌㄧㄣˊ *lin*^{2} 音鱗
馬身上的斑紋。見“集韻”。

驓 ㄘㄥˊ *ts'êng*^{2} 音層 又讀 ㄗㄥ *tsêng*^{1} 音增
膝以下都是白色的馬。見“爾雅·釋畜”。

驍 ㄒㄧㄠ *hsiao*^{1} 音消
1良馬。見“說文”。2勇捷;勇猛。如:驍勇。

9【驍勇】 ㄒㄧㄠ ㄩㄥˇ
勇猛。

12【驍雄】 ㄒㄧㄠ ㄒㄩㄥˊ
勇猛有豪氣。也指豪傑。

18【驍騎】 ㄒㄧㄠ ㄐㄧˊ
勇猛的騎兵;精銳的部隊。

驌 ㄙㄨˋ *su*^{4} 音肅
參驌驦。

27【驌驦】 ㄙㄨˋ ㄕㄨㄤ
良馬名。也作驌騻。

𩧲 ㄒㄧˋ *hsi*^{4} 音細
馬奔跑。見“玉篇”。

𩦺 或作𩦺。奔的或體。

驔 ㄉㄧㄢˋ *tien*^{4} 音店
1黃脊的黑馬。見“說文”。2脛有白長毛的馬。見“增韻”。

驏 ㄔㄢˇ *ch'an*^{3} 音產 讀音 ㄓㄢˋ *chan*^{4} 音站
不綁鞍轡的馬。見“字彙”。

𩥬 ㄙㄤ *sang*^{1} 音桑
白尾的黃馬。也作𩥬。見“集韻”。

驈 ㄩˋ *yü*^{4} 音玉
胯間長白毛的黑馬。見“說文”。

𩥈 ㄉㄥˋ *têng*^{4} 音鄧
行走欲倒的樣子。見“廣韻”。

驋 ㄅㄛˊ *po*^{2} 音帛
1馬怒。見“廣韻”。2馬搖首。見“集韻”。3馬行走的樣子。見“集韻”。

驉 ㄒㄩ *hsü*^{1} 音虛
參駏驉。

驊 ㄏㄨㄚˊ *hua*^{2} 音華
參驊騮。

20【驊騮】 ㄏㄨㄚˊ ㄌㄧㄡˊ
良馬名。‘周穆王’八駿之一。一名棗騮。

𩧦 𩧨的或體。

𩧨 ㄒㄧㄢˊ *hsien*^{2} 音閑
一眼爲白色的馬。也作𩧦。見“集韻”。

驒 一 ㄊㄨㄛˊ *t'o*^{2}, *t'uo*^{2} 音駝
青黑色而帶有白鱗紋的馬。見“說文”。
二 ㄉㄧㄢ *tien*^{1} 音顚
參驒騱。
三 ㄊㄢˊ *t'an*^{2} 音潭
參驒驒。

20【驒騱】 ㄉㄧㄢ ㄒㄧˊ
野馬名。也作驒奚。

22【驒驒】 ㄊㄢˊ ㄊㄢˊ
馬喘息的樣子。也作嘽嘽。

𩧢 ㄈㄢˊ *fan*^{2} 音煩
牲畜蕃殖。見“廣韻”。

𩨫 ㄌㄧˊ *li*^{2} 音黎
參䮫𩨫。

驕 一 ㄐㄧㄠ *chiao*^{1} 音嬌
1高六尺的馬。引申爲馬高大壯健的樣子。見“說文”。2高傲;放縱無禮。如:驕矜。3盛;烈。如:驕陽。
二 ㄐㄧㄠˋ *chiao*^{4} 音叫
放縱任性。如:驕驁。

9【驕盈】 ㄐㄧㄠ ㄧㄥˊ
驕傲自滿。

16【驕橫】 ㄐㄧㄠ ㄏㄥˊ
驕傲而橫暴。

17【驕縱】 ㄐㄧㄠ ㄗㄨㄥˋ
傲慢放縱，任性而爲。

5【驕生慣養】 ㄐㄧㄠ ㄕㄥ ㄍㄨㄢˋ ㄧㄤˇ
指從小受家人溺愛放縱。

11【驕奢淫佚】 ㄐㄧㄠ ㄕㄜ ㄧㄣˊ ㄧˋ
驕縱奢侈，荒淫放肆。

13

驘 騾的本字。

驙 ㄓㄢ *chan*^{1} 音邅
1黑脊的白馬。見“玉篇”。2馬負載太重，行走困難。見“廣韻”。

驖 ㄊㄧㄝˇ *t'ieh*^{3} 音鐵
赤黑色的馬。見“說文”。

𩧯 ㄐㄧˊ *chi*^{2} 音集
參𩧯𩧯。

23【𩧯𩧯】 ㄐㄧˊ ㄐㄧˊ
馬行走舒暢順適的樣子。

𩦺 ㄏㄨㄟˋ *hui*^{4} 音繪
性情兇惡的馬。見“集韻”。

𩧤 駒的或體。

驛 ㄧˋ *i*^{4} 音亦
1古時沿官道設置，供使者暫息及更換坐騎的館舍。見“說文”。2往來不絕。通繹。如：駱驛。

10【驛馬星動】 ㄧˋ ㄇㄚˇ ㄒㄧㄥ ㄉㄨㄥˋ
比喻將有遠行。

𩧐 ㄉㄨˊ *tu*^{2} 音獨
馬行走的樣子。見“集韻”。

驜 ㄧㄝˋ *yeh*^{4} 音業
1壯大的樣子。見“玉篇”。2高大的馬。見“集韻”。

驗 ㄧㄢˋ *yen*^{4} 音豔
1證據；憑證。見“廣韻”。2有效。見“廣韻”。3檢查；測試。如：試驗。

4【驗方】 ㄧㄢˋ ㄈㄤ
有效驗的藥方。

6【驗光】 ㄧㄢˋ ㄍㄨㄤ
(optometry)裝配眼鏡時檢查視力、眼睛狀況，選配適合之鏡片以調整焦距，使視覺清晰的方法。

【驗收】 ㄧㄢˋ ㄕㄡ
檢驗和查收貨物或工程的完成情形。

19【驗證】 ㄧㄢˋ ㄓㄥˋ
(verification)又名證實。以經驗性的方法檢驗，證立一個述句或理論爲眞的程序。

驚 ㄐㄧㄥ *ching*^{1} 音京
1馬受駭而動作失常。見“說文”。2震動。如：驚天動地。3警戒；戒懼。4駭怕。如：驚怕。5急速；快速。如：驚湍。6小兒病名。驚風的簡稱。如：慢驚。

9【驚風】 ㄐㄧㄥ ㄈㄥ
1小兒常見病症。簡稱驚。由於觸驚受風而引起驚厥、抽搐等症狀。有急驚風、慢驚風的分別。2可怕的大風。

11【驚悸】 ㄐㄧㄥ ㄐㄧˋ
因驚恐而心跳加快。

【驚動】 ㄐㄧㄥ ㄉㄨㄥˋ
1受驚而騷動。2打擾他人。

12【驚愕】 ㄐㄧㄥ ㄜˋ
驚訝；驚異。

【驚惶】 ㄐㄧㄥ ㄏㄨㄤˊ
驚駭惶恐。

【驚厥】 ㄐㄧㄥ ㄐㄩㄝˊ
1指突然受到嚴重的精神刺激或外來壓力，導致氣血逆亂、昏迷不醒的症狀。2驚風的症候之一。參驚風1。

14【驚疑】 ㄐㄧㄥ ㄧˊ
驚駭疑慮。

15【驚歎】 ㄐㄧㄥ ㄊㄢˋ
驚奇感歎。

16【驚駭】 ㄐㄧㄥ ㄏㄞˋ
震驚害怕。

【驚醒】 ㄐㄧㄥ ㄒㄧㄥˇ
1睡夢中突然受到驚動而覺醒。2比喻從迷惑中猛然覺悟。

17【驚癇】 ㄐㄧㄥ ㄒㄧㄢˊ
1指因受到刺激或驚恐而引發的癲癇病。2‘唐’‘宋’時醫書上稱小兒驚風爲驚癇。

【驚蟄】 ㄐㄧㄥ ㄓˊ
農曆二十四節氣之一。在國曆三月五日或六日。此時氣溫回升，蟄居冬眠的動物驚醒而開始活動，故稱。

11【驚堂木】 ㄐㄧㄥ ㄊㄤˊ ㄇㄨˋ
舊時審判官用來拍打公案的小木塊。用以警戒罪犯。

3【驚弓之鳥】 ㄐㄧㄥ ㄍㄨㄥ ㄓ ㄋㄧㄠˇ
比喻曾受驚嚇、遇事緊張驚怯的人。

4【驚心動魄】 ㄐㄧㄥ ㄒㄧㄣ ㄉㄨㄥˋ ㄆㄛˋ
驚動人的心神魂魄。比喻令人感受深刻。後多用以形容驚險緊張。

【驚天動地】 ㄐㄧㄥ ㄊㄧㄢ ㄉㄨㄥˋ ㄉㄧˋ
形容聲勢浩大。

5【驚世駭俗】 ㄐㄧㄥ ㄕˋ ㄏㄞˋ ㄙㄨˊ
形容人的言論或行爲與眾不同，使世人震驚。

9【驚風八候】 ㄐㄧㄥ ㄈㄥ ㄅㄚ ㄏㄡˋ
驚風的八種症狀。即：搐，手肘臂抽搐；掣，兩肩上下搐動；顫，手足顫抖；搦，十指開合不停；反，身體向後反弓；引，手臂像拉弓般張開；竄，兩眼向上直視；視，眼睛斜視，半開無神。

【驚風駭浪】 ㄐㄧㄥ ㄈㄥ ㄏㄞˋ ㄌㄤˋ
強猛的風浪。比喻驚險的事故。

12【驚惶失措】 ㄐㄧㄥ ㄏㄨㄤˊ ㄕ ㄘㄨㄛˋ
極度的驚懼而不知如何應付。

17【驚濤裂岸】 ㄐㄧㄥ ㄊㄠ ㄌㄧㄝˋ ㄢˋ
形容波濤凶猛強烈。

【驚濤駭浪】 ㄐㄧㄥ ㄊㄠ ㄏㄞˋ ㄌㄤˋ
極大的風浪。比喻情勢危險之極。

【驚鴻一瞥】 ㄐㄧㄥ ㄏㄨㄥˊ ㄧ ㄆㄧㄝ
比喻暫現即去。

𩧸 ㄨㄛˋ *wo*^{4} 音渥
馬行由慢而快。見“集韻”。

14

驞 ㄅㄧㄣ *pin*^{1} 音賓
參驞駍。

15【驞駍】 ㄅㄧㄣ ㄆㄥ

形容眾聲喧雜。

驟 ㄗㄡˋ *tsou*4 音奏

1馬快步奔馳。引申爲快速奔跑。見"說文"。2急速;迅疾。如:驟雨。3猝然;冒然。如:驟然。4頻頻;屢次。

7【驟冷】 ㄗㄡˋ ㄌㄥˇ

(quenching)將物質自高溫急速冷卻的處理。例如輕油經熱裂爐裂解後之驟冷,可防止低碳分子(如乙烯、丙烯等)之加成反應;又如金屬熱處理之驟冷(或稱爲淬火),可使金屬之結晶組織維持在某狀態而具有特殊性質。

15

𩨍 ㄌㄚˋ *la*4 音臘

參𩨍騔。

20【𩨍騔】 ㄌㄚˋ ㄊㄚˋ

馬不肯前行的樣子。

16

驡 ㄌㄨㄥˊ *lung*2 音龍

野馬。見"廣韻"。

驠 ㄧㄢˋ *yen*4 音宴

臀部尾椎附近長白毛的馬。見"說文"。

驢 ㄌㄩˊ *lü*2 音閭

(ass)屬脊椎動物亞門、哺乳綱、奇蹄目(order Perissodactyla)、馬科(family Equidae)、馬屬(genus *Equus*)。體小型、壯碩,肩高90~150公分,毛灰色或棕色,腹面白色或淡灰色,耳長,尾尖有毛,眼深陷,鬃粗硬不平整,無額髮,腿短。野驢棲於沙漠中水與植物均不多的地方。12或更多匹形成一群,其中一匹爲雄性,其他爲雌驢及幼驢。

驢圖

16【驢頭不對馬嘴】 ㄌㄩˊ ㄊㄡˊ ㄅㄨˋ ㄉㄨㄟˋ ㄇㄚˇ ㄗㄨㄟˇ

比喻前後不相符。

驥 ㄐㄧˋ *chi*4 音冀

日行千里的良馬。見"說文"。

17

驤 ㄒㄧㄤ *hsiang*1 音襄

1馬疾馳時頭部俯仰的樣子。見"說文"。2右後腳白色的馬。見"爾雅·釋畜"。3奔馳;騰躍。見"廣韻"。

驦 ㄕㄨㄤ *shuang*1 音霜

參驌驦。

18

驣 ㄋㄧㄝˋ *nieh*4 音聶

馬迅速奔馳。見"字彙"。

驩 ㄏㄨㄢ *huan*1 音歡

1馬名。見"說文"。2歡娛。通歡。如:驩洽。

11【驩兜】 ㄏㄨㄢ ㄉㄡ

參鴅吺。

驨 ㄒㄧ *hsi*1 音攜

1獸名。形似馬,一角。見"說文"。2良馬。見"玉篇"。

19

驪 ㄌㄧˊ *li*2 音離

1深黑色的馬。引申爲黑色。如:驪駒。2用兩馬駕車。引申爲並列。如:驪駕。

14【驪歌】 ㄌㄧˊ ㄍㄜ

離別時所唱的歌。

20

驫 ㄅㄧㄠ *piao*1 音彪

1眾馬。見"說文"。2很多馬在跑。見"集韻"。

骨部

骨 一 ㄍㄨˇ *ku*3 音古

1(bone)構成脊椎動物體的支架。除支持個體外,尚有保護內部器官構造(如肋骨、頭骨等)、與肌肉共同完成運動機能等功能。2指人的軀幹。如:骨瘦如柴。3比喻最深刻處。如:入骨。4指人的品格、氣概。如:骨氣。5比喻作品的結構、風格或筆力。如:風骨。6姓。'隋'有'骨儀'。見"通志·氏族略五"。

二 ㄍㄨ *ku*1 音孤

參骨朵兒。

三 ㄍㄨˊ *ku*2

參骨碌。

4【骨化】 ㄍㄨˇ ㄏㄨㄚˋ

(ossification)指動物骨骼從軟骨變成硬骨的過程。軟硬骨的差別主要是細胞間質的鈣化程度,鈣鹽充滿於細胞間質中愈多,則骨度愈強而硬。

6【骨肉】 ㄍㄨˇ ㄖㄡˋ

指父子兄弟等至親。

7【骨材】 ㄍㄨˇ ㄘㄞˊ

(aggregate)製造水泥砂漿或混凝土時,與水泥及水混合之天然砂、人造砂、卵石、碎石,以及其他相似材料。

【骨折】 ㄍㄨˇ ㄓㄜˊ

(fracture)骨頭因外力而出現裂縫或斷裂。有開放性骨折及非開放性骨折兩種。前者指骨頭斷裂後,穿過肌肉、皮膚;後者指骨頭斷裂處並無肌肉創傷。症狀除流血、疼痛、感染症外,還可能出現脂肪栓塞症;復原後,也有骨頭變形、行動限制、傷及神經造成殘廢的可能。

8【骨刺】 ㄍㄨˇ ㄘˋ

(bone spicule)骨頭因退化、變形而突長的刺狀物。可能壓迫到神經而引起劇痛,嚴重者常需依賴手術來減除痛苦。大多發生在四、五十歲以上者。人體骨骼中受壓最厲害的是脊椎骨,故骨刺常發生於此。

9【骨相】 ㄍㄨˇ ㄒㄧㄤˋ
指人的體格容貌。

【骨架】 ㄍㄨˇ ㄐㄧㄚˋ
[1]動物體內骨骼的架構。[2]支撐物體的架子。

【骨盆】 ㄍㄨˇ ㄆㄣˊ
(pelvis)也稱骨盤。爲人類軀幹下方脊柱的基礎。由兩側髖骨及骶骨構成。兩側之髖骨於前方以恥骨聯接,後方與骶骨構成關節,如此形成盆狀,故名。骨盆內可容納直腸、結腸、膀胱及女性的子宮等消化、生殖器官。女性因有生育功能,故骨盆腔低且寬,恥骨聯合也較男性短。

10【骨疽】 ㄍㄨˇ ㄐㄩ
(osteomyelitis)骨骼分子因慢性炎症而發生崩解或死亡時,骨骼軟化、變色、穿洞的病症。通常骨膜和周圍的組織會因爲發炎而逐漸形成冷性膿腫,並逐漸穿越軟組織,而於皮膚表皮開口。病因以結核或梅毒最爲常見。

【骨氣】 ㄍㄨˇ ㄑㄧˋ
[1]指剛正不屈的操守。[2]指書法遒勁的筆勢。[3]指詩文的風格。

12【骨牌】 ㄍㄨˇ ㄆㄞˊ
(dominoes)一種西洋牌戲。可作賭具或占卜之用。有許多遊戲方法,一般是以28塊長方形之扁平牌加以排列,原則是一牌傾倒時,其他旁邊的牌皆連帶傾倒。此種遊戲規則在西方引申爲政治、商業方面的理論。如西元1954年'美國''艾森豪'總統提出的骨牌理論。參骨牌理論。

13【骨幹】 ㄍㄨˇ ㄍㄢˋ
[1]指骨骼。[2]指物體內部支撐的架子。[3]比喻機關團體的重要工作人員。

【骨碌】 ㄍㄨˊ ˙ㄌㄨ
滾動的樣子。

【骨董】 ㄍㄨˇ ㄉㄨㄥˇ
[1]古器物。即古董。[2]狀聲詞。物入水的聲音。

15【骨膜】 ㄍㄨˇ ㄇㄛˋ
(periosteum)包被於骨表面(除關節面外)的一種緻密而白色的結締組織。含有大量血管及造骨細胞,供給骨的生長、修補及營養。骨膜上的纖維會深入骨質,以加強骨膜與骨間的連接。

16【骨骼】 ㄍㄨˇ ㄍㄜˊ
(skeleton)構成動物的支架。在脊椎動物,骨骼(內骨骼)可分中軸骨及附肢骨二類;在部分無脊椎動物,包被於柔軟體軀者,稱爲外骨骼,用以與脊椎動物之內骨骼區分。

17【骨鯁】 ㄍㄨˇ ㄍㄥˇ
比喻耿直不阿。

23【骨髓】 ㄍㄨˇ ㄙㄨㄟˇ
(bone marrow)骨頭內部中空處所含的物質。含血管,可供骨頭發育所需。依其所含脂肪成分高低分爲紅髓、黃髓兩種,脂肪多的,外表呈黃色;脂肪少的,外表呈紅色。紅髓具有製造紅血球、白血球、血小板的功能。兒童時期,骨髓多爲紅髓,隨年齡增長,黃髓所占比率增加。某些血液疾病,即因骨髓製造血球過程中發生問題,因此抽骨髓以供檢查是必要的診斷步驟。

6【骨朵兒】 ㄍㄨ ˙ㄉㄨㄛㄦ
指花苞。

15【骨膜炎】 ㄍㄨˇ ㄇㄛˋ ㄧㄢˊ
(periostitis)因病菌感染骨膜而引起的病症。分急性及慢性兩種。嚴重者全身發熱、骨質腫大甚至潰爛。

16【骨骼肌】 ㄍㄨˇ ㄍㄜˊ ㄐㄧ
(skeletal muscle)骨骼肌多附於骨骼上。細胞具有明暗交替的橫紋,故又稱橫紋肌。細胞可長達數公分,細胞核位於細胞膜的下方,數目可多達數百個。多數細胞聯結成一塊塊的肌肉,此等肌肉的收縮係受大腦的支配,因此骨骼肌又稱隨意肌。收縮時,可完成較沉重而迅速的運動,如手臂的彎曲等。

6【骨肉相殘】 ㄍㄨˇ ㄖㄡˋ ㄒㄧㄤ ㄘㄢˊ
至親的人互相殘害。

12【骨寒毛豎】 ㄍㄨˇ ㄏㄢˊ ㄇㄠˊ ㄕㄨˋ
形容極端恐懼。

【骨牌理論】 ㄍㄨˇ ㄆㄞˊ ㄌㄧˇ ㄌㄨㄣˋ
(domino theory)在強權(尤其共產強國)的威脅下,某一地區若有一國被征服,其他國家也可能相繼覆亡的論調。首由'美國''艾森豪'總統於西元1954年提出,其後常被用來支持'美國'的參與'越'戰。

15【骨瘦如柴】 ㄍㄨˇ ㄕㄡˋ ㄖㄨˊ ㄔㄞˊ
形容人形體至爲消瘦。

18【骨鯁在喉】 ㄍㄨˇ ㄍㄥˇ ㄗㄞˋ ㄏㄡˊ
魚骨卡在喉嚨上,不吐不快。比喻有話非說不可。

2

骪 骫的訛字。

3

骭 ㄍㄢˋ *kan*⁴ 音幹
[1]脛骨。見"說文"。[2]小腿。[3]肋骨。見"廣韻"。

骬 ㄩˊ *yü*² 音于
參髑骬。

骫 ㄨㄟˇ *wei*³ 音委
俗訛作骩、骪。[1]骨端彎曲。引申爲枉曲。見"說文"。[2]紆迴彎曲的樣子。如:骫曲。

4

骯 [一] ㄤ *ang*¹ 音腌
參骯髒[一]。
[二] ㄎㄤˇ *k'ang*³ 音慷
參骯髒[二]。

23【骯髒】 [一] ㄤ ㄗㄤ
不潔。也作腌臢。
[二] ㄎㄤˇ ㄗㄤˇ

[1]高亢剛直。也作抗髒。[2]體胖。指骨骼高大,肌肉豐滿。

骰 ㄕㄞˇ shai3 讀音 ㄊㄡˊ t'ou2 音投
[1]賭具名。骰子的簡稱。參骰子。[2]魚名。細如米粒。見"字彙補"。

3【骰子】 ㄕㄞˇ ˙ㄗ
賭具之一。正方體,六面刻不同點數。擲之,依其點數以決定勝負。

骱 ㄒㄧㄝˋ hsieh4 音蟹
骨節間兩塊骨頭相連的地方。如:脫骱。

5

𩨋 ㄎㄜ k'o1, k'ê1 音軻
膝骨。見"集韻"。

骷 ㄎㄨ k'u1 音枯
參骷髏。

21【骷髏】 ㄎㄨ ㄌㄡˊ
無肉的枯骨;死人的骸骨。

骲 ㄅㄛˊ po2 音博
骨製的箭頭。見"集韻"。

骳 ㄅㄧˋ pi4 音必
屈曲。見"集韻"。

骶 ㄉㄧˇ ti3 音底
[1]臀。見"集韻"。[2]脊椎骨的末端。見"字彙"。

6

骹 ㈠ ㄑㄧㄠ ch'iao1 音敲
[1]近足處的脛骨。見"說文"。[2]泛指一切事物的末端。見"說文通訓定聲"。
㈡ ㄒㄧㄠ hsiao1 音蕭
響箭。同髇。見"集韻"。

骸 ㄏㄞˊ hai2 音孩
[1]小腿骨;脛骨。見"說文"。[2]骨骼。見"六書故"。

骿 ㄆㄧㄢˊ p'ien2 音駢
或作胼。相並。通駢。如:骿脅。

8【骿胝】 ㄆㄧㄢˊ ㄓ
手腳因勞動而生的硬皮。同胼胝。

䯓 ㄎㄨㄟˊ k'uei2 音魁
[1]六畜的頭中骨。見"玉篇"。[2]肩骨。見"廣韻"。

骻 ㄎㄨㄚˋ k'ua4 音跨
[1]腰骨。見"玉篇"。[2]兩股間。同胯。見"集韻"。

骴 ㄘ tz'ŭ1 音雌
[1]鳥獸的殘骨。見"說文"。[2]附著腐肉的骨頭。

骼 ㄍㄜˊ ko2, kê2 音格
[1]禽獸的骨。見"說文"。[2]枯朽的骨頭。[3]羊脅腋下的肉。通胳。

䯒 ㄏㄥˊ hêng2 音衡
牛脊後骨。見"集韻"。

7

骾 ㄍㄥˇ kêng3 音梗
骨頭梗塞於喉間。也作鯁。見"說文"。

䯋 髆的或體。

骽 腿的俗體。

骮 ㄊㄧㄥˊ t'ing2 音亭
參髂骮。

䯧 ㄧㄠˇ yao3 音咬
脅骨。見"集韻"。

8

髁 ㄎㄜ k'o1, k'ê1 音科
[1]股骨;大腿骨。見"說文"。[2]膝頭骨。見"廣韻"。

髀 ㄅㄧˋ pi4 音庇
[1]股部;大腿。也用指大腿骨。見"說文"。[2]古代測量日影的表。

6【髀肉復生】 ㄅㄧˋ ㄖㄡˋ ㄈㄨˋ ㄕㄥ
好久沒有騎馬,腿襠的肥肉又長起來。古代武夫感慨自己閒散已久,沒有機會作戰立功的話。後用作自嘆長期投閒置散、事業無成的意思。

9

髂 ㄎㄚˋ k'a4 音喀
腰骨。見"集韻"。

髃 腢的或體。

䯨 ㄏㄜˊ ho2, hê2 音河
參䯨骭。

13【䯨骭】 ㄏㄜˊ ㄩˊ
肩骨。

10

髈 ㄅㄤˇ pang3 音榜
[1]股;大腿。見"廣韻"。[2]脅肉;胸的兩側肉。見"集韻"。[3]肩部以及肩以下至肘的部位。也作膀。

髇 ㄒㄧㄠ hsiao1 音消
響箭。通作髐。見"集韻"。

髊 ㄘˊ tz'ŭ2 音詞 又讀 ㄘㄨㄛ ts'o1, ts'uo1 音蹉
同骴。[1]附有腐肉的骨頭。見"玉篇"。[2]鳥獸殘骨。見"集韻"。

髆 ㄅㄛˊ po2 音博
肩胛骨。見"說文"。

髓 髓的俗體。

䯼 ㄔㄨㄟˊ ch'ui2 音垂
頸後的骨。見"集韻"。

11

髍 ㄇㄛˊ mo2 音魔
半身不遂的病。同䯢、髍。見"說文"。

髎 ㄌㄧㄠˊ liao2 音聊
髀上大骨。見"廣韻"。

髏 ㄌㄡˊ lou2 音樓
參骷髏。

12

髐 ㄒㄧㄠ hsiao1 音哮
[1]枯骨。也指屍骨枯乾的樣子。如:髐然。[2]響箭。通髇。見"集韻"。

䯣 ㄎㄨㄟˋ k'uei4 音愧
膝蓋骨。見"說文"。

13

髎　ㄌㄧㄥˊ *ling*² 音零
參髎骶。

17【髎骶】　ㄌㄧㄥˊ　ㄊㄧㄥˊ
骨長的樣子。

髓　ㄙㄨㄟˇ *sui*³ 音嶲
本作髓。①骨中如凝脂的物質。見"說文"。②植物莖的中心部分。係由薄壁細胞構成，有儲存養分的功用。根中則多數無髓，僅單子葉植物及一部分雙子葉植物的根有之。③比喻精華或精要。

髒　㊀ ㄗㄤ *tsang*¹ 音臧
參骯髒㊀。

㊁ ㄗㄤˇ *tsang*³
參骯髒㊁。

體　ㄊㄧˇ *t'i*³
俗作躰、体。①身體。首、身、手、足的總稱。見"說文·體·段注"。②規格或形式。如：國體。③詳察；領會。如：體諒。④私自。如：體己。⑤踐行；實施。如：以身體之。⑥(der Körper; le corps)爲身體之意；抽象代數中，凡可做四則運算者，依四肢之義，稱之爲體('英'文獨稱爲 field，但不宜譯爲域)；體即一集合K，最少具有兩元0、1，且具有兩個運算加法⌊+⌉及乘法⌊×⌉，兩者均可締可換，具么，即是：$x+(y+z)=(x+y)+z$, $x+y=y+x$, $x+0=0+x=x$, $x\times(y\times z)=(x\times y)\times z$, $x\times y=y\times x$, $x\times 1=1\times x=x$；可分配：$(x+y)\times z=x\times z+y\times z$, $z\times(x+y)=z\times x+z\times y$；加法可逆：$(-x)+x=0=x+(-x)$之$(-x)$恆存在(從而⌊可減⌉)，乘法亦可逆：$x^{-1}\times x=1=x\times x^{-1}$之$x^{-1}$恆存在，除非$x=0$，因而⌊可除⌉(但除數不得爲0)。較熟悉之體有複數體、實數體、有理數體。有限體之元素個數有限，此時有一質數p，使得：對於體中任一元x, $px=x+x+\cdots\cdots+x$(共p個)恆爲0。此數p稱爲體之特徵數。於某些理論中，亦可放棄乘法可換性之要求，於是得⌊不可換體⌉(skew-field)或者可除環(division ring)之概念。又於一體中，若n次方程式恆有根($n\geq1$)，則稱爲⌊代數封閉體⌉，複數體爲代數封閉體的定理，即爲代數學基本定理；實數體因$x^2+1=0$無解，故不屬之。

3【體己】　ㄊㄧˇ　·ㄐㄧ
①親近的；貼心的。②私房錢。

5【體用】　ㄊㄧˇ　ㄩㄥˋ
①事物的本體和作用。②佛家指眞如實相和因果諸法。

6【體行】　㊀ ㄊㄧˇ　ㄒㄧㄥˊ
親自實行。

㊁ ㄊㄧˇ　ㄒㄧㄥˋ
品行。

7【體育】　ㄊㄧˇ　ㄩˋ
一種動態的教育。以經過組織與選擇的項目爲教材，身體活動爲方式，配合各種不同的場地設備，由受過專業訓練的體育教師，運用適當的方法教育學生，以促進身心健全發展、鍛鍊體魄、學習運動技巧、提高適應能力、養成良好國民德性爲目標的教育活動。

【體系】　ㄊㄧˇ　ㄒㄧˋ
由許多要素構成的井然有序的系統。

8【體味】　ㄊㄧˇ　ㄨㄟˋ
①親自領會。②身體發出的氣味。

【體制】　ㄊㄧˇ　ㄓˋ
①詩文、繪畫的體裁或風格。②指公私機關、企業組織的制度。

【體例】　ㄊㄧˇ　ㄌㄧˋ
①文詞的格式。②辦事的規則。

【體念】　ㄊㄧˇ　ㄋㄧㄢˋ
體察而感念。多指下對上的了解與感懷。

9【體恤】　ㄊㄧˇ　ㄒㄩˋ
體諒；憐恤。多指上對下。

【體要】　ㄊㄧˇ　ㄧㄠˋ
①切實精要。②大體與綱要。

【體面】　ㄊㄧˇ　ㄇㄧㄢˋ
①體統。②體裁。③美觀。④榮譽；面子。

【體段】　ㄊㄧˇ　ㄉㄨㄢˋ
體裁；格局。

10【體氣】　ㄊㄧˇ　ㄑㄧˋ
①參體質①。②指人品性格。③指文章的格調。

11【體統】　ㄊㄧˇ　ㄊㄨㄥˇ
規矩；體制。

12【體裁】　ㄊㄧˇ　ㄘㄞˊ
①文章的結構、佈局。②文學作品的類別、形式。

【體貼】　ㄊㄧˇ　ㄊㄧㄝ
①體會；爲別人設想。②體諒；揣摩。

【體腔】　ㄊㄧˇ　ㄑㄧㄤ
(coelom)身體呈兩側對稱的動物(除扁形動物外)，體壁和腸壁間常有空腔，此等空腔，稱爲體腔。有假體腔與眞體腔之分。

14【體察】　ㄊㄧˇ　ㄔㄚˊ
體會考察。

【體罰】　ㄊㄧˇ　ㄈㄚˊ
一種使學童身體感到痛苦的懲罰方式。近世以來，教育家公認體罰非訓誡學童的適當方法，因此現今各國不是絕對禁止，就是加以嚴格的限制。我國也早已有禁止體罰的規定。

15【體魄】　ㄊㄧˇ　ㄆㄛˋ
身體。

【體質】　ㄊㄧˇ　ㄓˊ
①指身體抵抗疾病和適應外界的能力。②體格；體態。③氣質胸懷。

16【體操】　ㄊㄧˇ　ㄘㄠ
人類爲滿足運動的欲望，達成保健的目的，將人體若干動作有秩序地編列而表現出來，稱爲體操。現行體操競技運動，分徒手體操及器械體操兩類。包括男子項目：地板、跳馬、吊環、單槓、雙槓、鞍馬等六項；女子項目：地板、跳馬、平衡木、高低槓等四項，並新增女子韻律體操。

【體積】　ㄊㄧˇ　ㄐㄧ
(volume)與容積同，亦常略稱

〔積〕。本爲空間占據的度量。其根本法則有二:一、經由平移旋轉等剛性運動後,體積不變;二、'祖沖之'原理:〔冪勢既同,則積不容異〕,即若兩物體同高,而且在同樣高度的地方所截之截面積相同,則兩物體之體積全同。體積公式中,較基本者爲四面體(即三角錐)體積等於底面積乘高除以3,任何物體若能度量體積,必可用角錐之併合逼近計算之。

23【體驗】 ㄊㄧˇ ㄧㄢˋ
親身經歷體會。

4【體內波】 ㄊㄧˇ ㄋㄟˋ ㄅㄛ
(body waves)地震波的一種。可分二類:一、原始波(primary waves),又稱P波、壓縮波(compressional waves)。性質與音波相類,波的振動方向是沿波之前進方向作往復運動,形成疏密相間之型式,故又稱縱波。其傳播速度最快,可穿過固體、液體和氣體。二、次波(secondary waves),又稱S波、剪力波(shear waves)。波的振動是在垂直波之前進方向面作往復的運動,故又稱爲橫波(transverse waves)。其傳播速度較P波慢,只能通過固體。

9【體型論】 ㄊㄧˇ ㄒㄧㄥˊ ㄌㄨㄣˋ
(somatotype)人格理論之一。個體之人格可依身體結構和型態區分爲幾大類型,而後就其類型解釋、推斷所具有之人格特質。

12【體循環】 ㄊㄧˇ ㄒㄩㄣˊ ㄏㄨㄢˊ
(systemic circulation)又稱大循環。即心臟將血液由左心室經大動脈送往全身,供給組織細胞氧氣和養分,並將細胞產生的二氧化碳及廢物送回右心房的循環作用。與肺循環相對。

3【體大思精】 ㄊㄧˇ ㄉㄚˋ ㄙ ㄐㄧㄥ
規模宏大,思慮精密。

4【體內受精】 ㄊㄧˇ ㄋㄟˋ ㄕㄡˋ ㄐㄧㄥ
(internal fertilization)精子在雌體的生殖器內與卵相遇而完成受精的現象。體內受精的動物,雌雄個體必須先行交尾,雄性的精子藉交尾而進入雌體。此種受精方式適於生活陸上的動物;若干水生動物如甲殼類及鮫,也行體內受精。

5【體外受精】 ㄊㄧˇ ㄨㄞˋ ㄕㄡˋ ㄐㄧㄥ
(external fertilization)動物將卵或精子釋出體外,卵和精子在體外的水液中結合。此種受精方式適合在水中進行生殖的動物,例如許多魚類及兩生類。

11【體國經野】 ㄊㄧˇ ㄍㄨㄛˊ ㄐㄧㄥ ㄧㄝˇ
1規劃都城,丈量田地。2泛指治理國家。

12【體貼入微】 ㄊㄧˇ ㄊㄧㄝ ㄖㄨˋ ㄨㄟˊ
關心照料得無微不至。

【體無完膚】 ㄊㄧˇ ㄨˊ ㄨㄢˊ ㄈㄨ
1受傷很重,全身無一處完整之肌膚。2指受到嚴苛無情之批評或指摘。

16【體積效率】 ㄊㄧˇ ㄐㄧ ㄒㄧㄠˋ ㄌㄩˋ
(volumetric efficiency)往復或回轉壓縮機之吸入狀態經換算後,其吐出空氣量與壓縮量之比。

14【體態語言學】 ㄊㄧˇ ㄊㄞˋ ㄩˇ ㄧㄢˊ ㄒㄩㄝˊ
研究傳播要素重點的一門學科。因人類表情、動作可產生語言傳播同樣的功用,故稱。

15【體質人類學】 ㄊㄧˇ ㄓˊ ㄖㄣˊ ㄌㄟˋ ㄒㄩㄝˊ
(physical anthropology)也稱人類生物學、自然人類學或形質人類學。是人類學的一個分支學科。主要研究人類的生物面,亦即研究人類的體質結構、進化,與其他動物的系屬關係及其種族變異等。

16【體積縮減率】 ㄊㄧˇ ㄐㄧ ㄙㄨㄛ ㄐㄧㄢˇ ㄌㄩˋ
(volume reduction)指垃圾經壓縮減少之體積與原體積的比值。以百分率表示。

【體積莫耳濃度】 ㄊㄧˇ ㄐㄧ ㄇㄛˋ ㄦˇ ㄋㄨㄥˊ ㄉㄨˋ
(molarity)以溶液一升中所含溶質之莫耳數表示的濃度。通常以M表示。即:體積莫耳濃度(M)$=\frac{\text{溶質莫耳數}}{\text{溶液體積}}$。

【體積百分率濃度】 ㄊㄧˇ ㄐㄧ ㄅㄞˇ ㄈㄣ ㄌㄩˋ ㄋㄨㄥˊ ㄉㄨˋ
(volume percentage)每100毫升溶液中所含溶質之體積(毫升數),稱爲體積百分率濃度。由兩種液體所混合而成的溶液常以體積百分率表示其濃度。

髑 ㄉㄨˊ tu² 音獨
參髑髏。

21【髑髏】 ㄉㄨˊ ㄌㄡˊ
頭骨。也作顱顤。

膾 ㄍㄨㄞˋ kuai⁴ 音怪
束聚頭髮的骨器。同鬠。見"說文"。

14

髕 ㄅㄧㄣˋ pin⁴ 音鬢
1膝蓋骨。見"說文"。2古代五刑之一。砍斷膝蓋以下肢體的刑罰。同臏。見"集韻"。

15

髖 ㄎㄨㄢ k'uan¹ 音寬
1股上的大骨。見"說文"。2兩股之間。見"廣韻"。

16

髗 顱的或體。

高部

高 ㄍㄠ kao¹ 音羔
1上下的距離遠。低的反義詞。2上下的距離。如:身高。3泛指超越一般。如:高手。4敬重。

⑤(altitude)在幾何裡，一般指決定圖形高度的線段。即從底面(邊)相對的頂點到底面(邊)的垂直距離。⑥姓。'春秋''衛'有'高柴'。見"萬姓統譜·三二"。

4【高亢】ㄍㄠ ㄎㄤˋ

①指操行高潔。②指聲音高昂響亮。

【高手】ㄍㄠ ㄕㄡˇ

某方面才能或技藝出眾的人。

7【高更】ㄍㄠ ㄍㄥ

(Paul Gauguin, 1848～1903)'法國'後期印象派大師之一。早期經過印象派繪畫的洗禮，對印象派繪畫的一瞬間色彩再現之繪畫並無好感，堅持藝術是要表現出畫家主觀之個性、感情和思想，於是用黑色之輪廓線，主觀平塗的裝飾性色彩，表達了宗教或風俗性的內涵。以其具有綜合裝飾性、個性、象徵性的藝術性質，所以被稱為綜合主義。代表作有"雅各與天使纏鬥"(*Jacob Wrestling with the Angel*)、"黃色基督"(*The Yellow Christ*)及"我們從何處來？我們是什麼？我們往何處去？"(*Where Do We Come From? What Are We? Where Are We Going?*)等。

【高見】ㄍㄠ ㄐㄧㄢˋ

高明的見解。多用以美稱別人的意見。

【高足】ㄍㄠ ㄗㄨˊ

①出色的學生。對別人學生的美稱。②指良馬。

8【高臥】ㄍㄠ ㄨㄛˋ

①高枕而臥。悠閒自在的樣子。②指隱居樂道，不求仕進。

【高尚】ㄍㄠ ㄕㄤˋ

①志行高潔；不俗。②指物品款式質地美好。

【高明】ㄍㄠ ㄇㄧㄥˊ

①性格豁達爽朗。②指位尊權大的人。③對人的尊稱。④高敞的地方。⑤指學識、技藝的高妙。⑥(1310～1380)'永嘉''平陽'(今'浙江''平陽')人，一作'溫州''瑞安'人，字'則誠'，號'菜根道人'。曾作"琵琶記"，為南曲之冠。

9【高風】ㄍㄠ ㄈㄥ

①高處吹來的風。②指秋風。③高尚的品格、風範。

10【高差】ㄍㄠ ㄔㄚ

(head)流體流動時之各種機械能以相當之液位高度單位表示之謂。常見之高差種類有壓力高差、靜高差、速度高差、摩擦高差等。

【高原】ㄍㄠ ㄩㄢˊ

(plateau)指一般高度在500至1,000公尺以上，且表面平坦的廣大地面。有些因氣候乾燥，缺乏河流，甚少切割，高原面保持平整；有些則因氣候溼潤，河流眾多，高原面被切割甚烈，成為切割高原，如'雲貴高原'。

【高徒】ㄍㄠ ㄊㄨˊ

參高足①。

11【高堂】ㄍㄠ ㄊㄤˊ

①高大寬敞的廳堂。②對父母的敬稱。③對他人家庭的敬稱。④複姓。'漢'有'高堂芝'。見"萬姓統譜·一二九"。

【高啟】ㄍㄠ ㄑㄧˇ

(1336～1374)'明''長洲'(今'江蘇''吳縣')人，字'季迪'。'洪武'初，召修"元史"，為'翰林院'國史編修，後坐文字獄被誅。作詩兼採諸家之長，風格豪放清逸。著有"高太史全集"、"鳧藻集"。

12【高就】ㄍㄠ ㄐㄧㄡˋ

尊稱別人的職業。

【高雅】ㄍㄠ ㄧㄚˇ

高尚典雅。

【高棉】ㄍㄠ ㄇㄧㄢˊ

(Kampuchea)位於'中南半島'東南部的共產國家。又稱'柬埔寨'(Cambodia)。文化深具'印度'色彩。面積18.1萬方公里，人口1,361萬(2005年)。全境為一盆地，以'洞里湖'(Tonle Sap)為中心，盛產淡水魚類。'湄公河'流貫東側，下游平原盛產水稻。首都'金邊'(Phnom Penh)，位'湄公河'及'洞里湖'會流處，為水、陸交通中心。'金磅遜'(Kompong Som)是唯一深水港。四時皆夏，唯'暹羅灣'(Gulf of Siam)一帶雨量頗豐，較不炎熱。

【高雄】ㄍㄠ ㄒㄩㄥˊ

①直轄市。原名'打狗'、'打鼓'。位於'臺灣島'西南岸。自'明'末'清'初以來，即為對外的貿易商埠，目前是'臺灣'最大的工業中心，造船、鋼鐵、機械、化學、煉油、煉鋁、水泥等工業盛；'高雄港'係一潟湖加以人工建設的港口，現為'臺灣'最大的商港、漁港、軍港，以及世界十大商港之一。②縣名。位於'臺灣島'西南部，縣治在'鳳山市'。

【高貴】ㄍㄠ ㄍㄨㄟˋ

①指人的氣質或物的品質高尚而尊貴。②指顯貴的人。

【高腔】ㄍㄠ ㄑㄧㄤ

戲曲聲腔。自'江西''弋陽'腔發展而來。唱腔質樸高亢，由演員獨唱，後臺幫腔，只用打擊樂器。後來某些劇種的高腔，逐漸採用絲竹樂器伴奏。比較著名的有'北京'的'京'腔、'河北'的'高陽'高腔、'山西'的青戲、'四川'的'川'劇高腔等。

13【高粱】ㄍㄠ ㄌㄧㄤˊ

蜀黍的別名。參蜀黍。

【高傲】ㄍㄠ ㄠˋ

驕傲自大。

14【高誘】ㄍㄠ ㄧㄡˋ

'東漢''涿郡'(今'河北''涿縣')人。'盧植'的弟子。'建安'中任司空掾，後官至'東郡''濮陽'令、'河東'監。以注釋古籍著稱，注有"戰國策"、"呂氏春秋"、"淮南子"等書。

【高僧】ㄍㄠ ㄙㄥ

道行高深的僧侶。用以尊稱佛門比丘。

15【高潮】ㄍㄠ ㄔㄠˊ

[1](high water) 又稱滿潮。低潮的相對詞。海水受外力的作用，通常每日發生兩次潮汐現象，在一次潮汐週期中，海水面因漲潮而升高達最高水位時，稱爲高潮。當地球自轉時，朝月球的一面，因引力大於離心力而出現高潮；相背的一面，因離心力大於引力，也同樣出現高潮。通常由高潮到下一次高潮的週期約爲12小時25分，再下一次高潮則隔24小時50分，故每日高潮出現時間都向後順延50分鐘。[2]泛稱一切事物發展到最緊張、熱烈、重要的階段。[3]小說或戲劇中，故事情節發展到扣人心弦的最高點。

【高適】 ㄍㄠ ㄕˋ
(702～765)'唐''渤海''蓨'(今'河北''景縣')人，字'達夫'。官'淮南'、'西川'節度使，仕終左散騎常侍。長於邊塞詩，與'岑參'齊名。有"高常侍集"。

【高誼】 ㄍㄠ ㄧˋ
崇高深厚的情誼。

【高調】 ㄍㄠ ㄉㄧㄠˋ
[1]音律高的曲調；激昂的聲調。[2]不切實際的高遠論調。

【高論】 ㄍㄠ ㄌㄨㄣˋ
[1]高明的議論。[2]尊稱他人的議論、見解。[3]同高調[2]。

【高遷】 ㄍㄠ ㄑㄧㄢ
指身分、地位或職務的升遷。

【高標】 ㄍㄠ ㄅㄧㄠ
[1]物之最高點。[2]高標準。[3]人品高潔。[4]高的投標價格。

17【高壓】 ㄍㄠ ㄧㄚ
[1]以強大的權勢或嚴厲的手段壓制。[2]強大的電壓。工業上指電壓在3,000～11,000伏特的電流。[3]最普遍的園藝植物壓條繁殖法。即先在繁殖枝條上施行環狀剝皮或刻傷，而後用溼潤的水苔或培養土包覆傷口，再以塑膠布包覆，並在上下兩端以繩紮緊，使其生根後剪下，即成獨立植株。

【高蹈】 ㄍㄠ ㄉㄠˋ
[1]遠行。[2]舉足頓地。表示贊歎或和其節拍，陶醉其間。[3]隱居。[4]高超絕倫。

19【高麗】 [一] ㄍㄠ ㄌㄧˋ
高雅華麗。
[二] ㄍㄠ ㄌㄧˊ
國名。即'韓國'，位於'朝鮮半島'上。

【高蹺】 ㄍㄠ ˙ㄑㄧㄠ
雙足縛踏在竿上而行走表演的一種民間遊藝。

【高攀】 ㄍㄠ ㄆㄢ
指與身分地位較高的人結交或聯姻。

20【高爐】 ㄍㄠ ㄌㄨˊ
(furnace)即鼓風爐。參鼓風爐。

【高鶚】 ㄍㄠ ㄜˋ
(1738～1815)'清'鑲黃旗'漢'軍人，字'蘭墅'。'乾隆'進士，官至'翰林院'侍讀。工詩詞。有"高蘭墅集"。曾補'曹雪芹''紅樓夢"後四十回。

22【高歡】 ㄍㄠ ㄏㄨㄢ
(496～547)'北朝'人。其先原居'渤海''蓨'(今'河北''景縣')，後徙'懷朔鎮'(今'綏遠''五原')。字'賀六渾'。本'後魏'權臣，子'高洋'篡'東魏'，稱'齊帝'，追尊爲'神武帝'。

2【高力士】 ㄍㄠ ㄌㄧˋ ㄕˋ
(684～762)'唐''高州''良德'(今'廣東''茂名'東北)人，本姓'馮'，從養父改姓'高'。爲'玄宗'所寵幸，官至驃騎大將軍，封'渤海郡公'。擅權弄政，並與'安祿山'、'李林甫'、'楊國忠'等勾結。後被劾流放'巫州'，赦還病死途中。

3【高士傳】 ㄍㄠ ㄕˋ ㄓㄨㄢˋ
[1]三國'魏''嵇康'撰。原書佚。'清''嚴可均'有輯本，一卷。[2]'晉''皇甫謐'撰，三卷。記上古至'魏''晉'間高士事蹟。原七十二人，後人增爲九十六人。

【高大宜】 ㄍㄠ ㄉㄚˋ ㄧˊ
(Zoltán Kodály, 1882～1967)'匈牙利'作曲家。以蒐集民歌研究而聞名世界。其代表作品有歌劇"哈利亞諾斯"(*Háry János*)、"紡屋"(*Székely-fonó*)，管絃樂"加蘭塔舞"(*Dances of Galánta*)；歌曲"匈牙利頌歌"(*Psalmus Hungaricus*)等。

高大宜像

【高大德】 ㄍㄠ ㄉㄚˋ ㄉㄜˊ
(Robert Hutchings Goddard, 1882～1945)'美國'物理學家，火箭研究的先驅。西元1943年任'克拉克大學'物理教授，並推展火箭發射的實驗。1919年發表的"抵達極高處的方法"(*A Method of Reaching Extreme Altitudes*)，今已成爲火箭學的經典之作。1926年發射第一枚以液體燃料推動的火箭。1935年第一次成功的發射第一枚以液態燃料推動的超音速火箭。

高大德像

【高山症】 ㄍㄠ ㄕㄢ ㄓㄥˋ
(altitude sickness) 在高山或海拔較高地區居住數年以上所產生的一種病。病人出現鮮紅色嘴脣，結膜、指甲床及牙齦稍作輕微運動即轉爲發紺。神智較爲遲鈍，容易疲倦，並有頭痛現象。四十到六十歲的人容易罹患。回到海平面可使症狀迅速消失。

【高山族】 ㄍㄠ ㄕㄢ ㄗㄨˊ
'臺灣'原住諸族的俗稱。大都居住在山地，少部分在東部山麓、平原及'蘭嶼島'。計有'泰雅'、'賽夏'、'布農'、'鄒'、'排灣'、'卑南'、'魯凱'、'阿美'、'邵'及'雅美'等十族。人口約40餘萬人。除'蘭嶼'的'雅美族'以漁獵爲生外，多營農耕兼事漁獵。原信仰泛靈，近來改信'耶穌'

者日眾。

5【高本漢】 ㄍㄠ ㄅㄣˇ ㄏㄢˋ
(Bernhard Karlgren, 1889～1979)近代'瑞典''漢'學家。曾任'格得堡大學'遠東語言文化教授,後任校長。曾來我國遊歷,並在西北各地考察方言。用科學方法研究'中國'的語言與歷史,貢獻頗多。有"中國音韻學研究"、"左傳眞僞考"、"詩經注釋"、"書經注釋"、"禮記注釋"、"左傳注釋"、"先秦假借字考"等多種著述。

6【高血壓】 ㄍㄠ ㄒㄧㄝˇ ㄧㄚ
(hypertension)指一般人在休息的狀態下,量得血壓收縮壓及舒張壓超過140及90mmHg。成人中約有20%患有此病,其中90%以上屬本態性高血壓,此類病人找不出病因,須長期服藥控制;另少於10%的病人可找出病因(如腎血管異常、腎臟病等),並採對因治療即可。高血壓病人如不加以治療,則比一般人更易罹患心肌梗塞、腦中風、血管硬化等,而增加其死亡率。

7【高志航】 ㄍㄠ ㄓˋ ㄏㄤˊ
(1908～1937)'安東''通化'人,'東北陸軍軍官學校'畢業。曾赴'法國'學習高級飛行技術。返國後,投效空軍,歷任空軍隊長、大隊長。'民國'二十六年八月十四日,率所部志航大隊迎擊'日'機於'杭州''筧橋',首創制敵於空紀錄,是爲空軍節之由來。其後繼續擔任空戰任務,於'蘭州'駕機拒敵,壯烈犧牲。

【高利貸】 ㄍㄠ ㄌㄧˋ ㄉㄞˋ
民間借貸出借人所收之利息超過法定利率者。

【高低槓】 ㄍㄠ ㄉㄧ ㄍㄤˋ
女子體操項目之一。使用器械爲兩高低平行木槓。以懸垂及支撐動作爲主體,不停地在高低槓之間作最大限度的使用,如擺動、倒立、迴環、空翻、轉體、兩槓間的移動等,構成快速的組合運動。

9【高度閥】 ㄍㄠ ㄉㄨˋ ㄈㄚˊ
(altitude valve)設置於地面或高架配水池、水槽等之進水管上的水位控制閥。可應用水力、浮筒或電流控制水位,以防止水的溢流。

【高屏溪】 ㄍㄠ ㄆㄧㄥˊ ㄒㄧ
原名'下淡水溪'。發源於'玉山山脈'的東西兩側,東源'荖濃溪',西源'旗山溪'(又名'楠梓仙溪'),兩溪在'大樹'以下合流後,始稱'高屏溪'。南流至'汕尾'以南注入'臺灣海峽'。

10【高浮花】 ㄍㄠ ㄈㄨˊ ㄏㄨㄚ
玻璃器表面蝕刻的一種。玻璃器經深度的蝕刻後,所蝕出的圖紋邊緣再琢磨成弧形,使圖形呈現高浮的狀態。

【高原期】 ㄍㄠ ㄩㄢˊ ㄑㄧˊ
(plateau)學習曲線進步到某一階段時,呈現遲滯不進的現象。

【高氣壓】 ㄍㄠ ㄑㄧˋ ㄧㄚ
指一個區域的氣壓較附近地區爲高,呈一閉合等壓線者。即反氣旋。高氣壓在北半球,其風向呈順時針方向,南半球則呈反時針方向。

11【高速鋼】 ㄍㄠ ㄙㄨˋ ㄍㄤ
(high-speed steel)高溫時,仍能保持相當高之強度與硬度的工具鋼。所製刀具能夠在已可見其發紅的情況下,快速的切削金屬。其所添加的合金元素以鎢(W)、鉬(Mo)、鈷(Co)、釩(V)、鉻(Cr)爲主。

12【高帽子】 ㄍㄠ ㄇㄠˋ ˙ㄗ
指阿諛的話。

14【高漸離】 ㄍㄠ ㄐㄧㄢˋ ㄌㄧˊ
'戰國''燕'人。'荊軻'之友,善擊筑。'荊軻'刺'秦始皇',不成身死,後'漸離'以善擊筑得近'始皇',乃置鉛於筑中,乘隙以筑扑擊'始皇',不中,被殺。

【高爾基】 ㄍㄠ ㄦˇ ㄐㄧ
(Maksim Gorky, 1868～1936)'俄國'小說家。擅長以寫實手法激烈地刻劃下層社會生活的苦痛與粗暴,文字極富煽動性,雖文學價值不高,卻充滿積極的力量,造成廣泛的影響,爲銜接'俄國'革命前後二個時代的代表作家。代表作有"母親"(*Mother*)、"童年"(*Childhood*)及回憶錄等。

高爾基像

【高碳鋼】 ㄍㄠ ㄊㄢˋ ㄍㄤ
(high-carbon steel)含碳量在0.7～1.5%之間的鋼。質硬而脆,常用以製造剃刀、鑽頭及其他高硬度的工具。

【高僧傳】 ㄍㄠ ㄙㄥ ㄓㄨㄢˋ
'梁''釋慧皎'撰,十三卷,附錄一卷。記'東漢''永平'至'梁''天監'高僧四百五十餘人事,爲研究佛教史的重要資料。

17【高壓板】 ㄍㄠ ㄧㄚ ㄅㄢˇ
(hard board)將木纖維在加熱的壓床上壓成密度約60磅/立方呎的硬片。又稱硬板。板面平滑,能彎成曲面,並可製出多種飾面。

【高嶺土】 ㄍㄠ ㄌㄧㄥˇ ㄊㄨˇ
(kaoline)一種含鋁的矽酸鹽〔$Al_2Si_2O_5(OH)_4$〕礦物。色白,粒度細,不純者呈棕或灰色。是由其他鋁矽酸鹽類分解而成,尤其是長石類;也可由風化作用或熱液作用造成。用途廣,可作爲紙漿的塡充劑及陶瓷材料,其中以顏色白、質純者爲佳。

2【高人一籌】 ㄍㄠ ㄖㄣˊ ㄧ ㄔㄡˊ
勝人一等。

3【高下在心】 ㄍㄠ ㄒㄧㄚˋ ㄗㄞˋ ㄒㄧㄣ
1指審度時勢,因時制宜。2隨心所欲。

【高山仰止】 ㄍㄠ ㄕㄢ ㄧㄤˇ ㄓˇ
巍峨的高山,令人仰慕。對他人品德表示讚頌景仰之辭。

4【高文典冊】 ㄍㄠ ㄨㄣˊ ㄉㄧㄢˇ ㄘㄜˋ

高深的大著作。

5【高加索山】ㄍㄠ ㄐㄧㄚ ㄙㄨㄛˇ ㄕㄢ (Caucasus Mts.)‘蘇俄’境內最高、最寬的山脈。位於‘裏海’和‘黑海’之間。爲‘歐’‘亞’兩洲的界山,阻礙兩洲間的交通。屬第三紀新褶曲山。包括東西横列的‘大’、‘小高加索山’,最高峰‘艾布魯斯峰’(Elbrus Mt.),高5,633公尺。

6【高地氣候】ㄍㄠ ㄉㄧˋ ㄑㄧˋ ㄏㄡˋ (highland climate)高山及高原地區,由於高度的升降,在垂直距離內,氣候有明顯的變化,一山自下而上,甚至可包括熱、溫、寒三帶氣候,特稱爲高地氣候。其主要特徵有:氣溫、氣壓均隨高度遞減;地面溫度晝夜變化甚大,山上日溫差較谷地爲小;雨量常較平原地區爲多,但超過某一高度後又逐漸減少;自然植物垂直分布,有明顯的分帶。

7【高步雲衢】ㄍㄠ ㄅㄨˋ ㄩㄣˊ ㄑㄩˊ 比喻平步青雲,前途光明。

8【高臥東山】ㄍㄠ ㄨㄛˋ ㄉㄨㄥ ㄕㄢ 比喻隱居不仕。‘晉’‘謝安’曾隱居‘東山’,不受朝廷徵召。見“晉書·謝安傳”。

【高枕無憂】ㄍㄠ ㄓㄣˇ ㄨˊ ㄧㄡ 安全自在而無憂慮。

【高抬貴手】ㄍㄠ ㄊㄞˊ ㄍㄨㄟˋ ㄕㄡˇ 求人寬恕或幫助的用語。

【高岸爲谷】ㄍㄠ ㄢˋ ㄨㄟˊ ㄍㄨˇ 高岸變成深谷。比喻世事變遷很大。

【高朋滿座】ㄍㄠ ㄆㄥˊ ㄇㄢˇ ㄗㄨㄛˋ 形容座上賓客眾多。

9【高屋建瓴】ㄍㄠ ㄨ ㄐㄧㄢˋ ㄌㄧㄥˊ 在高屋之上,傾瀉瓶水。比喻居高臨下,勢不可止。

【高風亮節】ㄍㄠ ㄈㄥ ㄌㄧㄤˋ ㄐㄧㄝˊ 高尚的品格和節操。

10【高差損失】ㄍㄠ ㄔㄚ ㄙㄨㄣˇ ㄕ 即摩擦高差。參摩擦高差。

【高能物理】ㄍㄠ ㄋㄥˊ ㄨˋ ㄌㄧˇ (high energy physics)又稱基本粒子物理學。以高能量粒子研究物質最基本的結構。高能物理自西元1950年起勃興,利用大型加速器,以人工方式讓電子、質子等在高能量下碰撞。所謂「高能」,從60年代的一億電子伏特上下,提升到今日的上千億電子伏特,能探究一千兆分之一毫米的極微世界。高能物理的種種研究,不僅讓人類更能了解身處世界的基本結構,還有助於了解自然界中的電磁力、強作用力、弱作用力和重力四種力。

【高氧化物】ㄍㄠ ㄧㄤˇ ㄏㄨㄚˋ ㄨˋ (oxidant)指經光化學反應所產生的強氧化性物質。

【高級財貨】ㄍㄠ ㄐㄧˊ ㄘㄞˊ ㄏㄨㄛˋ (superior goods)又稱正常財貨(normal goods)。這類產品的需求量與貨幣所得成增函數關係。若產品價格不變,貨幣所得增加,將引起該產品的需求增加;貨幣所得減少,將引起該產品的需求減少。一般的消費品屬之。

11【高視闊步】ㄍㄠ ㄕˋ ㄎㄨㄛˋ ㄅㄨˋ 擡起頭來,大步行走。①形容氣概不凡的樣子。②形容傲慢自大的樣子。

【高速公路】ㄍㄠ ㄙㄨˋ ㄍㄨㄥ ㄌㄨˋ (expressway)又稱直達高速公路(freeway)。是指專供長途直達交通之分行道超級公路。通常以分行道行駛方向行車,出入口有局部或全部管制,並於交叉口採立體設計,其上無人行道與慢車道,車速較高,大約每小時100至160公里,且有最低速率限制。由於造價昂貴,原則上多爲收費公路。我國首條高速公路——‘中山國道’,北起‘臺灣’‘基隆’,南迄‘高雄’,全長373公里。

【高基氏體】ㄍㄠ ㄐㄧ ㄕˋ ㄊㄧˇ (Golgi body)位於細胞質中的一種胞器。含有特殊的酵素系統,在腺細胞中特別發達,具有合成和貯存分泌物的功能。

【高堂邃宇】ㄍㄠ ㄊㄤˊ ㄙㄨㄟˋ ㄩˇ 高大深邃的房屋。

【高唱入雲】ㄍㄠ ㄔㄤˋ ㄖㄨˋ ㄩㄣˊ ①形容歌聲高昂激越。②形容言論熱烈。

12【高斯定律】ㄍㄠ ㄙ ㄉㄧㄥˋ ㄌㄩˋ (Gauss law)任意分布之電荷(正電荷或負電荷),在其所建立之電場內,可作任意形狀的封閉表面,則向外穿透此表面的總電力線數等於此一封閉表面所包圍的電荷之淨值。

【高斯符號】ㄍㄠ ㄙ ㄈㄨˊ ㄏㄠˋ (Gauss symbol)對於一實數x,取不大於x的最大整數n,而記$[x]=n$,這個方括號叫做‘高斯’符號,即「整數部分」的意思。惟負實數之‘高斯’符號,如$x=3.5$,則$[-x]=-4$,而非-3。

【高階語言】ㄍㄠ ㄐㄧㄝ ㄩˇ ㄧㄢˊ (high-level language)電腦程式語言的一類。相對於機器語言與組合語言等低階程式語言。常見的程式語言如符傳、可博、帕司卡等皆是高階語言。其主要特點爲:使用較自然的符號公式及語法,故程式編寫容易,也易於了解;表達能力強,設計程式方便而不受電腦機型之限制,容易標準化;具有文件說明之特性;但程式必須經由編譯器處理才能夠被執行。

【高等考試】ㄍㄠ ㄉㄥˇ ㄎㄠˇ ㄕˋ 經考試及格者可取得高等文官任用資格之考試。依現制規定,凡專科以上學校畢業,或經高等檢定考試及格,或經普通考試及格滿三年者得應試。參加高等考試及格,可取得薦任職公務人員任用資格。

【高等法院】ㄍㄠ ㄉㄥˇ ㄈㄚˇ ㄩㄢˋ 審理不服地方法院民刑事判決(或裁定)的上訴(或抗告)案件,以及內亂、外患和妨害國交之刑事第一審訴訟案件的法院。

14【高爾夫球】 ㄍㄠ ㄦˇ ㄈㄨ ㄑㄧㄡˊ
(golf)簡稱高球。以木製或鐵製曲端球桿擊球，使進入孔穴的一種球類運動。擊球入洞，以總桿數最少者爲勝。球場面積約爲50～70公畝，標準者應有短、中、長距離球洞 18 個，球洞之間距約爲 100～600 碼(91.44～548.64公尺)，最後一洞須接近第一洞。

15【高談闊論】 ㄍㄠ ㄊㄢˊ ㄎㄨㄛˋ ㄌㄨㄣˋ
無所拘束地盡情談論。

16【高頭大馬】 ㄍㄠ ㄊㄡˊ ㄉㄚˋ ㄇㄚˇ
比喻身材高大。

18【高瞻遠矚】 ㄍㄠ ㄓㄢ ㄩㄢˇ ㄓㄨˇ
比喻眼光遠大。

4【高反差照片】 ㄍㄠ ㄈㄢˇ ㄔㄚ ㄓㄠˋ ㄆㄧㄢˋ
指沒有中間色調的照片。只具有原影像的基本形狀，清晰的輪廓使主體突出，頗具戲劇感。

【高分子材料】 ㄍㄠ ㄈㄣ ㄗˇ ㄘㄞˊ ㄌㄧㄠˋ
(polymer) 由巨大分子量的分子合成的物質。具有輕巧、強韌、耐熱性高、成形容易等優點。西元1937年，'美國''杜邦公司'首次合成出高分子物質—被稱爲比鋼鐵還強韌的尼龍。如今人類生活中，從身上穿的衣服到太空船構造都少不了他們。

9【高風險學生】 ㄍㄠ ㄈㄥ ㄒㄧㄢˇ ㄒㄩㄝˊ ㄕㄥ
(high-risk student)學校內因學業程度不夠或學習態度習慣欠佳而有可能成績不及格或中途輟學的學生。

11【高速率鏡頭】 ㄍㄠ ㄙㄨˋ ㄌㄩˋ ㄐㄧㄥˋ ㄊㄡˊ
速率範圍從 f0.95 到 f1.8，特爲快速而設計的鏡頭。高速率鏡頭較大、較重而不敏銳，容易產生光線分布不均、光斑、模糊等現象。在光線十分不良、有意將清晰轉現區的深度加以限制或要以很高的快門速度將快速動作的主題凍結下來，高速率鏡頭是不可或缺的。

13【高溫電離氣】 ㄍㄠ ㄨㄣ ㄉㄧㄢˋ ㄌㄧˊ ㄑㄧˋ
(plasma)高溫氣體解離成自由電子與正離子的狀態。俗稱電漿。

14【高碳工具鋼】 ㄍㄠ ㄊㄢˋ ㄍㄨㄥ ㄐㄩˋ ㄍㄤ
(high-carbon tool steel)含碳量約爲 0.9～1.5% 的鋼料。其特性爲未淬火時，加工成形容易，切削時具有很高的韌性而能承受較大的衝擊負荷，但切削時缺乏耐久性，受熱易於軟化，不適於高速及重負荷之切削工作。一般用於製造銼刀、手工具、鋸條及鑿子等刀具。

16【高險性人群】 ㄍㄠ ㄒㄧㄢˇ ㄒㄧㄥˋ ㄖㄣˊ ㄑㄩㄣˊ
(risk population)指一群較常人易於發生心理異常的人。

3【高三分貝頻率】 ㄍㄠ ㄙㄢ ㄈㄣ ㄅㄟˋ ㄆㄧㄣˊ ㄌㄩˋ
(high 3-dB frequency)電路網路的頻率響應關係上，當頻率大於某一閥值時，其增益均被衰減了$\sqrt{2}$倍以下，此一閥值稱爲高三分貝頻率。

10【高能雷射武器】 ㄍㄠ ㄋㄥˊ ㄌㄟˊ ㄕㄜˋ ㄨˇ ㄑㄧˋ
(high energy laser weapon)利用高能量雷射所發出之強烈光束所製成的武器。可用以摧毀飛機、飛彈、戰車及衛星等。此類武器尙在研製階段，西元1985年'美國'「發現者」太空梭，成功地使用共軛鏡將由'夏威夷'所發射之雷射光反射回地面。

8【高果糖玉米糖漿】 ㄍㄠ ㄍㄨㄛˇ ㄊㄤˊ ㄩˋ ㄇㄧˇ ㄊㄤˊ ㄐㄧㄤ
(high fructose corn syrup)由玉米澱粉製成含高果糖的天然糖漿。係將玉米澱粉經酸或酵素水解，得葡萄糖液，再以異化酵素將其轉變成果糖。目前市售的高果糖玉米糖漿含42～90%的果糖，甜度隨果糖量增加而提高。

10【高能階磁性分離】 ㄍㄠ ㄋㄥˊ ㄐㄧㄝ ㄘˊ ㄒㄧㄥˋ ㄈㄣ ㄌㄧˊ
(high gradient magnetic separation; HGMS)一種新的廢棄物分離方法。可將廢液或汙泥中帶有磁性或順磁性的物質分離出來。

13【高溫瞬間殺菌法】 ㄍㄠ ㄨㄣ ㄕㄨㄣˋ ㄐㄧㄢ ㄕㄚ ㄐㄩㄣˋ ㄈㄚˇ
(flash-pasteurization ; high temperature-short time; HT-ST)食品工業常用的殺菌法之一。在比一般殺菌法高的溫度下，用較短的時間完成的殺菌法。受熱時間短，可免除食物因加熱過長而產生品質劣化的現象，且可殺死病原菌及大部分微生物，延長保存時間。例如生乳，傳統的巴士德殺菌法(pasteurization)是於63°C，殺菌30分鐘；而此法則採72°C，持續15秒。由於食物種類不一，殺菌的時間和溫度也互異，如果汁於 90°～98°C，殺菌 6～10秒。

髙 高的俗體。

髟部

髟 ㄅㄧㄠ piao^{1} 音標
1髮長披垂的樣子。見"說文"。2頭髮花白。見"說文"。3鬣。獸類頸上特有的長毛。

2

髠 髡的俗體。

3

髡 ㄎㄨㄣ k'un^{1} 音坤
俗作髠。①剃髮。見"說文"。②古代剃去頭髮的刑罰。③僧;尼。④剪去樹木的枝葉。

髢 ㄊㄧˋ t'i^{4} 音替
假髮。同鬄。見"正字通"。

4

髣 ㄈㄤˇ fang^{3} 音紡
相似。也作仿。通作彷。見"集韻"。

15【髣髴】 ㄈㄤˇ ㄈㄨˊ
也作彷彿、仿佛。①似乎;好像。②相近;類似。

髧 ㄉㄢˋ tan^{4} 音但
頭髮下垂。見"廣韻"。

髩 鬢的俗體。

髤 ㄒㄧㄡ hsiu^{1} 音休
赤黑色的漆。也作髹、鬏。見"廣韻"。

𩬜 ㄆㄟ p'ei^{1} 音胚
披散著頭髮奔跑。見"集韻"。

髥 髯的或體。

髦 ㄇㄠˊ mao^{2} 音毛
①粗硬而長的頭髮。見"說文"。②古代幼兒的髮式。髮垂至眉。通髳。見"說文·髳·段注"。③牲畜獸類的長毛。⑴馬頸的長毛。⑵豬的長鬃。④螳螂。見"方言·一一"。⑤草名。即天門冬。見"爾雅·釋草·髦顛棘·義疏"。⑥古代的一種旗幟,用犛牛尾作飾。通旄。如:髦節。

9【髦俊】 ㄇㄠˊ ㄐㄩㄣˋ
才能傑出的人。

⿱髟介 ㄐㄧㄝˋ chieh^{4} 音戒
①用簪固定的髮髻。見"說文"。②覆髮。見"集韻"。

5

髴 ㊀ ㄈㄨˊ fu^{2} 音弗
婦女的頭飾。見"廣韻"。
㊁ ㄈㄟˋ fei^{4} 音沸
參髴髴。

15【髴髴】 ㄈㄟˋ ㄈㄟˋ
獸名。人身,反踵。也作狒狒。見"山海經·海內南經"。

髫 ㄊㄧㄠˊ t'iao^{2} 音條
小兒垂髮。引申爲童年之稱。俗作齠。如:髫年。

6【髫年】 ㄊㄧㄠˊ ㄋㄧㄢˊ
童年。

20【髫齡】 ㄊㄧㄠˊ ㄌㄧㄥˊ
童年。

髳 ㄇㄠˊ mao^{2} 音毛
古代幼兒垂髮到眉的髮式。同髦。通作髦。見"說文"。

髬 ㄆㄧ p'i^{1} 音丕
披散著長髮奔跑。通駓。見"集韻"。

髮 ㄈㄚˇ fa^{3} 音法
①頭毛。見"說文"。②姓。'後漢'有'髮福'。見"正字通"。

8【髮妻】 ㄈㄚˇ ㄑㄧ
元配妻子。

9【髮指】 ㄈㄚˇ ㄓˇ
頭髮豎立。形容極度的憤怒。

4【髮引千鈞】 ㄈㄚˇ ㄧㄣˇ ㄑㄧㄢ ㄐㄩㄣ
比喻情勢非常危險緊急。

髯 ㄖㄢˊ jan^{2} 音然
本作冄、䫇。面頰上的鬚。見"說文"。

3【髯口】 ㄖㄢˊ ·ㄎㄡ
國劇演員表演時口上所掛的假鬚。其功用爲表示年齡、性格、身分之不同,並美化表演的動作。

髲 ㄅㄧˋ pi^{4} 音必
假髮。見"說文"。

6

髻 ㄐㄧˋ chi^{4} 音計
束髮於頭頂所成的結。通作結。如:髮髻。

髶 ㄖㄨㄥˊ jung^{2} 音容
亂髮。見"說文"。

髵 ㄦˊ êrh^{2} 音而
①頰側下垂的毛。本作而。見"說文"。②多毛的樣子。同耏。見"玉篇"。

髭 ㄗ tzŭ^{1} 音茲
嘴脣上邊的短鬚。本作頾。見"說文·髭·段注"。

髺 ㊀ ㄍㄨㄛˊ ko^{2}, kuo^{2} 音國
又讀 ㄏㄨㄛˊ ho^{2}, huo^{2} 音活
挽束頭髮。本作⿱髟昏,或作鬠。見"說文"。
㊁ ㄩㄝˋ yüeh^{4} 音月
斷腳的刑具。通跀。

髹 ㄒㄧㄡ hsiu^{1} 音休
也作髤、鬏。①赤黑色的漆。見"廣韻"。②用漆漆物。見"集韻"。

13【髹飾錄】 ㄒㄧㄡ ㄕˋ ㄌㄨˋ
'明''黃成'撰。分乾、坤二集,共十八章。乾集兩章,講漆器所需的原料、工具、設備及基本方法;坤集十六章,敘述各類漆器的造法。對傳統漆工藝的流傳貢獻至鉅。此書國內已失傳,'日本''國立東京博物館'有原抄本。

7

髿 ㄙㄨㄛ so^{1}, suo^{1} 音娑
參鬇髿。

鬀 剃的或體。

髾 ㄕㄠ shao^{1} 音稍
①髮梢;髮尾。見"廣韻"。②古代婦女衣服上燕尾形的裝飾。③旌旗上的羽毛。

⿱髟委 ㄨㄛˇ wo^{3} 音我
美麗的髮髻。見"篇海類編"。

髽 ㄓㄨㄚ chua^{1} 音抓
古代婦女在服喪期中,用麻線束髮結成的髻。見"說文"。

鬁 ㄌㄧˋ li^{4} 音利
參鬎鬁。

髼 ㄆㄥˊ p'êng^{2} 音朋
參髼鬆。

18【髼鬆】 ㄆㄥˊ ㄙㄨㄥ
頭髮散亂的樣子。也作鬔鬆、髼

鬓。

鬂 鬢的俗體。

髢 ㄉㄧˊ ti^2 音狄
參髢髻。

16【髢髻】 ㄉㄧˊ ㄐㄧˋ
古代婦女所用的套網的假髮。

8

鬃 ㄗㄨㄥ $tsung^1$ 音宗
1高聳的髮髻。見"玉篇"。2豬、馬等獸類頸上的長毛。見"古今韻會舉要"。

鬈 ㄑㄩㄢˊ $ch'üan^2$ 音拳
1頭髮美麗的樣子。見"說文"。2頭髮卷曲。見"集韻"。

髼 ㄆㄥˊ $p'êng^2$ 音彭 又讀 ㄅㄤˇ $pang^3$ 音榜
突然相遇。見"說文"。

鬉 ㄉㄨㄥˋ $tung^4$ 音凍
參鬉鬆。

18【鬉鬆】 ㄉㄨㄥˋ ㄙㄨㄥ
頭髮凌亂的樣子。

髷 ㄐㄩˊ $chü^2$ 音掬 又讀 ㄑㄩ $ch'ü$ 音軀
婦人穿的背心。同屈。通裾。見"正字通"。

鬆 ㄙㄨㄥ $sung^1$ 音松
頭髮散亂的樣子。引申爲凡物虛而不實、緩而不急或寬而不緊都叫鬆。如:鬆弛。

3【鬆口】 ㄙㄨㄥ ㄎㄡˇ
1放開咬住的東西。2語意不很堅持。

4【鬆手】 ㄙㄨㄥ ㄕㄡˇ
放手。

6【鬆弛】 ㄙㄨㄥ ㄕˇ
1物體寬鬆,缺乏彈性。2放鬆;懈怠。

10【鬆脆】 ㄙㄨㄥ ㄘㄨㄟˋ
1鬆軟酥脆。用以形容食物可口。2形容聲音輕細幽微。

16【鬆懈】 ㄙㄨㄥ ㄒㄧㄝˋ
鬆散懈怠。

19【鬆鏡】 ㄙㄨㄥ ㄐㄧㄥˋ
與滿鏡相對。攝影主體,在畫面中顯得寬鬆,上下左右仍保留若干空白的一種鏡頭運用。

6【鬆弛時間】 ㄙㄨㄥ ㄕˇ ㄕˊ ㄐㄧㄢ
(relaxation time)一系統響應之振幅由穩態值降到比值的 $1/e$ (約1/2.7182)所需的時間。

鬄 ㄊㄧˋ $t'i^4$ 音剃
1假髮。見"說文"。2剃髮。見"正字通"。3切割解剖牲體。

鬇 ㄓㄥ $chêng^1$ 音爭
參鬇鬡。

24【鬇鬡】 ㄓㄥ ㄋㄧㄥˊ
鬚髮凌亂的樣子。

髤 ㄘㄞˇ $ts'ai^3$ 音采 又讀 ㄘㄞˋ $ts'ai^4$ 音菜
1髮髻。見"廣韻"。2覆山。見"集韻"。

鬅 ㄆㄥˊ $p'êng^2$ 音朋
參鬅鬙。

18【鬅鬆】 ㄆㄥˊ ㄙㄨㄥ
頭髮散亂的樣子。

22【鬅鬙】 ㄆㄥˊ ㄙㄥ
頭髮散亂的樣子。

鬌 ㄨㄛˇ wo^3 音我
參鬌鬌。

19【鬌鬌】 ㄨㄛˇ ㄉㄨㄛˇ
髮髻形狀美好可愛的樣子。也作倭墮。

9

鬋 ㄐㄧㄢ $chien^1$ 音煎
1婦女鬢髮下垂的樣子。見"廣韻"。2修剪鬢髮。引申泛指修剪。

鬊 ㄕㄨㄣˋ $shun^4$ 音舜
1自然脫落的頭髮。見"說文句讀"。2亂髮。

鬎 ㄌㄚˋ la^4 音辣
一種會使髮落頭禿的皮膚病。俗名鬎鬁頭。又名黃癬。

17【鬎鬁】 ㄌㄚˋ ㄌㄧˋ
長於頭部的一種慢性黴菌感染症。即黃癬。

鬍 ㄏㄨˊ hu^2 音胡
鬚。

鬏 ㄇㄠˊ mao^2 音毛 又讀 ㄇㄡˊ mou^2 音謀
頭髮下垂到眉際。同髦、髳。見"說文"。

鬌 ㄉㄨㄛˇ to^3, tuo^3 音朵
1剪落的頭髮。見"說文句讀"。2古時嬰兒剪髮時所留下不剪的頭髮。見"玉篇"。3墮;落。見"廣雅·釋詁"。

鬒 鬒的或體。

鬉 ㄗㄨㄥ $tsung^1$ 音宗
1毛髮散亂。見"廣韻"。2馬頸上的長毛。見"六書故"。

10

鬑 ㄌㄧㄢˊ $lien^2$ 音廉
鬢髮長而下垂的樣子。見"說文"。

20【鬑鬑】 ㄌㄧㄢˊ ㄌㄧㄢˊ
鬢髮修長下垂的樣子。

鬌 一 ㄘㄨㄛˇ $ts'o^3$, $ts'uo^3$ 音脞
頭髮美好的樣子。見"說文"。
二 ㄘㄨㄛˊ $ts'o^2, ts'uo^2$ 音痤
頭髮多的樣子。見"廣韻"。

鬐 ㄑㄧˊ $ch'i^2$ 音旗
1馬頸上的長毛。見"說文新附"。2魚的背鰭。

鬒 ㄓㄣˇ $chên^3$ 音枕
1頭髮多而密。見"說文"。2強。見"廣雅·釋詁"。

鬄 鬄的或體。

鬏 一 ㄆㄢˊ $p'an^2$ 音盤
盤結的低髮髻。見"說文"。
二 ㄅㄢ pan^1 音斑
頭髮半白。見"廣韻"。

11

鬗 ㄇㄢˊ man^2 音瞞 又讀 ㄇㄢˋ man^4 音慢
頭髮長的樣子。見"說文"。

⿱髟桼 髤的或體。

鬘 ㄇㄢˊ man² 音蠻
1髮美的樣子。見"集韻"。2用珠玉等綴成的飾物。即纓絡。

鬕 ㄇㄚˋ ma⁴ 音罵 又讀 ㄇㄛˋ mo⁴ 音莫
結於髮髻上的飾帶。見"字彙"。

鬖 ㄙㄢ san¹ 音三
亂髮。見"集韻"。

17【鬖髿】 ㄙㄢ ㄙㄨㄛ
頭髮散亂的樣子。

鬔 髼的或體。

12

鬙 ㄙㄥ sêng¹ 音僧
參鬅鬙。

鬜 ㄑㄧㄢ ch'ien¹ 音千
鬢髮禿。見"說文"。

⿱髟貴 ㄎㄨㄟˋ k'uei⁴ 音愧
盤曲的髮髻。見"說文"。

鬚 ㄒㄩ hsü¹ 音須
本作須。1頤下毛。見"說文"。2動物的觸鬚。如:虎鬚。

9【鬚眉】 ㄒㄩ ㄇㄟˊ
鬍鬚和眉毛。用作成年男子的代稱。

10【鬚根】 ㄒㄩ ㄍㄣ
(fibrous root)植物的根,沒有主根和支根之別,而是從莖的基部叢生許多細根,稱爲鬚根。例如稻、麥等的根。

13

鬞 ㄋㄨㄥˊ nung² 音農 又讀 ㄋㄤˊ nang² 音囊
1毛多。見"玉篇"。2髮亂。見"字彙"。

鬟 ㄏㄨㄢˊ huan² 音環
古代婦女一種環形的髮式。見"正字通"。

鬠 一 ㄎㄨㄛˋ k'o⁴, k'uo⁴ 音闊
挽束頭髮。同髺。見"集韻"。

二 ㄍㄨㄟˋ kuei⁴ 音貴
束髮的骨簪。同髖。見"集韻"。

14

鬡 ㄋㄧㄥˊ ning² 音寧
參鬤鬡。

鬢 ㄅㄧㄣˋ pin⁴ 音嬪
兩頰上近耳旁的毛髮。俗作髩。見"說文"。

⿱髟監 ㄌㄢˊ lan² 音藍
1髮長。見"說文"。2髮多。見"玉篇"。

⿱髟截 ⿱髟𢧵的或體。

⿱髟蒙 ㄇㄥˊ mêng² 音蒙
馬頸長毛下垂。見"集韻"。

15

⿱髟賛 鬢的或體。

⿱髟𢧵 ㄐㄧˋ chi⁴ 音計 又讀 ㄐㄧㄝˊ chieh² 音節
婦人所束小髻。同⿱髟截。見"說文"。

鬣 ㄌㄧㄝˋ lieh⁴ 音獵
1頭髮直豎的樣子。見"說文"。2鬚。3獸類頸或背上的長毛。4鳥首的毛。

17

鬤 ㄖㄤˊ jang² 音穰
頭髮散亂的樣子。見"玉篇"。

19

⿱髟贊 一 ㄗㄢˇ tsan³ 音趲
頭髮光潤。見"玉篇"。

二 ㄗㄨㄢˇ tsuan³ 音纂
婦女的髮髻。

鬥部

鬥 ㄉㄡˋ tou⁴ 音豆
同鬭。1打架;對打。如:戰鬥。2較量;比賽。如:鬥智。3相對;相接合。4惹;逗引。通逗。如:鬥趣。

4【鬥牛】 ㄉㄡˋ ㄋㄧㄡˊ
1使牛互相用角觸鬥而賭勝負的遊戲。2一種人跟牛相鬥的特技表演。流行於'西班牙'。

7【鬥志】 ㄉㄡˋ ㄓˋ
1戰鬥的意志。2憑藉意志與人競爭。

8【鬥爭】 ㄉㄡˋ ㄓㄥ
敵對雙方運用心智或武力所進行的競爭。

9【鬥狠】 ㄉㄡˋ ㄏㄣˇ
逞強比狠;凶狠爭勝。

10【鬥氣】 ㄉㄡˋ ㄑㄧˋ
負氣相爭。

12【鬥智】 ㄉㄡˋ ㄓˋ
較量智力。

16【鬥嘴】 ㄉㄡˋ ㄗㄨㄟˇ
爭辯;吵架。

18【鬥雞】 ㄉㄡˋ ㄐㄧ
以雞相鬥而賭勝負的遊戲。

17【鬥蟋蟀】 ㄉㄡˋ ㄒㄧ ㄕㄨㄞˋ
使蟋蟀相鬥而賭勝負的遊戲。

7【鬥志而不鬥氣】 ㄉㄡˋ ㄓˋ ㄦˊ ㄅㄨˋ ㄉㄡˋ ㄑㄧˋ
與對手相爭,須靠意志的堅毅,而不憑恃一時的意氣。

4

鬦 鬥的俗體。

5

鬧 ㄋㄠˋ nao⁴ 音淖
1喧嚷;繁雜。見"正字通"。2戲弄;戲謔。如:鬧新房。3發作;發生。如:鬧情緒。

5【鬧市】 ㄋㄠˋ ㄕˋ
熱鬧的街市。

8【鬧事】 ㄋㄠˋ ㄕˋ
惹事;生事。

10【鬧酒】 ㄋㄠˋ ㄐㄧㄡˇ
在筵席上胡鬧或起鬨。

15【鬧劇】 ㄋㄠˋ ㄐㄩˋ

1(farce) 也譯作笑劇。喜劇的一種型式。源於古'希臘'的羊人劇(Satyr play), 古'羅馬'時發展成由一組戴面具的固定角色演出的亞提拉劇 (fabula Atellana), 中世紀時演變成一種世俗劇, 十五世紀後流行於'歐洲', 尤其是'法國'。劇中常有許多意外、巧合, 以滑稽誇張手法製造笑料, 達到娛樂效果。2指不合情理的事件。

8【鬧性子】 ㄋㄠˋ ㄒㄧㄥˋ ˙ㄗ

發脾氣。

10【鬧笑話】 ㄋㄠˋ ㄒㄧㄠˋ ㄏㄨㄚˋ

舉止失措而引人發笑。

11【鬧情緒】 ㄋㄠˋ ㄑㄧㄥˊ ㄒㄩˋ

因心情不好而懈怠或發脾氣。

13【鬧意見】 ㄋㄠˋ ㄧˋ ˙ㄐㄧㄢ

意見不合; 互相爭吵。

6

鬨 ㄏㄨㄥˋ *hung*^{4} 音澒

1爭鬥; 交戰。同鬨。如: 內鬨。2喧嚷; 喧鬧。如: 鬨然。

8

鬩 ㄒㄧˋ *hsi*^{4} 音細

爭訟; 爭吵。如: 鬩牆。

17【鬩牆】 ㄒㄧˋ ㄑㄧㄤˊ

在牆內爭吵。指兄弟失和。

9

𩰫 鬨的或體。

12

鬫 ㄏㄢˇ *han*^{3} 音喊

老虎發怒吼聲。俗作闞。見"集韻"。

14

鬭 鬥的或體。

16

鬮 ㄐㄧㄡ *chiu*^{1} 音糾

用手抓取物具, 以定勝負。見"說文"。

鬯部

鬯 ㄔㄤˋ *ch'ang*^{4} 音唱

1古代祭祀時所用的香酒。以鬱金草釀黑黍而成。見"說文"。2弓袋。通韔。見"字彙"。3暢旺。通暢。如: 鬯茂。

17

鬰 鬱的或體。

19

鬱 ㄩˋ *yü*^{4} 音育

1樹木叢生。見"說文"。2繁盛暢旺的樣子。如: 鬱盛。3閉塞; 蘊結。如: 鬱湮。

9【鬱勃】 ㄩˋ ㄅㄛˊ

蓬勃茂盛的樣子。

10【鬱悒】 ㄩˋ ㄧˋ

憂悶; 心裡不愉快。

11【鬱陶】 ㄩˋ ㄊㄠˊ

1心情憂愁, 鬱悶不暢。2欣悅之情初發而未達舒暢。

12【鬱悶】 ㄩˋ ㄇㄣˋ

憂愁積聚。

【鬱結】 ㄩˋ ㄐㄧㄝˊ

心情煩憂不舒暢。

16【鬱積】 ㄩˋ ㄐㄧ

憂悶積聚不舒暢。

18【鬱壘】 ㄩˋ ㄌㄩˇ

門神名。參門神1。

29【鬱鬱】 ㄩˋ ㄩˋ

1悶悶不樂。2草木茂盛的樣子。

8【鬱金香】 ㄩˋ ㄐㄧㄣ ㄒㄧㄤ

(*Tulipa gesneriana* L.)多年生草本。具卵形鱗莖。葉2~3枚, 互生於莖下部, 廣披針形, 先端尖, 基部抱莖。四至五月間, 莖頂著生鐘形花, 花長約7公分, 花瓣6枚, 有黃、白、紅及紫等顏色, 甚爲豔麗。供觀賞用。原產於'歐洲'東部及'小亞細亞', 目前'歐洲'廣爲栽培。

鬱金香圖

29【鬱鬱蒼蒼】 ㄩˋ ㄩˋ ㄘㄤ ㄘㄤ

草木茂盛的樣子。

鬲部

鬲 一 ㄌㄧˋ *li*^{4} 音力

1古代的一種炊器。或作鬲瓦。大口, 袋形腹, 三錐形足。'商'鬲袋腹豐滿, 至'商'末'周'初, 袋腹逐漸退化, 形體由高變低, 失去大面積受火之作用。'西周'晚期和'春秋'早期, 鬲的形體更低矮, 失去烹煮作用。'春秋''戰國'之際的墓葬發現鬲多以偶數組合作爲禮器。2古代喪禮時所用的一種瓦瓶。見"字彙"。

鬲圖

二 ㄍㄜˊ *ko*^{2}, *kê*^{2} 音隔

1阻離; 阻隔。通隔。2膈膜。通膈。見"正字通"。

6

鬳 ㄐㄩㄢˋ *chüan*^{4} 音倦

鬲一類的器皿。見"說文"。

7

鬴 ㄈㄨˇ *fu*^{3} 音府

1古代的一種烹飪器具。同釜。俗稱鍋。見"說文"。2古代的一種量器。外圓內方, 可容六斗四升。見"字彙"。

8

䰛 ㄈㄟˋ *fei*^{4} 音沸
水受熱沸騰。見"說文"。

鬵 ㄒㄧㄣˊ *hsin*^{2} 音鄩
1古代的一種烹飪器。即大釜。見"說文"。2甑的別稱。見"方言·五"。

9

鬷 ㄗㄨㄥ *tsung*^{1} 音宗
1釜的一種。見"說文"。2聚集;會聚。見"集韻"。

11

鬹 ㄍㄨㄟ *kuei*^{1} 音規
古代炊器的一種。三足,有柄喙。見"說文"。

鬺 ㄕㄤ *shang*^{1} 音商
煮;烹飪。見"廣雅·釋言"。

12

鬻 ㊀ ㄓㄨˋ *chu*^{4} 音祝 語音 ㄓㄡ *chou*^{1} 音周
稀飯。俗作粥。見"正字通"。
㊁ ㄩˋ *yü*^{4} 音玉
1出賣。如:鬻爵。2生養。通育。

3【鬻子】 ㄩˋ ㄗˇ
舊題'周''鬻熊'撰,一卷。"四庫提要"疑其出於'唐'人僞託,非三代舊文。

鬸 甑的或體。

14

鬻 或作鬻。煮的古文。

16

鬻 炒的或體。

鬼 部

鬼 ㄍㄨㄟˇ *kuei*^{3} 音詭
1人死後的魂靈。見"說文"。2萬物的精怪。如:鬼魅。3形容不正派、胡亂的行爲。如:鬼混。4慧黠、機智的樣子。如:鬼靈精。5星宿名。二十八宿之一。也稱輿鬼。參鬼宿。6姓。'周'有'鬼吏區'。見"萬姓統譜·七四"。

3【鬼才】 ㄍㄨㄟˇ ㄘㄞˊ
指才情怪譎、資質超群的人。

【鬼子】 ㄍㄨㄟˇ ·ㄗ
罵人的話。表示深惡痛絕的意思。

4【鬼月】 ㄍㄨㄟˇ ㄩㄝˋ
指農曆七月。

9【鬼計】 ㄍㄨㄟˇ ㄐㄧˋ
1害人的計謀。2巧妙奇異的計謀。

【鬼胎】 ㄍㄨㄟˇ ㄊㄞ
1鬼生的胎兒。2比喻不可告人的念頭。

10【鬼祟】 ㄍㄨㄟˇ ㄙㄨㄟˋ
1鬼物作祟害人。2形容行爲不光明正大。

11【鬼宿】 ㄍㄨㄟˇ ㄒㄧㄡˋ
二十八宿之一。南方朱雀七宿的第二宿。主要有四星,皆屬巨蟹座,依次爲巨蟹座θ、η、γ、δ。當中有馬槽星團,又名蜂巢星團,我國稱爲積尸氣。約有二百多顆恆星,其中20%左右爲雙星或聚星。此外,積尸氣、爟、天狗、外廚、天社、天記等星,也都歸入鬼宿。

【鬼混】 ㄍㄨㄟˇ ㄏㄨㄣˋ
1胡亂攪擾。2不務正業,隨便混日子。

【鬼婚】 ㄍㄨㄟˇ ㄏㄨㄣ
(ghost marriage)指鬼與鬼或鬼與人建立婚姻關係的風俗。藉著婚姻的關係以達到社會地位之確定、繼承或祭祀的目的。

13【鬼話】 ㄍㄨㄟˇ ㄏㄨㄚˋ
1胡亂編造的話。2不正經的話。

【鬼節】 ㄍㄨㄟˇ ㄐㄧㄝˊ
指農曆七月十五日中元節。

14【鬼魂】 ㄍㄨㄟˇ ㄏㄨㄣˊ
人死後的靈魂。

【鬼蜮】 ㄍㄨㄟˇ ㄩˋ
比喻暗中害人的人。

15【鬼魅】 ㄍㄨㄟˇ ㄇㄟˋ
泛指妖魔鬼怪。

17【鬼臉】 ㄍㄨㄟˇ ㄌㄧㄢˇ
1奇怪或醜陋的面貌。2假面具。

5【鬼主意】 ㄍㄨㄟˇ ㄓㄨˇ ㄧˋ
巧妙奇異的計謀。

7【鬼谷子】 ㄍㄨㄟˇ ㄍㄨˇ ㄗˇ
即'鬼谷先生'。

8【鬼門關】 ㄍㄨㄟˇ ㄇㄣˊ ㄍㄨㄢ
陰間地獄的大門。比喻凶險的地方。

12【鬼畫符】 ㄍㄨㄟˇ ㄏㄨㄚˋ ㄈㄨˊ
1譏人書法惡劣,字跡潦草。2比喻言語虛詐或莫名其妙的把戲。

17【鬼聰明】 ㄍㄨㄟˇ ㄘㄨㄥ ·ㄇㄧㄥ
不用於正途的聰明。

7【鬼谷先生】 ㄍㄨㄟˇ ㄍㄨˇ ㄒㄧㄢ ·ㄕㄥ
我國古代傳說人物。姓名、生時傳說不一。或謂姓'王',名'翊'或'利';或謂歷經'軒轅氏'到'商''周'幾代,隨'老子'西出'函谷關','東周'時重返中國,居'漢'濱'鬼谷山'傳道,因以自號;或謂'西周'人,居於'清溪'之'鬼谷';或謂'晉平公'時人,隱居'鬼谷',長於養性持身和縱横之術。弟子百餘人,以'蘇秦'、'張儀'最有名。

8【鬼斧神工】 ㄍㄨㄟˇ ㄈㄨˇ ㄕㄣˊ ㄍㄨㄥ
形容工程或製作的精巧。

【鬼使神差】 ㄍㄨㄟˇ ㄕˇ ㄕㄣˊ ㄔㄞ
被鬼神所差遣驅使。形容不由自主或意料不到。

9【鬼計多端】 ㄍㄨㄟˇ ㄐㄧˋ ㄉㄨㄛ ㄉㄨㄢ
形容人工於心計。

10【鬼哭神號】ㄍㄨㄟˇ ㄎㄨ ㄕㄣˊ ㄏㄠˊ
1形容哭聲淒厲。2形容聲音悲慘恐怖。

【鬼鬼祟祟】ㄍㄨㄟˇ ㄍㄨㄟˇ ㄙㄨㄟˋ ㄙㄨㄟˋ
形容行爲不光明正大。

11【鬼設神使】ㄍㄨㄟˇ ㄕㄜˋ ㄕㄣˊ ㄕˇ
指自然形成，非人力所能造就。

13【鬼話連篇】ㄍㄨㄟˇ ㄏㄨㄚˋ ㄌㄧㄢˊ ㄆㄧㄢ
胡言亂語，沒有一句可信。

14【鬼蜮伎倆】ㄍㄨㄟˇ ㄩˋ ㄐㄧˋ ㄌㄧㄤˇ
陰險害人的手段。

16【鬼頭鬼腦】ㄍㄨㄟˇ ㄊㄡˊ ㄍㄨㄟˇ ㄋㄠˇ
1躲躲閃閃、鬼鬼祟祟的樣子。2傻頭傻腦的樣子。3形容狡猾陰險。

3

鬽 魅的本字。

4

魂 ㄏㄨㄣˊ *hun*² 音渾
1人的一種陽性精氣。能離形體而存在，於人死後上歸於天。2心靈；精神。如：神魂顛倒。

15【魂魄】ㄏㄨㄣˊ ㄆㄛˋ
人的精靈之氣。

4【魂不守舍】ㄏㄨㄣˊ ㄅㄨˋ ㄕㄡˇ ㄕㄜˋ
形容心神恍惚。

【魂不附體】ㄏㄨㄣˊ ㄅㄨˋ ㄈㄨˋ ㄊㄧˇ
形容驚嚇過度，心神無主。

9【魂飛天外】ㄏㄨㄣˊ ㄈㄟ ㄊㄧㄢ ㄨㄞˋ
形容驚嚇過度，心神恍惚。

【魂飛魄散】ㄏㄨㄣˊ ㄈㄟ ㄆㄛˋ ㄙㄢˋ
1形容驚嚇過度，心神恍惚。2指死亡。

11【魂牽夢縈】ㄏㄨㄣˊ ㄑㄧㄢ ㄇㄥˋ ㄧㄥˊ
形容思念深切。

18【魂歸九泉】ㄏㄨㄣˊ ㄍㄨㄟ ㄐㄧㄡˇ ㄑㄩㄢˊ
指人死。

魁 ㄎㄨㄟˊ *k'uei*² 音逵
1舀湯的食具。見"說文"。2星名。(1)北斗第一星。(2)北斗第一至第四星。3首要；第一。如：魁首。4高大；壯偉。如：魁梧。5傑出。如：魁士。

11【魁梧】ㄎㄨㄟˊ ㄨˇ
身材高大健壯。

【魁偉】ㄎㄨㄟˊ ㄨㄟˇ
身材高大健壯。

12【魁蛤】ㄎㄨㄟˊ ㄍㄜˊ
(ark shell)俗稱蚶。屬於軟體動物門、斧足綱(class Pelecypoda)、多齒目(order Taxodonta)、魁蛤科(family Arcidae)的動物。包含魁蛤屬(genus *Arca*)、鬍魁格屬(genus *Barbalia*)等。足的基部有足鬚，用以附著海邊岩石或其他固體物。殼面有從殼頂至腹面的輻射狀凹凸花紋。肉味鮮美，國人廣爲養殖，供食用。

魁蛤圖

15【魁瘣】ㄎㄨㄟˊ ㄌㄟˇ
樹木根節盤結，形成塊狀。

22【魁櫑】ㄎㄨㄟˊ ㄌㄟˇ
喪家所奏的哀樂。

鬾 ㄑㄧˊ *ch'i*² 音奇 又讀 ㄐㄧˋ *chi*⁴ 音寄
1鬼穿的衣服。見"說文"。2小兒夭折化成的鬼。見"廣韻"。

鬿 ㄑㄧˊ *ch'i*² 音琪
星名。見"集韻"。

5

魄 一 ㄆㄛˋ *p'o*⁴ 音迫
1人的一種陰性精氣。依附形體而存在，於人死後下歸於地。2人的精神意志。如：氣魄。3指月亮不圓時缺暗的部分。通霸。如：月魄。4木名。細葉，形如檀木。又名榽橀。見"爾雅·釋木"。

二 ㄊㄨㄛˋ *t'o*⁴, *t'uo*⁴ 音拓
參落魄。

三 ㄅㄛˊ *po*² 音薄
參旁魄。

2【魄力】ㄆㄛˋ ㄌㄧˋ
精神和毅力。

魅 ㄇㄟˋ *mei*⁴ 音媚
1萬物的精靈。見"說文"。2媚惑。通媚。如：魅力。

2【魅力】ㄇㄟˋ ㄌㄧˋ
吸引力。

魆 ㄒㄩˋ *hsü*⁴ 音恤
1詭譎。見"字彙補"。2黑暗；暗中。如：魆黑。

魃 ㄅㄚˊ *pa*² 音拔
旱神。見"說文"。

䰠 ㄕㄣ *shên*¹ 音申
1具有神性的鬼。見"說文"。2山神。見"玉篇"。

7

魈 ㄒㄧㄠ *hsiao*¹ 音宵
傳說中的山鬼。即山魈。見"集韻"。

8

魏 一 ㄨㄟˋ *wei*⁴ 音胃
1高大。本作巍。見"說文"。2宮門的臺觀。如：魏闕。3國名。(1)'西周''姬'姓諸侯國。在今'山西''芮城'北。後被'晉獻公'所滅。(2)'戰國'七雄之一。'魏文侯'與'趙'、'韓'瓜分'晉國'所建，都'安邑'(今'山西''夏縣')，任用'李克'、'吳起'，國勢富強。'惠王'時於'馬陵'一役爲'齊'所敗，國勢遂衰。後爲'秦'所滅。4朝代名。(1)(220～265)三國之一。'曹丕'篡'漢'所建，都'洛陽'(今'河南''洛陽')。領有'黃河流域'、'遼東'和'朝鮮半島'的一部分，在三國中國勢最強。謀統一天下，爲'吳'、'蜀'聯軍在'赤壁'(今'湖北''嘉魚')打敗。後'司馬'氏攬政，滅'蜀漢'。'魏元帝'時，爲'司馬炎'所篡。共三世，五主，四十六

年。⑵'南北朝'時'北朝'之一。即'拓跋珪'所建'北魏'。參北魏。5姓。'春秋''晉'有'魏犨'。見"萬姓統譜·九四"。

㊁ ㄨㄟˊ wei² 音危

1同㊀1。2獨立不動的樣子。見"正字通"。

6【魏收】 ㄨㄟˋ ㄕㄡ

(506～572)'北朝''鉅鹿''下曲陽'(今'河北''晉縣')人,字'伯起',小字'佛助'。'北魏'時任散騎常侍,'北齊'時任中書令,兼著作郎。善屬文,下筆便就,與'溫子昇'、'邢邵'號爲'北朝'三才子。著有"魏書"。

10【魏書】 ㄨㄟˋ ㄕㄨ

二十五史之一。'北齊''魏收'撰,一百十四卷。撰敘'北魏'一代史事。

13【魏源】 ㄨㄟˋ ㄩㄢˊ

(1794～1857)'清''邵陽'(今'湖南''寶慶')人,字'默深'。'道光'進士,官至'高郵'知州。能詩文,熟於掌故,留心時事。治經以今文爲宗,主張通經致用。著有"海國圖志"、"聖武記"、"詩古微"、"古微堂集"等。

【魏碑】 ㄨㄟˋ ㄅㄟ

'北朝'的刻石文字。由於'元魏'(包括'北魏'、'東魏'、'西魏')的書法造詣在'北朝'中最高,故稱。'魏'碑書法結構謹嚴,筆力遒勁,書家每奉爲楷書的準繩。

15【魏徵】 ㄨㄟˋ ㄓㄥ

(580～643)'曲城'(今'河北''晉縣'西)人,字'玄成'。'隋'末'李密'起兵,'徵'從之,後隨'李密'降'唐'。'太宗'時爲諫議大夫,曾上二百餘奏,無不剴切。累遷祕書監,參預朝政。卒贈司空,諡'文貞'。著有"羣書治要"、"陳書"、"隋書"。

18【魏闕】 ㄨㄟˋ ㄑㄩㄝˋ

1古代宮門上高出的樓觀。其下兩旁爲懸布法令告示的地方。2朝廷的代稱。

6【魏吉爾】 ㄨㄟˋ ㄐㄧˊ ㄦˇ

(Publius Vergilius Maro; Virgil, 前70～前19)'羅馬'最偉大的詩人。富農之子,少年時遊學各地,隨名家習文學和哲學。曾任律師,從事著作終老。作品多詠田園景物,並寓愛國濟世之意。著有"牧歌"(*Eclogues*)十章、"田功歌"(*Georgics*)四卷、史詩"伊泥易德"(*Aeneid*)十二卷,歌頌祖國的光榮,稱爲'羅馬'的國民史詩。

7【魏良輔】 ㄨㄟˋ ㄌㄧㄤˊ ㄈㄨˇ

'明''崑山'(今'江蘇''崑山')人,字'尙泉'。精音律,熟諳南北曲。在'嘉靖'年間創水磨腔,將'弋陽'、'海鹽'腔加上新聲,而爲'崑'腔,邑人'梁辰魚'用來塡作"浣紗記",是爲'崑'曲之始。著有"曲律"(一名"南詞引正"),爲論述'崑'腔唱法的重要著作。

【魏伯陽】 ㄨㄟˋ ㄅㄛˊ ㄧㄤˊ

'東漢'煉丹方士。'會稽''上虞'(今'浙江''上虞')人。一說名'翺',號'伯陽',自號'雲牙子'。性好道術,撰"周易參同契",以"周易"爻象論述煉丹修仙之法,把煉丹術與"易"、"黃"'老'三者互相參合會同,使之契合爲一。

8【魏忠賢】 ㄨㄟˋ ㄓㄨㄥ ㄒㄧㄢˊ

(1568～1627)'明''肅寧'(今'河北''肅寧')人,原名'進忠'。'萬曆'中入宮。'熹宗'即位,任司禮秉筆太監,兼掌'東廠'。擅權植黨,殘害忠良;義子滿朝,生祠遍天下。'思宗'即位,貶黜'鳳陽',途中畏罪自縊。

9【魏茲曼】 ㄨㄟˋ ㄗ ㄇㄢˋ

(Chaim A. Weizmann, 1874～1952)'以色列'化學家、第一任總統。生於'俄國''葛德諾省'(Crodno Province),長大後到'瑞士'求學。西元1900年得到'夫利堡'(Fribourg)大學博士學位,任教於'日內瓦大學',爲知名化學家。1904年任教於'英國''曼徹斯特大學',發明發酵法製丙酮及正丁醇,對'英國'軍火工業助益甚大;但拒絕賞爵,而要求'英國'協助'猶太人返'巴勒斯坦'。後來從事'猶太復國運動。1948年'以色列'建國,次年,當選第一任總統。

4【魏氏量表】 ㄨㄟˋ ㄕˋ ㄌㄧㄤˊ ㄅㄧㄠˇ

(Wechsler scales)'美國'心理學家'魏斯勒'(D. Wechsler)所編製的個人智力量表。該量表共兩套,其一用以測試成人智能,稱'魏'氏成人智力量表(Wechsler adult intelligence scale; WAIS),其二用以測試兒童智能,稱'魏'氏兒童智力量表(Wechsler intelligence scale for children; WISC)。二者均提供文字智商、實作智商與綜合智商等三個智力商數。

魊 ㄩˋ yü⁴ 音域

1鬼名。見"集韻"。2水蟲名。又名射工。形似鱉,傳說能含沙射人,使人得病。通蜮。見"玉篇"。

魎 ㄌㄧㄤˇ liang³ 音兩

參魍魎。

魌 ㄑㄧ ch'i¹ 音欺

醜惡。同䫏。見"集韻"。

魍 ㄨㄤˇ wang³ 音網

參魍魎。

18【魍魎】 ㄨㄤˇ ㄌㄧㄤˇ

1山川木石的精怪。相傳好學人聲而迷惑人。也作罔兩、蝄蜽。2飄泊無依。

魋 ㊀ ㄊㄨㄟˊ t'ui² 音頹

1獸名。似小熊,短毛赤黃色,俗稱赤熊。見"說文"。2惡劣。通頹。

㊁ ㄔㄨㄟˊ ch'ui² 音鎚

1椎狀的髮髻。通椎。見"集韻"。2額頭突出。通頔。

11

魔 ㄇㄛˊ mo² 音摩

1鬼怪。如:妖魔。2佛家稱能害命、擾亂、破壞人的修道或善行者。舊譯作磨。全譯爲魔羅。3神奇;巧妙。如:魔力。

2【魔力】 ㄇㄛˊ ㄌㄧˋ

1妖魔鬼怪所具有的神祕能力。2吸引人、迷惑人的力量。

4【魔爪】 ㄇㄛˊ ㄓㄠˇ

比喻邪惡的勢力。

8【魔咒】 ㄇㄛˊ ㄓㄡˋ

邪魔的詛咒。泛指加禍於人的邪惡之道。

10【魔鬼】 ㄇㄛˊ ㄍㄨㄟˇ

1妖魔鬼怪。2一切邪惡的象徵。

12【魔掌】 ㄇㄛˊ ㄓㄤˇ

比喻惡勢力。

魑 ㄔ *ch'ih*¹ 音痴

參魑魅魍魎。

15【魑魅魍魎】 ㄔ ㄇㄟˋ ㄨㄤˇ ㄌㄧㄤˇ

本指山林水澤的鬼怪,引申指各式各樣的壞人。

12

魖 ㄒㄩ *hsü*¹ 音虛

傳說中能使人財物虛耗的鬼。見"說文"。

魕 ㄑㄧˊ *ch'i*² 音祈 又讀 ㄐㄧˇ *chi*³ 音擠

事鬼成俗。也作禨。見"集韻"。

14

魙 ㄓㄢ *chan*¹ 音沾

1鬼名。見"玉篇"。2鬼死。見"五音集韻"。

魗 ㄔㄡˇ *ch'ou*³ 音醜 又讀 ㄔㄡˊ *ch'ou*² 音愁

1醜惡。同醜。見"說文"。2嫌棄。見"字彙"。

魘 ㄧㄢˇ *yen*³ 音掩

1作惡夢。如:夢魘。2妖魔邪道。如:魘魅。

魚 部

魚 ㄩˊ *yü*² 音余

1(fish)種類繁多,生活於淡水或海水中,爲變溫動物。絕大多數的魚用鰓呼吸,具有鰭和鱗。現生的魚可分爲無頷綱(class Agnatha)、軟骨魚綱(class Chondrichthyes)和硬骨魚綱(class Osteichthyes)。至於無頷綱中的介皮亞綱(subclass Ostracodermi)以及盾皮綱(class Placodermi),兩者所包含的種類目前皆已絕跡。古代硬骨魚中生活於淡水的總鰭魚,利用其偶鰭(胸鰭和腹鰭)在陸上行走,因而漸漸演化爲具有四足的兩生類。2兩眼白色的馬。見"爾雅·釋畜"。3姓。'漢'有'魚翁叔'。見"萬姓統譜·八"。

7【魚尾】 ㄩˊ ㄨㄟˇ

1魚的尾部。2古書書葉板心的記號。形如魚尾,有上下兩魚尾相隨的,也有兩魚尾相向的,色分黑、白兩種,以黑魚尾居多。

9【魚苗】 ㄩˊ ㄇㄧㄠˊ

又稱魚花。指魚類從卵孵化初期,靠本身的卵黃或攝食水中浮游生物爲生的階段。

10【魚翅】 ㄩˊ ㄔˋ

取自鯊魚鰭中心軟骨兩側筋條的食品。

11【魚梯】 ㄩˊ ㄊㄧ

(fish ladder)爲方便魚群溯河產卵,以人工方式在河道上所造的梯狀物。

【魚貫】 ㄩˊ ㄍㄨㄢˋ

人群前後相連,如魚群相接。

12【魚雁】 ㄩˊ ㄧㄢˋ

魚和雁。傳說古人利用魚和雁傳送書信,故以爲書信的代稱。

13【魚雷】 ㄩˊ ㄌㄟˊ

(fish torpedo; torpedo)海軍用的一種水中武器。形狀長圓如魚,內裝炸藥及動力裝置,可以潛航水中,保持一定的深度和航向,追擊敵艦。

【魚塭】 ㄩˊ ㄨㄣ

利用不易透水的低窪地區,掘土爲池,引水養魚的養魚池。我國'華'中、'華'南,以及'臺灣'海岸各地,多利用魚塭從事養殖漁業。

14【魚餌】 ㄩˊ ㄦˇ

誘魚上鉤的食物。

17【魚礁】 ㄩˊ ㄐㄧㄠ

(fish shelter)海洋中魚群喜愛棲息聚集的礁石地帶。有人工魚礁和天然魚礁。人工魚礁係以人爲方法利用天然物體或人造物體投於海中,造成適合魚群聚集棲息的礁體。

5【魚玄機】 ㄩˊ ㄒㄩㄢˊ ㄐㄧ

'唐''長安'女子,字'幼微',一字'蕙蘭'。喜讀書,有才思,本爲'李億'之妾,因不容於正妻,出爲女道士,居於'咸宜觀',與名士'李郢'、'溫庭筠'等以詩篇相贈答。後因笞殺侍婢'綠翹'被戮,著有"魚玄機詩集"。

7【魚肚白】 ㄩˊ ㄉㄨˋ ㄅㄞˊ

如魚肚一樣白中帶有青灰的顏色。常用來形容太陽未出前東方天空的顏色。

8【魚門拳】 ㄩˊ ㄇㄣˊ ㄑㄩㄢˊ

南派拳術。流行於'江西省'。以手手不離吸黏爲原則,練時柔緩,與太極拳相近。

23【魚鱗癬】 ㄩˊ ㄌㄧㄣˊ ㄒㄧㄢˇ

(ichthyosis)因皮膚角化異常所造成的一種皮膚病。輕者僅有小落屑出現於皮面,重者則呈魚皮、蛇皮狀。具有遺傳性,嬰兒症狀出現在出生3個月以後,孩童則在1~4歲間,多發生於軀幹背側及四肢伸側。症狀通常逐漸減輕,對生命不構成威脅,目前尙無確實有效的根治方法,只有對症療法,減輕病人的痛苦而已。

5【魚目混珠】 ㄩˊ ㄇㄨˋ ㄏㄨㄣˋ ㄓㄨ

用魚眼睛混充珍珠。比喻以假亂眞。

6【魚米之鄉】 ㄩˊ ㄇㄧˇ ㄓ ㄒㄧㄤ

泛指盛產魚米的富庶地區。

【魚肉鄉里】 ㄩˊ ㄖㄡˋ ㄒㄧㄤ ㄌㄧˇ

欺壓鄰里,宰割鄉民。

7【魚沈雁杳】 ㄩˊ ㄔㄣˊ ㄧㄢˋ ㄧㄠˇ
指音信斷絕。

9【魚枯生蠹】 ㄩˊ ㄎㄨ ㄕㄥ ㄉㄨˋ
魚如果死而乾枯,就要生出蠹蟲。比喻事出有因。

12【魚游沸鼎】 ㄩˊ ㄧㄡˊ ㄈㄟˋ ㄉㄧㄥˇ
比喻處境非常危險。

16【魚龍混雜】 ㄩˊ ㄌㄨㄥˊ ㄏㄨㄣˋ ㄗㄚˊ
比喻品質不同的人物混雜在一起。

21【魚爛土崩】 ㄩˊ ㄌㄢˋ ㄊㄨˇ ㄅㄥ
比喻因內部騷亂而滅亡。

13【魚群探測器】 ㄩˊ ㄑㄩㄣˊ ㄊㄢˋ ㄘㄜˋ ㄑㄧˋ
(fish finder)利用超音波在水中尋找魚群的一種電子儀器。

19【魚類生態學】 ㄩˊ ㄌㄟˋ ㄕㄥ ㄊㄞˋ ㄒㄩㄝˊ
(fish ecology)研究魚類生活樣式的科學。內容包括族群的變動、異種間的集團、分布洄游、生命的週期性及季節性的變動、繁殖現象以及與其他生物間營養的關係。

1

魞 ㄧㄚˋ *ya*⁴ 音訝
參鮇魞。

2

魟 ㄉㄧㄥ *ting*¹ 音丁
參黃砂魟。

魛 ㄉㄠ *tao*¹ 音刀
魚名。形似刀。即刀魚。也叫鱭、鮤、鱴、鮆。見"本草綱目·鱗部·鱭魚"。

魝 ㊀ ㄐㄧㄝ *chieh*¹ 音階
宰魚。見"說文"。
㊁ ㄐㄧˋ *chi*⁴ 音計
分解。見"字彙"。

魜 ㄖㄣˊ *jên*² 音人
傳說中的美人魚。見"正字通"。

3

魟 ㊀ ㄏㄨㄥ *hung*¹ 音烘
(sting ray)屬軟骨魚綱。底棲,體呈盤狀,後部有一細長能曲的尾。胸鰭向身體兩側伸展,強而有力,利用胸鰭的波動可使身體在海底迅速游動。眼與噴水孔在頭部背面,鼻孔、口及鰓裂在腹面。體內受精,卵胎生。食物主爲軟體動物,故常危害貝類養殖場。體軀大小由於種類不同有很大差異,小者僅長25公分,大者寬2公尺、長4公尺。
㊁ ㄍㄨㄥ *kung*¹ 音公
參鯆魟。
㊂ ㄏㄨㄥˊ *hung*² 音洪
參白魟。

魦 ㄒㄧㄠˇ *hsiao*³ 音小
小魚。見"正字通"。

魡 ㊀ ㄉㄧˋ *ti*⁴ 音帝
魚名。見"廣韻"。
㊁ ㄉㄧㄠˋ *tiao*⁴ 音釣
釣魚。也作釣。見"玉篇"。

魠 ㄊㄨㄛ *t'o*¹, *t'uo*¹ 音託
大嘴的魚。見"說文"。

4

魴 ㄈㄤˊ *fang*² 音房
即'中國'黃點鯆。參中國黃點鯆。

魧 ㄏㄤˊ *hang*² 音航
1大貝。見"爾雅·釋魚"。2赤尾的白魚。見"古今注·魚蟲"。

魫 ㄕㄣˇ *shên*³ 音審 又讀 ㄔㄣˊ *ch'ên*² 音辰
魚子。見"集韻"。

魭 ㊀ ㄩㄢˊ *yüan*² 音元
大鱉。同黿。見"集韻"。
㊁ ㄨㄢˇ *wan*³ 音晚
參魭斷。

18【魭斷】 ㄨㄢˇ ㄉㄨㄢˋ
圓通而無稜角,隨順物情而宛轉,不作主觀的是非論斷。也作刓斷、輐斷。

魱 ㄏㄨˊ *hu*² 音胡
海魚名。即鯆,也作鮬。似鯿而鱗大。見"正字通"。

魳 ㄅㄟˋ *pei*⁴ 音貝
魚名。有毒,不能食用。見"正字通"。

魨 ㄊㄨㄣˊ *t'un*² 音臀
(triggerfish)爲魚類中屬於魨形目(order Tetraodontiformes)、皮剝魨科(family Balistidae)的動物。約有30種。分布於熱帶淺海。生活於珊瑚礁及海洋植物間,色彩鮮豔,被大型鱗片,口小,眼的位置極高。雖可供食用,但往往有毒。

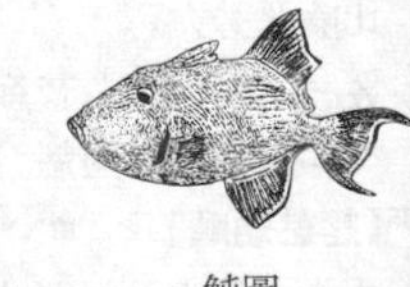
魨圖

魮 ㄆㄧˊ *p'i*² 音皮
魚名。同鮍。見"集韻"。

魬 ㄅㄢˋ *pan*⁴ 音伴
比目魚。見"正字通"。

魫 ㄧㄡˊ *yu*² 音尤
柔魚。參柔魚。

魯 ㄌㄨˇ *lu*³ 音虜
1遲鈍。如:愚魯。2陳列。通旅。3'春秋'時國名。'周成王'封'周公'長子'伯禽'爲'魯侯',都'曲阜'。國境大部分在今'山東省'南部。4'山東省'的簡稱。5姓。'戰國'有'魯仲連'。見"史記·魯仲連鄒陽列傳"。

4【魯王】 ㄌㄨˇ ㄨㄤˊ
(?～1662)'明太祖'十世孫。名'以海'。'福王'遇害後,'張煌言'等人迎立'以海'於'紹興',號'魯監國',與'福州'的'唐王'並立,各分畛域。後爲'清'軍所敗,亡走海上,居'金門','鄭成功'禮待頗恭。

7【魯迅】 ㄌㄨˇ ㄒㄩㄣˋ
(1881～1936)'浙江''紹興'人,原名'周樹人',字'豫才',筆名'魯迅'。初習醫於'日本',後致力於文學。

曾任‘教育部’僉事及大學教授。爲五四新文化運動以來最具影響力的人物之一。著有“魯迅全集”。

魯迅像

10【魯般】ㄌㄨˇ ㄅㄢ
‘春秋’‘魯國’的巧匠‘公輸班’。也作‘魯班’。

11【魯莽】ㄌㄨˇ ㄇㄤˇ
言行粗疏冒昧。

12【魯肅】ㄌㄨˇ ㄙㄨˋ
(172～217)三國‘東城’(今‘安徽’‘定遠’東南)人，字‘子敬’。以‘周瑜’之薦頗受‘孫權’信任。‘曹操’率兵南下，‘肅’建議聯合‘劉備’抵抗‘曹’軍，終於在‘赤壁’大破‘曹’軍。

【魯凱】ㄌㄨˇ ㄎㄞˇ
‘臺灣’原住民的一族。又稱‘魯卡衣’(Rukai)，自稱爲‘查利森’(Tsarisen)。分佈在‘高雄縣’西境‘濁水溪流域’和‘屏東縣’北部、‘臺東縣’西部交界一帶山地。人口約6,100餘人。營農耕生活，兼事漁獵。信仰泛靈。

【魯鈍】ㄌㄨˇ ㄉㄨㄣˋ
遲鈍；笨拙。

13【魯頌】ㄌㄨˇ ㄙㄨㄥˋ
“詩經”三頌之一。共四篇，約作於‘春秋’時代。‘周成王’封‘周公’之子‘伯禽’於‘魯’，因‘周公’功大，故雖屬諸侯，而可用天子的禮樂，並且得以有頌。

6【魯仲連】ㄌㄨˇ ㄓㄨㄥˋ ㄌㄧㄢˊ
‘戰國’‘齊’人。善計謀劃策，無意仕宦。曾游於‘趙’，正逢‘秦’軍圍‘趙’；‘魏’派‘辛垣衍’入‘趙’，請尊‘秦’爲帝以罷兵。‘仲連’見‘衍’，伸以大義；‘秦’將聞之，退兵五十里。

7【魯男子】ㄌㄨˇ ㄋㄢˊ ㄗˇ
指見女色而能以禮自持的男子。相傳古代‘魯國’有一獨身男子，鄰居是一位寡婦。在一個暴風雨之夜，寡婦房子壞了，來敲男子的門，請求避雨；男子嚴守禮教，閉門不納。見“詩·小雅·巷伯·傳”。

10【魯恭王】ㄌㄨˇ ㄍㄨㄥ ㄨㄤˊ
‘漢景帝’之子‘劉餘’，封於‘魯’，諡爲‘恭’(“史記”作‘共’)。口吃，不喜文辭，而好音樂狗馬，又好修治宮室苑囿。曾經破壞‘孔子’舊宅，擴建宮室，而於壁中得古文經傳。

【魯特琴】ㄌㄨˇ ㄊㄜˋ ㄑㄧㄣˊ
(lutc)撥絃發聲，琴面平坦，琴背圓曲，頗似半分的梨，絃視琴之大小與種類而定，最少四絃，最多可達二十餘絃。魯特琴早就出現在西元前2000年‘美索不達米亞’的壁畫中，後西傳至‘埃及’、‘希臘’，東傳至‘印度’、我國，而盛行於中東、‘阿拉伯’地區。形式因地制宜，略有改變，名稱也不同，但同爲半梨形的撥絃樂器。我國流行的琵琶即是魯特琴的支脈。

12【魯智深】ㄌㄨˇ ㄓˋ ㄕㄣ
小說“水滸傳”中的人物。單名‘達’，法名‘智深’。性剛直，好行俠義，爲‘梁山泊’一百零八條好漢之一。

14【魯爾區】ㄌㄨˇ ㄦˇ ㄑㄩ
(Ruhr region)‘德國’西部煤田及工業區。因‘萊因河’支流‘魯爾河’流經此區而得名。呈長方形。煤藏豐富，鐵路、河川及運河均甚便捷。西元1871年‘普’‘法’戰後，‘洛林’(Lorraine)鐵礦大量輸入而躍爲大工業區。化工、鋼鐵和紡織業發達，有‘多特蒙德’(Dortmund)、‘杜易斯堡’(Duisburg)、‘杜塞爾多夫’(Düsseldorf)、‘埃森’(Essen)和‘伍帕森’(Wuppertal)等工業大城。現爲‘歐洲’最大且分工最細的工業區。

11【魯莽滅裂】ㄌㄨˇ ㄇㄤˇ ㄇㄧㄝˋ ㄌㄧㄝˋ
做事粗心大意，輕浮草率。

【魯魚亥豕】ㄌㄨˇ ㄩˊ ㄏㄞˋ ㄕˇ
指文字因形體相似而傳寫錯誤的現象。

13【魯殿靈光】ㄌㄨˇ ㄉㄧㄢˋ ㄌㄧㄥˊ ㄍㄨㄤ
比喻碩果僅存的人或事物。‘靈光’，殿名，‘漢景帝’子‘魯恭王’‘餘’所建，經‘王莽’之亂，爲‘西漢’諸殿之僅存者。

17【魯濱遜漂流記】ㄌㄨˇ ㄅㄧㄣ ㄒㄩㄣˋ ㄆㄧㄠ ㄌㄧㄡˊ ㄐㄧˋ
(*Robinson Crusoe*)‘英國’小說家‘狄福’所撰的冒險小說。以自述體敘述‘魯濱遜’乘船遇颶風被漂流到荒島，與僕人‘星期五’歷經艱難的故事。此書本意在宣揚文明人以智慧與毅力克服自然的精神，在當時及後世均極受歡迎。

魶 ㄋㄚˋ *na*⁴ 音納
魚名。[1]似鱉，無甲，有尾、無足，口在腹下。同鰨。見“說文”。[2]即鯢，似鮎，四足，聲如兒啼。見“集韻”。

魦 ㄕㄚ *sha*¹ 音沙
魚名。[1]吹沙魚。體圓而小，常張口吹沙。也作鯊。見“正字通”。[2]鮫魚。見“字彙”。

魰 漁的或體。

魵 ㄈㄣˋ *fên*⁴ 音憤
魚名。見“說文”。

魪 ㄐㄧㄝˋ *chieh*⁴ 音介
比目魚。見“集韻”。

5

鮀 ㄊㄨㄛˊ *t'o*², *t'uo*² 音駝
[1]鮎魚。見“說文”。[2]吹沙小魚。體圓而有點文。見“爾雅·釋魚·鯊鮀·注”。[3]即鼉。俗名土龍。形似守宮，長丈餘，背和尾有鱗甲。見“本草綱目·鱗部·鼉龍”。

鮌 鯀的或體。

鮅 ㄅㄧˋ *pi*⁴ 音必
鱒魚。見“爾雅·釋魚”。

鮃 ㄆㄧㄥˊ *p'ing*² 音平
(soles)爲魚類中屬於側泳目(order Pleuronectiformes)、

右鰈科(family Soleidae)及左鰈科(family Cynoglossidae)的動物。側泳目的魚類,即平常所稱之比目魚,兩眼並生於頭的一側(左側或右側視種類或個體而異),此種特徵爲生態上的變異,實際上幼魚時期頭部兩側各有一眼,但稍長慣以一側貼伏海底,另一側向上(游泳時係側泳),結果兩眼皆位於向上的一側,該側有眼有色,稱爲眼側,向下的一側無眼無色,稱爲盲側。右鰈科的種類兩眼位於右側,左鰈科的種類兩眼位於左側。分布於熱帶及亞熱帶的海洋中。

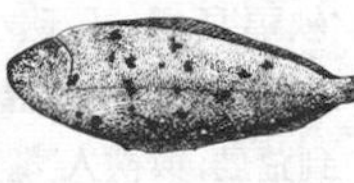
鰈圖

鮇 ㄨㄟˋ wei⁴ 音未
魚名。即嘉魚。長身細鱗,肉白如玉,出'漢''沔''丙穴'中。見"正字通"。

鮦 ㄏㄜˊ ho², hê² 音何
河豚的俗稱。見"廣雅·釋詁·鯸鮐鮦也·疏證"。

鮄 ㄈㄨˊ fu² 音弗
即沙鮻。參沙鮻。

鮭 ㊀ ㄒㄩ hsü¹ 音虛
比目魚。也作鱋。見"集韻"。
㊁ ㄊㄚˋ t'a⁴ 音榻
魚名。同鰨。見"集韻"。

鮍 ㄆㄧˊ p'i² 音皮
魚名。似鮎而大,白色。見"六書故"。

鮄 ㄑㄧㄠˊ ch'iao² 音喬
魚名。性好浮游於水面之上,以接近陽光。所以又名陽喬。見"字彙"。

鮁 ㊀ ㄅㄛ po¹ 音撥
魚跳起。見"字彙"。
㊁ ㄈㄟˋ fei⁴ 音吠
魚名。似鯉而赤色。見"集韻"。

鮈 鱓的或體。

鮔 ㄑㄩ ch'ü¹ 音區
鱔魚的一種。見"山海經·海外西經·戚操魚鮔·注"。

鮃 ㊀ ㄒㄧㄚˊ hsia² 音狎
魚名。見"集韻"。
㊁ ㄒㄧㄚˋ hsia⁴ 音下
參鮃鰈。

20【鮃鰈】 ㄒㄧㄚˋ ㄕㄚˋ
鱗多而重疊。

鮋 ㄧㄡˊ yu² 音由
(rockfish; scorpion fish)爲魚類中屬於鮋目(order Scorpaeniformes)、鮋科(family Scorpaenidae)的動物。分布於溫帶及熱帶近海。肉食性,常棲於岩礁中,種類甚多。體延長,側扁,變化甚大。口大型或中等大小,上下頷有絨毛狀齒,眼上位,腹鰭位,多數爲體內受精。'臺灣'產11屬16種。

鮎 鯰的或體。

鮟 ㄧㄤ yang¹ 音央
魚名。可以解酒。見"集韻"。

12【鮟鱇】 ㄧㄤ ㄧㄚˋ
魚名。又名黃顙魚。無鱗,口吻尖長,腹黃背青。見"本草綱目·鱗部·黃顙魚"。

鮂 ㄑㄧㄡˊ ch'iu² 音囚
魚名。即鰷魚。又名白鯈魚、鮆魚。生江湖中,長僅數寸,狀狹長如柳葉,鱗細而整齊,白色,好群游。見"本草綱目·鱗部·鰷魚"。

鮐 ㄊㄞˊ t'ai² 音臺
[1]即河豚。見"說文·鮐·段注"。[2]老。指老人背皮如鮐魚。見"方言·一"。

9【鮐背】 ·ㄊㄞˊ ㄅㄟˋ
指老年人。古人以爲老人背後皮膚有黑文如鮐魚之背,是一種壽相。

鮏 ㄒㄧㄥ hsing¹ 音腥
魚的臭味。也作鯹。通作腥。見"說文"。

鮓 ㊀ ㄓㄚˇ cha³ 音眨
經過加工以便貯藏的魚類食品。如醃魚、糟魚等是。同鮺。見"玉篇"。
㊁ ㄓㄚˋ cha⁴ 音詐
海魚名。也作蚱。見"集韻"。

鮑 ㄅㄠˋ pao⁴ 音抱
[1]醃漬過的鹹魚。見"說文"。[2](baud)數據通信中信號傳輸速率的單位。每秒傳輸一個數元之信號稱爲一鮑。[3]姓。'東周''齊'有'鮑叔牙'。見"左傳·莊九年"。

11【鮑魚】 ㄅㄠˋ ㄩˊ
[1]醃漬過的鹹魚。其氣腥臭。[2](abalone)又名石決明、九孔。屬軟體動物門、腹足綱。殼呈盤狀,外緣有一列小孔,外套腔內的水自此等小孔排至外界。大者如紅鮑魚(*Haliotis rufescens*),達30公分。生活於海岸岩礁間,以藻類等爲食,可供食用。

鮑魚圖

13【鮑照】 ㄅㄠˋ ㄓㄠˋ
(414～466)'南朝''東海'(今'江蘇''灌雲')人,字'明遠'。'臨川王''劉義慶'愛其才,任爲國侍郎。後又任'臨海王''劉子頊'前軍參軍。工詩文,尤長於七言歌行,風格贍逸遒麗。有"鮑參軍集"。

4【鮑氏囊】 ㄅㄠˋ ㄕˋ ㄋㄤˊ
(Bowman's capsule)腎元之腎小管先端膨大的杯狀構造。內含絲球體,血液由絲球體漏進鮑氏囊,再進入曲細尿管,而漸次形成排出的尿液到達收集管。

8【鮑叔牙】 ㄅㄠˋ ㄕㄨˊ ㄧㄚˊ
'春秋''齊'大夫。少與'管仲'相交甚篤。後薦'管仲'於'桓公',使佐之以成霸業,而自己以身下之,世多稱'鮑叔牙'能知人而篤於友誼。

11【鮑魚之肆】 ㄅㄠˋ ㄩˊ ㄓ ㄙˋ

賣鮑魚的商店。比喻腥臭惡劣的環境。

鮈　ㄐㄩ *chü*¹ 音拘
參鮈鰅。

18【鮈鰅】　ㄐㄩ ㄨˊ
魚名。也作鮈鯢。見"集韻"。

鮋　ㄧㄡˇ *yu*³ 音友
魚名。鮒屬。生溪澗中，狀似吹沙魚而略短。闊口，大頭，歧尾，色黃黑有斑點。脊背有鰭刺螫人。見"正字通"。

鮒　ㄈㄨˋ *fu*⁴ 音付
參鮒魚。

11【鮒魚】　ㄈㄨˋ ㄩˊ
即鯽魚。參鯽魚。

6

鮝　鯗的俗體。

鮤　ㄌㄧㄝˋ *lieh*⁴ 音裂
魚名。即鮆魚。也叫鱭刀。見"字彙"。

鮆　ㄐㄧˋ *chi*⁴ 音既
魚名。即刀魚。見"說文"。

䰰　ㄖㄨˊ *ju*² 音如
魚名。見"字彙補"。

鮟　ㄢˋ *an*⁴ 音案
魚名。見"集韻"。

22【鮟鱇】　ㄢˋ ㄎㄤ
(angler fish)棲於300公尺以上的深海，共225種，屬鮟鱇目(order Lophiiformes)。背鰭第一硬棘往往成爲肥短或細長的吻觸手(illicium)，其作用似釣魚竿，用以引誘食物。體不被鱗，但有肉質或骨質的小刺或皮瓣。

鮟鱇圖

多產於熱帶。胸鰭有強大的柄部，恰似陸生脊椎動物的前肢。鮟鱇目共分三亞目，其中鮟鱇亞目皮膚光滑，頭大體瘦，形似蝌蚪。躄魚亞目中的躄魚科動物，棲於熱帶沿海的海藻間，胃中如充滿氣體，可浮至水面，隨海流漂遠。刺鮟鱇亞目皆生活於較深的海洋中，故稱深海鮟鱇，雌者頭部的吻觸手能發光，用以照明並吸引獵物。深海鮟鱇有120種，分屬十科，因爲深海尋偶不易，雄魚遇雌魚後，即附於雌體表面而成寄生物，其口與雌魚的皮膚癒合，兩者血流藉此溝通，雄魚乃由此獲得養分。深海鮟鱇無腹鰭。

鮀　蛇的或體。

魧　ㄇㄥˋ *mêng*⁴ 音孟
參魱魧。

鮫　ㄐㄧㄠ *chiao*¹ 音交
(shark)爲魚類中屬於軟骨魚綱(class Chondrichthyes)、鮫目(order Selachii)中的動物。俗稱鯊。約有200～250種。主要生活於海水中，少數見於河流或湖泊中。與魟、鱝爲相近的種類。體

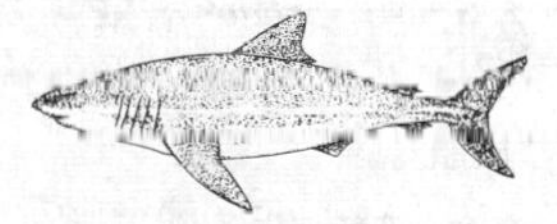
鮫圖

呈圓柱狀，有鰓裂5～7對。肉食，食物包括浮游生物、魚、海豹，甚至有機廢物。行體內受精，雄者的腹鰭特化爲交接器，大部分爲卵胎生。可供食用，大型的鰭即爲國人所稱的魚翅。

鮮　㊀ ㄒㄧㄢ *hsien*¹ 音仙
[1]魚名。見"說文"。[2]生魚。通鱻。[3]新鮮；明潔。如：鮮明。[4]美好；華麗。如：鮮衣。
㊁ ㄒㄧㄢˇ *hsien*³ 音顯
稀少。通尟。俗作尠。見"集韻"。

8【鮮乳】　ㄒㄧㄢ ㄖㄨˇ
(fresh milk)生乳或原料乳經加溫殺菌而供飲用的全乳汁。依我國國家標準(CNS)規定：一、特級鮮乳，非脂肪固形物含量應在8.5%以上，乳脂肪3.5%以上，細菌含量3萬個以下。二、甲級鮮乳，非脂肪固形物8.0%以上，乳脂肪3.0%以上，細菌含量5萬個以下。二者之大腸桿菌屬細菌試驗，均應爲陰性。

【鮮卑】　ㄒㄧㄢ ㄅㄟ
我國歷史上的民族之一。其地在'西喇木倫河'及'洮兒河'之間，當'烏桓'之北。初服於'匈奴'，'北匈奴'西徙後，遂移居'匈奴'故地。六朝時，該族在'華'北建國者有'慕容'氏的'前燕'、'後燕'、'西燕'、'南燕'，'乞伏'氏的'西秦'，'禿髮'氏的'南涼'，'拓跋'氏的'後魏'，'宇文'氏的'北周'等。

9【鮮活】　ㄒㄧㄢ ㄏㄨㄛˊ
[1]新鮮活潑。[2]指鮮魚。

28【鮮豔】　ㄒㄧㄢ ㄧㄢˋ
鮮明華麗。

7【鮮車怒馬】　ㄒㄧㄢ ㄔㄜ ㄋㄨˋ ㄇㄚˇ
鮮豔的車，健壯的馬。形容服飾車駕的奢侈豪華。

鮷　ㄊㄧˊ *t'i*² 音啼
魚名。即大鮎。同鮧、鯷。見"集韻"。

鮭　㊀ ㄍㄨㄟ *kuei*¹ 音圭
[1](salmon)屬脊椎動物亞門、硬骨魚綱(class Osteichthyes)、鮭目(order Salmoniformes)、鮭科(family Salmonidae)。產於'大西洋'及'太平洋'，在海洋中生長成熟，繁殖時，會跋涉

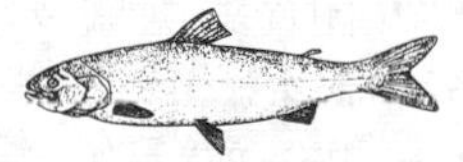
鮭圖

數千里返回其出生地的河流，此時不食，藉體內儲藏的養分供身體活動。卵產於礫石形成的凹巢中，小魚孵出後，即至海洋中，有些種類則留在淡水中長達五年，也有的固定生長於河流湖沼中，例如產於'臺灣''大甲溪'的櫻花鉤吻鮭(*Oncorhynchus masou*)，便是陸封型(landlocked)。鮭的體

呈銀色，繁殖時呈紅色。'太平洋'中的鮭，在產卵或精子後不久便死亡；'大西洋'的鮭，則可再至海水中生活1～2年，甚至可能再到淡水中繁殖。可供食用、玩賞。[2]河豚的別名。也作鯢。見"本草綱目·鱗部·河豚"。

㈡ ㄒㄧㄝˊ *hsieh*^{2} 音鞋

'吳'人對魚菜的總稱。見"集韻"。

㈢ ㄨㄚ *wa*^{1} 音蛙

參鮭蠪。

㈣ ㄎㄨㄟ *k'uei*^{1} 音窺

參鮭陽。

12【鮭陽】 ㄎㄨㄟ ㄧㄤˊ

複姓。'漢'有'鮭陽鴻'。

22【鮭蠪】 ㄨㄚ ㄌㄨㄥˊ

古代傳說中的鬼怪。

䱎 䱍的或體。

鮚 ㄐㄧㄝˊ *chieh*^{2} 音節

蚌類。見"說文"。

鮨 ㈠ ㄑㄧˊ *ch'i*^{2} 音其

[1]魚醬。見"說文"。[2]魚鰭。同鰭。見"玉篇"。[3]細切的肉。

㈡ ㄧˋ *i*^{4} 音義

傳說中魚名。見"山海經·北山經"。

䱍 ㄍㄥˋ *kêng*^{4} 音亙

參䱍鯍。

17【䱍鯍】 ㄍㄥˋ ㄇㄥˋ

魚名。即鮪魚。見"說文"。

鮞 ㄦˊ *êrh*^{2} 音而

[1]魚苗。見"說文"。[2]魚名。見"說文"。

鮬 ㄅㄨˋ *pu*^{4} 音布

參鱎鮬。

鮪 ㄨㄟˇ *wei*^{3} 音偉

魚名。[1]鱣類，頭小而尖，口在頷下。見"字彙"。[2](tuna)屬於鱸目(order Perciformes)、鯖科(family Scombridae)。生活

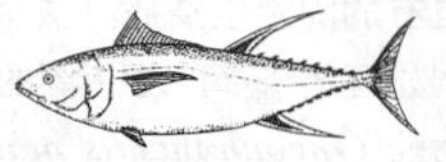

鮪圖

於海洋中，有些種類體大型，可供食用，頗具經濟價值。體延長呈流線型，圓筒狀，尾尖。皮膚下布滿網狀血管，可以調節體溫，以利其長期、緩慢的游泳生活。大者如金鎗魚(*Thunnus thynnus*)可長達4.3公尺，重800公斤。鮪的體色上方色深，下方銀色，常有珠色閃光。

鮛 ㄕㄨˊ *shu*^{2} 音叔

小鮪魚。見"集韻"。

鮦 ㈠ ㄊㄨㄥˊ *t'ung*^{2} 音同

魚名。即鱧。首有七星，'蘇'俗稱黑魚。見"說文通訓定聲"。

㈡ ㄓㄡˋ *chou*^{4} 音紂

參鮦陽。

12【鮦陽】 ㄓㄡˋ ㄧㄤˊ

舊縣名。故城在今'河南省''新蔡縣'東北。

鮰 ㄏㄨㄟˊ *hui*^{2} 音回

魚名。無鱗，樣子像鮠，生在大江中。見"六書故"。

鮡 ㄓㄠˋ *chao*^{4} 音肇

魚名。似鮎而大，白色。見"廣韻"。

鮵 ㄉㄨㄛ *to*^{1}, *tuo*^{1} 音多

一種有毒的魚。見"論衡·言毒"。

鮠 ㄨㄟˊ *wei*^{2} 音危

魚名。[1]又名鮰魚、鱯魚。白色，無鱗。腹似鮎魚，背有肉鬐。見"本草綱目·鱗部·鮠魚"。[2]河豚的別名。見"太平御覽·鱗介部·鮠魚"。

鮥 ㈠ ㄌㄨㄛˋ *lo*^{4}, *luo*^{4} 音駱

魚名。即鮛鮪，狀似鱣而小。見"爾雅·釋魚·鮥鮛鮪·注"。

㈡ ㄍㄜˊ *ko*^{2}, *kê*^{2} 音格

魚名。樣子如黿。喙長三尺，齒利。見"集韻"。

鮣 ㄧㄣˋ *yin*^{4} 音印

即印魚。參印魚。

鮯 ㄍㄜˊ *ko*^{2}, *kê*^{2} 音閤

魚名。似鱓。六足，鳥尾。見"字彙"。

7

鯊 ㄕㄚ *sha*^{1} 音沙

(shark)鮫的俗稱。參鮫。

鮺 ㄓㄚˇ *cha*^{3} 音眨

也作鮺、鮓。[1]經過加工製造以便貯藏的魚類食品。如醃魚、糟魚等。通作鮓。[2]腌製的肉食。

鮆 鱭的或體。

鯇 ㄏㄨㄢˋ *huan*^{4} 音換 又讀 ㄏㄨㄣˋ *hun*^{4} 音溷

魚名。又叫鰀魚、草魚。同鱓。身圓體長，肉厚而鬆，有青鯇、白鯇兩種。見"本草綱目·鱗部·鯇"。

鮷 鯷的或體。

鯽 或作鯽。㈠ ㄗㄜˊ *tsê*^{2} 音則

魚名。同鰂。見"說文"。

㈡ ㄐㄧˋ *chi*^{4} 音既

參鯽魚。

11【鯽魚】 ㄐㄧˋ ㄩˊ

(golden carp; *Carassius carassius*)爲魚類中屬於鯉目(order Cypriniformes)、鯉科(family Cyprinidae)中的一種。又名鮒魚。生活於淡水，體側扁而高，背鰭一枚，上下頷皆無齒。肉味美。供玩賞的金魚乃爲國人於'宋朝'時利用鯽魚選拔培育出來的。

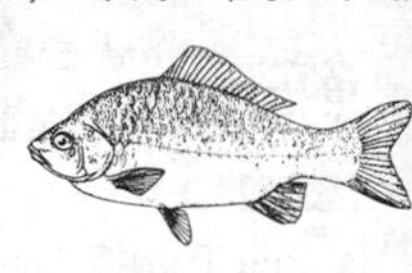

鯽魚圖

鮶 ㄐㄩㄣ *chün*^{1} 音君

參水鮶。

鯆 ㄆㄨ *p'u*^{1} 音撲 又讀 ㄅㄨ *pu*^{1} 音逋

參鯆魮。

15【鯆魮】 ㄆㄨ ㄆㄧˊ

海鷂魚。見"本草綱目·鱗部·海鷂魚"。

鯁 ㄍㄥˇ *kêng*^{3} 音梗

[1]魚骨。見"說文"。[2]魚刺卡在喉嚨裡。[3]病害；禍患。[4]正

直;剛直。通骾。如:鯁言。

8【鯁直】 ㄍㄥˇ ㄓˊ
剛直;正直。

鯃 ㄨˊ *wu*² 音吾
同鯸。參鯃魚。

11【鯃魚】 ㄨˊ ㄩˊ
(*Distoechdon tumirostris*)屬硬骨魚綱、鯉目 (order Cypriniformes)、鯉科(family Cyprinidae)。俗名戇魚、戇仔魚。無鬚,體延長,側線完全,咽齒兩列。'臺灣''宜蘭'有產。

鮿 ㄓㄜˊ *chê*² 音折
不漬鹽的乾魚。見"集韻"。

䱌 ㄧˊ *i*² 音移
參鮧䱌。

鯑 ㄒㄧㄝˋ *hsieh*⁴ 音屑
參鯑魪。

14【鯑魪】 ㄒㄧㄝˋ ㄍㄨㄞˊ
水族的一種。生長在江中,形似蟹,可食。見"廣韻"。

鯒 ㄩㄥˇ *yung*³ 音永
即牛尾魚。參牛尾魚。

鮹 ㄕㄠ *shao*¹ 音梢 又讀 ㄒㄧㄠ *hsiao*¹ 音消
魚名。形似馬鞭。尾有兩歧如鞭鞘。見"本草綱目·鱗部·鮹魚"。

鯉 ㄌㄧˇ *li*³ 音里
1魚名。參鯉魚。2書信的代稱。如:鯉素。

11【鯉魚】 ㄌㄧˇ ㄩˊ
(common carp; *Cyprinus carpio*)魚類中屬於鯉目(order Cypriniformes)、鯉科 (family Cyprinidae) 中的一種。生活於淡水,體中型,長約30公分。體側

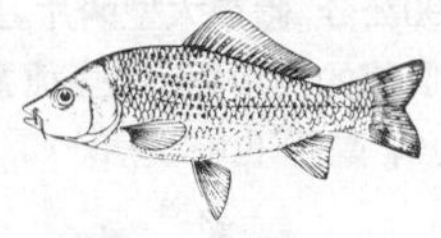
鯉魚圖

扁而高,背鰭一枚,口內上下頜皆無齒,咽部有咽齒三列。可供食用。

11【鯉魚躍龍門】 ㄌㄧˇ ㄩˊ ㄩㄝˋ ㄌㄨㄥˊ ㄇㄣˊ
相傳鯉魚躍過'龍門'化爲龍,故以比喻登科及第或飛黃騰達。

䰾 鮠的或體。

鯆 一 ㄈㄨ *fu*¹ 音夫
參蘆鯆。
二 ㄈㄡˊ *fou*²
參鯆鮍。

15【鯆鮍】 ㄈㄨˊ ㄅㄟˋ
海豚的別名。見"本草綱目·鱗部·海豚魚"。

鮵 ㄉㄨㄛˊ *to*², *tuo*² 音奪
魚名。小鮦魚。見"字彙"。

鮻 ㄙㄨㄛ *so*¹, *suo*¹ 音梭
魚名。同魦。見"集韻"。

鯅 一 ㄊㄧㄥˊ *t'ing*² 音廷
魚名。即魟。同鯙。見"集韻"。
二 ㄊㄧㄥˇ *t'ing*³ 音挺
全魚醬。見"集韻"。

鮸 ㄇㄧㄢˇ *mien*³ 音免 又讀 ㄨㄢˇ *wan*³ 音挽
參鮸魚。

11【鮸魚】 ㄇㄧㄢˇ ㄩˊ
(*Miichthys mi-iug*)爲硬骨魚綱(class Osteichthyes)、鱸目(order Perciformes)、石首魚科(family Sciaenidae)的一種。石首魚科又稱鮸科,皆有特大的耳石,

鮸魚圖

鰾大型。本種爲重要的食用經濟魚,分布於熱帶及亞熱帶沿海。繁殖期間,其鰾的肌肉收縮,可在水底發聲。

鯓 ㄕㄣ *shên*¹ 音身
參鯤鯓。

鯀 ㄍㄨㄣˇ *kun*³ 音滾
也作鮌。1魚名。見"說文"。2人名。'夏禹'的父親。'堯'封爲'崇伯',因受命治理洪水失敗,被'舜'處死於'羽山'。見"史記·夏本紀"。

鯣 ㄧˋ *i*⁴ 音役
魚名。形狀如鮎,四足長尾,聲似小兒。也作鰔。見"正字通"。

鯈 一 ㄔㄡˊ *ch'ou*² 音愁 又讀 ㄧㄡˊ *yu*² 音由
1魚名。即小白魚。小而長,性好游。見"正字通"。2魚卵。或作鰷。見"集韻"。
二 ㄊㄧㄠˊ *t'iao*² 音條
一1的又讀。

8

鯗 ㄒㄧㄤˇ *hsiang*³ 音想
魚乾。也作鱶,俗作鮝。見"集韻"。

鯯 ㄐㄧˋ *chi*⁴ 音計 又讀 ㄓˋ *chih*⁴ 音制
即青花魚,參青花魚。

鯬 ㄌㄧˊ *li*² 音黎
魚名。生海中,似鯿而小。見"六書故"。

鯮 鰶的或體。

鯜 ㄑㄧㄝˋ *ch'ieh*⁴ 音妾
魚名。又叫妾魚。經常三條魚結隊而游,一前二後,好像婢妾一樣。見"正字通"。

鯨 ㄐㄧㄥ *ching*¹ 音京 又讀 ㄑㄧㄥˊ *ch'ing*² 音晴
(whale) 爲哺乳綱、鯨目 (order Cetacea) 中動物的俗稱。分爲三亞目:古鯨亞目(suborder Archaeoceti)、齒鯨亞目(suborder Odontoceti) 和鬚鯨亞目(suborder Mysticeti)。其中古鯨亞目的動物已經絕跡,齒鯨亞目包括海豚。鯨的身體呈流線型,無毛、尾呈水平狀,前肢呈槳狀,鼻孔位於頭頂,皮下有鯨脂。

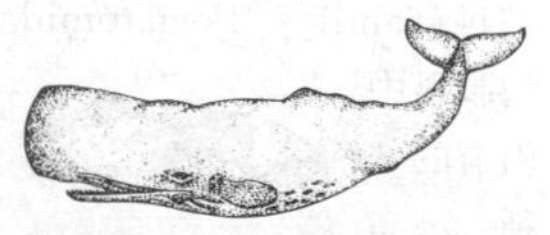
抹香鯨圖

7【鯨吞】 ㄐㄧㄥ ㄊㄨㄣ
鯨魚吞吃小魚。比喻大吞小或強併弱。

8【鯨波】 ㄐㄧㄥ ㄅㄛ
鯨魚掀起的大波浪。即大浪。

鯖 ㊀ ㄑㄧㄥ ch'ing¹ 音青
(mackerel) 爲魚類中屬於鱸目 (order Perciformes)、鯖科(family Scombridae)的動物。游泳快速,體呈流線型。供食用及玩賞,生活於溫帶及熱帶海

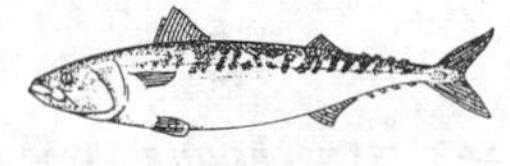
鯖圖

洋。在遠洋中成群游泳,掠食性,以魚及其他海生動物爲食。
㊁ ㄓㄥ chêng¹ 音征
魚、肉合煮而成的一種餚饌。同胚。見"集韻"。

鯞 ㄓㄡˇ chou³ 音肘
參鰍鯞。

鯟 ㄉㄨㄥ tung¹ 音東
魚名。形似鯉魚。見"集韻"。

鯎 鯪的或體。

鯯 ㊀ ㄐㄧˋ chi⁴ 音計
鱭的或體。
㊁ ㄘˋ tz'ŭ⁴ 音次
即條紋雞魚。參條紋雞魚。

鯺 ㄐㄩˋ chü⁴ 音鋸 又讀 ㄐㄩ chü¹ 音居
魚名。形似石首魚,左右三牙如鐵鋸。見"正字通"。

鯥 ㄌㄨˋ lu⁴ 音陸
①傳說中怪魚名。形狀像牛。見"集韻"。②(bluefish; *Pomatomus saltatrix*)屬於硬骨魚類中鱸目(order Perciformes)、鯥科(family Pomatomidae),爲該科中僅有的一種。分布於'大西

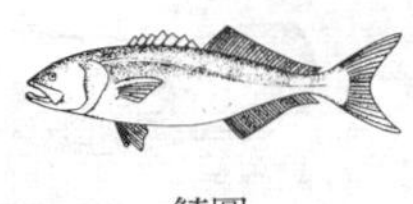
鯥圖

洋'及'印度洋'的溫帶及熱帶海域。運動快速,供食用及玩賞。成群生活。體延長,背鰭兩枚,尾分叉,口大,口內有強而尖的齒,體呈藍色或綠色,長可達1.2公尺,重達11.5公斤。貪食,以其他小型動物,尤其是魚類爲食。

鯪 ㄌㄧㄥˊ ling² 音陵
參鯪魚。

11【鯪魚】 ㄌㄧㄥˊ ㄩˊ
①傳說中一種人面、人手、魚身的怪魚。見"楚辭·屈原·天問·鯪魚何所·補注"。②背腹有刺如三角菱的大魚。見"太平御覽·鱗介部·鯪魚"。

18【鯪鯉】 ㄌㄧㄥˊ ㄌㄧˇ
(pangolin; scaly anteater) 即穿山甲。爲脊椎動物中屬於哺乳綱(class Mammalia)、鱗甲目(order Pholidota)、鯪鯉科(family Manidae)的動物。受驚時,身體會捲曲成球狀。體長(除去尾)約30～90公分,重約5～27公斤。除面部兩側及腹面外,體表有排列成覆瓦狀的鱗片,棕色。頭部短,呈錐狀,眼小,口鼻部長,舌可伸長達25公分。腿短,爪尖銳。尾約與體等長,可用以攫物。尾與後肢形成一三角架,可以支持身體。食物主爲白蟻、蟻或其他昆蟲,晝伏夜出。一屬八種。

鯪鯉圖

鯕 ㄑㄧˊ ch'i² 音其
魚名。見"說文"。

鯫 ㊀ ㄗㄡ tsou¹ 音鄒
小魚。見"集韻"。
㊁ ㄓㄡˋ chou⁴ 音宙
細小。見"集韻"。

鯌 ㄘㄨㄛˋ ts'o⁴, ts'uo⁴ 音錯
魚名。鼻前有骨如斧斤。見"集韻"。

鯠 ㄌㄞˊ lai² 音來
魚名。即鰲。也稱鰻鱺。見"爾雅·釋魚·鰲鯠·義疏"。

䱅 ㄧㄝˋ yeh⁴ 音葉
鹽漬魚。同鯘。見"集韻"。

鯤 ㄎㄨㄣ k'un¹ 音昆
①魚子。見"爾雅·釋魚"。②傳說中的大魚。見"集韻"。

18【鯤鯓】 ㄎㄨㄣ ㄕㄣ
水中高出的陸地。形如大魚之身,故稱鯤身,後轉爲鯤鯓。'臺灣省''臺南市'西南海中,自南至北,綿延七島,號'七鯤身'。

鯧 ㄔㄤ ch'ang¹ 音昌
(pomfret; butter fish) 屬於魚類中鯧科(family Stromateidae) 的動物。體側扁,略呈卵圓形,有銀色閃光。口小,尾分叉,背鰭單個,食道中有角質齒。產於溫海,許多種類可供食用。

鯧圖

鯝 ㄍㄨˋ ku⁴ 音固
①魚腸。一說是魚胃。見"集韻"。②魚名。即黃鯝。見"正字通"。

鯔 ㄗ tzŭ¹ 音姿
(mullet)爲魚類中屬於鱸目(order Perciformes)、鯔科(family Mugilidae)的動物。分布於熱帶及溫帶沿海。常在泥沙中掘取小型動植物爲食。長約30～90公分,體被大型鱗片。爲富經濟價值的食用魚,有些種類爲養殖魚,'臺灣'也有養殖。

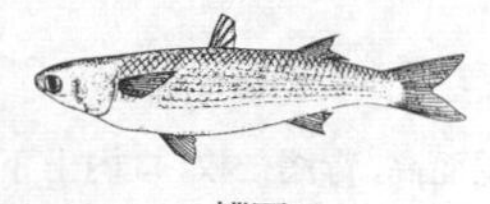
鯔圖

鯡 ㄈㄟˋ fei⁴ 音沸
(herring) 俗稱的砂魟魚

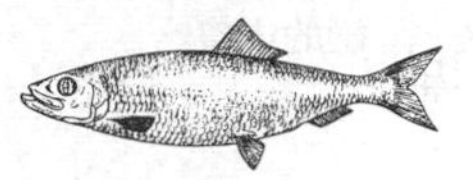

鯡圖

類。屬於鯡目(order Clupeiformes)、鯡科(family Clupeidae)。成體體長10～37.5公分，十二月至夏季間產卵於海藻或岩石上，量多，約二週孵出，經四年生長成熟，壽命達20年。爲食用魚。大多生活於海洋，少數爲淡水產。

鮈　ㄑㄩˊ *ch'ü*^{2} 音麴

魚名。又名江豚。屬哺乳類中的鯨類。出'樂浪'，一說出'九江'。見"說文·鮈·段注"。

鯛　ㄆㄥˋ *p'êng*^{4} 音碰

魚名。形似河豚而大。背青，有斑文，無鱗，尾不分歧，腹白有刺，遇敵則腹脹如球，仰浮水面躲避。見"正字通"。

鯛　ㄉㄧㄠ *tiao*^{1} 音雕

①魚骨的尖端容易碎斷。見"說文"。②(pargo; porgy; sea-bream; nemipterid; snapper)爲硬骨魚綱(class Osteichthyes)、鱸目(order Perciformes)、鯛科(family Sparidae)的動物。海產。約有100種。背高，背鰭一個，口小，有堅強的齒。生活於淺海，熱帶及溫帶海水中皆有分布。體長通常不超過30公分。本科中有許多爲食用或玩賞的種類。嘉鱲魚(*Chrysophrys major*)即屬此科。

鯚　ㄐㄧˋ *chi*^{4} 音季

魚名。鱗細喙銳。俗稱鯚魚。見"正字通"。

鮥　ㄒㄧㄢˋ *hsien*^{4} 音陷

魚名。即鰔魚。見"正字通"。

鮥　ㄐㄧㄡˋ *chiu*^{4} 音臼

海魚名。一名當魱。似鯿而大鱗。見"爾雅·釋魚·鮥當魱·注"。

鯢　ㄋㄧˊ *ni*^{2} 音倪

魚名。①形狀似鯰，四腳，前似獼猴，後似狗，聲如兒啼。見"字彙"。②雌鯨。見"字彙"。

[11]【鯢魚】　ㄋㄧˊ ㄩˊ

即山椒魚。參山椒魚。

鯰　ㄋㄧㄢˊ *nien*^{2} 音年

參鯰魚。

[11]【鯰魚】　ㄋㄧㄢˊ ㄩˊ

(Chinese catfish; *Parasilurus asotus*)屬硬骨魚綱、鯰目(order Siluriformes)、鯰科(family Siluridae)。體延長，略側扁，眼

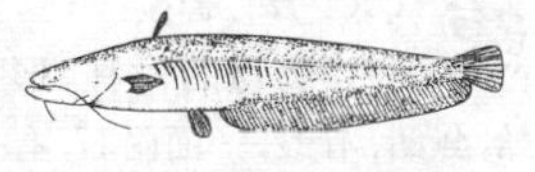

鯰魚圖

隱皮下，上下頜各有鬚一對，背鰭退化，產於淡水。

鯩　ㄌㄨㄣˊ *lun*^{2} 音倫

傳說中魚名。黑文，似鮒。見"山海經·中山經"。

9

鱀　ㄐㄧˋ *chi*^{4} 音既　又讀　ㄐㄧ *chi*^{1} 音基

或作鰶。①魚名。鰭屬。體似鱏魚，尾似鮈魚，大腹，喙小而銳。見"爾雅·釋魚·鱀是鱁·注"。②海豚。見"本草綱目·鱗部·海豚魚"。

鯷　ㄊㄧˊ *t'i*^{2} 音啼

魚名。①四足，聲如嬰兒。見"玉篇"。②鮎魚的別名。見"正字通"。

鯶

鯇的或體。

鮔

魱的或體。

鰌　ㄑㄧㄡ *ch'iu*^{1} 音秋

①即鰍。參鰍。②踐踏；壓制。通蹭。見"字彙"。

鰦　ㄗ *tzŭ*^{1} 音茲

魚名。即白鯈魚。身圓，頭扁，生於鹹、淡水中，長不踰尺。見"正字通"。

鰆　ㄔㄨㄣ *ch'un*^{1} 音春

(Spanish mackerel; *Scomberomorus commerson*)爲魚類中屬於鱸目(order Perciformes)、鯖科(family Scombridae)的一種。分布於熱帶及亞

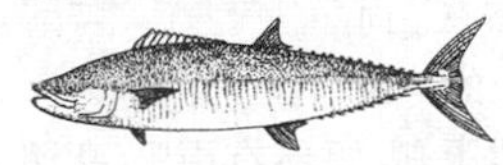

鰆圖

熱帶海洋中。體呈紡錘形，口裂大，頜齒強大，尾鰭凹入，尾柄兩側有隆起稜。此外，尚有'中華'鰆(*Scomberomorus sinensis*)、齒鰆(*Sarda chilensis*)及棘鰆(*Acanthocybium solandri*)等多數相近的種類。

鰊　ㄌㄧㄢˋ *lien*^{4} 音練

魚名。似鯉。見"廣韻"。

鰋　ㄧㄢˇ *yen*^{3} 音偃

魚名。即鮎。見"字彙"。

鰏　ㄅㄧˋ *pi*^{4} 音必

(slip mouth; pouter)爲魚類中屬於鱸目(order Perciformes)、鰏科(family Leiognathidae)的動物。分布於熱帶沿海。爲小型或

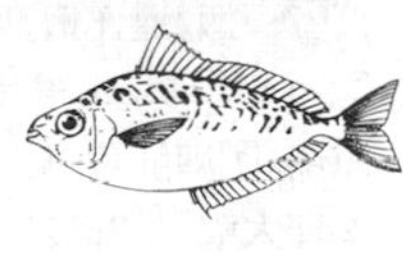

鰏圖

中型的肉食性魚類。體側扁而呈橢圓，或延長而爲紡錘狀，側線偏於背部。口能伸縮自如，伸出時爲一管狀，向水平位，向上或略向下突出。上下頜齒細小而尖銳、一列或數列，下頜前端有一對犬齒。背鰭、臀鰭均僅一枚，胸鰭發達，略呈鐮刀狀，腹鰭胸位或次胸位，尾鰭凹入或深分叉。

鯻　ㄌㄚˋ *la*^{4} 音辣

魚名。也作鰳。見"集韻"。

鰈　㊀ ㄉㄧㄝˊ *tieh*^{2} 音蝶

參鰈魚。

㊁ ㄕㄚˋ *sha*^{4} 音霎

參鯓鰈。

11【鰈魚】 ㄉㄧㄝˊ ㄩˊ
(flounder)俗稱比目魚。屬側泳目(order Pleuronectiformes)。身體一側扁平，以該側臥於海底。向上的一側

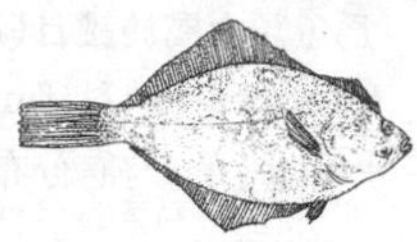
鰈魚圖

稱眼側，頭部有兩眼，身體有顏色，顏色能隨背景而改變。兩眼並生於左側或右側，視種類或個體而異；向下的一側稱盲側，無眼無色。幼魚時期原保有左右對稱狀態，頭部兩側各有一眼，但稍長便習慣以一側貼伏於海底，另一側向上，結果兩眼便均位於向上的一側。游泳時係側泳。

鰇 ㄖㄡˊ *jou*² 音柔
魚名。似烏鰂，無骨，生於海中。見"正字通"。

鰒 ㄈㄟ *fei*¹ 音飛
1魚名。似鮒。見"集韻"。2泛指胸鰭如翅，可在水面上滑翔的魚類。見"正字通"。

鰕 ㊀ ㄒㄧㄚ *hsia*¹ 音蝦
蝦。通作蝦。見"說文"。
㊁ ㄒㄧㄚˊ *hsia*² 音瑕
魚名。1即鯢魚。見"爾雅·釋魚"。2即大鯢。見"爾雅·釋魚"。

鰖 ㄊㄧˊ *t'i*² 音題 又讀 ㄕˋ *shih*⁴ 音是
魚名。即鮎。見"廣雅·釋魚"。

鰂 ㄗㄜˊ *tsê*² 音則
烏賊。見"說文"。

鰅 ㄩㄥˊ *yung*² 音喁 又讀 ㄩˊ *yü*² 音魚
魚名。皮上有紋。見"說文"。

鰓 ㊀ ㄙㄞ *sai*¹ 音腮
(gill) 爲水生動物的呼吸器官。魚類皆用鰓呼吸，兩生類的幼蟲、成體生活於水中者皆有鰓。鰓上布滿微血管，血液中所含的二氧化碳，可與水中的氧互相交換。魚類、無脊椎動物(如蝦、蟹、蚌和烏賊等)皆用鰓呼吸。

㊁ ㄒㄧˇ *hsi*³ 音喜
恐懼。通葸。見"字彙"。

鰐 鱷的或體。

鰃 ㄨㄟˋ *wei*⁴ 音胃
傳說中怪魚名。形狀如蛇，有四足。見"字彙"。

鰀 ㄗㄨㄥ *tsung*¹ 音蹤
魚名。1即石首魚。又名黃魚、黃花魚。見"廣雅·釋魚"。2以魚爲食物的一種魚。體形圓長，額扁喙長，腹部白色，背微黃色。見"正字通"。

鰒 ㄈㄨˋ *fu*⁴ 音復
海產動物的一種。形狀似蛤，無鱗，有殼，一面附石，有七或九個細孔。也叫石決明。見"正字通"。

鰍 ㄑㄧㄡ *ch'iu*¹ 音秋
(loach)也作鰌。屬於硬骨魚綱 (class Osteichthyes)、鯰目 (order Siluriformes)、鰍科 (family Cobitidae)的動物。約有200種。大部分產於'亞洲'。棲於淡水中，河流、池沼及水田中皆有其蹤跡。體小、延長，晝伏夜出，以

鰍圖

觸鬚在水底覓食，食物爲蠕蟲或昆蟲的幼蟲。在靜水的池中，會至水面吞嚥空氣，用腸吸收空氣中的氧。

鰉 ㄏㄨㄤˊ *huang*² 音皇
魚名。即鱣。見"正字通"。

鯿 ㄅㄧㄢ *pien*¹ 音鞭
魚名。即魴。見"玉篇"。

鯸 ㄏㄡˊ *hou*² 音侯
參鯸鮐。

16【鯸鮐】 ㄏㄡˊ ㄊㄞˊ
河豚的別名。見"正字通"。

18【鯸鮧】 ㄏㄡˊ ㄧˊ
河豚的別名。也作鯸鮐。見"廣雅·釋魚·鯸鮧·疏證"。

鯿 鯾的或體。

10

鰲 鰲的或體。

鰴 漁的或體。

鰧 ㄊㄥˊ *t'êng*² 音騰
魚名。蒼身赤尾。見"廣韻"。

鰫 ㄩㄥˊ *yung*² 音喁
1魚名。同鱅。見"正字通"。2怪魚名。似牛，聲如豕。見"字彙"。

鰟 魴的或體。

鰝 ㄏㄠˋ *hao*⁴ 音皓
大蝦。見"說文"。

鰜 ㄐㄧㄢ *chien*¹ 音兼
比目魚。見"廣韻"。

鰬 鰲的或體。

鰭 ㄑㄧˊ *ch'i*² 音其
(fin) 在生物學上，動物身體表面伸展而出的膜狀構造，其功用有似翼或槳。例如烏賊的軀幹兩側具有鰭，可以平衡身體。魚類的鰭，其形狀、構造及功用變異尤多；魚鰭內面有鰭條(fin ray)支持，各鰭條間有鰭膜 (fin membrane) 爲之連繫，鰭條包括硬棘和軟條兩種。魚鰭可分奇鰭(unpaired fin)與偶鰭 (paired fin) 兩大類；奇鰭包括背鰭、臀鰭、尾鰭等，偶鰭有胸鰭和腹鰭。

鰠 ㄙㄠ *sao*¹ 音搔
魚名。似鱣。見"字彙"。

鰬 ㄑㄧㄢˊ *ch'ien*² 音前
魚名。即大鰊。見"廣雅·釋魚"。

鰨 ㊀ ㄊㄚˋ *t'a*⁴ 音踏
比目魚。見"說文通訓定聲"。
㊁ ㄋㄚˋ *na*⁴ 音納

魚名。即鯢魚。也作魶。見"集韻"。

鰣 ㄕˊ *shih*^{2} 音時
參中國鰣。

鰨 [一] ㄏㄨㄚˊ *hua*^{2} 音滑
魚名。有翼,音如鴛鴦。見"字彙"。

[二] ㄍㄨˇ *ku*^{3} 音古
魚名。形如蛇而四足。見"字彙"。

鰥 [一] ㄍㄨㄢ *kuan*^{1} 音官
[1]大魚。見"六書故"。[2]老而無妻的人。通矜。見"字彙"。

[二] ㄎㄨㄣ *k'un*^{1} 音昆
魚子。通鯤。見"集韻"。

4【鰥夫】 ㄍㄨㄢ ㄈㄨ
[1]老而未娶的男人。[2]妻死未娶的男人。

8【鰥居】 ㄍㄨㄢ ㄐㄩ
男子無妻而獨居。

鰛 ㄨㄣ *wên*^{1} 音溫
即黃砂魟。參黃砂魟。

鰡 ㄊㄠ *t'ao*^{1} 音滔
[1]魚名。見"集韻"。[2]鮉的訛字。

鰩 ㄧㄠˊ *yao*^{2} 音搖
魚名。長尺許,翅與尾齊。見"字彙"。

魶 ㄋㄚˋ *na*^{4} 音納
魚名。似鱉而無甲,口在腹下。也作魶。見"說文"。

鰞 ㄨ *wu*^{1} 音烏
也作烏。參烏賊。

鰤 ㄕ *shih*^{1} 音師
即青甘鰺。參青甘鰺。

鰡 ㄌㄧㄡˊ *liu*^{2} 音留
或作鰡。魚名。[1]同鰤。見"集韻"。[2]同鰼。見"字彙補"。

鰫 ㄨㄥ *wêng*^{1} 音翁
魚名。生於海中,又名海鰫魚。見"正字通"。

11

鱉 ㄅㄧㄝ *pieh*^{1} 音憋
(soft-shelled turtle)又名甲魚。屬於爬蟲綱(class Reptilia)、龜鱉目(order Chelonia)、鱉科(family Trionychidae)的動物。約有20~25種。大多數種類屬於*Trionyx*(或*Amyda*)屬。'臺灣'僅產一種,學名*Trionyx sinensis*。水生,生活於河流或其他淡水中。

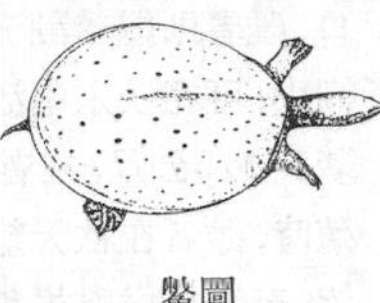

鱉圖

其甲殼較軟,呈圓形,足有蹼,頸長,能快速游泳,肉食,常埋於河湖底的泥沙中,偶爾曝於陽光中。其咽中有特殊的組織,使他們能呼吸水中的氧氣。可供食用。被捕時,常兇悍掙扎並咬人。

5【鱉甲】 ㄅㄧㄝ ㄐㄧㄚˇ
'中'藥名。一作鼈甲。即鱉的背甲。性平、味鹹、無毒。可滋陰清熱、散結消痞。治陰虛、勞熱、骨蒸等症。

鰲 ㄠˊ *ao*^{2} 音敖
[1]鼇的俗體。[2]魚名。見"集韻"。

鰵 鰵的或體。

鱆 ㄓㄤ *chang*^{1} 音章
即章魚。參章魚。

鱇 ㄎㄤ *k'ang*^{1} 音康
參鮟鱇。

鱅 ㄩㄥˊ *yung*^{2} 音喁
即黑鰱。參黑鰱。

鱈 ㄒㄩㄝˇ *hsüeh*^{3} 音雪
(cod) 屬硬骨魚綱(class Osteichthyes)、鱈目 (order Gadiformes)、鱈科 (family Gadidae)。分布於'北冰洋'、'大西洋'及'太平洋'的寒冷水域,通常棲於近水底處,自淺海至深海皆有其蹤跡。有三個背鰭、二個臀鰭及一頦(下巴)鬚。捕獲的鱈,通常重11.5公斤,但大者可達91公斤,長1.8公尺。爲貪食的迴游魚,攝食其他魚類及各種無脊椎動物。除供食用外,尚可製魚肝油或其他產品。

鱈圖

鱒 ㄐㄧˊ *chi*^{2} 音集
[1]小貝。見"字彙"。[2]小魚名。即今小鯽魚。見"類篇"。

鱖 ㄍㄨㄟ *kuei*^{1} 音規
河豚的別名。見"字彙補"。

鰼 ㄒㄧˊ *hsi*^{2} 音習
泥鰍。見"說文"。

鰱 ㄌㄧㄢˊ *lien*^{2} 音連
(chub)爲屬於硬骨魚綱(class Osteichthyes)、鯉目(order Cypriniformes)、鯉科(family Cyprinidae)中數種淡水魚,如白鰱和黑鰱等。體被圓鱗,鱗片特小,有咽齒。爲養殖的經濟魚類。

鱄 [一] ㄓㄨㄢ *chuan*^{1} 音專
[1]魚名。見"說文"。[2]姓。'春秋'時'吳'有'鱄諸'。也作專。見"正字通"。

[二] ㄌㄧㄢˋ *lien*^{4} 音戀
人名。'春秋''衛獻公'弟。見"左傳·成 四年"。

鰹 ㄐㄧㄢ *chien*^{1} 音堅
(bonito)屬於硬骨魚綱、鱸目(order Perciformes)、鯖科(family Scombridae)的動物。爲游泳快速的掠食性魚類,體呈流線型,背部有條紋,腹面呈銀白色。體長可達75公分,尾鰭分叉,

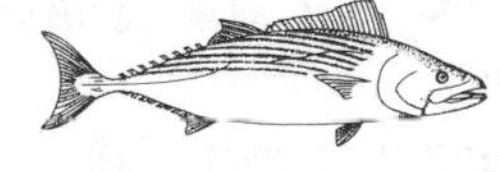

鰹圖

尾的基部細。背鰭及臀鰭後方各有一列小鰭。鰹對人類兼有經濟及娛樂雙重用途。廣布全球各海域。

鰾 ㄅㄧㄠˋ *piao*^{4}
(bladder) 魚類腸管前部向背面突出的囊狀物。原始的魚,其鰾可作呼吸用,故稱氣鰾(air bladder)。在肺魚等動物,氣鰾演

化爲肺；氣鰾也可演變爲泳鰾(swim bladder)，現今的許多魚類，皆具有泳鰾(簡稱鰾)，用以改變身體的比重而使體浮沉。

鮇 ㄨㄟˋ *wei*⁴ 音尉

(blenny) 爲魚類中屬於鱸目(order Perciformes)、鳚形亞目(suborder Blennioidei)的動物。體通常小型，大部分海產。有的種類其體延長似鰻，背鰭長，有的無腹鰭，若有腹鰭則位於喉部。棲於岩岸、沙岸、珊瑚礁等不同區域，通常生活於淺水，但也有生存於450公尺深處者，爲底棲性。

鰳 ㄌㄜˋ *lê*⁴ 音勒

[1](white herring; long-finned herring; *Ilisha elongata*)爲硬骨魚綱(class Osteichthyes)、鯡目(order Clupeiformes)、鯡科(family Clupeidae)、鰳亞科(subfamily Odontognathinae)中的動物。此即爲我國

鰳圖

食用的鰳魚，稱長鰳。又名鰽白、白力、力魚、刀魚等。分布於熱帶海洋中。體長橢圓形，口大，下頷向前突出。[2]魚的精巢。

鱁 ㄓㄨˊ *chu*² 音逐

魚名。即鱀。見"爾雅·釋魚"。

鰻 ㄇㄢˊ *man*² 音瞞

(eel)指魚類中屬於鰻目(order Apodes)的動物。約有500種，分布於各種海域。(但鰻鱺科family Anguillidae 的種類則生活於淡水)。鰻的身體細長，體表通常無鱗。淡水中的鰻生長成熟後要至海中繁殖，'美洲'與'歐洲'種類的淡水鰻至'馬尾藻海'(Sargasso Sea)產卵或精子，然後死亡。卵孵化後，幼體呈葉狀，爲狹首型幼魚(leptocephalus)，隨洋流漂浮，並逐漸長大，成爲鰻苗(elver)，體長約10公分，此時已游至河海交會處。當鰻苗游至河口處，雄者即留於淡鹹水相混的河口，雌者則繼續溯流而上至河或湖中，可在淡水中活5～15年。雌者長1.5公尺，雄者長70公分。繁殖時，雌者在秋天離開河、湖或池沼，至河口處與雄魚相會合，返回海水中產卵或精子，跋涉數千公里，無一能再回至淡水。

30【鰻鱺】 ㄇㄢˊ ㄌㄧˊ

(freshwater eel) 爲屬於硬骨魚綱(class Osteichthyes)、鰻目(order Apodes)、鰻鱺科(family Anguillidae)中的動物。僅有一屬(*Anguilla*)。棲於淡水，但返回海洋中繁殖，繁殖畢，即死亡。幼體孵出後即漂浮至沿海並

鰻鱺圖

變態爲鰻苗，然後至河流。體呈長圓柱形，鱗片小，活潑，肉食。爲富經濟價值的食用魚。鱸鰻(*Anguilla marmorata*)可長達1.8公尺，'臺灣'產於'宜蘭'、'日月潭'、'小琉球'及'蘭嶼'等地，亦爲'臺'省重要養殖魚類之一。

鰺 [一] ㄘㄢ *ts'an*¹ 音餐

(pompano)爲魚類中屬於鱸目(order Perciformes)、鰺科(family Carangidae)的動物。多數可供食用，有些種類爲甚具經濟價值的食用魚。無齒，鱗小，尾的基部細，尾鰭分叉，體通常呈銀色。分布於全球各地的溫海中。爲中型或大型魚類。

[二] ㄙㄠ *sao*¹ 音騷

鰠的訛字。

鰵 ㄇㄧㄣˇ *min*³ 音皿

參鰵魚。

11【鰵魚】 ㄇㄧㄣˇ ㄩˊ

(high-finned grouper; *Cromileptes altivelis*)又名銳首擬石斑。屬於魚類中鱸目(order Perciformes)、鮨科(family Serranidae)的一種。體延長，側扁，呈

鰵魚圖

紅褐色，散布有黑色眼狀斑點。上下頷之內側有齒，肉食。分布於熱帶及溫帶之近海。

鰶 ㄐㄧˋ *chi*⁴ 音際

即水滑。參水滑。

鰷 ㄊㄧㄠˊ *t'iao*² 音條

魚名。即白鯈。長數寸，生長於江湖中。形狹而扁，狀如柳葉，潔白可愛，性好群游。見"本草綱目·鱗部·鰷魚"。

徽 ㄏㄨㄟ *hui*¹ 音灰

強大有力的魚。見"爾雅·釋魚"。

12

鱔 ㄕㄢˋ *shan*⁴ 音善

魚名。體圓長似鰻，尾部側扁，腹部黃色，又名黃鱔。同鱓。見"六書正譌"。

鱒 ㄗㄨㄣˋ *tsun*⁴ 音捘

(trout)屬於鮭目(order Salmoniformes)、鮭科(family Salmonidae)。分類至爲困難，因其解剖上之不規則性，以及體色、習性之變異，而且土生

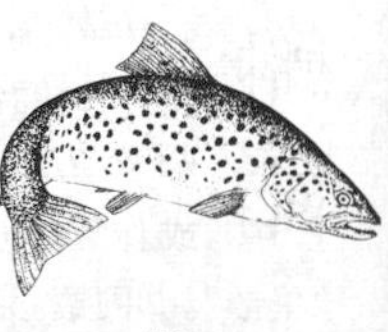

鱒圖

種和引進種之間極易雜交。生活於寒冷的淡水中，原產於北半球，現已廣爲引至其他地區。自秋天至春天繁殖，卵埋於砂礫築成的巢中。有些種類爲溯河性，自淡水至海中，至繁殖季節返回河流。

鯆 ㄆㄨ *p'u*¹ 音鋪

江豚。見"字彙補"。

鱗　ㄌㄧㄣˊ *lin*² 音鄰
1(scale)動物皮膚的一部,爲覆於體表的小型片狀構造。魚類的鱗由眞皮形成,其成分爲角質或石灰質;爬蟲類、鳥類及哺乳類等的角質鱗,則由表皮形成。2魚類的代稱。如:游鱗。3有鱗動物的總稱。如:鱗介。4像鱗片排比的。如:櫛比鱗次。

4【鱗介】　ㄌㄧㄣˊ ㄐㄧㄝˋ
泛指有鱗片、甲殼的動物。

13【鱗傷】　ㄌㄧㄣˊ ㄕㄤ
形容傷痕很多。

23【鱗鱗】　ㄌㄧㄣˊ ㄌㄧㄣˊ
1花紋整齊密集如魚鱗的樣子。常用以形容雲彩或水波。2明亮的樣子。

鱘　ㄒㄩㄣˊ *hsün*² 音尋
(sturgeon)屬於硬骨魚綱(class Osteichthyes)、鱘目(order Acipenseriformes)、鱘科(family Acipenseridae)中的動物。該科又稱鱣科。原產於北半球。體狹長,長3~6公尺,體表有五縱列骨板,兩側各有兩列,背面中央線一列。尾不等分叉,爲歪形尾。口鼻部長,口內無齒。吻部有

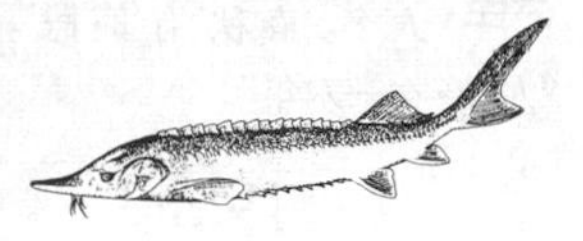

鱘圖

四條觸鬚,以觸鬚攪動水底泥土,尋覓無脊椎動物或小魚等爲食。大部分種類海產,爲溯河性,在春夏生殖季節時,至河中產卵。肉可供食用。

鱐　ㄙㄨˋ *su*⁴ 音肅
1魚名。見"玉篇"。2乾魚。見"字彙"。

鱚　ㄒㄧˇ *hsi*³ 音喜
即沙鮻。參沙鮻。

鱝　ㄈㄣˋ *fên*⁴ 音憤
或作鱝。魚名。形圓,有毒。也作鯋。見"集韻"。

鱏　鱘的或體。

鱛　ㄘㄣˊ *ts'ên*² 音岑
魚名。也叫鱏魚。見"正字通"。

鱑　鰉的或體。

鱊　ㄩˋ *yü*⁴ 音遹
小魚名。俗名春魚。見"本草綱目·鱗部·鱊魚"。

17【鱊鮬】　ㄩˋ ㄅㄨˋ
一種小魚名。似鮒子而黑,俗稱魚婢,也叫妾魚。見"字彙"。

鱖　一 ㄍㄨㄟˋ *kuei*⁴ 音桂
魚名。形扁。見"正字通"。
二 ㄐㄩㄝˊ *chüeh*² 音決
參鱖歸。

10【鱖歸】　ㄐㄩㄝ ㄓㄡ
一種似鯽的小黑魚。俗稱婢妾魚。見"爾雅翼·釋魚·鱖歸"。

鱍　ㄅㄛ *po*¹ 音撥
魚搖動尾巴的樣子。見"廣韻"。

鰖　ㄙㄨㄟ *sui*¹ 音雖　又讀 ㄊㄨㄛˇ *t'o*³, *t'uo*³ 音妥
1剛孵化出來的幼魚。見"說文"。2剛孵化出來的小蟹。見"廣韻"。

鱋　ㄑㄩ *ch'ü*¹ 音驅
比目魚。同魼。見"字彙"。

鱓　一 ㄕㄢˋ *shan*⁴ 音善
(synbranchoid eel)俗作鱔。屬硬骨魚綱(class Osteichthyes)、合鰓目(order Synbranchiformes)中的鱓科(family Synbranchidae)。淡水產,體形似鰻,長20~50公分,皮膚全裸,眼小,隱於皮下。鰓四個,左右鰓膜在喉峽部相連,僅留一小裂孔。可供食用。例如黃鱓,生活於池沼、河川及水田中,體色黃褐。

鱓圖

二 ㄊㄨㄛˊ *t'o*², *t'uo*² 音駝
鼉魚。同鼉。見"集韻"。

鱕　ㄈㄢ *fan*¹ 音番
海魚名。見"玉篇"。

鱎　ㄐㄧㄠˇ *chiao*³ 音角
魚名。白色。肉中有細刺。見"本草綱目·鱗部·白魚"。

13

鱟　ㄏㄡˋ *hou*⁴ 音后
(king crab; horseshoe crab)屬節肢動物門、鋏角動物亞門、切口綱、劍尾亞綱。爲現今節肢動物中原

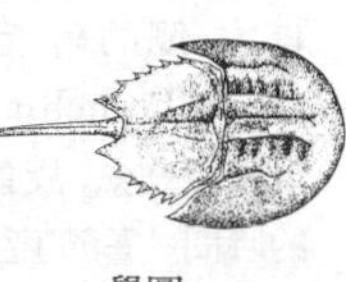

鱟圖

始的種類,目前僅有二屬四種,分布於'亞洲'及'北美'沿海,爲無脊椎動物中體較大型的種類。後端有一劍狀之尾。第一對附肢呈鋏狀,用以攝食,頭胸部有五對步足。身體前端背面有一對複眼及一個中央眼。腹部小,無附肢。於春夏之際繁殖,雌雄在泥沙底挖巢,雌者產200~300個卵於巢中,雄者產出精子覆於卵上,卵受精後數星期,孵出幼蟲,經數次蛻皮而長爲成蟲。

鱣　一 ㄓㄢ *chan*¹ 音詹
即鱘。參鱘。
二 ㄕㄢˋ *shan*⁴ 音善
魚名。黃質黑文。通鱓。見"集韻"。

鱷　鯨的本字。

鱤　ㄍㄢˇ *kan*³ 音感
魚名。即黃頰魚。見"集韻"。

鱥　鱖的或體。

鱦　一 ㄕㄥˊ *shêng*² 音繩
小魚。見"爾雅·釋魚"。
二 ㄇㄧㄥˇ *ming*³ 音皿
蛙的一種。見"廣韻"。

鱢　ㄙㄠ *sao*¹ 音騷
魚腥味。通作臊。見"說

文"。

鱧 ㄌㄧˇ *li*³ 音禮

(snakehead) 為魚類中屬於鱧目(order Channiformes)、鱧科 (family Channidae) 的

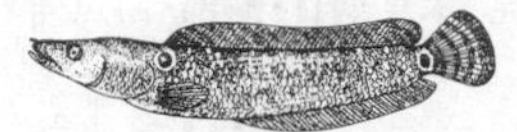

鱧圖

動物。分布於'非洲'及'亞洲'。生活於淡水中，體長 10~90 公分，口大。鰓的附近有一對鰓上器(suprabranchial organ)，可用以呼吸空氣，故能離水生活較長的時間。'臺灣'產三種，可供食用。

鰥 ㄍㄨㄢ *kuan*¹ 音官

1魚名。見"廣輿記·廣東·惠州府·土產"。2老而無妻。通鰥。見"字彙"。

鱠 ㄎㄨㄞˋ *k'uai*⁴ 音快

細切的魚肉。通膾。見"集韻"。

14

鱭 鮆的或體。

鱬 ㄖㄨˊ *ju*² 音儒

傳說中的一種怪魚。魚身人面，聲如鴛鴦。見"正字通"。

鱄 ㄔㄡˊ *ch'ou*² 音愁

大魚的通稱。見"字彙"。

鱮 ㄒㄩˋ *hsü*⁴ 音敘

即白鰱。參白鰱。

鱨 ㄔㄤˊ *ch'ang*² 音常

魚名。即黃頰魚。見"字彙"。

鱯 ㄏㄨㄛˋ *ho*⁴, *huo*⁴ 音穫

魚名。似鯰，口大。見"字彙"。

15

鱴 ㄇㄧㄝˋ *mieh*⁴ 音滅

參鱴刀。

2【鱴刀】 ㄇㄧㄝˋ ㄉㄠ

1魚名。又名鮤、鮆魚、魛魚。見"爾雅·釋魚·鮤鱴刀·注"。2蚌的一種。見"周禮·天官·鼈人·貍物·注"。

鱲 ㄌㄧㄝˋ *lieh*⁴ 音獵

即赤鯮。參赤鯮。

鱵 ㄓㄣ *chên*¹ 音針

(halfbeak) 為硬骨魚綱(class Osteichthyes)、銀漢魚目(order Atheriniformes)、鱵科(family Hemirhamphidae)中的動物。產於熱帶沿海或淡水中。

鱵圖

約有70種。上顎短而呈三角形，下顎特長，體延長、呈銀色，大者可長達45公分。有時可以在水面跳躍以逃避敵害，甚至在水面滑翔，故與飛魚十分相似，飛魚與鱵為相近的種類。大部分種類產卵，也有卵胎生者。草食性。

鱳 ㊀ ㄌㄨㄛˋ *lo*⁴, *luo*⁴ 音洛

魚名。出'樂浪''潘國'。見"說文"。

㊁ ㄌㄧˋ *li*⁴ 音歷

魚名。即魟魚。同鱺。見"集韻"。

16

鱷 ㄜˋ *o*⁴, *ê*⁴ 音餓

(crocodile)也作鰐。產於'亞洲'的一種鱷(*Crocodylus porosus*)，海生。產於'非洲'的一種鱷(*Crocodylus niloticus*)，棲於'尼羅河'，但也可至海水中生活。鱷在水中游泳並捕食，攝食多種動物，大者會攻擊人。有時至陸地曬太陽，雌者在陸地築巢產卵，吻狹長。另有短吻鱷(alligator)，吻短，產於'北美''密士失必河'或沼澤地，以及我國'長江'一帶，常

鱷圖

穴居岸邊；雌者於生殖季節用泥及植物的枝葉等築巢，產卵 20~70枚，並會看護其卵。產於'北美'者，不攻擊人；產於我國者，體較小，長約1.5公尺。'美洲'鱷大者可達5.8公尺。

鱸 ㄌㄨˊ *lu*² 音盧

(sea bass; grouper)為屬於硬骨魚綱(class Osteichthyes)、鱸目(order Perciformes)、鱸科 (family Serranidae)中的動物。本科種類繁多，約400餘種，產於熱帶或

鱸圖

溫帶近海，少數為純粹的淡水魚類。其體色斑紋往往為分類上的重要標準。其體側黑色橫帶之有無，變異甚多，不足重視；但其背部的黑斑，與頭部體側的黑點，則關係重大。為肉食性。

鱶 ㄘㄢ *ts'an*¹ 音餐

魚名。或作鰲。見"字彙"。

18

鱹 ㄍㄨㄢˋ *kuan*⁴ 音貫

人名。'春秋'有'鱗鱹'。見"左傳·文一六年"。

19

鱺 ㊀ ㄌㄧˊ *li*² 音黎

參鰻鱺。

㊁ ㄌㄧˇ *li*³ 音禮

魚名。俗稱黑魚，又稱七星魚。同鱧。見"集韻"。

22

鱻 ㊀ ㄒㄧㄢ *hsien*¹ 音仙

1新鮮魚烹調而成的食物。見"說文"。2新鮮。通作鮮。見"說文·鱻·段注"。

㊁ ㄒㄧㄢˇ *hsien*³ 音顯

少。通尟。見"集韻"。

鳥部

鳥 ㊀ ㄋㄧㄠˇ niao^{3} 音嫋
[1](bird)爲脊椎動物亞門中屬於鳥綱(class Aves)的動物。具有適應飛翔的種種特徵,故能在空中活動。主要是其前肢變爲翼,兩翼展開可以利用氣流使體飛翔。覆蓋在兩翼後緣及尾部的羽毛是飛翔的主要裝備,稱爲飛羽。體表其他部分的羽毛,則形成一絕緣層,可以防止體熱散失而保持體溫。鳥類的骨質甚輕、中空,故有利飛翔。肺延伸出許多氣囊,除協助呼吸外,尙爲減輕體重的有效裝置。鳥類的糞便隨時排除,沒有膀胱,雌者連右側的卵巢和輸卵管亦消失,凡此皆可減輕體重,有利飛翔。鳥類的聽力強、視覺銳利,皆爲適應高空生活的特有機能。有些鳥類如食火雞和鴕鳥等,其翼已退化,故不能飛翔。鳥類皆爲定溫動物;常有築巢、孵卵及育幼等行爲。[2]星宿名。即南方朱鳥七宿。
㊁ ㄉㄧㄠˇ tiao^{3} 音屌
北方人對男性生殖器的俗稱。也作屌。或用作罵人的語詞。

10【鳥紋】 ㄋㄧㄠˇ ㄨㄣˊ
青銅容器的鳥形紋飾。最早見於'殷'墟時期,延續到'西周'中期以後,乃趨沒落。式樣繁多,大體上可分爲小鳥紋、大鳥紋和長尾鳥紋等三大類。最早出現的是小鳥紋,一般作爲陪襯用,如'殷'墟'婦好墓'出土的銅器或西北崗的牛鼎和鹿鼎。大鳥紋最早出現於'殷'末'周'初,一開始就當作主題花紋,如'扶風''庄白'出土的㸚尊、㸚卣。長尾鳥紋流行時間較長,特點是鳥身短而尾羽長,大概可以晚到'厲王'時期。

15【鳥篆】 ㄋㄧㄠˇ ㄓㄨㄢˋ
[1]形如鳥雀的古篆書。也叫鳥書、鳥籀。[2]形如古篆的鳥爪跡。

17【鳥瞰】 ㄋㄧㄠˇ ㄎㄢˋ
[1]自高處俯視低處。[2]對事況作概略觀察。

【鳥糞層】 ㄋㄧㄠˇ ㄈㄣˋ ㄘㄥˊ
(guano)鳥類或蝙蝠排泄物、有機廢物堆積在洞穴所形成者。此外,成群的海鳥停歇珊瑚島上,也可出現鳥糞層。富含硝酸鹽,可以製造肥料和炸藥。鳥糞層和石灰岩引起反應,可以產生商業性磷酸鹽岩床。'太平洋'的'諾魯'和'海洋島'產量尤多。

【鳥瞰圖】 ㄋㄧㄠˇ ㄎㄢˋ ㄊㄨˊ
(aerial view; bird's-eye view)由高處往低處俯看的視繪圖。有如鳥飛臨上空俯瞰之視圖,故稱。

18【鳥蟲書】 ㄋㄧㄠˇ ㄔㄨㄥˊ ㄕㄨ
'新莽'時六種書體之一。相當於'秦'書八體中的蟲書。是一種類似鳥形或蟲形的美術化文字。多用於旗幟、符節或兵器之上。

19【鳥獸散】 ㄋㄧㄠˇ ㄕㄡˋ ㄙㄢˋ
形容一哄而散。

9【鳥爲食亡】 ㄋㄧㄠˇ ㄨㄟˋ ㄕˊ ㄨㄤˊ
比喻人因貪財而死亡。

【鳥面鵠形】 ㄋㄧㄠˇ ㄇㄧㄢˋ ㄏㄨˊ ㄒㄧㄥˊ
形容人飢餓消瘦的樣子。

14【鳥語花香】 ㄋㄧㄠˇ ㄩˇ ㄏㄨㄚ ㄒㄧㄤ
鳥鳴花開。形容春光明媚。

【鳥盡弓藏】 ㄋㄧㄠˇ ㄐㄧㄣˋ ㄍㄨㄥ ㄘㄤˊ
飛鳥盡良弓就被收藏起來。比喻事成之後,功臣就被罷黜或殺戮。

1

鳦 ㄧˋ i^{4} 音逸
燕子。見"爾雅·釋鳥"。

2

鳭 ㄉㄧㄠ tiao^{1} 音貂
參鳭鷯。

23【鳭鷯】 ㄉㄧㄠ ㄌㄧㄠˊ
一種剖葦以啄食其中小蟲的鳥。也作刀鷯。又名剖葦。見"爾雅·釋鳥·鳭鷯剖葦·疏"。

鳮 雞的俗體。

鳪 ㄅㄨˇ pu^{3} 音卜
鳥名。雉類。見"爾雅·釋鳥"。

鳩 ㄐㄧㄡ chiu^{1} 音糾
[1]即鴿。參鴿。[2]聚集。如:鳩合。

6【鳩合】 ㄐㄧㄡ ㄏㄜˊ
聚集;集合。

12【鳩集】 ㄐㄧㄡ ㄐㄧˊ
[1]聚集。[2]蒐集。

17【鳩斂】 ㄐㄧㄡ ㄌㄧㄢˋ
蒐集;徵收。多指徵收賦稅或蒐集資料。

3【鳩工庀材】 ㄐㄧㄡ ㄍㄨㄥ ㄆㄧˇ ㄘㄞˊ
招集工人,準備材料。指將有所興建。

5【鳩占鵲巢】 ㄐㄧㄡ ㄓㄢˋ ㄑㄩㄝˋ ㄔㄠˊ
比喻奪取他人所有,坐享其成。

7【鳩形鵠面】 ㄐㄧㄡ ㄒㄧㄥˊ ㄏㄨˊ ㄇㄧㄢˋ
形容人飢餓消瘦的樣子。

15【鳩摩羅什】 ㄐㄧㄡ ㄇㄛˊ ㄌㄨㄛˊ ㄕˊ
(344～409)'姚秦'時'印度'高僧。七歲隨母出家,遍遊'西域',總貫群經,精通大乘思想。'前秦''苻堅'時,至'涼州'。'後秦''姚興'時,入'長安','姚興'尊爲國師。住'西明閣'及'逍遙園'大事譯經,譯出三百八十餘卷。'後秦''弘始'十一年(409)入寂於'長安'。

鳨 ㄌㄧˋ li^{4} 音力
鳥名。[1]即小鳧。見"集韻"。[2]鳩的別名。見"篇海類編"。

鳫 鳧的俗體。

鳬 ㄈㄨˊ fu^{2} 音扶
即野鴨。參野鴨。

10【鳬茈】 ㄈㄨˊ ㄘˊ

草名。生瘠田,苗似龍鬚而細,根如指頭,黑色,可食。也稱葧薺。見"爾雅·釋草·芍鳧茈·注"。

3

鳱 ㄍㄢ kan¹ 音干
參鳱鵲。

19【鳱鵲】ㄍㄢ ㄑㄩㄝˋ
鳥名。也作鳱鵲。能知未來事,噪則行人至。見"廣韻"。

鳲 ㄕ shih¹ 音師
參鳲鳩。

13【鳲鳩】ㄕ ㄐㄧㄡ
即布穀鳥。也作尸鳩。

鳿 ㄏㄨㄥˊ hung² 音洪
1鳥肥大。見"說文"。2鳥名。即鴻鵠。同鴻。見"集韻"。

䳇 ㄉㄨˋ tu⁴ 音杜
通作杜。參杜鵑。

鳶 ㄩㄢ yüan¹ 音淵
(kite)爲脊椎動物中屬於鳥綱 (class Aves)、鷹形目 (order Falconiformes)、鷲鷹科 (family Accipitridae)、鳶亞科 (subfamily Milvinae)的動物。嘴強固有力,上嘴長而先端向下彎曲爲鉤。腿強壯,跗蹠裸出無羽,各趾有銳利的爪。分布於全球的溫暖地區。食物包括蝸牛、昆蟲、爬蟲類、鼠及動物的屍體等。'臺灣'產兩種,即'臺灣'老鷹及東方蜂鷹,前者爲'臺灣'的留鳥,後者爲此間的多候鳥。

鳶圖

9【鳶飛魚躍】ㄩㄢ ㄈㄟ ㄩˊ ㄩㄝˋ
比喻萬物各得其所。

鳺 ㄒㄧˋ hsi⁴ 音係
鳥名。見"玉篇"。

鳵 ㄅㄠˇ pao³ 音保
鳥名。同鴇。也作鴇。性不停息在樹上。見"玉篇"。

鳴 ㄇㄧㄥˊ ming² 音明
1鳥叫。如:鳳鳴。2泛指發聲。如:不平則鳴。3使物發聲。如:鳴鑼擊鼓。4招呼;呼喚。5聞名。如:以詩鳴'江'東。

10【鳴冤】ㄇㄧㄥˊ ㄩㄢ
聲訴冤屈。

17【鳴謝】ㄇㄧㄥˊ ㄒㄧㄝˋ
表示謝意。

12【鳴琴而治】ㄇㄧㄥˊ ㄑㄧㄣˊ ㄦˊ ㄓˋ
指無爲而治。用以稱頌地方官清簡的政績。

13【鳴鼓而攻】ㄇㄧㄥˊ ㄍㄨˇ ㄦˊ ㄍㄨㄥ
公布罪狀,加以聲討。

𩾲 雀的或體。

䳉 ㄏㄨㄢˊ huan² 音桓
參䳉鵍。

18【䳉鵍】ㄏㄨㄢˊ ㄩˊ
鳥名。鳥喙而蛇尾。見"廣韻"。

鳳 ㄈㄥˋ fêng⁴ 音奉
1傳說中的神鳥名。古人認爲是祥瑞的象徵。參鳳凰。2姓。'明'有'鳳儀庭'。見"萬姓統譜·九一"。

11【鳳梨】ㄈㄥˋ ㄌㄧˊ
(pineapple; *Ananas comosus* Merr.) 又名波羅、王梨、黃萊。常綠多年生草本,高30～50公分。葉叢生於根際,長達60～90公分,長披針形,銳鋸齒緣。夏季,由葉叢間抽出肉穗花序,密生淡紫色小花。多花果呈松毬狀,黃熟。原產於熱帶'美洲',今已廣爲栽培。

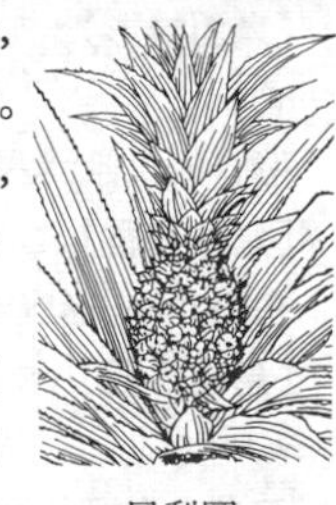
鳳梨圖

【鳳凰】ㄈㄥˋ ㄏㄨㄤˊ
傳說中一種象徵祥瑞的鳥。高約六尺,雞喙、蛇頸、燕頷、龜背、魚尾、毛色五彩。雄的叫鳳,雌的叫凰。通稱鳳或鳳凰。也作鳳皇。見"說文"。

18【鳳闕】ㄈㄥˋ ㄑㄩㄝˋ
1'漢代''建章宮'闕名。也叫'鳳門'。2泛指皇宮、朝廷。

5【鳳仙花】ㄈㄥˋ ㄒㄧㄢ ㄏㄨㄚ
(garden balsam; *Impatiens balsamina* L.)又名指甲花。一年生草本,高約40～100公分。葉互生,有柄,披針形,鋸齒緣。夏秋間腋生2～3朵花,花大,顏色不一,花距突出花的後方並向下彎曲,旗瓣圓,先端凹,翼瓣寬大。蒴果尖橢圓形,有細毛,成熟時,果皮裂開。可供藥用。分布於我國、'印度'及'馬來半島'。

鳳仙花圖

11【鳳眼拳】ㄈㄥˋ ㄧㄢˇ ㄑㄩㄢˊ
又名尖拳。握拳時,突出食指的第二個關節,拇指抵在後面,使整個拳面像槍尖一樣,做點擊之用。

4【鳳毛麟角】ㄈㄥˋ ㄇㄠˊ ㄌㄧㄣˊ ㄐㄧㄠˇ
稱稀罕而珍貴的人或事物。

9【鳳冠霞帔】ㄈㄥˋ ㄍㄨㄢ ㄒㄧㄚˊ ㄆㄟˋ
有鳳凰形佩飾的禮冠和繡有彩霞花紋的披肩。'明''清'時命婦始得披戴;但平民嫁女,亦可借用。

11【鳳凰于飛】ㄈㄥˋ ㄏㄨㄤˊ ㄩˊ ㄈㄟ
鳳凰相伴而飛。比喻夫婦和諧。多用作祝賀新婚的吉祥話。也作鳳皇于飛。

【鳳凰來儀】ㄈㄥˋ ㄏㄨㄤˊ ㄌㄞˊ ㄧˊ
鳳凰來舞,而有容儀。古人視爲瑞應。

12【鳳集河清】ㄈㄥˋ ㄐㄧˊ ㄏㄜˊ ㄑㄧㄥ
鳳凰集,'黃河'清。古人以爲象徵時局太平的祥瑞之兆。

14【鳳翥鸞翔】ㄈㄥˋ ㄓㄨˋ ㄌㄨㄢˊ ㄒㄧㄤˊ
鸞鳳高飛或迴翔。比喻筆勢的生動多姿。

䲦 ㄉㄚˋ ta⁴ 音大 又讀 ㄉㄧˋ ti⁴ 音帝
傳說中的鳥名。形狀似烏而三目，有耳。見"字彙"。

4

䲨 ㄨㄣˊ wên² 音文
小鶉鳥。見"爾雅·釋鳥"。

䲩 鶩的或體。

鴧 ㄏㄤˊ hang² 音杭
鳥向下飛。同翃。見"集韻"。

鴆 ㄓㄣˋ chên⁴ 音震
[1]毒鳥名。形似鷹，毛紫黑色，食毒蛇，羽毛有劇毒。見"正字通"。[2]用鴆羽浸製的毒酒。如：飲鴆止渴。[3]用毒酒毒害人。如：鴆殺。[4]比喻用讒佞賊害他人的人。

8【鴆毒】 ㄓㄣˋ ㄉㄨˊ
[1]比喻極毒的事物。[2]用鴆酒毒殺人。

10【鴆酒】 ㄓㄣˋ ㄐㄧㄡˇ
毒酒。

11【鴆殺】 ㄓㄣˋ ㄕㄚ
用毒酒殺人。

䲰 ㄩˋ yü⁴ 音玉
參鸀䲰。

鳺 ㊀ ㄈㄨ fu¹ 音夫
參鳺鴀。
㊁ ㄍㄨㄟ kuei¹ 音規
也作規。參子規。

15【鳺鴀】 ㄈㄨ ㄈㄡˊ
鳥名，也稱鵓鳩。見"爾雅·釋鳥·隹其鳺鴀·注"。

䲰 ㄩㄣˋ yün⁴ 音運
鳥名。似烏鴉。又名同力。見"廣韻"。

䲱 ㄧㄢˊ yen² 音研
或作鳽。鳥名。即鵁鶄。見"說文"。

鴇 ㄅㄠˇ pao³ 音寶
[1]即野雁。參野雁[2]。[2]馬名。即烏驄。黑白雜色的馬。見"字彙補"。[3]指妓女。如：老鴇。

5【鴇母】 ㄅㄠˇ ㄇㄨˇ
妓院女主人。

8【鴇兒】 ㄅㄠˇ ㄦ
[1]年輕的妓女。[2]指鴇母。

鳾 ㄕ shih¹ 音師
(nuthatch; *Sitta*)爲脊椎動物中屬於鳥綱(class Aves)、雀形目(order Passeriformes)、鳾科(family Sittidae)的動物。有15～18種。廣布於'歐'、'亞'、'中美'、'北美'、'澳洲'等地，唯不見於'非洲'('馬達加斯加'有一種)及'南美'。爲小型鳥類，頸短。主食昆蟲，亦覓食種子，種子可能儲藏之以度冬。在洞壁糊以毛髮或草爲巢。

鳾圖

鴉 ㄧㄚ ya¹ 音鴨
(crow; *Corvus*) 爲脊椎動物中屬於鳥綱(class Aves)、雀形目(order Passeriformes)、鴉科(family Corvidae)的動物。體呈黑色或黑褐色，長約50公分。約20～30種。爲雜食性動物，主在地面覓食，食物以昆蟲爲主，亦食植物及腐肉。在自然界，壽長約13年，囚養者可活20年以上，有些馴養後可學人語。

鴉圖

4【鴉片】 ㄧㄚ ㄆㄧㄢˋ
(opium)又稱阿片、阿芙蓉。採取罌粟花未成熟果實的汁液製成，呈棕色至黑色膏狀。含有種種生物鹼，富麻醉性，可止痛、催眠，是製造嗎啡及可答因(codeine)的材料。吸食過量會引起中毒。

【鴉片戰爭】 ㄧㄚ ㄆㄧㄢˋ ㄓㄢˋ ㄓㄥ
近代我國首次對外失敗的戰爭。'清''道光'年間，以商業利益爲重的'英國'，爲賺取更多的利潤，大量運送鴉片到我國，'清'廷派'林則徐'至'廣州'查禁，'林'堅持'英'人繳菸及具結。'英'商務監督'義律'(Charles Elliot)被迫繳出鴉片二萬餘箱，但拒絕具結，又拒交毆斃'華'人'林維喜'之'英國'水兵，'林'乃封鎖'澳門'，'義律'下令砲轟'九龍'。不久，'中''英'在'穿鼻'發生衝突，'義律'又向'英'政府誇大'英國'官民在'廣州'受盡挾制及虐待，於是'英'政府於'道光'二十年(1840)五月增兵東來，鴉片戰爭正式爆發。至"南京條約"簽訂止，歷時二年餘。

䲳 ㄓ chih¹ 音支
鳥名。同雉。見"集韻"。

鳷 䲦的或體。

鴀 ㄈㄡˊ fou² 音芣
參鳺鴀。

鴂 鶩的或體。

鴃 雄的或體。

鴈 ㄧㄢˋ yen⁴ 音燕
[1]鵝。見"說文"。[2]鳥名。通雁。見"集韻"。[3]僞造之物。通贗。見"正字通"。

鴁 ㄑㄧㄢˊ ch'ien² 音錢
[1]鳥名。即鉤喙鳥。見"爾雅·釋鳥"。[2]鳥啄食。見"玉篇"。

鳻 ㊀ ㄈㄣ fên¹ 音芬
[1]鳥名。即大鳩。見"廣韻"。[2]鳥聚集的樣子。通鳻。見"廣韻"。[3]飛起來的樣子。見"廣韻"。
㊁ ㄅㄢ pan¹ 音班
㊀[1]的又讀。

鴄 ㄈㄨˋ fu⁴ 音父
鳥名。一名越父。見"集韻"。

鴞 ㄒㄧㄠ hsiao¹ 音消
鳥名。同鴞。見"集韻"。

鳹 ㈠ ㄍㄨㄥ kung[1] 音公
一種捕食小雀的鳥。似鷹而小。見“字彙”。
㈡ ㄙㄨㄥ sung[1] 音松
鵊的或體。

鳺 ㄐㄧㄝˋ chieh[4] 音介
鳥名。即鳺雀。似鶡而青黑色,產於‘羌’地。見“說文”。

鳻 鶻的或體。

鳼 ㄇㄠˋ mao[4] 音帽
輕的鳥毛。見“集韻”。

鳽 ㄏㄨㄢ huan[1] 音歡
一種人面鳥喙的怪鳥。見“廣韻”。

7【鳽吺】 ㄏㄨㄢ ㄉㄡ
‘堯’時的部落酋長。即‘驩兜’。也作‘鴅吺’、‘鳽吺’。

鳾 鳽的訛字。

鳿 鶭的或體。

鴃 ㈠ ㄐㄩˊ chü[2] 音菊
伯勞鳥。也稱百鷯。見“孟子·滕文公上·鴃舌·注”。
㈡ ㄐㄩㄝˊ chüeh[2] 音決
鳥名。也作鴂。[1]即鶪鴂,似黃雀而小,俗稱巧婦。見“說文通訓定聲”。[2]㈠的又讀。

6【鴃舌】 ㄐㄩˊ ㄕㄜˊ
形容古代南蠻的語言,有如伯勞鳥的叫聲,難以聽懂。

鴁 ㄅㄢ pan[1] 音班
大鳩。見“字彙補”。

鴂 ㄔˊ ch'ih[2] 音池
參鴂鴞。

15【鴂鴞】 ㄔˊ ㄒㄧㄠ
一種似梟的鳥。見“廣韻”。

鴄 ㄏㄨˋ hu[4] 音戶
候鳥名。即鴳雀。同扈。通作扈。見“爾雅·釋鳥”。

鴄 ㄈㄣ fên[1] 音分
[1]鳥群聚的樣子。也作鳻。見“說文”。[2]鳥飛的樣子。見“說文”。

5

鴅 歍的或體。

鴗 ㄌㄧˋ li[4] 音立
即翠鳥。參翠鳥。

鴘 ㄉㄡˋ tou[4] 音豆
水鳥名。似梟,黑色。也作雉。見“集韻”。

鴙 ㄒㄩㄢˊ hsüan[2] 音玄
燕子。本作玄。見“正字通”。

鴓 ㄅㄧˋ pi[4] 音必 又讀 ㄇㄧㄝˋ mieh[4] 音滅
即小鴓。參小鴓。

鴨 鶗的或體。

鴖 ㄇㄧㄣˊ min[2] 音民
怪鳥名。似翠鳥而赤喙。見“字彙”。

鴊 ㄓㄥ chêng[1] 音征 又讀 ㄓㄥˋ chêng[4] 音正
[1]雞。見“廣韻”。[2]鳥名。即題肩。見“集韻”。

鴣 ㄍㄨ ku[1] 音孤
參鷓鴣。

鴥 ㄓㄚˊ cha[2] 音札
鳥名。似百舌,長喙。見“集韻”。

鴧 ㄑㄧㄠˇ ch'iao[3] 音巧
鳥名。即巧婦,一名桃雀。見“廣韻”。

鴒 ㄉㄧㄠ tiao[1] 音雕 又讀 ㄊㄧㄠˊ t'iao[2] 音條
[1]鳥名。同鵰。見“集韻”。[2]鳥鳴聲。見“集韻”。

鴐 ㄐㄧㄚ chia[1] 音加
野鵝。同鴚、鵝、鴚。見“集韻”。

鴔 ㄆㄟˊ p'ei[2] 音陪
鳥名。即鶚。俗稱魚鷹。見“廣韻”。

鴑 ㄕˊ shih[2] 音石
鳥名。即精列鳥。見“廣雅·釋鳥”。

鴏 鵡的或體。

鴨 ㄧㄚ ya[1] 音押
(duck)屬脊椎動物亞門、鳥綱、雁形目(order Anseriformes)、雁鴨科 (family Anatidae)。雁鴨科包括天鵝 (swan)、雁(goose)及鴨(duck),皆善游泳。鴨係指屬於鴨亞科 (subfamily Anatinae)的動物,體型小者,‘英’文俗名稱之 teal。常見者有野鴨、小水鴨等。

14【鴨綠江】 ㄧㄚ ㄌㄩˋ ㄐㄧㄤ
‘中’‘韓’的界河。源於‘長白山’南麓。西南流入‘黃海’。流程多峽谷急流,富水力;下游有航行之利。

16【鴨嘴筆】 ㄧㄚ ㄗㄨㄟˇ ㄅㄧˇ
(ruling pen)筆頭由兩片相對的金屬製尖葉製成,調整上方螺絲,可使尖葉張合自如,而用以畫粗細直線的工具。將製圖墨水注入其間,即成一上墨的繪圖工具。形似鴨嘴,故名。

【鴨嘴獸】 ㄧㄚ ㄗㄨㄟˇ ㄕㄡˋ
(platypus; *Ornithorhynchus anatinus*)屬哺乳動物綱、一穴目、鴨嘴獸科。以具有鴨一樣的扁嘴和產卵而著名。產於‘澳洲’,體長約60公分,棲息於河流及湖泊中,以扁嘴在水底覓食蝦及小魚等,於水平線上方的岸邊掘穴而

鴨嘴獸圖

居。雌者於巢中產卵兩枚而孵之,經十日後,幼體即破殼而出,母體缺少乳頭,故乳汁分泌於腹部毛上供幼兒舐食。壽命約10～15年。

鴞 ㄒㄧㄠ hsiao[1] 音消
(typical owl)爲脊椎動物中屬於鳥綱 (class Aves)、鴞形目(order Strigiformes)、鴟鴞科 (family Strigidae)的動物。

夜間活動，爲夜猛禽。鴞雖似鷹、隼，但卻屬不同的目。體通常褐色，雌者通常較雄者大，視覺及聽覺皆極敏銳，眼特大，位於正面。頭部可以向上下左右各方活動，顏面向前方作平面擴展，稱爲顏盤(facial disc)。在建築物中或樹洞中築巢，或棲於其他鳥類的棄巢中，也有些種類在地面或地洞中築巢。

鴞圖

鴠 ㄉㄢˋ *tan*⁴ 音旦
參鶡旦。

鴡 雎的或體。

鴧 ㄧㄡˊ *yu*² 音由
鼬鼠。見"玉篇"。

鴦 ㄧㄤ *yang*¹ 音央
參鴛鴦。

鴲 鳷的或體。

䳋 鴻的或體。

鴒 ㄌㄧㄥˊ *ling*² 音靈
參鶺鴒。

鴔 ㄈㄨˊ *fu*² 音伏
參鵖鴔。

鴘 ㄅㄧㄢˋ *pien*⁴ 音辨
兩歲的鷹。見"集韻"。

鴊 ㄕㄥ *shêng*¹ 音生
1 鳥名。見"玉篇"。2 鼪鼠。同鼪。見"集韻"。

鴩 ㄧˋ *i*⁴ 音逸 又讀 ㄉㄧㄝˊ *tieh*² 音跌
鳥名。同鴃。1 即鋪豉。見"說文"。2 水鳥的一種。見"集韻"。

鴙 ㄓˋ *chih*⁴ 音志
野雞。見"廣雅·釋鳥"。

鴏 ㄗㄜˊ *tsê*² 音則
鳥名。見"字彙"。

鴝 一 ㄑㄩˊ *ch'ü*² 音渠
參鴝鵒。
二 ㄍㄡ *kou*¹ 音鉤
雊鳴。同雊。見"集韻"。

[18]【鴝鵒】 ㄑㄩˊ ㄩˋ
鳥名。俗稱八哥。見"說文·鴝·段注"。

鴭 ㄉㄨㄥ *tung*¹ 音冬
鳥名。似鳧，喜潛水覓食。見"集韻"。

鴛 ㄩㄢ *yüan*¹ 音淵
參鴛鴦。

[16]【鴛鴦】 ㄩㄢ ㄧㄤ
(mandarin duck; *Aix galericulata*) 爲脊椎動物中屬於鳥綱(class Aves)、雁形目(order Anseriformes)、雁鴨科(family Anatidae)的一種。又名鴦、匹鳥。爲游禽類，翼長，能飛，羽色美麗，多棲於水邊，善游泳，步行拙。食植物及蟲，間食魚。於水邊樹穴內築巢產卵。性敏捷，故不易捕獲。供玩賞。

鴛鴦圖

【鴛鴦腳】 ㄩㄢ ㄧㄤ ㄐㄧㄠˇ
1 即二起腳。2 國術戳腳門的腳法。腳向後上踢出，形如鴛鴦的翅羽。

【鴛鴦蝴蝶派】 ㄩㄢ ㄧㄤ ㄏㄨˊ ㄉㄧㄝˊ ㄆㄞˋ
專以描寫才子佳人香豔故事爲主的言情小說流派。盛行於'清'末'民'初，大都用文言文撰寫。情節纏綿，詞藻華麗。代表作家有'徐枕亞'、'吳雙熱'、'李定夷'等。代表作品有"玉梨魂"、"蘭娘哀史"、"美人福"等。

鴢 ㄠˇ *ao*³ 音襖 又讀 ㄧㄠˇ *yao*³ 音咬
鳥名。形狀似鳧，身青目朱而尾赤。見"正字通"。

鳺 ㄈㄨ *fu*¹ 音夫
參鳺鴀。

鴕 ㄊㄨㄛˊ *t'o*², *t'uo*² 音駝
參鴕鳥。

[11]【鴕鳥】 ㄊㄨㄛˊ ㄋㄧㄠˇ
(ostrich; *Struthio camelus*) 爲脊椎動物中屬於鳥綱(class Aves)、鴕鳥目(order Struthioniformes)、鴕鳥科(family Struthionidae)的動物。目前鴕鳥目中僅有一種，分布於'非洲'及'阿拉伯'。爲現存鳥類中體型最大者，站立時雄者高達2.5公尺，體重155公斤，雌者略小。頭小，頸長，頭及大部分頸呈紅藍色，毛少；腿部裸露；嘴短而扁平如鴨嘴。善跑但不能飛翔，跑速每小時達65公里。翼退化，無胸骨突起，羽無副羽，小羽枝無羽鉤；疾馳時，展開兩翼，以維持身體平衡。壽命達50歲。以植物爲食，偶爾食動物。

鴕鳥圖

【鴕鳥政策】 ㄊㄨㄛˊ ㄋㄧㄠˇ ㄓㄥˋ ㄘㄜˋ
比喻退縮苟安的政策。俗傳鴕鳥遇強敵，往往把頭插入沙漠中避難，故名。

鴪 ㄩˋ *yü*⁴ 音玉
1 鳥名。也作鴥。見"集韻"。2 鳥飛得很快的樣子。見"集韻"。

鴚 鴐的或體。

鴐 鴐的或體。

䳊 ㄅㄛˊ *po*² 音薄
鳥名。似雉。也作鵓。見"集韻"。

鴨 鴨的或體。

鳷 ㄓˇ *chih*³ 音只
參鳷鵌。

[18]【鳷鵌】 ㄓˇ ㄊㄨˊ
傳說中的鳥名。狀如烏而赤足。見

"山海經·中山經"。

鴃 鴂的或體。

鮑 鴇的或體。

鴏 ㄊㄜˋ t'ê⁴ 音特
鳥名。鴨類。見"集韻"。

鴲 ㄓ chih¹ 音支
參鷺鴲。

鴟 鴟的或體。

鴟 ㄔ ch'ih¹ 音吃
即鴟。參鴟。

6【鴟夷】 ㄔ ㄧˊ
1皮製的囊袋。也作鴟鵝。2盛酒器。腹如大壺。

6

鴳 ㊀ ㄧㄢˋ yen⁴ 音燕
鳥名。九扈之一。即鴳雀。也作鷃。見"說文·鴳·段注"。
㊁ ㄢ an¹ 音安
鳥聲。見"集韻"。

鴻 ㄏㄨㄥˊ hung² 音洪
1鳥名。⑴即大雁。見"說文"。⑵即鵠。又名黃鵠、天鵝。形似鶴而大。羽毛光澤純白，頸長肉美。見"正字通"。2借指書信。如：鴻稀鱗絕。3洪水。通洪。4大。如：鴻儒。5姓。'春秋''衛'有'鴻駵魋'。見"左傳·昭二〇年"。

4【鴻毛】 ㄏㄨㄥˊ ㄇㄠˊ
鴻鳥的羽毛。比喻極輕微的東西。

10【鴻荒】 ㄏㄨㄥˊ ㄏㄨㄤ
太古混沌初開的時代。同洪荒。

12【鴻絧】 ㄏㄨㄥˊ ㄉㄨㄥˋ
相通的樣子。

13【鴻溝】 ㄏㄨㄥˊ ㄍㄡ
1古渠名。在今'河南省''滎陽縣'南，爲'楚'、'漢'的分界線。2比喻界線分明。

【鴻運】 ㄏㄨㄥˊ ㄩㄣˋ
大好的運氣。

【鴻猷】 ㄏㄨㄥˊ ㄧㄡˊ
遠大的計畫。

【鴻業】 ㄏㄨㄥˊ ㄧㄝˋ
大事業。

14【鴻蒙】 ㄏㄨㄥˊ ㄇㄥˊ
天地渾沌的原初狀態。

【鴻圖】 ㄏㄨㄥˊ ㄊㄨˊ
1偉大的基業。2遠大的計畫。

16【鴻儒】 ㄏㄨㄥˊ ㄖㄨˊ
博學的大儒。

17【鴻濛】 ㄏㄨㄥˊ ㄇㄥˊ
1東方的郊野。指日出的地方。2水草廣闊的樣子。3同鴻蒙。

8【鴻門宴】 ㄏㄨㄥˊ ㄇㄣˊ ㄧㄢˋ
1'楚'、'漢'相爭時，'項羽'駐軍'鴻門'，將擊'劉邦'。'邦'懼，前往謝罪，'項羽'設宴款待。席中，'范增'使'項莊'舞劍，欲殺'邦'，幸'項伯'協助，'樊噲'及時入侍，得免於難。史家稱此會爲'鴻門'宴。見"史記·項羽紀"。2指有陰謀詭計或暗藏殺機的宴會。

18【鴻鵠志】 ㄏㄨㄥˊ ㄏㄨˊ ㄓˋ
高遠的志向。

9【鴻飛冥冥】 ㄏㄨㄥˊ ㄈㄟ ㄇㄧㄥˊ ㄇㄧㄥˊ
比喻超然世外，遠避禍害。

10【鴻案相莊】 ㄏㄨㄥˊ ㄢˋ ㄒㄧㄤ ㄓㄨㄤ
比喻夫婦互相敬重。'東漢''梁鴻'妻每進食，不敢於'鴻'前仰視，舉案齊眉。見"後漢書·逸民傳下·梁鴻"。

鵁 ㄐㄧㄠ chiao¹ 音交
鳥名。鶄鵁的一種。也稱魚鵁。頭細身長，頸有白毛，能入水捕魚。見"本草綱目·禽部·鶄鵁"。

19【鵁鶄】 ㄐㄧㄠ ㄐㄧㄥ
鳥名。形狀似鳧，腳高，喙丹，頂有紅毛如冠。也稱茭雞。見"正字通"。

鵈 ㄆㄧㄥˊ p'ing² 音瓶
或作鵧。參鵧鴔。

22【鵧鴔】 ㄆㄧㄥˊ ㄐㄧˊ
鳥名。即批頰鳥。黑身長尾，先雞而鳴。見"爾雅·釋鳥·鴔鳩鵧鴔·義疏"。

鴹 翔的或體。

鴔 鷙的或體。

鴾 鴃的或體。

鴶 ㄐㄧˊ chi² 音吉
參鴶鵴。

19【鴶鵴】 ㄐㄧˊ ㄐㄩˊ
布穀鳥。又叫鳲鳩。見"爾雅·釋鳥·鳲鳩鴶鵴·注"。

鴮 鳶的或體。

鵋 ㄍㄨㄥ kung¹ 音恭
鳥名。似雉。見"集韻"。

鴮 ㄨ wu¹ 音烏
參鴮鸅。

24【鴮鸅】 ㄨ ㄓㄜˊ
鳥名。即鵜鶘鳥。又作洿澤。喜沈水食魚。見"爾雅·釋鳥·鵜鴮鸅·注"。

鴮 鴟的或體。

鴷 ㄌㄧㄝˋ lieh⁴ 音列
即啄木鳥。也作翟。見"正字通"。

鴯 ㄦˊ êrh² 音而
參鷾鴯、鴯鶓。

20【鴯鶓】 ㄦˊ ㄇㄧㄠˊ
(emu; *Dromaius novaehollandiae*)屬於脊椎動物中鳥綱(class Aves)、食火雞目(order Casuariiformes)、鴯鶓科(family Dromaiidae)。現生者僅一種。產於'澳洲'。爲不會飛翔而善走的鳥類，體型大小僅次於鴕鳥，高可達1.5公尺，重則超過45公斤。跑速可達每小時50公里。內趾尖銳，可以禦敵。頭頂有羽毛而無高聳的冠。

鴯鶓圖

由雄者孵卵,每窩7～10個卵,在地面築巢。孵卵約60天。以昆蟲、果實爲食,亦會損害農作物。由於氣管的構造特殊,故在繁殖期間會高聲鳴叫。

鴤 ㄊㄨㄥˊ t'ung² 音同
參鴤渠。

12【鴤渠】 ㄊㄨㄥˊ ㄑㄩˊ
神話中鳥名。狀如山雞,黑身赤足。

鴱 ㄞˋ ai⁴ 音艾
鳥名。即巧婦鳥。見“玉篇”。

鴿 ㄍㄜ ko¹, kê¹ 音哥
(pigeon; dove)爲脊椎動物中屬於鳥綱(class Aves)、鴿形目(order Columbiformes)、鳩鴿科(family Columbidae)的動物。其中野鴿(*Columba livia*)爲最早被人類馴養的鳥類。大部分產於‘東南亞’、‘澳洲’及西‘太平洋’的島嶼。約有300種。幼鳥孵出後,由親鳥餵哺,親鳥的嗉囊受激素刺激而產生鴿乳,幼鳥將嘴伸入親鳥咽部吸食鴿乳。

鴿圖

9【鴿派】 ㄍㄜ ㄆㄞˋ
(Doves)指‘美國’政壇主和的人士。由於鴿子乃和平的象徵而得名。與鷹派相對。參鷹派。

22【鴿籠原理】 ㄍㄜ ㄌㄨㄥˊ ㄩㄢˊ ㄌㄧˇ
(pigeon-hole principle)下列三條件中,任意一條件均爲其餘兩條件的結論。⑴X、Y 爲兩有限集合,前者之基數小於後者;⑵有函數 $f: X \to Y$ 爲嵌射;⑶有函數 $g: y \to x$ 爲蓋射。若把 X 當作鴿籠的集合,Y 當作鴿子的集合,則很容易了解取名的緣由。

鴽 ㄖㄨˊ ju² 音如
鳥名。即鴾母。見“爾雅·釋鳥”。

鴾 ㄇㄡˊ mou² 音謀
參鴾母。

5【鴾母】 ㄇㄡˊ ㄇㄨˇ
鵪鶉的別名。也稱鴽,又作鴾鵡。見“集韻”。

23【鴾鵡】 ㄇㄡˊ ㄨˊ
鳥名。鵪鶉的別名。即鴽。也作鴾母。見“集韻”。

鴸 ㄓㄨ chu¹ 音朱
神話中狀如鴟而爪如人手的怪鳥。見“山海經·南山經”。

鴰 ㄍㄨㄚ kua¹ 音括
參麋鴰。

鵅 ㄌㄨㄛˋ lo⁴, luo⁴ 音落
鳥名。①水鳥的一種。即烏鸔。見“說文”。②貓頭鷹。又名鵋鶀。見“爾雅·釋鳥”。

鴭 ㄍㄨㄟˇ kuei³ 音軌
參[illegible]鴭。

鵀 ㄖㄣˊ jên² 音人
參戴鵀。

鵂 ㄒㄧㄡ hsiu¹ 音休
參鵂鶹。

11【鵂鳥】 ㄒㄧㄡ ㄋㄧㄠˇ
即鵂鶹。貓頭鷹之較小者。

21【鵂鶹】 ㄒㄧㄡ ㄌㄧㄡˊ
(Formosan pigmy owl; *Glaucidium brodiei pardalotum*)屬鳥綱、鴞形目(order Strigiformes)、鴟鴞科(family Strigidae)。亦名領鵂鶹。爲‘臺灣’特產,分布於1,500～2,000公尺高的密林中。體上部褐色,頭部則帶灰色,有小白點。後頸有一黃褐色而雜有黑點的頸輪,喉、前頸及胸部以下白色,翼短而圓,長約88～95公釐。

鵃 ㈠ ㄉㄧㄠˇ tiao³ 音屌
參鵃舠。
㈡ ㄓㄡ chou¹ 音舟
參鶻鵃。

8【鵃舠】 ㄉㄧㄠˇ ㄉㄧㄠˇ
小而長的船。

鴴 ㄏㄥˊ hêng² 音衡
(plover)爲脊椎動物中屬於鳥綱(class Aves)、鷸形目(order Charadriiformes)、鷸亞目(suborder Limicolae)、鴴科(family Charadriidae)的動物。翼長,頸短,嘴直,腿細長,生活於海邊或草原。在海邊者捕食水中的小型無脊椎動物,生活於草原者則以昆蟲爲食。生活於北方的種類,常成群作遠距離遷徙。由雌雄鳥共同孵卵並育幼。

鴴圖

7

鵖 ㄌㄤˊ lang² 音郎
參鵖鷎。

21【鵖鷎】 ㄌㄤˊ ㄍㄠ
即鳩。見“廣雅·釋鳥”。

鵜 ㄊㄧˊ t'i² 音題
參鵜鶘、鵜鴂。

15【鵜鴂】 ㄊㄧˊ ㄐㄩㄝˊ
子規,又名杜鵑。也作鶗鴂、鷤鴂。見“楚辭·屈原·離騷·恐鵜鴂之先鳴兮·補注”。

20【鵜鶘】 ㄊㄧˊ ㄏㄨˊ
(pelican)共有7種。屬鵜形目(order Pelecaniformes)、鵜鶘科(family Pelicanidae)。爲水鳥,能潛入水中捕魚。喉部的喉囊向前伸展至嘴部,能儲藏多量食物。體長180公分,展翅達3公尺,重13公斤,爲大型鳥類之一。棲於河、湖或沿海。產卵於巢中,每產1～4枚便行孵卵,約一個月孵出,幼鳥經三年始成熟,用嘴伸至親鳥食道取食親鳥吐出的食物。

鵜鶘圖

䳤 ㄅㄧㄝ *pieh*¹ 音憋
鳥名。即鵂鶹。見"廣韻"。

鵓 ㄅㄛˊ *po*² 音勃
參鵓鳩。

13【鵓鳩】 ㄅㄛˊ ㄐㄧㄡ
鳥名。即祝鳩。又名鳺鳩、䳕鳩、鵓鴣。見"爾雅·釋鳥·鳺鴀·義疏"。

鵖 或作鵖。鵏的或體。

鵋 ㄐㄧˋ *chi*⁴ 音紀
參鵋䳢。

19【鵋䳢】 ㄐㄧˋ ㄑㄧˊ
即鵂鶹。也作鵋鵙。

鵏 ㄅㄨ *pu*¹ 音逋
1鵝。見"集韻"。2鳥名。即鵏鵑。又名鵏鷇。見"字彙"。

鵐 ㄨˊ *wu*² 音吾
(bunting) 爲脊椎動物中屬於鳥綱 (class Aves)、雀形目 (order Passeriformes)、雀科 (family Fringillidae)、鵐亞科 (subfamily Emberizinae) 的動物。廣布於全球各地('澳洲'及'馬達加斯加'除外)。嘴峰正直或略凹。有的種類頭上有羽冠,有的則無,雌雄同色或異色。食果實或種子,間食昆蟲。

鵐圖

鵛 ㄐㄧㄥ *ching*¹ 音經
參鵛雀。

11【鵛雀】 ㄐㄧㄥ ㄑㄩㄝˋ
一種怪鳥。見"廣雅·釋鳥"。

鵊 ㄐㄧㄚˊ *chia*² 音夾
杜鵑。見"集韻"。

鵮 ㄎㄢˇ *k'an*³ 音侃
參鵮鴠。

16【鵮鴠】 ㄎㄢˇ ㄉㄢˋ
鳥名。又名鳱鴠、鶡鴠。即寒號蟲。似雞,五色,冬無毛,晝夜常鳴。見"方言·八·鵮鴠·注"。

䳟 鵙的訛字。

鵑 ㄐㄩㄢ *chüan*¹ 音捐
参杜鵑。

鳺 ㄈㄨˊ *fu*² 音扶
参鳺鳩。

13【鳺鳩】 ㄈㄨˊ ㄐㄧㄡ
即鵓鳩。見"集韻"。

鵗 ㄒㄧ *hsi*¹ 音希
鳥名。北方稱雉爲鵗。見"爾雅·釋鳥"。

鵒 ㄩˋ *yü*⁴ 音玉
参鸜鵒。

鵠 一 ㄏㄨˊ *hu*² 音胡
(eastern bewick's swan; *Cygnus bewickii*) 俗名天鵝。爲脊椎動物中鳥綱(class Aves)、雁形目(order Anseriformes)、雁鴨科 (family Anatidae)、鵠亞科 (subfamily Cygnidae)的一種。分布於我國東北及西北,在'臺灣'爲稀有的迷鳥,見於'桃園'、'新竹'。體碩壯,頸特長(與體等長或過之),嘴寬而扁,表面有感覺性皮膜,先端角質化,趾間有蹼,爲善於飛翔及游泳的水鳥。

鵠圖

二 ㄍㄨˇ *ku*³ 音谷
箭靶的中心。如:鵠的。

8【鵠侍】 ㄏㄨˊ ㄕˋ
侍立在旁。

【鵠的】 ㄍㄨˇ ㄉㄧˋ
1箭靶的中心。2指目標、目的。

10【鵠候】 ㄏㄨˊ ㄏㄡˋ
像鵠鳥一樣伸長脖子站立等候。即恭候、敬候的意思。

鵚 ㄊㄨ *t'u*¹ 音禿
参鵚鶖。

20【鵚鶖】 ㄊㄨ ㄑㄧㄡ
也作禿鶖。因頭部和頸部都沒有毛而得名。性貪惡,好食魚蛇。見"正字通"。

鵞 鵝的或體。

鵝 ㄜˊ *o*², *ê*² 音額
(goose; *Anser domestica*)屬脊椎動物亞門、鳥綱、雁形目(order Anseriformes)、雁鴨科(family Anatidae)、雁亞科 (subfamily Anserinae)。由雁的一種經培育飼養而得的變種。喙的前方尖,基部有肉疣。羽色白或灰,喙、足及肉疣呈黃色或黑褐色。足大有蹼,善游泳,以穀物、蔬菜或小型無脊椎動物如螺等爲食。肉、卵皆可食用。

鵝圖

3【鵝口瘡】 ㄜˊ ㄎㄡˇ ㄔㄨㄤ
(thrush)由白色念珠菌引起的口腔疾病。常於嬰兒口腔內上腭與舌部形成白色斑點。因布滿白屑,狀如鵝口而得名。一般可用漱口劑或軟膏置於患處,以減輕疼痛,並促使傷口癒合。

6【鵝行鴨步】 ㄜˊ ㄒㄧㄥˊ ㄧㄚ ㄅㄨˋ
比喻走路遲緩搖擺的樣子。

12【鵝湖之會】 ㄜˊ ㄏㄨˊ ㄓ ㄏㄨㄟˋ
'南宋''孝宗''淳熙'二年(1175),'朱熹'和'陸九淵'在'江西''鉛山'附近'鵝湖寺'的一次學術會談。由'呂祖謙'出面邀請,目的在調和兩家學說的差異,但論辯三日,並未得到預期的結果。

鵔 ㄐㄩㄣˋ *chün*⁴ 音郡
參鵔鸃。

24【鵔鸃】 ㄐㄩㄣˋ ㄧˊ
即鷩鳥。俗名錦雞。似山雞而小冠,背毛黃、腹下綠、項綠色、尾毛紅赤。見"漢書·司馬相如傳·射鵔鸃·注"。

䳘 鵝的或體。

鵌 也作鵌。一 ㄊㄨˊ *t'u*² 音途
鳥名。似鵽而小,黃黑色,與鼠同穴而居,穴入地三、四尺。見"正字通"。

㊂ ㄩˊ yü^{2} 音余
參鵸鵌。

鵖 ㄐㄧㄝˊ chieh^{2} 音潔
參鵖鴔。

16【鵖鴔】 ㄐㄧㄝˊ ㄈㄨˊ
鳥名。即戴勝。見"集韻"。

鵟 ㄎㄨㄤˊ k'uang^{2} 音狂
(buzzard; *Buteo buteo burmanicus*) 爲脊椎動物中屬於鳥綱 (class Aves)、鷹形目 (order Falconiformes)、鷲鷹科(family Accipitridae)、鵟亞科 (subfamily Buteoninae) 的一種。又名鵚鶝。分布於我國東北、西北及'華'北各省,在'華'南及'臺灣'爲多候鳥,且十分少見。全長約55公分,嘴強壯,先端彎曲呈鉤狀;腿粗壯,有銳利的長爪,爲晝間活動的肉食性猛禽。一般雌鳥比雄鳥體型爲大。

鵟圖

8

鵷 ㄩㄢ yüan^{1} 音鴛
參鵷鶵。

21【鵷鶵】 ㄩㄢ ㄔㄨˊ
鳥名。鳳屬。也作鵷雛、宛雛。見"正字通"。

鶉 ㄔㄨㄣˊ ch'un^{2} 音淳
1鳥名。頭小無尾,毛有斑點。竄伏淺草,無常居。見"本草綱目·禽部·鶉"。2星宿名。即鶉火。屬二十八宿中的柳、星、張三宿。

4【鶉火】 ㄔㄨㄣˊ ㄏㄨㄛˇ
星次名。相當南方朱雀七宿的柳、星、張三宿。自柳宿九度至張宿十七度。以十二辰言,屬午;以分野言,當'周';以節氣言,值小暑、大暑;以黃道十二宮言,相當於獅子宮;以星座言,相當於長蛇座。

6【鶉衣】 ㄔㄨㄣˊ ㄧ
補綴過的破舊衣服。參鶉衣百結。

7【鶉尾】 ㄔㄨㄣˊ ㄨㄟˇ
星次名。相當南方朱雀七宿的末三宿。自張宿十八度至軫宿十一度。以十二辰言,屬巳;以分野言,當'楚';以節氣言,值立秋、處暑;以黃道十二宮言,相當於室女宮;以星座言,相當於巨爵、烏鴉二座。

9【鶉首】 ㄔㄨㄣˊ ㄕㄡˇ
星次名。相當於南方朱雀七宿的首三宿。自井宿十六度至柳宿八度。以十二辰言,屬未;以分野言,當'秦國'之地;以節氣言,值芒種、夏至;以黃道十二宮言,相當於巨蟹宮;以星座言,相當於雙子、巨蟹二座。

6【鶉衣百結】 ㄔㄨㄣˊ ㄧ ㄅㄞˇ ㄐㄧㄝˊ
比喻破爛不堪、縫補多處的衣服。鶉尾短而禿,像衣服補綴打結的樣子。

鶁 ㄐㄧㄥ ching^{1} 音京
參羌鶁。

鶊 ㄍㄥ kêng^{1} 音庚
參鶬鶊。

鵺 ㄧㄝˋ yeh^{4} 音夜
鳥名。狀如雉。見"集韻"。

鶈 ㄑㄧ ch'i^{1} 音妻
參鶈鶯。

21【鶈鶯】 ㄑㄧ ㄧㄥ
東方鳥名。

鵡 ㄨˇ wu^{3} 音武
參鸚鵡。

鶄 ㄐㄧㄥ ching^{1} 音精
參鵁鶄。

鶇 ㄉㄨㄥ tung^{1} 音東
1鳥名。即鵷。見"玉篇"。2形貌美麗的樣子。見"集韻"。

鵶 鴉的或體。

鶋 ㄐㄩ chü^{1} 音居
參鶢鶋。

鶌 ㄐㄩˊ chü^{2} 音局
參鶌鳩。

13【鶌鳩】 ㄐㄩˊ ㄐㄧㄡ
鳥名。又名鶻鵃。見"說文"。

鵱 ㄌㄨˋ lu^{4} 音路
野鵝。見"爾雅·釋鳥·鵱鷜鵝·注"。

鵲 ㄑㄩㄝˋ ch'üeh^{4} 音確 又讀 ㄑㄧㄠˇ ch'iao^{3} 音巧
即喜鵲。參喜鵲。

10【鵲起】 ㄑㄩㄝˋ ㄑㄧˇ
比喻乘勢而起。

12【鵲喜】 ㄑㄩㄝˋ ㄒㄧˇ
鵲噪報喜。舊俗以喜鵲鳴噪爲喜事的預兆。

16【鵲橋】 ㄑㄩㄝˋ ㄑㄧㄠˊ
舊傳每年農曆七月七日夜晚,鵲鳥飛集而成,讓織女渡過天河,與牛郎相會的橋。

11【鵲巢鳩占】 ㄑㄩㄝˋ ㄔㄠˊ ㄐㄧㄡ ㄓㄢˋ
同鳩占鵲巢。

鵸 ㄑㄧˊ ch'i^{2} 音旗 又讀 ㄧ i^{1} 音衣
參鵸鵌。

18【鵸鵌】 ㄑㄧˊ ㄩˊ
古神話中之怪鳥名。

鵽 ㄉㄨㄛˊ to^{2}, tuo^{2} 音奪
參鵽鳩。

13【鵽鳩】 ㄉㄨㄛˊ ㄐㄧㄡ
鳥名。又名'突厥'雀。雉的一種。也作嶋鳩。見"集韻"。

鵪 ㄢ an^{1} 音安
鳥名。即鷃。鶉類,形體細小,與鶉相似。在田野間活動,黑色無斑。也叫鷃雀。見"本草綱目·禽部·鷃"。

19【鵪鶉】 ㄢ ㄔㄨㄣˊ
(quail)爲脊椎動物中屬於鳥綱(class Aves)、雞形目 (order Galliformes)、雉科 (family Phasianidae)中的動物。約有130種。爲雉科中小型、尾短、供玩賞、飛翔較遠的鳥類。能作短距離飛翔。生活於曠野,喜在地面步行,

鵪鶉圖

覓食土中的小蟲、種子等，亦食樹根及嫩葉。雌者於春天產卵約12枚便孵卵，雄者助之。其肉味鮮美，卵亦供食用。

鶆 ㄌㄞˊ lai² 音來
參鶆鳩。

13【鶆鳩】 ㄌㄞˊ ㄐㄧㄡ
即灰面鷲。參灰面鷲。

鶬 ㄔㄤˇ ch'ang³ 音敞
參鶬鵂。

16【鶬鵂】 ㄔㄤˇ ㄈㄨˊ
傳說中的鳥名。其狀如雞，三首六目，六足三翼。

鵾 ㄎㄨㄣ k'un¹ 音昆
鳥名。即鶤雞。也作鶤。見"集韻"。

鵫 ㄓㄠˋ chao⁴ 音罩
鳥名。即白雉。見"集韻"。

鶅 ㄗ tzŭ¹ 音資 又讀 ㄗˋ tzŭ⁴ 音自
鳥名。雉屬。也作甾。見"集韻"。

鵴 ㄐㄩˊ chü² 音菊
參鳲鵴。

鵩 ㄈㄨˊ fu² 音服
鳥名。鴞類。爲不祥之鳥。見"字彙"。

鵬 ㄆㄥˊ p'êng² 音朋
傳說中的一種神奇巨鳥。由鯤魚演化而成。見"莊子·逍遙遊"。

14【鵬摶】 ㄆㄥˊ ㄊㄨㄢˊ
鵬鳥奮力高飛。比喻人奮發有爲。

12【鵬程萬里】 ㄆㄥˊ ㄔㄥˊ ㄨㄢˋ ㄌㄧˇ
比喻前程遠大。多用作祝賀語。

鵰 ㄉㄧㄠ tiao¹ 音貂
即鷲。參鷲。

鵹 ㄌㄧˊ li² 音離
參鵹黃。

12【鵹黃】 ㄌㄧˊ ㄏㄨㄤˊ
倉庚鳥。

鵵 ㄊㄨˋ t'u⁴ 音兔
鳥名。貓頭鷹屬，似鵂鶹而小，兔頭、毛腳，在夜間活動，喜好食雞。也叫木兔。見"爾雅·釋鳥·萑·注"。

鵮 ㄑㄧㄢ ch'ien¹ 音簽
鳥啄食東西。見"集韻"。

鶀 ㄑㄧˊ ch'i² 音其
鳥名。即小雁。見"正字通"。

鵻 ㄓㄨㄟ chui¹ 音錐
鳥名。即祝鳩。見"說文"。

鶂
鶃的或體。

鶃 ㄧˋ i⁴ 音易
水鳥名。色蒼白，善高飛。也作鶂。見"正字通"。

鵯 ㄅㄟ pei¹ 音卑
(bulbul)爲脊椎動物中屬於鳥綱 (class Aves)、雀形目 (order Passeriformes)、鵯科 (family Pycnonotidae)的動物。

鵯圖

分布於'非洲'及'亞洲'。爲活潑、嘈雜、毛色平凡的鳥類。雌雄同色，嘴大，嘴峰彎曲，以漿果爲食。'臺灣'常見者有'臺灣'鵯及白頭翁等。

19【鵯鶋】 ㄅㄟ ㄐㄩ
鳥名。大如鴿，形如烏，其聲雅雅，故又名雅烏。見"爾雅·釋鳥·鷽斯鵯鶋·義疏"。

鵳 ㄐㄧㄢ chien¹ 音堅
參鶗鵳。

9

鵚 ㄊㄨˊ t'u² 音突
鳥名。似雉，青身白頭。或作雉。見"爾雅·釋鳥·鵚·注"。

鶗 ㄊㄧˊ t'i² 音題
參鶗鵳。

19【鶗鵳】 ㄊㄧˊ ㄐㄧㄢ
即鵟。參鵟。

鶤 ㄩㄣˋ yün⁴ 音運
一種三尺長的大雞。見"爾雅·釋畜"。

鶿 ㄘˊ tz'ŭ² 音慈
也作鷀。參鸕鷀。

鷀
鶿的或體。

鶇 ㄐㄧㄢˇ chien³ 音柬
(thrush) 爲脊椎動物中屬於鳥綱 (class Aves)、雀形目 (order Passeriformes)、鶇科 (family Turdidae) 的動物。體小型或中型。廣布全球各地。約有300種。鳴聲爽朗。爲鳴禽，故往往爲人們所飼養。

鶇圖

體長13～30公分，羽色不鮮明，有的有黃紅或藍色斑紋。嘴細，食昆蟲或果實，少數以蝸牛或蚯蚓等爲食。每窩產卵3～6枚。

鶠 ㄧㄢˇ yen³ 音偃
鳥名。即鳳。見"說文"。

鶝 ㊀ ㄈㄨˊ fu² 音福
鳥名。即戴勝鳥。見"廣韻"。
㊁ ㄅㄧ pi¹ 音逼
鳥名。似鶻。見"集韻"。

20【鶝鶔】 ㄅㄧ ㄖㄡˊ
鳥名。形似鶻而尾短。一名鸛鶇。見"爾雅·釋鳥"。

鶒 ㊀ ㄔˋ ch'ih⁴ 音斥
也作鷘。參鸂鷘。
㊁ ㄓㄜˋ chê⁴ 音蔗
鷓鴣。同鷓。見"字彙"。

鶘 ㄏㄨˊ hu² 音胡
參鵜鶘。

鶛 ㄐㄧㄝ chieh¹ 音皆
雄的鷂鶨。或作雒。見"爾雅·釋鳥"。

鶐 ㄕㄨˋ shu⁴ 音述
翠羽鳥。見"集韻"。

鶔 ㄖㄡˊ jou² 音柔
參鶝鶔。

鶩 ㄨˋ wu⁴ 音務 又讀 ㄇㄨˋ mu⁴ 音木

①鳥名。即舒凫，野生，可高飛。見"字彙"。②亂馳。通騖。如：馳騖。

鶨 ㄉㄨㄣˋ tun⁴ 音鈍 又讀 ㄔㄨㄢˋ ch'uan⁴ 音串
鳥名。俗稱痴鳥。見"字彙"。

鶪 ㄐㄩˊ chü² 音鞠 又讀 ㄐㄩㄝˊ chüeh² 音絕
伯勞鳥。也作雎，訛作鵙。見"說文"。

鶗 ㄊㄧˊ t'i² 音啼
參鶗鴂。

15【鶗鴂】 ㄊㄧˊ ㄐㄩㄝˊ
即杜鵑。參杜鵑。

鶜 ㄇㄠˊ mao² 音茅
鳥名。即鷂鵰。通作茅。見"集韻"。

鶡 ㄏㄜˊ ho², hê² 音曷
鳥名。狀似雉。色黑黃而褐，頭生毛角，性好鬥。見"正字通"。

5【鶡旦】 ㄏㄜˊ ㄉㄢˋ
鳥名。即寒號蟲。又名大蝙蝠。也作鶡鴠、鴇鴠。見"說文通訓定聲"。

鶚 ㄜˋ o⁴, ê⁴ 音餓
(osprey; *Pandion haliaëtus haliaëtus*) 又名雎鳩、魚鷹、魚江鳥、鶚雞等。爲脊椎動物中屬於鳥綱(class Aves)、鷹形目(order Falconiformes)、鶚科(family Pandionidae)的一種。全球僅一屬一種。體背面褐色、腹面白色。常在水面翱翔，追逐水中的魚，以足先伸入水中，利用長而彎曲的爪捕魚。單獨或成群生活，棲於高樹、懸崖或小島的地面。體長達60公分，每窩產卵2～4個，孵卵約五週，由雌雄共同餵食幼鳥。

鶚圖

5【鶚立】 ㄜˋ ㄌㄧˋ
佇立如鶚。比喻特立超群。

11【鶚視】 ㄜˋ ㄕˋ
張目如鶚之瞻視。比喻勇猛欲搏攫的樣子。

鶓 ㄇㄧㄠˊ miao² 音苗
參鷂鶓。

鶢 ㄩㄢˊ yüan² 音袁
參鶢鶋。

19【鶢鶋】 ㄩㄢˊ ㄐㄩ
鳥名。也作爰鶋。見"集韻"。

鷺 鷺的或體。

鶖 ㄑㄧㄡ ch'iu¹ 音秋
水鳥名。俗稱禿鶖。似鵜鶘，長頸赤目，性善鬥。本作鵚。一作鶖。見"正字通"。

䳨 凰的或體。

鶣 ㊀ ㄆㄧㄢ p'ien¹ 音篇
參鶣鷅。
㊁ ㄅㄧㄢˋ pien⁴ 音辯
姓。同扁。見"集韻"。

22【鶣鷅】 ㄆㄧㄢ ㄆㄧㄠ
輕的樣子。

鶞 ㄔㄨㄣ ch'un¹ 音春
鳥名。或作䳢。見"集韻"。

10

鶱 ㄒㄧㄢ hsien¹ 音先
鳥飛騰的樣子。見"說文"。

鶷 ㄒㄧㄚˊ hsia² 音轄 又讀 ㄏㄜˊ ho², hê² 音曷
參鶷鶡。

24【鶷鶡】 ㄒㄧㄚˊ ㄧㄚˋ
鳥名。又名反舌鳥、百舌鳥。見"正字通"。

鶶 ㄊㄤˊ t'ang² 音唐
參鶶鷵。

22【鶶鷵】 ㄊㄤˊ ㄊㄨˊ
鳥名。似烏，蒼白色。見"字彙"。

鶴 ㄏㄜˋ ho⁴, hê⁴ 音賀
①(crane)爲脊椎動物中屬於鳥綱(class Aves)、鶴形目(order Gruiformes)中鶴科(family Gruidae)的動物。共14種。全球除'南美'外，各地皆有分布。頸長，腿長，頭部裸出或有飾羽，嘴壯。生活於沼澤或平原，捕食蚯蚓、昆蟲等小動物以及穀粒、嫩草等。築巢於沼澤的地面或田野中，巢可年復一年使用。每窩產卵2枚，卵橄欖色、有褐色斑點。幼鳥時，氣管簡單，隨著年齡的增長，氣管也伸長，並捲曲似'法國'號角，埋於中空的龍骨中。鳴叫時，伸直長頸，鳴聲可以傳播至遠處。雌雄體色相同，壽命可長達50～60年，爲鳥類中壽命較長者。②姓。'金'有'鶴壽'。見"萬姓統譜·一二○"。

鶴圖

5【鶴立】 ㄏㄜˋ ㄌㄧˋ
①伸頸挺立的樣子。②佇立企望的樣子。

10【鶴拳】 ㄏㄜˋ ㄑㄩㄢˊ
又稱白鶴拳。流行於'福建'、'臺灣'。仿效鶴的飛、鳴、宿、食，故有飛鶴、鳴鶴、宿鶴、食鶴四種派別。身法要求頭頂、項穩、拔背、鬆肩、鬆腰、鬆胯、提襠吊肛。

16【鶴氅】 ㄏㄜˋ ㄔㄤˇ
用鳥羽製成的裘衣。

5【鶴立雞群】 ㄏㄜˋ ㄌㄧˋ ㄐㄧ ㄑㄩㄣˊ
比喻卓越超俗。

8【鶴林玉露】 ㄏㄜˋ ㄌㄧㄣˊ ㄩˋ ㄌㄨˋ
'宋'"羅大經"撰，十六卷。以雜記讀書心得爲主，多引'南宋'理學家語，也評論詩文。其見解往往前後不一，引證資料也有錯誤失實。

14【鶴鳴九皋】 ㄏㄜˋ ㄇㄧㄥˊ ㄐㄧㄡˇ ㄍㄠ
比喻賢士在野而聲名著聞。

15【鶴髮童顏】 ㄏㄜˋ ㄈㄚˇ ㄊㄨㄥˊ ㄧㄢˊ
頭髮白而面色如童子般紅潤。形容老年人身體健康。

鶼 ㄐㄧㄢ chien¹ 音兼
傳說中鳥名。即比翼鳥。見"集韻"。

20【鶼鰈情深】 ㄐㄧㄢ ㄉㄧㄝˊ ㄑㄧㄥˊ ㄕㄣ
比喻夫妻恩愛。

21【鶼鶼比翼】 ㄐㄧㄢ ㄐㄧㄢ ㄅㄧˋ ㄧˋ
比喻夫妻恩愛,相隨不離。

鷁 ㄧˋ *i*^{4} 音易
①水鳥名。似鷺而大。或作鶂。見"集韻"。②指船。古人認爲鷁鳥遇到逆風,能夠退飛;故船家常在船首圖繪鷁鳥的圖案,希望在遇到強風時能夠化險爲夷,後來就以鷁爲舟船之稱。也作艗。見"正字通"。

鶯 ㄧㄥ *ying*^{1} 音英
(Japanese bush warbler; *Horeites cantans cantans*)脊椎動物中屬於鳥綱 (class Aves)、雀形目(order Passeriformes)、鶯科 (family Sylviidae) 的一

鶯圖

種。爲鳴禽,春季鳴聲清亮悅耳,至夏季則鳴聲停止。夏季棲於山林,冬季見於平野,飛翔輕捷。初夏營巢於灌木而產卵。嘴短而尖細,色淡黃褐。體背面色黃灰或帶綠褐,腹面灰白或淡黃。腿細、有長爪。嗜食昆蟲。

14【鶯語】 ㄧㄥ ㄩˇ
黃鶯的叫聲。

15【鶯遷喬木】 ㄧㄥ ㄑㄧㄢ ㄑㄧㄠˊ ㄇㄨˋ
賀人升官或遷新居。

17【鶯聲燕語】 ㄧㄥ ㄕㄥ ㄧㄢˋ ㄩˇ
黃鶯和燕子鳴叫。①形容春景的美好繁盛。②比喻女子音聲宛轉美好。

21【鶯鶯燕燕】 ㄧㄥ ㄧㄥ ㄧㄢˋ ㄧㄢˋ
①比喻春天的美景。②比喻妻妾或美女眾多。

鷇 ㄎㄡˋ *k'ou*^{4} 音寇
需要母鳥哺餵的雛鳥。見"說文"。

9【鷇音】 ㄎㄡˋ ㄧㄣ
雛鳥破殼而出時的叫聲。比喻人言紛紜,是非莫定。

鶸 ㄖㄨㄛˋ *jo*^{4}, *juo*^{4} 音若
即白環鸚嘴鵯。參白環鸚嘴鵯。

鷊 ㄧˋ *i*^{4} 音易
①鳥名。即綬鳥。也稱吐綬雞。頭頰似雉,咽下有囊,長闊數寸。同鶂。見"正字通"。②草名。又叫綬草。一種雜色似綬的小草。見"正字通"。

鴚 ㄍㄜ *ko*^{1}, *kê*^{1} 音哥
野鵝。也作鴚、駕。見"說文·鴚·段注"。

鷅 ㄌㄧˋ *li*^{4} 音栗
參鷗鷅。

鷏 ㄓㄣ *chên*^{1} 音眞　又讀 ㄊㄧㄢˊ *t'ien*^{2} 音田
鳥名。似烏鸔而大,黃白雜文。俗說此鳥常吐蚊,故又稱蚊母。見"字彙"。

鶾 ㊀ ㄏㄢˋ *han*^{4} 音翰
雞肥而鳴聲悠長。見"說文"。
㊁ ㄏㄢˊ *han*^{2} 音寒
鳥名。即天雞。通翰。見"爾雅·釋鳥"。

鷐 ㄓㄣˋ *chên*^{4} 音振
①白鷺。見"玉篇"。②鷺群飛。同鷐。見"集韻"。

鶒
鶒的或體。

鷃 ㄧㄢˋ *yen*^{4} 音晏
鳥名。即小雀。也作鷃。見"正字通"。

鶻 ㊀ ㄍㄨˇ *ku*^{3} 音骨
參鶻鵃。
㊁ ㄏㄨˊ *hu*^{2} 音糊
①即花梨隼。參花梨隼。②族名。也作'紇'。參回紇。

9【鶻突】 ㄏㄨˊ ㄊㄨˊ
①糊塗。②一種麵食,即餛飩。也作鶻飿、餺飩。

17【鶻鵃】 ㄍㄨˇ ㄓㄡ
鳥名。形似山鵲而小,尾短,青黑色。也稱鷗鳩。見"正字通"。

鶰 ㄩㄢˊ *yüan*^{2} 音員
鳥名。見"玉篇"。

鶺 ㄐㄧˊ *chi*^{2} 音集
參鶺鴒。

16【鶺鴒】 ㄐㄧˊ ㄌㄧㄥˊ
(wagtail; *Motacilla*)爲脊椎動物中屬於鳥綱 (class Aves)、雀形目(order Passeriformes)、鶺鴒科 (family Motacillidae) 的動物。又稱鶺。共有7～10種。全身常左右搖擺,通常在地面築巢,步行時長尾則上下擺動。食物以昆蟲爲主,間食植物。'臺灣'有黃鶺

鶺鴒圖

鴒、白鶺鴒及白面鶺鴒等七種。皆爲小型鳥類,嘴纖細,嘴峰略形彎曲。爲世界性鳥類,但不見於'澳洲'及'大洋洲'東部。

鶏
雞的或體。

鶬 ㊀ ㄘㄤ *ts'ang*^{1} 音倉
鳥名。即麋鴰。大似鶴。青蒼色。長頸高腳。見"正字通"。
㊁ ㄑㄧㄤˊ *ch'iang*^{2} 音鏘
聲音和諧。見"正字通"。

17【鶬鴰】 ㄘㄤ ㄍㄨㄚ
一種青蒼色大如鶴的鳥,頸長腳高,無丹,雙頰紅。見"正字通"。

19【鶬鶊】 ㄘㄤ ㄍㄥ
黃鸝。也作倉庚。見"方言·八"。

鶲 ㄨㄥ *wêng*^{1} 音翁
(flycatcher) 爲脊椎動物中屬於鳥綱 (class Aves)、雀形目(order Passeriformes)、鶲科

鶲圖

(Family Muscicapidae)的動物。分布於舊大陸,種類甚多,至少800餘種,體色千差萬別,大都小型。以昆蟲爲主食,一般在空中捕食。分布於'亞洲'南部及'非洲'的三光鳥羽色美麗,具有長尾,樹棲。

䳮 ㄇㄛˋ mo⁴ 音默
鳥驚視的樣子。也作䳮。見"字彙"。

鶵 ㄔㄨˊ ch'u² 音儲
初生的小雞。同雛。見"集韻"。

鷂 ㊀ ㄧㄠˋ yao⁴ 音耀
(sparrow-hawk; *Accipiter nisus*)爲脊椎動物中屬於鳥綱(class Aves)、鷹形目(order Falconiformes)、鷲鷹科(family Accipitridae)的一種。形體似鷹,嘴彎曲,體背青灰色,雜深褐色條紋。產於'亞洲'及'歐洲'大陸。常在林間、田野捕食小鳥,在樹上築巢。爲白晝猛禽類。

鷂圖

㊁ ㄧㄠˊ yao² 音遙
雉名。見"字彙"。

3【鷂子】ㄧㄠˋ ·ㄗ
①鷂的通稱。②紙鳶的別名。

鶭 ㄈㄤˇ fang³ 音紡
鳥名。即澤虞。或作魴。見"爾雅·釋鳥"。

鶽 ㄓㄨㄣˇ chun³ 音準
鳥名。①祝鳩。同隼、鵻。見"玉篇"。②鵰。見"山海經·海內西經·開明南有鶽·注"。

鶳 鴟的或體。

鷉 ㄊㄧˊ t'i² 音題
參鷿鷉。

鷎 ㄍㄠ kao¹ 音高
參鵖鷎。

鶹 ㄌㄧㄡˊ liu² 音留
或作鶹。鳥名。參鶹鷅。

21【鶹鷅】ㄌㄧㄡˊ ㄌㄧˋ
鳥名,即梟。長食其母,故有不孝鳥之稱。見"爾雅·釋鳥·鶹鷅·疏"。

鷈 鷉的或體。

11

鷊 ㄕㄤ shang¹ 音商
參鷊鴹。

17【鷊鴹】ㄕㄤ ㄒㄧㄤˊ
傳說中只有一隻腳的鳥,起舞時天即大雨。

鷛 ㄩㄥˊ yung² 音喁
參鷛鸈。

23【鷛鸈】ㄩㄥˊ ㄑㄩˊ
一種形似鴨而足似雞的鳥。也作鷛鸈。見"廣韻"。

鷓 ㄓㄜˋ chê⁴ 音蔗
參鷓鴣。

10【鷓鴣】ㄓㄜˋ ㄍㄨ
(common partridge; *Francolinus chinensis*)爲脊椎動物中屬於鳥綱(class Aves)、雞形目(order Galliformes)、雷鳥科(family Tetraonidae)的一種。體背面灰色至灰褐色,腹面黃褐色。群棲地面,以昆蟲、蚯蚓等爲食。築巢於土穴中,產卵15~16枚,孵化約需20餘日。

鷓鴣圖

【鷓鴣菜】ㄓㄜˋ ㄍㄨ ㄘㄞˋ
(*Digenea simplex* C. Agardh)一種藥用紅藻。著生於低潮線漸深帶的巖石上。藻體圓柱形,高可達20餘公分,叉生分枝,最終小枝剛毛狀,密生於枝上。軟骨質。可供製驅蟲(蛔蟲)藥。產於'大西洋'熱帶部分及'地中海'、'印度洋'、'太平洋'等地區。

鷓鴣菜圖

鷟 ㄓㄨㄛˊ cho², chuo² 音琢
鳥名。見"集韻"。

鷩 ㄅㄧˋ pi⁴ 音蔽 又讀 ㄅㄧㄝ pieh¹ 音鱉
錦雞。似山雞而小冠。又名鵔鸃、天雞、鷩雉、赤雉。見"爾雅·釋鳥·鷩雉·注"。

鷚 ㄌㄧㄡˋ liu⁴ 音餾
即百靈鳥。參百靈。

鷔 ㄠˊ ao² 音遨
傳說中的不祥鳥。白身赤口,形似鴈,所集之處,國家將亡。見"集韻"。

鷙 ㄓˋ chih⁴ 音至
①猛禽。見"說文"。②猛悍。如:鷙勇。③疑懼。④蟄伏。通蟄。

10【鷙悍】ㄓˋ ㄏㄢˋ
兇猛強悍。

鷒 ㄊㄨㄢˊ t'uan² 音團
參鶻鷒。

鷗 ㄡ ou¹ 音謳
①(gull)爲脊椎動物中屬於鳥綱(class Aves)、鴴形目(order Charadriiformes)、鷗科(family Laridae)、鷗亞科(subfamily Larinae)的動物。爲體壯、趾有蹼的海鳥,約有40種。有些巢居於內陸的種類,在冬天移居近海岸處,但鷗的遷移習性不若其近緣的燕鷗(tern)強烈。成鳥大多爲灰色或白色,頭部有各種花紋,至生殖季節,頭部呈白色或黑、灰、褐色。嘴強勁且微彎。在海邊以昆蟲、軟體動物、甲殼類及魚爲食,在田間以蠕蟲爲食,大型的

鷗圖

種類則喜食其他鳥類的卵及幼鳥。[2]姓。'明'有'鷗濟'。見"善化縣志"。

13【鷗盟】 ㄡ ㄇㄥˊ
與鷗鳥結盟爲友。比喻隱居江湖的意願。

24【鷗鷺忘機】 ㄡ ㄌㄨˋ ㄨㄤˋ ㄐㄧ
人無機心,能使鷗鷺和他爲友。後以喻人投身自然,不存機心,不以世務爲念。

鷘 ㄔˋ *ch'ih*4 音赤
參鸂鷘。

鷅 ㄆㄧㄠ *p'iao*1 音飄
參鶣鷅。

鷵 ㄊㄨˊ *t'u*2 音徒
或作鷵。參鵚鷵。

鷬 ㄋㄢˊ *nan*2 音南
鳥名。同難。見"說文"。

鷞 [一] ㄕㄨㄤ *shuang*1 音霜
參鷫鷞。
[二] ㄕㄨㄤˇ *shuang*3 音爽
參鷞鳩。

13【鷞鳩】 ㄕㄨㄤˇ ㄐㄧㄡ
鳥名。鷹屬,性爽猛。見"集韻"。

鷖 ㄧ *i*1 音衣
[1]鳧一類的水鳥。見"說文"。[2]青黑色。見"集韻"。

鷐 ㄔㄣˊ *ch'ên*2 音晨
參鷐風。

9【鷐風】 ㄔㄣˊ ㄈㄥ
鳥名。即鸇。見"說文"。

鷜 ㄌㄡˊ *lou*2 音樓
參鷜鵝。

18【鷜鵝】 ㄌㄡˊ ㄜˊ
鳥名。即鵱。見"爾雅·釋鳥"。

鷋 ㄊㄨˊ *t'u*2 音徒
鳥名。即鷋鳩。見"玉篇"。

鷕 ㄧㄠˇ *yao*3 音咬
雌雉鳴叫。見"說文"。

鶕 ㄢ *an*1 音鵪
鳥名。鶉類。見"集韻"。

鷑 ㄐㄧˊ *chi*2 音及 又讀 ㄌㄧˋ *li*4 音立
參鷑鳩。

13【鷑鳩】 ㄐㄧˊ ㄐㄧㄡ
一種小黑鳥。又名鵧鷑。見"爾雅·釋鳥·鷑鳩鵧鷑·注"。

12

鷻 ㄊㄨㄥˊ *t'ung*2 音同
參鸏鷻。

鷲 ㄐㄧㄡˋ *chiu*4 音就
(eagle) 爲脊椎動物中屬於鳥綱(class Aves)、鷹形目(order Falconiformes)、鷲鷹科(family Accipitridae)的動物。又名鵰。日間活動,爲晝猛禽。較鷹大,但尾巴及腿則較短。體中型到大型,喙粗壯,足有銳利之彎爪。除'南極'外,廣布於全球各地。鷲爲一夫一妻,孵卵約6～8週。幼鳥生長緩慢,至第3～4年始換成鳥羽毛。

鷲圖

鷷 ㄗㄨㄣ *tsun*1 音尊
雉。見"爾雅·釋鳥"。

鷫 ㄙㄨˋ *su*4 音肅
參鷫鷞。

22【鷫鷞】 ㄙㄨˋ ㄕㄨㄤ
也作鷫鸘。[1]神鳥名。鳳凰之屬。見"說文"。[2]雁屬。似雁而頸長,羽毛綠色,可製裘。見"爾雅翼·釋鳥"。

鷣 ㄧㄣˊ *yin*2 音淫 又讀 ㄧㄠˋ *yao*4 音耀
鳥名。即鷂。見"集韻"。

鷰 ㄧㄢˋ *yen*4 音宴
鳥名。同燕。見"集韻"。

鷯 ㄌㄧㄠˊ *liao*2 音聊
參鳭鷯。

鷸 ㄩˋ *yü*4 音玉
[1](sandpiper) 爲脊椎動物中屬於鳥綱(class Aves)、鷸形目(order Charadriiformes)、鷸亞目(suborder Limicolae)、鷸科(family Scolopacidae)的動物。爲多數棲息河口海岸的候鳥。嘴細長,近嘴端處往往柔軟。腿長,脛的上部有羽毛,蹠趾前後端或前端有鱗片。趾四枚,前趾間有的有蹼膜,有的無蹼膜,有的在趾的兩側有葉狀瓣膜。喜群居,常以昆蟲、甲殼類、貝類等爲食。[2]疾飛的樣子。見"正字通"。

鷸圖

10【鷸蚌相爭】 ㄩˋ ㄅㄤˋ ㄒㄧㄤ ㄓㄥ
比喻雙方爭利,互不相讓。

鷢 ㄐㄩㄝˊ *chüeh*2 音厥
參白鷢。

鷴 鷳的或體。

鷳 ㄒㄧㄢˊ *hsien*2 音閒
鳥名。即雗。見"說文"。

鷤 [一] ㄊㄢˊ *t'an*2 音談
小雉。見"集韻"。
[二] ㄊㄧˊ *t'i*2 音題 又讀 ㄉㄧˋ *ti*4 音第
參鷤鴂。

15【鷤鴂】 ㄊㄧˊ ㄐㄩㄝˊ
鳥名。即子規。也作鶗鴂。見"廣雅·釋鳥"。

鷶 ㄇㄞˇ *mai*3 音買
參鷶鴭。

17【鷶鴭】 ㄇㄞˇ ㄍㄨㄟˇ
鳥名。即子規。見"玉篇"。

鷭 ㄈㄢˊ *fan*2 音煩
鳥名。又名紅冠水雞。參紅冠水雞。

鷡 ㄨˊ *wu*2 音無
參鴮鷡。

鷮 ㄐㄧㄠ *chiao*1 音驕
邊走邊叫的長尾雉。見"說文"。

鷥 ㄙ *szŭ*1, *ssŭ*1 音絲
參鷺鷥。

鷦 ㄐㄧㄠ *chiao*1 音焦
參鷦鷯。

23【鷦鷯】 ㄐㄧㄠ ㄌㄧㄠˊ
(wren) 爲脊椎動物中屬於鳥綱

(class Aves)、雀形目 (order Passeriformes)、鷦鷯科 (family Troglodytidae) 的動物。約有60種。主產於'南'、'北美洲', 只 *Troglodytes* 一屬分布於'歐''亞'溫帶地區。常不斷高聲鳴叫以示其存在。在沼澤或灌木間覓食昆蟲。許多種類在洞穴中築巢, 也有的在建築物中築巢, 產卵2～10枚, 每年繁殖三、四次。

鷦鷯圖

鵯 鵯的或體。

鸈 ㄑㄩˊ *ch'ü*^{2} 音渠
參鸜鸈。

鷻 ㄊㄨㄢˊ *t'uan*^{2} 音團 又讀 ㄊㄨㄟˊ *t'ui*^{3} 音頹
鳥名。即鵰。見"說文"。

13

鸂 ㄑㄧ *ch'i*^{1} 音妻
參鸂鷘。

22【鸂鷘】 ㄑㄧ ㄔˋ
水鳥名。毛有五色。也作鸂鶒。見"集韻"。

鷾 ㄧˋ *i*^{4} 音意
參鷾鴯。

17【鷾鴯】 ㄧˋ ㄦˊ
燕子。見"莊子·山木·鳥莫知於鷾鴯·釋文"。

鸁 ㄌㄨㄛˊ *lo*^{2}, *luo*^{2} 音螺
參須鸁。

鸇 ㄓㄢ *chan*^{1} 音詹
猛禽的一種。一名晨風。似鷂, 色青黃, 燕頷鉤喙, 搏擊鳩、燕、雀等為食。見"正字通"。

鷹 ㄧㄥ *ying*^{1} 音膺
(hawk) 為脊椎動物中屬於鳥綱 (class Aves)、鷹形目 (order Falconiformes)、鷲鷹科 (family Accipitridae)、鷹亞科 (subfamily Accipitrinae) 的動物。體小型至中型, 日間活動, 為晝猛禽。翼寬廣有勁, 利於快速飛行。視覺敏銳, 利於搜尋食物。嘴強固有力, 上嘴特長, 先端彎曲為鉤, 可用以撕裂食物。足強大, 各趾有銳利的鉤爪, 便於獵食。食物包括昆蟲、魚、鳥及哺乳類。

鷹圖

4【鷹犬】 ㄧㄥ ㄑㄩㄢˇ
獵鷹和獵犬。比喻為人奔走作惡的人。

【鷹爪】 ㄧㄥ ㄓㄠˇ
老鷹的爪子。①指有勢者的手下。②茶名。因新嫩如鷹爪而得名。

9【鷹派】 ㄧㄥ ㄆㄞˋ
(Hawks) 與鴿派相對。是'美國'新聞界分別用以指稱'美國'政治的主戰及主和的人士。鷹派贊成以軍事手段解決問題; 鴿派主張以政治手段, 用談判解決問題。鴿子象徵和平在西方已有悠久的歷史, 基督教傳統中, 鴿子即象徵希望、和平、殉道者、聖靈或聖餐。而以鷹象徵主戰, 僅是'美國'的傳統。西元 1961 年 3 月間, '美國'支持'古巴'流亡人士在'豬灣'登陸失敗後, '美''蘇'間重新恢復熱烈之軍備競賽。'蘇聯'頭子'赫魯雪夫'為扭轉其不利形勢, 於 1962 年在'古巴'進行建立飛彈基地之冒險。此舉為'美國'發覺, '甘迺迪'總統知事態嚴重, 立刻召開國家安全會議, 與會者包括軍政各方的重要幕僚在內, 卒決定實行封鎖'古巴'的對策。此次會議時, 各人意見紛歧, 大別之可分為兩派: 一派主張不管如何, 應先行轟炸'古巴'的飛彈基地, 然後再論其他; 另一派則主張千萬慎重行事, 務祈勿釀成'美'、'蘇'間之核子戰爭。新聞界乃稱前者為鷹派, 後者為鴿派。到'越'戰時, 鷹鴿之爭益形激烈。

【鷹架】 ㄧㄥ ㄐㄧㄚˋ
①供鷹隼棲息的架子。②(scaffolding) 便於高處之施工及材料搬運所搭架的臨時工事。可用木料或竹料, 現有鋼管鷹架及滑動吊架。搭設鷹架以安全牢靠及能重複使用為原則。

11【鷹視】 ㄧㄥ ㄕˋ
鷹欲捕食時, 側目而視, 目光敏銳兇猛。形容貪戾的眼神。

【鷹眼】 ㄧㄥ ㄧㄢˇ
比喻極銳利的眼睛。

12【鷹揚】 ㄧㄥ ㄧㄤˊ
威武奮揚。

4【鷹爪門】 ㄧㄥ ㄓㄠˇ ㄇㄣˊ
流行於'河北'一帶, 以擒拿為主的拳派。相傳為'宋朝''岳飛'得'少林'餘緒, 以七十二把拿腕手法, 加印點人體三十六要穴之擒法, 成為一百零八擒拿手。

17【鷹瞵鶚視】 ㄧㄥ ㄌㄧㄣˊ ㄜˋ ㄕˋ
目光像鷹鶚一樣的銳利。形容威猛兇悍。

鸋 ㄌㄧㄥˊ *ling*^{2} 音零
①鶴的別名。見"廣韻"。②小鵠。見"集韻"。③即鶺鴒。參鶺鴒。

鷿 ㊀ ㄆㄧˋ *p'i*^{4} 音霹
參鷿鷈。
㊁ ㄅㄧˋ *pi*^{4} 音避
參鷿鴟。

16【鷿鴟】 ㄅㄧˋ ㄓ
雞的別名。也作鷝鴟。見"方言·八"。

21【鷿鷈】 ㄆㄧˋ ㄊㄧˊ
(grebe) 為脊椎動物中屬於鳥綱 (class Aves)、鷿鷈目 (order Podicipediformes)、鷿鷈科 (family Podicipedidae) 的動物。共 5 屬、17～21 種, 分布於世界各地。為水鳥, 善

鷿鷈圖

潛泳，可深達7公尺，捕魚爲食。嘴尖、翼短而狹，飛翔力欠佳。雌雄外觀無差異，求愛時在水面舞蹈。巢以植物爲材料，附於水草上，一窩產卵2～10枚，由雌雄共同孵卵20～30天。

𪇗 鷺的或體。

鸉 ㄧㄤˊ *yang*² 音揚
鳥名。又稱白鷢。見"爾雅·釋鳥"。

鸆 ㄩˊ *yü*² 音虞
參鸅鸆。

鸈 ㄧㄚˋ *ya*⁴ 音訝
參鵠鸈。

鷺 ㄌㄨˋ *lu*⁴ 音路
(heron) 爲脊椎動物中屬於鳥綱 (class Aves)、鸛鷺目 (order Ciconiiformes)、鷺科 (family Ardeidae) 的動物。屬涉禽類，腿長，可利其涉水。在淺水（如水潭、沼澤）中捕食蛙、魚或其他水生動物。在灌木或樹上築巢。頸長，當直立時，頸彎曲呈S形。繁殖期間，頭、頸及背部常有細長美麗的飾羽。分布於全球各地，但在熱帶地區最爲常見。

鷺圖

23【鷺鷥】 ㄌㄨˋ ㄙ
(egret) 屬於鳥綱、鸛鷺目 (order Ciconiiformes) 中鷺科 (family Ardeidae) 的動物。專指若干種具有白色羽毛，在交配季節產生白色如絲般婚羽，尤其是指*Egretta*屬的種類，如大白鷺、中白鷺、么白鷺等而言。他們的習性與一般的鷺相同，不過鷺鷥常展示特殊的求愛行爲。

鷺鷥圖

鸅 ㄓㄜˊ *chê*² 音澤
參鸅鸆。

24【鸅鸆】 ㄓㄜˊ ㄩˊ
護田鳥。也作澤虞。見"廣韻"。

䴉 ㄒㄩㄢˊ *hsüan*² 音旋
參䴉目。

5【䴉目】 ㄒㄩㄢˊ ㄇㄨˋ
水鳥名。目旁毛長。見"集韻"。

鸀 ㊀ ㄕㄨˇ *shu*³ 音蜀
鳥名。即山烏。似烏而小。見"集韻"。
㊁ ㄓㄨˊ *chu*² 音燭
參鸀鳿。

15【鸀鳿】 ㄓㄨˊ ㄩˋ
水鳥名。似鴨而大，赤目紺嘴。見"集韻"。

鷽 ㄒㄩㄝˊ *hsüeh*² 音學
即寒鴉。參寒鴉。

鸄 ㄐㄧˊ *chi*² 音極
鳥名。即鶌鳩。見"爾雅·釋鳥"。

鸃 ㄧˊ *i*² 音宜
參鵕鸃。

14

鸋 ㄋㄧㄥˊ *ning*² 音寧
參鸋鴂。

15【鸋鴂】 ㄋㄧㄥˊ ㄐㄩㄝˊ
鳥名。即鴟鴞。又名巧婦、女匠、工雀、過羸、桑飛。見"爾雅·釋鳥·鸋鴂·義疏"。

鸐 ㄉㄧˊ *ti*² 音笛 又讀 ㄓㄨㄛˊ *cho*², *chuo*² 音酌
長尾山雉。見"正字通"。

鸍 ㄕ *shih*¹ 音施
鳥名。似鴨而小，長尾，背上有紋，善沈水，又名沈鳧。見"字彙"。

鸒 ㄩˋ *yü*⁴ 音豫 又讀 ㄩˊ *yü*² 音余
參鸒斯。

12【鸒斯】 ㄩˋ ㄙ
鳥名。體大如鴿，形略如烏，腹白，喜鳴。又稱雅烏、鵯鶋。見"爾雅·釋鳥"。

鸏 ㄇㄥˊ *mêng*² 音蒙
即熱帶鳥。參熱帶鳥。

23【鸏鶶】 ㄇㄥˊ ㄊㄨㄥˊ
水鳥名。即越王鳥。出'九眞''交趾'。大如孔雀，喙長尺餘，羽色光瑩。見"本草綱目·禽部·鸏鶶"。

鸎 鶯的或體。

鸌 ㄏㄨㄛˋ *ho*⁴, *huo*⁴ 音穫
(shearwater) 爲脊椎動物，屬於鳥綱 (class Aves)、鸌形目(order Procellariiformes)、鸌鳥科(family Procellariidae)。分布於全球各海洋。爲群棲的遠洋鳥類，群體多達數千對。常集體營巢，每次產卵1枚，由雌雄共同孵卵。利用翼在海面隨波滑翔，可潛入水中覓食，食物以魚爲主。

鸌圖

鸑 ㄩㄝˋ *yüeh*⁴ 音岳
參鸑鷟。

22【鸑鷟】 ㄩㄝˋ ㄓㄨㄛˊ
1 鳳屬的神鳥。見"說文"。2 一種紅眼、似鳧而大的水鳥。見"說文"。3 山名。在今'甘肅省'東南境'兩當縣'東，兩峰秀聳，一名'南岐'，一名'來儀'。

15

鸔 鸔的或體。

鸓 ㄌㄟˇ *lei*³ 音壘
1 傳說中鳥名。色赤黑、兩頭四足。見"山海經·西山經"。2 飛鼠。即鼯。見"正字通"。

鸔 ㄅㄛˊ *po*² 音伯
水鳥名。似鶂而短頸，背毛綠色。也作鸔。見"字彙"。

16

鸗 ㄌㄨㄥˊ *lung*^{2} 音龍
①鴨的別名。見"廣雅·釋鳥"。②小鳥。見"字彙"。

鷰 ㄧㄢˋ *yen*^{4} 音宴
鳥名。同燕。見"集韻"。

鸕 ㄌㄨˊ *lu*^{2} 音盧
參鸕鷀。

20【鸕鷀】 ㄌㄨˊ ㄘˊ
(cormorant)爲脊椎動物中屬於鳥綱(class Aves)、鵜形目(order Pelecaniformes)、鸕鷀科(family Phalacrocoracidae)的動物。約30種。爲水鳥，棲於沿海、湖或河濱。常供人驅使以獵捕魚類。嘴爲半圓錐形，上嘴先端鈎曲，喉囊發達，捕獲之魚必先儲於此。能潛入水中捕魚。以魚爲食，在懸崖上以海藻和鳥糞築巢，或在灌木、樹上以樹枝築巢。幼鳥歷三年始成長。

鸕鷀圖

17

鸘 ㄕㄨㄤ *shuang*^{1} 音雙
同鷞。參鷫鷞。

鸚 ㄧㄥ *ying*^{1} 音英
參鸚鵡。

19【鸚鵡】 ㄧㄥ ㄨˇ
(parrot)爲脊椎動物中屬於鳥綱(class Aves)、鸚形目(order Psittaciformes)、鸚鵡科(family Psittacidae)的動物。鸚形目僅包括鸚鵡科一科，約有300種。鳴聲不美，但善於模仿人語或其他聲音。常群居於森林，食果實、種子或花蜜等。卵小，白色圓形。產卵1～2枚，亦有4～6枚，多者達16枚，抱卵期17～21日，大型種類則長達一個月。一般在洞內產卵，但亦有例外者。

鸚鵡圖

【鸚鵡學舌】 ㄧㄥ ㄨˇ ㄒㄩㄝˊ ㄕㄜˊ
鸚鵡學人說話。①比喻人云亦云，毫無新意。②比喻挑撥是非。

鸙 ㄩㄝˋ *yüeh*^{4} 音月
鳥名。即天鸙。見"爾雅·釋鳥"。

18

鸜 ㄑㄩˊ *ch'ü*^{2} 音渠
也作鴝。參鴝鵒。

鸛 ㊀ ㄍㄨㄢˋ *kuan*^{4} 音灌
(stork)爲脊椎動物中屬於鳥綱(class Aves)、鸛鷺目(order Ciconiiformes)、鸛科(family Ciconiidae)中的動物。共有17種，爲大型鳥類，腿長，頸長，嘴似鶴嘴，體高60～150公分。頭部及頸的上部裸露無羽毛、呈紅色。由於發聲器發育不全，故不發聲。主產於'非洲'、'亞洲'及'歐洲'。大部分成群生活，在繁殖季節，則兩兩成對。晝間在淺水或田野覓食小動物，有些種類主食動物屍體。在樹上或岩石棧層築巢。每窩產卵3～6枚，由雌雄輪流孵卵，約5週孵出幼鳥。

鸛圖

㊁ ㄏㄨㄢ *huan*^{1} 音歡
參鸛鷒。

22【鸛鷒】 ㄏㄨㄢ ㄊㄨㄢˊ
鳥名。似鵲而短尾。見"爾雅·釋鳥"。

19

鸞 ㄌㄨㄢˊ *luan*^{2} 音鑾
①傳說中鳥名。赤色五彩，形體似雞。見"說文"。②指有鸞飾的車子。③指車衡上的金屬鈴。通鑾。④姓。'戰國''趙'有'鸞徼'。見"呂氏春秋·驕恣"。

6【鸞交鳳友】 ㄌㄨㄢˊ ㄐㄧㄠ ㄈㄥˋ ㄧㄡˇ
比喻男女間有深厚的交情。

14【鸞鳳和鳴】 ㄌㄨㄢˊ ㄈㄥˋ ㄏㄜˊ ㄇㄧㄥˊ
比喻夫婦恩愛和睦。

15【鸞膠再續】 ㄌㄨㄢˊ ㄐㄧㄠ ㄗㄞˋ ㄒㄩˋ
指男子妻亡再娶。

鸝 ㄌㄧˊ *li*^{2} 音離
參黃鸝。

鹵部

鹵 ㄌㄨˇ *lu*^{3} 音魯
①含鹹性而不宜耕種的土地。見"說文"。②鹹地所產的鹽塊。如:鹽鹵。③遲鈍。通魯。如:頑鹵。④抄掠。通虜、擄。如:鹵掠。⑤大盾。通櫓。如:血流漂鹵。

10【鹵素】 ㄌㄨˇ ㄙㄨˋ
(halogen)即鹵族元素。爲週期表ⅦA族之非金屬元素。包括氟(F)、氯(Cl)、溴(Br)、碘(I)、砈(At)五個元素。由於各元素都能和鈉化合形成類似食鹽之化合物，故稱。

11【鹵掠】 ㄌㄨˇ ㄌㄩㄝˋ
劫奪財物。同擄掠。

【鹵莽】 ㄌㄨˇ ㄇㄤˇ
①鹹地草莽。②荒蕪。③粗疏；粗魯。多用以形容舉止言行冒失粗率。也作魯莽。④依稀；隱約。

12【鹵鈍】 ㄌㄨˇ ㄉㄨㄣˋ
愚笨遲鈍。也作魯鈍。

17【鹵獲】 ㄌㄨˇ ㄏㄨㄛˋ
虜掠獲得。也作虜獲。

4【鹵化烷】 ㄌㄨˇ ㄏㄨㄚˋ ㄨㄢˊ
(alkyl halide)烷類分子中的氫原子被鹵素原子(如F、Cl、Br、I)取代，而成爲含有鹵素的烷類。例如氯仿($CHCl_3$)、溴乙烷(C_2H_5

Br)、碘丙烷(C_3H_7I)等。

【鹵化銀】 ㄌㄨˇ ㄏㄨㄚˋ ㄧㄣˊ
和鹵素屬類化合,具有感光性銀鹽的總稱。碘化銀、溴化銀、氯化銀等皆屬之。一般以溴化銀爲攝影用物質的主體,這些攝影材料在受光後將產生光化學反應,製作出潛像,再以顯影液還原成金屬,形成畫像。

【鹵化反應】 ㄌㄨˇ ㄏㄨㄚˋ ㄈㄢˇ ㄧㄥˋ
(halogenation)有機化合物中的氫原子被鹵素原子(F、Cl、Br、I等)取代,而成爲鹵化物的反應。例如苯(C_6H_6)在氯化鐵($FeCl_3$)催化下和氯(Cl_2)反應,生成氯苯(C_6H_5Cl)。

11【鹵莽滅裂】 ㄌㄨˇ ㄇㄤˇ ㄇㄧㄝˋ ㄌㄧㄝˋ
做事粗魯草率。

4

䲢 ㄍㄤˇ kang³ 音港
含有鹽分的沼澤地。見"集韻"。

9

鹹 ㊀ ㄒㄧㄢˊ hsien² 音咸
鹽味。如:鹹魚。
㊁ ㄐㄧㄢˇ chien³ 音簡
鹽土。見"字彙補"。

4【鹹水】 ㄒㄧㄢˊ ㄕㄨㄟˇ
(salt water)地球上的水,依其所含鹽分的多寡,可分鹹水和淡水二大類。一般言之,水的鹽分含量超過500毫克/公升(即0.50‰)者,稱爲鹹水。海洋及鹹水湖的水,均屬之,所含鹽類,以氯化鈉(NaCl)爲最多。

【鹹水湖】 ㄒㄧㄢˊ ㄕㄨㄟˇ ㄏㄨˊ
(salt lake)即鹽湖。湖泊若無出口,蒸發量又大,水量必日益損耗,由四周流水所挾運入湖的各種鹽類如鈣、鈉、鉀等將愈積愈多,若水中鹽分超過500毫克/公升(即0.5‰)者,稱爲鹹水湖。約占全球湖泊總水量45%。'裏海'是全球面積最大、水量最多的鹹水湖,占地球上鹹水湖總水量的3/4,鹽度爲 40‰。鹹水湖爲內陸地區食鹽的主產地,我國'山西''解池'的[河東鹽]、'寧夏''花馬池'的[花鹽]、'吉蘭泰鹽池'的[吉鹽]等,均爲著名的湖鹽。

10

鹻 鹼的或體。

䴪 ㄘㄨㄛˊ ts'o², ts'uo² 音瘥
鹹味。見"正字通"。

13

鹽 ㊀ ㄧㄢˊ yen² 音嚴
①(salts)由金屬離子和非金屬離子或酸根離子結合而成。通常由酸和鹼之中和作用產生,如氯化鈉、硝酸鉀、醋酸鈉等。②姓。'漢'有'鹽津'。見"通志·氏族略五"。
㊁ ㄧㄢˋ yen⁴ 音豔
以鹽醃物。見"字彙"。

8【鹽岩】 ㄧㄢˊ ㄧㄢˊ
(rock salt)化學沈積岩之一。由含鹽分之水體蒸發乾涸,再經地層壓縮而形成。其組織爲粗結晶狀,往往成厚層狀,或因地層壓力而上擠成穹窿狀構造。礦物成分主要爲鹽岩,並有少量的其他化學沈積物,如石膏等。

9【鹽度】 ㄧㄢˊ ㄉㄨˋ
(salinity) 海水中各種鹽類的含量。通常以千分比示之,亦即每千公克海水中含有多少公克的鹽分。海洋的鹽度介於 31‰('北極海')至40‰('紅海')之間。一般大洋的鹽度平均爲35‰。

11【鹽梟】 ㄧㄢˊ ㄒㄧㄠ
結幫販運私鹽的人。

14【鹽滷】 ㄧㄢˊ ㄌㄨˇ
(bittern)製鹽工業的殘餘廢液。主要成分爲硫酸鎂與硫酸鈣,具有苦味。

【鹽酸】 ㄧㄢˊ ㄙㄨㄢ
(hydrochloric acid)氯化氫(HCl)的水溶液。是一種強酸。純鹽酸無色,不純者常因含少量三氯化鐵而略呈黃色。工業上可用來去除鐵鏽及製造多種化學藥品。

8【鹽析法】 ㄧㄢˊ ㄒㄧ ㄈㄚˇ
(salting out)加適量鹽類化合物(如食鹽或飽和鹽水)於有機物與水所成的均勻溶液中,由於水的極性、比重等性質受鹽類化合物影響而與有機物產生很大的差異,因此將使溶液中的有機物易於析出而分離的方法。

11【鹽乾品】 ㄧㄢˊ ㄍㄢ ㄆㄧㄣˇ
指經鹽漬、除去部分水分,再行乾燥的魚介類。如鹽乾鰮、鹽乾鱈、烏魚子等製品。

21【鹽鐵論】 ㄧㄢˊ ㄊㄧㄝˇ ㄌㄨㄣˋ
'漢''桓寬'編,十卷,六十篇。記錄'漢昭帝''始元'六年(前81),御史大夫'桑弘羊'與郡國賢良文學對當代經濟民生的辯論。爲研究當時社會經濟的重要史料。

鹼 ㄐㄧㄢˇ chien³ 音減
①鹹地凝結的鹽塊。也作鹻。俗作礆。見"說文"。②(base)⑴在水中能解離或產生氫氧根離子(OH^-)的物質。⑵能夠接受質子(H^+)的物質。⑶能供給電子對的物質。

8【鹼性土】 ㄐㄧㄢˇ ㄒㄧㄥˋ ㄊㄨˇ
(alkaline soils) 又稱鈣層土。土壤兩大分類之一。與酸性土相對。在乾燥少雨地區,淋溶少,蒸發量超過降水量,水汽蒸發常將地下鹼質逐漸吸引至地表之上,土壤中乃富含鈣等鹼性物質,化學反應呈鹼性,遂形成鹼性土。我國的鹼性土概分布於33°N以北;換言之,'秦嶺'、'淮河'是我國鹼性土分布的南界。栗鈣土、栗棕鈣土、黑鈣土、漠鈣土均屬之。

【鹼金屬】 ㄐㄧㄢˇ ㄐㄧㄣ ㄕㄨˇ
(alkali metal) 週期表中之 IA 族元素。位於表中第一行。包括鋰(Li)、鈉(Na)、鉀(K)、铷(Rb)、銫(Cs)、鍅(Fr)六個元素。以其溶於水均呈鹼性,故稱。

3【鹼土金屬】 ㄐㄧㄢˇ ㄊㄨˇ ㄐㄧㄣ ㄕㄨˇ
(alkaline earth metal) 週期表 IIA族的元素。包括鈹 (Be)、鎂(Mg)、鈣(Ca)、鍶(Sr)、鋇(Ba)和鐳(Ra)六個元素。鹼土金屬都具銀白色光澤,並且都是電的良導體。

8【鹼性肥料】 ㄐㄧㄢˇ ㄒㄧㄥˋ ㄈㄟˊ ㄌㄧㄠˋ
植物吸收肥分後,其殘留的副成分使土壤反應呈鹼性者。即植物吸收酸根的量多於鹽基,使土壤反應呈鹼性者。如氨水、液體氨、氰氨基化鈣、鹼性熔磷、堆肥及草木灰等。

【鹼性食品】 ㄐㄧㄢˇ ㄒㄧㄥˋ ㄕˊ ㄆㄧㄣˇ
(alkaline foods; basic foods) 食入後,其中之無機成分如鉀、鎂、鈣、鈉等,在體內經代謝作用而產生鹼性殘基的食品。如牛乳、蔬菜、水果等。有些水果雖然食用時很酸,但在人體內其酸之殘基進行完全氧化,產生二氧化碳和水,而鹼性離子(如鈉)則殘存,故爲鹼性食品。

鹿部

鹿

ㄌㄨˋ *lu*4 音錄
1(deer)爲脊椎動物亞門、哺乳綱、偶蹄目(order Artiodactyla)、鹿科(family Cervidae)中動物的統稱。約有17屬33種。棲於沙漠、凍原、沼澤或高原。原產於'歐洲'、'亞洲'、'北美'、'南美'以及北'非'。現已引入'夏威夷'、'澳洲'及'紐西蘭'等地。有的種類數目繁多,有的種類如產於我國的駝鹿已瀕臨絕種。鹿的身體修長,腿亦長,體呈褐色,肩高 0.3('南美'短尾鹿,*Pudu*)～2公尺(麋,*Alces*)。鹿角爲本種動物最明顯的特徵,一般雄性個體成熟時會長出角,但'中國'水鹿(*Hydropotes inermis*)及麝鹿則例外;另馴鹿雌雄皆有角。鹿角爲其防禦構造,在繁殖季節,同種的雄鹿爲爭偶而用角相鬥。鹿皆草食,以草、樹枝、嫩芽等爲食。通常群棲,有些種類有遷徙習性。懷孕期爲5(麝鹿)～10個月(麈),每次產一或二子。2方形的穀倉。通簏。3粗陋的。如:鹿裘。

10【鹿茸】 ㄌㄨˋ ㄖㄨㄥˊ
(velvet) 鹿角通常每年脫落,脫落後數月之內又再長出新的角。新長出的鹿角,表面有一層薄膜,稱爲鹿茸。根據研究,鹿茸內富含性激素,有防老化症狀出現之效。

【鹿特丹】 ㄌㄨˋ ㄊㄜˋ ㄉㄢ
(Rotterdam) '荷蘭'第二大都市及第一大商港。臨'萊因河'下游'勒克河'(Lex R.)北岸,距河口30公里,有運河直通'北海';處外洋航路中心點,控中'歐'水陸要衝;爲'德國'、'瑞士'及'法國'東部重要轉口港,'萊因河流域'主要出口港。造船業盛,並有雪茄、酒類及化工等業。

14【鹿鳴宴】 ㄌㄨˋ ㄇㄧㄥˊ ㄧㄢˋ
舊時科舉及第時所舉行的宴會。因'唐代'行此宴時,用少牢,並歌唱"詩·小雅·鹿鳴"章,故名。又'宋代'殿試文、武兩榜狀元設宴,同年團拜,也稱鹿鳴宴。

6【鹿死誰手】 ㄌㄨˋ ㄙˇ ㄕㄟˊ ㄕㄡˇ
泛指眾人共爭一物,不知終落誰手。

2

麀

ㄧㄡ *yu*1 音幽
1母鹿。見"說文"。2泛指雌性獸類。

麂

ㄐㄧˇ *chi*3 音己
(muntjac; barking deer) 爲哺乳動物中偶蹄目 (order Artiodactyla)、鹿科 (family Cervidae) 中的一屬。共有6種,產於'亞洲',我國南部及'臺灣'、'印度'、'東南亞'均有分布。小型,肩高 40～60 公分,體色灰褐或紅至深褐色,隨種類而異。雄者上方犬齒自口突出如象牙,角短,於近先端處分枝;雌者於角著生的部位有小型瘤狀物,懷孕期約六個月,每次產一子,偶或兩子。

麂圖

5【麂皮】 ㄐㄧˇ ㄆㄧˊ
以細鐵砂輪將皮肉面磨出細絨毛,而具有天鵝絨手感的加工皮革。以小羊皮、鹿皮或小牛腹部皮片爲上品。而二層皮剝下後亦可雙面均作起絨加工,以掩飾切割時的小瑕疵,其缺點爲容易髒,但可加以洗濯不會硬化;亦可採皮正面起絨,防汙效果較佳,唯手感可能較硬。西元 1984 年曾以紡毛布料、棉布等仿製麂皮效果,而大爲風行。

麄

麤的俗體。

3

麂

ㄐㄧˇ *chi*3 音己
兩歲的小鹿。見"集韻"。

4

麃

㊀ ㄅㄧㄠ *piao*1 音標
1一種似覆盆子的莓。紅大而甜。通藨。見"爾雅·釋草"。2耘田。見"字彙"。

㊁ ㄆㄠˊ p'ao² 音袍
獸名。鹿屬，形狀似麞，牛尾，一角。見"字彙"。

麇 ㄠˇ ao³ 音襖
幼麋。見"爾雅·釋獸"。

麄 麤的俗體。

5

麈 ㄓㄨˇ chu³ 音主
①即四不像。又稱駝鹿。參駝鹿。②麈尾的省稱。參麈尾。

7【麈尾】 ㄓㄨˇ ㄨㄟˇ
拂塵。用麈的尾巴製成，故名。

15【麈談】 ㄓㄨˇ ㄊㄢˊ
清談。'魏'、'晉'名士清談，常持麈尾，故稱。

麃 麅的或體。

麆 ㊀ ㄓㄨˋ chu⁴ 音助
①幼鹿。見"集韻"。②幼麞。見"爾雅·釋獸"。
㊁ ㄘㄨ ts'u¹ 音粗
粗疏。通粗。見"集韻"。

麅 麃的或體。

麇 同麏。㊀ ㄐㄩㄣ chün¹ 音君
獸名。即麞。見"說文"。
㊁ ㄑㄩㄣˊ ch'ün² 音群
群集。如：麇至。
㊂ ㄎㄨㄣˇ k'un³ 音捆
束縛。通稇。見"字彙"。

12【麇集】 ㄑㄩㄣˊ ㄐㄧˊ
成群聚集。

6

麋 ㄇㄧˊ mi² 音迷
①(moose; *Alces alces*)爲哺乳動物綱、偶蹄目 (order Artiodactyla)、鹿科中的一屬(即麋屬, genus *Alces*)。僅一種。爲鹿中個體最大者。肩高1.5~2公尺，重達820公斤。腿長、頸短，反芻，喉部有一垂肉(dewlap)。產於'北美'及'歐''亞'大陸，喜棲水邊，食水生植物、草及樹皮等，通常單獨生活。產於'北美'者於多天形成小群。秋天繁殖，雄者常爲爭取雌者而相鬥；懷孕約8個月，每次產1~3子。目前在'北美'及'歐洲'已列爲保護動物。②眉毛。通眉。③水邊。通湄。④糜粥。通糜。如：麋沸。⑤姓。'漢'有'麋竺'。見"通志·氏族略三"。

麋圖

8【麋沸】 ㄇㄧˊ ㄈㄟˋ
像糜粥沸騰一樣。比喻情勢擾亂不安。

17【麋鴰】 ㄇㄧˊ ㄍㄨㄚ
鶬的別名。似鶴，體青蒼色。也叫鶬鴰。見"爾雅·釋鳥·鶬麋鴰·注"。

麆 ㄏㄨㄢˊ han² 音環
(roe deer; *Capreolus capreolus*)又稱獐。爲哺乳動物、偶蹄目 (order Artiodactyla) 中的一屬 (genus *Capreolus*)，僅一種。分布於'歐''亞'大陸。肩高66~86公分，重約15~50公斤。角的表面有疣狀突起。毛色夏天呈紅褐色，多天灰褐，臀部一片白斑。懷孕約9個月，每次產二子。壽命約15年。

麆圖

麔 麃的或體。

麛 ㄇㄧˊ mi² 音彌
散落地上的米粒。粢的訛字。見"集韻"。

麉 ㄐㄧㄢ chien¹ 音堅
強壯有力的鹿。也作麙。見"說文"。

7

麐 ㊀ ㄌㄧㄣˊ lin² 音麟
麟。見"說文"。
㊁ ㄌㄧㄣˋ lin⁴ 音吝
公鹿。見"集韻"。

麏 麇的或體。

麎 ㄔㄣˊ ch'ên² 音辰
母麋。見"說文"。

麌 ㄩˇ yü³ 音與
①公鹿。見"廣韻"。②公麞。見"爾雅·釋獸"。

8

麖 麠的或體。

麢 麢的或體。

麔 ㄐㄧㄡˋ chiu⁴ 音咎
①公麋。見"說文"。②公鹿。見"集韻"。

麑 ㄋㄧˊ ni² 音倪
幼鹿。見"集韻"。

麒 ㄑㄧˊ ch'i² 音其
參麒麟。

23【麒麟】 ㄑㄧˊ ㄌㄧㄣˊ
①傳說中的仁獸名。雄的叫麒，雌的叫麟。似鹿而大，牛尾，馬蹄，獨角。麒麟出現，被認爲是太平吉祥的符瑞。②借喻爲傑出超群的人物。

【麒麟閣】 ㄑㄧˊ ㄌㄧㄣˊ ㄍㄜˊ
'漢''未央宮'閣名。'漢宣帝''甘露'三年(前51)，畫功臣'霍光'等十一人圖像於閣上。

麗 ㊀ ㄌㄧˋ li⁴ 音荔
①雙；耦。見"正字通"。②附著；依附。如：附麗。③佳美；華美。如：清麗。④棟梁。如：梁麗。
㊁ ㄌㄧˊ li² 音離
遭遇；落入。通罹。如：魚麗於罶。

2【麗人】 ㄌㄧˋ ㄖㄣˊ
美人。

15【麗質】 ㄌㄧˋ ㄓˊ
①美好的質地。②美麗的資質。

20【麗藻】 ㄌㄧˋ ㄗㄠˇ

華麗的辭藻。

15【麗質天生】ㄌㄧˋ ㄓˊ ㄊㄧㄢ ㄕㄥ
天生的美麗姿質。

麓 ㄌㄨˋ lu⁴ 音祿
1主管山林的官吏。見"說文"。2山林。如：林麓。3山腳。如：山麓。

9

麛 ㄇㄧˊ mi² 音迷 又讀 ㄋㄧˊ ni² 音倪
1幼鹿。也作麑。見"集韻"。2泛稱小獸。見"字彙"。

麙 ㄧㄢˊ yen² 音嚴
1一種細角的大山羊。見"說文"。2兇猛有力的小虎、小熊。見"爾雅‧釋獸"。

麚 ㄐㄧㄚ chia¹ 音加
公鹿。也作麚。見"爾雅‧釋獸"。

10

麜 ㄌㄧˋ li⁴ 音力
母麕。見"爾雅‧釋獸"。

麝 ㄕㄜˋ shê⁴ 音射
1(musk deer; *Moschus moschiferus*) 爲哺乳動物中偶蹄目 (order Artiodactyla)、鹿科(family Cervidae)中的一屬，即麝屬 (genus *Moschus*)，僅一種。棲於自'西伯利亞'至'喜馬拉雅'的山區。單獨生活，害羞。耳大，

麝圖

尾甚短，無角。毛呈灰褐色，肩高50～60公分。雄者上方的犬齒長並自口向外伸出，似象牙；雄者有麝香囊，其分泌物即麝香，爲作香水的原料，國人使用麝香已有數千年歷史。2麝香的簡稱。也泛指香氣。如：麝煙。

9【麝香】ㄕㄜˋ ㄒㄧㄤ
(musk; civet) 由麝鹿的麝香囊所分泌的物質 (musk)，以及由靈貓科中'非洲'麝貓屬 (genus *Civettictis*)、東方麝貓屬 (genus *Viverra*)、東方小麝貓 (genus *Viverricula*)的臭腺所分泌的物質(civet)。可供製香水或藥用。

11

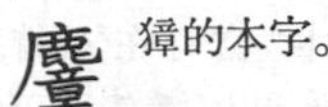

麞 獐的本字。

12

麟 ㄌㄧㄣˊ lin² 音鄰
1大的雄鹿。見"說文"。2麒麟的簡稱。通麐。如：西狩獲麟。

7【麟角】ㄌㄧㄣˊ ㄐㄧㄠˇ
麒麟的角。比喻珍貴稀少。

8【麟兒】ㄌㄧㄣˊ ㄦˊ
即麒麟兒。常用來稱讚他人的小孩聰穎出眾。

11【麟趾】ㄌㄧㄣˊ ㄓˇ
麒麟的足。比喻子孫眾多且賢良。

【麟趾呈祥】ㄌㄧㄣˊ ㄓˇ ㄔㄥˊ ㄒㄧㄤˊ
賀人生子之詞。

13

麠 ㄐㄧㄥ ching¹ 音京
大麃。尾巴似牛，頭有一角。或作麖。見"說文"。

14

麡 ㄐㄧ chi¹ 音基 又讀 ㄑㄧˊ ch'i² 音齊
獸名。似麋而角向前傾，常在平地原野中出沒。見"集韻"。

麌 ㄩˋ yü⁴ 音豫
獸名。似鹿而大。見"說文"。

22

麤 ㄘㄨ ts'u¹ 音粗
1跳得遠。見"說文"。2鞋；履。見"方言‧四"。3通粗。(1)疏略。(2)粗大。(3)粗糙；不精。

11【麤觕】ㄘㄨ ㄘㄨ
粗略；概略。

21【麤糲】ㄘㄨ ㄌㄧˋ
1糙米。2粗糙的食物。

8【麤服亂頭】ㄘㄨ ㄈㄨˊ ㄌㄨㄢˋ ㄊㄡˊ
儀容未加修飾的樣子。

麥部

麥 ㄇㄞˋ mai⁴ 音賣 讀音 ㄇㄛˋ mo⁴ 音默
1(wheat; *Triticum aestivum*; barley; *Hordeum vulgare*)禾本科 (Gramineae) 穀類植物，通常分大麥和小麥。大麥的小穗常以3枚生於穗軸的各節，而小麥僅以1小穗生於穗軸的各節，兩者均爲普遍栽培的重要糧食作物。2姓。'隋'有'麥鐵杖'。見"通志‧氏族略五"。

5【麥加】ㄇㄞˋ ㄐㄧㄚ
(Mecca) 伊斯蘭教聖地。位於'阿拉伯半島'西部。'穆罕默德' (Mohammed) 誕生於此。為'沙烏地阿拉伯'貿易和政治中心之一。有公路通'利雅德'、'麥地那' (Medina) 和'紅海'岸的外港'吉達' (Jidda)。人口65萬(2003年)。

7【麥克風】ㄇㄞˋ ㄎㄜˋ ㄈㄥ
(microphone)將聲波轉變成電流而放大或輸入電路的裝置。爲'英'人'休茲'(David E. Hughes)於西元1878年所發明。因大多應用於將聲音放大，故又稱擴音器。

8【麥芽糖】ㄇㄞˋ ㄧㄚˊ ㄊㄤˊ
(maltose) 一種易溶於水具右旋光性的白色針狀結晶。分子式 $C_{12}H_{22}O_{11}$，熔點 102～103°C。屬雙醣類，水解後會生成二分子葡萄糖。常用於幼兒食品及調味劑。

9【麥迪爾】ㄇㄞˋ ㄉㄧˊ ㄦˇ

(Joseph Medill, 1823～1899)‘美國’著名報人。西元 1855 年,買下‘芝加哥’“論壇報”,宣示‘共和黨’‘林肯’一派的主張。‘西北大學’‘新聞學院’爲‘麥迪爾’生前捐資興建,故以‘麥迪爾’爲名。

10【麥哲倫】 ㄇㄞˋ ㄓㄜˊ ㄌㄨㄣˊ (Ferdinand Magellan, 1480?～1521)‘葡萄牙’航海家。於西元1518年率領五艘船由‘西班牙’‘聖盧瓦美達’(Sanlúcar de Barrameda)出發,計劃環繞地球一周。越‘大西洋’,經‘南美’南端的‘麥哲倫海峽’進入‘太平洋’,1521年抵‘菲律賓’時爲土人所殺,部屬以剩下的一條船繼續航行,翌年回到‘西班牙’,完成環球壯舉。

麥哲倫像

11【麥粒腫】 ㄇㄞˋ ㄌㄧˋ ㄓㄨㄥˇ (hordeolum) 即針眼。位於眼瞼上的瞼板腺(或稱‘梅逢氏’腺)受葡萄球菌感染,而形成局部紅腫疼痛之腫塊。治療方法可用局部熱壓迫法或使用眼用抗生素藥膏,必要時可以切開引流。

【麥桿畫】 ㄇㄞˋ ㄍㄢˇ ㄏㄨㄚˋ 以麥桿爲材料剪貼而成的圖畫。盛產於‘東南亞’地區,‘印尼’所產更具特殊風味。係將麥桿剖開,再分割爲粗細長短不同的線條,以線構面,依創意貼成圖畫。背景多取黑色,與金黃的麥桿呈強烈的對比。

7【麥克阿瑟】 ㄇㄞˋ ㄎㄜˋ ㄚ ㄙㄜˋ (Douglas MacArthur, 1880～1964)‘美國’將領。於二次世界大戰時統率聯軍‘太平洋’區部隊對‘日’作戰,‘日本’投降後爲盟軍駐‘日’最高統帥,監督‘日本’戰後重建工作。‘韓’戰時任‘聯合國’軍統帥,主張揮軍北進,徹底消滅‘共黨’勢力,爲‘杜魯門’總統免職。

麥克阿瑟像

【麥克魯漢】 ㄇㄞˋ ㄎㄜˋ ㄌㄨˇ ㄏㄢˋ (Marshall McLuhan, 1911～1982)大眾傳播理論學家。西元1951年後陸續發表大眾傳播方面理論,如“瞭解媒體”、“媒體即訊息”等,顯示出對科技決定論的觀點。1982年逝世,當時在‘福特基金會’主持文化與傳播部門研究工作。

【麥秀黍離】 ㄇㄞˋ ㄒㄧㄡˋ ㄕㄨˇ ㄌㄧˊ 指對故國淪亡的哀傷。相傳‘箕子’過‘殷’故墟,見宮室毀壞,盡生禾黍,作“麥秀”歌,以寄感傷。又‘東周’初年,行役者西至‘鎬京’,見宗廟殘破,而禾黍離離,不勝感慨,因作“黍離”以舒其志,即“詩經·王風·黍離”。

10【麥哲倫雲】 ㄇㄞˋ ㄓㄜˊ ㄌㄨㄣˊ ㄩㄣˊ (Magellanic clouds) 位於銀河系附近的兩個不規則星系。與銀河系同屬本星群(local group)。一爲⌊大麥哲倫雲⌉,直徑不及銀河系的一半,距銀河系17萬光年;另一爲⌊小麥哲倫雲⌉,直徑爲銀河系的五分之一,距銀河系18萬光年。因‘葡萄牙’航海家‘麥哲倫’於西元1521年環球航行時曾先對它們作詳細的描述而得名。

7【麥克馬洪線】 ㄇㄞˋ ㄎㄜˋ ㄇㄚˇ ㄏㄨㄥˊ ㄒㄧㄢˋ (McMahon Line)‘民國’二年,‘中’‘英’兩國在‘印度’‘西姆拉’(Simla)舉行會議商討‘中國’與‘西藏’關係時,‘英’代表‘麥克馬洪’(Henry McMahon)在地圖上所畫下的一條紅藍線。此線自‘不丹’西端伸展至‘上緬甸’,全程850哩,‘英’方希望以此作爲‘印度’與‘西藏’的邊界,但我國政府並未承認。因此,‘印度’政府在此線以南擅自設立‘阿魯納恰爾邦’,乃是侵犯我領土之行爲。

10【麥格塞塞獎】 ㄇㄞˋ ㄍㄜˋ ㄙㄜˋ ㄙㄜˋ ㄐㄧㄤˇ ‘菲律賓’第三任總統‘麥格塞塞’,生前呼籲‘亞洲’人和平團結,共創自由與繁榮。西元1957年逝世後,‘菲’國各界爲紀念他,募資成立⌊麥格塞塞基金會⌉,每年評選對人類社會福祉有貢獻的‘亞洲’人士,給予獎章與獎金。因其審核過程嚴格,而有⌊東方的諾貝爾獎⌉之譽。

3

麧 ㄏㄜˊ ho^2, hê^2 音核
大麥的一種。質性堅硬,不易除去糠皮,又叫堅麥。見“玉篇”。

4

麩 ㄈㄨ fu^1 音夫
或作麱。小麥的皮屑。今通稱麩子或麩皮,常用來飼養牲畜。見“說文”。

5【麩皮】 ㄈㄨ ㄆㄧˊ 小麥磨成麵粉後所餘的皮屑。也稱麩子或麥麩。含有極高的營養成分,通常用作飼料。

9【麩炭】 ㄈㄨ ㄊㄢˋ 木炭屑。

10【麩素】 ㄈㄨ ㄙㄨˋ (gluten) 又稱爲麵筋。爲存在於麵粉中的混合蛋白質,加水洗出澱粉所遺剩者。可以供製味精及食品。

麪 麵的本字。

麨 ㄔㄠˇ ch'ao^3 音炒
將米、麥炒熟後所磨成的粉。即糗。可用作乾糧。見“正字通”。

5

麮 ㄊㄡˇ t'ou^3 音黈
參䴯麮。

麮 ㄑㄩˋ chʻü⁴ 音去
麥粥。見"說文"。

6

麯 麴的或體。

麰 ㄇㄡˊ mou² 音謀
①酒麴;酒母。見"方言·一三"。②大麥。見"字彙"。

7

麲 ㄏㄨㄣˊ hun² 音魂
同䴹。①完整的麥粒。見"廣韻"。②麥麴。見"字彙"。

䴭 ㄌㄨㄛˋ lo⁴, luo⁴ 音落
參䴭䴴。

20【䴭䴴】 ㄌㄨㄛˋ ㄙㄨㄛˋ
粟粥。

麱 麩的或體。

8

䴺 ㄆㄡˇ pʻou³ 音剖
參䴺麮。

16【䴺麮】 ㄆㄡˇ ㄊㄡˇ
一種油炸的麵餅。

䴹 ㊀ ㄍㄨㄛˇ ko³, kuo³ 音果
①餅名。見"廣韻"。②麵名。見"廣韻"。
㊁ ㄏㄨㄣˊ hun² 音魂
麲的或體。

麴 ㄑㄩˊ chʻü² 音渠
本作𥻆。也作麯。①酒母。見"說文"。②酒的別稱。③姓。'漢'有'麴濱'。見"萬姓統譜·一一二"。

12【麴菌】 ㄑㄩˊ ㄐㄩㄣˋ
(*Aspergillus*)又稱麴黴。爲眞菌的一屬。具有匍匐的營養菌絲,行無性生殖時,產生直立的分生孢子柄,柄上端膨大如球,球外著生許多小柄,各小柄頂生一串分生孢子,孢子黃色、棕色、棕黑色。可用麴菌及酵母釀清酒或製造豆醬及醬油。近年來發現黃麴菌(*A. flavus*)能產生黃麴毒素,極少量就能使人和家畜中毒。由於此種麴菌爲世界性分布的腐生菌,久置或高溫多溼環境下貯存不佳的豆類食品,如大豆、花生等,即是此種黃麴菌繁殖的最佳場所。

23【麴糵】 ㄑㄩˊ ㄋㄧㄝˋ
①釀酒用的發酵物。俗稱酒母。②指酒。③指媒介物。

9

𪍀 ㄇㄡˊ mou² 音牟
大麥。同麰。見"集韻"。

麵 ㄇㄧㄢˋ mien⁴ 音面
本作麪。①麥磨成的粉。俗稱麵粉。見"說文"。②以麵粉製成的條狀食品。即麵條。

10【麵粉】 ㄇㄧㄢˋ ㄈㄣˇ
(flour)由小麥磨製而成的粉末。依所含蛋白質比例分:一、高筋麵粉,含量在12.5%以上,一般用來做麵包、油條等;二、中筋麵粉,含量9～12%,多用於家常麵食如饅頭、包子、水餃等;三、低筋麵粉,含量7～9%,是製作蛋糕的主要原料。

䴴 ㄙㄨㄛˋ so⁴, suo⁴
參䴭䴴。

11

麶 ㄔ chʻih¹ 音痴
食品名。即麵筋。

䴼 ㄌㄡˇ lou³ 音簍
參䴽䴼。

12

䴽 ㄌㄧㄢˊ lien² 音連
參䴽䴼。

22【䴽䴼】 ㄌㄧㄢˊ ㄌㄡˇ
麵食的一種。即環餅,也叫寒具。

𪍿 ㄍㄨㄥˇ kung³ 音拱
①大麥。同䵅。見"廣韻"。②麩皮。見"正字通"。

15

䵅 ㄍㄨㄥˇ kung³ 音拱
大麥。也作𪍿。見"玉篇"。

18

麷 ㄈㄥ fêng¹ 音豐
炒熟的麥。見"說文"。

麻部

麻 ㄇㄚˊ ma² 音痲
俗作麻。①(hemp)麻纖維類植物之總稱。種類多,常見者有大麻、苧麻、黃麻、茼麻、亞麻、瓊麻等。其纖維可製成繩索、麻布、麻袋,用途廣。②指以麻製成的斬衰、絰帶等喪服。如:披麻帶孝。③臉面皮膚的痘瘢。如:麻臉。④感覺神經受壓迫或因藥物作用而暫失知覺。如:麻木。⑤通痲。如:麻風。⑥姓。'漢'有'麻光'。見"通志·氏族略四"。

8【麻沸】 ㄇㄚˊ ㄈㄟˋ
紛亂危急的樣子。

【麻姑】 ㄇㄚˊ ㄍㄨ
古代神話中的仙女名。相傳爲'東漢''建昌'(今'江西')人,修道於'牟州'東南的'姑餘山'而成仙。

11【麻雀】 ㄇㄚˊ ㄑㄩㄝˋ
(sparrow; *Passer*)屬於鳥綱、雀形目(order Passeriformes)、文鳥科(family Ploceidae)、麻雀屬(genus *Passer*)的動物。嘴短壯圓錐形,嘴峰嘴底均圓凸,體小型,主食種子。

麻雀圖

【麻婚】 ㄇㄚˊ ㄏㄨㄣ
西俗稱結婚十二週年。

12【麻黃】 ㄇㄚˊ ㄏㄨㄤˊ
(*Ephedra sinica* Stapf)常綠小灌木,高可達0.5公尺。莖細長多節,葉鱗片狀,表面蒼白色,對生,

基部合抱成短鞘狀，花單性，雌雄異株。穗狀花序頂生。雌花的苞片下部合生成囊狀，具一裸露胚珠，種子長卵形，可供藥用。原產我國。

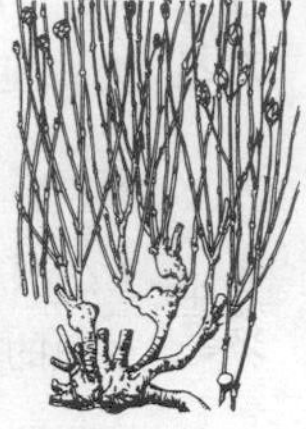

麻黃圖

13【麻痺】 ㄇㄚˊ ㄅㄧˋ
(paralysis)指肢體或身體的某部分失去知覺或運動能力。其原因很多，可因腦部受傷或腦部生腫瘤，亦可能因脊髓受傷使肌肉感覺、運動失去控制，或因循環不暢致局部神經及組織功能降低或喪失。

15【麻醉】 ㄇㄚˊ ㄗㄨㄟˋ
1(anesthesia) 進行外科手術或診斷性檢查時，使病人暫時喪失痛覺的醫學方法。可分爲全身麻醉法、局部麻醉法、針刺麻醉法、冰凍麻醉法等。乙醚是近代醫學最早使用的全身麻醉藥物，而針刺麻醉法在我國已使用數千年之久。2迷惑。

7【麻沙本】 ㄇㄚˊ ㄕㄚ ㄅㄣˇ
'宋代''福建''建陽縣''麻沙鎮'書坊刊印的書籍。'麻沙鎮'多榕樹，木質鬆軟，便於雕板，該地書坊特多，所印書籍流通甚廣，但校勘不精，世稱'麻沙'本。

8【麻沸散】 ㄇㄚˊ ㄈㄟˋ ㄙㄢˇ
三國時'華佗'根據"神農本草經"的記載，取烏頭、莨菪子、麻蕡、羊躑躅等藥草，又結合自己臨床經驗，將幾種具有麻醉作用的藥物，所製成的醫方應用於外科麻醉之用。

12【麻黃湯】 ㄇㄚˊ ㄏㄨㄤˊ ㄊㄤ
'中'藥名。主要由麻黃、桂枝、杏仁、甘草配成。應用於發汗解表、定喘止咳、通鼻清涕。今用以治療感冒、哮喘性支氣管炎、風溼症等。

4【麻木不仁】 ㄇㄚˊ ㄇㄨˋ ㄅㄨˋ ㄖㄣˊ
本指麻痺無知覺。借指生活頹唐或對周遭事物漠不關心。

5【麻田散鐵】 ㄇㄚˊ ㄊㄧㄢˊ ㄙㄢˇ ㄊㄧㄝˇ
(martensite)在鋼鐵材料中，麻田散鐵是經由淬冷而得的過渡組織。由相變化得到，性質堅硬，延性低，耐磨耗。若於非鐵金屬材料中，則又譯爲麻田散體，如新的材料一形狀記憶合金，是一種銅基材料，無鐵元素，但其變態爲麻田散變態，所以稱此組成爲 martensite。

6【麻衣相法】 ㄇㄚˊ ㄧ ㄒㄧㄤˋ ㄈㄚˇ
'宋代''麻衣道者'所傳下的相術。

15【麻醉藥品】 ㄇㄚˊ ㄗㄨㄟˋ ㄧㄠˋ ㄆㄧㄣˇ
(narcotics)具有成癮性之天然產品或化學合成品的藥物。其輸入、買賣、製造、提煉、調配、運輸均受國家衛生機關嚴格管理。依我國"麻醉藥品管理條例"所稱麻醉藥品有四種：一、鴉片類及其製劑。二、大麻類及其製劑。三、高根類及其製劑。四、化學合成麻醉藥品類及其製劑。

4【麻六甲海峽】 ㄇㄚˊ ㄌㄧㄡˋ ㄐㄧㄚˇ ㄏㄞˇ ㄒㄧㄚˊ
(Malacca Str.) 爲位於'馬來半島'(Malay Pen.)和'蘇門答臘'(Sumatra)之間的水道。全長800公里，西南端最窄處不足20公里。爲'南海'進出'印度洋'的主要航道，在軍事及國際貿易上占重要地位。

8【麻姑仙壇記】 ㄇㄚˊ ㄍㄨ ㄒㄧㄢ ㄊㄢˊ ㄐㄧˋ
'唐'碑刻。'江西省''南城縣''麻姑山'有古壇，相傳爲仙女'麻姑'得道之處。'顏眞卿'傾心仙道，特於'唐''大曆'六年(771)撰文以記'麻姑'得道事蹟，並書碑立於此，字甚小，而筆力遒勁。此碑原石至'明'已亡，拓本有大、中、小字三種流傳於世，其大字本有'宋'拓，不可多見；中字本似出後人縮臨；流傳最廣的爲小字本。

3

麼 俗作麽。一 ㄇㄛˊ mo^2 音摩
1細小。2助詞。
二 ·ㄇㄜ ·mê
參甚麼。
三 ㄇㄚˊ ma^2 音麻
稱代詞。表疑問。如：幹麼？
四 ·ㄇㄚ ·ma
助詞。表疑問。同嗎。如：你去麼？

8【麼些】 ㄇㄛˊ ㄙㄨㄛ
我國少數民族之一。又稱'納西'。分布在'雲南省'北部'麗江'、'中甸'、'維西'和'寧蒗'，'西康省''鹽源'、'鹽邊'諸縣及'木里土司'境。人口約有245,200人(1982年)。營農耕生活。大多信仰泛靈，部分信奉喇嘛教。

麽 麼的俗體。

4

麾 ㄏㄨㄟ hui^1 音揮
本作摩。1供指揮用的旌旗。見"說文"。2指揮。如：麾軍。

3【麾下】 ㄏㄨㄟ ㄒㄧㄚˋ
1將帥旌旗之下。2指部屬。3對將帥的敬稱。

8

黀 ㄗㄡ $tsou^1$ 音鄒
1麻莖。見"玉篇"。2聚麻。見"廣韻"。

9

麐 ㄋㄨㄣˊ nun^2
芳香。見"廣韻"。

12

黂 ㄈㄣˊ $fên^2$ 音汾
或作黂。麻子；麻實。見"爾雅·釋草"。

䵒 ㄇㄧˊ mi^{2} 音迷
不黏的黍。即穄。見“說文”。

黃部

黃 ㄏㄨㄤˊ $huang^{2}$ 音皇
①五色之一。古人以黃爲土色。如:天玄地黃。②黃赤色的馬。③泛指色黃的金玉。④‘黃帝’的簡稱。如:‘炎’‘黃’子孫。⑤指猥褻涉及色情的。如:黃色書刊。⑥姓。‘漢’有‘黃香’。見“萬姓統譜·四七”。

3【黃土】 ㄏㄨㄤˊ ㄊㄨˇ
①(loess)一種經風力搬運而堆積的石灰質細土層。含有石英、長石、方解石、白雲石等礦物。因係由細質而具黏性的黃色塵粒組成,故呈淺黃色。黃土層具有滲透性,不再分層次,但具有壁立性及垂直劈開性,常可兀立數十公尺。黃土細粒來自沙漠和大陸冰河的外洗平原。②指墳墓。

【黃山】 ㄏㄨㄤˊ ㄕㄢ
我國名山之一。又名‘黟山’。位於‘安徽省’南部。主峰高1,700公尺。由花崗岩構成,峰巒奇秀,天然林木茂密,尤多古松。

5【黃冊】 ㄏㄨㄤˊ ㄘㄜˋ
‘明太祖’‘洪武’年間編造的戶口冊籍。備載丁和田,並隨時登記戶口逐年增減情形,以做爲定賦役的標準。其冊有四:一上戶部,一上布政使司,一存於府,一存於縣。上戶部者冊面黃紙,故稱。

6【黃老】 ㄏㄨㄤˊ ㄌㄠˇ
‘黃帝’和‘老子’的合稱。道家以‘黃’、‘老’爲祖,所以後人稱道家爲‘黃’‘老’。

【黃自】 ㄏㄨㄤˊ ㄗˋ
(1904~1938)‘江蘇省’‘川沙縣’人。畢業於‘清華大學’,留學‘美國’,專攻作曲、鋼琴。回國後任教於‘國立上海音樂專科學校’。作有管絃樂序曲“懷舊曲”,清唱劇“長恨歌”,合唱曲“旗正飄飄”、“抗敵歌”,獨唱曲“玫瑰三願”、“春思曲”等。

黃自像

8【黃河】 ㄏㄨㄤˊ ㄏㄜˊ
我國第二大、第二長河。源於‘青海省’‘巴顏喀喇山’北麓‘星宿海’西南的‘約古宗列渠’。蜿蜒東流經‘青’、‘甘’、‘寧’、‘綏’、‘晉’、‘陝’、‘豫’、‘冀’、‘魯’九省,於‘山東省’‘利津縣’注入‘黃海’。中游流經‘黃土高原’,河水含泥沙量大,有「一石水六斗泥」之諺;進入平原後,泥沙大量淤積,致常氾濫成災,有七次改道的紀錄,水利遠不及‘長江’。

【黃門】 ㄏㄨㄤˊ ㄇㄣˊ
①黃色的宮門。②官署名。‘漢’置,掌皇帝的侍衛。因署門黃色,故名。‘晉’以後建爲門下省。③即黃門侍郎、給事黃門侍郎的簡稱。④稱宦官。

【黃芪】 ㄏㄨㄤˊ ㄑㄧˊ
草名。即黃耆。枝葉扶疏,開黃紫花,實似莢子。見“本草綱目·草部·黃耆”。

【黃侃】 ㄏㄨㄤˊ ㄎㄢˇ
(1886~1935)‘湖北’‘蘄春’人,字‘季剛’,晚號‘量守居士’。早年游學‘日本’,後從‘章炳麟’習小學、經史、音韻、文辭,爲‘章’門高弟。曾任教各大學。著有“文心雕龍札記”、“黃侃論學雜著”等。

黃侃像

9【黃帝】 ㄏㄨㄤˊ ㄉㄧˋ
上古帝號。姓‘公孫’,生於‘軒轅’之丘,故稱‘軒轅氏’。建國於‘有熊’(今‘河南’‘新鄭’),故又稱‘有熊氏’。得土德而爲王,土色黃,所以稱‘黃帝’。‘神農氏’後裔‘榆罔’暴虐無道,‘軒轅’敗之於‘阪泉’;‘蚩尤’作亂,‘軒轅’誅之於‘涿鹿’,於是諸侯推尊‘軒轅’爲天下的共主。傳說他和同時代的人,創造了許多文物,如衣裳、冠冕、宮室、舟車、弓矢、指南車、天文、曆數、音律等,從此中原文明大備,‘黃帝’乃被尊爲‘中華民族’的始祖。

【黃冠】 ㄏㄨㄤˊ ㄍㄨㄢ
①一種黃色的草笠,農夫所戴。②道士所戴束髮之冠。色黃。也用以指道士。

【黃香】 ㄏㄨㄤˊ ㄒㄧㄤ
‘東漢’‘江夏’‘安陸’(今‘湖北’‘安陸’)人,字‘文彊’。九歲喪母,事父至孝。夏則扇枕席,冬則以身溫被,鄉人稱爲孝子。博通經典,能文章,官至尚書令。著有“九宮賦”、“天子冠頌”等文。

【黃泉】 ㄏㄨㄤˊ ㄑㄩㄢˊ
①地下的水泉。②俗稱人死後所歸往的地方。

10【黃海】 ㄏㄨㄤˊ ㄏㄞˇ
位於‘朝鮮半島’以西、‘長江’口以北的緣海。因受‘黃河’水注入的影響,海水呈黃色,故名。

【黃疸】 ㄏㄨㄤˊ ㄉㄢˇ
(jaundice)又稱黃膽病。因血液中膽色素含量過高,患者皮膚、眼膜均呈黃色的一種疾病。依其成因可分三種:一、溶血性黃疸:患者因紅血球破壞速度太快,膽色素來不及以正常速度排出,大量聚積於血液中而造成;二、阻塞性黃疸:膽汁的排出受阻,無法順利送至腸內排出,故膽色素逐漸累積而造成;三、肝細胞性黃疸:肝細胞大量破壞或功能大部分喪失,對膽色素無法作適當的處理而發生。

【黃袍】 ㄏㄨㄤˊ ㄆㄠˊ
‘隋代’以後,天子所專用的袍服。因色黃,故稱。

11【黃巢】 ㄏㄨㄤˊ ㄔㄠˊ
(?～884)'唐''曹州'(今'山東''曹縣')人,私鹽販出身。'僖宗'時,率眾響應'王仙芝'叛亂,後被推爲王,號⌊衝天大將軍⌉,攻掠各地,進陷'長安',自稱'齊帝',年號'金統'。爲'李克用'追討,自刎而死。

12【黃湯】 ㄏㄨㄤˊ ㄊㄤ
酒。

【黃斑】 ㄏㄨㄤˊ ㄅㄢ
(macula lutea; yellow spot)又稱黃點。動物視網膜上視覺最敏感的中心視覺區。此處錐狀細胞集中,可感受強光,與視力敏銳與否關係至大。在人及其他靈長類呈卵形或月形,活著時爲赤褐色,死時變爲黃色,故稱。

【黃蜆】 ㄏㄨㄤˊ ㄏㄨㄤˋ
蟲名。見"字彙"。

【黃牌】 ㄏㄨㄤˊ ㄆㄞˊ
又稱警告牌。足球裁判員警告球員用的黃色牌子。主要用以警告球員有下列動作者:⑴繼續不斷地違反比賽規則。⑵用言語或行動對裁判員的判決表示不滿。⑶有不道德行爲。

13【黃禍】 ㄏㄨㄤˊ ㄏㄨㄛˋ
(yellow peril)'歐洲'人害怕黃種人興起所製造的惡意宣傳。他們以十三世紀'蒙古'人征服'歐洲'爲口實,認爲黃種人將逐漸強盛而征服白種人;目的在使白種人永遠仇視黃種人。

【黃道】 ㄏㄨㄤˊ ㄉㄠˋ
[1](ecliptic)地球繞太陽公轉的軌道面與天球相交的大圓。一般用指太陽在天球上周年視行的軌道。[2]天子行經的道路。[3]吉日。

14【黃銅】 ㄏㄨㄤˊ ㄊㄨㄥˊ
(brass)銅與鋅之合金。含鋅約10～45%。一般而言,含鋅在36%以下者易於壓成板和拉成線,尤其含鋅量在19～21%者可製成薄片。

15【黃髮】 ㄏㄨㄤˊ ㄈㄚˇ
指老年人。

16【黃曆】 ㄏㄨㄤˊ ㄌㄧˋ
[1]指'黃帝'時的曆法。[2]'清代'的曆書。由朝廷所頒。[3]通稱農曆曆書。

【黃興】 ㄏㄨㄤˊ ㄒㄧㄥ
(1874～1916)'湖南''善化'人,原名'軫',字'廑午',一字'克強'。留學'日本''東京宏文書院',矢志革命救國。參加'長沙'、'萍鄉'、'瀏陽'、'醴陵'、'廣州'新軍、'黃花岡'及西南諸役。辛亥'武昌'革命軍興,任民軍總司令,督戰'武漢'。'民國'成立,任'南京'臨時政府陸軍總長兼參謀總長。二次革命失敗後,赴'日'轉'美'。'民國'五年返國,贊助討'袁',病逝'上海'。有"黃克強先生全集"。

黃興像

20【黃鐘】 ㄏㄨㄤˊ ㄓㄨㄥ
也作黃鍾。古樂律有十二,陰陽各六,陽律第一叫黃鐘。

21【黃鶯】 ㄏㄨㄤˊ ㄧㄥ
即黃鸝。參黃鸝。

22【黃癬】 ㄏㄨㄤˊ ㄒㄧㄢˇ
(tinea favosa)一種慢性黴菌感染症。由'許蘭氏'髮癬菌、紫色髮癬菌或石膏狀小芽胞癬菌所引起。通常發生於頭部,主要特徵在於黃色杯狀痂皮(黃癬痂),並散發出獨特的老鼠味。通常會留下頗多的瘢痕和永久性禿頭。其異於一般頭皮黴菌感染者,乃黃癬不在青春期消退,有時也會侵犯平滑的皮膚和指甲。

23【黃體】 ㄏㄨㄤˊ ㄊㄧˇ
(corpus luteum; yellow body)卵自成熟的濾泡釋出後,濾泡細胞迅速增殖,並充滿於濾泡腔,而排卵時流血所凝成的血塊也包含於濾泡內,使得濾泡內的黃色細胞形成一團,稱爲黃體。黃體可說是臨時性的激素分泌組織,可產生黃體激素,使子宮內膜的腺體分泌增加,方便受精卵的著床。

30【黃鸝】 ㄏㄨㄤˊ ㄌㄧˊ
(black-naped oriole; *Oriolus chinensis*)又名黃鶯、金鶯、鶬鶊、高麗黃鳥。屬鳥綱(class Aves)、雀形目(order Passeriformes)、黃鸝科。爲'亞洲'產黃鸝科的代表。鳴聲清麗,爲著名之籠鳥。雄鳥全身上下爲一致的黃色,雄鳥黃色部分在雌鳥則爲黃綠色。食昆蟲。

黃鸝圖

3【黃土原】 ㄏㄨㄤˊ ㄊㄨˇ ㄩㄢˊ
(loess plain)表面平坦而寬廣的黃土堆積面。我國西北各省的居民,稱此種堆積面爲原,並以之爲地名。如'陝西省'的'三原縣','甘肅'東部的'固原'、'海原'、'鎮原'各縣,均由當地黃土原而得名。

4【黃公望】 ㄏㄨㄤˊ ㄍㄨㄥ ㄨㄤˋ
(1269～1354)'元''常熟'(今'江蘇''常熟')人。本姓'陸',名'堅',嗣於'永嘉''黃'氏,因改姓名,字'子久',號'一峰'、'大癡道人'。擅畫山水,重寫生,與'王蒙'、'吳鎮'、'倪瓚'並稱'元'末四大家。傳世作品以"富春山居"最負盛名。著有"寫山水訣"。

5【黃丕烈】 ㄏㄨㄤˊ ㄆㄧ ㄌㄧㄝˋ
(1763～1825)'清''長洲'(今'江蘇''吳縣')人,字'紹武',號'蕘圃',又號'復翁',別號'佞宋居士'、'求古居士'。'乾隆'舉人,官分部主事。喜藏書,多方搜購'宋'刻圖書百餘種,稱其書室爲⌊百宋一廛⌉。並刊"士禮居叢書",爲收藏家所重。每得珍本,即作題跋,後人編集爲"士禮居藏書題跋"。另著有"蕘言"。

【黃石公】 ㄏㄨㄤˊ ㄕˊ ㄍㄨㄥ
'秦'時隱士。傳說曾於'下邳'橋上授"太公兵法"予'張良',故又稱

'圯上老人'。

【黃包車】ㄏㄨㄤˊ ㄅㄠ ㄔㄜ
'上海'人稱載客的兩輪人力車。

【黃皮書】ㄏㄨㄤˊ ㄆㄧˊ ㄕㄨ
(yellow book)國際預防接種證明書(International Certificates of Vaccination)的俗稱。因封面爲黃色,故名。'國際衛生組織'原定之檢疫傳染病有天花、霍亂、鼠疫及黃熱病四種,其中鼠疫預防接種早已不要求;天花亦經宣布撲滅,而不再檢查;霍亂之預防接種則因懷疑其效果而被取消。

【黃白術】ㄏㄨㄤˊ ㄅㄞˊ ㄕㄨˋ
古代方士、道士冶煉金銀之術。黃者爲金,白者爲銀,隱祕其術,故稱。

6【黃百韜】ㄏㄨㄤˊ ㄅㄞˇ ㄊㄠ
(1900~1948)'廣東''梅縣'人,原名'新',字'煥然',後改名'百韜'。'江蘇''陸軍軍官教育團'、'陸軍大學'特別班畢業。先後參加討逆、剿'共'、抗'日'戰役,建有戰功,歷任戰區參謀長、第二十五軍軍長、兵團司令官。'徐蚌'會戰爆發,率部與'共'軍激戰,官兵傷亡殆盡,自戕成仁。

黃百韜像

8【黃宗羲】ㄏㄨㄤˊ ㄗㄨㄥ ㄒㄧ
(1610~1695)'明''浙江''餘姚'人,字'太沖',號'梨洲'。爲學以'濂'、'洛'爲宗,而旁及百家。'明'亡後,隱居著述,屢拒'清'廷徵召。曾築室於'南雷',學者稱爲'南雷先生'。著有"宋元學案"、"明儒學案"、"南雷文定"、"明夷待訪錄"等。

9【黃砂魡】ㄏㄨㄤˊ ㄕㄚ ㄉㄧㄥ
(golden sardine; smooth sardine; *Sardinella aurita*)爲硬骨魚綱(class Osteichthyes)、鯡目(order Clupeiformes)、鯡科(family Clupeidae)中的一種。俗名青鱗仔。分布於熱帶海洋中。體呈長橢圓形,上下頜相等,尾深分叉,無側線。

黃砂魡圖

10【黃庭堅】ㄏㄨㄤˊ ㄊㄧㄥˊ ㄐㄧㄢ
(1045~1105)'北宋''分寧'(今'江西''修水')人,字'魯直',號'涪翁',又號'山谷道人'。'治平'進士。'紹聖'初,知'鄂州',爲新黨所惡,貶'宜州',卒於其地。'庭堅'爲'蘇'門四學士之一,工文章,尤長於詩,爲'江西'詩派之宗,又善行、草書。著有"山谷集"。

【黃庭經】ㄏㄨㄤˊ ㄊㄧㄥˊ ㄐㄧㄥ
①道教經典。包括"太上黃庭內景經"、"太上黃庭外景經"。二書均以七言歌訣,講說養生修煉的道理。其內篇敍諸神之名,爲教內所誦;外篇則無,爲教外世俗所應用。大概"內景經"先出,"外景經"後出。②法帖名。以小楷書寫,'唐''褚遂良'列入"晉右軍王羲之書目"正書五卷中第二。'宋'後刻本繁多,以'宋'"祕閣續帖"與"越州石氏帖"刻本最爲著名,其"祕閣續帖"所刻爲全本,相傳'褚遂良'所臨;"越州石氏帖"所刻爲殘本,書體略近'歐陽詢'。

13【黃粱夢】ㄏㄨㄤˊ ㄌㄧㄤˊ ㄇㄥˋ
比喻榮華富貴,終歸虛幻。

【黃道周】ㄏㄨㄤˊ ㄉㄠˋ ㄓㄡ
(1585~1646)'福建''漳浦'人,字'幼平',又字'螭若',號'石齋'。'天啟'進士。'福王'立,召爲禮部尚書。'唐王'時,拜'武英殿'大學士。後率兵至'婺源',被'清'兵所俘,不屈而死。學貫古今,精通天文曆數,又工書畫。著有"易象正"、"石齋集"等書。

15【黃熱病】ㄏㄨㄤˊ ㄖㄜˋ ㄅㄧㄥˋ
(yellow fever) 屬於熱帶性,尤其是'非洲'、'南美洲'及近赤道區的一種病毒性急性傳染病。由蚊子散布,死亡率高,臨床症狀是發高熱、虛脫、嚴重黃疸、嘔血、胃腸道流血、尿中含有血及蛋白質等。現可用注射疫苗來預防。

【黃樟素】ㄏㄨㄤˊ ㄓㄤ ㄙㄨˋ
(safrole)黃樟油與樟腦油的主要成分。具有防腐、殺菌、除蝨等功能,然爲致癌物質,應禁止食用。

16【黃遵憲】ㄏㄨㄤˊ ㄗㄨㄣ ㄒㄧㄢˋ
(1848~1905)'清''廣東''梅縣'人,字'公度'。'光緒'舉人。曾任駐'日'、'英'使館參贊及'舊金山'、'新加坡'總領事等職,後官'湖南'按察使,因參加戊戌變法,罷歸。善爲詩,主張「我手寫我口」。著有"人境廬詩草"、"日本國志"等。

3【黃土高原】ㄏㄨㄤˊ ㄊㄨˇ ㄍㄠ ㄩㄢˊ
我國著名的地形區。北界'長城',南界'秦嶺',東界'太行山'和'豫西山地',西以'烏鞘嶺'及3,000公尺等高線與'河西走廊'、'青康藏高原'爲界。全區高度介於1,000~1,500公尺之間。地形頗爲複雜,因斷層作用,產生很多地壘山地及地塹盆地;因風積作用,地表堆積很厚的黃土層,疏鬆肥沃;因土質疏鬆,易受河川侵蝕,溝谷遍布。原上闢爲農田,陡立的黃土壁開挖成一排排的窯洞,形成「人家半鑿山腰住,車馬多從頭頂過」的景觀。

【黃巾之亂】ㄏㄨㄤˊ ㄐㄧㄣ ㄓ ㄌㄨㄢˋ
'東漢''和帝'以後,外戚宦官擅政,又經'桓''靈'黨錮之禍,民心恨恚。'鉅鹿'(今'河北''平鄉')人'張角'乘機以符咒惑眾,訛言「蒼天已死,黃天當立」,並與宦官勾結,陰謀反叛。'靈帝''中平'元年(184),'張角'弟子'唐周'上書告密,'角'遂舉事,徒眾頭上皆裹黃巾,時人稱「黃巾賊」。旬月之間,遍及'青'、

'徐'、'幽'、'冀'、'荊'、'揚'、'兖'、'豫'八州，後爲'盧植'、'皇甫嵩'及'朱儁'所平。

6【黃老治術】ㄏㄨㄤˊ ㄌㄠˇ ㄓˋ ㄕㄨˋ

即道家治術。一種遵循無爲而治之原則的治術。

【黃色炸藥】ㄏㄨㄤˊ ㄙㄜˋ ㄓㄚˋ ㄧㄠˋ

(trinitrotoluene; TNT)即三硝基甲苯火藥。係一種黃色高爆藥。核子爆炸之能量常以 TNT 當量計算，如二次世界大戰時，投擲於'日本''長崎'、'廣島'二城的原子彈威力，相當於二萬噸的黃色炸藥。

【黃色新聞】ㄏㄨㄤˊ ㄙㄜˋ ㄒㄧㄣ ㄨㄣˊ

(Yellow Journalism)以誇張手法編採而成的新聞。十九世紀八十年代，'普立茲'的"紐約世界報"星期版上刊出漫畫—黃童子，'赫斯特'的"紐約新聞報"跟進，兩報競以黃童子新聞來爭取讀者。西元1898年 2 月25日，'美國'一艘軍艦'緬因號'，在'古巴''哈瓦那'港內爆炸沉沒，兩報見大好時機到來，派出記者爭取這方面的獨家新聞，逐日以頭條地位將新聞在首版刊出，且力促'美國'與當時占領'古巴'的'西班牙'人作戰，這一戰帶來了'古巴'的獨立，這是'美國'傳播事業發展史上所謂黃色新聞之戰。目前係指色情與犯罪新聞而言。

8【黃卷青燈】ㄏㄨㄤˊ ㄐㄩㄢˋ ㄑㄧㄥ ㄉㄥ

也作青燈黃卷。①佛經及佛前供設的燈火。此乃佛教徒之居處或生活的描繪。②比喻讀書生活。

【黃花晚節】ㄏㄨㄤˊ ㄏㄨㄚ ㄨㄢˇ ㄐㄧㄝˊ

菊花晚秋傲霜而開。比喻人老而志節彌堅。

【黃花閨女】ㄏㄨㄤˊ ㄏㄨㄚ ㄍㄨㄟ ㄋㄩˇ

尚未出嫁的少女。

【黃金分割】ㄏㄨㄤˊ ㄐㄧㄣ ㄈㄣ ㄍㄜ

(golden section)將長爲 l 的線段分成二部分(如圖)，使較長部分 x 對於全長 l 的比，等於較短部分 $l-x$ 對較長部分 x 的比，即 $x:l=(l-x):x$，形成此種比例稱外中比或黃金律，可得：$\frac{x}{l}=\frac{\sqrt{5}-1}{2}=0.618$……。從古'希臘'一直到十九世紀都有人認爲這種

$l-x$　　x

l

黃金分割圖

比例在造型藝術上具有美學價值，故稱黃金分割。在實際運用上，最簡單的方法是依照數列'費伯那奇'(Fibonacci)數列(各項爲前二項之和)1, 2, 3, 5, 8, 13, 21, ……得出2:3, 3:5, 5:8, 8:13, ……等比值作爲近似值，應用在工藝美術或日用品的長、寬設計中，這種比例容易引起美感。

【黃金時段】ㄏㄨㄤˊ ㄐㄧㄣ ㄕˊ ㄉㄨㄢˋ

(golden time; prime time)也稱黃金時間。指廣播或電視播映時間中，擁有最多聽眾或觀眾的時段。因收聽、收視率高，廣告價格也隨之提高。

10【黃袍加身】ㄏㄨㄤˊ ㄆㄠˊ ㄐㄧㄚ ㄕㄣ

指被擁立爲帝王。五代'周'時，'趙匡胤'率軍次'陳橋'，諸將以黃袍加其身，擁爲天子。見"續資治通鑑長編·建隆元年"。

【黃埔條約】ㄏㄨㄤˊ ㄆㄨˇ ㄊㄧㄠˊ ㄩㄝ

'清''道光'二十四年(1844)，'中''法'於'黃埔'簽訂的"中法五口通商章程"。'中''美'簽訂"望廈條約"後，'法'亦遣公使'剌萼尼'(T. de Lagrené)東來，與兩'廣'總督'耆英'議定商約，內容大致以"中英五口通商章程"及"中美五口通商章程"爲基礎，約定'法國'得享五口通商、領事裁判權及最惠國待遇。另訂保護教堂條款，'法國'目的在藉傳教以擴充在'華'勢力。

11【黃淮平原】ㄏㄨㄤˊ ㄏㄨㄞˊ ㄆㄧㄥˊ ㄩㄢˊ

又稱'華北平原'。北界'燕山'，西界'太行山'、'伏牛山'，南界'大別山'、'桐柏山'、'淮陽山'和'黃河'舊河道，東界'山東丘陵'和'黃海'、'渤海'。爲我國第二大平原，主由'黃河'、'淮河'、'海河'三河共同沖積而成。地表覆蓋著沖積黃土層，地勢不超過100公尺。農業很盛。

【黃雀伺蟬】ㄏㄨㄤˊ ㄑㄩㄝˋ ㄙˋ ㄔㄢˊ

比喻危機在後方等待，隨時將會顯現。

【黃巢之亂】ㄏㄨㄤˊ ㄔㄠˊ ㄓ ㄌㄨㄢˋ

'唐'自'天寶'以後，政治腐敗，邊患時起，加以'僖宗''乾符'年間'關'東水旱爲災，'曹州'(今'山東''曹縣')人'黃巢'乃響應'王仙芝'作亂。'仙芝'敗死，餘眾盡歸'黃巢'，聲勢大盛，南陷'廣州'，北入'洛陽'，西破'長安'，僭號'大齊皇帝'；'僖宗'逃往'成都'避難，召'陝西'、'河東'、'寧夏'諸鎮之兵進討，此時，'巢'將'朱溫'亦叛降'唐朝'，與'河東'節度使'李克用'合力圍剿。'中和'四年(884)，'李克用'大破'巢'眾，'巢'走'泰山'，自殺，其甥'林言'斬之降'唐'。餘黨繼續爲亂五年，始爲'朱溫'討平。

13【黃道吉日】ㄏㄨㄤˊ ㄉㄠˋ ㄐㄧˊ ㄖˋ

吉祥的日子。舊時星命之說，以爲分布在黃道上的青龍、明堂、金匱、天德、玉堂、司命等六辰值日之日，諸事皆宜，不避凶忌。

15【黃髮垂髫】ㄏㄨㄤˊ ㄈㄚˇ ㄔㄨㄟˊ ㄊㄧㄠˊ

老人與孩童。

【黃髮鮐背】ㄏㄨㄤˊ ㄈㄚˇ ㄊㄞˊ ㄅㄟˋ

指老者長壽的徵象。

16【黃龍大牙】ㄏㄨㄤˊ ㄌㄨㄥˊ ㄉㄚˋ ㄧㄚˊ

繪有黃龍圖案的牙旗。用以象徵帝王。

19【黃麴毒素】ㄏㄨㄤˊ ㄑㄩˊ ㄉㄨˊ ㄙㄨˋ

(aflatoxin)由黃麴黴菌分泌的毒素。該黴菌易生於高溫多溼地區,主要受汙染的作物爲花生、玉米。爲一種很強的致癌物質,尤其可以引起肝癌,動物的實驗證實,於相當低的濃度下,即可造成老鼠、家禽等的肝癌。一般國家規定,食物中黃麴毒素含量的最大限度在$\frac{15}{1,000,000,000}$至$\frac{50}{1,000,000,000}$之間。

23【黃體激素】ㄏㄨㄤˊ ㄊㄧˇ ㄐㄧ ㄙㄨˋ

(progesterone) 又稱助孕素。由卵巢黃體分泌,用以促進子宮內膜增殖加厚及其中的血管、腺體繼續發育,以利受精卵植入子宮壁的一種激素。此類激素可減少子宮收縮的頻率,而避免植入卵的被排出。若卵未受精,黃體即退化,黃體激素分泌減少,子宮內膜崩毀流出,即月經。

8【黃花岡之役】ㄏㄨㄤˊ ㄏㄨㄚ ㄍㄤ ㄓ ㄧˋ

‘中國革命同盟會’成立後,國父命‘黃興’主持國內起義活動。‘清’‘宣統’三年(1911)三月二十九日,‘黃興’率黨人進攻兩‘廣’督署,總督‘張鳴岐’聞風逃走,但因勢力懸殊,終歸失敗,戰死及被執殉難者八十六人,事後尋獲忠骸七十二人,合葬於‘黃花岡’(‘廣州市’東北‘白雲山’麓)。此役實爲辛亥‘武昌’起義的先聲。

【黃金兩價制】ㄏㄨㄤˊ ㄐㄧㄣ ㄌㄧㄤˇ ㄐㄧㄚˋ ㄓˋ

(two-tier gold price system) 西元1968年,‘美國’宣布官方與私人的黃金市場價格分開。在官方市場,黃金價格維持每盎斯35‘美’元;在私人市場,黃金價格由市場供需所決定。

【黃金輸入點】ㄏㄨㄤˊ ㄐㄧㄣ ㄕㄨ ㄖㄨˋ ㄉㄧㄢˇ

(gold import point) 在金本位制度下,凡市場匯率達到以輸入黃金來換取本國貨幣的收入等於直接出售外匯的收入時,此一匯率稱爲黃金輸入點。

【黃金輸出點】ㄏㄨㄤˊ ㄐㄧㄣ ㄕㄨ ㄔㄨ ㄉㄧㄢˇ

(gold export point)在金本位制度下,凡市場匯率達到以輸出黃金在國外換取外匯的成本等於在國內購買外匯的成本時,此一匯率稱爲黃金輸出點。

10【黃道十二宮】ㄏㄨㄤˊ ㄉㄠˋ ㄕˊ ㄦˋ ㄍㄨㄥ

(signs of the zodiac; zodiacal signs)古‘巴比倫’‘希臘’天文學家爲表示太陽在黃道上視行的位置,將黃道帶分爲十二區段,自春分點起,每隔30°爲一宮,並以宮內主要星座命其名,依次爲:白羊宮、金牛宮、雙子宮、巨蟹宮、獅子宮、室女宮、天秤宮、天蠍宮、人馬宮、摩羯宮、寶瓶宮、雙魚宮。但由於歲差的緣故,春分點在黃道上每年西移 50.2″,現已移至雙魚座,致使宮名與星座名已不能吻合。

交宮節氣和十二宮名的關係如下:

黃道十二宮名稱	中國古名	赤經(度)	中氣		節氣		季節
白羊宮(Aries)	降婁戌宮	0～30	春分	二月中	清明	三月節	
金牛宮(Taurus)	大梁酉宮	30～60	穀雨	三月中	立夏	四月節	春
雙子宮(Gemini)	實沈申宮	60～90	小滿	四月中	芒種	五月節	
巨蟹宮(Cancer)	鶉首未宮	90～120	夏至	五月中	小暑	六月節	
獅子宮(Leo)	鶉火午宮	120～150	大暑	六月中	立秋	七月節	夏
室女宮(Virgo)	鶉尾巳宮	150～180	處暑	七月中	白露	八月節	
天秤宮(Libra)	壽星辰宮	180～210	秋分	八月中	寒露	九月節	
天蠍宮(Scorpio)	大火卯宮	210～240	霜降	九月中	立冬	十月節	秋
人馬宮(Sagittarius)	析木寅宮	240～270	小雪	十月中	大雪	十一月節	
摩羯宮(Capricornus)	星紀丑宮	270～300	冬至	十一月中	小寒	十二月節	
寶瓶宮(Aquarius)	玄枵子宮	300～330	大寒	十二月中	立春	正月節	冬
雙魚宮(Pisces)	娵訾亥宮	330～360	雨水	正月中	驚蟄	二月節	

23【黃體刺激素】ㄏㄨㄤˊ ㄊㄧˇ ㄘˋ ㄐㄧ ㄙㄨˋ

(luteotropic hormone; LTH) 在哺乳類特稱催乳激素。是由腦下腺腺葉所分泌,可促使乳腺發育及分泌,同時能增進黃體的活動功能,促進其分泌激素。

10【黃埔軍官學校】ㄏㄨㄤˊ ㄆㄨˇ ㄐㄩㄣ ㄍㄨㄢ ㄒㄩㄝˊ ㄒㄧㄠˋ

國父 ‘孫中山’先生爲培養國民革命幹部,於‘民國’十三年在‘廣州市’東南‘黃埔’創設的陸軍軍官學校。校長爲‘蔣中正’先生,內分步、礮、工、輜、交通、軍醫、經理、憲兵等科。首屆學生於六月十六日開學,國父曾親臨主持開學典禮,並頒書面訓詞,此訓詞即日後國歌歌詞。‘民國’二十五年元月一日改名爲‘陸軍軍官學校’。

23【黃體生成激素】ㄏㄨㄤˊ ㄊㄧˇ ㄕㄥ ㄔㄥˊ ㄐㄧ ㄙㄨˋ

(luteinizing hormone; LH)又稱排卵素。由腦下腺前葉所產生的激素。對發育的濾泡,能促使其最後成熟,並促其排卵而形成黃體。哺乳類必須有濾泡激素和黃體生成激素共同作用,才能使濾泡充分發育,分泌出足量動情激素並促成排卵。

20【黃鐘毀棄瓦釜雷鳴】ㄏㄨㄤˊ ㄓㄨㄥ ㄏㄨㄟˇ ㄑㄧˋ ㄨㄚˇ ㄈㄨˇ ㄌㄟˊ ㄇㄧㄥˊ

比喻賢才見棄,小人得志。

4

黋 ㄍㄨㄤ kuang¹ 音光
勇武的樣子。見"字彙"。

黅 ㄐㄧㄣ chin¹ 音金
黃色。見"廣韻"。

5

黈 ㄊㄡˇ t'ou³
1黃色。見"集韻"。2增加。如:黈益。

6

䵳 ㄨㄟˇ wei³ 音委
青黃色。見"說文"。

8

黗 ㄊㄨㄣ t'un¹ 音吞
黃色。也作䵺。見"集韻"。

䵺 黗的或體。

9

䵼 ㄊㄨㄢ t'uan¹ 音湍
黃黑色。見"說文"。

13

黌 ㄏㄨㄥˊ hung² 音弘
學校;學舍。見"集韻"。

6【黌宇】 ㄏㄨㄥˊ ㄩˇ
校舍;學舍。

8【黌門】 ㄏㄨㄥˊ ㄇㄣˊ
學校。

【黌舍】 ㄏㄨㄥˊ ㄕㄜˋ
同黌宇。

黍部

黍 ㄕㄨˇ shu³ 音暑
1(millet;*Panicum miliaceum*) 一年生草本。稷的別稱。葉線形,先端漸尖。花序成熟後下垂;小穗有二朵花,上面一朵結實。我國各地栽培;穎果供食用或釀酒。2古代度量衡單位。長度以一黍爲一分,容量以一千二百黍爲一合。見"漢書·律曆志上"。

黍圖

3

黎 ㄌㄧˊ li² 音梨
1用黍米做成的黏劑。古時用以黏鞋。見"說文"。2眾多。通旅。如:黎民。3黑色。通黧。如:黎面。4老。通耆。如:黎老。5比;及。如:黎明。6種族名。參黎族。7姓。'宋'有'黎立武'。見"萬姓統譜·一四"。

4【黎元】 ㄌㄧˊ ㄩㄢˊ
民眾;人民。

5【黎民】 ㄌㄧˊ ㄇㄧㄣˊ
民眾;人民。

11【黎庶】 ㄌㄧˊ ㄕㄨˋ
民眾;人民。

【黎族】 ㄌㄧˊ ㄗㄨˊ
我國少數民族之一。多分布在'海南島'的中部和北部山中。人口約817,600(1982年)。營農業兼事漁獵。信仰泛靈。

12【黎黑】 ㄌㄧˊ ㄏㄟ
黑中帶黃的顏色。

4【黎元洪】 ㄌㄧˊ ㄩㄢˊ ㄏㄨㄥˊ
(1864~1928) '湖北''黃陂'人,字'宋卿'。'天津''北洋水師學堂'畢業。旋赴'德'留學,歸國服務海軍。辛亥'武昌'起義後,被推爲'鄂'軍大都督。後當選副總統。'袁世凱'死後,繼任大總統職。'民國'六年,因復辟亂事而去職。十一年,'直'系策動恢復法統,復任大總統。十二年,爲'曹錕'所迫去職,此後不問政事。

黎元洪像

【黎巴嫩】 ㄌㄧˊ ㄅㄚ ㄋㄣˋ
(Lebanon) 位於'阿拉伯半島'西北部的國家。面積1萬方公里,人口383.0萬 (2005年),首都'貝魯特'。國土南北狹長,'黎巴嫩山脈'縱貫其間,形勢險峻,僅'地中海'岸有狹長平原。氣候冬雨夏乾。以農為主,主要分布於山谷及沿海平原;畜牧次之。'伊拉克'和'沙烏地阿拉伯'兩國輸油管穿越本國,通至'地中海'岸港口轉口外運。

5

黏 ㄋㄧㄢˊ nien² 音年
1黏住;黏貼。見"說文"。2具有黏性的。如:黏土。3沾染。

3【黏土】 ㄋㄧㄢˊ ㄊㄨˇ
(clay)一種細緻而具黏性的沈積岩。質地細,粒徑小於0.004公釐。逕潤時會變成滑溜而黏稠的泥濘土;乾時則會發生許多裂隙。主要成分爲含水矽酸鋁,係來自含長石之各種岩石的風化產物。具有土質活潑,以及保水、保肥、可塑性強等特性,然通氣排水不良,不宜耕作。

7【黏肘】 ㄋㄧㄢˊ ㄓㄡˇ
國術手法。以前手採住敵手,後手屈臂,自外向內,以肘向下黏封敵人手肘,使無法脫逃。

9【黏度】 ㄋㄧㄢˊ ㄉㄨˋ
(viscosity)流體流動時所生的內部阻力。隨流體種類、溫度、壓力而變。

【黏勁】 ㄋㄧㄢˊ ㄐㄧㄣˋ
太極拳基本內勁之一。交手時黏住敵人發力的支點,使其無法化脫。

12【黏菌】 ㄋㄧㄢˊ ㄐㄩㄣˋ
(slime mold)兼具動物及植物特徵的一類生物。其生活史中具動物特性的變形菌體,不具細胞壁,能運動,並以異營維生;經細胞核和質的不斷增加，成長爲具植物特性的孢子體，由孢子囊內釋放的孢子可萌發成新的變形菌體。

14【黏聚】 ㄋㄧㄢˊ ㄐㄩˋ
(agglomeration)將細小之固體粒子藉壓縮、擠壓、攪拌與熔合等作用，聚集成爲大顆粒之操作。爲固體減積之逆操作，目的在增加物體密度、減少塵埃與汙染、減少體積及特殊用途。例如利用製片機、粒磨機、旋轉桶、燒結、噴霧等設備予以操作。

15【黏膜】 ㄋㄧㄢˊ ㄇㄛˊ
(mucous membrane)包被或覆蓋於身體對外界有交通之構造表面的黏性薄膜。口腔、消化管、呼吸道和泌尿管的表面均有。包括表層的上皮組織及深層的結締組織。具保護、分泌及吸收等功用。

6【黏合劑】 ㄋㄧㄢˊ ㄏㄜˊ ㄐㄧˋ
①(binder)塗料中用來形成保護膜的成分。通常是乾性油或聚合體，與空氣氧化聚合生成保護薄膜。②(adhesive)用來接合二表面之物質。藉著滲透進入表面基質產生之機械力，或與表面基質產生之分子吸引力或化學鍵結黏合。可分爲溶液黏合劑、乳液黏合劑、感壓性黏合劑、熱熔融黏合劑與反應性黏合劑。例如天然膠、白膠、環氧樹脂等。

14【黏滯性】 ㄋㄧㄢˊ ㄓˋ ㄒㄧㄥˋ
(viscosity)流體流動時，其內部不同流速的各層面間，會產生一種阻止相互流動的切向阻力，此阻力源自於流體內部間的摩擦及動量的輸運。一般氣體的黏滯性比液體小很多。

11【黏液水腫】 ㄋㄧㄢˊ ㄧㄝˋ ㄕㄨㄟˇ ㄓㄨㄥˇ
(myxedema)成年人由於甲狀腺機能不足，致皮膚及其他器官發生黏多醣類積聚所引起的疾病。此種水腫用手指按壓時不會凹陷，且臉部浮腫，嘴脣、舌頭變得肥厚，皮膚乾燥無光澤；此外病人覺得容易疲倦、動作緩慢、體重增加、怕冷等。只要給予甲狀腺素之補充，即可恢復正常。

11

黐 ㄔ *ch'ih*1 音痴
木膠。可用以黏鳥。見"廣韻"。

4【黐手】 ㄔ ㄕㄡˇ
'永春'拳特有的對練法。有單黐手、雙黐手兩種。可訓練手臂之靈敏感覺及方向感。

黑部

黑 ㊀ ㄏㄟ *hei*1 讀音 ㄏㄜˋ *ho*4, *hê*4 音賀
①五色之一。像生煤或墨汁一樣的顏色。②昏暗無光。如：黑夜。③隱密的。如：黑市。④邪惡的。如：黑心。⑤姓。'明'有'黑旻'。見"萬姓統譜·一二三"。
㊁ ㄏㄟˇ *hei*3
參黑豆。

3【黑子】 ㄏㄟ ㄗˇ
①指人體上的痣或黑斑。②比喻土地狹小。③出現於太陽表面的黑點。即太陽黑子。

4【黑心】 ㄏㄟ ㄒㄧㄣ
壞心腸。

5【黑市】 ㄏㄟ ㄕˋ
(black market)在政府實施物價及外匯管制的情況下，以高於政府所規定之價格，不公開之買賣貨物及外幣的交易行爲。

【黑奴】 ㄏㄟ ㄋㄨˊ
爲奴隸的黑種人。'歐''美'諸國，舊時多以黑人爲奴隸，可以自由買賣。西元1863年1月1日，'美國'總統'林肯'發布"黑奴解放令"(*Emancipation Proclamation*)後，這種制度始逐漸消滅。

7【黑豆】 ㄏㄟˇ ㄉㄡˋ
黑色的大豆。

8【黑店】 ㄏㄟ ㄉㄧㄢˋ
①舊指殺人劫貨的客店。②今指欺騙顧客、詐取暴利的商店。

9【黑洞】 ㄏㄟ ㄉㄨㄥˋ
(black hole)科學家相信宇宙中質量甚大之星球在用盡其核燃料後，收縮成甚小之球體，因其萬有引力甚大，任何物質及光接近它時，均會被吸捲進去而壓縮於無形，且不可能放出任何物質或光線，故稱黑洞。由於物質被吸進黑洞之前，會將重力位能的損失轉變爲X射線，科學家可利用此X射線的偵測而判定黑洞的存在及其位置。

【黑便】 ㄏㄟ ㄅㄧㄢˋ
(tarry stool)正常人的大便顏色爲黃棕色，如病人有上消化道出血的現象時，如食道靜脈瘤出血、胃潰瘍出血，甚至十二指腸潰瘍出血等，由於鮮紅的血經胃酸的代謝會變成黑色，致使解出的大便也成黑色。若爲下消化道出血，則可能是血便。治療方法主要針對出血原因，如因潰瘍而造成出血，則用抗酸劑治療；如出現大量黑便，則需輸血。

10【黑海】 ㄏㄟ ㄏㄞˇ
(Black Sea)介於'歐'、'亞'大陸間的內海。西南有'博斯普魯斯海峽'與'馬摩拉海'(Marmara Sea)、'地中海'相通。面積46.1萬方公里，魚藏尚豐。

【黑馬】 ㄏㄟ ㄇㄚˇ
本指賽馬中出人意外的得勝之馬。借指不知名的競賽者或出人意料之外的得勝者。

11【黑麥】 ㄏㄟ ㄇㄞˋ
裸麥的別名。參裸麥。

【黑陶】 ㄏㄟ ㄊㄠˊ
我國新石器時代陶器的一種。使用精良的胎土，以轆轤成形，於還原焰中燒成。燒成後以滲炭法將

煙的炭素滲入器坯，再用鵝卵石研磨打光，使其帶有光澤。是‘龍山’文化具有代表性的陶器之一。

13【黑話】 ㄏㄟ ㄏㄨㄚˋ
①指黑社會所用的暗語。②譏稱別人的祕談或私語。

【黑道】 ㄏㄟ ㄉㄠˋ
①不吉祥的日子。即黑道日的簡稱。②黑社會。③江湖上稱邪派人。

14【黑幕】 ㄏㄟ ㄇㄨˋ
指不可告人的內情。

15【黑潮】 ㄏㄟ ㄔㄠˊ
(Kuroshio) 北‘太平洋’環流系統內，於東北信風帶內之赤道洋流向西漂流，至‘菲律賓’附近，折向東北，流經‘臺灣’、‘琉球’、‘日本’、‘韓國’東側的一股暖流。

16【黑頭】 ㄏㄟ ㄊㄡˊ
①‘平’劇腳色之一。‘平’劇中的‘包拯’，勾畫黑臉，並且注重唱功，後遂泛稱偏重唱功的花臉爲黑頭。②頭髮烏黑。比喻少壯的人。

22【黑鰱】 ㄏㄟ ㄌㄧㄢˊ
(black silver carp; spotted silver carp; *Hypophthalmichthys nobilis*)又名花鰱、紅鰱、鱅、黑鱅、胖頭鰱、大頭魚；俗名竹葉鰱。本種咽齒與白鰱相同，但齒面花紋不同。可供食用。爲‘臺灣’養殖的經濟魚類之一。

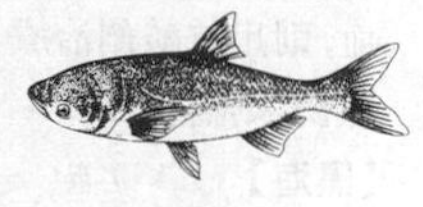
黑鰱圖

23【黑體】 ㄏㄟ ㄊㄧˇ
(black body)一物體對所有照射於其上之各種波長的熱輻射(電磁波)均能完全吸收而不反射者。因物體對入射波或多或少會有反射，因此黑體爲理想之物體，故又稱理想黑體。在一密封的空腔上挖一小孔，此小孔可視爲理想黑體，因爲光或其他熱輻射進入此小孔後，頗難再透過反射過程由小孔反射出來。黑體是完美的熱輻射吸收體，同時也是理想的輻射體，其能量輻射率比任何其他物體高。

4【黑五類】 ㄏㄟ ㄨˇ ㄌㄟˋ
‘中共’對大陸上反對共產主義者所強加的代名。指地主、富農、反革命分子、右派分子及壞分子，其子女家屬亦包括在內。與紅五類相對。屬於黑五類者，其公民權益、政治待遇都備受歧視。

【黑手黨】 ㄏㄟ ㄕㄡˇ ㄉㄤˇ
(Mafia)‘義’、‘美’的黑社會組織。原爲‘義大利’‘西西里島’上農奴反抗暴政的「榮譽會社」，後變質爲不法集團。西元1880年，該組織向‘美國’‘紐約’、‘芝加哥’、‘新奧爾良’等地移民，形成「小義大利區」。因做案時總會蓋上黑手印，後人遂稱之爲黑手黨。

5【黑白講】 ㄏㄟ ㄅㄞˊ ㄐㄧㄤˇ
胡說。‘閩’南語。

6【黑死病】 ㄏㄟ ㄙˇ ㄅㄧㄥˋ
(black death)即鼠疫。因患此病而死者，體現黑斑，故名。參鼠疫。

【黑吃黑】 ㄏㄟ ㄔ ㄏㄟ
以不正當的手法奪取他人用不正當手段得來的財物。

【黑色素】 ㄏㄟ ㄙㄜˋ ㄙㄨˋ
(melanin)一種見於動物之皮膚及毛髮中的黑色或深褐色色素。人類的皮膚及毛髮中亦含有黑色素。種族不同，黑色素的含量亦各異，黑種人含量最多，白種人最少。黑色素可防止紫外線射入體內，缺少時，便引起白化症。

7【黑社會】 ㄏㄟ ㄕㄜˋ ㄏㄨㄟˋ
指流氓等從事非法活動的組織。

【黑巫術】 ㄏㄟ ㄨ ㄕㄨˋ
(black magic)以加害於人(使災難、死亡、疾病降臨於人)爲目的的巫術。又稱爲妖術(sorcery)。與白巫術相對。

10【黑格爾】 ㄏㄟ ㄍㄜˊ ㄦˇ
(Georg Wilhelm Friedrich Hegel, 1770～1831)‘德國’哲學家。西元1790年畢業於‘杜賓眞大學’(Tübingen University)，繼‘康德’、‘謝林’(Friedrich Wilhelm von Schelling)之說而樹立絕對唯心主義，自成一家。其學說在形式上運用正反合的辯證法，內容上以天羅地網的方式，說明萬物依照辯證法，邁向「絕對精神」的邏輯歷程。重要著作有“邏輯科學”(*The Science of Logic*)、“歷史哲學”(*Philosophy of History*)、“權利哲學”(*Philosophy of Right*)、“藝術哲學”(*The Philosophy of Art*)、“精神現象學”(*The Phenomenology of Mind* 或 *The Phenomenology of the Spirit*)等。

黑格爾像

11【黑甜鄉】 ㄏㄟ ㄊㄧㄢˊ ㄒㄧㄤ
指甜適的夢境。

【黑盒子】 ㄏㄟ ㄏㄜˊ ˙ㄗ
(black box) 裝在飛機或重航空器上之電子自動記錄儀器的俗稱。用以記錄駕駛員在飛航時間中飛航時數、飛航動作、無線電通訊及發動機運作等資料，以及記錄航空器在飛航中之飛行總哩數、各種高度、溫度、眞空速、風向和風速等資料，可作爲研判飛航安全及事故分析之依據。

12【黑棉土】 ㄏㄟ ㄇㄧㄢˊ ㄊㄨˇ
(black cotton soil)熱帶土壤的一種。屬火山熔岩高原，土壤母岩是玄武岩，經風化發育而成，因含鈦化合物，故呈黑色。有機質含量少，有一層鈣結核，乾季時硬化，但雨季時則膠黏一片。這種土壤最利於生長棉花，‘印度’的棉花即主產於黑棉土分布的‘德干高原’。

【黑猩猩】 ㄏㄟ ㄒㄧㄥ ㄒㄧㄥ
(chimpanzee) 無尾、似人的靈長類。身體大小，個體間有很大差

黑猩猩圖

異，一般而言，高約1.7公尺，重約40～50公斤。產於'非洲'熱帶森林和無樹平原。黑猩猩兼在地面及樹上活動，在樹上，可用前後肢移動身體，或用雙手攀緣自一樹枝搖盪至另一樹枝；在地面時，雖可直立行走，但仍多用四肢走路。行小團體生活，日間活動，夜間則睡於樹上的巢中。食物主為素食，包括果實、種子及葉等，間或攝食白蟻、蟻及其他肉類。雌者懷孕約227天，每次產一子。

15【黑熱病】ㄏㄟ ㄖㄜˋ ㄅㄧㄥˋ
(black fever)傳染病的一種。可分為：一、由立克次小體所引起的'美國''落磯山'斑疹熱；二、流行於熱帶、亞熱帶地區的'萊什曼'原蟲症。於急性期呈現發熱，隨後出現脾臟與肝臟腫大、貧血、丙種球蛋白增加等現象，如不及時治療則會死亡。

16【黑龍江】ㄏㄟ ㄌㄨㄥˊ ㄐㄧㄤ
上源有二：'額爾古納河'源於'興安省'，'石勒喀河'源於'蒙古''肯特山'東麓，二源至'黑龍江省''漠河'附近相匯後始稱'黑龍江'。循東北邊界曲折東流，至'合江省''撫遠'納'烏蘇里江'，又東北流入'西伯利亞'，注入'韃靼海峽'。

17【黑壓壓】ㄏㄟ ㄧㄚ ·ㄧㄚ
形容人或物密集而眾多。

2【黑人靈歌】ㄏㄟ ㄖㄣˊ ㄌㄧㄥˊ ㄍㄜ
(Negro spiritual)'美國'南方黑人所唱的一種極富情感的宗教歌曲。自十八世紀'英國'的聖歌與靈歌傳到'美國'後，便有白人的靈歌、黑人的靈歌，各自在民間流傳。均為充滿虔誠信仰的樸素民歌。

6【黑色火藥】ㄏㄟ ㄙㄜˋ ㄏㄨㄛˇ ㄧㄠˋ
(black powder)一種低爆藥。由硝酸鉀、木炭及硫磺混合而成，容易點火，可作發射的點火藥；在空包彈及練習彈中可用作顯示彈著點之裝藥。

11【黑陶文化】ㄏㄟ ㄊㄠˊ ㄨㄣˊ ㄏㄨㄚˋ
我國新石器文化主流之一。最先在'山東省''歷城縣'的'龍山鎮'發現，故又稱'龍山'文化。略晚於彩陶文化。出土物有大批黑陶、石器、蚌器及骨器，並有燒灼過的卜骨及象徵祖先崇拜的男性陶製塑像，足見已有具體的宗教意識，並已進入父系社會。鋤耕農業為主要經濟基礎，畜牧及漁獵則為輔助性生產。分布地區通常靠近濱河臺地，西起'陝西'，東至海濱，南及'杭州'，北達'遼東'，包括整個'黃河'中下游區域。

13【黑暗大陸】ㄏㄟ ㄢˋ ㄉㄚˋ ㄌㄨˋ
(Dark Continent)指'非洲'。'歐洲'人雖早已涉足'非洲'，但只限北'非'、'黃金海岸'、'象牙海岸'等沿岸地區。直至十九世紀間，'非洲'(尤其指'撒哈拉沙漠'以南的'非洲'內陸)仍是不為世人所了解的神祕地區，故'歐洲'人稱之為黑暗大陸。

【黑暗時代】ㄏㄟ ㄢˋ ㄕˊ ㄉㄞˋ
(Dark Age)通常指'歐洲'中古早期的四、五百年間。西元五世紀後，'歐洲'蠻族入侵'羅馬帝國'，不僅使帝國滅亡，且使'歐洲'文化倒退、經濟衰退、城市商業破壞，史家稱此期之'歐洲'為「黑暗時代」。

15【黑箱概念】ㄏㄟ ㄒㄧㄤ ㄍㄞˋ ㄋㄧㄢˋ
(black box concept)係指決策人員對於一項決策的作用過程，無法完全瞭解，如同黑箱一樣。但管理人員可藉外界之觀察，推論投入(原因)與產出(結果)之間的關係。

16【黑龍公式】ㄏㄟ ㄌㄨㄥˊ ㄍㄨㄥ ㄕˋ
(Heron's formula)又稱'希洛'(Hero)公式。即三角形的面積等於 $\sqrt{s(s-a)(s-b)(s-c)}$，其中a、b、c為三邊長，$s=\frac{1}{2}(a+b+c)$。

【黑龍江省】ㄏㄟ ㄌㄨㄥˊ ㄐㄧㄤ ㄕㄥˇ
位於東北地方，是我國最北的省分。省會'北安'。境內'小興安嶺'綿亙。南部與'黑龍江'沿岸有狹小的平原，南部農業發達，而北部則有待開發。'黑龍江'沿岸為著名沙金產區。

23【黑體輻射】ㄏㄟ ㄊㄧˇ ㄈㄨˊ ㄕㄜˋ
(black body radiation)任何熱的物體會向四周輻射出電磁波的現象稱為熱輻射(thermal radiation)。一鐵塊受熱，隨溫度升高，會由暗紅轉紅色，最後變成白熾，則表示熱輻射的波長成分隨溫度在變，稱為鐵之熱輻射的頻譜(spectrum)隨溫度而變化。在同一溫度，不同物體之熱輻射的頻譜彼此不同，理想黑體的熱輻射稱為黑體輻射或理想黑體輻射。由於密閉空腔的小孔可視為理想黑體，因此空腔中平衡的電磁波輻射線也稱為黑體輻射線。

5【黑奴籲天錄】ㄏㄟ ㄋㄨˊ ㄩˋ ㄊㄧㄢ ㄌㄨˋ
(*Uncle Tom's Cabin*) 也譯作"湯姆叔叔的小屋"。'美國'女作家'斯陀'夫人(Harriet Beecher Stowe, 1811～1896) 著。描寫老黑奴'湯姆'在白人鞭韃下的悲慘生活。此書揭發了'美國'南部虐待黑奴的情形，對處於悲慘遭遇的黑奴寄予深刻的同情，在當時造成很大的震撼，'美國'人稱其為引起解放黑奴戰爭的先聲。

1

黖 ㄧˋ i^4 音意
深黑色。見"玉篇"。

3

墨 ㄇㄛˋ mo^4 音默
①書畫所用的黑色顏料。見"說文"。②黑色。如:墨鏡。③木匠用以校正曲直的工具。也借喻法度、準則。如:繩墨。④貪汙。如:墨吏。⑤緘默。通默。⑥古代五刑之一。在罪人面額上刺字,用墨染黑。⑦墨家的簡稱。⑧姓。'漢'有'墨台綰'。見"通志·氏族略四"。

3【墨子】 ㄇㄛˋ ㄗˇ
①名'翟','魯'人。時代略晚於'孔子',受儒家之業而自創學派。主張兼相愛、交相利、節用、非攻等。其足跡所及,北至'齊',西入'衛',南遊'楚',以消弭國際間的戰爭爲己任。②原本題'戰國''魯''墨翟'撰,其實大多爲'墨翟'弟子或再傳弟子所記述輯錄,今存五十三篇。其中包括'墨翟'及其後學的言行思想,以及墨家者流有關科學、器械的論著。爲研究墨家思想的重要典籍。

4【墨斗】 ㄇㄛˋ ㄉㄡˇ
(ink marking through)上置墨汁吸棉及棉線,爲原始而簡易的定線工具。

6【墨守】 ㄇㄛˋ ㄕㄡˇ
①'戰國'時,'墨翟'善守城。故世稱防守牢固爲'墨'守。②借指固守己見,不肯改革創新。

9【墨客】 ㄇㄛˋ ㄎㄜˋ
文人的雅稱。

10【墨家】 ㄇㄛˋ ㄐㄧㄚ
古代學派之一。創於'墨子'。'戰國'中葉後,分爲幾個派系,有'相里氏'之墨,'相夫氏'之墨及'鄧陵氏'之墨。'戰國'末年後,逐漸衰微。參墨子。

18【墨蹟】 ㄇㄛˋ ㄐㄧ
①指作者手書的原本或書畫的眞跡。②指著墨處所形成的痕跡。

20【墨寶】 ㄇㄛˋ ㄅㄠˇ
①指珍貴的書法原本。②尊稱他人的書作。

6【墨西哥】 ㄇㄛˋ ㄒㄧ ㄍㄜ
(Mexico) 位於'北美洲'南部的高原國。東濱'墨西哥灣',西、南臨'太平洋'。面積197.2萬方公里,人口10,062萬(2005年),首都'墨西哥城'。境內多火山及盆地,沙漠遍布,僅沿海有狹小平原。主產玉米、棉花、銀和石油。

【墨西哥灣】 ㄇㄛˋ ㄒㄧ ㄍㄜ ㄨㄢ
(Gulf of Mexico)位於'北美洲'南部的海灣。東、北、西三面爲'北美'大陸包圍,面積154.3萬方公里。有數股洋流流經灣內,會合後繞經'弗羅里達半島'(Florida Pen.)東北流,水溫特高,流勢亦強,稱爲'墨西哥灣'流,簡稱灣流(Gulf Stream)。

10【墨索里尼】 ㄇㄛˋ ㄙㄨㄛˇ ㄌㄧˇ ㄋㄧˊ
(Benito Mussolini, 1883~1945)'義大利'獨裁者。創立'法西斯黨',西元1922年發動政變出任首相,實施'法西斯'獨裁統治,對外積極擴張,侵略'衣索匹亞',兼併'阿爾巴尼亞',且與'德'、'日'組成[三國軸心],展開第二次世界大戰。1943年盟軍攻下'西西里島',空襲'羅馬',被'義'國國王免職、逮捕,1945年於逃亡途中被'義大利'游擊隊截捕處死。

墨索里尼像

18【墨瀋未乾】 ㄇㄛˋ ㄕㄣˇ ㄨㄟˋ ㄍㄢ
墨蹟還沒乾。比喻很短的時間。

默 ㄧˋ i^4 音亦
黑色。見"廣雅·釋詁"。

4

黕 ㄉㄢˇ tan^3 音膽
①滓垢;汙垢。見"說文"。②黑暗的樣子。見"廣韻"。

黖 ㄒㄧˋ hsi^4 音系
萬物生長的樣子。見"字彙"。

默 ㄇㄛˋ mo^4 音墨
①沈靜無聲。如:默坐。②暗中;私下。如:默許。③姓。'明'有'默思道'。見"萬姓統譜·一二三"。

4【默片】 ㄇㄛˋ ㄆㄧㄢˋ
(silent film)拍攝時無聲,放映時也無聲的影片。與有聲影片相對。

5【默示】 ㄇㄛˋ ㄕˋ
意思表示的一種。參明示。

9【默契】 ㄇㄛˋ ㄑㄧˋ
心志情意暗相符合。

11【默許】 ㄇㄛˋ ㄒㄩˇ
①不明說而心中暗許。②(acquiescence)人格評量中的一種反應傾向。具該傾向之受試者認爲所有人格特質之描述均適用自己。

13【默想】 ㄇㄛˋ ㄒㄧㄤˇ
靜心思考而不作聲。

14【默認】 ㄇㄛˋ ㄖㄣˋ
不明說而暗中承認。

15【默劇】 ㄇㄛˋ ㄐㄩˋ
(pantomime; dumb show)也作啞劇。指不用語言,而以表情、手勢、動作及服裝、佈景來表現劇情的戲劇。

16【默默】 ㄇㄛˋ ㄇㄛˋ
①了無;空無。②寂靜。③不說話。④失意的樣子。

18【默禱】 ㄇㄛˋ ㄉㄠˇ
心中禱告。

5【默示保證】 ㄇㄛˋ ㄕˋ ㄅㄠˇ ㄓㄥˋ
(implied warranty)在海上保險中,有若干重要保證未載明保險單中,而一般認其爲當然存在者。通常包括下列三項:具有適航能力(seaworthiness)、不改變航道(no deviation)及航程具有合法性(legality)。

19【默識心通】 ㄇㄛˋ ㄓˋ ㄒㄧㄣ ㄊㄨㄥ
默記在心而有所領悟。

黔 ㄑㄧㄢˊ $ch'ien^2$ 音前
①黑色。如:黔首。②染黑。③'貴州省'的簡稱。④姓。'春秋'時'齊'有'黔敖'。見"萬姓統譜·六

五"。

9【黔首】 ㄑㄧㄢˊ ㄕㄡˇ
平民;百姓。

15【黔黎】 ㄑㄧㄢˊ ㄌㄧˊ
人民;百姓。

26【黔驢技窮】 ㄑㄧㄢˊ ㄌㄩˊ ㄐㄧˋ ㄑㄩㄥˊ
比喻虛有其表而技能拙劣。

5

黈 ㄓㄨˇ chu³ 音主
表示逗頓的標點符號。同丶。見"字彙"。

黚 ㄑㄧㄢˊ ch'ien² 音前
淺黃黑色。見"說文"。

點 ㄉㄧㄢˇ tien³ 音典
①細小的黑色斑痕。也泛指細小的斑痕。見"說文"。②細小的;少量的。如:雨點。③滴入;注入。如:點眼藥。④書法筆形的一種。稱筆觸紙即刻提起的筆畫。⑤刪改文句。如:點竄。⑥句讀的標誌。如:句點。⑦形容一觸即離的動作。如:蜻蜓點水。⑧指定。如:點菜。⑨指示;暗示。如:點醒。⑩一一檢核。如:點收。⑪所在的地方。如:地點。⑫一定的限度。如:冰點。⑬計時的單位。古分一更爲五點,今稱一小時爲一點。⑭(point)現代數學中,爲強調幾何形象,集合常因幾何構造而被稱爲空間,此時其元素稱爲點。其實,任一集合之元素也常被稱爲點。平面上二線交會的地方、空間中三面的交會處,都稱做點。一般來說,點是僅有位置而沒有寬、長、厚之物理對象的抽象化。

3【點子】 ㊀ ㄉㄧㄢˇ ㄗˇ
樂器名。也稱點。即古代的更點。㊁ ㄉㄧㄢˇ ˙ㄗ
俗語稱主意、意見或方法。

4【點心】 ㄉㄧㄢˇ ㄒㄧㄣ
①指正餐以外的小吃。②指糕餅類的食品。③直指人的心性,使其悟道。佛家禪宗以「直指人心,見性成佛」爲宗旨,其中「直指人心」即點心。

【點化】 ㄉㄧㄢˇ ㄏㄨㄚˋ
①道教煉丹過程中,添加藥物,使起變化,催化成丹。②神仙、眞人指點世人破迷悟道。③用筆墨描繪景物,作成詩文。

5【點穴】 ㄉㄧㄢˇ ㄒㄩㄝˋ
①以勁力透入穴道,使敵人受制或替人治病的手法。②醫家於針灸處點墨,以便徒弟學習。③堪輿家尋龍脈結穴之處,以定葬所。

6【點收】 ㄉㄧㄢˇ ㄕㄡ
清點數目驗收。

10【點破】 ㄉㄧㄢˇ ㄆㄛˋ
一語道破。多指揭穿祕密或破除困境。

11【點唱】 ㄉㄧㄢˇ ㄔㄤˋ
指定歌名令歌者演唱。

【點將】 ㄉㄧㄢˇ ㄐㄧㄤˋ
宣呼將領的名字,交代任務。後世泛稱指名分派工作。

14【點滴】 ㄉㄧㄢˇ ㄉㄧ
①指雨滴。②形容零星微小。

【點綴】 ㄉㄧㄢˇ ㄓㄨㄟˋ
①襯托;裝飾。②繪畫的布局和著色。③用些許的錢敷衍一下。同打點。

15【點播】 ㄉㄧㄢˇ ㄅㄛˋ
畦地每隔一定距離作條,於作條上隔一定之間隔定穴,每穴內播入種子。

16【點醒】 ㄉㄧㄢˇ ㄒㄧㄥˇ
點破困惑,使人省悟。

18【點竄】 ㄉㄧㄢˇ ㄘㄨㄢˋ
修改字句。

【點題】 ㄉㄧㄢˇ ㄊㄧˊ
作文或回答問題時,精要地點出題目的主旨。

4【點火系】 ㄉㄧㄢˇ ㄏㄨㄛˇ ㄒㄧˋ
(ignition system)由磁發電機、配電器、火星塞等組成的發火系統。用以使噴射引擎或往復式引擎之汽缸或燃燒室內的壓縮燃油空氣混合物,經火星塞在正當的時間點火引燃。飛機引擎常具備兩套點火系,以便點火,並保障安全。

6【點字法】 ㄉㄧㄢˇ ㄗˋ ㄈㄚˇ
(Braille)在一定大小的格子內,以不同組型打成點子符號,藉指觸以辨認並拼音閱讀的方法。此法爲盲人書寫或閱讀時所使用。

8【點函數】 ㄉㄧㄢˇ ㄏㄢˊ ㄕㄨˋ
(point function)若一系統自狀態1改變至狀態2,不論系統所進行的是何種過程,系統某量之變化只決定於狀態1及狀態2,則吾人稱爲狀態函數或點函數。簡言之,若某一量僅決定於系統存在之狀態,而與過程無關,則該量即爲點函數,如壓力、溫度、比容、內能、焓、熵等。所有熱力性質均爲點函數。就數學觀點而言,點函數之微分爲正合微分。若以Y表示點函數,則$\int_1^2 dY=Y_2-Y_1$。

【點金術】 ㄉㄧㄢˇ ㄐㄧㄣ ㄕㄨˋ
點鐵成金的方術。

9【點音源】 ㄉㄧㄢˇ ㄧㄣ ㄩㄢˊ
(point source)指由某一特定點所發生的噪音音源。

11【點推估】 ㄉㄧㄢˇ ㄊㄨㄟ ㄍㄨ
(point estimation)用樣本來推測母體的參數爲何,稱爲點推估。例如用樣本平均 $\overline{X}=(x_1+x_2+\cdots+x_n)/n$來推估母體的期望值$\mu$,此時$\overline{X}$是$\mu$的推估子(estimator)。又如用樣本標準差 $\{(x_1^2+x_2^2+\cdots+x_n^2)/n-\overline{X}^2\}^{1/2}$ 來推估母體的標準差σ,但例中推估子的期望值恆小於σ,故爲有偏推估(biased estimator),通常乘以$\sqrt{\frac{n}{n-1}}$以校正之。

15【點彈性】 ㄉㄧㄢˇ ㄊㄢˊ ㄒㄧㄥˋ
(point elasticity)在計算需求價格彈性時,價格與需求量全部以變化前或變化後的資料代入所得到的彈性。若價格與需求量的變化很大,則依點彈性所計算出來的值,將會有很大的偏差。

4【點火遲延】ㄉㄧㄢˇ ㄏㄨㄛˇ ㄔˊ ㄧㄢˊ
(ignition delay)自燃料噴入汽缸中至其開始燃燒所經過的時間。

5【點石成金】ㄉㄧㄢˇ ㄕˊ ㄔㄥˊ ㄐㄧㄣ
比喻化腐朽爲神奇。

8【點泌作用】ㄉㄧㄢˇ ㄇㄧˋ ㄗㄨㄛˋ ㄩㄥˋ
(guttation)當植物蒸散作用很低,而根部又迅速吸收水分時,過多的水分便自葉緣或葉尖流出,並於該處形成水滴。此現象易發生於草本植物,如水稻、番茄、草莓等。

12【點描主義】ㄉㄧㄢˇ ㄇㄧㄠˊ ㄓㄨˇ ㄧˋ
(pointillism)新印象主義的別稱。新印象主義畫家喜以有規則之小色點作畫,令色點於視覺上產生視覺混色,故稱。例如把黃與青的小色點排置一起,視覺上即產生比混色更明亮的綠,該視覺混色稱爲分光法(divisionism)。

16【點頭之交】ㄉㄧㄢˇ ㄊㄡˊ ㄓ ㄐㄧㄠ
普通交情。

21【點鐵成金】ㄉㄧㄢˇ ㄊㄧㄝˇ ㄔㄥˊ ㄐㄧㄣ
道家法術中有點鐵成金之法。後人用以比喻善於改易文字或運用典故,化平凡爲神妙。

黜 ㄔㄨˋ *ch'u*^{4} 音觸
[1]降職;免職。如:黜陟。[2]擯棄。如:屏黜。

10【黜陟】ㄔㄨˋ ㄓˋ
官吏的進退升降。

12【黜惡】ㄔㄨˋ ㄜˋ
斥除邪惡;罷斥惡人。

黝 ㄧㄡˇ *yu*^{3} 音友
微帶青色的黑色。見“說文”。

12【黝黑】ㄧㄡˇ ㄏㄟ
黑色;深黑色。

黛 ㄉㄞˋ *tai*^{4} 音代
[1]青黑色的顏料。古時女子用以畫眉。見“集韻”。[2]青黑色。見“六書故”。

9【黛眉】ㄉㄞˋ ㄇㄟˊ
以黛描畫的眉。古代女子面部化妝之一。

14【黛綠年華】ㄉㄞˋ ㄌㄩˋ ㄋㄧㄢˊ ㄏㄨㄚˊ
青春年華。用於女子。

6

黠 ㄒㄧㄚˊ *hsia*^{2} 音俠
[1]聰敏;機伶。如:黠慧。[2]狡猾。如:狡黠。

6【黠吏】ㄒㄧㄚˊ ㄌㄧˋ
奸狡的官吏。

9【黠狡】ㄒㄧㄚˊ ㄐㄧㄠˇ
狡猾奸詐。

15【黠慧】ㄒㄧㄚˊ ㄏㄨㄟˋ
機靈聰敏。

黟 ㄧ *i*^{1} 音衣
[1]木名。又稱烏文木,樹高七八丈,色黑如水牛角,出‘波斯國’。見“說文·黟·段注”。[2]烏黑。見“廣雅·釋器”。

7

黢 ㄘㄨˋ *ts'u*^{4} 音猝
黑色。見“集韻”。

黣 ㄇㄟˇ *mei*^{3} 音每
面色晦黑。同黴。見“字彙”。

8

黨 ㄉㄤˇ *tang*^{3} 音擋
[1]偏私。見“正字通”。[2]古代地方組織名。五百家爲一黨。見“字彙”。[3]親族。如:母黨。[4]有組織、有共識的群眾或團體。如:政黨。

6【黨羽】ㄉㄤˇ ㄩˇ
黨徒。多指附從爲惡的人。

8【黨爭】ㄉㄤˇ ㄓㄥ
黨派之爭。

9【黨派】ㄉㄤˇ ㄆㄞˋ
因思想、信仰、主張、意見等不同而形成的派別。

【黨政】ㄉㄤˇ ㄓㄥˋ
指政黨與政府。通常兩者並提是指黨政關係,然不僅指狹義的政黨與行政關係,且涵蓋黨部、政府、議會及選民四方面的互動關係。西方民主國家的黨政關係,最主要著眼點除「以黨領政」(執政)之外,尚有制衡功能與黨政分際等主題。

【黨紀】ㄉㄤˇ ㄐㄧˋ
政黨爲自制、自律所制訂的一種綱紀。如黨員違反黨紀,依情節輕重,必受處分。

11【黨章】ㄉㄤˇ ㄓㄤ
政黨規定其建黨宗旨、黨內組織及黨員權利義務的一種規章。

13【黨禍】ㄉㄤˇ ㄏㄨㄛˋ
因黨派相爭所引起的禍害。

【黨禁】ㄉㄤˇ ㄐㄧㄣˋ
當一個國家處於內亂、外患等非常狀況時期,爲國內之團結安定,除現存政黨之外,不准人民組織新政黨,輿論界稱此種現象爲黨禁。

14【黨與】ㄉㄤˇ ㄩˇ
同黨之人。

【黨綱】ㄉㄤˇ ㄍㄤ
政黨所標榜的基本主張與實行其政治理想的方略。

【黨魁】ㄉㄤˇ ㄎㄨㄟˊ
黨派的首領。

16【黨錮】ㄉㄤˇ ㄍㄨˋ
對於黨人的禁錮。‘東漢’‘桓帝’時,尚書‘周福’與‘河南’尹‘房植’,各樹朋徒,漸成仇隙,由此有部黨之議,是爲黨禍之始。其後宦官當權,誣陷朝臣,而將其禁錮終身。

6【黨同伐異】ㄉㄤˇ ㄊㄨㄥˊ ㄈㄚˊ ㄧˋ
同黨相助,攻擊異己。指存有門戶之見。

16【黨錮之禍】ㄉㄤˇ ㄍㄨˋ ㄓ ㄏㄨㄛˋ
‘東漢’末年,崇尚氣節的名士、儒生嚴厲批評宦官亂政而遭致禁錮的災禍。‘桓帝’時,太學生‘郭泰’、‘賈彪’等三萬人聯合太尉‘陳蕃’、司隸校尉‘李膺’攻擊宦官,宦官誣其結黨營私,誹謗朝政,逮捕黨人二百餘人,禁錮終身。'靈帝'時,宦官爲害更烈,大將軍'竇武'與'陳蕃'合謀誅除宦官,事洩,'竇武'自殺,'陳蕃'遇害,'李膺'等百餘人皆死獄中,遭流徙禁錮者達六、七百人,太學生被捕者千餘人。從此朝中善類一空,政事愈壞。

黦 ㊀ ㄩˋ yü⁴ 音玉
黃黑色。見"廣韻"。
㊁ ㄧㄝˋ yeh⁴ 音謁
變色。同黶。見"集韻"。

黥 ㄑㄧㄥˊ ch'ing² 音擎
古時肉刑的一種。也稱墨刑。在罪人面額上刺字,然後用墨染黑。見"說文"。

9【黥首】 ㄑㄧㄥˊ ㄕㄡˇ
古刑罰之一。在犯人額上刺字染黑。也稱黥面。

黬 ㄩˋ yü⁴ 音域
1羔裘的接縫。同緎。見"說文"。2黑色。見"正字通"。

黤 ㄧㄢˇ yen³ 音掩
靑黑色;深黑色。也作黭。見"說文"。

䵬 ㄊㄚˋ t'a⁴ 音沓
黑色。見"集韻"。

黔 ㄐㄧㄣ chin¹ 音金
1黃黑色。見"玉篇"。2淺黃色。見"廣韻"。

黧 ㄌㄧˊ li² 音梨
黑中帶黃的顏色。見"廣韻"。

12【黧黑】 ㄌㄧˊ ㄏㄟ
黑中帶黃的顏色。

9

黯 ㄢˋ an⁴ 音暗
1黑;深黑。見"說文"。2昏暗不明。如:黯淡。

11【黯淡】 ㄢˋ ㄉㄢˋ
陰沉;昏暗。

12【黯然】 ㄢˋ ㄖㄢˊ
1心神沮喪、失意的樣子。2黑暗的樣子。

11【黯淡科學】 ㄢˋ ㄉㄢˋ ㄎㄜ ㄒㄩㄝˊ
(dismal science) 古典學派認爲維持生存之生活水準是一種人們長期均衡的生活水準,沒有獲得改善的希望。由於這種悲觀的理論,使得經濟學蒙上黯淡科學的稱號。

黫 ㄧㄢ yen¹ 音煙
黑色。見"玉篇"。

黮 ㄊㄢˇ t'an³ 音坦
1深黑色。見"說文"。2不明淨;黑汙。見"玉篇"。

24【黮䵵】 ㄊㄢˇ ㄉㄨㄟˋ
深黑。

黬 ㄐㄧㄢ chien¹ 音緘 又讀 ㄧㄢˇ yen³ 音掩
1灰黑色;釜底黑。同黶。見"集韻"。2衣物受潮而長出的霉點。

黭 ㊀ ㄢˇ an³ 音俺
1深黑色。見"玉篇"。2不明。如:黭淺。
㊁ ㄧㄢˇ yen³ 音掩
突然到來。通奄。見"正字通"。

10

黰 ㊀ ㄓㄣˇ chên³ 音軫
頭髮黑得發亮。同鬒。見"正字通"。
㊁ ㄧㄢ yen¹ 音煙
黑色。同黫。見"集韻"。

黱 黛的本字。

11

黳 ㄧ i¹ 音醫
1黑痣。見"說文"。2黑色。見"廣雅·釋器"。

黲 ㄘㄢˇ ts'an³ 音慘
1淺靑黑色。見"說文"。2混濁不清的樣子。通墋。如:黲黷。

黴 ㄇㄟˊ mei² 音霉
1物受潮而生的靑黑色細小斑點。2黑色。如:黴黑。

12【黴菌】 ㄇㄟˊ ㄐㄩㄣˋ
(mold fungus)泛指由許多菌絲錯綜而成的菌絲體。如接合菌、卵菌等絲狀菌是。狹義指接合菌中的白黴,廣義則包含分裂菌、接合菌、卵菌、子囊菌中的酵母菌、擔子菌中的鏽病菌、黑穗病菌等。

12

䵵 ㄉㄨㄟˋ tui⁴ 音隊
參黮䵵。

13

䵸 ㄧㄥˋ ying⁴ 音硬
1黑色。見"廣雅·釋器"。2面部的黑斑。見"集韻"。

黵 ㄉㄢˇ tan³ 音膽
1汙黑;大黑。見"玉篇"。2在犯人臉上刺字。見"正字通"。3塗抹。如:黵改。

䵳 ㄨㄟˋ wei⁴ 音衛
黑得發亮。見"說文"。

14

黶 ㄧㄢˇ yen³ 音掩
1痣;黑痣。見"說文"。2黑色。見"廣雅·釋器"。

15

黷 ㄉㄨˊ tu² 音獨
1受辱。2汙穢。3貪得。如:黷貨。4輕慢。通嬻。如:黷慢。5濫用。如:黷武。

8【黷武窮兵】 ㄉㄨˊ ㄨˇ ㄑㄩㄥˊ ㄅㄧㄥ
同窮兵黷武。

16

黸 ㄌㄨˊ lu² 音盧
黑色。見"說文"。

黹 部

黹 ㄓˇ chih³ 音紙
縫紉;刺繡。見"說文"。

4

黺 ㄈㄣˇ *fên*³ 音粉
古時繪畫所用的白色顏料。見"說文"。

5

黻 ㄈㄨˊ *fu*² 音弗
[1]古代禮服上黑青相間如亞形的圖案。見"說文"。[2]用熟皮製成的蔽膝。祭祀時穿用。通韍。[3]繫印的絲帶。通紱。

11【黻冕】 ㄈㄨˊ ㄇㄧㄢˇ
古代祭祀時，大夫以上所穿戴的禮服與禮帽。

7

黼 ㄈㄨˇ *fu*³ 音斧
古代禮服上黑白相間如斧形的圖案。見"說文"。

17【黼黻】 ㄈㄨˇ ㄈㄨˊ
[1]古代繡在禮服上的圖案。後泛指花紋。[2]比喻華麗的辭藻。

8

䵶 ㄗㄨㄟˋ *tsui*⁴ 音最
五彩會集的絲繒。同粹。見"說文"。

11

䵷 ㄔㄨˇ *ch'u*³ 音楚
五彩會集而鮮麗的樣子。見"說文"。

黽 部

黽 ㄇㄧㄣˇ *min*³ 音泯
勤勉。見"集韻"。

9【黽勉】 ㄇㄧㄣˇ ㄇㄧㄢˇ
勤勉；努力。

4

黿 ㄩㄢˊ *yüan*² 音元
動物名。即大鼈。見"說文"。

5

鼁 ㄑㄩˇ *ch'ü*³ 音取
蟲名。即鼁蚊。見"字彙"。

鼀 ㄘㄨˋ *ts'u*⁴ 音蹴
蟾蜍。見"字彙"。

鼂 [一] ㄔㄠˊ *ch'ao*² 音潮
[二] ㄓㄠ *chao*¹ 音招
晁的本字。

16【鼂錯】 ㄔㄠˊ ㄘㄨㄛˋ
(前200～前154)'漢''潁川'(今'河南''禹縣')人。學'申''商'刑名之學，爲'景帝'所器重。遷御史大夫，主張重農輕商，請削諸侯封地，諸侯大譁，'吳''越'七國叛亂，帝乃斬'錯'以謝諸侯。

䵱 ㄧㄤ *yang*¹ 音央
動物名。龜類。頭喙似鴟。見"集韻"。

䵲 䵲的或體。

鼄 [一] ㄑㄩˊ *ch'ü*² 音渠
水蟲名。鼃屬。頭生兩角。同䶚。見"說文"。
[二] ㄍㄡ *kou*¹ 音溝
參䵲鼊。

26【䵲鼊】 ㄍㄡ ㄅㄧˋ
龜的一種。似瑇瑁。見"正字通"。

6

鼃 蛙的古文。

䵴 蛙的古文。

鼄 蛛的古文。

8

鼅 蜘的古文。

䵸 ㄇㄧˊ *mi*² 音迷
參䵸䵹。

24【䵸䵹】 ㄇㄧˊ ㄇㄚˊ
龜屬動物。生海邊沙中，肉味鮮美。見"字彙"。

10

鼆 ㄇㄥˇ *mêng*³ 音猛
冥；夜。見"說文"。

11

䵹 ㄇㄚˊ *ma*² 音麻
參䵸䵹。

鼈 鱉的本字。

鼇 ㄠˊ *ao*² 音敖
一種海中大鼈。見"字彙"。

鼅 蜘的古文。

12

䵼 鼉的或體。

鼉 ㄊㄨㄛˊ *t'o*², *t'uo*² 音駝
動物名。生水中，似蜥易，長丈許，皮可作鼓。見"說文"。

13

鼊 ㄅㄧˋ *pi*⁴ 音壁
參䵲鼊。

鼎 部

鼎 ㄉㄧㄥˇ *ting*³ 音頂
[1]飪食器。兼烹飪與盛食之用。鼎的形狀大多是圓腹、兩耳、三足，也有四足方鼎；形制則因時、因地而有不同：'商代'早期器壁薄，小耳，深腹，空錐形足或扁足。'商代'晚期器壁多厚，立耳，直口，深腹，柱足。'西周'早期與'商'末相似，'西周'晚期和'春秋'早期流行獸蹄足鼎。'春秋'晚期以後鼎形的變化較多，南方流行長足鼎，三'晉'多短

鼎圖

足扁圓體的蓋鼎。2王位、帝業的代稱。3顯赫；尊貴。4大；盛大。如：鼎鼎。5"易"卦名。六十四卦之一。巽下離上。6姓。'宋'有'鼎澧'。見"萬姓統譜·八七"。

鼎卦圖

2【鼎力】 ㄉㄧㄥˇ ㄌㄧˋ
1角力。2大力。多用於請託他人全力協助或對他人全力相助表示謝意的敬辭。

5【鼎立】 ㄉㄧㄥˇ ㄌㄧˋ
三方峙立。

7【鼎足】 ㄉㄧㄥˇ ㄗㄨˊ
比喻三方峙立。

8【鼎定】 ㄉㄧㄥˇ ㄉㄧㄥˋ
穩定；安定。

【鼎沸】 ㄉㄧㄥˇ ㄈㄟˋ
水在鼎中沸騰。1比喻聲勢洶湧。2比喻局勢動盪。

9【鼎祚】 ㄉㄧㄥˇ ㄗㄨㄛˋ
國祚；國運。

【鼎革】 ㄉㄧㄥˇ ㄍㄜˊ
1改朝換代。2指政治、社會等方面重大的改革。

11【鼎盛】 ㄉㄧㄥˇ ㄕㄥˋ
隆盛；興盛。

13【鼎新】 ㄉㄧㄥˇ ㄒㄧㄣ
革新；更新。

【鼎鼎】 ㄉㄧㄥˇ ㄉㄧㄥˇ
盛大的樣子。

15【鼎鼐】 ㄉㄧㄥˇ ㄋㄞˋ
1烹飪的用具。2比喻宰輔的職位。

20【鼎爐】 ㄉㄧㄥˇ ㄌㄨˊ
原爲道教外丹用語。後亦用以指內丹的功法。有大小鼎爐：黃庭爲鼎，氣穴爲爐，縷絡相連，百脈交會，稱爲小鼎爐；乾位爲鼎，坤位爲爐，火從臍下發，水向頂中符，則稱大鼎爐。

22【鼎鑊】 ㄉㄧㄥˇ ㄏㄨㄛˋ
1兩種烹飪器。2古代酷刑之一。用鼎鑊烹殺人。

2【鼎力玉成】 ㄉㄧㄥˇ ㄌㄧˋ ㄩˋ ㄔㄥˊ
大力相助以成全美事。

9【鼎食之家】 ㄉㄧㄥˇ ㄕˊ ㄓ ㄐㄧㄚ
指富貴人家。

13【鼎鼎大名】 ㄉㄧㄥˇ ㄉㄧㄥˇ ㄉㄚˋ ㄇㄧㄥˊ
很有名氣。

14【鼎嘗一臠】 ㄉㄧㄥˇ ㄔㄤˊ ㄧ ㄌㄨㄢˊ
鼎中的肉雖只品嚐一塊，但可領略其全體的滋味。比喻舉一反三、觸類旁通。

2

鼏 ㄇㄧˋ *mi*⁴ 音覓
1鼎的蓋子。見"說文"。2覆蓋食物的布巾。同冪。見"字彙"。

鼏 ㄐㄩㄥ *chiung*¹ 音坰
用以橫貫鼎耳以舉鼎的木槓。見"說文"。

鼐 ㄋㄞˋ *nai*⁴ 音耐
大鼎。見"說文"。

3

塌 ㄉㄧㄥˇ *ting*³ 音頂
參塌墥。

15【塌墥】 ㄉㄧㄥˇ ㄉㄨㄥˇ
蟻冢。

鼒 ㄗ *tzŭ*¹ 音茲
小而斂口的鼎。同鎡。見"說文"。

鼾 ㄍㄢ *kan*¹ 音干
鼎的一種。見"字彙補"。

鼎
員的古文。

11

鼸 ㄙㄨㄟˋ *sui*⁴ 音歲
小鼎。也作鏏。見"集韻"。

鬺 ㄕㄤ *shang*¹ 音商
煮。同鬺。見"廣韻"。

15

鼺
鼸的或體。

鼓 部

鼓 ㄍㄨˇ *ku*³ 音古
1一種用皮蒙在圓筒上的敲擊樂器。2敲擊；彈奏。如：鼓瑟吹笙。3振動。如：鼓翼。4拍擊。如：鼓掌。5脹大；凸起。如：鼓起肚皮。6激發；激勵。如：鼓舞。

6【鼓舌】 ㄍㄨˇ ㄕㄜˊ
搬弄脣舌。形容饒舌多言，或詭譎善辯。

7【鼓吹】 (一) ㄍㄨˇ ㄔㄨㄟ
古代用打擊樂器與吹奏樂器（如鼓、鉦、簫、笳等）合奏的樂曲。也稱鼓吹樂。起於北方民族，本是軍中之樂，後逐漸應用於朝廷。'漢'時鼓吹有四種：一、黃門鼓吹，列於殿廷，皇帝宴饗群臣時吹奏；二、騎吹，皇帝出巡時沿路吹奏；三、橫吹，軍中行進時於馬上吹奏；四、短簫鐃歌，軍隊凱旋時在社廟吹奏。
(二) ㄍㄨˇ ㄔㄨㄟ
宣揚。

9【鼓室】 ㄍㄨˇ ㄕˋ
(tympanic cavity) 聽覺器的一部分。即中耳。

11【鼓動】 ㄍㄨˇ ㄉㄨㄥˋ
以言詞或行爲激使他人有所行動。

12【鼓詞】 ㄍㄨˇ ㄘˊ
也作鼓辭。'明''清'時流行於我國北方的一種曲藝。起自'宋代'，以鼓爲主伴唱的演唱形式，也有加上說白的。'清'時的八板詞、子弟書，都是鼓詞的一種。一說鼓詞爲大鼓的舊稱，現在也有人稱各種大鼓的唱詞爲鼓詞。

13【鼓腹】 ㄍㄨˇ ㄈㄨˋ
1凸起肚子。比喻飽食無事。2擊腹爲節拍。

14【鼓舞】 ㄍㄨˇ ㄨˇ

1激勵。2合樂而舞。3歡欣跳躍。

15【鼓膜】 ㄍㄨˇ ㄇㄛˋ
(tympanic membrane) 分隔中耳及外耳道的薄膜。因中耳聽小骨之鎚骨附於鼓膜的內側面，所以當傳入之聲波由外耳道振動鼓膜時，便推動鎚骨，隨之將聲波藉由砧骨轉爲機械性力量，再振動傳入鐙骨而達於其所附之卵圓窗，依次傳入內耳淋巴，引起聽神經興奮，傳導至腦部，而引起聽覺。

17【鼓翼】 ㄍㄨˇ ㄧˋ
振動翅膀飛翔。

20【鼓譟】 ㄍㄨˇ ㄗㄠˋ
1鳴鼓喧譁。2喧鬧；起鬨。

22【鼓鑄】 ㄍㄨˇ ㄓㄨˋ
鼓風扇火，鎔化金屬，以鑄造器物。

3【鼓子詞】 ㄍㄨˇ ㄗˇ ㄘˊ
'宋'、'元'說唱藝術的一種。也稱鼓兒詞。說唱時擊鼓爲節拍，故名。係就一詞牌重複演唱多遍，有時加上說明的散文，以敘事或寫景。如'北宋''歐陽修'歌詠'西湖'景物的"采桑子"和'趙令畤'歌詠"會眞記"故事的"商調蝶戀花"等。

9【鼓風機】 ㄍㄨˇ ㄈㄥ ㄐㄧ
(blower)提升之風壓介於 0.1～1kg/cm² 的流體機械。其風壓值介於風扇機與壓縮機之間，能產生較高的風速與較大的風量，如燃燒爐燃燒時的風皆由鼓風機送入。

【鼓風爐】 ㄍㄨˇ ㄈㄥ ㄌㄨˊ
(blast furnace) 又稱高爐。爲工業上大規模煉鐵所用的高溫爐。將鐵礦、灰石和煤焦等原料自爐頂口放入，再由靠近爐底的鼓風管導入熱空氣，則鐵將在高溫的條件下被還原而析出。

15【鼓膜炎】 ㄍㄨˇ ㄇㄛˋ ㄧㄢˊ
(tympanitis)因受冷空氣或外傷而引起鼓膜發炎的一種耳病。常見的症狀有耳痛、耳鳴。治療方法是以抗生素控制感染、減少發炎，若因嚴重而造成鼓膜穿孔，則可施行鼓膜修補術。

9【鼓盆之戚】 ㄍㄨˇ ㄆㄣˊ ㄓ ㄑㄧ
指妻死的哀戚。'莊周'妻死，'周'鼓盆而歌。見"莊子·至樂"。

13【鼓腹而遊】 ㄍㄨˇ ㄈㄨˋ ㄦˊ ㄧㄡˊ
飽食無事而遊玩。形容上古淳厚之世，人民生活之悠遊。

15【鼓膜穿孔】 ㄍㄨˇ ㄇㄛˋ ㄔㄨㄢ ㄎㄨㄥˇ
(perforation of tympanic membrane) 指人的鼓膜因外傷或炎症而引起穿孔。尤以慢性中耳炎最爲常見。隨著破洞大小及所在位置不同，而有各種程度的聽力障礙。可用鼓膜形成術修復破裂。

9【鼓室形成術】 ㄍㄨˇ ㄕˋ ㄒㄧㄥˊ ㄔㄥˊ ㄕㄨˋ
(tympanoplasty) 以手術法修復鼓膜的破裂，以保護圓窗免於聲波的壓力，並且重建聽小骨的連續性，使它們之間及它們和鼓膜、卵圓窗間有適當的連接關係。多用於外傷或中耳炎後之聽力障礙的治療。

5

鼕 ㄉㄨㄥ *tung*¹ 音冬
鼓聲。見"說文"。

鼖 ㄈㄣˊ *fên*² 音墳
或作鼓。大鼓。見"說文"。

𪔂 ㄈㄨˊ *fu*² 音扶
鼓聲。見"集韻"。

6

鼗 鞀的或體。

鼗 鞀的或體。

8

鼚 ㄔㄤ *ch'ang*¹ 音昌
鼓聲。見"玉篇"。

鼛 ㄍㄠ *kao*¹ 音高
大鼓。見"說文"。

鼙 ㄆㄧˊ *p'i*² 音皮
古代騎兵所用的一種戰鼓。見"說文"。

鼘 ㄩㄢ *yüan*¹ 音淵
參鼘鼘。

21【鼘鼘】 ㄩㄢ ㄩㄢ
鼓聲。

10

鼜 ㄑㄧˋ *ch'i*⁴ 音器 又讀 ㄘㄠˋ *ts'ao*⁴ 音糙
軍中守夜警戒時用的鼓。見"說文"。

11

鼞 ㄊㄤ *t'ang*¹ 音湯
鼓聲。同鏜。見"說文"。

12

鼟 ㄊㄥ *t'êng*¹ 又讀 ㄉㄥ *têng*¹ 音登
參鼟鼟。

25【鼟鼟】 ㄊㄥ ㄊㄥ
鼓聲。

𪔵 ㄌㄨㄥˊ *lung*² 音隆 又讀 ㄊㄨㄥˊ *t'ung*² 音同
鼓聲。一作鼕。見"說文"。

鼠部

鼠 ㄕㄨˇ *shu*³ 音署
(rat)泛指脊椎動物亞門、哺乳綱、囓齒目 (order Rodentia) 中之數科、體型中等的囓齒動物，或專指鼠科(family Muridae)、鼠屬(genus *Rattus*)中 500 種以上的鼠而言。爲夜間活動的動物，鼻尖削，足及尾裸露，嗅覺靈敏，繁殖力強。小白鼠

(*Rattus rattus*)廣泛供作科學研究的材料。鼠常爲各種疾病的潛伏者，對人們直接造成的危害至鉅。

9【鼠疫】 ㄕㄨˇ ㄧˋ
(pest; plague)又名黑死病或核子瘟。爲一種可怕的急性傳染病。依發病之症候可分爲腺鼠疫、肺鼠疫及敗血性鼠疫等類。病因是一種桿狀菌，寄生於鼠或其他齧齒動物體中，帶菌鼠出入處之人類易受感染。鼠疫之發生可能有週期性，依發生之地區，世界可劃爲許多鼠疫帶。

15【鼠輩】 ㄕㄨˇ ㄅㄟˋ
群鼠。比喻心術行爲不正或無足輕重的小人。

17【鼠蹊部】 ㄕㄨˇ ㄒㄧ ㄅㄨˋ
(inguinal area) 指腹部與下肢的交接處。

22【鼠鬚筆】 ㄕㄨˇ ㄒㄩ ㄅㄧˇ
毛筆名。以鼠鬚製成，筆鋒勁強有鋒芒。

4【鼠牙雀角】 ㄕㄨˇ ㄧㄚˊ ㄑㄩㄝˋ ㄐㄧㄠˇ
比喻爭訟。

22【鼠籠式轉子】 ㄕㄨˇ ㄌㄨㄥˊ ㄕˋ ㄓㄨㄢˇ ㄗˇ
(cage rotor)將銅條直接嵌在表面而不利用繞組的轉子。爲感應電動機最常用的轉子形式。

3

𪕋 ㄓㄨㄛˊ cho², chuo² 音酌 又讀 ㄐㄩㄝˊ chüeh² 音爵
鼠的一種。出自胡地，能飛，食虎豹。見"廣韻"。

𪕑 ㄐㄩㄣˋ chün⁴ 音駿
石鼠。出自'蜀'地，毛可製筆。見"字彙補"。

4

鼤 ㄨㄣˊ wên² 音文 又讀 ㄨㄣˋ wên⁴ 音問
斑尾鼠。見"玉篇"。

𪕈 ㄈㄤ fang¹ 音方
地鼠。見"集韻"。

𪕉 ㄔㄣˊ ch'ên² 音沉
一種水鼠。見"篇海"。

鼣 ㄈㄟˋ fei⁴ 音吠
鼠的一種。鳴聲如犬。見"廣韻"。

鼢 ㄈㄣˋ fên⁴ 音憤
穿地鼠。見"說文"。

5

鼧 ㄊㄨㄛˊ t'o², t'uo² 音駝
土撥鼠。見"本草綱目·獸部·土撥鼠"。

18【鼧鼥】 ㄊㄨㄛˊ ㄅㄛˊ
土撥鼠。

𪕓 ㄖㄨㄥˇ jung³ 音冗
鼠的一種。見"說文"。

𪕔 ㄆㄧㄥˊ p'ing² 音平
1 初生的小鼠。見"廣韻"。2 斑鼠。見"正字通"。

鼦 貂的或體。

鼫 ㄕˊ shih² 音石
1 五技鼠。見"說文"。2 鼫鼠。一作碩鼠。似鼠而大，爲害田稼。見"正字通"。

鼥 ㄅㄛˊ po² 音博
參鼧鼥。

鼬 ㄧㄡˋ yu⁴ 音又
參鼬鼠。

13【鼬鼠】 ㄧㄡˋ ㄕㄨˇ
(weasel) 屬於哺乳綱、食肉目(order Carnivora)、貂科 (family Mustelidae) 中某幾屬的動物，如 *Mustela*、*Lyncodon* 及 *Poecilictis* 等。鼬鼠體形細長，頸長，腿短，毛密而短。爲活潑的掠食者，食物主爲嚙齒類、蛙及魚等。每年生產一或二次，每次產3～13隻幼獸。

鼬鼠圖

鼰 ㄐㄩㄥ chiung¹ 音扃
斑鼠。見"玉篇"。

18【鼰𪕕】 ㄐㄩㄥ ㄌㄧㄥˊ
斑鼠。見"字彙"。

𪕕 ㄌㄧㄥˊ ling² 音靈
參鼰𪕕。

鼪 ㄕㄥ shêng¹ 音生
鼬鼠。見"廣韻"。

鼩 ㄑㄩˊ ch'ü² 音渠
地鼠。見"正字通"。

鼨 ㄊㄨㄥˊ t'ung² 音同
豹文鼠。見"說文"。

𪕖 ㄌㄧㄡˊ liu² 音留
竹鼠。形似犬。見"說文"。

6

鼭 ㄕˊ shih² 音時
鼠的一種。一作鼭。見"爾雅·釋獸"。

𪕗 ㄏㄜˋ ho⁴, hê⁴ 音鶴 又讀 ㄌㄨㄛˋ lo⁴, luo⁴ 音洛
鼠的一種。出胡地，皮可製裘。見"說文"。

𪕘 鼣的或體。

7

鼯 ㄨˊ wu² 音吾
參鼯鼠。

13【鼯鼠】 ㄨˊ ㄕㄨˇ
(flying squirrel)爲屬於哺乳綱、嚙齒目(order Rodentia)、松鼠科(family Sciuridae)的動物，約有35種。身體兩側自前肢至後肢間有似降落傘狀的飛膜，藉此能作滑翔。生活於樹林中，體長(尾除外)8～60公分，眼大，毛鬆軟，以果實、堅果或昆蟲爲食。晝伏夜出，與松鼠異。

鼯鼠圖

𪕙 ㄋㄧㄢˋ nien⁴ 音念
鼠的一種。狀如鼠而大，蒼

色,居樹上。見"字彙補"。

鼹 鼴的或體。

鼮 ㄊㄧㄥˊ *t'ing*² 音廷
豹文鼠。見"爾雅·釋獸"。

8

鼱 ㄐㄧㄥ *ching*¹ 音精
參鼱鼩。

18【鼱鼩】 ㄐㄧㄥ ㄑㄩˊ
鼠名。又稱地鼠、奚鼠。穴居田野,夜出活動,捕食昆蟲、蚯蚓等。

9

⿰胡鼠 ㄏㄨˊ *hu*² 音胡
參斬⿰胡鼠。

鼵 ㄊㄨˊ *t'u*² 音突
鼠的一種。與鳥同穴。見"爾雅·釋鳥"。

鼲 ㄏㄨㄣˊ *hun*² 音魂
鼠的一種。又名黃鼠、拱鼠、禮鼠。穴居土中,見人則交前足於頸,拱立如作揖狀。見"正字通"。

鼴 ㄧㄢˇ *yen*³ 音掩
1參鼴鼠。2獸名。形似鼠,大如牛。見"廣韻"。

13【鼴鼠】 ㄧㄢˇ ㄕㄨˇ
(mole)屬食蟲目(order Insectivora)、鼴鼠科(family Talpida),共22種。爲穴居食蟲的動物,體小型,眼小或退化,通常無視覺,大部分無耳殼,尾和腿皆短,前腳五趾的爪寬,似鏟,適於掘地,亦似槳,可用以在水中游泳,有惡臭。

鼴鼠圖

【鼴鼠飲河】 ㄧㄢˇ ㄕㄨˇ ㄧㄣˇ ㄏㄜˊ
鼴鼠喝'黃河'中的水,只需裝滿一肚子的水量即可。比喻養生的所需有限,人不可成爲慾望的奴隸。

⿰鼠胡 ⿰胡鼠的或體。

鼳 ㄐㄩˊ *chü*² 音菊
鼠的一種。形體比一般老鼠大,蒼色,在樹上活動。見"爾雅·釋獸·鼳鼠·注"。

10

鼸 ㄑㄧㄢˇ *ch'ien*³ 音淺
鼠的一種。即香鼠。藏食於頰中,短尾,灰色。見"爾雅·釋獸·鼸鼠·義疏"。

鼹 鼴的或體。

⿰鼠時 鼭的或體。

鼷 ㄒㄧ *hsi*¹ 音溪
一種小鼠。有螫毒,嚙人及鳥獸皆不痛。又名甘口鼠。見"玉篇"。

⿰鼠留 或作鼺。鼬的或體。

鼶 ㄊㄧˊ *t'i*² 音提 又讀 ㄙ *szŭ*¹, *ssŭ*¹ 音思
大田鼠。見"爾雅·釋獸·鼶鼠·義疏"。

11

⿰鼠從 ㄗㄨㄥ *tsung*¹ 音宗
參⿰鼠從鼩。

18【⿰鼠從鼩】 ㄗㄨㄥ ㄑㄩˊ
鼠的一種。見"集韻"。

12

⿰鼠番 ㄈㄢˊ *fan*² 音煩
白鼠。見"玉篇"。

15

鼺 ㄌㄟˊ *lei*² 音雷
1鼠名。似鼴鼠而小。2鼴鼠的別名。見"集韻"。

17

⿰鼠韱 ㄔㄢˊ *ch'an*² 音嬋
參⿰鼠韱⿰胡鼠。

22【⿰鼠韱⿰胡鼠】 ㄔㄢˊ ㄏㄨˊ
鼠的一種。黑身,白腰。見"廣韻"。

18

⿰鼠瞿 鼩的或體。

鼻 部

鼻 ㄅㄧˊ *pi*² 音荸
1(nose)動物體司呼吸和嗅覺的器官。鼻腔爲呼吸之前哨,鼻中隔將之分成左右兩部。鼻腔的內襯爲纖毛上皮,藉以增加表面積,空氣經此入肺時,可得到充分的溼潤及溫暖。鼻腔靠外鼻孔部分生有鼻毛,有過濾灰塵之效。鼻腔上黏膜具有神經分布,用以引起嗅覺,可將刺激傳至大腦。2初始;發端。如:鼻祖。

8【鼻炎】 ㄅㄧˊ ㄧㄢˊ
(nasal catarrh)也稱鼻加答兒。分急性、慢性兩種,皆由感冒、過敏或傳染而引起。主要症狀爲鼻塞、流鼻涕,甚至流膿。

9【鼻音】 ㄅㄧˊ ㄧㄣ
(nasals)發音時,口腔關閉,氣流完全從鼻腔流出。如國語的ㄇ、ㄋ及國際音標的〔m〕、〔n〕、〔ŋ〕。

【鼻祖】 ㄅㄧˊ ㄗㄨˇ
始祖。

10【鼻息】 ㄅㄧˊ ㄒㄧˊ
鼻子呼吸的氣息。

【鼻衄】 ㄅㄧˊ ㄋㄩˋ
即鼻孔出血。引起鼻衄的原因頗多,但以實熱症爲多見。'中'醫認爲風溫外感、肺熱上壅,或胃經積熱、肝火上炎,均可引起鼻衄。

11【鼻淵】 ㄅㄧˊ ㄩㄢ
俗稱腦漏。'中'醫以其多因外感風寒、內由膽經之熱影響到腦部而引起。症狀爲鼻塞、由鼻中流出膿濁的鼻涕,有時引起頭暈目眩。

14【鼻酸】 ㄅㄧˊ ㄙㄨㄢ
形容悲傷。

20【鼻竇】 ㄅㄧˊ ㄉㄡˋ
(paranasal sinus)頭骨內所含的空腔與鼻相通之處。共有四對,分別是額竇、上頜竇、篩竇與蝶骨竇,內覆黏膜,和鼻腔、上呼吸道相通。功用有二:一、產生共鳴,輔助發音。二、減輕頭顱重量,便利頭部平衡。

9【鼻咽癌】 ㄅㄧˊ ㄧㄢ ㄞˊ
(nasopharyngeal cancer)我國常見的癌症之一。發生於鼻腔至咽喉部。病因不明,患者以男性較多,多因頸部腫瘤、流鼻血、鼻塞、頭痛、眼肌麻痺等症狀而求醫。治療方法以手術或放射線治療爲主,有時輔以化學療法。

11【鼻淚管】 ㄅㄧˊ ㄌㄟˋ ㄍㄨㄢˇ
(nasolacrimal duct)從淚囊到下鼻道的一條小管。爲排泄眼淚的構造,可使眼淚由眼睛流入鼻腔。如鼻淚管上的黏膜發炎或腫脹時,就會引起阻塞,眼淚無法由下鼻道排出,須由眼睛向外流。

13【鼻煙壺】 ㄅㄧˊ ㄧㄢ ㄏㄨˊ
裝鼻煙的小瓶子。爲防潮溼和便於攜帶,基本組合是斂口寬腹的器身、蓋、瓶塞和匙,大小正可盈握。其製作的質材種類繁多,有陶、瓷、珠、玉、石、竹、木、牙、骨、角、壺盧、果核、琥珀、玻璃、貝殼、金屬、琺瑯、椰殼、玳瑁、珊瑚、雕漆等。

8【鼻青臉腫】 ㄅㄧˊ ㄑㄧㄥ ㄌㄧㄢˇ ㄓㄨㄥˇ
形容臉部被碰撞或毆打後瘀血腫脹的樣子。

1

鼿 ㄧㄠˋ *yao*[4] 音藥 又讀 ㄧㄡˋ *yu*[4] 音幼
仰鼻。同齀。見"廣韻"。

2

齀 鼿的或體。

鼽 ㄑㄧㄡˊ *ch'iu*[2] 音求
鼻塞。見"說文"。

3

鼾 ㄏㄢ *han*[1] 音酣
熟睡時的鼻息聲。見"說文"。

14【鼾睡】 ㄏㄢ ㄕㄨㄟˋ
熟睡而發出鼾聲。

鼿 ㄨˋ *wu*[4] 音兀
[1]獸類用鼻子搖撼東西。見"集韻"。[2]鼻子向上仰。見"集韻"。

歕 鼽的或體。

4

衄 ㄋㄩˋ *nü*[4] 音忸 又讀 ㄋㄧㄡˋ *niu*[4]
鼻出血。同衂。也作衄。見"字彙"。

齂 ㄒㄧ *hsi*[1] 音吸
鼻息聲。見"字彙"。

歙 齂的或體。

5

齀 ㄨˋ *wu*[4] 音兀
獸類用鼻子搖撼東西。鼿的誤字。見"文選·張協·七命·鼿林蹶石·善注"。

齻 ㄉㄧㄢ *tien*[1] 音顚
參䶬齻。

齙 皰的或體。

齁 ㄏㄡ *hou*[1] 音吼
[1]吃太鹹、太冷的食物而引起食道不適的病症。[2]很;甚。如:齁鹹。[3]鼾聲。如:打齁。

6

鮭 ㄎㄨㄟ *k'uei*[1] 音虧
鼻息聲。見"字彙"。

齂 ㄒㄧㄚˊ *hsia*[2] 音俠
參齂齁。

19【齂齁】 ㄒㄧㄚˊ ㄏㄡ
鼻息。也作歙齁、歟齁。

7

齅 ㄊㄧˋ *t'i*[4] 音替
鼻涕。同洟。見"集韻"。

齂 齂的或體。

8

齂 ㄏㄨㄟˇ *hui*[3] 音悔
鼻息。見"玉篇"。

9

齃 ㄜˋ *o*[4], *ê*[4] 音厄
鼻梁。同頞。見"集韻"。

10

齆 齆的或體。

䶬 ㄌㄧㄢˊ *lien*[2] 音廉
參䶬齻。

19【䶬齻】 ㄌㄧㄢˊ ㄉㄧㄢ
鼻子下垂的樣子。

齆 ㄨㄥˋ *wêng*[4] 音甕
鼻塞。也作齆。見"正字通"。

齅 嗅的本字。

11

䶲 ㄌㄧㄠˋ *liao*[4] 音廖
參䶲鼿。

15【䶲鼿】 ㄌㄧㄠˋ ㄧㄠˋ
鼻孔朝天的樣子。

齇 ㄓㄚ *cha*[1] 音揸
鼻尖上的紅皰。見"集韻"。

13

齈 ㄋㄨㄥˊ *nung*[2] 音農
鼻病。鼻涕多而嗅覺不靈敏。見"集韻"。

22

齉 ㄋㄤˋ *nang*[4]
因鼻塞而發音不清。

齊部

齊 ㊀ ㄑㄧˊ *ch'i*^{2} 音其

1禾麥吐穗平整。見"說文"。2齊等；相同。如：見賢思齊。3全；完全。如：齊備。4'周代'侯國。'武王'封'太公望'於'齊'，都'營丘'(今'山東''臨淄')。'春秋'時，'齊桓公'得'管仲'輔佐，稱霸中原。'戰國'時爲大夫'田和'所篡，後爲'秦'所滅。5朝代名。⑴'南北朝'時'南朝'之一。即'蕭道成'所建'南齊'。參南齊。⑵'南北朝'時'北朝'之一。即'高洋'所建'北齊'。參北齊。6姓。'漢'有'齊晉'。見"萬姓統譜·一四"。

㊁ ㄐㄧˋ *chi*^{4} 音劑

1調配；調和。通劑。如：齊藥。2分量。3合金。

㊂ ㄗ *tzŭ*^{1} 音資

1盛放於祭器內供祭祀用的穀物。通粢。如：齊盛。2指緝邊縫齊的喪服。通齋。如：齊衰。

㊃ ㄓㄞ *chai*^{1} 音齋

1齋戒。通齋。2肅敬；莊嚴。

10【齊衰】 ㄗ ㄘㄨㄟ

喪服名。以粗麻布製成，因其緝邊縫齊，故稱。

11【齊唱】 ㄑㄧˊ ㄔㄤˋ

(unison)許多人同唱一首曲調。若分爲不同的聲部同時唱出成爲和聲，便是合唱。

5【齊白石】 ㄑㄧˊ ㄅㄞˊ ㄕˊ

(1863～1957)'湖南''湘潭'人，名'純生'、'純芝'、'璜'，字'渭南'、'蘋生'，號'白石老人'、'寄萍堂老人'。精擅木雕、詩畫、書法、篆刻，享譽'中'外藝文界。曾任教'北京藝術專校'。大陸淪陷後，留居'北平'。著有"白石詩草"、"齊白石畫冊"、"白石印集"等。

齊白石像

6【齊如山】 ㄑㄧˊ ㄖㄨˊ ㄕㄢ

(1875～1962)'河北''高陽'人，字'宗康'。早年入'北平''同文館'，習'德'、'法文'。'民國'肇建後，致力蒐集整理'京'劇劇本及相關之音樂、舞蹈、國術、服飾、建築、美術、工藝，乃至雜耍等，奠定國劇理論基礎，並指導國劇改良。曾任'中國歌劇改良委員會'主任委員。其著作彙編爲"齊如山先生全集"。

齊如山像

7【齊克果】 ㄑㄧˊ ㄎㄜˋ ㄍㄨㄛˇ

即'祈克果'。參祈克果。

9【齊柏林】 ㄑㄧˊ ㄅㄛˊ ㄌㄧㄣˊ

(Ferdinand von Zeppelin, 1838～1917)'德國'將軍，爲飛船首創者。本爲'德國'南部'符登堡'(Wurttemberg)的軍官。曾參與西元1866年的七週戰爭及1870～1871年的'普''法'戰爭。1891年以陸軍中將職位退休後，即致力於發展飛船。1900年7月2日，第一架飛船在'德國'南部的'菲力得林哈芬'(Friedrichshafen)試飛成功。第一次世界大戰時，'德國'曾應用'齊柏林'式飛船來轟炸'英國'。

10【齊桓公】 ㄑㄧˊ ㄏㄨㄢˊ ㄍㄨㄥ

(?～前643)'春秋'時'齊'君。姓'姜'，名'小白'，'襄公'弟。'周莊王'十一年(前686)，以'襄公'無道，出奔'莒'。及'襄公'被弒，乃歸國即位。任'管仲'爲相，尊'周'室，攘夷狄，九合諸侯，一匡天下，爲五霸之一。後'管仲'死，佞臣用事，霸業遂衰。在位四十三年。

2【齊人之福】 ㄑㄧˊ ㄖㄣˊ ㄓ ㄈㄨˊ

指男子有妻有妾。

3【齊大非耦】 ㄑㄧˊ ㄉㄚˋ ㄈㄟ ㄡˇ

指門第不相當，不敢高攀締婚。耦，也作偶。

5【齊民要術】 ㄑㄧˊ ㄇㄧㄣˊ ㄧㄠˋ ㄕㄨˋ

'後魏''賈思勰'撰，十卷，九十二篇。分別記載農藝、畜牧、蠶桑等事，部分摭錄異聞。文詞古雅，徵引奧博，爲重要的農業古籍。

10【齊家文化】 ㄑㄧˊ ㄐㄧㄚ ㄨㄣˊ ㄏㄨㄚˋ

主要分布於'甘肅'境內的'黃河流域'及其以東地區。陶器有罐、盆、豆、鬲等；石器、骨器數量很多，並出現少量銅器，有斧、匕首、鐮、錐、刀、鏡等；且在某些遺址發現了卜骨。由於男女合葬墓的發現，知已進入父系社會。研判可能爲'商''周'時代西陲'羌'人的祖先文化。

14【齊齊哈爾】 ㄑㄧˊ ㄑㄧˊ ㄏㄚ ㄦˇ

省轄市。又名'龍江'。位於'嫩江省'西北部，濱'嫩江'東岸。爲'嫩江省'省會、農牧產品的集散地，自鐵路修築完成後，工商業漸盛。

16【齊頭並進】 ㄑㄧˊ ㄊㄡˊ ㄅㄧㄥˋ ㄐㄧㄣˋ

並列前進。比喻共同努力，或彼此實力相當、發展的程度相同。

5【齊北克效應】 ㄑㄧˊ ㄅㄟˇ ㄎㄜˋ ㄒㄧㄠˋ ㄧㄥˋ

(Zeebeck effect)將兩種不同金屬接在一起，由於接合點與其他部分的溫度差，將產生電壓現象。此效應常應用於製造溫度計。

6【齊次生產函數】 ㄑㄧˊ ㄘˋ ㄕㄥ ㄔㄢˇ ㄏㄢˊ ㄕㄨˋ

(homogeneous production function)當一生產函數所有的生產要素使用量均以 t 乘量變動時，若產出以 t^r 乘量變動，則此一生產函數爲 r 次齊次生產函數。以數學式表示爲：$t^rY=f(tx_1, tx_2, \cdots\cdots, tx_n)$。

3

齋 ㄓㄞ *chai*^{1} 音摘

1祭祀前潔淨身心。見"說

文"。[2]莊重;嚴肅。見"廣韻"。[3]佛教稱過午不食。[4]施給僧尼財物飯食。如:齋主。[5]泛指素食。如:長年吃齋。[6]屋舍;學舍。如:齋舍。

4【齋公】 ㄓㄞ ㄍㄨㄥ
對道人的稱呼。

7【齋戒】 ㄓㄞ ㄐㄧㄝˋ
祭祀之前,潔淨身心以示虔敬。

14【齋僧】 ㄓㄞ ㄙㄥ
設齋食以供僧尼食用。

19【齋醮】 ㄓㄞ ㄐㄧㄠˋ
僧道設齋壇做法事,向神祈禱。

8【齋居決事】 ㄓㄞ ㄐㄩ ㄐㄩㄝˊ ㄕˋ
以誠敬慎重的態度判決案件。

𪗄 ㄑㄧˊ chʻi² 音齊
美好的樣子。見"廣韻"。

4

齌 ㄐㄧˋ chi⁴ 音記 又讀 ㄑㄧ chʻi¹ 音妻
[1]用烈火煮飯。見"說文"。[2]疾;急。如:齌怒。

𪗅 臍的或體。

5

齍 ㄗ tsŭ¹ 音資
[1]祭祀時用來盛穀物的器具。見"說文"。[2]黍、稷、稻、粱、麥、苽等穀物的總名。通粢。

𪗆 粢的或體。

6

𪗇 臍的或體。

7

齎 ㄐㄧ chi¹ 音雞
[1]贈送;給與。見"說文"。[2]攜帶;執持。見"廣雅·釋詁"。[3]懷抱。如:齎志。

9【齎恨】 ㄐㄧ ㄏㄣˋ
抱恨。

8

𪗈 ㄑㄧˊ chʻi² 音齊
[1]齊的古文。[2]齋的或體。

9

齏 ㄐㄧ chi¹ 音雞
[1]切碎的醃菜或醬菜。見"說文"。[2]搗碎。如:粉身齏骨。

10【齏粉】 ㄐㄧ ㄈㄣˇ
碎末;細粉。

16

𪗉 齊的古文。

齒部

齒 ㄔˇ chʻih³ 音恥
[1](tooth)動物咀嚼食物的硬質構造。人類每人皆有二組牙齒,即乳齒及永久齒,乳齒有20顆;永久齒在6、7歲時開始取代乳齒,在24歲時應有32顆。牙齒按形狀、功能可分爲一、門齒:切斷食物;二、犬齒:撕裂食物;三、前臼齒:磨碎食物;四、後臼齒:磨碎食物。齒的構造可分爲一、齒冠:在齒槽之外;二、齒根:在齒槽之內;三、齒頸:指齒冠及齒根交接處。[2]指年齡。如:齒德俱尊。[3]排列;次列。如:齒列。[4]錄用。如:齒錄。

門齒 犬齒 前臼齒 後臼齒 後臼齒 前臼齒 犬齒 門齒

齒圖

6【齒舌】 ㄔˇ ㄕㄜˊ
(radula)軟體動物門的動物,除斧足綱外,其他的種類,口腔中均具有齒舌。係呈帶狀,表面有角質的齒。每一橫排的齒,其種類及數目可作爲分類的標準。齒舌可自口伸出,用以攝食,前排的齒磨損以後,可由後排的齒遞補。

【齒式】 ㄔˇ ㄕˋ
(dental formula)哺乳動物的各種牙齒(包括門齒、犬齒、前臼齒、後臼齒等)數目用分數的方式來表示。分子代表半邊上頜各種牙齒的數目,分母代表半邊下頜的各種牙齒數目。例如人類的齒式爲:$\frac{2、1、2、3}{2、1、2、3}$。

9【齒音】 ㄔˇ ㄧㄣ
又分兩類:一爲齒頭音,即舌尖前塞擦音和擦音,如國語注音符號的ㄗ、ㄘ、ㄙ等屬之;一爲正齒音,即舌面前塞擦音和擦音,如ㄐ、ㄑ、ㄒ等屬之。

11【齒條】 ㄔˇ ㄊㄧㄠˊ
(rack)相當於筒狀齒輪之節圓半徑無窮大的齒輪。

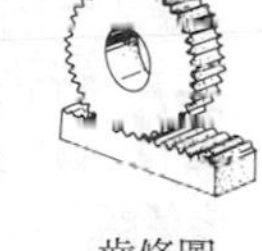
齒條圖

15【齒輪】 ㄔˇ ㄌㄨㄣˊ
(gear)爲圓柱形輪子,輪面上銑出許多小槽,成爲凸凹之齒形,彼此配合以傳遞兩軸之動力。

【齒槽】 ㄔˇ ㄘㄠˊ
(dental alveoli) 在上下頜骨邊緣的小凹槽,爲牙齒齒根固定之處。

21【齒齦】 ㄔˇ ㄧㄣˊ
(gingiva)連接牙齒的肌肉部分。有固定牙齒的作用。當使用抗癲癇藥物 Dilantin 時,齒齦可能會發生增生的現象;而患鉛中毒的病人,齒齦會出現特殊的沈著線。

9【齒軌鐵路】 ㄔˇ ㄍㄨㄟˇ ㄊㄧㄝˇ ㄌㄨˋ
(rack railway)於軌道中央鋪設齒軌,使裝有與其相嚙合動輪之動力車牽引車輛運行,以利攀登或穿越山岳地帶的鐵路。

15【齒德俱尊】 ㄔˇ ㄉㄜˊ ㄐㄩ ㄗㄨㄣ
年齡、德望都在他人之上,爲眾人所尊崇。

16【齒頰留芳】 ㄔˇ ㄐㄧㄚˊ ㄌㄧㄡˊ ㄈㄤ

①品嚐別人贈食後的答謝語。②誦讀他人詩文後的贊頌語。

1

齓 齔的俗體。

2

齔 ㄔㄣˋ ch'ên^{4} 音趁
也作齓。①兒童更換牙齒。見"說文"。②兒童;童年。如:齔童。

3

齕 ㄏㄜˊ ho^{2}, hê^{2} 音核
用牙齒咬東西。見"說文"。

4

齖 ㄧㄚˊ ya^{2} 音牙 又讀 ㄧㄚˋ ya^{4} 音訝
參齖齵。

24【齖齵】 ㄧㄚˊ ㄑㄩˊ
牙齒不正。

䶕 ㄅㄚ pa^{1} 音巴
牙齒暴露在脣外。見"字彙"。

齗 ㄧㄣˊ yin^{2} 音銀
齒根肉。也作齦。見"廣韻"。

19【齗齗】 ㄧㄣˊ ㄧㄣˊ
爭辯的樣子。也作齦齦。

齘 ㄒㄧㄝˋ hsieh^{4} 音械
①齒相磨擦。見"說文"。②發怒。見"集韻"。

5

䶗 ㄑㄧㄚ ch'ia^{1} 音掐
張大嘴巴咬物。見"廣韻"。

齛 ㊀ ㄒㄧㄝˋ hsieh^{4} 音謝
羊的反芻。或作齥。見"說文解字義證"。
㊁ ㄕˋ shih^{4} 音世
噬咬。通噬。如:齛齧。

齠 ㄊㄧㄠˊ t'iao^{2} 音迢
①小孩換牙。見"集韻"。②小兒垂髮。通髫。如:齠髮。

10【齠容】 ㄊㄧㄠˊ ㄖㄨㄥˊ
兒童稚嫩可愛的面容。

15【齠髮】 ㄊㄧㄠˊ ㄈㄚˇ
兒童下垂的頭髮。

20【齠齡】 ㄊㄧㄠˊ ㄌㄧㄥˊ
指兒童七、八歲更換乳齒的時期。

齟 ㄐㄩˇ chü^{3} 音舉
本作䶥。①牙齒不平整。見"字彙補"。②形容意見不合而起衝突。如:齟齬。

22【齟齬】 ㄐㄩˇ ㄩˇ
①牙齒上下不相合。比喻彼此不合。②指不正之道。

齞 ㄧㄢˋ yen^{4} 音宴
開口露齒。見"說文"。

齝 ㄔ ch'ih^{1} 音痴
牛反芻。見"說文"。

齚 齰的或體。

齙 ㄅㄠ pao^{1} 音胞 讀音 ㄆㄠˊ p'ao^{2} 音袍
牙齒突露出來。見"集韻"。

齣 ㄔㄨ ch'u^{1} 音出
南戲和傳奇的構成單位。每一劇目可有幾十齣,如"牡丹亭"五十五齣。其後引申爲戲劇中的一部或歌曲、彈詞的一個段落。

齡 ㄌㄧㄥˊ ling^{2} 音靈
年歲。見"說文新附"。

6

齤 ㄑㄩㄢˊ ch'üan^{2} 音權
①缺齒。見"說文"。②笑時露齒。如:齤然而笑。

齧 ㄋㄧㄝˋ nieh^{4} 音聶
①咬。見"說文"。②缺口。③姓。'堯'時有'齧缺'。見"萬姓統譜·一一八"。

17【齧臂之交】 ㄋㄧㄝˋ ㄅㄧˋ ㄓ ㄐㄧㄠ
交情深厚、死生與共的朋友。

齩 ㄧㄠˇ yao^{3} 音咬
用口咬啃東西。今作咬。見"集韻"。

䶖 ㄅㄧㄥˇ ping^{3} 音餅
或作䶖。①犬齒。見"字彙"。②牙齒並疊。見"字彙"。

齦 ㊀ ㄎㄣˇ k'ên^{3} 音肯
咬;啃。見"說文"。
㊁ ㄧㄣˊ yin^{2} 音銀
齗的或體。

齥 ㄒㄧㄝˋ hsieh^{4} 音謝
羊的反芻。也作齛。見"集韻"。

齜 ㄗ tzŭ^{1} 音貲
①張口露出牙齒的樣子。見"說文"。②牙齒參差不齊的樣子。見"廣韻"。

4【齜牙咧嘴】 ㄗ ㄧㄚˊ ㄌㄧㄝˇ ㄗㄨㄟˇ
嘴向左右張開,切磨牙齒。爲痛苦難當或憤恨至極的表情。

7

䶫 齪的或體。

齬 ㄩˇ yü^{3} 音雨
參齟齬。

齪 ㄔㄨㄛˋ ch'o^{4}, ch'uo^{4} 音綽
也作䶫。①拘謹的樣子。見"廣韻"。②開孔具。見"廣韻"。

齫 ㄎㄨㄣˇ k'un^{3} 音綑
無齒。同齳。見"說文"。

8

齱 ㊀ ㄗㄡ tsou^{1} 音鄒
參齱齵。
㊁ ㄔㄨㄛˋ ch'o^{4}, ch'uo^{4} 音齪
也作齪。參齷齪。

24【齱齵】 ㄗㄡ ㄩˊ
①牙齒不正。②牙齒聚集的樣子。

齰 ㄗㄜˊ tsê^{2} 音則
齧;咬。見"說文"。

齮 ㄧˇ i^{3} 音倚
①咬。見"說文·齮·段注"。②破壞;毀壞。

䶬 齳的或體。

齯 ㄋㄧˊ ni^{2} 音尼
老人齒落後重生的新齒。

是長壽的徵兆。見"爾雅·釋詁"。

齭 ㄔㄨˇ *ch'u*^{3} 音楚
牙齒痠痛。也作齼。見"廣韻"。

9

齳 ㄩㄣˇ *yün*^{3} 音允
沒有牙齒。也作䶳。見"說文"。

齴 ㄧㄢˇ *yen*^{3} 音演
1笑。見"集韻"。2露齒的樣子。見"玉篇"。

齷 ㄨㄛˋ *wo*^{4} 音渥
參齷齪。

22【齷齪】 ㄨㄛˋ ㄔㄨㄛˋ
1牙齒緊密。2拘於小節。3骯髒。

齵 ㄩˊ *yü*^{2} 音愚　又讀 ㄡˊ *ou*^{2}
1齒列不正。見"說文"。2參差不齊。如:齵差。

齶 ㄜˋ *o*^{4}, *ê*^{4} 音餓
齒齦肉。也作腭。見"字彙"。

齲 ㄑㄩˇ *ch'ü*^{3} 音取
蛀牙。參齲齒。

15【齲齒】 ㄑㄩˇ ㄔˇ
(carious teeth)俗稱蛀牙。指殘餘食物中的細菌生成齒垢,產生乳酸,使牙齒的鈣質溶解,造成空洞,若細菌侵入牙髓,引起炎症,使神經受損,便會引起劇痛。

10

齹 ㄘㄨㄛˊ *ts'o*^{2}, *ts'uo*^{2} 音蹉　又讀 ㄔ *ch'ih*^{1} 音痴
牙齒參差不齊。見"說文繫傳"。

齸 ㄧˋ *i*^{4} 音益
麋鹿反芻。見"爾雅·釋獸"。

齻 ㄉㄧㄢ *tien*^{1} 音顛
智齒。見"集韻"。

齺 ㄗㄡ *tsou*^{1} 音鄒
1牙齒折斷。見"說文"。2上下齒咬合無間的樣子。見"廣韻"。

11

齇 齟的或體。

13

齽 ㄐㄧㄣˋ *chin*^{4} 音禁
牙齒向裡彎曲。見"集韻"。

齼 齭的或體。

⿰齒僉 ㄓㄢ *chan*^{1} 音沾
參⿰齒僉齺。

25【⿰齒僉齺】 ㄓㄢ ㄗㄡ
沒有牙齒的樣子。

14

⿰齒截 ㄔㄚˋ *ch'a*^{4} 音詫
牙齒堅利。見"集韻"。

20

齾 ㄧㄚˋ *ya*^{4} 音訝
1缺牙齒。見"說文"。2器物的缺損。見"廣韻"。

龍　部

龍 ㄌㄨㄥˊ *lung*^{2} 音隆
1傳說中一種有角、鱗的動物。爲鱗蟲之長。見"說文"。2古生物學上的巨大原始爬蟲類。如:恐龍。3比喻帝王。如:龍顏。4比喻豪傑之士。如:龍爭虎鬥。5八尺以上的駿馬。見"周禮·夏官·廋人"。6堪輿家稱山的氣勢爲龍。如:龍穴。7書體名。相傳爲'伏羲氏'所作。見"墨池編·字學門·唐韋續纂五十六種書"。8姓。'秦'有'龍且'。見"通志·氏族略四"。

4【龍王】 ㄌㄨㄥˊ ㄨㄤˊ
統管水域、掌管雲雨的水神。又稱海龍王或龍王爺。

6【龍舟】 ㄌㄨㄥˊ ㄓㄡ
1刻製成龍形的船。爲端午節划船競賽所用。2稱天子所乘的船。3泛稱豪華的大船。

8【龍虎】 ㄌㄨㄥˊ ㄏㄨˇ
道教之外丹用以說明鼎中煉丹的現象。內丹派亦用以喻指水、火。而修煉時精、氣、神的作用,稱爲龍虎相親。"道藏"中有"眞龍虎九仙經"、"龍虎金丹眞訣"等。

10【龍袍】 ㄌㄨㄥˊ ㄆㄠˊ
皇帝穿的禮服。因袍上繡有龍形而得名。

【龍套】 ㄌㄨㄥˊ ㄊㄠˋ
1戲裝的一種。滿繡彩花或龍紋,爲扮演侍衛或兵卒者所穿著。2指穿著龍套的角色。3指地位低賤,幫閒打雜的人。

【龍骨】 ㄌㄨㄥˊ ㄍㄨˇ
1'中'藥名。古代巨型脊椎動物如象類、犀牛類的骨骼化石。性平,味甘澀,有鎮驚、安神、斂汗、固精及治療陰虛盜汗、失眠多夢、煩躁不安等症的功效。外用可生肌斂瘡。2脊椎骨的俗稱。3於船底正中線自船艏至船艉貫以大柱,用來支持船身者。又稱船脊骨。爲船體重要的縱向強材。小型船隻多使用整根的方形物;中大型船隻則使用片狀連接而成。

11【龍眼】 ㄌㄨㄥˊ ㄧㄢˇ
(longan; *Euphoria longana* Lam.)又名桂圓、福圓。常綠喬木,高約10公尺。葉互生,偶數羽狀複葉,小葉4～5對,革質,全緣。

龍眼圖

圓錐花序頂生或腋出,雌雄同株,萼深5裂,花瓣5枚。果實球形,種子一個,其周圍的假種皮白色多汁,味甘甜,可供食用及藥用;木材可製家具,也可植爲行道樹。

原產於我國南部。

【龍蛇】 ㄌㄨㄥˊ ㄕㄜˊ
龍和蛇。①比喻懷才而潛隱。②比喻非常或賢德之人。③比喻賢人與凡夫。

14【龍圖】 ㄌㄨㄥˊ ㄊㄨˊ
①"河圖"的別名。古代傳說中龍馬從'黃河'中背負而出的圖。②官名。'宋代'龍圖閣直學士的簡稱。

【龍種】 ㄌㄨㄥˊ ㄓㄨㄥˇ
①指帝王的子孫。②指駿馬。

15【龍蝦】 ㄌㄨㄥˊ ㄒㄧㄚ
(lobster) 是屬於節肢動物門、甲殼綱(class Crustacea)、十足目(order Decapoda)的動物。體分頭胸部及腹部，頭胸部有觸角二對，眼一對，位於眼柄先端，步足五對，其中一對或多對的先端形成螯；腹部共七節，兩側有數對游泳肢，末節扁平呈鰭狀，兩側有第六節的游泳肢，合稱尾扇。龍蝦生活於淺海底，晝伏夜出，以動物的屍體爲食，亦食活的動物及海藻。壽命長可達50年，雌性約五歲大開始產卵，卵附於游泳肢上，數月後孵出幼蟲。幼蟲長約1公分，游泳約12天以後，沉入海底。大多數種類的龍蝦可供食用，產於'太平洋'及'大西洋'。

龍蝦圖

16【龍燈】 ㄌㄨㄥˊ ㄉㄥ
狀如龍形的燈籠。

【龍頭】 ㈠ ㄌㄨㄥˊ ㄊㄡˊ
①科舉時代的狀元。②江湖幫派稱首領。③古代兵家稱山頂。
㈡ ㄌㄨㄥˊ ˙ㄊㄡ
指自來水管出水的控鈕。

【龍樹】 ㄌㄨㄥˊ ㄕㄨˋ
也作'龍猛'、'龍勝'。佛滅後七百年出生於'南天竺'。爲'馬鳴'弟子'迦毘摩羅尊者'的弟子，是顯密八宗(即中觀、三論、四論、天台、華嚴、眞言、淨土、禪宗)的共祖。大弘佛法，使大乘教盛行於'南天竺'。著有"大智度論"。

17【龍鍾】 ㄌㄨㄥˊ ㄓㄨㄥ
①年老體衰，行動遲緩的樣子。②潦倒失意的樣子。③沾潤濡溼的樣子。④徘徊難進的樣子。

18【龍顏】 ㄌㄨㄥˊ ㄧㄢˊ
指天子的面容。

9【龍泉窯】 ㄌㄨㄥˊ ㄑㄩㄢˊ ㄧㄠˊ
屬南方青瓷系統。窯址在今'浙江省''龍泉縣'境內。創燒於'北宋'早期，盛於'南宋'晚期，'明'中期以後逐漸沒落，是'宋''元'時期著名的外銷陶瓷之一。所生產的梅子青或粉青等青瓷釉色寧靜優雅，'日'人稱之爲砧青磁。

11【龍捲風】 ㄌㄨㄥˊ ㄐㄩㄢˇ ㄈㄥ
(tornado)一種強力的旋轉氣柱。爲大氣現象中最具破壞性者。其渦動直徑常爲數百碼，風速約每小時100～300哩，內部氣壓很低，能使建築物崩塌。最常見於'澳洲'及'美國'中西部、南部，'臺灣'東南和西南近海地區在颱風季節偶而也會發生。

3【龍山文化】 ㄌㄨㄥˊ ㄕㄢ ㄨㄣˊ ㄏㄨㄚˋ
我國新石器文化主流之一。即黑陶文化。參黑陶文化。

6【龍行虎步】 ㄌㄨㄥˊ ㄒㄧㄥˊ ㄏㄨˇ ㄅㄨˋ
走路的步伐如龍如虎。比喻帝王儀態威武。

7【龍吟虎嘯】 ㄌㄨㄥˊ ㄧㄣˊ ㄏㄨˇ ㄒㄧㄠˋ
龍虎的叫嘯。形容吟嘯聲音的嘹亮。

【龍肝鳳髓】 ㄌㄨㄥˊ ㄍㄢ ㄈㄥˋ ㄙㄨㄟˇ
比喻珍奇稀罕的美味。

8【龍虎山志】 ㄌㄨㄥˊ ㄏㄨˇ ㄕㄢ ㄓˋ
記載道教正一派'龍虎山'的地理名勝及歷代天師的事蹟。一爲'元''元明善'奉勅編，三卷；一爲'清''婁道垣'編，十六卷，增補'明'、'清'事蹟甚多。書中取材多天師所藏，對宮觀沿革、人物事蹟記載詳盡，爲研究道教的重要史料。

【龍門石窟】 ㄌㄨㄥˊ ㄇㄣˊ ㄕˊ ㄎㄨ
分布在'河南''洛陽'城南，'伊水'兩岸兩座對峙之山崖壁上。其開鑿時間約在五世紀末'北魏'遷都'洛陽'後，經'東'、'西魏'、'北周'、'北齊'、'隋'、'唐'等朝的連續營建，全山洞窟一千三百五十二個，小龕七百五十個，塔三十九座，造像共九萬七千三百零六尊，題記三千六百八十品，規模宏大，雕刻柔美。

【龍爭虎鬥】 ㄌㄨㄥˊ ㄓㄥ ㄏㄨˇ ㄉㄡˋ
比喻兩雄互相爭鬥。

9【龍飛鳳舞】 ㄌㄨㄥˊ ㄈㄟ ㄈㄥˋ ㄨˇ
如龍鳳般飛舞翻騰。①形容山川形勢的奔放壯麗。②形容書畫筆勢的靈活奔放。

10【龍馬精神】 ㄌㄨㄥˊ ㄇㄚˇ ㄐㄧㄥ ㄕㄣˊ
比喻精神健旺。

11【龍章鳳篆】 ㄌㄨㄥˊ ㄓㄤ ㄈㄥˋ ㄓㄨㄢˋ
俗稱道教符文。

【龍蛇飛動】 ㄌㄨㄥˊ ㄕㄜˊ ㄈㄟ ㄉㄨㄥˋ
形容書法筆勢流暢勁健。

【龍蛇混雜】 ㄌㄨㄥˊ ㄕㄜˊ ㄏㄨㄣˋ ㄗㄚˊ
形容好人、壞人或賢者、愚者混雜在一起。

14【龍鳳呈祥】 ㄌㄨㄥˊ ㄈㄥˋ ㄔㄥˊ ㄒㄧㄤˊ
比喻富貴吉祥的徵兆。

15【龍潭虎穴】 ㄌㄨㄥˊ ㄊㄢˊ ㄏㄨˇ ㄒㄩㄝˋ
龍虎居住的地方。①比喻英雄聚集之處。②形容非常凶險的地方。

18【龍蟠虎踞】 ㄌㄨㄥˊ ㄆㄢˊ ㄏㄨˇ ㄐㄩˋ
形容地形雄偉險要。

20【龍騰虎躍】 ㄌㄨㄥˊ ㄊㄥˊ ㄏㄨˇ ㄩㄝˋ

形容活潑矯健、生氣勃勃的樣子。

27【龍驤虎步】 ㄌㄨㄥˊ ㄒㄧㄤ ㄏㄨˇ ㄅㄨˋ
形容昂首闊步、雄健威武的樣子。

4

龑 ㄧㄢˇ *yen*³ 音掩
高明的樣子。見"字彙"。

5

龒 ㄌㄨㄥˊ *lung*² 音龍
'春秋'時'魯'邑。也作'龍'。故地在今'山東省''泰安縣'西。

6

龔 ㄍㄨㄥ *kung*¹ 音恭
①供給;供奉。見"說文"。②敬肅。通恭。如:龔行。③姓。'漢'有'龔遂'。見"古今姓氏書辯證·三"。

6【龔自珍】 ㄍㄨㄥ ㄗˋ ㄓㄣ
(1791~1841)'清''浙江''仁和'(今'杭州市')人,字'璱人',號'定盦',後更名'鞏祚'。'道光'進士,官禮部主事。才氣過人,博通經學、小學和史地學,又工詩文。曾與'林則徐'、'魏源'等結'宣南詩社'。講求經世之學,主張改革社會。有"定盦全集"傳世。

龓 ㄌㄨㄥˊ *lung*² 音龍
兼有。見"說文"。

龕 ㄎㄢ *k'an*¹ 音堪
①容納。見"方言·六"。②安置佛像或神主的櫝櫃。如:神龕。③平定;攻克。同戡。如:龕亂。

龜 部

龜 ㊀ ㄍㄨㄟ *kuei*¹ 音規
①(turtle) 爲脊椎動物中屬爬蟲綱、龜鼈目 (order Chelonia) 的動物。其行動緩慢,體表被有龜甲。位於背面者稱背甲 (carapace), 位於腹面者稱腹甲 (plastron), 兩者於體兩側互相連接。龜甲的前後兩端各有開口, 前肢與頭自前端的開口伸出, 後肢與尾則自後端的開口伸出。口內無齒, 但上下頜有角質鞘。舌固定於口腔底而不能活動。有的陸生, 有的生活於淡水或海水, 而水生者其四肢呈鰭狀。大部棲於熱帶地區, 也有的分布於溫帶。食植物或動物。每年繁殖一次, 雌者至陸地產卵, 產卵時, 用後肢挖土, 產卵於穴中。肉及卵皆可供食用, 龜甲可供工業用。現存者約 250 種。②占卜時所用的龜甲。如: 卜人定龜。③罵人的話。俗指男人開妓院, 或放縱其妻與人姦淫。

龜圖

㊁ ㄑㄧㄡ *ch'iu*¹ 音丘
參龜茲。

㊂ ㄐㄩㄣ *chün*¹ 音君
受凍而坼裂。通皸。如:龜裂。

6【龜兆】 ㄍㄨㄟ ㄓㄠˋ
古代占卜時, 在龜甲上所灼成之可藉以預測吉凶的裂紋。

10【龜茲】 ㄑㄧㄡ ㄘˊ
①古'西域'國名。在今'新疆省''庫車'、'沙雅'二縣間。②舊縣名。'漢'置。故城在今'陝西省''榆林縣'北。

12【龜裂】 ㄐㄩㄣ ㄌㄧㄝˋ
皮膚或泥土乾裂如龜紋。

【龜策】 ㄍㄨㄟ ㄘㄜˋ
龜甲和蓍草。古代卜筮的用具。也作龜筴。

22【龜鑑】 ㄍㄨㄟ ㄐㄧㄢˋ
比喻借鏡前事。

12【龜殼花】 ㄍㄨㄟ ㄎㄜˊ ㄏㄨㄚ
(Taiwan habu; turtle designed snake; *Trimeresurus mucrosquamatus*) 屬爬蟲綱、有鱗目 (order Squamata)、蛇亞目 (suborder Ophidia)、響尾蛇科 (family Crotalidae)。頭部廣闊呈三角形, 毒腺位於眼與口角間的部位。體黃褐色或暗褐色, 背中線上有若干濃褐色斑, 交互略向側面伸展。腹面淡紅褐色。鼻孔與眼眶間有一甚深的頰窩, 可感覺定溫動物體熱所在。毒牙爲管牙, 毒性爲出血毒。'臺灣'產於'阿里山'、'基隆'、'臺北'、'臺東'等地。

龜殼花圖

4【龜毛兔角】 ㄍㄨㄟ ㄇㄠˊ ㄊㄨˋ ㄐㄧㄠˇ
龜生毛, 兔生角。①古人以爲戰亂的徵兆。②佛典用以比喻虛妄不實的事物。

20【龜齡鶴算】 ㄍㄨㄟ ㄌㄧㄥˊ ㄏㄜˋ ㄙㄨㄢˋ
比喻長壽。

21【龜鶴遐年】 ㄍㄨㄟ ㄏㄜˋ ㄒㄧㄚˊ ㄋㄧㄢˊ
比喻長壽。也作龜鶴遐齡。

𪚴 龜的本字。

4

𪚧 ㄖㄢˊ *jan*² 音然 又讀 ㄋㄢˊ *nan*² 音南
龜甲的邊緣。見"說文"。

𪚿 ㄐㄧㄠ *chiao*¹ 音焦
灼龜而不裂出兆紋。見"說文"。

5

𪛁 𪚧的或體。

𪛂 ㄊㄨㄥˊ *t'ung*² 音同
龜的一種。見"說文"。

龠 部

龠 ㄩㄝˋ yüeh⁴ 音悅
1古代管樂器的一種。似笛而稍短，有三孔、六孔與七孔之別。一作籥。見"說文"。2古代容量單位。十龠爲合。見"漢書·律曆志上"。

4

龡 吹的或體。

5

龢 ㄏㄜˊ ho², hê² 音和
通作和。1樂聲調和。見"說文"。2和睦；和諧。見"廣韻"。

8

龣 ㄐㄩㄝˊ chüeh² 音決 又讀 ㄌㄨˋ lu⁴ 音祿
五音之一。即角音。一作龣、䩸。見"集韻"。

9

龤 ㄒㄧㄝˊ hsieh² 音諧
和諧。通諧。見"說文"。

龥 籲的本字。

10

龥 ㄔˊ ch'ih² 音池
笛子。一作箎。見"說文"。

䶒 ㄌㄧㄢˊ lien² 音廉
古代的鼓名。即枚鼓。見"字彙"。

11

龣 龣的或體。

16

龤 籥的或體。

新辭典附錄

目　次

中外大事年表

凡例說明

一、本表係配合新辭典所製，俾便讀者查閱參考。

二、本表採中西對照，縷舉遠古時代至中華民國九十四年（2005年）間之重要史事。

三、本表所列舊、新石器時代之人類活動遺跡係依據較通行之考古資料。中國黃帝至夏桀時期之傳說史料，雖佐證資料不甚完備，但向爲中國史家所傳述，亦予列入。

四、本表共分帝王（或中華民國）、年序（或年號）、中國、西元及世界諸欄。其中帝王欄包括歷代皇帝稱號、姓名及其在位年數；年序（或年號）及西元兩欄序列大事發生之年代；中國及世界兩欄則縷舉當年發生之重要史事。

五、本表於中、西曆有月差現象（即中曆歲末爲西曆之翌年）時，所表列之事件發生於民國以前者，以中曆爲準。如太平天國於清宣宗道光三十年十二月十日在金田村起事，乃西元1851年1月11日，本表記於1850年。

	中國	西元	世界
		（約前）400萬	非洲南猿（～前100萬）。
		200萬	東非巧人。
舊石器時代	元謀猿人（雲南）。	170萬	
		150萬	印尼爪哇人（～前50萬）。
	藍田猿人（陝西）。	60萬	
	北京人（河北）。	50萬	
	丁村人（山西）。	15萬	
	左鎭人（～前2萬‧臺灣）。	3萬	法克羅馬儂人。
	山頂洞人（～前9000‧河北）。	18000	
新石器時代	裴李崗文化（～前5100‧河南中部）。	5900	
	仰韶文化（～前2960‧遍及整個中原地區及關陝一帶）。	5150	
	河姆渡文化（～前4790‧浙江餘姚）。	5005	
	馬家濱文化（～前3655‧太湖流域）。	4746	
	大汶口文化（～前2690‧山東半島及其鄰近海岸地區）。	4494	
		3500	兩河流域文明開始。
	良渚文化（～前2250‧江淮間地區）。	3310	
	屈家嶺文化（～前2635‧鄂北及豫省西南）。	3070	

帝王	中國	西元	世界
		(約前) 3000	蘇美人在兩河流域產生雛形的城邦型態。
		2850	埃及舊王國時期開始(～前2300)。
黃帝 (100)	敗炎帝,殺蚩尤,逐葷粥。	2550	
	龍山文化(～前1810·華北地區)。	2515	
		2500	印度河文明興起。 希臘邁諾亞文明興起。
顓頊 (78)		2450	
帝嚳 (75)		2372	
		2350	阿卡德薩爾恭稱雄兩河流域及敘利亞。
唐堯 (118)	命鯀治水無成,命舜攝天子事。	2297	
虞舜 (39)	命禹治水。	2179	
夏禹 (45)	服九黎三苗。	2140	
啟 (10)	滅有扈氏。	2095	
太康 (29)	后羿奪夏政。	2085	
仲康 (13)		2056	
		2050	埃及中王國時期開始(～前1800)。
相 (28)	徙商丘,爲有過氏澆所滅,夏祀中絕40年。	2043	
少康 (21)	中興夏朝。	2015	
		2000	古巴比倫帝國建立(～前1550)。
杼 (17)		1994	
槐 (26)	九夷來朝。	1977	
芒 (18)		1951	
泄 (16)		1933	
不降 (59)	伐九苑。	1917	
扃 (21)		1858	
廑 (21)		1837	
孔甲 (31)	夏又衰,諸侯叛。	1816	
		1792	巴比倫王漢摩拉比即位(～前1750)。
皐 (11)		1785	
發 (11)		1774	
桀 (52)	商湯爲諸侯。	1763	
		1750	第一次民族大遷徙(～前1550),如西克索人進入埃及、阿利安人進入印度等。

帝王	年序	中國	西元	世界
商 湯 (13)	元	放夏桀於南巢。	(約前) 1711	
		王即位於亳。		
外 丙 (2)	元		1698	
仲 壬 (4)	元		1696	
太 甲 (33)	3	伊尹放逐太甲於桐。	1690	
	7	伊尹歸政於王。	1686	
沃 丁 (29)	元		1659	
太 庚 (25)	元		1630	
小 甲 (36)	元		1605	
	6		1600	希臘邁錫尼文明興起。
雍 己 (12)	元		1569	
	5		1565	埃及驅除西克索人建立帝國(新王國)。
太 戊 (75)	元		1557	
仲 丁 (11)	元	遷都隞(囂)。	1482	
外 壬 (15)	元		1471	
河亶甲 (9)	元	遷都相。	1456	
祖 乙 (19)	元	遷都邢。	1447	
祖 辛 (16)	元		1428	
沃 甲 (20)	元		1412	
祖 丁 (32)	元		1392	
	18		1375	埃及法老易克納唐改革宗教,崇拜太陽神。
南 庚 (29)	元	遷都奄。	1360	
陽 甲 (7)	元		1331	
盤 庚 (28)	15	遷都殷。	1310	
小 辛 (21)	元		1296	
	7		1290	摩西率領希伯來人出埃及,宣布十誡。
小 乙 (21)	元		1275	
武 丁 (59)	5		1250	第二次民族大遷徙(~前1050),如多利安人進入希臘、弗里吉亞人進入小亞細亞等。
	32	克鬼方。	1223	
祖 庚 (7)	元		1195	
祖 甲 (33)	元		1187	
	4		1184	傳統說法,特洛依被亞該亞人包圍(~前1174)。

帝王	年序	中國	西元	世界
廩辛(6)	元		(約前)1154	
庚丁(6)	元		1148	
武乙(4)	4	王死於河、渭之間。	1139	
太丁(3)	元		1138	
帝乙(37)	元		1135	
	36		1100	頃,希臘進入黑暗時代(～前800)。
紂王(33)	4	周文王立。	1095	
	10	東征人方。	1089	
	23	周武王立。	1076	
周武王(姬發·13)	11	與紂戰於牧野,紂逃回朝歌自焚而死。	1066	
成王(姬誦·37)	元	周公攝政。	1063	
		管叔、蔡叔挾持武庚、祿父,並聯合奄、淮夷等叛亂。		
	3	周公平定管、蔡、武庚之亂。	1061	
康王(姬釗·26)	元		1026	
	7		1020	希伯來王國於巴勒斯坦建立(～前586)。
	17		1010	大衛王統一希伯來王國,定都耶路撒冷。
昭王(姬瑕·24)	元		1000	阿利安人於恆河流域建國。
				南美安地斯文明興起。
	24	王南征,溺死於漢水。	983	
穆王(姬滿·55)	6		971	所羅門王即希伯來王位(～前932)。
	17	西征。	960	
	55		922	希伯來王國分裂爲以色列和猶太兩國。
共王(姬繄扈·12)	元	滅密。	921	
懿王(姬囏·25)	元		909	
孝王(姬辟方·15)	元		884	
夷王(姬燮·12)	3	烹齊哀公。	867	
厲王(姬胡·29)	16	王貪得嗜利,爲國人放逐於彘。	842	
共和	元	周定公、召穆公共掌朝政。	(前)841	
	14	王崩於彘。	828	
宣王(姬靜·46)	4	命討西戎。	824	
	5	命伐玁狁,征荊蠻。	823	
	14		814	頃,腓尼基人在北非建迦太基城。

帝王	年序	中國	西元	世界
宣王	31	伐太原之戎,不克。	(前) 797	
	39	攻姜戎,敗於千畝。	789	
幽王 (姬宮涅·11)	6		776	希臘各城邦在奧林匹斯山下舉行競技大會,爲奧林匹克運動會之濫觴。
	8	廢申后及太子宜臼,立褒姒子伯服爲太子,宜臼奔申國。	774	
	11	申侯率西夷、犬戎攻陷鎬京,弑王於驪山下,擄褒姒。	771	
		諸侯立宜臼。		
平王 (姬宜臼·51)	元	東遷雒邑。	770	
		賜秦襄公岐西地,秦始列爲諸侯。		
	18		753	羅馬王政時期開始(～前509)。
	21	秦文公破西戎,收復岐東周朝故地。	750	頃,希臘海外殖民時期開始(～前550)。
	26	晉昭侯封其叔父成師於曲沃(晉由是分裂)。	745	
	49	春秋時代開始(～前481)。	722	亞述滅以色列國。
桓王 (姬林·23)	13	王伐鄭於繻葛,爲鄭大將祝聃所傷。	707	
	20		700	亞述王朝定都尼尼微。
莊王 (姬佗·15)	7	齊襄公滅紀。	690	
	9	秦武公滅邽、冀之戎,置縣(中國設縣自此始)。	688	
	12	齊桓公即位,任用管仲、鮑叔、隰朋、高傒修齊國之政。	685	
釐王 (姬胡齊·5)	元	齊桓公會諸侯於北杏,議平宋亂。	681	
	3	齊桓公盟諸侯於鄄,確立霸主地位。	679	
	4	曲沃武公篡晉。	678	
惠王 (姬閬·25)	10		667	亞述征服埃及。
	13	齊桓公北伐山戎以救燕。	664	
	16	齊桓公伐狄以救邢。	661	
	17	齊桓公重建衛國。	660	
	21	齊桓公率魯、宋、陳、衛、鄭、許、曹聯軍擊蔡伐楚,共盟於召陵。	656	
	22	晉驪姬之亂,太子申生被迫自殺,公子重耳、夷吾逃亡。	655	
襄王 (姬鄭·33)	元	齊桓公會諸侯於葵丘,完成霸業。	651	
	2		650	頃,希臘開始採用方陣戰術。
	10	宋襄公大敗齊人,爲立孝公昭。	642	
	14	楚軍大敗宋襄公於泓水。	638	
	16	重耳返晉即位,是爲晉文公。	636	
		王子帶率狄人攻陷成周,王出居鄭。		

帝　王	年序	中　國	西元	世　界
襄　王	17	晉文公殺王子帶，迎王返周。	(前) 635	
	20	晉文公率齊、秦、宋聯軍敗楚於城濮。	632	
	24		628	頃，祆教創立者瑣羅亞斯德誕生(～前551)。
	25	晉襄公敗秦軍於殽。	627	
	29	秦穆公用戎臣由余謀，滅國十二，稱霸西戎。	623	
	31		621	頃，德拉哥將雅典法律成文化。
頃　王 (姬壬臣·6)	元		618	
匡　王 (姬班·6)	元		612	加爾底亞人、米底亞人攻破亞述帝國。
定　王 (姬瑜·21)	10	楚莊王用孫叔敖整頓國政，敗晉於邲。	597	
	13		594	梭倫改革雅典政治制度。
	21		586	巴比倫征服猶太王國，猶太人的巴比倫流亡開始。
簡　王 (姬夷·14)	6		580	希臘哲學家畢達哥拉斯誕生(～前500)。
	7	宋大夫華元倡和平運動，力促晉、楚弭兵。	579	
	11	晉欒書敗楚、鄭之師於鄢陵，復興霸業。	575	
靈　王 (姬泄心·27)	9		563	頃，佛教創立者釋迦牟尼誕生於印度北部(～前483)。
	12		560	頃，雅典僭主政治時期開始(～前510)。
	15	晉敗楚於湛阪。	557	
	18	鄭以子產爲卿，從事什伍制及土地改革。	554	
	21	孔子生於魯國鄹邑。	551	
	22		550	頃，居魯士滅米提王國，建立波斯帝國(～前330)。
	26	宋大夫向戌倡弭兵之盟。	546	居魯士征服呂底亞。
	27		545	印度摩揭陀王國建立。
景　王 (姬貴·25)	6		539	居魯士攻下巴比倫，准猶太人返國。
	20		525	波斯滅埃及。
	23	楚伍員(子胥)奔吳。	522	
	24		521	波斯王大流士一世即位(～前486)。
敬　王 (姬匄·44)	3	魯三桓擊敗昭公軍，昭公奔齊。	517	
	8	吳滅徐及鐘吾兩國。	512	大流士進兵色雷斯，波斯帝國勢力進入歐洲。
	11		509	羅馬共和時期開始。
	12		508	克利斯提尼改革雅典政治制度。
	14	吳王闔閭破楚郢都，楚昭王奔隨。	506	
	15	魯國季氏家臣陽虎挾制三桓，獨專魯政。	505	

帝王	年序	中國	西元	世界
敬王	21		(前)499	波、希戰爭爆發(～前479)。
				愛爾尼亞反叛波斯(～前494)。
	24	越王句踐敗吳軍於檇李,闔閭傷足而死。	496	
	26	吳王夫差敗越王句踐於夫椒。	494	
	30		490	波、希馬拉松之役,雅典敗波斯。
	33	宋滅曹。	487	
	38	吳王夫差會晉、周、魯於黃池。	482	
		越王句踐焚吳都姑蘇。		
	40		480	波斯發動第三次征希之役(～前479)。
				德摩佩勒之役,波斯敗斯巴達。
				薩拉米斯灣之役,雅典敗波斯。
	41	孔子卒。	479	普拉提亞之役,希臘敗波斯。
				雅典稱霸希臘(～前431)。
	42	楚滅陳。	478	提洛聯盟成立。
元王(姬仁·7)	3	越王句踐滅吳稱霸。	473	
	7		470	蘇格拉底誕生於雅典(～前399)。
貞定王(姬介·28)	16	晉國韓、趙、魏三家滅知氏。	453	
	18		451	羅馬十二木表法頒布。
	21		448	波斯、雅典簽訂停戰和約。
	22	楚滅蔡。	447	雅典興建帕德嫩神廟。
	23	魏文侯即位,用李悝、吳起推行中央集權制。	446	
	24	楚滅杞。	445	
考王(姬嵬·15)	10	楚滅莒。	431	伯羅奔尼撒戰爭爆發(～前404)。
	14		427	柏拉圖誕生於雅典(～前347)。
威烈王(姬午·24)	5		421	雅典、斯巴達簽訂尼契亞士和約,結束第一階段伯羅奔尼撒戰爭。
	11		415	雅典遠征西西里,圍攻敘拉古(～前413)。
	15		411	雅典寡頭政治遭軍事政變,組400人議事會。
	22		404	雅典降於斯巴達,伯羅奔尼撒戰爭結束。
				斯巴達稱霸希臘(～前371)。
	23	晉大夫韓、趙、魏三氏自立爲諸侯。	403	雅典恢復民主制度。
		戰國時代開始(～前221)。		
安王(姬驕·26)	12		390	高盧劫掠羅馬。

帝王	年序	中國	西元	世界
安王	15	吳起與魏武侯不合,奔楚。	(前) 387	
	16	命齊大夫田和爲諸侯。	386	
	18		384	亞里斯多德誕生於雅典(～前323)。
	21	楚貴族殺吳起。	381	
	23	齊康公死,田剡併其地。	379	
	26	三家分晉,晉亡。	376	
		韓滅鄭。		
烈王(姬喜·7)	5		371	魯克特拉之役,斯巴達霸權結束,底比斯稱霸(～前362)。
顯王(姬扁·48)	4		365	頃,歐幾里得誕生(～前300)。
	10	秦孝公用商鞅變法。	359	馬其頓腓力二世即位(～前336)。
	16	齊威王出兵救趙,敗魏軍於桂陵。	353	
	18	韓以申不害爲相。	351	
	19	秦孝公自雍徙都咸陽。	350	
	28	齊將田忌、孫臏敗魏師於馬陵,殺龐涓,稱霸東方。	341	哲學家伊比鳩魯誕生(～前270)。
	29	秦商鞅率齊、趙聯軍敗魏,魏獻河西之地以和。	340	
	31	秦惠文王族誅商鞅。	338	喀羅尼亞之役,馬其頓敗希臘聯軍,建立霸權。
	33		336	馬其頓王亞歷山大即位(～前323)。
	35	楚滅越。	334	亞歷山大東征。
	36	蘇秦倡合從運動,勸六國合力抗秦。	333	
	37		332	亞歷山大征服埃及。
	39		330	亞歷山大滅波斯帝國。
	43		326	亞歷山大征服印度北部。
	46		323	埃及托勒密王朝開始(～前30)。
	47		322	印度旃陀羅岌多創建孔雀王朝(～前184)。
慎靚王(姬定·6)	元	衛自貶侯號。	320	
	3	楚、魏、趙、韓、燕共擊秦於函谷,未勝。	318	
	5	秦大夫司馬錯滅蜀。	316	
赧王(姬延·59)	元	齊宣王殺燕王噲。	314	
	3	秦敗楚懷王,取漢中地,置漢中郡。	312	
	4	張儀倡連横之議,勸六國親秦。	311	
	6	秦始置丞相。	309	
	8	趙武靈王始習胡服騎射。	307	

帝王	年序	中國	西元	世界
赧王	16	秦執楚懷王。	(前) 299	
		齊孟嘗君入秦爲相。		
	22	秦將白起殲滅韓、魏聯軍二十四萬於伊闕。	293	
	28		287	希臘物理學家阿基米德誕生(～前212)。
	29	齊與魏、楚滅宋,三分其地。	286	
	31	燕昭王遣樂毅率趙、秦、韓、魏聯軍攻陷齊都臨淄,齊湣王被殺,樂毅下齊七十餘城。	284	
	35		280	亞利斯他克倡主太陽中心說。
	36	齊田單施離間計,盡復齊七十餘城。	279	
	37	秦將白起伐楚拔郢都,楚遷都陳。	278	
	42		273	印度孔雀王朝阿育王即位(～前232)。
	45	趙將趙奢重創秦軍於閼與。	270	
	49	秦昭襄王以范雎爲相,採其議,施「遠交近攻」之計。	266	
	50		265	義大利亞平寧山脈以南之地至此完全被羅馬人征服。
	51		264	第一次布匿克戰爭爆發(～前241)。
	55	秦將白起坑趙軍四十萬於長平。	260	
	58	白起被賜死。	257	
		魏信陵君出兵救趙,大破秦軍於邯鄲城下。		
	59	秦滅周。	256	
秦孝文王 (嬴子柱・3日)	元		250	安息帝國興起於伊朗。
秦莊襄王 (嬴子楚・3)	元	任呂不韋爲相。	249	
		楚滅魯。		
始皇帝 (嬴政・37)	6	楚春申君聯趙、衛、韓、魏軍攻秦失敗,楚遷都壽春。	241	
	10	罷呂不韋。	237	哈美克、漢尼拔進占西班牙(～前219)。
		從李斯諫,除逐客令。		
	17	秦內史勝滅韓,置潁川郡。	230	
	19	秦將王翦拔趙都邯鄲,公子嘉立於代。	228	
	20	燕太子丹使荊軻刺秦王失敗。	227	
	21	秦將王翦拔燕都薊,燕王喜退保遼東。	226	第二次布匿克戰爭,漢尼拔進兵義大利(～前201)。
	22	秦將王賁引水灌魏都大梁,殺魏王假。	225	
	24	秦將王翦、蒙武滅楚。	223	
	25	秦將王賁滅遼東之燕及代。	222	羅馬攻占波河谷地。
		王翦定江南及百越,置會稽郡。		

帝王	年序	中國	西元	世界
始皇帝	26	秦將王賁滅齊，中國統一。	(前) 221	
		秦王嬴政自稱［始皇帝］，實施中央集權。		
	27	秦始皇開始修治馳道，巡行天下。	220	
	31		216	坎泥之戰，漢尼拔敗羅馬軍。
	32	大將蒙恬率軍三十萬北擊匈奴，收復河套。	215	第一次馬其頓之戰（馬其頓與羅馬之戰）爆發（～前205）。
	33	征服南越，置南海、桂林、象郡。	214	
		蒙恬伐匈奴，取河南地，置四十四縣。		
		修萬里長城，築直道。		
	34	採李斯之議，下令焚毀詩書百家語。	213	
	35	在咸陽活埋儒生四百六十多人。	212	
	37	始皇東巡，病死沙丘。	210	西庇阿攻下西班牙（～前206）。
		李斯、趙高矯詔立少子胡亥，殺太子扶蘇及大將蒙恬。		
二世（嬴胡亥·3）	元	陳勝、項梁、劉邦起兵。	209	
	2	秦二世族誅李斯，相趙高。	208	
	3	項羽破秦軍於鉅鹿。	207	馬陶勞河之役，漢尼拔援軍爲羅馬軍所滅。
		劉邦破秦兵於藍田。		
漢高祖（劉邦·12）	元	劉邦入咸陽，秦亡。	206	朝鮮箕準稱王。
		項羽稱西楚霸王，封劉邦爲漢王。		
		趙佗自立爲南越武王。		
	3		204	西庇阿進兵非洲，漢尼拔歸國抵禦。
	4	項羽、劉邦訂鴻溝之盟。	203	
	5	劉邦背約追擊項羽，項羽自刎於烏江。	202	西庇阿敗漢尼拔於撒馬。
		劉邦即皇帝位。		
	6	叔孫通定朝儀。	201	迦太基降於羅馬。
	7	匈奴冒頓單于圍帝於平城。	200	第二次馬其頓之戰（～前197），馬其頓敗，喪失希臘霸權。
	9	採劉敬之議，與匈奴和親。	198	
	11	呂后族誅韓信、彭越。	196	
		詔舉賢才。		
惠帝（劉盈·7）	元		194	衛氏朝鮮建立。
	3		192	塞流卡斯入侵希臘，羅馬軍予以反擊，逐至小亞細亞還（～前189）。
	4	廢秦［挾書律］。	191	
	7	呂后臨朝稱制。	188	

帝王	年序	中國	西元	世界
呂后（呂雉·8）	元	廢秦三族罪及妖言令。	（前）187	印度巽加王朝開始（～前72）。
	4		184	印度孔雀王朝亡。
	5	南越王趙佗稱帝。	183	
	8	呂后病死，陳平、周勃誅諸呂。	180	
文帝（劉恆·23）	3	匈奴破月氏（約十二年後月氏西徙）。	177	
	6	賈誼上治安策。	174	
	9		171	第三次馬其頓之戰（～前168），馬其頓被分成四區治理。
	15		165	猶太王國再建於巴勒斯坦。
景帝（劉啟·16）	2	田租定為三十稅一。	155	
	3	帝採鼂錯議，進行削藩，七國叛，為周亞夫所平。	154	
	8		149	第三次布匿克戰爭（～前146），迦太基被毀。
	11		146	羅馬焚毀科林斯，馬其頓成為羅馬的一省。

帝王	年號	中國	西元	世界
武帝（劉徹·54）	建元元	始立年號。	（前）140	
	3	徙東甌人民於江、淮之間。	138	
		張騫出使西域（前126年歸）。		
	5	始置五經博士。	136	
	元光元	從董仲舒議，初命郡國舉孝廉。	134	
	2	王恢〔馬邑之謀〕為匈奴軍臣單于識破，從此漢、匈決裂。	133	提底留·格拉古當選羅馬護民官。
	5	遣唐蒙通夜郎，置犍為郡。	130	
		命張湯、趙禹共定律令。		
	6	衛青首次北伐匈奴成功。	129	
	元朔元	衛青第二次北伐匈奴成功。	128	
		東夷薉君南閭內屬，置蒼海郡。		
	2	採主父偃之策，頒〔推恩之令〕。	127	
		衛青第三次北伐匈奴，收復河南地，置朔方郡，並於套外置五原郡。		
	5	衛青第四次北伐匈奴成功。	124	
		採公孫弘、董仲舒之議，置博士弟子五十人。		
	6		123	蓋亞士·格拉古當選羅馬護民官，促成多項對貧民有利的改革。
	元狩2	霍去病破匈奴，取河西地。	121	
	4	置鹽鐵官，徵算緡錢。	119	
		衛青、霍去病北擊匈奴，直抵瀚海。		

帝王	年號	中國	西元	世界
武帝			(前)	
	4	張騫二次出使西域。	119	
	5	鑄五銖錢。	118	
	元鼎 2	行均輸法。	115	
		張騫使烏孫歸,西域始通。		
	6	楊僕、路博德滅南越,置九郡。	111	
		郭昌、衛廣平西南夷,置五郡。		
		李息平西羌,置護羌校尉。		
	元封 元	平閩越,徙其民於江、淮間。	110	
		行平準法。		
	2	郭昌平滇,置益州郡。	109	
	3	趙破奴擊降樓蘭、車師。	108	馬里亞斯第一次當選羅馬執政官。
		平朝鮮,置眞番、臨屯、樂浪、玄菟四郡。		
	5	始設朔方、交阯等十三州刺史。	106	
	太初 元	採公孫卿、壺遂、司馬遷等人之建議,廢秦曆,另造太初曆。	104	馬里亞斯再度當選羅馬執政官,並逐退條頓人與辛布賴人的南侵。
	3	李廣利擊降大宛。	102	
	天漢 元	蘇武使匈奴被拘。	100	
	2	李陵降於匈奴,司馬遷爲陵辯護,遭腐刑。	99	
	3	榷酒酤。	98	
	征和 2	巫蠱之禍,太子據及皇后衛氏自盡。	91	義大利發生社會戰爭(或稱同盟戰爭,～前88),所有義大利人取得公民權。
	3	李廣利敗降匈奴。	90	
	4	頒輪臺之詔。	89	
	後元 元		88	第一次米瑟拉第斯之戰爆發(～前84),蘇拉獲勝。
昭帝 (劉弗陵·13)	始元 元	帝年幼,霍光輔政。	86	
	5		82	蘇拉成爲羅馬獨裁者(～前79)。
	元鳳 4	傅介子誘殺樓蘭王,更其國名鄯善。	77	
宣帝 (劉詢·25)	本始 2	與烏孫共同擊破匈奴。	72	
	4		70	克拉蘇、龐培當選羅馬執政官。
	地節 2	霍光死,帝親政。	68	
	3	鄭吉破車師,其王奔烏孫。	67	龐培平定地中海東岸海盜;擊敗米瑟拉第斯;征服巴勒斯坦、敘利亞等地(～前62)。
	4	霍氏謀反被族誅。	66	
	元康 元	平莎車。	65	
	3		63	羅馬征服巴勒斯坦。

帝　王	年號	中　　國	西元	世　　界
宣　帝	神爵元	平定羌亂。	(前)61	
	2	匈奴日逐王來降。	60	羅馬第一次三頭政治——凱撒、龐培、克拉蘇(前三雄)。
		設西域都護府於烏壘城。		
	4		58	凱撒遠征高盧(～前51)。
	五鳳元	匈奴五單于爭立。	57	朝鮮半島新羅建國(～936)。
	甘露元		53	克拉蘇遠征安息,兵敗被殺。
	3	匈奴呼韓邪單于來朝。	51	
	黃龍元		49	凱撒渡過魯比孔河,將龐培逐出義大利。
元　帝(劉奭·16)	初元元	初置戊己校尉,屯田車師故地。	48	法塞拉斯之役,龐培被凱撒擊敗逃入埃及,後遭刺殺。
	5		44	凱撒遭暗殺。
	永光元		43	羅馬第二次三頭政治——屋大維·安東尼、雷比達(後三雄)。
	2		42	菲力比戰役,安東尼、屋大維擊敗布魯塔斯,迦西亞斯帝國由後三雄分別統治。
	5		39	朝鮮半島高句麗建國(～668)。
	建昭3	甘延壽、陳湯攻殺北匈奴郅支單于。	36	
	竟寧元	王嬙嫁匈奴呼韓邪單于。	33	
成　帝(劉驁·26)	建始元	外戚王氏開始專政。	32	
	2		31	亞克丁港之役,屋大維擊敗安東尼而形成獨尊局面。
	3		30	羅馬滅埃及王國。
	河平2		27	羅馬元老院向屋大維進奉「奧古斯都」封號,羅馬進入帝政時期。
	鴻嘉3		18	朝鮮半島百濟建國(～660)。
	建平3		4	耶穌誕生。
哀　帝(劉欣·6)	元壽元	博士弟子秦景憲從大月氏使者口授浮屠經(佛教傳入中國最早的記載)。	2	
平　帝(劉衎·5)	元始元	王莽號安漢公。	(後)1	
	5	王莽弒帝。	5	
孺子嬰(劉嬰·3)	居攝元	王莽自稱「假皇帝」。	6	
	初始元	王莽篡位。	8	
新(王莽·15)	始建國元	更天下田曰王田,不得買賣。	9	萊因河、易北河間日耳曼部落叛變,羅馬以萊因河爲邊界。
	2	制五均、六筦、賒貸之法。	10	
	4	許王田及奴婢自由買賣。	12	
	天鳳4	荊州綠林兵起。	17	
	5	青州、徐州的赤眉兵起。	18	
	地皇3	劉縯、劉秀起兵。	22	

帝王	年號	中國	西元	世界
新	4	劉秀立更始帝劉玄。	23	
		昆陽之戰,王莽敗死。		
東漢 光武帝 (劉秀·33)	建武 元	劉秀即帝位。	25	
		赤眉兵弒更始。		
	3	遣馮異擊降赤眉。	27	
	11	馬援破先零羌。	35	
	13	盧芳亡入匈奴,天下統一。	37	
	15	詔州、郡檢覈田數、戶籍。	39	
	19	馬援平定交阯、嶺南。	43	羅馬軍遠征英格蘭。
	24	匈奴分裂爲南、北二部。	48	
	25	馬援討武陵蠻病死,蠻亦降。	49	
		烏桓內屬,置其諸君長於緣邊諸郡。		
	26	徙南單于居西河郡美稷縣。	50	
	30	鮮卑大人來朝受封。	54	羅馬皇帝尼祿即位(~68)。
	中元 2	倭奴國朝貢,帝賜以「漢委奴國王」印。	57	
明帝 (劉莊·18)	永平 元	馬武擊破燒當羌。	58	
	7		64	羅馬城發生大火,尼祿藉故迫害基督教徒。
	8	遣蔡愔使西域求佛經(67年歸)。	65	
	9		66	巴勒斯坦猶太人叛亂(~70),提塔斯毀耶路撒冷。
	11	建白馬寺。	68	
	12	哀牢夷內附,以其地置二縣。	69	
	13	楚王英之疑獄起。	70	
	16	竇固等伐北匈奴,取伊吾盧(哈密)。	73	
		班超使西域,於鄯善斬北匈奴使臣。		
	17	西南夷哀牢、儋耳等百餘國來貢。	74	
		竇固、耿恭擊破車師。		
章帝 (劉炟·13)	建初 4	命曹褒定漢禮一百五十篇。	79	義大利半島維蘇威火山爆發,埋沒龐貝城。
		召集名儒於白虎觀,論群經異同,作白虎議奏。		
	章和 元	匈奴五十八部來降。	87	
和帝 (劉肇·17)	永元 元	竇憲、耿秉大破北匈奴,勒銘燕然山而還。	89	
	3	竇憲再破北匈奴於金微山,北匈奴西走。	91	
		復置西域都護,以班超任之。		

帝王	年號	中國	西元	世界
和帝	4	竇憲伏誅,班固死洛陽獄中。	92	
	6	班超定焉耆,至此西域五十餘國皆內屬。	94	
	8		96	羅馬皇帝尼瓦即位(~98),開創指定賢者爲義子相承繼位之例,五賢君自此始。
	9	班超遣甘英使大秦、條支,至安息西界而還。	97	
	14	破安定羌,修西海郡故城。	102	
		班超回洛陽,卒。		
	元興元	蔡倫造紙。	105	
殤帝(劉隆·1)	延平元	鄧太后臨朝。	106	羅馬皇帝圖拉眞攻奪多瑙河北岸的達西亞。
安帝(劉祜·19)	永初元	撤消西域都護及屯田。	107	
		諸羌叛亂。		
	5	任尙破先零羌於上黨。	111	
	7		113	羅馬皇帝圖拉眞遠征安息(~117),暫時兼併兩河流域,帝國疆域至此達到極點。
	元初元	侯霸破燒當羌於枹罕。	114	
	2	虞詡破羌於赤亭。	115	
	延光2	班勇爲西域長史,屯兵柳中。	123	
	4	北鄉侯劉懿死,宦官孫程迎立順帝。	125	
順帝(劉保·19)	永建元	馬賢大破鍾羌於臨洮。	126	
	陽嘉元	張衡造候風地動儀。	132	猶太人叛亂(~135),巴勒斯坦地區之猶太社會被毀。
	永和3	張喬、祝良撫降日南、象林蠻,嶺外平。	138	羅馬皇帝安東寧即位(~161)。
沖帝(劉炳·1)	永憙元		145	
質帝(劉纘·1)	本初元	梁冀鴆殺帝,皇太后梁氏臨朝。	146	
桓帝(劉志·21)	永壽2	鮮卑檀石槐南侵。	156	
	延熹4		161	羅馬皇帝馬卡斯·奧理歐斯即位(~180)。
	5	皇甫規撫降沈氐羌。	162	
		馮緄平武陵蠻。		
	9	大秦王安敦遣使來貢。	166	
		李膺等二百餘人下獄,黨錮之禍起。		
	永康元	段熲平西羌。	167	
靈帝(劉宏·22)	建寧元	竇武、陳蕃謀誅宦官失敗,皆夷族。	168	
	2	段熲平東羌。	169	
		第二次黨錮之禍,李膺等百餘人死獄中。		
	熹平4	立石經(即熹平石經)於太學門外。	175	

帝王	年號	中國	西元	世界
靈帝	光和元	初開西邸賣官,又私令左右賣公卿,公千萬,卿五百萬。	178	
	中平元	黃巾亂起,爲皇甫嵩、盧植、朱儁所平。	184	
	2		185	安東耐諾斯長城廢棄(建於140～142年間)。
	5	初選列卿、尙書爲州牧。	188	
	6	袁紹盡誅宦官。	189	
		董卓廢少帝,立獻帝,酖殺何太后。		
獻帝(劉協·31)	初平元	董卓徙帝於長安,專決國政。	190	
	3	王允、呂布合謀殺董卓。	192	
		曹操據兗州,組靑州兵。		
	興平2		195	羅馬皇帝塞佛留征服美索不達米亞(～199)。
	建安元	曹操遷帝於許。	196	
		孫策據會稽。		
	2	袁術稱帝於壽春,爲曹操擊敗。	197	
	3	曹操滅李傕,殺呂布。	198	
		曹操封孫策爲吳侯。		
	4	袁紹滅公孫瓚。	199	
		袁術憤死,張繡投降曹操。		
	5	曹操大敗袁紹於官渡。	200	羅馬葛林亡,生前曾編纂醫學百科全書。
		孫權領有江東之地。		
	10	曹操攻殺袁譚,袁尙、袁熙奔烏桓。	205	
	12	劉備三顧諸葛亮於隆中。	207	
		曹操大破烏桓於白狼山。		
	13	孫權破殺黃祖。	208	羅馬皇帝塞佛留重建哈德連長城(原建於122年)。
		曹操爲丞相,專漢政。		
		孫權與劉備聯軍大敗曹軍於赤壁。		
	15	吳將周瑜卒。	210	
		孫權定交州。		
	17		212	羅馬頒布詔令,使全國自由人成爲公民。
	18	曹操自封魏公。	213	
	19	劉備逐劉璋,取益州。	214	
	20	曹操擊降張魯,取漢中。	215	
	21	曹操爵魏王。	216	

帝王	年號	中國	西元	世界
獻帝	21	曹操分南匈奴爲五部，使居山西中南部。	216	
	24	劉備取漢中，自稱漢中王。	219	
		孫權斬關羽，據荊州。		
魏文帝（曹丕·7）	黃初元	曹操卒。	220	哥德人勢力開始威脅巴爾幹及小亞細亞。
		曹丕採陳群之議，置九品官人法。		
		曹丕篡漢，廢獻帝爲山陽公。		
	2	劉備稱帝，改元章武，是爲蜀漢昭烈帝。	221	
	3	吳將陸遜大敗劉備於猇亭。	222	
	4	劉備病死永安，後主禪嗣位，諸葛亮輔政。	223	
	6	諸葛亮平南中四郡。	225	
	7		226	新波斯帝國（薩珊王朝）興起。
明帝（曹叡·13）	太和元	諸葛亮上出師表伐魏，進駐漢中。	227	
	2	魏將張郃大敗漢將馬謖於街亭。	228	
		吳將陸遜大破魏將曹休於石亭。		
	3	諸葛亮拔魏武都、陰平二郡。	229	
		孫權稱帝，改元黃龍，是爲吳大帝。		
	4	孫權遣衛溫浮海求夷洲（臺灣）。	230	
	青龍2	諸葛亮攻魏，病死五丈原。	234	
	3		235	羅馬帝國軍事的無政府時代開始（～284）。
	景初2	魏遣司馬懿破殺燕王公孫淵，收復遼東。	238	哥德人勢力開始侵入羅馬帝國東半部。
	3	明帝崩，子芳嗣，司馬懿、曹爽共同輔政。	239	
齊王（曹芳·14）	正始3	孫權討平揚州山越。	242	
	7	魏毌丘儉兩伐高句麗，破其都城。	246	
	嘉平元	司馬懿族誅曹爽。	249	
	2		250	羅馬皇帝狄希阿斯迫害基督教徒。
	3	魏司馬懿卒。	251	羅馬皇帝狄希阿斯和哥德人作戰，兵敗被殺。
	4	吳孫權死，廢帝亮立，諸葛恪輔政。	252	
	5	吳孫峻、孫亮殺諸葛恪。	253	
高貴鄉公（曹髦·6）	正元元	司馬師廢帝芳，更立帝。	254	
	2	司馬師平毌丘儉、文欽之亂後病死。	255	
	甘露2		257	東哥德、西哥德分裂。
	3	司馬昭平諸葛誕之叛。	258	哥德人入侵小亞細亞。

帝　王	年號	中　國	西元	世　界
高貴鄉公	3	吳孫綝廢其帝亮,更立景帝休,休殺綝。	258	
陳留王(曹奐·6)	景元元	司馬昭弒帝髦,迎立元帝奐。	260	
	4	魏司馬昭遣鍾會、鄧艾滅蜀漢。	263	
	咸熙元	司馬昭爵晉王。	264	
		吳景帝死,烏程侯皓即位。		
晉武帝(司馬炎·25)	泰始元	司馬昭卒,子炎篡魏。	265	
	5		269	羅馬皇帝克勞第阿斯二世擊敗哥德人。
	6	河西鮮卑禿髮樹機能叛。	270	
	10	吳將陸抗病死。	274	
	咸寧元		275	羅馬皇帝奧理安推翻帕耳邁拉王國。
	2	始立國子學。	276	
		東夷十七國來附。		
	太康元	遣杜預、王濬滅吳。	280	
	5		284	羅馬皇帝戴克里先即位(～305)。
	7		286	戴克里先將羅馬帝國分成東西兩部,並創四人分治制度。
惠　帝(司馬衷·17)	永熙元	以劉淵任匈奴五部大都督。	290	
	元康元	賈后及八王之亂起。	291	
	6	關中氐、羌叛。	296	
	9	江統著徙戎論。	299	
		賈模憤死,賈后廢太子遹。		
	永康元	趙王倫誅賈后及其親黨。	300	頃,美洲墨西哥一帶的馬雅文化開始(～約900)。
		淮南王允討趙王倫敗死,八王之亂大作。		
	永寧元	趙王倫稱帝,被諸王所殺。	301	
	太安元	長沙王乂擒殺齊王冏。	302	
	永興元	東海王越拘長沙王乂,張方殺乂。	304	
		匈奴劉淵自稱漢王,氐李雄建前蜀(成漢),五胡亂起。		
		成都王穎俘惠帝;河間王顒擁帝至長安,專朝政。		
	3	成都王穎、河間王顒被殺,八王之亂終。	306	東羅馬帝國君士坦丁大帝即位(～337)。
懷　帝(司馬熾·6)	永嘉4	匈奴劉淵死,子聰殺其兄和自立。	310	
	5	漢劉曜、石勒、王彌陷洛陽,帝被俘,史稱永嘉之亂。	311	羅馬帝國東方皇帝迦萊里宣布寬容基督教法令。
		石勒殺王彌。		
愍　帝(司馬鄴·4)	建興元	漢劉聰弒懷帝,秦王業在長安即位。	313	羅馬君士坦丁大帝頒布米蘭勒令,承認基督教為合法宗教。

帝王	年號	中國	西元	世界
愍帝	3	陶侃平湘州、廣州之亂。	315	
	4	漢劉曜陷長安，帝被虜。	316	
東晉元帝(司馬睿·6)	建武元	琅邪王司馬睿稱晉王於建業。	317	
		漢劉聰弒愍帝於平陽。		
	大興元	晉王即帝位。	318	
	2	漢劉曜改國號爲趙(前趙)。	319	
		羯人石勒建後趙。		
	3		320	印度笈多王朝建立(～540)。
	永昌元	王敦叛，帝憂憤而死(敦於324年敗死)。	322	
	2		323	羅馬皇帝君士坦丁擊敗東方皇帝利契尼烏斯，統一帝國。
明帝(司馬紹·3)	太寧2	漢人張駿建前涼。	324	
	3	帝崩，太子衍繼位，王導、庾亮共同輔政。	325	羅馬皇帝君士坦丁召開尼西亞大公會議，解決宗教異端問題。
成帝(司馬衍·17)	咸和2	蘇峻反於歷陽。	327	
	3	蘇峻陷建業，遷帝於石頭城，後爲陶侃所誅。	328	
	4	陶侃擒斬蘇逸，迎回成帝。	329	
		後趙石虎滅前趙。		
	5		330	羅馬建都於君士坦丁堡。
	咸康3	鮮卑族慕容皝建前燕。	337	
	4	鮮卑族拓跋什翼犍建代。	338	
	7	行土斷之法。	341	
	8	前燕慕容皝破高句麗，陷其都。	342	
康帝(司馬岳·2)	建元元		343	
穆帝(司馬聃·17)	永和3	晉桓溫滅前蜀李勢。	347	
	6	石閔滅後趙，建國號魏，史稱冉魏。	350	
	7	氐族苻健建前秦。	351	
		石祇爲部將劉顯所殺，後趙亡。		
	8	前燕慕容儁滅冉魏，稱帝。	352	
	10	晉桓溫先敗苻健兵於藍田，繼爲秦軍所敗。	354	
	12	桓溫大敗羌人姚襄於伊水。	356	
	升平元	前秦苻堅殺苻生自立，以王猛爲中書侍郎。	357	
	5		361	羅馬皇帝朱利安即位(～363)，提倡傳統宗教打擊基督教。
哀帝(司馬丕·4)	隆和元		362	

帝王	年號	中國	西元	世界
廢帝(司馬奕·5)	太和 4	桓溫爲前燕慕容垂敗於枋頭。	369	
	5	前秦苻堅滅前燕。	370	
簡文帝(司馬昱·2)	咸安元	桓溫廢帝,立會稽王昱。	371	
	2	前秦以王猛爲相。	372	
孝武帝(司馬曜·24)	寧康元	桓溫病死。謝安執政。	373	
	太元元	前秦苻堅滅前涼及代。	376	西哥德人以盟友身分進入羅馬帝國。
	3		378	亞得利亞堡戰役,西哥德人敗羅馬軍。
	4		379	羅馬狄奧多西大帝即位(～395)。
	5		380	狄奥多西頒布詔令,認爲各種異端都是非法的。
	7	前秦苻堅遣呂光征討西域。	382	
	8	謝石、謝玄大破前秦苻堅於肥水。	383	
	9	鮮卑族慕容垂建後燕。	384	
		羌人姚萇建後秦。		
	10	姚萇殺苻堅,子丕繼立。	385	
		鮮卑族乞伏國仁建西秦。		
	11	代拓跋珪復國,改號魏。	386	
		苻丕爲晉軍所殺,苻登即位。		
		氐人呂光建後涼。		
	17		392	基督教成爲羅馬帝國國教。
	19	後燕慕容垂滅西燕。	394	
		前秦爲西秦乞伏乾歸所滅。		
	20		395	奥諾利烏斯任西羅馬帝國皇帝(～423),羅馬帝國正式分裂爲東西二部。
	21	張貴人弒帝。	396	
安帝(司馬德宗·22)	隆安元	鮮卑族禿髮烏孤建南涼。	397	
		後涼建康太守段業建北涼。		
	2	鮮卑族慕容德建南燕。	398	
		北魏拓跋珪稱帝,遷都平城。		
		桓玄叛。		
	3	孫恩之亂始。	399	
		後秦姚興遣法顯赴天竺求佛法(414年歸)。		
	4	漢人李暠建西涼。	400	
	5	匈奴沮渠蒙遜篡北涼。	401	

帝王	年號	中國	西元	世界
安帝	5	劉裕破孫恩。	401	
	元興元	劉牢之叛降桓玄，桓玄陷健康專政。	402	
	2	後涼爲北涼及南涼所逼，降於後秦。	403	
		桓玄廢帝自立。		
	3	劉裕、劉毅平桓玄之亂。	404	
	義熙2		406	日耳曼人渡過萊因河，進入高盧。
	3	匈奴赫連勃勃建夏。	407	
	5	漢人馮跋滅後燕，建北燕。	409	
		北魏拓跋珪爲其子紹所弒，明元帝嗣位。		
	6	劉裕滅南燕。	410	西哥德人洗劫羅馬城。
		盧循叛亂。		
	7	劉裕平盧循之亂。	411	勃艮地人在上隆河谷地建立王國(～532)。
	8	劉裕討滅劉毅，平荊州。	412	西哥德人進入高盧南部(～415)。
	9	劉裕遣朱齡石滅蜀地譙縱。	413	
	10	西秦乞伏熾磐滅南涼。	414	
	11		415	西哥德人入侵西班牙，驅走汪達爾人(～419)。
	13	劉裕滅後秦。	417	
	14	夏王赫連勃勃復據關中。	418	
		劉裕鴆殺安帝，立恭帝。		
恭帝(司馬德文・2)	元熙元		419	
宋武帝(劉裕・3)	永初元	帝廢晉恭帝自立。	420	
	2	北涼滅西涼。	421	
少帝(劉義符・2)	景平元	魏太武帝拓跋燾立。	423	
		魏太武帝爲道士寇謙之立天師道場。		
文帝(劉義隆・30)	元嘉元	徐羨之廢弒少帝，迎立宜都王義隆。	424	
	3	帝結檀道濟誅徐羨之、傅亮及謝晦。	426	
	6	魏太武帝大敗柔然。	429	汪達爾人征服北非(～439)。
	7	宋軍北伐，不戰而取河南地。	430	
		始鑄四銖錢。		
	8	夏赫連定滅西秦。	431	
		宋檀道濟救滑臺，乏食而退。		
		吐谷渾滅夏，獻於魏。		

帝王	年號	中國	西元	世界
文帝	8	北魏崔浩改定律令。	431	
	12	龜茲、疏勒等九國入貢北魏。	435	
	13	魏太武帝滅北燕。	436	
	16	魏太武帝滅北涼,統一北方。 突厥阿史那率眾奔柔然,居金山下。	439	
	23	宋檀和之平定林邑。 魏太武帝採崔浩之議,禁絕佛法。	446	
	26		449	盎格魯撒克遜人開始入侵英格蘭。
	27	宋軍大舉伐魏不克。	450	
	28	北魏更定律令。	451	迦爾西敦會議,確定信仰道德的問題,以羅馬教宗的判斷爲最後依據。 沙廊戰役,羅馬人、西哥德人及其他盟友擊退阿提拉。
	29	魏太武帝爲其臣宗愛所弒,文成帝族誅宗愛。	452	匈奴人入侵義大利,於教皇利奧一世請求後撤退。
	30	太子劭弒帝自立,武陵王駿遣柳元景誅之,即帝位。	453	
孝武帝(劉駿·11)	孝建 2		455	汪達爾人洗劫羅馬。
	3	北魏破伊吾。	456	
前廢帝(劉子業·1)	永光元	柳元景謀廢帝,事洩被殺。湘東王彧結壽寂之弒帝即位。	465	
明帝(劉彧·8)	泰始 2	晉安王子勛稱帝,帝遣沈攸之討滅。 北魏初立郡學。	466	
	7	魏孝文帝立。	471	
後廢帝(劉昱·4)	元徽 2	蕭道成討滅桂陽王休範之叛。	474	
	4	建平王景素叛,被殺。	476	西羅馬帝國滅亡。
順帝(劉準·3)	昇明元	蕭道成使楊玉夫弒後廢帝,立安成王準。	477	
齊高帝(蕭道成·4)	建元元	帝廢殺宋順帝自立。	479	
	3		481	法蘭克王克洛維斯建立梅羅文加王朝(~751)。
武帝(蕭賾·11)	永明 3	魏孝文帝依李安世之議,頒均田詔。	485	
	4		486	法蘭克王克洛維斯擊敗羅馬在高盧的最後一位統治者夏克利烏斯。
	8	北魏馮太后死,孝文帝親政。	490	
	11	魏孝文帝自代遷都洛陽。	493	狄奧多理在義大利建立東哥德王國(~526)。
明帝(蕭鸞·5)	建武元	帝弒昭業,廢昭文自立。 魏孝文帝禁胡服。	494	
	2	魏禁胡語,求遺書,立國子太學、四門小學,行太和五銖錢。	495	
	3	魏改姓氏。	496	法蘭克王克洛維斯擊敗阿雷曼人,自此法蘭克人信奉基督教。

帝王	年號	中國	西元	世界
東昏侯(蕭寶卷·2)	永元元	魏孝文帝敗齊軍於馬圈,歸途病死。	499	
	2		500	法蘭克王克洛維斯擊敗勃艮地人。
和帝(蕭寶融·2)	中興元	帝自即位於江陵。	501	
		東昏侯被弒,蕭衍入健康。		
梁武帝(蕭衍·48)	天監元	帝廢齊和帝自立。	502	
	3	魏於北邊築九城。	504	
	5	北魏滅仇池楊氏。	506	
		梁伐魏,潰於梁城。		
	6	梁大潰魏師於鍾離。	507	法蘭克王克洛維斯擊敗西哥德人,兼併部分高盧南方土地。
	14	北魏孝明帝詡立,胡太后臨朝稱制。	515	
	普通元	梁、魏開始通好。	520	
	4	北魏六鎭叛變。	523	
	7	梁克壽陽,下城五十二。	526	
	大通元	帝捨身同泰寺(547年再捨身同泰寺)。	527	拜占庭帝國查士丁尼大帝即位(～565)。
		禪宗初祖菩提達摩至梁。		
	2	北魏胡太后、鄭儼弒孝明帝,立臨洮王釗。	528	
		爾朱榮立孝莊帝攸,沈胡太后、幼帝於河,殺王公朝臣二千餘人。		
	中大通元		529	查士丁尼法典頒布。
	2	北魏孝莊帝殺爾朱榮,爾朱兆弒帝。	530	
	4	高歡討爾朱氏,立孝武帝,專魏政。	532	
	5	北魏高歡滅爾朱兆。	533	
	6	北魏高歡叛,孝武帝奔長安,歡另立孝靜帝善見,東魏始。	534	拜占庭帝國滅北非汪達爾王國。
		宇文泰弒孝武帝。		
	大同元	宇文泰立文帝寶炬,西魏始。	535	拜占庭、東哥德於義大利長期爭戰(～554),東哥德亡,義大利成爲拜占庭的一省。
	9	高歡、宇文泰戰於邙山,泰敗退關中。	543	
	太淸2	東魏降將侯景叛變。	548	
	3	侯景攻陷臺城,廢殺臨賀王正德,帝憤死。	549	
簡文帝(蕭綱·2)	大寶元	高洋篡東魏,建北齊。	550	
		西魏宇文泰採蘇綽議,創府兵制。		
	2	侯景弒帝,廢豫章王棟,自稱漢帝。	551	
元帝(蕭繹·3)	承聖元	突厥土門可汗崛起。	552	
		王僧辯、陳霸先討平侯景。		

帝王	年號	中國	西元	世界
元帝	2	西魏殺武陵王紀，據益州。	553	
	3	西魏宇文泰弒廢帝欽，立恭帝廓。	554	
		岳陽王詧引西魏兵陷江陵，帝被弒。		
敬帝(蕭方智·3)	紹泰元	西魏立岳陽王詧於江陵。	555	
		陳霸先殺王僧辯，廢淵明立帝專政。		
		突厥木杆可汗攻滅柔然。		
	太平元	齊自西河總秦戍築長城，東至於海，前後所築凡三千餘里。	556	
陳武帝(陳霸先·3)	永定元	宇文覺篡西魏，建北周，宇文護弒覺。	557	
		帝廢梁敬帝自立。		
文帝(陳蒨·7)	天嘉元	北周宇文護鴆明帝，武帝繼位。	560	
		北齊常山王演廢廢帝殷自立。		
	2	周鑄布泉，陳榷鹽酒。	561	
	5	北齊頒新修律令，更定田賦。	564	
		北齊破北周於洛陽。		
廢帝(陳伯宗·2)	光大元		567	法蘭克王國分裂爲紐斯托利亞、奧斯托拉西亞和勃艮地三國。
	2	安成王頊廢帝自立。	568	倫巴人侵入北義大利。
宣帝(陳頊·14)	太建2		570	頃，伊斯蘭教創立者穆罕默德誕生(～632)。
	4	北周武帝誅宇文護親政。	572	東羅馬帝國和波斯發生戰爭(～591)。
		突厥木杆可汗死，佗缽可汗立，分裂爲二。		
	5	吳明徹大敗北齊，克復江北及淮、泗諸地。	573	
	6	北周武帝禁斷佛、道二教。	574	
	7		575	波斯人推翻阿比西尼亞人在葉門的統治。
	9	北周武帝滅北齊，統一北方。	577	
	10	彭城之役，吳明徹爲北周王軌所擒。	578	
		北周武帝崩。		
	11	北周取陳江北及淮南之地。	579	
	12	北周劉昉、鄭譯矯詔命楊堅入總朝政。	580	
		楊堅命韋孝寬、王誼平定尉遲迥、司馬消難、王謙之叛。		
	13	楊堅篡北周靜帝，國號隋。	581	
		長孫晟獻離間突厥之策。		
		隋文帝命高熲、李德林、裴政共定律令。		
後主(陳叔寶·7)	至德元	隋文帝命蘇威、牛弘更定新律，罷榷鹽酒，整理戶口，置米倉；罷郡，採州，縣二級制。	583	

帝王	年號	中國	西元	世界
後主	至德元	突厥阿波可汗西奔達頭可汗，正式分裂爲二。	583	
	2	契丹請求內屬。	584	
		隋文帝命宇文愷開廣通渠。		
	3	隋文帝統一全國錢幣，並採長孫平之議，置義倉。	585	
	4	隋頒曆於突厥（頒曆外夷自此始）。	586	
	禎明元	隋滅後梁。	587	
隋文帝（楊堅·24）	開皇9	遣楊廣、賀若弼、韓擒虎滅陳，統一全國。	589	西哥德人信奉羅馬天主教。
	10	採兵農合一制。	590	教皇格列哥里一世就任（～604）。
	16		596	教皇格列哥里一世命奧古斯丁至英格蘭傳教。
	17	以安義公主妻東突厥突利可汗。	597	
	18	高麗王元率靺鞨兵寇遼西，爲隋所敗。	598	
		遣漢王諒、王世積水陸進討高麗，遇風及食缺而返。		
	19	封東突厥突利可汗爲［意利珍豆啟民可汗］，妻以義成公主，使居綏遠東南部。	599	
	20	帝廢長子太子勇，更立次子晉王廣。	600	
		倭國遣使來朝。		
	仁壽元	廢太學、四門學及州縣學，僅存國子學（改名太學）。	601	
	3	長孫晟遷啟民可汗於塞外，使居突厥大可汗。	603	倫巴人信奉羅馬天主教。
	4	太子廣弒帝自立，殺故太子勇。	604	日本頒布憲法17條。
煬帝（楊廣·14）	大業元	廢總管府。	605	
		開通濟渠及邗溝，置離宮四十餘所，修築洛陽城，造顯仁宮。		
		劉方擊降林邑國，置比景、林邑、海陰三郡。		
		韋雲起率突厥兵擊退契丹。		
	2	始建進士科（科舉之始）。	606	印度岌多王朝戒日王即位（～647）。
	3	改州稱郡，改刺史爲太守。	607	
		開御道，重築榆林至紫河間長城。		
		倭國遣小野妹子來朝。		
		遣常駿、王君政出使赤土。		
	4	鑿永濟渠。	608	
	5	帝西巡燕支山，西域諸國迎謁道左，伊吾王並獻西域數千里之地。	609	
	6	命陳稜、張鎭周征流求（臺灣）。	610	
		開江南河。		
	7	西突厥處羅可汗奔隋，射匱可汗取得領袖地位。	611	

帝王	年號	中國	西元	世界
煬帝	8	帝親率大軍伐高句麗敗還。	612	
	9	帝二次親征高句麗,不克。	613	
		楊玄感叛變。		
	10	帝三征高句麗,高句麗王元懼而乞降。	614	波斯人攻下大馬士革及耶路撒冷。
	11	突厥始畢可汗圍帝於雁門。	615	
	12	帝三幸江都。	616	
		李密起兵。		
恭帝(楊侑·1)	義寧元	李淵起兵,遣劉文靜向東突厥始畢可汗稱臣,後攻克長安,立代王侑爲帝。	617	
唐高祖(李淵·9)	武德元	隋煬帝爲宇文化及弒於江都。	618	波斯人征服埃及(~619)。
		帝即位於長安。		
		罷郡置州,復設總管府。		
		命裴寂、劉文靜修隋開皇律。		
		秦王世民擊降薛仁杲。		
		李密叛唐被誅。		
	2	初定租、庸、調法。	619	
	4	秦王世民擊降竇建德、王世充。	621	
		鑄開元通寶,禁私鑄。		
		帝遣李孝恭、李靖擊降蕭銑。		
	5	杜伏威來降。	622	穆罕默德出奔麥地那。
				回曆紀元開始。
	6	太子建成斬劉黑闥。	623	
	7	改總管府爲都督府。	624	
		李孝恭、李靖、李勣討滅輔公祏。		
		裴寂、殷開山更撰完成武德律。		
		行均田租庸調法。		
		突厥寇擾關中。		
	9	秦王世民發動玄武門之變,殺太子建成、齊王元吉。高祖傳位世民。	626	
		東突厥入侵,太宗親至渭水與頡利可汗訂盟。		
		置弘文館。		
太宗(李世民·23)	貞觀元	命長孫無忌、房玄齡釐改舊律。	627	
		分全國爲十道。		
	2	東突厥突利可汗來降。	628	

帝王	年號	中國	西元	世界
太宗	2	梁師都堂弟洛仁殺師都降唐,全國統一。	628	
	3	玄奘西行(645年自天竺回)。	629	
	4	李靖擒東突厥頡利可汗,收漠南地。 西北君長尊帝爲天可汗。 日本第一次遣唐使。	630	穆罕默德征服麥加。
	7	頒顏師古所考訂五經(今定本)。 李淳風更造渾天、黃道儀成。	633	
	9	李靖、侯君集大敗吐谷渾。 景教由波斯人阿羅本傳入中土。	635	
	10		636	阿拉伯回教軍隊征服巴勒斯坦、敘利亞。
	12	侯君集敗吐蕃於松州城下。 西突厥分裂爲東、西兩部。 波斯入貢。	638	
	14	令孔穎達撰定五經正義。 命侯君集、薛萬徹滅高昌,置安西都護府。	640	阿拉伯帝國開始內部分裂。 阿拉伯回教徒因政治與宗教因素,分裂爲什葉派與蘇尼派。
	15	文成公主嫁吐蕃贊普棄宗弄讚。 西突厥東部乙毗咄陸可汗擊殺西部沙鉢羅葉護可汗。 李勣擊破薛延陀眞珠毗伽可汗。	641	阿拉伯回教軍隊征服伊朗高原。
	16	西突厥東部乙毗咄陸可汗奔吐火羅。	642	阿拉伯帝國滅埃及。
	17	廢太子承乾爲庶人。 拂菻(東羅馬帝國)使來。 魏徵卒。	643	
	19	帝親征高麗,以天寒而還。	645	日本孝德天皇即位,大化革新開始。
	20	回紇殺薛延陀多彌可汗,並據其地,李勣則擊降其殘眾。	646	
	21	唐改鐵勒諸部爲府州,並置燕然都護府統其地。 征高麗無功。	647	
	22	王玄策平中天竺。 擊定焉耆、龜茲。 征高麗無功。 契丹酋窟哥來降,於其地置松漠都督府。 奚酋可度者內屬,於其地置饒樂府。	648	
高宗(李治·34)	永徽元	擒東突厥車鼻可汗,處其眾於鬱督軍山。	650	

帝王	年號	中國	西元	世界
高宗	永徽元	置單于、瀚海二都護府，管理大漠南北。	650	
	2	阿史那賀魯統一西突厥東、西二部。	651	阿拉伯帝國滅波斯薩珊王朝。
		命長孫無忌、李勣修定律令。		
		大食使來。		
	4	南詔遣使來朝。	653	
	6	廢王后、蕭妃，立武氏爲后。	655	
	顯慶元	武后譖廢太子忠，改立其子弘。	656	
	2	蘇定方擒西突厥阿史那賀魯，置崑陵、濛池二都護府。	657	
	5	蘇定方擊降百濟，置五都督府。	660	朝鮮百濟滅亡。
	龍朔元		661	阿拉伯的奧米亞王朝建立(～750)。
	2	武后大改官名。	662	
		西突厥附於吐蕃。		
	3	薛仁貴、鄭仁泰平定鐵勒諸部。	663	
		劉仁軌破日本與百濟聯軍於白江口。		
	麟德元	武后賜廢太子忠死，殺上官儀，總攬政權。	664	惠特比宗教會議，英格蘭接受羅馬教會的儀式及教義。
	乾封元	高麗泉蓋蘇文死。	666	
	總章元	薛仁貴、李勣滅高麗，於其地置九都督府四十二州，並置安東都護府於平壤。	668	
	2	徙高句麗戶於江、淮之南及山南、京西諸州。	669	
		裴行儉定銓注法。		
	咸亨2	義淨赴天竺(695年歸)。	671	
	4		673	英國教會在赫特福召開第一次宗教會議。
	上元元	帝稱「天皇」，后稱「天后」，號「二聖」。	674	阿拉伯人包圍君士坦丁堡(～680)。
		波斯王卑路斯來朝。		
	2	劉仁軌擊降新羅。	675	
		武后鴆死太子弘，更立次子雍王賢。		
	儀鳳元	徙安東都護府於遼東故城。	676	新羅統一朝鮮。
	調露元	裴行儉擊降西突厥及吐蕃聯兵。	679	
		東突厥大舉叛變。		
		改交州總管府爲安南都護府。		
	永隆元	裴行儉大破突厥於黑山。	680	
		武后廢太子賢，更立三子英王哲。		
	開耀元	裴行儉擊降突厥阿史那伏念，盡平突厥殘部。	681	

帝王	年號	中國	西元	世界
高宗	永淳元	王方翼平西突厥。	682	
武后則天皇帝(武曌·21)	光宅元	武后廢中宗爲廬陵王,立幼子豫王旦,親自視朝。	684	
		李敬業擧兵討武后,敗死。		
	垂拱元	武后殺廢太子賢,遷廬陵王於房州。	685	
	3		687	丕平二世任奧斯托拉西宮相,並擊敗其他宮相,成爲法蘭克王國的眞正統治者。
	4	瑯琊王冲、越王貞兵敗遇害。	688	
		武后大殺宗室諸王。		
	天授元	武后稱帝,改國號周。	690	
		西突厥殘衆入居內地。		
	2	設十道存撫使。	691	
	長壽元	王孝傑破吐蕃,復四鎭,置安西都護府於龜茲。	692	
	2		693	亞美尼亞爲阿拉伯人所統治(~862)。
	延載元	摩尼教由波斯人拂多誕傳入中土。	694	
	神功元	劉思禮案發,李元素、孫元通等三十六家被族誅。	697	北愛爾蘭教會接受教皇威權。
		武懿宗、婁師德討平契丹孫萬榮,殘部歸附東突厥。		
	聖曆元	東突厥默啜可汗入寇。	698	
		從狄仁傑之議,立廬陵王爲太子。		
	長安元		701	日本法律成文化。
	2	設北庭都護府於庭州。	702	
	3	西突厥別種突騎施滅阿史那王朝。	703	
中宗(李顯·6)	神龍元	張柬之、崔玄暐等擁中宗復位。	705	
		武后崩。		
	2	置十道巡察使。	706	
		武三思貶死張柬之等五人。		
	景龍元	太子重俊與大將軍李多祚殺武氏父子,後敗死。	707	
	2	西突厥娑葛可汗攻陷安西都護府。	708	
睿宗(李旦·3)	景雲元	韋后、安樂公主合謀毒死中宗。李隆基與太平公主殺韋后、安樂公主,迎帝復位。	710	日本奈良時代開始(~784)。
	2	東突厥默啜可汗攻殺西突厥娑葛可汗。	711	阿拉伯帝國滅西哥德王國。
	太極元	帝傳位太子,太平公主專權。	712	
玄宗(李隆基·44)	開元元	大祚榮建渤海國。	713	
		帝與郭元振等共誅太平公主,以姚崇爲相。		
		始徵鹽稅。		

帝王	年號	中國	西元	世界
玄宗				
	5		717	阿拉伯帝國圍攻君士坦丁堡遭挫敗。
	8	東突厥毗伽可汗大敗唐兵。	720	
	9	命宇文融清查戶口及田地。	721	
		開始於沿邊各地設立十大兵鎭。		
	11	採張說之議，置長從宿衛(彍騎)。	723	
	13	彍騎分隸於十二衛。	725	
	15	王君㚟追擊吐蕃至青海湖以西。	727	教宗格列哥里二世與拜占庭斷交。
		始課礦稅。		
	20	張說等新修「開元禮」成。	732	法蘭克王鐵鎚查理敗回軍於都爾。
	21	分天下爲十五道，每道各置一採訪使。	733	
	22	李林甫爲相。	734	
		張守珪斬契丹可突于。		
	24	禮部開始主辦鄉貢考試。	736	
	25	帝因武惠妃之進讒，廢殺太子瑛。	737	
		頒新修律令格式。		
	26	立忠王璵爲太子。	738	
		封南詔主皮邏閣爲雲南王。		
	27	蓋嘉運擒西突厥吐火仙可汗。	739	教皇格列哥里三世請求鐵鎚查理幫助抵禦倫巴人、希臘人及波斯人。
	28	西突厥別種突騎施殺十姓可汗。	740	
	天寶元	以安祿山任平盧節度使。	742	
		改州爲郡、刺史爲太守。		
	4	回紇懷仁可汗攻殺東突厥白眉可汗，盡據其地。	745	
		封楊氏爲貴妃。		
	6	高仙芝擒小勃律王而回。	747	
	8	哥舒翰敗吐蕃，克石堡。	749	
	9	封安祿山爲東平郡王。	750	阿拉伯奧米亞王朝亡，阿拔斯王朝建立(～1055)。
		南詔攻陷雲南。		
	10	高仙芝爲大食兵敗於怛羅斯河。	751	法蘭克宮相丕平三世篡位，加洛林王朝開始(～887)。
	11	李林甫與楊國忠爭權，憊死。	752	
	14	安祿山擊降契丹。	755	哥多華哈里發建立。
		安祿山以討楊國忠爲名，舉兵造反。		
肅宗(李亨·7)	至德元	安祿山自稱大燕皇帝。	756	丕平三世建教皇國。

帝王	年號	中國	西元	世界
肅宗	至德元	楊貴妃、楊國忠被殺於馬嵬坡，玄宗奔蜀。	756	
		帝即位於靈武。		
	2	安慶緒殺祿山自立。	757	
		郭子儀收復兩京。		
		張巡、許遠戰死睢陽。		
		改郡爲州。		
	乾元元	廢採訪使，改置觀察處置使。	758	
		寧國公主嫁回紇可汗。		
		史思明再叛。		
	2	史思明擊敗唐軍，殺安慶緒，自稱燕帝。	759	
	上元2	史朝義殺思明。	761	
代宗（李豫·17）	寶應元	肅宗及玄宗崩。	762	
		回紇兵入援，史朝義北逃。		
	廣德元	史朝義部將田承嗣、李懷仙降唐。	763	
		史朝義爲李懷仙追殺，自縊，安史亂平。		
		吐蕃、黨項、吐谷渾聯兵攻陷長安，帝奔陜州。		
	2	僕固懷恩引回紇、吐蕃兵入寇，爲郭子儀擊退。	764	
		徵酒稅，禁私釀。		
	永泰元	僕固懷恩再引回紇、吐蕃、吐谷渾兵入寇，郭子儀平之。	765	
	大曆3		768	加洛林王朝查理曼大帝即位（～814），與弟卡羅曼分治法蘭克。
	5	魚朝恩、劉希暹伏誅。	770	
		置度支、轉運、常平、鹽鐵等使。		
	6		771	查理曼大帝統一法蘭克。
	9		774	法蘭克王查理曼征服倫巴王國，並自立爲王。
	10	討藩鎮田承嗣之叛，不克。	775	
	14	田悅繼田承嗣之位，藩鎮世襲開始。	779	
		吐蕃、南詔合兵入寇，李晟敗之。		
德宗（李适·25）	建中元	楊炎創行兩稅法。	780	
	2	立大秦景教流行中國碑。	781	
	3	朱滔、王武俊、田悅、李納、李希烈並反，藩鎮大亂。	782	
	4	與吐蕃盟於清水。	783	
		節度使姚令言、朱泚反，帝奔奉天，由李懷光解圍。		

帝　王	年號	中　　　國	西元	世　　　界
德　宗	興元元	李懷光反，帝奔梁州。	784	
		李晟收復京師。		
		朱泚、姚令言、田悅被殺。		
	貞元元	朱滔病死。李懷光自殺。	785	
	2	李希烈、陳仙奇被殺。	786	
	4	回紇改名回鶻。	788	
	6	吐蕃陷安西、北庭兩都護府。	790	
	9	始徵茶稅。	793	
	10	南詔歸附唐室。	794	日本平安時代開始(～1185)。
	14	置左右神策統軍。	798	
		彰義軍節度使吳少誠叛。		
	16		800	法蘭克王查理曼受加冕為羅馬皇帝。
	20		804	法蘭克王查理曼征服薩克遜人，並使之信奉基督教。
順　宗（李誦・8月）	永貞元	「永貞內禪」事發，王叔文、韓泰、柳宗元等被貶。	805	
憲　宗（李純・15）	元和2	節度使李錡反，斬之。	807	
	10	淮西節度使吳元濟反。	815	
		宰相武元衡被刺殺，裴度繼為相。		
	12	李愬計擒吳元濟，淮西平。	817	
	14	李師道被殺，淄青平。	819	
	15	宦官陳弘志弒帝。	820	
穆　宗（李恆・4）	長慶元	盧龍、魏博、成德三鎮復叛。	821	
敬　宗（李湛・2）	寶曆2	宦官劉克明弒帝。	826	
文　宗（李昂・14）	太和3	南詔兵圍成都，飽掠而退。	829	
	5	帝與宰相宋申錫謀誅宦官失敗，申錫被貶死。	831	
	7	李德裕為相。	833	
	9	宦官陳弘志、王守澄伏誅。	835	
		甘露之變，李訓、鄭注被殺。		
	開成2	「開成石經」成。	837	
	5	潁王瀍殺太子成美即位。	840	
武　宗（李瀍・6）	會昌3		843	查理曼帝國分裂為東、西及中法蘭克三部分。
	5	嚴禁佛教，盡毀佛寺。	845	
宣　宗（李忱・13）	大中11	吐蕃酋長尚延心以河、渭二州來降。	857	

帝王	年號	中國	西元	世界
宣宗	13	南詔世隆稱帝，改國號大禮。	859	
懿宗 (李漼·14)	咸通 元	南詔陷交趾。	860	
	2	李鄠收復交趾。	861	
	3		862	俄羅斯建國。
	4	南詔再陷交趾。	863	
	7	擒殺吐蕃論恐熱，徙其眾於嶺南。	866	
		高駢破南詔，克交趾。		
	10	沙陀酋朱邪赤心助討桂州龐勛之叛有功，賜姓名李國昌。	869	阿拉伯人攻下馬爾他。
	11		870	美耳森條約，洛塞封土爲東、西法蘭克王國所瓜分。
	12		871	英王阿弗烈第一即位(～901)。
僖宗 (李儇·15)	乾符 元	王仙芝作亂。	874	
	2	以高駢鎮四川，南詔歸附。	875	
		黃巢響應。		
	5	王仙芝戰死於黃梅。	878	丹麥人與西薩克遜簽訂休戰條約，保有泰晤士河以北及瓦托林大道以東地區。
		沙陀李國昌、李克用父子叛。		
	廣明 元	黃巢入京師稱帝，帝先後奔成都、興元。	880	
	中和 2	黃巢部將朱溫降唐，賜名全忠。	882	
	4	李克用剿平巢眾，黃巢爲其甥林言所殺。	884	
	光啟 元	李克用逼長安，宦官田令孜脅帝奔鳳翔。	885	維金人圍攻巴黎(～886)。
	2	田令孜挾帝奔寶雞、興化。	886	
	文德 元	帝回京，旋崩。	888	
昭宗 (李曄·16)	龍紀 元	朱全忠擊滅秦宗權。	889	
	大順 元	張濬討李克用，大敗於趙城。	890	
	景福 2	李茂貞、王行瑜大敗唐師於興平。	893	
	乾寧 元	李克用大破吐谷渾。	894	日耳曼王阿奴弗進軍義大利，攻下波河流域。
	2	李茂貞、韓建入京擅殺宰相韋昭度、李谿。	895	
		李克用受封爲晉王。		
	3	李茂貞逼京師，帝奔華州。	896	日耳曼王阿奴弗二度進軍義大利，並於羅馬加冕爲皇帝。
	光化 元	帝返京。	898	
	2		899	馬札兒人首次出現中歐。
	3	帝從崔胤議，誅宦官宋道弼、景務修，其黨劉季述幽帝及何后於東宮，免崔胤職。	900	
	天復 元	孫德昭迎帝、后復位，誅劉季述。	901	

帝王	年號	中國	西元	世界
昭宗	天復元	宦官劫帝奔鳳翔。	901	
		李茂貞受封爲岐王。		
	2	楊行密爵吳王。	902	阿拉伯人攻下西西里。
	3	帝返京。朱全忠盡誅宦官,受封爲梁王。	903	
		王建爵蜀王(前蜀)。		
哀帝(李柷·3)	天祐元	朱全忠遷昭宗於洛陽,八月弒帝。	904	
	2	李克用與契丹耶律阿保機合兵擊敗劉仁恭。	905	
後梁太祖(朱溫·6)	開平元	帝篡唐自立。	907	
		馬殷爵楚王。		
		錢鏐爵吳越王。		
		蜀王王建稱帝。		
		契丹耶律阿保機被推爲八部大人。		
	2	李克用病死。	908	
	3	遷都洛陽。	909	
		封劉隱爲南平王,王審知爲閩王,劉守光爲燕王。		
	4		910	克魯尼修道院建立。
	乾化元	晉王李存勗大敗梁軍於高邑。	911	諾曼地公國建立。
		燕王劉守光稱帝。		
	2	晉破帝於蓨。	912	
		子友珪弒帝自立。		
末帝(朱友貞·11)	3	帝弒朱友珪,即位於開封。	913	
		高季昌爵渤海王。		
		晉斬劉守光、劉仁恭於晉陽。		
	貞明2	契丹主耶律阿保機稱帝,以韓延徽爲相。	916	
	3	劉巖稱帝,國號大越。	917	
	4	大越改國號漢(南漢)。	918	朝鮮王建建立高麗王朝(~1392)。
	5		919	日耳曼薩克遜王朝建立(~1024)。
後唐莊宗(李存勗·3)	同光元	帝滅後梁,移都洛陽。	923	
	2	滅岐。	924	
	3	高季昌爵南平王。	925	
		滅前蜀。		
明宗(李嗣源·8)	天成元	郭從謙弒帝。諸將擁李嗣源叛,誅劉后及帝諸子。	926	

帝王	年號	中國	西元	世界
明宗	天成元	契丹阿保機滅渤海國。	926	
		阿保機卒，太宗德光立。		
	長興 4	孟知祥爵蜀王(後蜀)。	933	
愍帝(李從厚·4月)	應順元	李從珂入據京師稱帝。	934	
廢帝(李從珂·3)	清泰 2	新羅投降高麗。	935	
後晉高祖(石敬瑭·7)	天福元	契丹耶律德光大敗後唐兵，立敬瑭爲帝。末帝自焚死。	936	高麗統一朝鮮。
				日耳曼鄂圖一世即位(~973)。
	2	割燕雲十六州予契丹。	937	
		徐知誥受吳主楊溥禪讓而建南唐。		
	7	帝擒斬安重榮。	942	
		帝憤死。		
出帝(石重貴·5)	開運元	連破契丹於馬家口等地。	944	
	2	杜重威大敗契丹耶律德光於白溝。	945	
		南唐查文徽滅閩。		
	3	杜重威投降契丹，並合兵陷大梁，帝出降。	946	
後漢高祖(劉知遠·2)	天福 12	契丹耶律德光改國號爲遼，未幾卒於殺胡林。	947	
		帝據開封自立。		
隱帝(劉承祐·2)	乾祐 3	郭威舉兵反，帝被弒。	950	
後周太祖(郭威·3)	廣順元	劉崇在晉陽稱帝(北漢)。	951	
		遼世宗被弒，穆宗述律立。		
		南唐滅楚。		
	2	平慕容彥超之叛。	952	
		立訴訟法。		
	3	後蜀相毋昭裔出資刻成版印九經。	953	
世宗(柴榮·6)	顯德元	帝自將破北漢及遼聯軍於高平以南的巴公原。	954	
	2	大敗後蜀軍。	955	東法蘭克王鄂圖一世敗馬札兒人於萊克河。
	3	帝親伐南唐，敗之。	956	
		行欽天曆。		
	5	南唐獻江北之地，去帝號，奉周正朔。	958	
恭帝(柴宗訓·1)	6	世宗親自伐遼，取瀛、莫、易三州。	959	
		世宗以趙匡胤爲殿前都點檢。		
		世宗病死。		

帝王	年號	中國	西元	世界
北宋太祖（趙匡胤・16）	建隆元	陳橋兵變，諸將擁匡胤爲帝。	960	
	2	罷石守信、王審琦、高懷德等人兵權。	961	
	3		962	東法蘭克王鄂圖一世受加冕爲羅馬皇帝，至此東法蘭克王國稱神聖羅馬帝國。
	乾德元	滅荊南高氏。	963	
		於諸州置通判。		
	2	置參知政事。	964	
	3	滅後蜀。	965	
		置轉運使察州郡。		
	開寶元	交州丁部領建瞿越國。	968	阿拉伯法提馬王朝建立（～1171）。
	2	遼穆宗被弒，景宗賢立。	969	
	4	潘美滅南漢。	971	
		初置市舶司於廣州。		
	7	宋、遼修好。	974	
	8	曹彬擊降南唐李煜。	975	
太宗（趙炅・22）	太平興國3	建崇文院。	978	
		吳越王錢俶納土。		
		陳洪進獻泉、漳二州。		
	4	滅北漢，統一全國。	979	
		帝與遼耶律休哥戰，敗於高梁河。		
	5	定役法。	980	
		楊業敗遼於雁門關。		
		遼帝大敗宋軍於瓦橋關。		
	7	西夏主李繼捧獻五州之地，入居京師。弟繼遷叛。	982	
		遼景宗死，聖宗隆緒立，蕭太后主政。		
	雍熙3	爲遼耶律休哥敗於岐溝關，楊業陣亡。	986	
		遼封西夏李繼遷爲夏國王，並妻以宗女。		
	4		987	法蘭西繼任西法蘭克王，卡貝王朝開始（～1328）。
	至道3	定全國爲十五路。	997	
眞宗（趙恆・25）	咸平4	夏趙保吉（李繼遷）叛宋依遼。	1001	
	6	夏李繼遷爲吐蕃所敗，中矢死。	1003	
	景德元	宋、遼簽訂澶淵之盟。	1004	
	3	於諸州設常平倉。	1006	

帝王	年號	中國	西元	世界
眞宗	大中祥符元	王欽若僞造天書，帝至泰山封禪。	1008	
	9		1016	丹麥王喀紐特統治英格蘭（～1035）。
仁宗（趙禎·41）	天聖元	從薛由、張若谷之議，置交子務於益州。	1023	
	6	西夏李元昊擊敗回鶻，取甘州。	1028	
	9	遼聖宗卒，興宗宗眞立。	1031	
	景祐3	趙元昊取回紇瓜、沙、蘭三州。	1036	
	4		1037	塞爾柱土耳其建國。
	寶元元	趙元昊稱帝，國號大夏。	1038	
	康定元	西夏趙元昊入寇。	1040	
	慶曆元	任福爲西夏趙元昊大敗於好水川。	1041	
	2	遼興宗遣使索地，富弼增歲幣、絹以和。	1042	
	3	范仲淹任參知政事。	1043	
	4	遼興宗親征趙元昊，敗。	1044	
		趙元昊上表稱臣，宋賜以銀、絹、茶。		
	5	范仲淹罷參知政事。	1045	
	8	趙元昊被弒，宋封其子諒祚爲王。	1048	
	皇祐元	遼興宗伐西夏，不克。	1049	
	5	狄青大破儂智高於歸仁鋪，克邕州。	1053	
	至和元		1054	基督教分裂爲羅馬教會的羅馬公教及君士坦丁教會的希臘正教。
	2		1055	塞爾柱土耳其人取得阿拔斯王朝政權。
	嘉祐4		1059	拉托郎教務會議，公布選舉教宗條例。
英宗（趙曙·4）	治平2	濮議之爭。	1065	
	3		1066	諾曼地公爵威廉入主英格蘭（～1087）。
神宗（趙頊·18）	熙寧2	王安石任參知政事，設「制置三司條例司」，行均輸法及青苗法。	1069	
	3	行保甲法及免役法。	1070	
	4	改貢舉法，罷進士、明經科。	1071	塞爾柱土耳其敗東羅馬帝國，占領小亞細亞大部。
		立太學三舍法。		
	5	行市易法、保馬法及方田均稅法。	1072	
	6	置經義局、律學、軍器監。	1073	
	7	王安石罷相。	1074	
	8	宋、遼重勘疆界，宋割河東地予遼。	1075	
	9		1076	教皇格列哥里七世廢黜神聖羅馬帝國皇帝亨利四世。

帝王	年號	中國	西元	世界
神宗	10		1077	卡諾沙事件，教皇格列哥里七世赦免神聖羅馬帝國皇帝亨利四世。
	元豐 4	宋攻夏不克。	1081	
	5	頒三省、樞密、六曹條制。	1082	
		宋大改官制。		
		西夏陷永樂城，宋將徐禧敗死。		
	7	司馬光修資治通鑑成。	1084	
	8	帝崩，高太后聽政，罷保甲、保馬、方田、市易等新法。	1085	
		更定全國爲二十三路。		
哲宗 (趙煦·15)	元祐 元	司馬光爲相，罷青苗及免役法。	1086	
	2	置市舶司於泉州。	1087	
	6		1091	諾曼人完全征服西西里。
	紹聖 元	章惇爲相，復行部分新法。	1094	
	3		1096	第一次十字軍東征(～1099)。
	元符 2		1099	十字軍建立耶路撒冷王國。
徽宗 (趙佶·25)	建中靖國 元	遼道宗死，天祚帝立。	1101	
	崇寧 元	蔡京爲相，立元祐黨籍碑於開封端禮門。	1102	
	3	罷貢舉，專以學校取士。	1104	
	5	大赦元祐黨人，蔡京罷相。	1106	
	大觀 元	蔡京復相。	1107	
	政和 4	生女眞完顏阿骨打起兵，大敗遼軍於寧江州。	1114	
	5	完顏阿骨打稱帝，建國號金。	1115	
	6	金取遼東京諸州縣。	1116	
	宣和 2	宋、金締結攻遼盟約。	1120	
		金取遼上京。		
		方臘起兵於睦州。		
	4	金取遼中京、西京、燕京，天祚帝逃至夾山。	1122	伏姆斯協定，解決俗人授職問題。
		宋伐遼，敗。		
	5	金以燕京及涿、易等六州歸宋，宋輸金代稅錢。	1123	
		金太祖卒，太宗立。		
	6	夏稱藩於金。	1124	
		耶律大石率眾西行。		
	7	金擒天祚帝於余睹谷，遼亡。	1125	

帝 王	年號	中 國	西元	世 界
徽 宗	7	金兵入寇,帝禪位太子桓。	1125	
欽 宗 (趙桓·2)	靖康 元	童貫伏誅。	1126	
		金陷汴京,帝往和,割河北河東地予金。		
南宋高宗 (趙構·36)	建炎 元	金立張邦昌爲楚帝,擄徽宗、欽宗及諸王后妃北去。	1127	
		帝即位於南京(河南商邱)。		
	3	金兵連陷建康、臨安,帝逃入海。	1129	
	4	韓世忠困金兀朮於黃天蕩。	1130	西西里王國建立。
		金立劉豫爲齊帝。		
	紹興 元	吳玠、吳璘敗金兵於和尙原。	1131	
		秦檜爲相。		
		發行關子。		
	2	耶律大石稱帝於撒馬爾罕一帶,史稱西遼。	1132	
	4	吳玠、岳飛、韓世忠連破金兵。	1134	
	5	金太宗卒,熙宗亶立。	1135	
	7	金廢劉豫。	1137	
	8	正式定都臨安。	1138	日耳曼霍恩斯道芬王朝建立(～1254)。
	10	劉錡敗金兀朮於順昌。	1140	
		岳飛破金兀朮於郾城、朱仙鎭。		
	11	罷韓世忠、張浚、岳飛兵權。	1141	
		紹興和議,向金稱臣納貢。		
		岳飛被殺。		
	16	金熙宗伐蒙古敗績。	1146	
	17	金割西平河以北之地予蒙古以和。	1147	第二次十字軍東征(～1149)。
	19	金廢帝亮弒熙宗自立。	1149	
	22		1152	神聖羅馬帝國腓特烈大帝即位(～1190)。
	23	金遷都燕京。	1153	
	24	金始置交鈔庫。	1154	英國金雀花王朝開始(～1399)。
	26	定六科取士之法。	1156	
	30	會子改由官造。	1160	
	31	金遷都汴。	1161	
		虞允文敗金兵於采石磯。		
		金人另立世宗於遼陽,廢帝被殺。		

帝　王	年號	中　　國	西元	世　　界
孝　宗（趙昚·27）	隆興元	金大敗宋軍於符離。	1163	
	2	宋、金和議再成，宋稱金爲叔父。	1164	
	乾道6		1170	巴黎大學創立。
	7		1171	法提馬王朝亡。
				英格蘭征服愛爾蘭。
	淳熙3		1176	雷那諾戰役，倫巴聯盟軍敗神聖羅馬帝國。
	10		1183	神聖羅馬帝國皇帝腓特烈與倫巴聯盟簽訂康士坦斯和約。
	14	金禁用漢姓，禁學南人衣裝。	1187	
	16	金世宗卒，章宗璟立。	1189	第三次十字軍東征(～1192)。
		鐵木眞被推爲蒙古本部可汗。		
光　宗（趙惇·5）	紹熙元	金設應制及鴻詞科。	1190	
	3		1192	日本鎌倉幕府創立(～1333)，爲幕府政治之始(～1867)。
	5		1194	花刺子模滅塞爾柱土耳其。
寧　宗（趙擴·30）	慶元元	韓侂冑專政。	1195	
	3	韓侂冑興「僞學」之禁。	1197	
	嘉泰2	弛「僞學」黨禁。	1202	第四次十字軍東征(～1204)。
	4	追封岳飛爲鄂王。	1204	君士坦丁堡拉丁帝國建立(～1261)。
		蒙古鐵木眞滅乃蠻，統一大漠南北。		
	開禧元	韓侂冑爲平章軍國事，位丞相上。	1205	
	2	韓侂冑伐金敗績。	1206	
		鐵木眞統一蒙古諸部，受推爲成吉思汗。		
	3	韓侂冑伏誅。	1207	
	嘉定元	宋、金和議成。	1208	
		金章宗卒，衛紹王永濟立。		
	2	蒙古成吉思汗擊降夏。	1209	劍橋大學創立。
	4	蒙古成吉思汗直逼金燕京而還。	1211	
	6	金主被弒，宣宗珣立。	1213	
	7	金遷都汴京。	1214	步文戰役，法國擊敗日耳曼及英國聯軍。
	8	蒙古取金燕京。	1215	英國約翰王簽署大憲章。
	10		1217	第五次十字軍東征(～1221)。
	11	蒙古滅屈出律，平定西遼地。	1218	
	12	蒙古成吉思汗西征。	1219	

帝王	年號	中國	西元	世界
寧宗	13	蒙古軍陷花剌子模首都撒馬爾罕。	1220	
	16	金宣宗卒,哀宗守緒立。	1223	
		蒙古破欽察,大敗俄羅斯聯軍。		
	17	金與宋、夏修好。	1224	
		帝崩,史彌遠矯詔立理宗。		
理宗(趙昀·40)	寶慶3	蒙古成吉思汗滅西夏,是年病死。	1227	
	紹定元	金將陳和尚大敗蒙古騎兵。	1228	第六次十字軍東征(~1229)。
	2	蒙古太宗窩闊台汗繼立。	1229	條頓武士逐漸征服普魯士。
		蒙古始置倉廩、立驛傳、定賦調。		
	4	蒙古以耶律楚材爲中書令。	1231	神聖羅馬帝國皇帝腓特烈二世於西西里頒布梅爾費憲法。
		蒙古取高麗四十餘城。		
	5		1232	神聖羅馬帝國皇帝腓特烈二世頒布優待諸侯憲法。
	6	蒙古取金汴京,哀宗南走蔡州。	1233	
	端平元	宋與蒙古合作滅金,蒙古取黃河流域之地。	1234	
	2	蒙古拔都西征。	1235	
	3	蒙古初行交鈔。	1236	
	嘉熙元	蒙古統一符印及驛馬制度。	1237	
		蒙古破欽察。		
	3	孟珙敗蒙古軍,收復襄陽、光化。	1239	
	4	蒙古拔都征服俄羅斯。	1240	
	淳祐元	蒙古太宗崩,皇后乃馬眞氏稱制。	1241	歐洲北部各城市締結漢撒聯盟。
		蒙古破波蘭、日耳曼聯軍於利格尼茲,陷匈牙利首都。		
	3	余玠築城釣魚山,據險而守。	1243	
	6	蒙古定宗貴由汗立。	1246	
	8	蒙古定宗崩,皇后海迷失稱制。	1248	
	11	蒙古憲宗蒙哥汗立。	1251	
	12	蒙古旭烈兀西征。	1252	
	寶祐元	蒙古忽必烈滅大理,降吐蕃。	1253	
	5	蒙古兀良合臺擊定交阯。	1257	
	6	蒙古旭烈兀滅報達,建伊兒汗國。	1258	
	開慶元	蒙古蒙哥死於釣魚城下。	1259	
	景定元	蒙古忽必烈(元世祖)自立於開平,阿里不哥即位於和林。	1260	

帝王	年號	中國	西元	世界
理宗	景定元	蒙古釐訂內外官制，始造交鈔。	1260	
	2	蒙古忽必烈大破阿里不哥。	1261	
	3	蒙古置十路宣慰司，陝西、四川行省。	1262	
	5	蒙古世祖遷都大都(燕京)。	1264	
度宗(趙禥·10)	咸淳元		1265	英國建立國會，爲國會之始。
	7	蒙古改國號爲元。	1271	
	8		1272	英王愛德華一世即位(～1307)。
	9	元兵攻陷襄陽。	1273	哈布斯堡的魯道夫當選神聖羅馬帝國皇帝(～1291)。
	10	元將伯顏大舉南侵。	1274	
		元軍遠征日本，遇颶風而返。		
瀛國公(趙㬎·2)	德祐元	元兵陷建康，賈似道伏誅。	1275	
		義大利人馬可波羅到大都(1292年西返)。		
益王(趙昰·3)	景炎元	元將伯顏陷臨安，擄恭帝北去。	1276	
		文天祥、陸秀夫等立端宗昰於福州。		
	3	帝走死碙洲。	1278	
		文天祥等立帝昺，遷於厓山。		
		文天祥被執。		
衛王(趙昺·2)	祥興2	元兵陷厓山，陸秀夫抱帝投海自沈。	1279	
元世祖(奇渥溫忽必烈·35)	至元18	再伐日本，遇颶風而敗。	1281	鄂圖曼土耳其帝國於小亞細亞建立(～1922)。
	19	文天祥亡。	1282	
	20	征服高麗，置征東行省。	1283	
	21	擊降占城(林邑國)。	1284	
	22	緬甸乞降。	1285	法王腓力四世即位(～1314)。
	24	更造至元鈔。	1287	
	25	伐安南敗績。	1288	
	28		1291	阿拉伯回教軍隊攻陷十字軍在聖地的最後據點亞克城。
				瑞士邦聯建立。
	29	伐爪哇。擊降葛郎國。	1292	
	31	世祖崩，伯顏立皇孫鐵穆耳。	1294	
		孟德高維諾至大都。		
成宗(奇渥溫鐵穆耳·13)	元貞2		1296	教皇鮑尼法斯八世頒布 *Clericis laicos* 詔書。
	大德5	海山擊海都，海都走死。	1301	

帝王	年號	中國	西元	世界
成宗	6		1302	法國召開第一次全國三級會議。
				教皇鮑尼法斯八世頒布 *Unam sanctam* 詔書。
	8		1304	義詩人佩脫拉克誕生(～1374)。
武宗(奇渥溫海山·4)	至大 2		1309	羅馬教皇遷教廷於法國亞威農(～1378)。
	3	窩闊台汗國主察八兒來降。	1310	
仁宗(奇渥溫愛育黎拔力八達·9)	皇慶 2	詔行科舉。	1313	
	延祐 元		1314	班諾本之役,蘇格蘭確保自治權。
英宗(奇渥溫碩德八剌·3)	至治 元	察合台汗國分裂爲二。	1321	
	3	頒大元通制。	1323	
		帝被弒,諸王立也孫鐵木兒(泰定帝)於北邊。		
泰定帝(奇渥溫也孫鐵木兒·4)	泰定 2	行區田法於內地,頒救荒活民書於州縣。	1325	
	4	禁僧道買民田。	1327	
文宗(奇渥溫圖帖睦爾·5)	天曆 元	泰定帝崩,太子阿速吉八(天順帝)立。燕帖木兒迎帝即位於大都,天順帝來伐敗。	1328	法國華洛亞王朝建立(～1589)。
	2	和世㻋(明宗)即位於漠北,帝遜位。未幾明宗崩,帝復位。	1329	
	至順 3	帝崩,懿璘質班立(寧宗),尋崩。	1332	
順帝(奇渥溫妥懽帖睦爾·37)	至元 3		1337	英、法百年戰爭爆發(～1453)。
	4		1338	日本室町幕府創建(～1573)。
	至正 6		1346	克勒西之役,英敗法。
	7		1347	歐洲黑死病流行(～1349)。
	8	方國珍舉兵於浙江。	1348	
	10	更定鈔法。	1350	
	11	賈魯治河。	1351	
		白蓮教劉福通起於潁州。		
		徐壽輝據蘄水稱帝。		
	12	郭子興起事於濠州,朱元璋從之。	1352	
	13	張士誠起兵於高郵。	1353	
	14		1354	鄂圖曼土耳其帝國應拜占庭之請,渡海進入歐洲。
	15	劉福通擁韓林兒爲宋帝。	1355	
	16	朱元璋取金陵,改名應天府,自稱吳國公。	1356	神聖羅馬帝國皇帝查理四世頒黃金勅書,指定帝國七大選侯。
	20	陳友諒殺徐壽輝稱帝。	1360	
	22	明玉珍據蜀稱帝。	1362	
		察罕帖木兒遇刺,養子擴廓帖木兒平定山東地區。		

帝王	年號	中國	西元	世界
順帝	23	朱元璋大破陳友諒。	1363	
		張士誠自稱吳王。		
	24	朱元璋稱吳王，置百官。	1364	
	26	朱元璋沉韓林兒於江。	1366	
	27	朱元璋滅張士誠及方國珍。	1367	
明太祖(朱元璋·31)	洪武元	帝即位於金陵。	1368	
		陳友諒自殺。		
		徐達、常遇春攻陷大都，元順帝北逃。		
	3	元順帝卒於應昌。	1370	
		大行分封子弟。		
	4	湯和、傅友德平定四川。	1371	
	5	封沖繩島王察度爲中山王。	1372	
	6	設六科給事中，置內正司，頒大明律。	1373	
	8	置寶鈔提舉司，行鈔法。	1375	
	9	改行中書省爲承宣布政使司。	1376	
	10		1377	羅馬教皇遷教廷回羅馬。
	11		1378	教廷分裂，亞威農教皇與羅馬教皇對峙(～1417)。
	13	左丞相胡惟庸以謀反死。	1380	
		罷中書省，廢丞相，將大都督府改爲五軍都督府。		
	14	定賦役籍，造黃冊，編里甲。	1381	英發生農民暴動。
	15	藍玉、沐英平定雲南，全國統一。	1382	
		改國子學爲國子監。		
		置錦衣衛、都察院、殿閣大學士，復行科舉。		
	17	重定八股取士制。	1384	
	19	帖木兒滅伊兒汗國。	1386	
	20	命湯和於浙江沿海增設衛所以備倭。	1387	
		馮勝等討滅遼東納哈出。		
		編造魚鱗圖冊。		
	23	再興胡惟庸之獄，屠殺「逆黨」。	1390	
	25	朝鮮李成桂受封。	1392	李成桂滅高麗朝，建朝鮮王朝(～1910)。
	26	藍玉之獄，屠殺元勳宿將。	1393	
	30	頒大明律誥。	1397	

帝王	年號	中國	西元	世界
惠帝(朱允炆·4)	建文元	帝從齊泰、黃子澄之議,廢齊王、代王、岷王爲庶人。	1399	
		燕王棣發動靖難之變。		
	2		1400	頃,美洲印加帝國建立(～約1540)。
	4	燕王陷京師,惠帝失蹤。	1402	
		夷族齊泰、黃子澄、方孝孺。		
成祖(朱棣·22)	永樂元	封足利義滿爲日本國王。	1403	
	3	韃靼索和爾來附。	1405	
		遣鄭和出使西洋。		
		沐晟擊降八百大甸。		
	4	阿魯臺迎本雅失里爲韃靼可汗。	1406	
	5	平定安南,置交阯布政使司。	1407	
		修成永樂大典。		
		鄭和第二次出使。		
	7	丘福征韃靼,敗死。	1409	教廷分裂,三教皇鼎足而立。
		張輔平安南簡定之亂。		
		鄭和第三次出使。		
	8	帝親征韃靼,擊降阿魯臺。	1410	坦能堡之役,波蘭擊敗條頓武士。
	9	濬會通河,以通南漕。	1411	
		置努爾干都司於黑龍江下游。		
	11	置貴州布政使司。	1413	
		瓦剌馬哈木殺韃靼本雅失里。		
		鄭和第四次出使。		
	12	張輔俘交阯陳季擴於老撾。	1414	康士坦斯會議(～1417),恢復羅馬教宗職權。
		帝追擊瓦剌至圖拉河。		
	13		1415	亞金各特之役,英敗法。
	15	鄭和第五次出使。	1417	
	16	交阯黎利叛。	1418	
	17	劉江大敗倭寇於望海堝。	1419	
	18	設東廠。	1420	
	19	遷都北京。	1421	
		鄭和第六次出使。		
	20	帝敗韃靼阿魯臺。	1422	

帝王	年號	中國	西元	世界
成祖	21	帝復北征阿魯臺。	1423	
	22	帝復北征阿魯臺，崩於榆木川。	1424	
仁宗(朱高熾·1)	洪熙元	立弘文閣。始置巡撫官。	1425	
宣宗(朱瞻基·10)	宣德元	立內書堂以教宦官。	1426	
		帝平漢王高煦之叛。		
	2	罷交阯布政使司。	1427	
	5	鄭和第七次出使西洋。	1430	
	6		1431	法聖女貞德遭火刑處死。
	8	鄭和完成末次航行歸國。	1433	
	9	瓦剌酋脫歡殺韃靼阿魯臺。	1434	
英宗(朱祁鎮·23)	正統6	王驥討麓川蠻。	1441	
	14	土木堡之變，帝爲瓦剌也先所俘，宦官王振被殺。	1449	
		于謙等立郕王祁鈺，並擊退也先。		
景帝(朱祁鈺·7)	景泰元	于謙當國。英宗自瓦剌返。	1450	
	4		1453	鄂圖曼土耳其攻下君士坦丁堡，東羅馬帝國亡。
	5	瓦剌阿剌弒其主也先，韃靼酋孛來殺阿剌，立麻兒可汗爲韃靼可汗。	1454	
	6		1455	英國薔薇戰爭爆發(～1485)。
英宗(同上)	天順元	徐有貞、石亨發動奪門之變，擁英宗復辟。	1457	
		廢景帝爲郕王，殺于謙，爲王振立祠。		
憲宗(朱見深·23)	成化7	定漕糧長運法。	1471	
	8	王越大破韃靼。	1472	莫斯科大公伊凡三世娶拜占庭皇姪女蘇菲亞。
	13	置西廠，以宦官汪直領之。	1477	
	15		1479	亞拉岡和卡斯提爾聯姻。
	16	莫斯科大公伊凡三世滅欽察汗國。	1480	
	19	達延汗復興蒙古。	1483	
	21		1485	英國都鐸王朝建立(～1603)。
	23		1487	葡人狄亞士發現南非好望角。
孝宗(朱祐樘·18)	弘治5		1492	卡斯提爾與亞拉岡聯合攻下回教勢力在西班牙的最後據點格拉納達。
				哥倫布發現美洲西印度群島。
	7		1494	陶德色阿條約，西班牙、葡萄牙劃分在新世界的勢力範圍。
				法王查理八世進兵義大利。
	11	王越擊破韃靼小王子於賀蘭山。	1498	葡人達伽瑪航抵印度。

帝王	年號	中國	西元	世界
孝宗	12		1499	義人亞美利哥航抵南美圭亞那。
	13		1500	葡萄牙人發現巴西。
武宗(朱厚照·16)	正德元	宦官劉瑾掌司禮監,馬永成、谷大用分掌東、西廠。	1506	
	3	劉瑾置內廠。	1508	
	4		1509	宗教改革者喀爾文誕生於法國(~1564)。
				英王亨利八世即位(~1547)。
	5	張永、楊一清討平安化王朱寘鐇之叛。	1510	
		劉瑾伏誅。		
	8		1513	西班牙人巴布亞發現太平洋。
	9	葡人至廣東屯門經商。	1514	
	10		1515	法王法蘭西斯一世即位(~1547)。
	12		1517	馬丁路德發表95條論點,揭開宗教改革運動。
	13		1518	西班牙人寇達士受命往征墨西哥(~1521)。
	14	王守仁平寧王宸濠之亂。	1519	查理五世就任神聖羅馬帝國皇帝及全德元首。
				麥哲倫開始環航地球(~1522)。
	16		1521	西班牙滅印第安人建立之阿茲特克帝國(今墨西哥)。
				教皇發布伏姆斯諭令,開除馬丁路德教籍。
世宗(朱厚熜·45)	嘉靖5		1526	印度蒙兀兒王朝建立(~1761)。
	7	王守仁平斷藤峽猺。	1528	
	8		1529	土耳其人包圍維也納。
	10		1531	西班牙滅印地安人建立之印加帝國(今祕魯)。
	13		1534	英王亨利八世改英國教會為英國國教,脫離羅馬教廷。
				西班牙人羅耀拉組織耶穌會。
	14		1535	喀爾文出版基督教制度。
	18	葡萄牙人傳入鐵砲。	1539	
	19		1540	教皇保羅三世正式批准耶穌會。
	21	嚴嵩爲大學士。	1542	
	22		1543	波蘭天文學家哥白尼的天體運行論出版。
				葡人至日本種子島,爲日本與西方直接接觸之始。
	24		1545	歐洲特稜特宗教會議(~1563),政教分離。
	26		1547	俄羅斯伊凡四世始用[沙皇]銜。
	29	俺答圍北京。	1550	

帝王	年號	中國	西元	世界
世宗	31		1552	耶穌會教士利瑪竇誕生(～1610)。
	32	兵部員外郎楊繼盛以劾嚴嵩五奸、十大罪,下獄。	1553	
		汪直勾結倭寇大舉侵擾江、浙沿海。		
		俺答大舉來犯。		
	34		1555	奧古斯堡和約,路德新教取得合法地位。
	35		1556	西班牙腓力二世即位(～1598)。
	36	葡萄牙人竊據澳門。	1557	
	37		1558	英王伊利莎白一世即位(～1603)。
	38		1559	卡托·堪布列希條約,法放棄對義大利的索求。
	40		1561	英國哲學家培根誕生(～1626)。
	41	罷嚴嵩,嚴世蕃伏誅。	1562	法國休京拉宗教戰爭爆發(～1598)。
	42		1563	英國國會通過39條信款(英國國教教義基礎)。
	43	俞大猷、戚繼光討平倭寇。	1564	英國作家莎士比亞誕生(～1616)。
穆宗(朱載垕·6)	隆慶 2		1568	尼德蘭開始反叛西班牙的統治。
	5	封俺答爲順義王。	1571	西班牙擊敗土耳其人,遏阻土耳其人的攻勢。
	6	帝崩,神宗翊鈞立,以張居正爲首輔。	1572	法國聖巴拉繆日發生對休京拉派信徒大屠殺事件。
神宗(朱翊鈞·47)	萬曆 6	詔清丈天下田畝。	1578	
	7	張居正毀天下書院六十四。	1579	烏特勒克聯盟成立(由尼德蘭北部七省組成)。
	9	行一條鞭法。	1581	斯拉夫人開始入侵西伯利亞。
	10	張居正卒。	1582	教皇格列哥里十三改革曆法,完成今之陽曆。
	11	女眞努爾哈赤舉兵攻尼堪外蘭,克圖倫城。	1583	日本豐臣秀吉自立爲主君(～1598)。
		耶穌會教士利瑪竇到粵。		
	12	劉綎、鄧子龍破降隴川諸蠻。	1584	
	16	努爾哈赤統一建州衛。	1588	英國打敗西班牙無敵艦隊。
	17		1589	法王亨利四世即位(～1610),波旁王朝開始(～1792)。
	20	日本豐臣秀吉入侵朝鮮。	1592	
	24		1596	法國哲學家笛卡兒誕生(～1650)。
	26	日本豐臣秀吉大破楊鎬於蔚山。	1598	法王亨利四世頒布南特詔令,准新教徒有信教自由。
	27	努爾哈赤命取蒙古字製國語。	1599	
	28		1600	英國東印度公司成立(～1858)。
	29	利瑪竇入北京建教堂。	1601	
	30		1602	荷蘭東印度公司成立(～1799)。

帝王	年號	中國	西元	世界
神宗	31		1603	日本德川家康建江戶幕府(～1867)。
				英國斯圖亞特王朝建立(～1649),英格蘭與蘇格蘭共事一君。
	32		1604	法國東印度公司成立,旋廢。
	35		1607	英國在北美詹姆斯城建立第一個永久根據地。
	37		1609	義人伽利略發明望遠鏡。
	39	東林黨爭起。	1611	
	41		1613	俄國羅曼諾夫王朝建立(～1917)。
	42		1614	蘇格蘭人納皮爾發明對數。
				法革命爆發前的最後一次三級會議召開。
	43	張差持梃入太子宮,伏誅(梃擊案)。	1615	
		努爾哈赤建八旗軍制。		
	44	努爾哈赤建後金國。	1616	
		禁基督教傳教。		
	46	努爾哈赤陷撫順。	1618	歐洲三十年宗教戰爭爆發(～1648)。
	47	努爾哈赤滅葉赫,敗楊鎬於薩爾滸。	1619	
光宗(朱常洛·3月)	泰昌元	帝服李可灼所進紅丸而崩(紅丸案)。	1620	英國清教徒搭乘「五月花」船前往美洲。
熹宗(朱由校·7)	天啟元	後金取遼陽、瀋陽。	1621	
	3	荷蘭人占領澎湖。	1623	
		魏忠賢掌東廠。		
	4	荷蘭人占據臺灣。	1624	法國李希留受任輔政大臣(～1642),逐步奠定君主專制政體。
	5	努爾哈赤遷都瀋陽。	1625	
		魏忠賢毀所有書院,誣害左光斗、楊漣等十二人。		
	6	袁崇煥固守寧遠,努爾哈赤負傷死。	1626	
	7	皇太極攻寧遠、錦州,失利。	1627	愛爾蘭化學家波義耳誕生(～1691)。
		魏忠賢伏誅。		
思宗(朱由檢·17)	崇禎元	流寇高迎祥起於陝西。	1628	英國國會向查理一世提出權利請願書。
				英人哈維發表對血液循環的研究。
	2	流寇大起。	1629	
		蒙古引皇太極由喜峰口入寇。		
	3	張獻忠起兵於延安。	1630	
		磔袁崇煥。		
	4	李自成自稱闖將。	1631	

帝王	年號	中國	西元	世界
思宗	6	孔有德、耿仲明降於金。	1633	
	8		1635	英科學家虎克誕生(～1703)。
	9	後金皇太極稱帝,改國號爲大清。	1636	美哈佛大學建立。
		孫傳庭擊擒高迎祥於盩厔。		
	10	清兵擊降朝鮮。	1637	頃,法人笛卡兒發明解析幾何。
	11	洪承疇大破李自成於潼關。	1638	
		清太宗平定漠南。		
		盧象昇迎戰多爾袞,戰死鉅鹿。		
	13	張獻忠陷四川。	1640	英國長期國會召開。
	14	李自成陷河南,張獻忠取襄陽。	1641	
	15	清太宗執洪承疇於松山。	1642	英國清教徒革命爆發(～1646)。
		清分漢軍爲八旗。		
	16	張獻忠破武昌,沈楚王於江。	1643	法王路易十四即位(～1715),由馬薩林大主教輔政(～1661)。
		李自成陷西安,孫傳庭戰死。		英物理學家牛頓誕生(～1727)。
		頒大統曆。		
	17	李自成陷北京。	1644	
		帝自縊,福王即位於南京。		
		吳三桂迎清兵入關。		
		清太宗卒,世祖立,多爾袞攝政。		
		俄人侵入黑龍江北岸。		
清世祖(愛新覺羅福臨·18)	順治2	清兵陷揚州(史可法死)、南京。	1645	
		下薙髮令。		
		唐王即位於福州。		
		魯王稱監國於紹興。		
		李自成敗死。		
	3	清始行會試、殿試。	1646	德國哲學家萊布尼茲誕生(～1716)。
		鄭芝龍降清。		
		桂王即位於肇慶。		
		張獻忠敗死。		
		鄭成功起兵於南澳。		
	4	桂王奔桂林、全州。	1647	
		大清律成。		

帝王	年號	中國	西元	世界
世祖	5		1648	歐洲各國簽訂威西發里亞條約，結束三十年戰爭。
	6	明何騰蛟戰死湘潭。 封孔有德、尙可喜、耿仲明爲王。	1649	英王查理一世遭處死，英改政體爲共和。
	7	鄭成功取金門、廈門。 桂王走南寧。	1650	
	8	桂王奔廣南。 魯王走依鄭成功。 俄人築城於雅克薩河口。	1651	
	9	孫可望劫桂王，據成都。 湯若望進渾天、地平儀器。	1652	
	10		1653	克倫威爾任英護國主，統治英國(～1658)。
	13	李定國奉桂王赴雲南。	1656	
	14	俄人築城於尼布楚河口。	1657	
	15	改定滿、漢官品，改內三院爲內閣。	1658	
	16	桂王走緬甸。 吳三桂克雲南。 鄭成功攻南京，敗退廈門。	1659	法國與西班牙簽訂庇里牛斯條約。
	17	禁士人結社訂盟。	1660	英王查理二世即位(～1685)，斯圖亞特王朝復辟(～1714)。
	18	鄭成功入臺灣，逐荷蘭人，駐赤嵌城。 桂王在緬甸被執。	1661	法王路易十四親政。
聖祖(愛新覺羅玄燁·61)	康熙元	吳三桂殺桂王。 鄭成功病死，子鄭經立。 李定國敗死。	1662	英國皇家學會成立。
	3	鼇拜興莊廷鑨文字獄。	1664	法東印度公司復立(～1770)。
	5	封黎維禧爲安南國王。	1666	
	6	帝始親政。	1667	法王路易十四發動遺產轉移戰爭(～1668)。
	11		1672	路易十四發動荷蘭戰爭(～1678)。
	12	吳三桂舉兵於雲南，三藩亂起。 噶爾丹統一厄魯特四部。	1673	
	13	孫延齡、耿精忠叛應吳三桂。	1674	
	14	鄭經取汀州。	1675	
	15	尙之信叛應吳三桂。	1676	

帝王	年號	中國	西元	世界
聖祖	15	王輔臣、耿精忠降。	1676	
	16	尙之信降。	1677	
		始設南書房。		
	17	詔徵博學鴻儒。	1678	
		吳三桂稱帝於衡州，尋病死，孫世璠繼立。		
	18	開明史館。	1679	英國國會提出王位繼承拒斥法。
		鄭經攻閩。		英國國會通過人身保護法。
	19	鄭經棄金、廈歸臺。	1680	
	20	鄭經卒，子克塽立。	1681	
		雲南吳世璠自殺，三藩亂平。		
	21		1682	俄皇彼得大帝即位(～1725)。
				哈雷彗星出現，英天文學家哈雷預測76年後再現。
	22	施琅平臺灣。	1683	土耳其第二次包圍維也納。
	23	開放海禁。	1684	
		帝開始南巡。		
	24	彭春敗俄人，克復雅克薩。	1685	法王路易十四撤銷南特詔令，新教休京派再受迫害。
	26		1687	牛頓發表萬有引力定律。
	27	噶爾丹據有漠北。	1688	英國光榮革命爆發，威廉三世即位。
				路易十四發動奧古斯堡同盟戰爭(～1697)。
	28	索額圖與俄國締訂尼布楚條約。	1689	英國國會通過權利法案。
	29	帝大敗噶爾丹於烏蘭布通。	1690	英國思想家洛克發表政府論兩篇。
	33		1694	法國思想家伏爾泰誕生(～1778)。
	35	親征噶爾丹，費揚古大敗噶爾丹於昭莫多。	1696	
	36	三征漠北，噶爾丹敗死，阿爾泰山以東平。	1697	
	38		1699	俄彼得大帝開始西化。
	39		1700	俄國、瑞典發生北方大戰(～1721)。
	40		1701	勃蘭登堡升格爲普魯士王國。
				西班牙王位繼承戰爭爆發(～1713)。
	46		1707	英格蘭與蘇格蘭合併爲大不列顚聯合王國。
	47	廢禁太子胤礽。	1708	
	48	復立胤礽爲太子。	1709	
	50	戴名世南山集之獄興。	1711	

帝王	年號	中國	西元	世界
聖祖	51	特詔百姓添丁永不加賦。	1712	法國思想家盧梭誕生(～1778)。
		再廢太子胤礽。		
	52		1713	普魯士王腓特烈威廉一世即位(～1740)。
	53		1714	英國漢諾威王朝開始(～1901)。
	59	平定西藏。	1720	英國發生南海泡沫事件。
		公行成立。		
	60	臺灣朱一貴起事。	1721	俄國、瑞典簽訂尼斯達條約。
世宗(愛新覺羅胤禛·13)	雍正元	嚴禁天主教。	1723	
	2	岳鍾琪平定青海,設西寧辦事大臣。	1724	
	4	雲貴總督鄂爾泰建議在西南山區實行改土歸流。	1726	
		查嗣庭獄起。		
	5	併丁銀於田賦。	1727	
		中、俄訂立恰克圖條約。		
	7	呂留良、陸生枏案起。	1729	
		置軍機房(後改名軍機處)。		
	11	令各省建書院。	1733	
	13	明史修成。	1735	
高宗(愛新覺羅弘曆·60)	乾隆元		1736	英國發明家瓦特誕生(～1819)。
	5	張廣泗平楚粵苗疆。	1740	普魯士王腓特烈二世即位(～1786)。
		重修大清律例及大清一統志成。		奧地利王位繼承戰爭爆發(～1748)。
	11	禁民入出山海關。	1746	
	12	大金川叛。	1747	
	13		1748	法人孟德斯鳩的法意出版。
				英思想家邊沁誕生(～1832)。
	14	平大金川。	1749	
	17		1752	法人狄洛德出版百科全書。
	19	大金川復叛。	1754	
	21		1756	英、法七年戰爭爆發(～1763)。
				奧音樂家莫札特誕生(～1791)。
	22	平準噶爾,定廣州爲互市口岸。	1757	
	24	兆惠、富德平天山南路回部。	1759	
	25	設參贊大臣於喀什噶爾。	1760	法結束在印統治。

帝王	年號	中國	西元	世界
高宗	25		1760	法屬加拿大完全落入英手中。
	26		1761	印度蒙兀兒王朝滅亡。
	27	設伊犂將軍。	1762	法思想家盧梭出版民約論。
				俄女皇凱薩琳二世即位(～1796)。
	33		1768	俄、土戰爭爆發(～1774)。
	34	緬甸請降。	1769	瓦特蒸汽機取得專利。
	35		1770	德音樂家貝多芬誕生(～1827)。
				德哲學家黑格爾誕生(～1831)。
	37		1772	俄、普、奧瓜分波蘭(第一次)。
	38	開四庫全書館。	1773	
	39		1774	法王路易十六即位(～1791)。
	40	阿桂平小金川。	1775	美國獨立戰爭爆發(～1783)。
	41	阿桂平大金川。	1776	美國發表獨立宣言。
				英人亞當史密斯發表國富論。
	42		1777	美草成聯邦條例，統稱十三州為美利堅合眾國。
	45	鄭昭自為暹羅王。	1780	
	46	阿桂平甘肅回亂。	1781	
	47	四庫全書成。	1782	
	48		1783	巴黎和會，美國獨立獲正式承認。
	51	封鄭華為暹羅王。	1786	
		臺灣林爽文起事。		
		安南阮文惠叛。		
	52		1787	美完成世界第一部成文憲法。
	53		1788	德國哲學家叔本華誕生(～1860)。
				法國宣布召開三級會議。
	54	封阮光平(文惠)為安南王。	1789	法國大革命爆發。
				美國聯邦政府成立，華盛頓就任第一任總統(～1797)。
	55	封孟雲為緬甸國王。	1790	
	57	福康安平廓爾喀。	1792	法國第一共和開始(～1794)。
		中、俄簽訂恰克圖續約。		英、荷、西、奧、普等國組成第一次抗法同盟(～1795)。
	58	英使馬戛爾尼到京。	1793	法王路易十六被處死。
				法國恐怖統治開始(～1794)。

帝王	年號	中國	西元	世界
高宗	58		1793	俄、普瓜分波蘭(第二次)。
	59	荷蘭使臣來覲。	1794	美人惠特尼發明軋棉機。
	60	貴州、湖南苗民叛。	1795	波蘭遭俄、普、奧瓜分(第三次)而亡國。
				法國督政府時期開始(～1799)。
仁宗(愛新覺羅顒琰·25)	嘉慶元	白蓮教在荊襄起事。	1796	拿破崙入侵義大利。
				英國金納發明牛痘。
	2		1797	奧音樂家舒伯特誕生(～1828)。
	3		1798	拿破崙遠征埃及(～1799)。
				英、俄、奧、葡等國組成第二次抗法同盟(～1801)。
				法國思想家孔德誕生(～1857)。
	4	和珅伏誅。	1799	拿破崙當選第一執政取得政權,開始法國的執政府時期(～1804)。
				義大利物理學家蓋爾瓦尼發明電池。
	5		1800	英併愛爾蘭。
	7	安南阮福映復國。	1802	英、法簽訂亞眠條約。
	8	阮福映受封爲越南國王。	1803	美國向法國購得路易斯安納。
	9	白蓮教亂平。	1804	拿破崙法典頒布。
				拿破崙稱帝(～1814)。
	10	禁西洋人刻書及入內地傳教。	1805	英、俄、奧、瑞典組成第三次抗法同盟(～1807)。
				特拉法格海戰,英敗法、西聯合艦隊。
				奧斯特里茲之役,法敗奧、俄聯軍。
	11		1806	拿破崙解散神聖羅馬帝國組織,組萊因同盟,實行大陸政策。
	12	傅鼐平苗亂。	1807	英國廢止奴隸販賣。
		基督新教傳入。		
	13	英軍據澳門砲臺,旋退。	1808	拿破崙與英、西發生半島戰爭(～1814)。
	14	海盜朱濆、蔡牽敗死。	1809	梅特涅任奧國外相(～1848)。
	15		1810	普魯士廢除農奴制度。
				西班牙在美洲的殖民地反叛西班牙的統治(～1826)。
	17		1812	美國對英國宣戰(～1814)。
				拿破崙遠征俄國,敗回。
	18	天理教作亂。	1813	萊比錫之役,拿破崙二十萬大軍潰敗。
	19		1814	拿破崙第一次遭放逐。
				維也納會議召開。

帝王	年號	中國	西元	世界
仁宗	19		1814	法波旁王朝復辟。
	20		1815	拿破崙百日復興，滑鐵盧之役後遭第二次放逐。
				英、俄、普、奧簽署四國同盟。
				瑞士獨立。
				英人史蒂文生發明蒸汽火車。
	21	英使阿美士德到京。	1816	
	23		1818	德國社會主義者馬克斯誕生(～1883)。
宣宗(愛新覺羅旻寧・30)	道光 3		1823	美國發表門羅主義。
	5	封鄭福為暹羅國王。	1825	俄發生十二月暴動。
	7	張格爾就擒，天山南路回亂平。	1827	
	8		1828	俄文學家托爾斯泰誕生(～1910)。
				俄、土戰爭爆發(～1829)。
	10		1830	法國發生七月革命。
				法侵占阿爾及利亞。
	11		1831	比利時獨立。
	12		1832	英國通過第一次國會改革法案。
				美人模斯發明電報。
	13		1833	瑞典化學家諾貝爾誕生(～1896)。
				希臘獨立。
				英屬殖民地廢除奴隸制度。
	14	英國在廣州設商務監督。	1834	德組關稅同盟。
		發生律勞卑事件。		
	16		1836	英國發生民憲運動(～1848)。
	17		1837	英國維多利亞女王即位(～1901)。
	19	林則徐在廣州虎門銷燬、沒收鴉片。	1839	
	20	中、英鴉片戰爭起，英軍陷定海。	1840	
		琦善與英簽訂穿鼻草約。		
	21	英軍再陷定海。	1841	
		中、英簽訂廣州和約。		
	22	英軍陷鎮江，耆英與英使樸鼎查簽訂南京條約。	1842	
	23	耆英與英樸鼎查簽訂五口通商章程及虎門善後條約。	1843	
		洪秀全初創拜上帝會。		

帝王	年號	中國	西元	世界
宣宗	24	耆英與美公使顧盛簽訂望廈條約。	1844	德哲學家尼采誕生(～1900)。
		耆英與法公使剌萼尼簽訂黃埔條約。		倫敦成立YMCA。
	26		1846	日耳曼人蓋勒發現海王星。
				英廢除穀物法。
	28		1848	法國二月革命,第二共和開始,路易拿破崙任總統。
				奧相梅特涅出亡。
				馬克斯、恩格斯發表共產主義宣言。
	29	廣州民眾拒英人進城。	1849	薩丁尼亞國王伊曼紐二世即位(～1878)。
	30	洪秀全在廣西桂平縣金田村起事。	1850	
文宗(愛新覺羅奕詝·11)	咸豐元	奕山與俄簽訂伊塔通商章程。	1851	法路易拿破崙發動政變。
		洪秀全攻占永安,建號太平天國。		
	2	太平軍占武昌。	1852	路易拿破崙稱帝。
		曾國藩組織湘軍。		加富爾出任薩丁尼亞首相(～1861)。
	3	太平軍占南京,直逼天津。	1853	
	4	曾國藩率湘軍討太平軍。	1854	美國人伯里至日本叩關。
		俄船擅行黑龍江。		俄與英、法發生克里米亞戰爭(～1856)。
		始用外人爲稅務司。		
		英、美、法三國要求修約。		
	5	俄移民黑龍江北岸。	1855	俄皇亞歷山大二世即位(～1881)。
	6	雲南回亂大起。	1856	奧國心理學家弗洛伊德誕生(～1939)。
		中、英發生亞羅船事件。		英人伯塞麥發明新煉鋼法。
		太平軍內訌。		
	7	英、法聯軍攻陷廣州。	1857	
	8	奕山與俄簽訂瑷琿條約。	1858	英國皇室接收東印度公司對印度的統轄權。
		桂良與英、法、美、俄分別簽訂天津條約。		
		桂良與英使額爾金在上海簽訂通商稅則善後條約。		
	9	英軍敗於大沽。	1859	英生物學家達爾文發表物種起源論。
				美國哲學家杜威誕生(～1952)。
				薩丁尼亞對奧國宣戰。
	10	太平軍李秀成、陳玉成大破江南大營。	1860	林肯當選美國總統。
		英、法軍攻入北京,帝奔熱河,奕訢與英、法簽訂北京條約。		
		中、俄訂立北京條約,割烏蘇里江以東地予俄。		

帝王	年號	中國	西元	世界
文宗	10	設總理衙門。	1860	
	11	帝崩，慈安、慈禧兩太后聽政。	1861	義大利王國建立。
				俄國農奴解放。
				美國南北戰爭爆發（～1865）。
				普魯士王威廉一世即位（～1888）。
				印度哲學家泰戈爾誕生（～1941）。
穆宗（愛新覺羅載淳・13）	同治元	英、法軍連敗太平軍於上海、寧波。	1862	俾斯麥就任普魯士首相（～1890）。
		美人華爾組織常勝軍。		法國、越南簽訂西貢條約。
		陝甘回變起。		
		置同文館於北京。		
	2	英將戈登接統常勝軍。	1863	美國總統林肯頒布黑奴解放令。
		曾國藩於安慶設局自製輪船。		柬埔寨成爲法的保護國。
		設廣方言館於上海。		
	3	新疆回亂起。	1864	德國政治家、社會理論家韋伯誕生（～1920）。
		太平天國滅亡。		普、奧與丹麥發生戰爭，丹麥敗。
		中、俄簽訂塔城界約。		馬克斯等於倫敦組國際工人聯盟，是爲第一國際（～1876）。
	4	僧格林沁追剿捻匪，敗死。	1865	林肯遇刺身亡。
		李鴻章在上海創設江南機器製造局。		
	5	左宗棠設馬尾船政局。	1866	普、奧發生七星期戰爭，奧敗。
		國父誕生於廣東省香山縣。		美國三K黨成立。
	6	李鴻章平東捻。	1867	英國通過第二次國會改革法案。
				英國國會通過英屬北美條例，加拿大自治領建立。
				以普魯士爲首的北德同盟成立。
				奧匈雙元帝國成立。
				日本明治天皇即位（～1912），幕府政治結束。
	7	西捻平。	1868	美人碩爾發明打字機。
	8	中、俄簽訂塔城續約。	1869	印度聖雄甘地誕生（～1948）。
				蘇伊士運河通航。
				梵蒂岡會議（～1870）。
	9	天津教案起。	1870	普、法戰爭爆發，法敗（～1871）。
				義大利進駐羅馬完成義大利的統一。
				法國第三共和開始（～1940）。

帝王	年號	中國	西元	世界
穆宗	9		1870	列寧誕生(～1924)。
	10	李鴻章與日議定通商條約。	1871	普魯士完成日耳曼統一,建立德意志帝國。
		俄占伊犁。		義大利通過教廷保障法。
	11	貴州苗亂平。	1872	英國哲學家羅素誕生(～1970)。
		從李鴻章議,置輪船招商局於上海。		
		第一次派三十幼童赴美留學。		
	12	雲南、甘肅、陝西回亂平。	1873	德、俄、奧三帝同盟。
	13	日軍侵入臺灣。	1874	法國、越南再簽西貢條約。
		慈安、慈禧兩太后二次聽政。		愛迪生發明電報機。
德宗(愛新覺羅載湉·34)	光緒元	馬嘉里事件起。	1875	
	2	李鴻章與英使威妥瑪簽訂煙臺條約。	1876	朝鮮、日本簽訂江華條約。
		收購英商所築吳淞鐵路,拆毀之。		英女王維多利亞兼任印度皇帝。
				美人貝爾發明電話。
	3	左宗棠、劉錦棠戡定新疆回亂。	1877	愛迪生發明留聲機。
				俄、土戰爭爆發(～1878)。
	4	李鴻章設開平礦務局於天津。	1878	俄、土簽訂聖斯泰法諾條約。
				俄、英、奧、法、土、德舉行柏林會議,解決巴爾幹半島問題。
	5	日本併吞琉球。	1879	日本改琉球爲沖繩縣。
		崇厚與俄簽訂伊犁條約。		物理學家愛因斯坦誕生(～1955)。
				愛迪生發明電燈。
	6		1880	美軍將領麥克阿瑟誕生(～1964)。
	7	曾紀澤與俄改訂伊犁條約。	1881	俄沙皇亞歷山大三世即位(～1894)。
		始設電報局於天津、上海等七處,設官電局於江蘇。		
		英人於上海設東洋電話公司。		
		天津水師學堂成立。		
	8	平朝鮮京城兵變(壬午之亂)。	1882	英控有埃及。
				德、奧、義成立三國同盟。
	9	中、法越南戰爭爆發。	1883	越南成爲法的保護國。
		中、俄簽訂塔爾巴哈臺界約。		
	10	李鴻章與法福祿諾議定天津簡約。	1884	
		法軍侵犯臺灣。		
		中、法福州海戰。		

帝王	年號	中國	西元	世界
德宗	10	平朝鮮二次京城兵變(甲申之亂)。	1884	
		新疆正式建省,以劉錦棠爲巡撫。		
	11	馮子材敗法軍。	1885	英併吞緬甸,劃爲印度的一省。
		中日天津條約,朝鮮爲中、日共同保護國。		
		中法天津和約,越南爲法所有。		
		設海軍事務衙門。		
		英併緬甸。		
	12	臺灣建省,劉銘傳任巡撫。	1886	
	13	慈禧歸政德宗。	1887	
	14	英併哲孟雄。	1888	德皇威廉二世即位(～1918)。
		唐山、天津間鐵路成,爲國人自建鐵路之始。		愛迪生發明電影放映機。
	15		1889	日本公布帝國憲法。
				馬克斯主義者組社會主義者國際,是爲第二國際(～1914)。
				第一屆泛美會議在華盛頓舉行。
	16	張之洞創辦漢陽鐵廠、漢陽槍炮廠。	1890	
		李鴻章開辦機器織布局於上海。		
	17		1891	俄國開始興建西伯利亞鐵路。
	19		1893	英、法以暹羅爲兩國殖民地的緩衝區,暹羅得以維持獨立。
	20	朝鮮東學黨之亂大起。	1894	法、俄簽署軍事協約。
		中、日甲午戰爭爆發。		俄皇尼古拉二世即位(～1917)。
		平壤、黃海之戰爲日軍所敗。		法國發生德雷福事件(～1899)。
		國父創興中會於檀香山。		
	21	中、日簽訂馬關條約,臺灣、澎湖、遼東半島割讓日本。	1895	德人欒琴發現X光線。
		俄、法、德迫日本還我遼東半島。		義人馬可尼發明無線電。
		革命軍廣州起義。		
		康有爲、梁啟超發刊強學報於上海。		
	22	李鴻章與俄簽訂中俄密約。	1896	第一屆國際奧林匹克運動會在雅典舉行。
		梁啟超、黃遵憲創刊時務報於上海。		
		國父倫敦蒙難。		
	23	德占膠州灣。	1897	朝鮮改國號爲大韓。
		嚴復創國聞報,鼓吹維新。		
		康有爲上書請變法救亡。		

帝王	年號	中國	西元	世界
德宗	23	興中會臺北分會成立。	1897	
	24	開經濟特科。	1898	美、西戰爭,美得菲律賓群島、波多黎各、關島等地。
		俄占旅順、大連。		英國征服蘇丹。
		康有爲創保國會。		法占領法紹達,造成英、法緊張局勢。
		法強租廣州灣。		
		詔更新國是,變法自強。		
		詔立京師大學堂。		
		英強租九龍半島及威海衛。		
		戊戌政變,慈禧太后訓政,幽帝於瀛臺,殺六君子。		
	25	英、俄協定劃分在華修築鐵路範圍。	1899	英、荷在南非爆發波耳戰爭(～1902)。
		美國務卿海約翰提出對華門戶開放政策。		海牙仲裁國際法庭成立。
		山東義和團起。		
	26	義和團同官軍圍攻各使館。	1900	國際勞工立法協會成立。
		八國聯軍陷北京,慈禧挾德宗出奔西安。		
		唐才常起事失敗。		
		俄占東北。		
		革命軍鄭士良等惠州起義失敗。		
	27	改總理衙門爲外務部。	1901	澳大利亞聯邦成立。
		詔廢八股。		諾貝爾獎開始每年頒布。
		李鴻章與各國簽訂辛丑和約。		英王愛德華七世登基(～1910)。
	28	梁啟超於日本橫濱創新民叢報。	1902	英、日簽訂同盟條約。
		中、俄訂立東三省撤兵條約。		
		蔡元培、章炳麟等創立光復會。		
	29	設商部。	1903	美人萊特兄弟完成第一次飛航。
		日、俄戰爭爆發,清廷宣布中立。		
		章炳麟、鄒容被捕。		
		黃興、宋教仁組織華興會於長沙。		
	30	英占西藏拉薩,與班禪喇嘛簽訂拉薩條約。	1904	日、俄戰爭爆發,俄敗(～1905)。
		華興會黃興等長沙起義失敗。		英、法協商成立。
	31	詔廢科舉。	1905	俄國爆發革命。
		派五大臣出國考察各國政治。		第一次摩洛哥危機。
		國父將興中會、華興會、光復會合併爲中國革命同盟會,定中華民國名稱,創刊民報。		日、俄訂立樸資茅斯條約。

帝王	年號	中國	西元	世界
德宗	31	設學部。	1905	愛因斯坦發表相對論。
		中、日簽訂東三省事宜條約。		
	32	清廷下詔預備立憲。	1906	
		設外務、度支等十一部,改刑部爲法部。		
		革命軍瀏陽、萍鄉起義失敗。		
	33	東三省改制。	1907	英、俄、法三國協約成立。
		革命軍屢次起義失敗。		紐西蘭自治領成立。
		徐錫麟刺殺皖撫恩銘失敗,殉難。		
		秋瑾被捕就義。		
		日、俄簽訂第一次協定及密約。		
	34	黃興起義於雲南河口,失敗。	1908	波斯尼亞危機(～1909)。
		帝及慈禧太后卒。		
		袁世凱被罷黜。		
遜帝(愛新覺羅溥儀·3)	宣統元	各省諮議局成立。	1909	美國婦女爭取解放。
		美國提議東三省鐵路中立。		南非聯邦成立。
	2	汪兆銘謀刺攝政王載灃被捕。	1910	日本併吞朝鮮。
		廣州新軍倪映典起義失敗。		
		日、俄爲劃分滿洲勢力範圍,簽定第二次協定及密約。		
		資政院開院。		
	3	革命軍廣州三二九之役失敗。	1911	義、鄂圖曼土耳其發生戰爭(～1912)。
		鐵路收歸國有,鄂、湘、川、粵四省聯合組織保路同志會。		第二次摩洛哥危機。
		武昌新軍起義,各省響應。		英國通過國會法。
		英人唆使西藏獨立。		
		國父當選爲中華民國臨時大總統。		
		俄人唆使外蒙古獨立。		

中華民國	年序	中國	西元	世界
	元	中華民國臨時政府成立。	1912	第一次巴爾幹半島戰爭爆發。
		國父在南京就任臨時大總統。		摩洛哥成爲法的保護國。
		改用陽曆,並以中華民國紀元。		威爾遜當選美國總統。
		臨時參議院在南京成立。		
		清帝溥儀退位。		
		袁世凱在北京繼任臨時大總統。		

中華民國	年序	中國	西元	世界
	元	公布臨時約法。	1912	
		臨時政府北遷。		
		同盟會改組爲國民黨。		
		西藏得英國之助入侵四川。		
		俄國與外蒙密訂協約及商務專條。		
	2	國會成立。	1913	第二次巴爾幹半島戰爭爆發。
		袁世凱刺殺宋教仁於上海。		
		袁世凱擅自向英、俄、德、法、日五國借款。		
		美國正式承認中華民國。		
		袁世凱擅自與俄簽訂「中俄蒙事協定」,允外蒙自治。		
		二次革命失敗。		
		袁世凱與日本簽訂滿蒙鐵路五路合同。		
		袁世凱脅迫國會,當選爲正式總統,其後解散國會及廢止臨時約法。		
	3	臺灣羅福星抗日遇害。	1914	巴拿馬運河通航。
		中、英、藏西姆拉草約成立,我國否認。		奧國斐迪南大公在巴爾幹半島遇刺身亡。
		袁世凱公布新約法。		奧向塞爾維亞宣戰,第一次世界大戰爆發。
		國民黨改組爲中華革命黨。		
		日軍侵山東占膠濟鐵路及青島。		
	4	袁世凱接受日本二十一條要求(五九國恥)。	1915	義大利向奧地利宣戰,加入協約國。
		中、俄、蒙恰克圖協定,允外蒙自治。		
		楊度等發起籌安會,鼓吹帝制。		
		上海肇和艦起義討袁。		
		護國軍唐繼堯等雲南起義討袁。		
		袁世凱稱帝。		
	5	袁世凱撤銷帝制。	1916	英、法、俄達成瓜分鄂圖曼土耳其及其亞洲領土協議。
		中華革命軍、東北軍起義討袁。		日、俄密訂協約,互保遠東利益。
		陳其美爲袁世凱暗殺。		
		袁世凱卒,黎元洪繼任大總統,並恢復民元約法及國會。		
		新青年出版。		
	6	胡適、陳獨秀提倡白話文。	1917	俄二月革命,推翻帝俄政府。
		黎元洪受督軍團脅迫,解散國會。		俄國勞工蘇維埃成立。
		張勳擁清廢帝溥儀復辟。		列寧取得蘇維埃領導權。

中華民國	年序	中國	西元	世界
	6	馮國璋代理大總統。	1917	美對德宣戰。
		國父在廣州成立軍政府，任大元帥，倡導護法。		俄十月革命，建立共黨專政之蘇維埃政府。
		對德、奧宣戰。		
	7	段祺瑞擅與日締結軍事及借款密約。	1918	俄國共產黨成立。
		陸榮廷勾結國會不肖議員改組軍政府，由岑春煊任主席總裁。		第一次世界大戰結束。
		國父離粵赴滬。		美國總統威爾遜發表十四點原則。
		徐世昌在北京任大總統職。		
		教育部公布注音字母表。		
	8	北京學生爲山東問題示威遊行，爆發五四運動。	1919	巴黎和會召開。
		上海南北議和不成。		列寧於莫斯科組成共產國際，是爲第三國際（～1943）。
		巴黎和會中中國代表拒簽對德和約。		德國納粹黨成立。
		中華革命黨改組爲中國國民黨。		簽署對德凡爾賽條約。
		外蒙撤銷自治。		德威瑪共和國產生（～1933）。
	9	中國加入國際聯盟。	1920	國際聯盟成立。
		直、皖戰爭爆發，直系獲勝。		印度甘地發起不合作運動。
		陳炯明率粵軍驅逐桂系，收復廣州。		
		中國共產黨臨時中央成立。		
		國父返粵恢復軍政府，繼續護法。		
	10	蘇俄侵占庫倫，嗾使外蒙獨立。	1921	義大利法西斯黨成立。
		國父在廣州就任非常大總統。		中、英、日、法、義、比、荷、葡召開華盛頓裁軍會議。
		中、德簽訂中德協約。		蘇俄實施新經濟政策（～1928）。
		陳獨秀、李大釗成立中國共產黨於上海。		
		全國教育聯合會召開於廣州，制定學制系統草案。		
		第三國際代表馬林到桂林會晤國父，要求聯共被拒。		
	11	中、日締結解決山東懸案條約。	1922	美國國會通過提高關稅法案。
		華盛頓會議締結與中國有關之九國遠東公約。		墨索里尼出任義國首相（～1943）。
		第一次直、奉戰爭爆發，奉系敗。		鄂圖曼土耳其帝國滅亡。
		徐世昌去職，黎元洪復任大總統。		英、美、日、法、義、俄、土、希及巴爾幹諸國召開洛桑會議。
		陳炯明叛變，國父脫險赴滬。		
		舊國會在北京復會。		
	12	滇、桂軍驅逐陳炯明，克廣州。	1923	凱末爾建立土耳其共和國。
		國父與蘇俄代表越飛在上海發表聯合宣言。		蘇維埃聯邦成立。

中華民國	年序	中國	西元	世界
	12	國父重回廣州復任大元帥。	1923	法占領魯爾區。
		黎元洪被逼去職。		
		曹錕賄選。		
	13	中國國民黨召開第一次全國代表大會。	1924	俄國改名蘇維埃社會主義共和國聯邦。
		國父講演三民主義。		英首次工黨內閣成立。
		黃埔陸軍軍官學校成立。		
		中俄協定簽訂，恢復邦交。		
		張作霖與俄簽奉俄協定。		
		第二次直奉戰爭，直系敗。		
		國父應反直各系之邀北上，商討國是。		
		段祺瑞任北京臨時政府總執政。		
	14	國父病逝北京。	1925	德與協約國簽訂羅加諾公約。
		上海五卅慘案。		
		廣州沙基慘案。		
		國民政府成立於廣州。		
		國民革命軍肅清東江陳炯明叛軍。		
	15	中國國民黨召開第二次全國代表大會。	1926	日本裕仁天皇(昭和)即位(--1989)。
		中山艦事件。		德國加入國際聯盟。
		北京三一八慘案。		
		段祺瑞被逐，臨時執政府垮臺。		
		國民革命軍誓師北伐。		
		北伐軍大敗吳佩孚於汀泗橋，攻克武漢、南昌。		
		國民政府遷往武漢。		
	16	張作霖搜查北京俄使館。	1927	美人林白完成駕機飛越大西洋創舉。
		國民政府收回漢口、九江英租界。		
		北伐軍克復南京、上海。		
		南京事件。		
		國民政府奠都南京，寧漢分裂。		
		國民黨實行清黨。		
		蔣總司令辭職，寧、漢合作。		
		北伐軍龍潭大捷，殲滅孫傳芳殘部。		
		共黨廣州暴動，國民政府對俄絕交。		

中華民國	年序	中國	西元	世界
	17	五三濟南慘案,蔡公時等被殺。	1928	白理安一凱洛格公約簽訂。
		北伐軍攻克北京、天津,北伐完成。		蘇俄第一次五年計畫開始(～1932)。
		張作霖被日人炸死於瀋陽附近的皇姑屯。		
		朱德、毛澤東在江西井崗山建立根據地。		
		蔣中正任國民政府主席。		
		定中央銀行爲國家銀行。		
		東北易幟,全國統一。		
	18	召開國軍編遣會議於南京。	1929	世界經濟大恐慌(～1933)。
		中國國民黨召開第三次全國代表大會。		梵蒂岡教廷獨立。
		國父靈櫬奉安於南京紫金山。		泛太平洋會議在日本東京舉行。
		接管中東路,俄調大軍入侵,是爲中東路事件。		史達林驅逐托洛斯基,取得俄國政權(～1953)。
		收回鎭江英租界。		對德楊格計畫宣布,解決德國賠款問題。
		桂系等叛變,失敗。		
	19	閻錫山、馮玉祥、李宗仁等聯合叛變。	1930	美、英、日、法、義五國在倫敦舉行海軍會議。
		第二屆全國教育會議在南京舉行。		萊因地區占領軍撤退。
		閻錫山、馮玉祥與汪兆銘在北平召開擴大會議。		
		收回威海衛及廈門英租界。		
		臺灣霧社山胞抗日事件。		
		蔣主席在南昌召開剿共軍事會議。		
	20	實施關稅自主。	1931	
		召開國民會議於南京。		
		日軍發動九一八事變。		
		中國國民黨召開第四次全國代表大會。		
		共黨在江西成立僞「中華蘇維埃共和國」。		
		國民政府改組,林森任主席。		
	21	日軍發動一二八事變。	1932	日內瓦裁軍會議召開。
		蔣委員長出任軍事委員會委員長。		美國務卿史汀生發表不承認主義。
		僞「滿洲國」在長春成立。		蘇俄第二次五年計畫開始(～1937)。
		國際聯盟李頓調查團至東北調查。		
		國難會議在洛陽開幕。		
		中、日簽訂上海停戰協定。		
		肅清豫、鄂、皖邊區共黨。		

中華民國	年序	中國	西元	世界
	21	中俄恢復邦交。	1932	
	22	第五次剿共。	1933	希特勒出任德國總理。
		日軍攻陷熱河。		德、日退出國際聯盟。
		廢兩改元，確定銀本位幣制。		美承認蘇聯。
		中、日締結塘沽停戰協定。		羅斯福當選美國總統(～1945)。
		馮玉祥察哈爾抗日事件。		
		陳銘樞、蔡廷鍇等發動「閩變」。		
	23	蔣委員長在南昌發起新生活運動。	1934	蘇俄加入國際聯盟。
		第五次圍剿共區結束，共軍向西展開「二萬五千里長征」。		德魯斯加發明電子顯微鏡。
		廬山軍官訓練團成立。		
		國府派專使入藏舉行冊封及致祭達賴喇嘛大典。		
	24	蘇俄非法出賣中東鐵路。	1935	法、蘇締結聯盟。
		日、美、英、法等國公使升格大使。		義大利侵略衣索匹亞。
		共軍「長征」抵陝北。		
		財政部規定中央、中國、交通三銀行鈔票爲法幣。		
		中國國民黨召開第五次全國代表大會。		
		殷汝耕等僞「冀東防共自治政府」成立。		
		日本策動華北自治。		
		冀察政務委員會成立於北平。		
	25	開始實施兵役法。	1936	日本廣田外相發表對華政府三原則。
		國民政府公布五五憲草。		義大利併吞衣索匹亞。
		蔣委員長發起國民經濟建設運動。		德、日成立反共協定。
		廣西李宗仁、廣東陳濟棠異動。		德再武裝萊因地區。
		粵漢鐵路全線通車。		西班牙內戰爆發(～1939)。
		綏遠百靈廟大捷。		德、義成立羅馬—柏林軸心。
		西安事變。		
	26	東北軍、川康軍整編。	1937	義大利加入德日反共協定。
		日本發動七七事變。		
		八一三事變爆發，全面抗戰開始。		
		中、蘇簽訂互不侵犯條約。		
		軍委會收編共軍爲第八路軍，歸第二戰區指揮。		
		國民政府遷都重慶。		

中華民國	年序	中國	西元	世界
	26	南京陷落，日軍瘋狂屠殺。	1937	
		日本在北平成立僞「中華民國臨時政府」。		
	27	日本在南京組織僞「維新政府」。	1938	德併吞奧國。
		中國國民黨臨時全國代表大會在武昌開幕，推蔣中正任總裁，頒布抗戰建國綱領。		慕尼黑會議召開。
		臺兒莊大捷。		美化學家卡洛薩斯發明尼龍。
		國民參政會首次大會在漢口開幕。		
		三民主義青年團成立。		
		廣州陷落，武漢撤守。		
		汪兆銘離開重慶，自河內發表豔電。		
	28	公布國民精神總動員綱領。	1939	德併吞捷克。
		日機狂炸重慶。		德、蘇簽訂互不侵犯條約。
		第一次長沙大捷。		德進兵波蘭。
		汪兆銘與日簽訂所謂「日支新關係調整綱要」。		第二次世界大戰歐洲區戰役爆發。
				德、俄瓜分波蘭。
				西班牙弗朗哥推翻共和，建立獨裁。
				義併吞阿爾巴尼亞。
	29	全國實行新縣制。	1940	美國廢止美日友好通商條約。
		汪僞組織在南京成立。		德次第征服丹麥、挪威、荷蘭、比利時、盧森堡、法國。
		國民政府明令全國尊稱孫中山先生爲國父。		邱吉爾繼任英首相（~1945）。
		張自忠將軍在襄陽南瓜店壯烈殉國。		蘇俄併吞愛沙尼亞、拉脫維亞、立陶宛三國。
		法國封閉滇越公路。		德、義、日三國軸心成立。
		英國封閉滇緬公路。		義大利入侵希臘。
		國民政府明令定重慶爲陪都。		
		華北共軍侵入山東。		
	30	皖南新四軍事件。	1941	美國國會通過租借法案，支援同盟國。
		陳納德指揮之美國志願空軍正式納入中國武裝部隊（飛虎隊）。		俄、日簽訂中立友好條約。
		第二次長沙大捷。		德進攻蘇俄。
		珍珠港事變爆發，國民政府對日本及德、義宣戰。		美、英共同發表大西洋憲章。
		國軍入緬協助英軍作戰。		日本進擊美夏威夷群島的珍珠港，美對日宣戰。
	31	蔣委員長出任中國戰區盟軍最高統帥。	1942	中、美、英、俄共同發表聯合國宣言。
		第三次長沙大捷。		日本占領馬尼拉、新加坡。
		蔣委員長訪問印度。		美軍登陸法屬北非。

中華民國	年序	中國	西元	世界
	31	國家總動員法開始實施。	1942	
		英、美宣布放棄在華特權。		
	32	中美、中英簽訂平等新約。	1943	史達林格勒之役,德軍投降。
		全國行政上實行設計、執行、考核三聯制。		美、英在摩洛哥舉行卡薩布蘭加會議。
		國民政府主席林森逝世,蔣中正繼任。		北非大戰結束。
		中、美、英三國開羅會議,決定戰後東北四省、臺澎歸還中國。		麥克阿瑟出任西南太平洋盟軍統帥。
				墨索里尼去職。
				義大利投降。
				中、美、英、俄聯合發表四強宣言。
				中、美、英於埃及舉行開羅會議。
				英、美、俄在伊朗舉行德黑蘭會議。
	33	衡陽會戰。	1944	聯軍登陸諾曼地成功。
		日軍攻入桂黔。		中、美、英、蘇舉行頓巴敦橡園會議。
		中、美、英、蘇四外長發表聯合國組織草案。		羅斯福四度當選美國總統。
		蔣委員長號召十萬知識青年從軍運動。		
		史迪威事件。		
		俄國策動新疆伊寧事變。		
	34	中印公路全線通車。	1945	俄軍占領波蘭華沙。
		滇西國軍與入緬遠征軍會師。		美、英、俄舉行雅爾達會議。
		雅爾達密約,允俄取得旅、大與東北鐵道及外蒙獨立,以爲俄加入對日作戰之要件。		阿拉伯國家聯盟成立。
		中共第七次全國代表大會,確立毛澤東領導地位。		美羅斯福總統去世,杜魯門繼任。
		中國國民黨召開第六次全國代表大會。		德投降,歐洲大戰結束。
		湘西大捷。		中、美、英、法、蘇等五十國在舊金山簽署聯合國憲章。
		中、美、英發表波茨坦宣言,促日本無條件投降。		美、英、俄召開波茨坦會議。
		蔣主席在重慶發表「以德報怨」宣言。		日本投降,亞洲太平洋戰爭結束。
		蘇俄進占東北。		世界勞工總工會(WFTU)成立。
		蔣主席與毛澤東在重慶會談。		紐倫堡大審(~1946)。
		中、蘇簽訂友好同盟條約。		
		臺灣光復。		
		美國特使馬歇爾來華調處國共問題。		
	35	在重慶召開政治協商會議。	1946	聯合國正式成立,國際聯盟宣布解散。
		國民政府還都南京。		二次大戰後的巴黎和會召開。

中華民國	年序	中國	西元	世界
	35	延安中共發布第二次總動員令,擴大叛變。	1946	印度尼赫魯組織臨時政府(～1964)。
		召開制憲國民大會,制訂中華民國憲法。		
	36	國民政府公布憲法。	1947	美發表杜魯門主義。
		二二八事件。		日本憲法實施。
		俄、蒙軍侵入新疆北塔山。		印度、巴基斯坦獨立。
		國民政府宣布動員戡亂。		
		中國國民黨與三民主義青年團合併。		
		中華民國憲法開始施行。		
	37	召開第一屆國民大會,選舉蔣中正爲行憲後首任總統,李宗仁爲副總統。	1948	甘地遇刺身亡。
		總統頒布財政經濟緊急處分令,發行金元券。		歐洲十六國簽訂歐洲經濟合作組織(OEEC)。
		徐蚌會戰開始。		美提出歐洲復興計畫,即馬歇爾計畫。
				金日成組成朝鮮人民共和國。
				以色列建國。
				蘇俄封鎖柏林。
				第一次以、阿戰爭。
				李承晚組成大韓民國。
	38	毛澤東提出所謂「和談八條件」。	1949	北大西洋公約組織(NATO)成立。
		蔣總統引退,李宗仁代行總統職權。		德意志聯邦共和國(西德)成立。
		徐蚌會戰失利,平、津亦淪陷。		中、日、菲、印度、巴、印尼、伊朗決成立反共勞工聯盟。
		臺灣實施三七五減租及改革幣制。		美國務院發表中、美關係白皮書。
		共軍渡江。		德意志民主共和國(東德)成立。
		臺灣全省實施戒嚴。		
		毛澤東宣布向蘇俄靠攏。		
		中華人民共和國成立。		
		國軍大敗共軍於金門、登步。		
		政府遷臺。		
	39	中共與俄簽訂友好同盟互助條約。	1950	韓戰爆發(～1953)。
		蔣總統復職。		麥克阿瑟出任聯合國在韓聯軍總司令。
		我國正式向聯合國提出控告蘇俄案。		艾森豪出任北大西洋公約組織最高統帥。
		舟山、海南國軍自動撤守。		
		美第七艦隊協防臺灣。		
		臺灣省開始實施地方自治。		

中華民國	年序	中國	西元	世界
	39	聯軍統帥麥克阿瑟訪臺。	1950	
		中國國民黨實施改造。		
		中共參加韓戰。		
	40	聯合國譴責中共爲侵略者。	1951	聯合國成立對中共制裁委員會。
		美國在臺灣設立軍事援華顧問團。		西歐六國成立歐洲煤鋼組織(ECSC)。
		臺灣省臨時議會成立。		可倫坡計畫生效。
				52國簽署對日舊金山和約。
				美、菲簽訂共同防禦條約。
				美國第一顆氫彈試驗成功。
	41	聯合國大會通過我國控訴蘇俄案。	1952	聯軍結束對日占領。
		中、日簽訂和約,恢復邦交。		艾森豪當選美國總統。
		中國國民黨召開第七次全國代表大會。		
		中國青年反共救國團成立。		
	42	美國第七艦隊撤離臺灣。	1953	英女王伊莉莎白二世即位。
		廢止中蘇友好同盟條約。		韓戰簽停戰協定於板門店。
		實施耕者有其田及五期四年經濟建設計畫。		美、韓簽訂共同防禦條約。
		滇緬邊區反共游擊隊撤退來臺。 蔣總裁發表民生主義育樂兩篇補述,完成三民主義體系。		
	43	韓境一萬四千多名反共義士歸國。	1954	美、日簽訂共同防禦條約。
		召開第一屆第二次國民大會,蔣總統當選連任,陳誠當選副總統。		日內瓦會議(韓國及中南半島問題)。
		中美共同防禦條約在華盛頓簽字。		東南亞公約組織(SEATO)成立。
				越南社會主義共和國(北越)成立。
				英、埃簽訂交還運河區協定。
	44	浙海一江山國軍七百二十人全部成仁。	1955	中部公約組織(CENTO)成立。
		大陳島駐軍撤守。		亞、非兩洲國家在印尼萬隆舉行會議。
		石門水庫破土興工(~1964)。		華沙公約組織成立。
		中共通過漢字簡化案修正草案。		越南共和國(南越)成立,吳廷琰自任總統。
	45	實施都市平均地權。	1956	東南亞公約組織設永久總部於曼谷。
		美軍協防臺灣司令部成立。		美洲國家在巴拿馬舉行總統會議。
		西藏及新疆南部發生反共抗暴運動。		匈牙利抗俄行動,俄軍大肆鎮壓屠殺。
		東西橫貫公路開工。		以色列進攻埃及,於西奈半島發生激戰。
		國防部派遣部隊守南沙群島。		日、俄復交。

中華民國	年序	中國	西元	世界
	46	美國飛彈部隊協防臺灣。	1957	歐洲共同市場(EEC)成立。
		開始實施戰士授田政策。		美、英舉行百慕達會議。
		中國國民黨召開第八次全國代表大會。		艾森豪主義宣布。
		李政道、楊振寧獲諾貝爾物理學獎。		蘇俄首次發射人造衛星〔史普尼克一號〕成功。
				非亞集團成立。
	47	八二三金門砲戰爆發。	1958	赫魯雪夫出任俄共第一書記及總理。
		中共在大陸農村實行人民公社。		非洲合眾國成立。
				埃及、敘利亞合組阿拉伯聯合共和國。
				戴高樂當選法國總統(～1969)。
	48	西藏人民發動抗暴,達賴喇嘛逃往印度。	1959	卡斯楚掌握古巴政權。
		劉少奇繼毛澤東出任國家主席。		俄總理赫魯雪夫訪美。
		臺灣省臨時議會正式改為臺灣省議會。		
		臺灣中南部發生八七水災。		
	49	召開第一屆國民大會第三次大會,蔣中正當選第三任總統,陳誠當選副總統。	1960	美國U2偵察機在俄境被擊落。
		雷震案。		甘迺迪當選美國總統。
	50	舉行陽明山兩次會談。	1961	豬玀灣事件。
		副總統陳誠訪美。		東德興建柏林圍牆。
		中共與尼泊爾、緬甸簽訂邊界協定。		聯合國祕書長哈馬紹墜機身亡。
				不結盟國家成立。
				石油輸出國組織成立。
	51	召開第四次全國教育會議。	1962	梵蒂岡大公會議第一期會議。
		大陸逃港難胞形成五月難民潮。		古巴飛彈危機發生(～1969)。
		中共、印度發生藏、印邊境激戰。		
	52	中國國民黨召開第九次全國代表大會。	1963	非洲團結組織成立。
				美俄熱線協定在日內瓦簽字。
				梵蒂岡大公會議第二期會議。
				朴正熙當選大韓民國總統。
				美國總統甘迺迪遇刺身亡,詹森繼位。
	53	臺灣省開始實施都市平均地權。	1964	梵蒂岡大公會議第三期會議。
		中共舉行第一次核子試爆。		俄總理赫魯雪夫下臺,柯錫金繼任。
		中、韓簽訂友好條約。		詹森當選美國總統。
				美國積極介入越戰。

中華民國	年序	中國	西元	世界
	54	美國對華經援停止。	1965	日、韓復交。
		中、美簽訂美軍在中華民國地位協定。		梵蒂岡大公會議第四期會議。
	55	第一屆國民大會臨時會及第四次會議，蔣中正連任第四任總統，嚴家淦任副總統。	1966	甘地夫人當選印度總理。
		毛澤東發動文化大革命，進行政治大整肅。		北大西洋公約組織總部由巴黎遷往比利時。
		林彪接任中共中央委員會軍事委員會主席。		亞洲暨太平洋區部長會議在漢城舉行。
		毛澤東組織紅衛兵打擊異己，在北平公開鬥爭劉少奇、鄧小平。		
	56	副總統嚴家淦訪美、韓。	1967	美、俄、英等六十國簽署太空和平條約。
		臺北市改制為院轄市。		以、阿六日戰爭，以占有西奈半島。
		中華文化復興運動推行委員會成立。		南非巴納德主持人類第一次心臟移植手術成功。
		中共與俄在新疆邊界發生大規模軍事對抗。		
	57	副總統嚴家淦訪泰。	1968	越共突擊西貢，越南全國實施戒嚴。
		中共發動所謂三查運動，企圖排除國民黨敵後勢力。		以色列突擊約旦游擊隊基地。
		開始實施九年國民教育。		美與北越在巴黎談判。
		中共宣布解除劉少奇一切職務。		51國在華盛頓、倫敦、莫斯科簽署禁止核子武器擴散條約。
				捷克推行自由化，為蘇俄及東歐各國所鎮壓。
				以、埃在蘇伊士運河區發生激戰。
				尼克森當選美國總統。
	58	中共與蘇俄在烏蘇里江邊界爆發軍事衝突。	1969	法國總統戴高樂下臺。
		國防部長蔣經國以特使身分訪泰。		馬來西亞發生種族衝突。
		舉行中央公職人員增補選。		美太空船「太陽神一號」登陸月球，阿姆斯壯首先踏上月球表面。
				馬可仕當選菲律賓總統。
	59	副總統嚴家淦代表蔣總統訪日、美。	1970	美與中共在華沙恢復大使級會談。
		國際勞工局中國分局成立。		沙達特繼任埃及總統。
				埃及、蘇丹、利比亞宣布組成三國聯邦。
	60	保衛釣魚臺列嶼主權運動。	1971	孟加拉獨立。
		沙烏地阿拉伯國王費瑟訪華。		埃及、敘利亞、利比亞三國宣布組成阿拉伯共和國聯邦。
		聯合國接納中共，我國宣布退出。		美顧問季辛吉入大陸與周恩來會談。
				美參院批准琉球交日條約。
	61	美總統尼克森訪問中共。	1972	美總統尼克森訪問北平，並發表聯合公報。
		召開第一屆國民大會第五次會議，蔣中正、嚴家淦蟬聯第五任正、副總統。		北越共軍越過停戰線，向南侵略。
		蔣經國出任行政院長。		美將琉球施政權交予日本。
		日本承認中共，中日斷交。		尼克森訪俄。

中華民國	年序	中國	西元	世界
	61	南部橫貫公路竣工。	1972	田中角榮出任日本首相。
				韓國實施戒嚴。
	62	副總統嚴家淦訪美。	1973	越南停火協定在巴黎簽署,美退出越戰。
		美與中共互設聯絡辦事處。		美國爆發水門事件。
		副總統嚴家淦訪問中南美四國。		中東戰事再起,以色列與埃及、敘利亞全面作戰。
		開始實施十大建設。		波斯灣石油出口國對美實施石油禁運,並抬高油價,引發能源危機。
	63	中、日斷航。	1974	印度進行核爆。
		副總統嚴家淦年內訪問中南美九國。		尼克森因水門事件下臺,福特繼任總統。
	64	蔣總統中正逝世,副總統嚴家淦繼任總統。	1975	國際貨幣基金會通過廢除黃金官價,開放各國央行存金。
		蔣經國出任中國國民黨主席。		柴契爾夫人當選英國保守黨領袖。
		中、日復航。		沙烏地阿拉伯國王費瑟遇刺身亡。
				南越淪陷。
				美、英、法、西德、日、義六國首長舉行高峰會議,討論世界經濟問題。
	65	中共周恩來、朱德、毛澤東三人死亡。	1976	美洛克希德公司承認賄賂荷、日等政府首長,以推銷飛機。
		群眾在天安門前悼念周恩來活動遭受鎮壓。		以色列突襲烏干達恩特貝機場,拯救人質。
		唐山大地震。		美「海盜一號」太空船登陸火星。
		中共江青、王洪文、張春橋、姚文元四人幫被捕。		卡特當選美國總統。
		丁肇中獲諾貝爾物理學獎。		
		推行六年經建計畫。		
		華國鋒出任中共中央主席及軍委主席的職務。		
		中國國民黨召開第十一次全國代表大會。		
	66	中共四人幫黨羽遭整肅。	1977	最後一次南北經濟會談在巴黎舉行。
		嚴總統訪問沙烏地阿拉伯。		埃及與利比亞在邊境發生衝突。
		中共宣布鄧小平恢復各項職務。		衣索匹亞與索馬利亞進行激烈戰鬥。
		臺灣省全面實施平均地權。		阿拉伯恐怖分子在法國上空劫持西德客機。
		第一梯次公告地價。		南非厲行種族分離政策,遭各國武器禁運。
		核能發電廠開始供電。		美退出國際勞工組織。
				埃及總統沙達特訪問以色列。
	67	召開第一屆國民大會第六次會議,蔣經國當選第六任總統,謝東閔當選副總統。	1978	美參院通過巴拿馬運河新約,同意在西元2000年前交出。
		中共與日本簽訂和平友好條約。		美、韓宣布合組聯軍指揮部。
		南北高速公路全線通車。		薩伊夏巴省銅礦區爲古巴支持的叛軍攻陷,美、法、比及非洲各國派兵救援。
		美國承認中共,中、美斷交。		世界第一個試管嬰兒在英國出生。

中華民國	年序	中國	西元	世界
	67		1978	美、以、埃大衛營會議,以、埃簽訂大衛營協定。
	68	總統頒布緊急處分令停止辦理中央民意代表增補選。	1979	伊朗國王巴勒維離國,何梅尼成立新政府。
		北美事務協調委員會在臺北成立。		以、埃在華盛頓簽署和約。
		中共與蘇俄廢止友好同盟和互助條約。		美簽署臺灣關係法案。
		鐵路西部幹線電氣化工程全線完工通車。		柴契爾夫人繼任英國首相。
		高雄市改制爲院轄市。		巴拿馬運河正式由巴拿馬接管。
		總統明令公布實施擴充領海十二海里及二百海里經濟海域。		韓國總統朴正熙遇刺身亡。
		中央銀行正式改隸行政院。		伊朗回教學生占領美駐伊大使館,並劫持人質。
		高雄發生「美麗島」事件。		蘇俄以武力策動阿富汗政變,由親俄派卡默爾掌政。
		開始推行十二項建設。		
	69	北迴鐵路建成通車。	1980	全斗煥當選韓國總統。
		行政院長孫運璿訪問非洲及中美洲各友邦。		伊朗與伊拉克發生戰爭。
		我國退出國際貨幣基金會。		雷根當選美國總統。
		恢復辦理中央民意代表增補選。		
		中共華國鋒辭總理職,由趙紫陽繼任。		
	70	中國國民黨召開第十二次全國代表大會。	1981	世界上第一架太空梭由美國發射成功。
		宋慶齡病逝北平。		密特朗當選法國總統。
		中共胡耀邦任主席,華國鋒降爲副主席。		伊朗總統拉傑、總理巴賀納在德黑蘭遇炸身亡。
		臺灣省舉行地方公職人員選舉。		埃及總統沙達特於開羅遇刺身亡。
		行政院長孫運璿訪問印尼。		以色列兼併戈蘭高地。
	71	新竹、嘉義兩市升格爲省轄市。	1982	賈瓦拉當選瓜地馬拉總統。
		日本文部省竄改侵華史實。		英國、阿根廷因福克蘭群島發生軍事衝突。
		中共華國鋒退出「政治局」,鄧小平仍任軍委會主席,胡耀邦任總書記。		以色列撤離西奈半島,而歸還埃及。
		中共與蘇俄在北平正式展開談判。		柴契爾夫人抵北平與中共商談香港前途問題。
		經濟部長趙耀東訪南非。		俄共布里茲涅夫死亡,由安德洛波夫繼任總書記。
		吳學謙及張愛萍分別擔任中共外交及國防頭目。		中曾根康弘就任日本首相。
	72	中、荷通航。	1983	美駐貝魯特大使館遭炸毀。
		選舉增額立法委員。		美太空船「先驅十號」離開太陽系,飛越海王星。
		中共李先念任國家主席,趙紫陽連任總理,鄧小平兼掌黨政兩軍委會主席。		西德總理柯爾訪俄。
				菲律賓反對黨領袖艾奎諾於馬尼拉機場遇刺身亡。
				波蘭勞工領袖華勒沙獲諾貝爾和平獎。
				美國總統雷根訪問日、韓兩國。

中華民國	年序	中　　國	西元	世　　界
	72		1983	賽普勒斯境內土耳其人宣布成立北賽普勒斯土耳其共和國。
	73	召開第一屆國民大會第七次會議，蔣經國當選第七任總統，李登輝當選副總統。	1984	俄契爾年柯出任國家主席兼總書記。
		美國總統雷根訪問中共。		教宗若望保祿二世訪亞太地區。
		中共總理趙紫陽與英首相柴契爾夫人在北平簽署所謂香港協議。		伊朗在荷姆茲海峽設限制區，檢查來往商、漁船。
				蘇俄宣布抵制美洛杉機奧運，東歐多國跟進。
				美駐黎巴嫩貝魯特大使館發生爆炸。
				印度總理甘地夫人遇刺身亡，其子拉吉夫繼任。
				雷根當選連任美國總統。
				美國、伊拉克復交。
				約旦國王胡笙訪問埃及。
	74	十信及國塑弊案發。	1985	西班牙開放直布羅陀邊界，結束十五年的封鎖。
		勞動基準法施行細則正式生效實施。		蘇聯領導人契爾年柯病亡，戈巴契夫繼任。
		國內第一個試管嬰兒在榮總誕生。		南非發生種族暴亂事件。
		鄧小平將十一個軍區歸併爲七個，並撤換軍頭，更換九名部長。		印度總理拉吉夫與錫克教政治領袖哥瓦爾達成協議，結束旁遮普自治運動。
		美參院共和黨領袖杜爾率團訪華。		哥倫比亞火山爆發，死亡兩萬五千人。
		李副總統登輝訪問哥斯大黎加、巴拿馬及瓜地馬拉。		第一屆南亞高峰會議在達卡舉行。
	75	新制營業稅開始實施。	1986	美「挑戰者號」太空梭升空爆炸。
		立法院通過管理外匯條例部分條文修正案，取消黃金爲外匯管制項目。		菲律賓發生政變，艾奎諾夫人就任總統，馬可仕流亡美國。
		新加坡總理李光耀訪華。		席拉克出任法國總理。
		中、美貿易談判，我取得十八億美元優惠關稅，同意對美商開放保險市場。		美國總統雷根訪問亞洲。
		民主進步黨組黨，並召開首次代表大會。		蘇俄烏克蘭車諾比爾核能電廠發生意外。
		李遠哲獲諾貝爾化學獎。		前聯合國祕書長華德翰當選奧地利總統。
				馬來西亞大選，總理馬哈地領導的民族陣線聯盟獲勝。
				以、埃兩國簽訂塔巴邊界協定。
				美國總統雷根簽署移民法案，准西元1982年以前非法入境的移民合法居留。
	76	票據法修正案開始實施，廢除不獲支付支票科處刑罰之規定。	1987	菲律賓實施新憲法。
		外國菸酒正式開放進口。		美國總統雷根對伊朗軍售行動直承錯誤。
		中共總書記胡耀邦被迫下臺，由趙紫陽代理。		英國大選，柴契爾夫人三度當選首相。
		葡萄牙與中共簽署聯合聲明，葡國將於西元1999年12月20日退出澳門。		美在波斯灣爲科威特油輪護航。
		蔣總統明令公布動員戡亂時期國家安全法。		斯里蘭卡與印度簽署和平協議。
		立法院通過臺灣地區解嚴案。		盧泰愚出任韓國民主正義黨總裁。
		外匯管制放寬。		伊朗以飛彈攻擊科威特，波斯灣戰事擴大。

中華民國	年序	中國	西元	世界
	76	西藏拉薩要求獨立遊行，引起鎮壓。	1987	竹下登出任日本首相。
		國民黨中常會通過大陸探親原則。		韓國大選，盧泰愚當選總統。
		立法院通過動員戡亂時期集會遊行法草案。		
		中共鄧小平、李先念及陳雲均退出「政治局」。		
	77	報禁解除。	1988	西德總理柯爾抵法國，以紀念兩國友好條約25週年，並簽署軍事合作協議。
		蔣總統經國先生逝世，副總統李登輝先生繼任，並當選國民黨主席。		美、俄、巴基斯坦、阿富汗簽署阿富汗協定，俄自阿富汗撤軍，結束阿富汗戰爭。
		楊尚昆出任中共「國家主席」。		約旦決定將約旦河西岸主權交予巴解。
		五二〇事件。		兩伊戰爭停火。
		中國國民黨召開第十三次全國代表大會。		瑞士樞機主教雷飛赫自行為主教授任聖職，造成羅馬天主教會分裂。
		海南島成為中共第二十三個行省及第四個經濟特區。		布希當選美國總統。
	78	「動員戡亂時期人民團體法」、「動員戡亂時期公職人員選舉罷免法修正草案」、「第一屆資深民意代表自願退職條例」通過。	1989	中歐、東歐發生反共革命浪潮。
		中共前總書記胡耀邦去世。		美國派兵入侵巴拿馬，逮捕國防軍司令諾瑞加。
		地下投資公司引發金融問題。		日本自民黨在大選中挫敗。
		六四天安門事件，軍隊血腥鎮壓民主示威活動。		愛滋病蔓延引起重視。
		江澤民取代趙紫陽繼任總書記，並繼鄧小平後擔任中央軍委主席。		越南駐柬埔寨軍隊完全撤離。
		西藏動亂，宣佈當地戒嚴。		
	79	二二八事件納入中學歷史教材。	1990	兩德再度統一。
		中國人大通過香港基本法。		日本保安廳核准右翼團體在釣魚臺修建燈塔。
		臺灣與沙烏地阿拉伯斷交。		查莫洛夫人當選尼加拉瓜總統。
		李登輝當選第八任總統。		美國首次採用基因療法手術。
		開放臺商赴大陸考察。		伊拉克入侵科威特。
		臺灣學運，提出解散國民大會、廢除臨時條款等要求。		
	80	國家統一委員會設立，通過國統綱領，成立海基會。	1991	聯合國「沙漠風暴」行動，解放科威特並佔領伊拉克南部。
		廢止動員戡亂時期臨時條款。		南非總統戴克拉克宣布廢除種族隔離法。
		十五家新商業銀行申請核准。		南斯拉夫分裂，各共和國陷入種族衝突。
		慈濟創辦人證嚴法師獲菲律賓麥格塞塞獎。		南北韓同時加入聯合國。
		中華人民共和國發表首次人權白皮書。		蘇聯共黨分子發動政變失敗。
		亞太經合會，中華人民共和國、中華臺北、香港同時入會。		波羅的海三國脫離蘇聯獨立。
				華沙公約組織解散。
	81	鄧小平南巡講話。	1992	南韓宣布與中國建交。

中華民國	年序	中 國	西元	世 界
		美、法將二代戰機軍售臺灣。		柯林頓當選美國總統。
		刑法一百條修正。		薩爾瓦多長期內戰結束。
		臺灣學術網路與國際網路連線啟用。		塞爾維亞對波士尼亞發動戰爭，進行「種族淨化」暴行。
				美國因種族問題引起洛杉磯暴動。
	82	江澤民由八屆人大選為國家主席、中央軍委主席。	1993	以色列與巴解簽署和平協定。
		五二〇農民大遊行。		俄羅斯總統葉爾欽下令解散國會，引發危機。
		臺灣新黨成立。		南韓總統金泳三就任。
		海基會辜振甫與海協會汪道涵首次會談。		美國核准北美自由貿易協定。
				捷克分裂為捷克共和國和斯洛伐克共和國。
				歐洲聯盟馬斯垂克條約核准。
	83	千島湖案，24名臺灣遊客被害。	1994	北韓金日成去世，其子金正日繼位。
		李登輝總統訪問東南亞。		俄羅斯軍攻入車臣首都。
		民進黨提出金馬非軍事化說帖。		美國洛杉磯大地震。
		行政院消費者保護委員會成立。		曼德拉當選南非總統。
		宋楚瑜當選臺灣省長，陳水扁當選臺北市長。		盧安達發生種族戰爭。
				英法海底隧道通行。
				愛爾蘭共和軍停止軍事行動。
	84	二二八紀念碑落成。	1995	日本神戶、大阪地區發生大地震。
		中共以飛彈演習恐嚇臺灣。		日本奧姆真理教在東京地鐵放沙林毒氣。
		中國大陸人口達十二億。		以色列總理拉賓遇刺身亡。
		李登輝總統訪美，在康乃爾大學發表演說。		美國奧克拉荷馬聯邦政府辦公大樓爆炸案。
				緬甸民主運動領袖翁山蘇姬在軟禁十六年後獲釋。
	85	中國先後三次在東南海域舉行聯合軍事演習。	1996	日本右翼團體在釣魚臺興建燈塔。
		臺灣首次總統大選，李登輝、連戰當選正、副總統。		俄羅斯與車臣達成停火協議。
		國家發展委員會決議凍省。		美日安保條約防衛範圍擴大到臺海與南沙群島。
				美國柯林頓總統當選連任。
	86	鄧小平去世。	1997	東南亞金融危機引爆。
		江澤民訪美，與柯林頓發表聯合聲明。		柬埔寨強人韓森發動武裝政變。
		香港回歸中國，實施一國兩制。		英國以無性生殖法生育出複製羊桃莉。
		臺灣與南非斷交。		德蕾莎修女去世。
		臺灣縣市長選舉，民進黨得票率與席次超過國民黨。		
		達賴喇嘛訪問臺灣。		

中華民國	年序	中國	西元	世界
	87	長江洪水為患。	1998	印度與巴基斯坦相繼舉行核子試爆。
		海基會辜振甫與海協會汪道涵二次會談。		美國柯林頓總統訪問北京，舉行柯江會談。
		馬英九當選臺北市長，謝長廷當選高雄市長。		美國輝瑞藥廠研製威而鋼，引起全球注目。
	88	中國全面取締法輪功組織。	1999	歐元開始成為貨幣單位，將取代傳統歐洲貨幣。
		臺灣集集大地震。		科索伏戰火不斷，北約空襲南斯拉夫，波及中國大使館。
		李登輝總統提出兩岸關係為特殊國與國關係的論點。		美國將巴拿馬運河歸還巴拿馬。
		澳門回歸中國。		
	89	民進黨總統候選人陳水扁贏得總統大選。	2000	普廷當選俄羅斯總統。
		親民黨成立。		南、北韓總統金大中與金正日進行歷史性會晤。
				美國驅逐艦科爾號在葉門亞丁港遭到攻擊。
				小布希當選美國總統。
	90	廈門與金門、馬祖實施小三通。	2001	阿富汗塔利班政權下令摧毀境內佛像。
		陳水扁總統出訪拉丁美洲。		美國發生九一一恐怖攻擊事件。
		中國加入世界貿易組織。		美、英進軍阿富汗。
	91	臺灣正式成為世界貿易組織（WTO）會員國。	2002	歐元正式在歐盟十二國中流通。
		江澤民訪問美國。		非洲聯盟成立。
		江澤民卸任總書記職務，由胡錦濤接任。		印尼峇里島發生恐怖爆炸案。
	92	兩岸首次春節包機直航。	2003	南斯拉夫聯邦解體。
		江澤民卸任國家主席職務，由胡錦濤接任。		美國對伊拉克發動戰爭。
		溫家寶出任國務院總理。		前烏干達獨裁者阿敏病逝於沙烏地阿拉伯。
		臺灣與中國爆發SARS疫情。		馬來西亞執政長達二十二年的馬哈蒂爾將總理職務移交給副總理巴達維。
	93	總統大選前夕爆發三一九槍擊案。	2004	俄羅斯總統普廷當選連任。
		陳水扁總統當選連任。		歐盟成員國增加至二十五國。
		江澤民辭去中央軍委主席職務，由胡錦濤接任。		前美國總統雷根病逝。
				美國總統小布希當選連任。
				印度洋發生大海嘯，造成南亞地區嚴重傷亡。
	94	海基會董事長辜振甫去世。	2005	天主教教宗若望保祿二世去世，由本篤十六世繼任教宗。
		中國通過〔反分裂國家法〕。		歐盟憲法遭到會員國否決。
		三二六護臺大遊行在臺北舉行，抗議〔反分裂國家法〕的制定。		英國倫敦地鐵及公車相繼發生多起爆炸。
		國民黨主席連戰訪問中國大陸。		颶風卡翠娜侵襲美國，對紐奧爾良造成嚴重破壞。
		海協會會長汪道涵去世。		

陰陽曆及干支對照表

凡例說明

一、本表自壬辰年（民國前二〇～前十九年，西元1892～1893年）到辛卯年（民國一〇〇～一〇一年，西元2011～2012年）止。

二、本表每頁包括陰曆二整年，每頁上劃分「年序」、「陰曆月序」、「月干支」、「陽曆月日、陰曆日干支」、「陰曆日序」五欄。「年序」欄下列有干支紀年、生肖、民國紀年、西元紀年；「陰曆月序」欄下列有表示陰曆月序的數碼；「月干支」欄下列有陰曆各月所代表的干支；「陽曆月日、陰曆日干支」欄下列有陽曆月序（於每月首日以國字粗體表示）、日序、陰曆日干支、星期日（以粗體表示）；「陰曆日序」欄下列有表示陰曆日序的數碼。

三、本表可由已知陰曆日期檢索出與它相當的陽曆日期、干支、星期等資料。例如欲檢索出西元1900年中秋節（陰曆8月15日）的資料，可由「年序」欄內查得西元1900年爲庚子年，肖鼠，即民國前十二年；在「陰曆月序」欄內查得陰曆月序八，對照「月干支」欄得知月干支爲乙酉；在「陰曆日序」欄查得陰曆日序15，再自八向右橫看，自15向下直看，可看到橫行與縱行交叉處的數碼8，此即陽曆日序，日干支甲申；由數碼8逆推，則有粗體數碼九，此即陽曆月序，由此可知西元1900年的中秋節爲陽曆9月8日；再由次日的粗體得知陽曆9月9日爲星期日，則知9月8日爲星期六。反之，也可由已知的陽曆日期檢索出與它相當的陰曆干支、生肖、日期、星期等資料。

年序	陰曆月序	月干支	初一	初二	初三	初四	初五	初六	初七	初八	初九	初十	十一	十二	十三	十四	十五	十六	十七	十八	十九	二十	廿一	廿二	廿三	廿四	廿五	廿六	廿七	廿八	廿九	三十
壬辰年(龍)民國前二〇～前十九年(1892～1893)	正月	壬寅	30 辛酉	**31 壬戌**	二1 癸亥	2 甲子	3 乙丑	4 丙寅	5 丁卯	6 戊辰	**7 己巳**	8 庚午	9 辛未	10 壬申	11 癸酉	12 甲戌	13 乙亥	**14 丙子**	15 丁丑	16 戊寅	17 己卯	18 庚辰	19 辛巳	20 壬午	**21 癸未**	22 甲申	23 乙酉	24 丙戌	25 丁亥	26 戊子	27 己丑	
	二月	癸卯	**28 庚寅**	29 辛卯	三1 壬辰	2 癸巳	3 甲午	4 乙未	5 丙申	**6 丁酉**	7 戊戌	8 己亥	9 庚子	10 辛丑	11 壬寅	12 癸卯	**13 甲辰**	14 乙巳	15 丙午	16 丁未	17 戊申	18 己酉	19 庚戌	**20 辛亥**	21 壬子	22 癸丑	23 甲寅	24 乙卯	25 丙辰	26 丁巳	**27 戊午**	
	三月	甲辰	28 己未	29 庚申	30 辛酉	31 壬戌	四1 癸亥	2 甲子	**3 乙丑**	4 丙寅	5 丁卯	6 戊辰	7 己巳	8 庚午	9 辛未	**10 壬申**	11 癸酉	12 甲戌	13 乙亥	14 丙子	15 丁丑	16 戊寅	**17 己卯**	18 庚辰	19 辛巳	20 壬午	21 癸未	22 甲申	23 乙酉	**24 丙戌**	25 丁亥	26 戊子
	四月	乙巳	27 己丑	28 庚寅	29 辛卯	30 壬辰	**五1 癸巳**	2 甲午	3 乙未	4 丙申	5 丁酉	6 戊戌	7 己亥	**8 庚子**	9 辛丑	10 壬寅	11 癸卯	12 甲辰	13 乙巳	14 丙午	**15 丁未**	16 戊申	17 己酉	18 庚戌	19 辛亥	20 壬子	21 癸丑	**22 甲寅**	23 乙卯	24 丙辰	25 丁巳	
	五月	丙午	26 戊午	27 己未	28 庚申	**29 辛酉**	30 壬戌	31 癸亥	六1 甲子	2 乙丑	3 丙寅	4 丁卯	**5 戊辰**	6 己巳	7 庚午	8 辛未	9 壬申	10 癸酉	11 甲戌	**12 乙亥**	13 丙子	14 丁丑	15 戊寅	16 己卯	17 庚辰	18 辛巳	**19 壬午**	20 癸未	21 甲申	22 乙酉	23 丙戌	
	六月	丁未	24 丁亥	25 戊子	**26 己丑**	27 庚寅	28 辛卯	29 壬辰	30 癸巳	七1 甲午	2 乙未	**3 丙申**	4 丁酉	5 戊戌	6 己亥	7 庚子	8 辛丑	9 壬寅	**10 癸卯**	11 甲辰	12 乙巳	13 丙午	14 丁未	15 戊申	16 己酉	**17 庚戌**	18 辛亥	19 壬子	20 癸丑	21 甲寅	22 乙卯	23 丙辰
	閏六月		**24 丁巳**	25 戊午	26 己未	27 庚申	28 辛酉	29 壬戌	30 癸亥	**31 甲子**	八1 乙丑	2 丙寅	3 丁卯	4 戊辰	5 己巳	6 庚午	**7 辛未**	8 壬申	9 癸酉	10 甲戌	11 乙亥	12 丙子	13 丁丑	**14 戊寅**	15 己卯	16 庚辰	17 辛巳	18 壬午	19 癸未	20 甲申	**21 乙酉**	
	七月	戊申	22 丙戌	23 丁亥	24 戊子	25 己丑	26 庚寅	27 辛卯	**28 壬辰**	29 癸巳	30 甲午	31 乙未	九1 丙申	2 丁酉	3 戊戌	**4 己亥**	5 庚子	6 辛丑	7 壬寅	8 癸卯	9 甲辰	10 乙巳	**11 丙午**	12 丁未	13 戊申	14 己酉	15 庚戌	16 辛亥	17 壬子	**18 癸丑**	19 甲寅	20 乙卯
	八月	己酉	21 丙辰	22 丁巳	23 戊午	24 己未	**25 庚申**	26 辛酉	27 壬戌	28 癸亥	29 甲子	30 乙丑	十1 丙寅	**2 丁卯**	3 戊辰	4 己巳	5 庚午	6 辛未	7 壬申	8 癸酉	**9 甲戌**	10 乙亥	11 丙子	12 丁丑	13 戊寅	14 己卯	15 庚辰	**16 辛巳**	17 壬午	18 癸未	19 甲申	20 乙酉
	九月	庚戌	21 丙戌	22 丁亥	**23 戊子**	24 己丑	25 庚寅	26 辛卯	27 壬辰	28 癸巳	29 甲午	**30 乙未**	31 丙申	十一1 丁酉	2 戊戌	3 己亥	4 庚子	5 辛丑	**6 壬寅**	7 癸卯	8 甲辰	9 乙巳	10 丙午	11 丁未	12 戊申	**13 己酉**	14 庚戌	15 辛亥	16 壬子	17 癸丑	18 甲寅	
	十月	辛亥	19 乙卯	**20 丙辰**	21 丁巳	22 戊午	23 己未	24 庚申	25 辛酉	26 壬戌	**27 癸亥**	28 甲子	29 乙丑	30 丙寅	十二1 丁卯	2 戊辰	3 己巳	**4 庚午**	5 辛未	6 壬申	7 癸酉	8 甲戌	9 乙亥	10 丙子	**11 丁丑**	12 戊寅	13 己卯	14 庚辰	15 辛巳	16 壬午	17 癸未	**18 甲申**
	十一月	壬子	19 乙酉	20 丙戌	21 丁亥	22 戊子	23 己丑	24 庚寅	**25 辛卯**	26 壬辰	27 癸巳	28 甲午	29 乙未	30 丙申	31 丁酉	**一1 戊戌**	2 己亥	3 庚子	4 辛丑	5 壬寅	6 癸卯	7 甲辰	**8 乙巳**	9 丙午	10 丁未	11 戊申	12 己酉	13 庚戌	14 辛亥	**15 壬子**	16 癸丑	17 甲寅
	十二月	癸丑	18 乙卯	19 丙辰	20 丁巳	21 戊午	**22 己未**	23 庚申	24 辛酉	25 壬戌	26 癸亥	27 甲子	28 乙丑	**29 丙寅**	30 丁卯	31 戊辰	二1 己巳	2 庚午	3 辛未	4 壬申	**5 癸酉**	6 甲戌	7 乙亥	8 丙子	9 丁丑	10 戊寅	11 己卯	**12 庚辰**	13 辛巳	14 壬午	15 癸未	16 甲申
癸巳年(蛇)民國前十九～前十八年(1893～1894)	正月	甲寅	17 乙酉	18 丙戌	**19 丁亥**	20 戊子	21 己丑	22 庚寅	23 辛卯	24 壬辰	25 癸巳	**26 甲午**	27 乙未	28 丙申	三1 丁酉	2 戊戌	3 己亥	4 庚子	**5 辛丑**	6 壬寅	7 癸卯	8 甲辰	9 乙巳	10 丙午	11 丁未	**12 戊申**	13 己酉	14 庚戌	15 辛亥	16 壬子	17 癸丑	
	二月	乙卯	18 甲寅	**19 乙卯**	20 丙辰	21 丁巳	22 戊午	23 己未	24 庚申	25 辛酉	**26 壬戌**	27 癸亥	28 甲子	29 乙丑	30 丙寅	31 丁卯	四1 戊辰	**2 己巳**	3 庚午	4 辛未	5 壬申	6 癸酉	7 甲戌	8 乙亥	**9 丙子**	10 丁丑	11 戊寅	12 己卯	13 庚辰	14 辛巳	15 壬午	
	三月	丙辰	**16 癸未**	17 甲申	18 乙酉	19 丙戌	20 丁亥	21 戊子	22 己丑	**23 庚寅**	24 辛卯	25 壬辰	26 癸巳	27 甲午	28 乙未	29 丙申	**30 丁酉**	五1 戊戌	2 己亥	3 庚子	4 辛丑	5 壬寅	6 癸卯	**7 甲辰**	8 乙巳	9 丙午	10 丁未	11 戊申	12 己酉	13 庚戌	**14 辛亥**	15 壬子
	四月	丁巳	16 癸丑	17 甲寅	18 乙卯	19 丙辰	20 丁巳	**21 戊午**	22 己未	23 庚申	24 辛酉	25 壬戌	26 癸亥	27 甲子	**28 乙丑**	29 丙寅	30 丁卯	31 戊辰	六1 己巳	2 庚午	3 辛未	**4 壬申**	5 癸酉	6 甲戌	7 乙亥	8 丙子	9 丁丑	10 戊寅	**11 己卯**	12 庚辰	13 辛巳	
	五月	戊午	14 壬午	15 癸未	16 甲申	17 乙酉	**18 丙戌**	19 丁亥	20 戊子	21 己丑	22 庚寅	23 辛卯	24 壬辰	**25 癸巳**	26 甲午	27 乙未	28 丙申	29 丁酉	30 戊戌	七1 己亥	**2 庚子**	3 辛丑	4 壬寅	5 癸卯	6 甲辰	7 乙巳	8 丙午	**9 丁未**	10 戊申	11 己酉	12 庚戌	
	六月	己未	13 辛亥	14 壬子	15 癸丑	**16 甲寅**	17 乙卯	18 丙辰	19 丁巳	20 戊午	21 己未	22 庚申	**23 辛酉**	24 壬戌	25 癸亥	26 甲子	27 乙丑	28 丙寅	29 丁卯	**30 戊辰**	31 己巳	八1 庚午	2 辛未	3 壬申	4 癸酉	5 甲戌	**6 乙亥**	7 丙子	8 丁丑	9 戊寅	10 己卯	11 庚辰
	七月	庚申	12 辛巳	**13 壬午**	14 癸未	15 甲申	16 乙酉	17 丙戌	18 丁亥	19 戊子	**20 己丑**	21 庚寅	22 辛卯	23 壬辰	24 癸巳	25 甲午	26 乙未	**27 丙申**	28 丁酉	29 戊戌	30 己亥	31 庚子	九1 辛丑	2 壬寅	**3 癸卯**	4 甲辰	5 乙巳	6 丙午	7 丁未	8 戊申	9 己酉	
	八月	辛酉	**10 庚戌**	11 辛亥	12 壬子	13 癸丑	14 甲寅	15 乙卯	16 丙辰	**17 丁巳**	18 戊午	19 己未	20 庚申	21 辛酉	22 壬戌	23 癸亥	**24 甲子**	25 乙丑	26 丙寅	27 丁卯	28 戊辰	29 己巳	30 庚午	**十1 辛未**	2 壬申	3 癸酉	4 甲戌	5 乙亥	6 丙子	7 丁丑	**8 戊寅**	9 己卯
	九月	壬戌	10 庚辰	11 辛巳	12 壬午	13 癸未	14 甲申	**15 乙酉**	16 丙戌	17 丁亥	18 戊子	19 己丑	20 庚寅	21 辛卯	**22 壬辰**	23 癸巳	24 甲午	25 乙未	26 丙申	27 丁酉	28 戊戌	**29 己亥**	30 庚子	31 辛丑	十一1 壬寅	2 癸卯	3 甲辰	4 乙巳	**5 丙午**	6 丁未	7 戊申	
	十月	癸亥	8 己酉	9 庚戌	10 辛亥	11 壬子	**12 癸丑**	13 甲寅	14 乙卯	15 丙辰	16 丁巳	17 戊午	18 己未	**19 庚申**	20 辛酉	21 壬戌	22 癸亥	23 甲子	24 乙丑	25 丙寅	**26 丁卯**	27 戊辰	28 己巳	29 庚午	30 辛未	十二1 壬申	2 癸酉	**3 甲戌**	4 乙亥	5 丙子	6 丁丑	7 戊寅
	十一月	甲子	8 己卯	9 庚辰	**10 辛巳**	11 壬午	12 癸未	13 甲申	14 乙酉	15 丙戌	16 丁亥	**17 戊子**	18 己丑	19 庚寅	20 辛卯	21 壬辰	22 癸巳	23 甲午	**24 乙未**	25 丙申	26 丁酉	27 戊戌	28 己亥	29 庚子	30 辛丑	**31 壬寅**	一1 癸卯	2 甲辰	3 乙巳	4 丙午	5 丁未	6 戊申
	十二月	乙丑	**7 己酉**	8 庚戌	9 辛亥	10 壬子	11 癸丑	12 甲寅	13 乙卯	**14 丙辰**	15 丁巳	16 戊午	17 己未	18 庚申	19 辛酉	20 壬戌	**21 癸亥**	22 甲子	23 乙丑	24 丙寅	25 丁卯	26 戊辰	27 己巳	**28 庚午**	29 辛未	30 壬申	31 癸酉	二1 甲戌	2 乙亥	3 丙子	**4 丁丑**	5 戊寅

年序	陰曆月序	月干支	初一	初二	初三	初四	初五	初六	初七	初八	初九	初十	十一	十二	十三	十四	十五	十六	十七	十八	十九	二十	廿一	廿二	廿三	廿四	廿五	廿六	廿七	廿八	廿九	三十
甲午年(馬)民國前十八～前十七年(1894～1895)	正月	丙寅	6 己卯	7 庚辰	8 辛巳	9 壬午	10 癸未	11 甲申	12 乙酉	13 丙戌	14 丁亥	15 戊子	16 己丑	17 庚寅	18 辛卯	19 壬辰	20 癸巳	21 甲午	22 乙未	23 丙申	24 丁酉	25 戊戌	26 己亥	27 庚子	28 辛丑	三1 壬寅	2 癸卯	3 甲辰	4 乙巳	5 丙午	6 丁未	
	二月	丁卯	7 戊申	8 己酉	9 庚戌	10 辛亥	11 壬子	12 癸丑	13 甲寅	14 乙卯	15 丙辰	16 丁巳	17 戊午	18 己未	19 庚申	20 辛酉	21 壬戌	22 癸亥	23 甲子	24 乙丑	25 丙寅	26 丁卯	27 戊辰	28 己巳	29 庚午	30 辛未	31 壬申	四1 癸酉	2 甲戌	3 乙亥	4 丙子	5 丁丑
	三月	戊辰	6 戊寅	7 己卯	8 庚辰	9 辛巳	10 壬午	11 癸未	12 甲申	13 乙酉	14 丙戌	15 丁亥	16 戊子	17 己丑	18 庚寅	19 辛卯	20 壬辰	21 癸巳	22 甲午	23 乙未	24 丙申	25 丁酉	26 戊戌	27 己亥	28 庚子	29 辛丑	30 壬寅	五1 癸卯	2 甲辰	3 乙巳	4 丙午	
	四月	己巳	5 丁未	6 戊申	7 己酉	8 庚戌	9 辛亥	10 壬子	11 癸丑	12 甲寅	13 乙卯	14 丙辰	15 丁巳	16 戊午	17 己未	18 庚申	19 辛酉	20 壬戌	21 癸亥	22 甲子	23 乙丑	24 丙寅	25 丁卯	26 戊辰	27 己巳	28 庚午	29 辛未	30 壬申	31 癸酉	六1 甲戌	2 乙亥	3 丙子
	五月	庚午	4 丁丑	5 戊寅	6 己卯	7 庚辰	8 辛巳	9 壬午	10 癸未	11 甲申	12 乙酉	13 丙戌	14 丁亥	15 戊子	16 己丑	17 庚寅	18 辛卯	19 壬辰	20 癸巳	21 甲午	22 乙未	23 丙申	24 丁酉	25 戊戌	26 己亥	27 庚子	28 辛丑	29 壬寅	30 癸卯	七1 甲辰	2 乙巳	
	六月	辛未	3 丙午	4 丁未	5 戊申	6 己酉	7 庚戌	8 辛亥	9 壬子	10 癸丑	11 甲寅	12 乙卯	13 丙辰	14 丁巳	15 戊午	16 己未	17 庚申	18 辛酉	19 壬戌	20 癸亥	21 甲子	22 乙丑	23 丙寅	24 丁卯	25 戊辰	26 己巳	27 庚午	28 辛未	29 壬申	30 癸酉	31 甲戌	
	七月	壬申	八1 乙亥	2 丙子	3 丁丑	4 戊寅	5 己卯	6 庚辰	7 辛巳	8 壬午	9 癸未	10 甲申	11 乙酉	12 丙戌	13 丁亥	14 戊子	15 己丑	16 庚寅	17 辛卯	18 壬辰	19 癸巳	20 甲午	21 乙未	22 丙申	23 丁酉	24 戊戌	25 己亥	26 庚子	27 辛丑	28 壬寅	29 癸卯	30 甲辰
	八月	癸酉	31 乙巳	九1 丙午	2 丁未	3 戊申	4 己酉	5 庚戌	6 辛亥	7 壬子	8 癸丑	9 甲寅	10 乙卯	11 丙辰	12 丁巳	13 戊午	14 己未	15 庚申	16 辛酉	17 壬戌	18 癸亥	19 甲子	20 乙丑	21 丙寅	22 丁卯	23 戊辰	24 己巳	25 庚午	26 辛未	27 壬申	28 癸酉	
	九月	甲戌	29 甲戌	30 乙亥	十1 丙子	2 丁丑	3 戊寅	4 己卯	5 庚辰	6 辛巳	7 壬午	8 癸未	9 甲申	10 乙酉	11 丙戌	12 丁亥	13 戊子	14 己丑	15 庚寅	16 辛卯	17 壬辰	18 癸巳	19 甲午	20 乙未	21 丙申	22 丁酉	23 戊戌	24 己亥	25 庚子	26 辛丑	27 壬寅	28 癸卯
	十月	乙亥	29 甲辰	30 乙巳	31 丙午	十一1 丁未	2 戊申	3 己酉	4 庚戌	5 辛亥	6 壬子	7 癸丑	8 甲寅	9 乙卯	10 丙辰	11 丁巳	12 戊午	13 己未	14 庚申	15 辛酉	16 壬戌	17 癸亥	18 甲子	19 乙丑	20 丙寅	21 丁卯	22 戊辰	23 己巳	24 庚午	25 辛未	26 壬申	
	十一月	丙子	27 癸酉	28 甲戌	29 乙亥	30 丙子	十二1 丁丑	2 戊寅	3 己卯	4 庚辰	5 辛巳	6 壬午	7 癸未	8 甲申	9 乙酉	10 丙戌	11 丁亥	12 戊子	13 己丑	14 庚寅	15 辛卯	16 壬辰	17 癸巳	18 甲午	19 乙未	20 丙申	21 丁酉	22 戊戌	23 己亥	24 庚子	25 辛丑	26 壬寅
	十二月	丁丑	27 癸卯	28 甲辰	29 乙巳	30 丙午	31 丁未	一1 戊申	2 己酉	3 庚戌	4 辛亥	5 壬子	6 癸丑	7 甲寅	8 乙卯	9 丙辰	10 丁巳	11 戊午	12 己未	13 庚申	14 辛酉	15 壬戌	16 癸亥	17 甲子	18 乙丑	19 丙寅	20 丁卯	21 戊辰	22 己巳	23 庚午	24 辛未	25 壬申
乙未年(羊)民國前十七～前十六年 (1895～1896)	正月	戊寅	26 癸酉	27 甲戌	28 乙亥	29 丙子	30 丁丑	31 戊寅	二1 己卯	2 庚辰	3 辛巳	4 壬午	5 癸未	6 甲申	7 乙酉	8 丙戌	9 丁亥	10 戊子	11 己丑	12 庚寅	13 辛卯	14 壬辰	15 癸巳	16 甲午	17 乙未	18 丙申	19 丁酉	20 戊戌	21 己亥	22 庚子	23 辛丑	24 壬寅
	二月	己卯	25 癸卯	26 甲辰	27 乙巳	28 丙午	三1 丁未	2 戊申	3 己酉	4 庚戌	5 辛亥	6 壬子	7 癸丑	8 甲寅	9 乙卯	10 丙辰	11 丁巳	12 戊午	13 己未	14 庚申	15 辛酉	16 壬戌	17 癸亥	18 甲子	19 乙丑	20 丙寅	21 丁卯	22 戊辰	23 己巳	24 庚午	25 辛未	
	三月	庚辰	26 壬申	27 癸酉	28 甲戌	29 乙亥	30 丙子	31 丁丑	四1 戊寅	2 己卯	3 庚辰	4 辛巳	5 壬午	6 癸未	7 甲申	8 乙酉	9 丙戌	10 丁亥	11 戊子	12 己丑	13 庚寅	14 辛卯	15 壬辰	16 癸巳	17 甲午	18 乙未	19 丙申	20 丁酉	21 戊戌	22 己亥	23 庚子	24 辛丑
	四月	辛巳	25 壬寅	26 癸卯	27 甲辰	28 乙巳	29 丙午	30 丁未	五1 戊申	2 己酉	3 庚戌	4 辛亥	5 壬子	6 癸丑	7 甲寅	8 乙卯	9 丙辰	10 丁巳	11 戊午	12 己未	13 庚申	14 辛酉	15 壬戌	16 癸亥	17 甲子	18 乙丑	19 丙寅	20 丁卯	21 戊辰	22 己巳	23 庚午	
	五月	壬午	24 辛未	25 壬申	26 癸酉	27 甲戌	28 乙亥	29 丙子	30 丁丑	31 戊寅	六1 己卯	2 庚辰	3 辛巳	4 壬午	5 癸未	6 甲申	7 乙酉	8 丙戌	9 丁亥	10 戊子	11 己丑	12 庚寅	13 辛卯	14 壬辰	15 癸巳	16 甲午	17 乙未	18 丙申	19 丁酉	20 戊戌	21 己亥	22 庚子
	閏五月		23 辛丑	24 壬寅	25 癸卯	26 甲辰	27 乙巳	28 丙午	29 丁未	30 戊申	七1 己酉	2 庚戌	3 辛亥	4 壬子	5 癸丑	6 甲寅	7 乙卯	8 丙辰	9 丁巳	10 戊午	11 己未	12 庚申	13 辛酉	14 壬戌	15 癸亥	16 甲子	17 乙丑	18 丙寅	19 丁卯	20 戊辰	21 己巳	
	六月	癸未	22 庚午	23 辛未	24 壬申	25 癸酉	26 甲戌	27 乙亥	28 丙子	29 丁丑	30 戊寅	31 己卯	八1 庚辰	2 辛巳	3 壬午	4 癸未	5 甲申	6 乙酉	7 丙戌	8 丁亥	9 戊子	10 己丑	11 庚寅	12 辛卯	13 壬辰	14 癸巳	15 甲午	16 乙未	17 丙申	18 丁酉	19 戊戌	
	七月	甲申	20 己亥	21 庚子	22 辛丑	23 壬寅	24 癸卯	25 甲辰	26 乙巳	27 丙午	28 丁未	29 戊申	30 己酉	31 庚戌	九1 辛亥	2 壬子	3 癸丑	4 甲寅	5 乙卯	6 丙辰	7 丁巳	8 戊午	9 己未	10 庚申	11 辛酉	12 壬戌	13 癸亥	14 甲子	15 乙丑	16 丙寅	17 丁卯	18 戊辰
	八月	乙酉	19 己巳	20 庚午	21 辛未	22 壬申	23 癸酉	24 甲戌	25 乙亥	26 丙子	27 丁丑	28 戊寅	29 己卯	30 庚辰	十1 辛巳	2 壬午	3 癸未	4 甲申	5 乙酉	6 丙戌	7 丁亥	8 戊子	9 己丑	10 庚寅	11 辛卯	12 壬辰	13 癸巳	14 甲午	15 乙未	16 丙申	17 丁酉	
	九月	丙戌	18 戊戌	19 己亥	20 庚子	21 辛丑	22 壬寅	23 癸卯	24 甲辰	25 乙巳	26 丙午	27 丁未	28 戊申	29 己酉	30 庚戌	31 辛亥	十一1 壬子	2 癸丑	3 甲寅	4 乙卯	5 丙辰	6 丁巳	7 戊午	8 己未	9 庚申	10 辛酉	11 壬戌	12 癸亥	13 甲子	14 乙丑	15 丙寅	16 丁卯
	十月	丁亥	17 戊辰	18 己巳	19 庚午	20 辛未	21 壬申	22 癸酉	23 甲戌	24 乙亥	25 丙子	26 丁丑	27 戊寅	28 己卯	29 庚辰	30 辛巳	十二1 壬午	2 癸未	3 甲申	4 乙酉	5 丙戌	6 丁亥	7 戊子	8 己丑	9 庚寅	10 辛卯	11 壬辰	12 癸巳	13 甲午	14 乙未	15 丙申	
	十一月	戊子	16 丁酉	17 戊戌	18 己亥	19 庚子	20 辛丑	21 壬寅	22 癸卯	23 甲辰	24 乙巳	25 丙午	26 丁未	27 戊申	28 己酉	29 庚戌	30 辛亥	31 壬子	一1 癸丑	2 甲寅	3 乙卯	4 丙辰	5 丁巳	6 戊午	7 己未	8 庚申	9 辛酉	10 壬戌	11 癸亥	12 甲子	13 乙丑	14 丙寅
	十二月	己丑	15 丁卯	16 戊辰	17 己巳	18 庚午	19 辛未	20 壬申	21 癸酉	22 甲戌	23 乙亥	24 丙子	25 丁丑	26 戊寅	27 己卯	28 庚辰	29 辛巳	30 壬午	31 癸未	二1 甲申	2 乙酉	3 丙戌	4 丁亥	5 戊子	6 己丑	7 庚寅	8 辛卯	9 壬辰	10 癸巳	11 甲午	12 乙未	

年序	陰曆月序	月干支	初一	初二	初三	初四	初五	初六	初七	初八	初九	初十	十一	十二	十三	十四	十五	十六	十七	十八	十九	二十	廿一	廿二	廿三	廿四	廿五	廿六	廿七	廿八	廿九	三十
丙申年(猴)民國前十六～前十五年(1896～1897)	正月	庚寅	13 丙申	14 丁酉	15 戊戌	**16 己亥**	17 庚子	18 辛丑	19 壬寅	20 癸卯	21 甲辰	22 乙巳	**23 丙午**	24 丁未	25 戊申	26 己酉	27 庚戌	28 辛亥	29 壬子	**三1 癸丑**	2 甲寅	3 乙卯	4 丙辰	5 丁巳	6 戊午	7 己未	**8 庚申**	9 辛酉	10 壬戌	11 癸亥	12 甲子	13 乙丑
	二月	辛卯	14 丙寅	**15 丁卯**	16 戊辰	17 己巳	18 庚午	19 辛未	20 壬申	21 癸酉	**22 甲戌**	23 乙亥	24 丙子	25 丁丑	26 戊寅	27 己卯	28 庚辰	**29 辛巳**	30 壬午	31 癸未	四1 甲申	2 乙酉	3 丙戌	4 丁亥	**5 戊子**	6 己丑	7 庚寅	8 辛卯	9 壬辰	10 癸巳	11 甲午	**12 乙未**
	三月	壬辰	13 丙申	14 丁酉	15 戊戌	16 己亥	17 庚子	18 辛丑	**19 壬寅**	20 癸卯	21 甲辰	22 乙巳	23 丙午	24 丁未	25 戊申	**26 己酉**	27 庚戌	28 辛亥	29 壬子	30 癸丑	五1 甲寅	2 乙卯	**3 丙辰**	4 丁巳	5 戊午	6 己未	7 庚申	8 辛酉	9 壬戌	**10 癸亥**	11 甲子	12 乙丑
	四月	癸巳	13 丙寅	14 丁卯	15 戊辰	16 己巳	**17 庚午**	18 辛未	19 壬申	20 癸酉	21 甲戌	22 乙亥	23 丙子	**24 丁丑**	25 戊寅	26 己卯	27 庚辰	28 辛巳	29 壬午	30 癸未	**31 甲申**	六1 乙酉	2 丙戌	3 丁亥	4 戊子	5 己丑	6 庚寅	**7 辛卯**	8 壬辰	9 癸巳	10 甲午	
	五月	甲午	11 乙未	12 丙申	13 丁酉	**14 戊戌**	15 己亥	16 庚子	17 辛丑	18 壬寅	19 癸卯	20 甲辰	**21 乙巳**	22 丙午	23 丁未	24 戊申	25 己酉	26 庚戌	27 辛亥	**28 壬子**	29 癸丑	30 甲寅	七1 乙卯	2 丙辰	3 丁巳	4 戊午	**5 己未**	6 庚申	7 辛酉	8 壬戌	9 癸亥	10 甲子
	六月	乙未	11 乙丑	**12 丙寅**	13 丁卯	14 戊辰	15 己巳	16 庚午	17 辛未	18 壬申	**19 癸酉**	20 甲戌	21 乙亥	22 丙子	23 丁丑	24 戊寅	25 己卯	**26 庚辰**	27 辛巳	28 壬午	29 癸未	30 甲申	31 乙酉	八1 丙戌	**2 丁亥**	3 戊子	4 己丑	5 庚寅	6 辛卯	7 壬辰	8 癸巳	
	七月	丙申	**9 甲午**	10 乙未	11 丙申	12 丁酉	13 戊戌	14 己亥	15 庚子	**16 辛丑**	17 壬寅	18 癸卯	19 甲辰	20 乙巳	21 丙午	22 丁未	**23 戊申**	24 己酉	25 庚戌	26 辛亥	27 壬子	28 癸丑	29 甲寅	**30 乙卯**	31 丙辰	九1 丁巳	2 戊午	3 己未	4 庚申	5 辛酉	**6 壬戌**	
	八月	丁酉	7 癸亥	8 甲子	9 乙丑	10 丙寅	11 丁卯	12 戊辰	**13 己巳**	14 庚午	15 辛未	16 壬申	17 癸酉	18 甲戌	19 乙亥	**20 丙子**	21 丁丑	22 戊寅	23 己卯	24 庚辰	25 辛巳	26 壬午	**27 癸未**	28 甲申	29 乙酉	30 丙戌	十1 丁亥	2 戊子	3 己丑	**4 庚寅**	5 辛卯	6 壬辰
	九月	戊戌	7 癸巳	8 甲午	9 乙未	10 丙申	**11 丁酉**	12 戊戌	13 己亥	14 庚子	15 辛丑	16 壬寅	17 癸卯	**18 甲辰**	19 乙巳	20 丙午	21 丁未	22 戊申	23 己酉	24 庚戌	**25 辛亥**	26 壬子	27 癸丑	28 甲寅	29 乙卯	30 丙辰	31 丁巳	**十一1 戊午**	2 己未	3 庚申	4 辛酉	
	十月	己亥	5 壬戌	6 癸亥	7 甲子	**8 乙丑**	9 丙寅	10 丁卯	11 戊辰	12 己巳	13 庚午	14 辛未	**15 壬申**	16 癸酉	17 甲戌	18 乙亥	19 丙子	20 丁丑	21 戊寅	**22 己卯**	23 庚辰	24 辛巳	25 壬午	26 癸未	27 甲申	28 乙酉	**29 丙戌**	30 丁亥	十二1 戊子	2 己丑	3 庚寅	4 辛卯
	十一月	庚子	5 壬辰	**6 癸巳**	7 甲午	8 乙未	9 丙申	10 丁酉	11 戊戌	12 己亥	**13 庚子**	14 辛丑	15 壬寅	16 癸卯	17 甲辰	18 乙巳	19 丙午	**20 丁未**	21 戊申	22 己酉	23 庚戌	24 辛亥	25 壬子	26 癸丑	**27 甲寅**	28 乙卯	29 丙辰	30 丁巳	31 戊午	一1 己未	2 庚申	
	十二月	辛丑	**3 辛酉**	4 壬戌	5 癸亥	6 甲子	7 乙丑	8 丙寅	9 丁卯	**10 戊辰**	11 己巳	12 庚午	13 辛未	14 壬申	15 癸酉	16 甲戌	**17 乙亥**	18 丙子	19 丁丑	20 戊寅	21 己卯	22 庚辰	23 辛巳	**24 壬午**	25 癸未	26 甲申	27 乙酉	28 丙戌	29 丁亥	30 戊子	**31 己丑**	二1 庚寅
丁酉年(雞)民國前十五～前十四年(1897～1898)	正月	壬寅	2 辛卯	3 壬辰	4 癸巳	5 甲午	6 乙未	**7 丙申**	8 丁酉	9 戊戌	10 己亥	11 庚子	12 辛丑	13 壬寅	**14 癸卯**	15 甲辰	16 乙巳	17 丙午	18 丁未	19 戊申	20 己酉	**21 庚戌**	22 辛亥	23 壬子	24 癸丑	25 甲寅	26 乙卯	27 丙辰	**28 丁巳**	三1 戊午	2 己未	
	二月	癸卯	3 庚申	4 辛酉	5 壬戌	6 癸亥	**7 甲子**	8 乙丑	9 丙寅	10 丁卯	11 戊辰	12 己巳	13 庚午	**14 辛未**	15 壬申	16 癸酉	17 甲戌	18 乙亥	19 丙子	20 丁丑	**21 戊寅**	22 己卯	23 庚辰	24 辛巳	25 壬午	26 癸未	27 甲申	**28 乙酉**	29 丙戌	30 丁亥	31 戊子	四1 己丑
	三月	甲辰	2 庚寅	3 辛卯	**4 壬辰**	5 癸巳	6 甲午	7 乙未	8 丙申	9 丁酉	10 戊戌	**11 己亥**	12 庚子	13 辛丑	14 壬寅	15 癸卯	16 甲辰	17 乙巳	**18 丙午**	19 丁未	20 戊申	21 己酉	22 庚戌	23 辛亥	24 壬子	**25 癸丑**	26 甲寅	27 乙卯	28 丙辰	29 丁巳	30 戊午	五1 己未
	四月	乙巳	**2 庚申**	3 辛酉	4 壬戌	5 癸亥	6 甲子	7 乙丑	8 丙寅	**9 丁卯**	10 戊辰	11 己巳	12 庚午	13 辛未	14 壬申	15 癸酉	**16 甲戌**	17 乙亥	18 丙子	19 丁丑	20 戊寅	21 己卯	22 庚辰	**23 辛巳**	24 壬午	25 癸未	26 甲申	27 乙酉	28 丙戌	29 丁亥	**30 戊子**	
	五月	丙午	31 己丑	六1 庚寅	2 辛卯	3 壬辰	4 癸巳	5 甲午	**6 乙未**	7 丙申	8 丁酉	9 戊戌	10 己亥	11 庚子	12 辛丑	**13 壬寅**	14 癸卯	15 甲辰	16 乙巳	17 丙午	18 丁未	19 戊申	**20 己酉**	21 庚戌	22 辛亥	23 壬子	24 癸丑	25 甲寅	26 乙卯	**27 丙辰**	28 丁巳	29 戊午
	六月	丁未	30 己未	七1 庚申	2 辛酉	3 壬戌	**4 癸亥**	5 甲子	6 乙丑	7 丙寅	8 丁卯	9 戊辰	10 己巳	**11 庚午**	12 辛未	13 壬申	14 癸酉	15 甲戌	16 乙亥	17 丙子	**18 丁丑**	19 戊寅	20 己卯	21 庚辰	22 辛巳	23 壬午	24 癸未	**25 甲申**	26 乙酉	27 丙戌	28 丁亥	
	七月	戊申	29 戊子	30 己丑	31 庚寅	**八1 辛卯**	2 壬辰	3 癸巳	4 甲午	5 乙未	6 丙申	7 丁酉	**8 戊戌**	9 己亥	10 庚子	11 辛丑	12 壬寅	13 癸卯	14 甲辰	**15 乙巳**	16 丙午	17 丁未	18 戊申	19 己酉	20 庚戌	21 辛亥	**22 壬子**	23 癸丑	24 甲寅	25 乙卯	26 丙辰	27 丁巳
	八月	己酉	28 戊午	**29 己未**	30 庚申	31 辛酉	九1 壬戌	2 癸亥	3 甲子	4 乙丑	**5 丙寅**	6 丁卯	7 戊辰	8 己巳	9 庚午	10 辛未	11 壬申	**12 癸酉**	13 甲戌	14 乙亥	15 丙子	16 丁丑	17 戊寅	18 己卯	**19 庚辰**	20 辛巳	21 壬午	22 癸未	23 甲申	24 乙酉	25 丙戌	
	九月	庚戌	**26 丁亥**	27 戊子	28 己丑	29 庚寅	30 辛卯	十1 壬辰	2 癸巳	**3 甲午**	4 乙未	5 丙申	6 丁酉	7 戊戌	8 己亥	9 庚子	**10 辛丑**	11 壬寅	12 癸卯	13 甲辰	14 乙巳	15 丙午	16 丁未	**17 戊申**	18 己酉	19 庚戌	20 辛亥	21 壬子	22 癸丑	23 甲寅	**24 乙卯**	25 丙辰
	十月	辛亥	26 丁巳	27 戊午	28 己未	29 庚申	30 辛酉	**31 壬戌**	十一1 癸亥	2 甲子	3 乙丑	4 丙寅	5 丁卯	6 戊辰	**7 己巳**	8 庚午	9 辛未	10 壬申	11 癸酉	12 甲戌	13 乙亥	**14 丙子**	15 丁丑	16 戊寅	17 己卯	18 庚辰	19 辛巳	20 壬午	**21 癸未**	22 甲申	23 乙酉	
	十一月	壬子	24 丙戌	25 丁亥	26 戊子	27 己丑	**28 庚寅**	29 辛卯	30 壬辰	十二1 癸巳	2 甲午	3 乙未	4 丙申	**5 丁酉**	6 戊戌	7 己亥	8 庚子	9 辛丑	10 壬寅	11 癸卯	**12 甲辰**	13 乙巳	14 丙午	15 丁未	16 戊申	17 己酉	18 庚戌	**19 辛亥**	20 壬子	21 癸丑	22 甲寅	23 乙卯
	十二月	癸丑	24 丙辰	25 丁巳	**26 戊午**	27 己未	28 庚申	29 辛酉	30 壬戌	31 癸亥	一1 甲子	**2 乙丑**	3 丙寅	4 丁卯	5 戊辰	6 己巳	7 庚午	8 辛未	**9 壬申**	10 癸酉	11 甲戌	12 乙亥	13 丙子	14 丁丑	15 戊寅	**16 己卯**	17 庚辰	18 辛巳	19 壬午	20 癸未	21 甲申	

年序	陰曆月序	月干支	初一	初二	初三	初四	初五	初六	初七	初八	初九	初十	十一	十二	十三	十四	十五	十六	十七	十八	十九	二十	廿一	廿二	廿三	廿四	廿五	廿六	廿七	廿八	廿九	三十
戊戌年(狗)民國前十四~前十三年(1898~1899)	正月	甲寅	22 乙酉	**23 丙戌**	24 丁亥	25 戊子	26 己丑	27 庚寅	28 辛卯	29 壬辰	**30 癸巳**	31 甲午	二1 乙未	2 丙申	3 丁酉	4 戊戌	5 己亥	**6 庚子**	7 辛丑	8 壬寅	9 癸卯	10 甲辰	11 乙巳	12 丙午	**13 丁未**	14 戊申	15 己酉	16 庚戌	17 辛亥	18 壬子	19 癸丑	**20 甲寅**
	二月	乙卯	21 乙卯	22 丙辰	23 丁巳	24 戊午	25 己未	26 庚申	**27 辛酉**	28 壬戌	三1 癸亥	2 甲子	3 乙丑	4 丙寅	5 丁卯	**6 戊辰**	7 己巳	8 庚午	9 辛未	10 壬申	11 癸酉	12 甲戌	**13 乙亥**	14 丙子	15 丁丑	16 戊寅	17 己卯	18 庚辰	19 辛巳	**20 壬午**	21 癸未	
	三月	丙辰	22 甲申	23 乙酉	24 丙戌	25 丁亥	26 戊子	**27 己丑**	28 庚寅	29 辛卯	30 壬辰	31 癸巳	四1 甲午	2 乙未	**3 丙申**	4 丁酉	5 戊戌	6 己亥	7 庚子	8 辛丑	9 壬寅	**10 癸卯**	11 甲辰	12 乙巳	13 丙午	14 丁未	15 戊申	16 己酉	**17 庚戌**	18 辛亥	19 壬子	20 癸丑
	閏三月		21 甲寅	22 乙卯	23 丙辰	**24 丁巳**	25 戊午	26 己未	27 庚申	28 辛酉	29 壬戌	30 癸亥	**五1 甲子**	2 乙丑	3 丙寅	4 丁卯	5 戊辰	6 己巳	7 庚午	**8 辛未**	9 壬申	10 癸酉	11 甲戌	12 乙亥	13 丙子	14 丁丑	**15 戊寅**	16 己卯	17 庚辰	18 辛巳	19 壬午	
	四月	丁巳	20 癸未	21 甲申	**22 乙酉**	23 丙戌	24 丁亥	25 戊子	26 己丑	27 庚寅	28 辛卯	**29 壬辰**	30 癸巳	31 甲午	六1 乙未	2 丙申	3 丁酉	4 戊戌	**5 己亥**	6 庚子	7 辛丑	8 壬寅	9 癸卯	10 甲辰	11 乙巳	**12 丙午**	13 丁未	14 戊申	15 己酉	16 庚戌	17 辛亥	18 壬子
	五月	戊午	**19 癸丑**	20 甲寅	21 乙卯	22 丙辰	23 丁巳	24 戊午	25 己未	**26 庚申**	27 辛酉	28 壬戌	29 癸亥	30 甲子	七1 乙丑	2 丙寅	**3 丁卯**	4 戊辰	5 己巳	6 庚午	7 辛未	8 壬申	9 癸酉	**10 甲戌**	11 乙亥	12 丙子	13 丁丑	14 戊寅	15 己卯	16 庚辰	**17 辛巳**	18 壬午
	六月	己未	19 癸未	20 甲申	21 乙酉	22 丙戌	23 丁亥	**24 戊子**	25 己丑	26 庚寅	27 辛卯	28 壬辰	29 癸巳	30 甲午	**31 乙未**	八1 丙申	2 丁酉	3 戊戌	4 己亥	5 庚子	6 辛丑	**7 壬寅**	8 癸卯	9 甲辰	10 乙巳	11 丙午	12 丁未	13 戊申	**14 己酉**	15 庚戌	16 辛亥	
	七月	庚申	17 壬子	18 癸丑	19 甲寅	20 乙卯	**21 丙辰**	22 丁巳	23 戊午	24 己未	25 庚申	26 辛酉	27 壬戌	**28 癸亥**	29 甲子	30 乙丑	31 丙寅	九1 丁卯	2 戊辰	3 己巳	**4 庚午**	5 辛未	6 壬申	7 癸酉	8 甲戌	9 乙亥	10 丙子	**11 丁丑**	12 戊寅	13 己卯	14 庚辰	15 辛巳
	八月	辛酉	16 壬午	17 癸未	**18 甲申**	19 乙酉	20 丙戌	21 丁亥	22 戊子	23 己丑	24 庚寅	**25 辛卯**	26 壬辰	27 癸巳	28 甲午	29 乙未	30 丙申	十1 丁酉	**2 戊戌**	3 己亥	4 庚子	5 辛丑	6 壬寅	7 癸卯	8 甲辰	**9 乙巳**	10 丙午	11 丁未	12 戊申	13 己酉	14 庚戌	
	九月	壬戌	15 辛亥	**16 壬子**	17 癸丑	18 甲寅	19 乙卯	20 丙辰	21 丁巳	22 戊午	**23 己未**	24 庚申	25 辛酉	26 壬戌	27 癸亥	28 甲子	29 乙丑	**30 丙寅**	31 丁卯	十一1 戊辰	2 己巳	3 庚午	4 辛未	5 壬申	**6 癸酉**	7 甲戌	8 乙亥	9 丙子	10 丁丑	11 戊寅	12 己卯	**13 庚辰**
	十月	癸亥	14 辛巳	15 壬午	16 癸未	17 甲申	18 乙酉	19 丙戌	**20 丁亥**	21 戊子	22 己丑	23 庚寅	24 辛卯	25 壬辰	26 癸巳	**27 甲午**	28 乙未	29 丙申	30 丁酉	十二1 戊戌	2 己亥	3 庚子	**4 辛丑**	5 壬寅	6 癸卯	7 甲辰	8 乙巳	9 丙午	10 丁未	**11 戊申**	12 己酉	
	十一月	甲子	13 庚戌	14 辛亥	15 壬子	16 癸丑	17 甲寅	**18 乙卯**	19 丙辰	20 丁巳	21 戊午	22 己未	23 庚申	24 辛酉	**25 壬戌**	26 癸亥	27 甲子	28 乙丑	29 丙寅	30 丁卯	31 戊辰	**一1 己巳**	2 庚午	3 辛未	4 壬申	5 癸酉	6 甲戌	7 乙亥	**8 丙子**	9 丁丑	10 戊寅	11 己卯
	十二月	乙丑	12 庚辰	13 辛巳	14 壬午	**15 癸未**	16 甲申	17 乙酉	18 丙戌	19 丁亥	20 戊子	21 己丑	**22 庚寅**	23 辛卯	24 壬辰	25 癸巳	26 甲午	27 乙未	28 丙申	**29 丁酉**	30 戊戌	31 己亥	二1 庚子	2 辛丑	3 壬寅	4 癸卯	**5 甲辰**	6 乙巳	7 丙午	8 丁未	9 戊申	
己亥年(豬)民國前十三~前十二年(1899~1900)	正月	丙寅	10 己酉	11 庚戌	**12 辛亥**	13 壬子	14 癸丑	15 甲寅	16 乙卯	17 丙辰	18 丁巳	**19 戊午**	20 己未	21 庚申	22 辛酉	23 壬戌	24 癸亥	25 甲子	**26 乙丑**	27 丙寅	28 丁卯	三1 戊辰	2 己巳	3 庚午	4 辛未	**5 壬申**	6 癸酉	7 甲戌	8 乙亥	9 丙子	10 丁丑	11 戊寅
	二月	丁卯	**12 己卯**	13 庚辰	14 辛巳	15 壬午	16 癸未	17 甲申	18 乙酉	**19 丙戌**	20 丁亥	21 戊子	22 己丑	23 庚寅	24 辛卯	25 壬辰	**26 癸巳**	27 甲午	28 乙未	29 丙申	30 丁酉	31 戊戌	四1 己亥	**2 庚子**	3 辛丑	4 壬寅	5 癸卯	6 甲辰	7 乙巳	8 丙午	**9 丁未**	
	三月	戊辰	10 戊申	11 己酉	12 庚戌	13 辛亥	14 壬子	15 癸丑	**16 甲寅**	17 乙卯	18 丙辰	19 丁巳	20 戊午	21 己未	22 庚申	**23 辛酉**	24 壬戌	25 癸亥	26 甲子	27 乙丑	28 丙寅	29 丁卯	**30 戊辰**	五1 己巳	2 庚午	3 辛未	4 壬申	5 癸酉	6 甲戌	**7 乙亥**	8 丙子	9 丁丑
	四月	己巳	10 戊寅	11 己卯	12 庚辰	13 辛巳	**14 壬午**	15 癸未	16 甲申	17 乙酉	18 丙戌	19 丁亥	20 戊子	**21 己丑**	22 庚寅	23 辛卯	24 壬辰	25 癸巳	26 甲午	27 乙未	**28 丙申**	29 丁酉	30 戊戌	31 己亥	六1 庚子	2 辛丑	3 壬寅	**4 癸卯**	5 甲辰	6 乙巳	7 丙午	
	五月	庚午	8 丁未	9 戊申	10 己酉	**11 庚戌**	12 辛亥	13 壬子	14 癸丑	15 甲寅	16 乙卯	17 丙辰	**18 丁巳**	19 戊午	20 己未	21 庚申	22 辛酉	23 壬戌	24 癸亥	**25 甲子**	26 乙丑	27 丙寅	28 丁卯	29 戊辰	30 己巳	七1 庚午	**2 辛未**	3 壬申	4 癸酉	5 甲戌	6 乙亥	7 丙子
	六月	辛未	8 丁丑	**9 戊寅**	10 己卯	11 庚辰	12 辛巳	13 壬午	14 癸未	15 甲申	**16 乙酉**	17 丙戌	18 丁亥	19 戊子	20 己丑	21 庚寅	22 辛卯	**23 壬辰**	24 癸巳	25 甲午	26 乙未	27 丙申	28 丁酉	29 戊戌	**30 己亥**	31 庚子	八1 辛丑	2 壬寅	3 癸卯	4 甲辰	5 乙巳	
	七月	壬申	**6 丙午**	7 丁未	8 戊申	9 己酉	10 庚戌	11 辛亥	12 壬子	**13 癸丑**	14 甲寅	15 乙卯	16 丙辰	17 丁巳	18 戊午	19 己未	**20 庚申**	21 辛酉	22 壬戌	23 癸亥	24 甲子	25 乙丑	26 丙寅	**27 丁卯**	28 戊辰	29 己巳	30 庚午	31 辛未	九1 壬申	2 癸酉	**3 甲戌**	4 乙亥
	八月	癸酉	5 丙子	6 丁丑	7 戊寅	8 己卯	9 庚辰	**10 辛巳**	11 壬午	12 癸未	13 甲申	14 乙酉	15 丙戌	16 丁亥	**17 戊子**	18 己丑	19 庚寅	20 辛卯	21 壬辰	22 癸巳	23 甲午	**24 乙未**	25 丙申	26 丁酉	27 戊戌	28 己亥	29 庚子	30 辛丑	**十1 壬寅**	2 癸卯	3 甲辰	4 乙巳
	九月	甲戌	5 丙午	6 丁未	7 戊申	**8 己酉**	9 庚戌	10 辛亥	11 壬子	12 癸丑	13 甲寅	14 乙卯	**15 丙辰**	16 丁巳	17 戊午	18 己未	19 庚申	20 辛酉	21 壬戌	**22 癸亥**	23 甲子	24 乙丑	25 丙寅	26 丁卯	27 戊辰	28 己巳	**29 庚午**	30 辛未	31 壬申	十一1 癸酉	2 甲戌	
	十月	乙亥	3 乙亥	4 丙子	**5 丁丑**	6 戊寅	7 己卯	8 庚辰	9 辛巳	10 壬午	11 癸未	**12 甲申**	13 乙酉	14 丙戌	15 丁亥	16 戊子	17 己丑	18 庚寅	**19 辛卯**	20 壬辰	21 癸巳	22 甲午	23 乙未	24 丙申	25 丁酉	**26 戊戌**	27 己亥	28 庚子	29 辛丑	30 壬寅	十二1 癸卯	2 甲辰
	十一月	丙子	**3 乙巳**	4 丙午	5 丁未	6 戊申	7 己酉	8 庚戌	9 辛亥	**10 壬子**	11 癸丑	12 甲寅	13 乙卯	14 丙辰	15 丁巳	16 戊午	**17 己未**	18 庚申	19 辛酉	20 壬戌	21 癸亥	22 甲子	23 乙丑	**24 丙寅**	25 丁卯	26 戊辰	27 己巳	28 庚午	29 辛未	30 壬申	**31 癸酉**	
	十二月	丁丑	一1 甲戌	2 乙亥	3 丙子	4 丁丑	5 戊寅	6 己卯	**7 庚辰**	8 辛巳	9 壬午	10 癸未	11 甲申	12 乙酉	13 丙戌	**14 丁亥**	15 戊子	16 己丑	17 庚寅	18 辛卯	19 壬辰	20 癸巳	**21 甲午**	22 乙未	23 丙申	24 丁酉	25 戊戌	26 己亥	27 庚子	**28 辛丑**	29 壬寅	30 癸卯

年序	陰曆月序	月干支 / 陰曆日序 / 陽曆日 / 陰曆日干支	初一	初二	初三	初四	初五	初六	初七	初八	初九	初十	十一	十二	十三	十四	十五	十六	十七	十八	十九	二十	廿一	廿二	廿三	廿四	廿五	廿六	廿七	廿八	廿九	三十
庚子年（鼠）民國前十二～前十一年（1900～1901）	正月	戊寅	31 甲辰	二1 乙巳	2 丙午	3 丁未	4 戊申	5 己酉	6 庚戌	7 辛亥	8 壬子	9 癸丑	10 甲寅	11 乙卯	12 丙辰	13 丁巳	14 戊午	15 己未	16 庚申	17 辛酉	18 壬戌	19 癸亥	20 甲子	21 乙丑	22 丙寅	23 丁卯	24 戊辰	25 己巳	26 庚午	27 辛未	28 壬申	
	二月	己卯	三1 癸酉	2 甲戌	3 乙亥	4 丙子	5 丁丑	6 戊寅	7 己卯	8 庚辰	9 辛巳	10 壬午	11 癸未	12 甲申	13 乙酉	14 丙戌	15 丁亥	16 戊子	17 己丑	18 庚寅	19 辛卯	20 壬辰	21 癸巳	22 甲午	23 乙未	24 丙申	25 丁酉	26 戊戌	27 己亥	28 庚子	29 辛丑	30 壬寅
	三月	庚辰	31 癸卯	四1 甲辰	2 乙巳	3 丙午	4 丁未	5 戊申	6 己酉	7 庚戌	8 辛亥	9 壬子	10 癸丑	11 甲寅	12 乙卯	13 丙辰	14 丁巳	15 戊午	16 己未	17 庚申	18 辛酉	19 壬戌	20 癸亥	21 甲子	22 乙丑	23 丙寅	24 丁卯	25 戊辰	26 己巳	27 庚午	28 辛未	
	四月	辛巳	29 壬申	30 癸酉	五1 甲戌	2 乙亥	3 丙子	4 丁丑	5 戊寅	6 己卯	7 庚辰	8 辛巳	9 壬午	10 癸未	11 甲申	12 乙酉	13 丙戌	14 丁亥	15 戊子	16 己丑	17 庚寅	18 辛卯	19 壬辰	20 癸巳	21 甲午	22 乙未	23 丙申	24 丁酉	25 戊戌	26 己亥	27 庚子	
	五月	壬午	28 辛丑	29 壬寅	30 癸卯	31 甲辰	六1 乙巳	2 丙午	3 丁未	4 戊申	5 己酉	6 庚戌	7 辛亥	8 壬子	9 癸丑	10 甲寅	11 乙卯	12 丙辰	13 丁巳	14 戊午	15 己未	16 庚申	17 辛酉	18 壬戌	19 癸亥	20 甲子	21 乙丑	22 丙寅	23 丁卯	24 戊辰	25 己巳	26 庚午
	六月	癸未	27 辛未	28 壬申	29 癸酉	30 甲戌	七1 乙亥	2 丙子	3 丁丑	4 戊寅	5 己卯	6 庚辰	7 辛巳	8 壬午	9 癸未	10 甲申	11 乙酉	12 丙戌	13 丁亥	14 戊子	15 己丑	16 庚寅	17 辛卯	18 壬辰	19 癸巳	20 甲午	21 乙未	22 丙申	23 丁酉	24 戊戌	25 己亥	
	七月	甲申	26 庚子	27 辛丑	28 壬寅	29 癸卯	30 甲辰	31 乙巳	八1 丙午	2 丁未	3 戊申	4 己酉	5 庚戌	6 辛亥	7 壬子	8 癸丑	9 甲寅	10 乙卯	11 丙辰	12 丁巳	13 戊午	14 己未	15 庚申	16 辛酉	17 壬戌	18 癸亥	19 甲子	20 乙丑	21 丙寅	22 丁卯	23 戊辰	24 己巳
	八月	乙酉	25 庚午	26 辛未	27 壬申	28 癸酉	29 甲戌	30 乙亥	31 丙子	九1 丁丑	2 戊寅	3 己卯	4 庚辰	5 辛巳	6 壬午	7 癸未	8 甲申	9 乙酉	10 丙戌	11 丁亥	12 戊子	13 己丑	14 庚寅	15 辛卯	16 壬辰	17 癸巳	18 甲午	19 乙未	20 丙申	21 丁酉	22 戊戌	23 己亥
	閏八月		24 庚子	25 辛丑	26 壬寅	27 癸卯	28 甲辰	29 乙巳	30 丙午	十1 丁未	2 戊申	3 己酉	4 庚戌	5 辛亥	6 壬子	7 癸丑	8 甲寅	9 乙卯	10 丙辰	11 丁巳	12 戊午	13 己未	14 庚申	15 辛酉	16 壬戌	17 癸亥	18 甲子	19 乙丑	20 丙寅	21 丁卯	22 戊辰	
	九月	丙戌	23 己巳	24 庚午	25 辛未	26 壬申	27 癸酉	28 甲戌	29 乙亥	30 丙子	31 丁丑	十一1 戊寅	2 己卯	3 庚辰	4 辛巳	5 壬午	6 癸未	7 甲申	8 乙酉	9 丙戌	10 丁亥	11 戊子	12 己丑	13 庚寅	14 辛卯	15 壬辰	16 癸巳	17 甲午	18 乙未	19 丙申	20 丁酉	21 戊戌
	十月	丁亥	22 己亥	23 庚子	24 辛丑	25 壬寅	26 癸卯	27 甲辰	28 乙巳	29 丙午	30 丁未	十二1 戊申	2 己酉	3 庚戌	4 辛亥	5 壬子	6 癸丑	7 甲寅	8 乙卯	9 丙辰	10 丁巳	11 戊午	12 己未	13 庚申	14 辛酉	15 壬戌	16 癸亥	17 甲子	18 乙丑	19 丙寅	20 丁卯	21 戊辰
	十一月	戊子	22 己巳	23 庚午	24 辛未	25 壬申	26 癸酉	27 甲戌	28 乙亥	29 丙子	30 丁丑	31 戊寅	一1 己卯	2 庚辰	3 辛巳	4 壬午	5 癸未	6 甲申	7 乙酉	8 丙戌	9 丁亥	10 戊子	11 己丑	12 庚寅	13 辛卯	14 壬辰	15 癸巳	16 甲午	17 乙未	18 丙申	19 丁酉	
	十二月	己丑	20 戊戌	21 己亥	22 庚子	23 辛丑	24 壬寅	25 癸卯	26 甲辰	27 乙巳	28 丙午	29 丁未	30 戊申	31 己酉	二1 庚戌	2 辛亥	3 壬子	4 癸丑	5 甲寅	6 乙卯	7 丙辰	8 丁巳	9 戊午	10 己未	11 庚申	12 辛酉	13 壬戌	14 癸亥	15 甲子	16 乙丑	17 丙寅	18 丁卯
辛丑年（牛）民國前十一～前一〇年（1901～1902）	正月	庚寅	19 戊辰	20 己巳	21 庚午	22 辛未	23 壬申	24 癸酉	25 甲戌	26 乙亥	27 丙子	28 丁丑	三1 戊寅	2 己卯	3 庚辰	4 辛巳	5 壬午	6 癸未	7 甲申	8 乙酉	9 丙戌	10 丁亥	11 戊子	12 己丑	13 庚寅	14 辛卯	15 壬辰	16 癸巳	17 甲午	18 乙未	19 丙申	
	二月	辛卯	20 丁酉	21 戊戌	22 己亥	23 庚子	24 辛丑	25 壬寅	26 癸卯	27 甲辰	28 乙巳	29 丙午	30 丁未	31 戊申	四1 己酉	2 庚戌	3 辛亥	4 壬子	5 癸丑	6 甲寅	7 乙卯	8 丙辰	9 丁巳	10 戊午	11 己未	12 庚申	13 辛酉	14 壬戌	15 癸亥	16 甲子	17 乙丑	18 丙寅
	三月	壬辰	19 丁卯	20 戊辰	21 己巳	22 庚午	23 辛未	24 壬申	25 癸酉	26 甲戌	27 乙亥	28 丙子	29 丁丑	30 戊寅	五1 己卯	2 庚辰	3 辛巳	4 壬午	5 癸未	6 甲申	7 乙酉	8 丙戌	9 丁亥	10 戊子	11 己丑	12 庚寅	13 辛卯	14 壬辰	15 癸巳	16 甲午	17 乙未	
	四月	癸巳	18 丙申	19 丁酉	20 戊戌	21 己亥	22 庚子	23 辛丑	24 壬寅	25 癸卯	26 甲辰	27 乙巳	28 丙午	29 丁未	30 戊申	31 己酉	六1 庚戌	2 辛亥	3 壬子	4 癸丑	5 甲寅	6 乙卯	7 丙辰	8 丁巳	9 戊午	10 己未	11 庚申	12 辛酉	13 壬戌	14 癸亥	15 甲子	
	五月	甲午	16 乙丑	17 丙寅	18 丁卯	19 戊辰	20 己巳	21 庚午	22 辛未	23 壬申	24 癸酉	25 甲戌	26 乙亥	27 丙子	28 丁丑	29 戊寅	30 己卯	七1 庚辰	2 辛巳	3 壬午	4 癸未	5 甲申	6 乙酉	7 丙戌	8 丁亥	9 戊子	10 己丑	11 庚寅	12 辛卯	13 壬辰	14 癸巳	15 甲午
	六月	乙未	16 乙未	17 丙申	18 丁酉	19 戊戌	20 己亥	21 庚子	22 辛丑	23 壬寅	24 癸卯	25 甲辰	26 乙巳	27 丙午	28 丁未	29 戊申	30 己酉	31 庚戌	八1 辛亥	2 壬子	3 癸丑	4 甲寅	5 乙卯	6 丙辰	7 丁巳	8 戊午	9 己未	10 庚申	11 辛酉	12 壬戌	13 癸亥	
	七月	丙申	14 甲子	15 乙丑	16 丙寅	17 丁卯	18 戊辰	19 己巳	20 庚午	21 辛未	22 壬申	23 癸酉	24 甲戌	25 乙亥	26 丙子	27 丁丑	28 戊寅	29 己卯	30 庚辰	31 辛巳	九1 壬午	2 癸未	3 甲申	4 乙酉	5 丙戌	6 丁亥	7 戊子	8 己丑	9 庚寅	10 辛卯	11 壬辰	12 癸巳
	八月	丁酉	13 甲午	14 乙未	15 丙申	16 丁酉	17 戊戌	18 己亥	19 庚子	20 辛丑	21 壬寅	22 癸卯	23 甲辰	24 乙巳	25 丙午	26 丁未	27 戊申	28 己酉	29 庚戌	30 辛亥	十1 壬子	2 癸丑	3 甲寅	4 乙卯	5 丙辰	6 丁巳	7 戊午	8 己未	9 庚申	10 辛酉	11 壬戌	
	九月	戊戌	12 癸亥	13 甲子	14 乙丑	15 丙寅	16 丁卯	17 戊辰	18 己巳	19 庚午	20 辛未	21 壬申	22 癸酉	23 甲戌	24 乙亥	25 丙子	26 丁丑	27 戊寅	28 己卯	29 庚辰	30 辛巳	31 壬午	十一1 癸未	2 甲申	3 乙酉	4 丙戌	5 丁亥	6 戊子	7 己丑	8 庚寅	9 辛卯	10 壬辰
	十月	己亥	11 癸巳	12 甲午	13 乙未	14 丙申	15 丁酉	16 戊戌	17 己亥	18 庚子	19 辛丑	20 壬寅	21 癸卯	22 甲辰	23 乙巳	24 丙午	25 丁未	26 戊申	27 己酉	28 庚戌	29 辛亥	30 壬子	十二1 癸丑	2 甲寅	3 乙卯	4 丙辰	5 丁巳	6 戊午	7 己未	8 庚申	9 辛酉	10 壬戌
	十一月	庚子	11 癸亥	12 甲子	13 乙丑	14 丙寅	15 丁卯	16 戊辰	17 己巳	18 庚午	19 辛未	20 壬申	21 癸酉	22 甲戌	23 乙亥	24 丙子	25 丁丑	26 戊寅	27 己卯	28 庚辰	29 辛巳	30 壬午	31 癸未	一1 甲申	2 乙酉	3 丙戌	4 丁亥	5 戊子	6 己丑	7 庚寅	8 辛卯	9 壬辰
	十二月	辛丑	10 癸巳	11 甲午	12 乙未	13 丙申	14 丁酉	15 戊戌	16 己亥	17 庚子	18 辛丑	19 壬寅	20 癸卯	21 甲辰	22 乙巳	23 丙午	24 丁未	25 戊申	26 己酉	27 庚戌	28 辛亥	29 壬子	30 癸丑	31 甲寅	二1 乙卯	2 丙辰	3 丁巳	4 戊午	5 己未	6 庚申	7 辛酉	

年序	陰曆月序	月干支	初一	初二	初三	初四	初五	初六	初七	初八	初九	初十	十一	十二	十三	十四	十五	十六	十七	十八	十九	二十	廿一	廿二	廿三	廿四	廿五	廿六	廿七	廿八	廿九	三十
壬寅年（虎）民國前一〇～前九年（1902～1903）	正月	壬寅	8 壬戌	9 癸亥	10 甲子	11 乙丑	12 丙寅	13 丁卯	14 戊辰	15 己巳	16 庚午	17 辛未	18 壬申	19 癸酉	20 甲戌	21 乙亥	22 丙子	23 丁丑	24 戊寅	25 己卯	26 庚辰	27 辛巳	28 壬午	三1 癸未	2 甲申	3 乙酉	4 丙戌	5 丁亥	6 戊子	7 己丑	8 庚寅	9 辛卯
	二月	癸卯	10 壬辰	11 癸巳	12 甲午	13 乙未	14 丙申	15 丁酉	16 戊戌	17 己亥	18 庚子	19 辛丑	20 壬寅	21 癸卯	22 甲辰	23 乙巳	24 丙午	25 丁未	26 戊申	27 己酉	28 庚戌	29 辛亥	30 壬子	31 癸丑	四1 甲寅	2 乙卯	3 丙辰	4 丁巳	5 戊午	6 己未	7 庚申	
	三月	甲辰	8 辛酉	9 壬戌	10 癸亥	11 甲子	12 乙丑	13 丙寅	14 丁卯	15 戊辰	16 己巳	17 庚午	18 辛未	19 壬申	20 癸酉	21 甲戌	22 乙亥	23 丙子	24 丁丑	25 戊寅	26 己卯	27 庚辰	28 辛巳	29 壬午	30 癸未	五1 甲申	2 乙酉	3 丙戌	4 丁亥	5 戊子	6 己丑	7 庚寅
	四月	乙巳	8 辛卯	9 壬辰	10 癸巳	11 甲午	12 乙未	13 丙申	14 丁酉	15 戊戌	16 己亥	17 庚子	18 辛丑	19 壬寅	20 癸卯	21 甲辰	22 乙巳	23 丙午	24 丁未	25 戊申	26 己酉	27 庚戌	28 辛亥	29 壬子	30 癸丑	31 甲寅	六1 乙卯	2 丙辰	3 丁巳	4 戊午	5 己未	
	五月	丙午	6 庚申	7 辛酉	8 壬戌	9 癸亥	10 甲子	11 乙丑	12 丙寅	13 丁卯	14 戊辰	15 己巳	16 庚午	17 辛未	18 壬申	19 癸酉	20 甲戌	21 乙亥	22 丙子	23 丁丑	24 戊寅	25 己卯	26 庚辰	27 辛巳	28 壬午	29 癸未	30 甲申	七1 乙酉	2 丙戌	3 丁亥	4 戊子	
	六月	丁未	5 己丑	6 庚寅	7 辛卯	8 壬辰	9 癸巳	10 甲午	11 乙未	12 丙申	13 丁酉	14 戊戌	15 己亥	16 庚子	17 辛丑	18 壬寅	19 癸卯	20 甲辰	21 乙巳	22 丙午	23 丁未	24 戊申	25 己酉	26 庚戌	27 辛亥	28 壬子	29 癸丑	30 甲寅	31 乙卯	八1 丙辰	2 丁巳	3 戊午
	七月	戊申	4 己未	5 庚申	6 辛酉	7 壬戌	8 癸亥	9 甲子	10 乙丑	11 丙寅	12 丁卯	13 戊辰	14 己巳	15 庚午	16 辛未	17 壬申	18 癸酉	19 甲戌	20 乙亥	21 丙子	22 丁丑	23 戊寅	24 己卯	25 庚辰	26 辛巳	27 壬午	28 癸未	29 甲申	30 乙酉	31 丙戌	九1 丁亥	
	八月	己酉	2 戊子	3 己丑	4 庚寅	5 辛卯	6 壬辰	7 癸巳	8 甲午	9 乙未	10 丙申	11 丁酉	12 戊戌	13 己亥	14 庚子	15 辛丑	16 壬寅	17 癸卯	18 甲辰	19 乙巳	20 丙午	21 丁未	22 戊申	23 己酉	24 庚戌	25 辛亥	26 壬子	27 癸丑	28 甲寅	29 乙卯	30 丙辰	十1 丁巳
	九月	庚戌	2 戊午	3 己未	4 庚申	5 辛酉	6 壬戌	7 癸亥	8 甲子	9 乙丑	10 丙寅	11 丁卯	12 戊辰	13 己巳	14 庚午	15 辛未	16 壬申	17 癸酉	18 甲戌	19 乙亥	20 丙子	21 丁丑	22 戊寅	23 己卯	24 庚辰	25 辛巳	26 壬午	27 癸未	28 甲申	29 乙酉	30 丙戌	
	十月	辛亥	31 丁亥	十一1 戊子	2 己丑	3 庚寅	4 辛卯	5 壬辰	6 癸巳	7 甲午	8 乙未	9 丙申	10 丁酉	11 戊戌	12 己亥	13 庚子	14 辛丑	15 壬寅	16 癸卯	17 甲辰	18 乙巳	19 丙午	20 丁未	21 戊申	22 己酉	23 庚戌	24 辛亥	25 壬子	26 癸丑	27 甲寅	28 乙卯	29 丙辰
	十一月	壬子	30 丁巳	十二1 戊午	2 己未	3 庚申	4 辛酉	5 壬戌	6 癸亥	7 甲子	8 乙丑	9 丙寅	10 丁卯	11 戊辰	12 己巳	13 庚午	14 辛未	15 壬申	16 癸酉	17 甲戌	18 乙亥	19 丙子	20 丁丑	21 戊寅	22 己卯	23 庚辰	24 辛巳	25 壬午	26 癸未	27 甲申	28 乙酉	29 丙戌
	十二月	癸丑	30 丁亥	31 戊子	一1 己丑	2 庚寅	3 辛卯	4 壬辰	5 癸巳	6 甲午	7 乙未	8 丙申	9 丁酉	10 戊戌	11 己亥	12 庚子	13 辛丑	14 壬寅	15 癸卯	16 甲辰	17 乙巳	18 丙午	19 丁未	20 戊申	21 己酉	22 庚戌	23 辛亥	24 壬子	25 癸丑	26 甲寅	27 乙卯	28 丙辰
癸卯年（兔）民國前九～前八年（1903～1904）	正月	甲寅	29 丁巳	30 戊午	31 己未	二1 庚申	2 辛酉	3 壬戌	4 癸亥	5 甲子	6 乙丑	7 丙寅	8 丁卯	9 戊辰	10 己巳	11 庚午	12 辛未	13 壬申	14 癸酉	15 甲戌	16 乙亥	17 丙子	18 丁丑	19 戊寅	20 己卯	21 庚辰	22 辛巳	23 壬午	24 癸未	25 甲申	26 乙酉	
	二月	乙卯	27 丙戌	28 丁亥	三1 戊子	2 己丑	3 庚寅	4 辛卯	5 壬辰	6 癸巳	7 甲午	8 乙未	9 丙申	10 丁酉	11 戊戌	12 己亥	13 庚子	14 辛丑	15 壬寅	16 癸卯	17 甲辰	18 乙巳	19 丙午	20 丁未	21 戊申	22 己酉	23 庚戌	24 辛亥	25 壬子	26 癸丑	27 甲寅	28 乙卯
	三月	丙辰	29 丙辰	30 丁巳	31 戊午	四1 己未	2 庚申	3 辛酉	4 壬戌	5 癸亥	6 甲子	7 乙丑	8 丙寅	9 丁卯	10 戊辰	11 己巳	12 庚午	13 辛未	14 壬申	15 癸酉	16 甲戌	17 乙亥	18 丙子	19 丁丑	20 戊寅	21 己卯	22 庚辰	23 辛巳	24 壬午	25 癸未	26 甲申	
	四月	丁巳	27 乙酉	28 丙戌	29 丁亥	30 戊子	五1 己丑	2 庚寅	3 辛卯	4 壬辰	5 癸巳	6 甲午	7 乙未	8 丙申	9 丁酉	10 戊戌	11 己亥	12 庚子	13 辛丑	14 壬寅	15 癸卯	16 甲辰	17 乙巳	18 丙午	19 丁未	20 戊申	21 己酉	22 庚戌	23 辛亥	24 壬子	25 癸丑	26 甲寅
	五月	戊午	27 乙卯	28 丙辰	29 丁巳	30 戊午	31 己未	六1 庚申	2 辛酉	3 壬戌	4 癸亥	5 甲子	6 乙丑	7 丙寅	8 丁卯	9 戊辰	10 己巳	11 庚午	12 辛未	13 壬申	14 癸酉	15 甲戌	16 乙亥	17 丙子	18 丁丑	19 戊寅	20 己卯	21 庚辰	22 辛巳	23 壬午	24 癸未	
	閏五月		25 甲申	26 乙酉	27 丙戌	28 丁亥	29 戊子	30 己丑	七1 庚寅	2 辛卯	3 壬辰	4 癸巳	5 甲午	6 乙未	7 丙申	8 丁酉	9 戊戌	10 己亥	11 庚子	12 辛丑	13 壬寅	14 癸卯	15 甲辰	16 乙巳	17 丙午	18 丁未	19 戊申	20 己酉	21 庚戌	22 辛亥	23 壬子	
	六月	己未	24 癸丑	25 甲寅	26 乙卯	27 丙辰	28 丁巳	29 戊午	30 己未	31 庚申	八1 辛酉	2 壬戌	3 癸亥	4 甲子	5 乙丑	6 丙寅	7 丁卯	8 戊辰	9 己巳	10 庚午	11 辛未	12 壬申	13 癸酉	41 甲戌	15 乙亥	16 丙子	17 丁丑	18 戊寅	19 己卯	20 庚辰	21 辛巳	22 壬午
	七月	庚申	23 癸未	24 甲申	25 乙酉	26 丙戌	27 丁亥	28 戊子	29 己丑	30 庚寅	31 辛卯	九1 壬辰	2 癸巳	3 甲午	4 乙未	5 丙申	6 丁酉	7 戊戌	8 己亥	9 庚子	10 辛丑	11 壬寅	12 癸卯	13 甲辰	14 乙巳	15 丙午	16 丁未	17 戊申	18 己酉	19 庚戌	20 辛亥	
	八月	辛酉	21 壬子	22 癸丑	23 甲寅	24 乙卯	25 丙辰	26 丁巳	27 戊午	28 己未	29 庚申	30 辛酉	十1 壬戌	2 癸亥	3 甲子	4 乙丑	5 丙寅	6 丁卯	7 戊辰	8 己巳	9 庚午	10 辛未	11 壬申	12 癸酉	13 甲戌	14 乙亥	15 丙子	16 丁丑	17 戊寅	18 己卯	19 庚辰	
	九月	壬戌	20 辛巳	21 壬午	22 癸未	23 甲申	24 己酉	25 丙戌	26 丁亥	27 戊子	28 己丑	29 庚寅	30 辛卯	31 壬辰	十一1 癸巳	2 甲午	3 乙未	4 丙申	5 丁酉	6 戊戌	7 己亥	8 庚子	9 辛丑	10 壬寅	11 癸卯	12 甲辰	13 乙巳	14 丙午	15 丁未	16 戊申	17 己酉	18 庚戌
	十月	癸亥	19 辛亥	20 壬子	21 癸丑	22 甲寅	23 乙卯	24 丙辰	25 丁巳	26 戊午	27 己未	28 庚申	29 辛酉	30 壬戌	十二1 癸亥	2 甲子	3 乙丑	4 丙寅	5 丁卯	6 戊辰	7 己巳	8 庚午	9 辛未	10 壬申	11 癸酉	12 甲戌	13 乙亥	14 丙子	15 丁丑	16 戊寅	17 己卯	18 庚辰
	十一月	甲子	19 辛巳	20 壬午	21 癸未	22 甲申	23 乙酉	24 丙戌	25 丁亥	26 戊子	27 己丑	28 庚寅	29 辛卯	30 壬辰	31 癸巳	一1 甲午	2 乙未	3 丙申	4 丁酉	5 戊戌	6 己亥	7 庚子	8 辛丑	9 壬寅	10 癸卯	11 甲辰	12 乙巳	13 丙午	14 丁未	15 戊申	16 己酉	
	十二月	乙丑	17 庚戌	18 辛亥	19 壬子	20 癸丑	21 甲寅	22 乙卯	23 丙辰	24 丁巳	25 戊午	26 己未	27 庚申	28 辛酉	29 壬戌	30 癸亥	31 甲子	二1 乙丑	2 丙寅	3 丁卯	4 戊辰	5 己巳	6 庚午	7 辛未	8 壬申	9 癸酉	10 甲戌	11 乙亥	12 丙子	13 丁丑	14 戊寅	15 己卯

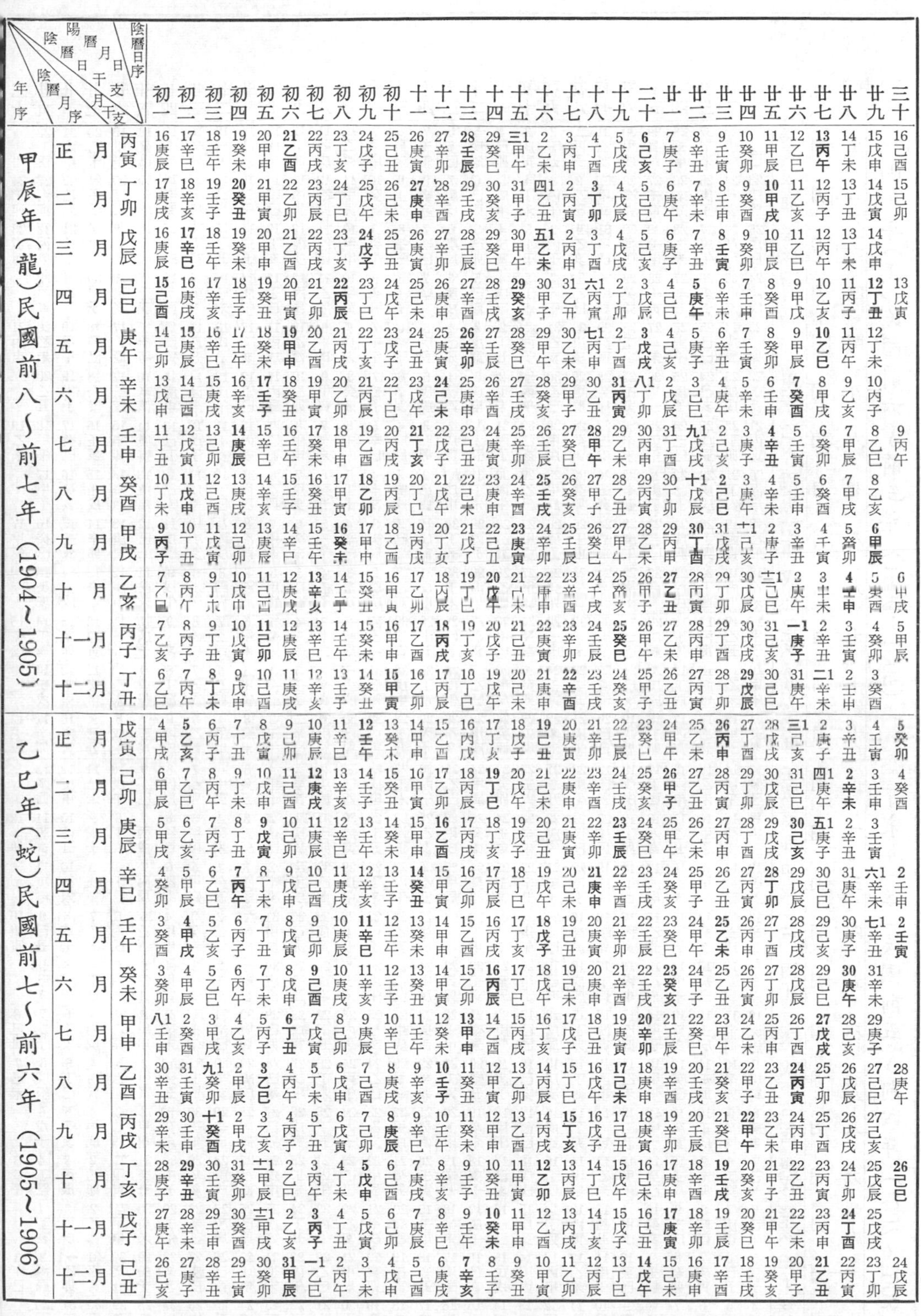

年序	陰曆月序	月干支	初一	初二	初三	初四	初五	初六	初七	初八	初九	初十	十一	十二	十三	十四	十五	十六	十七	十八	十九	二十	廿一	廿二	廿三	廿四	廿五	廿六	廿七	廿八	廿九	三十
甲辰年（龍）民國前八～前七年（1904～1905）	正月	丙寅	16庚辰	17辛巳	18壬午	19癸未	20甲申	21乙酉	22丙戌	23丁亥	24戊子	25己丑	26庚寅	27辛卯	28壬辰	29癸巳	三1甲午	2乙未	3丙申	4丁酉	5戊戌	6己亥	7庚子	8辛丑	9壬寅	10癸卯	11甲辰	12乙巳	13丙午	14丁未	15戊申	16己酉
	二月	丁卯	17庚戌	18辛亥	19壬子	20癸丑	21甲寅	22乙卯	23丙辰	24丁巳	25戊午	26己未	27庚申	28辛酉	29壬戌	30癸亥	31甲子	四1乙丑	2丙寅	3丁卯	4戊辰	5己巳	6庚午	7辛未	8壬申	9癸酉	10甲戌	11乙亥	12丙子	13丁丑	14戊寅	15己卯
	三月	戊辰	16庚辰	17辛巳	18壬午	19癸未	20甲申	21乙酉	22丙戌	23丁亥	24戊子	25己丑	26庚寅	27辛卯	28壬辰	29癸巳	30甲午	五1乙未	2丙申	3丁酉	4戊戌	5己亥	6庚子	7辛丑	8壬寅	9癸卯	10甲辰	11乙巳	12丙午	13丁未	14戊申	
	四月	己巳	15己酉	16庚戌	17辛亥	18壬子	19癸丑	20甲寅	21乙卯	22丙辰	23丁巳	24戊午	25己未	26庚申	27辛酉	28壬戌	29癸亥	30甲子	31乙丑	六1丙寅	2丁卯	3戊辰	4己巳	5庚午	6辛未	7壬申	8癸酉	9甲戌	10乙亥	11丙子	12丁丑	13戊寅
	五月	庚午	14己卯	15庚辰	16辛巳	17壬午	18癸未	19甲申	20乙酉	21丙戌	22丁亥	23戊子	24己丑	25庚寅	26辛卯	27壬辰	28癸巳	29甲午	30乙未	七1丙申	2丁酉	3戊戌	4己亥	5庚子	6辛丑	7壬寅	8癸卯	9甲辰	10乙巳	11丙午	12丁未	
	六月	辛未	13戊申	14己酉	15庚戌	16辛亥	17壬子	18癸丑	19甲寅	20乙卯	21丙辰	22丁巳	23戊午	24己未	25庚申	26辛酉	27壬戌	28癸亥	29甲子	30乙丑	31丙寅	八1丁卯	2戊辰	3己巳	4庚午	5辛未	6壬申	7癸酉	8甲戌	9乙亥	10丙子	
	七月	壬申	11丁丑	12戊寅	13己卯	14庚辰	15辛巳	16壬午	17癸未	18甲申	19乙酉	20丙戌	21丁亥	22戊子	23己丑	24庚寅	25辛卯	26壬辰	27癸巳	28甲午	29乙未	30丙申	31丁酉	九1戊戌	2己亥	3庚子	4辛丑	5壬寅	6癸卯	7甲辰	8乙巳	9丙午
	八月	癸酉	10丁未	11戊申	12己酉	13庚戌	14辛亥	15壬子	16癸丑	17甲寅	18乙卯	19丙辰	20丁巳	21戊午	22己未	23庚申	24辛酉	25壬戌	26癸亥	27甲子	28乙丑	29丙寅	30丁卯	十1戊辰	2己巳	3庚午	4辛未	5壬申	6癸酉	7甲戌	8乙亥	
	九月	甲戌	9丙子	10丁丑	11戊寅	12己卯	13庚辰	14辛巳	15壬午	16癸未	17甲申	18乙酉	19丙戌	20丁亥	21戊子	22己丑	23庚寅	24辛卯	25壬辰	26癸巳	27甲午	28乙未	29丙申	30丁酉	31戊戌	十一1己亥	2庚子	3辛丑	4壬寅	5癸卯	6甲辰	
	十月	乙亥	7乙巳	8丙午	9丁未	10戊申	11己酉	12庚戌	13辛亥	14壬子	15癸丑	16甲寅	17乙卯	18丙辰	19丁巳	20戊午	21己未	22庚申	23辛酉	24壬戌	25癸亥	26甲子	27乙丑	28丙寅	29丁卯	30戊辰	十二1己巳	2庚午	3辛未	4壬申	5癸酉	6甲戌
	十一月	丙子	7乙亥	8丙子	9丁丑	10戊寅	11己卯	12庚辰	13辛巳	14壬午	15癸未	16甲申	17乙酉	18丙戌	19丁亥	20戊子	21己丑	22庚寅	23辛卯	24壬辰	25癸巳	26甲午	27乙未	28丙申	29丁酉	30戊戌	31己亥	一1庚子	2辛丑	3壬寅	4癸卯	5甲辰
	十二月	丁丑	6乙巳	7丙午	8丁未	9戊申	10己酉	11庚戌	12辛亥	13壬子	14癸丑	15甲寅	16乙卯	17丙辰	18丁巳	19戊午	20己未	21庚申	22辛酉	23壬戌	24癸亥	25甲子	26乙丑	27丙寅	28丁卯	29戊辰	30己巳	31庚午	二1辛未	2壬申	3癸酉	
乙巳年（蛇）民國前七～前六年（1905～1906）	正月	戊寅	4甲戌	5乙亥	6丙子	7丁丑	8戊寅	9己卯	10庚辰	11辛巳	12壬午	13癸未	14甲申	15乙酉	16丙戌	17丁亥	18戊子	19己丑	20庚寅	21辛卯	22壬辰	23癸巳	24甲午	25乙未	26丙申	27丁酉	28戊戌	三1己亥	2庚子	3辛丑	4壬寅	5癸卯
	二月	己卯	6甲辰	7乙巳	8丙午	9丁未	10戊申	11己酉	12庚戌	13辛亥	14壬子	15癸丑	16甲寅	17乙卯	18丙辰	19丁巳	20戊午	21己未	22庚申	23辛酉	24壬戌	25癸亥	26甲子	27乙丑	28丙寅	29丁卯	30戊辰	31己巳	四1庚午	2辛未	3壬申	4癸酉
	三月	庚辰	5甲戌	6乙亥	7丙子	8丁丑	9戊寅	10己卯	11庚辰	12辛巳	13壬午	14癸未	15甲申	16乙酉	17丙戌	18丁亥	19戊子	20己丑	21庚寅	22辛卯	23壬辰	24癸巳	25甲午	26乙未	27丙申	28丁酉	29戊戌	30己亥	五1庚子	2辛丑	3壬寅	
	四月	辛巳	4癸卯	5甲辰	6乙巳	7丙午	8丁未	9戊申	10己酉	11庚戌	12辛亥	13壬子	14癸丑	15甲寅	16乙卯	17丙辰	18丁巳	19戊午	20己未	21庚申	22辛酉	23壬戌	24癸亥	25甲子	26乙丑	27丙寅	28丁卯	29戊辰	30己巳	31庚午	六1辛未	2壬申
	五月	壬午	3癸酉	4甲戌	5乙亥	6丙子	7丁丑	8戊寅	9己卯	10庚辰	11辛巳	12壬午	13癸未	14甲申	15乙酉	16丙戌	17丁亥	18戊子	19己丑	20庚寅	21辛卯	22壬辰	23癸巳	24甲午	25乙未	26丙申	27丁酉	28戊戌	29己亥	30庚子	七1辛丑	2壬寅
	六月	癸未	3癸卯	4甲辰	5乙巳	6丙午	7丁未	8戊申	9己酉	10庚戌	11辛亥	12壬子	13癸丑	14甲寅	15乙卯	16丙辰	17丁巳	18戊午	19己未	20庚申	21辛酉	22壬戌	23癸亥	24甲子	25乙丑	26丙寅	27丁卯	28戊辰	29己巳	30庚午	31辛未	
	七月	甲申	八1壬申	2癸酉	3甲戌	4乙亥	5丙子	6丁丑	7戊寅	8己卯	9庚辰	10辛巳	11壬午	12癸未	13甲申	14乙酉	15丙戌	16丁亥	17戊子	18己丑	19庚寅	20辛卯	21壬辰	22癸巳	23甲午	24乙未	25丙申	26丁酉	27戊戌	28己亥	29庚子	
	八月	乙酉	30辛丑	31壬寅	九1癸卯	2甲辰	3乙巳	4丙午	5丁未	6戊申	7己酉	8庚戌	9辛亥	10壬子	11癸丑	12甲寅	13乙卯	14丙辰	15丁巳	16戊午	17己未	18庚申	19辛酉	20壬戌	21癸亥	22甲子	23乙丑	24丙寅	25丁卯	26戊辰	27己巳	28庚午
	九月	丙戌	29辛未	30壬申	十1癸酉	2甲戌	3乙亥	4丙子	5丁丑	6戊寅	7己卯	8庚辰	9辛巳	10壬午	11癸未	12甲申	13乙酉	14丙戌	15丁亥	16戊子	17己丑	18庚寅	19辛卯	20壬辰	21癸巳	22甲午	23乙未	24丙申	25丁酉	26戊戌	27己亥	
	十月	丁亥	28庚子	29辛丑	30壬寅	31癸卯	十一1甲辰	2乙巳	3丙午	4丁未	5戊申	6己酉	7庚戌	8辛亥	9壬子	10癸丑	11甲寅	12乙卯	13丙辰	14丁巳	15戊午	16己未	17庚申	18辛酉	19壬戌	20癸亥	21甲子	22乙丑	23丙寅	24丁卯	25戊辰	26己巳
	十一月	戊子	27庚午	28辛未	29壬申	30癸酉	十二1甲戌	2乙亥	3丙子	4丁丑	5戊寅	6己卯	7庚辰	8辛巳	9壬午	10癸未	11甲申	12乙酉	13丙戌	14丁亥	15戊子	16己丑	17庚寅	18辛卯	19壬辰	20癸巳	21甲午	22乙未	23丙申	24丁酉	25戊戌	
	十二月	己丑	26己亥	27庚子	28辛丑	29壬寅	30癸卯	31甲辰	一1乙巳	2丙午	3丁未	4戊申	5己酉	6庚戌	7辛亥	8壬子	9癸丑	10甲寅	11乙卯	12丙辰	13丁巳	14戊午	15己未	16庚申	17辛酉	18壬戌	19癸亥	20甲子	21乙丑	22丙寅	23丁卯	24戊辰

年序	陰曆月序	月干支	初一	初二	初三	初四	初五	初六	初七	初八	初九	初十	十一	十二	十三	十四	十五	十六	十七	十八	十九	二十	廿一	廿二	廿三	廿四	廿五	廿六	廿七	廿八	廿九	三十
丙午年(馬)民國前六～前五年(1906～1907)	正月	庚寅	25 己巳	26 庚午	27 辛未	28 壬申	29 癸酉	30 甲戌	31 乙亥	二1 丙子	2 丁丑	3 戊寅	4 己卯	5 庚辰	6 辛巳	7 壬午	8 癸未	9 甲申	10 乙酉	11 丙戌	12 丁亥	13 戊子	14 己丑	15 庚寅	16 辛卯	17 壬辰	18 癸巳	19 甲午	20 乙未	21 丙申	22 丁酉	
	二月	辛卯	23 戊戌	24 己亥	25 庚子	26 辛丑	27 壬寅	28 癸卯	三1 甲辰	2 乙巳	3 丙午	4 丁未	5 戊申	6 己酉	7 庚戌	8 辛亥	9 壬子	10 癸丑	11 甲寅	12 乙卯	13 丙辰	14 丁巳	15 戊午	16 己未	17 庚申	18 辛酉	19 壬戌	20 癸亥	21 甲子	22 乙丑	23 丙寅	24 丁卯
	三月	壬辰	25 戊辰	26 己巳	27 庚午	28 辛未	29 壬申	30 癸酉	31 甲戌	四1 乙亥	2 丙子	3 丁丑	4 戊寅	5 己卯	6 庚辰	7 辛巳	8 壬午	9 癸未	10 甲申	11 乙酉	12 丙戌	13 丁亥	14 戊子	15 己丑	16 庚寅	17 辛卯	18 壬辰	19 癸巳	20 甲午	21 乙未	22 丙申	23 丁酉
	四月	癸巳	24 戊戌	25 己亥	26 庚子	27 辛丑	28 壬寅	29 癸卯	30 甲辰	五1 乙巳	2 丙午	3 丁未	4 戊申	5 己酉	6 庚戌	7 辛亥	8 壬子	9 癸丑	10 甲寅	11 乙卯	12 丙辰	13 丁巳	14 戊午	15 己未	16 庚申	17 辛酉	18 壬戌	19 癸亥	20 甲子	21 乙丑	22 丙寅	
	閏四月		23 丁卯	24 戊辰	25 己巳	26 庚午	27 辛未	28 壬申	29 癸酉	30 甲戌	31 乙亥	六1 丙子	2 丁丑	3 戊寅	4 己卯	5 庚辰	6 辛巳	7 壬午	8 癸未	9 甲申	10 乙酉	11 丙戌	12 丁亥	13 戊子	14 己丑	15 庚寅	16 辛卯	17 壬辰	18 癸巳	19 甲午	20 乙未	21 丙申
	五月	甲午	22 丁酉	23 戊戌	24 己亥	25 庚子	26 辛丑	27 壬寅	28 癸卯	29 甲辰	30 乙巳	七1 丙午	2 丁未	3 戊申	4 己酉	5 庚戌	6 辛亥	7 壬子	8 癸丑	9 甲寅	10 乙卯	11 丙辰	12 丁巳	13 戊午	14 己未	15 庚申	16 辛酉	17 壬戌	18 癸亥	19 甲子	20 乙丑	
	六月	乙未	21 丙寅	22 丁卯	23 戊辰	24 己巳	25 庚午	26 辛未	27 壬申	28 癸酉	29 甲戌	30 乙亥	31 丙子	八1 丁丑	2 戊寅	3 己卯	4 庚辰	5 辛巳	6 壬午	7 癸未	8 甲申	9 乙酉	10 丙戌	11 丁亥	12 戊子	13 己丑	14 庚寅	15 辛卯	16 壬辰	17 癸巳	18 甲午	19 乙未
	七月	丙申	20 丙申	21 丁酉	22 戊戌	23 己亥	24 庚子	25 辛丑	26 壬寅	27 癸卯	28 甲辰	29 乙巳	30 丙午	31 丁未	九1 戊申	2 己酉	3 庚戌	4 辛亥	5 壬子	6 癸丑	7 甲寅	8 乙卯	9 丙辰	10 丁巳	11 戊午	12 己未	13 庚申	14 辛酉	15 壬戌	16 癸亥	17 甲子	
	八月	丁酉	18 乙丑	19 丙寅	20 丁卯	21 戊辰	22 己巳	23 庚午	24 辛未	25 壬申	26 癸酉	27 甲戌	28 乙亥	29 丙子	30 丁丑	十1 戊寅	2 己卯	3 庚辰	4 辛巳	5 壬午	6 癸未	7 甲申	8 乙酉	9 丙戌	10 丁亥	11 戊子	12 己丑	13 庚寅	14 辛卯	15 壬辰	16 癸巳	17 甲午
	九月	戊戌	18 乙未	19 丙申	20 丁酉	21 戊戌	22 己亥	23 庚子	24 辛丑	25 壬寅	26 癸卯	27 甲辰	28 乙巳	29 丙午	30 丁未	31 戊申	十一1 己酉	2 庚戌	3 辛亥	4 壬子	5 癸丑	6 甲寅	7 乙卯	8 丙辰	9 丁巳	10 戊午	11 己未	12 庚申	13 辛酉	14 壬戌	15 癸亥	
	十月	己亥	16 甲子	17 乙丑	18 丙寅	19 丁卯	20 戊辰	21 己巳	22 庚午	23 辛未	24 壬申	25 癸酉	26 甲戌	27 乙亥	28 丙子	29 丁丑	30 戊寅	十二1 己卯	2 庚辰	3 辛巳	4 壬午	5 癸未	6 甲申	7 乙酉	8 丙戌	9 丁亥	10 戊子	11 己丑	12 庚寅	13 辛卯	14 壬辰	15 癸巳
	十一月	庚子	16 甲午	17 乙未	18 丙申	19 丁酉	20 戊戌	21 己亥	22 庚子	23 辛丑	24 壬寅	25 癸卯	26 甲辰	27 乙巳	28 丙午	29 丁未	30 戊申	31 己酉	一1 庚戌	2 辛亥	3 壬子	4 癸丑	5 甲寅	6 乙卯	7 丙辰	8 丁巳	9 戊午	10 己未	11 庚申	12 辛酉	13 壬戌	
	十二月	辛丑	14 癸亥	15 甲子	16 乙丑	17 丙寅	18 丁卯	19 戊辰	20 己巳	21 庚午	22 辛未	23 壬申	24 癸酉	25 甲戌	26 乙亥	27 丙子	28 丁丑	29 戊寅	30 己卯	31 庚辰	二1 辛巳	2 壬午	3 癸未	4 甲申	5 乙酉	6 丙戌	7 丁亥	8 戊子	9 己丑	10 庚寅	11 辛卯	12 壬辰
丁未年(羊)民國前五～前四年(1907～1908)	正月	壬寅	13 癸巳	14 甲午	15 乙未	16 丙申	17 丁酉	18 戊戌	19 己亥	20 庚子	21 辛丑	22 壬寅	23 癸卯	24 甲辰	25 乙巳	26 丙午	27 丁未	28 戊申	三1 己酉	2 庚戌	3 辛亥	4 壬子	5 癸丑	6 甲寅	7 乙卯	8 丙辰	9 丁巳	10 戊午	11 己未	12 庚申	13 辛酉	
	二月	癸卯	14 壬戌	15 癸亥	16 甲子	17 乙丑	18 丙寅	19 丁卯	20 戊辰	21 己巳	22 庚午	23 辛未	24 壬申	25 癸酉	26 甲戌	27 乙亥	28 丙子	29 丁丑	30 戊寅	31 己卯	四1 庚辰	2 辛巳	3 壬午	4 癸未	5 甲申	6 乙酉	7 丙戌	8 丁亥	9 戊子	10 己丑	11 庚寅	12 辛卯
	三月	甲辰	13 壬辰	14 癸巳	15 甲午	16 乙未	17 丙申	18 丁酉	19 戊戌	20 己亥	21 庚子	22 辛丑	23 壬寅	24 癸卯	25 甲辰	26 乙巳	27 丙午	28 丁未	29 戊申	30 己酉	五1 庚戌	2 辛亥	3 壬子	4 癸丑	5 甲寅	6 乙卯	7 丙辰	8 丁巳	9 戊午	10 己未	11 庚申	
	四月	乙巳	12 辛酉	13 壬戌	14 癸亥	15 甲子	16 乙丑	17 丙寅	18 丁卯	19 戊辰	20 己巳	21 庚午	22 辛未	23 壬申	24 癸酉	25 甲戌	26 乙亥	27 丙子	28 丁丑	29 戊寅	30 己卯	31 庚辰	六1 辛巳	2 壬午	3 癸未	4 甲申	5 乙酉	6 丙戌	7 丁亥	8 戊子	9 己丑	10 庚寅
	五月	丙午	11 辛卯	12 壬辰	13 癸巳	14 甲午	15 乙未	16 丙申	17 丁酉	18 戊戌	19 己亥	20 庚子	21 辛丑	22 壬寅	23 癸卯	24 甲辰	25 乙巳	26 丙午	27 丁未	28 戊申	29 己酉	30 庚戌	七1 辛亥	2 壬子	3 癸丑	4 甲寅	5 乙卯	6 丙辰	7 丁巳	8 戊午	9 己未	
	六月	丁未	10 庚申	11 辛酉	12 壬戌	13 癸亥	14 甲子	15 乙丑	16 丙寅	17 丁卯	18 戊辰	19 己巳	20 庚午	21 辛未	22 壬申	23 癸酉	24 甲戌	25 乙亥	26 丙子	27 丁丑	28 戊寅	29 己卯	30 庚辰	31 辛巳	八1 壬午	2 癸未	3 甲申	4 乙酉	5 丙戌	6 丁亥	7 戊子	8 己丑
	七月	戊申	9 庚寅	10 辛卯	11 壬辰	12 癸巳	13 甲午	14 乙未	15 丙申	16 丁酉	17 戊戌	18 己亥	19 庚子	20 辛丑	21 壬寅	22 癸卯	23 甲辰	24 乙巳	25 丙午	26 丁未	27 戊申	28 己酉	29 庚戌	30 辛亥	31 壬子	九1 癸丑	2 甲寅	3 乙卯	4 丙辰	5 丁巳	6 戊午	7 己未
	八月	己酉	8 庚申	9 辛酉	10 壬戌	11 癸亥	12 甲子	13 乙丑	14 丙寅	15 丁卯	16 戊辰	17 己巳	18 庚午	19 辛未	20 壬申	21 癸酉	22 甲戌	23 乙亥	24 丙子	25 丁丑	26 戊寅	27 己卯	28 庚辰	29 辛巳	30 壬午	十1 癸未	2 甲申	3 乙酉	4 丙戌	5 丁亥	6 戊子	
	九月	庚戌	7 己丑	8 庚寅	9 辛卯	10 壬辰	11 癸巳	12 甲午	13 乙未	14 丙申	15 丁酉	16 戊戌	17 己亥	18 庚子	19 辛丑	20 壬寅	21 癸卯	22 甲辰	23 乙巳	24 丙午	25 丁未	26 戊申	27 己酉	28 庚戌	29 辛亥	30 壬子	31 癸丑	十一1 甲寅	2 乙卯	3 丙辰	4 丁巳	5 戊午
	十月	辛亥	6 己未	7 庚申	8 辛酉	9 壬戌	10 癸亥	11 甲子	12 乙丑	13 丙寅	14 丁卯	15 戊辰	16 己巳	17 庚午	18 辛未	19 壬申	20 癸酉	21 甲戌	22 乙亥	23 丙子	24 丁丑	25 戊寅	26 己卯	27 庚辰	28 辛巳	29 壬午	30 癸未	十二1 甲申	2 乙酉	3 丙戌	4 丁亥	
	十一月	壬子	5 戊子	6 己丑	7 庚寅	8 辛卯	9 壬辰	10 癸巳	11 甲午	12 乙未	13 丙申	14 丁酉	15 戊戌	16 己亥	17 庚子	18 辛丑	19 壬寅	20 癸卯	21 甲辰	22 乙巳	23 丙午	24 丁未	25 戊申	26 己酉	27 庚戌	28 辛亥	29 壬子	30 癸丑	31 甲寅	一1 乙卯	2 丙辰	3 丁巳
	十二月	癸丑	4 戊午	5 己未	6 庚申	7 辛酉	8 壬戌	9 癸亥	10 甲子	11 乙丑	12 丙寅	13 丁卯	14 戊辰	15 己巳	16 庚午	17 辛未	18 壬申	19 癸酉	20 甲戌	21 乙亥	22 丙子	23 丁丑	24 戊寅	25 己卯	26 庚辰	27 辛巳	28 壬午	29 癸未	30 甲申	31 乙酉	二1 丙戌	

年序	陰曆月序	月干支	初一	初二	初三	初四	初五	初六	初七	初八	初九	初十	十一	十二	十三	十四	十五	十六	十七	十八	十九	二十	廿一	廿二	廿三	廿四	廿五	廿六	廿七	廿八	廿九	三十
戊申年（猴）民國前四～前三年（1908～1909）	正月	甲寅	2 丁亥	3 戊子	4 己丑	5 庚寅	6 辛卯	7 壬辰	8 癸巳	9 甲午	10 乙未	11 丙申	12 丁酉	13 戊戌	14 己亥	15 庚子	16 辛丑	17 壬寅	18 癸卯	19 甲辰	20 乙巳	21 丙午	22 丁未	23 戊申	24 己酉	25 庚戌	26 辛亥	27 壬子	28 癸丑	29 甲寅	三1 乙卯	2 丙辰
	二月	乙卯	3 丁巳	4 戊午	5 己未	6 庚申	7 辛酉	8 壬戌	9 癸亥	10 甲子	11 乙丑	12 丙寅	13 丁卯	14 戊辰	15 己巳	16 庚午	17 辛未	18 壬申	19 癸酉	20 甲戌	21 乙亥	22 丙子	23 丁丑	24 戊寅	25 己卯	26 庚辰	27 辛巳	28 壬午	29 癸未	30 甲申	31 乙酉	
	三月	丙辰	四1 丙戌	2 丁亥	3 戊子	4 己丑	5 庚寅	6 辛卯	7 壬辰	8 癸巳	9 甲午	10 乙未	11 丙申	12 丁酉	13 戊戌	14 己亥	15 庚子	16 辛丑	17 壬寅	18 癸卯	19 甲辰	20 乙巳	21 丙午	22 丁未	23 戊申	24 己酉	25 庚戌	26 辛亥	27 壬子	28 癸丑	29 甲寅	
	四月	丁巳	30 乙卯	五1 丙辰	2 丁巳	3 戊午	4 己未	5 庚申	6 辛酉	7 壬戌	8 癸亥	9 甲子	10 乙丑	11 丙寅	12 丁卯	13 戊辰	14 己巳	15 庚午	16 辛未	17 壬申	18 癸酉	19 甲戌	20 乙亥	21 丙子	22 丁丑	23 戊寅	24 己卯	25 庚辰	26 辛巳	27 壬午	28 癸未	29 甲申
	五月	戊午	30 乙酉	31 丙戌	六1 丁亥	2 戊子	3 己丑	4 庚寅	5 辛卯	6 壬辰	7 癸巳	8 甲午	9 乙未	10 丙申	11 丁酉	12 戊戌	13 己亥	14 庚子	15 辛丑	16 壬寅	17 癸卯	18 甲辰	19 乙巳	20 丙午	21 丁未	22 戊申	23 己酉	24 庚戌	25 辛亥	26 壬子	27 癸丑	28 甲寅
	六月	己未	29 乙卯	30 丙辰	七1 丁巳	2 戊午	3 己未	4 庚申	5 辛酉	6 壬戌	7 癸亥	8 甲子	9 乙丑	10 丙寅	11 丁卯	12 戊辰	13 己巳	14 庚午	15 辛未	16 壬申	17 癸酉	18 甲戌	19 乙亥	20 丙子	21 丁丑	22 戊寅	23 己卯	24 庚辰	25 辛巳	26 壬午	27 癸未	
	七月	庚申	28 甲申	29 乙酉	30 丙戌	31 丁亥	八1 戊子	2 己丑	3 庚寅	4 辛卯	5 壬辰	6 癸巳	7 甲午	8 乙未	9 丙申	10 丁酉	11 戊戌	12 己亥	13 庚子	14 辛丑	15 壬寅	16 癸卯	17 甲辰	18 乙巳	19 丙午	20 丁未	21 戊申	22 己酉	23 庚戌	24 辛亥	25 壬子	26 癸丑
	八月	辛酉	27 甲寅	28 乙卯	29 丙辰	30 丁巳	31 戊午	九1 己未	2 庚申	3 辛酉	4 壬戌	5 癸亥	6 甲子	7 乙丑	8 丙寅	9 丁卯	10 戊辰	11 己巳	12 庚午	13 辛未	14 壬申	15 癸酉	16 甲戌	17 乙亥	18 丙子	19 丁丑	20 戊寅	21 己卯	22 庚辰	23 辛巳	24 壬午	
	九月	壬戌	25 癸未	26 甲申	27 乙酉	28 丙戌	29 丁亥	30 戊子	十1 己丑	2 庚寅	3 辛卯	4 壬辰	5 癸巳	6 甲午	7 乙未	8 丙申	9 丁酉	10 戊戌	11 己亥	12 庚子	13 辛丑	14 壬寅	15 癸卯	16 甲辰	17 乙巳	18 丙午	19 丁未	20 戊申	21 己酉	22 庚戌	23 辛亥	24 壬子
	十月	癸亥	25 癸丑	26 甲寅	27 乙卯	28 丙辰	29 丁巳	30 戊午	31 己未	十一1 庚申	2 辛酉	3 壬戌	4 癸亥	5 甲子	6 乙丑	7 丙寅	8 丁卯	9 戊辰	10 己巳	11 庚午	12 辛未	13 壬申	14 癸酉	15 甲戌	16 乙亥	17 丙子	18 丁丑	19 戊寅	20 己卯	21 庚辰	22 辛巳	23 壬午
	十一月	甲子	24 癸未	25 甲申	26 乙酉	27 丙戌	28 丁亥	29 戊子	30 己丑	十二1 庚寅	2 辛卯	3 壬辰	4 癸巳	5 甲午	6 乙未	7 丙申	8 丁酉	9 戊戌	10 己亥	11 庚子	12 辛丑	13 壬寅	14 癸卯	15 甲辰	16 乙巳	17 丙午	18 丁未	19 戊申	20 己酉	21 庚戌	22 辛亥	
	十二月	乙丑	23 壬子	24 癸丑	25 甲寅	26 乙卯	27 丙辰	28 丁巳	29 戊午	30 己未	31 庚申	一1 辛酉	2 壬戌	3 癸亥	4 甲子	5 乙丑	6 丙寅	7 丁卯	8 戊辰	9 己巳	10 庚午	11 辛未	12 壬申	13 癸酉	14 甲戌	15 乙亥	16 丙子	17 丁丑	18 戊寅	19 己卯	20 庚辰	21 辛巳
己酉年（雞）民國前三～前二年（1909～1910）	正月	丙寅	22 壬午	23 癸未	24 甲申	25 乙酉	26 丙戌	27 丁亥	28 戊子	29 己丑	30 庚寅	31 辛卯	二1 壬辰	2 癸巳	3 甲午	4 乙未	5 丙申	6 丁酉	7 戊戌	8 己亥	9 庚子	10 辛丑	11 壬寅	12 癸卯	13 甲辰	14 乙巳	15 丙午	16 丁未	17 戊申	18 己酉	19 庚戌	
	二月	丁卯	20 辛亥	21 壬子	22 癸丑	23 甲寅	24 乙卯	25 丙辰	26 丁巳	27 戊午	28 己未	三1 庚申	2 辛酉	3 壬戌	4 癸亥	5 甲子	6 乙丑	7 丙寅	8 丁卯	9 戊辰	10 己巳	11 庚午	12 辛未	13 壬申	14 癸酉	15 甲戌	16 乙亥	17 丙子	18 丁丑	19 戊寅	20 己卯	21 庚辰
	閏二月		22 辛巳	23 壬午	24 癸未	25 甲申	26 乙酉	27 丙戌	28 丁亥	29 戊子	30 己丑	31 庚寅	四1 辛卯	2 壬辰	3 癸巳	4 甲午	5 乙未	6 丙申	7 丁酉	8 戊戌	9 己亥	10 庚子	11 辛丑	12 壬寅	13 癸卯	14 甲辰	15 乙巳	16 丙午	17 丁未	18 戊申	19 己酉	
	三月	戊辰	20 庚戌	21 辛亥	22 壬子	23 癸丑	24 甲寅	25 乙卯	26 丙辰	27 丁巳	28 戊午	29 己未	30 庚申	五1 辛酉	2 壬戌	3 癸亥	4 甲子	5 乙丑	6 丙寅	7 丁卯	8 戊辰	9 己巳	10 庚午	11 辛未	12 壬申	13 癸酉	14 甲戌	15 乙亥	16 丙子	17 丁丑	18 戊寅	
	四月	己巳	19 己卯	20 庚辰	21 辛巳	22 壬午	23 癸未	24 甲申	25 乙酉	26 丙戌	27 丁亥	28 戊子	29 己丑	30 庚寅	31 辛卯	六1 壬辰	2 癸巳	3 甲午	4 乙未	5 丙申	6 丁酉	7 戊戌	8 己亥	9 庚子	10 辛丑	11 壬寅	12 癸卯	13 甲辰	14 乙巳	15 丙午	16 丁未	17 戊申
	五月	庚午	18 己酉	19 庚戌	20 辛亥	21 壬子	22 癸丑	23 甲寅	24 乙卯	25 丙辰	26 丁巳	27 戊午	28 己未	29 庚申	30 辛酉	七1 壬戌	2 癸亥	3 甲子	4 乙丑	5 丙寅	6 丁卯	7 戊辰	8 己巳	9 庚午	10 辛未	11 壬申	12 癸酉	13 甲戌	14 乙亥	15 丙子	16 丁丑	
	六月	辛未	17 戊寅	18 己卯	19 庚辰	20 辛巳	21 壬午	22 癸未	23 甲申	24 乙酉	25 丙戌	26 丁亥	27 戊子	28 己丑	29 庚寅	30 辛卯	31 壬辰	八1 癸巳	2 甲午	3 乙未	4 丙申	5 丁酉	6 戊戌	7 己亥	8 庚子	9 辛丑	10 壬寅	11 癸卯	12 甲辰	13 乙巳	14 丙午	15 丁未
	七月	壬申	16 戊申	17 己酉	18 庚戌	19 辛亥	20 壬子	21 癸丑	22 甲寅	23 乙卯	24 丙辰	25 丁巳	26 戊午	27 己未	28 庚申	29 辛酉	30 壬戌	31 癸亥	九1 甲子	2 乙丑	3 丙寅	4 丁卯	5 戊辰	6 己巳	7 庚午	8 辛未	9 壬申	10 癸酉	11 甲戌	12 乙亥	13 丙子	
	八月	癸酉	14 丁丑	15 戊寅	16 己卯	17 庚辰	18 辛巳	19 壬午	20 癸未	21 甲申	22 乙酉	23 丙戌	24 丁亥	25 戊子	26 己丑	27 庚寅	28 辛卯	29 壬辰	30 癸巳	十1 甲午	2 乙未	3 丙申	4 丁酉	5 戊戌	6 己亥	7 庚子	8 辛丑	9 壬寅	10 癸卯	11 甲辰	12 乙巳	13 丙午
	九月	甲戌	14 丁未	15 戊申	16 己酉	17 庚戌	18 辛亥	19 壬子	20 癸丑	21 甲寅	22 乙卯	23 丙辰	24 丁巳	25 戊午	26 己未	27 庚申	28 辛酉	29 壬戌	30 癸亥	31 甲子	十一1 乙丑	2 丙寅	3 丁卯	4 戊辰	5 己巳	6 庚午	7 辛未	8 壬申	9 癸酉	10 甲戌	11 乙亥	12 丙子
	十月	乙亥	13 丁丑	14 戊寅	15 己卯	16 庚辰	17 辛巳	18 壬午	19 癸未	20 甲申	21 乙酉	22 丙戌	23 丁亥	24 戊子	25 己丑	26 庚寅	27 辛卯	28 壬辰	29 癸巳	30 甲午	十二1 乙未	2 丙申	3 丁酉	4 戊戌	5 己亥	6 庚子	7 辛丑	8 壬寅	9 癸卯	10 甲辰	11 乙巳	12 丙午
	十一月	丙子	13 丁未	14 戊申	15 己酉	16 庚戌	17 辛亥	18 壬子	19 癸丑	20 甲寅	21 乙卯	22 丙辰	23 丁巳	24 戊午	25 己未	26 庚申	27 辛酉	28 壬戌	29 癸亥	30 甲子	31 乙丑	一1 丙寅	2 丁卯	3 戊辰	4 己巳	5 庚午	6 辛未	7 壬申	8 癸酉	9 甲戌	10 乙亥	
	十二月	丁丑	11 丙子	12 丁丑	13 戊寅	14 己卯	15 庚辰	16 辛巳	17 壬午	18 癸未	19 甲申	20 乙酉	21 丙戌	22 丁亥	23 戊子	24 己丑	25 庚寅	26 辛卯	27 壬辰	28 癸巳	29 甲午	30 乙未	31 丙申	二1 丁酉	2 戊戌	3 己亥	4 庚子	5 辛丑	6 壬寅	7 癸卯	8 甲辰	9 乙巳

年序	陰曆月序	月干支	初一	初二	初三	初四	初五	初六	初七	初八	初九	初十	十一	十二	十三	十四	十五	十六	十七	十八	十九	二十	廿一	廿二	廿三	廿四	廿五	廿六	廿七	廿八	廿九	三十
庚戌年(狗)民國前二～前一年(1910～1911)	正月	戊寅	10 丙午	11 丁未	12 戊申	13 己酉	14 庚戌	15 辛亥	16 壬子	17 癸丑	18 甲寅	19 乙卯	20 丙辰	21 丁巳	22 戊午	23 己未	24 庚申	25 辛酉	26 壬戌	27 癸亥	28 甲子	三1 乙丑	2 丙寅	3 丁卯	4 戊辰	5 己巳	6 庚午	7 辛未	8 壬申	9 癸酉	10 甲戌	
	二月	己卯	11 乙亥	12 丙子	13 丁丑	14 戊寅	15 己卯	16 庚辰	17 辛巳	18 壬午	19 癸未	20 甲申	21 乙酉	22 丙戌	23 丁亥	24 戊子	25 己丑	26 庚寅	27 辛卯	28 壬辰	29 癸巳	30 甲午	31 乙未	四1 丙申	2 丁酉	3 戊戌	4 己亥	5 庚子	6 辛丑	7 壬寅	8 癸卯	9 甲辰
	三月	庚辰	10 乙巳	11 丙午	12 丁未	13 戊申	14 己酉	15 庚戌	16 辛亥	17 壬子	18 癸丑	19 甲寅	20 乙卯	21 丙辰	22 丁巳	23 戊午	24 己未	25 庚申	26 辛酉	27 壬戌	28 癸亥	29 甲子	30 乙丑	五1 丙寅	2 丁卯	3 戊辰	4 己巳	5 庚午	6 辛未	7 壬申	8 癸酉	
	四月	辛巳	9 甲戌	10 乙亥	11 丙子	12 丁丑	13 戊寅	14 己卯	15 庚辰	16 辛巳	17 壬午	18 癸未	19 甲申	20 乙酉	21 丙戌	22 丁亥	23 戊子	24 己丑	25 庚寅	26 辛卯	27 壬辰	28 癸巳	29 甲午	30 乙未	31 丙申	六1 丁酉	2 戊戌	3 己亥	4 庚子	5 辛丑	6 壬寅	
	五月	壬午	7 癸卯	8 甲辰	9 乙巳	10 丙午	11 丁未	12 戊申	13 己酉	14 庚戌	15 辛亥	16 壬子	17 癸丑	18 甲寅	19 乙卯	20 丙辰	21 丁巳	22 戊午	23 己未	24 庚申	25 辛酉	26 壬戌	27 癸亥	28 甲子	29 乙丑	30 丙寅	七1 丁卯	2 戊辰	3 己巳	4 庚午	5 辛未	6 壬申
	六月	癸未	7 癸酉	8 甲戌	9 乙亥	10 丙子	11 丁丑	12 戊寅	13 己卯	14 庚辰	15 辛巳	16 壬午	17 癸未	18 甲申	19 乙酉	20 丙戌	21 丁亥	22 戊子	23 己丑	24 庚寅	25 辛卯	26 壬辰	27 癸巳	28 甲午	29 乙未	30 丙申	31 丁酉	八1 戊戌	2 己亥	3 庚子	4 辛丑	
	七月	甲申	5 壬寅	6 癸卯	7 甲辰	8 乙巳	9 丙午	10 丁未	11 戊申	12 己酉	13 庚戌	14 辛亥	15 壬子	16 癸丑	17 甲寅	18 乙卯	19 丙辰	20 丁巳	21 戊午	22 己未	23 庚申	24 辛酉	25 壬戌	26 癸亥	27 甲子	28 乙丑	29 丙寅	30 丁卯	31 戊辰	九1 己巳	2 庚午	3 辛未
	八月	乙酉	4 壬申	5 癸酉	6 甲戌	7 乙亥	8 丙子	9 丁丑	10 戊寅	11 己卯	12 庚辰	13 辛巳	14 壬午	15 癸未	16 甲申	17 乙酉	18 丙戌	19 丁亥	20 戊子	21 己丑	22 庚寅	23 辛卯	24 壬辰	25 癸巳	26 甲午	27 乙未	28 丙申	29 丁酉	30 戊戌	十1 己亥	2 庚子	
	九月	丙戌	3 辛丑	4 壬寅	5 癸卯	6 甲辰	7 乙巳	8 丙午	9 丁未	10 戊申	11 己酉	12 庚戌	13 辛亥	14 壬子	15 癸丑	16 甲寅	17 乙卯	18 丙辰	19 丁巳	20 戊午	21 己未	22 庚申	23 辛酉	24 壬戌	25 癸亥	26 甲子	27 乙丑	28 丙寅	29 丁卯	30 戊辰	31 己巳	十一1 庚午
	十月	丁亥	2 辛未	3 壬申	4 癸酉	5 甲戌	6 乙亥	7 丙子	8 丁丑	9 戊寅	10 己卯	11 庚辰	12 辛巳	13 壬午	14 癸未	15 甲申	16 乙酉	17 丙戌	18 丁亥	19 戊子	20 己丑	21 庚寅	22 辛卯	23 壬辰	24 癸巳	25 甲午	26 乙未	27 丙申	28 丁酉	29 戊戌	30 己亥	十二1 庚子
	十一月	戊子	2 辛丑	3 壬寅	4 癸卯	5 甲辰	6 乙巳	7 丙午	8 丁未	9 戊申	10 己酉	11 庚戌	12 辛亥	13 壬子	14 癸丑	15 甲寅	16 乙卯	17 丙辰	18 丁巳	19 戊午	20 己未	21 庚申	22 辛酉	23 壬戌	24 癸亥	25 甲子	26 乙丑	27 丙寅	28 丁卯	29 戊辰	30 己巳	31 庚午
	十二月	己丑	一1 辛未	2 壬申	3 癸酉	4 甲戌	5 乙亥	6 丙子	7 丁丑	8 戊寅	9 己卯	10 庚辰	11 辛巳	12 壬午	13 癸未	14 甲申	15 乙酉	16 丙戌	17 丁亥	18 戊子	19 己丑	20 庚寅	21 辛卯	22 壬辰	23 癸巳	24 甲午	25 乙未	26 丙申	27 丁酉	28 戊戌	29 己亥	
辛亥年(豬)民國前一～民國元年(1911～1912)	正月	庚寅	30 庚子	31 辛丑	二1 壬寅	2 癸卯	3 甲辰	4 乙巳	5 丙午	6 丁未	7 戊申	8 己酉	9 庚戌	10 辛亥	11 壬子	12 癸丑	13 甲寅	14 乙卯	15 丙辰	16 丁巳	17 戊午	18 己未	19 庚申	20 辛酉	21 壬戌	22 癸亥	23 甲子	24 乙丑	25 丙寅	26 丁卯	27 戊辰	28 己巳
	二月	辛卯	三1 庚午	2 辛未	3 壬申	4 癸酉	5 甲戌	6 乙亥	7 丙子	8 丁丑	9 戊寅	10 己卯	11 庚辰	12 辛巳	13 壬午	14 癸未	15 甲申	16 乙酉	17 丙戌	18 丁亥	19 戊子	20 己丑	21 庚寅	22 辛卯	23 壬辰	24 癸巳	25 甲午	26 乙未	27 丙申	28 丁酉	29 戊戌	
	三月	壬辰	30 己亥	31 庚子	四1 辛丑	2 壬寅	3 癸卯	4 甲辰	5 乙巳	6 丙午	7 丁未	8 戊申	9 己酉	10 庚戌	11 辛亥	12 壬子	13 癸丑	14 甲寅	15 乙卯	16 丙辰	17 丁巳	18 戊午	19 己未	20 庚申	21 辛酉	22 壬戌	23 癸亥	24 甲子	25 乙丑	26 丙寅	27 丁卯	28 戊辰
	四月	癸巳	29 己巳	30 庚午	五1 辛未	2 壬申	3 癸酉	4 甲戌	5 乙亥	6 丙子	7 丁丑	8 戊寅	9 己卯	10 庚辰	11 辛巳	12 壬午	13 癸未	14 甲申	15 乙酉	16 丙戌	17 丁亥	18 戊子	19 己丑	20 庚寅	21 辛卯	22 壬辰	23 癸巳	24 甲午	25 乙未	26 丙申	27 丁酉	
	五月	甲午	28 戊戌	29 己亥	30 庚子	31 辛丑	六1 壬寅	2 癸卯	3 甲辰	4 乙巳	5 丙午	6 丁未	7 戊申	8 己酉	9 庚戌	10 辛亥	11 壬子	12 癸丑	13 甲寅	14 乙卯	15 丙辰	16 丁巳	17 戊午	18 己未	19 庚申	20 辛酉	21 壬戌	22 癸亥	23 甲子	24 乙丑	25 丙寅	
	六月	乙未	26 丁卯	27 戊辰	28 己巳	29 庚午	30 辛未	七1 壬申	2 癸酉	3 甲戌	4 乙亥	5 丙子	6 丁丑	7 戊寅	8 己卯	9 庚辰	10 辛巳	11 壬午	12 癸未	13 甲申	14 乙酉	15 丙戌	16 丁亥	17 戊子	18 己丑	19 庚寅	20 辛卯	21 壬辰	22 癸巳	23 甲午	24 乙未	25 丙申
	閏六月		26 丁酉	27 戊戌	28 己亥	29 庚子	30 辛丑	31 壬寅	八1 癸卯	2 甲辰	3 乙巳	4 丙午	5 丁未	6 戊申	7 己酉	8 庚戌	9 辛亥	10 壬子	11 癸丑	12 甲寅	13 乙卯	14 丙辰	15 丁巳	16 戊午	17 己未	18 庚申	19 辛酉	20 壬戌	21 癸亥	22 甲子	23 乙丑	
	七月	丙申	24 丙寅	25 丁卯	26 戊辰	27 己巳	28 庚午	29 辛未	30 壬申	31 癸酉	九1 甲戌	2 乙亥	3 丙子	4 丁丑	5 戊寅	6 己卯	7 庚辰	8 辛巳	9 壬午	10 癸未	11 甲申	12 乙酉	13 丙戌	14 丁亥	15 戊子	16 己丑	17 庚寅	18 辛卯	19 壬辰	20 癸巳	21 甲午	
	八月	丁酉	22 乙未	23 丙申	24 丁酉	25 戊戌	26 己亥	27 庚子	28 辛丑	29 壬寅	30 癸卯	十1 甲辰	2 乙巳	3 丙午	4 丁未	5 戊申	6 己酉	7 庚戌	8 辛亥	9 壬子	10 癸丑	11 甲寅	12 乙卯	13 丙辰	14 丁巳	15 戊午	16 己未	17 庚申	18 辛酉	19 壬戌	20 癸亥	21 甲子
	九月	戊戌	22 乙丑	23 丙寅	24 丁卯	25 戊辰	26 己巳	27 庚午	28 辛未	29 壬申	30 癸酉	31 甲戌	十一1 乙亥	2 丙子	3 丁丑	4 戊寅	5 己卯	6 庚辰	7 辛巳	8 壬午	9 癸未	10 甲申	11 乙酉	12 丙戌	13 丁亥	14 戊子	15 己丑	16 庚寅	17 辛卯	18 壬辰	19 癸巳	20 甲午
	十月	己亥	21 乙未	22 丙申	23 丁酉	24 戊戌	25 己亥	26 庚子	27 辛丑	28 壬寅	29 癸卯	30 甲辰	十二1 乙巳	2 丙午	3 丁未	4 戊申	5 己酉	6 庚戌	7 辛亥	8 壬子	9 癸丑	10 甲寅	11 乙卯	12 丙辰	13 丁巳	14 戊午	15 己未	16 庚申	17 辛酉	18 壬戌	19 癸亥	
	十一月	庚子	20 甲子	21 乙丑	22 丙寅	23 丁卯	24 戊辰	25 己巳	26 庚午	27 辛未	28 壬申	29 癸酉	30 甲戌	31 乙亥	一1 丙子	2 丁丑	3 戊寅	4 己卯	5 庚辰	6 辛巳	7 壬午	8 癸未	9 甲申	10 乙酉	11 丙戌	12 丁亥	13 戊子	14 己丑	15 庚寅	16 辛卯	17 壬辰	18 癸巳
	十二月	辛丑	19 甲午	20 乙未	21 丙申	22 丁酉	23 戊戌	24 己亥	25 庚子	26 辛丑	27 壬寅	28 癸卯	29 甲辰	30 乙巳	31 丙午	二1 丁未	2 戊申	3 己酉	4 庚戌	5 辛亥	6 壬子	7 癸丑	8 甲寅	9 乙卯	10 丙辰	11 丁巳	12 戊午	13 己未	14 庚申	15 辛酉	16 壬戌	17 癸亥

年序	陰曆月序	陰曆月干支 (陽曆月日／陰曆日干支／陰曆日序)	初一	初二	初三	初四	初五	初六	初七	初八	初九	初十	十一	十二	十三	十四	十五	十六	十七	十八	十九	二十	廿一	廿二	廿三	廿四	廿五	廿六	廿七	廿八	廿九	三十
壬子年(鼠)民國元～二年(1912～1913)	正月	壬寅	18 甲子	19 乙丑	20 丙寅	21 丁卯	22 戊辰	23 己巳	24 庚午	25 辛未	26 壬申	27 癸酉	28 甲戌	29 乙亥	三1 丙子	2 丁丑	3 戊寅	4 己卯	5 庚辰	6 辛巳	7 壬午	8 癸未	9 甲申	10 乙酉	11 丙戌	12 丁亥	13 戊子	14 己丑	15 庚寅	16 辛卯	17 壬辰	18 癸巳
	二月	癸卯	19 甲午	20 乙未	21 丙申	22 丁酉	23 戊戌	24 己亥	25 庚子	26 辛丑	27 壬寅	28 癸卯	29 甲辰	30 乙巳	31 丙午	四1 丁未	2 戊申	3 己酉	4 庚戌	5 辛亥	6 壬子	7 癸丑	8 甲寅	9 乙卯	10 丙辰	11 丁巳	12 戊午	13 己未	14 庚申	15 辛酉	16 壬戌	
	三月	甲辰	17 癸亥	18 甲子	19 乙丑	20 丙寅	21 丁卯	22 戊辰	23 己巳	24 庚午	25 辛未	26 壬申	27 癸酉	28 甲戌	29 乙亥	30 丙子	五1 丁丑	2 戊寅	3 己卯	4 庚辰	5 辛巳	6 壬午	7 癸未	8 甲申	9 乙酉	10 丙戌	11 丁亥	12 戊子	13 己丑	14 庚寅	15 辛卯	16 壬辰
	四月	乙巳	17 癸巳	18 甲午	19 乙未	20 丙申	21 丁酉	22 戊戌	23 己亥	24 庚子	25 辛丑	26 壬寅	27 癸卯	28 甲辰	29 乙巳	30 丙午	31 丁未	六1 戊申	2 己酉	3 庚戌	4 辛亥	5 壬子	6 癸丑	7 甲寅	8 乙卯	9 丙辰	10 丁巳	11 戊午	12 己未	13 庚申	14 辛酉	
	五月	丙午	15 壬戌	16 癸亥	17 甲子	18 乙丑	19 丙寅	20 丁卯	21 戊辰	22 己巳	23 庚午	24 辛未	25 壬申	26 癸酉	27 甲戌	28 乙亥	29 丙子	30 丁丑	七1 戊寅	2 己卯	3 庚辰	4 辛巳	5 壬午	6 癸未	7 甲申	8 乙酉	9 丙戌	10 丁亥	11 戊子	12 己丑	13 庚寅	
	六月	丁未	14 辛卯	15 壬辰	16 癸巳	17 甲午	18 乙未	19 丙申	20 丁酉	21 戊戌	22 己亥	23 庚子	24 辛丑	25 壬寅	26 癸卯	27 甲辰	28 乙巳	29 丙午	30 丁未	31 戊申	八1 己酉	2 庚戌	3 辛亥	4 壬子	5 癸丑	6 甲寅	7 乙卯	8 丙辰	9 丁巳	10 戊午	11 己未	12 庚申
	七月	戊申	13 辛酉	14 壬戌	15 癸亥	16 甲子	17 乙丑	18 丙寅	19 丁卯	20 戊辰	21 己巳	22 庚午	23 辛未	24 壬申	25 癸酉	26 甲戌	27 乙亥	28 丙子	29 丁丑	30 戊寅	31 己卯	九1 庚辰	2 辛巳	3 壬午	4 癸未	5 甲申	6 乙酉	7 丙戌	8 丁亥	9 戊子	10 己丑	
	八月	己酉	11 庚寅	12 辛卯	13 壬辰	14 癸巳	15 甲午	16 乙未	17 丙申	18 丁酉	19 戊戌	20 己亥	21 庚子	22 辛丑	23 壬寅	24 癸卯	25 甲辰	26 乙巳	27 丙午	28 丁未	29 戊申	30 己酉	十1 庚戌	2 辛亥	3 壬子	4 癸丑	5 甲寅	6 乙卯	7 丙辰	8 丁巳	9 戊午	
	九月	庚戌	10 己未	11 庚申	12 辛酉	13 壬戌	14 癸亥	15 甲子	16 乙丑	17 丙寅	18 丁卯	19 戊辰	20 己巳	21 庚午	22 辛未	23 壬申	24 癸酉	25 甲戌	26 乙亥	27 丙子	28 丁丑	29 戊寅	30 己卯	31 庚辰	十一1 辛巳	2 壬午	3 癸未	4 甲申	5 乙酉	6 丙戌	7 丁亥	8 戊子
	十月	辛亥	9 己丑	10 庚寅	11 辛卯	12 壬辰	13 癸巳	14 甲午	15 乙未	16 丙申	17 丁酉	18 戊戌	19 己亥	20 庚子	21 辛丑	22 壬寅	23 癸卯	24 甲辰	25 乙巳	26 丙午	27 丁未	28 戊申	29 己酉	30 庚戌	十二1 辛亥	2 壬子	3 癸丑	4 甲寅	5 乙卯	6 丙辰	7 丁巳	8 戊午
	十一月	壬子	9 己未	10 庚申	11 辛酉	12 壬戌	13 癸亥	14 甲子	15 乙丑	16 丙寅	17 丁卯	18 戊辰	19 己巳	20 庚午	21 辛未	22 壬申	23 癸酉	24 甲戌	25 乙亥	26 丙子	27 丁丑	28 戊寅	29 己卯	30 庚辰	31 辛巳	一1 壬午	2 癸未	3 甲申	4 乙酉	5 丙戌	6 丁亥	
	十二月	癸丑	7 戊子	8 己丑	9 庚寅	10 辛卯	11 壬辰	12 癸巳	13 甲午	14 乙未	15 丙申	16 丁酉	17 戊戌	18 己亥	19 庚子	20 辛丑	21 壬寅	22 癸卯	23 甲辰	24 乙巳	25 丙午	26 丁未	27 戊申	28 己酉	29 庚戌	30 辛亥	31 壬子	二1 癸丑	2 甲寅	3 乙卯	4 丙辰	5 丁巳
癸丑年(牛)民國二～三年(1913～1914)	正月	甲寅	6 戊午	7 己未	8 庚申	9 辛酉	10 壬戌	11 癸亥	12 甲子	13 乙丑	14 丙寅	15 丁卯	16 戊辰	17 己巳	18 庚午	19 辛未	20 壬申	21 癸酉	22 甲戌	23 乙亥	24 丙子	25 丁丑	26 戊寅	27 己卯	28 庚辰	三1 辛巳	2 壬午	3 癸未	4 甲申	5 乙酉	6 丙戌	7 丁亥
	二月	乙卯	8 戊子	9 己丑	10 庚寅	11 辛卯	12 壬辰	13 癸巳	14 甲午	15 乙未	16 丙申	17 丁酉	18 戊戌	19 己亥	20 庚子	21 辛丑	22 壬寅	23 癸卯	24 甲辰	25 乙巳	26 丙午	27 丁未	28 戊申	29 己酉	30 庚戌	31 辛亥	四1 壬子	2 癸丑	3 甲寅	4 乙卯	5 丙辰	6 丁巳
	三月	丙辰	7 戊午	8 己未	9 庚申	10 辛酉	11 壬戌	12 癸亥	13 甲子	14 乙丑	15 丙寅	16 丁卯	17 戊辰	18 己巳	19 庚午	20 辛未	21 壬申	22 癸酉	23 甲戌	24 乙亥	25 丙子	26 丁丑	27 戊寅	28 己卯	29 庚辰	30 辛巳	五1 壬午	2 癸未	3 甲申	4 乙酉	5 丙戌	
	四月	丁巳	6 丁亥	7 戊子	8 己丑	9 庚寅	10 辛卯	11 壬辰	12 癸巳	13 甲午	14 乙未	15 丙申	16 丁酉	17 戊戌	18 己亥	19 庚子	20 辛丑	21 壬寅	22 癸卯	23 甲辰	24 乙巳	25 丙午	26 丁未	27 戊申	28 己酉	29 庚戌	30 辛亥	31 壬子	六1 癸丑	2 甲寅	3 乙卯	4 丙辰
	五月	戊午	5 丁巳	6 戊午	7 己未	8 庚申	9 辛酉	10 壬戌	11 癸亥	12 甲子	13 乙丑	14 丙寅	15 丁卯	16 戊辰	17 己巳	18 庚午	19 辛未	20 壬申	21 癸酉	22 甲戌	23 乙亥	24 丙子	25 丁丑	26 戊寅	27 己卯	28 庚辰	29 辛巳	30 壬午	七1 癸未	2 甲申	3 乙酉	
	六月	己未	4 丙戌	5 丁亥	6 戊子	7 己丑	8 庚寅	9 辛卯	10 壬辰	11 癸巳	12 甲午	13 乙未	14 丙申	15 丁酉	16 戊戌	17 己亥	18 庚子	19 辛丑	20 壬寅	21 癸卯	22 甲辰	23 乙巳	24 丙午	25 丁未	26 戊申	27 己酉	28 庚戌	29 辛亥	30 壬子	31 癸丑	八1 甲寅	
	七月	庚申	2 乙卯	3 丙辰	4 丁巳	5 戊午	6 己未	7 庚申	8 辛酉	9 壬戌	10 癸亥	11 甲子	12 乙丑	13 丙寅	14 丁卯	15 戊辰	16 己巳	17 庚午	18 辛未	19 壬申	20 癸酉	21 甲戌	22 乙亥	23 丙子	24 丁丑	25 戊寅	26 己卯	27 庚辰	28 辛巳	29 壬午	30 癸未	31 甲申
	八月	辛酉	九1 乙酉	2 丙戌	3 丁亥	4 戊子	5 己丑	6 庚寅	7 辛卯	8 壬辰	9 癸巳	10 甲午	11 乙未	12 丙申	13 丁酉	14 戊戌	15 己亥	16 庚子	17 辛丑	18 壬寅	19 癸卯	20 甲辰	21 乙巳	22 丙午	23 丁未	24 戊申	25 己酉	26 庚戌	27 辛亥	28 壬子	29 癸丑	
	九月	壬戌	30 甲寅	十1 乙卯	2 丙辰	3 丁巳	4 戊午	5 己未	6 庚申	7 辛酉	8 壬戌	9 癸亥	10 甲子	11 乙丑	12 丙寅	13 丁卯	14 戊辰	15 己巳	16 庚午	17 辛未	18 壬申	19 癸酉	20 甲戌	21 乙亥	22 丙子	23 丁丑	24 戊寅	25 己卯	26 庚辰	27 辛巳	28 壬午	
	十月	癸亥	29 癸未	30 甲申	31 乙酉	十一1 丙戌	2 丁亥	3 戊子	4 己丑	5 庚寅	6 辛卯	7 壬辰	8 癸巳	9 甲午	10 乙未	11 丙申	12 丁酉	13 戊戌	14 己亥	15 庚子	16 辛丑	17 壬寅	18 癸卯	19 甲辰	20 乙巳	21 丙午	22 丁未	23 戊申	24 己酉	25 庚戌	26 辛亥	27 壬子
	十一月	甲子	28 癸丑	29 甲寅	30 乙卯	十二1 丙辰	2 丁巳	3 戊午	4 己未	5 庚申	6 辛酉	7 壬戌	8 癸亥	9 甲子	10 乙丑	11 丙寅	12 丁卯	13 戊辰	14 己巳	15 庚午	16 辛未	17 壬申	18 癸酉	19 甲戌	20 乙亥	21 丙子	22 丁丑	23 戊寅	24 己卯	25 庚辰	26 辛巳	
	十二月	乙丑	27 壬午	28 癸未	29 甲申	30 乙酉	31 丙戌	一1 丁亥	2 戊子	3 己丑	4 庚寅	5 辛卯	6 壬辰	7 癸巳	8 甲午	9 乙未	10 丙申	11 丁酉	12 戊戌	13 己亥	14 庚子	15 辛丑	16 壬寅	17 癸卯	18 甲辰	19 乙巳	20 丙午	21 丁未	22 戊申	23 己酉	24 庚戌	25 辛亥

年序	陰曆月序	月干支	初一	初二	初三	初四	初五	初六	初七	初八	初九	初十	十一	十二	十三	十四	十五	十六	十七	十八	十九	二十	廿一	廿二	廿三	廿四	廿五	廿六	廿七	廿八	廿九	三十
甲寅年（虎）民國三～四年（1914～1915）	正月	丙寅	26 壬子	27 癸丑	28 甲寅	29 乙卯	30 丙辰	31 丁巳	二1 戊午	2 己未	3 庚申	4 辛酉	5 壬戌	6 癸亥	7 甲子	8 乙丑	9 丙寅	10 丁卯	11 戊辰	12 己巳	13 庚午	14 辛未	15 壬申	16 癸酉	17 甲戌	18 乙亥	19 丙子	20 丁丑	21 戊寅	22 己卯	23 庚辰	24 辛巳
	二月	丁卯	25 壬午	26 癸未	27 甲申	28 乙酉	三1 丙戌	2 丁亥	3 戊子	4 己丑	5 庚寅	6 辛卯	7 壬辰	8 癸巳	9 甲午	10 乙未	11 丙申	12 丁酉	13 戊戌	14 己亥	15 庚子	16 辛丑	17 壬寅	18 癸卯	19 甲辰	20 乙巳	21 丙午	22 丁未	23 戊申	24 己酉	25 庚戌	26 辛亥
	三月	戊辰	27 壬子	28 癸丑	29 甲寅	30 乙卯	31 丙辰	四1 丁巳	2 戊午	3 己未	4 庚申	5 辛酉	6 壬戌	7 癸亥	8 甲子	9 乙丑	10 丙寅	11 丁卯	12 戊辰	13 己巳	14 庚午	15 辛未	16 壬申	17 癸酉	18 甲戌	19 乙亥	20 丙子	21 丁丑	22 戊寅	23 己卯	24 庚辰	
	四月	己巳	25 辛巳	26 壬午	27 癸未	28 甲申	29 乙酉	30 丙戌	五1 丁亥	2 戊子	3 己丑	4 庚寅	5 辛卯	6 壬辰	7 癸巳	8 甲午	9 乙未	10 丙申	11 丁酉	12 戊戌	13 己亥	14 庚子	15 辛丑	16 壬寅	17 癸卯	18 甲辰	19 乙巳	20 丙午	21 丁未	22 戊申	23 己酉	24 庚戌
	五月	庚午	25 辛亥	26 壬子	27 癸丑	28 甲寅	29 乙卯	30 丙辰	31 丁巳	六1 戊午	2 己未	3 庚申	4 辛酉	5 壬戌	6 癸亥	7 甲子	8 乙丑	9 丙寅	10 丁卯	11 戊辰	12 己巳	13 庚午	14 辛未	15 壬申	16 癸酉	17 甲戌	18 乙亥	19 丙子	20 丁丑	21 戊寅	22 己卯	
	閏五月		23 庚辰	24 辛巳	25 壬午	26 癸未	27 甲申	28 乙酉	29 丙戌	30 丁亥	七1 戊子	2 己丑	3 庚寅	4 辛卯	5 壬辰	6 癸巳	7 甲午	8 乙未	9 丙申	10 丁酉	11 戊戌	12 己亥	13 庚子	14 辛丑	15 壬寅	16 癸卯	17 甲辰	18 乙巳	19 丙午	20 丁未	21 戊申	22 己酉
	六月	辛未	23 庚戌	24 辛亥	25 壬子	26 癸丑	27 甲寅	28 乙卯	29 丙辰	30 丁巳	31 戊午	八1 己未	2 庚申	3 辛酉	4 壬戌	5 癸亥	6 甲子	7 乙丑	8 丙寅	9 丁卯	10 戊辰	11 己巳	12 庚午	13 辛未	14 壬申	15 癸酉	16 甲戌	17 乙亥	18 丙子	19 丁丑	20 戊寅	
	七月	壬申	21 己卯	22 庚辰	23 辛巳	24 壬午	25 癸未	26 甲申	27 乙酉	28 丙戌	29 丁亥	30 戊子	31 己丑	九1 庚寅	2 辛卯	3 壬辰	4 癸巳	5 甲午	6 乙未	7 丙申	8 丁酉	9 戊戌	10 己亥	11 庚子	12 辛丑	13 壬寅	14 癸卯	15 甲辰	16 乙巳	17 丙午	18 丁未	19 戊申
	八月	癸酉	20 己酉	21 庚戌	22 辛亥	23 壬子	24 癸丑	25 甲寅	26 乙卯	27 丙辰	28 丁巳	29 戊午	30 己未	十1 庚申	2 辛酉	3 壬戌	4 癸亥	5 甲子	6 乙丑	7 丙寅	8 丁卯	9 戊辰	10 己巳	11 庚午	12 辛未	13 壬申	14 癸酉	15 甲戌	16 乙亥	17 丙子	18 丁丑	
	九月	甲戌	19 戊寅	20 己卯	21 庚辰	22 辛巳	23 壬午	24 癸未	25 甲申	26 乙酉	27 丙戌	28 丁亥	29 戊子	30 己丑	31 庚寅	十一1 辛卯	2 壬辰	3 癸巳	4 甲午	5 乙未	6 丙申	7 丁酉	8 戊戌	9 己亥	10 庚子	11 辛丑	12 壬寅	13 癸卯	14 甲辰	15 乙巳	16 丙午	
	十月	乙亥	17 丁未	18 戊申	19 己酉	20 庚戌	21 辛亥	22 壬子	23 癸丑	24 甲寅	25 乙卯	26 丙辰	27 丁巳	28 戊午	29 己未	30 庚申	十二1 辛酉	2 壬戌	3 癸亥	4 甲子	5 乙丑	6 丙寅	7 丁卯	8 戊辰	9 己巳	10 庚午	11 辛未	12 壬申	13 癸酉	14 甲戌	15 乙亥	16 丙子
	十一月	丙子	17 丁丑	18 戊寅	19 己卯	20 庚辰	21 辛巳	22 壬午	23 癸未	24 甲申	25 乙酉	26 丙戌	27 丁亥	28 戊子	29 己丑	30 庚寅	31 辛卯	一1 壬辰	2 癸巳	3 甲午	4 乙未	5 丙申	6 丁酉	7 戊戌	8 己亥	9 庚子	10 辛丑	11 壬寅	12 癸卯	13 甲辰	14 乙巳	
	十二月	丁丑	15 丙午	16 丁未	17 戊申	18 己酉	19 庚戌	20 辛亥	21 壬子	22 癸丑	23 甲寅	24 乙卯	25 丙辰	26 丁巳	27 戊午	28 己未	29 庚申	30 辛酉	31 壬戌	二1 癸亥	2 甲子	3 乙丑	4 丙寅	5 丁卯	6 戊辰	7 己巳	8 庚午	9 辛未	10 壬申	11 癸酉	12 甲戌	13 乙亥
乙卯年（兔）民國四～五年（1915～1916）	正月	戊寅	14 丙子	15 丁丑	16 戊寅	17 己卯	18 庚辰	19 辛巳	20 壬午	21 癸未	22 甲申	23 乙酉	24 丙戌	25 丁亥	26 戊子	27 己丑	28 庚寅	三1 辛卯	2 壬辰	3 癸巳	4 甲午	5 乙未	6 丙申	7 丁酉	8 戊戌	9 己亥	10 庚子	11 辛丑	12 壬寅	13 癸卯	14 甲辰	15 乙巳
	二月	己卯	16 丙午	17 丁未	18 戊申	19 己酉	20 庚戌	21 辛亥	22 壬子	23 癸丑	24 甲寅	25 乙卯	26 丙辰	27 丁巳	28 戊午	29 己未	30 庚申	31 辛酉	四1 壬戌	2 癸亥	3 甲子	4 乙丑	5 丙寅	6 丁卯	7 戊辰	8 己巳	9 庚午	10 辛未	11 壬申	12 癸酉	13 甲戌	
	三月	庚辰	14 乙亥	15 丙子	16 丁丑	17 戊寅	18 己卯	19 庚辰	20 辛巳	21 壬午	22 癸未	23 甲申	24 乙酉	25 丙戌	26 丁亥	27 戊子	28 己丑	29 庚寅	30 辛卯	五1 壬辰	2 癸巳	3 甲午	4 乙未	5 丙申	6 丁酉	7 戊戌	8 己亥	9 庚子	10 辛丑	11 壬寅	12 癸卯	13 甲辰
	四月	辛巳	14 乙巳	15 丙午	16 丁未	17 戊申	18 己酉	19 庚戌	20 辛亥	21 壬子	22 癸丑	23 甲寅	24 乙卯	25 丙辰	26 丁巳	27 戊午	28 己未	29 庚申	30 辛酉	31 壬戌	六1 癸亥	2 甲子	3 乙丑	4 丙寅	5 丁卯	6 戊辰	7 己巳	8 庚午	9 辛未	10 壬申	11 癸酉	12 甲戌
	五月	壬午	13 乙亥	14 丙子	15 丁丑	16 戊寅	17 己卯	18 庚辰	19 辛巳	20 壬午	21 癸未	22 甲申	23 乙酉	24 丙戌	25 丁亥	26 戊子	27 己丑	28 庚寅	29 辛卯	30 壬辰	七1 癸巳	2 甲午	3 乙未	4 丙申	5 丁酉	6 戊戌	7 己亥	8 庚子	9 辛丑	10 壬寅	11 癸卯	
	六月	癸未	12 甲辰	13 乙巳	14 丙午	15 丁未	16 戊申	17 己酉	18 庚戌	19 辛亥	20 壬子	21 癸丑	22 甲寅	23 乙卯	24 丙辰	25 丁巳	26 戊午	27 己未	28 庚申	29 辛酉	30 壬戌	31 癸亥	八1 甲子	2 乙丑	3 丙寅	4 丁卯	5 戊辰	6 己巳	7 庚午	8 辛未	9 壬申	10 癸酉
	七月	甲申	11 甲戌	12 乙亥	13 丙子	14 丁丑	15 戊寅	16 己卯	17 庚辰	18 辛巳	19 壬午	20 癸未	21 甲申	22 乙酉	23 丙戌	24 丁亥	25 戊子	26 己丑	27 庚寅	28 辛卯	29 壬辰	30 癸巳	31 甲午	九1 乙未	2 丙申	3 丁酉	4 戊戌	5 己亥	6 庚子	7 辛丑	8 壬寅	
	八月	乙酉	9 癸卯	10 甲辰	11 乙巳	12 丙午	13 丁未	14 戊申	15 己酉	16 庚戌	17 辛亥	18 壬子	19 癸丑	20 甲寅	21 乙卯	22 丙辰	23 丁巳	24 戊午	25 己未	26 庚申	27 辛酉	28 壬戌	29 癸亥	30 甲子	十1 乙丑	2 丙寅	3 丁卯	4 戊辰	5 己巳	6 庚午	7 辛未	8 壬申
	九月	丙戌	9 癸酉	10 甲戌	11 乙亥	12 丙子	13 丁丑	14 戊寅	15 己卯	16 庚辰	17 辛巳	18 壬午	19 癸未	20 甲申	21 乙酉	22 丙戌	23 丁亥	24 戊子	25 己丑	26 庚寅	27 辛卯	28 壬辰	29 癸巳	30 甲午	31 乙未	十一1 丙申	2 丁酉	3 戊戌	4 己亥	5 庚子	6 辛丑	
	十月	丁亥	7 壬寅	8 癸卯	9 甲辰	10 乙巳	11 丙午	12 丁未	13 戊申	14 己酉	15 庚戌	16 辛亥	17 壬子	18 癸丑	19 甲寅	20 乙卯	21 丙辰	22 丁巳	23 戊午	24 己未	25 庚申	26 辛酉	27 壬戌	28 癸亥	29 甲子	30 乙丑	十二1 丙寅	2 丁卯	3 戊辰	4 己巳	5 庚午	6 辛未
	十一月	戊子	7 壬申	8 癸酉	9 甲戌	10 乙亥	11 丙子	12 丁丑	13 戊寅	14 己卯	15 庚辰	16 辛巳	17 壬午	18 癸未	19 甲申	20 乙酉	21 丙戌	22 丁亥	23 戊子	24 己丑	25 庚寅	26 辛卯	27 壬辰	28 癸巳	29 甲午	30 乙未	31 丙申	一1 丁酉	2 戊戌	3 己亥	4 庚子	
	十二月	己丑	5 辛丑	6 壬寅	7 癸卯	8 甲辰	9 乙巳	10 丙午	11 丁未	12 戊申	13 己酉	14 庚戌	15 辛亥	16 壬子	17 癸丑	18 甲寅	19 乙卯	20 丙辰	21 丁巳	22 戊午	23 己未	24 庚申	25 辛酉	26 壬戌	27 癸亥	28 甲子	29 乙丑	30 丙寅	31 丁卯	二1 戊辰	2 己巳	

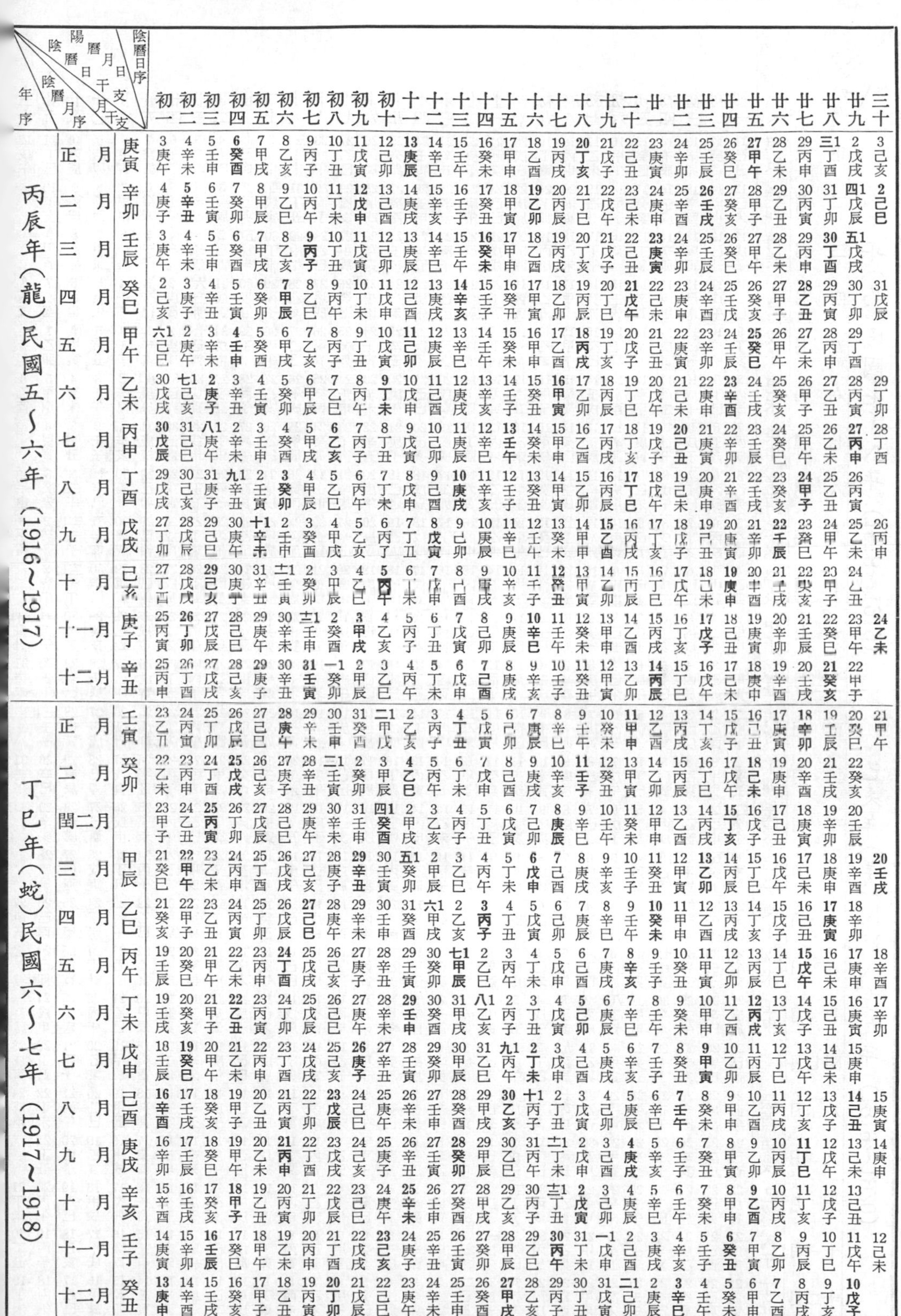

年序	陰曆月序	月干支	初一	初二	初三	初四	初五	初六	初七	初八	初九	初十	十一	十二	十三	十四	十五	十六	十七	十八	十九	二十	廿一	廿二	廿三	廿四	廿五	廿六	廿七	廿八	廿九	三十
丙辰年(龍)民國五~六年(1916~1917)	正月	庚寅	3 庚午	4 辛未	5 壬申	6 癸酉	7 甲戌	8 乙亥	9 丙子	10 丁丑	11 戊寅	12 己卯	13 庚辰	14 辛巳	15 壬午	16 癸未	17 甲申	18 乙酉	19 丙戌	20 丁亥	21 戊子	22 己丑	23 庚寅	24 辛卯	25 壬辰	26 癸巳	27 甲午	28 乙未	29 丙申	三1 丁酉	2 戊戌	3 己亥
	二月	辛卯	4 庚子	5 辛丑	6 壬寅	7 癸卯	8 甲辰	9 乙巳	10 丙午	11 丁未	12 戊申	13 己酉	14 庚戌	15 辛亥	16 壬子	17 癸丑	18 甲寅	19 乙卯	20 丙辰	21 丁巳	22 戊午	23 己未	24 庚申	25 辛酉	26 壬戌	27 癸亥	28 甲子	29 乙丑	30 丙寅	31 丁卯	四1 戊辰	2 己巳
	三月	壬辰	3 庚午	4 辛未	5 壬申	6 癸酉	7 甲戌	8 乙亥	9 丙子	10 丁丑	11 戊寅	12 己卯	13 庚辰	14 辛巳	15 壬午	16 癸未	17 甲申	18 乙酉	19 丙戌	20 丁亥	21 戊子	22 己丑	23 庚寅	24 辛卯	25 壬辰	26 癸巳	27 甲午	28 乙未	29 丙申	30 丁酉	五1 戊戌	
	四月	癸巳	2 己亥	3 庚子	4 辛丑	5 壬寅	6 癸卯	7 甲辰	8 乙巳	9 丙午	10 丁未	11 戊申	12 己酉	13 庚戌	14 辛亥	15 壬子	16 癸丑	17 甲寅	18 乙卯	19 丙辰	20 丁巳	21 戊午	22 己未	23 庚申	24 辛酉	25 壬戌	26 癸亥	27 甲子	28 乙丑	29 丙寅	30 丁卯	31 戊辰
	五月	甲午	六1 己巳	2 庚午	3 辛未	4 壬申	5 癸酉	6 甲戌	7 乙亥	8 丙子	9 丁丑	10 戊寅	11 己卯	12 庚辰	13 辛巳	14 壬午	15 癸未	16 甲申	17 乙酉	18 丙戌	19 丁亥	20 戊子	21 己丑	22 庚寅	23 辛卯	24 壬辰	25 癸巳	26 甲午	27 乙未	28 丙申	29 丁酉	
	六月	乙未	30 戊戌	七1 己亥	2 庚子	3 辛丑	4 壬寅	5 癸卯	6 甲辰	7 乙巳	8 丙午	9 丁未	10 戊申	11 己酉	12 庚戌	13 辛亥	14 壬子	15 癸丑	16 甲寅	17 乙卯	18 丙辰	19 丁巳	20 戊午	21 己未	22 庚申	23 辛酉	24 壬戌	25 癸亥	26 甲子	27 乙丑	28 丙寅	29 丁卯
	七月	丙申	30 戊辰	31 己巳	八1 庚午	2 辛未	3 壬申	4 癸酉	5 甲戌	6 乙亥	7 丙子	8 丁丑	9 戊寅	10 己卯	11 庚辰	12 辛巳	13 壬午	14 癸未	15 甲申	16 乙酉	17 丙戌	18 丁亥	19 戊子	20 己丑	21 庚寅	22 辛卯	23 壬辰	24 癸巳	25 甲午	26 乙未	27 丙申	28 丁酉
	八月	丁酉	29 戊戌	30 己亥	31 庚子	九1 辛丑	2 壬寅	3 癸卯	4 甲辰	5 乙巳	6 丙午	7 丁未	8 戊申	9 己酉	10 庚戌	11 辛亥	12 壬子	13 癸丑	14 甲寅	15 乙卯	16 丙辰	17 丁巳	18 戊午	19 己未	20 庚申	21 辛酉	22 壬戌	23 癸亥	24 甲子	25 乙丑	26 丙寅	
	九月	戊戌	27 丁卯	28 戊辰	29 己巳	30 庚午	十1 辛未	2 壬申	3 癸酉	4 甲戌	5 乙亥	6 丙子	7 丁丑	8 戊寅	9 己卯	10 庚辰	11 辛巳	12 壬午	13 癸未	14 甲申	15 乙酉	16 丙戌	17 丁亥	18 戊子	19 己丑	20 庚寅	21 辛卯	22 壬辰	23 癸巳	24 甲午	25 乙未	26 丙申
	十月	己亥	27 丁酉	28 戊戌	29 己亥	30 庚子	31 辛丑	十一1 壬寅	2 癸卯	3 甲辰	4 乙巳	5 丙午	6 丁未	7 戊申	8 己酉	9 庚戌	10 辛亥	11 壬子	12 癸丑	13 甲寅	14 乙卯	15 丙辰	16 丁巳	17 戊午	18 己未	19 庚申	20 辛酉	21 壬戌	22 癸亥	23 甲子	24 乙丑	
	十一月	庚子	25 丙寅	26 丁卯	27 戊辰	28 己巳	29 庚午	30 辛未	十二1 壬申	2 癸酉	3 甲戌	4 乙亥	5 丙子	6 丁丑	7 戊寅	8 己卯	9 庚辰	10 辛巳	11 壬午	12 癸未	13 甲申	14 乙酉	15 丙戌	16 丁亥	17 戊子	18 己丑	19 庚寅	20 辛卯	21 壬辰	22 癸巳	23 甲午	24 乙未
	十二月	辛丑	25 丙申	26 丁酉	27 戊戌	28 己亥	29 庚子	30 辛丑	31 壬寅	一1 癸卯	2 甲辰	3 乙巳	4 丙午	5 丁未	6 戊申	7 己酉	8 庚戌	9 辛亥	10 壬子	11 癸丑	12 甲寅	13 乙卯	14 丙辰	15 丁巳	16 戊午	17 己未	18 庚申	19 辛酉	20 壬戌	21 癸亥	22 甲子	
丁巳年(蛇)民國六~七年(1917~1918)	正月	壬寅	23 乙丑	24 丙寅	25 丁卯	26 戊辰	27 己巳	28 庚午	29 辛未	30 壬申	31 癸酉	二1 甲戌	2 乙亥	3 丙子	4 丁丑	5 戊寅	6 己卯	7 庚辰	8 辛巳	9 壬午	10 癸未	11 甲申	12 乙酉	13 丙戌	14 丁亥	15 戊子	16 己丑	17 庚寅	18 辛卯	19 壬辰	20 癸巳	21 甲午
	二月	癸卯	22 乙未	23 丙申	24 丁酉	25 戊戌	26 己亥	27 庚子	28 辛丑	三1 壬寅	2 癸卯	3 甲辰	4 乙巳	5 丙午	6 丁未	7 戊申	8 己酉	9 庚戌	10 辛亥	11 壬子	12 癸丑	13 甲寅	14 乙卯	15 丙辰	16 丁巳	17 戊午	18 己未	19 庚申	20 辛酉	21 壬戌	22 癸亥	
	閏二月		23 甲子	24 乙丑	25 丙寅	26 丁卯	27 戊辰	28 己巳	29 庚午	30 辛未	31 壬申	四1 癸酉	2 甲戌	3 乙亥	4 丙子	5 丁丑	6 戊寅	7 己卯	8 庚辰	9 辛巳	10 壬午	11 癸未	12 甲申	13 乙酉	14 丙戌	15 丁亥	16 戊子	17 己丑	18 庚寅	19 辛卯	20 壬辰	
	三月	甲辰	21 癸巳	22 甲午	23 乙未	24 丙申	25 丁酉	26 戊戌	27 己亥	28 庚子	29 辛丑	30 壬寅	五1 癸卯	2 甲辰	3 乙巳	4 丙午	5 丁未	6 戊申	7 己酉	8 庚戌	9 辛亥	10 壬子	11 癸丑	12 甲寅	13 乙卯	14 丙辰	15 丁巳	16 戊午	17 己未	18 庚申	19 辛酉	20 壬戌
	四月	乙巳	21 癸亥	22 甲子	23 乙丑	24 丙寅	25 丁卯	26 戊辰	27 己巳	28 庚午	29 辛未	30 壬申	31 癸酉	六1 甲戌	2 乙亥	3 丙子	4 丁丑	5 戊寅	6 己卯	7 庚辰	8 辛巳	9 壬午	10 癸未	11 甲申	12 乙酉	13 丙戌	14 丁亥	15 戊子	16 己丑	17 庚寅	18 辛卯	
	五月	丙午	19 壬辰	20 癸巳	21 甲午	22 乙未	23 丙申	24 丁酉	25 戊戌	26 己亥	27 庚子	28 辛丑	29 壬寅	30 癸卯	七1 甲辰	2 乙巳	3 丙午	4 丁未	5 戊申	6 己酉	7 庚戌	8 辛亥	9 壬子	10 癸丑	11 甲寅	12 乙卯	13 丙辰	14 丁巳	15 戊午	16 己未	17 庚申	18 辛酉
	六月	丁未	19 壬戌	20 癸亥	21 甲子	22 乙丑	23 丙寅	24 丁卯	25 戊辰	26 己巳	27 庚午	28 辛未	29 壬申	30 癸酉	31 甲戌	八1 乙亥	2 丙子	3 丁丑	4 戊寅	5 己卯	6 庚辰	7 辛巳	8 壬午	9 癸未	10 甲申	11 乙酉	12 丙戌	13 丁亥	14 戊子	15 己丑	16 庚寅	17 辛卯
	七月	戊申	18 壬辰	19 癸巳	20 甲午	21 乙未	22 丙申	23 丁酉	24 戊戌	25 己亥	26 庚子	27 辛丑	28 壬寅	29 癸卯	30 甲辰	31 乙巳	九1 丙午	2 丁未	3 戊申	4 己酉	5 庚戌	6 辛亥	7 壬子	8 癸丑	9 甲寅	10 乙卯	11 丙辰	12 丁巳	13 戊午	14 己未	15 庚申	
	八月	己酉	16 辛酉	17 壬戌	18 癸亥	19 甲子	20 乙丑	21 丙寅	22 丁卯	23 戊辰	24 己巳	25 庚午	26 辛未	27 壬申	28 癸酉	29 甲戌	30 乙亥	十1 丙子	2 丁丑	3 戊寅	4 己卯	5 庚辰	6 辛巳	7 壬午	8 癸未	9 甲申	10 乙酉	11 丙戌	12 丁亥	13 戊子	14 己丑	15 庚寅
	九月	庚戌	16 辛卯	17 壬辰	18 癸巳	19 甲午	20 乙未	21 丙申	22 丁酉	23 戊戌	24 己亥	25 庚子	26 辛丑	27 壬寅	28 癸卯	29 甲辰	30 乙巳	31 丙午	十一1 丁未	2 戊申	3 己酉	4 庚戌	5 辛亥	6 壬子	7 癸丑	8 甲寅	9 乙卯	10 丙辰	11 丁巳	12 戊午	13 己未	14 庚申
	十月	辛亥	15 辛酉	16 壬戌	17 癸亥	18 甲子	19 乙丑	20 丙寅	21 丁卯	22 戊辰	23 己巳	24 庚午	25 辛未	26 壬申	27 癸酉	28 甲戌	29 乙亥	30 丙子	十二1 丁丑	2 戊寅	3 己卯	4 庚辰	5 辛巳	6 壬午	7 癸未	8 甲申	9 乙酉	10 丙戌	11 丁亥	12 戊子	13 己丑	
	十一月	壬子	14 庚寅	15 辛卯	16 壬辰	17 癸巳	18 甲午	19 乙未	20 丙申	21 丁酉	22 戊戌	23 己亥	24 庚子	25 辛丑	26 壬寅	27 癸卯	28 甲辰	29 乙巳	30 丙午	31 丁未	一1 戊申	2 己酉	3 庚戌	4 辛亥	5 壬子	6 癸丑	7 甲寅	8 乙卯	9 丙辰	10 丁巳	11 戊午	12 己未
	十二月	癸丑	13 庚申	14 辛酉	15 壬戌	16 癸亥	17 甲子	18 乙丑	19 丙寅	20 丁卯	21 戊辰	22 己巳	23 庚午	24 辛未	25 壬申	26 癸酉	27 甲戌	28 乙亥	29 丙子	30 丁丑	31 戊寅	二1 己卯	2 庚辰	3 辛巳	4 壬午	5 癸未	6 甲申	7 乙酉	8 丙戌	9 丁亥	10 戊子	

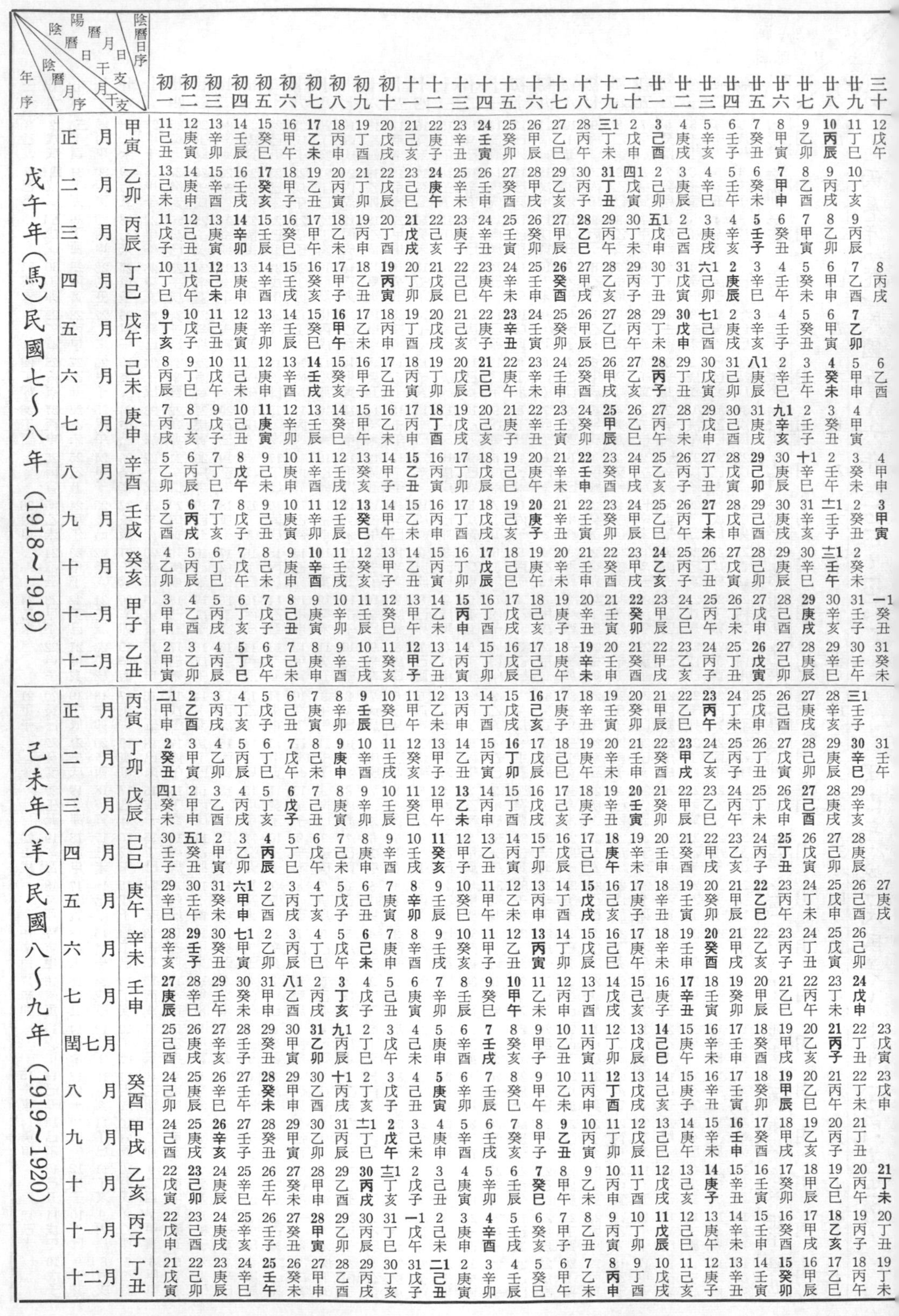

年序	陰曆月序	月干支	初一	初二	初三	初四	初五	初六	初七	初八	初九	初十	十一	十二	十三	十四	十五	十六	十七	十八	十九	二十	廿一	廿二	廿三	廿四	廿五	廿六	廿七	廿八	廿九	三十
戊午年(馬)民國七~八年 (1918~1919)	正月	甲寅	11 己丑	12 庚寅	13 辛卯	14 壬辰	15 癸巳	16 甲午	17 乙未	18 丙申	19 丁酉	20 戊戌	21 己亥	22 庚子	23 辛丑	24 壬寅	25 癸卯	26 甲辰	27 乙巳	28 丙午	三1 丁未	2 戊申	3 己酉	4 庚戌	5 辛亥	6 壬子	7 癸丑	8 甲寅	9 乙卯	10 丙辰	11 丁巳	12 戊午
	二月	乙卯	13 己未	14 庚申	15 辛酉	16 壬戌	17 癸亥	18 甲子	19 乙丑	20 丙寅	21 丁卯	22 戊辰	23 己巳	24 庚午	25 辛未	26 壬申	27 癸酉	28 甲戌	29 乙亥	30 丙子	31 丁丑	四1 戊寅	2 己卯	3 庚辰	4 辛巳	5 壬午	6 癸未	7 甲申	8 乙酉	9 丙戌	10 丁亥	
	三月	丙辰	11 戊子	12 己丑	13 庚寅	14 辛卯	15 壬辰	16 癸巳	17 甲午	18 乙未	19 丙申	20 丁酉	21 戊戌	22 己亥	23 庚子	24 辛丑	25 壬寅	26 癸卯	27 甲辰	28 乙巳	29 丙午	30 丁未	五1 戊申	2 己酉	3 庚戌	4 辛亥	5 壬子	6 癸丑	7 甲寅	8 乙卯	9 丙辰	
	四月	丁巳	10 丁巳	11 戊午	12 己未	13 庚申	14 辛酉	15 壬戌	16 癸亥	17 甲子	18 乙丑	19 丙寅	20 丁卯	21 戊辰	22 己巳	23 庚午	24 辛未	25 壬申	26 癸酉	27 甲戌	28 乙亥	29 丙子	30 丁丑	31 戊寅	六1 己卯	2 庚辰	3 辛巳	4 壬午	5 癸未	6 甲申	7 乙酉	8 丙戌
	五月	戊午	9 丁亥	10 戊子	11 己丑	12 庚寅	13 辛卯	14 壬辰	15 癸巳	16 甲午	17 乙未	18 丙申	19 丁酉	20 戊戌	21 己亥	22 庚子	23 辛丑	24 壬寅	25 癸卯	26 甲辰	27 乙巳	28 丙午	29 丁未	30 戊申	七1 己酉	2 庚戌	3 辛亥	4 壬子	5 癸丑	6 甲寅	7 乙卯	
	六月	己未	8 丙辰	9 丁巳	10 戊午	11 己未	12 庚申	13 辛酉	14 壬戌	15 癸亥	16 甲子	17 乙丑	18 丙寅	19 丁卯	20 戊辰	21 己巳	22 庚午	23 辛未	24 壬申	25 癸酉	26 甲戌	27 乙亥	28 丙子	29 丁丑	30 戊寅	31 己卯	八1 庚辰	2 辛巳	3 壬午	4 癸未	5 甲申	6 乙酉
	七月	庚申	7 丙戌	8 丁亥	9 戊子	10 己丑	11 庚寅	12 辛卯	13 壬辰	14 癸巳	15 甲午	16 乙未	17 丙申	18 丁酉	19 戊戌	20 己亥	21 庚子	22 辛丑	23 壬寅	24 癸卯	25 甲辰	26 乙巳	27 丙午	28 丁未	29 戊申	30 己酉	31 庚戌	九1 辛亥	2 壬子	3 癸丑	4 甲寅	
	八月	辛酉	5 乙卯	6 丙辰	7 丁巳	8 戊午	9 己未	10 庚申	11 辛酉	12 壬戌	13 癸亥	14 甲子	15 乙丑	16 丙寅	17 丁卯	18 戊辰	19 己巳	20 庚午	21 辛未	22 壬申	23 癸酉	24 甲戌	25 乙亥	26 丙子	27 丁丑	28 戊寅	29 己卯	30 庚辰	十1 辛巳	2 壬午	3 癸未	4 甲申
	九月	壬戌	5 乙酉	6 丙戌	7 丁亥	8 戊子	9 己丑	10 庚寅	11 辛卯	12 壬辰	13 癸巳	14 甲午	15 乙未	16 丙申	17 丁酉	18 戊戌	19 己亥	20 庚子	21 辛丑	22 壬寅	23 癸卯	24 甲辰	25 乙巳	26 丙午	27 丁未	28 戊申	29 己酉	30 庚戌	31 辛亥	十一1 壬子	2 癸丑	3 甲寅
	十月	癸亥	4 乙卯	5 丙辰	6 丁巳	7 戊午	8 己未	9 庚申	10 辛酉	11 壬戌	12 癸亥	13 甲子	14 乙丑	15 丙寅	16 丁卯	17 戊辰	18 己巳	19 庚午	20 辛未	21 壬申	22 癸酉	23 甲戌	24 乙亥	25 丙子	26 丁丑	27 戊寅	28 己卯	29 庚辰	30 辛巳	十二1 壬午	2 癸未	
	十一月	甲子	3 甲申	4 乙酉	5 丙戌	6 丁亥	7 戊子	8 己丑	9 庚寅	10 辛卯	11 壬辰	12 癸巳	13 甲午	14 乙未	15 丙申	16 丁酉	17 戊戌	18 己亥	19 庚子	20 辛丑	21 壬寅	22 癸卯	23 甲辰	24 乙巳	25 丙午	26 丁未	27 戊申	28 己酉	29 庚戌	30 辛亥	31 壬子	一1 癸丑
	十二月	乙丑	2 甲寅	3 乙卯	4 丙辰	5 丁巳	6 戊午	7 己未	8 庚申	9 辛酉	10 壬戌	11 癸亥	12 甲子	13 乙丑	14 丙寅	15 丁卯	16 戊辰	17 己巳	18 庚午	19 辛未	20 壬申	21 癸酉	22 甲戌	23 乙亥	24 丙子	25 丁丑	26 戊寅	27 己卯	28 庚辰	29 辛巳	30 壬午	31 癸未
己未年(羊)民國八~九年 (1919~1920)	正月	丙寅	二1 甲申	2 乙酉	3 丙戌	4 丁亥	5 戊子	6 己丑	7 庚寅	8 辛卯	9 壬辰	10 癸巳	11 甲午	12 乙未	13 丙申	14 丁酉	15 戊戌	16 己亥	17 庚子	18 辛丑	19 壬寅	20 癸卯	21 甲辰	22 乙巳	23 丙午	24 丁未	25 戊申	26 己酉	27 庚戌	28 辛亥	三1 壬子	
	二月	丁卯	2 癸丑	3 甲寅	4 乙卯	5 丙辰	6 丁巳	7 戊午	8 己未	9 庚申	10 辛酉	11 壬戌	12 癸亥	13 甲子	14 乙丑	15 丙寅	16 丁卯	17 戊辰	18 己巳	19 庚午	20 辛未	21 壬申	22 癸酉	23 甲戌	24 乙亥	25 丙子	26 丁丑	27 戊寅	28 己卯	29 庚辰	30 辛巳	31 壬午
	三月	戊辰	四1 癸未	2 甲申	3 乙酉	4 丙戌	5 丁亥	6 戊子	7 己丑	8 庚寅	9 辛卯	10 壬辰	11 癸巳	12 甲午	13 乙未	14 丙申	15 丁酉	16 戊戌	17 己亥	18 庚子	19 辛丑	20 壬寅	21 癸卯	22 甲辰	23 乙巳	24 丙午	25 丁未	26 戊申	27 己酉	28 庚戌	29 辛亥	
	四月	己巳	30 壬子	五1 癸丑	2 甲寅	3 乙卯	4 丙辰	5 丁巳	6 戊午	7 己未	8 庚申	9 辛酉	10 壬戌	11 癸亥	12 甲子	13 乙丑	14 丙寅	15 丁卯	16 戊辰	17 己巳	18 庚午	19 辛未	20 壬申	21 癸酉	22 甲戌	23 乙亥	24 丙子	25 丁丑	26 戊寅	27 己卯	28 庚辰	
	五月	庚午	29 辛巳	30 壬午	31 癸未	六1 甲申	2 乙酉	3 丙戌	4 丁亥	5 戊子	6 己丑	7 庚寅	8 辛卯	9 壬辰	10 癸巳	11 甲午	12 乙未	13 丙申	14 丁酉	15 戊戌	16 己亥	17 庚子	18 辛丑	19 壬寅	20 癸卯	21 甲辰	22 乙巳	23 丙午	24 丁未	25 戊申	26 己酉	27 庚戌
	六月	辛未	28 辛亥	29 壬子	30 癸丑	七1 甲寅	2 乙卯	3 丙辰	4 丁巳	5 戊午	6 己未	7 庚申	8 辛酉	9 壬戌	10 癸亥	11 甲子	12 乙丑	13 丙寅	14 丁卯	15 戊辰	16 己巳	17 庚午	18 辛未	19 壬申	20 癸酉	21 甲戌	22 乙亥	23 丙子	24 丁丑	25 戊寅	26 己卯	
	七月	壬申	27 庚辰	28 辛巳	29 壬午	30 癸未	31 甲申	八1 乙酉	2 丙戌	3 丁亥	4 戊子	5 己丑	6 庚寅	7 辛卯	8 壬辰	9 癸巳	10 甲午	11 乙未	12 丙申	13 丁酉	14 戊戌	15 己亥	16 庚子	17 辛丑	18 壬寅	19 癸卯	20 甲辰	21 乙巳	22 丙午	23 丁未	24 戊申	
	閏七月		25 己酉	26 庚戌	27 辛亥	28 壬子	29 癸丑	30 甲寅	31 乙卯	九1 丙辰	2 丁巳	3 戊午	4 己未	5 庚申	6 辛酉	7 壬戌	8 癸亥	9 甲子	10 乙丑	11 丙寅	12 丁卯	13 戊辰	14 己巳	15 庚午	16 辛未	17 壬申	18 癸酉	19 甲戌	20 乙亥	21 丙子	22 丁丑	23 戊寅
	八月	癸酉	24 己卯	25 庚辰	26 辛巳	27 壬午	28 癸未	29 甲申	30 乙酉	十1 丙戌	2 丁亥	3 戊子	4 己丑	5 庚寅	6 辛卯	7 壬辰	8 癸巳	9 甲午	10 乙未	11 丙申	12 丁酉	13 戊戌	14 己亥	15 庚子	16 辛丑	17 壬寅	18 癸卯	19 甲辰	20 乙巳	21 丙午	22 丁未	23 戊申
	九月	甲戌	24 己酉	25 庚戌	26 辛亥	27 壬子	28 癸丑	29 甲寅	30 乙卯	31 丙辰	十一1 丁巳	2 戊午	3 己未	4 庚申	5 辛酉	6 壬戌	7 癸亥	8 甲子	9 乙丑	10 丙寅	11 丁卯	12 戊辰	13 己巳	14 庚午	15 辛未	16 壬申	17 癸酉	18 甲戌	19 乙亥	20 丙子	21 丁丑	
	十月	乙亥	22 戊寅	23 己卯	24 庚辰	25 辛巳	26 壬午	27 癸未	28 甲申	29 乙酉	30 丙戌	十二1 丁亥	2 戊子	3 己丑	4 庚寅	5 辛卯	6 壬辰	7 癸巳	8 甲午	9 乙未	10 丙申	11 丁酉	12 戊戌	13 己亥	14 庚子	15 辛丑	16 壬寅	17 癸卯	18 甲辰	19 乙巳	20 丙午	21 丁未
	十一月	丙子	22 戊申	23 己酉	24 庚戌	25 辛亥	26 壬子	27 癸丑	28 甲寅	29 乙卯	30 丙辰	31 丁巳	一1 戊午	2 己未	3 庚申	4 辛酉	5 壬戌	6 癸亥	7 甲子	8 乙丑	9 丙寅	10 丁卯	11 戊辰	12 己巳	13 庚午	14 辛未	15 壬申	16 癸酉	17 甲戌	18 乙亥	19 丙子	20 丁丑
	十二月	丁丑	21 戊寅	22 己卯	23 庚辰	24 辛巳	25 壬午	26 癸未	27 甲申	28 乙酉	29 丙戌	30 丁亥	31 戊子	二1 己丑	2 庚寅	3 辛卯	4 壬辰	5 癸巳	6 甲午	7 乙未	8 丙申	9 丁酉	10 戊戌	11 己亥	12 庚子	13 辛丑	14 壬寅	15 癸卯	16 甲辰	17 乙巳	18 丙午	19 丁未

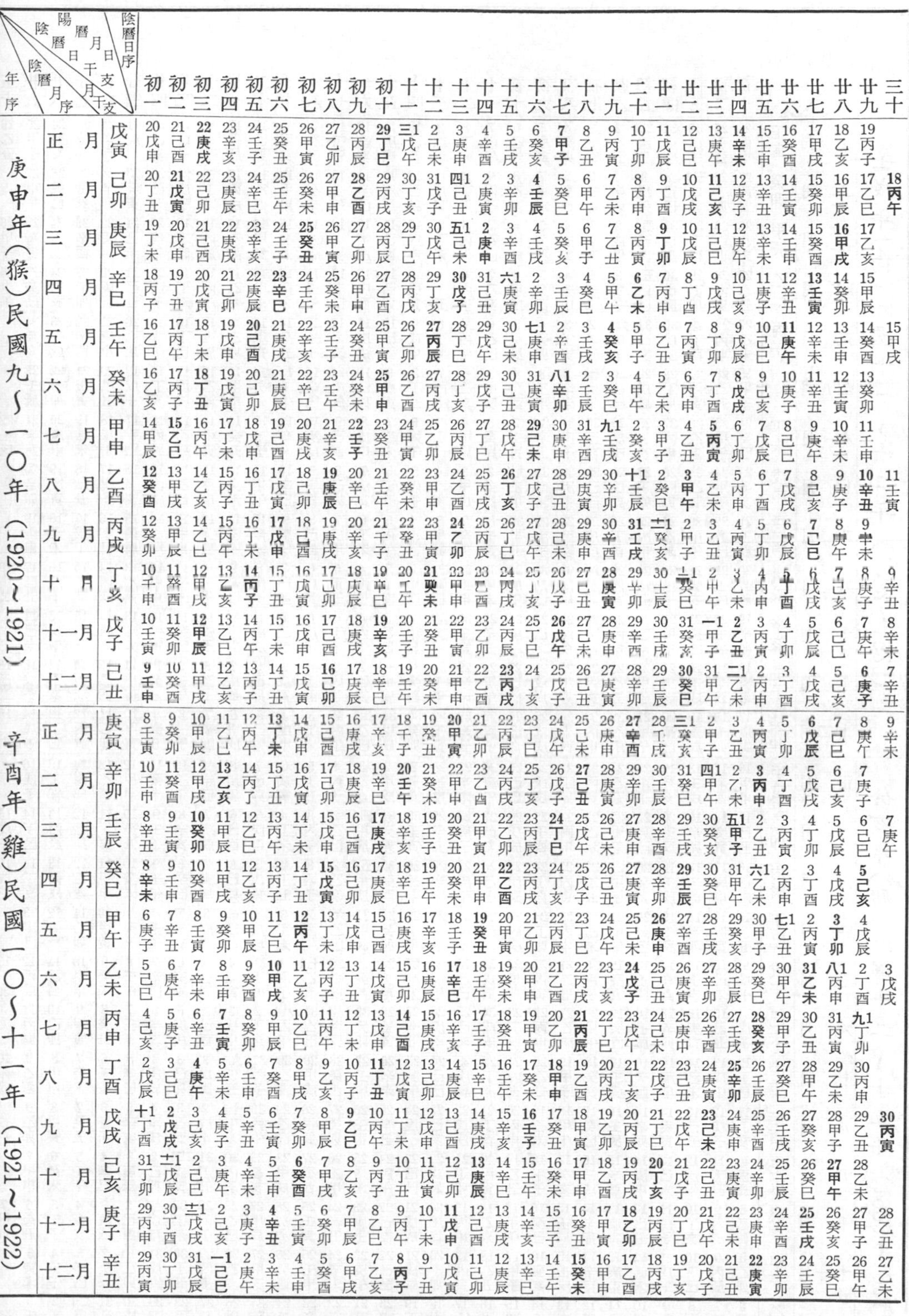

年序	陰曆月序	月干支 \ 陰曆日序（陽曆月日 陰曆日干支）	初一	初二	初三	初四	初五	初六	初七	初八	初九	初十	十一	十二	十三	十四	十五	十六	十七	十八	十九	二十	廿一	廿二	廿三	廿四	廿五	廿六	廿七	廿八	廿九	三十
庚申年（猴）民國九～一〇年（1920～1921）	正月	戊寅	20 戊申	21 己酉	**22 庚戌**	23 辛亥	24 壬子	25 癸丑	26 甲寅	27 乙卯	28 丙辰	**29 丁巳**	三1 戊午	2 己未	3 庚申	4 辛酉	5 壬戌	6 癸亥	**7 甲子**	8 乙丑	9 丙寅	10 丁卯	11 戊辰	12 己巳	13 庚午	**14 辛未**	15 壬申	16 癸酉	17 甲戌	18 乙亥	19 丙子	
	二月	己卯	20 丁丑	**21 戊寅**	22 己卯	23 庚辰	24 辛巳	25 壬午	26 癸未	27 甲申	**28 乙酉**	29 丙戌	30 丁亥	31 戊子	四1 己丑	2 庚寅	3 辛卯	**4 壬辰**	5 癸巳	6 甲午	7 乙未	8 丙申	9 丁酉	10 戊戌	**11 己亥**	12 庚子	13 辛丑	14 壬寅	15 癸卯	16 甲辰	17 乙巳	**18 丙午**
	三月	庚辰	19 丁未	20 戊申	21 己酉	22 庚戌	23 辛亥	24 壬子	**25 癸丑**	26 甲寅	27 乙卯	28 丙辰	29 丁巳	30 戊午	五1 己未	**2 庚申**	3 辛酉	4 壬戌	5 癸亥	6 甲子	7 乙丑	8 丙寅	**9 丁卯**	10 戊辰	11 己巳	12 庚午	13 辛未	14 壬申	15 癸酉	**16 甲戌**	17 乙亥	
	四月	辛巳	18 丙子	19 丁丑	20 戊寅	21 己卯	22 庚辰	**23 辛巳**	24 壬午	25 癸未	26 甲申	27 乙酉	28 丙戌	29 丁亥	**30 戊子**	31 己丑	六1 庚寅	2 辛卯	3 壬辰	4 癸巳	5 甲午	**6 乙未**	7 丙申	8 丁酉	9 戊戌	10 己亥	11 庚子	12 辛丑	**13 壬寅**	14 癸卯	15 甲辰	
	五月	壬午	16 乙巳	17 丙午	18 丁未	19 戊申	**20 己酉**	21 庚戌	22 辛亥	23 壬子	24 癸丑	25 甲寅	26 乙卯	**27 丙辰**	28 丁巳	29 戊午	30 己未	七1 庚申	2 辛酉	3 壬戌	**4 癸亥**	5 甲子	6 乙丑	7 丙寅	8 丁卯	9 戊辰	10 己巳	**11 庚午**	12 辛未	13 壬申	14 癸酉	15 甲戌
	六月	癸未	16 乙亥	17 丙子	**18 丁丑**	19 戊寅	20 己卯	21 庚辰	22 辛巳	23 壬午	24 癸未	**25 甲申**	26 乙酉	27 丙戌	28 丁亥	29 戊子	30 己丑	31 庚寅	**八1 辛卯**	2 壬辰	3 癸巳	4 甲午	5 乙未	6 丙申	7 丁酉	**8 戊戌**	9 己亥	10 庚子	11 辛丑	12 壬寅	13 癸卯	
	七月	甲申	14 甲辰	**15 乙巳**	16 丙午	17 丁未	18 戊申	19 己酉	20 庚戌	21 辛亥	**22 壬子**	23 癸丑	24 甲寅	25 乙卯	26 丙辰	27 丁巳	28 戊午	**29 己未**	30 庚申	31 辛酉	九1 壬戌	2 癸亥	3 甲子	4 乙丑	**5 丙寅**	6 丁卯	7 戊辰	8 己巳	9 庚午	10 辛未	11 壬申	
	八月	乙酉	**12 癸酉**	13 甲戌	14 乙亥	15 丙子	16 丁丑	17 戊寅	18 己卯	**19 庚辰**	20 辛巳	21 壬午	22 癸未	23 甲申	24 乙酉	25 丙戌	**26 丁亥**	27 戊子	28 己丑	29 庚寅	30 辛卯	十1 壬辰	2 癸巳	**3 甲午**	4 乙未	5 丙申	6 丁酉	7 戊戌	8 己亥	9 庚子	**10 辛丑**	11 壬寅
	九月	丙戌	12 癸卯	13 甲辰	14 乙巳	15 丙午	16 丁未	**17 戊申**	18 己酉	19 庚戌	20 辛亥	21 壬子	22 癸丑	23 甲寅	**24 乙卯**	25 丙辰	26 丁巳	27 戊午	28 己未	29 庚申	30 辛酉	**31 壬戌**	十一1 癸亥	2 甲子	3 乙丑	4 丙寅	5 丁卯	6 戊辰	**7 己巳**	8 庚午	9 辛未	
	十月	丁亥	10 壬申	11 癸酉	12 甲戌	13 乙亥	**14 丙子**	15 丁丑	16 戊寅	17 己卯	18 庚辰	19 辛巳	20 壬午	**21 癸未**	22 甲申	23 乙酉	24 丙戌	25 丁亥	26 戊子	27 己丑	**28 庚寅**	29 辛卯	30 壬辰	十二1 癸巳	2 甲午	3 乙未	4 丙申	**5 丁酉**	6 戊戌	7 己亥	8 庚子	9 辛丑
	十一月	戊子	10 壬寅	11 癸卯	**12 甲辰**	13 乙巳	14 丙午	15 丁未	16 戊申	17 己酉	18 庚戌	**19 辛亥**	20 壬子	21 癸丑	22 甲寅	23 乙卯	24 丙辰	25 丁巳	**26 戊午**	27 己未	28 庚申	29 辛酉	30 壬戌	31 癸亥	一1 甲子	**2 乙丑**	3 丙寅	4 丁卯	5 戊辰	6 己巳	7 庚午	8 辛未
	十二月	己丑	**9 壬申**	10 癸酉	11 甲戌	12 乙亥	13 丙子	14 丁丑	15 戊寅	**16 己卯**	17 庚辰	18 辛巳	19 壬午	20 癸未	21 甲申	22 乙酉	**23 丙戌**	24 丁亥	25 戊子	26 己丑	27 庚寅	28 辛卯	29 壬辰	**30 癸巳**	31 甲午	二1 乙未	2 丙申	3 丁酉	4 戊戌	5 己亥	**6 庚子**	7 辛丑
辛酉年（雞）民國一〇～十一年（1921～1922）	正月	庚寅	8 壬寅	9 癸卯	10 甲辰	11 乙巳	12 丙午	**13 丁未**	14 戊申	15 己酉	16 庚戌	17 辛亥	18 壬子	19 癸丑	**20 甲寅**	21 乙卯	22 丙辰	23 丁巳	24 戊午	25 己未	26 庚申	**27 辛酉**	28 壬戌	三1 癸亥	2 甲子	3 乙丑	4 丙寅	5 丁卯	**6 戊辰**	7 己巳	8 庚午	9 辛未
	二月	辛卯	10 壬申	11 癸酉	12 甲戌	**13 乙亥**	14 丙子	15 丁丑	16 戊寅	17 己卯	18 庚辰	19 辛巳	**20 壬午**	21 癸未	22 甲申	23 乙酉	24 丙戌	25 丁亥	26 戊子	**27 己丑**	28 庚寅	29 辛卯	30 壬辰	31 癸巳	四1 甲午	2 乙未	**3 丙申**	4 丁酉	5 戊戌	6 己亥	7 庚子	
	三月	壬辰	8 辛丑	9 壬寅	**10 癸卯**	11 甲辰	12 乙巳	13 丙午	14 丁未	15 戊申	16 己酉	**17 庚戌**	18 辛亥	19 壬子	20 癸丑	21 甲寅	22 乙卯	23 丙辰	**24 丁巳**	25 戊午	26 己未	27 庚申	28 辛酉	29 壬戌	30 癸亥	**五1 甲子**	2 乙丑	3 丙寅	4 丁卯	5 戊辰	6 己巳	7 庚午
	四月	癸巳	**8 辛未**	9 壬申	10 癸酉	11 甲戌	12 乙亥	13 丙子	14 丁丑	**15 戊寅**	16 己卯	17 庚辰	18 辛巳	19 壬午	20 癸未	21 甲申	**22 乙酉**	23 丙戌	24 丁亥	25 戊子	26 己丑	27 庚寅	28 辛卯	**29 壬辰**	30 癸巳	31 甲午	六1 乙未	2 丙申	3 丁酉	4 戊戌	**5 己亥**	
	五月	甲午	6 庚子	7 辛丑	8 壬寅	9 癸卯	10 甲辰	11 乙巳	**12 丙午**	13 丁未	14 戊申	15 己酉	16 庚戌	17 辛亥	18 壬子	**19 癸丑**	20 甲寅	21 乙卯	22 丙辰	23 丁巳	24 戊午	25 己未	**26 庚申**	27 辛酉	28 壬戌	29 癸亥	30 甲子	七1 乙丑	2 丙寅	**3 丁卯**	4 戊辰	
	六月	乙未	5 己巳	6 庚午	7 辛未	8 壬申	9 癸酉	**10 甲戌**	11 乙亥	12 丙子	13 丁丑	14 戊寅	15 己卯	16 庚辰	**17 辛巳**	18 壬午	19 癸未	20 甲申	21 乙酉	22 丙戌	23 丁亥	**24 戊子**	25 己丑	26 庚寅	27 辛卯	28 壬辰	29 癸巳	30 甲午	**31 乙未**	八1 丙申	2 丁酉	3 戊戌
	七月	丙申	4 己亥	5 庚子	6 辛丑	**7 壬寅**	8 癸卯	9 甲辰	10 乙巳	11 丙午	12 丁未	13 戊申	**14 己酉**	15 庚戌	16 辛亥	17 壬子	18 癸丑	19 甲寅	20 乙卯	**21 丙辰**	22 丁巳	23 戊午	24 己未	25 庚申	26 辛酉	27 壬戌	**28 癸亥**	29 甲子	30 乙丑	31 丙寅	九1 丁卯	
	八月	丁酉	2 戊辰	3 己巳	**4 庚午**	5 辛未	6 壬申	7 癸酉	8 甲戌	9 乙亥	10 丙子	**11 丁丑**	12 戊寅	13 己卯	14 庚辰	15 辛巳	16 壬午	17 癸未	**18 甲申**	19 乙酉	20 丙戌	21 丁亥	22 戊子	23 己丑	24 庚寅	**25 辛卯**	26 壬辰	27 癸巳	28 甲午	29 乙未	30 丙申	
	九月	戊戌	十1 丁酉	**2 戊戌**	3 己亥	4 庚子	5 辛丑	6 壬寅	7 癸卯	8 甲辰	**9 乙巳**	10 丙午	11 丁未	12 戊申	13 己酉	14 庚戌	15 辛亥	**16 壬子**	17 癸丑	18 甲寅	19 乙卯	20 丙辰	21 丁巳	22 戊午	**23 己未**	24 庚申	25 辛酉	26 壬戌	27 癸亥	28 甲子	29 乙丑	**30 丙寅**
	十月	己亥	31 丁卯	十一1 戊辰	2 己巳	3 庚午	4 辛未	5 壬申	**6 癸酉**	7 甲戌	8 乙亥	9 丙子	10 丁丑	11 戊寅	12 己卯	**13 庚辰**	14 辛巳	15 壬午	16 癸未	17 甲申	18 乙酉	19 丙戌	**20 丁亥**	21 戊子	22 己丑	23 庚寅	24 辛卯	25 壬辰	26 癸巳	**27 甲午**	28 乙未	
	十一月	庚子	29 丙申	30 丁酉	十二1 戊戌	2 己亥	3 庚子	**4 辛丑**	5 壬寅	6 癸卯	7 甲辰	8 乙巳	9 丙午	10 丁未	**11 戊申**	12 己酉	13 庚戌	14 辛亥	15 壬子	16 癸丑	17 甲寅	**18 乙卯**	19 丙辰	20 丁巳	21 戊午	22 己未	23 庚申	24 辛酉	**25 壬戌**	26 癸亥	27 甲子	28 乙丑
	十二月	辛丑	29 丙寅	30 丁卯	31 戊辰	**一1 己巳**	2 庚午	3 辛未	4 壬申	5 癸酉	6 甲戌	7 乙亥	**8 丙子**	9 丁丑	10 戊寅	11 己卯	12 庚辰	13 辛巳	14 壬午	**15 癸未**	16 甲申	17 乙酉	18 丙戌	19 丁亥	20 戊子	21 己丑	**22 庚寅**	23 辛卯	24 壬辰	25 癸巳	26 甲午	27 乙未

年序	陰曆月序	月干支	初一	初二	初三	初四	初五	初六	初七	初八	初九	初十	十一	十二	十三	十四	十五	十六	十七	十八	十九	二十	廿一	廿二	廿三	廿四	廿五	廿六	廿七	廿八	廿九	三十
壬戌年（狗）民國十一～十二年（1922～1923）	正月	壬寅	28丙申	**29丁酉**	30戊戌	31己亥	二1庚子	2辛丑	3壬寅	4癸卯	**5甲辰**	6乙巳	7丙午	8丁未	9戊申	10己酉	11庚戌	**12辛亥**	13壬子	14癸丑	15甲寅	16乙卯	17丙辰	18丁巳	**19戊午**	20己未	21庚申	22辛酉	23壬戌	24癸亥	25甲子	**26乙丑**
	二月	癸卯	27丙寅	28丁卯	三1戊辰	2己巳	3庚午	4辛未	**5壬申**	6癸酉	7甲戌	8乙亥	9丙子	10丁丑	11戊寅	**12己卯**	13庚辰	14辛巳	15壬午	16癸未	17甲申	18乙酉	**19丙戌**	20丁亥	21戊子	22己丑	23庚寅	24辛卯	25壬辰	**26癸巳**	27甲午	
	三月	甲辰	28乙未	29丙申	30丁酉	31戊戌	四1己亥	**2庚子**	3辛丑	4壬寅	5癸卯	6甲辰	7乙巳	8丙午	**9丁未**	10戊申	11己酉	12庚戌	13辛亥	14壬子	15癸丑	**16甲寅**	17乙卯	18丙辰	19丁巳	20戊午	21己未	22庚申	**23辛酉**	24壬戌	25癸亥	26甲子
	四月	乙巳	27乙丑	28丙寅	29丁卯	**30戊辰**	五1己巳	2庚午	3辛未	4壬申	5癸酉	6甲戌	**7乙亥**	8丙子	9丁丑	10戊寅	11己卯	12庚辰	13辛巳	**14壬午**	15癸未	16甲申	17乙酉	18丙戌	19丁亥	20戊子	**21己丑**	22庚寅	23辛卯	24壬辰	25癸巳	26甲午
	五月	丙午	27乙未	**28丙申**	29丁酉	30戊戌	31己亥	六1庚子	2辛丑	3壬寅	**4癸卯**	5甲辰	6乙巳	7丙午	8丁未	9戊申	10己酉	**11庚戌**	12辛亥	13壬子	14癸丑	15甲寅	16乙卯	17丙辰	**18丁巳**	19戊午	20己未	21庚申	22辛酉	23壬戌	24癸亥	
	閏五月		**25甲子**	26乙丑	27丙寅	28丁卯	29戊辰	30己巳	七1庚午	**2辛未**	3壬申	4癸酉	5甲戌	6乙亥	7丙子	8丁丑	**9戊寅**	10己卯	11庚辰	12辛巳	13壬午	14癸未	15甲申	**16乙酉**	17丙戌	18丁亥	19戊子	20己丑	21庚寅	22辛卯	**23壬辰**	
	六月	丁未	24癸巳	25甲午	26乙未	27丙申	28丁酉	29戊戌	**30己亥**	31庚子	八1辛丑	2壬寅	3癸卯	4甲辰	5乙巳	**6丙午**	7丁未	8戊申	9己酉	10庚戌	11辛亥	12壬子	**13癸丑**	14甲寅	15乙卯	16丙辰	17丁巳	18戊午	19己未	**20庚申**	21辛酉	22壬戌
	七月	戊申	23癸亥	24甲子	25乙丑	26丙寅	**27丁卯**	28戊辰	29己巳	30庚午	31辛未	九1壬申	2癸酉	**3甲戌**	4乙亥	5丙子	6丁丑	7戊寅	8己卯	9庚辰	**10辛巳**	11壬午	12癸未	13甲申	14乙酉	15丙戌	16丁亥	**17戊子**	18己丑	19庚寅	20辛卯	
	八月	己酉	21壬辰	22癸巳	23甲午	**24乙未**	25丙申	26丁酉	27戊戌	28己亥	29庚子	30辛丑	**十1壬寅**	2癸卯	3甲辰	4乙巳	5丙午	6丁未	7戊申	**8己酉**	9庚戌	10辛亥	11壬子	12癸丑	13甲寅	14乙卯	**15丙辰**	16丁巳	17戊午	18己未	19庚申	
	九月	庚戌	20辛酉	21壬戌	**22癸亥**	23甲子	24乙丑	25丙寅	26丁卯	27戊辰	28己巳	**29庚午**	30辛未	31壬申	十一1癸酉	2甲戌	3乙亥	4丙子	**5丁丑**	6戊寅	7己卯	8庚辰	9辛巳	10壬午	11癸未	**12甲申**	13乙酉	14丙戌	15丁亥	16戊子	17己丑	18庚寅
	十月	辛亥	**19辛卯**	20壬辰	21癸巳	22甲午	23乙未	24丙申	25丁酉	**26戊戌**	27己亥	28庚子	29辛丑	30壬寅	十二1癸卯	2甲辰	**3乙巳**	4丙午	5丁未	6戊申	7己酉	8庚戌	9辛亥	**10壬子**	11癸丑	12甲寅	13乙卯	14丙辰	15丁巳	16戊午	**17己未**	
	十一月	壬子	18庚申	19辛酉	20壬戌	21癸亥	22甲子	23乙丑	**24丙寅**	25丁卯	26戊辰	27己巳	28庚午	29辛未	30壬申	**31癸酉**	一1甲戌	2乙亥	3丙子	4丁丑	5戊寅	6己卯	**7庚辰**	8辛巳	9壬午	10癸未	11甲申	12乙酉	13丙戌	**14丁亥**	15戊子	16己丑
	十二月	癸丑	17庚寅	18辛卯	19壬辰	20癸巳	**21甲午**	22乙未	23丙申	24丁酉	25戊戌	26己亥	27庚子	**28辛丑**	29壬寅	30癸卯	31甲辰	二1乙巳	2丙午	3丁未	**4戊申**	5己酉	6庚戌	7辛亥	8壬子	9癸丑	10甲寅	**11乙卯**	12丙辰	13丁巳	14戊午	15己未
癸亥年（豬）民國十二～十三年（1923～1924）	正月	甲寅	16庚申	17辛酉	**18壬戌**	19癸亥	20甲子	21乙丑	22丙寅	23丁卯	24戊辰	**25己巳**	26庚午	27辛未	28壬申	三1癸酉	2甲戌	3乙亥	**4丙子**	5丁丑	6戊寅	7己卯	8庚辰	9辛巳	10壬午	**11癸未**	12甲申	13乙酉	14丙戌	15丁亥	16戊子	
	二月	乙卯	17己丑	**18庚寅**	19辛卯	20壬辰	21癸巳	22甲午	23乙未	24丙申	**25丁酉**	26戊戌	27己亥	28庚子	29辛丑	30壬寅	31癸卯	**四1甲辰**	2乙巳	3丙午	4丁未	5戊申	6己酉	7庚戌	**8辛亥**	9壬子	10癸丑	11甲寅	12乙卯	13丙辰	14丁巳	**15戊午**
	三月	丙辰	16己未	17庚申	18辛酉	19壬戌	20癸亥	21甲子	**22乙丑**	23丙寅	24丁卯	25戊辰	26己巳	27庚午	28辛未	**29壬申**	30癸酉	五1甲戌	2乙亥	3丙子	4丁丑	5戊寅	**6己卯**	7庚辰	8辛巳	9壬午	10癸未	11甲申	12乙酉	**13丙戌**	14丁亥	15戊子
	四月	丁巳	16己丑	17庚寅	18辛卯	19壬辰	**20癸巳**	21甲午	22乙未	23丙申	24丁酉	25戊戌	26己亥	**27庚子**	28辛丑	29壬寅	30癸卯	31甲辰	六1乙巳	2丙午	**3丁未**	4戊申	5己酉	6庚戌	7辛亥	8壬子	9癸丑	**10甲寅**	11乙卯	12丙辰	13丁巳	
	五月	戊午	14戊午	15己未	16庚申	**17辛酉**	18壬戌	19癸亥	20甲子	21乙丑	22丙寅	23丁卯	**24戊辰**	25己巳	26庚午	27辛未	28壬申	29癸酉	30甲戌	**七1乙亥**	2丙子	3丁丑	4戊寅	5己卯	6庚辰	7辛巳	**8壬午**	9癸未	10甲申	11乙酉	12丙戌	13丁亥
	六月	己未	14戊子	**15己丑**	16庚寅	17辛卯	18壬辰	19癸巳	20甲午	21乙未	**22丙申**	23丁酉	24戊戌	25己亥	26庚子	27辛丑	28壬寅	**29癸卯**	30甲辰	31乙巳	八1丙午	2丁未	3戊申	4己酉	**5庚戌**	6辛亥	7壬子	8癸丑	9甲寅	10乙卯	11丙辰	
	七月	庚申	**12丁巳**	13戊午	14己未	15庚申	16辛酉	17壬戌	18癸亥	**19甲子**	20乙丑	21丙寅	22丁卯	23戊辰	24己巳	25庚午	**26辛未**	27壬申	28癸酉	29甲戌	30乙亥	31丙子	九1丁丑	**2戊寅**	3己卯	4庚辰	5辛巳	6壬午	7癸未	8甲申	**9乙酉**	10丙戌
	八月	辛酉	11丁亥	12戊子	13己丑	14庚寅	15辛卯	**16壬辰**	17癸巳	18甲午	19乙未	20丙申	21丁酉	22戊戌	**23己亥**	24庚子	25辛丑	26壬寅	27癸卯	28甲辰	29乙巳	**30丙午**	十1丁未	2戊申	3己酉	4庚戌	5辛亥	6壬子	**7癸丑**	8甲寅	9乙卯	
	九月	壬戌	10丙辰	11丁巳	12戊午	13己未	**14庚申**	15辛酉	16壬戌	17癸亥	18甲子	19乙丑	20丙寅	**21丁卯**	22戊辰	23己巳	24庚午	25辛未	26壬申	27癸酉	**28甲戌**	29乙亥	30丙子	31丁丑	十一1戊寅	2己卯	3庚辰	**4辛巳**	5壬午	6癸未	7甲申	
	十月	癸亥	8乙酉	9丙戌	10丁亥	**11戊子**	12己丑	13庚寅	14辛卯	15壬辰	16癸巳	17甲午	**18乙未**	19丙申	20丁酉	21戊戌	22己亥	23庚子	24辛丑	**25壬寅**	26癸卯	27甲辰	28乙巳	29丙午	30丁未	十二1戊申	**2己酉**	3庚戌	4辛亥	5壬子	6癸丑	7甲寅
	十一月	甲子	8乙卯	**9丙辰**	10丁巳	11戊午	12己未	13庚申	14辛酉	15壬戌	**16癸亥**	17甲子	18乙丑	19丙寅	20丁卯	21戊辰	22己巳	**23庚午**	24辛未	25壬申	26癸酉	27甲戌	28乙亥	29丙子	**30丁丑**	31戊寅	一1己卯	2庚辰	3辛巳	4壬午	5癸未	
	十二月	乙丑	**6甲申**	7乙酉	8丙戌	9丁亥	10戊子	11己丑	12庚寅	**13辛卯**	14壬辰	15癸巳	16甲午	17乙未	18丙申	19丁酉	**20戊戌**	21己亥	22庚子	23辛丑	24壬寅	25癸卯	26甲辰	**27乙巳**	28丙午	29丁未	30戊申	31己酉	二1庚戌	2辛亥	**3壬子**	4癸丑

年序	陰曆月序	陰曆月干支 \ 陽曆月日干支 \ 陰曆日序	初一	初二	初三	初四	初五	初六	初七	初八	初九	初十	十一	十二	十三	十四	十五	十六	十七	十八	十九	二十	廿一	廿二	廿三	廿四	廿五	廿六	廿七	廿八	廿九	三十
甲子年(鼠)民國十三～十四年(1924～1925)	正月	丙寅	5 甲寅	6 乙卯	7 丙辰	8 丁巳	9 戊午	10 己未	11 庚申	12 辛酉	13 壬戌	14 癸亥	15 甲子	16 乙丑	17 丙寅	18 丁卯	19 戊辰	20 己巳	21 庚午	22 辛未	23 壬申	24 癸酉	25 甲戌	26 乙亥	27 丙子	28 丁丑	29 戊寅	三1 己卯	2 庚辰	3 辛巳	4 壬午	
	二月	丁卯	5 癸未	6 甲申	7 乙酉	8 丙戌	9 丁亥	10 戊子	11 己丑	12 庚寅	13 辛卯	14 壬辰	15 癸巳	16 甲午	17 乙未	18 丙申	19 丁酉	20 戊戌	21 己亥	22 庚子	23 辛丑	24 壬寅	25 癸卯	26 甲辰	27 乙巳	28 丙午	29 丁未	30 戊申	31 己酉	四1 庚戌	2 辛亥	3 壬子
	三月	戊辰	4 癸丑	5 甲寅	6 乙卯	7 丙辰	8 丁巳	9 戊午	10 己未	11 庚申	12 辛酉	13 壬戌	14 癸亥	15 甲子	16 乙丑	17 丙寅	18 丁卯	19 戊辰	20 己巳	21 庚午	22 辛未	23 壬申	24 癸酉	25 甲戌	26 乙亥	27 丙子	28 丁丑	29 戊寅	30 己卯	五1 庚辰	2 辛巳	3 壬午
	四月	己巳	4 癸未	5 甲申	6 乙酉	7 丙戌	8 丁亥	9 戊子	10 己丑	11 庚寅	12 辛卯	13 壬辰	14 癸巳	15 甲午	16 乙未	17 丙申	18 丁酉	19 戊戌	20 己亥	21 庚子	22 辛丑	23 壬寅	24 癸卯	25 甲辰	26 乙巳	27 丙午	28 丁未	29 戊申	30 己酉	31 庚戌	六1 辛亥	
	五月	庚午	2 壬子	3 癸丑	4 甲寅	5 乙卯	6 丙辰	7 丁巳	8 戊午	9 己未	10 庚申	11 辛酉	12 壬戌	13 癸亥	14 甲子	15 乙丑	16 丙寅	17 丁卯	18 戊辰	19 己巳	20 庚午	21 辛未	22 壬申	23 癸酉	24 甲戌	25 乙亥	26 丙子	27 丁丑	28 戊寅	29 己卯	30 庚辰	七1 辛巳
	六月	辛未	2 壬午	3 癸未	4 甲申	5 乙酉	6 丙戌	7 丁亥	8 戊子	9 己丑	10 庚寅	11 辛卯	12 壬辰	13 癸巳	14 甲午	15 乙未	16 丙申	17 丁酉	18 戊戌	19 己亥	20 庚子	21 辛丑	22 壬寅	23 癸卯	24 甲辰	25 乙巳	26 丙午	27 丁未	28 戊申	29 己酉	30 庚戌	31 辛亥
	七月	壬申	八1 壬子	2 癸丑	3 甲寅	4 乙卯	5 丙辰	6 丁巳	7 戊午	8 己未	9 庚申	10 辛酉	11 壬戌	12 癸亥	13 甲子	14 乙丑	15 丙寅	16 丁卯	17 戊辰	18 己巳	19 庚午	20 辛未	21 壬申	22 癸酉	23 甲戌	24 乙亥	25 丙子	26 丁丑	27 戊寅	28 己卯	29 庚辰	
	八月	癸酉	30 辛巳	31 壬午	九1 癸未	2 甲申	3 乙酉	4 丙戌	5 丁亥	6 戊子	7 己丑	8 庚寅	9 辛卯	10 壬辰	11 癸巳	12 甲午	13 乙未	14 丙申	15 丁酉	16 戊戌	17 己亥	18 庚子	19 辛丑	20 壬寅	21 癸卯	22 甲辰	23 乙巳	24 丙午	25 丁未	26 戊申	27 己酉	28 庚戌
	九月	甲戌	29 辛亥	30 壬子	十1 癸丑	2 甲寅	3 乙卯	4 丙辰	5 丁巳	6 戊午	7 己未	8 庚申	9 辛酉	10 壬戌	11 癸亥	12 甲子	13 乙丑	14 丙寅	15 丁卯	16 戊辰	17 己巳	18 庚午	19 辛未	20 壬申	21 癸酉	22 甲戌	23 乙亥	24 丙子	25 丁丑	26 戊寅	27 己卯	
	十月	乙亥	28 庚辰	29 辛巳	30 壬午	31 癸未	十一1 甲申	2 乙酉	3 丙戌	4 丁亥	5 戊子	6 己丑	7 庚寅	8 辛卯	9 壬辰	10 癸巳	11 甲午	12 乙未	13 丙申	14 丁酉	15 戊戌	16 己亥	17 庚子	18 辛丑	19 壬寅	20 癸卯	21 甲辰	22 乙巳	23 丙午	24 丁未	25 戊申	26 己酉
	十一月	丙子	27 庚戌	28 辛亥	29 壬子	30 癸丑	十二1 甲寅	2 乙卯	3 丙辰	4 丁巳	5 戊午	6 己未	7 庚申	8 辛酉	9 壬戌	10 癸亥	11 甲子	12 乙丑	13 丙寅	14 丁卯	15 戊辰	16 己巳	17 庚午	18 辛未	19 壬申	20 癸酉	21 甲戌	22 乙亥	23 丙子	24 丁丑	25 戊寅	
	十二月	丁丑	26 己卯	27 庚辰	28 辛巳	29 壬午	30 癸未	31 甲申	一1 乙酉	2 丙戌	3 丁亥	4 戊子	5 己丑	6 庚寅	7 辛卯	8 壬辰	9 癸巳	10 甲午	11 乙未	12 丙申	13 丁酉	14 戊戌	15 己亥	16 庚子	17 辛丑	18 壬寅	19 癸卯	20 甲辰	21 乙巳	22 丙午	23 丁未	
乙丑年(牛)民國十四～十五年(1925～1926)	正月	戊寅	24 戊申	25 己酉	26 庚戌	27 辛亥	28 壬子	29 癸丑	30 甲寅	31 乙卯	二1 丙辰	2 丁巳	3 戊午	4 己未	5 庚申	6 辛酉	7 壬戌	8 癸亥	9 甲子	10 乙丑	11 丙寅	12 丁卯	13 戊辰	14 己巳	15 庚午	16 辛未	17 壬申	18 癸酉	19 甲戌	20 乙亥	21 丙子	22 丁丑
	二月	己卯	23 戊寅	24 己卯	25 庚辰	26 辛巳	27 壬午	28 癸未	三1 甲申	2 乙酉	3 丙戌	4 丁亥	5 戊子	6 己丑	7 庚寅	8 辛卯	9 壬辰	10 癸巳	11 甲午	12 乙未	13 丙申	14 丁酉	15 戊戌	16 己亥	17 庚子	18 辛丑	19 壬寅	20 癸卯	21 甲辰	22 乙巳	23 丙午	
	三月	庚辰	24 丁未	25 戊申	26 己酉	27 庚戌	28 辛亥	29 壬子	30 癸丑	31 甲寅	四1 乙卯	2 丙辰	3 丁巳	4 戊午	5 己未	6 庚申	7 辛酉	8 壬戌	9 癸亥	10 甲子	11 乙丑	12 丙寅	13 丁卯	14 戊辰	15 己巳	16 庚午	17 辛未	18 壬申	19 癸酉	20 甲戌	21 乙亥	22 丙子
	四月	辛巳	23 丁丑	24 戊寅	25 己卯	26 庚辰	27 辛巳	28 壬午	29 癸未	30 甲申	五1 乙酉	2 丙戌	3 丁亥	4 戊子	5 己丑	6 庚寅	7 辛卯	8 壬辰	9 癸巳	10 甲午	11 乙未	12 丙申	13 丁酉	14 戊戌	15 己亥	16 庚子	17 辛丑	18 壬寅	19 癸卯	20 甲辰	21 乙巳	
	閏四月		22 丙午	23 丁未	24 戊申	25 己酉	26 庚戌	27 辛亥	28 壬子	29 癸丑	30 甲寅	31 乙卯	六1 丙辰	2 丁巳	3 戊午	4 己未	5 庚申	6 辛酉	7 壬戌	8 癸亥	9 甲子	10 乙丑	11 丙寅	12 丁卯	13 戊辰	14 己巳	15 庚午	16 辛未	17 壬申	18 癸酉	19 甲戌	20 乙亥
	五月	壬午	21 丙子	22 丁丑	23 戊寅	24 己卯	25 庚辰	26 辛巳	27 壬午	28 癸未	29 甲申	30 乙酉	七1 丙戌	2 丁亥	3 戊子	4 己丑	5 庚寅	6 辛卯	7 壬辰	8 癸巳	9 甲午	10 乙未	11 丙申	12 丁酉	13 戊戌	14 己亥	15 庚子	16 辛丑	17 壬寅	18 癸卯	19 甲辰	20 乙巳
	六月	癸未	21 丙午	22 丁未	23 戊申	24 己酉	25 庚戌	26 辛亥	27 壬子	28 癸丑	29 甲寅	30 乙卯	31 丙辰	八1 丁巳	2 戊午	3 己未	4 庚申	5 辛酉	6 壬戌	7 癸亥	8 甲子	9 乙丑	10 丙寅	11 丁卯	12 戊辰	13 己巳	14 庚午	15 辛未	16 壬申	17 癸酉	18 甲戌	
	七月	甲申	19 乙亥	20 丙子	21 丁丑	22 戊寅	23 己卯	24 庚辰	25 辛巳	26 壬午	27 癸未	28 甲申	29 乙酉	30 丙戌	31 丁亥	九1 戊子	2 己丑	3 庚寅	4 辛卯	5 壬辰	6 癸巳	7 甲午	8 乙未	9 丙申	10 丁酉	11 戊戌	12 己亥	13 庚子	14 辛丑	15 壬寅	16 癸卯	17 甲辰
	八月	乙酉	18 乙巳	19 丙午	20 丁未	21 戊申	22 己酉	23 庚戌	24 辛亥	25 壬子	26 癸丑	27 甲寅	28 乙卯	29 丙辰	30 丁巳	十1 戊午	2 己未	3 庚申	4 辛酉	5 壬戌	6 癸亥	7 甲子	8 乙丑	9 丙寅	10 丁卯	11 戊辰	12 己巳	13 庚午	14 辛未	15 壬申	16 癸酉	17 甲戌
	九月	丙戌	18 乙亥	19 丙子	20 丁丑	21 戊寅	22 己卯	23 庚辰	24 辛巳	25 壬午	26 癸未	27 甲申	28 乙酉	29 丙戌	30 丁亥	31 戊子	十一1 己丑	2 庚寅	3 辛卯	4 壬辰	5 癸巳	6 甲午	7 乙未	8 丙申	9 丁酉	10 戊戌	11 己亥	12 庚子	13 辛丑	14 壬寅	15 癸卯	
	十月	丁亥	16 甲辰	17 乙巳	18 丙午	19 丁未	20 戊申	21 己酉	22 庚戌	23 辛亥	24 壬子	25 癸丑	26 甲寅	27 乙卯	28 丙辰	29 丁巳	30 戊午	十二1 己未	2 庚申	3 辛酉	4 壬戌	5 癸亥	6 甲子	7 乙丑	8 丙寅	9 丁卯	10 戊辰	11 己巳	12 庚午	13 辛未	14 壬申	15 癸酉
	十一月	戊子	16 甲戌	17 乙亥	18 丙子	19 丁丑	20 戊寅	21 己卯	22 庚辰	23 辛巳	24 壬午	25 癸未	26 甲申	27 乙酉	28 丙戌	29 丁亥	30 戊子	31 己丑	一1 庚寅	2 辛卯	3 壬辰	4 癸巳	5 甲午	6 乙未	7 丙申	8 丁酉	9 戊戌	10 己亥	11 庚子	12 辛丑	13 壬寅	
	十二月	己丑	14 癸卯	15 甲辰	16 乙巳	17 丙午	18 丁未	19 戊申	20 己酉	21 庚戌	22 辛亥	23 壬子	24 癸丑	25 甲寅	26 乙卯	27 丙辰	28 丁巳	29 戊午	30 己未	31 庚申	二1 辛酉	2 壬戌	3 癸亥	4 甲子	5 乙丑	6 丙寅	7 丁卯	8 戊辰	9 己巳	10 庚午	11 辛未	12 壬申

年序 \ 陰曆月序 \ 陽曆月日干支	陰曆月序	月干支	初一	初二	初三	初四	初五	初六	初七	初八	初九	初十	十一	十二	十三	十四	十五	十六	十七	十八	十九	二十	廿一	廿二	廿三	廿四	廿五	廿六	廿七	廿八	廿九	三十
丙寅年（虎）民國十五～十六年（1926～1927）	正月	庚寅	13癸酉	**14甲戌**	15乙亥	16丙子	17丁丑	18戊寅	19己卯	20庚辰	**21辛巳**	22壬午	23癸未	24甲申	25乙酉	26丙戌	27丁亥	**28戊子**	三1己丑	2庚寅	3辛卯	4壬辰	5癸巳	6甲午	**7乙未**	8丙申	9丁酉	10戊戌	11己亥	12庚子	13辛丑	
	二月	辛卯	**14壬寅**	15癸卯	16甲辰	17乙巳	18丙午	19丁未	20戊申	**21己酉**	22庚戌	23辛亥	24壬子	25癸丑	26甲寅	27乙卯	**28丙辰**	29丁巳	30戊午	31己未	四1庚申	2辛酉	3壬戌	**4癸亥**	5甲子	6乙丑	7丙寅	8丁卯	9戊辰	10己巳	**11庚午**	
	三月	壬辰	12辛未	13壬申	14癸酉	15甲戌	16乙亥	17丙子	**18丁丑**	19戊寅	20己卯	21庚辰	22辛巳	23壬午	24癸未	**25甲申**	26乙酉	27丙戌	28丁亥	29戊子	30己丑	五1庚寅	**2辛卯**	3壬辰	4癸巳	5甲午	6乙未	7丙申	8丁酉	**9戊戌**	10己亥	11庚子
	四月	癸巳	12辛丑	13壬寅	14癸卯	15甲辰	**16乙巳**	17丙午	18丁未	19戊申	20己酉	21庚戌	22辛亥	**23壬子**	24癸丑	25甲寅	26乙卯	27丙辰	28丁巳	29戊午	**30己未**	31庚申	六1辛酉	2壬戌	3癸亥	4甲子	5乙丑	**6丙寅**	7丁卯	8戊辰	9己巳	
	五月	甲午	10庚午	11辛未	12壬申	**13癸酉**	14甲戌	15乙亥	16丙子	17丁丑	18戊寅	19己卯	**20庚辰**	21辛巳	22壬午	23癸未	24甲申	25乙酉	26丙戌	**27丁亥**	28戊子	29己丑	30庚寅	七1辛卯	2壬辰	3癸巳	**4甲午**	5乙未	6丙申	7丁酉	8戊戌	9己亥
	六月	乙未	10庚子	**11辛丑**	12壬寅	13癸卯	14甲辰	15乙巳	16丙午	17丁未	**18戊申**	19己酉	20庚戌	21辛亥	22壬子	23癸丑	24甲寅	**25乙卯**	26丙辰	27丁巳	28戊午	29己未	30庚申	31辛酉	**八1壬戌**	2癸亥	3甲子	4乙丑	5丙寅	6丁卯	7戊辰	
	七月	丙申	**8己巳**	9庚午	10辛未	11壬申	12癸酉	13甲戌	14乙亥	**15丙子**	16丁丑	17戊寅	18己卯	19庚辰	20辛巳	21壬午	**22癸未**	23甲申	24乙酉	25丙戌	26丁亥	27戊子	28己丑	**29庚寅**	30辛卯	31壬辰	九1癸巳	2甲午	3乙未	4丙申	**5丁酉**	6戊戌
	八月	丁酉	7己亥	8庚子	9辛丑	10壬寅	11癸卯	**12甲辰**	13乙巳	14丙午	15丁未	16戊申	17己酉	18庚戌	**19辛亥**	20壬子	21癸丑	22甲寅	23乙卯	24丙辰	25丁巳	**26戊午**	27己未	28庚申	29辛酉	30壬戌	十1癸亥	2甲子	**3乙丑**	4丙寅	5丁卯	6戊辰
	九月	戊戌	7己巳	8庚午	9辛未	**10壬申**	11癸酉	12甲戌	13乙亥	14丙子	15丁丑	16戊寅	**17己卯**	18庚辰	19辛巳	20壬午	21癸未	22甲申	23乙酉	**24丙戌**	25丁亥	26戊子	27己丑	28庚寅	29辛卯	30壬辰	**31癸巳**	十一1甲午	2乙未	3丙申	4丁酉	
	十月	己亥	5戊戌	6己亥	**7庚子**	8辛丑	9壬寅	10癸卯	11甲辰	12乙巳	13丙午	**14丁未**	15戊申	16己酉	17庚戌	18辛亥	19壬子	20癸丑	**21甲寅**	22乙卯	23丙辰	24丁巳	25戊午	26己未	27庚申	**28辛酉**	29壬戌	30癸亥	十二1甲子	2乙丑	3丙寅	4丁卯
	十一月	庚子	**5戊辰**	6己巳	7庚午	8辛未	9壬申	10癸酉	11甲戌	**12乙亥**	13丙子	14丁丑	15戊寅	16己卯	17庚辰	18辛巳	**19壬午**	20癸未	21甲申	22乙酉	23丙戌	24丁亥	25戊子	**26己丑**	27庚寅	28辛卯	29壬辰	30癸巳	31甲午	一1乙未	**2丙申**	3丁酉
	十二月	辛丑	4戊戌	5己亥	6庚子	7辛丑	8壬寅	**9癸卯**	10甲辰	11乙巳	12丙午	13丁未	14戊申	15己酉	**16庚戌**	17辛亥	18壬子	19癸丑	20甲寅	21乙卯	22丙辰	**23丁巳**	24戊午	25己未	26庚申	27辛酉	28壬戌	29癸亥	**30甲子**	31乙丑	二1丙寅	
丁卯年（兔）民國十六～十七年（1927～1928）	正月	壬寅	2丁卯	3戊辰	4己巳	5庚午	**6辛未**	7壬申	8癸酉	9甲戌	10乙亥	11丙子	12丁丑	**13戊寅**	14己卯	15庚辰	16辛巳	17壬午	18癸未	19甲申	**20乙酉**	21丙戌	22丁亥	23戊子	24己丑	25庚寅	26辛卯	**27壬辰**	28癸巳	三1甲午	2乙未	3丙申
	二月	癸卯	4丁酉	5戊戌	**6己亥**	7庚子	8辛丑	9壬寅	10癸卯	11甲辰	12乙巳	**13丙午**	14丁未	15戊申	16己酉	17庚戌	18辛亥	19壬子	**20癸丑**	21甲寅	22乙卯	23丙辰	24丁巳	25戊午	26己未	**27庚申**	28辛酉	29壬戌	30癸亥	31甲子	四1乙丑	
	三月	甲辰	2丙寅	**3丁卯**	4戊辰	5己巳	6庚午	7辛未	8壬申	9癸酉	**10甲戌**	11乙亥	12丙子	13丁丑	14戊寅	15己卯	16庚辰	**17辛巳**	18壬午	19癸未	20甲申	21乙酉	22丙戌	23丁亥	**24戊子**	25己丑	26庚寅	27辛卯	28壬辰	29癸巳	30甲午	
	四月	乙巳	**五1乙未**	2丙申	3丁酉	4戊戌	5己亥	6庚子	7辛丑	**8壬寅**	9癸卯	10甲辰	11乙巳	12丙午	13丁未	14戊申	**15己酉**	16庚戌	17辛亥	18壬子	19癸丑	20甲寅	21乙卯	**22丙辰**	23丁巳	24戊午	25己未	26庚申	27辛酉	28壬戌	**29癸亥**	30甲子
	五月	丙午	31乙丑	六1丙寅	2丁卯	3戊辰	4己巳	**5庚午**	6辛未	7壬申	8癸酉	9甲戌	10乙亥	11丙子	**12丁丑**	13戊寅	14己卯	15庚辰	16辛巳	17壬午	18癸未	**19甲申**	20乙酉	21丙戌	22丁亥	23戊子	24己丑	25庚寅	**26辛卯**	27壬辰	28癸巳	
	六月	丁未	29甲午	30乙未	七1丙申	2丁酉	**3戊戌**	4己亥	5庚子	6辛丑	7壬寅	8癸卯	9甲辰	**10乙巳**	11丙午	12丁未	13戊申	14己酉	15庚戌	16辛亥	**17壬子**	18癸丑	19甲寅	20乙卯	21丙辰	22丁巳	23戊午	**24己未**	25庚申	26辛酉	27壬戌	28癸亥
	七月	戊申	29甲子	30乙丑	**31丙寅**	八1丁卯	2戊辰	3己巳	4庚午	5辛未	6壬申	**7癸酉**	8甲戌	9乙亥	10丙子	11丁丑	12戊寅	13己卯	**14庚辰**	15辛巳	16壬午	17癸未	18甲申	19乙酉	20丙戌	**21丁亥**	22戊子	23己丑	24庚寅	25辛卯	26壬辰	
	八月	己酉	27癸巳	**28甲午**	29乙未	30丙申	31丁酉	九1戊戌	2己亥	3庚子	**4辛丑**	5壬寅	6癸卯	7甲辰	8乙巳	9丙午	10丁未	**11戊申**	12己酉	13庚戌	14辛亥	15壬子	16癸丑	17甲寅	**18乙卯**	19丙辰	20丁巳	21戊午	22己未	23庚申	24辛酉	**25壬戌**
	九月	庚戌	26癸亥	27甲子	28乙丑	29丙寅	30丁卯	十1戊辰	**2己巳**	3庚午	4辛未	5壬申	6癸酉	7甲戌	8乙亥	**9丙子**	10丁丑	11戊寅	12己卯	13庚辰	14辛巳	15壬午	**16癸未**	17甲申	18乙酉	19丙戌	20丁亥	21戊子	22己丑	**23庚寅**	24辛卯	
	十月	辛亥	25壬辰	26癸巳	27甲午	28乙未	29丙申	**30丁酉**	31戊戌	十一1己亥	2庚子	3辛丑	4壬寅	5癸卯	**6甲辰**	7乙巳	8丙午	9丁未	10戊申	11己酉	12庚戌	**13辛亥**	14壬子	15癸丑	16甲寅	17乙卯	18丙辰	19丁巳	**20戊午**	21己未	22庚申	23辛酉
	十一月	壬子	24壬戌	25癸亥	26甲子	**27乙丑**	28丙寅	29丁卯	30戊辰	十二1己巳	2庚午	3辛未	**4壬申**	5癸酉	6甲戌	7乙亥	8丙子	9丁丑	10戊寅	**11己卯**	12庚辰	13辛巳	14壬午	15癸未	16甲申	17乙酉	**18丙戌**	19丁亥	20戊子	21己丑	22庚寅	23辛卯
	十二月	癸丑	24壬辰	**25癸巳**	26甲午	27乙未	28丙申	29丁酉	30戊戌	31己亥	**一1庚子**	2辛丑	3壬寅	4癸卯	5甲辰	6乙巳	7丙午	**8丁未**	9戊申	10己酉	11庚戌	12辛亥	13壬子	14癸丑	**15甲寅**	16乙卯	17丙辰	18丁巳	19戊午	20己未	21庚申	**22辛酉**

年序	陰曆月序	月干支	初一	初二	初三	初四	初五	初六	初七	初八	初九	初十	十一	十二	十三	十四	十五	十六	十七	十八	十九	二十	廿一	廿二	廿三	廿四	廿五	廿六	廿七	廿八	廿九	三十
戊辰年(龍)民國十七~十八年(1928~1929)	正月	甲寅	23 壬戌	24 癸亥	25 甲子	26 乙丑	27 丙寅	28 丁卯	**29 戊辰**	30 己巳	31 庚午	二1 辛未	2 壬申	3 癸酉	4 甲戌	**5 乙亥**	6 丙子	7 丁丑	8 戊寅	9 己卯	10 庚辰	11 辛巳	**12 壬午**	13 癸未	14 甲申	15 乙酉	16 丙戌	17 丁亥	18 戊子	**19 己丑**	20 庚寅	
	二月	乙卯	21 辛卯	22 壬辰	23 癸巳	24 甲午	25 乙未	**26 丙申**	27 丁酉	28 戊戌	29 己亥	三1 庚子	2 辛丑	3 壬寅	**4 癸卯**	5 甲辰	6 乙巳	7 丙午	8 丁未	9 戊申	10 己酉	**11 庚戌**	12 辛亥	13 壬子	14 癸丑	15 甲寅	16 乙卯	17 丙辰	**18 丁巳**	19 戊午	20 己未	21 庚申
	閏二月		22 辛酉	23 壬戌	24 癸亥	**25 甲子**	26 乙丑	27 丙寅	28 丁卯	29 戊辰	30 己巳	31 庚午	**四1 辛未**	2 壬申	3 癸酉	4 甲戌	5 乙亥	6 丙子	7 丁丑	**8 戊寅**	9 己卯	10 庚辰	11 辛巳	12 壬午	13 癸未	14 甲申	**15 乙酉**	16 丙戌	17 丁亥	18 戊子	19 己丑	
	三月	丙辰	20 庚寅	21 辛卯	**22 壬辰**	23 癸巳	24 甲午	25 乙未	26 丙申	27 丁酉	28 戊戌	**29 己亥**	30 庚子	五1 辛丑	2 壬寅	3 癸卯	4 甲辰	5 乙巳	**6 丙午**	7 丁未	8 戊申	9 己酉	10 庚戌	11 辛亥	12 壬子	**13 癸丑**	14 甲寅	15 乙卯	16 丙辰	17 丁巳	18 戊午	
	四月	丁巳	19 己未	**20 庚申**	21 辛酉	22 壬戌	23 癸亥	24 甲子	25 乙丑	26 丙寅	**27 丁卯**	28 戊辰	29 己巳	30 庚午	31 辛未	六1 壬申	2 癸酉	**3 甲戌**	4 乙亥	5 丙子	6 丁丑	7 戊寅	8 己卯	9 庚辰	**10 辛巳**	11 壬午	12 癸未	13 甲申	14 乙酉	15 丙戌	16 丁亥	**17 戊子**
	五月	戊午	18 己丑	19 庚寅	20 辛卯	21 壬辰	22 癸巳	23 甲午	**24 乙未**	25 丙申	26 丁酉	27 戊戌	28 己亥	29 庚子	30 辛丑	**七1 壬寅**	2 癸卯	3 甲辰	4 乙巳	5 丙午	6 丁未	7 戊申	**8 己酉**	9 庚戌	10 辛亥	11 壬子	12 癸丑	13 甲寅	14 乙卯	**15 丙辰**	16 丁巳	
	六月	己未	17 戊午	18 己未	19 庚申	20 辛酉	21 壬戌	**22 癸亥**	23 甲子	24 乙丑	25 丙寅	26 丁卯	27 戊辰	28 己巳	**29 庚午**	30 辛未	31 壬申	八1 癸酉	2 甲戌	3 乙亥	4 丙子	**5 丁丑**	6 戊寅	7 己卯	8 庚辰	9 辛巳	10 壬午	11 癸未	**12 甲申**	13 乙酉	14 丙戌	
	七月	庚申	15 丁亥	16 戊子	17 己丑	18 庚寅	**19 辛卯**	20 壬辰	21 癸巳	22 甲午	23 乙未	24 丙申	25 丁酉	**26 戊戌**	27 己亥	28 庚子	29 辛丑	30 壬寅	31 癸卯	九1 甲辰	**2 乙巳**	3 丙午	4 丁未	5 戊申	6 己酉	7 庚戌	8 辛亥	**9 壬子**	10 癸丑	11 甲寅	12 乙卯	13 丙辰
	八月	辛酉	14 丁巳	15 戊午	**16 己未**	17 庚申	18 辛酉	19 壬戌	20 癸亥	21 甲子	22 乙丑	**23 丙寅**	24 丁卯	25 戊辰	26 己巳	27 庚午	28 辛未	29 壬申	**30 癸酉**	十1 甲戌	2 乙亥	3 丙子	4 丁丑	5 戊寅	6 己卯	**7 庚辰**	8 辛巳	9 壬午	10 癸未	11 甲申	12 乙酉	
	九月	壬戌	13 丙戌	**14 丁亥**	15 戊子	16 己丑	17 庚寅	18 辛卯	19 壬辰	20 癸巳	**21 甲午**	22 乙未	23 丙申	24 丁酉	25 戊戌	26 己亥	27 庚子	**28 辛丑**	29 壬寅	30 癸卯	31 甲辰	十一1 乙巳	2 丙午	3 丁未	**4 戊申**	5 己酉	6 庚戌	7 辛亥	8 壬子	9 癸丑	10 甲寅	**11 乙卯**
	十月	癸亥	12 丙辰	13 丁巳	14 戊午	15 己未	16 庚申	17 辛酉	**18 壬戌**	19 癸亥	20 甲子	21 乙丑	22 丙寅	23 丁卯	24 戊辰	**25 己巳**	26 庚午	27 辛未	28 壬申	29 癸酉	30 甲戌	十二1 乙亥	**2 丙子**	3 丁丑	4 戊寅	5 己卯	6 庚辰	7 辛巳	8 壬午	**9 癸未**	10 甲申	11 乙酉
	十一月	甲子	12 丙戌	13 丁亥	14 戊子	15 己丑	**16 庚寅**	17 辛卯	18 壬辰	19 癸巳	20 甲午	21 乙未	22 丙申	**23 丁酉**	24 戊戌	25 己亥	26 庚子	27 辛丑	28 壬寅	29 癸卯	**30 甲辰**	31 乙巳	一1 丙午	2 丁未	3 戊申	4 己酉	5 庚戌	**6 辛亥**	7 壬子	8 癸丑	9 甲寅	10 乙卯
	十二月	乙丑	11 丙辰	12 丁巳	**13 戊午**	14 己未	15 庚申	16 辛酉	17 壬戌	18 癸亥	19 甲子	**20 乙丑**	21 丙寅	22 丁卯	23 戊辰	24 己巳	25 庚午	26 辛未	**27 壬申**	28 癸酉	29 甲戌	30 乙亥	31 丙子	二1 丁丑	2 戊寅	**3 己卯**	4 庚辰	5 辛巳	6 壬午	7 癸未	8 甲申	9 乙酉
己巳年(蛇)民國十八~十九年(1929~1930)	正月	丙寅	**10 丙戌**	11 丁亥	12 戊子	13 己丑	14 庚寅	15 辛卯	16 壬辰	**17 癸巳**	18 甲午	19 乙未	20 丙申	21 丁酉	22 戊戌	23 己亥	**24 庚子**	25 辛丑	26 壬寅	27 癸卯	28 甲辰	三1 乙巳	2 丙午	**3 丁未**	4 戊申	5 己酉	6 庚戌	7 辛亥	8 壬子	9 癸丑	**10 甲寅**	
	二月	丁卯	11 乙卯	12 丙辰	13 丁巳	14 戊午	15 己未	16 庚申	**17 辛酉**	18 壬戌	19 癸亥	20 甲子	21 乙丑	22 丙寅	23 丁卯	**24 戊辰**	25 己巳	26 庚午	27 辛未	28 壬申	29 癸酉	30 甲戌	**31 乙亥**	四1 丙子	2 丁丑	3 戊寅	4 己卯	5 庚辰	6 辛巳	**7 壬午**	8 癸未	9 甲申
	三月	戊辰	10 乙酉	11 丙戌	12 丁亥	13 戊子	**14 己丑**	15 庚寅	16 辛卯	17 壬辰	18 癸巳	19 甲午	20 乙未	**21 丙申**	22 丁酉	23 戊戌	24 己亥	25 庚子	26 辛丑	27 壬寅	**28 癸卯**	29 甲辰	30 乙巳	五1 丙午	2 丁未	3 戊申	4 己酉	**5 庚戌**	6 辛亥	7 壬子	8 癸丑	
	四月	己巳	9 甲寅	10 乙卯	11 丙辰	**12 丁巳**	13 戊午	14 己未	15 庚申	16 辛酉	17 壬戌	18 癸亥	**19 甲子**	20 乙丑	21 丙寅	22 丁卯	23 戊辰	24 己巳	25 庚午	**26 辛未**	27 壬申	28 癸酉	29 甲戌	30 乙亥	31 丙子	六1 丁丑	**2 戊寅**	3 己卯	4 庚辰	5 辛巳	6 壬午	
	五月	庚午	7 癸未	8 甲申	**9 乙酉**	10 丙戌	11 丁亥	12 戊子	13 己丑	14 庚寅	15 辛卯	**16 壬辰**	17 癸巳	18 甲午	19 乙未	20 丙申	21 丁酉	22 戊戌	**23 己亥**	24 庚子	25 辛丑	26 壬寅	27 癸卯	28 甲辰	29 乙巳	**30 丙午**	七1 丁未	2 戊申	3 己酉	4 庚戌	5 辛亥	6 壬子
	六月	辛未	**7 癸丑**	8 甲寅	9 乙卯	10 丙辰	11 丁巳	12 戊午	13 己未	**14 庚申**	15 辛酉	16 壬戌	17 癸亥	18 甲子	19 乙丑	20 丙寅	**21 丁卯**	22 戊辰	23 己巳	24 庚午	25 辛未	26 壬申	27 癸酉	**28 甲戌**	29 乙亥	30 丙子	31 丁丑	八1 戊寅	2 己卯	3 庚辰	**4 辛巳**	
	七月	壬申	5 壬午	6 癸未	7 甲申	8 乙酉	9 丙戌	10 丁亥	**11 戊子**	12 己丑	13 庚寅	14 辛卯	15 壬辰	16 癸巳	17 甲午	**18 乙未**	19 丙申	20 丁酉	21 戊戌	22 己亥	23 庚子	24 辛丑	**25 壬寅**	26 癸卯	27 甲辰	28 乙巳	29 丙午	30 丁未	31 戊申	**九1 己酉**	2 庚戌	
	八月	癸酉	3 辛亥	4 壬子	5 癸丑	6 甲寅	7 乙卯	**8 丙辰**	9 丁巳	10 戊午	11 己未	12 庚申	13 辛酉	14 壬戌	**15 癸亥**	16 甲子	17 乙丑	18 丙寅	19 丁卯	20 戊辰	21 己巳	**22 庚午**	23 辛未	24 壬申	25 癸酉	26 甲戌	27 乙亥	28 丙子	**29 丁丑**	30 戊寅	十1 己卯	2 庚辰
	九月	甲戌	3 辛巳	4 壬午	5 癸未	**6 甲申**	7 乙酉	8 丙戌	9 丁亥	10 戊子	11 己丑	12 庚寅	**13 辛卯**	14 壬辰	15 癸巳	16 甲午	17 乙未	18 丙申	19 丁酉	**20 戊戌**	21 己亥	22 庚子	23 辛丑	24 壬寅	25 癸卯	26 甲辰	**27 乙巳**	28 丙午	29 丁未	30 戊申	31 己酉	
	十月	乙亥	十一1 庚戌	2 辛亥	**3 壬子**	4 癸丑	5 甲寅	6 乙卯	7 丙辰	8 丁巳	9 戊午	**10 己未**	11 庚申	12 辛酉	13 壬戌	14 癸亥	15 甲子	16 乙丑	**17 丙寅**	18 丁卯	19 戊辰	20 己巳	21 庚午	22 辛未	23 壬申	**24 癸酉**	25 甲戌	26 乙亥	27 丙子	28 丁丑	29 戊寅	30 己卯
	十一月	丙子	**十二1 庚辰**	2 辛巳	3 壬午	4 癸未	5 甲申	6 乙酉	7 丙戌	**8 丁亥**	9 戊子	10 己丑	11 庚寅	12 辛卯	13 壬辰	14 癸巳	**15 甲午**	16 乙未	17 丙申	18 丁酉	19 戊戌	20 己亥	21 庚子	**22 辛丑**	23 壬寅	24 癸卯	25 甲辰	26 乙巳	27 丙午	28 丁未	**29 戊申**	30 己酉
	十二月	丁丑	31 庚戌	一1 辛亥	2 壬子	3 癸丑	4 甲寅	**5 乙卯**	6 丙辰	7 丁巳	8 戊午	9 己未	10 庚申	11 辛酉	**12 壬戌**	13 癸亥	14 甲子	15 乙丑	16 丙寅	17 丁卯	18 戊辰	**19 己巳**	20 庚午	21 辛未	22 壬申	23 癸酉	24 甲戌	25 乙亥	**26 丙子**	27 丁丑	28 戊寅	29 己卯

(表頭：陰曆日序 / 陽曆月日 / 陰曆日干支 / 陰曆月序 / 月干支 / 年序)

年序	陰曆月序	月干支	初一	初二	初三	初四	初五	初六	初七	初八	初九	初十	十一	十二	十三	十四	十五	十六	十七	十八	十九	二十	廿一	廿二	廿三	廿四	廿五	廿六	廿七	廿八	廿九	三十
庚午年（馬）民國十九～二〇年（1930～1931）	正月	戊寅	30 庚辰	31 辛巳	二1 壬午	2 癸未	3 甲申	4 乙酉	5 丙戌	6 丁亥	7 戊子	8 己丑	9 庚寅	10 辛卯	11 壬辰	12 癸巳	13 甲午	14 乙未	15 丙申	16 丁酉	17 戊戌	18 己亥	19 庚子	20 辛丑	21 壬寅	22 癸卯	23 甲辰	24 乙巳	25 丙午	26 丁未	27 戊申	
	二月	己卯	28 己酉	三1 庚戌	2 辛亥	3 壬子	4 癸丑	5 甲寅	6 乙卯	7 丙辰	8 丁巳	9 戊午	10 己未	11 庚申	12 辛酉	13 壬戌	14 癸亥	15 甲子	16 乙丑	17 丙寅	18 丁卯	19 戊辰	20 己巳	21 庚午	22 辛未	23 壬申	24 癸酉	25 甲戌	26 乙亥	27 丙子	28 丁丑	29 戊寅
	三月	庚辰	30 己卯	31 庚辰	四1 辛巳	2 壬午	3 癸未	4 甲申	5 乙酉	6 丙戌	7 丁亥	8 戊子	9 己丑	10 庚寅	11 辛卯	12 壬辰	13 癸巳	14 甲午	15 乙未	16 丙申	17 丁酉	18 戊戌	19 己亥	20 庚子	21 辛丑	22 壬寅	23 癸卯	24 甲辰	25 乙巳	26 丙午	27 丁未	28 戊申
	四月	辛巳	29 己酉	30 庚戌	五1 辛亥	2 壬子	3 癸丑	4 甲寅	5 乙卯	6 丙辰	7 丁巳	8 戊午	9 己未	10 庚申	11 辛酉	12 壬戌	13 癸亥	14 甲子	15 乙丑	16 丙寅	17 丁卯	18 戊辰	19 己巳	20 庚午	21 辛未	22 壬申	23 癸酉	24 甲戌	25 乙亥	26 丙子	27 丁丑	
	五月	壬午	28 戊寅	29 己卯	30 庚辰	31 辛巳	六1 壬午	2 癸未	3 甲申	4 乙酉	5 丙戌	6 丁亥	7 戊子	8 己丑	9 庚寅	10 辛卯	11 壬辰	12 癸巳	13 甲午	14 乙未	15 丙申	16 丁酉	17 戊戌	18 己亥	19 庚子	20 辛丑	21 壬寅	22 癸卯	23 甲辰	24 乙巳	25 丙午	
	六月	癸未	26 丁未	27 戊申	28 己酉	29 庚戌	30 辛亥	七1 壬子	2 癸丑	3 甲寅	4 乙卯	5 丙辰	6 丁巳	7 戊午	8 己未	9 庚申	10 辛酉	11 壬戌	12 癸亥	13 甲子	14 乙丑	15 丙寅	16 丁卯	17 戊辰	18 己巳	19 庚午	20 辛未	21 壬申	22 癸酉	23 甲戌	24 乙亥	25 丙子
	閏六月		26 丁丑	27 戊寅	28 己卯	29 庚辰	30 辛巳	31 壬午	八1 癸未	2 甲申	3 乙酉	4 丙戌	5 丁亥	6 戊子	7 己丑	8 庚寅	9 辛卯	10 壬辰	11 癸巳	12 甲午	13 乙未	14 丙申	15 丁酉	16 戊戌	17 己亥	18 庚子	19 辛丑	20 壬寅	21 癸卯	22 甲辰	23 乙巳	
	七月	甲申	24 丙午	25 丁未	26 戊申	27 己酉	28 庚戌	29 辛亥	30 壬子	31 癸丑	九1 甲寅	2 乙卯	3 丙辰	4 丁巳	5 戊午	6 己未	7 庚申	8 辛酉	9 壬戌	10 癸亥	11 甲子	12 乙丑	13 丙寅	14 丁卯	15 戊辰	16 己巳	17 庚午	18 辛未	19 壬申	20 癸酉	21 甲戌	
	八月	乙酉	22 乙亥	23 丙子	24 丁丑	25 戊寅	26 己卯	27 庚辰	28 辛巳	29 壬午	30 癸未	十1 甲申	2 乙酉	3 丙戌	4 丁亥	5 戊子	6 己丑	7 庚寅	8 辛卯	9 壬辰	10 癸巳	11 甲午	12 乙未	13 丙申	14 丁酉	15 戊戌	16 己亥	17 庚子	18 辛丑	19 壬寅	20 癸卯	21 甲辰
	九月	丙戌	22 乙巳	23 丙午	24 丁未	25 戊申	26 己酉	27 庚戌	28 辛亥	29 壬子	30 癸丑	31 甲寅	十一1 乙卯	2 丙辰	3 丁巳	4 戊午	5 己未	6 庚申	7 辛酉	8 壬戌	9 癸亥	10 甲子	11 乙丑	12 丙寅	13 丁卯	14 戊辰	15 己巳	16 庚午	17 辛未	18 壬申	19 癸酉	
	十月	丁亥	20 甲戌	21 乙亥	22 丙子	23 丁丑	24 戊寅	25 己卯	26 庚辰	27 辛巳	28 壬午	29 癸未	30 甲申	十二1 乙酉	2 丙戌	3 丁亥	4 戊子	5 己丑	6 庚寅	7 辛卯	8 壬辰	9 癸巳	10 甲午	11 乙未	12 丙申	13 丁酉	14 戊戌	15 己亥	16 庚子	17 辛丑	18 壬寅	19 癸卯
	十一月	戊子	20 甲辰	21 乙巳	22 丙午	23 丁未	24 戊申	25 己酉	26 庚戌	27 辛亥	28 壬子	29 癸丑	30 甲寅	31 乙卯	一1 丙辰	2 丁巳	3 戊午	4 己未	5 庚申	6 辛酉	7 壬戌	8 癸亥	9 甲子	10 乙丑	11 丙寅	12 丁卯	13 戊辰	14 己巳	15 庚午	16 辛未	17 壬申	18 癸酉
	十二月	己丑	19 甲戌	20 乙亥	21 丙子	22 丁丑	23 戊寅	24 己卯	25 庚辰	26 辛巳	27 壬午	28 癸未	29 甲申	30 乙酉	31 丙戌	二1 丁亥	2 戊子	3 己丑	4 庚寅	5 辛卯	6 壬辰	7 癸巳	8 甲午	9 乙未	10 丙申	11 丁酉	12 戊戌	13 己亥	14 庚子	15 辛丑	16 壬寅	
辛未年（羊）民國二〇～廿一年（1931～1932）	正月	庚寅	17 癸卯	18 甲辰	19 乙巳	20 丙午	21 丁未	22 戊申	23 己酉	24 庚戌	25 辛亥	26 壬子	27 癸丑	28 甲寅	三1 乙卯	2 丙辰	3 丁巳	4 戊午	5 己未	6 庚申	7 辛酉	8 壬戌	9 癸亥	10 甲子	11 乙丑	12 丙寅	13 丁卯	14 戊辰	15 己巳	16 庚午	17 辛未	18 壬申
	二月	辛卯	19 癸酉	20 甲戌	21 乙亥	22 丙子	23 丁丑	24 戊寅	25 己卯	26 庚辰	27 辛巳	28 壬午	29 癸未	30 甲申	31 乙酉	四1 丙戌	2 丁亥	3 戊子	4 己丑	5 庚寅	6 辛卯	7 壬辰	8 癸巳	9 甲午	10 乙未	11 丙申	12 丁酉	13 戊戌	14 己亥	15 庚子	16 辛丑	17 壬寅
	三月	壬辰	18 癸卯	19 甲辰	20 乙巳	21 丙午	22 丁未	23 戊申	24 己酉	25 庚戌	26 辛亥	27 壬子	28 癸丑	29 甲寅	30 乙卯	五1 丙辰	2 丁巳	3 戊午	4 己未	5 庚申	6 辛酉	7 壬戌	8 癸亥	9 甲子	10 乙丑	11 丙寅	12 丁卯	13 戊辰	14 己巳	15 庚午	16 辛未	
	四月	癸巳	17 壬申	18 癸酉	19 甲戌	20 乙亥	21 丙子	22 丁丑	23 戊寅	24 己卯	25 庚辰	26 辛巳	27 壬午	28 癸未	29 甲申	30 乙酉	31 丙戌	六1 丁亥	2 戊子	3 己丑	4 庚寅	5 辛卯	6 壬辰	7 癸巳	8 甲午	9 乙未	10 丙申	11 丁酉	12 戊戌	13 己亥	14 庚子	15 辛丑
	五月	甲午	16 壬寅	17 癸卯	18 甲辰	19 乙巳	20 丙午	21 丁未	22 戊申	23 己酉	24 庚戌	25 辛亥	26 壬子	27 癸丑	28 甲寅	29 乙卯	30 丙辰	七1 丁巳	2 戊午	3 己未	4 庚申	5 辛酉	6 壬戌	7 癸亥	8 甲子	9 乙丑	10 丙寅	11 丁卯	12 戊辰	13 己巳	14 庚午	
	六月	乙未	15 辛未	16 壬申	17 癸酉	18 甲戌	19 乙亥	20 丙子	21 丁丑	22 戊寅	23 己卯	24 庚辰	25 辛巳	26 壬午	27 癸未	28 甲申	29 乙酉	30 丙戌	31 丁亥	八1 戊子	2 己丑	3 庚寅	4 辛卯	5 壬辰	6 癸巳	7 甲午	8 乙未	9 丙申	10 丁酉	11 戊戌	12 己亥	13 庚子
	七月	丙申	14 辛丑	15 壬寅	16 癸卯	17 甲辰	18 乙巳	19 丙午	20 丁未	21 戊申	22 己酉	23 庚戌	24 辛亥	25 壬子	26 癸丑	27 甲寅	28 乙卯	29 丙辰	30 丁巳	31 戊午	九1 己未	2 庚申	3 辛酉	4 壬戌	5 癸亥	6 甲子	7 乙丑	8 丙寅	9 丁卯	10 戊辰	11 己巳	
	八月	丁酉	12 庚午	13 辛未	14 壬申	15 癸酉	16 甲戌	17 乙亥	18 丙子	19 丁丑	20 戊寅	21 己卯	22 庚辰	23 辛巳	24 壬午	25 癸未	26 甲申	27 乙酉	28 丙戌	29 丁亥	30 戊子	十1 己丑	2 庚寅	3 辛卯	4 壬辰	5 癸巳	6 甲午	7 乙未	8 丙申	9 丁酉	10 戊戌	
	九月	戊戌	11 己亥	12 庚子	13 辛丑	14 壬寅	15 癸卯	16 甲辰	17 乙巳	18 丙午	19 丁未	20 戊申	21 己酉	22 庚戌	23 辛亥	24 壬子	25 癸丑	26 甲寅	27 乙卯	28 丙辰	29 丁巳	30 戊午	31 己未	十一1 庚申	2 辛酉	3 壬戌	4 癸亥	5 甲子	6 乙丑	7 丙寅	8 丁卯	9 戊辰
	十月	己亥	10 己巳	11 庚午	12 辛未	13 壬申	14 癸酉	15 甲戌	16 乙亥	17 丙子	18 丁丑	19 戊寅	20 己卯	21 庚辰	22 辛巳	23 壬午	24 癸未	25 甲申	26 乙酉	27 丙戌	28 丁亥	29 戊子	30 己丑	十二1 庚寅	2 辛卯	3 壬辰	4 癸巳	5 甲午	6 乙未	7 丙申	8 丁酉	
	十一月	庚子	9 戊戌	10 己亥	11 庚子	12 辛丑	13 壬寅	14 癸卯	15 甲辰	16 乙巳	17 丙午	18 丁未	19 戊申	20 己酉	21 庚戌	22 辛亥	23 壬子	24 癸丑	25 甲寅	26 乙卯	27 丙辰	28 丁巳	29 戊午	30 己未	31 庚申	一1 辛酉	2 壬戌	3 癸亥	4 甲子	5 乙丑	6 丙寅	7 丁卯
	十二月	辛丑	8 戊辰	9 己巳	10 庚午	11 辛未	12 壬申	13 癸酉	14 甲戌	15 乙亥	16 丙子	17 丁丑	18 戊寅	19 己卯	20 庚辰	21 辛巳	22 壬午	23 癸未	24 甲申	25 乙酉	26 丙戌	27 丁亥	28 戊子	29 己丑	30 庚寅	31 辛卯	二1 壬辰	2 癸巳	3 甲午	4 乙未	5 丙申	

年序	陰曆月序	月干支	初一	初二	初三	初四	初五	初六	初七	初八	初九	初十
壬申年(猴)民國廿一~廿二年(1932~1933)	正月	壬寅	6 丁酉	7 戊戌	8 己亥	9 庚子	10 辛丑	11 壬寅	12 癸卯	13 甲辰	14 乙巳	15 丙午
	二月	癸卯	7 丁卯	8 戊辰	9 己巳	10 庚午	11 辛未	12 壬申	13 癸酉	14 甲戌	15 乙亥	16 丙子
	三月	甲辰	6 丁酉	7 戊戌	8 己亥	9 庚子	10 辛丑	11 壬寅	12 癸卯	13 甲辰	14 乙巳	15 丙午
	四月	乙巳	6 丁卯	7 戊辰	8 己巳	9 庚午	10 辛未	11 壬申	12 癸酉	13 甲戌	14 乙亥	15 丙子
	五月	丙午	4 丙申	5 丁酉	6 戊戌	7 己亥	8 庚子	9 辛丑	10 壬寅	11 癸卯	12 甲辰	13 乙巳
	六月	丁未	4 丙寅	5 丁卯	6 戊辰	7 己巳	8 庚午	9 辛未	10 壬申	11 癸酉	12 甲戌	13 乙亥
	七月	戊申	2 乙未	3 丙申	4 丁酉	5 戊戌	6 己亥	7 庚子	8 辛丑	9 壬寅	10 癸卯	11 甲辰
	八月	己酉	九1 乙丑	2 丙寅	3 丁卯	4 戊辰	5 己巳	6 庚午	7 辛未	8 壬申	9 癸酉	10 甲戌
	九月	庚戌	30 甲午	十1 乙未	2 丙申	3 丁酉	4 戊戌	5 己亥	6 庚子	7 辛丑	8 壬寅	9 癸卯
	十月	辛亥	29 癸亥	30 甲子	31 乙丑	十一1 丙寅	2 丁卯	3 戊辰	4 己巳	5 庚午	6 辛未	7 壬申
	十一月	壬子	28 癸巳	29 甲午	30 乙未	十二1 丙申	2 丁酉	3 戊戌	4 己亥	5 庚子	6 辛丑	7 壬寅
	十二月	癸丑	27 壬戌	28 癸亥	29 甲子	30 乙丑	31 丙寅	一1 丁卯	2 戊辰	3 己巳	4 庚午	5 辛未
癸酉年(雞)民國廿二~廿三年(1933~1934)	正月	甲寅	26 壬辰	27 癸巳	28 甲午	29 乙未	30 丙申	31 丁酉	二1 戊戌	2 己亥	3 庚子	4 辛丑
	二月	乙卯	24 辛酉	25 壬戌	26 癸亥	27 甲子	28 乙丑	三1 丙寅	2 丁卯	3 戊辰	4 己巳	5 庚午
	三月	丙辰	26 辛卯	27 壬辰	28 癸巳	29 甲午	30 乙未	31 丙申	四1 丁酉	2 戊戌	3 己亥	4 庚子
	四月	丁巳	25 辛酉	26 壬戌	27 癸亥	28 甲子	29 乙丑	30 丙寅	五1 丁卯	2 戊辰	3 己巳	4 庚午
	五月	戊午	24 庚寅	25 辛卯	26 壬辰	27 癸巳	28 甲午	29 乙未	30 丙申	31 丁酉	六1 戊戌	2 己亥
	閏五月		23 庚申	24 辛酉	25 壬戌	26 癸亥	27 甲子	28 乙丑	29 丙寅	30 丁卯	七1 戊辰	2 己巳
	六月	己未	22 己丑	23 庚寅	24 辛卯	25 壬辰	26 癸巳	27 甲午	28 乙未	29 丙申	30 丁酉	31 戊戌
	七月	庚申	21 己未	22 庚申	23 辛酉	24 壬戌	25 癸亥	26 甲子	27 乙丑	28 丙寅	29 丁卯	30 戊辰
	八月	辛酉	20 己丑	21 庚寅	22 辛卯	23 壬辰	24 癸巳	25 甲午	26 乙未	27 丙申	28 丁酉	29 戊戌
	九月	壬戌	19 戊午	20 己未	21 庚申	22 辛酉	23 壬戌	24 癸亥	25 甲子	26 乙丑	27 丙寅	28 丁卯
	十月	癸亥	18 戊子	19 己丑	20 庚寅	21 辛卯	22 壬辰	23 癸巳	24 甲午	25 乙未	26 丙申	27 丁酉
	十一月	甲子	17 丁巳	18 戊午	19 己未	20 庚申	21 辛酉	22 壬戌	23 癸亥	24 甲子	25 乙丑	26 丙寅
	十二月	乙丑	15 丙戌	16 丁亥	17 戊子	18 己丑	19 庚寅	20 辛卯	21 壬辰	22 癸巳	23 甲午	24 乙未

年序	陰曆月序	月干支	十一	十二	十三	十四	十五	十六	十七	十八	十九	二十
壬申年(猴)民國廿一~廿二年(1932~1933)	正月	壬寅	16 丁未	17 戊申	18 己酉	19 庚戌	20 辛亥	21 壬子	22 癸丑	23 甲寅	24 乙卯	25 丙辰
	二月	癸卯	17 丁丑	18 戊寅	19 己卯	20 庚辰	21 辛巳	22 壬午	23 癸未	24 甲申	25 乙酉	26 丙戌
	三月	甲辰	16 丁未	17 戊申	18 己酉	19 庚戌	20 辛亥	21 壬子	22 癸丑	23 甲寅	24 乙卯	25 丙辰
	四月	乙巳	16 丁丑	17 戊寅	18 己卯	19 庚辰	20 辛巳	21 壬午	22 癸未	23 甲申	24 乙酉	25 丙戌
	五月	丙午	14 丙午	15 丁未	16 戊申	17 己酉	18 庚戌	19 辛亥	20 壬子	21 癸丑	22 甲寅	23 乙卯
	六月	丁未	14 丙子	15 丁丑	16 戊寅	17 己卯	18 庚辰	19 辛巳	20 壬午	21 癸未	22 甲申	23 乙酉
	七月	戊申	12 乙巳	13 丙午	14 丁未	15 戊申	16 己酉	17 庚戌	18 辛亥	19 壬子	20 癸丑	21 甲寅
	八月	己酉	11 乙亥	12 丙子	13 丁丑	14 戊寅	15 己卯	16 庚辰	17 辛巳	18 壬午	19 癸未	20 甲申
	九月	庚戌	10 甲辰	11 乙巳	12 丙午	13 丁未	14 戊申	15 己酉	16 庚戌	17 辛亥	18 壬子	19 癸丑
	十月	辛亥	8 癸酉	9 甲戌	10 乙亥	11 丙子	12 丁丑	13 戊寅	14 己卯	15 庚辰	16 辛巳	17 壬午
	十一月	壬子	8 癸卯	9 甲辰	10 乙巳	11 丙午	12 丁未	13 戊申	14 己酉	15 庚戌	16 辛亥	17 壬子
	十二月	癸丑	6 壬申	7 癸酉	8 甲戌	9 乙亥	10 丙子	11 丁丑	12 戊寅	13 己卯	14 庚辰	15 辛巳
癸酉年(雞)民國廿二~廿三年(1933~1934)	正月	甲寅	5 壬寅	6 癸卯	7 甲辰	8 乙巳	9 丙午	10 丁未	11 戊申	12 己酉	13 庚戌	14 辛亥
	二月	乙卯	6 辛未	7 壬申	8 癸酉	9 甲戌	10 乙亥	11 丙子	12 丁丑	13 戊寅	14 己卯	15 庚辰
	三月	丙辰	5 辛丑	6 壬寅	7 癸卯	8 甲辰	9 乙巳	10 丙午	11 丁未	12 戊申	13 己酉	14 庚戌
	四月	丁巳	5 辛未	6 壬申	7 癸酉	8 甲戌	9 乙亥	10 丙子	11 丁丑	12 戊寅	13 己卯	14 庚辰
	五月	戊午	3 庚子	4 辛丑	5 壬寅	6 癸卯	7 甲辰	8 乙巳	9 丙午	10 丁未	11 戊申	12 己酉
	閏五月		3 庚午	4 辛未	5 壬申	6 癸酉	7 甲戌	8 乙亥	9 丙子	10 丁丑	11 戊寅	12 己卯
	六月	己未	八1 己亥	2 庚子	3 辛丑	4 壬寅	5 癸卯	6 甲辰	7 乙巳	8 丙午	9 丁未	10 戊申
	七月	庚申	31 己巳	九1 庚午	2 辛未	3 壬申	4 癸酉	5 甲戌	6 乙亥	7 丙子	8 丁丑	9 戊寅
	八月	辛酉	30 己亥	十1 庚子	2 辛丑	3 壬寅	4 癸卯	5 甲辰	6 乙巳	7 丙午	8 丁未	9 戊申
	九月	壬戌	29 戊辰	30 己巳	31 庚午	十一1 辛未	2 壬申	3 癸酉	4 甲戌	5 乙亥	6 丙子	7 丁丑
	十月	癸亥	28 戊戌	29 己亥	30 庚子	十二1 辛丑	2 壬寅	3 癸卯	4 甲辰	5 乙巳	6 丙午	7 丁未
	十一月	甲子	27 丁卯	28 戊辰	29 己巳	30 庚午	31 辛未	一1 壬申	2 癸酉	3 甲戌	4 乙亥	5 丙子
	十二月	乙丑	25 丙申	26 丁酉	27 戊戌	28 己亥	29 庚子	30 辛丑	31 壬寅	二1 癸卯	2 甲辰	3 乙巳

年序	陰曆月序	月干支	廿一	廿二	廿三	廿四	廿五	廿六	廿七	廿八	廿九	三十
壬申年(猴)民國廿一~廿二年(1932~1933)	正月	壬寅	26 丁巳	27 戊午	28 己未	29 庚申	三1 辛酉	2 壬戌	3 癸亥	4 甲子	5 乙丑	6 丙寅
	二月	癸卯	27 丁亥	28 戊子	29 己丑	30 庚寅	31 辛卯	四1 壬辰	2 癸巳	3 甲午	4 乙未	5 丙申
	三月	甲辰	26 丁巳	27 戊午	28 己未	29 庚申	30 辛酉	五1 壬戌	2 癸亥	3 甲子	4 乙丑	5 丙寅
	四月	乙巳	26 丁亥	27 戊子	28 己丑	29 庚寅	30 辛卯	31 壬辰	六1 癸巳	2 甲午	3 乙未	
	五月	丙午	24 丙辰	25 丁巳	26 戊午	27 己未	28 庚申	29 辛酉	30 壬戌	七1 癸亥	2 甲子	3 乙丑
	六月	丁未	24 丙戌	25 丁亥	26 戊子	27 己丑	28 庚寅	29 辛卯	30 壬辰	31 癸巳	八1 甲午	
	七月	戊申	22 乙卯	23 丙辰	24 丁巳	25 戊午	26 己未	27 庚申	28 辛酉	29 壬戌	30 癸亥	31 甲子
	八月	己酉	21 乙酉	22 丙戌	23 丁亥	24 戊子	25 己丑	26 庚寅	27 辛卯	28 壬辰	29 癸巳	
	九月	庚戌	20 甲寅	21 乙卯	22 丙辰	23 丁巳	24 戊午	25 己未	26 庚申	27 辛酉	28 壬戌	
	十月	辛亥	18 癸未	19 甲申	20 乙酉	21 丙戌	22 丁亥	23 戊子	24 己丑	25 庚寅	26 辛卯	27 壬辰
	十一月	壬子	18 癸丑	19 甲寅	20 乙卯	21 丙辰	22 丁巳	23 戊午	24 己未	25 庚申	26 辛酉	
	十二月	癸丑	16 壬午	17 癸未	18 甲申	19 乙酉	20 丙戌	21 丁亥	22 戊子	23 己丑	24 庚寅	25 辛卯
癸酉年(雞)民國廿二~廿三年(1933~1934)	正月	甲寅	15 壬子	16 癸丑	17 甲寅	18 乙卯	19 丙辰	20 丁巳	21 戊午	22 己未	23 庚申	
	二月	乙卯	16 辛巳	17 壬午	18 癸未	19 甲申	20 乙酉	21 丙戌	22 丁亥	23 戊子	24 己丑	25 庚寅
	三月	丙辰	15 辛亥	16 壬子	17 癸丑	18 甲寅	19 乙卯	20 丙辰	21 丁巳	22 戊午	23 己未	24 庚申
	四月	丁巳	15 辛巳	16 壬午	17 癸未	18 甲申	19 乙酉	20 丙戌	21 丁亥	22 戊子	23 己丑	
	五月	戊午	13 庚戌	14 辛亥	15 壬子	16 癸丑	17 甲寅	18 乙卯	19 丙辰	20 丁巳	21 戊午	22 己未
	閏五月		13 庚辰	14 辛巳	15 壬午	16 癸未	17 甲申	18 乙酉	19 丙戌	20 丁亥	21 戊子	
	六月	己未	11 己酉	12 庚戌	13 辛亥	14 壬子	15 癸丑	16 甲寅	17 乙卯	18 丙辰	19 丁巳	20 戊午
	七月	庚申	10 己卯	11 庚辰	12 辛巳	13 壬午	14 癸未	15 甲申	16 乙酉	17 丙戌	18 丁亥	19 戊子
	八月	辛酉	10 己酉	11 庚戌	12 辛亥	13 壬子	14 癸丑	15 甲寅	16 乙卯	17 丙辰	18 丁巳	
	九月	壬戌	8 戊寅	9 己卯	10 庚辰	11 辛巳	12 壬午	13 癸未	14 甲申	15 乙酉	16 丙戌	17 丁亥
	十月	癸亥	8 戊申	9 己酉	10 庚戌	11 辛亥	12 壬子	13 癸丑	14 甲寅	15 乙卯	16 丙辰	
	十一月	甲子	6 丁丑	7 戊寅	8 己卯	9 庚辰	10 辛巳	11 壬午	12 癸未	13 甲申	14 乙酉	
	十二月	乙丑	4 丙午	5 丁未	6 戊申	7 己酉	8 庚戌	9 辛亥	10 壬子	11 癸丑	12 甲寅	13 乙卯

年序	陰曆月序	月干支（陰曆日序／陽曆日干支）	初一	初二	初三	初四	初五	初六	初七	初八	初九	初十	十一	十二	十三	十四	十五	十六	十七	十八	十九	二十	廿一	廿二	廿三	廿四	廿五	廿六	廿七	廿八	廿九	三十
甲戌年（狗）民國廿三～廿四年（1934～1935）	正月	丙寅	14丙辰	15丁巳	16戊午	17己未	**18庚申**	19辛酉	20壬戌	21癸亥	22甲子	23乙丑	24丙寅	**25丁卯**	26戊辰	27己巳	28庚午	三1辛未	2壬申	3癸酉	**4甲戌**	5乙亥	6丙子	7丁丑	8戊寅	9己卯	10庚辰	**11辛巳**	12壬午	13癸未	14甲申	
	二月	丁卯	15乙酉	16丙戌	17丁亥	**18戊子**	19己丑	20庚寅	21辛卯	22壬辰	23癸巳	24甲午	**25乙未**	26丙申	27丁酉	28戊戌	29己亥	30庚子	31辛丑	**四1壬寅**	2癸卯	3甲辰	4乙巳	5丙午	6丁未	7戊申	**8己酉**	9庚戌	10辛亥	11壬子	12癸丑	13甲寅
	三月	戊辰	14乙卯	**15丙辰**	16丁巳	17戊午	18己未	19庚申	20辛酉	21壬戌	**22癸亥**	23甲子	24乙丑	25丙寅	26丁卯	27戊辰	28己巳	**29庚午**	30辛未	五1壬申	2癸酉	3甲戌	4乙亥	5丙子	**6丁丑**	7戊寅	8己卯	9庚辰	10辛巳	11壬午	12癸未	
	四月	己巳	**13甲申**	14乙酉	15丙戌	16丁亥	17戊子	18己丑	19庚寅	**20辛卯**	21壬辰	22癸巳	23甲午	24乙未	25丙申	26丁酉	**27戊戌**	28己亥	29庚子	30辛丑	31壬寅	六1癸卯	2甲辰	**3乙巳**	4丙午	5丁未	6戊申	7己酉	8庚戌	9辛亥	**10壬子**	11癸丑
	五月	庚午	12甲寅	13乙卯	14丙辰	15丁巳	16戊午	**17己未**	18庚申	19辛酉	20壬戌	21癸亥	22甲子	23乙丑	**24丙寅**	25丁卯	26戊辰	27己巳	28庚午	29辛未	30壬申	**七1癸酉**	2甲戌	3乙亥	4丙子	5丁丑	6戊寅	7己卯	**8庚辰**	9辛巳	10壬午	11癸未
	六月	辛未	12甲申	13乙酉	14丙戌	**15丁亥**	16戊子	17己丑	18庚寅	19辛卯	20壬辰	21癸巳	**22甲午**	23乙未	24丙申	25丁酉	26戊戌	27己亥	28庚子	**29辛丑**	30壬寅	31癸卯	八1甲辰	2乙巳	3丙午	4丁未	**5戊申**	6己酉	7庚戌	8辛亥	9壬子	
	七月	壬申	10癸丑	11甲寅	**12乙卯**	13丙辰	14丁巳	15戊午	16己未	17庚申	18辛酉	**19壬戌**	20癸亥	21甲子	22乙丑	23丙寅	24丁卯	25戊辰	**26己巳**	27庚午	28辛未	29壬申	30癸酉	31甲戌	九1乙亥	**2丙子**	3丁丑	4戊寅	5己卯	6庚辰	7辛巳	8壬午
	八月	癸酉	**9癸未**	10甲申	11乙酉	12丙戌	13丁亥	14戊子	15己丑	**16庚寅**	17辛卯	18壬辰	19癸巳	20甲午	21乙未	22丙申	**23丁酉**	24戊戌	25己亥	26庚子	27辛丑	28壬寅	29癸卯	**30甲辰**	十1乙巳	2丙午	3丁未	4戊申	5己酉	6庚戌	**7辛亥**	
	九月	甲戌	8壬子	9癸丑	10甲寅	11乙卯	12丙辰	13丁巳	**14戊午**	15己未	16庚申	17辛酉	18壬戌	19癸亥	20甲子	**21乙丑**	22丙寅	23丁卯	24戊辰	25己巳	26庚午	27辛未	**28壬申**	29癸酉	30甲戌	31乙亥	十一1丙子	2丁丑	3戊寅	**4己卯**	5庚辰	6辛巳
	十月	乙亥	7壬午	8癸未	9甲申	10乙酉	**11丙戌**	12丁亥	13戊子	14己丑	15庚寅	16辛卯	17壬辰	**18癸巳**	19甲午	20乙未	21丙申	22丁酉	23戊戌	24己亥	**25庚子**	26辛丑	27壬寅	28癸卯	29甲辰	30乙巳	十二1丙午	**2丁未**	3戊申	4己酉	5庚戌	6辛亥
	十一月	丙子	7壬子	8癸丑	**9甲寅**	10乙卯	11丙辰	12丁巳	13戊午	14己未	15庚申	**16辛酉**	17壬戌	18癸亥	19甲子	20乙丑	21丙寅	22丁卯	**23戊辰**	24己巳	25庚午	26辛未	27壬申	28癸酉	29甲戌	**30乙亥**	31丙子	一1丁丑	2戊寅	3己卯	4庚辰	
	十二月	丁丑	5辛巳	**6壬午**	7癸未	8甲申	9乙酉	10丙戌	11丁亥	12戊子	**13己丑**	14庚寅	15辛卯	16壬辰	17癸巳	18甲午	19乙未	**20丙申**	21丁酉	22戊戌	23己亥	24庚子	25辛丑	26壬寅	**27癸卯**	28甲辰	29乙巳	30丙午	31丁未	二1戊申	2己酉	**3庚戌**
乙亥年（豬）民國廿四～廿五年（1935～1936）	正月	戊寅	4辛亥	5壬子	6癸丑	7甲寅	8乙卯	9丙辰	**10丁巳**	11戊午	12己未	13庚申	14辛酉	15壬戌	16癸亥	**17甲子**	18乙丑	19丙寅	20丁卯	21戊辰	22己巳	23庚午	**24辛未**	25壬申	26癸酉	27甲戌	28乙亥	三1丙子	2丁丑	**3戊寅**	4己卯	
	二月	己卯	5庚辰	6辛巳	7壬午	8癸未	9甲申	**10乙酉**	11丙戌	12丁亥	13戊子	14己丑	15庚寅	16辛卯	**17壬辰**	18癸巳	19甲午	20乙未	21丙申	22丁酉	23戊戌	**24己亥**	25庚子	26辛丑	27壬寅	28癸卯	29甲辰	30乙巳	**31丙午**	四1丁未	2戊申	
	三月	庚辰	3己酉	4庚戌	5辛亥	6壬子	**7癸丑**	8甲寅	9乙卯	10丙辰	11丁巳	12戊午	13己未	**14庚申**	15辛酉	16壬戌	17癸亥	18甲子	19乙丑	20丙寅	**21丁卯**	22戊辰	23己巳	24庚午	25辛未	26壬申	27癸酉	**28甲戌**	29乙亥	30丙子	五1丁丑	2戊寅
	四月	辛巳	3己卯	4庚辰	**5辛巳**	6壬午	7癸未	8甲申	9乙酉	10丙戌	11丁亥	**12戊子**	13己丑	14庚寅	15辛卯	16壬辰	17癸巳	18甲午	**19乙未**	20丙申	21丁酉	22戊戌	23己亥	24庚子	25辛丑	**26壬寅**	27癸卯	28甲辰	29乙巳	30丙午	31丁未	
	五月	壬午	六1戊申	**2己酉**	3庚戌	4辛亥	5壬子	6癸丑	7甲寅	8乙卯	**9丙辰**	10丁巳	11戊午	12己未	13庚申	14辛酉	15壬戌	**16癸亥**	17甲子	18乙丑	19丙寅	20丁卯	21戊辰	22己巳	**23庚午**	24辛未	25壬申	26癸酉	27甲戌	28乙亥	29丙子	**30丁丑**
	六月	癸未	七1戊寅	2己卯	3庚辰	4辛巳	5壬午	6癸未	**7甲申**	8乙酉	9丙戌	10丁亥	11戊子	12己丑	13庚寅	**14辛卯**	15壬辰	16癸巳	17甲午	18乙未	19丙申	20丁酉	**21戊戌**	22己亥	23庚子	24辛丑	25壬寅	26癸卯	27甲辰	**28乙巳**	29丙午	
	七月	甲申	30丁未	31戊申	八1己酉	2庚戌	3辛亥	**4壬子**	5癸丑	6甲寅	7乙卯	8丙辰	9丁巳	10戊午	**11己未**	12庚申	13辛酉	14壬戌	15癸亥	16甲子	17乙丑	**18丙寅**	19丁卯	20戊辰	21己巳	22庚午	23辛未	24壬申	**25癸酉**	26甲戌	27乙亥	28丙子
	八月	乙酉	29丁丑	30戊寅	31己卯	**九1庚辰**	2辛巳	3壬午	4癸未	5甲申	6乙酉	7丙戌	**8丁亥**	9戊子	10己丑	11庚寅	12辛卯	13壬辰	14癸巳	**15甲午**	16乙未	17丙申	18丁酉	19戊戌	20己亥	21庚子	**22辛丑**	23壬寅	24癸卯	25甲辰	26乙巳	27丙午
	九月	丙戌	28丁未	**29戊申**	30己酉	十1庚戌	2辛亥	3壬子	4癸丑	5甲寅	**6乙卯**	7丙辰	8丁巳	9戊午	10己未	11庚申	12辛酉	**13壬戌**	14癸亥	15甲子	16乙丑	17丙寅	18丁卯	19戊辰	**20己巳**	21庚午	22辛未	23壬申	24癸酉	25甲戌	26乙亥	
	十月	丁亥	**27丙子**	28丁丑	29戊寅	30己卯	31庚辰	十一1辛巳	2壬午	**3癸未**	4甲申	5乙酉	6丙戌	7丁亥	8戊子	9己丑	**10庚寅**	11辛卯	12壬辰	13癸巳	14甲午	15乙未	16丙申	**17丁酉**	18戊戌	19己亥	20庚子	21辛丑	22壬寅	23癸卯	**24甲辰**	25乙巳
	十一月	戊子	26丙午	27丁未	28戊申	29己酉	30庚戌	**十二1辛亥**	2壬子	3癸丑	4甲寅	5乙卯	6丙辰	7丁巳	**8戊午**	9己未	10庚申	11辛酉	12壬戌	13癸亥	14甲子	**15乙丑**	16丙寅	17丁卯	18戊辰	19己巳	20庚午	21辛未	**22壬申**	23癸酉	24甲戌	25乙亥
	十二月	己丑	26丙子	27丁丑	28戊寅	**29己卯**	30庚辰	31辛巳	一1壬午	2癸未	3甲申	4乙酉	**5丙戌**	6丁亥	7戊子	8己丑	9庚寅	10辛卯	11壬辰	**12癸巳**	13甲午	14乙未	15丙申	16丁酉	17戊戌	18己亥	**19庚子**	20辛丑	21壬寅	22癸卯	23甲辰	

年序	陰曆月序	月干支	初一	初二	初三	初四	初五	初六	初七	初八	初九	初十	十一	十二	十三	十四	十五	十六	十七	十八	十九	二十	廿一	廿二	廿三	廿四	廿五	廿六	廿七	廿八	廿九	三十
丙子年（鼠）民國廿五～廿六年（1936～1937）	正月	庚寅	24乙巳	25丙午	26丁未	27戊申	28己酉	29庚戌	30辛亥	31壬子	二1癸丑	2甲寅	3乙卯	4丙辰	5丁巳	6戊午	7己未	8庚申	9辛酉	10壬戌	11癸亥	12甲子	13乙丑	14丙寅	15丁卯	16戊辰	17己巳	18庚午	19辛未	20壬申	21癸酉	22甲戌
	二月	辛卯	23乙亥	24丙子	25丁丑	26戊寅	27己卯	28庚辰	29辛巳	三1壬午	2癸未	3甲申	4乙酉	5丙戌	6丁亥	7戊子	8己丑	9庚寅	10辛卯	11壬辰	12癸巳	13甲午	14乙未	15丙申	16丁酉	17戊戌	18己亥	19庚子	20辛丑	21壬寅	22癸卯	
	三月	壬辰	23甲辰	24乙巳	25丙午	26丁未	27戊申	28己酉	29庚戌	30辛亥	31壬子	四1癸丑	2甲寅	3乙卯	4丙辰	5丁巳	6戊午	7己未	8庚申	9辛酉	10壬戌	11癸亥	12甲子	13乙丑	14丙寅	15丁卯	16戊辰	17己巳	18庚午	19辛未	20壬申	
	閏三月		21癸酉	22甲戌	23乙亥	24丙子	25丁丑	26戊寅	27己卯	28庚辰	29辛巳	30壬午	五1癸未	2甲申	3乙酉	4丙戌	5丁亥	6戊子	7己丑	8庚寅	9辛卯	10壬辰	11癸巳	12甲午	13乙未	14丙申	15丁酉	16戊戌	17己亥	18庚子	19辛丑	20壬寅
	四月	癸巳	21癸卯	22甲辰	23乙巳	24丙午	25丁未	26戊申	27己酉	28庚戌	29辛亥	30壬子	31癸丑	六1甲寅	2乙卯	3丙辰	4丁巳	5戊午	6己未	7庚申	8辛酉	9壬戌	10癸亥	11甲子	12乙丑	13丙寅	14丁卯	15戊辰	16己巳	17庚午	18辛未	
	五月	甲午	19壬申	20癸酉	21甲戌	22乙亥	23丙子	24丁丑	25戊寅	26己卯	27庚辰	28辛巳	29壬午	30癸未	七1甲申	2乙酉	3丙戌	4丁亥	5戊子	6己丑	7庚寅	8辛卯	9壬辰	10癸巳	11甲午	12乙未	13丙申	14丁酉	15戊戌	16己亥	17庚子	
	六月	乙未	18辛丑	19壬寅	20癸卯	21甲辰	22乙巳	23丙午	24丁未	25戊申	26己酉	27庚戌	28辛亥	29壬子	30癸丑	31甲寅	八1乙卯	2丙辰	3丁巳	4戊午	5己未	6庚申	7辛酉	8壬戌	9癸亥	10甲子	11乙丑	12丙寅	13丁卯	14戊辰	15己巳	16庚午
	七月	丙申	17辛未	18壬申	19癸酉	20甲戌	21乙亥	22丙子	23丁丑	24戊寅	25己卯	26庚辰	27辛巳	28壬午	29癸未	30甲申	31乙酉	九1丙戌	2丁亥	3戊子	4己丑	5庚寅	6辛卯	7壬辰	8癸巳	9甲午	10乙未	11丙申	12丁酉	13戊戌	14己亥	15庚子
	八月	丁酉	16辛丑	17壬寅	18癸卯	19甲辰	20乙巳	21丙午	22丁未	23戊申	24己酉	25庚戌	26辛亥	27壬子	28癸丑	29甲寅	30乙卯	十1丙辰	2丁巳	3戊午	4己未	5庚申	6辛酉	7壬戌	8癸亥	9甲子	10乙丑	11丙寅	12丁卯	13戊辰	14己巳	
	九月	戊戌	15庚午	10辛未	17壬申	18癸酉	19甲戌	20乙亥	21丙子	22丁丑	23戊寅	24己卯	25庚辰	26辛巳	27壬午	28癸未	29甲申	30乙酉	31丙戌	十一1丁亥	2戊子	3己丑	4庚寅	5辛卯	6壬辰	7癸巳	8甲午	9乙未	10丙申	11丁酉	12戊戌	10己亥
	十月	己亥	14庚子	15辛丑	16壬寅	17癸卯	18甲辰	19乙巳	20丙午	21丁未	22戊申	23己酉	24庚戌	25辛亥	26壬子	27癸丑	28甲寅	29乙卯	30丙辰	十二1丁巳	2戊午	3己未	4庚申	5辛酉	6壬戌	7癸亥	8甲子	9乙丑	10丙寅	11丁卯	12戊辰	13己巳
	十一月	庚子	14庚午	15辛未	16壬申	17癸酉	18甲戌	19乙亥	20丙子	21丁丑	22戊寅	23己卯	24庚辰	25辛巳	26壬午	27癸未	28甲申	29乙酉	30丙戌	31丁亥	一1戊子	2己丑	3庚寅	4辛卯	5壬辰	6癸巳	7甲午	8乙未	9丙申	10丁酉	11戊戌	12己亥
	十二月	辛丑	13庚子	14辛丑	15壬寅	16癸卯	17甲辰	18乙巳	19丙午	20丁未	21戊申	22己酉	23庚戌	24辛亥	25壬子	26癸丑	27甲寅	28乙卯	29丙辰	30丁巳	31戊午	二1己未	2庚申	3辛酉	4壬戌	5癸亥	6甲子	7乙丑	8丙寅	9丁卯	10戊辰	
丁丑年（牛）民國廿六～廿七年（1937～1938）	正月	壬寅	11己巳	12庚午	13辛未	14壬申	15癸酉	16甲戌	17乙亥	18丙子	19丁丑	20戊寅	21己卯	22庚辰	23辛巳	24壬午	25癸未	26甲申	27乙酉	28丙戌	三1丁亥	2戊子	3己丑	4庚寅	5辛卯	6壬辰	7癸巳	8甲午	9乙未	10丙申	11丁酉	12戊戌
	二月	癸卯	13己亥	14庚子	15辛丑	16壬寅	17癸卯	18甲辰	19乙巳	20丙午	21丁未	22戊申	23己酉	24庚戌	25辛亥	26壬子	27癸丑	28甲寅	29乙卯	30丙辰	31丁巳	四1戊午	2己未	3庚申	4辛酉	5壬戌	6癸亥	7甲子	8乙丑	9丙寅	10丁卯	
	三月	甲辰	11戊辰	12己巳	13庚午	14辛未	15壬申	16癸酉	17甲戌	18乙亥	19丙子	20丁丑	21戊寅	22己卯	23庚辰	24辛巳	25壬午	26癸未	27甲申	28乙酉	29丙戌	30丁亥	五1戊子	2己丑	3庚寅	4辛卯	5壬辰	6癸巳	7甲午	8乙未	9丙申	
	四月	乙巳	10丁酉	11戊戌	12己亥	13庚子	14辛丑	15壬寅	16癸卯	17甲辰	18乙巳	19丙午	20丁未	21戊申	22己酉	23庚戌	24辛亥	25壬子	26癸丑	27甲寅	28乙卯	29丙辰	30丁巳	31戊午	六1己未	2庚申	3辛酉	4壬戌	5癸亥	6甲子	7乙丑	8丙寅
	五月	丙午	9丁卯	10戊辰	11己巳	12庚午	13辛未	14壬申	15癸酉	16甲戌	17乙亥	18丙子	19丁丑	20戊寅	21己卯	22庚辰	23辛巳	24壬午	25癸未	26甲申	27乙酉	28丙戌	29丁亥	30戊子	七1己丑	2庚寅	3辛卯	4壬辰	5癸巳	6甲午	7乙未	
	六月	丁未	8丙申	9丁酉	10戊戌	11己亥	12庚子	13辛丑	14壬寅	15癸卯	16甲辰	17乙巳	18丙午	19丁未	20戊申	21己酉	22庚戌	23辛亥	24壬子	25癸丑	26甲寅	27乙卯	28丙辰	29丁巳	30戊午	31己未	八1庚申	2辛酉	3壬戌	4癸亥	5甲子	
	七月	戊申	6乙丑	7丙寅	8丁卯	9戊辰	10己巳	11庚午	12辛未	13壬申	14癸酉	15甲戌	16乙亥	17丙子	18丁丑	19戊寅	20己卯	21庚辰	22辛巳	23壬午	24癸未	25甲申	26乙酉	27丙戌	28丁亥	29戊子	30己丑	31庚寅	九1辛卯	2壬辰	3癸巳	4甲午
	八月	己酉	5乙未	6丙申	7丁酉	8戊戌	9己亥	10庚子	11辛丑	12壬寅	13癸卯	14甲辰	15乙巳	16丙午	17丁未	18戊申	19己酉	20庚戌	21辛亥	22壬子	23癸丑	24甲寅	25乙卯	26丙辰	27丁巳	28戊午	29己未	30庚申	十1辛酉	2壬戌	3癸亥	
	九月	庚戌	4甲子	5乙丑	6丙寅	7丁卯	8戊辰	9己巳	10庚午	11辛未	12壬申	13癸酉	14甲戌	15乙亥	16丙子	17丁丑	18戊寅	19己卯	20庚辰	21辛巳	22壬午	23癸未	24甲申	25乙酉	26丙戌	27丁亥	28戊子	29己丑	30庚寅	31辛卯	十一1壬辰	2癸巳
	十月	辛亥	3甲午	4乙未	5丙申	6丁酉	7戊戌	8己亥	9庚子	10辛丑	11壬寅	12癸卯	13甲辰	14乙巳	15丙午	16丁未	17戊申	18己酉	19庚戌	20辛亥	21壬子	22癸丑	23甲寅	24乙卯	25丙辰	26丁巳	27戊午	28己未	29庚申	30辛酉	十二1壬戌	2癸亥
	十一月	壬子	3甲子	4乙丑	5丙寅	6丁卯	7戊辰	8己巳	9庚午	10辛未	11壬申	12癸酉	13甲戌	14乙亥	15丙子	16丁丑	17戊寅	18己卯	19庚辰	20辛巳	21壬午	22癸未	23甲申	24乙酉	25丙戌	26丁亥	27戊子	28己丑	29庚寅	30辛卯	31壬辰	一1癸巳
	十二月	癸丑	2甲午	3乙未	4丙申	5丁酉	6戊戌	7己亥	8庚子	9辛丑	10壬寅	11癸卯	12甲辰	13乙巳	14丙午	15丁未	16戊申	17己酉	18庚戌	19辛亥	20壬子	21癸丑	22甲寅	23乙卯	24丙辰	25丁巳	26戊午	27己未	28庚申	29辛酉	30壬戌	

年序	陰曆月序	月干支	初一	初二	初三	初四	初五	初六	初七	初八	初九	初十	十一	十二	十三	十四	十五	十六	十七	十八	十九	二十	廿一	廿二	廿三	廿四	廿五	廿六	廿七	廿八	廿九	三十
戊寅年(虎)民國廿七～廿八年 (1938～1939)	正月	甲寅	31 癸亥	二1 甲子	2 乙丑	3 丙寅	4 丁卯	5 戊辰	6 己巳	7 庚午	8 辛未	9 壬申	10 癸酉	11 甲戌	12 乙亥	13 丙子	14 丁丑	15 戊寅	16 己卯	17 庚辰	18 辛巳	19 壬午	20 癸未	21 甲申	22 乙酉	23 丙戌	24 丁亥	25 戊子	26 己丑	27 庚寅	28 辛卯	三1 壬辰
	二月	乙卯	2 癸巳	3 甲午	4 乙未	5 丙申	6 丁酉	7 戊戌	8 己亥	9 庚子	10 辛丑	11 壬寅	12 癸卯	13 甲辰	14 乙巳	15 丙午	16 丁未	17 戊申	18 己酉	19 庚戌	20 辛亥	21 壬子	22 癸丑	23 甲寅	24 乙卯	25 丙辰	26 丁巳	27 戊午	28 己未	29 庚申	30 辛酉	31 壬戌
	三月	丙辰	四1 癸亥	2 甲子	3 乙丑	4 丙寅	5 丁卯	6 戊辰	7 己巳	8 庚午	9 辛未	10 壬申	11 癸酉	12 甲戌	13 乙亥	14 丙子	15 丁丑	16 戊寅	17 己卯	18 庚辰	19 辛巳	20 壬午	21 癸未	22 甲申	23 乙酉	24 丙戌	25 丁亥	26 戊子	27 己丑	28 庚寅	29 辛卯	
	四月	丁巳	30 壬辰	五1 癸巳	2 甲午	3 乙未	4 丙申	5 丁酉	6 戊戌	7 己亥	8 庚子	9 辛丑	10 壬寅	11 癸卯	12 甲辰	13 乙巳	14 丙午	15 丁未	16 戊申	17 己酉	18 庚戌	19 辛亥	20 壬子	21 癸丑	22 甲寅	23 乙卯	24 丙辰	25 丁巳	26 戊午	27 己未	28 庚申	
	五月	戊午	29 辛酉	30 壬戌	31 癸亥	六1 甲子	2 乙丑	3 丙寅	4 丁卯	5 戊辰	6 己巳	7 庚午	8 辛未	9 壬申	10 癸酉	11 甲戌	12 乙亥	13 丙子	14 丁丑	15 戊寅	16 己卯	17 庚辰	18 辛巳	19 壬午	20 癸未	21 甲申	22 乙酉	23 丙戌	24 丁亥	25 戊子	26 己丑	27 庚寅
	六月	己未	28 辛卯	29 壬辰	30 癸巳	七1 甲午	2 乙未	3 丙申	4 丁酉	5 戊戌	6 己亥	7 庚子	8 辛丑	9 壬寅	10 癸卯	11 甲辰	12 乙巳	13 丙午	14 丁未	15 戊申	16 己酉	17 庚戌	18 辛亥	19 壬子	20 癸丑	21 甲寅	22 乙卯	23 丙辰	24 丁巳	25 戊午	26 己未	
	七月	庚申	27 庚申	28 辛酉	29 壬戌	30 癸亥	31 甲子	八1 乙丑	2 丙寅	3 丁卯	4 戊辰	5 己巳	6 庚午	7 辛未	8 壬申	9 癸酉	10 甲戌	11 乙亥	12 丙子	13 丁丑	14 戊寅	15 己卯	16 庚辰	17 辛巳	18 壬午	19 癸未	20 甲申	21 乙酉	22 丙戌	23 丁亥	24 戊子	
	閏七月		25 己丑	26 庚寅	27 辛卯	28 壬辰	29 癸巳	30 甲午	31 乙未	九1 丙申	2 丁酉	3 戊戌	4 己亥	5 庚子	6 辛丑	7 壬寅	8 癸卯	9 甲辰	10 乙巳	11 丙午	12 丁未	13 戊申	14 己酉	15 庚戌	16 辛亥	17 壬子	18 癸丑	19 甲寅	20 乙卯	21 丙辰	22 丁巳	23 戊午
	八月	辛酉	24 己未	25 庚申	26 辛酉	27 壬戌	28 癸亥	29 甲子	30 乙丑	十1 丙寅	2 丁卯	3 戊辰	4 己巳	5 庚午	6 辛未	7 壬申	8 癸酉	9 甲戌	10 乙亥	11 丙子	12 丁丑	13 戊寅	14 己卯	15 庚辰	16 辛巳	17 壬午	18 癸未	19 甲申	20 乙酉	21 丙戌	22 丁亥	
	九月	壬戌	23 戊子	24 己丑	25 庚寅	26 辛卯	27 壬辰	28 癸巳	29 甲午	30 乙未	31 丙申	十一1 丁酉	2 戊戌	3 己亥	4 庚子	5 辛丑	6 壬寅	7 癸卯	8 甲辰	9 乙巳	10 丙午	11 丁未	12 戊申	13 己酉	14 庚戌	15 辛亥	16 壬子	17 癸丑	18 甲寅	19 乙卯	20 丙辰	21 丁巳
	十月	癸亥	22 戊午	23 己未	24 庚申	25 辛酉	26 壬戌	27 癸亥	28 甲子	29 乙丑	30 丙寅	十二1 丁卯	2 戊辰	3 己巳	4 庚午	5 辛未	6 壬申	7 癸酉	8 甲戌	9 乙亥	10 丙子	11 丁丑	12 戊寅	13 己卯	14 庚辰	15 辛巳	16 壬午	17 癸未	18 甲申	19 乙酉	20 丙戌	21 丁亥
	十一月	甲子	22 戊子	23 己丑	24 庚寅	25 辛卯	26 壬辰	27 癸巳	28 甲午	29 乙未	30 丙申	31 丁酉	一1 戊戌	2 己亥	3 庚子	4 辛丑	5 壬寅	6 癸卯	7 甲辰	8 乙巳	9 丙午	10 丁未	11 戊申	12 己酉	13 庚戌	14 辛亥	15 壬子	16 癸丑	17 甲寅	18 乙卯	19 丙辰	
	十二月	乙丑	20 丁巳	21 戊午	22 己未	23 庚申	24 辛酉	25 壬戌	26 癸亥	27 甲子	28 乙丑	29 丙寅	30 丁卯	31 戊辰	二1 己巳	2 庚午	3 辛未	4 壬申	5 癸酉	6 甲戌	7 乙亥	8 丙子	9 丁丑	10 戊寅	11 己卯	12 庚辰	13 辛巳	14 壬午	15 癸未	16 甲申	17 乙酉	18 丙戌
己卯年(兔)民國廿八～廿九年 (1939～1940)	正月	丙寅	19 丁亥	20 戊子	21 己丑	22 庚寅	23 辛卯	24 壬辰	25 癸巳	26 甲午	27 乙未	28 丙申	三1 丁酉	2 戊戌	3 己亥	4 庚子	5 辛丑	6 壬寅	7 癸卯	8 甲辰	9 乙巳	10 丙午	11 丁未	12 戊申	13 己酉	14 庚戌	15 辛亥	16 壬子	17 癸丑	18 甲寅	19 乙卯	20 丙辰
	二月	丁卯	21 丁巳	22 戊午	23 己未	24 庚申	25 辛酉	26 壬戌	27 癸亥	28 甲子	29 乙丑	30 丙寅	31 丁卯	四1 戊辰	2 己巳	3 庚午	4 辛未	5 壬申	6 癸酉	7 甲戌	8 乙亥	9 丙子	10 丁丑	11 戊寅	12 己卯	13 庚辰	14 辛巳	15 壬午	16 癸未	17 甲申	18 乙酉	19 丙戌
	三月	戊辰	20 丁亥	21 戊子	22 己丑	23 庚寅	24 辛卯	25 壬辰	26 癸巳	27 甲午	28 乙未	29 丙申	30 丁酉	五1 戊戌	2 己亥	3 庚子	4 辛丑	5 壬寅	6 癸卯	7 甲辰	8 乙巳	9 丙午	10 丁未	11 戊申	12 己酉	13 庚戌	14 辛亥	15 壬子	16 癸丑	17 甲寅	18 乙卯	
	四月	己巳	19 丙辰	20 丁巳	21 戊午	22 己未	23 庚申	24 辛酉	25 壬戌	26 癸亥	27 甲子	28 乙丑	29 丙寅	30 丁卯	31 戊辰	六1 己巳	2 庚午	3 辛未	4 壬申	5 癸酉	6 甲戌	7 乙亥	8 丙子	9 丁丑	10 戊寅	11 己卯	12 庚辰	13 辛巳	14 壬午	15 癸未	16 甲申	
	五月	庚午	17 乙酉	18 丙戌	19 丁亥	20 戊子	21 己丑	22 庚寅	23 辛卯	24 壬辰	25 癸巳	26 甲午	27 乙未	28 丙申	29 丁酉	30 戊戌	七1 己亥	2 庚子	3 辛丑	4 壬寅	5 癸卯	6 甲辰	7 乙巳	8 丙午	9 丁未	10 戊申	11 己酉	12 庚戌	13 辛亥	14 壬子	15 癸丑	16 甲寅
	六月	辛未	17 乙卯	18 丙辰	19 丁巳	20 戊午	21 己未	22 庚申	23 辛酉	24 壬戌	25 癸亥	26 甲子	27 乙丑	28 丙寅	29 丁卯	30 戊辰	31 己巳	八1 庚午	2 辛未	3 壬申	4 癸酉	5 甲戌	6 乙亥	7 丙子	8 丁丑	9 戊寅	10 己卯	11 庚辰	12 辛巳	13 壬午	14 癸未	
	七月	壬申	15 甲申	16 乙酉	17 丙戌	18 丁亥	19 戊子	20 己丑	21 庚寅	22 辛卯	23 壬辰	24 癸巳	25 甲午	26 乙未	27 丙申	28 丁酉	29 戊戌	30 己亥	31 庚子	九1 辛丑	2 壬寅	3 癸卯	4 甲辰	5 乙巳	6 丙午	7 丁未	8 戊申	9 己酉	10 庚戌	11 辛亥	12 壬子	
	八月	癸酉	13 癸丑	14 甲寅	15 乙卯	16 丙辰	17 丁巳	18 戊午	19 己未	20 庚申	21 辛酉	22 壬戌	23 癸亥	24 甲子	25 乙丑	26 丙寅	27 丁卯	28 戊辰	29 己巳	30 庚午	十1 辛未	2 壬申	3 癸酉	4 甲戌	5 乙亥	6 丙子	7 丁丑	8 戊寅	9 己卯	10 庚辰	11 辛巳	12 壬午
	九月	甲戌	13 癸未	14 甲申	15 乙酉	16 丙戌	17 丁亥	18 戊子	19 己丑	20 庚寅	21 辛卯	22 壬辰	23 癸巳	24 甲午	25 乙未	26 丙申	27 丁酉	28 戊戌	29 己亥	30 庚子	31 辛丑	十一1 壬寅	2 癸卯	3 甲辰	4 乙巳	5 丙午	6 丁未	7 戊申	8 己酉	9 庚戌	10 辛亥	
	十月	乙亥	11 壬子	12 癸丑	13 甲寅	14 乙卯	15 丙辰	16 丁巳	17 戊午	18 己未	19 庚申	20 辛酉	21 壬戌	22 癸亥	23 甲子	24 乙丑	25 丙寅	26 丁卯	27 戊辰	28 己巳	29 庚午	30 辛未	十二1 壬申	2 癸酉	3 甲戌	4 乙亥	5 丙子	6 丁丑	7 戊寅	8 己卯	9 庚辰	10 辛巳
	十一月	丙子	11 壬午	12 癸未	13 甲申	14 乙酉	15 丙戌	16 丁亥	17 戊子	18 己丑	19 庚寅	20 辛卯	21 壬辰	22 癸巳	23 甲午	24 乙未	25 丙申	26 丁酉	27 戊戌	28 己亥	29 庚子	30 辛丑	31 壬寅	一1 癸卯	2 甲辰	3 乙巳	4 丙午	5 丁未	6 戊申	7 己酉	8 庚戌	
	十二月	丁丑	9 辛亥	10 壬子	11 癸丑	12 甲寅	13 乙卯	14 丙辰	15 丁巳	16 戊午	17 己未	18 庚申	19 辛酉	20 壬戌	21 癸亥	22 甲子	23 乙丑	24 丙寅	25 丁卯	26 戊辰	27 己巳	28 庚午	29 辛未	30 壬申	31 癸酉	二1 甲戌	2 乙亥	3 丙子	4 丁丑	5 戊寅	6 己卯	7 庚辰

年序	陰曆月序	月干支	初一	初二	初三	初四	初五	初六	初七	初八	初九	初十	十一	十二	十三	十四	十五	十六	十七	十八	十九	二十	廿一	廿二	廿三	廿四	廿五	廿六	廿七	廿八	廿九	三十
庚辰年（龍）民國廿九～三〇年（1940～1941）	正月	戊寅	8 辛巳	9 壬午	10 癸未	11 甲申	12 乙酉	13 丙戌	14 丁亥	15 戊子	16 己丑	17 庚寅	18 辛卯	19 壬辰	20 癸巳	21 甲午	22 乙未	23 丙申	24 丁酉	25 戊戌	26 己亥	27 庚子	28 辛丑	29 壬寅	三1 癸卯	2 甲辰	3 乙巳	4 丙午	5 丁未	6 戊申	7 己酉	8 庚戌
	二月	己卯	9 辛亥	10 壬子	11 癸丑	12 甲寅	13 乙卯	14 丙辰	15 丁巳	16 戊午	17 己未	18 庚申	19 辛酉	20 壬戌	21 癸亥	22 甲子	23 乙丑	24 丙寅	25 丁卯	26 戊辰	27 己巳	28 庚午	29 辛未	30 壬申	31 癸酉	四1 甲戌	2 乙亥	3 丙子	4 丁丑	5 戊寅	6 己卯	7 庚辰
	三月	庚辰	8 辛巳	9 壬午	10 癸未	11 甲申	12 乙酉	13 丙戌	14 丁亥	15 戊子	16 己丑	17 庚寅	18 辛卯	19 壬辰	20 癸巳	21 甲午	22 乙未	23 丙申	24 丁酉	25 戊戌	26 己亥	27 庚子	28 辛丑	29 壬寅	30 癸卯	五1 甲辰	2 乙巳	3 丙午	4 丁未	5 戊申	6 己酉	
	四月	辛巳	7 庚戌	8 辛亥	9 壬子	10 癸丑	11 甲寅	12 乙卯	13 丙辰	14 丁巳	15 戊午	16 己未	17 庚申	18 辛酉	19 壬戌	20 癸亥	21 甲子	22 乙丑	23 丙寅	24 丁卯	25 戊辰	26 己巳	27 庚午	28 辛未	29 壬申	30 癸酉	31 甲戌	六1 乙亥	2 丙子	3 丁丑	4 戊寅	5 己卯
	五月	壬午	6 庚辰	7 辛巳	8 壬午	9 癸未	10 甲申	11 乙酉	12 丙戌	13 丁亥	14 戊子	15 己丑	16 庚寅	17 辛卯	18 壬辰	19 癸巳	20 甲午	21 乙未	22 丙申	23 丁酉	24 戊戌	25 己亥	26 庚子	27 辛丑	28 壬寅	29 癸卯	30 甲辰	七1 乙巳	2 丙午	3 丁未	4 戊申	
	六月	癸未	5 己酉	6 庚戌	7 辛亥	8 壬子	9 癸丑	10 甲寅	11 乙卯	12 丙辰	13 丁巳	14 戊午	15 己未	16 庚申	17 辛酉	18 壬戌	19 癸亥	20 甲子	21 乙丑	22 丙寅	23 丁卯	24 戊辰	25 己巳	26 庚午	27 辛未	28 壬申	29 癸酉	30 甲戌	31 乙亥	八1 丙子	2 丁丑	3 戊寅
	七月	甲申	4 己卯	5 庚辰	6 辛巳	7 壬午	8 癸未	9 甲申	10 乙酉	11 丙戌	12 丁亥	13 戊子	14 己丑	15 庚寅	16 辛卯	17 壬辰	18 癸巳	19 甲午	20 乙未	21 丙申	22 丁酉	23 戊戌	24 己亥	25 庚子	26 辛丑	27 壬寅	28 癸卯	29 甲辰	30 乙巳	31 丙午	九1 丁未	
	八月	乙酉	2 戊申	3 己酉	4 庚戌	5 辛亥	6 壬子	7 癸丑	8 甲寅	9 乙卯	10 丙辰	11 丁巳	12 戊午	13 己未	14 庚申	15 辛酉	16 壬戌	17 癸亥	18 甲子	19 乙丑	20 丙寅	21 丁卯	22 戊辰	23 己巳	24 庚午	25 辛未	26 壬申	27 癸酉	28 甲戌	29 乙亥	30 丙子	
	九月	丙戌	十1 丁丑	2 戊寅	3 己卯	4 庚辰	5 辛巳	6 壬午	7 癸未	8 甲申	9 乙酉	10 丙戌	11 丁亥	12 戊子	13 己丑	14 庚寅	15 辛卯	16 壬辰	17 癸巳	18 甲午	19 乙未	20 丙申	21 丁酉	22 戊戌	23 己亥	24 庚子	25 辛丑	26 壬寅	27 癸卯	28 甲辰	29 乙巳	30 丙午
	十月	丁亥	31 丁未	十一1 戊申	2 己酉	3 庚戌	4 辛亥	5 壬子	6 癸丑	7 甲寅	8 乙卯	9 丙辰	10 丁巳	11 戊午	12 己未	13 庚申	14 辛酉	15 壬戌	16 癸亥	17 甲子	18 乙丑	19 丙寅	20 丁卯	21 戊辰	22 己巳	23 庚午	24 辛未	25 壬申	26 癸酉	27 甲戌	28 乙亥	
	十一月	戊子	29 丙子	30 丁丑	十二1 戊寅	2 己卯	3 庚辰	4 辛巳	5 壬午	6 癸未	7 甲申	8 乙酉	9 丙戌	10 丁亥	11 戊子	12 己丑	13 庚寅	14 辛卯	15 壬辰	16 癸巳	17 甲午	18 乙未	19 丙申	20 丁酉	21 戊戌	22 己亥	23 庚子	24 辛丑	25 壬寅	26 癸卯	27 甲辰	28 乙巳
	十二月	己丑	29 丙午	30 丁未	31 戊申	一1 己酉	2 庚戌	3 辛亥	4 壬子	5 癸丑	6 甲寅	7 乙卯	8 丙辰	9 丁巳	10 戊午	11 己未	12 庚申	13 辛酉	14 壬戌	15 癸亥	16 甲子	17 乙丑	18 丙寅	19 丁卯	20 戊辰	21 己巳	22 庚午	23 辛未	24 壬申	25 癸酉	26 甲戌	
辛巳年（蛇）民國三〇～三一年（1941～1942）	正月	庚寅	27 乙亥	28 丙子	29 丁丑	30 戊寅	31 己卯	二1 庚辰	2 辛巳	3 壬午	4 癸未	5 甲申	6 乙酉	7 丙戌	8 丁亥	9 戊子	10 己丑	11 庚寅	12 辛卯	13 壬辰	14 癸巳	15 甲午	16 乙未	17 丙申	18 丁酉	19 戊戌	20 己亥	21 庚子	22 辛丑	23 壬寅	24 癸卯	25 甲辰
	二月	辛卯	26 乙巳	27 丙午	28 丁未	三1 戊申	2 己酉	3 庚戌	4 辛亥	5 壬子	6 癸丑	7 甲寅	8 乙卯	9 丙辰	10 丁巳	11 戊午	12 己未	13 庚申	14 辛酉	15 壬戌	16 癸亥	17 甲子	18 乙丑	19 丙寅	20 丁卯	21 戊辰	22 己巳	23 庚午	24 辛未	25 壬申	26 癸酉	27 甲戌
	三月	壬辰	28 乙亥	29 丙子	30 丁丑	31 戊寅	四1 己卯	2 庚辰	3 辛巳	4 壬午	5 癸未	6 甲申	7 乙酉	8 丙戌	9 丁亥	10 戊子	11 己丑	12 庚寅	13 辛卯	14 壬辰	15 癸巳	16 甲午	17 乙未	18 丙申	19 丁酉	20 戊戌	21 己亥	22 庚子	23 辛丑	24 壬寅	25 癸卯	
	四月	癸巳	26 甲辰	27 乙巳	28 丙午	29 丁未	30 戊申	五1 己酉	2 庚戌	3 辛亥	4 壬子	5 癸丑	6 甲寅	7 乙卯	8 丙辰	9 丁巳	10 戊午	11 己未	12 庚申	13 辛酉	14 壬戌	15 癸亥	16 甲子	17 乙丑	18 丙寅	19 丁卯	20 戊辰	21 己巳	22 庚午	23 辛未	24 壬申	25 癸酉
	五月	甲午	26 甲戌	27 乙亥	28 丙子	29 丁丑	30 戊寅	31 己卯	六1 庚辰	2 辛巳	3 壬午	4 癸未	5 甲申	6 乙酉	7 丙戌	8 丁亥	9 戊子	10 己丑	11 庚寅	12 辛卯	13 壬辰	14 癸巳	15 甲午	16 乙未	17 丙申	18 丁酉	19 戊戌	20 己亥	21 庚子	22 辛丑	23 壬寅	24 癸卯
	六月	乙未	25 甲辰	26 乙巳	27 丙午	28 丁未	29 戊申	30 己酉	七1 庚戌	2 辛亥	3 壬子	4 癸丑	5 甲寅	6 乙卯	7 丙辰	8 丁巳	9 戊午	10 己未	11 庚申	12 辛酉	13 壬戌	14 癸亥	15 甲子	16 乙丑	17 丙寅	18 丁卯	19 戊辰	20 己巳	21 庚午	22 辛未	23 壬申	
	閏六月		24 癸酉	25 甲戌	26 乙亥	27 丙子	28 丁丑	29 戊寅	30 己卯	31 庚辰	八1 辛巳	2 壬午	3 癸未	4 甲申	5 乙酉	6 丙戌	7 丁亥	8 戊子	9 己丑	10 庚寅	11 辛卯	12 壬辰	13 癸巳	14 甲午	15 乙未	16 丙申	17 丁酉	18 戊戌	19 己亥	20 庚子	21 辛丑	22 壬寅
	七月	丙申	23 癸卯	24 甲辰	25 乙巳	26 丙午	27 丁未	28 戊申	29 己酉	30 庚戌	31 辛亥	九1 壬子	2 癸丑	3 甲寅	4 乙卯	5 丙辰	6 丁巳	7 戊午	8 己未	9 庚申	10 辛酉	11 壬戌	12 癸亥	13 甲子	14 乙丑	15 丙寅	16 丁卯	17 戊辰	18 己巳	19 庚午	20 辛未	
	八月	丁酉	21 壬申	22 癸酉	23 甲戌	24 乙亥	25 丙子	26 丁丑	27 戊寅	28 己卯	29 庚辰	30 辛巳	十1 壬午	2 癸未	3 甲申	4 乙酉	5 丙戌	6 丁亥	7 戊子	8 己丑	9 庚寅	10 辛卯	11 壬辰	12 癸巳	13 甲午	14 乙未	15 丙申	16 丁酉	17 戊戌	18 己亥	19 庚子	
	九月	戊戌	20 辛丑	21 壬寅	22 癸卯	23 甲辰	24 乙巳	25 丙午	26 丁未	27 戊申	28 己酉	29 庚戌	30 辛亥	31 壬子	十一1 癸丑	2 甲寅	3 乙卯	4 丙辰	5 丁巳	6 戊午	7 己未	8 庚申	9 辛酉	10 壬戌	11 癸亥	12 甲子	13 乙丑	14 丙寅	15 丁卯	16 戊辰	17 己巳	18 庚午
	十月	己亥	19 辛未	20 壬申	21 癸酉	22 甲戌	23 乙亥	24 丙子	25 丁丑	26 戊寅	27 己卯	28 庚辰	29 辛巳	30 壬午	十二1 癸未	2 甲申	3 乙酉	4 丙戌	5 丁亥	6 戊子	7 己丑	8 庚寅	9 辛卯	10 壬辰	11 癸巳	12 甲午	13 乙未	14 丙申	15 丁酉	16 戊戌	17 己亥	
	十一月	庚子	18 庚子	19 辛丑	20 壬寅	21 癸卯	22 甲辰	23 乙巳	24 丙午	25 丁未	26 戊申	27 己酉	28 庚戌	29 辛亥	30 壬子	31 癸丑	一1 甲寅	2 乙卯	3 丙辰	4 丁巳	5 戊午	6 己未	7 庚申	8 辛酉	9 壬戌	10 癸亥	11 甲子	12 乙丑	13 丙寅	14 丁卯	15 戊辰	16 己巳
	十二月	辛丑	17 庚午	18 辛未	19 壬申	20 癸酉	21 甲戌	22 乙亥	23 丙子	24 丁丑	25 戊寅	26 己卯	27 庚辰	28 辛巳	29 壬午	30 癸未	31 甲申	二1 乙酉	2 丙戌	3 丁亥	4 戊子	5 己丑	6 庚寅	7 辛卯	8 壬辰	9 癸巳	10 甲午	11 乙未	12 丙申	13 丁酉	14 戊戌	

年序	陰曆月序	月干支	初一	初二	初三	初四	初五	初六	初七	初八	初九	初十	十一	十二	十三	十四	十五	十六	十七	十八	十九	二十	廿一	廿二	廿三	廿四	廿五	廿六	廿七	廿八	廿九	三十
壬午年（馬）民國三一～三二年（1942～1943）	正月	壬寅	15 己亥	16 庚子	17 辛丑	18 壬寅	19 癸卯	20 甲辰	21 乙巳	22 丙午	23 丁未	24 戊申	25 己酉	26 庚戌	27 辛亥	28 壬子	三1 癸丑	2 甲寅	3 乙卯	4 丙辰	5 丁巳	6 戊午	7 己未	8 庚申	9 辛酉	10 壬戌	11 癸亥	12 甲子	13 乙丑	14 丙寅	15 丁卯	16 戊辰
	二月	癸卯	17 己巳	18 庚午	19 辛未	20 壬申	21 癸酉	22 甲戌	23 乙亥	24 丙子	25 丁丑	26 戊寅	27 己卯	28 庚辰	29 辛巳	30 壬午	31 癸未	四1 甲申	2 乙酉	3 丙戌	4 丁亥	5 戊子	6 己丑	7 庚寅	8 辛卯	9 壬辰	10 癸巳	11 甲午	12 乙未	13 丙申	14 丁酉	
	三月	甲辰	15 戊戌	16 己亥	17 庚子	18 辛丑	19 壬寅	20 癸卯	21 甲辰	22 乙巳	23 丙午	24 丁未	25 戊申	26 己酉	27 庚戌	28 辛亥	29 壬子	30 癸丑	五1 甲寅	2 乙卯	3 丙辰	4 丁巳	5 戊午	6 己未	7 庚申	8 辛酉	9 壬戌	10 癸亥	11 甲子	12 乙丑	13 丙寅	14 丁卯
	四月	乙巳	15 戊辰	16 己巳	17 庚午	18 辛未	19 壬申	20 癸酉	21 甲戌	22 乙亥	23 丙子	24 丁丑	25 戊寅	26 己卯	27 庚辰	28 辛巳	29 壬午	30 癸未	31 甲申	六1 乙酉	2 丙戌	3 丁亥	4 戊子	5 己丑	6 庚寅	7 辛卯	8 壬辰	9 癸巳	10 甲午	11 乙未	12 丙申	13 丁酉
	五月	丙午	14 戊戌	15 己亥	16 庚子	17 辛丑	18 壬寅	19 癸卯	20 甲辰	21 乙巳	22 丙午	23 丁未	24 戊申	25 己酉	26 庚戌	27 辛亥	28 壬子	29 癸丑	30 甲寅	七1 乙卯	2 丙辰	3 丁巳	4 戊午	5 己未	6 庚申	7 辛酉	8 壬戌	9 癸亥	10 甲子	11 乙丑	12 丙寅	
	六月	丁未	13 丁卯	14 戊辰	15 己巳	16 庚午	17 辛未	18 壬申	19 癸酉	20 甲戌	21 乙亥	22 丙子	23 丁丑	24 戊寅	25 己卯	26 庚辰	27 辛巳	28 壬午	29 癸未	30 甲申	31 乙酉	八1 丙戌	2 丁亥	3 戊子	4 己丑	5 庚寅	6 辛卯	7 壬辰	8 癸巳	9 甲午	10 乙未	11 丙申
	七月	戊申	12 丁酉	13 戊戌	14 己亥	15 庚子	16 辛丑	17 壬寅	18 癸卯	19 甲辰	20 乙巳	21 丙午	22 丁未	23 戊申	24 己酉	25 庚戌	26 辛亥	27 壬子	28 癸丑	29 甲寅	30 乙卯	31 丙辰	九1 丁巳	2 戊午	3 己未	4 庚申	5 辛酉	6 壬戌	7 癸亥	8 甲子	9 乙丑	
	八月	己酉	10 丙寅	11 丁卯	12 戊辰	13 己巳	14 庚午	15 辛未	16 壬申	17 癸酉	18 甲戌	19 乙亥	20 丙子	21 丁丑	22 戊寅	23 己卯	24 庚辰	25 辛巳	26 壬午	27 癸未	28 甲申	29 乙酉	30 丙戌	十1 丁亥	2 戊子	3 己丑	4 庚寅	5 辛卯	6 壬辰	7 癸巳	8 甲午	9 乙未
	九月	庚戌	10 丙申	11 丁酉	12 戊戌	13 己亥	14 庚子	15 辛丑	16 壬寅	17 癸卯	18 甲辰	19 乙巳	20 丙午	21 丁未	22 戊申	23 己酉	24 庚戌	25 辛亥	26 壬子	27 癸丑	28 甲寅	29 乙卯	30 丙辰	31 丁巳	十一1 戊午	2 己未	3 庚申	4 辛酉	5 壬戌	6 癸亥	7 甲子	
	十月	辛亥	8 乙丑	9 丙寅	10 丁卯	11 戊辰	12 己巳	13 庚午	14 辛未	15 壬申	16 癸酉	17 甲戌	18 乙亥	19 丙子	20 丁丑	21 戊寅	22 己卯	23 庚辰	24 辛巳	25 壬午	26 癸未	27 甲申	28 乙酉	29 丙戌	30 丁亥	十二1 戊子	2 己丑	3 庚寅	4 辛卯	5 壬辰	6 癸巳	7 甲午
	十一月	壬子	8 乙未	9 丙申	10 丁酉	11 戊戌	12 己亥	13 庚子	14 辛丑	15 壬寅	16 癸卯	17 甲辰	18 乙巳	19 丙午	20 丁未	21 戊申	22 己酉	23 庚戌	24 辛亥	25 壬子	26 癸丑	27 甲寅	28 乙卯	29 丙辰	30 丁巳	31 戊午	一1 己未	2 庚申	3 辛酉	4 壬戌	5 癸亥	
	十二月	癸丑	6 甲子	7 乙丑	8 丙寅	9 丁卯	10 戊辰	11 己巳	12 庚午	13 辛未	14 壬申	15 癸酉	16 甲戌	17 乙亥	18 丙子	19 丁丑	20 戊寅	21 己卯	22 庚辰	23 辛巳	24 壬午	25 癸未	26 甲申	27 乙酉	28 丙戌	29 丁亥	30 戊子	31 己丑	二1 庚寅	2 辛卯	3 壬辰	4 癸巳
癸未年（羊）民國三二～三三年（1943～1944）	正月	甲寅	5 甲午	6 乙未	7 丙申	8 丁酉	9 戊戌	10 己亥	11 庚子	12 辛丑	13 壬寅	14 癸卯	15 甲辰	16 乙巳	17 丙午	18 丁未	19 戊申	20 己酉	21 庚戌	22 辛亥	23 壬子	24 癸丑	25 甲寅	26 乙卯	27 丙辰	28 丁巳	三1 戊午	2 己未	3 庚申	4 辛酉	5 壬戌	
	二月	乙卯	6 癸亥	7 甲子	8 乙丑	9 丙寅	10 丁卯	11 戊辰	12 己巳	13 庚午	14 辛未	15 壬申	16 癸酉	17 甲戌	18 乙亥	19 丙子	20 丁丑	21 戊寅	22 己卯	23 庚辰	24 辛巳	25 壬午	26 癸未	27 甲申	28 乙酉	29 丙戌	30 丁亥	31 戊子	四1 己丑	2 庚寅	3 辛卯	4 壬辰
	三月	丙辰	5 癸巳	6 甲午	7 乙未	8 丙申	9 丁酉	10 戊戌	11 己亥	12 庚子	13 辛丑	14 壬寅	15 癸卯	16 甲辰	17 乙巳	18 丙午	19 丁未	20 戊申	21 己酉	22 庚戌	23 辛亥	24 壬子	25 癸丑	26 甲寅	27 乙卯	28 丙辰	29 丁巳	30 戊午	五1 己未	2 庚申	3 辛酉	
	四月	丁巳	4 壬戌	5 癸亥	6 甲子	7 乙丑	8 丙寅	9 丁卯	10 戊辰	11 己巳	12 庚午	13 辛未	14 壬申	15 癸酉	16 甲戌	17 乙亥	18 丙子	19 丁丑	20 戊寅	21 己卯	22 庚辰	23 辛巳	24 壬午	25 癸未	26 甲申	27 乙酉	28 丙戌	29 丁亥	30 戊子	31 己丑	六1 庚寅	2 辛卯
	五月	戊午	3 壬辰	4 癸巳	5 甲午	6 乙未	7 丙申	8 丁酉	9 戊戌	10 己亥	11 庚子	12 辛丑	13 壬寅	14 癸卯	15 甲辰	16 乙巳	17 丙午	18 丁未	19 戊申	20 己酉	21 庚戌	22 辛亥	23 壬子	24 癸丑	25 甲寅	26 乙卯	27 丙辰	28 丁巳	29 戊午	30 己未	七1 庚申	
	六月	己未	2 辛酉	3 壬戌	4 癸亥	5 甲子	6 乙丑	7 丙寅	8 丁卯	9 戊辰	10 己巳	11 庚午	12 辛未	13 壬申	14 癸酉	15 甲戌	16 乙亥	17 丙子	18 丁丑	19 戊寅	20 己卯	21 庚辰	22 辛巳	23 壬午	24 癸未	25 甲申	26 乙酉	27 丙戌	28 丁亥	29 戊子	30 己丑	31 庚寅
	七月	庚申	八1 辛卯	2 壬辰	3 癸巳	4 甲午	5 乙未	6 丙申	7 丁酉	8 戊戌	9 己亥	10 庚子	11 辛丑	12 壬寅	13 癸卯	14 甲辰	15 乙巳	16 丙午	17 丁未	18 戊申	19 己酉	20 庚戌	21 辛亥	22 壬子	23 癸丑	24 甲寅	25 乙卯	26 丙辰	27 丁巳	28 戊午	29 己未	30 庚申
	八月	辛酉	31 辛酉	九1 壬戌	2 癸亥	3 甲子	4 乙丑	5 丙寅	6 丁卯	7 戊辰	8 己巳	9 庚午	10 辛未	11 壬申	12 癸酉	13 甲戌	14 乙亥	15 丙子	16 丁丑	17 戊寅	18 己卯	19 庚辰	20 辛巳	21 壬午	22 癸未	23 甲申	24 乙酉	25 丙戌	26 丁亥	27 戊子	28 己丑	
	九月	壬戌	29 庚寅	30 辛卯	十1 壬辰	2 癸巳	3 甲午	4 乙未	5 丙申	6 丁酉	7 戊戌	8 己亥	9 庚子	10 辛丑	11 壬寅	12 癸卯	13 甲辰	14 乙巳	15 丙午	16 丁未	17 戊申	18 己酉	19 庚戌	20 辛亥	21 壬子	22 癸丑	23 甲寅	24 乙卯	25 丙辰	26 丁巳	27 戊午	28 己未
	十月	癸亥	29 庚申	30 辛酉	31 壬戌	十一1 癸亥	2 甲子	3 乙丑	4 丙寅	5 丁卯	6 戊辰	7 己巳	8 庚午	9 辛未	10 壬申	11 癸酉	12 甲戌	13 乙亥	14 丙子	15 丁丑	16 戊寅	17 己卯	18 庚辰	19 辛巳	20 壬午	21 癸未	22 甲申	23 乙酉	24 丙戌	25 丁亥	26 戊子	
	十一月	甲子	27 己丑	28 庚寅	29 辛卯	30 壬辰	十二1 癸巳	2 甲午	3 乙未	4 丙申	5 丁酉	6 戊戌	7 己亥	8 庚子	9 辛丑	10 壬寅	11 癸卯	12 甲辰	13 乙巳	14 丙午	15 丁未	16 戊申	17 己酉	18 庚戌	19 辛亥	20 壬子	21 癸丑	22 甲寅	23 乙卯	24 丙辰	25 丁巳	26 戊午
	十二月	乙丑	27 己未	28 庚申	29 辛酉	30 壬戌	31 癸亥	一1 甲子	2 乙丑	3 丙寅	4 丁卯	5 戊辰	6 己巳	7 庚午	8 辛未	9 壬申	10 癸酉	11 甲戌	12 乙亥	13 丙子	14 丁丑	15 戊寅	16 己卯	17 庚辰	18 辛巳	19 壬午	20 癸未	21 甲申	22 乙酉	23 丙戌	24 丁亥	

年序	陰曆月序	陰曆月干支／陽曆月日干支／陰曆日序	初一	初二	初三	初四	初五	初六	初七	初八	初九	初十	十一	十二	十三	十四	十五	十六	十七	十八	十九	二十	廿一	廿二	廿三	廿四	廿五	廿六	廿七	廿八	廿九	三十
甲申年（猴）民國三三～三四年（1944～1945）	正月	丙寅	25戊子	26己丑	27庚寅	28辛卯	29壬辰	30癸巳	31甲午	二1乙未	2丙申	3丁酉	4戊戌	5己亥	6庚子	7辛丑	8壬寅	9癸卯	10甲辰	11乙巳	12丙午	13丁未	14戊申	15己酉	16庚戌	17辛亥	18壬子	19癸丑	20甲寅	21乙卯	22丙辰	23丁巳
	二月	丁卯	24戊午	25己未	26庚申	27辛酉	28壬戌	29癸亥	三1甲子	2乙丑	3丙寅	4丁卯	5戊辰	6己巳	7庚午	8辛未	9壬申	10癸酉	11甲戌	12乙亥	13丙子	14丁丑	15戊寅	16己卯	17庚辰	18辛巳	19壬午	20癸未	21甲申	22乙酉	23丙戌	
	三月	戊辰	24丁亥	25戊子	26己丑	27庚寅	28辛卯	29壬辰	30癸巳	31甲午	四1乙未	2丙申	3丁酉	4戊戌	5己亥	6庚子	7辛丑	8壬寅	9癸卯	10甲辰	11乙巳	12丙午	13丁未	14戊申	15己酉	16庚戌	17辛亥	18壬子	19癸丑	20甲寅	21乙卯	22丙辰
	四月	己巳	23丁巳	24戊午	25己未	26庚申	27辛酉	28壬戌	29癸亥	30甲子	五1乙丑	2丙寅	3丁卯	4戊辰	5己巳	6庚午	7辛未	8壬申	9癸酉	10甲戌	11乙亥	12丙子	13丁丑	14戊寅	15己卯	16庚辰	17辛巳	18壬午	19癸未	20甲申	21乙酉	
	閏四月		22丙戌	23丁亥	24戊子	25己丑	26庚寅	27辛卯	28壬辰	29癸巳	30甲午	31乙未	六1丙申	2丁酉	3戊戌	4己亥	5庚子	6辛丑	7壬寅	8癸卯	9甲辰	10乙巳	11丙午	12丁未	13戊申	14己酉	15庚戌	16辛亥	17壬子	18癸丑	19甲寅	20乙卯
	五月	庚午	21丙辰	22丁巳	23戊午	24己未	25庚申	26辛酉	27壬戌	28癸亥	29甲子	30乙丑	七1丙寅	2丁卯	3戊辰	4己巳	5庚午	6辛未	7壬申	8癸酉	9甲戌	10乙亥	11丙子	12丁丑	13戊寅	14己卯	15庚辰	16辛巳	17壬午	18癸未	19甲申	
	六月	辛未	20乙酉	21丙戌	22丁亥	23戊子	24己丑	25庚寅	26辛卯	27壬辰	28癸巳	29甲午	30乙未	31丙申	八1丁酉	2戊戌	3己亥	4庚子	5辛丑	6壬寅	7癸卯	8甲辰	9乙巳	10丙午	11丁未	12戊申	13己酉	14庚戌	15辛亥	16壬子	17癸丑	18甲寅
	七月	壬申	19乙卯	20丙辰	21丁巳	22戊午	23己未	24庚申	25辛酉	26壬戌	27癸亥	28甲子	29乙丑	30丙寅	31丁卯	九1戊辰	2己巳	3庚午	4辛未	5壬申	6癸酉	7甲戌	8乙亥	9丙子	10丁丑	11戊寅	12己卯	13庚辰	14辛巳	15壬午	16癸未	
	八月	癸酉	17甲申	18乙酉	19丙戌	20丁亥	21戊子	22己丑	23庚寅	24辛卯	25壬辰	26癸巳	27甲午	28乙未	29丙申	30丁酉	十1戊戌	2己亥	3庚子	4辛丑	5壬寅	6癸卯	7甲辰	8乙巳	9丙午	10丁未	11戊申	12己酉	13庚戌	14辛亥	15壬子	16癸丑
	九月	甲戌	17甲寅	18乙卯	19丙辰	20丁巳	21戊午	22己未	23庚申	24辛酉	25壬戌	26癸亥	27甲子	28乙丑	29丙寅	30丁卯	31戊辰	十一1己巳	2庚午	3辛未	4壬申	5癸酉	6甲戌	7乙亥	8丙子	9丁丑	10戊寅	11己卯	12庚辰	13辛巳	14壬午	15癸未
	十月	乙亥	16甲申	17乙酉	18丙戌	19丁亥	20戊子	21己丑	22庚寅	23辛卯	24壬辰	25癸巳	26甲午	27乙未	28丙申	29丁酉	30戊戌	十二1己亥	2庚子	3辛丑	4壬寅	5癸卯	6甲辰	7乙巳	8丙午	9丁未	10戊申	11己酉	12庚戌	13辛亥	14壬子	
	十一月	丙子	15癸丑	16甲寅	17乙卯	18丙辰	19丁巳	20戊午	21己未	22庚申	23辛酉	24壬戌	25癸亥	26甲子	27乙丑	28丙寅	29丁卯	30戊辰	31己巳	一1庚午	2辛未	3壬申	4癸酉	5甲戌	6乙亥	7丙子	8丁丑	9戊寅	10己卯	11庚辰	12辛巳	13壬午
	十二月	丁丑	14癸未	15甲申	16乙酉	17丙戌	18丁亥	19戊子	20己丑	21庚寅	22辛卯	23壬辰	24癸巳	25甲午	26乙未	27丙申	28丁酉	29戊戌	30己亥	31庚子	二1辛丑	2壬寅	3癸卯	4甲辰	5乙巳	6丙午	7丁未	8戊申	9己酉	10庚戌	11辛亥	12壬子
乙酉年（雞）民國三四～三五年（1945～1946）	正月	戊寅	13癸丑	14甲寅	15乙卯	16丙辰	17丁巳	18戊午	19己未	20庚申	21辛酉	22壬戌	23癸亥	24甲子	25乙丑	26丙寅	27丁卯	28戊辰	三1己巳	2庚午	3辛未	4壬申	5癸酉	6甲戌	7乙亥	8丙子	9丁丑	10戊寅	11己卯	12庚辰	13辛巳	
	二月	己卯	14壬午	15癸未	16甲申	17乙酉	18丙戌	19丁亥	20戊子	21己丑	22庚寅	23辛卯	24壬辰	25癸巳	26甲午	27乙未	28丙申	29丁酉	30戊戌	31己亥	四1庚子	2辛丑	3壬寅	4癸卯	5甲辰	6乙巳	7丙午	8丁未	9戊申	10己酉	11庚戌	
	三月	庚辰	12辛亥	13壬子	14癸丑	15甲寅	16乙卯	17丙辰	18丁巳	19戊午	20己未	21庚申	22辛酉	23壬戌	24癸亥	25甲子	26乙丑	27丙寅	28丁卯	29戊辰	30己巳	五1庚午	2辛未	3壬申	4癸酉	5甲戌	6乙亥	7丙子	8丁丑	9戊寅	10己卯	11庚辰
	四月	辛巳	12辛巳	13壬午	14癸未	15甲申	16乙酉	17丙戌	18丁亥	19戊子	20己丑	21庚寅	22辛卯	23壬辰	24癸巳	25甲午	26乙未	27丙申	28丁酉	29戊戌	30己亥	31庚子	六1辛丑	2壬寅	3癸卯	4甲辰	5乙巳	6丙午	7丁未	8戊申	9己酉	
	五月	壬午	10庚戌	11辛亥	12壬子	13癸丑	14甲寅	15乙卯	16丙辰	17丁巳	18戊午	19己未	20庚申	21辛酉	22壬戌	23癸亥	24甲子	25乙丑	26丙寅	27丁卯	28戊辰	29己巳	30庚午	七1辛未	2壬申	3癸酉	4甲戌	5乙亥	6丙子	7丁丑	8戊寅	
	六月	癸未	9己卯	10庚辰	11辛巳	12壬午	13癸未	14甲申	15乙酉	16丙戌	17丁亥	18戊子	19己丑	20庚寅	21辛卯	22壬辰	23癸巳	24甲午	25乙未	26丙申	27丁酉	28戊戌	29己亥	30庚子	31辛丑	八1壬寅	2癸卯	3甲辰	4乙巳	5丙午	6丁未	7戊申
	七月	甲申	8己酉	9庚戌	10辛亥	11壬子	12癸丑	13甲寅	14乙卯	15丙辰	16丁巳	17戊午	18己未	19庚申	20辛酉	21壬戌	22癸亥	23甲子	24乙丑	25丙寅	26丁卯	27戊辰	28己巳	29庚午	30辛未	31壬申	九1癸酉	2甲戌	3乙亥	4丙子	5丁丑	
	八月	乙酉	6戊寅	7己卯	8庚辰	9辛巳	10壬午	11癸未	12甲申	13乙酉	14丙戌	15丁亥	16戊子	17己丑	18庚寅	19辛卯	20壬辰	21癸巳	22甲午	23乙未	24丙申	25丁酉	26戊戌	27己亥	28庚子	29辛丑	30壬寅	十1癸卯	2甲辰	3乙巳	4丙午	5丁未
	九月	丙戌	6戊申	7己酉	8庚戌	9辛亥	10壬子	11癸丑	12甲寅	13乙卯	14丙辰	15丁巳	16戊午	17己未	18庚申	19辛酉	20壬戌	21癸亥	22甲子	23乙丑	24丙寅	25丁卯	26戊辰	27己巳	28庚午	29辛未	30壬申	31癸酉	十一1甲戌	2乙亥	3丙子	4丁丑
	十月	丁亥	5戊寅	6己卯	7庚辰	8辛巳	9壬午	10癸未	11甲申	12乙酉	13丙戌	14丁亥	15戊子	16己丑	17庚寅	18辛卯	19壬辰	20癸巳	21甲午	22乙未	23丙申	24丁酉	25戊戌	26己亥	27庚子	28辛丑	29壬寅	30癸卯	十二1甲辰	2乙巳	3丙午	4丁未
	十一月	戊子	5戊申	6己酉	7庚戌	8辛亥	9壬子	10癸丑	11甲寅	12乙卯	13丙辰	14丁巳	15戊午	16己未	17庚申	18辛酉	19壬戌	20癸亥	21甲子	22乙丑	23丙寅	24丁卯	25戊辰	26己巳	27庚午	28辛未	29壬申	30癸酉	31甲戌	一1乙亥	2丙子	
	十二月	己丑	3丁丑	4戊寅	5己卯	6庚辰	7辛巳	8壬午	9癸未	10甲申	11乙酉	12丙戌	13丁亥	14戊子	15己丑	16庚寅	17辛卯	18壬辰	19癸巳	20甲午	21乙未	22丙申	23丁酉	24戊戌	25己亥	26庚子	27辛丑	28壬寅	29癸卯	30甲辰	31乙巳	二1丙午

年序	陰曆月序	月干支	初一	初二	初三	初四	初五	初六	初七	初八	初九	初十	十一	十二	十三	十四	十五	十六	十七	十八	十九	二十	廿一	廿二	廿三	廿四	廿五	廿六	廿七	廿八	廿九	三十
丙戌年（狗）民國三五～三六年（1946～1947）	正月	庚寅	2 丁未	**3 戊申**	4 己酉	5 庚戌	6 辛亥	7 壬子	8 癸丑	9 甲寅	**10 乙卯**	11 丙辰	12 丁巳	13 戊午	14 己未	15 庚申	16 辛酉	**17 壬戌**	18 癸亥	19 甲子	20 乙丑	21 丙寅	22 丁卯	23 戊辰	**24 己巳**	25 庚午	26 辛未	27 壬申	28 癸酉	三1 甲戌	2 乙亥	**3 丙子**
	二月	辛卯	4 丁丑	5 戊寅	6 己卯	7 庚辰	8 辛巳	9 壬午	**10 癸未**	11 甲申	12 乙酉	13 丙戌	14 丁亥	15 戊子	16 己丑	**17 庚寅**	18 辛卯	19 壬辰	20 癸巳	21 甲午	22 乙未	23 丙申	**24 丁酉**	25 戊戌	26 己亥	27 庚子	28 辛丑	29 壬寅	30 癸卯	**31 甲辰**	四1 乙巳	
	三月	壬辰	2 丙午	3 丁未	4 戊申	5 己酉	6 庚戌	**7 辛亥**	8 壬子	9 癸丑	10 甲寅	11 乙卯	12 丙辰	13 丁巳	**14 戊午**	15 己未	16 庚申	17 辛酉	18 壬戌	19 癸亥	20 甲子	**21 乙丑**	22 丙寅	23 丁卯	24 戊辰	25 己巳	26 庚午	27 辛未	**28 壬申**	29 癸酉	30 甲戌	
	四月	癸巳	五1 乙亥	2 丙子	3 丁丑	4 戊寅	**5 己卯**	6 庚辰	7 辛巳	8 壬午	9 癸未	10 甲申	11 乙酉	**12 丙戌**	13 丁亥	14 戊子	15 己丑	16 庚寅	17 辛卯	18 壬辰	**19 癸巳**	20 甲午	21 乙未	22 丙申	23 丁酉	24 戊戌	25 己亥	**26 庚子**	27 辛丑	28 壬寅	29 癸卯	30 甲辰
	五月	甲午	31 乙巳	六1 丙午	**2 丁未**	3 戊申	4 己酉	5 庚戌	6 辛亥	7 壬子	8 癸丑	**9 甲寅**	10 乙卯	11 丙辰	12 丁巳	13 戊午	14 己未	15 庚申	**16 辛酉**	17 壬戌	18 癸亥	19 甲子	20 乙丑	21 丙寅	22 丁卯	**23 戊辰**	24 己巳	25 庚午	26 辛未	27 壬申	28 癸酉	
	六月	乙未	29 甲戌	**30 乙亥**	七1 丙子	2 丁丑	3 戊寅	4 己卯	5 庚辰	6 辛巳	**7 壬午**	8 癸未	9 甲申	10 乙酉	11 丙戌	12 丁亥	13 戊子	**14 己丑**	15 庚寅	16 辛卯	17 壬辰	18 癸巳	19 甲午	20 乙未	**21 丙申**	22 丁酉	23 戊戌	24 己亥	25 庚子	26 辛丑	27 壬寅	
	七月	丙申	**28 癸卯**	29 甲辰	30 乙巳	31 丙午	八1 丁未	2 戊申	3 己酉	**4 庚戌**	5 辛亥	6 壬子	7 癸丑	8 甲寅	9 乙卯	10 丙辰	**11 丁巳**	12 戊午	13 己未	14 庚申	15 辛酉	16 壬戌	17 癸亥	**18 甲子**	19 乙丑	20 丙寅	21 丁卯	22 戊辰	23 己巳	24 庚午	**25 辛未**	26 壬申
	八月	丁酉	27 癸酉	28 甲戌	29 乙亥	30 丙子	31 丁丑	**九1 戊寅**	2 己卯	3 庚辰	4 辛巳	5 壬午	6 癸未	7 甲申	**8 乙酉**	9 丙戌	10 丁亥	11 戊子	12 己丑	13 庚寅	14 辛卯	**15 壬辰**	16 癸巳	17 甲午	18 乙未	19 丙申	20 丁酉	21 戊戌	**22 己亥**	23 庚子	24 辛丑	
	九月	戊戌	25 壬寅	26 癸卯	27 甲辰	28 乙巳	**29 丙午**	30 丁未	十1 戊申	2 己酉	3 庚戌	4 辛亥	5 壬子	**6 癸丑**	7 甲寅	8 乙卯	9 丙辰	10 丁巳	11 戊午	12 己未	**13 庚申**	14 辛酉	15 壬戌	16 癸亥	17 甲子	18 乙丑	19 丙寅	**20 丁卯**	21 戊辰	22 己巳	23 庚午	24 辛未
	十月	己亥	25 壬申	26 癸酉	**27 甲戌**	28 乙亥	29 丙子	30 丁丑	31 戊寅	十一1 己卯	2 庚辰	**3 辛巳**	4 壬午	5 癸未	6 甲申	7 乙酉	8 丙戌	9 丁亥	**10 戊子**	11 己丑	12 庚寅	13 辛卯	14 壬辰	15 癸巳	16 甲午	**17 乙未**	18 丙申	19 丁酉	20 戊戌	21 己亥	22 庚子	23 辛丑
	十一月	庚子	**24 壬寅**	25 癸卯	26 甲辰	27 乙巳	28 丙午	29 丁未	30 戊申	**十二1 己酉**	2 庚戌	3 辛亥	4 壬子	5 癸丑	6 甲寅	7 乙卯	**8 丙辰**	9 丁巳	10 戊午	11 己未	12 庚申	13 辛酉	14 壬戌	**15 癸亥**	16 甲子	17 乙丑	18 丙寅	19 丁卯	20 戊辰	21 己巳	**22 庚午**	
	十二月	辛丑	23 辛未	24 壬申	25 癸酉	26 甲戌	27 乙亥	28 丙子	**29 丁丑**	30 戊寅	31 己卯	一1 庚辰	2 辛巳	3 壬午	4 癸未	**5 甲申**	6 乙酉	7 丙戌	8 丁亥	9 戊子	10 己丑	11 庚寅	**12 辛卯**	13 壬辰	14 癸巳	15 甲午	16 乙未	17 丙申	18 丁酉	**19 戊戌**	20 己亥	21 庚子
丁亥年（豬）民國三六～三七年（1947～1948）	正月	壬寅	22 辛丑	23 壬寅	24 癸卯	25 甲辰	**26 乙巳**	27 丙午	28 丁未	29 戊申	30 己酉	31 庚戌	二1 辛亥	**2 壬子**	3 癸丑	4 甲寅	5 乙卯	6 丙辰	7 丁巳	8 戊午	**9 己未**	10 庚申	11 辛酉	12 壬戌	13 癸亥	14 甲子	15 乙丑	**16 丙寅**	17 丁卯	18 戊辰	19 己巳	20 庚午
	二月	癸卯	21 辛未	22 壬申	**23 癸酉**	24 甲戌	25 乙亥	26 丙子	27 丁丑	28 戊寅	三1 己卯	**2 庚辰**	3 辛巳	4 壬午	5 癸未	6 甲申	7 乙酉	8 丙戌	**9 丁亥**	10 戊子	11 己丑	12 庚寅	13 辛卯	14 壬辰	15 癸巳	**16 甲午**	17 乙未	18 丙申	19 丁酉	20 戊戌	21 己亥	22 庚子
	閏二月		**23 辛丑**	24 壬寅	25 癸卯	26 甲辰	27 乙巳	28 丙午	29 丁未	**30 戊申**	31 己酉	四1 庚戌	2 辛亥	3 壬子	4 癸丑	5 甲寅	**6 乙卯**	7 丙辰	8 丁巳	9 戊午	10 己未	11 庚申	12 辛酉	**13 壬戌**	14 癸亥	15 甲子	16 乙丑	17 丙寅	18 丁卯	19 戊辰	**20 己巳**	
	三月	甲辰	21 庚午	22 辛未	23 壬申	24 癸酉	25 甲戌	26 乙亥	**27 丙子**	28 丁丑	29 戊寅	30 己卯	五1 庚辰	2 辛巳	3 壬午	**4 癸未**	5 甲申	6 乙酉	7 丙戌	8 丁亥	9 戊子	10 己丑	**11 庚寅**	12 辛卯	13 壬辰	14 癸巳	15 甲午	16 乙未	17 丙申	**18 丁酉**	19 戊戌	
	四月	乙巳	20 己亥	21 庚子	22 辛丑	23 壬寅	24 癸卯	**25 甲辰**	26 乙巳	27 丙午	28 丁未	29 戊申	30 己酉	31 庚戌	**六1 辛亥**	2 壬子	3 癸丑	4 甲寅	5 乙卯	6 丙辰	7 丁巳	**8 戊午**	9 己未	10 庚申	11 辛酉	12 壬戌	13 癸亥	14 甲子	**15 乙丑**	16 丙寅	17 丁卯	18 戊辰
	五月	丙午	19 己巳	20 庚午	21 辛未	**22 壬申**	23 癸酉	24 甲戌	25 乙亥	26 丙子	27 丁丑	28 戊寅	**29 己卯**	30 庚辰	七1 辛巳	2 壬午	3 癸未	4 甲申	5 乙酉	**6 丙戌**	7 丁亥	8 戊子	9 己丑	10 庚寅	11 辛卯	12 壬辰	**13 癸巳**	14 甲午	15 乙未	16 丙申	17 丁酉	
	六月	丁未	18 戊戌	19 己亥	**20 庚子**	21 辛丑	22 壬寅	23 癸卯	24 甲辰	25 乙巳	26 丙午	**27 丁未**	28 戊申	29 己酉	30 庚戌	31 辛亥	八1 壬子	2 癸丑	**3 甲寅**	4 乙卯	5 丙辰	6 丁巳	7 戊午	8 己未	9 庚申	**10 辛酉**	11 壬戌	12 癸亥	13 甲子	14 乙丑	15 丙寅	
	七月	戊申	16 丁卯	**17 戊辰**	18 己巳	19 庚午	20 辛未	21 壬申	22 癸酉	23 甲戌	**24 乙亥**	25 丙子	26 丁丑	27 戊寅	28 己卯	29 庚辰	30 辛巳	**31 壬午**	九1 癸未	2 甲申	3 乙酉	4 丙戌	5 丁亥	6 戊子	**7 己丑**	8 庚寅	9 辛卯	10 壬辰	11 癸巳	12 甲午	13 乙未	**14 丙申**
	八月	己酉	15 丁酉	16 戊戌	17 己亥	18 庚子	19 辛丑	20 壬寅	**21 癸卯**	22 甲辰	23 乙巳	24 丙午	25 丁未	26 戊申	27 己酉	**28 庚戌**	29 辛亥	30 壬子	十1 癸丑	2 甲寅	3 乙卯	4 丙辰	**5 丁巳**	6 戊午	7 己未	8 庚申	9 辛酉	10 壬戌	11 癸亥	**12 甲子**	13 乙丑	
	九月	庚戌	14 丙寅	15 丁卯	16 戊辰	17 己巳	18 庚午	**19 辛未**	20 壬申	21 癸酉	22 甲戌	23 乙亥	24 丙子	25 丁丑	**26 戊寅**	27 己卯	28 庚辰	29 辛巳	30 壬午	31 癸未	十一1 甲申	**2 乙酉**	3 丙戌	4 丁亥	5 戊子	6 己丑	7 庚寅	8 辛卯	**9 壬辰**	10 癸巳	11 甲午	12 乙未
	十月	辛亥	13 丙申	14 丁酉	15 戊戌	**16 己亥**	17 庚子	18 辛丑	19 壬寅	20 癸卯	21 甲辰	22 乙巳	**23 丙午**	24 丁未	25 戊申	26 己酉	27 庚戌	28 辛亥	29 壬子	**30 癸丑**	十二1 甲寅	2 乙卯	3 丙辰	4 丁巳	5 戊午	6 己未	**7 庚申**	8 辛酉	9 壬戌	10 癸亥	11 甲子	
	十一月	壬子	12 乙丑	13 丙寅	**14 丁卯**	15 戊辰	16 己巳	17 庚午	18 辛未	19 壬申	20 癸酉	**21 甲戌**	22 乙亥	23 丙子	24 丁丑	25 戊寅	26 己卯	27 庚辰	**28 辛巳**	29 壬午	30 癸未	31 甲申	一1 乙酉	2 丙戌	3 丁亥	**4 戊子**	5 己丑	6 庚寅	7 辛卯	8 壬辰	9 癸巳	10 甲午
	十二月	癸丑	**11 乙未**	12 丙申	13 丁酉	14 戊戌	15 己亥	16 庚子	17 辛丑	**18 壬寅**	19 癸卯	20 甲辰	21 乙巳	22 丙午	23 丁未	24 戊申	**25 己酉**	26 庚戌	27 辛亥	28 壬子	29 癸丑	30 甲寅	31 乙卯	**二1 丙辰**	2 丁巳	3 戊午	4 己未	5 庚申	6 辛酉	7 壬戌	**8 癸亥**	9 甲子

年序	陰曆月序	月干支	初一	初二	初三	初四	初五	初六	初七	初八	初九	初十	十一	十二	十三	十四	十五	十六	十七	十八	十九	二十	廿一	廿二	廿三	廿四	廿五	廿六	廿七	廿八	廿九	三十
戊子年(鼠)民國三七～三八年(1948～1949)	正月	甲寅	10 乙丑	11 丙寅	12 丁卯	13 戊辰	14 己巳	15 庚午	16 辛未	17 壬申	18 癸酉	19 甲戌	20 乙亥	21 丙子	22 丁丑	23 戊寅	24 己卯	25 庚辰	26 辛巳	27 壬午	28 癸未	29 甲申	三1 乙酉	2 丙戌	3 丁亥	4 戊子	5 己丑	6 庚寅	7 辛卯	8 壬辰	9 癸巳	10 甲午
	二月	乙卯	11 乙未	12 丙申	13 丁酉	14 戊戌	15 己亥	16 庚子	17 辛丑	18 壬寅	19 癸卯	20 甲辰	21 乙巳	22 丙午	23 丁未	24 戊申	25 己酉	26 庚戌	27 辛亥	28 壬子	29 癸丑	30 甲寅	31 乙卯	四1 丙辰	2 丁巳	3 戊午	4 己未	5 庚申	6 辛酉	7 壬戌	8 癸亥	
	三月	丙辰	9 甲子	10 乙丑	11 丙寅	12 丁卯	13 戊辰	14 己巳	15 庚午	16 辛未	17 壬申	18 癸酉	19 甲戌	20 乙亥	21 丙子	22 丁丑	23 戊寅	24 己卯	25 庚辰	26 辛巳	27 壬午	28 癸未	29 甲申	30 乙酉	五1 丙戌	2 丁亥	3 戊子	4 己丑	5 庚寅	6 辛卯	7 壬辰	8 癸巳
	四月	丁巳	9 甲午	10 乙未	11 丙申	12 丁酉	13 戊戌	14 己亥	15 庚子	16 辛丑	17 壬寅	18 癸卯	19 甲辰	20 乙巳	21 丙午	22 丁未	23 戊申	24 己酉	25 庚戌	26 辛亥	27 壬子	28 癸丑	29 甲寅	30 乙卯	31 丙辰	六1 丁巳	2 戊午	3 己未	4 庚申	5 辛酉	6 壬戌	
	五月	戊午	7 癸亥	8 甲子	9 乙丑	10 丙寅	11 丁卯	12 戊辰	13 己巳	14 庚午	15 辛未	16 壬申	17 癸酉	18 甲戌	19 乙亥	20 丙子	21 丁丑	22 戊寅	23 己卯	24 庚辰	25 辛巳	26 壬午	27 癸未	28 甲申	29 乙酉	30 丙戌	七1 丁亥	2 戊子	3 己丑	4 庚寅	5 辛卯	6 壬辰
	六月	己未	7 癸巳	8 甲午	9 乙未	10 丙申	11 丁酉	12 戊戌	13 己亥	14 庚子	15 辛丑	16 壬寅	17 癸卯	18 甲辰	19 乙巳	20 丙午	21 丁未	22 戊申	23 己酉	24 庚戌	25 辛亥	26 壬子	27 癸丑	28 甲寅	29 乙卯	30 丙辰	31 丁巳	八1 戊午	2 己未	3 庚申	4 辛酉	
	七月	庚申	5 壬戌	6 癸亥	7 甲子	8 乙丑	9 丙寅	10 丁卯	11 戊辰	12 己巳	13 庚午	14 辛未	15 壬申	16 癸酉	17 甲戌	18 乙亥	19 丙子	20 丁丑	21 戊寅	22 己卯	23 庚辰	24 辛巳	25 壬午	26 癸未	27 甲申	28 乙酉	29 丙戌	30 丁亥	31 戊子	九1 己丑	2 庚寅	
	八月	辛酉	3 辛卯	4 壬辰	5 癸巳	6 甲午	7 乙未	8 丙申	9 丁酉	10 戊戌	11 己亥	12 庚子	13 辛丑	14 壬寅	15 癸卯	16 甲辰	17 乙巳	18 丙午	19 丁未	20 戊申	21 己酉	22 庚戌	23 辛亥	24 壬子	25 癸丑	26 甲寅	27 乙卯	28 丙辰	29 丁巳	30 戊午	十1 己未	2 庚申
	九月	壬戌	3 辛酉	4 壬戌	5 癸亥	6 甲子	7 乙丑	8 丙寅	9 丁卯	10 戊辰	11 己巳	12 庚午	13 辛未	14 壬申	15 癸酉	16 甲戌	17 乙亥	18 丙子	19 丁丑	20 戊寅	21 己卯	22 庚辰	23 辛巳	24 壬午	25 癸未	26 甲申	27 乙酉	28 丙戌	29 丁亥	30 戊子	31 己丑	
	十月	癸亥	十一1 庚寅	2 辛卯	3 壬辰	4 癸巳	5 甲午	6 乙未	7 丙申	8 丁酉	9 戊戌	10 己亥	11 庚子	12 辛丑	13 壬寅	14 癸卯	15 甲辰	16 乙巳	17 丙午	18 丁未	19 戊申	20 己酉	21 庚戌	22 辛亥	23 壬子	24 癸丑	25 甲寅	26 乙卯	27 丙辰	28 丁巳	29 戊午	30 己未
	十一月	甲子	十二1 庚申	2 辛酉	3 壬戌	4 癸亥	5 甲子	6 乙丑	7 丙寅	8 丁卯	9 戊辰	10 己巳	11 庚午	12 辛未	13 壬申	14 癸酉	15 甲戌	16 乙亥	17 丙子	18 丁丑	19 戊寅	20 己卯	21 庚辰	22 辛巳	23 壬午	24 癸未	25 甲申	26 乙酉	27 丙戌	28 丁亥	29 戊子	
	十二月	乙丑	30 己丑	31 庚寅	一1 辛卯	2 壬辰	3 癸巳	4 甲午	5 乙未	6 丙申	7 丁酉	8 戊戌	9 己亥	10 庚子	11 辛丑	12 壬寅	13 癸卯	14 甲辰	15 乙巳	16 丙午	17 丁未	18 戊申	19 己酉	20 庚戌	21 辛亥	22 壬子	23 癸丑	24 甲寅	25 乙卯	26 丙辰	27 丁巳	28 戊午
己丑年(牛)民國三八～三九年(1949～1950)	正月	丙寅	29 己未	30 庚申	31 辛酉	二1 壬戌	2 癸亥	3 甲子	4 乙丑	5 丙寅	6 丁卯	7 戊辰	8 己巳	9 庚午	10 辛未	11 壬申	12 癸酉	13 甲戌	14 乙亥	15 丙子	16 丁丑	17 戊寅	18 己卯	19 庚辰	20 辛巳	21 壬午	22 癸未	23 甲申	24 乙酉	25 丙戌	26 丁亥	27 戊子
	二月	丁卯	28 己丑	三1 庚寅	2 辛卯	3 壬辰	4 癸巳	5 甲午	6 乙未	7 丙申	8 丁酉	9 戊戌	10 己亥	11 庚子	12 辛丑	13 壬寅	14 癸卯	15 甲辰	16 乙巳	17 丙午	18 丁未	19 戊申	20 己酉	21 庚戌	22 辛亥	23 壬子	24 癸丑	25 甲寅	26 乙卯	27 丙辰	28 丁巳	
	三月	戊辰	29 戊午	30 己未	31 庚申	四1 辛酉	2 壬戌	3 癸亥	4 甲子	5 乙丑	6 丙寅	7 丁卯	8 戊辰	9 己巳	10 庚午	11 辛未	12 壬申	13 癸酉	14 甲戌	15 乙亥	16 丙子	17 丁丑	18 戊寅	19 己卯	20 庚辰	21 辛巳	22 壬午	23 癸未	24 甲申	25 乙酉	26 丙戌	27 丁亥
	四月	己巳	28 戊子	29 己丑	30 庚寅	五1 辛卯	2 壬辰	3 癸巳	4 甲午	5 乙未	6 丙申	7 丁酉	8 戊戌	9 己亥	10 庚子	11 辛丑	12 壬寅	13 癸卯	14 甲辰	15 乙巳	16 丙午	17 丁未	18 戊申	19 己酉	20 庚戌	21 辛亥	22 壬子	23 癸丑	24 甲寅	25 乙卯	26 丙辰	27 丁巳
	五月	庚午	28 戊午	29 己未	30 庚申	31 辛酉	六1 壬戌	2 癸亥	3 甲子	4 乙丑	5 丙寅	6 丁卯	7 戊辰	8 己巳	9 庚午	10 辛未	11 壬申	12 癸酉	13 甲戌	14 乙亥	15 丙子	16 丁丑	17 戊寅	18 己卯	19 庚辰	20 辛巳	21 壬午	22 癸未	23 甲申	24 乙酉	25 丙戌	
	六月	辛未	26 丁亥	27 戊子	28 己丑	29 庚寅	30 辛卯	七1 壬辰	2 癸巳	3 甲午	4 乙未	5 丙申	6 丁酉	7 戊戌	8 己亥	9 庚子	10 辛丑	11 壬寅	12 癸卯	13 甲辰	14 乙巳	15 丙午	16 丁未	17 戊申	18 己酉	19 庚戌	20 辛亥	21 壬子	22 癸丑	23 甲寅	24 乙卯	25 丙辰
	七月	壬申	26 丁巳	27 戊午	28 己未	29 庚申	30 辛酉	31 壬戌	八1 癸亥	2 甲子	3 乙丑	4 丙寅	5 丁卯	6 戊辰	7 己巳	8 庚午	9 辛未	10 壬申	11 癸酉	12 甲戌	13 乙亥	14 丙子	15 丁丑	16 戊寅	17 己卯	18 庚辰	19 辛巳	20 壬午	21 癸未	22 甲申	23 乙酉	
	閏七月		24 丙戌	25 丁亥	26 戊子	27 己丑	28 庚寅	29 辛卯	30 壬辰	31 癸巳	九1 甲午	2 乙未	3 丙申	4 丁酉	5 戊戌	6 己亥	7 庚子	8 辛丑	9 壬寅	10 癸卯	11 甲辰	12 乙巳	13 丙午	14 丁未	15 戊申	16 己酉	17 庚戌	18 辛亥	19 壬子	20 癸丑	21 甲寅	
	八月	癸酉	22 乙卯	23 丙辰	24 丁巳	25 戊午	26 己未	27 庚申	28 辛酉	29 壬戌	30 癸亥	十1 甲子	2 乙丑	3 丙寅	4 丁卯	5 戊辰	6 己巳	7 庚午	8 辛未	9 壬申	10 癸酉	11 甲戌	12 乙亥	13 丙子	14 丁丑	15 戊寅	16 己卯	17 庚辰	18 辛巳	19 壬午	20 癸未	21 甲申
	九月	甲戌	22 乙酉	23 丙戌	24 丁亥	25 戊子	26 己丑	27 庚寅	28 辛卯	29 壬辰	30 癸巳	31 甲午	十一1 乙未	2 丙申	3 丁酉	4 戊戌	5 己亥	6 庚子	7 辛丑	8 壬寅	9 癸卯	10 甲辰	11 乙巳	12 丙午	13 丁未	14 戊申	15 己酉	16 庚戌	17 辛亥	18 壬子	19 癸丑	
	十月	乙亥	20 甲寅	21 乙卯	22 丙辰	23 丁巳	24 戊午	25 己未	26 庚申	27 辛酉	28 壬戌	29 癸亥	30 甲子	十二1 乙丑	2 丙寅	3 丁卯	4 戊辰	5 己巳	6 庚午	7 辛未	8 壬申	9 癸酉	10 甲戌	11 乙亥	12 丙子	13 丁丑	14 戊寅	15 己卯	16 庚辰	17 辛巳	18 壬午	19 癸未
	十一月	丙子	20 甲申	21 乙酉	22 丙戌	23 丁亥	24 戊子	25 己丑	26 庚寅	27 辛卯	28 壬辰	29 癸巳	30 甲午	31 乙未	一1 丙申	2 丁酉	3 戊戌	4 己亥	5 庚子	6 辛丑	7 壬寅	8 癸卯	9 甲辰	10 乙巳	11 丙午	12 丁未	13 戊申	14 己酉	15 庚戌	16 辛亥	17 壬子	
	十二月	丁丑	18 癸丑	19 甲寅	20 乙卯	21 丙辰	22 丁巳	23 戊午	24 己未	25 庚申	26 辛酉	27 壬戌	28 癸亥	29 甲子	30 乙丑	31 丙寅	二1 丁卯	2 戊辰	3 己巳	4 庚午	5 辛未	6 壬申	7 癸酉	8 甲戌	9 乙亥	10 丙子	11 丁丑	12 戊寅	13 己卯	14 庚辰	15 辛巳	16 壬午

年序	陰曆月序	月干支	初一	初二	初三	初四	初五	初六	初七	初八	初九	初十	十一	十二	十三	十四	十五	十六	十七	十八	十九	二十	廿一	廿二	廿三	廿四	廿五	廿六	廿七	廿八	廿九	三十
庚寅年(虎)民國三九～四〇年 (1950～1951)	正月	戊寅	17 癸未	18 甲申	19 乙酉	20 丙戌	21 丁亥	22 戊子	23 己丑	24 庚寅	25 辛卯	26 壬辰	27 癸巳	28 甲午	三1 乙未	2 丙申	3 丁酉	4 戊戌	5 己亥	6 庚子	7 辛丑	8 壬寅	9 癸卯	10 甲辰	11 乙巳	12 丙午	13 丁未	14 戊申	15 己酉	16 庚戌	17 辛亥	
	二月	己卯	18 壬子	19 癸丑	20 甲寅	21 乙卯	22 丙辰	23 丁巳	24 戊午	25 己未	26 庚申	27 辛酉	28 壬戌	29 癸亥	30 甲子	31 乙丑	四1 丙寅	2 丁卯	3 戊辰	4 己巳	5 庚午	6 辛未	7 壬申	8 癸酉	9 甲戌	10 乙亥	11 丙子	12 丁丑	13 戊寅	14 己卯	15 庚辰	16 辛巳
	三月	庚辰	17 壬午	18 癸未	19 甲申	20 乙酉	21 丙戌	22 丁亥	23 戊子	24 己丑	25 庚寅	26 辛卯	27 壬辰	28 癸巳	29 甲午	30 乙未	五1 丙申	2 丁酉	3 戊戌	4 己亥	5 庚子	6 辛丑	7 壬寅	8 癸卯	9 甲辰	10 乙巳	11 丙午	12 丁未	13 戊申	14 己酉	15 庚戌	16 辛亥
	四月	辛巳	17 壬子	18 癸丑	19 甲寅	20 乙卯	21 丙辰	22 丁巳	23 戊午	24 己未	25 庚申	26 辛酉	27 壬戌	28 癸亥	29 甲子	30 乙丑	31 丙寅	六1 丁卯	2 戊辰	3 己巳	4 庚午	5 辛未	6 壬申	7 癸酉	8 甲戌	9 乙亥	10 丙子	11 丁丑	12 戊寅	13 己卯	14 庚辰	
	五月	壬午	15 辛巳	16 壬午	17 癸未	18 甲申	19 乙酉	20 丙戌	21 丁亥	22 戊子	23 己丑	24 庚寅	25 辛卯	26 壬辰	27 癸巳	28 甲午	29 乙未	30 丙申	七1 丁酉	2 戊戌	3 己亥	4 庚子	5 辛丑	6 壬寅	7 癸卯	8 甲辰	9 乙巳	10 丙午	11 丁未	12 戊申	13 己酉	14 庚戌
	六月	癸未	15 辛亥	16 壬子	17 癸丑	18 甲寅	19 乙卯	20 丙辰	21 丁巳	22 戊午	23 己未	24 庚申	25 辛酉	26 壬戌	27 癸亥	28 甲子	29 乙丑	30 丙寅	31 丁卯	八1 戊辰	2 己巳	3 庚午	4 辛未	5 壬申	6 癸酉	7 甲戌	8 乙亥	9 丙子	10 丁丑	11 戊寅	12 己卯	13 庚辰
	七月	甲申	14 辛巳	15 壬午	16 癸未	17 甲申	18 乙酉	19 丙戌	20 丁亥	21 戊子	22 己丑	23 庚寅	24 辛卯	25 壬辰	26 癸巳	27 甲午	28 乙未	29 丙申	30 丁酉	31 戊戌	九1 己亥	2 庚子	3 辛丑	4 壬寅	5 癸卯	6 甲辰	7 乙巳	8 丙午	9 丁未	10 戊申	11 己酉	
	八月	乙酉	12 庚戌	13 辛亥	14 壬子	15 癸丑	16 甲寅	17 乙卯	18 丙辰	19 丁巳	20 戊午	21 己未	22 庚申	23 辛酉	24 壬戌	25 癸亥	26 甲子	27 乙丑	28 丙寅	29 丁卯	30 戊辰	十1 己巳	2 庚午	3 辛未	4 壬申	5 癸酉	6 甲戌	7 乙亥	8 丙子	9 丁丑	10 戊寅	
	九月	丙戌	11 己卯	12 庚辰	13 辛巳	14 壬午	15 癸未	16 甲申	17 乙酉	18 丙戌	19 丁亥	20 戊子	21 己丑	22 庚寅	23 辛卯	24 壬辰	25 癸巳	26 甲午	27 乙未	28 丙申	29 丁酉	30 戊戌	31 己亥	十一1 庚子	2 辛丑	3 壬寅	4 癸卯	5 甲辰	6 乙巳	7 丙午	8 丁未	9 戊申
	十月	丁亥	10 己酉	11 庚戌	12 辛亥	13 壬子	14 癸丑	15 甲寅	16 乙卯	17 丙辰	18 丁巳	19 戊午	20 己未	21 庚申	22 辛酉	23 壬戌	24 癸亥	25 甲子	26 乙丑	27 丙寅	28 丁卯	29 戊辰	30 己巳	十二1 庚午	2 辛未	3 壬申	4 癸酉	5 甲戌	6 乙亥	7 丙子	8 丁丑	
	十一月	戊子	9 戊寅	10 己卯	11 庚辰	12 辛巳	13 壬午	14 癸未	15 甲申	16 乙酉	17 丙戌	18 丁亥	19 戊子	20 己丑	21 庚寅	22 辛卯	23 壬辰	24 癸巳	25 甲午	26 乙未	27 丙申	28 丁酉	29 戊戌	30 己亥	31 庚子	一1 辛丑	2 壬寅	3 癸卯	4 甲辰	5 乙巳	6 丙午	7 丁未
	十二月	己丑	8 戊申	9 己酉	10 庚戌	11 辛亥	12 壬子	13 癸丑	14 甲寅	15 乙卯	16 丙辰	17 丁巳	18 戊午	19 己未	20 庚申	21 辛酉	22 壬戌	23 癸亥	24 甲子	25 乙丑	26 丙寅	27 丁卯	28 戊辰	29 己巳	30 庚午	31 辛未	二1 壬申	2 癸酉	3 甲戌	4 乙亥	5 丙子	
辛卯年(兔)民國四〇～四一年 (1951～1952)	正月	庚寅	6 丁丑	7 戊寅	8 己卯	9 庚辰	10 辛巳	11 壬午	12 癸未	13 甲申	14 乙酉	15 丙戌	16 丁亥	17 戊子	18 己丑	19 庚寅	20 辛卯	21 壬辰	22 癸巳	23 甲午	24 乙未	25 丙申	26 丁酉	27 戊戌	28 己亥	三1 庚子	2 辛丑	3 壬寅	4 癸卯	5 甲辰	6 乙巳	7 丙午
	二月	辛卯	8 丁未	9 戊申	10 己酉	11 庚戌	12 辛亥	13 壬子	14 癸丑	15 甲寅	16 乙卯	17 丙辰	18 丁巳	19 戊午	20 己未	21 庚申	22 辛酉	23 壬戌	24 癸亥	25 甲子	26 乙丑	27 丙寅	28 丁卯	29 戊辰	30 己巳	31 庚午	四1 辛未	2 壬申	3 癸酉	4 甲戌	5 乙亥	
	三月	壬辰	6 丙子	7 丁丑	8 戊寅	9 己卯	10 庚辰	11 辛巳	12 壬午	13 癸未	14 甲申	15 乙酉	16 丙戌	17 丁亥	18 戊子	19 己丑	20 庚寅	21 辛卯	22 壬辰	23 癸巳	24 甲午	25 乙未	26 丙申	27 丁酉	28 戊戌	29 己亥	30 庚子	五1 辛丑	2 壬寅	3 癸卯	4 甲辰	5 乙巳
	四月	癸巳	6 丙午	7 丁未	8 戊申	9 己酉	10 庚戌	11 辛亥	12 壬子	13 癸丑	14 甲寅	15 乙卯	16 丙辰	17 丁巳	18 戊午	19 己未	20 庚申	21 辛酉	22 壬戌	23 癸亥	24 甲子	25 乙丑	26 丙寅	27 丁卯	28 戊辰	29 己巳	30 庚午	31 辛未	六1 壬申	2 癸酉	3 甲戌	4 乙亥
	五月	甲午	5 丙子	6 丁丑	7 戊寅	8 己卯	9 庚辰	10 辛巳	11 壬午	12 癸未	13 甲申	14 乙酉	15 丙戌	16 丁亥	17 戊子	18 己丑	19 庚寅	20 辛卯	21 壬辰	22 癸巳	23 甲午	24 乙未	25 丙申	26 丁酉	27 戊戌	28 己亥	29 庚子	30 辛丑	七1 壬寅	2 癸卯	3 甲辰	
	六月	乙未	4 乙巳	5 丙午	6 丁未	7 戊申	8 己酉	9 庚戌	10 辛亥	11 壬子	12 癸丑	13 甲寅	14 乙卯	15 丙辰	16 丁巳	17 戊午	18 己未	19 庚申	20 辛酉	21 壬戌	22 癸亥	23 甲子	24 乙丑	25 丙寅	26 丁卯	27 戊辰	28 己巳	29 庚午	30 辛未	31 壬申	八1 癸酉	2 甲戌
	七月	丙申	3 乙亥	4 丙子	5 丁丑	6 戊寅	7 己卯	8 庚辰	9 辛巳	10 壬午	11 癸未	12 甲申	13 乙酉	14 丙戌	15 丁亥	16 戊子	17 己丑	18 庚寅	19 辛卯	20 壬辰	21 癸巳	22 甲午	23 乙未	24 丙申	25 丁酉	26 戊戌	27 己亥	28 庚子	29 辛丑	30 壬寅	31 癸卯	
	八月	丁酉	九1 甲辰	2 乙巳	3 丙午	4 丁未	5 戊申	6 己酉	7 庚戌	8 辛亥	9 壬子	10 癸丑	11 甲寅	12 乙卯	13 丙辰	14 丁巳	15 戊午	16 己未	17 庚申	18 辛酉	19 壬戌	20 癸亥	21 甲子	22 乙丑	23 丙寅	24 丁卯	25 戊辰	26 己巳	27 庚午	28 辛未	29 壬申	30 癸酉
	九月	戊戌	十1 甲戌	2 乙亥	3 丙子	4 丁丑	5 戊寅	6 己卯	7 庚辰	8 辛巳	9 壬午	10 癸未	11 甲申	12 乙酉	13 丙戌	14 丁亥	15 戊子	16 己丑	17 庚寅	18 辛卯	19 壬辰	20 癸巳	21 甲午	22 乙未	23 丙申	24 丁酉	25 戊戌	26 己亥	27 庚子	28 辛丑	29 壬寅	
	十月	己亥	30 癸卯	31 甲辰	十一1 乙巳	2 丙午	3 丁未	4 戊申	5 己酉	6 庚戌	7 辛亥	8 壬子	9 癸丑	10 甲寅	11 乙卯	12 丙辰	13 丁巳	14 戊午	15 己未	16 庚申	17 辛酉	18 壬戌	19 癸亥	20 甲子	21 乙丑	22 丙寅	23 丁卯	24 戊辰	25 己巳	26 庚午	27 辛未	28 壬申
	十一月	庚子	29 癸酉	30 甲戌	十二1 乙亥	2 丙子	3 丁丑	4 戊寅	5 己卯	6 庚辰	7 辛巳	8 壬午	9 癸未	10 甲申	11 乙酉	12 丙戌	13 丁亥	14 戊子	15 己丑	16 庚寅	17 辛卯	18 壬辰	19 癸巳	20 甲午	21 乙未	22 丙申	23 丁酉	24 戊戌	25 己亥	26 庚子	27 辛丑	
	十二月	辛丑	28 壬寅	29 癸卯	30 甲辰	31 乙巳	一1 丙午	2 丁未	3 戊申	4 己酉	5 庚戌	6 辛亥	7 壬子	8 癸丑	9 甲寅	10 乙卯	11 丙辰	12 丁巳	13 戊午	14 己未	15 庚申	16 辛酉	17 壬戌	18 癸亥	19 甲子	20 乙丑	21 丙寅	22 丁卯	23 戊辰	24 己巳	25 庚午	26 辛未

年序	陰曆月序	月干支	初一	初二	初三	初四	初五	初六	初七	初八	初九	初十	十一	十二	十三	十四	十五	十六	十七	十八	十九	二十	廿一	廿二	廿三	廿四	廿五	廿六	廿七	廿八	廿九	三十
壬辰年(龍)民國四一～四二年 (1952～1953)	正月	壬寅	27 壬申	28 癸酉	29 甲戌	30 乙亥	31 丙子	二1 丁丑	2 戊寅	3 己卯	4 庚辰	5 辛巳	6 壬午	7 癸未	8 甲申	9 乙酉	10 丙戌	11 丁亥	12 戊子	13 己丑	14 庚寅	15 辛卯	16 壬辰	17 癸巳	18 甲午	19 乙未	20 丙申	21 丁酉	22 戊戌	23 己亥	24 庚子	
	二月	癸卯	25 辛丑	26 壬寅	27 癸卯	28 甲辰	29 乙巳	三1 丙午	2 丁未	3 戊申	4 己酉	5 庚戌	6 辛亥	7 壬子	8 癸丑	9 甲寅	10 乙卯	11 丙辰	12 丁巳	13 戊午	14 己未	15 庚申	16 辛酉	17 壬戌	18 癸亥	19 甲子	20 乙丑	21 丙寅	22 丁卯	23 戊辰	24 己巳	25 庚午
	三月	甲辰	26 辛未	27 壬申	28 癸酉	29 甲戌	30 乙亥	31 丙子	四1 丁丑	2 戊寅	3 己卯	4 庚辰	5 辛巳	6 壬午	7 癸未	8 甲申	9 乙酉	10 丙戌	11 丁亥	12 戊子	13 己丑	14 庚寅	15 辛卯	16 壬辰	17 癸巳	18 甲午	19 乙未	20 丙申	21 丁酉	22 戊戌	23 己亥	
	四月	乙巳	24 庚子	25 辛丑	26 壬寅	27 癸卯	28 甲辰	29 乙巳	30 丙午	五1 丁未	2 戊申	3 己酉	4 庚戌	5 辛亥	6 壬子	7 癸丑	8 甲寅	9 乙卯	10 丙辰	11 丁巳	12 戊午	13 己未	14 庚申	15 辛酉	16 壬戌	17 癸亥	18 甲子	19 乙丑	20 丙寅	21 丁卯	22 戊辰	23 己巳
	五月	丙午	24 庚午	25 辛未	26 壬申	27 癸酉	28 甲戌	29 乙亥	30 丙子	31 丁丑	六1 戊寅	2 己卯	3 庚辰	4 辛巳	5 壬午	6 癸未	7 甲申	8 乙酉	9 丙戌	10 丁亥	11 戊子	12 己丑	13 庚寅	14 辛卯	15 壬辰	16 癸巳	17 甲午	18 乙未	19 丙申	20 丁酉	21 戊戌	
	閏五月		22 己亥	23 庚子	24 辛丑	25 壬寅	26 癸卯	27 甲辰	28 乙巳	29 丙午	30 丁未	七1 戊申	2 己酉	3 庚戌	4 辛亥	5 壬子	6 癸丑	7 甲寅	8 乙卯	9 丙辰	10 丁巳	11 戊午	12 己未	13 庚申	14 辛酉	15 壬戌	16 癸亥	17 甲子	18 乙丑	19 丙寅	20 丁卯	21 戊辰
	六月	丁未	22 己巳	23 庚午	24 辛未	25 壬申	26 癸酉	27 甲戌	28 乙亥	29 丙子	30 丁丑	31 戊寅	八1 己卯	2 庚辰	3 辛巳	4 壬午	5 癸未	6 甲申	7 乙酉	8 丙戌	9 丁亥	10 戊子	11 己丑	12 庚寅	13 辛卯	14 壬辰	15 癸巳	16 甲午	17 乙未	18 丙申	19 丁酉	
	七月	戊申	20 戊戌	21 己亥	22 庚子	23 辛丑	24 壬寅	25 癸卯	26 甲辰	27 乙巳	28 丙午	29 丁未	30 戊申	31 己酉	九1 庚戌	2 辛亥	3 壬子	4 癸丑	5 甲寅	6 乙卯	7 丙辰	8 丁巳	9 戊午	10 己未	11 庚申	12 辛酉	13 壬戌	14 癸亥	15 甲子	16 乙丑	17 丙寅	18 丁卯
	八月	乙酉	19 戊辰	20 己巳	21 庚午	22 辛未	23 壬申	24 癸酉	25 甲戌	26 乙亥	27 丙子	28 丁丑	29 戊寅	30 己卯	十1 庚辰	2 辛巳	3 壬午	4 癸未	5 甲申	6 乙酉	7 丙戌	8 丁亥	9 戊子	10 己丑	11 庚寅	12 辛卯	13 壬辰	14 癸巳	15 甲午	16 乙未	17 丙申	18 丁酉
	九月	庚戌	19 戊戌	20 己亥	21 庚子	22 辛丑	23 壬寅	24 癸卯	25 甲辰	26 乙巳	27 丙午	28 丁未	29 戊申	30 己酉	31 庚戌	十一1 辛亥	2 壬子	3 癸丑	4 甲寅	5 乙卯	6 丙辰	7 丁巳	8 戊午	9 己未	10 庚申	11 辛酉	12 壬戌	13 癸亥	14 甲子	15 乙丑	16 丙寅	
	十月	辛亥	17 丁卯	18 戊辰	19 己巳	20 庚午	21 辛未	22 壬申	23 癸酉	24 甲戌	25 乙亥	26 丙子	27 丁丑	28 戊寅	29 己卯	30 庚辰	十二1 辛巳	2 壬午	3 癸未	4 甲申	5 乙酉	6 丙戌	7 丁亥	8 戊子	9 己丑	10 庚寅	11 辛卯	12 壬辰	13 癸巳	14 甲午	15 乙未	16 丙申
	十一月	壬子	17 丁酉	18 戊戌	19 己亥	20 庚子	21 辛丑	22 壬寅	23 癸卯	24 甲辰	25 乙巳	26 丙午	27 丁未	28 戊申	29 己酉	30 庚戌	31 辛亥	一1 壬子	2 癸丑	3 甲寅	4 乙卯	5 丙辰	6 丁巳	7 戊午	8 己未	9 庚申	10 辛酉	11 壬戌	12 癸亥	13 甲子	14 乙丑	
	十二月	癸丑	15 丙寅	16 丁卯	17 戊辰	18 己巳	19 庚午	20 辛未	21 壬申	22 癸酉	23 甲戌	24 乙亥	25 丙子	26 丁丑	27 戊寅	28 己卯	29 庚辰	30 辛巳	31 壬午	二1 癸未	2 甲申	3 乙酉	4 丙戌	5 丁亥	6 戊子	7 己丑	8 庚寅	9 辛卯	10 壬辰	11 癸巳	12 甲午	13 乙未
癸巳年(蛇)民國四二～四三年 (1953～1954)	正月	甲寅	14 丙申	15 丁酉	16 戊戌	17 己亥	18 庚子	19 辛丑	20 壬寅	21 癸卯	22 甲辰	23 乙巳	24 丙午	25 丁未	26 戊申	27 己酉	28 庚戌	二1 辛亥	2 壬子	3 癸丑	4 甲寅	5 乙卯	6 丙辰	7 丁巳	8 戊午	9 己未	10 庚申	11 辛酉	12 壬戌	13 癸亥	14 甲子	
	二月	乙卯	15 乙丑	16 丙寅	17 丁卯	18 戊辰	19 己巳	20 庚午	21 辛未	22 壬申	23 癸酉	24 甲戌	25 乙亥	26 丙子	27 丁丑	28 戊寅	29 己卯	30 庚辰	31 辛巳	四1 壬午	2 癸未	3 甲申	4 乙酉	5 丙戌	6 丁亥	7 戊子	8 己丑	9 庚寅	10 辛卯	11 壬辰	12 癸巳	13 甲午
	三月	丙辰	14 乙未	15 丙申	16 丁酉	17 戊戌	18 己亥	19 庚子	20 辛丑	21 壬寅	22 癸卯	23 甲辰	24 乙巳	25 丙午	26 丁未	27 戊申	28 己酉	29 庚戌	30 辛亥	五1 壬子	2 癸丑	3 甲寅	4 乙卯	5 丙辰	6 丁巳	7 戊午	8 己未	9 庚申	10 辛酉	11 壬戌	12 癸亥	
	四月	丁巳	13 甲子	14 乙丑	15 丙寅	16 丁卯	17 戊辰	18 己巳	19 庚午	20 辛未	21 壬申	22 癸酉	23 甲戌	24 乙亥	25 丙子	26 丁丑	27 戊寅	28 己卯	29 庚辰	30 辛巳	31 壬午	六1 癸未	2 甲申	3 乙酉	4 丙戌	5 丁亥	6 戊子	7 己丑	8 庚寅	9 辛卯	10 壬辰	
	五月	戊午	11 癸巳	12 甲午	13 乙未	14 丙申	15 丁酉	16 戊戌	17 己亥	18 庚子	19 辛丑	20 壬寅	21 癸卯	22 甲辰	23 乙巳	24 丙午	25 丁未	26 戊申	27 己酉	28 庚戌	29 辛亥	30 壬子	七1 癸丑	2 甲寅	3 乙卯	4 丙辰	5 丁巳	6 戊午	7 己未	8 庚申	9 辛酉	10 壬戌
	六月	己未	11 癸亥	12 甲子	13 乙丑	14 丙寅	15 丁卯	16 戊辰	17 己巳	18 庚午	19 辛未	20 壬申	21 癸酉	22 甲戌	23 乙亥	24 丙子	25 丁丑	26 戊寅	27 己卯	28 庚辰	29 辛巳	30 壬午	31 癸未	八1 甲申	2 乙酉	3 丙戌	4 丁亥	5 戊子	6 己丑	7 庚寅	8 辛卯	9 壬辰
	七月	戊申	10 癸巳	11 甲午	12 乙未	13 丙申	14 丁酉	15 戊戌	16 己亥	17 庚子	18 辛丑	19 壬寅	20 癸卯	21 甲辰	22 乙巳	23 丙午	24 丁未	25 戊申	26 己酉	27 庚戌	28 辛亥	29 壬子	30 癸丑	31 甲寅	九1 乙卯	2 丙辰	3 丁巳	4 戊午	5 己未	6 庚申	7 辛酉	
	八月	辛酉	8 壬戌	9 癸亥	10 甲子	11 乙丑	12 丙寅	13 丁卯	14 戊辰	15 己巳	16 庚午	17 辛未	18 壬申	19 癸酉	20 甲戌	21 乙亥	22 丙子	23 丁丑	24 戊寅	25 己卯	26 庚辰	27 辛巳	28 壬午	29 癸未	30 甲申	十1 乙酉	2 丙戌	3 丁亥	4 戊子	5 己丑	6 庚寅	7 辛卯
	九月	壬戌	8 壬辰	9 癸巳	10 甲午	11 乙未	12 丙申	13 丁酉	14 戊戌	15 己亥	16 庚子	17 辛丑	18 壬寅	19 癸卯	20 甲辰	21 乙巳	22 丙午	23 丁未	24 戊申	25 己酉	26 庚戌	27 辛亥	28 壬子	29 癸丑	30 甲寅	31 乙卯	十一1 丙辰	2 丁巳	3 戊午	4 己未	5 庚申	6 辛酉
	十月	癸亥	7 壬戌	8 癸亥	9 甲子	10 乙丑	11 丙寅	12 丁卯	13 戊辰	14 己巳	15 庚午	16 辛未	17 壬申	18 癸酉	19 甲戌	20 乙亥	21 丙子	22 丁丑	23 戊寅	24 己卯	25 庚辰	26 辛巳	27 壬午	28 癸未	29 甲申	30 乙酉	十二1 丙戌	2 丁亥	3 戊子	4 己丑	5 庚寅	
	十一月	甲子	6 辛卯	7 壬辰	8 癸巳	9 甲午	10 乙未	11 丙申	12 丁酉	13 戊戌	14 己亥	15 庚子	16 辛丑	17 壬寅	18 癸卯	19 甲辰	20 乙巳	21 丙午	22 丁未	23 戊申	24 己酉	25 庚戌	26 辛亥	27 壬子	28 癸丑	29 甲寅	30 乙卯	31 丙辰	一1 丁巳	2 戊午	3 己未	4 庚申
	十二月	乙丑	5 辛酉	6 壬戌	7 癸亥	8 甲子	9 乙丑	10 丙寅	11 丁卯	12 戊辰	13 己巳	14 庚午	15 辛未	16 壬申	17 癸酉	18 甲戌	19 乙亥	20 丙子	21 丁丑	22 戊寅	23 己卯	24 庚辰	25 辛巳	26 壬午	27 癸未	28 甲申	29 乙酉	30 丙戌	31 丁亥	二1 戊子	2 己丑	

年序	陰曆月序	陰曆月干支 / 陽曆月日 / 陰曆日干支 / 陰曆日序	初一	初二	初三	初四	初五	初六	初七	初八	初九	初十	十一	十二	十三	十四	十五	十六	十七	十八	十九	二十	廿一	廿二	廿三	廿四	廿五	廿六	廿七	廿八	廿九	三十
甲午年(馬)民國四三~四四年(1954~1955)	正月	丙寅	3 庚寅	4 辛卯	5 壬辰	6 癸巳	7 甲午	8 乙未	9 丙申	10 丁酉	11 戊戌	12 己亥	13 庚子	14 辛丑	15 壬寅	16 癸卯	17 甲辰	18 乙巳	19 丙午	20 丁未	21 戊申	22 己酉	23 庚戌	24 辛亥	25 壬子	26 癸丑	27 甲寅	28 乙卯	三1 丙辰	2 丁巳	3 戊午	4 己未
	二月	丁卯	5 庚申	6 辛酉	7 壬戌	8 癸亥	9 甲子	10 乙丑	11 丙寅	12 丁卯	13 戊辰	14 己巳	15 庚午	16 辛未	17 壬申	18 癸酉	19 甲戌	20 乙亥	21 丙子	22 丁丑	23 戊寅	24 己卯	25 庚辰	26 辛巳	27 壬午	28 癸未	29 甲申	30 乙酉	31 丙戌	四1 丁亥	2 戊子	
	三月	戊辰	3 己丑	4 庚寅	5 辛卯	6 壬辰	7 癸巳	8 甲午	9 乙未	10 丙申	11 丁酉	12 戊戌	13 己亥	14 庚子	15 辛丑	16 壬寅	17 癸卯	18 甲辰	19 乙巳	20 丙午	21 丁未	22 戊申	23 己酉	24 庚戌	25 辛亥	26 壬子	27 癸丑	28 甲寅	29 乙卯	30 丙辰	五1 丁巳	2 戊午
	四月	己巳	3 己未	4 庚申	5 辛酉	6 壬戌	7 癸亥	8 甲子	9 乙丑	10 丙寅	11 丁卯	12 戊辰	13 己巳	14 庚午	15 辛未	16 壬申	17 癸酉	18 甲戌	19 乙亥	20 丙子	21 丁丑	22 戊寅	23 己卯	24 庚辰	25 辛巳	26 壬午	27 癸未	28 甲申	29 乙酉	30 丙戌	31 丁亥	
	五月	庚午	六1 戊子	2 己丑	3 庚寅	4 辛卯	5 壬辰	6 癸巳	7 甲午	8 乙未	9 丙申	10 丁酉	11 戊戌	12 己亥	13 庚子	14 辛丑	15 壬寅	16 癸卯	17 甲辰	18 乙巳	19 丙午	20 丁未	21 戊申	22 己酉	23 庚戌	24 辛亥	25 壬子	26 癸丑	27 甲寅	28 乙卯	29 丙辰	
	六月	辛未	30 丁巳	七1 戊午	2 己未	3 庚申	4 辛酉	5 壬戌	6 癸亥	7 甲子	8 乙丑	9 丙寅	10 丁卯	11 戊辰	12 己巳	13 庚午	14 辛未	15 壬申	16 癸酉	17 甲戌	18 乙亥	19 丙子	20 丁丑	21 戊寅	22 己卯	23 庚辰	24 辛巳	25 壬午	26 癸未	27 甲申	28 乙酉	29 丙戌
	七月	壬申	30 丁亥	31 戊子	八1 己丑	2 庚寅	3 辛卯	4 壬辰	5 癸巳	6 甲午	7 乙未	8 丙申	9 丁酉	10 戊戌	11 己亥	12 庚子	13 辛丑	14 壬寅	15 癸卯	16 甲辰	17 乙巳	18 丙午	19 丁未	20 戊申	21 己酉	22 庚戌	23 辛亥	24 壬子	25 癸丑	26 甲寅	27 乙卯	
	八月	癸酉	28 丙辰	29 丁巳	30 戊午	31 己未	九1 庚申	2 辛酉	3 壬戌	4 癸亥	5 甲子	6 乙丑	7 丙寅	8 丁卯	9 戊辰	10 己巳	11 庚午	12 辛未	13 壬申	14 癸酉	15 甲戌	16 乙亥	17 丙子	18 丁丑	19 戊寅	20 己卯	21 庚辰	22 辛巳	23 壬午	24 癸未	25 甲申	26 乙酉
	九月	甲戌	27 丙戌	28 丁亥	29 戊子	30 己丑	十1 庚寅	2 辛卯	3 壬辰	4 癸巳	5 甲午	6 乙未	7 丙申	8 丁酉	9 戊戌	10 己亥	11 庚子	12 辛丑	13 壬寅	14 癸卯	15 甲辰	16 乙巳	17 丙午	18 丁未	19 戊申	20 己酉	21 庚戌	22 辛亥	23 壬子	24 癸丑	25 甲寅	26 乙卯
	十月	乙亥	27 丙辰	28 丁巳	29 戊午	30 己未	31 庚申	十一1 辛酉	2 壬戌	3 癸亥	4 甲子	5 乙丑	6 丙寅	7 丁卯	8 戊辰	9 己巳	10 庚午	11 辛未	12 壬申	13 癸酉	14 甲戌	15 乙亥	16 丙子	17 丁丑	18 戊寅	19 己卯	20 庚辰	21 辛巳	22 壬午	23 癸未	24 甲申	
	十一月	丙子	25 乙酉	26 丙戌	27 丁亥	28 戊子	29 己丑	30 庚寅	十二1 辛卯	2 壬辰	3 癸巳	4 甲午	5 乙未	6 丙申	7 丁酉	8 戊戌	9 己亥	10 庚子	11 辛丑	12 壬寅	13 癸卯	14 甲辰	15 乙巳	16 丙午	17 丁未	18 戊申	19 己酉	20 庚戌	21 辛亥	22 壬子	23 癸丑	24 甲寅
	十二月	丁丑	25 乙卯	26 丙辰	27 丁巳	28 戊午	29 己未	30 庚申	31 辛酉	一1 壬戌	2 癸亥	3 甲子	4 乙丑	5 丙寅	6 丁卯	7 戊辰	8 己巳	9 庚午	10 辛未	11 壬申	12 癸酉	13 甲戌	14 乙亥	15 丙子	16 丁丑	17 戊寅	18 己卯	19 庚辰	20 辛巳	21 壬午	22 癸未	23 甲申
乙未年(羊)民國四四~四五年(1955~1956)	正月	戊寅	24 乙酉	25 丙戌	26 丁亥	27 戊子	28 己丑	29 庚寅	30 辛卯	31 壬辰	二1 癸巳	2 甲午	3 乙未	4 丙申	5 丁酉	6 戊戌	7 己亥	8 庚子	9 辛丑	10 壬寅	11 癸卯	12 甲辰	13 乙巳	14 丙午	15 丁未	16 戊申	17 己酉	18 庚戌	19 辛亥	20 壬子	21 癸丑	
	二月	己卯	22 甲寅	23 乙卯	24 丙辰	25 丁巳	26 戊午	27 己未	28 庚申	三1 辛酉	2 壬戌	3 癸亥	4 甲子	5 乙丑	6 丙寅	7 丁卯	8 戊辰	9 己巳	10 庚午	11 辛未	12 壬申	13 癸酉	14 甲戌	15 乙亥	16 丙子	17 丁丑	18 戊寅	19 己卯	20 庚辰	21 辛巳	22 壬午	23 癸未
	三月	庚辰	24 甲申	25 乙酉	26 丙戌	27 丁亥	28 戊子	29 己丑	30 庚寅	31 辛卯	四1 壬辰	2 癸巳	3 甲午	4 乙未	5 丙申	6 丁酉	7 戊戌	8 己亥	9 庚子	10 辛丑	11 壬寅	12 癸卯	13 甲辰	14 乙巳	15 丙午	16 丁未	17 戊申	18 己酉	19 庚戌	20 辛亥	21 壬子	
	閏三月		22 癸丑	23 甲寅	24 乙卯	25 丙辰	26 丁巳	27 戊午	28 己未	29 庚申	30 辛酉	五1 壬戌	2 癸亥	3 甲子	4 乙丑	5 丙寅	6 丁卯	7 戊辰	8 己巳	9 庚午	10 辛未	11 壬申	12 癸酉	13 甲戌	14 乙亥	15 丙子	16 丁丑	17 戊寅	18 己卯	19 庚辰	20 辛巳	21 壬午
	四月	辛巳	22 癸未	23 甲申	24 乙酉	25 丙戌	26 丁亥	27 戊子	28 己丑	29 庚寅	30 辛卯	31 壬辰	六1 癸巳	2 甲午	3 乙未	4 丙申	5 丁酉	6 戊戌	7 己亥	8 庚子	9 辛丑	10 壬寅	11 癸卯	12 甲辰	13 乙巳	14 丙午	15 丁未	16 戊申	17 己酉	18 庚戌	19 辛亥	
	五月	壬午	20 壬子	21 癸丑	22 甲寅	23 乙卯	24 丙辰	25 丁巳	26 戊午	27 己未	28 庚申	29 辛酉	30 壬戌	七1 癸亥	2 甲子	3 乙丑	4 丙寅	5 丁卯	6 戊辰	7 己巳	8 庚午	9 辛未	10 壬申	11 癸酉	12 甲戌	13 乙亥	14 丙子	15 丁丑	16 戊寅	17 己卯	18 庚辰	
	六月	癸未	19 辛巳	20 壬午	21 癸未	22 甲申	23 乙酉	24 丙戌	25 丁亥	26 戊子	27 己丑	28 庚寅	29 辛卯	30 壬辰	31 癸巳	八1 甲午	2 乙未	3 丙申	4 丁酉	5 戊戌	6 己亥	7 庚子	8 辛丑	9 壬寅	10 癸卯	11 甲辰	12 乙巳	13 丙午	14 丁未	15 戊申	16 己酉	17 庚戌
	七月	甲申	18 辛亥	19 壬子	20 癸丑	21 甲寅	22 乙卯	23 丙辰	24 丁巳	25 戊午	26 己未	27 庚申	28 辛酉	29 壬戌	30 癸亥	31 甲子	九1 乙丑	2 丙寅	3 丁卯	4 戊辰	5 己巳	6 庚午	7 辛未	8 壬申	9 癸酉	10 甲戌	11 乙亥	12 丙子	13 丁丑	14 戊寅	15 己卯	
	八月	乙酉	16 庚辰	17 辛巳	18 壬午	19 癸未	20 甲申	21 乙酉	22 丙戌	23 丁亥	24 戊子	25 己丑	26 庚寅	27 辛卯	28 壬辰	29 癸巳	30 甲午	十1 乙未	2 丙申	3 丁酉	4 戊戌	5 己亥	6 庚子	7 辛丑	8 壬寅	9 癸卯	10 甲辰	11 乙巳	12 丙午	13 丁未	14 戊申	15 己酉
	九月	丙戌	16 庚戌	17 辛亥	18 壬子	19 癸丑	20 甲寅	21 乙卯	22 丙辰	23 丁巳	24 戊午	25 己未	26 庚申	27 辛酉	28 壬戌	29 癸亥	30 甲子	31 乙丑	十一1 丙寅	2 丁卯	3 戊辰	4 己巳	5 庚午	6 辛未	7 壬申	8 癸酉	9 甲戌	10 乙亥	11 丙子	12 丁丑	13 戊寅	
	十月	丁亥	14 己卯	15 庚辰	16 辛巳	17 壬午	18 癸未	19 甲申	20 乙酉	21 丙戌	22 丁亥	23 戊子	24 己丑	25 庚寅	26 辛卯	27 壬辰	28 癸巳	29 甲午	30 乙未	十二1 丙申	2 丁酉	3 戊戌	4 己亥	5 庚子	6 辛丑	7 壬寅	8 癸卯	9 甲辰	10 乙巳	11 丙午	12 丁未	13 戊申
	十一月	戊子	14 己酉	15 庚戌	16 辛亥	17 壬子	18 癸丑	19 甲寅	20 乙卯	21 丙辰	22 丁巳	23 戊午	24 己未	25 庚申	26 辛酉	27 壬戌	28 癸亥	29 甲子	30 乙丑	31 丙寅	一1 丁卯	2 戊辰	3 己巳	4 庚午	5 辛未	6 壬申	7 癸酉	8 甲戌	9 乙亥	10 丙子	11 丁丑	12 戊寅
	十二月	己丑	13 己卯	14 庚辰	15 辛巳	16 壬午	17 癸未	18 甲申	19 乙酉	20 丙戌	21 丁亥	22 戊子	23 己丑	24 庚寅	25 辛卯	26 壬辰	27 癸巳	28 甲午	29 乙未	30 丙申	31 丁酉	二1 戊戌	2 己亥	3 庚子	4 辛丑	5 壬寅	6 癸卯	7 甲辰	8 乙巳	9 丙午	10 丁未	11 戊申

年序	陰曆月序	月干支	初一	初二	初三	初四	初五	初六	初七	初八	初九	初十	十一	十二	十三	十四	十五	十六	十七	十八	十九	二十	廿一	廿二	廿三	廿四	廿五	廿六	廿七	廿八	廿九	三十
丙申年(猴)民國四五～四六年(1956～1957)	正月	庚寅	**12 己酉**	13 庚戌	14 辛亥	15 壬子	16 癸丑	17 甲寅	18 乙卯	**19 丙辰**	20 丁巳	21 戊午	22 己未	23 庚申	24 辛酉	25 壬戌	**26 癸亥**	27 甲子	28 乙丑	29 丙寅	三1 丁卯	2 戊辰	3 己巳	**4 庚午**	5 辛未	6 壬申	7 癸酉	8 甲戌	9 乙亥	10 丙子	**11 丁丑**	
	二月	辛卯	12 戊寅	13 己卯	14 庚辰	15 辛巳	16 壬午	17 癸未	**18 甲申**	19 乙酉	20 丙戌	21 丁亥	22 戊子	23 己丑	24 庚寅	**25 辛卯**	26 壬辰	27 癸巳	28 甲午	29 乙未	30 丙申	31 丁酉	**四1 戊戌**	2 己亥	3 庚子	4 辛丑	5 壬寅	6 癸卯	7 甲辰	**8 乙巳**	9 丙午	10 丁未
	三月	壬辰	11 戊申	12 己酉	13 庚戌	14 辛亥	**15 壬子**	16 癸丑	17 甲寅	18 乙卯	19 丙辰	20 丁巳	21 戊午	**22 己未**	23 庚申	24 辛酉	25 壬戌	26 癸亥	27 甲子	28 乙丑	**29 丙寅**	30 丁卯	五1 戊辰	2 己巳	3 庚午	4 辛未	5 壬申	**6 癸酉**	7 甲戌	8 乙亥	9 丙子	
	四月	癸巳	10 丁丑	11 戊寅	12 己卯	**13 庚辰**	14 辛巳	15 壬午	16 癸未	17 甲申	18 乙酉	19 丙戌	**20 丁亥**	21 戊子	22 己丑	23 庚寅	24 辛卯	25 壬辰	26 癸巳	**27 甲午**	28 乙未	29 丙申	30 丁酉	31 戊戌	六1 己亥	2 庚子	**3 辛丑**	4 壬寅	5 癸卯	6 甲辰	7 乙巳	8 丙午
	五月	甲午	9 丁未	**10 戊申**	11 己酉	12 庚戌	13 辛亥	14 壬子	15 癸丑	16 甲寅	**17 乙卯**	18 丙辰	19 丁巳	20 戊午	21 己未	22 庚申	23 辛酉	**24 壬戌**	25 癸亥	26 甲子	27 乙丑	28 丙寅	29 丁卯	30 戊辰	七1 己巳	2 庚午	3 辛未	4 壬申	5 癸酉	6 甲戌	**7 乙亥**	
	六月	乙未	**8 丙子**	9 丁丑	10 戊寅	11 己卯	12 庚辰	13 辛巳	14 壬午	**15 癸未**	16 甲申	17 乙酉	18 丙戌	19 丁亥	20 戊子	21 己丑	**22 庚寅**	23 辛卯	24 壬辰	25 癸巳	26 甲午	27 乙未	28 丙申	**29 丁酉**	30 戊戌	31 己亥	八1 庚子	2 辛丑	3 壬寅	4 癸卯	**5 甲辰**	
	七月	丙申	6 乙巳	7 丙午	8 丁未	9 戊申	10 己酉	11 庚戌	**12 辛亥**	13 壬子	14 癸丑	15 甲寅	16 乙卯	17 丙辰	18 丁巳	**19 戊午**	20 己未	21 庚申	22 辛酉	23 壬戌	24 癸亥	25 甲子	**26 乙丑**	27 丙寅	28 丁卯	29 戊辰	30 己巳	31 庚午	九1 辛未	**2 壬申**	3 癸酉	4 甲戌
	八月	丁酉	5 乙亥	6 丙子	7 丁丑	8 戊寅	**9 己卯**	10 庚辰	11 辛巳	12 壬午	13 癸未	14 甲申	15 乙酉	**16 丙戌**	17 丁亥	18 戊子	19 己丑	20 庚寅	21 辛卯	22 壬辰	**23 癸巳**	24 甲午	25 乙未	26 丙申	27 丁酉	28 戊戌	29 己亥	**30 庚子**	十1 辛丑	2 壬寅	3 癸卯	
	九月	戊戌	4 甲辰	5 乙巳	6 丙午	**7 丁未**	8 戊申	9 己酉	10 庚戌	11 辛亥	12 壬子	13 癸丑	**14 甲寅**	15 乙卯	16 丙辰	17 丁巳	18 戊午	19 己未	20 庚申	**21 辛酉**	22 壬戌	23 癸亥	24 甲子	25 乙丑	26 丙寅	27 丁卯	**28 戊辰**	29 己巳	30 庚午	31 辛未	十一1 壬申	2 癸酉
	十月	己亥	3 甲戌	**4 乙亥**	5 丙子	6 丁丑	7 戊寅	8 己卯	9 庚辰	10 辛巳	**11 壬午**	12 癸未	13 甲申	14 乙酉	15 丙戌	16 丁亥	17 戊子	**18 己丑**	19 庚寅	20 辛卯	21 壬辰	22 癸巳	23 甲午	24 乙未	**25 丙申**	26 丁酉	27 戊戌	28 己亥	29 庚子	30 辛丑	**十二1 壬寅**	
	十一月	庚子	**2 癸卯**	3 甲辰	4 乙巳	5 丙午	6 丁未	7 戊申	8 己酉	**9 庚戌**	10 辛亥	11 壬子	12 癸丑	13 甲寅	14 乙卯	15 丙辰	**16 丁巳**	17 戊午	18 己未	19 庚申	20 辛酉	21 壬戌	22 癸亥	**23 甲子**	24 乙丑	25 丙寅	26 丁卯	27 戊辰	28 己巳	29 庚午	**30 辛未**	31 壬申
	十二月	辛丑	一1 癸酉	2 甲戌	3 乙亥	4 丙子	5 丁丑	**6 戊寅**	7 己卯	8 庚辰	9 辛巳	10 壬午	**11 癸未**	12 甲申	**13 乙酉**	14 丙戌	15 丁亥	16 戊子	**17 己丑**	18 庚寅	19 辛卯	**20 壬辰**	21 癸巳	22 甲午	23 乙未	24 丙申	25 丁酉	26 戊戌	**27 己亥**	28 庚子	29 辛丑	30 壬寅
丁酉年(雞)民國四六～四七年(1957～1958)	正月	壬寅	31 癸卯	二1 甲辰	2 乙巳	**3 丙午**	4 丁未	5 戊申	6 己酉	7 庚戌	8 辛亥	9 壬子	**10 癸丑**	11 甲寅	12 乙卯	13 丙辰	14 丁巳	15 戊午	16 己未	**17 庚申**	18 辛酉	19 壬戌	20 癸亥	21 甲子	22 乙丑	23 丙寅	**24 丁卯**	25 戊辰	26 己巳	27 庚午	28 辛未	三1 壬申
	二月	癸卯	2 癸酉	**3 甲戌**	4 乙亥	5 丙子	6 丁丑	7 戊寅	8 己卯	9 庚辰	**10 辛巳**	11 壬午	12 癸未	13 甲申	14 乙酉	15 丙戌	16 丁亥	**17 戊子**	18 己丑	19 庚寅	20 辛卯	21 壬辰	22 癸巳	23 甲午	**24 乙未**	25 丙申	26 丁酉	27 戊戌	28 己亥	29 庚子	30 辛丑	
	三月	甲辰	**31 壬寅**	四1 癸卯	2 甲辰	3 乙巳	4 丙午	5 丁未	6 戊申	**7 己酉**	8 庚戌	9 辛亥	10 壬子	11 癸丑	12 甲寅	13 乙卯	**14 丙辰**	15 丁巳	16 戊午	17 己未	18 庚申	19 辛酉	20 壬戌	**21 癸亥**	22 甲子	23 乙丑	24 丙寅	25 丁卯	26 戊辰	27 己巳	**28 庚午**	29 辛未
	四月	乙巳	30 壬申	五1 癸酉	2 甲戌	3 乙亥	4 丙子	**5 丁丑**	6 戊寅	7 己卯	8 庚辰	9 辛巳	10 壬午	11 癸未	**12 甲申**	13 乙酉	14 丙戌	15 丁亥	16 戊子	17 己丑	18 庚寅	**19 辛卯**	20 壬辰	21 癸巳	22 甲午	23 乙未	24 丙申	25 丁酉	**26 戊戌**	27 己亥	28 庚子	
	五月	丙午	29 辛丑	30 壬寅	31 癸卯	六1 甲辰	**2 乙巳**	3 丙午	4 丁未	5 戊申	6 己酉	7 庚戌	8 辛亥	**9 壬子**	10 癸丑	11 甲寅	12 乙卯	13 丙辰	14 丁巳	15 戊午	**16 己未**	17 庚申	18 辛酉	19 壬戌	20 癸亥	21 甲子	22 乙丑	**23 丙寅**	24 丁卯	25 戊辰	26 己巳	27 庚午
	六月	丁未	28 辛未	29 壬申	**30 癸酉**	七1 甲戌	2 乙亥	3 丙子	4 丁丑	5 戊寅	6 己卯	**7 庚辰**	8 辛巳	9 壬午	10 癸未	11 甲申	12 乙酉	13 丙戌	**14 丁亥**	15 戊子	16 己丑	17 庚寅	18 辛卯	19 壬辰	20 癸巳	**21 甲午**	22 乙未	23 丙申	24 丁酉	25 戊戌	26 己亥	
	七月	戊申	27 庚子	**28 辛丑**	29 壬寅	30 癸卯	31 甲辰	八1 乙巳	2 丙午	3 丁未	**4 戊申**	5 己酉	6 庚戌	7 辛亥	8 壬子	9 癸丑	10 甲寅	**11 乙卯**	12 丙辰	13 丁巳	14 戊午	15 己未	16 庚申	17 辛酉	**18 壬戌**	19 癸亥	20 甲子	21 乙丑	22 丙寅	23 丁卯	24 戊辰	
	八月	己酉	**25 己巳**	26 庚午	27 辛未	28 壬申	29 癸酉	30 甲戌	31 乙亥	**九1 丙子**	2 丁丑	3 戊寅	4 己卯	5 庚辰	6 辛巳	7 壬午	**8 癸未**	9 甲申	10 乙酉	11 丙戌	12 丁亥	13 戊子	14 己丑	**15 庚寅**	16 辛卯	17 壬辰	18 癸巳	19 甲午	20 乙未	21 丙申	**22 丁酉**	23 戊戌
	閏八月		24 己亥	25 庚子	26 辛丑	27 壬寅	28 癸卯	**29 甲辰**	30 乙巳	十1 丙午	2 丁未	3 戊申	4 己酉	5 庚戌	**6 辛亥**	7 壬子	8 癸丑	9 甲寅	10 乙卯	11 丙辰	12 丁巳	**13 戊午**	14 己未	15 庚申	16 辛酉	17 壬戌	18 癸亥	19 甲子	**20 乙丑**	21 丙寅	22 丁卯	
	九月	庚戌	23 戊辰	24 己巳	25 庚午	26 辛未	**27 壬申**	28 癸酉	29 甲戌	30 乙亥	31 丙子	十一1 丁丑	2 戊寅	**3 己卯**	4 庚辰	5 辛巳	6 壬午	7 癸未	8 甲申	9 乙酉	**10 丙戌**	11 丁亥	12 戊子	13 己丑	14 庚寅	15 辛卯	16 壬辰	**17 癸巳**	18 甲午	19 乙未	20 丙申	21 丁酉
	十月	辛亥	22 戊戌	23 己亥	**24 庚子**	25 辛丑	26 壬寅	27 癸卯	28 甲辰	29 乙巳	30 丙午	**十二1 丁未**	2 戊申	3 己酉	4 庚戌	5 辛亥	6 壬子	7 癸丑	**8 甲寅**	9 乙卯	10 丙辰	11 丁巳	12 戊午	13 己未	14 庚申	**15 辛酉**	16 壬戌	17 癸亥	18 甲子	19 乙丑	20 丙寅	
	十一月	壬子	21 丁卯	**22 戊辰**	23 己巳	24 庚午	25 辛未	26 壬申	27 癸酉	28 甲戌	**29 乙亥**	30 丙子	31 丁丑	一1 戊寅	2 己卯	3 庚辰	4 辛巳	**5 壬午**	6 癸未	7 甲申	8 乙酉	9 丙戌	10 丁亥	11 戊子	**12 己丑**	13 庚寅	14 辛卯	15 壬辰	16 癸巳	17 甲午	18 乙未	**19 丙申**
	十二月	癸丑	20 丁酉	21 戊戌	22 己亥	23 庚子	24 辛丑	25 壬寅	**26 癸卯**	27 甲辰	28 乙巳	29 丙午	30 丁未	31 戊申	二1 己酉	**2 庚戌**	3 辛亥	4 壬子	5 癸丑	6 甲寅	7 乙卯	8 丙辰	**9 丁巳**	10 戊午	11 己未	12 庚申	13 辛酉	14 壬戌	15 癸亥	**16 甲子**	17 乙丑	

年序	陰曆月序	月干支	初一	初二	初三	初四	初五	初六	初七	初八	初九	初十	十一	十二	十三	十四	十五	十六	十七	十八	十九	二十	廿一	廿二	廿三	廿四	廿五	廿六	廿七	廿八	廿九	三十
戊戌年(狗)民國四七～四八年(1958～1959)	正月	甲寅	18丙寅	19丁卯	20戊辰	21己巳	22庚午	23辛未	24壬申	25癸酉	26甲戌	27乙亥	28丙子	三1丁丑	2戊寅	3己卯	4庚辰	5辛巳	6壬午	7癸未	8甲申	9乙酉	10丙戌	11丁亥	12戊子	13己丑	14庚寅	15辛卯	16壬辰	17癸巳	18甲午	19乙未
	二月	乙卯	20丙申	21丁酉	22戊戌	23己亥	24庚子	25辛丑	26壬寅	27癸卯	28甲辰	29乙巳	30丙午	31丁未	四1戊申	2己酉	3庚戌	4辛亥	5壬子	6癸丑	7甲寅	8乙卯	9丙辰	10丁巳	11戊午	12己未	13庚申	14辛酉	15壬戌	16癸亥	17甲子	18乙丑
	三月	丙辰	19丙寅	20丁卯	21戊辰	22己巳	23庚午	24辛未	25壬申	26癸酉	27甲戌	28乙亥	29丙子	30丁丑	五1戊寅	2己卯	3庚辰	4辛巳	5壬午	6癸未	7甲申	8乙酉	9丙戌	10丁亥	11戊子	12己丑	13庚寅	14辛卯	15壬辰	16癸巳	17甲午	18乙未
	四月	丁巳	19丙申	20丁酉	21戊戌	22己亥	23庚子	24辛丑	25壬寅	26癸卯	27甲辰	28乙巳	29丙午	30丁未	31戊申	六1己酉	2庚戌	3辛亥	4壬子	5癸丑	6甲寅	7乙卯	8丙辰	9丁巳	10戊午	11己未	12庚申	13辛酉	14壬戌	15癸亥	16甲子	
	五月	戊午	17乙丑	18丙寅	19丁卯	20戊辰	21己巳	22庚午	23辛未	24壬申	25癸酉	26甲戌	27乙亥	28丙子	29丁丑	30戊寅	七1己卯	2庚辰	3辛巳	4壬午	5癸未	6甲申	7乙酉	8丙戌	9丁亥	10戊子	11己丑	12庚寅	13辛卯	14壬辰	15癸巳	16甲午
	六月	己未	17乙未	18丙申	19丁酉	20戊戌	21己亥	22庚子	23辛丑	24壬寅	25癸卯	26甲辰	27乙巳	28丙午	29丁未	30戊申	31己酉	八1庚戌	2辛亥	3壬子	4癸丑	5甲寅	6乙卯	7丙辰	8丁巳	9戊午	10己未	11庚申	12辛酉	13壬戌	14癸亥	
	七月	庚申	15甲子	16乙丑	17丙寅	18丁卯	19戊辰	20己巳	21庚午	22辛未	23壬申	24癸酉	25甲戌	26乙亥	27丙子	28丁丑	29戊寅	30己卯	31庚辰	九1辛巳	2壬午	3癸未	4甲申	5乙酉	6丙戌	7丁亥	8戊子	9己丑	10庚寅	11辛卯	12壬辰	
	八月	辛酉	13癸巳	14甲午	15乙未	16丙申	17丁酉	18戊戌	19己亥	20庚子	21辛丑	22壬寅	23癸卯	24甲辰	25乙巳	26丙午	27丁未	28戊申	29己酉	30庚戌	十1辛亥	2壬子	3癸丑	4甲寅	5乙卯	6丙辰	7丁巳	8戊午	9己未	10庚申	11辛酉	12壬戌
	九月	壬戌	13癸亥	14甲子	15乙丑	16丙寅	17丁卯	18戊辰	19己巳	20庚午	21辛未	22壬申	23癸酉	24甲戌	25乙亥	26丙子	27丁丑	28戊寅	29己卯	30庚辰	31辛巳	十一1壬午	2癸未	3甲申	4乙酉	5丙戌	6丁亥	7戊子	8己丑	9庚寅	10辛卯	
	十月	癸亥	11壬辰	12癸巳	13甲午	14乙未	15丙申	16丁酉	17戊戌	18己亥	19庚子	20辛丑	21壬寅	22癸卯	23甲辰	24乙巳	25丙午	26丁未	27戊申	28己酉	29庚戌	30辛亥	十二1壬子	2癸丑	3甲寅	4乙卯	5丙辰	6丁巳	7戊午	8己未	9庚申	10辛酉
	十一月	甲子	11壬戌	12癸亥	13甲子	14乙丑	15丙寅	16丁卯	17戊辰	18己巳	19庚午	20辛未	21壬申	22癸酉	23甲戌	24乙亥	25丙子	26丁丑	27戊寅	28己卯	29庚辰	30辛巳	31壬午	一1癸未	2甲申	3乙酉	4丙戌	5丁亥	6戊子	7己丑	8庚寅	
	十二月	乙丑	9辛卯	10壬辰	11癸巳	12甲午	13乙未	14丙申	15丁酉	16戊戌	17己亥	18庚子	19辛丑	20壬寅	21癸卯	22甲辰	23乙巳	24丙午	25丁未	26戊申	27己酉	28庚戌	29辛亥	30壬子	31癸丑	二1甲寅	2乙卯	3丙辰	4丁巳	5戊午	6己未	7庚申
己亥年(豬)民國四八～四九年(1959～1960)	正月	丙寅	8辛酉	9壬戌	10癸亥	11甲子	12乙丑	13丙寅	14丁卯	15戊辰	16己巳	17庚午	18辛未	19壬申	20癸酉	21甲戌	22乙亥	23丙子	24丁丑	25戊寅	26己卯	27庚辰	28辛巳	三1壬午	2癸未	3甲申	4乙酉	5丙戌	6丁亥	7戊子	8己丑	
	二月	丁卯	9庚寅	10辛卯	11壬辰	12癸巳	13甲午	14乙未	15丙申	16丁酉	17戊戌	18己亥	19庚子	20辛丑	21壬寅	22癸卯	23甲辰	24乙巳	25丙午	26丁未	27戊申	28己酉	29庚戌	30辛亥	31壬子	四1癸丑	2甲寅	3乙卯	4丙辰	5丁巳	6戊午	7己未
	三月	戊辰	8庚申	9辛酉	10壬戌	11癸亥	12甲子	13乙丑	14丙寅	15丁卯	16戊辰	17己巳	18庚午	19辛未	20壬申	21癸酉	22甲戌	23乙亥	24丙子	25丁丑	26戊寅	27己卯	28庚辰	29辛巳	30壬午	五1癸未	2甲申	3乙酉	4丙戌	5丁亥	6戊子	7己丑
	四月	己巳	8庚寅	9辛卯	10壬辰	11癸巳	12甲午	13乙未	14丙申	15丁酉	16戊戌	17己亥	18庚子	19辛丑	20壬寅	21癸卯	22甲辰	23乙巳	24丙午	25丁未	26戊申	27己酉	28庚戌	29辛亥	30壬子	31癸丑	六1甲寅	2乙卯	3丙辰	4丁巳	5戊午	
	五月	庚午	6己未	7庚申	8辛酉	9壬戌	10癸亥	11甲子	12乙丑	13丙寅	14丁卯	15戊辰	16己巳	17庚午	18辛未	19壬申	20癸酉	21甲戌	22乙亥	23丙子	24丁丑	25戊寅	26己卯	27庚辰	28辛巳	29壬午	30癸未	七1甲申	2乙酉	3丙戌	4丁亥	5戊子
	六月	辛未	6己丑	7庚寅	8辛卯	9壬辰	10癸巳	11甲午	12乙未	13丙申	14丁酉	15戊戌	16己亥	17庚子	18辛丑	19壬寅	20癸卯	21甲辰	22乙巳	23丙午	24丁未	25戊申	26己酉	27庚戌	28辛亥	29壬子	30癸丑	31甲寅	八1乙卯	2丙辰	3丁巳	
	七月	壬申	4戊午	5己未	6庚申	7辛酉	8壬戌	9癸亥	10甲子	11乙丑	12丙寅	13丁卯	14戊辰	15己巳	16庚午	17辛未	18壬申	19癸酉	20甲戌	21乙亥	22丙子	23丁丑	24戊寅	25己卯	26庚辰	27辛巳	28壬午	29癸未	30甲申	31乙酉	九1丙戌	2丁亥
	八月	癸酉	3戊子	4己丑	5庚寅	6辛卯	7壬辰	8癸巳	9甲午	10乙未	11丙申	12丁酉	13戊戌	14己亥	15庚子	16辛丑	17壬寅	18癸卯	19甲辰	20乙巳	21丙午	22丁未	23戊申	24己酉	25庚戌	26辛亥	27壬子	28癸丑	29甲寅	30乙卯	十1丙辰	
	九月	甲戌	2丁巳	3戊午	4己未	5庚申	6辛酉	7壬戌	8癸亥	9甲子	10乙丑	11丙寅	12丁卯	13戊辰	14己巳	15庚午	16辛未	17壬申	18癸酉	19甲戌	20乙亥	21丙子	22丁丑	23戊寅	24己卯	25庚辰	26辛巳	27壬午	28癸未	29甲申	30乙酉	31丙戌
	十月	乙亥	十一1丁亥	2戊子	3己丑	4庚寅	5辛卯	6壬辰	7癸巳	8甲午	9乙未	10丙申	11丁酉	12戊戌	13己亥	14庚子	15辛丑	16壬寅	17癸卯	18甲辰	19乙巳	20丙午	21丁未	22戊申	23己酉	24庚戌	25辛亥	26壬子	27癸丑	28甲寅	29乙卯	
	十一月	丙子	30丙辰	十二1丁巳	2戊午	3己未	4庚申	5辛酉	6壬戌	7癸亥	8甲子	9乙丑	10丙寅	11丁卯	12戊辰	13己巳	14庚午	15辛未	16壬申	17癸酉	18甲戌	19乙亥	20丙子	21丁丑	22戊寅	23己卯	24庚辰	25辛巳	26壬午	27癸未	28甲申	29乙酉
	十二月	丁丑	30丙戌	31丁亥	一1戊子	2己丑	3庚寅	4辛卯	5壬辰	6癸巳	7甲午	8乙未	9丙申	10丁酉	11戊戌	12己亥	13庚子	14辛丑	15壬寅	16癸卯	17甲辰	18乙巳	19丙午	20丁未	21戊申	22己酉	23庚戌	24辛亥	25壬子	26癸丑	27甲寅	

年序	陰曆月序	陰曆月干支	初一	初二	初三	初四	初五	初六	初七	初八	初九	初十	十一	十二	十三	十四	十五	十六	十七	十八	十九	二十	廿一	廿二	廿三	廿四	廿五	廿六	廿七	廿八	廿九	三十
庚子年(鼠)民國四九~五〇年(1960~1961)	正月	戊寅	28乙卯	29丙辰	30丁巳	31戊午	二1己未	2庚申	3辛酉	4壬戌	5癸亥	6甲子	7乙丑	8丙寅	9丁卯	10戊辰	11己巳	12庚午	13辛未	14壬申	15癸酉	16甲戌	17乙亥	18丙子	19丁丑	20戊寅	21己卯	22庚辰	23辛巳	24壬午	25癸未	26甲申
	二月	己卯	27乙酉	28丙戌	29丁亥	三1戊子	2己丑	3庚寅	4辛卯	5壬辰	6癸巳	7甲午	8乙未	9丙申	10丁酉	11戊戌	12己亥	13庚子	14辛丑	15壬寅	16癸卯	17甲辰	18乙巳	19丙午	20丁未	21戊申	22己酉	23庚戌	24辛亥	25壬子	26癸丑	
	三月	庚辰	27甲寅	28乙卯	29丙辰	30丁巳	31戊午	四1己未	2庚申	3辛酉	4壬戌	5癸亥	6甲子	7乙丑	8丙寅	9丁卯	10戊辰	11己巳	12庚午	13辛未	14壬申	15癸酉	16甲戌	17乙亥	18丙子	19丁丑	20戊寅	21己卯	22庚辰	23辛巳	24壬午	25癸未
	四月	辛巳	26甲申	27乙酉	28丙戌	29丁亥	30戊子	五1己丑	2庚寅	3辛卯	4壬辰	5癸巳	6甲午	7乙未	8丙申	9丁酉	10戊戌	11己亥	12庚子	13辛丑	14壬寅	15癸卯	16甲辰	17乙巳	18丙午	19丁未	20戊申	21己酉	22庚戌	23辛亥	24壬子	
	五月	壬午	25癸丑	26甲寅	27乙卯	28丙辰	29丁巳	30戊午	31己未	六1庚申	2辛酉	3壬戌	4癸亥	5甲子	6乙丑	7丙寅	8丁卯	9戊辰	10己巳	11庚午	12辛未	13壬申	14癸酉	15甲戌	16乙亥	17丙子	18丁丑	19戊寅	20己卯	21庚辰	22辛巳	23壬午
	六月	癸未	24癸未	25甲申	26乙酉	27丙戌	28丁亥	29戊子	30己丑	七1庚寅	2辛卯	3壬辰	4癸巳	5甲午	6乙未	7丙申	8丁酉	9戊戌	10己亥	11庚子	12辛丑	13壬寅	14癸卯	15甲辰	16乙巳	17丙午	18丁未	19戊申	20己酉	21庚戌	22辛亥	23壬子
	閏六月		24癸丑	25甲寅	26乙卯	27丙辰	28丁巳	29戊午	30己未	31庚申	八1辛酉	2壬戌	3癸亥	4甲子	5乙丑	6丙寅	7丁卯	8戊辰	9己巳	10庚午	11辛未	12壬申	13癸酉	14甲戌	15乙亥	16丙子	17丁丑	18戊寅	19己卯	20庚辰	21辛巳	
	七月	甲申	22壬午	23癸未	24甲申	25乙酉	26丙戌	27丁亥	28戊子	29己丑	30庚寅	31辛卯	九1壬辰	2癸巳	3甲午	4乙未	5丙申	6丁酉	7戊戌	8己亥	9庚子	10辛丑	11壬寅	12癸卯	13甲辰	14乙巳	15丙午	16丁未	17戊申	18己酉	19庚戌	20辛亥
	八月	乙酉	21壬子	22癸丑	23甲寅	24乙卯	25丙辰	26丁巳	27戊午	28己未	29庚申	30辛酉	十1壬戌	2癸亥	3甲子	4乙丑	5丙寅	6丁卯	7戊辰	8己巳	9庚午	10辛未	11壬申	12癸酉	13甲戌	14乙亥	15丙子	16丁丑	17戊寅	18己卯	19庚辰	
	九月	丙戌	20辛巳	21壬午	22癸未	23甲申	24乙酉	25丙戌	26丁亥	27戊子	28己丑	29庚寅	30辛卯	31壬辰	十一1癸巳	2甲午	3乙未	4丙申	5丁酉	6戊戌	7己亥	8庚子	9辛丑	10壬寅	11癸卯	12甲辰	13乙巳	14丙午	15丁未	16戊申	17己酉	18庚戌
	十月	丁亥	19辛亥	20壬子	21癸丑	22甲寅	23乙卯	24丙辰	25丁巳	26戊午	27己未	28庚申	29辛酉	30壬戌	十二1癸亥	2甲子	3乙丑	4丙寅	5丁卯	6戊辰	7己巳	8庚午	9辛未	10壬申	11癸酉	12甲戌	13乙亥	14丙子	15丁丑	16戊寅	17己卯	
	十一月	戊子	18庚辰	19辛巳	20壬午	21癸未	22甲申	23乙酉	24丙戌	25丁亥	26戊子	27己丑	28庚寅	29辛卯	30壬辰	31癸巳	一1甲午	2乙未	3丙申	4丁酉	5戊戌	6己亥	7庚子	8辛丑	9壬寅	10癸卯	11甲辰	12乙巳	13丙午	14丁未	15戊申	16己酉
	十二月	己丑	17庚戌	18辛亥	19壬子	20癸丑	21甲寅	22乙卯	23丙辰	24丁巳	25戊午	26己未	27庚申	28辛酉	29壬戌	30癸亥	31甲子	二1乙丑	2丙寅	3丁卯	4戊辰	5己巳	6庚午	7辛未	8壬申	9癸酉	10甲戌	11乙亥	12丙子	13丁丑	14戊寅	
辛丑年(牛)民國五〇~五一年(1961~1962)	正月	庚寅	15己卯	16庚辰	17辛巳	18壬午	19癸未	20甲申	21乙酉	22丙戌	23丁亥	24戊子	25己丑	26庚寅	27辛卯	28壬辰	三1癸巳	2甲午	3乙未	4丙申	5丁酉	6戊戌	7己亥	8庚子	9辛丑	10壬寅	11癸卯	12甲辰	13乙巳	14丙午	15丁未	16戊申
	二月	辛卯	17己酉	18庚戌	19辛亥	20壬子	21癸丑	22甲寅	23乙卯	24丙辰	25丁巳	26戊午	27己未	28庚申	29辛酉	30壬戌	31癸亥	四1甲子	2乙丑	3丙寅	4丁卯	5戊辰	6己巳	7庚午	8辛未	9壬申	10癸酉	11甲戌	12乙亥	13丙子	14丁丑	
	三月	壬辰	15戊寅	16己卯	17庚辰	18辛巳	19壬午	20癸未	21甲申	22乙酉	23丙戌	24丁亥	25戊子	26己丑	27庚寅	28辛卯	29壬辰	30癸巳	五1甲午	2乙未	3丙申	4丁酉	5戊戌	6己亥	7庚子	8辛丑	9壬寅	10癸卯	11甲辰	12乙巳	13丙午	14丁未
	四月	癸巳	15戊申	16己酉	17庚戌	18辛亥	19壬子	20癸丑	21甲寅	22乙卯	23丙辰	24丁巳	25戊午	26己未	27庚申	28辛酉	29壬戌	30癸亥	31甲子	六1乙丑	2丙寅	3丁卯	4戊辰	5己巳	6庚午	7辛未	8壬申	9癸酉	10甲戌	11乙亥	12丙子	
	五月	甲午	13丁丑	14戊寅	15己卯	16庚辰	17辛巳	18壬午	19癸未	20甲申	21乙酉	22丙戌	23丁亥	24戊子	25己丑	26庚寅	27辛卯	28壬辰	29癸巳	30甲午	七1乙未	2丙申	3丁酉	4戊戌	5己亥	6庚子	7辛丑	8壬寅	9癸卯	10甲辰	11乙巳	12丙午
	六月	乙未	13丁未	14戊申	15己酉	16庚戌	17辛亥	18壬子	19癸丑	20甲寅	21乙卯	22丙辰	23丁巳	24戊午	25己未	26庚申	27辛酉	28壬戌	29癸亥	30甲子	31乙丑	八1丙寅	2丁卯	3戊辰	4己巳	5庚午	6辛未	7壬申	8癸酉	9甲戌	10乙亥	
	七月	丙申	11丙子	12丁丑	13戊寅	14己卯	15庚辰	16辛巳	17壬午	18癸未	19甲申	20乙酉	21丙戌	22丁亥	23戊子	24己丑	25庚寅	26辛卯	27壬辰	28癸巳	29甲午	30乙未	31丙申	九1丁酉	2戊戌	3己亥	4庚子	5辛丑	6壬寅	7癸卯	8甲辰	9乙巳
	八月	丁酉	10丙午	11丁未	12戊申	13己酉	14庚戌	15辛亥	16壬子	17癸丑	18甲寅	19乙卯	20丙辰	21丁巳	22戊午	23己未	24庚申	25辛酉	26壬戌	27癸亥	28甲子	29乙丑	30丙寅	十1丁卯	2戊辰	3己巳	4庚午	5辛未	6壬申	7癸酉	8甲戌	9乙亥
	九月	戊戌	10丙子	11丁丑	12戊寅	13己卯	14庚辰	15辛巳	16壬午	17癸未	18甲申	19乙酉	20丙戌	21丁亥	22戊子	23己丑	24庚寅	25辛卯	26壬辰	27癸巳	28甲午	29乙未	30丙申	31丁酉	十一1戊戌	2己亥	3庚子	4辛丑	5壬寅	6癸卯	7甲辰	
	十月	己亥	8乙巳	9丙午	10丁未	11戊申	12己酉	13庚戌	14辛亥	15壬子	16癸丑	17甲寅	18乙卯	19丙辰	20丁巳	21戊午	22己未	23庚申	24辛酉	25壬戌	26癸亥	27甲子	28乙丑	29丙寅	30丁卯	十二1戊辰	2己巳	3庚午	4辛未	5壬申	6癸酉	7甲戌
	十一月	庚子	8乙亥	9丙子	10丁丑	11戊寅	12己卯	13庚辰	14辛巳	15壬午	16癸未	17甲申	18乙酉	19丙戌	20丁亥	21戊子	22己丑	23庚寅	24辛卯	25壬辰	26癸巳	27甲午	28乙未	29丙申	30丁酉	31戊戌	一1己亥	2庚子	3辛丑	4壬寅	5癸卯	
	十二月	辛丑	6甲辰	7乙巳	8丙午	9丁未	10戊申	11己酉	12庚戌	13辛亥	14壬子	15癸丑	16甲寅	17乙卯	18丙辰	19丁巳	20戊午	21己未	22庚申	23辛酉	24壬戌	25癸亥	26甲子	27乙丑	28丙寅	29丁卯	30戊辰	31己巳	二1庚午	2辛未	3壬申	4癸酉

年序	陰曆月序	陰曆月干支	初一	初二	初三	初四	初五	初六	初七	初八	初九	初十	十一	十二	十三	十四	十五	十六	十七	十八	十九	二十	廿一	廿二	廿三	廿四	廿五	廿六	廿七	廿八	廿九	三十
壬寅年（虎）民國五一～五二年（1962～1963）	正月	壬寅	5甲戌	6乙亥	7丙子	8丁丑	9戊寅	10己卯	**11庚辰**	12辛巳	13壬午	14癸未	15甲申	16乙酉	17丙戌	**18丁亥**	19戊子	20己丑	21庚寅	22辛卯	23壬辰	24癸巳	**25甲午**	26乙未	27丙申	28丁酉	三1戊戌	2己亥	3庚子	**4辛丑**	5壬寅	
	二月	癸卯	6癸卯	7甲辰	8乙巳	9丙午	10丁未	**11戊申**	12己酉	13庚戌	14辛亥	15壬子	16癸丑	17甲寅	**18乙卯**	19丙辰	20丁巳	21戊午	22己未	23庚申	24辛酉	**25壬戌**	26癸亥	27甲子	28乙丑	29丙寅	30丁卯	31戊辰	**四1己巳**	2庚午	3辛未	4壬申
	三月	甲辰	5癸酉	6甲戌	7乙亥	**8丙子**	9丁丑	10戊寅	11己卯	12庚辰	13辛巳	14壬午	**15癸未**	16甲申	17乙酉	18丙戌	19丁亥	20戊子	21己丑	**22庚寅**	23辛卯	24壬辰	25癸巳	26甲午	27乙未	28丙申	**29丁酉**	30戊戌	五1己亥	2庚子	3辛丑	
	四月	乙巳	4壬寅	5癸卯	**6甲辰**	7乙巳	8丙午	9丁未	10戊申	11己酉	12庚戌	**13辛亥**	14壬子	15癸丑	16甲寅	17乙卯	18丙辰	19丁巳	**20戊午**	21己未	22庚申	23辛酉	24壬戌	25癸亥	26甲子	**27乙丑**	28丙寅	29丁卯	30戊辰	31己巳	六1庚午	
	五月	丙午	2辛未	**3壬申**	4癸酉	5甲戌	6乙亥	7丙子	8丁丑	9戊寅	**10己卯**	11庚辰	12辛巳	13壬午	14癸未	15甲申	16乙酉	**17丙戌**	18丁亥	19戊子	20己丑	21庚寅	22辛卯	23壬辰	**24癸巳**	25甲午	26乙未	27丙申	28丁酉	29戊戌	30己亥	**七1庚子**
	六月	丁未	2辛丑	3壬寅	4癸卯	5甲辰	6乙巳	7丙午	**8丁未**	9戊申	10己酉	11庚戌	12辛亥	13壬子	14癸丑	**15甲寅**	16乙卯	17丙辰	18丁巳	19戊午	20己未	21庚申	**22辛酉**	23壬戌	24癸亥	25甲子	26乙丑	27丙寅	28丁卯	**29戊辰**	30己巳	
	七月	戊申	31庚午	八1辛未	2壬申	3癸酉	4甲戌	**5乙亥**	6丙子	7丁丑	8戊寅	9己卯	10庚辰	11辛巳	**12壬午**	13癸未	14甲申	15乙酉	16丙戌	17丁亥	18戊子	**19己丑**	20庚寅	21辛卯	22壬辰	23癸巳	24甲午	25乙未	**26丙申**	27丁酉	28戊戌	29己亥
	八月	己酉	30庚子	31辛丑	九1壬寅	**2癸卯**	3甲辰	4乙巳	5丙午	6丁未	7戊申	8己酉	**9庚戌**	10辛亥	11壬子	12癸丑	13甲寅	14乙卯	15丙辰	**16丁巳**	17戊午	18己未	19庚申	20辛酉	21壬戌	22癸亥	**23甲子**	24乙丑	25丙寅	26丁卯	27戊辰	28己巳
	九月	庚戌	29庚午	**30辛未**	十1壬申	2癸酉	3甲戌	4乙亥	5丙子	6丁丑	**7戊寅**	8己卯	9庚辰	10辛巳	11壬午	12癸未	13甲申	**14乙酉**	15丙戌	16丁亥	17戊子	18己丑	19庚寅	20辛卯	**21壬辰**	22癸巳	23甲午	24乙未	25丙申	26丁酉	27戊戌	
	十月	辛亥	**28己亥**	29庚子	30辛丑	31壬寅	十一1癸卯	2甲辰	3乙巳	**4丙午**	5丁未	6戊申	7己酉	8庚戌	9辛亥	10壬子	**11癸丑**	12甲寅	13乙卯	14丙辰	15丁巳	16戊午	17己未	**18庚申**	19辛酉	20壬戌	21癸亥	22甲子	23乙丑	24丙寅	**25丁卯**	26戊辰
	十一月	壬子	27己巳	28庚午	29辛未	30壬申	十二1癸酉	**2甲戌**	3乙亥	4丙子	5丁丑	6戊寅	7己卯	8庚辰	**9辛巳**	10壬午	11癸未	12甲申	13乙酉	14丙戌	15丁亥	**16戊子**	17己丑	18庚寅	19辛卯	20壬辰	21癸巳	22甲午	**23乙未**	24丙申	25丁酉	26戊戌
	十二月	癸丑	27己亥	28庚子	29辛丑	**30壬寅**	31癸卯	一1甲辰	2乙巳	3丙午	4丁未	5戊申	**6己酉**	7庚戌	8辛亥	9壬子	10癸丑	11甲寅	12乙卯	**13丙辰**	14丁巳	15戊午	16己未	17庚申	18辛酉	19壬戌	**20癸亥**	21甲子	22乙丑	23丙寅	24丁卯	
癸卯年（兔）民國五二～五三年（1963～1964）	正月	甲寅	25戊辰	26己巳	**27庚午**	28辛未	29壬申	30癸酉	31甲戌	二1乙亥	2丙子	**3丁丑**	4戊寅	5己卯	6庚辰	7辛巳	8壬午	9癸未	**10甲申**	11乙酉	12丙戌	13丁亥	14戊子	15己丑	16庚寅	**17辛卯**	18壬辰	19癸巳	20甲午	21乙未	22丙申	23丁酉
	二月	乙卯	**24戊戌**	25己亥	26庚子	27辛丑	28壬寅	三1癸卯	2甲辰	**3乙巳**	4丙午	5丁未	6戊申	7己酉	8庚戌	9辛亥	**10壬子**	11癸丑	12甲寅	13乙卯	14丙辰	15丁巳	16戊午	**17己未**	18庚申	19辛酉	20壬戌	21癸亥	22甲子	23乙丑	**24丙寅**	
	三月	丙辰	25丁卯	26戊辰	27己巳	28庚午	29辛未	30壬申	**31癸酉**	四1甲戌	2乙亥	3丙子	4丁丑	5戊寅	6己卯	**7庚辰**	8辛巳	9壬午	10癸未	11甲申	12乙酉	13丙戌	**14丁亥**	15戊子	16己丑	17庚寅	18辛卯	19壬辰	20癸巳	**21甲午**	22乙未	23丙申
	四月	丁巳	24丁酉	25戊戌	26己亥	27庚子	**28辛丑**	29壬寅	30癸卯	五1甲辰	2乙巳	3丙午	4丁未	**5戊申**	6己酉	7庚戌	8辛亥	9壬子	10癸丑	11甲寅	**12乙卯**	13丙辰	14丁巳	15戊午	16己未	17庚申	18辛酉	**19壬戌**	20癸亥	21甲子	22乙丑	
	閏四月		23丙寅	24丁卯	25戊辰	**26己巳**	27庚午	28辛未	29壬申	30癸酉	31甲戌	六1乙亥	**2丙子**	3丁丑	4戊寅	5己卯	6庚辰	7辛巳	8壬午	**9癸未**	10甲申	11乙酉	12丙戌	13丁亥	14戊子	15己丑	**16庚寅**	17辛卯	18壬辰	19癸巳	20甲午	
	五月	戊午	21乙未	22丙申	**23丁酉**	24戊戌	25己亥	26庚子	27辛丑	28壬寅	29癸卯	**30甲辰**	七1乙巳	2丙午	3丁未	4戊申	5己酉	6庚戌	**7辛亥**	8壬子	9癸丑	10甲寅	11乙卯	12丙辰	13丁巳	**14戊午**	15己未	16庚申	17辛酉	18壬戌	19癸亥	20甲子
	六月	己未	**21乙丑**	22丙寅	23丁卯	24戊辰	25己巳	26庚午	27辛未	**28壬申**	29癸酉	30甲戌	31乙亥	八1丙子	2丁丑	3戊寅	**4己卯**	5庚辰	6辛巳	7壬午	8癸未	9甲申	10乙酉	**11丙戌**	12丁亥	13戊子	14己丑	15庚寅	16辛卯	17壬辰	**18癸巳**	
	七月	庚申	19甲午	20乙未	21丙申	22丁酉	23戊戌	24己亥	**25庚子**	26辛丑	27壬寅	28癸卯	29甲辰	30乙巳	31丙午	**九1丁未**	2戊申	3己酉	4庚戌	5辛亥	6壬子	7癸丑	**8甲寅**	9乙卯	10丙辰	11丁巳	12戊午	13己未	14庚申	**15辛酉**	16壬戌	17癸亥
	八月	辛酉	18甲子	19乙丑	20丙寅	21丁卯	**22戊辰**	23己巳	24庚午	25辛未	26壬申	27癸酉	28甲戌	**29乙亥**	30丙子	十1丁丑	2戊寅	3己卯	4庚辰	5辛巳	**6壬午**	7癸未	8甲申	9乙酉	10丙戌	11丁亥	12戊子	**13己丑**	14庚寅	15辛卯	16壬辰	
	九月	壬戌	17癸巳	18甲午	19乙未	**20丙申**	21丁酉	22戊戌	23己亥	24庚子	25辛丑	26壬寅	**27癸卯**	28甲辰	29乙巳	30丙午	31丁未	十一1戊申	2己酉	**3庚戌**	4辛亥	5壬子	6癸丑	7甲寅	8乙卯	9丙辰	**10丁巳**	11戊午	12己未	13庚申	14辛酉	15壬戌
	十月	癸亥	16癸亥	**17甲子**	18乙丑	19丙寅	20丁卯	21戊辰	22己巳	23庚午	**24辛未**	25壬申	26癸酉	27甲戌	28乙亥	29丙子	30丁丑	**十二1戊寅**	2己卯	3庚辰	4辛巳	5壬午	6癸未	7甲申	**8乙酉**	9丙戌	10丁亥	11戊子	12己丑	13庚寅	14辛卯	**15壬辰**
	十一月	甲子	16癸巳	17甲午	18乙未	19丙申	20丁酉	21戊戌	**22己亥**	23庚子	24辛丑	25壬寅	26癸卯	27甲辰	28乙巳	**29丙午**	30丁未	31戊申	一1己酉	2庚戌	3辛亥	4壬子	**5癸丑**	6甲寅	7乙卯	8丙辰	9丁巳	10戊午	11己未	**12庚申**	13辛酉	14壬戌
	十二月	乙丑	15癸亥	16甲子	17乙丑	18丙寅	**19丁卯**	20戊辰	21己巳	22庚午	23辛未	24壬申	25癸酉	**26甲戌**	27乙亥	28丙子	29丁丑	30戊寅	31己卯	二1庚辰	**2辛巳**	3壬午	4癸未	5甲申	6乙酉	7丙戌	8丁亥	**9戊子**	10己丑	11庚寅	12辛卯	

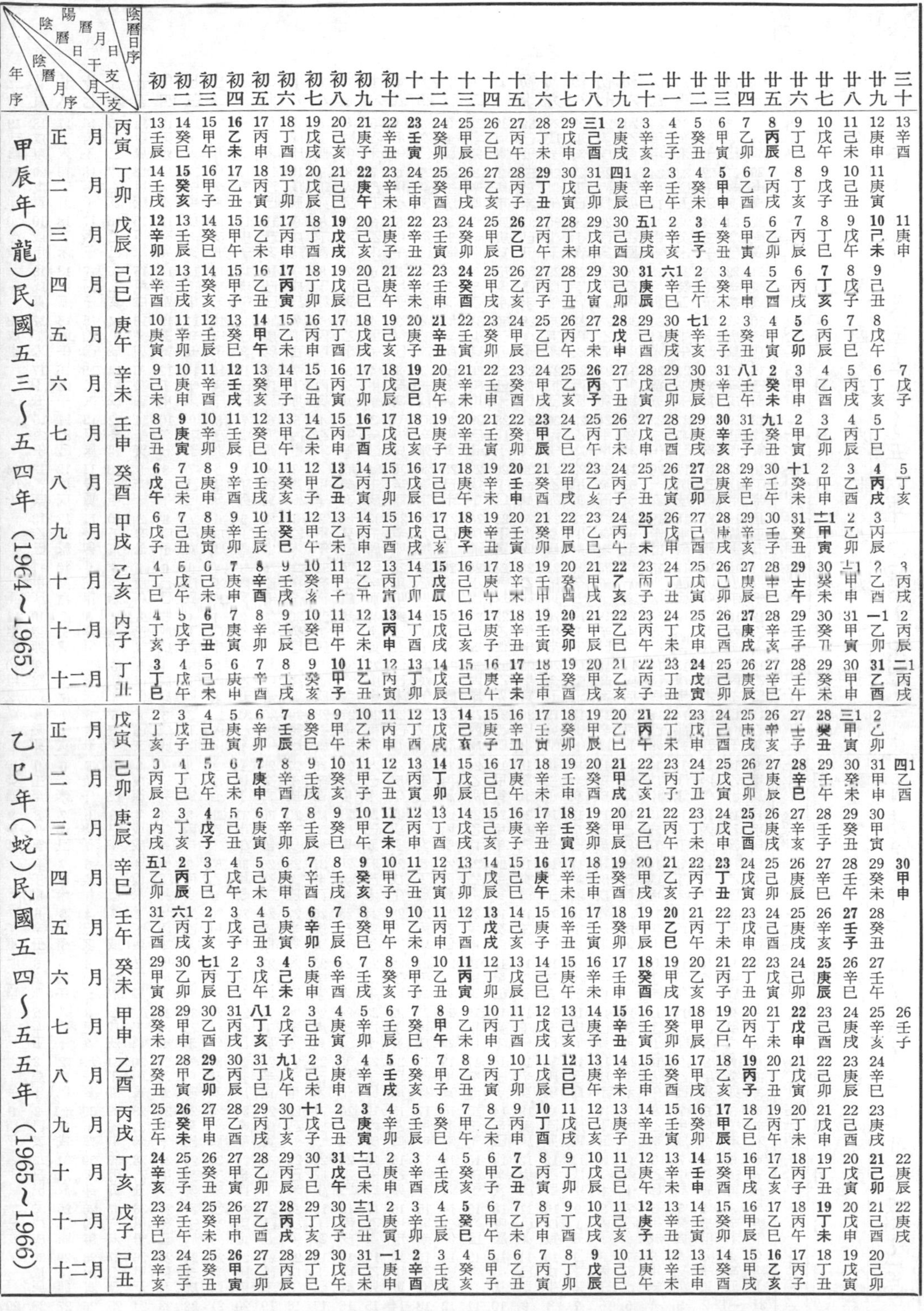

年序	陰曆月序	陰曆月干支	初一	初二	初三	初四	初五	初六	初七	初八	初九	初十	十一	十二	十三	十四	十五	十六	十七	十八	十九	二十	廿一	廿二	廿三	廿四	廿五	廿六	廿七	廿八	廿九	三十
甲辰年(龍)民國五三～五四年 (1964～1965)	正月	丙寅	13 壬辰	14 癸巳	15 甲午	**16 乙未**	17 丙申	18 丁酉	19 戊戌	20 己亥	21 庚子	22 辛丑	**23 壬寅**	24 癸卯	25 甲辰	26 乙巳	27 丙午	28 丁未	29 戊申	**三1 己酉**	2 庚戌	3 辛亥	4 壬子	5 癸丑	6 甲寅	7 乙卯	**8 丙辰**	9 丁巳	10 戊午	11 己未	12 庚申	13 辛酉
	二月	丁卯	14 壬戌	**15 癸亥**	16 甲子	17 乙丑	18 丙寅	19 丁卯	20 戊辰	21 己巳	**22 庚午**	23 辛未	24 壬申	25 癸酉	26 甲戌	27 乙亥	28 丙子	**29 丁丑**	30 戊寅	31 己卯	四1 庚辰	2 辛巳	3 壬午	4 癸未	**5 甲申**	6 乙酉	7 丙戌	8 丁亥	9 戊子	10 己丑	11 庚寅	
	三月	戊辰	**12 辛卯**	13 壬辰	14 癸巳	15 甲午	16 乙未	17 丙申	18 丁酉	**19 戊戌**	20 己亥	21 庚子	22 辛丑	23 壬寅	24 癸卯	25 甲辰	**26 乙巳**	27 丙午	28 丁未	29 戊申	30 己酉	五1 庚戌	2 辛亥	**3 壬子**	4 癸丑	5 甲寅	6 乙卯	7 丙辰	8 丁巳	9 戊午	**10 己未**	11 庚申
	四月	己巳	12 辛酉	13 壬戌	14 癸亥	15 甲子	16 乙丑	**17 丙寅**	18 丁卯	19 戊辰	20 己巳	21 庚午	22 辛未	23 壬申	**24 癸酉**	25 甲戌	26 乙亥	27 丙子	28 丁丑	29 戊寅	30 己卯	**31 庚辰**	六1 辛巳	2 壬午	3 癸未	4 甲申	5 乙酉	6 丙戌	**7 丁亥**	8 戊子	9 己丑	
	五月	庚午	10 庚寅	11 辛卯	12 壬辰	13 癸巳	**14 甲午**	15 乙未	16 丙申	17 丁酉	18 戊戌	19 己亥	20 庚子	**21 辛丑**	22 壬寅	23 癸卯	24 甲辰	25 乙巳	26 丙午	27 丁未	**28 戊申**	29 己酉	30 庚戌	七1 辛亥	2 壬子	3 癸丑	4 甲寅	**5 乙卯**	6 丙辰	7 丁巳	8 戊午	
	六月	辛未	9 己未	10 庚申	11 辛酉	**12 壬戌**	13 癸亥	14 甲子	15 乙丑	16 丙寅	17 丁卯	18 戊辰	**19 己巳**	20 庚午	21 辛未	22 壬申	23 癸酉	24 甲戌	25 乙亥	**26 丙子**	27 丁丑	28 戊寅	29 己卯	30 庚辰	31 辛巳	八1 壬午	**2 癸未**	3 甲申	4 乙酉	5 丙戌	6 丁亥	7 戊子
	七月	壬申	8 己丑	**9 庚寅**	10 辛卯	11 壬辰	12 癸巳	13 甲午	14 乙未	15 丙申	**16 丁酉**	17 戊戌	18 己亥	19 庚子	20 辛丑	21 壬寅	22 癸卯	**23 甲辰**	24 乙巳	25 丙午	26 丁未	27 戊申	28 己酉	29 庚戌	**30 辛亥**	31 壬子	九1 癸丑	2 甲寅	3 乙卯	4 丙辰	5 丁巳	
	八月	癸酉	**6 戊午**	7 己未	8 庚申	9 辛酉	10 壬戌	11 癸亥	12 甲子	**13 乙丑**	14 丙寅	15 丁卯	16 戊辰	17 己巳	18 庚午	19 辛未	**20 壬申**	21 癸酉	22 甲戌	23 乙亥	24 丙子	25 丁丑	26 戊寅	**27 己卯**	28 庚辰	29 辛巳	30 壬午	十1 癸未	2 甲申	3 乙酉	**4 丙戌**	5 丁亥
	九月	甲戌	6 戊子	7 己丑	8 庚寅	9 辛卯	10 壬辰	**11 癸巳**	12 甲午	13 乙未	14 丙申	15 丁酉	16 戊戌	17 己亥	**18 庚子**	19 辛丑	20 壬寅	21 癸卯	22 甲辰	23 乙巳	24 丙午	**25 丁未**	26 戊申	27 己酉	28 庚戌	29 辛亥	30 壬子	31 癸丑	**十一1 甲寅**	2 乙卯	3 丙辰	
	十月	乙亥	4 丁巳	5 戊午	6 己未	**7 庚申**	**8 辛酉**	9 壬戌	**10 癸亥**	11 甲子	12 乙丑	13 丙寅	14 丁卯	**15 戊辰**	16 己巳	17 庚午	18 辛未	19 壬申	20 癸酉	21 甲戌	**22 乙亥**	23 丙子	24 丁丑	25 戊寅	26 己卯	27 庚辰	28 辛巳	**29 壬午**	30 癸未	十二1 甲申	2 乙酉	3 丙戌
	十一月	丙子	4 丁亥	5 戊子	**6 己丑**	7 庚寅	8 辛卯	9 壬辰	10 癸巳	11 甲午	12 乙未	**13 丙申**	14 丁酉	15 戊戌	16 己亥	17 庚子	18 辛丑	19 壬寅	**20 癸卯**	21 甲辰	22 乙巳	23 丙午	24 丁未	25 戊申	26 己酉	**27 庚戌**	28 辛亥	29 壬子	30 癸丑	31 甲寅	一1 乙卯	2 丙辰
	十二月	丁丑	**3 丁巳**	4 戊午	5 己未	6 庚申	7 辛酉	8 壬戌	9 癸亥	**10 甲子**	11 乙丑	12 丙寅	13 丁卯	14 戊辰	15 己巳	16 庚午	**17 辛未**	18 壬申	19 癸酉	20 甲戌	21 乙亥	22 丙子	23 丁丑	**24 戊寅**	25 己卯	26 庚辰	27 辛巳	28 壬午	29 癸未	30 甲申	**31 乙酉**	二1 丙戌
乙巳年(蛇)民國五四～五五年 (1965～1966)	正月	戊寅	2 丁亥	3 戊子	4 己丑	5 庚寅	6 辛卯	**7 壬辰**	8 癸巳	9 甲午	10 乙未	11 丙申	12 丁酉	13 戊戌	**14 己亥**	15 庚子	16 辛丑	17 壬寅	18 癸卯	19 甲辰	20 乙巳	**21 丙午**	22 丁未	23 戊申	24 己酉	25 庚戌	26 辛亥	27 壬子	**28 癸丑**	三1 甲寅	2 乙卯	
	二月	己卯	3 丙辰	4 丁巳	5 戊午	6 己未	**7 庚申**	8 辛酉	9 壬戌	10 癸亥	11 甲子	12 乙丑	13 丙寅	**14 丁卯**	15 戊辰	16 己巳	17 庚午	18 辛未	19 壬申	20 癸酉	**21 甲戌**	22 乙亥	23 丙子	24 丁丑	25 戊寅	26 己卯	27 庚辰	**28 辛巳**	29 壬午	30 癸未	31 甲申	四1 乙酉
	三月	庚辰	2 丙戌	3 丁亥	**4 戊子**	5 己丑	6 庚寅	7 辛卯	8 壬辰	9 癸巳	10 甲午	**11 乙未**	12 丙申	13 丁酉	14 戊戌	15 己亥	16 庚子	17 辛丑	**18 壬寅**	19 癸卯	20 甲辰	21 乙巳	22 丙午	23 丁未	24 戊申	**25 己酉**	26 庚戌	27 辛亥	28 壬子	29 癸丑	30 甲寅	
	四月	辛巳	五1 乙卯	**2 丙辰**	3 丁巳	4 戊午	5 己未	6 庚申	7 辛酉	8 壬戌	**9 癸亥**	10 甲子	11 乙丑	12 丙寅	13 丁卯	14 戊辰	15 己巳	**16 庚午**	17 辛未	18 壬申	19 癸酉	20 甲戌	21 乙亥	22 丙子	**23 丁丑**	24 戊寅	25 己卯	26 庚辰	27 辛巳	28 壬午	29 癸未	**30 甲申**
	五月	壬午	31 乙酉	六1 丙戌	2 丁亥	3 戊子	4 己丑	5 庚寅	**6 辛卯**	7 壬辰	8 癸巳	9 甲午	10 乙未	11 丙申	12 丁酉	**13 戊戌**	14 己亥	15 庚子	16 辛丑	17 壬寅	18 癸卯	19 甲辰	**20 乙巳**	21 丙午	22 丁未	23 戊申	24 己酉	25 庚戌	26 辛亥	**27 壬子**	28 癸丑	
	六月	癸未	29 甲寅	30 乙卯	七1 丙辰	2 丁巳	3 戊午	**4 己未**	5 庚申	6 辛酉	7 壬戌	8 癸亥	9 甲子	10 乙丑	**11 丙寅**	12 丁卯	13 戊辰	14 己巳	15 庚午	16 辛未	17 壬申	**18 癸酉**	19 甲戌	20 乙亥	21 丙子	22 丁丑	23 戊寅	24 己卯	**25 庚辰**	26 辛巳	27 壬午	
	七月	甲申	28 癸未	29 甲申	30 乙酉	31 丙戌	**八1 丁亥**	2 戊子	3 己丑	4 庚寅	5 辛卯	6 壬辰	7 癸巳	**8 甲午**	9 乙未	10 丙申	11 丁酉	12 戊戌	13 己亥	14 庚子	**15 辛丑**	16 壬寅	17 癸卯	18 甲辰	19 乙巳	20 丙午	21 丁未	**22 戊申**	23 己酉	24 庚戌	25 辛亥	26 壬子
	八月	乙酉	27 癸丑	28 甲寅	**29 乙卯**	30 丙辰	31 丁巳	九1 戊午	2 己未	3 庚申	4 辛酉	**5 壬戌**	6 癸亥	7 甲子	8 乙丑	9 丙寅	10 丁卯	11 戊辰	**12 己巳**	13 庚午	14 辛未	15 壬申	16 癸酉	17 甲戌	18 乙亥	**19 丙子**	20 丁丑	21 戊寅	22 己卯	23 庚辰	24 辛巳	
	九月	丙戌	25 壬午	**26 癸未**	27 甲申	28 乙酉	29 丙戌	30 丁亥	十1 戊子	2 己丑	**3 庚寅**	4 辛卯	5 壬辰	6 癸巳	7 甲午	8 乙未	9 丙申	**10 丁酉**	11 戊戌	12 己亥	13 庚子	14 辛丑	15 壬寅	16 癸卯	**17 甲辰**	18 乙巳	19 丙午	20 丁未	21 戊申	22 己酉	23 庚戌	
	十月	丁亥	**24 辛亥**	25 壬子	26 癸丑	27 甲寅	28 乙卯	29 丙辰	30 丁巳	**31 戊午**	十一1 己未	2 庚申	3 辛酉	4 壬戌	5 癸亥	6 甲子	**7 乙丑**	8 丙寅	9 丁卯	10 戊辰	11 己巳	12 庚午	13 辛未	**14 壬申**	15 癸酉	16 甲戌	17 乙亥	18 丙子	19 丁丑	20 戊寅	**21 己卯**	22 庚辰
	十一月	戊子	23 辛巳	24 壬午	25 癸未	26 甲申	27 乙酉	**28 丙戌**	29 丁亥	30 戊子	十二1 己丑	2 庚寅	3 辛卯	4 壬辰	**5 癸巳**	6 甲午	7 乙未	8 丙申	9 丁酉	10 戊戌	11 己亥	**12 庚子**	13 辛丑	14 壬寅	15 癸卯	16 甲辰	17 乙巳	18 丙午	**19 丁未**	20 戊申	21 己酉	22 庚戌
	十二月	己丑	23 辛亥	24 壬子	25 癸丑	**26 甲寅**	27 乙卯	28 丙辰	29 丁巳	30 戊午	31 己未	一1 庚申	**2 辛酉**	3 壬戌	4 癸亥	5 甲子	6 乙丑	7 丙寅	8 丁卯	**9 戊辰**	10 己巳	11 庚午	12 辛未	13 壬申	14 癸酉	15 甲戌	**16 乙亥**	17 丙子	18 丁丑	19 戊寅	20 己卯	

年序	陰曆月序	月干支	初一	初二	初三	初四	初五	初六	初七	初八	初九	初十	十一	十二	十三	十四	十五	十六	十七	十八	十九	二十	廿一	廿二	廿三	廿四	廿五	廿六	廿七	廿八	廿九	三十
丙午年(馬)民國五五～五六年 (1966～1967)	正月	庚寅	21 庚辰	22 辛巳	23 壬午	24 癸未	25 甲申	26 乙酉	27 丙戌	28 丁亥	29 戊子	30 己丑	31 庚寅	二1 辛卯	2 壬辰	3 癸巳	4 甲午	5 乙未	6 丙申	7 丁酉	8 戊戌	9 己亥	10 庚子	11 辛丑	12 壬寅	13 癸卯	14 甲辰	15 乙巳	16 丙午	17 丁未	18 戊申	19 己酉
	二月	辛卯	20 庚戌	21 辛亥	22 壬子	23 癸丑	24 甲寅	25 乙卯	26 丙辰	27 丁巳	28 戊午	三1 己未	2 庚申	3 辛酉	4 壬戌	5 癸亥	6 甲子	7 乙丑	8 丙寅	9 丁卯	10 戊辰	11 己巳	12 庚午	13 辛未	14 壬申	15 癸酉	16 甲戌	17 乙亥	18 丙子	19 丁丑	20 戊寅	21 己卯
	三月	壬辰	22 庚辰	23 辛巳	24 壬午	25 癸未	26 甲申	27 乙酉	28 丙戌	29 丁亥	30 戊子	31 己丑	四1 庚寅	2 辛卯	3 壬辰	4 癸巳	5 甲午	6 乙未	7 丙申	8 丁酉	9 戊戌	10 己亥	11 庚子	12 辛丑	13 壬寅	14 癸卯	15 甲辰	16 乙巳	17 丙午	18 丁未	19 戊申	20 己酉
	閏三月		21 庚戌	22 辛亥	23 壬子	24 癸丑	25 甲寅	26 乙卯	27 丙辰	28 丁巳	29 戊午	30 己未	五1 庚申	2 辛酉	3 壬戌	4 癸亥	5 甲子	6 乙丑	7 丙寅	8 丁卯	9 戊辰	10 己巳	11 庚午	12 辛未	13 壬申	14 癸酉	15 甲戌	16 乙亥	17 丙子	18 丁丑	19 戊寅	
	四月	癸巳	20 己卯	21 庚辰	22 辛巳	23 壬午	24 癸未	25 甲申	26 乙酉	27 丙戌	28 丁亥	29 戊子	30 己丑	31 庚寅	六1 辛卯	2 壬辰	3 癸巳	4 甲午	5 乙未	6 丙申	7 丁酉	8 戊戌	9 己亥	10 庚子	11 辛丑	12 壬寅	13 癸卯	14 甲辰	15 乙巳	16 丙午	17 丁未	18 戊申
	五月	甲午	19 己酉	20 庚戌	21 辛亥	22 壬子	23 癸丑	24 甲寅	25 乙卯	26 丙辰	27 丁巳	28 戊午	29 己未	30 庚申	七1 辛酉	2 壬戌	3 癸亥	4 甲子	5 乙丑	6 丙寅	7 丁卯	8 戊辰	9 己巳	10 庚午	11 辛未	12 壬申	13 癸酉	14 甲戌	15 乙亥	16 丙子	17 丁丑	
	六月	乙未	18 戊寅	19 己卯	20 庚辰	21 辛巳	22 壬午	23 癸未	24 甲申	25 乙酉	26 丙戌	27 丁亥	28 戊子	29 己丑	30 庚寅	31 辛卯	八1 壬辰	2 癸巳	3 甲午	4 乙未	5 丙申	6 丁酉	7 戊戌	8 己亥	9 庚子	10 辛丑	11 壬寅	12 癸卯	13 甲辰	14 乙巳	15 丙午	
	七月	丙申	16 丁未	17 戊申	18 己酉	19 庚戌	20 辛亥	21 壬子	22 癸丑	23 甲寅	24 乙卯	25 丙辰	26 丁巳	27 戊午	28 己未	29 庚申	30 辛酉	31 壬戌	九1 癸亥	2 甲子	3 乙丑	4 丙寅	5 丁卯	6 戊辰	7 己巳	8 庚午	9 辛未	10 壬申	11 癸酉	12 甲戌	13 乙亥	14 丙子
	八月	丁酉	15 丁丑	16 戊寅	17 己卯	18 庚辰	19 辛巳	20 壬午	21 癸未	22 甲申	23 乙酉	24 丙戌	25 丁亥	26 戊子	27 己丑	28 庚寅	29 辛卯	30 壬辰	十1 癸巳	2 甲午	3 乙未	4 丙申	5 丁酉	6 戊戌	7 己亥	8 庚子	9 辛丑	10 壬寅	11 癸卯	12 甲辰	13 乙巳	
	九月	戊戌	14 丙午	15 丁未	16 戊申	17 己酉	18 庚戌	19 辛亥	20 壬子	21 癸丑	22 甲寅	23 乙卯	24 丙辰	25 丁巳	26 戊午	27 己未	28 庚申	29 辛酉	30 壬戌	31 癸亥	十一1 甲子	2 乙丑	3 丙寅	4 丁卯	5 戊辰	6 己巳	7 庚午	8 辛未	9 壬申	10 癸酉	11 甲戌	
	十月	己亥	12 乙亥	13 丙子	14 丁丑	15 戊寅	16 己卯	17 庚辰	18 辛巳	19 壬午	20 癸未	21 甲申	22 乙酉	23 丙戌	24 丁亥	25 戊子	26 己丑	27 庚寅	28 辛卯	29 壬辰	30 癸巳	十二1 甲午	2 乙未	3 丙申	4 丁酉	5 戊戌	6 己亥	7 庚子	8 辛丑	9 壬寅	10 癸卯	11 甲辰
	十一月	庚子	12 乙巳	13 丙午	14 丁未	15 戊申	16 己酉	17 庚戌	18 辛亥	19 壬子	20 癸丑	21 甲寅	22 乙卯	23 丙辰	24 丁巳	25 戊午	26 己未	27 庚申	28 辛酉	29 壬戌	30 癸亥	31 甲子	一1 乙丑	2 丙寅	3 丁卯	4 戊辰	5 己巳	6 庚午	7 辛未	8 壬申	9 癸酉	10 甲戌
	十二月	辛丑	11 乙亥	12 丙子	13 丁丑	14 戊寅	15 己卯	16 庚辰	17 辛巳	18 壬午	19 癸未	20 甲申	21 乙酉	22 丙戌	23 丁亥	24 戊子	25 己丑	26 庚寅	27 辛卯	28 壬辰	29 癸巳	30 甲午	31 乙未	二1 丙申	2 丁酉	3 戊戌	4 己亥	5 庚子	6 辛丑	7 壬寅	8 癸卯	
丁未年(羊)民國五六～五七年 (1967～1968)	正月	壬寅	9 甲辰	10 乙巳	11 丙午	12 丁未	13 戊申	14 己酉	15 庚戌	16 辛亥	17 壬子	18 癸丑	19 甲寅	20 乙卯	21 丙辰	22 丁巳	23 戊午	24 己未	25 庚申	26 辛酉	27 壬戌	28 癸亥	三1 甲子	2 乙丑	3 丙寅	4 丁卯	5 戊辰	6 己巳	7 庚午	8 辛未	9 壬申	10 癸酉
	二月	癸卯	11 甲戌	12 乙亥	13 丙子	14 丁丑	15 戊寅	16 己卯	17 庚辰	18 辛巳	19 壬午	20 癸未	21 甲申	22 乙酉	23 丙戌	24 丁亥	25 戊子	26 己丑	27 庚寅	28 辛卯	29 壬辰	30 癸巳	31 甲午	四1 乙未	2 丙申	3 丁酉	4 戊戌	5 己亥	6 庚子	7 辛丑	8 壬寅	9 癸卯
	三月	甲辰	10 甲辰	11 乙巳	12 丙午	13 丁未	14 戊申	15 己酉	16 庚戌	17 辛亥	18 壬子	19 癸丑	20 甲寅	21 乙卯	22 丙辰	23 丁巳	24 戊午	25 己未	26 庚申	27 辛酉	28 壬戌	29 癸亥	30 甲子	五1 乙丑	2 丙寅	3 丁卯	4 戊辰	5 己巳	6 庚午	7 辛未	8 壬申	
	四月	乙巳	9 癸酉	10 甲戌	11 乙亥	12 丙子	13 丁丑	14 戊寅	15 己卯	16 庚辰	17 辛巳	18 壬午	19 癸未	20 甲申	21 乙酉	22 丙戌	23 丁亥	24 戊子	25 己丑	26 庚寅	27 辛卯	28 壬辰	29 癸巳	30 甲午	31 乙未	六1 丙申	2 丁酉	3 戊戌	4 己亥	5 庚子	6 辛丑	7 壬寅
	五月	丙午	8 癸卯	9 甲辰	10 乙巳	11 丙午	12 丁未	13 戊申	14 己酉	15 庚戌	16 辛亥	17 壬子	18 癸丑	19 甲寅	20 乙卯	21 丙辰	22 丁巳	23 戊午	24 己未	25 庚申	26 辛酉	27 壬戌	28 癸亥	29 甲子	30 乙丑	七1 丙寅	2 丁卯	3 戊辰	4 己巳	5 庚午	6 辛未	7 壬申
	六月	丁未	8 癸酉	9 甲戌	10 乙亥	11 丙子	12 丁丑	13 戊寅	14 己卯	15 庚辰	16 辛巳	17 壬午	18 癸未	19 甲申	20 乙酉	21 丙戌	22 丁亥	23 戊子	24 己丑	25 庚寅	26 辛卯	27 壬辰	28 癸巳	29 甲午	30 乙未	31 丙申	八1 丁酉	2 戊戌	3 己亥	4 庚子	5 辛丑	
	七月	戊申	6 壬寅	7 癸卯	8 甲辰	9 乙巳	10 丙午	11 丁未	12 戊申	13 己酉	14 庚戌	15 辛亥	16 壬子	17 癸丑	18 甲寅	19 乙卯	20 丙辰	21 丁巳	22 戊午	23 己未	24 庚申	25 辛酉	26 壬戌	27 癸亥	28 甲子	29 乙丑	30 丙寅	31 丁卯	九1 戊辰	2 己巳	3 庚午	
	八月	己酉	4 辛未	5 壬申	6 癸酉	7 甲戌	8 乙亥	9 丙子	10 丁丑	11 戊寅	12 己卯	13 庚辰	14 辛巳	15 壬午	16 癸未	17 甲申	18 乙酉	19 丙戌	20 丁亥	21 戊子	22 己丑	23 庚寅	24 辛卯	25 壬辰	26 癸巳	27 甲午	28 乙未	29 丙申	30 丁酉	十1 戊戌	2 己亥	3 庚子
	九月	庚戌	4 辛丑	5 壬寅	6 癸卯	7 甲辰	8 乙巳	9 丙午	10 丁未	11 戊申	12 己酉	13 庚戌	14 辛亥	15 壬子	16 癸丑	17 甲寅	18 乙卯	19 丙辰	20 丁巳	21 戊午	22 己未	23 庚申	24 辛酉	25 壬戌	26 癸亥	27 甲子	28 乙丑	29 丙寅	30 丁卯	31 戊辰	十一1 己巳	
	十月	辛亥	2 庚午	3 辛未	4 壬申	5 癸酉	6 甲戌	7 乙亥	8 丙子	9 丁丑	10 戊寅	11 己卯	12 庚辰	13 辛巳	14 壬午	15 癸未	16 甲申	17 乙酉	18 丙戌	19 丁亥	20 戊子	21 己丑	22 庚寅	23 辛卯	24 壬辰	25 癸巳	26 甲午	27 乙未	28 丙申	29 丁酉	30 戊戌	十二1 己亥
	十一月	壬子	2 庚子	3 辛丑	4 壬寅	5 癸卯	6 甲辰	7 乙巳	8 丙午	9 丁未	10 戊申	11 己酉	12 庚戌	13 辛亥	14 壬子	15 癸丑	16 甲寅	17 乙卯	18 丙辰	19 丁巳	20 戊午	21 己未	22 庚申	23 辛酉	24 壬戌	25 癸亥	26 甲子	27 乙丑	28 丙寅	29 丁卯	30 戊辰	
	十二月	癸丑	31 己巳	一1 庚午	2 辛未	3 壬申	4 癸酉	5 甲戌	6 乙亥	7 丙子	8 丁丑	9 戊寅	10 己卯	11 庚辰	12 辛巳	13 壬午	14 癸未	15 甲申	16 乙酉	17 丙戌	18 丁亥	19 戊子	20 己丑	21 庚寅	22 辛卯	23 壬辰	24 癸巳	25 甲午	26 乙未	27 丙申	28 丁酉	29 戊戌

年序	陰曆月序	月干支	初一	初二	初三	初四	初五	初六	初七	初八	初九	初十	十一	十二	十三	十四	十五	十六	十七	十八	十九	二十	廿一	廿二	廿三	廿四	廿五	廿六	廿七	廿八	廿九	三十
戊申年（猴）民國五七～五八年（1968～1969）	正月	甲寅	30 己亥	31 庚子	二1 辛丑	2 壬寅	3 癸卯	4 甲辰	5 乙巳	6 丙午	7 丁未	8 戊申	9 己酉	10 庚戌	11 辛亥	12 壬子	13 癸丑	14 甲寅	15 乙卯	16 丙辰	17 丁巳	18 戊午	19 己未	20 庚申	21 辛酉	22 壬戌	23 癸亥	24 甲子	25 乙丑	26 丙寅	27 丁卯	
	二月	乙卯	28 戊辰	29 己巳	三1 庚午	2 辛未	3 壬申	4 癸酉	5 甲戌	6 乙亥	7 丙子	8 丁丑	9 戊寅	10 己卯	11 庚辰	12 辛巳	13 壬午	14 癸未	15 甲申	16 乙酉	17 丙戌	18 丁亥	19 戊子	20 己丑	21 庚寅	22 辛卯	23 壬辰	24 癸巳	25 甲午	26 乙未	27 丙申	28 丁酉
	三月	丙辰	29 戊戌	30 己亥	31 庚子	四1 辛丑	2 壬寅	3 癸卯	4 甲辰	5 乙巳	6 丙午	7 丁未	8 戊申	9 己酉	10 庚戌	11 辛亥	12 壬子	13 癸丑	14 甲寅	15 乙卯	16 丙辰	17 丁巳	18 戊午	19 己未	20 庚申	21 辛酉	22 壬戌	23 癸亥	24 甲子	25 乙丑	26 丙寅	
	四月	丁巳	27 丁卯	28 戊辰	29 己巳	30 庚午	五1 辛未	2 壬申	3 癸酉	4 甲戌	5 乙亥	6 丙子	7 丁丑	8 戊寅	9 己卯	10 庚辰	11 辛巳	12 壬午	13 癸未	14 甲申	15 乙酉	16 丙戌	17 丁亥	18 戊子	19 己丑	20 庚寅	21 辛卯	22 壬辰	23 癸巳	24 甲午	25 乙未	26 丙申
	五月	戊午	27 丁酉	28 戊戌	29 己亥	30 庚子	31 辛丑	六1 壬寅	2 癸卯	3 甲辰	4 乙巳	5 丙午	6 丁未	7 戊申	8 己酉	9 庚戌	10 辛亥	11 壬子	12 癸丑	13 甲寅	14 乙卯	15 丙辰	16 丁巳	17 戊午	18 己未	19 庚申	20 辛酉	21 壬戌	22 癸亥	23 甲子	24 乙丑	25 丙寅
	六月	己未	26 丁卯	27 戊辰	28 己巳	29 庚午	30 辛未	七1 壬申	2 癸酉	3 甲戌	4 乙亥	5 丙子	6 丁丑	7 戊寅	8 己卯	9 庚辰	10 辛巳	11 壬午	12 癸未	13 甲申	14 乙酉	15 丙戌	16 丁亥	17 戊子	18 己丑	19 庚寅	20 辛卯	21 壬辰	22 癸巳	23 甲午	24 乙未	
	七月	庚申	25 丙申	26 丁酉	27 戊戌	28 己亥	29 庚子	30 辛丑	31 壬寅	八1 癸卯	2 甲辰	3 乙巳	4 丙午	5 丁未	6 戊申	7 己酉	8 庚戌	9 辛亥	10 壬子	11 癸丑	12 甲寅	13 乙卯	14 丙辰	15 丁巳	16 戊午	17 己未	18 庚申	19 辛酉	20 壬戌	21 癸亥	22 甲子	23 乙丑
	閏七月		24 丙寅	25 丁卯	26 戊辰	27 己巳	28 庚午	29 辛未	30 壬申	31 癸酉	九1 甲戌	2 乙亥	3 丙子	4 丁丑	5 戊寅	6 己卯	7 庚辰	8 辛巳	9 壬午	10 癸未	11 甲申	12 乙酉	13 丙戌	14 丁亥	15 戊子	16 己丑	17 庚寅	18 辛卯	19 壬辰	20 癸巳	21 甲午	
	八月	辛酉	22 乙未	23 丙申	24 丁酉	25 戊戌	26 己亥	27 庚子	28 辛丑	29 壬寅	30 癸卯	十1 甲辰	2 乙巳	3 丙午	4 丁未	5 戊申	6 己酉	7 庚戌	8 辛亥	9 壬子	10 癸丑	11 甲寅	12 乙卯	13 丙辰	14 丁巳	15 戊午	16 己未	17 庚申	18 辛酉	19 壬戌	20 癸亥	21 甲子
	九月	壬戌	22 乙丑	23 丙寅	24 丁卯	25 戊辰	26 己巳	27 庚午	28 辛未	29 壬申	30 癸酉	31 甲戌	十一1 乙亥	2 丙子	3 丁丑	4 戊寅	5 己卯	6 庚辰	7 辛巳	8 壬午	9 癸未	10 甲申	11 乙酉	12 丙戌	13 丁亥	14 戊子	15 己丑	16 庚寅	17 辛卯	18 壬辰	19 癸巳	
	十月	癸亥	20 甲午	21 乙未	22 丙申	23 丁酉	24 戊戌	25 己亥	26 庚子	27 辛丑	28 壬寅	29 癸卯	30 甲辰	十二1 乙巳	2 丙午	3 丁未	4 戊申	5 己酉	6 庚戌	7 辛亥	8 壬子	9 癸丑	10 甲寅	11 乙卯	12 丙辰	13 丁巳	14 戊午	15 己未	16 庚申	17 辛酉	18 壬戌	19 癸亥
	十一月	甲子	20 甲子	21 乙丑	22 丙寅	23 丁卯	24 戊辰	25 己巳	26 庚午	27 辛未	28 壬申	29 癸酉	30 甲戌	31 乙亥	一1 丙子	2 丁丑	3 戊寅	4 己卯	5 庚辰	6 辛巳	7 壬午	8 癸未	9 甲申	10 乙酉	11 丙戌	12 丁亥	13 戊子	14 己丑	15 庚寅	16 辛卯	17 壬辰	
	十二月	乙丑	18 癸巳	19 甲午	20 乙未	21 丙申	22 丁酉	23 戊戌	24 己亥	25 庚子	26 辛丑	27 壬寅	28 癸卯	29 甲辰	30 乙巳	31 丙午	二1 丁未	2 戊申	3 己酉	4 庚戌	5 辛亥	6 壬子	7 癸丑	8 甲寅	9 乙卯	10 丙辰	11 丁巳	12 戊午	13 己未	14 庚申	15 辛酉	16 壬戌
己酉年（雞）民國五八～五九年（1969～1970）	正月	丙寅	17 癸亥	18 甲子	19 乙丑	20 丙寅	21 丁卯	22 戊辰	23 己巳	24 庚午	25 辛未	26 壬申	27 癸酉	28 甲戌	三1 乙亥	2 丙子	3 丁丑	4 戊寅	5 己卯	6 庚辰	7 辛巳	8 壬午	9 癸未	10 甲申	11 乙酉	12 丙戌	13 丁亥	14 戊子	15 己丑	16 庚寅	17 辛卯	
	二月	丁卯	18 壬辰	19 癸巳	20 甲午	21 乙未	22 丙申	23 丁酉	24 戊戌	25 己亥	26 庚子	27 辛丑	28 壬寅	29 癸卯	30 甲辰	31 乙巳	四1 丙午	2 丁未	3 戊申	4 己酉	5 庚戌	6 辛亥	7 壬子	8 癸丑	9 甲寅	10 乙卯	11 丙辰	12 丁巳	13 戊午	14 己未	15 庚申	16 辛酉
	三月	戊辰	17 壬戌	18 癸亥	19 甲子	20 乙丑	21 丙寅	22 丁卯	23 戊辰	24 己巳	25 庚午	26 辛未	27 壬申	28 癸酉	29 甲戌	30 乙亥	五1 丙子	2 丁丑	3 戊寅	4 己卯	5 庚辰	6 辛巳	7 壬午	8 癸未	9 甲申	10 乙酉	11 丙戌	12 丁亥	13 戊子	14 己丑	15 庚寅	
	四月	己巳	16 辛卯	17 壬辰	18 癸巳	19 甲午	20 乙未	21 丙申	22 丁酉	23 戊戌	24 己亥	25 庚子	26 辛丑	27 壬寅	28 癸卯	29 甲辰	30 乙巳	31 丙午	六1 丁未	2 戊申	3 己酉	4 庚戌	5 辛亥	6 壬子	7 癸丑	8 甲寅	9 乙卯	10 丙辰	11 丁巳	12 戊午	13 己未	14 庚申
	五月	庚午	15 辛酉	16 壬戌	17 癸亥	18 甲子	19 乙丑	20 丙寅	21 丁卯	22 戊辰	23 己巳	24 庚午	25 辛未	26 壬申	27 癸酉	28 甲戌	29 乙亥	30 丙子	七1 丁丑	2 戊寅	3 己卯	4 庚辰	5 辛巳	6 壬午	7 癸未	8 甲申	9 乙酉	10 丙戌	11 丁亥	12 戊子	13 己丑	
	六月	辛未	14 庚寅	15 辛卯	16 壬辰	17 癸巳	18 甲午	19 乙未	20 丙申	21 丁酉	22 戊戌	23 己亥	24 庚子	25 辛丑	26 壬寅	27 癸卯	28 甲辰	29 乙巳	30 丙午	31 丁未	八1 戊申	2 己酉	3 庚戌	4 辛亥	5 壬子	6 癸丑	7 甲寅	8 乙卯	9 丙辰	10 丁巳	11 戊午	12 己未
	七月	壬申	13 庚申	14 辛酉	15 壬戌	16 癸亥	17 甲子	18 乙丑	19 丙寅	20 丁卯	21 戊辰	22 己巳	23 庚午	24 辛未	25 壬申	26 癸酉	27 甲戌	28 乙亥	29 丙子	30 丁丑	31 戊寅	九1 己卯	2 庚辰	3 辛巳	4 壬午	5 癸未	6 甲申	7 乙酉	8 丙戌	9 丁亥	10 戊子	11 己丑
	八月	癸酉	12 庚寅	13 辛卯	14 壬辰	15 癸巳	16 甲午	17 乙未	18 丙申	19 丁酉	20 戊戌	21 己亥	22 庚子	23 辛丑	24 壬寅	25 癸卯	26 甲辰	27 乙巳	28 丙午	29 丁未	30 戊申	十1 己酉	2 庚戌	3 辛亥	4 壬子	5 癸丑	6 甲寅	7 乙卯	8 丙辰	9 丁巳	10 戊午	
	九月	甲戌	11 己未	12 庚申	13 辛酉	14 壬戌	15 癸亥	16 甲子	17 乙丑	18 丙寅	19 丁卯	20 戊辰	21 己巳	22 庚午	23 辛未	24 壬申	25 癸酉	26 甲戌	27 乙亥	28 丙子	29 丁丑	30 戊寅	31 己卯	十一1 庚辰	2 辛巳	3 壬午	4 癸未	5 甲申	6 乙酉	7 丙戌	8 丁亥	9 戊子
	十月	乙亥	10 己丑	11 庚寅	12 辛卯	13 壬辰	14 癸巳	15 甲午	16 乙未	17 丙申	18 丁酉	19 戊戌	20 己亥	21 庚子	22 辛丑	23 壬寅	24 癸卯	25 甲辰	26 乙巳	27 丙午	28 丁未	29 戊申	30 己酉	十二1 庚戌	2 辛亥	3 壬子	4 癸丑	5 甲寅	6 乙卯	7 丙辰	8 丁巳	
	十一月	丙子	9 戊午	10 己未	11 庚申	12 辛酉	13 壬戌	14 癸亥	15 甲子	16 乙丑	17 丙寅	18 丁卯	19 戊辰	20 己巳	21 庚午	22 辛未	23 壬申	24 癸酉	25 甲戌	26 乙亥	27 丙子	28 丁丑	29 戊寅	30 己卯	31 庚辰	一1 辛巳	2 壬午	3 癸未	4 甲申	5 乙酉	6 丙戌	7 丁亥
	十二月	丁丑	8 戊子	9 己丑	10 庚寅	11 辛卯	12 壬辰	13 癸巳	14 甲午	15 乙未	16 丙申	17 丁酉	18 戊戌	19 己亥	20 庚子	21 辛丑	22 壬寅	23 癸卯	24 甲辰	25 乙巳	26 丙午	27 丁未	28 戊申	29 己酉	30 庚戌	31 辛亥	二1 壬子	2 癸丑	3 甲寅	4 乙卯	5 丙辰	

年序	陰曆月序	月干支	初一	初二	初三	初四	初五	初六	初七	初八	初九	初十	十一	十二	十三	十四	十五	十六	十七	十八	十九	二十	廿一	廿二	廿三	廿四	廿五	廿六	廿七	廿八	廿九	三十
庚戌年(狗)民國五九～六〇年(1970～1971)	正月	戊寅	6丁巳	7戊午	**8己未**	9庚申	10辛酉	11壬戌	12癸亥	13甲子	14乙丑	**15丙寅**	16丁卯	17戊辰	18己巳	19庚午	20辛未	21壬申	**22癸酉**	23甲戌	24乙亥	25丙子	26丁丑	27戊寅	28己卯	**三1庚辰**	2辛巳	3壬午	4癸未	5甲申	6乙酉	7丙戌
	二月	己卯	**8丁亥**	9戊子	10己丑	11庚寅	12辛卯	13壬辰	14癸巳	**15甲午**	16乙未	17丙申	18丁酉	19戊戌	20己亥	21庚子	**22辛丑**	23壬寅	24癸卯	25甲辰	26乙巳	27丙午	28丁未	**29戊申**	30己酉	31庚戌	四1辛亥	2壬子	3癸丑	4甲寅	**5乙卯**	
	三月	庚辰	6丙辰	7丁巳	8戊午	9己未	10庚申	11辛酉	**12壬戌**	13癸亥	14甲子	15乙丑	16丙寅	17丁卯	18戊辰	**19己巳**	20庚午	21辛未	22壬申	23癸酉	24甲戌	25乙亥	**26丙子**	27丁丑	28戊寅	29己卯	30庚辰	五1辛巳	2壬午	**3癸未**	4甲申	
	四月	辛巳	5乙酉	6丙戌	7丁亥	8戊子	9己丑	**10庚寅**	11辛卯	12壬辰	13癸巳	14甲午	15乙未	16丙申	**17丁酉**	18戊戌	19己亥	20庚子	21辛丑	22壬寅	23癸卯	**24甲辰**	25乙巳	26丙午	27丁未	28戊申	29己酉	30庚戌	**31辛亥**	六1壬子	2癸丑	3甲寅
	五月	壬午	4乙卯	5丙辰	6丁巳	**7戊午**	8己未	9庚申	10辛酉	11壬戌	12癸亥	13甲子	**14乙丑**	15丙寅	16丁卯	17戊辰	18己巳	19庚午	20辛未	**21壬申**	22癸酉	23甲戌	24乙亥	25丙子	26丁丑	27戊寅	**28己卯**	29庚辰	30辛巳	七1壬午	2癸未	
	六月	癸未	3甲申	4乙酉	**5丙戌**	6丁亥	7戊子	8己丑	9庚寅	10辛卯	11壬辰	**12癸巳**	13甲午	14乙未	15丙申	16丁酉	17戊戌	18己亥	**19庚子**	20辛丑	21壬寅	22癸卯	23甲辰	24乙巳	25丙午	**26丁未**	27戊申	28己酉	29庚戌	30辛亥	31壬子	八1癸丑
	七月	甲申	**2甲寅**	3乙卯	4丙辰	5丁巳	6戊午	7己未	8庚申	**9辛酉**	10壬戌	11癸亥	12甲子	13乙丑	14丙寅	15丁卯	**16戊辰**	17己巳	18庚午	19辛未	20壬申	21癸酉	22甲戌	**23乙亥**	24丙子	25丁丑	26戊寅	27己卯	28庚辰	29辛巳	**30壬午**	31癸未
	八月	乙酉	九1甲申	2乙酉	3丙戌	4丁亥	5戊子	**6己丑**	7庚寅	8辛卯	9壬辰	10癸巳	11甲午	12乙未	**13丙申**	14丁酉	15戊戌	16己亥	17庚子	18辛丑	19壬寅	**20癸卯**	21甲辰	22乙巳	23丙午	24丁未	25戊申	26己酉	**27庚戌**	28辛亥	29壬子	
	九月	丙戌	30癸丑	十1甲寅	2乙卯	3丙辰	**4丁巳**	5戊午	6己未	7庚申	8辛酉	9壬戌	10癸亥	**11甲子**	12乙丑	13丙寅	14丁卯	15戊辰	16己巳	17庚午	**18辛未**	19壬申	20癸酉	21甲戌	22乙亥	23丙子	24丁丑	**25戊寅**	26己卯	27庚辰	28辛巳	29壬午
	十月	丁亥	30癸未	31甲申	**十一1乙酉**	2丙戌	3丁亥	4戊子	5己丑	6庚寅	7辛卯	**8壬辰**	9癸巳	10甲午	11乙未	12丙申	13丁酉	14戊戌	**15己亥**	16庚子	17辛丑	18壬寅	19癸卯	20甲辰	21乙巳	**22丙午**	23丁未	24戊申	25己酉	26庚戌	27辛亥	28壬子
	十一月	戊子	**29癸丑**	30甲寅	十二1乙卯	2丙辰	3丁巳	4戊午	5己未	**6庚申**	7辛酉	8壬戌	9癸亥	10甲子	11乙丑	12丙寅	**13丁卯**	14戊辰	15己巳	16庚午	17辛未	18壬申	19癸酉	**20甲戌**	21乙亥	22丙子	23丁丑	24戊寅	25己卯	26庚辰	**27辛巳**	
	十二月	己丑	28壬午	29癸未	30甲申	31乙酉	一1丙戌	2丁亥	**3戊子**	4己丑	5庚寅	6辛卯	7壬辰	8癸巳	9甲午	**10乙未**	11丙申	12丁酉	13戊戌	14己亥	15庚子	16辛丑	**17壬寅**	18癸卯	19甲辰	20乙巳	21丙午	22丁未	23戊申	**24己酉**	25庚戌	26辛亥
辛亥年(豬)民國六〇～六一年(1971～1972)	正月	庚寅	27壬子	28癸丑	29甲寅	30乙卯	**31丙辰**	二1丁巳	2戊午	3己未	4庚申	5辛酉	6壬戌	**7癸亥**	8甲子	9乙丑	10丙寅	11丁卯	12戊辰	13己巳	**14庚午**	15辛未	16壬申	17癸酉	18甲戌	19乙亥	20丙子	**21丁丑**	22戊寅	23己卯	24庚辰	
	二月	辛卯	25辛巳	26壬午	27癸未	**28甲申**	三1乙酉	2丙戌	3丁亥	4戊子	5己丑	6庚寅	**7辛卯**	8壬辰	9癸巳	10甲午	11乙未	12丙申	13丁酉	**14戊戌**	15己亥	16庚子	17辛丑	18壬寅	19癸卯	20甲辰	**21乙巳**	22丙午	23丁未	24戊申	25己酉	26庚戌
	三月	壬辰	27辛亥	**28壬子**	29癸丑	30甲寅	31乙卯	四1丙辰	2丁巳	3戊午	**4己未**	5庚申	6辛酉	7壬戌	8癸亥	9甲子	10乙丑	**11丙寅**	12丁卯	13戊辰	14己巳	15庚午	16辛未	17壬申	**18癸酉**	19甲戌	20乙亥	21丙子	22丁丑	23戊寅	24己卯	
	四月	癸巳	**25庚辰**	26辛巳	27壬午	28癸未	29甲申	30乙酉	五1丙戌	**2丁亥**	3戊子	4己丑	5庚寅	6辛卯	7壬辰	8癸巳	**9甲午**	10乙未	11丙申	12丁酉	13戊戌	14己亥	15庚子	**16辛丑**	17壬寅	18癸卯	19甲辰	20乙巳	21丙午	22丁未	**23戊申**	
	五月	甲午	24己酉	25庚戌	26辛亥	27壬子	28癸丑	29甲寅	**30乙卯**	31丙辰	六1丁巳	2戊午	3己未	4庚申	5辛酉	**6壬戌**	7癸亥	8甲子	9乙丑	10丙寅	11丁卯	12戊辰	**13己巳**	14庚午	15辛未	16壬申	17癸酉	18甲戌	19乙亥	**20丙子**	21丁丑	22戊寅
	閏五月		23己卯	24庚辰	25辛巳	26壬午	**27癸未**	28甲申	29乙酉	30丙戌	七1丁亥	2戊子	3己丑	**4庚寅**	5辛卯	6壬辰	7癸巳	8甲午	9乙未	10丙申	**11丁酉**	12戊戌	13己亥	14庚子	15辛丑	16壬寅	17癸卯	**18甲辰**	19乙巳	20丙午	21丁未	
	六月	乙未	22戊申	23己酉	24庚戌	**25辛亥**	26壬子	27癸丑	28甲寅	29乙卯	30丙辰	31丁巳	**八1戊午**	2己未	3庚申	4辛酉	5壬戌	6癸亥	7甲子	**8乙丑**	9丙寅	10丁卯	11戊辰	12己巳	13庚午	14辛未	**15壬申**	16癸酉	17甲戌	18乙亥	19丙子	20丁丑
	七月	丙申	21戊寅	**22己卯**	23庚辰	24辛巳	25壬午	26癸未	27甲申	28乙酉	**29丙戌**	30丁亥	31戊子	九1己丑	2庚寅	3辛卯	4壬辰	**5癸巳**	6甲午	7乙未	8丙申	9丁酉	10戊戌	11己亥	**12庚子**	13辛丑	14壬寅	15癸卯	16甲辰	17乙巳	18丙午	
	八月	丁酉	**19丁未**	20戊申	21己酉	22庚戌	23辛亥	24壬子	25癸丑	**26甲寅**	27乙卯	28丙辰	29丁巳	30戊午	十1己未	2庚申	**3辛酉**	4壬戌	5癸亥	6甲子	7乙丑	8丙寅	9丁卯	**10戊辰**	11己巳	12庚午	13辛未	14壬申	15癸酉	16甲戌	**17乙亥**	18丙子
	九月	戊戌	19丁丑	20戊寅	21己卯	22庚辰	23辛巳	**24壬午**	25癸未	26甲申	27乙酉	28丙戌	29丁亥	30戊子	**31己丑**	十一1庚寅	2辛卯	3壬辰	4癸巳	5甲午	6乙未	**7丙申**	8丁酉	9戊戌	10己亥	11庚子	12辛丑	13壬寅	**14癸卯**	15甲辰	16乙巳	17丙午
	十月	己亥	18丁未	19戊申	20己酉	**21庚戌**	22辛亥	23壬子	24癸丑	25甲寅	26乙卯	27丙辰	**28丁巳**	29戊午	30己未	十二1庚申	2辛酉	3壬戌	4癸亥	**5甲子**	6乙丑	7丙寅	8丁卯	9戊辰	10己巳	11庚午	**12辛未**	13壬申	14癸酉	15甲戌	16乙亥	17丙子
	十一月	庚子	18丁丑	**19戊寅**	20己卯	21庚辰	22辛巳	23壬午	24癸未	25甲申	**26乙酉**	27丙戌	28丁亥	29戊子	30己丑	31庚寅	一1辛卯	**2壬辰**	3癸巳	4甲午	5乙未	6丙申	7丁酉	8戊戌	**9己亥**	10庚子	11辛丑	12壬寅	13癸卯	14甲辰	15乙巳	
	十二月	辛丑	**16丙午**	17丁未	18戊申	19己酉	20庚戌	21辛亥	22壬子	**23癸丑**	24甲寅	25乙卯	26丙辰	27丁巳	28戊午	29己未	**30庚申**	31辛酉	二1壬戌	2癸亥	3甲子	4乙丑	5丙寅	**6丁卯**	7戊辰	8己巳	9庚午	10辛未	11壬申	12癸酉	**13甲戌**	14乙亥

年序	陰曆月序	月干支	初一	初二	初三	初四	初五	初六	初七	初八	初九	初十	十一	十二	十三	十四	十五	十六	十七	十八	十九	二十	廿一	廿二	廿三	廿四	廿五	廿六	廿七	廿八	廿九	三十
壬子年(鼠)民國六一～六二年(1972～1973)	正月	壬寅	15 丙子	16 丁丑	17 戊寅	18 己卯	19 庚辰	20 辛巳	21 壬午	22 癸未	23 甲申	24 乙酉	25 丙戌	26 丁亥	27 戊子	28 己丑	29 庚寅	三1 辛卯	2 壬辰	3 癸巳	4 甲午	5 乙未	6 丙申	7 丁酉	8 戊戌	9 己亥	10 庚子	11 辛丑	12 壬寅	13 癸卯	14 甲辰	
	二月	癸卯	15 乙巳	16 丙午	17 丁未	18 戊申	19 己酉	20 庚戌	21 辛亥	22 壬子	23 癸丑	24 甲寅	25 乙卯	26 丙辰	27 丁巳	28 戊午	29 己未	30 庚申	31 辛酉	四1 壬戌	2 癸亥	3 甲子	4 乙丑	5 丙寅	6 丁卯	7 戊辰	8 己巳	9 庚午	10 辛未	11 壬申	12 癸酉	13 甲戌
	三月	甲辰	14 乙亥	15 丙子	16 丁丑	17 戊寅	18 己卯	19 庚辰	20 辛巳	21 壬午	22 癸未	23 甲申	24 乙酉	25 丙戌	26 丁亥	27 戊子	28 己丑	29 庚寅	30 辛卯	五1 壬辰	2 癸巳	3 甲午	4 乙未	5 丙申	6 丁酉	7 戊戌	8 己亥	9 庚子	10 辛丑	11 壬寅	12 癸卯	
	四月	乙巳	13 甲辰	14 乙巳	15 内午	16 丁未	17 戊申	18 己酉	19 庚戌	20 辛亥	21 壬子	22 癸丑	23 甲寅	24 乙卯	25 丙辰	26 丁巳	27 戊午	28 己未	29 庚申	30 辛酉	31 壬戌	六1 癸亥	2 甲子	3 乙丑	4 丙寅	5 丁卯	6 戊辰	7 己巳	8 庚午	9 辛未	10 壬申	
	五月	丙午	11 癸酉	12 甲戌	13 乙亥	14 内子	15 丁丑	16 戊寅	17 己卯	18 庚辰	19 辛巳	20 壬午	21 癸未	22 甲申	23 乙酉	24 丙戌	25 丁亥	26 戊子	27 己丑	28 庚寅	29 辛卯	30 壬辰	七1 癸巳	2 甲午	3 乙未	4 丙申	5 丁酉	6 戊戌	7 己亥	8 庚子	9 辛丑	10 壬寅
	六月	丁未	11 癸卯	12 甲辰	13 乙巳	14 丙午	15 丁未	16 戊申	17 己酉	18 庚戌	19 辛亥	20 壬子	21 癸丑	22 甲寅	23 乙卯	24 丙辰	25 丁巳	26 戊午	27 己未	28 庚申	29 辛酉	30 壬戌	31 癸亥	八1 甲子	2 乙丑	3 丙寅	4 丁卯	5 戊辰	6 己巳	7 庚午	8 辛未	
	七月	戊申	9 壬申	10 癸酉	11 甲戌	12 乙亥	13 丙子	14 丁丑	15 戊寅	16 己卯	17 庚辰	18 辛巳	19 壬午	20 癸未	21 甲申	22 乙酉	23 丙戌	24 丁亥	25 戊子	26 己丑	27 庚寅	28 辛卯	29 壬辰	30 癸巳	31 甲午	九1 乙未	2 丙申	3 丁酉	4 戊戌	5 己亥	6 庚子	7 辛丑
	八月	己酉	8 壬寅	9 癸卯	10 甲辰	11 乙巳	12 丙午	13 丁未	14 戊申	15 己酉	16 庚戌	17 辛亥	18 壬子	19 癸丑	20 甲寅	21 乙卯	22 丙辰	23 丁巳	24 戊午	25 己未	26 庚申	27 辛酉	28 壬戌	29 癸亥	30 甲子	十1 乙丑	2 丙寅	3 丁卯	4 戊辰	5 己巳	6 庚午	
	九月	庚戌	7 辛未	8 壬申	9 癸酉	10 甲戌	11 乙亥	12 丙子	13 丁丑	14 戊寅	15 己卯	16 庚辰	17 辛巳	18 壬午	19 癸未	20 甲申	21 乙酉	22 丙戌	23 丁亥	24 戊子	25 己丑	26 庚寅	27 辛卯	28 壬辰	29 癸巳	30 甲午	31 乙未	十一1 丙申	2 丁酉	3 戊戌	4 己亥	5 庚子
	十月	辛亥	6 辛丑	7 壬寅	8 癸卯	9 甲辰	10 乙巳	11 丙午	12 丁未	13 戊申	14 己酉	15 庚戌	16 辛亥	17 壬子	18 癸丑	19 甲寅	20 乙卯	21 丙辰	22 丁巳	23 戊午	24 己未	25 庚申	26 辛酉	27 壬戌	28 癸亥	29 甲子	30 乙丑	十二1 丙寅	2 丁卯	3 戊辰	4 己巳	5 庚午
	十一月	壬子	6 辛未	7 壬申	8 癸酉	9 甲戌	10 乙亥	11 丙子	12 丁丑	13 戊寅	14 己卯	15 庚辰	16 辛巳	17 壬午	18 癸未	19 甲申	20 乙酉	21 丙戌	22 丁亥	23 戊子	24 己丑	25 庚寅	26 辛卯	27 壬辰	28 癸巳	29 甲午	30 乙未	31 丙申	一1 丁酉	2 戊戌	3 己亥	
	十二月	癸丑	4 庚子	5 辛丑	6 壬寅	7 癸卯	8 甲辰	9 乙巳	10 丙午	11 丁未	12 戊申	13 己酉	14 庚戌	15 辛亥	16 壬子	17 癸丑	18 甲寅	19 乙卯	20 丙辰	21 丁巳	22 戊午	23 己未	24 庚申	25 辛酉	26 壬戌	27 癸亥	28 甲子	29 乙丑	30 丙寅	31 丁卯	二1 戊辰	2 己巳
癸丑年(牛)民國六二～六三年(1973～1974)	正月	甲寅	3 庚午	4 辛未	5 壬申	6 癸酉	7 甲戌	8 乙亥	9 丙子	10 丁丑	11 戊寅	12 己卯	13 庚辰	14 辛巳	15 壬午	16 癸未	17 甲申	18 乙酉	19 丙戌	20 丁亥	21 戊子	22 己丑	23 庚寅	24 辛卯	25 壬辰	26 癸巳	27 甲午	28 乙未	三1 丙申	2 丁酉	3 戊戌	4 己亥
	二月	乙卯	5 庚子	6 辛丑	7 壬寅	8 癸卯	9 甲辰	10 乙巳	11 丙午	12 丁未	13 戊申	14 己酉	15 庚戌	16 辛亥	17 壬子	18 癸丑	19 甲寅	20 乙卯	21 丙辰	22 丁巳	23 戊午	24 己未	25 庚申	26 辛酉	27 壬戌	28 癸亥	29 甲子	30 乙丑	31 丙寅	四1 丁卯	2 戊辰	
	三月	丙辰	3 己巳	4 庚午	5 辛未	6 壬申	7 癸酉	8 甲戌	9 乙亥	10 丙子	11 丁丑	12 戊寅	13 己卯	14 庚辰	15 辛巳	16 壬午	17 癸未	18 甲申	19 乙酉	20 丙戌	21 丁亥	22 戊子	23 己丑	24 庚寅	25 辛卯	26 壬辰	27 癸巳	28 甲午	29 乙未	30 丙申	五1 丁酉	2 戊戌
	四月	丁巳	3 己亥	4 庚子	5 辛丑	6 壬寅	7 癸卯	8 甲辰	9 乙巳	10 丙午	11 丁未	12 戊申	13 己酉	14 庚戌	15 辛亥	16 壬子	17 癸丑	18 甲寅	19 乙卯	20 丙辰	21 丁巳	22 戊午	23 己未	24 庚申	25 辛酉	26 壬戌	27 癸亥	28 甲子	29 乙丑	30 丙寅	31 丁卯	
	五月	戊午	六1 戊辰	2 己巳	3 庚午	4 辛未	5 壬申	6 癸酉	7 甲戌	8 乙亥	9 丙子	10 丁丑	11 戊寅	12 己卯	13 庚辰	14 辛巳	15 壬午	16 癸未	17 甲申	18 乙酉	19 丙戌	20 丁亥	21 戊子	22 己丑	23 庚寅	24 辛卯	25 壬辰	26 癸巳	27 甲午	28 乙未	29 丙申	
	六月	己未	30 丁酉	七1 戊戌	2 己亥	3 庚子	4 辛丑	5 壬寅	6 癸卯	7 甲辰	8 乙巳	9 丙午	10 丁未	11 戊申	12 己酉	13 庚戌	14 辛亥	15 壬子	16 癸丑	17 甲寅	18 乙卯	19 丙辰	20 丁巳	21 戊午	22 己未	23 庚申	24 辛酉	25 壬戌	26 癸亥	27 甲子	28 乙丑	29 丙寅
	七月	庚申	30 丁卯	31 戊辰	八1 己巳	2 庚午	3 辛未	4 壬申	5 癸酉	6 甲戌	7 乙亥	8 丙子	9 丁丑	10 戊寅	11 己卯	12 庚辰	13 辛巳	14 壬午	15 癸未	16 甲申	17 乙酉	18 丙戌	19 丁亥	20 戊子	21 己丑	22 庚寅	23 辛卯	24 壬辰	25 癸巳	26 甲午	27 乙未	
	八月	辛酉	28 丙申	29 丁酉	30 戊戌	31 己亥	九1 庚子	2 辛丑	3 壬寅	4 癸卯	5 甲辰	6 乙巳	7 丙午	8 丁未	9 戊申	10 己酉	11 庚戌	12 辛亥	13 壬子	14 癸丑	15 甲寅	16 乙卯	17 丙辰	18 丁巳	19 戊午	20 己未	21 庚申	22 辛酉	23 壬戌	24 癸亥	25 甲子	
	九月	壬戌	26 乙丑	27 丙寅	28 丁卯	29 戊辰	30 己巳	十1 庚午	2 辛未	3 壬申	4 癸酉	5 甲戌	6 乙亥	7 丙子	8 丁丑	9 戊寅	10 己卯	11 庚辰	12 辛巳	13 壬午	14 癸未	15 甲申	16 乙酉	17 丙戌	18 丁亥	19 戊子	20 己丑	21 庚寅	22 辛卯	23 壬辰	24 癸巳	25 甲午
	十月	癸亥	26 乙未	27 丙申	28 丁酉	29 戊戌	30 己亥	31 庚子	十一1 辛丑	2 壬寅	3 癸卯	4 甲辰	5 乙巳	6 丙午	7 丁未	8 戊申	9 己酉	10 庚戌	11 辛亥	12 壬子	13 癸丑	14 甲寅	15 乙卯	16 丙辰	17 丁巳	18 戊午	19 己未	20 庚申	21 辛酉	22 壬戌	23 癸亥	24 甲子
	十一月	甲子	25 乙丑	26 丙寅	27 丁卯	28 戊辰	29 己巳	30 庚午	十二1 辛未	2 壬申	3 癸酉	4 甲戌	5 乙亥	6 丙子	7 丁丑	8 戊寅	9 己卯	10 庚辰	11 辛巳	12 壬午	13 癸未	14 甲申	15 乙酉	16 丙戌	17 丁亥	18 戊子	19 己丑	20 庚寅	21 辛卯	22 壬辰	23 癸巳	
	十二月	乙丑	24 甲午	25 乙未	26 丙申	27 丁酉	28 戊戌	29 己亥	30 庚子	31 辛丑	一1 壬寅	2 癸卯	3 甲辰	4 乙巳	5 丙午	6 丁未	7 戊申	8 己酉	9 庚戌	10 辛亥	11 壬子	12 癸丑	13 甲寅	14 乙卯	15 丙辰	16 丁巳	17 戊午	18 己未	19 庚申	20 辛酉	21 壬戌	22 癸亥

年序	陰曆月序	陰曆月干支	初一	初二	初三	初四	初五	初六	初七	初八	初九	初十	十一	十二	十三	十四	十五	十六	十七	十八	十九	二十	廿一	廿二	廿三	廿四	廿五	廿六	廿七	廿八	廿九	三十
甲寅年(虎)民國六三~六四年(1974~1975)	正月	丙寅	23 甲子	24 乙丑	25 丙寅	26 丁卯	**27 戊辰**	28 己巳	29 庚午	30 辛未	31 壬申	二1 癸酉	2 甲戌	**3 乙亥**	4 丙子	5 丁丑	6 戊寅	7 己卯	8 庚辰	9 辛巳	**10 壬午**	11 癸未	12 甲申	13 乙酉	14 丙戌	15 丁亥	16 戊子	**17 己丑**	18 庚寅	19 辛卯	20 壬辰	21 癸巳
	二月	丁卯	22 甲午	23 乙未	**24 丙申**	25 丁酉	26 戊戌	27 己亥	28 庚子	三1 辛丑	2 壬寅	**3 癸卯**	4 甲辰	5 乙巳	6 丙午	7 丁未	8 戊申	9 己酉	**10 庚戌**	11 辛亥	12 壬子	13 癸丑	14 甲寅	15 乙卯	16 丙辰	**17 丁巳**	18 戊午	19 己未	20 庚申	21 辛酉	22 壬戌	23 癸亥
	三月	戊辰	**24 甲子**	25 乙丑	26 丙寅	27 丁卯	28 戊辰	29 己巳	30 庚午	**31 辛未**	四1 壬申	2 癸酉	3 甲戌	4 乙亥	5 丙子	6 丁丑	**7 戊寅**	8 己卯	9 庚辰	10 辛巳	11 壬午	12 癸未	13 甲申	**14 乙酉**	15 丙戌	16 丁亥	17 戊子	18 己丑	19 庚寅	20 辛卯	**21 壬辰**	
	四月	己巳	22 癸巳	23 甲午	24 乙未	25 丙申	26 丁酉	27 戊戌	**28 己亥**	29 庚子	30 辛丑	五1 壬寅	2 癸卯	3 甲辰	4 乙巳	**5 丙午**	6 丁未	7 戊申	8 己酉	9 庚戌	10 辛亥	11 壬子	**12 癸丑**	13 甲寅	14 乙卯	15 丙辰	16 丁巳	17 戊午	18 己未	**19 庚申**	20 辛酉	21 壬戌
	閏四月		22 癸亥	23 甲子	24 乙丑	25 丙寅	**26 丁卯**	27 戊辰	28 己巳	29 庚午	30 辛未	31 壬申	六1 癸酉	**2 甲戌**	3 乙亥	4 丙子	5 丁丑	6 戊寅	7 己卯	8 庚辰	**9 辛巳**	10 壬午	11 癸未	12 甲申	13 乙酉	14 丙戌	15 丁亥	**16 戊子**	17 己丑	18 庚寅	19 辛卯	
	五月	庚午	20 壬辰	21 癸巳	22 甲午	**23 乙未**	24 丙申	25 丁酉	26 戊戌	27 己亥	28 庚子	29 辛丑	**30 壬寅**	七1 癸卯	2 甲辰	3 乙巳	4 丙午	5 丁未	6 戊申	**7 己酉**	8 庚戌	9 辛亥	10 壬子	11 癸丑	12 甲寅	13 乙卯	**14 丙辰**	15 丁巳	16 戊午	17 己未	18 庚申	
	六月	辛未	19 辛酉	20 壬戌	**21 癸亥**	22 甲子	23 乙丑	24 丙寅	25 丁卯	26 戊辰	27 己巳	**28 庚午**	29 辛未	30 壬申	31 癸酉	八1 甲戌	2 乙亥	3 丙子	**4 丁丑**	5 戊寅	6 己卯	7 庚辰	8 辛巳	9 壬午	10 癸未	**11 甲申**	12 乙酉	13 丙戌	14 丁亥	15 戊子	16 己丑	17 庚寅
	七月	壬申	**18 辛卯**	19 壬辰	20 癸巳	21 甲午	22 乙未	23 丙申	24 丁酉	**25 戊戌**	26 己亥	27 庚子	28 辛丑	29 壬寅	30 癸卯	31 甲辰	**九1 乙巳**	2 丙午	3 丁未	4 戊申	5 己酉	6 庚戌	7 辛亥	**8 壬子**	9 癸丑	10 甲寅	11 乙卯	12 丙辰	13 丁巳	14 戊午	**15 己未**	
	八月	癸酉	16 庚申	17 辛酉	18 壬戌	19 癸亥	20 甲子	21 乙丑	**22 丙寅**	23 丁卯	24 戊辰	25 己巳	26 庚午	27 辛未	28 壬申	**29 癸酉**	30 甲戌	十1 乙亥	2 丙子	3 丁丑	4 戊寅	5 己卯	**6 庚辰**	7 辛巳	8 壬午	9 癸未	10 甲申	11 乙酉	12 丙戌	**13 丁亥**	14 戊子	
	九月	甲戌	15 己丑	16 庚寅	17 辛卯	18 壬辰	19 癸巳	**20 甲午**	21 乙未	22 丙申	23 丁酉	24 戊戌	25 己亥	26 庚子	**27 辛丑**	28 壬寅	29 癸卯	30 甲辰	31 乙巳	十一1 丙午	2 丁未	**3 戊申**	4 己酉	5 庚戌	6 辛亥	7 壬子	8 癸丑	9 甲寅	**10 乙卯**	11 丙辰	12 丁巳	13 戊午
	十月	乙亥	14 己未	15 庚申	16 辛酉	**17 壬戌**	18 癸亥	19 甲子	20 乙丑	21 丙寅	22 丁卯	23 戊辰	**24 己巳**	25 庚午	26 辛未	27 壬申	28 癸酉	29 甲戌	30 乙亥	**十二1 丙子**	2 丁丑	3 戊寅	4 己卯	5 庚辰	6 辛巳	7 壬午	**8 癸未**	9 甲申	10 乙酉	11 丙戌	12 丁亥	13 戊子
	十一月	丙子	14 己丑	**15 庚寅**	16 辛卯	17 壬辰	18 癸巳	19 甲午	20 乙未	21 丙申	**22 丁酉**	23 戊戌	24 己亥	25 庚子	26 辛丑	27 壬寅	28 癸卯	**29 甲辰**	30 乙巳	31 丙午	一1 丁未	2 戊申	3 己酉	4 庚戌	**5 辛亥**	6 壬子	7 癸丑	8 甲寅	9 乙卯	10 丙辰	11 丁巳	
	十二月	丁丑	**12 戊午**	13 己未	14 庚申	15 辛酉	16 壬戌	17 癸亥	18 甲子	**19 乙丑**	20 丙寅	21 丁卯	22 戊辰	23 己巳	24 庚午	25 辛未	**26 壬申**	27 癸酉	28 甲戌	29 乙亥	30 丙子	31 丁丑	二1 戊寅	**2 己卯**	3 庚辰	4 辛巳	5 壬午	6 癸未	7 甲申	8 乙酉	**9 丙戌**	10 丁亥
乙卯年(兔)民國六四~六五年(1975~1976)	正月	戊寅	11 戊子	12 己丑	13 庚寅	14 辛卯	15 壬辰	**16 癸巳**	17 甲午	18 乙未	19 丙申	20 丁酉	21 戊戌	22 己亥	**23 庚子**	24 辛丑	25 壬寅	26 癸卯	27 甲辰	28 乙巳	三1 丙午	**2 丁未**	3 戊申	4 己酉	5 庚戌	6 辛亥	7 壬子	8 癸丑	**9 甲寅**	10 乙卯	11 丙辰	12 丁巳
	二月	己卯	13 戊午	14 己未	15 庚申	**16 辛酉**	17 壬戌	18 癸亥	19 甲子	20 乙丑	21 丙寅	22 丁卯	**23 戊辰**	24 己巳	25 庚午	26 辛未	27 壬申	28 癸酉	29 甲戌	**30 乙亥**	31 丙子	四1 丁丑	2 戊寅	3 己卯	4 庚辰	5 辛巳	**6 壬午**	7 癸未	8 甲申	9 乙酉	10 丙戌	11 丁亥
	三月	庚辰	12 戊子	**13 己丑**	14 庚寅	15 辛卯	16 壬辰	17 癸巳	18 甲午	19 乙未	**20 丙申**	21 丁酉	22 戊戌	23 己亥	24 庚子	25 辛丑	26 壬寅	**27 癸卯**	28 甲辰	29 乙巳	30 丙午	五1 丁未	2 戊申	3 己酉	**4 庚戌**	5 辛亥	6 壬子	7 癸丑	8 甲寅	9 乙卯	10 丙辰	
	四月	辛巳	**11 丁巳**	12 戊午	13 己未	14 庚申	15 辛酉	16 壬戌	17 癸亥	**18 甲子**	19 乙丑	20 丙寅	21 丁卯	22 戊辰	23 己巳	24 庚午	**25 辛未**	26 壬申	27 癸酉	28 甲戌	29 乙亥	30 丙子	31 丁丑	**六1 戊寅**	2 己卯	3 庚辰	4 辛巳	5 壬午	6 癸未	7 甲申	**8 乙酉**	9 丙戌
	五月	壬午	10 丁亥	11 戊子	12 己丑	13 庚寅	14 辛卯	**15 壬辰**	16 癸巳	17 甲午	18 乙未	19 丙申	20 丁酉	21 戊戌	**22 己亥**	23 庚子	24 辛丑	25 壬寅	26 癸卯	27 甲辰	28 乙巳	**29 丙午**	30 丁未	七1 戊申	2 己酉	3 庚戌	4 辛亥	5 壬子	**6 癸丑**	7 甲寅	8 乙卯	
	六月	癸未	9 丙辰	10 丁巳	11 戊午	12 己未	**13 庚申**	14 辛酉	15 壬戌	16 癸亥	17 甲子	18 乙丑	19 丙寅	**20 丁卯**	21 戊辰	22 己巳	23 庚午	24 辛未	25 壬申	26 癸酉	**27 甲戌**	28 乙亥	29 丙子	30 丁丑	31 戊寅	八1 己卯	2 庚辰	**3 辛巳**	4 壬午	5 癸未	6 甲申	
	七月	甲申	7 乙酉	8 丙戌	9 丁亥	**10 戊子**	11 己丑	12 庚寅	13 辛卯	14 壬辰	15 癸巳	16 甲午	**17 乙未**	18 丙申	19 丁酉	20 戊戌	21 己亥	22 庚子	23 辛丑	**24 壬寅**	25 癸卯	26 甲辰	27 乙巳	28 丙午	29 丁未	30 戊申	**31 己酉**	九1 庚戌	2 辛亥	3 壬子	4 癸丑	5 甲寅
	八月	乙酉	6 乙卯	**7 丙辰**	8 丁巳	9 戊午	10 己未	11 庚申	12 辛酉	13 壬戌	**14 癸亥**	15 甲子	16 乙丑	17 丙寅	18 丁卯	19 戊辰	20 己巳	**21 庚午**	22 辛未	23 壬申	24 癸酉	25 甲戌	26 乙亥	27 丙子	**28 丁丑**	29 戊寅	30 己卯	十1 庚辰	2 辛巳	3 壬午	4 癸未	
	九月	丙戌	**5 甲申**	6 乙酉	7 丙戌	8 丁亥	9 戊子	10 己丑	11 庚寅	**12 辛卯**	13 壬辰	14 癸巳	15 甲午	16 乙未	17 丙申	18 丁酉	**19 戊戌**	20 己亥	21 庚子	22 辛丑	23 壬寅	24 癸卯	25 甲辰	**26 乙巳**	27 丙午	28 丁未	29 戊申	30 己酉	31 庚戌	十一1 辛亥	**2 壬子**	
	十月	丁亥	3 癸丑	4 甲寅	5 乙卯	6 丙辰	7 丁巳	8 戊午	**9 己未**	10 庚申	11 辛酉	12 壬戌	13 癸亥	14 甲子	15 乙丑	**16 丙寅**	17 丁卯	18 戊辰	19 己巳	20 庚午	21 辛未	22 壬申	**23 癸酉**	24 甲戌	25 乙亥	26 丙子	27 丁丑	28 戊寅	29 己卯	**30 庚辰**	十二1 辛巳	2 壬午
	十一月	戊子	3 癸未	4 甲申	5 乙酉	6 丙戌	**7 丁亥**	8 戊子	9 己丑	10 庚寅	11 辛卯	12 壬辰	13 癸巳	**14 甲午**	15 乙未	16 丙申	17 丁酉	18 戊戌	19 己亥	20 庚子	**21 辛丑**	22 壬寅	23 癸卯	24 甲辰	25 乙巳	26 丙午	27 丁未	**28 戊申**	29 己酉	30 庚戌	31 辛亥	
	十二月	己丑	一1 壬子	2 癸丑	3 甲寅	**4 乙卯**	5 丙辰	6 丁巳	7 戊午	8 己未	9 庚申	10 辛酉	**11 壬戌**	12 癸亥	13 甲子	14 乙丑	15 丙寅	16 丁卯	17 戊辰	**18 己巳**	19 庚午	20 辛未	21 壬申	22 癸酉	23 甲戌	24 乙亥	**25 丙子**	26 丁丑	27 戊寅	28 己卯	29 庚辰	30 辛巳

年序	陰曆月序	月干支	初一	初二	初三	初四	初五	初六	初七	初八	初九	初十	十一	十二	十三	十四	十五	十六	十七	十八	十九	二十	廿一	廿二	廿三	廿四	廿五	廿六	廿七	廿八	廿九	三十
丙辰年（龍）民國六五～六六年（1976～1977）	正月	庚寅	31 壬午	二1 癸未	2 甲申	3 乙酉	4 丙戌	5 丁亥	6 戊子	7 己丑	8 庚寅	9 辛卯	10 壬辰	11 癸巳	12 甲午	13 乙未	14 丙申	15 丁酉	16 戊戌	17 己亥	18 庚子	19 辛丑	20 壬寅	21 癸卯	22 甲辰	23 乙巳	24 丙午	25 丁未	26 戊申	27 己酉	28 庚戌	29 辛亥
	二月	辛卯	三1 壬子	2 癸丑	3 甲寅	4 乙卯	5 丙辰	6 丁巳	7 戊午	8 己未	9 庚申	10 辛酉	11 壬戌	12 癸亥	13 甲子	14 乙丑	15 丙寅	16 丁卯	17 戊辰	18 己巳	19 庚午	20 辛未	21 壬申	22 癸酉	23 甲戌	24 乙亥	25 丙子	26 丁丑	27 戊寅	28 己卯	29 庚辰	30 辛巳
	三月	壬辰	31 壬午	四1 癸未	2 甲申	3 乙酉	4 丙戌	5 丁亥	6 戊子	7 己丑	8 庚寅	9 辛卯	10 壬辰	11 癸巳	12 甲午	13 乙未	14 丙申	15 丁酉	16 戊戌	17 己亥	18 庚子	19 辛丑	20 壬寅	21 癸卯	22 甲辰	23 乙巳	24 丙午	25 丁未	26 戊申	27 己酉	28 庚戌	
	四月	癸巳	29 辛亥	30 壬子	五1 癸丑	2 甲寅	3 乙卯	4 丙辰	5 丁巳	6 戊午	7 己未	8 庚申	9 辛酉	10 壬戌	11 癸亥	12 甲子	13 乙丑	14 丙寅	15 丁卯	16 戊辰	17 己巳	18 庚午	19 辛未	20 壬申	21 癸酉	22 甲戌	23 乙亥	24 丙子	25 丁丑	26 戊寅	27 己卯	28 庚辰
	五月	甲午	29 辛巳	30 壬午	31 癸未	六1 甲申	2 乙酉	3 丙戌	4 丁亥	5 戊子	6 己丑	7 庚寅	8 辛卯	9 壬辰	10 癸巳	11 甲午	12 乙未	13 丙申	14 丁酉	15 戊戌	16 己亥	17 庚子	18 辛丑	19 壬寅	20 癸卯	21 甲辰	22 乙巳	23 丙午	24 丁未	25 戊申	26 己酉	
	六月	乙未	27 庚戌	28 辛亥	29 壬子	30 癸丑	七1 甲寅	2 乙卯	3 丙辰	4 丁巳	5 戊午	6 己未	7 庚申	8 辛酉	9 壬戌	10 癸亥	11 甲子	12 乙丑	13 丙寅	14 丁卯	15 戊辰	16 己巳	17 庚午	18 辛未	19 壬申	20 癸酉	21 甲戌	22 乙亥	23 丙子	24 丁丑	25 戊寅	26 己卯
	七月	丙申	27 庚辰	28 辛巳	29 壬午	30 癸未	31 甲申	八1 乙酉	2 丙戌	3 丁亥	4 戊子	5 己丑	6 庚寅	7 辛卯	8 壬辰	9 癸巳	10 甲午	11 乙未	12 丙申	13 丁酉	14 戊戌	15 己亥	16 庚子	17 辛丑	18 壬寅	19 癸卯	20 甲辰	21 乙巳	22 丙午	23 丁未	24 戊申	
	八月	丁酉	25 己酉	26 庚戌	27 辛亥	28 壬子	29 癸丑	30 甲寅	31 乙卯	九1 丙辰	2 丁巳	3 戊午	4 己未	5 庚申	6 辛酉	7 壬戌	8 癸亥	9 甲子	10 乙丑	11 丙寅	12 丁卯	13 戊辰	14 己巳	15 庚午	16 辛未	17 壬申	18 癸酉	19 甲戌	20 乙亥	21 丙子	22 丁丑	23 戊寅
	閏八月		24 己卯	25 庚辰	26 辛巳	27 壬午	28 癸未	29 甲申	30 乙酉	十1 丙戌	2 丁亥	3 戊子	4 己丑	5 庚寅	6 辛卯	7 壬辰	8 癸巳	9 甲午	10 乙未	11 丙申	12 丁酉	13 戊戌	14 己亥	15 庚子	16 辛丑	17 壬寅	18 癸卯	19 甲辰	20 乙巳	21 丙午	22 丁未	
	九月	戊戌	23 戊申	24 己酉	25 庚戌	26 辛亥	27 壬子	28 癸丑	29 甲寅	30 乙卯	31 丙辰	十一1 丁巳	2 戊午	3 己未	4 庚申	5 辛酉	6 壬戌	7 癸亥	8 甲子	9 乙丑	10 丙寅	11 丁卯	12 戊辰	13 己巳	14 庚午	15 辛未	16 壬申	17 癸酉	18 甲戌	19 乙亥	20 丙子	
	十月	己亥	21 丁丑	22 戊寅	23 己卯	24 庚辰	25 辛巳	26 壬午	27 癸未	28 甲申	29 乙酉	30 丙戌	十二1 丁亥	2 戊子	3 己丑	4 庚寅	5 辛卯	6 壬辰	7 癸巳	8 甲午	9 乙未	10 丙申	11 丁酉	12 戊戌	13 己亥	14 庚子	15 辛丑	16 壬寅	17 癸卯	18 甲辰	19 乙巳	20 丙午
	十一月	庚子	21 丁未	22 戊申	23 己酉	24 庚戌	25 辛亥	26 壬子	27 癸丑	28 甲寅	29 乙卯	30 丙辰	31 丁巳	一1 戊午	2 己未	3 庚申	4 辛酉	5 壬戌	6 癸亥	7 甲子	8 乙丑	9 丙寅	10 丁卯	11 戊辰	12 己巳	13 庚午	14 辛未	15 壬申	16 癸酉	17 甲戌	18 乙亥	
	十二月	辛丑	19 丙子	20 丁丑	21 戊寅	22 己卯	23 庚辰	24 辛巳	25 壬午	26 癸未	27 甲申	28 乙酉	29 丙戌	30 丁亥	31 戊子	二1 己丑	2 庚寅	3 辛卯	4 壬辰	5 癸巳	6 甲午	7 乙未	8 丙申	9 丁酉	10 戊戌	11 己亥	12 庚子	13 辛丑	14 壬寅	15 癸卯	16 甲辰	17 乙巳
丁巳年（蛇）民國六六～六七年（1977～1978）	正月	壬寅	18 丙午	19 丁未	20 戊申	21 己酉	22 庚戌	23 辛亥	24 壬子	25 癸丑	26 甲寅	27 乙卯	28 丙辰	三1 丁巳	2 戊午	3 己未	4 庚申	5 辛酉	6 壬戌	7 癸亥	8 甲子	9 乙丑	10 丙寅	11 丁卯	12 戊辰	13 己巳	14 庚午	15 辛未	16 壬申	17 癸酉	18 甲戌	19 乙亥
	二月	癸卯	20 丙子	21 丁丑	22 戊寅	23 己卯	24 庚辰	25 辛巳	26 壬午	27 癸未	28 甲申	29 乙酉	30 丙戌	31 丁亥	四1 戊子	2 己丑	3 庚寅	4 辛卯	5 壬辰	6 癸巳	7 甲午	8 乙未	9 丙申	10 丁酉	11 戊戌	12 己亥	13 庚子	14 辛丑	15 壬寅	16 癸卯	17 甲辰	
	三月	甲辰	18 乙巳	19 丙午	20 丁未	21 戊申	22 己酉	23 庚戌	24 辛亥	25 壬子	26 癸丑	27 甲寅	28 乙卯	29 丙辰	30 丁巳	五1 戊午	2 己未	3 庚申	4 辛酉	5 壬戌	6 癸亥	7 甲子	8 乙丑	9 丙寅	10 丁卯	11 戊辰	12 己巳	13 庚午	14 辛未	15 壬申	16 癸酉	17 甲戌
	四月	乙巳	18 乙亥	19 丙子	20 丁丑	21 戊寅	22 己卯	23 庚辰	24 辛巳	25 壬午	26 癸未	27 甲申	28 乙酉	29 丙戌	30 丁亥	31 戊子	六1 己丑	2 庚寅	3 辛卯	4 壬辰	5 癸巳	6 甲午	7 乙未	8 丙申	9 丁酉	10 戊戌	11 己亥	12 庚子	13 辛丑	14 壬寅	15 癸卯	16 甲辰
	五月	丙午	17 乙巳	18 丙午	19 丁未	20 戊申	21 己酉	22 庚戌	23 辛亥	24 壬子	25 癸丑	26 甲寅	27 乙卯	28 丙辰	29 丁巳	30 戊午	七1 己未	2 庚申	3 辛酉	4 壬戌	5 癸亥	6 甲子	7 乙丑	8 丙寅	9 丁卯	10 戊辰	11 己巳	12 庚午	13 辛未	14 壬申	15 癸酉	
	六月	丁未	16 甲戌	17 乙亥	18 丙子	19 丁丑	20 戊寅	21 己卯	22 庚辰	23 辛巳	24 壬午	25 癸未	26 甲申	27 乙酉	28 丙戌	29 丁亥	30 戊子	31 己丑	八1 庚寅	2 辛卯	3 壬辰	4 癸巳	5 甲午	6 乙未	7 丙申	8 丁酉	9 戊戌	10 己亥	11 庚子	12 辛丑	13 壬寅	14 癸卯
	七月	戊申	15 甲辰	16 乙巳	17 丙午	18 丁未	19 戊申	20 己酉	21 庚戌	22 辛亥	23 壬子	24 癸丑	25 甲寅	26 乙卯	27 丙辰	28 丁巳	29 戊午	30 己未	31 庚申	九1 辛酉	2 壬戌	3 癸亥	4 甲子	5 乙丑	6 丙寅	7 丁卯	8 戊辰	9 己巳	10 庚午	11 辛未	12 壬申	
	八月	己酉	13 癸酉	14 甲戌	15 乙亥	16 丙子	17 丁丑	18 戊寅	19 己卯	20 庚辰	21 辛巳	22 壬午	23 癸未	24 甲申	25 乙酉	26 丙戌	27 丁亥	28 戊子	29 己丑	30 庚寅	十1 辛卯	2 壬辰	3 癸巳	4 甲午	5 乙未	6 丙申	7 丁酉	8 戊戌	9 己亥	10 庚子	11 辛丑	12 壬寅
	九月	庚戌	13 癸卯	14 甲辰	15 乙巳	16 丙午	17 丁未	18 戊申	19 己酉	20 庚戌	21 辛亥	22 壬子	23 癸丑	24 甲寅	25 乙卯	26 丙辰	27 丁巳	28 戊午	29 己未	30 庚申	31 辛酉	十一1 壬戌	2 癸亥	3 甲子	4 乙丑	5 丙寅	6 丁卯	7 戊辰	8 己巳	9 庚午	10 辛未	
	十月	辛亥	11 壬申	12 癸酉	13 甲戌	14 乙亥	15 丙子	16 丁丑	17 戊寅	18 己卯	19 庚辰	20 辛巳	21 壬午	22 癸未	23 甲申	24 乙酉	25 丙戌	26 丁亥	27 戊子	28 己丑	29 庚寅	30 辛卯	十二1 壬辰	2 癸巳	3 甲午	4 乙未	5 丙申	6 丁酉	7 戊戌	8 己亥	9 庚子	10 辛丑
	十一月	壬子	11 壬寅	12 癸卯	13 甲辰	14 乙巳	15 丙午	16 丁未	17 戊申	18 己酉	19 庚戌	20 辛亥	21 壬子	22 癸丑	23 甲寅	24 乙卯	25 丙辰	26 丁巳	27 戊午	28 己未	29 庚申	30 辛酉	31 壬戌	一1 癸亥	2 甲子	3 乙丑	4 丙寅	5 丁卯	6 戊辰	7 己巳	8 庚午	
	十二月	癸丑	9 辛未	10 壬申	11 癸酉	12 甲戌	13 乙亥	14 丙子	15 丁丑	16 戊寅	17 己卯	18 庚辰	19 辛巳	20 壬午	21 癸未	22 甲申	23 乙酉	24 丙戌	25 丁亥	26 戊子	27 己丑	28 庚寅	29 辛卯	30 壬辰	31 癸巳	二1 甲午	2 乙未	3 丙申	4 丁酉	5 戊戌	6 己亥	

年序	陰曆月序	月干支	初一	初二	初三	初四	初五	初六	初七	初八	初九	初十	十一	十二	十三	十四	十五	十六	十七	十八	十九	二十	廿一	廿二	廿三	廿四	廿五	廿六	廿七	廿八	廿九	三十
戊午年(馬)民國六七～六八年(1978～1979)	正月	甲寅	7 庚子	8 辛丑	9 壬寅	10 癸卯	11 甲辰	**12 乙巳**	13 丙午	14 丁未	15 戊申	16 己酉	17 庚戌	18 辛亥	**19 壬子**	20 癸丑	21 甲寅	22 乙卯	23 丙辰	24 丁巳	25 戊午	**26 己未**	27 庚申	28 辛酉	三1 壬戌	2 癸亥	3 甲子	4 乙丑	**5 丙寅**	6 丁卯	7 戊辰	8 己巳
	二月	乙卯	9 庚午	10 辛未	11 壬申	**12 癸酉**	13 甲戌	14 乙亥	15 丙子	16 丁丑	17 戊寅	18 己卯	**19 庚辰**	20 辛巳	21 壬午	22 癸未	23 甲申	24 乙酉	25 丙戌	**26 丁亥**	27 戊子	28 己丑	29 庚寅	30 辛卯	31 壬辰	四1 癸巳	**2 甲午**	3 乙未	4 丙申	5 丁酉	6 戊戌	
	三月	丙辰	7 己亥	8 庚子	**9 辛丑**	10 壬寅	11 癸卯	12 甲辰	13 乙巳	14 丙午	15 丁未	**16 戊申**	17 己酉	18 庚戌	19 辛亥	20 壬子	21 癸丑	22 甲寅	**23 乙卯**	24 丙辰	25 丁巳	26 戊午	27 己未	28 庚申	29 辛酉	**30 壬戌**	五1 癸亥	2 甲子	3 乙丑	4 丙寅	5 丁卯	6 戊辰
	四月	丁巳	**7 己巳**	8 庚午	9 辛未	10 壬申	11 癸酉	12 甲戌	13 乙亥	**14 丙子**	15 丁丑	16 戊寅	17 己卯	18 庚辰	19 辛巳	20 壬午	**21 癸未**	22 甲申	23 乙酉	24 丙戌	25 丁亥	26 戊子	27 己丑	**28 庚寅**	29 辛卯	30 壬辰	31 癸巳	六1 甲午	2 乙未	3 丙申	**4 丁酉**	5 戊戌
	五月	戊午	6 己亥	7 庚子	8 辛丑	9 壬寅	10 癸卯	**11 甲辰**	12 乙巳	13 丙午	14 丁未	15 戊申	16 己酉	17 庚戌	**18 辛亥**	19 壬子	20 癸丑	21 甲寅	22 乙卯	23 丙辰	24 丁巳	**25 戊午**	26 己未	27 庚申	28 辛酉	29 壬戌	30 癸亥	七1 甲子	**2 乙丑**	3 丙寅	4 丁卯	
	六月	己未	5 戊辰	6 己巳	7 庚午	8 辛未	**9 壬申**	10 癸酉	11 甲戌	12 乙亥	13 丙子	14 丁丑	15 戊寅	**16 己卯**	17 庚辰	18 辛巳	19 壬午	20 癸未	21 甲申	22 乙酉	**23 丙戌**	24 丁亥	25 戊子	26 己丑	27 庚寅	28 辛卯	29 壬辰	**30 癸巳**	31 甲午	八1 乙未	2 丙申	3 丁酉
	七月	庚申	4 戊戌	5 己亥	**6 庚子**	7 辛丑	8 壬寅	9 癸卯	10 甲辰	11 乙巳	12 丙午	**13 丁未**	14 戊申	15 己酉	16 庚戌	17 辛亥	18 壬子	19 癸丑	**20 甲寅**	21 乙卯	22 丙辰	23 丁巳	24 戊午	25 己未	26 庚申	**27 辛酉**	28 壬戌	29 癸亥	30 甲子	31 乙丑	九1 丙寅	2 丁卯
	八月	辛酉	**3 戊辰**	4 己巳	5 庚午	6 辛未	7 壬申	8 癸酉	9 甲戌	**10 乙亥**	11 丙子	12 丁丑	13 戊寅	14 己卯	15 庚辰	16 辛巳	**17 壬午**	18 癸未	19 甲申	20 乙酉	21 丙戌	22 丁亥	23 戊子	**24 己丑**	25 庚寅	26 辛卯	27 壬辰	28 癸巳	29 甲午	30 乙未	**十1 丙申**	
	九月	壬戌	2 丁酉	3 戊戌	4 己亥	5 庚子	6 辛丑	7 壬寅	**8 癸卯**	9 甲辰	10 乙巳	11 丙午	12 丁未	13 戊申	14 己酉	**15 庚戌**	16 辛亥	17 壬子	18 癸丑	19 甲寅	20 乙卯	21 丙辰	**22 丁巳**	23 戊午	24 己未	25 庚申	26 辛酉	27 壬戌	28 癸亥	**29 甲子**	30 乙丑	31 丙寅
	十月	癸亥	十一1 丁卯	2 戊辰	3 己巳	4 庚午	**5 辛未**	6 壬申	7 癸酉	8 甲戌	9 乙亥	10 丙子	11 丁丑	**12 戊寅**	13 己卯	14 庚辰	15 辛巳	16 壬午	17 癸未	18 甲申	**19 乙酉**	20 丙戌	21 丁亥	22 戊子	23 己丑	24 庚寅	25 辛卯	**26 壬辰**	27 癸巳	28 甲午	29 乙未	
	十一月	甲子	30 丙申	十二1 丁酉	2 戊戌	**3 己亥**	4 庚子	5 辛丑	6 壬寅	7 癸卯	8 甲辰	9 乙巳	**10 丙午**	11 丁未	12 戊申	13 己酉	14 庚戌	15 辛亥	16 壬子	**17 癸丑**	18 甲寅	19 乙卯	20 丙辰	21 丁巳	22 戊午	23 己未	**24 庚申**	25 辛酉	26 壬戌	27 癸亥	28 甲子	29 乙丑
	十二月	乙丑	30 丙寅	**31 丁卯**	一1 戊辰	2 己巳	3 庚午	4 辛未	5 壬申	6 癸酉	**7 甲戌**	8 乙亥	9 丙子	10 丁丑	11 戊寅	12 己卯	13 庚辰	**14 辛巳**	15 壬午	16 癸未	17 甲申	18 乙酉	19 丙戌	20 丁亥	**21 戊子**	22 己丑	23 庚寅	24 辛卯	25 壬辰	26 癸巳	27 甲午	
己未年(羊)民國六八～六九年(1979～1980)	正月	丙寅	**28 乙未**	29 丙申	30 丁酉	31 戊戌	二1 己亥	2 庚子	3 辛丑	**4 壬寅**	5 癸卯	6 甲辰	7 乙巳	8 丙午	9 丁未	10 戊申	**11 己酉**	12 庚戌	13 辛亥	14 壬子	15 癸丑	16 甲寅	17 乙卯	**18 丙辰**	19 丁巳	20 戊午	21 己未	22 庚申	23 辛酉	24 壬戌	**25 癸亥**	26 甲子
	二月	丁卯	27 乙丑	28 丙寅	三1 丁卯	2 戊辰	3 己巳	**4 庚午**	5 辛未	6 壬申	7 癸酉	8 甲戌	9 乙亥	10 丙子	**11 丁丑**	12 戊寅	13 己卯	14 庚辰	15 辛巳	16 壬午	17 癸未	**18 甲申**	19 乙酉	20 丙戌	21 丁亥	22 戊子	23 己丑	24 庚寅	**25 辛卯**	26 壬辰	27 癸巳	
	三月	戊辰	28 甲午	29 乙未	30 丙申	31 丁酉	**四1 戊戌**	2 己亥	3 庚子	4 辛丑	5 壬寅	6 癸卯	7 甲辰	**8 乙巳**	9 丙午	10 丁未	11 戊申	12 己酉	13 庚戌	14 辛亥	**15 壬子**	16 癸丑	17 甲寅	18 乙卯	19 丙辰	20 丁巳	21 戊午	**22 己未**	23 庚申	24 辛酉	25 壬戌	
	四月	己巳	26 癸亥	27 甲子	28 乙丑	**29 丙寅**	30 丁卯	五1 戊辰	2 己巳	3 庚午	4 辛未	5 壬申	**6 癸酉**	7 甲戌	8 乙亥	9 丙子	10 丁丑	11 戊寅	12 己卯	**13 庚辰**	14 辛巳	15 壬午	16 癸未	17 甲申	18 乙酉	19 丙戌	**20 丁亥**	21 戊子	22 己丑	23 庚寅	24 辛卯	25 壬辰
	五月	庚午	26 癸巳	**27 甲午**	28 乙未	29 丙申	30 丁酉	31 戊戌	六1 己亥	2 庚子	**3 辛丑**	4 壬寅	5 癸卯	6 甲辰	7 乙巳	8 丙午	9 丁未	**10 戊申**	11 己酉	12 庚戌	13 辛亥	14 壬子	15 癸丑	16 甲寅	**17 乙卯**	18 丙辰	19 丁巳	20 戊午	21 己未	22 庚申	23 辛酉	
	六月	辛未	**24 壬戌**	25 癸亥	26 甲子	27 乙丑	28 丙寅	29 丁卯	30 戊辰	**七1 己巳**	2 庚午	3 辛未	4 壬申	5 癸酉	6 甲戌	7 乙亥	**8 丙子**	9 丁丑	10 戊寅	11 己卯	12 庚辰	13 辛巳	14 壬午	**15 癸未**	16 甲申	17 乙酉	18 丙戌	19 丁亥	20 戊子	21 己丑	**22 庚寅**	23 辛卯
	閏六月		24 壬辰	25 癸巳	26 甲午	27 乙未	28 丙申	**29 丁酉**	30 戊戌	31 己亥	八1 庚子	2 辛丑	3 壬寅	4 癸卯	**5 甲辰**	6 乙巳	7 丙午	8 丁未	9 戊申	10 己酉	11 庚戌	**12 辛亥**	13 壬子	14 癸丑	15 甲寅	16 乙卯	17 丙辰	18 丁巳	**19 戊午**	20 己未	21 庚申	22 辛酉
	七月	壬申	23 壬戌	24 癸亥	25 甲子	**26 乙丑**	27 丙寅	28 丁卯	29 戊辰	30 己巳	31 庚午	九1 辛未	**2 壬申**	3 癸酉	4 甲戌	5 乙亥	6 丙子	7 丁丑	8 戊寅	**9 己卯**	10 庚辰	11 辛巳	12 壬午	13 癸未	14 甲申	15 乙酉	**16 丙戌**	17 丁亥	18 戊子	19 己丑	20 庚寅	
	八月	癸酉	21 辛卯	22 壬辰	**23 癸巳**	24 甲午	25 乙未	26 丙申	27 丁酉	28 戊戌	29 己亥	**30 庚子**	十1 辛丑	2 壬寅	3 癸卯	4 甲辰	5 乙巳	6 丙午	**7 丁未**	8 戊申	9 己酉	10 庚戌	11 辛亥	12 壬子	13 癸丑	**14 甲寅**	15 乙卯	16 丙辰	17 丁巳	18 戊午	19 己未	20 庚申
	九月	甲戌	**21 辛酉**	22 壬戌	23 癸亥	24 甲子	25 乙丑	26 丙寅	27 丁卯	**28 戊辰**	29 己巳	30 庚午	31 辛未	十一1 壬申	2 癸酉	3 甲戌	**4 乙亥**	5 丙子	6 丁丑	7 戊寅	8 己卯	9 庚辰	10 辛巳	**11 壬午**	12 癸未	13 甲申	14 乙酉	15 丙戌	16 丁亥	17 戊子	**18 己丑**	19 庚寅
	十月	乙亥	20 辛卯	21 壬辰	22 癸巳	23 甲午	24 乙未	**25 丙申**	26 丁酉	27 戊戌	28 己亥	29 庚子	30 辛丑	十二1 壬寅	**2 癸卯**	3 甲辰	4 乙巳	5 丙午	6 丁未	7 戊申	8 己酉	**9 庚戌**	10 辛亥	11 壬子	12 癸丑	13 甲寅	14 乙卯	15 丙辰	**16 丁巳**	17 戊午	18 己未	
	十一月	丙子	19 庚申	20 辛酉	21 壬戌	22 癸亥	**23 甲子**	24 乙丑	25 丙寅	26 丁卯	27 戊辰	28 己巳	29 庚午	**30 辛未**	31 壬申	一1 癸酉	2 甲戌	3 乙亥	4 丙子	5 丁丑	**6 戊寅**	7 己卯	8 庚辰	9 辛巳	10 壬午	11 癸未	12 甲申	**13 乙酉**	14 丙戌	15 丁亥	16 戊子	17 己丑
	十二月	丁丑	18 庚寅	19 辛卯	**20 壬辰**	21 癸巳	22 甲午	23 乙未	24 丙申	25 丁酉	26 戊戌	**27 己亥**	28 庚子	29 辛丑	30 壬寅	31 癸卯	二1 甲辰	2 乙巳	**3 丙午**	4 丁未	5 戊申	6 己酉	7 庚戌	8 辛亥	9 壬子	**10 癸丑**	11 甲寅	12 乙卯	13 丙辰	14 丁巳	15 戊午	

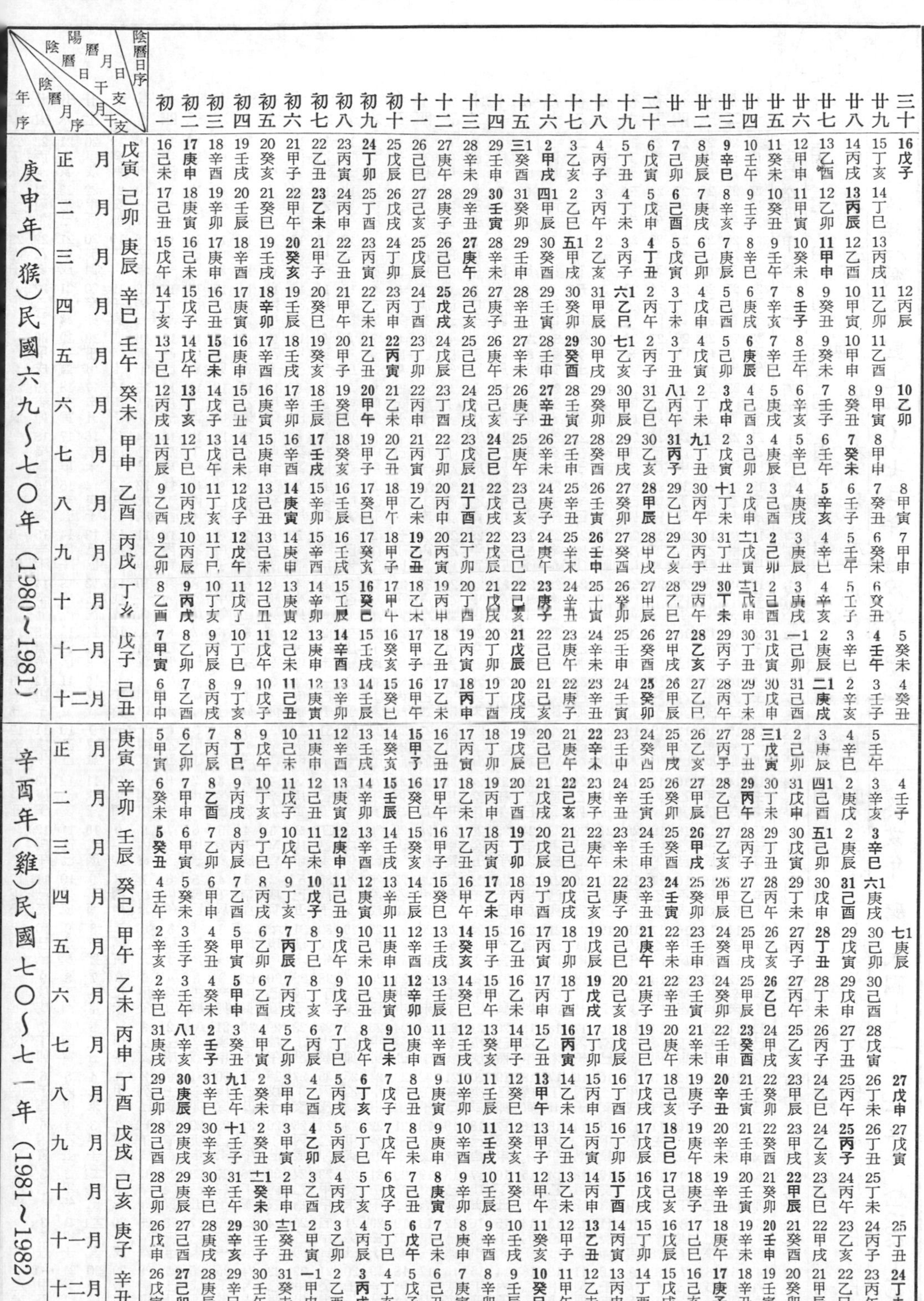

年序	陰曆月序	月干支	初一	初二	初三	初四	初五	初六	初七	初八	初九	初十	十一	十二	十三	十四	十五	十六	十七	十八	十九	二十	廿一	廿二	廿三	廿四	廿五	廿六	廿七	廿八	廿九	三十
庚申年(猴)民國六九～七〇年(1980～1981)	正月	戊寅	16 己未	17 庚申	18 辛酉	19 壬戌	20 癸亥	21 甲子	22 乙丑	23 丙寅	24 丁卯	25 戊辰	26 己巳	27 庚午	28 辛未	29 壬申	三1 癸酉	2 甲戌	3 乙亥	4 丙子	5 丁丑	6 戊寅	7 己卯	8 庚辰	9 辛巳	10 壬午	11 癸未	12 甲申	13 乙酉	14 丙戌	15 丁亥	16 戊子
	二月	己卯	17 己丑	18 庚寅	19 辛卯	20 壬辰	21 癸巳	22 甲午	23 乙未	24 丙申	25 丁酉	26 戊戌	27 己亥	28 庚子	29 辛丑	30 壬寅	31 癸卯	四1 甲辰	2 乙巳	3 丙午	4 丁未	5 戊申	6 己酉	7 庚戌	8 辛亥	9 壬子	10 癸丑	11 甲寅	12 乙卯	13 丙辰	14 丁巳	
	三月	庚辰	15 戊午	16 己未	17 庚申	18 辛酉	19 壬戌	20 癸亥	21 甲子	22 乙丑	23 丙寅	24 丁卯	25 戊辰	26 己巳	27 庚午	28 辛未	29 壬申	30 癸酉	五1 甲戌	2 乙亥	3 丙子	4 丁丑	5 戊寅	6 己卯	7 庚辰	8 辛巳	9 壬午	10 癸未	11 甲申	12 乙酉	13 丙戌	
	四月	辛巳	14 丁亥	15 戊子	16 己丑	17 庚寅	18 辛卯	19 壬辰	20 癸巳	21 甲午	22 乙未	23 丙申	24 丁酉	25 戊戌	26 己亥	27 庚子	28 辛丑	29 壬寅	30 癸卯	31 甲辰	六1 乙巳	2 丙午	3 丁未	4 戊申	5 己酉	6 庚戌	7 辛亥	8 壬子	9 癸丑	10 甲寅	11 乙卯	12 丙辰
	五月	壬午	13 丁巳	14 戊午	15 己未	16 庚申	17 辛酉	18 壬戌	19 癸亥	20 甲子	21 乙丑	22 丙寅	23 丁卯	24 戊辰	25 己巳	26 庚午	27 辛未	28 壬申	29 癸酉	30 甲戌	七1 乙亥	2 丙子	3 丁丑	4 戊寅	5 己卯	6 庚辰	7 辛巳	8 壬午	9 癸未	10 甲申	11 乙酉	
	六月	癸未	12 丙戌	13 丁亥	14 戊子	15 己丑	16 庚寅	17 辛卯	18 壬辰	19 癸巳	20 甲午	21 乙未	22 丙申	23 丁酉	24 戊戌	25 己亥	26 庚子	27 辛丑	28 壬寅	29 癸卯	30 甲辰	31 乙巳	八1 丙午	2 丁未	3 戊申	4 己酉	5 庚戌	6 辛亥	7 壬子	8 癸丑	9 甲寅	10 乙卯
	七月	甲申	11 丙辰	12 丁巳	13 戊午	14 己未	15 庚申	16 辛酉	17 壬戌	18 癸亥	19 甲子	20 乙丑	21 丙寅	22 丁卯	23 戊辰	24 己巳	25 庚午	26 辛未	27 壬申	28 癸酉	29 甲戌	30 乙亥	31 丙子	九1 丁丑	2 戊寅	3 己卯	4 庚辰	5 辛巳	6 壬午	7 癸未	8 甲申	
	八月	乙酉	9 乙酉	10 丙戌	11 丁亥	12 戊子	13 己丑	14 庚寅	15 辛卯	16 壬辰	17 癸巳	18 甲午	19 乙未	20 丙申	21 丁酉	22 戊戌	23 己亥	24 庚子	25 辛丑	26 壬寅	27 癸卯	28 甲辰	29 乙巳	30 丙午	十1 丁未	2 戊申	3 己酉	4 庚戌	5 辛亥	6 壬子	7 癸丑	8 甲寅
	九月	丙戌	9 乙卯	10 丙辰	11 丁巳	12 戊午	13 己未	14 庚申	15 辛酉	16 壬戌	17 癸亥	18 甲子	19 乙丑	20 丙寅	21 丁卯	22 戊辰	23 己巳	24 庚午	25 辛未	26 壬申	27 癸酉	28 甲戌	29 乙亥	30 丙子	31 丁丑	十一1 戊寅	2 己卯	3 庚辰	4 辛巳	5 壬午	6 癸未	7 甲申
	十月	丁亥	8 乙酉	9 丙戌	10 丁亥	11 戊子	12 己丑	13 庚寅	14 辛卯	15 壬辰	16 癸巳	17 甲午	18 乙未	19 丙申	20 丁酉	21 戊戌	22 己亥	23 庚子	24 辛丑	25 壬寅	26 癸卯	27 甲辰	28 乙巳	29 丙午	30 丁未	十二1 戊申	2 己酉	3 庚戌	4 辛亥	5 壬子	6 癸丑	
	十一月	戊子	7 甲寅	8 乙卯	9 丙辰	10 丁巳	11 戊午	12 己未	13 庚申	14 辛酉	15 壬戌	16 癸亥	17 甲子	18 乙丑	19 丙寅	20 丁卯	21 戊辰	22 己巳	23 庚午	24 辛未	25 壬申	26 癸酉	27 甲戌	28 乙亥	29 丙子	30 丁丑	31 戊寅	一1 己卯	2 庚辰	3 辛巳	4 壬午	5 癸未
	十二月	己丑	6 甲申	7 乙酉	8 丙戌	9 丁亥	10 戊子	11 己丑	12 庚寅	13 辛卯	14 壬辰	15 癸巳	16 甲午	17 乙未	18 丙申	19 丁酉	20 戊戌	21 己亥	22 庚子	23 辛丑	24 壬寅	25 癸卯	26 甲辰	27 乙巳	28 丙午	29 丁未	30 戊申	31 己酉	二1 庚戌	2 辛亥	3 壬子	4 癸丑
辛酉年(雞)民國七〇～七一年(1981～1982)	正月	庚寅	5 甲寅	6 乙卯	7 丙辰	8 丁巳	9 戊午	10 己未	11 庚申	12 辛酉	13 壬戌	14 癸亥	15 甲子	16 乙丑	17 丙寅	18 丁卯	19 戊辰	20 己巳	21 庚午	22 辛未	23 壬申	24 癸酉	25 甲戌	26 乙亥	27 丙子	28 丁丑	三1 戊寅	2 己卯	3 庚辰	4 辛巳	5 壬午	
	二月	辛卯	6 癸未	7 甲申	8 乙酉	9 丙戌	10 丁亥	11 戊子	12 己丑	13 庚寅	14 辛卯	15 壬辰	16 癸巳	17 甲午	18 乙未	19 丙申	20 丁酉	21 戊戌	22 己亥	23 庚子	24 辛丑	25 壬寅	26 癸卯	27 甲辰	28 乙巳	29 丙午	30 丁未	31 戊申	四1 己酉	2 庚戌	3 辛亥	4 壬子
	三月	壬辰	5 癸丑	6 甲寅	7 乙卯	8 丙辰	9 丁巳	10 戊午	11 己未	12 庚申	13 辛酉	14 壬戌	15 癸亥	16 甲子	17 乙丑	18 丙寅	19 丁卯	20 戊辰	21 己巳	22 庚午	23 辛未	24 壬申	25 癸酉	26 甲戌	27 乙亥	28 丙子	29 丁丑	30 戊寅	五1 己卯	2 庚辰	3 辛巳	
	四月	癸巳	4 壬午	5 癸未	6 甲申	7 乙酉	8 丙戌	9 丁亥	10 戊子	11 己丑	12 庚寅	13 辛卯	14 壬辰	15 癸巳	16 甲午	17 乙未	18 丙申	19 丁酉	20 戊戌	21 己亥	22 庚子	23 辛丑	24 壬寅	25 癸卯	26 甲辰	27 乙巳	28 丙午	29 丁未	30 戊申	31 己酉	六1 庚戌	
	五月	甲午	2 辛亥	3 壬子	4 癸丑	5 甲寅	6 乙卯	7 丙辰	8 丁巳	9 戊午	10 己未	11 庚申	12 辛酉	13 壬戌	14 癸亥	15 甲子	16 乙丑	17 丙寅	18 丁卯	19 戊辰	20 己巳	21 庚午	22 辛未	23 壬申	24 癸酉	25 甲戌	26 乙亥	27 丙子	28 丁丑	29 戊寅	30 己卯	七1 庚辰
	六月	乙未	2 辛巳	3 壬午	4 癸未	5 甲申	6 乙酉	7 丙戌	8 丁亥	9 戊子	10 己丑	11 庚寅	12 辛卯	13 壬辰	14 癸巳	15 甲午	16 乙未	17 丙申	18 丁酉	19 戊戌	20 己亥	21 庚子	22 辛丑	23 壬寅	24 癸卯	25 甲辰	26 乙巳	27 丙午	28 丁未	29 戊申	30 己酉	
	七月	丙申	31 庚戌	八1 辛亥	2 壬子	3 癸丑	4 甲寅	5 乙卯	6 丙辰	7 丁巳	8 戊午	9 己未	10 庚申	11 辛酉	12 壬戌	13 癸亥	14 甲子	15 乙丑	16 丙寅	17 丁卯	18 戊辰	19 己巳	20 庚午	21 辛未	22 壬申	23 癸酉	24 甲戌	25 乙亥	26 丙子	27 丁丑	28 戊寅	
	八月	丁酉	29 己卯	30 庚辰	31 辛巳	九1 壬午	2 癸未	3 甲申	4 乙酉	5 丙戌	6 丁亥	7 戊子	8 己丑	9 庚寅	10 辛卯	11 壬辰	12 癸巳	13 甲午	14 乙未	15 丙申	16 丁酉	17 戊戌	18 己亥	19 庚子	20 辛丑	21 壬寅	22 癸卯	23 甲辰	24 乙巳	25 丙午	26 丁未	27 戊申
	九月	戊戌	28 己酉	29 庚戌	30 辛亥	十1 壬子	2 癸丑	3 甲寅	4 乙卯	5 丙辰	6 丁巳	7 戊午	8 己未	9 庚申	10 辛酉	11 壬戌	12 癸亥	13 甲子	14 乙丑	15 丙寅	16 丁卯	17 戊辰	18 己巳	19 庚午	20 辛未	21 壬申	22 癸酉	23 甲戌	24 乙亥	25 丙子	26 丁丑	27 戊寅
	十月	己亥	28 己卯	29 庚辰	30 辛巳	31 壬午	十一1 癸未	2 甲申	3 乙酉	4 丙戌	5 丁亥	6 戊子	7 己丑	8 庚寅	9 辛卯	10 壬辰	11 癸巳	12 甲午	13 乙未	14 丙申	15 丁酉	16 戊戌	17 己亥	18 庚子	19 辛丑	20 壬寅	21 癸卯	22 甲辰	23 乙巳	24 丙午	25 丁未	
	十一月	庚子	26 戊申	27 己酉	28 庚戌	29 辛亥	30 壬子	十二1 癸丑	2 甲寅	3 乙卯	4 丙辰	5 丁巳	6 戊午	7 己未	8 庚申	9 辛酉	10 壬戌	11 癸亥	12 甲子	13 乙丑	14 丙寅	15 丁卯	16 戊辰	17 己巳	18 庚午	19 辛未	20 壬申	21 癸酉	22 甲戌	23 乙亥	24 丙子	25 丁丑
	十二月	辛丑	26 戊寅	27 己卯	28 庚辰	29 辛巳	30 壬午	31 癸未	一1 甲申	2 乙酉	3 丙戌	4 丁亥	5 戊子	6 己丑	7 庚寅	8 辛卯	9 壬辰	10 癸巳	11 甲午	12 乙未	13 丙申	14 丁酉	15 戊戌	16 己亥	17 庚子	18 辛丑	19 壬寅	20 癸卯	21 甲辰	22 乙巳	23 丙午	24 丁未

年序	陰曆月序	月干支	初一	初二	初三	初四	初五	初六	初七	初八	初九	初十	十一	十二	十三	十四	十五	十六	十七	十八	十九	二十	廿一	廿二	廿三	廿四	廿五	廿六	廿七	廿八	廿九	三十
壬戌年(狗)民國七一~七二年 (1982~1983)	正月	壬寅	25 戊申	26 己酉	27 庚戌	28 辛亥	29 壬子	30 癸丑	**31 甲寅**	二1 乙卯	2 丙辰	3 丁巳	4 戊午	5 己未	6 庚申	**7 辛酉**	8 壬戌	9 癸亥	10 甲子	11 乙丑	12 丙寅	13 丁卯	**14 戊辰**	15 己巳	16 庚午	17 辛未	18 壬申	19 癸酉	20 甲戌	**21 乙亥**	22 丙子	23 丁丑
	二月	癸卯	24 戊寅	25 己卯	26 庚辰	27 辛巳	**28 壬午**	三1 癸未	2 甲申	3 乙酉	4 丙戌	5 丁亥	6 戊子	**7 己丑**	8 庚寅	9 辛卯	10 壬辰	11 癸巳	12 甲午	13 乙未	**14 丙申**	15 丁酉	16 戊戌	17 己亥	18 庚子	19 辛丑	20 壬寅	**21 癸卯**	22 甲辰	23 乙巳	24 丙午	
	三月	甲辰	25 丁未	26 戊申	27 己酉	**28 庚戌**	29 辛亥	30 壬子	31 癸丑	四1 甲寅	2 乙卯	3 丙辰	**4 丁巳**	5 戊午	6 己未	7 庚申	8 辛酉	9 壬戌	10 癸亥	**11 甲子**	12 乙丑	13 丙寅	14 丁卯	15 戊辰	16 己巳	17 庚午	**18 辛未**	19 壬申	20 癸酉	21 甲戌	22 乙亥	23 丙子
	四月	乙巳	24 丁丑	**25 戊寅**	26 己卯	27 庚辰	28 辛巳	29 壬午	30 癸未	五1 甲申	**2 乙酉**	3 丙戌	4 丁亥	5 戊子	6 己丑	7 庚寅	8 辛卯	**9 壬辰**	10 癸巳	11 甲午	12 乙未	13 丙申	14 丁酉	15 戊戌	**16 己亥**	17 庚子	18 辛丑	19 壬寅	20 癸卯	21 甲辰	22 乙巳	
	閏四月		**23 丙午**	24 丁未	25 戊申	26 己酉	27 庚戌	28 辛亥	29 壬子	**30 癸丑**	31 甲寅	六1 乙卯	2 丙辰	3 丁巳	4 戊午	5 己未	**6 庚申**	7 辛酉	8 壬戌	9 癸亥	10 甲子	11 乙丑	12 丙寅	**13 丁卯**	14 戊辰	15 己巳	16 庚午	17 辛未	18 壬申	19 癸酉	**20 甲戌**	
	五月	丙午	21 乙亥	22 丙子	23 丁丑	24 戊寅	25 己卯	26 庚辰	**27 辛巳**	28 壬午	29 癸未	30 甲申	七1 乙酉	2 丙戌	3 丁亥	**4 戊子**	5 己丑	6 庚寅	7 辛卯	8 壬辰	9 癸巳	10 甲午	**11 乙未**	12 丙申	13 丁酉	14 戊戌	15 己亥	16 庚子	17 辛丑	**18 壬寅**	19 癸卯	20 甲辰
	六月	丁未	21 乙巳	22 丙午	23 丁未	24 戊申	**25 己酉**	26 庚戌	27 辛亥	28 壬子	29 癸丑	30 甲寅	31 乙卯	**八1 丙辰**	2 丁巳	3 戊午	4 己未	5 庚申	6 辛酉	7 壬戌	**8 癸亥**	9 甲子	10 乙丑	11 丙寅	12 丁卯	13 戊辰	14 己巳	**15 庚午**	16 辛未	17 壬申	18 癸酉	
	七月	戊申	19 甲戌	20 乙亥	21 丙子	**22 丁丑**	23 戊寅	24 己卯	25 庚辰	26 辛巳	27 壬午	28 癸未	**29 甲申**	30 乙酉	31 丙戌	九1 丁亥	2 戊子	3 己丑	4 庚寅	**5 辛卯**	6 壬辰	7 癸巳	8 甲午	9 乙未	10 丙申	11 丁酉	**12 戊戌**	13 己亥	14 庚子	15 辛丑	16 壬寅	
	八月	己酉	17 癸卯	18 甲辰	**19 乙巳**	20 丙午	21 丁未	22 戊申	23 己酉	24 庚戌	25 辛亥	**26 壬子**	27 癸丑	28 甲寅	29 乙卯	30 丙辰	十1 丁巳	2 戊午	**3 己未**	4 庚申	5 辛酉	6 壬戌	7 癸亥	8 甲子	9 乙丑	**10 丙寅**	11 丁卯	12 戊辰	13 己巳	14 庚午	15 辛未	16 壬申
	九月	庚戌	**17 癸酉**	18 甲戌	19 乙亥	20 丙子	21 丁丑	22 戊寅	23 己卯	**24 庚辰**	25 辛巳	26 壬午	27 癸未	28 甲申	29 乙酉	30 丙戌	**31 丁亥**	十一1 戊子	2 己丑	3 庚寅	4 辛卯	5 壬辰	6 癸巳	**7 甲午**	8 乙未	9 丙申	10 丁酉	11 戊戌	12 己亥	13 庚子	**14 辛丑**	
	十月	辛亥	15 壬寅	16 癸卯	17 甲辰	18 乙巳	19 丙午	20 丁未	**21 戊申**	22 己酉	23 庚戌	24 辛亥	25 壬子	26 癸丑	27 甲寅	**28 乙卯**	29 丙辰	30 丁巳	十二1 戊午	2 己未	3 庚申	4 辛酉	**5 壬戌**	6 癸亥	7 甲子	8 乙丑	9 丙寅	10 丁卯	11 戊辰	**12 己巳**	13 庚午	14 辛未
	十一月	壬子	15 壬申	16 癸酉	17 甲戌	18 乙亥	**19 丙子**	20 丁丑	21 戊寅	22 己卯	23 庚辰	24 辛巳	25 壬午	**26 癸未**	27 甲申	28 乙酉	29 丙戌	30 丁亥	31 戊子	一1 己丑	**2 庚寅**	3 辛卯	4 壬辰	5 癸巳	6 甲午	7 乙未	8 丙申	**9 丁酉**	10 戊戌	11 己亥	12 庚子	13 辛丑
	十二月	癸丑	14 壬寅	15 癸卯	**16 甲辰**	17 乙巳	18 丙午	19 丁未	20 戊申	21 己酉	22 庚戌	**23 辛亥**	24 壬子	25 癸丑	26 甲寅	27 乙卯	28 丙辰	29 丁巳	**30 戊午**	31 己未	二1 庚申	2 辛酉	3 壬戌	4 癸亥	5 甲子	**6 乙丑**	7 丙寅	8 丁卯	9 戊辰	10 己巳	11 庚午	12 辛未
癸亥年(豬)民國七二~七三年 (1983~1984)	正月	甲寅	**13 壬申**	14 癸酉	15 甲戌	16 乙亥	17 丙子	18 丁丑	19 戊寅	**20 己卯**	21 庚辰	22 辛巳	23 壬午	24 癸未	25 甲申	26 乙酉	**27 丙戌**	28 丁亥	三1 戊子	2 己丑	3 庚寅	4 辛卯	5 壬辰	**6 癸巳**	7 甲午	8 乙未	9 丙申	10 丁酉	11 戊戌	12 己亥	**13 庚子**	14 辛丑
	二月	乙卯	15 壬寅	16 癸卯	17 甲辰	18 乙巳	19 丙午	**20 丁未**	21 戊申	22 己酉	23 庚戌	24 辛亥	25 壬子	26 癸丑	**27 甲寅**	28 乙卯	29 丙辰	30 丁巳	31 戊午	四1 己未	2 庚申	**3 辛酉**	4 壬戌	5 癸亥	6 甲子	7 乙丑	8 丙寅	9 丁卯	**10 戊辰**	11 己巳	12 庚午	
	三月	丙辰	13 辛未	14 壬申	15 癸酉	16 甲戌	**17 乙亥**	18 丙子	19 丁丑	20 戊寅	21 己卯	22 庚辰	23 辛巳	**24 壬午**	25 癸未	26 甲申	27 乙酉	28 丙戌	29 丁亥	30 戊子	**五1 己丑**	2 庚寅	3 辛卯	4 壬辰	5 癸巳	6 甲午	7 乙未	**8 丙申**	9 丁酉	10 戊戌	11 己亥	12 庚子
	四月	丁巳	13 辛丑	14 壬寅	**15 癸卯**	16 甲辰	17 乙巳	18 丙午	19 丁未	20 戊申	21 己酉	**22 庚戌**	23 辛亥	24 壬子	25 癸丑	26 甲寅	27 乙卯	28 丙辰	**29 丁巳**	30 戊午	31 己未	六1 庚申	2 辛酉	3 壬戌	4 癸亥	**5 甲子**	6 乙丑	7 丙寅	8 丁卯	9 戊辰	10 己巳	
	五月	戊午	11 庚午	**12 辛未**	13 壬申	14 癸酉	15 甲戌	16 乙亥	17 丙子	18 丁丑	**19 戊寅**	20 己卯	21 庚辰	22 辛巳	23 壬午	24 癸未	25 甲申	**26 乙酉**	27 丙戌	28 丁亥	29 戊子	30 己丑	七1 庚寅	2 辛卯	**3 壬辰**	4 癸巳	5 甲午	6 乙未	7 丙申	8 丁酉	9 戊戌	
	六月	己未	**10 己亥**	11 庚子	12 辛丑	13 壬寅	14 癸卯	15 甲辰	16 乙巳	**17 丙午**	18 丁未	19 戊申	20 己酉	21 庚戌	22 辛亥	23 壬子	**24 癸丑**	25 甲寅	26 乙卯	27 丙辰	28 丁巳	29 戊午	30 己未	**31 庚申**	八1 辛酉	2 壬戌	3 癸亥	4 甲子	5 乙丑	6 丙寅	**7 丁卯**	8 戊辰
	七月	庚申	9 己巳	10 庚午	11 辛未	12 壬申	13 癸酉	**14 甲戌**	15 乙亥	16 丙子	**17 丁丑**	18 戊寅	19 己卯	20 庚辰	**21 辛巳**	22 壬午	23 癸未	24 甲申	25 乙酉	26 丙戌	27 丁亥	**28 戊子**	29 己丑	30 庚寅	31 辛卯	九1 壬辰	2 癸巳	3 甲午	**4 乙未**	5 丙申	6 丁酉	
	八月	辛酉	7 戊戌	8 己亥	9 庚子	10 辛丑	**11 壬寅**	12 癸卯	13 甲辰	14 乙巳	15 丙午	16 丁未	17 戊申	**18 己酉**	19 庚戌	20 辛亥	21 壬子	22 癸丑	23 甲寅	24 乙卯	**25 丙辰**	26 丁巳	27 戊午	28 己未	29 庚申	30 辛酉	十1 壬戌	**2 癸亥**	3 甲子	4 乙丑	5 丙寅	
	九月	壬戌	6 丁卯	**7 戊辰**	8 己巳	**9 庚午**	10 辛未	11 壬申	12 癸酉	13 甲戌	14 乙亥	15 丙子	**16 丁丑**	17 戊寅	18 己卯	19 庚辰	20 辛巳	21 壬午	22 癸未	**23 甲申**	24 乙酉	25 丙戌	26 丁亥	27 戊子	28 己丑	29 庚寅	**30 辛卯**	31 壬辰	十一1 癸巳	2 甲午	3 乙未	4 丙申
	十月	癸亥	5 丁酉	**6 戊戌**	7 己亥	8 庚子	9 辛丑	10 壬寅	**11 癸卯**	12 甲辰	**13 乙巳**	14 丙午	15 丁未	16 戊申	17 己酉	18 庚戌	19 辛亥	**20 壬子**	21 癸丑	22 甲寅	23 乙卯	24 丙辰	25 丁巳	26 戊午	**27 己未**	28 庚申	29 辛酉	30 壬戌	十二1 癸亥	2 甲子	3 乙丑	
	十一月	甲子	**4 丙寅**	5 丁卯	6 戊辰	7 己巳	8 庚午	9 辛未	10 壬申	**11 癸酉**	12 甲戌	13 乙亥	14 丙子	15 丁丑	16 戊寅	17 己卯	**18 庚辰**	19 辛巳	20 壬午	21 癸未	22 甲申	23 乙酉	24 丙戌	**25 丁亥**	26 戊子	27 己丑	28 庚寅	29 辛卯	30 壬辰	31 癸巳	**一1 甲午**	2 乙未
	十二月	乙丑	3 丙申	4 丁酉	5 戊戌	6 己亥	**7 庚子**	**8 辛丑**	9 壬寅	10 癸卯	11 甲辰	12 乙巳	13 丙午	14 丁未	**15 戊申**	16 己酉	17 庚戌	18 辛亥	19 壬子	20 癸丑	21 甲寅	**22 乙卯**	23 丙辰	24 丁巳	25 戊午	26 己未	27 庚申	28 辛酉	**29 壬戌**	30 癸亥	31 甲子	二1 乙丑

年序	陰曆月序	月干支	初一	初二	初三	初四	初五	初六	初七	初八	初九	初十	十一	十二	十三	十四	十五	十六	十七	十八	十九	二十	廿一	廿二	廿三	廿四	廿五	廿六	廿七	廿八	廿九	三十
甲子年(鼠)民國七三～七四年 (1984～1985)	正月	丙寅	2 丙寅	3 丁卯	4 戊辰	5 己巳	6 庚午	7 辛未	8 壬申	9 癸酉	10 甲戌	11 乙亥	12 丙子	13 丁丑	14 戊寅	15 己卯	16 庚辰	17 辛巳	18 壬午	19 癸未	20 甲申	21 乙酉	22 丙戌	23 丁亥	24 戊子	25 己丑	26 庚寅	27 辛卯	28 壬辰	29 癸巳	三1 甲午	2 乙未
	二月	丁卯	3 丙申	4 丁酉	5 戊戌	6 己亥	7 庚子	8 辛丑	9 壬寅	10 癸卯	11 甲辰	12 乙巳	13 丙午	14 丁未	15 戊申	16 己酉	17 庚戌	18 辛亥	19 壬子	20 癸丑	21 甲寅	22 乙卯	23 丙辰	24 丁巳	25 戊午	26 己未	27 庚申	28 辛酉	29 壬戌	30 癸亥	31 甲子	
	三月	戊辰	四1 乙丑	2 丙寅	3 丁卯	4 戊辰	5 己巳	6 庚午	7 辛未	8 壬申	9 癸酉	10 甲戌	11 乙亥	12 丙子	13 丁丑	14 戊寅	15 己卯	16 庚辰	17 辛巳	18 壬午	19 癸未	20 甲申	21 乙酉	22 丙戌	23 丁亥	24 戊子	25 己丑	26 庚寅	27 辛卯	28 壬辰	29 癸巳	30 甲午
	四月	己巳	五1 乙未	2 丙申	3 丁酉	4 戊戌	5 己亥	6 庚子	7 辛丑	8 壬寅	9 癸卯	10 甲辰	11 乙巳	12 丙午	13 丁未	14 戊申	15 己酉	16 庚戌	17 辛亥	18 壬子	19 癸丑	20 甲寅	21 乙卯	22 丙辰	23 丁巳	24 戊午	25 己未	26 庚申	27 辛酉	28 壬戌	29 癸亥	30 甲子
	五月	庚午	31 乙丑	六1 丙寅	2 丁卯	3 戊辰	4 己巳	5 庚午	6 辛未	7 壬申	8 癸酉	9 甲戌	10 乙亥	11 丙子	12 丁丑	13 戊寅	14 己卯	15 庚辰	16 辛巳	17 壬午	18 癸未	19 甲申	20 乙酉	21 丙戌	22 丁亥	23 戊子	24 己丑	25 庚寅	26 辛卯	27 壬辰	28 癸巳	
	六月	辛未	29 甲午	30 乙未	七1 丙申	2 丁酉	3 戊戌	4 己亥	5 庚子	6 辛丑	7 壬寅	8 癸卯	9 甲辰	10 乙巳	11 丙午	12 丁未	13 戊申	14 己酉	15 庚戌	16 辛亥	17 壬子	18 癸丑	19 甲寅	20 乙卯	21 丙辰	22 丁巳	23 戊午	24 己未	25 庚申	26 辛酉	27 壬戌	
	七月	壬申	28 癸亥	29 甲子	30 乙丑	31 丙寅	八1 丁卯	2 戊辰	3 己巳	4 庚午	5 辛未	6 壬申	7 癸酉	8 甲戌	9 乙亥	10 丙子	11 丁丑	12 戊寅	13 己卯	14 庚辰	15 辛巳	16 壬午	17 癸未	18 甲申	19 乙酉	20 丙戌	21 丁亥	22 戊子	23 己丑	24 庚寅	25 辛卯	26 壬辰
	八月	癸酉	27 癸巳	28 甲午	29 乙未	30 丙申	31 丁酉	九1 戊戌	2 己亥	3 庚子	4 辛丑	5 壬寅	6 癸卯	7 甲辰	8 乙巳	9 丙午	10 丁未	11 戊申	12 己酉	13 庚戌	14 辛亥	15 壬子	16 癸丑	17 甲寅	18 乙卯	19 丙辰	20 丁巳	21 戊午	22 己未	23 庚申	24 辛酉	
	九月	甲戌	25 壬戌	26 癸亥	27 甲子	28 乙丑	29 丙寅	30 丁卯	十1 戊辰	2 己巳	3 庚午	4 辛未	5 壬申	6 癸酉	7 甲戌	8 乙亥	9 丙子	10 丁丑	11 戊寅	12 己卯	13 庚辰	14 辛巳	15 壬午	16 癸未	17 甲申	18 乙酉	19 丙戌	20 丁亥	21 戊子	22 己丑	23 庚寅	
	十月	乙亥	24 辛卯	25 壬辰	26 癸巳	27 甲午	28 乙未	29 丙申	30 丁酉	31 戊戌	十一1 己亥	2 庚子	3 辛丑	4 壬寅	5 癸卯	6 甲辰	7 乙巳	8 丙午	9 丁未	10 戊申	11 己酉	12 庚戌	13 辛亥	14 壬子	15 癸丑	16 甲寅	17 乙卯	18 丙辰	19 丁巳	20 戊午	21 己未	22 庚申
	閏十月		23 辛酉	24 壬戌	25 癸亥	26 甲子	27 乙丑	28 丙寅	29 丁卯	30 戊辰	十二1 己巳	2 庚午	3 辛未	4 壬申	5 癸酉	6 甲戌	7 乙亥	8 丙子	9 丁丑	10 戊寅	11 己卯	12 庚辰	13 辛巳	14 壬午	15 癸未	16 甲申	17 乙酉	18 丙戌	19 丁亥	20 戊子	21 己丑	
	十一月	丙子	22 庚寅	23 辛卯	24 壬辰	25 癸巳	26 甲午	27 乙未	28 丙申	29 丁酉	30 戊戌	31 己亥	一1 庚子	2 辛丑	3 壬寅	4 癸卯	5 甲辰	6 乙巳	7 丙午	8 丁未	9 戊申	10 己酉	11 庚戌	12 辛亥	13 壬子	14 癸丑	15 甲寅	16 乙卯	17 丙辰	18 丁巳	19 戊午	20 己未
	十二月	丁丑	21 庚申	22 辛酉	23 壬戌	24 癸亥	25 甲子	26 乙丑	27 丙寅	28 丁卯	29 戊辰	30 己巳	31 庚午	二1 辛未	2 壬申	3 癸酉	4 甲戌	5 乙亥	6 丙子	7 丁丑	8 戊寅	9 己卯	10 庚辰	11 辛巳	12 壬午	13 癸未	14 甲申	15 乙酉	16 丙戌	17 丁亥	18 戊子	19 己丑
乙丑年(牛)民國七四～七五年 (1985～1986)	正月	戊寅	20 庚寅	21 辛卯	22 壬辰	23 癸巳	24 甲午	25 乙未	26 丙申	27 丁酉	28 戊戌	三1 己亥	2 庚子	3 辛丑	4 壬寅	5 癸卯	6 甲辰	7 乙巳	8 丙午	9 丁未	10 戊申	11 己酉	12 庚戌	13 辛亥	14 壬子	15 癸丑	16 甲寅	17 乙卯	18 丙辰	19 丁巳	20 戊午	
	二月	己卯	21 己未	22 庚申	23 辛酉	24 壬戌	25 癸亥	26 甲子	27 乙丑	28 丙寅	29 丁卯	30 戊辰	31 己巳	四1 庚午	2 辛未	3 壬申	4 癸酉	5 甲戌	6 乙亥	7 丙子	8 丁丑	9 戊寅	10 己卯	11 庚辰	12 辛巳	13 壬午	14 癸未	15 甲申	16 乙酉	17 丙戌	18 丁亥	19 戊子
	三月	庚辰	20 己丑	21 庚寅	22 辛卯	23 壬辰	24 癸巳	25 甲午	26 乙未	27 丙申	28 丁酉	29 戊戌	30 己亥	五1 庚子	2 辛丑	3 壬寅	4 癸卯	5 甲辰	6 乙巳	7 丙午	8 丁未	9 戊申	10 己酉	11 庚戌	12 辛亥	13 壬子	14 癸丑	15 甲寅	16 乙卯	17 丙辰	18 丁巳	19 戊午
	四月	辛巳	20 己未	21 庚申	22 辛酉	23 壬戌	24 癸亥	25 甲子	26 乙丑	27 丙寅	28 丁卯	29 戊辰	30 己巳	31 庚午	六1 辛未	2 壬申	3 癸酉	4 甲戌	5 乙亥	6 丙子	7 丁丑	8 戊寅	9 己卯	10 庚辰	11 辛巳	12 壬午	13 癸未	14 甲申	15 乙酉	16 丙戌	17 丁亥	
	五月	壬午	18 戊子	19 己丑	20 庚寅	21 辛卯	22 壬辰	23 癸巳	24 甲午	25 乙未	26 丙申	27 丁酉	28 戊戌	29 己亥	30 庚子	七1 辛丑	2 壬寅	3 癸卯	4 甲辰	5 乙巳	6 丙午	7 丁未	8 戊申	9 己酉	10 庚戌	11 辛亥	12 壬子	13 癸丑	14 甲寅	15 乙卯	16 丙辰	17 丁巳
	六月	癸未	18 戊午	19 己未	20 庚申	21 辛酉	22 壬戌	23 癸亥	24 甲子	25 乙丑	26 丙寅	27 丁卯	28 戊辰	29 己巳	30 庚午	31 辛未	八1 壬申	2 癸酉	3 甲戌	4 乙亥	5 丙子	6 丁丑	7 戊寅	8 己卯	9 庚辰	10 辛巳	11 壬午	12 癸未	13 甲申	14 乙酉	15 丙戌	
	七月	甲申	16 丁亥	17 戊子	18 己丑	19 庚寅	20 辛卯	21 壬辰	22 癸巳	23 甲午	24 乙未	25 丙申	26 丁酉	27 戊戌	28 己亥	29 庚子	30 辛丑	31 壬寅	九1 癸卯	2 甲辰	3 乙巳	4 丙午	5 丁未	6 戊申	7 己酉	8 庚戌	9 辛亥	10 壬子	11 癸丑	12 甲寅	13 乙卯	14 丙辰
	八月	乙酉	15 丁巳	16 戊午	17 己未	18 庚申	19 辛酉	20 壬戌	21 癸亥	22 甲子	23 乙丑	24 丙寅	25 丁卯	26 戊辰	27 己巳	28 庚午	29 辛未	30 壬申	十1 癸酉	2 甲戌	3 乙亥	4 丙子	5 丁丑	6 戊寅	7 己卯	8 庚辰	9 辛巳	10 壬午	11 癸未	12 甲申	13 乙酉	
	九月	丙戌	14 丙戌	15 丁亥	16 戊子	17 己丑	18 庚寅	19 辛卯	20 壬辰	21 癸巳	22 甲午	23 乙未	24 丙申	25 丁酉	26 戊戌	27 己亥	28 庚子	29 辛丑	30 壬寅	31 癸卯	十一1 甲辰	2 乙巳	3 丙午	4 丁未	5 戊申	6 己酉	7 庚戌	8 辛亥	9 壬子	10 癸丑	11 甲寅	
	十月	丁亥	12 乙卯	13 丙辰	14 丁巳	15 戊午	16 己未	17 庚申	18 辛酉	19 壬戌	20 癸亥	21 甲子	22 乙丑	23 丙寅	24 丁卯	25 戊辰	26 己巳	27 庚午	28 辛未	29 壬申	30 癸酉	十二1 甲戌	2 乙亥	3 丙子	4 丁丑	5 戊寅	6 己卯	7 庚辰	8 辛巳	9 壬午	10 癸未	11 甲申
	十一月	戊子	12 乙酉	13 丙戌	14 丁亥	15 戊子	16 己丑	17 庚寅	18 辛卯	19 壬辰	20 癸巳	21 甲午	22 乙未	23 丙申	24 丁酉	25 戊戌	26 己亥	27 庚子	28 辛丑	29 壬寅	30 癸卯	31 甲辰	一1 乙巳	2 丙午	3 丁未	4 戊申	5 己酉	6 庚戌	7 辛亥	8 壬子	9 癸丑	
	十二月	己丑	10 甲寅	11 乙卯	12 丙辰	13 丁巳	14 戊午	15 己未	16 庚申	17 辛酉	18 壬戌	19 癸亥	20 甲子	21 乙丑	22 丙寅	23 丁卯	24 戊辰	25 己巳	26 庚午	27 辛未	28 壬申	29 癸酉	30 甲戌	31 乙亥	二1 丙子	2 丁丑	3 戊寅	4 己卯	5 庚辰	6 辛巳	7 壬午	8 癸未

年序	陰曆月序	陰曆月干支	初一	初二	初三	初四	初五	初六	初七	初八	初九	初十	十一	十二	十三	十四	十五	十六	十七	十八	十九	二十	廿一	廿二	廿三	廿四	廿五	廿六	廿七	廿八	廿九	三十
丙寅年(虎)民國七五～七六年(1986～1987)	正月	庚寅	**9 甲申**	10 乙酉	11 丙戌	12 丁亥	13 戊子	14 己丑	15 庚寅	**16 辛卯**	17 壬辰	18 癸巳	19 甲午	20 乙未	21 丙申	22 丁酉	**23 戊戌**	24 己亥	25 庚子	26 辛丑	27 壬寅	28 癸卯	三1 甲辰	**2 乙巳**	3 丙午	4 丁未	5 戊申	6 己酉	7 庚戌	8 辛亥	**9 壬子**	
	二月	辛卯	10 癸丑	11 甲寅	12 乙卯	13 丙辰	14 丁巳	15 戊午	**16 己未**	17 庚申	18 辛酉	19 壬戌	20 癸亥	21 甲子	22 乙丑	**23 丙寅**	24 丁卯	25 戊辰	26 己巳	27 庚午	28 辛未	29 壬申	**30 癸酉**	31 甲戌	四1 乙亥	2 丙子	3 丁丑	4 戊寅	5 己卯	**6 庚辰**	7 辛巳	8 壬午
	三月	壬辰	9 癸未	10 甲申	11 乙酉	12 丙戌	**13 丁亥**	14 戊子	15 己丑	16 庚寅	17 辛卯	18 壬辰	19 癸巳	**20 甲午**	21 乙未	22 丙申	23 丁酉	24 戊戌	25 己亥	26 庚子	**27 辛丑**	28 壬寅	29 癸卯	30 甲辰	五1 乙巳	2 丙午	3 丁未	**4 戊申**	5 己酉	6 庚戌	7 辛亥	8 壬子
	四月	癸巳	9 癸丑	10 甲寅	**11 乙卯**	12 丙辰	13 丁巳	14 戊午	15 己未	16 庚申	17 辛酉	**18 壬戌**	19 癸亥	20 甲子	21 乙丑	22 丙寅	23 丁卯	24 戊辰	**25 己巳**	26 庚午	27 辛未	28 壬申	29 癸酉	30 甲戌	31 乙亥	**六1 丙子**	2 丁丑	3 戊寅	4 己卯	5 庚辰	6 辛巳	
	五月	甲午	7 壬午	**8 癸未**	9 甲申	10 乙酉	11 丙戌	12 丁亥	13 戊子	14 己丑	**15 庚寅**	16 辛卯	17 壬辰	18 癸巳	19 甲午	20 乙未	21 丙申	**22 丁酉**	23 戊戌	24 己亥	25 庚子	26 辛丑	27 壬寅	28 癸卯	**29 甲辰**	30 乙巳	七1 丙午	2 丁未	3 戊申	4 己酉	5 庚戌	**6 辛亥**
	六月	乙未	7 壬子	8 癸丑	9 甲寅	10 乙卯	11 丙辰	12 丁巳	**13 戊午**	14 己未	15 庚申	16 辛酉	17 壬戌	18 癸亥	19 甲子	**20 乙丑**	21 丙寅	22 丁卯	23 戊辰	24 己巳	25 庚午	26 辛未	**27 壬申**	28 癸酉	29 甲戌	30 乙亥	31 丙子	八1 丁丑	2 戊寅	**3 己卯**	4 庚辰	5 辛巳
	七月	丙申	6 壬午	7 癸未	8 甲申	9 乙酉	**10 丙戌**	11 丁亥	12 戊子	13 己丑	14 庚寅	15 辛卯	16 壬辰	**17 癸巳**	18 甲午	19 乙未	20 丙申	21 丁酉	22 戊戌	23 己亥	**24 庚子**	25 辛丑	26 壬寅	27 癸卯	28 甲辰	29 乙巳	30 丙午	**31 丁未**	九1 戊申	2 己酉	3 庚戌	
	八月	丁酉	4 辛亥	5 壬子	6 癸丑	**7 甲寅**	8 乙卯	9 丙辰	10 丁巳	11 戊午	12 己未	13 庚申	**14 辛酉**	15 壬戌	16 癸亥	17 甲子	18 乙丑	19 丙寅	20 丁卯	**21 戊辰**	22 己巳	23 庚午	24 辛未	25 壬申	26 癸酉	27 甲戌	**28 乙亥**	29 丙子	30 丁丑	十1 戊寅	2 己卯	3 庚辰
	九月	戊戌	4 辛巳	**5 壬午**	6 癸未	7 甲申	8 乙酉	9 丙戌	10 丁亥	11 戊子	**12 己丑**	13 庚寅	14 辛卯	15 壬辰	16 癸巳	17 甲午	18 乙未	**19 丙申**	20 丁酉	21 戊戌	22 己亥	23 庚子	24 辛丑	25 壬寅	**26 癸卯**	27 甲辰	28 乙巳	29 丙午	30 丁未	31 戊申	十一1 己酉	
	十月	己亥	**2 庚戌**	3 辛亥	4 壬子	5 癸丑	6 甲寅	7 乙卯	8 丙辰	**9 丁巳**	10 戊午	11 己未	12 庚申	13 辛酉	14 壬戌	15 癸亥	**16 甲子**	17 乙丑	18 丙寅	19 丁卯	20 戊辰	21 己巳	22 庚午	**23 辛未**	24 壬申	25 癸酉	26 甲戌	27 乙亥	28 丙子	29 丁丑	**30 戊寅**	十二1 己卯
	十一月	庚子	2 庚辰	3 辛巳	4 壬午	5 癸未	6 甲申	**7 乙酉**	8 丙戌	9 丁亥	10 戊子	11 己丑	12 庚寅	13 辛卯	**14 壬辰**	15 癸巳	16 甲午	17 乙未	18 丙申	19 丁酉	20 戊戌	**21 己亥**	22 庚子	23 辛丑	24 壬寅	25 癸卯	26 甲辰	27 乙巳	**28 丙午**	29 丁未	30 戊申	
	十二月	辛丑	31 己酉	一1 庚戌	2 辛亥	3 壬子	**4 癸丑**	5 甲寅	6 乙卯	7 丙辰	8 丁巳	9 戊午	10 己未	**11 庚申**	12 辛酉	13 壬戌	14 癸亥	15 甲子	16 乙丑	17 丙寅	**18 丁卯**	19 戊辰	20 己巳	21 庚午	22 辛未	23 壬申	24 癸酉	**25 甲戌**	26 乙亥	27 丙子	28 丁丑	
丁卯年(兔)民國七六～七七年(1987～1988)	正月	壬寅	29 戊寅	30 己卯	31 庚辰	**二1 辛巳**	2 壬午	3 癸未	4 甲申	5 乙酉	6 丙戌	7 丁亥	**8 戊子**	9 己丑	10 庚寅	11 辛卯	12 壬辰	13 癸巳	14 甲午	**15 乙未**	16 丙申	17 丁酉	18 戊戌	19 己亥	20 庚子	21 辛丑	**22 壬寅**	23 癸卯	24 甲辰	25 乙巳	26 丙午	27 丁未
	二月	癸卯	28 戊申	**三1 己酉**	2 庚戌	3 辛亥	4 壬子	5 癸丑	6 甲寅	7 乙卯	**8 丙辰**	9 丁巳	10 戊午	11 己未	12 庚申	13 辛酉	14 壬戌	**15 癸亥**	16 甲子	17 乙丑	18 丙寅	19 丁卯	20 戊辰	21 己巳	**22 庚午**	23 辛未	24 壬申	25 癸酉	26 甲戌	27 乙亥	28 丙子	
	三月	甲辰	**29 丁丑**	30 戊寅	31 己卯	四1 庚辰	2 辛巳	3 壬午	4 癸未	**5 甲申**	6 乙酉	7 丙戌	8 丁亥	9 戊子	10 己丑	11 庚寅	**12 辛卯**	13 壬辰	14 癸巳	15 甲午	16 乙未	17 丙申	18 丁酉	**19 戊戌**	20 己亥	21 庚子	22 辛丑	23 壬寅	24 癸卯	25 甲辰	**26 乙巳**	27 丙午
	四月	乙巳	28 丁未	29 戊申	30 己酉	五1 庚戌	2 辛亥	**3 壬子**	4 癸丑	5 甲寅	6 乙卯	7 丙辰	8 丁巳	9 戊午	**10 己未**	11 庚申	12 辛酉	13 壬戌	14 癸亥	15 甲子	16 乙丑	**17 丙寅**	18 丁卯	19 戊辰	20 己巳	21 庚午	22 辛未	23 壬申	**24 癸酉**	25 甲戌	26 乙亥	
	五月	丙午	27 丙子	28 丁丑	29 戊寅	30 己卯	**31 庚辰**	六1 辛巳	2 壬午	3 癸未	4 甲申	5 乙酉	6 丙戌	**7 丁亥**	8 戊子	9 己丑	10 庚寅	11 辛卯	12 壬辰	13 癸巳	**14 甲午**	15 乙未	16 丙申	17 丁酉	18 戊戌	19 己亥	20 庚子	**21 辛丑**	22 壬寅	23 癸卯	24 甲辰	25 乙巳
	六月	丁未	26 丙午	27 丁未	**28 戊申**	29 己酉	30 庚戌	七1 辛亥	2 壬子	3 癸丑	4 甲寅	**5 乙卯**	6 丙辰	7 丁巳	8 戊午	9 己未	10 庚申	11 辛酉	**12 壬戌**	13 癸亥	14 甲子	15 乙丑	16 丙寅	17 丁卯	18 戊辰	**19 己巳**	20 庚午	21 辛未	22 壬申	23 癸酉	24 甲戌	25 乙亥
	閏六月		**26 丙子**	27 丁丑	28 戊寅	29 己卯	30 庚辰	31 辛巳	八1 壬午	**2 癸未**	3 甲申	4 乙酉	5 丙戌	6 丁亥	7 戊子	8 己丑	**9 庚寅**	10 辛卯	11 壬辰	12 癸巳	13 甲午	14 乙未	15 丙申	**16 丁酉**	17 戊戌	18 己亥	19 庚子	20 辛丑	21 壬寅	22 癸卯	**23 甲辰**	
	七月	戊申	24 乙巳	25 丙午	26 丁未	27 戊申	28 己酉	29 庚戌	**30 辛亥**	31 壬子	九1 癸丑	2 甲寅	3 乙卯	4 丙辰	5 丁巳	**6 戊午**	7 己未	8 庚申	9 辛酉	10 壬戌	11 癸亥	12 甲子	**13 乙丑**	14 丙寅	15 丁卯	16 戊辰	17 己巳	18 庚午	19 辛未	**20 壬申**	21 癸酉	22 甲戌
	八月	己酉	23 乙亥	24 丙子	25 丁丑	26 戊寅	**27 己卯**	28 庚辰	29 辛巳	30 壬午	十1 癸未	2 甲申	3 乙酉	**4 丙戌**	5 丁亥	6 戊子	7 己丑	8 庚寅	9 辛卯	10 壬辰	**11 癸巳**	12 甲午	13 乙未	14 丙申	15 丁酉	16 戊戌	17 己亥	**18 庚子**	19 辛丑	20 壬寅	21 癸卯	22 甲辰
	九月	庚戌	23 乙巳	24 丙午	**25 丁未**	26 戊申	27 己酉	28 庚戌	29 辛亥	30 壬子	31 癸丑	**十一1 甲寅**	2 乙卯	3 丙辰	4 丁巳	5 戊午	6 己未	7 庚申	**8 辛酉**	9 壬戌	10 癸亥	11 甲子	12 乙丑	13 丙寅	14 丁卯	**15 戊辰**	16 己巳	17 庚午	18 辛未	19 壬申	20 癸酉	
	十月	辛亥	21 甲戌	**22 乙亥**	23 丙子	24 丁丑	25 戊寅	26 己卯	27 庚辰	28 辛巳	**29 壬午**	30 癸未	十二1 甲申	2 乙酉	3 丙戌	4 丁亥	5 戊子	**6 己丑**	7 庚寅	8 辛卯	9 壬辰	10 癸巳	11 甲午	12 乙未	**13 丙申**	14 丁酉	15 戊戌	16 己亥	17 庚子	18 辛丑	19 壬寅	**20 癸卯**
	十一月	壬子	21 甲辰	22 乙巳	23 丙午	24 丁未	25 戊申	26 己酉	**27 庚戌**	28 辛亥	29 壬子	30 癸丑	31 甲寅	一1 乙卯	2 丙辰	**3 丁巳**	4 戊午	5 己未	6 庚申	7 辛酉	8 壬戌	9 癸亥	**10 甲子**	11 乙丑	12 丙寅	13 丁卯	14 戊辰	15 己巳	16 庚午	**17 辛未**	18 壬申	
	十二月	癸丑	19 癸酉	20 甲戌	21 乙亥	22 丙子	23 丁丑	**24 戊寅**	25 己卯	26 庚辰	27 辛巳	28 壬午	29 癸未	30 甲申	**31 乙酉**	二1 丙戌	2 丁亥	3 戊子	4 己丑	5 庚寅	6 辛卯	**7 壬辰**	8 癸巳	9 甲午	10 乙未	11 丙申	12 丁酉	13 戊戌	**14 己亥**	15 庚子	16 辛丑	

年序	陰曆月序	月干支	初一	初二	初三	初四	初五	初六	初七	初八	初九	初十	十一	十二	十三	十四	十五	十六	十七	十八	十九	二十	廿一	廿二	廿三	廿四	廿五	廿六	廿七	廿八	廿九	三十
戊辰年(龍)民國七七~七八年(1988~1989)	正月	甲寅	17壬寅	18癸卯	19甲辰	20乙巳	**21丙午**	22丁未	23戊申	24己酉	25庚戌	26辛亥	27壬子	**28癸丑**	29甲寅	三1乙卯	2丙辰	3丁巳	4戊午	5己未	**6庚申**	7辛酉	8壬戌	9癸亥	10甲子	11乙丑	12丙寅	**13丁卯**	14戊辰	15己巳	16庚午	17辛未
	二月	乙卯	18壬申	19癸酉	**20甲戌**	21乙亥	22丙子	23丁丑	24戊寅	25己卯	26庚辰	**27辛巳**	28壬午	29癸未	30甲申	31乙酉	四1丙戌	2丁亥	**3戊子**	4己丑	5庚寅	6辛卯	7壬辰	8癸巳	9甲午	**10乙未**	11丙申	12丁酉	13戊戌	14己亥	15庚子	
	三月	丙辰	16辛丑	**17壬寅**	18癸卯	19甲辰	20乙巳	21丙午	22丁未	23戊申	**24己酉**	25庚戌	26辛亥	27壬子	28癸丑	29甲寅	30乙卯	**五1丙辰**	2丁巳	3戊午	4己未	5庚申	6辛酉	7壬戌	**8癸亥**	9甲子	10乙丑	11丙寅	12丁卯	13戊辰	14己巳	**15庚午**
	四月	丁巳	16辛未	17壬申	18癸酉	19甲戌	20乙亥	21丙子	**22丁丑**	23戊寅	24己卯	25庚辰	26辛巳	27壬午	28癸未	**29甲申**	30乙酉	31丙戌	六1丁亥	2戊子	3己丑	4庚寅	**5辛卯**	6壬辰	7癸巳	8甲午	9乙未	10丙申	11丁酉	**12戊戌**	13己亥	
	五月	戊午	14庚子	15辛丑	16壬寅	17癸卯	18甲辰	**19乙巳**	20丙午	21丁未	22戊申	23己酉	24庚戌	25辛亥	**26壬子**	27癸丑	28甲寅	29乙卯	30丙辰	七1丁巳	2戊午	**3己未**	4庚申	5辛酉	6壬戌	7癸亥	8甲子	9乙丑	**10丙寅**	11丁卯	12戊辰	13己巳
	六月	己未	14庚午	15辛未	16壬申	**17癸酉**	18甲戌	19乙亥	20丙子	21丁丑	22戊寅	23己卯	**24庚辰**	25辛巳	26壬午	27癸未	28甲申	29乙酉	30丙戌	**31丁亥**	八1戊子	2己丑	3庚寅	4辛卯	5壬辰	6癸巳	**7甲午**	8乙未	9丙申	10丁酉	11戊戌	
	七月	庚申	12己亥	13庚子	**14辛丑**	15壬寅	16癸卯	17甲辰	18乙巳	19丙午	20丁未	**21戊申**	22己酉	23庚戌	24辛亥	25壬子	26癸丑	27甲寅	**28乙卯**	29丙辰	30丁巳	31戊午	九1己未	2庚申	3辛酉	**4壬戌**	5癸亥	6甲子	7乙丑	8丙寅	9丁卯	10戊辰
	八月	辛酉	**11己巳**	12庚午	13辛未	14壬申	15癸酉	16甲戌	17乙亥	**18丙子**	19丁丑	20戊寅	21己卯	22庚辰	23辛巳	24壬午	**25癸未**	26甲申	27乙酉	28丙戌	29丁亥	30戊子	十1己丑	**2庚寅**	3辛卯	4壬辰	5癸巳	6甲午	7乙未	8丙申	**9丁酉**	10戊戌
	九月	壬戌	11己亥	12庚子	13辛丑	14壬寅	15癸卯	**16甲辰**	17乙巳	18丙午	19丁未	20戊申	21己酉	22庚戌	**23辛亥**	24壬子	25癸丑	26甲寅	27乙卯	28丙辰	29丁巳	**30戊午**	31己未	十一1庚申	2辛酉	3壬戌	4癸亥	5甲子	**6乙丑**	7丙寅	8丁卯	
	十月	癸亥	9戊辰	10己巳	11庚午	12辛未	**13壬申**	14癸酉	15甲戌	16乙亥	17丙子	18丁丑	19戊寅	**20己卯**	21庚辰	22辛巳	23壬午	24癸未	25甲申	26乙酉	**27丙戌**	28丁亥	29戊子	30己丑	十二1庚寅	2辛卯	3壬辰	**4癸巳**	5甲午	6乙未	7丙申	8丁酉
	十一月	甲子	9戊戌	10己亥	**11庚子**	12辛丑	13壬寅	14癸卯	15甲辰	16乙巳	17丙午	**18丁未**	19戊申	20己酉	21庚戌	22辛亥	23壬子	24癸丑	**25甲寅**	26乙卯	27丙辰	28丁巳	29戊午	30己未	31庚申	**一1辛酉**	2壬戌	3癸亥	4甲子	5乙丑	6丙寅	7丁卯
	十二月	乙丑	**8戊辰**	9己巳	10庚午	11辛未	12壬申	13癸酉	14甲戌	**15乙亥**	16丙子	17丁丑	**18戊寅**	19己卯	20庚辰	21辛巳	**22壬午**	23癸未	24甲申	25乙酉	26丙戌	27丁亥	28戊子	**29己丑**	30庚寅	31辛卯	二1壬辰	2癸巳	3甲午	4乙未	**5丙申**	
己巳年(蛇)民國七八~七九年(1989~1990)	正月	丙寅	6丁酉	7戊戌	8己亥	9庚子	10辛丑	11壬寅	**12癸卯**	13甲辰	14乙巳	15丙午	16丁未	17戊申	18己酉	**19庚戌**	20辛亥	21壬子	22癸丑	23甲寅	24乙卯	25丙辰	**26丁巳**	27戊午	28己未	三1庚申	2辛酉	3壬戌	4癸亥	**5甲子**	6乙丑	7丙寅
	二月	丁卯	8丁卯	9戊辰	10己巳	11庚午	**12辛未**	13壬申	14癸酉	15甲戌	16乙亥	17丙子	18丁丑	**19戊寅**	20己卯	21庚辰	22辛巳	23壬午	24癸未	25甲申	**26乙酉**	27丙戌	28丁亥	29戊子	30己丑	31庚寅	四1辛卯	**2壬辰**	3癸巳	4甲午	5乙未	
	三月	戊辰	6丙申	7丁酉	8戊戌	**9己亥**	10庚子	11辛丑	12壬寅	13癸卯	14甲辰	15乙巳	**16丙午**	17丁未	18戊申	19己酉	20庚戌	21辛亥	22壬子	**23癸丑**	24甲寅	25乙卯	26丙辰	27丁巳	28戊午	29己未	**30庚申**	五1辛酉	2壬戌	3癸亥	4甲子	
	四月	己巳	5乙丑	6丙寅	**7丁卯**	8戊辰	9己巳	10庚午	11辛未	12壬申	13癸酉	**14甲戌**	15乙亥	16丙子	17丁丑	18戊寅	19己卯	20庚辰	**21辛巳**	22壬午	23癸未	24甲申	25乙酉	26丙戌	27丁亥	**28戊子**	29己丑	30庚寅	31辛卯	六1壬辰	2癸巳	3甲午
	五月	庚午	**4乙未**	5丙申	6丁酉	7戊戌	8己亥	9庚子	10辛丑	**11壬寅**	12癸卯	13甲辰	14乙巳	15丙午	16丁未	17戊申	**18己酉**	19庚戌	20辛亥	21壬子	22癸丑	23甲寅	24乙卯	**25丙辰**	26丁巳	27戊午	28己未	29庚申	30辛酉	七1壬戌	**2癸亥**	
	六月	辛未	3甲子	4乙丑	5丙寅	6丁卯	7戊辰	8己巳	**9庚午**	10辛未	11壬申	12癸酉	13甲戌	14乙亥	15丙子	**16丁丑**	17戊寅	18己卯	19庚辰	20辛巳	21壬午	22癸未	**23甲申**	24乙酉	25丙戌	26丁亥	27戊子	28己丑	29庚寅	**30辛卯**	31壬辰	八1癸巳
	七月	壬申	2甲午	3乙未	4丙申	5丁酉	**6戊戌**	7己亥	8庚子	9辛丑	10壬寅	11癸卯	12甲辰	**13乙巳**	14丙午	15丁未	16戊申	17己酉	18庚戌	19辛亥	**20壬子**	21癸丑	22甲寅	23乙卯	24丙辰	25丁巳	26戊午	**27己未**	28庚申	29辛酉	30壬戌	
	八月	癸酉	31癸亥	九1甲子	2乙丑	**3丙寅**	4丁卯	5戊辰	6己巳	7庚午	8辛未	9壬申	**10癸酉**	11甲戌	12乙亥	13丙子	14丁丑	15戊寅	16己卯	**17庚辰**	18辛巳	19壬午	20癸未	21甲申	22乙酉	23丙戌	**24丁亥**	25戊子	26己丑	27庚寅	28辛卯	29壬辰
	九月	甲戌	30癸巳	**十1甲午**	2乙未	3丙申	4丁酉	5戊戌	6己亥	7庚子	**8辛丑**	9壬寅	10癸卯	11甲辰	12乙巳	13丙午	14丁未	**15戊申**	16己酉	17庚戌	18辛亥	19壬子	20癸丑	21甲寅	**22乙卯**	23丙辰	24丁巳	25戊午	26己未	27庚申	28辛酉	
	十月	乙亥	**29壬戌**	30癸亥	31甲子	十一1乙丑	2丙寅	3丁卯	4戊辰	**5己巳**	6庚午	7辛未	8壬申	9癸酉	10甲戌	11乙亥	**12丙子**	13丁丑	14戊寅	15己卯	16庚辰	17辛巳	18壬午	**19癸未**	20甲申	21乙酉	22丙戌	23丁亥	24戊子	25己丑	**26庚寅**	27辛卯
	十一月	丙子	28壬辰	29癸巳	30甲午	十二1乙未	2丙申	**3丁酉**	4戊戌	5己亥	6庚子	7辛丑	8壬寅	9癸卯	**10甲辰**	11乙巳	12丙午	13丁未	14戊申	15己酉	16庚戌	**17辛亥**	18壬子	19癸丑	20甲寅	21乙卯	22丙辰	23丁巳	**24戊午**	25己未	26庚申	27辛酉
	十二月	丁丑	28壬戌	29癸亥	30甲子	**31乙丑**	一1丙寅	2丁卯	3戊辰	4己巳	5庚午	6辛未	**7壬申**	8癸酉	9甲戌	10乙亥	11丙子	12丁丑	13戊寅	**14己卯**	15庚辰	16辛巳	17壬午	18癸未	19甲申	20乙酉	**21丙戌**	22丁亥	23戊子	24己丑	25庚寅	26辛卯

年序	陰曆月序	月干支	初一	初二	初三	初四	初五	初六	初七	初八	初九	初十	十一	十二	十三	十四	十五	十六	十七	十八	十九	二十	廿一	廿二	廿三	廿四	廿五	廿六	廿七	廿八	廿九	三十
庚午年(馬)民國七九～八〇年(1990～1991)	正月	戊寅	27 壬辰	28 癸巳	29 甲午	30 乙未	31 丙申	二1 丁酉	2 戊戌	3 己亥	4 庚子	5 辛丑	6 壬寅	7 癸卯	8 甲辰	9 乙巳	10 丙午	11 丁未	12 戊申	13 己酉	14 庚戌	15 辛亥	16 壬子	17 癸丑	18 甲寅	19 乙卯	20 丙辰	21 丁巳	22 戊午	23 己未	24 庚申	
	二月	己卯	25 辛酉	26 壬戌	27 癸亥	28 甲子	三1 乙丑	2 丙寅	3 丁卯	4 戊辰	5 己巳	6 庚午	7 辛未	8 壬申	9 癸酉	10 甲戌	11 乙亥	12 丙子	13 丁丑	14 戊寅	15 己卯	16 庚辰	17 辛巳	18 壬午	19 癸未	20 甲申	21 乙酉	22 丙戌	23 丁亥	24 戊子	25 己丑	26 庚寅
	三月	庚辰	27 辛卯	28 壬辰	29 癸巳	30 甲午	31 乙未	四1 丙申	2 丁酉	3 戊戌	4 己亥	5 庚子	6 辛丑	7 壬寅	8 癸卯	9 甲辰	10 乙巳	11 丙午	12 丁未	13 戊申	14 己酉	15 庚戌	16 辛亥	17 壬子	18 癸丑	19 甲寅	20 乙卯	21 丙辰	22 丁巳	23 戊午	24 己未	
	四月	辛巳	25 庚申	26 辛酉	27 壬戌	28 癸亥	29 甲子	30 乙丑	五1 丙寅	2 丁卯	3 戊辰	4 己巳	5 庚午	6 辛未	7 壬申	8 癸酉	9 甲戌	10 乙亥	11 丙子	12 丁丑	13 戊寅	14 己卯	15 庚辰	16 辛巳	17 壬午	18 癸未	19 甲申	20 乙酉	21 丙戌	22 丁亥	23 戊子	
	五月	壬午	24 己丑	25 庚寅	26 辛卯	27 壬辰	28 癸巳	29 甲午	30 乙未	31 丙申	六1 丁酉	2 戊戌	3 己亥	4 庚子	5 辛丑	6 壬寅	7 癸卯	8 甲辰	9 乙巳	10 丙午	11 丁未	12 戊申	13 己酉	14 庚戌	15 辛亥	16 壬子	17 癸丑	18 甲寅	19 乙卯	20 丙辰	21 丁巳	22 戊午
	閏五月		23 己未	24 庚申	25 辛酉	26 壬戌	27 癸亥	28 甲子	29 乙丑	30 丙寅	七1 丁卯	2 戊辰	3 己巳	4 庚午	5 辛未	6 壬申	7 癸酉	8 甲戌	9 乙亥	10 丙子	11 丁丑	12 戊寅	13 己卯	14 庚辰	15 辛巳	16 壬午	17 癸未	18 甲申	19 乙酉	20 丙戌	21 丁亥	
	六月	癸未	22 戊子	23 己丑	24 庚寅	25 辛卯	26 壬辰	27 癸巳	28 甲午	29 乙未	30 丙申	31 丁酉	八1 戊戌	2 己亥	3 庚子	4 辛丑	5 壬寅	6 癸卯	7 甲辰	8 乙巳	9 丙午	10 丁未	11 戊申	12 己酉	13 庚戌	14 辛亥	15 壬子	16 癸丑	17 甲寅	18 乙卯	19 丙辰	
	七月	甲申	20 丁巳	21 戊午	22 己未	23 庚申	24 辛酉	25 壬戌	26 癸亥	27 甲子	28 乙丑	29 丙寅	30 丁卯	31 戊辰	九1 己巳	2 庚午	3 辛未	4 壬申	5 癸酉	6 甲戌	7 乙亥	8 丙子	9 丁丑	10 戊寅	11 己卯	12 庚辰	13 辛巳	14 壬午	15 癸未	16 甲申	17 乙酉	18 丙戌
	八月	乙酉	19 丁亥	20 戊子	21 己丑	22 庚寅	23 辛卯	24 壬辰	25 癸巳	26 甲午	27 乙未	28 丙申	29 丁酉	30 戊戌	十1 己亥	2 庚子	3 辛丑	4 壬寅	5 癸卯	6 甲辰	7 乙巳	8 丙午	9 丁未	10 戊申	11 己酉	12 庚戌	13 辛亥	14 壬子	15 癸丑	16 甲寅	17 乙卯	
	九月	丙戌	18 丙辰	19 丁巳	20 戊午	21 己未	22 庚申	23 辛酉	24 壬戌	25 癸亥	26 甲子	27 乙丑	28 丙寅	29 丁卯	30 戊辰	31 己巳	十一1 庚午	2 辛未	3 壬申	4 癸酉	5 甲戌	6 乙亥	7 丙子	8 丁丑	9 戊寅	10 己卯	11 庚辰	12 辛巳	13 壬午	14 癸未	15 甲申	16 乙酉
	十月	丁亥	17 丙戌	18 丁亥	19 戊子	20 己丑	21 庚寅	22 辛卯	23 壬辰	24 癸巳	25 甲午	26 乙未	27 丙申	28 丁酉	29 戊戌	30 己亥	十二1 庚子	2 辛丑	3 壬寅	4 癸卯	5 甲辰	6 乙巳	7 丙午	8 丁未	9 戊申	10 己酉	11 庚戌	12 辛亥	13 壬子	14 癸丑	15 甲寅	16 乙卯
	十一月	戊子	17 丙辰	18 丁巳	19 戊午	20 己未	21 庚申	22 辛酉	23 壬戌	24 癸亥	25 甲子	26 乙丑	27 丙寅	28 丁卯	29 戊辰	30 己巳	31 庚午	一1 辛未	2 壬申	3 癸酉	4 甲戌	5 乙亥	6 丙子	7 丁丑	8 戊寅	9 己卯	10 庚辰	11 辛巳	12 壬午	13 癸未	14 甲申	15 乙酉
	十二月	己丑	16 丙戌	17 丁亥	18 戊子	19 己丑	20 庚寅	21 辛卯	22 壬辰	23 癸巳	24 甲午	25 乙未	26 丙申	27 丁酉	28 戊戌	29 己亥	30 庚子	31 辛丑	二1 壬寅	2 癸卯	3 甲辰	4 乙巳	5 丙午	6 丁未	7 戊申	8 己酉	9 庚戌	10 辛亥	11 壬子	12 癸丑	13 甲寅	14 乙卯
辛未年(羊)民國八〇～八一年(1991～1992)	正月	庚寅	15 丙辰	16 丁巳	17 戊午	18 己未	19 庚申	20 辛酉	21 壬戌	22 癸亥	23 甲子	24 乙丑	25 丙寅	26 丁卯	27 戊辰	28 己巳	三1 庚午	2 辛未	3 壬申	4 癸酉	5 甲戌	6 乙亥	7 丙子	8 丁丑	9 戊寅	10 己卯	11 庚辰	12 辛巳	13 壬午	14 癸未	15 甲申	
	二月	辛卯	16 乙酉	17 丙戌	18 丁亥	19 戊子	20 己丑	21 庚寅	22 辛卯	23 壬辰	24 癸巳	25 甲午	26 乙未	27 丙申	28 丁酉	29 戊戌	30 己亥	31 庚子	四1 辛丑	2 壬寅	3 癸卯	4 甲辰	5 乙巳	6 丙午	7 丁未	8 戊申	9 己酉	10 庚戌	11 辛亥	12 壬子	13 癸丑	14 甲寅
	三月	壬辰	15 乙卯	16 丙辰	17 丁巳	18 戊午	19 己未	20 庚申	21 辛酉	22 壬戌	23 癸亥	24 甲子	25 乙丑	26 丙寅	27 丁卯	28 戊辰	29 己巳	30 庚午	五1 辛未	2 壬申	3 癸酉	4 甲戌	5 乙亥	6 丙子	7 丁丑	8 戊寅	9 己卯	10 庚辰	11 辛巳	12 壬午	13 癸未	
	四月	癸巳	14 甲申	15 乙酉	16 丙戌	17 丁亥	18 戊子	19 己丑	20 庚寅	21 辛卯	22 壬辰	23 癸巳	24 甲午	25 乙未	26 丙申	27 丁酉	28 戊戌	29 己亥	30 庚子	31 辛丑	六1 壬寅	2 癸卯	3 甲辰	4 乙巳	5 丙午	6 丁未	7 戊申	8 己酉	9 庚戌	10 辛亥	11 壬子	
	五月	甲午	12 癸丑	13 甲寅	14 乙卯	15 丙辰	16 丁巳	17 戊午	18 己未	19 庚申	20 辛酉	21 壬戌	22 癸亥	23 甲子	24 乙丑	25 丙寅	26 丁卯	27 戊辰	28 己巳	29 庚午	30 辛未	七1 壬申	2 癸酉	3 甲戌	4 乙亥	5 丙子	6 丁丑	7 戊寅	8 己卯	9 庚辰	10 辛巳	11 壬午
	六月	乙未	12 癸未	13 甲申	14 乙酉	15 丙戌	16 丁亥	17 戊子	18 己丑	19 庚寅	20 辛卯	21 壬辰	22 癸巳	23 甲午	24 乙未	25 丙申	26 丁酉	27 戊戌	28 己亥	29 庚子	30 辛丑	31 壬寅	八1 癸卯	2 甲辰	3 乙巳	4 丙午	5 丁未	6 戊申	7 己酉	8 庚戌	9 辛亥	
	七月	丙申	10 壬子	11 癸丑	12 甲寅	13 乙卯	14 丙辰	15 丁巳	16 戊午	17 己未	18 庚申	19 辛酉	20 壬戌	21 癸亥	22 甲子	23 乙丑	24 丙寅	25 丁卯	26 戊辰	27 己巳	28 庚午	29 辛未	30 壬申	31 癸酉	九1 甲戌	2 乙亥	3 丙子	4 丁丑	5 戊寅	6 己卯	7 庚辰	
	八月	丁酉	8 辛巳	9 壬午	10 癸未	11 甲申	12 乙酉	13 丙戌	14 丁亥	15 戊子	16 己丑	17 庚寅	18 辛卯	19 壬辰	20 癸巳	21 甲午	22 乙未	23 丙申	24 丁酉	25 戊戌	26 己亥	27 庚子	28 辛丑	29 壬寅	30 癸卯	十1 甲辰	2 乙巳	3 丙午	4 丁未	5 戊申	6 己酉	7 庚戌
	九月	戊戌	8 辛亥	9 壬子	10 癸丑	11 甲寅	12 乙卯	13 丙辰	14 丁巳	15 戊午	16 己未	17 庚申	18 辛酉	19 壬戌	20 癸亥	21 甲子	22 乙丑	23 丙寅	24 丁卯	25 戊辰	26 己巳	27 庚午	28 辛未	29 壬申	30 癸酉	31 甲戌	十一1 乙亥	2 丙子	3 丁丑	4 戊寅	5 己卯	
	十月	己亥	6 庚辰	7 辛巳	8 壬午	9 癸未	10 甲申	11 乙酉	12 丙戌	13 丁亥	14 戊子	15 己丑	16 庚寅	17 辛卯	18 壬辰	19 癸巳	20 甲午	21 乙未	22 丙申	23 丁酉	24 戊戌	25 己亥	26 庚子	27 辛丑	28 壬寅	29 癸卯	30 甲辰	十二1 乙巳	2 丙午	3 丁未	4 戊申	5 己酉
	十一月	庚子	6 庚戌	7 辛亥	8 壬子	9 癸丑	10 甲寅	11 乙卯	12 丙辰	13 丁巳	14 戊午	15 己未	16 庚申	17 辛酉	18 壬戌	19 癸亥	20 甲子	21 乙丑	22 丙寅	23 丁卯	24 戊辰	25 己巳	26 庚午	27 辛未	28 壬申	29 癸酉	30 甲戌	31 乙亥	一1 丙子	2 丁丑	3 戊寅	4 己卯
	十二月	辛丑	5 庚辰	6 辛巳	7 壬午	8 癸未	9 甲申	10 乙酉	11 丙戌	12 丁亥	13 戊子	14 己丑	15 庚寅	16 辛卯	17 壬辰	18 癸巳	19 甲午	20 乙未	21 丙申	22 丁酉	23 戊戌	24 己亥	25 庚子	26 辛丑	27 壬寅	28 癸卯	29 甲辰	30 乙巳	31 丙午	二1 丁未	2 戊申	3 己酉

年序	陰曆月序	月干支＼陰曆日序（陽曆月日／日干支）	初一	初二	初三	初四	初五	初六	初七	初八	初九	初十	十一	十二	十三	十四	十五	十六	十七	十八	十九	二十	廿一	廿二	廿三	廿四	廿五	廿六	廿七	廿八	廿九	三十
壬申年（猴）民國八一～八二年（1992～1993）	正月	壬寅	4庚戌	5辛亥	6壬子	7癸丑	8甲寅	9乙卯	10丙辰	11丁巳	12戊午	13己未	14庚申	15辛酉	16壬戌	17癸亥	18甲子	19乙丑	20丙寅	21丁卯	22戊辰	23己巳	24庚午	25辛未	26壬申	27癸酉	28甲戌	29乙亥	三1丙子	2丁丑	3戊寅	
	二月	癸卯	4己卯	5庚辰	6辛巳	7壬午	8癸未	9甲申	10乙酉	11丙戌	12丁亥	13戊子	14己丑	15庚寅	16辛卯	17壬辰	18癸巳	19甲午	20乙未	21丙申	22丁酉	23戊戌	24己亥	25庚子	26辛丑	27壬寅	28癸卯	29甲辰	30乙巳	31丙午	四1丁未	2戊申
	三月	甲辰	3己酉	4庚戌	5辛亥	6壬子	7癸丑	8甲寅	9乙卯	10丙辰	11丁巳	12戊午	13己未	14庚申	15辛酉	16壬戌	17癸亥	18甲子	19乙丑	20丙寅	21丁卯	22戊辰	23己巳	24庚午	25辛未	26壬申	27癸酉	28甲戌	29乙亥	30丙子	五1丁丑	2戊寅
	四月	乙巳	3己卯	4庚辰	5辛巳	6壬午	7癸未	8甲申	9乙酉	10丙戌	11丁亥	12戊子	13己丑	14庚寅	15辛卯	16壬辰	17癸巳	18甲午	19乙未	20丙申	21丁酉	22戊戌	23己亥	24庚子	25辛丑	26壬寅	27癸卯	28甲辰	29乙巳	30丙午	31丁未	
	五月	丙午	六1戊申	2己酉	3庚戌	4辛亥	5壬子	6癸丑	7甲寅	8乙卯	9丙辰	10丁巳	11戊午	12己未	13庚申	14辛酉	15壬戌	16癸亥	17甲子	18乙丑	19丙寅	20丁卯	21戊辰	22己巳	23庚午	24辛未	25壬申	26癸酉	27甲戌	28乙亥	29丙子	
	六月	丁未	30丁丑	七1戊寅	2己卯	3庚辰	4辛巳	5壬午	6癸未	7甲申	8乙酉	9丙戌	10丁亥	11戊子	12己丑	13庚寅	14辛卯	15壬辰	16癸巳	17甲午	18乙未	19丙申	20丁酉	21戊戌	22己亥	23庚子	24辛丑	25壬寅	26癸卯	27甲辰	28乙巳	29丙午
	七月	戊申	30丁未	31戊申	八1己酉	2庚戌	3辛亥	4壬子	5癸丑	6甲寅	7乙卯	8丙辰	9丁巳	10戊午	11己未	12庚申	13辛酉	14壬戌	15癸亥	16甲子	17乙丑	18丙寅	19丁卯	20戊辰	21己巳	22庚午	23辛未	24壬申	25癸酉	26甲戌	27乙亥	
	八月	己酉	28丙子	29丁丑	30戊寅	31己卯	九1庚辰	2辛巳	3壬午	4癸未	5甲申	6乙酉	7丙戌	8丁亥	9戊子	10己丑	11庚寅	12辛卯	13壬辰	14癸巳	15甲午	16乙未	17丙申	18丁酉	19戊戌	20己亥	21庚子	22辛丑	23壬寅	24癸卯	25甲辰	
	九月	庚戌	26乙巳	27丙午	28丁未	29戊申	30己酉	十1庚戌	2辛亥	3壬子	4癸丑	5甲寅	6乙卯	7丙辰	8丁巳	9戊午	10己未	11庚申	12辛酉	13壬戌	14癸亥	15甲子	16乙丑	17丙寅	18丁卯	19戊辰	20己巳	21庚午	22辛未	23壬申	24癸酉	25甲戌
	十月	辛亥	26乙亥	27丙子	28丁丑	29戊寅	30己卯	31庚辰	十一1辛巳	2壬午	3癸未	4甲申	5乙酉	6丙戌	7丁亥	8戊子	9己丑	10庚寅	11辛卯	12壬辰	13癸巳	14甲午	15乙未	16丙申	17丁酉	18戊戌	19己亥	20庚子	21辛丑	22壬寅	23癸卯	
	十一月	壬子	24甲辰	25乙巳	26丙午	27丁未	28戊申	29己酉	30庚戌	十二1辛亥	2壬子	3癸丑	4甲寅	5乙卯	6丙辰	7丁巳	8戊午	9己未	10庚申	11辛酉	12壬戌	13癸亥	14甲子	15乙丑	16丙寅	17丁卯	18戊辰	19己巳	20庚午	21辛未	22壬申	23癸酉
	十二月	癸丑	24甲戌	25乙亥	26丙子	27丁丑	28戊寅	29己卯	30庚辰	31辛巳	一1壬午	2癸未	3甲申	4乙酉	5丙戌	6丁亥	7戊子	8己丑	9庚寅	10辛卯	11壬辰	12癸巳	13甲午	14乙未	15丙申	16丁酉	17戊戌	18己亥	19庚子	20辛丑	21壬寅	22癸卯
癸酉年（雞）民國八二～八三年（1993～1994）	正月	甲寅	23甲辰	24乙巳	25丙午	26丁未	27戊申	28己酉	29庚戌	30辛亥	31壬子	二1癸丑	2甲寅	3乙卯	4丙辰	5丁巳	6戊午	7己未	8庚申	9辛酉	10壬戌	11癸亥	12甲子	13乙丑	14丙寅	15丁卯	16戊辰	17己巳	18庚午	19辛未	20壬申	
	二月	乙卯	21癸酉	22甲戌	23乙亥	24丙子	25丁丑	26戊寅	27己卯	28庚辰	三1辛巳	2壬午	3癸未	4甲申	5乙酉	6丙戌	7丁亥	8戊子	9己丑	10庚寅	11辛卯	12壬辰	13癸巳	14甲午	15乙未	16丙申	17丁酉	18戊戌	19己亥	20庚子	21辛丑	22壬寅
	三月	丙辰	23癸卯	24甲辰	25乙巳	26丙午	27丁未	28戊申	29己酉	30庚戌	31辛亥	四1壬子	2癸丑	3甲寅	4乙卯	5丙辰	6丁巳	7戊午	8己未	9庚申	10辛酉	11壬戌	12癸亥	13甲子	14乙丑	15丙寅	16丁卯	17戊辰	18己巳	19庚午	20辛未	21壬申
	閏三月		22癸酉	23甲戌	24乙亥	25丙子	26丁丑	27戊寅	28己卯	29庚辰	30辛巳	五1壬午	2癸未	3甲申	4乙酉	5丙戌	6丁亥	7戊子	8己丑	9庚寅	10辛卯	11壬辰	12癸巳	13甲午	14乙未	15丙申	16丁酉	17戊戌	18己亥	19庚子	20辛丑	
	四月	丁巳	21壬寅	22癸卯	23甲辰	24乙巳	25丙午	26丁未	27戊申	28己酉	29庚戌	30辛亥	31壬子	六1癸丑	2甲寅	3乙卯	4丙辰	5丁巳	6戊午	7己未	8庚申	9辛酉	10壬戌	11癸亥	12甲子	13乙丑	14丙寅	15丁卯	16戊辰	17己巳	18庚午	19辛未
	五月	戊午	20壬申	21癸酉	22甲戌	23乙亥	24丙子	25丁丑	26戊寅	27己卯	28庚辰	29辛巳	30壬午	七1癸未	2甲申	3乙酉	4丙戌	5丁亥	6戊子	7己丑	8庚寅	9辛卯	10壬辰	11癸巳	12甲午	13乙未	14丙申	15丁酉	16戊戌	17己亥	18庚子	
	六月	己未	19辛丑	20壬寅	21癸卯	22甲辰	23乙巳	24丙午	25丁未	26戊申	27己酉	28庚戌	29辛亥	30壬子	31癸丑	八1甲寅	2乙卯	3丙辰	4丁巳	5戊午	6己未	7庚申	8辛酉	9壬戌	10癸亥	11甲子	12乙丑	13丙寅	14丁卯	15戊辰	16己巳	17庚午
	七月	庚申	18辛未	19壬申	20癸酉	21甲戌	22乙亥	23丙子	24丁丑	25戊寅	26己卯	27庚辰	28辛巳	29壬午	30癸未	31甲申	九1乙酉	2丙戌	3丁亥	4戊子	5己丑	6庚寅	7辛卯	8壬辰	9癸巳	10甲午	11乙未	12丙申	13丁酉	14戊戌	15己亥	
	八月	辛酉	16庚子	17辛丑	18壬寅	19癸卯	20甲辰	21乙巳	22丙午	23丁未	24戊申	25己酉	26庚戌	27辛亥	28壬子	29癸丑	30甲寅	十1乙卯	2丙辰	3丁巳	4戊午	5己未	6庚申	7辛酉	8壬戌	9癸亥	10甲子	11乙丑	12丙寅	13丁卯	14戊辰	
	九月	壬戌	15己巳	16庚午	17辛未	18壬申	19癸酉	20甲戌	21乙亥	22丙子	23丁丑	24戊寅	25己卯	26庚辰	27辛巳	28壬午	29癸未	30甲申	31乙酉	十一1丙戌	2丁亥	3戊子	4己丑	5庚寅	6辛卯	7壬辰	8癸巳	9甲午	10乙未	11丙申	12丁酉	13戊戌
	十月	癸亥	14己亥	15庚子	16辛丑	17壬寅	18癸卯	19甲辰	20乙巳	21丙午	22丁未	23戊申	24己酉	25庚戌	26辛亥	27壬子	28癸丑	29甲寅	30乙卯	十二1丙辰	2丁巳	3戊午	4己未	5庚申	6辛酉	7壬戌	8癸亥	9甲子	10乙丑	11丙寅	12丁卯	
	十一月	甲子	13戊辰	14己巳	15庚午	16辛未	17壬申	18癸酉	19甲戌	20乙亥	21丙子	22丁丑	23戊寅	24己卯	25庚辰	26辛巳	27壬午	28癸未	29甲申	30乙酉	31丙戌	一1丁亥	2戊子	3己丑	4庚寅	5辛卯	6壬辰	7癸巳	8甲午	9乙未	10丙申	11丁酉
	十二月	乙丑	12戊戌	13己亥	14庚子	15辛丑	16壬寅	17癸卯	18甲辰	19乙巳	20丙午	21丁未	22戊申	23己酉	24庚戌	25辛亥	26壬子	27癸丑	28甲寅	29乙卯	30丙辰	31丁巳	二1戊午	2己未	3庚申	4辛酉	5壬戌	6癸亥	7甲子	8乙丑	9丙寅	

年序	陰曆月序	陰曆月干支	初一	初二	初三	初四	初五	初六	初七	初八	初九	初十	十一	十二	十三	十四	十五	十六	十七	十八	十九	二十	廿一	廿二	廿三	廿四	廿五	廿六	廿七	廿八	廿九	三十
甲戌年（狗）民國八三～八四年（1994～1995）	正月	丙寅	10丁卯	11戊辰	12己巳	13庚午	14辛未	15壬申	16癸酉	17甲戌	18乙亥	19丙子	20丁丑	21戊寅	22己卯	23庚辰	24辛巳	25壬午	26癸未	27甲申	28乙酉	三1丙戌	2丁亥	3戊子	4己丑	5庚寅	6辛卯	7壬辰	8癸巳	9甲午	10乙未	11丙申
	二月	丁卯	12丁酉	13戊戌	14己亥	15庚子	16辛丑	17壬寅	18癸卯	19甲辰	20乙巳	21丙午	22丁未	23戊申	24己酉	25庚戌	26辛亥	27壬子	28癸丑	29甲寅	30乙卯	31丙辰	四1丁巳	2戊午	3己未	4庚申	5辛酉	6壬戌	7癸亥	8甲子	9乙丑	10丙寅
	三月	戊辰	11丁卯	12戊辰	13己巳	14庚午	15辛未	16壬申	17癸酉	18甲戌	19乙亥	20丙子	21丁丑	22戊寅	23己卯	24庚辰	25辛巳	26壬午	27癸未	28甲申	29乙酉	30丙戌	五1丁亥	2戊子	3己丑	4庚寅	5辛卯	6壬辰	7癸巳	8甲午	9乙未	10丙申
	四月	己巳	11丁酉	12戊戌	13己亥	14庚子	15辛丑	16壬寅	17癸卯	18甲辰	19乙巳	20丙午	21丁未	22戊申	23己酉	24庚戌	25辛亥	26壬子	27癸丑	28甲寅	29乙卯	30丙辰	31丁巳	六1戊午	2己未	3庚申	4辛酉	5壬戌	6癸亥	7甲子	8乙丑	
	五月	庚午	9丙寅	10丁卯	11戊辰	12己巳	13庚午	14辛未	15壬申	16癸酉	17甲戌	18乙亥	19丙子	20丁丑	21戊寅	22己卯	23庚辰	24辛巳	25壬午	26癸未	27甲申	28乙酉	29丙戌	30丁亥	七1戊子	2己丑	3庚寅	4辛卯	5壬辰	6癸巳	7甲午	8乙未
	六月	辛未	9丙申	10丁酉	11戊戌	12己亥	13庚子	14辛丑	15壬寅	16癸卯	17甲辰	18乙巳	19丙午	20丁未	21戊申	22己酉	23庚戌	24辛亥	25壬子	26癸丑	27甲寅	28乙卯	29丙辰	30丁巳	31戊午	八1己未	2庚申	3辛酉	4壬戌	5癸亥	6甲子	
	七月	壬申	7乙丑	8丙寅	9丁卯	10戊辰	11己巳	12庚午	13辛未	14壬申	15癸酉	16甲戌	17乙亥	18丙子	19丁丑	20戊寅	21己卯	22庚辰	23辛巳	24壬午	25癸未	26甲申	27乙酉	28丙戌	29丁亥	30戊子	31己丑	九1庚寅	2辛卯	3壬辰	4癸巳	5甲午
	八月	癸酉	6乙未	7丙申	8丁酉	9戊戌	10己亥	11庚子	12辛丑	13壬寅	14癸卯	15甲辰	16乙巳	17丙午	18丁未	19戊申	20己酉	21庚戌	22辛亥	23壬子	24癸丑	25甲寅	26乙卯	27丙辰	28丁巳	29戊午	30己未	十1庚申	2辛酉	3壬戌	4癸亥	
	九月	甲戌	5甲子	6乙丑	7丙寅	8丁卯	9戊辰	10己巳	11庚午	12辛未	13壬申	14癸酉	15甲戌	16乙亥	17丙子	18丁丑	19戊寅	20己卯	21庚辰	22辛巳	23壬午	24癸未	25甲申	26乙酉	27丙戌	28丁亥	29戊子	30己丑	31庚寅	十一1辛卯	2壬辰	
	十月	乙亥	3癸巳	4甲午	5乙未	6丙申	7丁酉	8戊戌	9己亥	10庚子	11辛丑	12壬寅	13癸卯	14甲辰	15乙巳	16丙午	17丁未	18戊申	19己酉	20庚戌	21辛亥	22壬子	23癸丑	24甲寅	25乙卯	26丙辰	27丁巳	28戊午	29己未	30庚申	十二1辛酉	2壬戌
	十一月	丙子	3癸亥	4甲子	5乙丑	6丙寅	7丁卯	8戊辰	9己巳	10庚午	11辛未	12壬申	13癸酉	14甲戌	15乙亥	16丙子	17丁丑	18戊寅	19己卯	20庚辰	21辛巳	22壬午	23癸未	24甲申	25乙酉	26丙戌	27丁亥	28戊子	29己丑	30庚寅	31辛卯	
	十二月	丁丑	一1壬辰	2癸巳	3甲午	4乙未	5丙申	6丁酉	7戊戌	8己亥	9庚子	10辛丑	11壬寅	12癸卯	13甲辰	14乙巳	15丙午	16丁未	17戊申	18己酉	19庚戌	20辛亥	21壬子	22癸丑	23甲寅	24乙卯	25丙辰	26丁巳	27戊午	28己未	29庚申	30辛酉
乙亥年（豬）民國八四～八五年（1995～1996）	正月	戊寅	31壬戌	二1癸亥	2甲子	3乙丑	4丙寅	5丁卯	6戊辰	7己巳	8庚午	9辛未	10壬申	11癸酉	12甲戌	13乙亥	14丙子	15丁丑	16戊寅	17己卯	18庚辰	19辛巳	20壬午	21癸未	22甲申	23乙酉	24丙戌	25丁亥	26戊子	27己丑	28庚寅	
	二月	己卯	三1辛卯	2壬辰	3癸巳	4甲午	5乙未	6丙申	7丁酉	8戊戌	9己亥	10庚子	11辛丑	12壬寅	13癸卯	14甲辰	15乙巳	16丙午	17丁未	18戊申	19己酉	20庚戌	21辛亥	22壬子	23癸丑	24甲寅	25乙卯	26丙辰	27丁巳	28戊午	29己未	30庚申
	三月	庚辰	31辛酉	四1壬戌	2癸亥	3甲子	4乙丑	5丙寅	6丁卯	7戊辰	8己巳	9庚午	10辛未	11壬申	12癸酉	13甲戌	14乙亥	15丙子	16丁丑	17戊寅	18己卯	19庚辰	20辛巳	21壬午	22癸未	23甲申	24乙酉	25丙戌	26丁亥	27戊子	28己丑	29庚寅
	四月	辛巳	30辛卯	五1壬辰	2癸巳	3甲午	4乙未	5丙申	6丁酉	7戊戌	8己亥	9庚子	10辛丑	11壬寅	12癸卯	13甲辰	14乙巳	15丙午	16丁未	17戊申	18己酉	19庚戌	20辛亥	21壬子	22癸丑	23甲寅	24乙卯	25丙辰	26丁巳	27戊午	28己未	
	五月	壬午	29庚申	30辛酉	31壬戌	六1癸亥	2甲子	3乙丑	4丙寅	5丁卯	6戊辰	7己巳	8庚午	9辛未	10壬申	11癸酉	12甲戌	13乙亥	14丙子	15丁丑	16戊寅	17己卯	18庚辰	19辛巳	20壬午	21癸未	22甲申	23乙酉	24丙戌	25丁亥	26戊子	27己丑
	六月	癸未	28庚寅	29辛卯	30壬辰	七1癸巳	2甲午	3乙未	4丙申	5丁酉	6戊戌	7己亥	8庚子	9辛丑	10壬寅	11癸卯	12甲辰	13乙巳	14丙午	15丁未	16戊申	17己酉	18庚戌	19辛亥	20壬子	21癸丑	22甲寅	23乙卯	24丙辰	25丁巳	26戊午	
	七月	甲申	27己未	28庚申	29辛酉	30壬戌	31癸亥	八1甲子	2乙丑	3丙寅	4丁卯	5戊辰	6己巳	7庚午	8辛未	9壬申	10癸酉	11甲戌	12乙亥	13丙子	14丁丑	15戊寅	16己卯	17庚辰	18辛巳	19壬午	20癸未	21甲申	22乙酉	23丙戌	24丁亥	25戊子
	八月	乙酉	26己丑	27庚寅	28辛卯	29壬辰	30癸巳	31甲午	九1乙未	2丙申	3丁酉	4戊戌	5己亥	6庚子	7辛丑	8壬寅	9癸卯	10甲辰	11乙巳	12丙午	13丁未	14戊申	15己酉	16庚戌	17辛亥	18壬子	19癸丑	20甲寅	21乙卯	22丙辰	23丁巳	24戊午
	閏八月		25己未	26庚申	27辛酉	28壬戌	29癸亥	30甲子	十1乙丑	2丙寅	3丁卯	4戊辰	5己巳	6庚午	7辛未	8壬申	9癸酉	10甲戌	11乙亥	12丙子	13丁丑	14戊寅	15己卯	16庚辰	17辛巳	18壬午	19癸未	20甲申	21乙酉	22丙戌	23丁亥	
	九月	丙戌	24戊子	25己丑	26庚寅	27辛卯	28壬辰	29癸巳	30甲午	31乙未	十一1丙申	2丁酉	3戊戌	4己亥	5庚子	6辛丑	7壬寅	8癸卯	9甲辰	10乙巳	11丙午	12丁未	13戊申	14己酉	15庚戌	16辛亥	17壬子	18癸丑	19甲寅	20乙卯	21丙辰	
	十月	丁亥	22丁巳	23戊午	24己未	25庚申	26辛酉	27壬戌	28癸亥	29甲子	30乙丑	十二1丙寅	2丁卯	3戊辰	4己巳	5庚午	6辛未	7壬申	8癸酉	9甲戌	10乙亥	11丙子	12丁丑	13戊寅	14己卯	15庚辰	16辛巳	17壬午	18癸未	19甲申	20乙酉	21丙戌
	十一月	戊子	22丁亥	23戊子	24己丑	25庚寅	26辛卯	27壬辰	28癸巳	29甲午	30乙未	31丙申	一1丁酉	2戊戌	3己亥	4庚子	5辛丑	6壬寅	7癸卯	8甲辰	9乙巳	10丙午	11丁未	12戊申	13己酉	14庚戌	15辛亥	16壬子	17癸丑	18甲寅	19乙卯	
	十二月	己丑	20丙辰	21丁巳	22戊午	23己未	24庚申	25辛酉	26壬戌	27癸亥	28甲子	29乙丑	30丙寅	31丁卯	二1戊辰	2己巳	3庚午	4辛未	5壬申	6癸酉	7甲戌	8乙亥	9丙子	10丁丑	11戊寅	12己卯	13庚辰	14辛巳	15壬午	16癸未	17甲申	18乙酉

年序	陰曆月序	陰曆月干支	初一	初二	初三	初四	初五	初六	初七	初八	初九	初十	十一	十二	十三	十四	十五	十六	十七	十八	十九	二十	廿一	廿二	廿三	廿四	廿五	廿六	廿七	廿八	廿九	三十
丙子年（鼠）民國八五～八六年（1996～1997）	正月	庚寅	19 丙戌	20 丁亥	21 戊子	22 己丑	23 庚寅	24 辛卯	25 壬辰	26 癸巳	27 甲午	28 乙未	29 丙申	三1 丁酉	2 戊戌	3 己亥	4 庚子	5 辛丑	6 壬寅	7 癸卯	8 甲辰	9 乙巳	10 丙午	11 丁未	12 戊申	13 己酉	14 庚戌	15 辛亥	16 壬子	17 癸丑	18 甲寅	
	二月	辛卯	19 乙卯	20 丙辰	21 丁巳	22 戊午	23 己未	24 庚申	25 辛酉	26 壬戌	27 癸亥	28 甲子	29 乙丑	30 丙寅	31 丁卯	四1 戊辰	2 己巳	3 庚午	4 辛未	5 壬申	6 癸酉	7 甲戌	8 乙亥	9 丙子	10 丁丑	11 戊寅	12 己卯	13 庚辰	14 辛巳	15 壬午	16 癸未	17 甲申
	三月	壬辰	18 乙酉	19 丙戌	20 丁亥	21 戊子	22 己丑	23 庚寅	24 辛卯	25 壬辰	26 癸巳	27 甲午	28 乙未	29 丙申	30 丁酉	五1 戊戌	2 己亥	3 庚子	4 辛丑	5 壬寅	6 癸卯	7 甲辰	8 乙巳	9 丙午	10 丁未	11 戊申	12 己酉	13 庚戌	14 辛亥	15 壬子	16 癸丑	
	四月	癸巳	17 甲寅	18 乙卯	19 丙辰	20 丁巳	21 戊午	22 己未	23 庚申	24 辛酉	25 壬戌	26 癸亥	27 甲子	28 乙丑	29 丙寅	30 丁卯	31 戊辰	六1 己巳	2 庚午	3 辛未	4 壬申	5 癸酉	6 甲戌	7 乙亥	8 丙子	9 丁丑	10 戊寅	11 己卯	12 庚辰	13 辛巳	14 壬午	15 癸未
	五月	甲午	16 甲申	17 乙酉	18 丙戌	19 丁亥	20 戊子	21 己丑	22 庚寅	23 辛卯	24 壬辰	25 癸巳	26 甲午	27 乙未	28 丙申	29 丁酉	30 戊戌	七1 己亥	2 庚子	3 辛丑	4 壬寅	5 癸卯	6 甲辰	7 乙巳	8 丙午	9 丁未	10 戊申	11 己酉	12 庚戌	13 辛亥	14 壬子	15 癸丑
	六月	乙未	16 甲寅	17 乙卯	18 丙辰	19 丁巳	20 戊午	21 己未	22 庚申	23 辛酉	24 壬戌	25 癸亥	26 甲子	27 乙丑	28 丙寅	29 丁卯	30 戊辰	31 己巳	八1 庚午	2 辛未	3 壬申	4 癸酉	5 甲戌	6 乙亥	7 丙子	8 丁丑	9 戊寅	10 己卯	11 庚辰	12 辛巳	13 壬午	
	七月	丙申	14 癸未	15 甲申	16 乙酉	17 丙戌	18 丁亥	19 戊子	20 己丑	21 庚寅	22 辛卯	23 壬辰	24 癸巳	25 甲午	26 乙未	27 丙申	28 丁酉	29 戊戌	30 己亥	31 庚子	九1 辛丑	2 壬寅	3 癸卯	4 甲辰	5 乙巳	6 丙午	7 丁未	8 戊申	9 己酉	10 庚戌	11 辛亥	12 壬子
	八月	丁酉	13 癸丑	14 甲寅	15 乙卯	16 丙辰	17 丁巳	18 戊午	19 己未	20 庚申	21 辛酉	22 壬戌	23 癸亥	24 甲子	25 乙丑	26 丙寅	27 丁卯	28 戊辰	29 己巳	30 庚午	十1 辛未	2 壬申	3 癸酉	4 甲戌	5 乙亥	6 丙子	7 丁丑	8 戊寅	9 己卯	10 庚辰	11 辛巳	
	九月	戊戌	12 壬午	13 癸未	14 甲申	15 乙酉	16 丙戌	17 丁亥	18 戊子	19 己丑	20 庚寅	21 辛卯	22 壬辰	23 癸巳	24 甲午	25 乙未	26 丙申	27 丁酉	28 戊戌	29 己亥	30 庚子	31 辛丑	十一1 壬寅	2 癸卯	3 甲辰	4 乙巳	5 丙午	6 丁未	7 戊申	8 己酉	9 庚戌	10 辛亥
	十月	己亥	11 壬子	12 癸丑	13 甲寅	14 乙卯	15 丙辰	16 丁巳	17 戊午	18 己未	19 庚申	20 辛酉	21 壬戌	22 癸亥	23 甲子	24 乙丑	25 丙寅	26 丁卯	27 戊辰	28 己巳	29 庚午	30 辛未	十二1 壬申	2 癸酉	3 甲戌	4 乙亥	5 丙子	6 丁丑	7 戊寅	8 己卯	9 庚辰	10 辛巳
	十一月	庚子	11 壬午	12 癸未	13 甲申	14 乙酉	15 丙戌	16 丁亥	17 戊子	18 己丑	19 庚寅	20 辛卯	21 壬辰	22 癸巳	23 甲午	24 乙未	25 丙申	26 丁酉	27 戊戌	28 己亥	29 庚子	30 辛丑	31 壬寅	1 癸卯	2 甲辰	3 乙巳	4 丙午	5 丁未	6 戊申	7 己酉	8 庚戌	
	十二月	辛丑	9 辛亥	10 壬子	11 癸丑	12 甲寅	13 乙卯	14 丙辰	15 丁巳	16 戊午	17 己未	18 庚申	19 辛酉	20 壬戌	21 癸亥	22 甲子	23 乙丑	24 丙寅	25 丁卯	26 戊辰	27 己巳	28 庚午	29 辛未	30 壬申	31 癸酉	二1 甲戌	2 乙亥	3 丙子	4 丁丑	5 戊寅	6 己卯	
丁丑年（牛）民國八六～八七年（1997～1998）	正月	壬寅	7 庚辰	8 辛巳	9 壬午	10 癸未	11 甲申	12 乙酉	13 丙戌	14 丁亥	15 戊子	16 己丑	17 庚寅	18 辛卯	19 壬辰	20 癸巳	21 甲午	22 乙未	23 丙申	24 丁酉	25 戊戌	26 己亥	27 庚子	28 辛丑	三1 壬寅	2 癸卯	3 甲辰	4 乙巳	5 丙午	6 丁未	7 戊申	8 己酉
	二月	癸卯	9 庚戌	10 辛亥	11 壬子	12 癸丑	13 甲寅	14 乙卯	15 丙辰	16 丁巳	17 戊午	18 己未	19 庚申	20 辛酉	21 壬戌	22 癸亥	23 甲子	24 乙丑	25 丙寅	26 丁卯	27 戊辰	28 己巳	29 庚午	30 辛未	31 壬申	四1 癸酉	2 甲戌	3 乙亥	4 丙子	5 丁丑	6 戊寅	
	三月	甲辰	7 己卯	8 庚辰	9 辛巳	10 壬午	11 癸未	12 甲申	13 乙酉	14 丙戌	15 丁亥	16 戊子	17 己丑	18 庚寅	19 辛卯	20 壬辰	21 癸巳	22 甲午	23 乙未	24 丙申	25 丁酉	26 戊戌	27 己亥	28 庚子	29 辛丑	30 壬寅	五1 癸卯	2 甲辰	3 乙巳	4 丙午	5 丁未	6 戊申
	四月	乙巳	7 己酉	8 庚戌	9 辛亥	10 壬子	11 癸丑	12 甲寅	13 乙卯	14 丙辰	15 丁巳	16 戊午	17 己未	18 庚申	19 辛酉	20 壬戌	21 癸亥	22 甲子	23 乙丑	24 丙寅	25 丁卯	26 戊辰	27 己巳	28 庚午	29 辛未	30 壬申	31 癸酉	六1 甲戌	2 乙亥	3 丙子	4 丁丑	
	五月	丙午	5 戊寅	6 己卯	7 庚辰	8 辛巳	9 壬午	10 癸未	11 甲申	12 乙酉	13 丙戌	14 丁亥	15 戊子	16 己丑	17 庚寅	18 辛卯	19 壬辰	20 癸巳	21 甲午	22 乙未	23 丙申	24 丁酉	25 戊戌	26 己亥	27 庚子	28 辛丑	29 壬寅	30 癸卯	七1 甲辰	2 乙巳	3 丙午	4 丁未
	六月	丁未	5 戊申	6 己酉	7 庚戌	8 辛亥	9 壬子	10 癸丑	11 甲寅	12 乙卯	13 丙辰	14 丁巳	15 戊午	16 己未	17 庚申	18 辛酉	19 壬戌	20 癸亥	21 甲子	22 乙丑	23 丙寅	24 丁卯	25 戊辰	26 己巳	27 庚午	28 辛未	29 壬申	30 癸酉	31 甲戌	八1 乙亥	2 丙子	
	七月	戊申	3 丁丑	4 戊寅	5 己卯	6 庚辰	7 辛巳	8 壬午	9 癸未	10 甲申	11 乙酉	12 丙戌	13 丁亥	14 戊子	15 己丑	16 庚寅	17 辛卯	18 壬辰	19 癸巳	20 甲午	21 乙未	22 丙申	23 丁酉	24 戊戌	25 己亥	26 庚子	27 辛丑	28 壬寅	29 癸卯	30 甲辰	31 乙巳	九1 丙午
	八月	己酉	2 丁未	3 戊申	4 己酉	5 庚戌	6 辛亥	7 壬子	8 癸丑	9 甲寅	10 乙卯	11 丙辰	12 丁巳	13 戊午	14 己未	15 庚申	16 辛酉	17 壬戌	18 癸亥	19 甲子	20 乙丑	21 丙寅	22 丁卯	23 戊辰	24 己巳	25 庚午	26 辛未	27 壬申	28 癸酉	29 甲戌	30 乙亥	十1 丙子
	九月	庚戌	2 丁丑	3 戊寅	4 己卯	5 庚辰	6 辛巳	7 壬午	8 癸未	9 甲申	10 乙酉	11 丙戌	12 丁亥	13 戊子	14 己丑	15 庚寅	16 辛卯	17 壬辰	18 癸巳	19 甲午	20 乙未	21 丙申	22 丁酉	23 戊戌	24 己亥	25 庚子	26 辛丑	27 壬寅	28 癸卯	29 甲辰	30 乙巳	
	十月	辛亥	31 丙午	十一1 丁未	2 戊申	3 己酉	4 庚戌	5 辛亥	6 壬子	7 癸丑	8 甲寅	9 乙卯	10 丙辰	11 丁巳	12 戊午	13 己未	14 庚申	15 辛酉	16 壬戌	17 癸亥	18 甲子	19 乙丑	20 丙寅	21 丁卯	22 戊辰	23 己巳	24 庚午	25 辛未	26 壬申	27 癸酉	28 甲戌	29 乙亥
	十一月	壬子	30 丙子	十二1 丁丑	2 戊寅	3 己卯	4 庚辰	5 辛巳	6 壬午	7 癸未	8 甲申	9 乙酉	10 丙戌	11 丁亥	12 戊子	13 己丑	14 庚寅	15 辛卯	16 壬辰	17 癸巳	18 甲午	19 乙未	20 丙申	21 丁酉	22 戊戌	23 己亥	24 庚子	25 辛丑	26 壬寅	27 癸卯	28 甲辰	29 乙巳
	十二月	癸丑	30 丙午	31 丁未	一1 戊申	2 己酉	3 庚戌	4 辛亥	5 壬子	6 癸丑	7 甲寅	8 乙卯	9 丙辰	10 丁巳	11 戊午	12 己未	13 庚申	14 辛酉	15 壬戌	16 癸亥	17 甲子	18 乙丑	19 丙寅	20 丁卯	21 戊辰	22 己巳	23 庚午	24 辛未	25 壬申	26 癸酉	27 甲戌	

年序	陰曆月序	月干支	初一	初二	初三	初四	初五	初六	初七	初八	初九	初十	十一	十二	十三	十四	十五	十六	十七	十八	十九	二十	廿一	廿二	廿三	廿四	廿五	廿六	廿七	廿八	廿九	三十
戊寅年（虎）民國八七～八八年（1998～1999）	正月	甲寅	28 乙亥	29 丙子	30 丁丑	31 戊寅	二1 己卯	2 庚辰	3 辛巳	4 壬午	5 癸未	6 甲申	7 乙酉	8 丙戌	9 丁亥	10 戊子	11 己丑	12 庚寅	13 辛卯	14 壬辰	15 癸巳	16 甲午	17 乙未	18 丙申	19 丁酉	20 戊戌	21 己亥	22 庚子	23 辛丑	24 壬寅	25 癸卯	26 甲辰
	二月	乙卯	27 乙巳	28 丙午	三1 丁未	2 戊申	3 己酉	4 庚戌	5 辛亥	6 壬子	7 癸丑	8 甲寅	9 乙卯	10 丙辰	11 丁巳	12 戊午	13 己未	14 庚申	15 辛酉	16 壬戌	17 癸亥	18 甲子	19 乙丑	20 丙寅	21 丁卯	22 戊辰	23 己巳	24 庚午	25 辛未	26 壬申	27 癸酉	
	三月	丙辰	28 甲戌	29 乙亥	30 丙子	31 丁丑	四1 戊寅	2 己卯	3 庚辰	4 辛巳	5 壬午	6 癸未	7 甲申	8 乙酉	9 丙戌	10 丁亥	11 戊子	12 己丑	13 庚寅	14 辛卯	15 壬辰	16 癸巳	17 甲午	18 乙未	19 丙申	20 丁酉	21 戊戌	22 己亥	23 庚子	24 辛丑	25 壬寅	
	四月	丁巳	26 癸卯	27 甲辰	28 乙巳	29 丙午	30 丁未	五1 戊申	2 己酉	3 庚戌	4 辛亥	5 壬子	6 癸丑	7 甲寅	8 乙卯	9 丙辰	10 丁巳	11 戊午	12 己未	13 庚申	14 辛酉	15 壬戌	16 癸亥	17 甲子	18 乙丑	19 丙寅	20 丁卯	21 戊辰	22 己巳	23 庚午	24 辛未	25 壬申
	五月	戊午	26 癸酉	27 甲戌	28 乙亥	29 丙子	30 丁丑	31 戊寅	六1 己卯	2 庚辰	3 辛巳	4 壬午	5 癸未	6 甲申	7 乙酉	8 丙戌	9 丁亥	10 戊子	11 己丑	12 庚寅	13 辛卯	14 壬辰	15 癸巳	16 甲午	17 乙未	18 丙申	19 丁酉	20 戊戌	21 己亥	22 庚子	23 辛丑	
	閏五月		24 壬寅	25 癸卯	26 甲辰	27 乙巳	28 丙午	29 丁未	30 戊申	七1 己酉	2 庚戌	3 辛亥	4 壬子	5 癸丑	6 甲寅	7 乙卯	8 丙辰	9 丁巳	10 戊午	11 己未	12 庚申	13 辛酉	14 壬戌	15 癸亥	16 甲子	17 乙丑	18 丙寅	19 丁卯	20 戊辰	21 己巳	22 庚午	
	六月	己未	23 辛未	24 壬申	25 癸酉	26 甲戌	27 乙亥	28 丙子	29 丁丑	30 戊寅	31 己卯	八1 庚辰	2 辛巳	3 壬午	4 癸未	5 甲申	6 乙酉	7 丙戌	8 丁亥	9 戊子	10 己丑	11 庚寅	12 辛卯	13 壬辰	14 癸巳	15 甲午	16 乙未	17 丙申	18 丁酉	19 戊戌	20 己亥	21 庚子
	七月	庚申	22 辛丑	23 壬寅	24 癸卯	25 甲辰	26 乙巳	27 丙午	28 丁未	29 戊申	30 己酉	31 庚戌	九1 辛亥	2 壬子	3 癸丑	4 甲寅	5 乙卯	6 丙辰	7 丁巳	8 戊午	9 己未	10 庚申	11 辛酉	12 壬戌	13 癸亥	14 甲子	15 乙丑	16 丙寅	17 丁卯	18 戊辰	19 己巳	20 庚午
	八月	辛酉	21 辛未	22 壬申	23 癸酉	24 甲戌	25 乙亥	26 丙子	27 丁丑	28 戊寅	29 己卯	30 庚辰	十1 辛巳	2 壬午	3 癸未	4 甲申	5 乙酉	6 丙戌	7 丁亥	8 戊子	9 己丑	10 庚寅	11 辛卯	12 壬辰	13 癸巳	14 甲午	15 乙未	16 丙申	17 丁酉	18 戊戌	19 己亥	
	九月	壬戌	20 庚子	21 辛丑	22 壬寅	23 癸卯	24 甲辰	25 乙巳	26 丙午	27 丁未	28 戊申	29 己酉	30 庚戌	31 辛亥	十一1 壬子	2 癸丑	3 甲寅	4 乙卯	5 丙辰	6 丁巳	7 戊午	8 己未	9 庚申	10 辛酉	11 壬戌	12 癸亥	13 甲子	14 乙丑	15 丙寅	16 丁卯	17 戊辰	18 己巳
	十月	癸亥	19 庚午	20 辛未	21 壬申	22 癸酉	23 甲戌	24 乙亥	25 丙子	26 丁丑	27 戊寅	28 己卯	29 庚辰	30 辛巳	十二1 壬午	2 癸未	3 甲申	4 乙酉	5 丙戌	6 丁亥	7 戊子	8 己丑	9 庚寅	10 辛卯	11 壬辰	12 癸巳	13 甲午	14 乙未	15 丙申	16 丁酉	17 戊戌	18 己亥
	十一月	甲子	19 庚子	20 辛丑	21 壬寅	22 癸卯	23 甲辰	24 乙巳	25 丙午	26 丁未	27 戊申	28 己酉	29 庚戌	30 辛亥	31 壬子	一1 癸丑	2 甲寅	3 乙卯	4 丙辰	5 丁巳	6 戊午	7 己未	8 庚申	9 辛酉	10 壬戌	11 癸亥	12 甲子	13 乙丑	14 丙寅	15 丁卯	16 戊辰	
	十二月	乙丑	17 己巳	18 庚午	19 辛未	20 壬申	21 癸酉	22 甲戌	23 乙亥	24 丙子	25 丁丑	26 戊寅	27 己卯	28 庚辰	29 辛巳	30 壬午	31 癸未	二1 甲申	2 乙酉	3 丙戌	4 丁亥	5 戊子	6 己丑	7 庚寅	8 辛卯	9 壬辰	10 癸巳	11 甲午	12 乙未	13 丙申	14 丁酉	15 戊戌
己卯年（兔）民國八八～八九年（1999～2000）	正月	丙寅	16 己亥	17 庚子	18 辛丑	19 壬寅	20 癸卯	21 甲辰	22 乙巳	23 丙午	24 丁未	25 戊申	26 己酉	27 庚戌	28 辛亥	三1 壬子	2 癸丑	3 甲寅	4 乙卯	5 丙辰	6 丁巳	7 戊午	8 己未	9 庚申	10 辛酉	11 壬戌	12 癸亥	13 甲子	14 乙丑	15 丙寅	16 丁卯	17 戊辰
	二月	丁卯	18 己巳	19 庚午	20 辛未	21 壬申	22 癸酉	23 甲戌	24 乙亥	25 丙子	26 丁丑	27 戊寅	28 己卯	29 庚辰	30 辛巳	31 壬午	四1 癸未	2 甲申	3 乙酉	4 丙戌	5 丁亥	6 戊子	7 己丑	8 庚寅	9 辛卯	10 壬辰	11 癸巳	12 甲午	13 乙未	14 丙申	15 丁酉	
	三月	戊辰	16 戊戌	17 己亥	18 庚子	19 辛丑	20 壬寅	21 癸卯	22 甲辰	23 乙巳	24 丙午	25 丁未	26 戊申	27 己酉	28 庚戌	29 辛亥	30 壬子	五1 癸丑	2 甲寅	3 乙卯	4 丙辰	5 丁巳	6 戊午	7 己未	8 庚申	9 辛酉	10 壬戌	11 癸亥	12 甲子	13 乙丑	14 丙寅	
	四月	己巳	15 丁卯	16 戊辰	17 己巳	18 庚午	19 辛未	20 壬申	21 癸酉	22 甲戌	23 乙亥	24 丙子	25 丁丑	26 戊寅	27 己卯	28 庚辰	29 辛巳	30 壬午	31 癸未	六1 甲申	2 乙酉	3 丙戌	4 丁亥	5 戊子	6 己丑	7 庚寅	8 辛卯	9 壬辰	10 癸巳	11 甲午	12 乙未	13 丙申
	五月	庚午	14 丁酉	15 戊戌	16 己亥	17 庚子	18 辛丑	19 壬寅	20 癸卯	21 甲辰	22 乙巳	23 丙午	24 丁未	25 戊申	26 己酉	27 庚戌	28 辛亥	29 壬子	30 癸丑	七1 甲寅	2 乙卯	3 丙辰	4 丁巳	5 戊午	6 己未	7 庚申	8 辛酉	9 壬戌	10 癸亥	11 甲子	12 乙丑	
	六月	辛未	13 丙寅	14 丁卯	15 戊辰	16 己巳	17 庚午	18 辛未	19 壬申	20 癸酉	21 甲戌	22 乙亥	23 丙子	24 丁丑	25 戊寅	26 己卯	27 庚辰	28 辛巳	29 壬午	30 癸未	31 甲申	八1 乙酉	2 丙戌	3 丁亥	4 戊子	5 己丑	6 庚寅	7 辛卯	8 壬辰	9 癸巳	10 甲午	
	七月	壬申	11 乙未	12 丙申	13 丁酉	14 戊戌	15 己亥	16 庚子	17 辛丑	18 壬寅	19 癸卯	20 甲辰	21 乙巳	22 丙午	23 丁未	24 戊申	25 己酉	26 庚戌	27 辛亥	28 壬子	29 癸丑	30 甲寅	31 乙卯	九1 丙辰	2 丁巳	3 戊午	4 己未	5 庚申	6 辛酉	7 壬戌	8 癸亥	9 甲子
	八月	癸酉	10 乙丑	11 丙寅	12 丁卯	13 戊辰	14 己巳	15 庚午	16 辛未	17 壬申	18 癸酉	19 甲戌	20 乙亥	21 丙子	22 丁丑	23 戊寅	24 己卯	25 庚辰	26 辛巳	27 壬午	28 癸未	29 甲申	30 乙酉	十1 丙戌	2 丁亥	3 戊子	4 己丑	5 庚寅	6 辛卯	7 壬辰	8 癸巳	
	九月	甲戌	9 甲午	10 乙未	11 丙申	12 丁酉	13 戊戌	14 己亥	15 庚子	16 辛丑	17 壬寅	18 癸卯	19 甲辰	20 乙巳	21 丙午	22 丁未	23 戊申	24 己酉	25 庚戌	26 辛亥	27 壬子	28 癸丑	29 甲寅	30 乙卯	31 丙辰	十一1 丁巳	2 戊午	3 己未	4 庚申	5 辛酉	6 壬戌	7 癸亥
	十月	乙亥	8 甲子	9 乙丑	10 丙寅	11 丁卯	12 戊辰	13 己巳	14 庚午	15 辛未	16 壬申	17 癸酉	18 甲戌	19 乙亥	20 丙子	21 丁丑	22 戊寅	23 己卯	24 庚辰	25 辛巳	26 壬午	27 癸未	28 甲申	29 乙酉	30 丙戌	十二1 丁亥	2 戊子	3 己丑	4 庚寅	5 辛卯	6 壬辰	7 癸巳
	十一月	丙子	8 甲午	9 乙未	10 丙申	11 丁酉	12 戊戌	13 己亥	14 庚子	15 辛丑	16 壬寅	17 癸卯	18 甲辰	19 乙巳	20 丙午	21 丁未	22 戊申	23 己酉	24 庚戌	25 辛亥	26 壬子	27 癸丑	28 甲寅	29 乙卯	30 丙辰	31 丁巳	一1 戊午	2 己未	3 庚申	4 辛酉	5 壬戌	6 癸亥
	十二月	丁丑	7 甲子	8 乙丑	9 丙寅	10 丁卯	11 戊辰	12 己巳	13 庚午	14 辛未	15 壬申	16 癸酉	17 甲戌	18 乙亥	19 丙子	20 丁丑	21 戊寅	22 己卯	23 庚辰	24 辛巳	25 壬午	26 癸未	27 甲申	28 乙酉	29 丙戌	30 丁亥	31 戊子	二1 己丑	2 庚寅	3 辛卯	4 壬辰	

年序	陰曆月序	月干支	初一	初二	初三	初四	初五	初六	初七	初八	初九	初十	十一	十二	十三	十四	十五	十六	十七	十八	十九	二十	廿一	廿二	廿三	廿四	廿五	廿六	廿七	廿八	廿九	三十
庚辰年（龍）民國八九～九〇年（2000～2001）	正月	戊寅	5癸巳	6甲午	7乙未	8丙申	9丁酉	10戊戌	11己亥	12庚子	13辛丑	14壬寅	15癸卯	16甲辰	17乙巳	18丙午	19丁未	20戊申	21己酉	22庚戌	23辛亥	24壬子	25癸丑	26甲寅	27乙卯	28丙辰	29丁巳	三1戊午	2己未	3庚申	4辛酉	5壬戌
	二月	己卯	6癸亥	7甲子	8乙丑	9丙寅	10丁卯	11戊辰	12己巳	13庚午	14辛未	15壬申	16癸酉	17甲戌	18乙亥	19丙子	20丁丑	21戊寅	22己卯	23庚辰	24辛巳	25壬午	26癸未	27甲申	28乙酉	29丙戌	30丁亥	31戊子	四1己丑	2庚寅	3辛卯	4壬辰
	三月	庚辰	5癸巳	6甲午	7乙未	8丙申	9丁酉	10戊戌	11己亥	12庚子	13辛丑	14壬寅	15癸卯	16甲辰	17乙巳	18丙午	19丁未	20戊申	21己酉	22庚戌	23辛亥	24壬子	25癸丑	26甲寅	27乙卯	28丙辰	29丁巳	30戊午	五1己未	2庚申	3辛酉	
	四月	辛巳	4壬戌	5癸亥	6甲子	7乙丑	8丙寅	9丁卯	10戊辰	11己巳	12庚午	13辛未	14壬申	15癸酉	16甲戌	17乙亥	18丙子	19丁丑	20戊寅	21己卯	22庚辰	23辛巳	24壬午	25癸未	26甲申	27乙酉	28丙戌	29丁亥	30戊子	31己丑	六1庚寅	
	五月	壬午	2辛卯	3壬辰	4癸巳	5甲午	6乙未	7丙申	8丁酉	9戊戌	10己亥	11庚子	12辛丑	13壬寅	14癸卯	15甲辰	16乙巳	17丙午	18丁未	19戊申	20己酉	21庚戌	22辛亥	23壬子	24癸丑	25甲寅	26乙卯	27丙辰	28丁巳	29戊午	30己未	七1庚申
	六月	癸未	2辛酉	3壬戌	4癸亥	5甲子	6乙丑	7丙寅	8丁卯	9戊辰	10己巳	11庚午	12辛未	13壬申	14癸酉	15甲戌	16乙亥	17丙子	18丁丑	19戊寅	20己卯	21庚辰	22辛巳	23壬午	24癸未	25甲申	26乙酉	27丙戌	28丁亥	29戊子	30己丑	
	七月	甲申	31庚寅	八1辛卯	2壬辰	3癸巳	4甲午	5乙未	6丙申	7丁酉	8戊戌	9己亥	10庚子	11辛丑	12壬寅	13癸卯	14甲辰	15乙巳	16丙午	17丁未	18戊申	19己酉	20庚戌	21辛亥	22壬子	23癸丑	24甲寅	25乙卯	26丙辰	27丁巳	28戊午	
	八月	乙酉	29己未	30庚申	31辛酉	九1壬戌	2癸亥	3甲子	4乙丑	5丙寅	6丁卯	7戊辰	8己巳	9庚午	10辛未	11壬申	12癸酉	13甲戌	14乙亥	15丙子	16丁丑	17戊寅	18己卯	19庚辰	20辛巳	21壬午	22癸未	23甲申	24乙酉	25丙戌	26丁亥	27戊子
	九月	丙戌	28己丑	29庚寅	30辛卯	十1壬辰	2癸巳	3甲午	4乙未	5丙申	6丁酉	7戊戌	8己亥	9庚子	10辛丑	11壬寅	12癸卯	13甲辰	14乙巳	15丙午	16丁未	17戊申	18己酉	19庚戌	20辛亥	21壬子	22癸丑	23甲寅	24乙卯	25丙辰	26丁巳	
	十月	丁亥	27戊午	28己未	29庚申	30辛酉	31壬戌	十一1癸亥	2甲子	3乙丑	4丙寅	5丁卯	6戊辰	7己巳	8庚午	9辛未	10壬申	11癸酉	12甲戌	13乙亥	14丙子	15丁丑	16戊寅	17己卯	18庚辰	19辛巳	20壬午	21癸未	22甲申	23乙酉	24丙戌	25丁亥
	十一月	戊子	26戊子	27己丑	28庚寅	29辛卯	30壬辰	十二1癸巳	2甲午	3乙未	4丙申	5丁酉	6戊戌	7己亥	8庚子	9辛丑	10壬寅	11癸卯	12甲辰	13乙巳	14丙午	15丁未	16戊申	17己酉	18庚戌	19辛亥	20壬子	21癸丑	22甲寅	23乙卯	24丙辰	25丁巳
	十二月	己丑	26戊午	27己未	28庚申	29辛酉	30壬戌	31癸亥	一1甲子	2乙丑	3丙寅	4丁卯	5戊辰	6己巳	7庚午	8辛未	9壬申	10癸酉	11甲戌	12乙亥	13丙子	14丁丑	15戊寅	16己卯	17庚辰	18辛巳	19壬午	20癸未	21甲申	22乙酉	23丙戌	
辛巳年（蛇）民國九〇～九一年（2001～2002）	正月	庚寅	24丁亥	25戊子	26己丑	27庚寅	28辛卯	29壬辰	30癸巳	31甲午	二1乙未	2丙申	3丁酉	4戊戌	5己亥	6庚子	7辛丑	8壬寅	9癸卯	10甲辰	11乙巳	12丙午	13丁未	14戊申	15己酉	16庚戌	17辛亥	18壬子	19癸丑	20甲寅	21乙卯	22丙辰
	二月	辛卯	23丁巳	24戊午	25己未	26庚申	27辛酉	28壬戌	三1癸亥	2甲子	3乙丑	4丙寅	5丁卯	6戊辰	7己巳	8庚午	9辛未	10壬申	11癸酉	12甲戌	13乙亥	14丙子	15丁丑	16戊寅	17己卯	18庚辰	19辛巳	20壬午	21癸未	22甲申	23乙酉	24丙戌
	三月	壬辰	25丁亥	26戊子	27己丑	28庚寅	29辛卯	30壬辰	31癸巳	四1甲午	2乙未	3丙申	4丁酉	5戊戌	6己亥	7庚子	8辛丑	9壬寅	10癸卯	11甲辰	12乙巳	13丙午	14丁未	15戊申	16己酉	17庚戌	18辛亥	19壬子	20癸丑	21甲寅	22乙卯	
	四月	癸巳	23丙辰	24丁巳	25戊午	26己未	27庚申	28辛酉	29壬戌	30癸亥	五1甲子	2乙丑	3丙寅	4丁卯	5戊辰	6己巳	7庚午	8辛未	9壬申	10癸酉	11甲戌	12乙亥	13丙子	14丁丑	15戊寅	16己卯	17庚辰	18辛巳	19壬午	20癸未	21甲申	22乙酉
	閏四月		23丙戌	24丁亥	25戊子	26己丑	27庚寅	28辛卯	29壬辰	30癸巳	31甲午	六1乙未	2丙申	3丁酉	4戊戌	5己亥	6庚子	7辛丑	8壬寅	9癸卯	10甲辰	11乙巳	12丙午	13丁未	14戊申	15己酉	16庚戌	17辛亥	18壬子	19癸丑	20甲寅	
	五月	甲午	21乙卯	22丙辰	23丁巳	24戊午	25己未	26庚申	27辛酉	28壬戌	29癸亥	30甲子	七1乙丑	2丙寅	3丁卯	4戊辰	5己巳	6庚午	7辛未	8壬申	9癸酉	10甲戌	11乙亥	12丙子	13丁丑	14戊寅	15己卯	16庚辰	17辛巳	18壬午	19癸未	20甲申
	六月	乙未	21乙酉	22丙戌	23丁亥	24戊子	25己丑	26庚寅	27辛卯	28壬辰	29癸巳	30甲午	31乙未	八1丙申	2丁酉	3戊戌	4己亥	5庚子	6辛丑	7壬寅	8癸卯	9甲辰	10乙巳	11丙午	12丁未	13戊申	14己酉	15庚戌	16辛亥	17壬子	18癸丑	
	七月	丙申	19甲寅	20乙卯	21丙辰	22丁巳	23戊午	24己未	25庚申	26辛酉	27壬戌	28癸亥	29甲子	30乙丑	31丙寅	九1丁卯	2戊辰	3己巳	4庚午	5辛未	6壬申	7癸酉	8甲戌	9乙亥	10丙子	11丁丑	12戊寅	13己卯	14庚辰	15辛巳	16壬午	
	八月	丁酉	17癸未	18甲申	19乙酉	20丙戌	21丁亥	22戊子	23己丑	24庚寅	25辛卯	26壬辰	27癸巳	28甲午	29乙未	30丙申	十1丁酉	2戊戌	3己亥	4庚子	5辛丑	6壬寅	7癸卯	8甲辰	9乙巳	10丙午	11丁未	12戊申	13己酉	14庚戌	15辛亥	16壬子
	九月	戊戌	17癸丑	18甲寅	19乙卯	20丙辰	21丁巳	22戊午	23己未	24庚申	25辛酉	26壬戌	27癸亥	28甲子	29乙丑	30丙寅	31丁卯	十一1戊辰	2己巳	3庚午	4辛未	5壬申	6癸酉	7甲戌	8乙亥	9丙子	10丁丑	11戊寅	12己卯	13庚辰	14辛巳	
	十月	己亥	15壬午	16癸未	17甲申	18乙酉	19丙戌	20丁亥	21戊子	22己丑	23庚寅	24辛卯	25壬辰	26癸巳	27甲午	28乙未	29丙申	30丁酉	十二1戊戌	2己亥	3庚子	4辛丑	5壬寅	6癸卯	7甲辰	8乙巳	9丙午	10丁未	11戊申	12己酉	13庚戌	14辛亥
	十一月	庚子	15壬子	16癸丑	17甲寅	18乙卯	19丙辰	20丁巳	21戊午	22己未	23庚申	24辛酉	25壬戌	26癸亥	27甲子	28乙丑	29丙寅	30丁卯	31戊辰	一1己巳	2庚午	3辛未	4壬申	5癸酉	6甲戌	7乙亥	8丙子	9丁丑	10戊寅	11己卯	12庚辰	
	十二月	辛丑	13辛巳	14壬午	15癸未	16甲申	17乙酉	18丙戌	19丁亥	20戊子	21己丑	22庚寅	23辛卯	24壬辰	25癸巳	26甲午	27乙未	28丙申	29丁酉	30戊戌	31己亥	二1庚子	2辛丑	3壬寅	4癸卯	5甲辰	6乙巳	7丙午	8丁未	9戊申	10己酉	11庚戌

年序	陰曆月序	陰曆月干支	初一	初二	初三	初四	初五	初六	初七	初八	初九	初十	十一	十二	十三	十四	十五	十六	十七	十八	十九	二十	廿一	廿二	廿三	廿四	廿五	廿六	廿七	廿八	廿九	三十
壬午年未(馬)民國九一～九二年(2002～2003)	正月	壬寅	12 辛亥	13 壬子	14 癸丑	15 甲寅	16 乙卯	17 丙辰	18 丁巳	19 戊午	20 己未	21 庚申	22 辛酉	23 壬戌	24 癸亥	25 甲子	26 乙丑	27 丙寅	28 丁卯	三1 戊辰	2 己巳	3 庚午	4 辛未	5 壬申	6 癸酉	7 甲戌	8 乙亥	9 丙子	10 丁丑	11 戊寅	12 己卯	13 庚辰
	二月	癸卯	14 辛巳	15 壬午	16 癸未	17 甲申	18 乙酉	19 丙戌	20 丁亥	21 戊子	22 己丑	23 庚寅	24 辛卯	25 壬辰	26 癸巳	27 甲午	28 乙未	29 丙申	30 丁酉	31 戊戌	四1 己亥	2 庚子	3 辛丑	4 壬寅	5 癸卯	6 甲辰	7 乙巳	8 丙午	9 丁未	10 戊申	11 己酉	12 庚戌
	三月	甲辰	13 辛亥	14 壬子	15 癸丑	16 甲寅	17 乙卯	18 丙辰	19 丁巳	20 戊午	21 己未	22 庚申	23 辛酉	24 壬戌	25 癸亥	26 甲子	27 乙丑	28 丙寅	29 丁卯	30 戊辰	五1 己巳	2 庚午	3 辛未	4 壬申	5 癸酉	6 甲戌	7 乙亥	8 丙子	9 丁丑	10 戊寅	11 己卯	
	四月	乙巳	12 庚辰	13 辛巳	14 壬午	15 癸未	16 甲申	17 乙酉	18 丙戌	19 丁亥	20 戊子	21 己丑	22 庚寅	23 辛卯	24 壬辰	25 癸巳	26 甲午	27 乙未	28 丙申	29 丁酉	30 戊戌	31 己亥	六1 庚子	2 辛丑	3 壬寅	4 癸卯	5 甲辰	6 乙巳	7 丙午	8 丁未	9 戊申	10 己酉
	五月	丙午	11 庚戌	12 辛亥	13 壬子	14 癸丑	15 甲寅	16 乙卯	17 丙辰	18 丁巳	19 戊午	20 己未	21 庚申	22 辛酉	23 壬戌	24 癸亥	25 甲子	26 乙丑	27 丙寅	28 丁卯	29 戊辰	30 己巳	七1 庚午	2 辛未	3 壬申	4 癸酉	5 甲戌	6 乙亥	7 丙子	8 丁丑	9 戊寅	
	六月	丁未	10 己卯	11 庚辰	12 辛巳	13 壬午	14 癸未	15 甲申	16 乙酉	17 丙戌	18 丁亥	19 戊子	20 己丑	21 庚寅	22 辛卯	23 壬辰	24 癸巳	25 甲午	26 乙未	27 丙申	28 丁酉	29 戊戌	30 己亥	31 庚子	八1 辛丑	2 壬寅	3 癸卯	4 甲辰	5 乙巳	6 丙午	7 丁未	8 戊申
	七月	戊申	9 己酉	10 庚戌	11 辛亥	12 壬子	13 癸丑	14 甲寅	15 乙卯	16 丙辰	17 丁巳	18 戊午	19 己未	20 庚申	21 辛酉	22 壬戌	23 癸亥	24 甲子	25 乙丑	26 丙寅	27 丁卯	28 戊辰	29 己巳	30 庚午	31 辛未	九1 壬申	2 癸酉	3 甲戌	4 乙亥	5 丙子	6 丁丑	
	八月	己酉	7 戊寅	8 己卯	9 庚辰	10 辛巳	11 壬午	12 癸未	13 甲申	14 乙酉	15 丙戌	16 丁亥	17 戊子	18 己丑	19 庚寅	20 辛卯	21 壬辰	22 癸巳	23 甲午	24 乙未	25 丙申	26 丁酉	27 戊戌	28 己亥	29 庚子	30 辛丑	十1 壬寅	2 癸卯	3 甲辰	4 乙巳	5 丙午	
	九月	庚戌	6 丁未	7 戊申	8 己酉	9 庚戌	10 辛亥	11 壬子	12 癸丑	13 甲寅	14 乙卯	15 丙辰	16 丁巳	17 戊午	18 己未	19 庚申	20 辛酉	21 壬戌	22 癸亥	23 甲子	24 乙丑	25 丙寅	26 丁卯	27 戊辰	28 己巳	29 庚午	30 辛未	31 壬申	十一1 癸酉	2 甲戌	3 乙亥	4 丙子
	十月	辛亥	5 丁丑	6 戊寅	7 己卯	8 庚辰	9 辛巳	10 壬午	11 癸未	12 甲申	13 乙酉	14 丙戌	15 丁亥	16 戊子	17 己丑	18 庚寅	19 辛卯	20 壬辰	21 癸巳	22 甲午	23 乙未	24 丙申	25 丁酉	26 戊戌	27 己亥	28 庚子	29 辛丑	30 壬寅	十二1 癸卯	2 甲辰	3 乙巳	
	十一月	壬子	4 丙午	5 丁未	6 戊申	7 己酉	8 庚戌	9 辛亥	10 壬子	11 癸丑	12 甲寅	13 乙卯	14 丙辰	15 丁巳	16 戊午	17 己未	18 庚申	19 辛酉	20 壬戌	21 癸亥	22 甲子	23 乙丑	24 丙寅	25 丁卯	26 戊辰	27 己巳	28 庚午	29 辛未	30 壬申	31 癸酉	一1 甲戌	2 乙亥
	十二月	癸丑	3 丙子	4 丁丑	5 戊寅	6 己卯	7 庚辰	8 辛巳	9 壬午	10 癸未	11 甲申	12 乙酉	13 丙戌	14 丁亥	15 戊子	16 己丑	17 庚寅	18 辛卯	19 壬辰	20 癸巳	21 甲午	22 乙未	23 丙申	24 丁酉	25 戊戌	26 己亥	27 庚子	28 辛丑	29 壬寅	30 癸卯	31 甲辰	
癸未年(羊)民國九二～九三年(2003～2004)	正月	甲寅	二1 乙巳	2 丙午	3 丁未	4 戊申	5 己酉	6 庚戌	7 辛亥	8 壬子	9 癸丑	10 甲寅	11 乙卯	12 丙辰	13 丁巳	14 戊午	15 己未	16 庚申	17 辛酉	18 壬戌	19 癸亥	20 甲子	21 乙丑	22 丙寅	23 丁卯	24 戊辰	25 己巳	26 庚午	27 辛未	28 壬申	三1 癸酉	2 甲戌
	二月	乙卯	3 乙亥	4 丙子	5 丁丑	6 戊寅	7 己卯	8 庚辰	9 辛巳	10 壬午	11 癸未	12 甲申	13 乙酉	14 丙戌	15 丁亥	16 戊子	17 己丑	18 庚寅	19 辛卯	20 壬辰	21 癸巳	22 甲午	23 乙未	24 丙申	25 丁酉	26 戊戌	27 己亥	28 庚子	29 辛丑	30 壬寅	31 癸卯	四1 甲辰
	三月	丙辰	2 乙巳	3 丙午	4 丁未	5 戊申	6 己酉	7 庚戌	8 辛亥	9 壬子	10 癸丑	11 甲寅	12 乙卯	13 丙辰	14 丁巳	15 戊午	16 己未	17 庚申	18 辛酉	19 壬戌	20 癸亥	21 甲子	22 乙丑	23 丙寅	24 丁卯	25 戊辰	26 己巳	27 庚午	28 辛未	29 壬申	30 癸酉	
	四月	丁巳	五1 甲戌	2 乙亥	3 丙子	4 丁丑	5 戊寅	6 己卯	7 庚辰	8 辛巳	9 壬午	10 癸未	11 甲申	12 乙酉	13 丙戌	14 丁亥	15 戊子	16 己丑	17 庚寅	18 辛卯	19 壬辰	20 癸巳	21 甲午	22 乙未	23 丙申	24 丁酉	25 戊戌	26 己亥	27 庚子	28 辛丑	29 壬寅	30 癸卯
	五月	戊午	31 甲辰	六1 乙巳	2 丙午	3 丁未	4 戊申	5 己酉	6 庚戌	7 辛亥	8 壬子	9 癸丑	10 甲寅	11 乙卯	12 丙辰	13 丁巳	14 戊午	15 己未	16 庚申	17 辛酉	18 壬戌	19 癸亥	20 甲子	21 乙丑	22 丙寅	23 丁卯	24 戊辰	25 己巳	26 庚午	27 辛未	28 壬申	29 癸酉
	六月	己未	30 甲戌	七1 乙亥	2 丙子	3 丁丑	4 戊寅	5 己卯	6 庚辰	7 辛巳	8 壬午	9 癸未	10 甲申	11 乙酉	12 丙戌	13 丁亥	14 戊子	15 己丑	16 庚寅	17 辛卯	18 壬辰	19 癸巳	20 甲午	21 乙未	22 丙申	23 丁酉	24 戊戌	25 己亥	26 庚子	27 辛丑	28 壬寅	
	七月	庚申	29 癸卯	30 甲辰	31 乙巳	八1 丙午	2 丁未	3 戊申	4 己酉	5 庚戌	6 辛亥	7 壬子	8 癸丑	9 甲寅	10 乙卯	11 丙辰	12 丁巳	13 戊午	14 己未	15 庚申	16 辛酉	17 壬戌	18 癸亥	19 甲子	20 乙丑	21 丙寅	22 丁卯	23 戊辰	24 己巳	25 庚午	26 辛未	27 壬申
	八月	辛酉	28 癸酉	29 甲戌	30 乙亥	31 丙子	九1 丁丑	2 戊寅	3 己卯	4 庚辰	5 辛巳	6 壬午	7 癸未	8 甲申	9 乙酉	10 丙戌	11 丁亥	12 戊子	13 己丑	14 庚寅	15 辛卯	16 壬辰	17 癸巳	18 甲午	19 乙未	20 丙申	21 丁酉	22 戊戌	23 己亥	24 庚子	25 辛丑	
	九月	壬戌	26 壬寅	27 癸卯	28 甲辰	29 乙巳	30 丙午	十1 丁未	2 戊申	3 己酉	4 庚戌	5 辛亥	6 壬子	7 癸丑	8 甲寅	9 乙卯	10 丙辰	11 丁巳	12 戊午	13 己未	14 庚申	15 辛酉	16 壬戌	17 癸亥	18 甲子	19 乙丑	20 丙寅	21 丁卯	22 戊辰	23 己巳	24 庚午	
	十月	癸亥	25 辛未	26 壬申	27 癸酉	28 甲戌	29 乙亥	30 丙子	31 丁丑	十一1 戊寅	2 己卯	3 庚辰	4 辛巳	5 壬午	6 癸未	7 甲申	8 乙酉	9 丙戌	10 丁亥	11 戊子	12 己丑	13 庚寅	14 辛卯	15 壬辰	16 癸巳	17 甲午	18 乙未	19 丙申	20 丁酉	21 戊戌	22 己亥	23 庚子
	十一月	甲子	24 辛丑	25 壬寅	26 癸卯	27 甲辰	28 乙巳	29 丙午	30 丁未	十二1 戊申	2 己酉	3 庚戌	4 辛亥	5 壬子	6 癸丑	7 甲寅	8 乙卯	9 丙辰	10 丁巳	11 戊午	12 己未	13 庚申	14 辛酉	15 壬戌	16 癸亥	17 甲子	18 乙丑	19 丙寅	20 丁卯	21 戊辰	22 己巳	
	十二月	乙丑	23 庚午	24 辛未	25 壬申	26 癸酉	27 甲戌	28 乙亥	29 丙子	30 丁丑	31 戊寅	一1 己卯	2 庚辰	3 辛巳	4 壬午	5 癸未	6 甲申	7 乙酉	8 丙戌	9 丁亥	10 戊子	11 己丑	12 庚寅	13 辛卯	14 壬辰	15 癸巳	16 甲午	17 乙未	18 丙申	19 丁酉	20 戊戌	21 己亥

年序	陰曆月序	陰曆月干支 \ 陽曆月日 陰曆日干支 \ 陰曆日序	初一	初二	初三	初四	初五	初六	初七	初八	初九	初十	十一	十二	十三	十四	十五	十六	十七	十八	十九	二十	廿一	廿二	廿三	廿四	廿五	廿六	廿七	廿八	廿九	三十
甲申年（猴）民國九三～九四年（2004～2005）	正月	丙寅	22庚子	23辛丑	24壬寅	25癸卯	26甲辰	27乙巳	28丙午	29丁未	30戊申	31己酉	二1庚戌	2辛亥	3壬子	4癸丑	5甲寅	6乙卯	7丙辰	8丁巳	9戊午	10己未	11庚申	12辛酉	13壬戌	14癸亥	15甲子	16乙丑	17丙寅	18丁卯	19戊辰	
	二月	丁卯	20己巳	21庚午	22辛未	23壬申	24癸酉	25甲戌	26乙亥	27丙子	28丁丑	29戊寅	三1己卯	2庚辰	3辛巳	4壬午	5癸未	6甲申	7乙酉	8丙戌	9丁亥	10戊子	11己丑	12庚寅	13辛卯	14壬辰	15癸巳	16甲午	17乙未	18丙申	19丁酉	20戊戌
	閏二月		21己亥	22庚子	23辛丑	24壬寅	25癸卯	26甲辰	27乙巳	28丙午	29丁未	30戊申	31己酉	四1庚戌	2辛亥	3壬子	4癸丑	5甲寅	6乙卯	7丙辰	8丁巳	9戊午	10己未	11庚申	12辛酉	13壬戌	14癸亥	15甲子	16乙丑	17丙寅	18丁卯	
	三月	戊辰	19戊辰	20己巳	21庚午	22辛未	23壬申	24癸酉	25甲戌	26乙亥	27丙子	28丁丑	29戊寅	30己卯	五1庚辰	2辛巳	3壬午	4癸未	5甲申	6乙酉	7丙戌	8丁亥	9戊子	10己丑	11庚寅	12辛卯	13壬辰	14癸巳	15甲午	16乙未	17丙申	18丁酉
	四月	己巳	19戊戌	20己亥	21庚子	22辛丑	23壬寅	24癸卯	25甲辰	26乙巳	27丙午	28丁未	29戊申	30己酉	31庚戌	六1辛亥	2壬子	3癸丑	4甲寅	5乙卯	6丙辰	7丁巳	8戊午	9己未	10庚申	11辛酉	12壬戌	13癸亥	14甲子	15乙丑	16丙寅	17丁卯
	五月	庚午	18戊辰	19己巳	20庚午	21辛未	22壬申	23癸酉	24甲戌	25乙亥	26丙子	27丁丑	28戊寅	29己卯	30庚辰	七1辛巳	2壬午	3癸未	4甲申	5乙酉	6丙戌	7丁亥	8戊子	9己丑	10庚寅	11辛卯	12壬辰	13癸巳	14甲午	15乙未	16丙申	
	六月	辛未	17丁酉	18戊戌	19己亥	20庚子	21辛丑	22壬寅	23癸卯	24甲辰	25乙巳	26丙午	27丁未	28戊申	29己酉	30庚戌	31辛亥	八1壬子	2癸丑	3甲寅	4乙卯	5丙辰	6丁巳	7戊午	8己未	9庚申	10辛酉	11壬戌	12癸亥	13甲子	14乙丑	15丙寅
	七月	壬申	16丁卯	17戊辰	18己巳	19庚午	20辛未	21壬申	22癸酉	23甲戌	24乙亥	25丙子	26丁丑	27戊寅	28己卯	29庚辰	30辛巳	31壬午	九1癸未	2甲申	3乙酉	4丙戌	5丁亥	6戊子	7己丑	8庚寅	9辛卯	10壬辰	11癸巳	12甲午	13乙未	
	八月	癸酉	14丙申	15丁酉	16戊戌	17己亥	18庚子	19辛丑	20壬寅	21癸卯	22甲辰	23乙巳	24丙午	25丁未	26戊申	27己酉	28庚戌	29辛亥	30壬子	十1癸丑	2甲寅	3乙卯	4丙辰	5丁巳	6戊午	7己未	8庚申	9辛酉	10壬戌	11癸亥	12甲子	13乙丑
	九月	甲戌	14丙寅	15丁卯	16戊辰	17己巳	18庚午	19辛未	20壬申	21癸酉	22甲戌	23乙亥	24丙子	25丁丑	26戊寅	27己卯	28庚辰	29辛巳	30壬午	31癸未	十一1甲申	2乙酉	3丙戌	4丁亥	5戊子	6己丑	7庚寅	8辛卯	9壬辰	10癸巳	11甲午	
	十月	乙亥	12乙未	13丙申	14丁酉	15戊戌	16己亥	17庚子	18辛丑	19壬寅	20癸卯	21甲辰	22乙巳	23丙午	24丁未	25戊申	26己酉	27庚戌	28辛亥	29壬子	30癸丑	十二1甲寅	2乙卯	3丙辰	4丁巳	5戊午	6己未	7庚申	8辛酉	9壬戌	10癸亥	11甲子
	十一月	丙子	12乙丑	13丙寅	14丁卯	15戊辰	16己巳	17庚午	18辛未	19壬申	20癸酉	21甲戌	22乙亥	23丙子	24丁丑	25戊寅	26己卯	27庚辰	28辛巳	29壬午	30癸未	31甲申	一1乙酉	2丙戌	3丁亥	4戊子	5己丑	6庚寅	7辛卯	8壬辰	9癸巳	
	十二月	丁丑	10甲午	11乙未	12丙申	13丁酉	14戊戌	15己亥	16庚子	17辛丑	18壬寅	19癸卯	20甲辰	21乙巳	22丙午	23丁未	24戊申	25己酉	26庚戌	27辛亥	28壬子	29癸丑	30甲寅	31乙卯	二1丙辰	2丁巳	3戊午	4己未	5庚申	6辛酉	7壬戌	8癸亥
乙酉年（雞）民國九四～九五年（2005～2006）	正月	戊寅	9甲子	10乙丑	11丙寅	12丁卯	13戊辰	14己巳	15庚午	16辛未	17壬申	18癸酉	19甲戌	20乙亥	21丙子	22丁丑	23戊寅	24己卯	25庚辰	26辛巳	27壬午	28癸未	三1甲申	2乙酉	3丙戌	4丁亥	5戊子	6己丑	7庚寅	8辛卯	9壬辰	
	二月	己卯	10癸巳	11甲午	12乙未	13丙申	14丁酉	15戊戌	16己亥	17庚子	18辛丑	19壬寅	20癸卯	21甲辰	22乙巳	23丙午	24丁未	25戊申	26己酉	27庚戌	28辛亥	29壬子	30癸丑	31甲寅	四1乙卯	2丙辰	3丁巳	4戊午	5己未	6庚申	7辛酉	8壬戌
	三月	庚辰	9癸亥	10甲子	11乙丑	12丙寅	13丁卯	14戊辰	15己巳	16庚午	17辛未	18壬申	19癸酉	20甲戌	21乙亥	22丙子	23丁丑	24戊寅	25己卯	26庚辰	27辛巳	28壬午	29癸未	30甲申	五1乙酉	2丙戌	3丁亥	4戊子	5己丑	6庚寅	7辛卯	
	四月	辛巳	8壬辰	9癸巳	10甲午	11乙未	12丙申	13丁酉	14戊戌	15己亥	16庚子	17辛丑	18壬寅	19癸卯	20甲辰	21乙巳	22丙午	23丁未	24戊申	25己酉	26庚戌	27辛亥	28壬子	29癸丑	30甲寅	31乙卯	六1丙辰	2丁巳	3戊午	4己未	5庚申	6辛酉
	五月	壬午	7壬戌	8癸亥	9甲子	10乙丑	11丙寅	12丁卯	13戊辰	14己巳	15庚午	16辛未	17壬申	18癸酉	19甲戌	20乙亥	21丙子	22丁丑	23戊寅	24己卯	25庚辰	26辛巳	27壬午	28癸未	29甲申	30乙酉	七1丙戌	2丁亥	3戊子	4己丑	5庚寅	
	六月	癸未	6辛卯	7壬辰	8癸巳	9甲午	10乙未	11丙申	12丁酉	13戊戌	14己亥	15庚子	16辛丑	17壬寅	18癸卯	19甲辰	20乙巳	21丙午	22丁未	23戊申	24己酉	25庚戌	26辛亥	27壬子	28癸丑	29甲寅	30乙卯	31丙辰	八1丁巳	2戊午	3己未	4庚申
	七月	甲申	5辛酉	6壬戌	7癸亥	8甲子	9乙丑	10丙寅	11丁卯	12戊辰	13己巳	14庚午	15辛未	16壬申	17癸酉	18甲戌	19乙亥	20丙子	21丁丑	22戊寅	23己卯	24庚辰	25辛巳	26壬午	27癸未	28甲申	29乙酉	30丙戌	31丁亥	九1戊子	2己丑	3庚寅
	八月	乙酉	4辛卯	5壬辰	6癸巳	7甲午	8乙未	9丙申	10丁酉	11戊戌	12己亥	13庚子	14辛丑	15壬寅	16癸卯	17甲辰	18乙巳	19丙午	20丁未	21戊申	22己酉	23庚戌	24辛亥	25壬子	26癸丑	27甲寅	28乙卯	29丙辰	30丁巳	十1戊午	2己未	
	九月	丙戌	3庚申	4辛酉	5壬戌	6癸亥	7甲子	8乙丑	9丙寅	10丁卯	11戊辰	12己巳	13庚午	14辛未	15壬申	16癸酉	17甲戌	18乙亥	19丙子	20丁丑	21戊寅	22己卯	23庚辰	24辛巳	25壬午	26癸未	27甲申	28乙酉	29丙戌	30丁亥	31戊子	十一1己丑
	十月	丁亥	2庚寅	3辛卯	4壬辰	5癸巳	6甲午	7乙未	8丙申	9丁酉	10戊戌	11己亥	12庚子	13辛丑	14壬寅	15癸卯	16甲辰	17乙巳	18丙午	19丁未	20戊申	21己酉	22庚戌	23辛亥	24壬子	25癸丑	26甲寅	27乙卯	28丙辰	29丁巳	30戊午	
	十一月	戊子	十二1己未	2庚申	3辛酉	4壬戌	5癸亥	6甲子	7乙丑	8丙寅	9丁卯	10戊辰	11己巳	12庚午	13辛未	14壬申	15癸酉	16甲戌	17乙亥	18丙子	19丁丑	20戊寅	21己卯	22庚辰	23辛巳	24壬午	25癸未	26甲申	27乙酉	28丙戌	29丁亥	30戊子
	十二月	己丑	31己丑	一1庚寅	2辛卯	3壬辰	4癸巳	5甲午	6乙未	7丙申	8丁酉	9戊戌	10己亥	11庚子	12辛丑	13壬寅	14癸卯	15甲辰	16乙巳	17丙午	18丁未	19戊申	20己酉	21庚戌	22辛亥	23壬子	24癸丑	25甲寅	26乙卯	27丙辰	28丁巳	

年序	陰曆月序	陰曆月干支 \ 陽曆月日 陰曆日干支 \ 陰曆日序	初一	初二	初三	初四	初五	初六	初七	初八	初九	初十	十一	十二	十三	十四	十五	十六	十七	十八	十九	二十	廿一	廿二	廿三	廿四	廿五	廿六	廿七	廿八	廿九	三十
丙戌年（狗）民國九五～九六年（2006～2007）	正月	庚寅	29戊午	30己未	31庚申	二1辛酉	2壬戌	3癸亥	4甲子	5乙丑	6丙寅	7丁卯	8戊辰	9己巳	10庚午	11辛未	12壬申	13癸酉	14甲戌	15乙亥	16丙子	17丁丑	18戊寅	19己卯	20庚辰	21辛巳	22壬午	23癸未	24甲申	25乙酉	26丙戌	27丁亥
	二月	辛卯	28戊子	三1己丑	2庚寅	3辛卯	4壬辰	5癸巳	6甲午	7乙未	8丙申	9丁酉	10戊戌	11己亥	12庚子	13辛丑	14壬寅	15癸卯	16甲辰	17乙巳	18丙午	19丁未	20戊申	21己酉	22庚戌	23辛亥	24壬子	25癸丑	26甲寅	27乙卯	28丙辰	
	三月	壬辰	29丁巳	30戊午	31己未	四1庚申	2辛酉	3壬戌	4癸亥	5甲子	6乙丑	7丙寅	8丁卯	9戊辰	10己巳	11庚午	12辛未	13壬申	14癸酉	15甲戌	16乙亥	17丙子	18丁丑	19戊寅	20己卯	21庚辰	22辛巳	23壬午	24癸未	25甲申	26乙酉	27丙戌
	四月	癸巳	28丁亥	29戊子	30己丑	五1庚寅	2辛卯	3壬辰	4癸巳	5甲午	6乙未	7丙申	8丁酉	9戊戌	10己亥	11庚子	12辛丑	13壬寅	14癸卯	15甲辰	16乙巳	17丙午	18丁未	19戊申	20己酉	21庚戌	22辛亥	23壬子	24癸丑	25甲寅	26乙卯	
	五月	甲午	27丙辰	28丁巳	29戊午	30己未	31庚申	六1辛酉	2壬戌	3癸亥	4甲子	5乙丑	6丙寅	7丁卯	8戊辰	9己巳	10庚午	11辛未	12壬申	13癸酉	14甲戌	15乙亥	16丙子	17丁丑	18戊寅	19己卯	20庚辰	21辛巳	22壬午	23癸未	24甲申	25乙酉
	六月	乙未	26丙戌	27丁亥	28戊子	29己丑	30庚寅	七1辛卯	2壬辰	3癸巳	4甲午	5乙未	6丙申	7丁酉	8戊戌	9己亥	10庚子	11辛丑	12壬寅	13癸卯	14甲辰	15乙巳	16丙午	17丁未	18戊申	19己酉	20庚戌	21辛亥	22壬子	23癸丑	24甲寅	
	七月	丙申	25乙卯	26丙辰	27丁巳	28戊午	29己未	30庚申	31辛酉	八1壬戌	2癸亥	3甲子	4乙丑	5丙寅	6丁卯	7戊辰	8己巳	9庚午	10辛未	11壬申	12癸酉	13甲戌	14乙亥	15丙子	16丁丑	17戊寅	18己卯	19庚辰	20辛巳	21壬午	22癸未	23甲申
	閏七月		24乙酉	25丙戌	26丁亥	27戊子	28己丑	29庚寅	30辛卯	31壬辰	九1癸巳	2甲午	3乙未	4丙申	5丁酉	6戊戌	7己亥	8庚子	9辛丑	10壬寅	11癸卯	12甲辰	13乙巳	14丙午	15丁未	16戊申	17己酉	18庚戌	19辛亥	20壬子	21癸丑	
	八月	丁酉	22甲寅	23乙卯	24丙辰	25丁巳	26戊午	27己未	28庚申	29辛酉	30壬戌	十1癸亥	2甲子	3乙丑	4丙寅	5丁卯	6戊辰	7己巳	8庚午	9辛未	10壬申	11癸酉	12甲戌	13乙亥	14丙子	15丁丑	16戊寅	17己卯	18庚辰	19辛巳	20壬午	21癸未
	九月	戊戌	22甲申	23乙酉	24丙戌	25丁亥	26戊子	27己丑	28庚寅	29辛卯	30壬辰	31癸巳	十一1甲午	2乙未	3丙申	4丁酉	5戊戌	6己亥	7庚子	8辛丑	9壬寅	10癸卯	11甲辰	12乙巳	13丙午	14丁未	15戊申	16己酉	17庚戌	18辛亥	19壬子	20癸丑
	十月	己亥	21甲寅	22乙卯	23丙辰	24丁巳	25戊午	26己未	27庚申	28辛酉	29壬戌	30癸亥	十二1甲子	2乙丑	3丙寅	4丁卯	5戊辰	6己巳	7庚午	8辛未	9壬申	10癸酉	11甲戌	12乙亥	13丙子	14丁丑	15戊寅	16己卯	17庚辰	18辛巳	19壬午	
	十一月	庚子	20癸未	21甲申	22乙酉	23丙戌	24丁亥	25戊子	26己丑	27庚寅	28辛卯	29壬辰	30癸巳	31甲午	一1乙未	2丙申	3丁酉	4戊戌	5己亥	6庚子	7辛丑	8壬寅	9癸卯	10甲辰	11乙巳	12丙午	13丁未	14戊申	15己酉	16庚戌	17辛亥	18壬子
	十二月	辛丑	19癸丑	20甲寅	21乙卯	22丙辰	23丁巳	24戊午	25己未	26庚申	27辛酉	28壬戌	29癸亥	30甲子	31乙丑	二1丙寅	2丁卯	3戊辰	4己巳	5庚午	6辛未	7壬申	8癸酉	9甲戌	10乙亥	11丙子	12丁丑	13戊寅	14己卯	15庚辰	16辛巳	17壬午
丁亥年（豬）民國九六～九七年（2007～2008）	正月	壬寅	18癸未	19甲申	20乙酉	21丙戌	22丁亥	23戊子	24己丑	25庚寅	26辛卯	27壬辰	28癸巳	三1甲午	2乙未	3丙申	4丁酉	5戊戌	6己亥	7庚子	8辛丑	9壬寅	10癸卯	11甲辰	12乙巳	13丙午	14丁未	15戊申	16己酉	17庚戌	18辛亥	
	二月	癸卯	19壬子	20癸丑	21甲寅	22乙卯	23丙辰	24丁巳	25戊午	26己未	27庚申	28辛酉	29壬戌	30癸亥	31甲子	四1乙丑	2丙寅	3丁卯	4戊辰	5己巳	6庚午	7辛未	8壬申	9癸酉	10甲戌	11乙亥	12丙子	13丁丑	14戊寅	15己卯	16庚辰	
	三月	甲辰	17辛巳	18壬午	19癸未	20甲申	21乙酉	22丙戌	23丁亥	24戊子	25己丑	26庚寅	27辛卯	28壬辰	29癸巳	30甲午	五1乙未	2丙申	3丁酉	4戊戌	5己亥	6庚子	7辛丑	8壬寅	9癸卯	10甲辰	11乙巳	12丙午	13丁未	14戊申	15己酉	16庚戌
	四月	乙巳	17辛亥	18壬子	19癸丑	20甲寅	21乙卯	22丙辰	23丁巳	24戊午	25己未	26庚申	27辛酉	28壬戌	29癸亥	30甲子	31乙丑	六1丙寅	2丁卯	3戊辰	4己巳	5庚午	6辛未	7壬申	8癸酉	9甲戌	10乙亥	11丙子	12丁丑	13戊寅	14己卯	
	五月	丙午	15庚辰	16辛巳	17壬午	18癸未	19甲申	20乙酉	21丙戌	22丁亥	23戊子	24己丑	25庚寅	26辛卯	27壬辰	28癸巳	29甲午	30乙未	七1丙申	2丁酉	3戊戌	4己亥	5庚子	6辛丑	7壬寅	8癸卯	9甲辰	10乙巳	11丙午	12丁未	13戊申	
	六月	丁未	14己酉	15庚戌	16辛亥	17壬子	18癸丑	19甲寅	20乙卯	21丙辰	22丁巳	23戊午	24己未	25庚申	26辛酉	27壬戌	28癸亥	29甲子	30乙丑	31丙寅	八1丁卯	2戊辰	3己巳	4庚午	5辛未	6壬申	7癸酉	8甲戌	9乙亥	10丙子	11丁丑	12戊寅
	七月	戊申	13己卯	14庚辰	15辛巳	16壬午	17癸未	18甲申	19乙酉	20丙戌	21丁亥	22戊子	23己丑	24庚寅	25辛卯	26壬辰	27癸巳	28甲午	29乙未	30丙申	31丁酉	九1戊戌	2己亥	3庚子	4辛丑	5壬寅	6癸卯	7甲辰	8乙巳	9丙午	10丁未	
	八月	己酉	11戊申	12己酉	13庚戌	14辛亥	15壬子	16癸丑	17甲寅	18乙卯	19丙辰	20丁巳	21戊午	22己未	23庚申	24辛酉	25壬戌	26癸亥	27甲子	28乙丑	29丙寅	30丁卯	十1戊辰	2己巳	3庚午	4辛未	5壬申	6癸酉	7甲戌	8乙亥	9丙子	10丁丑
	九月	庚戌	11戊寅	12己卯	13庚辰	14辛巳	15壬午	16癸未	17甲申	18乙酉	19丙戌	20丁亥	21戊子	22己丑	23庚寅	24辛卯	25壬辰	26癸巳	27甲午	28乙未	29丙申	30丁酉	31戊戌	十一1己亥	2庚子	3辛丑	4壬寅	5癸卯	6甲辰	7乙巳	8丙午	9丁未
	十月	辛亥	10戊申	11己酉	12庚戌	13辛亥	14壬子	15癸丑	16甲寅	17乙卯	18丙辰	19丁巳	20戊午	21己未	22庚申	23辛酉	24壬戌	25癸亥	26甲子	27乙丑	28丙寅	29丁卯	30戊辰	十二1己巳	2庚午	3辛未	4壬申	5癸酉	6甲戌	7乙亥	8丙子	9丁丑
	十一月	壬子	10戊寅	11己卯	12庚辰	13辛巳	14壬午	15癸未	16甲申	17乙酉	18丙戌	19丁亥	20戊子	21己丑	22庚寅	23辛卯	24壬辰	25癸巳	26甲午	27乙未	28丙申	29丁酉	30戊戌	31己亥	一1庚子	2辛丑	3壬寅	4癸卯	5甲辰	6乙巳	7丙午	
	十二月	癸丑	8丁未	9戊申	10己酉	11庚戌	12辛亥	13壬子	14癸丑	15甲寅	16乙卯	17丙辰	18丁巳	19戊午	20己未	21庚申	22辛酉	23壬戌	24癸亥	25甲子	26乙丑	27丙寅	28丁卯	29戊辰	30己巳	31庚午	二1辛未	2壬申	3癸酉	4甲戌	5乙亥	6丙子

陰曆年序	陰曆月序	月干支	初一	初二	初三	初四	初五	初六	初七	初八	初九	初十	十一	十二	十三	十四	十五	十六	十七	十八	十九	二十	廿一	廿二	廿三	廿四	廿五	廿六	廿七	廿八	廿九	三十
戊子年（鼠）民國九七～九八年（2008～2009）	正月	甲寅	7 丁丑	8 戊寅	9 己卯	10 庚辰	11 辛巳	12 壬午	13 癸未	14 甲申	15 乙酉	16 丙戌	17 丁亥	18 戊子	19 己丑	20 庚寅	21 辛卯	22 壬辰	23 癸巳	24 甲午	25 乙未	26 丙申	27 丁酉	28 戊戌	29 己亥	三1 庚子	2 辛丑	3 壬寅	4 癸卯	5 甲辰	6 乙巳	7 丙午
	二月	乙卯	8 丁未	9 戊申	10 己酉	11 庚戌	12 辛亥	13 壬子	14 癸丑	15 甲寅	16 乙卯	17 丙辰	18 丁巳	19 戊午	20 己未	21 庚申	22 辛酉	23 壬戌	24 癸亥	25 甲子	26 乙丑	27 丙寅	28 丁卯	29 戊辰	30 己巳	31 庚午	四1 辛未	2 壬申	3 癸酉	4 甲戌	5 乙亥	
	三月	丙辰	6 丙子	7 丁丑	8 戊寅	9 己卯	10 庚辰	11 辛巳	12 壬午	13 癸未	14 甲申	15 乙酉	16 丙戌	17 丁亥	18 戊子	19 己丑	20 庚寅	21 辛卯	22 壬辰	23 癸巳	24 甲午	25 乙未	26 丙申	27 丁酉	28 戊戌	29 己亥	30 庚子	五1 辛丑	2 壬寅	3 癸卯	4 甲辰	
	四月	丁巳	5 乙巳	6 丙午	7 丁未	8 戊申	9 己酉	10 庚戌	11 辛亥	12 壬子	13 癸丑	14 甲寅	15 乙卯	16 丙辰	17 丁巳	18 戊午	19 己未	20 庚申	21 辛酉	22 壬戌	23 癸亥	24 甲子	25 乙丑	26 丙寅	27 丁卯	28 戊辰	29 己巳	30 庚午	31 辛未	六1 壬申	2 癸酉	3 甲戌
	五月	戊午	4 乙亥	5 丙子	6 丁丑	7 戊寅	8 己卯	9 庚辰	10 辛巳	11 壬午	12 癸未	13 甲申	14 乙酉	15 丙戌	16 丁亥	17 戊子	18 己丑	19 庚寅	20 辛卯	21 壬辰	22 癸巳	23 甲午	24 乙未	25 丙申	26 丁酉	27 戊戌	28 己亥	29 庚子	30 辛丑	七1 壬寅	2 癸卯	
	六月	己未	3 甲辰	4 乙巳	5 丙午	6 丁未	7 戊申	8 己酉	9 庚戌	10 辛亥	11 壬子	12 癸丑	13 甲寅	14 乙卯	15 丙辰	16 丁巳	17 戊午	18 己未	19 庚申	20 辛酉	21 壬戌	22 癸亥	23 甲子	24 乙丑	25 丙寅	26 丁卯	27 戊辰	28 己巳	29 庚午	30 辛未	31 壬申	
	七月	庚申	八1 癸酉	2 甲戌	3 乙亥	4 丙子	5 丁丑	6 戊寅	7 己卯	8 庚辰	9 辛巳	10 壬午	11 癸未	12 甲申	13 乙酉	14 丙戌	15 丁亥	16 戊子	17 己丑	18 庚寅	19 辛卯	20 壬辰	21 癸巳	22 甲午	23 乙未	24 丙申	25 丁酉	26 戊戌	27 己亥	28 庚子	29 辛丑	30 壬寅
	八月	辛酉	31 癸卯	九1 甲辰	2 乙巳	3 丙午	4 丁未	5 戊申	6 己酉	7 庚戌	8 辛亥	9 壬子	10 癸丑	11 甲寅	12 乙卯	13 丙辰	14 丁巳	15 戊午	16 己未	17 庚申	18 辛酉	19 壬戌	20 癸亥	21 甲子	22 乙丑	23 丙寅	24 丁卯	25 戊辰	26 己巳	27 庚午	28 辛未	
	九月	壬戌	29 壬申	30 癸酉	十1 甲戌	2 乙亥	3 丙子	4 丁丑	5 戊寅	6 己卯	7 庚辰	8 辛巳	9 壬午	10 癸未	11 甲申	12 乙酉	13 丙戌	14 丁亥	15 戊子	16 己丑	17 庚寅	18 辛卯	19 壬辰	20 癸巳	21 甲午	22 乙未	23 丙申	24 丁酉	25 戊戌	26 己亥	27 庚子	28 辛丑
	十月	癸亥	29 壬寅	30 癸卯	31 甲辰	十一1 乙巳	2 丙午	3 丁未	4 戊申	5 己酉	6 庚戌	7 辛亥	8 壬子	9 癸丑	10 甲寅	11 乙卯	12 丙辰	13 丁巳	14 戊午	15 己未	16 庚申	17 辛酉	18 壬戌	19 癸亥	20 甲子	21 乙丑	22 丙寅	23 丁卯	24 戊辰	25 己巳	26 庚午	27 辛未
	十一月	甲子	28 壬申	29 癸酉	30 甲戌	十二1 乙亥	2 丙子	3 丁丑	4 戊寅	5 己卯	6 庚辰	7 辛巳	8 壬午	9 癸未	10 甲申	11 乙酉	12 丙戌	13 丁亥	14 戊子	15 己丑	16 庚寅	17 辛卯	18 壬辰	19 癸巳	20 甲午	21 乙未	22 丙申	23 丁酉	24 戊戌	25 己亥	26 庚子	
	十二月	乙丑	27 辛丑	28 壬寅	29 癸卯	30 甲辰	31 乙巳	一1 丙午	2 丁未	3 戊申	4 己酉	5 庚戌	6 辛亥	7 壬子	8 癸丑	9 甲寅	10 乙卯	11 丙辰	12 丁巳	13 戊午	14 己未	15 庚申	16 辛酉	17 壬戌	18 癸亥	19 甲子	20 乙丑	21 丙寅	22 丁卯	23 戊辰	24 己巳	25 庚午
己丑年（牛）民國九八～九九年（2009～2010）	正月	丙寅	26 辛未	27 壬申	28 癸酉	29 甲戌	30 乙亥	31 丙子	二1 丁丑	2 戊寅	3 己卯	4 庚辰	5 辛巳	6 壬午	7 癸未	8 甲申	9 乙酉	10 丙戌	11 丁亥	12 戊子	13 己丑	14 庚寅	15 辛卯	16 壬辰	17 癸巳	18 甲午	19 乙未	20 丙申	21 丁酉	22 戊戌	23 己亥	24 庚子
	二月	丁卯	25 辛丑	26 壬寅	27 癸卯	28 甲辰	三1 乙巳	2 丙午	3 丁未	4 戊申	5 己酉	6 庚戌	7 辛亥	8 壬子	9 癸丑	10 甲寅	11 乙卯	12 丙辰	13 丁巳	14 戊午	15 己未	16 庚申	17 辛酉	18 壬戌	19 癸亥	20 甲子	21 乙丑	22 丙寅	23 丁卯	24 戊辰	25 己巳	26 庚午
	三月	戊辰	27 辛未	28 壬申	29 癸酉	30 甲戌	31 乙亥	四1 丙子	2 丁丑	3 戊寅	4 己卯	5 庚辰	6 辛巳	7 壬午	8 癸未	9 甲申	10 乙酉	11 丙戌	12 丁亥	13 戊子	14 己丑	15 庚寅	16 辛卯	17 壬辰	18 癸巳	19 甲午	20 乙未	21 丙申	22 丁酉	23 戊戌	24 己亥	
	四月	己巳	25 庚子	26 辛丑	27 壬寅	28 癸卯	29 甲辰	30 乙巳	五1 丙午	2 丁未	3 戊申	4 己酉	5 庚戌	6 辛亥	7 壬子	8 癸丑	9 甲寅	10 乙卯	11 丙辰	12 丁巳	13 戊午	14 己未	15 庚申	16 辛酉	17 壬戌	18 癸亥	19 甲子	20 乙丑	21 丙寅	22 丁卯	23 戊辰	
	五月	庚午	24 己巳	25 庚午	26 辛未	27 壬申	28 癸酉	29 甲戌	30 乙亥	31 丙子	六1 丁丑	2 戊寅	3 己卯	4 庚辰	5 辛巳	6 壬午	7 癸未	8 甲申	9 乙酉	10 丙戌	11 丁亥	12 戊子	13 己丑	14 庚寅	15 辛卯	16 壬辰	17 癸巳	18 甲午	19 乙未	20 丙申	21 丁酉	22 戊戌
	閏五月		23 己亥	24 庚子	25 辛丑	26 壬寅	27 癸卯	28 甲辰	29 乙巳	30 丙午	七1 丁未	2 戊申	3 己酉	4 庚戌	5 辛亥	6 壬子	7 癸丑	8 甲寅	9 乙卯	10 丙辰	11 丁巳	12 戊午	13 己未	14 庚申	15 辛酉	16 壬戌	17 癸亥	18 甲子	19 乙丑	20 丙寅	21 丁卯	
	六月	辛未	22 戊辰	23 己巳	24 庚午	25 辛未	26 壬申	27 癸酉	28 甲戌	29 乙亥	30 丙子	31 丁丑	八1 戊寅	2 己卯	3 庚辰	4 辛巳	5 壬午	6 癸未	7 甲申	8 乙酉	9 丙戌	10 丁亥	11 戊子	12 己丑	13 庚寅	14 辛卯	15 壬辰	16 癸巳	17 甲午	18 乙未	19 丙申	
	七月	壬申	20 丁酉	21 戊戌	22 己亥	23 庚子	24 辛丑	25 壬寅	26 癸卯	27 甲辰	28 乙巳	29 丙午	30 丁未	31 戊申	九1 己酉	2 庚戌	3 辛亥	4 壬子	5 癸丑	6 甲寅	7 乙卯	8 丙辰	9 丁巳	10 戊午	11 己未	12 庚申	13 辛酉	14 壬戌	15 癸亥	16 甲子	17 乙丑	18 丙寅
	八月	癸酉	19 丁卯	20 戊辰	21 己巳	22 庚午	23 辛未	24 壬申	25 癸酉	26 甲戌	27 乙亥	28 丙子	29 丁丑	30 戊寅	十1 己卯	2 庚辰	3 辛巳	4 壬午	5 癸未	6 甲申	7 乙酉	8 丙戌	9 丁亥	10 戊子	11 己丑	12 庚寅	13 辛卯	14 壬辰	15 癸巳	16 甲午	17 乙未	
	九月	甲戌	18 丙申	19 丁酉	20 戊戌	21 己亥	22 庚子	23 辛丑	24 壬寅	25 癸卯	26 甲辰	27 乙巳	28 丙午	29 丁未	30 戊申	31 己酉	十一1 庚戌	2 辛亥	3 壬子	4 癸丑	5 甲寅	6 乙卯	7 丙辰	8 丁巳	9 戊午	10 己未	11 庚申	12 辛酉	13 壬戌	14 癸亥	15 甲子	16 乙丑
	十月	乙亥	17 丙寅	18 丁卯	19 戊辰	20 己巳	21 庚午	22 辛未	23 壬申	24 癸酉	25 甲戌	26 乙亥	27 丙子	28 丁丑	29 戊寅	30 己卯	十二1 庚辰	2 辛巳	3 壬午	4 癸未	5 甲申	6 乙酉	7 丙戌	8 丁亥	9 戊子	10 己丑	11 庚寅	12 辛卯	13 壬辰	14 癸巳	15 甲午	
	十一月	丙子	16 乙未	17 丙申	18 丁酉	19 戊戌	20 己亥	21 庚子	22 辛丑	23 壬寅	24 癸卯	25 甲辰	26 乙巳	27 丙午	28 丁未	29 戊申	30 己酉	31 庚戌	一1 辛亥	2 壬子	3 癸丑	4 甲寅	5 乙卯	6 丙辰	7 丁巳	8 戊午	9 己未	10 庚申	11 辛酉	12 壬戌	13 癸亥	14 甲子
	十二月	丁丑	15 乙丑	16 丙寅	17 丁卯	18 戊辰	19 己巳	20 庚午	21 辛未	22 壬申	23 癸酉	24 甲戌	25 乙亥	26 丙子	27 丁丑	28 戊寅	29 己卯	30 庚辰	31 辛巳	二1 壬午	2 癸未	3 甲申	4 乙酉	5 丙戌	6 丁亥	7 戊子	8 己丑	9 庚寅	10 辛卯	11 壬辰	12 癸巳	13 甲午

年序	陰曆月序	月干支	初一	初二	初三	初四	初五	初六	初七	初八	初九	初十	十一	十二	十三	十四	十五	十六	十七	十八	十九	二十	廿一	廿二	廿三	廿四	廿五	廿六	廿七	廿八	廿九	三十
庚寅年（虎）民國九九～一〇〇年（2010～2011）	正月	戊寅	14乙未	15丙申	16丁酉	17戊戌	18己亥	19庚子	20辛丑	21壬寅	22癸卯	23甲辰	24乙巳	25丙午	26丁未	27戊申	28己酉	三1庚戌	2辛亥	3壬子	4癸丑	5甲寅	6乙卯	7丙辰	8丁巳	9戊午	10己未	11庚申	12辛酉	13壬戌	14癸亥	15甲子
	二月	己卯	16乙丑	17丙寅	18丁卯	19戊辰	20己巳	21庚午	22辛未	23壬申	24癸酉	25甲戌	26乙亥	27丙子	28丁丑	29戊寅	30己卯	31庚辰	四1辛巳	2壬午	3癸未	4甲申	5乙酉	6丙戌	7丁亥	8戊子	9己丑	10庚寅	11辛卯	12壬辰	13癸巳	
	三月	庚辰	14甲午	15乙未	16丙申	17丁酉	18戊戌	19己亥	20庚子	21辛丑	22壬寅	23癸卯	24甲辰	25乙巳	26丙午	27丁未	28戊申	29己酉	30庚戌	五1辛亥	2壬子	3癸丑	4甲寅	5乙卯	6丙辰	7丁巳	8戊午	9己未	10庚申	11辛酉	12壬戌	13癸亥
	四月	辛巳	14甲子	15乙丑	16丙寅	17丁卯	18戊辰	19己巳	20庚午	21辛未	22壬申	23癸酉	24甲戌	25乙亥	26丙子	27丁丑	28戊寅	29己卯	30庚辰	31辛巳	六1壬午	2癸未	3甲申	4乙酉	5丙戌	6丁亥	7戊子	8己丑	9庚寅	10辛卯	11壬辰	
	五月	壬午	12癸巳	13甲午	14乙未	15丙申	16丁酉	17戊戌	18己亥	19庚子	20辛丑	21壬寅	22癸卯	23甲辰	24乙巳	25丙午	26丁未	27戊申	28己酉	29庚戌	30辛亥	七1壬子	2癸丑	3甲寅	4乙卯	5丙辰	6丁巳	7戊午	8己未	9庚申	10辛酉	11壬戌
	六月	癸未	12癸亥	13甲子	14乙丑	15丙寅	16丁卯	17戊辰	18己巳	19庚午	20辛未	21壬申	22癸酉	23甲戌	24乙亥	25丙子	26丁丑	27戊寅	28己卯	29庚辰	30辛巳	31壬午	八1癸未	2甲申	3乙酉	4丙戌	5丁亥	6戊子	7己丑	8庚寅	9辛卯	
	七月	甲申	10壬辰	11癸巳	12甲午	13乙未	14丙申	15丁酉	16戊戌	17己亥	18庚子	19辛丑	20壬寅	21癸卯	22甲辰	23乙巳	24丙午	25丁未	26戊申	27己酉	28庚戌	29辛亥	30壬子	31癸丑	九1甲寅	2乙卯	3丙辰	4丁巳	5戊午	6己未	7庚申	
	八月	乙酉	8辛酉	9壬戌	10癸亥	11甲子	12乙丑	13丙寅	14丁卯	15戊辰	16己巳	17庚午	18辛未	19壬申	20癸酉	21甲戌	22乙亥	23丙子	24丁丑	25戊寅	26己卯	27庚辰	28辛巳	29壬午	30癸未	十1甲申	2乙酉	3丙戌	4丁亥	5戊子	6己丑	7庚寅
	九月	丙戌	8辛卯	9壬辰	10癸巳	11甲午	12乙未	13丙申	14丁酉	15戊戌	16己亥	17庚子	18辛丑	19壬寅	20癸卯	21甲辰	22乙巳	23丙午	24丁未	25戊申	26己酉	27庚戌	28辛亥	29壬子	30癸丑	31甲寅	十一1乙卯	2丙辰	3丁巳	4戊午	5己未	
	十月	丁亥	6庚申	7辛酉	8壬戌	9癸亥	10甲子	11乙丑	12丙寅	13丁卯	14戊辰	15己巳	16庚午	17辛未	18壬申	19癸酉	20甲戌	21乙亥	22丙子	23丁丑	24戊寅	25己卯	26庚辰	27辛巳	28壬午	29癸未	30甲申	十二1乙酉	2丙戌	3丁亥	4戊子	5己丑
	十一月	戊子	6庚寅	7辛卯	8壬辰	9癸巳	10甲午	11乙未	12丙申	13丁酉	14戊戌	15己亥	16庚子	17辛丑	18壬寅	19癸卯	20甲辰	21乙巳	22丙午	23丁未	24戊申	25己酉	26庚戌	27辛亥	28壬子	29癸丑	30甲寅	31乙卯	一1丙辰	2丁巳	3戊午	
	十二月	己丑	4己未	5庚申	6辛酉	7壬戌	8癸亥	9甲子	10乙丑	11丙寅	12丁卯	13戊辰	14己巳	15庚午	16辛未	17壬申	18癸酉	19甲戌	20乙亥	21丙子	22丁丑	23戊寅	24己卯	25庚辰	26辛巳	27壬午	28癸未	29甲申	30乙酉	31丙戌	二1丁亥	2戊子
辛卯年（兔）民國一〇〇～一〇一年（2011～2012）	正月	庚寅	3己丑	4庚寅	5辛卯	6壬辰	7癸巳	8甲午	9乙未	10丙申	11丁酉	12戊戌	13己亥	14庚子	15辛丑	16壬寅	17癸卯	18甲辰	19乙巳	20丙午	21丁未	22戊申	23己酉	24庚戌	25辛亥	26壬子	27癸丑	28甲寅	三1乙卯	2丙辰	3丁巳	4戊午
	二月	辛卯	5己未	6庚申	7辛酉	8壬戌	9癸亥	10甲子	11乙丑	12丙寅	13丁卯	14戊辰	15己巳	16庚午	17辛未	18壬申	19癸酉	20甲戌	21乙亥	22丙子	23丁丑	24戊寅	25己卯	26庚辰	27辛巳	28壬午	29癸未	30甲申	31乙酉	四1丙戌	2丁亥	
	三月	壬辰	3戊子	4己丑	5庚寅	6辛卯	7壬辰	8癸巳	9甲午	10乙未	11丙申	12丁酉	13戊戌	14己亥	15庚子	16辛丑	17壬寅	18癸卯	19甲辰	20乙巳	21丙午	22丁未	23戊申	24己酉	25庚戌	26辛亥	27壬子	28癸丑	29甲寅	30乙卯	五1丙辰	2丁巳
	四月	癸巳	3戊午	4己未	5庚申	6辛酉	7壬戌	8癸亥	9甲子	10乙丑	11丙寅	12丁卯	13戊辰	14己巳	15庚午	16辛未	17壬申	18癸酉	19甲戌	20乙亥	21丙子	22丁丑	23戊寅	24己卯	25庚辰	26辛巳	27壬午	28癸未	29甲申	30乙酉	31丙戌	六1丁亥
	五月	甲午	2戊子	3己丑	4庚寅	5辛卯	6壬辰	7癸巳	8甲午	9乙未	10丙申	11丁酉	12戊戌	13己亥	14庚子	15辛丑	16壬寅	17癸卯	18甲辰	19乙巳	20丙午	21丁未	22戊申	23己酉	24庚戌	25辛亥	26壬子	27癸丑	28甲寅	29乙卯	30丙辰	
	六月	乙未	七1丁巳	2戊午	3己未	4庚申	5辛酉	6壬戌	7癸亥	8甲子	9乙丑	10丙寅	11丁卯	12戊辰	13己巳	14庚午	15辛未	16壬申	17癸酉	18甲戌	19乙亥	20丙子	21丁丑	22戊寅	23己卯	24庚辰	25辛巳	26壬午	27癸未	28甲申	29乙酉	30丙戌
	七月	丙申	31丁亥	八1戊子	2己丑	3庚寅	4辛卯	5壬辰	6癸巳	7甲午	8乙未	9丙申	10丁酉	11戊戌	12己亥	13庚子	14辛丑	15壬寅	16癸卯	17甲辰	18乙巳	19丙午	20丁未	21戊申	22己酉	23庚戌	24辛亥	25壬子	26癸丑	27甲寅	28乙卯	
	八月	丁酉	29丙辰	30丁巳	31戊午	九1己未	2庚申	3辛酉	4壬戌	5癸亥	6甲子	7乙丑	8丙寅	9丁卯	10戊辰	11己巳	12庚午	13辛未	14壬申	15癸酉	16甲戌	17乙亥	18丙子	19丁丑	20戊寅	21己卯	22庚辰	23辛巳	24壬午	25癸未	26甲申	
	九月	戊戌	27乙酉	28丙戌	29丁亥	30戊子	十1己丑	2庚寅	3辛卯	4壬辰	5癸巳	6甲午	7乙未	8丙申	9丁酉	10戊戌	11己亥	12庚子	13辛丑	14壬寅	15癸卯	16甲辰	17乙巳	18丙午	19丁未	20戊申	21己酉	22庚戌	23辛亥	24壬子	25癸丑	26甲寅
	十月	己亥	27乙卯	28丙辰	29丁巳	30戊午	31己未	十一1庚申	2辛酉	3壬戌	4癸亥	5甲子	6乙丑	7丙寅	8丁卯	9戊辰	10己巳	11庚午	12辛未	13壬申	14癸酉	15甲戌	16乙亥	17丙子	18丁丑	19戊寅	20己卯	21庚辰	22辛巳	23壬午	24癸未	
	十一月	庚子	25甲申	26乙酉	27丙戌	28丁亥	29戊子	30己丑	十二1庚寅	2辛卯	3壬辰	4癸巳	5甲午	6乙未	7丙申	8丁酉	9戊戌	10己亥	11庚子	12辛丑	13壬寅	14癸卯	15甲辰	16乙巳	17丙午	18丁未	19戊申	20己酉	21庚戌	22辛亥	23壬子	24癸丑
	十二月	辛丑	25甲寅	26乙卯	27丙辰	28丁巳	29戊午	30己未	31庚申	一1辛酉	2壬戌	3癸亥	4甲子	5乙丑	6丙寅	7丁卯	8戊辰	9己巳	10庚午	11辛未	12壬申	13癸酉	14甲戌	15乙亥	16丙子	17丁丑	18戊寅	19己卯	20庚辰	21辛巳	22壬午	

常見外語名詞略稱彙編

凡例說明

一、本附錄收常見外語名詞略稱562條，包括國內外各重要組織及傳播媒體、化學元素、度量衡單位、貨幣單位、商業用語、新聞用語、慣用語等，按該外語名詞略稱之首字字母順序排列。

二、詞彙之編排，先列該名詞之外語略稱；次列外語全稱，而全稱中用爲略稱之字母以斜體表示；末附中文譯名，並視需要酌加中文解釋。如：

ECM *E*uropean *C*ommon *M*arket 歐洲共同市場

SONAR *so*und *na*vigation and *r*anging 聲納(水底音波探測器)

三、該名詞之語源若非英文，而係拉丁文、德文、法文、俄文、西班牙文、荷蘭文等，則於外語全稱前標註語源。如：

A.D. (拉)*a*nno *D*omini 西元

TB (德)*T*u*b*erkulose 肺結核

四、化學名詞一律於中文譯名前標註一(化)字，以資識別。如：

Na *na*trium (化)鈉

A

A- *a*ttacker 攻擊機，如A-4F、A-7E

AAM *a*ir-to-*a*ir *m*issile 空對空飛彈

ABC *A*merican *B*roadcasting *C*ompany 美國廣播公司

ABC *A*rgentina, *B*razil, and *C*hile 阿根廷、巴西和智利(南美三強)

ABM *a*nti*b*allistic *m*issile 反彈道飛彈

A.C.;a.c. *a*lternating *c*urrent 交流電

A/C;a/c *a*ccount *c*urrent 往來帳戶

Ac *ac*tinium (化)錒

ac *ac*re 英畝

A.D. (拉)*a*nno *D*omini 西元

ad *ad*vertisement 廣告

ADB *A*sian *D*evelopment *B*ank 亞洲開發銀行

AE *a*ccount *e*xecutive 廣告業或服務業之客戶主管

AF *A*ir *F*orce 空軍

AFL *A*merican *F*ederation of *L*abor 美國勞工聯盟

AFP (法)*A*gence *F*rance-*P*resse 法新社

Ag *a*r*g*entum (化)銀

AGM *a*ir-to-*g*round *m*issile 空對地飛彈

AIDS *a*cquired *i*mmune *d*eficiency *s*yndrome 後天免疫不全症候群(愛滋病)

AIM *a*ir-launched *i*ntercept *m*issile 空對空迎擊飛彈

Al *al*uminum (化)鋁

AM *a*mplitude *m*odulation 調幅

A.M.;a.m. (拉)*a*nte *m*eridiem 上午

Am *am*ericium (化)鋂

AMM *a*nti*m*issile *m*issile 反飛彈飛彈

amp. *amp*ere 安培

ANS *A*sian *N*ews *S*ervice 亞洲通訊社

ANZUS *A*ustralia, *N*ew *Z*ealand and the *U*nited *S*tates Treaty 美澳紐安全條約

AP *A*ssociated *P*ress 美聯社

APL *A*merican *P*resident *L*ines 美國總統輪船公司

Apr. *Apr*il 四月

APT *a*utomatic *p*icture *t*ransmission 自動傳眞裝置

Ar *ar*gon (化)氬

ARB *A*sian *R*eserve *B*ank 亞洲準備銀行

As *a*r*s*enic (化)砷

ASA *A*merican *S*tandards *A*ssociation 美國標準協會

ASA *A*ssociation of *S*outheast *A*sia 東南亞聯盟

ASEAN *A*ssociation of *S*outh*e*ast *A*sian *N*ations 東南亞國家協會

ASM *a*ir-to-*s*urface *m*issile 空對地飛彈

ASPAC *As*ian and *Pac*ific Council 亞太理事會

At *a*s*t*atine (化)砈

ATT;AT&T *A*merican *T*elephone & *T*elegraph Company 美國電話電報公司

Au *au*rum (化)金

Aug. *Aug*ust 八月

Ave.;ave. *Ave*nue 林蔭大道

B

B *b*lack 鉛筆色度表示記號，如2B、3B
B *b*oron (化)硼
B- *b*omber 轟炸機，如B-29、B-52
B.A. *B*achelor of *A*rts 文學士
Ba *ba*rium (化)鋇
BASIC *b*eginner's *a*ll-purpose *s*ymbolic *i*nstruction *c*ode (電腦)培基程式語言
BBC *B*ritish *B*roadcasting *C*orporation 英國廣播公司
B.C. *b*efore *C*hrist 西元前
B/C *b*ills for *c*ollection 託收票據
BCC *B*roadcasting *C*orporation of *C*hina 中國廣播公司
Be *be*ryllium (化)鈹
BENELUX;Benelux *Be*lgium, the *Ne*therlands and *Lux*embourg 比利時、荷蘭和盧森堡
Bi *bi*smuth (化)鉍
Bk *b*er*k*elium (化)鉳
B/L *b*ill of *l*ading 提單
Bldg. *b*ui*ld*in*g* 大廈
B.M. *B*achelor of *M*edicine 醫學士
Br *br*omine (化)溴
BRD (德)*B*undes*r*epublik *D*eutschland 德意志聯邦共和國(西德)
B.S. *B*achelor of *S*cience 理學士
BTU *B*ritish *T*hermal *U*nit 英國熱量單位

C

C *c*arbon (化)碳
C *C*elsius 攝氏
Ca *ca*lcium (化)鈣
CAAC *C*ivil *A*viation *A*dministration of *C*hina 中國民航
CACM *C*entral *A*merican *C*ommon *M*arket 中美洲共同市場
CAD *c*omputer *a*ided *d*esign 電腦輔助設計
CAL *C*hina *A*ir*l*ines 中華航空公司
C&F *c*ost and *f*reight 運費在內條件
CBS *C*olumbia *B*roadcasting *S*ystem 美國哥倫比亞廣播公司
cc *c*ubic *c*entimeter(s) 立方公分
CCC *C*ustoms *C*ooperation *C*ouncil 關稅合作理事會
CCCP (俄)Soyuz Sovetskikh Sotsialisticheskikh Respublik 蘇聯
CCTV *c*losed-*c*ircuit *t*ele*v*ision 閉路電視
CD *c*ompact *d*isk 高密度唱片(雷射唱片)
Cd *c*a*d*mium (化)鎘
CDN *C*entral *D*aily *N*ews 中央日報
Ce *ce*rium (化)鈰
CENTO *Cen*tral *T*reaty *O*rganization 中部公約組織
Cf *c*ali*f*ornium (化)鉲
CGS *c*entimeter-*g*ram-*s*econd unit 公分公克秒單位制
CIA *C*entral *I*ntelligence *A*gency 美國中央情報局
CIF *c*ost, *i*nsurance and *f*reight 運費、保險費在內條件
Cl *chl*orine (化)氯
Cm *c*uriu*m* (化)鋦
CNA *C*entral *N*ews *A*gency 中央通訊社
Co *co*balt (化)鈷
Co. *co*mpany 公司
COBOL *co*mmon *b*usiness *o*riented *l*anguage (電腦)可博程式語言
COD *c*ash *o*n *d*elivery 交貨付款
Corp. *Corp*oration 公司，法人，公會，團體
cos *cos*ine 三角形之餘弦
cot *cot*angent 三角形之餘切
CP *C*ommunist *P*arty 共產黨
C/P *c*harter *p*arty 船舶傭租
CPI *c*onsumer *p*rice *i*ndex 消費者物價指數
CPSU *C*ommunist *P*arty of the *S*oviet *U*nion 蘇聯共產黨
CPU *c*entral *p*rocessing *u*nit (電腦)中央處理單元
Cr *c*h*r*omium (化)鉻
Cs *c*e*s*ium (化)銫
csc *c*o*s*e*c*ant 三角形之餘割
CTS *C*hinese *T*elevision *S*ervice 中華電視臺
CTV *C*hina *T*ele*v*ision 中國電視公司
Cu *cu*prum (化)銅

D

D *d*euterium (化)氘
DC *d*irect *c*urrent 直流電
D.C. *D*istrict of *C*olumbia 美國哥倫比亞特區
D/D *d*emand *d*raft 即期匯票
DDR (德)*D*eutsche *D*emokratische *R*epublik 德意志民主共和國(東德)
DDT *d*ichloro-*d*iphenyl-*t*richloroethane 殺蟲劑
Dec. *Dec*ember 十二月
Dept. *Dep*artmen*t* 部，部門，科系
DIN (德)*D*eutsche *I*ndustrie *N*orm 德國工業品標準規格
DJ *d*isc *j*ockey 電臺唱片音樂節目主持人
D.M. *D*octor of *M*edicine 醫學博士
DNA *d*eoxyribo*n*ucleic *a*cid 去氧核糖核酸
doz.;dz. *doz*en(s) 打(數量單位)
Dr. *D*octo*r* 博士，醫師
DWT;dwt *d*ead*w*eight *t*on 重量噸
Dy *dy*sprosium (化)鏑
dyn *dyn*e 達因(力的單位)

E

E *E*ast 東方
EC *E*uropean *C*ommunities 歐洲共同體
ECM *E*uropean *C*ommon *M*arket 歐洲共同市場
ECOSOC;ESC *E*conomic and *S*ocial *C*ouncil 經濟社會理事會
EEC *E*uropean *E*conomic *C*ommunity 歐洲經濟共同體(即歐洲共同市場)
ECU *E*uropean *C*urrency *U*nit 歐洲通貨單位
EFTA *E*uropean *F*ree *T*rade *A*ssociation 歐洲自由貿易聯盟
e.g. (拉)*e*xempli *g*ratia ; (英)for example 例如

EMA *E*uropean *M*onetary *A*greement 歐洲貨幣協定
EMF;emf electro*m*otive *f*orce 電動勢
EMS *E*uropean *M*onetary *S*ystem 歐洲貨幣制度
EQ *e*ducational *q*uotient 教育指數
Er *er*bium (化)鉺
ERP *E*uropean *R*ecovery *P*rogram 歐洲復興計畫
Es *einsteinium* (化)鑀
ESCAP *E*conomic and *S*ocial *C*ommission for *A*sia and the *P*acific 亞太經濟社會委員會
etc. (拉)*et cetera* 及其他,…等等
Eu *eu*ropium (化)銪

F

F *F*ahrenheit 華氏
F *f*emale 女性
F *f*loor 建築物層,樓
F *f*luorine (化)氟
F- *f*ighter 戰鬥機,如F-104
f. (法)*f*ranc 法郎(貨幣單位)
FAO *F*ood and *A*griculture *O*rganization 聯合國糧食暨農業組織
FAS *f*ree *a*longside *s*hip 船邊交貨條件
FBI *F*ederal *B*ureau of *I*nvestigation 美國聯邦調查局
Fe (拉)*fe*rrum (化)鐵
Feb. *Feb*ruary 二月
FI *f*ade-*i*n 淡入(電影、電視畫面漸亮或音量漸大)
FIFO *f*irst-*i*n *f*irst-*o*ut (電腦)先進先出
fig. *fig*ure(s) 數字,圖表,插圖
FIO *f*ree *i*n/*o*ut term 裝卸船方免責條件
FM *f*requency *m*odulation 調頻
Fm *f*er*m*ium (化)鐨
FO *f*ade-*o*ut 淡出(電影、電視畫面漸暗或音量漸小)
FOB *f*ree *o*n *b*oard 船上交貨條件
FORTRAN *for*mula *tran*slation (電腦)符傳程式語言
FPA *F*ederation of Motion *P*icture Producer in *A*sia 亞洲製片聯盟
Fr *f*rancium (化)鈁
FRB *F*ederal *R*eserve *B*ank 美國聯邦儲備銀行
FRG *F*ederal *R*epublic of *G*ermany 德意志聯邦共和國(西德)
Fri. *Fri*day 星期五
ft *feet* 呎(長度單位)

G

g (法)gramme 公克,公分
g *g*ravity 地球的重力加速度
Ga *ga*llium (化)鎵
GATT *G*eneral *A*greement on *T*ariffs and *T*rade 關稅暨貿易總協定
GCF *g*reatest *c*ommon *f*actor 最大公因數
GCM *g*reatest *c*ommon *m*easure 最大公約數
Gd *gad*olinium (化)釓
GDP *g*ross *d*omestic *p*roduct 國內生產毛額
GE *G*eneral *E*lectric Company 美國通用電氣公司
Ge *ge*rmanium (化)鍺
GHQ *G*eneral *H*ead*q*uarters 聯軍總司令部
GM *g*uided *m*issile 導引飛彈
GmbH (德)*G*esellschaft *m*it *b*eschränkter *H*aftung 有限公司
GMT *G*reenwich *M*ean *T*ime 格林威治標準時間
GNE *g*ross *n*ational *e*xpenditure 國民開支總額
GNI *g*ross *n*ational *i*ncome 國民所得總額
GNP *g*ross *n*ational *p*roduct 國民生產毛額
GPU (俄)*G*osudarstvennoye *P*oliticheskoye *U*pravleniye 格別烏(蘇俄國家政治保安部)
gw;gwt *g*ram-*w*eigh*t* 公克重

H

H *h*ard 鉛筆心硬度表示記號,如2H、3H
H *h*ydrogen (化)氫
ha *h*ect*a*re 公頃
HB *h*ard and *b*lack 中硬度鉛筆心之記號
H-bomb hydrogen *bomb* 氫彈
He *he*lium (化)氦
HF *h*igh *f*requency 高週波,高頻率
Hf *haf*nium (化)鉿
Hg *h*ydrar*g*yrum (化)汞
HGH *h*uman *g*rowth *h*ormone 人類成長荷爾蒙
hi-fi *hi*gh *fi*delity 高傳眞度(的收錄音機)
HKD *H*ong *K*ong *D*ollar 港幣
Ho *ho*lmium (化)鈥
hp;HP *h*orse*p*ower 馬力
hr. *h*ou*r*(s) 小時

I

I *i*odine (化)碘
IAAF *I*nternational *A*mateur *A*thletic *F*ederation 國際業餘田徑聯盟
IAEA *I*nternational *A*tomic *E*nergy *A*gency 國際原子能總署
IATA *I*nternational *A*ir *T*ransport *A*ssociation 國際航空運輸協會
IBM *I*nternational *B*usiness *M*achines Corporation 美國國際商業機器公司
IBRD *I*nternational *B*ank for *R*econstruction and *D*evelopment 國際復興開發銀行(世界銀行)
IC *i*ntegrated *c*ircuit 積體電路
ICAO *I*nternational *C*ivil *A*viation *O*rganization 國際民航組織
ICBM *i*nter*c*ontinental *b*allistic *m*issile 洲際彈道飛彈
ICC *I*nternational *C*hamber of *C*ommerce 國際商會
ICC *I*nternational *C*ontrol *C*ommittee 國際休戰監視委員會
ICFTU *I*nternational *C*onfederation of *F*ree *T*rade *U*nions 國際自由工會聯合會
ICI *I*mperial *C*hemical *I*ndustries 英國帝國化學工業公司
ICPO *I*nternational *C*riminal *P*olice *O*rganization 國際刑警組織

ICRP *I*nternational *C*ommission on *R*adiological *P*rotection 國際輻射防護委員會
ICRT *I*nternational *C*ommunity *R*adio *T*aipei 臺北國際社區廣播電臺
ICU *i*ntensive *c*are *u*nit 加護病房
ID card *id*entity *card* 身分證
IDA *I*nternational *D*evelopment *A*ssociation 國際開發協會
IDL *i*nternational *d*ate *l*ine 國際換日線
IEA *I*nternational *E*nergy *A*gency 國際能源機構
IFC *I*nternational *F*inance *C*orporation 國際金融公司
IFJ *I*nternational *F*ederation of *J*ournalists 國際新聞記者聯合會
IIO *I*nternational *I*nformation *O*rganization 國際資訊組織
ILO *I*nternational *L*abor *O*rganization 國際勞工組織
ILS *i*nstrument *l*anding *s*ystem 儀表著陸系統
IMCO *I*nter-Governmental *M*aritime *C*onsultative *O*rganization 政府間海事協商組織
IMF *I*nternational *M*onetary *F*und 國際貨幣基金
IMO *I*nternational *M*aritime *O*rganization 國際海事組織
In *in*dium (化)銦
Inc. *inc*orporated 股份公司
INTELSAT *I*nternational *Tel*ecommunications *Sat*ellite Consortium 國際通信衛星組織
intro. *intro*duction 導言,序曲,前奏
I/O *i*nput-*o*utput unit 電腦的輸出入裝置
IOC *I*nternational *O*lympic *C*ommittee 國際奧林匹克委員會
IOCU *I*nternational *O*ffice of *C*onsumers *U*nion 國際消費者同盟
IOU *I owe you* 借條
IPA *I*nternational *P*honetic *A*lphabet 國際音標
IPA *I*nternational *P*ublishers *A*ssociation 國際出版人協會
IPI *I*nternational *P*ress *I*nstitute 國際新聞協會
IQ *i*ntelligence *q*uotient 智力商數
Ir *ir*idium (化)銥
IRA *I*rish *R*epublican *A*rmy 愛爾蘭共和軍
IRBM *i*ntermediate *r*ange *b*allistic *m*issile 中距離彈道飛彈
IRC *I*nternational *R*ed *C*ross 國際紅十字會
IRO *I*nternational *R*efugee *O*rganization 國際難民組織
ISO *I*nternational *S*tandards *O*rganization 國際標準化組織
ITO *I*nternational *T*rade *O*rganization 國際貿易組織
ITT *I*nternational *T*elephones and *T*elegraph 美國國際電話電報公司
ITU *I*nternational *T*elecommunication *U*nion 國際電訊聯盟
IUS *I*nternational *U*nion of *S*tudents 國際學生聯合會
IWS *I*nternational *W*ool *S*ecretariat 國際羊毛事務局

J

JAL *J*apan *A*ir *L*ines 日本航空公司
Jan. *Jan*uary 一月
JCI *J*unior *C*hamber *I*nternational 國際青年商會
JIS *J*apanese *I*ndustrial *S*tandard 日本工業規格
Jr. *j*unio*r* 年少的,二世
Jul. *Jul*y 七月
Jun. *Jun*e 六月

K

K *k*arat 克拉(寶石重量單位)
K *K*elvin 絕對溫度
K (法)*k*ilo 公斤,公里
KAL *K*orean *A*ir *L*ines 大韓航空公司
kcal *k*ilo*cal*orie 仟卡路里(熱量單位)
KGB (俄)*K*omitet *G*osudarstvennoy *B*ezopasnosti 蘇聯國家安全委員會
kHz (德)*k*ilo*h*ert*z* 仟赫(電波單位)
KKK *K*u *K*lux *K*lan 三K黨
KLM (荷)*K*oninklijke *L*uchtvaart *M*aatschappij 荷蘭航空公司
km *k*ilo*m*eter(s) 公里
KMT *K*uo*m*in*t*ang 國民黨
Kr *kr*ypton (化)氪
kV *k*ilo*v*olt 仟伏特
kW;kw *k*ilo*w*att(s) 仟瓦特

L

£ (拉)*l*ibra(e) 英鎊
l (法)*l*itre 公升
La *la*nthanum (化)鑭
LACM *L*atin *A*merican *C*ommon *M*arket 拉丁美洲共同市場
LAFTA *L*atin *A*merican *F*ree *T*rade *A*ssociation 拉丁美洲自由貿易協會
LASER;laser *l*ight *a*mplification by *s*timulated *e*mission of *r*adiation 雷射(光增幅器)
LASH *l*ighter *a*board *sh*ip 子母船
lb (拉)*l*i*b*ra(e) 磅(英制重量單位)
L/C *l*etter of *c*redit 信用狀
LCM *l*owest (*l*east) *c*ommon *m*ultiple 最小公倍數
Li *li*thium (化)鋰
Litt.D. (拉)*Litt*erarum *D*octor 文學博士
LL.D. (拉)*L*egum *D*octor 法學博士
LNG *l*iquefied *n*atural *g*as 液化天然瓦斯
log *log*arithm 對數
LP *l*ong *p*laying 長時間唱片(指33⅓轉之唱片)
LPG *l*iquefied *p*etroleum *g*as 液化石油瓦斯
Lr *l*aw*r*encium (化)鐒
LSD *l*ysergic acid *d*iethylamide 迷幻藥
Ltd. *l*imi*t*e*d* 有限公司
Lu *lu*tetium (化)鎦
lx (法)*lux* 勒克司(照明度單位)

M

M (德)*M*ach 馬赫(飛行體速度單位)

M *m*agnitude (天文)光度,等級;(地震)級數
M;m *m*ale 男性
m *m*ark(s) 馬克(德國貨幣單位)
m *m*enses 月經
m *m*eter 公尺
m *m*oney 金錢
M.A. *M*aster of *A*rts 文學碩士
MAAG *M*ilitary *A*ssistance *A*dvisory *G*roup 軍事援助顧問團
Mar. *Mar*ch 三月
max *max*imum 極大
MC *m*aster of *c*eremonies 司儀
MC *M*ember of *C*ongress 美國眾議員
M.D. (拉)*M*edicinae *D*octor 醫學博士
Md *m*en*d*elevium (化)鍆
MF *m*edium *f*requency 中波
mf. (拉)*m*ezzo *f*orte (音樂)中庸強度
Mg *m*a*g*nesium (化)鎂
MGM *M*etro-*G*oldwyn-*M*ayer 美國米高梅電影公司
MHz *m*ega*h*ert*z* 百萬赫
MIDAS *mi*ssile *d*efense *a*larm *s*ystem 飛彈探測衛星
MIG (俄)*Mi*koyan *i* *G*urevich 米格機
min *min*imum 極小
min *min*ute(s) 分
MIT *M*assachusetts *I*nstitute of *T*echnology 美國麻省理工學院
MKS *m*eter-*k*ilogram-*s*econd unit 公尺公斤秒單位制
ml (法)*m*illi*l*itre 千分之一公升
Mn *m*a*n*ganese (化)錳
Mo *mo*lybdenum (化)鉬
MOL *m*anned *o*rbital *l*aboratory 載人軌道實驗室
Mon. *Mon*day 星期一
MP *M*ember of *P*arliament 英國國會議員
MP *m*ilitary *p*olice 憲兵
mp. *m*ezzo *p*iano (音樂)中庸弱度
Mr. *M*iste*r* 先生
MRA *M*oral *R*e*a*rmament 道德重整運動
MRBM *m*edium *r*ange *b*allistic *m*issile 中程彈道飛彈
Mrs. *M*ist*r*e*s*s 太太,夫人
MS *m*anu*s*cript 原稿
M.S. *M*aster of *S*cience 理學碩士
Ms. *M*is*s*; *M*r*s*. 未婚或已婚婦女之通稱
MSR *m*issile *s*ite *r*adar 飛彈配置雷達
Mt. *M*oun*t* 山
MTBF *m*ean-*t*ime-*b*etween-*f*ailure 平均無故障時間
MTP *m*anagement *t*raining *p*rogram 管理訓練計畫
MTTR *m*ean *t*ime *t*o *r*epair 平均修復時間
MTV *M*usic *T*ele*v*ision 音樂電視節目

N

N *n*ewton 牛頓(力的單位)
N *n*itrogen (化)氮
N *N*orth 北方
Na *na*trium (化)鈉
NASA *N*ational *A*eronautics and *S*pace *A*dministration 美國國家航空暨太空總署
NATO *N*orth *A*tlantic *T*reaty *O*rganization 北大西洋公約組織
Nb *n*io*b*ium (化)鈮
NBA *N*ational *B*asketball *A*ssociation 美國國家籃協
NBC *N*ational *B*roadcasting *C*ompany 美國國家廣播公司
NC *n*umerical *c*ontrol 數值控制
Nd *n*eo*d*ymium (化)釹
Ne *ne*on (化)氖
NHK *N*ippon *H*oso *K*yokai 日本放送(廣播)協會
Ni *ni*ckel (化)鎳
nm *n*autical *m*ile(s) 浬(=1852公尺)
NNP *n*et *n*ational *p*roduct 國民生產淨額
No *no*belium (化)鍩
No. (拉)*n*umer*o* 號碼
Nov. *Nov*ember 十一月
Np *ne*p*tunium (化)錼
N.T. *N*ew *T*estament 新約全書
NT$ *N*ew *T*aiwan Dollar 新臺幣
NTP *n*ormal *t*emperature *p*ressure 常溫常壓
NWA *N*orth*w*est *A*irline 西北航空公司
N.Y. *N*ew *Y*ork 紐約

O

O *o*xygen (化)氧
OA *o*ffice *a*utomation 辦公室自動化
OAEC *O*rganization for *A*sian *E*conomic *C*ooperation 亞洲經濟合作組織
OAPEC *O*rganization of the *A*rab *P*etroleum *E*xporting *C*ountries 阿拉伯石油輸出國組織
OAU *O*rganization of *A*frican *U*nity 非洲團結組織
Oct. *Oct*ober 十月
OECD *O*rganization for *E*conomic *C*ooperation and *D*evelopment 經濟合作發展組織
OEEC *O*rganization for *E*uropean *E*conomic *C*ooperation 歐洲經濟合作組織
OJT *o*n the *j*ob *t*raining 在職訓練
OOC *O*lympic *O*rganizing *C*ommittee 奧林匹克組織委員會
OOCL *O*versea *O*riental *C*ontainer *L*ines 東方海外貨櫃運輸
OP *op*tical art 歐普藝術
op. (拉)*op*us 表示音樂作品及作品號碼之記號
OPEC *O*rganization of *P*etroleum *E*xporting *C*ountries 石油輸出國家組織
Os *os*mium (化)鋨
O.T. *O*ld *T*estament 舊約全書
oz. (西)*o*n*z*a ; (英)ounce 盎司

P

P *p*hosphorus (化)磷
p. *p*age 頁
Pa *p*rot*a*ctinium (化)鏷
PAA *P*an-*A*merican *A*irways 泛美航空公司
pat. *pat*ent(ed) 專利

PATA *P*acific *A*rea *T*ravel *A*ssociation 太平洋地區旅遊協會
Pb *p*lum*b*um (化)鉛
PC *p*ersonal *c*omputer 個人電腦
Pd *p*alla*d*ium (化)鈀
PEN International Association of *P*oets, Playwrights, *E*ditors, Essayists and *N*ovelists 國際筆會
Ph.D. (拉)*Ph*ilosophiae *D*octor 哲學博士
pizz. (拉)*pizz*icato (音樂)撥弦
PLO *P*alestine *L*iberation *O*rganization 巴勒斯坦解放組織
Pm *p*ro*m*ethium (化)鉕
P.M.; p.m. (拉)*p*ost *m*eridiem 下午
PMA *P*ersonal *M*anagement *A*nalysis 人事管理分析
PO *p*ost *o*ffice 郵局
Po *po*lonium (化)釙
P.O.box *P*ost *O*ffice *Box* 郵政信箱
POW *p*risoner *o*f *w*ar 戰俘
pp. *p*ages 頁(複數)
ppm *p*art(s) *p*er *m*illion 百萬分率(質量的單位)
PPP *P*olluter *P*ays *P*rinciple 汙染者付費原則
PR *p*ublic *r*elations 公共關係,公共關係人員
Pr *pr*aseodymium (化)鐠
P.S. (拉)*p*ost*s*criptum (信的)附啟,又及
PST *P*acific *S*tandard *T*ime 太平洋標準時間
Pt *p*la*t*inum (化)鉑
P.T.O.; p.t.o. *p*lease *t*urn *o*ver 請翻頁
Pu *p*l*u*tonium (化)鈽

Q

QC *q*uality *c*ontrol 品質管理

R

R *r*oof 頂樓
R- *r*econnaissance 偵察機
® *r*egistered trademark 註冊商標
Ra *ra*dium (化)鐳
rad *rad*iation 物質吸收放射線量之單位
RADAR *ra*dio *d*etection *a*nd *r*anging 雷達(電波探測機)
RB- *r*econnaissance *b*omber 偵察轟炸機
Rb *r*u*b*idium (化)銣
RCA *R*adio *C*orporation of *A*merica 美國無線電公司
rcpt. *rec*ei*pt* 收據
Re *r*h*e*nium (化)錸
Reuters *Reuter's* News Agency 路透社
RF- *r*econnaissance *f*ighter 偵察戰鬥機
Rh *rh*esus factor Rh因子(存在於大部分人類紅血球中的一種凝血素)
Rh *rh*odium (化)銠
rhm *r*oentgen per *h*our at one *m*eter 放射線的強度單位
RI *R*otary *I*nternational 國際扶輪社
rit. *rit*ardando (音樂)漸慢
Rn *r*ado*n* (化)氡
RNA *r*ibo*n*ucleic *a*cid 核糖核酸
ROC *R*epublic *o*f *C*hina 中華民國
ROK *R*epublic *o*f *K*orea 大韓民國
ROM *r*ead-*o*nly *m*emory (電腦)僅讀記憶體
Ru *ru*thenium (化)釕

S

S *S*outh 南方
S *s*ulfur (化)硫
SA *S*alvation *A*rmy 基督教救世軍
SALT *S*trategic *A*rms *L*imitation *T*alks 美蘇限制戰略武器談判
SAM *s*urface-to-*a*ir *m*issile 地對空飛彈
Sat. *Sat*urday 星期六
Sb *s*ti*b*ium (化)銻
Sc *sc*andium (化)鈧
Se *se*lenium (化)硒
SEATO *S*outh*e*ast *A*sia *T*reaty *O*rganization 東南亞公約組織
Sec. *sec*retary 祕書
sec *sec*ant 三角形之正割
Sept. *Sept*ember 九月
SHF *s*uper*h*igh *f*requency 超高周波
SI (法)*S*ystème *I*nternationale d'unités 國際單位制
Si *si*licon (化)矽
sin *sin*e 三角形之正弦
Sm *sam*arium (化)釤
Sn *stan*num (化)錫
Snr (西)*Señor* 先生
SONAR *so*und *na*vigation and *r*anging 聲納(水底音波探測器)
Sr *str*ontium (化)鍶
SSM *s*urface-to-*s*urface *m*issile 地對地飛彈
SST *s*uper*s*onic *t*ransport 超音速運輸機
ST *s*afety *t*oy 安全玩具
ST.; st. *s*ain*t* 聖者
Std. *st*an*d*ard 標準型
Sun. *Sun*day 星期日
SW *s*hort *w*ave 短波

T

t *t*on(s) 噸
T- *t*raining plane 教練機
Ta *ta*ntalum (化)鉭
tan *tan*gent 三角形之正切
TASS (俄)*T*elegrafnoie *A*gentstvo *S*ovietskovo *S*oyuza 塔斯社
TB (德)*T*u*b*erkulose 肺結核
Tb *t*er*b*ium (化)鋱
TC *t*raveler's *c*heck 旅行支票
Tc *t*e*c*hnetium (化)鎝
Te *te*llurium (化)碲
TEL; Tel *tel*ephone 電話
Telex *tel*etypewriter *ex*change 電報交換
Th *th*orium (化)釷
Thurs. *Thurs*day 星期四
Ti *ti*tanium (化)鈦
Tl *th*al*l*ium (化)鉈
Tm *th*uliu*m* (化)銩
TNT *t*ri*n*itro*t*oluene 黃色炸藥
TOEFL *T*est *o*f *E*nglish as a *F*oreign *L*anguage

托福(英語能力測驗)
TTV *T*aiwan *T*ele*v*ision 臺灣電視公司
Tues. *Tues*day 星期二
TV *t*ele*v*ision 電視
TVA *T*ennessee *V*alley *A*uthority 田納西流域管理局
TWA *T*rans-*W*orld *A*irlines 美國環球航空公司

U

U *u*ranium (化)鈾
U. *u*niversity 大學
U- *u*tility plane 多用途飛機
UAM *u*nderwater-to-*a*ir *m*issile 水中發射對空飛彈
U-bomb *uranium* (*uran*) *bomb* 鈾彈
UC (法)*u*nité de *c*ompte 歐洲共同市場的共通計算單位
UFO *u*nidentified *f*lying *o*bject 幽浮(不明飛行物體,飛碟)
UGM *u*nderwater-to-*g*round *m*issile 水中發射對地飛彈
UHF *u*ltra*h*igh *f*requency 超高頻
UK *U*nited *K*ingdom 聯合王國(指英國)
UN *U*nited *N*ations 聯合國
UNCTAD *U*nited *N*ations *C*onference on *T*rade *a*nd *D*evelopment 聯合國貿易和發展會議
UNDC *U*nited *N*ations *D*isarmament *C*ommittee 聯合國裁軍委員會
UNESCO *U*nited *N*ations *E*ducational, *S*cientific and *C*ultural *O*rganization 聯合國教育,科學及文化組織
UNF *U*nited *N*ations *F*orces 聯合國軍
UNICEF *U*nited *N*ations *I*nternational *C*hildren's *E*mergency *F*und, 今名United Nations Children's Fund 聯合國兒童基金會
UNSC *U*nited *N*ations *S*ecurity *C*ouncil 聯合國安全理事會
UPI *U*nited *P*ress *I*nternational 合眾國際社
UPU *U*niversal *P*ostal *U*nion 萬國郵政聯盟
US *U*nited *S*tates 合眾國(指美國)
USA *U*nited *S*tates of *A*merica 美國(美利堅合眾國)
USIS *U*nited *S*tates *I*nformation *S*ervice 美國新聞處
USSR *U*nion of *S*oviet *S*ocialist *R*epublics 蘇聯(蘇維埃社會主義共和國聯邦)
UT *U*niversal *T*ime 世界時
UV *u*ltra*v*iolet ray filter 紫外線吸收濾過器

V

V *v*anadium (化)釩
V *V*ictory 勝利
v.; vs. (拉)*vers*us (訴訟或競賽)…對…
VA *v*olt-*a*mpere 伏特安培
VD *v*enereal *d*isease 性病
VHF *v*ery *h*igh *f*requency 特高頻
VIP *v*ery *i*mportant *p*erson 要人,貴賓
VLF *v*ery *l*ow *f*requency 特低頻
VOA *V*oice *o*f *A*merica 美國之音
VOFC *V*oice *o*f *F*ree *C*hina 自由中國之聲
VOL *vol*ume 音量
vol. *vol*ume 卷數
VSO *V*ery *S*uperior *O*ld 貯藏12~20年的白蘭地
VSOP *V*ery *S*uperior *O*ld *P*ale 貯藏20~30年的白蘭地
VTOL *v*ertical *t*ake*o*ff and *l*anding 垂直起飛著陸機
VVSOP *V*ery *V*ery *S*uperior *O*ld *P*ale 貯藏40年以上的白蘭地
VW (德)*V*olks*w*agen 國民車,金龜車

W

W *W*est 西方
W (德)*w*olfram (化)鎢
WACL *W*orld *A*nti-*C*ommunist *L*eague 世界反共聯盟
WB *W*arner *B*rothers Pictures Inc. 美國華納兄弟電影公司
WC *w*ater *c*loset 廁所
Wed. *Wed*nesday 星期三
WEU *W*estern *E*uropean *U*nion 西歐聯盟
WFC *W*orld *F*ood *C*onference 世界糧食會議
WFTU *W*orld *F*ederation of *T*rade *U*nions 世界工會聯合會
WFUNA *W*orld *F*ederation of *U*nited *N*ations *A*ssociations 聯合國協會世界聯合會
WHO *W*orld *H*ealth *O*rganization 世界衛生組織
WIPO *W*orld *I*ntellectual *P*roperty *O*rganization 世界知識產權組織
WMO *W*orld *M*eteorological *O*rganization 世界氣象組織
WTO *W*arsaw *T*reaty *O*rganization 華沙公約組織
WWF *W*orld *W*ildlife *F*und 世界野生生物基金

X

Xe *x*enon (化)氙
Xmas Christ*mas* (X爲Christ的希臘文字 ΧΡΙΣΤΟΣ 的首字) 聖誕節
XO E*x*tra *O*ld 貯藏五十年以上的白蘭地

Y

Y *y*ttrium (化)釔
Yb *y*tter*b*ium (化)鐿
yd *yard* 碼
YMCA *Y*oung *M*en's *C*hristian *A*ssociation 基督教青年會
YWCA *Y*oung *W*omen's *C*hristian *A*ssociation 基督教女青年會

Z

Zn *zinc* (化)鋅
Zr *zir*conium (化)鋯

各國簡介

凡例說明

一、本表除我國與大陸之外，共收錄191個國家，編列方式依我國、亞洲、大洋洲、歐洲、美洲、非洲為先後順序，再按各國國名首字英文字母次序排列。

二、面積數據，依中央社編印之"2006世界年鑑"之資料外，間採我國外交部網站「中外關係與各國簡介」一項下之統計，以及聯合國網站會員國介紹之資料。

三、幣制及平均每人國民所得數據，主要依中央社編印之"2006世界年鑑"之資料。

四、政治制度、主要物產及輸出、與我關係等項目，主要依據中央社"2006世界年鑑"及外交部網站資料編撰。

五、信仰一欄，僅列入信仰人數較多之主要宗教，包括天主教、基督教、英國國教、東正教、佛教、道教、伊斯蘭教、印度教、猶太教等，並酌依國情說明其流行的支派。

亞　洲

國　名	中華民國 Republic of China	中華人民共和國 People's Republic of China	阿富汗伊斯蘭國 Islamic State of Afghanistan	亞美尼亞共和國 Republic of Armenia
地理位置	亞洲東部	亞洲東部	西亞，伊朗高原東部	中亞高加索 Kavkaz 山之南
首　都	臺北 (Taipei)	北京 (Beijng)	喀布爾 (Kabul)	葉里溫 (Yerevan)
面　積	35,980 km^2	9,564,000 km^2	652,000 km^2	29,800 km^2
人　口	22,720,000 人 (2005)	1,363,100,000 人 (2005)	29,930,000 人 (2005)	2,980,000 人 (2005)
獨立日期	1912 年 1 月 1 日	1949 年 10 月 1 日	1919 年 8 月 23 日	1991 年 9 月 23 日（脫離前蘇聯）
政治制度	民主憲政共和國，國民大會代表全國人民行使政權，總統及五院行使治權。	社會主義國家	共和國，採總統制。	總統制
主要種族	漢族	漢、滿、蒙、回、藏	帕士頓 (Pashtun) 人、塔茲希克 (Tadzhik) 人、烏茲別克 (Uzbek) 人	亞美尼亞人
信　仰	道教、佛教、基督教、伊斯蘭教	道教、佛教、伊斯蘭教、基督教	伊斯蘭（遜尼派及什葉派）	東正教
主要語言	國語	普通話	帕士頓語、波斯語	亞美尼亞語、俄語
幣　制	New Taiwan Dollar (NT$) (1USD = NT$33.42)	人民幣 (Y) (1USD = Y8.27)	Afghani (Afg.) (1USD = Afg.3,000)	Dram (1USD = Dram.533.45) (2004)
平均每人國民所得	13,529 美元 (2004)	1,273 美元 (2004)	800 美元 (2003)	4,600 美元 (2004)
主要物產及輸出	電子產品、電腦暨週邊設備、紡織品、鞋類、玩具、運動器材、木材製品、金屬製品	機械製品、運輸工具、紡織成衣、食品、玩具	水果及其製品，毛毯、天然氣	食品、機械、建材、非鐵金屬
國際關係	目前與我有外交關係者共 25 國 (2005)。		1946 年加入聯合國，1978 年參加不結盟國家。1979 年蘇聯入侵，遂成為蘇聯卵翼的國家，1989 年俄軍撤出。	1991 年 12 月加入「獨立國家國協」，1992 年 3 月加入聯合國。1988 年起與亞塞拜然有邊界糾紛，1994 年接受調停。
與我關係			1955 年與中共建交，我同時與之斷交。	1992 年 4 月與中共建交。與我無往來關係。
備　註				

亞 洲

國 名	亞塞拜然共和國 Republic of Azerbaijan	巴 林 State of Bahrain	孟加拉人民共和國 People's Republic of Bangladesh	不丹王國 Kingdom of Bhutan
地理位置	中亞高加索（裏海西岸）	西亞，波斯灣上島國	南亞，濱孟加拉灣	喜馬拉雅山東段南麓
首 都	巴庫 (Baku)	麥納瑪 (Manama)	達卡 (Dhaka)	辛布 (Thimphu)
面 積	86,600 km^2	620 km^2	144,000 km^2	47,000 km^2
人 口	7,910,000 人 (2005)	688,000 人 (2005)	144,320,000 人 (2005)	2,230,000 人 (2005)
獨立日期	1991 年 8 月 31 日（脫離前蘇聯）	1971 年 8 月 15 日	1971 年 3 月 26 日	1949 年 8 月 8 日
政治制度	總統制	君主專制，另頒憲法。	軍事政府戒嚴統治	君主立憲，大君為元首及行政首長。國會可以不信任案要求大君遜位。
主要種族	亞塞拜然人	巴林人	孟加拉人	不丹人、尼泊爾人
信 仰	伊斯蘭教什葉派、遜尼派	伊斯蘭教	伊斯蘭教	大乘佛教、印度教
主要語言	亞塞拜然語、俄語	阿拉伯語、英語	孟加拉語、英語	Dzongkha（近似西藏語）
幣 制	Manat (1USD = Manat4,913)	Bahrain Dinar (BD) (1USD = BD0.376)	Taka (Takas) (1USD = Takas59.51)	Ngultrum (Nu.) (1USD = Nu.45.31)
平均每人國民所得	3,800 美元 (2004)	19,200 美元 (2003)	2,000 美元 (2004)	1,400 美元 (2003)
主要物產及輸出	鋁合金、棉花、化學品、紡織品	石油、鋁	黃麻、茶、魚、皮革、成衣	木材、煤、水果
國際關係	1991 年 12 月加入「獨立國家國協」，1992 年 3 月加入聯合國。1988 年起與亞美尼亞有邊界糾紛，1994 年接受調停。	中立，親西方。1971 年加入聯合國，為海灣合作理事會六成員之一，及阿拉伯聯盟、伊斯蘭教會議組織、不結盟國家組織之會員國。波灣戰後，聯伊朗以制伊拉克，並與法、英、美簽軍事合作協定。	親中共，原親印、蘇，1975 年政變後與印、蘇不睦。1974 年加入聯合國。現為南亞區域合作體會員國。	中立，為印度保護國。1971 年加入聯合國。為南亞區域合作體會員國及亞洲開發銀行會員國。
與我關係	1992 年 4 月與中共建交。與我無往來關係。	與我無邦交，我在該國設有商務代表團。1989 年與中共建交。	與我無邦交，1975 年與中共建交。	與我無邦交，1971 年承認中共，但未建交。
備 註		因擁有良港及海港自由區，為歐亞各國對海灣國家貿易之轉運站及中東金融與航運之中心。	原為東巴基斯坦，1971 年脫離巴基斯坦獨立。黃麻產量居世界第一位。	

亞　洲

國　名	汶　萊 Brunei Darussalam	柬埔寨王國 Kingdom of Cambodia	賽普勒斯共和國 Republic of Cyprus	東帝汶民主共和國 Democratic Republic of Timur-Leste
地理位置	婆羅洲北部，濱南海	東南亞，中南半島上	東地中海中	印尼群島東部
首　都	斯里巴卡旺 (Bandar Seri Begawan)	金邊 (Phnom Penh)	尼古西亞 (Nicosia)	狄力 (Dili)
面　積	5,770 km^2	181,040 km^2	9,250 km^2	14,874 km^2
人　口	370,000 人 (2005)	13,610,000 人 (2005)	780,000 人 (2005)	1,040,000 人 (2005)
獨立日期	1984 年 1 月 1 日	1953 年 11 月 9 日	1960 年 8 月 16 日	2002 年 5 月 20 日（聯合國結束託管）
政治制度	君主立憲，由世襲蘇丹統治。	內閣制	總統制共和國	總統制
主要種族	馬來人、華人	高棉人	希臘人、土耳其人	馬來人、爪哇人
信　仰	伊斯蘭教、佛教、基督教	小乘佛教	東正教、伊斯蘭教	拜物教、天主教、基督教、伊斯蘭教
主要語言	馬來語、英語	高棉語、法語	希臘語、土耳其語、英語	德頓語、葡萄牙文
幣　制	Brunei Dollar (Br.$) (1USD = Br.$1.6902)	Riel (Riels) (1USD = Riels4,016)	Cyprus Pound (C.£) (1USD = C.£ 0.4686)	US Dollar (USD)
平均每人國民所得	23,600 美元 (2003)	2,000 美元 (2004)	20,300 美元 (2004)	400 美元 (2004)
主要物產及輸出	石油、液化煤氣	天然橡膠、木材、魚、大豆	紡織品、鞋類、菸草、水泥	咖啡、橡膠、紫檀木、原油、天然氣
國際關係	親西方，1984 年加入東南亞國家協會、伊斯蘭教會議組織、聯合國。1989 年加入亞太經合會組織。	1955 年加入聯合國，1978 年越南入侵，成立橫山林政權。1991 年四派領袖於巴黎簽署和平條約，結束內戰。1997 年韓先獨掌政府。1998 年組聯合政府。1999 年加入東協。	親西方，因希、土兩裔對立影響希、土之關係。1960 年加入聯合國，1961 年參加不結盟國家會議，現為歐洲理事會及國協會員國。	為聯合國會員國。
與我關係	我國於 1978 年在該國設立駐汶萊臺北經濟文化辦事處。1991 年與中共建交。	與我無邦交，1958 年承認中共，並建交。1975 年陷共後，我即關閉駐柬代表團。1995 年互設代表處，1997 年，柬國片面宣布關閉我代表處。	1972 年承認中共，並已建交，我與之中止外交關係，目前在該國設有商務辦事處。	2002 年 5 月 20 日與中共建交。
備　註	原為英國保護國。	又稱高棉。1863 年淪為法國保護國，1975 年陷共，1976 年改國名為柬埔寨民主共和國，1978 年改為柬埔寨人民共和國，1993 年改為現名。	原為英屬地。1963 年希、土兩裔因修憲問題發生衝突，造成南北分治；1983 年北賽宣布片面獨立，但僅得土耳其承認。	1515 年起為葡萄牙殖民地，至 1975 年結束殖民後爆發獨立或併入印尼的內戰，印尼武力介入而強行併入。但聯合國不予承認，1999 年 8 月 30 日舉行公投，於 2002 年 5 月 20 日正式獨立。

亞洲

國名	喬治亞共和國 Republic of Georgia	印度共和國 Republic of India	印度尼西亞共和國（印尼） Republic of Indonesia	伊朗伊斯蘭共和國 Islamic Republic of Iran
地理位置	中亞高加索 Kavkaz 地方之中西部	南亞，印度半島上	東南亞	西亞
首都	第比利斯 (Tbilisi)	新德里 (New Delhi)	雅加達 (Jakarta)	德黑蘭 (Teheran)
面積	69,700 km^2	3,287,590 km^2	1,919,400 km^2	1,648,000 km^2
人口	4,680,000 人 (2005)	1,080,260,000 人 (2005)	241,970,000 人 (2005)	68,020,000 人 (2005)
獨立日期	1991 年 4 月 9 日（脫離前蘇聯）	1947 年 8 月 15 日	1945 年 8 月 17 日	1979 年 12 月 3 日
政治制度	總統制	為聯邦，採內閣制。	總統制	伊斯蘭教共和國
主要種族	喬治亞人、亞美尼亞人、俄羅斯人	印度人、Telugu、Bengali、Marāṭhī、Tamil、……	爪哇人、馬來人、華人	波斯人 (Persian)、亞塞拜然人 (Azerbaijani)、庫德人 (Kurdish)、……
信仰	東正教	印度教、伊斯蘭教、基督教、錫克教	伊斯蘭教、基督教、印度教、佛教	伊斯蘭教什葉派
主要語言	喬治亞語、俄語	北印度語、英語	印尼語、英語	波斯語 (Farsi)
幣制	Lari 1USD = Lari1.92	Indian Rupee (Rps.) (1USD = Rps.45.317)	Rupiah (Rp.) (1USD = Rp.8,939)	Rial (Rls.) (1USD = Rls.8,614)
平均每人國民所得	3,100 美元	3,100 美元 (2004)	3,500 美元 (2004)	7,700 美元 (2004)
主要物產及輸出	化學、機械、金屬、農產、木材	茶、糖、棉紡製品、鐵礦、雲母、腰果仁、胡椒	石油、天然氣、橡膠、咖啡、錫、鎳、銅硇	石油、棉花、水果、蔬菜、肥料、礦砂
國際關係	1992 年加入國際貨幣基金會、世界銀行。1992 年 7 月加入聯合國。1993 年 3 月加入歐洲安全及合作會議。1993 年 12 月加入獨立國家國協。	為國協會員國及聯合國創始會員國之一。倡導不結盟政策，為不結盟國家集團領袖國家，對美、俄採等距離外交政策，在軍事裝備方面依賴俄國。1998 年進行地下核爆。	中立偏右，1950 年加入聯合國，1965 年退出，1966 年重新加入聯合國；1961 年參加不結盟國家會議，1967 年參加東南亞國家協會。1998 年金融風暴，蘇哈托下臺。	外交政策中立，與西方疏遠，與蘇聯關係 1982 年底亦惡化，積極發展與第三世界關係。1945 年加入聯合國，為創始會員國之一。1980 年與伊拉克交戰，1988 年，雙方同意休戰。
與我關係	1992 年 6 月與中共建交。與我無往來關係。	與我無邦交，於 1949 年承認中共並建交。1998 年我國與印度草簽中印投資保障協定。我在該國設有臺北經濟文化中心。	1990 年與中共復交。1971 年我在雅加達設立中華商會。1989 年提昇為「駐印尼臺北經濟貿易代表處」。	1971 年與中共建交，我與之斷交。我在德黑蘭設有辦事處。
備註		原為英國殖民地。	原為荷蘭屬地，全境由 18,108 個大小島嶼組成，為世界最大群島國。	古稱波斯。1925 年巴勒維王朝建立，1935 年改名伊朗，1979 年巴勒維被迫出亡，由宗教領袖柯梅尼成立伊斯蘭教政權。

亞 洲

國名	伊拉克共和國 Republic of Iraq	以色列 State of Israel	日本 Japan	約旦哈什米王國 Hashemite Kingdom of Jordan
地理位置	西亞	西亞	東北亞	西亞
首都	巴格達 (Baghdad)	耶路撒冷 (Jerusalem)	東京 (Tokyo)	安曼 (Amman)
面積	437,072 km^2	20,770 km^2	372,837 km^2	89,213 km^2
人口	26,070,000 人 (2005)	6,280,000 人 (2005)	127,420,000 人 (2005)	5,760,000 人 (2005)
獨立日期	1932 年 10 月 3 日	1948 年 5 月 15 日		1946 年 5 月 25 日
政治制度	伊斯蘭教社會主義共和國，最高政權機構為「革命指導委員會」。	共和國，採內閣制。	君主立憲，責任內閣制。	君主立憲，採責任內閣制。
主要種族	阿拉伯人、庫德人、波斯人、土耳其人	猶太人、阿拉伯人	日本人	阿拉伯人
信仰	伊斯蘭教	猶太教、伊斯蘭教	神道教、佛教、基督教	伊斯蘭教
主要語言	阿拉伯語、庫德語	希伯來語、阿拉伯語	日本語	阿拉伯語、英語
幣制	Iraqi Dinar (Din.) (1USD = Din.1,462.5)	New Israel Shekel (Shek.) (1USD = Shek.4.482)	Japanese Yen (Yen) (1USD = Yen108.19)	Jordan Dinar (J.Din.) (1USD = J.Din.0.709)
平均每人國民所得	2,100 美元 (2004)	20,800 美元 (2004)	29,400 美元 (2004)	4,500 美元 (2004)
主要物產及輸出	石油、椰棗、羊毛、皮革	加工鑽石、醫療設備、軍需品、肥料、高科技產品	電機、電腦產品、車輛、鋼鐵機器及電視錄放影機	磷酸鹽、碳酸鉀、蔬菜、水果、皮革、牛油、水泥、肥料
國際關係	1945 年參加阿拉伯聯盟，原屬激進派，兩伊戰後轉趨溫和。1945 年加入聯合國，為創始會員國之一；1972 年與蘇簽訂友好條約。1980 年因邊境領土糾紛進軍伊朗，引發兩伊戰爭。1990 年入侵科威特，1991 年退出。	中立，親西方，與美關係密切。1949 年加入聯合國。自獨立迄今，一直與阿拉伯國家交戰，1979 年在美簽和約，結束以、埃敵對狀態。1998 年簽訂以巴臨時和平協定。	1956 年加入聯合國。1997 年，美日簽署新「美日安保防衛指南」以面對冷戰結束後亞洲形勢。	較親西方，1945 年參加阿拉伯聯盟，1955 年加入聯合國，1962 年與沙烏地阿拉伯簽訂軍事共同防禦協定。1994 年約旦與以色列簽署和平條約。
與我關係	1958 年與中共建交，我與之斷交。	與我無邦交，1950 年承認中共，1992 年 1 月與中共建交。我在該國設有經濟文化辦事處。	1972 年與中共建交，中、日雙方於 1972 年 12 月互設民間機構亞東關係協會及財團法人交流協會。1992 年更名為臺北駐日經濟文化代表處。	1957 年與我建交，1977 年與中共建交，我與之斷交。我在安曼設置約旦遠東商務處，約旦在華設置駐華商務辦事處。
備註		原為英國委任統治地，舊稱巴勒斯坦。		

亞　洲

國　名	哈薩克共和國 Republic of Kazakhstan	大韓民國（南韓） Republic of Korea	朝鮮民主主義人民共和國（北韓） Democratic People's Republic of Korea	科威特 State of Kuwait
地理位置	中亞	東北亞	東北亞	西亞，阿拉伯半島東北部
首　都	阿斯塔納 (Astana)	首爾 (Seoul)	平壤 (Pyong Yang)	科威特市 (Kuwait City)
面　積	2,717,300 km^2	98,480 km^2	122,762 km^2	17,818 km^2
人　口	15,190,000 人 (2005)	48,420,000 人 (2005)	22,910,000 人 (2005)	2,340,000 人 (2005)
獨立日期	1991 年 12 月 16 日（脫離前蘇聯）	1948 年 8 月 15 日	1948 年 9 月 9 日	1961 年 6 月 19 日
政治制度	總統制	共和立憲，大統領制。	蘇維埃制	君主立憲
主要種族	哈薩克人、俄羅斯人	高麗人	高麗人	科威特人、阿拉伯人
信　仰	伊斯蘭教遜尼派	佛教、基督教、天主教、伊斯蘭教、天道教	佛教、基督教	伊斯蘭教
主要語言	哈薩克語、俄語	韓語	韓語	阿拉伯語、英語
幣　制	Tenge (1USD = Tenge136)	KRW (1USD = KRW1,145)	KPW (1USD = KPW170)	Kuwaiti Dinar (K.Din.) (1USD = K.Din.0.2947)
平均每人國民所得	7,800 美元 (2004)	19,200 美元 (2004)	1,700 美元 (2004)	21,300 美元 (2004)
主要物產及輸出	石油、鋁、金屬、化學品	紡織、電子、鋼鐵製品、鞋類、船舶、汽車	非鐵金屬、農產品、礦產、鐵、鋼、金屬	原油、油成品、蝦、珍珠
國際關係	1991 年 12 月加入獨立國家國協，1992 年 3 月加入聯合國。	1991 年 9 月加入聯合國。	與世界 102 個國家建交，其中有 69 個國家同時與南韓建交。與俄羅斯、中共、東歐及非洲各國來往頻繁。	採中立不結盟外交政策，但較親西方。1961 年加入阿拉伯聯盟，1963 年加入聯合國。為石油輸出國家組織 (OPEC) 暨阿拉伯石油輸出國家組織會員國、海灣合作理事會六成員國之一。
與我關係	1992 年 1 月 3 日與中共建交，迄今與我無官方往來。	1992 年 8 月與中共建交，與我斷交。	與我無邦交。1996 年，北韓在臺成立海外總代理事務所，負責觀光證簽發。	1971 年與中共建交，我與之斷交。1986 年我在該國設立中華民國駐科威特商務辦事處。1996 年更名為「駐科威特王國臺北商務代表處」。
備　註		二次大戰後，朝鮮半島以北緯 38 度為界，分由美、蘇進駐南、北韓，1950 年北韓南侵，1953 年簽訂韓戰停戰協定後，改以停戰線為界，南北韓對峙迄今。1997 年，雙方允許對方民航機進入領空。		原為英國保護國。

亞洲

國名	吉爾吉斯共和國 Republic of Kyrgyzstan	寮人民民主共和國 Laos People's Democratic Republic	黎巴嫩共和國 Republic of Lebanon	馬來西亞 Malaysia
地理位置	中亞，天山山脈北側	東南亞，中南半島上	西亞，西濱地中海	東南亞
首都	比斯凱克 (Bishkek)	永珍 (Vientiane)	貝魯特 (Beirut)	吉隆坡 (Kuala Lumpur)
面積	198,500 km^2	236,800 km^2	10,400 km^2	329,750 km^2
人口	5,150,000 人 (2005)	6,220,000 人 (2005)	3,830,000 人 (2005)	23,950,000 人 (2005)
獨立日期	1991 年 8 月 31 日（脫離前蘇聯）	1949 年 7 月 19 日	1946 年 11 月 22 日	1957 年 8 月 31 日
政治制度	總統制	社會主義一黨專政	共和國，總統制。	君主立憲及議會民主制，責任內閣制。
主要種族	吉爾吉斯人、俄羅斯人、烏茲別克人等	寮國人、Mon-Khmer 人、泰國人、Sino-Tibetan 人	黎巴嫩人、巴勒斯坦人	馬來人、華人、印度人
信仰	伊斯蘭教遜尼派	小乘佛教	基督教、伊斯蘭教	伊斯蘭教為馬來人國教，其他民族信奉佛教、基督教、印度教。
主要語言	吉爾吉斯語、俄語	寮語、法語、英語	阿拉伯語、法語	馬來語，英語，華語
幣制	Som (1USD = Som42.65)	New Kip (Kip) (1USD = Kip10,820)	Leb. Pound (L.£) (1USD = L.£1,507)	MYR (1USD = MYR3.8)
平均每人國民所得	1,700 美元 (2004)	1,900 美元 (2004)	5,000 美元 (2004)	9,700 美元 (2004)
主要物產及輸出	資源有煤、石油、天然氣	錫、咖啡、木材	珠寶、衣物、金屬製品	石油、橡膠、錫礦、棕櫚油、木材、可可、胡椒、電子零件
國際關係	1991 年 12 月加入「獨立國家國協」，1992 年 3 月加入聯合國。	外交上採不結盟政策，加強與越南、高棉及其他共產主義國家的外交關係。1955 年加入聯合國。為東協會員國。	親西方，1945 年加入聯合國，為創始會員國之一。1948 年參加阿拉伯聯盟，1984 年以、黎撤軍協定廢除後，黎國政局完全受敘利亞操縱。1991 年，敘利亞承認黎巴嫩為獨立國家。	提倡東南亞中立化，參加不結盟集團。1957 年加入聯合國，為大英國協會員國。1990 年倡導「東亞經濟論壇」。
與我關係	1992 年 1 月 5 日與中共建交，自獨立迄今與我無官方往來。	與我無邦交，1962 年承認中共。	1971 年與中共建交，我與之斷交，1973 年我在黎京設置遠東貿易服務中心駐黎巴嫩辦事處，1978 年因黎國戰亂結束該處業務。	1974 年與中共建交，我與之斷交，同年我在吉隆坡設立駐吉隆坡遠東貿易旅遊中心，1992 年易名為「駐馬來西亞臺北經濟文化辦事處」。
備註		原為法國保護國。	原為法國委任統治地。	

亞　洲

國　　名	馬爾地夫共和國 Republic of Maldives	蒙　　古 Mongolia	緬甸聯邦 Union of Myanmar	尼泊爾王國 Kingdom of Nepal
地理位置	印度半島西南印度洋中	亞洲中部，北界俄羅斯，南臨中國	中南半島西北部	中亞，喜馬拉雅山南麓
首　　都	瑪律 (Male)	烏蘭巴托 (Ulaanbaater)	仰光 (Rangoon)	加德滿都 (Kathmandu)
面　　積	300 km²	1,566,500 km²	678,500 km²	140,800 km²
人　　口	350,000 人 (2005)	2,790,000 人 (2005)	42,910,000 人 (2005)	27,680,000 人 (2005)
獨立日期	1965 年 7 月 26 日	1921 年 3 月 13 日（脫離中國）	1948 年 1 月 4 日	1923 年
政治制度	總統制	共和國	軍政專制，為一聯邦社會主義共和國。	君主立憲
主要種族	錫蘭人、德拉威人 (Dravidian)	蒙古人	緬甸人	尼泊爾人、比哈爾 (Bihārī) 人、……
信　　仰	伊斯蘭教	藏傳佛教	大乘佛教、印度教、伊斯蘭教、基督教	印度教、大乘佛教
主要語言	Divehi	喀爾喀蒙古語	緬甸語、英語	尼泊爾語
幣　　制	Rufiyaa (Ruf.) (1USD = Ruf.12.8)	Tughrik (Tug) (1USD = Tug.1,185)	Kyat (Kyats) (1USD = Kyats5.7459)	Rupee (Rps) (1USD = Rps.73.674)
平均每人國民所得	3,900 美元 (2002)	1,900 美元 (2004)	1,700 美元 (2004)	1,500 美元 (2004)
主要物產及輸出	魚及龜製品、椰乾、貝殼製品、郵票	銅、畜牧產品	稻米、木材、麻栗樹、橡膠、寶石	黃麻、米、穀物、牛、獸皮、麥、藥品
國際關係	中立，為大英國協會員國。1965 年加入聯合國，1970 年以來積極與共產國家建交。為南亞區域合作體之會員國。	聯合國、世銀、WTO、IMF 成員。	中立，1948 年加入聯合國，1961 年參加不結盟國家會議，1979 年退出。1997 年成為東協會員國。	中立，1955 年加入聯合國，1961 年參加不結盟國家會議。
與我關係	1972 年 4 月與我斷交，10 月與中共建交。	與我無邦交。	與我無邦交，1949 年承認中共，1960 年與中共簽訂友好條約。	與我無邦交，1955 年承認中共。近年我國往尼國觀光可獲落地簽證，並可停留一週。
備　　註	原為英國保護國。		原為英國殖民地	

亞　洲

國　　名	阿曼王國 Sultanate of Oman	巴基斯坦伊斯蘭共和國 Islamic Republic of Pakistan	菲律賓共和國 Republic of the Philippines	卡　達 State of Qatar
地理位置	西亞，阿拉伯半島東南端	西亞，印度半島西北	東南亞，呂宋群島	西亞，波斯灣西岸
首　　都	馬斯喀特 (Muscat)	伊斯蘭馬巴德 (Islamabad)	馬尼拉 (Manila)	杜哈 (Doha)
面　　積	212,460 km^2	803,940 km^2	300,000 km^2	11,437 km^2
人　　口	3,000,000 人 (2005)	162,420,000 人 (2005)	87,860,000 人 (2005)	860,000 人 (2005)
獨立日期	1951 年 12 月 20 日	1947 年 8 月 15 日	1946 年 7 月 4 日	1971 年 9 月 1 日
政治制度	君主專制，由世襲蘇丹統治。	伊斯蘭共和國，採總統制。	總統制	君主專制
主要種族	阿拉伯人、印度人	Punjābī、Pashto、Sindhī、Saraiki、Urdū	塔加拉 (Tagalog) 人、Cebuano、Ilocano、Hiligaynon、Ilongo、……	South Asian、卡達人、阿拉伯人、伊朗人
信　　仰	伊斯蘭教	伊斯蘭教	天主教	伊斯蘭教
主要語言	阿拉伯語	烏爾都 (Urdū) 語、旁遮普 (Punjab) 語	菲律賓語、英語	阿拉伯語
幣　　制	Riyal Omani (Riyal) (1USD = Riyal0.3845)	Pak. Rupee (P.Rps.) (1USD = P.Rps.58.258)	Philippine Peso (P.Pesos) (1USD = P.Pesos56.04)	Qatar Riyal (Riyal) (1USD = Riyal3.6403)
平均每人國民所得	13,100 美元 (2004)	2,200 美元 (2004)	5,000 美元 (2003)	23,200 美元 (2004)
主要物產及輸出	石油、棗子、魚乾	米、棉花、棉紗、紡織品、輕工業產品	椰油、濃縮銅、椰乾、成衣、電子產品	石油
國際關係	1971 年參加阿拉伯聯盟及聯合國，為海灣合作理事會六成員國之一。	中立偏左，與中共友好。1947 年加入聯合國，1971 年因東巴獨立為孟加拉共和國，引起印、巴戰爭，至今仍相互猜忌。1989 年重返大英國協。	屬民主集團，外交政策親西方。1945 年加入聯合國，為創始會員國之一。1954 年參加東南亞公約組織。1967 年參加東南亞國家協會。	中立，較親西方。1961 年加入石油輸出國家組織，1971 年加入聯合國，為海灣合作理事會六成員國之一。
與我關係	與我無邦交，1978 年與中共建交，我於 1979 年在該國首都設置遠東貿易服務中心駐阿曼代表處。1991 年改為臺北經濟文化辦事處。	與我無邦交，1951 年與中共建交，1980 年宣布開放對我直接貿易，今中、巴兩國商民透過巴基斯坦商工總會及我外貿協會推介可獲簽證。	與我無邦交，1975 年與中共建交，我在該國設「菲律賓臺北經濟文化辦事處」。	與我無邦交，獨立時我曾予外交承認。卡達與中共於 1988 年建交。
備　　註				

亞 洲

國名	沙烏地阿拉伯王國 Kingdom of Saudi Arabia	新加坡共和國 Republic of Singapore	斯里蘭卡民主社會主義共和國（錫蘭） Democratic Socialist Republic of Sri Lanka (Ceylon)	敘利亞阿拉伯共和國 Syrian Arab Republic
地理位置	西亞，阿拉伯半島上	東南亞，馬來半島南端	南亞，印度半島東南方島國	西亞，西臨地中海
首都	利雅德 (Riyadh)	新加坡 (Singapore)	可倫坡 (Colombo)	大馬士革 (Damascus)
面積	1,960,582 km^2	647.5 km^2	65,610 km^2	185,180 km^2
人口	26,420,000 人 (2005)	4,430,000 人 (2005)	20,060,000 人 (2005)	18,450,000 人 (2005)
獨立日期	1932 年 9 月 23 日	1965 年 8 月 9 日	1948 年 2 月 4 日	1941 年 9 月 17 日
政治制度	君主專制	責任內閣制	總統制	總統制
主要種族	沙烏地阿拉伯人、葉門人	華人、馬來人、印度人	錫蘭人、坦米爾 (Tamil) 人、Sri Lankan Moor 人	阿拉伯人、庫德人
信仰	伊斯蘭教	佛教、伊斯蘭教、基督教、印度教	佛教、印度教	伊斯蘭教、基督教
主要語言	阿拉伯語	英語、華語、馬來語	錫蘭語、英語	阿拉伯語、俄語
幣制	Saudi Riyal (Riyal) (1USD = Riyal3.745)	Singapore Dollar (Sing.$) (1USD = Sing.$1.6902)	Sri Lanka Rupee (S.L.Rps.) (1USD=S.L.Rps.101.194)	Syrian Pound (S.£) (1USD = S.£ 51.595)
平均每人國民所得	12,000 美元 (2004)	27,800 美元 (2004)	4,000 美元 (2003)	3,400 美元 (2004)
主要物產及輸出	石油	石油產品、電動機械、電訊器材、辦公室配備、生膠	茶、橡膠、椰子、香料、肉桂、石墨、寶石、紡織品	石油、棉花、水果、蔬菜、羊毛、菸草、紡織品、磷酸鹽
國際關係	反以色列、反共、親西方、不結盟。1945 年加入聯合國，為創始會員國之一。1945 年參加阿拉伯聯盟，為石油輸出國家組織創始會員國。	中立，不結盟。為國協會員國。1965 年加入聯合國。1967 年加入東南亞國家協會。1990 年與中共建交。	中立，為大英國協會員國。1955 年加入聯合國，1961 年參加不結盟國家會議，1977 年大選後，聯合國民黨政府態度右傾。為南亞區域合作體會員國。	反以色列。1945 年參加阿拉伯聯盟、聯合國，為聯合國創始會員國之一。
與我關係	1990 年與中共建交，中斷與我關係。	與我無邦交，我駐新商務代表團於 1969 年成立，新加坡駐臺北商務代表辦事處於 1979 年成立，1984 年，新方對持我國護照之旅客實施二週免簽證措施。	與我無邦交，1957 年與中共建交。1979 年開放與我直接貿易並給予我國人觀光二週免簽證待遇。1991 年，裁撤駐斯里蘭卡辦事處。	與我無邦交，1956 年與中共建交。
備註		1867 年為英國屬地，1963 年加入馬來西亞聯邦，1965 年退出。	舊稱錫蘭。	

亞　洲

國　名	塔吉克共和國 Republic of Tajikistan	泰　國 Kingdom of Thailand	土耳其共和國 Republic of Turkey	土庫曼共和國 Republic of Turkmen
地理位置	中亞	東南亞，中南半島上	西亞	中亞西南部
首　都	杜桑貝 (Dushanbe)	曼谷 (Bangkok)	安卡拉 (Ankara)	阿什哈巴德 (Ashkhabad)
面　積	143,100 km^2	514,100 km^2	780,580 km^2	488,100 km^2
人　口	7,160,000 人 (2005)	65,440,000 人 (2005)	69,660,000 人 (2005)	4,950,000 人 (2005)
獨立日期	1991 年 9 月 9 日	1238 年	1923 年 10 月 29 日	1991 年 10 月 27 日 (脫離前蘇聯)
政治制度	總統制	君主立憲，責任內閣制。	內閣制	總統制
主要種族	塔吉克人、烏茲別克人、俄羅斯人	泰國人、寮國人、華人	土耳其人、庫德人	土庫曼人、俄羅斯人、烏茲別克人
信　仰	伊斯蘭教遜尼派	佛教、伊斯蘭教、基督教	伊斯蘭教	伊斯蘭教遜尼派
主要語言	塔吉克語、俄語	泰語	土耳其語	土庫曼語、俄語
幣　制	Roubles (1USD = RUR2.9705) (2004)	Baht (1USD = Baht40.222)	Turkish Lira (Turk.£) (1USD = Turk.£ 1,425,500)	Manat (1USD = Manat10,100) (2004)
平均每人國民所得	1,100 美元 (2004)	8,100 美元 (2004)	7,400 美元 (2004)	5,700 美元 (2004)
主要物產及輸出	鈾、棉花、鋁合金	米、糖、玉米、樹薯、橡膠、錫、鮮蝦、麻、菸草、紡織品、電腦零件	棉花、菸草、水果、鉻礦、鐵砂、紡織品、牛皮、棉織、玻璃、磁磚	石油、天然氣、農產品、棉花
國際關係	1991 年 12 月加入獨立國家國協，1992 年 3 月加入聯合國。	1946 年加入聯合國，1985 年當選為聯合國安理會理事國。	1945 年加入聯合國，為聯合國創始會員國之一。1952 年參加北大西洋公約組織，1984 年後加強與伊斯蘭教世界、西方及第三世界之關係。1996 年加入歐洲關稅聯盟。	1991 年成為「獨立國家國協」之一員，1992 年 3 月加入聯合國。
與我關係	1992 年 1 月與中共建交，自獨立迄今與我無官方往來。	1975 年與中共建交，我與之斷交，目前在曼谷設有駐泰國臺北經濟貿易辦事處。	1934 年與我建交，1971 年與中共建交，我與之斷交。1989 年我在安卡拉成立「臺北經濟文化辦事處」，1993 年土耳其設立「駐臺北土耳其經濟辦事處」。	1992 年與中共建交，與我無往來關係。
備　註		古稱暹羅 (Siam)，1939 年定國名為今名。		

亞 洲

國　名	阿拉伯聯合大公國 United Arab Emirates	烏茲別克共和國 Republic of Uzbekistan	越南社會主義共和國 Socialist Republic of Vietnam	葉門共和國 Republic of Yemen
地理位置	西亞，波斯灣東南岸	中亞	東南亞，中南半島上	阿拉伯半島西南端
首　都	阿布達比 (Abu Dhabi)	塔什干 (Tashkent)	河內 (Hanoi)	沙那 (Sanaa)
面　積	82,880 km^2	447,400 km^2	329,560 km^2	527,970 km^2
人　口	2,560,000 人 (2005)	26,850,000 人 (2005)	83,540,000 人 (2005)	20,720,000 人 (2005)
獨立日期	1971 年 12 月 2 日	1990 年 8 月 31 日	1945 年 9 月 2 日	1990 年 5 月 22 日
政治制度	總統制	總統制	社會主義共產國家，一黨專政。	總統制
主要種族	South Asian（印度人、巴基斯坦人）、阿拉伯人	烏茲別克人、俄羅斯人、塔吉克人、哈薩克人	越南人	葉門人
信　仰	伊斯蘭教	伊斯蘭教遜尼派	佛教、天主教、道教、基督教	伊斯蘭教
主要語言	阿拉伯語、英語	烏茲別克語、俄語	越語、法語	阿拉伯語
幣　制	Dirham (DH) (1USD = DH3.6725)	Som, (1USD = Soms1,020) (2004)	Dong (D.) (1USD = D.15,746)	Yemeni Rial (Y.R.) (1USD = Y.R.184.78)
平均每人國民所得	25,200 美元 (2004)	1,800 美元 (2004)	2,700 美元 (2004)	800 美元 (2004)
主要物產及輸出	石油、石化產品、天然氣、水泥、鋁	石油、天然氣、煤、銅、鉛、鋅、黃金、銀、棉花	農產品、煤、礦物、輕工業產品、水產、林產	石油、咖啡、棉花、皮革
國際關係	1971 年加入聯合國，為石油輸出國家組織及海灣合作理事會六成員國之一。	1991 年 12 月 21 日成為「獨立國家國協」之一員，1992 年 3 月加入聯合國。	1977 年加入聯合國。1979 年 1 月進軍高棉，成立橫山林政權。1979 年 2 月中共進攻越南。1988 年自柬埔寨撤軍，改採開放政策。1995 年與美國建交，加入東南亞國家協會、太平洋經濟合作理事會。	1990 年，南北葉門統一。1994 年爆發內戰，北葉門軍攻占亞丁，1994 年通過新憲法。葉門新政府以單一國家參加聯合國及阿拉伯聯盟等機構。
與我關係	我於 1971 年對其承認，1979 年設立名譽領事館，1980 年升格為名譽總領事館。中共於 1984 年與之建交。我外貿協會目前在杜邦以遠東貿易中心名義設立辦事處。	1992 年 1 月與中共建交。	與我無邦交，1975 年越共攻陷西貢，我關閉原駐越南大使館。1991 年外貿協會在胡志明市與河內設辦事處，1993 年越南在臺北設經濟辦事處。	葉門與我無邦交，北葉門 1956 年承認中共並建交，南葉門 1968 年承認中共並建交。
備　註	原為英國保護國，全國 4/5 人口外來自伊朗、印度、巴基斯坦等國。		1954 年分裂為南北越，1976 年合併改國名為現稱。	

大洋洲

國名	澳大利亞聯邦 Commonwealth of Australia	斐濟 Republic of Fiji	吉里巴斯共和國 Republic of Kiribati	馬紹爾群島共和國 Republic of the Marshall Islands
地理位置	南太平洋與印度洋之間	南太平洋	中南太平洋中	北太平洋島嶼，近赤道
首都	坎培拉 (Canberra)	蘇瓦 (Suva)	塔拉瓦 (Tarawa)	馬友洛 (Majuro)
面積	7,686,850 km^2	18,270 km^2	717 km^2	181.3 km^2
人口	20,090,000 人 (2005)	890,000 人 (2005)	10,300 人 (2005)	59,071 人 (2005)
獨立日期	1901 年 1 月 1 日	1970 年 10 月 10 日	1979 年 7 月 12 日	1986 年 10 月 21 日（美國結束託管）
政治制度	責任內閣制	共和國，內閣制。	共和立憲，總統制。	總統制
主要種族	白種人	印度人、斐濟人	吉里巴斯人	
信仰	基督教、天主教	基督教、印度教	天主教、基督教	基督教、天主教
主要語言	英語	英語、斐濟語、印度語	吉里巴斯語、英語	英語、馬紹爾土語
幣制	Australian Dollar (A.$) (1USD = A.$1.3598)	Fiji Dollar (F.$) (1USD = F.$1.7331)	Australian Dollar (A.$) (1USD = A.$1.3598)	USD Dollar (US$) (1USD = 1)
平均每人國民所得	30,700 美元 (2004)	5,900 美元 (2004)	800 美元 (2001)	1,600 美元 (2001)
主要物產及輸出	小麥、羊毛、煤、礦砂、農畜產品	砂糖、糖蜜、魚產、黃金、木材	磷酸鹽、椰乾	椰油、椰乾、磷礦、木材、魚貨
國際關係	屬民主集團，為國協會員國及聯合國創始會員國之一。1954 年參加東南亞公約組織，1971 年與紐西蘭、馬來西亞、新加坡、英國簽訂五國防禦協定。	親西方，但標榜中立。獨立後為國協會員國，1987 年改制共和後會籍已中止，1970 年加入聯合國。	與澳洲、加拿大、日本、紐西蘭、巴布亞紐幾內亞、英國、美國、中共建立外交關係，為大英國協會員國。	馬紹爾與美國關係密切，國際及安全事務委由美國負責。1991 年成為聯合國會員國。
與我關係	1972 年與中共建交，我與之同時斷交。目前我在該國設駐澳大利亞臺北經濟文化辦事處。澳商業總會在臺北設澳大利亞商工辦事處。	1975 年與中共建交。我在該國設有商務代表團。1996 年簽署互相承認協定。	與我無邦交，1980 年與中共建交。	1990 年承認中共。1998 年與我建立外交關係。
備註		原為英屬地。	原為英國保護國、殖民地。	

大洋洲

國名	密克羅尼西亞 The Federated States of Micronesia	諾魯共和國 Republic of Nauru	紐西蘭 New Zealand	帛琉共和國 Republic of Palau
地理位置	西太平洋	西太平洋赤道附近	澳洲東南方南太平洋中	西太平洋
首都	帕里喀 (Palikar)	雅連 (Yaren)	威靈頓 (Wellington)	柯洛 (Koror)
面積	702 km^2	21.2 km^2	268,680 km^2	458 km^2
人口	108,000 人 (2005)	13,048 人 (2005)	4,035,000 人 (2005)	20,303 人 (2005)
獨立日期	1986 年 11 月 3 日（結束聯合國託管）	1968 年 1 月 31 日	1907 年 9 月 26 日	1994 年 10 月 1 日（結束美國託管）
政治制度	聯邦共和國，總統制。	責任內閣制	君主立憲，責任內閣制，總督代表英女王。	總統制
主要種族		諾魯人、Gilbertese、Tuvaluan、華人	歐洲人、毛利 (Maori) 人、……	
信仰	天主教、基督教	基督教、天主教、道教、佛教、其他	基督教	天主教、基督教
主要語言	英語	英語、諾魯語	英語	英語、帛琉語
幣制	USD	Australian Dollar (A.$) (1USD = A.$1.3598)	N. Z. Dollar (NZ.$) (1USD = NZ.$1.5087)	USD
平均每人國民所得	2,000 美元 (2002)	5,000 美元 (2001)	23,200 美元 (2004)	9,000 美元 (2001)
主要物產及輸出	椰乾、椰油、漁業、胡椒、手工藝品	磷石	農畜產品	椰乾、椰油、漁產、手工藝品
國際關係	1990 年聯合國安理會正式終止對密國託管，並於 1991 年加入聯合國。	親西方，但與北韓建交，現為大英國協特別會員國。	為大英國協會員國。1945 年加入聯合國，為創始會員國之一。	1994 年加入聯合國，為南太平洋論壇會員國。
與我關係	1989 年與中共建交。	1980 年與我建交。2002 年 7 月與中共建交，我與之斷交。2005 年 5 月與我恢復邦交。	承認中共並建交，我於 1972 年與之斷交。我在威靈頓設亞東貿易中心。紐於 1989 在我國設「紐西蘭商工辦事處」。	1989 年，我與帛琉發表公報，在帛琉正式獨立後建交。1999 年 12 月，我與帛琉正式建立外交關係。
備註		獨立前由澳、英、紐託管。	原為英國殖民地。	

大洋洲

國名	巴布亞紐幾內亞 Papua New Guinea	薩摩亞獨立國 Independent State of Samoa	索羅門群島 Solomon Islands	東加王國 Kingdom of Tonga
地理位置	澳洲北方南太平洋中	南太平洋上	澳洲東北方之西南太平洋中	西南太平洋上
首都	摩爾斯貝港 (Port Moresby)	阿庇亞 (Apia)	荷尼阿拉 (Honiara)	努瓜婁發 (Nukualofa)
面積	462,840 km^2	2,860 km^2	28,450 km^2	748 km^2
人口	5,550,000 人 (2005)	177,000 人 (2005)	530,000 人 (2005)	112,000 人 (2005)
獨立日期	1975 年 9 月 16 日	1962 年 1 月 1 日	1978 年 7 月 7 日	1970 年 6 月 4 日
政治制度	君主立憲，以英女王為國家元首。	部落與議會民主混合制	君主立憲，以英女王為元首。	君主立憲
主要種族	紐幾內亞巴布亞人、紐幾內亞美拉尼西亞人	薩摩亞人（玻里尼西亞人）	美拉尼西亞人	東加人
信仰	拜物教、基督教、天主教	基督教、天主教	基督教、天主教	基督教 Methodist 教派
主要語言	英語	英語、薩摩亞語	英語、Pidgin 語	英語、東加語
幣制	Kina (K.) (1USD = K.3.2225)	Tala (WS$) (1USD = WS$2.7807)	Solomon Islands Dollar (SI$) (1USD = SI$7.4847)	Pa'anga (1USD = Pa'anga1.9716)
平均每人國民所得	2,200 美元 (2004)	5,600 美元 (2002)	1,700 美元 (2001)	2,300 美元 (2002)
主要物產及輸出	礦砂、咖啡、可可、椰乾、木材	食品、木材	椰乾、漁產、木材、可可	椰乾、香蕉、南瓜、香草豆
國際關係	為國協會員國，1975 年加入聯合國，1946 年澳洲與聯合國簽署紐幾內亞託管協定，1975 年獨立後澳洲保證給予國防和外交上的支助。	為大英國協、聯合國會員國。	屬民主集團，為大英國協會員國，1978 年加入聯合國。	為大英國協會員國，與紐、澳、英關係密切，財政經濟援助以來自紐、澳為最多。非聯合國會員國，但接受聯合國多項協助。
與我關係	與我無邦交，1976 年與中共建交。1990 年設「中華民國駐巴布亞紐幾內亞商務代表團」，1995 年與我簽聯合公報，相互承認。	1972 年與我建交，1975 年與中共建交，我同時與之斷交。	1983 年與我建交。	1972 年與我建交，1998 年與我斷交，與中共建交。
備註	原為德國之殖民地。		原為英國屬地。	1845 年建立今王朝，1900 年成為英國保護國。

大洋洲			歐　洲	
國　名	吐瓦魯 Tuvalu	萬那杜共和國 Republic of Vanuatu	阿爾巴尼亞共和國 Republic of Albania	安道爾侯國 Principality of Andorra
地理位置	西南太平洋上	西南太平洋上	東南歐，巴爾幹半島西部	西歐，法國與西班牙之間
首　都	富那富提 (Funafuti)	維拉 (Vila)	地拉那 (Tirana)	安道爾 (Andorrala Vella)
面　積	26 km^2	14,760 km^2	28,750 km^2	450 km^2
人　口	11,636 人 (2005)	205,000 人 (2005)	3,560,000 人 (2005)	70,000 人 (2005)
獨立日期	1978 年 10 月 1 日	1980 年 7 月 30 日	1912 年 11 月 28 日	1278 年由法、西共管
政治制度	君主立憲，以英女王為元首，由總督代行職權。	內閣制	共和體制	以法國元首與西班牙 Urgel 主教為共同君主，惟主權屬全體人民。
主要種族	吐瓦魯人（玻里尼西亞人）	Ni-Vanuatu	阿爾巴尼亞人	西班牙人、安道爾人、法國人……
信　仰	基督教、天主教	基督教、英國國教、天主教	伊斯蘭教、基督教	天主教
主要語言	英語、吐瓦魯語	萬那杜語、英語、法語	阿爾巴尼亞語	Catalan 語、法語、西班牙語
幣　制	Australian Dollar (A.$) (1USD = A.$1.3598)	Vatu (1USD = Vatu115.05)	Lek (1USD = Leks.102.649)	1USD = 0.8054EUR
平均每人國民所得	1,100 美元 (2000)	2,900 美元 (2003)	4,900 美元 (2004)	26,800 美元 (2003)
主要物產及輸出	郵票、魚、椰乾、手工藝品	椰乾、可可、牛肉、椰油	礦產品（氧化鉻、鎳）、菸草、毛皮、棉花、水果（橄欖、葡萄、橙）	農產品、木材、手工藝品、傢俱、鐵
國際關係	為大英國協、聯合國經社理事會亞太地區會員國，但非聯合國會員國。與 25 國有邦交。	為大英國協、聯合國會員國。	1955 年加入聯合國，1961 年起採孤立政策，1990 年與前蘇聯復交。	中立，由法、西共同保護，實際上對外關係由法代理。1993 年加入聯合國。
與我關係	於 1979 年與我建交。1997 年新任駐華大使呈遞到任國書。	與我無邦交，1982 年與中共建交。	與我無邦交，1949 年與中共建交。	與我無邦交，1994 年與中共建交。
備　註	原為英國殖民地。	1906 年起由英、法共管。	1912 年脫離土耳其獨立。1991 年舉行自由選舉，改國號為今名。	原由法國與西班牙共管，1993 年舉行公民投票，通過憲法，成為獨立國家。

歐　洲

國　名	奧地利共和國 Republic of Austria	白俄羅斯共和國 Republic of Belarus	比利時王國 Kingdom of Belgium	波士尼亞—赫塞哥維納聯邦 Federation of Bosnia-Herzegovina
地理位置	中歐內陸	前蘇聯西部，與波蘭毗鄰	西歐	東南歐
首　都	維也納 (Vienna)	明斯克 (Minsk)	布魯塞爾 (Brussels)	塞拉耶佛 (Sarajevo)
面　積	83,850 km^2	207,600 km^2	30,521 km^2	51,233 km^2
人　口	8,180,000 人 (2005)	10,300,000 人 (2005)	10,360,000 人 (2005)	4,030,000 人 (2005)
獨立日期	1156 年（脫離巴伐利亞）	1991 年 8 月 25 日	1830 年 10 月 4 日	1992 年 2 月 29 日
政治制度	聯邦共和體制，採內閣制。	總統制	君主立憲，採責任內閣制。	聯邦總統團三人，可任命內閣成員，任命案須經「聯邦」之國會同意。
主要種族	奧地利人	白俄羅斯人、俄羅斯人、波蘭人、烏克蘭人	比利時人	塞爾維亞人、克羅埃西亞人、Bosnian Muslim、斯洛維尼亞人
信　仰	天主教、基督教	東正教	天主教、基督教、猶太教	伊斯蘭教、天主教、東正教
主要語言	德語	白俄羅斯語、俄語	荷語、法語、德語	Serbo-Croat
幣　制	1USD = 0.8054EUR	By. Rubel (1USD = BR.2,160.26)	1USD = 0.8054EUR	Convertible Marka (1USD = 1.58BAM) (2004)
平均每人國民所得	31,300 美元 (2004)	6,800 美元 (2004)	30,600 美元 (2004)	6,500 美元 (2003)
主要物產及輸出	鋼鐵、機械、紡織品、電器、車輛、紙張、鋁	運輸、機械設備、礦肥、金屬	化學品、鋼鐵、交通工具	農、礦業
國際關係	永久中立國，為聯合國、歐洲自由貿易協會 (EFTA) 會員國。1995 年加入歐洲聯盟。	為獨立國家國協之成員國。1945 年入聯合國。1996 年與俄羅斯簽訂「主權國共同體」，加強兩國之統合。	為聯合國及北大西洋公約組織、歐洲共同市場會員國，比京為該二組織總部所在地。	1992 年波士尼亞獲准進入聯合國。1996 年波士尼亞和塞爾維亞兩國建立正式外交關係，結束長期敵對狀態。
與我關係	1971 年與中共建交，我在維也納設有駐奧代表處、新聞單位及貿易機構，奧在華設有奧地利商務代表團臺北辦事處，中、奧實質關係良好。	與我無邦交。1992 年與中共建交。1996 年，我設立「駐明斯克臺北經濟貿易代表團」。	1971 年與中共建交，我在該國設有「臺北經濟文化辦事處」，比國在我國設有「比利時貿易協會駐華辦事處」。	與我無邦交。
備註				

歐　洲

國　名	保加利亞人民共和國 People's Republic of Bulgaria	克羅埃西亞共和國 Croatia Republic	捷克共和國 The Czech Republic	丹麥王國 Kingdom of Denmark
地理位置	東南歐，巴爾幹半島東部	中歐匈牙利南，波士尼亞北	中歐內陸	西北歐
首　都	索非亞 (Sofia)	札格雷布 (Zagreb)	布拉格 (Prague)	哥本哈根 (Copenhagen)
面　積	110,910 km^2	56,538 km^2	78,703 km^2	43,094 km^2
人　口	7,450,000 人 (2005)	4,495,000 人 (2005)	10,240,000 人 (2005)	5,430,000 人 (2005)
獨立日期	1908 年 9 月 22 日	1991 年 6 月 25 日	1993 年 1 月 1 日	1849 年成為君主立憲國家
政治制度	共和體制	民主體制，政府閣員由總統提名，國會表決通過。	共和體制	君主立憲，採內閣制。
主要種族	保加利亞人、土耳其人	克羅埃西亞人	捷克人	丹麥人
信　仰	天主教	天主教	天主教、基督教、捷克 Hussites	基督教路德福音教派
主要語言	保加利亞語	克羅埃西亞語	捷克語	丹麥語
幣　制	Lev (1USD = 1.5751BGI)	Croatian Kuna (1USD = Kuna6.0358)	Koruna (1USD = 25.7CZK)	Danish Kroner (Dkr.) (1USD = Dkr.5.9911)
平均每人國民所得	8,200 美元 (2004)	11,200 美元 (2004)	16,800 美元 (2004)	32,200 美元 (2004)
主要物產及輸出	菸草、農產品、肉、牛奶產品、金屬品、機械、礦產、酒類、玫瑰油	能源、機械、運輸設備、棉花、電子設備	機器及運輸設備、化學製品、食品原料、燃料、切割金屬	奶製品、肉類、傢俱、家電及電子產品、紡織品
國際關係	1955 年加入聯合國。	1992 年加入聯合國，現為國際貨幣基金正式會員國。	1993 年成聯合國會員，與歐洲聯盟簽署準會員國協定。	為聯合國創始會員國之一，以及北大西洋公約組織、歐洲聯盟會員國。
與我關係	與我無邦交，1949 年與中共建交。1992 年中保簽訂交換航權協議書。	與我無邦交。	與我無邦交，1949 年與中共建交。1991 年我駐捷克代表處正式成立，1993 年捷克經濟文化辦事處在臺成立。1995 年中捷貿易促進會成立。	1950 年與中共建交，我於該國設駐丹麥臺北代表處。
備　註				建國於 14 世紀，幅員原包括瑞典、挪威、冰島等地。

歐　洲

國名	愛沙尼亞共和國 Republic of Estonia	芬蘭共和國 Republic of Finland	法蘭西共和國（法國） French Republic	德意志聯邦共和國 Fedral Republic of Germany (FRG)
地理位置	濱波羅的海	北歐	西歐	歐洲心臟地帶
首都	塔林 (Tallinn)	赫爾辛基 (Helsinki)	巴黎 (Paris)	柏林 (Berlin)
面積	45,227 km^2	338,000 km^2	547,030 km^2	356,970 km^2
人口	1,330,000 人 (2005)	5,220,000 人 (2004)	60,660,000 人 (2004)	82,430,000 人 (2005)
獨立日期	1991 年 8 月 20 日	1917 年 12 月 6 日	1792 年 9 月 22 日建立共和	1871 年 1 月 18 日
政治制度	憲法經公共投票表決通過，總統由國會選舉產生。	內閣制	民主共和，以總統為元首。	聯邦共和國，責任內閣制。
主要種族	愛沙尼亞人、俄羅斯人、烏克蘭人	芬蘭人、瑞典人	法國人	德國人
信仰	基督教路德教派、東正教	基督教路德福音派	天主教	基督教、天主教
主要語言	愛沙尼亞語為主	芬蘭語、瑞典語	法語	德語
幣制	Kroon (1USD = Kroon. 12.569) (2004)	1USD = 0.81EUR	1USD = 0.8054EUR	1USD = 0.8054EUR
平均每人國民所得	14,300 美元 (2004)	29,000 美元 (2004)	28,700 美元 (2004)	28,700 美元 (2004)
主要物產及輸出	輕工業產品、化學產品、電力、紙、木材	紙漿、紙、木材、金屬、機械	小轎車、汽車零件、航空器自動處理機及刷件、醫藥、葡萄酒。	化學品、機械、運輸工具、電器、航太器材
國際關係	1991 年加入聯合國，歐洲安全暨合作會議。目前俄羅斯在其境內仍有駐軍，該國以加入歐聯為短期目標。	中立，為聯合國會員國，1948 年與前蘇聯簽訂友好互助協定，1970 年續約 20 年。1983 年再續約 20 年。1995 年加入歐洲聯盟。	為聯合國創始會員國及安理會常任理事國之一，亦為北大西洋公約組織會員國，但未參加其軍事組織。歐盟創始會員國。	屬民主集團，為聯合國、北大西洋公約組織、歐洲聯盟會員國。
與我關係	1991 年與中共建交，並與我簽署經濟合作備忘錄及互設貿易代表團協定。	與我無邦交，1950 年與中共建交。我在該國設有「駐芬蘭臺北經濟文化辦事處」。芬蘭在華設有「芬蘭商務辦事處」。	1964 年與中共建交，我與之斷交，1995 年我在法設有「駐法國臺北代表處」，法國在我國亦設有法亞貿易促進會及法國在臺協會。	與我無邦交，1972 年與中共建交。我在波昂、漢堡、柏林、杜塞道夫、法蘭克福、科隆及慕尼黑設新聞、貿易、文化、觀光機構，德國在華設立德國文化中心及德國經濟辦事處。
備註				1990 年東德加入德意志聯邦共和國，兩德正式統一。

歐　洲

國　名	希臘共和國 Hellenic Republic (Greece)	教　廷 Holy See	匈牙利共和國 Republic of Hungary	冰島共和國 Republic of Iceland
地理位置	東南歐，巴爾幹半島南部	義大利羅馬市內	中歐內陸	北歐，北大西洋上
首　都	雅典 (Athens)	梵蒂岡 (Vatican City)	布達佩斯 (Budapest)	雷克雅維克 (Reykjavík)
面　積	131,940 km^2	0.44 km^2	93,030 km^2	103,000 km^2
人　口	10,670,000 人 (2005)	921 人 (2005)	10,060,000 人 (2005)	296,000 人 (2005)
獨立日期	1829 年 1 月 13 日	1929 年 2 月 11 日	1001 年	1944 年 6 月 17 日
政治制度	責任內閣制	以教宗為最高權力中心，設國務院及九個聖部。	共和體制	責任內閣制
主要種族	希臘人		馬札兒 (Magyar) 人	冰島人
信　仰	東正教	天主教	天主教	冰島基督教
主要語言	希臘語	義大利語、拉丁語、法語	匈牙利語	冰島語
幣　制	1USD = 0.8054EUR	1USD = 0.8054EUR	Forint (Ft.) (1USD = Ft.202.75)	New Króna (Kr.) (1USD = Kr.70.192)
平均每人國民所得	21,300 美元 (2004)		14,900 美元 (2004)	31,900 美元 (2004)
主要物產及輸出	成衣、農產加工、石油、肥料、皮製品		機器工具、肉類、食品、鐵、銅、化學品、啤酒、紡織品	漁產品、鋁、矽鐵、羊毛、皮製品
國際關係	為聯合國創始會員國之一，以及北大西洋公約組織、歐洲聯盟會員國。	永久中立，與全世界 168 個國家有外交關係。	為聯合國會員國。1956 年發生反共抗暴運動為蘇軍所鎮壓，1994 年成為歐洲聯盟準會員國，1997 年公投加入北約。	為聯合國、北大西洋公約組織、北歐理事會會員國。於 1972 年片面宣布擴大領海為 50 海里，與英國爆發鱈魚之戰 (Cod War)，直到 1976 年才達成協議。
與我關係	1972 年與中共建交，我與之斷交，我於雅典設有臺北經濟文化辦事處，希臘外貿促進組織在我國設有名譽代表辦事處。	與我有邦交。	與我無邦交，1949 年與中共建交。我在布達佩斯設有臺北代表處。	與我無邦交，1971 年與中共建交。
備　註	本為王國，1967 年政變後改為共和國。	為全世界天主教會之行政及精神中心。		建國於西元 870 年，1380 年隨挪威併入丹麥王國，1918 年成為自治王國，至 1944 年正式獨立，改制共和。

歐洲

國名	愛爾蘭共和國 Republic of Ireland	義大利共和國 Italian Republic	拉脫維亞共和國 Republic of Latvia	列支敦斯登侯國 Principality of Liechtenstein
地理位置	西北歐，愛爾蘭島上	南歐，義大利半島上	濱波羅的海	中歐（介於瑞士與奧地利之間）
首都	都柏林 (Dublin)	羅馬 (Rome)	里加 (Riga)	瓦都茲 (Vaduz)
面積	70,280 km^2	301,230 km^2	64,100 km^2	160 km^2
人口	4,015,000 人 (2005)	58,100,000 人 (2005)	2,290,000 人 (2005)	33,717 人 (2005)
獨立日期	1921 年 12 月 6 日	1861 年 3 月 17 日	1918 年 11 月 18 日	1719 年 1 月 23 日
政治制度	責任內閣制	責任內閣制	內閣制	君主立憲，採責任內閣制。
主要種族	愛爾蘭人	義大利人	拉脫維亞人、俄羅斯人、白俄羅斯人	列支敦斯登人、瑞士人、奧地利人、德國人
信仰	天主教	天主教	基督教路德教派	天主教
主要語言	愛爾蘭語、英語	義大利語	拉脫維亞語為主	德語
幣制	1USD = 0.8054EUR	1USD = 0.8054EUR	Latas (1USD = Latas0.5402)	Swiss Franc (S.F.) (1USD = S.F.1.2435)
平均每人國民所得	31,900 美元 (2004)	27,700 美元 (2004)	10,500 美元 (2004)	25,000 美元 (2004)
主要物產及輸出	化學品與藥品、辦公室自動化設備、肉類、家畜、乳製品、蛋類、電子產品、紡織品	汽車、非電子產品零件、紡織品、鞋類、傢俱、醫藥用品	營建業、機器、收音機、洗衣機、奶酪業	金屬製品、機器及工具、紡織品、化學成品
國際關係	為聯合國、歐洲理事會、歐洲聯盟會員國。	為聯合國、北大西洋公約組織、歐洲聯盟會員國。	1991 年 8 月 21 日脫離前蘇聯，宣告獨立，9 月加入聯合國。1994 年加入歐洲聯盟「準會員國」地位。1995 年加入北約和平夥伴、歐洲理事會。	中立，自 1919 年起外交由瑞士代理，為歐洲理事會、歐洲自由貿易協會、國際原子能總署及若干聯合國所屬國際組織之會員國。1990 年成為聯合國會員國。
與我關係	與我無邦交，1979 年與中共建交，1988 年我在愛爾蘭設「臺北經濟文化辦事處」。	1970 年與中共建交，我與之斷交，我在義設有代表處，義大利在華設有「義大利經濟文化辦事處」。	與我無邦交，1991 年 9 月與中共建交。	與我無外交關係。中共由駐瑞士蘇黎世總領事館兼駐該國。
備註	12 世紀後由英國統治，但仍保持其生活方式及信仰，經長期不斷反抗始獲獨立。北愛爾蘭仍屬英國。	1861 年成立義大利王國，1870 年完成統一，實施君主立憲，1946 年廢除君主，改行共和。		

歐 洲

國名	立陶宛共和國 Republic of Lithuania	盧森堡大公國 Grand Duchy of Luxembourg	馬其頓共和國 Macedonia Republic	馬爾他共和國 Republic of Malta
地理位置	濱波羅的海	西歐內陸（位於法、比、德之間）	東歐巴爾幹半島	南歐地中海島國
首都	維爾紐斯 (Vilnius)	盧森堡 (Luxembourg)	史高比耶 (Skopje)	瓦勒他 (Valletta)
面積	65,200 km^2	2,586 km^2	25,333 km^2	320 km^2
人口	3,600,000 人 (2005)	468,000 人 (2005)	2,045,000 人 (2005)	389,000 人 (2005)
獨立日期	1990 年 3 月 11 日（脫離前蘇聯）	1867 年 5 月 10 日	1991 年 9 月 17 日（脫離南斯拉夫）	1964 年 9 月 21 日
政治制度	共和體制，內閣制。	君主立憲，採責任內閣制。	共和體制責任內閣制	責任內閣制
主要種族	立陶宛人	盧森堡人、葡萄牙人、義大利人、法國人、德國人	馬其頓人	馬爾他人
信仰	基督教	天主教	東正教、伊斯蘭教	天主教
主要語言	立陶宛語	法語、德語、盧森堡方言	馬其頓語	馬爾他語、英語、義大利語
幣制	Litas (1USD = LTL2.7806) (2004)	1USD = 0.8054EUR	Denar (1USD = 49.41Denar)	Malta Lira (M.£) (1USD = M.£ 0.3444)
平均每人國民所得	12,500 美元 (2004)	58,900 美元 (2004)	7,100 美元 (2004)	18,200 美元 (2004)
主要物產及輸出	畜牧產品、木材、機械、化學品、紡織品	鋼、鐵、塑膠產品及電器產品	鋅、鎳、矽、鐵製品、成衣、菸草、葡萄酒	成衣、紡織品、肉類
國際關係	1991 年加入聯合國，1994 年成為歐洲聯盟準會員國。	為聯合國創始會員國之一，以及北大西洋公約組織、歐洲聯盟創始會員國。	1994 年以「前南斯拉夫馬其頓共和國」名義加入聯合國。1998 年科索伏危機，北約攻擊南斯拉夫聯邦，二十五萬以上的阿爾巴尼亞裔難民湧入馬國。	為大英國協、聯合國會員國，1971 年後宣布為中立及不結盟國家，並加強與中共及利比亞關係，1987 年後恢復親西方政策。1998 年正式申請加入歐洲聯盟。
與我關係	1991 年與中共建交，同年與我簽署互設貿易代表團協定，惟雙方均未設代表團。	1972 年與中共建交，我與之斷交。1975 年我在盧國設立「臺北經濟文化辦事處」。	與我於 1999 年元月建交。2001 年 6 月與中共建交，我隨即與之斷交。	1972 年與中共建交，我與之斷交。
備註		在第十世紀時為侯國，歷經西班牙、奧國、法國、荷蘭統治，獨立後保持中立，兩次世界大戰其中立遭德國破壞，1948 年宣布放棄中立，翌年參加北約。		1814 年成為英國殖民地，1947 年成立自治政府，1974 年改為共和國。

歐 洲

國 名	摩爾多瓦共和國 Republic of Moldova	摩納哥侯國 Principality of Monaco	荷蘭王國 Kingdom of the Netherlands	挪威王國 Kingdom of Norway
地理位置	濱黑海，位於烏克蘭西南	西歐，法國東南部濱地中海	西歐	北歐，斯堪地那維亞半島西部
首 都	基希涅夫 (Kishinev)	摩納哥 (Monaco)	阿姆斯特丹 (Amsterdam)，政府所在地為海牙 (Hague)	奧斯陸 (Oslo)
面 積	33,700 km^2	1.95 km^2	41,532 km^2	324,220 km^2
人 口	4,455,000 人 (2005)	32,409 人 (2005)	16,410,000 人 (2005)	4,590,000 人 (2005)
獨立日期	1991 年 8 月 27 日（脫離前蘇聯）	1861 年 2 月 2 日	1814 年 3 月 30 日	1905 年 6 月 7 日
政治制度	總統制	君主立憲，類似責任內閣制。	君主立憲，採責任內閣制。	君主立憲，國王掌行政權，內閣襄理政務。
主要種族	摩爾多瓦人（羅馬尼亞裔）、烏克蘭人、俄羅斯人等	法國人、摩納哥人、義大利人	荷蘭人 (Netherlander)	挪威人
信 仰	東正教	天主教	天主教、基督教	基督教路德教派
主要語言	羅馬尼亞語、俄語	法語、摩納哥方言、義大利語	荷蘭語	挪威語
幣 制	Leu (1USD = Leu12.33) (2004)	1USD = 0.8054EUR	1USD = 0.8054EUR	Norwegian Krone (Nkr.) (1USD = Nkr.6.7408)
平均每人國民所得	1,900 美元 (2004)	27,000 美元 (2000)	29,500 美元 (2004)	40,000 美元 (2004)
主要物產及輸出	食品、衣服、機械設備、石油製品、肥料	菸草、郵票	能源產品、化學製品、農產品、食品	鐵砂、木材、魚類、鋁製品、紙、鋼鐵、油、船
國際關係	1992 年加入聯合國。摩國自獨立之初，即與俄羅斯因俄軍介入聶斯特獨立問題而摩擦，現已漸緩和，另境內不斷有與羅馬尼亞合併之呼聲。	外交事務由法國代理，很少參與國際事務。	為聯合國創始會員國之一及北大西洋公約組織、歐洲聯盟會員國。	為聯合國創始會員國之一及北大西洋公約組織、歐洲理事會、歐洲自由貿易協會會員國、北歐國家理事會創始會員國之一。
與我關係	於 1991 年與中共建交。	1995 年起與中共建立領事關係。	1950 年承認中共，我與之斷交，我在海牙設有「臺北經濟文化辦事處」，荷蘭在我國設有「荷蘭貿易促進會臺北貿易暨投資辦事處」。	1950 年承認中共，我與之斷交，我在該國設有臺北商務辦事處。
備 註			在中古世紀稱為尼德蘭，16 世紀被西班牙統治，1648 年獨立，極力拓展海外勢力；1795 年被拿破崙征服，1814 年獨立，原幅員內之比利時及盧森堡也分別獨立。	建國於 11 世紀，但其後經常為丹麥統治，1905 年舉丹麥王子 Carl 為挪威國王而獨立。

歐 洲

國名	波蘭共和國 Republic of Poland	葡萄牙共和國 Republic of Portugal	羅馬尼亞共和國 Republic of Romania	俄羅斯聯邦 Russian Federation
地理位置	中歐	西南歐、伊比利半島	中歐	歐亞大陸中心北部
首都	華沙 (Warsaw)	里斯本 (Lisbon)	布加勒斯 (Bucharest)	莫斯科 (Moscow)
面積	312,683 km^2	92,391 km^2	237,500 km^2	17,075,200 km^2
人口	38,635,000 人 (2005)	10,560,000 人 (2005)	22,330,000 人 (2005)	143,420,000 人 (2005)
獨立日期	1918 年 11 月 9 日	1910 年 10 月 5 日	1947 年 12 月 30 日	1991 年 8 月 24 日（脫離前蘇聯）
政治制度	共和體制	責任內閣制	共和體制	聯邦總統制
主要種族	波蘭人	葡萄牙人	羅馬尼亞人、匈牙利人	俄羅斯人等
信仰	天主教	天主教	東正教	東正教
主要語言	波蘭語	葡萄牙語	羅馬尼亞語	俄語
幣制	Zloty (Zl.) (1USD = Zl.3.657)	1USD = 0.8054EUR	Leu (L.) (1USD = L.32,637)	Rouble (Rbl.) (1USD = Rbl.28.814)
平均每人國民所得	12,000 美元 (2004)	17,900 美元 (2004)	7,700 美元 (2004)	9,800 美元 (2004)
主要物產及輸出	傢俱、煤礦、汽車、紡織、銅礦、化學品	紡織品、化學製品、軟木及軟木製品、罐頭、魚、酒、木材及其製品、機器設備	紡織品、木材、機器及設備、化學製品、天然氣、菸草、啤酒、水泥	原油、石化製品、鋼鐵、鋁、機械設備及運輸工具
國際關係	為聯合國創始會員國之一。1999 年加入北約。	為聯合國、北大西洋公約組織、歐洲理事會、歐洲經濟共同體會員國。	為蘇聯附庸國，但 1962 年後對蘇採取不合作政策，漸趨於獨立路線，在蘇聯、中共衝突中，為蘇聯附庸國中與中共關係最好之國家。為聯合國、華沙公約組織會員國。	取代前蘇聯在聯合國安理會之席位。1994 年與北約簽署和平等多項協定。
與我關係	與我無邦交，1949 年與中共建交。1992 年我在華沙設立「臺北經濟文化辦事處」。1995 年波蘭在臺北設立「華沙貿易辦事處」。	1975 年承認中共，我與之斷交。1992 年我在里斯本設立「臺北經濟文化中心」。	與我無邦交。	1993 年臺北－莫斯科經濟文化協調委員會駐莫斯科代表處成立。1996 年莫斯科－臺北經濟文化協調委員會駐臺北代表處成立。
備註			憲法於 1965 年 8 月 21 日生效，改國名為今名。	

歐　洲

國　名	聖馬利諾共和國 Republic of San Marino	塞爾維亞與蒙特內哥羅 State Community of Serbia and Montenegro	斯洛伐克共和國 The Slovak Republic	斯洛維尼亞共和國 Republic of Slovenia
地理位置	南歐，義大利半島中北部	東南歐	中東歐	東南歐，臨亞德里亞海
首　都	聖馬利諾 (San Marino)	貝爾格勒 (Belgrade)	布拉提斯拉凡(Bratislav)	盧比亞納 (Ljubljana)
面　積	60 km^2	102,173 km^2	48,845 km^2	20,256 km^2
人　口	28,880 人 (2005)	10,830,000 人 (2005)	5,430,000 人 (2005)	2,010,000 人 (2005)
獨立日期	301 年	1992 年 4 月 11 日	1993 年 1 月 1 日（由捷克暨斯洛伐克聯邦共和國獨立出）	1991 年 6 月 25 日（脫離南斯拉夫聯邦）
政治制度	責任內閣制	聯邦共和體制	共和國，議會民主政治	共和國，責任內閣制
主要種族	聖馬利諾人、義大利人	塞爾維亞人、阿爾巴尼亞人	斯洛伐克人、捷克人	斯洛維尼亞人
信　仰	天主教	東正教、天主教、伊斯蘭教	天主教、基督教、東正教	天主教
主要語言	義大利語	南斯拉夫語	斯洛伐克語	斯洛維尼亞語
幣　制	1USD = 0.8054EUR	1USD – 64.1915CSD	New Koruna (1USD = K. 32.237)	Tolar (1USD = Tolar 192.38)
平均每人國民所得	34,600 美元 (2001)	2,400 美元 (2004)	14,500 美元 (2004)	19,600 美元 (2004)
主要物產及輸出	酒、木製品、石灰、水泥、獸皮	木材、機械、肉類、水果、菸草、酒類、石油、水泥	機械及運輸設備、化學製品、一般原料、食品、畜牧	機械及運輸設備、化學製品、木材
國際關係	中立，1988 年成為歐洲理事會成員，1992 年加入聯合國。	因涉及波士尼亞赫塞哥維那之「種族滅絕」惡行，遭聯合國開除其原會籍。	為聯合國會員國、歐洲聯盟之準會員國。	1992 年加入聯合國，為國際貨幣基金正式會員國。
與我關係	與我無邦交，1971 年與中共建交。	與我無邦交，1955 年與中共建交。	與我無邦交，與中共建交。	與我無邦交，1992 年與中共建交。
備　註	15 世紀中葉建立共和國，為歐洲最古老之共和國之一。	原係一王國，二次大戰後廢除王室，1963 年改國名為南斯拉夫聯邦共和國。1991 年內戰爆發，原屬昔南斯拉夫之各邦相繼獨立。2003 年 2 月 4 日正式以今名取代南斯拉夫聯邦共和國。		

歐　洲

國　名	西班牙王國 Kingdom of Spain	瑞典王國 Kingdom of Sweden	瑞士聯邦 Swiss Confederation (Switzerland)	大不列顛與北愛爾蘭聯合王國（英國） United Kingdom of Great Britain and Northern Ireland
地理位置	西南歐，伊比利半島	北歐	中歐內陸	西北歐
首　都	馬德里 (Madrid)	斯德哥爾摩(Stockholm)	伯恩 (Bern)	倫敦 (London)
面　積	504,750 km^2	449,964 km^2	41,290 km^2	244,820 km^2
人　口	40,340,000 人 (2005)	9,000,000 人 (2005)	7,490,000 人 (2005)	60,440,000 人 (2005)
獨立日期	1492 年	1523 年 6 月 6 日	1815 年	1801 年 1 月 1 日
政治制度	君主立憲，內閣制。	君主立憲，責任內閣制。	集體領導之委員制	君主立憲，責任內閣制。
主要種族	Spanish、Catalan、Galician	瑞典人、芬蘭人	德國人、法國人、義大利人	英國人
信　仰	天主教	基督教	天主教、基督教	英國國教
主要語言	西班牙語	瑞典語、英語	德語、法語、義大利語、羅曼語	英語
幣　制	1USD = 0.8054 EUR	Swed. Krona (Skr.) (1USD = Skr. 7.3488)	Swiss Franc (S.F.) (1USD = S.F.1.2435)	Pound Sterling (£Stg.) (1USD = £Stg.0.5462)
平均每人國民所得	23,300 美元 (2004)	28,400 美元 (2004)	33,800 美元 (2004)	29,600 美元 (2004)
主要物產及輸出	客車及大巴士、核子反應器、機電用品、有機化學品、燃料	精密機械、汽車、電訊設備、醫療用品	機器、精密器具、化學及醫藥製品、鐘錶、貴重金屬及珠寶	機器、運輸工具、鋼鐵、電氣設備、化學製品
國際關係	為聯合國、歐洲聯盟、北大西洋公約組織會員國。	中立，為聯合國、歐洲理事會、北歐理事會會員國。1994 年加入歐洲聯盟。	為一永久中立國，聯合國多項非政治性機構、國際紅十字會等 14 個專門機構之總部設於日內瓦。	為聯合國創始會員國及安理會常任理事國之一，亦為北大西洋公約組織及歐洲聯盟會員國。
與我關係	1973 年與我斷交，我在馬德里設有「臺北經濟文化辦事處」，西班牙在臺設有西班牙商務辦事處。	與我無邦交，1950 年與中共建交，我在瑞京設「駐瑞典臺北代表團」，瑞典在臺設有「瑞典貿易委員會臺北辦事處」。	與我無邦交，1950 年與中共建交，我在伯恩設「臺北文化經濟代表團」，在蘇黎世設臺北貿易辦事處，瑞士於 1982 年在臺設瑞士商辦事處。	1950 年承認中共，英國在華設有貿易機構，我在英國設有駐英臺北代表處。
備　註		1523 年脫離丹麥統治而獨立，當時領土包括芬蘭。	1815 年維也納會議承認其獨立與永久中立權。	北愛爾蘭面積 14,120 km^2，人口 160 餘萬，新教徒居多數。

歐洲		美洲		
國名	烏克蘭 Ukraine	安地卡及巴布達 Antigua and Barbuda	阿根廷共和國 Argentina Republic	巴哈馬 Commonwealth of the Bahamas
地理位置	前蘇聯西南部，南臨黑海	東加勒比海小安地列斯群島中背風群島之北部	南美洲南部，臨大西洋	加勒比海東北部
首都	基輔 (Kiev)	聖約翰 (St. John's)	布宜諾斯艾利斯(Buenos Aires)	拿索 (Nassau)
面積	603,700 km^2	440 km^2	2,766,890 km^2	13,940 km^2
人口	47,425,000 人 (2005)	68,722 人 (2005)	39,540,000 人 (2005)	300,000 人 (2005)
獨立日期	1991 年 12 月 1 日	1981 年 11 月 1 日	1816 年 7 月 9 日	1973 年 7 月 10 日
政治制度	總統制	責任內閣制，以英女王為元首	聯邦制，總統制。	責任內閣制，以英女王為元首。
主要種族	烏克蘭人、俄羅斯人	黑人	歐洲人、mestizo	黑人、混血種、白人
信仰	東正教、天主教	英國國教、基督教、天主教	天主教	基督教、天主教、英國國教
主要語言	烏克蘭語、俄語	英語	西班牙語	英語
幣制	Hrywnya (HRN) (1USD = HRN5.3192)	East Caribbean Dollar (EC$) (1USD = EC$2.7)	Arg. Peso (Pesos) (1USD = Pesos2.9233)	Bahamian Dollar (Bah.$) (1USD = Bah.$1)
平均每人國民所得	6,300 美元 (2004)	11,000 美元 (2002)	12,400 美元 (2004)	17,700 美元 (2004)
主要物產及輸出	鋼材、生鐵、機械設備、運輸工具、礦產、化學產品	糖蜜、棉花、蔗糖	穀物、食油、肉類、油脂、皮革、黃豆、客運車	石油產品、藥品及水泥
國際關係	為聯合國創始會員國之一，1991 年 12 月 1 日舉行公投獨立。	為大英國協、聯合國、美洲國家組織會員國。	採不結盟政策並加強與第三世界及拉丁美洲國家之關係，為聯合國、美洲國家組織會員國。與英國有福克蘭群島主權問題。	為大英國協、聯合國會員國、加勒比海共同市場會員國、美洲國家組織會員國。
與我關係	1992 年與中共建交。	與我無邦交，1983 年與中共建交。	1972 年與中共建交，我與之斷交，我在阿設有經濟暨文化辦事處。阿在臺北設阿根廷商務文化辦事處。	1989 年與我建交。1997 年與中共建交，我與之斷交。
備註		哥倫布於 1493 年發現安島，英人於 1632 年在此建立殖民地。	1526 年由西班牙移民立國。	1492 年哥倫布登陸巴哈馬群島，英國於 1647 年開始移民，1783 年收為殖民地。

美　洲

國　名	巴貝多 Barbados	貝里斯 Belize	玻利維亞共和國 Republic of Bolivia	巴西聯邦共和國 Federative Republic of Brazil
地理位置	東加勒比海小安地列斯群島中向風群島東南之大西洋上	中美洲，濱加勒比海	南美中部內陸	南美東半部
首　都	橋鎮 (Bridgetown)	貝爾墨邦 (Belmopan)	拉巴斯 (La Paz)	巴西利亞 (Brasilia)
面　積	430 km^2	22,960 km^2	1,098,580 km^2	8,511,965 km^2
人　口	279,000 人 (2005)	279,000 人 (2005)	8,860,000 人 (2005)	186,110,000 人 (2005)
獨立日期	1966 年 11 月 30 日	1981 年 9 月 21 日	1825 年 8 月 6 日	1822 年 9 月 7 日
政治制度	內閣制，以英女王為元首。	責任內閣制，以英女王為元首。	總統制	總統制
主要種族	黑人、白人、混血種	Creole、mestizo、Garifuna、馬雅 (Maya) 人、白人	mestizo、Quechua、Aymara、白人	巴西白人、mulatto、mestizo、黑人、……
信　仰	英國國教、基督教	天主教、英國國教、基督教	天主教	天主教
主要語言	英語	英語、西班牙語	西班牙語	葡萄牙語
幣　制	Barbados Dollar (Barb.$) (1USD = Barb.$2)	Belize Dollar (Bz.$) (1USD = Bz.$2)	Peso Boliviano (Pesos) (1USD = Pesos7.9363)	Cruzeiro (Cruz.) (1USD = Cruz.2.9251)
平均每人國民所得	16,400 美元 (2004)	6,500 美元 (2004)	2,600 美元 (2004)	8,100 美元 (2004)
主要物產及輸出	糖、糖蜜、蘭姆酒	木材、糖、水果、蔬菜、龍蝦、香蕉	石油、天然氣、錫礦、木材、銻、皮革、棉花	咖啡、黃豆、鐵礦砂、煙葉、紡織品、鞋、紙漿、汽車、武器及軍品
國際關係	為大英國協、聯合國、美洲國家組織、加勒比海共同市場會員國。	為大英國協、聯合國會員國。瓜地馬拉堅持對貝里斯有管轄權而不承認其獨立，二國關係不睦，迄未能加入美洲國家組織。	為聯合國創始會員國之一，以及美洲國家組織、不結盟國家組織會員國。	為聯合國創始會員國之一及美洲國家組織會員國。
與我關係	1967 年與我建交，1977 年與中共建交，我與之斷交。	1987 年與中共建交。1989 年與我建交，中共與貝斷交。	1985 年承認中共，我與之斷交。	1974 年與中共建交，我與之斷交，我在巴西設有三個「臺北經濟文化辦事處」。
備　註	1536 年葡萄牙人發現巴貝多島，1652 年起由英人統治。	原為英國殖民地。	原為西班牙殖民地，憲法首都為蘇克瑞 (Sucre)。	1822 年脫離葡萄牙統治獨立為帝國，1889 年成立聯邦共和國。為南美洲唯一操葡萄牙語的國家。

美　洲

國　名	加　拿　大 Canada	智利共和國 Republic of Chile	哥倫比亞共和國 Republic of Colombia	哥斯大黎加共和國 Republic of Costa Rica
地理位置	北美洲	南美西側南部	南美西北部	中美洲
首　都	渥太華 (Ottawa)	聖地牙哥 (Santiago)	波哥大 (Bogotá)	聖約瑟 (San José)
面　積	9,976,140 km^2	756,950 km^2	1,138,910 km^2	51,100 km^2
人　口	32,800,000 人 (2005)	15,980,000 人 (2005)	42,950,000 人 (2005)	4,020,000 人 (2005)
獨立日期	1867 年 7 月 1 日	1810 年 9 月 18 日	1819 年 12 月 17 日	1821 年 9 月 15 日
政治制度	聯邦制，責任內閣制。	總統制	總統制	總統制
主要種族	英國人、法國人	西班牙後裔、歐洲其他國後裔、mestizo、Indian	mestizo、mulatto、白種人、……	歐洲人後裔及移民、mestizo
信　仰	天主教、基督教	天主教	天主教	天主教
主要語言	英語、法語	西班牙語	西班牙語	西班牙語
幣　制	Can. Dollar (Can.$) (1USD = Can.$1.301)	Chilean Peso (Pesos) (1USD = Pesos609.37)	Colombia Peso (Pesos) (1USD = Pesos2,628.61)	C. R. Colón (Col.) (1USD = Col.437.91)
平均每人國民所得	31,500 美元 (2004)	10,700 美元 (2004)	6,600 美元 (2004)	9,600 美元 (2004)
主要物產及輸出	石油、黃金、鈾、大麥、木材、紙漿、天然氣、煤	銅、鐵礦、魚粉、木材、紙漿、水果、海產	咖啡、香蕉、鮮花、鎳、煤、蔗糖、棉花、成衣、綠寶石	咖啡、香蕉、肉類、可可、蔗糖
國際關係	為大英國協、北大西洋公約組織、泛美組織會員國及聯合國創始會員國之一。	為聯合國創始會員國之一及美洲國家組織會員國。	為聯合國創始會員國之一，以及美洲國家組織會員國、康達多拉集團國家之一。	為聯合國創始會員國之一及美洲國家組織會員國。1983 年宣布為永久中立國。
與我關係	1970 年與中共建交，我與之斷交。我在加設有「駐渥太華臺北經濟文化辦事處」，加在臺設有「加拿大駐臺北貿易辦事處」。	1971 年與中共建交，我與之斷交，我在智京設有「臺北經濟文化辦事處」。智利在臺北設有「智利商務辦事處」。	1980 年與中共建交，我與之斷交，我在該國設駐哥倫比亞遠東商務辦事處。	有邦交，與我簽有友好條約、貿易協定、技術合作協定、漁業技術合作協定、引渡條約。
備　註	英、法兩國分別於 1497 年、1534 年開始向加拿大移民，今仍奉英女王為名義上之元首。	原為西班牙殖民地。	原為西班牙殖民地。	1562 年為西班牙殖民地，1821 年獨立，1823 年加入中美洲聯邦，1838 年退出，1848 年建立共和。

美 洲

國 名	古巴共和國 Republic of Cuba	多米尼克 Commonwealth of Dominica	多明尼加共和國 Dominican Republic	厄瓜多共和國 Republic of Ecuador
地理位置	加勒比海區	東加勒比海小安地列斯群島向風群島北部	加勒比海區	南美西北部海岸
首 都	哈瓦那 (Havana)	羅梭 (Roseau)	聖多明哥 (Santo Domingo)	基多 (Quito)
面 積	110,860 km^2	750 km^2	48,730 km^2	283,560 km^2
人 口	11,350,000 人 (2005)	69,029 人 (2005)	8,950,000 人 (2005)	13,360,000 人 (2005)
獨立日期	1902 年 5 月 20 日	1978 年 11 月 3 日	1844 年 2 月 27 日	1809 年 8 月 10 日
政治制度	共黨專政	責任內閣制	總統制	總統制
主要種族	白種人、mulatto、黑人	黑人	mulatto、白種人、黑人	Quechua、mestizo、白種人
信 仰	天主教	天主教	天主教	天主教
主要語言	西班牙語	英語	西班牙語	西班牙語
幣 制	Cuban Peso (Peso) (1USD = Peso0.93)	East Caribbean Dollar (EC$) (1USD = EC$2.7)	Dom. Peso (Pesos) (1USD = Pesos42.12)	USD
平均每人國民所得	3,000 美元 (2004)	5,500 美元 (2003)	6,300 美元 (2004)	3,700 美元 (2004)
主要物產及輸出	糖、菸草、鎳、海產	香蕉、香皂、水果、蔬菜、椰子油	糖、可可、咖啡、菸草、黃金、白銀、鎳、鐵、礬土、紡織品	石油、漁產品、香蕉、咖啡、可可
國際關係	為聯合國創始會員國之一，參加不結盟國家會議。	為大英國協、聯合國、加勒比海共同市場、美洲國家組織等會員國。與英國關係密切。	為聯合國創始會員國之一及美洲國家組織會員國。	為聯合國創始會員國之一，以及美洲國家組織、石油輸出國組織、不結盟國家組織會員國。
與我關係	與我無邦交，1960 年與中共建交。	1983 年與我建立全面外交關係。2004 年 3 月與中共建交，我與之斷交。	與我有邦交，並簽有友好條約、技術合作協定、貿易協定、文化協定等。	1971 年承認中共，1980 年與中共建交，我與之斷交，1977 年我在厄京設立中華民國駐厄瓜多商務處，1983 年厄在臺北設駐華商務處，1988 年關閉。
備 註	原為西班牙殖民地。	原為英國殖民地。	原為西班牙殖民地。	原屬印加帝國，1533 年淪為西班牙屬地，1809 年進行獨立革命運動，1822 年組成大哥倫比亞共和國，1830 年成立厄瓜多共和國。

美　洲

國　名	薩爾瓦多共和國 Republic of El Salvador	格瑞那達 Grenada	瓜地馬拉共和國 Republic of Guatemala	蓋亞納合作共和國 Cooperative Republic of Guyana
地理位置	中美洲	東加勒比海小安地列斯群島中向風群島南端	中美洲北部鄰墨西哥	南美洲東北部
首　都	聖薩爾瓦多 (San Salvador)	聖喬治市 (St. George's)	瓜地馬拉城 (Guatemala City)	喬治城 (Georgetown)
面　積	21,040 km^2	340 km^2	108,890 km^2	214,970 km^2
人　口	6,700,000 人 (2005)	89,502 人 (2005)	14,660,000 人 (2005)	765,000 人 (2005)
獨立日期	1821 年 9 月 15 日	1974 年 2 月 7 日	1821 年 9 月 15 日	1966 年 5 月 26 日
政治制度	總統制	責任內閣制，以英女王為元首。	總統制	責任內閣制
主要種族	mestizo (white and Indian)、Indian	黑人、黑白混血	馬雅人、mestizo	East Indian、Black African
信　仰	天主教	天主教、基督教	天主教、基督教	印度教、基督教、天主教、伊斯蘭教
主要語言	西班牙語	英語	西班牙語	英語
幣　制	USD	East Caribbean Dollar (EC.$) (1USD = EC.$2.7)	Quetzal (Q) (1USD = Q7.9465)	Guyana Dollar (G.$) (1USD = G.$198.33)
平均每人國民所得	4,900 美元 (2004)	5,000 美元 (2002)	4,200 美元 (2004)	3,800 美元 (2004)
主要物產及輸出	咖啡、棉花、糖、龍蝦、紡織品、化學產品	可可、香蕉、荳蔻	咖啡、棉花、蔗糖、香蕉、荳蔻、牛肉	糖、鉛、米、鐵、礬土
國際關係	為聯合國創始會員國之一，以及美洲國家組織、中美洲共同市場會員國。與宏都拉斯因邊界及經濟利益之衝突而不睦，1992 年簽訂雙邊邊界問題協議。	為大英國協、聯合國、美洲國家組織會員國。1983 年獲美國大量經援後，與美國關係密切。	為聯合國創始會員國之一及美洲國家組織會員國。與貝里斯有領土糾紛，不承認貝國之獨立，1991 年始承認貝國獨立。	為聯合國會員國。
與我關係	與我有邦交，並簽有友好條約、文化專約、貿易協定、農業技術合作協定、科學技術合作協定。	1985 年與中共建交，1989 年 7 月與我建交。2005 年 1 月復與中共建交，我與之斷交。	與我有邦交，並簽有貿易協定、文化專約、農業技術合作協定、礦業技術合作協定。	與我無邦交，1972 年與中共建交。
備　註	1512 年為西班牙殖民地，1821 年獨立，1823 年加入中美洲聯邦，1841 年退出，組成共和國。	原為英國屬地。	1523 年為西班牙殖民地，1821 年獨立，1823 年與宏都拉斯、薩爾瓦多、尼加拉瓜、哥斯大黎加組成中美洲聯邦，1839 年退出，組成共和國。	原為英國屬地。

美洲

國名	海地共和國 Republic of Haiti	宏都拉斯共和國 Republic of Honduras	牙買加 Jamaica	墨西哥合眾國 United State of Mexico
地理位置	加勒比海區	中美洲中部	加勒比海區	北美洲南部
首都	太子港 (Port-au-Prince)	德古斯加巴 (Tegucigal-pa)	京斯敦 (Kingston)	墨西哥城 (Mexico City)
面積	27,750 km^2	112,090 km^2	10,990 km^2	1,972,500 km^2
人口	8,120,000 人 (2005)	6,970,000 人 (2005)	2,730,000 人 (2005)	100,620,000 人 (2005)
獨立日期	1804 年 1 月 1 日	1821 年 9 月 15 日	1962 年 8 月 6 日	1821 年 9 月 16 日
政治制度	總統制	總統制	責任內閣制，以英女王為元首。	總統制
主要種族	黑人	mestizo	黑人、Afro-European	mestizo、Amerindian、Caucasian
信仰	天主教、基督教、巫毒教	天主教	基督教	天主教
主要語言	法語、Creole 土語	西班牙語	英語	西班牙語
幣制	Gourde (G.) (1USD = G.38.352)	Lempira (L.) (1USD = L.18.206)	Jamaica Dollar (J.$) (1USD = J.$61.197)	Mex. Peso (Pesos) (1USD = 11,286MXN)
平均每人國民所得	1,500 美元 (2004)	2,800 美元 (2004)	4,100 美元 (2004)	9,600 美元 (2004)
主要物產及輸出	咖啡、香茅油、可可、加工品、手工藝品	香蕉、咖啡、木材、鋁、鋅、銀、海產、冷凍肉、棉花、菸草	鉛、鐵、礬土、糖、香蕉、咖啡	原油、汽車及其零配件、咖啡豆、冷凍蝦、銀錠、蔬果、玻璃、鋼鐵
國際關係	為聯合國創始會員國之一及美洲國家組織會員國。	為聯合國創始會員國之一及美洲國家組織會員國。與尼加拉瓜交惡，與薩爾瓦多有邊界糾紛，1992 年簽訂雙邊邊界問題協議。1994 年成為 GATT 會員國。	為大英國協、聯合國、美洲國家組織會員國。	為聯合國創始會員國之一、美洲國家組織會員國及康達多拉集團國家之一。
與我關係	與我有邦交，並簽有友好條約、貿易協定。	與我有邦交，並簽有貿易協定、農業技術合作協定、漁業技術合作協定。	與我無邦交，1972 年與中共建交。	1971 年與我斷交，1972 年與中共建交，1993 年我在墨京設駐墨西哥臺北經濟文化辦事處。
備註	原為法國屬地，1804 年獨立為全世界第一個黑人共和國。	1821 年脫離西班牙統治而獨立，1824 年與中美洲各國組成聯邦，1838 年退出，組成共和國。	原為英國屬地。	1523 年西班牙開始對墨殖民，1821 年獨立為墨西哥帝國，1824 年成立墨西哥合眾國聯邦。

美 洲

國名	尼加拉瓜共和國 Republic of Nicaragua	巴拿馬共和國 Republic of Panama	巴拉圭共和國 Republic of Paraguay	秘魯共和國 Republic of Peru
地理位置	中美洲	中美洲	南美洲中部內陸	南美洲西北部
首都	馬拿瓜 (Managua)	巴拿馬市 (Panama City)	亞松森 (Asunción)	利馬 (Lima)
面積	129,494 km^2	78,200 km^2	406,752 km^2	27,930,000 km^2
人口	5,460,000 人 (2005)	3,040,000 人 (2005)	6,340,000 人 (2005)	1,285,220 人 (2005)
獨立日期	1821 年 9 月 15 日	1903 年 11 月 3 日	1811 年 5 月 14 日	1821 年 7 月 28 日
政治制度	總統制	總統制	總統制	總統制
主要種族	mestizo (Spanish and Indian)、白種人、印地安人、黑人	mestizo、白種人、黑人、印地安人	mestizo (Spanish-Guaraní)	Quechua、mestizo、白種人
信仰	天主教	天主教	天主教	天主教
主要語言	西班牙語	西班牙語	西班牙語、瓜拉尼語 (Guaraní)	西班牙語、喀珠亞語 (Quechua)
幣制	Cordoba (C.) (1USD = C.15.937)	Balboa (B.) (1USD = B.1)	Guarani (G.) (1USD = G.5,974.6)	Sol (S.) (1USD = S.3.4132)
平均每人國民所得	2,300 美元 (2004)	6,900 美元 (2004)	4,800 美元 (2004)	5,600 美元 (2004)
主要物產及輸出	咖啡、棉花、肉、香蕉、糖	香蕉、礦物、燃料、潤滑油、龍蝦、蔗糖	棉花、黃豆、木材、畜牧產品、食用油、菸草、咖啡、茶、小麥、牛肉	魚粉、棉花、石油、銀、銅、鋅、鋁
國際關係	為聯合國創始會員國之一,以及美洲國家組織、中美洲共同市場會員國。	為聯合國創始會員國之一及美洲國家組織會員國。曾為巴拿馬運河主權問題與美斷交,1979 年始正式接管運河區。1983 年與哥倫比亞、墨西哥、委內瑞拉組成康達多拉集團。	為聯合國創始會員國之一及美洲國家組織會員國。	為聯合國創始會員國之一,以及美洲國家組織、不結盟國家組織會員國。1985 年與阿根廷、巴西、烏拉圭組成利馬集團,以支援康達多拉集團。
與我關係	1985 年與中共建交,我與之斷交,1990 年與我復交,中共與之斷交。	與我有邦交,並簽有文化專約、貿易協定、技術合作協定、漁技合作協定。	與我有邦交,並簽有文化專約、貿易及經濟合作條約、友好條約、經濟技術合作協定、觀光協定、投資協定、引渡條約。1987 年臺北與亞松森結為姐妹市。	1971 年與中共建交,我與之斷交,1978 年我在利馬設駐秘魯遠東貿易中心,1990 年改名為臺北經濟文化辦事處。
備註	1502 年哥倫布首次發現尼加拉瓜,其後為巴拿馬、瓜地馬拉、墨西哥統治,獨立後又與中美洲其他四國組成聯邦,至 1838 年退出,始成立共和國。	原為西班牙殖民地。	原為西班牙殖民地。	即昔日印加帝國,後為西班牙人滅亡。

美洲

國名	聖克里斯多福及尼維斯 Saint Christopher and Nevis	聖露西亞 Saint Lucia	聖文森及格瑞那丁 Saint Vincent and the Grenadines	蘇利南共和國 Republic of Surinam
地理位置	東加勒比海小安地列斯群島背風群島之北部	東加勒比海小安地列斯群島向風群島之中部	東加勒比海小安地列斯群島向風群島之南部	南美洲東北部
首都	巴斯地 (Basseterre)	卡斯翠 (Castries)	京斯鎮 (Kingstown)	巴拉馬利波 (Paramaribo)
面積	269 km^2	620 km^2	340 km^2	163,265 km^2
人口	38,958 人 (2005)	166,000 人 (2005)	117,000 人 (2005)	438,000 人 (2005)
獨立日期	1983 年 9 月 19 日	1979 年 2 月 22 日	1979 年 10 月 27 日	1975 年 11 月 25 日
政治制度	責任內閣制，以英女王為元首。	責任內閣制，以英女王為元首。	責任內閣制，以英女王為元首。	總統制
主要種族	黑人	黑人	黑人、mulatto、East Indian、白種人	Hindustani、Creole、Indonesian、Bush Negro
信仰	英國國教、基督教、天主教	天主教、英國國教	基督教、天主教	印度教、天主教、伊斯蘭教、基督教
主要語言	英語	英語、Patois 語	英語	荷蘭語、Sranan Tongo 語
幣制	East Caribbean Dollar (EC$) (1USD = EC$2.70) (2004)	East Caribbean Dollar (EC.$) (1USD = EC.$2.7)	East Caribbean Dollar (EC.$) (1USD = EC.$2.7)	Surinam Dollar (1USD = 2.7336SRG)
平均每人國民所得	8,800 美元 (2002)	5,400 美元 (2002)	2,900 美元 (2002)	4,300 美元 (2004)
主要物產及輸出	蔗糖	香蕉、可可、水果、椰子油、紙	香蕉、椰子成品、甘薯、香料	鐵、礬土、鋁、木材、米
國際關係	為大英國協、聯合國、美洲國家組織會員國。與英國關係密切。	為大英國協、聯合國會員國。與英國關係密切。	為大英國協、聯合國會員國。在國際關係上採不結盟路線。	屬第三世界集團，為聯合國會員國。
與我關係	1983 年與我建交，1984 年簽訂農技合作協定，我派有農技團在該國工作。	1984 年與我建交，並簽訂農技合作協定，我派有農技團在該國工作。1997 年與中共建交，我與之斷交。	1981 年與我建交，1982 年簽訂農業技術合作協定，我派有農技、養豬、竹工專家在該國工作。	1976 年與中共建交。
備註	原為英國屬地。	原為英國屬地。	原為英國屬地。	1593 年為西班牙人占領，其後荷、法、英相繼爭奪該地。原名荷屬蓋亞那。

美洲

國名	千里達及托巴哥共和國 Republic of Trinidad and Tobago	美利堅合眾國（美國） United States of America	烏拉圭共和國 Oriental Republic of Uruguay	委內瑞拉共和國 Republic of Venezuela
地理位置	東加勒比海小安地列斯群島向風群島之南端	北美洲	南美洲東南部瀕大西洋	南美洲北部
首都	西班牙港 (Port-of-Spain)	華盛頓 (Washington, D.C.)	蒙特維多 (Montevideo)	卡拉卡斯 (Caracas)
面積	5,128 km^2	9,629,091 km^2	176,220 km^2	912,050 km^2
人口	1,088,000 人 (2005)	295,730,000 人 (2005)	3,420,000 人 (2005)	25,370,000 人 (2005)
獨立日期	1962 年 8 月 31 日	1776 年 7 月 4 日	1825 年 8 月 25 日	1811 年 7 月 5 日
政治制度	責任內閣制	聯邦制，總統制。	總統制	總統制
主要種族	黑人、East Indian、黑白混血	白種人、黑人	歐洲白種移民後裔	mestizo、白種人、黑人
信仰	天主教、基督教、印度教	基督教、天主教、猶太教、伊斯蘭教	天主教、基督教	天主教
主要語言	英語	英語	西班牙語	西班牙語
幣制	Trinidad and Tobago Dollar (TT.$) (1USD = TT.$6.299)	US Dollar (USD)	New Peso (N. Pesos) (1USD = N. Pesos28.704)	Bolivar (Bol.) (1USD = Bol.1,891.3)
平均每人國民所得	10,500 美元 (2004)	40,100 美元 (2004)	14,500 美元 (2004)	5,800 美元 (2004)
主要物產及輸出	原油、糖、食品、機器及設備	電機、事務機器、工業及農業機器、車輛、棉花、穀類、化學品	羊毛、牛肉、皮革加工品	石油、鋁、鋼鐵、鐵礦砂、金塊
國際關係	屬第三世界集團，為聯合國、美洲國家組織及多種世界性及區域性組織會員國。	為聯合國創始會員國之一及安理會常任理事國，發起創立北大西洋公約、東南亞公約及美洲國家組織。	為聯合國創始會員國之一及美洲國家組織會員國。	在拉丁美洲地區爭取領導地位，為聯合國及多種國際組織會員國。與哥倫比亞及蓋亞納有界域糾紛。
與我關係	與我無邦交，1974 年與中共建交。	1978 年與我斷交，1979 年與中共建交，與我簽署「臺灣關係法」，作為二國間商務、文化及其他關係之法律基礎。我在美設臺北經濟文化代表處，美設美國在臺協會。	原與我有邦交，1987 年與中共建交，我與之斷交，1992 年我於蒙特維多市設有「臺北經濟文化辦事處」。	1943 年與我建交，1974 年與中共建交，我與之斷交，我在委京設有商務辦事處，1992 年改名為「臺北經濟文化辦事處」。
備註	原為英國屬地。		原為西班牙屬地。	原為西班牙屬地。

非　洲

國　名	阿爾及利亞人民民主共和國 People's Democratic Republic of Algeria	安哥拉人民共和國 People's Republic of Angola	貝南共和國 Republic of Benin	波札那共和國 Republic of Botswana
地理位置	北非北濱地中海	西南非海岸	西非洲濱南大西洋	南非內陸
首　都	阿爾及爾 (Algiers)	魯安達 (Luanda)	新港 (Porto-Novo)	嘉柏隆里 (Gaborone)
面　積	2,381,740 km^2	1,246,700 km^2	112,620 km^2	600,370 km^2
人　口	32,530,000 人 (2005)	11,190,000 人 (2005)	7,460,000 人 (2005)	1,640,000 人 (2005)
獨立日期	1962 年 7 月 5 日	1975 年 11 月 11 日	1960 年 8 月 1 日	1966 年 9 月 30 日
政治制度	以總統為元首	總統制	一黨專政，實行軍事集權統治。	總統制
主要種族	阿拉伯人、Berber 人	Ovimbundu、Mbundu、Kongo、Luimbe、Chokwe、……	Fon、Somba、Yoruba、Bariba、……	班圖 (Bantu) 人、布西門 (Bushman) 人
信　仰	伊斯蘭教	基督教、天主教、拜物教	天主教、基督教、伊斯蘭教、拜物教	基督教、天主教
主要語言	阿拉伯語、法語、培培語 (Berbere)	葡萄牙語	法語	英語、Setswana 語
幣　制	Alg. Dinar (Alg. Din.) (1USD = Alg. Din.72.061)	Kwanza (Kz.) (1USD = 83.541AOA)	West CFA Franc (CFA.F.) (1USD = CFA.F.528.29)	Pula (P.) (1USD = P.4.6929)
平均每人國民所得	6,600 美元 (2004)	2,100 美元 (2004)	1,200 美元 (2004)	9,200 美元 (2004)
主要物產及輸出	石油、天然瓦斯、水果、礦產	咖啡、原油、鑽石、鐵礦、棉	棉線頭、可可粉、燃料	牛隻、牛肉、羊隻、獸皮、肉罐頭、鑽石、銅
國際關係	為聯合國、非洲團結組織、阿拉伯聯盟、石油輸出國家組織會員國。1974 年後因西撒哈拉問題與摩洛哥交惡。外交上採不結盟政策，與中共、俄羅斯有貿易協定。	為非洲團結組織會員國，1976 年加入聯合國。1979 年與蘇簽訂文化、科學、經濟與技術協定，1993 年獲美國政府承認，並在安京設立大使館。	為聯合國、非洲團結組織、西非國家經濟組織、西非貨幣聯盟、洛梅協定會員國。	為大英國協、聯合國、非洲國家團結組織會員國，亦為不結盟國家，但立場溫和。與辛巴威因難民問題不睦，因非洲民族黨游擊隊問題，受南非壓力及越界攻擊。
與我關係	與我無邦交，1958 年與中共建交。	與我無邦交，1983 年與中共建交，1992 年我在安京魯安達設立駐安哥拉代表處。	1962 年與我建交，1965 年斷交，1966 年復交，1973 年又斷交。	1966 年與我建交，1975 年與中共建交，我與之斷交。
備註	原為法國殖民地。	原為葡萄牙屬地。	原名達荷美。獨立後政變頻仍，1972 年後實行馬列主義，1975 年改國名為貝南人民共和國，1990 年改國名為現稱。	原為英國保護國。

非　洲

國名	布吉納法索 Burkina Faso	蒲隆地共和國 Republic of Burundi	喀麥隆共和國 Republic of Cameroon	維德角共和國 Republic of Cape Verde Island
地理位置	西非內陸	中非內陸	中非海岸西臨大西洋	西非外海大西洋上
首都	瓦加杜古(Ouagadougou)	布松布拉 (Bujumbura)	雅恩德 (Yaoundé)	培亞 (Praia)
面積	274,200 km^2	27,830 km^2	475,440 km^2	4,030 km^2
人口	13,925,000 人 (2005)	6,370,000 人 (2005)	16,380,000 人 (2005)	420,000 人 (2005)
獨立日期	1960 年 8 月 5 日	1962 年 7 月 1 日	1960 年 1 月 1 日	1975 年 7 月 5 日
政治制度	以總統為行政首長，組織內閣。	軍人專政	總統制	總統制
主要種族	Mossi、Lobi、Bobo、Fulani、Gurunsi、……	胡圖族 (Hutu)、圖西族 (Tutsi)	班圖人、Kirdi、Fulani、Hausa、……	黑白混血（葡萄牙裔）、黑人
信仰	伊斯蘭教、基督教、天主教、拜物教	天主教、拜物教	基督教、伊斯蘭教、拜物教	天主教
主要語言	法語、More 語、Dioula 語、Bambara 語、Peul 語	Kirundi 語、法語	法語、英語	葡萄牙語
幣制	CFA Franc (CFAF) (1USD = CFAF528.29)	Burundi Franc (Bu. F.) (1USD = Bu. F.1,100.91)	Equatorial CFA Franc (CFA.F.) (1USD = CFA.F.528.29)	Cape Verde Escudo (Esc.) (1USD = Esc.88.808)
平均每人國民所得	1,200 美元 (2004)	600 美元 (2004)	1,900 美元 (2004)	1,400 美元 (2002)
主要物產及輸出	棉、黃金、機械、皮革	咖啡、棉花、茶	石油、可可、木材、咖啡	魚、魚罐頭、食鹽
國際關係	為聯合國、非洲團結組織會員國。近年積極加強與亞洲國家關係。	為聯合國、非洲團結組織會員國。與盧安達政治、文化、地理背景相近，關係密切；與法國關係密切，主要外援來自法、比、德。	採不結盟政策，為聯合國、非洲團結組織、洛梅協定會員國。與法國關係密切。	採不結盟政策，並與東西方集團保持良好關係。為聯合國、非洲團結組織、洛梅協定會員國。與葡萄牙關係密切，1980 年起美國成為該國最大糧食援助國。
與我關係	1961 年與我建交，1973 年與中共建交，我與之斷交，1994 年與我復交，支持我加入聯合國。	與我無邦交，1963 年與中共建交，1965 年斷交，1971 年復交。	1960 年與我建交，1971 年與中共建交，我與之斷交。	與我無邦交，1976 年與中共建交。
備註	原名上伏塔。1919 年淪為法國殖民地，獨立後政體多次變化。1984 年改國名為現稱。	原為德國屬地，一次大戰後由比利時託管，1962 年獨立為君主立憲國家，1966 年改制共和。	原為德國殖民地。	

非 洲

國名	中非共和國 Central African Republic	查德共和國 Republic of Chad	葛摩伊斯蘭聯邦共和國 Federal Islamic Republic of the Comoro	剛果共和國 Republic of the Congo
地理位置	中非	中北非	馬達加斯加西北端東非海岸	中非西部
首都	班基 (Bangui)	恩將納 (N'Djamena)	莫洛尼 (Moroni)	布拉薩市 (Brazzaville)
面積	622,980 km^2	1,284,000 km^2	2,170 km^2	342,000 km^2
人口	3,800,000 人 (2005)	9,830,000 人 (2005)	670,000 人 (2005)	3,040,000 人 (2005)
獨立日期	1960 年 8 月 13 日	1960 年 8 月 11 日	1975 年 7 月 6 日	1960 年 8 月 15 日
政治制度	總統制	總統制	總統制	總統制
主要種族	Banda、Baya、Ngbandi、Azande、……	Sudanic Arab、Bagirmi、Sara, and Kreish、Teda、……	葛摩人	剛果人、Teke
信仰	基督教、天主教、拜物教	伊斯蘭教、天主教、拜物教	伊斯蘭教	天主教、基督教、拜物教
主要語言	Sangho 語、法語	一百餘種土語、阿拉伯語、法語	法語、Comoron、阿拉伯語	法語、lingala 語、munkutuba 語、lari 語
幣制	Equatorial CFA Franc (CFA.F.) (1USD = CFA.F.528.29)	Equatorial CFA Franc (CFA.F.) (1USD = CFA.F.528.29)	Comoro Franc (C.F.) (1USD = C.F.396.2)	Equatorial CFA Franc (CFA.F.) (1USD = CFA.F.528.29)
平均每人國民所得	1,100 美元 (2004)	1,600 美元 (2004)	720 美元 (2002)	800 美元 (2004)
主要物產及輸出	棉花、肉類、木材、鑽石	棉花、牲口、魚類、樹膠	香精、椰乾	石油、木材、鑽石、咖啡、糖、可可
國際關係	為聯合國、非洲團結組織會員國。親西方，支持查德現政府以遏止利比亞擴張政策。現政府與法國關係密切。	為聯合國、非洲團結組織會員國。1973 年利比亞占領查國北緯 16 度以北地區，1983 年法國發動曼達行動以北緯 16 度為停戰線，1986 年以老鷹行動取代曼達行動，1987 年查政府在美、法支援下收復查北三省，1994 年海牙國際法院判決查德北境歸查德政府所有。	為聯合國、非洲團結組織會員國，1993 年加入阿拉伯國家聯盟。	與俄羅斯、古巴、中共關係密切，為聯合國、非洲團結組織、洛梅協定會員國。為不結盟國家。
與我關係	1962 年與我建交，1964 年與中共建交，我與之斷交；1966 年與中共斷交，1968 年與我復交，1976 年與中共復交，我與之斷交；1991 年與我復交，1998 年與中共復交，我與之斷交。	1962 年與我建交，1972 年與中共建交，我與之斷交，1997 年與我復交。	與我無邦交，1975 年與中共建交。	1960 年與我建交，1964 年與中共建交，我與之斷交。
備註	原為法國殖民地，獨立後政變頻仍，1976 年改制為中非帝國，目前為軍人專政。	1913 年成為法國殖民地，1946 年成為法國屬地。	原為法國屬地。	原為法國殖民地。

非　洲

國　名	剛果民主共和國 Democratic Republic of Congo	象牙海岸共和國 Republic of Côte d'Ivoire (Ivory Coast)	吉布地共和國 Republic of Djibouti	埃及阿拉伯共和國 (埃及) Arab Republic of Egypt
地理位置	非洲中部	西非	非洲東北紅海南端出口	東北非
首　都	金夏沙 (Kinshasa)	雅穆索戈 (Yamoussoukro)	吉布地 (Djibouti)	開羅 (Cairo)
面　積	2,345,410 km^2	322,460 km^2	22,000 km^2	1,001,450 km^2
人　口	60,080,000 人 (2005)	17,300,000 人 (2005)	476,000 人 (2005)	77,510,000 人 (2005)
獨立日期	1960 年 6 月 30 日	1960 年 8 月 7 日	1977 年 6 月 27 日	1922 年 2 月 28 日
政治制度	總統制	2000 年成立過渡政府，內閣制。	總統制	總統制
主要種族	Luba、Kongo、Mongo、Rwanda、……	Bete、Senufo、Baule、Anui、……	Issa、Afar、Arabic、法國人、……	埃及人、貝多因阿拉伯人、諾賓人
信　仰	基督教、拜物教	基督教、伊斯蘭教、拜物教、天主教	伊斯蘭教	伊斯蘭教
主要語言	法語、Lingala 語	法語	阿拉伯語、法語、Afar 語、Somali 語	阿拉伯語
幣　制	Congolese France (1USD = 401.04CDF)	West CFA Franc (CFA.F.) (1USD = CFA.F.528.29)	Djibouti Franc (Dj.F.) (1USD = Dj.F.177.72)	Egyptian Pound (E.£) (1USD = E.£ 6.1963)
平均每人國民所得	700 美元 (2004)	1,500 美元 (2004)	1,300 美元 (2002)	1,200 美元 (2004)
主要物產及輸出	銅礦、鈷、工業用鑽石	咖啡、可可、木材、棕櫚油、棉花	皮革、鹽、畜產品	棉花、米、石油、棉紡及紡織品、礦產及其他農作物
國際關係	1960 年加入聯合國，並為非洲團結組織會員國。1961 年參加不結盟國家會議。	為聯合國、非洲團結組織、西非國家經濟聯盟組織、尼日河委員會、西非貨幣聯盟及洛梅協定會員國。	為聯合國、阿拉伯聯盟、非洲團結組織及東非六國抗旱暨開發組織會員國。標榜中立不結盟政策，與法國關係密切。	為聯合國、阿拉伯聯盟、非洲團結組織會員國。1979 年與以色列簽訂和約，被阿拉伯國家孤立，1984 年與約旦復交，與阿拉伯國家關係改善，1989 年重返阿拉伯聯盟，1991 年幕後協調中東和平會談。
與我關係	1960 年與我建交，1972 年與中共建交，1973 年我與之斷交。1991 年互設代表團。	1963 年與我建交，1983 年與中共建交，我與之斷交，1993 年象國外長在聯合國發表支持我加入聯合國之談話。	與我無邦交，1979 年與中共建交。	我於 1934 年在該國設領事館，1948 年升為大使館，1956 年埃及與中共建交，我與之斷交。
備　註	原為比利時殖民地，1960 年獨立，國號剛果共和國，1971 年改稱薩伊 (Zaire) 共和國，1997 年改為剛果民主共和國。	原為法國屬地。	原為法國殖民地。	五千年前已建立帝國，一次世界大戰時為英國保護國。1922 年為獨立君主國，1953 年成立共和國，1971 年改國名為現稱。

非　洲

國　　名	赤道幾內亞共和國 Republic of Equatorial Guinea	厄利垂亞 Eritrea	衣索匹亞人民民主共和國 People's Democratic Republic of Ethiopia	加彭共和國 Gabonese Republic
地理位置	中非西岸西臨大西洋	東北非，濱臨紅海	東非	中非西岸，西臨大西洋
首　　都	馬拉博 (Rey Malabo)	阿斯瑪拉 (Asmara)	阿迪斯阿貝巴 (Addis Ababa)	自由市 (Libreville)
面　　積	28,050 km^2	121,320 km^2	1,127,127 km^2	267,670 km^2
人　　口	535,000 人 (2005)	4,560,000 人 (2005)	73,050,000 人 (2005)	1,390,000 人 (2005)
獨立日期	1968 年 10 月 12 日	1993 年 5 月 24 日	西元前 200 年	1960 年 8 月 17 日
政治制度	總統制	總統制	原採君主立憲，目前為共產主義模式。	總統制
主要種族	Fang、Bubi、……		Oromo、Ambara、Tigre、……	Fang、Echiras
信　　仰	天主教	伊斯蘭教、基督教	東正教、伊斯蘭教	天主教、基督教、拜物教
主要語言	西班牙語、Fan Buli 語	阿拉伯語、英語、義大利語、Tigringa 語	Amharic 語、英語、泰古林亞語、阿拉伯語	法語、Fang 語、Bantu 語
幣　　制	Equatorial CFA France (CFA.F.) (1USD = CFA.F.528.29)	1USD = 13.788ERN	Birr (1USD = Birr8.68)	Equatorial CFA Franc (CFA.F.) (1USD = CFA.F.528.29)
平均每人國民所得	2,700 美元 (2002)	900 美元 (2004)	800 美元 (2004)	5,900 美元 (2004)
主要物產及輸出	可可、咖啡、木材	石油、天然氣、鐵礦、農漁產品	咖啡、皮革	石油、木材、錳、鈾
國際關係	為聯合國、非洲團結組織會員國。與西班牙關係密切，1985 年加入法郎集團。	為聯合國、非洲團結組織會員國。	為聯合國、非洲團結組織會員國，為不結盟國家。	為聯合國、石油輸出國家組織、非洲團結組織、洛梅協定會員國。與法國關係密切，1990 年開始與南非關係改善。
與我關係	與我無邦交，1970 年與中共建交。	與我無邦交，1993 年與中共建交。	與我無邦交，1970 年與中共建交。	1960 年與我建交，1974 年與中共建交，我與之斷交。
備　　註	原為西班牙殖民地。	1890 年至 1941 年為義大利屬地，1941 年至 1951 年為英國保護領土，二次大戰後與衣索匹亞成立聯邦，1962 年遭衣國兼併，1993 年獨立。	為世界古國之一，二次大戰時為義大利占領，1941 年衣皇塞拉西復國，1974 年政變廢除帝制，1977 年後實行馬列主義。	原為法國殖民地。

非　洲

國名	甘比亞共和國 Republic of the Gambia	迦納共和國 Republic of Ghana	幾內亞共和國 Republic of Guinea	幾內亞比索共和國 Republic of Guinea-Bissau
地理位置	西非海岸，面臨大西洋	西非，臨幾內亞灣	西非海岸	西非海岸，濱大西洋
首都	斑竹 (Banjul)	阿克拉 (Accra)	柯那克里 (Conakry)	比索 (Bissau)
面積	11,300 km^2	238,540 km^2	245,860 km^2	36,120 km^2
人口	1,590,000 人 (2005)	2,103,000 人 (2005)	9,470,000 人 (2005)	1,420,000 人 (2005)
獨立日期	1965 年 2 月 18 日	1957 年 3 月 6 日	1958 年 10 月 2 日	1973 年 9 月 10 日
政治制度	總統制	採總統制	原採總統制，偏向共產制度獨裁統治，1984 年後現行制度無明確規定。	總統、多黨制
主要種族	Malinke、Fulani、Wolof、Dyola、Soninke、……	Akan、Mossi-Dagomba、Ewe、Ga-Adangme、……	Fulani、Malinke、Susu、Kissi、……	Balante、Fulani、Malinke、Mandyako、Pepel、……
信仰	伊斯蘭教	基督教、伊斯蘭教、拜物教	伊斯蘭教、拜物教	伊斯蘭教、拜物教、天主教
主要語言	英語	英語	法語、Soussou 語、Malinke 語	葡萄牙語
幣制	Gambia Dalasi (Dalasi) (1USD = Dalasi27.306)	New Cedi (Cedi) (1USD = Cedi9,004.6)	Guinean Franc (G.F.) (1USD = G.F.2,550)	Equatorial CFA France (CFA.F.) (1USD = CFA.F.528.29)
平均每人國民所得	1,800 美元 (2004)	2,300 美元 (2004)	2,100 美元 (2004)	700 美元 (2004)
主要物產及輸出	花生、皮毛、漁產	可可、原木、金、鑽石	礬土、咖啡	咖啡、魚產、椰子、花生、腰果、棉花
國際關係	為大英國協、聯合國、非洲團結組織會員國。1982 年與塞內加爾成立塞甘邦聯 (Senegambia)，1989 年邦聯解散。	為大英國協、聯合國、非洲團結組織會員國。為不結盟國家。	為聯合國、非洲團結組織、不結盟國家會議會員國。	為聯合國、非洲團結組織、洛梅協定會員國。與葡萄牙、法國關係密切。近年多賴西歐、北歐國家經援，維持政府財政。
與我關係	1968 年與我建交，1974 年與中共建交，我與之斷交，1995 年與我建交。	與我無邦交，1960 年與中共建交，1966 年斷交，1972 年復交。	與我無邦交，1959 年與中共建交。	與我無邦交，1974 年與中共建交，1990 年與我建交，1998 年與中共建交，我與之斷交。
備註	原為英國殖民地。	舊稱黃金海岸，1874 年為英國屬地。	原為法國屬地。	原為葡萄牙屬地。

非　洲

國　名	肯亞共和國 Republic of Kenya	賴索托王國 Kingdom of Lesotho	賴比瑞亞共和國 Republic of Liberia	大利比亞阿拉伯人民社會主義群眾國 Great Socialist People's Libyan Arab Jamahiriya
地理位置	東非，濱印度洋	南非，南非共和國境內	西非海岸，面臨大西洋	北非，臨地中海，東接埃及
首　都	奈洛比 (Nairobi)	馬賽魯 (Maseru)	蒙羅維亞 (Monrovia)	的黎波里 (Tripoli)
面　積	582,650 km^2	30,350 km^2	111,370 km^2	1,759,540 km^2
人　口	33,830,000 人 (2005)	1,870,000 人 (2005)	3,480,000 人 (2005)	5,760,000 人 (2005)
獨立日期	1963 年 12 月 12 日	1966 年 10 月 4 日	1847 年 7 月 26 日	1951 年 12 月 24 日
政治制度	總統制	君主立憲，內閣制。	總統制	新直接民主制（近似極權統治）
主要種族	Kikuyu、Luo、Kamba、Baluby、……	Sotho	Bakwe、Kpelle、Gere and Basse、Mano、Gola、……	利比亞人
信　仰	天主教、基督教、拜物教	天主教、基督教、拜物教	伊斯蘭教、基督教	伊斯蘭教
主要語言	英語、Swahili 語	英語、Sotho 語	英語	阿拉伯語、英語
幣　制	Kenya Shilling (Sh.) (1USD = Sh.79.174)	Loti (Maloti) (1USD = Maloti6.4597)	Liberian Dollar (Lib.$) (1USD = Lib.$54.906)	Libyan Dinar (Din.) (1USD = Din.1.305)
平均每人國民所得	1,100 美元 (2004)	3,200 美元 (2004)	900 美元 (2004)	6,700 美元 (2004)
主要物產及輸出	咖啡、茶、瓊麻、石化產品	鑽石、家畜、木材、花生、山羊毛呢、豌豆、皮革	鐵礦、橡膠、咖啡、鑽石、木材	原油
國際關係	為大英國協、聯合國、非洲團結組織會員國。	為大英國協、聯合國、非洲國家團結組織會員國。1980 年與蘇聯建交，其後與十餘個共黨國家建交，經濟上仰賴南非。	為聯合國、非洲國家團結組織會員國。	為聯合國、石油輸出國組織、非洲團結組織、阿拉伯聯盟會員國。屬阿拉伯激進派，反猶，反美，以第三世界及不結盟國家之中堅分子自居，支持查德反抗軍在查北用兵。
與我關係	與我無邦交，1963 年與中共建交。	1966 年與我建交，1983 年與中共建交，我與之斷交，1990 年宣布復交，1993 年復與中共建交，我又與之斷交。	1957 年與我建交，1977 年與中共建交，我與之斷交，1989 年與我復交。2003 年 10 月復與中共建交，我再與之斷交。	1959 年與我建交，1978 年與中共建交，我與之斷交，1980 年我在該國設中華民國駐利比亞商務辦事處。
備　註	原為英國保護國。	原為英國保護地。	為非洲最早之共和國。	16 世紀後為土耳其占領，1912 年為義大利殖民地，1951 年獨立為王國，1969 年改制共和。

非　洲

國名	馬達加斯加民主共和國 Democratic Republic of Madagascar	馬拉威共和國 Republic of Malawi	馬利共和國 Republic of Mali	茅利塔尼亞伊斯蘭共和國 Islamic Republic of Mauritania
地理位置	非洲東南馬達加斯加島	東南非內陸	西非內陸	非洲西北部
首都	安塔那那利佛 (Antananarivo)	里朗威 (Lilongwe)	巴馬科 (Bamako)	諾克少 (Nouakchott)
面積	587,040 km^2	118,480 km^2	1,240,000 km^2	1,030,700 km^2
人口	18,040,000 人 (2005)	12,160,000 人 (2005)	12,290,000 人 (2005)	3,090,000 人 (2005)
獨立日期	1960 年 6 月 26 日	1964 年 7 月 6 日	1960 年 9 月 22 日	1960 年 11 月 28 日
政治制度	社會主義制	總統制	軍人專制，實行社會主義。	採總統制，實行軍事統治。
主要種族	馬拉加西人	馬拉威人、切瓦族人	Bambara、Fulani、Senufo、Malinke、Soninke、……	Moor、Tukulor、Peul 族……
信仰	天主教、基督教、伊斯蘭教、拜物教	天主教、基督教、伊斯蘭教	伊斯蘭教、基督教、天主教、拜物教	伊斯蘭教
主要語言	法語、馬拉加西語、Hova 語	英語、Chichewa 語	法語、Bambara 語及其他多種土語	阿拉伯語、法語、Ouolof 語、Toucoulewr 語
幣制	1USD = 1,868.9MGA	Kwacha (1USD = Kwacha 108.894)	West CFA Franc (CFA.F.) (1USD = CFA.F.528.29)	Ouguiya (Oug.) (1USD = Oug.222.74) (1999)
平均每人國民所得	880 美元 (2004)	600 美元 (2004)	900 美元 (2004)	1,800 美元 (2004)
主要物產及輸出	咖啡，香精	菸葉、茶葉、糖、花生、棉花、稻米、咖啡	棉花、花生、畜牧	鐵礦、漁產
國際關係	為聯合國、非洲團結組織會員國。原本親共，近年加強與西方國家(尤其美、法)之關係，且開始與南非發展關係。	為大英國協、聯合國、非洲團結組織會員國。	為聯合國、非洲團結組織、洛梅協定會員國。	為聯合國，非洲團結組織、阿拉伯國家聯盟、洛梅協定會員國。1975 年起涉入西撒哈拉爭議，因國力薄弱，八〇年代後逐漸退出，1984 年宣布放棄西撒哈拉權益，與黑色非洲及阿拉伯國家關係良好，接受阿援甚鉅。
與我關係	1960 年與我建交，1972 年與中共建交，我與之斷交，1991 年我成立駐馬特別代表團，1998 年馬國片面決議中止中馬互設代表團決議。	1966 年與我建交，我在該國駐有大使。	與我無邦交，1960 年與中共建交。	1960 年與我建交，1965 年與中共建交，我與之斷交。
備註	原為法國殖民地。	原名尼亞薩蘭，1891 年成為英屬保護地。		原為法國殖民地。

非　　洲

國　　名	模里西斯共和國 Republic of Mauritius	摩洛哥王國 Kingdom of Morocco	莫三比克共和國 Republic of Mozambique	納米比亞共和國 Republic of Namibia
地理位置	非洲東南印度洋上	西北非，隔直布羅陀海峽與西班牙相對	非洲東南岸	非洲西南部
首　　都	路易士港 (Port Louis)	拉巴特 (Rabat)	馬布多 (Maputo)	溫厚克 (Windhoek)
面　　積	1,860 km^2	446,550 km^2	801,590 km^2	825,418 km^2
人　　口	1,230,000 人 (2005)	32,730,000 人 (2005)	19,410,000 人 (2005)	2,030,000 人 (2005)
獨立日期	1968 年 3 月 12 日	1956 年 3 月 2 日	1975 年 6 月 25 日	1990 年 3 月 21 日
政治制度	責任內閣制	君主立憲	總統制	總統制
主要種族	Creole、印度人、歐洲人、華人	Arab-Berber	Makua、Tsonga、Malawi、……	黑人
信　　仰	印度教、天主教、伊斯蘭教	伊斯蘭教	伊斯蘭教、基督教、印度教、拜物教	基督教
主要語言	英語、法語、Creole 語	阿拉伯語、法語、西班牙語	葡萄牙語、班圖語、英語	英語、德語、斐語
幣　　制	Mauritius Rupee (M. Rps.) (1USD = M.Rps.27.499)	Dirham (1USD = Dirham8.868)	Metical (Met.) (1USD = Met.21,581)	Namibia Dollar (1USD = ND.6.4597)
平均每人國民所得	12,800 美元 (2004)	4,200 美元 (2004)	1,200 美元 (2004)	7,300 美元 (2004)
主要物產及輸出	糖、茶、加工	磷礦、農產品	糖、棉花、木材、柑橘、椰乾、龍蝦	鈾、鑽石、銅、錫、鉛、漁產、肉類、皮貨
國際關係	為大英國協、聯合國、非洲團結組織會員國。	為聯合國、非洲團結組織、不結盟運動、阿拉伯國家聯盟之會員國。與西方國家，尤其美、法關係密切，因西撒哈拉問題與阿爾及利亞交惡，並於 1984 年退出非洲團結組織。	為聯合國、非洲團結組織會員國，與中共、俄羅斯關係密切，與鄰邦馬拉威、辛巴威關係良好。原反南非，後因經濟不振、游擊隊猖獗而妥協，但因反莫解政府之游擊隊仍四處攻擊，使南非困擾。	為大英國協、非洲國家團結組織、聯合國、南部非洲開發合作組織及前線國家會員國。
與我關係	1972 年與中共建交，1984 年我在該國設「中華民國駐模里西斯商務代表團」。	與我無邦交，1958 年與中共建交，1993 年我設立駐卡薩布蘭加辦事處。	與我無邦交，1975 年與中共建交。	與我無邦交，1990 年與中共建交。
備　　註	原為法國屬地，1814 年讓與英國。	原為法國保護國。	16 世紀時成為葡萄牙殖民地。	1884 年起為德國保護國，1915 年由南非軍隊占領，1920 年國聯委由南非統治。

非洲

國名	尼日共和國 Republic of Niger	奈及利亞聯邦共和國 Federal Republic of Nigeria	盧安達共和國 Republic of Rwandese	聖多美普林西比民主共和國 Democratic Republic of São Tomé and Príncipe
地理位置	非洲西部內陸	西非，濱大西洋	非洲中部	西非幾內亞灣中
首都	尼阿美 (Niamey)	阿布加 (Abuja)	吉佳利 (Kigali)	聖多美 (São Tomé)
面積	1,267,000 km^2	923,700 km^2	26,340 km^2	960 km^2
人口	11,670,000 人 (2005)	128,770,000 人 (2005)	8,440,000 人 (2005)	187,000 人 (2005)
獨立日期	1960 年 8 月 3 日	1960 年 10 月 1 日	1962 年 7 月 1 日	1975 年 7 月 12 日
政治制度	總統制	總統制	總統制	總統制
主要種族	Hausa、Zerma、Fulani、……	Hausa、Yoruba、Igbo、……	Hutu、Tutsi	mesticos、angolares、forros、servicais、tongas、歐洲人
信仰	伊斯蘭教、天主教、基督教、拜物教	伊斯蘭教、基督教、拜物教	天主教、基督教、拜物教	天主教
主要語言	法語、Hausa 語、Djerma 語	英語	Kinyarwanda、法語	葡萄牙語
幣制	West CFA Franc (CFA.F.) (1USD = CFA.F.528.29)	Naira (1USD = Naira132.89)	Rwanda Franc (R.F.) (1USD = R.F.574.62)	Dobra (Do.) (1USD = Do.9,900.4)
平均每人國民所得	900 美元 (2004)	1,000 美元 (2004)	1,300 美元 (2004)	1,200 美元 (2003)
主要物產及輸出	鈾、牲口、食油製品、棉	原油、可可、花生、橡皮	咖啡、錫	可可、咖啡、椰仁、椰油、香蕉
國際關係	為聯合國、非洲團結組織、洛梅協定會員國。對外採自立不加盟路線，但親法態度明顯。1979 年加入國際原子能源組織。	為大英國協、聯合國、非洲團結組織會員國。	為聯合國、非洲團結組織會員國。	為聯合國、非洲團結組織會員國，葡國為其最重要貿易夥伴，與法國關係良好。早期與共產國家關係密切，近年轉向西方求取援助。
與我關係	1963 年與我建交，1974 年與中共建交，我與之斷交，1992 年與我復交，1996 年與中共復交，我與之斷交。	與我無邦交，1971 年與中共建交，1991 年我在奈國設中華民國商務代表團，1993 年我在奈國卡拉巴設立總領事館。	1962 年與我建交，1971 年與中共建交，1972 年我與之斷交。	1975 年與中共建交。1997 年 5 月起與我建交。同年 7 月與中共斷交。
備註	原為法國殖民地。	原為英國屬地。	原為德國殖民地。	原為葡萄牙殖民地。

非洲

國名	塞內加爾共和國 Republic of Senegal	塞席爾共和國 Republic of Seychelles	獅子山共和國 Republic of Sierra Leone	索馬利亞民主共和國 Somali Democratic Republic
地理位置	西非海岸	東非海岸外印度洋上	西非海岸，臨大西洋	東非，臨印度洋
首都	達卡 (Dakar)	維多利亞 (Victoria)	自由城 (Freetown)	摩加迪休 (Mogadishu)
面積	196,190 km^2	455 km^2	71,740 km^2	637,660 km^2
人口	11,130,000 人 (2005)	80,000 人 (2005)	6,020,000 人 (2005)	8,590,000 人 (2005)
獨立日期	1960 年 8 月 20 日	1976 年 6 月 29 日	1961 年 4 月 27 日	1960 年 7 月 1 日
政治制度	總統制	總統制	總統制	總統制
主要種族	Wolof、Serer、Toucouleur、Peul	塞席爾人	Mende、Temne、……	索馬利人、Hamitic
信仰	伊斯蘭教、天主教、基督教、拜物教	天主教、英國國教	伊斯蘭教、拜物教	伊斯蘭教
主要語言	法語、Ouolof 語	英語、法語、Creole 語	英語、Krio 語	索馬利語、阿拉伯語、英語、義大利語
幣制	West CFA Franc (CFA.F.) (1USD = CFA.F.528.29)	Seychelles Rupee (S.Rps.) (1USD = S.Rps.5.5)	Leone (1USD = Leone2,710.3)	Shilling (Sh.) (1USD = Sh.11,000)
平均每人國民所得	1,700 美元 (2004)	7,800 美元 (2002)	600 美元 (2004)	600 美元 (2004)
主要物產及輸出	磷礦、花生、漁產品、棉花、鹽、水泥	椰子產品、肉桂、鳥糞、魚翅	鑽石、鐵礦、可可、咖啡	香蕉、皮革、棉花
國際關係	為聯合國、非洲團結組織、洛梅協定會員國。1982 年與甘比亞成立塞內甘比亞聯邦，1989 年中止聯邦關係，1989 年因邊界糾紛與茅利塔尼亞交惡。	為聯合國、非洲團結組織、大英國協、不結盟國家組織、印度洋委員會會員國。外交上採中立政策。	為大英國協、聯合國、非洲團結組織會員國。標榜不結盟政策。	為聯合國、非洲團結組織會員國，為不結盟國家。1977 年索、衣戰爭中，由於蘇聯援助其世仇衣索匹亞，遂與蘇聯交惡，轉而親美，1989 年與美交惡，轉向利比亞。
與我關係	1960 年與我建交，1964 年斷交，1969 年復交，1971 年與中共建交，我關閉大使館，改設經濟暨技術合作辦事處，但於 1976 年關閉該機構，1996 年與我復交。2005 年 10 月再與中共復交，我與之斷交。	與我無邦交，1976 年與中共建交。	1963 年與我建交，1971 年與中共建交，我與之斷交。	與我無邦交，1960 年與中共建交。
備註		原為法國屬地，1814 年劃為英國殖民地。	原為英殖民地、保護國。	由原英保護地及託管地合併成立。

非洲

國名	南非共和國 Republic of South Africa	蘇丹共和國 Republic of the Sudan	史瓦濟蘭王國 Kingdom of Swaziland	坦尚尼亞聯合共和國 United Republic of Tanzania
地理位置	非洲南端	東北非，東臨紅海	非洲南部，介於南非與莫三比克間	東非
首都	普勒托里亞 (Pretoria)	喀土木 (Khartoum)	墨巴本 (Mbabane)	杜篤瑪 (Dodoma)
面積	1,219,912 km^2	2,505,000 km^2	17,360 km^2	945,090 km^2
人口	44,340,000 人 (2005)	40,190,000 人 (2005)	1,170,600 人 (2005)	36,770,000 人 (2005)
獨立日期	1910 年 5 月 31 日	1956 年 1 月 1 日	1968 年 9 月 6 日	1964 年 4 月 27 日
政治制度	總統制	邦聯共和制、總統、多黨制	君主立憲	總統制
主要種族	黑人（Zulu、North Sotho、Xhosa、……）、白人、雜色人、印度人	阿拉伯人、黑人	史瓦濟族人	Nyamwezi、Sukuma、Swahili、……
信仰	基督教	伊斯蘭教、天主教、部落神祇	基督教、天主教、拜物教	基督教、伊斯蘭教
主要語言	英語、斐語、祖魯語、索托語、柯薩語等 11 種語言	阿拉伯語、英語	英語、史瓦濟語	英語、Swahili 語
幣制	Rand (R.) (1USD = R.6.5497)	1USD = 257.91SDD	Lilangeni (L.) (1USD = L.6.4597)	Shilling (Sh.) (1USD = Sh.1,089.33)
平均每人國民所得	11,100 美元 (2004)	1,900 美元 (2004)	5,100 美元 (2004)	700 美元 (2004)
主要物產及輸出	黃金、基本金屬、礦產、寶石、貴金屬、食物、飲料、菸草	棉花、花生	蔗糖、木材、礦產、肉類、水果、紙漿	棉花、麻、咖啡、鑽石、菸草、茶
國際關係	為聯合國創始會員國之一，但因採種族隔離政策，遭國際社會抵制，1974 年被禁止出席聯合國大會，國際地位極孤立。1994 年大選後擺脫孤立之桎梏，恢復聯合國會員。為大英國協、不結盟國家組織會員國。	為聯合國、非洲團結組織、阿拉伯聯盟會員國。與埃及關係密切，與衣索匹亞不睦，1985 年政變後恢復與利比亞之正常關係，1995 年蘇丹涉嫌派員謀刺埃及總統，蘇、埃兩國交惡。	為大英國協、聯合國、非洲團結組織、南部非洲開發協調組織會員國。參加不結盟高峰會議，對外傾向中立。	為大英國協、聯合國、非洲團結組織會員國。
與我關係	中斐之間領事級關係已有 70 餘年歷史，1976 年建立大使外交關係，目前雙方在政治、經濟、文化、交通、農業、工礦、科技及能源各方面均有良好合作關係，1998 年與中共建交，我與之斷交。	與我無邦交，1958 年與中共建交。	1968 年與我建交，與我簽有農技合作協定、手工藝技術合作協定。	與我無邦交，坦干伊加及尚西巴分別於 1961、1963 年與中共建交。
備註	15～17 世紀荷人移民南非，19 世紀英人完全占領南非，1910 年英、荷同意合作成立南非聯邦，1961 年脫離大英國協，改為今名。	原為英國、埃及共同殖民地。	原為英國屬地。	為原坦干伊加及尚西巴二國合併，坦干伊加原為德屬地，1916 年為英占領，1946 年為聯合國託管地。

非　洲

國　名	多哥共和國 Togolese Republic	突尼西亞共和國 Republic of Tunisia	烏干達共和國 Republic of Uganda	尚比亞共和國 Republic of Zambia
地理位置	西非，濱幾內亞灣	北非，濱地中海	東非內陸	非洲中南部內陸
首　都	洛梅 (Lomé)	突尼斯 (Tunis)	坎帕拉 (Kampala)	路沙卡 (Lusaka)
面　積	56,790 km^2	163,610 km^2	236,040 km^2	752,610 km^2
人　口	5,680,000 人 (2005)	10,070,000 人 (2005)	27,270,000 人 (2005)	11,260,000 人 (2005)
獨立日期	1960 年 4 月 27 日	1956 年 3 月 20 日	1962 年 10 月 9 日	1964 年 10 月 24 日
政治制度	以軍政為本之總統制	總統制	總統制	總統制
主要種族	Ewé、Kabré、Gurma、……	阿拉伯人、……	Ganda、Nyoro、Turkana、Gisu、……	Bemba、Tonga、Malawi、Lozi、……
信　仰	基督教、伊斯蘭教、天主教、拜物教	伊斯蘭教	基督教、伊斯蘭教	基督教、部落宗教
主要語言	法語、Ewé 語、Kabré 語	阿拉伯語、法語	英語、Swahili 語、Luganda 語	英語
幣　制	West CFA Fran (CFA.F.) (1USD = CFA.F.528.29)	Dinar (T.Din.) (1USD = T.Din.1.2455)	Shilling (Sh.) (1USD = Sh.1,810.3)	Kwacha (Kw.) (1USD = Kw.4,778.9)
平均每人國民所得	1,600 美元 (2004)	7,100 美元 (2004)	1,500 美元 (2004)	900 美元 (2004)
主要物產及輸出	磷礦、可可、咖啡、棉花	水果、蔬菜、石油、天然氣、金屬礦物	咖啡、生棉、茶、銅	銅、鋅、鋁、玉米、菸葉
國際關係	為聯合國、非洲團結組織、洛梅協定會員國。	為聯合國、非洲團結組織、阿拉伯聯盟、不結盟運動組織之會員國。與美、蘇關係良好，1985 年因利比亞驅逐大批突國在利勞工，與利斷交，1988 年與埃及復交。	為大英國協、聯合國、非洲團結組織、不結盟運動組織會員國。外交上採不結盟政策，與鄰境諸國均有邊界糾紛及難民問題。	為大英國協、聯合國、非洲團結組織會員國。
與我關係	1960 年與我建交，1972 年與中共建交，我與之斷交。	與我無邦交，1964 年與中共建交。	與我無邦交，1962 年與中共建交。	與我無邦交，1964 年與中共建交。
備註	原為德國保護國，一次大戰後為英、法占領。	原為法國保護國。	原為英保護地，1963 年組成聯邦共和國，1967 年改為單一共和國。	原為英國保護地。

非　洲

國　名	辛巴威共和國 Republic of Zimbabwe			
地理位置	非洲南部內陸			
首　都	哈拉雷 (Harare)			
面　積	390,580 km^2			
人　口	12,750,000 人 (2005)			
獨立日期	1980 年 4 月 18 日			
政治制度	總統制			
主要種族	Bantu			
信　仰	部落宗教、基督教、伊斯蘭教、印度教			
主要語言	英語、Shona 語			
幣　制	1USD = 4,303.28ZWD			
平均每人國民所得	1,900 美元 (2004)			
主要物產及輸出	黃金、菸草、石綿、銅、肉類、鎳、衣物、糖、鉻黃			
國際關係	為大英國協、聯合國、不結盟國家組織、非洲團結組織、非南開發共同體會員國。			
與我關係	與我無邦交，1980 年與中共建交。			
備註	原為英國殖民地，舊稱羅德西亞 (Rhodesia)。			

世界時區圖表

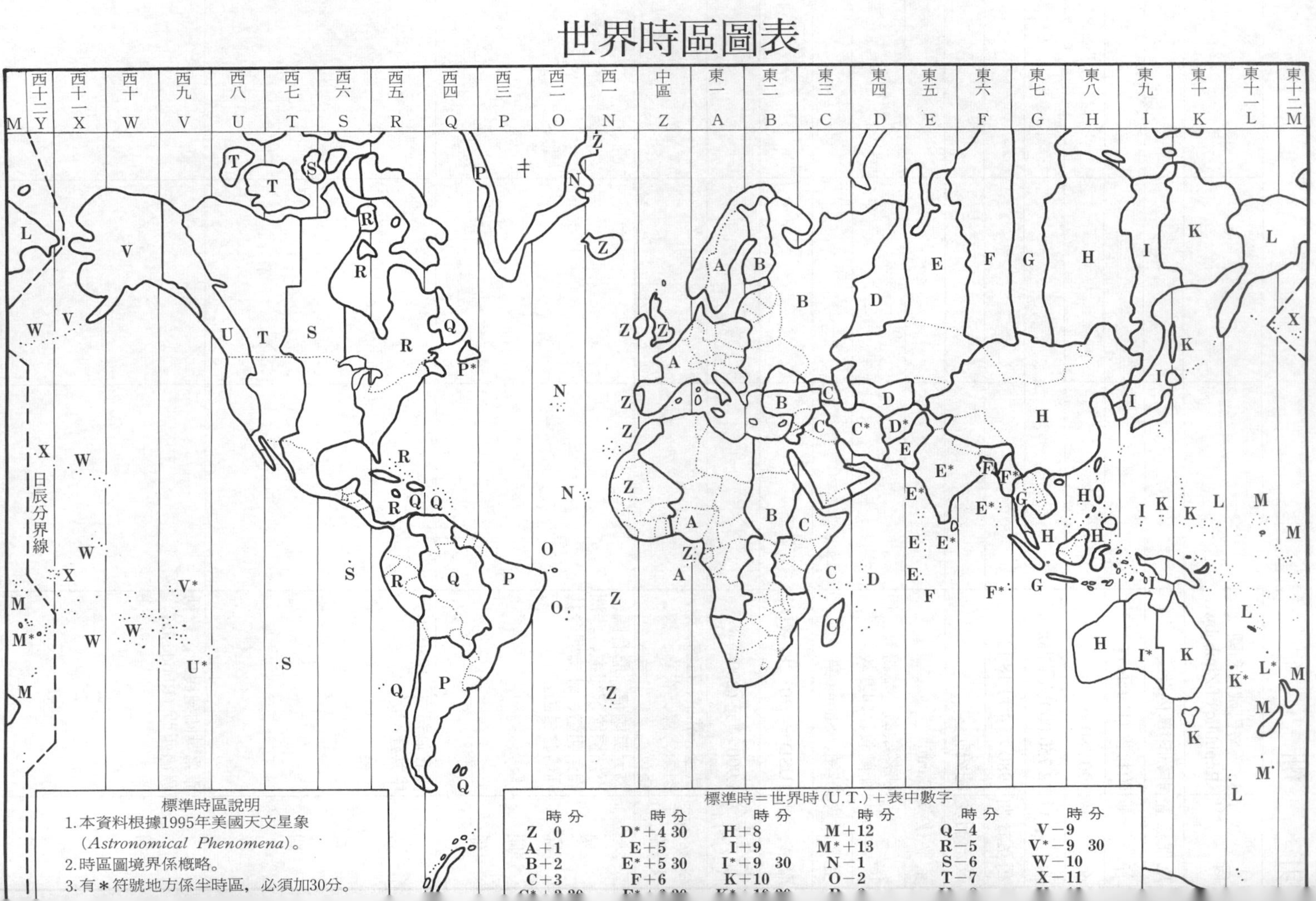

標準時區說明

1. 本資料根據1995年美國天文星象（*Astronomical Phenomena*）。
2. 時區圖境界係概略。
3. 有＊符號地方係半時區，必須加30分。

標準時＝世界時(U.T.)＋表中數字

時 分	時 分	時 分	時 分	時 分	時 分
Z 0	D*+4 30	H+8	M+12	Q−4	V−9
A+1	E+5	I+9	M*+13	R−5	V*−9 30
B+2	E*+5 30	I*+9 30	N−1	S−6	W−10
C+3	F+6	K+10	O−2	T−7	X−11

紐西蘭、堪察加半島	途島	威夷、馬貴斯群島、阿留申群島	拉斯加	國太平洋區(加利福尼亞、內華達、俄勒岡)、加拿大(溫哥華)	國山地區(亞利桑那、科羅拉多、愛達荷、蒙大拿、新墨西哥、猶他、懷俄明)、加拿大(亞伯達)	斯達黎加、宏都拉斯、墨西哥、尼加拉瓜、瓜地馬拉、薩爾瓦多、美國中部(阿拉巴馬、阿肯色、利諾、愛阿華、印第安納、堪薩斯、肯塔基、密西根、德克薩斯、威斯康辛)	巴、厄瓜多爾、牙買加、巴拿馬、秘魯、海地、加拿大東部、多明尼加、巴哈馬斯、巴西西部、美東部(華盛頓DC、紐約、佛羅里達、喬治亞、馬里蘭、新澤西、緬因、麻薩諸塞、賓夕法尼亞)	利維亞、智利、巴拉圭、波多黎各、委內瑞拉、福克蘭群島(英)、百慕達	根廷、烏拉圭、＊圭亞那(法)、格陵蘭西海岸	角群島(葡)	速群島(葡)	國、迦納、多哥共和國、冰島、象牙海岸、賴比瑞亞、摩洛哥、愛爾蘭、葡萄牙	地利、比利時、匈牙利、盧森堡、西班牙、瑞典、瑞士、突尼西亞、中非共和國、捷克、法國、德、荷蘭、意大利、挪威、丹麥、波蘭、南斯拉夫、阿爾巴尼亞、利比亞、梵諦岡	利亞、希臘、埃及、利比亞、南非共和國、芬蘭、以色列、約旦、黎巴嫩、蘇丹、敘利亞、土耳、羅馬尼亞、俄羅斯(莫斯科、列寧格勒)	伊朗、伊拉克、肯亞、科威特、沙烏地阿拉伯、亞丁、馬拉加西、衣索匹亞	阿富汗	印度、巴基斯坦、＊錫蘭	緬甸、孟加拉	寨、寮國、泰國、印尼、越南、蘇門答臘	民國、香港、菲律賓、新加坡、馬來西亞、西里伯、婆羅洲、澳洲西部、中國大陸	、琉球、韓國	、澳洲東部(雪梨、坎培拉、墨爾鉢)	島、千島群島	蘭、堪察加半島
12	13	14	15	16	17	18	19	20	21	22	23	0	1	2	3	4	5	6	7	8	9	10	11	12
13	14	15	16	17	18	19	20	21	22	23	0	1	2	3	4	5	6	7	8	9	10	11	12	13
14	15	16	17	18	19	20	21	22	23	0	1	2	3	4	5	6	7	8	9	10	11	12	13	14
15	16	17	18	19	20	21	22	23	0	1	2	3	4	5	6	7	8	9	10	11	12	13	14	15
16	17	18	19	20	21	22	23	0	1	2	3	4	5	6	7	8	9	10	11	12	13	14	15	16
17	18	19	20	21	22	23	0	1	2	3	4	5	6	7	8	9	10	11	12	13	14	15	16	17
18	19	20	21	22	23	0	1	2	3	4	5	6	7	8	9	10	11	12	13	14	15	16	17	18
19	20	21	22	23	0	1	2	3	4	5	6	7	8	9	10	11	12	13	14	15	16	17	18	19
20	21	22	23	0	1	2	3	4	5	6	7	8	9	10	11	12	13	14	15	16	17	18	19	20
21	22	23	0	1	2	3	4	5	6	7	8	9	10	11	12	13	14	15	16	17	18	19	20	21
22	23	0	1	2	3	4	5	6	7	8	9	10	11	12	13	14	15	16	17	18	19	20	21	22
23	0	1	2	3	4	5	6	7	8	9	10	11	12	13	14	15	16	17	18	19	20	21	22	23
0	1	2	3	4	5	6	7	8	9	10	11	12	13	14	15	16	17	18	19	20	21	22	23	0
1	2	3	4	5	6	7	8	9	10	11	12	13	14	15	16	17	18	19	20	21	22	23	0	1
2	3	4	5	6	7	8	9	10	11	12	13	14	15	16	17	18	19	20	21	22	23	0	1	2
3	4	5	6	7	8	9	10	11	12	13	14	15	16	17	18	19	20	21	22	23	0	1	2	3
4	5	6	7	8	9	10	11	12	13	14	15	16	17	18	19	20	21	22	23	0	1	2	3	4
5	6	7	8	9	10	11	12	13	14	15	16	17	18	19	20	21	22	23	0	1	2	3	4	5
6	7	8	9	10	11	12	13	14	15	16	17	18	19	20	21	22	23	0	1	2	3	4	5	6
7	8	9	10	11	12	13	14	15	16	17	18	19	20	21	22	23	0	1	2	3	4	5	6	7
8	9	10	11	12	13	14	15	16	17	18	19	20	21	22	23	0	1	2	3	4	5	6	7	8
9	10	11	12	13	14	15	16	17	18	19	20	21	22	23	0	1	2	3	4	5	6	7	8	9
10	11	12	13	14	15	16	17	18	19	20	21	22	23	0	1	2	3	4	5	6	7	8	9	10
11	12	13	14	15	16	17	18	19	20	21	22	23	0	1	2	3	4	5	6	7	8	9	10	11

昨日 今日 明日 今日

中外重要節日一覽表

一、中國重要節日

日　期	名　稱	說　明
1月1日	元旦 開國紀念日	民國元年1月1日，國父　孫中山先生在南京就任臨時大總統， 號為「中華民國」。是以此日為中華民國元年元旦及開國紀念日
農曆1月1日	春節	即農曆元旦。與端午、中秋同為民俗傳統最重視的節日。
農曆1月9日	玉皇大帝誕辰	我國東南各省民間節日。玉皇大帝是道教天上諸神領袖，俗稱天 此日凌晨祭拜天公，儀式極為隆重。
1月11日	平等新約日	民國32年1月11日，中美、中英簽訂平等新約，廢除各種不平 款，中央特訂此日為平等新約日。
	司法節	民國35年，中央政府以平等新約廢除領事裁判權，我國司法權得 復獨立，特定此日為司法節。
1月15日	藥師節	民國18年1月15日，國民政府公布藥師暫行條例。46年，全國 決定以該日為藥師節。
農曆1月15日	上元節（元宵節）	為道教天官紫微大帝誕辰。民間慶典熱鬧，精華多集中於夜間燈 燈謎，故又稱燈節。傳統民俗將此日視作農曆新年節慶的最後一
	觀光節	民國66年，有關團體集會商討，鑒於觀光事業的重要性，決議以 為觀光節，並以 9 日至15日為觀光節活動週。
1月23日	自由日	民國42年韓戰結束，一萬四千多名反共義士堅決在 43 年1月2 棄共返臺。各界為紀念反共義士重獲自由，定此日為自由日。
2月4日或5日	農民節	民國30年，農林部舉行全國農林行政會議，會中決定以每年第一 氣立春日為農民節，以表示寒盡春來，春耕即將開始。
2月15日	戲劇節	民國33年，政府核定每年2月15日為戲劇節，以紀念戲劇界人 抗戰建國的貢獻。
2月19日	炬光節	民國63年2月19日，中華民國傷殘育樂協會正式成立。65年， 會決定以其成立日為炬光節，以喚起各界人士對殘障同胞的關懷
2月28日	和平紀念日	民國81年，行政院定每年2月28日為和平紀念日，以紀念民國3 2月28日，因取締私煙釀成事變，以致遭受殘害的同胞，藉以撫 會創傷，並記取歷史教訓，學習互信互諒。
3月1日	兵役節	民國25年3月1日，兵役法正式施行。32年，軍政部為使全民 兵役工作，遂以此日為兵役節。
3月5日	童子軍節	民國15年3月5日，中國國民黨中央常會通過「組織中國國民黨 軍委員會」案；並於23年11月1日成立中國童子軍總會。24年 國童子軍總會開全國訓練會議，會中決定以該案通過之當日為中 子軍節，並追溯至民國15年為第一屆童子軍節。

日期	名稱	說明
3月8日	婦女節	參閱國際重要節日表「婦女節」欄。
3月12日	國父逝世紀念日	民國14年3月12日，國父病逝北平，享年60。中央特定此日爲國父逝世紀念日。
	植樹節	民國18年，政府爲遵行國父生前提倡造林的遺志，特定國父逝世紀念日爲植樹節。其活動與國父逝世紀念會合併舉行。
3月17日	國醫節	民國18年3月17日，全國醫藥團體集會抗議中央衛生委員會所議決的「取締中醫中藥」案。20年，國醫界人士爲紀念此一奮鬥歷史，特定此日爲國醫節。
3月20日	郵政節	清光緒22年2月7日(西元1896年3月20日)，我國郵政正式開辦。民國36年，交通部特定此日爲郵政節。
農曆3月23日	媽祖誕辰	媽祖原名林默娘，宋莆田湄洲嶼人，傳說因救父墜海死，遂化爲海上守護神。東南沿海信仰者眾。此日慶典，多以各地天后宮爲中心。
3月25日	美術節	民國33年，政府定此日爲美術節，以紀念美術界人士對抗戰建國的貢獻，並藉以提倡美術。
3月26日	廣播電視節	民國14年3月26日，國父遺體停靈北平中央公園，治喪委員會首次利用擴音設備廣播國父遺言。40年，有關人士鑒於廣播事業的重要性，建議以此日爲廣播節。69年，又核定改稱廣播電視節。
3月29日	青年節	民國27年，三民主義青年團呈請政府定每年5月4日爲青年節，紀念8年的五四運動。32年，改以3月29日爲青年節，以使青年效法黃花岡革命先烈救國救民、犧牲奮鬥的精神。
	革命先烈紀念日	民國37年，總統蔣公公布，定此日爲革命先烈紀念日，以紀念黃花岡及所有殉國烈士。
3月30日	出版節	民國51年，出版界集議以此日爲出版節。紀念13年3月30日三民主義的初版發行，並表彰我國出版事業對世界文化的貢獻。
4月1日	主計節	民國20年4月1日，國民政府主計處成立。30年2月，全國主計會議於重慶召開，會中決定以此日爲主計節。
4月4日	兒童節	西元1925年8月，世界各國愛護兒童代表於瑞士日內瓦舉行兒童幸福國際大會，發表保障兒童宣言。俟後，各國政府先後訂定兒童節，我國於民國20年由政府訂定此日爲兒童節。
4月5日或前後	清明節 民族掃墓節	清明爲農曆二十四節氣之一，自唐、宋起，已有祭祖掃墓的習俗。民國定都南京後，特定清明節爲民族掃墓節，中央並隆重祭祀中華民族始祖黃帝，以發揚慎終追遠的傳統。
	蔣公逝世紀念日	民國64年4月5日，先總統蔣公逝世，是日正值民族掃墓節。政府於當年7月2日明令公布，定民族掃墓節爲蔣公逝世紀念日。
4月5日	音樂節	民國32年，政府明定此日爲音樂節，以紀念音樂界人士對抗戰建國的貢獻，並藉以紀念黃帝作樂的偉大貢獻。
農曆4月8日	浴佛節	即釋迦牟尼佛生日。相傳佛誕時，空中天女散花、仙樂飄揚，並有九龍吐水爲佛陀沐浴，故稱佛誕爲浴佛節。此日，一般寺院設有法會，誦經禮懺，並舉行浴佛典禮。

日期	名稱	說明
5月1日	勞動節	參閱國際重要節日表「勞動節」欄。
5月4日	文藝節	民國39年5月4日，中國文藝協會召開成立大會，並以當天爲首屆文藝節，以紀念五四運動對我國新文化運動的貢獻。
5月5日	舞蹈節	民國44年，政府明定此日爲舞蹈節(取55與舞諧音)，以促使社會大眾對民族舞蹈的重視。
農曆5月5日	端午節	農曆5月5日俗稱端五、端午。因入此即爲盛暑，蛇鼠蕃殖，五毒叢生，故此日有飲雄黃酒、佩香囊、懸艾蒲以辟邪解毒的習俗。又傳戰國時代楚國愛國詩人屈原於此日投汨羅江死，漁人駕舟，競相拯救，並以竹筒貯米，投江祭之，遂演變爲後世龍舟競渡、竹葉包食的紀念方式。
	詩人節	民國28年，重慶市文藝界人士集會，以屈原在人格、創作上的成就足以作詩人的代表，遂定此日爲詩人節。
5月12日	護士節	參閱國際重要節日表「護士節」欄。
5月的第二個星期日	母親節	參閱國際重要節日表「母親節」欄。
6月3日	禁煙節	清道光19年(西元1839年)6月3日，兩廣總督林則徐在廣東虎門海灘銷毀英商鴉片。民國19年，政府明定此日爲禁煙節，以示政府禁絕煙毒的決心。
6月6日	工程師節	民國29年，中國工程師學會召開年會，會中決議以大禹誕辰爲工程師節。嗣經史家考證，大禹誕辰爲6月6日，遂確定以此日爲工程師節。
	水利節	水利界人士因大禹治水的神功，定此日爲水利節，除參加慶祝工程師節，並單獨集會慶祝。
6月9日	鐵路節	清光緒5年(西元1879年)6月9日，我國自行開工建築唐山至胥各莊鐵路。民國54年，鐵路界人士集會研討，定此日爲鐵路節以資紀念。
6月15日	警察節	民國42年6月15日，警察法公布施行。67年，警政署決定以此日爲警察節，以慰勉警察同仁的辛勞，並促進警民之間的關係。
農曆6月19日	觀世音菩薩成道日	觀世音菩薩爲我國最普遍信奉的菩薩，其誕生、得道、昇天分別是2月19、6月19、9月19，此三日民間均有盛大的慶祝活動。民眾在當天到寺廟還願、祈福，並點長明燈，祈求身體健康、家宅平安。
7月1日	漁民節	民國19年7月1日，漁業法開始施行。48年，臺灣省漁會決議，定此日爲漁民節。
	公路節	民國49年7月1日，公路法開始實施。54年，中華民國道路協會決議，以此日爲公路節。
農曆7月7日	七夕	傳說是夕爲牛郎織女一年一度相會之時。因織女善織紝，舊時婦女於此夕設案供瓜果、花粉，並有穿針乞巧活動，故又稱乞巧節或七巧節。
7月11日	航海節	民國44年，政府訂定此日爲航海節，以紀念明鄭和於永樂三年6月15日(西元1405年7月11日)起，先後七次下西洋的壯舉，並期激勵我國航海事業的蓬勃發展。
農曆7月15日	中元節	爲道教地官濕虛大帝誕辰。民間習俗以爲孤魂野鬼於七月出關來到人間覓食物，故又稱鬼節。有中元普渡，超渡無祀孤魂的民俗活動。

日　　期	名　　稱	說　　　　明
農曆7月15日	盂蘭盆會	佛教在此日舉行盂蘭盆會，以百味五果供養佛僧，解救七世父母在陰間倒懸之苦。
8月8日	父親節	民國34年8月8日，上海社會人士發起父親節的慶祝活動，定每年8月8日爲父親節(取88與爸爸諧音)。抗戰勝利後，社會名流聯名呈請政府核定並通令全國遵行。
農曆8月15日	中秋節	此日居秋季之中，故名。活動多與月有關，如團圓賞月、贈食月餅等。
9月1日	記者節	民國22年9月1日，行政院通令各省市政府，保障新聞記者執行職務時的安全及自由。33年3月，行政院核准社會部建議，定33年9月1日爲第一屆記者節。
9月3日	勝利紀念日	民國34年8月15日，日本天皇正式宣布投降，9月2日，盟軍在東京灣美艦上舉行受降典禮，我國派徐永昌代表參加。35年4月，國民政府核定9月3日為抗戰勝利紀念日。
	軍人節	民國44年，國防部鑒於各軍種節日不一，有制定共同節日的必要，建議以勝利紀念日爲軍人節，原有各軍種的節日一律廢止。經行政院核准並報經總統電准，自44年9月3日開始實施。
9月9日	體育節	民國30年9月9日，國民政府公布國民體育法。爲紀念此一法規的公布，由教育部呈請行政院核定此日爲體育節。
	律師節	民國37年，全國各地律師公會在南京舉行聯合大會，決議以此日爲律師節。借重九登高以示高瞻遠矚之意，並以紀念廣州起義、發揚　國父推行法治的精神。
農曆9月9日	重陽節	9爲陽數，9月9日故名重陽。古代有登高插茱萸花、飲菊花酒以辟邪去惡的習俗。
	老人節	民國52年，中國老人福利協進會成立，以99音諧久久，有松柏長青、久而益茂之意，遂定此日爲老人節。
9月28日	孔子誕辰紀念日	民國41年，教育、內政兩部邀請專家詳細考證孔子生日，確定爲9月28日，呈奉總統明令公布，定此日爲孔子誕辰紀念日。
	教師節	民國28年，教育部通令以孔子誕辰之日爲教師節，當時孔子誕辰定在8月27日；41年改爲9月28日，教師節也改爲此日。
10月10日	國慶紀念日	清宣統3年8月19日(西元1911年10月10日)，革命黨人在武昌起義，推翻滿清政府，建立中華民國。政府於次年特定此日爲中華民國國慶紀念日，俗稱雙十節。
10月21日	華僑節	民國41年10月21日，全球性僑務會議在臺灣召開，是僑務史上一大盛事。會中決議，轉請政府明定此日爲華僑節。
10月25日	臺灣光復節	民國34年，我國對日抗戰勝利，臺灣歸還我國。是年10月25日在臺北中山堂舉行受降典禮。政府特定此日爲臺灣光復節。
10月31日	蔣公誕辰紀念日	先總統　蔣公生於民前25年9月15日(西元1887年10月31日)。民國64年7月2日，政府明令公布，定此日爲蔣公誕辰紀念日。
	榮民節	民國68年，行政院明定蔣公誕辰紀念日爲榮民節，期使全體榮民永懷蔣公德澤，團結自強。

日　　期	名　　稱	說　　明
11月1日	商人節	民國35年11月1日，全國商聯會在南京揭幕，會中決議，定此日爲商人節。
11月11日	工業節	民國35年11月11日，全國工業協會在南京舉行第二屆年會，會中決議，定此日爲工業節。
	地政節	民國43年11月11日，中國土地改革協會在臺北舉行會員大會，會中決議呈請政府明定此日爲地政節,以紀念地政界人士對土地改革的貢獻。
	更生保護節	民國35年11月11日，司法保護會在臺北正式成立，會中決議以此日爲司法保護節。65年，立法院通過更生保護法，以輔助出獄者重新適應社會，開創新生，司法保護節也更名爲更生保護節。
11月12日	國父誕辰紀念日	國父　孫中山先生生於民前46年10月6日(西元1866年11月12日)。民國29年，國民政府通令全國尊稱中山先生爲國父，明定此日爲國父誕辰紀念日。
	醫師節	民國37年，政府核准全國醫師公會聯合大會的建議，以此日爲醫師節，以期發揚　國父生前從醫濟世的博愛精神。
	中華文化復興節	民國55年11月12日，先總統　蔣公主持陽明山中山樓落成典禮，並發表紀念專文提倡復興中華文化，與會代表乃呈請政府明定國父誕辰紀念日同時爲中華文化復興節。
12月10日	世界人權節	參閱國際重要節日表「世界人權節」欄。
12月22日或前後	冬至	冬至爲農曆二十四節氣之一，此日晝最短夜最長。民間流行春生夏長、秋收冬藏之說，認爲在這天進補作用最大，因有「補冬」之稱。
12月25日	行憲紀念日	憲法於民國35年12月25日經制憲國民大會通過，次年1月1日由國民政府公布，同年12月25日施行。51年，政府明定此日爲行憲紀念日。
12月28日	電信節	清光緒7年11月8日(西元1881年12月28日)，天津、上海間的電報線路完成，正式通報，開放民用。民國36年，交通部特定此日爲電信節。
農曆12月29日或30日	除夕	農曆12月的最後一夜。慶祝節目多集中於夜晚，如祭祖辭年、吃年夜飯、團圓守歲等，爲新年長期慶典的開始，極爲民間所重視。

二、國際重要節日

日　　期	名　　稱	說　　明
1月1日	新年	陽曆一年的開始。
1月6日	主顯節 (Epiphany)	基督教節日。此節日原定在新年後第一個星期日，後依習慣定於1月6日。紀念耶穌基督第一次顯現給猶太人之外的東方三博士，象徵基督教在世界的發揚光大；也用來紀念耶穌在約旦河受洗及在加利利的迦南(今巴勒斯坦)顯現的第一個神蹟。
2月間	雪祭	日本節日。每年二月第一個星期，日本北海道札幌市有爲期五天的冰雪慶典活動，日人稱爲雪祭。原爲宗教民俗慶典，近年發展爲觀光遊樂節日，節目均在室外雪地舉行，以雪雕、冰上焰火最爲有名。

日　　期	名　　稱	說　　明
2月14日	華倫泰節 (Valentine's Day)	即俗稱的情人節。西元三世紀，羅馬神父華倫泰因遭受當時皇帝迫害，於2月14日受難而死。此日原爲基督教的紀念日，但十四世紀以來，人們更相信他是愛情的守護神，而以情人節的方式來紀念。
2、3月間	狂歡節 (Carnival)	又音譯爲嘉年華。天主教及東正教國家在四旬節(the 40 days of Lent)前的熱烈慶祝活動，爲期3～7天，慶祝方式各地有異；慶祝期間，通常歌舞遊行、通宵達旦，故稱狂歡節。
	懺悔節 (Shrove Tuesday)	基督教節日。四旬節即將開始的前一日，日期在2月2日到3月9日之間，但一定是星期二。在某些國家，此日是狂歡節的最後一日，狂歡慶典達最高潮；但在某些國家，則視爲即將開始40天齋戒的準備日，充滿寧靜肅穆的氣氛。
	普珥節 (Purim)	猶太曆阿達月(the month of Adar, 陽曆2、3月間)14、15兩日。紀念西元前五世紀時猶太人在王后以斯帖(Esther)的搭救下，免於仇敵禍害，轉憂爲喜的日子。猶太人在此二日設筵歡樂，彼此餽贈禮物，賙濟窮人。
	好利節 (Holi)	印度教的春節。又稱洒紅節。印度曆發勒古納月(the month of Phalguna, 陽曆2、3月間)的月圓日。此節來源極古，已不可考。在此日慶典中，除敬神祭祀外，民眾以酒、水及各式香粉互相潑灑，並在街頭歌舞慶祝。
2～4月	四旬節 (Lent)	基督教節期。又稱四旬齋期。紀念耶穌基督的受難與殉教，也是復活節的籌備期。自聖灰日(Ash Wednesday)至復活節40天內(星期日除外)，信徒須進行齋戒，模擬耶穌當年在荒野禁食。
3月8日	婦女節	西元1909年3月8日，美國婦女團體爲了爭取男女待遇平等，舉行示威活動。次年，國際婦女大會在丹麥舉行，會中議定此日爲國際婦女節，以爲紀念。
3、4月間	逾越節 (Passover)	猶太教節日。又稱除酵節。猶太曆尼散月(the month of Nisan, 陽曆3、4月間)的第15日。感懷當年以色列人逃出埃及，盛怒的上帝擊殺埃及境內人與牲畜時，越過以色列人住家不予加害的恩德。慶祝活動爲期八天，期間信徒吃未經發酵的麵包，緬懷先祖當年所受的苦難。
3、4月間	棕樹節 (Palm Sunday)	基督教節日。復活節前的星期日。據聖經記載，耶穌在這天進入耶路撒冷，當地人民把衣服鋪在地上，手持棕枝，夾道歡迎他。
	耶穌受難日 (Good Friday)	復活節前的星期五。據聖經記載，耶穌於此日被釘於十字架上。基督徒於此日禮拜，除紀念耶穌受難之外，有些教派的儀式，尙包括演習當年耶穌被鞭笞、釘刑等受難的經過，爲四旬節最嚴肅的一日。
	復活節 (Easter)	據聖經記載，耶穌被釘死在十字架後第三天復活，復活節即爲慶祝耶穌的再生。日期是在春分當日或春分後第一個望日後的星期日。各地慶祝方式不一，主要有燃聖燭、唱聖歌、作禮拜、吃復活節蛋等活動。
4月13日	潑水節	東南亞泰國、寮國、緬甸一帶的新年習俗。當天早晨，在寺廟舉行宗教儀式，由高僧向市民灑水祝福，而後市民相互潑水，以示洗滌罪惡、除舊布新之意。

日　　期	名　　稱	說　　明
5月1日	五　朔　節 (May Day)	歐洲傳統的春季節日。其慶祝活動因各地習俗不一，主要有五月柱、五月皇后的選拔及各種民俗慶典。
	勞　動　節	西元1886年5月1日，美國芝加哥工人爲要求改善勞工生活而罷工，歐洲各國也先後響應。1889年，各國工運領袖明定該日爲國際勞動節，以爲紀念。
5月12日	護　士　節	英國護士南丁格爾生於西元1820年5月12日，爲近代護理制度創始人。國際人士爲紀念她，並期發揚護士精神，以其生日爲國際護士節。
5月的第二個星期日	母　親　節	美國安娜・賈維斯(Anna M. Jarvis)的母親於西元1905年5月的第二個星期日去世，爲追思亡母並宣揚母愛的偉大，她促使美國國會於1913年訂定5月的第二個星期日爲母親節。其後隨著基督教的傳教活動，此一節日逐漸推廣成爲具有國際性質的節日。
復活節後第40天	耶穌昇天日 (Ascension Day)	基督教節日。據聖經記載，耶穌於復活後第40天，在眾使徒面前昇入天堂。西元四世紀以後，此日成爲基督教慶典日。
復活節後第50天	聖靈降臨節 (Pentecost)	基督教節日。也稱五旬節。紀念耶穌基督復活後的第50天，聖靈降臨在聚集於耶路撒冷的使徒和聖母瑪利亞身上。
6月23日	奧林匹克日 (Olympic Day)	西元1894年6月23日，萬國體育會於法國巴黎集會，通過成立國際奧林匹克委員會。1896年，第一屆現代奧林匹克運動會於希臘雅典舉行。此後奧運會除了第一、二次世界大戰中斷外，均能保持四年舉行一次。爲紀念國際奧會成立，遂定每年此日爲奧林匹克日。
回曆9月	齋　戒　月	齋戒是回教的五功之一。成年的回教徒每年須在回曆9月齋戒一個月，白天不吃任何食物，戒絕慾望及一切娛樂，從事靈修工作。
9、10月間	歲　首　節	猶太曆的新年，是猶太教重大節日。在猶太曆提希利月(the month of Tishri，陽曆9、10月間)初一。年初的10天須進行懺悔祈禱，並在歲首節第一夜準備美味食品，以象徵吉祥；次夜品嘗初熟果實，並口誦祝詞。
9、10月間	贖　罪　日	猶太教最隆重的節日。在猶太曆提希利月(the month of Tishri，陽曆9、10月間)初十。從前一天晚上到贖罪日當天晚上，教徒應絕對停止一切工作，禁止飲食男女之事，進行懺悔祈禱，請求上帝赦免其罪惡，直至號角聲響始結束。
回曆10月1日	開　齋　節	在回教世界，齋戒月結束的次日清晨(回曆10月1日)，教徒必須齊集大殿禮拜、聽道及團拜，同時奉獻開齋捐，濟助貧窮。禮拜後相互握手、擁抱以爲慶賀。
10月間	十　月　節	也稱啤酒節。德國慕尼黑一年一度的盛大節日，爲期兩週。爲起源於西元1810年爲慶祝巴伐利亞皇太子的婚禮而衍生的慶祝活動。主要活動是在臨時搭設的啤酒館裡陳設各啤酒公司出產的啤酒，供應顧客暢飲。
10月24日	聯　合　國　日	聯合國成立於西元1945年10月24日。1947年，聯合國大會通過以此日爲聯合國日。

日　期	名　稱	說　明
10月31日	萬聖節前夕 (Halloween)	10月31日夜晚原爲古代塞爾特人(the Celts)的除夕，基督教傳入歐洲後，始改爲萬聖節前夕，然當年的習俗和信仰仍爲人們所依循。此夜大家縱情玩鬧及惡作劇，並在家門前掛上南瓜刻成的鬼臉提燈，以驅邪避鬼。
11月1日	萬聖節 (All Saints' Day)	紀念諸聖徒的節日。天主教會認爲聖人聖女既是天主的忠臣愛子，在天堂常爲我們轉求天主，教會理當敬愛他們。所以每年在這天舉行慶典，使在天上和地上的子民彼此歡樂。
11月的第四個星期四	感恩節 (Thanksgiving Day)	北美特有的民間節日。源起於西元1621年秋，美國麻薩諸塞州的首批殖民者，爲慶祝豐收而邀鄰近印地安人共度長達三日夜的歡宴。美國及加拿大各以每年11月的第四個星期四、10月的第二個星期一爲慶祝日。在宴席中，習慣以火雞及南瓜餅爲主菜。
12月10日	世界人權節	西元1950年，聯合國通知世界各國定12月10日爲人權節，紀念1948年12月10日聯合國大會所通過的「世界人權宣言」。
回曆12月10日	忠孝節	又稱犧牲節、宰牲節。在回曆12月10日。相傳先知亞伯拉罕爲遵行眞主命令欲親殺自己獨子，眞主被其父子忠孝行爲感動，乃以羊代贖其子。當天作完禮拜後，須宰牛或羊一頭，並將所宰牲口分贈親友或窮人共享。
12月25日	耶誕節 (Christmas)	紀念耶穌誕生的節日。耶穌誕辰自古傳說不一，西元四世紀以後，大部分東方教會定在12月25日。耶誕節互寄卡片禮物、布置耶誕樹、裝扮耶誕老人等，是由各地不同習俗沿續而來；教友在此日作禮拜、報佳音。

度量衡標準單位表

單位種類	單位名稱	代號	定義
基本單位	公尺 (metre)	m	長度單位。 1公尺等於光在眞空中於$\frac{1}{299\ 792\ 458}$秒時間內所行經的距離。
	公斤 (kilogram)	kg	重(質)量單位。 1公斤等於國際公認公斤原器之質量。
	秒 (second)	s	時間單位。 1秒等於銫133原子於基態之兩超精細能階間躍遷時所放出輻射的週期之 9 192 631 770 倍之時間。
	克耳文 (kelvin)	K	溫度單位。 1克耳文等於水在三相點之熱力學溫度之$\frac{1}{273.16}$。 備註:熱力學溫度(符號爲T)除以克耳文表示外,亦可使用攝度(代號 °C,符號爲 t),攝度以式 $t=T-T_0$ 定義之,式中 $T_0=273.15K$。攝度單位等於克耳文單位,表示攝氏溫度時,攝度爲代替克耳文之特別名稱。
	安培 (ampere)	A	電流單位。 一安培等於二條截面爲圓形,無限長且極細之導線,相距一公尺平行放置於眞空中,通以同值恆定電流時,導線間產生千萬分之二牛頓每公尺之作用力之電流。
	燭光 (candela)	cd	光強度單位。 1燭光等於頻率 540×10^{12}(540太)赫之光源發出之單色輻射。在一定方向每立弳之放射強度爲$\frac{1}{683}$瓦特之發光強度。
	莫耳 (mole)	mol	物質量單位。 一莫耳等於系統所含之基本粒數等於碳十二之質量爲千分之十二公斤時所含原子數之物質量。 備註:基本粒數必須詳加記載,因其可能是原子、分子、離子、電子、其他粒子或爲這些粒子之組合群。
補助單位	弳 (radian)	rad	平面角單位。 一弳等於自圓周上截取一段與圓半徑等長之圓弧所張圓心角之角量。 實用上以度爲單位,一度等於圓周上截取三六〇等分圓弧,每等分圓弧所張圓心角之角量。
	立弳 (steradian)	sr	立體角單位。 一立弳等於自圓球面上切取之面積與球半徑平方相等的球面所張球心角之立體角量。

單位種類	單位名稱	代號（單位）	定義
導出單位（以基本單位或補助單位表示者）	平方公尺	m^2	面積單位。 一平方公尺爲每邊長一公尺之正方形面積。
	立方公尺	m^3	體積單位。 一立方公尺爲每邊長一公尺之正方體體積。
	公尺每秒	m/s	速度單位。 一公尺每秒爲等速運動之物體於每秒之時間作一公尺位移之速度。
	公尺每秒秒	m/s^2	加速度單位。 一公尺每秒秒爲等加速度運動之物體於每秒之時間內增加一公尺每秒速度之加速度。
	公斤每立方公尺	kg/m^3	密度單位。 一公斤每立方公尺爲均勻物質每立方公尺之體積中有一公斤質量之密度。
	莫耳每立方公尺	mol/m^3	乙物質濃度單位。 一莫耳每立方公尺爲每立方公尺均勻物質中有一莫耳乙物質之濃度。
	立方公尺每公斤	m^3/kg	比容單位。 一立方公尺每公斤爲每公斤質量之均勻物質有一立方公尺體積之比容。
	燭光每平方公尺	cd/m^2	亮度單位。 一燭光每平方公尺爲在均勻照射下每平方公尺之面積有一燭光強度之亮度。
	弳每秒	rad/s	角速度單位。 一弳每秒爲等角速運動之物體於每秒之時間作一弳角位移之角速度。
	弳每秒秒	rad/s^2	角加速度單位。 一弳每秒秒爲等角加速度運動之物體於每秒之時間內增加一弳每秒角速度之角加速度。
	立方公尺每秒	m^3/s	流量單位。 一立方公尺每秒爲流體每秒流過一參考面之體積爲一立方公尺之流量。
	公斤每秒	kg/s	質量流量單位。 一公斤每秒爲流體每秒流過一參考面之質量爲一公斤之流量。
導出單位（以特定名稱表示者）	赫 (hertz)	Hz (s^{-1})	頻率單位。 一赫爲一週每秒之頻率。

單位種類	單位名稱	代號 (單位)	定義
導出單位(以特定名稱表示者)	牛頓 (newton)	N $(m \cdot kg \cdot s^{-2})$	力單位。 一牛頓爲一公斤質量之物體產生一公尺每秒秒之加速度時所承受之力。
	帕斯卡 (pascal)	Pa $(m^{-1} \cdot kg \cdot s^{-2})$	壓力或應力單位。 一帕斯卡爲每平方公尺之面積當均勻承受一牛頓之垂直力時之壓力。
	焦耳 (joule)	J $(m^2 \cdot kg \cdot s^{-2})$	功、能或熱量單位。 一焦耳爲一牛頓之力作用於物體上,使作用點沿力之方向增加一公尺位移時其力與位移之乘積。
	瓦特 (watt)	W $(m^2 \cdot kg \cdot s^{-3})$	輻射通量或功率單位。 一瓦特爲每秒作功一焦耳之功率。
	庫侖 (coulomb)	C $(A \cdot s)$	電量單位。 一庫侖爲每秒以一安培之恆定電流所傳送之電量。
	伏特 (volt)	V $(m^2 \cdot kg \cdot s^{-3} \cdot A^{-1})$	電位、電位差(電壓)或電動勢單位。 一伏特爲一安培電流通過某導線所消耗之功率爲一瓦特時,該導線兩端間之電位差。
	歐姆 (ohm)	Ω $(m^2 \cdot kg \cdot s^{-3} \cdot A^{-2})$	電阻單位。 一歐姆爲一安培之恆定電流通過某段導線其電位差爲一伏特時,該段導線所具之電阻。
	法拉 (farad)	F $(m^{-2} \cdot kg^{-1} \cdot s^4 \cdot A^2)$	電容單位。 一法拉爲當平行板電容器之充電量爲一庫侖,其兩極間之電位差爲一伏特時,該電容器之電容。
	韋伯 (weber)	Wb $(m^2 \cdot kg \cdot s^{-2} \cdot A^{-1})$	磁通量單位。 一韋伯爲一匝線圈的磁通量在一秒內均勻遞減至零而產生一伏特之電動勢。
	特士拉 (tesla)	T $(kg \cdot s^{-2} \cdot A^{-1})$	磁通量密度單位。 一特士拉爲一韋伯平方公尺。
	亨利 (henry)	H $(m^2 \cdot kg \cdot s^{-2} \cdot A^{-2})$	電感單位。 一亨利爲封閉電路上之電流以一安培每秒之變率變化所生之電動勢爲一伏特時該電路之電感。
	流明 (lumen)	lm $(cd \cdot sr)$	光通量(光束)單位。 一流明爲由一燭光均勻光強度之點光源所放射於一立弳的立體角範圍內之光通量。
	勒克司 (lux)	lx $(m^{-2} \cdot cd \cdot sr)$	照度單位。 一勒克司爲一流明之光通量垂直照射於一平方公尺平面之照度。
	貝克勒 (becquerel)	Bq (s^{-1})	放射度單位。 一貝克勒爲放射性核種每秒蛻變一次時之放射度。

單位種類	單位名稱	代號（單位）	定義
導出單位（以特定名稱表示者）	格列 (gray)	Gy ($m^2 \cdot s^{-2}$)	吸收劑量單位。 一格列爲放射線射入物質時每公斤物質吸收一焦耳之能量。
	西門 (siemens)	S ($m^{-2} \cdot kg^{-1} \cdot s^3 \cdot A^2$)	電導單位。 一西門爲導體兩端之電位差爲一伏特產生一安培電流時該導體之電導。
	攝度 (degree Celsius)	°C	攝氏溫度單位。 一攝度等於一克耳文，當表示攝氏溫度時，攝度爲代替克耳文之特別名稱。熱力學溫度（符號爲 T）除以克耳文表示外，亦可使用攝度（符號 t），攝度以式 $t=T-T_0$ 定義之，式中 $T_0=273.15K$。
導出單位（以特定名稱國際單位表示者）	牛頓公尺	N·m ($m^2 \cdot kg \cdot s^{-2}$)	力矩單位。
	焦耳每公斤	J/kg ($m^2 \cdot s^{-2}$)	比能單位。
	瓦特每平方公尺	W/m² ($kg \cdot s^{-3}$)	熱通量密度、輻射照度、功率密度單位。
	焦耳每克耳文	J/K ($m^2 \cdot kg \cdot s^{-2} \cdot K^{-1}$)	熱容量、熵單位。
	焦耳每公斤每克耳文	J/(kg·K) ($m^2 \cdot s^{-2} \cdot K^{-1}$)	比熱容量、比熵單位。
	瓦特每公尺每克耳文	W/(m·K) ($m \cdot kg \cdot s^{-3} \cdot K^{-1}$)	導熱係數單位。
	焦耳每莫耳	J/mol ($m^2 \cdot kg \cdot s^{-2} \cdot mol^{-1}$)	莫耳能單位。
	焦耳每莫耳每克耳文	J/(mol·K) ($m^2 \cdot kg \cdot s^{-2} \cdot K^{-1} \cdot mol^{-1}$)	莫耳熱容量單位。
	伏特每公尺	V/m ($m \cdot kg \cdot s^{-3} \cdot A^{-1}$)	電場強度單位。
	庫侖每立方公尺	C/m³ ($m^{-3} \cdot s \cdot A$)	電量密度單位。
	庫侖每平方公尺	C/m² ($m^{-2} \cdot s \cdot A$)	電通量密度、電極化密度、電量面密度單位。
	法拉每公尺	F/m ($m^{-3} \cdot kg^{-1} \cdot s^4 \cdot A^2$)	介電係數單位。
	亨利每公尺	H/m ($m \cdot kg \cdot s^{-2} \cdot A^{-2}$)	磁導率單位。

單位種類		單位名稱	代號（單位）	定義
導出單位（以國際單位表示者特定名稱）		瓦特每立弳	W/sr ($m^2 \cdot kg \cdot s^{-3} \cdot sr^{-1}$)	輻射強度單位。
		瓦特每平方公尺每立弳	W/($m^2 \cdot sr$) ($kg \cdot s^{-3} \cdot sr^{-1}$)	輻射亮度單位。
		庫侖每公斤	C/kg ($kg^{-1} \cdot s \cdot A$)	照射（X及γ射線）單位。
		帕斯卡秒	Pa·s ($m^{-1} \cdot kg \cdot s^{-1}$)	黏度單位。
		平方公尺每秒	m^2/s ($m^2 \cdot s^{-1}$)	動黏度單位。
併用單位	公尺併用單位	公分	cm	等於一公尺之百分之一。
		公里	km	等於一千公尺。
	公斤併用單位	公克	g	等於一公斤之千分之一。
		公噸	t	等於一千公斤。
	立方公尺併用單位	公升	l	等於一立方公尺之千分之一。
		公秉	kl	等於一千公升。
	平方公尺併用單位	公畝	a	等於一百平方公尺。
		公頃	ha	等於一萬平方公尺。
	秒併用單位	分	min	等於六十秒。
		時	h	等於三千六百秒。
		日	d	等於八萬六千四百秒。
	角度併用單位	度	°	等於圓周上截取三六〇等分圓弧，每等分圓弧所張圓心角之角量。〔＝(π/180)rad〕
		分	′	等於一度之六十分之一。
		秒	″	等於一度之三千六百分之一。
	長度併用單位	浬 (nautical mile)		等於一 八五二公尺。
		埃 (ångström)	Å	等於百億分之一(0.000 000 000 1)公尺。
	速度（航速）併用單位	節 (knot)	kn	等於一浬每小時之速度。
	線密度併用單位	德士 (tex)	tex	等於百萬分之一(0.000 001)公斤每公尺。

單位種類		單位名稱	代號	定義
併用單位	壓力併用單位	巴 (bar)	bar	等於十萬(100 000)帕斯卡之壓力。
		伏特安培	VA	係視在電力單位。
		乏耳	var	係無功電力單位。等於一瓦特之無功電力。
	黏度併用單位	泊 (poise)	P	等於一帕斯卡秒之十分之一。
	動黏度併用單位	司托克士 (stokes)	St	等於一平方公尺每秒之一萬分之一(0.000 1)。
	放射度併用單位	居里 (curie)	Ci	等於三百七十億次貝克勒。
	照射併用單位	倫琴 (röntgen)	R	等於一百萬分之二百五十八庫侖每公斤。
倍分名稱(國際通用)		艾(百萬兆)(exa)	E	1 000 000 000 000 000 000, 等於10^{18}。
		拍(十兆)(peta)	P	1 000 000 000 000 000, 等於10^{15}。
		太(兆)(tera)	T	1 000 000 000 000, 等於10^{12}。
		吉(十億)(giga)	G	1 000 000 000, 等於10^{9}。
		昧(百萬)(mega)	M	1 000 000, 等於10^{6}。
		千(kilo)	k	1 000, 等於10^{3}。
		毫(milli)	m	0.001, 等於10^{-3}。
		微(micro)	μ	0.000 001, 等於10^{-6}。
		奈(毫微)(nano)	n	0.000 000 001, 等於10^{-9}。
		皮(微微)(pico)	p	0.000 000 000 001, 等於10^{-12}。
		飛(毫微微)(femto)	f	0.000 000 000 000 001, 等於10^{-15}。
		阿(微微微)(atto)	a	0.000 000 000 000 000 001, 等於10^{-18}。
倍分名稱(慣用)		億		100 000 000, 等於10^{8}。
		萬		10 000, 等於10^{4}。
		百		100, 等於10^{2}。
		十		10, 等於10^{1}。
		分		0.1, 等於10^{-1}。
		釐		0.01, 等於10^{-2}。
		絲		0.000 1, 等於10^{-4}。
		忽		0.000 01, 等於10^{-5}。

中外度量衡換算表

一、長 度

公 分	公 尺	公 里	市 尺	營造尺	舊日尺(臺尺)	吋	呎	碼	哩	(海)浬
1	0.01	0.00001	0.03	0.0313	0.033	0.3937	0.0328	0.0109	6.213×10^{-6}	5.399×10^{-6}
100	1	0.001	3	3.125	3.3	39.37	3.28084	1.09361	0.00062	0.00054
100000	1000	1	3000	3125	3300	39370	3280.84	1093.61	0.62137	0.53996
33.3333	0.33333	0.00033	1	1.04167	1.1	13.1233	1.09361	0.36454	0.00021	0.00018
32.0	0.32	0.00032	0.96	1	1.056	12.5984	1.04987	0.34996	0.0002	0.00017
30.3030	0.30303	0.00030	0.90909	0.94697	1	11.9303	0.99419	0.33140	0.00019	0.00016
2.54	0.0254	0.00003	0.07620	0.07938	0.08382	1	0.08333	0.02778	0.00002	0.00001
30.4801	0.30480	0.00031	0.91440	0.95250	1.00584	12	1	0.33333	0.00019	0.00017
91.4402	0.91440	0.00091	2.74321	2.85751	3.01752	36	3	1	0.00057	0.00049
160935	1609.35	1.60935	4828.04	5029.21	5310.83	63360	5280	1760	1	0.86898
185200	1852.00	1.85200	5556.01	5787.50	6111.60	72913.2	6076.10	2025.37	1.15016	1

1英碼＝0.9143992公尺　　1公尺＝1.0936143英碼　　1英吋＝2.539998公分
1美碼＝0.91440183公尺　　1公尺＝1.0936111美碼　　1美吋＝2.54000公分

吋 (inch)	呎 (feet)	碼 (yard)	令 (link)	桿 (rod; pole)	鏈 (chain)	浪 (furlong)	哩 (mile)
1	0.083333	0.027778	0.126263	0.005051	0.001263	0.000126	1.57828×10^{-5}
12	1	0.333333	1.515158	0.060606	0.015152	0.001515	1.89394×10^{-4}
36	3	1	4.545518	0.181821	0.045455	0.004546	5.68182×10^{-4}
7.92	0.66	0.22	1	0.04	0.01	0.001	1.25×10^{-4}
198	16.5	5.5	25	1	0.25	0.025	0.003125
792	66	22	100	4	1	0.1	0.0125
7919.2239	659.9908	219.9966	1000	40	10	1	0.125
63360	5280	1760	8000	320	80	8	1

1噚(fathom)＝6呎(feet)　　1錨鏈(cable)＝608呎(feet)
1浬(nautical mile; nm)＝6080呎(feet)＝1.16哩(mile)＝1852公尺　　1里格(league)＝3哩(mile)

二、面 積(地積)

平方公尺	公 畝	公 頃	平方公里	市 畝	營造畝	日 坪	日 畝	臺灣甲	英 畝	美 畝
1	0.01	0.0001	……	0.0015	0.001628	0.30250	0.01008	0.000103	0.00025	0.00025
100	1	0.01	0.0001	0.15	0.16276	30.25	1.00833	0.01031	0.02471	0.02471
10000	100	1	0.01	15	16.276	3025.0	100.833	1.03102	2.47106	2.47104
……	10000	100	1	1500	1627.6	302500	10083.3	10.3102	247.106	247.104
666.666	6.66667	0.06667	0.000667	1	108507	201.667	6.72222	0.06874	0.16441	0.16474
614.40	6.1440	0.06144	0.000614	0.9216	1	185856	6.19520	0.06238	0.15203	0.15182
3.30579	0.03306	0.00033	……	0.00496	0.00538	1	0.03333	0.00034	0.00082	0.00082
99.1736	0.99174	0.00992	0.00009	0.14876	0.16142	30	1	0.01023	0.02451	0.02451
9699.17	96.9917	0.96992	0.00970	14.5488	15.7866	2934	97.80	1	2.39672	2.39647
4046.85	40.4685	0.40469	0.00405	6.00029	6.58666	1224.17	40.8057	0.41724	1	0.99999
4046.87	40.4687	0.40469	0.00405	6.07031	6.58671	1224.18	40.806	0.41724	1.000005	1

1平方哩＝2.58999平方公里＝640美(英)畝　　1臺灣甲＝2934坪
1日町＝10段＝100日畝＝3000日坪　　1分＝0.1臺灣甲

平方公尺(m²)	平方吋(in²)	平方呎(ft²)	平方碼(yd²)	平方桿(rod²)	平方鏈(chain²)	路得(rood)	英畝(acre)	平方哩(mile²)
1	1550.003	10.76392	1.195990	3.95369×10^{-2}	2.47106×10^{-3}	9.88420×10^{-4}	2.47105×10^{-4}	3.86102×10^{-7}
6.4516×10^{-4}	1	0.006944	7.71605×10^{-4}	2.55076×10^{-5}	1.59423×10^{-6}	6.3769×10^{-7}	1.59423×10^{-7}	2.49098×10^{-10}
0.092903	144	1	0.111111	3.67309×10^{-3}	2.29568×10^{-4}	9.18274×10^{-5}	2.29568×10^{-5}	3.58701×10^{-8}
0.836127	1296	9	1	3.30579×10^{-2}	2.06612×10^{-3}	8.26446×10^{-4}	2.06612×10^{-4}	3.22831×10^{-7}
25.293	39204	272.25	30.25	1	0.0625	0.025	0.00625	9.76562×10^{-6}
404.685	627264	4356	484	16	1	0.4	0.1	1.5625×10^{-4}
1011.714	1568160	10890	1210	40	2.5	1	0.25	3.90625×10^{-4}
4046.86	6272640	43560	4840	160	10	4	1	1.5625×10^{-3}
2589990	4014489600	27878400	3097600	102400	6400	2560	640	1

三、體　積

立方公尺(m³)	立方吋(in³)	立方呎(ft³)	立方碼(yd³)
1	6.10237×10^{4}	35.314	71.30795
1.63871×10^{-5}	1	5.78704×10^{-4}	2.14335×10^{-5}
2.83168×10^{-4}	1728	1	0.037037
0.764555	46656	27	1

1美畝-呎(acre-feet)＝1813立方碼(yd³)　　1cord(U.S.)＝128立方呎(ft³)

1立方公尺(m³)＝264.1893美加侖(gal, U.S.)＝219.9692英加侖(gal, U.K.)

四、容　量

公撮	公升(市升)	營造升	日升(臺升)	英液盎司	美液盎司	美液品脫	英加侖	美加侖	英蒲式耳	美蒲式耳
1	0.001	0.00097	0.00055	0.03520	0.03382	0.00211	0.00022	0.00026	0.00003	0.00003
1000	1	0.96575	0.55435	35.1960	38.8148	2.11342	0.21998	0.26418	0.02750	0.02838
1035.47	1.03547	1	0.57402	36.4444	35.0141	2.18838	0.22777	0.27355	0.02960	0.02939
1803.91	1.80391	1.74212	1	63.4904	60.9986	3.81242	0.39682	0.47655	0.04960	0.05119
28.4123	0.02841	0.02744	0.01585	1	0.96075	0.06005	0.00625	0.00751	0.00078	0.00081
29.5729	0.02957	0.02856	0.01639	1.04086	1	0.06250	0.00651	0.00781	0.00081	0.00084
473.167	0.47317	0.45696	0.26230	16.6586	16	1	0.10409	0.1250	0.01301	0.01343
4545.96	4.54596	4.39025	2.52007	160	153.721	9.60752	1	1.20094	0.1250	0.12901
3785.33	3.78533	3.65567	2.09841	133.229	128	8	0.83268	1	0.10409	0.10745
36367.7	36.3677	35.1220	20.1605	1280	1229.76	76.8602	8	9.60753	1	1.02921
35238.3	35.2383	34.0313	19.5344	1240.25	1191.57	74.4733	7.75156	9.30917	0.96895	1

1公升＝1.000028立方公寸　　1英加侖＝8英品脫＝160英液盎司＝32英及耳＝76800英米寗

1美加侖＝8美液品脫＝128美液盎司＝32美及耳＝61440美米寗

(1) 液量單位

加侖(gallon)	夸爾(quart)	液用品脫(pint)	及耳(gill)	液盎司(fluid ounce)	米寗(min)
1	4	8	32	128	61440
0.25	1	2	8	32	……
0.125	0.5	1	4	16	……
0.03125	0.125	0.25	1	4	……
7.8125×10^{-3}	0.03125	0.0625	0.25	1	……

(2) 乾量單位

蒲式耳(bushel)	配 克(peck)	夸 爾(quart)	乾量品脫(dry pint)
1	4	32	64
0.25	1	8	16
0.03125	0.125	1	2
0.015625	0.0625	0.5	1

1公升＝2.11342液品脫(U.S.)＝1.81617乾量品脫(U.S.)＝1.05675夸爾(U.S.液量)＝0.90810夸爾(U.S.乾量)

(3) 液、乾量單位

蒲式耳(bushel)	配克(peck)	加侖(gallon)	夸爾(quart)	液用品脫(pint)	及耳(gill)	液盎司(fluid ounce)	米寗(min)
1	4	8	32	64	256	1280	……
0.25	1	2	8	16	64	320	……
0.125	0.5	1	4	8	32	160	76800
0.03125	0.125	0.25	1	2	8	40	……
0.015625	0.0625	0.125	0.5	1	4	20	……
0.00390625	0.015625	0.03125	0.125	0.25	1	5	……
0.00078125	0.003125	0.00625	0.025	0.05	0.2	1	……

1立方呎(ft^3)＝7.481美加侖＝6.229英加侖　1美桶(barrel, U.S.)＝42美加侖＝34.97英加侖
1美液用品脫＝0.83267英品脫　1美乾量品脫＝0.145459美加侖　1美米寗＝1.04084英米寗

五、質（重）量

公克	公斤	公噸	市斤	營造庫平斤	臺兩	日斤(臺斤)	盎司	磅	長噸(英噸)	短噸(美噸)	長擔(cwt 英)	短擔(cwt 美)
1	0.001	……	0.002	0.00168	0.02667	0.00167	0.03527	0.00221	……	……	……	……
1000	1	0.001	2	1.67556	26.6667	1.66667	35.2740	2.20462	0.00098	0.00110	0.019684131	0.022046226
……	1000	1	2000	1675.56	26666.7	1666.67	35274.0	2204.62	0.98421	1.10231	19.684131	22.046226
500	0.5	0.0005	1	0.83778	13.3333	0.83333	17.6370	1.10231	0.00049	0.00055	0.0098420655	0.011023113
596.816	0.59682	0.0006	1.19363	1	15.9151	0.99469	21.0521	1.31575	0.00060	0.00060	0.0117479	0.0131576
37.5	0.0375	0.00004	0.075	0.06283	1	0.0625	1.32277	0.08267	0.00004	0.00004	0.0007382	0.0008267
600	0.6	0.0006	1.2	1.00534	16	1	21.1644	1.32277	0.00059	0.00066	0.0118105	0.0132277
28.3495	0.02835	0.00003	0.0567	0.04692	0.75599	0.04725	1	0.0625	0.00003	0.00003	0.000558	0.000625
453.592	0.45359	0.00045	0.90719	0.76002	12.0958	0.75599	16	1	0.00045	0.00050	0.0089285714	0.01
……	1016.05	1.01605	203.209	1702.45	27094.6	1693.41	35840	2240	1	1.12	20	22.4
907185	907.185	0.90719	1814.37	1520.04	24191.6	1511.98	32000	2000	0.89286	1	17.857143	20

註：cwt 即 hundred-weight。1金衡磅＝12金衡盎司＝0.822857磅　1日貫＝1000日匁＝6.25臺斤＝100臺兩
1克拉(carat)＝0.2公克　1英磅＝0.45359245公斤　1美磅＝0.4535924277公斤　1格令＝0.0648公克

(1) 藥量單位

液特拉姆〔fluid drachms(drams)〕	液盎司(fluid ounce)	品脫(pint)	格令(grain)	斯克魯(scruples)	磅(pound)
1	0.125	0.00625	60	3	0.0104167
8	1	0.05	480	24	0.0833333
160	20	1	9600	480	1.6666666
0.0166667	0.0020833	0.0001042	1	0.05	0.0001736
0.3333333	0.0416667	0.0020833	20	1	0.0034722
96	12	0.6	5760	288	1

1藥量盎司(oz ap)＝1金衡盎司(oz t)＝0.0833333磅(lb)

(2) 金 衡

格　令(grain)	英錢〔penny weight(dwt)〕	盎　司(ounce)	磅(pound)
1	0.0416667	0.0020833	0.0001736
24	1	0.05	0.0041667
480	20	1	0.0833333
5760	240	12	1

(3) 常 衡

特拉姆(drams)	盎　司(ounce)	磅(pound)	呫(stone)	夸　特(quarter)	格　令(grain)	長　擔(cwt 英)	短　擔(cwt 美)	長　噸(英噸)	短　噸(美噸)
1	0.0625	0.0039063	0.000279	0.0001395	27.34375	0.0000349	0.0000391	0.0000017	0.000002
16	1	0.0625	0.0044643	0.0022321	437.5	0.000558	0.000625	0.0000279	0.0000312
256	16	1	0.0714286	0.0357143	7000	0.0089286	0.01	0.0004464	0.0005
3584	224	14	1	0.5	98000	0.125	0.14	0.00625	0.007
7168	448	28	2	1	196000	0.25	0.28	0.0125	0.014
0.0365714	0.0022857	0.0001429	0.0000102	0.0000051	1	0.0000013	0.0000014	……	……
28672	1792	112	8	4	784000	1	1.12	0.05	0.056
25600	1600	100	7.14286	3.57143	700000	0.89286	1	0.04464	0.05
573440	35840	2240	160	80	15680000	20	22.4	1	1.12
512000	32000	2000	142.8572	71.4286	14000000	17.8572	20	0.8928	1

註：cwt 即 hundred-weight。

六、角　度（平面角）

弳 (rad)	度 (°)	分 (′)	秒 (″)	坡度 (g;gon)
1	57.29575	3.437749×10^{-3}	2.062646×10^{6}	63.66183
0.0174533	1	60	3600	1.111111
0.290888×10^{-3}	0.0166667	1	60	0.0185185
0.484814×10^{-6}	0.277778×10^{-3}	0.0166667	1	0.308642×10^{-3}
0.0157080	0.9	54	3240	1

1 直角(∟)$=\pi/2\cdot$rad$=1.57080$ rad$=100$坡度　1 點(pt)〔航空及航海用〕$=11.25°=1.96350\times10^{-1}$ rad

七、速　度

公尺每秒(m/s)	公里每時(km/h)	節(kn)	呎每秒(ft/s)	哩每時(mile/h)
1	0.27777	1.94386	3.28084	2.23694
3.6	1	0.53996	0.91134	0.62137
0.51444	1.85198	1	0.59249	0.86898
0.3048	1.09728	1.68780	1	1.46677
0.44704	1.60934	1.15077	0.68182	1

八、功、熱、能量

焦　耳 (J)	千瓦小時 (kW·h)	爾　格 (erg)	公斤力公尺 (kgf·m)	千　卡 (kcal)
1	2.77778×10^{-7}	1×10^{7}	0.101972	2.38889×10^{-4}
3.6×10^{6}	1	3.6×10^{13}	3.67098×10^{5}	8.6000×10^{2}
1×10^{-7}	2.77778×10^{-14}	1	1.01972×10^{-7}	2.38889×10^{-11}
9.80665	2.72407×10^{-6}	9.80665×10^{7}	1	2.34270×10^{-3}
4.18605×10^{3}	1.16279×10^{-3}	4.18605×10^{10}	4.26858×10^{2}	1

1 磅力·呎(lbf·ft)＝1.35582焦耳
1 公升·大氣壓(l·atm)＝1.01325×10^{2}焦耳
1 (15度)卡(cal_{15})＝4.1855焦耳
1 英制熱單位(B. T. U.)＝1.05506×10^{3}焦耳
1 電子伏特(eV)＝1.60219×10^{-19}焦耳
1 IT-卡(cal_{IT})＝4.1868焦耳
1 卡(cal)＝4.18605焦耳

九、功率、電功率

千　瓦 (kW)	公斤力公尺每秒 (kgf·m/s)	公　制　馬　力 (PS)
1	101.972	1.35962
9.80665×10^{-3}	1	13.3333×10^{-3}
0.7355	75	1

1 爾格每秒(erg/s)＝10^{-7}瓦特(W)
1 英制馬力(HP)＝745.7瓦特＝550磅力·呎每秒
1 IT-卡每時(cal_{IT}/h)＝1.163×10^{-3}瓦特
1 英制熱單位每時(B. T. U. /h)＝0.293071瓦特

十、力

牛　頓 (N)	昧(百萬)達因 (Mdyn)	公　斤　力 (kgf)	磅　力 (lbf)
1	0.1	0.101972	0.224808
10	1	1.01972	2.24808
9.80665	0.980665	1	2.20462
4.44822	0.444822	0.453592	1

十一、壓　力

磅每平方呎 (psi)	大氣壓 (atms)	20°C時呎水柱高 (ft H_2O at 20°C)	吋水柱高 (in H_2O)	公斤每平方公分 (kg/cm²)	公尺水柱高 (m H_2O)	20°C時吋水銀柱高 (in Hg at 20°C)	公釐水銀柱高 (mm Hg)	公分水銀柱高 (cm Hg)	巴 (bar)	毫巴 (mb)	千帕斯卡 (kPa)
1	0.0680	2.310	27.720	0.0700	0.704	2.043	51.884	5.188	0.0690	68.947	6.895
14.696	1	33.659	407.513	1.0330	10.351	30.019	762.480	76.284	1.0130	1013.0	101.325
0.433	0.0290	1	12.000	0.0300	0.305	0.884	22.452	2.245	0.0300	29.837	2.984
0.036	0.0025	0.833	1	0.0025	0.025	0.074	1.871	0.187	0.0025	2.486	0.249
14.233	0.9680	32.867	394.408	1	10.018	29.054	737.959	73.796	0.9810	980.662	98.066
1.422	0.0970	3.287	39.370	0.0990	1	2.905	73.796	7.379	0.0980	98.066	9.807
0.489	0.0330	1.131	13.575	0.0340	0.345	1	25.400	2.540	0.0340	33.753	3.375
0.019	0.0013	0.045	0.534	0.0014	0.0136	0.039	1	0.100	0.0010	1.329	0.133
0.193	0.0131	0.445	5.340	0.0140	0.1360	0.393	10.000	1	0.0133	13.290	1.328
14.503	0.9870	33.514	402.164	1.0200	10.2110	29.625	752.470	75.247	1	1000.0	100.00
0.014	0.0009	0.033	0.402	0.0010	0.0102	0.029	0.752	0.075	0.001	1	0.100
0.145	0.0098	0.335	4.021	0.0100	0.1020	0.296	7.525	0.0752	0.010	10.000	1

國音注音符號與各式中文拼音音標系統對照表

注音符號	修訂國語注音符號第二式	國語注音舊式	威妥瑪式 Wade-Giles	耶魯式 Yale	國際音標 I.P.A.
		㈠ 聲　母			
ㄅ	b	b	p	b	[p]
ㄆ	p	p	p'	p	[pʻ]
ㄇ	m	m	m	m	[m]
ㄈ	f	f	f	f	[f]
ㄉ	d	d	t	d	[t]
ㄊ	t	t	t'	t	[tʻ]
ㄋ	n	n	n	n	[n]
ㄌ	l	l	l	l	[l]
ㄍ	g	g	k	g	[k]
ㄎ	k	k	k'	k	[kʻ]
ㄏ	h	h	h	h	[x]
ㄐ	j(i)	j(i)	ch	j(i)	[tɕ]
ㄑ	ch(i)	ch(i)	ch'	ch(i)	[tɕʻ]
ㄒ	sh(i)	sh(i)	hs	sy(i)	[ɕ]
ㄓ	j	j	ch	j	[tʂ]
ㄔ	ch	ch	ch'	ch	[tʂʻ]
ㄕ	sh	sh	sh	sh	[ʂ]
ㄖ	r	r	j	r	[ʐ]
ㄗ	tz	tz	tz、ts	dz	[ts]
ㄘ	ts	ts	tz'、ts'	ts	[tsʻ]
ㄙ	s	s	sz、ss、s	s	[s]
		㈡ 韻　母			
		(1) 單韻母			
(ㄭ)	r、z	y	ih、ŭ	r、z	[ʅ、ɿ]

注音符號	修訂國語注音符號第二式	國語注音舊式	威妥瑪式 Wade-Giles	耶魯式 Yale	國際音標 I.P.A.
ㄧ	i	i	i	yi (-i)	[i]
ㄨ	u	u	wu (-u)	wu (-u)	[u]
ㄩ	iu	iu	yü (-ü)	yu	[y]
ㄚ	a	a	a	a	[a]
ㄛ	o	o	o	o	[o]
ㄜ	e	e	ê	e	[ɤ]
ㄝ	e	e	eh	e	[e]
ㄞ	ai	ai	ai	ai	[ɑi]
ㄟ	ei	ei	ei	ei	[ei]
ㄠ	au	au	ao	au	[au]
ㄡ	ou	ou	ou	ou	[ou]
ㄢ	an	an	an	an	[an]
ㄣ	en	en	ên	en	[ən]
ㄤ	ang	ang	ang	ang	[aŋ]
ㄥ	eng	eng	êng	eng	[əŋ]
ㄦ	er	el	êrh	er、r	[ɚ]
ㄫ	ng	ng			
ㄇ	m	m			
		(2) 結合韻母			
ㄧㄚ	ia	ia	ya (-ia)	ya	[ia]
ㄧㄛ	io	io	io	yo	[io]
ㄧㄝ	ie	ie	yeh (-ieh)	ye	[ie]
ㄧㄞ	iai	iai	yai	yai	[iai]
ㄧㄠ	iau	iau	yao (-iao)	yau	[iau]
ㄧㄡ	iou	iou	yu (-iu)	you	[iou]

注音符號	修訂國語注音符號第二式	國語注音舊式	威妥瑪式 Wade-Giles	耶魯式 Yale	國際音標 I.P.A.
ㄧㄢ	ian	ian	yen (-ien)	yan	[ian]
ㄧㄣ	in	in	yin (-in)	yin	[in]
ㄧㄤ	iang	iang	yang (-iang)	yang	[iaŋ]
ㄧㄥ	ing	ing	ying (-ing)	ying	[iŋ]
ㄨㄚ	ua	ua	wa (-ua)	wa	[ua]
ㄨㄛ	uo	uo	wo (-uo)	wo	[uo]
ㄨㄞ	uai	uai	wai (-uai)	wai	[uai]
ㄨㄟ	uei	uei	wei (-uei -ui)	wei	[uei]
ㄨㄢ	uan	uan	wan (-uan)	wan	[uan]
ㄨㄣ	uen	uen	wên (-un)	wen (-wun)	[uən]
ㄨㄤ	uang	uang	wang (-uang)	wang	[uaŋ]
ㄨㄥ	ueng	ueng	wêng	weng	[uŋ]
-ㄨㄥ	-ung	-ong	-ung	-ung	[-uŋ]
ㄩㄝ	iue	iue	yüeh (-üeh)	ywe	[ye]
ㄩㄢ	iuan	iuan	yüan (-üan)	ywan	[yan]
ㄩㄣ	iun	iun	yün (-ün)	yun	[yn]
ㄩㄥ	iung	iong	yung (-iung)	yung	[yuŋ]

㈢ 聲　調

注音符號	修訂國語注音符號第二式	國語注音舊式	威妥瑪式 Wade-Giles	耶魯式 Yale	國際音標 I.P.A.
陰平	–	以字母變化	1	–	˥
陽平ˊ	ˊ		2	ˊ	˧˥
上ˇ	ˇ		3	ˇ	˨˩˦
去ˋ	ˋ		4	ˋ	˥˩
輕聲·	·		·		˧·

國音注音符號檢字索引

筆畫總檢字索引

六　畫

七 畫

八　畫

九　畫

十　畫

十二畫

十四畫

十六畫

十七畫

十八畫

十九畫

二十畫

二十一畫

二十二畫

滄海叢刊

涵泳浩瀚書海　激起智慧波濤

河洛閩南語縱橫談

吳在野著

本書是一本別開生面的閩南語研究，分別從用字、構詞來解說閩南口語的古老、典雅，為閩南語研究提供了一個新方向。

莊子及其文學

黃錦鋐著

本書集作者歷年來研究莊子之論文共九篇，將莊子的理論與文學的內容相印證，以呈現莊子在文學上的價值與影響。

北朝民歌

譚潤生著

北方民族詩歌最能代表北方民族氣質的貞剛、生活的冰堅土厚及勤奮的民族性格，就讓本書邀您共賞其原始的風情。

詩情與幽境

侯迺慧著

根據唐代詩文而釐出唐代文人造園的寫意手法、理念及藝術化成就，充分呈現了唐代文人園林生活的內容、型態及生活特質。

優游詞曲天地

王熙元著

在作者主張「學術文章與文學性靈間可以相互融合」的前提下，帶領讀者知性並感性地「優游詞曲天地」。

迦陵談詩二集

葉嘉瑩著

詩歌之評賞，當以其所傳達出來的感發生命之淺深厚薄之質量為品第標準，評論者則當於知性和感性的結合中，以引發讀者達至生生不已的感動效果為要務。

與君細論文

黃慶萱著

析評範圍包括了小說天地、散文世界、詩與戲劇、文學批評的批評、學術評論等。作者基本信念是：評論應以作品為客觀對象，修辭立誠，向讀者負責。

三民叢刊

文心與詩心的交融　理性與感性的邂逅

從張愛玲到林懷民　高全之著

評析張愛玲等九位重要作家，其誠懇而嚴肅的態度，謹密而清晰的推理，曾經是對一九六〇至七〇年代泛道德的、印象式的、以及政治意識栽贓式的文評，所做的一項有效的反擊。

沈從文的文學世界

王繼志、陳　龍著

作者運用詳實的材料，從新文學的整體格局來審視沈從文及其作品，同時在研究中還引入當代西方批評方法，通過深入細致的辨析和理性的、美學的探討，為讀者提供全新的認識。

劉真傳　黃守誠著

作者以文學、史學之筆，深入享有「臺灣師範教育之父」美譽的劉真先生之內心世界，在極為嚴謹的敘述中，處處顯現這位偉大教育家辛勤耕耘的身影。

莎士比亞識字不多？

陳冠學著

誰能相信：最偉大的文學天才莎士比亞其實既無能力寫詩，也無能力寫戲劇，因為他識字不多，只不過是一名演員、戲院經理、投機生意人罷了。

好詩共欣賞—陶淵明、杜甫、李商隱三家詩講錄

葉嘉瑩著

舉實例從形象、結構上剖析陶淵明、杜甫、李商隱三位身世各異、風格不一，但卻同屬能感之、能寫之且富興發感動力的作者，說明三位詩人之作品具有強大感發力之原因所在。

愛廬談諺詩　黃永武著

杭諺詩的幽默滑稽，令人捧腹，而聯想出格，巧對天成，藝術價值既高，消閒趣味更妙，是高級的文字遊戲，也是風雅的逗趣文學。

新詩論　許世旭著

介紹新詩數十年來在臺灣發展的各個階段與風貌，對詩社的創立、詩刊的內容、詩人的理念，都做了深入淺出的評述。

詩與情　黃永武著

作者透過讀書筆札之餘興，默察浮生之餘情，擷拾歷來感人情詩，首首如新摘茶筍，簇新可喜；加以解說精要，切中詩旨，定能使您靈心濬發，感受怡然。

滄海美術叢書

心畦一片　書香無限

唐畫詩中看

王伯敏著

作者一方面是美術史家，另一方面又是詩人和畫家，所以書中所吟，無不虛中有實，而作為畫論要求，又都予人以積極的啟示。

馬王堆傳奇

侯　良著

為您敘說馬王堆一則則神秘離奇的故事，帶您進入悠遠的世界──漢代，領略她的文學、藝術、風俗、醫藥、科技、建築……等，使蒙塵的「活歷史」，再呈現出豐厚的人文內涵！

島民・風俗・畫
──十八世紀臺灣原住民生活圖像

蕭瓊瑞著

搜集了相傳輾轉摹繪自六十七〔番社采風圖〕的版本五種，結合文獻史料，探討十八世紀中葉臺灣原住民生活的豐美情貌，深刻而趣味，充滿啟發性。

民間珍品圖說紅樓夢

王樹村著

收集各式木版年畫、彩印詩箋、五色刺繡、燈屏絹畫、畫譜、連環圖畫等，大都是難得罕見的清代《紅樓夢》題材的孤本珍品，堪稱文化國寶。

中國紙馬

陶思炎著

紙馬是中國民俗版畫體系中的一個特殊類型，它以民間諸神為表現對象，集民俗、宗教、藝術於一體，具有古樸的藝術魅力和多彩的生活風韻。

中國鎮物

陶思炎著

鎮物，又稱「禳鎮物」、「辟邪物」、「厭勝物」，它幫助人們面對各種實際的災害、危險、禍患，以及虛妄的鬼怪邪祟，成為一類特殊的工具和武器。

儺(ㄋㄨㄛˊ)史

林　河著

來自百越文化古國度的侗族學者林河，窮畢生精力，實地考察、整理，以全新的文化詮釋觀點解讀蘊藏在儺文化中的豐富內涵。

中國繪畫通史（上）（下）

王伯敏著

縱橫古今，論述了原始時代以降的七千年繪畫史，對畫事、畫家及畫作均有系統地加以評介。

國學大叢書系列

深入淺出的國學導引叢書

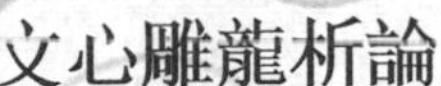

文心雕龍析論

王忠林著

整體分析《文心雕龍》之結構內容，再就各篇文辭來實際分析其細節，使讀者能直接瞭解劉勰的意見，精確認識其理論。

細說桃花扇 思想與情愛

廖玉蕙著

對號稱清代傳奇雙璧之一的《桃花扇》作出了全新的詮釋，為喜愛戲劇的讀者開闢了全新的視野。

民間故事論集

金榮華著

從中國故事、古代神話、韓國民間故事，到民間故事的整理，分類和情節單元編排，有系統地帶領讀者領略民族經驗與智慧之美。

聲韻學

林 燾、耿振生著

對聲韻學的基本知識有全面的介紹，為中文系學生和初學者必讀。

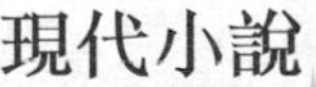

現代小說

楊昌年著

有系統地提供有關現代小說的理論說明、題材分類擷取的原則與示例，並具體指出創作指導途徑，對有志從小說研究、創作者，必能有所幫助。

現代散文

鄭明娳著

從各種不同角度切入現代散文核心，以散文實例分析文章之優劣，讀者可以全面認知現代散文諸種風貌，亦可單篇鑑賞散文特色。

國文教學法

黃錦鋐著

改變呆板、機械、背誦、記憶的教學法，提供學生思考的空間，以達到創造的境地。

治學方法

劉兆祐著

本書旨在為研治文史學者提供正確的治學方法，共分〈治學入門之必讀書目〉、〈研讀古籍的方法〉、〈治國學所需具備的基礎知識〉、〈撰寫學術論文的方法〉等七章。

古籍今注新譯叢書 —

文學類

新譯千家詩
新譯搜神記
新譯楚辭讀本
新譯人間詞話
新譯幽夢影
新譯文心雕龍
新譯古文觀止（革新版）
新譯明散文選
新譯菜根譚
新譯世說新語
新譯昭明文選
新譯嵇中散集
新譯賈長沙集
新譯范文正公選集
新譯昌黎先生文集（上）（下）
新譯薑齋文集
新譯花間集
新譯元曲三百首
新譯宋詞三百首
新譯唐詩三百首
新譯唐人絕句選
新譯唐傳奇選

哲學類

新譯尹文子
新譯淮南子（上）（下）
新譯韓非子
新譯尸子讀本
新譯四書讀本
新譯申鑒讀本
新譯老子讀本
新譯列子讀本
新譯孝經讀本
新譯易經讀本
新譯荀子讀本
新譯莊子讀本
新譯新語讀本
新譯管子讀本（上）（下）
新譯墨子讀本
新譯禮記讀本
新譯孔子家語
新譯公孫龍子
新譯老子解義
新譯呂氏春秋（上）（下）

邀您共同啜飲古人智慧清泉……

軍事類

新譯司馬法
新譯尉繚子
新譯三略讀本
新譯六韜讀本
新譯吳子讀本
新譯孫子讀本
新譯李衛公問對

政事類

新譯商君書
新譯鹽鐵論
新譯貞觀政要

宗教類

新譯列仙傳
新譯金剛經
新譯抱朴子（上）（下）
新譯老子想爾注
新譯沖虛至德真經
新譯六祖壇經
新譯道門觀心經

地志類

新譯洛陽伽藍記
新譯大唐西域記

教育類

新譯三字經
新譯顏氏家訓
新譯幼學瓊林

歷史類

新譯列女傳
新譯燕丹子
新譯戰國策（上）（下）
新譯尚書讀本
新譯國語讀本
新譯新序讀本
新譯說苑讀本
新譯西京雜記
新譯吳越春秋
新譯東萊博議
新譯公羊傳
新譯穀梁傳

中國古典名著

中國心　古典情

三國演義（上）（下）
羅貫中撰　毛宗崗批　饒　彬校注

濟公傳
王夢吉等著　楊宗瑩校注　繆天華校閱

鏡花緣
李汝珍撰　尤信雄校注　繆天華校閱

警世通言
馮夢龍編撰　徐文助校注　繆天華校閱

醒世恆言
馮夢龍編撰　廖吉郎校注　繆天華校閱

紅樓夢（上）（下）
曹雪芹撰　饒　彬校注

水滸傳（上）（下）
施耐庵撰　羅貫中纂修　金聖嘆批　繆天華校注

儒林外史
吳敬梓撰　繆天華校注

西遊記（上）（下）
吳承恩撰　繆天華校注

官場現形記
李伯元撰　張素貞校注　繆天華校閱

封神演義
陸西星撰　鍾伯敬評　楊宗瑩校注　繆天華校閱

老殘遊記
劉　鶚撰　田素蘭校注　繆天華校閱

七俠五義
石玉崑原著　俞　樾改編　楊宗瑩校注　繆天華校閱

何典　斬鬼傳　唐鍾馗平鬼傳（合刊）
張南莊等著　黃　霖校注　繆天華校閱

包公案
明・無名氏撰　顧宏義校注　繆天華等校閱

三俠五義
石玉崑原著　張　虹校注　楊宗瑩校閱

喻世明言
馮夢龍編撰　徐文助校注　繆天華校閱

品花寶鑑（上）（下）
陳　森著　徐德明校注

十二樓
李　漁著　陶恂若校注　葉經柱校閱

隋唐演義（上）（下）
褚人穫著　嚴文儒校注　劉本棟校閱

浮生六記
沈三白著　陶恂若校注　王關仕校閱

琵琶記
高　明著　江巨榮校注　謝德瑩校閱

今古奇觀（上）（下）
抱甕老人編　李　平校注　陳文華校閱

醒世姻緣傳（上）（下）
西周生輯著　袁世碩、鄒宗良校注

粉妝樓全傳
竹溪山人編撰　陳大康校注

西湖佳話
墨浪子編撰　陳美林、喬光輝校注

第六才子書西廂記
王實甫原著　金聖嘆批點　張建一校注

桃花扇
孔尚任著　陳美林、皋于厚校注

牡丹亭
湯顯祖著　邵海清校注

孽海花
曾　樸撰　葉經柱校注　繆天華校閱

國家圖書館出版品預行編目資料

新辭典／[三民書局]新辭典編纂委員會編輯.－－四版一刷.－－臺北市：三民，2006
面；　公分
ISBN 957-14-0844-1　(豪華本)
ISBN 957-14-0845-X　(精印本)
1. 中國語言－字典,辭典

820.39　　88013634

© 新　辭　典

著作者　三民書局新辭典編纂委員會
發行人　劉振強
著作財產權人　三民書局股份有限公司
臺北市復興北路386號
發行所　三民書局股份有限公司
地址／臺北市復興北路386號
電話／(02)25006600
郵撥／0009998-5
印刷所　三民書局股份有限公司
門市部　復北店／臺北市復興北路386號
重南店／臺北市重慶南路一段61號
初版一刷　1989年5月
二版一刷　1991年1月
三版一刷　2000年1月
四版一刷　2006年7月
編　號　S800060
定　價　豪華本　新臺幣壹仟捌佰元
精印本　新臺幣壹仟肆佰元
行政院新聞局登記證局版臺業字第○二○○號

ISBN　957-14-0845-X　(精印本)

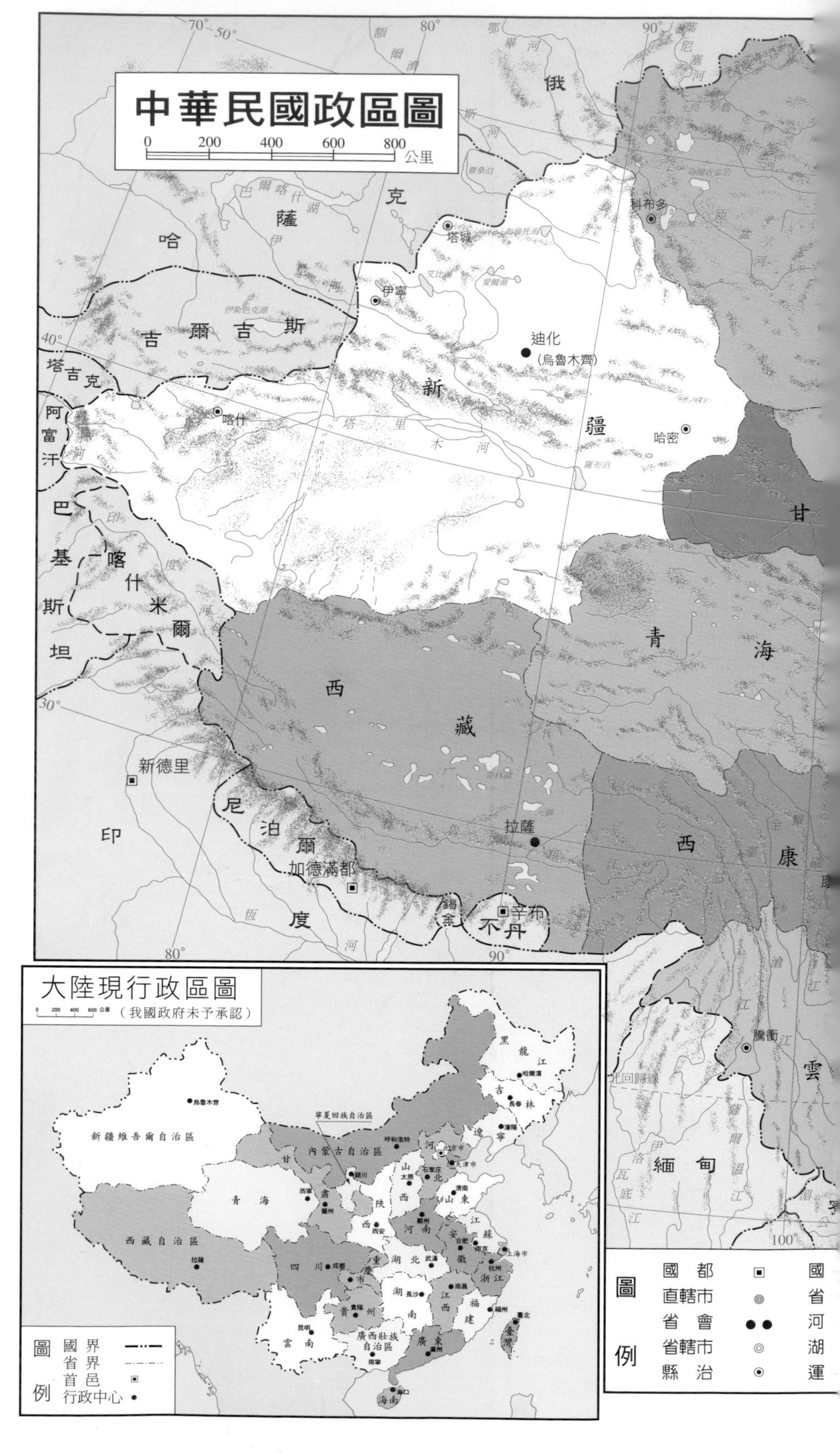
中華民國政區圖
0 200 400 600 800 公里
大陸現行政區圖
（我國政府未予承認）
迪化
（烏魯木齊）
拉薩
新德里
加德滿都
新
疆
西
藏
青
海
西
康
俄
哈
薩
克
吉爾吉斯
塔吉克
阿富汗
巴基斯坦
喀什米爾
尼泊爾
印
度
錫金
不丹
緬甸
新疆維吾爾自治區
內蒙古自治區
寧夏回族自治區
西藏自治區
廣西壯族自治區
圖例 國界 省界 首邑 行政中心
圖例 國都 直轄市 省會 省轄市 縣治